VIES PARALLÈLES

PLUTARQUE
VIES PARALLÈLES

Traduction d'Anne-Marie Ozanam

*Édition publiée
sous la direction de François Hartog*

*Édition annotée
par Claude Mossé, Jean-Marie Pailler
et Robert Sablayrolles*

*Suivie d'un « Dictionnaire Plutarque »
sous la direction de Pascal Payen*

Ouvrage préparé avec le concours
du Centre national du livre

**QUARTO
GALLIMARD**

© Éditions Gallimard, 2001.

est directeur d'études à l'École des Hautes Études en Sciences
e sur l'historiographie ancienne et moderne. Il a publié *Mémoires*
r la frontière en Grèce ancienne (NRF essais, 1996), *Le Miroir*
sur la représentation de l'autre*, édition revue et augmentée
1), *L'Histoire d'Homère à Augustin, préfaces des historiens et textes*
éunis et commentés par François Hartog, traduits par Michel
Seuil, 1999) et *Le XIXᵉ siècle et l'histoire: le cas Fustel de Coulanges*,
1 augmentée (Points Seuil, 2001).

É est professeur émérite d'histoire grecque à l'Université de Paris VIII.
nt porté essentiellement sur l'histoire politique et sociale de la Grèce
oire des femmes, l'historiographie et le regard porté par les Modernes
uité grecque. Parmi ses publications, on retiendra : *La Fin de la démo-*
thénienne (PUF, 1962), *La Tyrannie dans la Grèce antique* (PUF, 1968),
re d'une démocratie : Athènes* (Le Seuil, 1971), *La Femme dans la Grèce antique*
oin Michel, 1985), *La Grèce archaïque d'Homère à Eschyle* (Le Seuil, 1984), *Le*
rocès de Socrate (Bruxelles, Complexe, 1987), *L'Antiquité dans la révolution fran-*
çaise (Albin Michel, 1989) et, en dernier lieu, *Politique et société en Grèce ancienne;
le « modèle » athénien* (Aubier, 1995).

ANNE-MARIE OZANAM est professeur de lettres supérieures au lycée Henri-IV à Paris. Elle a publié plusieurs traductions, commentées ou non, de textes latins et grecs, notamment : *La Guerre. Trois tacticiens grecs: Énée, Asclépiodote, Onasandre* (traduction avec P. Charvet, de textes présentés par O. Battistini, NiL, 1994) ; *La Magie. Voix secrètes de l'Antiquité* (traduction et présentation des textes avec P. Charvet, NiL, 1994) ; Tacite, *Agricola et Germania* (introduction, notes et traduction de l'*Agricola*; introduction et notes de la *Germania*, Les Belles Lettres, 1997) ; César, *Guerre des Gaules, Livres I-II* (traduction, Les Belles Lettres, 1997) ; Alciphron, *Lettres de pêcheurs, de paysans, de parasites et d'hétaïres* (introduction, traduction et notes, Les Belles Lettres, 1999).

JEAN-MARIE PAILLER, ancien membre de l'École Française de Rome, est professeur d'histoire romaine à l'Université de Toulouse II-Le Mirail, membre de l'Institut Universitaire de France. Il a publié de nombreux travaux sur Dionysos-Bacchus, en particulier *Bacchanalia* (École Française de Rome, 1988) et *Bacchus. Figures et pouvoirs* (Les Belles Lettres, 1995). Il est l'auteur de *Rome antique* (Gisserot, 2000) et des *Mots de la Rome antique* (Toulouse, PUM, 2001). Il a dirigé *Tolosa. Nouvelles recherches sur Toulouse et sa région dans* 'vrage collectif Française de Rome, 2001). En collaboration avec M. Nouilhan et P. *quité (École* teur de *Grecs et Romains en parallèle : traduction et commentai*, il est l'au- *romaines et Questions grecques de Plutarque* (Le Livre de Poche, 199. *estions*

PASCAL PAYEN est professeur d'histoire grecque à l'Université de To. Mirail. Ses travaux portent sur la guerre et les rapports de dominatio mondes grecs archaïque et classique, sur l'historiographie grecque et lat la réception de l'Antiquité aux époques moderne et contemporaine. Il a no publié *Les Îles nomades. Conquérir et résister dans l'Enquête d'Hérodote* (Éd l'EHESS, 1997), *Grecs et Romains en parallèle : traduction et commenta Questions romaines et Questions grecques de Plutarque* (en collaboration M. Nouilhan et J.-M. Pailler, Le Livre de Poche, 1999) et *Retrouver, imaginer, ser l'Antiquité* (dirigé avec S. Caucanas et R. Cazals, Privat, 2001).

ROBERT SABLAYROLLES est professeur d'archéologie à l'Université de Toulouse II Le Mirail. Ses recherches portent sur la ville de Rome durant la fin de la république et le Haut Empire (*Libertinus miles : les cohortes de vigiles*, coll. EFR n°224, Rome, 1996). Il a également publié de nombreux travaux sur les Pyrénées gallo-romaines : *Saint-Bertrand-de-Comminges I – Le temple du forum et le monument à enceinte circulaire* (en collaboration avec A. Badie et J.-L. Schenck, Toulouse, Fédération Aquitania, 1994) ; *Marbres blancs des Pyrénées* (en collaboration avec J. Cabanot et J.-L. Schenck, EAHSBC 2, Saint-Bertrand-de-Comminges, 1995) ; *Ressources naturelles des Pyrénées : leur utilisation dans l'Antiquité* (EAHSBC 6, Saint-Bertrand-de-Comminges, 2001).

AVERTISSEMENT

*U*n «Plutarque pour le millénaire», puisqu'un siècle de plus nous sépare désormais de Plutarque et de son temps! La différence, avouons-le, n'est guère sensible. En revanche le XIXe siècle a reculé d'un cran. Entre lui et nous, il nous faut apprendre à intercaler le XXe siècle: en ce sens, Plutarque ou la culture classique dont il a été si fortement emblématique jusqu'à en être synonyme, reculent eux aussi. N'est-ce pas en effet au cours du XIXe siècle que les *Vies parallèles* sont vraiment sorties de la culture vivante? Alors viendrions-nous proposer un «Plutarque nostalgique» et passéiste, pour tenter de ranimer, fût-ce un instant, des ombres disparues? Voire un «Plutarque volontariste»: commémorons Plutarque et révérons les grands hommes? Redirons-nous avec Nietzsche: «Rassasiez vos âmes de Plutarque et en croyant à ses héros, osez croire en vous-mêmes»? Nullement.
Quel est alors le mode d'emploi de ce gros volume? D'abord, il est le résultat d'un travail d'équipe: un Plutarque à plusieurs mains, si l'on veut. Celui, fameux, publié en Angleterre, en 1683, sous l'autorité du poète Dryden en dénombrait quarante (il s'agissait de traducteurs), le nôtre en compte beaucoup moins! Et, surtout, la traduction est tout entière de la même main. En très peu de temps Anne-Marie Ozanam a en effet traduit la totalité des *Vies parallèles*. C'est là un travail considérable, qui devrait la faire reconnaître comme une grande traductrice: ce Plutarque est d'abord le sien. Ensuite, ensuite seulement, a pu commencer le travail d'équipe: relecture, annotations, compléments, préface.
Dans quel esprit? Chacun connaît le jeu «Quel livre emporteriez-vous sur une île déserte?». Apparemment, on y jouait au XVe siècle, puisque Théodore de Gaza, «personnage grec d'érudition singulière», pour reprendre les paroles de Jacques Amyot, répondit qu'il «élirait Plutarque». Grec, venu en Italie et lié au cardinal Bessarion, Théodore de Gaza joua en effet un rôle important: il fut, entre autres, le traducteur d'Aristote. Je doute qu'il vienne aujourd'hui à l'idée de quiconque de répondre à la même question: «Plutarque»! Notre ambition a donc été plus modeste: non pas un Plutarque pour une île déserte, mais réunir toutes les *Vies* en un seul volume, suffisamment autonome pour qu'on puisse les lire sans avoir toute une bibliothèque à portée de main. Avec un triple objectif: informer (toujours), expliquer (le plus souvent), fournir des pistes et des indications (souvent) pour qui souhaiterait aller plus loin.
Plutarque étant une bibliothèque à lui tout seul, des livres composés à partir d'autres livres, il convenait de ne pas ajouter un livre de plus, de ne pas entasser des gloses sur des commentaires, mais de disposer, au fil des *Vies*, des points de repère permettant de lire et de comprendre. De ne pas enserrer le texte dans un appareil de notes jusqu'à le faire disparaître, comme parfois ces échafaudages dressés autour des monuments historiques, mais de proposer au lecteur d'aujourd'hui les explications nécessaires. Contre l'illusion de la proximité, celle du commerce

AVERTISSEMENT

direct avec les grands hommes de l'Antiquité, nous voulions donner à lire le texte dans sa distance, mais plus encore le faire percevoir dans ses distances successives qui, déboîtées les unes par rapport aux autres, l'ont conduit jusqu'à nous. Car, à dire vrai, les risques d'une identification avec ses héros sont aujourd'hui fort minces, ce serait plutôt l'indifférence qui serait, elle, à l'ordre du jour. Or, s'il est incontestable que Plutarque n'est plus parmi nous, il ne nous est pas pour autant étranger. Il fait partie de nos bagages : l'abandonner en route serait renoncer à toute une part de la compréhension de l'histoire intellectuelle occidentale, en son sens le plus large.

D'où les brèves notices introductives, à la fois mémentos et points de repère. Rédigées pour chaque couple de *Vies* par Claude Mossé, elles présentent les deux protagonistes et relèvent les points saillants du parallèle proposé par Plutarque. Les notes ensuite s'efforcent de répondre au triple objectif indiqué à l'instant. Elles sont dues à Claude Mossé pour les *Vies* grecques, à Jean-Marie Pailler et Robert Sablayrolles pour les *Vies* romaines. Une bibliographie, une chronologie, des cartes et un index complètent l'ensemble.

Le travail aurait pu s'arrêter là. Nous avons souhaité ajouter un Dictionnaire Plutarque. Conçu par Pascal Payen, il cherche, au moyen d'articles nécessairement brefs, à prendre en compte trois dimensions : le temps de Plutarque, les époques dont parle Plutarque, et Plutarque au-delà de lui-même, sa réception et ses usages. Sous le titre, « Plutarque entre les anciens et les modernes » en France, la préface suit Plutarque des anciens aux modernes. Elle s'interroge sur Plutarque et « la naissance du Panthéon » et donne à voir ces distances successives et, particulièrement, les moments de déboîtements.

Un dernier mot encore, indispensable et aisé, pour remercier celles et ceux qui ont apporté leur concours à cet ouvrage : tous les collaborateurs du dictionnaire (pour leur contribution et leur patience), Pierre Vidal-Naquet, qui a bien voulu relire l'ensemble de la traduction, l'équipe de Quarto, qui a porté ce lourd projet, la petite « équipe Plutarque » qui l'a conçu et mené à bien, Anne-Marie Ozanam, encore et à nouveau, « traductrice de Plutarque ». Avec eux, ce fut un plaisir de travailler et sans eux tous, ce fort volume n'existerait pas.

FRANÇOIS HARTOG

PLUTARQUE
ENTRE LES ANCIENS ET LES MODERNES

À P. et J. H.
in memoriam

« J'ai vu des choses dont les livres parlent à tort et à travers.
Plutarque à présent me fait crever de rire.
Je ne crois plus aux grands hommes. »
Paul-Louis Courier.

*C*roire aux grands hommes ? Ces phrases, Paul-Louis Courier, officier d'artillerie dans l'armée impériale, pamphlétaire à ses heures et helléniste le reste du temps, les adresse, depuis Rome en 1809, à l'orientaliste Sylvestre de Sacy, justement pour lui annoncer qu'il a « enfin » quitté son « vilain métier »[1]. Démissionnaire, après une campagne difficile et peu glorieuse en Calabre, il avait « vu », et ne croyait plus aux traîneurs de sabre ni à la gloire militaire, alors qu'il voulait croire à l'immortalité littéraire et artistique. Il avait manqué la première et espérait quelques miettes de la seconde. Inversement, dans les mêmes années, Beethoven croyait, lui, à Plutarque. Évoquant sa surdité, il écrivait à un ami : « Plutarque m'a conduit à la résignation. Pourtant, s'il est possible, je veux braver mon Destin. » Plutarque était pour lui ce compagnon qu'il avait toujours sous la main dans sa bibliothèque portative. D'où il tirait des exemples et son modèle du grand homme[2]. Adieu aux armes et adieu à Plutarque dans un cas, présence vivante dans l'autre, pour un homme que le Destin accable. Relevons que la guerre de 1914, qui a donné six maréchaux à la France, a aussi fourni l'occasion de révoquer les mânes de Plutarque, avec le *Plutarque a menti* de Jean de Pierrefeu. Sous ce titre, l'auteur, venu pourtant du barrésisme, dénonçait le « bourrage de crânes » des chefs militaires, de la presse et des gouvernants, faisant assaut de grandiloquence : du

---

1. Paul-Louis Courier, *Œuvres complètes*, Paris, Gallimard (Bibliothèque de la Pléiade), 1951, p. 834. Courier défend la supériorité de la gloire littéraire ou artistique : Homère plutôt qu'Alexandre, Molière plus que Condé. En fait, il a longtemps cherché à avoir de l'avancement et même il n'hésita pas à demander sa réintégration dans l'armée pour rejoindre Vienne, mais il arriva trop tard pour la bataille de Wagram... et ruina donc toute chance de promotion.
2. Élisabeth Brisson, *Le Sacre du musicien. La référence à l'Antiquité chez Beethoven*, Paris, éd. du CNRS, 2000, p. 7 (lettre du 29 juin 1801), p. 115-134.

PRÉFACE

Plutarque en apparence, mais la réalité du GQG, pour ne pas parler de celle des tranchées, était tout autre[3].
Qu'est-ce qu'un grand homme? «Grands hommes? Voir Panthéon», serait la première réponse: «Aux grands hommes la patrie reconnaissante» annonce la devise du fronton. Certes, mais tous n'y sont pas et ceux qui y sont sont-ils tous grands? Puis, le Panthéon a connu une histoire troublée, institution de division plus que d'union, en sommeil pendant longtemps[4]. Pourtant, il a été rouvert depuis une quarantaine d'années et on panthéonise à nouveau. Après y avoir accueilli Jean Moulin et son «long cortège d'ombres défigurées» en 1964, André Malraux y a lui-même été reçu en 1996.
«Grand homme? À sa biographie», serait une seconde réponse. Et Jean Lacouture ne pourrait-il être vu comme une sorte de Plutarque français? Peut-être, mais, sans préjuger d'autres différences, il est un journaliste, qui a écrit d'abord sur ses contemporains: les grands hommes du XXe siècle? Quant au critère de la biographie, il est clairement insuffisant, puisqu'on a publié et on publie, surtout depuis vingt-cinq ans, des biographies d'inconnus et, plus largement, toute une littérature de et sur des anonymes (récits autobiographiques, carnets, journaux). À la limite, tout le monde pourrait avoir sa biographie, même le dernier des inconnus ou des imbéciles. «Si nous écrivions la vie du duc d'Angoulême? Mais c'était un imbécile!» Nonobstant, les deux historiens néophytes de Flaubert, Bouvard et Pécuchet, se mirent au travail avec ardeur.
Qui est Plutarque, dont le destin, au moins moderne, semblerait être lié à celui des grands hommes[5]? Un personnage familier, mais aussi une sorte d'inconnu illustre. Si connu que Molière peut faire dire au Chrysale des *Femmes savantes*, quand il s'adresse à sa sœur: «Et hors un gros Plutarque à mettre mes rabats, / Vous devriez brûler tout ce meuble inutile, / Et laisser la science aux docteurs de la ville[6].» Plutarque est là, si familier qu'on peut le traiter familièrement, lui qui, à lui seul, équivaut à une bibliothèque. Une maison bourgeoise qui se respecte possède un «gros» Plutarque, voilà tout, qui fait pour ainsi dire partie des meubles. Et si on l'a lu (étant jeune), on ne le lit plus guère ensuite.
Plutarque, en second lieu, est un auteur sans parallèle. Nul autre Plutarque chez les anciens: on a écrit des biographies, avant et après lui, on a composé des traités moraux, nombreux, mais le projet de vies, conçues comme parallèles, est unique.

---

3. Jean de Pierrefeu, *Plutarque a menti*, Paris, 1923 (qui connut deux cents éditions), avec réponse du Général***, *Plutarque n'a pas menti*, suivi de *L'Anti-Plutarque*, Paris, 1925 et des *Nouveaux Mensonges de Plutarque*, Paris, 1931. Voir Rémy Cazals, «Plutarque a-t-il menti?», dans *Retrouver, imaginer, utiliser l'Antiquité*, sous la direction de S. Cauconas, R. Cazals, P. Payen, Toulouse, Privat, 2001, p. 141-146.
4. Mona Ozouf, «Le Panthéon, l'École Normale des morts», dans *Les Lieux de mémoire*, sous la direction de Pierre Nora, I, Paris, Gallimard, 1984, p. 139-166; rééd. Quarto, 1997, I, p. 155-178.
5. Je renvoie, une fois pour toutes, aux articles «Plutarque par lui-même» et «Chéronée» du Dictionnaire et à la bibliographie générale du volume.
6. Molière, *Les Femmes savantes*, acte II, scène 7, v. 542-544.

Chez les modernes, non plus, car il a fonctionné, si j'ose dire, comme son propre parallèle à lui-même. «Tu n'eus oncques au monde de semblable», écrit Amyot dans sa préface, prêtant sa plume à un soi-disant poète grec. On l'a édité, traduit et retraduit, complété, imité. On a écrit les vies perdues, on en a écrit d'autres; on l'a abrégé, on l'a «nationalisé», on a fait des à la manière de, on l'a tant décliné en tant d'éditions pour la jeunesse qu'à la fin on ne l'a plus lu ou si peu, lui qui a bien mérité une concession à perpétuité dans le cimetière des classiques ou à l'entrée de celui des grands hommes.

Il est en effet ce grand massif d'écriture qui a longtemps récapitulé l'histoire de la Grèce et de Rome. Mieux, qui en a été l'histoire: il l'a donnée à voir et en a fixé durablement la manière de l'écrire et de la raconter. Les jeunes gens l'ont découverte et épelée chez lui, le trouvant dans les bibliothèques familiales, l'étudiant dans les collèges des Pères. On commençait par Cornélius Népos, puis on continuait avec Plutarque. L'histoire de la liberté grecque expirant en 338 avant J.-C. face à Philippe de Macédoine, à Chéronée, c'est lui, lui aussi, comme ce sera la thèse de tout ce mouvement intellectuel (et politique) connu sous le nom de Seconde Sophistique. Chez lui, nos classiques se sont pénétrés des grands noms d'Athènes et, surtout, de Rome; chez lui, les premiers humanistes ont redécouvert la sagesse des anciens et ont été émerveillés par cette capacité à réfléchir à haute voix. Il a été une des pierres angulaires de l'homme des Humanités.

Mais, ces grands noms ne sont plus. Longtemps, ils se sont survécu à eux-mêmes, portés, répercutés et trahis tout à la fois par un système éducatif qui avait charge de transmettre, vaille que vaille, ce qu'on a appelé «Humanités», puis «Culture classique». Les professeurs d'humanités, disait H.G. Wells, sont des gens qui manient indéfiniment des clefs pour ouvrir des pièces vides[7]. Depuis quand ont-ils sombré ou commencé de sombrer? *Docti certant!* Depuis hier, avant-hier ou plus longtemps encore? Quelle réforme scolaire faudrait-il incriminer? Celle de 1902, consacrant l'intégration du «moderne» dans l'enseignement secondaire, celle qui, en 1968, supprime le latin en sixième? Celle qui aujourd'hui sans dire son nom oblige pratiquement les enfants à choisir entre le latin et le grec? Mais, en 1732 (déjà), l'abbé Rollin déplorait – il s'agissait du grec – que «la plupart des pères regardent comme absolument perdu le temps qu'on oblige leurs enfants de donner à cette étude». Les réformes, en particulier de l'école, n'ont pas de ces pouvoirs, elles ne font qu'entériner, souvent plutôt mal que bien, des mouvements de plus grandes amplitudes. Retracer, en tout cas, le destin posthume de Plutarque, Plutarque chez les modernes, conduirait, compte tenu de la place exceptionnelle qu'il a occupée dans la culture européenne, à proposer une histoire de la culture classique, soit un gros morceau de l'histoire intellectuelle de l'Europe. Ce à quoi les pages qui suivent ne prétendent pas.

Revenons à l'entrée, fournie par les ricanements de Courier, «Plutarque et les grands hommes». Aujourd'hui, croyons-nous encore aux grands hommes, alors que nous avons fait beaucoup mieux en matière de gloire, militaire ou autre? Notre

---

7. Françoise Waquet, *Le Latin ou l'empire d'un signe XVIe-XXe siècle*, Paris, Albin Michel, 1998, p. 320.

PRÉFACE

société produit-elle des grands hommes ? Que sont les héros devenus ? Les statues se sont fissurées ou ont été déboulonnées. Et il n'y a pas de grand homme pour son valet de chambre. Nous avons, en principe, rompu avec le «culte de tous ces demi-dieux» et ne croyons plus à une «histoire arbitrairement réduite au rôle des héros quintessenciés», comme l'écrivait en 1950 Fernand Braudel. Alors même qu'il venait de montrer d'éclatante façon, dans sa *Méditerranée*, que, si «héros» il y avait, c'était moins le roi Philippe II que la Méditerranée elle-même, dont il avait composé la «biographie»[8]. L'écrivain le plus connu du temps, Jean-Paul Sartre, terminait son essai autobiographique, *Les Mots* (1964), par la phrase célèbre «Tout un homme, fait de tous les hommes et qui les vaut tous et que vaut n'importe qui», non sans avoir rappelé qu'à l'âge de neuf ans il avait lu et relu un petit livre, qui s'intitulait *L'enfance des hommes illustres*, où Jean-Sébastien (Bach), Jean-Jacques (Rousseau), Jean-Baptiste (Molière) faisaient signe à leur futur et déjà condisciple, Jean-Paul !
La croyance aux grands hommes devrait-elle être, pour autant, un préalable à la lecture de Plutarque ? Pas nécessairement. Il convient, en revanche, de comprendre comment et pourquoi Courier en est venu à cette formulation, c'est-à-dire, en élargissant la question, quel a été le rôle joué par les *Vies parallèles* dans la généalogie du grand homme en France. En somme, Plutarque et la naissance du Panthéon[9] ? Plus en amont encore, en préalable justement, on peut s'interroger sur ce que Plutarque, lui, avait voulu faire : pourquoi écrire des *Vies* ? Quelle place occupaient-elles dans l'économie générale de son œuvre, puisqu'il est bien loin de n'avoir écrit que des biographies ? Suivre donc Plutarque des anciens aux modernes, mais aussi entre les anciens et les modernes, lui qui fut d'abord pour les modernes le visage même des anciens.

LES *VIES* PAR LES *VIES* : UN MIROIR PHILOSOPHIQUE

Des cinquante *Vies* qui nous sont parvenues, quatre, écrites antérieurement (celles de Galba, Othon, Artaxerxès, Aratos), ne font pas partie du projet des *Vies parallèles*. Les autres, dédiées au romain Sossius Sénécion, ont probablement été rédigées entre 100 et 115 de notre ère, sous le règne de Trajan, par un Plutarque ayant atteint la soixantaine. Professeur réputé, notable de l'Empire, il est alors l'auteur de nombreux traités philosophiques.
Que sont les *Vies* ? En l'absence d'une préface générale, qui aurait expliqué l'entreprise, nous ne pouvons qu'utiliser des réflexions éparses et des notations ponctuelles de l'auteur sur le comment et le pourquoi de son travail, mais surgit inévitablement la question de savoir si ces indications valent pour l'ensemble des *Vies* : pour celles qui avaient déjà été publiées en particulier ? Sont-elles circonstan-

---

8. Fernand Braudel, *La Méditerranée et le monde méditerranéen à l'époque de Philippe II*, Paris, Colin, 1949.
9. C'est le titre du livre important de Jean-Claude Bonnet, *Naissance du Panthéon*, Paris, Fayard, 1998.

PRÉFACE

cielles ou généralisables ? Mieux vaut aussi considérer que le projet n'est pas sorti tout armé de la tête de Plutarque à la suite d'une conversation avec son ami et protecteur Sossius Sénécion, mais plutôt qu'une œuvre de si longue haleine s'est faite aussi en s'écrivant : au fur et à mesure que s'allongeait la galerie des portraits.

Quelques traits généraux peuvent cependant être dégagés. Le but premier des *Vies* n'a jamais été de raconter des histoires du temps passé, quand les Grecs étaient libres et les Romains vertueux. Elles doivent faire réfléchir et aider à vivre «comme il [le] faut» aujourd'hui[10]. Il ne s'agit pas d'histoire, entendue comme connaissance désintéressée du passé, mais de philosophie morale. Elles sont autant réflexion sur que préparation à l'action. Plutarque définit la philosophie comme un art de vivre[11]. Comment le biographe peut-il se fixer cet objectif et par quel dispositif l'atteindre ? Pour définir la vie philosophique, Pythagore usait de la comparaison des grands concours de la Grèce. Trois catégories d'hommes les fréquentent : les premiers pour concourir et pour gagner, les deuxièmes pour commercer ; en dernier viennent ceux qui sont là pour voir *(theas eneka)*[12] : contempler. Ils représentent exactement la position du philosophe par rapport au monde. Or, les *Vies* veulent justement faire du lecteur (et avant lui de l'auteur) un spectateur, au sens de Pythagore. Spectacle choisi, préparé, elles sont donc, en leur mouvement de fond, invite à la vie philosophique et machine à philosopher.

Les concours se terminent par la remise d'une couronne au vainqueur, de même le récit de deux vies parallèles s'achève le plus souvent par une comparaison finale, que peut résumer et dramatiser l'attribution de prix aux deux compétiteurs. Si le lecteur est plus que jamais un spectateur, le biographe, lui, joue aussi le rôle de l'arbitre. À Philopoemen, à qui est resté le surnom de dernier des Grecs, reviendra, par exemple, la couronne de l'expérience militaire et de l'aptitude au commandement, tandis que Flamininus, le vainqueur des Macédoniens et le «libérateur» de la Grèce, recevra celle de la justice et de la bonté[13]. Ou Lysandre, le prix de la tempérance et Sylla, celui du courage[14]. Ils sont donc jugés en fonction d'une essence, celle de la justice, de la tempérance, etc., dont leur carrière offre une réalisation plus ou moins achevée. «Ne sous-estimons pas», rappelle le sociologue Jean-Claude Passeron, «la force tranquille de cette structure essentialiste qui a, dans nos traditions littéraires [...], marqué d'une évidence machinale l'idée qu'on ne peut raconter des vies qu'en les rapportant à un modèle de *vie exemplaire*». «Les *Vies parallèles* ne comparent qu'en apparence César et Alexandre ; la mise en parallèle des deux vies est une mise en raisonnement par le récit d'une question qui doit trancher de la remise d'un prix, la question de savoir quelle est de César ou d'Alexandre la vie qui incarne le mieux la figure du Grand guerrier, du Grand conquérant[15].»

---

10. *Démosthène*, I, 4.
11. *Propos de table*, 1, 2, 613b.
12. Diogène Laërce, *Vies des philosophes*, 8, 8.
13. *Comparaison de Philopoemen et de Flamininus*, XXIV, 5.
14. *Sylla*, XLIII, 6.
15. Jean-Claude Passeron, *Le Raisonnement sociologique*, Paris, Nathan, 1991, p. 196.

Poussons encore un peu la métaphore du spectacle, non plus avec Pythagore, mais en compagnie cette fois de Platon, le maître revendiqué de Plutarque. Notre âme, écrit Plutarque, a, par nature, « le désir d'apprendre et de contempler ». Il faut donc lui proposer des spectacles dignes de son attention, l'entraînant vers le beau et l'utile. Mais, attention, nulle méprise ! Contempler une statue de Phidias ou lire un poème d'Archiloque peut bien nous charmer, mais, point capital, ne nous donne nullement l'envie d'être nous-même Phidias ou Archiloque, qui ne sont que des artisans. En revanche, « la beauté morale nous attire à elle de manière active : elle suscite aussitôt en nous un élan qui pousse à l'action. Il ne s'agit pas seulement d'une imitation passive [...] la narration des faits *[historia tou ergou]* entraîne en lui [le spectateur] la volonté d'agir[16] ». Tel est l'exact point d'application de l'entreprise biographique et ce qui la justifie : produire de l'imitation chez le lecteur.

Alors pourquoi, s'il en est ainsi, raconter des vies qui, loin d'être des modèles, seraient bien plutôt des contre-modèles ? Comment justifier le récit des turpitudes de Démétrios et des plaisirs mortifères d'Antoine ? Ou celui des trahisons d'Alcibiade ? Parce que, fait valoir sans surprise Plutarque, « nous mettrons plus d'ardeur [...] pour contempler et imiter les vies les meilleures si nous ne restons pas dans l'ignorance de celles qui sont méprisables et blâmables[17] ». La valeur formatrice du mauvais exemple restera dans l'arsenal argumentatif des moralistes ultérieurs.

L'imitation encore. Le lecteur est un spectateur et l'auteur est comme un peintre. Mais ce n'est évidemment pas l'apparence physique du modèle qui importe (il y a d'ailleurs des statues pour cela auxquelles Plutarque renvoie son lecteur), mais le caractère *(éthos)*, qu'il faut savoir saisir à partir d'indices. Écrire une vie, c'est faire « le portrait d'une âme[18] » : rendre visible l'invisible. « Les peintres, pour saisir les ressemblances, se fondent sur le visage et les traits de la physionomie et ne se soucient guère des autres parties du corps ; que l'on nous permette à nous aussi, de la même manière, de nous attacher surtout aux signes qui révèlent l'âme et de nous appuyer sur eux pour retracer *[eidopoiein]* la vie de chacun de ces hommes[19]. » À la différence de l'historien, le biographe n'a pas à être complet, surtout quand il s'agit d'un homme comme Alexandre : on ne doit pas attendre de lui le récit de toutes les batailles, mais le portrait de l'âme de celui qui les a livrées.

Il doit, en revanche, être fidèle. Tout comme un peintre, qui reproduit une figure comportant un léger défaut, se doit de ne pas le supprimer, sans pour autant s'y attarder, le biographe doit signaler les fautes de conduite de son sujet, mais sans trop d'insistance, en se rappelant qu'au total la nature humaine n'offre jamais

---

16. *Périclès*, I, 2 ; II, 4.
17. *Démétrios*, I, 6.
18. *Caton le Jeune*, XXIV, 1. On peut rapprocher la notation sur les statues de ce que dit Plutarque du discours philosophique qui justement « ne sculpte pas des statues immobiles, mais tout ce qu'il touche il veut le rendre actif, efficace et vivant » (*Le Philosophe doit surtout s'entretenir avec les grands*, 776c-d).
19. *Alexandre*, I, 3.

PRÉFACE

«aucun caractère dont la vertu soit pure et indiscutable[20]». La condition humaine n'est en effet jamais que mélange. Ce postulat posé comme partagé, les *Vies* sont justement l'exploration des proportions et de leurs variations. Une autre comparaison avec la peinture (elles sont fréquentes chez Plutarque) ramène une fois encore le spectateur. Devant des tableaux, il y a, disait un peintre, deux types de spectateurs : les profanes, qui ressemblent à des gens qui saluent d'un seul geste toute une vaste assemblée, les connaisseurs, qui sont «comme les personnes qui ont un mot de bienvenue pour chacun de ceux qu'ils rencontrent». Les premiers n'ont des œuvres qu'une vue générale et imprécise, tandis que les seconds exercent leur jugement critique sur chaque détail. «Il en va de même pour les actions réelles : les esprits un peu paresseux se satisfont de connaître en gros la suite de l'histoire et sa conclusion», alors que l'homme, ami du bon et du beau, lorsqu'il est spectateur d'actions, dont la vertu est la principale artisane, «trouve plus de plaisir à en considérer les détails». Plus que le résultat final, qui dépend largement de la Fortune, ce qui importe, ce qui est instructif ce sont en effet les manières de faire face aux diverses circonstances et les résolutions qui sont prises[21]. Tel est le genre de spectateurs auquel s'adresse le biographe.

De ce premier examen il ressort déjà – c'est là une première remarque de portée générale – qu'il ne devait pas y avoir pour Plutarque de différence de nature entre écrire des vies et composer des traités (proprement) philosophiques. Cette coupure, introduite ultérieurement par les éditeurs de l'œuvre et, finalement, instituée, entre le Plutarque des *Vies* d'un côté, et celui des *Œuvres morales* de l'autre n'existait pas d'emblée. C'est le même Plutarque, passant des unes aux autres, reprenant dans un certain nombre de cas les mêmes exemples, mobilisant les mêmes lectures, poursuivant en somme la même fin, mais par des voies différentes. Car, il est bien clair que le genre biographique, dont Plutarque n'est en aucune façon l'inventeur, avait ses règles de composition, une logique propre, bref une tradition. Ainsi sans Varron et Cornélius Népos (pour ne pas parler de l'*Agésilas* de Xénophon ou de l'éloge d'*Évagoras* d'Isocrate avant eux), Plutarque est impossible. Le premier réunit dans ses *Imagines* ou *Hebdomades* sept cents portraits d'hommes célèbres (pas uniquement romains), accompagnés chacun d'une épigramme le caractérisant. Le second composa un recueil de biographies où des Romains côtoyaient des Grecs, et même des Carthaginois et des Perses[22]. Il est non moins clair qu'à un certain moment – peut-être quand le nombre des *Vies* déjà rédigées a constitué une masse critique –, l'œuvre a acquis une sorte d'autonomie, avec son rythme, son système d'échos et de renvois, son architecture et sa visibilité propres. Mais cela ne signifie nullement que plus il écrivait de *Vies*, moins Plutarque était philosophe et plus il devenait «biographe». Tout au contraire, je croirais volontiers que mieux il maîtrisait la biographie, plus elle devenait philosophique, plus et mieux il savait conjoindre le récit d'une vie et l'inspi-

---

20. *Cimon*, II, 4-5.
21. *Sur le démon de Socrate*, 575 B-C.
22. Arnaldo Momigliano, *Les Origines de la biographie en Grèce ancienne*, trad., Strasbourg, Circé, 1991, p. 136-138.

ration philosophique de son écriture, faisant surgir du (simple) récit des faits le désir d'imitation, sans passer par le détour ou l'intermédiaire d'un commentaire. Les traités moraux et les *Vies* s'inscrivent dans le même horizon de questionnement : l'action *(praxis)*, la fortune *(tychè)*, la vertu *(arétè)* et leurs rapports. Alors que le traité entre dans son sujet par un exemple, une situation, ou simplement en se présentant comme une réponse à une question posée, la *Vie* se doit de suivre la linéarité du récit biographique. Mais on pourrait aisément trouver dans bon nombre de *Vies* des formules (d'inspiration platonicienne le plus souvent) à même de générer tout le récit. Ainsi la citation de Platon «les grandes natures sont aussi capables de grands vices que de grandes vertus» peut fonctionner comme la matrice de la *Vie* d'Antoine qui, tel un cheval rétif (Platon toujours), regimba contre tout ce qui était bon. En Egypte, il en viendra à former avec Cléopâtre une extraordinaire association dite des «Vies inimitables», placée sous le signe du luxe et de la volupté, avant de se transformer, quand la fin approche, en association de «ceux qui vont mourir ensemble»[23]. Même la courte *Vie de Galba* peut être rapportée à une maxime de Platon sur la vertu d'obéissance, qui, «comme la vertu royale, exige une nature généreuse et une éducation philosophique». Ce dont les prétoriens étaient bien dépourvus. La vie vérifie la formule et la formule explique la vie. En plus d'un cas, Plutarque se sert de la sentence «l'arrogance est la compagne de la solitude» : formule de liaison et capsule d'intelligibilité, elle explique tel épisode ou annonce tel échec. Elle vaut, en particulier, pour décrire, mais aussi expliquer la vie de Coriolan. Les *Vies* de Pélopidas et de Marcellus, deux généraux qui sont allés bêtement au-devant de la mort, sont deux illustrations de la formule «le mépris de la vie n'a rien à voir avec l'attachement à la vertu», par laquelle Plutarque les introduit. Enfin, à l'arrière-plan des *Vies* des grands législateurs, Lycurgue et Numa, sont présentes, comme une sorte de patron, les *Lois* de Platon.

La Fortune : si chaque vie la rencontre, si elle est un protagoniste inévitable, elle est, dans un certain nombre d'entre elles, plus active encore (positivement ou négativement). Davantage, on peut s'interroger sur les parts respectives de la Fortune et de la Nature dans les événements de telle ou telle vie. Ainsi, pour Démosthène et Cicéron, «si la Nature et la Fortune entraient en compétition, comme des artistes, il serait difficile de décider si c'est la première qui les a rendus plus semblables par le caractère, ou la seconde par les événements de leur vie[24]». Le biographe s'intéressera, tout particulièrement, aux stratégies face à la Fortune : qui s'oppose à elle, l'accompagne ou s'y abandonne ? «Tu gonfles ma voile et c'est toi aussi, je crois, / Qui me consumes[25]» lançait Démétrios à la Fortune, en citant Eschyle. À partir d'un certain moment, le vent favorable qui accompagnait Lucullus parut tomber : il déployait la même ardeur et la même valeur, voire davantage, mais «ses actions ne rencontraient plus ni gloire ni faveur[26]». Au point qu'il finit par abandonner la vie

---

23. *Antoine*, XXVIII, 2 ; LXXI, 4.
24. *Démosthène*, III, 5.
25. *Démétrios*, XXXV, 4.
26. *Lucullus*, XXXIII, 1.

PRÉFACE

politique. Nicias avait une autre stratégie : il s'effaçait derrière la Fortune, n'attribuant ses succès ni à sa prudence ni à son autorité ni à sa vaillance, pour se soustraire à l'envie que suscite la gloire. De dérobade en dérobade, il périt dans le désastre de l'expédition de Sicile[27]. Sylla, prenant le surnom de *Felix*, mettait toujours la Fortune en avant. La *Vie* de Paul-Émile, le vainqueur de Persée, est tout entière une méditation sur la Fortune, qui culmine dans l'échange qui semble s'opérer entre malheur privé et prospérité publique : au moment même de son triomphe le consul victorieux paye le succès de Rome de la mort soudaine de ses deux enfants. Il l'admet, allant jusqu'à s'en réjouir pour Rome, car il sait bien que jamais aucune faveur n'est sans mélange[28]. Il y a enfin l'aveuglement d'un Marius qui meurt en se plaignant de sa Fortune, alors qu'il a été le premier homme à être élu sept fois consul. À l'opposé, il y a Platon, sur le point de mourir, remerciant sa Fortune d'avoir fait de lui un homme, un Grec et de l'avoir fait naître au temps de Socrate[29]. Mais, d'humeur intraitable, Marius a toujours estimé «ridicule d'apprendre des lettres [le grec] enseignées par des gens asservis à autrui[30]».

Comment travaille le biographe ? À la différence de l'historien, nous l'avons vu déjà, il n'est pas tenu à l'exhaustivité. Il choisit le détail significatif, le geste, le mot révélateurs. Il ne va pas raconter toutes les actions d'Alexandre, mais seulement faire voir quel il était, quel était son caractère. Quand il évoque Nicias, il ne peut certes passer complètement sous silence ce qu'en a écrit Thucydide (sinon on le tiendrait pour incompétent), mais ce qu'il recherche en fait ce sont «des éléments ignorés du plus grand nombre», en vue de «transmettre ce qui sert à la compréhension d'un caractère et d'un comportement[31]». Le rapprochement de deux grands personnages se fait sur la base de ressemblances, déjà connues, parfois établies, voire encore inédites, mais toujours le travail de l'analyste consiste à pousser les ressemblances jusque dans le détail pour en faire surgir de la différence, avant d'arriver à la comparaison finale (la *syncrisis*) qui dresse le bilan et distribue les prix. Ces comparaisons locales (à l'intérieur d'un couple) peuvent elles-mêmes préparer des comparaisons globales (entre plusieurs vies) : le courage d'Alcibiade diffère de celui d'Épaminondas, l'intelligence de Thémistocle de celle d'Aristide, la justice de Numa de celle d'Agésilas. On peut même imaginer une sorte de spectre dont, pour ce qui est par exemple du courage, Alcibiade et Épaminondas représenteraient les deux extrémités. Or, Phocion et Caton représentent, pour Plutarque, une sorte de cas limite : leurs destins ont beau avoir été différents (Phocion a été condamné à mort, Caton s'est donné la mort), ils ont pourtant des vertus profondément semblables. Si loin qu'on pousse l'investigation, on ne découvre en effet nulle différence dans leurs deux caractères, qui mêlent, «à proportions égales, l'humanité à l'austérité, le courage à la tranquillité, la sollicitude

---

27. *Nicias*, VI, 2.
28. *Paul-Émile*, XXXV, 1-3.
29. *Marius*, XLVI, 1.
30. *Marius*, II, 2.
31. *Nicias*, I, 5.

PRÉFACE

pour autrui à la sérénité personnelle, l'aversion pour le laid et la tension de l'âme vers la justice, en une même harmonie»[32].
Sur un autre registre, les *Vies* peuvent aussi se lire comme un manuel politique, un recueil de conseils, d'anecdotes, de phrases historiques (il y en a pour toutes les occasions)[33]. Plutarque a, par ailleurs, composé un traité, intitulé *Préceptes politiques*, qui se donne explicitement comme une série de conseils adressés à un jeune notable de la cité de Sardes désireux d'entamer une carrière politique. Plus d'une centaine de parallèles ont été relevés entre le traité (rédigé au début du IIe siècle) et les *Vies*. C'est une sorte de *digest*, rassemblant une variété d'exemples, à l'usage de qui n'a pas «le temps d'être spectateur d'exemples en acte ni de suivre un philosophe engagé dans la politique». Pour un spectateur pressé! Dans les biographies, il est avant tout question, comme le dit Plutarque, de *politeia* et d'*hégémonia*, de politique concrète et de commandement militaire. Cicéron est présenté non comme un théoricien de la politique, mais comme un homme de terrain, mémorisant non seulement les noms de ses concitoyens, mais aussi «l'endroit où habitait chacun des notables, les domaines qu'ils possédaient à la campagne, les amis qu'ils fréquentaient et leurs voisins[34]».
Au-delà de ce *vademecum* du politicien en campagne, la *Vie de Phocion*, par exemple, s'ouvre sur une réflexion de portée générale sur la politique en temps de crise: comment doser fermeté et concessions, sachant que «la cité entraîne dans sa perte celui qui parle par complaisance, après avoir fait périr celui qui refuse de lui complaire[35]»? Le destin des Gracques est l'occasion de faire méditer sur le désir de gloire et de popularité. «Vous ne pouvez pas demander au même homme de vous diriger et de vous suivre»: voilà ce que doit répondre l'homme politique à la foule qui le presse. Ces réflexions, écrit Plutarque (qui n'a pas eu la chance de connaître l'heureux temps des sondages quotidiens!), «me sont venues à l'esprit, car j'ai pu mesurer ses effets [du désir de popularité] en observant les malheurs qui s'abattirent sur Tibérius et Caius Gracchus. Ils étaient d'excellente naissance, ils avaient reçu une excellente éducation et leurs principes politiques étaient excellents, mais ce qui les perdit fut moins un désir immodéré de popularité que la crainte de l'impopularité[36]».
Ultime enseignement: la mort fait complètement partie de la vie. Comment meurent les hommes politiques? Leur mort doit, elle aussi, servir la cité. Elle n'est pas une affaire privée. En règle générale, ils ne meurent jamais seuls. Il y a ceux qui ne savent pas mourir comme Marius, ceux qui le savent au plus haut point, tel Caton, ceux dont la mort courageuse rachète les faiblesses, Démosthène par exemple. Il y a aussi les ironies de l'histoire: Antoine avait depuis longtemps chargé un esclave,

---

32. *Phocion*, III, 7-8.
33. Les *Apophtegmes de rois et de généraux*, dédiés à Trajan, présenteront justement une collection de ces dits mémorables.
34. *Cicéron*, VII, 2.
35. *Phocion*, II, 9.
36. *Agis*, II, 4 et 7.

PRÉFACE

nommé Éros, de lui donner la mort, mais, brandissant son glaive, Éros se frappe lui-même! Cicéron, en fuite, a été trahi par Philologus, un affranchi de son frère! Il y a toutefois une différence de taille entre la politique selon les *Vies* et la politique aujourd'hui: au temps de Plutarque. Les affaires des cités n'offrent en effet plus de guerres à diriger, de tyrannies à abattre, de grandes alliances à conclure[37]. La politique est désormais sans enjeux majeurs. Alors que Périclès devait se rappeler à lui-même: «Périclès tu commandes à des hommes libres, à des citoyens athéniens», l'homme politique d'aujourd'hui se doit de ne jamais oublier: «Toi qui commandes, tu es un sujet; tu commandes dans une cité soumise aux proconsuls, aux procurateurs de Césars. "Ce n'est plus le temps des batailles"[38].» Inutile en effet de rappeler les combats glorieux des ancêtres et de jouer les matamores: mieux vaut se ménager l'amitié d'un Romain puissant. Ce sentiment d'une histoire étriquée, guère exaltante, sinon presque finie, précieuse pourtant, se trouve nettement exprimé dans les traités sur les oracles, écrits par Plutarque sur la toute fin de sa vie. Aujourd'hui en effet, les oracles ont presque cessé de faire retentir leurs voix, la tranquillité règne partout, et on n'a plus besoin de remèdes nombreux et extraordinaires. Aussi, les questions qu'on leur pose encore portent-elles sur les petites préoccupations de chacun (faut-il se marier, entreprendre telle traversée, que seront les prochaines récoltes?), et les réponses peuvent être simples, directes et courtes[39]. Cette même époque est aussi celle où a été annoncée la mort du grand Pan. Le pilote d'un navire encalminé, en route pour l'Italie, entendit une voix lui intimer l'ordre d'annoncer la mort du grand Pan. Lorsque, placé à la poupe du navire et tourné vers la terre, il lança la nouvelle dans la nuit, un grand sanglot lui répondit[40].

Les *Vies* parlent surtout d'un temps d'avant. D'avant la perte de leur liberté par les Grecs, dans la bataille de Chéronée contre Philippe de Macédoine (338); elle fut justement précédée d'oracles effrayants de la Pythie. Plutarque a été un des principaux inventeurs de la coupure de Chéronée comme fin de la cité, sur laquelle s'est largement construite et a vécu toute une représentation moderne de la Grèce classique. D'un temps d'avant pour les Romains aussi: les guerres civiles marquant la fin tumultueuse de la République. La mort de Démosthène et de Cicéron, les deux plus grands orateurs aux destins si semblables, a coïncidé avec la fin de la liberté pour leurs concitoyens[41]. Phocion et Caton viennent trop tard: Caton est un «fruit hors de saison»; il se conduit comme s'il vivait dans la *République* de Platon[42].

Pour la Grèce, il y eut toutefois une rémission: la restitution de sa liberté par Flamininus, après sa victoire sur Philippe V de Macédoine (en 196), proclamée à l'occasion des concours Isthmiques. Flamininus a même fait mieux que la plupart

---

37. *Préceptes politiques*, 805 A.
38. *Préceptes politiques*, 813 E. La fin de la phrase est une citation de Sophocle.
39. *Sur les oracles de la Pythie*, 408 C.
40. *Le Déclin des oracles*, 419 C.
41. *Démosthène*, III, 4; XIX, 1.
42. Ce qui est doublement «hors de saison», puisque le temps de Platon est loin et que la *République* n'a jamais existé.

des généraux grecs d'autrefois. «Les Agésilas, les Lysandre, les Nicias, les Alcibiade ont certes été des chefs habiles à bien conduire les guerres et à remporter des batailles sur terre et sur mer. Mais ils n'ont jamais su mettre leur succès au service d'une réalisation généreuse, belle et noble. Si l'on excepte l'exploit de Marathon, la bataille navale de Salamine, Platées, les Thermopyles et les succès de Cimon sur l'Eurymédon et près de Chypre, toutes les autres batailles qu'a livrées la Grèce l'ont été contre elle-même et ont entraîné son esclavage. Tous les trophées qu'elle a érigés ont fait son malheur et sa honte, et elle a été très souvent conduite à sa perte par la méchanceté et la jalousie de ses chefs. Or voici que des étrangers qui semblaient n'avoir que de faibles lueurs et de vagues traces de leur parenté avec l'ancienne race grecque, et dont il eût été déjà étonnant que la Grèce pût recevoir le moindre conseil ou avis utile, ont affronté volontairement les plus grands dangers et les plus grands labeurs ! Ils l'ont arrachée à des despotes et à des tyrans cruels, et ils l'ont libérée[43] !» Ces paroles, que Plutarque présente comme «les réflexions des Grecs» ayant assisté à la scène, sont le fondement idéologique de la «collaboration» avec Rome et ont nourri cet autre grand thème moderne (surtout au XIXe siècle et en Allemagne) d'une Grèce ayant échoué par son incapacité à s'unir : ayant passé le plus clair de son temps à lutter contre elle-même, elle a été en quelque façon restituée à elle-même par les Romains.

À ces réflexions font écho celles que Plutarque prête, un siècle et demi plus tard, à quelques Grecs – autres évidemment et, pourtant, les mêmes – et à «un petit nombre de Romains, les meilleurs», juste avant que s'engage la bataille de Pharsale, opposant Pompée à César. Cette fois, la discorde est dans Rome même : deux généraux, réputés jusqu'à ce jour invincibles, combattent «sans pitié pour leur gloire, à laquelle ils sacrifiaient la patrie». «Des armes parentes, des formations sœurs, des enseignes communes, tant de vaillance et de force, issues de la même cité, se retournaient contre elles-mêmes, ce qui montrait combien la nature humaine devient aveugle et folle sous l'effet de la passion[44].» Rome certes continuera et prospérera, mais la grande et vieille République ne s'en relèvera plus. Brutus, le meurtrier de César, n'a jamais poursuivi qu'un seul but : «rendre aux Romains la constitution de leurs ancêtres», «mais la situation ne pouvait plus supporter, semble-t-il, le gouvernement de plusieurs hommes; elle exigeait une monarchie»[45]. De la nécessité donc de l'Empire. Nul «Romain», en tout cas, ne pouvait venir sauver les Romains de leurs divisions.

Revenons, pour achever cet éclairage des *Vies* par les *Vies*, sur le biographe au travail : les *Vies* comment, mais aussi pourquoi, et pourquoi le parallèle ? Si, dans la perspective philosophique rappelée plus haut, vivre c'est savoir contempler, la *Vie*, elle, se donne comme un spectacle dans le spectacle, qui a la propriété de susciter instantanément le désir d'imitation. Au début de la *Vie de Timoléon*, le général corinthien favorisé de la Fortune, Plutarque livre, en passant, une précision capitale : «Lorsque j'ai entrepris d'écrire ces *Vies*, c'était *pour* autrui; mais si je persévère et

---

43. *Flamininus*, XI, 5-7.
44. *Pompée*, LXX, 6 et 2.
45. *Comparaison de Dion et de Brutus*, LVI, 11 ; XLVII, 7.

me complais dans cette tâche, c'est à présent *pour* moi-même». **Pour autrui** peut signifier : pour leur faire plaisir, ou parce qu'elles m'en ont fait la demande. Viendraient se ranger dans cette première catégorie, les *Vies*, isolées, justement sans parallèles, écrites d'abord, comme celles d'Artaxerxès, Galba, Othon, Aratos (dont il précise qu'il l'a effectivement composée à l'intention des descendants d'Aratos, pour qu'ils «soient élevés au milieu de ces exemples familiaux»).

Pour moi-même, en revanche, ce sont celles écrites pour moi, pour mon propre usage, dans un premier temps au moins. Ces histoires sont alors «comme un miroir, à l'aide duquel j'essaie, en quelque sorte, d'embellir ma vie, et de la conformer aux vertus de ces grands hommes. J'ai vraiment l'impression d'habiter et de vivre avec eux : grâce à l'histoire, j'offre l'hospitalité, si l'on peut dire, à chacun d'entre eux tour à tour, l'accueillant et le gardant près de moi ; je contemple "Comme il fut grand et beau" *[Iliade]*, et je choisis les plus nobles et les plus belles de ses actions afin de les faire connaître[46]». Le but est la «correction» des mœurs. Montaigne repartira de cette dimension d'usage «domestique et privé» des exemples, sur laquelle Plutarque ne s'arrête pas longuement. À quoi conduit en effet ce commerce avec les grands hommes : les imiter pour devenir de plus en plus (comme) eux ou de mieux en mieux soi ? L'alternative ne saurait se poser en ces termes pour Plutarque. Il imite certes pour embellir sa propre vie au miroir de celles qu'il raconte, mais tout autant pour en faire connaître les plus beaux traits. Dans ce miroir, c'est eux qu'ils voient l'invitant à devenir de plus en plus comme eux, alors que Montaigne, regardant ce même miroir, s'y découvrira de plus en plus lui-même.

«Je contemple "Comme il fut grand et beau"». Par cette citation d'Homère, il indique, en outre, que les *Vies* voudraient jouer aujourd'hui le rôle qui avait été (ou qu'on imaginait qu'avait été) celui de l'épopée autrefois. Porteuse des valeurs de l'aristocratie, elle chantait la mémoire des guerriers fameux qu'elle proposait en exemple. Évoquant un temps d'avant (le temps des héros), l'épopée était tout entière une œuvre de mémoire. Les *Vies* ont, elles aussi, leur temps d'avant et une dimension de mémoire : celui avant la fin de la liberté en Grèce ou de la République à Rome, et elles recueillent «le souvenir des hommes les meilleurs et les plus estimables». On est certes passé de l'épopée à l'histoire, de l'aède au biographe, travaillant à partir d'une documentation écrite, mais ce dernier entend bien s'inscrire dans la continuité d'une culture et de ses usages. Donnant à voir des exemples historiques, les meilleurs, il convoque en même temps et récapitule, sous forme de citations très nombreuses (que l'on peut prendre tantôt au premier, tantôt au second degré), les enseignements portés par les genres littéraires antérieurs (l'épopée, mais aussi, fréquemment, la tragédie et l'histoire).

Ce projet, philosophique en son fond, n'impliquait en aucune façon le parallèle[47]. L'exercice d'imitation ne le présupposait nullement. Ce fut pourtant le coup de génie de Plutarque d'en faire, à partir des années 100 environ, la loi de son écriture

---

46. *Timoléon*, Préface, 1-3. Citation d'Homère (*Iliade*, XXIV, v. 630) à propos d'Achille.
47. François Hartog, «Du parallèle à la comparaison», *Plutarque Grecs et Romains en Questions*, Entretiens d'archéologie et d'histoire, Saint-Bertrand-de-Comminges, 1998, p. 161-171.

biographique, en appariant un Grec à un Romain ou un Romain à un Grec. L'exemple est dès lors dédoublé ou redoublé, recueillant une mémoire grecque et une mémoire romaine, qui, par l'entrecroisement de la comparaison, devient une mémoire commune gréco-romaine. Le parallèle présuppose et vérifie à chaque fois que Grecs et Romains participent d'une même nature, reconnaissent les mêmes valeurs et partagent, sinon la même histoire, du moins un même passé (fournissant des exemples valant pour les uns et les autres). Aujourd'hui, ils habitent un monde commun. Un notable romain ou grec du cercle de Sossius Sénécion peut regarder aussi bien dans le miroir de la *Vie d'Épaminondas* (perdue) ou de *Timoléon* que dans celui de la *Vie de Scipion*, s'y reconnaître, être traversé du même désir d'imitation et en tirer les mêmes préceptes d'action. On est encore dans la philosophie morale, mais on est aussi dans la politique, plus exactement on y a toujours été, dans la mesure où le parallèle, ainsi manié, légitime et donne sens à un Empire se concevant comme gréco-romain.

Les *Vies* au-delà des *Vies* : le miroir des princes et l'homme des humanistes

Si le Moyen Âge n'a pas complètement ignoré le nom de Plutarque, il correspondait à celui du légendaire précepteur de Trajan et à l'auteur d'une apocryphe *Institution des princes*. Sa redécouverte se fait d'abord à la cour pontificale d'Avignon, où, en 1373, Simone Atumano traduit en un latin mot à mot le traité *Du contrôle de la colère*, retraduit vingt ans plus tard, en un latin plus élégant, par Coluccio Salutati (qui ignorait le grec). Dès lors le mouvement est lancé et va en s'amplifiant et en s'accélérant : de nouveaux traités, tel celui *Sur l'éducation des enfants*, les *Apophtegmes*, et bientôt les *Vies* se mettent à circuler[48]. En 1509 sort, chez Aldo Manuce à Venise, la première édition du texte grec des *Œuvres morales*. Henri Estienne publie à Genève, en 1572, la première édition complète : avec d'un côté les *Vies parallèles*, de l'autre les *Œuvres morales*. Le partage des deux, esquissé déjà au XIIIe siècle dans le travail de collation et de copie dû au moine byzantin Maxime Planude, est définitivement institué.

Les premiers des humanistes le lisent avec enthousiasme et le traduisent. Guillaume Budé et Érasme s'empressent de traduire plusieurs de ses traités en latin. Ils le considèrent comme un auteur, assurément difficile par ses tours abrupts, sa pensée subtile et riche de toute une tradition antérieure, mais de première importance, méritant de ce fait leur zèle et leur application. Car, chacun peut trouver un grand profit à le fréquenter, même s'il a une vocation particulière à être l'instituteur des princes, lui qui fut, comme on le répétera jusqu'au XIXe siècle (Michelet voudra encore y croire), le précepteur de l'empereur Trajan. Pour Érasme, si Socrate a ramené la philosophie du ciel sur la terre, Plutarque est celui qui l'a introduite au cœur de la maison et jusque dans la chambre à coucher. Si bien qu'il est difficile de comprendre pourquoi

---

48. R. Weiss, *Medieval and Humanist Greek*, Collected Essays, Padoue, Antenor, 1977, p. 204-217.

PRÉFACE

on ne le trouve pas dans les mains de tous et pourquoi « on ne fait pas étudier aux enfants tout ce qu'il nous a transmis dans le domaine de la morale[49] ». Pour distraire François Ier, Guillaume Budé, alors secrétaire du roi, traduit en français une série d'*Apophtegmes*, empruntés à Plutarque pour la plupart (aux *Œuvres morales* et aux *Vies*). Ce qui n'empêche pourtant pas l'ouvrage de s'ouvrir sur une collection d'aphorismes de Salomon. Repris après la mort de Budé par des éditeurs peu scrupuleux, le livre paraîtra en 1547 sous le titre *Le Livre de l'institution du prince*[50].

De même, Érasme dédie, en 1531, à Guillaume, duc de Clèves, les *Apophtegmes* qu'il a rassemblés « dans tous les meilleurs auteurs ». Car, rien n'est plus adapté pour un jeune prince qu'un recueil de sentences remarquables. « Celui qui naît pour le pouvoir doit réaliser la vertu sur-le-champ, et non pas en discuter à loisir[51]. » Il n'a pas le temps de se perdre dans les labyrinthes de Platon. Or, Plutarque est le maître de ce genre : « Après avoir publié un ouvrage exceptionnellement profitable sur les *Vies des hommes illustres*, où sont rapportés, pêle-mêle, leurs actes et leurs paroles, il a rassemblé pour Trajan, le plus estimé parmi les Césars, les apophtegmes des divers personnages, parce que le caractère de chacun en particulier s'y reflète comme dans un miroir très fidèle. » Après une dizaine de pages, où il n'a été question que des hommes de l'Antiquité, l'ultime phrase (il était grand temps !) de cette longue lettre préface invite le jeune homme à se souvenir, malgré tout, qu'il ne lit pas « des Apophtegmes de Chrétiens, mais bien de Païens ». Afin, faut-il le préciser, qu'il lise « avec discernement ».

Présentant à Charles IX sa traduction des *Œuvres meslées* (comme on appelait encore les *Œuvres morales*), Jacques Amyot, alors Grand Aumônier de France et évêque d'Auxerre, est plus explicite encore : ils les nomment « voix de sapience », étant entendu que ces opuscules moraux « tendent et conduisent à même fin que les livres saints » : à savoir « rendre les hommes vertueux »[52]. On peut donc légitimement faire une lecture chrétienne de Plutarque. Amyot est toutefois resté fameux, d'abord et surtout, pour sa traduction des *Vies parallèles*, qui deviennent sous leur nouveau titre les *Vies des hommes illustres grecs et romains comparées l'une avec l'autre*. Dédiées à Henri II, par un Amyot alors précepteur des enfants royaux, elles sont publiées à Paris en 1559. Hommes *illustres*, l'ajout de l'épithète qui, dans la tradition française au moins, va s'imposer et perdurer, est un petit coup de pouce, finalement important (dont Amyot n'a même peut-être pas eu vraiment conscience). Car, par ce moyen Plutarque devient non seulement un inspirateur, mais aussi presque un contemporain des hommes de la Renaissance : il leur parle de ce qui les concerne.

---

49. Érasme, « À Alexius Thurzo » (préface à la traduction latine du *De non irascendo* et du *De curiositate* de Plutarque), *La Correspondance d'Érasme*, University Press, Bruxelles, VI, 1977, p. 90.
50. Louis Delaruelle, *Guillaume Budé. Études sur l'humanisme français*, Paris, H. Champion, 1907.
51. Érasme, « À Guillaume, duc de Clèves », *La Correspondance d'Érasme*, University Press, Bruxelles, IX, 1980, p. 180-190. La Popelinière estime que plus qu'aucun autre auteur Plutarque mérite d'être vu et fréquenté par le prince (*Histoire des histoires*, 1599, p. 294).
52. La traduction paraît en 1572 (après celle des *Vies*). R. Aulotte, *Amyot et Plutarque. La Tradition des Moralia au* XVIe *siècle*, Genève, Droz, 1965.

PRÉFACE

Tant l'époque s'est placée, depuis Pétrarque et son *De viris illustribus* (1338-1353), sous le signe et l'inspiration des hommes illustres : on veut les connaître, les imiter, on veut les voir, on veut avoir chez soi leurs médailles et leurs bustes. Soulignant le lien entre le développement de l'individu et la gloire moderne, Jacob Burckhardt y reconnaissait la sûre signature de ce temps[53]. Plutarque devient du coup un intermédiaire évident et obligé, ou mieux un précieux compagnon. Tout commence avec les médailles et les bustes antiques, puis on se met à composer un peu partout des recueils de portraits des hommes illustres : le premier en 1517 dû à Andrea Fulvio, collaborateur de Raphaël, réunit les portraits des hommes célèbres, en commençant avec Alexandre[54]. Guillaume Rouillé, éditeur lyonnais, publie en 1553 un *Promptuaire des médailles des plus renommées personnes qui ont esté depuis le commencement du monde, avec une briève description de leurs vies et faicts, recueillie des bons auteurs* (il va d'Adam jusqu'à Henri II). La collection, rapidement la plus fameuse, est celle réunie par Paul Jove, médecin, historien, courtisan et évêque, qui rassemble dans sa villa de Côme quatre cents portraits, non pas imaginés, mais «fidèlement reproduits» à partir des originaux (ou de ce qui était alors tenu pour tel, en particulier les médailles)[55]. Une courte biographie figurait sous chacun des portraits regroupés en plusieurs séries : les «génies créateurs» du passé, ceux du temps présent, les artistes, enfin les papes, les rois et les généraux. L'inspirateur direct de Jove était non Plutarque, mais le grand érudit romain Varron avec ses *Imagines*. L'effet de ce «musée» des illustres fut démultiplié du fait des visiteurs étrangers qu'il reçut, envoyés notamment par les princes. On fit des copies, qui furent à leur tour copiées et recopiées, des recueils enfin furent publiés. Ainsi, en 1559 (la même année que les *Vies* d'Amyot), paraît une édition française, avec de courtes notices biographiques, sous le titre *Les Éloges et vies des plus illustres hommes de guerre qui se voyent à Côme*. Il ne faut pas non plus négliger le fait que les éditions d'Amyot, qui se succèdent au long du XVIe et du XVIIe siècle, sont elles-mêmes illustrées.

Dans la même lignée, André Thevet, cosmographe du roi, connu par ses récits de voyage au Brésil et au Levant, travaille trente ans à la préparation d'un vaste ouvrage, finalement publié un an après sa mort, *Les Vrais Portraits et vies des hommes illustres grecs, latins et payens, recueillis de leurs tableaux, livres, médailles antiques et modernes* (Paris, 1584). La «prosopographie» est pour lui l'achèvement de la «Cosmographie», conçue comme savoir universel. Il voulait, lui aussi grâce à des portraits authentiques, «ressusciter et réveiller du sombre et oublieux tombeau de l'ancienneté les cendres, actions, gestes et renommée de très illustres personnages». Plutarque, qui est là, dès le titre ainsi que dans un certain nombre de notices biographiques (reprises d'Amyot), a, lui-même, droit à un beau portrait barbu et à une notice où on lit sans surprise un éloge du Plutarque des princes, qui «devraient faire graver ses maximes dans leurs cabinets». Naturellement, il n'y a plus seulement les Grecs et les Romains, mais aussi les Païens, plus seulement les vies, mais

---

53. Jacob Burckhardt, *La Civilisation de la Renaissance en Italie*, trad., Paris, Plon, 1958.
54. Francis Haskell, *L'Historien et les images*, trad., Paris, Gallimard, 1995, p. 64-77.
55. *Ibid.*, p. 66.

PRÉFACE

aussi et même en priorité les portraits. Donc *exit* le parallèle. Mais, en réalité, à cette tripartition initiale (et intenable) s'en superpose très vite une autre: les Chrétiens, les Païens, les Barbares. Aussi trouve-t-on à côté des rois de France, les conquérants Cortès et Pizarre, mais aussi Motzume, roi du Mexique, le Brésilien Quoniambec, ou Saladin, roi d'Égypte et Chérif, roi de Fez et de Maroc. Pour la première fois, les Sauvages font leur entrée dans la cohorte des hommes illustres.

Pourquoi des «portraits»? L'*Épître au lecteur* de Thevet s'ouvre par une réflexion sur l'image: elle «représente en foy celui duquel elle est le portrait, fait (ce semble) revivre celui, qui dès longtemps décédé ou absent, se représente devant nos yeux». À ce pouvoir d'évocation de l'image, s'ajoute une claire défense de la supériorité de la vue. «À dire la vérité les portraits et images ont une énergie et vertu intérieure à vous faire chérir la vertu et détester le mal.» Au fond, Thevet reporte complètement sur le portrait peint cette capacité de susciter le désir d'imitation que Plutarque, en platonicien, accordait au seul portrait de l'âme: il allait du visible vers l'invisible, saisi à travers une série de signes. En conférant une forme, en la mettant en forme *(eidopoiein)*, l'écriture biographique rendait visible (et imitable) une vie. Alors que Thevet, bien convaincu «qu'entre les sens de l'homme la vue émeut davantage», perçoit le portrait comme le réceptacle et la vérité de l'invisible: on va, en quelque façon à rebours, de l'invisible vers le visible qui le «représente». D'où aussi l'exigence de la ressemblance.

Que les *Vies des hommes illustres* soient de l'histoire, personne n'en doute alors. L'*Épître aux lecteurs* d'Amyot est d'abord un éloge de l'histoire, comme mémoire et comme «école de prudence». On retrouve la peinture (d'histoire justement): «C'est une peinture qui nous met devant les yeux, ne plus ne moins qu'en un tableau, les choses dignes de mémoire, qu'anciennement ont faicts les puissants peuples, les roys, et princes magnanimes, les sages gouverneurs, et vaillans capitaines, et personnes marquées de quelque notable qualité.» Si l'histoire est profitable à beaucoup, elle peut être dite, à bon droit, «maîtresse des princes», car, contrairement aux courtisans, elle ne leur «flatte rien» et suscite l'envie d'imitation. À ce point, la rencontre au sommet de Plutarque et de Trajan est, une nouvelle fois, célébrée. Existent, selon Amyot, deux espèces principales d'histoire: celle qui s'appelle du «nom commun d'histoire» («elle expose au long les faits et aventures des hommes»), l'autre *Vie* («elle déclare leurs natures, leurs dits, leurs mœurs»). L'une est plus «publique», l'autre plus «domestique», l'une plus intéressée par les «événements», l'autre plus soucieuse de «conseils», mais elles sont l'une et l'autre également de l'histoire.

L'EXEMPLE ET L'EXEMPLAIRE

C'est justement cette seconde forme que Montaigne, reprenant les mêmes termes, goûtera particulièrement. Parmi les historiens, notera-t-il, «ceux qui écrivent les vies», «ceux là me sont plus propres. Voilà pourquoi, en toutes sortes c'est mon homme que Plutarque»[56]. «Mon homme»? En quoi et pourquoi le retour à soi passe-

---

56. Montaigne, *Essais*, I, 26.

PRÉFACE

t-il par Plutarque? Montaigne a lu et relu Plutarque dans la traduction d'Amyot: «nostre Plutarque», comme il l'appelle. De leur commerce prolongé et subtil, je ne retiendrai ici que ce qui touche à la question de l'exemplaire[57]. À son tour, Montaigne recourt à la citation de Pythagore et au modèle de la vie théorétique, pour évoquer «ceux qui ne cherchent autre fruict que de regarder comment et pourquoi chaque chose se faict, et estre spectateur de la vie des autres hommes, pour en juger et regler la leur». La régler comment? Justement, en établissant Caton, Phocion et Aristides «contrerolleurs» de toutes nos intentions. Car, l'exemple est «la figure qui, mise à part [ex-emplum], mais appelant l'imitation et la généralisation, peut conforter l'individu, dans sa singularité vertueuse: faisant effort pour se maintenir en état de ressemblance continue à l'égard de ceux qui furent des miracles de constance, il s'exercera à devenir identique à soi-même[58]». En ce point, on va au-delà de l'usage possible de l'exemple selon Plutarque, qui, en recevant sous son toit ses «hôtes», voulait «embellir» sa vie et «faire connaître» les plus nobles de leurs actions. Le mouvement est en effet double. En regardant Caton, Phocion et Aristide, je me place aussi en permanence sous leur propre regard: d'où l'incitation, en me laissant habiter par «la loi de l'exemple», à devenir non pas Caton ou Phocion, mais véritablement moi-même. L'exemple est une figure qui réussit à conjoindre passé et futur. Quoique éloigné dans le temps, venu de l'Antiquité, il est «secrètement habité par le futur du devoir-être». Il est là, préexistant, disponible et «séparé aussi de notre monde comme la scène à l'italienne l'est de la salle». Se déployant en une scène mémorable, il est à la fois «sentence et acte», il nous jauge, nous oblige, nous juge[59].

Mais, de l'accumulation même d'exemples naît le doute, dès l'instant où l'on s'avise qu'à un exemple on peut toujours en opposer un autre, qui vient le contredire. Puisque, comme l'annonçait déjà le titre du premier chapitre des *Essais*, «Par divers moyens on arrive à pareille fin». Dès lors que l'exemple n'est plus séparé, isolé, arrêté, mais réintroduit dans la variété des lieux et appréhendé dans la diversité des temps, il se mue en *singularité*: il est «un élément de ce monde désordonné, un instant de son branle», dénué «d'autorité normative»[60]. L'exemple se défait. Aussi, l'admirable méditation du dernier chapitre des *Essais*, intitulé *De l'expérience*, conclura logiquement et tranquillement qu'à la fin «tout exemple cloche», et qu'à tout prendre la vie de César «n'a poinct plus d'exemple que la nostre pour nous». La protection de l'exemple s'éloignant, il faut pourtant tenter de vivre.

C'est alors au livre (le sien et non plus ceux des autres) comme «rolle» que sera dévolue «la fonction que Montaigne avait d'abord attribuée à Caton, Phocion et Aristide. Ce qu'il n'aura pu obtenir en cherchant directement à régler sa vie, à la soumettre à l'exemple normatif, il découvrira qu'il peut en déléguer la responsabilité à son livre, en s'y représentant fidèlement, à la manière du sculpteur et du peintre[61]».

---

57. Jean Starobinski, *Montaigne en mouvement*, Paris, Gallimard, 1982, que je prends pour guide.
58. *Ibid.*, p. 29.
59. *Ibid.*, p. 30, 31.
60. *Ibid.*, p. 32, 33.
61. *Ibid.*, p. 46.

« C'est moi que je peins » annonce l'adresse *Au lecteur*. Mais attention, ce que propose, pour finir, ce monument que sont les *Essais*, c'est «une vie basse et sans lustre», non exemplaire en somme, c'est-à-dire aussi exemplaire que toute autre, puisque «chaque homme porte la forme entière de l'humaine condition»[62]. Peut alors venir, lestée de l'expérience de tout le chemin parcouru, l'ultime phrase : « Les plus belles vies sont, à mon gré, celles qui se rangent au modèle commun et humain, avec ordre, mais sans miracle et sans extravagance[63].» Le moment des *Essais* est capital, car il marque à la fois un temps fort de rassemblement, de célébration et de mise en question de l'exemple. Si Plutarque est un «bréviaire» pour Montaigne, les *Essais* sont, à leur façon, aussi un tombeau pour Plutarque : célébré, nullement renié, mais dépassé par un monde en perpétuel mouvement, sorti du temps stable de l'*historia magistra*. L'exemple est déstabilisé.

Après les décennies d'intense appropriation des hommes illustres de l'Antiquité, suivies (dans le dernier quart du XVIe siècle) d'une crise de l'exemplarité, qu'enregistrent et à quoi répondent les *Essais* comme projet d'écriture, les hommes illustres et le parallèle vont reprendre du service actif dans la France du XVIIe siècle, mais au profit des Grands qu'anime le souci de leur «gloire». Le parallèle élit le plus volontiers les figures de César et d'Alexandre : il joue un temps en faveur du Grand Condé (avant sa trahison), de Turenne, on a même vu un Richelieu en «Alexandre français», le siège de La Rochelle venant rappeler celui de Tyr par Alexandre. Mais c'est évidemment au profit du monarque qu'il est le plus actif : Louis XIII s'y essaye, Louis XIV s'y complaît, au début de son règne au moins[64]. Dans la dédicace de son *Alexandre*, tragédie présentée au roi en 1666, Racine s'adonne au parallèle du roi avec Alexandre.

Regrettant les carences de sa propre éducation trop tournée vers l'exercice pratique du pouvoir, Louis XIV fera noter dans ses *Mémoires* : « Je considérai [...] que l'exemple de ces hommes illustres et de ces actions singulières que nous fournit l'antiquité, pouvait donner au besoin des ouvertures très utiles, soit aux affaires de la guerre ou de la paix, et qu'une âme naturellement belle et généreuse s'entretenant dans l'idée de tant d'éclatantes vertus, était toujours de plus en plus excitée à les pratiquer[65].» Soit une stricte réaffirmation de la valeur de l'*exemplum*, dans sa double acception d'exemple (directement utile) et d'exemplaire (excitation à imiter).

Du côté maintenant des hommes que Colbert va charger d'écrire l'histoire du roi, de ceux à qui Louis XIV confie, ainsi qu'il leur dit, ce qu'il a de plus précieux, à savoir sa «gloire», l'appel aux modèles antiques demeure opératoire. Dans son *Projet de l'histoire de Louis XIV*, Paul Pellisson défend ainsi une grande histoire «à

---

62. Montaigne, *Essais*, II, 2.
63. *Ibid.*, III, 13.
64. Chantal Grell, Christian Michel, *L'École des princes ou Alexandre disgracié*, Paris, Les Belles Lettres, 1988. Christian Jouhaud, *Les Pouvoirs de la littérature*, Paris, Gallimard, 2000, sur les divers usages d'Alexandre, p. 275-292.
65. Chantal Grell, Christian Michel, *L'École des princes*, op. cit., p. 65.

PRÉFACE

la manière des Anciens » et il précise : « Il faut louer le roi partout, mais pour ainsi dire sans louanges, pour en être mieux cru, il ne s'agit pas de lui donner là les épithètes et les éloges magnifiques qu'il mérite, il faut les arracher de la bouche du lecteur par les choses mêmes, Plutarque ni Quinte Curce n'ont point loué Alexandre d'autre sorte, et on l'a trouvé bien loué. » Pour reprendre une formule frappante de Louis Marin, tout l'art de l'historien (à la Plutarque) consiste à savoir « déplacer l'épidictique dans le narratif [66] ».

Comme historiographe du roi, Racine devait d'abord écrire l'histoire du règne, mais il lui arriva, plus prosaïquement aussi, d'être prié de faire la lecture à un Louis XIV malade. Il choisit, entre autres, les *Vies parallèles*, dans la traduction d'Amyot (qui semblait d'ailleurs être du « gaulois » pour le roi !). La familiarité de Racine avec Plutarque, elle, était ancienne, puisqu'elle datait de 1655, quand Racine, âgé de seize ans, était élève des Petites Écoles de Port-Royal. Il avait alors lu tout Plutarque en grec, les *Vies* d'abord, les *Œuvres morales* l'année suivante, la plume à la main. Ses annotations nombreuses, inscrites en marge de son exemplaire, donnent une sorte de résumé de la *Vie*, non pas en ses principaux épisodes, mais sous forme d'une ou plusieurs maximes, qui sont les leçons qui s'en dégagent. Par exemple, *Vie de Fabius Maximus* : « S'instruire par ses fautes ». *Vie de Cimon* : « Ne louer faussement. Ne trop s'arrêter aux vices. Il n'y a point d'homme parfait. Inimitiés particulières doivent céder au bien public. Faire la guerre aux ennemis légitimes ». À côté de rapprochements avec d'autres auteurs anciens, des notes plus précises viennent proposer une lecture-traduction chrétienne d'une phrase ou d'une expression : c'est ainsi que *tychè* (fortune), *daïmon* (démon) ou *pronoia* (prévoyance) peuvent, dans quelques cas, être glosés en « Providence ». Plus intéressantes encore sont les lectures (pour nous) actualisantes : tel trait du comportement d'Aratos suggère un parallèle avec Richelieu, ou le parcours de Coriolan évoque celui de Condé, après son passage aux Espagnols, ou encore l'assemblée des Anciens qu'a instaurée Lycurgue, placée entre le peuple et les rois, fait surgir dans la marge le mot « Parlement » [67]. Ce que fait bien voir ce travail de collégien, c'est en fait l'absence de coupure entre le texte et ses marges. Dans cet espace continu, homogène, Plutarque est là, disponible, contemporain si l'on veut, et l'*exemplum* fonctionne à plein.

Actif, le parallèle va toutefois être mis profondément en question après 1680. La logique même de l'absolutisme conduit en effet à le récuser, puisque le monarque absolu ne saurait plus avoir de modèles : pas plus Alexandre qu'Auguste. Il est devenu lui-même *le* modèle. Louis, ainsi que le met en vers Charles Perrault, devient de tous les rois – présents et passés – « le plus parfait modèle [68] ». Or, le même Perrault a été l'initiateur et le principal protagoniste de la Querelle des Anciens et des Modernes,

---

66. Louis Marin, *Le Portrait du roi*, Paris, éd. de Minuit, 1981, p. 49-51. Christian Jouhaud, *Les Pouvoirs de la littérature, op. cit.*, consacre un remarquable chapitre (p. 151-250) à cette impossible entreprise qu'a été tout au long du XVIIe siècle l'écriture d'une histoire contemporaine suscitée par le pouvoir monarchique et qui le satisfasse.
67. Jean Racine, *Œuvres*, P. Mesnard éd., Paris, Hachette, 1865, p. 291-302.
68. Charles Perrault, *Le Siècle de Louis Le Grand*, 1687.

PRÉFACE

justement avec son fameux *Parallèle des Anciens et des Modernes*. D'où, livre après livre, il ressortait qu'au total le parallèle n'était plus tenable, puisque les Modernes l'emportaient, en tout, sur les Anciens, ou que la perfection des Anciens différait de celle des Modernes. Le temps s'insinuait dans le parallèle pour en distendre les termes ou le relativiser[69]. Perrault, encore lui, est l'auteur d'un recueil de portraits *Les Hommes illustres qui ont paru en France pendant ce siècle* (1697-1700). S'il s'inscrit encore tout à fait dans la problématique des hommes illustres, il restreint l'illustration, en la bornant à «ce siècle» incomparable: celui du Roi-Soleil évidemment. «On a pris plaisir à rassembler ici des hommes extraordinaires dans toutes sortes de professions; et à se renfermer dans le seul siècle où nous sommes.»

LES GRANDS HOMMES

Voltaire, travaillant longuement sur *Le Siècle de Louis XIV* (1738), repartira de là. Mais, à la seule figure du souverain, il substitue «l'esprit»: «Ce n'est pas seulement la vie de Louis XIV qu'on prétend écrire; on se propose un plus grand objet. On veut essayer de peindre à la postérité, non les actions d'un seul homme, mais l'esprit des hommes dans le siècle le plus éclairé qui fut jamais.» Ce déplacement significatif s'accompagne d'une mise en cause, justement, de la catégorie d'hommes illustres ou de héros, au profit d'un personnage nouveau: le grand homme. Il faut dire que Fontenelle déjà, dans ses *Nouveaux Dialogues des morts* (1683), avait miné le mythe du héros. S'inspirant de Lucien de Samosate, recourant à la satire, il produisait d'improbables rencontres *post mortem*. Ainsi, le livre s'ouvrait sur un dialogue, un «parallèle» en fait, entre Alexandre, le Conquérant, et Phrynè, la courtisane, qui offrit de rebâtir à ses frais les murailles de Thèbes qu'Alexandre avait détruites. L'un comme l'autre avaient, somme toute, fait trop de conquêtes! Aristote, quant à lui, n'appréciait guère d'être mis en parallèle avec, en la personne d'Anacréon, «un auteur de chansonnettes». «J'appelle grands hommes, résumera Voltaire, tous ceux qui ont excellé dans l'utile ou dans l'agréable. Les saccageurs de province ne sont que héros[70].»
Passer des héros aux grands hommes est une des formes de l'engagement des Lumières contre les privilèges de la naissance et l'absolutisme. «Un roi qui aime la gloire, écrivait déjà Fénelon (le «divin Fénelon» pour le XVIIIe siècle) à propos d'Achille et d'Homère, la doit chercher dans ces deux choses: premièrement il faut la mériter par la vertu, ensuite se faire aimer par les nourrissons des Muses[71].» La vertu et les lettres pour la célébrer. Nouveauté aussi, le grand homme n'aura plus besoin de sortir de Plutarque ou de la seule Antiquité, il pourra être un contemporain. On doit pouvoir le voir, lui parler, lui faire visite. Va en effet se mettre en place au cours du siècle un véritable culte des grands hommes, et, d'abord avec Voltaire, du grand écrivain[72].

---

69. François Hartog, «Du parallèle à la comparaison», *loc. cit.* en note 47.
70. Voltaire, lettre à Thieriot, juillet 1735.
71. Fénelon, *Dialogue des morts*, 1711, Achille et Homère.
72. Jean-Claude Bonnet, *Naissance du Panthéon*, *op. cit.*

PRÉFACE

Critique de Louis XIV, ce qui lui avait valu d'être exclu de l'Académie française, l'abbé de Saint-Pierre rédige un *Discours sur les différences du grand homme et de l'homme illustre*, publié en 1739 comme préface à une *Histoire d'Épaminondas* (cette *Vie* manquante si souvent récrite) de l'abbé Séran de La Tour. D'où il ressort évidemment qu'Épaminondas est un grand homme, alors qu'Alexandre n'est qu'un conquérant. Car, « on ne devient grand homme que par les seules qualités intérieures de l'esprit et du cœur, et par les grands bienfaits que l'on procure à la société ». De même, Solon, Scipion, Caton l'emportent sur César. Il ne s'agit donc nullement, pour l'abbé de Saint-Pierre, de rompre avec Plutarque, mais il convient de le lire autrement, d'opérer d'autres partages et d'autres regroupements : ses « grands hommes » l'emportent sur ceux qui désormais ne sont plus que des hommes ou des rois illustres. Un moderne toutefois représente, pour l'abbé, le grand homme « sans contestation » : Descartes, lui qui « ne souhaitait que la gloire précieuse de rendre un très grand service à la société en général, en perfectionnant la raison humaine[73] ».

En 1758, l'Académie décide de remplacer les concours d'éloquence par l'éloge des hommes célèbres de la nation. Cette décision, qui reprend un projet de l'abbé de Saint-Pierre (il avait proposé qu'elle rédigeât une histoire des grands hommes dans le genre des *Vies* de Plutarque), est comme « l'acte de naissance officiel du culte des grands hommes en France[74] ». Dans ce cadre-là, le petit genre de l'éloge va triompher, principalement grâce à celui que Diderot nomma « le Plutarque français » : Antoine-Léonard Thomas (1732-1785), récemment ressuscité par Jean-Claude Bonnet. Homme sévère et soutien du parti philosophique, ses éloges connurent un extraordinaire succès, contribuant à fixer et à diffuser les traits du nouvel héroïsme des Lumières. Avec lui, Plutarque n'est pas loin, et pourtant on n'est plus dans Plutarque, car un nouveau rapport au temps va être à l'œuvre. C'est là une rupture irrémédiable : dans les tourments de la période révolutionnaire, il se pourra qu'on l'ignore, la nie ou « l'oublie » parfois, elle n'en demeurera pas moins active. Le temps marche, et le grand homme est justement celui qui le devance. Il annonce un avenir que la théorie de la perfectibilité de l'humanité devra permettre d'atteindre, grâce, notamment, à l'action des hommes de génie. Au fond, la vie du grand homme raconte un moment d'accélération du temps, qui se marque dans sa propre vie à lui (la précocité du grand homme). Aussi, loin d'être un genre passéiste réactivant quelque modèle antique, le genre de l'éloge est-il alors tourné vers l'avenir, puisqu'il s'agit en fait « d'honorer les grands hommes et d'en faire naître », de contribuer aussi et ainsi à ce grand dessein d'accélération du temps[75].

---

73. Sur l'abbé de Saint-Pierre voir la brève biographie intellectuelle tracée par Jean-Claude Perrot, *Une histoire politique de l'économie politique (XVIIe-XVIIIe siècle)*, Paris, Éditions de l'École des Hautes Études en Sciences sociales, 1992, p. 38-59. Un lien entre les réflexions politiques de l'abbé et ses considérations sur les grands hommes peut justement être fourni par la place attribuée à Descartes.
74. Jean-Claude Bonnet, *Naissance du Panthéon, op. cit.*, p. 10.
75. La formule est de A.-L. Thomas, cité par J.-C. Bonnet, *Naissance du Panthéon, op. cit.*, p. 111 ; sur Thomas et l'éloge, voir *ibid.*, p. 67-111, en particulier p. 87-89 sur le rapport au temps.

Aussi longtemps que l'histoire (qui n'est pas enseignée comme telle dans les collèges) est envisagée comme école de morale, le familier Plutarque est là, disponible et sollicité. Le XVIIe siècle finissant avait tendu à distinguer entre une histoire pour tous (comme morale) et une histoire comme politique (réservée aux seuls Grands)[76]. Le XVIIIe siècle revient sur ces partages et réaffirme que les leçons valent au moins autant pour les princes que pour les autres. Mably, dans ses *Instructions au prince de Parme*, est parfaitement clair. Il rappelle d'emblée «que l'histoire doit être une école de morale *et* de politique». «Lisez et relisez souvent, Monseigneur, les vies des *hommes illustres* de Plutarque [...]. Les héros de Plutarque ne sont presque tous que de simples citoyens; et les princes les plus puissants ne peuvent être grands aux yeux de la vérité et de la raison, qu'en les prenant pour modèles. Choisissez-en un que vous vouliez imiter [...]. Choisissez pour modèle un simple citoyen de la Grèce ou de Rome, prenez-le pour votre juge, demandez-vous souvent: Aristide, Fabricius, Phocion, Caton, Épaminondas, auraient-ils agi ainsi? Vous sentirez alors votre âme s'élever, vous serez tenté de les imiter [...]. Mais il ne suffit pas, Monseigneur, que vous regardiez l'histoire comme une école de morale. Dans l'état où vous êtes né, ce n'est pas assez que vous soyez vertueux pour vous-même, vous devez nous être *utile*; et il faut que vous acquériez les *lumières* nécessaires à un prince chargé de veiller sur la société[77].»

L'abbé Rollin, avant lui, avait plus d'une fois insisté sur la valeur pédagogique de Plutarque. Ancien recteur de l'Académie de Paris, favorable aux méthodes d'enseignement des jansénistes, il voyait dans les *Vies* «l'ouvrage le plus accompli que nous ayons et le plus propre à former les hommes soit pour la vie publique et les fonctions du dehors, soit pour la vie privée et domestique». Point de doute non plus: «Cette connaissance exacte du caractère des grands hommes fait une partie essentielle de l'histoire[78].» On commençait par Cornélius Népos dans les petites classes, puis on passait ensuite à Plutarque, qui était, selon Dacier, son traducteur, «le livre non seulement de tous les hommes, mais de tous les âges[79]». Bref, le paradigme de l'*historia magistra* restait, semble-t-il, plus que jamais valide.

La peinture était, elle aussi, de la partie. Le mouvement sentimental et moralisant de la peinture d'histoire conduit tout droit vers le culte des grands hommes. En 1767, une brochure propose de transformer l'aile du Louvre qui longe la Seine en une Galerie des Français illustres. Vers 1750, La Font de Saint-Yenne, théoricien de la peinture d'histoire inspiré par Rousseau, défend une peinture conçue comme «école de mœurs», donnant à voir «les actions vertueuses et héroïques des grands hommes». Si l'Ancien, le Nouveau Testament, les historiens grecs, latins, italiens, français sont des réservoirs d'exemples, «Plutarque seul peut fournir des sujets

---

76. Annie Bruter, *L'Histoire enseignée au Grand Siècle. Naissance d'une pédagogie*, Paris, Belin, 1997, p. 122-135.
77. Mably, *De l'étude de l'histoire* (1775), Paris, Fayard, 1988, p. 13-14.
78. Charles Rollin, *Histoire ancienne*, 6, 258; *Traité des études* (1732), p. 198; Voir Chantal Grell, *Le Dix-huitième siècle et l'Antiquité en France, 1680-1789*, II, Oxford, Voltaire Foundation, 1995.
79. André Dacier, *Les Vies des hommes illustres de Plutarque* (1694), préface.

dignes d'occuper les pinceaux de tous les peintres d'Europe » : les vertus de Cyrus, l'austérité d'Agésilas, Aristide le Juste, la valeur d'Épaminondas, ou Fabricius « le consul le plus romain de tous les Romains », etc. Pour le baron Caylus, la peinture doit « transmettre à la postérité les grands exemples de morale et d'héroïsme » (en particulier ce qui honore la patrie)[80].

À ce point, la rencontre avec et le passage par Rousseau est inévitable, lui pour qui Plutarque a joué un si grand rôle. Il y a en effet d'une part Plutarque pour Rousseau et le Plutarque de Rousseau, de l'autre Plutarque vu et lu ensuite à travers Rousseau. Comme l'écrit Bonnet « un transport héroïque venu de la plus lointaine enfance est à l'évidence à l'origine de sa vocation d'écrivain[81] ». Et ce transport héroïque s'est d'abord nourri des *Vies des hommes illustres*. « Plutarque, surtout, rappellent *Les Confessions*, devint ma lecture favorite. Le plaisir que je prenois à le relire sans cesse me guerit un peu des Romans, et je preferai bientôt Agesilas, Brutus, Aristide à Orondate, Artamene et Juba. De ces intéressantes lectures, des entretiens qu'elles occasionnoient entre mon pere et moi, se forma cet esprit libre et républicain, ce caractére indomptable et fier, impatient de joug et de servitude qui m'a tourmenté tout le tems de ma vie dans les situations les moins propres à lui donner l'essor. Sans cesse occupé de Rome et d'Athènes ; vivant, pour ainsi dire, avec leurs grands hommes, né moi-même Citoyen d'une République, et fils d'un pere dont l'amour de la patrie etoit la plus forte passion, je m'en enflamois à son exemple ; je me croyois Grec ou Romain ; je devenois le personnage dont je lisois la vie : le recit des traits de constance et d'intrépidité qui m'avoient frappé me rendoit les yeux étincellans et la voix forte. Un jour que je racontois à table l'aventure de Scevola, on fut effrayé de me voir avancer et tenir la main sur un réchaud pour representer son action[82]. »

Quelques années plus tard, il y eut « l'illumination de Vincennes » et une autre identification, cette fois avec l'austère consul Fabricius, sorti tout droit de la *Vie de Pyrrhos* : la fameuse prosopopée où Fabricius déplore la perte de l'antique « simplicité » romaine a été l'amorce du premier *Discours sur les sciences et les arts*, couronné par l'Académie de Dijon en 1750. Cette nouvelle, rapporte-t-il, « acheva de mettre en fermentation dans mon cœur le premier levain d'héroïsme et de vertu que mon Père et ma patrie et Plutarque y avaient mis dans mon enfance[83] ». Père, patrie, Plutarque se déclinent ensemble. Plutarque l'aura en fait accompagné toute sa vie, puisqu'il est encore du petit nombre des livres transportés à Ermenonville. Retrouver Plutarque dans *Émile ou De l'éducation* (1762) n'est donc pas étonnant. À quelle étape de la formation d'Émile ? Quand vient pour le jeune homme « le moment de l'histoire ». Par elle, il « verra les hommes, simple spectateur [on retrouve une fois encore le spectateur], sans interest et sans passion, comme leur juge, non comme leur complice, ni comme leur accusateur ». Si Thucydide est « le

---

80. Jean Locquin, *La Peinture d'histoire*, Paris, H. Laurens, 1912, p. 163-164.
81. Jean-Claude Bonnet, *Naissance du Panthéon*, op. cit., p. 202.
82. Jean-Jacques Rousseau, *Les Confessions*. *Œuvres complètes*, Paris, Gallimard, Bibliothèque de la Pléiade, 1959, I, p. 9.
83. *Les Confessions*, op. cit., I, p. 356.

vrai modèle des historiens », reste malheureusement qu'il parle toujours de guerre. De plus, l'histoire montre « plus les actions que les hommes », « elle n'expose que l'homme public ». C'est évidemment là que, retrouvant et citant Montaigne, Rousseau fait appel à Plutarque : « J'aimerais mieux la lecture des vies particulières pour commencer l'étude du cœur humain [...]. Plutarque excelle par ces mêmes détails dans lesquels nous n'osons plus entrer. Il a une grâce inimitable à peindre les grands hommes dans les petites choses [...], souvent un mot, un sourire, un geste lui suffit pour caractériser son héros[84]. » Bien dirigées, ces lectures seront pour l'élève « un cours de philosophie pratique » des plus profitables, mais à une condition impérative, qui est de ne pas lui donner « le regret de n'être que soi » : « Mais quant à mon Émile, s'il arrive une seule fois dans ces parallèles qu'il aime mieux être un autre que lui, cet autre fut-il Socrate, fut-il Caton, tout est manqué ; celui qui commence à se rendre étranger à lui-même ne tarde pas à s'oublier tout-à-fait[85]. » Donc pas de petits Trajan, d'Alexandre ou même de Cicéron de collèges ! Mais pas, non plus, d'apprenti Mucius Scaevola ou de Fabricius parisien, qui, en vérité, s'était « fait des hommes et de la société des idées romanesques et fausses[86] » !

Pourtant, ces mêmes années furent, pour certains, un temps de fortes identifications aux héros de Plutarque. « Je pleurais de joie, écrivait Vauvenargues à Mirabeau, lorsque je lisais ces *Vies* : je ne passais point de nuit sans parler à Alcibiade, Agésilas, et autres ; j'allais dans la place de Rome, pour haranguer avec les Gracques, et pour défendre Caton quand on lui jetait des pierres[87]. » Madame Roland fait remonter son républicanisme à sa lecture de Plutarque : « Je n'oublierai jamais le carême de 1763 (j'avais alors neuf ans), où je l'emportais à l'église en guise de semaine sainte. C'est de ce moment que datent les impressions et les idées qui me rendaient républicaine sans que je songeasse à le devenir[88]. » On trouve des ressources, on puise des forces dans l'exemple des Républiques antiques pour soutenir les Parlements, lutter contre l'absolutisme et aller, selon la formule de Rousseau, de ce que les hommes ont été à ce qu'ils peuvent être. Pourtant, nous l'avons vu, la théorie des grands hommes, tout en continuant à se réclamer de Plutarque, conduisait à rompre en réalité avec le modèle des hommes illustres, puisqu'elle reposait sur un nouveau rapport au temps, faisant appel à la perfectibilité et à l'accélération.
Or, quand on passe de ces années d'avant, à la Révolution elle-même, ce qui frappe, c'est justement l'accélération du temps, y compris dans tout ce qui touche aux grands hommes. À partir de 1789 s'ouvre en effet une période « particulièrement intense et tumultueuse pour le culte des grands hommes ». À la mort de Mirabeau, à la trajectoire fulgurante, la nouvelle église Sainte-Geneviève est consacrée au nouveau culte, et le décret du 4 avril 1791 fixe que, à l'exception de Descartes, Voltaire

---

84. *Émile ou De l'éducation*, Paris, Gallimard, Folio, 1969, p. 362, 365, 367.
85. *Ibid.*, p. 371.
86. *Rousseau juge de Jean-Jacques*, « Deuxième Dialogue », *Œuvres complètes, op. cit.*, I, p. 819.
87. Vauvenargues, lettre XXII (mai 1740), *Œuvres posthumes*, 1857, p. 193.
88. Madame Roland, *Mémoires*, Paris, Mercure de France, 1986, p. 212.

et Rousseau, seuls les grands hommes du présent («à dater de l'époque de notre liberté») pouvaient être admis au «Panthéon français»[89]. «Aux grands hommes la patrie reconnaissante»: s'inscrivant dans la longue durée de l'éloge, dont Plutarque était une des composantes, le Panthéon n'en était pas moins une institution de rupture. Doublement: puisqu'il n'y a de grand homme que contemporain, puisque panthéoniser revient à devancer les arrêts de la postérité, ou plutôt à être, dans l'ivresse de l'instant même, cette postérité. D'où les entrées et les sorties si rapides de Mirabeau et de Marat, qui avait d'ailleurs dénoncé à l'avance «le ridicule qu'offre une assemblée d'hommes bas, vils, rampants et se constituant juges d'immortalité[90]».

Sur un registre plus modeste, quel usage fait-on en ces années de Plutarque? L'exemplaire peut s'entendre de deux façons. Un *Abrégé des hommes illustres de Plutarque, à l'usage de la jeunesse*, par le citoyen Acher (1796), réaffirme la vertu d'émulation des grands exemples des *Vies* pour les jeunes gens. Entre hier et aujourd'hui, l'auteur fait valoir l'identité des situations: «On aperçoit le fil des mêmes événements dont nous sommes témoins», seul change le nom des acteurs. À l'opposé, une traduction des *Vies*, celle de Ricard, parue en 1798, enrôle Plutarque contre «les novateurs». «L'homme, disent-ils, n'a pas besoin de puiser dans les exemples de ceux qui l'ont précédé des conseils pour ce qu'il doit faire; sa raison lui suffit: loin de se traîner sur les pas d'autrui, il doit s'abandonner à son propre essor, et, par une heureuse audace, ouvrir à la politique des routes nouvelles qui soient pour les peuples des sources de gloire et de bonheur.» C'est la simple réaffirmation d'un programme d'*historia magistra*: les exemples de Plutarque sont aussi une défense et illustration de la valeur de l'histoire.

Les considérations de Volney, dans ses *Leçons d'histoire* de l'an III professées à l'École Normale, viendraient se situer entre les deux. Pour lui, il est clair que le seul genre d'histoire qui convienne aux enfants est le «genre biographique». Ce furent d'abord les *Vies de saints*, puis «les Hommes illustres de Plutarque et de Cornélius Népos ont obtenu la préférence». On ne saurait nier que ces modèles (profanes) ne soient «plus à l'usage des hommes vivant en société; mais encore ont-ils l'inconvénient de nous éloigner de nos mœurs, et de donner lieu à des comparaisons vicieuses et capables d'induire en de graves erreurs». Mieux vaudrait donc prendre ces modèles chez nous et, s'ils n'existaient pas, «il faudrait les créer»[91]. S'en prenant un peu plus loin à cette «secte nouvelle» qui a juré «par Sparte, Athènes et Tite-Live», il récuse une imitation fautive (Sparte n'était pas ce qu'il croyait) et à contre-temps (la France n'est pas une République antique)[92]. L'imitation, fondée sur des «comparaisons vicieuses», a rendu possible la Terreur. Si Plutarque n'en est pas directement responsable, il ne saurait non plus en sortir indemne.

---

89. Jean-Claude Bonnet, *Naissance du Panthéon, op. cit.*, p. 255 et suiv., 269.
90. Marat dans *L'Ami du peuple*, 5 avril 1791 (voir J.-C. Bonnet, *Naissance du Panthéon, op. cit.*, p. 288).
91. C. F. Volney, *Leçons d'histoire*, J. Gaulmier éd., Paris, Garnier, 1980, p. 114-115.
92. *Ibid.*, p. 140.

LE GRAND HOMME

Moins les grands hommes que le grand homme : Napoléon. Tel est le signe sous lequel se déroule la période suivante, celle de l'Empire, ou plutôt celle qui va de l'oncle au neveu (Napoléon III), ou encore celle qu'embrasse, dans *Les Châtiments* (1853) de Hugo, *L'Expiation*[95]. Présent, Plutarque l'est assurément pour le jeune Bonaparte, qui le lit et l'emporte avec lui dans ses bibliothèques portatives (comme Rousseau ou Beethoven). Au point que Paoli, le chef de l'indépendance corse, lui aurait dit : « Ô Napoléon ! tu n'as rien d'un moderne ! tu appartiens tout à fait à Plutarque[94]. » De fait, nombreux sont les héros de l'Antiquité, tour à tour, évoqués ou convoqués par un Napoléon qui, soucieux d'imitation, veut construire et donner à voir des parallèles entre eux et lui. On commence avec Hannibal (la campagne d'Italie), Alexandre suit (l'Égypte), bientôt César s'impose, mais aussi Solon et Périclès, et tout s'achève avec Thémistocle (la lettre au prince régent du 13 juillet 1815) : « Je viens comme Thémistocle, m'asseoir sur le foyer du peuple britannique, je me mets sous la protection de ses lois. » Il ne faudrait cependant pas oublier le buste de Junius Brutus placé aux Tuileries, au début du Consulat, non plus que l'appel à plusieurs modernes (Louis XIV et Frédéric)[95]. Lecteur de Plutarque, tourmenté par le jugement de la postérité, il voulait aussi être à lui-même son propre Plutarque.

Mais, au total, si parallèles il y a, leur pluralité même est la manifestation de sa propre singularité : sans précédent, Napoléon a su aussi se faire inimitable. Il est à la fois ancien et moderne. Le passé est le passé, répète-t-il également. Conscient que sa généalogie commence avec lui, il insiste sur sa nouveauté et entretient un rapport au temps qui n'a rien de plutarquéen. Incarnant cette accélération du temps, caractéristique de la définition du grand homme, il voudrait être en même temps son passé, son présent et son futur. Plus exactement, tout doit être considéré aujourd'hui du point de vue du futur. « Je voudrais, dit-il à Joseph, être ma propre postérité et assister à ce qu'un poète tel le grand Corneille me ferait sentir, penser et dire. » Il est bien sûr cet homme pressé – « Il allait si vite qu'à peine avait-il le temps de respirer où il passait », disait Chateaubriand – qui ne considère le présent qu'à partir de l'avenir où il se projette déjà (« Je ne vis jamais que dans deux ans »). Il est enfin ce fondateur, qui voudrait en quelque sorte hâter son « vieillissement », en produisant de « l'ancienneté » : par l'écrit, par l'image bien sûr, mais aussi par son mariage autrichien[96].

---

93. Si le crime est le 18 Brumaire, le « châtiment » est le neveu et ses sbires : « Ils t'appellent tout haut grand homme, entre eux, ganache. »
94. Las Cases, *Mémorial*, Paris, Garnier, 1961, I, p. 681.
95. Un décret (7 février 1800) fixe la liste des statues à placer dans la grande galerie des Tuileries : Démosthène, Alexandre, Hannibal, Scipion, Brutus, Cicéron, Caton, César, Gustave-Adolphe, Turenne, Condé, Duguay-Trouin, Marlborough, le Prince Eugène, le maréchal de Saxe, Washington, Frédéric le Grand, Mirabeau, Dugommier, Dampierre, Marceau, Joubert. La liste sera plusieurs fois modifiée, certains des bustes partiront pour Saint-Cloud, puis pour Fontainebleau. Voir Annie Jourdan, *Napoléon, héros, imperator, mécène*, Paris, Aubier, 1998, p. 210-213.
96. A. Jourdan, *Napoléon, héros, imperator, mécène*, op. cit., p. 290.

PRÉFACE

Pour Paul Valéry pourtant, Napoléon sera une parfaite illustration de sa thèse sur les méfaits de l'histoire. Il est en effet une victime de «l'excitation à imiter» que suscite l'histoire: même lui n'a pu s'y soustraire. Imiter, donc égaler, surpasser, à quoi Valéry oppose inventer, créer. Il est resté «petit garçon devant Plutarque et consorts» et a, pour finir, lui l'imaginatif, manqué d'imagination. «Qu'imaginer de faire, en 1803, de l'immense pouvoir entre ses mains, et des possibilités? Peut-être l'idée militaire d'*avancement dans le grade*? Le plus haut grade civil et militaire à la fois est celui d'empereur, lui souffle le livre d'Histoire. Et il entre dans son avenir *à reculons*. Il se fait une pseudo-lignée[97].» Dès lors, il cesse de dérouter et il décline.

LES GRANDS HOMMES, LA SOCIÉTÉ, L'HISTOIRE

Napoléon, lecteur de Plutarque, comme Alexandre, ne se séparant jamais de l'*Iliade*, l'était d'Homère? Dernier maillon d'une longue chaîne d'imitation, ou bien héros moderne et «force qui va», ayant zébré, de la Corse à Sainte-Hélène, l'histoire du monde? Ce dilemme, le XIXe siècle en a évidemment hérité et il a marqué, en Europe, toutes les réflexions sur le grand homme. Il y eut d'abord la vision de Hegel, en 1806, dans Iéna occupée: «J'ai vu l'Empereur – cette âme du monde – sortir de la ville pour aller en reconnaissance; c'est effectivement une sensation merveilleuse de voir un pareil individu qui, concentré sur un point, assis sur un cheval, s'étend sur le monde et le domine[98].» Même sans qu'il le sache, il est ce jour-là le visage de l'Esprit du monde. En Angleterre, Carlyle en viendra à penser, après 1840, que l'Histoire universelle comme l'histoire de ce que l'homme a accompli en ce monde est au fond l'histoire des grands hommes. Ils sont comme l'âme de l'histoire[99]. Tolstoï enfin opposera à Napoléon, héros européen, «soi-disant conducteur de peuples», qui croit diriger les événements, la figure «simple, modeste, et par conséquent vraiment grande» de Koutouzov. Apparemment passif et immobile, «la prescience» était, pourtant, de son côté. Car, il était porteur du sentiment populaire «dans toute sa force et sa pureté» ou, autre façon de le dire, il faisait partie de ces rares individus qui, «comprenant la volonté de la Providence, y soumettent leur propre volonté»[100].
Mais revenons en France après 1815. S'opèrent une révision du rôle des individus dans l'histoire, une reprise de la dénonciation des méfaits de l'imitation des héros antiques et, surtout, s'étend le désenchantement, ce sentiment partagé, comme l'écrit Balzac, qu'il «ne peut plus rien y avoir de grand dans un siècle à qui le règne

---

97. Paul Valéry, *Cahiers*, Paris, Gallimard, Bibliothèque de la Pléiade, 1974, II, p. 1542.
98. G. W. F. Hegel, *Correspondance*, Paris, Gallimard, 1990, I, p. 114-115.
99. Thomas Carlyle, *Les Héros. Le culte des héros et l'héroïque dans l'histoire* (1841), Paris, Colin, 1908.
100. Léon Tolstoï, *La Guerre et la Paix* (1869), Paris, Gallimard, Bibliothèque de la Pléiade, 1952, p. 1423, 1426. Isaiah Berlin, *The Hedgehog and the Fox, An Essay on Tolstoy's View of History*, Londres, George Weidenfeld and Nicholson Ltd, 1953.

PRÉFACE

de Napoléon sert de préface »[101]. C'est aussi pourquoi ce siècle se présentera, dès les années 1820, comme le siècle de l'histoire. Les historiens libéraux vont s'intéresser aux civilisations, au progrès de la nation, au peuple, un peu plus tard aux institutions[102]. Contre l'idée du grand homme comme libre acteur de l'histoire, Thiers et Mignet représentent l'école fataliste, attentive à la force des circonstances. Le roman, dont débute l'âge d'or, ne saurait être plutarquéen. Si Plutarque est encore présent chez Balzac, il ne l'est qu'ironiquement, puisqu'on rencontre *L'Illustre Gaudissart*, qui est tout sauf illustre ou *Un grand homme de province à Paris*, en la personne de Lucien de Rubempré, qui justement ne l'est pas ! Comme l'établira l'*Avant-propos* de 1842, le sujet de *La Comédie humaine* est en réalité la société, dont le romancier veut être le Buffon, désireux de faire pour la société ce que le naturaliste a fait pour la zoologie. En composant des « types », il vise à écrire cette véritable « histoire des mœurs » que les historiens n'ont jamais su écrire. « La société allait être l'historien, je ne devais être que le secrétaire. » Le type fait son entrée en littérature.

Presque au même moment, Michelet écrivait à son ami Mickiewicz, soupçonné d'entretenir le culte de l'Empereur : « Le dernier héros qui ait paru, ce n'est pas Napoléon, comme ils disent, c'est la Révolution. » Pas plus que la France, la Pologne n'a besoin d'un homme, doté d'une « autorité mystique ». « Nous autres Occidentaux nous devenons de plus en plus collectifs », si bien que le vrai problème qui se pose est celui de « l'unité dans la collection des égaux »[103]. Pourtant, il y a des héros dans l'histoire (Jeanne d'Arc, Luther, Danton) et *Le Peuple* consacre un chapitre à « l'homme de génie ». Si le héros n'est rien sans l'impulsion populaire qui le porte, il révèle, ce faisant, le peuple à lui-même. « Le peuple n'est à sa plus haute puissance que dans l'homme de génie. » Il s'ensuit qu'est profondément juste la formule *Vox populi, vox dei* et que « l'homme de génie est par excellence le simple, l'enfant, le Peuple »[104]. Michelet donne ainsi une version christiano-plébéienne du grand homme.

Pour trouver une réflexion en forme sur le grand homme, inspirée de Hegel, mais reprise dans un contexte français, il faut se tourner vers le philosophe Victor Cousin. Guizot et lui, qui avaient été destitués en 1820, remontent en chaire en 1828. Cette année-là, leurs cours de la Sorbonne furent un événement intellectuel et politique. Or, la 10e leçon du *Cours* de Cousin est consacrée aux grands hommes. S'exprime très clairement une rupture, par rapport à Plutarque, mais aussi par rapport au modèle du XVIIIe siècle. Car le concept opératoire est celui de représentation.

---

101. Sur l'imitation et ses critiques, voir François Hartog, « La Révolution française et l'Antiquité », *La Pensée politique*, 1, Paris, Hautes Études, Gallimard, Le Seuil, 1993, p. 30-61.
102. Alice Gérard, « Le Grand Homme et la conception de l'histoire au XIXe siècle », *Romantisme*, 100, 1998, p. 31-48.
103. Jules Michelet, note de 1845, cité par P. Viallaneix, *La Voie royale*, Paris, Flammarion, 1971, p. 99.
104. Jules Michelet, *Le Peuple*, Paris, Flammarion, 1974, p. 182. En 1819, Michelet avait consacré sa thèse française à l'*Examen des Vies des hommes illustres de Plutarque* (*Œuvres complètes*, Paris, Flammarion, 1974, I, p. 31-43). Dans ce bref texte, il suit de près Rousseau. « Les Vies sont "un cours pratique de morale". Sous le rapport historique, elles valent par la "couleur locale". »

PRÉFACE

Le grand homme n'est tel que pour autant qu'il «représente» son peuple. Il s'ensuit qu'il n'est pas une «créature arbitraire», mais que, tout au contraire, «il est l'harmonie de la particularité et de la généralité»: pour être grand, il doit être «également éloigné de l'original et de l'homme ordinaire». S'occuper des grands hommes est donc légitime – l'Histoire est véritablement celle des grands hommes –, mais à condition de les donner pour ce qu'ils sont: non «les maîtres», mais «les représentants de ceux qui ne paraissent pas dans l'histoire». Il y a deux parties dans un grand homme: «la partie du grand homme et la partie de l'homme. La première seule appartient à l'histoire; la seconde doit être abandonnée aux mémoires et à la biographie». «Alexandre, dit-on, avait d'assez vilains défauts, César aussi; cependant il n'y a pas de plus grands hommes.» Ce qu'ils ont voulu faire n'a aucun intérêt, leurs faiblesses non plus, il faut seulement s'attacher aux grandes choses qu'ils ont faites et rechercher «l'idée qu'ils représentent»[105]. On est aux antipodes de Plutarque, à la recherche des «signes» de l'âme, et constamment loué (de Montaigne à Rousseau) pour sa capacité à nous faire passer du public au privé, à faire percevoir, selon l'expression de Michelet, «les disparates dans les hommes extraordinaires[106]». Enfin, et sur ce point le philosophe de l'histoire ne peut douter, «le signe du grand homme, c'est qu'il réussit. Quiconque ne réussit pas n'est d'aucune utilité au monde». Il s'ensuit qu'il faut être du parti du vainqueur, alors que celui «du vaincu est toujours celui du passé». Démosthène, luttant contre Philippe, après tout n'est qu'un grand orateur qui représente «le passé de la Grèce».
C'est évidemment là un point de vue que, le siècle avançant, il sera de plus en plus difficile de soutenir tout uniment: après 1852, après 1870. Le grand homme comme vaincu gagne alors du terrain, tandis qu'on se défie de la philosophie allemande. Vercingétorix, le héros vaincu, «profite» de cette conjoncture, Camille Jullian l'opposant au César de Mommsen. La théorie des hommes providentiels fonde «le droit divin des dictatures», écrit Pierre Larousse, le républicain, dans son *Dictionnaire* (1866-1879), à l'article *César*. En revanche, l'entrée *Vies parallèles* les présente toujours comme «le modèle des biographies» et l'article *Plutarque* commence par rappeler que Kléber avait dans sa malle un Plutarque et Quinte-Curce, ce qui «valait toujours mieux que le vague Ossian de Bonaparte»! Mais, au fond la distance s'est bel et bien creusée, il n'est plus question d'imitation ou d'identification. Car, si Plutarque compte encore aujourd'hui, c'est «comme formateur de Montaigne, Montesquieu, Rousseau». Protagoniste non plus direct, mais au second degré, il est devenu de l'histoire et entre dans l'histoire de la littérature française.
De la Restauration à la Troisième République, on compte, pourtant, plusieurs tentatives pour enrôler ou faire revivre Plutarque, au nom ou par le relais de la pédagogie. D'abord sous la plume d'un noble, ancien émigré, J.-F. Girard de Propiac. Garde des archives de la préfecture de la Seine et joueur invétéré, il fut un compilateur prolixe. Il rédigea de multiples Plutarque pour la jeunesse, déjà sous l'Empire et sous la Restauration ensuite. *Le Plutarque de la jeunesse, ou Abrégé des vies des plus grands*

---

105. Victor Cousin, *Cours de l'histoire de la philosophie*, Paris, Fayard, 1991, p. 253-275.
106. Jules Michelet, *Examen des Vies des hommes illustres de Plutarque, op. cit.*, p. 33.

hommes de toutes les nations, depuis les temps les plus reculés jusqu'à nos jours, au nombre de deux cent douze, ornées de leurs portraits, ouvrage élémentaire, propre à élever l'âme des jeunes gens et à leur inspirer des vertus (1804). Il commit aussi *Le Plutarque des jeunes demoiselles, ou Abrégé des vies des femmes illustres de tous les pays, avec les leçons explicatives de leurs actions et de leurs ouvrages* (1810), commençant avec Cléopâtre et s'achevant avec Marie-Antoinette. Et, inévitablement, *Le Plutarque français, ou Abrégé des vies des hommes illustres dont la France s'honore, depuis le commencement de la monarchie* (1825). Toutes ces compilations, ouvrages de commande, connurent plusieurs éditions. En ces mêmes années, il s'en publiait d'autres, sous des titres à peu près semblables[107]. Existait donc un marché pour cette littérature, où le nom de Plutarque, toujours mis en avant, tendait cependant à n'être plus que l'index d'un genre, presque d'une collection : *Les Vies des hommes célèbres*. Du parallèle, il n'était évidemment plus question.

Le livre d'Octave Gréard, *De la morale de Plutarque* (1866), relève d'un tout autre genre. Il s'agit de sa thèse de doctorat. D'abord professeur de rhétorique, puis inspecteur de l'Académie de Paris, il sera pendant de nombreuses années directeur de l'enseignement primaire. Dans ce livre, il se propose d'étudier la morale de Plutarque, qui lui a valu tant de gloire posthume, en fait trop, estime Gréard. Pour mesurer l'écart, il convient d'abord de replacer Plutarque dans son époque et de l'envisager comme «représentant de la morale de son temps». Cette opération de «réduction» débouche sur un adieu à Plutarque, qui n'a rien à voir avec celui prononcé par Paul-Louis Courier, soixante ans plus tôt. Pour ce dernier, Plutarque était encore tout proche : les réalités de la guerre et de l'armée impériale le conduisaient à clamer «Plutarque a menti»! Pour Gréard, la distance historienne prévaut. Plutarque est doublement un homme du passé : entre lui et nous, il y a eu le christianisme, et même dans son temps, il est tourné vers le passé. Tout occupé de restauration païenne, au mieux il récapitule aimablement la sagesse grecque. Il n'annonce rien, et sûrement pas la morale chrétienne, lui qui n'est pas allé au-delà du «Connais-toi toi-même» de Delphes (qui revient à tout rapporter au bonheur de l'individu) et a méconnu totalement l'ouverture du «Aimez-vous les uns les autres»[108]. On pense à la fin de *La Cité antique* de Fustel de Coulanges, parue deux ans plus tôt, où la victoire du christianisme marque la fin du monde antique. Plutarque appartenait pleinement à ce monde de la cité, qui n'est plus le nôtre : il n'est donc plus des nôtres. Au total, il n'est «ni un grand personnage ni un grand esprit». Apparaît en effet, au fil des pages, ce personnage du «bonhomme Plutarque», en directeur de conscience pour les affaires quotidiennes et à la morale exclusivement pratique. C'est, à dire vrai, le Plutarque qui a eu cours pendant près d'un siècle

---

107. Par exemple, Pierre Blanchard, *Vies des hommes célèbres de toutes les nations, ouvrage élémentaire faisant suite au «Plutarque de la jeunesse» et rédigé par le même auteur* (1818). L. Aimé Caron, *Le petit Plutarque de la jeunesse, ou Abrégé de la vie des hommes les plus marquants* (1827). Alphonse Viollet, *Nouveau Plutarque de la jeunesse, ou Biographie de tous les personnages illustres de l'Antiquité* (1830).
108. Octave Gréard, *La Morale de Plutarque*, Paris, Hachette, 1866, p. 417.

dans les études grecques en France. Le comble de l'affadissement pédagogico-sulpicien est atteint avec l'opuscule de Mme Jules Favre. Fille d'un pasteur luthérien, directrice de la toute nouvelle École normale de Sèvres, veuve du républicain Jules Favre, elle réunit sous le titre *La Morale de Plutarque* (1909) un choix d'extraits de Plutarque. Insistant sur la valeur de l'exemple et sur l'importance de l'éducation, ce montage de textes commentés s'achève sur la religion. Avec ce Plutarque pour sévriennes, ce sont vraiment les derniers feux allumés à la Renaissance avec les premières traductions enthousiastes des traités sur l'éducation[109].

Malgré tout, la République fait encore appel à ses services, par exemple, sous la plume d'un professeur de l'université de Grenoble, J. de Crozals, dans la «Collection des classiques populaires»[110]. Le cœur du livre est en fait une brève histoire de la Grèce et de Rome encore rédigée à partir des *Vies*, tandis que les premiers et derniers chapitres sont consacrés à Plutarque lui-même. Contrairement à Gréard, l'auteur entend bien montrer à quel point Plutarque est «nôtre», lui qui a été «comme la conscience de tant d'esprits dont la France est fière». Aussi, peut-être n'est-ce pas «une chimère d'espérer qu'il puisse redevenir pour les jeunes gens de notre temps une aimable et bienfaisante conscience»[111]. Plus précise, la dernière phrase du livre va plus loin encore. On est en plein dans le réarmement moral et l'appel au sacrifice patriotique : «Puisse la jeunesse du XIXᵉ siècle à son déclin retirer de cette lecture, comme quelques-unes des générations ses devancières, non seulement la satisfaction d'une certaine curiosité d'esprit, mais le sentiment qu'il y a quelque chose de plus que le plaisir, la gloire ou l'intérêt : la conscience et le respect du devoir sous sa forme la plus haute ; la volonté de s'immoler, s'il le faut, à la patrie ; et pour cela, le courage de regarder en face et d'un œil serein cette grande consolatrice et cette vengeresse suprême qui est la mort[112]»! Si, en 1914, Albert Thibaudet était parti en campagne avec Thucydide, entretenant un dialogue, presque une correspondance avec lui, retrouvant dans le «moment» «la chose de toujours»[113], Jean de Pierrefeu, lui, partit, après la guerre, en campagne *contre* Plutarque. Critique littéraire au *Journal des débats*, disciple de Barrès, la guerre dissipa le «mirage historique» dans lequel il

---

109. Madame Jules Favre, *La Morale de Plutarque. Préceptes et exemples*, Paris, H. Paulin, 1909.

110. J. de Crozals, *Plutarque*, Paris, Lecène et Oudin, 1888. On précise que tous les volumes parus dans cette collection ont été adoptés par le ministère de l'Instruction publique pour les bibliothèques scolaires et populaires. Notons aussi qu'Auguste Comte inscrit les *Vies* dans le choix des 150 volumes constituant la «Bibliothèque positiviste».

111. *Ibid.*, p. 11. Montaigne, Rousseau, Mme Roland sont cités, ainsi qu'une lettre, bien commode (et pas forcément authentique), d'Henri IV, à sa femme Marie de Médicis : «Il a été longtemps l'instituteur de mon bas âge. Ma bonne mère, à qui je dois tout, et qui ne voulait pas (ce disait-elle) voir en son fils un illustre ignorant, me mit ce livre entre les mains, encore que je ne fusse à peine plus un enfant à la mamelle. Il m'a été comme ma conscience, et m'a dicté à l'oreille beaucoup de bonnes honnêtetés et maximes excellentes pour ma conduite et le gouvernement de mes affaires.»

112. *Ibid.*, p. 239.

113. Albert Thibaudet, *La Campagne avec Thucydide*, Paris, Éditions de la «Nouvelle Revue française», 1922.

PRÉFACE

avait vécu jusqu'alors. «J'ai juré de n'avoir désormais pour guide que l'expérience et de rejeter ce fatras d'idées toutes faites, de notions fausses et de sentiments artificiels dont le pompeux étalage constituait, disait-on, l'héritage des ancêtres[114].»
Si Plutarque est sorti de l'histoire vivante, si le grand homme n'est plus plutarquéen, si les principaux historiens du siècle, de Guizot à Fustel de Coulanges en passant par Thierry et Michelet, se sont détournés de la biographie, cela ne signifie ni qu'on a renoncé aux grands hommes ni à la biographie. Tant s'en faut! Pour la période 1814-1914, Christian Amalvi a recensé environ quinze cents biographies individuelles et deux cents recueils de biographies collectives. Mais il s'agit de «grands Français», présentés dans des biographies populaires et scolaires[115]. Avec d'un côté, les grandes figures du catholicisme, de l'autre le panthéon laïque. Mais, il y a accord des deux France sur l'Histoire entendue comme école de morale, puis, après 1870, se délimite une sorte de «panthéon national» (ce qui n'implique pas une même interprétation des mêmes personnages). Sans surprise, Napoléon et Jeanne d'Arc l'emportent largement (respectivement 205 et 191 biographies sur la période)[116]. Dans tous les cas, le recours à l'Antiquité n'a plus du tout lieu d'être.
Le grand homme n'a pu résister au tropisme national. Perrault avait pris comme critère de sélection de ceux qu'il appelait encore «hommes illustres», le siècle, celui qu'on nommait déjà le siècle de Louis XIV (de tous les rois «le plus parfait modèle»): ils participaient à et donc de la gloire du souverain. On se rappelle la brochure de 1767 qui proposait d'ouvrir au Louvre une Galerie des Français illustres. En 1800, un décret avait fixé la liste des bustes qui devaient figurer dans la grande galerie des Tuileries: il y avait des anciens (une petite dizaine), des modernes, des Français, des étrangers. Le musée historique de Versailles, conçu et voulu par Louis-Philippe, est dédié «À toutes les gloires de la France». On a là un Panthéon pictural et national. Quand, en 1854, Napoléon III fait décorer la Cour carrée du Louvre, on y rassemble les bustes des grands «Français», qui, tout au long des siècles, ont fait la France et sa gloire.
La Troisième République «nationalise» l'héroïsme: l'iconographie des manuels d'histoire donne à voir le cortège des héros de l'Histoire de France[117]. Dans ses allocutions aux étudiants, Ernest Lavisse, le grand organisateur des études historiques, déclare: «L'antiquité classique est encore une patrie pour nous, mais j'obéis à un sentiment intime très vif en insistant sur la nécessité d'un effort sérieux et suivi dans l'étude de notre propre histoire.» Et, plus tard, dans ses *Souvenirs*, il avouera «Je reproche aux humanités, comme on nous les enseigna, d'avoir étriqué la France[118].» La République fera des funérailles nationales à Hugo (1885), pour qui on

---

114. Jean de Pierrefeu, *L'Anti-Plutarque, op. cit.*, p. 25.
115. Christian Amalvi, «L'Exemple des grands hommes de l'histoire de France», *Romantisme*, 100, 1998, p. 92-93.
116. *Ibid.*, p. 96-101.
117. Christian Amalvi, *Les Héros de l'Histoire de France, recherche iconographique sur le panthéon scolaire de la IIIe République*, Paris, Éd. Phot'œil, 1979.
118. Ernest Lavisse, *Questions d'enseignement national*, Paris, Colin, 1885, p. 115-116.; *Souvenirs*, Paris, Calmann-Lévy, 1912, p. 225.

rouvre le Panthéon, et à Pasteur (1895). Emblématiquement, leurs statues se feront face dans la cour de la Sorbonne : le poète et le savant représentent également le génie de la France. Tout au long du siècle, les places publiques se sont ornées de statues de grands hommes : la pédagogie de l'exemplaire descendant jusqu'à ceux qu'on ne manqua pas de nommer, pour en rire, les-grands-hommes-de-chef-lieu-de-canton[119]. En 1906, *Le Petit Parisien* organise un concours sur le thème « Quels sont les dix Français les plus illustres ayant vécu au XIXe siècle et qui ont le plus contribué à la grandeur de notre Patrie ? » : Pasteur arrive en tête, suivi de Hugo, Gambetta et Napoléon. Dans grand homme, il y a nécessairement grand patriote, grand pour avoir écrit une page glorieuse de la biographie de la nation.

GRANDS HOMMES OU STARS ?

Après avoir abandonné l'espace public, Plutarque s'éloigne donc aussi de celui de la pédagogie, où l'exemplaire est allé en se « nationalisant »[120]. Au moins doit-il lui rester celui des études classiques où il est chez lui ? Comment les défenseurs des humanités pourraient-ils ne pas faire bon accueil à celui qui a, à ce point et si longtemps, contribué à porter l'humanisme et ses valeurs ? Pourtant, force est de constater qu'ils ne lui allouent pas une situation de premier plan. On ne peut pas se passer de lui, mais on l'utilise plus qu'on ne le lit pour lui-même : il est une mine. Pour le reste, c'est le bonhomme Plutarque apparu chez Gréard, repris et répandu par l'*Histoire de la littérature grecque* des Croiset[121]. Trop compilateur pour être original, concluent doctement les philologues, pour qui la recherche des sources tient lieu de philosophie. Trop tardif pour être profondément intéressant, ajoutent les zélateurs de la seule Grèce classique, pour qui la défaite de Chéronée marque la fin de la cité – l'ironie voulant qu'ils « oublient » que Plutarque est précisément un des initiateurs de cette coupure ! Trop tardif aussi, pour ceux qui, ne jurant que par les commencements, méditent les paroles des philosophes présocratiques. Et encore, trop spiritualiste, trop éclectique, trop crédule, trop terre à terre !
Dans le même temps, l'éducation classique connaissait de sérieuses remises en question. Ainsi, Émile Durkheim critiquait l'abstraction de l'homme qu'enseignaient les humanistes. « Le milieu gréco-romain dans lequel on faisait vivre les enfants était vidé de tout ce qu'il avait de grec et de romain, pour devenir une sorte de milieu irréel, idéal, peuplé sans doute de personnages qui avaient vécu dans l'histoire, mais qui, ainsi présentés, n'avaient pour ainsi dire plus rien d'historique. Ce n'était plus

---

119. Maurice Agulhon, « Sur les statues des grands hommes au XIXe siècle », *Romantisme*, 100, 1998, p. 11-16.
120. Un siècle plus tard, à la fin des années 1960, ce sont les graphiques qui tendront à remplacer les noms propres dans les manuels d'histoire : les manuels sans noms et sans dates.
121. Alfred et Maurice Croiset, *Histoire de la littérature grecque*, Paris, Fontemoing, V, 1899, p. 484, évoquent « la sagesse aimable » d'un homme qui est « immédiatement-au-dessous des hommes de génie ».

que des figures emblématiques des vertus, des vices, de toutes les grandes passions de l'humanité [...]. Des types aussi généraux, aussi indéterminés pouvaient servir sans peine d'exemplification aux préceptes de la morale chrétienne[122]. » Deux principes fondamentaux sous-tendaient cette pédagogie : la nature humaine est toujours et partout identique à elle-même et « l'excellence des lettres anciennes, mais surtout des lettres latines, qui en faisait la meilleure école possible d'humanité ». Car, (Durkheim cite alors Bréal) « il existe en morale des vérités qu'on n'a pas eu besoin d'exprimer deux fois [...]. Tous ces lieux communs de la sagesse antique sur la sainteté du devoir, sur le mépris des biens fortuits, sur l'amour de la patrie, sur l'idée de liberté, sur l'obligation de rapporter notre conduite au bien public, tout cet arrière-plan de morale, de civisme et d'honneur ne se retrouve pas chez les écrivains modernes précisément parce qu'il est chez les anciens, et qu'on a cru avec raison ne point devoir y revenir[123] ». Plutarque et quelques autres ont déjà fait le travail.

À ce point de sa critique, Durkheim ne propose pas de renoncer aux Grecs et aux Romains, mais de « dépayser » l'élève, en substituant à l'enseignement classique un enseignement historique, seul à même de saisir l'homme tel qu'il est dans sa diversité. Seule la comparaison permet de rendre compte des variations dans l'espace et dans le temps et d'en proposer une articulation. C'est là, envisagée du point de vue de la pédagogie, l'ébauche d'un programme de recherche qui sera, à partir du milieu des années 1950, celui d'une psychologie historique, renommée un peu plus tard anthropologie historique de l'Antiquité, que désigne le nom de Jean-Pierre Vernant. Cette proposition d'un nouveau regard porté sur l'Antiquité et d'une relecture de ses textes devait cheminer lentement. Partie de l'époque archaïque considérée comme plus « proche » des sociétés alors étudiées par l'ethnologie, cette nouvelle lecture remonta vers l'époque classique, avant de se porter, plus récemment, vers le monde hellénistique. Et de finir par rencontrer Plutarque, traité non plus comme source pour, mais pour lui-même[124]. Mais, en attendant ou plutôt sans attendre, le reflux des humanités se poursuivit, puisqu'en 1968, on supprima le latin en sixième. S'agissait-il de la fin d'une « mystification », comme certains le dirent alors, ou plus trivialement du constat d'une mort par épuisement[125] ?

Quant à l'histoire savante, dès lors qu'à la fin des années 1860 elle se veut science positive et se professionnalise, qu'elle abandonne après 1920 la célébration des fastes de la nation, elle a moins de raisons que jamais de s'attacher à la biographie des grands hommes. La nation l'avait conduite des grands vers le peuple, la statistique, conçue comme la science des « faits sociaux » exprimés en termes numériques, l'amène vers les foules. En philosophe de l'histoire, Louis Bourdeau, par

---

122. Émile Durkheim, *L'Évolution pédagogique en France. De la Renaissance à nos jours*, Paris, F. Alcan, 1938, p. 99.
123. *Ibid.*, p. 190, 192, 193.
124. François Hartog, *Mémoire d'Ulysse*, Paris, Gallimard, 1996, p. 78-79, 164-167 ; Plutarque, *Grecs et Romains en parallèle. Questions romaines-Questions grecques*, introduction, traduction, commentaires de M. Nouilhan, J.-M. Pailler, P. Payen, Paris, Le Livre de Poche, 1999.
125. Françoise Waquet, *Le Latin ou l'empire d'un signe, op. cit.*, p. 319.

PRÉFACE

exemple, en tire toutes les conséquences[126]. Le grand homme résulte proprement d'une erreur de perspective : mené bien plus que meneur, il doit être soluble dans la foule. On s'achemine vers l'ère des masses et les problématiques de l'imitation et de la suggestion. À la recherche d'autres profondeurs, elle se donne la société pour objet et l'économie comme référence ou modèle. Réagissant « contre une histoire arbitrairement réduite au rôle des héros quintessenciés », elle cherche à saisir dans des structures invisibles à l'œil nu les lents mouvements de fond des sociétés. Contre « l'orgueilleuse parole unilatérale de Treitschke "Les hommes font l'histoire" », elle soutient que « l'histoire fait aussi les hommes et façonne leur destin – histoire anonyme, profonde et souvent silencieuse »[127]. Au moment même où Braudel proposait ces réflexions (1950), Claude Lévi-Strauss, de son côté (1949), reprenait la traduction de la formule de Marx « les hommes font leur propre histoire, mais ils ne savent pas qu'ils la font », pour faire observer qu'elle « justifie, dans son premier terme, l'histoire, et dans son second, l'ethnologie ». La première organise ses données « par rapport aux expressions conscientes » de la vie sociale, la seconde « par rapport aux conditions inconscientes »[128]. Évidemment, ce qui importe, ce qui est intéressant, c'est le second terme de la formule de Marx, cet inconscient social donné comme domaine d'exercice de l'ethnologie. Sans rouvrir ici la discussion sur les rapports de l'histoire et de l'ethnologie, retenons seulement qu'entre les propositions de Braudel et celles de Lévi-Strauss, nul grand homme ne saurait, en tout cas, se glisser.

Recourant au traitement statistique des faits humains, établissant des séries, calculant des indices et traçant des courbes, ce ne sont plus des grands hommes que l'histoire ramène dans ses filets, mais les masses. Elle dépouille des quantités d'archives, mais ses « témoins » ne parlent plus d'emblée : disant en fait autre chose que ce qu'ils croyaient dire, elle les fait parler. Quand, empruntant justement à l'ethnologie dans les années 1970, elle se nomme histoire des mentalités, elle vise le collectif, « ce qui échappe, comme l'écrit Jacques Le Goff, aux sujets individuels de l'histoire parce que révélateur du contenu impersonnel de leur pensée, ce que César et le dernier soldat de ses légions, Saint Louis et le paysan de ses domaines, Christophe Colomb et le marin de ses caravelles ont en commun[129] ». Quand, de son côté, Sartre se consacrait longuement à l'*Idiot de la famille*, il récusait le partage individu société et traitait Flaubert comme un « universel singulier ». La recherche par les historiens de « l'impersonnel » comme « commun » déporte, en tout cas, l'accent sur celui qu'on pourrait nommer, par référence à Robert Musil, « l'homme sans qualités ».

---

126. Louis Bourdeau, *L'Histoire et les historiens. Essai critique sur l'Histoire considérée comme science positive*, Paris, Alcan, 1888, et les critiques d'Henri Berr à cette « mathématique historique » qui ignore l'individu, « La Méthode statistique et la question des grands hommes », *La Nouvelle Revue*, LXIV, mai-juin 1890, p. 516-527 et 726-746.
127. Fernand Braudel, *Écrits sur l'histoire*, Paris, Flammarion, 1969, p. 21.
128. Claude Lévi-Strauss, *Anthropologie structurale*, Paris, Plon, 1958, p. 25, 31.
129. Jacques Le Goff, « Les Mentalités, une histoire ambiguë », *Faire de l'histoire*, sous la direction de J. Le Goff et P. Nora, Paris, Gallimard, 1974, III, p. 80.

PRÉFACE

Logiquement, ce programme d'une histoire des mentalités conduit en effet vers les anonymes. Mais l'anonyme visé peut s'entendre en plusieurs sens et l'histoire des anonymes va, de fait, se décliner de plusieurs façons. La première revient au fond à traiter César comme un anonyme. On ne s'intéresse pas à lui en tant qu'il est César, mais à tout ce qu'il partage avec le plus humble de ses soldats. Simplement, l'historien doit passer par son intermédiaire, puisqu'on sait un certain nombre de choses sur César, et rien ou presque sur ses soldats. Reste que faire le départ n'est pas aisé. Une autre approche s'emploie à constituer l'anonyme en type. L'auteur ne décerne plus un prix d'*exemplarité*, mais un brevet de *typicité*. On est passé de Plutarque à Balzac, et de là au sociologue. « À voir pulluler les signes extérieurs de couleur locale prodigués en ces biographies, qui oserait douter de la typicité de ce paysan ou de cette brave fille, de cette famille ou de cette lignée[130]. » Dans ce défi de l'anonyme nul n'aura été plus loin que l'historien Alain Corbin qui a voulu évoquer un total inconnu, en opérant « le choix aléatoire d'un atome social ». Comment ? En tombant les yeux fermés sur un nom, celui d'un inconnu, dont on a quelques traces, mais dont on est sûr qu'aucune d'entre elles n'a été délibérément laissée, en vue de constituer un destin (même posthume). Le but n'est pas de « porter témoignage », mais de mener une recherche « sur l'atonie d'une existence ordinaire ». Le nom de cet anonyme de hasard : Louis-François Pinagot, qui est « un Jean Valjean qui n'aurait jamais volé de pain »[131].
Une autre façon encore, différente, davantage pratiquée, oscille au fond entre typicité et singularité, introduisant même un temps la notion paradoxale « d'exceptionnel normal ». Elle consiste, en tout cas, à faire entendre la voix de ceux et de celles que l'histoire a jusqu'alors ignorés, étouffés, supprimés. Les archives judiciaires occupent là une place stratégique. C'est en effet en ce point que prend sens le projet de Michel Foucault sur *La Vie des hommes infâmes* : du Plutarque à l'envers, l'infâme se substituant à l'illustre, mais du Plutarque tout de même. Il devait s'agir d'une anthologie de ces vies « qui étaient destinées à passer au-dessous de tout discours et à disparaître sans avoir jamais été dites », elles « n'ont pu laisser de traces [...] qu'au point de leur contact instantané avec le pouvoir ». « Infâmes », ces hommes le sont en toute rigueur, puisqu'ils « n'existent plus que par les quelques mots terribles qui étaient destinés à les rendre indignes, pour toujours, de la mémoire des hommes »[132]. Leur exemplarité est donc bien particulière. En 1978, il lance même une collection « Les Vies parallèles » : « Imaginons, écrit-il, des parallèles qui, indéfiniment divergent. » Il faudrait retrouver le sillage instantané et éclatant qu'elles ont laissé lorsqu'elles se sont précipitées vers une obscurité où « ça ne se raconte plus » et où toute « renommée est perdue. Ce serait comme l'*envers* de Plutarque : des vies à ce point parallèles que nul ne peut plus les rejoindre »[133]. Dans ce sillage s'est déployé le tra-

---

130. Jean-Claude Passeron, *Le Raisonnement sociologique*, op. cit., p. 197.
131. Alain Corbin, *Le Monde retrouvé de Louis-François Pinagot, sur les traces d'un inconnu, 1798-1876*, Paris, Flammarion, 1998, p. 8, 9.
132. Michel Foucault, *Dits et écrits*, Paris, Gallimard, III, 1994, p. 241-243 ; rééd. Quarto, 2001, II.
133. Deux titres seulement parurent : Herculine Barbin, *Mes Souvenirs*, présenté par M. Foucault, Paris, Gallimard, 1978 et Henry Legrand, *Le Cercle amoureux*, Paris, Gallimard, 1979.

vail de l'historienne Arlette Farge, attentive à ces «paroles captées», comme elle les appelle, dans l'archive judiciaire, qui n'ont jamais été destinées à être mises en page. On se trouve alors confronté à un «affleurement» du singulier, qui invite «à réfléchir sur le concept historique d'individu et à tenter une difficile articulation entre les personnes anonymement immergées dans l'histoire et une société qui les contient»[134].
Plusieurs chemins ont donc conduit vers l'anonyme: celui suivi par les praticiens d'une histoire sociale d'abord soucieuse de collectif, celui emprunté plus récemment par ceux qui voulaient faire droit au singulier, alors même qu'on réévaluait le rôle des acteurs en histoire et qu'on avait proclamé sur toutes les ondes le «retour» de l'individu, celui enfin, plus difficile à tracer, de ceux que préoccupe une articulation porteuse de plus d'intelligibilité du singulier et du collectif, en étant attentifs aux échelles d'analyse. Du point de vue éditorial, ce moment (depuis le milieu des années 70) est marqué par les succès de la biographie et de l'autobiographie[135]. Des biographies plutôt, car elles sont évidemment multiformes: il y a les biographies d'anonymes – individus ordinaires ou cas limites –, avec tous les sens qu'anonyme peut prendre; il y a les biographies qui problématisent leur sujet, comme le *Saint Louis* de Jacques Le Goff. La première question n'est pas ce qu'ont en commun Saint Louis et le paysan de ses domaines, mais, presque à rebours, «Saint Louis a-t-il existé»? Saint Louis est-il autre chose que l'*exemplum* (l'exemple exemplaire) de ces deux excellences que sont la royauté et la sainteté? Peut-on atteindre un «vrai» Saint Louis historique ou est-on condamné à «un assemblage de lieux communs»[136]? Il y a enfin toute la masse des biographies, traditionnelles, linéaires et factuelles, avec en bonne place les grands hommes, vus comme les principaux protagonistes de l'histoire et représentant désormais, commémorations aidant, une sorte de patrimoine (régional ou national) à revisiter, exploiter, mettre en valeur.
Le grand homme serait-il revenu, lui aussi, dans les bagages de l'individu? D'abord, il n'a, pas plus que l'individu, jamais vraiment disparu. Ensuite, le XXe siècle a fabriqué des héros et des anti-héros (et des *Anti-mémoires*), mais il a surtout inventé la star. L'homme illustre se profilait sur un horizon de perfection révolue: l'exemple venait du passé vers le présent et se coulait dans une économie du temps qui était celle de l'*historia magistra*. Avec les grands hommes, le temps faisait son entrée dans l'histoire ou l'histoire, elle-même, tendait à devenir temps. Les grands hommes veulent accélérer l'histoire: ils en sont les «accoucheurs». Napoléon la traverse à cheval. La star, elle, est emportée par le temps. À l'image de ces actrices hollywoodiennes qui, pour un temps, défrayaient la chronique, elle ne peut qu'être éphémère. La star vient uniquement du présent et elle s'y consume, voire s'y abîme. L'économie médiatique produit, consomme et consume «les héros du jour» ou d'un jour: produits de consommation, interchangeables en fait, rarement recyclables, ils sont eux-mêmes utilisés comme vecteurs de la consommation.

---

134. Arlette Farge, *Le Goût de l'archive*, Paris, Le Seuil, 1989, p. 97, 112.
135. Giovanni Levi, «Usages de la biographie», *Annales ESC*, 6, 1989, p. 1325-1336; Sabina Loriga, «Faiseurs d'histoires ou mannequins», *Critique*, janvier-février 2000.
136. Jacques Le Goff, *Saint Louis*, Paris, Gallimard, 1996, p. 17.

PRÉFACE

Avec les stars, on est évidemment dans une tout autre économie du temps : celle du présentisme, celle d'un présent qui n'a d'autre horizon que lui-même, omniprésent et omnivore. L'allongement du *présent* permet toutefois l'apparition (rare) de la star qui le reste, c'est-à-dire qui dure, personnage familier de nos écrans, changeant et vieillissant avec son public.

Avec les transformations récentes du sport et son intense médiatisation télévisuelle, nos sociétés se sont donné de nouveaux héros ou de nouvelles stars : les champions (les «dieux du stade» ou les «Géants de la montagne») et, dans leur sillage, aujourd'hui les «gagneurs». L'exemplarité du sport et sa valeur morale, sa pureté, chères au baron de Coubertin, ne font cependant plus partie de la rhétorique des milieux sportifs. On parle de fête, de spectacle, et du montant des droits de télévision. Mais aussi de mérite, de courage : le champion est celui qui s'est fait lui-même. Il sait se faire mal (à moins qu'il ne doive se faire du mal). Il vient d'en bas, voire d'ailleurs. Il sait que «son» temps est limité et que, parfois, la mort est au rendez-vous. Figure de l'individualisme démocratique, il incarne la réussite individuelle et, sur lui, se focalisent désirs d'imitation et forces d'identification[137]. Il n'est que de voir comment les hommes politiques le recherchent et s'entraînent à parler la langue du sport : le perron de l'Élysée est devenu un point de passage obligé du parcours du sportif victorieux. Depuis la victoire de la Coupe du monde de football en 1998, réactivée par celle de la Coupe d'Europe en 2000, il est aussi, plutôt ils sont devenus, puisqu'on passe de l'individu à l'équipe, l'image de «la France qui gagne» et ont été promus les représentants (presque au sens de la représentation nationale) de «la France plurielle». Par eux, passe alors un sentiment diffus, sinon confus d'appartenance, plus ou moins vif et partagé. Dans cette présence au quotidien de ces hommes et de ces femmes, à la fois ordinaires et différents, il est évidemment difficile de faire la part de ce qui relève de l'admiration authentique, de la simple marchandisation (le rôle des sponsors) et de la mystification (par exemple, l'effet du montant des salaires des footballeurs auprès des enfants). Porteurs de désirs multiples, ils sont l'objet, à tous les sens du terme, de grands investissements et soumis à des demandes non moins grandes.

Hommes illustres, grands hommes, stars, ces trois appellations ont désigné, de la Renaissance à nos jours, trois manières pour nos sociétés de se donner des héros et de les nommer, d'en user et d'en abuser parfois, aujourd'hui comme hier. Du côté des abus, j'ai laissé de côté le Chef et le héros prolétarien. Dans «la fabrique des héros», il entre en effet bien des composantes et de multiples circonstances, je n'en ai indiqué ici que quelques-unes, en privilégiant à dire vrai une, essentielle à mes yeux, celle du rapport au temps[138]. Bien entendu, la succession n'a rien de mécanique : le grand homme peut déjà percer sous l'homme illustre, tout comme l'homme illustre peut encore persister dans le grand homme. La référence à

---

137. «Le Nouvel Âge du sport», *Esprit*, numéro spécial, 4, 1987.
138. Je reprends ici le titre d'un livre *La Fabrique des héros*, sous la direction de P. Centlivres, D. Fabre, F. Zonabend, Paris, Éd. de la Maison des sciences de l'homme, 1998 ; voir, en particulier, le long essai de D. Fabre, «L'Atelier des héros», p. 233-318.

PRÉFACE

Plutarque a justement pu servir à aller de l'un à l'autre : d'Alexandre à Caton ou Épaminondas. Les appellations, elles-mêmes, ne sont pas univoques : le grand homme du XIXe siècle, fortement «nationalisé», n'est plus celui du siècle précédent, la Révolution marquant le moment de la rupture. «Les effigies des Grecs et des Romains doivent cesser de figurer là où commencent à briller des Français libres», indiquait Quatremère de Quincy. Chargé de l'aménagement du Panthéon, il voulait en faire un monument de la mémoire nationale. Mais quand on passe du grand homme à la star, se met en place une autre économie de l'héroïsme où le spectateur, au sens philosophique où l'entendait Plutarque, n'a plus cours. On entre dans la société du spectacle, où sans trêve les projecteurs s'allument et s'éteignent et les *shows* se succèdent.

Pourtant, ne voit-on pas, ici ou là, s'exprimer, pour employer un mot vague de notre vocabulaire contemporain, un «désir» de grands hommes ? Mais authentiques, qui n'ont pas connu les feux de la rampe. Justement, pas des médailles à la Plutarque. On veut faire connaître des hommes ordinaires qui, à un moment, ont su être grands : «soutiers» de la gloire, héros presque anonymes de la Résistance, combattants ordinaires de la Grande Guerre, d'autres encore. De quoi s'agit-il alors ? D'abord de témoignages et de transmission, de mémoire et d'oubli, de justice à rendre, alors même que des générations disparaissent.

Un autre indice, plus composite, est fourni par la réouverture du Panthéon, «ce morceau d'une Rome bâtarde, à la fois antique et jésuite», comme le décrit Julien Gracq, ou plutôt par les tentatives de lui donner un rôle actif dans la symbolique de la République. De quel sacre ou adoubement s'agissait-il quand Mitterrand le visita le 21 mai 1981 ? Quel est alors le statut de ces panthéonisations récentes ? Peut-on y croire totalement ? De quel message, sinon leçon voudrait-on qu'ils soient porteurs, dans une perspective d'*historia magistra* qui n'arrive plus à dire son nom ? Qui sont ces nouveaux morts illustres ? «Sans la cérémonie d'aujourd'hui, combien d'enfants de France sauraient son nom ?» demandait Malraux, quand, dans le froid décembre de 1964, il accueillait Jean Moulin sur le parvis du Panthéon. Et Malraux, lui-même, n'a-t-il pas laissé des orphelins de la grandeur ? Tel Régis Debray, reconnaissant appartenir à «une génération de série B, condamnée par un blanc de l'Histoire au pastiche des destins hors-série qui nous ont précédés, raflant les premiers choix, nous laissant les doublures – sous-Blum, sous-de Gaulle, sous-Malraux, sous-Bernanos, sous-Camus, sous-n'importe qui[139]».

N'y a-t-il pas enfin une reviviscence des grands hommes comme patrimoine ? On les ressort, on les époussette, on les découvre, on les commémore avec plus ou moins d'emphase et d'écho. Les programmes d'histoire devraient les mieux traiter, entend-on parfois. Ils sont des pièces dans le puissant mouvement de patrimonialisation qui a gagné nos sociétés depuis 1980. Patrimoine, mémoire, commémoration, les trois termes n'ont cessé de tournoyer ; ils font système et renvoient vers un quatrième qui en figure comme le foyer organisateur : identité. Plus exactement, la commémoration n'est plus une, mais éclatée, «dénationalisée», a écrit Pierre Nora,

---

139. Régis Debray, *Loués soient nos seigneurs. Une éducation politique*, Paris, Gallimard, 1996, p. 26.

PRÉFACE

voire individualisée, car chacun entend y jouer sa propre partition tout en se faisant reconnaître pleinement par tous dans sa singularité. Avec au sommet, la République elle-même comme patrimoine (avec ses gardiens). Le «grand homme» (homme et femme) devient porteur et vecteur d'identité, qu'il s'agisse d'une identité ayant pignon sur rue ou d'une identité revendiquée, niée, oubliée. Il peut être connu, méconnu, pas encore connu, il mérite, en tout cas, d'être davantage connu et reconnu. Mais pour combien de temps? Jusqu'à la prochaine émission, le prochain office auprès des libraires, la commémoration suivante?

FRANÇOIS HARTOG

PLUTARQUE TEL QU'IL EST REPRÉSENTÉ DANS LE LIVRE D'ANDRÉ THEVET,
LES VRAIS PORTRAITS ET VIES DES HOMMES ILLUSTRES GRECS, LATINS ET PAÏENS, PARIS, 1584

NOTE SUR LA TRADUCTION

Toute traduction est prisonnière d'une contradiction essentielle. Faire passer un écrit d'une langue à une autre, d'une culture à une autre, implique la recherche constante d'équivalents et de transpositions. Mais, à force de ramener l'étranger au familier, l'inconnu au connu, à force de viser la clarté et le naturel, on s'expose à faire disparaître du texte toute épaisseur, toute chair, tout mystère. Le risque est particulièrement grand en ce qui concerne les auteurs grecs et latins, doublement éloignés de nous, par leur langue et par leur époque, victimes de surcroît, pour reprendre le mot d'Henri Meschonnic[1], d'une série d'«effacements» imposés par une longue tradition scolaire et universitaire, qui fait écran entre eux et nous. Une sorte de grisaille finit par les recouvrir : on a l'impression que ces livres traduits sont tous écrits dans la même langue, artificielle, un peu froide, un peu triste, désespérément morte.

Pour rendre à leur voix son altérité, ne plus l'annexer mais vraiment la découvrir, dans sa différence essentielle, tout un mouvement de retraduction des classiques s'est amorcé, dès la fin du XVIIIe siècle[2], et se poursuit de nos jours[3]. Un regard nouveau est posé sur le monde antique : au lieu de le rapprocher du nôtre, on s'efforce au contraire d'en dégager l'étrangeté irréductible. Ce travail s'accompagne d'une extrême fidélité à la lettre, voire au mot à mot[4]. Au risque parfois de sacrifier l'intelligibilité, de créer artificiellement de l'obscurité là où l'auteur traduit se voulait clair et explicite[5].

Cette méthode concerne principalement les poètes et les auteurs tragiques dont les écrits, brefs, denses, fondés sur la rencontre entre le son et le sens, posent de

---

1. Henri Meschonnic, *Poétique du traduire*, Lagrasse, Verdier, 1999. Voir aussi, du même auteur, *Pour la poétique*, V : *Poésie sans réponse*, Paris, Gallimard, 1978, p. 187-268.
2. Voir notamment les analyses de Goethe, dans *Le Divan occidental-oriental*, trad. Lichtenberger, Paris, Aubier-Montaigne, 1963, et la traduction de l'*Antigone* de Sophocle par Hölderlin.
3. Voir notamment la traduction de l'*Énéide*, par Pierre Klossowski (Paris, Gallimard, 1964), celle d'*Hécube* par Nicole Loraux et François Rey (Théâtre de Gennevilliers-Théâtre public, 1988, rééd. Paris, Les Belles Lettres, 1999), les traductions d'Euripide et de Sophocle dues à Jean et Mayotte Bollack (*Iphigénie à Aulis*, Paris, éd. de Minuit, 1990 ; *Œdipe roi*, Paris, PUF, 1994 ; *Andromaque*, Paris, éd. de Minuit, 1994 ; *Antigone*, Paris, éd. de Minuit, 1999).
4. L'exemple limite de cette tendance est peut-être la traduction des *Œuvres complètes* de Pindare par Jean-Paul Savignac, Paris, éd. La Différence, 1990.
5. Sur ces questions, voir George Steiner, *After Babel, Aspects of Language and Translation*, Oxford, Oxford University Press, 1975 ; Henri Meschonnic, *Poétique du traduire, op. cit.* ; Antoine Berman, *L'Épreuve de l'étranger*, Paris, Gallimard, 1984 ; Pascal Charvet, «Traduire et retraduire l'antique», *Lettres actuelles*, 3, octobre-novembre 1993, p. 17-19.

manière particulièrement aiguë le problème de la traduction[6]. Dans quelle mesure peut-on l'appliquer à l'œuvre de Plutarque?
Il nous a semblé que l'effort devait surtout porter sur le vocabulaire. Dans la mesure où son œuvre a été considérée comme une sorte de «dictionnaire des antiquités[7]», Plutarque a été victime, plus que tout autre, d'assimilations hâtives, héritées d'une tradition qui méconnaissait la spécificité des réalités et des institutions grecques. Pendant très longtemps, les traducteurs ont fait de l'éphèbe un simple «jeune homme», de l'hétairie, une «camaraderie», de l'agora ou du forum des «places publiques»; ils ont parlé de «flûte» pour l'aulos, alors que l'instrument en question, doté d'une anche, ressemblerait plutôt à un hautbois ou à une clarinette[8]. Nous avons essayé d'éviter ces approximations, rassurantes mais dangereuses car elles présentent le monde grec comme un pâle reflet du nôtre. Aussi, au risque de déconcerter le lecteur, écrivons-nous hétaïre et non courtisane, éromène et non mignon, concours Olympiques, et non jeux Olympiques...
Quant aux effets rhétoriques auxquels Plutarque se complaît si souvent, surtout dans les comparaisons, nous avons essayé de les faire entendre, en maintenant, autant que possible, les redondances, les répétitions insistantes du même mot, les antithèses, poussées parfois, à nos yeux de modernes, jusqu'à l'absurde, qui vont jusqu'à lui faire écrire qu'un personnage «était présent» quand il fut tué[9]. Le texte n'y gagne pas en légèreté, mais cette pesanteur, peu adaptée au goût d'aujourd'hui, est celle de Plutarque: nous ne devons pas la censurer.
Cependant, il nous a paru dangereux de tenter une traduction trop littérale. À un mot à mot laborieux nous avons préféré la clarté dont Plutarque, si désireux de délivrer un enseignement accessible, fait lui-même l'éloge: «Le langage se transforma et se dépouilla: l'Histoire descendit de la Poésie comme d'un char et ce fut en allant à pied, grâce à la prose, qu'elle sépara la vérité de la légende; la Philosophie, s'attachant à éclairer et à instruire plus qu'à éblouir, fit ses recherches en prose, et le dieu [...], ôtant aux oracles, les vers, les grands mots, les périphrases et l'obscurité [...], n'eut en vue que d'être compréhensible et convaincant[10].» Il serait contraire

---

6. Voir les remarques d'Antoine Vitez dans *Le Théâtre des idées*, Paris, Gallimard, 1991, p. 287-298 («le devoir de traduire»).
7. Jean Sirinelli, *Plutarque*, Paris, Fayard, 2000, p. 9.
8. Rappelons à ce propos les remarques d'André Schaeffner, *Origine des instruments de musique*, Paris, 1936, rééd. Mouton, 1968, p. 270: «Les termes d'*aulos*, de tibia traduits par celui de *flûte* [donnent] une image faussement douce, édulcorée de la musique antique. [...] Aulos et tibia étaient des instruments à anche double, c'est-à-dire des hautbois avec un mordant peut-être comparable à celui de la *raïta* musulmane – instrument dont le son parfaitement aigre m'a toujours paru le seul, avec celui du tambour nègre, qui puisse être émis en de vastes espaces.» Voir également Annie Bélis, *Les Musiciens dans l'Antiquité*, Paris, Hachette, 1999.
9. *Coriolan*, XLIII, 2. La comparaison oppose, de manière assez artificielle, la force d'Alcibiade qui n'est calomnié que lorsqu'il est absent d'Athènes, et la faiblesse de Coriolan, qui ne parvient pas à s'imposer, même lorsqu'il est présent.
10. *Sur les oracles de la Pythie*, 406e.

NOTE SUR LA TRADUCTION

aux intentions de Plutarque de présenter, sous prétexte de fidélité, une retranscription minutieuse, mais obscure, de son texte. Nous nous sommes donc permis de supprimer certaines particules, qui n'ont de sens que dans la langue grecque et correspondent dans la nôtre aux signes de ponctuation[11], de couper les phrases, de modifier l'ordre des mots, de faire passer de nombreux passages au discours direct, pour ne pas casser le rythme de la narration et pour éviter les pesanteurs, voire les confusions, générées par une cascade de complétives et de pronoms personnels à la troisième personne (une traduction mot à mot entraînerait, presque à chaque page, des tours rébarbatifs comme : « on rapporte qu'il lui dit qu'il voulait qu'il lui donnât »...). Comme l'écrit Marguerite Yourcenar, « nulle bonne traduction n'est jamais littérale : l'ordre des mots, la grammaire, la syntaxe, sans parler du tact du traducteur s'y opposent ». Elle ne saurait être « la photocopie d'un texte [...]. Le jeu et l'art consistent à chercher des équivalents »[12]. En ce qui concerne le vocabulaire, nous avons essayé, autant que possible, d'en rendre les nuances avec rigueur. Ainsi, nous avons traduit, presque systématiquement, *polis* par « cité », pour bien montrer que le mot désigne une entité politique plus que géographique, à la différence d'*asty*, la ville en tant qu'espace. Mais l'esprit de système peut conduire à des absurdités ou à des cocasseries. Quand la *polis* est opposée à la *chora* (la campagne) ou lorsqu'il s'agit de Rome, l'*Urbs*, la Ville éternelle, la traduction du mot *polis* par « cité » ne tient pas. On retrouve la même difficulté en ce qui concerne *arétè*. C'est la « vertu » des anciens Grecs et des vieux Romains et, de toute évidence, il faut garder cette traduction dans les vies héroïques des premiers temps. Mais peut-on parler sans ridicule de la « vertu » de Sylla ou de celle des troupes de Pompée ? Nous avons alors employé les mots moins connotés moralement de « vaillance », de « valeur », ou de « bravoure ». Nous pourrions multiplier les exemples. De manière générale, nous sommes persuadée qu'aucun mot de la « langue source » ne peut ni ne doit être rendu automatiquement, à chaque occurrence, par le même mot dans la « langue cible ». Les polysémies des différents vocables sont rarement superposables d'une langue à l'autre. Et surtout, un texte n'est pas une mécanique mais, comme son nom l'indique, un tissu : le contexte est souverain.

Telle qu'elle se présente, notre traduction n'a d'autre ambition que d'essayer d'apprivoiser ce texte, de lui donner une « auberge » pour reprendre l'image d'Antoine Berman[13], ou, pour citer Plutarque lui-même, de lui « offrir l'hospitalité », de lui permettre « d'habiter et de vivre avec nous[14] ».

Ce travail s'inscrit, sans solution de continuité, dans une longue lignée. Plus de quatre siècles se sont écoulés depuis la première traduction française, celle

---

11. Voir sur ce point les remarques de Jean Humbert, *Syntaxe grecque*, Paris, Klincksieck, 3ᵉ éd. 1960, p. 368.
12. Marguerite Yourcenar, *La Couronne et la lyre*, Paris, Gallimard, 1979, p. 36.
13. *La Traduction et la lettre ou l'auberge du lointain*, 1ʳᵉ éd., Trans Europe Repress, 1985 ; rééd. Paris, Le Seuil, 1999.
14. *Timoléon*, Préface, 2.

d'Amyot (1559), et, de traducteur en traducteur, s'est instauré tout un jeu d'échange et d'émulation : chacun essaie de faire mieux ou autre chose que ceux qui l'ont précédé et, en même temps, hérite d'eux des idées, des intuitions, des trouvailles. Il nous est arrivé à plusieurs reprises, après avoir longuement peiné sur un passage qui nous résistait, de ressentir une véritable émotion, en découvrant comment un devancier, parfois séparé de nous par un ou deux siècles, avait résolu le problème : nous avions alors le sentiment d'une fraternité obscure mais bien réelle.

Nous ne nous sommes que très exceptionnellement reportée à Amyot ou à Dacier. La traduction la plus ancienne que nous ayons régulièrement consultée est celle de l'abbé Dominique Ricard[15], dont le style, malgré quelques pudibonderies, est extrêmement pittoresque et nerveux. Vient ensuite Alexis Pierron[16] : son texte, fleuri, romanesque, nous a paru séduisant, même s'il est parfois un peu vieillot, redondant et inexact ; Françoise Frazier vient d'en présenter, pour treize des *Vies*, une édition revue et corrigée qui nous a été fort précieuse[17]. Le traducteur dont nous nous sommes sentie le plus proche est Bernard Latzarus[18] : son travail est une merveille d'élégance, de sobriété, de netteté. Cependant, en ce qui concerne l'établissement du texte grec, l'édition de référence, sur laquelle nous nous sommes appuyée à de très rares exceptions près, est celle qu'ont donnée, aux Belles Lettres, Robert Flacelière et Émile Chambry[19].

En ce qui concerne les traductions étrangères, nous avons consulté avec profit la traduction anglaise de Bernadotte Perrin[20] et les éditions italiennes de la collection Lorenzo Valla[21] et de la Biblioteca Universale Rizzoli[22].

Au cours de ce travail, nous avons rencontré plusieurs difficultés liées à l'écriture de Plutarque. La principale tient au fait qu'il désigne les réalités romaines par leur équivalent dans le monde grec. Ainsi, au lieu de forum, il parle d'agora, les préteurs se changent en stratèges, les consuls en archontes, Mars devient Arès, Jupiter Zeus. La tentation était grande de maintenir ces assimilations dans la traduction[23] : elles éclairent le regard que la Grèce pose sur Rome et donnent une saveur supplémentaire au texte. D'autant que parfois – rarement il est vrai – Plutarque transcrit des

---

15. Paris, Pougens, 1798. Nombreuses rééditions au XIXe siècle.
16. Paris, Librairie Charpentier, 1843-1845 ; nouvelle édition en 1885.
17. Paris, GF-Flammarion, 1995 et 1996.
18. Paris, Classiques Garnier, 1950-1955.
19. Paris, Les Belles lettres, 1957-1979.
20. En onze volumes chez Loeb, 1re éd., 1914-1926.
21. Plutarco, *Vite parallele*, a cura di M. Manfredini, L. Piccirilli *et al.*, Milan, Fondazione Lorenzo Valla/Mondadori, 14 volumes parus depuis 1977.
22. Plutarco, *Vite parallele*, a cura di L. Canfora, D. Magnani *et al.*, Milan, Rizzoli, 17 volumes parus depuis 1987.
23. C'est le parti qu'ont adopté Michel Nouilhan, Jean-Marie Pailler et Pascal Payen dans *Grecs et Romains en parallèle. Questions romaines-Questions grecques*, Paris, Le Livre de Poche, 1999. Ils justifient ce choix p. 56-59.

mots latins : s'il emploie le terme grec, c'est donc un choix. Toute l'équipe s'est interrogée. Pour finir, après de nombreuses hésitations, il a été décidé de ne pas tenter l'aventure. Le lecteur moderne en quête d'informations sur le monde antique risquerait en effet d'être plongé dans la plus grande confusion par les « deux archontes » de Rome, le temple de « Zeus Capitolin » ou le « Champ d'Arès ».

Un problème assez proche s'est posé à propos du mot Libye que Plutarque emploie constamment, conformément à la tradition ethnographique grecque, pour désigner tout le pays à l'ouest de l'Égypte, sur lequel, après la destruction de Carthage, fut formée la province romaine d'Afrique. Devions-nous parler d'Afrique ou de Libye ? Là encore, nous avons longuement hésité avant de nous décider pour Afrique dans les *Vies* romaines.

Par ailleurs, certains termes sont très difficiles à interpréter. C'est le cas, entre autres, de *démos*. Ce mot est employé dans les *Vies* latines pour désigner tantôt le *populus* (le peuple romain en tant qu'entité politique contrebalançant le Sénat – *Senatus PopulusQue Romanus*), tantôt la *plebs* (la plèbe, par opposition aux patriciens), tantôt le *vulgus* (la populace). L'expression *hoï aristoï* n'est pas plus facile à rendre, appliquée au monde politique romain : s'agit-il des aristocrates, opposés à la plèbe, donc des patriciens ? des *optimates* dans leur lutte contre le parti populaire ? ou des *boni viri* auxquels s'adresse Cicéron, les hommes de bien, les meilleurs citoyens ? Même difficulté pour *démagogos* : ce peut être, en bonne part, celui qui conduit le peuple, mais aussi, dans un sens très péjoratif, le démagogue, le flatteur des foules. Comment interpréter ce mot dans la *Vie de Périclès* ? Plutarque est-il critique ou admiratif de son personnage ?

Le tour qui nous a le plus embarrassée est *hoï péri* qui revient très fréquemment dans le texte. Cette expression signifie littéralement « ceux qui sont autour de » ; elle désigne en grec soit l'entourage de quelqu'un, soit l'entourage de la personne, incluant cette personne, soit même cette personne seule, sans son entourage. Avec le temps, c'est ce dernier emploi qui semble le plus fréquent[24]. Le sens que Plutarque donne à ce tour varie d'un passage à l'autre. Quand il évoque des guerres civiles, des affrontements entre des clans, il semble que derrière le « meneur » se profilent les partisans qui font sa force : Catilina et ses amis, Curion et ses hommes de main. Mais à plusieurs reprises, la personne ne peut qu'être seule : c'est le cas notamment quand Pélopidas est mis dans la confidence d'un secret que l'on cache à tous ses amis ; qui pourrait bien être « autour de lui » dans la circonstance[25] ? Faute de pouvoir adopter une traduction systématique, nous avons dû chaque fois nous déterminer en fonction du contexte.

Enfin une des caractéristiques de Plutarque est son goût pour les citations, et notamment pour les citations en vers. Ces apparitions, brèves mais fréquentes, de la poésie au cœur de la prose donnent à son texte un charme tout particulier.

---

24. Ainsi, Héliodore, dans les *Éthiopiques* (II, 1), parle de « ceux qui entourent Théagène et Cnémon » pour désigner seulement ces deux personnages ; Philostrate dans la *Vie d'Apollonios de Tyane* (VI, 5), écrit « ceux qui entourent Damis » à propos du seul Damis.
25. *Pélopidas*, X, 5.

NOTE SUR LA TRADUCTION

Comment le rendre sensible dans le texte français? Nous avons hésité. Nous sommes parfaitement consciente des défauts inhérents à toute traduction en vers: inexactitude, gaucherie, raideur, ridicule éventuel. Alexis Pierron écrivait déjà, à propos du travail de l'abbé Dominique Ricard: «Quant à ses vers, car il avait la manie de rimer les citations, ce qu'on en peut dire de mieux, c'est qu'ils sont ridicules: aussi bien, il est difficile de ne se pas jeter hors du sens commun, dès qu'on essaye, poète ou non, de traduire des vers grecs en vers français, et avec la prétention de dire exactement ce qu'ils disent.»

En dépit de ces critiques et au risque de faire à notre tour de la mauvaise poésie, nous avons finalement décidé de tenter une traduction en vers. À propos du *Satyricon* de Pétrone, œuvre dans laquelle se mêlent, en une somptueuse polyphonie, morceaux poétiques et développements des plus prosaïques, René Martin écrit que, si l'on peut hésiter à traduire en vers une œuvre entièrement poétique, en revanche, «s'agissant de textes poétiques inclus dans une œuvre en prose, l'hésitation n'est pas permise: il est indispensable de les traduire en vers, faute de quoi le contraste, voulu par l'auteur, entre les deux types d'écriture, disparaît totalement, même si l'on use d'une typographie différente pour faire apparaître visuellement les deux catégories[26]». Comment ne pas souscrire à un tel point de vue, surtout quand il s'agit de Plutarque, tellement conscient de l'écart irréductible entre prose et poésie qu'il a consacré un ouvrage entier à l'examen de cette question[27]?

Rejoignant donc la démarche de René Martin et, pour Plutarque, celle de l'abbé Dominique Ricard, reprise par Robert Flacelière et Émile Chambry, nous avons essayé de faire entendre au lecteur le passage de la prose aux vers. Comme eux, nous avons choisi l'alexandrin. Malgré les différences irréductibles qui séparent le vers grec du vers français, le rythme de l'alexandrin est assez proche de l'hexamètre et du trimètre ïambique, les deux mètres les plus fréquemment cités par Plutarque. Et surtout, sa cadence est si familière à l'oreille française que, par le jeu d'un réflexe qu'on pourrait presque qualifier de conditionné, elle signale l'entrée dans une autre forme de discours, dans un autre ton, un autre monde.

ANNE-MARIE OZANAM

---

26. René Martin, *Le Satyricon, Pétrone*, Paris, Ellipses, 1999.
27. *Sur les oracles de la Pythie*, 406e (le titre grec est: *Pourquoi la Pythie ne rend plus ses oracles en vers*).

VIES PARALLÈLES

THÉSÉE-ROMULUS

Plutarque n'a pas suivi l'ordre chronologique dans la rédaction de ses Vies parallèles. Les allusions aux Vies de Cimon et de Démosthène dans la biographie de Thésée, à la Vie de Numa dans celle de Romulus en témoignent. Il lui fallait en effet choisir pour l'un comme pour l'autre de ses héros entre des traditions multiples, souvent contradictoires, transmises aussi bien par les mythographes de l'époque hellénistique que par des historiens s'efforçant de reconstituer un passé cohérent. Il s'agissait aussi de rendre compte de certains rituels encore en vigueur à son époque aussi bien à Athènes qu'à Rome, voire, comme c'est le cas surtout dans la Vie de Romulus, de certains noms d'institutions pour lesquels Plutarque disposait d'étymologies plus ou moins fantaisistes. Thésée, le rival et complice d'Héraclès, était d'abord le vainqueur du Minotaure et l'épisode crétois se devait d'être longuement relaté. Mais l'auteur de la Vie de Cimon savait aussi que le roi mythique d'Athènes était tenu non seulement comme le père du synœcisme – rassemblement des bourgades qui avait donné naissance à la cité d'Athènes – mais aussi comme le fondateur de la démocratie athénienne, le roi qui ne prenait aucune décision sans consulter l'assemblée du peuple. Romulus, lui aussi fondateur mythique de Rome et, comme l'Athénien, auteur d'un synœcisme à l'origine de la cité, avait en revanche transformé sa royauté en tyrannie. Pourtant dans le jugement porté par Plutarque au terme du récit de leurs biographies parallèles, c'est au Romain qu'allait l'avantage. D'abord parce qu'il avait su orienter les destinées de Rome en lui soumettant les peuples voisins, alors que Thésée, chassé d'Athènes, avait fini sa vie misérablement en exil. Ensuite, parce que, si l'un comme l'autre s'étaient mal comportés envers leurs proches, Thésée sacrifiant son fils et Romulus son frère, en revanche ce dernier n'avait enlevé des femmes que pour permettre à la cité de se perpétuer, tandis que l'Athénien n'avait écouté que son désir lorsqu'il avait emmené Ariane, puis l'Amazone et surtout la jeune Hélène qui n'était encore qu'une enfant.

Un point mérite d'être ajouté, qui vaut pour l'ensemble des premières Vies romaines. Plutarque ne pouvait certes avoir accès aux données de la «mythologie comparée» indo-européenne scrutées, à partir du milieu du XXe siècle, par Georges Dumézil. Mais il aurait sans doute trouvé de l'intérêt au cadre explicatif proposé par ce savant. Aux yeux de Dumézil, les héros de la Rome primitive sont avant tout la projection dans l'histoire, l'«historicisation», de mythes hérités du plus vieux fonds commun indo-européen. Ces mythes font reposer la société des hommes et celle des dieux sur l'articulation de trois fonctions : la première est celle de la souveraineté dans sa double définition de puissance magique (Romulus) et de contrat juridique (Numa), la seconde, celle de la guerre (Coriolan), la troisième garantit la prospérité collective (ainsi le thème des jumeaux illustré par Romulus et Rémus ou tel épisode de la Vie de Camille). Peut-on appliquer le même cadre explicatif aux héros de la Grèce primitive ? La trifonctionnalité indo-européenne se retrouve dans certains mythes grecs. Mais, parmi les héros grecs de Plutarque, seul Thésée pourrait incarner la fonction de souveraineté, si sa figure n'avait été très tôt remodelée politiquement. Dans la cité grecque archaïque, la trifonctionnalité ne rendait plus compte de la figure de ses dirigeants, législateurs ou magistrats élus.

Cl. M.

THÉSÉE

I. 1. Quand les historiens représentent la terre, Sossius Sénécion[1], ils relèguent aux extrémités de leurs cartes les pays qui échappent à leur connaissance, et ils inscrivent à côté de certains: «au-delà, sables arides, pleins de bêtes féroces», ou: «marais ténébreux», ou: «froid de Scythie», ou: «mer prise par les glaces». 2. Je pourrais à leur exemple, dans la rédaction de ces *Vies parallèles*, après avoir parcouru les temps accessibles à la vraisemblance, que peut explorer une enquête historique fondée sur des faits, dire à juste titre des époques antérieures: 3. «Au-delà, c'est le pays des monstres et des tragédies, habité par les poètes et les mythographes; on n'y rencontre plus ni preuve, ni certitude.» 4. Toutefois, après avoir publié l'ouvrage consacré au législateur Lycurgue et au roi Numa, j'ai cru que je pourrais, sans absurdité, remonter jusqu'à Romulus, puisque mon enquête historique m'avait conduit près de son époque. Or, tandis que je me demandais, comme dit Eschyle[2]:

> Contre pareil mortel qui osera lutter?
> Qui placer contre lui? qui est assez solide?

5. il me sembla que le fondateur de la belle et illustre Athènes pouvait être opposé et comparé au père de l'invincible et glorieuse Rome.
Je souhaite que la légende, épurée par la raison, se soumette à elle et prenne l'aspect de l'histoire. Mais si parfois, dans son orgueil, elle ne se soucie guère d'être crédible et refuse de s'accorder avec la vraisemblance, je solliciterai l'indulgence des lecteurs, et les prierai d'accueillir de bonne grâce ces vieux récits[3].

II. 1. Il m'a donc semblé que Thésée était lié à Romulus par bien des points communs. Tous deux de naissance illégitime et secrète, ils eurent la réputation d'être nés des dieux.

Vaillants guerriers tous deux, cela chacun le sait[4],

à la force ils joignirent l'intelligence. 2. Des deux cités les plus illustres, l'une doit sa fondation à Romulus, et l'autre, Athènes, son synœcisme[5] à Thésée. Tous deux ils ont

---

1. *Sur ce Sossius Sénécion auquel Plutarque s'adresse, voir le Dictionnaire en fin de volume.*
2. *Dans les Sept contre Thèbes, v. 435 et 395-396.*
3. *Ces réflexions de Plutarque sur les rapports du mythe et de l'histoire sont révélatrices de sa méthode. Et ce n'est sans doute pas un hasard s'il évoque les Vies de Lycurgue et de Numa, où il avait déjà souligné la part de légende qui les caractérisait. Voir Dictionnaire, «Mythologie et histoire des origines», «Vie».*
4. *Homère,* Iliade, *VII, v. 281.*
5. *Rassemblement des différentes bourgades de l'Attique, jusque-là indépendantes, qui est à l'origine d'Athènes.*

enlevé des femmes. 3. Ils n'échappèrent ni l'un ni l'autre aux malheurs privés et aux tragédies familiales et, à la fin de leur vie, tous deux se heurtèrent, dit-on, au mécontentement de leurs propres concitoyens, si toutefois parmi les traditions qui semblent les moins fabuleuses, certaines peuvent aider à connaître la vérité[6].

III. 1. Thésée, par sa famille paternelle, remontait à Érechthée[7] et aux premiers autochtones. Du côté de sa mère, c'était un Pélopide. 2. Pélops[8] avait été le plus puissant des rois du Péloponnèse, moins par l'abondance de ses richesses que par le nombre de ses enfants : il maria plusieurs de ses filles aux hommes les plus considérables, et installa dans les cités des environs plusieurs de ses fils pour les diriger. L'un d'eux, Pitthée, le grand-père de Thésée, fonda une cité, Trézène, qui certes n'est pas bien grande, mais surtout, il acquit la réputation d'être le plus disert et le plus sage des hommes de son temps. 3. Cette sagesse avait, semble-t-il, à peu près la forme et la puissance de celle qui a fait la célébrité d'Hésiode dans les maximes des *Travaux*[9]. 4. Pitthée serait d'ailleurs, dit-on, l'auteur d'une de ces maximes, que voici :

> Garantis à l'ami le salaire fixé.

C'est en tout cas ce qu'affirme le philosophe Aristote. Et quand Euripide nomme Hippolyte « nourrisson du vertueux Pitthée[10] », il montre bien la renommée dont cet homme était entouré.
5. Égée[11] désirait avoir des enfants. Il consulta la Pythie qui, dit-on, lui rendit l'oracle bien connu lui défendant d'avoir des rapports sexuels avec une femme avant d'être arrivé à Athènes. Mais ce n'était pas du tout cela qu'elle semblait vouloir dire. Aussi, comme il passait à Trézène, Égée communiqua-t-il à Pitthée la réponse du dieu, qui était ainsi formulée :

> Le pied qui sort de l'outre, ô grand prince des peuples,
> Ne le libère pas, avant d'être arrivé
> Près du peuple d'Athènes.

On ignore ce que Pitthée eut dans l'esprit, mais il amena Égée, par persuasion ou par tromperie, à s'unir avec Aïthra. 6. Égée coucha donc avec elle, puis il apprit qu'il

---

6. *Il est rare que Plutarque introduise, comme ici, son parallèle dès l'introduction. Parmi les traits communs qu'il prête à ses deux héros, il en est un qui fait sourire : car il n'y a aucune commune mesure entre l'enlèvement des Sabines destiné à procurer des femmes aux fondateurs de Rome et les amours de Thésée...*
7. *Érechthée/Érichtonios est l'ancêtre mythique des Athéniens, né de la terre fécondée par le sperme d'Héphaïstos. Sur le mythe de l'autochtonie des Athéniens, voir Loraux (1990, 1996).*
8. *Pélops, héros éponyme du Péloponnèse, était fils de Tantale et époux d'Hippodamie dont il eut de nombreux enfants, parmi lesquels Atrée, l'ancêtre de la famille des Atrides, Pitthée, le grand-père de Thésée, et une fille, Lysidice, dont il est question* infra, en VII, 1. *Il aurait institué les premiers concours Olympiques.*
9. *Hésiode*, Les Travaux et les Jours, *v. 370.*
10. *Euripide*, Hippolyte, *v. 11. Hippolyte est le fils que Thésée eut de l'Amazone.*
11. *Égée était fils de Pandion, petit-fils de Cécrops, arrière-petit-fils d'Érechthée selon la tradition la plus courante.*

s'agissait de la fille de Pitthée; alors, devinant qu'elle était enceinte, il laissa une épée et des chaussures, qu'il dissimula sous un gros rocher percé d'une cavité qui enveloppait exactement les objets déposés. 7. Il ne confia la chose qu'à Aïthra, et il lui fit les recommandations suivantes: si elle avait de lui un fils qui, parvenu à l'âge adulte, fût capable de soulever le rocher et de retirer les objets qu'il avait laissés dessous, elle devait le lui envoyer, avec les objets en question, dans le plus grand secret, en se cachant de tous, autant que possible. Il redoutait beaucoup en effet les Pallantides[12] qui intriguaient contre lui et le méprisaient parce qu'il n'avait pas d'enfant (ces fils de Pallas étaient cinquante). Puis il partit.

IV. Aïthra mit au monde un fils. Selon certains, l'enfant fut aussitôt nommé Thésée, à cause du dépôt *[thésis]* des signes de reconnaissance; selon d'autres, ce nom lui fut donné plus tard, à Athènes, quand Égée le reconnut *[thésthaï]* pour son fils. Il fut élevé par Pitthée, et eut pour précepteur et pédagogue un nommé Connidas, auquel, aujourd'hui encore, les Athéniens sacrifient un bélier, la veille des fêtes de Thésée: ces honneurs commémoratifs sont bien plus mérités que ceux qu'ils accordent à Silanion et à Parrhasios, le peintre et le sculpteur qui ont représenté Thésée[13].

V. 1. C'était encore l'usage alors de se rendre à Delphes, au sortir de l'enfance, afin de consacrer à Apollon les prémices de sa chevelure. Thésée s'y rendit donc, et il a donné son nom, dit-on, à l'endroit qui s'appelle, encore aujourd'hui, la Théseia. Mais il ne se rasa que le devant de la tête, comme faisaient les Abantes, d'après Homère, et ce genre de coiffure fut, à cause de lui, nommé *théséis*[14]. 2. Les Abantes furent les premiers à se raser ainsi, non pour l'avoir appris des Arabes, comme certains le pensent, ou par désir d'imiter les Mysiens, mais parce que c'étaient des peuples guerriers, qui combattaient de près et qui étaient particulièrement exercés à repousser leurs ennemis au corps à corps, comme en témoigne Archiloque[15], dans les vers suivants:

> 3. Vraiment, tu verras peu d'arcs tendus ou de frondes
> Quand Arès dans la plaine engagera la lutte,
> Mais les épées feront le douloureux travail.
> Oui, tel est le combat où ils sont passés maîtres,
> Eux, les dominateurs belliqueux de l'Eubée.

---

12. Les Pallantides étaient les enfants de Pallas, fils cadet de Pandion, qui revendiquaient contre Égée le royaume d'Athènes.
13. Silanion était l'auteur d'une célèbre statue de bronze de Thésée. Sur le tableau de Parrhasios représentant Thésée, voir Plutarque, La Gloire des Athéniens, 346a.
14. L'offrande de la chevelure était l'un des rites par lesquels l'enfant entrait dans l'adolescence. À Athènes, elle avait lieu lors de la fête des Apatouries. Le vers d'Homère qui évoque les Abantes est emprunté à l'Iliade, II, v. 542. Les Abantes ou Abantides étaient originaires de l'île d'Eubée.
15. Archiloque, poète grec du VIIe siècle. Originaire de l'île de Paros, il participa à la colonisation par les Pariens de l'île de Thasos. De son œuvre, on ne possède que des fragments qui témoignent qu'il fut un novateur en matière de métrique et dans le choix extrêmement varié de ses sujets d'inspiration.

4. Ils se rasaient donc, pour ne pas offrir de prise à l'ennemi avec leurs cheveux. Alexandre de Macédoine fit apparemment la même réflexion quand, dit-on, il ordonna à ses généraux de faire raser la barbe des Macédoniens, la barbe étant, à son avis, ce qui offrait au combat la prise la plus facile.

VI. 1. Aïthra tint d'abord cachée la véritable naissance de Thésée ; le bruit courait, répandu par Pitthée, qu'il était fils de Poséidon[16]. Les habitants de Trézène vénèrent tout particulièrement ce dieu : c'est le protecteur de leur cité, ils lui consacrent les prémices de leurs récoltes, et ils ont choisi le trident pour emblème de leur monnaie. **2.** Mais, quand Thésée atteignit l'adolescence et qu'il révéla, outre la force de son corps, une vaillance et un courage inébranlable, soutenu par l'intelligence et la réflexion, alors Aïthra le conduisit devant le rocher. Elle lui révéla sa naissance et lui dit de retirer les signes de reconnaissance laissés par son père, puis d'embarquer pour Athènes. **3.** Thésée se glissa sous le rocher et le souleva facilement, mais il refusa de prendre la mer. Pourtant, la traversée était sûre, et son grand-père comme sa mère le priaient de choisir cette voie. Il était en effet dangereux de se rendre à Athènes par la route, car celle-ci ne comportait aucun passage dégagé, à l'abri des voleurs et des brigands. **4.** Cette époque avait produit, semble-t-il, des êtres démesurés et indomptables, dotés de bras puissants, de jambes agiles, et d'une force colossale. Mais ils n'employaient ces qualités naturelles à aucun but honnête ou utile. Ils se plaisaient dans la violence et l'insolence ; ils profitaient de leur supériorité pour assouvir leur cruauté et leur rage, pour écraser, brutaliser et massacrer tout ce qui leur tombait sous la main. Ils pensaient que la foule ne loue la pudeur, la justice, l'égalité et l'humanité, que parce qu'elle est trop lâche pour commettre un crime, ou parce qu'elle craint d'en être victime : à leur avis, ces vertus n'étaient pas faites pour ceux qui ont les moyens de dominer[17]. **5.** Certains de ces criminels avaient été tués et exterminés par Héraclès, quand il parcourait le monde. Mais d'autres avaient échappé à son regard : ils s'étaient faits tout petits à son approche ; ils s'étaient tapis à l'écart, et on avait cessé de s'occuper d'eux, dans la condition misérable où ils étaient réduits. **6.** Mais Héraclès fut frappé par le malheur. Il tua Iphitos et dut partir en Lydie où pendant longtemps il fut esclave auprès d'Omphale : c'était l'expiation qu'il s'était imposée pour ce meurtre. La Lydie connut alors une paix et une sécurité profondes, tandis que dans les terres de la Grèce, les crimes refleurirent et firent rage, puisqu'il n'y avait plus personne pour les réprimer et les empêcher[18]. **7.** C'était donc risquer sa vie que d'aller du

---

16. Poséidon était le dieu de la mer et des océans et le trident était son attribut. D'après la tradition mythique, il aurait eu Aïthra pour maîtresse la même nuit qu'Égée (Apollodore, III, 15, 7).

17. On ne peut pas ne pas rapprocher les jugements de ces « êtres démesurés » de ceux que Platon prête à Calliclès dans le Gorgias *(voir en particulier 491e-492a-c).*

18. Plutarque évoque ici le rôle civilisateur que la tradition attribuait au héros Héraclès dans le Péloponnèse. Iphitos était fils du roi d'Oechalie. Héraclès, soupçonné par lui d'avoir volé des juments, refusa de rendre les animaux et le tua. Pour expier ce meurtre, il fut vendu comme esclave à la reine de Lydie, Omphale.

THÉSÉE

Péloponnèse à Athènes par la route. Pitthée, décrivant à Thésée chacun de ces bandits et de ces malfaiteurs et les traitements qu'il infligeait aux étrangers, tenta de le convaincre de voyager par mer. 8. Mais depuis longtemps, semble-t-il, la gloire des exploits d'Héraclès avait enflammé, en secret, le cœur de Thésée. Il faisait du héros le plus grand cas ; il écoutait avec avidité ceux qui le lui dépeignaient, surtout ceux qui l'avaient vu, ceux qui avaient été témoins de ses actions et de ses paroles. 9. Il était alors, c'est évident, dans un état d'esprit tout à fait semblable à celui de Thémistocle, bien longtemps après, quand il déclarait que le trophée de Miltiade l'empêchait de dormir[19]. De même, Thésée, dans son admiration pour les exploits d'Héraclès, rêvait la nuit de ses actes héroïques, et le jour se laissait emporter et aiguillonner par l'émulation, à l'idée d'en faire autant.

VII. 1. Il se trouvait d'ailleurs qu'ils étaient apparentés, puisqu'ils étaient fils de deux cousines germaines : Aïthra était fille de Pitthée, et Alcmène de Lysidice ; or Pitthée et Lysidice étaient frère et sœur, tous deux nés d'Hippodamie et de Pélops[20]. 2. Thésée jugeait donc scandaleux et intolérable, alors qu'Héraclès pourchassait partout les criminels pour en purifier la terre et la mer[21], de se dérober, lui, aux combats qui se présenteraient sur son chemin. En fuyant ainsi par mer, il ferait rougir le père que lui attribuaient la rumeur et l'opinion ; quant à son père véritable, il lui porterait, comme signes de reconnaissance, des chaussures et une épée que le sang n'aurait pas trempée, au lieu de lui présenter aussitôt, attestée par des exploits glorieux et des hauts faits, la marque de sa noble naissance. 3. Telles étaient donc ses dispositions et ses pensées quand il se mit en route, décidé à n'attaquer personne, mais à se défendre contre ceux qui prendraient l'initiative de la violence.

VIII. 1. En premier lieu, à Épidaure, Périphétès[22], qui combattait avec une massue, et qu'on surnommait pour cette raison Corynétès [«l'Homme à la massue»], l'attaqua, et voulut lui barrer la route : Thésée lutta contre lui et le tua. La massue lui plaisait : il l'emporta, la prit pour arme et ne s'en sépara plus, comme Héraclès avait fait de la peau du lion. 2. En portant cette peau, Héraclès montrait l'énorme taille

---

19. À propos de cette affirmation de Thémistocle, voir Thémistocle, *III, 4 : Miltiade est le vainqueur de Marathon, la bataille remportée par les hoplites athéniens en 490, lors de la première guerre médique.*

20. Sur Pélops et Hippodamie, voir supra, III, 2. Alcmène avait été séduite par Zeus qui avait pris la forme de son époux Amphitryon. De leur union naquit Héraclès qui de ce fait dut affronter l'hostilité d'Héra.

21. Plutarque fait ici allusion aux fameux «travaux» d'Héraclès, ces épreuves que lui imposa son cousin Eurysthée sur l'ordre d'Héra. Le désir de Thésée de n'être pas inférieur à Héraclès traduit dans le mythe la rivalité entre Athènes et les Péloponnésiens pour l'hégémonie sur le monde grec.

22. Périphétès était, d'après la tradition mythique, fils d'Héphaïstos et d'Anticlée. Il marchait en s'appuyant sur une massue dont il se servait pour assommer ceux qui croisaient son chemin. Cette massue allait devenir une arme entre les mains de Thésée, ce qui encore une fois le rapproche d'Héraclès qui lui aussi était armé d'une massue.

du monstre qu'il avait terrassé, et de même Thésée signalait qu'il avait vaincu la massue, mais qu'avec lui elle était invincible[23].
3. Ensuite, à l'isthme de Corinthe, il tua Sinis[24], le ployeur de pins, lui infligeant le supplice par lequel ce bandit avait causé la mort de tant d'hommes. Thésée ne s'y était pas exercé et n'en avait pas l'habitude : il prouva que l'héroïsme est plus fort que toute technique et tout entraînement. Sinis avait une fille, très belle et très grande, nommée Périgounè [« Celle qui embrasse les genoux »]. 4. À la mort de son père, elle prit la fuite ; Thésée parcourut la région à sa recherche. Or elle s'était réfugiée dans un fourré épais, plein d'épines et d'asperges sauvages. Avec une naïveté d'enfant, elle adressait des prières à ces plantes, comme si elles pouvaient l'entendre, et leur promettait par serment, si elles la sauvaient et la cachaient, de ne jamais les détruire ni les brûler. 5. Cependant, comme Thésée l'appelait, lui donnant sa parole qu'il la traiterait bien et ne lui ferait aucun mal, elle finit par sortir. Elle coucha avec lui, et eut de lui un fils, Mélanippos ; plus tard elle épousa Deïonée, fils d'Eurytos d'Oechalie, à qui Thésée la donna. 6. De Mélanippos, fils de Thésée, naquit Ioxos, qui accompagna Ornytos, quand il partit fonder une colonie en Carie. De là vient l'usage ancestral qu'observent les descendants d'Ioxos, hommes et femmes, de ne pas brûler les tiges d'asperges sauvages ni les épines, mais de les vénérer et de les honorer[25].

IX. 1. Quant à la laie de Crommyon, qu'on surnommait Phaia, c'était une bête extraordinaire, très agressive et difficile à maîtriser. 2. Pour s'amuser en chemin, et ne pas avoir l'air d'agir seulement lorsqu'il y était contraint, Thésée l'attaqua et la tua. Il pensait également que, face aux hommes, un héros doit se contenter de se défendre, en repoussant les méchants, mais que lorsqu'il s'agit d'animaux, il doit même attaquer les bêtes les plus fougueuses, et les affronter au péril de sa vie. Certains prétendent toutefois que Phaia aurait été une aventurière de grands chemins, une femme sanguinaire et débauchée, qui habitait là, à Crommyon : on l'aurait surnommée laie à cause de ses mœurs et de sa vie, et elle aurait été tuée par Thésée[26].

---

23. On retrouve de nouveau ici le parallèle entre Héraclès et Thésée. Il s'agit de l'épisode célèbre du lion de Némée, ce monstre qu'Héraclès avait tué en l'étouffant. Après quoi, il l'écorcha et revêtit sa peau dont il usa comme d'une armure. La scène est souvent représentée sur les vases peints.
24. Sinis était le fils de Poséidon. Son surnom de « ployeur de pins » venait de ce que, lorsqu'il croisait un voyageur, il l'attachait à un pin qu'il courbait puis relâchait brusquement, projetant ainsi violemment sa victime sur le sol. Selon une autre tradition, il attachait ses victimes entre deux pins qu'il courbait puis relâchait, ce qui avait pour effet de les écarteler. Voir aussi Alexandre, *XLIII, 6.*
25. On a ici la formulation d'un mythe étiologique destiné à expliquer un rituel religieux. Ce Mélanippos, fils de Thésée et de Périgounè, aurait été vainqueur aux concours Néméens. La Carie est une province d'Asie Mineure où des Grecs s'installèrent durant les « siècles obscurs ». Cnide et Halicarnasse comptaient parmi les plus importantes cités grecques de la côte carienne.
26. L'interprétation que rapporte ici Plutarque relève d'une rationalisation du mythe, propre à l'époque hellénistique, qui consiste à remplacer les monstres de la légende par des humains.

X. 1. À l'entrée du territoire de Mégare, Thésée tua Sciron en le précipitant du haut des rochers[27]. D'après la tradition la plus courante, Sciron était un bandit qui dépouillait les passants. Mais selon certains, il s'agissait d'un homme orgueilleux et arrogant qui tendait ses deux pieds aux étrangers, leur ordonnant de les laver; puis, pendant l'opération, il leur donnait un coup de talon et les précipitait dans la mer. 2. Les historiens originaires de Mégare contestent cette version des faits[28]:

Affrontant, ennemis, la longue tradition,

pour reprendre la formule de Simonide[29], ils affirment que loin d'être un criminel ou un bandit, Sciron châtiait les bandits, et qu'il était parent et ami d'hommes vertueux et justes: 3. Éaque passe en effet pour le plus saint des Grecs; Cychreus de Salamine reçoit à Athènes les honneurs divins, et nul n'ignore la vertu de Pélée et de Télamon. Or Sciron était gendre de Cychreus, beau-père d'Éaque, et grand-père de Pélée et de Télamon, lesquels avaient pour mère Endéis, fille de Sciron et de Chariclô, 4. et il est invraisemblable que les meilleurs des hommes aient contracté des liens de parenté avec le plus méchant, qu'ils lui aient donné ou qu'ils aient reçu de lui les gages les plus grands et les plus précieux. D'ailleurs, selon ces historiens, ce ne fut pas lors de son premier voyage à Athènes que Thésée tua Sciron, mais plus tard, quand il s'empara d'Éleusis[30], occupée par les Mégariens, après avoir trompé Dioclès, qui commandait la place. Tels sont les récits antagonistes sur le sujet.

XI. 1. À Éleusis, Thésée vainquit à la lutte l'Arcadien Cercyon et le tua. Un peu plus loin, à Érinéos, il affronta Damastès [«Dominateur»] ou Procruste [«Celui qui frappe»]: il l'allongea, de force, aux dimensions de son lit, reprenant le procédé dont le bandit usait avec les étrangers[31]. Thésée agit ainsi pour imiter Héraclès, 2. qui se défendait contre ses agresseurs en retournant contre eux leurs propres procédés: il

---

27. Le lieu d'où Sciron poussait ses victimes dans la mer s'appelle «Roches scironiennes». Elles dominent la mer de façon abrupte à l'est de Mégare.
28. Plutarque, comme cela lui arrive souvent, éprouve le besoin de présenter les versions contradictoires d'un même récit, laissant à son lecteur le soin de trancher. En rappelant les liens qui unissaient Sciron à des héros incontestables comme Éaque, qui passait pour le plus pieux et le plus juste des Grecs, comme Pélée, le père d'Achille ou comme son frère Télamon, père d'un autre héros de l'épopée, Ajax, il justifie la version selon laquelle Sciron, loin d'être un bandit, était un homme vertueux.
29. Simonide de Céos (vers 556-468) est un poète lyrique qui séjourna à plusieurs reprises à Athènes et finit sa vie en Sicile où il avait été l'hôte des tyrans Hiéron de Syracuse et Théron d'Agrigente. Sa réputation dans l'Antiquité semble avoir été l'égale de celle de Pindare.
30. Éleusis était une bourgade de l'Attique qui, d'abord indépendante, avait été annexée par les Athéniens. C'est là que se trouvait le célèbre sanctuaire de Déméter.
31. Cercyon passait pour être lui aussi fils de Poséidon. Damastès, surnommé Procuste (Plutarque écrit «Procruste» et non «Procuste», pour rattacher le nom à procrouein, frapper), était un géant qui s'attaquait aux voyageurs sur la route de Mégare à Athènes. Il les attachait sur un lit et coupait les pieds de ceux qui étaient plus grands, tandis qu'il étirait les plus petits jusqu'aux dimensions du lit.

avait ainsi immolé Busiris, fait plier Antée à la lutte, vaincu Cycnos en combat singulier, et tué Terméros en lui brisant le crâne 3. (c'est l'origine, dit-on, de l'expression « mal termérien » : Terméros faisait, paraît-il, mourir les passants en les frappant à coups de tête)[32]. Thésée punissait de la même manière les criminels qu'il rencontrait : ils recevaient de lui les violences qu'ils avaient infligées à autrui, et subissaient leur juste châtiment sous la forme qu'avait prise leur conduite injuste.

XII. 1. Il poursuivit sa route, et parvint au bord du Céphise. Là, des hommes de la famille des Phytalides vinrent à sa rencontre ; ils furent les premiers à le saluer[33]. Il les pria de le purifier, ce qu'ils firent avec les cérémonies d'usage, et, après avoir offert un sacrifice expiatoire, ils le reçurent chez eux. Jusque-là, il n'avait rencontré personne, sur sa route, qui eût fait preuve de bonté à son égard. 2. Il arriva, dit-on, le huitième jour du mois de Cronios, qu'on appelle aujourd'hui Hécatombaion[34]. À son arrivée dans la cité, il trouva la vie publique en proie aux désordres et aux dissensions ; quant à la situation d'Égée et de sa maison, elle était bien mal en point. 3. Médée[35], qui s'était enfuie de Corinthe, avait promis de guérir Égée de sa stérilité grâce à certaines drogues ; elle vivait avec lui. Elle devina l'identité de Thésée. Égée, lui, l'ignorait : c'était un homme vieillissant, qui, à cause des troubles civils, tremblait constamment ; elle sut le convaincre d'offrir l'hospitalité à Thésée, et de le tuer avec ses drogues. 4. Thésée vint au repas, mais il décida de ne pas révéler son identité le premier : il voulait permettre à son père de le reconnaître d'abord. On servit des viandes ; il tira son épée comme pour les couper, et la lui montra. 5. Égée la reconnut aussitôt : il renversa la coupe qui contenait le poison. Il interrogea son fils, l'embrassa, puis réunit les citoyens et le leur présenta : ils l'accueilli-

---

32. On retrouve l'indispensable comparaison entre Thésée et Héraclès, confirmée par leur comportement commun : infliger à leurs adversaires ce que ceux-ci imposaient à leurs victimes. Busiris était un roi d'Égypte. Pour apaiser Zeus, il aurait fait serment de lui sacrifier chaque année un étranger. Quand Héraclès se rendit en Égypte, Busiris s'empara de lui pour le sacrifier au dieu. Mais le héros défit les bandelettes qui l'entravaient et tua le roi. Antée était un géant, fils de Poséidon et de Gaia, qui vivait en Libye. Lui aussi s'attaquait aux voyageurs. Fils de Gaia, il était invulnérable dès qu'il touchait terre. Héraclès en vint à bout en l'étouffant tout en le soulevant sur ses épaules. Terméros était un pirate qui ravageait les côtes de Carie et de Lydie. Lui aussi s'attaquait aux voyageurs. Cycnos était fils d'Arès et de Pélopia. Il arrêtait les voyageurs pour les sacrifier à son père. Héraclès le tua en combat singulier.

33. Le Céphise est une rivière de l'Attique. Les Phytalides étaient les descendants du héros Phytalos, qui vivait sur les bords de l'Ilissos. Il avait accueilli Déméter alors qu'elle recherchait sa fille Corè enlevée par Hadès. La déesse l'avait récompensé en lui faisant don du figuier. Tout héros qu'il fût, Thésée ne pouvait pas tuer impunément, même s'il était dans son bon droit, car le meurtre était une souillure dont il fallait se purifier.

34. Hécatombaion était le premier mois du calendrier athénien. Il correspondait approximativement au mois de juillet du calendrier julien.

35. Médée est cette princesse barbare et magicienne qui avait aidé Jason à s'emparer de la Toison d'Or. Mais Jason, après l'avoir épousée et avoir eu d'elle deux fils, s'éprit d'une princesse corinthienne et renvoya Médée qui, pour se venger, tua ses fils.

rent avec joie, à cause de sa bravoure. 6. On dit que, lorsque la coupe fut renversée, la drogue se répandit à l'endroit où se trouve actuellement l'enceinte fortifiée du Delphinion[36]; c'était là qu'habitait Égée, et l'hermès qui est à l'est du temple s'appelle l'hermès de la porte d'Égée.

XIII. 1. Jusque-là, les Pallantides[37] avaient espéré que le pouvoir royal leur reviendrait, dès qu'Égée serait mort sans postérité; mais quand Thésée eut été désigné comme son successeur, mécontents déjà de subir le règne d'Égée, un fils adoptif de Pandion, qui n'avait aucun lien avec la famille des Érechthéides, ils s'indignèrent à l'idée que Thésée, un intrus lui aussi, un étranger, lui succéderait. Ils se préparèrent donc à la guerre. 2. Ils divisèrent leurs forces; les uns partirent de Sphettos et marchèrent ouvertement avec leur père contre la ville; les autres se cachèrent à Gargettos et se mirent en embuscade, dans le but d'attaquer leurs ennemis des deux côtés à la fois. Un héraut les accompagnait: c'était un homme d'Hagnonte[38], nommé Léos. 3. Il révéla à Thésée les plans des Pallantides. Celui-ci se jeta aussitôt sur les hommes en embuscade, et les massacra tous. À cette nouvelle, ceux qui marchaient avec Pallas se dispersèrent. 4. C'est depuis lors, dit-on, qu'il est interdit aux gens du dème de Pallénè d'épouser ceux d'Hagnonte, et d'employer dans les proclamations la formule en usage dans la région: «Écoutez, hommes du peuple!» car à cause de cette trahison, le nom de Léos leur est odieux[39].

XIV. 1. Thésée, désireux d'employer son énergie et en même temps de plaire au peuple, sortit attaquer le taureau de Marathon, qui infligeait de grands dommages aux habitants de la Tétrapole[40]. Il le maîtrisa, et l'exhiba vivant, en le poussant devant lui à travers la ville: après quoi, il le sacrifia à Apollon Delphinien.
2. Quant à Hécalè, le récit mythique qui évoque son accueil hospitalier ne paraît pas entièrement dépourvu de vérité. En effet, les dèmes des environs se rassemblaient autrefois à Hécalè pour sacrifier à Zeus Hécaléen, et ils honoraient Hécalè, à qui ils donnaient le diminutif d'Hécalinè parce qu'elle-même, quand elle avait offert l'hospitalité à Thésée, alors tout jeune, l'avait embrassé et lui avait marqué son affection

---

36. Le Delphinion était un sanctuaire dédié à Apollon.
37. Sur les Pallantides, voir supra, III, 7. Plutarque n'avait pas encore mentionné cette origine d'Égée qui n'aurait été Érechthéide que par adoption.
38. Sphettos, Gargettos et Hagnonte sont à l'époque classique des dèmes de l'Attique, de même que Pallénè, cité infra, en XIII, 4. Tous sont situés dans la Mésogée, une des régions de l'Attique. Voir sur ce point le commentaire de Calame (1990), p. 75.
39. Le nom du messager, Léos, signifie «Peuple». La formule des hérauts d'Athènes pouvait donc s'entendre comme «Écoutez Léos».
40. La «Tétrapole» réunissait quatre bourgades de l'Attique, Marathon, Oenoè, Probalinthos et Tricorythos. Le taureau de Marathon était un animal monstrueux qui lançait du feu par les naseaux. Thésée le tua et l'offrit à Apollon Delphinien. Une variante du mythe place la reconnaissance de Thésée par Égée au moment où il aurait tiré son épée pour couper les poils du front du monstre qu'il s'apprêtait à sacrifier.

par des diminutifs de ce genre, comme le font les personnes âgées. 3. Quand il était parti combattre, elle avait fait vœu d'offrir pour lui un sacrifice à Zeus s'il revenait sain et sauf, mais elle mourut avant son retour. En échange de son hospitalité, elle reçut, sur l'ordre de Thésée, les honneurs dont je viens de parler, comme l'a raconté Philochore[41].

XV. 1. Peu après, arrivèrent de Crète, pour la troisième fois, les envoyés qui venaient chercher le tribut. En effet, comme Androgée[42] avait été, croyait-on, tué par ruse en Attique, Minos avait déclaré la guerre et infligé bien des souffrances à ses habitants, tandis que la puissance divine ravageait la campagne; la stérilité et la maladie la frappèrent violemment; les rivières tarirent. Le dieu ordonna aux habitants d'apaiser Minos et de se réconcilier avec lui, pour calmer la colère divine et voir la fin de leurs malheurs. On envoya donc à Minos des hérauts et des supplications, et un traité fut conclu au terme duquel, tous les neuf ans, les Athéniens lui enverraient, en tribut, sept jeunes garçons et autant de jeunes filles. Telle est la tradition sur laquelle s'accordent la plupart des historiens. 2. Quant aux enfants qu'on envoyait en Crète, le récit le plus pathétique déclare qu'ils étaient tués par le Minotaure dans le Labyrinthe, ou qu'ils y erraient sans pouvoir trouver la sortie et y mouraient[43]. Quant au Minotaure, c'était, comme le dit Euripide:

> Une forme mêlée, rejeton malfaisant,

ou encore:

> Une double nature, au taureau mêlant l'homme.

XVI. 1. Mais, à en croire Philochore, les Crétois contestent cette version: selon eux, le Labyrinthe était une prison, où les captifs n'avaient à souffrir de rien, sinon de l'impossibilité de s'évader. Minos avait institué un concours gymnique en l'honneur d'Androgée, et il remettait pour prix aux vainqueurs ces enfants, qui restaient jusque-là enfermés dans le Labyrinthe[44]. Lors des premiers concours, le vainqueur

---

41. *Philochore est le plus célèbre des Atthidographes, ces historiens d'Athènes qui, à partir de la fin du Ve siècle rassemblèrent tous les éléments susceptibles d'éclairer l'histoire de la cité (on appelait* Atthis, *du nom d'une princesse mythique, les ouvrages relatant l'histoire de l'Attique). Il aurait vécu entre 340 et 260. Outre son* Atthis, *il publia de nombreux ouvrages et s'intéressa particulièrement aux mythes de l'Attique. L'histoire d'Hécalè a fourni au poète alexandrin Callimaque le sujet d'une de ses œuvres.*
42. *Androgée était l'un des fils de Minos, le légendaire roi crétois. Venu concourir à Athènes, il aurait été, après sa victoire, assassiné par ses concurrents malchanceux, avec la complicité d'Égée. D'où la colère de Minos et cette guerre qui s'acheva par le lourd tribut infligé aux Athéniens.*
43. *Le Minotaure était un monstre à corps d'homme et tête de taureau, né des amours de Pasiphaé, l'épouse de Minos, avec un taureau venu de la mer. Minos enferma le monstre dans le Labyrinthe. Le plan de ce palais, construit par l'architecte athénien Dédale, était si complexe qu'on n'en pouvait sortir.*
44. *De nouveau, il y a là une explication rationnelle du mythe. Sur Philochore, voir supra, XIV, 3. Les enfants devenaient ainsi des esclaves ou des serviteurs attachés à la personne des vainqueurs.*

THÉSÉE

avait été le personnage alors le plus influent à la cour de Minos, son général, nommé Tauros, un homme dont le caractère était dépourvu de mesure et de douceur; il traita les enfants des Athéniens avec violence et cruauté. 2. Aristote lui aussi, dans sa *Constitution des Bottiéens*[45], indique clairement qu'à son avis, ces enfants n'étaient pas tués par Minos, mais astreints jusqu'à leurs vieux jours à des travaux mercenaires en Crète. Un jour, dit-il, les Crétois, pour s'acquitter d'un vœu ancien, envoyèrent à Delphes leurs premiers-nés: les descendants de ces Athéniens furent mêlés à ceux qu'on envoyait et partirent avec eux. Mais, n'ayant pas trouvé à Delphes les moyens de subsister, ils passèrent d'abord en Italie, où ils s'établirent dans la région de la Iapygie; de là, ils repartirent pour la Thrace, et prirent le nom de Bottiéens. 3. C'est pour cela que les jeunes Bottiéennes, quand elles font certains sacrifices, chantent: «Allons à Athènes». Il est vraiment dangereux, semble-t-il, de s'attirer la haine d'une cité qui possède la parole et la muse: Minos a toujours été dénigré et vilipendé sur les théâtres d'Athènes; il ne lui a servi à rien d'être appelé par Hésiode «l'être le plus royal», et par Homère, «le confident de Zeus». Les poètes tragiques ont prévalu; du haut des tréteaux et de la scène, ils ont fait pleuvoir sur lui le discrédit, le présentant comme un homme dur et violent[46]. 4. Et pourtant, on dit que Minos est roi et législateur[47], et que Rhadamanthe est le juge qui veille sur les décrets que Minos a fixés.

XVII. 1. Le temps de payer le troisième tribut était donc venu, et les pères qui avaient de jeunes enfants devaient les présenter pour le tirage au sort. On se remit alors à accuser Égée; les citoyens gémissaient et s'indignaient de le voir, lui, la cause de tout le mal, être le seul à ne prendre aucune part au châtiment: il avait réservé le pouvoir à un bâtard, à un étranger, et il lui était bien égal de les voir privés de leurs enfants légitimes et de toute descendance. 2. Ces plaintes affligeaient Thésée. Il pensa qu'il était juste de ne pas les négliger, et de partager le sort de ses concitoyens: il s'avança et se proposa, sans se soumettre au tirage au sort. Tous admirèrent sa fierté, et se réjouirent de le voir si dévoué au peuple. Quant à Égée,

---

45. *On ne possède pas cette «Constitution des Bottiéens» qui faisait partie des 158 constitutions rassemblées par Aristote. Il n'est pas surprenant que le philosophe ait lui aussi préféré cette interprétation du mythe, qui fournissait en même temps une explication de la formule employée par les jeunes Bottiéennes lors de certains sacrifices. Sur cette colonisation, d'abord au pays des Iapyges, c'est-à-dire en Italie du Sud, puis en Thrace, il existe un récit transmis par Pausanias (Description de la Grèce, VII, 4-6): Minos, s'étant rendu en Sicile, aurait été tué par les filles du roi de l'île, Cocalos, à l'instigation de Dédale. Ses soldats fondèrent alors une cité, Héracléa Minoa. D'autres Crétois, venus en Sicile pour venger Minos, furent détournés vers l'Italie du Sud. Puis, certains d'entre eux, à la suite de conflits internes, gagnèrent la Thrace où ils s'établirent dans une région appelée Bottie.*
46. *La remarque de Plutarque révèle le platonicien hostile à la mimésis théâtrale, qui jette l'opprobre sur les héros du passé. Il se peut qu'il songe ici à la tragédie d'Euripide,* Hippolyte, *dont Thésée est le héros et Phèdre, «la fille de Minos et de Pasiphaé», l'héroïne malheureuse.*
47. *La tradition d'un Minos législateur, dont les lois auraient été inspirées par Zeus, est évoquée par Platon dans le* Gorgias, *523 et suiv. Il devint après sa mort juge des Enfers avec son frère Rhadamanthe et Éaque.*

il eut beau prier son fils, le supplier, il le trouva inflexible et inébranlable : il procéda donc au tirage au sort des autres enfants. 3. Cependant, d'après Hellanicos[48], les garçons et les filles qu'envoyait la cité n'étaient pas désignés par le sort : Minos venait en personne les choisir. Il choisit Thésée en premier, avant tous les autres, aux conditions fixées. Or, elles étaient les suivantes : les Athéniens fournissaient le bateau, les jeunes garçons qui embarquaient avec lui ne devaient avoir aucune « arme d'Arès », et à la mort du Minotaure, le châtiment prendrait fin.

4. Jusque-là, il n'y avait aucun espoir de salut, et le vaisseau partait donc avec une voile noire, en signe de malheur. Mais cette fois, comme Thésée rassurait son père et se faisait fort de terrasser le Minotaure, Égée donna au pilote une autre voile, blanche celle-ci, avec ordre de la hisser au retour, si Thésée était sauvé ; dans le cas contraire, il devait naviguer avec la voile noire pour annoncer le désastre.

5. Cependant, d'après Simonide, la voile donnée par Égée n'était pas blanche, mais

> Un tissu aux reflets de pourpre qu'avait teint
> L'humide fleur de l'yeuse aux multiples surgeons,

tel était le signe qu'il avait choisi pour annoncer le salut des voyageurs. Selon Simonide, le pilote était Phéréclos, un descendant d'Amarsyas, 6. mais d'après Philochore, il se nommait Nausithoos et le timonier Phaiax : c'était Sciros qui les envoyait à Thésée de Salamine, car les Athéniens ne s'intéressaient pas encore à la mer ; Sciros était le grand-père maternel de Ménesthès, un des garçons qu'on emmenait[49]. 7. Simonide en donne pour preuve les monuments des héros Nausithoos et Phaiax, que Thésée fit élever à Phalère, près du temple de Sciros, et la fête des Cybernésia, célébrée, dit-on, en leur honneur.

XVIII. 1. Après le tirage au sort, Thésée fit sortir du Prytanée[50] les enfants qui avaient été désignés, et se rendit au Delphinion, où il offrit pour eux à Apollon le rameau du suppliant : c'était une branche de l'olivier sacré, entourée de laine blanche[51]. 2. Après avoir fait un vœu, il descendit vers la mer, le six du mois Mounychion[52] : aujourd'hui encore, on envoie à cette date les jeunes filles au Delphinion, pour y faire des supplications. 3. Le dieu de Delphes lui ordonna, dit-on, de prendre Aphrodite pour guide, et de l'inviter à voyager avec lui : or, comme il faisait un sacrifice au bord de la mer, la chèvre qu'il offrait se changea soudain en bouc : aussi la déesse est-elle surnommée Épitragia [« Déesse au bouc »].

---

48. Hellanicos de Lesbos est un écrivain du Ve siècle, auteur d'ouvrages sur les mythes et de chroniques locales. Il fut le premier à écrire une histoire d'Athènes.
49. Tous ces noms nous sont connus par le récit de Plutarque. Il s'agit sans doute de héros locaux vénérés dans la région de Phalère, qui avait été le port d'Athènes avant la création du Pirée par Thémistocle.
50. Sur le Prytanée, voir infra, XXIV, 3.
51. Ici encore, on est en présence d'un récit étiologique destiné à rendre compte de certains rituels qui tenaient une place importante dans le calendrier religieux d'Athènes.
52. Mounychion était le premier mois du printemps. Sur les fêtes auxquelles Plutarque fait allusion, voir Jeanmaire (1939), p. 272 et suiv.

THÉSÉE

XIX. 1. Selon la plupart des écrits et des chants, quand Thésée aborda en Crète, Ariane[53] tomba amoureuse de lui : elle lui donna le fil et lui enseigna le moyen de se dégager des détours du Labyrinthe. Il tua le Minotaure et reprit la mer, emmenant Ariane et les jeunes gens. 2. De plus, selon Phérécydès, Thésée perça les cales des bateaux crétois, pour les empêcher de le poursuivre, 3. et selon Démon, Tauros, le général de Minos, fut tué lors d'un combat naval dans le port, alors que Thésée s'en allait. 4. Philochore, lui, fait le récit suivant : Minos organisait le concours et tous s'attendaient à voir Tauros vaincre encore une fois. Or on le jalousait : 5. son caractère avait rendu sa puissance insupportable, et on l'accusait d'avoir une liaison avec Pasiphaé. C'est pourquoi, lorsque Thésée prétendit concourir, Minos accepta volontiers. 6. C'était l'usage, en Crète, que les femmes aussi assistent aux spectacles[54]. Ariane était donc présente ; quand elle aperçut Thésée, l'émotion la saisit, elle s'émerveilla de le voir concourir et terrasser tous ses adversaires. 7. Minos lui-même se réjouit, surtout quand il vit Tauros vaincu à la lutte et humilié. Il rendit les enfants à Thésée, et libéra Athènes du tribut qu'elle payait.
8. Cleidémos donne de cette histoire une version vraiment personnelle, qui sort de l'ordinaire. Il remonte très haut dans le temps. D'après lui, il y avait entre les Grecs un traité interdisant de faire sortir, de quelque port que ce fût, une trière avec plus de cinq hommes à bord : le seul qui en avait le droit était Jason[55], qui commandait la nef *Argô*, car il débarrassait la mer des pirates. Or, Dédale s'étant enfui par mer à Athènes, Minos le poursuivit avec des vaisseaux longs, contrairement aux dispositions du traité, et il fut emporté par la tempête en Sicile, où il perdit la vie. 9. Son fils Deucalion, plein d'hostilité contre les Athéniens, envoya une ambassade exigeant qu'on lui remît Dédale, faute de quoi il menaçait de tuer les enfants que Minos avait reçus comme otages. Thésée répondit avec douceur, intercédant pour Dédale, qui était son cousin,

---

53. Ariane était une des filles de Minos. Plutarque cite ici ses sources, des poètes, mais aussi des prosateurs, historiens d'Athènes comme Démon, Philochore ou Cleidémos, ou mythographes comme Phérécydès, également d'Athènes. Thésée était en effet le héros athénien par excellence, le père du synœcisme et il fut même considéré à partir du Ve siècle comme le fondateur de la démocratie (voir infra, XXIV, 1-2). On remarquera que pour les Atthidographes, le Minotaure n'était plus un monstre, mais ce Tauros dont il a déjà été question (voir supra, XVI, 1). Sur les différentes versions des événements de Crète, voir Calame (1990), p. 87 et suiv.
54. La présence des Crétoises aux concours dramatiques traduit ce qui, aux yeux des Athéniens, faisait l'originalité de la société crétoise : la place particulière réservée aux femmes. Les lois de la petite cité de Gortyne, au Ve siècle, confirment cette originalité qui aurait déjà caractérisé la société minoenne. Voir infra, XIX, 9, à propos d'Ariane qui aurait succédé comme reine de Cnossos à son frère Deucalion.
55. Jason était fils du roi d'Iolcos en Thessalie. Celui-ci avait été chassé par son frère Pélias. Quand Jason devenu adolescent réclama à son oncle le royaume, celui-ci lui demanda de rapporter la toison d'or d'un bélier sacré qui se trouvait en Colchide. Jason rassembla des compagnons sur le navire Argô, et parvint à s'emparer de la fameuse toison grâce à l'aide de la fille du roi du pays, la magicienne Médée, qui lui permit ensuite de récupérer son royaume en le débarrassant de Pélias. Sur Médée, voir supra, XII, 3. Le récit de l'Atthidographe Cleidémos s'inscrit bien dans cette rationalisation du mythe de Thésée qui s'élabore à Athènes à partir du Ve siècle.

un membre de sa famille, puisque sa mère était Méropè, fille d'Érechthée. Mais de son côté, il faisait construire une flotte, en partie sur place, à Thymaetades, loin de la route des étrangers, en partie à Trézène, par l'intermédiaire de Pitthée, car il voulait que ses préparatifs restent secrets. 10. Quand tout fut prêt, il embarqua, sous la conduite de Dédale et des exilés crétois. Personne n'étant au courant de rien, les Crétois crurent voir approcher des vaisseaux amis. Thésée s'empara du port, débarqua et, sans attendre, marcha sur Cnossos. Il engagea le combat aux portes du Labyrinthe, et tua Deucalion et ses gardes. Ariane étant désormais à la tête des affaires, il conclut un traité avec elle : il reprit les jeunes gens, et obtint pour les Athéniens une alliance avec les Crétois qui jurèrent de ne jamais recommencer la guerre.

XX. 1. Il existe encore, sur ces événements et sur Ariane, beaucoup de récits qui n'ont rien de commun entre eux. Selon certains, Ariane fut abandonnée par Thésée et se pendit. Pour d'autres, elle fut emmenée à Naxos par des marins, et elle épousa Oïnaros [« Pampre »], prêtre de Dionysos. Thésée l'avait abandonnée parce qu'il en aimait une autre :

Fou d'amour pour Aïglè, fille de Panopée[56].

2. Selon Héréas de Mégare, Pisistrate retrancha ce vers de l'œuvre d'Hésiode, tout comme inversement, pour faire plaisir aux Athéniens, il introduisit dans l'Évocation des morts de l'*Odyssée* le vers suivant :

Thésée, Pirithoüs, glorieux fils des dieux[57].

D'après quelques écrivains, Ariane eut de Thésée deux fils, Oïnopion [« Buveur de vin »] et Staphylos [« Grappe »]. L'un de ces auteurs, Ion de Chios[58], dit de sa patrie :

Oïnopion la fonda, ce fils né de Thésée.

3. Les plus célèbres de ces légendes sont, comme on dit, sur toutes les lèvres. Mais Paion d'Amathonte en a donné une version originale[59]. 4. Selon lui, Thésée fut emporté par la tempête vers Chypre. Ariane, qui était enceinte, ne se sentait pas bien, à cause des mouvements du bateau qu'elle ne supportait pas : il la fit débarquer seule et, tandis qu'il essayait de sauver son navire, il fut de nouveau emporté

---

56. Curieusement, Plutarque n'évoque pas ici l'union d'Ariane avec Dionysos. Ici encore, il suit des sources qui rationalisent le mythe en substituant au dieu son prêtre. Sur les différentes versions du mythe, voir Calame (1990), p. 106 et suiv. Panopée est un héros phocidien qui appartenait à la famille d'Éaque.
*57. Ce vers est emprunté au chant XI, v. 631 de l'*Odyssée*. Thésée et Pirithoüs (voir infra, XXX, 1) figurent parmi les morts que rencontre Ulysse lors de sa descente aux Enfers. La tradition attribuait à Pisistrate l'initiative de la publication de l'œuvre d'Homère. Il y aurait introduit des modifications destinées à glorifier le passé héroïque d'Athènes. Héréas de Mégare n'est pas autrement connu.*
58. Ion de Chios est souvent cité par Plutarque. Il fut un familier de Cimon.
59. Il s'agit là encore d'un mythe étiologique destiné à expliquer le déroulement du sacrifice en l'honneur d'Ariane, et singulièrement cette pratique curieuse qui consistait à faire évoquer par un jeune garçon les douleurs de l'enfantement.

vers la haute mer, loin du rivage. 5. Les femmes du pays recueillirent Ariane et prirent soin d'elle: la voyant désespérée de se retrouver seule, elles lui remirent de fausses lettres, et lui firent croire que Thésée en était l'auteur. Au moment de l'enfantement, elles l'assistèrent et la secoururent, mais elle mourut sans avoir pu accoucher, et elles l'ensevelirent. 6. Thésée revint; il éprouva un violent chagrin et laissa aux gens du pays une somme d'argent, en leur demandant d'offrir un sacrifice à Ariane; il érigea également deux petites statues, l'une d'argent, l'autre de bronze. 7. Durant ce sacrifice, qui se déroule le deux du mois Gorpiaios[60], un jeune homme couché pousse des cris et imite les mouvements des femmes en couches. Les habitants d'Amathonte nomment «bois d'Ariane Aphrodite» le bois sacré où ils montrent son tombeau. 8. Certains habitants de Naxos racontent encore l'histoire différemment. Il y aurait eu, selon eux, deux Minos et deux Ariane. La première épousa Dionysos à Naxos, et mit au monde Staphylos et son frère. La seconde vécut plus tard: elle fut enlevée par Thésée, puis abandonnée par lui, se rendit à Naxos avec sa nourrice, nommée Corcynè, dont on montre le tombeau. 9. Cette deuxième Ariane mourut elle aussi à Naxos, où on l'honore d'une manière différente de l'autre Ariane: c'est dans la joie et les amusements qu'on fête la première, alors que les sacrifices qu'on fait à la seconde sont mêlés de deuil et de tristesse.

XXI. 1. À son retour de Crète, Thésée fit escale à Délos. Après avoir offert un sacrifice au dieu et consacré la statue d'Aphrodite qu'il avait reçue d'Ariane, il dansa, avec les jeunes gens, une danse que les Déliens exécutent encore de nos jours: elle reproduit les tours et les détours du Labyrinthe sur un rythme fondé sur des variations et des reprises. 2. Selon Dicéarque[61], les Déliens nomment cette sorte de danse *géranos* [«grue»]. Thésée la dansa autour du Cératon, autel composé uniquement de cornes *[cérata]* gauches d'animaux. 3. On dit aussi qu'il institua un concours à Délos; ceux qui furent alors vainqueurs pour la première fois reçurent de lui une branche de palmier.

XXII. 1. Quand ils furent près de l'Attique, Thésée et le pilote oublièrent tous deux, dans leur joie, de hisser la voile qui devait annoncer à Égée qu'ils étaient sauvés. Égée, désespéré, se précipita du haut du rocher, et se tua. 2. Thésée débarqua. Il offrit, en personne, à Phalère, les sacrifices qu'il avait promis aux dieux en embarquant, et il envoya un héraut à la ville, annoncer qu'il était sain et sauf. Le héraut rencontra en chemin de nombreuses personnes qui pleuraient la mort du roi, et d'autres qui, apprenant qu'ils étaient sauvés, se réjouissaient, comme on peut l'imaginer, et s'empressaient de le fêter et de le couronner. 3. Il accepta les couronnes et en entoura son caducée, puis retourna vers la mer. Comme Thésée n'avait pas encore achevé les libations, il attendit à l'écart pour ne pas troubler le sacrifice. Puis, les libations achevées, il annonça la mort d'Égée. 4. Alors tous, en gémissant, pleins

---

60. C'est-à-dire à la fin août selon le calendrier chypriote.
61. Dicéarque, originaire de Messène (Péloponnèse), fut à Athènes l'élève d'Aristote et de Théophraste dans les dernières décennies du IVe siècle. Il est l'auteur de biographies d'hommes politiques et de philosophes, et d'une description de la terre. Sur les rituels déliens, voir Calame (1990), p. 138-162.

d'émotion, montèrent précipitamment vers la cité. C'est pour cela, dit-on, qu'aujourd'hui encore, dans la fête des Oschophories[62] on ne couronne pas le héraut, mais son caducée, et pendant les libations, les assistants crient: «Éléleu! Iou! Iou!» Le premier cri est celui qu'on pousse d'ordinaire quand on fait des libations et quand on chante le péan; le second marque la consternation et le trouble.
Après avoir enseveli son père, Thésée s'acquitta de son vœu envers Apollon, le sept du mois Pyanepsion: c'est ce jour-là qu'ils rentrèrent sains et saufs dans la ville.
5. L'usage de faire bouillir des légumes à cette date s'explique, dit-on, par le fait que les jeunes gens qu'il avait sauvés mirent en commun toutes les provisions qui leur restaient, les firent bouillir dans une même marmite, et les mangèrent en festoyant ensemble. 6. On porte alors l'*eirésionè*: c'est une branche d'olivier entourée de laine, pareille au rameau de suppliant d'alors. Elle est garnie des prémices des fruits les plus variés, pour fêter la fin de la stérilité, et l'on chante:

> 7. L'*eirésionè* porte figues et pains gras,
> Un vase plein de miel, de l'huile pour la peau
> La coupe de vin pur qui l'enivre et l'endort.

Pourtant, selon certains, ces vers ont trait aux Héraclides[63] qui furent ainsi nourris par les Athéniens. Mais la tradition la plus courante est celle que je viens d'indiquer.

XXIII. 1. Le navire sur lequel Thésée s'était embarqué avec les jeunes gens et qui le ramena sain et sauf avait trente rames: les Athéniens l'ont conservé jusqu'au temps de Démétrios de Phalère[64]. Ils en enlevaient les planches quand elles étaient trop vieilles, et les remplaçaient par d'autres, plus solides, qu'ils fixaient à l'ensemble. Aussi, quand les philosophes débattent de la notion de croissance, ils voient dans ce navire un exemple controversé: les uns soutiennent qu'il reste toujours le même, les autres disent qu'il n'est plus le même.
2. On célèbre aussi à Athènes la fête des Oschophories, instituée par Thésée. 3. Il n'avait pas emmené, dit-on, toutes les jeunes filles qui avaient été tirées au sort cette fois-là. Il avait, parmi ses compagnons, deux jeunes gens, à l'allure féminine et juvénile, mais à l'âme virile et résolue. Grâce à des bains chauds, une vie à l'ombre, des

---

62. *Ces fêtes des porteurs de rameau (en grec, de* oschos, *«rameau» et* phoros, *«qui porte») commémorant le retour de Thésée se déroulaient au début de l'automne, le 7 du mois de Pyanepsion. Plutarque décrit (ici et infra, XXIII, 2-5) le rituel qui subsistait encore à son époque. Sur l'interprétation de ce chapitre, voir Jeanmaire (1939), p. 344 et suiv., pour qui l'ensemble des rites accompagnant le retour de Thésée symbolise la fin des retraites estivales des jeunes gens. Pour une analyse différente, voir Calame (1990), p. 143 et suiv., 289 et suiv., et 432 et suiv. pour la critique de Jeanmaire.*
63. *Les Héraclides sont les descendants d'Héraclès qui, chassés du Péloponnèse, trouvèrent à Athènes un asile provisoire.*
64. *Démétrios de Phalère, philosophe et homme politique athénien, gouverna la cité de 317 à 307, puis s'exila en Égypte auprès du roi Ptolémée. C'est lui qui aurait incité le souverain lagide à fonder à Alexandrie la célèbre Bibliothèque. Il composa de très nombreux ouvrages auxquels Plutarque fait souvent référence (voir Dictionnaire, «Sources»).*

onguents et des parures destinés à soigner leurs cheveux, adoucir leur peau et éclaircir leur teint, il les transforma autant qu'il put; il leur apprit à imiter au mieux la voix, le maintien et la démarche des femmes, et à ne laisser paraître aucune différence avec elles. Puis il les fit embarquer au nombre des jeunes filles. Personne ne se rendit compte de rien. À leur retour, il conduisit lui-même la procession, avec les jeunes gens habillés comme le sont aujourd'hui les porteurs des rameaux sacrés. 4. On porte ces rameaux en l'honneur de Dionysos et d'Ariane, à cause de la légende, ou peut-être plutôt parce que les voyageurs revinrent à Athènes à la saison où l'on récolte les fruits. Les Deipnophores [« Porteuses de souper »] assistent à la fête et participent au sacrifice : elles figurent les mères des enfants tirés au sort, lesquelles vinrent leur apporter des friandises et du pain. Elles récitent des fables, parce que ces mères avaient raconté des histoires à leurs enfants, pour les consoler et les encourager. 5. Ces détails ont été rapportés, entre autres, par Démon.
On donna à Thésée un enclos consacré. Il ordonna que les familles qui avaient fourni le tribut apportent des contributions pour le sacrifice en son honneur, dont il confia la charge aux Phytalides[65], en remerciement de leur hospitalité.

XXIV. 1. Après la mort d'Égée, il conçut une grande et merveilleuse entreprise : il réunit tous les habitants de l'Attique en une seule ville, et il en fit un seul peuple, formant une seule cité[66]. Auparavant ils étaient dispersés et on pouvait difficilement les faire agir en vue de l'intérêt commun de tous ; parfois même, des conflits les opposaient entre eux et ils se faisaient la guerre. 2. Thésée visita chaque dème et chaque famille pour les convaincre : les simples particuliers et les pauvres répondirent vite à son appel. Quant aux grands, il leur promit un gouvernement sans roi, une démocratie où il ne serait que le chef militaire et le gardien des lois ; pour le reste, tous auraient les mêmes droits. Certains se laissèrent convaincre : les autres, craignant sa puissance déjà considérable et son caractère déterminé, préférèrent obéir de bonne grâce que de subir la contrainte. 3. Il détruisit donc, dans chaque village, les prytanées et les bâtiments du conseil, et abolit les magistratures. Il édifia un Prytanée et un bâtiment du conseil uniques et communs à tous, à l'emplacement de la ville actuelle : il nomma la cité Athènes, et institua un sacrifice commun, celui des Panathénées[67].

---

65. Sur les Phytalides, voir supra, *XII, 1.*
*66. Ce chapitre et le suivant ne relèvent plus du mythe, mais d'une tradition élaborée au V*ᵉ *siècle et qui fait de Thésée non seulement le fondateur d'Athènes par le synœcisme (voir* supra, *II, 2), mais aussi du régime démocratique, puisque lui-même n'aurait été qu'un magistrat tandis que la souveraineté était partagée entre tous, puissants et pauvres. Le passage s'inspire de Thucydide (Guerre du Péloponnèse, II, 15, 2), qui donne comme exemple de guerre entre habitants de l'Attique celle d'Eumolpos contre Érechthée.*
67. Le Prytanée était la salle où se réunissaient les magistrats de la cité, et le Bouleutérion, la salle où se réunissait le conseil. Le nom d'Athènes est un nom pluriel qui rend compte de ce rassemblement, de même que le terme Panathénées, qui symbolise la réunion de tous les Athéniens autour de la déesse tutélaire de la cité. La fête des Panathénées qui comportait une procession, un sacrifice et des concours athlétiques commençait le 28 du mois Hécatombaion, c'est-à-dire douze jours après la fête qui commémorait le synœcisme, que Plutarque appelle Métoïcia (fête des « métèques ») et Thucydide Synoïcia.

4. Il établit aussi, le seize du mois Hécatombaion, le sacrifice des Métoïcia qu'on célèbre encore aujourd'hui. Puis il renonça à la royauté, comme il l'avait promis, et il entreprit de régler la vie politique. Il se tourna d'abord vers les dieux, et comme il interrogeait l'oracle au sujet de la cité, il reçut de Delphes la prophétie suivante:

> 5. Ô Thésée, fils d'Égée, petit-fils de Pitthée,
> De nombre de cités mon père a confié
> Le terme et le destin à votre citadelle.
> Ne tourmente donc pas ton cœur à méditer!
> Outre, sur l'eau gonflée, tu franchiras la mer.

6. On raconte que la Sibylle, plus tard, adressa le même oracle à la cité, en lui déclarant:

> Outre, tu es dans l'eau, mais tu ne dois sombrer[68].

XXV. 1. Voulant agrandir encore la cité, il y invita tous les hommes, en leur promettant l'égalité des droits; la formule «Venez ici, tous, peuples!» fut, dit-on, une proclamation de Thésée, quand il décida d'instituer un peuple unique. 2. Mais il ne voulut pas voir une foule désordonnée affluer et plonger la démocratie dans le trouble et la confusion. Il fut le premier à distinguer les nobles *[eupatrides]*, les paysans *[géomoroï]*, les artisans *[démiourgoï]*[69]. Il chargea les eupatrides de connaître les choses divines, de fournir les magistrats, d'enseigner les lois et d'interpréter les lois saintes et sacrées, et entre tous les citoyens, il instaura une sorte d'égalité: les nobles se prévalaient de leur gloire, les paysans de leur utilité et les artisans de leur nombre. 3. Il fut le premier à «pencher vers la multitude», comme le dit Aristote, et à renoncer au pouvoir monarchique. Homère lui aussi semble témoigner en ce sens: dans le Catalogue des vaisseaux, les Athéniens sont les seuls auxquels il donne le nom de peuple. Thésée frappa également une monnaie où il fit graver un bœuf, en souvenir du taureau de Marathon, ou du général de Minos, ou pour inviter les citoyens à pratiquer l'agriculture. De cette monnaie viennent, dit-on, les mots *hécatomboion* [«qui vaut cent bœufs»] et *décaboion* [«qui vaut dix bœufs»][70].

---

68. *Ces oracles évoquent le destin futur d'Athènes et son hégémonie maritime. Il était traditionnel pour un fondateur de ville comme pour un législateur de consulter l'oracle de Delphes avant d'organiser les institutions de la cité. La Sibylle est une prophétesse, mais dont la localisation n'est pas précisée. Peut-être s'agit-il de la Sibylle delphique.*
69. *Cette division tripartite se retrouve dans la* Constitution d'Athènes *aristotélicienne (XIII, 2) lorsqu'il est question du compromis qui, après le départ de Solon, et pour mettre fin à l'anarchie, aurait confié l'archontat à cinq nobles, trois paysans et deux artisans. On tient généralement ce compromis pour une reconstruction élaborée à la fin du Ve siècle et que l'auteur de la* Constitution d'Athènes *a tenue pour authentique. Sur ce problème, voir Gernet (1938), p. 216-227 et Rhodes (1981), p. 74-77.*
70. *Dans le «Catalogue des vaisseaux», c'est-à-dire l'énumération des différents peuples rassemblés par Agamemnon, au chant II de l'Iliade, les Athéniens sont appelés «peuple d'Érechthée» et ont pour chef Ménesthée (II, v. 547). Quant aux monnaies auxquelles Plutarque fait allusion, il est évident, si elles ont*

4. Il joignit solidement la Mégaride[71] à l'Attique et dressa dans l'Isthme la stèle fameuse, sur laquelle il fit graver l'inscription qui marque la frontière : elle consistait en deux trimètres dont l'un désignait le côté oriental :

> Voici l'Ionie, tu quittes le Péloponnèse

et l'autre le côté occidental :

> Fin de l'Ionie, ceci est le Péloponnèse.

5. Il fut le premier à y établir un concours, par émulation avec Héraclès : à cause de celui-ci, les Grecs célébraient des concours Olympiques, en l'honneur de Zeus ; il voulut, de même, les amener à célébrer des concours Isthmiques[72] en l'honneur de Poséidon. En effet, le concours institué dans l'Isthme en l'honneur de Mélicertès se déroulait la nuit, et ressemblait plus à une cérémonie d'initiation qu'à un spectacle et à un rassemblement collectif. 6. Selon certains, les concours Isthmiques furent institués en l'honneur de Sciron, dont Thésée voulait expier le meurtre à cause de la parenté qui les unissait : Sciron était, dit-on, fils de Canéthos et d'Héniochè, laquelle était fille de Pitthée. D'après d'autres auteurs, il ne s'agissait pas de Sciron mais de Sinis[73] : c'est pour ce dernier, non pour Sciron, que Thésée aurait institué le concours. 7. Quoi qu'il en soit, il régla les choses et s'entendit avec les Corinthiens pour qu'ils accordent aux Athéniens qui se rendraient aux concours Isthmiques autant de places sur les premiers bancs qu'en pourrait couvrir, déployée, la voile du vaisseau qui aurait amené leurs théores : c'est ce que rapportent Hellanicos et Andron d'Halicarnasse[74].

XXVI. 1. Puis Thésée embarqua pour le Pont-Euxin : selon Philochore et quelques autres, il s'était joint à l'expédition d'Héraclès contre les Amazones, et il reçut

---

existé, qu'elles ne sauraient remonter à l'époque de Thésée. On sait que le monnayage athénien n'est pas antérieur à l'époque des Pisistratides, vers 530. Les expressions que rapporte Plutarque évoquent en revanche un système d'échanges prémonétaires.

71. La Mégaride commandait l'entrée de l'isthme de Corinthe. D'où l'intérêt pour Athènes d'en contrôler le territoire, ce qui donna lieu à de nombreux conflits. La référence à l'Ionie rappelle qu'Athènes se voulait la cité mère des Ioniens.

72. À l'époque classique, les concours Isthmiques se déroulaient tous les quatre ans, en l'honneur de Poséidon. Thésée (voir supra, VI, 1) était tenu selon certaines versions du mythe pour fils du dieu. Mélicertès était fils d'Inô, elle-même fille de Cadmos et sœur de Sémélè. Rendue folle par Héra, elle se jeta dans la mer avec lui. C'est en son honneur qu'auraient été institués les concours Isthmiques qui à l'origine étaient des concours funèbres.

73. Sur Sinis, voir supra, VIII, 3-6 ; sur Sciron, voir supra, X, 1-4. Plutarque à son habitude ne choisit pas entre les différentes traditions.

74. Sur Hellanicos de Lesbos, voir supra, XVII, 3. Andron d'Halicarnasse, historien du IVᵉ siècle, composa des généalogies de cités et de grandes familles. À l'époque classique, les concours Isthmiques étaient organisés par les Corinthiens. Les théores étaient les ambassadeurs sacrés qui représentaient la cité à ces fêtes.

Antiope pour prix de sa vaillance. Mais pour la plupart des auteurs, notamment Phérécydès, Hellanicos et Hérodoros, il embarqua après Héraclès, avec sa flotte à lui, et il fit prisonnière cette Amazone. Cette tradition est plus convaincante[75]. 2. En effet, d'après les récits des historiens, aucun autre membre de son expédition ne captura d'Amazone, et même celle-là, Thésée l'aurait enlevée par ruse, à en croire Bion[76] : les Amazones seraient naturellement amicales à l'égard des hommes, et loin de s'enfuir quand Thésée aborda dans leur pays, elles lui envoyèrent les présents d'hospitalité. Il invita celle qui les apportait à monter à bord, et dès qu'elle y fut, il leva l'ancre. 3. Selon un certain Ménécratès, qui a publié un ouvrage historique sur la cité de Nicée en Bithynie, Thésée séjourna dans la région en compagnie d'Antiope. Il se trouve qu'il était accompagné, dans cette expédition, de trois adolescents originaires d'Athènes, qui étaient frères, Eunéon, Thoas et Soloïs. 4. Ce dernier devint amoureux d'Antiope. Nul n'était informé de cette passion, sauf un de ses amis, auquel il se confia, et qui en parla à Antiope ; celle-ci repoussa vivement ses propositions, mais traita l'affaire avec sagesse et douceur, et n'accusa pas le jeune homme devant Thésée. 5. Soloïs, désespéré, se précipita dans un fleuve, et s'y noya. Thésée apprit alors la cause de ce malheur et la passion du jeune homme ; il en fut très affecté, et dans son chagrin, il se rappela un oracle qu'il avait reçu. La Pythie, à Delphes, lui avait donné l'ordre suivant : quand, en terre étrangère, il serait particulièrement triste et chagriné, il devrait fonder à cet endroit une cité, et laisser pour la gouverner quelques-uns de ses compagnons. 6. Il fonda donc une cité ; il lui donna le nom de Pythopolis, à cause du dieu, et au fleuve voisin celui de Soloïs, en l'honneur de l'adolescent. 7. Il y laissa, pour la gouverner et lui donner des lois, les frères du garçon, et, avec eux, Hermos, un des eupatrides d'Athènes. C'est à cause de cet Hermos que les habitants de Pythopolis nomment un lieu-dit Maison d'Hermès : ils prononcent de manière fautive la seconde syllabe du mot[77], transférant ainsi à un dieu l'honneur rendu à un héros.

XXVII. 1. Telle fut donc la cause de la guerre des Amazones ; et ce ne fut pas pour Thésée, apparemment, une besogne facile, une affaire de femmes. Car elles n'auraient pas établi leur camp dans Athènes, ni engagé le combat au corps à corps près

---

75. *Après les deux chapitres consacrés à l'œuvre de Thésée, Plutarque revient au récit mythique proprement dit, avec la guerre contre les Amazones. Ces guerrières qui ont beaucoup frappé l'imagination des Grecs, vivaient selon la tradition sur les confins du monde connu, en Scythie ou sur les pentes du Caucase. Héraclès les combattit, seul ou avec l'aide de Thésée selon la version que Plutarque rapporte ici et qu'il juge la plus convaincante. Sur Phérécydès et Hellanicos, voir supra, XIX, 1 pour le premier, et XVII, 3 pour le second.*

76. *Ce Bion est sans doute le poète bucolique, originaire de la région de Smyrne, qui vivait au Ier siècle. Il aurait composé un* Épithalame d'Achille et Deidameia.

77. *Les deux noms, Hermos et Hermès, s'écrivent au génitif de la même manière* (Hermou), *la seule différence étant dans l'accentuation, accent aigu sur la première syllabe pour Hermos et accent circonflexe sur la seconde syllabe pour Hermès.*

de la Pnyx et du Mouseion[78], si elles ne s'étaient pas emparées de la région et n'avaient pas pénétré sans crainte dans la cité. 2. Imaginer que, pour venir, elles aient traversé le Bosphore cimmérien[79] pris par les glaces, comme l'a écrit Hellanicos, est difficile à croire. Mais qu'elles aient établi leur camp au milieu de la cité, ou presque, c'est un fait que confirment les noms des lieux, et les tombeaux de ceux qui tombèrent au combat. Les deux camps restèrent longtemps indécis ; ils retardaient l'engagement. Enfin, sur l'ordre d'un oracle, Thésée égorgea une victime à Phobos [« la Peur »], et lança l'attaque. 3. La bataille eut lieu au cours du mois Boédromion[80], et, pour la commémorer, les Athéniens célèbrent encore aujourd'hui les Boédromies. Cleidémos[81], soucieux de donner avec précision tous les détails, raconte que l'aile gauche des Amazones s'étendait près du lieu qu'aujourd'hui on nomme Amazonion, tandis que leur aile droite allait vers la Pnyx, jusqu'à Chrysa. 4. Les Athéniens qui combattaient l'aile gauche s'élancèrent contre les Amazones à partir du Mouseion : les tombeaux de ceux qui furent tués se trouvent le long de la large voie qui mène à la porte qu'on appelle maintenant porte du Pirée près du monument du héros Chalcodon. 5. De ce côté, les Athéniens furent repoussés jusqu'au sanctuaire des Euménides, et ils reculèrent devant les femmes. Mais ceux qui s'élancèrent du Palladion, d'Ardettos et du Lycée, refoulèrent l'aile droite des Amazones jusque dans leur camp, et leur infligèrent de lourdes pertes. Au bout de trois mois, un traité fut conclu par l'entremise d'Hippolytè ; en effet, selon Cleidémos, l'Amazone qui vivait avec Thésée s'appelait Hippolytè et non Antiope[82]. 6. Certains disent qu'elle combattait aux côtés de Thésée quand elle fut tuée d'un coup de javelot par Molpadia : la stèle qui se trouve près du temple de la Terre Olympienne marquerait l'emplacement de sa tombe. Ces flottements de l'histoire, à propos d'événements si anciens, n'ont rien d'étonnant : on raconte aussi qu'Antiope envoya secrètement les Amazones blessées à Chalcis, où elles furent soignées ; certaines y furent enterrées, à l'endroit qu'on nomme encore aujourd'hui Amazonion. 7. Quoi qu'il en soit, la guerre finit par un traité, comme le prouvent le nom du lieu qui jouxte le sanctuaire de Thésée, l'Horcomosion [« Serment juré »], et le sacrifice qu'on offre depuis longtemps aux Amazones avant les fêtes de Thésée[83]. 8. Les Mégariens eux aussi montrent un tombeau des Amazones dans leur pays, quand on va de l'agora vers le lieu-dit Rhous [« Torrent »], là où se trouve le Rhomboïde. On

---

78. La Pnyx est une colline d'Athènes où, à l'époque classique, se réunissait l'assemblée du peuple. Le Mouseion était le sanctuaire consacré aux Muses.

79. Le Bosphore cimmérien sépare la presqu'île de Kertch du continent.

80. Boédromion est le troisième mois de l'année athénienne et correspond approximativement au mois de septembre.

81. Sur Cleidémos, voir supra, XIX, 8.

82. Il n'est pas aisé de reconstituer le combat qui aurait opposé les Athéniens aux Amazones. Il est certain que là encore la restitution de la bataille à partir des toponymes ou des sanctuaires relève de reconstructions de l'époque classique. Le nom de l'Amazone compagne de Thésée est tantôt Antiope, tantôt Hippolytè. Dans la tragédie d'Euripide, le fils de l'Amazone porte le nom d'Hippolyte.

83. Sur les fêtes de Thésée, voir supra, XXII, 2-4, 6-7.

dit que d'autres Amazones moururent à Chéronée, et furent enterrées près du ruisseau qui s'appelait autrefois, paraît-il, le Thermodon [«le Chaud»], et qu'on nomme aujourd'hui l'Haïmon [«le Sanglant»] : j'en ai parlé dans la *Vie de Démosthène*. 9. Les Amazones ne traversèrent pas non plus la Thessalie sans encombre, cela est sûr : on montre encore certains de leurs tombeaux près de Scotoussa et dans les monts Cynoscéphales.

XXVIII. 1. Tels sont, concernant les Amazones, les faits qui méritent d'être rappelés. Quant au soulèvement des Amazones tel que le décrit l'auteur de la *Théséide*[84] – furieuse du mariage de Thésée avec Phèdre, Antiope serait partie en guerre contre lui, les Amazones qui l'accompagnaient l'auraient soutenue, Héraclès les aurait tuées – il a toutes les apparences d'une légende et d'une invention. 2. Thésée n'épousa Phèdre qu'après la mort d'Antiope dont il avait un fils, Hippolyte, que Pindare nomme Démophon[85]. 3. Quant au malheur qu'il éprouva à propos de son fils et de Phèdre, comme les historiens ne contredisent en rien les poètes tragiques, il faut admettre que les choses se sont passées comme ces derniers les racontent tous.

XXIX. 1. Il existe cependant, sur les amours de Thésée, d'autres récits, qu'on n'a jamais représentés sur scène, et qui n'ont ni débuts honorables ni fins heureuses[86]. Il enleva, dit-on, une Trézénienne, Anaxô ; et, après avoir tué Sinis et Cercyon, il viola leurs filles. Il épousa Périboia, mère d'Ajax, puis Phéréboia, puis Iopè, fille d'Iphiclès. 2. On lui reproche d'avoir, par amour pour Aïglè, fille de Panopée, je l'ai dit, abandonné Ariane, ce qui ne fut ni beau ni mérité. Enfin, l'enlèvement d'Hélène emplit l'Attique de guerres, et se termina pour lui par l'exil et la mort ; nous en parlerons un peu plus bas.
3. Nombreuses étaient en ce temps-là les luttes dans lesquelles s'engageaient les héros, mais Thésée, selon Héliodore, ne prit part à aucune, si ce n'est au combat des Lapithes contre les Centaures. Cependant, d'après d'autres auteurs, il accompagna Jason en Colchide, et il aida Méléagre à tuer le sanglier – telle serait l'origine de l'expression : «pas sans Thésée»[87]. Tout seul, sans avoir besoin de l'aide de personne, il aurait accompli beaucoup de beaux exploits, et la formule : «c'est un autre

---

84. *Poème épique mentionné par Aristote et qui daterait vraisemblablement du dernier tiers du VIe siècle.*
85. *Phèdre était la sœur d'Ariane et, comme elle, était fille de Minos et de Pasiphaé. L'*Hippolyte *d'Euripide qui inspira la* Phèdre *de Racine évoque la passion coupable de Phèdre pour son beau-fils, et comment celui-ci, accusé injustement par son père d'avoir convoité Phèdre, périt victime de l'hostilité d'Aphrodite et de Poséidon qui lança contre son char un taureau monstrueux.*
86. *Comme Héraclès, Thésée est célèbre pour la multiplicité de ses aventures amoureuses.*
87. *Plutarque évoque ici des épisodes bien connus. Les Lapithes étaient un peuple de Thessalie : ils furent attaqués par les Centaures, êtres monstrueux mi-hommes, mi-chevaux, lors du festin de noces de Pirithoüs (voir* infra, *XXX). Sur Jason, voir* supra, *XIX, 8. Méléagre, fils du roi des Étoliens de Calydon, avait organisé une chasse contre un sanglier monstrueux, envoyé par Artémis, qui ravageait le pays. À cette chasse avaient participé un grand nombre de héros et une jeune fille, Atalante.*

THÉSÉE

Héraclès» devint courante quand on parlait de lui. 4. Il aida également Adraste[88] à reprendre les corps de ceux qui étaient tombés devant la Cadmée, et contrairement à ce qu'a imaginé Euripide dans une tragédie, ce ne fut pas après avoir vaincu les Thébains au combat, mais par la persuasion, en faisant une trêve avec eux : telle est la tradition la plus courante. Ce fut, selon Philochore[89], la première trêve jamais conclue pour enlever les morts après la bataille. 5. Mais Héraclès, lui, fut le premier à rendre les morts aux ennemis : c'est ce qu'indiquent les écrits consacrés à ce héros. On montre les tombeaux des simples soldats à Éleuthères ; ceux des chefs sont près d'Éleusis, et cette faveur encore, c'est Thésée qui l'obtint pour Adraste. La version d'Euripide, dans les *Suppliantes*, est contredite par Eschyle qui, dans les *Éleusiniens*, met dans la bouche de Thésée ce que je viens de dire[90].

XXX. 1. Quant à son amitié avec Pirithoüs[91], voici, dit-on, comment elle prit naissance. La force et le courage de Thésée lui avaient valu une gloire considérable : Pirithoüs voulut les essayer et les mettre à l'épreuve. Il déroba, à Marathon, des bœufs qui appartenaient à Thésée, et quand il apprit que ce dernier s'était armé et le poursuivait, il ne prit pas la fuite, mais fit volte-face et alla à sa rencontre. 2. Or, dès le premier regard, chacun s'émerveilla de la beauté de l'autre, et admira son audace ; ils renoncèrent à se battre. Pirithoüs, le premier, tendit à Thésée la main droite et le pria d'arbitrer lui-même le vol des bœufs : il se soumettrait de bon gré à la peine qu'il fixerait. Thésée renonça à tout châtiment et le pria d'être son ami et son allié ; ils scellèrent leur amitié par un serment. 3. Après cette rencontre, Pirithoüs épousa Deidameia[92] et invita Thésée, l'engageant à visiter le pays et à partager la vie des Lapithes. Il se trouva qu'il avait convié également les Centaures au festin. Ceux-ci se conduisirent avec impudence et brutalité ; ils s'enivrèrent et s'en prirent aux femmes. Elles furent défendues par les Lapithes qui tuèrent certains des Centaures, puis écrasèrent les autres au combat, et les chassèrent du pays : Thésée était aux côtés des Lapithes et luttait avec eux. 4. Mais, selon Hérodoros, les choses ne se passèrent pas ainsi. La guerre était déjà commencée quand Thésée vint au secours des Lapithes, et à cette occasion, il vit Héraclès pour la première fois : il s'arrangea pour le rencontrer près de Trachis, alors que le héros en avait désormais fini avec ses errances et ses travaux. Cette entrevue fut pour tous deux l'occasion

---

88. *Adraste est un roi d'Argos qui, chassé par ses frères, se réfugia à Sicyone, auprès de son grand-père maternel qui lui abandonna la royauté. Il participa aux côtés de Polynice, le fils d'Œdipe, chassé par son frère Étéocle, au fameux combat des Sept contre Thèbes.*

89. *Sur Philochore, voir supra, XIV, 3.*

90. *La restitution des morts à l'ennemi témoigne d'une humanisation de la guerre. Plutarque oppose ici deux versions différentes de l'intervention de Thésée, l'une fondée sur la persuasion et défendue par Eschyle, l'autre impliquant au contraire une expédition militaire pour contraindre les Thébains à restituer les morts et qui est celle d'Euripide dans les* Suppliantes.

91. *Pirithoüs est un héros thessalien qui appartient par son père à la race des Lapithes.*

92. *Plutarque appelle Deidameia l'épouse de Pirithoüs, plus souvent appelée Hippodamie. Selon certaines versions du mythe, elle serait fille d'Adraste, le héros argien qui participa au combat des Sept.*

de se marquer leur estime et leur affection, et de s'adresser l'un à l'autre de nombreux éloges. 5. Peut-être, cependant, vaut-il mieux suivre ceux qui affirment que leurs rencontres furent fréquentes et qu'Héraclès dut aux soins de Thésée son initiation aux Mystères, ainsi que la purification préalable dont il avait besoin pour certains actes qu'il avait commis sans le vouloir[95].

XXXI. 1. Thésée avait déjà cinquante ans, au dire d'Hellanicos, lorsqu'il agit, à l'égard d'Hélène, au mépris de leur âge à tous deux. Aussi, pour le disculper de cette accusation, la plus grave de toutes, certains soutiennent que ce ne fut pas lui qui l'enleva, mais qu'Idas et Lyncée, ses ravisseurs, la déposèrent entre ses mains, et qu'il refusa de la rendre aux Dioscures qui la réclamaient. On dit même, par Zeus! que Tyndare la lui confia, parce qu'il craignait Énarsphoros, fils d'Hippocoon, qui voulait la violer, alors qu'elle était encore une fillette[94]. 2. Mais le récit le plus vraisemblable, qu'appuie le plus grand nombre de témoignages, est le suivant. Thésée et Pirithoüs se rendirent ensemble à Sparte, et comme la jeune fille dansait dans le temple d'Artémis Orthia[95], ils se saisirent d'elle et prirent la fuite. Ceux qu'on envoya à leur poursuite ne dépassèrent pas Tégée. Le Péloponnèse traversé, les ravisseurs, se voyant en sécurité, conclurent l'accord suivant: ils tireraient au sort; le gagnant aurait Hélène pour femme, mais il aiderait son compagnon à trouver une autre épouse. 3. Ces conditions posées, ils tirèrent au sort. Thésée fut vainqueur. Il prit avec lui la jeune fille qui n'était pas encore nubile, et l'emmena à Aphidna[96]: il installa sa mère auprès d'elle, et les confia à Aphidnos, qui était son ami, lui demandant de veiller sur elle et de garder le secret. 4. Quant à lui, pour s'acquitter envers Pirithoüs, il l'accompagna en Épire, afin d'enlever la fille d'Aïdoneus, roi des Molosses. Celui-ci avait nommé sa femme Perséphone, sa fille Corè, et son chien Cerbère[97]. Il ordonnait aux prétendants de sa fille de lutter contre le chien, avec promesse de la donner à qui en serait vainqueur. 5. Averti que Pirithoüs et son compagnon ne venaient pas la demander en mariage, mais l'enlever, il se saisit d'eux, et fit aussitôt dévorer Pirithoüs par le chien; quant à Thésée, il le retint prisonnier.

---

93. On a déjà évoqué le problème des relations entre Thésée et Héraclès. Plutarque, entre plusieurs versions, choisit celle qui lie davantage les deux héros et qui accorde à Thésée le mérite d'avoir permis à Héraclès, en l'initiant aux Mystères éleusiniens, de se purifier des nombreux crimes qu'il avait été contraint de commettre.
94. Ici encore, Plutarque se trouve confronté à plusieurs versions du mythe. Il choisit néanmoins la plus scandaleuse à ses yeux, bien qu'elle ne soit pas à l'honneur de son héros, parce qu'elle est non seulement la plus vraisemblable, mais aussi la plus «romanesque». Tyndare était le père d'Hélène, de Clytemnestre et des Dioscures, Castor et Pollux.
95. Artémis Orthia était particulièrement vénérée à Sparte. Voir sur ce point Lycurgue.
96. Aphidna était à l'époque classique un dème de l'Attique.
97. Les Molosses étaient un peuple du nord-ouest de la Grèce. Leurs rois se voulaient descendants de Néoptolème, le fils d'Achille. Corè, devenue Perséphone après son enlèvement par Hadès, était la fille de Déméter et l'épouse du maître du monde souterrain. Cerbère était le chien qui gardait l'entrée des Enfers.

XXXII. 1. Pendant ce temps, Ménesthée[98], fils de Pétéos, petit-fils d'Ornée, et arrière-petit-fils d'Érechthée, le premier homme qui, dit-on, pratiqua la démagogie et harangua la foule pour la flatter, avait commencé à soulever les notables et à les ameuter. Ceux-ci, d'ailleurs, en voulaient à Thésée depuis longtemps : ils l'accusaient d'avoir confisqué le pouvoir et la royauté que chaque eupatride exerçait dans son dème, et de les avoir enfermés tous dans une seule ville, pour les transformer en sujets et en esclaves. Ménesthée agitait aussi les gens du peuple, il leur reprochait de n'avoir vu la liberté qu'en rêve, et d'avoir, dans les faits, été dépouillés de leurs différentes patries et de leurs sanctuaires, de sorte qu'au lieu de plusieurs rois, bons et légitimes, ils devaient tourner les yeux vers un maître unique, qui était un intrus, un étranger. 2. Il intriguait ainsi, quand la guerre fit fortement pencher la balance en faveur de la révolte. Les Tyndarides[99] envahirent le pays : certains disent même que Ménesthée les avait appelés. Au début, ils ne firent aucun mal ; ils demandaient seulement qu'on leur rendît leur sœur, 3. mais, les habitants de la ville leur ayant répondu qu'ils ne l'avaient pas et qu'ils ne savaient où elle se trouvait, ils s'apprêtèrent à faire la guerre. Alors Académos[100], qui avait découvert, on ne sait comment, qu'elle était cachée à Aphidna, le leur révéla. 4. Pour cette raison, les Tyndarides le couvrirent d'honneurs, de son vivant ; et quand par la suite les Lacédémoniens envahirent si souvent l'Attique et ravagèrent tout le pays alentour, ils épargnèrent l'Académie, à cause d'Académos. 5. Mais selon Dicéarque, deux Arcadiens, Échédémos et Marathos se joignirent alors à l'expédition des Tyndarides : l'actuelle Académie fut appelée Échédémie, à cause du premier ; quant au second, qui, pour obéir à un oracle, s'offrit volontairement pour être égorgé avant la bataille, il laissa son nom au dème de Marathon. 6. Les Tyndarides marchèrent donc sur Aphidna : ils furent vainqueurs au combat et détruisirent la place forte. Ce fut là, dit-on, que périt Halycos, fils de Sciron, qui accompagnait alors l'expédition des Dioscures : c'est en son honneur qu'on nomme Halycos un endroit de la Mégaride où il fut enterré. 7. Héréas raconte qu'Halycos fut tué par Thésée lui-même, devant Aphidna, et il en donne pour preuve les vers suivants, où il est question d'Halycos :

> Jadis, dans Aphidna au large territoire,
> Il combattait, mais pour Hélène aux beaux cheveux,
> Thésée le fit périr.

---

98. *Il a déjà été question de Ménesthée qui, dans l'*Iliade, *commandait le contingent athénien. Arrière-petit-fils d'Érechthée, il pouvait revendiquer la royauté contre Thésée, fils d'une étrangère et d'un père dont l'origine autochtone n'était pas sûre (voir supra, XIII, 1). Face au roi démocrate Thésée qui dans les* Suppliantes *d'Euripide tient un discours qui évoque celui de Périclès dans l'*Oraison funèbre *thucydidéenne, Ménesthée ne peut être qu'un démagogue, comme ceux qui gouvernèrent Athènes après la mort du grand orateur.*

99. *Les Tyndarides, c'est-à-dire les Dioscures venus reprendre Hélène.*

100. *Académos était un héros local dont le sanctuaire comportait un gymnase où se réunissaient les disciples de Platon. D'où le nom d'Académie donné à son école.*

Il est pourtant difficile d'imaginer que Thésée ait été présent, quand sa mère et Aphidna furent prises.

XXXIII. 1. Après la prise d'Aphidna, les habitants d'Athènes furent terrifiés. Ménesthée, cependant, persuada le peuple de recevoir les Tyndarides dans la cité et de leur faire bon accueil : ils ne faisaient la guerre que contre Thésée, qui avait été le premier agresseur ; pour tous les autres hommes, ils étaient des bienfaiteurs et des sauveurs. Et leur conduite lui donna raison : ils étaient maîtres de tout, mais ils ne demandèrent rien, sinon d'être initiés aux Mystères, puisqu'ils étaient, tout autant qu'Héraclès, apparentés à la cité[101]. 2. Cela leur fut accordé. Aphidnos les adopta, comme Pylios l'avait fait pour Héraclès, et ils reçurent des honneurs pareils à ceux des dieux : on les nomma *anaces*, soit à cause de la trêve *[anochaï]* qu'ils avaient accordée, soit en raison de leur soin et de leur sollicitude à éviter que personne n'eût à souffrir de la présence d'une si nombreuse armée dans la ville : car on dit que se comportent généreusement *[anacos]* ceux qui soignent ou protègent quelque chose ; et c'est pour cela peut-être que les rois sont appelés seigneurs *[anactes]*[102]. 3. Mais selon d'autres, ce nom d'*anaces* vient de la manière dont leur constellation apparaît dans le ciel : pour désigner ce qui est en haut *[anô]*, les gens de l'Attique emploient le mot *anécas* et pour ce qui vient d'en haut *[anothen]*, ils disent *anécathen*.

XXXIV. 1. On dit qu'Aïthra, la mère de Thésée, fut emmenée prisonnière à Lacédémone, d'où elle partit pour Troie avec Hélène ; on prétend qu'Homère en donne la preuve, quand il dit qu'Hélène avait pour suivantes :

Aïthra née de Pitthée, Clymène aux yeux de vache[103].

2. D'autres contestent l'authenticité de ce vers, et la légende relative à Mounychos qui, né des amours clandestines de Démophon[104] et de Laodice, aurait été élevé à Ilion par Aïthra. 3. Au livre treizième de ses *Attiques*, Istros fait, à propos d'Aïthra, un récit original et très différent. Selon certains, dit-il, Alexandre-Pâris fut vaincu au combat par Achille et Patrocle, près du Sperchios, mais Hector s'empara de la cité de Trézène, la pilla, et emmena Aïthra, qu'on y avait laissée. Cependant ce récit comporte beaucoup d'invraisemblances[105].

---

101. On retrouve ici l'initiation aux Mystères comme facteur d'entente entre Athènes et les peuples voisins. La possession du sanctuaire d'Éleusis était un puissant instrument au service de l'hégémonie athénienne.
102. Comme au chapitre précédent, où il soulignait les liens entre la toponymie et la geste des héros mythiques, Plutarque se livre ici à des considérations plus ou moins fondées sur l'étymologie d'un certain nombre de termes. On sait que le terme wanax *figure sur les tablettes trouvées dans les ruines des palais mycéniens et désigne vraisemblablement le maître du palais.*
103. D'Aïthra, il n'a guère été question dans le récit de Plutarque. On sait qu'Euripide la fait intervenir dans les Suppliantes *en faveur d'Adraste. Le vers renvoie à* Iliade, *III, v. 144.*
104. Démophon est selon Pindare l'autre nom d'Hippolyte.
105. Le récit que Plutarque juge peu vraisemblable témoigne de la postérité des poèmes homériques et des multiples versions relatant le sort des héros de l'épopée. Istros est un compilateur d'époque hellénistique.

THÉSÉE

XXXV. 1. Aïdoneus le Molosse offrit l'hospitalité à Héraclès et lui parla, par hasard, de Pirithoüs et de Thésée : il lui raconta dans quelle intention ils étaient venus, et le traitement qu'il leur avait infligé quand il les avait surpris. Héraclès fut navré de la mort honteuse que le premier avait subie et qui attendait l'autre. 2. Concernant Pirithoüs, il pensa qu'il ne gagnerait rien à se plaindre, mais il plaida en faveur de Thésée et demanda comme une faveur qu'on le lui remît[106]. 3. Aïdoneus y consentit. Thésée, fut libéré et revint à Athènes, où ses amis n'étaient pas encore complètement vaincus. Tous les enclos sacrés que la cité lui avait réservés et qui étaient à lui autrefois, il les consacra à Héraclès, et il changea leur nom de Théseia en Héracleia, sauf pour quatre d'entre eux, comme le dit Philochore. 4. Il voulut aussitôt commander comme auparavant, et se remettre à diriger la vie politique, mais il se heurta à des séditions et à des troubles civils : il découvrit que ceux qui le haïssaient quand il était parti avaient désormais ajouté à la haine l'absence de crainte, et vit que le peuple avait été corrompu dans sa plus grande partie, qu'il exigeait d'être flatté, au lieu d'exécuter en silence ce qu'on lui commandait. 5. Il essaya d'employer la force, mais il fut combattu par les démagogues et les factieux. Pour finir, désespérant de la situation, il envoya secrètement ses enfants en Eubée, auprès d'Éléphénor[107], fils de Chalcodon. Quant à lui, il se rendit à Gargettos, où il lança des malédictions contre les Athéniens, à un endroit qui s'appelle, encore aujourd'hui, Aratérion [« Lieu des malédictions »], puis il embarqua pour Scyros[108] : il était lié d'amitié, à ce qu'il croyait, avec les habitants, et possédait sur l'île des terres qui lui venaient de ses ancêtres. 6. Le roi des Scyriens était alors Lycomédès. Thésée alla le trouver et demanda à reprendre ses terres, disant qu'il avait l'intention de s'y établir ; mais selon certains, il lui réclama du secours contre les Athéniens. Lycomédès, soit parce qu'il redoutait la gloire du héros, soit pour faire plaisir à Ménesthée, emmena Thésée au point culminant du pays, sous prétexte de lui montrer de là ses terres ; il le précipita du haut des rochers et le fit mourir. 7. Mais certains disent que Thésée glissa et tomba accidentellement, tandis qu'il se promenait après le dîner, selon son habitude. Sur le moment, nul n'accorda la moindre importance à sa mort. Ménesthée devint roi d'Athènes et les fils de Thésée vécurent en simples particuliers chez Éléphénor, qu'ils accompagnèrent à la guerre de Troie. 8. Ménesthée étant mort là-bas, ils retournèrent à Athènes où ils recouvrèrent la royauté.

Beaucoup plus tard, les Athéniens honorèrent Thésée comme un héros : ils y furent poussés, entre autres motifs, parce que, parmi ceux qui affrontèrent les Mèdes à

---

106. L'intervention d'Héraclès en faveur de Thésée s'inscrit dans le roman de leur amitié. Elle permet aussi d'expliquer la présence des lieux de culte consacrés à Héraclès en Attique.
107. Éléphénor était roi d'Eubée. C'est lui qui conduisit à Troie les Abantes dont il est question supra, V, 2, après avoir été chassé d'Eubée pour avoir involontairement tué son grand-père Abas. Les fils de Thésée l'accompagnaient. Il fut tué devant Troie par Agénor, et ses compagnons s'installèrent ensuite en Épire où ils fondèrent la ville d'Apollonie.
108. Scyros était une île de l'Égée. Les Athéniens s'en emparèrent au Ve siècle et y établirent une clérouquie, c'est-à-dire une colonie militaire.

Marathon, beaucoup crurent voir le fantôme de Thésée en armes s'élancer à leur tête contre les Barbares[109].

XXXVI. 1. Après les guerres médiques, comme les Athéniens consultaient l'oracle, sous l'archontat de Phédon, la Pythie leur ordonna de recueillir les ossements de Thésée, de leur donner une sépulture honorable, et de les garder dans leur pays. Mais il n'était pas facile de les reprendre, ni même de trouver le tombeau, à cause du caractère inhospitalier et cruel des Dolopes qui habitaient Scyros. 2. Cependant, Cimon, comme je l'ai écrit dans sa *Vie*[110], s'empara de l'île : il menait l'enquête avec grand soin, lorsqu'il aperçut, dit-on, un aigle qui frappait une sorte de tertre à coups de bec et le fouillait avec ses serres. Poussé par une fortune divine, il comprit le signe et fit fouiller l'endroit. On trouva le cercueil d'un homme de grande taille, avec, à ses côtés, une lance de bronze et une épée. 3. Cimon rapporta ces restes sur sa trière. Les Athéniens, joyeux, l'accueillirent avec des processions magnifiques et des sacrifices : on eût dit que Thésée revenait en personne dans la ville. 4. Il est enterré au milieu de la cité, près de l'actuel Gymnase. C'est un lieu d'asile pour les esclaves et pour tous les humbles qui craignent les puissants, car Thésée avait joué le rôle d'un protecteur et d'un défenseur, et avait accueilli avec bienveillance les prières des petites gens. Le sacrifice le plus solennel que lui offrent les Athéniens a lieu le huit du mois Pyanepsion, jour où il revint de Crète avec les jeunes gens[111]. 5. Mais on l'honore aussi le huit de chaque mois, soit parce qu'il arriva pour la première fois de Trézène le huit du mois Hécatombaion, comme l'a raconté Diodore le Périégète, soit dans l'idée que ce nombre convient mieux que tout autre à un héros que l'on disait fils de Poséidon[112]. 6. Les Athéniens honorent en effet Poséidon le huit de chaque mois, car le nombre huit, premier cube du premier nombre pair, et double du premier carré, porte en lui la fixité et la stabilité qui caractérisent le pouvoir de ce dieu que nous nommons Asphalios [« Celui qui affermit »] et Gaiéochos [« Celui qui tient la terre »][113].

---

109. *Sur la présence du fantôme de Thésée à Marathon, voir Pausanias, I, 15, 3.*
110. *Plutarque renvoie ici au chapitre VIII de la* Vie *de Cimon. Il est intéressant de constater qu'il n'a pas composé ses* Vies *en suivant l'ordre chronologique, puisqu'il évoque ici la* Vie *de Cimon, de même qu'il avait fait plus haut référence, à propos de Chéronée, à la* Vie *de Démosthène (voir supra, XXVII, 8).*
111. *En XXII, 4, Plutarque situe le retour de Thésée au 7 du mois Pyanepsion, au début de l'automne. Mais il est vraisemblable que ce jour était plutôt celui de la procession décrite en XXII, 6-7, tandis que le sacrifice avait lieu le lendemain.*
112. *Sur la tradition qui fait de Thésée un fils de Poséidon, voir supra, VI, 1.*
113. *On retrouve ici ce type de spéculation sur les nombres chère aux disciples de Platon et aux élèves de l'Académie.*

ROMULUS

I. 1. Ce grand nom de Rome dont la gloire s'est répandue chez tous les hommes, d'où vient-il? pour quelle raison l'a-t-on donné à cette cité? Il y a désaccord sur ce point entre les historiens[1]. Selon certains, les Pélasges, après avoir erré sur la plus grande partie de la terre habitée et vaincu un grand nombre de peuples, se fixèrent en ce lieu: ils donnèrent à leur cité le nom de Rome à cause de la force *[romè]* de leurs armes. D'autres affirment que, pendant la prise de Troie, quelques habitants parvinrent à s'échapper; ils trouvèrent des navires et, poussés par les vents, abordèrent en Étrurie, où ils jetèrent l'ancre près du Tibre. 2. Or leurs femmes étaient désormais épuisées et ne supportaient plus la mer: l'une d'elles, nommée Romè, qui passait pour avoir la meilleure naissance et le plus d'intelligence, leur proposa de mettre le feu aux navires. Elles le firent. Les maris furent d'abord furieux; puis, cédant à la nécessité, ils s'installèrent près de Pallantion, et là, en peu de temps, ils prospérèrent au-delà de toute espérance; ils découvrirent que la terre était excellente et que les voisins leur faisaient bon accueil. Alors ils comblèrent Romè d'honneurs, et donnèrent notamment son nom à leur cité, jugeant qu'elle lui devait son existence. 3. De cette aventure vient, dit-on, l'habitude que les Romaines ont gardée, d'embrasser sur la bouche les hommes de leur famille et de leur parenté, car c'est ainsi que les Troyennes, après avoir brûlé les navires, avaient embrassé et amadoué leurs maris, quand elles les suppliaient et cherchaient à calmer leur colère[2].

II. 1. Certains disent que la Romè à laquelle Rome doit son nom[3] était fille d'Italus et de Leucaria; selon d'autres, elle était fille de Téléphos et petite-fille d'Héraclès,

---

1. La cascade d'hypothèses qui se succèdent dans les trois premiers chapitres reflète l'incroyable richesse de la tradition textuelle concernant le fondateur de Rome. Elle s'organise ici, un peu à la manière d'une longue Question romaine *(voir Dictionnaire), de manière plus logique qu'il n'y paraît, tout en progressant vers l'hypothèse jugée la plus vraisemblable. Plutarque fait allusion à de nombreuses sources, grecques pour l'essentiel, qu'il ne cite qu'à deux reprises, et coup sur coup (II, 8 et III, 1). Tout commence par un mot grec,* romè*: le chapitre I est centré sur le nom de Rome, expliqué d'abord par l'application à la cité du nom de la force, ensuite par la première version d'une immigration troyenne où les femmes, comme feront plus tard les Sabines (infra, XIV-XV), jouent un rôle décisif.*
2. Pour le baiser sur la bouche, voir Question romaine *6; d'autres auteurs anciens, avec Polybe (*Histoires*, VI, 2, 5), expliquent la coutume par le désir de vérifier si les femmes ont respecté la stricte interdiction qui leur était faite de boire du vin...*
3. Le chapitre II s'ouvre sur une généalogie et une «éponymie» italiennes, avant de nous orienter peu à peu vers l'«hypothèse Romulus», personnage se situant dans la filiation d'Énée. Romulus menacé, bébé – avec ou sans son frère Rémus –, mais recueilli aux rives du Tibre, et qui donne finalement son nom à la cité. Bien que qualifié de «fabuleux», le récit inspiré de Promathion, auteur mal identifié,

et fut l'épouse d'Énée ; selon d'autres encore, elle était fille d'Ascagne, fils d'Énée. D'autres disent que le fondateur de la cité fut Romanus, fils d'Ulysse et de Circé ; d'autres, Romus, fils d'Émathion, que Diomède fit partir de Troie ; d'autres encore, que ce fut Romis, tyran des Latins, après avoir chassé les Étrusques, qui avaient passé de Thessalie en Lydie, puis de Lydie en Italie. 2. Même ceux qui suivent la tradition la plus juste, selon laquelle Romulus donna son nom à la cité, ne s'accordent pas sur l'origine de ce héros. Pour les uns, c'était le fils d'Énée et de Dexithéa, fille de Phorbas. Tout bébé, il aurait été transporté en Italie avec son frère Rémus ; le Tibre était en crue et aurait détruit les autres embarcations, mais celle où se trouvaient les enfants fut poussée doucement sur un rivage en pente molle : ils furent donc sauvés contre toute espérance, et donnèrent à l'endroit le nom de Rome. 3. Selon d'autres, Romè, fille de la Troyenne dont j'ai parlé, épousa Latinus, fils de Télémaque, dont elle eut Romulus ; pour d'autres, Aemilia, fille d'Énée et de Lavinia, s'unit avec Mars. D'autres encore font, sur sa naissance, un récit totalement fabuleux. 4. Tarchétius, roi des Albains, personnage particulièrement injuste et cruel, eut chez lui une apparition surnaturelle : un phallus surgit du foyer et resta là plusieurs jours. Or il y avait alors, en Étrurie, un oracle de Téthys, qui rendit à Tarchétius la prophétie suivante : une vierge devait s'accoupler avec l'apparition ; elle donnerait naissance à un enfant très illustre, qui se distinguerait par sa valeur, sa Fortune et sa force *[romè]*. 5. Tarchétius révéla la prophétie à une de ses filles, et lui ordonna de s'unir au phallus, mais elle trouva la chose indigne d'elle, et envoya à sa place une servante. Tarchétius, à cette nouvelle, fut très irrité : il ordonna de les emprisonner toutes deux et de les mettre à mort. Mais Vesta lui apparut en songe et lui défendit de les tuer. Il demanda alors aux jeunes filles de tisser une toile dans leur prison, leur promettant de les marier quand elles auraient achevé cet ouvrage. 6. Elles y travaillaient pendant le jour ; mais, la nuit, sur l'ordre de Tarchétius, d'autres femmes défaisaient ce qu'elles avaient tissé. La servante ayant eu du phallus des jumeaux, Tarchétius les remit à un certain Tératius, avec ordre de les tuer. 7. Celui-ci les emporta et les déposa près du fleuve. Ensuite, une louve vint les visiter et les allaiter ; des oiseaux de toutes espèces donnèrent la becquée aux nouveau-nés, jusqu'au jour où un bouvier les aperçut : émerveillé, il osa s'approcher et emporta les enfants. 8. Ils furent ainsi sauvés. Quand ils eurent grandi, ils attaquèrent Tarchétius, et le vainquirent. Tel est le récit d'un certain Promathion, qui a composé une *Histoire d'Italie*.

---

occupe une place méritée (II, 8). Il introduit un roi d'Albe au nom et aux connivences (la prophétie) étrusques ; surtout, il met en scène une série de données légendaires d'origine italique : la double apparition du phallus dans le foyer, puis de Vesta, déesse du foyer (sur le parallèle avec le mythe de Caeculus à Préneste, voir Duméził, 1974, p. 71-72, 263-264, 266, 331-332 ; Capdeville, 1995, p. 3-154) ; la servante substituée à la jeune fille de la maison, et la colère du père ; le tissage détissé chaque nuit... La conclusion (II, 7-8) annonce celle d'une version de la légende si répandue qu'on peut la qualifier de vulgate. Celle-ci (III), empruntée à l'annaliste Fabius Pictor, est présentée par Tite-Live (Histoire romaine, I, 3, 10-4, 9) : les seuls détails absents chez l'historien latin sont l'intervention d'Anthô (§ 4) et l'explication étymologique du nom du «Germal», la «hauteur des jumeaux».

III. 1. Mais la tradition la plus digne de foi et la mieux attestée a été, pour l'essentiel, publiée en Grèce pour la première fois par Dioclès de Péparéthos, que Fabius Pictor a suivi sur la plupart des points[4]. Là encore, on trouve plusieurs variantes, mais en voici la ligne générale. 2. Les descendants d'Énée régnaient sur Albe, quand leur succession échut à deux frères, Numitor et Amulius[5]. Celui-ci partagea tout l'héritage en deux : d'un côté la royauté, de l'autre l'or et les trésors apportés de Troie. Numitor choisit la royauté. 3. Amulius eut donc les richesses, grâce auxquelles il devint plus puissant que son frère; il le dépouilla sans peine de la royauté, et craignant que la fille de Numitor n'eût des enfants, il en fit une Vestale[6], pour qu'elle ne se mariât jamais et restât vierge toute sa vie. Elle s'appelait Ilia, ou selon d'autres Rhéa, ou encore Silvia. 4. Or, peu après, on découvrit qu'elle était enceinte, contrairement à la règle imposée aux Vestales. Le dernier supplice lui fut évité par la fille du roi, Anthô, qui intercéda pour elle auprès de son père, mais elle fut jetée en prison et vécut dans un isolement total, afin de ne pouvoir accoucher sans qu'Amulius le sût. Elle mit au monde deux enfants, d'une taille et d'une beauté exceptionnelles[7], 5. ce qui redoubla les craintes d'Amulius : il ordonna à un serviteur de les emporter au loin et de les abandonner. Selon certains, ce serviteur s'appelait Faustulus; pour d'autres, ce nom de Faustulus n'était pas le sien, mais celui de l'homme qui recueillit les enfants. Il mit donc les bébés dans un baquet, et descendit vers le Tibre pour les y jeter. Voyant le fleuve rouler un flot rapide et impétueux, il n'osa s'approcher : il les posa près de la rive, puis s'en alla. 6. Le fleuve continua à grossir : l'eau parvint sous le baquet, le souleva doucement et le porta sur un terrain en pente molle, dont le nom actuel est Cermalus, mais qui s'appelait autrefois Germanus, apparemment parce que les Latins donnent aussi aux frères le nom de «germains».

IV. 1. Il y avait, tout près, un figuier sauvage, qu'on nommait Ruminal, à cause de Romulus comme on le croit le plus souvent, ou parce que des ruminants venaient

---

4. Les relations entre Dioclès et Fabius Pictor sont encore citées en VIII, 9. L'un et l'autre écrivent à l'époque de la seconde guerre punique (218-201).
5. Le biographe néglige le rôle joué, entre-temps, par Ascagne-Iule, fils d'Énée et éponyme de la gens Julia; l'histoire des rois d'Albe, jusqu'à Numitor et Amulius, se trouve chez Tite-Live, I, 3, 1-9 : «La force prévalut sur la volonté paternelle et sur le droit d'aînesse : Amulius détrône son frère, devient roi» (I, 3, 10-11). L'historien latin délaisse ou ignore la division de l'héritage en «or» et en «royauté».
6. Sur les Vestales, voir Numa, IX, 9-XI, 3 et XIII, 3-4; comparer Denys, Antiquités romaines, II, 64-69 et Tite-Live, I, 20, 3. Avec Denys (II, 65), Plutarque pose plus loin (XXII, 1) la question d'attribution et de chronologie : ce sacerdoce numaïque est-il une création antérieure à Romulus, ou celle-ci revient-elle à Numa? Tite-Live insiste sur les racines albaines de cette institution, ce que confirment des témoignages épigraphiques ultérieurs (Albe est une cité installée sur une colline proche de Rome).
7. Cette exaltation des jumeaux (reprise en VI, 3 et VII, 5) est absente chez Tite-Live. Ce thème folklorique est d'origine indo-européenne. Dumézil (1974, p. 263-266) compare des dieux jumeaux de l'Inde, les Natsaya ou les Asvin, garants de prospérité. Romulus et Rémus sont les créations d'une mythologie commune «historicisée» à Rome, et transposée en épopée dans le Mahabharata (Dumézil, 1995, p. 104-116).

dormir sous son ombre pendant le jour, ou plutôt pour évoquer l'allaitement des nouveau-nés, car l'ancien nom de la mamelle était *ruma*, et l'on appelle Rumina[8] une divinité qui préside, pense-t-on, à la nourriture des nourrissons : quand on lui offre des sacrifices, on n'emploie pas de vin ; on verse des libations de lait sur les victimes. 2. C'est là, d'après les récits, que les bébés furent déposés et que la louve vint les allaiter, tandis qu'un pivert l'aidait à les nourrir et à veiller sur eux. Ces animaux passent pour être consacrés à Mars, et les Latins honorent et vénèrent particulièrement le pivert[9] : ce fut donc une raison, et non des moindres, pour ajouter foi aux propos de la mère, quand elle déclarait que Mars était le père des enfants. 3. Mais cette conviction lui avait, dit-on, été inspirée par une tromperie ; celui qui lui avait pris sa virginité était Amulius : il avait surgi devant elle, en armes, et l'avait violée. Selon certains, le nom de la nourrice aurait, en raison d'un double sens, permis à l'histoire de se changer en fable. 4. Car pour les Latins, le mot louve désignait à la fois les femelles des loups et les prostituées : or telle était la condition de la femme de Faustulus, le père nourricier des enfants. Elle se nommait Acca Larentia. 5. Les Romains lui font des sacrifices et, au mois d'avril, le prêtre de Mars lui apporte des libations : la fête est nommée Larentia[10].

V. 1. Ils honorent encore une autre Larentia[11], pour la raison suivante. Le gardien du temple d'Hercule qui s'ennuyait, apparemment, de n'avoir rien à faire, proposa au dieu une partie de dés aux conditions suivantes : s'il gagnait, le dieu lui accorderait une faveur, mais s'il perdait, il offrirait à Hercule un festin abondant et une belle femme pour coucher avec lui. 2. Ces conditions posées, il jeta les dés, pour le dieu d'abord, et ensuite pour lui : ce fut lui qui perdit. Alors, désireux de tenir sa parole et soucieux de respecter ses engagements, il prépara un repas pour le dieu et loua les services de Larentia, qui était alors dans tout l'éclat de sa jeunesse, mais n'était pas encore célèbre. Il dressa un lit et servit le festin dans le temple, puis après le repas, il y enferma Larentia pour que le dieu pût la posséder. 3. Or le dieu, dit-on, s'unit à cette femme et lui ordonna d'aller dès l'aube sur le forum, de saluer affectueusement le premier homme qu'elle rencontrerait et d'en faire son ami. Le premier citoyen qu'elle rencontra fut un homme avancé en âge et pourvu d'une for-

---

8. Sur Ruminus/Rumina, voir Augustin, Cité de Dieu, VII 11-12, qui donne à ce nom, comme Plutarque, le sens de « celle qui allaite les animaux ». Mieux vaut y retrouver le nom étrusque de Rome, Rumakh.

9. Le pic est en Italie centrale (chez les Picentes, ou encore à Iguvium en Ombrie) l'emblème de Mars ; selon Denys d'Halicarnasse (I, 14, 5), il existait au sanctuaire oraculaire de Tiora Matiene un picus Martius.

10. Cérémonie funéraire au tombeau du Vélabre (V, 4), célébrée en avril selon Plutarque, le 23 décembre d'après les autres sources. L'officiant était-il vraiment le flamine de Mars, ou celui de Quirinus (Aulu-Gelle, Nuits attiques, VII 7, 7) ? Ou les pontifes, éventuellement avec d'autres prêtres ?

11. Sur cette légende d'Acca Larentia (la « seconde »), voir Question romaine 35. Les deux personnages ne sont sans doute que des variantes d'un même « rôle » mythique (Dumézil, 1974, p. 279 : troisième fonction, tantôt sous son aspect nourricier, tantôt voluptueuse et source de richesse).

tune considérable : il était sans enfants, avait passé toute sa vie dans le célibat, et se nommait Tarrutius. Il coucha avec Larentia, se prit d'affection pour elle et, à sa mort, lui laissa en héritage beaucoup de richesses magnifiques, dont elle donna, par testament, la plus grande partie au peuple. 4. Elle était déjà célèbre, dit-on, et considérée comme l'amie d'un dieu, lorsqu'elle disparut, près de l'endroit où était enterrée la première Larentia. Le lieu porte à présent le nom de Vélabre, parce qu'en raison de ses crues fréquentes, on passait le fleuve en bac à cet endroit pour se rendre au forum ; or le mot latin pour désigner ce type de traversée est *velatura*. 5. Mais selon certains, lorsque les Romains donnaient des jeux, ils déployaient des voiles sur la voie qui mène du forum au Cirque, en commençant à cet endroit : or en latin, voile se dit *velum*. Telle est l'origine des honneurs que les Romains rendent à la seconde Larentia.

VI. 1. Faustulus, porcher d'Amulius, prit les bébés chez lui à l'insu de tout le monde. Pourtant, selon quelques auteurs plus soucieux de vraisemblance, Numitor connaissait la situation, et procurait en secret de la nourriture aux parents nourriciers. 2. Les enfants furent, dit-on, conduits à Gabies où ils apprirent les lettres et tout ce que doivent savoir les gens de bonne naissance[12]. On raconte que leurs noms de Romulus et Rémus viennent du mot mamelle *[ruma]* parce qu'on les avait vus téter la louve. 3. Même dans leur petite enfance, la noble apparence de leur corps révélait aussitôt leur nature, tant ils étaient grands et beaux. Avec les années, ils devinrent l'un et l'autre courageux et hardis : si quelque danger se présentait, ils faisaient preuve d'une détermination et d'une audace à toute épreuve. Romulus, cependant, paraissait réfléchir davantage et posséder une intelligence politique : dans ses rapports avec les voisins pour des questions de pâturage ou de chasse, il montrait bien qu'il était naturellement fait pour commander plus que pour obéir[13]. 4. Aussi étaient-ils aimés de leurs égaux comme de leurs inférieurs ; mais à l'égard des intendants, des surveillants royaux et des chefs de troupeaux, jugeant qu'ils ne les surpassaient nullement en mérite, ils n'éprouvaient que mépris, ne se souciant ni de leurs menaces ni de leurs colères. 5. Leur mode de vie et leurs activités étaient ceux d'hommes libres et, à leur idée, ce qui convenait à un homme libre, ce n'était pas de rester oisif ou de se reposer ; il fallait exercer son corps, chasser, courir, repousser les brigands, capturer les voleurs et défendre les opprimés contre la violence. Ces activités leur avaient valu un grand renom dans la région.

---

12. Derrière l'affabulation, Plutarque décrit une éducation «parfaite» : après la phase quasi initiatique de la vie pastorale et sauvage vient le moment éducatif «dans la cité». Pour des parallèles grecs, voir Vidal-Naquet (1981), p. 151-207.

13. Pour les biographes anciens, le jeune âge préfigure la personnalité et le destin de l'adulte. Romulus est ici plus «royal» que son frère ; en VIII, 2, il apparaîtra plus religieux (Tite-Live en fait, lui, un meilleur guerrier : I, 5, 3). Son personnage est ancré dans la «première fonction» ou dans la seconde ; les Sabins fourniront la troisième.

VII. 1. Les bouviers de Numitor s'étant querellés avec ceux d'Amulius, et leur ayant enlevé des bêtes, les deux frères, indignés, les rouèrent de coups, les mirent en fuite et confisquèrent une bonne partie de leur butin. Numitor se mit en colère, mais ils n'en tinrent pas compte. Ils rassemblèrent et s'adjoignirent beaucoup de pauvres, beaucoup d'esclaves, en qui ils firent naître un début de révolte audacieuse et de fierté. 2. Mais, pendant que Romulus était retenu au loin par un sacrifice (il aimait les cérémonies religieuses et pratiquait la divination), les bergers de Numitor rencontrèrent Rémus qui cheminait avec quelques compagnons, et l'attaquèrent. Des coups et des blessures furent infligés, de part et d'autre, mais l'avantage resta aux gens de Numitor; ils s'emparèrent de Rémus, 3. le conduisirent à Numitor et portèrent plainte contre lui. Numitor ne le châtia pas, car il craignait la colère d'Amulius, mais il alla trouver ce dernier et réclama justice, se plaignant d'avoir été, lui, son frère, offensé par les serviteurs du roi. 4. Comme les Albains partageaient son indignation, considérant que Numitor était traité d'une manière indigne de son rang, Amulius céda; il livra Rémus à son frère pour qu'il en disposât à son gré. 5. Numitor emmena donc le jeune homme. Une fois chez lui, il fut surpris de voir qu'il surpassait physiquement tout le monde en taille et en force; il lut sur son visage la hardiesse de son âme et un courage qui ne se laissait pas dominer ou troubler par la situation; il apprit que ses actes et sa conduite étaient conformes à ce qu'il voyait. Et surtout, semble-t-il, un dieu était là, présent[14], et jetait les fondements de grandes réalisations. Guidé par une intuition et par la Fortune, Numitor pressentit la vérité. Il lui demanda qui il était, quelle était son origine: sa voix douce et son regard bienveillant inspirèrent au jeune homme de la confiance et de l'espoir. 6. Rémus dit hardiment: «Je ne te cacherai rien; d'ailleurs plus qu'Amulius, tu as l'air d'un roi. Toi, tu écoutes et tu interroges avant de punir: lui, il livre les accusés sans jugement. Jusqu'à présent, nous avions cru (j'ai un frère jumeau) être les fils de Faustulus et de Larentia, serviteurs du roi. Mais depuis qu'on nous a accusés devant toi, calomniés et forcés à lutter pour sauver notre vie, nous entendons des récits grandioses à notre sujet: sont-ils dignes de foi? le danger présent permettra, semble-t-il, d'en juger. 7. On dit que notre naissance fut secrète et que, dans notre petite enfance, nous avons été nourris et allaités de façon plus étrange encore. Les oiseaux et les bêtes sauvages auxquels on nous avait jetés nous ont nourris; une louve nous a allaités, et un pivert nous a donné la becquée, alors que nous étions dans un baquet, au bord du grand fleuve. 8. Ce baquet existe encore; il a été conservé; sur son armature de bronze sont gravés des caractères à demi effacés qui, dans l'avenir, seront peut-être pour nos parents des signes de reconnaissance inutiles, si nous sommes mis à mort[15].» 9. À ces mots, rapprochant la date de l'exposition et l'âge que paraissait avoir Rémus, Numitor ne rejeta pas l'espérance qui le flattait; il chercha un moyen de rencontrer sa fille en secret et de lui apprendre tout cela, car elle était toujours étroitement gardée.

---

14. Annonce de la protection accordée à Rémus par Jupiter.
15. La corbeille ou berceau comme signe de reconnaissance: ce thème folklorique et pittoresque, mis en valeur par Plutarque, est absent chez Tite-Live, de même que le discours prêté à Rémus et toute la suite de l'épisode.

VIII. 1. Cependant Faustulus, informé que Rémus avait été fait prisonnier et livré à Numitor, pressa Romulus de lui porter secours, et lui dévoila alors clairement le secret de sa naissance. Auparavant il n'avait parlé que de manière énigmatique : ses révélations s'étaient bornées à ce qui suffisait pour leur inspirer des sentiments élevés. Quant à lui, prenant le baquet, plein de hâte et d'effroi, en raison de la situation, il alla trouver Numitor. 2. Il parut suspect aux gardes du roi qui stationnaient aux portes ; sous leurs regards méfiants, troublé par leurs questions, il ne parvint pas à leur cacher le baquet qu'il dissimulait sous son manteau. Or parmi les gardes, se trouvait précisément un de ceux qui avaient emporté les enfants pour les abandonner et qui avaient assisté à leur exposition. 3. En voyant alors le baquet, il le reconnut à sa forme et aux caractères qui y étaient gravés, et soupçonna la vérité. Sans délai, il expliqua l'affaire au roi, et lui amena Faustulus pour un interrogatoire.
4. Soumis à de nombreux et grands supplices[16], celui-ci ne put garder tout son sang-froid, mais il ne se laissa pas non plus complètement troubler : il avoua que les enfants vivaient, mais prétendit qu'ils étaient loin d'Albe, à garder des troupeaux ; quant à lui, il portait ce baquet à Ilia[17], qui avait souvent désiré le voir et le toucher, pour affermir ses espérances concernant ses enfants. 5. Amulius se trouva alors dans l'état d'esprit des gens violemment émus, qui font n'importe quoi sous l'empire de la crainte ou de la colère[18] : il envoya en hâte un homme, qui était honnête à tous points de vue et ami de Numitor, demander à ce dernier s'il avait entendu dire que les enfants avaient survécu. 6. À son arrivée, l'homme trouva Rémus que Numitor s'apprêtait à serrer dans ses bras et sur son cœur. Il confirma leurs espérances, et les engagea à passer à l'action au plus vite ; il se joignit aussitôt à eux et seconda leurs efforts. 7. Les circonstances, d'ailleurs, ne souffraient aucun délai, même s'ils l'avaient voulu. Romulus approchait déjà, et les citoyens couraient en foule le rejoindre, poussés par la crainte et la haine que leur inspirait Amulius. Romulus était suivi d'une troupe considérable, divisée en compagnies de cent hommes, chacune conduite par un chef qui brandissait au bout d'une pique une brassée de foin et de petit bois. Une brassée se dit « manipule » en latin ; et c'est pourquoi, de nos jours encore, on appelle manipulaires les soldats qui appartiennent à ces compagnies[19]. 8. Pendant que Rémus soulevait les citoyens qui étaient dans la ville, Romulus marchait sur elle de l'extérieur. Le tyran ne fit rien, ne prit aucune mesure pour assurer son salut : il ne voyait pas d'issue, il était bouleversé. Il fut capturé et mis à mort. 9. La plupart de ces faits ont été rapportés par Fabius

---

16. La pratique de la torture sur un esclave appelé à dénoncer son maître est conforme à la jurisprudence grecque et romaine classique. Le corps de l'esclave sert de « garantie de sa parole ».
17. Ilia, c'est-à-dire Rhéa, ou Silvia, ou Rhéa Silvia, mère des jumeaux.
18. En cédant à l'émotion incontrôlée, Amulius se montre indigne de la fonction royale. Un peu plus tard (§ 8), le tyran sera totalement paralysé par la panique, ce qui annonce et justifie sa fin, préalable au « rétablissement de l'ordre » (IX, 1).
19. Anachronisme : à Rome, l'organisation militaire en manipules est postérieure à la formation de la phalange. À l'époque historique, le manipule comprend deux centuries de 60 à 80 hommes ; 30 manipules forment une légion.

et par Dioclès de Péparéthos, lequel fut le premier, semble-t-il, à publier l'histoire de la fondation de Rome. Leur aspect dramatique et fabuleux est suspect à certains. Cependant, nous ne devons pas être incrédules : observons les grandes œuvres dont la Fortune est l'auteur, et pensons à l'Empire de Rome, qui ne serait jamais parvenu à sa puissance actuelle, si son origine, au lieu d'être divine, avait été dépourvue de toute grandeur et de tout merveilleux[20].

IX. 1. Après la mort d'Amulius et le rétablissement de l'ordre, Romulus et Rémus ne voulurent ni habiter Albe sans y gouverner, ni y gouverner du vivant de leur grand-père maternel. Après lui avoir rendu le pouvoir et rétabli leur mère dans les honneurs qui lui étaient dus, ils décidèrent d'habiter à l'écart, et de fonder une cité à l'endroit où ils avaient été nourris au commencement[21]. Tel est du moins le plus honorable de leurs motifs. 2. Mais peut-être cette décision relevait-elle de la nécessité, car une foule d'esclaves et de hors-la-loi s'était rassemblée autour d'eux, et il leur fallait soit perdre toute puissance, si ces soldats se dispersaient, soit aller habiter à part avec eux. Car les habitants d'Albe refusaient de voir des hors-la-loi se mêler à eux et être admis au nombre des citoyens[22]. La première preuve en est l'enlèvement des Sabines, qui ne fut pas un coup d'audace inspiré par la brutalité, mais une action nécessaire, imposée par l'absence de mariages volontaires : après avoir enlevé ces femmes, les Romains les traitèrent avec les plus grands égards. 3. Ensuite, dès que les premières fondations de Rome furent posées, ils ouvrirent aux fugitifs un refuge sacré qu'on appela temple du dieu Asile[23]. Ils y accueillaient tout le monde et ne livraient ni l'esclave au maître, ni le pauvre au créancier, ni le meurtrier aux magistrats : ils s'appuyaient, disaient-ils, sur un oracle de la Pythie pour garantir à tous le droit d'asile. Aussi la cité grossit-elle rapidement, alors que les premiers foyers, dit-on, n'étaient pas plus de mille. Mais j'en parlerai plus tard.
4. Comme Romulus et Rémus s'apprêtaient à fonder une cité commune, une dispute s'éleva soudain entre eux au sujet de son emplacement. Romulus avait fondé ce qu'on appelle la Rome *quadrata*, c'est-à-dire carrée, et il voulait faire de ce lieu la cité. Rémus avait choisi une position solide sur l'Aventin, qu'on nomma Rémorium en son hon-

---

20. Même raisonnement chez Tite-Live, Préface, 7 : « La gloire militaire de Rome est assez grande pour que, quand elle attribue sa naissance et celle de son fondateur au dieu Mars de préférence à tout autre, le genre humain accepte cette prétention sans difficulté, tout comme il accepte son autorité. » Le thème de la Fortune est cher à Plutarque, témoin son œuvre de jeunesse, Sur la Fortune des Romains.
21. Sur Rome comme fondation « secondaire », décalée, au terme d'une lignée qui conduit d'abord de Troie et du monde grec des cités à Albe, et enfin à Rome, voir Brague (1992).
22. Marginaux, hors-la-loi : Plutarque accentue d'emblée ce caractère, contrairement à Denys (I, 85-88 : nobles albains d'origine troyenne) et à Tite-Live (I, 6, 3 : « surabondance de population à Albe et dans le Latium. à cela s'ajoutaient les bergers... » ; toutefois, dans le même sens que Plutarque, en I, 8, 4-6).
23. Seul Plutarque – sous la caution de Delphes – mentionne le « dieu Asile » ou « Asyle », du grec asylon, « inviolable ». Fruit d'une confusion dans une source latine ? Tite-Live n'attribue à Romulus que le « lieu d'asile » sur le Capitole. À l'origine, dans le monde grec, tout sanctuaire pouvait servir d'asile à celui qui, venu s'asseoir à l'autel, trouvait par ce contact la protection divine.

neur, et qui porte aujourd'hui le nom de Rignarium[24]. 5. Ils convinrent d'arbitrer cette querelle en se rapportant aux signes fournis par les oiseaux, et s'installèrent chacun de leur côté. Six vautours, dit-on, apparurent à Rémus ; Romulus en vit le double. Selon certains, Rémus vit véritablement les siens, mais Romulus mentit : ce ne fut qu'après l'arrivée de Rémus que les douze vautours se montrèrent à Romulus[25]. Voilà pourquoi, de nos jours encore, les Romains consultent principalement les vautours quand ils prennent les augures. 6. D'après Hérodoros du Pont, Héraclès lui aussi se réjouissait s'il voyait un vautour avant une de ses entreprises. Car le vautour est, de tous les animaux, le moins nuisible : il ne s'en prend ni aux semailles, ni aux plantations, ni aux bêtes d'élevage ; il se nourrit de cadavres ; il ne tue ni ne blesse aucun être vivant et, par respect pour ses congénères, il ne touche pas aux oiseaux, même morts. Les aigles, les chouettes et les éperviers, au contraire, attaquent les oiseaux de leur propre espèce, alors qu'ils sont encore vivants, et les tuent. Or, comme dit Eschyle :

L'oiseau mangeur d'oiseau, comment serait-il pur[26] ?

7. De plus, les autres oiseaux évoluent sous nos yeux, pour ainsi dire, et se laissent voir tout le temps. Mais le vautour apparaît rarement, et nous savons qu'on ne trouve pas facilement ses petits. Certains ont même imaginé que les vautours viendraient d'ailleurs, de quelque terre étrangère : cette supposition absurde leur a été inspirée par le fait que ces oiseaux sont rares et apparaissent à intervalles irréguliers, pareils à ces phénomènes qui, n'étant ni naturels ni spontanés, sont, d'après les devins, des manifestations envoyées par les dieux.

X. 1. Apprenant qu'il avait été trompé, Rémus fut très irrité et, pendant que Romulus creusait le fossé qui devait entourer le rempart, il riait de l'ouvrage, ou en gênait l'exécution. 2. Pour finir, il le franchit d'un bond. Alors, frappé, selon certains, par Romulus, ou, suivant d'autres, par Céler, un de ses compagnons, il tomba mort à cet endroit. Faustulus périt aussi dans cette rixe, ainsi que son frère Plistinus qui l'avait, dit-on, aidé à élever Romulus et Rémus[27]. 3. Céler partit en Étrurie : c'est

---

24. *Choix du lieu : chez Tite-Live (I, 6, 4) le moteur de la querelle est l'éternelle «soif de régner».* Roma quadrata *désigne chez Ennius (début du IIe siècle avant J.-C.) la cité primitive. Des découvertes archéologiques récentes confirmeraient l'idée d'un site fortifié sur le Palatin à cette époque. Pour le Rémorium comme tombeau de Rémus, voir* infra, *XI, 1 (rocher de l'Aventin surplombant le temple de* Bona Dea Subsaxana*). Denys le situe à l'extérieur de Rome (I, 85, 5-86, 2). Sur Rémus et son mythe, voir Wiseman (1995).*
25. *Récit analogue de Tite-Live (I, 7, 1-2), qui ignore le mensonge de Romulus. Plutarque (voir* Numa*) trouve admissibles, de la part de certains fondateurs, des formes de duplicité «pour la bonne cause».*
26. *Voir* Question romaine *93. L'ordre suivi ici est l'inverse de celui d'une* Question romaine *: il commence par l'interprétation retenue et s'achève sur une hypothèse aberrante. Le vers d'Eschyle est le vers 226 des* Suppliantes. *Pour Plutarque, seuls les signes conformes à la nature et transmis par des êtres purs (c'est-à-dire, au sens pythagoricien, qui respectent les êtres vivants) révèlent la volonté des dieux.*
27. *Tite-Live prête à Romulus ce commentaire, qui sacralise l'enceinte de Rome : «Ainsi [périsse] à l'avenir quiconque franchira mes murailles» (I, 7, 2). Denys (I, 87) fait l'apologie de Romulus : il n'a pas tué Rémus, et il a rendu un hommage funéraire appuyé à son frère.*

à cause de lui que les Romains appellent *celeres* les gens rapides et vifs. Quintus Métellus qui, à la mort de son père, organisa un combat de gladiateurs en quelques jours seulement, reçut ainsi ce surnom de Céler, à cause de l'étonnement suscité par la rapidité des préparatifs[28].

XI. 1. Romulus, après avoir enterré Rémus avec ses pères nourriciers dans la Rémoria, entreprit de bâtir la cité[29]. Il avait fait venir d'Étrurie des hommes qui réglèrent chaque détail, en s'appuyant sur des rites et des écrits sacrés et l'instruisirent comme lors d'une initiation aux Mystères. 2. Une fosse circulaire fut creusée près de l'actuel Comitium. On y déposa les prémices de tout ce dont l'usage était approuvé par la loi ou exigé par la nature. À la fin, chacun apporta une poignée de terre du pays dont il était originaire et la jeta dans la fosse : on mêla le tout. Les Romains donnent à cette fosse le nom qu'ils donnent aussi à la voûte céleste : *mundus*[30]. Puis, prenant ce point comme le centre d'un cercle, on traça tout autour l'enceinte de la cité. 3. Le fondateur met un soc d'airain à une charrue ; il y attelle un taureau et une vache, qu'il fait avancer lui-même, en creusant un sillon circulaire profond sur cette limite. Des hommes le suivent, chargés de rejeter à l'intérieur de l'enceinte les mottes de terre que la charrue soulève, et de n'en laisser aucune tomber à l'extérieur. 4. C'est ce tracé qui fixe la limite du rempart. Les Romains l'appellent, par syncope, *pomoerium*, ce qui signifie derrière ou après la muraille *[post murum]*. À l'endroit où ils veulent mettre une porte, ils retirent le soc et soulèvent la charrue, ce qui interrompt le tracé. 5. Voilà pourquoi ils considèrent que toute la muraille est sacrée[31], sauf les portes. S'ils considéraient que les portes sont sacrées, ils ne pourraient, sans craindre la colère des dieux, faire entrer ou sortir certaines choses nécessaires, et pourtant impures[32].

---

28. L'explication ne coïncide pas avec infra, XXVI, 2, où il est question de la garde du corps de Romulus. Les celeres *étaient commémorés comme une forme de cavalerie très ancienne. Sur Quintus Metellus Celer, voir* Coriolan, *XI, 4.*
*29. Retour à l'entreprise de fondation, après la «parenthèse Rémus». Plutarque est le seul, avec Varron (*De la langue latine, *V, 143), qui prête pour l'occasion à Romulus des conseillers étrusques, anticipant sur le rôle des Tarquins. La spécialisation des prêtres toscans en matière de rites de fondation est une donnée permanente de la tradition romaine, revivifiée sous l'Empire – ainsi lors de la reconstruction du Capitole, en 70 après J.-C. (Tacite,* Histoires, *IV, 53-54).*
30. Le mundus *romain fait encore l'objet de débats sans fin. Plutarque et Ovide (*Fastes, *IV, 821-824) se distinguent par la place qu'ils accordent au* mundus *dans le contexte de la fondation. La réunion de plusieurs bourgades (synœcisme) est symbolisée par le dépôt de terre de diverses origines : abandon des racines, mais aussi apport personnel à la nouvelle patrie commune. Quant aux «prémices de tout…», elles ne sont peut-être pas exclusivement végétales : des «métaux vierges» ont pu en faire partie (voir Tacite, et Pailler, 1998b).*
31. La sacralisation du pomoerium restera un trait permanent de la physionomie de l'Urbs, «immense aire sacrificielle unitaire et permanente…» (Dumézil, 1974, p. 569).
32. Ces «choses impures» sont essentiellement des cadavres : Question romaine *27. On retrouve la même préoccupation de pureté, typiquement plutarquienne, en XII, 1 et IX, 6.*

XII. 1. Cette fondation fut réalisée le onzième jour avant les calendes de mai, tous s'accordent sur ce point. Les Romains fêtent ce jour qu'ils appellent l'anniversaire de leur patrie. À l'origine, ils n'y sacrifiaient, dit-on, aucun être vivant : à leur avis, il fallait garder pure, sans effusion de sang, la fête qui commémore la naissance de leur patrie. 2. Cependant, même avant la fondation, ils célébraient, ce jour-là, une fête pastorale qu'ils appelaient Parilia[33]. Aujourd'hui, le début des mois romains ne coïncide pas du tout avec celui des mois grecs : mais le jour où Romulus fonda la cité correspondait exactement, dit-on, avec le trente du mois des Grecs. Or ce jour-là, une conjonction de la lune et du soleil provoqua une éclipse qui, pense-t-on, fut même connue d'Antimachos, le poète épique de Téos : elle se produisit la troisième année de la sixième olympiade[34]. 3. Au temps du philosophe Varron, le plus érudit des historiens romains, vivait un certain Tarutius, son ami, qui était par ailleurs philosophe et mathématicien, mais s'occupait également, par curiosité intellectuelle, de dresser des tables d'astrologie, et avait la réputation d'y exceller. 4. Varron lui proposa de déterminer le jour et l'heure de la naissance de Romulus, à partir de ce qu'on appelle les influences astrales, en procédant, pour ce héros, par déduction, comme lorsqu'on résout un problème de géométrie : d'après lui, la même science qui permet de prédire la vie d'un homme en se fondant sur le moment de sa naissance doit aussi, une vie étant connue, permettre de découvrir le moment de la naissance. 5. Tarutius fit ce que Varron demandait. Il observa ce qui était arrivé à Romulus et ce qu'il avait accompli, rapprocha la durée de sa vie, le genre de sa mort, et tous les éléments de cette nature, puis déclara hardiment, avec une belle assurance, que Romulus avait été conçu la première année de la deuxième olympiade, le vingt-troisième jour du mois égyptien Choïac, à la troisième heure, pendant une éclipse totale de soleil ; il était venu au monde le vingt et unième jour du mois Thoüth, au lever du soleil ; 6. il avait fondé Rome le neuvième jour du mois Pharmouthi, entre la deuxième et la troisième heure. En effet, pour les astrologues, la Fortune d'une cité, comme celle d'un particulier, est régie par un moment déterminant que l'on connaît à partir de la position des astres à l'instant précis de la naissance. Peut-être ces détails et d'autres du même genre séduiront-ils les lecteurs par leur étrangeté et leur singularité plus qu'ils ne les rebuteront par leur caractère légendaire[35].

---

33. La fête de Palès (voir Dumézil, 1974, p. 387-389 ; 1970, p. 273-287), appelée Palilia *ou* Parilia, *est une fête de bergers célébrée le 21 avril. Le rapport avec la fondation de Rome est incertain : un rappel du statut primitif des jumeaux ? un rapprochement verbal Palès-Palatin ?*
34. Le décalage des débuts de mois est dû à l'éloignement progressif, dans chaque système de calendrier, par rapport à une correspondance initiale avec la nouvelle lune. Antimachos de Téos ne nous est guère autrement connu. En 754-753, aucune éclipse de soleil n'était visible dans la zone méditerranéenne. La plus proche avait eu lieu en 778 : est-ce l'événement rapporté par Antimachos ?
35. Varron (voir Dictionnaire) est une des sources importantes des Vies romaines. *Lucius Tarutius Firmanus, mentionné par Cicéron comme un* familiaris *(De la divination, II, 47, 98), est* mathematicos, *aussi bien astrologue qu'astronome. À la manière des Chaldéens, il calcule et la date de la conception et celle de la naissance : ce sont respectivement le 24 juin 772 et le 24 mars 771 (solstice d'été et équinoxe de printemps au temps de Tarutius). La ville aurait été fondée le 4 octobre 754.*

XIII. 1. Après avoir fondé la cité, Romulus commença par répartir en contingents militaires l'ensemble des hommes en âge de combattre: chaque corps comptait trois mille fantassins et trois cents cavaliers. On donna à cette formation le nom de légion, parce qu'elle était composée de soldats d'élite, choisis *[logades]* entre tous[36]. 2. Ensuite, du reste des citoyens, il fit le peuple et cette foule fut appelée *populus*. Il prit les cent meilleurs pour en former un conseil: il les appela patriciens, et leur assemblée Sénat[37]. 3. Le mot sénat signifie exactement conseil des vieillards; ses membres furent appelés patriciens, ce que certains expliquent par le fait qu'ils étaient pères *[patres]* d'enfants légitimes, d'autres, plutôt parce qu'ils pouvaient désigner leurs pères, ce qui n'était possible qu'à un petit nombre des premiers immigrants qui avaient afflué dans la cité. Selon d'autres, ce mot vient du patronage, 4. terme par lequel les Romains désignaient, et désignent encore, la fonction de protecteur; ils pensent qu'un des compagnons d'Évandre, un certain Patron qui assistait et secourait les petites gens, laissa son nom à cette attitude. 5. Toutefois, l'hypothèse la plus vraisemblable, c'est que Romulus les nomma ainsi parce qu'à son idée, les premiers et les plus puissants des citoyens devaient avoir, pour les humbles, des attentions et un soin paternels; dans le même temps, il apprenait aux autres à ne pas craindre les grands, à ne pas se fâcher des honneurs qu'ils recevaient, à éprouver de l'affection pour eux, en les considérant comme des pères et en les saluant comme tels. 6. De nos jours encore, les étrangers donnent le nom de chefs aux membres du Sénat, tandis que les Romains les appellent Pères Conscrits, titre qui marque le plus de considération et d'honneur, tout en suscitant moins de jalousie. Au commencement, on les appela seulement pères, mais ensuite, quand leur nombre s'accrut, on les nomma Pères Conscrits. 7. Tel était le nom qui, aux yeux de Romulus, avait le plus de majesté pour marquer la différence entre le peuple et les membres du conseil. Il employa encore d'autres moyens pour séparer les grands de la foule; il appela les uns patrons, c'est-à-dire protecteurs, et les autres clients, c'est-à-dire proches; et du même coup, il fit naître entre eux une bienveillance étonnante, qui allait entraîner d'importantes obligations légales. 8. Les patrons expliquaient les lois à leurs clients, les représentaient devant les tribunaux, les conseillaient et les assistaient dans toutes leurs affaires. Les clients, eux, servaient leurs patrons, les entouraient d'honneurs et aidaient même ceux qui étaient pauvres à doter leurs filles et à payer leurs dettes; aucune loi, aucun magis-

---

L'indication des mois égyptiens correspond à l'emploi de livres égyptiens par les astronomes grecs. Le biographe refuse de telles spéculations, rapportées, suggère-t-il, pour le divertissement plus que pour l'instruction du lecteur.

36. *Romulus premier organisateur de la société romaine*: Tite-Live se contente de lui attribuer la création du sénat. La référence au grec logades *n'a pas lieu d'être, mais* legio, «*légion*», *est bien formé sur* legere, «*choisir*».

37. *Institution du* Senatus PopulusQue Romanus. Senatus *est formé sur* senex, «*vieillard*», «*ancien*», *comme en grec* gérousia *sur* géron, «*âgé*». *À en croire* Numa, *II, 9, le Sénat primitif se compose de 150 membres. Du problème très complexe du patriciat et de la plèbe à la haute époque, ne retenons ici que le caractère très ancien et aristocratique de l'appellation* patres, «*chefs des grandes familles*».

trat ne pouvait contraindre un patron à témoigner contre un client, ou un client contre un patron. 9. Par la suite, ces droits ont été maintenus dans leur plus grande partie, mais on a considéré comme une honte et une bassesse que les grands reçoivent de l'argent des humbles. Mais en voilà assez sur ces questions[38].

XIV. 1. Le quatrième mois après la fondation, selon le récit de Fabius[39], eut lieu l'audacieux enlèvement des Sabines. Certains disent que Romulus déclencha les hostilités contre les Sabins parce qu'il avait lui-même un penchant naturel pour la guerre, et que, sur la foi de certains oracles, il pensait que le destin de Rome était d'être nourrie dans les guerres, de grandir et de devenir très puissante par elles. Aussi n'aurait-il enlevé qu'un petit nombre de jeunes filles, trente seulement, car ce qu'il voulait, c'était moins des mariages que la guerre. 2. Mais cette interprétation n'est pas vraisemblable. En fait, il voyait la cité se remplir rapidement d'immigrants, dont peu avaient des femmes, et qui formaient, pour la plupart, un mélange de pauvres et de gens obscurs, méprisés et dont on ne pensait pas qu'ils resteraient durablement ensemble : il espéra donc que ce coup de force amènerait en quelque sorte un commencement de fusion et de communauté avec les Sabins quand ils auraient apprivoisé ces femmes. Voici comment il s'y prit. 3. Il fit d'abord répandre le bruit qu'il avait trouvé, enfoui sous la terre, l'autel d'un dieu, dont le nom était Consus[40] : il s'agissait peut-être d'un dieu du conseil (aujourd'hui encore, les Romains nomment leur assemblée *consilium*, et leurs premiers magistrats, consuls,

---

38. Cette digression sur patrons et clients constitue une parenthèse fermée par la formule finale. Plutarque revient ailleurs, par exemple dans Marius, sur ce système social original aux yeux d'un Grec, qu'il peut encore observer à son époque.

39. La trame du récit suit celle proposée par l'annaliste Fabius Pictor (voir Dictionnaire). En préalable à l'épisode du rapt des Sabines, lui-même annonciateur du synœcisme (voir Thésée, II, 2) Latins-Sabins, Plutarque s'interroge sur les mobiles de Romulus. Bellicisme à longue portée, ou préoccupation immédiate d'harmonie sociale ? L'auteur, en disculpant les Romains (XIV, 7), penche clairement vers la seconde solution. Au-delà de l'anecdote légendaire, ce choix souligne délibérément les vertus intégratrices (voir infra, XVI, 3) plutôt que les aspects agressifs et dominateurs de l'attitude romaine. Tite-Live s'en tient à signaler la «pénurie de femmes» interdisant à Rome de se perpétuer (I, 9, 1)...

40. Les explications touchant Consus précèdent d'autres étiologies (voir Dictionnaire, «Questions romaines, Questions grecques») – rites du mariage, triomphe romain – greffées sur l'épisode des Sabines. Tite-Live parle (I, 9, 6) de «jeux solennels en l'honneur de Neptune Équestre», que Romulus «nomme Consualia». Assimilation sans doute tardive, fondée sur l'existence de courses de chevaux lors des fêtes de Consus. Celui-ci est en fait le dieu des grains mis en réserve (condere, «enfouir, rentrer» les moissons), dieu associé à Ops, déesse de l'Abondance. Lors des Consualia du 21 août, le flamine de Quirinus et les Vestales sacrifient à l'autel souterrain du Cirque Maxime. Les rapprochements littéraires Consus-Poséidon, de même que le calembour Consus-deus consilii, «dieu du conseil», sont sans valeur. Sur la naissance de la cité par association secondaire de la «troisième fonction», et comparaison de l'épisode sabin avec des conflits épiques ou mythiques d'autres traditions indo-européennes, voir Dumézil (1974), p. 168-169 ; (1970), p. 289-304 ; (1968), p. 318-331. Voir aussi Poucet (1967).

c'est-à-dire conseillers), ou peut-être de Neptune Équestre, 4. dont l'autel, placé dans le Cirque Maxime, reste toujours caché sauf lors des courses de chevaux, pendant lesquelles on le dévoile. Selon d'autres, étant donné qu'en général on tient conseil dans le secret, sans se faire voir, il est logique que l'autel de ce dieu soit caché sous terre. 5. Après cette découverte, Romulus fit proclamer qu'il offrirait sur cet autel un sacrifice solennel, suivi d'un concours et d'un spectacle ouvert à tous les peuples. Une foule se rassembla. Lui-même s'assit au premier rang, entouré des principaux citoyens; il était vêtu de pourpre. Le signal indiquant le moment de l'attaque était le suivant: Romulus devait se lever, déployer la pourpre, puis s'en envelopper de nouveau. 6. Beaucoup d'hommes armés d'épées gardaient donc les yeux fixés sur lui. Le signal fut donné; ils tirèrent leurs épées et, poussant de grands cris, s'élancèrent sur les filles des Sabins, et les enlevèrent; ils laissèrent les hommes s'enfuir sans essayer de les retenir. 7. Selon certains, ils n'enlevèrent que trente jeunes filles, qui donnèrent leurs noms aux curies: toutefois, d'après Valérius Antias, il y en eut cinq cent vingt-sept, et selon Juba, six cent quatre-vingt-trois. Le plus important, pour la défense de Romulus, fut qu'on n'enleva pas de femme mariée, excepté une seule, Hersilia, et ce fut par erreur. Ce n'était donc ni par violence ni par crime qu'ils s'étaient portés à cet enlèvement, mais parce qu'ils avaient l'intention de mêler et de fondre par les liens les plus étroits les deux peuples en un seul. 8. Quant à Hersilia, elle devint, selon certains, la femme d'Hostilius, un des Romains les plus estimés; pour d'autres, elle épousa Romulus en personne, dont elle eut des enfants: une fille qui fut nommée Prima, parce qu'elle naquit la première, et un unique fils qu'il appela Aollius à cause de la foule compacte *[aollès]* de citoyens convoqués par lui, et qui plus tard reçut le nom d'Avillius. Mais ce récit de Zénodotos de Trézène est contredit par de nombreux historiens[41].

XV. 1. Parmi les ravisseurs des Sabines, il se trouva, dit-on, quelques hommes de condition modeste qui emmenaient une jeune fille particulièrement remarquable par sa beauté et sa taille. 2. Des citoyens d'un plus haut rang les rencontrèrent et voulurent la leur enlever; les ravisseurs crièrent qu'ils la conduisaient à Talasius, un homme encore jeune, mais renommé et généreux. À ce nom, les autres poussèrent des acclamations et applaudirent en les félicitant; certains firent même demi-tour pour accompagner le cortège, en signe d'affection et de gratitude pour Talasius dont ils répétaient le nom à grands cris. 3. Telle serait l'origine de l'invocation «Talasius» que les Romains chantent, maintenant encore, pendant les mariages, comme les Grecs chantent «Hyménée»; car cette épouse fit, dit-on, le bonheur de Talasius. Mais Sextius Sylla de Carthage, écrivain chéri des Grâces et des Muses, m'a dit que Romulus avait choisi ce nom pour mot d'ordre de l'enlèvement; 4. tous ceux qui emmenaient des jeunes filles criaient: «Talasius!» et c'est pourquoi l'usage s'en est conservé dans les mariages. Cependant, pour la plupart des auteurs, et notamment pour Juba, ce mot est une invitation et une exhortation à travailler et

---

41. L'adjectif grec aollès *signifie «réuni en foule». Zénodotos est connu par trois fragments (FGH 821), qui suggèrent une Histoire de Rome, ou de l'Italie.*

à filer la laine *[talasia]*, car à cette époque la langue latine était pleine de mots grecs. Si cette remarque n'est pas inexacte, et si les Romains se servaient alors, comme nous, du mot *talasia*, on pourrait imaginer pour cette coutume une autre origine plus convaincante. 5. Après la guerre, quand les Sabins se furent réconciliés avec les Romains, ils conclurent à propos de ces femmes un traité stipulant qu'elles ne seraient soumises par leurs maris à aucun autre travail que celui de la laine. La tradition se perpétua par la suite dans les noces : ceux qui remettent la mariée, ceux qui l'accompagnent et, de manière générale, tous ceux qui assistent à la cérémonie, crient par plaisanterie : «Talasius», pour rappeler que la femme n'est destinée à aucun autre service que le travail de la laine. 6. Et de nos jours encore, on continue à empêcher la mariée de franchir elle-même le seuil de la chambre ; on la soulève pour le lui faire passer, parce qu'en ce temps-là, les Sabines n'entrèrent pas dans les maisons, mais y furent portées de force. 7. Selon certains, l'usage de séparer les cheveux de la mariée avec la pointe d'un javelot rappelle également que les premiers mariages furent conclus au milieu des combats et par la guerre. Nous en avons parlé plus longuement dans les *Questions romaines*[42]. Cet enlèvement audacieux eut lieu le dix-huit du mois qu'on nommait alors Sextilis et qui est maintenant le mois d'août, jour où l'on célèbre la fête des Consualia[43].

XVI. 1. Les Sabins étaient nombreux, belliqueux, et habitaient des bourgades sans fortifications : c'était, pensaient-ils, un devoir pour eux, colons de Lacédémone, de se montrer fiers et de ne craindre personne[44]. Cependant, quand ils se virent liés par des otages si importants, et qu'ils tremblèrent pour leurs filles, ils envoyèrent des députés et firent des propositions honnêtes et modérées : Romulus devait leur rendre leurs filles et défaire ce qui avait été accompli par la violence ; il établirait ensuite, par la persuasion et les voies légales, l'amitié et l'alliance entre les deux peuples. 2. Mais Romulus refusa de rendre les jeunes filles, et demanda aux Sabins d'accepter l'union avec Rome. Alors que tous passaient beaucoup de temps à discuter et à se préparer, Acron, roi des Céninètes, homme querelleur et terrible au combat, prit l'initiative de la guerre : il avait regardé avec méfiance les premiers coups d'audace de Romulus, et après le traitement infligé aux Sabines, il jugeait que le personnage

---

42. *Le climat est celui d'une* Question romaine *; le développement est assez confus. «Hyménée» traduit le mot grec* talasia *(les Romains écrivent* Thalassius *par faux hellénisme : voir Tite-Live, I, 9, 12) ; la coïncidence ravit des auteurs grecs comme Plutarque ou hellénisants comme Juba – il s'agit du roi de Numidie et de Maurétanie, Juba II, qui, à cinq ans, figura au triomphe de César et qui épousa ensuite la fille de Cléopâtre et de Marc Antoine. Si le mariage par le rapt est un motif épico-mythique répandu, aucun rite historique du mariage romain ne garde trace d'un rapt originel. En fait, le motif veut rapporter globalement au synœcisme primitif, symbolisé par le traité, les coutumes de la vie romaine. Voir Pailler (1998a).*
43. *La source latine de Plutarque est d'époque républicaine, antérieure au changement de nom du mois.*
44. *L'absence de fortifications est, par un lieu commun de la littérature antique (voir déjà Thucydide,* Guerre du Péloponnèse, *I, 10, 2 ; III, 94), l'indice d'un mode de vie sauvage, arriéré, précivique. L'origine spartiate des Sabins est affirmée par plusieurs auteurs (voir aussi* Numa, *I, 5).*

était désormais dangereux pour tout le monde et serait impossible à contenir si on ne le châtiait pas. Il marcha donc contre Romulus, à la tête d'une armée considérable, et Romulus s'avança contre lui. 3. Une fois en vue l'un de l'autre, s'étant mesurés des yeux, ils se provoquèrent en combat singulier[45] pendant que leurs armées restaient immobiles sous les armes. Romulus fit vœu, s'il remportait la victoire et abattait Acron, de rapporter et de consacrer à Jupiter les armes de son ennemi. Il remporta la victoire, abattit Acron, puis, ayant engagé la bataille, il mit en déroute son armée, et s'empara même de sa cité. Cependant, il n'infligea aucune violence aux habitants qu'il fit prisonniers; il leur ordonna seulement de démolir leurs maisons, et de le suivre à Rome, où ils deviendraient citoyens avec les mêmes droits que les autres. Rien n'a davantage favorisé la croissance de Rome que cette manière de faire: elle s'est toujours adjoint et associé les peuples qu'elle avait vaincus.

4. Romulus, pour s'acquitter de son vœu de la manière la plus agréable à Jupiter et la plus plaisante à voir pour ses concitoyens, abattit dans le camp un chêne très grand, le tailla en forme de trophée, y adapta et y suspendit les armes d'Acron, chacune à sa place; lui-même revêtit sa tenue d'apparat et plaça sur sa chevelure une couronne de laurier. 5. Puis il souleva le trophée, l'appuya contre son épaule droite, le dressa à la verticale, et se mit en marche, entonnant un péan de victoire repris par sa troupe qui suivait en armes. Les citoyens l'accueillirent dans la joie et l'admiration. Cette procession fut l'origine et le modèle des triomphes postérieurs. On nomma ce trophée offrande de Jupiter Férétrien, 6. car en latin, frapper se dit *ferire*, et Romulus avait demandé dans sa prière de frapper son ennemi et de l'abattre. Ces dépouilles sont dites opimes: selon Varron, c'est à cause du mot *ops* qui signifie opulence, mais il y aurait plus de vraisemblance à expliquer ce terme par l'idée d'activité. En latin, action se dit *opus*: or c'est au général qui a accompli l'action héroïque de tuer, de sa propre main, le général ennemi qu'est accordé le droit de consacrer les dépouilles opimes[46]. 7. Seuls trois généraux romains l'ont obtenu: d'abord Romulus, qui tua Acron, roi des Céninètes; ensuite Cornélius Cossus, qui mit à mort l'Étrusque Tolumnius; enfin Claudius Marcellus, qui fut vainqueur de Britomartus, roi des Gaulois. Cossus et Marcellus entrèrent alors dans Rome sur un char attelé de quatre chevaux, en portant eux-mêmes leurs trophées. Mais en ce qui concerne Romulus, Denys a tort de dire qu'il triompha sur un char: 8. d'après les historiens, Tarquin, fils de Démarate, fut le premier roi qui éleva le triomphe à ce

---

45. Un des nombreux duels de champions évoqués pour cette période. Romulus y apparaît plus politique et plus religieux que guerrier. Le commentaire de Plutarque fait allusion à ce caractère profondément original de la citoyenneté romaine: son ouverture à l'« étranger ».

46. Plutarque élargit au cadre global du triomphe ce que Tite-Live limite à la pratique – rarissime, dit-il – des dépouilles opimes. Si la description, avec ses aspects archaïsants, est évocatrice, la référence chronologique à Romulus ne tient naturellement pas; elle s'explique par la volonté « étiologique » de rapporter au fondateur bon nombre de gestes inauguraux (XVI, 5). Les autres épisodes cités ont lieu respectivement en 437 (Tite-Live, IV, 19-20) et en 222 (Marcellus, VII, 3). Les étymologies, comme souvent, sont fausses: opimus est bel et bien formé sur ops, « richesse » (du butin), et Feretrius sur fero, « porter », « remporter ».

faste et à cette magnificence, et selon d'autres, Publicola fut le premier à célébrer le triomphe sur un char. D'ailleurs, on peut voir à Rome des statues de Romulus portant le trophée : ce sont toutes des statues pédestres[47].

XVII. 1. Après la prise de Cénina, pendant que les autres Sabins étaient toujours occupés à se préparer, les habitants de Fidène, de Crustumérium et d'Antemna se liguèrent pour attaquer les Romains[48]. Ils livrèrent bataille et, comme les Céninètes, furent vaincus : ils durent laisser Romulus prendre leurs cités, partager leurs terres et les transférer, eux, à Rome. 2. Romulus répartit tout leur territoire entre ses concitoyens, mais permit aux pères des filles enlevées de conserver ce qu'ils avaient. Les autres Sabins, indignés de ces affronts, désignèrent Tatius comme général, et marchèrent contre Rome. Or la cité était d'accès difficile, car elle était défendue par la colline qu'on nomme aujourd'hui le Capitole, sur laquelle se trouvait une garnison commandée par Tarpeius, et non par une jeune fille nommée Tarpeia, comme le prétendent quelques auteurs, qui font de Romulus un simple d'esprit. Tarpeia était la fille du commandant : elle livra la citadelle aux Sabins, parce qu'elle avait envie des bracelets d'or dont elle les voyait parés. Elle réclama, pour prix de sa trahison, ce qu'ils portaient à leur bras gauche. 3. Tatius lui ayant donné son accord, elle ouvrit une des portes pendant la nuit, et fit entrer les Sabins. Il y a beaucoup d'hommes, apparemment, qui diraient, comme Antigone : « J'aime ceux qui trahissent, mais non ceux qui ont trahi », ou comme Auguste, à propos du Thrace Rhoïmétalcès : « J'aime la trahison, mais le traître, je le hais. » C'est un sentiment assez général qu'éprouvent à l'égard des méchants ceux qui ont besoin d'eux, comme on a besoin du venin et du fiel de certains animaux : on est content de les trouver quand ils nous sont utiles ; mais, une fois qu'on a eu ce qu'on voulait, on déteste leur méchanceté. 4. Tels furent alors les sentiments de Tatius à l'égard de Tarpeia. Il ordonna aux Sabins de respecter leurs engagements et de ne rien lui refuser de ce qu'ils portaient au bras gauche. Lui-même, le premier, retira son bracelet et le lança sur elle, ainsi que son bouclier. Tous suivirent son exemple. Frappée par les bijoux, recouverte par les boucliers, Tarpeia mourut sous le nombre et le poids de tous ces objets[49]. 5. Quant à Tarpeius,

---

47. Il n'y a qu'une allusion rapide chez Tite-Live (I, 37, 5 et 38, 6) à un triomphe de Tarquin. Dans sa Vie, Publicola, au début de la République, apparaît comme le « vrai » premier triomphateur. Les monuments de Romulus triomphant ont été élevés au temps d'Auguste, de même que les statues d'Énée portant son père Anchise, son fils Ascagne, selon un programme qui associait Auguste à Romulus ; mais elles reprenaient peut-être des monuments antérieurs.

48. Cénina, Fidène, Crustumérium et Antemna ne sont pas des villes sabines, mais des sites anciennement occupés le long de la via Salaria, la « route du sel » qui relie Rome et la Sabine. Antemna, proche de Rome, a dû être incorporée très tôt. Tite-Live place la victoire sur Crustumérium avant 495 (II, 21, 6), celle sur Fidène en 426.

49. Plutarque met en avant le désir des bijoux (variante reprise de Fabius Pictor à Denys, II, 38 et suiv. et à Tite-Live, I, 11, 5-9 ; ce dernier ajoute que Tarpeia, Vestale, « était allée hors des murs chercher de l'eau pour le service du culte »). Selon d'autres versions (Dumézil, 1947, p. 280-284), Tarpeia aurait agi par amour pour le beau Tatius. Les égarements de Simylos doivent s'expliquer par une confusion

il fut poursuivi pour trahison par Romulus et condamné : tel est, selon Juba, le récit de Sulpicius Galba. Parmi les autres récits consacrés à Tarpeia, certains sont invraisemblables : ils font d'elle la fille de Tatius, général des Sabins ; elle aurait agi ainsi, et subi ce châtiment de la part de son père parce que Romulus la contraignait à vivre avec lui. Antigone, entre autres, fait ce récit. 6. Quant au poète Simylos, il divague complètement lorsqu'il imagine que Tarpeia livra le Capitole non aux Sabins, mais aux Celtes, parce qu'elle était amoureuse de leur roi. Voici ce qu'il dit :

> Tarpeia vivait près du Capitole en pente,
> Elle qui détruisit les murailles de Rome.
> Du roi celte voulant la couche nuptiale,
> Elle ne garda pas les maisons de ses pères.

7. Et, un peu plus loin, en parlant de sa mort :

> Les Boïens, les tribus des Celtes innombrables,
> Triomphants, ne l'ont pas jetée aux flots du Pô ;
> Mais de leurs bras vaillants, ils lancèrent leurs armes,
> À l'odieuse fille offrant bijoux de mort.

XVIII. 1. Tarpeia fut enterrée à l'endroit même, et la colline fut nommée Tarpéienne, jusqu'au moment où, le roi Tarquin consacrant ce lieu à Jupiter, on enleva les restes de Tarpeia. Son nom tomba dans l'oubli ; cependant on appelle encore aujourd'hui Roche Tarpéienne une hauteur du Capitole d'où l'on précipitait les criminels[50].
2. Quand la citadelle fut au pouvoir des Sabins, Romulus, plein de colère, les défia au combat. Tatius avait bon espoir, car il voyait que si ses lignes étaient enfoncées, ils disposaient d'un refuge solide. 3. L'espace qui les séparait, où devait avoir lieu la rencontre, était resserré entre plusieurs collines : la difficulté du terrain semblait devoir contraindre les deux camps à un combat rude et malaisé, la fuite ou la poursuite n'étant possibles que sur une brève distance, à l'étroit. 4. De plus, il se trouvait que le fleuve était sorti de son lit quelques jours auparavant et avait laissé dans la plaine où se situe l'actuel forum un bourbier profond et indistinct, impossible à voir et à éviter, un passage redoutable et trompeur. Les Sabins allaient s'y précipiter,

---

avec l'épisode des Gaulois assiégeant le Capitole au début du IVe siècle. La référence de Plutarque à des auteurs grecs d'époque hellénistique fait penser à l'élaboration dans ce milieu d'un aïtion, d'une explication, rendant compte du toponyme «tarpéien» par recours à un schéma mythique indo-européen (Poucet, 1985, p. 228-230). Le monde grec connaît bien le thème de la fille qui trahit sa ville en faisant entrer les ennemis. Dumézil (1995, p. 323-330) retrouve les «fonctions» à l'œuvre, la première avec le demi-dieu royal Romulus (voir infra, XVIII, 9, le recours à Jupiter Stator), la troisième en la personne du riche et corrupteur Sabin. La seconde n'est présente que dans la version «à trois races» de Denys (II, 37 et 43), sous la forme du chef de guerre étrusque Lucumo, allié à Romulus contre les Sabins.
50. Les lois des Douze Tables, dès le milieu du Ve siècle, mentionnent déjà la peine capitale exécutée par précipitation du haut du saxum Tarpeium. L'endroit exact se trouve sans doute à l'aplomb de l'extrémité du forum (voir Coarelli, 1986, p. 80 et suiv.).

dans leur ignorance, quand un heureux hasard les préserva. 5. Curtius, un homme en vue, fier de sa gloire et de son courage, s'était avancé à cheval loin devant les autres : son cheval s'enfonça dans le bourbier. Pendant quelque temps, il essaya de le dégager, en le frappant et en l'exhortant de la voix, puis, voyant que c'était impossible, il abandonna l'animal et se sauva[51]. 6. De nos jours encore, l'endroit s'appelle le lac Curtius, à cause de lui. Les Sabins, ayant évité ce danger, livrèrent une bataille violente qui ne fut pas décisive, malgré le nombre des morts, parmi lesquels se trouvait notamment Hostilius[52] : c'était, dit-on, le mari d'Hersilia ; son petit-fils fut le roi Hostilius, le successeur de Numa. 7. Plusieurs autres combats furent encore livrés, sans doute, en peu de temps, mais le plus célèbre est le dernier. Ce jour-là, Romulus, blessé à la tête d'un coup de pierre, faillit succomber et dut renoncer à combattre ; les Romains cédèrent devant les Sabins et, chassés de la plaine, prirent la fuite vers le Palatin. 8. Alors Romulus, remis de sa blessure, voulut reprendre les armes et barrer la route aux fuyards : à grands cris, il leur donnait l'ordre de tenir ferme, et de combattre. Mais la fuite était générale autour de lui, et personne n'osait faire demi-tour. Alors, il leva les mains vers le ciel, priant Jupiter d'arrêter son armée, de ne pas laisser succomber la puissance romaine, et de la relever. 9. Quand il eut fini sa prière, beaucoup furent saisis de honte, à la vue de leur roi ; par un changement subit, les fuyards reprirent courage. À l'endroit où ils s'arrêtèrent pour la première fois s'élève aujourd'hui le temple de Jupiter Stator, mot qu'on pourrait traduire par «celui qui arrête»[53]. Ensuite, ils reformèrent les rangs et repoussèrent les Sabins jusqu'au lieu qu'on appelle aujourd'hui la Régia et jusqu'au temple de Vesta.

XIX. 1. Là, comme ils s'apprêtaient à reprendre le combat, ils furent arrêtés par un spectacle étonnant, une apparition que les paroles ne sauraient dépeindre[54]. 2. On vit

---

51. Version légèrement différente de Tite-Live, I, 12, 8-10.

52. Hostius Hostilius est mentionné chez Tite-Live (I, 12, 2) comme le chef romain d'abord opposé directement à Curtius ; c'est quand il tombe que Romulus intervient auprès de Jupiter. Le personnage est sans doute une invention familiale créant un ancêtre antérieur au roi Tullus Hostilius, dont le bilan était mitigé. Hersilia était-elle la femme d'Hostilius, ou de Romulus lui-même (voir supra, XIV, 8) ?

53. Romulus et Jupiter Stator, rencontre au sommet au titre de la «première fonction», sous son aspect de magie souveraine ? (Dumézil, 1974, p. 197-198 fait le parallèle avec l'épisode de la guerre samnite, en 294) ; Tite-Live (I, 12, 3 et suiv.) est plus explicite et plus expressif.

54. L'épisode qui va fonder le synœcisme primordial fait l'objet, chez les auteurs, de récits structurés, orientés même, de façon différente. Tite-Live (I, 13, 1-3) met dans la bouche des Sabines un discours collectif, sorte de chœur de tragédie ; ce discours est rigoureusement médiateur, en ce sens qu'elles supplient symétriquement leurs maris et leurs pères de mettre fin au combat. Paradoxalement beaucoup plus romano-centriste, Denys (II, 45-46) met en scène une délégation de femmes envoyée, avec l'accord du sénat, au camp ennemi, et dont Hersilia est le porte-parole. Plutarque est à mi-chemin de ces deux versions : le discours des femmes est d'emblée présenté comme collectif, mais on rappelle ensuite le rôle décisif d'Hersilia ; le sénat ne dirige pas les opérations, mais l'argumentation est clairement pro-romaine. La «couleur» propre introduite par le biographe s'exprime dans l'exaltation de l'amour familial (§ 6 et 8) présenté comme une vertu spécifique de l'«homme romain» (voir supra, IX, 2 ; XIV, 2).

les filles des Sabins qui avaient été enlevées accourir de tous côtés, au milieu des armes et des morts, en criant et en hurlant, comme possédées par un dieu, vers leurs maris et leurs pères, les unes avec de petits enfants dans les bras, les autres, les cheveux épars en travers du visage : toutes adressaient tantôt aux Sabins, tantôt aux Romains, les noms les plus doux. 3. Dans les deux camps, on fut attendri, et l'on s'écarta pour les laisser passer entre les deux lignes de bataille ; tous entendaient leurs plaintes et ressentaient une pitié profonde à leur vue, et plus encore à leurs paroles. Ce fut d'abord un plaidoyer véhément, puis, pour finir, des supplications et des prières. 4. «Qu'avons-nous fait de mal? disaient-elles, quelle peine vous avons-nous causée, pour avoir subi, et pour subir encore les pires des maux? Nous avons été enlevées de force, au mépris du droit, par les hommes auxquels nous appartenons maintenant, et, après cet enlèvement, nos frères, nos pères et nos familles nous ont abandonnées si longtemps qu'à présent nous sommes unies à nos pires ennemis par les liens les plus étroits : en voyant combattre ces hommes qui nous ont ravies de force, au mépris du droit, nous sommes forcées de craindre pour eux et de pleurer en les voyant mourir. 5. Vous n'êtes pas venus nous défendre contre leurs violences quand nous étions encore vierges, et maintenant, vous arrachez des femmes à leurs maris, des mères à leurs enfants! Le secours que vous nous apportez aujourd'hui est encore plus cruel pour nous que ne le furent autrefois votre abandon et votre trahison, infortunées que nous sommes. 6. Voyez l'amour qu'ils nous ont offert, et voyez la pitié que vous nous témoignez! Même si vous combattiez pour un autre motif, vous devriez cesser le combat, car vous êtes devenus, par nous, leurs beaux-pères, leurs grands-pères, des membres de leurs familles. 7. Si c'est pour nous que vous faites la guerre, emmenez-nous avec vos gendres et vos petits-enfants ; rendez-nous nos pères et nos familles, sans nous priver de nos enfants et de nos maris. Nous vous en supplions, ne faites pas de nous des prisonnières pour la deuxième fois.» Hersilia leur tint de nombreux discours de ce genre et toutes s'unirent à ses prières : une suspension d'armes fut décidée et les chefs entamèrent des négociations. 8. Pendant ce temps, les femmes conduisaient leurs maris et leurs enfants devant leurs pères et leurs frères ; elles apportaient à manger et à boire à ceux qui en avaient besoin, et soignaient les blessés, qu'elles faisaient transporter dans leurs maisons ; elles leur faisaient voir qu'elles étaient maîtresses chez elles, que leurs maris étaient attentionnés, et les traitaient affectueusement, avec tous les égards possibles. 9. Alors un accord fut conclu : les femmes qui le voudraient resteraient avec leurs maris et seraient, comme je l'ai dit plus haut, exemptées de toute tâche et de tout service, à l'exception du travail de la laine[55] ; les Romains et les Sabins habiteraient la cité en commun[56] ; cette cité serait appelée Rome, du nom de Romulus, et tous les Romains seraient appelés Quirites[57], du nom de la patrie de

---

55. Sur le «travail de la laine», voir supra, XV, 4-5.
56. Thème déjà posé en IX, 4.
57. *Symbole de l'association des représentants de la «force» romaine d'une part (regroupant, en termes duméziliens, les deux premières fonctions autour de Romulus) et d'autre part de la riche collectivité de troisième fonction, en la personne des Sabins : «Quirites», étymologiquement, dérive de co-virio, «rassemblement d'hommes». Tatius, comme Numa, était originaire de Cures, ville de la Sabine.*

Tatius ; enfin, les deux chefs régneraient en commun et dirigeraient tous deux les armées. 10. Le lieu où le traité fut conclu s'appelle encore à présent le Comitium, car *comire [coïre]* signifie en latin se réunir[58].

XX. 1. La cité ayant donc doublé, on choisit, parmi les Sabins, cent patriciens supplémentaires[59] et on porta les légions à six mille fantassins et six cents cavaliers. 2. On créa trois tribus : les membres de la première furent appelés Ramnenses, du nom de Romulus, ceux de la seconde, Tatienses, du nom de Tatius, et ceux de la troisième, Lucérenses, à cause du bois sacré où beaucoup de ceux qui devinrent citoyens s'étaient réfugiés quand le droit d'asile avait été accordé : le mot *lucus* signifie en latin bois sacré[60]. Que ces divisions aient été seulement trois, à l'origine, leur nom le prouve : on les appelle, encore maintenant, des *tribus* et leurs chefs sont appelés tribuns. 3. Chaque tribu comprenait dix curies, dont les noms, selon certains, viennent de ces fameuses Sabines ; mais à mon avis, c'est faux, car beaucoup tirent leur nom de leur emplacement. 4. Cependant, on accorda à ces femmes de nombreuses marques d'honneur : on devait notamment leur céder le passage dans la rue, ne tenir aucun propos grossier en leur présence, ne pas se montrer nu devant elles, sous peine d'être poursuivi devant les tribunaux qui jugeaient des crimes de sang ; leurs enfants portèrent un médaillon nommé *bulla* à cause de sa forme, parce qu'il ressemble à une bulle, ainsi qu'une robe bordée de pourpre[61]. 5. Quand ils délibéraient, les deux rois ne se rencontraient pas tout de suite : chacun commençait par examiner les choses de son côté, avec ses cent conseillers, puis ils les rassemblaient tous dans un même lieu. Tatius habitait là où se trouve maintenant le temple de Monéta, et Romulus près des marches de ce qu'on appelle l'Escalier de Cacus : elles se trouvent sur la descente qui mène du Palatin au Cirque Maxime[62]. 6. À cet endroit, il y avait aussi, dit-on, le cornouiller

---

58. *La relation* Comitium-*coïre ne fait pas problème. De manière plus complexe, cependant, pour Varron, le Comitium tient son nom du lieu où se rassemblaient les comices curiates (*De la langue latine*, V, 155).

59. *Ailleurs (*Numa, *II, 9), Plutarque parle de 150 sénateurs, donc d'une augmentation limitée à 50.*

60. *Très vive chez les Anciens, la discussion sur les trois tribus primitives de Rome n'est pas close. Ramnenses et Tatienses ne font pas difficulté. Il en va différemment des Lucérenses, et l'on sent bien ce qu'a d'artificiel l'explication de Plutarque (Tite-Live, I, 13, 8, avoue son ignorance). L'interprétation la plus convaincante est celle de Dumézil, d'après Varron,* De la langue latine, *V, 55 et Properce,* Élégies, *IV, 1, 30-31 : dans la «variante à trois races» présentée notamment par Denys, le troisième homme est le chef de guerre étrusque Lucumo, «Chef» ; c'est de son nom que dérive Lucérenses (Dumézil, 1995, p. 326 et 351-353).*

61. *La* bulla *est une capsule de cuir ou de métal contenant des amulettes, que les garçons portent jusqu'à l'âge de 17 ans, de même que la «toge prétexte» bordée d'une mince bande de pourpre. L'insistance de Plutarque est celle d'un Grec frappé par la place sociale des femmes dans la tradition romaine.*

62. *Tatius est ainsi logé sur le Capitole, et Romulus à proximité de la* Roma quadrata *du Palatin. Des vestiges archéologiques archaïques ont été mis au jour dans ces deux secteurs... sans qu'il soit question d'y reconnaître la demeure des deux rois.*

sacré. À en croire la légende, Romulus, voulant éprouver ses forces, aurait lancé, du haut de l'Aventin, un javelot dont le bois était de cornouiller[63]. La pointe entra profondément dans le sol; beaucoup essayèrent de l'en arracher, mais nul n'en eut la force. La terre était fertile: elle recouvrit le bois qui donna des surgeons et produisit un cornouiller au tronc élevé. 7. Les successeurs de Romulus, désireux de conserver et de vénérer cet arbre qu'ils considéraient comme particulièrement sacré, le firent entourer d'un mur. Si un passant avait l'impression qu'il n'était plus assez touffu ni assez vert, mais semblait dépérir et languir, vite il en informait à grands cris ceux qu'il rencontrait. Ceux-ci, comme des sauveteurs lors d'un incendie, hurlaient: «De l'eau!»; et de tous côtés, on se précipitait vers cet endroit avec des récipients pleins d'eau. 8. Mais quand Caius Caesar, dit-on, fit réparer les degrés, les ouvriers creusèrent près de l'enclos, endommagèrent par mégarde ses racines, et l'arbre se dessécha.

XXI. 1. Les Sabins adoptèrent les mois des Romains[64]: j'ai rapporté, dans la *Vie de Numa*, tout ce qu'il convenait de noter à ce sujet. Romulus de son côté leur emprunta leurs boucliers, et modifia son armement et celui des Romains, qui portaient jusquelà des boucliers argiens. Chaque peuple participait aux fêtes et aux sacrifices de l'autre: ils ne supprimèrent aucune des cérémonies qu'ils célébraient auparavant, et ils en instituèrent de nouvelles, notamment la fête des Matronalia[65] consacrée aux femmes, pour les remercier d'avoir fait cesser la guerre, et celle des Carmentalia. 2. Selon certains, Carmenta est la Parque qui préside à la naissance des hommes; et c'est pour cela que les mères lui vouent un culte. Pour d'autres, c'était la femme de l'Arcadien Évandre, une prophétesse inspirée par Phoïbos qui rendait ses oracles en vers; elle fut surnommée Carmenta, car en latin le mot *carmina* désigne les vers; son véritable nom était Nicostratè. 3. On s'accorde là-dessus, mais quelques auteurs proposent une interprétation plus convaincante: ce nom de Carmenta signifierait «privée de raison», à cause du délire qui accompagne l'inspiration prophétique: en latin, être privé se dit *carere*, et pour nommer la raison, on dit *mentem*[66]. Quant à la

---

63. La lance ou javeline en bois de cornouiller sanguin évoque, par son pouvoir magique d'occupation du sol, celle que le prêtre fécial allait lancer sur le camp ennemi en signe de déclaration de guerre (voir Tite-Live, I, 32, 12 et le commentaire de Bayet, 1971, p. 9-43, notamment p. 26-27). La localisation de l'épisode entre l'Aventin et le Palatin (Cicéron, De la divination, I, 48, 107) doit renvoyer à l'affrontement entre Romulus et Rémus (voir supra, IX, 4; Ovide, Métamorphoses, XV, 560 et suiv.; Servius, commentaire de l'Énéide, III, 46). Le «cornouiller sacré» fait partie, avec les objets gardés au sanctuaire de Vesta, des fétiches qui garantissent la pérennité de Rome.
64. Sur les «mois des Romains», voir Numa, XVIII-XIX; le passage confirme l'antériorité de composition de la Vie de Numa sur celle de Romulus.
65. Fête des mères de famille qui, le 1ᵉʳ mars, montent en procession au temple de Junon Lucina sur l'Esquilin. En deux passages des Fastes (II, 425-452; III, 179-252), Ovide rattache ce rite à l'épisode des Sabines.
66. Le nom de Carmenta est dérivé de carmen, «l'incantation» – lointain et faible écho de la grande déesse Parole (Vac?) attestée en Inde védique –, et il lui arrive de remplir les diverses fonctions dont

fête des Parilia, j'en ai déjà parlé[67]. 4. Celle des Lupercales[68], à en juger par l'époque où elle se déroule, pourrait passer pour une fête de purification : elle a lieu pendant les jours néfastes de février, mois dont le nom pourrait se traduire par purificateur, et le jour de la cérémonie s'appelait autrefois Februata. Mais ce nom de Lupercales signifie en grec fête des loups [Lycaia], ce qui prouve apparemment que cette fête est très ancienne, et remonte aux Arcadiens, compagnons d'Évandre. 5. Telle est du moins l'explication la plus courante, mais le nom peut venir de la louve : nous observons en effet que les Luperques commencent leur course circulaire à l'endroit où, dit-on, Romulus fut exposé. 6. Quant aux rites qu'ils accomplissent, ils rendent l'origine de la fête encore plus difficile à deviner : ils égorgent des chèvres, puis on leur amène deux garçons de noble naissance ; les uns leur touchent le front avec un couteau ensanglanté, et les autres l'essuient aussitôt, en y appliquant de la laine trempée dans du lait. 7. Une fois essuyés, les garçons doivent rire. Après quoi, ils taillent les peaux des chèvres en lanières et courent en tous sens, nus, vêtus seulement d'un pagne, en frappant de ces lanières tous ceux qu'ils rencontrent. Les femmes en âge d'avoir des enfants ne cherchent pas à éviter ces coups, car elles pensent qu'ils favorisent la conception et l'accouchement. 8. Une des particularités de cette fête, c'est que les Luperques y sacrifient aussi un chien. D'après un certain Boutas qui a rapporté en vers élégiaques les origines légendaires des coutumes romaines, Romulus et son frère, après avoir vaincu Amulius, coururent dans leur joie jusqu'à l'endroit où la louve leur avait offert sa mamelle quand ils étaient nouveau-nés. La fête reproduirait cette course : les garçons de noble naissance y courent,

---

Plutarque la crédite (Duméizil, 1974, p. 396-397). Évandre est le premier colon du Palatin, à qui sa mère aurait annoncé le destin de Rome (Virgile, Énéide, VIII, 333-341 ; Tite-Live, I, 7, 8). La dernière étymologie avancée est de pure fantaisie.

67. Voir supra, XII, 2.

68. Les Lupercales du 15 février forment une des fêtes les plus anciennes du calendrier religieux romain, dont une manifestation «archéologique» est connue à la fin de la République (voir l'épisode d'Antoine dans César, *LXI, 2-3). Sa valeur purificatrice, à la fin de l'année et à la veille de l'an nouveau, est incontestable (le verbe* februare *est bien attesté en ce sens ; selon Varron,* De la langue latine, *VI, 34,* Februarius a die februato... *car «le mont Palatin est alors purifié* [lustratur] *par les Luperques nus»), de même que son aspect fécondant. Comme le dit Plutarque, le nom des officiants est dérivé de* lupus, *«loup». Les Luperques formaient deux équipes regroupées en une «sodalité» qui ne s'exprimait qu'à cette occasion. Sacrifice des chèvres, course des Luperques et flagellation des dames romaines sont connus par ailleurs, et leur signification est claire (sur l'ensemble, voir Dumézil, 1974, p. 352-356). Deux aspects mystérieux du rituel ne sont rapportés que par Plutarque : le rôle des deux jeunes gens nobles (§ 6-7), le sacrifice du chien (§ 8 et* Question romaine *111). Le biographe insiste (§ 8-10) sur l'étiologie romuléenne du rite, à laquelle avait fait écho Ovide,* Fastes, *II, 425-452 : devant la stérilité des Sabines après leur enlèvement, un oracle de Junon, sollicité à l'initiative de Romulus, prescrit «qu'un bouc sacré* [sacer hircus] *pénètre les femmes d'Italie !». C'est un devin étrusque qui traduit et adoucit la formule, par le sacrifice du bouc (ici, § 9, l'allusion à Faunus) dont il découpe la peau en lanières pour la flagellation fécondatrice...*

En frappant les passants, comme jadis coururent
Romulus et Rémus, glaive au poing, venus d'Albe.

9. Selon lui, l'épée ensanglantée qu'on pose sur leur front symbolise le meurtre et les dangers de ce jour-là, tandis que la purification avec du lait rappelle la manière dont les enfants furent nourris. Mais Caius Acilius raconte qu'avant la fondation de la cité, les troupeaux de Romulus et de son frère disparurent soudain; les garçons prièrent Faunus, puis coururent à leur recherche, tout nus, pour ne pas être incommodés par la sueur; ce serait la raison pour laquelle les Luperques sont nus quand ils se livrent à ces courses circulaires.
10. Quant au chien, si le sacrifice est une purification, on pourrait dire qu'il sert de victime purificatrice: les Grecs apportent eux aussi des petits chiens aux fêtes de purification et pratiquent, en de nombreux endroits, ce qu'on appelle un *périscylacisme*. Mais s'il s'agit d'un sacrifice d'action de grâces offert à la louve, pour célébrer la manière dont elle nourrit et sauva Romulus, il n'est pas absurde qu'on égorge un chien, puisqu'il est l'ennemi du loup; à moins encore, par Zeus! qu'on ne s'en prenne à cet animal parce qu'il gêne les Luperques quand ils courent.

XXII. 1. Romulus fut aussi, dit-on, le premier à instituer le culte du feu et à désigner des vierges consacrées, nommées Vestales. Certains attribuent cette institution à Numa, tout en affirmant que Romulus était par ailleurs extrêmement religieux et qu'il pratiquait même la divination; à cette fin, il portait le *lituus* augural: c'est une baguette recourbée avec laquelle, à chaque séance, on délimite les secteurs où l'on observe les oiseaux. 2. On le gardait sur le Palatin; il disparut quand la cité fut prise par les Gaulois; mais ensuite, après l'expulsion des Barbares, on le retrouva sous une couche épaisse de cendres: il n'avait pas été endommagé par le feu, alors que tout, sauf lui, avait été détruit et perdu[69].
3. Romulus établit aussi quelques lois: l'une d'elles, particulièrement sévère, interdisait à la femme de quitter son mari, mais permettait à celui-ci de chasser sa femme en cas d'empoisonnement d'enfants, de substitution de clefs, et d'adultère. S'il la renvoyait pour un autre motif, la loi exigeait qu'une partie de ses biens revînt à cette femme, et que le reste fût consacré à Cérès; celui qui répudiait sa femme était tenu d'offrir un sacrifice aux dieux infernaux[70]. 4. Une singularité de cette législation c'est que Romulus ne fixa aucune peine contre les parricides, et donna à tous les meurtres le nom de parricide, car à ses yeux, le meurtre était une abomination, et le parricide un

---

69. *Sur la création du sacerdoce des Vestales, voir* Numa, *IX, 10: dans le débat entre Numa et Romulus (voir Denys, II, 65), Plutarque s'est déjà prononcé implicitement en faveur de Romulus (voir supra, III, 3). Sur la redécouverte du* lituus, *voir* Camille, *XXXII, 6-8. L'«épaisse couche de cendres» correspondant à l'épisode de 390 est, elle, une réalité archéologique parcellaire.*
70. *Au sujet des lois de Romulus, Plutarque est moins disert que Denys (II, 25-26), mais plus que Tite-Live, qui n'en dit mot. Le premier roi légifère particulièrement sur la condition féminine. L'allusion à la substitution de clefs n'est pas claire: on l'a mise en rapport avec l'interdiction faite aux femmes de boire du vin, et on a voulu voir dans l'«empoisonnement d'enfants» le grief de préparation de drogues abortives.*

acte impossible[71]. 5. Et pendant très longtemps, il parut avoir eu raison de refuser d'envisager un tel forfait : personne à Rome, pendant près de six cents ans, ne commit aucun crime de cette nature. Ce fut après la guerre d'Hannibal que pour la première fois, dit-on, un homme, Lucius Hostius, tua son père. Mais en voilà assez sur ces questions.

XXIII. 1. La cinquième année du règne de Tatius, des parents et des amis de ce roi rencontrèrent, sur la route, des ambassadeurs qui se rendaient de Laurente à Rome. Ils les attaquèrent pour leur arracher par la force leur argent ; comme les ambassadeurs résistaient et se défendaient, ils les tuèrent. 2. Après un crime aussi atroce, Romulus était d'avis de punir sur-le-champ les coupables, mais Tatius s'y opposa et fit traîner l'affaire. Ce fut la seule occasion où ils furent ouvertement en désaccord : habituellement ils s'entendaient au mieux et gouvernaient en commun et en parfaite harmonie[72]. 3. Les proches des victimes, privés de toute réparation légale à cause de Tatius, attaquèrent ce dernier pendant qu'il offrait à Lavinium un sacrifice avec Romulus, et le tuèrent. Quant à Romulus, le considérant comme un homme attaché à la justice, ils le reconduisirent au milieu des acclamations. Romulus emporta le corps de Tatius et lui donna une sépulture honorable sur l'Aventin, près du lieu-dit Armilustrium ; mais il ne s'occupa nullement de châtier son meurtre. 4. D'après certains historiens, la cité de Laurente[73], prise de peur, lui livra les meurtriers de Tatius, mais il les laissa aller, disant que le meurtre était payé par le meurtre. 5. Cela fit parler et suscita les soupçons : on prétendit qu'il était content d'être débarrassé de son collègue. Toutefois son attitude n'entraîna aucun trouble dans les affaires, et n'inspira aux Sabins aucun désir de sédition : les uns, par affection pour lui, d'autres, par crainte de sa puissance, d'autres enfin, parce qu'ils le voyaient bénéficier en toute circonstance de la protection des dieux, lui conservèrent leur admiration. 6. Ils étaient nombreux à l'admirer, même parmi les étrangers[74] ; les plus anciens habitants du Latium envoyèrent des ambassadeurs pour conclure avec lui un traité d'alliance et d'amitié.

Il s'empara de Fidènes, cité voisine de Rome. Selon quelques-uns, il envoya soudain la cavalerie, avec ordre de briser les gonds des portes, puis apparut lui-même à l'improviste. D'après d'autres, les Fidénates furent les agresseurs : ils vinrent piller et ravager la campagne et les abords de la ville ; alors Romulus leur tendit une embuscade, en tua un grand nombre et prit leur cité[75]. 7. Cependant, au lieu de la

---

71. La loi des Douze Tables désigne le meurtrier comme parricide, et plus loin Plutarque fait allusion au premier parricide grec (Comparaison de Thésée et de Romulus, VI, 4).
72. L'entente harmonieuse des deux rois n'est pas mentionnée par Tite-Live. Mais Plutarque lui-même (infra, XXIII, 5 et Numa, V, 5) se fait l'écho d'une version accusant Romulus d'avoir provoqué ou au moins laissé faire le meurtre de Tatius.
73. Les Laurentes ont pour capitale Lavinium, ville associée à Rome dès l'origine par un traité de nature religieuse plus que politique (Tite-Live, I, 14, 3). Or, « les lois sacrées avaient été violées », ce qui réclamait une expiation (Denys, II, 52, 1) : celle-ci prend la forme d'un renouvellement du traité.
74. L'insistance sur l'attachement unanime, voire unanimiste, au roi Romulus est propre à Plutarque.
75. Comme souvent, les opérations militaires sont traitées très rapidement. Tite-Live propose des combats une description détaillée et largement anachronique (I, 14, 4-11).

détruire ou de la raser, il en fit une colonie romaine où il envoya, aux ides d'avril, deux mille cinq cents hommes pour s'y installer[76].

XXIV. 1. Peu après, une peste s'abattit sur le pays[77] : elle infligeait aux hommes une mort subite, sans maladie, et frappait de stérilité les plantes et les animaux. Une pluie de sang tomba même sur la cité, de sorte qu'aux malheurs qu'on avait à subir vint s'ajouter une grande terreur superstitieuse. 2. Les habitants de Laurente étant affligés des mêmes maux, il semblait désormais absolument certain que la colère divine poursuivait les deux cités, parce que le droit avait été bafoué lors des meurtres de Tatius et des ambassadeurs. Et de fait, une fois que les assassins eurent été livrés de part et d'autre et punis, le fléau visiblement s'atténua. Romulus purifia les cités par des sacrifices expiatoires que l'on pratique de nos jours encore, dit-on, près du Bois Férentin. 3. Comme la peste durait encore, les habitants de Caméria attaquèrent les Romains, les croyant incapables de se défendre à cause de la maladie, et firent des incursions sur leur territoire. 4. Romulus marcha aussitôt contre eux, les vainquit au combat et en tua six mille ; puis, s'étant emparé de leur cité, il envoya à Rome la moitié des survivants et, aux calendes d'août, fit venir deux fois plus de colons romains qu'il n'avait laissé d'habitants à Caméria. 5. Telle était la surabondance de citoyens dont il disposait, alors qu'il avait fondé Rome depuis seize ans à peine ! Entre autres prises de guerre, il ramena de Caméria un quadrige de bronze : il le consacra dans le temple de Vulcain, après avoir fait réaliser une statue qui le montrait, lui, couronné par la Victoire[78].

XXV. 1. Voyant la puissance romaine se fortifier ainsi, ses voisins les plus faibles se soumettaient, s'estimant heureux de se trouver en sûreté. Mais ceux qui étaient forts, pleins de crainte et d'envie, estimaient qu'ils ne devaient pas accepter la situation, mais s'opposer à cette croissance et contenir Romulus. 2. Les Véiens, qui possédaient un vaste territoire et vivaient dans une grande cité, furent les premiers des Étrusques à prendre l'initiative de la guerre[79] : ils réclamèrent Fidènes, prétendant qu'elle leur était apparentée. Cette demande était non seulement injuste, mais ridicule : quand les Fidénates étaient en danger et subissaient la guerre, les Véiens n'étaient pas venus à leur secours, et avaient laissé mourir leurs hommes, et maintenant, ils réclamaient des maisons et des terres passées en d'autres mains ! 3. Ils reçurent donc de Romulus une réponse insultante. Alors, ils se partagèrent en deux corps : l'un attaqua les troupes de Fidènes ; l'autre s'avança contre Romulus. À Fidènes, ils furent vainqueurs, et tuèrent

---

76. *Fidènes colonie romaine : aspect ignoré de Tite-Live, mais développé par Denys (II, 53).*
77. *Plutarque est presque le seul à mettre en scène cette peste (très brève allusion chez Denys, II, 54, 1). À la maladie se joint le « prodige » de la pluie de sang : signes habituels du mécontentement des dieux. Rome s'en libère, comme souvent dans ce cas, en joignant au châtiment de « coupables » l'accomplissement de rites expiatoires.*
78. *Quadrige et statue sont mentionnés par Denys, II, 54, et ignorés de Tite-Live. Hommage à Vulcain, « père » de Romulus dans la version de Promathion (voir supra, II, 4 et 7) ?*
79. *Préfiguration du grand affrontement entre Rome et Véies, qui fait l'arrière-plan de la* Vie de Camille.

deux mille Romains; mais ils furent vaincus par Romulus et perdirent plus de huit mille hommes. 4. Ils livrèrent une deuxième bataille près de Fidènes, où presque tout le succès fut l'œuvre de Romulus, qui déploya une grande habileté, et montra beaucoup d'audace : il semblait posséder une force et une agilité bien supérieures à celles d'un homme ordinaire, tous s'accordent à le reconnaître. Mais ce que racontent certains est vraiment fabuleux, pour ne pas dire totalement invraisemblable[80] : des quatorze mille hommes qui périrent, plus de la moitié furent tués par Romulus lui-même, de sa propre main. Les Messéniens paraissent déjà exagérer quand ils prétendent qu'Aristoménès offrit trois fois le sacrifice de l'hécatomphonie[81] sur les Lacédémoniens ! 5. Après avoir mis les ennemis en déroute, Romulus laissa fuir les survivants pour marcher aussitôt sur Véies, dont les habitants, après un tel revers, ne purent résister. Ils furent réduits à supplier, et conclurent un traité d'entente et d'amitié pour cent ans; ils durent céder une part considérable de leur territoire, appelée *Septempagium*, ce qui signifie le septième[82], abandonner les salines au bord du fleuve, et livrer en otages cinquante de leurs notables. 6. Romulus célébra le triomphe sur eux le jour des ides d'octobre, avec un grand nombre de prisonniers, et notamment le chef des Véiens, un vieillard qui, en dépit de son âge, s'était montré irréfléchi et inexpérimenté, semblait-il, dans la conduite des affaires. 7. Pour cette raison, de nos jours encore, quand les Romains offrent un sacrifice en reconnaissance d'une victoire, ils conduisent à travers le forum, jusqu'au Capitole, un vieillard vêtu de la toge prétexte, qui porte la *bulla* des enfants[83] ; le héraut crie : « Sardiens à vendre ! ». Les Étrusques sont en effet, dit-on, des colons de Sardes ; or Véies est une cité étrusque[84].

XXVI. 1. Ce fut la dernière guerre que mena Romulus[85]. Ensuite, il ne put lui non plus échapper à ce qui advient à tant d'hommes, ou plutôt à tous ceux, sauf de très rares exceptions, qui se sont élevés, par de grands succès inattendus, au faîte du pouvoir. Enorgueilli par sa réussite et plein d'une morgue insupportable, il perdit ses manières démocratiques, et adopta, à la place, celles d'un monarque, irritant et affligeant tout le monde, en raison d'abord du faste extérieur dont il s'entourait. 2. Il

---

80. *Plutarque est le seul auteur à faire ici état de légendes concernant les exploits de Romulus – typiques du volet « magique » de la « première fonction », selon Dumézil. C'est pour lui l'occasion de manifester, un peu facilement, un esprit critique corroboré par la comparaison avec un héros grec.*
81. *Sacrifice offert pour 100 ennemis tués.*
82. *D'après Denys (II, 55), il s'agit plutôt de* septem pagi *(« sept districts ») situés sur la rive gauche, entre Fidènes et la bouche du Tibre.*
83. *Voir supra, XX, 4 et note.*
84. *La cérémonie évoque (par compensation patriotique ?) l'humiliation symbolique imposée aux Étrusques, en insistant sur leur légendaire origine orientale, lydienne.*
85. *Ce paragraphe s'ouvre, à quelques détails près, par la même phrase que Denys (II, 56, 1) et Tite-Live (I, 15, 6). Mais là où Denys insiste sur les contradictions des variantes et Tite-Live sur le caractère « divin » de Romulus, Plutarque, d'une manière caractéristique, commence par une leçon morale, puis dévie sur des considérations d'étymologie. Le thème du bon dirigeant peu à peu envahi par la morgue « tyrannique » – au sens grec du terme – lui est particulièrement cher (Coriolan, etc.).*

était vêtu d'une tunique de pourpre, portait une toge bordée de pourpre, et quand il donnait ses audiences, il s'asseyait sur un siège à dossier incliné. Il était toujours entouré de jeunes gens qu'on appelait *celeres*, à cause de leur célérité à exécuter ses ordres. 3. D'autres marchaient devant lui, avec des bâtons pour écarter la foule et des courroies autour de la taille afin de pouvoir ligoter aussitôt ceux qu'il désignerait. Ligoter se disait autrefois *ligare* en latin; le mot actuel est *alligare*; c'est pour cette raison que les porteurs de baguettes sont appelés licteurs : leurs baguettes s'appellent *bacilla*, parce qu'on se servait autrefois de bâtons. 4. Mais on peut imaginer aussi qu'on les appelle maintenant licteurs, parce qu'on a ajouté un c, et qu'on disait autrefois «liteurs», ce qui correspond au grec *liturge* [« chargé d'un service public»] : en grec, de nos jours encore, le service public se dit *leiton*, et le peuple *laos*[86].

XXVII. 1. Quand son grand-père Numitor mourut à Albe, le royaume revint à Romulus; mais il mit le gouvernement à la disposition de tous pour plaire au peuple[87], et chaque année, il désignait pour les Albains un magistrat suprême. Il apprit ainsi aux notables de Rome à rechercher une constitution autonome, sans roi, où ils obéiraient et commanderaient tour à tour. 2. Car même les hommes qu'on nommait patriciens ne participaient pas au gouvernement; il ne leur restait qu'un nom et qu'une position honorifiques. Ils se réunissaient au Sénat par habitude plus que pour délibérer; ils écoutaient en silence les ordres du roi et s'en allaient ensuite; l'unique avantage qu'ils avaient sur la foule c'était d'être informés les premiers de ce qui avait été décidé. 3. Ce n'était rien encore. Mais Romulus, de sa seule autorité, distribua aux soldats le territoire conquis par la guerre, et rendit aux Véiens leurs otages, sans l'accord des sénateurs et contre leur volonté : ces derniers jugèrent alors qu'il insultait gravement le Sénat. C'est pourquoi ils furent suspectés et accusés, quand, peu de temps après, Romulus disparut mystérieusement.
4. Cette disparition se produisit aux nones du mois qu'on nomme aujourd'hui juillet, et qu'on appelait alors quintilis[88]. On ne peut rien dire de sûr, aucune information qui fasse l'unanimité ne nous est parvenue, concernant la fin de Romulus, à l'exception de la date, que je viens de mentionner : ce jour-là, on célèbre, aujourd'hui encore, plusieurs cérémonies qui évoquent les événements d'autrefois. 5. On ne doit d'ailleurs pas s'étonner de cette incertitude. Quand Scipion l'Africain mourut chez lui[89], après

---

86. L'ensemble des considérations sur ligare, li(c)tor, *etc., constitue, à l'état condensé et assez peu cohérent, une quasi-*Question romaine *contaminée par une étymologie «grecque».*
87. Seul Plutarque prête à Romulus, par le détour d'Albe, une initiative aussi «démocratique»... et aussi anachronique, visiblement inspirée de l'expérience athénienne de l'époque classique. Dans la perspective grecque d'opposition entre régimes politiques différents, il introduit ainsi le thème de l'hostilité fatale des patriciens au roi.
88. Juillet est le 5ᵉ mois (quintus) d'une année qui commence le 1ᵉʳ mars. Plutarque est encore seul à souligner l'unanimité des sources sur cette date, par contraste avec la nature si discutée des événements.
89. La comparaison se trouve exclusivement chez Plutarque. Sa fonction est double : faire admettre, par analogie, les hésitations des sources; préparer, par opposition, la présentation d'une mort extraordinaire.

dîner, aucune preuve, aucun indice ne permirent d'expliquer sa fin : selon certains, il mourut de mort naturelle, car il avait une santé fragile ; selon d'autres, il s'empoisonna volontairement ; d'autres encore croient que ses ennemis s'introduisirent chez lui pendant la nuit, et l'étranglèrent. Et pourtant Scipion fut exposé, après sa mort ; tous purent le contempler ; la vue de son cadavre permit à chacun de soupçonner et de conjecturer ce qui s'était passé. 6. Mais Romulus, lui, disparut brusquement : on ne revit aucune partie de son corps, pas une bribe de son vêtement. Certains supposèrent que les sénateurs se jetèrent sur lui, dans le temple de Vulcain, et le mirent à mort : ils découpèrent ensuite son cadavre dont chacun emporta un lambeau dans le pli de sa toge[90]. Selon d'autres, la disparition ne se produisit pas dans le temple de Vulcain, ni en présence des seuls sénateurs. Romulus était hors de la ville ce jour-là, près du lieu-dit Marais de la Chèvre, où il tenait une assemblée du peuple ; soudain il se produisit dans les airs des phénomènes étranges, impossibles à décrire, et des changements incroyables[91]. 7. La lumière du soleil disparut. La nuit se fit, une nuit qui n'était ni calme ni paisible, mais pleine de coups de tonnerre terrifiants, et de vents impétueux qui soufflaient en rafales de tous côtés. Alors, la foule se dispersa et prit la fuite ; les notables se serrèrent les uns contre les autres. 8. Quand l'agitation se fut apaisée et que la lumière reparut, la foule revint ; elle se mit à chercher le roi et à le réclamer, mais les sénateurs s'opposèrent à toute enquête et à toute investigation. Ils ordonnèrent à chacun d'honorer et de vénérer Romulus qui, dirent-ils, venait d'être enlevé parmi les dieux : il avait été un bon roi et serait désormais pour eux une divinité bienveillante.
9. Les gens les crurent, pour la plupart : ils s'en allèrent joyeusement, pleins de belles espérances, en adorant le dieu. Mais il y en eut qui examinèrent les faits sévèrement, avec hostilité : ils s'en prirent aux patriciens, les accusant de berner le peuple avec des sornettes et d'avoir assassiné le roi de leurs propres mains.

XXVIII. 1. Alors, dit-on, Julius Proclus[92], celui des patriciens dont la naissance était la plus haute et la conduite la plus estimée, un homme qui avait été l'ami fidèle et le compagnon de Romulus, et avait fait partie des colons venus d'Albe, s'avança sur

---

90. *Toutes les versions de l'épisode mentionnent la disparition corporelle de Romulus (voir Pailler, 1988, p. 677-682), que seul Plutarque commente (voir infra, XXVIII 4 et 10) d'un point de vue philosophique et religieux. Pour ce qui est du meurtre au temple de Vulcain (le Volcanal, sur le forum) : Denys le situe au sénat, Tite-Live reste dans le vague ; Plutarque ou sa source ont pu se rappeler le quadrige de Vulcain en XXIV, 5... et la naissance de Romulus par le feu (en II, 4). Le démembrement du corps du roi est un thème mythique très riche.*
91. *Le Marais de la Chèvre est situé au Champ de Mars, sur l'emplacement du futur Cirque Flaminius. Ce morceau de bravoure est à comparer à celui composé par Tite-Live (I, 16, 1-4), qui oppose lui aussi crédules et sceptiques.*
92. *Le « témoin » s'appelle chez Tite-Live Proculus Julius, et son témoignage marque une inflexion significative : « Va, et annonce aux Romains que la volonté du ciel est de faire de ma Rome la capitale du monde. Qu'ils pratiquent donc l'art militaire. Qu'ils sachent et qu'ils apprennent à leurs enfants que nulle puissance humaine ne peut résister aux armes romaines » (I, 16, 7). Sur un fonds commun, l'accent mis par Tite-Live est national et guerrier, celui de Plutarque personnel et moralisant.*

le forum. Il prêta serment, la main sur les objets les plus sacrés, et déclara devant tout le monde que, tandis qu'il marchait sur la route, il avait vu apparaître Romulus qui venait à sa rencontre, beau et grand comme jamais il ne l'avait vu auparavant, paré d'armes éclatantes et flamboyantes. Alors lui, à cette vue, saisi d'effroi, s'était écrié : 2. « Ô roi, que t'est-il arrivé ? Dans quelle intention nous as-tu livrés, nous, à des accusations injustes et méchantes, et toute ta cité orpheline, à un deuil infini ? » Romulus répondit : « Les dieux ont voulu, Proclus, que je ne vive pas plus longtemps parmi les hommes, et qu'après avoir fondé une cité promise à une puissance et à une gloire immenses, je retourne habiter le ciel d'où je suis venu. 3. Adieu ! Annonce aux Romains que, s'ils s'exercent à la tempérance et au courage, ils s'élèveront au faîte de la puissance humaine. Pour moi, je serai votre divinité tutélaire, Quirinus ». Les Romains crurent pouvoir ajouter foi à ce récit, en raison du caractère de l'orateur et du serment qu'il avait prêté. Ils étaient d'ailleurs saisis d'une émotion religieuse, semblable à une possession divine : personne ne contredit Proclus ; renonçant à tout soupçon, à toute accusation, ils prièrent et invoquèrent Quirinus comme un dieu[93]. 4. Cette histoire ressemble aux récits légendaires que font les Grecs sur Aristéas de Proconnésos et Cléomédès d'Astypalée. Aristéas mourut, dit-on, dans la boutique d'un foulon ; mais quand ses amis vinrent chercher son corps, celui-ci avait disparu, et des gens qui arrivaient tout juste de voyage prétendirent avoir rencontré Aristéas qui faisait route vers Crotone. 5. Quant à Cléomédès, qui avait une force et une taille exceptionnelles, mais un esprit hébété, sujet à des crises de folie, il se rendit coupable de nombreux actes violents. Pour finir, dans une école d'enfants, il frappa de la main la colonne qui soutenait le plafond et la brisa par le milieu. Le toit s'effondra ; 6. les enfants moururent. On poursuivit Cléomédès. Il se réfugia dans un grand coffre, ferma le couvercle et le maintint, de l'intérieur, avec tant de force que de nombreuses personnes réunirent leurs efforts sans parvenir à l'arracher. On brisa le coffre, mais on ne trouva pas l'homme dedans, ni vivant ni mort. Frappés de stupeur, les gens envoyèrent une délégation à Delphes. La Pythie leur répondit :

Le dernier des héros, ce fut Cléomédès[94].

7. Le corps d'Alcmène disparut aussi, dit-on, au moment où on l'emportait : on ne trouva sur le lit funèbre qu'une pierre[95]. D'une manière générale, il existe beaucoup

---

93. *Toutes les sources font état de la transformation de Romulus en Quirinus (voir Duméail, 1974, p. 258-267). Ce thème remonte au plus tard au début du IIIe siècle, quand les Romains réorganisèrent les cultes et les monuments évoquant les origines : le temple de Quirinus sur le Quirinal (voir infra, XXIX, 2) date de 293 ; mais le dieu, qui possède un flamine majeur, comme Jupiter et Mars, fait partie de la triade primitive. Quant au serment et à la possession collective, ils appartiennent en propre à Plutarque.*
94. *Aristéas le thaumaturge est mentionné par Hérodote, IV, 14 et suiv., Cléomédès le vainqueur olympique par Pausanias,* Description de la Grèce, *VI, 9, 6-8 ; tous deux sont liés à Delphes, où Plutarque a dû recueillir l'information. L'image de l'athlète stupide et violent est une illustration implicite du dualisme « platonicien » professé par Plutarque.*
95. *Sur la sépulture d'Alcmène, voir Plutarque,* Sur le Démon de Socrate, *577e-f. Sur l'intérêt de Plutarque pour les tombeaux retrouvés vides, voir* Numa, *XXII. La thèse exposée ici, en 7-10, limite les contacts*

de légendes de ce genre, où l'on veut, contre toute vraisemblance, diviniser et rapprocher des dieux ce qui, dans la nature, est mortel. Sans doute, refuser absolument de reconnaître ce qu'il y a de divin dans la vertu est impiété et bassesse ; mais il est stupide de mêler la terre au ciel. 8. Si nous nous en tenons à ce qui est certain, il faut donc admettre, comme dit Pindare, que

> Le corps de tous subit la mort irrésistible,
> Mais reste alors vivante une image éternelle
> Qui seule vient des dieux.

Oui, c'est d'eux qu'elle vient ; c'est près d'eux qu'elle remonte, mais sans le corps, et même à condition qu'elle se soit dégagée de lui, autant que possible, s'en étant séparée pour devenir totalement pure, désincarnée et sainte. 9. Cette âme « sèche et parfaite », comme dit Héraclite, « s'envole du corps comme l'éclair sort du nuage ». Mais celle qui s'est gorgée d'humidité au contact du corps, toute pleine de celui-ci, telle une vapeur pesante et brumeuse, s'enflamme difficilement et s'élève à grand-peine. 10. Renonçons donc à envoyer au ciel, contrairement aux lois naturelles, les corps des hommes de bien, et pensons fermement que leurs vertus et leurs âmes, conformément aux lois naturelles et à la justice divine, s'élèvent de la condition humaine à celle des héros, de celle des héros à celle des *démons*, enfin de celle des *démons* – si, comme dans une cérémonie d'initiation, elles se sont entièrement purifiées et sanctifiées, délivrées de tout ce qui est mortel et sensible – passent au rang des dieux, non par la loi d'une cité, mais en vérité, en vertu d'une logique naturelle, atteignant ainsi l'accomplissement le plus beau et la félicité suprême[96].

XXIX. 1. Le surnom de Quirinus donné à Romulus équivaut, selon certains, àÉnyalios[97] ; d'autres le font venir de *Quirites*, mot qui désigne les citoyens romains. Selon d'autres, les anciens nommaient *curis* la pointe de la pique ou la lance : on appelait *Quiritis* une statue de Junon fixée au bout d'une pique, une lance consacrée dans la Régia se nommait Mars, et l'on récompensait ceux qui s'étaient distingués au combat en leur offrant une lance. Romulus aurait donc été surnommé Quirinus, parce qu'il était un dieu « martial » ou armé de la lance. 2. Un temple lui est consacré sur la colline qu'on nomme en son honneur le mont Quirinal. Le jour

---

entre hommes et dieux, en opposition à toutes les « apothéoses ». En vertu de ce spiritualisme strict, « désincarné » (XXVIII, 8), seule l'âme humaine, d'abord engluée dans l'« humidité » du corps (XXVIII, 9 citant Héraclite D-K 118 ; voir 77 et 117), peut espérer s'élever aux degrés successifs occupés par les héros, les démons et les dieux (voir Sur l'E de Delphes, 390d-f ; Le Déclin des oracles, 415b).

96. Plutarque oppose une conception épurée, « philosophique » ou « initiatique », à un sentiment populaire plus grossier, que certains rites publics lui paraissent encourager.

97. L'assimilation Quirinus-Ényalios est déjà dans Polybe, III, 25, 6. Le rapprochement avec Quirites, *mot lui-même issu de co-viria, pour désigner la collectivité des viri, des citoyens, est aujourd'hui admis. Sur Juno Curitis et les relations avec Mars, voir Dumézil (1974), p. 303 et 428, note 1. La « lance-Mars » (ibid., p. 185-186) était conservée dans le petit sanctuaire de ce dieu à l'intérieur de la Régia, près des* ancilia, *les boucliers sacrés des prêtres saliens.*

de sa disparition s'appelle «fuite du peuple», et «Nones Capratines», parce qu'on descend de la cité vers le Marais de la Chèvre pour offrir un sacrifice : or la chèvre, en latin, se dit *capra*[98]. 3. Quand les Romains sortent pour faire ce sacrifice, ils crient, à pleine voix, un certain nombre de noms indigènes, comme Marcus, Lucius, Caius, pour imiter la panique de ce jour-là et les appels que les gens se lançaient dans la terreur et le trouble. 4. Cependant, selon certains, ce n'est pas une fuite qu'on mime, mais la hâte et la précipitation ; et voici l'explication qu'on en propose. Quand les Celtes, après avoir conquis Rome, en eurent été chassés par Camille, la cité, exténuée, eut bien de la peine à se remettre, et plusieurs peuples du Latium firent campagne contre elle, sous la conduite de Livius Postumius. 5. Celui-ci arrêta son armée tout près de Rome, et envoya un héraut dire aux Romains que les Latins voulaient resserrer avec eux leurs anciens liens d'alliance et de parenté qui commençaient à se distendre ; les deux peuples devaient s'unir encore une fois par de nouveaux mariages. 6. En conséquence, si les Romains leur envoyaient un grand nombre de jeunes filles et de femmes sans mari, la paix et l'amitié régneraient entre eux, comme cela s'était produit autrefois avec les Sabins, à la suite des mêmes événements. En entendant cela, les Romains furent partagés entre la crainte de la guerre, et la conviction que livrer les femmes ne valait guère mieux qu'être faits prisonniers. 7. Ils ne savaient que faire, quand une esclave nommée Philotis, ou selon certains, Tutula, leur conseilla de ne choisir aucun des deux partis, mais d'employer la ruse pour éviter à la fois la guerre et la remise d'otages. La ruse consistait à envoyer aux ennemis Philotis elle-même, et, avec elle, de jolies esclaves vêtues comme des femmes libres ; ensuite, la nuit, Philotis élèverait une torche ; les Romains alors sortiraient en armes, et surprendraient les ennemis dans leur sommeil. 8. Les magistrats donnèrent leur accord et le projet fut exécuté. Philotis alluma la torche sur un figuier sauvage, la masquant par-derrière à l'aide de tentures, pour que la lumière fût invisible aux ennemis, mais bien distincte pour les Romains. Ces derniers, dès qu'ils la virent, sortirent aussitôt, en hâte, et dans leur précipitation, ils se hélaient sans cesse aux portes. 9. Ils surprirent les ennemis et les écrasèrent : c'est en souvenir de leur victoire qu'on célèbre cette fête. Son nom de Nones Capratines, vient du mot *caprificus*, qui désigne en latin le figuier sauvage. À cette date, on invite les femmes à un festin en dehors de la ville, à l'ombre de branches de figuier. 10. Les servantes font une collecte à la ronde et jouent, puis se frappent et se jettent des pierres, parce que ce jour-là, elles assistèrent les Romains

---

98. Ce qui suit confond deux rites actualisant des mythes, rites célébrés l'un le 5, l'autre le 7 juillet. Les Poplifugia («fuite du peuple»), fête de Jupiter encore mal expliquée, se référaient selon les auteurs anciens soit à la débandade des Romains lors de la disparition de Romulus, soit à un épisode de lutte entre Latins et Romains après la retraite des Gaulois au début du IVe siècle. Sur les Nones Caprotines (voir Camille, XXXIII, 3-10) dédiées à la déesse latine Junon Caprotine, les deux mêmes lignes d'explication étaient en concurrence : d'où l'erreur de Plutarque qui rattache la fête à la chèvre. Peut-être l'ensemble de son récit étiologique se rapporte-t-il à la lumière de la lune remplaçant celle de l'aurore (Dumézil, 1975, p. 271 et suiv.), et doit-on le mettre en relation avec l'éclipse, puis le retour de la lumière qui accompagnent la disparition de Romulus. Le rôle du figuier sauvage dans le mythe et dans le rite reste une énigme.

et les aidèrent à combattre. 11. Mais peu d'historiens admettent cette tradition ; l'appel des noms en plein jour et la marche vers le Marais de la Chèvre pour y offrir un sacrifice s'accordent mieux, semble-t-il, avec la première explication[99] ; à moins, par Zeus ! que les deux événements ne soient arrivés le même jour, à des époques différentes.
12. Romulus avait, dit-on, cinquante-quatre ans et régnait depuis trente-sept ans quand il disparut d'entre les hommes[100].

---

99. Retour à XXIX, 2-3. Comme il lui arrive, Plutarque a consacré beaucoup plus de place à la « belle histoire » qu'à la version qui lui paraît plus vraisemblable ; voir sa remarque en XII, 6.
100. Cette durée s'accorde avec Numa, II, 1 et Denys, II, 56, 7.

COMPARAISON
DE THÉSÉE ET DE ROMULUS

XXX. [I]. 1. Voilà les éléments dignes de mémoire que j'ai pu recueillir sur Romulus et Thésée. On remarque en premier lieu que Thésée, par choix, sans contrainte aucune, se porta de lui-même à de grandes entreprises, alors qu'il pouvait régner tranquillement à Trézène, héritier d'un royaume qui n'était pas sans gloire. Romulus, lui, voulait fuir l'esclavage dans lequel il vivait et le châtiment dont il était menacé : il ne devint, pour reprendre le mot de Platon, «courageux que par peur[1]»; la crainte du dernier supplice le força à faire de grandes choses. 2. D'autre part, son plus grand exploit fut d'avoir supprimé un unique tyran, celui d'Albe, tandis que les combats de Thésée contre Sciron, Sinnis, Procruste et Corynétès, ne furent pour ce héros que des distractions et des préludes : en les tuant et en les punissant, il délivrait la Grèce de tyrans cruels, alors que les hommes qu'il sauvait ne savaient pas encore qui il était. 3. Il lui était possible de voyager paisiblement par mer sans s'exposer aux attaques des brigands, mais il était impossible à Romulus d'échapper aux dangers tant qu'Amulius était vivant. En voici une preuve importante : Thésée n'avait subi aucun tort personnel quand il se lança à l'assaut des méchants pour défendre autrui, mais tant que Romulus et Rémus ne furent pas lésés personnellement par le tyran, ils ne s'inquiétèrent pas de le voir faire du tort à tout le monde. 4. Certes, il est glorieux pour Romulus d'avoir été blessé en combattant contre les Sabins, d'avoir tué Acron et vaincu au combat un tel nombre d'ennemis, mais on peut opposer à ces exploits les combats de Thésée contre les Centaures et les Amazones. 5. Et si l'on pense à l'audacieuse entreprise de Thésée, concernant le tribut qu'Athènes payait à la Crète, quand il s'offrit pour être dévoré par un monstre, ou égorgé sur le tombeau d'Androgée, ou, ce qui était le plus léger des risques dont on parle, pour subir un esclavage honteux et déshonorant sous des maîtres insolents et cruels, quand il embarqua volontairement avec les jeunes filles et les jeunes garçons, on ne saurait dire à quel point il porta alors l'audace, la générosité, le sens de la justice envers la communauté, le désir de gloire et la vertu. 6. Les philosophes n'ont pas tort, à mon avis, de définir l'amour comme «une assistance divine qui vise à protéger et à sauver les jeunes gens[2]». Car l'amour d'Ariane fut avant tout, semble-t-il, l'œuvre d'un dieu et un moyen de sauver le héros. 7. Il est injuste de blâmer cette amoureuse ; on doit s'étonner plutôt que tous les hommes et toutes les femmes n'aient pas éprouvé les mêmes sentiments. Si elle fut seule à les ressentir, ce fut ce qui la rendit, je crois pouvoir l'affirmer, digne de l'amour d'un dieu, car elle aimait le beau, le bien, elle était amoureuse de ce qu'il y a de plus grand.

---

1. Phédon, 68d.
2. Définition de l'amour que l'on doit à Ptolémon (340?-269?), philosophe platonicien de l'Ancienne Académie.

XXXI. [II]. 1. Thésée et Romulus étaient tous deux, par nature, faits pour la politique, mais ils ne gardèrent ni l'un ni l'autre le caractère d'un roi ; ils s'en éloignèrent et passèrent, l'un à la démocratie, l'autre à la tyrannie, commettant la même faute sous l'effet de passions contraires. 2. Car celui qui exerce une autorité doit avant tout la conserver, et pour cela, il faut tout autant s'abstenir de ce qui ne convient pas que s'attacher à ce qui convient. 3. Celui qui relâche son autorité ou la durcit n'est plus un roi ni un chef ; il devient soit un démagogue soit un despote, et inspire à ses sujets la haine ou le mépris. Cependant, le premier de ces défauts est dû, semble-t-il, à la modération et à l'humanité, tandis que l'autre provient de l'égoïsme et de la dureté.

XXXII. [III]. 1. S'il faut considérer que les malheurs humains ne sont pas entièrement imputables à la divinité, s'il faut y rechercher les effets destructeurs du caractère et des passions, alors nul ne doit excuser nos deux héros de s'être livrés à une colère irréfléchie, à un emportement hâtif et inconsidéré, Romulus avec son frère, Thésée avec son fils. Cependant, la cause qui provoque la colère rend plus pardonnable l'homme dont les motifs sont graves et qui est comme abattu par un coup plus violent. 2. Dans le cas de Romulus, la querelle suivit un débat et une discussion sur les affaires publiques, et l'on ne saurait excuser sa pensée de s'être abandonnée brusquement à une telle passion. Mais quand Thésée s'emporta contre son fils, il obéissait à des puissances auxquelles bien peu d'êtres vivants ont échappé : l'amour, la jalousie, les calomnies d'une femme. 3. Et surtout, c'est le plus important, la colère de Romulus le poussa à agir, à accomplir un geste aux conséquences funestes ; Thésée s'en tint à des paroles, à des insultes, à la malédiction d'un vieillard : tout ce qui arriva ensuite à son fils fut, semble-t-il, l'œuvre de la Fortune. Donc sur ces points, nos suffrages devraient aller à Thésée.

XXXIII. [IV]. 1. Mais Romulus a un premier mérite important : il s'éleva au pouvoir après avoir connu les débuts les plus modestes. 2. Son frère et lui furent appelés esclaves, fils de porchers, et, avant de devenir libres eux-mêmes, ils libérèrent presque tous les peuples du Latium. Ils reçurent au même moment les noms les plus beaux : meurtriers de leurs ennemis, sauveurs de leurs familles, rois de peuples, fondateurs de cités – et non simples fédérateurs, comme Thésée : ce dernier, lorsqu'il réunit et rassembla de nombreux bourgs en un ensemble unique, détruisit plusieurs cités qui portaient les noms de rois et de héros du passé. 3. Certes, Romulus agit de même par la suite, quand il força les ennemis à abattre et à détruire leurs propres maisons, pour venir habiter avec les vainqueurs. Mais à l'origine, il ne se contenta pas de déplacer ou d'agrandir une cité qui existait déjà : il en créa une, à partir de rien. Il se donna à la fois une terre, une patrie, le pouvoir royal, des familles, des mariages et des alliances, et pour ce faire, il ne supprima ni ne tua personne ; bien au contraire, il secourut des gens sans feu ni lieu qui souhaitaient former un peuple et devenir des citoyens. 4. Romulus ne fit périr ni brigands ni malfaiteurs, mais il annexa des populations entières par la guerre, abattit des cités, et traîna dans ses triomphes des rois et des chefs d'armée.

XXXIV. [V]. 1. En ce qui concerne la mort de Rémus, il y a incertitude sur l'identité de son meurtrier ; c'est sur d'autres que Romulus qu'on rejette presque toute la responsabilité. En revanche, il est certain qu'il sauva sa mère de la mort et rétablit sur le trône d'Énée son grand-père, qui était réduit à un esclavage honteux et déshonorant ; il le combla de bienfaits, volontairement, et ne lui fit jamais de mal, même involontairement. **2.** Mais l'oubli de Thésée, sa négligence des instructions relatives à la voile du vaisseau, voilà qui, à mon avis, nécessiterait un long plaidoyer, et des juges indulgents, pour le disculper, à grand-peine, de l'accusation de parricide. Aussi un écrivain attique, voyant combien il était difficile d'assumer la défense de Thésée sur ce point, imagine-t-il qu'à l'approche du navire, Égée monta en courant à l'Acropole pour l'apercevoir, et que, dans sa hâte, il glissa et tomba – comme s'il n'avait pas eu d'escorte ! comme si, tandis qu'il se dirigeait précipitamment vers la mer, aucun de ses serviteurs ne l'avait accompagné !

XXXV. [VI]. 1. Quant aux enlèvements dont ils se rendirent coupables, cette faute n'a, chez Thésée, aucune excuse honorable. D'abord, parce qu'il la commit plusieurs fois. Il enleva Ariane, Antiope, Anaxô de Trézène, et pour finir Hélène : il était déjà fort âgé, et elle n'avait pas l'âge des noces ; c'était une petite fille, encore loin de son épanouissement, tandis que lui avait déjà atteint la saison où il faut cesser toute union, même légitime. Deuxièmement à cause de ses motifs : les Athéniennes, descendantes d'Érechthée et de Cécrops, méritaient tout autant de lui donner des enfants que les filles des Trézéniens, des Lacédémoniens, et des Amazones, qu'il prenait sans mariage. **2.** On peut donc le soupçonner de n'avoir agi que par brutalité et pour chercher le plaisir. Le cas de Romulus est différent. D'abord, il enleva près de huit cents femmes, mais loin de les garder toutes pour lui, il n'en prit qu'une, Hersilia, dit-on ; il répartit les autres entre les citoyens célibataires. D'autre part, grâce aux honneurs, à l'amour et à la justice dont ces femmes furent ensuite entourées, il fit bien voir que cette violence et cette injustice servaient un dessein très beau, de profonde politique, qui visait à la formation d'une communauté. **3.** Cet enlèvement permit à Romulus de mêler et de fondre ensemble les deux peuples : il fut donc à l'origine de la prospérité et de la puissance que connut ensuite son pays. Le temps porte témoignage de la pudeur, de l'amour et de la fidélité qu'il fit régner dans les mariages : **4.** en deux cent trente ans, aucun mari n'osa quitter sa femme, et aucune femme son mari. En Grèce, seuls les plus érudits connaissent le nom du premier homme qui tua son père ou sa mère, mais tous les Romains savent que Carvilius Spurius fut le premier qui répudia sa femme, en invoquant sa stérilité. **5.** À l'appui du témoignage fourni par une si longue durée, on a aussi les faits : à cause de ces mariages, les deux rois mirent en commun leur autorité et les deux peuples, leurs droits civiques. Les amours de Thésée, au contraire, loin de procurer aux Athéniens le moindre traité d'amitié ou d'alliance avec quiconque, entraînèrent des haines, des guerres, le meurtre de citoyens et, pour finir, la perte d'Aphidna. Les Athéniens évitèrent à grand-peine, grâce à la pitié des ennemis, qu'ils adorèrent et reconnurent comme des dieux, le sort qu'Alexandre attira sur les Troyens. **6.** Quant à la mère de Thésée, non seulement elle fut en danger, mais elle subit le sort d'Hécube : son fils l'abandonna et la laissa emmener, si toutefois ce qu'on dit sur sa captivité n'est pas une invention, car on désirerait que cette histoire, ainsi que bien d'autres épisodes, fût un mensonge. 7. D'ailleurs, les légendes qui font intervenir les dieux dans la destinée des deux héros marquent entre eux une grande différence. Romulus dut son salut à l'extrême bienveillance des dieux, tandis que l'oracle qui défendait à Égée de s'unir à une femme en terre étrangère prouve, semble-t-il, que Thésée naquit contre leur volonté.

BIBLIOGRAPHIE

VIE DE THÉSÉE

CALAME Cl.
Thésée et l'imaginaire athénien, Lausanne, 1990.

GERNET L.
« Les dix archontes de 581 », *R. Ph.*, 1938, p. 216-217.

JEANMAIRE H.
Couroï et Courètes. Essai sur l'éducation spartiate et sur les rites d'adolescence dans l'Antiquité hellénique, Lille, 1939.

LORAUX N.
• *Les enfants d'Athéna*, 2ᵉ éd., Paris, 1990.
• *Né de la terre. Mythe et Politique à Athènes*, Paris, 1996.

RHODES P. J.
A Commentary of the Aristotelician Athenaion Politeia, Oxford, 1981.

VIE DE ROMULUS

BAYET J.
Croyances et Rites de la Rome antique, Paris, 1971.

BRAGUE R.
Europe, la voie romaine, Paris, 1992.

CAPDEVILLE G.
Volcanus, École Française de Rome, 1995.

COARELLI F.
Il foro romano II, Rome, 1986.

DUMÉZIL G.
• *Tarpeia*, Paris, 1947.
• *Mythe et Épopée I*, Paris, 1968; repr. dans *Mythe et Épopée*, Paris, Quarto, 1995.
• *La religion romaine archaïque*, 2ᵉ éd., Paris, 1974.
• *Fêtes romaines d'été et d'automne*, Paris, 1975, 2ᵉ éd., 1986.

GAGÉ J.
Matronalia, Paris, 1963.

PAILLER J.-M.
• *Bacchanalia*, École Française de Rome, 1988.
• a. « Les *Questions* dans les plus anciennes *Vies* romaines. Art du récit et rhétorique de la fondation », dans *Plutarque: Grecs et Romains en Questions*, Entretiens d'Archéologie et d'Histoire, Saint-Bertrand-de-Comminges, 1998, p. 77-94.
• b. « De l'or pour le Capitole », dans *Aquitania*, 1998.

POUCET J.
• *Recherches sur la légende sabine de Rome*, Kinshasa, 1967.
• *Les Origines de Rome. Tradition et Histoire*, Bruxelles, 1985.

VIDAL-NAQUET P.
Le chasseur noir. Formes de pensée et formes de société dans le monde grec, Paris, 1981.

WISEMAN T. P.
Remus. A Roman Myth, Cambridge, 1995.

LYCURGUE-NUMA

*L*es Vies parallèles *de Lycurgue, le législateur spartiate, et de Numa, le second roi de Rome, commencent par deux phrases très voisines:* « On ne peut absolument rien dire sur le législateur Lycurgue qui ne soit sujet à controverses [...]. Le désaccord porte surtout sur l'époque à laquelle il vécut », « De vives controverses portent aussi sur l'époque où vécut le roi Numa ». *Deux figures semi-légendaires donc, dont Plutarque néanmoins entreprend de raconter la vie et surtout l'œuvre. Que l'incertitude chronologique soit plus grande pour Lycurgue que pour Numa, sur lequel il existait une tradition officielle, celle qui le faisait devenir roi l'an 39 de la fondation de Rome (715 avant J.-C.), Plutarque en convient. Mais ce qui l'intéresse dans la comparaison qu'il établit entre le Spartiate et le Romain, c'est que l'un et l'autre ont donné à leurs peuples respectifs des lois qui sont les meilleures qui se puissent imaginer. Et ils l'ont fait parce qu'ils étaient doués des mêmes qualités: la modération, la piété, le souci d'instruire le peuple. Tous deux en outre ont pris soin de donner à leur législation une origine divine, celle d'Apollon pour Lycurgue, celle des Muses pour Numa. L'exposé des lois de Lycurgue emprunte à toute une tradition qui s'est élaborée à partir de la fin du Ve siècle, lorsque se développe dans les milieux athéniens hostiles à la démocratie un courant prolaconien. Plusieurs « Constitutions des Lacédémoniens » sont alors publiées, dont une seule est parvenue jusqu'à nous, celle de Xénophon. Mais, si Plutarque s'en inspire pour décrire certains aspects de l'éducation et des institutions spartiates, il introduit aussi dans sa description de l'œuvre de Lycurgue des éléments qui doivent beaucoup aux constructions idéales de Platon, tout en rejetant ce qui pourrait ternir l'image de son héros, comme la fameuse « cryptie », cette chasse à l'hilote qui faisait partie des rites initiatiques auxquels étaient soumis les jeunes Spartiates. Il y intègre également ce qu'élabora au* IIIe *siècle la propagande des rois réformateurs, pour donner de Lycurgue l'image d'un législateur idéal, nourri de philosophie. C'est cette même image qui définit également le roi romain. Plutarque ne rejette pas, en dépit des difficultés d'ordre chronologique, la tradition qui en faisait un disciple de Pythagore. Mais surtout, il lui donne, plus encore peut-être qu'à Lycurgue, la stature d'un homme animé d'un amour de la vraie philosophie, le roi-philosophe de Platon auquel il fait ouvertement référence (XX, 8-12). Il est évident que Plutarque n'a pas trouvé cette représentation d'un Numa philosophe dans sa principale source, Denys d'Halicarnasse, et qu'il a plaqué sur les données assez vagues de la tradition la conception qu'il se faisait lui-même de ce que devait être le souverain idéal. Ce double éclairage platonicien lui permettait de réunir, en dépit de multiples différences, le législateur spartiate et le fondateur des institutions juridiques et religieuses de Rome.*

Cl. M.

LYCURGUE

I. 1. On ne peut absolument rien dire sur le législateur Lycurgue qui ne soit sujet à controverse : son origine, ses voyages, sa mort, l'élaboration enfin de ses lois et de sa constitution ont donné lieu à des récits historiques très divers. Le désaccord porte surtout sur l'époque à laquelle il vécut. 2. Les uns voient en lui le contemporain d'Iphitos[1] avec lequel il aurait institué la trêve olympique : c'est l'avis, entre autres, du philosophe Aristote[2], qui en veut pour preuve le disque olympique[3] sur lequel est resté gravé le nom de Lycurgue. 3. D'autres, notamment Ératosthène[4] et Apollodore[5] qui fondent leur chronologie sur la succession des rois de Sparte, déclarent qu'il est antérieur de beaucoup d'années à la première olympiade. 4. Timée[6] suppose qu'il y eut à Sparte deux Lycurgue, à des époques différentes : on aurait attribué à l'un, à cause de sa gloire, les actions des deux hommes ; d'après lui, le plus ancien ne serait pas éloigné des temps homériques ; certains pensent même qu'il aurait rencontré Homère. 5. Xénophon lui aussi semble le faire remonter à un passé très reculé quand il dit que Lycurgue vécut au temps des Héraclides[7]. 6. Certes, les derniers rois de Sparte appartenaient aussi à la race des Héraclides, mais Xénophon emploie, semble-t-il, le nom d'Héraclides pour désigner les rois du commencement, ceux qui étaient les plus proches d'Héraclès. 7. Quoi qu'il en soit, malgré ces incertitudes de l'histoire, nous tenterons de raconter la vie de Lycurgue

---

1. Roi d'Élide (au nord-ouest du Péloponnèse) qui aurait réorganisé en 776 les concours Olympiques fondés par Héraclès aux temps mythiques.
2. Dans une Constitution des Lacédémoniens qui ne nous est pas parvenue.
3. Pausanias évoque dans sa Périégèse (V, 4, 20) ce disque sur lequel était inscrit le nom de Lycurgue.
4. Ératosthène de Cyrène (275-204) fut placé à la tête de la Bibliothèque d'Alexandrie sous le règne de Ptolémée III. Auteur d'une Chronographie, il établit la liste des vainqueurs olympiques depuis la fondation des jeux. Il fut aussi et surtout un géographe.
5. Apollodore (IIe siècle avant J.-C.), Athénien de naissance, travailla à Alexandrie et à Pergame avant de revenir à Athènes. Comme Ératosthène, il s'intéressa à de nombreux sujets. L'ouvrage auquel Plutarque fait allusion est une Chronique dédiée au roi Attale II de Pergame, dans laquelle il rapporte les principaux événements depuis la guerre de Troie jusqu'à l'année 144.
6. Timée de Tauroménion (356-260), auteur d'une monumentale Histoire en 38 livres, centrée sur les événements qui se déroulèrent en Sicile depuis les origines jusqu'à la mort de Pyrrhos (272), sans pour autant négliger la Grèce propre. Chassé de Sicile par le tyran Agathoclès de Syracuse, il se réfugia à Athènes où il suivit l'enseignement des écoles de philosophie et de rhétorique. Plutarque l'a beaucoup utilisé.
7. Les Héraclides sont les descendants d'Héraclès qui, à la tête des Doriens, entreprirent la conquête du Péloponnèse, dont les fils du héros avaient été chassés et qu'ils se partagèrent en fondant trois états : la Messénie revint à Chresphontès, l'Argolide à Téménos et la Laconie aux deux fils d'Aristodémos qui furent à l'origine des deux familles royales de Sparte.

en suivant, parmi les textes qu'on a écrits sur lui, ceux qui contiennent le moins de contradictions et sont attestés par les témoins les plus sûrs.
8. Selon le poète Simonide, Lycurgue n'était pas fils d'Eunomos [«Bonne Loi»], mais Lycurgue et Eunomos étaient tous deux fils de Prytanis [«Présidence»]. La plupart des auteurs ne donnent pas cette généalogie; ils disent que Proclès, fils d'Aristodémos, eut pour fils Soos, Soos Eurypon, celui-ci Prytanis, lequel donna naissance à Eunomos; ce dernier eut de sa première épouse Polydectès, et plus tard, d'une autre femme nommée Dionassè, comme le rapporte Dieutychidas[8], il eut Lycurgue. Celui-ci serait ainsi le sixième descendant à partir de Proclès, et le onzième à partir d'Héraclès.

II. 1. Parmi ses ancêtres, le plus admiré fut Soos, sous le règne duquel les Spartiates asservirent les hilotes[9] et confisquèrent un grand territoire aux Arcadiens. 2. On dit que Soos, assiégé par les Cleitoriens[10] dans une région difficile et dépourvue d'eau, accepta de renoncer au territoire conquis, à condition qu'on le laisse boire, avec tous ses compagnons, à la source voisine. 3. L'accord conclu sous la foi du serment, il réunit ses compagnons et offrit la royauté à celui qui ne boirait pas. Nul n'en eut la force; tous burent. Alors, en dernier, il descendit à la source, sous les yeux des ennemis qui étaient encore là, et s'aspergea le corps, puis se retira, et refusa de rendre le territoire, puisque tous n'avaient pas bu. 4. Cependant, malgré l'admiration suscitée par cet acte, ce ne fut pas son nom, mais celui de son fils, qu'on donna à ses descendants: on les nomme les Eurypontides[11], parce que, paraît-il, Eurypon fut le premier à relâcher l'autorité excessive de la royauté, dans le but de se rendre populaire et de flatter la masse. 5. Un tel relâchement inspira de l'insolence au peuple: les rois qui vinrent ensuite étaient détestés s'ils tentaient de réprimer la multitude par la force, ou se laissaient humilier par complaisance et par faiblesse; Sparte fut pendant longtemps en proie au désordre et à l'anarchie. 6. Cette situation causa même la mort du père de Lycurgue, qui était roi; il essayait de séparer des gens qui se querellaient quand il fut frappé par un couteau de boucher; il en mourut, laissant la royauté à son fils aîné, Polydectès.

III. 1. Polydectès mourut lui aussi peu de temps après. Tous s'attendaient donc à voir Lycurgue devenir roi, et il le fut en effet, jusqu'au moment où l'on s'aperçut que la femme de son frère était enceinte. 2. Dès qu'il apprit la nouvelle, il déclara que la royauté appartenait à l'enfant à naître, si c'était un garçon; dès lors, il administra le

---

8. *Dieutychidas (ou Dieuchydas) de Mégare est un historien du IVe siècle.*
9. *Les hilotes sont les paysans dépendants qui cultivent les terres des Spartiates. La tradition que rapporte Plutarque explique cette dépendance par la conquête dorienne: les Doriens auraient réduit en servitude les populations de Laconie. Plus tard, le même sort fut réservé aux Messéniens. Pour les écrivains grecs de l'époque classique, les hilotes étaient des esclaves d'un type particulier, et un grammairien de l'époque hellénistique définissait leur servitude comme «intermédiaire entre la liberté et l'esclavage». Voir Ducat (1990).*
10. *Cleitoria est une ville d'Arcadie.*
11. *Les Eurypontides formaient l'une des deux dynasties royales de Sparte, l'autre étant celle des Agiades.*

royaume en qualité de tuteur. Les tuteurs des rois orphelins étaient nommés *prodicoï* par les Lacédémoniens. 3. Or la femme l'envoya chercher en secret et eut des entretiens avec lui : elle lui offrait de tuer l'enfant à naître, si lui, Lycurgue, qui resterait ainsi roi de Sparte, acceptait de l'épouser. Lycurgue fut horrifié par un tel comportement. Pourtant, il ne rejeta pas la proposition ; il feignit même de l'approuver et d'être d'accord. Il déclara qu'elle ne devait pas prendre de drogues pour se faire avorter, ce qui la rendrait malade et mettrait sa vie en danger ; il veillerait lui-même à se débarrasser de l'enfant dès qu'il naîtrait. 4. De cette manière, il engagea la femme à aller jusqu'à son terme. Dès qu'il apprit qu'elle était en train d'accoucher, il envoya des gens pour assister à l'accouchement et faire bonne garde : si le bébé était une fille, ils devaient la remettre aux femmes, mais si c'était un garçon, le lui apporter, quelle que fût l'affaire qui l'occupât. 5. Il était à table avec les magistrats quand elle donna naissance à un garçon : les serviteurs se présentèrent avec le bébé. 6. Alors, dit-on, il le prit dans ses bras, et déclara aux assistants : « Spartiates, un roi vous est né ! » Puis il le déposa sur le trône royal et le nomma Charilaos [« Joie du peuple »], parce que tous étaient dans la joie, saisis d'admiration devant la grandeur d'âme et la justice de Lycurgue. Celui-ci n'avait régné en tout que huit mois, 7. mais il attirait tous les regards de ses concitoyens : ceux qui lui obéissaient parce qu'il était tuteur du roi et détenait l'autorité royale étaient moins nombreux que ceux qui le respectaient pour sa vertu et qui éprouvaient le désir passionné d'exécuter ses ordres. 8. Il avait cependant des envieux qui voulurent, pendant sa jeunesse, s'opposer à son ascension, notamment les parents et les proches de la mère du roi qui se jugeait outragée. Le frère de cette femme, Léonidas, insulta un jour Lycurgue sans vergogne, insinuant qu'il savait bien qu'il régnerait un jour. Il voulait ainsi le rendre suspect et par ces calomnies prévenir les esprits contre lui : si quelque malheur arrivait au roi, on l'accuserait d'avoir préparé sa mort. Des propos du même genre furent également répandus par la femme. 9. Alors, plein de tristesse devant ces rumeurs et craignant les incertitudes de l'avenir, Lycurgue décida d'échapper aux soupçons en voyageant et de parcourir le monde, jusqu'à ce que son neveu eût l'âge d'avoir un fils pour lui succéder sur le trône.

IV. 1. Il partit donc et se rendit d'abord en Crète[12]. Il étudia les institutions de ce pays et fréquenta les hommes les plus en renom ; il admira et recueillit certaines de leurs lois, avec l'idée de les rapporter et de les appliquer dans sa patrie ; il en dédaigna d'autres. 2. Parmi ceux qui passaient là-bas pour des sages et des penseurs politiques, il y en eut un qu'il persuada, à force d'instances et d'amitiés, de partir pour

---

12. *La Crète avait connu une brillante civilisation au cours du* IIe *millénaire, et le légendaire roi Minos était tenu pour un grand législateur. La tradition rapportait que l'île avait été conquise par les Doriens. Une grande inscription trouvée à Gortyne témoigne de l'existence dans cette petite cité crétoise de dépendants dont le statut était voisin de celui des hilotes. De même, les femmes de Gortyne étaient relativement plus indépendantes juridiquement que les femmes grecques en général, à l'exception des seules Spartiates. Platon, dans les* Lois, *et Aristote, dans la* Politique, *évoquent cette similitude des institutions crétoises et spartiates, qui a pu donner naissance à ce mythe du voyage crétois de Lycurgue.*

Sparte. Il s'agissait de Thalès[13]. On le croyait simplement poète lyrique, mais sous le couvert de son art, il accomplissait en fait l'œuvre des meilleurs législateurs ; 3. ses odes étaient autant d'exhortations à l'obéissance et à la concorde, en des vers et des rythmes pleins d'harmonie et de calme, si bien que les auditeurs, sans en avoir conscience, adoucissaient leurs mœurs, s'habituaient à rechercher le beau et renonçaient à la méchanceté qui les dressait alors les uns contre les autres. Thalès fraya donc la voie à Lycurgue, en quelque sorte, pour éduquer les Spartiates.
4. De Crète, Lycurgue fit voile vers l'Asie. Tel un médecin qui compare à des corps en bonne santé ceux qui sont malsains et malades, il voulait, dit-on, comparer à la vie simple et austère des Crétois le luxe et la mollesse des Ioniens, et observer la différence de leurs mœurs et de leurs constitutions[14]. Ce fut là, paraît-il, qu'il découvrit pour la première fois les poèmes d'Homère, conservés chez les descendants de Créophylos[15]. 5. Il comprit que s'ils invitaient parfois aux plaisirs et à la licence, ils contenaient un enseignement politique et pédagogique bien plus digne d'intérêt ; il s'empressa de les copier et de les rassembler pour les rapporter dans son pays. 6. Les Grecs entouraient déjà ces poèmes de quelque gloire obscure, mais rares étaient ceux qui en possédaient des fragments : la poésie se transmettait de manière dispersée, au hasard. Lycurgue fut véritablement le premier à les faire connaître[16].
7. Les Égyptiens pensent que Lycurgue se rendit aussi chez eux ; il aurait admiré au plus haut point la séparation qu'ils établissent entre les hommes de guerre et les autres classes ; il aurait rapporté cette pratique à Sparte où il mit à part les ouvriers et les travailleurs manuels, réalisant ainsi une constitution vraiment raffinée et pure[17]. 8. Certains historiens grecs confirment cette tradition des Égyptiens. Mais qu'il se soit rendu en Libye et en Ibérie, qu'il ait voyagé à travers l'Inde et se soit entretenu avec les Gymnosophistes[18], aucun auteur ne l'a affirmé, à ma connaissance, sauf le Spartiate Aristocratès[19], fils d'Hipparchos.

---

13. Il ne s'agit pas du célèbre mathématicien, mais d'un poète lyrique, plus souvent appelé Thalétas, et qui était originaire de Gortyne.
14. On retrouve ici l'opposition traditionnelle, dans le monde grec classique, entre l'austérité dorienne et le laisser-aller des Ioniens, une opposition particulièrement affirmée durant la longue guerre qui, de 431 à 405, opposa Sparte, la cité dorienne par excellence, à Athènes, qui se voulait la métropole de tous les Ioniens.
15. Ce Créophylos ou Cléophylos était tenu pour un disciple d'Homère, peut-être même son gendre, qui aurait transmis à ses descendants l'œuvre du poète.
16. Le problème de la transmission des poèmes homériques a fait l'objet d'innombrables débats. La tradition que rapporte Plutarque remonte sans doute à l'historien du IVe siècle Éphore. Une autre tradition, athénienne celle-là, attribuait au tyran Pisistrate et à ses fils le mérite d'avoir fait établir le texte définitif des deux grands poèmes d'Homère, l'Iliade et l'Odyssée.
17. C'est Hérodote qui évoque cette tradition selon laquelle les Spartiates auraient emprunté aux Égyptiens l'interdiction faite aux guerriers d'exercer toute autre activité (Enquête, II, 164).
18. Les Gymnosophistes étaient des sages indiens que les compagnons d'Alexandre avaient ainsi nommés à cause de leur apparent dénuement. Ils appartenaient à la première caste, celle des Brahmanes.
19. Aristocratès était l'auteur d'une Histoire des Spartiates. Il vivait au IIe ou au Ier siècle.

V. 1. Les Lacédémoniens regrettaient vivement l'absence de Lycurgue. À plusieurs reprises, ils lui demandèrent de revenir : ils se rendaient compte que leurs rois ne se distinguaient des autres citoyens que par leur titre et les honneurs qu'ils recevaient, tandis que Lycurgue portait en lui la nature d'un chef et l'énergie qui entraîne les hommes. **2.** Les rois eux-mêmes n'étaient pas hostiles à son retour : ils espéraient que sa présence diminuerait l'insolence de la multitude. **3.** Les voyant dans ces dispositions, Lycurgue revint donc. Il entreprit aussitôt de changer les choses et de modifier la constitution. À son avis, des lois isolées n'auraient aucun effet et aucune utilité, si, comme pour un corps vicié, accablé de maladies de toutes sortes, il ne détruisait pas l'équilibre existant pour le transformer complètement, à force de remèdes et de purges, et inaugurer un régime tout à fait nouveau. **4.** Ce projet arrêté, il se rendit d'abord à Delphes[20] : il offrit un sacrifice au dieu, consulta l'oracle et revint avec la célèbre réponse par laquelle la Pythie le saluait comme «aimé du dieu, et dieu lui-même plutôt qu'être humain»; comme il demandait de bonnes lois, elle lui dit que le dieu exauçait ses prières et lui promettait une constitution bien supérieure à toutes les autres.
5. Encouragé par cette réponse, il gagna à ses vues les meilleurs citoyens et les invita à l'aider. Il s'adressa d'abord en secret à ses amis ; ensuite, touchant, de proche en proche, un plus grand nombre de citoyens, il les rallia à son dessein. **6.** Quand l'occasion favorable fut venue, il ordonna aux trente citoyens les plus importants de se rendre au point du jour sur l'agora, en armes, pour effrayer et intimider ceux qui voudraient s'opposer à lui. **7.** Sur ces trente hommes, Hermippos[21] a conservé le nom des vingt citoyens les plus illustres ; celui qui prit le plus de part à l'œuvre de Lycurgue et l'aida le mieux à établir ses lois se nommait Arthmiadas. **8.** Au début des troubles, le roi Charilaos, craignant que toute l'entreprise ne fût dirigée contre lui, se réfugia près de la déesse au Temple de Bronze[22]. Ensuite, il se laissa convaincre, accepta les serments qu'on lui fit, sortit et se joignit à l'entreprise. Le caractère de ce roi était si doux **9.** que son collègue Archélaos, devant qui on louait le jeune homme, déclara, dit-on : «Comment Charilaos pourrait-il être un homme de bien, lui qui n'est dur avec personne, pas même avec les méchants?»
10. Parmi les nombreuses réformes entreprises par Lycurgue, la première et la plus importante fut l'institution d'un conseil des Anciens lequel, pour reprendre le mot de Platon[23], tempéra le pouvoir hypertrophié des rois, puisqu'il disposait, dans les

---

20. Le sanctuaire d'Apollon à Delphes était l'un des grands centres religieux de la Grèce ancienne. C'est là que le dieu rendait ses oracles par l'intermédiaire de la Pythie, une prêtresse qui entrait en transe lors des consultations des fidèles. Apollon passait pour dispensateur de la loi et de la justice, et les législateurs grecs avaient coutume de consulter l'oracle avant d'entreprendre leur œuvre réformatrice.
21. Hermippos de Smyrne (IIIe siècle avant J.-C.), membre de l'École péripatéticienne et auteur d'un ouvrage consacré aux philosophes et aux législateurs célèbres.
22. Il s'agit du temple dédié à Athéna Chalcioïcos et situé sur l'acropole de Sparte.
23. Plutarque reprend ici l'analyse de la constitution spartiate que fait Platon dans les Lois (III, 691a-692a), en mettant l'accent sur l'équilibre entre les pouvoirs des rois, du collège des anciens (gérousia) et du collège des cinq éphores (voir infra, VII, 1 et note).

grandes occasions, d'un suffrage égal au leur, ce qui fut à la fois salutaire et sage. 11. Car jusque-là le gouvernement était instable : il penchait tantôt du côté des rois vers la tyrannie, tantôt du côté de la masse vers la démocratie. Placé entre ces extrêmes, le conseil des Anciens fut comme un contrepoids qui assura l'équilibre et garantit de la manière la plus sûre l'ordre et la stabilité : les vingt-huit sénateurs se rangeaient toujours du côté des rois pour barrer la route à la démocratie, et, inversement, soutenaient le peuple quand il s'agissait d'éviter la tyrannie. 12. D'après Aristote, le nombre des conseillers fut fixé à vingt-huit parce que parmi les trente premiers qui s'étaient joints à Lycurgue, deux prirent peur et abandonnèrent l'entreprise. Mais Sphaïros[24] affirme que dès le début, ceux qui s'associèrent à Lycurgue n'étaient que vingt-huit. 13. Une autre explication pourrait venir du fait que ce nombre, vingt-huit, est le produit de sept fois quatre et qu'il est égal à la somme de ses diviseurs, ce qui en fait, après le six, un nombre parfait[25]. 14. Mais à mon avis, la raison principale qui fit adopter cet effectif, c'est qu'on aurait un total de trente quand les deux rois se joindraient aux vingt-huit conseillers.

VI. 1. Lycurgue prenait tellement à cœur l'instauration de ce conseil qu'il obtint de Delphes à son sujet un oracle qu'on appelle *rhêtra*. 2. En voici le texte : « Quand tu auras édifié un temple à Zeus Scyllanios et à Athéna Scyllania, quand tu auras distribué des tribus et circonscrit des circonscriptions, quand tu auras établi un conseil de trente membres, y compris les archagètes, alors, de saison en saison, tu réuniras l'*apella* entre Babyca et Cnacion. Dans ces conditions, tu innoveras et supprimeras, mais à l'assemblée du peuple, victoire et pouvoir[26]. » 3. Dans ce texte, « distribuer des tribus » et « circonscrire des circonscriptions » signifie diviser et répartir la foule des citoyens : Lycurgue nomma ces divisions tribus *[phylaï]* et circonscriptions *[obaï]*. Le mot « archagètes » désigne les rois ; réunir l'*apella* signifie convoquer l'assemblée, parce que Lycurgue rattachait l'origine et le principe de sa constitution au dieu Pythien Apollon (en laconien, Apellon). 4. Le nom actuel de la Babyca est Cheimarrhos, celui du Cnacion est Oenous, mais d'après Aristote, le Cnacion est un fleuve, la Babyca un pont[27]. C'est entre ces deux endroits qu'on réunissait l'assemblée, sans enceinte ni autre bâtiment : 5. car, selon Lycurgue, un édifice, loin d'aider aux délibérations, représente une gêne : ceux qui se réunissent risquent d'avoir des pensées frivoles et de se laisser distraire par de vaines préoccupations si, quand ils sont à l'assemblée, ils voient des statues, des inscriptions, des décors de théâtre

---

24. *Sphaïros (IIIe siècle avant J.-C.), originaire du Borysthène (Caucase), vint étudier à Athènes auprès de Zénon, le maître de l'École stoïcienne. Il fut à Sparte le conseiller du roi Cléomène III lorsque celui-ci entreprit, en 235, de rétablir les « lois de Lycurgue ». Voir* Cléomène, *II, 2.*
25. *Ce genre de spéculation sur les nombres était courant dans les écoles philosophiques. On a ici en effet :* $6 = 1 + 2 + 3$ *et* $28 = 1 + 2 + 4 + 7 + 14$.
26. *Les différents manuscrits donnent des leçons différentes. On a suivi ici la traduction proposée par Ruzé (1991), p. 15 et suiv.*
27. *Babyca serait un pont et Cnacion l'Oenous, un torrent affluent de l'Eurotas, le principal cours d'eau de Laconie.*

ou des plafonds décorés avec un luxe excessif[28]. 6. Une fois la foule réunie, nul n'avait le droit de proposer une motion, sauf les conseillers et les rois, lesquels présentaient des mesures sur lesquelles le peuple était maître de statuer. 7. Cependant, par la suite, comme à force de retranchements et d'additions le peuple altérait et dénaturait les décrets du conseil, les rois Polydoros et Théopompos[29] firent ajouter à la *rhétra* l'article suivant: 8. «Si le peuple fait un choix erroné, les anciens et les archagètes doivent s'en dissocier», c'est-à-dire qu'ils ne doivent pas donner leur caution au vote mais se retirer complètement et disperser le peuple, considérant qu'il détourne et pervertit la motion contre le bien de l'État. 9. Eux aussi persuadèrent la cité que cet ordre venait du dieu, comme Tyrtée[30] semble le rappeler dans les vers suivants:

> 10. Ayant ouï Phoîbos, de Pythô ils revinrent
> Avec ces vers du dieu, ces paroles parfaites:
> Que décident d'abord les rois aimés des dieux,
> Qui gardent la cité désirable de Sparte
> Puis les vieux sénateurs, puis les hommes du peuple,
> Qui aux droites *rhétraï* fidèlement répondent.

VII. 1. C'est ainsi que Lycurgue avait équilibré la constitution de la cité. Cependant, l'oligarchie restait absolue et toute-puissante: ceux qui vinrent après lui, la voyant gonflée d'insolence et de passion, pour reprendre la formule de Platon, lui imposèrent, comme un frein, la puissance des éphores: cent trente ans environ après Lycurgue, les premiers éphores, Élatos et ses collègues, furent institués, sous le règne de Théopompos[31]. 2. La femme de ce roi lui adressa, dit-on, des reproches, parce qu'il laisserait à ses enfants un pouvoir royal plus faible que celui qu'il avait reçu; il répondit: «Au contraire, il sera plus grand, car plus durable.» 3. Et, en vérité, renonçant à ses excès, la royauté échappa à l'envie. Elle ne connut pas le sort que les Messéniens et les Argiens infligèrent à leurs rois, lesquels ne voulaient rien céder ni relâcher de leur pouvoir en faveur du peuple[32]. 4. On mesure surtout la

---

28. *En écrivant cela, Plutarque pense évidemment à Athènes, mais aussi aux cités d'Ionie, où le développement de l'urbanisme depuis le IVe siècle avait multiplié les portiques décorés de peintures, où statues et bas-reliefs ornaient les lieux de réunion.*
29. *L'Agiade Polydoros et l'Eurypontide Théopompos auraient régné au début du VIIe siècle.*
30. *Tyrtée (VIIe siècle avant J.-C.), originaire d'Athènes, serait venu à Sparte à la suite d'un oracle. Il participa sans doute à la deuxième guerre de Messénie. Il aurait, dans ses poèmes, évoqué la bravoure des guerriers spartiates et composé une* Constitution des Lacédémoniens. *dont proviendrait le fragment cité par Plutarque.*
31. *La création de l'éphorat faisait déjà dans l'Antiquité l'objet de discussions. L'attribution à Théopompos est cependant vraisemblable. Les éphores étaient des magistrats, au nombre de cinq, élus annuellement parmi tous les Spartiates et qui exerçaient un contrôle sur la vie de la cité.*
32. *Plutarque, en opposant le sort heureux des Spartiates à celui des Messéniens et des Argiens, reprend la démonstration de Platon dans les* Lois *(V, 691a). La Messénie, à la suite de deux guerres, tomba sous la domination des Lacédémoniens. Quant à Argos, d'abord maîtresse du nord-est du Péloponnèse, elle*

sagesse et la prudence de Lycurgue, si l'on pense aux conflits entre les rois et le peuple et à la politique viciée que connurent les Messéniens et les Argiens, parents et voisins des Spartiates : 5. ils avaient à l'origine obtenu les mêmes droits ; on disait même qu'ils avaient été plus avantagés dans le partage des terres, mais leur bonheur ne dura pas longtemps ; les abus de leurs rois et le manque de docilité du peuple troublèrent l'ordre établi, ce qui permit de comprendre quelle bénédiction véritablement divine était pour les Spartiates l'homme qui avait si bien équilibré et adapté leur constitution. Mais cela se passa plus tard.

VIII. 1. La deuxième mesure politique de Lycurgue, et la plus hardie, fut la redistribution des terres[33]. 2. L'inégalité était terrible ; de nombreuses personnes sans biens et sans ressources surchargeaient la cité, tandis que toutes les richesses étaient concentrées entre les mains de quelques rares individus. 3. Pour chasser l'insolence, la jalousie, le vice, le luxe et ces deux maux encore plus anciens et plus funestes pour un État, la richesse et la pauvreté, Lycurgue convainquit ses concitoyens de mettre en commun toutes les terres, de faire un nouveau partage, et de vivre désormais dans une égalité absolue avec des lots semblables pour subsister : la seule supériorité qu'ils devaient rechercher était celle qu'assure la vertu, 4. puisque entre un homme et un autre il n'y a d'autre différence et d'autre inégalité que celles qui procèdent de la honte attachée aux actions mauvaises et de la gloire des beaux exploits. 5. Joignant donc l'acte à la parole, il divisa la Laconie en trente mille lots destinés aux périèques[34] et le territoire civique de Sparte en neuf mille lots, car tel était le nombre des Spartiates. 6. D'après certains, Lycurgue fit six mille lots et Polydoros en ajouta trois mille ; selon d'autres, Polydoros distribua la moitié des neuf mille lots et Lycurgue l'autre moitié[35]. 7. Chaque lot était calculé de manière à produire soixante-dix médimnes[36] d'orge pour un homme, douze pour une femme et la quantité correspondante de vin et d'huile. 8. Lycurgue trouvait que cette quantité de nourriture serait suffisante pour maintenir leur force et leur santé, et qu'ils n'auraient besoin de rien d'autre. 9. Quelque temps plus tard, revenant de voyage, il traversa, dit-on, la campagne juste après la moisson ; voyant les meules

---

dut renoncer à dominer la région, et, souvent affectée par des luttes internes, elle ne joua plus qu'un rôle effacé dans l'histoire du monde grec.

33. Le partage des terres est une revendication qui réapparaît tout au long de l'histoire des cités grecques. Elle découle de la condition précaire de la masse des paysans, souvent contraints de s'endetter ou de se placer sous la dépendance d'un puissant.

34. Les périèques étaient les habitants libres de la Laconie qui n'appartenaient pas au groupe des Spartiates. Ils avaient leurs propres cités, combattaient aux côtés des Spartiates, mais n'avaient aucun pouvoir politique.

35. Plutarque distingue soigneusement le territoire de la cité de Sparte de l'ensemble de la Laconie. Les chiffres qu'il avance ont peut-être été forgés au IIIe siècle, lorsque le roi réformateur Agis IV entreprit de diviser le territoire civique en 4 500 lots pour les Spartiates et le territoire de la Laconie en 15 000 lots pour les périèques.

36. Un médimne représente un peu plus de 50 litres.

alignées et égales, il sourit et déclara à ceux qui étaient présents: «On dirait que toute la Laconie est composée de nombreux frères qui viennent de partager leur héritage[37].»

IX. 1. Ensuite, pour supprimer toute inégalité et toute différence, il entreprit de partager les biens mobiliers. Mais il se rendait compte que les citoyens ne s'en laisseraient pas dépouiller ouvertement sans répugnance; il prit donc une autre voie et mit en œuvre des moyens politiques pour vaincre leur cupidité. 2. Il décréta d'abord que la monnaie en or et en argent n'aurait plus cours[38], exigeant qu'on n'emploie que le fer, auquel il donna une valeur très faible pour un poids et une masse considérables: une somme de dix mines[39] nécessitait une grande pièce pour l'entreposer et un attelage pour la transporter. 3. Quand cette monnaie fut en usage, bien des formes d'injustice disparurent de Lacédémone. Qui en effet aurait voulu voler, recevoir traîtreusement, détourner ou saisir ce métal impossible à cacher, dont la possession ne pouvait susciter l'envie, et qui, même coupé en morceaux, ne pouvait servir à rien[40]? Car on chauffait ce fer, paraît-il, puis on le refroidissait en le trempant dans du vinaigre, ce qui lui enlevait toute valeur et toute utilité pour un autre usage, le métal étant désormais difficile à façonner et à travailler.
4. Puis Lycurgue bannit de la cité les arts frivoles et superflus. D'ailleurs, même si personne ne les avait chassés, la plupart seraient partis avec la monnaie, leurs productions ne pouvant plus être écoulées[41]. 5. En effet, la monnaie de fer n'avait pas cours dans le reste de la Grèce; elle n'était pas reconnue; on en riait. Les Spartiates ne pouvaient donc acheter aucune marchandise étrangère, pas le moindre petit article; aucun bateau de marchandise n'entrait dans leurs ports; on ne voyait débarquer en Laconie ni sophiste discoureur, ni diseur de bonne aventure, ni proxénète, ni fabricant de bijoux d'or ou d'argent, puisqu'il n'y avait pas de monnaie[42]. 6. Pour cette raison, dépouillé

---

37. La formule est révélatrice des règles qui présidaient au partage entre frères. Elle suppose, comme le laisse entendre l'évaluation du revenu de chaque lot, que le partage était fait de manière égalitaire.
38. Les monnaies ne sont apparues dans le monde grec qu'à une date relativement tardive, certainement pas avant la seconde moitié du VIe siècle, et d'abord dans les cités grecques d'Asie.
39. Une mine équivaut à 100 drachmes. Le poids de la drachme variait selon les systèmes pondéraux. La drachme attique valait 4,36 grammes d'argent.
40. Dans Lysandre (XVII, 3-4), Plutarque décrit également cette monnaie et rapporte qu'au lendemain de la guerre du Péloponnèse, il fallut «de nouveau» interdire l'usage des monnaies d'or et d'argent. On peut se demander si ce n'est pas alors que fut forgée la légende de Lycurgue interdisant des monnaies qui n'existaient pas encore.
41. La question de la fermeture de Sparte au monde extérieur a fait l'objet de nombreuses discussions. L'archéologie atteste que jusqu'au début du VIe siècle, Sparte ne se distinguait pas des autres cités grecques, et la présence dans les tombes d'objets importés témoigne de l'existence de relations commerciales avec le reste du monde grec. À partir du VIe siècle, ces importations tendent à diminuer, sans disparaître complètement. Mais c'est alors que furent adoptés vraisemblablement le système d'éducation et le genre de vie austère que décrit Plutarque. Voir Finley (1968).
42. On retrouve ici les remarques de Platon dans la République *(373a et suiv.) sur la cité qui s'ouvre sur le monde extérieur.*

peu à peu de ce qui l'enflamme et le nourrit, le luxe se flétrit de lui-même : les riches n'avaient rien de plus que les autres, puisqu'ils ne pouvaient exhiber leurs biens et devaient les garder, improductifs, à la maison. 7. Pour la même raison, les objets courants de première nécessité, comme les lits, les sièges et les tables, furent fabriqués à Sparte avec un art remarquable : par exemple le *cothon*, ou gobelet de Laconie, était, aux dires de Critias[43], fort apprécié pour les expéditions militaires : 8. sa couleur cachait la malpropreté de l'eau que les soldats sont parfois obligés de boire et qui dégoûte le regard ; la boue était retenue par les rebords et restait à l'intérieur ; il venait à la bouche un liquide plus pur. 9. Cela aussi, on le doit au législateur ; les artisans, débarrassés des ouvrages inutiles, déployaient leur habileté sur les objets nécessaires.

X. 1. Pour repousser davantage encore le luxe et bannir le désir de richesse, il introduisit une troisième réforme, la plus belle : les repas en commun. Tous se réunissaient pour manger, les uns avec les autres, des aliments et des plats communs à tous et fixés par la loi ; ils ne se nourrissaient plus chez eux, allongés sur des couches somptueuses, devant des tables luxueuses, engraissés dans l'ombre par les pâtissiers et les cuisiniers comme des bêtes gloutonnes, abîmant leur caractère en même temps que leur corps à force de céder à tous leurs désirs, se gavant au point d'avoir ensuite besoin de longs sommeils, de bains chauds, d'une oisiveté continuelle et, en quelque sorte, des soins quotidiens des malades[44]. 2. C'était déjà un résultat important ; mais une autre conséquence, plus grande encore, ce fut d'empêcher les richesses d'être désirables, et de les avoir, comme dit Théophraste[45], appauvries, par ces repas communautaires et la frugalité des aliments. 3. Car s'ils venaient partager leur repas avec les pauvres, les riches ne pouvaient pas faire usage de leur luxe ni en profiter, ni le montrer et en faire étalage en aucune manière[46]. 4. Sparte était donc la seule cité sous le soleil où l'on pouvait vérifier que conformément à l'adage, Ploutos, le dieu de la Richesse, est aveugle et inerte, privé, comme une peinture, de vie et de mouvement. 5. Car il était impossible de manger chez soi et de s'y rassasier avant de venir au repas commun ; les autres convives surveillaient étroitement celui qui ne buvait ni ne mangeait avec eux ; ils l'insultaient, lui reprochant son intempérance et la délicatesse qui lui faisait mépriser le régime commun.

XI. 1. Ce fut surtout à cause de cette réforme que, dit-on, les citoyens aisés devinrent hostiles à Lycurgue ; ils s'ameutèrent en foule contre lui, le huèrent et lui crièrent

---

43. Critias (460-403), aristocrate athénien, parent de Platon, fut l'un des Trente, ces oligarques qui, en 404, s'emparèrent du pouvoir à Athènes durant quelques mois. Admirateur de Sparte, il écrivit une République des Lacédémoniens *dont il ne subsiste que quelques fragments.*
44. Plutarque décrit ici le mode de vie des cités ioniennes d'Asie Mineure ou des cités de Grande Grèce et de Sicile, tel qu'il est présenté traditionnellement.
45. Théophraste (vers 372-287), disciple d'Aristote et son successeur à la tête du Lycée. Ne subsistent de son œuvre que les Caractères *et deux traités de biologie.*
46. La mention par Plutarque des «riches» à Sparte atteste le caractère imaginaire d'un partage égalitaire du sol civique. Si partage il y a eu, ce ne put être que des terres conquises en Messénie.

leur indignation. Finalement, comme beaucoup lui lançaient des pierres, il fut obligé de s'enfuir de l'agora en courant. 2. Il les avait distancés et allait se réfugier dans un sanctuaire, quand l'un d'eux, Alcandros, jeune homme violent et emporté qui par ailleurs n'était pas dépourvu de qualités, le poursuivit et le rejoignit: comme Lycurgue se retournait, il le frappa de son bâton et lui creva un œil. 3. Lycurgue ne se laissa pas aller à la souffrance; se tournant vers ses concitoyens, il leur montra son visage couvert de sang et son œil crevé. 4. À cette vue, la honte et le chagrin les envahirent: ils lui livrèrent Alcandros et l'escortèrent jusque chez lui, en lui témoignant leur indignation. 5. Lycurgue les remercia et les renvoya; il fit entrer Alcandros dans sa maison, ne lui fit aucun mal, ne lui adressa pas de reproches, mais congédia ses serviteurs et ses domestiques habituels et lui ordonna de le servir. 6. Le jeune homme, qui n'était pas sans noblesse, obéit aux ordres sans rien dire; il demeura avec Lycurgue et partagea sa vie. À force d'observer sa douceur, la profondeur de son esprit, l'austérité de ses mœurs et son endurance au travail, il se prit pour lui d'une affection extraordinaire; il disait à ses familiers et à ses amis que Lycurgue, loin d'être dur ou arrogant, était l'homme le plus aimable et le plus doux. 7. Tel fut donc son châtiment; telle fut la peine qu'il subit; Lycurgue fit de ce garçon méchant et agressif un homme plein de douceur et de sagesse. 8. Pour rappeler le traitement qu'il avait subi, il édifia un sanctuaire à Athéna qu'il surnomma Optillétis: car les Doriens de ce pays nomment les yeux *optilloï*. 9. Pourtant quelques écrivains, notamment Dioscoride[47], auteur d'un ouvrage sur la constitution de Lacédémone, disent que son œil ne fut pas aveuglé, mais seulement blessé, et que ce fut en reconnaissance de sa guérison qu'il offrit le sanctuaire à la déesse. 10. En tout cas, après cet accident, les Spartiates cessèrent de porter des bâtons dans leurs assemblées.

XII. 1. Ces repas collectifs, les Crétois les nomment *andries*, les Lacédémoniens *phidities*, soit parce qu'ils entretiennent l'amitié et les sentiments amicaux, si on remplace le lambda par le delta (*phiditie* serait mis pour *philitie* [«amitié»]); soit parce qu'ils habituent les gens à la simplicité et à l'économie [*pheidô* signifie l'«épargne»]. 2. Mais rien n'empêche de croire, comme certains l'affirment, que la première lettre a été ajoutée et qu'on dit *phiditia* pour *éditia*, mot qui désigne le régime et la nourriture. 3. Ils se réunissaient par groupes de quinze, un peu moins ou un peu plus. Tous les mois, chacun des convives fournissait un médimne de froment, huit conges de vin, cinq mines de fromage, cinq demi-médimnes de figues, et en plus, une toute petite somme pour les autres denrées. 4. Par ailleurs, quand l'un d'eux avait consacré les prémices de ses récoltes ou avait rapporté du gibier, il en envoyait une portion aux repas collectifs. Ceux qui étaient retenus par un sacrifice ou une chasse avaient le droit de manger chez eux; tous les autres étaient obligés de venir. 5. Cet usage des repas en commun fut observé scrupuleusement pendant longtemps. Ainsi, le roi Agis[48], de retour d'une expédition où il avait écrasé les Athéniens, voulut dîner

---

47. *Plusieurs personnages portent ce nom. On suppose généralement qu'il s'agit d'un disciple d'Isocrate.*
48. *Le roi Agis commandait l'armée qui s'empara de la forteresse de Décélie en 413, pendant la guerre du Péloponnèse, et ravagea à plusieurs reprises le territoire d'Athènes. Il régna de 427 à 400.*

avec sa femme et envoya chercher sa ration : les polémarques[49] refusèrent de la lui faire parvenir, et quand le lendemain, par dépit, il refusa d'offrir un sacrifice auquel il était tenu, ils le condamnèrent à une amende.
6. Les enfants assistaient aussi à ces repas collectifs ; on les y menait comme à une école de modération ; ils y entendaient parler de politique et voyaient se divertir des hommes libres ; eux-mêmes s'habituaient à plaisanter et à railler sans mauvais goût, à subir les moqueries sans se fâcher. 7. Savoir supporter les railleries passait pour particulièrement digne d'un Laconien ; mais, si on ne les tolérait pas, on avait le droit de demander grâce et le railleur s'arrêtait. 8. À chaque nouveau venu, le plus âgé des convives montrait la porte en disant : «Rien de ce qui se dit ici ne sort par là.» 9. Si quelqu'un voulait être admis à partager le repas, voici comment on procédait : chaque convive prenait dans sa main de la mie de pain et la jetait, en silence, comme un jeton de vote, dans une corbeille qu'un serviteur apportait sur sa tête ; on laissait la boulette telle quelle si on acceptait le candidat, mais si on voulait l'exclure, on l'aplatissait très fort dans sa main ; la pâte aplatie comptait pour un jeton percé [c'est-à-dire pour un vote négatif]. 10. Si l'on en trouve un seul de cette sorte, on n'accepte pas le candidat, car on veut que tous aient plaisir à se réunir. 11. Le candidat ainsi rejeté est dit avoir été «caddisé», car le récipient dans lequel ils jettent les boulettes de pain s'appelle un *caddichos*.
12. Parmi les plats, celui qu'ils apprécient le plus est le brouet noir ; c'est au point que les vieillards ne demandent même pas de viande ; ils la laissent aux jeunes et font leur dîner du brouet qu'on leur verse. 13. Pour manger de ce brouet, un roi du Pont[50] alla, dit-on, jusqu'à acheter un cuisinier lacédémonien ; quand il en eut goûté, il le trouva mauvais ; le cuisinier lui dit : «Ô roi, pour goûter ce brouet, il faut s'être d'abord baigné dans l'Eurotas.» 14. Ils boivent ensuite avec modération et s'en vont sans torche ; ils n'ont le droit de s'éclairer, ni en cette occasion ni pour aucun autre trajet ; ils doivent s'habituer à cheminer hardiment et sans crainte dans l'ombre et dans la nuit. Telle est donc l'ordonnance de leurs repas en commun.

XIII. 1. Lycurgue ne mit par écrit aucune de ses lois ; un de ses décrets qu'on appelle *rhétraï* l'interdit. 2. Les prescriptions les plus importantes et les plus fortes pour assurer le bonheur et la vertu à une cité devaient être, à son avis, solidement enracinées dans les mœurs et la formation des citoyens afin de rester fixes et immuables ; elles ont alors un lien plus puissant que la contrainte, la volonté, suscitée chez les jeunes gens par l'éducation, qui réalise en chacun d'eux l'ordre établi par le législateur. 3. Quant aux petites choses, aux engagements financiers et aux affaires dont les aspects varient selon les besoins, il valait mieux ne pas les soumettre à des obligations écrites ou à des règles immuables, et admettre, en fonction des circonstances, les ajouts ou les sup-

---

49. On ignore comment la magistrature de polémarque s'intégrait à l'ensemble des institutions spartiates. Sans doute s'agit-il de magistrats qui, comme celui qui porte ce titre à Athènes, étaient détenteurs de pouvoirs judiciaires.
50. Le royaume du Pont était situé au nord de l'Asie Mineure. Les rois du Pont entretenaient des relations étroites avec les cités grecques de la mer Noire.

pressions que les gens instruits jugeraient nécessaires. Bref, il fit reposer tout son œuvre de législateur sur l'éducation. 4. Une *rhêtra* interdisait, je l'ai dit, d'avoir des lois écrites. 5. Une autre s'en prenait au luxe, ordonnant de n'employer que la hache pour façonner le toit d'une maison et la scie pour les portes, à l'exclusion de tout autre outil. 6. C'est pourquoi ce qu'Épaminondas[51] déclara plus tard, dit-on, à propos de sa table : « Un déjeuner comme le mien ne laisse pas de place pour la trahison », Lycurgue avait été le premier à le penser, persuadé qu'une telle maison ne laissait aucune place à la mollesse ni au luxe : nul n'est privé de goût et de bon sens au point d'introduire dans une maison simple et grossière des lits à pieds d'argent, des tapis de pourpre, des coupes en or et tout le luxe qui s'ensuit; on est obligé d'adapter et d'assortir le lit à la maison, la couverture au lit, et à la couverture tout l'équipement et tout le mobilier. 7. C'est parce qu'il avait l'habitude de ce genre de maison que, dit-on, Léotychidas l'Ancien[52], qui dînait à Corinthe, contemplant le plafond de la pièce, somptueusement ouvragé et lambrissé, demanda à son hôte si les arbres du pays poussaient carrés. 8. On mentionne une troisième *rhêtra* de Lycurgue, qui interdit de faire plusieurs fois campagne contre les mêmes ennemis, pour éviter de les aguerrir en leur donnant l'habitude de se défendre. 9. Aussi reprocha-t-on vivement par la suite au roi Agésilas[53], d'avoir, par ses incursions et ses campagnes continuelles en Béotie, rendu les Thébains assez braves pour résister aux Lacédémoniens. 10. Quand Antalcidas[54] le vit blessé, il lui dit : « Te voilà bien récompensé des leçons que tu as données aux Thébains ! Tu leur as appris à combattre, alors qu'ils ne voulaient ni ne savaient le faire. » 11. Telles sont les ordonnances auxquelles Lycurgue donna le nom de *rhêtraï*, prétendant qu'il les avait reçues du dieu et que c'étaient des oracles.

XIV. 1. Pour l'éducation, qu'il considérait comme l'œuvre la plus importante et la plus belle d'un législateur, il remonta loin, et régla d'abord les mariages et les naissances. 2. Il n'est pas vrai qu'il entreprit, comme l'affirme Aristote, d'assagir les femmes et qu'il dut y renoncer, incapable de contenir leur grande licence et l'autorité qu'elles exerçaient à cause des nombreuses campagnes militaires des hommes qui étaient alors contraints de leur abandonner tout pouvoir[55]; pour cette raison, ils leur rendaient plus d'honneurs qu'il ne convenait et leur donnaient le titre de « dames ».

---

51. Ce général thébain remporta sur les Spartiates, en 371, la victoire de Leuctres, qui devait marquer le début du déclin de Sparte.
52. Léotychidas l'Ancien aurait été vainqueur de la seconde guerre de Messénie. Plutarque le distingue d'un autre Léotychidas qui régna de 491 à 469 et commanda la flotte grecque lors de la bataille de Mycale, où fut détruite la flotte perse en 479.
53. Agésilas est l'un des plus célèbres rois de Sparte. Il succéda en 399 à son demi-frère Agis. Il guerroya contre les Thébains qui l'avaient offensé lors de son départ pour l'Asie Mineure. Sur les circonstances de son avènement et son hostilité contre Thèbes, voir Agésilas, III et IV, 10-11.
54. Antalcidas est le général spartiate qui négocia la paix dite « du Roi » en 386, paix par laquelle le roi des Perses, allié des Spartiates, se posait en arbitre des affaires grecques.
55. C'est dans la Politique (II, 1269b 12 et suiv.) que le philosophe Aristote critique la liberté laissée aux femmes spartiates, qu'il accuse de profiter des fréquentes absences de leurs maris pour gouverner la cité.

Lycurgue s'occupa d'elles avec tout le soin qui convenait. 3. Quant aux jeunes filles, il voulut qu'elles endurcissent leurs corps par la course, la lutte, le lancer du disque et du javelot; ainsi les enfants qu'elles porteraient, s'enracinant solidement dans des corps solides, pousseraient avec plus de vigueur; elles-mêmes seraient pleines de force pour résister à l'accouchement; elles lutteraient avec courage et aisance contre les douleurs. 4. Il bannit de leur éducation la mollesse, la recherche de l'ombre et tous les raffinements féminins; il les habitua à se montrer nues, comme les garçons, dans les processions, à danser et à chanter pendant certaines cérémonies en présence et sous les yeux des jeunes gens[56]. 5. Parfois même, elles leur lançaient des railleries et s'acharnaient sur ceux qui avaient commis quelque faute pour leur bien; en revanche, elles faisaient dans leurs chants l'éloge de ceux qui en étaient dignes. Elles suscitaient ainsi en eux un grand désir de gloire et de l'émulation. 6. Celui qui s'était entendu louer pour son courage et qui était devenu célèbre parmi les jeunes filles s'en retournait exalté par les éloges, tandis que leurs plaisanteries et leurs railleries étaient des morsures aussi cuisantes que les réprimandes les plus sérieuses, puisque cela se passait en présence de tous les citoyens, des rois et des membres du conseil. 7. La nudité des jeunes filles n'avait rien de honteux: la pudeur était là, et la licence absente. Cette pratique les habituait à la simplicité et les poussait à rivaliser de vigueur; elle inspirait aux femmes un orgueil qui n'était pas sans noblesse, puisque, tout autant que les hommes, elles avaient part à la vertu et à la gloire. 8. Aussi pouvaient-elles dire et penser ce qu'on rapporte de Gorgô, l'épouse de Léonidas[57]: comme une femme, étrangère sans doute, lui disait: «Vous autres Lacédémoniennes, vous êtes les seules à commander aux hommes», elle répondit: «C'est que nous sommes les seules à enfanter des hommes.»

XV. 1. Ces pratiques étaient aussi des incitations au mariage – je parle des processions de jeunes filles, de leur nudité et de leurs luttes sous les yeux des jeunes gens, lesquels étaient attirés, comme dit Platon, «non par la contrainte de la géométrie mais par celle de l'amour[58]». Cependant, Lycurgue attacha en outre au célibat une note d'infamie. 2. Les célibataires étaient exclus du spectacle des Gymnopédies[59]; en hiver, les magistrats leur ordonnaient de faire le tour de l'agora nus, en chantant une chanson composée contre eux, qui disait qu'on avait raison de les punir, puis-

---

56. L'éducation virile des jeunes filles spartiates était un sujet d'étonnement et de moquerie pour les Athéniens. Voir le dialogue entre l'Athénienne et la Spartiate dans la comédie d'Aristophane, Lysistrata, 78-81.
57. Il s'agit du fameux roi spartiate qui défendit le défilé des Thermopyles avec ses 300 soldats d'élite au début de la seconde guerre médique. Gorgô, son épouse, était la fille du roi Cléomène. Hérodote (VII, 239) rapporte une anecdote à son propos. Le collègue de Cléomène, Démarate, exilé auprès de Xerxès, le roi des Perses, voulait avertir ses compatriotes de la menace qui pesait sur les Grecs. Il fit parvenir à Sparte une tablette qu'il avait, par prudence, recouverte de cire après y avoir gravé son message. Seule Gorgô, quand la tablette parvint à Sparte, eut l'idée de faire gratter la cire.
58. République, V, 458d.
59. Les Gymnopédies étaient des concours athlétiques.

qu'ils désobéissaient aux lois. 3. Ils étaient privés des marques de respect et des honneurs que les jeunes gens manifestaient aux anciens. Voilà pourquoi nul ne trouva rien à redire à la phrase lancée à Dercyllidas[60], qui était pourtant un stratège en renom : à son entrée, un jeune homme refusa de se lever pour lui céder sa place, en déclarant : « Tu n'as pas engendré de fils qui pourra un jour se lever devant moi. »
4. Pour se marier, ils devaient enlever leurs épouses. Or il ne s'agissait pas de fillettes encore impubères, mais de femmes déjà vigoureuses, mûres pour le mariage. 5. Celle qui avait été enlevée était remise à une femme qu'on appelait la *nympheutria* [« assistante des noces »] : elle lui rasait la tête, lui donnait un manteau et des chaussures d'hommes, la faisait coucher sur une paillasse, toute seule et sans lumière. 6. Le jeune marié n'était pas ivre et ne se laissait pas amollir par les plaisirs ; il dînait sobrement, comme à son ordinaire, aux phidities. Ensuite, il venait la rejoindre, déliait sa ceinture, puis la soulevait et la portait sur le lit. 7. Il restait avec elle un temps très court, puis s'en retournait discrètement à l'endroit où il avait l'habitude de dormir précédemment, avec les autres jeunes gens. 8. Par la suite, il continuait ainsi : il passait ses jours avec ses compagnons, dormait avec eux, et venait rejoindre sa femme en cachette, avec précaution, tout honteux, craignant d'être aperçu par quelqu'un de la maison. De son côté, la nouvelle épouse usait d'adresse et de ruses pour trouver des occasions leur permettant de se rencontrer en cachette. 9. Ce manège durait longtemps ; c'était au point que certains avaient parfois des enfants avant d'avoir vu leur épouse en plein jour[61]. 10. De pareilles relations les entraînaient à la maîtrise de soi et à la tempérance ; et surtout, elles favorisaient l'entente conjugale, car ils conservaient leur fécondité physique, ils gardaient toujours dans l'amour leur nouveauté et leur fraîcheur, ils ignoraient la satiété et le déclin du sentiment qu'entraîne une vie commune sans entraves, et se laissaient toujours l'un à l'autre, en se quittant, un dernier feu de désir et d'amour[62].
11. Après avoir introduit dans le mariage tant de pudeur et d'ordre, Lycurgue mit tout autant de soin à en exclure la jalousie, sentiment vain et féminin. Il trouvait qu'il était beau de bannir entièrement du mariage la violence et le désordre, et de permettre à ceux qui en étaient dignes d'avoir des enfants en commun. Il se moquait de ceux qui font du ménage une société isolée, sans partage avec autrui, et qui recou-

---

60. *Dercyllidas, général spartiate, joua un rôle important dans les dernières campagnes de la guerre du Péloponnèse et contribua au développement de la puissance de Sparte au début du IV* siècle.*
61. *Cette description du mariage spartiate par Plutarque renvoie certainement à un rituel ancien qui rappelle certains rites de passage étudiés par les anthropologues, avec des formes analogues d'inversion, la jeune fille revêtant des habits d'homme et se rasant le crâne avant d'accéder au statut de femme mariée.*
62. *Dans tout ce développement, on retrouve des éléments empruntés aux cités idéales de Platon. Dans quelle mesure Platon s'est-il inspiré de la « réalité » spartiate ? Dans quelle mesure l'image transmise par Plutarque s'inspire-t-elle du « mirage spartiate », tel qu'il a été élaboré dans les milieux socratiques de la fin du V* siècle ? La question reste posée, car si l'on trouve des indications voisines dans la* République des Lacédémoniens *de Xénophon (I, 6), la description que ce dernier donne du mariage spartiate diffère assez sensiblement de celle de Plutarque.*

rent pour le préserver au meurtre et à la guerre. 12. Si un homme âgé qui avait une jeune épouse se prenait d'affection et d'estime pour un garçon valeureux, il avait le droit de l'introduire auprès d'elle, de la faire engrosser par une noble semence et de considérer l'enfant qui en naîtrait comme le sien propre. 13. De même, si un homme de bien admirait une femme féconde et vertueuse qui était l'épouse d'un autre, il avait le droit de s'unir à elle avec la permission du mari, de l'ensemencer comme une terre fertile en beaux fruits, et d'en avoir de bons enfants, du même sang et de la race. 14. Car pour Lycurgue, les enfants n'étaient pas la propriété privée de leur père; il les considérait comme le bien commun de la cité[63]. Il souhaitait donc que les citoyens ne soient pas engendrés par n'importe qui, mais par les meilleurs. 15. D'autre part, il ne voyait que sottise et aveuglement dans les règlements des autres législateurs en pareille matière: les gens, disait-il, amènent leurs chiennes et leurs juments aux meilleurs reproducteurs qu'ils demandent aux propriétaires de leur prêter, par amitié ou moyennant finances; mais ils mettent leurs femmes sous clef et montent la garde autour d'elles, désirant qu'elles n'aient d'enfants que d'eux, même s'ils sont eux-mêmes stupides, décrépits et malades! Comme si ceux qui ont des enfants et les élèvent n'étaient pas les premiers à souffrir de la progéniture déficiente d'un père déficient! et, inversement, à trouver leur bonheur devant des enfants de bonne souche[64]! 16. Ces usages, établis en fonction de la nature et des intérêts de l'État, étaient si éloignés de la licence qui, dit-on, régna par la suite parmi les femmes de Sparte, qu'un adultère passait chez eux pour hautement invraisemblable[65]. 17. On cite le mot d'un certain Géradas, Spartiate des plus anciens temps. Un étranger lui demandait quel traitement on réservait chez eux aux adultères: «Étranger, répondit-il, il n'y a pas d'adultère chez nous.» L'autre insista: «Mais, s'il y en avait?» Géradas reprit: «Le coupable serait condamné à payer le prix d'un taureau assez grand pour pouvoir boire dans l'Eurotas en se penchant du haut du Taygète.» 18. L'autre se récria: «Comment pourrait-il exister un bœuf d'une telle taille?» Alors, Géradas dit en riant: «Et comment pourrait-il y avoir un adultère à Sparte?» Voilà ce qu'on rapporte en matière de mariage.

XVI. 1. Quand un enfant venait au monde, le père n'était pas libre de l'élever; il le prenait et le portait en un lieu appelé *leschè* où siégeaient les anciens de chaque tribu. Ils examinaient l'enfant. S'il était bien conformé et robuste, ils ordonnaient de

---

63. Ici encore, on mesure la distance entre le témoignage de Xénophon et la lecture qu'en donne Plutarque. Xénophon évoque bien ces deux cas de figure, mais ne conclut pas pour autant que les enfants n'appartenaient pas à leur père.
64. La comparaison s'impose ici avec la République *de Platon (V, 459a et suiv.) où il est également question de chiens et de chevaux pour justifier de semblables pratiques d'eugénisme pour les humains.*
65. Plutarque fait ici allusion à ce que dénonçait Aristote dans la Politique, *la trop grande liberté laissée aux femmes spartiates. On peut évoquer à ce propos un adultère célèbre, celui de la femme du roi Agis qui devint la maîtresse d'Alcibiade quand celui-ci, sous le coup d'une accusation de sacrilège, s'exila à Sparte. Le fils supposé être né de cette union fut d'ailleurs écarté de la succession d'Agis au profit d'Agésilas (voir* supra, *XIII, 9 et note).*

le nourrir et lui attribuaient l'un des neuf mille lots. 2. Si au contraire il était mal venu et difforme, ils l'envoyaient en un lieu qu'on nommait les Apothètes [«les Dépôts»], un gouffre près du Taygète. Ils trouvaient qu'il valait mieux, pour lui-même comme pour la cité, ne pas laisser vivre un être qui, dès l'origine, n'avait pas d'aptitude à la santé et à la force[66]. 3. Pour la même raison, les femmes lavaient les bébés dans du vin, non dans de l'eau. Elles voulaient éprouver leur tempérament: ceux qui sont épileptiques et maladifs sont, dit-on, pris de convulsions devant le vin pur, tandis que ceux qui sont en bonne santé en retirent une force mieux trempée et une plus grande vigueur. 4. Les nourrices étaient soigneuses et habiles : elles élevaient les nouveau-nés sans langes et faisaient d'eux des êtres dont les membres et l'apparence étaient d'hommes libres, qui se contentaient de leur nourriture et ne faisaient pas les dégoûtés, qui n'avaient pas peur de l'obscurité, ne redoutaient pas la solitude et ne s'abandonnaient pas aux caprices vulgaires ni aux cris plaintifs. 5. Aussi des étrangers achetèrent-ils pour leurs enfants des nourrices de Lacédémone; Amiclas qui éleva l'Athénien Alcibiade[67] était, dit-on, lacédémonienne, 6. mais, si l'on en croit Platon, Périclès donna pour pédagogue à Alcibiade Zopyros, un esclave qui ne différait en rien des autres[68]. 7. Lycurgue, au contraire, ne confia pas les enfants des Spartiates à des pédagogues achetés ou loués: il ne laissa aucun citoyen nourrir et élever son fils comme il l'entendait; dès que les enfants avaient sept ans, il les prenait tous lui-même, les enrôlait dans des troupes, leur imposait les mêmes lois et la même nourriture, et les habituait à jouer et à étudier ensemble. 8. Celui qui se montrait le plus intelligent et le plus acharné au combat devenait le chef de la troupe; tous fixaient leurs regards sur lui, obéissaient à ses ordres et se laissaient punir par lui: l'éducation était d'abord un apprentissage de l'obéissance. 9. Les vieillards surveillaient leurs jeux et ne cessaient de provoquer beaucoup de bagarres et de disputes, pour étudier la nature de chacun et voir s'il serait courageux et ne se déroberait point au combat. 10. Leur apprentissage des lettres se bornait au strict nécessaire; tout le reste de leur éducation visait à leur apprendre à bien obéir, à endurer l'effort et à vaincre au combat. 11. Quand ils grandissaient, on durcissait leur entraînement: on leur rasait la tête, on les habituait à marcher sans chaussures et à jouer nus la plupart du temps. 12. À douze ans, ils ne portaient plus de tunique; ils recevaient un unique manteau pour toute l'année; ils étaient sales et ignoraient bains et parfums, n'ayant droit à ces douceurs que quelques rares jours dans l'année.

---

66. On trouve des dispositions analogues dans la République *de Platon (V, 460b-c), la sélection étant faite par une commission composée d'hommes et de femmes désignés à cet effet. Les enfants non admis dans la cité idéale de Platon seraient « cachés dans un endroit secret », ce qui sans doute revenait à les mettre à mort.*
67. Alcibiade était le filleul de Périclès. Brillant et ambitieux, il engagea Athènes dans l'expédition de Sicile en 415. Compromis dans une affaire de sacrilège, il s'exila à Sparte d'abord, puis en Asie Mineure à la cour du satrape Tissapherne. Il rentra à Athènes en 407, mais dut de nouveau s'exiler et mourut loin de sa patrie. Voir Alcibiade.
*68. L'opposition entre l'éducation libérale athénienne et l'éducation réglementée de Sparte se trouve déjà chez Thucydide (*Guerre du Péloponnèse*, II, 39).*

13. Ils dormaient ensemble, en troupes et en bandes, sur des paillasses qu'ils s'étaient confectionnées eux-mêmes, en coupant à main nue, sans fer, le bout des roseaux qui poussent au bord de l'Eurotas[69]. 14. En hiver, ils ajoutaient des plantes qu'on appelle des lycophons[70]; ils les mêlaient à leur paillasse, parce que cette matière dégage, croit-on, un peu de chaleur.

XVII. 1. C'était l'âge où les jeunes gens qui s'étaient illustrés commençaient à être recherchés par des érastes. Les vieillards les surveillaient: ils venaient plus fréquemment dans les gymnases et observaient leurs luttes et leurs échanges de quolibets. Cette surveillance n'avait rien de superficiel: tous se considéraient, d'une certaine façon, comme les pères, les pédagogues et les maîtres de tous. Aussi n'y avait-il pas un seul instant, pas un seul endroit, où celui qui était en faute ne trouvât quelqu'un pour le gronder et le punir. 2. De plus, on désignait un *pédonome* parmi les hommes de valeur, et chaque bande se donnait pour chef, parmi les jeunes gens qu'on appelait *irènes*, celui qui était le plus sensé et le plus acharné au combat. 3. Les Spartiates donnent le nom d'*irènes* à ceux qui sont sortis de l'enfance depuis deux ans, et celui de *mellirènes* [futurs *irènes*] aux enfants les plus âgés[71]. 4. L'*irène* a vingt ans; lors des bagarres, il exerce le commandement sur les enfants de sa bande et les emploie à la maison comme domestiques pour les repas. Il ordonne aux plus forts d'apporter du bois, aux plus petits de fournir des légumes: 5. ce qu'ils apportent, ils doivent le voler, les uns en pénétrant dans les jardins, les autres en se glissant avec beaucoup d'adresse et de précaution dans les réfectoires des hommes; celui qui se fait prendre est abondamment fouetté pour s'être montré un voleur négligent et maladroit. 6. Ils volent toute la nourriture qu'ils peuvent; ils apprennent à attaquer habilement ceux qui dorment ou relâchent leur surveillance. Celui qui se fait prendre est battu et privé de nourriture. On leur donne très peu à manger, pour les obliger à repousser la faim par leurs propres moyens, en faisant appel à l'audace et à la ruse. 7. Voilà pourquoi leurs repas sont si maigres; on veut aussi, paraît-il, favoriser leur croissance. Car on a tendance à grandir quand l'énergie vitale n'est pas retenue ou entravée par une masse de nourriture qui l'alourdit et l'épaissit; la légèreté lui permet de s'élever; le corps se développe librement et

---

69. Il faut ici rappeler l'influence que cette description par Plutarque de l'éducation spartiate devait exercer sur les hommes de la période révolutionnaire en France. Les projets élaborés par le Comité d'Instruction publique de la Convention sont particulièrement éloquents. On retiendra entre autres celui de Le Pelletier de Saint-Fargeau, lu devant l'assemblée en juillet 1793 après l'assassinat de son auteur en janvier. Il prévoyait une éducation publique de 5 à 12 ans pour les garçons, de 5 à 11 ans pour les filles. Les enfants recevraient une nourriture frugale, porteraient un vêtement grossier et, comme les enfants spartiates, seraient couchés «sans mollesse». Voir aussi Dictionnaire, «Révolution française».
70. Le lycophon était une sorte de chardon cotonneux.
71. Le système éducatif spartiate reposait sur les classes d'âge. Plutarque distingue ici les enfants, païdes, les adolescents, mellirènes, et les jeunes gens, irènes. Mais il n'est pas facile de déterminer leurs âges respectifs. D'où les nombreuses spéculations à partir de cette énumération. Voir Jeanmaire (1939), p. 499-512 et Marrou (1948), p. 49-67.

aisément. 8. La nourriture parcimonieuse contribue également, semble-t-il, à la beauté : les tempéraments maigres et grêles ont tendance à être plus agiles, tandis que ceux qui sont gros et pléthoriques n'y parviennent pas, en raison de leur poids ; de même, les enfants des femmes qu'on a purgées pendant leur grossesse sont maigres mais beaux et déliés, car leur substance est légère et plus docile au principe qui les façonne. Pour la cause de ce phénomène, je laisse à d'autres le soin de la chercher[72].

XVIII. 1. Les enfants prennent le vol tellement au sérieux que l'un d'entre eux, dit-on, qui avait dérobé un renardeau et le cachait dans son manteau, se laissa, pour ne pas être pris, déchirer le ventre par les griffes et les dents de l'animal sans broncher : il en mourut. 2. Il n'y a là rien d'incroyable : de nos jours encore, nous l'avons vu, de nombreux éphèbes se laissent battre à mort devant l'autel d'Artémis Orthia[73]. 3. Après le dîner, l'*irène*, encore allongé, ordonnait à l'un des enfants de chanter ; il posait à un autre des questions qui faisaient appel à la réflexion, par exemple : quel est le plus valeureux des citoyens ? ou : que faut-il penser de la conduite d'Untel ? 4. Ils s'habituaient ainsi dès le début à apprécier les belles actions et à s'intéresser à la vie politique. Quand on demandait à un enfant : qui est un bon citoyen ? ou : qui n'est pas recommandable ? et qu'il ne savait pas répondre, cette ignorance passait pour la marque d'une âme paresseuse, qui ne se souciait pas de la vertu. 5. La réponse devait être assortie de raisons et de justifications présentées en un style bref et concis. Celui qui avait mal répondu était puni par l'*irène* qui lui mordait le pouce. 6. Souvent l'*irène* châtiait les enfants en présence des vieillards et des magistrats : ils pouvaient ainsi juger s'il punissait avec raison et de manière convenable. 7. Nul ne s'opposait aux punitions qu'il décidait, mais une fois les enfants partis, il devait rendre des comptes, s'il avait châtié trop durement ou au contraire avec trop de douceur et d'indulgence. 8. Les érastes partageaient la réputation bonne ou mauvaise des enfants : un jour, dit-on, un garçon qui se battait ayant laissé échapper un mot vulgaire, ce fut son éraste qui fut châtié par les magistrats. 9. L'amour était tellement en honneur chez eux que même les femmes les plus honnêtes s'éprenaient de jeunes filles. Il n'y avait pas de rivalité passionnelle : ceux qui étaient épris des mêmes personnes y voyaient plutôt l'occasion d'une amitié réciproque ; ils travaillaient ensemble à rendre l'aimé le meilleur possible[74].

---

72. *Plutarque reprend ici certaines réflexions de la médecine hippocratique qui était en partie fondée sur les régimes alimentaires (diététique).*

73. *Artémis Orthia était l'une des divinités les plus vénérées à Sparte ; elle présidait en particulier aux initiations des jeunes gens. L'un des aspects du rituel consistait à s'emparer de fromages déposés sur l'autel de la déesse sans se faire prendre. Ceux qui échouaient étaient battus, parfois à mort comme le rapporte Plutarque. Ici, comme pour tout ce qui précède, il s'inspire de la* République des Lacédémoniens *de Xénophon.*

74. *Dans ce développement relatif à la pédérastie, Plutarque gomme volontairement l'aspect sexuel de cette relation à laquelle il donne un sens «platonique» : une pédagogie destinée à élever ceux ou celles qui sont l'objet d'un tel amour.*

XIX. 1. On apprenait aux enfants à mêler, dans leurs propos, le piquant et la grâce, à enfermer beaucoup de sens en peu de mots[75]. 2. Lycurgue avait donné à la monnaie de fer, je l'ai dit, peu de valeur et un grand poids; avec la monnaie de la langue, il fit l'inverse: il la contraignit à rendre un sens riche et profond avec des mots simples et peu nombreux; l'usage abondant du silence devait donner aux enfants concision et circonspection dans leurs réponses. 3. Comme la semence de ceux qui pratiquent sans retenue l'union sexuelle est en général stérile et improductive, de même l'incontinence verbale affaiblit le langage et le vide de sens. 4. Un homme de l'Attique se moquait un jour de la petite taille des épées laconiennes: les bateleurs, disait-il, n'ont pas de mal à les avaler dans les théâtres. Le roi Agis rétorqua: « Oui, mais avec ces petites épées nous atteignons fort bien nos ennemis. » 5. À mon avis, malgré sa brièveté apparente, le style laconique rend parfaitement les idées et se fixe dans l'esprit des auditeurs. 6. Lycurgue lui-même, semble-t-il, était porté à la brièveté et à la concision, à en croire les réponses de lui qui ont été conservées. 7. Ainsi sur le gouvernement, à un homme qui lui conseillait d'établir la démocratie dans la cité: « Instaure d'abord, toi, la démocratie dans ta maison. » 8. Et à propos des sacrifices, comme on lui demandait pourquoi il les avait voulus si petits et si peu coûteux: « Afin de ne jamais cesser d'honorer la divinité. » 9. Pour les compétitions sportives, il déclara qu'il n'avait autorisé les citoyens à concourir qu'à celles « où l'on ne tend pas la main ». 10. On cite aussi de lui des lettres à ses concitoyens qui contiennent des réponses du même genre: 11. « Comment repousser l'assaut des ennemis? – En restant pauvres et en ne désirant pas nous élever les uns au-dessus des autres. » 12. Et encore, concernant les remparts: « Une cité ne saurait manquer de remparts, quand ceux-ci sont faits de héros, non de briques. » 13. Cependant, pour ces lettres et d'autres semblables, on ignore quelles sont celles dont il faut rejeter ou admettre l'authenticité.

XX. 1. Voici quelques apophtegmes[76] qui montrent l'aversion des Lacédémoniens pour les longs discours. Quelqu'un abordait à contretemps des sujets qui n'étaient pas sans intérêt; le roi Léonidas lui dit: « Étranger, tu tiens de bons propos, mais hors de propos. » 2. On questionnait Charilaos, le neveu de Lycurgue, sur le petit nombre des lois faites par son oncle; il répondit: « Ceux qui n'emploient pas beaucoup de mots n'ont pas besoin de beaucoup de lois. » 3. Certains critiquaient le sophiste Hécatée[77] qui avait été admis à un repas commun et ne disait rien; mais Archidamidas déclara: « L'homme avisé connaît les mots et le moment. » 4. Voici quelques exemples de ces reparties piquantes, non dépourvues de grâce, dont j'ai parlé plus haut. 5. Un méchant

---

75. *Cette manière de parler brièvement, cette* brachylogia, *était propre aux Spartiates, d'où l'épithète de « laconique » accolée à ce genre d'éloquence.*
76. *Un apophtegme est une parole digne d'être rapportée. Plutarque avait rassemblé quantité de ces apophtegmes concernant des Spartiates célèbres ou inconnus.*
77. *Il s'agit sans doute d'Hécatée d'Abdère, auteur d'une* Histoire de l'Égypte *sous le règne de Ptolémée I*er *et disciple du philosophe sceptique Pyrrhon. Son interlocuteur pourrait être le roi Archidamos IV.*

homme importunait Démarate[78] de questions déplacées, lui demandant notamment avec insistance: «Quel est le meilleur des Spartiates?» Démarate répondit: «Celui qui te ressemble le moins.» 6. On louait les gens d'Élée[79] pour leur attitude belle et juste pendant les concours Olympiques, mais Agis s'écria: «Belle merveille! les Éléens pratiquent la justice un jour tous les quatre ans!» 7. Un étranger qui voulait montrer sa sympathie pour les Spartiates, déclarait que ses concitoyens le surnommaient «ami des Lacédémoniens»; Théopompos rétorqua: «Ce qui serait beau, étranger, ce serait qu'on t'appelle "ami de tes concitoyens".» 8. Un orateur athénien traitait les Lacédémoniens d'ignorants; alors Pleistonax[80], fils de Pausanias, s'écria: «Tu as raison; nous sommes les seuls Grecs à qui vous n'avez rien enseigné de mauvais.» 9. Quelqu'un demandait à Archidamidas le nombre des Spartiates: «Assez nombreux, étranger, pour repousser les méchants.» 10. On peut aussi juger de leurs mœurs par les bons mots qu'ils lançaient 11. car on les habituait à ne jamais parler pour ne rien dire et à ne laisser échapper aucune parole qui, d'une manière ou d'une autre, ne contînt quelque pensée digne d'être méditée. 12. On invitait l'un d'eux à aller entendre un homme qui imitait le rossignol: «J'ai entendu, dit-il, le rossignol lui-même.» 13. Un autre lisait l'épitaphe suivante:

> Eux qui avaient jadis éteint la tyrannie,
> De ses armes de bronze, Arès[81] les a saisis.
> Devant les portes de Sélinonte[82] ils sont morts.

Il déclara: «Ces hommes ont mérité de mourir; ils n'auraient pas dû éteindre la tyrannie, mais la laisser brûler tout entière.» 14. Quelqu'un promettait à un jeune homme de lui donner les coqs de combat qui se faisaient tuer: «Je n'en veux pas, dit-il, donne-moi plutôt ceux qui tuent leurs adversaires.» 15. Un autre, voyant dans des latrines des hommes installés sur des sièges: «Puissé-je ne jamais m'asseoir à une place d'où je ne pourrais me lever pour la céder à un aîné.» 16. Voilà donc à quoi ressemblaient leurs apophtegmes: ce qui a fait dire à certains, à juste titre, que plus qu'un entraînement physique, le laconisme est une philosophie[83].

---

78. Démarate, roi de Sparte de la dynastie des Eurypontides, fut en butte aux accusations de Cléomène et s'exila en 491 auprès du roi des Perses. Il aurait été le conseiller de Xerxès lorsque celui-ci préparait son attaque contre la Grèce, mais n'en avertit pas moins ses compatriotes de la menace qui pesait sur eux (voir supra, XIV, 8 et note).
79. Le sanctuaire d'Olympie se trouvait sur le territoire d'Élis, et c'étaient les magistrats de la cité qui, tous les quatre ans, présidaient les concours qui s'y déroulaient en l'honneur de Zeus.
80. Il s'agit sans doute du roi de Sparte qui régna de 458 à 445. Accusé de complicité avec les Athéniens pour avoir évacué l'Attique prématurément, il fut condamné à l'exil.
81. Arès était le dieu de la guerre et des combats.
82. Sélinonte est une cité grecque située sur la côte méridionale de la Sicile. Elle connut une longue période de tyrannie à l'époque archaïque.
83. Plutarque emploie le verbe philosophein. *De fait, alors que Sparte passait aux yeux des Athéniens pour une cité d'illettrés, ses admirateurs, y compris dans l'entourage de Platon, considéraient le genre de vie des Spartiates comme digne d'un amoureux de la sagesse, d'un philosophe. Voir* Protagoras, *342e:*

XXI. 1. On leur enseignait le chant et la poésie lyrique avec tout autant de soin qu'on veillait sur le langage et sur sa pureté ; il y avait dans leurs chants un aiguillon qui éveillait l'ardeur et leur communiquait un désir enthousiaste d'agir ; la forme en était simple et sans affectation, les sujets sérieux et édifiants. 2. Il s'agissait le plus souvent de louanges décernées aux héros qui étaient morts pour Sparte et dont on vantait la félicité, ou de blâmes fustigeant les lâches, dont on peignait la vie douloureuse et misérable ; les chanteurs, suivant leur âge, promettaient de se montrer courageux ou affirmaient hautement qu'ils l'étaient. 3. Pour faire comprendre cela, il n'est pas mauvais de citer un unique exemple. Dans les fêtes, on formait trois chœurs qui correspondaient aux trois différents âges ; celui des vieillards chantait le premier :

> Nous étions autrefois de vaillants jeunes gens.

Celui des hommes adultes répondait :

> Nous le sommes ! Fais-en l'épreuve si tu veux !

Le troisième, celui des enfants, ajoutait :

> Un jour nous le serons, et beaucoup mieux que vous[84] !

4. Bref, si l'on étudie les poèmes laconiens qui ont été conservés jusqu'à nos jours, si l'on examine les rythmes de marche qu'ils exécutaient, avec un accompagnement à l'aulos[85], pour aller à l'ennemi, on admettra que Terpandre[86] et Pindare n'ont pas eu tort d'établir un lien entre le courage et la musique. 5. Le premier a écrit, à propos des Lacédémoniens :

> C'est là qu'on voit fleurir la lance des garçons,
> La Muse claire et la justice aux larges voies.

6. Quant à Pindare[87], il dit :

> Là-bas, on voit briller les vieillards au conseil,
> Les jeunes guerriers exceller à la lance,
> avec aussi les Chœurs, la Muse et Aglaia[88].

« *Beaucoup d'observateurs dans le passé comme de nos jours ont compris que "laconiser" consistait bien moins à cultiver la gymnastique que la philosophie.* »
84. *On retrouve le thème du chœur des enfants dans le dernier couplet de* La Marseillaise, *comme Chateaubriand en faisait la remarque dans son* Essai sur les Révolutions *(éd. Pléiade, p. 118).*
85. *Instrument à vent, composé de deux tuyaux reliés à une anche double. L'aulos s'apparente au chalumeau et au hautbois.*
86. *Terpandre est un poète lyrique du VIIe siècle avant J.-C., originaire de Lesbos, mais qui vécut à Sparte où il composa la plupart de ses œuvres.*
87. *Pindare (518-438) est le plus grand poète lyrique grec. Il composa des* Odes *en l'honneur des athlètes vainqueurs aux grands concours panhelléniques, des* Hymnes *et des chants de guerre. Son œuvre est une source incomparable pour la connaissance de la mentalité aristocratique grecque.*
88. *Aglaia était l'une des Trois Grâces.*

Ils peignent les Spartiates excellant à la fois à la musique et à la guerre.
Ensemble vont le fer et l'art de la cithare,

comme dit le poète de Lacédémone[89]. 7. D'ailleurs avant les batailles, le roi sacrifiait aux Muses : c'était, semble-t-il, pour rappeler à ses hommes leur éducation et leurs engagements, afin qu'ils soient prêts à affronter le danger et qu'ils accomplissent des exploits militaires dignes d'être célébrés.

XXII. 1. Dans ces occasions, on relâchait pour les jeunes gens la sévérité de la discipline ; on ne les empêchait pas de soigner leurs cheveux et d'orner leurs armes et leurs vêtements ; on avait plaisir à les voir, comme des chevaux, parader et frémir avant les combats. 2. Dès qu'ils étaient sortis de l'éphébie[90], ils portaient des cheveux longs[91] et, en cas de danger, ils les soignaient particulièrement ; ils voulaient qu'on remarque leur chevelure brillante d'huile et bien peignée, se rappelant un mot de Lycurgue : « Les cheveux rendent les jolis garçons plus séduisants et les hommes laids plus terribles. » 3. Durant les campagnes, les exercices physiques étaient aussi plus relâchés et le régime des jeunes gens dans son ensemble moins rigoureux et strict que d'habitude : ils étaient les seuls hommes au monde auxquels la guerre permettait de se reposer des exercices qui y préparaient. 4. Une fois leur phalange rangée en ordre de bataille[92], en vue des ennemis, le roi faisait le sacrifice de la chèvre ; il ordonnait à tous de se couronner et les joueurs d'aulos devaient jouer sur leur instrument l'air de Castor[93]. 5. En même temps, il entonnait un péan[94] de marche. C'était un spectacle grandiose et terrifiant, de voir ces hommes s'avancer en cadence au son de l'aulos, sans laisser le moindre vide dans la phalange, sans éprouver de trouble dans leurs âmes ; ils étaient conduits au danger calmement et joyeusement par la musique. 6. On comprend qu'avec de telles dispositions, les combattants ne pouvaient être gagnés par la peur ni par la fureur ; ils éprouvaient une assurance tranquille, mêlée d'espoir et d'audace, comme si le dieu se tenait à leurs côtés. 7. Quand le roi marchait à l'ennemi, il avait près de lui les vainqueurs qui avaient remporté une couronne aux concours[95]. 8. Un

---

89. Le poète laconien auquel Plutarque fait allusion est sans doute Alcman, poète lyrique originaire de Grèce d'Asie et qui vécut à Sparte dans la seconde moitié du VIIe siècle. Il composa en particulier des poèmes pour les chœurs de jeunes filles.

90. L'éphébie était la période qui précédait l'entrée dans la vie civique, entre 18 et 20 ans. Plutarque emploie ici le terme le plus courant pour désigner ce moment de la vie du citoyen.

91. Le port des cheveux longs était caractéristique des Spartiates, et, à Athènes, des jeunes aristocrates admirateurs de la cité laconienne.

92. La phalange était l'ordre de bataille des armées grecques. Les combattants lourdement armés (hoplites) étaient placés sur plusieurs rangs en profondeur, chacun tenant du bras gauche son bouclier, qui le protégeait mais protégeait aussi son voisin. Aussi n'y avait-il pas « le moindre vide » entre les soldats.

93. Castor était l'un des deux Dioscures, particulièrement vénérés à Sparte.

94. Chant de guerre qu'on entonnait avant de se lancer à l'assaut.

95. La victoire aux grands concours, dont la récompense était une couronne, était un honneur non seulement pour le vainqueur, mais pour la cité tout entière.

Spartiate se vit offrir, dit-on, une grosse somme d'argent à Olympie; il refusa, et se donna beaucoup de mal pour terrasser son adversaire à la lutte; on lui demanda: «Alors, Lacédémonien, qu'as-tu gagné de plus par ta victoire?» L'homme répondit en souriant: «Quand j'irai à l'ennemi, je serai placé devant le roi.» 9. Une fois les ennemis vaincus et mis en fuite, ils ne les poursuivaient qu'autant qu'il le fallait pour que la victoire fût assurée par cette déroute; ils se retiraient aussitôt après, considérant qu'il n'était pas noble ni digne d'un Grec de frapper et de tuer des gens qui avaient abandonné la lutte et cédé le terrain[96]. 10. Cette conduite était non seulement belle et magnanime, mais aussi fort utile: leurs adversaires, sachant qu'ils tuaient ceux qui tenaient bon et qu'ils épargnaient ceux qui cédaient, trouvaient plus avantageux de fuir que de résister.

XXIII. 1. Selon le sophiste Hippias[97], Lycurgue était lui-même un très bon combattant et prit part à de nombreuses expéditions. Philostéphanos[98] lui attribue même la répartition des cavaliers en «oulames»: l'«oulame», tel qu'il l'avait constitué, étant une troupe de cinquante cavaliers rangés en carré. 2. Mais Démétrios de Phalère[99] dit qu'il ne participa à aucune action militaire et qu'il établit sa constitution en temps de paix; d'ailleurs, l'idée d'une trêve olympique semble prouver son caractère doux et pacifique. 3. Pourtant certains, comme Hermippos le rappelle, affirment que Lycurgue ne pensait pas à cette trêve et qu'au début il ne s'associa pas à l'entreprise d'Iphitos[100]; il séjournait à Olympie pour d'autres motifs, et il assista aux concours; 4. soudain, il entendit derrière lui une voix, qui semblait celle d'un homme, manifester sa désapprobation et son étonnement de ne pas le voir associer ses concitoyens à cette fête commune. Il se retourna, mais ne vit nulle part celui qui avait parlé. Alors, jugeant que c'était un avertissement divin, il alla trouver Iphitos et, avec lui, travailla à donner à la fête plus d'éclat et de stabilité.

XXIV. 1. L'éducation se prolongeait durant l'âge adulte. On ne laissait à personne la liberté de vivre à son gré; la cité ressemblait à un camp militaire; leurs habitudes et leurs occupations étaient réglées par la loi et consacrées au service de la cité; de

---

96. *Le combat hoplitique opposait deux phalanges. Celle qui résistait le mieux au choc frontal demeurait maîtresse du terrain, cependant que l'autre, désorganisée, n'avait plus de ressource que dans la fuite. Plutarque décrit ici le combat hoplitique idéal dont les Spartiates étaient par excellence les représentants.*
97. *Hippias d'Élis était l'un des plus célèbres sophistes grecs. Platon l'a mis en scène dans deux de ses dialogues qui portent son nom. Il était à la fois grammairien, poète, musicien et aurait écrit sur les législateurs.*
98. *Philostéphanos de Cyrène était un historien et géographe du IIIe siècle.*
99. *Démétrios de Phalère, élève de l'École d'Aristote et ami de Théophraste, composa de nombreux ouvrages avant et après les dix années où il gouverna Athènes sous la protection du Macédonien Cassandre (317-307). Contraint de s'exiler après la prise d'Athènes par Démétrios Poliorcète, il se réfugia auprès de Ptolémée, devenu le maître de l'Égypte. On lui attribue l'initiative de la création de la Bibliothèque et du Musée d'Alexandrie.*
100. *Sur Iphitos, voir supra, I, 2 et note.*

manière générale, les citoyens vivaient avec la pensée qu'ils ne s'appartenaient pas à eux-mêmes, mais à la patrie. Quand ils n'avaient pas reçu l'ordre de faire autre chose, ils surveillaient les enfants, et leur enseignaient quelque connaissance utile, ou bien s'instruisaient eux-mêmes auprès de leurs aînés. 2. Car un des avantages et des bonheurs que Lycurgue procura à ses concitoyens était l'abondance de loisirs : il leur interdit absolument de pratiquer tout métier manuel ; ils n'avaient d'ailleurs nul besoin de travailler et de se donner de la peine pour amasser des richesses puisque celles-ci n'étaient plus du tout convoitées ni honorées. Les hilotes travaillaient pour eux la terre et leur payaient une redevance fixée à l'avance. 3. Un Spartiate qui séjournait à Athènes un jour qu'on y rendait la justice apprit qu'on venait de condamner un Athénien pour oisiveté[101] : l'homme s'en retournait chez lui désespéré, escorté d'amis qui s'affligeaient et se désolaient avec lui. Alors le Spartiate demanda à ceux qui l'entouraient : « Montrez-moi ce condamné auquel on reproche de vivre en homme libre. » Tant c'était à leurs yeux chose servile d'exercer un métier et de vouloir gagner de l'argent. 4. Les procès avaient naturellement disparu de Sparte en même temps que l'argent, puisqu'on n'y connaissait ni richesse ni indigence, que tous avaient également part au bien-être et que leur frugalité leur rendait la vie facile[102]. 5. Ce n'étaient chez eux que danses, festins et banquets, parties de chasse, exercices aux gymnases et conversations dans les *leschaï*, quand ils n'étaient pas engagés dans une campagne militaire.

XXV. 1. Ceux qui avaient moins de trente ans ne descendaient jamais à l'agora[103] : ils faisaient faire les achats nécessaires par leur famille et leurs érastes. 2. Quant aux hommes plus âgés, ils auraient eu honte qu'on les voie passer tout leur temps à ces affaires au lieu de consacrer la plus grande partie du jour aux gymnases et aux endroits qu'on appelait *leschaï*: 3. ils s'y rencontraient pour s'y entretenir amicalement les uns avec les autres, et jamais il n'y était question des moyens de s'enrichir ou des affaires de l'agora. Les conversations portaient le plus souvent sur l'éloge de quelque belle action, la critique de quelque acte honteux, le tout avec des plaisanteries et des rires qui rendaient plus légères la réprimande et la leçon. 4. Lycurgue lui-même n'était pas d'une austérité sans mélange : selon Sosibios[104], il consacra une petite statue au Rire, et il voulut introduire à l'occasion les plaisanteries dans les

---

101. La tradition attribuait à Solon une loi sur l'oisiveté (voir Solon, XXII, 3). En réalité, le loisir, scholè, était aussi un idéal partagé par les Athéniens. Cependant, bien peu en jouissaient réellement, la plupart des Athéniens étant contraints de travailler pour vivre (paysans, artisans, petits commerçants, pêcheurs, etc.).
102. Ici encore, on retrouve l'opposition entre Sparte et Athènes, la cité où les tribunaux siégeaient quasiment en permanence, à en croire Aristophane.
103. L'agora était la place publique, centre de la vie politique, mais aussi, à Athènes, lieu d'échanges où se tenaient les échoppes des marchands. Tout ce qui suit oppose la vie idéalisée des Spartiates à la vie réelle des Athéniens.
104. Le Spartiate Sosibios se rendit en Égypte sous le règne du premier Ptolémée et devint un membre de l'école d'Alexandrie. Il a écrit sur l'histoire de Sparte.

banquets et les passe-temps similaires, pour assaisonner de douceur la vie pénible qu'ils menaient. 5. D'une manière générale, il habitua les citoyens à ne vouloir pas vivre isolément, et à en être même incapables : pareils aux abeilles, ils devaient toujours faire corps avec la communauté et se grouper, en rangs serrés, autour de leur chef ; l'enthousiasme et l'amour de la gloire les arrachant pour ainsi dire, à eux-mêmes, ils appartenaient tout entiers à la patrie. Certains de leurs propos illustrent bien cet état d'esprit. 6. Pédaritos, par exemple, qui n'avait pas été admis au nombre des Trois Cents[105], s'en retournait, rayonnant de joie, se déclarant heureux que la cité possédât trois cents citoyens meilleurs que lui. 7. Polystratidas avait été envoyé en ambassade avec d'autres auprès des stratèges du Grand Roi[106] ; ceux-ci demandèrent s'ils venaient à titre privé ou public : « Si nous réussissons, répondit-il, ce sera à titre public ; si nous échouons, ce sera à titre privé. » 8. Des hommes d'Amphipolis[107] vinrent trouver à Lacédémone Argiléonis, mère de Brasidas[108] ; elle leur demanda si son fils avait eu une belle mort, digne de Sparte ; 9. ils firent l'éloge du héros, déclarant que Sparte n'avait pas son pareil. « Taisez-vous, étrangers, dit-elle ; Brasidas était noble et brave, mais Lacédémone a beaucoup de héros meilleurs que lui. »

XXVI. 1. Lycurgue, nous l'avons dit, avait d'abord choisi lui-même les membres du conseil parmi ceux qui s'étaient associés à son entreprise. Par la suite, il décida de remplacer chaque conseiller qui mourrait par celui qu'on jugerait le plus vertueux parmi les hommes de plus de soixante ans. 2. Cette compétition était la plus importante qui fût et la plus chaudement disputée. Il ne s'agissait pas de choisir le plus rapide parmi les rapides, ni le plus fort entre les forts, mais parmi les hommes de bien et les sages, le meilleur et le plus sage : pour prix de ses mérites, il exercerait toute sa vie un pouvoir pour ainsi dire absolu dans la cité, maître d'infliger la mort et l'infamie, et responsable, en un mot, des affaires les plus importantes. 3. Voici comment se faisait l'élection. Une fois l'assemblée du peuple réunie, des hommes choisis s'enfermaient dans une maison voisine, d'où ils ne pouvaient ni voir ni être vus ; ils entendaient seulement les clameurs du peuple assemblé : 4. car, comme en toutes choses, c'était aux acclamations qu'on jugeait les concurrents. On ne les introduisait pas tous à la fois ; chacun, suivant le rang que lui avait assigné le sort, traversait en silence l'assemblée. 5. Les hommes enfermés dans la maison étaient munis de tablettes sur lesquelles ils notaient la force des acclamations obtenues par chaque candidat sans savoir de qui il s'agissait, sinon que c'était le premier, le deuxième, le troisième, ou tel autre des concurrents qu'on introduisait. Celui qui

---

105. Les Trois Cents formaient une troupe d'élite qui accompagnait les rois en campagne. C'est avec ces Trois Cents que Léonidas combattit aux Thermopyles. Il existait des groupes analogues dans d'autres cités et même à Rome. Voir Numa, VII, 8 et Publicola, XVII, 6.
106. C'est ainsi que l'on désigne le roi des Perses.
107. Amphipolis était une cité grecque de la côte thrace, au nord de l'Égée, qui fut âprement disputée entre Athéniens et Spartiates durant la guerre du Péloponnèse.
108. Brasidas, général spartiate, s'empara d'Amphipolis et trouva la mort lors de l'assaut mené par les Athéniens contre la cité en 422-421.

avait obtenu les acclamations les plus nourries et les plus fortes était déclaré élu[109].
6. On le couronnait et il se rendait dans les sanctuaires des dieux, suivi d'une foule admirative de jeunes gens qui célébraient ses mérites, et de nombreuses femmes dont les chants vantaient sa vertu et exaltaient sa vie. 7. Chacun de ses amis lui préparait un repas en disant: «Par cette table, la cité te rend hommage.» 8. Après avoir visité tout le monde, il se rendait au réfectoire collectif. Là, les choses se passaient comme à l'accoutumée, si ce n'est qu'on plaçait devant lui une deuxième portion; il la gardait et l'emportait. Après le repas, les femmes de sa parenté se présentaient au seuil de la salle commune; il appelait celle qu'il estimait le plus et lui donnait la part supplémentaire en disant: «Voilà le prix d'honneur que j'ai reçu, je te le donne.» Alors, elle aussi était félicitée et les autres femmes la reconduisaient chez elle en cortège[110].

XXVII. 1. En matière de funérailles, il prit aussi d'excellentes dispositions. D'abord, pour écarter toute crainte superstitieuse, il ne défendit pas d'enterrer les morts dans la cité[111] et de placer leurs monuments près des sanctuaires; il élevait ainsi les jeunes dans la familiarité de tels spectacles et les y habituait: ils n'étaient pas troublés ni frappés d'horreur devant la mort, ils ne croyaient pas qu'elle souille ceux qui touchent un cadavre ou passent près de sépultures. 2. Ensuite, il défendit de rien enterrer avec le mort; on déposait le corps sur une étoffe de pourpre et des feuilles d'olivier, et on l'en enveloppait[112]. 3. Il n'était pas permis d'inscrire sur le tombeau le nom du mort, sauf s'il s'agissait d'un héros qui avait péri au combat ou d'une femme morte en couches. 4. Il limita le deuil à une brève durée, onze jours; le douzième, on devait offrir un sacrifice à Déméter et mettre un terme à sa douleur. 5. Car il ne tolérait ni oisiveté ni relâchement; à toutes les nécessités de la vie il mêlait des encouragements à la vertu et des critiques du vice. Il remplit la cité d'une foule d'exemples qui devaient immanquablement conduire et amener au bien tous ceux qui les rencontraient sans cesse sur leur chemin et qui étaient élevés au milieu d'eux. 6. Pour la même raison, il leur interdit de voyager à leur gré et de courir le monde parce qu'ils risquaient d'adopter des coutumes étrangères, de prendre pour modèles des vies grossières et des principes politiques différents des siens. 7. Il chassa même de la cité les étrangers qui s'y assemblaient et s'y insinuaient sans aucune utilité: ce n'était pas, comme le dit Thucydide, par crainte de les voir copier son gouvernement et en tirer profit pour apprendre la vertu; il voulait plutôt les empêcher d'enseigner le vice; 8. car avec les étrangers, il est inévitable que s'introduisent des formes de pensée étrangères; les raisonnements nouveaux entraînent

---

109. Aristote, dans la Politique *(II, 127a-270b 10), juge ce mode d'élection «puéril».*
110. On a là un nouvel exemple du statut particulier des femmes spartiates, associées aux honneurs au même titre que les hommes.
111. Normalement, les nécropoles étaient situées à l'extérieur des villes. Ici encore, à propos du rituel des funérailles, c'est le caractère exceptionnel de Sparte que Plutarque met en lumière. Car ce que les Spartiates ne font pas, c'est précisément ce qui se fait ailleurs.
112. Il s'agit de ce qu'on appelait l'enterrement «en beauté» (en callei).

de nouvelles façons de voir, lesquelles, inévitablement, donnent naissance à beaucoup de passions et de désirs qui troublent l'ordre politique, comme des dissonances dans une harmonie[113]. 9. Aussi fallait-il, à son avis, préserver la cité des mauvaises mœurs, avec encore plus de soin que de la contagion des maladies physiques venues de l'extérieur.

XXVIII. 1. Dans tout cela, on ne trouve aucune trace de l'injustice ou de l'arrogance que certains reprochent aux lois de Lycurgue, en disant qu'elles sont propres à inspirer le courage, mais laissent à désirer en ce qui concerne la justice. 2. C'est peut-être ce qu'on appelle chez eux la «cryptie»[114], s'il s'agit vraiment, comme l'affirme Aristote, d'une institution de Lycurgue, qui aurait inspiré, à Platon lui-même, ce jugement sur la constitution et sur Lycurgue. 3. Voici en quoi consistait la cryptie. Les chefs envoyaient de temps à autre les jeunes qui leur semblaient les plus intelligents dans différents endroits du pays : on ne leur donnait rien, sauf des poignards et des vivres. 4. Le jour, ils se dispersaient dans des endroits secrets et y demeuraient cachés sans bouger ; la nuit, ils descendaient sur les routes et ils égorgeaient les hilotes qu'ils pouvaient capturer. 5. Souvent aussi ils parcouraient les champs et tuaient les plus robustes et les plus forts. 6. Dans sa *Guerre du Péloponnèse*, Thucydide raconte que des hilotes furent sélectionnés par les Spartiates pour leur bravoure ; ils se crurent devenus des hommes libres, se couronnèrent et firent le tour des sanctuaires ; mais peu de temps après, ils avaient tous disparu, alors qu'ils étaient plus de deux mille ; personne, ni sur le moment ni par la suite, ne put dire comment ils avaient péri[115]. 7. Aristote affirme même qu'à leur entrée en fonction, les éphores déclaraient la guerre aux hilotes, afin que ce ne fût pas un sacrilège de les tuer. 8. On les traitait en toutes circonstances avec dureté et cruauté : on les forçait à boire beaucoup de vin pur, puis on les amenait dans les repas collectifs, pour montrer aux jeunes ce qu'était l'ivresse. 9. On les obligeait à des chansons et à des danses indécentes et ridicules, et on leur interdisait celles des hommes libres. 10. Voilà pourquoi, plus tard, lors de l'expédition des Thébains contre la Laconie, on ordonna, dit-on, aux hilotes qui avaient été faits prisonniers, de chanter les chants de Terpandre, d'Alcman et du Lacédémonien Spendon ; ils refusèrent, en expliquant que leurs maîtres le leur interdisaient[116]. 11. Ceux qui affirment qu'à

---

113. On retrouve ici la République *de Platon, où celui-ci dénonce l'influence des étrangers corrupteurs. La «xénélasie» spartiate était bien connue. Aux yeux de Plutarque, toute nouveauté apportée de l'extérieur risquait de compromettre l'œuvre parfaite de Lycurgue. C'est précisément par là qu'on expliquera le déclin de Sparte après la guerre du Péloponnèse. Voir* Lysandre, *II, 6.*
114. La cryptie était vraisemblablement une survivance de ces rites d'initiation qui faisaient passer le jeune homme de l'adolescence à l'âge adulte. Le crypte serait ainsi l'image inversée de l'hoplite qu'il allait devenir au terme de cette relégation dans le monde sauvage. Voir Vidal-Naquet (1981), p. 161-163.
115. L'épisode auquel Plutarque fait allusion se trouve en IV, 80, 3-4. La peur des hilotes explique ainsi les aspects les plus condamnables de la façon dont ils étaient traités. Voir Ducat (1974), p. 1451-1464.
116. L'expédition à laquelle Plutarque fait allusion doit être l'une de celles que mena Épaminondas dans le Péloponnèse après 371.

Lacédémone l'homme libre est plus libre qu'ailleurs et l'esclave plus asservi ont bien compris la différence. 12. Mais à mon avis, de telles cruautés s'introduisirent tardivement chez les Spartiates, notamment après le grand tremblement de terre, à la suite duquel, dit-on, les hilotes s'allièrent aux Messéniens contre Sparte, infligèrent au pays les plus grands dommages, et mirent la cité dans un extrême danger[117]. 13. Je ne saurais attribuer à Lycurgue une pratique aussi abominable que celle de la «cryptie», si je juge son caractère par la douceur et la justice dont il fit preuve dans toute sa conduite et dont témoigna le dieu lui-même[118].

XXIX. 1. Quand l'essentiel de ses réformes fut entré dans les mœurs et que sa constitution fut désormais assez forte pour se soutenir et se conserver par elle-même, alors, pareil à la divinité qui, selon Platon[119], se réjouit d'avoir formé le monde, et de lui avoir imprimé le premier mouvement, Lycurgue fut pris d'admiration et de joie devant la beauté et la grandeur de sa législation qu'il voyait réalisée, capable de poursuivre sa route: il désira, autant que le permettait la prévoyance humaine, la laisser après lui immortelle et immuable dans l'avenir. 2. Il réunit donc tous les citoyens en assemblée, leur dit que son gouvernement était dans l'ensemble bien organisé, capable de conduire la cité au bonheur et à la vertu, mais qu'il lui restait une dernière chose, très importante et très sacrée, à leur transmettre: il ne pouvait le faire avant d'avoir consulté le dieu[120]. 3. Ils devaient donc observer les lois établies, sans rien en altérer et sans les modifier, jusqu'à son retour de Delphes; une fois revenu, il ferait ce que le dieu aurait décidé. 4. Tous furent d'accord et le pressèrent de partir; il fit prêter serment aux rois, aux membres du conseil, puis à l'ensemble des citoyens d'observer sa constitution et de la conserver jusqu'à son retour. Après quoi, il partit pour Delphes. 5. Arrivé devant l'oracle, il offrit un sacrifice au dieu, en lui demandant si ses lois étaient bonnes et pouvaient assurer le bonheur et la vertu de la cité. 6. Le dieu répondit qu'elles étaient bonnes, et que la cité serait illustre tant qu'elle garderait les institutions de Lycurgue. Celui-ci mit cette réponse par écrit et l'envoya à Sparte. 7. Puis après avoir offert un second sacrifice au dieu, il embrassa ses amis et son fils: il avait décidé de ne pas délier ses concitoyens de leur serment et de mettre volontairement fin à ses jours. Il avait atteint l'âge où l'homme peut continuer à vivre ou y renoncer s'il le désire, et il jugeait qu'il avait eu, dans son existence, suffisamment de bonheur. 8. Il se laissa donc mourir de faim. Selon lui, la mort des hommes politiques doit encore servir leur politique: loin d'être inutile, elle est un élément de leur vertu et de leur action. 9. Après la belle œuvre qu'il avait accomplie, sa fin mettrait véritablement le comble à son bonheur: il laisserait à ses concitoyens, qui avaient juré de garder sa constitution jusqu'à son

---

117. Il s'agit du tremblement de terre de 464-463 qui fut suivi d'une révolte des hilotes de Messénie, qui tinrent en échec les Spartiates pendant plus de six ans depuis la forteresse du mont Ithômè.
118. Plutarque se refuse à attribuer la cryptie à Lycurgue et préfère donner une explication rationnelle, la crainte de nouveaux soulèvements, à une institution qu'il réprouve.
119. Timée, 37c.
120. Il s'agit d'Apollon.

retour, sa mort pour veiller sur les biens qu'il leur avait procurés durant sa vie. 10. Ses calculs ne furent pas déçus. Pendant cinq cents ans, fidèle aux lois de Lycurgue, la cité tint le premier rang en Grèce, grâce à l'équilibre de son gouvernement et à sa gloire[121]. Aucun des quatorze rois qui lui succédèrent, jusqu'à Agis, fils d'Archidamos, ne les modifia, 11. car l'institution des éphores ne fut pas un relâchement, mais plutôt un durcissement de la constitution; cette réforme semblait faire le jeu du peuple, mais elle renforça l'aristocratie.

XXX. 1. Sous le règne d'Agis[122], la monnaie s'introduisit pour la première fois dans Sparte, et avec elle, la cupidité et le désir de richesse firent leur entrée; ce fut l'œuvre de Lysandre[123] lequel, bien qu'insensible lui-même à la corruption, emplit sa patrie de richesses et de luxe; l'or et l'argent qu'il rapporta de la guerre finirent par triompher des lois de Lycurgue. 2. Tant qu'elles avaient été en vigueur, Sparte vivait moins comme une cité bien gouvernée que comme un homme indiscipliné et sage; ou plutôt, semblable à Héraclès[124] qui, d'après les poèmes mythologiques, parcourait les terres habitées, avec sa peau de lion et sa massue, pour châtier les hors-la-loi et les tyrans sauvages, la cité, avec une simple scytale[125] et un manteau grossier, commandait à la Grèce, laquelle acceptait et même souhaitait d'être gouvernée par elle. Elle brisait les pouvoirs injustes et les tyrannies dans les cités, arbitrait les conflits, mettait fin aux séditions, souvent même sans lever un seul bouclier: il lui suffisait d'envoyer un unique ambassadeur, et tous aussitôt exécutaient ses ordres, telles les abeilles, qui, à l'apparition d'un chef, se rassemblent en hâte et se rangent autour de lui. Tant les lois et la justice de Sparte faisaient autorité[126]. 3. Je m'étonne, après cela, qu'on prétende que les Lacédémoniens aimaient obéir mais étaient incapables de commander, et qu'on approuve ce mot du roi Théopompos à qui on déclarait que Sparte devait son salut à l'autorité de ses rois: « C'est plutôt, rétorqua-t-il, à l'obéissance de ses citoyens. » 4. Les gens, à mon avis, n'acceptent pas longtemps d'obéir à ceux qui ne savent pas les guider; c'est l'autorité du chef qui enseigne la soumission; celui qui dirige bien se fait bien suivre, et de même que le but de l'art hippique est

---

121. L'abandon des « lois de Lycurgue » étant traditionnellement placé au début du IVe siècle, cela implique que, parmi les différentes dates proposées en I, Plutarque choisit, sinon la plus haute, du moins une date antérieure à la première olympiade.
122. Sur Agis, voir supra, XII, 5 et note.
123. Lysandre fut, à la tête de la flotte spartiate, le grand vainqueur de la guerre du Péloponnèse, ce qui suscita contre lui la méfiance des deux rois Agis et Pausanias. Sur sa responsabilité dans l'introduction de la richesse à Sparte, voir Lysandre, II, 6 et 16-17.
124. Les rois de Sparte étaient les descendants d'Héraclès.
125. La scytale était un bâton autour duquel on écrivait sur des papyrus les messages confiés aux ambassadeurs. Pour les lire, il fallait enrouler à nouveau le ruban de papyrus sur le bâton.
126. Plutarque évoque ici l'hégémonie exercée par Sparte dans le monde grec au VIe et au début du Ve siècle. Les guerres médiques, qui favorisèrent le développement de la puissance maritime d'Athènes, mirent fin à cette hégémonie et marquèrent le début d'une rivalité qui allait culminer avec la guerre du Péloponnèse (431-405).

de rendre le cheval doux et docile aux rênes, l'effet de la science royale est de former les hommes à l'obéissance[127]. D'ailleurs, ce ne fut pas l'obéissance que les Lacédémoniens inspirèrent aux autres peuples, mais le désir d'être commandés par eux et de suivre leurs ordres. 5. Les ambassadeurs qu'on adressait à Sparte ne demandaient pas des navires, de l'argent ou des hoplites, mais un unique Spartiate pour chef; quand on le leur donnait, ils le traitaient avec crainte et respect: ainsi les Siciliens avec Gylippe[128], les Chalcidiens avec Brasidas, et tous les Grecs d'Asie avec Lysandre, Callicratidas et Agésilas. Ils disaient que ces Spartiates étaient les *harmostes* [gouverneurs] et les modérateurs des différents peuples ou magistrats à qui on les envoyait; ils gardaient les yeux tournés vers toute la cité des Spartiates comme vers un pédagogue ou un maître dans l'art de bien vivre et de régler l'État. 6. C'est ce dont se moquait Stratonicos[129], à mon avis, quand, légiférant pour rire, il décréta que les Athéniens célébreraient les Mystères[130] et les processions, que les Éléens présideraient les concours[131], puisqu'ils excellaient dans ce rôle, et que les Lacédémoniens, si l'un ou l'autre de ces peuples commettait une faute, les fouetteraient jusqu'au sang. 7. Il s'agissait, bien sûr, d'une plaisanterie, mais après la bataille de Leuctres, le philosophe socratique Antisthène[132], voyant les Thébains emplis d'orgueil, déclara qu'ils ressemblaient à des marmots tout fiers d'avoir battu leur maître.

XXXI. 1. Cependant, à l'époque, l'objet principal de Lycurgue n'avait pas été de mettre Sparte à la tête de nombreuses cités. Persuadé que, comme pour la vie d'un individu, le bonheur, pour une cité entière, repose sur la vertu et l'harmonie intérieure, il l'ordonna et la disposa, en cherchant à maintenir le plus longtemps possible les citoyens dans la liberté, l'indépendance et la sagesse. 2. Tel est aussi le principe politique qu'ont adopté Platon, Diogène[133], Zénon[134] et tous ceux qui ont entrepris de traiter de ces questions. On les approuve, mais ils n'ont laissé que des écrits et des discours. 3. Lycurgue, lui, ne légua ni écrits ni discours; ce fut dans la réalité qu'il mit au jour une constitution inimitable[135]. À ceux qui supposent que le

---

127. On retrouve ici l'écho des débats qui animèrent les milieux philosophiques à la fin du Ve et au IVe siècle autour de la figure du roi idéal.
128. Gylippe fut envoyé à Syracuse pour aider la cité à résister à l'attaque des Athéniens, et fut l'artisan de la grave défaite que subirent ces derniers en 413.
129. Stratonicos, poète et musicien athénien de la première moitié du IVe siècle, était connu pour ses mots d'esprit.
130. Chaque année, une procession conduisait les futurs initiés d'Athènes au sanctuaire de Déméter et de Corè à Éleusis. C'était une des principales fêtes du calendrier religieux d'Athènes.
131. Le sanctuaire d'Olympie se trouvait sur le territoire de la cité d'Élis.
132. Antisthène était un élève de Socrate et l'un de ses plus fidèles disciples. Il mourut vers 360.
133. Diogène, élève d'Antisthène, fut le fondateur de l'École cynique. Il est surtout connu pour ses extravagances et les nombreuses anecdotes qu'on colportait sur son compte.
134. Zénon, originaire de Cition dans l'île de Chypre, vint s'établir à Athènes où il fonda l'école du Portique (Stoa). D'où le nom de stoïcisme donné à sa philosophie (voir Dictionnaire).
135. Plutarque oppose les philosophes, et leurs projets de cités idéales, à la réalité de l'œuvre de Lycurgue.

sage, tel qu'on le dépeint, est pure invention de l'esprit, il fit voir toute une cité pratiquant la sagesse : et il a surpassé ainsi, à juste titre, la gloire de tous ceux qui ont jamais gouverné en Grèce. 4. Voilà pourquoi Aristote dit que les honneurs qu'on lui rend à Lacédémone sont inférieurs à ceux qu'il mériterait, et pourtant, on lui en rend de très grands : il possède un temple et chaque année, on lui offre des sacrifices comme à un dieu[136]. 5. Lorsque sa dépouille fut ramenée chez lui, on dit que la foudre frappa son tombeau, ce qui ne se produisit, par la suite, pour aucun homme célèbre sauf pour Euripide[137], qui mourut et fut enterré en Macédoine près d'Aréthuse : 6. les admirateurs d'Euripide considèrent comme un grand témoignage en sa faveur le fait qu'il ait été seul à obtenir, après sa mort, la distinction qu'avait eue, avant lui, le plus religieux et le plus saint des hommes.

7. D'après certains auteurs, Lycurgue mourut à Cirrha[138] ; selon Apollothémis, ce fut à Élis où il s'était fait conduire ; Timée et Aristoxène[139] disent qu'il finit ses jours en Crète. Aristoxène affirme même que des Crétois montraient son tombeau en Pergamie, près de la route des étrangers. 8. Il laissa, dit-on, un fils unique, Antioros ; ce dernier étant mort sans enfant, sa lignée s'éteignit. 9. Mais ses compagnons et les gens de sa parenté instituèrent, pour continuer sa mémoire, une association qui subsista pendant longtemps et ils nommèrent Lycurgides les jours où ils se réunissaient. 10. Aristocratès[140], fils d'Hipparchos, dit qu'après la mort de Lycurgue en Crète, ses hôtes brûlèrent son corps et dispersèrent ses cendres dans la mer ; il les en avait priés, pour empêcher ses concitoyens, si un jour on ramenait son corps à Lacédémone, de se croire déliés de leur serment sous prétexte qu'il était de retour et de modifier sa constitution. Voilà ce qu'on sait de Lycurgue.

---

136. Lycurgue fut honoré à Sparte comme le fondateur de la cité, bien qu'elle existât avant lui.
137. Euripide, le célèbre poète tragique athénien, était mort en 406 en Macédoine, où il avait vécu les dernières années de sa vie à la cour du roi Archélaos. La foudre, attribut de Zeus, ayant frappé le tombeau, lui conférait une valeur religieuse particulière.
138. Cirrha se trouve situé au nord du golfe de Corinthe. C'était le principal port où débarquaient les pèlerins qui se rendaient à Delphes.
139. Sur Timée, voir supra, I, 4 et note. Aristoxène de Tarente, élève d'Aristote, était surtout connu pour son œuvre de théoricien de la musique. Il écrivit également des biographies de philosophes et divers traités, dont peut-être une Vie de Lycurgue.
140. Sur Aristocratès, voir supra, IV, 8 et note.

NUMA

I. 1. De vives controverses portent aussi sur l'époque où vécut le roi Numa[1], bien que les généalogies qui vont des origines jusqu'à lui semblent dressées avec exactitude. 2. Mais un certain Clodius[2], dans ses *Études critiques de chronologie* (tel est le titre de son petit livre), affirme que les écrits anciens disparurent lors du sac de Rome par les Gaulois[3]; ceux que l'on montre aujourd'hui seraient des faux[4], fabriqués pour flatter certains personnages qui voulaient s'introduire de force dans les premières familles et les maisons les plus en vue, alors qu'ils n'y avaient aucun droit. 3. On prétend donc que Numa avait été un familier de Pythagore. Mais certains auteurs affirment que Numa n'eut absolument aucune formation grecque: la nature lui aurait donné la capacité de parvenir de lui-même à la vertu, ou bien la formation du roi aurait été assurée par quelque Barbare supérieur à Pythagore[5]. 4. Selon d'autres[6], Pythagore aurait vécu plus tard et serait postérieur d'environ cinq générations[7] à l'époque de Numa. C'est un autre Pythagore[8], originaire de Sparte et vainqueur aux concours Olympiques de la seizième olympiade (la troisième année de cette olympiade est celle où Numa parvint à la royauté), qui aurait parcouru l'Italie; il aurait rencontré Numa et l'aurait aidé à organiser sa constitution, d'où le nombre important de coutumes

---

1. Ce début s'apparente à une Question romaine *(voir Dictionnaire), avec ses interrogations restées sans solution, ses retours en arrière, ses hypothèses – en un mot, sa structure quasi dialoguée. Plutarque affiche ses doutes sur la chronologie, en dépit d'un accord assez général sur un règne «légendaire» s'étendant de 714-713 à 674-673 environ. Ainsi se préparent les développements sur Numa et le philosophe grec Pythagore, aspect essentiel de cette* Vie.
2. L'identité exacte de cet auteur nous reste inconnue.
3. En 390 environ. Voir Tite-Live, Histoire romaine, *VI, 1, 2.*
4. Voir Plutarque, Moralia, *326a et surtout Tite-Live, VIII, 40, 4. On a pensé que Plutarque (et sa source Clodius?) faisaient allusion ici à l'annaliste Lucius Calpurnius Piso Frugi, consul en 133 avant J.-C. Celui-ci aurait cherché à donner de l'éclat à sa gens, les Calpurnii (voir infra, XXI, 2-3), en mettant en relief les rapports entre Numa et Pythagore.*
5. Le problème de la païdeusis *(à la fois «culture» et «formation») grecque et plus spécialement pythagoricienne est au cœur de la* Vie de Numa.
*6. Pythagore est postérieur à Numa si l'on en croit Cicéron (*République, *II, 15, 28 et suiv.; De l'orateur, II, 37, 154), Tite-Live (I, 18, 2 et suiv.), Denys d'Halicarnasse (*Antiquités romaines, *II, 59), et en premier lieu Varron (Augustin,* Cité de Dieu, *VII, 35), dont Plutarque s'inspire peut-être ici.*
7. Situer Pythagore dans la seconde moitié du VIe siècle n'est pas éloigné d'une vérité qui reste pour nous, comme pour les Anciens, approximative. Voir Burkert (1972), p. 110 et suiv.
8. Ce vainqueur de l'épreuve du stade aux concours Olympiques de 714-713 n'a rien à voir avec Numa.

lacédémoniennes[9] mêlées aux mœurs romaines, qui viendraient de l'enseignement de ce Pythagore. 5. Mais, d'un autre côté, Numa était d'origine sabine, et les Sabins prétendent descendre de colons lacédémoniens[10]. 6. Il est donc difficile de fixer une chronologie précise, surtout si l'on se réfère aux noms des vainqueurs olympiques, car la liste n'en fut, dit-on, dressée que tardivement par Hippias d'Élis[11] qui ne s'est fondé sur aucun document auquel on puisse vraiment ajouter foi. 7. Nous allons toutefois exposer ce que nous avons trouvé sur Numa qui mérite d'être mentionné, après un début adapté à notre sujet.

II. 1. Il y avait trente-sept ans que Rome était bâtie, et que Romulus régnait. Le cinquième jour du mois de quintilis [«juillet»], jour qu'on appelle maintenant les Nones Capratines[12], Romulus faisait un sacrifice public en dehors de la cité, près du lieu qu'on nomme Marais de la Chèvre ; le Sénat et la plus grande partie du peuple se trouvaient là. 2. Soudain, il se fit une grande agitation dans l'air. Une nuée s'abattit sur la terre, accompagnée de bourrasques de vent. Épouvantée, la foule prit la fuite et se dispersa. Romulus disparut, et nul ne le revit plus ; on ne trouva pas non plus son cadavre. 3. Alors un soupçon terrible se porta sur les sénateurs. Une rumeur hostile courait dans le peuple ; on prétendait que, depuis longtemps, ils n'acceptaient pas la royauté et que, voulant que le pouvoir leur revînt, ils avaient tué le roi. D'ailleurs, on avait remarqué depuis quelque temps que celui-ci les traitait avec plus de rudesse et de despotisme. 4. Pour se laver de ce soupçon, ils élevèrent Romulus aux honneurs des dieux ; ils prétendirent qu'il n'était pas mort, mais qu'il appartenait à une condition supérieure. Proclus, un homme de grand renom, affirma, sous la foi du serment, qu'il avait vu Romulus emporté au ciel, avec ses armes, et qu'il avait entendu sa voix ordonner qu'on le nommât Quirinus[13].
5. Mais le choix du futur roi fut, pour la cité, une autre source de troubles et de dissensions. Les derniers arrivants ne s'étaient pas encore entièrement fondus avec les

---

9. *C'est un point cher à Plutarque (voir* Questions romaines *32 et 87,* Moralia, *272c et 285b-c) et déjà développé, entre autres, par Denys, qui situe ces apports au temps de Romulus (II, 13, 4 ; 14, 2 ; 23, 3 ; 49, 5). Les auteurs notent l'attachement des deux peuples à la discipline militaire, et des parallèles sont établis entre les deux rois et les deux consuls, la gérousia et le Sénat, les éphores et les tribuns de la plèbe.*
10. *Plutarque expose ailleurs (*Romulus, *XVI, 1) cette origine des Sabins. Cette thèse était assez répandue : voir Caton (HRR F 68 et suiv., fr. 50-51) et Strabon (Géographie, V, 250).*
11. *Hippias d'Élis est le sophiste du Ve siècle, cité par Plutarque (Lycurgue, XXIII, 1) et moqué par Platon dans ses deux dialogues,* Le Petit Hippias *et* Le Grand Hippias, *pour sa «polymathie», son savoir universel. Voir Dumont (1988), p. 1078-1090 (et notice p. 1551-1556).*
12. *Voir* Romulus, *XXVII, 4 et XXIX, 2. Notre auteur confond deux fêtes différentes, en les situant toutes deux le 5 juillet ; cette date ne convient qu'aux* Poplifugia, *dédiés à Jupiter, les Nones Caprotines ayant lieu deux jours plus tard en l'honneur de Junon. La présentation «historicisante» et «romanisante» que donne ici Plutarque est conforme, dans son esprit, à l'interprétation proprement romaine des traditions religieuses héritées.*
13. *Voir* Romulus, *XXVII-XXVIII.*

premiers citoyens; le peuple était profondément agité et houleux; les patriciens eux-mêmes se suspectaient les uns les autres, en raison de leur différend: 6. si tous étaient d'accord qu'il fallait un roi, leurs querelles et leurs divisions portaient non seulement sur l'identité du monarque, mais aussi sur son origine: lequel des deux peuples fournirait le chef? 7. Les premiers habitants, ceux qui avaient fondé la cité avec Romulus, trouvaient intolérable que les Sabins, après avoir été admis dans leur cité et dans leur pays, veuillent imposer leur gouvernement à ceux qui les y avaient accueillis. Quant aux Sabins, ils avaient pour eux leur conduite généreuse: après la mort de leur roi Tatius, ils ne s'étaient pas soulevés contre Romulus et l'avaient laissé régner seul. Ils réclamaient qu'en retour, le nouveau roi fût choisi parmi eux. 8. Ils affirmaient que lorsqu'ils s'étaient joints aux Romains, ce n'était pas comme des inférieurs qui se soumettent à des hommes plus forts; en raison de leur nombre, leur venue avait constitué un renfort considérable, qui avait conféré aux deux peuples, aux Romains comme à eux, la dignité d'une cité[14]. Tels étaient donc les motifs de leurs dissensions.
9. Pour éviter qu'en l'absence d'un chef le conflit civil bouleversât tout dans la cité, si l'exercice du pouvoir restait suspendu, les sénateurs, qui étaient cent cinquante[15], décidèrent que chacun d'eux, à tour de rôle, se parerait des insignes royaux: il offrirait aux dieux les sacrifices en vigueur et pendant six heures de jour et six heures de nuit, se chargerait des affaires[16]. 10. Cette distribution du temps était, selon les notables, de nature à favoriser l'égalité entre les deux camps; et si le pouvoir changeait sans cesse de mains, le peuple perdrait toute animosité, puisqu'il verrait, en l'espace d'une même journée et d'une même nuit, un même homme régner puis devenir simple particulier. Les Romains nomment cette forme de gouvernement interrègne.

III. 1. Les sénateurs avaient donc l'air de gouverner dans le souci de l'intérêt public et sans excès d'autorité. Ils furent pourtant en butte à des soupçons et des murmures hostiles[17]: s'ils ne voulaient pas de roi, c'était, disait-on, pour transformer l'État en oligarchie et façonner les institutions entre eux. 2. Aussi les deux partis s'entendirent-ils sur une décision commune: l'un d'eux désignerait un roi, mais il le prendrait dans l'autre camp. Cela leur permettrait de mettre immédiatement un terme à leur rivalité. Quant à celui qui serait désigné, il serait impartial à l'égard des

---

14. Cette manière d'attribuer aux Sabins la revendication d'un synœcisme authentique, d'une cohésion civique créatrice, prépare le rôle conféré plus loin à Numa, roi pacificateur et unificateur.
15. La confusion règne dans les sources sur le nombre des sénateurs post-romuléens: 100 (Tite-Live, I, 17, 5)? 200 (Denys d'Halicarnasse, II, 57, 1)? 150 (Plutarque)? La question de l'alternance des uns et des autres au pouvoir est elle aussi inextricablement embrouillée.
*16. Cette procédure typique d'un système de monarchie élective a été mise successivement en œuvre, selon nos sources, à la mort des quatre premiers rois de Rome, et abandonnée sous la dynastie étrusque. Cicéron la définit comme «originale et ignorée des autres peuples» (République, II, 12, 23). Tous les cinq jours, un sénateur différent occupait le pouvoir avec le titre d'*interrex*. Sylla tenta de rendre vie à cette institution en 80 avant J.-C.*
17. Plutarque insiste sur cet aspect, déjà esquissé en II, 2-3. Tite-Live développe, à ce même propos, un thème qui lui est cher: celui de l'opposition entre patriciens et plébéiens (I, 17, 7-11).

deux camps : il chérirait les uns pour l'avoir choisi ; il serait bienveillant envers les autres en raison de leur origine commune. 3. Les Sabins laissèrent l'initiative aux Romains, lesquels préférèrent choisir un Sabin qu'ils auraient eux-mêmes désigné plutôt que de subir un Romain que les Sabins auraient choisi. 4. Après avoir délibéré entre eux, ils désignent parmi les Sabins Numa Pompilius : cet homme ne faisait pas partie de ceux qui étaient venus s'établir à Rome, mais sa vertu l'avait rendu si célèbre aux yeux de tous que les Sabins accueillirent sa nomination avec plus d'enthousiasme encore que ceux qui l'avaient choisi. 5. La décision fut annoncée au peuple, et l'on envoya à Numa des notables des deux partis, pour lui demander de venir prendre possession de la royauté.
6. Numa appartenait à une cité illustre des Sabins, celle de Cures : c'est d'elle que les Romains, quand ils furent mêlés aux Sabins, tirèrent leur nom de Quirites[18]. Il était fils de Pompon, un homme estimé, et le plus jeune de quatre frères. Une fortune divine l'avait fait naître le jour même où Romulus fonda Rome[19], c'est-à-dire le onzième jour avant les calendes de mai. 7. Son caractère heureusement tempéré le disposait naturellement à toutes les vertus ; de plus il s'était discipliné lui-même, par l'éducation, l'ascèse et la philosophie. Il s'était débarrassé non seulement des passions honteuses de l'âme, mais aussi de la violence et de la cupidité qui sont tellement estimées chez les Barbares. Le vrai courage, selon lui, consistait à réprimer en soi les désirs en les plaçant sous le contrôle de la raison. 8. Il avait donc banni de sa demeure tout luxe et tout faste. Chacun, citoyen ou étranger, trouvait en lui un juge et un conseiller irréprochable. Il consacrait ses loisirs, non à rechercher le luxe ou la richesse, mais à honorer les dieux[20] et à contempler, par la raison, leur nature et leur puissance. Il avait ainsi acquis tant de gloire et de renom que Tatius, qui régnait à Rome avec Romulus, fit même de lui son gendre, alors qu'il n'avait qu'une fille, Tatia[21]. 9. Cette union n'inspira cependant nul orgueil à Numa ; il n'alla pas vivre auprès de son beau-père, mais resta chez les Sabins, à entourer de soins son vieux père. Tatia elle-même préférait vivre tranquillement, aux côtés de son mari qui était un simple particulier, plutôt que de connaître, à Rome, les honneurs et la gloire dont elle aurait joui, à cause de son père. 10. Elle mourut, dit-on, après douze ans de mariage.

---

18. Voir Romulus, *XIX, 9 et note. Cures est une vieille cité sabine de la rive gauche du Tibre, sur la via Salaria. C'est de là que Titus Tatius, futur co-roi sabin de Rome, aurait emmené des colons sabins pour les installer sur le Quirinal (Varron, V, 51).*
19. Donc le 21 avril, jour de la fête de bergers des Parilia, *identifiée par les Anciens avec la date de la fondation de Rome (voir* Romulus, *XII, 1 et suiv.). Cela contribue, aux yeux de la tradition, à qualifier Numa comme second fondateur de Rome.*
20. Sur le thème du roi sage et pieux, voir infra, *XX.*
21. Sur Tatia, voir infra, *XXI, 1 et 4. La parenté des « rois sabins » Tatius (voir* Romulus, *XIX, 9 et XX, 2) et Numa, ignorée de Tite-Live et de Denys, a pour effet de créer une « semi-dynastie » sabine Tatius-Numa-Ancus Marcius. Dumézil (1995, p. 1281-1283) distingue fortement le rôle de Tatius, homologue humain de Quirinus incarnant la prospérité collective (troisième fonction), et celui de Numa, garant de l'aspect juridique et bienveillant de la première fonction, et comme tel associé à Fides et à Dius Fidius.*

IV. 1. Alors Numa quitta le séjour de la ville; il voulut mener la plus grande partie de sa vie à la campagne et vagabonder solitaire, en passant tout son temps dans les bois des dieux, les prairies consacrées et les lieux déserts. 2. Ce fut cette conduite surtout qui donna naissance à la légende concernant la déesse[22] : ce n'était pas, disait-on, le désarroi ni l'égarement de l'âme qui avaient poussé Numa à cesser de vivre avec les hommes, mais il avait goûté à une société plus vénérable, et avait été jugé digne d'un mariage divin; il était aimé de la nymphe Égérie[23], il s'unissait à elle et partageait sa vie, ce qui faisait de lui un bienheureux, un inspiré des choses divines. 3. Cette histoire ressemble, ce n'est pas douteux, à un grand nombre de mythes très anciens : ceux des Phrygiens concernant Attis, ceux des Bithyniens à propos de Rhodoïtès, ceux des Cariens pour Endymion[24], et les récits que d'autres peuples encore ont admis volontiers, au sujet d'autres personnages qui passent pour avoir été des bienheureux, des bien-aimés de la divinité. 4. Et, à la vérité, on a quelque raison de penser que la divinité, qui aime non les chevaux ou les oiseaux mais les hommes, veut avoir des relations avec ceux qui se distinguent par leur bonté, et qu'elle ne dédaigne ni ne rejette la compagnie d'un homme saint et vertueux. 5. Mais qu'un dieu ou qu'un *démon* soit séduit par le corps et la beauté d'un humain, et s'unisse à lui, voilà, certes, qui devient difficile à croire. 6. Pourtant les Égyptiens opèrent une distinction qui semble assez convaincante; selon eux, il n'est pas impossible au souffle d'un dieu de s'approcher d'une femme et de semer en elle des germes féconds, tandis que pour un homme, aucune union et aucun commerce charnel ne sont possibles avec une divinité. Ils ignorent pourtant qu'il y a échange réciproque de substances entre l'élément qui subit un mélange et celui qui se mêle à lui. 7. Néanmoins, on a le droit de penser qu'un dieu puisse éprouver pour un homme de l'amitié, et, en raison de cette amitié, le sentiment nommé amour, qui le pousse à veiller sur son caractère et sa vertu[25]. 8. Et ils n'ont pas tort, les poètes mythologiques, quand ils racontent que Phorbas, Hyacinthos et Admète ont été aimés d'Apollon, comme le fut aussi Hippolyte de Sicyone[26]. Concernant ce dernier personnage, ils disent même que, chaque fois qu'il faisait voile de Cirrha à

---

22. L'ensemble de ce chapitre est bâti comme une longue et sinueuse Question romaine.
23. Cette divinité liée aux eaux de source est associée, dans le culte romain, avec les Camènes (nymphes aux chants prophétiques, plus tard identifiées aux Muses). Elle facilitait les accouchements, et les femmes enceintes lui faisaient des sacrifices. L'idée d'une sagesse divine communiquée par la nymphe au roi a été favorisée, en milieu grec, par la croyance dans le pouvoir divinatoire de certaines sources. On y rattachera la compétence reconnue à Numa en matière d'hydromancie.
24. Attis est ce berger phrygien, amant malheureux de Cybèle, la Grande Mère des dieux de Phrygie, qui fut ensuite divinisé; le mythe de Rhodoïtès est mal connu, et discuté; Endymion est le jeune et beau berger aimé de Sélènè, la déesse Lune.
25. Plutarque s'exprime comme le platonicien qu'il est, sur un thème qui lui tient à cœur.
26. Phorbas est un héros thessalien, comme Admète, roi de Phères chanté par Callimaque et par Tibulle; Hyacinthos d'Amyclées fut victime de la jalousie de Zéphyr; Hippolyte est sans doute à identifier avec le roi de Sicyone mentionné par Pausanias, Description de la Grèce, *II, 67. Le vers prêté à la Pythie n'est pas autrement connu.*

Sicyone, la Pythie, comme si le dieu était conscient de son approche et s'en réjouissait, proférait le vers héroïque suivant:

Hippolyte chéri s'en revient sur la mer.

Ils racontent aussi que Pan fut amoureux de Pindare et de ses vers[27]. 9. La divinité aurait aussi conféré, à cause des Muses, certains honneurs à Archiloque et à Hésiode[28]. 10. On prétend même que Sophocle, de son vivant, offrit l'hospitalité à Asclépios[29]: cette tradition est attestée par de nombreux témoignages qui sont parvenus jusqu'à nous. Après la mort du poète, un autre dieu, dit-on, lui fit obtenir un tombeau. 11. Si nous admettons ces récits pour tous ces personnages, pouvons-nous refuser de croire que la divinité visitait et fréquentait Zaleucos, Minos, Zoroastre, Numa et Lycurgue, qui dirigeaient des royaumes et organisaient des constitutions[30]? N'est-il pas raisonnable de penser que les dieux obéissaient aux motifs les plus sérieux, quand ils s'entretenaient avec de tels hommes, pour les instruire et les encourager au bien, tandis qu'ils cherchaient surtout à se distraire quand ils rencontraient les poètes et les chanteurs lyriques, s'ils l'ont fait? Pourtant si quelqu'un est d'un autre avis, je lui dirai, en imitant Bacchylide: «Large est la voie[31].» 12. Car il existe une autre explication qui n'est pas méprisable non plus: comme Lycurgue, Numa et les personnages du même genre devaient mener des foules rebelles et rétives, et introduire de grandes réformes dans la vie politique, ils

---

27. On connaît (voir Moralia, 1103a) une Ode de Pindare dédiée au dieu arcadien Pan, qui hantait grottes et montagnes solitaires (voir fr. 85-90 Bowra), ce qui constitue un contexte favorable au rapprochement avec les colloques entre Égérie et Numa (voir Numa, IV, 2). Le poète aurait également consacré un sanctuaire à ce dieu (voir scolie à Pindare, Pythiques III, 137a-139b).

28. Il s'agit d'honneurs funèbres rendus aux deux poètes. Sur Archiloque, voir Moralia, 560e; son meurtrier a été maudit par Apollon pour avoir causé la mort d'un «serviteur des Muses». Selon Pausanias (IX, 38, 3 et suiv.), la Pythie, de son côté, a montré les ossements d'Hésiode comme des reliques miraculeuses aux habitants d'Orchomène, victimes de la peste.

29. Sophocle aurait accueilli dans sa demeure une statue d'Asclépios (voir Moralia, 1103b), peut-être celle que les Athéniens firent venir d'Épidaure en 420-419 pour se protéger d'une épidémie. À la mort du poète, les Athéniens lui auraient construit un héroon – tombe réservée aux héros – sous le nom de Dexion. Et c'est à Dionysos que Sophocle devrait sa sépulture (voir Pausanias, I, 21, 1; Vita Sophoclis, 15).

30. Zaleucos, législateur de Locres Épizéphyrioï, aurait reçu d'Athéna en rêve les lois à donner à la cité; les lois de Minos, roi de Crète, passaient pour avoir été inspirées par Zeus; Zoroastre ou Zarathoustra, réformateur religieux, aurait créé la religion mazdéenne en Perse sur les conseils du grand dieu Ahūra Mazda; Lycurgue aurait donné à Sparte sa constitution après avoir consulté Apollon (voir Lycurgue, V, 4).

31. Citation du poète lyrique grec du Ve siècle, Bacchylide de Céos. L'ouverture d'esprit manifestée par Plutarque à la fin de cette quasi-Question romaine traduit sans doute, par-delà l'effet rhétorique, la conviction répandue en milieu grec de la relative liberté laissée aux hommes dans la création et l'organisation des lois qui les régissent: différence fondamentale avec la tradition proche-orientale d'un droit «sacré».

auraient feint de tenir celles-ci de la divinité[32] – légende forgée dans l'intérêt de ceux-là mêmes qu'ils abusaient.

V. 1. Quoi qu'il en soit, Numa achevait déjà sa quarantième année[33] quand les ambassadeurs envoyés de Rome se présentèrent à lui pour l'appeler à la royauté. 2. Les orateurs furent Proclus et Vélésus, deux hommes qui, l'un et l'autre, avaient semblé précédemment pouvoir être choisis pour roi, le peuple de Romulus soutenant plutôt Proclus et celui de Tatius Vélésus[34]. 3. Ils parlèrent brièvement, car ils pensaient que Numa accueillerait avec joie sa bonne fortune. Mais, à ce qu'il paraît, ce ne fut pas une mince affaire, il fallut beaucoup de discours et de prières pour convaincre et faire changer d'avis un homme qui avait vécu dans le calme et la paix, pour l'amener à prendre le commandement d'une cité qui, d'une certaine manière, était née et avait grandi dans la guerre[35]. 4. Il répondit, en présence de son père et de Marcius[36], un de ses parents : « Dans une vie d'homme, tout changement est dangereux, et quand on ne manque pas du nécessaire, quand on n'a pas à se plaindre de sa situation, il faut être fou pour modifier son existence et renoncer à ses habitudes : celles-ci, indépendamment même de tout autre avantage, comportent une sécurité bien préférable à toute incertitude. 5. Mais ce n'est pas même d'incertitude qu'il faut parler, en ce qui concerne le pouvoir royal : pensons au sort de Romulus à qui s'attacha le soupçon terrible[37] d'avoir comploté contre son collègue Tatius, et qui fit peser sur les sénateurs le soupçon terrible de l'avoir tué. 6. Et ceux-ci, pourtant, célèbrent dans leurs hymnes Romulus comme un fils des dieux ; ils disent qu'il reçut dans sa petite enfance une nourriture divine et un salut miraculeux. Je suis, moi, de race mortelle ; j'ai été nourri et élevé par des hommes que vous connaissez bien. 7. Ce qu'on loue dans mon caractère est bien éloigné de ce qui convient à un futur roi : mon grand calme, le loisir que je consacre à des études sans lien avec l'action, cet amour passionné, qui a grandi avec moi, pour la paix, pour les activités non guerrières et pour les hommes que réunissent le culte des dieux et les relations amicales, mais qui passent le reste de leur temps, chacun de son côté, à travailler la terre ou à garder leurs bêtes. 8. Ô Romains, Romulus

---

32. Le thème des grands personnages s'appuyant sur la crédulité populaire pour entraîner leurs concitoyens dans leurs entreprises et éventuellement réformer l'État remonte au parallèle établi par Polybe (Histoires, X, 2, 8-10) entre Lycurgue et Scipion l'Africain (voir notamment Denys, II, 61, 2).
33. Plutôt sa trente-septième, si l'on rapproche les indications fournies supra en II, 1 et III, 6.
34. Proclus est le Proculus Julius de II, 4 et de Romulus, XXVIII, 1-2 – un des premiers grands noms de la gens Julia. Vélésus est Volusus Valérius (appelé par Plutarque Valérius dans Publicola, I, 1), membre d'une des grandes familles sabines, considéré comme le fondateur de la gens Valeria. Voir Denys, II, 46, 3 ; IV, 67, 3 ; V, 12, 3.
35. Avec Numa succédant à Romulus, Rome passe réellement et idéalement de la guerre à la paix. C'est un thème majeur et traditionnel de l'articulation des deux premiers règnes, thème particulièrement mis en relief par Tite-Live, I, 17-18.
36. Marcius est l'ancêtre de la gens Marcia – troisième gens mise en valeur en quelques lignes –, le grand-père du futur roi Ancus Marcius (voir infra, XXI, 4-6).
37. Thème récurrent, on l'a vu, de la fin du règne de Romulus.

vous a laissé bien des guerres. Peut-être n'en voulez-vous pas, mais pour les soutenir, la cité a besoin d'un roi plein d'ardeur, dans la force de l'âge. Le peuple a une grande habitude de la guerre et, en raison de ses succès, une grande fougue. Tout le monde voit bien qu'il désire grandir et dominer d'autres nations. Je serais donc bien ridicule, dans mon désir d'honorer les dieux, d'enseigner le culte de la justice, la haine de la violence et de la guerre, à une cité qui a plus besoin d'un chef d'armée que d'un roi[38].»

VI. 1. Tels étaient les mots par lesquels il cherchait à écarter la royauté. Mais les Romains firent tous leurs efforts pour le prier et le supplier de ne pas les abandonner à la discorde et la guerre civile[39] : il était le seul sur qui les deux partis pussent s'accorder. Après leur départ, son père et Marcius[40] le prirent en particulier et le poussèrent à accepter ce grand cadeau des dieux. 2. «Si tu n'as aucun besoin de richesses, car tu te suffis à toi-même, si tu ne désires pas la gloire attachée au pouvoir et à l'autorité, car tu possèdes une gloire plus grande, née de ta vertu, considère au moins que régner, c'est servir le dieu. Celui-ci, c'est sûr, t'appelle aujourd'hui; il refuse de laisser inutile et oisive la justice si grande qui est en toi. Ne te dérobe pas, ne fuis pas le pouvoir. C'est pour un sage l'occasion de belles et grandes actions : il permet d'honorer les dieux avec magnificence, et d'inciter à la piété des hommes qui subissent facilement et promptement l'influence de celui qui les gouverne. 3. Les Romains ont aimé le roi Tatius, tout étranger qu'il fût; ils rendent des honneurs divins à la mémoire de Romulus. Qui sait si ce peuple vainqueur n'est pas rassasié de guerres, si ces hommes comblés de triomphes et de dépouilles ne désirent pas un chef doux, ami de la justice, pour vivre dans la légalité et la paix? 4. À supposer même qu'ils éprouvent une passion incontrôlable et furieuse pour la guerre, ne vaut-il pas mieux tenir les rênes[41], pour détourner ailleurs leur élan impétueux, et voir les liens de la bienveillance et de l'amitié unir ta patrie ainsi que tout le peuple des Sabins à une cité florissante et puissante?» 5. À ces paroles s'ajoutèrent, dit-on, des présages favorables, ainsi que l'insistance fervente de ses concitoyens, dès qu'ils apprirent l'ambassade : ils lui demandaient de partir à Rome et d'accepter la royauté, pour lier et fondre ensemble les deux cités.

VII. 1. Il accepta donc. Après avoir sacrifié aux dieux, il partit pour Rome. Le Sénat et le peuple[42] vinrent à sa rencontre, pleins d'un amour extraordinaire pour cet homme. Les femmes faisaient retentir les acclamations qu'il méritait; on offrait des

---

38. Ce discours de Numa, dont les sources ne nous livrent pas de parallèle, reflète de trop près l'idéal du roi sage selon Plutarque, pour ne pas être de l'invention du biographe (voir supra, III-IV et infra, XX).
39. L'argument se déplace, et le choix n'est plus entre une Rome guerrière et une Rome pacifique, mais entre une Rome unie sous Numa et une Rome déchirée sans lui. L'évocation de la guerre civile pèse d'un poids très lourd dans toute la tradition romaine...
40. Dans le récit de Denys, beaucoup plus bref sur cet épisode, ce sont les «frères» de Numa qui joignent leur voix à celle du père (II, 60, 1).
41. L'idée et le vocabulaire sont platoniciens.
42. Senatus PopulusQue Romanus, expression de la totalité civique de Rome.

sacrifices devant les sanctuaires; la joie était universelle, comme si la cité recevait non un roi, mais un royaume. 2. Quand ils furent arrivés au forum, Spurius Vettius, qui pour l'heure se trouvait assurer l'interrègne, invita les citoyens à voter. Tous les suffrages furent pour Numa. 3. On lui apporta les insignes de la royauté, mais il ordonna d'attendre, déclarant que le dieu aussi devait ratifier sa dignité royale. 4. Prenant avec lui des devins et des prêtres, il monta au Capitole, que les Romains appelaient alors Roche Tarpéienne. 5. Là, le chef des devins, lui ayant voilé la face, le tourna vers le midi; il se plaça derrière le futur roi, posa la main droite sur sa tête, pria, puis porta les regards partout à la ronde, pour observer ce que les dieux faisaient connaître par le vol des oiseaux ou par d'autres signes[43]. 6. Un silence incroyable régnait sur le forum, empli d'une foule immense de gens qui tendaient le cou, pleins d'anxiété, dans l'attente de ce qui allait se produire. On vit enfin des oiseaux de bon augure, du côté droit. 7. Numa revêtit donc l'habit royal et descendit de la colline vers le peuple. Alors éclatèrent des cris et des manifestations de joie: tous saluaient en lui l'homme le plus religieux et le plus aimé des dieux. 8. Quand il eut pris possession du pouvoir, il ordonna d'abord la dissolution du corps de trois cents gardes que Romulus avait toujours autour de lui et qu'il nommait *celeres* [«rapides»][44]. Numa trouvait indigne de se défier de gens qui lui faisaient confiance, et de régner sur des gens qui se défiaient de lui. 9. En second lieu, il ajouta aux prêtres de Zeus et d'Arès un troisième prêtre, consacré à Romulus, qu'il nomma Flamine Quirinal[45]. 10. On appelait dès cette époque les anciens prêtres Flamines, à cause du bonnet de feutre[46] *[pilos]* qu'ils portaient sur la tête: c'était, à ce que l'on rapporte, des *pilamènes* [«porteurs de *pilos*»], car en ce temps-là, il y avait davantage de mots grecs mêlés aux mots latins[47] que de nos jours.

---

43. Ce récit est l'homologue de l'évocation beaucoup plus précise et technique (orientation, gestes et prière de l'augure) que donne Tite-Live (I, 18, 6-10). Plutarque fait surtout sentir un climat d'attente, puis de joie populaire, par l'alternance du silence et de l'acclamation.

44. Selon Denys, au contraire, Numa, non content de conserver ce corps de trois cents hommes, lui aurait confié des fonctions religieuses (II, 64, 3). Cette donnée est très controversée dès l'Antiquité.

45. Des quinze flamines romains, chacun consacré à un dieu, seuls ceux de Jupiter, Mars et Quirinus sont les «flamines majeurs». Ces dieux (la «triade archaïque») et leurs prêtres sont, d'après de nombreux travaux de Dumézil, les représentants à Rome des trois fonctions indo-européennes. Voir Dumézil (1995), p. 1225-1258, et la série de quatre volumes intitulée Jupiter, Mars, Quirinus.

46. Plutarque choisit ici une (pseudo)-étymologie grecque («flamine» venant de «pilamène»!), plutôt que celle, dérivant de Varron (De la langue latine, V, 84) – et non moins erronée? –, selon laquelle le mot vient de filum, *désignant le cordon qui entoure la tête toujours voilée de ce prêtre. Flamen est en fait un mot de forme neutre, qu'il faut peut-être rapprocher du sanscrit brahman (voir Dumézil, 1974, p. 106, 221, 568-573) et du vieil anglais blotan, qui évoquent une fonction sacrificielle.*

47. On note une nette tendance de Plutarque, comme de Denys (mais déjà aussi de Varron), à donner de certains mots latins une étymologie grecque: voir XIII, 9 et suiv.; Romulus, XV, 4; Marcellus, VIII, 7; Moralia, 264f et 288b. Voir également Dictionnaire, «Acculturation» et «Denys». Sur la chronologie du mélange des mots, voir Varron, De la langue latine, V, 21, et Juba (voir Romulus, XV, 7 et note).

11. De même les *laenae* que portaient ces prêtres étaient, selon Juba, ce qu'on appelle en grec des *chlaïnaï* [«capes»] ; quant à l'assistant du prêtre de Jupiter, un enfant dont les deux parents doivent être vivants, on l'appelle Camille, tout comme certains Grecs appellent Hermès Cadmillos[48] [«Servant»], à cause de sa fonction d'assistant.

VIII. 1. Après avoir pris ces mesures pour s'assurer la bienveillance et la faveur du peuple, Numa entreprit aussitôt de façonner la cité, comme on travaille le fer, pour amollir son humeur dure et guerrière, et la rendre plus juste[49]. 2. Car véritablement, c'était alors ce que Platon nomme une cité «gonflée d'humeurs». Dès l'origine, elle était née de l'audace et de la hardiesse extrêmes des hommes les plus aventureux et les plus belliqueux qui s'y étaient rués, se rassemblant de toutes parts[50]. Ensuite, elle avait trouvé dans de nombreuses expéditions et des guerres incessantes sa nourriture et l'accroissement de son pouvoir. Comme les pieux qu'on enfonce en terre tiennent d'autant plus solidement qu'on les frappe plus fort, de même, elle semblait tirer sa force des dangers. 3. Numa comprit que ce n'était pas une mince entreprise ni une tâche légère de vouloir dompter et disposer à la paix un peuple si agité et si farouche ; il appela donc les dieux à l'aide. Il eut recours principalement à des sacrifices, à des processions et à des chœurs, qu'il organisait et dirigeait lui-même : la gravité s'accompagnait du plaisir de la fête et d'amusements paisibles. De cette manière, il séduisait le peuple et soumettait son caractère fougueux et belliqueux. 4. Parfois, il leur parlait de prodiges terrifiants envoyés par les dieux, d'apparitions étranges de *démons*, de voix menaçantes. Il les domptait ainsi et rabaissait leur fierté, en leur inspirant la crainte des dieux. 5. Ce fut principalement cette conduite qui donna naissance à la tradition selon laquelle il aurait dû sa sagesse et sa formation à la fréquentation de Pythagore, 6. car sa politique, comme la philosophie de Pythagore, faisait une grande place au rapprochement et à l'intimité avec la divinité[51]. 7. Il adopta également, dit-on, une allure extérieure majestueuse et solennelle, dans la même intention que Pythagore. 8. Celui-ci avait, paraît-il, apprivoisé un aigle, que par certaines paroles, il arrêtait, lorsqu'il volait au-dessus de lui, et faisait descendre ; à Olympie, en traversant la

---

48. Le camillus *est à Rome le jeune garçon qui assiste le prêtre dans l'exercice de ses fonctions, notamment le sacrifice. Il doit être fils de parents libres et encore vivants. Le mot s'est peu à peu spécialisé pour désigner le desservant du culte pratiqué par le flamine de Jupiter et son épouse la flaminique.*
49. *Citation (plus ou moins à contresens) de Platon,* République, *II, 372c, où est fustigé un «État qui vit dans les délices», par opposition à un «État sain» et frugal.*
50. *Référence à la présentation des compagnons de Romulus. Voir* Romulus, *IX, 3 et surtout Tite-Live, I, 8, 5-6 : «Il ouvre un lieu d'asile* [Asylum]. *Là vient se réfugier des contrées voisines une foule de toute sorte, mélange indistinct d'hommes libres et d'esclaves, tous en quête de nouveauté...»*
51. *Ces considérations conjoignent les observations présentées en I (la problématique Numa-Pythagore) et en IV, 12 (la superstition comme levier pour commander aux foules). La place donnée à la philosophie et à la religion dans le système de Numa était attestée chez Varron (Augustin,* Cité de Dieu, *VII, 35) et chez Castor de Rhodes, cité ailleurs par Plutarque (voir* Moralia, *282a et 363b).*

foule, il avait laissé voir sa cuisse d'or[52]. 9. On lui attribue d'autres artifices et d'autres actes prodigieux, à propos desquels Timon de Phlionte[53] a écrit :

> Pythagore inclinant à des jeux de sorcier,
> Voulut duper les hommes avec ses grands discours.

10. Quant à Numa, sa mise en scène, c'était l'amour que lui portait une déesse ou une nymphe des montagnes, le commerce secret qu'elle avait avec lui, je l'ai dit, et son intimité avec les Muses. 11. Car il faisait remonter la plupart de ses révélations aux Muses ; il apprit aux Romains à honorer plus spécialement l'une d'elles qu'il nommait Tacita[54], c'est-à-dire la silencieuse ou la muette, ce qui semble le fait de quelqu'un qui se souvenait du silence pythagoricien et le respectait. 12. Ses ordonnances concernant les statues des dieux sont aussi apparentées aux enseignements de Pythagore. 13. Celui-ci pensait que le principe original n'est ni sensible, ni perceptible, qu'il est invisible, incréé et seulement accessible à l'intelligence. De même, Numa interdit aux Romains de représenter la divinité sous une forme humaine ou animale. 14. Autrefois les Romains n'avaient aucune image peinte ou sculptée des dieux : pendant les cent soixante-dix premières années, ils édifièrent des temples et bâtirent des chapelles, mais ne firent aucune statue[55], jugeant qu'il était impie de rapprocher les réalités supérieures des réalités inférieures et impossible d'aborder le dieu autrement que par la pensée[56]. 15. Les sacrifices sont aussi très proches du culte des pythagoriciens ; il s'agissait, pour la plupart, de sacrifices non sanglants[57], faits de farine, de libations et des dons les plus simples. 16. Ceux qui soutiennent que les deux hommes furent en relation invoquent en outre des arguments extérieurs à la religion. 17. Ils disent d'abord que les Romains donnèrent à Pythagore le droit de cité, comme l'a rapporté le poète comique Épicharme[58], dans un ouvrage

---

52. Ces informations «merveilleuses», et fameuses dans l'Antiquité, ont été transmises par Aristote (voir Diels, 1903, fragment 14, 7), reprises et développées dans les Vies de Pythagore *de Porphyre (XXV et XXVIII) et de Jamblique (XIII, 62 ; XIX, 92 ; XXVIII, 135) ; voir également Apollonios,* Mirabilia, *6.*

53. Philosophe sceptique du IVe siècle, élève de Pyrrhon. Dans son traité des Silloï, *d'où sont extraits les vers cités (voir Diels, 1903, fragment 57), il critique vigoureusement les «dogmatiques».*

54. Création de Plutarque incarnant la règle du «silence» pythagoricien, ici exprimé par échémythia, *terme du langage «technique» de la secte (voir* Moralia *519c, 728e-f). Le biographe fait référence au culte en réalité bien différent de la «déesse muette» évoquée par Ovide,* Fastes, *II, 571-583, 615 et suiv.*

55. D'après cette durée conventionnelle héritée de Varron (voir Augustin, Cité de Dieu, *VII, 5, et Tertullien,* Apologétique, *25, 12 et suiv.), les Romains n'auraient appris que des Étrusques, sous le règne de Tarquin l'Ancien (616-578, selon la tradition), l'art de la statuaire et de la peinture à sujet religieux.*

56. Ce fonds d'idées est commun aux pythagoriciens, aux orphiques et aux stoïciens. Il a particulièrement été en faveur, à Rome, auprès de Varron et de Sénèque.

57. Cette affirmation, reprise en XVI, 2, ne paraît pas fondée historiquement.

58. Auteur comique du Ve siècle, né ou en tout cas installé à Syracuse, qui aurait été «élève de Pythagore» selon Diogène Laërce, Vies des philosophes, *VIII, 78. L'extrait mentionné ainsi que le* Contre Anténor *auquel il appartiendrait sont considérés comme inauthentiques.*

adressé à Anténor: or Épicharme est un auteur ancien, qui appartenait à l'école pythagoricienne. 18. Un second argument, c'est que le roi Numa nomma un de ses quatre fils Mamercus[59], du nom du fils de Pythagore. 19. La famille des Aemilii[60], qui faisait partie des familles patriciennes, doit son nom, dit-on, à ce Mamercus: le roi avait donné ce surnom affectueux à son fils, à cause de la séduction *[aïmulia]* et de la grâce de ses propos. 20. Enfin, pour ma part, j'ai entendu beaucoup de personnes à Rome rapporter qu'un oracle ordonna jadis aux Romains de dresser chez eux la statue du plus sage et du plus valeureux des Grecs: ils dressèrent deux statues de bronze sur le forum, l'une d'Alcibiade, l'autre de Pythagore[61]. 21. Tous ces points cependant sont abondamment contestés; ce serait faire preuve d'une obstination d'enfant que de les agiter plus longtemps, et de vouloir prendre parti.

IX. 1. On attribue aussi à Numa l'institution et l'organisation de ces prêtres de haut rang que les Romains nomment pontifes; lui même, dit-on, fut l'un d'entre eux, le premier de tous. 2. Ce nom de pontifes s'expliquerait, selon certains, parce qu'ils servent les dieux, lesquels sont puissants et maîtres de tout: or puissant se dit *potens* en latin[62]. 3. Selon d'autres, ils reçurent ce nom parce qu'ils déterminent les choses «possibles»: le législateur demande à ces prêtres de régler les cérémonies qui sont possibles, et ne leur cherche pas querelle s'il y a un empêchement majeur. 4. Mais la plupart des auteurs admettent une étymologie vraiment ridicule: ces prêtres auraient été nommés tout bonnement «faiseurs de ponts»[63], en raison des sacrifices particulièrement saints et antiques qu'on offre sur le pont car, en latin, pont se dit *pons*. 5. La garde et l'entretien du pont seraient attribuées à ces prêtres, comme celle de tous les sanctuaires immuables et ancestraux. 6. Les Romains considèrent

---

59. Sur les fils de Numa, voir infra, XXI, 2. Les biographes grecs de Pythagore ne mentionnent pas de Mamercos, mais un Marmacos, un Mnemarcos, un Mnesarcos...
60. Les Aemilii Mamercini sont une des très grandes familles de Rome. Selon Münzer (1920, p. 156), leur lien avec Pythagore s'expliquerait par le fait que la statue du philosophe placée dans le Comitium (voir note suivante) se serait trouvée à proximité immédiate du côté nord de la basilica Aemilia, sur le forum.
61. Quelque temps avant Plutarque, Pline l'Ancien (Histoire naturelle, XXXIV, 26) indique que pendant les guerres samnites, sur le conseil de l'oracle de Delphes, les Romains ont placé les deux statues de bronze mentionnées ici aux deux extrémités opposées (cornua) du Comitium. Leur association symbolise un thème cher à cette époque, celui de la grandeur de la cité assurée par la subordination du «bras» guerrier à la «tête» politique, et de la jeunesse à l'âge mûr.
62. Étymologie traditionnelle due au grand pontife Quintus Mucius Scaevola (pontifices venant de po[te]ntifices !) et que Plutarque a probablement trouvée chez Varron.
63. Voir Varron, V, 83, et Denys, II, 73, 1 et III, 45, 2: «D'après l'un des devoirs qu'ils accomplissent – à savoir l'entretien du pont de bois -, les Romains les appellent dans leur langue pontifices.» Le lien avec le mot pons est aujourd'hui admis, mais parfois rapproché du sens primitif, «indo-européen», du sanscrit panthah, «chemin». Le pontife, par opposition au flamine, est un prêtre actif dans des domaines divers, développant des valeurs d'initiative et d'adaptation (voir Dumézil, 1974, p. 572). Le nombre des pontifes est progressivement passé de trois ou cinq, à seize au temps de César.

qu'il est interdit et sacrilège de démolir le pont de bois[64]. Celui-ci avait été, en raison d'un oracle, construit entièrement sans l'aide du fer, avec des chevilles en bois. Le pont de pierre a été bâti longtemps plus tard, par le questeur Aemilius[65]. 7. On prétend cependant que le pont de bois est lui aussi postérieur à Numa : il aurait été réalisé par le roi Marcius, fils de la fille de Numa. 8. Le grand pontife[66] remplit, en quelque sorte, les fonctions d'interprète et de prophète, ou plutôt d'hiérophante[67]. Il s'occupe des cérémonies officielles et surveille aussi les sacrifices des simples particuliers : il empêche les gens de transgresser les rites et leur enseigne ce qu'ils doivent faire pour honorer et prier les dieux.
9. La surveillance des vierges consacrées[68], que les Romains nomment Vestales, incombait aussi au grand pontife[69]. 10. C'est à Numa qu'on attribue également l'institution des Vestales[70] et, de manière générale, l'entretien et le culte du feu perpétuel dont elles ont la garde : peut-être le roi voulait-il confier la substance pure et impérissable du feu à des corps purs de toute souillure ; peut-être voyait-il quelque parenté entre cet élément stérile et infécond et la virginité[71]. 11. Mais en Grèce, dans les lieux où brûle un feu qui ne doit pas s'éteindre, à Pythô et à Athènes[72], on en remet le soin non à des vierges, mais à des femmes qui ont été mariées[73]. 12. Si d'aventure le feu vient à s'éteindre (ce fut le cas à Athènes, dit-on,

---

64. *Le pont Sublicius était vénéré comme le plus ancien pont de Rome ; pour des raisons religieuses, il était voué à ne comporter que des éléments en bois (voir* Dictionnaire, *«Rome»).*

65. *En fait, Marcus Aemilius Lepidus était censeur en 179 avant J.-C. lorsqu'il fit construire le pont qui porte son nom (voir* Tite-Live, *XL, 51, 1 et 4).*

66. *Retour au sujet, après la quasi-*Question romaine *qui précède.*

67. *Voir* Denys, *II, 73 : «Ils interprètent et ils expliquent les formes du culte [...] qu'on veuille les appeler* hiérodidascaloï, hiéronomoï, hiérophylaceis *ou – ce qui nous semble préférable –* hiérophantaï, *on ne s'écartera pas de la vérité.»*

68. *Ce long développement sur les Vestales (IX, 9-XI, 3, complété par XIII, 3-4) occupe une place comparable à la digression encore plus importante consacrée au même sujet par* Denys, *II, 64-69.* Tite-Live *est beaucoup plus sobre : cinq lignes en tout (I, 20, 3) ! Noter que toute la fin du chapitre (§ 9-15) est à son tour bâtie en forme de* Question romaine. *Le rôle des Vestales et leur relation avec le feu intriguaient autant les Anciens que les Modernes.*

69. *Voir* Aulu-Gelle, Nuits attiques, *I, 12.*

70. *Dans le débat entre Numa et Romulus (voir* Denys, *II, 65), Plutarque se prononce lui-même pour Romulus (voir* Romulus, *III, 3). Deux logiques sous-tendent ces versions divergentes : l'une fait honneur à Numa de toutes les créations d'ordre rituel, l'autre estime que la cité, dès l'Albain Romulus, n'aurait pu exister sans Vestales.*

71. *Pureté (*Denys, *II, 66, 3, se limite à cet aspect) et stérilité sont deux des attributs traditionnels du feu, sur lesquels Plutarque étaie une interprétation psychologisante bien dans sa manière.*

72. *À Delphes, ce feu de la cité brûlait sur l'autel (*hestia) *du temple d'Apollon (voir* Moralia *385c) ; le feu d'Athènes brûlait dans l'Érechtheion (voir* Strabon, *IX, 396). L'extinction, dans ces deux cas (voir § 12), annonçait le dépérissement de la cité.*

73. *La Pythie, à l'époque de Plutarque, renonçait simplement à tout rapport sexuel du jour où elle entrait en fonctions (voir* Moralia, *438b-c).*

sous la tyrannie d'Aristion[74], quand la lampe sacrée s'éteignit; cela se produisit aussi à Delphes, après l'incendie du temple par les Maides[75], à l'époque de Mithridate, et pendant la guerre civile romaine, quand le feu disparut avec l'autel), on dit qu'il ne faut pas le ranimer à un autre foyer, mais fabriquer un feu entièrement nouveau, en tirant du soleil une flamme pure et sans souillure. 13. Pour l'allumer, on emploie principalement des miroirs concaves, disposés sur le plan d'un triangle rectangle isocèle, qui convergent depuis la périphérie vers un unique point central. 14. Quand ces miroirs sont tournés vers le soleil, les rayons, réfléchis de tous côtés, se rassemblent en faisceau autour du centre; ils divisent l'air et le raréfient; ainsi peuvent-ils enflammer rapidement les matières les plus légères et les plus sèches qu'on a placées là car, en raison de la réfraction, la lumière acquiert la nature et la force du feu. 15. Selon certains, les vierges consacrées avaient seulement la garde de ce feu perpétuel. Pour d'autres, elles devaient aussi tenir cachés certains objets consacrés, que nul autre n'avait le droit de voir. Tout ce qu'il est permis d'apprendre et de rapporter à ce sujet, je l'ai écrit dans la *Vie de Camille*[76].

X. 1. On dit que Numa consacra d'abord deux Vestales, Gérania et Vérénia, et ensuite deux autres, Canuleia et Tarpeia; plus tard, Servius en ajouta encore deux, et l'on s'en est tenu à ce nombre jusqu'à nos jours[77]. 2. Le roi avait décidé que les vierges consacrées observeraient la chasteté durant trente ans[78]. Les dix premières années, elles apprennent leurs devoirs; les dix suivantes, elles pratiquent ce qu'elles ont appris; les dix dernières, c'est à elles de transmettre l'enseignement. 3. Une fois ce temps écoulé, elles ont désormais, si elles le veulent, le droit de se marier et de renoncer au sacerdoce pour adopter un autre mode de vie. 4. Mais il n'y en a pas beaucoup, dit-on, qui ont profité de cette autorisation, et celles qui l'ont fait n'ont pas connu le bonheur: elles ont passé le reste de leur vie dans le repentir et la tristesse, inspirant aux autres une crainte religieuse qui les pousse à conserver la continence et la virginité jusqu'à

---

74. *Aristion devint tyran d'Athènes en 88 avant J.-C. Cruel et sanguinaire, il dut, en 86, se rendre à Sylla. C'est alors que la lampe consacrée à Athéna Polias s'éteignit par manque d'huile (voir* Sylla, *XIII, 3).*
75. *Peuple de Thrace qui lança entre 88 et 84 une opération de pillage sur Delphes.*
76. *Ces objets, qui font débat entre les Anciens, paraissent avoir été le Palladion de Troie (fameuse sculpture en bois représentant Pallas, dont la présence protégeait la ville), les statues des divinités de Samothrace, et deux récipients, l'un ouvert et vide, l'autre plein et fermé par un sceau. Voir* Camille, *XX, 4-8.*
77. *L'idée d'une augmentation progressive du nombre des Vestales se retrouve chez Denys (II, 67, 1 et III, 67, 2), lequel attribue à Tarquin l'Ancien le passage définitif de quatre à six. Ces assertions, que rien ne vient corroborer, sont sans doute le produit d'un rapprochement implicite avec une tendance générale à l'accroissement du nombre des prêtres et des magistrats dans la Rome républicaine.*
78. *Choisies (par* captio *du grand pontife) à un âge compris entre six et dix ans (voir Aulu-Gelle, I, 12, 9), les Vestales devaient obéir à la règle des trente ans de chasteté. La distribution de leurs activités par phases successives de dix années se retrouve notamment chez Denys (II, 67, 2) et chez Plutarque lui-même (*Moralia, *795d). Il ne peut s'agir, d'évidence, que d'un idéal théorique, forcément mis à mal par le hasard «démographique» des disparitions.*

la vieillesse et à la mort. 5. Numa leur conféra de grands honneurs, notamment la possibilité de rédiger un testament du vivant de leur père et de diriger toutes leurs affaires sans tuteur, tout comme les mères qui ont eu trois enfants. 6. Quand elles sortent, elles sont précédées d'un licteur[79]. Si elles croisent par hasard un condamné qu'on va exécuter, cet homme n'est pas mis à mort, mais il faut que la vierge affirme sous serment que la rencontre a été fortuite et involontaire, qu'elle n'a pas été préméditée. Si quelqu'un passe sous la litière dans laquelle on les transporte, il est mis à mort. 7. Pour les fautes ordinaires, on les fouette : parfois c'est le grand pontife qui inflige le châtiment, tandis que la coupable est nue derrière un rideau, dans un endroit très obscur. 8. Mais la Vestale qui souille sa virginité est enterrée vivante près de la porte Colline. À cet endroit[80] se trouve, à l'intérieur de la cité, un tertre qui s'étend assez loin et qu'on nomme, en langue latine, une levée de terre. 9. Là, on construit une chambre souterraine toute petite, avec une ouverture en haut, pour y descendre. On dispose à l'intérieur un lit et des couvertures, une lampe allumée, et quelques maigres provisions nécessaires à la vie : du pain, une cruche d'eau, du lait, de l'huile, comme pour se purifier de l'accusation d'avoir fait mourir de faim une personne vouée aux rites les plus sacrés. 10. La condamnée est placée dans une litière qu'on ferme complètement au monde extérieur et qu'on boucle avec des lanières, afin qu'on ne puisse même pas entendre sa voix. On transporte cette litière à travers le forum. 11. Tous s'écartent en silence[81] et l'escortent sans un mot, dans une tristesse effroyable. Aucun spectacle n'est plus terrible, la cité ne connaît aucun jour plus noir que celui-ci. 12. Quand la litière parvient devant l'endroit du supplice, les serviteurs enlèvent les lanières. Le chef des prêtres prononce certaines prières secrètes et tend les mains vers les dieux, avant l'instant fatal. Puis il fait sortir la femme voilée, et la place sur l'échelle qui mène à sa demeure souterraine. 13. Ensuite il s'en retourne, avec les autres prêtres. Quand la femme est descendue, on retire l'échelle, on recouvre le caveau, en jetant dessus une grande quantité de terre, jusqu'à ce que l'en-

---

79. Voir *Guizzi (1968)*, et *Beard (1980)*, p. 12-27. Leur condition – notamment l'affranchissement, ici mentionné, de toute tutelle familiale et l'attachement à leur personne d'un licteur – est un «unicum» (Guizzi) qui fait d'elles des êtres «intermédiaires» (Beard) entre masculin et féminin – peut-être aussi des êtres «polyvalents» qui ont partie liée avec chacune des trois fonctions indo-européennes : fécondité, certes, mais aussi souveraineté et guerre (voir Dumézil, 1974, p. 576-578).

80. Le lieu de ce supplice est le campus sceleratus, le «champ du crime» selon Tite-Live (VIII, 15, 7). Voir l'étude prosopographique des cas connus par Fraschetti (1984), p. 102-109. Le châtiment décrit par Plutarque, après Denys (II, 67, 3-5), est à la fois punition d'un crime (scelus), expiation (piaculum) du «prodige» monstrueux constitué par la souillure de l'«inceste» (incestum), enfin sacrifice aux puissances infernales, par lequel la cité retourne à son profit le pire des manquements. Déchue, condamnée, bientôt défunte, la coupable retrouve sa capacité de «garde» de la cité, dans son rempart même : rôle de «deuxième fonction» (voir Pailler, 1994, p. 529-541).

81. Comparer l'effort de mise en scène de Plutarque et la sécheresse descriptive – inhabituelle – de Denys (II, 67, 3-5). Le biographe ne recourt pas seulement aux gestes et aux «rythmes» de la cérémonie, mais insiste sur un climat fait de lourds silences, seulement interrompus par les «prières secrètes» du grand pontife.

droit soit au niveau du reste de la levée. Voilà comment ils châtient celles qui ont perdu leur virginité consacrée.

XI. 1. Si Numa donna au temple de Vesta, où l'on garde le feu perpétuel, une forme circulaire[82], ce n'était pas, dit-on, la forme de la terre, confondue avec Vesta, qu'il voulait reproduire, mais celle de l'univers tout entier, au centre duquel, selon les pythagoriciens, se trouve le feu qu'ils appellent Vesta et Monade. 2. D'après eux, la terre n'est pas immobile, ni au centre d'un espace qui tournerait autour d'elle, mais suspendue, formant un cercle autour du feu. Ils ne la comptent pas au nombre des éléments essentiels et premiers de l'univers. 3. Ces idées furent aussi, dit-on, celles de Platon sur ses vieux jours[83] : il pensa que la terre occupait un espace secondaire, tandis que l'espace central, le plus noble, appartenait à une réalité qui lui était supérieure.

XII. 1. Les pontifes[84] expliquent aussi à ceux qui les consultent les usages ancestraux en matière de rites funéraires. Numa leur avait appris à ne considérer comme impure aucune des cérémonies de ce genre, et à honorer avec les rites en vigueur même les dieux d'en bas, puisqu'ils reçoivent ce que nous avons de plus noble. 2. Il fallait vénérer plus particulièrement la déesse nommée Libitine[85], qui préside aux cérémonies liées aux morts : il s'agit peut-être de Proserpine ou plutôt de Vénus, comme le supposent les Romains les plus érudits, qui n'ont pas tort de rapporter à la puissance d'une unique déesse ce qui touche à la naissance et la mort. 3. Quant au deuil et à sa durée[86], Numa les fixa lui-même, en fonction de l'âge du mort. Ainsi

---

*82. Cette forme ronde intriguait les Anciens. Les pythagoriciens situaient au centre d'un univers sphérique le feu, et non la terre (voir Aetius, Opinions, II, 7, 7 et III, 11, 3). La thèse s'oppose à celle qui identifie Vesta avec la terre à cause de cette forme d'*aedes rotunda*. Pour d'autres, celle-ci rappellerait celle des «huttes primitives» du Palatin. En réalité, si ce sanctuaire est circulaire, c'est qu'il n'a pas été «inauguré» par orientation selon les points cardinaux ; ce n'est pas un* templum. *Il ne peut donc pas abriter de séance du Sénat. Le «feu de Vesta», que Dumézil compare aux divers feux sacrés de l'Inde védique, est un «feu du foyer» enraciné dans la terre ; il n'a rien à voir avec les feux du ciel (voir Dumézil, 1974, p. 322-326).*
83. Cette information provient de Théophraste (voir Moralia, *1006c).*
84. Comparer avec ce texte la notice beaucoup plus brève de Tite-Live, I, 20, 5-7 et celle, technique, de Denys, II, 73 (qui présente les pontifes après les féciaux). L'originalité de Plutarque est son insistance sur l'intérêt des pontifes pour les rites funéraires, intérêt signalé par Tite-Live et ignoré par Denys.
85. Déesse romaine des cérémonies funéraires, dont le sanctuaire était sans doute sur l'Esquilin. Son nom, pensait-on, lui venait du verbe libare, *«faire des libations [sur la tombe]». Elle est parfois confondue par les sources antiques avec Libentina, dont le nom serait apparenté à* libido, *ce qui explique l'association avec Vénus-Aphrodite. Proserpine-Perséphone est la déesse des Enfers.*
86. Informations concordantes dans Coriolan, *XXXIX, 10 et suiv. Le juriste Ulpien, sous l'Empire, signale qu'on n'observait pas de deuil pour un enfant mort avant un an, tandis qu'une brève période était prévue pour celui qui avait atteint deux ou trois ans. Le haut degré de mortalité infantile des sociétés antiques n'est certes pas étranger à ces limitations. La durée de dix mois équivaut à une année du calendrier romain primitif. La période de veuvage obligée vise à éviter la* turbatio sanguinis, *le «mélange des sangs», et donc la souillure de la lignée (voir Ovide,* Fastes, *I, 33 et suiv. ; III, 133 et suiv.).*

pour un enfant mort au-dessous de trois ans, on ne portait pas le deuil; pour un enfant plus âgé, on ne devait pas porter le deuil plus de mois qu'il n'avait vécu d'années, sans dépasser dix mois: quel que soit son âge, il ne fallait pas le pleurer plus longtemps, le deuil ne devait pas excéder dix mois. C'est également la durée du deuil pour les veuves: la femme qui se remariait avant ce temps devait, selon les lois de Numa, sacrifier une vache pleine.

4. Numa institua bien d'autres sacerdoces. J'en mentionnerai encore deux, les saliens et les féciaux[87], car ils montrent particulièrement la piété du roi. 5. Les féciaux[88] étaient, je crois, des protecteurs de la paix. Le nom qu'ils portent vient de leur manière d'agir: par la parole, ils arrêtaient les conflits et interdisaient de prendre les armes avant que tout espoir d'obtenir justice ait été perdu. 6. Or les Grecs appellent paix les circonstances où l'on met fin à un différend en usant de paroles, non de violence. 7. Les féciaux romains allaient souvent trouver personnellement les agresseurs, pour les persuader de revenir à de meilleurs sentiments. S'ils refusaient, ces prêtres prenaient les dieux à témoin; ils lançaient de nombreuses et terribles malédictions qui devaient retomber sur leur propre personne et sur la patrie, si leurs réclamations n'étaient pas légitimes. Cela fait, ils déclaraient la guerre. 8. Si les féciaux s'y opposaient et ne donnaient pas leur accord, les soldats romains et le roi n'avaient pas le droit de prendre les armes; le chef ne pouvait commencer la guerre que si les féciaux l'y autorisaient en la déclarant juste: après quoi seulement, on pouvait prendre les mesures utiles. 9. Les malheurs que les Gaulois infligèrent à Rome vinrent, dit-on, du fait qu'on avait transgressé la volonté de ces prêtres. 10. Les Barbares assiégeaient Clusium[89]. Fabius Ambustus fut envoyé en ambassade dans leur camp pour obtenir en faveur des

---

87. *La présentation fortement articulée de ces deux sacerdoces (XII, 4-XIII, 11) est propre à Plutarque. Le biographe lui donne encore plus de relief par une disposition en «chiasme»: 1. Les féciaux: l'institution; 2. Les féciaux: un récit étiologique; 3. Les saliens: un récit de fondation; 4. Les saliens: l'institution.*

88. *Ce type de prêtres est bien attesté, dès l'époque archaïque, pour d'autres cités latines: Albe, Ardée..., et même, semble-t-il, chez les Falisques et les Samnites: héritage commun de peuples d'origine indo-européenne (voir Dumézil, 1969, p. 63-78; 1974, p. 106-108, 218-219, 579 581; Catalano, 1965, p. 4 et suiv.). Leur «création» est également attribuée à Numa par Denys (I, 72); Tite-Live n'en fait pas honneur à ce roi, mais il met en scène la procédure féciale romaine à l'occasion du combat entre les Horaces, champions de Rome, et les Curiaces d'Albe, sous Tullus Hostilius (I, 24, 4-9). Cette «sodalité» de vingt membres, dont les activités se placent sous le patronage de Jupiter, et non du Mars guerrier, a pour mission d'assurer la conformité au droit sacré, de fournir la base incontestable (feti signifie «fondement») des déclarations de guerre et des traités de paix: voir ici la notion de «guerre juste», en XII, 8. L'étymologie gréco-latine (en grec eirō, «parler», eirēnē, «paix»; en latin fari, «parler», fetialis, «fécial», «prêtre qui dit et ainsi fait la paix»), évidemment fantaisiste, trouve des répondants chez Varron et chez Denys (I, 72, 4: eirēnodicaï, c'est-à-dire «arbitres de paix»); mais Plutarque peut fort bien l'avoir empruntée, comme plusieurs autres du même type (en VII, 10 et XIII, 9-10), au roi helléniste de Maurétanie Juba II. Voir Dictionnaire, «Étymologie».*

89. *Cet épisode se rattache à l'«invasion gauloise» des années 390, et le responsable serait Quintus Fabius Ambustus, tribun militaire à pouvoir consulaire; voir Montanari (1976), p. 132 et suiv.*

assiégés l'arrêt des hostilités. 11. Il reçut une réponse négative. Alors, pensant que sa mission d'ambassadeur était terminée, il se laissa entraîner par un emportement juvénile : il prit les armes pour les Clusiens, et provoqua en combat singulier le plus vaillant des Barbares. 12. Le combat fut favorable au Romain : il renversa son adversaire et le dépouilla de ses armes. Mais les Gaulois le reconnurent et envoyèrent un héraut à Rome ; ils accusaient Fabius d'avoir été parjure, déloyal et de leur avoir fait la guerre sans l'avoir déclarée. 13. Alors les féciaux engagèrent le Sénat à livrer l'homme aux Gaulois. Mais il chercha refuge auprès de la foule, et grâce à la faveur populaire, il échappa à la sentence. Peu de temps après, les Gaulois entraient dans Rome et la ravageaient, sauf le Capitole. Cette histoire est racontée avec plus de précision dans la *Vie de Camille*[90].

XIII. 1. Quant aux prêtres saliens, voici à quelle occasion Numa, dit-on, les institua. Il y avait sept ans qu'il régnait quand une peste envahit l'Italie[91] et frappa aussi Rome. 2. Alors que tous étaient plongés dans le désespoir, un bouclier de bronze tomba du ciel, à ce que l'on rapporte, et s'abattit entre les mains de Numa. À propos de ce bouclier, le roi fit courir un récit merveilleux, qu'il prétendait tenir d'Égérie et des Muses. 3. Cette arme, disait-il, était venue assurer le salut de la cité ; il fallait la garder précieusement, après en avoir fabriqué onze autres identiques en forme, en taille et en aspect, afin que leur ressemblance empêchât un éventuel voleur de reconnaître celle qui était venue de Zeus. 4. Il fallait également consacrer aux Muses l'endroit où le bouclier était tombé ainsi que les prairies avoisinantes, car c'était là qu'elles venaient le plus souvent le rencontrer et s'entretenir avec lui. La source qui arrose ce lieu, était, déclara-t-il, une eau sacrée réservée aux Vestales[92] : elles devaient y puiser chaque jour pour purifier leur temple en l'aspergeant. 5. Ces propos furent confirmés, dit-on[93], par l'arrêt immédiat de l'épidémie. 6. Quant au bouclier, Numa le fit exposer ; il ordonna aux artisans de s'efforcer d'en fabriquer de semblables. Tous renoncèrent, sauf Véturius

---

90. Voir Camille, *XVII et suiv. C'est la deuxième référence à cette* Vie *dans* Numa. *Ce type de «renvoi interne» n'est pas sans signification. N'oublions pas que, comme Camille et... Thémistocle, Numa incarne une figure de «nouveau fondateur» (voir* Comparaison de Thémistocle et de Camille, *I).*
91. *Les «inventions religieuses», sous la République romaine, ont souvent lieu en de telles circonstances. Et la mention de «l'Italie» n'est peut-être pas sans rapport avec le fait que bien d'autres cités latines possédaient des «prêtres saliens» : Albe, Anagnia, Aricia, Lavinium, Tusculum, Tibur enfin et surtout, où cette sodalité avait également en charge le culte «poliade» d'Hercule.*
92. *Plutarque est le seul auteur à situer dès la fondation les origines du rite quotidien par lequel les Vestales venaient puiser loin de leur* aedes, *à la «fontaine des Camènes», l'eau indispensable à l'accomplissement du culte (voir Dumézil, 1974, p. 325-326). Cette brève digression complète le développement consacré aux prêtresses supra, IX, 9-XI, 3.*
93. *La multiplication de ces expressions dans tout le passage souligne une mise à distance en quelque sorte à deux degrés : d'une part («dit-on»), Plutarque laisse entendre, ici comme en bien d'autres occasions, que l'anecdote ressortit à la légende étiologique ; d'autre part («dit-il»), il reprend le thème – corroboré par l'allusion à Égérie – de la «mise en scène» religieuse dont Numa est un expert.*

Mamurius[94], ouvrier des plus habiles, qui l'imita si bien et les fabriqua tous tellement identiques que même Numa ne pouvait plus les distinguer. 7. Les saliens furent institués pour garder ces boucliers et en prendre soin[95]. Ce nom de saliens ne vient pas, comme le supposent certains, d'un homme de Samothrace ou de Mantinée, nommé Salios, qui aurait été le premier à enseigner la danse en armes, mais bien plutôt de cette danse elle-même, faite de sauts *[halticè]* que les prêtres exécutent à travers la cité, quand ils portent les boucliers sacrés. La cérémonie se déroule en mars; les prêtres sont vêtus de courtes tuniques de pourpre, ils portent des ceintures de bronze, et sont coiffés de casques de bronze; ils frappent les boucliers avec de petits poignards. 8. La danse consiste principalement en un mouvement des pieds; les saliens se meuvent gracieusement, en décrivant, avec un mélange de force et de légèreté, des tours et des figures sur un rythme rapide et précipité[96]. 9. Quant aux boucliers, on les appelle *ancilia*[97] à cause de leur forme; ils ne sont pas circulaires; ils n'ont pas non plus un pourtour ovale comme les boucliers ordinaires; ils portent des entailles au tracé hélicoïdal, dont les extrémités recourbées sont repliées les unes dans les autres en épaisseur, ce qui leur donne une forme courbe *[ancylos]*. Peut-être le nom vient-il plutôt du bras *[ancon]* auquel on les porte: ces interprétations sont avancées par Juba qui tient absolument à faire venir ce mot du grec. 10. On pourrait l'expliquer aussi par la chute verticale, du haut en bas *[anécathen]* du premier bouclier, par la guérison *[acésis]* des malades, par l'arrêt de la sécheresse *[auchmon lysis]*, ou encore par la fin *[anaschésis]* des malheurs (cette dernière étymologie explique aussi le nom d'*Anaces* que les Athéniens ont donné aux Dioscures[98]), si l'on veut vraiment faire dériver ce mot du grec. 11. Mamurius fut, dit-on, récompensé de son habileté par la mention qu'on fait de lui dans le chant dont les saliens accompagnent leur pyrrhique[99]. Cependant, d'après certains[100], le chant ne dit pas «Véturium Mamurium», mais «*veterem memoriam*», ce qui signifie «souvenir ancien».

---

94. C'est le «vieux Mars», ou le «vieux de Mars», battu et chassé rituellement chaque année à la mi-mars, pour symboliser l'expulsion de l'année ancienne (voir Dumézil, 1974, p. 224-225).

95. À Rome, les saliens se répartissaient en deux collèges complémentaires, les Palatini, voués à Mars, et les Collini ou Agonales, consacrés à Quirinus. Ils prenaient part, avec leurs danses rituelles, aux fêtes d'ouverture et de fermeture de la saison guerrière, le 19 mars (Quinquatrus) et le 19 octobre (Armilustrium ou «purification des armes»). Dumézil (1974, p. 286-287) fait remarquer, après Gerschel (1950, p. 145-151), le chiasme paradoxal par lequel le pacifique Numa crée les saliens de Mars Gradivus (Tite-Live, I, 20, 4), tandis que le «militariste» Tullus Hostilius institue le groupe des saliens de Quirinus; ainsi passe-t-on rituellement de la paix à la guerre (Numa), de la guerre à la paix (Hostilius).

96. C'est le tripudium, *de rythme anapestique.*

97. Aucune des étymologies proposées, grecques ou latines, ne paraît concluante. En revanche, les ancilia *rappellent de très près le type mycénien du bouclier bilobé, attesté sur le sol italien en contexte villanovien.*

98. Voir Thésée, *XXXIII, 3.*

99. Nom de la danse guerrière décrite plus haut, dont on attribuait l'invention à un mythique Pyrrhicos.

100. Claire allusion à Varron, De la langue latine, *VI, 49. Notons que* vetus memoria *signifie non pas «souvenir ancien», comme le veut Plutarque, mais «souvenir des temps anciens».*

XIV. 1. Quand Numa eut ainsi réglé les sacerdoces, il se fit édifier, près du temple de Vesta, ce qu'on appelle la Régia[101], c'est-à-dire, en quelque sorte, la résidence royale. Il y passait la plus grande partie de son temps à accomplir des cérémonies religieuses, à instruire les prêtres[102], ou à s'entretenir avec eux de la contemplation des choses divines. 2. Il avait une autre maison sur le Quirinal, dont on montre l'emplacement encore de nos jours[103]. 3. Lors des processions et de tous les cortèges religieux, on envoyait d'abord par la cité des hérauts, pour inviter le peuple à cesser le travail et à arrêter toute activité. 4. Les pythagoriciens interdisent, dit-on[104], qu'on aille se prosterner et prier les dieux en passant; ils veulent qu'on sorte de chez soi dans ce but précis, après une préparation intérieure. De la même manière, Numa pensait que les citoyens ne devaient rien entendre ni voir de sacré, quand ils étaient occupés à autre chose et peu attentifs. Ils devaient être au repos, dégagés de toute autre occupation; ils pourraient ainsi appliquer toute leur attention à la religion en se disant que c'était l'activité la plus importante. Durant les cérémonies sacrées, ils devaient débarrasser les rues du vacarme, des cris, des gémissements, et des bruits similaires qui accompagnent les travaux quotidiens et artisanaux. 5. La trace de ces prescriptions s'est conservée jusqu'à nos jours: quand un magistrat est occupé à consulter les oiseaux ou à faire un sacrifice, on crie *«hoc age»*[105]. Ce cri signifie «fais ceci»: il invite les assistants à l'attention et au recueillement.

6. Parmi les autres préceptes de Numa[106], il y en a encore beaucoup qui ressemblent à ceux des pythagoriciens. Ceux-ci interdisent de s'asseoir sur le boisseau[107], d'attiser le feu avec un couteau[108], de se retourner quand on part en voyage[109], de sacrifier aux dieux d'en haut un nombre impair de victimes[110], d'en offrir aux dieux d'en bas un

---

101. Cette «demeure de Numa» devint, sous la République, la résidence du grand pontife, où étaient entreposées ses archives. Le bâtiment, aujourd'hui assez bien connu par les fouilles, se trouvait dans la partie sud-est du forum, entre la via Sacra et l'aedes de Vesta (voir Romulus, XVIII, 9).

102. La trilogie rites-instruction-contemplation est surtout intéressante pour ce qu'elle révèle de la conception du prêtre et platonicien Plutarque.

103. Cette mention, et celle du «tourisme historique» qui l'accompagne, montre que la mémoire officielle de Rome associait la «colline des Sabins», le Quirinal, et le roi originaire de Cures (voir supra, III, 6, et, sur Numa et Quirinus, VII, 8).

104. Voir la Vie de Pythagore *de Porphyre, 38, et la* Vie pythagoricienne *de Jamblique, 18, 85 et 23, 105.*

105. Voir Coriolan, *XXV, 2-4;* Sénèque, De clementia, *I, 12, 2;* Suétone, Vie de Caligula, *58, 2.*

106. On retrouve à nouveau «l'ambiance» des Questions romaines *: le § 7 énumère plusieurs préceptes qui auraient pu y donner matière; les §§ 8-12 s'apparentent globalement à une Question, résolue d'une formule très générale qui reprend explicitement les §§ 4-5.*

107. Plutarque clarifie ailleurs, à plusieurs reprises (voir Moralia, *12e; 281a; 290e; 354e), le sens de ce précepte: refuser la paresse et se procurer à l'avance la nourriture nécessaire.*

108. Ne pas provoquer qui est en colère, mais céder à ses exigences (voir Moralia, *12e).*

109. Supporter avec sérénité la perspective de la mort qui approche (voir Moralia, *12f).*

110. C'est une constante de la tradition antique, en particulier d'inspiration pythagoricienne, que les nombres impairs, comme plus «parfaits», conviennent plus spécialement aux dieux du ciel. Voir Moralia, *264a;* Platon, Lois, *717a-b;* Porphyre, Vie de Pythagore, *42.*

nombre pair. Ils ont caché à la foule la signification de chacun de ces interdits et, de même, certaines injonctions de Numa ont un sens secret. 7. Il avait défendu, par exemple, d'offrir aux dieux une libation avec le vin de vignes non taillées, ou un sacrifice sans farine[111]; il avait ordonné que l'on tourne sur soi-même pour adorer les dieux, et que l'on s'assoie après les avoir adorés. 8. Les deux premières injonctions invitent, semble-t-il, à la culture de la terre comme étant un élément de la piété. Si l'on doit tourner sur soi-même quand on adore, c'est, dit-on, pour reproduire la révolution de l'univers[112]; mais je croirais plutôt que, comme les temples font toujours face à l'orient, et que celui qui adore tourne d'abord le dos au soleil levant, on voulait qu'il se retourne ensuite dans cette direction avant de se tourner de nouveau vers le dieu du temple; il devait donc décrire un cercle et lier ainsi l'accomplissement de sa prière aux deux divinités. 9. Mais peut-être, par Zeus! ce changement de position contient-il quelque enseignement mystérieux assez semblable à celui des roues égyptiennes[113]: on signifie ainsi qu'il n'y a rien de stable dans les affaires humaines, qu'il faut se contenter d'accepter toutes les manières dont le dieu peut tourner et dérouler notre vie. 10. Quant à la position assise qu'on prend après avoir adoré, c'est, dit-on, pour annoncer la solidité des prières et la durée des bienfaits obtenus. 11. On dit aussi que cette pause sert à séparer les actions; on estime qu'on met un terme à la première en s'asseyant devant les dieux pour recevoir ensuite d'eux la permission de commencer la suivante. 12. Cette interprétation va d'ailleurs dans le même sens que nos observations précédentes : le législateur voulait nous habituer à ne pas prier quand nous sommes occupés ou en passant, comme des gens pressés, mais seulement quand nous avons le temps, quand nous sommes libres de toute occupation.

XV. 1. Cette éducation religieuse avait rendu la cité si docile, si émerveillée par la puissance de Numa que les gens ajoutaient foi à des récits absurdes, qui ressemblaient à des contes[114]. Rien ne leur paraissait incroyable ni impossible, pour peu que Numa le voulût. 2. Il avait un jour, dit-on, invité à sa table un nombre considérable de citoyens; on leur avait présenté, sur une vaisselle grossière, des mets très simples et ordinaires. Mais dès qu'ils commencèrent à manger, Numa déclara que la déesse à laquelle il était lié venait lui rendre visite. Aussitôt on vit sa maison pleine de coupes précieuses; les tables se chargèrent de plats variés servis avec magnificence[115]. 3. Le comble de l'absurdité, c'est la rencontre qu'on lui prête avec

---

111. Voir Piccaluga (1962), p. 99-103.
112. Thème cher à Plutarque. Voir Camille, V, 9; Marcellus, VI, 11; Moralia, 270d.
113. D'après Clément d'Alexandrie (Stromates, V, 8, 45), les prêtres égyptiens exhibaient une roue pour édifier les fidèles sur l'instabilité de la condition humaine.
114. L'ensemble de ce chapitre est consacré au thème de la crédulité populaire exploitée par le roi à des fins de discipline et d'éducation collectives.
115. Voir le récit plus explicite et plus clair de Denys, II, 60, 5 à 61, 1, qui se conclut ainsi : « Ceux qui excluent du récit historique tout ce qui est fabuleux prétendent que les affirmations concernant Égérie étaient une invention de Numa. » Le polémiste chrétien Lactance mentionnera cet épisode pour s'en prendre à la mythologie païenne (Institutions divines, I, 22, 1).

Jupiter. On raconte qu'à l'époque où la colline de l'Aventin ne faisait pas encore partie de la cité, mais était inhabitée, couverte de sources abondantes et de vallons ombragés, deux *démons*, Picus et Faunus[116], vinrent y vivre. 4. Par bien des points, on pourrait les rapprocher des Satyres ou des Titans : grâce à la puissance de leurs drogues et à l'habileté de leurs sorcelleries en matière de choses divines, ils parcouraient l'Italie en réalisant, dit-on, les mêmes tours que ceux que les Grecs nomment Dactyles de l'Ida. 5. Numa se serait rendu maître de ces *démons*[117], en mêlant du vin et du miel à la source où ils buvaient d'ordinaire. 6. Une fois capturés, ils prirent de nombreuses formes, et changèrent de nature, offrant aux yeux des apparitions étranges et terrifiantes. 7. Quand ils eurent compris qu'ils étaient captifs d'une prison solide d'où ils ne pouvaient s'enfuir, ils prophétisèrent à Numa bien des choses concernant l'avenir ; ils lui enseignèrent aussi les rites d'expiation liés à la foudre[118], qu'on accomplit encore de nos jours avec des oignons, des cheveux et des anchois. 8. Selon certains, ce ne furent pas les démons qui lui apprirent ces rites ; par leurs charmes magiques, ils auraient fait descendre Jupiter du ciel. Alors, irrité, le dieu aurait dit à Numa : «Il faut, pour expier cela, des têtes...» 9. «D'oignons» coupa Numa. «D'hommes...» reprit le dieu. Mais le roi, voulant une fois de plus détourner l'horreur d'un tel ordre demanda : «Des cheveux d'hommes?» Le dieu poursuivit : «Avec de vivants...» «Anchois» se hâta de dire Numa.
Ces reparties lui avaient été dictées, dit-on, par Égérie.
10. Alors le dieu s'en retourna, apaisé. l'endroit fut nommé *hilicios*[119] [«apaisement»] à cause de ce dialogue ; quant aux rites expiatoires, ils reprennent les réponses de Numa.
11. Ces légendes, ces récits ridicules montrent bien la mentalité religieuse que l'habitude avait fait naître chez les hommes de ce temps-là. 12. Quant à Numa, il fondait, paraît-il, des espoirs si solides dans la divinité qu'un jour, comme on lui annonçait que les ennemis approchaient, il sourit et répondit : «Moi, je sacrifie.»

---

116. *Picus est le pic, oiseau consacré à Mars, qui est parfois confondu avec un roi des Aborigènes et considéré comme le père de Faunus, «démon» des forêts, lui-même, à l'origine, identifié au dieu Pan.*
117. *Ces personnages mythiques (au nombre de 5) sont des génies forgerons et guerriers des montagnes minières. L'épisode rappelle le récit concernant Protée (Odyssée, IV, v. 414 et suiv.), ou encore la capture mythique de Silène par le roi Midas faisant du pieux et honnête Numa une sorte de maître de magie et de tromperie. Voir Pailler (1988), p. 655-667.*
118. *L'expression, bien attestée dans le vocabulaire religieux latin, illustre le fait que la foudre, à Rome, est considérée comme un signe de la puissance et de la colère divine (voir les derniers mots de cette Vie).*
119. *On ne saurait accorder foi ni à cette étymologie grecque, peut-être empruntée à Juba (hileos signifie «favorable»), ni à celle généralement retenue par les auteurs latins (Elicius, appellatif d'un Jupiter qu'on sait «faire venir», elicere, sur la terre). En réalité, l'épithète Élicius qualifie Jupiter comme maître de la pluie, celui qui, grâce au sacrifice de l'aquaelicium (littéralement, «qui attire l'eau»), au lapis manalis («la pierre par où l'eau coule») du forum, est capable de faire pleuvoir en cas de sécheresse. D'après Tite-Live, c'est après avoir «compulsé les notes de Numa» que son successeur Tullus Hostilius – jusque-là un impie notoire – veut évoquer Jupiter Élicius, se trompe dans les rites, et... «dans sa colère Jupiter, irrité de cette faute contre la religion, le foudroya et le brûla, lui et son palais» (I, 31, 8).*

XVI. 1. Il fut le premier, dit-on, à bâtir un sanctuaire à la Bonne Foi [Fides] et au dieu Terme[120]. Il enseigna aux Romains que le plus grand serment, c'est de jurer par la Foi[121]; ils s'en servent de nos jours encore. 2. Quant à Terme[122], c'est en quelque sorte le dieu des bornes; ils lui offrent des sacrifices publics et privés aux limites des champs. Il s'agit maintenant de sacrifices sanglants, mais autrefois[123], l'offrande se faisait sans effusion de sang, car Numa pensait avec sagesse que le dieu des limites, qui garde la paix et garantit la justice, ne doit pas être souillé par un meurtre. 3. Le roi fit aussi, semble-t-il, un bornage complet du pays. Romulus n'avait pas voulu reconnaître qu'il avait pris ce qui appartenait à autrui: car la borne, si on la respecte, est un lien qui retient la puissance; mais dans le cas contraire, elle rend visible l'injustice[124]. 4. Rome n'avait pas, dans ses commencements, un territoire étendu. Romulus en conquit la plus grande partie à la pointe de la lance. Ce territoire, Numa le partagea entièrement entre les citoyens sans ressources[125]; il voulait supprimer la pauvreté qui pousse nécessairement au mal, et tourner vers l'agriculture le peuple qui, en disciplinant le sol, se disciplinerait aussi lui-même. 5. Car nulle activité n'inspire si vivement et si promptement l'amour de la paix que la vie des champs: on conserve toujours la combativité qui permet de défendre son bien, mais celle qui pousse à rechercher une domination injuste est détruite. 6. Numa fit donc de l'agriculture comme un philtre de paix qu'il administra à ses concitoyens; il aimait cet art parce qu'il donne du caractère plus que des richesses. Il divisa le pays en régions[126], qu'il nomma *pagi*; il dota chacune de contrôleurs et d'inspecteurs. 7. Il venait parfois en personne les visiter; jugeant à leurs travaux les caractères de ses concitoyens, il élevait les uns aux hon-

---

120. Numa a-t-il construit un temple à la Bonne Foi (Denys, II, 75, 3), ou n'a-t-il fait qu'introduire un culte qui allait attendre le milieu du IIIe siècle pour être honoré d'un temple sur le Capitole (Tite-Live, I, 21, 4)?

121. Sur Numa et Fides, voir Dumézil (1948), p. 62-65; (1974), p. 208-209, qui montre l'aspect «idéologique» de l'articulation des deux premiers règnes: «Le parallélisme typologique de Romulus et de Varuna, celui de Numa et de Mitra, se sont laissés observer dans un grand détail.»

122. Terme, ou Terminus, était célébré le 23 février lors des Terminalia (voir Question romaine 15 et Denys, II, 74). Une loi «de Numa» interdisait de déplacer les pierres marquant une limite ; elle a été rapprochée de l'inscription archaïque figurant sur le lapis niger, la «pierre noire» du forum. Sur Terminus et Jupiter, voir Dumézil (1974), p. 210-213. L'association de Bonne Foi et de Terme illustre le deuxième aspect, juridique, de la première fonction: la borne marque une sorte de contrat de bon voisinage.

123. Faut-il entendre: au temps du mythe, celui des origines? Voir Piccaluga (1974), p. 23 et suiv., 119 et suiv., 187 et suiv., 293-325.

124. Cette formule résume parfaitement l'articulation des deux volets – puissance et justice – de la «fonction souveraine»; elle fait apparaître ce que, dans le récit, Numa ajoute à Romulus. L'expression «la borne, si on la respecte» justifie l'association des deux «créations» numaïques: Terminus et Fides.

125. Formulation anachronique, qui fait de Numa un réformateur social à la manière des Gracques (voir leurs Vies). Ce passage est contredit par la Comparaison de Lycurgue et de Numa, II, 10.

126. Voir Denys, II, 74, 4 et 76. Nouvel anachronisme? Cela n'est pas sûr, si l'on considère les traces de cadastre connues dans des sociétés archaïques et même primitives (la Pylos mycénienne).

neurs et leur donnait des marques de confiance, tandis qu'il essayait d'amender les paresseux[127] et les négligents, à force de blâmes et de punitions.

XVII. 1. De toutes ses institutions, la plus admirée est la division du peuple en fonction des métiers. 2. La cité, nous l'avons dit[128], semblait composée de deux peuples, mais en fait elle était déchirée et ne voulait en aucune manière s'unir ni faire disparaître diversités et différences. Elle était pleine de conflits et de rivalités incessantes entre ses deux parties. Numa savait qu'on peut obtenir le mélange de corps durs qui ne s'allieraient pas naturellement, en les brisant et en les pulvérisant, car la petitesse des éléments rend alors leur union plus facile. Il décida donc de multiplier les divisions dans la masse des citoyens ; ainsi, en introduisant de nouvelles différences, il ferait disparaître la grande différence originelle, qui s'éparpillerait et se perdrait en distinctions plus petites. 3. Il regroupa donc les citoyens par corps de métiers[129] : aulètes, orfèvres, charpentiers, teinturiers, cordonniers, tanneurs, forgerons, potiers. Les autres artisans furent réunis en un seul ensemble, dont il fit un bloc unique. 4. Pour chacun de ces corps, il institua des réunions, des assemblées, des cultes divins qui lui étaient réservés. Par ce moyen, il fit disparaître de la cité, pour la première fois, l'habitude de dire et de penser que les uns étaient sabins, les autres romains, que les uns étaient concitoyens de Tatius, les autres de Romulus. Ce fut donc la division qui permit un harmonieux mélange de tous avec tous.
5. Parmi ses mesures politiques, on loue aussi la manière dont il amenda la loi qui permettait aux pères de vendre leurs enfants[130]. Il fit une exception pour les fils mariés, si le mariage avait eu lieu avec le consentement du père et sur son ordre. Il jugeait en effet terrible pour une femme qui croyait s'être mariée avec un homme libre de devenir la compagne d'un esclave.

XVIII. 1. Il s'appliqua aussi à transcrire les révolutions célestes, sans beaucoup d'exactitude, mais non sans un certain sens de l'observation. 2. Sous le règne de Romulus, les mois étaient fixés de manière illogique et irrégulière[131] ; certains avaient moins de vingt jours, d'autres trente-cinq, d'autres plus encore. On ne savait

---

127. *Voir* supra, *XIV, 6.*
128. *Voir* supra, *II, 5-8.*
129. *Voir De Robertis (1972), p. 35 et suiv.; Richard (1978), p. 423-428. La liste de Plutarque, peut-être empruntée à Varron, néglige les activités agricoles, pastorales et commerciales. Voir Pline l'Ancien, XXXIV, 1 et XXXV, 159. Une telle répartition «professionnelle» n'a pu être que postérieure (Ve siècle); elle a été attribuée à Numa, législateur religieux, à cause du poids acquis ultérieurement par les «collèges».*
130. *Denys transcrit (II, 27, 4) ainsi «le texte des lois de Numa Pompilius»: «Si un père autorise son fils à prendre une épouse qui lui sera associée, selon les lois, dans la célébration des rites et la gestion des biens, le père n'aura plus le pouvoir de vendre son fils.»*
131. *L'année selon Romulus se composait, à en croire Plutarque, de 360 jours, avec des mois variant de moins de 20 jours à plus de 35. D'après d'autres auteurs anciens (Censorinus, Solin, Macrobe), elle était constituée de 304 jours : six mois de 30 jours, quatre de 31 jours.*

pas qu'une année fondée sur le cours de la lune n'équivaut pas à une année solaire. On se bornait à une règle : l'année devait avoir trois cent soixante jours. 3. Numa calcula qu'il y avait une différence de onze jours entre l'année lunaire, qui a trois cent cinquante-quatre jours, et l'année solaire, qui en a trois cent soixante-cinq. Il multiplia par deux ces onze jours et introduisit, un an sur deux, après le mois de février, un mois intercalaire de vingt-deux jours, que les Romains appellent Mercédinus[132]. 4. Cette correction de la différence allait d'ailleurs entraîner par la suite le besoin d'autres modifications plus importantes[133]. 5. Il changea également l'ordre des mois. Mars était autrefois le premier mois, il en fit le troisième, tandis que janvier, qui sous Romulus était le onzième, devint le premier. Février était le douzième et dernier mois ; c'est le deuxième maintenant, à Rome. 6. Certains affirment même que ces mois de janvier et de février furent ajoutés par Numa ; au commencement, l'année romaine n'en comportait que dix, de même que certains Barbares ne connaissent que trois mois, et qu'en Grèce les Arcadiens en ont quatre et les Acarnaniens six[134]. 7. Chez les Égyptiens, l'année n'avait autrefois qu'un mois ; ce n'est que plus tard, dit-on, qu'elle en eut quatre[135]. Voilà pourquoi les habitants de ce pays paraissent très anciens et étendent leurs généalogies sur un nombre incroyable d'années : en fait, ce sont des mois qu'ils comptent pour des années.

XIX. 1. Ce qui prouve que l'année romaine avait dix mois, et non douze, c'est le nom du dernier mois[136]. Les Romains l'appellent, de nos jours encore, décembre [« dixième »]. Et mars était le premier, on le voit bien à la manière dont les mois s'enchaînent : celui qui vient en cinquième position après mars s'appelle à Rome quintilis [« cinquième »], le sixième, sextilis [« sixième »], et ainsi de suite pour chacun des autres. 2. Quand janvier et février furent placés avant mars, les Romains continuèrent à nommer le mois dont j'ai parlé quintilis [« cinquième »], alors qu'ils le considéraient comme le septième mois de l'année. 3. On comprend d'ailleurs que Romulus ait donné la première place au mois de mars[137], qui est consacré au

---

132. Ce mois intercalaire, appelé Mercédonius par d'autres, ne figure pas sur les listes officielles. Il était inséré, une année sur deux, entre le 23 et le 24 février (fête des Terminalia, voir supra, XVI, 2 et note). Tite-Live (I, 19, 6) suit sur ce point Plutarque, dont la version est sans doute empruntée à l'annaliste Valérius Antias.

133. Ces corrections ont été opérées par Jules César (« calendrier julien ») en 46 avant J.-C. De fait, des pontifes négligents ou manipulateurs pouvaient faire varier arbitrairement la distribution des mois intercalaires, annoncée en principe le 5 février. Au moment de la réforme de César, l'année civile avançait ainsi de trois mois sur l'année solaire.

134. D'autres sources nous indiquent que l'année arcadienne était de trois mois, et non de quatre. Il y a accord, en revanche, sur la durée de l'année acarnanienne.

135. Sur cette question, voir Hérodote, Enquête, II, 2 ; sur l'année d'un mois, voir Censorinus, 19, 4 ; sur l'année de quatre mois, voir Diodore, Bibliothèque historique, I, 26, 5.

136. Sur l'année roméenne de 12 mois, voir supra, XVIII, 5 et Question romaine 19.

137. Voir la suite de la Question romaine 19. La dérivation Mars-martius est admise par les auteurs anciens, notamment Varron, De la langue latine, VI, 33.

dieu Mars, et la deuxième à avril, dont le nom vient d'Aphrodite : durant ce mois, on sacrifie à la déesse et les femmes se baignent, aux calendes, avec une couronne de myrte. 4. Mais selon certains, le nom d'avril ne vient pas d'Aphrodite, car il n'y a pas de lettre aspirée dans le nom du mois[138] ; le mois s'appellerait *aprilis* parce que le printemps étant alors dans toute sa force, il ouvre les graines des plantes et les fait sortir ; c'est le sens du mot *aperire*. 5. Le mois suivant s'appelle mai à cause de Maia[139], car il est consacré à Mercure ; le suivant, juin, à cause de Junon. Mais, selon certains, le nom de ces deux mois évoquerait les âges de la vie, la vieillesse et la jeunesse, car en latin *majores* désigne les vieillards et *juniores* les jeunes gens. 6. Les noms des autres mois viennent de leur place dans l'année, comme si on les comptait : quintilis [«cinquième»], sextilis [«sixième»], septembre [«septième»], octobre [«huitième»], novembre [«neuvième»], décembre [«dixième»]. Par la suite, quintilis fut appelé juillet, du nom de Jules César, le vainqueur de Pompée, et sextilis auguste, à cause du second maître de Rome, dont le surnom était Auguste[140]. 7. Domitien donna aux deux mois suivants ses propres surnoms ; mais cela ne dura pas ; après l'assassinat de l'empereur, ils reprirent leur nom de septembre et d'octobre[141]. Seuls les deux derniers mois ont gardé sans interruption, depuis le début, le nom qu'ils tiennent de leur place. 8. Quant aux mois qui furent ajoutés ou déplacés par Numa, février[142] a, semble-t-il, quelque rapport avec la purification : c'est à peu près le sens du mot. Durant ce mois, on fait des offrandes aux morts, et on célèbre la fête des Lupercales qui ressemble par bien des aspects à une fête de purification. Le premier mois, janvier,

---

138. Voir Question romaine *86. L'étymologie Aphrodite-aprilis n'est guère rejetée que par Varron,* De la langue latine, *VI, 33, suivi par Macrobe,* Saturnales, *I, 12, 13. Mais ils proposent une étymologie populaire (aprilis provenant de* aperire, *«ouvrir») peu crédible. On admet aujourd'hui la dérivation du grec* aphro, *par l'intermédiaire de l'étrusque* apru.

139. Même dérivation étymologique chez Varron, Ovide, Macrobe. Voir Question romaine *86. Pourquoi ne se marient-ils pas en mai ? : «Est-ce parce que bon nombre de Latins font ce mois-là des offrandes aux défunts ? Et c'est peut-être pour cette raison qu'ils honorent à ce moment Hermès, et que le mois porte le nom de Maia. — Ou bien, comme certains le pensent, mai tire-t-il son nom de l'âge plus avancé [major] et juin de la génération plus jeune [junior] ? Car au mariage convient mieux la jeunesse [...]. Ils ne se marient donc pas en mai, mais attendent juin, qui succède aussitôt à mai.» L'étymologie moderne, elle, associe directement Maia et Juno, Maius et Junius.*

140. Quintilis a été appelé Julius (notre «juillet») en 44, en l'honneur de Jules César (voir Suétone, Jules César, *76, 1) et Sextilis est devenu Augustus («août») en 8 avant J.-C. (voir Suétone,* Auguste, *31, 2 ; 100, 3).*

141. Les deux surnoms sont Germanicus, pour septembre, et Domitianus, pour octobre. Voir Suétone, Domitien, *13, 3 et Macrobe,* Saturnales *I, 12, 36. Voir également* Dictionnaire, *«Domitien». L'allusion à l'assassinat de Domitien place la publication du couple de Vies Lycurgue-Numa après 96.*

142. Voir Romulus, *XXI, 4 et* Question romaine *68 (sur les Lupercales) : «Est-ce parce que ces gestes constituent un rite de purification de la cité ? De fait, ils appellent ce mois* Februarius *et ce jour, précisément,* februata, *tandis que par* febrare *ils rendent l'idée de frapper avec une sorte de lanière de cuir, le mot lui-même signifiant "purifier"...»*

tire son nom de Janus[143]. 9. À mon idée, si Numa enleva à mars, dont le nom vient du dieu Mars [Arès], la première place, c'est qu'il voulait qu'en toute chose la vie civile ait le premier pas sur la force guerrière. 10. Car Janus, qui fut, en des temps très anciens, un *démon* ou un roi, favorisa la vie civile et communautaire : c'est lui, dit-on, qui fit abandonner aux hommes l'existence bestiale et sauvage. 11. C'est pourquoi on le représente avec un double visage, pour montrer qu'il fit passer l'humanité d'une forme et d'une organisation à une autre.

XX. 1. Ce dieu possède également à Rome un temple à deux portes qu'on appelle les portes de la guerre. La coutume veut qu'il soit ouvert en temps de guerre, et fermé en temps de paix, ce qui était difficile et se présenta rarement, car toujours l'Empire romain menait quelque guerre, et son étendue l'obligeait à résister aux peuples barbares qui l'entouraient de tous côtés[144]. 2. Mais il fut fermé sous l'empereur Auguste, quand ce dernier eut écrasé Antoine. Il l'avait été auparavant sous le consulat de Marcus Atilius et de Titus Mallius, peu de temps, il est vrai : presque aussitôt la guerre éclata et on le rouvrit[145]. 3. Mais sous le règne de Numa, on ne le vit pas ouvert un seul jour ; il resta constamment fermé pendant quarante-trois ans, tant la guerre avait disparu complètement et partout. 4. Car le peuple romain n'était pas le seul à être apprivoisé et comme ensorcelé par la justice et la douceur du roi. On eût dit qu'une brise, un vent salutaire, soufflait de Rome sur les cités des environs : elles commençaient à se réformer ; elles désiraient toutes vivement recevoir de bonnes lois, vivre en paix, cultiver la terre, élever tranquillement leurs enfants et honorer les dieux[146]. 5. Ce n'étaient, dans toute l'Italie, que fêtes, festins et réceptions amicales : les gens se visitaient et se mêlaient sans crainte les uns aux autres. La sagesse de Numa était comme une source qui versait sur le monde la beauté et la justice, et répandait sur chacun la sérénité qui entourait le roi. 6. Même les hyperboles des poètes sont donc au-dessous, dit-on, de la réalité de l'époque :

> Les noires araignées,
> Dans les poignées en fer des boucliers, travaillent

---

143. Voir Question romaine *22, où Plutarque expose le même raisonnement. On admet aujourd'hui que Janus, dieu à la forte originalité romaine, est* bifrons, *parce qu'il préside à tous les passages, dans le temps (*januarius, *janvier, mois des commencements) comme dans l'espace (*janua, *«la porte»). Voir Dumézil (1974), p. 191-192, 333-339.*

144. Sur la fermeture ou l'ouverture du temple, thème cher à l'idéologie augustéenne, voir entre autres Ovide, Fastes, *I, 121-124. Ni la date ni la localisation exacte du temple de Janus sur le forum ne sont exactement déterminées. Tite-Live, plus précis, en attribue la fondation à Numa (I, 19, 2).*

145. Le temple de Janus aurait donc été fermé une première fois en 235 avant J.-C. (voir Varron, De la langue latine, *V, 165 et Tite-Live, I, 19, 3 ; voir aussi* Moralia, *322b-c). Les deux consuls s'appelaient en fait Titus Manlius Torquatus et Caius Atilius Bulbus.*

146. Tableau idyllique et poétique de la «contagion» de la paix et du bonheur dans toute l'Italie, à partir d'une source quasi divine : la personne du roi. Cette description s'épanouit dans la citation (§ 10) de Platon, Lois, *711e. Ici se croisent deux préoccupations essentielles de Plutarque : la référence platonicienne au roi-philosophe, l'importance donnée à l'analyse psychologique du caractère des grands hommes.*

ou encore :

> La rouille vient ronger la pointe aiguë des lances,
> Et les lames à double tranchant. Désormais,
> Nul n'entend plus sonner les trompettes d'airain,
> Le doux sommeil n'est plus arraché aux paupières[147].

7. On ne mentionne aucune guerre, aucun soulèvement, aucune révolution politique sous le règne de Numa; sa personne ne fut l'objet d'aucune haine, d'aucune jalousie, d'aucun complot inspiré par le désir de régner. 8. Soit par crainte des dieux qui semblaient protéger l'homme, soit par respect pour sa vertu, soit encore par l'intervention d'une fortune surnaturelle qui garda sa vie exempte et pure de tout mal, ce fut une illustration et une confirmation éclatante des propos que Platon, bien longtemps après, osa tenir sur la politique. 9. Selon lui, les hommes trouvent la fin et la cessation de leurs maux seulement lorsque, par quelque fortune divine, le pouvoir royal et l'esprit philosophique se rencontrent, permettant à la vertu de triompher du vice et de le maîtriser. 10. « Bienheureux », en vérité, est « le sage lui-même. Mais bienheureux également ceux qui entendent les paroles qui sortent de la bouche du sage. » 11. On n'a pas besoin, sans doute, de contraindre la foule ou de la menacer. Quand les gens contemplent la vertu dans l'exemple bien en vue qu'est la vie éclatante de leur chef, ils pratiquent spontanément la sagesse; ils se joignent à lui dans l'amitié et l'entente mutuelles, avec l'aide de la justice et de la modération, pour mener une existence vertueuse et heureuse, 12. qui est bien la plus belle réalisation de toute politique. Il a vraiment le caractère d'un roi, celui qui peut inspirer à ses sujets une telle conduite et de tels sentiments. Cela, on le voit, Numa le comprit mieux que personne.

XXI. 1. Quant aux enfants et aux mariages de Numa, les historiens sont très divisés. Selon certains, sa seule épouse fut Tatia et il n'eut qu'une fille, Pompilia[148]. 2. D'autres lui attribuent, outre Pompilia, quatre fils, Pompon, Pinus, Calpus et Mamercus, dont chacun laissa une maison et une famille illustre: 3. de Pompon descendent les Pomponii, de Pinus les Pinarii, de Calpus les Calpurnii et de Mamercus les Mamercii, qui ont porté, pour cette raison, le surnom de *reges*, ce qui signifie « rois »[149]. 4. Il y a encore une troisième opinion : certains auteurs accusent les précédents d'avoir voulu flatter ces familles et de leur avoir fabriqué une fausse généalogie en les rattachant à Numa. Selon eux, la mère de Pompilia ne serait pas Tatia mais une autre femme, Lucrétia, que Numa épousa alors qu'il était déjà roi. Tous s'accordent, en tout cas, pour dire que Pompilia épousa Marcius, 5. dont le père

---

147. Citation du fragment 4 de Bacchylide.
148. Comparer Denys, II, 76, 5 : « Il laissa pour descendance, selon la plupart des auteurs, quatre fils et une fille, dont les familles existent encore. Cependant, selon Cnaeus Gellius, il ne laissa qu'une fille, qui fut la mère d'Ancus Marcius, le second roi de Rome après lui. »
149. La seconde opinion a sans doute été exprimée avec le plus de force par l'annaliste Lucius Calpurnius Piso Frugi, qui aurait représenté sa famille comme descendant de Numa, et insisté sur les relations Numa-Pythagore. Le « troisième avis », contradictoire, pourrait être celui du Clodius mentionné supra en I, 2.

était ce Marcius qui avait poussé Numa à accepter la royauté : il avait accompagné Numa à Rome, où il avait été élevé à la dignité de sénateur ; après la mort de Numa, il disputa la royauté à Hostilius, fut vaincu et se laissa mourir de faim. 6. Pour revenir à son fils Marcius[150], l'époux de Pompilia, il resta à Rome ; il eut pour fils Ancus Marcius[151], lequel fut roi après Tullus Hostilius. 7. Ancus Marcius avait cinq ans, dit-on, quand Numa mourut. La fin du roi ne fut ni précipitée ni soudaine ; d'après Pison[152], il dépérit peu à peu sous l'effet de la vieillesse et d'une maladie de langueur. Il avait vécu un peu plus de quatre-vingts ans.

XXII. 1. Ses funérailles ajoutèrent encore à l'admiration qu'inspirait sa vie. Les peuples alliés et amis de Rome se rendirent aux cérémonies, avec des offrandes publiques et des couronnes. Les sénateurs portèrent le lit funéraire, tandis que les prêtres réunis formaient le cortège. La foule, à laquelle se mêlaient des femmes et des enfants, n'avait pas l'air d'assister aux funérailles d'un vieux roi ; on eût dit que chacun d'entre eux portait en terre l'un de ses proches les plus chers, qui lui aurait été arraché à la fleur de l'âge ; ils suivaient le cortège en pleurant et en gémissant. 2. Ils ne livrèrent pas à la flamme son cadavre, car, dit-on, il l'avait défendu. Ils firent deux cercueils en pierre qu'ils enterrèrent au Janicule[153] : l'un contenait son corps, l'autre les livres sacrés qu'il avait écrits lui-même, comme les législateurs grecs écrivaient leurs Tables. Ce qu'il y avait inscrit, il l'avait enseigné aux prêtres, de son vivant ; il leur avait transmis la teneur et le sens de tous ces textes ; aussi leur avait-il ordonné de les enterrer avec lui, pensant qu'il n'est pas bon que des mystères soient confiés à la garde d'écrits sans vie. 3. C'est en vertu du même principe que, dit-on, les pythagoriciens ne mettent pas non plus leurs enseignements par écrit ; ils les confient, par la mémoire et une transmission non écrite, à ceux qui en sont dignes. 4. Un jour, quelqu'un qui en était indigne reçut communication de ce qui avait trait aux démonstrations réputées secrètes de la géométrie ; les pythagoriciens déclarèrent alors que la divinité punirait cette profanation et cette impiété par une grande calamité publique. 5. Nous devons donc montrer une grande

---

150. Voir supra, V, 4 et note. Voir aussi Tite-Live (I, 20, 5) et Tacite, Annales, VI, 11.
151. L'image d'Ancus Marcius, descendant de Numa par les femmes (Pompilia, fille de roi sabin : voir supra, IX, 7), est sans doute l'invention tardive d'une époque obsédée par les problèmes d'hérédité dynastique. Elle est attestée par de nombreux auteurs, et trouve peut-être sa source chez Cnaeus Gellius.
152. « Pison » est peut-être Lucius Calpurnius Piso Frugi. Selon Denys, Numa « avait vécu plus de quatre-vingts ans, et en avait régné quarante-trois » (II, 76, 5).
153. La redécouverte du ou des deux cercueils de pierre, avec les « livres de Numa », au Janicule, en 181 avant J.-C., est rapportée par de nombreuses sources, notamment Tite-Live (XL, 29, 3 et suiv.). Le contenu des livres y est qualifié de « pythagoricien ». Plutarque, qui ne croit pas à la relation Pythagore-Numa (voir supra, I, 3-5 et VIII, 5-21), évite de mentionner ce qui doit lui apparaître comme un « faux » (voir supra I, 2 et note), qu'il est cependant prêt à excuser (§ 5). C'est ainsi que, s'il insiste sur la ressemblance des doctrines et des attitudes, il substitue la comparaison à la filiation. Sur les « acousmatiques », voir Lycurgue, XIII, 4. Sur la transmission orale et secrète de la doctrine, voir la présentation des druides par César, Guerre des Gaules, VI.

indulgence pour ceux qui, se fondant sur des ressemblances si importantes, veulent absolument que Numa ait rencontré Pythagore.

6. Selon Antias[154], on plaça dans le cercueil douze livres consacrés aux cérémonies religieuses et douze autres, en grec, concernant la philosophie. 7. Environ quatre cents ans plus tard, sous le consulat de Publius Cornélius et de Marcus Baebius, des pluies abondantes s'abattirent sur le pays et emportèrent le tertre funéraire ; le flot de boue mit les cercueils à nu. 8. Leurs couvercles tombèrent. On vit alors que l'un était complètement vide et ne contenait aucune partie du corps, pas le moindre reste. Dans le second cercueil, on trouva les écrits. Pétilius, qui était alors préteur, les lut, dit-on, puis les apporta au Sénat, et déclara qu'il ne lui paraissait ni juste ni pieux de révéler à la foule ce qui était écrit. Par conséquent on transporta les livres au Comitium et on les brûla[155].

9. Certes, tous les hommes justes et bons laissent après eux une gloire qui croît encore après leur mort, car l'envie ne leur survit pas longtemps ; dans certains cas, elle meurt même avant eux. Mais les malheurs des rois qui succédèrent à Numa donnèrent à sa renommée encore plus d'éclat. 10. Cinq rois régnèrent après lui : le dernier fut renversé et dut vieillir en exil. Aucun des quatre autres ne mourut de mort naturelle. Trois furent victimes de complots et assassinés[156]: 11. Quant à Tullus Hostilius qui lui succéda immédiatement, il attaqua et tourna en dérision la plupart des qualités de son prédécesseur, d'abord et surtout son respect pour la religion, prétendant qu'il rendait les hommes inactifs et efféminés ; il poussa les Romains vers la guerre[157]. Cependant, il ne persista pas lui-même dans cette folle témérité. 12. Sous l'effet d'une maladie douloureuse qui prenait des formes variées, il changea d'avis, et s'adonna à des pratiques superstitieuses qui n'avaient rien à voir avec la religion telle que l'entendait Numa. Ce fléau de la superstition, il le transmit à ses sujets, et l'accrut encore, dit-on, quand il mourut, brûlé par la foudre.

---

154. *Antias, seule source citée par Plutarque, est une des rares à compter deux fois douze livres ; le total le plus probable est de deux fois sept, les livres rituels (ou de droit pontifical) étant écrits en latin, ceux de «philosophie» en grec. «Quatre cents ans» (§ 7) est à corriger en cinq cents environ (de 571, mort de Numa, à 181, découverte des livres).*

155. *Pourquoi brûler les livres ? Pour Plutarque, implicitement, c'est pour se conformer aux dernières volontés de Numa ; pour d'autres, c'est parce qu'il y était traité de philosophie (voir Cassius Hemina, HRR F 109 et suiv. F 37) ; ou pour lutter (ainsi Tite-Live, XL, 29, 3 et Lactance, Institutions divines, I, 22, 5), avec Caton accusateur des Scipions, contre l'introduction d'idées hellénisantes et déstabilisatrices. Des modernes y ont même lu la trace d'un programme catonien favorable à l'élevage, programme opposé à une tradition numaïque gardienne des intérêts des cultivateurs. Parmi les études récentes, voir Rosen (1985), p. 65-90 et Pailler (1988), p. 623 et suiv.*

156. *La tradition antique n'indique pas, contrairement à ce que laisse entendre le texte, que Tarquin l'Ancien ait assassiné Ancus Marcius.*

157. *Passage du roi pieux et pacifique au roi guerrier, comme son nom l'indique. Même après sa «conversion», il reste l'anti-Numa, et en mourant foudroyé, il présage du malheur pour Rome. Le portrait est à compléter par celui, plus explicite, de Tite-Live (I, 22 et 30-31).*

COMPARAISON
DE LYCURGUE ET DE NUMA

XXIII. [I]. 1. Maintenant que nous avons raconté la vie de Lycurgue et celle de Numa, et que nous les voyons clairement, il nous faut, sans reculer devant la difficulté de l'entreprise, mettre en regard les différences qui les opposent. 2. Leurs actions montrent bien ce qui les rapproche : la sagesse, la piété, le sens politique, le souci de l'éducation, leur désir à tous deux de ne rapporter leurs lois qu'aux dieux. 3. Parmi les qualités que chacun a en propre, notons d'abord que Numa reçut la royauté et que Lycurgue s'en démit. 4. L'un l'obtint sans la demander ; le second, qui l'avait, y renonça. L'un fut élevé par d'autres à la dignité royale, alors qu'il était un simple particulier et un étranger ; le second, qui était roi, s'abaissa lui même au rang de simple particulier. 5. Il est beau, sans doute, d'obtenir la royauté pour prix de sa justice, mais il est beau également de préférer la justice à la royauté : la vertu rendit le premier si fameux qu'on le jugea digne de régner, et le second si grand qu'il dédaigna de régner.
6. En deuxième lieu, à la manière de musiciens qui accordent une lyre, l'un dut retendre les cordes de Sparte qui était relâchée et amollie, l'autre modérer la tension excessive de Rome. La tâche de Lycurgue fut donc plus difficile. 7. Au lieu de pousser les citoyens à quitter leurs cuirasses et à déposer leurs épées, il les fit renoncer à l'or et l'argent, et bannir le luxe des lits et des tables. Au lieu de faire cesser les combats pour les remplacer par des fêtes et des sacrifices, il priva les gens de festins et de beuveries pour les forcer à peiner et à s'entraîner sous les armes et dans les palestres. 8. C'est pourquoi l'un accomplit toutes ses réformes par la persuasion, entouré de bienveillance et d'honneurs, tandis que l'autre risqua sa vie, reçut des blessures et réussit à grand-peine.
9. Cependant la muse de Numa était douce et généreuse ; elle convertit la cité à la paix et à la justice et adoucit les citoyens, les débarrassant de leurs mœurs violentes et enflammées. 10. Et s'il nous faut mettre au nombre des réformes de Lycurgue le traitement réservé aux hilotes, œuvre d'une cruauté et d'une injustice extrêmes, nous dirons que Numa se montra plus grec dans sa législation : il permit même à ceux qui étaient sans conteste des esclaves de goûter aux honneurs des hommes libres, en les habituant à manger avec leurs maîtres pendant les Saturnales. 11. Car ce fut encore, dit-on, une des institutions de Numa : il autorisa à profiter des fruits de l'année ceux qui avaient travaillé à les produire. 12. Mais, selon certains récits mythologiques, ce rite conserve la trace de l'antique égalité qui régnait du temps de Saturne, quand il n'y avait ni esclave ni maître, et que tous étaient considérés comme des parents et des égaux.

XXIV. [II]. 1. D'une manière générale, on voit qu'ils ont conduit, l'un et l'autre, leur peuple à se suffire à soi-même et à pratiquer la tempérance. Parmi les autres vertus, l'un préférait le courage, l'autre la justice. 2. Mais peut-être, par Zeus ! la différence entre les mesures qu'ils prirent s'explique-t-elle parce que la nature et les habitudes sur lesquelles se fondait leur gouvernement n'étaient pas identiques. 3. Car ce ne fut pas la lâcheté qui poussa Numa à faire cesser la guerre, mais le souci d'éviter l'injustice; de même, si Lycurgue engagea les citoyens à devenir des guerriers, ce ne fut pas pour commettre l'injustice, mais pour ne pas la subir. 4. Ils voulurent supprimer, l'un et l'autre, ce que leurs concitoyens avaient en trop et leur donner ce dont ils manquaient : aussi furent-ils contraints à opérer de profonds changements. 5. Quant à la division et à la répartition des citoyens, l'action de Numa fut totalement favorable à la foule : il en prit soin et en fit un peuple divers et bigarré, composé d'orfèvres, d'aulètes, de cordonniers. 6. Les réformes de Lycurgue furent, au contraire, austères et aristocratiques : il relégua les métiers manuels, jugés impurs, entre les mains des esclaves et des métèques, tandis qu'il rangeait les citoyens sous le bouclier et la lance, les transformant en artisans de guerre et en serviteurs d'Arès; leur seule science, leur seule occupation, c'était d'obéir aux chefs et de vaincre l'ennemi. 7. Aux hommes libres, pour leur assurer une liberté pleine et définitive, il interdit même les métiers d'affaires; ce qui avait trait à l'argent était confié aux esclaves et aux hilotes, autant que le service de la table et celui de la cuisine. 8. Numa ne fit aucune distinction de ce genre; il fit cesser la cupidité des soldats, mais ne contrôla pas les activités financières, et du coup ne détruisit pas l'inégalité qui en est la conséquence. Il permit aux richesses de s'accroître démesurément, et il négligea la misère qui se formait et s'insinuait dans la cité. 9. Il aurait dû, dès le début, alors que l'inégalité n'était pas encore répandue ni importante, quand les ressources de chacun étaient encore semblables et voisines, mettre un frein à la cupidité, comme le fit Lycurgue, et prendre des mesures contre les dommages qu'elle entraîne : ceux-ci furent considérables, ils furent la semence et l'origine des malheurs si nombreux et si graves qui advinrent par la suite. 10. Quant au nouveau partage des terres, il ne faut blâmer selon moi, ni Lycurgue de l'avoir opéré, ni Numa de ne l'avoir pas fait. 11. Pour l'un, cette égalité était la base et le fondement de sa constitution, tandis que l'autre, dans un pays où les terres venaient d'être attribuées, n'avait nul motif pressant de procéder à une autre distribution et de remettre en question la première répartition, laquelle était vraisemblablement encore en vigueur.

XXV. [III]. 1. Avec la communauté des femmes et des enfants, ils firent, l'un et l'autre, disparaître la jalousie entre les hommes, de manière sage et politique. Cependant ils ne procédèrent pas tout à fait de la même façon. 2. À Rome, le mari qui avait suffisamment d'enfants, pouvait, si quelqu'un n'en avait pas et lui en faisait la demande, lui céder sa femme : il était libre de la lui céder définitivement, ou seulement pour un temps. 3. À Sparte, il gardait sa femme à la maison près de lui et le mariage était toujours valide, avec les mêmes droits qu'au début, mais l'époux pouvait partager son épouse avec celui qui l'en priait, pour en avoir des enfants. Beaucoup de maris, je l'ai dit, invitaient et introduisaient chez eux ceux qui leur paraissaient les plus capables d'engendrer des enfants beaux et braves. 4. Quelle est donc la différence entre ces deux pratiques? Dans un cas, on note une indifférence totale et profonde pour les épouses et pour ce qui trouble et consume de cha-

grin et de jalousie la plupart des gens; dans l'autre, une sorte de modestie qui semble avoir honte, s'abritant derrière le contrat de cession comme derrière un voile, et avouant ainsi ce que ce partage a de difficilement supportable.
5. Les soins dont Numa entoura les jeunes filles les tournaient vers la féminité et la modestie. La vie que leur donna Lycurgue était totalement libre et peu féminine; elle a abondamment inspiré les poètes. 6. Ils surnomment les filles de Sparte «montre-cuisses», comme le fait Ibycos, et «folles des hommes», comme Euripide quand il dit:

> Désertant les maisons, avec les jeunes gens,
> Les cuisses dénudées, la robe ouverte au vent[1].

7. Et, de fait, les pans des tuniques que portaient les jeunes filles n'étaient pas cousus par le bas; ils s'ouvraient et laissaient voir la cuisse tout entière quand elles marchaient. 8. Sophocle a décrit la chose très clairement, dans les vers suivants:

> Et cette fille à la tunique non cousue,
> Qui s'ouvre et montre à tous sa cuisse bien visible,
> Hermione[2].

9. Pour cette raison, les femmes étaient, dit-on, trop hardies; elles se comportaient comme des hommes même à l'égard de leurs époux: elles dirigeaient les maisons en toute liberté et pour les affaires publiques, elles avaient le droit d'exprimer librement leur avis sur les plus grandes questions. 10. Numa, lui, conserva aux femmes romaines le respect et la considération que leur portaient leurs maris, et qu'elles tenaient de Romulus, quand il avait voulu les honorer, après l'enlèvement des Sabines. Mais il leur imposa une grande pudeur, leur interdit toute curiosité, leur enseigna la sobriété et les habitua à rester silencieuses; il les priva totalement de vin; elles n'avaient pas le droit de parler, même des choses les plus nécessaires, en l'absence de leurs époux. 11. On raconte qu'une femme ayant plaidé sa propre cause sur le forum, le Sénat envoya consulter le dieu, pour savoir ce qu'une telle situation pouvait bien présager pour la cité. 12. Une grande preuve qu'elles sont en général obéissantes et douces est le souvenir qu'on a gardé des mauvaises femmes. Si chez nous les historiens rappellent les noms de ceux qui, les premiers, tuèrent un membre de leur famille, déclarèrent la guerre à un frère, ou assassinèrent un père ou une mère, 13. les Romains, eux, rapportent que Spurius Carvilius fut le premier à renvoyer son épouse, deux cent trente ans après la fondation de Rome, alors que jusque-là, on n'avait rien vu de tel; ils indiquent aussi que la femme de Pinarius, Thalaia, fut la première à se quereller avec sa belle-mère Gétania, sous le règne de Tarquin le Superbe. Tant étaient belles et bien ordonnées les dispositions que le législateur avait prises en matière conjugale.

---

1. *Euripide*, Andromaque, *v. 597-598.*
2. *Fragment d'une tragédie perdue.*

XXVI. [IV]. 1. Quant au mariage des jeunes filles, il est tout à fait en accord avec l'éducation qu'elles recevaient. Lycurgue leur donnait un époux quand elles étaient mûres et le désiraient vivement, afin que la vie commune, désormais réclamée par la nature, inaugurât l'entente et l'amitié, et non la haine et la crainte qui suivent nécessairement une contrainte contre nature; il voulait aussi que les corps fussent assez forts pour supporter la grossesse et l'accouchement, car à son avis, le mariage n'avait pas d'autre but que la procréation. 2. Les Romains mariaient leurs filles à douze ans, et même plus jeunes. Ainsi offraient-elles au mari un corps et un caractère particulièrement intacts et purs. 3. On le voit, une de ces pratiques tient davantage compte de la nature en vue de la procréation, l'autre se soucie plutôt des caractères, en vue de l'entente commune.

4. Pour l'éducation des enfants, la manière de les regrouper, leurs leçons, leur vie communautaire, l'ordonnance harmonieuse de leurs repas, de leurs exercices et de leurs jeux, l'exemple de Lycurgue nous fait bien voir que Numa ne se distingue en rien du premier législateur venu. Il abandonne l'éducation aux désirs ou aux besoins des pères : chacun peut faire de son fils, à son gré, un agriculteur, un constructeur de navires, un forgeron ou un aulète. 5. Comme si les enfants ne devaient pas dès l'origine être dirigés vers un but unique et façonnés moralement en conséquence! Comme s'ils étaient pareils aux passagers d'un navire qui se sont embarqués avec des besoins et des projets différents, et ne s'unissent dans l'intérêt général qu'en cas de danger, parce qu'ils craignent pour eux-mêmes, tandis que le reste du temps, chacun ne songe qu'à ses intérêts! 6. On ne peut pas en vouloir aux législateurs ordinaires, qui ont négligé ces points par ignorance ou par faiblesse. 7. Mais un sage, appelé à régner sur un peuple récemment constitué, qui ne lui opposait aucune résistance, à quoi devait-il s'appliquer d'abord, sinon à éduquer les enfants et à former les jeunes gens, afin qu'il n'y ait ni différence ni désordre dans leur conduite, mais que formés et façonnés, dès l'origine, sur un unique modèle de vertu, ils puissent vivre harmonieusement ensemble? 8. Ces principes furent très utiles à Lycurgue dans toute son entreprise, notamment pour la conservation de ses lois. 9. Car la crainte des serments n'y aurait pas suffi, s'il n'avait pas, par l'éducation et la discipline, comme imprégné de ses lois les caractères des enfants, et mêlé à leur instruction l'amour passionné de la constitution. Aussi pendant plus de cinq cents ans les préceptes les plus sacrés et les plus importants de sa législation demeurèrent-ils intacts, comme une teinture de grande qualité qui a pénétré profondément dans l'étoffe. 10. Au contraire, ce qui était le but de la politique de Numa, la vie de paix et de concorde qu'il voulait établir à Rome, disparut avec lui. 11. Après sa mort, les deux battants du temple qu'il avait tenu fermé, comme s'il avait dompté la guerre et l'avait réellement enfermée à l'intérieur, s'ouvrirent largement, et couvrirent l'Italie de sang et de morts. 12. Les dispositions si belles et si justes qu'il avait prises ne durèrent pas un instant, car elles n'avaient pas pour les maintenir, le lien de l'éducation.

13. Et quoi? dira-t-on. Les guerres n'ont-elles pas permis à Rome de s'accroître, pour son plus grand bien? Cette question exigerait une longue réponse, afin de convaincre des gens qui croient que le bien, c'est l'argent, le luxe et le pouvoir, plutôt que la sécurité, la douceur et la liberté intérieure, accompagnées de la justice.

14. Pourtant, même ce point paraîtra encore favorable à Lycurgue : les Romains connurent cette grande expansion quand ils abandonnèrent les institutions de l'époque de Numa. Au contraire, dès que les Lacédémoniens s'écartèrent des règlements de Lycurgue, ils tombèrent de la suprématie à l'état le plus bas, perdirent l'hégémonie qu'ils exerçaient sur les Grecs et furent menacés d'une ruine totale.
15. Néanmoins la grandeur et le caractère véritablement divin de Numa tiennent aux traits suivants : il était étranger et fut appelé à régner, il modifia toutes choses par la persuasion, se rendit maître d'une cité encore rétive, sans recourir aux armes ni à la moindre violence, et, à la différence de Lycurgue qui se servit des nobles contre le peuple, il usa seulement de la sagesse et de la justice pour gagner le cœur de tous, et les installer dans l'harmonie.

BIBLIOGRAPHIE

VIE DE LYCURGUE

DUCAT J.
• « Le mépris des hilotes », dans *Annales*, 30, 1974, p. 1451-1464.
• *Les hilotes*, Athènes-Paris, 1990.

FINLEY M. I.
« Sparte et la société spartiate », dans *Économie et Société en Grèce ancienne*, Paris, 1984.

JEANMAIRE H.
Couroï et Courètes. Essai sur l'éducation spartiate et sur les rites d'adolescence dans l'Antiquité hellénique, Lille, 1939.

MARROU H. I.
Histoire de l'éducation dans l'Antiquité, Paris, 1948.

RUZÉ F.
« Le Conseil et l'Assemblée dans la Grande Rhétra de Sparte », dans *R.E.G.*, 104, 1991, p. 15-30.

VIDAL-NAQUET P.
Le chasseur noir. Formes de pensée et formes de société dans le monde grec, Paris, 1981.

VIE DE NUMA

BEARD M.
« The Sexual Status of the Vestal Virgins », dans *Journal of Roman Studies*, 52, 1980, p. 12-27.

BOYANCÉ P.
Études sur la religion romaine, Rome, 1972.

BRELICH A.
Tre variazioni romane sul tema delle origini, Rome, 2ᵉ éd., 1976.

BURKERT W.
The Pythagorean Lore and Science, Cambridge (Mass.), 1972.

CATALANO P.
Linee del sistema sovrannazionale romano, I, Turin, 1965.

DE ROBERTIS F. M.
Storia delle corporazioni e del regime associativo nel mondo romano, I, Bari, 1972.

DIELS H.
Die Fragmente der Vorsokratiker, Berlin, 1903.

DUMÉZIL G.
• *Mitra-Varuna*, Paris, 2ᵉ éd., 1948, p. 62-65.
• *Idées romaines*, Paris, 1969.

DUMONT J.-P.
Les Présocratiques, Paris, La Pléiade, 1988.

FRASCHETTI A.
« La sepoltura delle Vestali e la città », dans *Du châtiment dans la cité*, École Française de Rome, 79, 1984, p. 102-109.

GAGÉ J.
• *Revue de l'Histoire des Religions*, 117, 1954, p. 32-38.
• *Apollon romain*, Paris, 1955.

GERSCHEL L.
Revue de l'Histoire des religions, 138, 1950, p. 145-151.

MONTANARI E.
Roma. Momenti di una presa di coscienza culturale, Rome, 1976.

MÜNZER F.
Römische Adelsparteien und Adelsfamilien, Stuttgart, 1920.

PAILLER J.-M.
• *Bacchanalia*, École Française de Rome, 1988.
• « L'honneur perdu de la Vestale et la garde de Rome », dans *Mélanges Le Glay*, Bruxelles, 1994, p. 529-541.
• « La vierge et le serpent. De la trivalence à l'ambiguïté », dans *Mélanges de l'École Française de Rome. Antiquité*, 109, 1997, p. 513-575.

PICCALUGA G.
• *SMSR*, 23, 1962, p. 99-103.
• *Terminus*, Rome, 1974.

RICHARD J.-C.
Klio, 60, 1978, p. 423-428.

ROSEN K.
Chiron, 15, 1985, p. 65-90.

SOLON-PUBLICOLA

Rien a priori ne semble justifier que soient mises en parallèle la Vie de Solon, le célèbre législateur athénien, et celle de Publius Valerius Publicola, un personnage relativement secondaire de l'histoire des débuts de la République romaine. Ils appartiennent tous deux au VIe siècle avant J.-C. Solon, élu archonte en 594-593, mit fin à une grave crise sociale qui menaçait l'unité de la cité et publia un code de lois semblables pour tous. Publicola participa aux côtés de Brutus à l'établissement de la République à Rome en 509 et, devenu consul, il vainquit les Étrusques de Porsenna, puis mena la guerre contre les Sabins et mourut en 503, après avoir accordé au peuple de nombreux avantages, ce qui lui valut son surnom. Si, pour apprécier l'œuvre de l'Athénien, Plutarque disposait des poèmes composés par le législateur lui-même et dont il ne se fait pas faute de citer plusieurs fragments, il n'en allait évidemment pas de même pour le Romain. Mais l'un et l'autre étaient devenus des figures mythiques. La tradition faisait de Solon le père fondateur de la démocratie athénienne, en lui attribuant des lois sans doute adoptées bien plus tard, ce qui ne troublait pas le moins du monde Plutarque, qui ignorait sans doute que la monnaie n'était apparue à Athènes que dans le dernier quart du VIe siècle. En revanche, il connaissait les controverses que l'œuvre du législateur avait suscitées au IVe siècle : elles portaient sur l'importance et le sens de la seisachtheia, cette «levée du fardeau» qui avait libéré les paysans athéniens de la menace de la servitude pour dette. C'est le général, mais aussi le législateur que Plutarque mettait en avant dans son récit de la vie de Publicola, afin de justifier ce surnom qui signifiait «Qui honore le peuple». Les lois que le Romain, profitant de ce qu'il exerçait seul le consulat, avait promulguées visaient à «renforcer le pouvoir populaire», en donnant au peuple le droit d'élire ses magistrats et, aux particuliers, d'en appeler de leurs décisions au peuple. De là à supposer qu'il aurait pris Solon pour modèle, il n'y a qu'un pas que Plutarque n'hésite pas à franchir pour justifier le parallèle entre les deux hommes. Le Romain, cependant, fut plus heureux que l'Athénien. Car Solon ne put empêcher Pisistrate de devenir tyran et se retira en laissant son œuvre inachevée, alors que Publicola, même si ce fut au prix de l'abandon de ses conquêtes, sut obtenir la paix sans compromettre la sécurité de Rome.

Cl. M.

SOLON

I. 1. Le grammairien Didyme, dans l'ouvrage sur les tables de Solon qu'il a écrit en réponse à Asclépiade[1], cite un passage d'un certain Philoclès, pour qui le père de Solon serait Euphorion, contrairement à l'opinion admise par tous les autres auteurs qui ont parlé de lui. 2. Ceux-ci sont unanimes à faire de lui le fils d'Exécestidès, homme auquel, dit-on, sa fortune et son crédit donnaient un rang médiocre parmi ses concitoyens, mais qui, par sa naissance, appartenait à la première famille d'Athènes, puisqu'elle remontait à Codros[2]. 3. Quant à la mère de Solon, elle était, selon Héraclide du Pont[3], cousine de celle de Pisistrate. 4. Les deux hommes furent liés au début par une grande amitié, à cause de cette parenté mais aussi en raison du charme et de la beauté de Pisistrate, dont, d'après certains, Solon fut passionnément amoureux. 5. Cela explique sans doute que, par la suite, quand ils en vinrent à s'opposer dans la vie politique, leur hostilité ne donna lieu à aucune dureté, à aucun emportement cruel. Les liens d'autrefois demeuraient dans leurs âmes; y laissant

> Brûler du feu divin la flamme encore vivante[4],

ils y maintenaient le souvenir et le charme de l'amour.
6. Solon était désarmé devant les beaux garçons; il n'avait pas la force de

> Lutter contre l'amour, pareil au pugiliste,
> Pour en venir aux mains[5]

comme on peut le voir dans ses poèmes. Il écrivit aussi une loi interdisant à un esclave de se frotter d'huile ou d'aimer un jeune garçon: c'était là ranger cette pratique au nombre des actions belles et nobles, et d'une certaine manière, y pousser ceux qui en étaient dignes, puisqu'il en excluait ceux qui en étaient indignes[6].
7. Pisistrate fut aussi, dit-on, l'éraste de Charmos; il consacra la statue d'Éros dans l'Académie[7], à l'endroit où les coureurs allument le flambeau sacré.

---

1. *Didyme, grammairien contemporain de Cicéron (Ier siècle avant J.-C.). Asclépiade, grammairien alexandrin qui aurait publié un ouvrage sur les* axones, *les tables sur lesquelles Solon avait écrit ses lois.*
2. *Selon la tradition, Codros était le dernier roi d'Athènes.*
3. *Héraclide du Pont, qui fut l'élève de Platon, puis d'Aristote, est une des sources de Plutarque.*
4. *La citation est tirée des* Bacchantes *d'Euripide (v. 8). La tradition d'une relation amoureuse entre Solon et Pisistrate est niée par Aristote (Constitution d'Athènes, XVII, 2).*
5. *Sophocle,* Trachiniennes, *v. 441-442.*
6. *Plutarque, embarrassé par les pratiques pédérastiques grecques, se plaît à en souligner le caractère «honorable».*
7. *Le rhéteur Athénée (Deipnosophistes, XIII, 609 d) et Pausanias (Description de la Grèce, I, 30) attribuent tous deux à ce Charmos – par ailleurs inconnu – l'érection de la statue d'Éros dans l'Académie.*

II. 1. Le père de Solon avait, selon Hermippos[8], amoindri sa fortune en la dépensant à des œuvres d'humanité et de bienfaisance. Solon n'aurait pas manqué de gens disposés à l'aider mais, né dans une famille habituée à secourir les autres, il eut honte de recevoir l'assistance d'autrui; il se lança, tout jeune encore, dans le commerce. Pourtant, d'après certains, il voyagea pour augmenter son expérience et son instruction plus que pour s'enrichir. 2. Il était, sans conteste, épris de science, lui qui, même à un âge avancé, observait:

> En vieillissant j'apprends chaque jour davantage[9].

3. La fortune ne l'éblouissait pas; il déclare pareillement riches, celui qui possède

> Masses d'or et d'argent,
> De beaux arpents de blé, des chevaux, des mulets,
> Et cet autre qui a pour tout bien seulement
> De quoi réconforter ses flancs, ses pieds, son ventre,
> La beauté d'un garçon ou d'une jeune femme,
> S'il se peut, et surtout une vie en accord
> Avec son âge.

4. Ailleurs pourtant, il déclare:

> Je veux avoir du bien, mais non injustement.
> La justice finit toujours par advenir.

5. L'homme de bien, le bon citoyen, a tout à fait le droit, sans pour autant s'attacher à acquérir le superflu, de ne pas mépriser l'usage des biens nécessaires et utiles[10].
6. En ce temps-là, comme dit Hésiode[11], il n'y avait

> Au travail nul opprobre,

et l'exercice d'un métier ne mettait pas de différence entre les hommes. Le commerce était même bien considéré, pour la familiarité qu'il donne avec le monde barbare, les liens d'hospitalité et d'amitié qu'il permet de nouer avec les rois, et l'expérience qu'on y acquiert de bien des réalités. 7. Certains marchands fondèrent

---

8. *Hermippos de Smyrne, philosophe péripatéticien du IIIᵉ siècle avant J.-C., auteur de biographies et d'ouvrages sur les législateurs anciens et sur les Sept Sages.*
9. *Des poèmes de Solon, il ne nous reste que des fragments. Voir Gentili et Prato,* Poetae elegiaci testimonio et fragmento, *Leipzig, 1979.*
10. *On retrouve ici les thèmes développés par les philosophes du IVᵉ siècle sur l'autarcie et la chrématistique, c'est-à-dire l'art de faire des affaires et de gagner de l'argent.*
11. *Hésiode, poète béotien du VIIIᵉ siècle avant J.-C., évoque, dans son poème* Les Travaux et les Jours, *dont le vers 311 est cité ici, la valeur de l'effort nécessaire à qui veut vivre des produits de sa terre et fuir la misère. Il conseille également à celui auquel il s'adresse, son frère Persée, de ne pas hésiter à prendre la mer pour vendre les surplus de sa récolte. C'est là une idéologie différente de celle que développeront les philosophes du IVᵉ siècle, qui tiennent le commerce pour une activité dégradante.*

d'ailleurs de grandes cités, notamment Protis, qui fonda Massalia[12], après avoir gagné l'amitié des Celtes des bords du Rhône. 8. Thalès aussi se livra au négoce, dit-on, ainsi qu'Hippocrate le mathématicien; quant à Platon, il aurait vendu de l'huile en Égypte, pour subvenir aux frais de son voyage[13].

III. 1. Le goût de Solon pour les dépenses et les raffinements de la vie, le ton, plus vulgaire que philosophique, sur lequel il parle des plaisirs dans ses poèmes, viennent, pense-t-on, du contact avec cette profession commerciale : celle-ci, qui comporte beaucoup de dangers considérables, réclame en contrepartie des douceurs et des jouissances. 2. Mais Solon se rangeait lui-même du côté des pauvres plutôt que des riches, comme on le voit dans les vers suivants :

> 3. Souvent méchant est riche, homme de bien est pauvre,
> Nous n'échangerons pas pourtant notre vertu
> Contre les biens d'autrui. Car elle est chose stable,
> Mais les trésors toujours passent d'un homme à l'autre.

4. Quand il se mit à la poésie, il n'avait apparemment au début aucun but sérieux : il voulait s'amuser et se distraire durant ses loisirs. Mais par la suite, il mit en vers des maximes philosophiques, et mêla à ses poèmes bien des éléments liés à la politique, non pour en faire le récit ou en perpétuer le souvenir, mais pour défendre son action et parfois exhorter, encourager ou blâmer les Athéniens. 5. Selon certains, il essaya même de mettre ses lois en vers. Ils citent le début que voici :

> Pour commencer, prions Zeus roi, fils de Cronos,
> D'accorder à ces lois bonne chance et renom !

6. Dans la philosophie, il s'attacha surtout à la morale et à la politique, comme la plupart des philosophes de cette époque. En ce qui concerne la physique, il fait preuve d'une simplicité excessive et archaïque, comme le montrent ces vers :

> 7. Du nuage jaillit rage de neige et grêle.
> Le tonnerre provient de l'éclair aveuglant,
> Les vents troublent la mer ; si nul d'eux ne l'agite,
> On ne voit jamais rien de plus équilibré.

8. En somme, Thalès était à cette époque le seul, semble-t-il, dont la sagesse dépassait, dans ses spéculations, le souci de l'utilité pratique. Les autres ne durent leur nom de sage qu'à leur mérite politique.

---

12. *Le récit de la fondation de Marseille par les Phocéens se trouve dans Justin (Histoires philippiques, XLIII, 3). Hérodote déjà rappelait le goût des Phocéens pour les expéditions lointaines.*
13. *Plutarque reprend ici des traditions plus ou moins fondées. Celle qui concerne le philosophe et mathématicien Thalès de Milet (voir infra, VI) est évoquée par Aristote, Politique, I, 1259a-9. Hippocrate de Chios (470-400 environ) composa des Éléments de géométrie. On ne sait à qui Plutarque a emprunté l'histoire peu vraisemblable d'un Platon faisant le commerce de l'huile pour payer son voyage en Égypte.*

IV. 1. Les sages se rencontrèrent, dit-on, à Delphes, et une deuxième fois à Corinthe, où Périandre[14] avait organisé une conférence et un banquet pour les réunir. 2. Mais ce qui contribua plus que tout à leur réputation et à leur gloire, ce fut la façon dont ils firent circuler le trépied entre eux, ne cessant de se le transmettre et de se le céder, en rivalisant de générosité. 3. Des hommes de Cos, dit-on, avaient jeté leur filet, et des étrangers de Milet avaient acheté la prise, avant qu'on pût la voir : or il s'avéra que le filet contenait un trépied en or, jeté là par Hélène[15], dit-on, quand elle revenait de Troie, en souvenir d'un ancien oracle. 4. La possession de ce trépied provoqua d'abord une dispute entre les étrangers et les pêcheurs ; puis les deux cités s'engagèrent dans la querelle qui entraîna une guerre. Alors la Pythie déclara aux deux partis qu'il fallait donner le trépied à l'homme le plus sage. 5. On l'envoya d'abord à Thalès de Milet : les gens de Cos acceptèrent volontiers de céder à ce seul Milésien ce qu'ils disputaient par les armes à tous les autres réunis. Mais Thalès déclara que Bias était plus sage que lui, et lui fit parvenir le trépied. Bias l'envoya, de la même manière, à un autre, qu'il jugeait plus sage. 6. Le trépied fit donc le tour des sages ; il fut chaque fois renvoyé de la même manière, et revint une seconde fois à Thalès. Pour finir, de Milet on le porta à Thèbes, où il fut consacré à Apollon Isménien. 7. Cependant, d'après Théophraste, le trépied fut d'abord envoyé à Bias, à Priène, et, en second lieu, envoyé par Bias à Thalès, à Milet ; tous les sages se le passèrent ainsi de main en main, jusqu'au moment où il revint à Bias, et où, pour finir, on l'envoya à Delphes. 8. Telles sont les versions les plus courantes : on dit parfois que le cadeau n'était pas un trépied, mais un vase envoyé par Crésus[16], ou, selon d'autres, une coupe léguée par Bathyclès[17].

V. 1. Sur les relations personnelles de Solon avec Anacharsis[18] et Thalès, et sur leurs entretiens, voici ce qu'on rapporte. 2. Quand Anacharsis, dit-on, arriva à Athènes, il se rendit à la maison de Solon, frappa et s'annonça comme un étranger, venu pour faire de lui son ami et son hôte. Solon répondit que mieux valait choisir ses amis chez soi. « Eh bien ! rétorqua Anacharsis, puisque tu es chez toi, c'est toi qui vas me choisir pour ami et pour hôte. » 3. Solon, admirant la vivacité de son esprit, l'accueillit avec bonté, et le retint quelque temps près de lui. À cette époque déjà, il s'occupait de politique et travaillait à ses lois. 4. Ayant appris ce qu'il faisait, Anacharsis se moqua de lui : « Tu penses pouvoir réprimer l'injustice et la cupidité de tes concitoyens par des lois écrites. Mais celles-ci ne diffèrent en rien des toiles d'araignée : elles garderont captifs les plus faibles et les plus petits de ceux qui s'y

---

14. Tyran de Corinthe au VIe siècle. Hérodote (Enquête, V, 92 et suiv.) donne l'image d'un homme particulièrement cruel, ce qui ne l'empêchera pas de figurer, selon certaines traditions, parmi les Sept Sages.
15. Il s'agit de l'épouse du roi de Sparte, Ménélas, celle pour qui fut déclenchée la guerre de Troie.
16. Crésus, célèbre roi de Lydie, était immensément riche grâce à l'or du Pactole qui coulait sur ses terres.
17. Sans doute Bathyclès de Magnésie, célèbre sculpteur du VIe siècle.
18. Le Scythe Anacharsis, bien qu'il fût un Barbare, figurait parmi les Sept Sages. Il aurait visité de nombreux pays et, de retour en Scythie, aurait été mis à mort pour avoir adopté les mœurs grecques (voir Hérodote, IV, 76-77).

feront prendre; mais les puissants et les riches les déchireront.» 5. Solon rétorqua, dit-on: «On respecte un accord, si aucune des parties n'a intérêt à en transgresser les dispositions. Il en va de même pour mes lois: je les adapte à mes concitoyens afin de faire comprendre à tous que respecter la justice vaut mieux que transgresser la loi.» 6. Mais les événements furent plus conformes aux conjectures d'Anacharsis qu'aux espérances de Solon. Anacharsis se déclara également fort surpris, un jour qu'il s'était rendu à l'assemblée, de voir que chez les Grecs, les sages parlaient, mais les ignorants décidaient.

VI. 1. Quant à Thalès, Solon lui rendit visite à Milet. Il s'étonna de voir qu'il ne s'était pas soucié de se marier et d'avoir des enfants. Sur le moment, Thalès ne répondit rien; il laissa passer quelques jours, puis il amena devant Solon un étranger, qui prétendait arriver à l'instant d'Athènes. 2. Solon lui demanda s'il y avait du nouveau là-bas. L'autre, à qui Thalès avait fait la leçon, répondit: «Rien, sauf, par Zeus! les funérailles d'un jeune homme, dont toute la cité suivait le cortège. 3. C'était, disait-on, le fils d'un homme éminent, qui surpasse en vertu tous ses concitoyens. Or le père était absent, en voyage, disait-on, depuis longtemps déjà... 4. – Le malheureux! s'écria Solon. Comment l'appelaient-ils? – J'ai entendu le nom, dit l'homme, mais je ne m'en souviens pas. Je sais seulement qu'on parlait beaucoup de sa sagesse et de sa justice.»
5. À chacune de ces réponses, Solon sentait augmenter ses craintes. Pour finir, bouleversé, il suggéra le nom à l'étranger: «Le mort n'était-il pas fils de Solon?» 6. La réponse de l'autre fut affirmative. Alors Solon se frappa la tête, se mit à faire et à dire tout ce qu'inspire une violente émotion. Mais Thalès, lui prenant la main, lui dit en riant: «Voilà, Solon, ce qui m'empêche de me marier et d'avoir des enfants, c'est ce qui te bouleverse, même toi, le plus ferme des hommes. Allons, rassure-toi, ce qu'on vient de te dire n'est pas vrai!» 7. Cette histoire est rapportée, selon Hermippos, par Pataïcos, celui qui prétendait avoir en lui l'âme d'Ésope[19].

VII. 1. C'est pourtant se comporter de façon absurde, indigne d'un homme libre, que de renoncer à acquérir un bien nécessaire, par crainte de le perdre. À ce compte, nul ne devrait se réjouir de posséder richesse, gloire ou sagesse, puisqu'on peut redouter d'en être privé. 2. Même la vertu, le plus grand et le plus doux des biens, peut se perdre parfois, sous l'influence des maladies ou de certaines drogues. Thalès lui-même, en ne se mariant pas, n'était pas pour autant à l'abri de la crainte, puisqu'il n'avait pas renoncé à avoir des amis, des proches et une patrie; il avait même adopté, dit-on, Cybisthos, le fils de sa sœur. 3. L'âme porte en elle quelque chose qui la pousse à la tendresse; la nature l'a faite pour aimer, autant que pour sentir, penser et se souvenir. Elle est pénétrée, en quelque sorte, de ce sentiment, et faute de parents, elle s'attache à des êtres qui ne lui sont rien. Comme une propriété ou une terre dépourvue d'héritiers légitimes, la tendresse est envahie et accaparée

---

19. Fabuliste qui aurait vécu au VIe siècle, Ésope aurait été esclave à Samos (voir Hérodote, II, 134-135) et, accusé à tort d'un vol sacrilège, mis à mort par les Delphiens.

par des étrangers, des bâtards ou des serviteurs : ceux-ci inspirent, en même temps que de l'affection, du souci et de l'inquiétude à leur sujet. 4. Aussi trouve-t-on des gens qui s'opposent au mariage et à la procréation avec une extrême dureté et qui ensuite se perdent en regrets sans fin quand les enfants des esclaves de la maison ou les bébés des concubines tombent malades et meurent ; ils laissent alors échapper des paroles indignes d'un homme libre. Il y en a même que la mort de chiens ou de chevaux a plongés dans un deuil honteux et intolérable. 5. D'autres, en revanche, ont perdu des enfants remarquables, sans se livrer à aucun excès, sans rien faire de honteux ; ils ont continué à gouverner selon la raison le reste de leur vie. Car c'est la faiblesse, non l'affection, qui pousse à des chagrins et à des craintes infinies ceux que la raison n'a pas fortifiés contre les coups du sort. De tels hommes ne peuvent pas même jouir de ce qu'ils désirent quand ils l'ont ; toujours l'avenir suscite en eux des douleurs, des tremblements et des angoisses, à l'idée d'une perte possible. 6. On ne doit pas chercher à se garantir contre la perte des biens en vivant pauvrement, ni contre la disparition d'amis en refusant d'en avoir ; ce n'est pas non plus en n'ayant pas d'enfant qu'on se prémunit contre la mort des enfants. Pour résister à tous ces maux, il faut faire appel à la raison. Mais en voilà, pour l'heure, plus qu'il ne fallait.

VIII. 1. Les Athéniens, fatigués de la guerre longue et pénible qu'ils menaient contre Mégare pour la possession de l'île de Salamine, avaient défendu par décret à quiconque, sous peine de mort, de faire désormais aucune proposition écrite ou orale engageant la cité à revendiquer Salamine. Solon s'indigna d'une conduite aussi honteuse. Il voyait que, parmi les jeunes gens, beaucoup désiraient qu'on recommençât la guerre, mais n'osaient en prendre l'initiative à cause de la loi. Il feignit donc d'avoir perdu l'esprit ; les gens de sa maison firent courir dans la cité le bruit qu'il délirait. Mais il avait composé en secret une élégie, qu'il avait apprise par cœur. Un jour, il sortit brusquement sur l'agora, un bonnet de feutre sur la tête. 2. Une grande foule se réunit autour de lui. Alors il monta sur la pierre réservée aux hérauts et il chanta toute son élégie, dont voici le début :

> Je viens, ambassadeur, de Salamine aimée
> En guise de discours, j'ai fait cette ode en vers...

Ce poème est intitulé *Salamine* ; il se compose de cent vers ; c'est une œuvre très belle. 3. Quand il l'eut chanté, ses amis le couvrirent d'éloges, surtout Pisistrate qui invita et exhorta les citoyens à obéir à ses paroles. Ils abolirent la loi et reprirent la guerre, sous le commandement de Solon.
4. Voici à ce propos la tradition la plus courante. Comme, avec Pisistrate, il faisait voile vers le Colias, il y trouva toutes les Athéniennes en train d'offrir à Déméter le sacrifice rituel[20]. Il envoya alors à Salamine un homme de confiance, qui feignit

---

20. *Il y avait, au cap Colias, au sud de Phalère, un sanctuaire de Déméter Thesmophoros. La fête des Thesmophories en l'honneur de la déesse et de sa fille était, à Athènes, réservée aux seules femmes, épouses de citoyens.*

d'être un déserteur et proposa aux Mégariens, s'ils voulaient s'emparer des premières femmes d'Athènes, d'embarquer avec lui, au plus vite, pour le Colias. 5. Les Mégariens le crurent ; ils envoyèrent des hommes en armes. Dès que Solon vit leur navire partir de l'île, il demanda aux femmes de se retirer ; il ordonna aux jeunes gens encore imberbes d'enfiler les vêtements, les coiffures et les chaussures de ces femmes, de cacher sur eux des poignards, et d'aller jouer et danser devant la mer jusqu'au moment où les ennemis auraient débarqué et où le navire serait en leur pouvoir. 6. Ainsi fut fait. Les Mégariens se laissèrent tromper par ce spectacle. Ils approchèrent, et se jetèrent à l'envi sur ce qu'ils prenaient pour des femmes, tant et si bien que nul n'en réchappa ; ils furent tous tués. Quant aux Athéniens, ils embarquèrent aussitôt, et s'emparèrent de l'île.

IX. 1. Mais selon d'autres, la conquête ne se serait pas faite ainsi. Le dieu de Delphes aurait d'abord prophétisé à Solon :

> Sacrifie aux héros fondateurs du pays,
> Eux que cache en son sein la terre d'Asopos
> Et qui après leur mort vers le couchant regardent.

Solon embarqua donc, de nuit, pour l'île ; il immola des victimes aux héros Périphémos et Cychreus[21]. 2. Puis il prit avec lui cinq cents volontaires athéniens, auxquels un décret assurait le pouvoir politique sur l'île, s'ils s'en rendaient maîtres. 3. Il les fit embarquer sur un grand nombre de bateaux de pêcheurs escortés par un navire à trente rameurs. Ils mirent l'ancre à Salamine près d'une avancée de terre qui regarde l'Eubée. 4. Les Mégariens qui se trouvaient à Salamine avaient entendu vaguement parler de ce qui se passait, mais n'avaient aucune information sûre. Ils s'armèrent précipitamment et marchèrent à l'attaque, tandis qu'un bateau était envoyé en reconnaissance, pour observer les ennemis. Ce bateau s'approcha, Solon s'en empara, et fit prisonniers les Mégariens. 5. Il y embarqua les Athéniens les plus braves et leur ordonna de faire voile vers la cité, en se dissimulant le plus possible. Pendant ce temps, prenant avec lui le reste des Athéniens, il attaqua les Mégariens sur terre. Le combat durait encore, quand ceux qui venaient du navire prirent la cité. 6. Cette version semble confirmée par certaines pratiques rituelles. Un navire athénien faisait d'abord voile vers l'île en silence, puis les gens se portaient à sa rencontre, en poussant des clameurs et des hurlements ; un seul homme, en armes, sautait à terre et courait en criant vers le promontoire de Sciradion[22], à la rencontre de ceux qui venaient de la terre. 7. Dans les environs se trouve un sanctuaire d'Ényalios[23], que Solon a fait édifier. Il vainquit les Mégariens et relâcha, en vertu d'une convention, tous ceux qui n'étaient pas morts au combat.

---

21. Asopos était un dieu fleuve, père de la nymphe Salamis, dont l'île tirait son nom. Cychreus était le fils de Salamis et il aurait régné sur l'île. L'autre héros, Périphémos, est inconnu.
22. Le promontoire de Sciradion se trouve dans la partie méridionale de l'île.
23.Ényalios est un héros local.

X. 1. Néanmoins, les Mégariens ne renoncèrent pas. Chacun des deux partis ayant infligé et subi au combat bien des maux, ils choisirent les Lacédémoniens pour médiateurs et pour juges. 2. Selon de nombreux auteurs, Solon prit pour alliée dans le conflit la gloire d'Homère; il ajouta dans le Catalogue des vaisseaux[24] un vers dont il donna lecture pendant le débat:

> De Salamine Ajax conduisit douze nefs,
> Et les rangea près des phalanges athéniennes.

3. Mais les Athéniens eux-mêmes tiennent ce récit pour un conte puéril. D'après eux, Solon démontra aux juges que Philaeos et Eurysacès, les fils d'Ajax, après avoir reçu d'Athènes le droit de cité, abandonnèrent leur île aux Athéniens, pour s'établir, l'un à Brauron, en Attique, l'autre à Mélitè, et qu'un dème athénien tire son nom de Philaeos, celui de Philaïdes auquel appartenait Pisistrate[25]. 4. Pour réfuter encore davantage les Mégariens, Solon se serait appuyé sur la façon d'enterrer les morts à Salamine: elle serait conforme non aux usages des Mégariens, mais à ceux des Athéniens. Les Mégariens enterrent en effet leurs morts face à l'orient, les Athéniens face à l'occident[26]. 5. Mais Héréas de Mégare affirme que les Mégariens tournaient eux aussi les corps des morts face à l'occident. Solon ajoutait un argument encore plus important: à Athènes, chaque mort a une sépulture particulière, tandis que les sépultures de Mégare contiennent trois ou quatre morts. 6. On dit que Solon fut soutenu par certains oracles de la Pythie, où le dieu donne à Salamine le titre d'Ionienne. Le débat fut arbitré par cinq Spartiates: Critolaïdas, Amompharétos, Hypsichidas, Anaxilas et Cléomènès.

XI. 1. Solon avait déjà acquis, grâce à ces événements, renommée et grandeur. Mais on l'admira et on le célébra davantage encore après le discours qu'il tint devant les Grecs en faveur du sanctuaire de Delphes: il déclara qu'il fallait le défendre, ne pas laisser les gens de Cirrha profaner l'oracle, et secourir Delphes en l'honneur du dieu. Ce fut lui qui poussa les Amphictyons à entreprendre la guerre: le fait est attesté par bien des auteurs, notamment par Aristote, dans l'ouvrage qu'il consacre aux vainqueurs des concours Pythiques où il attribue cette décision à Solon[27]. 2. Celui-ci ne fut

---

*24. Il s'agit de la liste des Grecs alliés contre Troie qui figure au chant II, v. 556 et suiv. de l'*Iliade. *Ajax, fils de Télamon et roi de Salamine, est l'un des plus fameux héros du poème. En le revendiquant comme compagnon des Athéniens, Solon justifiait les droits de ces derniers sur l'île.*
25. On voit ici comment le mythe pouvait être mis à profit pour justifier les intérêts de la cité. Philaeos et Eurysacès sont deux héros locaux. Mélitè est un dème urbain. Le dème des Philaïdes se trouvait près du sanctuaire de Brauron, dédié à Artémis et situé au nord-est de l'Attique. Voir Whitehead (1986), p. XXIII.
26. Cette référence aux coutumes funéraires sert ici encore à justifier la mainmise d'Athènes sur Salamine et renvoie à l'oracle cité supra *en IX, 1.*
27. Le sanctuaire de Delphes était administré par un conseil au sein duquel étaient représentés les divers peuples de la Grèce. Les Amphictyons en étaient les membres. La première guerre sacrée aurait eu lieu au début du VIe siècle, pour interdire le contrôle sur le sanctuaire revendiqué par les gens de Cirrha, le port où débarquaient les pèlerins qui se rendaient à Delphes.

cependant pas désigné comme stratège pour cette guerre, comme le soutient, selon Hermippos, Euanthès de Samos; l'orateur Eschine ne le dit pas, et dans les archives de Delphes, c'est Alcméon, non Solon, qui est inscrit comme stratège des Athéniens[28].

XII. 1. Depuis longtemps déjà, le sacrilège commis dans l'affaire de Cylon bouleversait Athènes. La chose remontait au temps où les complices de Cylon s'étaient réfugiés en suppliants auprès de la déesse: l'archonte Mégaclès les avait persuadés de descendre de l'Acropole pour se présenter au jugement. Ils avaient attaché un fil à la statue de la déesse, et ils descendaient, en le tenant à la main, mais, alors qu'ils passaient devant le sanctuaire des Augustes Déesses, le fil se brisa de lui-même. Mégaclès et les autres archontes se jetèrent alors sur eux, prétendant que la déesse leur refusait les droits des suppliants[29]. On lapida ceux qui étaient hors du sanctuaire; ceux qui s'étaient réfugiés auprès des autels furent égorgés; seuls réchappèrent ceux qui s'étaient présentés en suppliants devant les femmes des archontes. 2. Ces derniers furent alors déclarés impurs et détestés. De leur côté, les partisans de Cylon qui avaient survécu reprirent des forces et ne cessèrent de lutter contre les descendants de Mégaclès[30]. 3. À l'époque de Solon, le conflit était à son comble et divisait le peuple. Solon, dont la gloire était déjà grande, s'interposa, avec les principaux Athéniens; à force de demandes et de remontrances, il parvint à persuader ceux qu'on disait impurs de se soumettre au jugement de trois cents juges choisis en fonction de leur mérite. 4. L'accusation fut intentée par Myron de Phlyées. Les accusés furent condamnés: ceux qui étaient vivants furent exilés; quant aux morts, on déterra leurs cadavres et on les jeta au-delà des frontières. 5. À la faveur de ces troubles, les Mégariens attaquèrent les Athéniens, qui perdirent Nisaia et furent de nouveau chassés de Salamine. 6. Dans le même temps, la cité était tourmentée par des craintes superstitieuses et des apparitions; les devins déclarèrent que l'examen des victimes révélait des sacrilèges et des souillures qui exigeaient des purifications. 7. On fit donc venir de Crète Épiménide de Phaestos[31], considéré comme le septième des Sages par quelques auteurs qui excluent Périandre du nombre. Cet homme avait

---

28. *Euanthès de Samos serait en réalité Euanthès de Milet, auteur d'un ouvrage sur les Sept Sages. Eschine, le célèbre orateur du IVe siècle, adversaire de Démosthène, évoque cette première guerre sacrée dans son discours* Contre Ctésiphon, *108 et suiv. Alcméon appartenait à la famille des Alcméonides.*

29. *La tentative de Cylon pour s'emparer de la tyrannie se place dans les dernières décennies du VIIe siècle. Elle est racontée par Hérodote (V, 71) et par Thucydide (Guerre du Péloponnèse, I, 126). L'archonte Mégaclès qui fit échouer cette tentative appartenait à la famille des Alcméonides. La déesse dont il s'agit est Athéna, maîtresse de l'Acropole. Le sanctuaire des Augustes Déesses (les Euménides), se trouvait au pied de l'Acropole.*

30. *Le sacrilège commis par Mégaclès retomba sur tous les membres de la famille des Alcméonides. Ils durent s'exiler, mais pour peu de temps, puisqu'on retrouve un Mégaclès à la tête des gens de la côte (*infra, *XXIX, 1). L'affaire du sacrilège sera souvent évoquée, y compris, à la veille de la guerre du Péloponnèse, contre Périclès, dont la mère était une Alcméonide.*

31. *La purification d'Athènes par Épiménide avait pour objectif premier de rétablir la concorde dans la cité après les troubles suscités par la tentative de Cylon. Voir Vernant (1962), p. 71-75.*

la réputation d'être aimé des dieux et instruit des choses divines, notamment en ce qui concerne l'inspiration et les Mystères. Pour cette raison, les gens de l'époque le nommaient fils de la nymphe Blastè et nouveau courète[32]. 8. Il se rendit donc à Athènes, se lia d'amitié avec Solon, lui apporta une aide précieuse et ouvrit la voie à son activité de législateur. Il donna aux célébrations religieuses plus de simplicité, et adoucit les rites de deuil, mêlant immédiatement aux cérémonies funéraires certains sacrifices, et supprimant les pratiques dures et barbares auxquelles la plupart des femmes se livraient auparavant. 9. Et surtout, consacrant et sanctifiant la cité par des expiations, des purifications, et des fondations de sanctuaires, il la rendit obéissante à la justice et plus disposée à s'unir. 10. On dit que lorsqu'il vit Mounychie, il la considéra quelque temps, puis déclara aux assistants : « Comme l'homme est une créature aveugle en ce qui concerne l'avenir ! Les Athéniens dévoreraient cet endroit de leurs propres dents, s'ils pouvaient prévoir tous les maux qu'il causera à la cité[33]. » 11. Thalès eut lui aussi, dit-on, le même genre de pressentiment ; il aurait ordonné de placer sa sépulture dans un endroit obscur et méprisé de Milet, annonçant que ce lieu serait un jour l'agora des Milésiens. 12. Pour en revenir à Épiménide, il fut l'objet d'une grande admiration. Les Athéniens le comblèrent de richesses et d'honneurs considérables, mais il ne demanda rien, sauf un surgeon de l'olivier sacré ; on le lui accorda, et il s'en alla.

XIII. 1. Les troubles causés par les partisans de Cylon avaient cessé et les personnes impures avaient été chassées, je l'ai dit. Mais les Athéniens revinrent à leurs vieilles dissensions politiques : la cité se divisa en autant de partis que le territoire de l'Attique comportait de régions différentes[34]. 2. Les habitants de la montagne [Diacrie] soutenaient avec force la démocratie, ceux de la plaine [Pédion] l'oligarchie ; les habitants de la côte [Paralie] formaient un troisième parti, favorable à une forme de gouvernement intermédiaire, en quelque sorte, et mixte : ils s'opposaient aux deux premiers et empêchaient l'un ou l'autre de l'emporter. 3. À cette époque, l'inégalité entre pauvres et riches atteignait une sorte de sommet, et la cité était dans une situation absolument critique ; on avait l'impression que le seul moyen de la stabiliser et de mettre fin aux troubles serait d'instaurer une tyrannie. 4. Le peuple tout entier s'était endetté auprès des riches. Certains travaillaient la terre pour eux et leur donnaient en échange le sixième du produit : c'étaient ceux qu'on nommait *hectémores* [« soumis au sixième »] et *thètes* [« salariés »]. Certains engageaient leur per-

---

32. *Les courètes étaient de jeunes gens en armes qui dansaient autour du berceau de Zeus, en Crète, pour dissimuler à Cronos la naissance d'un fils en qui il voyait un futur adversaire. Blastè était sans doute une des nymphes qui veillaient sur le sommeil de l'enfant dieu. Épiménide, venant de Crète pour purifier Athènes, pouvait donc être tenu pour un « nouveau courète ».*
33. *Mounychie était un des forts gardant l'entrée du Pirée. La « prédiction » d'Épiménide peut faire allusion à l'occupation de Mounychie par une garnison macédonienne au lendemain de la guerre lamiaque (322), occupation qui marquait la fin de l'indépendance d'Athènes.*
34. *Plutarque évoque ici les divisions que l'on retrouve chez d'Hérodote (I, 59) à propos de la situation d'Athènes à la veille de la prise du pouvoir par Pisistrate. Voir Aristote,* Constitution d'Athènes, *XIII, 4.*

sonne pour garantir le remboursement de leurs dettes, et leurs créanciers pouvaient s'emparer d'eux : les uns devenaient esclaves à Athènes, d'autres étaient vendus à l'étranger. 5. Beaucoup étaient même obligés de vendre leurs propres enfants (aucune loi ne l'interdisait) et de fuir la cité pour échapper à la cruauté de leurs créanciers. 6. Mais les plus nombreux et les plus forts se rassemblaient ; ils s'encourageaient mutuellement à ne pas se laisser faire, à prendre pour chef un homme de confiance, à libérer les débiteurs surpris par le terme, à faire un nouveau partage des terres, et à changer entièrement le régime politique[35].

XIV. 1. Alors les Athéniens les plus sensés jetèrent les yeux sur Solon : c'était le seul qui fût vraiment irréprochable, ne partageant pas l'injustice des riches, sans être pour autant soumis au sort nécessiteux des pauvres. Ils lui demandèrent donc de secourir la communauté et de faire cesser les luttes. 2. Pourtant, d'après le récit de Phanias de Lesbos[36], Solon trompa les deux partis pour sauver la cité ; il promit aux pauvres, en secret, le partage des biens, et aux riches la confirmation de leurs créances. 3. Mais, à en croire Solon lui-même, il hésita d'abord à se charger des affaires, car il craignait

Des uns l'avidité, des autres l'insolence.

Il fut choisi comme archonte[37] après Philombrotos, et, en même temps, comme conciliateur et législateur. Tous lui étaient très favorables : les riches à cause de son aisance matérielle, les pauvres pour ses qualités morales. 4. On répétait, dit-on, un propos qu'il avait tenu avant son élection : « L'égalité n'engendre pas la guerre. » Cette phrase plaisait à la fois aux gens qui avaient du bien et à ceux qui en étaient dépourvus : les premiers pensaient qu'ils auraient l'égalité en raison de leur mérite et de leur valeur, les seconds, en raison de leur importance et de leur nombre. Aussi les deux partis plaçaient-ils en lui des espérances très vives : leurs chefs lui proposèrent la tyrannie et le poussèrent à s'emparer plus hardiment de la cité en s'assurant les pleins pouvoirs. 5. Beaucoup de citoyens qui n'appartenaient à aucun des deux partis, voyant qu'un changement fondé sur la raison et sur la loi serait une entreprise pénible et difficile, ne refusaient pas, eux non plus, que l'homme le plus juste et le plus avisé s'emparât seul du pouvoir[38]. 6. Selon certains, Solon reçut même à Pythô un oracle ainsi formulé :

Au milieu du navire assieds-toi et dirige.
Car beaucoup d'Athéniens viendront te seconder.

7. Ses proches surtout lui reprochaient de détester la monarchie à cause du nom qu'elle portait, comme si, lorsqu'on l'obtient pour ses mérites, elle ne se changeait pas aussitôt en une royauté légitime, ce qu'elle avait été jadis pour les Eubéens,

---

35. Voir Aristote, Constitution d'Athènes, II, 2.
36. Phanias de Lesbos était un philosophe de l'École péripatéticienne.
37. La date généralement admise pour l'archontat de Solon est 594-593. Elle est parfois ramenée à 592-591.
38. Plutarque attribue ici à Solon et aux Athéniens de son temps des réflexions qui appartiennent à la philosophie politique du IVe siècle, et plus précisément à celle d'Aristote.

quand ils avaient fait choix de Tynnondas, et ce qu'elle était maintenant pour les Mytiléniens avec Pittacos[39]. 8. Mais aucun de ces arguments n'ébranla la détermination de Solon. À ses amis il déclara, dit-on, que la tyrannie était une belle place forte, mais qu'on ne pouvait en sortir. Il s'adresse ainsi à Phocos dans ses poèmes:

> Si je n'ai pas blessé le sol de ma patrie,
> Si de la tyrannie, de la violence amère,
> Je me suis écarté, humiliant ma gloire,
> Non, je n'en rougis pas. Car ainsi je vaincrai,
> Tous les hommes, je crois.

Ce passage montre bien que même avant d'avoir publié ses lois, il était déjà très célèbre. 9. Quant aux railleries que beaucoup lui lançaient, pour avoir refusé la tyrannie[40], voici ce qu'il écrit:

> Non, Solon n'était pas un penseur, un malin,
> Les beaux présents du dieu, lui, il n'en voulut pas,
> Son filet plein, stupide, il n'osa l'amener,
> Il manqua de courage, il n'avait point de sens,
> Sinon, pour le pouvoir, pour la fortune immense,
> Pour un jour seulement être tyran d'Athènes,
> Il aurait accepté d'être écorché ensuite,
> Et que pérît sa race...

XV. 1. Tels sont les propos sur son compte qu'il a mis dans la bouche de la foule et des gens vulgaires. Cependant, bien qu'il eût rejeté la tyrannie, il n'administra pas les affaires de la façon la plus douce. Quand il composa ses lois, il ne montra ni mollesse, ni faiblesse devant les puissants, ni complaisance pour ceux qui l'avaient choisi. Là où les choses étaient douteuses, il n'appliqua aucun remède et refusa de trancher dans le vif, craignant, s'il bouleversait et troublait totalement la cité, d'être ensuite trop faible pour la redresser et la réorganiser au mieux. Mais quand il espérait pouvoir persuader les gens par la parole, ou les contraindre à obéir, il agissait, comme il le dit lui-même,

> Unissant à la fois la force et la justice.

2. C'est pourquoi, plus tard, comme on lui demandait s'il avait donné aux Athéniens les lois les meilleures, il répondit: «Les meilleures de celles qu'ils pouvaient accepter.» Selon certains auteurs récents, les Athéniens, pour voiler sous des noms honorables et généreux le caractère odieux de certaines pratiques, emploient des euphémismes polis: les prostituées sont qualifiées d'«amies», les impôts deviennent des «contri-

---

39. *Pittacos, l'un des Sept Sages, fut tyran de Mytilène (qui s'écrivait Mitylène au temps de Plutarque) dans l'île de Lesbos au début du VIe siècle. Tynnondas, en revanche, est inconnu.*
40. *Ce refus se retrouve dans un autre des poèmes de Solon, cité par Aristote dans la* Constitution d'Athènes *(XII, 3), à propos du rejet de la revendication d'un partage égal de la terre.*

butions», les garnisons les «forces de sécurité des cités», et la prison une «maison» d'arrêt. Or Solon fut le premier, semble-t-il, à inventer cet artifice, quand il donna le nom de «libération des charges» *[seisachtheia]* à l'abolition des dettes. Car telle fut la première de ses réformes politiques. Il décréta que les dettes existantes devaient être remises, et que nul désormais n'aurait le droit de prêter de l'argent en prenant pour gage la personne du débiteur[41]. 3. Pourtant, d'après certains écrivains, notamment Androtion[42], ce ne fut pas une abolition des dettes, mais les pauvres se contentèrent d'une réduction des intérêts qui les soulagea: on aurait donné le nom de «libération des charges» à cette décision humaine, ainsi qu'à celles qui l'accompagnèrent: l'augmentation des mesures de capacité et la réévaluation des monnaies. 4. La mine ne valait que soixante-treize drachmes, il la porta à cent; les débiteurs payèrent donc une somme numériquement équivalente, mais inférieure en réalité, ce qui leur fit gagner beaucoup, sans que les créanciers fussent lésés en rien. 5. Mais la plupart des auteurs s'accordent pour dire que la libération des charges était une abolition totale des dettes, ce qui correspond davantage aux poèmes de Solon. 6. Car, quand il parle de la terre hypothéquée, il se glorifie en ces termes:

> Partout il enleva les bornes enfoncées;
> La terre autrefois serve est libre maintenant.

Quant aux citoyens endettés dont les personnes avaient été saisies, il écrit qu'il en fit revenir de l'étranger certains

> Qui ne connaissaient plus la langue de l'Attique,
> Si longue avait été leur errance! Et à d'autres,
> Qui souffraient au pays l'indigne servitude,

il déclare avoir rendu la liberté.

7. Mais ces mesures lui attirèrent, dit-on, une affaire fâcheuse[43]. Comme il s'apprêtait à abolir les dettes, et cherchait des arguments convaincants et un préambule adapté, il s'en ouvrit à ceux de ses amis à qui il se fiait le plus: Conon, Clinias et Hipponicos. Il leur dit qu'il ne toucherait pas aux terres, mais qu'il avait décidé d'annuler les dettes. 8. Les trois hommes prirent aussitôt les devants: sans attendre, ils empruntèrent aux riches des sommes considérables, et achetèrent de grands domaines. Quand ensuite le décret fut publié, ils gardèrent les biens qu'ils avaient acquis, et ne remboursèrent pas ceux qui leur avaient prêté de l'argent. Cette affaire exposa Solon à des accusations et à des calomnies très graves: on prétendait qu'il n'avait pas été trompé par ses amis, mais qu'il était leur complice. 9. Toutefois, il se

---

41. *L'interdiction faite par Solon de prêter de l'argent en prenant pour gage la personne du débiteur est une interprétation modernisante de Plutarque, puisque la monnaie n'était pas encore en usage à Athènes.*
42. *Androtion est un historien et homme politique athénien du IVe siècle, auteur d'une* Atthis *qui fut la source principale d'Aristote pour la partie historique de la* Constitution d'Athènes. *Son interprétation de la* seisachtheia *contredit celle de Solon, qui évoque seulement l'arrachage des bornes qui marquaient la dépendance de la terre et la libération de ceux qui avaient été asservis ou contraints à l'exil (voir XV, 6).*
43. *L'affaire est également rapportée par Aristote* (Constitution d'Athènes, *VI, 2), qui ne cite aucun nom.*

lava bientôt de ce reproche, car on découvrit qu'il avait prêté cinq talents, et il fut le premier à remettre cette dette, conformément à la loi : selon certains, notamment Polyzélos de Rhodes[44], il s'agissait même de quinze talents. Quant à ses amis, ils furent désormais surnommés Chréocopides [« Coupe-dettes »][45].

XVI. 1. Il n'avait satisfait aucun des deux partis ; il avait irrité les riches en supprimant les reconnaissances de dettes, et plus encore les pauvres, parce qu'il n'avait pas opéré le nouveau partage de terres qu'ils espéraient, et n'avait pas établi entre les moyens de subsistance une égalité et une uniformité totales, comme l'avait fait Lycurgue. 2. Mais celui-ci était le onzième descendant d'Héraclès et avait régné sur Lacédémone pendant de nombreuses années ; il pouvait compter sur sa grande réputation, sur ses amis et sur son autorité, qui lui permirent de prendre de belles décisions politiques. Ce fut d'ailleurs par la force plus que par la persuasion, au point de se faire crever un œil, qu'il réalisa sa réforme la plus importante pour le salut et l'harmonie de la cité : faire que parmi les citoyens il n'y ait plus ni pauvres ni riches[46]. Solon n'alla pas si loin dans sa politique : c'était un homme simple et modéré. Il fit pourtant tout ce que lui permettaient les moyens dont il disposait, car il ne pouvait s'appuyer que sur sa volonté et sur la confiance qu'il inspirait à ses concitoyens. 3. Cependant il heurta la plupart d'entre eux, qui s'attendaient à autre chose, comme il le reconnaît lui-même quand il parle d'eux :

> Auparavant, de moi ils chantaient tous merveilles,
> Maintenant courroucés, en ennemis, de biais,
> Ils me regardent.

4. Il affirme pourtant que si un autre avait exercé le même pouvoir, cet homme

> N'eût pas tenu le peuple, et sans aucun répit,
> Eût tout bouleversé, ôtant au lait sa crème.

5. Toutefois les gens comprirent rapidement l'utilité de ses mesures[47]. Ils cessèrent leurs critiques individuelles, et offrirent un sacrifice collectif, qu'ils nommèrent « sacrifice de libération des charges ». Puis ils chargèrent Solon de réformer la cité et de lui donner des lois, sans limiter sa tâche à quelques points : ils lui confièrent tout sans distinction, magistratures, assemblées, tribunaux, conseils. Pour chacune de ces fonctions, il devait fixer les revenus nécessaires à leur obtention, leur nombre et leur durée. Il avait toute liberté de supprimer ou de conserver ce qu'il voudrait, parmi les institutions existantes.

---

44. Polyzélos de Rhodes est un historien d'époque hellénistique.
45. Le nom de Chréocopides (« Ceux qui ont profité des dettes ») fait jeu de mots avec Cécropides (« Ceux qui descendent de Cécrops », roi légendaire d'Athènes).
46. Sur cette partie de l'œuvre de Lycurgue, voir Lycurgue, *I, 8 ; III, 6 ; et XI.*
47. Plutarque énumère à partir d'ici un grand nombre de lois qui ne figurent pas toutes dans le récit d'Aristote, mais qui ont été attribuées à Solon par la suite, en même temps que s'élaborait son image de père fondateur de la démocratie. Voir Mossé (1979), p. 425-437.

XVII. 1. Il commença par abolir toutes les lois de Dracon[48], sauf celles qui concernaient le meurtre, à cause de leur sévérité et de la gravité des châtiments. 2. Pour toutes les fautes, ou presque, Dracon n'avait fixé qu'une peine, la mort. On mettait donc à mort ceux qui avaient été convaincus d'oisiveté ; les voleurs de légumes ou de fruits subissaient le même châtiment que les sacrilèges et les assassins. 3. Aussi, plus tard, apprécia-t-on fort ce mot de Démade[49] : « Les lois de Dracon n'ont pas été écrites avec de l'encre, mais avec du sang. » 4. On dit que Dracon lui-même, à qui on demandait pourquoi il avait puni de mort la plupart des fautes, répondit : « Tel est le châtiment que méritent, à mon avis, les petites fautes ; pour les plus importantes, je n'ai pas de sanction plus grande. »

XVIII. 1. En second lieu, Solon voulut laisser toutes les magistratures, comme auparavant, entre les mains des riches, mais faire participer le peuple au reste de la vie politique, dont il était exclu. Il décréta un recensement des biens des citoyens. Il forma la première classe avec ceux dont le revenu, en produits secs et liquides, était de cinq cents mesures : il les nomma *pentacosiomédimnes* [« ceux qui ont cinq cents médimnes[50] »]. La deuxième classe était composée de ceux qui pouvaient entretenir un cheval ou récolter trois cents mesures : on les appela chevaliers. Les membres de la troisième classe furent nommés *zeugites* [« hommes du joug »] : c'étaient ceux dont le revenu était de deux cents mesures, en produits secs et liquides. 2. Tous les autres furent nommés *thètes* [« salariés »] : Solon ne leur donna pas le droit d'exercer la moindre magistrature ; ils ne participaient à la vie politique qu'en tant que membres de l'assemblée et des tribunaux. 3. Ce droit sembla d'abord n'être rien, mais s'avéra très important par la suite, car la plupart des différends finissaient par être portés devant les tribunaux. Même pour les cas dont Solon avait confié l'arbitrage aux magistrats, il avait donné à ceux qui le voulaient la possibilité de faire appel aux juges. 4. On dit d'ailleurs que s'il avait rédigé ses lois d'une manière assez obscure et avec bien des contradictions, c'était pour renforcer le pouvoir des tribunaux. Comme on ne pouvait trancher les différends en s'appuyant sur les lois, il en résultait qu'on avait toujours besoin des juges : on portait devant eux tous les litiges, et ils étaient, d'une certaine manière, les maîtres des lois.
5. Solon lui-même en revendique le mérite dans les vers suivants :

> Au peuple, j'ai donné le pouvoir qui suffit,
> Car je n'ai ni réduit ni grossi ses honneurs.
> Quant aux puissants que tous admiraient pour leurs biens,
> Je les ai préservés du tort et de l'outrage.
> J'ai couvert chaque camp d'un ferme bouclier,
> À chacun refusant une injuste victoire.

---

48. *Selon la tradition, Dracon fut le premier législateur athénien. Pour mettre fin aux luttes entre grandes familles aristocratiques, il aurait, vers 621, établi une législation sur l'homicide, à laquelle font référence les orateurs du IVe siècle.*
49. *Démade est un orateur athénien qui fut particulièrement actif à l'époque d'Alexandre.*
50. *Le médimne était une unité de mesure représentant un peu plus de 50 litres de grains.*

6. Cependant il pensa qu'il fallait secourir davantage la faiblesse de la foule. Il accorda donc à tous les citoyens le droit d'intenter une action en justice pour défendre la victime d'un mauvais traitement. Si quelqu'un avait été frappé, violenté ou lésé, celui qui le pouvait et le voulait avait le droit d'assigner le coupable et de le poursuivre[51]. Le législateur avait bien raison d'habituer ainsi les citoyens, comme s'ils étaient les membres d'un seul corps, à mettre en commun leurs sentiments et leurs souffrances. 7. On cite une phrase de Solon qui va dans le même sens que cette loi. On lui demandait, paraît-il, quelle était la cité la mieux policée. Il répondit: «Celle où, autant que les victimes, ceux qui n'ont pas été lésés sont prêts à accuser et à punir les coupables.»

XIX. 1. Il institua le conseil de l'Aréopage[52] et le composa des archontes des différentes années: comme il avait été archonte, il en fut membre lui aussi. Ensuite, voyant que la suppression des dettes avait rendu le peuple arrogant et insolent, il créa un second conseil; il désigna cent hommes dans chaque tribu (il y en avait quatre); il les chargea de délibérer avant le peuple, et de ne rien laisser venir en débat devant l'assemblée sans examen préalable. 2. Au premier conseil, celui d'en haut, étaient confiées la surveillance de toutes les affaires et la garde des lois. À son idée, avec ces deux conseils, la cité, comme fixée par deux ancres, serait moins agitée, et le peuple maintenu dans un plus grand calme. 3. Selon la plupart des auteurs, le conseil de l'Aréopage fut fondé par Solon, comme je l'ai dit. Ce qui témoigne surtout, semble-t-il, en faveur de cette opinion, c'est que Dracon ne mentionne ni ne nomme nulle part les Aréopagites: quand il traite de meurtre, il s'adresse toujours aux éphètes. 4. Pourtant, sur la treizième table de Solon, la huitième loi dit en toutes lettres:

> Citoyens privés de leurs droits: Tous ceux qui ont été privés de leurs droits *[atimoï]* avant l'archontat de Solon seront réhabilités, sauf ceux qui, condamnés pour meurtre, blessure, ou projet de tyrannie, par l'Aréopage, par les éphètes ou au Prytanée par les archontes-rois, étaient exilés lors de la promulgation du présent décret[53].

5. Ce texte prouve au contraire que le conseil de l'Aréopage existait déjà avant l'archontat et l'œuvre législatrice de Solon. En effet, quelles seraient ces personnes condamnées par l'Aréopage avant Solon, si celui-ci avait été le premier à donner au conseil de l'Aréopage le droit de juger? À moins, par Zeus! qu'il n'y ait quelque obs-

---

51. C'est là une des caractéristiques du fonctionnement de la justice athénienne, qui ignorait ce que nous appelons le ministère public.
52. Le conseil de l'Aréopage était le plus vieux tribunal d'Athènes. Les lois de Dracon lui confiaient la connaissance des crimes de sang. Il est donc plus que douteux qu'il ait été institué par Solon. Quant au second conseil, on n'a nulle trace de son existence et l'on a pu penser que la Boulè solonienne était une création de la propagande oligarchique de la fin du Ve siècle. Les archontes étaient les magistrats suprêmes de la cité, qui avaient hérité des pouvoirs des anciens rois. Au Ve siècle, ils seront tirés au sort annuellement parmi les citoyens des trois premières classes.
53. L'atimie était à l'époque classique une peine qui privait ceux qui en étaient frappés de l'exercice des droits politiques. Voir Harrison (1971), p. 169 et suiv. L'archonte-roi était celui des neuf archontes qui présidait à la vie religieuse de la cité. Sur le Prytanée d'Athènes, voir Thésée, *XXIV, 3 et note.*

curité ou quelque lacune dans le texte: il faudrait alors comprendre que ceux qui avaient été condamnés pour les crimes qui étaient désormais, à l'époque de la publication de ce décret, du ressort des Aréopagites, des éphètes et des prytanes, resteraient privés de leurs droits, alors que les autres seraient réhabilités. À toi, lecteur, d'examiner la question[54].

XX. 1. Parmi les autres lois, il en est une tout à fait particulière et étonnante: celle qui prive de ses droits le citoyen qui, en cas de guerre civile, ne s'est engagé dans aucun des deux camps[55]. Apparemment, cette loi veut empêcher les gens de rester insensibles et indifférents à la vie publique, de mettre leurs affaires à l'abri, en tirant vanité de ne pas partager les souffrances et les maux de la patrie. Il faut aussitôt rejoindre la cause la meilleure et la plus juste, affronter le danger avec elle et la soutenir, au lieu d'attendre sans s'exposer de voir qui l'emportera. 2. Une autre loi semble absurde et ridicule: celle qui permet à la fille épiclère en cas d'impuissance du mari qui a pouvoir et autorité légale sur elle, de s'unir à l'un des plus proches parents de cet homme[56]. Cependant, certains y voient une mesure excellente, dirigée contre ceux qui, bien qu'incapables d'avoir des relations avec une femme, prennent une fille épiclère pour son argent et, sous couvert de la loi, offensent la nature. 3. Ces gens-là, voyant la fille épiclère s'unir à qui elle veut, renonceront au mariage, ou s'y obstineront pour leur honte, et seront punis de leur cupidité et de leur insolence. C'est une bonne chose aussi que la fille épiclère puisse s'unir, non à n'importe qui, mais à un homme qu'elle choisit parmi les parents de son mari: ainsi l'enfant qui naîtra appartiendra-t-il à la maison et à la famille du mari. 4. À ce même but tend également l'obligation, faite à la jeune mariée, de manger un coing avant de s'enfermer avec son époux, et celle qui impose au mari d'une épiclère d'avoir des relations physiques avec elle au moins trois fois par mois. 5. Car même s'il n'en naît pas d'enfant, c'est au moins un hommage qu'un mari rend à une épouse vertueuse: cette marque de tendresse dissipe chaque fois bien des mécontentements qui s'ac-

---

54. *Plutarque exprime ici la difficulté qu'il y avait pour un homme du I*[er] *siècle de notre ère à se retrouver dans des traditions souvent contradictoires, élaborées à divers moments de l'histoire d'Athènes. Les éphètes, dont l'origine est mal connue, formaient au V*[e] *siècle un tribunal de 51 membres qui siégeait sous la présidence de l'archonte-roi et avait à connaître des affaires d'homicide volontaire. Les prytanes étaient depuis les réformes de Clisthène les 50 bouleutes d'une tribu qui pendant un dixième de l'année (prytanie) assuraient la permanence du gouvernement de la cité et présidaient les séances de l'assemblée du peuple.*

55. *La loi est citée par Aristote* (Constitution d'Athènes, VIII, 5), *sans commentaire. L'étonnement de Plutarque vient de ce qu'elle semble contredite par les paroles mêmes de Solon qui se vante d'être resté neutre face aux deux camps en présence.*

56. *Dans le droit athénien de l'époque classique, la fille épiclère, qui se trouve la seule héritière du bien paternel, ne peut en disposer. Elle peut seulement le transmettre aux enfants qu'elle aura en épousant son parent le plus proche dans la lignée paternelle. Aristote* (Constitution d'Athènes, IX, 2) *dit des lois de Solon sur la fille épiclère et sur l'héritage qu'elles n'étaient pas claires, et ne donne pas d'autres précisions. Sur le statut de la fille épiclère, voir Harrison (1968), p. 122-162.*

cumulent; elle empêche les époux de se laisser totalement détourner l'un de l'autre par les querelles.
6. Pour les autres mariages, il interdit les dots[57]; il décida que la mariée devait apporter trois vêtements, quelques meubles de peu de valeur et rien d'autre. Il ne voulait pas que le mariage devînt un trafic ou une occasion de profit: la vie commune entre un homme et une femme devait avoir pour buts la procréation, l'affection et la tendresse. 7. La mère de Denys[58] demanda un jour à son fils de la marier à un de ses concitoyens; il répondit: «J'ai violé les lois de la cité en devenant tyran, mais je ne peux offenser celles de la nature en arrangeant des mariages que l'âge interdit.» Il ne faut pas tolérer, dans les cités, ce genre de désordres, ni permettre des unions disproportionnées et disgracieuses, qui n'ont du mariage ni la réalité ni le but. 8. Quand un vieillard épouse une jeune fille, un magistrat ou un législateur sensé devrait lui dire ce vers, adressé à Philoctète[59]:

Te voici, malheureux, bon pour le mariage!

Et s'il découvre un jeune homme dans la chambre d'une vieille femme riche, en train de s'engraisser à ses côtés comme une perdrix, il l'en arrachera et l'enverra à une jeune épouse qui a besoin d'un mari. Mais en voici assez sur ces questions.

XXI. 1. On loue aussi la loi de Solon qui défend de dire du mal des morts. La piété exige en effet que l'on considère comme sacrés ceux qui nous ont quittés, la justice, que l'on n'attaque pas les absents, et la politique, que l'on ne laisse pas s'éterniser la haine. 2. Il interdit aussi d'injurier les vivants dans les sanctuaires, les tribunaux, les lieux où siègent les magistrats ou lorsqu'on assiste à des concours; le contrevenant devait verser trois drachmes à la personne offensée, et deux autres au trésor public. En effet, ne pouvoir maîtriser sa colère en aucun lieu, c'est manquer d'éducation et de retenue; mais il est difficile, et même impossible, pour certaines personnes, de se maîtriser tout le temps. Or la loi doit être rédigée en fonction de ce qui est possible, si elle veut châtier quelques rares personnes, ce qui est utile, et non en punir un grand nombre, ce qui ne sert à rien.
3. On apprécia beaucoup aussi sa loi sur les testaments[60]. Car cette pratique n'existait pas avant lui; les richesses et le domaine restaient obligatoirement dans la famille du mort. En permettant à un homme sans enfant de faire don de ses biens

---

57. L'interdiction des dots est assez peu vraisemblable. Elle évoque irrésistiblement les dispositions de Platon dans les Lois (V, 742c, VI, 774c), qui limitent également la valeur du «trousseau» de la jeune fille.
58. Il s'agit de Denys l'Ancien, tyran de Syracuse de 406 à 367. L'anecdote contient la critique implicite d'une loi qui contraignait souvent la jeune fille à épouser un parent plus âgé qu'elle, son oncle paternel par exemple.
59. Philoctète, héros de la mythologie grecque, ne put participer à la guerre de Troie à la suite d'une blessure au pied infligée par la morsure d'un serpent. Cette blessure, s'étant infectée, dégageait une odeur épouvantable, ce qui explique le vers cité par Plutarque, qui provient d'une tragédie perdue.
60. Cette loi est mentionnée par Aristote (Constitution d'Athènes, XXXV, 2) et par Démosthène (XVLI, 14). Sur sa signification et ses conséquences, voir Gernet (1955), p. 121 et suiv.

à qui il voulait, Solon éleva l'amitié au-dessus des liens de parenté, la reconnaissance au-dessus de la contrainte, et chacun devint ainsi vraiment propriétaire de ce qu'il avait. 4. Cependant, il ne laissa pas les donations sans contrôle et sans conditions. Le testateur ne devait pas agir sous l'influence de la maladie, des drogues, ou de la réclusion, ni être victime d'une contrainte, ni obéir aux séductions d'une femme. Solon pensait, avec raison, de manière tout à fait juste, que la séduction qui détourne du bien ne diffère en rien de la violence. Il mettait sur le même plan la tromperie et la contrainte, le plaisir et la souffrance, les considérant comme pareillement capables d'égarer la raison d'un homme.

5. Il soumit les voyages des femmes, leurs deuils et leurs fêtes à une loi visant à écarter le désordre et la licence[61]. Il leur interdit de sortir jamais avec plus de trois vêtements, avec de la nourriture et de la boisson pour plus d'une obole, avec un panier dont la largeur serait supérieure à une coudée; elles ne devaient pas voyager de nuit, sauf en chariot, et précédées d'une lanterne pour éclairer leur route. 6. Il ne leur fut plus permis de se lacérer et se meurtrir le visage, de chanter des lamentations préparées à l'avance, et de pleurer à grands cris sur une autre personne que celle dont elles suivaient le cortège. Il interdit de sacrifier un bœuf sur le tombeau, d'enterrer avec le mort plus de trois vêtements, et de se rendre, sauf le jour des funérailles, sur les tombeaux de défunts étrangers à la famille. 7. La plupart de ces interdictions subsistent encore dans nos lois: on y a même ajouté que les hommes qui se livreraient à de telles pratiques seraient punis par les «censeurs des femmes», puisqu'ils s'abandonnaient, dans le deuil, à des débordements et des égarements efféminés, sans aucune virilité.

XXII. 1. Solon voyait la ville s'emplir de personnes en quête de sécurité, qui ne cessaient d'affluer de tous côtés vers l'Attique. Or la campagne était, dans sa plus grande partie, stérile et ingrate, et ceux qui faisaient du commerce par mer n'avaient pas l'habitude d'offrir leurs produits si l'on ne pouvait rien leur donner en échange. Il incita donc ses concitoyens à pratiquer des métiers. Il rédigea une loi qui dispensait le fils de l'obligation de nourrir son père si celui-ci ne lui avait pas appris un métier. 2. Lycurgue, lui, habitait une cité que n'encombrait pas une foule d'étrangers; il disposait d'une terre:

> Riche pour bien des gens; pour deux fois plus encore,
> Largement suffisante

comme le dit Euripide[62]. Par ailleurs, et surtout, Lacédémone était emplie d'une foule d'hilotes qu'il valait mieux ne pas laisser inactifs, mais humilier en les accablant sans cesse de travaux. Il eut donc raison d'affranchir les citoyens des activités pénibles de l'artisanat, pour les rassembler sous les armes, le seul métier qu'ils

---

61. *Cette loi, de même que la suivante, ne figure pas dans la* Constitution d'Athènes. *Ici encore, il est permis de douter de l'attribution à Solon de mesures qui font penser à certaines dispositions prises par Lycurgue après Chéronée.*
62. *Dans une tragédie perdue.*

apprenaient et pratiquaient[63]. 3. Mais Solon, adaptant les lois à la réalité plutôt que la réalité aux lois, voyait que la campagne de l'Attique, à peine capable de suffire aux besoins des paysans, ne pouvait nourrir une foule inactive et oisive. Il mit donc les métiers à l'honneur. Il chargea le conseil de l'Aréopage de vérifier l'origine des revenus de chacun, et de châtier les oisifs. 4. Il prit une mesure encore plus forte: celle qui, comme le rapporte Héraclide du Pont, dispensait les fils nés d'une hétaïre[64] de nourrir leur père. Car l'homme qui méprise la beauté du mariage montre bien que s'il choisit une femme, ce n'est pas pour en avoir des enfants, mais pour le plaisir. Il reçoit donc le salaire qu'il mérite; il s'est ôté à lui-même tout droit sur des enfants dont l'existence même est, par sa faute, objet d'opprobre.

XXIII. 1. Mais d'une manière générale, les lois de Solon qui concernent les femmes semblent très bizarres. Par exemple, il donna le droit à celui qui surprenait un amant adultère de le tuer, mais celui qui enlevait une femme libre et la violait n'était soumis qu'à une amende de cent drachmes[65]. Celui qui prostituait une femme devait payer vingt drachmes, sauf s'il s'agissait de ces femmes qui se vendent publiquement, c'est-à-dire des hétaïres, lesquelles ont commerce, sans se cacher, avec ceux qui les payent. 2. D'autre part, Solon n'autorisa personne à vendre ses filles ou ses sœurs, sauf si l'on découvrait que la fille n'était plus vierge et s'était unie à un homme. Or, punir la même faute tantôt de manière dure et inflexible, tantôt avec bonté, sans y attacher d'importance, en fixant comme peine n'importe quelle amende, est illogique. Mais peut-être, comme la monnaie était alors rare dans la cité, la difficulté de s'en procurer rendait-elle très lourdes les amendes en argent[66]. 3. En effet, lorsqu'il évalue les sacrifices, Solon donne à un mouton et à une drachme la valeur du médimne. Pour le vainqueur des concours Isthmiques, il décréta une récompense de cent drachmes, et de cinq cents pour le vainqueur des concours Olympiques. Celui qui attrapait un loup recevait cinq drachmes, et pour un louveteau, une drachme: d'après Démétrios de Phalère[67], la première somme correspond au prix d'un bœuf, la seconde à celui d'un mouton. 4. Les prix que Solon fixe dans sa seizième table concernent les animaux destinés aux sacrifices: ils sont donc vraisemblablement beaucoup plus élevés que ceux des animaux ordinaires, mais restent bon marché par rapport à ce qu'on paie de nos jours. La lutte contre les loups est une pratique ancienne chez les

---

63. *Voir* Lycurgue, *XXIV, 2 et suiv.*
64. *Sur Héraclide du Pont, voir* supra, *I, 3 et note. Les hétaïres étaient des courtisanes, libres ou esclaves, dont un orateur du IVe siècle dit que les citoyens les avaient «pour le plaisir» (pseudo-Démosthène, LIX, 122).*
65. *Cette loi sur l'adultère est attribuée par les orateurs du IVe siècle à Dracon. Sur la loi sur le viol, voir Lysias, I, 32. On ne peut comprendre l'inégalité du châtiment que parce que l'adultère risquait d'avoir pour conséquence l'introduction dans la maison d'un enfant étranger à la lignée paternelle. Voir Harrison (1968), p. 32-38.*
66. *En fait, les premières monnaies athéniennes furent frappées sous les Pisistratides, ce qui rend douteuses les indications chiffrées données par Plutarque, aussi bien pour ce qui précède que pour ce qui suit.*
67. *Philosophe et homme politique athénien qui gouverna la cité entre 317 et 307.*

Athéniens, car leur pays se prête mieux à l'élevage qu'à l'agriculture. 5. D'ailleurs, selon certains, les noms des tribus ne viendraient pas des fils d'Ion, mais des différents genres de vie qui distinguaient à l'origine les gens du pays : les guerriers étaient les Hoplètes, les artisans, les Argades, et pour les deux dernières classes, les paysans étaient les Téléontes, les pâtres et les bergers, les Aïgicores[68].
6. La campagne manquait d'eau, n'ayant ni fleuves intarissables, ni lacs, ni sources abondantes : la plupart des gens se servaient donc de puits creusés par la main de l'homme. Solon fit une loi autorisant ceux qui se trouvaient à moins d'une course hippique d'un puits (la course hippique mesurait quatre stades[69]) à se servir de celui-ci ; si l'on en était plus éloigné, on devait chercher à se procurer de l'eau chez soi. Mais si, après avoir creusé dans sa propriété jusqu'à dix brasses de profondeur, on ne trouvait pas d'eau, on pouvait, deux fois par jour, remplir au puits voisin une jarre de six conges[70]. Solon pensait qu'il fallait secourir l'indigence, mais non entretenir la paresse.
7. Il montra également une grande expérience dans la manière dont il régla les distances entre les plantations. Quand on plantait un arbre dans un champ, on devait rester à cinq pieds[71] du domaine voisin, sauf s'il s'agissait d'un figuier ou d'un olivier : dans ce cas, la distance était de neuf pieds. Car ces arbres ont des racines qui vont plus loin, et leur voisinage n'est pas sans danger pour toutes les plantes : il y en a dont ils détournent la nourriture, et auxquelles les émanations qu'ils dégagent sont nuisibles.
8. Si l'on voulait creuser un trou ou un fossé, on devait le faire à une distance du champ voisin égale à la profondeur de l'excavation et l'on ne pouvait installer une ruche à moins de trois cents pas de celles qu'un autre avait précédemment disposées.

XXIV. 1. Des productions du sol, il ne permit de vendre à l'étranger que l'huile ; l'exportation des autres produits était interdite. Il chargea l'archonte de lancer des malédictions sur les contrevenants, faute de quoi il devait verser lui-même cent drachmes au trésor public. 2. Cette loi se trouve dans la première de ses tables. On ne saurait donc refuser toute confiance à ceux qui disent qu'autrefois l'exportation de figues *[sycos]* était interdite, et qu'on nommait sycophante celui qui indiquait *[phaïnein]* et dénonçait les exportateurs de figues. 3. Il rédigea aussi une loi sur les dommages causés par les quadrupèdes : elle ordonne que le chien qui mord quelqu'un soit livré, attaché à un carcan de trois coudées de long, procédé bien imaginé pour garantir la sécurité. 4. Mais la loi sur le droit de cité est difficile à comprendre[72]. Elle accorde la naturalisation seulement à ceux qui sont bannis à perpétuité de leur pays ou à ceux

---

68. *Les Athéniens étaient, avant les réformes de Clisthène, répartis, comme tous les Ioniens, en quatre tribus, dont les noms, aux dires d'Hérodote (V, 66), dérivaient des fils d'Ion, l'ancêtre mythique des Ioniens.*
69. *Sans doute 768 m, quatre fois la longueur du stade d'Olympie.*
70. *La brasse mesurait 1, 776 m et le conge valait 3,275 l.*
71. *Le pied mesurait 0,296 m. Il n'est pas sans intérêt de comparer ces dispositions attribuées à Solon aux conseils que donne Xénophon dans l'*Économique.
72. *Cette loi ne nous est connue que par le texte de Plutarque. Elle semble peu vraisemblable dans le contexte de l'Athènes du début du VIe siècle, alors que la citoyenneté n'était pas encore juridiquement définie.*

qui s'installent à Athènes avec toute leur famille pour y exercer un métier. Cette mesure visait moins à écarter les autres, dit-on, qu'à inciter ces émigrants à venir à Athènes, en leur garantissant qu'ils obtiendraient le droit de cité; Solon jugeait par ailleurs qu'on pouvait faire confiance à ceux qui avaient été contraints d'abandonner leur pays, ou qui l'avaient quitté dans un but bien arrêté. 5. Voici encore une loi originale de Solon, celle qui traite des repas aux frais de l'État, usage qu'il appela lui-même «parasiter»[73]. Il interdit à une même personne de participer souvent à ces repas, mais si le citoyen dont c'est le tour refuse d'y venir, on le punit: le premier comportement étant aux yeux de Solon dicté par la cupidité, le second par le mépris des coutumes collectives.

XXV. 1. Il décida que toutes ces lois seraient en vigueur pendant cent ans; elles furent inscrites sur des tables de bois *[axones]* qui tournaient sur elles-mêmes dans les cadres qui les contenaient. Quelques petits fragments en sont encore conservés de nos jours, au Prytanée; d'après Aristote, on les appelait *cyrbes*. 2. Le poète comique Cratinos[74] dit quelque part:

> J'en atteste Solon et Dracon, dont les *cyrbes*
> Nous servent aujourd'hui à griller les grains d'orge.

Mais selon certains, le nom de *cyrbes* était réservé aux tablettes ayant trait aux rites et aux sacrifices; les autres étaient nommées *axones*. 3. Le conseil s'engagea donc, par un serment collectif, à maintenir les lois de Solon; chacun des thesmothètes[75], à titre individuel, jura sur l'agora, devant la pierre, que s'il transgressait l'une de ces lois, il consacrerait à Delphes une statue en or de son propre poids.
4. Solon avait observé l'inégalité des mois; il avait noté que le mouvement de la lune ne coïncide en aucune manière avec le coucher ou le lever du soleil, et que souvent c'est dans un même jour qu'elle rejoint et dépasse le soleil. Il décida que ce jour serait appelé vieille-et-nouvelle-lune: la partie du jour qui précède la conjonction appartiendrait au mois qui finissait, la suite au mois qui commençait[76]. Il fut donc le premier, semble-t-il, qui comprit correctement le vers d'Homère:

> Au terme de ce mois, comme au début de l'autre[77].

Il donna au lendemain le nom de nouvelle lune *[nouménie]*. 5. Après le vingtième jour, il calcula la date, non par addition, mais par décompte et soustraction jusqu'au trentième jour, pour imiter le déclin de la lune.

---

73. *Sur cette loi de Solon, voir le commentaire de Schmitt-Pantel (1992), p. 97-99.*
74. *Poète comique un peu antérieur à Aristophane; de son œuvre, il ne subsiste que des fragments.*
75. *Les six thesmothètes avaient été ajoutés aux trois archontes primitifs pour «rédiger et publier les décisions ayant force de lois* [thesmia] *et les conserver pour les jugements des conflits»* (Constitution d'Athènes, II, 4), *donc bien avant que soit publié un code de lois.*
76. *Plutarque fait ici référence au calendrier athénien, fondé sur des mois lunaires correspondant à l'intervalle entre deux nouvelles lunes.*
77. *Odyssée, XIV, v. 162 et XIX, v. 307.*

6. Dès que ses lois furent publiées, il fut sollicité chaque jour par des gens qui venaient le trouver, pour le complimenter, le blâmer, ou lui conseiller d'ajouter ou d'enlever telle ou telle chose à son texte. Plus nombreux encore étaient ceux qui s'informaient, lui posaient des questions, et le priaient d'expliquer et d'éclaircir le sens et l'intention de chaque disposition. Ne pas le faire était inconvenant, mais céder l'exposait à la malveillance, il le voyait bien. Il voulut se soustraire entièrement à ces difficultés et fuir l'humeur grincheuse et l'esprit de chicane de ses concitoyens, car, dit-il,

> Dans les grandes questions, nul ne peut plaire à tous.

Il prit prétexte, pour voyager, du commerce sur mer, et demanda aux Athéniens un congé de dix ans. Il espérait qu'entre-temps, ils se seraient habitués à ses lois[78].

XXVI. 1. Il se rendit d'abord en Égypte, et séjourna, comme il le dit lui-même,

> Sur les bouches du Nil, aux rives de Canope.

Il passa quelque temps avec Psénopis d'Héliopolis et Sonchis de Saïs, les plus savants des prêtres, à s'entretenir de philosophie. C'est d'eux que, d'après Platon, il entendit le récit sur l'Atlantide[79] qu'il tenta de faire connaître aux Grecs en le mettant en vers. 2. Il fit ensuite voile vers Chypre, où il fut particulièrement bien reçu par Philocypros, un des rois du pays, qui habitait une petite cité, fondée par Démophon, fils de Thésée, au bord du Clarios, dans une région bien défendue, mais par ailleurs aride et ingrate. 3. Solon poussa le roi à déplacer la cité dans une belle plaine en contrebas, ce qui lui permettrait de la rendre plus agréable et plus grande. Il resta près de lui et s'occupa de cette fondation. Il organisa tout au mieux, en veillant à la fois aux facilités de la vie et à la sécurité, si bien que beaucoup d'habitants vinrent rejoindre Philocypros, suscitant la jalousie des autres rois. Aussi, pour honorer Solon, Philocypros donna-t-il son nom à la cité, qui s'appelait précédemment Aïpeia[80]. 4. Solon lui-même raconte cette fondation. Il s'adresse en ces termes, dans ses élégies, à Philocypros :

> À présent, puisses-tu durant longtemps à Soles,
> Régner sur la cité, et les tiens après toi !
> Moi, sur ma prompte nef, quittant cette île illustre,
> Je voudrais qu'en l'honneur de ma fondation
> La déesse Cypris, couronnée de violettes,
> Me garde sain et sauf, m'apportant grâce et gloire
> Et le retour heureux jusque dans ma patrie.

---

78. *La même explication est donnée par Hérodote (I, 29) et par Aristote (*Constitution d'Athènes, *XI, 1). Mais selon Hérodote, Solon n'aurait obligé les Athéniens à respecter ces lois que durant les dix années de son absence.*
79. *C'est dans le* Timée *(21a et suiv.) et dans le* Critias *(108d) que Platon évoque ce mythe de l'Atlantide que Solon aurait appris des prêtres égyptiens. Voir infra, XXXI, 6.*
80. *Ce séjour de Solon à Chypre et son amitié avec le tyran Philocypros sont évoqués par Hérodote (V, 113). Soles se trouve sur la côte nord de l'île de Chypre.*

XXVII. 1. Quant à sa rencontre avec Crésus[81], certains se fondent sur la chronologie pour démontrer que c'est une invention. Mais à mon avis, une histoire si célèbre, appuyée par tant de témoignages, et si bien assortie surtout au caractère de Solon, si digne de sa grandeur d'âme et de sa sagesse, ne doit pas être rejetée à cause de prétendues tables chronologiques, que bien des gens, jusqu'à nos jours, ne cessent de corriger sans pouvoir en résoudre les contradictions pour parvenir au moindre accord. 2. Solon se rendit donc à Sardes[82], sur l'invitation de Crésus, et il se trouva à peu près dans la situation d'un homme du continent qui descend pour la première fois vers la mer 3. et qui croit la reconnaître dans chacun des fleuves qu'il rencontre. De la même manière, Solon, parcourant le palais et voyant de nombreux princes richement parés marcher fièrement au milieu d'une foule d'appariteurs et de gardes, prenait chacun d'eux pour Crésus. Il fut enfin conduit en sa présence. Le roi s'était orné des pierres, des étoffes teintes et des parures d'or richement travaillées qui lui semblaient particulièrement remarquables, exceptionnelles et enviables, pour se faire voir sous l'aspect le plus impressionnant et le plus brillant. 4. Mais quand Solon se tint en face de lui, cette vue ne lui inspira aucun des sentiments, aucune des paroles auxquels Crésus s'était attendu ; les gens sensés voyaient bien qu'il méprisait ce manque de goût et cette vulgarité. Alors Crésus ordonna de lui ouvrir ses trésors, et de l'emmener voir le reste de ses biens et de ses richesses. Solon n'en avait nul besoin : 5. la vue de Crésus suffisait à lui faire comprendre son caractère. 6. Quand on le ramena devant le roi, après lui avoir tout montré, Crésus lui demanda s'il connaissait un homme plus heureux que lui. «Oui, répliqua Solon. Tellos, un de mes concitoyens.» Et il expliqua que ce Tellos avait été un homme de bien : il avait laissé des enfants estimés de tous, et, après avoir vécu à l'abri du besoin, il était mort glorieusement, en s'illustrant pour sa patrie. Crésus jugeait déjà que Solon était un être bizarre et grossier, puisqu'il ne mesurait pas le bonheur à la quantité d'argent et d'or, mais préférait la vie et la mort d'un homme du peuple, d'un simple particulier, à une puissance et à un empire si grands. 7. Néanmoins, il lui demanda encore si, après Tellos, il connaissait un homme plus comblé par le sort. Une seconde fois, Solon répondit affirmativement. Il nomma Cléobis et Biton, deux héros qui se distinguaient par leur amour fraternel et par celui qu'ils portaient à leur mère. Un jour que les bœufs tardaient à venir, ils s'attelèrent eux-mêmes au chariot de leur mère et la transportèrent jusqu'au sanctuaire d'Héra : ses concitoyens la félicitèrent et elle fut dans la joie. Après le sacrifice et le banquet, les jeunes gens allèrent se coucher, et le lendemain, ils ne se relevèrent pas : on découvrit qu'ils étaient morts, sans souffrance et sans chagrin, après s'être couverts d'une telle gloire. Alors Crésus s'écria, furieux : «Et moi? Tu ne me fais aucune place parmi les hommes comblés par le sort?» 8. Solon ne voulait ni le flatter ni l'irriter davantage ; il déclara : «Roi des Lydiens, la divinité nous a donné, à nous autres Grecs, de nous comporter en tout avec modération, et cette modération nous

---

81. *L'anecdote est rapportée par Hérodote (I, 29-33). La date de l'avènement de Crésus, vers 560, rend cette rencontre peu probable.*
82. *Sardes était la capitale du royaume lydien.*

confère une sagesse qui paraît craintive et vulgaire, et n'a rien de royal ni d'éclatant. Au spectacle des vicissitudes qui agitent sans cesse la vie humaine, elle nous empêche de nous enorgueillir des biens que nous avons, ou d'admirer chez un homme un bonheur que le temps peut altérer. 9. Car l'avenir qui attend chacun de nous est changeant, fondé sur l'incertitude. L'homme à qui la divinité a accordé la prospérité jusqu'au bout, voilà celui que nous jugeons comblé par le sort. Mais vanter le bonheur de quelqu'un qui est encore vivant, exposé aux risques de l'existence, cela ressemble à proclamer vainqueur et à couronner un athlète qui combattrait encore : c'est un jugement risqué, et sans valeur.» Sur ces mots, Solon partit ; il avait attristé Crésus, sans le rendre plus avisé.

XXVIII. 1. Or le fabuliste Ésope[83] se trouvait à Sardes, où Crésus l'avait fait venir, et il était comblé d'honneurs. Il s'affligea du mauvais accueil fait à Solon et lui déclara : «Solon, on doit approcher les rois le moins possible, ou pour leur plus grand plaisir. – Non, par Zeus ! répondit Solon, le moins possible, ou pour leur plus grand bien.» 2. Tel était donc, alors, le mépris de Crésus pour Solon. Mais par la suite, lorsqu'il affronta Cyrus[84] et fut vaincu par lui au combat, lorsqu'il eut perdu sa cité, lorsque lui-même, prisonnier, fut condamné à être brûlé vif, lorsque, sur le bûcher qu'on avait dressé, on le fit monter, ligoté, sous les yeux de Cyrus et de tous les Perses, alors, il éleva la voix pour la faire porter le plus loin qu'il pouvait, et il cria, par trois fois : «Solon!» 3. Cyrus s'étonna ; il lui fit demander quel homme ou quel dieu était ce Solon, le seul qu'il invoquait dans cette situation désespérée. 4. Crésus lui répondit sans rien dissimuler : «C'était un des sages de la Grèce. Je l'avais fait venir, mais je ne voulais pas entendre ni apprendre de lui ce qui m'était nécessaire. Je souhaitais l'avoir pour spectateur et, quand il s'en irait, qu'il témoigne de ce bonheur dont la perte m'a fait plus de mal que la possession ne m'a jamais apporté de bien. 5. En effet, quand je le possédais, le bien que j'en retirais se résumait à des mots, à une apparence ; mais sa disparition m'a causé, dans les faits, des souffrances terribles et un malheur inguérissable. Or cet homme, se fondant sur ce qu'il voyait alors, devina ma situation actuelle ; il m'engagea à considérer la fin de ma vie et à ne pas m'abandonner à la démesure, en tirant orgueil de conjectures incertaines.» 6. Quand ces mots lui furent rapportés, Cyrus, qui était plus sage que Crésus, et qui voyait par cet exemple la force des avis de Solon, ne se contenta pas de relâcher Crésus, mais il continua à l'honorer tant qu'il vécut. Solon eut ainsi la gloire d'avoir, par un seul entretien, sauvé la vie d'un roi, et instruit l'autre.

XXIX. 1. Cependant, en l'absence de Solon, les Athéniens avaient repris leurs dissensions. Les habitants de la plaine avaient pour chef Lycurgue, ceux de la côte Mégaclès, fils d'Alcméon, et ceux de la montagne Pisistrate : à cette dernière faction

---

83. Sur Ésope, voir supra, VI, 7.
84. Ce qui suit est raconté par Hérodote (I, 86-87). Cyrus est le roi des Perses qui réussit en quelques décennies à se rendre maître de la Mésopotamie, de l'Asie Mineure et de la côte syro-palestinienne, constituant ainsi un immense empire qui s'étendait du golfe Persique aux rives de la Méditerranée.

s'était jointe la foule des *thètes*, les ennemis les plus acharnés des riches[85]. La cité observait encore les lois de Solon, mais elle s'attendait à une révolution. Tous désiraient une autre constitution : ils n'espéraient pas l'égalité, mais gagner au changement et dominer entièrement leurs adversaires. 2. Telle était la situation quand Solon revint à Athènes. Il fut entouré de l'honneur et du respect général, mais en raison de son grand âge il n'était plus capable ni désireux de parler et d'agir en public comme auparavant. Il eut donc des entretiens particuliers avec les chefs des différents partis ; il essaya de les réconcilier et de ramener l'harmonie entre eux. Celui qui paraissait le plus attentif à ses avis était Pisistrate, 3. un homme dont la conversation avait quelque chose de charmeur et d'affable ; il était secourable aux pauvres, et dans ses inimitiés, il montrait de la retenue et de la modération[86]. 4. Même les qualités que la nature ne lui avait pas données, il savait les imiter, et inspirait confiance plus que ceux qui les possédaient réellement. Il passait pour un homme circonspect et modeste, particulièrement attaché à l'égalité, prêt à combattre tous ceux qui voudraient changer les choses et tenter une révolution. En cela, il trompait la multitude, 5. mais Solon eut vite percé à jour son caractère ; il fut premier à deviner son dessein. Pourtant, il ne le traita pas en ennemi ; il essaya de l'adoucir et de le conseiller. Il lui disait, et répétait aux autres, que si on pouvait arracher de son âme son ambition d'être le premier et le guérir de sa soif de tyrannie, nul ne serait plus doué que lui pour la vertu, ni meilleur citoyen.
6. Thespis[87] commençait alors à animer la tragédie : son entreprise, en raison de sa nouveauté, attirait les foules, bien que ce ne fût point encore l'occasion de concours. Solon, par nature curieux et désireux de s'instruire, était encore plus enclin, sur ses vieux jours, aux distractions et aux amusements, comme aussi, par Zeus ! à la boisson et à la musique. Il alla voir jouer Thespis, lequel, selon l'usage des anciens poètes, interprétait lui-même ses œuvres. 7. Après le spectacle, Solon l'aborda et lui demanda s'il n'avait pas honte de proférer de tels mensonges devant tant de spectateurs[88]. Thespis répondit qu'il n'y avait aucun mal à parler et à agir ainsi, puisque c'était un jeu. Alors Solon frappa violemment la terre de son bâton et déclara : « Si nous louons, si nous honorons ce genre de jeu, nous le retrouverons bientôt dans les conventions qui nous lient. »

---

85. Plutarque a déjà évoqué en XII ces divisions. Les deux premières factions s'appuyaient sur une clientèle locale, alors que Pisistrate avait rallié à lui la masse du démos. Sur ces divisions, voir également Hérodote *(I, 59) et* Aristote *(Constitution d'Athènes, XIII, 4).*
*86. Dans la tradition athénienne, Pisistrate se distingue de l'image habituelle du tyran. Et s'il régna en maître absolu sur la cité jusqu'à sa mort en 527, on rapportait qu'il avait maintenu les lois de Solon et gouvernait la cité « plutôt en bon citoyen qu'en tyran » (*Aristote, Constitution d'Athènes, XVI, 2*); voir infra, XXXI, 3.*
87. Thespis serait l'inventeur de la tragédie. Il aurait été couronné lors de la fondation des premiers concours tragiques vers 535, ce qui rend douteuse l'anecdote sur sa rencontre avec Solon.
88. Le « mensonge » que comporte le théâtre renvoie aux jugements de Platon sur la mimésis en général (voir République, *III, 395c et suiv.) et sur les arts du théâtre en particulier (X, 605d et suiv.).*

XXX. 1. Un jour, Pisistrate se blessa volontairement et se fit transporter dans un chariot sur l'agora; il se mit à soulever le peuple, prétendant que ses ennemis, à cause de sa politique, avaient voulu l'assassiner[89]. Pleine d'indignation, la foule poussait de grands cris. Mais Solon s'avança et se plaça près de lui: «Il n'est pas beau, fils d'Hippocratès, dit-il, de jouer ainsi l'Ulysse d'Homère[90]: tu l'imites pour égarer tes concitoyens, mais lui, quand il se mutila, c'était pour tromper les ennemis.» 2. La foule était prête à se battre pour défendre Pisistrate; le peuple se réunit à l'assemblée. 3. Ariston proposa de donner à Pisistrate cinquante gardes du corps armés de gourdins[91]. Solon se leva et combattit la proposition, avec beaucoup d'arguments semblables à ceux qu'il a évoqués dans ses poèmes:

> Seuls comptent à vos yeux,
> La langue et les propos de l'homme qui vous charme.
> Isolément, chacun marche comme un renard,
> Ensemble vous avez un esprit plein de vent.

4. Mais quand il vit les pauvres se déchaîner et s'ameuter en faveur de Pisistrate, tandis que les riches s'enfuyaient, pleins de peur, il se retira, déclarant qu'il était plus sage que les uns et plus courageux que les autres: plus sage que ceux qui ne comprenaient pas ce qui se passait, plus courageux que ceux qui comprenaient, mais n'osaient pas s'opposer à la tyrannie. 5. Le peuple ratifia donc le décret, et ne chicana pas Pisistrate sur le nombre des porteurs de gourdins; il le laissa en entretenir autant qu'il voulait, et les rassembler ouvertement, tant et si bien que, pour finir, il s'empara de l'Acropole. 6. Alors, la cité fut plongée dans le trouble. Mégaclès s'enfuit précipitamment avec les autres Alcméonides, mais Solon, pourtant fort âgé et privé d'appui, se rendit sur l'agora et harangua les citoyens: tantôt il leur reprochait leur irrésolution et leur mollesse, tantôt il essayait encore de les encourager et les exhortait à ne pas renoncer à la liberté. Ce fut alors qu'il lança cette phrase si célèbre: «Hier il aurait été plus facile d'empêcher la tyrannie de naître; maintenant qu'elle est instaurée et qu'elle a poussé, il y a plus de grandeur et de gloire à l'arracher et à la détruire.» 7. Mais tous avaient peur: nul ne l'écouta. Alors il rentra chez lui, prit ses armes, et les déposa dans la rue devant sa porte, en déclarant: «Moi, du moins, j'ai fait ce que je pouvais pour défendre la patrie et les lois.» 8. Dès lors, il cessa d'agir. Ses amis lui conseillaient de fuir mais il ne les écouta pas. Il écrivait des poèmes dans lesquels il s'en prenait violemment aux Athéniens:

> Si vous avez subi ces maux par lâcheté,
> N'accusez pas les dieux, à présent. Car ces hommes
> Vous les avez nourris, vous les avez armés!
> C'est pourquoi vous souffrez cet esclavage infâme.

---

89. Le récit est directement emprunté à Hérodote (I, 59) et à Aristote (Constitution d'Athènes, XI, 1-3).
90. Sur la mutilation volontaire d'Ulysse, voir Odyssée, IV, v. 244.
91. Ces porte-gourdins donnaient son sens «démagogique» à la tyrannie de Pisistrate: un magistrat légitime aurait eu une garde de porte-lances. Le premier avènement de Pisistrate se place en 561.

XXXI. 1. En conséquence, comme beaucoup l'avertissaient qu'il allait être mis à mort par le tyran et lui demandaient d'où venait cette assurance qui le rendait si peu circonspect, il répondit: «De ma vieillesse.» 2. Cependant Pisistrate, devenu maître absolu, se montra prévenant à son égard, l'entourant d'honneurs, lui manifestant de l'amitié et l'appelant auprès de lui: Solon finit par devenir son conseiller et approuva beaucoup de ses actes. 3. Pisistrate avait d'ailleurs maintenu la plupart de ses lois: il était le premier à les observer et il obligeait ses amis à en faire autant. Ainsi, accusé de meurtre devant l'Aréopage, alors qu'il était déjà tyran, il comparut modestement pour présenter sa défense, mais l'accusateur ne se présenta pas. Pisistrate rédigea lui-même d'autres lois, notamment celle qui ordonne de nourrir aux frais de l'État ceux qui ont été mutilés au combat; 4. cependant, d'après Héraclide, Solon avait déjà publié auparavant un décret en faveur de Thersippos qui avait été mutilé, et Pisistrate n'avait fait que l'imiter. 5. Selon le récit de Théophraste[92], ce fut Pisistrate, et non Solon, qui rédigea la loi contre l'oisiveté qui rendit la campagne plus productive et la cité plus paisible.
6. Solon avait entrepris un grand ouvrage, consacré au récit ou au mythe de l'Atlantide, qu'il avait entendu des savants de Saïs et qui concernait les Athéniens. Mais il y renonça, non par manque de loisir, comme le dit Platon[93], mais plutôt à cause de sa vieillesse qui lui faisait redouter la longueur de ce travail. 7. Car il avait du loisir en abondance, comme le révèlent les mots suivants:

> En vieillissant j'apprends chaque jour davantage

et:

> Les œuvres de Cypris, de Dionysos, des Muses
> Me charment à présent: joie pour le cœur de l'homme.

XXXII. 1. Platon s'empara de ce sujet de l'Atlantide, comme de la terre d'un beau pays, laissé à l'abandon, qui lui reviendrait en quelque sorte par droit de parenté[94]; il désira l'achever et l'orner. Il y plaça pour commencer de larges portiques, des enceintes, une vaste cour, tels que jamais n'en avait eus récit, mythe ou poème. Mais il s'y prit trop tard: sa vie s'acheva avant son travail. Plus ce qu'il a écrit nous ravit, plus nous éprouvons de tristesse à la pensée de ce qui manque.

---

92. *Théophraste fut le successeur d'Aristote à la tête du Lycée et l'auteur de nombreux ouvrages dont un recueil de lois, auquel sans doute est empruntée l'indication fournie par Plutarque. Donner du travail à la masse du* démos *(le petit peuple) pour l'éloigner de la place publique est un thème traditionnel de la politique attribuée aux tyrans.*
93. *Timée, 21c.*
94. *C'est dans le* Timée *que Critias, cousin de la mère de Platon, évoque la parenté entre Solon et son bisaïeul Dropidès, par qui l'histoire contée à Solon par les prêtres de Saïs serait parvenue jusqu'à lui. Sur ce mythe de l'Atlantide dont on connaît la longue postérité, voir Vidal-Naquet (1981), p. 335-360.*

SOLON

2. Comme le temple de Zeus Olympien pour Athènes, le seul ouvrage que la sagesse de Platon a laissé inachevé, entre tant de belles œuvres, c'est l'Atlantide[95]. **3.** Après l'instauration de la tyrannie par Pisistrate, Solon vécut encore longtemps, à ce que rapporte Héraclide du Pont, mais selon Phanias de Lesbos, ce fut moins de deux ans, car la tyrannie de Pisistrate commença sous l'archontat de Coméas, et Phanias déclare que Solon mourut sous l'archontat d'Hégestratos, successeur de Coméas[96]. **4.** Son corps fut brûlé, et ses cendres dispersées, dit-on, sur l'île de Salamine, mais c'est là une histoire si absurde qu'elle est complètement incroyable et légendaire; pourtant elle est rapportée par des écrivains dignes de foi, notamment par le philosophe Aristote[97].

---

95. Platon en effet n'a jamais achevé le Critias. *Le temple de Zeus Olympien, commencé sous le règne de Pisistrate, ne fut achevé que quelques années après la mort de Plutarque, sous le règne de l'empereur Hadrien.*
96. Coméas fut archonte d'Athènes en 561-560. Solon serait donc mort en 560-559. Sur Phanias de Lesbos, voir supra, *XIV, 2 et note.*
97. L'ouvrage d'Aristote qui relatait la dispersion des cendres de Solon à Salamine est inconnu. On sait en revanche qu'une statue du législateur avait été élevée dans l'île (Démosthène, XIX, 251; Eschine, I, 25).

PUBLICOLA

I. 1. Tel fut donc Solon. En parallèle avec lui, nous allons présenter Publicola[1], pour qui le peuple romain imagina ce surnom sur le tard afin de l'honorer : il s'appelait auparavant Publius Valérius[2]. Il passait pour être un descendant de ce Valérius qui, dans les temps anciens, avait été le principal artisan de la fusion des Romains et des Sabins, jusque-là ennemis, en un seul peuple : plus que tout autre, il avait poussé les rois à se rencontrer et les avait réconciliés[3]. 2. Valérius était donc, dit-on, apparenté à cet homme. À l'époque où Rome était encore gouvernée par les rois, il se distinguait par son éloquence et par sa richesse : il se servait constamment de la première, avec droiture et franchise, pour défendre la justice, et employait la seconde à secourir libéralement et généreusement ceux qui étaient dans le besoin. Il était donc clair que si la démocratie était établie, il occuperait aussitôt le premier rang[4]. 3. Tarquin le Superbe n'avait pas acquis le pouvoir par des voies honorables mais au mépris de la piété et des lois ; il ne l'exerça pas comme doit le faire un roi, mais avec l'insolence d'un tyran. Le peuple le trouvait odieux et détestable ; il prit occasion, pour se révolter, du malheur subi par Lucrèce, laquelle avait été violée et s'était suicidée[5]. Lucius Brutus, qui avait décidé de changer le régime politique, alla aussitôt trouver Valérius, et avec son soutien le plus ardent, il chassa les rois. Tant qu'on put croire que le peuple élirait un seul chef pour remplacer le roi, Valérius s'abstint de toute démarche, car il pensait que le pouvoir revenait plutôt à Brutus, qui avait conduit Rome à la liberté[6]. 4. Mais le nom de monarchie était devenu

---

1. Cette entrée en matière, avec celle qui ouvre la Vie de Flamininus, *fait figure d'exception. Dans tous les autres couples de* Vies, *c'est Rome qui fournit le point de départ et non, comme ici, le Grec dont Plutarque vient de parler. Publicola a retenu son attention parce qu'il se prête à la comparaison avec Solon, au point même de l'avoir imité (voir* infra, *XXIV, 1 ;* Denys, Antiquités romaines, *II, 26 ; IV, 9 ; V, 65 et déjà* Cicéron, République, *II, 53-55, 59 ;* Lois, *II, 59 et suiv.). Les événements (légendaires) de référence vont de la chute de la royauté (509) à la mort de Valérius (503).*
2. Voir infra, *X, 9 ;* Tite-Live, Histoire romaine, *I, 58, 6 et 59, 2 ;* Denys, *IV, 67 et 70-71.*
3. Plutarque attribue à un Valérius, autrement inconnu de lui, le rôle habituellement prêté aux Sabines (voir Romulus, *XX). Ce rôle est sans doute une création des annales de la gens* Valeria, *qui ont laissé d'autres traces dans cette* Vie *(infra, XVIII-XIX).*
4. Un des nombreux anachronismes patents de cette Vie *: traitant, comme toute une tradition romaine fortement marquée d'hellénisme, de «démocrates» ceux qui ont renversé le «tyran», Plutarque dresse par anticipation le portrait d'un des premiers consuls, nécessairement épris de justice et plein de générosité.*
5. Voir le récit pathétique de Tite-Live, *I, 58.*
6. Lucius Brutus restera à Rome le symbole de la lutte anti-tyrannique (voir son bref discours-serment chez Tite-Live, *I, 59, 1), un symbole que son lointain descendant, Marcus Brutus, le compagnon de Cassius, utilisera contre César en 44 (voir la* Vie de Brutus).

odieux. Le peuple semblait moins hostile à un partage du pouvoir: il demandait et réclamait deux hommes[7]. Valérius espéra donc être choisi après Brutus et partager avec lui le consulat. Mais il fut déçu. 5. Brutus, contre sa propre volonté, se vit donner pour collègue, non Valérius, mais Tarquin Collatin, le mari de Lucrèce[8]: cet homme n'avait pas plus de mérite que Valérius, mais les citoyens influents craignaient encore les rois, qui du dehors mettaient tout en œuvre pour fléchir la cité en leur faveur: ils voulurent donc avoir pour chef leur ennemi le plus acharné, dans l'idée qu'il ne leur ferait aucune concession.

II. 1. Valérius s'indigna qu'on ne le crût pas capable de tout faire pour sa patrie, sous prétexte qu'il n'avait personnellement subi aucun tort de la part des tyrans. Il se retira du Sénat, renonça à plaider et cessa complètement de s'occuper des affaires publiques. Cela fit parler la foule, qui s'inquiéta; elle craignait de le voir, par dépit, s'allier avec les rois pour renverser le gouvernement de la cité, qui était chancelante[9]. 2. Mais quand Brutus, qui se défiait également de certains autres, demanda aux sénateurs de prêter serment, lors d'un sacrifice[10], et fixa un jour pour cette cérémonie, Valérius descendit sur le forum, rayonnant de joie: il fut le premier à jurer qu'il n'accorderait rien aux Tarquins, ne leur ferait aucune concession et les combattrait de toutes ses forces au nom de la liberté. Cette attitude plut au Sénat et inspira confiance aux consuls. 3. Et bientôt ses actes confirmèrent son serment. Des ambassadeurs envoyés par Tarquin se présentèrent avec des lettres destinées à séduire le peuple et des propositions modérées qu'ils pensaient particulièrement propres à corrompre la foule, au nom d'un roi qui semblait avoir renoncé à son orgueil et faire des demandes mesurées. 4. Les consuls pensaient qu'il fallait les conduire auprès de la multitude, mais Valérius s'y opposa[11]. Il résista, et il ne permit pas qu'on inspirât aux pauvres, qui souffraient de la guerre plus que de la tyrannie, des prétextes et des arguments pour se révolter.

---

7. *L'historiographie aristocratique de Plutarque prête au peuple les sentiments propres à l'oligarchie latine reprenant le pouvoir aux rois étrusques. La magistrature collégiale du consulat – d'ailleurs mise en place, selon toute vraisemblance, de façon très progressive – est caractéristique de ce type de régime.*
8. *Ce personnage est évoqué par Tite-Live à propos de Lucrèce (I, 58), et mentionné comme collègue de Brutus au consulat (I, 60, 4).*
9. *Thème récurrent de l'historiographie romaine archaïque: le risque de voir l'exilé – de l'extérieur comme Camille, Coriolan... ou de l'intérieur comme Publicola – s'allier aux ennemis de la patrie.*
10. *Premier exemple (ou plutôt anticipation anachronique) d'une pratique à laquelle on recourra quelquefois, vers la fin de la République. Le serment requis du Sénat solennise religieusement la volonté de faire aboutir les mesures votées par le peuple.*
11. *Faiblesse supposée des magistrats en place: seul le «héros» résiste, défendant «le peuple» à court terme contre ses propres tentations (Denys, V, 5, 1 attribue cette attitude à Brutus). Le caractère «populaire» de la monarchie étrusque est implicitement reconnu: les Tarquins comptent sur l'appui du peuple contre le Sénat.*

III. 1. Peu après, d'autres ambassadeurs se présentèrent. Ils déclaraient que Tarquin avait renoncé à la royauté et qu'il cessait la guerre mais réclamait les richesses et les biens[12] qui lui appartenaient, ainsi qu'à ses amis et à ses parents, pour avoir de quoi vivre en exil. 2. Beaucoup étaient prêts à céder, notamment Collatin, qui appuyait leur demande, mais Brutus, homme inflexible et dont la colère était violente, se précipita sur le forum ; il dénonça son collègue comme un traître qui voulait fournir aux Tarquins les moyens de combattre et de restaurer la tyrannie, alors qu'il aurait été scandaleux de leur voter même des secours réellement destinés à leur exil. 3. Les citoyens se rassemblèrent. Le premier qui prit la parole devant le peuple à cette occasion fut Caius Minucius[13], un simple particulier. Il engagea Brutus et exhorta les Romains à tout faire pour que ces richesses soient avec eux dans la lutte contre les tyrans, plutôt qu'avec les tyrans pour faire la guerre à Rome. Mais les Romains, désormais en possession de la liberté pour laquelle ils s'étaient battus, décidèrent qu'il ne fallait pas renoncer à la paix à cause de ces biens, mais s'en débarrasser, en même temps que des tyrans[14]. 4. En fait, Tarquin se souciait fort peu de ces richesses ; cette réclamation lui permettait de sonder le peuple et de préparer une trahison[15]. Ses ambassadeurs s'y employaient. Les biens des Tarquins leur offraient un prétexte pour s'attarder ; ils prétendaient qu'ils vendaient une partie de ces richesses, qu'ils en mettaient d'autres en réserve, et qu'ils s'occupaient d'expédier le reste. Ils agirent ainsi jusqu'au moment où ils eurent corrompu deux familles considérées comme très honorables, celle des Aquilii qui comptait trois sénateurs, et celle des Vitellii qui en comptait deux. 5. Ils étaient tous, du côté maternel, neveux du consul Collatin ; les Vitellii avaient, à titre privé, d'autres liens de parenté avec Brutus, qui avait épousé une de leurs sœurs, dont il avait plusieurs enfants. Deux de ces fils, qui parvenaient à l'âge adulte et qui étaient à la fois leurs parents et leurs amis, furent gagnés par les Vitellii : ceux-ci les convainquirent de participer à la trahison, de s'allier à la famille puissante des Tarquins et à ses espoirs de royauté, et de se délivrer de la bêtise et de la cruauté de leur père. Ce

---

12. *Autre caractère de la royauté étrusque, la richesse forme un des leitmotive de cette* Vie. *On la retrouve à propos de la dévolution des biens des Tarquins (*infra, VIII, 1-6*), puis de l'anecdote des «biens de Porsenna» (*XIX, 9-10*). Derrière l'apparat légendaire se laisse deviner, sur ce point comme sur le précédent, une forme de réalité historique. Sur «l'ambassade» envoyée par Tarquin, voir Tite-Live,* II, 3, 5-7 *et Denys,* V, 5.
13. *Caius Minucius, homme du peuple et orateur populaire. Il sera plus loin (*XII, 4*) question d'un autre Minucius, Marcus, un des premiers questeurs de Rome, et comme tel garant du bon usage du trésor «public». Cette famille, avec quelques autres, s'attribue un rôle dans la saga primitive de Rome, du côté «populaire».*
14. *Thème politique autant que moralisant : il faut préférer la liberté civique à l'intérêt matériel. Voir Tite-Live,* II, 1, 9 *: «Avant tout, pour empêcher le peuple épris de la liberté nouvelle de céder plus tard à des sollicitations ou libéralités royales, [Brutus] lui fit jurer de ne plus tolérer de rois à Rome.»*
15. *La duplicité de Tarquin se donnera libre cours un peu plus loin ; quant aux trahisons, elles sont légion dans les traditions concernant les premiers temps de l'histoire romaine. Elles touchent en particulier, selon Tite-Live, les rangs de la plèbe.*

qu'ils nommaient cruauté, c'était la rigueur inflexible de Brutus à l'égard des méchants ; quant à la bêtise, elle lui avait servi longtemps, semble-t-il, de masque et de déguisement pour se protéger des tyrans, et par la suite, il n'avait pas rejeté le surnom de Brutus [«Brute»], qui lui en était resté[16].

IV. 1. Les jeunes gens se laissèrent persuader et se mirent en rapport avec les Aquilii : tous décidèrent de prêter un serment solennel et terrible, en égorgeant un homme, en faisant des libations avec son sang et en posant la main sur ses entrailles[17]. Ils se réunirent dans ce but chez les Aquilii. 2. La demeure où ils avaient l'intention d'accomplir leur cérémonie était, comme on peut l'imaginer, presque déserte et plongée dans l'obscurité. Ils ne se rendirent pas compte qu'un serviteur, nommé Vindicius, était caché à l'intérieur. Cet homme n'avait rien prémédité ; il n'avait pas la moindre idée de ce qui allait se produire ; il se trouvait là par hasard. Quand les conjurés entrèrent précipitamment, il eut peur d'être vu ; il se baissa et se dissimula en plaçant un coffre devant lui. Il assista donc à ce qu'ils faisaient, et entendit leurs projets. 3. Or il fut décidé de tuer les consuls ; les conjurés écrivirent à Tarquin pour l'en aviser, et remirent les lettres aux ambassadeurs qui habitaient là, étant les hôtes des Aquilii, et qui assistaient à la conjuration. 4. Cela fait, ils partirent. Vindicius se glissa secrètement au-dehors. Il ne savait que faire de cette découverte inopinée, et il était profondément troublé. Il jugeait dangereux (et ce l'était, effectivement) de dénoncer à Brutus, leur père, la conduite criminelle de ses fils, ou à Collatin, leur oncle, celle de ses neveux, et il ne voyait à Rome aucun particulier à qui il pût confier de si grands secrets. 5. Pourtant, prêt à tout plutôt que de rester inactif et, poussé par la conscience qu'il avait de ce qui se tramait, il courut chez Valérius[18], encouragé surtout par la simplicité et la générosité de cet homme : car Valérius faisait bon accueil à tous ceux qui étaient dans le besoin, sa maison était toujours ouverte, et il ne refusait jamais aux humbles un avis ou un secours.

V. 1. Vindicius vint donc le trouver et lui révéla tout, en présence seulement du frère de Valérius, Marcus, et de son épouse. Valérius fut stupéfait et terrifié. Il ne laissa pas repartir l'esclave ; il l'enferma dans une pièce, et plaça sa propre femme en sen-

---

16. *Tite-Live, I, 56, 8 : « Il [Brutus] s'appliqua donc à contrefaire l'imbécile [...] et ne refusa même pas le surnom de Brutus : ainsi caché à l'abri de ce surnom, ce grand cœur, cet illustre libérateur du peuple romain attendait son heure » (comparer Denys, IV, 68-69). L'incrimination par ses fils d'une pseudo-bêtise et cruauté de Brutus illustre à la fois une puissante tradition gentilice (propre aux familles de la gens) et le thème du parricide qui affleure à l'arrière-plan.*
17. *Ce serment prêté par les conspirateurs sur les entrailles d'un homme sacrifié fait plus que rappeler un rite très semblable attribué par Salluste aux partisans de Catilina (*Catilina, XXII*).*
18. *Vindicius, figure de la dénonciation servile auprès du consul. C'est un des « services paradoxaux » (ici, l'esclave sauvant la liberté ; plus loin, en XIX, Clélia, une jeune fille, comme modèle de courage, et un roi ennemi, Porsenna, restituant l'abondance à Rome !) identifiés dans cette série d'épisodes par Dumézil (1995), p. 1338. On peut penser, d'un point de vue narratif et politique, au rôle de l'affranchie Hispala lors de la poursuite engagée contre les Bacchanales (voir Tite-Live, XXXIX, 8 et suiv.).*

tinelle devant la porte[19]. Puis il ordonna à son frère de cerner la résidence royale, de s'emparer des lettres, si possible, et de mettre les serviteurs sous bonne garde. Lui-même, avec la foule de clients et d'amis qui était toujours auprès de lui, et avec un grand nombre de serviteurs[20], il marcha vers la maison des Aquilii. Ils n'étaient pas chez eux. 2. Comme nul ne pouvait s'attendre à sa venue, il enfonça la porte, et trouva les lettres dans l'appartement des ambassadeurs. Pendant qu'il menait ces opérations, les Aquilii revinrent précipitamment et en vinrent aux mains devant la porte, essayant de reprendre les lettres. 3. Les autres tinrent bon; ils entourèrent de leur manteau le cou de leurs adversaires et de force, à grand-peine, tantôt poussés, tantôt poussant, les conduisirent à travers les rues jusqu'au forum. 4. Pendant ce temps, des événements similaires se déroulaient devant le palais royal: Marcus saisit d'autres lettres qu'on emportait dans les bagages, et traîna au forum autant de serviteurs du roi qu'il pouvait.

VI. 1. Quand les consuls eurent calmé l'agitation, on amena Vindicius de chez Valérius sur ordre de celui-ci. On prononça l'accusation, on lut les lettres[21]. Les accusés n'osèrent rien répliquer. Les spectateurs, accablés, restaient silencieux; quelques-uns, qui voulaient ménager Brutus, parlaient d'exil. 2. Collatin pleurait, et Valérius se taisait, ce qui inspira quelque espoir aux accusés. Mais Brutus appela ses deux fils par leur nom: «Eh bien, Titus, eh bien, Tibérius, pourquoi ne vous défendez-vous pas contre cette accusation?» 3. Il leur posa cette question à trois reprises, et ils ne répondirent rien. Alors, Brutus se tourna vers les licteurs et dit: «Le reste vous regarde[22]!» 4. Les licteurs se saisirent aussitôt des jeunes gens, leur arrachèrent les vêtements, leur lièrent les mains derrière le dos et leur déchirèrent le corps avec les verges. Nul ne pouvait soutenir ce spectacle, nul n'en avait la force, sauf Brutus qui, dit-on, ne détourna pas le regard: aucun mouvement de pitié n'altéra l'expression de colère et de sévérité de son visage[23]. Il regarda d'un air terrible le supplice de ses enfants, jusqu'au moment où les licteurs les allongèrent sur le sol et, de leur hache, leur tranchèrent la tête. 5. Alors, il se leva et s'en fut, après avoir remis les autres accusés à son collègue. Il avait accompli là un acte qu'il est impos-

---

19. Ici encore, on pense à l'attitude du consul Postumius confiant à la garde de sa belle-mère Sulpicia l'affranchie dénonciatrice des Bacchanales.
20. Image évidemment anachronique du grand aristocrate romain qui fait sentir dans la vie publique le poids de ses soutiens, familia *et* clients.
21. Le thème de la lettre (objet chez Tite-Live, II, 4, d'une dramatisation accentuée) rappelle l'usage que Cicéron fait de circonstances semblables contre Catilina.
22. Épisode fameux, emblème terrifiant, parmi d'autres, de la subordination des soucis privés à l'intérêt public par un chef politique de l'aristocratie romaine. Voir Tite-Live, II, 5, 5: «Un père fut obligé, comme consul, d'ordonner le châtiment de ses enfants, et, tandis qu'on aurait dû lui en épargner même la vue, ce fut précisément lui que le sort chargea de présider au supplice.»
23. Plutarque prend le contre-pied de Tite-Live: «Pendant tout ce temps [de l'exécution], il fallait voir le père, ses traits, sa physionomie, où perçait l'amour paternel au milieu de ses fonctions de justicier» (II, 5, 8).

sible à quiconque de louer ou de blâmer à sa juste mesure[24]. On peut penser que l'élévation de sa vertu ferma son âme aux passions humaines, ou au contraire, qu'une passion outrée le rendit insensible. Dans les deux cas, son comportement n'eut rien de médiocre ni d'humain : il fut divin ou monstrueux. 6. Mais il est plus juste de régler notre jugement sur la gloire de l'homme que de douter de sa vertu parce que nous sommes faibles, nous qui jugeons. Car les Romains pensent que Romulus ne fit pas, en fondant la cité, une action aussi importante que Brutus, en instaurant la République et en la consolidant[25].

VII. 1. Lorsqu'il eut quitté le forum, tous les assistants restèrent longtemps paralysés d'effroi, frissonnants et silencieux à la pensée de ce qui s'était passé. Mais devant la mollesse et les hésitations de Collatin, les Aquilii reprirent courage ; ils demandèrent du temps pour préparer leur défense, et réclamèrent qu'on leur rendît Vindicius, qui était leur esclave et ne devait pas rester chez leurs accusateurs. 2. Collatin voulait céder à ces demandes et lever l'assemblée à ces conditions, mais Valérius ne pouvait supporter de livrer Vindicius qui était mêlé aux gens de sa suite, et n'acceptait pas non plus de voir le peuple se retirer et laisser échapper les traîtres. 3. Pour finir, il mit la main sur eux, et appela Brutus à son secours, en criant que Collatin agissait de manière indigne : après avoir mis son collègue dans la nécessité de tuer ses propres enfants, il pensait devoir, pour complaire aux femmes, gracier des traîtres, des ennemis de la patrie. 4. Le consul, indigné, ordonna d'arrêter Vindicius. Écartant violemment la foule, les licteurs se saisirent de l'esclave et frappèrent ceux qui tentaient de le leur arracher, mais les amis de Valérius s'interposèrent pour le secourir. Le peuple, à grands cris, réclamait la présence de Brutus. 5. Celui-ci revint sur ses pas. À son arrivée, le silence se fit. Alors il déclara : « J'étais compétent pour juger mes fils, mais les autres accusés, je les remets au vote des citoyens libres. Chacun peut prendre la parole et faire ses propositions au peuple. » Mais il n'y avait plus besoin de discours : on vota, les accusés furent condamnés à l'unanimité et on les exécuta à la hache. 6. Quant à Collatin, il était déjà suspect, semble-t-il, à cause de sa parenté avec les rois, et son deuxième nom était odieux aux Romains, en raison de l'horreur que leur inspirait Tarquin[26]. À la suite de ces événements, il fut en butte à la haine générale : il démissionna de sa charge et quitta discrètement la cité. 7. On fit donc de nouvelles élections, et Valérius fut triomphalement proclamé consul, obtenant ainsi la juste récompense de son dévouement. À son avis, Vindicius devait en recevoir quelque

---

24. *Ici s'esquisse une méditation sur la* virtus romaine *à son plus haut degré : fascination et répulsion d'un sage grec, pétri de valeurs familiales, comme Plutarque, envers une éthique civique située, diraient certains, « par-delà le bien et le mal ».*
25. *Ce thème de la refondation de Rome s'inscrit dans une série où prennent place Numa et Camille (voir leurs* Vies*), pour leurs contributions respectives à l'organisation juridico-religieuse et à l'enracinement urbain de Rome. Ici, l'accent est évidemment mis sur la création de la République (voir aussi la* Vie de Brutus*).*
26. *Brutus : « Je jure devant vous, ô dieux, de chasser Lucius Tarquin le Superbe, lui, sa criminelle épouse et toute leur descendance [...] et de ne plus tolérer de rois à Rome » (Tite-Live, I, 59, 1 et 11).*

profit: il prit donc un décret qui fit de lui le premier affranchi à devenir citoyen romain et à pouvoir voter dans celle des curies où il voudrait se faire inscrire[27]. 8. Les autres affranchis ne reçurent le droit de vote que sur le tard, longtemps après ; ce fut Appius qui le leur accorda, par démagogie. L'affranchissement complet s'appelle, de nos jours encore[28], *vindicta*, mot qui vient, dit-on, de ce Vindicius[29].

VIII. 1. Après quoi, on permit aux Romains de piller les biens des rois, dont la maison et le domaine furent rasés. Tarquin possédait la partie la plus agréable du Champ de Mars : elle fut consacrée à ce dieu[30]. 2. L'endroit venait à peine d'être moissonné ; les épis étaient encore sur le sol. Les Romains pensèrent qu'en raison de la consécration, ils n'avaient pas le droit de les moudre, ni d'en faire usage. Ils se rassemblèrent en foule et jetèrent les gerbes dans le fleuve. 3. Ils firent de même avec les arbres, qu'ils abattirent et lancèrent dans l'eau, abandonnant au dieu un territoire totalement sauvage et stérile[31]. 4. Comme on lançait toutes ces matières les unes sur les autres en quantité, le fleuve ne les emporta pas bien loin. Les premières, entraînées ensemble, tombèrent au fond et s'y entassèrent ; les suivantes ne purent passer, elles furent retenues par les précédentes et s'accrochèrent à elles. Le tout forma un ensemble compact, qui prit racine, et que le fleuve vint grossir encore, 5. car il charriait une grande quantité de limon qui se déposa sur cette masse, et l'augmenta tout en l'amalgamant : les vagues qui la battaient ne l'ébranlaient pas ; elles la pressaient doucement, l'assemblaient et la modelaient pour en faire un seul bloc. 6. Par suite de sa taille et de son immobilité, cet amas doubla de volume, et devint une terre qui retenait presque tout ce que charriait le fleuve. C'est aujourd'hui une île consacrée, qui fait partie de la cité. Elle porte des temples des dieux et des promenades ; on l'appelle d'un mot latin qui signifie « Entre deux ponts »[32]. 7. Cependant,

---

27. Selon Tite-Live (II, 5, 9) et Denys (V, 13, 1), la mesure a été prise conjointement par Publicola et par Brutus. Selon Denys (IV, 22, 4), c'est sous le roi Servius Tullius que s'était produit le premier affranchissement. L'inscription des affranchis dans les tribus est une référence anachronique aux vigoureux débats qui ont agité Rome après la guerre sociale, entre 88 et 84.

28. Cette Vie *regorge d'expressions de ce type, allusion directe au maintien de traditions très anciennes dans la Rome de Plutarque (voir* infra, *IX, 9 ; X, 7 ; XI, 6 ; XII, 3 et 5 ; XV, 3 ; XIX, 10 ; XXIII, 6).*

29. Tite-Live est plus explicite : « Ce fut, dit-on, le premier cas d'affranchissement par la baguette ; on prétend même que la baguette [vindicta] *doit son nom à cet esclave qui s'appelait Vindicius »* (II, 5, 10). *Voir Dictionnaire, «Étymologie».*

30. Derrière la légende, une part de vérité : le Campus Martius est à Rome domaine public depuis une très haute époque, à laquelle appartient le culte primitif du Tarentum (voir Coarelli, 1974, p. 239). Dans l'historiographie des débuts républicains, Mars est «premier servy», avant même le Jupiter du Capitole (voir infra, *XIII-XV ; Dumézil, 1995, p. 1335-1336).*

31. Ces gestes symboliques identifient clairement la fonction strictement guerrière, et nullement agraire, du dieu Mars à Rome (voir Dumézil, 1974, p. 223-251).

32. Voir Tite-Live, II, 5, 1-4 et Denys, V, 13. La partie de l'île située entre les ponts Fabricius et Cestius abritait un très ancien temple du dieu Tibre et, depuis 289, un sanctuaire d'Esculape. La géologie montre que la formation de l'île est bien antérieure à l'époque de Publicola... (voir Dictionnaire, «Rome»).

selon certains[33], la formation de cette île ne remonte pas à la consécration du domaine de Tarquin; elle est plus tardive, et date de l'époque où Taracia abandonna un autre terrain contigu à celui-là. 8. Cette Taracia[34] était une vierge consacrée, une des Vestales, et elle fut récompensée de ce don par de grands honneurs, entre autres le droit qu'elle reçut, seule entre toutes les femmes, de témoigner en justice. On lui accorda aussi par décret la permission de se marier, mais elle n'en voulut pas[35]. Tel est en tout cas le récit légendaire.

IX. 1. Tarquin renonça donc à reprendre le pouvoir par trahison. Il trouva refuge chez les Étrusques, qui le reçurent avec empressement et le ramenèrent avec des forces importantes. 2. Les consuls firent sortir les Romains à sa rencontre, et les rangèrent en ordre de bataille dans des lieux sacrés, nommés l'un bois Horatius, l'autre pré Naevius[36]. 3. Le combat commençait, quand Arruns, fils de Tarquin, et Brutus, consul des Romains, se trouvèrent face à face. Ce n'était pas un hasard, la haine et la colère les poussaient: l'un voulait attaquer le tyran, l'ennemi de la patrie, l'autre se venger de son exil. Ils lancèrent leurs chevaux l'un contre l'autre. 4. Comme ils luttaient avec plus d'emportement que de prudence, sans chercher à préserver leur vie, ils s'entre-tuèrent[37]. Après un début aussi terrible, la lutte n'eut pas une fin plus heureuse; les deux armées portèrent et reçurent autant de coups l'une que l'autre, avant d'être séparées par un orage. 5. Valérius ne savait que faire: il ignorait l'issue de la bataille et voyait ses soldats à la fois désespérés par les pertes subies et encouragés par celles des ennemis, tant elles étaient difficiles à évaluer, en raison du nombre des morts, et semblaient égales de part et d'autre. 6. Pourtant chacun des camps, ayant sa propre situation sous les yeux, était davantage porté à se croire vaincu qu'à envisager la victoire en imaginant l'état dans lequel se trouvait l'ennemi. La nuit vint, telle qu'on pouvait l'imaginer après un tel combat; les deux armées étaient silencieuses. Alors, dit-on, le bois sacré s'agita; il en sortit une voix forte qui déclara que les Étrusques avaient perdu dans la bataille un homme de plus que les Romains[38]. 7. Cette voix était

---

33. Sans doute ceux auxquels font écho Pline l'Ancien, Histoire naturelle, *XXXIV, 6, 11, et plus tard Aulu-Gelle,* Nuits attiques, *VII, 6, 7. Plutarque qualifie plus loin ces récits de «légendaires» (voir infra, IX, 8).*

34. Les manuscrits portent «Tarquinia», sûrement par «contamination» du contexte. Les passages de Pline et d'Aulu-Gelle permettent de rectifier (voir Flacelière, 1949, p. 127-128).

35. Sur la condition des Vestales, avec leurs privilèges juridiques exceptionnels, voir Numa, *X, 3-5. Nos sources répètent que la Vestale sortie de charge au bout de trente ans peut convoler, mais qu'en général elle s'y refuse. Le droit de témoigner comme le refus de se marier, prêtés ici à Taracia, répondent à une présentation historicisée de l'accès à cette condition et de l'adoption de ce comportement.*

36. Lieux peu identifiables, sans doute proches du Janicule. Denys mentionne le «bosquet du héros Horatius» (V, 14); Tite-Live, qui présente une coalition étrusque de Véiens et de Tarquiniens, fait allusion à une «forêt Arsia»....

37. Comparer Tite-Live, plus explicite et expressif: «Chacun d'eux fut percé par le coup de l'autre à travers son bouclier et [...] ils tombèrent de cheval cloués l'un à l'autre par leurs deux lances...» (II, 6, 9).

38. Selon Tite-Live (II, 7, 2), qui fait le même récit, la voix serait celle du dieu Silvain; selon Denys (V, 16), celle du héros Horatius ou du dieu Faunus (c'est-à-dire Silvain?).

sans doute d'origine divine car aussitôt, du côté romain, on poussa hardiment de grandes clameurs, tandis que les Étrusques, épouvantés et troublés au plus haut point, abandonnèrent le camp et se dispersèrent presque tous. Ceux qui restèrent, un peu moins de cinq mille hommes, furent attaqués et capturés par les Romains, et leur camp fut livré au pillage. 8. On compta les morts. On en trouva onze mille trois cents chez les ennemis, et un de moins du côté romain. Cette bataille fut livrée, dit-on, à la veille des calendes de mars[39]. 9. Elle valut les honneurs du triomphe à Valérius : il fut le premier consul à entrer dans Rome sur un quadrige[40]. La cérémonie fut l'occasion d'un spectacle imposant et grandiose qui, contrairement à ce qu'affirment certains, ne fit naître chez les spectateurs ni jalousie ni mécontentement : sinon elle ne continuerait pas à susciter autant d'émulation et d'ambition, depuis tant d'années. 10. On approuva aussi les honneurs que Valérius rendit à son collègue lors du convoi funèbre et de l'enterrement. Il prononça même en son honneur un éloge qui fut apprécié par les Romains et remporta un tel succès que depuis lors, tous ceux qui se sont distingués par leur vertu et leurs hauts faits obtiennent d'être loués, à leur mort, par les meilleurs citoyens. 11. On dit que ce discours serait même antérieur aux oraisons funèbres grecques, si toutefois cette pratique ne remonte pas à Solon, comme le rapporte le rhéteur Anaximène[41].

X. 1. Si Valérius s'attira la haine et le mécontentement général, ce fut plutôt pour la raison suivante. Brutus, que le peuple considérait comme le père de la liberté, n'avait pas voulu gouverner seul ; il s'était donné un premier collègue, puis un deuxième. « Mais Valérius, disaient les gens, confisque pour lui seul tous les pouvoirs. Ce dont il est l'héritier, ce n'est pas du consulat de Brutus, qui ne l'intéresse nullement, mais de la tyrannie de Tarquin[42]. 2. Pourquoi se croit-il obligé de louer Brutus en paroles, si dans ses actes il imite Tarquin ? Il marche seul, entouré de tous les faisceaux et de toutes les haches des licteurs, quand il descend de sa maison – et quelle maison ! le palais royal qu'il a détruit n'était pas si grand. » 3. De fait, Valérius vivait de façon trop ostentatoire, sur la hauteur qu'on appelle la Vélia, dans une maison qui dominait le forum et, d'en haut, avait vue sur tout[43] ; l'accès en était difficile et escarpé, si bien

---

39. Ni cette date, ni la mention du nombre des morts ne figurent chez Tite-Live ou Denys.
40. Plus que les deux autres sources conservées, Plutarque présente systématiquement les faits et gestes de Publicola comme des actes fondateurs : du triomphe, de l'oraison funèbre (IX, 10-11), de l'appel au peuple (XI, 3)... Il s'agit de justifier le parallèle avec Solon le « législateur ». Cette intention explique que Plutarque porte au crédit de Publicola une attitude qu'il reproche à Camille (voir supra, VII, 1-2 ; mais voir infra, X, 1-3 et XI, 1).
41. Anaximène, rhéteur et historien originaire de Lampsaque, est cité dans Démosthène, XXVIII, 3 et Cicéron, LI.
42. « L'inconstance de la foule » est soulignée à ce propos par Tite-Live, II, 7, 5. Plutarque, sans la qualifier aussi explicitement, la mettra en scène un peu plus loin à deux reprises (§ 5 et 8). L'accusation d'exercice solitaire du pouvoir anticipe sur les griefs soulevés par le comportement d'un Sylla ou d'un César. Plutarque justifiera plus loin Publicola (XI, 1).
43. La Vélia était une hauteur faisant face au Capitole, de l'autre côté du forum.

que lorsqu'il descendait, c'était un spectacle grandiose, la pompe du cortège avait un aspect royal. 4. Valérius montra bien, à cette occasion, comme il est précieux, lorsqu'on est au pouvoir et chargé des plus hautes fonctions, de garder les oreilles ouvertes non à la flatterie, mais à la franchise et aux propos sincères[44]. 5. Quand ses amis lui expliquèrent que le peuple le jugeait en faute, il les écouta sans s'irriter ni s'indigner ; il réunit aussitôt un grand nombre d'ouvriers, et alors qu'il faisait encore nuit, il fit abattre sa maison ; on la rasa entièrement jusqu'aux fondations[45]. Le jour venu, les Romains virent ce qui s'était passé ; ils s'assemblèrent, pleins d'affection pour lui, et admirèrent sa grandeur d'âme. Mais ils étaient tristes pour sa maison, ils regrettaient sa taille et sa beauté, comme s'il s'était agi d'un être humain, et trouvaient injuste que l'envie eût entraîné sa perte. Ils plaignaient aussi leur consul, qui devait loger chez autrui, comme un homme sans foyer. 6. Valérius fut en effet hébergé par des amis, jusqu'à ce que le peuple lui eût donné un emplacement : il y construisit une maison plus modeste que la première, là où se trouve maintenant le sanctuaire dit de Vica Pota[46]. 7. Comme ce n'était pas seulement sa personne, mais aussi sa fonction qu'il voulait rendre docile et agréable au peuple, et non plus redoutable, il supprima les haches des faisceaux que portaient les licteurs. Quant aux faisceaux eux-mêmes, lorsqu'il se rendait à l'assemblée, il les faisait incliner et abaisser devant le peuple, pour bien faire voir qu'on était en démocratie. Les consuls observent encore cet usage de nos jours[47]. 8. La foule ne comprenait pas que, loin de s'humilier lui-même, comme on le pensait, c'était l'envie qu'il détruisait et brisait en se montrant si modeste : ce qu'il avait l'air de s'ôter en prérogatives, il le gagnait en prestige personnel, car le peuple se soumettait à lui avec plaisir et le supportait de bon gré. 9. Aussi le surnomma-t-on Publicola : ce mot signifie « Qui honore le peuple »[48]. Ce surnom prévalut sur les noms qu'il portait auparavant, et nous l'emploierons, nous aussi, pour raconter la suite de sa vie.

XI. 1. Il permit à qui le voulait de briguer le consulat et de présenter sa candidature à cette charge. Mais avant de se voir donner un collègue, comme il ne savait pas ce qui se passerait et craignait que cet homme n'allât s'opposer à lui par jalousie ou ignorance, il profita de ce qu'il était seul au pouvoir pour prendre les plus belles et

---

44. Cette appréciation manque dans les sources parallèles. Elle reflète des préoccupations de formation de l'homme de pouvoir chères à Plutarque.
45. Voir Question romaine 91. Publicola fait raser sa demeure comme Brutus a fait exécuter ses fils : la radicalité du comportement est un point commun des consuls fondateurs.
46. Temple, autel, statue ? Aucune trace archéologique n'en a subsisté. Le double nom est emblème de victoire (vincere) et de pouvoir (potiri). Voir Cicéron, Lois, II, 28.
47. Voir Tite-Live, II, 7, 7 ; Denys, V, 19 ; Cicéron, République, II, 31, 53. Nouvel exemple d'une attribution aux premiers républicains d'une coutume classique.
48. Ou encore « Serviteur », voire « Courtisan du peuple »... (voir les remarques de Dumézil, 1995, p. 1354). Tite-Live (II, 8, 1) et Denys (V, 19) situent au même moment l'acquisition de ce surnom par Valérius (voir aussi Cicéron, République, II, 55-56). Plutarque en fait un usage narratif spécifique : elle annonce l'exposé des mesures législatrices qui vont suivre.

les plus importantes des mesures[49]. 2. Il compléta d'abord le Sénat, dont les effectifs étaient peu nombreux, car certains de ses membres avaient péri auparavant du fait de Tarquin, et d'autres récemment, dans la bataille. Il inscrivit, dit-on, cent soixante-quatre hommes[50]. 3. Après quoi, il fit passer plusieurs lois. La première renforçait considérablement le pouvoir de la foule, puisqu'elle donnait à un accusé la possibilité de faire appel du jugement des consuls devant le peuple[51]. Une deuxième loi punissait de mort ceux qui se seraient emparés d'une charge que le peuple ne leur aurait pas donnée. Une troisième loi vint ensuite soulager les pauvres : elle exemptait les plébéiens de l'impôt, ce qui leur donna à tous plus d'ardeur pour exercer les différents métiers[52]. 4. Quant à la loi qu'il rédigea contre ceux qui n'obéiraient pas aux consuls, on la trouva tout aussi démocratique, et plus favorable à la foule qu'aux puissants, car elle punissait la désobéissance d'une amende de cinq bœufs et de deux moutons : 5. or le prix d'un mouton était de dix oboles, celui d'un bœuf de cent oboles. À cette époque, les Romains n'utilisaient pas encore beaucoup la monnaie mais évaluaient leur richesse à partir des moutons et des troupeaux qu'ils élevaient[53]. 6. De là vient qu'aujourd'hui encore, ils appellent leur fortune «pécule», mot qui vient de *pecus*, petit bétail. Les plus anciennes de leurs monnaies étaient frappées à l'image d'un bœuf, d'un mouton ou d'un porc. 7. Quant à leurs enfants, ils leur donnaient les noms de Suillus, Bubulcus, Caprarius et Porcius : en latin, *capra* désigne la chèvre, et *porcus* le porc[54].

XII. 1. Mais si pour ces questions, il s'était montré un législateur soucieux du peuple et mesuré, il montra une extrême sévérité dans le cas d'un crime démesuré. Il rédigea une loi permettant de mettre à mort sans jugement quiconque aspirerait à la tyrannie ; le meurtrier était lavé de toute souillure, s'il faisait la preuve du crime[55].

---

49. *Le législateur selon Plutarque, en cela fidèle à la tradition, peut bien avoir un comportement «démocratique», ou du moins anti-tyrannique, dans la vie politique quotidienne et dans les mesures qu'il inspire. Au moment de les proposer, il concentre sur sa personne toutes les sources de légitimité (voir supra, I-II, VII, 2 et 7 ; infra, XIV, 3).*
50. *Le détail numérique a été puisé dans l'annalistique, dont Tite-Live (II, 8), pour sa part, se désintéresse (voir Dictionnaire, «Sources»). D'autres attribuent cet acte à Servius Tullius, ou à Brutus.*
51. *Jalon essentiel dans la tradition républicaine de Rome. Tite-Live (II, 8, 2) en fait le cœur de l'œuvre de Publicola. Sa datation (dès l'époque royale, selon Tite-Live, I, 26, 8 ? ou, comme ici, après 509 ? en 449 ? en 300 ?) est débattue dès l'Antiquité (par exemple Cicéron, République, II, 53-54) : avec De Martino (1958), p. 165-168, on y verra une création progressive, par (re)touches successives. Une chose est sûre : la gens Valeria tenait à en paraître l'inspiratrice.*
52. *Aspect social d'une politique «plébéienne» menée par un popularis (voir Tite-Live, II, 8, 1).*
53. *Pecunia, peculatum, pecus : le fait global est bien connu. On se reportera à l'analyse linguistique et historique de Benveniste (1969), p. 47-61.*
54. *Voir Question romaine 41. Si Suillus et Bubulcus ne sont pas expliqués, c'est que ces termes sont immédiatement clairs pour des Grecs (suidion, «porcelet», et boubôtès, «bouvier»).*
55. *Dispositions anti-tyranniques reconstituées dans l'esprit de la tradition grecque. Leur caractère extrême convient au portrait de Publicola, mais beaucoup moins leur aspect primitif, «anté-étatique».*

2. En effet, il est impossible, pensait-il, qu'un homme qui a formé un tel dessein puisse le cacher à tout le monde, mais il est possible, en revanche, que le coupable, une fois découvert, s'empare du pouvoir avant qu'on puisse le traîner en justice. Aussi autorisa-t-il ceux qui le pouvaient à s'en prendre au criminel sans attendre un procès que l'accomplissement du crime rendrait impossible. 3. On le loua aussi pour sa loi sur les finances publiques. Comme les citoyens devaient contribuer de leurs biens aux frais de la guerre, il ne voulut pas gérer ces fonds lui-même, ni en laisser l'administration à ses amis, ni, de manière générale, voir les biens de l'État dans la demeure d'un particulier. Il décréta que le trésor serait déposé dans le temple de Saturne, dont les Romains se servent encore de nos jours pour cet usage[56], et chargea le peuple de désigner deux questeurs parmi les jeunes gens. Les premiers choisis furent Publius Véturius et Minucius Marcus. Des sommes considérables furent réunies, 4. car cent trente mille citoyens se firent inscrire, les orphelins et les veuves étant exemptés de cette contribution.

5. Après avoir pris ces mesures, Publicola se donna pour collègue Lucrétius, le père de Lucrèce : il lui céda la préséance et lui laissa ce qu'on appelle les faisceaux, car Lucrétius était plus âgé que lui ; ce privilège de l'âge s'est maintenu depuis cette époque jusqu'à nos jours[57]. 6. Lucrétius mourut quelques jours plus tard. On organisa de nouvelles élections : Marcus Horatius fut élu et partagea le consulat avec Publicola jusqu'à la fin de l'année.

XIII. 1. Cependant Tarquin, en Étrurie, s'apprêtait à provoquer une seconde guerre contre les Romains quand se produisit, dit-on, un grand prodige[58]. Pendant son règne, il avait presque achevé le temple de Jupiter Capitolin et, soit à cause d'un oracle, soit parce que l'idée lui en était venue pour une autre raison, il avait demandé à des artisans étrusques de Véies de placer sur son faîte un char en terre cuite[59]. Peu de temps après, il perdit le pouvoir. 2. Les Étrusques modelèrent le quadrige et le mirent au four mais, au lieu de se comporter comme l'argile d'ordinaire quand on la met au feu, c'est-à-dire de se contracter et de se réduire tandis que l'humidité s'évapore, le char se dilata au contraire, il gonfla et acquit, avec la force et la dureté, de telles dimensions qu'il fallut, pour le sortir à grand-peine,

---

56. En opposition à ce qui précède, l'éloge porte cette fois sur une mesure constitutive de la res publica. *Le temple de Saturne, au pied du Capitole, un des plus anciens temples de Rome, allait abriter le trésor public,* aerarium Saturni. *Voir* Question romaine *42.*
57. Nouvelle coutume classique attribuée gratuitement à Publicola, dont elle achève le portrait. Tite-Live n'en dit mot.
58. Voir Tite-Live, II, 8, 3-4 ; Denys, V, 20-21.
59. Le «temple de Jupiter» est en fait celui de la triade Jupiter-Junon-Minerve. Le «prodige» se greffe sur une réalité attestée par l'archéologie véienne (par exemple l'Apollon du musée de Villa Giulia) : la commande à un artiste véien (Vulca, selon Pline l'Ancien, XXXV, 157) du quadrige de terre cuite. Plus généralement, le recours obligé à l'artisanat des Étrusques est révélateur de la supériorité artistique persistante de ce peuple, vers 500. Tite-Live mentionne seulement que Tarquin a «fait venir des ouvriers de toute l'Étrurie» (I, 56, 1).

enlever le toit du four et démolir ses parois. 3. Les devins estimèrent que ce phénomène divin annonçait le bonheur et la puissance pour ceux qui posséderaient le quadrige[60]. Les Véiens décidèrent donc de ne pas le donner aux Romains qui le leur réclamaient; ils répondirent qu'il appartenait aux Tarquins, non à ceux qui les avaient chassés. 4. Quelques jours plus tard, ils organisèrent dans leur pays des courses de chevaux. Elles donnèrent lieu au spectacle et à l'enthousiasme habituels mais, comme le conducteur qui avait reçu la couronne faisait sortir tranquillement de l'hippodrome son quadrige victorieux, ses chevaux prirent peur, sans aucune cause visible: poussés par une intervention divine ou par la Fortune[61], ils s'élancèrent à toute vitesse vers Rome, avec leur conducteur. Celui-ci, voyant qu'il ne servait à rien de les retenir ou de les flatter de la voix et qu'il était entraîné malgré lui, céda à leur emballement et se laissa emporter, jusqu'au moment où, comme ils approchaient du Capitole, il fut jeté à terre, près de la porte qu'on appelle à présent Ratuména[62]. 5. Alors les Véiens, stupéfaits et terrifiés devant un tel événement, permirent aux artisans de livrer le char.

XIV. 1. C'était Tarquin, fils de Démarate[63], qui avait fait vœu de construire le temple de Jupiter Capitolin lorsqu'il menait la guerre contre les Sabins; Tarquin le Superbe, fils ou petit-fils de l'auteur du vœu, fit construire l'édifice. Mais il n'eut pas le temps de le consacrer[64]: le temple était presque terminé lorsqu'il fut renversé. 2. Or, à présent que le temple était entièrement achevé et décoré comme il convenait, Publicola désirait vivement procéder à cette consécration. 3. Mais beaucoup de citoyens influents le jalousaient. Ils avaient été moins indisposés par les autres honneurs, auxquels ses fonctions de législateur et de général lui donnaient droit; mais cet honneur-là, à leur avis, ne lui appartenait pas: on ne devait pas l'ajouter à ceux qu'il avait déjà[65]. Ils firent donc pression sur Horatius et le poussèrent à lui disputer cette consécration. 4. Pendant que Publicola était obligé de s'absenter pour une expédition militaire, ils firent voter qu'Horatius serait chargé de cette consécration, et le conduisirent au Capitole, sachant bien qu'ils n'auraient pas le dessus en présence de Publicola. 5. Cependant, selon certains, ce fut le tirage

---

60. L'épisode est, dans la tradition romaine, le premier d'une série où les signes envoyés par les dieux mettront à l'épreuve la religiosité, mais aussi, en ces matières, la ruse, des Romains et des Étrusques – toujours à l'avantage des premiers. Voir Hubaux (1958), p. 202 et suiv.
61. Formule de prudence habituelle à Plutarque comme à Tite-Live.
62. La porte Ratuména de l'enceinte servienne, située entre le Capitole et le Quirinal, devait son nom, disait-on, au cocher étrusque Ratuménas. Ce nom a, de fait, une consonance étrusque (voir Pline l'Ancien, VIII, 161; XXVIII, 16; XXXV, 157).
63. Tarquin l'Ancien ou «Lucumon», de Tarquinia, fils de l'«exilé» corinthien Démarate. Sa présentation est à bon droit célèbre (voir Tite-Live, I, 34).
64. Sur les étapes qui conduisent ordinairement du vœu, formulé au cours d'un combat, de construire un temple, jusqu'à sa construction puis sa dédicace, voir Aberson (1994).
65. Le thème du cumul des fonctions politiques et religieuses se retrouve par exemple dans les Questions romaines 63 et 113.

au sort qui départagea les consuls[66], chargeant Publicola, contre son gré, de l'expédition, et son collègue de la consécration. Mais on peut imaginer ce qu'il en fut, en se fondant sur ce qui se produisit au moment de la consécration. 6. Aux ides de septembre, jour qui coïncide avec la pleine lune du mois Métageitnion, tous les citoyens se rassemblèrent en foule sur le Capitole. Le silence se fit. Horatius accomplit l'ensemble des cérémonies, et il avait la main sur la porte, comme c'est l'usage, tandis qu'il prononçait les mots rituels de la consécration. Soudain Marcus, frère de Publicola, qui s'était depuis longtemps placé devant la porte en attendant le moment favorable, lança : « Consul, ton fils est mort de maladie à l'armée ! » 7. Cette nouvelle affligea tous les auditeurs, mais Horatius ne se laissa pas troubler. Il dit seulement : « Jetez son corps où vous voulez : je ne prends pas le deuil[67]. » Puis il acheva la consécration. 8. La nouvelle était fausse : Marcus avait menti pour écarter Horatius. Celui-ci fut donc admirable de fermeté, soit qu'il ait rapidement compris la tromperie, soit que, tout en ajoutant foi à la nouvelle, il n'en ait pas été ébranlé.

XV. 1. Les mêmes circonstances parurent se reproduire lors de la consécration du second temple. Le premier, bâti par Tarquin, je l'ai dit, et consacré par Horatius, fut détruit par le feu pendant les guerres civiles. Le second fut construit par Sylla, lequel mourut avant la fin des travaux, et ce fut le nom de Catulus qu'on inscrivit lors de la consécration. 2. Ce temple fut détruit à son tour, lors des troubles qui se produisirent sous Vitellius. Le troisième temple fut reconstruit par Vespasien qui eut autant de chance en cette entreprise que dans le reste de la vie : il suivit les travaux du début à la fin, vit son œuvre achevée, et n'assista pas à sa destruction, laquelle survint peu après. Le sort le favorisa davantage que Sylla, dans la mesure où celui-ci mourut avant la consécration de son ouvrage, Vespasien avant sa destruction[68]. 3. En effet, il venait à peine de mourir quand se produisit l'incendie du Capitole. Le temple que nous connaissons, le quatrième, fut achevé et consacré par Domitien. Tarquin avait dépensé, dit-on, quarante mille livres d'argent pour les fondations de son temple, mais tous les biens du plus riche particulier de Rome ne suffiraient pas à payer la dorure du temple actuel : elle a coûté plus de douze mille

---

66. *Voir Tite-Live, II, 8, 6. Raisonnement inductif – et implicite – de Plutarque : si l'on avait vraiment tiré au sort, on aurait attribué la décision aux dieux, et le frère de Publicola n'aurait pas troublé la cérémonie...*

67. *Le parent d'un mort est affligé d'une* funesta familia *(voir Tite-Live, II, 8, 7 et Denys, V, 35). Horatius, comme Publicola, se montre décidément digne de la raideur inhumaine de Brutus.*

68. *Début d'une longue parenthèse anticipatrice sur les constructions et destructions successives du temple capitolin : détruit par l'incendie en 83 avant J.-C., le temple fut reconstruit sous l'égide de Sylla et consacré par Lutatius Catulus, consul en 78. Le deuxième temple fut incendié en 69 après J.-C., pendant la guerre civile entre Vitellius et Vespasien. Reconstruit en 71, l'édifice brûla à nouveau en 80 (sous Titus) et fut relevé par Domitien et consacré en 82. Inattendu, le parallèle entre Sylla et Vespasien, dans le style des « comparaisons » finales des couples de Vies, illustre un thème cher à Plutarque, celui de la « Fortune » des hommes politiques.*

talents[69]. 4. Les colonnes ont été taillées dans du marbre du Pentélique; leur diamètre était admirablement proportionné à leur hauteur: je les ai vues à Athènes[70]. Mais elles ont été retaillées et polies à Rome, et ce qu'elles ont gagné en lustre ne compense pas ce qu'elles ont perdu en proportion et en beauté: maintenant elles ont l'air grêles et efflanquées. 5. Si, après avoir admiré la splendeur du Capitole, on va voir dans le palais de Domitien un seul portique, une basilique, un bain, ou l'appartement des concubines, alors sur le modèle de la repartie d'Épicharme au prodigue:

> Tu n'es pas généreux; c'est une maladie:
> Donner te fait plaisir[71],

6. on voudrait dire de même à Domitien: «Tu n'es pas religieux ni libéral; c'est une maladie: construire te fait plaisir. Comme le fameux Midas, tu veux que tout se change pour toi en or et en pierreries[72].» Mais en voilà assez sur ce sujet.

XVI. 1. Après la grande bataille où il avait perdu son fils en combat singulier contre Brutus, Tarquin s'enfuit à Clusium et se présenta en suppliant à Lar Porsenna, le plus puissant des rois d'Italie[73], qui avait la réputation d'être un homme bon et généreux. Celui-ci lui promit son secours. 2. Il envoya d'abord des sommations à Rome pour qu'on reçoive Tarquin. Les Romains refusèrent. Alors Porsenna leur déclara la guerre, leur annonçant le moment et le lieu où il avait l'intention d'attaquer, et s'avança avec des forces nombreuses. 3. Publicola, quoique absent, fut élu consul pour la deuxième fois, et avec lui Titus Lucrétius. De retour à Rome, comme il voulait avant tout montrer plus de fierté que Porsenna, il fonda la cité de Signuria[74], alors que l'ennemi était déjà tout près: il la fortifia à grands frais et y envoya sept cents colons, pour qu'on vît bien qu'il menait la guerre avec tranquillité, sans inquiétude. 4. Cependant, à la suite d'une attaque violente sur le

---

69. Tite-Live, sur ce point, compare ses sources: 40 talents pour Fabius Pictor, 40 000 livres pesant d'argent pour Pison – soit un écart de 1 à 10. À la différence de l'historien latin, Plutarque a préféré Pison.
70. Un des rares témoignages descriptifs de Plutarque dans les Vies *appuie un parallèle discret entre l'art attique et les imitations romaines. Sylla, déjà, avait utilisé des colonnes du temple de Zeus Olympien à Athènes. Les colonnes du temple de Domitien étaient des colonnes corinthiennes; les portes des* cellae *étaient plaquées d'or.*
71. Ce vers d'Épicharme est encore cité par Plutarque dans Du bavardage, *510c.*
72. Parmi les thèmes de propagande développés contre Domitien après sa mort et sa damnatio memoriae *figure sa manie de construire, en particulier des arcs. Sur Plutarque et Domitien, il convient de nuancer (voir Pailler et Sablayrolles, 1994, p. 11-55).*
73. Voir supra, IX, 1, où Porsenna n'était pas mentionné. Clusium (Chiusi), en Étrurie du Nord, est à cette époque une cité puissante (voir Tite-Live, II, 9, 1-5 et Denys, V, 21). Lar(s), bien attesté dans les inscriptions, est autant un titre guerrier et royal qu'un nom individuel.
74. Ou Signia? Voir Tite-Live, I, 56, 3 et II, 21, 7. Comme Denys (IV, 63), ce dernier attribue cette fondation à Tarquin le Superbe.

Janicule[75], les Romains qui le gardaient furent enfoncés par Porsenna; ils prirent la fuite, et faillirent entraîner à leur suite l'ennemi dans Rome. 5. Sans attendre, Publicola vint à leur secours devant les portes; il engagea la bataille au bord du fleuve, soutint l'attaque des ennemis qui le pressaient en grand nombre, jusqu'au moment où il s'écroula, grièvement blessé, et fut emporté du champ de bataille sur une civière. 6. Son collègue Lucrétius subit le même sort; le désespoir s'empara des Romains: ils se mirent à fuir vers la cité pour sauver leur vie. Comme les ennemis s'élançaient à leur poursuite par le pont de bois[76], Rome fut en grand danger d'être prise de force. Mais s'avançant le premier, Horatius Coclès[77], et avec lui deux des hommes les plus en vue, Herminius et Larcius, leur barrèrent la route devant le pont de bois. 7. Horatius était surnommé Coclès parce qu'il avait eu un œil crevé à la guerre ou, selon d'autres, parce qu'il avait le nez si aplati et si enfoncé que rien ne séparait ses yeux et que ses sourcils se confondaient: les gens voulaient le surnommer Cyclope, mais ils prononçaient le mot de travers, et le surnom qui prévalut dans la foule fut Coclès[78]. 8. Cet

---

75. Le Janicule est classiquement, à l'époque archaïque, la colline sur laquelle se manifestent les menaces d'invasion militaire de Rome.

76. Sur le pont Sublicius, voir Numa, IX, 6-7; Tite-Live, II, 10, 2 et 6; Denys, V, 23.

77. Dans ce qui suit (XVI-XIX), Plutarque, comme Tite-Live et Denys, délaisse Publicola pour conter les hauts faits d'Horatius Coclès, de Mucius Scaevola et de la jeune Clélia (voir Florus, Histoire du peuple romain, I, 10). Ainsi se prépare entre le roi étrusque et le consul romain, par une sorte de contagion de l'héroïsme, de l'admiration et de l'honneur, un compromis honorable (en XIX, 9-10): «historicisation» probable, selon Dumézil (1995), p. 1363, d'une tradition indo-européenne, celle de la bataille eschatologique destructrice suivie d'une renaissance, semblable à celle qui clôt l'épopée indienne du Mahabharata.

78. Coclès («le Borgne» ou «le Cyclope») sauve une première fois Rome avant Scaevola («le Manchot» ou «le Gaucher»). L'articulation étroite de ces deux interventions de héros mutilés, la signification à la fois conjointe et distincte de ces surnoms et des modalités d'action qu'ils signifient, ont fourni à Dumézil le matériau d'une analyse capitale (1995, p. 452-456 et 1340-1353). Sur le plan fonctionnel, la liaison-opposition Borgne-Manchot est du même type que celle qui associe le couple des dieux de l'Inde Varuna-Mitra et celui des rois de Rome Romulus-Numa. Comme Varuna et Romulus, Coclès reflète l'aspect magique de la fonction souveraine, puissance surnaturelle concentrée, en ce qui le concerne, dans son œil unique. Ainsi peut-il résister à lui tout seul, et s'en sortir vivant (quoique boiteux, comme Vulcain: voir Tite-Live, II, 10, 12-13; Denys, V, 25; Plutarque, Sur la Fortune des Romains, 3, Moralia, 317d). Comme Mitra et Numa, Scaevola, qui fait le sacrifice de sa dextre pour garantir son serment, symbolise l'autre volet de la souveraineté, une efficacité de type juridique fondée sur la fides (bonne foi, loyauté, droiture...). Le parallèle se fait plus concret, et décisif, si l'on considère un autre diptyque, celui des plus grands dieux scandinaves: le dieu magicien Odhinn a payé son pouvoir de la perte d'un de ses yeux, déposé dans une source sacrée; le dieu Tyr, qui patronne l'assemblée juridique du Thing, doit son influence au fait d'avoir jadis laissé dévorer sa main par le loup Fenrir, en caution d'un serment. La proximité de récits se situant sur des plans aussi différents ne se laisse expliquer ni par le hasard, ni par un jeu d'emprunts. Elle est un des aspects de l'héritage indo-européen recueilli par des civilisations très diverses, et exprimé par des figures rattachées à des registres aussi variés que la théologie (Inde), une mythologie fondatrice (Scandinavie) et, à Rome, l'histoire royale ou – dans le cas présent – l'héroïsme républicain.

homme se plaça donc devant le pont et repoussa les ennemis, pendant que ses compagnons coupaient le pont derrière lui. Après quoi, il se jeta dans le fleuve et, avec ses armes, s'échappa à la nage : il parvint sur la rive opposée, bien qu'il eût été blessé à la fesse par une lance étrusque. 9. Publicola, admirant son courage, proposa aussitôt à tous les Romains de se cotiser pour lui offrir l'équivalent de ce que chacun dépensait en un jour pour sa nourriture, puis il lui fit attribuer toute la surface de terrain dont il pourrait faire le tour en une journée en poussant sa charrue. De plus, on lui éleva une statue de bronze dans le temple de Vulcain, pour le consoler, par cet honneur, d'être devenu boiteux à cause de sa blessure.

XVII. 1. Cependant Porsenna assiégeait la cité. La famine accablait déjà les Romains, quand une seconde armée étrusque vint, de sa propre initiative, envahir le pays. Publicola était alors consul pour la troisième fois : il pensa que, face à Porsenna, il ne fallait pas bouger et se contenter de tenir bon en gardant la cité, mais il fit une sortie pour affronter les Étrusques, il engagea le combat, les mit en déroute, et leur tua cinq mille hommes. 2. L'histoire de Mucius a été racontée par beaucoup d'auteurs et de diverses manières ; nous allons l'exposer à notre tour en suivant la tradition qui nous paraît la plus digne de foi. C'était un homme doté de toutes les qualités, et qui était le meilleur à la guerre. Il forma le projet de tuer Porsenna, et s'introduisit dans son camp, habillé comme les Étrusques, et parlant la même langue qu'eux. 3. Il fit le tour de l'estrade sur laquelle siégeait le roi, mais comme il ne le connaissait pas avec certitude, et n'osait pas poser de question à son propos, il tira son épée et tua celui qui, sur l'estrade, lui paraissait le plus susceptible d'être le roi. 4. Il fut aussitôt arrêté et interrogé. Or Porsenna s'apprêtait à offrir un sacrifice, et on lui avait apporté un réchaud plein de braises ardentes. Mucius plaça dessus sa main droite, et tandis que sa chair brûlait, il resta immobile devant Porsenna à le regarder d'un air fier et impassible, jusqu'au moment où, plein d'admiration, le roi le fit relâcher. Il lui rendit son épée qu'il lui tendit du haut de l'estrade ; Mucius avança la main gauche pour la prendre. 5. C'est pour cette raison, dit-on, qu'il reçut le surnom de Scaevola, ce qui signifie gaucher[79]. Il déclara alors : « J'ai dominé la peur que tu inspires, Porsenna, mais je suis vaincu par ta générosité : pour te remercier, je vais te révéler ce que je ne t'aurais jamais dit sous la contrainte. 6. Trois cents Romains ont formé le même projet que moi, et circulent dans le camp, en attendant l'occasion favorable. J'ai été tiré par le sort pour faire la première tentative, et je ne me plains pas de la Fortune, car celui que j'ai manqué est un homme de bien, qui mériterait d'être un ami des Romains, plutôt que leur ennemi. » 7. Porsenna le crut, et se montra plus disposé à un accommodement, moins par crainte de ces trois cents hommes, je crois, qu'en raison de l'étonnement

---

79. *La préférence accordée par Plutarque à Mucius Scaevola (longueur de l'anecdote, référence, § 2, à la richesse des sources touchant un homme «doté de toutes les qualités») s'explique par son point de vue de moraliste politique : le «courage» physique de Coclès (XVI, 9) l'intéresse moins que l'assaut de «générosité» (ici § 5-7) où Scaevola et Porsenna font jeu égal. Le récit de Tite-Live – auquel Dumézil se réfère en priorité – est plus équilibré, plus proche de la saga héritée.*

et de l'admiration que lui inspiraient la détermination et le courage des Romains. 8. Presque tous les auteurs donnent au héros le nom de Mucius Scaevola, mais Athénodoros, fils de Sandon, dans un ouvrage dédié à Octavie, sœur de César Auguste, dit qu'il était aussi surnommé Opsigonos (Postumus)[80].

XVIII. 1. Publicola de son côté[81], estimant que Porsenna était moins redoutable comme ennemi qu'il ne serait précieux pour la cité, s'il devenait son ami et son allié, ne craignit pas de s'en remettre à son arbitrage, dans le débat qui l'opposait à Tarquin; à plusieurs reprises, il appela hardiment ce dernier à défendre sa cause, comptant bien démontrer que son adversaire était le plus scélérat des hommes, et qu'on l'avait chassé du pouvoir en toute justice. 2. Tarquin répondit avec une brutalité excessive qu'il ne reconnaissait personne pour juge, et Porsenna moins que quiconque, si lui, son allié, changeait de camp[82]: Porsenna s'en irrita et se déclara contre lui. Comme dans le même temps, son fils Arruns lui adressait d'instantes prières en faveur des Romains, il mit un terme à la guerre aux conditions suivantes : les Romains devaient se retirer des terres étrusques qu'ils avaient occupées et rendre leurs prisonniers, en échange de leurs transfuges. 3. En garantie, les Romains livrèrent des otages issus des familles patriciennes : dix garçons vêtus de la robe prétexte, et autant de jeunes filles, parmi lesquelles une fille de Publicola, Valéria[83].

XIX. 1. Les choses en étaient là et Porsenna, confiant dans la loyauté des Romains, avait déjà renoncé à tous ses dispositifs de guerre, quand les jeunes Romaines[84] descendirent se baigner à un endroit où la rive, en forme de croissant, entoure le fleuve et donne à ses eaux un calme et une paix particulière. 2. Ne voyant aucun garde, ni d'ailleurs aucun passant et aucun batelier, elles décidèrent soudain de s'échapper à la nage, malgré la force du courant et la profondeur des tourbillons. Selon certains, l'une d'elles, nommée Clélia, franchit le passage à cheval, entraînant et encourageant les autres, qui traversaient à la nage. 3. Elles arrivèrent saines et sauves, et se rendirent auprès de Publicola. Mais celui-ci ne se montra ni admiratif ni satisfait : il était chagriné à la pensée qu'il paraîtrait inférieur en loyauté à Porsenna, et que le coup d'audace des jeunes filles serait reproché aux Romains comme une machination. 4. Il les fit donc arrêter et les renvoya à Porsenna. Mais les partisans de Tarquin, ayant appris l'aventure, se postèrent en embuscade contre l'escorte qui ramenait les jeunes filles: quand elle passa, ils l'attaquèrent, avec une troupe supérieure en

---

80. Athénodoros est un chroniqueur grec mal connu de l'époque d'Auguste. Les mots grec opsigonos et latin postumus signifient « dernier-né » ou « né après la mort du père ».
81. Retour au « héros » de la biographie, un peu étouffé par ceux de la légende romaine.
82. Tarquin mérite son surnom de Superbus (« Orgueilleux »). Tite-Live (II, 15) ignore cet épisode.
83. Les jeunes patriciens et patriciennes de moins de dix-sept ans « représentent » symboliquement l'élite dirigeante du peuple. Sur Valéria, voir infra, XIX, 5 et 8.
84. Chez Tite-Live, l'épisode qui suit est plus étroitement lié à la geste de Coclès et de Scaevola. Plutarque a intercalé une première entente avec Porsenna, entente que l'initiative des Romaines consolide.

nombre. 5. Cependant les Romains se défendirent. La fille de Publicola, Valéria, s'élança à travers les combattants et prit la fuite, tandis que trois serviteurs, qui s'étaient échappés avec elle, parvenaient à la sauver. 6. Les autres s'étaient mêlées aux combattants et se trouvaient en grand danger, quand Arruns, fils de Porsenna, les aperçut et vint en hâte à leur secours ; il mit en fuite les ennemis et dégagea les Romains. 7. Les jeunes filles furent amenées à Porsenna. Quand il les vit, il demanda laquelle avait pris l'initiative de la fuite, et entraîné ses compagnes. Ayant appris qu'elle se nommait Clélia[85], il jeta les yeux sur elle avec bienveillance, d'un air réjoui. Puis il fit amener un cheval de l'écurie royale, richement équipé, et il le lui donna. 8. Se fondant sur ce point, certains[86] prétendent que Clélia fut seule à traverser le fleuve à cheval. D'autres le contestent, soutenant que le roi étrusque voulut honorer son audace virile. Une statue équestre est consacrée à la jeune fille, au bord de la voie Sacrée, quand on va vers le Palatin ; cependant, selon certains, cette statue ne représenterait pas Clélia, mais Valéria.
9. Porsenna fit donc la paix avec les Romains. Parmi les nombreuses marques de générosité qu'il prodigua à la cité, il ordonna aux Étrusques de n'emporter rien d'autre que leurs armes, et d'abandonner le camp, qui était plein de beaucoup de blé et de toutes sortes de richesses : il en fit don aux Romains[87]. 10. C'est la raison pour laquelle, de nos jours encore, quand il y a une vente publique, les Romains, pour honorer le roi d'une gratitude éternelle, commencent la criée par les mots « biens de Porsenna », en souvenir de cette libéralité. De plus, on lui dressa une statue en bronze près de la Curie : elle est simple et d'une facture archaïque[88].

XX. 1. Après ces événements, les Sabins envahirent le pays. Les consuls élus étaient Marcus Valérius, frère de Publicola, et Postumius Tubertus, mais les décisions les

---

85. Cette figure féminine, selon Dumézil (1995, p. 1358-1361), synthétise les trois fonctions, comme la Draupadī du Mahābhārata qui obtient de Dhṛtarāṣṭra (homologue de Porsenna) la liberté du premier de ses cinq maris et la restitution des biens des quatre autres Pāṇḍava : elle a été pour eux « le navire qui les a conduits à l'autre rive... ». Publicola, homme de la fides : cette attitude, sur laquelle Plutarque insiste plus que Tite-Live (II, 13, 9), annonce des épisodes comme celui de Régulus.
86. Comparer à ce passage le § 2 et Tite-Live, II, 13, 6-7 et 9-11. Les divergences portent sur la nature individuelle ou collective de l'exploit, sur une traversée effectuée à la nage ou plutôt à cheval (marque d'« audace virile », andrōdès), sur l'identité de la titulaire de la statue équestre. L'« interprétation Valéria » doit reposer sur la tradition annalistique de cette famille (voir supra, I, 1-2).
87. Porsenna, d'abord entraîné par les Tarquins, symbolise pour Plutarque à la fois la prospérité et la grandeur d'âme. Il s'intéresse plusieurs fois ailleurs à ce personnage (par exemple Parall. min.*, 2 et 8 ;* Sur la Fortune des Romains*, 9,* Moralia*, 321f). Sur les « biens de Porsenna », Tite-Live (II, 14, 1-4) explique qu'il s'agit des mises à l'encan du butin revenant à l'État.*
88. La statue était donc visible du temps de Plutarque, sans que l'on puisse savoir – pas plus que dans le cas de celle de Clélia (ou Valéria) – à quelle époque elle a été érigée. Le forum se peuple ainsi progressivement des effigies des gloires de la République. Dans le cas d'un roi ennemi tel que Porsenna, ou quel que soit le nom du chef étrusque qui a très probablement, en réalité, vaincu et pris Rome en cette circonstance, la démarche des Romains fait penser à une récupération a posteriori.

plus importantes se prenaient avec l'avis et en présence de Publicola[89]. Marcus fut victorieux en deux importantes batailles : dans la deuxième, il ne perdit pas un seul Romain et tua treize mille ennemis[90]. 2. En récompense, il obtint, outre le triomphe, une maison qu'on lui bâtit aux frais de l'État sur le Palatin. 3. En ce temps-là, les portes des maisons s'ouvraient en dedans, sur le vestibule, mais sa maison fut la seule à laquelle on mit un portail qui s'ouvrait sur l'extérieur : ainsi, grâce à l'honneur qu'on lui accordait, il s'annexait, chaque fois, un peu du domaine public. 4. On dit qu'autrefois, en Grèce, toutes les portes s'ouvraient ainsi ; on se fonde, pour l'affirmer, sur les comédies où les personnages qui ont l'intention de sortir frappent et cognent bruyamment sur leurs portes, pour que dehors, ceux qui passent ou sont arrêtés devant la maison les entendent et ne soient pas heurtés par les battants quand ceux-ci s'ouvrent sur la rue.

XXI. 1. L'année suivante, Publicola fut de nouveau consul pour la quatrième fois. On s'attendait à une guerre contre les Sabins et les Latins qui avaient formé une coalition. 2. Dans le même temps, une sorte de superstition s'empara de la cité, car toutes les femmes enceintes mettaient au monde des enfants mal conformés et aucune naissance ne se faisait à terme. 3. Alors Publicola, après avoir consulté les Livres Sibyllins, fit des sacrifices pour apaiser Pluton ; il introduisit certains concours religieux sur l'ordre de la Pythie, et calma ainsi la cité en lui faisant espérer l'appui de la divinité. Puis il s'occupa des dangers qui venaient des hommes[91], car il était visible que les ennemis faisaient de grands préparatifs et se liguaient. 4. Or il y avait chez les Sabins un certain Appius Clausus[92], homme puissant par ses richesses, célèbre pour sa force physique et ses exploits guerriers, et auquel, plus que tout, sa réputation de vertu et l'habileté de son discours avaient valu la première place. 5. Il ne put échapper à ce qui est le lot de tous les grands hommes : il devint la victime de l'envie. Comme il tentait de s'opposer à la guerre, les envieux en tirèrent prétexte pour l'accuser de vouloir accroître le pouvoir de Rome, dans

---

89. Cohérence du personnage : de même qu'avant de partager le consulat, Publicola a été législateur unique (voir supra, XI, 1), il reste, une fois sorti de charge, l'inspirateur des décisions essentielles.

90. Le chiffre, d'évidence légendaire, est emprunté à un de ces annalistes amateurs d'exagérations, tel Valérius Antias, que Tite-Live critique souvent ; en II, 16, 1, comme en II, 16, 6, l'historien latin mentionne la victoire sur les Sabins, sans donner la moindre évaluation précise.

91. Ici est attribuée à Publicola la création du schéma classique selon lequel les Romains font face aux prodiges les plus graves (taetra prodigia), ces annonces inquiétantes qui provoquent la « superstition » (religio) : consultation des Livres Sibyllins introduits à Rome sous les Tarquins (l'Ancien selon Denys, IV, 62 ; le Superbe d'après Lactance, Institutions divines, I, 6), sacrifices doublés du recours à l'oracle de Delphes, accroissement subséquent du capital religieux de Rome. Dans ces situations, c'est seulement après avoir fait face aux craintes religieuses qu'on se préoccupe des aspects politiques et militaires.

92. « Appius » est la forme romaine d'un prénom presque toujours porté par des Claudii ; c'est l'équivalent latin du sabin Attus, ou Atta (Attius selon Tite-Live, II, 16, 4). Le grand homme fait l'objet de l'envie, comme naguère à Rome Publicola (voir supra, IX, 9 et X, 1-3).

l'intention de devenir tyran et d'asservir sa patrie. 6. Voyant que ces propos rencontraient l'assentiment de la foule, et qu'il se heurtait à l'hostilité des nombreux partisans de la guerre et de l'armée, il craignit d'être traîné en justice. Comme il disposait autour de lui d'un puissant groupe d'amis et de familiers prêts à le défendre, il provoqua une sédition, 7. ce qui força les Sabins à retarder la guerre et à la reporter à plus tard. Publicola mettait tous ses soins non seulement à s'informer de ce qui se passait, mais aussi à encourager et à soutenir ce soulèvement. Il employait à cela des gens de son entourage, qui venaient trouver Clausus de sa part, en lui tenant à peu près ce langage : « Publicola te considère comme un homme vertueux et juste : il pense que tu ne dois pas te venger de tes concitoyens en leur faisant le moindre mal, si injustement qu'ils te traitent. 8. Mais si, pour assurer ta sûreté, tu veux émigrer et fuir ces gens qui te haïssent, il t'accueillera au nom de l'État et à titre privé, d'une manière digne de ta vertu et de la magnificence de Rome[93]. » 9. Clausus réfléchit longtemps à cette proposition : dans la situation difficile où il se trouvait, il pensa que c'était pour lui le meilleur parti. Il invita ses amis à se joindre à lui, et ceux-ci à leur tour attirèrent de nombreuses personnes : il emmena cinq mille familles avec femmes et enfants, qui constituaient la partie la plus pacifique du peuple sabin, la plus attachée à un mode de vie paisible et stable. Il les conduisit à Rome. Publicola, prévenu, les reçut amicalement et chaleureusement, et leur donna tous les droits des Romains. 10. Il intégra aussitôt ces familles au corps civique et attribua à chacune deux arpents de terre près de l'Anio. Quant à Clausus, il lui donna un terrain de vingt-cinq arpents, et l'inscrivit au Sénat, lui conférant ainsi un pouvoir politique dont cet homme se servit avec intelligence, si bien qu'il s'éleva au premier rang et acquit une influence considérable. La famille qu'il laissa, celle des Claudii, ne le cède, en renom, à aucune famille romaine[94].

XXII. 1. Les dissensions qui déchiraient les Sabins avaient été réglées ainsi par l'émigration de ces hommes, mais les démagogues empêchèrent la population de connaître le repos et la stabilité. « Ce serait un scandale, criaient-ils, que Clausus, maintenant qu'il est exilé et ennemi, obtienne ce dont il n'a pas pu nous convaincre quand il était présent : que nous renoncions à punir les Romains de leurs insultes. » 2. Les Sabins partirent donc avec une grande armée, et installèrent leur camp près de Fidènes. Ils postèrent deux mille hommes armés en embuscade devant Rome, dans des endroits creux et couverts ; ils avaient l'intention d'envoyer au point du jour, ostensiblement, quelques cavaliers piller le pays, 3. avec ordre, quand ils se seraient approchés de la cité, de reculer pour attirer les ennemis dans l'embuscade. Mais Publicola en fut informé, le jour même, par des déserteurs et prit aussitôt des mesures pour parer à tout. Il partagea ses troupes. 4. Postumius Albus, son

---

93. *La relation personnelle avec Clausus est ignorée de Tite-Live (II, 16, 4-5), qui prête toute l'initiative au Sabin (de même Denys, V, 70, 3 et suiv.). Comme le lien qui associe Publicola à Porsenna, celui-ci est pour Plutarque l'occasion de glorifier la grandeur d'âme de son héros et de ses partenaires « étrangers ».*
94. *Comparer Tite-Live, II, 16, 5 : « Ils formèrent l'ancienne tribu Claudia, grossie depuis lors de nouveaux venus originaires du même pays. »*

gendre, sortit de Rome dans la soirée ; avec trois mille hommes armés, il s'empara des hauteurs au pied desquelles les Sabins étaient en embuscade, et les tint sous surveillance. Lucrétius, le collègue de Publicola, rassembla les hommes les plus agiles et les plus jeunes de la cité, et fut chargé d'attaquer les cavaliers quand ils s'élanceraient pour piller la campagne. Lui-même, emmenant le reste de l'armée, encercla les ennemis[95]. 5. Au petit jour, il se trouva qu'un brouillard épais tomba. Alors, tous ensemble, les soldats de Postumius s'élancèrent à grands cris des hauteurs sur ceux qui étaient en embuscade ; Lucrétius lança ses hommes contre les cavaliers qui avançaient, tandis que Publicola attaquait le camp des ennemis. 6. Les Sabins furent écrasés de tous côtés et anéantis. Ceux qui étaient là ne se défendirent pas : ils prirent la fuite, et aussitôt les Romains les massacrèrent. Ce fut l'espoir, surtout, qui causa leur perte, 7. car comme chaque groupe de combattants était convaincu que les autres étaient saufs, nul ne s'appliquait à combattre et à tenir bon. Les hommes du camp couraient rejoindre ceux qui étaient en embuscade, et ceux-ci, de leur côté, se précipitaient vers ceux qui étaient dans le camp : en chemin, ils rencontraient, fuyant eux-mêmes, ceux vers lesquels ils fuyaient, et voyaient en grand besoin de secours ceux dont ils espéraient le renfort. 8. Si les Sabins ne périrent pas tous, mais comptèrent certains survivants, ils le durent au voisinage de la cité de Fidènes, notamment ceux qui s'échappèrent du camp quand il fut pris. Tous ceux qui ne purent rejoindre Fidènes périrent ou furent emmenés vivants par ceux qui les avaient pris.

XXIII. 1. Les Romains, qui pourtant avaient l'habitude d'attribuer à la divinité tous les grands événements, considérèrent ce succès comme l'œuvre du général, et de lui seul. On pouvait entendre ceux qui avaient participé à la bataille déclarer que Publicola leur avait livré les ennemis sourds, aveugles et presque enchaînés, prêts à être égorgés par leurs épées. 2. Le peuple tira du butin et des prisonniers de quoi se renforcer en s'enrichissant. 3. Mais Publicola avait à peine célébré le triomphe et remis la cité aux mains des consuls élus pour lui succéder, qu'il mourut, ayant porté, autant que la chose est possible aux hommes que l'on considère comme les plus grands, sa propre vie à la perfection. 4. Le peuple, comme s'il ne lui avait rendu de son vivant aucun des honneurs qu'il méritait, comme si sa dette de reconnaissance était encore entière, décida qu'il serait enterré aux frais de l'État[96], et que chaque citoyen se cotiserait du quart d'un as pour l'honorer. Quant aux femmes, elles s'entendirent entre elles de leur côté, et portèrent son deuil pendant une année entière, honneur digne d'envie. 5. Les citoyens lui votèrent un tombeau à l'intérieur de la ville, près de l'endroit qu'on nomme la Vélia, et toute sa descendance eut droit

---

95. *Ce partage entre un collègue, un gendre et le héros lui-même revêt une allure très « archaïque » et gentilice.*
96. *Cette version est en retrait sur celle de Tite-Live, II, 16, 7 : Publicola y est « si dénué de ressources personnelles qu'il n'y avait pas de quoi payer ses funérailles : ce fut l'État qui s'en chargea ». Le recours à la cotisation populaire est un évident anachronisme, marqué par les honneurs accordés à la fin de la République à des chefs « populaires » comme Clodius et César.*

à cette sépulture[97]. 6. Mais de nos jours, on n'enterre plus personne de sa famille en ce lieu. On y apporte le corps, on le dépose, quelqu'un prend une torche enflammée, la met sous le cadavre, puis la retire aussitôt, pour montrer par ce rite que le mort a droit à cet honneur, mais qu'il y renonce. Cela fait, on emporte le corps.

---

97. Voir Question romaine *79, où Plutarque mentionne Publicola et Fabricius, rappelant qu'étant donné la pratique symbolique qui s'est imposée, «l'honneur qui leur est fait n'excite pas la jalousie, mais se limite à confirmer le privilège».*

COMPARAISON
DE SOLON ET DE PUBLICOLA

XXIV. [I]. 1. N'y a-t-il pas dans ce parallèle une particularité qui ne s'est présentée dans aucun autre de ceux que nous avons écrits? En effet, l'un des deux hommes imita l'autre, mais celui-ci, de son côté, lui rendit hommage. Voyez en effet comme la déclaration de Solon à Crésus sur le bonheur s'applique mieux à Publicola qu'à Tellos. 2. Certes, Solon a dit que Tellos avait été le plus heureux des hommes en raison de sa mort glorieuse, de sa vertu et de ses beaux enfants, mais il ne fait même pas mention de lui, dans ses poèmes, comme d'un homme de bien; ses enfants n'ont pas été célèbres, non plus qu'une seule des magistratures qu'il exerça. 3. Publicola, au contraire, fut de son vivant le premier des Romains par sa puissance et par sa réputation de vertu; de nos jours encore, six cents ans après sa mort, les Publicolae, les Messalae et les Valerii, qui comptent parmi les familles aux généalogies les plus illustres, font remonter à lui l'éclat de leur noblesse. 4. Tellos tint ferme à son poste face aux ennemis, en homme brave, et mourut au combat, mais Publicola massacra les ennemis, ce qui vaut mieux que de tomber sous leurs coups, et après avoir vu sa patrie victorieuse grâce à ses efforts de consul et de général, après avoir été honoré et avoir célébré son triomphe, obtint la fin que Solon vantait et célébrait. 5. De plus, les vers de Solon, dans sa réponse à Mimnerme sur la durée de la vie :

> Que le trépas vers moi ne vienne pas sans pleurs,
> Qu'à ma mort mes amis s'affligent et sanglotent,

montrent bien le bonheur de Publicola. 6. À sa mort, en effet, ce ne furent pas seulement ses amis et ses proches, mais toute la cité, plusieurs dizaines de milliers d'hommes qui pleurèrent, le regrettèrent et s'affligèrent à cause de lui; les femmes romaines portèrent son deuil, comme si elles avaient perdu un fils, un frère ou un père commun à tous.
7. Par ailleurs, Solon affirme :

> Je veux avoir du bien, mais non injustement,

car il pense que la justice finit toujours par arriver. Or Publicola eut la chance, non seulement de ne pas s'enrichir injustement, mais encore de dépenser noblement ses biens, en assistant les indigents. 8. Si donc Solon fut le plus sage de tous les hommes, Publicola fut le plus heureux. Les bienfaits que Solon demandait aux dieux comme les plus grands et les plus beaux, Publicola eut la chance de les posséder et de continuer à en jouir jusqu'à la fin.

XXV. [II]. 1. Ainsi Solon a-t-il contribué à rendre plus belle la gloire de Publicola. Mais ce dernier lui a rendu la pareille, puisque dans son action politique, il le prit comme le plus beau des modèles pour l'homme qui met en ordre une démocratie. Il dépouilla le consulat de son faste et le rendit aimable et supportable pour tous. De plus, il emprunta de nombreuses lois à Solon. 2. Il donna par exemple au peuple le droit d'élire les magistrats, et aux accusés celui d'en appeler au peuple, comme Solon, qui avait voulu qu'on puisse en appeler aux juges. Il n'institua pas un second conseil, comme Solon, mais il augmenta presque du double le Sénat existant. 3. Quant à l'institution de questeurs pour s'occuper des finances, elle fut inspirée par le désir de donner au consul, s'il était honnête, le temps de s'occuper d'affaires plus importantes, et de lui enlever, si c'était un misérable, la possibilité d'être encore plus coupable, en étant maître à la fois des affaires et du trésor public. 4. La haine des tyrans est plus violente chez Publicola. Celui qui tenterait d'usurper la tyrannie, Solon le livre à la justice, lorsqu'il a été pris sur le fait, mais Publicola permet de le tuer avant même le jugement. 5. Solon se vante avec raison et à bon droit d'avoir refusé la tyrannie, alors que les circonstances lui permettaient de l'obtenir et que les citoyens l'acceptaient sans répugnance, mais il est tout aussi beau que Publicola, qui avait reçu un pouvoir tyrannique, l'ait rendu plus démocratique, et ne se soit même pas servi de l'autorité qu'il détenait. 6. C'est ce que Solon semble avoir vu avant lui quand il écrit :

> Le peuple est plus enclin à suivre au mieux ses chefs,
> S'il n'est laissé trop libre, ou par trop asservi.

XXVI. [III]. 1. Une réforme propre à Solon, c'est la remise des dettes, qui lui permit, plus que toute autre mesure, d'affermir la liberté des citoyens. En effet, les lois qui garantissent l'égalité ne servent à rien, si les dettes la confisquent aux pauvres ; là où ils semblent plus qu'ailleurs jouir de la liberté, ils sont plus qu'ailleurs, dans les tribunaux, les magistratures et l'exercice de la parole, esclaves des riches, soumis à leur service et à leurs ordres. 2. Et il y a plus important encore : alors que des soulèvements accompagnent généralement l'abolition des dettes, la réforme de Solon est la seule qui fait exception. Comme s'il avait appliqué au bon moment un médicament dangereux mais puissant, il mit un terme à un soulèvement déjà en cours et triompha, grâce à la vertu et à la gloire qui l'entouraient, de l'impopularité et du mécontentement qu'entraînait cette mesure.
3. Si l'on considère l'ensemble de leur carrière politique, Solon eut des débuts plus brillants. Il ouvrit la route et n'eut pas de devancier ; ce fut seul, sans personne pour l'aider, qu'il réalisa les plus nombreuses et les plus grandes de ses mesures publiques. 4. Mais si l'on examine la fin de leur vie, Publicola eut plus de chance et un sort plus enviable. Car Solon vit renverser la constitution qu'il avait établie, alors que celle de Publicola fit régner la paix à Rome jusqu'à l'époque des guerres civiles. C'est que Solon, après avoir publié ses lois, les abandonna sur les tablettes de bois où elles étaient inscrites, seules, sans personne pour les défendre, et partit d'Athènes. Publicola au contraire demeura dans la Ville, il fut consul et garda le pouvoir, ce qui lui permit d'affermir sa constitution et de la maintenir en sûreté.
5. De plus, Solon, qui avait pressenti les intentions de Pisistrate, ne put les empêcher : il dut s'incliner devant la tyrannie qui s'installait. Publicola, en revanche, chassa et brisa le pouvoir royal, qui était fort et puissant depuis longtemps. Il montra une vertu égale à celle de Solon et une détermination semblable à la sienne, mais la Fortune et la puissance vinrent seconder sa vertu.

XXVII. [IV]. 1. Pour les guerres, Daïmachos de Platées n'accorde même pas à Solon d'avoir mené le conflit contre Mégare, comme nous l'avons raconté. Publicola, en revanche, remporta les plus grandes batailles, en combattant lui-même et en dirigeant l'armée. 2. Quant à leurs interventions politiques, ce fut comme pour jouer, en s'abritant sous le masque de la folie, que Solon prit la parole en faveur de Salamine. Mais Publicola prit d'emblée les risques les plus grands, il affronta les Tarquins, dévoila leur trahison, fut l'artisan principal de leur châtiment, et empêcha ces criminels d'y échapper. Puis, non content d'avoir chassé de la cité la personne des tyrans, il anéantit aussi tous leurs espoirs de retour. 3. S'il sut ainsi affronter avec force et fermeté les situations qui demandaient de la combativité, du cœur et de l'opiniâtreté, il mena encore mieux celles qui exigeaient des entretiens pacifiques et une persuasion conciliante : il traita habilement avec Porsenna, un ennemi invincible et redoutable, et en fit un ami de Rome.
4. On me dira ici que Solon reprit Salamine et la rendit aux Athéniens, qui l'avaient perdue, tandis que Publicola céda des terres que les Romains avaient conquises. Mais il faut considérer les actions en fonction des circonstances qui les expliquent. 5. L'homme politique est subtil : il doit manier les affaires en tenant compte de la prise qu'offre chacune d'elles. En renonçant à une partie, souvent il sauve le tout ; en abandonnant de petits avantages, il en obtient de plus grands. Ce fut le cas de Publicola en cette circonstance : en cédant une terre étrangère, il assura le salut de tout son pays. C'était déjà important pour les Romains d'avoir préservé leur cité, mais il leur procura, outre ce bonheur, le camp de l'assiégeant. Prenant son ennemi pour juge, il gagna sa cause, et obtint, avec la victoire, tout ce qu'il aurait donné de bon cœur pour être victorieux, 6. car Porsenna mit un terme à la guerre et laissa aux Romains l'équipement qu'il avait rassemblé pour livrer cette guerre, tant le consul lui avait inspiré de confiance dans la vertu et la noblesse de tous les citoyens.

BIBLIOGRAPHIE

VIE DE SOLON

GARLAN Y.
Les esclaves en Grèce ancienne, Paris, 1982.

GERNET L.
«La loi de Solon sur le testament», dans *Droit et Société en Grèce ancienne*, Paris, 1955.

HARRISON A. R. W.
The Law of Athens. I: *The Family and Property*, Oxford, 1968; II: *Procedure*, Oxford, 1971.

MOSSÉ Cl.
«Comment s'élabore un mythe politique: Solon, "Père fondateur de la démocratie athénienne"», dans *Annales*, 34, 1979, p. 425-437.

SCHMITT-PANTEL P.
La cité au banquet. Histoire des repas publics dans les cités grecques, Rome, 1992.

VERNANT J.-P.
Les origines de la pensée grecque, Paris, 1962.

VIDAL-NAQUET P.
«Athènes et l'Atlantide», dans *Le chasseur noir. Formes de pensée et formes de société dans le monde grec*, Paris, 1981.

VIE DE PUBLICOLA

ABERSON M.
Temples votifs et butin de guerre dans la Rome républicaine, Rome, 1994.

BENVENISTE É.
Le vocabulaire des institutions indo-européennes, I, Paris, 1969.

BOULOGNE J.
Plutarque, Lille, 1994.

COARELLI F.
Guida archeologica di Roma, Rome, 1974, éd. fr., Paris, 1994.

DE MARTINO F.
Storia della Costituzione Romana, I, Naples, 1958.

DUMÉZIL G.
Mythe et Épopée I, Paris, 1968; *Mythe et Épopée III*, Paris, 1973; repr., Paris, Quarto, 1995.

FLACELIÈRE R.
Revue de Philologie, 1949.

HUBAUX J.
Rome et Véies. Recherches sur la chronologie légendaire du Moyen Âge romain, Liège, 1958.

PAILLER J.-M.
Bacchanalia, École Française de Rome, 1988.

PAILLER J.-M., SABLAYROLLES R.
«Damnatio memoriae. Une vraie perpétuité», dans *Les Années Domitien, Pallas*, 40, Toulouse, 1994.

THÉMISTOCLE-CAMILLE

Il n'était pas toujours facile de trouver dans l'histoire des premiers temps de Rome des personnages comparables à certains des grands hommes de l'histoire grecque. C'était déjà sensible dans le parallèle entre Solon et Publicola. Ce l'est plus encore lorsque Plutarque entreprend de comparer Thémistocle, un des plus grands noms de l'histoire d'Athènes et Camille, personnage obscur de l'histoire de Rome. Bien que la chronologie de la vie de Thémistocle ne soit pas établie de manière toujours très précise, son historicité n'est pas en question. L'importance de son rôle dans la conduite de la seconde guerre médique (480-479) et sa contribution à la formation de la puissance maritime d'Athènes sont attestées par de nombreuses sources, au premier rang desquelles il faut mettre le récit d'Hérodote et l'éloge que fait Thucydide du vainqueur de Salamine. Plutarque ne pouvait par ailleurs qu'être séduit par cette figure ambiguë, objet de polémique dans les milieux philosophiques athéniens, par cette vie romanesque qui voyait le vainqueur du Grand Roi finir sa vie auprès de celui-ci.

En face d'un tel personnage, un homme obscur, tiré de l'oubli par Tite-Live et dont on a même pu douter qu'il ait existé. Il aurait vécu entre 445 et 365 avant J.-C., et les hauts faits à son actif étaient la prise de Véies vers 396 et surtout la défaite infligée aux Gaulois qui avaient pris et incendié Rome en 367. C'est évidemment par cette dernière action qu'une comparaison s'avérait possible entre l'Athénien et le Romain, puisque tous deux avaient sauvé leur cité tombée aux mains des Barbares. Peut-être aussi Plutarque entendait-il mettre en valeur ce qui leur était commun : le fait qu'ils avaient été l'un et l'autre victimes de l'ingratitude de leurs concitoyens et condamnés à l'exil, Thémistocle après son ostracisme, Camille après la prise de Véies, et pour des raisons analogues, l'un et l'autre ayant fait de manière semblable étalage de leur supériorité et étant également «avides d'honneurs». Il est frappant toutefois que Plutarque n'ait pas fait suivre son double récit d'une comparaison comme il le fait généralement. Cela confirme le caractère quelque peu artificiel de leur rapprochement.

Il faut enfin remarquer que pour «étoffer» en quelque sorte la Vie de Camille, *Plutarque a éprouvé le besoin d'introduire de nombreuses diversions dans son récit, sur les Vestales, sur les jours fastes et néfastes, et bien entendu sur les Gaulois, ce que retiendra surtout la postérité.*

Cl. M.

THÉMISTOCLE

I. 1. Quant à Thémistocle, l'obscurité de sa naissance ne pouvait le conduire à la gloire. Son père Néoclès ne faisait pas partie des hommes en vue à Athènes ; il appartenait au dème de Phréarrhes et à la tribu Léontis[1]. Par sa mère, il était, à ce qu'on dit, un bâtard :

> Je suis Habrotonon, Thrace par ma famille,
> Mais aux Grecs j'ai donné le glorieux Thémistocle.

2. Selon Phanias cependant, la mère de Thémistocle n'était pas thrace, mais carienne : elle ne se nommait pas Habrotonon, mais Euterpe. Néanthès ajoute qu'elle venait de la cité d'Halicarnasse, en Carie[2]. 3. Les Athéniens bâtards se rassemblaient au Cynosarge (c'est un gymnase hors les murs, consacré à Héraclès, car lui non plus, chez les dieux, n'était pas légitime mais bâtard, sa mère étant une mortelle[3]). Thémistocle persuada certains jeunes gens de bonne naissance de descendre au Cynosarge s'entraîner avec lui : il y parvint et fit disparaître, semble-t-il, par ce moyen habile, la distance qui séparait les bâtards des citoyens d'origine pure. 4. Cependant, son appartenance à la famille des Lycomides est incontestable : quand le sanctuaire initiatique du dème de Phlyées, qui était la propriété commune des Lycomides, fut brûlé par les Barbares, il le fit lui-même restaurer et orner de peintures, comme l'a raconté Simonide[4].

II. 1. On s'accorde à dire que dès son enfance, il était plein d'enthousiasme, doté par la nature d'une vive intelligence, et porté, par ses goûts, vers les grandes actions et

---

1. *La division du territoire de l'Attique en dix tribus regroupant chacune des dèmes pris dans les trois zones, ville, côte et intérieur, remonte à la réforme opérée par Clisthène en 508-507. Le dème de Phréarrhes était un dème côtier, au sud-est de l'Attique, non loin de la région du Laurion. La tribu Léontis regroupait une vingtaine de dèmes. Voir Whitehead (1986).*
2. *Phanias de Lesbos est un philosophe et grammairien de l'époque hellénistique. Plutarque le cite ici à plusieurs reprises. Thrace ou Carienne, la mère de Thémistocle était une non-Grecque, une «Barbare». Mais ce n'était pas alors un obstacle à l'appartenance à la communauté civique. Néanthès de Cyzique est un historien du IIIe siècle.*
3. *Héraclès en effet était fils d'Alcmène, une mortelle, donc par rapport aux dieux, un nothos, un «bâtard». C'est ce que rappelle Aristophane dans les* Oiseaux, *1660 et suiv. Le gymnase du Cynosarge était situé au sud de la ville. Il était encore au IVe siècle le lieu de rencontre des nothoï (voir Démosthène,* Contre Aristocratès, *213).*
4. *Le dème de Phlyées se trouvait au nord-est d'Athènes. Les vieilles familles aristocratiques avaient souvent conservé le contrôle de sanctuaires locaux. Plutarque n'hésite pas à se contredire en affirmant l'appartenance de Thémistocle au génos des Lycomides. Simonide de Céos, poète lyrique, vécut à Athènes au début du Ve siècle.*

la politique. Dans les moments de repos et de récréation que lui laissaient ses études, au lieu de jouer et de se détendre, comme la plupart des enfants, on le trouvait occupé à préparer et à composer pour lui-même 2. des discours dans lesquels il accusait ou défendait l'un de ses camarades. Son maître lui disait souvent : « Toi, mon garçon, tu ne seras pas quelqu'un d'insignifiant ; tu seras grand forcément, en bien ou en mal. » 3. Les leçons qui forgent le caractère ou visent au plaisir et à l'agrément de l'homme libre, il les étudiait à contrecœur, sans application, et quand il s'agissait de discours faisant appel à l'intelligence et au sens pratique, il affichait un mépris extrême, excessif pour son âge, tant il avait confiance en sa nature[5].
4. Par la suite, quand des gens qui se flattaient d'avoir reçu ce qu'on appelle une éducation libérale et civile se moquaient de lui, il était contraint de se défendre avec une certaine brutalité : « Je ne sais ni accorder une lyre ni manier un psaltérion, mais si l'on me confie une cité petite et obscure, je la rends célèbre et grande. »
5. Stésimbrote affirme pourtant que Thémistocle suivit les leçons d'Anaxagore et fut l'élève du physicien Mélissos[6] ; mais il ne respecte pas la chronologie : Périclès, qui était beaucoup plus jeune que Thémistocle, trouva en face de lui Mélissos, lors du siège de Samos, et Anaxagore fut un de ses familiers. 6. Il vaudrait mieux suivre les auteurs qui font de Thémistocle le disciple de Mnésiphilos de Phréarrhes[7]. Ce dernier n'était pas un rhéteur, ni un de ces philosophes qu'on appelle physiciens ; il professait ce qu'on nommait alors la sagesse, c'est-à-dire un savoir-faire politique et une intelligence pratique, qu'il transmettait comme un enseignement hérité de Solon. Ceux qui par la suite mêlèrent cette sagesse aux techniques judiciaires et la détournèrent de l'action pour l'appliquer aux discours, reçurent le nom de sophistes. 7. Tel fut le maître qu'il fréquenta, alors qu'il faisait déjà de la politique. Dans la première ardeur de sa jeunesse, il était inconstant et instable, car faute de réflexion et d'éducation, il n'écoutait que sa nature : son comportement était donc sujet à de grands écarts, passant d'un extrême à l'autre, et s'égarait souvent dans la pire direction, comme il le reconnut lui-même par la suite : « Même les poulains les

---

*5. Il y a ici un problème de texte. Si l'on adopte la version que donnent la plupart des manuscrits, le texte insiste sur l'éducation incomplète de Thémistocle pour souligner l'excellence de sa nature. Mais on a parfois proposé la correction d'*uperoron *(«méprisant») en* upereron *(«aimant passionnément») ; dès lors l'idée est que Thémistocle méprise les arts d'agrément mais se passionne pour les discours tournés vers l'efficace, et il faut traduire : «mais s'il s'agissait de discours faisant appel à l'intelligence ou au sens pratique, on le voyait se passionner, plus qu'on ne le fait à son âge, car il avait confiance en sa nature.» (N.d.T.)*
6. Stésimbrote de Thasos enseigna à Athènes dans les dernières années du Ve siècle et écrivit des biographies de Thémistocle, Périclès et Thucydide d'Alopécè. Anaxagore de Clazomènes, mathématicien, physicien et philosophe, fit partie de l'entourage de Périclès (voir Périclès, *IV, 6 et suiv.) Mélissos de Samos était stratège lorsque Périclès assiégea la ville en 440 (*Périclès, *XXVI, 2).*
7. Ce Mnésiphilos, compagnon de dème de Thémistocle, présentait tous les traits de ces professeurs qui, dans les dernières décennies du Ve siècle, enseignaient l'éloquence et que Platon prend pour cible dans nombre de ses dialogues, les accusant de détourner les jeunes gens de la recherche de la vérité et de la justice.

plus sauvages, disait-il, deviennent d'excellents chevaux, s'ils ont bénéficié de l'éducation et du dressage appropriés.» 8. Certains auteurs, qui se plaisent à inventer des histoires, ajoutent que son père le déshérita et que sa mère, désespérée du déshonneur de son enfant, se suicida. Mais c'est un récit mensonger, semble-t-il. Certains racontent au contraire que son père, cherchant à le détourner des affaires publiques, lui montra sur le bord de la mer les vieilles trières abandonnées et négligées : « C'est ainsi, lui dit-il, que la foule en use avec ses chefs quand ils sont devenus inutiles.»

III. 1. La politique prit rapidement, semble-t-il, et avec force, possession de Thémistocle : le désir ardent de la gloire régna en maître sur lui. Ce désir le poussa à chercher aussitôt, dès le début, à être le premier : il affronta hardiment l'hostilité des puissants qui, dans la cité, occupaient le premier rang, celle notamment d'Aristide[8], fils de Lysimachos, dont les orientations furent toujours contraires aux siennes. 2. Leur hostilité commença pourtant, apparemment, par une histoire de jeunes gens. Le philosophe Ariston[9] raconte qu'ils étaient amoureux tous deux du beau Stésiléos, originaire de Céos : ce fut la cause de leur rivalité constante, en politique aussi. 3. On peut penser cependant que cette querelle fut accentuée par la différence de leurs vies et de leurs caractères. Aristide était de tempérament doux : il agissait en homme d'honneur ; s'il faisait de la politique, ce n'était pas désir de popularité ou de gloire, mais souci du bien, de la sécurité et de la justice : voyant Thémistocle pousser le peuple à de nombreuses entreprises et proposer de grandes innovations, il était contraint de s'opposer à lui et de faire obstacle à son ascension.
4. Thémistocle était, dit-on, si porté à la gloire, son ambition lui inspirait tant d'amour pour les grandes actions, que tout jeune encore, après la bataille de Marathon contre les Barbares[10], alors que tous célébraient l'intelligence militaire de Miltiade, on le voyait méditer longuement tout seul, ne pas dormir la nuit, et refuser de prendre part aux banquets habituels. Quand les gens le questionnaient, surpris d'un tel changement dans sa manière de vivre, il répondait que le trophée de Miltiade l'empêchait de dormir. 5. Tous pensaient que la défaite des Barbares à Marathon marquait la fin de la guerre : seul Thémistocle comprenait que c'était le début de luttes plus grandes, en vue desquelles il se préparait et entraînait la cité, pour défendre la Grèce tout entière, car longtemps à l'avance, il prévoyait déjà ce qui allait se passer[11].

---

8. Sur Aristide, voir la Vie *que lui a consacrée Plutarque, qui se plaît à l'opposer à Thémistocle, bien qu'ils aient souvent agi de concert.*
9. Il s'agit sans doute d'Ariston de Céos, philosophe péripatéticien qui vécut dans la seconde moitié du IIIe siècle et succéda à Lycon à la tête du Lycée. Il écrivit des Vies *de philosophes et des* Caractères *à la manière de Théophraste.*
10. La victoire de Marathon, en 490, contraignit les Perses à rembarquer. Le stratège athénien Miltiade fut l'organisateur de cette victoire. Thémistocle n'était pas alors aussi jeune que le prétend Plutarque, s'il est né comme on le pense généralement vers 525.
*11. C'est du moins ce qu'affirme Thucydide (*Guerre du Péloponnèse*, I, 14, 3).*

IV. 1. Pour commencer, alors que les Athéniens avaient l'habitude de répartir entre eux le produit des mines d'argent du Laurion[12], il fut le seul à avoir le courage de dire, devant l'assemblée du peuple, qu'il fallait renoncer à distribuer ces biens, et s'en servir pour équiper des trières destinées à lutter contre Égine. Ce conflit était alors très violent en Grèce, car grâce au nombre de leurs navires, les habitants de l'île avaient la maîtrise de la mer. 2. Cette situation permit à Thémistocle de convaincre ses concitoyens plus facilement, sans agiter devant eux l'image de Darius[13] ou des Perses, qui étaient loin, et dont nul ne pouvait raisonnablement craindre le retour : il exploita fort habilement la rancune et la rivalité de ses concitoyens contre les habitants d'Égine pour les pousser à s'équiper. 3. Avec cet argent, ils firent construire cent trières, qui allaient leur servir aussi dans la bataille navale contre Xerxès[14]. 4. Dès lors, petit à petit, il inclina et tourna la cité vers la mer : à son avis, les Athéniens n'étaient pas même capables, avec leur infanterie, de tenir tête à leurs voisins ; mais s'ils s'appuyaient sur leurs navires, ils pouvaient repousser les Barbares et commander à la Grèce. De ces hoplites solides au poste, il fit, comme le dit Platon[15], des navigateurs et des marins, ce qui lui valut l'accusation suivante : « Thémistocle, disait-on, a dépouillé les citoyens de la lance et du bouclier ; il a réduit le peuple athénien au banc et à la rame. » 5. Ce résultat, il l'obtint en dépit de l'opposition de Miltiade, comme le raconte Stésimbrote. Porta-t-il atteinte ou non, par ce changement, à l'intégrité et à la pureté de la cité ? Laissons aux philosophes le soin d'en décider. En tout cas, les Grecs durent en la circonstance leur salut à la mer, et ces trières permirent à la cité des Athéniens de se relever : on en a, entre autres témoignages, celui de Xerxès lui-même. 6. Ce dernier, alors que pourtant son infanterie était intacte et tenait ferme, prit la fuite dès que sa flotte fut vaincue, se jugeant incapable de soutenir la lutte : s'il laissa Mardonios[16] derrière lui, ce fut davantage, me semble-t-il, pour retarder la poursuite des Grecs que dans l'idée qu'il pourrait les asservir.

V. 1. Thémistocle était, d'après certains auteurs, un homme d'argent que ses libéralités rendaient âpre au gain : il aimait offrir des sacrifices, traitait magnifiquement ses hôtes, et avait besoin de revenus considérables pour s'acquitter de ses chorégies[17].

---

12. Les mines d'argent du Laurion, à l'extrémité sud-est de l'Attique, étaient exploitées depuis des siècles. Or, en 483, on découvrit dans le district de Maroneia un gisement particulièrement riche. L'idée de partager entre les citoyens les revenus de ces mines correspondait à la conviction que la communauté civique était collectivement propriétaire des mines.
13. Darius, souverain perse, régnait à l'époque de la première guerre médique. Il était mort en 486.
14. Selon Hérodote (Enquête, VII, 144), Thémistocle aurait fait construire 200 trières.
15 Ce jugement de Platon se trouve dans les Lois (IV, 706c). Il s'agit là d'une idée chère au philosophe, qui va même jusqu'à dire que Salamine a rendu lâches ses concitoyens (IV, 707c).
16. Sur Mardonios, voir infra, XVI, 6.
17. La chorégie était une charge qui pesait sur les citoyens les plus riches auxquels on confiait le soin d'organiser les chœurs lors des grandes fêtes religieuses. Les concours de tragédie avaient lieu lors des fêtes en l'honneur de Dionysos, Lénéennes et Grandes Dionysies. Les chorèges rivalisaient entre eux et tiraient vanité des récompenses que leur décernait la cité.

THÉMISTOCLE

D'autres l'accusent au contraire d'avoir été extrêmement avare et mesquin : ils affirment qu'il vendait même les victuailles qu'on lui offrait. 2. Quand Diphilidès, l'éleveur de chevaux, auquel il réclamait un poulain, refusa de le lui donner, Thémistocle le menaça de transformer sous peu sa maison en cheval de Troie : il lui laissait entendre ainsi à demi-mot qu'il lui attirerait des accusateurs dans sa famille et des procès avec certains de ses proches. 3. Son ambition n'avait pas d'égale. Il était encore jeune et inconnu quand il insista pour qu'Épiclès d'Hermionè, un citharédiste très populaire à Athènes, vienne s'exercer chez lui : il désirait voir la foule rechercher sa maison et la fréquenter. 4. Quand il se rendit à Olympie, il voulut rivaliser avec Cimon en dîners, en tentes somptueuses, et de manière générale, en faste et en apparat, ce qui déplut aux Grecs[18]. Cimon était jeune, issu d'une grande maison ; les gens trouvaient qu'on pouvait lui passer ces manières. Mais Thémistocle, lui, n'était pas encore connu ; il avait l'air de vouloir s'élever, sans en avoir les moyens, ni le droit : on l'accusait donc d'arrogance. 5. Une autre fois encore, quand il était chorège, les tragédies qu'il offrait remportèrent la victoire, à une époque où ces concours suscitaient beaucoup de passion et d'ambition ; or la tablette qu'il consacra pour commémorer cette victoire portait l'inscription suivante : « Thémistocle de Phréarrhes était chorège, Phrynichos instruisait le chœur[19], Adeimantos était archonte. » 6. Cependant, il plaisait à la foule. Il connaissait chacun des citoyens et savait par cœur tous leurs noms, et dans les arbitrages, il se montrait un juge impartial. Un jour, alors qu'il était stratège, comme Simonide de Céos lui adressait une requête peu raisonnable, il lui déclara : « Si tu chantais sans respecter la mesure, tu ne serais pas un bon poète, et moi non plus, je ne serais pas un bon magistrat, si je t'accordais une faveur sans respecter la loi. » 7. Une autre fois, il se moqua encore de Simonide : « Tu es fou ! Tu critiques les Corinthiens qui habitent une grande cité, et tu fais faire ton portrait, alors que tu es si laid à regarder ! » Il s'éleva donc, et gagna la faveur de la foule ; pour finir, il l'emporta sur la faction adverse et bannit Aristide en le faisant ostraciser[20].

VI. 1. Mais déjà le Mède commençait à descendre vers la Grèce. Les Athéniens délibérèrent sur le choix d'un stratège[21] : tous, dit-on, renoncèrent volontairement à ce poste, car le danger les emplissait d'effroi. Seul Épicydès, fils d'Euphémidès, un démagogue habile à parler, mais pusillanime et vénal, aspirait à ce commandement : il allait l'emporter dans le vote à mains levées. 2. Alors Thémistocle, craignant que tout ne fût perdu si le commandement tombait entre les mains de cet homme, acheta à prix d'argent son désistement. 3. On loue aussi le traitement qu'il

---

18. Sur Cimon et ses libéralités, voir Cimon, X. Cimon était le fils de Miltiade.
19. C'est-à-dire qu'il était l'auteur des tragédies. Phrynichos est un poète tragique qui en 477-476, sous l'archontat d'Adeimantos, fit représenter une tragédie intitulée Les Phéniciennes, qui faisait référence à la seconde guerre médique.
20. L'ostracisme d'Aristide se place en 483-482 (voir Aristide, VII, 5). Lorsque débuta la seconde guerre médique, Thémistocle fit rappeler son adversaire (voir Hérodote, VIII, 29 et suiv.).
21. On désignait chaque année 10 stratèges. Thémistocle n'était donc que l'un d'entre eux. Mais c'est à lui que fut confiée la direction des opérations.

réserva à l'interprète de l'ambassade qui vint, de la part du roi, réclamer la terre et l'eau[22]. 4. Il fit arrêter et mettre à mort ce traducteur, par décret, pour avoir osé faire obéir la langue grecque aux instructions des Barbares. On approuve aussi son attitude à l'égard d'Arthmios de Zéleia. Sur l'ordre de Thémistocle, on l'inscrivit, lui, ses enfants et toute sa famille parmi les gens privés de leurs droits civiques, pour avoir introduit en Grèce l'or des Mèdes[23]. 5. Mais son mérite le plus grand fut d'avoir fait cesser les guerres entre les Grecs et d'avoir réconcilié les cités, en les persuadant de reporter leurs querelles en raison de la guerre; dans cette tâche, dit-on, l'Arcadien Cheiléos seconda particulièrement ses efforts[24].

VII. 1. Dès qu'il prit le commandement, il entreprit aussitôt de faire embarquer ses concitoyens dans les trières: il voulait les convaincre d'abandonner la cité et d'affronter les Barbares le plus loin possible de la Grèce. 2. Mais devant l'opposition du plus grand nombre, il conduisit une grande expédition vers Tempè, avec les Lacédémoniens, pour y défendre la Thessalie, qui n'était pas encore suspecte de sympathie pour les Mèdes. Mais ils se retirèrent sans avoir rien fait; les Thessaliens se rallièrent au Grand Roi, et toute la région, jusqu'à la Béotie, se déclara pour les Mèdes. Alors les Athéniens s'intéressèrent davantage à la politique navale de Thémistocle; il fut envoyé à l'Artémision[25] avec une flotte, pour garder les détroits. 3. Là, les Grecs exigèrent qu'Eurybiade et les Lacédémoniens prissent le commandement, mais les Athéniens, dont les vaisseaux étaient supérieurs en nombre à ceux de tous les alliés réunis, refusaient d'obéir à d'autres. Thémistocle vit le danger: il céda de lui-même le commandement à Eurybiade, et calma les Athéniens, leur promettant, s'ils se montraient valeureux au combat, de forcer les Grecs à leur obéir volontairement, à l'avenir. 4. Par cette attitude, il fut, de toute évidence, le principal artisan du salut de la Grèce, celui qui contribua le plus à la gloire des Athéniens, en faisant voir qu'ils l'emportaient sur les ennemis par le courage et sur les alliés par la générosité. 5. Quand l'expédition barbare approcha du promontoire des Aphètes, Eurybiade, terrifié par la foule des navires qu'il avait devant lui, et apprenant que deux cents autres contournaient Sciathos[26],

---

22. *Xerxès avait envoyé dans toute la Grèce des émissaires pour réclamer la soumission des différentes cités, ce qu'exprimait la revendication de la terre et de l'eau (voir Hérodote, VII, 32; 133).*
23. *Le décret frappant d'atimie (de la privation des droits politiques) Arthmios de Zéleia est cité par Démosthène dans les* Philippiques, *III, 42. Mais il ne dit pas que Thémistocle en fut l'instigateur.*
24. *C'est à Corinthe que fut élaboré le projet d'une alliance rassemblant les États grecs face au danger barbare (voir Hérodote, VI, 145). Dans le récit d'Hérodote, c'est seulement à la veille de la bataille de Platées, en 479, qu'intervient l'Arcadien Cheiléos de Tégée devant les éphores spartiates pour les inciter à se joindre aux Athéniens, de nouveau contraints d'abandonner leur cité. Plutarque, à son habitude, se soucie fort peu de chronologie.*
25. *Le cap Artémision se trouve sur la côte nord-ouest de l'île d'Eubée et doit son nom à la présence d'un sanctuaire d'Artémis (voir infra, VIII, 3-4).*
26. *Les Aphètes sont situées face à l'Artémision, à l'extrémité de la presqu'île de Magnésie. Sciathos est une île située à l'est de cette presqu'île.*

décida de revenir par le chemin le plus rapide vers l'intérieur de la Grèce, de rallier le Péloponnèse, et de faire appel à l'infanterie pour protéger la flotte, car à son avis, les forces du roi étaient absolument invincibles sur mer. Alors les Eubéens, craignant d'être abandonnés par les Grecs, traitèrent en secret avec Thémistocle, et lui envoyèrent Pélagon, porteur d'une somme considérable. 6. Thémistocle l'accepta, et la donna à Eurybiade, à ce que raconte Hérodote. Son principal adversaire, parmi les citoyens, était Architélès, triérarque du navire sacré : cet homme, qui n'avait pas de quoi payer son équipage, insistait pour qu'on fît retraite au plus vite. Thémistocle excita encore davantage ses matelots contre lui, si bien qu'ils se jetèrent sur lui et lui arrachèrent son dîner[27]. 7. Architélès fut mortifié et révolté d'un tel traitement : alors Thémistocle lui fit porter dans un panier un repas de pain et de viandes, et il plaça au fond un talent d'argent ; il le pria de dîner, pour commencer, et le lendemain, de veiller à satisfaire son équipage, sinon il le dénoncerait publiquement comme ayant reçu de l'argent des ennemis. Tel est le récit de Phanias de Lesbos.

VIII. 1. Les combats qui furent livrés alors dans les détroits contre la flotte des Barbares ne furent pas décisifs pour l'issue du conflit mais très utiles aux Grecs par l'expérience qu'ils leur donnèrent. Face aux dangers, ils constatèrent que le nombre des bateaux, leur ordonnance, la splendeur des figures de proue, les cris insolents et les péans barbares ne devaient pas inspirer la moindre crainte à des guerriers qui savaient en venir aux mains et osaient combattre ; il fallait donc mépriser de telles apparences, se porter contre la personne des ennemis, engager le corps à corps, et lutter jusqu'au bout. 2. Pindare[28] a bien vu cela, semble-t-il, quand il dit, à propos de la bataille de l'Artémision :

> Les fils des Athéniens brillamment y jetèrent
> Les bases de la liberté

En effet, le véritable commencement de la victoire, c'est l'audace.
3. L'Artémision est un promontoire de l'Eubée qui s'étend vers le Nord au-dessus d'Hestiaia ; juste en face se trouve Olizon, dans une région qui appartenait autrefois à Philoctète[29]. 4. On y trouve un temple assez petit, consacré à Artémis surnommée l'Orientale [Prosèoa], entouré d'arbres et de stèles en marbre disposées en cercle. Quand on frotte ce marbre avec la main, il s'en dégage une couleur et un parfum pareils à ceux du safran. 5. Sur l'une des stèles[30], on a gravé l'élégie suivante :

---

27. *L'affaire est rapportée par Hérodote en VIII, 3-4. Un triérarque non seulement commandait le navire qui lui était confié mais devait en assurer l'équipement et payer la solde de l'équipage.*
28. *Pindare, Béotien comme Plutarque, vécut de 518 à 438. Il a laissé une œuvre poétique considérable, dont une partie seulement nous est parvenue, constituée essentiellement par des odes en l'honneur des vainqueurs aux grands concours athlétiques.*
29. *Sur Philoctète, voir* Solon, *XX, 8 et note.*
30. *En réalité, la bataille de l'Artémision ne fut pas décisive, ce qui laisse supposer que la stèle ne fut élevée qu'après la défaite définitive des Perses à Platées.*

> Mille peuples venus de la terre d'Asie,
> Ici furent vaincus par les enfants d'Athènes.
> Après avoir sur mer détruit l'armée des Mèdes
> Ils ont pour Artémis dressé ces monuments.

6. Et l'on montre un endroit, sur le rivage, où, au milieu d'un grand amas de sable, on trouve, à une profondeur considérable, une poussière de cendres, très noire, qui semble avoir été laissée par le feu : c'est là, pense-t-on, que furent brûlés les débris des navires et les cadavres.

IX. 1. Cependant quand les nouvelles des Thermopyles parvinrent à l'Artémision, quand les Grecs apprirent que Léonidas était mort et que Xerxès tenait le passage par terre, ils firent retraite vers l'intérieur de la Grèce : les Athéniens étaient placés à l'arrière-garde, tout fiers des exploits dus à leur valeur[31]. 2. Thémistocle longeait le pays par mer : partout où il voyait des lieux où l'ennemi devrait débarquer pour se ravitailler ou s'abriter, il traçait des inscriptions bien visibles sur les pierres que le hasard lui présentait ou qu'il plaçait lui-même près des rades et des points d'eau. C'étaient des appels aux Ioniens[32], pour qu'ils passent, si possible, du côté des Athéniens, qui étaient leurs pères et risquaient leur vie pour leur liberté, et sinon, pour qu'ils gênent les Barbares et sèment le désordre dans leurs rangs pendant les batailles. Il espérait ainsi amener les Ioniens à faire défection, ou troubler les Barbares en éveillant leurs soupçons. 3. Cependant Xerxès traversa la Doride et descendit se jeter sur la Phocide ; il brûla les villes des Phocidiens, sans que les Grecs vinssent à leur secours, alors que les Athéniens les suppliaient de se porter contre le roi en Béotie, devant l'Attique, comme eux-mêmes étaient venus par mer les défendre à l'Artémision. 4. Personne ne les écoutait ; tous s'accrochaient au Péloponnèse et voulaient concentrer leurs forces à l'intérieur de l'Isthme, en le barrant, d'une mer à l'autre. Alors, devant cette trahison, la colère s'empara des Athéniens, en même temps que le désespoir et l'accablement à se voir ainsi abandonnés. 5. Car il était hors de question pour eux d'affronter tant de dizaines de milliers d'hommes ; le seul parti à prendre, en la circonstance, était d'abandonner la cité et de s'établir sur les bateaux. Mais la plupart des Athéniens ne voulaient pas en entendre parler, car la victoire ne leur paraissait pas souhaitable, ni le salut envisageable, s'ils devaient laisser les temples des dieux et les tombeaux de leurs pères.

---

31. Parallèlement aux mouvements de la flotte, l'armée de terre de Xerxès avait progressé grâce au ralliement des cités thessaliennes et était parvenue jusqu'à la passe des Thermopyles gardée par le roi spartiate Léonidas et son armée. Hérodote a laissé un long récit de la bataille et de la mort héroïque du roi (VIII, 204-239).

32. Les Ioniens étaient les habitants des cités grecques de la côte occidentale de l'Asie Mineure, tombés sous la domination des Perses et contraints de leur fournir des navires et des soldats. Athènes, qui se voulait la métropole des Ioniens et qui les avait aidés lors de leur révolte en 494, espérait les détacher de l'armée des Barbares.

X. 1. Alors Thémistocle, désespérant de convaincre la foule par des raisonnements humains, fit intervenir, comme dans les tragédies, un *deus ex machina*, et leur apporta des signes surnaturels et des oracles. Il interpréta comme un signe la disparition du serpent qui ces jours-là avait, semble-t-il, déserté son enclos sacré[33]. 2. Lorsque les prêtres trouvèrent intactes les offrandes qu'on lui apportait chaque jour, ils annoncèrent au peuple, sur instruction de Thémistocle, que la déesse avait quitté la cité pour leur montrer la route vers la mer. 3. Quant au fameux oracle, il s'en servit aussi pour gagner le peuple: les «remparts de bois», disait-il, ne désignaient rien d'autre que les bateaux, et si le dieu nommait Salamine «la divine», et non pas la terrible ou la funeste, c'était parce qu'elle donnerait son nom à une grande victoire grecque[34]. 4. Son avis prévalut. Il proposa un décret aux termes duquel la cité était remise aux soins d'Athéna protectrice des Athéniens, et tous ceux qui étaient en âge de combattre devaient embarquer sur les trières, chacun assurant au mieux la sécurité des siens, femmes, enfants, et esclaves. 5. Une fois le décret voté, la plupart des Athéniens mirent en lieu sûr leurs femmes et leurs enfants à Trézène. Les Trézéniens leur firent un accueil très généreux: ils décrétèrent qu'ils seraient nourris aux frais du peuple, que chacun recevrait deux oboles, que les enfants auraient le droit de cueillir des fruits partout, et même que des maîtres seraient engagés pour leur faire la classe; ce décret fut présenté par Nicagoras.
6. Le trésor public des Athéniens étant vide, le conseil de l'Aréopage fournit, selon Aristote, huit drachmes à chacun des combattants[35]: ce fut donc grâce à lui surtout que les trières furent équipées. Mais selon Cleidémos[36], ce fut, là encore, l'effet d'un stratagème de Thémistocle. 7. D'après cet auteur, quand les Athéniens descendirent au Pirée, la tête de la Gorgone disparut de la statue de la déesse[37]; Thémistocle fit fouiller partout, sous prétexte de la chercher, et découvrit des sommes considérables, cachées dans les bagages; ces sommes furent mises en commun, et ceux qui embarquaient purent ainsi avoir des vivres en abondance. 8. À voir la cité se vider ainsi pour prendre la mer, les uns étaient pris de pitié, les autres frappés d'admiration devant l'audace de ces hommes qui envoyaient leur famille au loin, et qui, sans se laisser fléchir par les lamentations, les pleurs et les embrassements de leurs parents, embarquaient pour

---

33. Ce serpent sacré était le gardien de l'Acropole et logeait dans le temple de l'Érechtheion. Hérodote, qui ne croit guère à son existence, rapporte l'anecdote de l'offrande refusée interprétée par la prêtresse d'Athéna comme la preuve que la déesse avait elle aussi abandonné la ville (VIII, 41). Mais il ne mentionne pas une quelconque intervention de Thémistocle à ce moment-là.
34. Dans le récit d'Hérodote (VII, 140-143), l'interprétation par Thémistocle de la réponse de l'oracle de Delphes se place avant l'anecdote relative au serpent sacré. Il y aurait eu en fait deux réponses de la Pythie. C'est sur la seconde que les Athéniens se divisèrent, les uns interprétant les murailles de bois qui défendraient Athènes comme désignant la palissade qui entourait l'Acropole, les autres, dont Thémistocle, comme les navires de la flotte rassemblée au large de Salamine.
35. C'est dans la Constitution *d'Athènes, XXIII, 1, qu'est évoquée cette distribution par l'Aréopage.*
36. Cleidémos, auteur d'une histoire d'Athènes (Atthis), *vécut au IVe siècle.*
37. La tête de la gorgone Méduse, dont le regard pétrifiait ceux qui lui faisaient face, et dont s'était emparé le héros Persée, figurait sur le bouclier de la déesse Athéna.

l'île[38]. 9. Les citoyens qu'on abandonnait à cause de leur grand âge inspiraient une grande compassion. Même les animaux familiers et domestiques manifestaient une affection qui faisait venir les larmes aux yeux : ils accompagnaient en courant, avec des gémissements de regret, les maîtres qui les avaient nourris et qui embarquaient. 10. On raconte notamment que le chien de Xanthippos, père de Périclès, ne pouvant supporter d'être séparé de lui, sauta à la mer ; il nagea à côté de la trière et parvint à Salamine, où il mourut aussitôt d'épuisement. L'endroit qu'on montre encore aujourd'hui, et qu'on appelle la Tombe du chien, serait, dit-on, son tombeau.

XI. 1. Telles étaient déjà les grandes réalisations de Thémistocle. Il y eut plus. Les citoyens, il s'en rendait compte, regrettaient Aristide, et craignaient que par ressentiment, il ne se ralliât au Barbare pour perdre la Grèce : il avait été ostracisé avant la guerre, parce qu'il avait été battu par la faction de Thémistocle[39]. Ce dernier proposa donc un décret autorisant ceux qui avaient été bannis pour un temps à rentrer, pour agir et parler en vue du bien suprême de la Grèce, comme les autres citoyens. 2. Quant à Eurybiade, auquel le prestige de Sparte avait valu le commandement de la flotte, il était un peu mou face au danger : il voulait lever l'ancre et faire voile vers l'Isthme où se trouvait également rassemblée l'armée de terre des Péloponnésiens. Thémistocle s'éleva contre ce projet[40]. Ce fut à cette occasion, dit-on, que furent prononcées des phrases mémorables. 3. Eurybiade lui disait : « Dans les concours, Thémistocle, ceux qui partent avant le signal sont fouettés. – Oui, répondit Thémistocle, mais ceux qui restent en arrière ne reçoivent pas de couronne. » Ensuite, comme Eurybiade levait son bâton pour le frapper, Thémistocle lui lança : « Frappe, mais écoute ! » 4. Eurybiade, surpris de le voir si doux, l'invita à parler. Comme Thémistocle tentait de le ranger à ses vues, 5. quelqu'un fit remarquer qu'un homme qui n'avait plus de cité n'avait pas le droit d'apprendre à ceux qui en avaient une à abandonner et à livrer leur patrie. Alors Thémistocle retournant l'argument : « Misérable, dit-il, nous avons laissé nos maisons et nos remparts, car nous jugeons indigne de subir l'esclavage pour des objets sans vie ; mais nous possédons une cité, la plus grande qui soit en Grèce : ce sont nos deux cents trières qui sont ici, maintenant, pour vous porter secours, si vous acceptez d'être sauvés par elles. Mais si vous faites demi-tour, si vous nous trahissez une deuxième fois, chacun, en Grèce, apprendra bientôt que les Athéniens possèdent une cité libre, et un pays qui vaut bien celui qu'ils ont abandonné[41]. » Ces mots de

---

38. En réalité, une partie des Athéniens, avec leurs femmes et leurs enfants, s'étaient réfugiés également à Égine et à Trézène (voir Hérodote, VIII, 41).

39. Sur l'ostracisme d'Aristide, voir supra, V, 6. Son retour, ainsi que celui des autres ostracisés, aurait eu lieu en 480, dès l'annonce de l'expédition de Xerxès.

40. Chez Hérodote (VIII, 59), c'est au Corinthien Adeimantos que Thémistocle s'oppose.

41. Cette réplique renvoie à l'oracle sur les « murailles de bois », qui représentent la flotte, devenue par la présence des citoyens la cité elle-même. On retrouve l'idée souvent exprimée que la cité est d'abord constituée par des hommes et n'est pas nécessairement liée au territoire où elle s'est établie : elle peut envisager de s'installer ailleurs. Dans le discours qu'Hérodote prête à Thémistocle, celui-ci envisage la possibilité, en cas de défection des Péloponnésiens, d'une installation dans le sud de l'Italie, à Siris (VIII, 62).

Thémistocle firent réfléchir Eurybiade; il craignit de voir les Athéniens s'en aller et les abandonner. 6. Quand le représentant des Érétriens essaya de parler contre lui, Thémistocle lui lança: «Quel droit avez-vous de nous parler de guerre, vous qui, comme les calmars, avez une épée, mais pas de cœur au ventre?»

XII. 1. Selon certains auteurs, Thémistocle tenait ces propos depuis le pont de son navire; or on vit une chouette[42] voler à sa droite et se poser sur les cordages. Ce fut cela surtout qui décida les Grecs à adopter ses vues et à se préparer à un combat sur mer. 2. Mais quand la flotte ennemie s'approcha de l'Attique, près du cap Phalère, dérobant à la vue tous les rivages alentours, quand on vit le Grand Roi en personne, entouré de son armée de terre, descendre vers la mer, quand toutes ces forces firent leur jonction, alors les arguments de Thémistocle s'effacèrent de l'esprit des Grecs. Les Péloponnésiens tournèrent de nouveau leurs regards vers l'Isthme, et si quelqu'un émettait un avis différent, ils se fâchaient. Ils décidèrent de faire retraite pendant la nuit, et les capitaines reçurent l'ordre de mettre à la voile. 3. Alors Thémistocle, désespéré à l'idée que les Grecs pussent perdre l'avantage que leur fournissait leur position dans les détroits, et se disperser cité par cité, imagina et combina l'affaire de Sicinnos.

4. Ce Sicinnos était de naissance perse, c'était un prisonnier de guerre, mais il était dévoué à Thémistocle et pédagogue de ses enfants. Thémistocle l'envoya secrètement à Xerxès, avec le message suivant: «Thémistocle, stratège des Athéniens, embrasse la cause du roi. Il veut être le premier à lui annoncer que les Grecs sont en train de s'enfuir. Il lui conseille de ne pas les laisser échapper: qu'il profite de la confusion où ils se trouvent, coupés de leur armée de terre, pour se jeter sur eux et détruire leurs forces navales.» 5. En entendant ce message, qu'il croyait dicté par le souci de ses intérêts, Xerxès fut rempli de joie. Il ordonna que, tandis que les autres capitaines continueraient tranquillement à équiper leurs navires, on en fît déjà, sans attendre, partir deux cents pour encercler tout le passage et bloquer les îles, afin qu'aucun des ennemis ne pût s'enfuir. 6. Aristide, fils de Lysimachos, fut le premier à remarquer ce qui se passait. Il se rendit devant la tente de Thémistocle: il n'était pourtant pas son ami, puisqu'au contraire il avait été, je l'ai dit, ostracisé à cause de lui. Quand Thémistocle sortit, il l'avertit qu'ils étaient encerclés. 7. Alors Thémistocle, qui connaissait par ailleurs la valeur d'Aristide, et l'admirait particulièrement d'être présent en un tel moment, lui révéla la mission de Sicinnos; il le pria de l'aider à retenir les Grecs, lui qui jouissait d'un plus grand crédit auprès d'eux, et de les exhorter à combattre dans les détroits. 8. Aristide loua vivement Thémistocle; il alla trouver les autres stratèges et les triérarques, pour les inciter à livrer bataille. Malgré tous ses efforts, ils étaient encore réticents, quand apparut une trière de Ténédos[43], qui avait déserté: elle était commandée

---

42. *La chouette est l'oiseau d'Athéna, déesse protectrice de la cité, qui manifestait ainsi son appui aux Athéniens.*

43. *Ténédos est une petite île, proche de Lemnos. Hérodote (VIII, 82) parle, lui, de Ténos et non de Ténédos. Ténos est une des Cyclades et l'on sait qu'un certain nombre d'îles de l'Égée s'étaient ralliées aux Perses et leur avaient fourni des navires. Plutarque a sans doute commis une erreur sur le nom.*

par Panaïtios, et elle leur annonçait qu'ils étaient encerclés. Alors, cédant à la nécessité, les Grecs s'élancèrent avec courage au-devant du danger.

XIII. 1. Au point du jour, Xerxès alla s'asseoir sur une hauteur pour observer sa flotte et l'ordre de ses troupes. Selon Phanodémos[44], il s'installa au-dessus du sanctuaire d'Héraclès, là où un passage très étroit sépare l'île de l'Attique; selon Acestodoros, ce fut à la frontière de la Mégaride, au-dessus du lieu-dit les Cornes. Il s'était fait installer un char en or et avait à ses côtés de nombreux scribes, qui avaient pour mission de noter par écrit le déroulement de la bataille. 2. Thémistocle offrait un sacrifice devant la trière amirale, quand on amena trois prisonniers de guerre d'une grande beauté, magnifiquement vêtus et couverts de bijoux. C'étaient, disait-on, les fils de Sandacè, la sœur du Grand Roi, et d'Artayctès. 3. Le devin Euphrantidès les aperçut, et comme au même moment une flamme haute et brillante s'élevait des victimes, et qu'un éternuement se faisait entendre sur la droite, fournissant un présage, il saisit la main de Thémistocle, et lui ordonna de consacrer les jeunes gens et de les immoler tous à Dionysos Mangeur de chair crue[45], après avoir supplié ce dieu. Un tel sacrifice, disait-il, assurerait aux Grecs le salut et la victoire. 4. Thémistocle fut frappé d'horreur[46], jugeant que c'était là une prophétie monstrueuse et terrible; mais la multitude, comme souvent dans les grands dangers et les situations difficiles, espérait son salut de l'irrationnel plus que de voies raisonnables: invoquant le dieu d'une seule voix, elle poussa les prisonniers devant l'autel, et força Thémistocle à accomplir le sacrifice comme le devin l'avait ordonné. 5. Cette histoire est en tout cas rapportée par Phanias de Lesbos, un philosophe qui connaît fort bien la littérature historique.

XIV. 1. En ce qui concerne le nombre des navires barbares, le poète Eschyle, qui devait le savoir et l'affirme avec force, dit, dans sa tragédie *Les Perses*:

> Xerxès, oui je le sais, menait mille navires,
> Et des vaisseaux légers, arrogants et rapides,
> qui étaient deux cent sept; tel en était le nombre[47].

---

44. *Phanodémos est un Atthidographe (voir* Thésée, *XIV, 3 et note) qui joua un rôle politique à Athènes dans la seconde moitié du IV*[e] *siècle. Acestodoros n'est pas autrement connu. La scène est décrite par Hérodote (VIII, 90) et par Eschyle, dans sa tragédie des* Perses, *v. 466 et suiv.*
45. *Le culte dionysiaque comportait des rites d'omophagie, c'est-à-dire de consommation de chairs crues. Ces rites, évoqués dans les* Bacchantes *d'Euripide, avaient disparu de la religion civique du dieu, mais subsistaient dans certaines régions du monde grec, et peut-être même en Attique si le récit de Phanias de Lesbos est authentique. Sur Phanias, voir supra, I, 2.*
46. *L'horreur ressentie par Thémistocle témoigne de la disparition des sacrifices humains dans le monde grec de l'époque classique. On est tenté de rapprocher ces jeunes Perses sacrifiés des jeunes Troyens sacrifiés par Achille sur le bûcher de Patrocle (voir l'*Iliade, *XXII, v. 175 et suiv.). Hérodote ne mentionne rien de tel dans son récit.*
47. *Plutarque fait référence aux vers 341-343 des* Perses *d'Eschyle.*

2. La flotte des Athéniens comptait, elle, cent quatre-vingts navires ; chacun portait dix-huit hommes qui devaient combattre depuis le pont, dont quatre archers[48]. Les autres étaient des hoplites.
3. Thémistocle choisit avec autant d'habileté, semble-t-il, le moment du combat que son emplacement. Il veilla à ne pas lancer ses trières contre celles des Barbares avant l'heure habituelle où se lève toujours sur les détroits un vent qui vient du large, avec une houle violente. Les navires grecs n'en étaient pas gênés, car ils étaient plats et assez bas ; mais ceux des Barbares, qui avaient des poupes altières, des ponts élevés, et qui étaient pesants à manœuvrer, en subissaient le choc, lequel les faisait tourner et les livrait, de flanc, aux Grecs. Ceux-ci s'élançaient vivement contre eux, gardant les yeux sur Thémistocle, convaincus qu'il voyait mieux que quiconque ce qu'il fallait faire. Pour la même raison, le chef de la flotte de Xerxès, Ariaménès, à bord d'un énorme navire, lançait contre lui, comme du haut d'une forteresse, des flèches et des javelots : cet Ariaménès était un homme valeureux, de loin le plus fort et le plus juste de tous les frères du roi. 4. Ameinias de Décélie et Soclès de Pallénè[49], qui naviguaient ensemble, se portèrent contre lui ; les vaisseaux se heurtèrent proue contre proue et restèrent attachés l'un à l'autre par leurs rostres. Ariaménès voulut monter à l'abordage sur la trière des Grecs, mais ceux-ci résistèrent, le frappèrent de leurs lances, et le jetèrent à la mer. Son corps, emporté avec des débris de navires, fut reconnu par Artémise qui le fit porter à Xerxès.

XV. 1. Le combat en était là, quand une grande lumière, dit-on, jaillit d'Éleusis, tandis que l'écho d'une clameur emplissait toute la plaine de Thria jusqu'à la mer, comme si une grande foule emmenait en procession Iacchos, le dieu des Mystères[50]. De cette multitude de gens qui criaient, on crut voir un nuage s'élever lentement de la terre, puis redescendre et s'abattre sur les trières. 2. D'autres crurent voir des apparitions et des fantômes d'hommes en armes qui venaient d'Égine, les mains tendues devant les trières grecques. On supposa que c'étaient les Éacides[51] dont on avait invoqué le secours avant la bataille.

---

48. Le chiffre de 180 trières athéniennes est emprunté à Hérodote, VIII, 44. Les soldats qui combattaient depuis le pont étaient armés à la légère, à la différence des hoplites. D'où la présence d'archers parmi eux.
49. Plutarque emprunte à Hérodote (VIII, 84) le nom du premier commandant de navire, mais en ne lui attribuant pas son démotique (le nom du dème de son père dans lequel est inscrit, à 18 ans, chaque citoyen athénien), Palléneus, qu'il attribue au second, par ailleurs inconnu. C'est bien cet Ameinias qui s'élança sur le navire de la reine d'Halicarnasse qui combattait aux côtés de Xerxès (Hérodote, VIII, 93).
50. Iacchos, invoqué à Éleusis lors de la grande procession qui précédait la célébration des Mystères, était, dans la mythologie grecque, tantôt le fils de Déméter, tantôt celui de Perséphone et de Dionysos. Il est également souvent identifié à ce dernier. Hérodote (VI, 64-65) parle de ce séisme, mais le place avant la bataille, ainsi que toute une série d'autres prodiges.
51. Les Éacides, c'est-à-dire les fils d'Éaque. Éaque, fils de Zeus et de la nymphe Égine, devint roi de l'île d'Oenone à laquelle il donna le nom de sa mère. La réputation d'être le plus pieux des Grecs explique sa présence aux côtés de Minos et de Rhadamanthe comme juge des Enfers. Ajax, héros de Salamine, était un Éacide. Selon Hérodote (VIII, 64), on aurait fait venir les statues des Éacides sur un navire parti d'Égine.

3. Le premier à s'emparer d'un bateau fut Lycomédès, un triérarque athénien : il en coupa les emblèmes et les consacra à Apollon Porte-laurier de Phlyées[52]. 4. Les autres luttaient désormais à nombre égal avec les Barbares, qui s'engageaient successivement dans le détroit et se heurtaient entre eux. Ils les mirent donc en déroute, en dépit de leur résistance qui dura jusqu'au soir, et remportèrent ainsi, comme l'a dit Simonide[53], cette belle victoire si célèbre, l'action la plus éclatante jamais accomplie sur mer par des Grecs ou par des Barbares, grâce au courage et à l'ardeur générale des combattants, mais aussi à l'intelligence et à l'habileté de Thémistocle.

XVI. 1. Après la bataille navale, Xerxès, furieux de son échec, entreprit de construire une digue pour faire passer à Salamine son armée de terre et la lancer contre les Grecs, après avoir obstrué le détroit qui le séparait de l'île[54]. 2. Alors Thémistocle, pour sonder Aristide, lui proposa de conduire la flotte grecque vers l'Hellespont pour briser le pont de navires qui joignait les deux rives : « Cela nous permettra, dit-il, de capturer l'Asie sur le sol de l'Europe. » 3. Mais Aristide se montra hostile à ce projet : « Jusqu'à présent, dit-il, nous avons combattu contre un Barbare qui était bien tranquille ; mais si nous l'enfermons en Grèce, si nous l'inquiétons et le mettons aux abois, cet homme, qui dispose de tant de forces, ne restera plus assis sous un dais d'or pour regarder paisiblement la bataille ; il aura toutes les audaces, il participera en personne à toutes les actions ; le danger le poussera à réparer ses négligences et à mieux diriger l'ensemble des opérations. 4. Loin de détruire le pont qui existe, Thémistocle, nous devrions en construire un autre, si possible, pour chasser au plus tôt cet homme d'Europe. – Eh bien ! répondit Thémistocle, si tel est le meilleur parti, il faut maintenant que nous avisions et travaillions ensemble à lui faire quitter la Grèce au plus vite[55]. » 5. Cette décision prise, il envoya un des eunuques royaux, un nommé Arnacès, qu'il avait trouvé parmi les prisonniers, avec ordre de donner au roi l'avis suivant : « Après leur victoire sur mer, les Grecs ont décidé de faire voile vers l'Hellespont à l'endroit où les deux rives sont jointes, afin

---

52. L'action de ce Lycomédès est rapportée par Hérodote dans son récit de la bataille de l'Artémision (VIII, 11). On constate une fois de plus une certaine « légèreté » de Plutarque dans l'utilisation, directe ou indirecte, de ses sources. Phlyées est un dème de l'Attique. L'épithète de « porte-laurier » est souvent accolée au nom du dieu de Delphes.

53. Plutarque reprend ici à son compte le jugement que les Athéniens devaient porter sur cette bataille.

54. Hérodote (VIII, 97) présente la construction de ce pont de bateaux comme une ruse de Xerxès pour empêcher les Grecs de détruire les ponts sur l'Hellespont et d'interdire ainsi la retraite de son armée vers l'Asie. Pour Plutarque, il s'agit au contraire d'une ruse de Thémistocle pour contraindre le roi à la retraite.

55. Le même débat se retrouve dans Aristide (IX, 5). Dans le récit d'Hérodote en revanche, Thémistocle défend le projet d'une poursuite de la flotte de Xerxès jusqu'à l'Hellespont, et c'est l'opposition d'Eurybiade qui l'amène à y renoncer (VIII, 108-109). On peut se demander pourquoi Plutarque, qui visiblement utilise le récit d'Hérodote, éprouve le besoin d'en modifier le sens. Pour servir son héros ? Ou pour montrer que la ruse était un trait caractéristique du personnage ? C'est en tout cas ce qui ressort de ce chapitre.

de détruire le pont de vaisseaux. Par égard pour le roi, Thémistocle l'engage vivement à regagner en hâte sa propre mer et à passer en Asie; pendant ce temps, il occupera les alliés et retardera leur poursuite.» 6. À cette nouvelle, le Barbare fut pris de peur, et fit retraite précipitamment. Thémistocle et Aristide agirent sagement, comme le prouvent les difficultés rencontrées face à Mardonios[56], s'il est vrai qu'à Platées les Grecs qui luttaient contre une infime partie de la puissance de Xerxès, faillirent tout perdre.

XVII. 1. Parmi les cités, la plus valeureuse fut, d'après Hérodote, celle des Éginètes. Mais tous donnèrent la première place à Thémistocle, à contrecœur cependant, car ils le jalousaient. 2. Quand les généraux se retirèrent sur l'Isthme, ils procédèrent à un vote solennel, en prenant les jetons sur l'autel : chacun s'adjugea le premier prix de courage, et donna la deuxième place, juste après lui, à Thémistocle[57]. 3. Les Lacédémoniens l'emmenèrent à Sparte : ils décernèrent à Eurybiade le prix de la vaillance et remirent à Thémistocle celui de la sagesse, qui consistait en une couronne de feuillage ; ils lui offrirent le meilleur char de la cité et le firent reconduire par trois cents jeunes gens qui l'escortèrent jusqu'aux frontières[58]. 4. Aux concours Olympiques qui suivirent[59], dit-on, quand Thémistocle entra dans le stade, les spectateurs cessèrent de s'intéresser aux concurrents, et passèrent le jour entier à le contempler et à le désigner aux étrangers, tout en l'admirant et en l'applaudissant : alors, ravi, il déclara à ses amis qu'il cueillait le fruit des peines qu'il avait supportées pour la Grèce.

XVIII. 1. Il était par nature très avide de gloire, s'il faut en croire les faits et gestes conservés par la tradition. Quand la cité le nomma navarque[60], il ne voulut pas traiter au fur et à mesure les affaires individuelles ou publiques qui se présentaient. Il les reportait toutes au jour où il devait embarquer, afin d'avoir à régler beaucoup de questions à la fois et à rencontrer une foule de personnages, ce qui montrerait sa grandeur et son influence. 2. Un jour, regardant des cadavres échoués sur la plage, et remarquant qu'ils étaient parés de bracelets en or et de colliers, il passa sans s'arrêter, mais les montra à un ami qui le suivait : « Sers-toi ! dit-il, tu n'es pas Thémistocle. »

---

56. Mardonios était le général perse auquel Xerxès avait confié le commandement des troupes demeurées en Grèce (voir supra, IV, 6). La bataille de Platées eut lieu l'année suivante et assura aux Grecs la victoire définitive.
57. Ces récompenses sont significatives de l'esprit agonistique qui présidait à la guerre comme à toutes les manifestations de la vie politique ou religieuse. Sur le mérite des Éginètes, voir Hérodote, VIII, 93. C'est à l'isthme de Corinthe qu'eut lieu la «distribution des prix». Hérodote rapporte que chacun des stratèges se désigna comme le meilleur, mais que tous désignèrent Thémistocle pour la seconde place (VIII, 124).
58. Il s'agit des Trois Cents qui formaient l'élite de la cité.
59. Les concours Olympiques auxquels Plutarque fait référence sont vraisemblablement ceux de 476.
60. La fonction de navarque – commandant d'une flotte – n'existe pas à Athènes. C'est en tant que stratège que Thémistocle commandait la flotte.

3. Un des beaux jeunes gens d'Athènes, Antiphanès, l'avait jadis traité avec dédain ; plus tard, à cause de sa gloire, il lui fit la cour : « Jeune homme, lui lança Thémistocle, c'est un peu tard sans doute, mais nous sommes enfin tous les deux devenus raisonnables. » 4. Il disait que les Athéniens n'avaient pour lui ni vénération ni admiration, mais qu'ils se réfugiaient près de lui dans le danger, comme des gens battus par la tempête s'abritent sous un platane ; le beau temps revenu, ils l'ébranchaient et le dépouillaient. 5. Un homme de Sériphos lui dit qu'il ne devait pas sa gloire à ses propres mérites, mais à sa cité : « Tu as raison, répondit Thémistocle, si j'étais de Sériphos, je n'aurais pas connu la gloire, mais toi non plus, même si tu étais d'Athènes ! » 6. Un autre stratège, qui croyait avoir rendu à la cité quelque service, se vantait devant Thémistocle, en comparant leurs actes à tous deux. Alors Thémistocle déclara : « Le Lendemain de fête chercha un jour querelle à la Fête : "Tu ne laisses pas un moment de loisir, lui disait-il ; tu fatigues tout le monde. Avec moi, en revanche, chacun profite à loisir des préparatifs qui ont été faits." À quoi le Jour de fête répondit : "Tu as raison, mais sans moi, tu n'existerais pas." C'est la même chose pour moi, poursuivit Thémistocle ; si autrefois je n'avais pas été là, où seriez-vous maintenant ? » 7. Comme son fils tyrannisait sa mère et se servait d'elle pour le régenter, lui, il dit en plaisantant : « Voici le plus puissant des Grecs. Les Grecs obéissent aux Athéniens, les Athéniens m'obéissent, moi j'obéis à la mère de ce garçon, et sa mère lui obéit. » 8. Il cherchait à être original en tout. Un jour qu'il mettait une propriété en vente, il fit proclamer par le crieur qu'elle avait, entre autres qualités, un excellent voisin. 9. Parmi les prétendants de sa fille, il préféra à un garçon riche un garçon bien doué : « Je cherche, déclara-t-il, un homme sans argent, plutôt que de l'argent sans homme. » Voilà donc comme il était dans ses reparties.

XIX. 1. Après ces grands exploits, il entreprit aussitôt de rebâtir la cité et de la doter de murailles. Selon le récit de Théopompe[61], il corrompit les éphores pour les empêcher de faire opposition à ce projet ; mais d'après la plupart des auteurs, il les trompa. 2. Il se rendit à Sparte, sous prétexte d'une ambassade, et là, comme les Spartiates se plaignaient qu'on fortifiât la ville, comme Polyarchos avait été appelé d'Égine tout exprès pour porter cette accusation, il nia la chose, et les pria d'envoyer des gens à Athènes voir ce qu'il en était. Il voulait ainsi donner aux Athéniens du temps pour construire les murs, et en même temps leur livrer les envoyés, en échange de sa personne[62]. 3. Son plan se réalisa. Quand les Lacédémoniens apprirent la vérité, ils ne lui firent pas de mal ; ils le renvoyèrent, en cachant leur dépit. Ensuite il aménagea le Pirée, car il avait remarqué la disposition favorable de ses ports et souhaitait lier la cité entière à la mer[63]. D'une certaine façon il menait là une politique opposée à celle des anciens rois d'Athènes. 4. Ceux-ci, dit-on, avaient tout

---

61. *Théopompe de Chios, élève du rhéteur athénien Isocrate, est l'auteur d'*Helléniques, *auxquelles Plutarque emprunte cette information.*
62. *C'est également ce que rapporte Thucydide (I, 90, 3 et suiv.) avec beaucoup plus de détails.*
63. *C'est aussi à Thémistocle que Thucydide attribue l'initiative de faire du Pirée le port d'Athènes (I, 93, 3 et suiv.). Mais les travaux auraient commencé avant la seconde guerre médique.*

fait pour détourner les citoyens de la mer et les habituer à vivre sans naviguer, en cultivant la terre. Ils avaient dans ce but répandu l'histoire selon laquelle Athéna, à qui Poséidon disputait la possession du pays, aurait montré aux juges l'olivier sacré, et remporté ainsi la victoire[64]. Thémistocle ne «colla» pas le Pirée à la cité, comme le dit Aristophane, l'auteur comique[65]; au contraire, ce fut la cité qu'il attacha au Pirée et la terre à la mer. 5. De cette manière il augmenta la force et l'audace du peuple face aux nobles, puisque le pouvoir passait à des matelots, des chefs de rameurs et des capitaines. 6. Ce fut dans la même idée que par la suite, les trente tyrans changèrent l'orientation de la tribune de la Pnyx[66]: on l'avait construite face à la mer, mais ils la tournèrent vers la campagne, car à leur avis le pouvoir maritime engendrait la démocratie, tandis que les paysans étaient moins hostiles à l'oligarchie[67].

XX. 1. Thémistocle avait envisagé, pour favoriser la puissance navale d'Athènes, un projet encore plus extraordinaire. Après la retraite de Xerxès, la flotte grecque avait mouillé à Pagases[68] pour y passer l'hiver: Thémistocle prit la parole devant les Athéniens, et déclara qu'il avait conçu un plan qui leur serait utile et salutaire mais qu'il ne fallait pas révéler au public. 2. Les Athéniens lui demandèrent d'en faire part au seul Aristide et si celui-ci l'approuvait, de le mettre à exécution. Thémistocle révéla donc à Aristide qu'il se proposait de mettre le feu à la flotte grecque dans les entrepôts. Aristide se présenta devant le peuple, et dit que le projet de Thémistocle était bien le plus utile qu'on puisse imaginer, et le plus criminel. Les Athéniens lui demandèrent donc d'y renoncer. 3. Dans les conseils des Amphictyons[69], les Lacédémoniens proposèrent d'écarter de l'Amphictyonie les cités qui n'avaient pas participé à l'alliance contre les Mèdes. Mais Thémistocle craignit de les voir devenir maîtres des suffrages et imposer leurs volontés s'ils excluaient les Thessaliens, les Argiens, et les Thébains de l'alliance. Il prit donc la défense de ces cités et fit changer les pylagores d'avis, en expliquant que seules trente et une cités, la plupart fort petites, avaient participé à la guerre; 4. il serait dangereux que le reste de la

---

64. *La lutte de Poséidon et d'Athéna pour la possession de l'Attique est un mythe célèbre, représenté sur le fronton occidental du Parthénon. La défaite de Poséidon est ici interprétée comme un jugement hostile à l'empire maritime. Mais il y a aussi l'écho des critiques de Platon et d'Aristote sur les méfaits du voisinage de la mer (voir* Lois, *IV, 707a;* Politique, *V, 1304a22).*
65. *Aristophane,* Cavaliers, *v. 815.*
66. *La Pnyx était la colline où se réunissait l'assemblée du peuple à partir du milieu du Ve siècle. Des gradins avaient été taillés pour le public et une tribune avait été élevée, d'où les orateurs s'adressaient au* démos.
67. *On retrouve là des thèmes de la propagande antidémocratique. Les trente tyrans furent les chefs des oligarques qui renversèrent la démocratie en 404 et gouvernèrent en faisant régner la terreur pendant quelques mois.*
68. *Pagases est un port de la côte thessalienne, à proximité de la ville de Phères.*
69. *Le conseil des Amphictyons administrait le sanctuaire de Delphes. Il était formé de délégués des différents peuples grecs, appelés «pylagores».*

Grèce fût rejeté de l'alliance et que l'assemblée passât sous le contrôle de deux ou trois cités. Il heurta ainsi violemment les Lacédémoniens. C'est pourquoi ils poussèrent Cimon[70] aux honneurs, et firent de lui le rival de Thémistocle dans la vie politique.

XXI. 1. Il s'attira aussi la haine des alliés, quand il fit le tour des îles pour leur demander de l'argent. Lorsqu'il réclama une contribution aux Andriens, telles furent, selon Hérodote, les paroles qu'il prononça et la réponse qu'il obtint : 2. « J'amène avec moi, disait-il, deux divinités, Persuasion et Contrainte. » Les autres répondirent : « Nous avons nous aussi deux grands dieux, Pauvreté et Faiblesse : ils nous interdisent de te donner de l'argent[71]. » 3. Le poète lyrique Timocréon de Rhodes[72] s'en prend avec beaucoup de violence à Thémistocle dans une chanson, l'accusant de s'être laissé acheter pour faire rentrer certains exilés, mais de l'avoir abandonné pour de l'argent, lui qui était pourtant son hôte et son ami. 4. Voici ce qu'il dit :

> Si on loue Pausanias, si on loue Xanthippos,
> Ou Léotychidas[73], moi je chante Aristide
> Le seul homme obligeant qui de la sainte Athènes,
> Vint jamais jusqu'à nous. Mais quant à Thémistocle,
> Létô[74] hait ce menteur, ce coupable, ce traître !
> Il se laissa corrompre et ne ramena point
> Timocréon son hôte à Ialysos sa ville.
> Il reçut trois talents et embarqua pour nous perdre.
> Au mépris de tout droit, il ramenait les uns,
> mais il en chassait d'autres, et il en tuait d'autres,
> repu d'argent. À l'Isthme, en hôte ridicule,
> il servait des plats froids. Tous mangeaient et priaient :
> « Que nul bonheur jamais ne vienne à Thémistocle ! »

---

70. *Cimon, fils de Miltiade, devait jouer un rôle important dans les années qui suivirent la fin des guerres médiques. Voir la* Vie *que lui a consacrée Plutarque.*
71. *Hérodote évoque en effet (VIII, 111 et suiv.) les exigences de Thémistocle à l'encontre des insulaires qui, comme les gens d'Andros, avaient pris le parti des Perses ou avaient refusé de s'allier aux Grecs. Mais il ne cite, en dehors des Andriens, que les Pariens et les Carystiens, qui invoquent non seulement leur pauvreté, mais aussi leur* améchaniè, *leur manque de moyens matériels.*
72. *Le poète Timocréon de Rhodes vécut dans la première moitié du V*^e *siècle. Il aurait pris le parti des Perses et aurait été pour cette raison condamné à l'exil. C'est sans doute après l'entrée de Rhodes dans l'alliance athénienne en 476 que Thémistocle organisa le retour de certains exilés.*
73. *Pausanias est le roi de Sparte, vainqueur à Platées en 479. Léotychidas est l'autre roi de Sparte, vainqueur de la flotte perse à Mycale, également en 479. Quant à l'Athénien Xanthippos, père de Périclès, c'est lui qui commandait la flotte athénienne à Mycale.*
74. *Létô est la mère d'Apollon et d'Artémis.*

5. Après l'exil et la condamnation de Thémistocle, Timocréon lança contre lui des attaques encore plus hardies et emportées ; il composa une chanson qui commence ainsi :

> 6. Ô Muse ! à mon poème accorde belle gloire
> parmi les Grecs ! cela est convenable et juste !

7. Timocréon fut exilé, dit-on, parce qu'on l'accusait de sympathies pour les Mèdes, et Thémistocle fut un de ceux qui votèrent contre lui. C'est pourquoi, lorsque Thémistocle fut à son tour accusé de soutenir les Mèdes, voici les vers qu'il composa contre lui :

> Timocréon n'est donc pas seul à pactiser
> Avec l'ennemi mède. Il est d'autres coupables ;
> Non moi, je ne suis pas le seul renard sans queue ;
> Il est d'autres renards.

XXII. 1. Dès cette époque, ses concitoyens eux-mêmes, dans leur jalousie, accueillaient ces calomnies avec plaisir : aussi devenait-il insupportable, à force de rappeler sans cesse, devant l'assemblée du peuple, les exploits dont il était l'auteur. Et lorsque certains s'en irritaient : « Êtes-vous donc las, leur disait-il, d'être toujours comblés de bienfaits par les mêmes personnes ? » 2. Il indisposa également la foule en faisant construire le temple d'Artémis, qu'il surnomma Aristoboulè [« la Meilleure conseillère »] indiquant par là qu'il avait donné les meilleurs conseils à la cité et aux Grecs : il fit édifier ce temple près de sa maison, à Mélitè[75], à l'endroit où aujourd'hui les bourreaux jettent les corps des condamnés, ainsi que les vêtements et les cordes de ceux qui se sont pendus. 3. Il y avait encore, de mon temps, dans le sanctuaire d'Artémis Aristoboulè une statue représentant Thémistocle ; elle montrait qu'il avait non seulement l'âme, mais aussi les traits d'un héros.
4. Les Athéniens le bannirent par ostracisme[76], pour rabaisser sa dignité et sa suprématie, comme ils en avaient l'habitude à l'égard de tous ceux dont ils jugeaient le pouvoir excessif, trop au-dessus de l'égalité démocratique. 5. L'ostracisme n'était pas un châtiment, mais une satisfaction, un soulagement accordé à l'envie, laquelle prend plaisir à voir humilier les hommes éminents, et exhale sa haine en leur infligeant pareille indignité[77].

---

75. *Mélitè est un dème situé dans les faubourgs d'Athènes.*
76. *L'ostracisme de Thémistocle eut lieu en 471. On a retrouvé sur les pentes de l'Acropole 192 ostraca portant son nom.*
77. *Ce jugement de Plutarque sur l'ostracisme est très « platonicien » : la foule se plaît à abaisser les hommes de valeur qui surpassent les autres. Plutarque emploie à ce propos le terme* atimia, *qui dans la loi athénienne signifie privation du droit de participer à la vie politique de la cité, et n'a rien à voir avec l'ostracisme qui condamnait à un exil de dix ans, sans privation de ses droits, quiconque semblait aspirer à la tyrannie.*

XXIII. 1. Il avait été chassé de la cité et séjournait à Argos, quand survint l'affaire de Pausanias[78] qui donna à ses ennemis un prétexte pour l'abattre. L'accusation de trahison fut portée par Léobotès, le fils d'Alcméon, du dème d'Agrylè, avec l'appui des Spartiates. 2. En fait Pausanias, quand il méditait cette fameuse trahison, s'était d'abord caché de Thémistocle, bien qu'il fût son ami. Mais quand il le vit chassé de la cité et plein d'amertume, il s'enhardit et le pria de s'associer à son entreprise; il lui montra une lettre du roi, et chercha à l'irriter contre les Grecs qui n'étaient, disait-il, que des méchants et des ingrats. 3. Thémistocle repoussa la proposition de Pausanias et refusa absolument de se joindre à lui, mais ne révéla leur conversation à personne et ne dénonça pas ses projets: sans doute pensait-il que Pausanias allait y renoncer, ou qu'il serait découvert d'une manière ou d'une autre, s'il persistait, contre toute raison, dans ce projet absurde et téméraire. 4. C'est pourquoi, quand Pausanias eut été mis à mort, on trouva des lettres et des écrits relatifs à cette trahison, qui firent soupçonner Thémistocle. Les Lacédémoniens se déchaînèrent contre lui et, à Athènes, ses envieux l'accusèrent en son absence: il se défendit par écrit, surtout contre les griefs précédents. 5. «Mes ennemis, disait-il, m'accusent devant mes concitoyens de chercher toujours à commander, et d'être inapte et rebelle à toute obéissance: je n'aurais donc jamais pu me vendre, et vendre la Grèce avec moi, à des Barbares, à des ennemis.» 6. Cependant le peuple se laissa convaincre par ses accusateurs: on envoya des hommes avec ordre de l'arrêter et de l'amener devant les Grecs pour y être jugé.

XXIV. 1. Mais Thémistocle fut prévenu. Il passa à Corcyre[79], cité où il avait le titre d'Évergète [«Bienfaiteur de l'État»]: il avait joué le rôle d'arbitre dans un différend qui l'opposait à Corinthe, et avait décidé, pour trancher la querelle, que les Corinthiens devraient verser une amende de vingt talents et que Leucade serait administrée conjointement par les deux cités, puisqu'elle était leur colonie à toutes deux. 2. De Corcyre, il s'enfuit en Épire. Poursuivi par les Athéniens et les Lacédémoniens, il prit un parti dangereux et désespéré: il chercha refuge auprès d'Admète, roi des Molosses. Ce dernier avait autrefois adressé aux Athéniens une demande que Thémistocle avait rejetée avec insolence, à l'époque où il était très influent dans la vie politique; depuis lors, le roi gardait un ressentiment à son endroit, et il était clair que s'il s'emparait de lui, il en tirerait vengeance. 3. Mais dans son infortune, Thémistocle redoutait bien plus la jalousie toute fraîche de ses conci-

---

78. *Pausanias, qui commandait la flotte spartiate durant l'expédition dont le but était de libérer les cités grecques d'Asie de la domination perse, avait été rappelé à Sparte pour s'être livré à des exactions (voir Thucydide, I, 95, 3-6). Bien qu'ayant été jugé innocent, il ne reçut pas de nouveau commandement. Mais, «à titre privé» (I, 128, 3), il repartit pour la région de l'Hellespont et proposa à Xerxès de lui restituer Byzance et de soumettre la Grèce à son autorité. Rappelé à Sparte une seconde fois, il fut condamné à mort. Les Lacédémoniens cherchèrent alors à compromettre Thémistocle en l'accusant d'avoir trempé dans le complot du roi spartiate. Thémistocle avait été ostracisé peu auparavant et se trouvait alors à Argos (I, 135, 2-3). Il préféra s'enfuir.*
79. *Corcyre (Corfou) était à l'origine une colonie de Corinthe.*

toyens que l'ancienne colère du roi. Il se présenta donc comme suppliant devant Admète, d'une manière vraiment singulière et extraordinaire. 4. Il prit avec lui le fils du roi, encore tout enfant, et se prosterna devant le foyer : cette forme de supplication est particulièrement solennelle pour les Molosses ; c'est la seule qu'il leur soit presque impossible de rejeter. 5. Selon certains auteurs, Phthia, l'épouse du roi, aurait suggéré cette démarche à Thémistocle et plaça elle-même son fils près de lui, devant le foyer[80]. Selon d'autres, ce fut Admète qui, pour pouvoir invoquer auprès des poursuivants de Thémistocle l'impossibilité absolue de le livrer, aurait organisé et mis en scène avec lui cette supplication. 6. Ce fut là que la femme et les enfants de Thémistocle le rejoignirent : Épicratès d'Acharnes les avait fait sortir d'Athènes en secret et les lui avait envoyés, raison pour laquelle il fut plus tard cité en justice par Cimon et mis à mort, comme le raconte Stésimbrote. 7. Ensuite cet auteur, je ne sais comment, les oublie ou suppose que Thémistocle les oublia : il prétend que ce dernier navigua vers la Sicile où il demanda au tyran Hiéron la main de sa fille, lui promettant de lui soumettre les Grecs puis, sur le refus d'Hiéron, fit voile pour l'Asie[81].

XXV. 1. Mais il est peu probable que les choses se soient passées ainsi. Dans son traité *Sur la royauté*, Théophraste[82] raconte que lorsque Hiéron envoya à Olympie des chevaux pour concourir et fit dresser une tente somptueuse, Thémistocle prit la parole devant les Grecs, déclarant qu'il fallait déchirer la tente du tyran et empêcher ses chevaux de concourir. 2. D'après Thucydide, il descendit jusqu'à l'autre mer et embarqua à Pydna : aucun des passagers ne connaissait son identité, jusqu'au moment où le bateau fut porté par le vent vers Thasos[83], qui était alors assiégée par les Athéniens. Pris de peur, Thémistocle se fit connaître au pilote et au capitaine du bateau ; mêlant prières et menaces, il leur déclara qu'il les accuserait devant les Athéniens de l'avoir pris à bord en toute connaissance de cause et de s'être laissés corrompre au départ ; de cette manière, il les força à poursuivre leur route sans s'arrêter et à l'emmener jusqu'en Asie. 3. Quant à ses biens, une grande partie fut emportée secrètement d'Athènes par ses amis qui la lui firent parvenir en Asie ; ce qu'on trouva et qui fut versé au trésor public se montait, d'après Théopompe[84] à cent talents, d'après Théophraste à quatre-vingts, alors que Thémistocle ne possédait pas la valeur de trois talents avant de s'engager dans la vie politique.

---

80. *C'est en effet la version que donne Thucydide (I, 136, 2-3), Admète étant absent lorsque Thémistocle se présenta chez lui.*
81. *Sur Stésimbrote, voir supra, II, 5. Hiéron était alors tyran de Syracuse. Thucydide, dans le long récit qu'il consacre à cette partie de la vie de Thémistocle, ne mentionne pas ce séjour en Sicile. Thémistocle se serait embarqué à Pydna, directement pour l'Ionie.*
82. *Théophraste d'Érésos, philosophe, successeur d'Aristote à la tête du Lycée, est aussi l'auteur des* Caractères.
83. *Thucydide (I, 137, 2) parle du siège de Naxos et non de Thasos.*
84. *Sur Théopompe, voir supra, XIX, 1 et note. Le thème de l'enrichissement des démagogues se rencontre souvent dans le discours politique athénien.*

XXVI. 1. Il débarqua à Cymè[85], où il apprit que beaucoup d'habitants de la côte montaient la garde pour se saisir de lui, notamment Ergotélès et Pythodoros : il représentait une prise lucrative, pour des gens prêts à s'enrichir par n'importe quel moyen ; le roi avait proclamé une récompense de deux cents talents pour qui s'emparerait de lui. Il s'enfuit donc à Aïgaï, une petite cité d'Éolide : tous ignoraient sa présence, à l'exception de son hôte Nicogénès, lequel possédait la plus grande fortune d'Éolide et était bien connu des personnages influents de l'intérieur. 2. Thémistocle resta d'abord caché chez lui pendant quelques jours. Or après le dîner qui suivait un sacrifice, Olbios, le pédagogue des enfants de Nicogénès, fut pris de délire. Inspiré par le dieu, il déclama ces mots, en cadence métrique :

> À la nuit donne voix, décision et victoire.

3. Peu après, Thémistocle, s'étant endormi, crut voir en songe un serpent s'enrouler autour de son ventre et ramper jusqu'à son cou ; dès que l'animal atteignit son visage, il se changea en aigle et, déployant ses ailes, prit son vol et emporta Thémistocle sur une longue distance ; puis apparut un caducée d'or sur lequel l'oiseau le posa solidement, et il fut alors délivré de la peur impuissante et de l'angoisse. 4. Nicomède le fit donc partir, après avoir imaginé la ruse suivante. Les Barbares, et notamment les Perses, font preuve en général, à l'égard des femmes, d'une jalousie sauvage et cruelle[86]. 5. Ils surveillent étroitement non seulement leurs épouses légitimes, mais aussi les femmes qu'ils ont achetées et les concubines. Personne du dehors ne peut les voir ; elles vivent enfermées à la maison et, quand elles voyagent, elles sont transportées dans des voitures couvertes, totalement enveloppées de tentures. 6. On prépara pour Thémistocle un véhicule de ce genre, où il se dissimula pour faire le voyage. Quand on les rencontrait et posait des questions, ceux qui l'accompagnaient déclaraient qu'ils amenaient d'Ionie une fille grecque à l'un des courtisans du roi.

XXVII. 1. D'après le récit de Thucydide et de Charon de Lampsaque, Xerxès était mort, et ce fut son fils que Thémistocle rencontra, mais d'après Éphore, Deinon, Cleitarchos, Héraclide et bien d'autres encore, il rencontra Xerxès lui-même. 2. Les tables chronologiques confirment plutôt, semble-t-il, la version de Thucydide, mais elles ne sont pas très sûres, elles non plus[87]. Quoi qu'il en soit, Thémistocle, parvenu

---

85. *Cymè d'Éolide est une cité de la côte occidentale de l'Asie Mineure, au nord-est de Phocée. Selon Thucydide, il aurait débarqué à Éphèse (I, 137, 2).*
86. *Les Grecs se plaisaient à souligner la manière, à leurs yeux scandaleuse, dont les Perses traitaient leurs épouses. C'est d'ailleurs à leur propos que l'on trouve une des rares occurrences du terme « gynécée » (Hérodote, VII, 41).*
87. *La chronologie de ces événements est incertaine, mais le témoignage de Thucydide paraît le plus crédible. Xerxès était sans doute mort quand Thémistocle arriva en Asie. Il est significatif que la légende d'une rencontre entre le vainqueur et le vaincu de Salamine ait été élaborée après coup, tous les auteurs que cite Plutarque étant postérieurs à Thucydide.*

à ce moment critique, eut d'abord une entrevue avec le chiliarque Artaban[88], auquel il déclara qu'il était grec et qu'il voulait rencontrer le roi concernant des affaires de la plus haute importance, dont le souverain lui-même se préoccupait beaucoup. 3. Artaban lui répondit : « Étranger, les coutumes des hommes sont diverses ; chacun se fait du beau une idée différente, mais pour tous, il est beau d'honorer et de préserver les usages de son pays. 4. Vous autres, dit-on, vous admirez la liberté et l'égalité plus que tout au monde[89]. Pour nous, parmi tant de belles coutumes qui sont nôtres, la plus belle est celle-ci : nous vénérons le roi, nous nous prosternons devant lui, comme devant une image du dieu qui protège l'univers. 5. Si donc, approuvant nos usages, tu es disposé à te prosterner, tu pourras voir le roi et lui parler. Mais si telle n'est pas ton intention, tu ne pourras t'adresser à lui que par l'intermédiaire d'autres personnes, qui transmettront ton message. La loi de nos pères interdit qu'un homme soit reçu en audience par le roi, s'il ne se prosterne pas. » 6. À ces mots, Thémistocle répondit : « Je viens précisément, Artaban, pour augmenter la gloire et le pouvoir du roi. Non seulement j'obéirai à vos coutumes, puisque telle est la volonté du dieu qui élève si haut les Perses, mais encore j'augmenterai le nombre de ceux qui se prosterneront devant le roi. 7. Que ce point ne soit pas un obstacle à l'entretien que je veux avoir avec lui. – Mais, demanda Artaban, quel Grec dois-je annoncer ? Tes sentiments ne ressemblent pas à ceux d'un homme ordinaire. – Quant à cela, répliqua Thémistocle, personne, Artaban, ne l'apprendra avant le roi. »

8. Tel est le récit de Phanias[90]. Dans son traité *Sur la richesse*, Ératosthène[91] ajoute que ce fut par l'intermédiaire d'une femme d'Érétrie qui appartenait au chiliarque que Thémistocle put rencontrer cet homme et s'entendre avec lui.

XXVIII. 1. Il fut donc introduit devant le roi. Il se prosterna puis resta silencieux. Le roi ordonna à l'interprète de lui demander qui il était. L'interprète lui ayant posé la question, il répondit : 2. Ô roi, tu as devant toi Thémistocle d'Athènes. Je suis exilé et poursuivi par les Grecs. J'ai fait beaucoup de mal aux Perses, mais je leur ai fait plus de bien encore, car j'ai empêché les Grecs de les poursuivre, dès que la Grèce a été en sûreté et que le salut de ma patrie m'a permis de vous rendre, à vous aussi, quelque service. 3. Aujourd'hui, mon attitude est en tous points celle qui convient à mes malheurs présents. Me voici devant toi, prêt à recevoir tes bienfaits, si dans ta bonté tu te réconcilies avec moi, ou à te prier d'oublier ta colère, si tu me gardes

---

88. Le chiliarque était un dignitaire militaire de la cour du roi. Plutarque a sans doute trouvé le nom d'Artaban chez Phanias de Lesbos, qu'il cite infra, XXVIII, 8. Diodore (Bibliothèque historique, XI, 69, 1) nomme Artaban le chef des « doryphores » [« soldats porteurs de lances »] qui tua Xerxès.
89. « Liberté » et « égalité » étaient les deux principes dont se réclamaient les Grecs en général, et plus précisément les Athéniens. L'opposition entre la liberté grecque et le despotisme barbare est un topos de la littérature grecque.
90 Sur Phanias de Lesbos, voir supra, I, 2 et note.
91. Ératosthène de Cyrène dirigea au IIIe siècle la Bibliothèque d'Alexandrie. Géographe, historien, mathématicien, il incarne par excellence le savant de l'époque hellénistique.

rancune. 4. Regarde mes ennemis : ils témoignent des services que j'ai rendus aux Perses ! Que mon infortune actuelle soit pour toi une occasion de prouver ta générosité plutôt que d'assouvir ta colère. Dans le premier cas, tu sauveras ton suppliant ; dans l'autre, tu perdras un homme qui est devenu l'ennemi des Grecs. » 5. Sur ces mots, Thémistocle invoqua le témoignage des dieux pour appuyer son propos ; il exposa la vision qu'il avait eue chez Nicogénès, ainsi qu'un oracle du Zeus de Dodone[92] : « Il m'a ordonné, dit-il, de me diriger vers celui qui porte le même nom que lui, et j'ai pensé qu'il m'envoyait vers toi, car vous êtes l'un et l'autre des Grands Rois : tel est le titre qu'on vous donne. » 6. Le Perse l'écouta, et ne lui répondit rien, malgré l'admiration que lui inspiraient sa résolution et son audace. Mais devant ses amis, il se félicita de sa venue comme d'un grand bonheur. Il pria Ariman[93] d'inspirer toujours à ses ennemis de semblables pensées, et de les faire chasser de chez eux leurs meilleurs citoyens. Puis, dit-on, il sacrifia aux dieux. Aussitôt après, il se mit à boire, et la nuit, de joie, en plein sommeil, il cria par trois fois : « Thémistocle d'Athènes est à moi ! »

XXIX. 1. À l'aube, il convoqua ses amis et fit introduire Thémistocle. Celui-ci n'augurait rien de bon : il remarquait qu'à son passage, les courtisans, dès qu'ils apprenaient son nom, se montraient désagréables et lui parlaient grossièrement. 2. Bien plus, quand il parvint à la hauteur du chiliarque Roxanès, ce dernier lui glissa tout bas, en soupirant, bien que le roi fût déjà sur son trône et que le silence fût général : « Subtil serpent grec, c'est le *démon* du roi qui t'a fait venir ici. » 3. Pourtant, lorsque Thémistocle se présenta devant le roi et se prosterna de nouveau, celui-ci le salua et lui dit aimablement qu'il lui devait déjà deux cents talents : puisqu'il s'était livré lui-même, il avait droit à la récompense offerte à qui l'amènerait. Il lui promit encore bien davantage, le rassura et l'invita à parler comme il le voulait, en toute franchise, des questions grecques. 4. Thémistocle répondit : « Le discours de l'homme ressemble à un tapis bigarré ; comme un tapis, il a besoin d'être développé pour montrer ses motifs ; s'il reste plié, il les cache et les réduit à néant. J'ai donc besoin de temps. » 5. Le roi apprécia la comparaison et lui accorda un délai. Thémistocle demanda un an, pendant lequel il apprit assez bien la langue perse[94], ce qui lui permit de rencontrer le roi en tête à tête. Au dehors, on croyait qu'ils s'entretenaient des questions grecques, mais les nombreux changements que le roi introduisit à ce moment-là dans sa cour et dans le choix de ses amis, valurent à Thémistocle la jalousie des grands, qui croyaient qu'il avait eu l'audace de parler librement contre eux. 6. Les honneurs dont il jouissait n'avaient rien à voir avec ceux que l'on accordait, d'habitude, aux étrangers : il prenait part aux chasses du roi et aux divertissements de sa maison ; il fut même admis chez sa mère, dont il devint

---

92. *Le sanctuaire de Zeus à Dodone, en Épire, était un des grands sanctuaires oraculaires grecs. Dans l'*Iliade, *XVI, v. 233, le Zeus de Dodone est appelé* anax, *« roi ».*
93. *Ariman est un des grands dieux du panthéon mazdéen. Il incarne le mal.*
94. *Plutarque a emprunté ce détail à Thucydide (I, 138, 1). C'est là un comportement tout à fait exceptionnel de la part d'un Grec.*

THÉMISTOCLE

l'un des intimes; sur l'ordre du roi, il entendit les discours des mages[95]. 7. Un jour, le Spartiate Démarate, invité à solliciter une faveur, demanda la permission d'entrer dans Sardes la tiare sur la tête, comme les rois[96]. Mithropaustès, cousin du roi, déclara, en touchant la tiare de Démarate : « La tiare que voici ne couvre pas de cerveau. Tu auras beau saisir la foudre, tu ne seras jamais Zeus. » 8. Irrité par cette demande, le roi opposa un refus à Démarate, et rien ne semblait pouvoir calmer son ressentiment. Mais à force de prières, Thémistocle finit par le persuader et réconcilia les deux hommes[97].
9. Sous les règnes suivants, alors que les relations entre Perses et Grecs devenaient plus étroites, chaque fois, dit-on, qu'un roi faisait appel à un Grec, il lui promettait, par lettre, de lui donner plus d'influence à sa cour qu'à Thémistocle. 10. Quant à ce dernier, devenu désormais un grand, il était flatté par bien des gens : un jour, dit-on, qu'on dressait pour lui une table somptueuse, il déclara à ses enfants : « Comme nous y aurions perdu, mes enfants, si nous n'avions pas été perdus ! » 11. D'après la plupart des auteurs, on lui donna trois cités, pour son pain, son vin et sa viande : Magnésie, Lampsaque et Myonte[98]. Néanthès de Cyzique et Phanias en ajoutent deux autres, Percotè et Palaïscepsis, pour sa literie et ses vêtements.

XXX. 1. Un jour qu'il descendait vers la mer pour s'occuper des affaires grecques, un Perse nommé Épixyès, satrape de Haute Phrygie[99], prépara un attentat contre lui : il avait posté longtemps à l'avance des Pisidiens chargés de le tuer lorsqu'il ferait étape dans le village appelé Tête-de-lion [Léontocéphalos]. 2. Mais, alors que Thémistocle faisait la sieste, la Mère des dieux[100] lui apparut en songe, dit-on, et lui déclara : « Thémistocle, évite la tête des lions, de peur de tomber sur un lion. En échange de cet avis, je te demande Mnésiptoléma comme servante. » 3. En proie à une extrême angoisse, Thémistocle fit vœu de satisfaire la déesse, puis, s'éloignant de la grande route, il prit un autre chemin, évita l'endroit en question, et ne fit halte qu'à la nuit tombée. 4. Or une des bêtes de somme qui portaient sa tente était tom-

---

95. Les mages tenaient une place importante dans la société achéménide. Ils avaient même tenté, après la mort de Cambyse, de se rendre maîtres du pouvoir.
96. Démarate était ce roi spartiate qui, banni de la cité, séjournait à la cour de Suse depuis sa fuite et avait été le conseiller de Xerxès à la veille de la seconde guerre médique. Sardes, ancienne capitale des rois de Lydie, était restée une des résidences royales.
97. C'est surtout à partir du début du IVe siècle que le roi devint l'arbitre des affaires grecques. Mais c'est déjà auprès de lui et de ses satrapes que les Spartiates avaient obtenu les subsides qui leur permirent de lutter à armes égales avec les Athéniens et de les vaincre.
98. Thucydide (I, 135) précise que Magnésie lui rapportait cinquante talents par an et que le vignoble de Lampsaque était considéré comme le plus riche de l'époque. Il semble que cette coutume de rétribuer leurs serviteurs par les revenus de certaines terres était propre aux souverains perses. Les Séleucides, maîtres de l'Asie au IIIe siècle, agiront de même.
99. La Haute Phrygie était l'une des satrapies les plus vastes de l'empire perse.
100. Il s'agit de Cybèle, la grande déesse phrygienne, souvent appelée la Mère des dieux ou la Grande Mère, adorée notamment au mont Dindymos, d'où le nom qui lui est donné infra.

bée dans la rivière: les serviteurs étendirent les toiles mouillées pour les faire sécher. 5. Alors les Pisidiens s'élancèrent, l'épée à la main. Ils ne voyaient pas bien, à la clarté de la lune, les tissus qui séchaient, ils crurent que c'était la tente de Thémistocle, et qu'ils le trouveraient en train de dormir à l'intérieur. 6. Ils s'approchèrent et soulevèrent le rideau. Aussitôt, les serviteurs qui montaient la garde tombèrent sur eux, et les firent prisonniers. Thémistocle échappa donc ainsi au danger: admirant la manière dont la déesse était intervenue, il fonda un temple à Magnésie en l'honneur de Dindymènè, et lui donna comme prêtresse sa fille Mnésiptoléma.

XXXI. 1. Comme, parvenu à Sardes, il passait son temps libre à contempler des temples et les nombreuses offrandes votives, il remarqua dans le temple de la Mère des dieux la Jeune Porteuse d'eau: c'était le nom qu'on donnait à une statue en bronze, haute de deux coudées. Il l'avait fait faire et dédiée lui-même, alors qu'il était préposé au service des eaux à Athènes, avec le montant des amendes auxquelles il condamnait ceux qui volaient ou détournaient de l'eau. Affligé de voir son offrande confisquée par l'ennemi, ou peut-être désireux de montrer aux Athéniens l'honneur et la puissance dont il jouissait dans les affaires du roi, il en parla au satrape de Lydie et lui demanda d'envoyer cette statue à Athènes. 2. Mais le Barbare s'en irrita; il le menaça d'écrire au roi. Alors Thémistocle, très inquiet, sollicita l'aide du gynécée du satrape: à force d'argent, il gagna ses concubines, et parvint à calmer sa colère. Par la suite, il se montra plus prudent: désormais il craignait aussi la jalousie des Barbares. 3. Il ne voyagea pas à travers l'Asie, comme le dit Théopompe, mais se fixa en Magnésie, où il fut comblé de richesses immenses et honoré à l'égal des Perses les plus puissants: il vécut longtemps tranquille, car le roi ne s'intéressait nullement aux affaires grecques, occupé qu'il était par les problèmes intérieurs de son pays.
4. Mais quand l'Égypte fit sécession et reçut le soutien des Athéniens, quand les trières grecques firent voile jusqu'à Chypre et jusqu'à la Cilicie, quand Cimon devint maître des mers, forçant le roi à se retourner contre les Grecs pour s'opposer à leur croissance menaçante, quand enfin des troupes se mirent en mouvement, quand des généraux furent envoyés de tous côtés, quand il reçut des messages, à Magnésie, lui enjoignant, sur ordre du roi, de s'occuper des questions grecques et de tenir ses promesses, 5. alors, il ne se laissa pas emporter par le ressentiment contre ses concitoyens, ni entraîner par tant d'honneurs et de puissance à faire la guerre[101]. Peut-être jugea-t-il la chose impossible, car la Grèce avait alors de grands généraux, notamment Cimon, dont toutes les campagnes étaient couronnées d'un incroyable succès. Mais surtout il ne voulut pas ternir la gloire de ses actions et de ses anciens trophées. Il décida de donner à sa vie la fin qu'elle méritait. Il sacrifia aux dieux, réunit ses amis et leur fit ses adieux. 6. Puis, selon la version la plus courante, il but le sang d'un taureau; d'après quelques auteurs, il absorba un poison

---

101. Plutarque résume ici, sans souci de l'ordre chronologique, les événements que Thucydide rapporte en I, 89-118. L'expédition d'Égypte (I, 104; 109) est postérieure aux victoires de Cimon (I, 98-100) que rappelle Plutarque (§ 5).

foudroyant[102]. Il mourut à Magnésie. Il avait vécu soixante-cinq ans, qu'il avait consacrés, pour l'essentiel, à s'occuper de politique et à commander des armées. 7. Quand le roi apprit la cause et la manière de sa mort, il l'admira encore davantage, dit-on, et il continua à traiter avec bonté ses amis et ses parents.

XXXII. 1. Thémistocle laissait trois fils qu'il avait eus d'Archippè, fille de Lysandre, du dème Alopécè, Archeptolis, Polyeuctos et Cléophantos : le philosophe Platon fait mention de ce dernier comme d'un excellent cavalier, mais dépourvu de tout autre mérite. 2. Thémistocle avait eu d'autres fils plus âgés : Néoclès qui mourut, encore enfant, d'une morsure de cheval, et Dioclès qui fut adopté par son grand-père Lysandre. Il avait plusieurs filles. L'une, Mnésiptoléma, née d'un second mariage, épousa Archeptolis, son demi-frère ; une autre, Italia, fut mariée à Panthoïdès de Chios ; une autre encore, Sybaris[103], à l'Athénien Nicodémos. 3. Quant à Nicomachè, elle épousa Phrasiclès, neveu de Thémistocle, qui, après la mort de ce dernier, fit voile vers Magnésie pour la recevoir de ses frères : il se chargea d'élever Asia, la plus jeune de tous les enfants de Thémistocle.

4. On voit à Magnésie, sur l'agora, un magnifique tombeau de Thémistocle[104]. Quant à ses restes, il ne faut pas tenir compte des propos d'Andocide[105], qui déclare, dans son discours *À mes compagnons*, que les Athéniens les volèrent et les dispersèrent : c'est un mensonge, par lequel il tente d'exciter les oligarques contre le peuple. Il ne faut pas non plus croire Phylarque[106], qui introduit dans l'histoire une sorte de *deus ex machina*, comme dans une tragédie : il fait intervenir je ne sais quels Démoclès et Démopolis, fils de Thémistocle, pour susciter un débat et inspirer de l'émotion. C'est une histoire forgée de toutes pièces, nul ne peut l'ignorer. 5. Dans son traité *Sur les tombeaux*, Diodore le Périégète[107] affirme, plus par conjecture que par science certaine, que près du grand port du Pirée, en partant du promontoire situé en face d'Alcimos, il y a une sorte de coude qui se recourbe vers l'intérieur, à un endroit où la mer est calme : là se trouve un piédestal d'une taille considérable, sur lequel se dressait, en forme d'autel, le tombeau de Thémistocle. 6. À son avis, Platon le Comique[108] confirme la chose dans les vers suivants :

---

102. Thucydide (I, 138, 2) dit qu'il mourut de maladie, tout en mentionnant la tradition selon laquelle il se serait suicidé en absorbant du poison. Le sang de taureau est évoqué par Aristophane, Cavaliers, *83-84.*
103. Les noms des deux filles de Thémistocle, Italia et Sybaris, rappellent le projet qu'il aurait eu de transporter Athènes dans le sud de l'Italie.
104. La présence d'un tombeau sur l'agora faisait de Thémistocle le héros fondateur de la cité.
105. L'orateur Andocide, né vers 440, est célèbre par le discours Sur les Mystères, *qu'il composa pour se justifier d'avoir participé en 415 à des actes sacrilèges, et d'avoir livré le nom de ses complices. Contraint à l'exil, il rentra à Athènes à la faveur de l'amnistie de 403.*
106. Phylarque est un historien athénien du IIIe siècle.
107. Diodore le Périégète n'est pas autrement connu.
108. Platon le Comique est un contemporain d'Aristophane. On connaît les titres d'une trentaine de ses comédies qui, comme celles d'Aristophane, avaient généralement un contenu politique.

Ta tombe fut dressée en un lieu magnifique,
Et tous les voyageurs la salueront toujours.
Elle verra sortir et entrer les navires,
Et de chaque régate admirera le jeu.

De nos jours, les descendants de Thémistocle reçoivent encore certains honneurs à Magnésie. Thémistocle d'Athènes en jouissait encore, lui qui fut mon proche et mon ami, quand nous suivions ensemble les leçons du philosophe Ammonios[109].

---

109. *Plutarque a souvent évoqué cet Ammonios qui fut son maître lorsqu'il étudia à Athènes (voir Dictionnaire, «Plutarque par lui-même»). Sur Thémistocle d'Athènes, voir Dictionnaire, «Stoïcisme».*

CAMILLE

I. 1. Quant à Furius Camillus, parmi tant de faits remarquables qu'on rapporte à son propos, le plus singulier et le plus étrange, c'est que cet homme qui remporta tant de succès éclatants à la tête des armées, qui fut nommé cinq fois dictateur, qui célébra quatre triomphes[1] et fut inscrit comme second fondateur de Rome[2], ne fut pas une seule fois consul. 2. Cela s'explique par le contexte politique de l'époque. Le peuple, hostile au Sénat, empêchait l'élection des consuls et nommait des tribuns militaires pour gouverner[3]. Ceux-ci agissaient en tout avec le pouvoir et l'autorité des consuls, mais leur domination paraissait moins odieuse à cause de leur nombre : 3. le fait qu'il y avait six hommes, et non pas deux, à la tête des affaires, rassurait les adversaires de l'oligarchie. 4. Telle était la situation lorsque Camille parvint à l'apogée de sa gloire et accomplit ses plus grands exploits. Il ne voulut pas devenir consul contre la volonté du peuple[4], alors qu'à plusieurs reprises pourtant, la cité avait accepté des élections consulaires. Dans les autres magistratures, nombreuses et variées, qu'il exerça, il se conduisit de telle sorte que, même lorsqu'il était seul magistrat, il partageait le pouvoir, tandis que la gloire lui revenait à lui seul, même lorsqu'il avait des collègues. Dans le premier cas, sa modération lui permettait de commander sans exciter l'envie ; dans le second, son intelligence lui assurait la première place, à l'unanimité.

II. 1. À cette époque[5], la maison des Furii n'était pas encore très éclatante : il fut le premier d'entre eux qui parvint à la gloire, par son seul mérite, lors de la grande bataille contre les Èques et les Volsques[6], où il servit sous le dictateur Postumius Tubertus. 2. Il précédait l'armée à cheval et fut blessé à la cuisse : alors, loin de

---

1. Selon la chronologie restituée à partir des auteurs anciens, Camille aurait été nommé dictateur en 396, 390, 389, 368 et 367. Les quatre triomphes seraient de 396, 390, 389 et 367. Mais l'historicité même du personnage est bien douteuse (voir Ogilvie, 1976, p. 166-167 ; Dumézil, 1995, p. 1166-1167 et 196-199). Par ailleurs, détenteur de tant de charges, Camille n'aurait jamais été consul : c'est une de ces « curiosités » que Plutarque affectionne (voir Wardman, 1974, p. 241).
2. Annonce d'un thème majeur. Après la reprise de Rome sur les Gaulois, en 390, lors du triomphe du dictateur, les soldats « l'appelaient "Romulus", "Père de la Patrie", "second fondateur de Rome", et leurs éloges ne mentaient pas » (Tite-Live, Histoire romaine, V, 49, 7).
3. Mise en situation de la carrière de Camille, en une période de conflits aigus entre patriciens et plébéiens. Le peuple élit chaque année six « tribuns militaires à pouvoir consulaire ».
4. Cette allégation vise à préparer le portrait d'un Camille finalement «populaire» (voir infra, XLII, 4-5).
5. La seconde moitié du Ve siècle. Plutarque n'en dit pas plus que les autres sur les « enfances de Camille ».
6. Celle livrée au mont Algide à l'aube du 18 juin 431 (voir Tite-Live, IV, 26-29). Selon Dumézil (1995, p. 1182-1184 et 1246), cette victoire inaugurale, quasi solsticiale, préfigure la série de celles que Camille remportera « à l'aurore ».

ralentir, il retira le javelot de sa blessure et engagea le corps à corps avec les ennemis les plus valeureux, qu'il mit en déroute[7]. 3. À la suite de cet exploit, il reçut, entre autres récompenses, la charge de censeur, très prestigieuse dès cette époque. 4. On a gardé le souvenir d'une belle mesure qu'il prit pendant sa censure[8] : il poussa les célibataires, en les persuadant ou en les menaçant d'amendes, à épouser les veuves, alors nombreuses à cause des guerres. Mais il fut obligé de soumettre à l'impôt les orphelins qui auparavant en étaient exemptés : 5. ce fut à cause des campagnes continuelles qui exigeaient de grandes dépenses et il y fut surtout contraint par le siège de la ville des Véiens (certains parlent de Véientaniens).
6. Cette cité était la perle de l'Étrurie[9] ; elle ne le cédait à Rome ni par la quantité des armes ni par le nombre des combattants ; fière de sa richesse, de la vie raffinée qu'on y menait, de ses agréments et de sa magnificence, elle avait soutenu contre Rome beaucoup de beaux combats pour la gloire et la suprématie. 7. À l'époque de Camille, elle avait renoncé à ses ambitions après avoir été vaincue en de grandes batailles. Cependant, ses habitants avaient élevé des murailles hautes et solides ; ils avaient rempli la cité d'armes, de projectiles, de blé et de toutes les provisions nécessaires, et soutenaient tranquillement le siège. Celui-ci durait depuis longtemps et imposait autant de peines et d'efforts aux assiégeants qu'aux Véiens. 8. Les Romains en effet, habitués à ne faire que des campagnes brèves, pendant l'été, et à passer l'hiver chez eux, se virent alors, pour la première fois, contraints par leurs tribuns militaires à construire des portes de garde, à fortifier leur camp et à passer en pays ennemi l'hiver comme l'été : la guerre durait depuis près de sept ans déjà[10]. 9. Aussi les chefs furent-ils mis en accusation ; on jugea qu'ils menaient trop mollement le siège et on leur enleva le commandement. D'autres furent choisis pour continuer la lutte. Camille fut du nombre ; il était alors tribun militaire pour la deuxième fois[11]. 10. Mais il ne prit aucune part au siège à ce moment-là : le tirage au sort l'avait désigné pour combattre les gens de Faléries et de Capène, qui avaient ravagé la campagne à loisir et harcelé les Romains pendant toute la guerre contre les Étrusques ; Camille les écrasa et les refoula derrière leurs remparts, après leur avoir infligé de lourdes pertes.

III. 1. Sur ces entrefaites, comme on était au plus fort de la guerre, il se produisit au lac d'Albe[12] un phénomène qui égalait en étrangeté les prodiges[13] les plus

---

7. *Après cet exploit, Camille demeure invulnérable jusqu'à sa mort due à la peste (voir infra, XLIII, 1-2).*
8. *Date-t-elle de 430 ou de 403 ? C'est l'une des incertitudes qui rendent l'historicité du personnage douteuse.*
9. *Sur «Véies : réalités et légendes», voir Bayet (App. III), p. 125-140.*
10. *Ce siège, qui dura dix ans, a été évidemment modelé par la tradition romaine sur celui de Troie : sorte de revanche prise sur les (Gréco-)Étrusques par les Romains, descendants des Troyens.*
11. *Nous sommes en 398-397. Camille aurait été tribun consulaire pour la première fois en 401.*
12. *Sur le «prodige du lac d'Albe», Tite-Live (V, 15-17) est nettement plus prolixe. Bayet (App. III), p. 129-131, fait la part belle aux traditions étrusques. Voir Hubaux (1958), p. 123-135 (un débordement réel du lac est inconcevable), et surtout Dumézil (1995), p. 1117-1161 (précieuse confrontation des sources).*
13. *À Rome, ces événements en rupture avec l'ordre naturel des choses dénoncent un mauvais comportement de la cité à l'égard des dieux, révèlent leur colère et appellent réparation* (procuratio).

incroyables; tout le monde en fut épouvanté, car on ne lui trouvait aucune cause ordinaire, aucune explication fondée sur les lois physiques. 2. C'était l'automne; l'été qui s'achevait n'avait été, de toute évidence, ni pluvieux ni troublé par les pénibles vents du sud. Parmi les nombreux lacs, fleuves et cours d'eau que possède l'Italie, les uns avaient complètement tari, d'autres se maintenaient chichement, à grand-peine; toutes les rivières étaient, comme toujours en été, au plus bas de leur lit. 3. Mais le lac d'Albe, qui a pourtant sa source en lui-même et ne possède pas d'émissaire, entouré qu'il est de tous côtés par des montagnes fertiles, se mit à grossir sans aucune raison, si ce n'est par quelque volonté divine. Il s'enfla à vue d'œil, atteignit le flanc des collines, puis toucha les sommets: c'était une crue tranquille, sans vagues, sans bouillonnement. 4. Les bergers et les bouviers furent les premiers à s'en étonner, mais ensuite, quand l'espèce d'isthme qui séparait le lac du pays d'en bas eut été rompu par la quantité et le poids des eaux, quand un énorme torrent descendit à travers les labours et les plantations jusqu'à la mer, alors, non seulement les Romains furent frappés de terreur, mais tous les habitants de l'Italie[14] y virent le signe de quelque événement extraordinaire. 5. On en parlait beaucoup dans le camp qui assiégeait les Véiens, de sorte que ces derniers aussi apprirent ce qui était arrivé au lac.

IV. 1. Quand un siège dure longtemps, les gens finissent souvent par avoir avec les ennemis des communications et des entretiens. Un Romain avait ainsi lié connaissance avec l'un des ennemis et lui parlait librement: or cet homme était très expérimenté en matière d'anciens oracles et passait pour en savoir plus que les autres, grâce à ses talents de devin[15]. 2. Quand cet homme apprit la crue du lac, le Romain remarqua qu'il se réjouissait beaucoup et se riait du siège. Il lui dit alors: «Ce n'est pas le seul prodige que nous observions en ce moment. D'autres signes plus étonnants encore ont été adressés aux Romains, et je veux t'en faire part, afin que je puisse veiller, si possible, à ma sécurité personnelle, dans le malheur général.» 3. L'autre l'écouta avec empressement et se prêta à la conversation, dans l'espoir d'apprendre des secrets; petit à petit, tout en parlant ainsi, le Romain l'entraîna assez loin des portes. Puis, profitant de sa supériorité physique, il saisit le Véien à bras le corps et, avec l'aide de certains de ses camarades qui accoururent du camp, le maîtrisa, le fit prisonnier et le remit aux généraux. 4. Alors, le Véien, cédant à la contrainte et sachant bien qu'on ne peut échapper aux arrêts du destin[16], révéla des prophéties secrètes concernant sa patrie: nul ne pourrait la prendre, dit-il, tant que les ennemis n'auraient pas imposé d'autres voies au lac Albain en crue, le ramenant en arrière ou le déviant, pour l'empêcher de se mêler à la mer.

---

14. *L'exagération est évidente pour cette époque, mais elle permet de faire le lien entre les événements de Véies et ceux du lac d'Albe, situé par rapport à Rome à l'opposé de Véies (voir Hubaux, 1958, p. 123).*
15. *Il s'agit évidemment d'un haruspice étrusque.*
16. *Le thème du destin funeste* (fata) *de Véies et, symétriquement, de Camille,* fatalis dux *(Tite-Live, V, 19, 2), est commun à toutes les sources anciennes (voir Bayet, App. III et IV).*

5. Quand le Sénat apprit cette prophétie, il fut fort embarrassé ; il crut bon d'envoyer des messagers à Delphes interroger le dieu[17]. 6. On prit pour députés des personnages illustres et influents, Cossus Licinius, Valérius Potitus et Fabius Ambustus ; ils firent la traversée et revinrent avec les réponses obtenues du dieu et d'autres prophéties avertissant que certains rites ancestraux avaient été négligés lors des fêtes appelées Féries latines[18]. Ordre était donné d'écarter de la mer l'eau du lac Albain et de la ramener si possible dans son ancien lit ; si on n'y parvenait pas, on devait la détourner par des canaux et des fossés, afin qu'elle se perdît. 7. Quand ces réponses leur furent rapportées, les prêtres s'occupèrent des sacrifices, tandis que le peuple entreprenait les travaux et détournait les eaux du lac[19].

V. 1. La dixième année de la guerre, le Sénat abolit toutes les magistratures et nomma Camille dictateur[20]. Celui-ci s'adjoignit Cornélius Scipion comme maître de cavalerie et, avant toute chose, il adressa aux dieux des vœux solennels[21] : si la guerre se terminait glorieusement, il célébrerait en leur honneur de grands jeux et consacrerait un temple à la déesse que les Latins nomment Mater Matuta[22]. 2. Cette déesse pourrait bien être Leucothée, si l'on en croit les rites qu'on exécute en son honneur. Les femmes introduisent dans l'enceinte consacrée une esclave qu'elles frappent, puis jettent dehors ; elles prennent dans leurs bras leurs neveux, au lieu de leurs propres enfants, et les honorent pendant toute la cérémonie, ce qui rappelle les soins qu'Inô donna à Dionysos et les malheurs qu'elle subit à cause de la concubine de son époux. 3. Ayant formulé ce vœu, Camille envahit le pays des Falisques et les vainquit dans une grande bataille, ainsi que les Capénates venus à leur secours. 4. Ensuite il s'occupa du siège de Véies. Comprenant qu'une attaque directe serait dangereuse et difficile, il fit percer des souterrains ; le site permettait de creuser et d'atteindre très vite une profondeur qui empêchait les ennemis de deviner les travaux. 5. Dès lors, tout ayant réussi comme il l'espérait, il attaqua lui-même, de l'extérieur, attirant les

---

17. *La consultation de la Pythie redouble et confirme l'aveu du devin étrusque. Ce double recours est historiquement peu vraisemblable.*
18. *Sacrifice annuel à Jupiter Latiaris, dont le temple dominait le lac d'Albe. La négligence de rites traditionnels est souvent mise en cause à l'occasion de prodiges.*
19. *Il faut imaginer – comme devaient le faire les auteurs anciens – une opération rituelle de* sollemnis derivatio *à la manière des Étrusques (voir Tite-Live, V, 15) et plus généralement des peuples d'Italie centrale, en pays de tuf volcanique.*
20. *Le dictateur, qui a pour adjoint le «maître de cavalerie», est un magistrat exceptionnel auquel le Sénat et le peuple romains font appel pour six mois quand des circonstances très inquiétantes l'exigent.*
21. *Il est courant que le magistrat romain partant en guerre adresse un «vœu» (promesse de temple, de statue ou de fête) aux dieux, notamment à ceux envers qui il nourrit une dévotion particulière.*
22. *Mater Matuta est la déesse «matutinale», la déesse de l'Aurore : le rite, décrit incomplètement par Plutarque, s'éclaire par la comparaison avec le mythe et le rite de l'Inde védique. L'Aurore expulse la mauvaise Obscurité et accueille le jeune Soleil, fils de sa sœur, la bonne Nuit. Inô-Leucothée, sœur de Sémélè et tante de Dionysos dans la légende thébaine, a été assimilée à Mater Matuta (voir Ovide, Fastes, VI, 476-568). Voir aussi Dumézil (1995), p. 1169-1171.*

ennemis sur les remparts, pendant qu'à leur insu d'autres troupes avançaient secrètement à travers les souterrains et pénétraient dans la citadelle, près du temple de Junon, le plus grand et le plus vénéré de la cité. 6. Le chef étrusque s'y trouvait, dit-on, à ce moment précis; il présidait à un sacrifice. Dès qu'il vit les entrailles[23], le devin poussa un grand cri: «Les dieux, dit-il, donnent la victoire à celui qui terminera ce sacrifice.» En entendant cela, les Romains qui étaient dans le souterrain arrachèrent en hâte le pavement du temple et surgirent en criant et en entrechoquant leurs armes, au grand effroi des ennemis, qui prirent la fuite; ils se saisirent des entrailles et les rapportèrent à Camille. Mais peut-être jugera-t-on que ce récit a les apparences d'une légende[24].

7. La cité fut donc prise d'assaut, et les Romains pillèrent et emportèrent des richesses immenses. Camille contemplait tout cela du haut de la citadelle. Il resta d'abord immobile et il se mit à pleurer[25]. Puis, comme les assistants le félicitaient, il leva les mains vers les dieux et pria en ces termes: «Ô très grand Jupiter, et vous, dieux qui surveillez les actions bonnes ou mauvaises, sachez que ce n'est pas pour violer la justice, mais par nécessité, pour nous défendre, que nous autres Romains, nous châtions la cité de ces hommes hostiles et injustes. 8. Mais si, en échange de notre succès actuel, nous devons subir l'attaque de la Némésis, je vous en prie pour la cité et l'armée des Romains: qu'elle s'abatte sur moi, en me faisant le moins de mal possible[26].» 9. Sur ces mots, conformément à la coutume romaine de pivoter vers la droite après avoir prié et s'être prosterné, il se tournait quand il fit un faux pas. Les assistants en furent troublés, mais lui, se relevant, déclara: «Je suis exaucé: ce faux pas est un mal bien léger en échange d'un si grand succès[27]!»

VI. 1. Après le sac de la cité, il décida de transférer à Rome la statue de Junon, comme il en avait fait le vœu. Des ouvriers furent donc rassemblés à cette fin. Camille offrit un sacrifice; il supplia la déesse de céder à leurs instances et de venir habiter, bienveillante, avec les dieux qui ont reçu la charge de Rome. Alors, dit-on, la statue répondit dans un chuchotement qu'elle voulait bien et qu'elle donnait son accord. 2. Selon Tite-Live, Camille, la main posée sur la statue, pria la déesse, l'in-

---

23. La double mention du percement de souterrains et de l'examen des entrailles des victimes donne à l'épisode une coloration typiquement étrusque.
24. À la manière de Tite-Live, qui parle de fabula *et de «mise en scène théâtrale» (V, 21,8-9), Plutarque met en doute l'historicité de l'anecdote.*
25. Camille pleure sur Véies comme Scipion Émilien fera devant Carthage: sur le parallèle, voir Bayet (App. IV), p. 155.
*26. Tout au long de sa vie (voir infra, XII, 4), Camille apparaît comme un esprit profondément religieux, aussi attentif à l'appui et à la justice de Jupiter qu'aux menaces de Némésis, déesse de la vengeance divine (voir Wardman, 1974, p. 74-77), en cas de succès «excessif» des Romains (thème classique de l'*hybris*).*
27. L'incident, rapporté également par Tite-Live (V, 21,14-16), révèle la légèreté de Camille au moment d'interpréter le présage. Selon Bayet (App. IV, p. 143-145), l'ambiguïté, voire les contradictions d'un personnage «religieusement voué à sa patrie», s'expliqueraient par «l'archaïque bivalence du sacré».

vitant à venir[28], et certains des assistants répondirent qu'elle voulait bien, qu'elle était d'accord et qu'elle avait hâte de les accompagner. 3. Ceux qui insistent pour soutenir la version la moins vraisemblable, invoquent à l'appui de leur thèse un puissant argument, la Fortune de Rome. La cité en effet n'aurait jamais pu s'élever d'une origine modeste et obscure à un tel degré de gloire et de puissance, si la divinité ne l'avait constamment assistée en se manifestant à de nombreuses reprises, de manière éclatante. 4. Ils évoquent aussi d'autres prodiges de même nature : souvent, rappellent-ils, des statues ont sué ou fait entendre des sanglots, se sont détournées ou ont fermé les paupières, comme le rapportent de nombreux historiens du passé. 5. Nous avons nous-même entendu, de la bouche de plusieurs de nos contemporains, bien des récits dignes d'étonnement, que nul ne saurait mépriser à la légère. 6. En de telles matières, toutefois, l'excès de crédulité est aussi dangereux que la défiance exagérée, en raison de la faiblesse humaine qui ne s'impose aucune limite et ne sait pas se contenir ; elle se laisse emporter, tantôt vers la superstition et ses égarements, tantôt au contraire vers la négligence et le mépris des choses divines. La prudence et la maxime «rien de trop», voilà ce qu'il y a de mieux[29].

VII. 1. Quant à Camille, exalté par la grandeur de son exploit (il avait pris, après un siège de dix ans, une cité qui était l'égale de Rome), ou par les félicitations qu'on lui adressa, il conçut une morgue et un orgueil inadmissibles dans un régime respectueux des lois et du pouvoir de la cité. Il célébra son triomphe avec magnificence : il entra dans Rome et la parcourut sur un char attelé de quatre chevaux blancs, ce que ne fit jamais aucun général, ni avant ni après lui[30]. 2. Car, pour les Romains, un tel attelage est sacré, réservé au roi et au père des dieux. Il s'attira ainsi l'hostilité de ses concitoyens, peu habitués à un tel faste. On lui reprochait, en second lieu, son opposition à une loi qui entraînait la division de la Ville. 3. Les tribuns du peuple avaient en effet proposé de partager en deux groupes le peuple et le Sénat : certains resteraient sur place, tandis que les autres, ceux qui seraient tirés au sort, iraient s'installer dans la cité prise ; tous seraient ainsi plus prospères, et ces deux grandes et belles villes assureraient à la fois la sécurité et le bonheur du pays. 4. Les plébéiens, très nombreux et sans ressources dès ce temps-là, accueillirent avec plaisir cette proposition : se pressant autour des rostres, ils réclamaient sans cesse, à grand fracas, qu'on la votât. Mais aux yeux du Sénat et des citoyens les plus puissants, ce projet des tribuns n'entraînait pas une division de Rome, mais bien sa destruction. Ne pouvant supporter cette idée, ils demandèrent l'aide de Camille. 5. Quant à lui,

---

28. Contrairement à ce qu'allègue Plutarque, le Camille de Tite-Live (V, 22, 4-7) ne s'adresse pas directement à la statue de Junon.
29. Plutarque, aussi modéré qu'à son ordinaire, est à mi-chemin de la «crédulité» et de la «défiance».
30. Deuxième «faute» du pieux Camille (comparer le triomphe «ordinaire» : infra, XXX, 1-3 ; Romulus, XVI, 5 ; Publicola, IX, 9). Le quadrige de chevaux blancs, objet du scandale, est-il une marque d'hellénisme ou s'inspire-t-il d'éléments étrusques ? (voir Romulus, XVI, 8, à propos de Tarquin ; Wardman, 1974, p. 64). Voir aussi Bayet (App. IV), p. 146-149. Pour Dumézil (1995, p. 1173), qui s'appuie sur Tite-Live, V, 23, 4-7, le char (Jovis Solisque) est celui du Soleil.

ce conflit lui faisait horreur. Il jetait en pâture au peuple divers prétextes pour l'occuper, ce qui lui permettait de renvoyer sans cesse la loi ; 6. aussi était-il détesté[31]. Mais le principal motif, le plus évident, de l'animosité du peuple à son égard venait du dixième des dépouilles. La foule avait là une raison de mécontentement qui n'était pas sans fondement, même si elle n'était pas tout à fait juste. En effet, lorsqu'il marchait contre Véies, Camille avait apparemment fait vœu, s'il prenait la cité, de consacrer au dieu[32] le dixième des dépouilles. 7. Or, une fois la cité prise et mise à sac, hésitant à contrarier ses concitoyens, ou peut-être oubliant son vœu dans le feu de l'action[33], il avait laissé les soldats prendre tout le butin. Plus tard, alors qu'il était déjà sorti de charge, il fit un rapport à ce sujet au Sénat, et les devins[34] déclarèrent, à la vue des victimes, que la colère des dieux réclamait une expiation et des actions de grâces.

VIII. 1. Le Sénat décréta qu'on ne procéderait pas à une nouvelle répartition du butin, ce qui aurait été difficile, mais que ceux qui en avaient conquis devraient d'eux-mêmes, en prêtant serment, en rapporter le dixième au trésor public. Cette décision chagrina et révolta beaucoup les soldats : ils étaient pauvres, ils s'étaient donné du mal, et maintenant on les obligeait à rendre une grande part de ce qu'ils avaient gagné et déjà dépensé. 2. Troublé par leurs murmures, Camille, faute de meilleure excuse, s'abrita derrière la plus malheureuse des explications : il avoua qu'il avait oublié son vœu. Les soldats s'indignèrent en apprenant qu'il avait promis au dieu le dixième des biens ennemis et qu'à présent, pour tenir sa promesse, il confisquait le dixième des biens des citoyens[35]. 3. Cependant tous apportèrent la part qu'on exigeait ; il fut décidé d'en faire un cratère en or et de l'envoyer à Delphes. Mais l'or était rare dans la cité et les magistrats se demandaient comment s'en procurer. Alors les femmes s'entendirent entre elles : chacune apporta tous les bijoux en or qu'elle portait sur elle, pour les consacrer à cette offrande qui se monta à huit talents d'or. 4. Afin de leur rendre un hommage mérité, le Sénat décréta qu'après leur mort, on prononcerait, pour les femmes comme pour les hommes, un éloge funèbre approprié. Auparavant, ce n'était pas l'usage de faire l'éloge public d'une femme après sa mort[36]. 5. Puis ils choisirent

---

31. Ce débat reflète le conflit récurrent de cette période entre patriciens et plébéiens en même temps qu'il annonce le projet ultérieur de transfert de Rome à Véies. Camille apparaît déjà comme un modéré, et cependant détesté de la plèbe.
32. Le contexte, ainsi que les sources parallèles, montrent qu'il s'agit d'Apollon.
33. Nouvelle faute rituelle de Camille, présentée cette fois de manière hypothétique.
34. Sans doute des haruspices, les seuls prêtres étrangers auxquels les Romains fussent autorisés à recourir dans la vie publique.
35. Confirmation de l'« impiété » de Camille, socialement aggravée par le contexte de partage du butin. Ici retentit sans doute un écho anachronique des problèmes de la fin de la République.
36. Les dons faits à l'État par les « matrones », les grandes dames de Rome, pour faire face à une nécessité majeure annoncent, à leur tour, un épisode marquant de la seconde guerre punique. L'éloge public de femmes ne semble guère apparaître, en fait, avant le Ier siècle avant J.-C. Tite-Live (V, 25, 8-9) préfère mentionner le droit qui leur aurait alors été conféré de se faire transporter en char d'apparat (mais voir Romulus, *XXI).*

comme députés trois des meilleurs citoyens[37], armèrent un navire de guerre, pourvu d'un bel équipage et paré comme pour une fête publique, et les firent partir. 6. En mer, les voyageurs eurent à souffrir de la tempête puis du calme plat: ils faillirent succomber et ce fut contre toute espérance qu'ils échappèrent au danger. Ils étaient à la hauteur des îles Éoliennes quand, le vent étant tombé, des trières de Lipari les attaquèrent, les prenant pour des pirates. Ils demandèrent grâce et tendirent les bras en suppliant, ce qui leur évita d'être coulés, 7. mais les gens de Lipari remorquèrent leur bateau, les firent débarquer et se disposèrent à vendre à l'encan les personnes et les biens, considérés comme prises faites sur des pirates. 8. Finalement, grâce à la vertu et à l'autorité d'un seul homme, Timésithéos, leur stratège, les Lipareéns se laissèrent fléchir et les relâchèrent. Timésithéos, ayant mis à la mer des navires qui lui appartenaient, les escorta et se joignit à eux pour consacrer l'offrande. En reconnaissance, il reçut à Rome les honneurs qu'il méritait[38].

IX. 1. Les tribuns essayèrent de nouveau de faire passer leur loi relative à la division de la cité, mais la guerre contre les Falisques survint fort à propos pour permettre aux premiers citoyens d'organiser les élections comme ils l'entendaient et de nommer Camille tribun militaire, avec cinq collègues. La situation exigeait en effet un chef qui joignît à l'expérience le prestige et la gloire. 2. Le peuple l'ayant élu, Camille prit le commandement et envahit le territoire des Falisques. Il mit le siège devant Faléries, cité bien fortifiée, pourvue de tout ce qui était nécessaire à la guerre. Il se rendait bien compte que s'en emparer n'était pas une mince entreprise, que l'on pouvait mener à bien en peu de temps, mais il voulait occuper les pensées de ses concitoyens et les tourner vers d'autres sujets, pour qu'ils n'aient pas le loisir, en restant tranquillement chez eux, d'écouter les démagogues et de préparer des séditions[39]. 3. Les Romains usèrent souvent de ce remède, comme des médecins, pour purger la cité des maux qui la tourmentaient.

X. 1. Les habitants de Faléries, confiants dans les fortifications qui les entouraient de tous côtés, ne s'inquiétaient guère du siège. Tous, sauf ceux qui gardaient les murailles, circulaient dans la cité en toge; les enfants allaient à l'école, et leur maître les emmenait marcher le long des remparts pour se promener et prendre de l'exercice. 2. À Faléries en effet, comme en Grèce, on donnait un même maître à tous les enfants, afin qu'ils soient élevés ensemble dès leurs premières années[40]. 3. Or ce maître décida de se servir des enfants pour livrer Faléries. Chaque jour, il les emmenait au pied du rempart. La première fois, ils n'allèrent pas loin, et aussi-

---

37. *Les trois députés sont, selon Tite-Live (V, 28, 2), L. Valérius, L. Sergius et A. Manlius.*
38. *L'épisode romanesque du «bon pirate» de Lipari reflète les jeux complexes des rivalités et des alliances en Méditerranée à cette époque.*
39. *L'attaque de Faléries comme dérivatif: l'habileté psychologique du chef, à laquelle Plutarque est si sensible (pensons à Numa), lui permet de manier à sa guise ses concitoyens.*
40. *Évocation du système de «préceptorat collectif» développé depuis la période grecque classique. Les Romains l'ont adopté de fait, mais continuent à manifester des réticences de principe.*

tôt après l'exercice, il les ramena à l'intérieur. 4. Mais ensuite, petit à petit, il les attira plus avant, les habituant à s'enhardir, comme s'il n'y avait rien à craindre. Pour finir, il poussa, avec tous ses élèves, jusqu'aux avant-postes des Romains ; il livra les enfants aux sentinelles et demanda à être conduit devant Camille. Quand il fut en sa présence, il dit : « Je suis un précepteur, un instituteur, mais je préfère ta faveur à mes devoirs. Me voici donc : c'est la cité que je te livre, en la personne de ces enfants. » 5. À ces mots, Camille, trouvant cette conduite monstrueuse, déclara aux assistants : « La guerre est une chose terrible ; elle oblige à beaucoup d'injustices et de violences. Toutefois, même dans la guerre, les hommes de bien respectent certaines lois. On ne doit pas rechercher la victoire au point de ne plus répugner à tirer avantage d'actes misérables et impies ; un grand général doit faire la guerre en s'appuyant sur sa propre valeur, non sur la méchanceté d'autrui. » Puis il ordonna aux licteurs de déchirer les vêtements de l'homme, de lui lier les mains derrière le dos et de distribuer aux enfants des baguettes et des fouets, pour qu'ils ramènent le traître dans la cité en le battant[41].
6. On venait de s'apercevoir, à Faléries, de la trahison du maître, et devant un tel malheur, comme on peut l'imaginer, la cité était plongée dans l'affliction. Hommes et femmes se précipitaient ensemble sur les remparts ou devant les portes, sans savoir quel parti prendre. Mais soudain, on vit revenir les enfants, poussant devant eux leur maître nu et enchaîné, qu'ils accablaient d'insultes, tandis qu'ils nommaient Camille leur sauveur, leur père, leur dieu[42]. À cette vue, les parents des enfants, et tous les autres citoyens avec eux, admirèrent la justice de Camille[43] et furent séduits par elle. 7. Ils tinrent en hâte une assemblée et lui envoyèrent une délégation pour s'en remettre à sa discrétion. Camille envoya ces députés à Rome. Admis devant le Sénat, ils déclarèrent que les Romains, en plaçant la justice au-dessus de la victoire, leur avaient appris à préférer la défaite à la liberté, moins parce qu'ils se croyaient inférieurs en force que parce qu'ils s'avouaient vaincus par leur vertu. 8. Le Sénat chargea Camille de juger et de régler cette affaire ; il exigea une somme d'argent de Faléries, conclut un traité d'amitié avec toutes les populations falisques et retira son armée.

XI. 1. Mais les soldats avaient espéré pouvoir mettre Faléries à sac. Quand ils revinrent à Rome les mains vides, ils accusèrent Camille, devant les autres citoyens, d'être un ennemi du peuple et de spolier les pauvres. 2. Comme les tribuns présen-

---

41. Cet épisode édifiant est évoqué par de nombreux auteurs anciens, depuis Tite-Live (V, 27), surtout sensible à la leçon politique d'une conquête pacifique et « intégratrice » qui contraste avec celle de Véies. La version plutarquienne est brève ; elle met l'accent sur les aspects moraux de l'aventure. Dumézil (1995, p. 1205-1213), prenant appui sur le rôle des enfants, reconnaît là une transposition romanesque, folklorisante, des deux rites consécutifs de Mater Matuta.
42. « Camille sauveur, père et dieu » : exposition, significativement placée dans la bouche de vaincus « à la loyale », du thème du second fondateur ; le vocabulaire est hellénistique, déjà pré-impérial.
43. Nouvelle vertu reconnue à Camille. Cette compassion, notamment à l'égard des enfants, se retrouve en XXXV, 3 et XXXVIII, 5. Voir Dumézil (1995), p. 1203.

taient une fois de plus leur loi sur la division de la cité et invitaient le peuple à la voter, Camille, sans craindre l'impopularité et la brutale franchise, se signala par l'acharnement avec lequel il fit pression sur la foule ; elle rejeta la loi, mais à contrecœur, et en garda rancune à Camille. Même lorsque le malheur frappa sa maison (un de ses deux fils mourut de maladie), aucune pitié ne vint tempérer leur colère. 3. Pourtant Camille supportait fort mal cette perte, lui qui était d'un naturel doux et bon ; quand il fut cité en justice, il ne se présenta pas, mais resta enfermé chez lui, tout à son deuil, avec les femmes[44].

XII. 1. Son accusateur fut Lucius Apuleius. Il était reproché à Camille d'avoir détourné une part du butin pris sur les Étrusques ; on avait même vu chez lui, disait-on, des portes de bronze qui faisaient partie des prises de guerre[45]. 2. Le peuple était exaspéré et, de toute évidence, prêt à saisir n'importe quel prétexte pour voter contre lui. Camille réunit ses amis, ses compagnons d'armes et ses anciens collègues, ce qui faisait une foule considérable, et leur demanda de ne pas le laisser condamner injustement, sur de méchantes accusations, et devenir la risée de ses ennemis. 3. Après avoir délibéré et s'être consultés, ses amis répondirent que pour son procès, ils ne pensaient pas pouvoir lui être du moindre secours ; en revanche, s'il était condamné à une amende, ils l'aideraient à la payer. Camille ne put supporter cette idée et, poussé par la colère, il décida de partir s'exiler loin de Rome. 4. Il embrassa sa femme et son fils, quitta sa maison et marcha en silence jusqu'à la porte de la ville. Là, il s'arrêta, se retourna, et tendant les mains vers le Capitole, il adressa aux dieux la prière suivante : « Si mon humiliation et ma chute sont injustes, si je suis victime de la violence et de la jalousie du peuple, que les Romains s'en repentent bien vite ! qu'il soit clair aux yeux de tous les hommes qu'ils ont besoin de Camille et qu'ils le regrettent[46] ! »

XIII. 1. Ayant ainsi, tel Achille, lancé des malédictions contre ses concitoyens, il s'en alla. Il fut condamné par contumace à une amende de quinze mille as, ce qui équivaut, en argent, à mille cinq cents drachmes : la pièce d'argent valait dix as et c'était parce qu'elle équivalait à dix pièces de bronze qu'on l'appelait denier [« dix fois »][47].

---

44. *La perte du fils de Camille est pour Bayet (App. IV, p. 144-145) un des signes de la souillure qui marque ce « maudit », et entraîne son expulsion. Plutarque souligne la douceur, l'humanité de ses sentiments intimes.*
45. *Retour au thème de la dévolution du butin (voir supra, VII, 6-VIII, 4) et de l'ingratitude populaire. L'accusateur L. Apuleius est tribun de la plèbe (voir Tite-Live, V, 32, 8), et l'épisode prend place parmi les innombrables affrontements civils de l'archaïsme romain. Camille requiert, très normalement, l'appui de ses « clients ».*
46. *Par une sorte de retournement logique (voir supra, V, 8), Camille fait appel à la Némésis (voir Dictionnaire, « Fortune »), qui ne tardera pas à répondre (XIII, 2). Plutarque met particulièrement en valeur, par le geste mis en scène en direction du Capitole, la liaison fatale (infra, XIV, 3) entre le sort de Camille et la catastrophe gauloise.*
47. *Sur l'amende et l'exil, voir Bayet (App. IV), p. 150 et note 2.*

2. Il n'est pas un Romain qui ne soit convaincu que la Justice exauça rapidement les prières de Camille et que pour cet outrage il reçut une réparation éclatante et fameuse qui, loin de le réjouir, l'affligea profondément, tant fut lourde la Némésis qui frappa Rome, et considérables, de toute évidence, les pertes, les dangers et l'humiliation infligés à la Ville par cet événement, qu'il ait été le résultat d'un concours de circonstances fortuites ou qu'un dieu soit chargé de ne pas laisser la vertu payée d'ingratitude[48].

XIV. 1. Le premier signe qui parut annoncer l'imminence d'un grand malheur fut la mort du censeur Julius. Les Romains vénèrent tout particulièrement la charge de censeur qu'ils considèrent comme sacrée[49]. 2. Un second signe avait précédé le départ en exil de Camille. Un homme obscur, qui ne faisait même pas partie du Sénat, mais avait la réputation d'être honnête et vertueux, Marcus Caedicius, informa les tribuns militaires d'un événement qui méritait réflexion. 3. La nuit précédente, leur dit-il, alors qu'il suivait la route qui porte le nom de via Nova, il s'était entendu appeler; il s'était retourné, mais n'avait vu personne. Alors une voix plus forte que celle d'un homme lui avait dit: «Dès l'aurore, Marcus Caedicius, va trouver les magistrats; dis-leur de se tenir prêts à recevoir, sous peu, les Gaulois.» 4. En entendant cela, les tribuns militaires ne firent qu'en rire et en plaisanter[50]. Or peu après survint l'exil de Camille.

XV. 1. Les Gaulois sont des Celtes qui, en raison de leur nombre excessif, furent forcés, dit-on, de quitter leur pays qui ne pouvait les nourrir tous. Ils se mirent en quête d'une autre terre. 2. Ils étaient des dizaines de milliers d'hommes jeunes, habiles à la guerre, et ils emmenaient avec eux, en nombre encore plus grand, leurs femmes et leurs enfants. Les uns franchirent les monts Rhipées[51], se répandirent vers l'océan Boréal et occupèrent les extrémités de l'Europe. D'autres s'établirent entre les Pyrénées et les Alpes, et habitèrent pendant longtemps près des Sénons et des Bituriges. 3. Plus tard, ayant goûté pour la première fois du vin importé d'Italie, ils admirèrent si fort ce breuvage et furent tous tellement ravis du plaisir inconnu qu'il leur donnait, que, saisissant leurs armes et prenant avec eux leurs familles, ils se précipitèrent dans les Alpes, à la recherche de la terre qui produisait un pareil fruit, considérant que le reste du monde était stérile et sauvage[52].

---

48. *Plus encore que Plutarque, Denys d'Halicarnasse* (Antiquités romaines, *XIII, 8) montre l'exilé effrayé après coup des conséquences de ses paroles. Il n'est pas, comme Coriolan, dominé par le ressentiment (voir Wardman, 1974, p. 77).*
49. *Tite-Live (V, 31, 6-7) est plus clair: l'impiété réside dans le fait qu'on a élu le remplaçant d'un censeur mort, pratique abandonnée par la suite à cause de ce terrible précédent.*
50. *C'est au tour des Romains, dressés contre Camille, de négliger les avertissements du ciel; Tite-Live (V, 32, 6-8) situe l'épisode «au-dessus du temple de Vesta» (voir Pailler, 1997).*
51. *À l'extrême nord du pays scythe. Voir Sophocle,* Œdipe à Colone, *v. 1239-1248.*
52. *Les mots «Celtes» et «Galates» – pour «Gaulois» – sont équivalents en grec. L'excursus sur l'arrivée des Gaulois en Italie est beaucoup plus développé dans le célèbre passage parallèle de Tite-Live, V, 33-35.*

4. Ce fut, dit-on, Arruns, un Étrusque, qui introduisit le vin chez eux et qui le premier les incita à aller en Italie. C'était un homme de haut rang : il n'était pas naturellement méchant, mais avait été victime du malheur suivant. Il était tuteur d'un orphelin qui possédait la fortune la plus importante de la cité, un garçon d'une extraordinaire beauté, nommé Lucumon. 5. Celui-ci, qui vivait chez Arruns depuis l'enfance, n'avait pas quitté sa maison quand il était parvenu à l'adolescence ; il prétendait qu'il se plaisait en sa compagnie, mais en fait, il avait séduit sa femme et s'était laissé séduire par elle. Pendant longtemps, leurs relations restèrent secrètes[53], 6. mais à la fin, leur passion à tous deux devint si violente qu'ils ne purent plus renoncer à leur désir ou le dissimuler. Le jeune homme tenta ouvertement d'enlever la femme pour la garder. Le mari le poursuivit en justice, mais perdit sa cause, car Lucumon avait beaucoup d'amis et faisait de grandes largesses. Arruns dut donc quitter son pays. Il entendit parler des Gaulois, alla les trouver et ce fut lui qui les guida dans leur marche contre l'Italie.

XVI. 1. Dès qu'ils entrèrent dans le pays, ils s'emparèrent aussitôt de tout le territoire que les Étrusques occupaient autrefois et qui s'étend des Alpes aux deux mers, comme en témoigne le nom des lieux[54] : 2. la mer qui se trouve au nord est appelée Adriatique, du nom de la cité étrusque d'Adria, et celle qui, de l'autre côté, est tournée vers le sud s'appelle mer Étrusque[55]. Toute cette région est boisée, riche en pâturages et arrosée par de nombreux cours d'eau. 3. Elle portait dix-huit belles cités, de grande taille, bien organisées pour un commerce florissant et une vie fastueuse ; les Gaulois en chassèrent les Étrusques et s'y installèrent. Mais cela s'était passé bien longtemps auparavant.

XVII. 1. À l'époque de Camille, les Gaulois faisaient campagne contre la cité étrusque de Clusium et l'assiégeaient[56]. Les Clusiens appelèrent les Romains à l'aide et les prièrent d'envoyer une ambassade et une lettre aux Barbares. On délégua donc trois membres de la famille des Fabii, personnages renommés et fort res-

---

Cependant, la brève rétrospective de Plutarque (XVI, 3 : «cela s'était passé bien longtemps auparavant») reflète dans leurs grandes lignes les arrivées successives d'immigrants celtes en Occident, en particulier au IVe siècle. L'impression générale est celle d'une expansion lente, avec de brusques à-coups. Quant à l'attrait des chefs gaulois pour le vin importé d'Italie, c'est un lieu commun de la littérature antique, confirmé par l'archéologie.
53. Parallèle chez Tite-Live, V, 33, 3-4, et, plus largement, Polybe, Histoires, II, 14-17. Lucumo (qui est aussi le nom originel attribué à Tarquin l'Ancien) est en fait la transposition latine d'un lucmo *étrusque («chef»), comme Arruns une forme de prénom (Arnth). À la différence de Tite-Live, Plutarque n'indique pas qu'Arruns soit de Clusium.*
54. C'est l'emplacement de la future «Gaule Cisalpine», de tout temps considérée comme une des régions les plus prospères d'Italie. La colonisation étrusque à l'époque ancienne y est bien attestée.
55. C'est-à-dire la mer Tyrrhénienne, Turrénia étant le nom grec de l'Étrurie.
56. Retour aux événements, après l'excursus historique. Sur le rôle spécifique, symbolique et en partie anachronique de Clusium-Chiusi, voir Bayet (App. II), p. 119-120, et (App. V), p. 165.

pectés à Rome. 2. Les Gaulois les accueillirent avec amitié, par égard pour le nom de Rome; ils suspendirent le combat devant les remparts et discutèrent avec eux. Les Romains leur demandèrent ce que leur avaient fait les Clusiens, pour qu'ils marchent ainsi contre leur cité[57]. Alors le roi des Gaulois, Brennus, éclata de rire : 3. « Le tort des Clusiens ? Ces gens, qui ne peuvent labourer qu'une petite étendue de terre, prétendent en occuper une grande et refusent de la partager avec nous qui sommes des étrangers, nombreux et pauvres. 4. Or c'est justement, ô Romains, le tort dont se sont rendus coupables à votre égard les Albains, les Fidénates, les Ardéates, et maintenant les Véiens, les Capénates et la plupart des Falisques et des Volsques. Vous partez en guerre contre ces peuples s'ils ne partagent pas avec vous ce qu'ils possèdent; vous les réduisez en esclavage, vous les pillez, vous rasez leurs cités. Et vous ne faites là, d'ailleurs, rien d'extraordinaire ni d'injuste; vous suivez la loi la plus ancienne de toutes, celle qui donne au plus fort le bien des plus faibles, et qui vaut pour tous, de la divinité aux animaux. 5. Car chez les animaux aussi, c'est une loi de nature : les plus forts cherchent à dominer les plus faibles. Cessez donc de vous apitoyer sur les Clusiens assiégés, si vous ne voulez pas enseigner aux Gaulois à devenir bons et pitoyables pour les victimes des Romains[58] ! »
6. Ce discours fit comprendre aux Romains qu'il serait impossible de s'entendre avec Brennus. Ils s'introduisirent donc dans Clusium où ils encouragèrent les habitants et les poussèrent à faire une sortie avec eux contre les Barbares, dans le but, soit d'éprouver la vaillance de l'ennemi, soit d'afficher la leur. 7. Les Clusiens sortirent et la bataille s'engagea devant les remparts. Alors, l'un des Fabii, Quintus Ambustus, qui était à cheval, s'élança contre un Gaulois, grand et beau, qui chevauchait bien en avant des autres. Il ne fut pas reconnu tout de suite, car la rencontre fut rapide et ses armes étincelantes empêchaient de distinguer ses traits[59]. 8. Mais quand il eut vaincu et tué son adversaire, au moment où il entreprit de le dépouiller, Brennus le reconnut. Alors, il prit les dieux à témoin de cette violation des lois et des usages que tous les hommes vénèrent et honorent[60] : le Romain était venu comme ambassadeur, mais avait fait acte de guerre. 9. Puis, arrêtant aussitôt la bataille, il laissa les Clusiens et marcha sur Rome avec son armée. Cependant, il ne voulut pas laisser croire que cet outrage avait fait plaisir aux Gaulois en leur fournissant le prétexte dont ils avaient besoin; il envoya donc des ambassadeurs réclamer le coupable pour en tirer vengeance et, en attendant, il n'avança que lentement.

---

57. À la différence du récit de Tite-Live (V, 35, 5-6), celui de Plutarque ne suppose pas explicitement un traité d'alliance préexistant entre Rome et Clusium.
58. Le discours de Brennus est absent chez Tite-Live, qui prête aux Gaulois cette réponse collective et lapidaire : « Du droit de nos armes. Tout appartient aux braves » (V, 36, 5). La version de Plutarque met en relief la comparaison entre les « impérialismes » gaulois et romain.
59. L'« exploit » équestre de Quintus Fabius Ambustus rappelle les « combats de champions » des origines de Rome, en même temps qu'il illustre les excès incontrôlables d'une certaine jeunesse militaire.
60. L'action de Brennus, conforme au droit de la guerre, le fait apparaître comme le représentant d'un peuple plus « civilisé » que les sources anciennes n'en veulent donner l'impression.

XVIII. 1. À Rome, le Sénat se réunit et beaucoup critiquèrent Fabius, notamment les prêtres appelés féciaux[61]; ils prièrent le Sénat avec insistance, au nom des dieux, de rejeter sur le seul coupable le sacrilège qui avait été commis, pour en purifier tous les autres. 2. Ces féciaux avaient été institués par Numa Pompilius, le plus doux et le plus juste des rois : ils avaient pour mission soit de préserver la paix, soit de fixer et de déterminer les motifs qui permettent d'engager une guerre juste. 3. Le Sénat renvoya l'affaire devant l'assemblée du peuple ; les prêtres renouvelèrent leurs accusations contre Fabius, mais la foule méprisa les avis des dieux[62] ; elle s'en moqua au point de choisir comme tribuns militaires Fabius et ses frères. 4. À cette nouvelle, les Celtes, indignés, cessèrent de contenir leur élan ; ils avancèrent à toute vitesse. Leur nombre, l'éclat de leurs armures, leur violence et leur fureur frappaient de terreur les peuples qu'ils traversaient[63] : toute la campagne, pensait-on, était déjà perdue, et les cités allaient bientôt l'être. Mais, contre toute attente, les Gaulois ne causèrent aucun dommage et ne prirent rien dans les champs. Au contraire, quand ils s'approchaient des cités, ils criaient qu'ils marchaient contre Rome, que leurs seuls ennemis étaient les Romains et qu'ils considéraient tous les autres comme des amis.
5. Voyant les Barbares se porter si violemment contre eux, les tribuns firent sortir les Romains pour livrer bataille. Ils n'étaient pas inférieurs en nombre (ils n'avaient pas moins de quarante mille fantassins), mais c'étaient pour la plupart des hommes qui manquaient d'entraînement et prenaient les armes pour la première fois. De plus, ils avaient négligé les rites religieux : ils n'avaient pas offert de sacrifices pour obtenir des présages favorables, et n'avaient pas consulté les devins, comme il fallait le faire avant d'affronter le danger et la bataille. 6. Ce qui provoqua le plus de confusion dans les opérations fut le grand nombre des chefs. Auparavant, alors qu'il s'agissait pourtant de combats bien moins importants, les Romains avaient souvent désigné un commandant unique, appelé dictateur ; ils n'ignoraient pas combien il est utile, dans le danger, de n'avoir qu'un même esprit, d'obéir à une autorité absolue qui n'a de comptes à rendre à personne et possède les pleins pouvoirs. 7. Rien ne leur fit plus de tort que leur injustice à l'égard de Camille : il était devenu dangereux de commander si l'on ne cherchait pas à plaire et si l'on ne flattait pas[64].
Ils avancèrent à quatre-vingt-dix stades de la ville et établirent leur camp au bord de l'Allia, non loin de son confluent avec le Tibre. 8. Les Barbares se montrèrent bientôt. Les Romains combattirent en désordre et furent honteusement mis en déroute[65]. Dès le premier choc, les Celtes repoussèrent leur aile gauche dans le fleuve et la détruisirent. L'aile droite esquiva l'attaque, en abandonnant la plaine pour les collines.

---

61. *Sur les féciaux, voir* Numa, *XII, 4-6. Il est bien de leur mission de veiller au respect de toutes les règles de la guerre.*
62. *Conformément à la tradition aristocratique, la responsabilité de la catastrophe incombe à la plèbe.*
63. *L'aspect effrayant des Gaulois, et la panique qu'ils provoquent, est encore un lieu commun.*
64. *Les § 5 à 7 synthétisent les trois causes de la défaite : négligences religieuses, confusion militaire, absence d'autorité politique unique et crédible.*
65. *Cette bataille est un des plus terribles souvenirs de l'histoire romaine (voir* infra, *XIX, 2 et 12). Récit détaillé chez Tite-Live, V, 37-38.*

Elle subit moins de pertes : les soldats purent, pour la plupart, passer de ces collines dans la ville. 9. Quant aux autres, qui échappèrent aux ennemis fatigués de les massacrer, ils prirent la fuite pendant la nuit et rallièrent Véies : ils pensaient que Rome était perdue et que tous ses habitants avaient péri.

XIX. 1. La bataille eut lieu après le solstice d'été[66], vers la pleine lune, à une date qui avait déjà vu auparavant un grand désastre concernant les Fabii : les Étrusques avaient massacré trois cents membres de cette famille. 2. Mais c'est la deuxième défaite qui a laissé son nom à cette date ; on l'appelle encore aujourd'hui « jour de l'Allia », à cause de la rivière.
3. À propos de jours néfastes, faut-il considérer certains jours comme tels[67] ? Ou Héraclite a-t-il raison de critiquer Hésiode pour avoir décrété que certains jours sont favorables, d'autres malheureux, sans savoir que tous, quels qu'ils soient, ont la même nature ? La question a été débattue ailleurs. 4. Mais peut-être serait-il bon de rappeler quelques exemples dans le présent ouvrage[68].
Le cinq du mois Hippodromios, mois que les Athéniens appellent Hécatombaion, les Béotiens remportèrent deux victoires éclatantes, grâce auxquelles ils donnèrent la liberté aux Grecs : celle de Leuctres et, plus de deux cents ans auparavant, celle de Céressos, où ils avaient vaincu Lattamyas et les Thessaliens. 5. Le six du mois Boédromion, les Grecs écrasèrent les Perses à Marathon, le trois du même mois à Platées et au cap Mycale, et le vingt-six à Arbèles. 6. Quant aux Athéniens, à la pleine lune de ce même mois Boédromion, ils gagnèrent la bataille navale de Naxos, sous le commandement de Chabrias, et vers le vingt du mois, celle de Salamine, comme je l'ai montré dans mon traité *Sur les dates*. 7. Le mois de Thargélion infligea aux Barbares des désastres éclatants. Ce fut en Thargélion qu'Alexandre écrasa les généraux du Grand Roi sur les bords du Granique ; les Carthaginois furent vaincus en Sicile par Timoléon le vingt-quatre, jour qui fut aussi, semble-t-il, celui de la prise d'Ilion, comme l'ont rapporté Éphore, Callisthène, Damastès et Malacos. 8. Inversement, le mois de Métageitnion, que les Béotiens nomment Panémos, n'a jamais été favorable aux Grecs. Le sept, ils furent vaincus et taillés en pièces par Antipatros à la bataille de Crannon, et à cette même date, ils avaient auparavant affronté Philippe, et subi la défaite de Chéronée. 9. Ce même jour de Métageitnion, la même année, Archidamos et son armée qui étaient passés en Italie furent massacrés par les Barbares de cette région. Quant aux habitants de Chalcédoine, ils redoutent le vingt-deux de ce mois comme leur apportant

---

66. *La datation du combat « après le solstice d'été » ne fonde pas seulement le rappel de l'épisode des « 306 Fabius » fait par Plutarque. Elle pourrait venir à l'appui de la thèse « solaire » de Dumézil, bien qu'il ne le relève pas.*
67. *Les § 3 à 12 représentent plus qu'une esquisse d'une de ces* Questions romaines *auxquelles Plutarque fait allusion pour conclure (voir Pailler, 1998).*
68. *L'argumentation repose comme souvent sur le brassage d'innombrables fiches dont l'ordre obéit à la « logique » de la démonstration et non à la chronologie, sinon, sans doute, celle de la succession des mois grecs.*

immanquablement les malheurs les plus nombreux et les plus grands. 10. Je n'ignore pas cependant que vers la date des Mystères, Thèbes fut rasée pour la seconde fois par Alexandre et que plus tard les Athéniens durent recevoir une garnison de Macédoniens ce même jour du vingt Boédromion, où l'on conduit la procession du Iacchos des Mystères[69]. 11. Pareillement, l'armée des Romains, commandée par Caepio, fut écrasée par les Cimbres le même jour qui devait voir plus tard leurs troupes, commandées par Lucullus, défaire les Arméniens et Tigrane. Le roi Attale et le Grand Pompée moururent le jour de leur anniversaire. 12. Bref, on pourrait trouver bien des gens pour qui une même date fut tour à tour heureuse et malheureuse. Cependant, pour les Romains, ce jour de l'Allia est le plus néfaste de tous et, à cause de lui, deux autres jours chaque mois, car la peur et la superstition provoquées par l'événement ont, comme cela se produit souvent, débordé la date précise. J'ai traité ce sujet plus à fond dans mes *Questions romaines*[70].

XX. 1. Si les Gaulois, après cette bataille, avaient aussitôt poursuivi les Romains en fuite, rien n'aurait empêché la destruction complète de Rome et la mort de tous ceux qui y étaient restés, tant les fuyards inspirèrent de crainte à ceux qui les recueillirent et tant ils étaient eux-mêmes en proie au trouble et au délire. 2. Mais les Barbares ne mesuraient pas l'importance de leur victoire. Dans l'excès de leur joie, ils ne pensèrent qu'à s'amuser et à partager le butin pris dans le camp ennemi[71]. Ils permirent ainsi à la foule qui abandonnait Rome de s'enfuir, et à ceux qui restaient, de reprendre espoir et de se préparer. 3. Abandonnant le reste de la Ville, ils fortifièrent le Capitole qu'ils pourvurent d'armes et de retranchements. Mais ils s'occupèrent d'abord des objets du culte. Certains furent emportés sur le Capitole; quant à ceux de Vesta, les Vestales en fuite s'en chargèrent, avec l'aide des prêtres[72]. 4. D'après quelques historiens, ces vierges sont seulement chargées de la garde du feu perpétuel, que le roi Numa avait ordonné de vénérer comme étant le principe de toutes choses. Car le feu est ce qu'il y a de plus mobile dans la nature.

---

69. *Iacchos, invoqué à Éleusis lors de la grande procession qui précédait la célébration des Mystères, était, dans la mythologie grecque, tantôt le fils de Déméter, tantôt celui de Perséphone et de Dionysos – il est souvent identifié à ce dernier.*

70. *C'est, avec Romulus, XV, le seul passage des* Vies *où Plutarque renvoie explicitement aux* Questions romaines. *Voir Dictionnaire.*

71. *On retrouve ici l'image stéréotypée du Gaulois barbare, incapable de discipline individuelle ou collective.*

72. *L'épisode du transfert provisoire des objets du culte* (sacra) *de Vesta à Caerè (Cerveteri), ville étrusque alliée de Rome – Plutarque ne mentionne qu'«une des cités grecques» (en XXI, 2) –, est introduit, après une présentation rapide (§ 3), par une «Question» sur la signification du feu de la cité. Est-il, comme le veulent les philosophes, puissance universelle de vie et de préservation (§ 4)? Ou faut-il y voir (§ 5), dans l'esprit de rituels grecs bien connus de Plutarque, l'instrument de purification des «talismans» conservés dans le sanctuaire? L'esprit d'un Numa pythagorisant (voir* Numa, *I et VIII), fondateur du sacerdoce des Vestales (*Numa, *IX, 9-XI, 3 et XIII, 4), s'accorde à la première hypothèse. La seconde, plus concrète, prépare et justifie ici l'action des prêtresses.*

Or la naissance est une sorte de mise en mouvement, ou du moins, elle s'accompagne d'un certain mouvement. Les autres éléments de la matière, quand la chaleur les abandonne, gisent inertes, tels des cadavres : ils ont besoin de la force du feu, qui est pareille à la vie ; dès qu'elle vient à eux, elle les rend en quelque sorte capables d'agir et de sentir. 5. Voilà donc pourquoi Numa, cet homme exceptionnel qui, en raison de sa sagesse, passa pour avoir commerce avec les Muses, a consacré le feu : on doit le garder toujours éveillé, à l'image de la puissance éternelle qui ordonne l'univers. Mais, selon d'autres auteurs, on allume ce feu devant les objets sacrés pour les purifier, comme chez les Grecs ; il y aurait à l'intérieur du temple d'autres objets de culte que nul n'a le droit de voir, sauf ces vierges qu'on appelle Vestales. 6. Une tradition très répandue veut qu'on y conserve notamment le fameux Palladion de Troie, qu'Énée avait apporté en Italie. Certains mythographes parlent d'objets sacrés provenant de Samothrace, que Dardanos aurait apportés à Troie après sa fondation pour le culte et la célébration des Mystères : Énée les aurait enlevés quand Troie fut prise, et les aurait gardés jusqu'à son installation en Italie[73]. 7. D'après d'autres personnes qui se prétendent mieux informées, le temple contiendrait deux jarres assez petites, l'une ouverte et vide, l'autre pleine et scellée, que seules les vierges consacrées ont le droit de voir. 8. Mais ces personnes sont, à en croire d'autres, induites en erreur par le fait que les Vestales enfermèrent la plupart des objets sacrés dans deux jarres qu'elles enterrèrent sous le temple de Quirinus, à l'endroit qui porte de nos jours encore le nom de Petites Jarres[74].

XXI. 1. Les Vestales emportèrent donc dans leur fuite les objets du culte les plus sacrés et les plus importants et partirent en longeant le fleuve. Or il y avait parmi les fugitifs un homme du peuple, Lucius Albinius, qui emmenait sur un chariot ses enfants en bas âge et sa femme, ainsi que des produits de première nécessité. 2. Quand il vit les vierges, portant dans leurs bras les objets consacrés aux dieux, marcher sans aucune escorte, dans le plus grand désarroi, il fit descendre en hâte sa femme et ses enfants, enleva ses biens de son chariot et y fit monter les Vestales, pour leur permettre d'atteindre une des cités grecques. 3. Ce respect qu'Albinius montra envers les dieux, et l'hommage éclatant qu'il leur rendit dans les circonstances les plus périlleuses, méritaient de ne pas être passés sous silence[75].

---

73. Comme le note l'auteur, un « tabou » réserve aux Vestales la vision et l'entretien des objets. La liste de Varron (voir Servius, Commentaire sur l'Énéide, *VII, 188) en comporte sept : l'épingle de la Mère des dieux, le char de terre cuite de Véies, les cendres d'Oreste, le sceptre de Priam, le voile d'Ilion, le Palladion, les boucliers des saliens. Comme chez Plutarque, la référence troyenne est essentielle.*
74. Ces « Petites Jarres » (Doliola) restent énigmatiques. L'essentiel réside sans doute dans le rapprochement avec Quirinus et son flamine, dieu et prêtre du « garde-manger » de Rome (voir Dumézil, 1974, p. 168-172). Tite-Live (V, 39, 11 et XL, 7-8) attribue à ce flamine un rôle actif, sur mission officielle, lors de l'épisode.
75. Récit parallèle et très proche de Tite-Live, V, 40, 8-10, qui souligne moins le rôle d'Albinius (voir infra, XXII, 4). Une inscription tardive, citée par Ogilvie (1976, p. 169), fait gloire à celui-ci d'avoir maintenu la continuité du rituel et même ramené à Rome, le danger passé, Vierges et objets sacrés...

4. Les prêtres des autres dieux et ceux des vieillards qui avaient obtenu le consulat et la cérémonie du triomphe ne consentirent pas à quitter la cité. Ils revêtirent des vêtements sacrés, tout resplendissants, et dans une prière où ils reprenaient les mots que leur dictait le grand pontife Fabius, ils vouèrent leur vie à la divinité pour sauver la patrie[76]. Puis dans ces habits d'apparat, ils allèrent s'asseoir au forum sur leurs sièges d'ivoire, et attendirent le sort qui leur était réservé.

XXII. 1. Deux jours après la bataille, Brennus se présenta devant la ville avec son armée. Il trouva les portes ouvertes et les remparts sans défenseurs. Il craignit d'abord une embuscade, car il ne pouvait croire que les Romains fussent à ce point désespérés. 2. Quand il apprit la vérité, il entra par la porte Colline et s'empara de Rome, un peu plus de trois cent soixante ans après sa fondation, si l'on peut croire qu'ait été conservée avec exactitude une chronologie que le désordre de ces jours-là a rendue douteuse, même à propos d'événements plus récents[77]. Il semble, en tout cas, que le bruit confus de ce désastre et de la prise de Rome parvint aussitôt en Grèce. 3. Héraclide du Pont, auteur légèrement postérieur à cette époque, écrit, dans son traité *Sur l'âme*, que selon une nouvelle venue d'Occident, une armée arrivée de chez les Hyperboréens s'était emparée d'une cité grecque appelée Rome, située quelque part près de la Grande Mer. Je ne suis pas surpris qu'un amateur de légendes et de contes comme Héraclide puisse ajouter, pour embellir le récit véridique de la prise de Rome, ces histoires d'Hyperboréens et de Grande Mer[78]. 4. Quant au philosophe Aristote[79], il a appris avec précision la prise de Rome par les Celtes, c'est évident, mais il dit qu'elle fut sauvée par un certain Lucius, alors que Camille s'appelait Marcus, et non Lucius. Il ne s'agit donc là que de conjectures.
5. Brennus s'empara de Rome et fit encercler le Capitole par une garnison. Puis il descendit sur le forum, où il fut frappé de stupeur à la vue des hommes qui étaient assis là, dans un ordre parfait, dans le plus profond silence : à l'approche des ennemis, ils ne bronchaient pas et ne changeaient ni de regard ni de couleur ; ils s'appuyaient tranquillement, sans aucun signe de terreur, sur les bâtons qu'ils tenaient et se regardaient les uns les autres, impassibles. 6. Les Gaulois restèrent stupéfaits devant ce spectacle étrange : ils demeurèrent longtemps indécis, hésitant à les

---

76. *La procédure de devotio, sous la conduite du grand pontife, paraît conforme aux règles rituelles.*
77. *Ces considérations prudentes sur une chronologie en effet bien douteuse semblent l'indice d'un débat ultérieur sur un «cycle» ou «grande année» de 365 ans séparant la première fondation de Rome de la seconde : voir Bayet (App. I), p. 106-107, et Hubaux (1958).*
78. *Plutarque, à la manière de Denys d'Halicarnasse, insiste évidemment sur la réputation ancienne de Rome dans le monde hellénique. Avec Héraclide (390-310 environ), il aurait pu évoquer Théopompe de Chios, cité par Pline l'Ancien (Histoire naturelle, III, 64). Et le passage correspondant de Diodore (Bibliothèque historique, XIV, 116-117) s'inspirerait de Timée, historien de la fin du IVe siècle.*
79. *Aristote (380-321), dont le témoignage sur ce point ne nous est pas autrement connu, est lui aussi assez proche des événements. Son «Lucius» sauveur de Rome est peut-être le pieux Albinius (voir Ogilvie, p. 166 et 169)... ce qui conférerait à la tradition la plus ancienne – et la moins patriotique – une couleur de salut religieux plutôt que d'improbable victoire militaire.*

approcher et à les toucher, les prenant pour des êtres supérieurs[80]. Enfin l'un d'eux, rassemblant son courage, s'approcha de Manius Papirius, étendit la main, toucha tout doucement son menton et tira sa barbe, qu'il avait longue; Papirius le frappa à la tête avec son bâton, et le blessa; aussitôt, le Barbare tira son coutelas et le tua. 7. Alors les Gaulois attaquèrent et tuèrent le reste des notables. Ensuite, ils massacrèrent tous ceux qu'ils rencontraient. Pendant plusieurs jours, ils pillèrent les maisons. Puis ils y mirent le feu et les rasèrent[81], dans leur rage contre les défenseurs du Capitole: ces derniers, loin de se rendre à leurs sommations, tenaient bon et les attaquaient depuis les remparts. 8. Les Gaulois ravagèrent donc Rome et firent périr tous ceux qu'ils prenaient, hommes et femmes, enfants et vieillards, sans distinction.

XXIII. 1. Mais le siège traîna en longueur, les Gaulois vinrent à manquer de vivres, et durent se diviser. Les uns restèrent avec le roi pour continuer le blocus du Capitole. Les autres parcoururent la campagne qu'ils pillèrent, attaquant les villages et les ravageant; ils ne restaient pas ensemble, mais se dispersaient en bataillons et en compagnies, dans différentes directions, enorgueillis par leurs succès, sans aucune crainte. 2. La troupe la plus importante et la mieux disciplinée marcha contre la cité d'Ardée[82], où Camille séjournait depuis son exil. Il ne s'occupait plus des affaires publiques et menait la vie d'un simple particulier, mais ses espoirs et ses pensées étaient ceux d'un homme qui, loin de souhaiter rester dans l'ombre et se dérober aux ennemis, guettait l'occasion de les repousser[83]. 3. Aussi, voyant que les Ardéates étaient suffisamment nombreux, mais qu'ils manquaient d'audace à cause de l'inexpérience et de la mollesse de leurs généraux, il s'adressa d'abord aux jeunes gens[84]: «Vous ne devez pas, leur disait-il, attribuer à la bravoure des Celtes le malheur des Romains. Les revers qu'ils ont subis pour avoir pris de mauvaises décisions ne sont pas l'œuvre de gens qui n'ont pas mérité la victoire, mais un coup du sort. Il est beau, même au péril de sa vie, de repousser un ennemi étranger et barbare qui, tel le feu, ne s'arrête de conquérir qu'après avoir entièrement détruit ce dont il s'est

---

80. C'est ici l'un des sommets de l'historiographie romaine (voir Tite-Live, V, 41, 7-10). Les redoutables Gaulois, saisis de la crainte révérentielle suscitée par cette quintessence de l'âme aristocratique de Rome, apparaissent comme des instruments de la devotio *réglée par leurs ennemis. Le nom de Papirius, celui de la famille qui est par excellence, depuis les débuts de la République, dépositaire du savoir sacré, authentifie en quelque sorte la valeur de ce haut fait (voir Ogilvie, p. 167-168).*

81. Une destruction partielle de Rome – mais non du Capitole – au début du IVe siècle est attestée par l'archéologie (voir aussi infra, XXVIII, 1).

82. La colonie latine d'Ardée, fondée en 442 (voir Tite-Live, IV, 11, 5), est une des villes qui accueillent alors des exilés romains. L'articulation dans ce qui suit de l'apport de deux cités latine et étrusque reflète sans doute, comme le passage livien (V, 43-46), l'arrangement de sources discordantes (voir Bayet, App. IV, p. 151-152).

83. Période «obscure» de Camille, avant une nouvelle «aurore».

84. Dans un ordre inhabituel (les jeunes guerriers, puis les sénateurs), Camille s'adresse aux deux composantes hiérarchisées de toute cité.

emparé. Mais en la circonstance, si vous prenez confiance et si vous êtes courageux, je vous permettrai de vaincre sans péril.» 5. Les jeunes gens accueillirent favorablement ces paroles. Camille alla ensuite trouver les magistrats et les sénateurs des Ardéates. Les ayant convaincus eux aussi, il arma tous les hommes en âge de combattre et les tint enfermés dans la ville : il voulait que les ennemis qui étaient tout près ne se doutent de rien. 6. Ces derniers, ayant bien chevauché à travers la campagne, revinrent chargés d'un énorme butin, et ils établirent leur camp dans la plaine, sans précaution ni prudence. La nuit tomba. Les Gaulois étaient ivres ; le silence régnait sur le camp. Alors Camille, instruit de tout par ses espions, fit sortir les Ardéates. Il parcourut sans bruit la distance qui le séparait de l'ennemi et, vers minuit, il attaqua le retranchement. Les grandes clameurs qu'on poussa, les trompettes qui sonnèrent de tous côtés jetèrent l'épouvante parmi les Gaulois : accablés par l'ivresse, ils sortaient à grand-peine du sommeil et avaient du mal à se ressaisir devant ce vacarme. 7. Quelques-uns, dégrisés par la peur, s'armèrent et résistèrent aux soldats de Camille : ils tombèrent en se défendant. Mais la plupart, encore sous l'empire du sommeil et du vin, furent surpris sans armes et massacrés. Certains, en très petit nombre, s'échappèrent du camp à la faveur de la nuit : comme ils se dispersaient dans la campagne, au lever du jour, les cavaliers les poursuivirent et les tuèrent[85].

XXIV. 1. Le bruit de cet exploit se répandit vite dans les cités, et beaucoup d'hommes en âge de combattre se réunirent, en particulier les Romains réchappés de la bataille de l'Allia, qui s'étaient réfugiés à Véies. Ils se lamentaient entre eux : «Quel grand chef, disaient-ils, la divinité a enlevé à Rome ! C'est Ardée qui tire gloire des hauts faits de Camille, tandis que la cité qui a engendré et nourri un tel héros est perdue ! elle a péri ! 2. Et nous, faute de généraux, nous restons inactifs, à l'abri de remparts étrangers ; nous abandonnons l'Italie. Allons ! envoyons des messagers aux Ardéates, redemandons-leur notre général. Ou plutôt, prenons les armes et allons le rejoindre. Il n'est plus un exilé, et nous ne sommes plus des citoyens, puisque notre patrie n'existe plus, puisqu'elle est au pouvoir des ennemis.» 3. Cette décision prise, ils envoyèrent des messagers demander à Camille de prendre le commandement. Mais il refusa de l'accepter tant que les citoyens qui se trouvaient sur le Capitole ne l'auraient pas élu conformément à la loi[86] : c'étaient eux, les survivants, qu'il considérait comme incarnant la patrie ; il était tout disposé à exécuter leurs ordres, mais ne s'occuperait de rien contre leur volonté. 4. Les Romains admirèrent les scrupules et la vertu accomplie de Camille[87]. Or ils ne savaient comment transmettre le message au Capitole ; il semblait même complètement impossible qu'un messager pût parvenir à la citadelle, puisque les ennemis tenaient la Ville.

---

85. Combats de nuit, ivresse des Gaulois : le «cliché» ethnique et la caractérisation nocturne de cette phase d'une vie coïncident. Sur ce dernier point, voir Dumézil (1995), p. 1222-1224.
86. Sur le légalisme légendaire de Camille, voir Ogilvie (1976), p. 166-168.
87. Voir l'analyse comparée des vertus de Camille chez Plutarque et chez Tite-Live par Dumézil (1995), p. 1197. Dans ce cas précis, Tite-Live (V, 46, 4-7) prête aux soldats eux-mêmes plutôt qu'à Camille le souci de n'obéir qu'à des ordres officiels.

XXV. 1. Or il y avait, parmi les jeunes gens, un certain Pontius Cominius, d'origine modeste, mais qui désirait passionnément la gloire et l'honneur. Il se proposa pour entreprendre la tâche. 2. Il n'emporta pas de lettre pour les assiégés du Capitole, de peur, s'il était pris, que les ennemis n'apprissent ainsi les intentions de Camille. Il revêtit un habit sordide, sous lequel il portait des écorces de liège. Il parcourut de jour la plus grande partie de la route, sans encombre, et parvint près de la cité comme la nuit tombait[88]. Il était impossible de franchir le fleuve par le pont, que gardaient les Barbares : il roula sur sa tête son vêtement qui était mince et léger puis, soutenu par les écorces de liège qui soulevaient son corps, il traversa et ressortit du fleuve devant la cité. 3. Il évita tous les veilleurs qu'il repérait aux lumières et au bruit, et marcha jusqu'à la porte Carmentale, qui était la plus calme. C'est près de cette porte que la colline du Capitole est la plus escarpée ; une haute falaise abrupte domine l'endroit de tous côtés. Le garçon l'escalada sans se faire remarquer et finalement, non sans mal, rejoignit par le passage le plus facile les sentinelles qui gardaient le retranchement. 4. Il les appela et se nomma. On le hissa sur le mur et on le conduisit devant les magistrats romains. Les sénateurs ayant été réunis en hâte, il prit la parole devant eux, leur annonça la victoire de Camille qu'ils ignoraient encore, et leur exposa le choix des soldats. Il les pria de confirmer le pouvoir de Camille, qui était, leur dit-il, le seul homme auquel obéiraient les citoyens du dehors. 5. Après l'avoir entendu, les sénateurs délibérèrent, puis nommèrent Camille dictateur. Ils renvoyèrent Pontius, qui suivit le même chemin avec autant de succès qu'à l'aller. Il trompa la vigilance des ennemis et rapporta le message du Sénat aux Romains du dehors[89].

XXVI. 1. Ceux-ci lui firent un accueil enthousiaste. À son arrivée, Camille trouva vingt mille hommes déjà armés ; il en rassembla encore davantage chez les alliés et se prépara à l'attaque. [C'est ainsi que Camille fut nommé dictateur pour la seconde fois, et qu'il se rendit à Véies où il trouva les soldats et en rassembla encore davantage chez les alliés, pour attaquer les ennemis[90].]
2. Cependant à Rome, certains Barbares, passant par hasard près de l'endroit par où Pontius était monté de nuit au Capitole, remarquèrent de nombreuses traces de pieds et de mains, là où il s'était appuyé et agrippé ; ils notèrent également que çà et là les plantes qui poussaient sur les rochers avaient été abîmées et que le sol s'était éboulé. Ils en informèrent le roi. 3. Celui-ci vint lui aussi et inspecta les lieux. Sur le moment, il ne dit rien, mais le soir, il rassembla les Celtes les plus agiles et les mieux doués pour l'escalade. 4. « Une route que nous ne connaissions pas, dit-il, mène chez

---

88. L'exploit de Pontius Cominius sera nocturne, voir Dumézil (1995), p. 1225-1226. Plutarque néglige un premier haut fait, celui de Q. Fabius Dorsuo traversant les lignes ennemies pour rendre un culte sur le Quirinal aux dieux de sa famille, et revenu indemne (voir Tite-Live, V, 46, 1-3).
89. À lire ce récit comme celui de Tite-Live, on a du mal à se représenter ce qu'il aurait bien pu subsister des institutions traditionnelles (Sénat, magistrats) dans le Capitole assiégé. Mais cet épisode, dans son invraisemblance même, augure bien de la pérennité de Rome.
90. Redite dans le texte, semble-t-il – à moins que l'auteur n'ait voulu ainsi marquer clairement le début de la dernière étape de la reconquête de Rome.

les ennemis. Ils nous montrent eux-mêmes qu'elle n'est ni impraticable ni inaccessible à des êtres humains. Quelle honte, après avoir commencé, si nous renoncions avant d'atteindre le but et si nous abandonnions la place, la jugeant imprenable, alors que les ennemis eux-mêmes nous enseignent par où on peut la prendre. 5. Là où un seul homme peut passer sans encombre, plusieurs peuvent le faire, l'un après l'autre, sans que ce soit plus difficile : au contraire, ils peuvent même s'aider et se prêter main forte. Chacun recevra les récompenses et les honneurs que méritera son courage[91]. »

XXVII. 1. Ainsi parla le roi. Les Gaulois se mirent à la tâche avec ardeur. Vers le milieu de la nuit, ils furent nombreux à commencer l'escalade de la falaise. Ils montèrent en silence, s'agrippant aux rochers qui étaient escarpés et difficiles, mais qui finalement, devant leurs efforts, se révélèrent plus accessibles et faciles à franchir qu'ils ne s'y attendaient. Déjà les premiers Gaulois avaient atteint le sommet, où ils avaient pris position. Ils allaient, d'un instant à l'autre, s'emparer du rempart, et tomber sur les sentinelles endormies : pas un homme, pas un chien n'avait remarqué leur approche. 2. Mais il y avait, près du temple de Junon, des oies consacrées à la déesse[92] qui d'ordinaire étaient abondamment nourries, mais qu'en la circonstance, les vivres étant rares et suffisant à peine aux hommes, on avait négligées et laissées dans un triste état. 3. Or les oies ont par nature l'ouïe perçante et redoutent le bruit ; celles-ci étaient en plus, à cause de la faim, éveillées et énervées. Elles perçurent aussitôt l'approche des Gaulois, se portèrent contre eux en courant, en criant, et réveillèrent tout le monde. Alors les Barbares, découverts, ne cherchèrent plus à éviter le bruit et donnèrent l'assaut plus violemment. 4. Les défenseurs saisirent en hâte les premières armes qu'ils trouvèrent et vinrent à la rescousse du mieux qu'ils purent. À leur tête allait Manlius, un ancien consul[93], doté d'une grande force physique et d'un courage remarquable. Il affronta deux ennemis à la fois. L'un d'eux tirait son poignard, mais devançant son geste, Manlius lui trancha la main droite de son épée, tandis que de son bouclier, il frappait l'autre au visage et le précipitait de la falaise. 5. Ensuite, debout sur le rempart avec ceux qui avaient couru le rejoindre, il repoussa les Barbares, encore peu nombreux, qui étaient parvenus au sommet : leur conduite ne fut guère à la hauteur de leur audace. 6. C'est ainsi que les Romains échappèrent au danger. Au lever du jour, ils précipitèrent de la falaise, sur les ennemis, le chef des veilleurs, et votèrent à Manlius, comme prix de sa victoire, une récompense plus honorifique que lucrative : chacun lui apporta sa ration journalière, une demi-livre romaine (c'est le nom qu'ils donnent à cette mesure) de blé et le quart d'un cotyle grec de vin[94].

---

91. Sur le début de la tentative gauloise, Tite-Live (V, 47, 2-3) est beaucoup plus lapidaire, et ne fait pas particulièrement intervenir Brennus. Le climat nocturne, lui, est commun aux diverses versions.
92. Ce temple est celui de Junon dite Monéta, « l'Avertisseuse » (voir infra, XXXVI, 9). À propos des oies, Tite-Live, moins « réaliste » et plus patriote, écrit : « malgré la rigueur de la disette, on les épargnait » (V, 47, 4). Une piété salvatrice...
93. « M. Manlius, consul deux ans auparavant et guerrier d'élite » (Tite-Live, V, 47, 4).
94. Constat de victoire à l'aurore. La récompense de Manlius (163 g de farine, 13 cl de vin), commémorant son exploit, fait partie de la saga familiale... avant un épisode moins riant (voir infra, XXXVI).

XXVIII. 1. Alors les Celtes perdirent courage. Ils manquaient de vivres, car ils n'osaient plus piller la campagne, par crainte de Camille, et une épidémie s'était abattue sur eux. Ils campaient dans les décombres, au milieu d'une foule de cadavres abandonnés au hasard, et l'épaisseur de la cendre[95] soulevée par les vents et les incendies rendait l'air malsain, desséché et âcre: à le respirer, on tombait malade. 2. Ce qui les affectait le plus, c'était le changement dans leur mode de vie. Ils venaient de pays ombragés, qui offraient contre l'été des refuges agréables, et ils arrivaient dans une région basse et malsaine en automne. Il y avait aussi leur immobilité forcée devant le Capitole et leur inaction si longue: il y avait six mois déjà qu'ils ne bougeaient pas, occupés à assiéger la citadelle[96]. 3. Les pertes étaient donc considérables dans le camp, et ils n'enterraient plus les morts, devenus trop nombreux.
Tout cela néanmoins n'améliorait guère la situation des assiégés. La famine les pressait, et l'ignorance de ce que faisait Camille augmentait leur désespoir. Nul messager ne pouvait parvenir jusqu'à eux, car la cité était étroitement gardée par les Barbares. 4. En raison de l'état dans lequel se trouvaient les deux camps, des pourparlers furent organisés, d'abord par l'intermédiaire des avant-postes qui se rencontrèrent; ensuite, sur l'avis des principaux citoyens, Sulpicius[97], tribun militaire de Rome, rencontra Brennus. Il fut décidé que les Romains verseraient mille livres d'or[98], et que les Gaulois, dès qu'ils les auraient reçues, quitteraient aussitôt la cité et le pays[99]. 5. Ces conditions fixées, on prêta serment, puis on apporta l'or. Mais les Celtes trichèrent sur le poids, d'abord en cachette, puis ostensiblement, en tirant sur la balance et en la faussant. Les Romains protestèrent. 6. Brennus, plein d'orgueil, eut un rire de mépris. Il prit son épée et l'ajouta aux poids, ainsi que son baudrier. «Que signifie cela? demanda Sulpicius. – Rien d'autre que "malheur au vaincu!"», répliqua le Gaulois. Cette phrase passa bientôt en proverbe[100]. 7. Certains Romains, dans leur indignation, pensaient qu'il fallait reprendre l'or, s'en aller et continuer à endurer le siège. Mais d'autres conseillaient de laisser passer cette injustice qui n'était pas bien grande: la honte n'était pas de donner davantage, mais d'être obligé de donner – situation humiliante, et pourtant nécessaire, que les circonstances les forçaient à accepter.

XXIX. 1. Ils discutaient à ce sujet entre eux et avec les Celtes, lorsque Camille, à la tête de son armée, parvint aux portes de Rome. Informé de ce qui se passait, il

---

95. «L'épaisseur de la cendre» paraît confirmée par l'archéologie, au moins en certains points de Rome.
96. Nouveau lieu commun concernant les Gaulois. La durée de six mois, identique à celle d'une dictature, n'est pas moins symbolique que celle du siège de Véies.
97. Sulpicius pourrait avoir été le vrai chef militaire de Rome, à côté des «héros» Camille et Manlius (voir Ogilvie, 1976, p. 167).
98. «Mille livres d'or»: environ 27 kg?
99. Le «rachat» de Rome par paiement d'une rançon est plausible historiquement, s'il faut en croire le témoignage de Justin (infra, XLIII, 5, 10) sur une contribution financière de la cité grecque de Marseille, alliée de Rome.
100. Le Vae victis *rapporté par Tite-Live, «ce mot insupportable pour des Romains» (V, 48, 9), a commencé sa longue carrière.*

ordonna au gros de ses troupes de le suivre en bon ordre, sans se hâter. Lui-même, avec l'élite de ses soldats, pressa aussitôt l'allure et rejoignit les Romains. 2. Ceux-ci s'écartèrent tous pour le laisser passer et l'accueillirent comme un maître absolu, dans un silence respectueux. Alors il enleva l'or de la balance et le remit aux licteurs qui l'accompagnaient, puis il ordonna aux Celtes de prendre la balance et les poids, et de s'en aller : «Les Romains, dit-il, ont appris de leurs pères à sauver la patrie par le fer, non par l'or.» 3. Brennus s'indigna, prétendant qu'il violait l'accord qui avait été conclu, mais il répondit qu'un tel traité n'était ni légal ni valide. Étant donné que lui, Camille, avait été auparavant nommé dictateur et qu'il n'y avait pas d'autre magistrat légal, Brennus avait traité avec des gens qui n'avaient pas autorité pour cela[101]. 4. Maintenant en revanche, les Gaulois devaient parler, s'ils avaient quelque chose à dire. Car il était venu avec les pleins pouvoirs que lui donnait la loi, pour leur accorder le pardon, s'ils le sollicitaient, ou les punir, s'ils ne se repentaient pas. À ces mots, Brennus, furieux, voulut combattre : les deux camps en vinrent à tirer l'épée et se jetèrent l'un contre l'autre, mais ce fut une mêlée confuse, ce qui était inévitable puisqu'ils luttaient dans des maisons, des rues étroites[102] et des lieux qui interdisaient une bataille rangée. 5. Brennus reprit bien vite son sang-froid. Il ramena les Celtes dans le camp, sans avoir perdu beaucoup d'hommes. Durant la nuit, il les emmena tous et il quitta la cité; quand il fut à soixante stades de Rome, il établit son camp près de la via Gabina. 6. Au point du jour, il fut rejoint par Camille, revêtu d'armes brillantes[103] et suivi de Romains désormais confiants. Après un combat long et acharné, Camille mit les Gaulois en déroute, leur infligeant de lourdes pertes, et s'empara de leur camp. Certains des fuyards furent rattrapés et aussitôt mis à mort; quant à ceux, plus nombreux, qui s'étaient dispersés, ils furent assaillis et massacrés par les habitants des bourgs et des cités des environs.

XXX. 1. C'est ainsi que Rome fut prise, de manière surprenante, et sauvée, de manière encore plus surprenante, après être restée sept mois entiers au pouvoir des Barbares : ils y étaient entrés peu après les ides de juillet et en furent chassés vers les ides de février. 2. Camille célébra le triomphe, comme le méritait un homme qui avait sauvé sa patrie perdue et qui ramenait Rome dans Rome même[104]. 3. Ceux qui en étaient partis rentrèrent à sa suite, avec leurs femmes et leurs enfants, tandis que les assiégés du Capitole, qui avaient bien failli y mourir de faim, venaient à sa rencontre : tous s'embrassaient et pleuraient, incapables de croire à leur bonheur présent. Quant aux

---

101. Version très voisine de celle de Tite-Live (V, 49, 1-3), qui pourtant, à ce stade, néglige Brennus et ne développe pas le débat juridique.
102. Voir infra, XXXII, 5. La Rome antérieure à la reconstruction paraît déjà caractérisée par un urbanisme bien tortueux.
103. Dumézil (1995), p. 1178, commente, à propos de l'armure éclatante : «Pourquoi cette précision [...], sinon pour ajouter une note presque merveilleuse au génie militaire du personnage? Son surgissement devant Brennus est une lumineuse épiphanie, à l'aurore».
104. Ce triomphe incontestable fait contraste avec VII, 1-2. En disant de Camille qu'il «ramenait Rome dans Rome même», Plutarque annonce la reprise et l'amplification du débat sur l'émigration à Véies.

prêtres et aux desservants des cultes, ils rapportaient, sauvés et ornés, tous les objets sacrés qu'au moment de fuir ils avaient cachés sur place ou emportés avec eux : ils les montraient aux citoyens qui accueillaient ce spectacle longtemps désiré avec des transports de joie, comme si les dieux eux-mêmes revenaient à Rome[105]. 4. Après avoir sacrifié aux divinités et purifié la cité selon les indications des gens habiles en pareilles matières, Camille fit relever les temples existants et édifier un sanctuaire qu'il consacra à la Parole et au Présage[106], après avoir repéré l'endroit où, durant la nuit, une voix divine avait annoncé à Marcus Caedicius l'arrivée des Barbares[107].

XXXI. 1. Ce fut bien difficilement et à grand-peine qu'on retrouva l'emplacement des temples, grâce au zèle de Camille et à tout le mal que se donnèrent les pontifes. Mais la ville tout entière avait besoin, elle aussi, d'être rebâtie, car elle avait été entièrement détruite. Le découragement devant la tâche à accomplir accablait presque tout le monde. Les gens renâclaient à se mettre à l'ouvrage : ils avaient été privés de tout et avaient maintenant besoin d'un peu de détente et de repos, au sortir de leurs maux, non de peine et de travaux, alors qu'ils n'avaient plus ni argent ni forces. 2. C'est ainsi que, peu à peu, ils se remirent à penser à Véies, une cité pourvue de tout, qui était demeurée intacte[108]. Ils donnèrent donc prise aux menées des démagogues habitués à flatter le peuple, et prêtèrent l'oreille à leurs propos séditieux dirigés contre Camille : à les entendre, c'était par ambition, par souci de sa gloire personnelle, qu'il les privait d'une cité toute prête à les accueillir et les forçait à retourner des ruines, à relever un tel amas de cendres ! Il voulait non seulement être appelé chef et général de Rome, mais encore son fondateur, en évinçant Romulus[109].
3. C'est pourquoi le Sénat, craignant des troubles, empêcha Camille, malgré ses instances, d'abandonner ses fonctions avant qu'un an ne se fût écoulé, alors que pourtant aucun autre dictateur n'avait exercé cette magistrature plus de six mois[110]. Par ailleurs, les sénateurs tentaient d'encourager et d'apaiser le peuple à force de persuasion et de paroles réconfortantes. Ils lui montraient les monuments des héros et les tombeaux des ancêtres, lui rappelaient les lieux saints, tous les endroits vénérés que Romulus, Numa ou quelque autre de leurs rois avaient consacrés avant de les leur donner.
4. Parmi les signes des dieux, ils évoquaient surtout la célèbre tête fraîchement cou-

---

105. Scène émouvante, mais incohérente et invraisemblable. Il ne peut s'agir que des objets sacrés de Vesta, soustraits par définition aux regards du profane (voir supra, XX, 5-8).
106. En fait, à Aïus Locutius, la «Parole qui parle» (voir Tite-Live, V, 50, 5 et 52, 11, et Pailler, 1997).
107. Allusion à l'épisode rapporté supra, XIV, 2-4 ; Camille conduit les Romains à racheter leur négligence d'alors. La relation de Tite-Live (V, 50) est beaucoup plus circonstanciée.
108. «Le thème n'est pas purement psychologique ou rhétorique. Il propage le dernier écho de la rivalité entre Véies et Rome, révèle le dernier effort des fata étrusques» (Bayet, App. IV, p. 152).
109. La réponse à ce mauvais procès sera apportée en XXXII, 6. Mais l'allusion place Camille dans la plus illustre des lignées.
110. Camille, malgré lui (voir Tite-Live, V, 49, 9), reste exceptionnellement dictateur, avec mission officieuse de refondation. Tableau classique de Rome partagée entre la fidélité, patricienne, et la facilité, forcément plébéienne.

pée, découverte lors de la fondation du Capitole, qui annonçait que ce lieu était destiné à devenir la tête de l'Italie[111]. Quant au feu de Vesta qui, après la guerre, avait été rallumé par les Vestales, ce serait une honte de le faire disparaître, de l'éteindre de nouveau en abandonnant la ville, que celle-ci dût être ensuite occupée par des nouveaux venus, des étrangers, ou désertée et abandonnée aux troupeaux. 5. Telles étaient les remontrances que les sénateurs adressaient en particulier à chacun, et qu'ils exprimèrent à plusieurs reprises, publiquement, devant l'assemblée du peuple. Mais de leur côté, ils se laissaient fléchir par tous ces gens qui déploraient l'indigence où ils étaient réduits : semblables, dans leur dénuement et leur pauvreté, aux rescapés d'un naufrage, ils les suppliaient de ne pas les obliger à relever les ruines de leur ville détruite, quand il y en avait une autre qui les attendait, prête à les accueillir.

XXXII. 1. Camille décida de soumettre la question au Sénat. Il parla lui-même longuement, plaidant en faveur de Rome[112] ; après lui, tous ceux qui le souhaitaient prirent de même la parole. À la fin, il demanda à Lucius Lucrétius, qui selon l'usage donnait le premier son avis, de se lever et d'indiquer sa décision : les autres opineraient ensuite, à tour de rôle. 2. Le silence se fit. Lucrétius s'apprêtait à commencer lorsque par hasard un centurion, qui amenait du dehors les soldats de garde pour la journée, passa près de l'endroit où ils se trouvaient et cria d'une voix forte au porte-enseigne de faire halte et de planter son enseigne : « Voici le meilleur endroit pour nous arrêter et n'en plus bouger ! » 3. Ces mots convenaient si bien à la situation, aux doutes et à l'incertitude concernant l'avenir, que Lucrétius, se prosternant, déclara qu'il se ralliait à l'avis du dieu : tous les autres le suivirent[113].
4. Il se fit aussitôt dans l'humeur de la foule un changement étonnant : tous s'exhortaient et s'encourageaient à la tâche. Chacun prit un emplacement, sans nulle directive, sans le moindre plan, en fonction de ses facilités ou de son goût. 5. Aussi la ville fut-elle rebâtie avec des rues irrégulières et des maisons désordonnées, à cause de cette ardeur et de cette précipitation[114]. Il fallut moins d'un an, dit-on, pour qu'une ville neuve, dotée de remparts et de maisons particulières, se dressât de nouveau.
6. Ceux que Camille avait chargés de rechercher, dans le désordre général, les lieux sacrés et d'en marquer l'emplacement, avaient fait le tour du Palatin, quand ils parvinrent devant la chapelle de Mars : ils la trouvèrent comme tout le reste, détruite et brûlée par les Barbares, mais en fouillant et nettoyant l'endroit, ils découvrirent

---

111. « La célèbre tête » : celle, disait-on, d'un certain Ollus, d'où le jeu de mots caput Olli-Capitolium. Plutarque fait un sort privilégié à cette anecdote à peine invoquée par Camille chez Tite-Live (V, 54, 7).
112. Le « long » discours de Camille faisait valoir les arguments énumérés aux lignes précédentes, qui resserrent à l'extrême l'inoubliable morceau composé par Tite-Live (V, 51-54). La discrétion même de Plutarque, sorte de renvoi implicite à l'historien latin, sonne comme un hommage.
113. S'ajoutant aux arguments de Camille, le présage, omen (Tite-Live, LV, 1-2), emporte une décision que va confirmer la découverte du bâton augural de Romulus.
114. Même constat chez Tite-Live, qui ajoute une intéressante observation « archéologique » : « Voilà pourquoi les vieux égouts, primitivement établis sous la voie publique, passent aujourd'hui par endroits sous des maisons particulières » (V, 55, 5).

le bâton augural de Romulus, enfoui sous un épais tas de cendres[115]. 7. Ce bâton est recourbé à un bout : on l'appelle *lituus*. Les augures s'en servent pour délimiter les zones d'observation à chaque séance de divination par le vol des oiseaux : c'était ainsi que faisait Romulus, qui était très habile en mantique. Quand il eut disparu du monde des hommes, les prêtres conservèrent son bâton comme un objet consacré, sans permettre qu'on le touchât. 8. Lorsqu'ils découvrirent qu'il avait échappé à la destruction, alors que tout le reste avait péri, ils en conçurent d'heureuses espérances pour Rome : ce signe, pensaient-ils, lui garantissait un salut éternel.

XXXIII. 1. Ils n'en avaient pas encore fini avec ces travaux, quand ils furent assaillis par une nouvelle guerre. Les Èques, les Volsques et les Latins envahirent tous ensemble le pays, pendant que les Étrusques assiégeaient Sutrium, cité alliée des Romains. 2. Les tribuns militaires, qui commandaient l'armée et avaient établi leur camp près du mont Maecius, furent assiégés par les Latins et en grand danger de perdre leur camp ; ils demandèrent du secours à Rome, et Camille fut nommé dictateur pour la troisième fois. Il y a, sur cette guerre, deux traditions différentes. Je commencerai par celle qui est légendaire[116].
3. Les Latins, dit-on, soit en quête d'un prétexte, soit réellement désireux de mêler les deux peuples une nouvelle fois, envoyèrent une ambassade réclamer aux Romains des jeunes filles et des femmes de naissance libre. 4. Les Romains ne savaient que faire : ils ne s'étaient pas encore rétablis ni repris et redoutaient la guerre, mais d'un autre côté, ils soupçonnaient que si on leur demandait des femmes, c'était en fait pour s'assurer des otages, sous couvert de ce mot spécieux de mariage. Alors une servante nommée Tutula, ou Philotis selon certains, conseilla aux magistrats de l'envoyer chez les ennemis avec les servantes les plus jeunes et les plus semblables à des femmes libres, après les avoir parées comme des fiancées de noble naissance : pour le reste, qu'on lui fît confiance. 5. Les magistrats se laissèrent convaincre. Ils choisirent celles des servantes qu'elle jugea convenir à son dessein, les parèrent de beaux vêtements et de bijoux et les remirent aux Latins, dont le camp n'était pas très éloigné de la ville. Pendant la nuit, les servantes dérobèrent les épées des ennemis, tandis que Tutula, ou Philotis, grimpait sur un grand figuier sauvage et, déployant son manteau derrière elle, brandissait une torche en direction de Rome : c'était le signal convenu avec les magistrats. Les autres citoyens ne savaient rien. 6. Aussi y eut-il quelque confusion quand les soldats sortirent, à l'invite des magistrats : ils se hélaient entre eux et avaient beaucoup de mal à prendre leur rang. Ils attaquèrent le retranchement des

---

*115. Ignorée de Tite-Live, cette découverte d'un éminent « objet de mémoire » cultuel est mentionnée par Cicéron (*De la divination*, I, 30) et célébrée par le calendrier des Fastes de Préneste à la date du 23 mars – jour d'une fête de Mars, le Tubilustrium : détail à rapprocher du lieu de la trouvaille ? Sur les capacités augurales du premier roi, voir* Romulus, *XXII, 1-2.*
116. Il n'est pas fréquent que Plutarque annonce et développe tout au long deux versions différentes d'un même événement – qui plus est, en qualifiant l'une d'elles de « légendaire ». Ce faisant, et contrairement à son objectif, il concourt à mettre sur le même plan la version présentée comme historique, celle qui met en scène Camille.

ennemis qu'ils surprirent dans leur sommeil, s'emparèrent du camp et les massacrèrent presque tous. 7. Ces événements se seraient déroulés aux nones de l'actuel mois de juillet qui s'appelait alors Quintilis ; la fête qu'on célèbre ce jour-là commémore cette histoire. Les gens sortent d'abord en foule par la porte de la cité, en criant à pleine voix quantité de prénoms romains très courants, comme Caius, Marcus, Lucius et d'autres semblables, pour imiter la manière dont les hommes s'appelèrent alors, dans leur hâte. Ensuite les servantes, richement vêtues, courent de tous côtés en brocardant ceux qu'elles rencontrent. 8. Elles se livrent même entre elles une sorte de bataille, pour rappeler qu'elles participèrent alors à la lutte contre les Latins. Puis elles prennent un repas, assises à l'ombre de branches de figuiers. Ce jour porte le nom de Nones Capratines, à cause, pense-t-on, du figuier sauvage du haut duquel la jeune esclave brandit la torche, car le figuier sauvage se dit en latin *caprificus*. 9. Mais selon d'autres, la plupart des gestes et des paroles de cette fête ont trait à la fin de Romulus. Car il disparut à cette date, hors des murs, enveloppé soudain par les ténèbres et la tempête ou, comme le pensent certains, à l'occasion d'une éclipse de soleil : 10. le nom de Nones Capratines viendrait de l'endroit où se passa l'événement, car en latin, chèvre se dit *capra*, et quand Romulus disparut, il haranguait le peuple près du lieu-dit Marais de la Chèvre, comme je l'ai rapporté dans sa *Vie*[117].

XXXIV. 1. Mais l'autre version, qu'adoptent la plupart des historiens, est la suivante. Camille, nommé dictateur pour la troisième fois, ayant appris que l'armée commandée par les tribuns militaires était assiégée par les Latins et les Volsques, se vit contraint d'enrôler même les citoyens déjà vieux, qui n'avaient plus l'âge de servir. 2. Il contourna le mont Maecius, en faisant un long détour sans être aperçu des ennemis, installa son armée derrière eux, puis fit allumer de nombreux feux pour signaler sa présence. Les assiégés reprirent aussitôt courage ; ils décidèrent de faire une sortie et d'engager le combat. Mais les Latins et les Volsques se renfermèrent à l'intérieur de leur retranchement, qu'ils entourèrent d'un grand nombre de pieux pour le protéger de tous les côtés ; puisqu'ils étaient pris entre deux armées ennemies, ils avaient décidé d'attendre des renforts de leur pays, et ils espéraient aussi du secours des Étrusques. 3. Camille, devinant leur intention et craignant de se retrouver dans la situation où il venait de mettre les ennemis en les encerclant, se hâta de devancer les événements. Comme la palissade ennemie était en bois et qu'au lever du jour un vent violent descendait des montagnes, il prépara des projectiles incendiaires. À l'aube, il fit sortir ses troupes, ordonna à un groupe de se porter d'un côté en envoyant des traits et en poussant de grands cris, tandis que lui-même, avec les hommes chargés de lancer le feu, attendait l'instant favorable à l'endroit d'où le vent soufflait habituellement le plus fort contre le retranchement des ennemis. 4. La bataille s'engagea.

---

*117. C'est ici encore une quasi-*Question romaine. *Le mythe et le rite décrits incorporent des éléments de folklore (servantes substituées à des femmes libres, feinte de mariage, armes volées à l'ennemi... ; mais aussi fête débridée, avec cris, lazzi, repas rituel). L'interprétation des Nones Caprotines laissait les anciens dans l'incertitude, y compris sur l'étiologie (*caprificus, capra ?). *Sur l'interprétation historicisante, voir* Romulus, *XXIX, 4-10.*

Puis le soleil s'étant levé et le vent s'étant mis à souffler violemment, Camille donna le signal de l'attaque[118] et arrosa la palissade de mille projectiles incendiaires. Le feu prit vite, nourri par tout le bois et les pieux de la palissade; il enveloppa les ennemis. Les Latins n'avaient à leur disposition aucun remède, aucun moyen de l'éteindre : le camp fut bientôt la proie des flammes. Les Latins se trouvèrent resserrés dans un espace très étroit : force leur fut d'en sortir pour se jeter contre des ennemis en armes, rangés en ordre de bataille devant le retranchement. 5. Il n'y eut guère de survivants. Tous ceux qui furent laissés dans le camp furent consumés par les flammes. Pour finir, les Romains éteignirent l'incendie et se livrèrent au pillage.

XXXV. 1. Après ce succès, Camille laissa à son fils Lucius le commandement du camp, avec la garde des prisonniers et du butin. Quant à lui, il envahit le territoire des ennemis, prit la cité des Èques et, après avoir forcé les Volsques à composer, il mena sans attendre son armée devant Sutrium. Il ignorait encore le sort des Sutriens et, les croyant toujours menacés et assiégés par les Étrusques, il se hâtait de venir à leur secours. 2. Mais les habitants venaient de livrer leur cité aux ennemis qui les avaient jetés dehors, dans le dénuement le plus complet, sans autres biens que les vêtements qu'ils portaient. Camille les rencontra sur sa route, accompagnés de leurs femmes et de leurs enfants, se lamentant sur leurs malheurs. 3. À cette vue, il fut bouleversé[119] et, constatant que les Romains, auxquels les Sutriens s'agrippaient en suppliant, pleuraient et s'indignaient du traitement qu'on leur avait infligé, il décida de les venger sans plus attendre et de marcher le jour même sur Sutrium. Des hommes, se disait-il, qui venaient de prendre une cité riche et prospère, qui n'y avaient laissé aucun ennemi, et n'en attendaient point de l'extérieur, se laisseraient surprendre sans protection, dans le relâchement le plus total. Son calcul se révéla exact. 4. Nul ne remarqua son approche, non seulement quand il entra dans le pays, mais même quand il parvint devant les portes et s'empara des remparts. Personne ne les gardait. Tous les hommes étaient dispersés dans les maisons, à boire et à festoyer. 5. Quand ils aperçurent les ennemis, qui étaient déjà maîtres du terrain, leurs excès de table et de boisson les avaient mis dans un état si lamentable que la plupart n'essayèrent même pas de s'enfuir. Ils restèrent dans les maisons et y attendirent ignominieusement la mort ou se rendirent aux ennemis. Ce fut ainsi qu'en un seul jour[120], la cité des Sutriens fut prise deux fois. Ceux qui s'en étaient emparés la perdirent, et ceux qui en avaient été dépouillés la reprirent, grâce à Camille.

---

118. *Ce récit d'une seconde victoire au lever du jour est un de ceux sur lesquels Dumézil étaie le plus son interprétation solaire, «aurorale». L'attaque à l'aube est essentielle à la stratégie du chef romain, puisque le vent souffle alors «habituellement» (1995, p. 1179-1182). Cet aspect des choses est absent chez Tite-Live (VI, 2, 9-13), comme du combat contre Brennus (V, 49, 6).*
119. *Nouvel exemple, après celui de Faléries (voir supra, X, 3-5) et avant celui de Tusculum (voir infra, XXXVIII, 5), de l'intérêt, de la compassion de Camille envers les enfants (voir Dumézil, 1995, p. 1203).*
120. *Le fait d'insister sur cet aspect, et l'invraisemblance globale des faits, oriente à nouveau le comparatiste vers une interprétation «solaire» (Dumézil, 1995, p. 1227-1230). À Sutrium, le protégé de l'Aurore «impose le moule familier du jour unitaire et clos à un type d'événement qui, par nature, lui échappe».*

XXXVI. 1. Le triomphe qui lui fut accordé pour ces nouvelles victoires ne lui valut pas moins de popularité et de renom que les deux précédents. Même les citoyens les plus jaloux, qui voulaient attribuer tous ses succès à la Fortune plutôt qu'à sa valeur, durent reconnaître, devant de tels exploits, que sa gloire était due à son habileté et à son énergie[121]. 2. Parmi ses adversaires et ses envieux, le plus illustre était Marcus Manlius, celui qui avait été le premier à repousser les Celtes de la citadelle quand ils avaient attaqué de nuit le Capitole, ce qui lui avait valu le surnom de Capitolin. 3. Cet homme aspirait à être le premier parmi ses concitoyens, et comme il ne pouvait rivaliser avec la gloire de Camille par des moyens honnêtes, il eut recours aux procédés habituels et familiers à ceux qui aspirent à la tyrannie : il flatta la foule, notamment tous ceux qui étaient couverts de dettes[122]. Il défendait certains d'entre eux et les assistait en justice contre leurs créanciers ; il en soustrayait d'autres de force à ceux qui voulaient s'emparer d'eux conformément à la loi. Aussi une foule d'indigents se rassembla-t-elle bientôt autour de lui ; ils inspiraient de vives inquiétudes aux meilleurs citoyens par leur audace et les désordres qu'ils mettaient sur le forum. 4. Pour leur faire obstacle, on nomma dictateur Quinctius Capitolinus. Celui-ci fit jeter Manlius en prison, mais aussitôt le peuple prit des vêtements de deuil, ce qu'il ne faisait que lors de grandes calamités publiques, et le Sénat, redoutant une émeute, ordonna de relâcher Manlius. 5. Or celui-ci ne s'amenda nullement en retrouvant la liberté ; au contraire, il flatta le peuple avec plus d'arrogance encore et sema la discorde dans la cité. Alors, on élut de nouveau Camille tribun militaire. Manlius fut traduit en justice, mais le spectacle que les juges avaient sous les yeux faisait beaucoup de tort à l'accusation. 6. Car l'endroit où Manlius avait pris position, quand il avait combattu de nuit contre les Celtes, sur le Capitole, surplombait le forum, et incitait à la pitié. Manlius lui-même tendait les mains dans cette direction et rappelait, en pleurant, les combats qu'il avait soutenus, si bien que ne sachant que faire, les juges reportèrent à plusieurs reprises le procès : ils ne voulaient pas l'acquitter d'un crime dont les preuves étaient si manifestes, mais en même temps, ils ne pouvaient appliquer la loi, quand l'endroit leur remettait sans cesse son exploit sous les yeux. 7. Camille, ayant réfléchi à cette difficulté, fit transporter le tribunal hors de la ville, dans le bois sacré de Pétélia. De là, on ne pouvait voir le Capitole : l'accusateur put donc prononcer son réquisitoire et les juges, oubliant les exploits du passé, furent pris d'une juste colère devant les crimes présents. 8. Manlius fut condamné, conduit sur le Capitole et précipité du haut du rocher ; ainsi le même endroit garde-t-il le souvenir de ses succès les plus heureux et de ses plus grands malheurs. 9. Les Romains rasèrent sa maison et élevèrent à la place un sanctuaire à la divinité qu'ils appellent Monéta. Ils prirent aussi un décret interdisant à un patricien d'habiter sur la citadelle[123].

---

121. *Ici s'amorce le portrait en parallèle d'un protégé de Mater Matuta, aux décisions rationnelles et sages, et d'un homme, Manlius, balloté par la Fortune du Capitole à la Roche Tarpéienne (§ 8).*
122. *Cliché de l'aspiration à la tyrannie par la démagogie : thème antiplébéien.*
123. *La force, exceptionnelle ici, de la symbolique des « lieux de mémoire » anciens ou récents rappelle les thèmes développés autour du projet de transfert de Rome à Véies. Par un renversement paradoxal, mais logique, c'est ici Camille qui incite à un « dépaysement » du procès.*

CAMILLE

XXXVII. 1. Camille fut appelé au tribunat militaire pour la sixième fois. Il déclina cet honneur : il était déjà avancé en âge et redoutait peut-être que tant de gloire et de succès n'attirent sur lui l'envie et la Némésis[124]. Mais la cause la plus apparente de son refus était sa mauvaise santé, car il se trouvait qu'il était malade à ce moment-là. 2. Cependant, le peuple ne voulut pas le dispenser de cette charge. On ne lui demandait pas, lui criait-on, de prendre part aux combats à cheval ou sous les armes, mais seulement de donner des conseils et des ordres. Il fut donc obligé de prendre le commandement et, avec un de ses collègues, Lucius Furius, il dut sans attendre mener l'armée contre les ennemis. Il s'agissait cette fois des Prénestins et des Volsques qui, à la tête de troupes considérables, saccageaient les terres des alliés de Rome. 3. Camille sortit donc établir son camp près de celui des ennemis. Son intention était de faire traîner la guerre : s'il fallait combattre, il voulait attendre que ses forces soient rétablies. Mais son collègue Lucius était animé d'une soif irrésistible de gloire : il désirait affronter le danger et communiquait son ardeur aux centurions et aux autres officiers. Camille craignit d'être soupçonné de vouloir, par jalousie, priver des jeunes gens de succès et de gloire ; il autorisa donc, à contrecœur, son collègue à ranger l'armée en ordre de bataille. Lui-même, retenu par la maladie, resta dans le camp en compagnie d'un petit nombre de soldats. 4. Lucius engagea la bataille avec témérité et la perdit. Quand Camille vit les Romains en déroute, il ne put se contenir ; il bondit de sa paillasse et, avec son escorte, se dirigea vers les portes du camp, se frayant un chemin à travers les fuyards jusqu'à leurs poursuivants. Parmi les Romains, certains firent aussitôt demi-tour pour le suivre, tandis que ceux qui étaient repoussés du dehors s'arrêtaient devant lui et reformaient les rangs, s'engageant mutuellement à ne pas abandonner leur général. 5. Les ennemis furent donc, ce jour-là, obligés d'arrêter la poursuite. Le lendemain, Camille fit sortir ses troupes, engagea la bataille, remporta une victoire écrasante et s'empara du camp ennemi, où il pénétra à la suite des fuyards, en massacrant presque tout le monde[125].
6. Après quoi, ayant appris que la cité de Satricum[126] avait été prise par les Étrusques et que ses habitants, tous romains, avaient été égorgés, il renvoya à Rome la plus grande partie de son infanterie lourde et, prenant avec lui les soldats les plus jeunes et les plus hardis, il se jeta sur les Étrusques qui tenaient la cité et les écrasa, chassant les uns, tuant les autres.

---

124. À nouveau, Camille fait preuve d'une crainte religieuse, tout à fait grecque, à l'idée de la vengeance divine (voir supra, V, 8 ; XIII, 2 ; et aussi Dictionnaire, « Fortune »).
125. Prudence, mais aussi modestie et modération de Camille, qui contrastent avec l'ambition incontrôlée d'un collègue sans expérience. Le leitmotiv du conflit catastrophique, puis de la subordination indispensable de la jeunesse à l'âge mûr, de la force combattante à l'intelligence stratégique, a dû se former au IVe siècle, au cours des guerres samnites. On le retrouve avec les relations difficiles de Fabius Maximus et de son maître de cavalerie (voir Fabius, V, 5 et suiv.).
126. Satricum – Dumézil ne manque pas d'y insister (1995, p. 1200-1201) – est un des principaux lieux de culte de Mater Matuta : remarquer, vers la même époque, le soutien explicite de cette cité à Rome et à ses alliés chez Tite-Live (VI, 33, 4-5 et VII, 27).

XXXVIII. 1. Il revint à Rome chargé de butin, ayant prouvé la sagesse de ceux qui, sans s'effrayer de la mauvaise santé et du grand âge d'un général doté à la fois d'expérience et de courage, l'avaient élu contre son gré, en dépit de sa maladie, de préférence à des jeunes gens avides de commander et prêts à tout pour y parvenir. 2. C'est pourquoi quand on annonça que les Tusculans avaient fait sécession, les Romains désignèrent Camille pour marcher contre eux, avec celui de ses cinq collègues qu'il choisirait. Tous souhaitaient l'accompagner et demandaient cette mission, mais il choisit Lucius Furius, à la surprise générale. 3. C'était justement lui qui avait, tout récemment, décidé de combattre contre l'avis de Camille et perdu la bataille. Apparemment Camille désirait cacher son infortune et effacer sa honte en lui donnant ainsi la préférence. 4. Les Tusculans, dès qu'il fit marche contre eux, se hâtèrent de réparer leur faute par tous les moyens. Ils installèrent dans la plaine des laboureurs et des bergers, comme en temps de paix, ouvrirent les portes de la ville et envoyèrent leurs enfants à l'école; quant au peuple, on voyait les artisans dans leurs ateliers en train de travailler, les citadins sur la place publique, en toge, et les magistrats s'affairer en tous sens pour trouver des logements aux Romains, comme s'ils ne redoutaient rien, comme s'ils n'avaient rien fait de mal. 5. Une telle conduite n'inspira cependant à Camille aucun doute sur leur trahison. Mais, touché du repentir qui avait suivi cette trahison, il les engagea à aller trouver le Sénat, pour fléchir sa colère. Il appuya même leur demande afin d'obtenir à la cité un pardon total et les mêmes droits que Rome. Telles furent les actions les plus remarquables de son sixième tribunat[127].

XXXIX. 1. Peu après, Licinius Stolon suscita dans Rome la grande sédition qui dressa la plèbe contre le Sénat. La plèbe exigeait violemment que l'un des deux consuls fût obligatoirement un plébéien, au lieu qu'ils fussent tous deux patriciens. On procéda à l'élection des tribuns de la plèbe, mais la foule empêcha celle des consuls[128]. 2. Comme la vie politique, faute de magistrats, risquait d'être la proie des plus grands désordres, le Sénat nomma Camille dictateur pour la quatrième fois, contre le gré de la plèbe. Camille lui-même ne désirait pas cette charge[129]. Il ne souhaitait pas s'opposer à des hommes qui, après tant de grands combats, avaient le droit de lui dire: «Tu réussis mieux avec nous, quand tu fais la guerre, que lorsque tu te mêles de politique avec les patriciens. Ces derniers d'ailleurs ne t'ont nommé que par jalousie à notre égard; ils espèrent te voir soit briser la plèbe, si tu as le dessus, soit être brisé par lui, si tu as le dessous.» 3. Camille essaya cependant de remédier à la situation. Ayant eu connaissance du jour où les tribuns avaient l'intention de proposer leur loi,

---

127. Encore un épisode d'une invraisemblance «historique» criante, et toujours l'humanité, la clémence du chef romain. Mais aussi, selon Dumézil (1995, p. 1230-1235), transposition pittoresque d'un rituel et d'un symbolisme de nouvelle année solaire s'ouvrant sur un tableau de toutes les activités humaines.
128. Ce retour aux débats de «politique intérieure» est marqué par le problème, capital au début du IVe siècle, du partage du consulat. Après une nouvelle «parenthèse gauloise» (infra, XL-XLI), les plébéiens obtiendront satisfaction (sur le contexte, voir De Martino, 1958, I).
129. La présentation de l'embarras de Camille infléchit une tonalité jusqu'ici «pro-patricienne». Elle prépare la concession finale par recours à la Concorde (voir infra, XLII).

il annonça à l'avance un recensement de l'armée et appela la plèbe à quitter le forum pour le Champ de Mars, avec menace de fortes amendes en cas de désobéissance. 4. Mais les tribuns répondirent à ses menaces par des menaces. Ils jurèrent qu'ils le condamneraient à payer cinquante mille pièces d'argent s'il continuait à empêcher le peuple de voter cette loi. Alors, soit par crainte d'un nouvel exil et d'une seconde condamnation que cet homme âgé, auteur de tant d'exploits, aurait considérée comme un déshonneur, soit parce qu'il ne pouvait ni ne voulait s'opposer à la violence du peuple, désormais incontrôlable et invincible, il se retira chez lui[130]. Les jours suivants, il feignit d'être malade et renonça à sa charge.
5. Le Sénat nomma un autre dictateur. Celui-ci prit pour maître de cavalerie le meneur même de la révolte, Stolon, et lui permit de faire passer la loi qui contrariait le plus les sénateurs, celle qui interdisait à quiconque de posséder plus de cinq cents arpents de terre[131]. 6. Le succès de ce vote procura alors beaucoup de gloire à Stolon. Mais peu de temps après, on découvrit qu'il possédait, lui, autant de terre qu'il avait interdit à d'autres d'en avoir, et il fut condamné en vertu de sa propre loi.

XL. 1. Restait le conflit relatif aux élections consulaires, la question la plus délicate de cette querelle, son point de départ, et la plus vive préoccupation du Sénat dans son désaccord avec la plèbe. Mais soudain on apprit de source sûre que les Celtes s'étaient de nouveau mis en route, depuis la mer Adriatique, et qu'ils marchaient contre Rome avec des dizaines de milliers d'hommes. 2. À peine commençait-on à en parler que de fait, la guerre était déjà là[132] : les campagnes étaient ravagées ; quant aux habitants, tous ceux qui ne pouvaient se réfugier à Rome se dispersaient dans les montagnes. La peur fit cesser la dissension. Tous se réunirent pour s'entendre, les puissants avec la foule, le peuple avec le Sénat : ils nommèrent à l'unanimité Camille dictateur pour la cinquième fois. 3. Il était vraiment très âgé, il avait près de quatre-vingts ans, mais voyant la nécessité et le danger, il ne chercha pas, comme auparavant, à se dérober, et n'allégua aucun prétexte ; il prit aussitôt le commandement et enrôla des soldats. 4. Sachant que les Barbares tiraient l'essentiel de leurs forces de leurs épées, avec lesquelles ils frappaient à la mode barbare, sans aucune technique, pour couper surtout des épaules et des têtes, il fit forger pour les fantassins des casques tout en fer, à la surface lisse, pour que les épées glissent dessus ou s'y brisent ; il fit renforcer le pourtour des boucliers d'un cercle de bronze, car le bois ne pouvait pas, à lui seul, résister aux coups. Quant aux soldats, il leur apprit à employer de longues lances et à les brandir sous les épées des ennemis, pour parer les coups que ceux-ci leur portaient de haut en bas[133].

---

130. L'hésitation semble être, autant que celle de Camille, celle de sources qui doivent concilier une fidélité combattante aux traditions aristocratiques et un «légitimisme» à l'égard des nouvelles institutions.
131. La «loi de Licinius Stolon» a marqué les mémoires, parce qu'elle préfigure une des mesures essentielles des Gracques (voir leur Vie*). Mais il s'agit probablement d'une anticipation.*
132. En 367 avant J.-C.
133. L'épisode illustre la manière dont Rome adapte son armement et sa tactique à ceux de ses adversaires. Sur les épées des Celtes, thème récurrent chez les Anciens, voir Polybe, Histoires*, II, 33, 3.*

XLI. 1. Quand les Celtes furent près de Rome et eurent installé au bord de l'Anio leur camp qu'encombrait et remplissait un immense butin, Camille fit sortir ses troupes et s'installa sur une colline en pente douce, coupée de nombreux ravins, ce qui permettait à la plupart de ses hommes de se cacher, tandis que ceux qu'on voyait avaient l'air de s'être réfugiés, par peur, dans des lieux escarpés. 2. Pour renforcer cette impression, Camille ne se porta pas à la défense de ceux que l'ennemi harcelait au pied de la colline, mais il consolida son retranchement et ne bougea pas, jusqu'au moment où il vit certains des Gaulois se disperser pour chercher du fourrage, tandis que les autres, dans le camp, passaient tout leur temps à faire bombance et à s'enivrer. 3. Alors, pendant qu'il faisait encore nuit, il envoya en avant ses troupes légères empêcher les Barbares de se ranger en ordre de bataille et jeter la confusion parmi eux, quand ils sortiraient du camp. Puis, à l'aube[134], il fit descendre ses fantassins et les rangea dans les plaines ; les Barbares les découvrirent nombreux et pleins d'ardeur, et non pas clairsemés et terrifiés, comme ils s'y étaient attendus. 4. Ce spectacle porta un premier coup à la confiance des Celtes, qui jugeaient indignes d'eux d'être attaqués. Ensuite les troupes légères tombèrent sur eux, avant qu'ils aient pu prendre leur place habituelle et se répartir en bataillons : elles les harcelèrent et les contraignirent de vive force à lutter au hasard, sans s'être rangés. 5. Pour finir, Camille lança son infanterie. Les Gaulois se précipitèrent à l'attaque, l'épée levée, mais les Romains leur opposèrent leurs lances et présentèrent aux coups les parties garnies de fer de leur armement : quant au fer des Celtes, mou et faiblement martelé[135], les Romains le tordaient : les épées se pliaient aussitôt et se courbaient en deux, tandis que les boucliers étaient percés de part en part et alourdis par les lances qui s'y fixaient. 6. Aussi, abandonnant leurs armes habituelles, les Barbares essayèrent-ils de s'emparer de celles des ennemis et de saisir leurs lances avec les mains pour les écarter. Mais les Romains, les voyant à présent désarmés, se servirent de leurs épées. Le massacre fut général dans les premiers rangs, tandis que les autres s'enfuyaient en tous sens dans la plaine, car les collines et les hauteurs avaient été occupées à l'avance par Camille, et le camp, lui, serait pris sans difficulté, ils le voyaient bien, puisque dans leur présomption, ils ne l'avaient pas fortifié. 7. Cette bataille fut livrée treize ans, dit-on, après la prise de Rome[136] ; elle rassura beaucoup les Romains à l'égard des Celtes. Ils avaient eu très peur de ces Barbares, attribuant leur première victoire sur eux à la maladie et à des accidents imprévus, non à leur propre force. Leur crainte avait été si grande qu'ils avaient fait passer une loi dispensant les prêtres de service militaire, sauf en cas de guerre contre les Gaulois.

XLII. 1. Ce fut la dernière des luttes militaires qu'eut à soutenir Camille, car la prise de la cité de Vélitres fut un épisode secondaire de cette campagne, et elle se rendit à

---

134. De la nuit à l'aube se prépare la troisième et dernière «victoire à l'aurore» de Camille (voir Dumézil, 1995, p. 1176-1177).
135. La «mollesse» du fer constitutif des épées gauloises est à Rome un lieu commun aussi absurde que durable.
136. «Treize ans» est une erreur pour vingt-trois ans (390-367).

lui sans combat. 2. Quant aux luttes politiques, il lui restait à affronter la plus grande et la plus difficile, contre un peuple qui revenait enhardi par sa victoire et qui exigeait avec violence qu'un des consuls fût choisi parmi les plébéiens, contrairement à la loi en vigueur. Les sénateurs s'y opposaient et empêchaient Camille d'abandonner sa charge ; ils espéraient, grâce aux pouvoirs étendus dont il disposait, être mieux à même de défendre les patriciens. 3. Mais un jour que Camille siégeait sur le forum et s'occupait des affaires publiques, un serviteur envoyé par les tribuns lui ordonna de le suivre et porta la main sur lui, comme pour l'emmener de force. Alors ce furent, sur le forum, des cris et un désordre dont on n'avait jamais vu d'exemple : les partisans de Camille cherchaient à écarter le plébéien de la tribune, tandis que la foule lui criait d'en bas d'emmener le dictateur. Devant une telle situation, Camille ne savait que faire ; il ne démissionna pas de sa charge mais, accompagné par les sénateurs, il se rendit à pied à la Curie. 4. Avant d'entrer, il se retourna vers le Capitole et pria les dieux de donner aux troubles présents l'issue la meilleure : il leur promit d'édifier un temple à la Concorde quand le désordre serait apaisé[137].

Le débat fut houleux au Sénat, les avis étaient contraires, mais pour finir, le point de vue le plus modéré l'emporta. On céda au peuple et on l'autorisa à prendre un des consuls dans la plèbe. 5. Quand le dictateur annonça au peuple cette décision du Sénat, tous aussitôt, pleins de joie, comme on peut le penser, se réconcilièrent avec le Sénat. Ils reconduisirent Camille chez lui au milieu des applaudissements et des acclamations. 6. Le lendemain, ils se réunirent et décrétèrent qu'on édifierait, conformément au vœu de Camille, un temple à la Concorde[138], bien en vue devant le forum et l'assemblée du peuple, en souvenir de ces événements, qu'on ajouterait un jour aux fêtes qu'on appelle les Féries latines, qui dureraient ainsi quatre jours, et que, sans attendre, tous les Romains offriraient un sacrifice et porteraient des couronnes. 7. Puis on organisa des élections, sous la présidence de Camille, et deux consuls furent désignés : Marcus Aemilius, parmi les patriciens, et Lucius Sextius, qui fut le premier consul plébéien. Ainsi prit fin l'activité publique de Camille.

XLIII. 1. L'année suivante[139], une épidémie de peste s'abattit sur Rome, tuant dans le peuple un nombre incalculable de personnes et presque tous les magistrats. 2. Camille fut au nombre des victimes. Si l'on considère son âge et sa vie, il avait atteint son plein accomplissement et il était parvenu à son heure[140]. Pourtant, sa mort affligea les Romains plus que celle de tous ceux qui moururent alors de la maladie.

---

137. *Ce nouveau et dernier « vœu » de Camille annonce la digne conclusion de sa carrière.*
138. *Les Féries latines, rétablies après une négligence, sont complétées. Quant au temple de Concorde, il va symboliser pour longtemps une garantie de la pérennité républicaine (voir Momigliano, 1942).*
139. *En 365, s'il s'agit bien de l'année qui succède au premier consulat « mixte ».*
140. *Mourir « à son heure » est un signe classique de la protection divine, atténuant l'impression de malédiction qu'aurait pu laisser la peste qui coûte la vie au héros.*

BIBLIOGRAPHIE

VIE DE THÉMISTOCLE

WHITEHEAD D.
The Demes of Attica. 508-507-ca 250 B. C.,
Princeton, 1986.

WILL E.
Le monde grec et l'Orient. I: *Le IVe siècle*, Paris, 1972.

VIE DE CAMILLE

BAYET J.
App. I, II, III, IV, V, Appendices I, II, III, IV, V à l'édition du livre V de Tite-Live, Paris, CUF.

DE MARTINO F.
Storia della Costituzione Romana, Naples, 1958.

DUMÉZIL G.
• *Mythe et Épopée*, Paris, 1968; repr., Paris, Quarto, 1995.
• *La religion romaine archaïque*, 2e éd., Paris, 1974.

HUBAUX J.
Rome et Véies. Recherches sur la chronologie légendaire du Moyen Âge romain, Liège, 1958.

MOMIGLIANO A.
«Camillus and the Concord», dans *Secondo Contributo alla storia degli studi classici*, Rome, 1960, p. 89-108.

OGILVIE R. M.
Early Rome and the Etruscans, Glasgow, 1976.

PAILLER J.-M.
• «La vierge et le serpent. De la trivalence à l'ambiguïté», dans *Mélanges de l'École Française de Rome. Antiquité*, 109, 1997, p. 513-575.
• «Les *Questions* dans les plus anciennes *Vies* romaines. Art du récit et rhétorique de la fondation», dans *Plutarque: Grecs et Romains en* Questions, Entretiens d'Archéologie et d'Histoire, Saint-Bertrand-de-Comminges, 1998, p. 77-94.

ROSE H. J.
The Roman Questions of Plutarch, Oxford, 1924, rééd. New York, 1975.

WARDMAN A. E.
Plutarch's Lives, Londres, 1974.

PÉRICLÈS-FABIUS MAXIMUS

*A*ux yeux d'un historien moderne, le parallèle entre Périclès et Fabius Maximus apparaît bien déséquilibré. Quel rapport possible en effet entre l'homme qui fit d'Athènes la première puissance politique du monde grec, le protecteur de Phidias et d'Anaxagore, l'initiateur des grands travaux de l'Acropole, et le consul romain qui mérita le surnom de Cunctator pour sa prudence et qui ne put empêcher Hannibal de se rendre maître d'une grande partie de l'Italie ?

La Vie de Périclès est certainement l'un des textes les plus célèbres de Plutarque, celui qui contribuera à faire du Ve siècle pour la postérité le «siècle de Périclès». Non que Plutarque ait repris entièrement à son compte l'image quelque peu idéalisée qu'en a laissée Thucydide. Le platonicien qu'il était n'oubliait pas les critiques formulées par le maître de l'Académie à l'égard d'un homme certes exceptionnel, mais qui n'avait pas su rendre meilleurs les Athéniens. C'est pourquoi figurent dans la Vie de Périclès nombre d'anecdotes et de critiques empruntées aux comiques qui n'étaient pas tendres pour le grand stratège. Cependant l'éloge et l'admiration l'emportent sur les côtés négatifs du personnage.

Et de ce fait, Fabius Maximus fait pâle figure à côté. Certes, il fut cinq fois consul entre 233 et 204 et dictateur en 217, au moment où Rome traversait une des périodes les plus dramatiques de son histoire, l'invasion de l'Italie par Hannibal. Mais, s'il incarnait aux yeux de Plutarque les vertus romaines, c'est à sa prudence et à son art de temporiser plus qu'à ses actions d'éclat qu'il devait sa réputation. Pourtant, dans la comparaison qui achève le récit de ces deux vies, Plutarque n'hésite pas à tenir la balance presque égale entre les deux hommes. Car s'il reconnaît volontiers la supériorité de l'Athénien comme stratège, il tient à souligner qu'Athènes était alors une cité puissante et prospère et qu'il n'eut qu'à «remplir la ville de fêtes et de panégyries, au lieu d'avoir à la conquérir et à la garder par la guerre». Alors que le Romain, face à une situation désastreuse, sut par sa volonté et sa constance ne pas l'aggraver davantage. Et puis, si le philosophe qu'était Plutarque admirait la hauteur de vue d'un Périclès formé par l'enseignement d'Anaxagore, le moraliste qu'il était aussi n'en regrettait pas moins certains aspects de la vie privée de l'Athénien. Fabius au contraire incarnait la vertu et la piété romaines. À l'égard de ses adversaires, il fit preuve de bonté et de douceur, alors que Périclès s'était montré impitoyable envers Cimon ou Thucydide d'Alopécè.

Mais Plutarque devait convenir que sur un point au moins la supériorité de Périclès ne souffrait nulle comparaison : il avait doté Athènes d'une parure de monuments magnifiques qui resteraient éternellement attachés à son nom.

Cl. M.

PÉRICLÈS

I. 1. César, voyant à Rome de riches étrangers qui portaient dans leurs bras des chiots et des petits singes et les couvraient de baisers, leur demanda, paraît-il, si dans leur pays, les femmes ne faisaient pas d'enfants. C'était là une façon bien militaire de critiquer ceux qui gaspillent, pour des animaux, le penchant naturel à aimer et à nous attendrir que nous portons en nous et que nous devons réserver aux êtres humains. 2. Or, puisque notre âme a également reçu de la nature le désir d'apprendre et de contempler, ne doit-on pas à juste titre blâmer ceux qui en font un mauvais usage, qui écoutent et contemplent des réalités indignes de la moindre attention, alors qu'ils négligent le beau et l'utile ? Nos sens, qui subissent l'impression de tout ce qui s'offre à eux, sont forcés d'appréhender tous les objets qui se présentent, que cette perception soit utile ou non. Mais quand il s'agit de l'entendement, la nature a donné à chacun, s'il le veut, la possibilité d'en faire usage pour se tourner et se diriger tour à tour, très facilement, vers ce qui lui semble bon. Nous devons donc rechercher ce qu'il y a de meilleur, non seulement pour le contempler, mais aussi pour nous nourrir de cette contemplation[1]. 3. La couleur qui convient le mieux aux yeux est celle qui, par son éclat et son agrément, ravive et recrée le regard ; on doit, de la même manière, offrir à la pensée des spectacles qui la charment et l'attirent vers le bien qui lui est propre. 4. Ces spectacles, ce sont les actions inspirées par la vertu : elles suscitent, chez ceux qui les étudient, le désir passionné et ardent de les imiter. Dans les autres domaines, l'admiration que nous éprouvons devant une réalisation ne nous pousse pas forcément à désirer en faire autant. Souvent même au contraire, tout en appréciant l'œuvre, nous méprisons l'ouvrier[2] : les parfums et la pourpre nous plaisent, mais nous considérons les teinturiers et les parfumeurs comme des êtres serviles, des artisans. 5. C'est la raison pour laquelle Antisthène[3], à qui l'on disait qu'Isménias était un excellent aulète[4], dit fort joliment : «Oui, mais c'est un rustre, sinon il ne serait pas un aussi bon aulète !» 6. Et Philippe[5], comme son fils, dans un banquet, pinçait les cordes d'une lyre avec beaucoup de grâce et de talent : «N'as-tu pas honte, lui dit-il, de jouer

---

1. On retrouve l'influence de la philosophie platonicienne : le sage doit s'attacher à la contemplation du Beau.
2. Plutarque reprend ici le jugement traditionnel des penseurs grecs sur les activités artisanales («banausiques»), jugées indignes du citoyen libre.
3. Antisthène, disciple de Socrate, fut le fondateur de l'École cynique.
4. Il est question de ce joueur d'aulos thébain dans Démétrios, I, 6. Même les activités artistiques, lorsqu'elles avaient un caractère technique et professionnel, étaient mal considérées.
5. Il s'agit de Philippe II et de son fils, Alexandre. Les concours musicaux n'étaient pas à l'origine le fait de professionnels. Mais, à partir du IVe siècle, comme pour les concours athlétiques, ce sont de plus en plus des hommes habiles dans une technè particulière qui concourent. D'où le dédain exprimé par Philippe.

aussi bien ?» Un roi fait déjà beaucoup, s'il prend le temps d'écouter ceux qui jouent de la lyre : il paie un grand tribut aux Muses s'il veut bien assister aux concours artistiques, où ce sont d'autres que lui qui se disputent le prix.

II. 1. Les travaux auxquels s'adonnent les gens vulgaires font bien voir, par le soin consacré à des choses inutiles, en quelle indifférence ils tiennent le beau. Aucun jeune homme bien né, après avoir contemplé la statue de Zeus à Pise, ne rêve d'être Phidias, ni d'être Polyclète après avoir vu celle d'Héra à Argos, pas plus qu'il ne désire être Anacréon, Philémon ou Archiloque pour avoir pris plaisir à leurs poèmes[6]. Une œuvre peut nous charmer et nous paraître plaisante, sans que pour autant son auteur mérite notre estime. 2. La contemplation de tels ouvrages est donc inutile, puisqu'ils ne suscitent aucun désir de les imiter, aucune élévation spirituelle qui fasse naître l'ambition et la volonté d'en faire autant. En revanche, les conduites inspirées par la vertu nous poussent aussitôt, au moment même où nous admirons ces actes, à vouloir rivaliser avec leurs auteurs. 3. Nous souhaitons posséder les biens qui viennent de la fortune, et en jouir, mais ceux qui viennent de la vertu, nous voulons les accomplir. Les premiers, nous désirons les recevoir des autres, les seconds, en faire don, nous, à autrui. 4. Car la beauté morale nous attire à elle de manière active : elle suscite aussitôt en nous un élan qui pousse à l'action. Il ne s'agit pas seulement d'une imitation passive, qui forme le caractère du spectateur ; la narration des faits entraîne en lui la volonté d'agir.
5. Voilà pourquoi j'ai décidé, pour ma part, de poursuivre la rédaction de ces *Vies*. Le livre que voici est le dixième que j'ai composé. Il s'agit des *Vies* de Périclès et de Fabius Maximus, celui qui combattit contre Hannibal. Ces deux héros se ressemblent par toutes leurs vertus, et surtout par leur douceur et leur justice ; leur capacité à supporter la sottise du peuple et celle de leurs collègues leur permit de rendre à leurs patries respectives les plus grands services. Ai-je atteint le but que je m'étais fixé ? On en jugera sur le présent écrit[7].

III. 1. Périclès appartenait à la tribu Acamantis et au dème de Cholarges[8] ; sa maison et sa famille tenaient le premier rang, du côté de son père comme de sa mère. 2. Xanthippos, qui avait vaincu à Mycale les généraux du Grand Roi, avait épousé Agaristè, petite-fille du fameux Clisthène, celui qui avait chassé les Pisistratides, détruit si vaillamment la tyrannie, établi des lois, et instauré une constitution par-

---

6. *Il est intéressant de constater que ce mépris pour les activités artistiques se manifeste à l'égard de sculpteurs comme Phidias ou Polyclète (Ve siècle), de poètes comme Anacréon (VIe siècle) et Archiloque (VIIe siècle). Philémon est un poète comique d'origine syracusaine, qui vécut à Athènes à la fin du IVe et au début du IIIe siècle.*
7. *Plutarque donne ici une des rares indications que nous ayons sur l'ordre de composition de ses* Vies parallèles, *un ordre qui n'est apparemment ni chronologique ni logique. Il est rare par ailleurs qu'il développe ainsi dès le début les raisons de la comparaison à laquelle il va se livrer.*
8. *Depuis les réformes de Clisthène (508-507), chaque Athénien était rattaché à un dème et à l'une des dix tribus créées par le réformateur.*

faitement équilibrée pour garantir la concorde et la sécurité[9]. 3. Agaristè eut un songe où il lui sembla qu'elle accouchait d'un lion ; or quelques jours plus tard, elle mettait au monde Périclès. Bien conformé quant au reste du corps, il avait cependant une tête très allongée, d'une grosseur disproportionnée[10]. 4. C'est pourquoi les artistes qui l'ont représenté le montrent presque tous avec un casque, par désir, semble-t-il, de ne pas souligner ce défaut. Mais les poètes attiques l'appellent *schinocéphale* [« tête d'oignon » : le mot *schinos* est parfois employé pour désigner l'oignon marin]. 5. L'auteur comique Cratinos[11] dit, dans ses *Chirons* :

> La Discorde et le Vieux Cronos un jour s'unirent
> Et un tyran naquit que les dieux ont nommé
> Céphalégérétas [« l'Assembleur de Têtes »].

Et encore, dans sa *Némésis* :

> Viens, Zeus hospitalier, avec ta haute tête [Caranios].

6. Télécleidès représente Périclès soucieux des affaires publiques, tantôt assis sur l'Acropole, « la tête pesante », et tantôt

> Faisant à lui tout seul jaillir violent vacarme
> De son crâne aussi grand que salle de banquet[12].

7. Quant à Eupolis[13], dans les *Dèmes*, il imagine que les hommes politiques remontent de l'Hadès, et il pose des questions sur chacun d'entre eux. Périclès est nommé en dernier :

> Il est la tête, lui, de ceux que tu ramènes.

---

9. *Xanthippos était l'un des hommes les plus en vue de la cité à la veille de la seconde guerre médique. Ostracisé en 483-482, il fut rappelé à Athènes au début de la guerre, et c'est lui qui commandait la flotte athénienne à la bataille de Mycale en 479. Clisthène appartenait à la puissante famille des Alcméonides. Son père, Mégaclès, avait épousé la fille du tyran de Sicyone, prénommée Agaristè comme la mère de Périclès qui, selon Hérodote (*Enquête*, VI, 131), était la nièce et non la petite-fille de Clisthène. Le jugement que Plutarque porte sur les réformes de ce dernier est assez différent de celui de l'auteur de la* Constitution d'Athènes, *qui fait de l'Alcméonide le fondateur de la démocratie (XX-XXI) et non de ce régime « modéré » qui s'apparente davantage à la « constitution » de Solon, telle que l'imagine Isocrate dans l'*Aréopagitique.
10. *L'histoire est rapportée par Hérodote (VI, 131).*
11. *Cratinos est avec Aristophane un des poètes comiques les plus célèbres du Ve siècle. Il fut souvent couronné aux Lénéennes et aux Grandes Dionysies.*
12. *Littéralement : de sa tête « qui peut contenir onze lits ». C'était ainsi, par le nombre de convives que pouvait contenir une salle à manger, que l'on mesurait approximativement les pièces.*
13. *Télécleidès et Eupolis sont contemporains de Cratinos et d'Aristophane. Les citations que leur emprunte Plutarque montrent que Périclès était la cible des poètes comiques, qui se moquaient aussi bien de sa tête en forme d'oignon que de son arrogance « olympienne ».*

IV. 1. Son maître de musique fut, selon la plupart des auteurs, Damon[14], dont le nom doit être prononcé, dit-on, avec la première syllabe brève. Mais d'après Aristote, ce fut auprès de Pythocleidès que Périclès étudia la musique. 2. Damon était, apparemment, un sophiste éminent qui se servait du nom de musicien pour cacher à la foule son véritable talent; il s'attacha à Périclès, cet athlète de la politique, comme un soigneur et comme un entraîneur. 3. Cependant l'on découvrit que pour Damon, la lyre n'était qu'un prétexte. Il fut ostracisé[15], sous l'accusation d'être un intrigant, un partisan de la tyrannie, et fut en butte aux attaques des auteurs comiques. 4. Platon[16] met en scène un personnage qui l'interroge en ces termes:

> Réponds-moi donc d'abord, je t'en prie, car c'est toi
> Le Chiron[17] qui, dit-on, a nourri Périclès.

5. Périclès suivit aussi les leçons de Zénon d'Élée[18], lequel traitait de la nature, comme Parménide, et pratiquait un mode de réfutation fondé sur les antinomies, qui réduisait ses interlocuteurs à l'*aporie*, comme l'a dit Timon de Phlionte, dans les vers suivants:

> De Zénon double-langue invincible est la force;
> Il a réponse à tout!

6. Mais celui qui fut le plus lié à Périclès et qui, plus que tout autre, lui communiqua cette gravité et cet orgueil, bien lourds pour une démocratie, celui qui éleva et exalta le plus la fierté de son caractère, fut Anaxagore de Clazomènes[19] que ses contemporains surnommaient l'Esprit, soit parce qu'ils admiraient l'intelligence si haute et si remarquable dont il fit preuve dans l'étude de la nature, soit parce qu'il fut le premier à admettre comme principe de l'ordre du monde, non la Fortune ni la Nécessité, mais l'Esprit pur et sans mélange qui, dans la masse indistincte qui compose l'univers, sépare les éléments formés de substances semblables.

V. 1. Cet homme inspirait une admiration extraordinaire à Périclès, qui apprit de lui ce qu'on appelait la «science des phénomènes célestes» et la «haute spéculation»[20].

---

14. *Il est souvent question de ce Damon dans les* Vies *de Plutarque (voir* Aristide, *I, 7;* Nicias, *VI, 1). Platon évoque l'amitié qui l'unissait à Périclès dans son dialogue intitulé* Alcibiade *(118c).*
15. *On a effectivement retrouvé un* ostracon *portant le nom de Damon, fils de Damnidès. Voir Carcopino (1935), p. 125 et suiv.*
16. *Il ne s'agit pas du philosophe, mais du poète comique contemporain d'Aristophane.*
17. *Le centaure Chiron avait été le pédagogue d'Achille.*
18. *Zénon d'Élée était l'élève de Parménide, célèbre philosophe de la première moitié du Ve siècle. Platon les réfute l'un et l'autre dans le dialogue intitulé* Parménide, *128c et suiv.*
19. *Anaxagore de Clazomènes est l'un des plus grands philosophes présocratiques. Savant et astronome, il vint s'établir à Athènes vers 480. Aux dires de Platon (*Apologie de Socrate, *26d-e), sa popularité était telle que l'on pouvait se procurer ses ouvrages pour une drachme. Accusé d'impiété (voir infra, XXXII, 2), il fut contraint de fuir Athènes et finit sa vie à Lampsaque.*
20. *Plutarque reprend ici une remarque de Platon dans le* Phèdre *(269e-270a) à propos de l'influence d'Anaxagore sur Périclès. Dans l'*Apologie de Socrate, *le philosophe, accusé par ses détracteurs, dont*

Il acquit ainsi, paraît-il, non seulement une pensée profonde et un langage élevé, dépourvu de la moindre bouffonnerie grossière ou malveillante, mais également un visage grave, qui ne s'abandonnait jamais au rire, une démarche calme, une décence dans ses vêtements qu'aucune émotion ne dérangeait quand il parlait, une diction posée et imperturbable, ainsi que bien d'autres traits semblables qui frappaient d'admiration tous ceux qui le voyaient. 2. Un jour, par exemple, un individu particulièrement vulgaire et grossier l'insulta et l'accabla d'outrages. Périclès le supporta en silence, toute la journée, en pleine agora, en continuant à régler les affaires urgentes. Le soir, il s'en alla tranquillement, tandis que l'autre le suivait et lui lançait toutes les injures possibles. Avant d'entrer chez lui, comme il faisait déjà nuit, il ordonna à l'un de ses serviteurs de prendre une lampe pour raccompagner l'homme et le reconduire chez lui.

3. Le poète Ion[21] affirme cependant que les manières de Périclès étaient hautaines et orgueilleuses, et qu'à ses grands airs se mêlait beaucoup de morgue et de mépris pour autrui. Il loue en revanche le tact, l'affabilité et la délicatesse de Cimon en société. Mais ne tenons pas compte d'Ion qui exige que la vertu, comme une représentation tragique, comporte toujours un élément satyrique[22]. Zénon en revanche, s'adressant à ceux qui reprochaient à la gravité de Périclès d'être arrogante et hautaine, les incite à faire preuve eux-mêmes d'une arrogance semblable; à son avis, feindre la vertu fait naître, insensiblement, le désir et l'habitude de la pratiquer.

VI. 1. Ce ne furent pas les seuls profits que Périclès retira de la fréquentation d'Anaxagore. Il apprit aussi de lui, semble-t-il, à s'élever au-dessus de la superstition. Celle-ci naît de la terreur qu'inspirent les phénomènes célestes aux hommes qui n'en connaissent pas les causes : ils s'inquiètent et se troublent devant les choses divines, à cause de leur ignorance. Or celle-ci est dissipée par l'étude de la nature qui remplace la superstition tremblante et fébrile par une piété solide, riche en belles espérances. 2. Un jour, dit-on, on apporta à Périclès, de son domaine rural, la tête d'un bélier qui n'avait qu'une corne. Quand le devin Lampon[23] vit cette corne qui avait poussé, solide et vigoureuse, au milieu du front de la bête, il déclara : « Le pouvoir des deux partis qui divisent la cité, celui de Thucydide[24] et celui de Périclès, passera entre les mains d'un seul homme, celui chez qui ce prodige est apparu. »

Aristophane, de s'intéresser aux astres et de «bavarder dans les nuées», avait tenu à se démarquer d'Anaxagore. Plutarque oppose implicitement le comportement de Périclès à celui du «démagogue» Cléon, tel qu'il le dépeint dans Nicias *(VIII, 6).*
21. Ion de Chios, ami personnel de Cimon, est l'auteur de nombreuses pièces et de récits autobiographiques où il raconte ses rencontres avec Sophocle ou Périclès. Il ne reste de lui que des fragments.
22. Toute représentation tragique comportait une trilogie, suivie d'une quatrième pièce plus courte, abordant sur un mode burlesque certains aspects du cycle : le drame satyrique.
23. Le devin Lampon est connu par ailleurs pour avoir participé à la fondation, à l'instigation de Périclès, de la colonie panhellénique de Thourioï en 444-443.
24. Le Thucydide dont il s'agit ici n'est pas le célèbre historien, mais Thucydide d'Alopécè, adversaire de Périclès qui fut ostracisé en 443.

Anaxagore, lui, fit ouvrir le crâne et montra que le cerveau n'avait pas occupé toute sa place : il avait pris la forme allongée d'un œuf et avait glissé de toute la boîte crânienne vers l'endroit précis où la corne s'enracinait. 3. Sur le moment, les assistants admirèrent Anaxagore, mais peu après, quand Thucydide fut renversé et que les affaires publiques passèrent entièrement sous le contrôle de Périclès, leur admiration se reporta sur Lampon. 4. En fait, rien n'empêche, à mon avis, le physicien et le devin d'avoir eu raison tous les deux : l'un avait indiqué la cause, l'autre le résultat. Le premier examinait l'origine et les modalités du phénomène, le second son but et sa signification. 5. Or ceux qui prétendent que dévoiler la cause d'un signe équivaut à le nier ne réfléchissent pas qu'ils rejettent ainsi non seulement les signes divins, mais aussi les symboles imaginés par l'homme, comme le son des cymbales, les signaux lumineux et l'ombre portée par l'aiguille des cadrans solaires, toutes choses qui résultent d'une cause et d'un arrangement, et qui ont pourtant aussi une signification. Mais peut-être ces réflexions conviendraient-elles mieux à un autre traité.

VII. 1. Dans sa jeunesse, Périclès faisait preuve de beaucoup de circonspection à l'égard du peuple. On trouvait en effet que ses traits rappelaient ceux du tyran Pisistrate ; les Athéniens les plus âgés, devant la douceur de sa voix, l'aisance et la rapidité de sa parole dans la discussion, étaient effrayés de cette ressemblance. 2. De plus, il était riche, appartenait à une famille illustre et avait des amis très influents. C'est pourquoi, par crainte d'être ostracisé, il ne se mêlait pas des affaires publiques[25]. À la guerre en revanche, il était valeureux et risquait volontiers sa vie. 3. Cependant, après la mort d'Aristide et l'exil de Thémistocle[26], comme Cimon, de son côté, était presque toujours retenu loin de la Grèce par ses campagnes, Périclès décida enfin de se consacrer au peuple : il préféra au parti de la minorité des riches celui de la multitude des pauvres, faisant violence à sa nature, qui n'était pas du tout éprise de démocratie[27]. 4. Apparemment, il redoutait d'être soupçonné d'aspirer à la tyrannie ; d'autre part, il voyait Cimon, qui était partisan de l'aristocratie, jouir de la faveur des gens de bien. Il chercha donc à plaire à la foule, ce qui lui assurerait à la fois la sécurité et un appui contre son rival. 5. Aussitôt, il transforma son mode de vie[28]. On ne le vit plus que dans une seule rue de la cité, celle qui menait à l'agora et au Bouleutérion. Si on

---

25. L'ostracisme avait été institué pour éloigner de la cité pendant dix ans quiconque semblait aspirer à la tyrannie. La ressemblance entre Pisistrate et Périclès pouvait donc susciter l'inquiétude des Athéniens. D'où le souci de Périclès de se tenir éloigné de la vie politique. Il faut aussi rappeler que son père Xanthippos avait été ostracisé (voir supra, III, 2).
26. Thémistocle et Aristide avaient dirigé la cité au lendemain des guerres médiques. Thémistocle, ostracisé en 471, disparaît de la scène politique athénienne. Quant à Aristide, il meurt vers 467. Cimon est alors, vers 470-460, le personnage le plus en vue du fait de ses victoires et de sa fortune. D'où le début d'une rivalité qui ne fera que s'accentuer dans les années qui suivront la victoire de l'Eurymédon, en 468-467.
27. Plutarque reprend ici la distinction faite par l'auteur de la Constitution d'Athènes *entre les* patrons du démos *et les chefs des « bien nés ».*
28. Cette adoption d'un autre mode de vie montre l'intention de Périclès de rompre avec le milieu aristocratique dont il était issu : compagnonnages et banquets privés en étaient les signes les plus visibles.

l'invitait à un banquet ou à toute autre fête et réunion de ce genre, il refusait l'invitation : pendant la très longue période où il eut une activité politique, il n'alla dîner chez aucun de ses amis. La seule exception fut le mariage de son cousin Euryptolémos, mais il ne resta que jusqu'aux libations et s'en alla aussitôt après. 6. Les réunions amicales sont en effet redoutables pour la majesté : il est difficile, en compagnie, de conserver la gravité nécessaire à la gloire. Cependant, ce qu'il y a de beau dans la véritable vertu est ce qui est le plus visible : aucune qualité des hommes de bien n'inspire aux étrangers une admiration comparable à celle que leur vie quotidienne suscite chez leurs proches. 7. Devant le peuple également, Périclès voulait éviter d'être constamment présent et de saturer les gens de sa vue. Il ne se montrait à ses concitoyens que de manière intermittente, pourrait-on dire ; il ne s'adressait pas à eux à tout propos et ne se présentait pas sans cesse devant eux. Il ressemblait, pour reprendre le mot de Critolaos, à la trière salaminienne ; il se réservait pour les grandes occasions. Le reste du temps, il traitait les affaires par l'intermédiaire de ses amis et d'orateurs de son parti[29]. 8. L'un d'entre eux était, dit-on, Éphialtès[30], qui brisa le pouvoir du conseil de l'Aréopage et qui, selon le mot de Platon[31], abreuva ses concitoyens d'une liberté abondante, pareille à un vin pur. Sous son influence, le peuple ressemblait à un cheval emporté qui, selon l'expression des poètes comiques,

> Refusant d'obéir, voulait mordre l'Eubée
> Et cherchait à lancer des ruades aux îles.

VIII. 1. Pour adapter son éloquence à son mode de vie et à la grandeur de ses desseins, il l'accorda comme un instrument, sur lequel, à plusieurs reprises, il fit entendre les accents d'Anaxagore, colorant, si l'on peut dire, sa rhétorique de la science physique du philosophe. 2. Car l'élévation d'esprit et l'efficacité si parfaite dans l'exécution qui, pour reprendre le mot du divin Platon, « s'ajoutèrent à ses dons naturels », il les dut à « la science physique à laquelle il emprunta, pour son éloquence, tout ce qui pouvait lui convenir ». Ce fut ainsi qu'il surpassa, de loin, tous les autres orateurs. 3. Telle fut aussi, dit-on, l'origine de son surnom d'Olympien ; cependant, certains auteurs l'expliquent par les monuments dont Périclès orna la cité ; selon d'autres, il lui aurait été donné à cause de sa puissance politique et militaire. Il n'est pas impossible, du reste, que cette appellation glorieuse s'explique par le concours de ses nombreuses qualités. 4. Mais les comédies des poètes de son temps, qui ont lancé contre lui beaucoup de traits, sérieusement ou pour plaisanter, montrent bien que ce surnom venait sur-

---

29. Critolaos est un philosophe péripatéticien du IIe siècle avant J.-C. La trière salaminienne était le navire officiel qui transmettait les directives de la cité durant les opérations navales. L'habitude de faire parler à sa place des « amis » (philoï) ou « des orateurs de son parti » (hétaïroï) n'est pas propre à Périclès. Au siècle suivant, Démosthène agira de même, et il semble que c'était là pour les orateurs en vue un moyen de ne pas trop s'exposer aux récriminations du démos.
30. Éphialtès fut en effet, en 462-461, l'instigateur d'une réforme qui priva l'Aréopage de la plus grande partie de ses pouvoirs au profit de la Boulè et du tribunal populaire de l'Héliée. Voir Hansen (1993), p. 61.
31. Sur ce jugement de Platon, voir Phèdre, *270a.*

tout de son éloquence. D'après eux, lorsqu'il s'adressait au peuple, Périclès «tonnait», «lançait des éclairs»,
> Et portait sur la langue une foudre terrible[32].

5. On rappelle également un mot que Thucydide, fils de Mélésias, dit en plaisantant sur son habileté oratoire. Thucydide faisait partie des gens de bien et pendant très longtemps, il fut l'adversaire de Périclès en politique. Comme Archidamos[33], roi des Lacédémoniens, lui demandait lequel, de Périclès ou de lui, était le plus fort à la lutte, il répondit: «Quand je lutte avec Périclès et que je le jette à terre, il conteste, en prétendant qu'il n'est pas tombé, et il remporte la victoire, car il fait changer d'avis même ceux qui l'ont vu tomber.»
6. Cependant, malgré tous ces dons, Périclès était fort timide lorsqu'il parlait; chaque fois qu'il montait à la tribune, il priait les dieux de ne pas le laisser lâcher, par inadvertance, une parole mal adaptée au sujet qu'il devait traiter. 7. Il n'a laissé aucun écrit, à l'exception de ses décrets, et très rares sont les paroles célèbres qu'on a conservées de lui[34] – ainsi lorsqu'il ordonne d'enlever Égine «comme une taie de l'œil du Pirée», ou lorsqu'il déclare: «Je vois déjà la guerre accourir du Péloponnèse.»
8. Un jour que Sophocle[35], stratège avec lui, participait en sa compagnie à une expédition maritime, et lui faisait l'éloge d'un beau garçon, il déclara: «Un stratège, Sophocle, doit veiller non seulement à la pureté de ses mains, mais aussi à celle de ses yeux.» 9. D'après Stésimbrote[36], lorsqu'il prononça à la tribune l'éloge funèbre des citoyens morts à Samos, il déclara qu'ils étaient devenus immortels comme les dieux. «Nous ne voyons pas les dieux, dit-il, mais les honneurs qu'ils reçoivent et les bienfaits qu'ils nous accordent nous prouvent qu'ils sont immortels. Il en est de même pour ceux qui sont morts pour la patrie.»

IX. 1. Thucydide[37] décrit le gouvernement de Périclès comme une sorte d'aristocratie: «C'était de nom une démocratie, mais en réalité, le premier citoyen exerçait le pouvoir.» Cependant, selon beaucoup d'autres, ce fut grâce à Périclès que le peuple eut droit, pour la première fois, à des clérouquies[38], à des indemnités pour les repré-

---

32. La citation est empruntée à Aristophane, Acharniens, v. 530 et suiv.
33. Archidamos, roi de Sparte de 469 à 427, dirigea les premières opérations de la guerre du Péloponnèse.
34. Plutarque oppose ici Périclès, dont les discours ne furent pas publiés, aux grands orateurs du IVe siècle, en particulier Démosthène, qui prirent soin de les écrire et de les publier. Les décrets auxquels Plutarque fait allusion sont ceux où le nom de Périclès figurait comme celui de l'auteur de la proposition.
35. Il s'agit du grand poète tragique qui fut stratège aux côtés de Périclès lors de l'expédition de Samos.
36. Stésimbrote de Thasos était un sophiste de la seconde moitié du Ve siècle, auteur de biographies de Thémistocle, de Thucydide d'Alopécè et de Périclès.
37. Il s'agit ici de l'historien (Guerre du Péloponnèse, II, 65, 9). *Les griefs formulés à l'encontre de Périclès sont ceux des adversaires de la démocratie, au nombre desquels l'auteur anonyme d'une* République des Athéniens, *attribuée par erreur à Xénophon, et Platon, en particulier dans le* Gorgias, *515e.*
38. Colonies créées par l'État athénien, elles se présentent comme des postes militaires peuplés de citoyens pauvres qui reçoivent un lot de terre (cléros).

sentations théâtrales et à différentes allocations, contractant ainsi des habitudes pernicieuses : de sage et travailleur qu'il était auparavant, ces mesures politiques le rendirent dépensier et indiscipliné. Il convient donc d'examiner la cause d'un tel changement en se fondant sur les faits eux-mêmes.
2. Au début, je l'ai dit, Périclès voulut rivaliser avec la gloire de Cimon et chercha à flatter le peuple. Mais son adversaire possédait beaucoup plus de biens et de revenus, et il s'en servait pour attirer à lui les indigents. Il fournissait un repas quotidien aux Athéniens dans le besoin ; il distribuait des vêtements aux vieillards ; il avait enlevé les clôtures de ses terres pour permettre à chacun d'en cueillir les fruits. Périclès, incapable de lutter contre de tels moyens pour se concilier le peuple, suivit les conseils de Damonidès d'Oiè, comme l'a exposé Aristote[39], et se décida à distribuer les biens publics. 3. Bien vite, en accordant des indemnités à ceux qui assistaient aux représentations théâtrales ou qui étaient jurés, en décrétant d'autres distributions et chorégies[40], il corrompit la foule et se servit d'elle pour lutter contre le conseil de l'Aréopage. Il n'en était pas membre lui-même, le sort ne l'ayant jamais désigné pour être archonte éponyme, thesmothète, roi ou polémarque[41], 4. magistratures qui étaient attribuées, depuis longtemps, par tirage au sort et qui permettaient à ceux dont l'exercice avait été approuvé de monter siéger à l'Aréopage. 5. C'est pourquoi, dès qu'il eut acquis un plus grand pouvoir sur le peuple, Périclès s'opposa à ce conseil. Il obtint, grâce à Éphialtès, que la plupart de ses juridictions lui fussent retirées, et réussit à faire ostraciser Cimon, accusé de soutenir Sparte et d'être hostile à la démocratie[42]. Or Cimon ne le cédait à personne ni en fortune ni en naissance ; il avait remporté d'éclatantes victoires sur les Barbares et rempli la cité de richesses et de butin, comme je l'ai rapporté dans sa *Vie*. Tel était l'ascendant que Périclès exerçait sur le peuple.

X. 1. L'ostracisme entraînait, de par la loi, un exil limité à dix ans. Or, dans l'intervalle, les Lacédémoniens, à la tête d'une immense armée, envahirent le territoire de Tanagra[43]. Les Athéniens marchèrent aussitôt contre eux. Alors Cimon revint d'exil et

---

*39. Constitution d'Athènes, XVII, 3. L'histoire rend compte de la survivance de relations de patronage dans l'Athènes démocratique de la première moitié du Ve siècle. Elle se distingue de l'interprétation de la rétribution des fonctions publiques que donne Périclès dans l'*Oraison funèbre *(Thucydide, II, 37, 2), où elle est destinée à permettre à tous, même aux plus pauvres, de participer de façon active à la vie politique. On admet généralement que Damonidès d'Oiè est le Damon cité supra en IV, 1-2.*
40. Voir Thémistocle, *V, 5.*
41. L'archonte éponyme donnait son nom à l'année, présidait certaines cérémonies religieuses, et instruisait les actions judiciaires. L'archonte roi présidait aux sacrifices et à toute la vie religieuse de la cité. Le polémarque, qui avait perdu ses fonctions militaires depuis les guerres médiques et la création des stratèges, s'occupait des étrangers résidant dans la cité. Les thesmothètes étaient chargés chaque année de procéder à un examen des lois.
42. Plutarque suit ici une tradition différente de celle qu'il rapporte supra, en VII, 8 puisqu'il fait d'Éphialtès le simple porte-parole de Périclès. L'ostracisme de Cimon se place en 461.
43. La bataille de Tanagra eut lieu en 457, quatre ans après l'ostracisme de Cimon. La paix qui fut conclue en 451 mit provisoirement fin à la rivalité entre Athènes et Sparte.

se présenta pour combattre à son poste, avec les membres de sa tribu : il voulait, par des actes, en s'exposant avec ses concitoyens, se laver de l'accusation de soutenir Sparte[44]. Mais les amis de Périclès se regroupèrent et l'exclurent des rangs, en tant que banni. 2. C'est pour cette raison, semble-t-il, que Périclès combattit, au cours de cette bataille, de la manière la plus héroïque, et se distingua entre tous, en payant particulièrement de sa personne. 3. Tous les amis de Cimon, que Périclès avait accusés de soutenir Sparte, furent tués sans exception. Alors les Athéniens éprouvèrent de terribles remords, et un grand regret de Cimon, car ils avaient été vaincus sur les frontières de l'Attique et s'attendaient à une guerre très rude au printemps suivant. 4. Périclès se rendit compte de l'état d'esprit de la foule et sans hésiter, il lui donna satisfaction. Il rédigea lui-même le décret qui rappelait Cimon[45]. Celui-ci, dès son retour, conclut la paix entre les deux cités : les Lacédémoniens étaient d'autant plus favorablement disposés à son égard qu'ils étaient hostiles à Périclès et aux autres démagogues. 5. D'après quelques auteurs, Périclès ne rédigea le décret qui rappelait Cimon qu'après avoir eu des entretiens secrets avec lui, par l'intermédiaire d'Elpinice, sœur de Cimon : il fut convenu que ce dernier partirait, à la tête de deux cents navires, et qu'il exercerait le commandement à l'extérieur, pour détruire le territoire du Grand Roi, tandis que Périclès conserverait le pouvoir dans la ville. 6. Elpinice avait déjà, semble-t-il, adouci Périclès en faveur de Cimon, alors que celui-ci faisait l'objet d'une accusation capitale. Périclès était l'un des accusateurs désignés par le peuple. Elpinice alla le trouver et le supplia. Périclès lui répondit en souriant : « Elpinice, tu es bien vieille, oui, bien vieille, pour te charger de semblables affaires. » Cependant il ne se leva qu'une fois pour prendre la parole, afin de s'acquitter de sa fonction, puis il s'en alla : de tous les accusateurs, ce fut lui qui chargea le moins Cimon.
7. Comment, dans ces conditions, pourrait-on croire Idoménée, quand il accuse Périclès d'avoir, par envie et jalousie de sa popularité, fait traîtreusement assassiner le démocrate Éphialtès, qui était son ami et avait partagé tous ses choix politiques[46] ? Je ne sais où il a ramassé de telles calomnies ; il vomit sa bile, dirait-on, à l'égard d'un homme qui sans doute ne fut pas irréprochable à tous égards, mais qui possédait un cœur généreux et une âme altière, où jamais n'aurait pu naître un sentiment aussi cruel et monstrueux. 8. En fait, Éphialtès était redouté des partisans de l'oligarchie ; il se montrait inflexible quand il demandait des comptes aux magistrats, à leur sortie de charge, et quand il accusait en justice ceux qui avaient lésé le peuple. Voilà pourquoi ses ennemis complotèrent secrètement et le firent tuer par Aristodicos de Tanagra, comme l'a dit Aristote. Quant à Cimon, il mourut à Chypre, alors qu'il commandait l'armée[47].

---

44. Cette accusation, qui pouvait entraîner la condamnation à mort, avait été portée contre Cimon à la suite de son expédition contre Thasos en 463 : on l'accusait de s'être entendu secrètement avec le roi de Macédoine (voir Cimon, *XIV, 3).*
45. Plutarque semble avoir consulté ce décret (voir Dictionnaire, « Antiquaire »).
46. Idoménée de Lampsaque fut l'auteur d'un ouvrage, Sur les démagogues, *au IIIe siècle. Plutarque revient ici sur la question des relations entre Périclès et Éphialtès. Le nom de l'assassin d'Éphialtès est cité dans Aristote,* Constitution d'Athènes, *XXV, 4.*
47. L'expédition contre Chypre au cours de laquelle Cimon trouva la mort eut lieu en 450.

XI. 1. Les aristocrates s'étaient aperçus depuis longtemps que Périclès était désormais le plus puissant de tous les citoyens. Ils voulurent lui opposer quelqu'un dans la cité, pour affaiblir son autorité et l'empêcher de devenir un monarque absolu. Ils dressèrent contre lui Thucydide, du dème d'Alopécè[48], un homme discret, apparenté à Cimon, moins doué que celui-ci pour la guerre, mais plus habile que lui sur l'agora et dans les luttes politiques. Il resta dans la ville, affronta Périclès à la tribune et eut tôt fait de rétablir l'équilibre dans la vie politique. 2. Il ne laissa pas ceux qu'on appelait les hommes de bien dispersés, comme auparavant, ni mêlés au peuple où leur prestige se perdait dans la masse ; il les sépara, rassembla en un seul corps la force de tous ces hommes qui devint ainsi beaucoup plus importante, et dont il fit une sorte de contrepoids[49]. 3. Il y avait dès l'origine une sorte de division sournoise, semblable à la paille dans le fer, qui indiquait sourdement une divergence entre les partis démocratique et aristocratique. Mais la lutte et la rivalité entre Périclès et Thucydide accentua cette fracture dans la cité ; les uns furent appelés « peuple », les autres « oligarques ». 4. Voilà pourquoi à cette époque Périclès lâcha encore davantage la bride au peuple et prit des mesures pour lui plaire[50]. Sans cesse il organisait dans la ville quelque spectacle collectif, quelque banquet ou quelque procession. Il divertissait la cité avec des plaisirs « où les Muses avaient leur part ». Chaque année, il armait soixante trières sur lesquelles embarquaient de nombreux citoyens, qui touchaient un salaire pendant huit mois : ils pratiquaient et apprenaient ainsi l'art de la navigation. 5. De plus, il envoya mille colons dans la Chersonèse, cinq cents à Naxos, deux cent cinquante à Andros, mille autres en Thrace pour vivre chez les Bisaltes, d'autres enfin en Italie, à l'occasion de la seconde fondation de Sybaris, qui prit le nom de Thourioï[51]. 6. Ce faisant, il délivrait la cité d'une populace oisive, que l'inaction rendait remuante, soulageait la misère du peuple et installait chez les alliés des garnisons propres à les intimider et à empêcher toute tentative de révolte.

XII. 1. Mais ce qui causa le plus de plaisir à Athènes, l'embellit le plus et frappa d'admiration le reste des hommes, l'unique témoignage qui nous prouve, aujourd'hui,

---

48. *Thucydide d'Alopécè (voir supra, VI, 3 et note ; VIII, 5) aurait été le gendre de Cimon.*
49. *Selon Plutarque, c'est alors seulement que, conscients de la menace que représentait le pouvoir populaire, les membres des vieilles familles aristocratiques qui s'en étaient jusque-là accommodés, dans la mesure où ils occupaient les plus hautes fonctions, se seraient organisés en un véritable « parti ». En fait, ce n'est guère avant 411 que les oligarques s'unirent pour agir et renverser le régime démocratique.*
50. *On retrouve là les griefs formulés contre le régime démocratique par l'auteur de la* République des Athéniens, *pamphlet publié sans doute dans les premières années de la guerre du Péloponnèse et qui apparaît comme une réponse à l'*Oraison funèbre *péricléenne.*
51. *Plutarque fait ici allusion à la politique qui consista, pour assurer la défense de l'empire maritime d'Athènes, à installer sur le territoire de certaines cités des colonies militaires ou clérouquies : les colons demeuraient citoyens d'Athènes et percevaient les revenus du lot de terre qui leur était attribué (voir supra, IX, 1). Mais il évoque aussi ce projet de colonie panhellénique sur le site de l'ancienne Sybaris, en Italie du Sud. On sait que l'historien Hérodote participa à l'expédition et à la fondation de Thourioï.*

que la fameuse puissance et l'antique splendeur de la Grèce ne sont pas des inventions, ce fut la construction des monuments sacrés. Cette mesure suscita, plus que toutes les décisions politiques de Périclès, la jalousie de ses ennemis. Ils l'accusaient dans les assemblées : « Le peuple, criaient-ils, est déshonoré ! Il s'est attiré les insultes de tous, pour avoir transporté de Délos à Athènes le trésor commun des Grecs[52]. Quant à l'excuse honorable que nous pouvions opposer à nos accusateurs, en soutenant que nous avions transféré ici le bien commun par crainte des Barbares, pour le mettre en lieu sûr, Périclès nous l'a ôtée. 2. La Grèce s'estime victime d'une terrible injustice et d'une tyrannie manifeste : elle voit qu'avec les sommes qu'elle a fournies sous la contrainte pour faire la guerre, nous couvrons d'or et de parures notre cité, comme une fille coquette, l'ornant de pierres précieuses, de statues, et de temples qui coûtent mille talents. »
3. Mais Périclès donnait au peuple les explications suivantes : « Vous ne devez aucun compte de ces sommes aux alliés, puisque vous faites la guerre pour eux et maintenez les Barbares au loin. Les alliés ne fournissent pas un cheval, pas un navire, pas un hoplite, mais seulement de l'argent. Or l'argent n'appartient pas à celui qui le donne, mais à celui qui le reçoit, s'il fournit les services pour lesquels on le lui a versé. 4. Puisque la cité est convenablement équipée pour la guerre, il faut qu'elle emploie ses ressources à des travaux qui lui procureront, après leur achèvement, une gloire éternelle, et durant leur exécution, une prospérité immédiate. On verra en effet apparaître toutes sortes d'activités et de besoins variés qui feront appel à tous les arts et occuperont tous les bras, assurant ainsi des revenus à presque toute la cité : celle-ci tirera ainsi d'elle-même à la fois sa beauté et sa subsistance. »
5. En effet jusque-là, seuls ceux qui avaient l'âge et la force de participer aux expéditions militaires touchaient, sur les fonds publics, des sommes importantes. Périclès voulut que la foule des artisans, qui ne faisait pas la guerre, ne fût pas exclue de ces avantages, sans pour autant les recevoir dans l'oisiveté et l'inaction. Il proposa donc hardiment au peuple de grands projets de constructions, et les plans d'ouvrages dont l'exécution ferait intervenir tous les métiers et exigerait beaucoup de temps. De cette manière, la population sédentaire aurait le droit de profiter des fonds publics et d'en avoir sa part comme les marins, les hommes de garnison et les soldats en campagne[55].

---

52. La Ligue de Délos avait été formée au lendemain de la seconde guerre médique dans l'intention d'interdire aux Perses toute tentative de retour en Europe et de libérer les cités grecques d'Asie de leur tutelle. Un trésor commun, alimenté par le tribut versé par les alliés, était déposé à Délos dans le sanctuaire d'Apollon. En 452-451, sous prétexte de la soustraire à la menace perse, on le transporta à Athènes, en même temps que l'hégémonie de la cité sur les alliés se faisait plus lourde.
53. Cette justification des grands travaux par le souci de procurer du travail aux artisans relève de préoccupations étrangères aux Athéniens du Ve siècle. Les salaires sur la flotte de guerre étaient versés à ceux qui ne pouvaient s'équiper en hoplites, et dont un grand nombre appartenaient à ce banausos ochlos, à cette « foule des artisans » dont parle Plutarque. On sait par ailleurs que sur les chantiers de constructions publiques, il y avait au moins autant, sinon plus, d'étrangers et d'esclaves que de citoyens ; voir Austin et Vidal-Naquet (1992), p. 300-307. L'Oraison funèbre périclèenne montre bien en revanche le but de cette politique de constructions : exalter la cité et la déesse qui la protège.

6. On possédait les matières premières, marbre, bronze, ivoire, or, ébène, cyprès, et pour les préparer et les travailler, on disposait de nombreux corps de métiers : charpentiers, sculpteurs, fondeurs, tailleurs de pierre, doreurs, ivoiriers, peintres, incrusteurs, graveurs, sans compter, pour fournir et livrer tout cela, les marchands, les matelots et les capitaines, sur mer, et sur terre, les charrons, les éleveurs de bêtes de somme, les cochers, les cordiers, les tisserands, les bourreliers, les cantonniers et les mineurs. Et chaque métier, tel un général avec son armée, avait sous ses ordres une foule de mercenaires non spécialisés, qui étaient à son service comme des instruments ou les membres de son corps. Les besoins liés à ces travaux distribuaient donc et disséminaient la prospérité entre presque tous les âges et presque toutes les conditions.

XIII. 1. Les monuments s'élevèrent, d'une taille exceptionnelle, d'une beauté et d'une grâce inimitables, car les ouvriers rivalisaient d'efforts pour dépasser les limites de leur art par la perfection de l'exécution. Le plus étonnant fut la rapidité avec laquelle tout fut réalisé[54]. 2. On avait pensé que chacun de ces ouvrages exigerait au moins plusieurs générations pour être achevé à grand-peine, mais ils furent tous terminés pendant les plus belles années du gouvernement d'un seul homme. 3. On raconte pourtant que Zeuxis, comme le peintre Agatharchos[55] se vantait de sa rapidité et de son aisance à peindre des figures, lui répondit : « Moi, j'ai besoin de beaucoup de temps. » 4. Et, de fait, l'aisance et la vitesse de l'exécution ne confèrent à une œuvre ni solidité durable ni beauté parfaite ; en revanche, le temps et la peine que l'on consacre à la faire naître lui donnent une force qui assure sa conservation. Les ouvrages de Périclès sont donc d'autant plus admirables qu'ils ont été réalisés en peu de temps, et qu'ils furent appelés à durer très longtemps. 5. La beauté de chacun d'entre eux leur conféra, dès cette époque, une allure antique, tandis que leur vigueur leur assure une fraîcheur et une jeunesse qui durent encore de nos jours, tant éclate en eux une jeunesse toujours renouvelée qui les préserve de l'atteinte du temps. On dirait que ces monuments portent en eux un souffle immortel, une âme inaccessible à la vieillesse. 6. Périclès avait chargé Phidias[56] de diriger et de surveiller l'ensemble, mais à chaque ouvrage étaient attachés de grands architectes et de grands artistes. 7. Le Parthénon, par exemple, large de cent pieds, fut l'œuvre de Callicratès et d'Ictinos. Le sanctuaire des initiations, à Éleusis, fut commencé par Coroebos, qui édifia les colonnes du premier niveau et les relia par des architraves ; après sa mort,

---

54. Les travaux de l'Acropole furent entrepris à partir de 447-446. Le Parthénon était achevé en 438. La construction des Propylées dura de 437 à 432. L'Érechtheion fut achevé seulement après la mort de Périclès, dans les dernières années de la guerre du Péloponnèse, de même que le petit temple d'Athéna Nicè.
55. Zeuxis est un peintre originaire d'Italie du Sud, qui travailla à la fin du Ve et au début du IVe siècle. Agatharchos de Samos est son contemporain. Il aurait orné de peintures la maison d'Alcibiade et écrit un ouvrage sur son art.
56. Phidias, ami personnel de Périclès, fut en effet le maître d'œuvre des travaux de l'Acropole. C'est à Plutarque que nous devons de connaître les noms des architectes qui participèrent à cette réalisation.

Métagénès de Xypétè ajouta la frise et les colonnes de l'étage, et Xénoclès de Cholarges couronna le sanctuaire de son lanterneau. Quant au Long Mur, dont Socrate affirme avoir entendu Périclès proposer la construction[57], ce fut Callicratès qui s'en chargea. 8. Cratinos[58] se moque, dans une de ses comédies, de la lenteur avec laquelle cet ouvrage fut exécuté :

> Voici déjà longtemps que Périclès y pousse,
> En paroles du moins, car en fait, rien ne bouge !

9. Quant à l'Odéon, il comportait, à l'intérieur, de nombreuses rangées de sièges et beaucoup de colonnes ; il avait un toit arrondi, en pente, qui partait d'un faîte unique. Il avait été construit, disait-on, sur le modèle et à l'image de la tente du Grand Roi ; Périclès présida aussi à sa construction. 10. Aussi Cratinos se moque-t-il encore de lui dans les *Femmes de Thrace* :

> Ce Zeus tête d'oignon, l'Odéon sur la tête,
> Le voilà ! Il n'a pas été ostracisé !

11. Dans sa soif d'honneurs, Périclès décréta alors que, pour la première fois, il y aurait aux Panathénées un concours de musique. Il fut choisi pour présider cette épreuve et régla la manière dont les concurrents devraient chanter, jouer de l'aulos ou de la cithare. Ce fut à l'Odéon qu'eut lieu ce concours de musique, et tous les autres par la suite.
12. Les Propylées de l'Acropole furent achevées en cinq ans sous la direction de l'architecte Mnésiclès. Pendant leur construction se produisit un événement merveilleux, qui montra qu'Athéna, loin de rester à l'écart des travaux, y participait elle aussi très activement. 13. Le plus habile et le plus travailleur des ouvriers glissa et tomba du haut de l'édifice. Son état était très alarmant, et les médecins désespéraient de le sauver. Périclès en était fort affecté, mais la déesse lui apparut en songe et lui prescrivit un traitement qui lui permit de guérir le blessé rapidement et sans difficulté. En reconnaissance, Périclès fit élever la statue en bronze d'Athéna Hygieia, près de l'autel qui, dit-on, se trouvait déjà à cet endroit[59].
14. La statue d'or de la déesse fut l'œuvre de Phidias : son nom est inscrit sur la stèle comme étant celui de son auteur. Mais en fait tous les travaux, ou presque, se firent sous ses ordres ; il surveillait, je l'ai dit, tous les artistes, à cause des liens d'amitié qui l'unissaient à Périclès. 15. Cette situation attira sur l'un l'envie, sur l'autre la calomnie. On prétendait que Phidias recevait des femmes libres qui avaient rendez-vous chez lui avec Périclès. Les poètes comiques ont repris l'histoire et ont déversé sur lui de nombreuses insultes. Ils l'ont calomnié à propos de la femme de Ménippos, qui était son ami et commandait sous ses ordres, et à propos des volières

---

57. Voir Platon, Gorgias, *455e.*
58. Sur Cratinos, voir supra, III, 5.
59. On a retrouvé sur l'Acropole la base d'une statue dédiée à Athéna Hygieia. Mais rien ne prouve qu'il s'agit de celle à laquelle Plutarque fait allusion. L'inscription mentionne comme donateurs les Athéniens et non le seul Périclès.

de Pyrilampe[60], son compagnon d'âge, que l'on accusait d'envoyer des paons aux femmes que fréquentait Périclès. 16. Mais comment s'étonner de voir ces hommes, qui vivent de la satire, offrir à l'envie de la foule, comme à un méchant démon, des calomnies contre les hommes supérieurs, quand Stésimbrote de Thasos lui-même a osé, à propos de Périclès, porter une accusation terrible et abominable concernant la femme de son fils? L'histoire est, on le voit, une entreprise difficile; elle a bien du mal à saisir la vérité. Lorsqu'on écrit après les événements, le temps qui s'est écoulé obscurcit la connaissance des faits, mais si l'on fait l'histoire de vies et d'actes contemporains, on fausse la vérité et on la déforme par envie et par malveillance, ou au contraire par souci de plaire et de flatter.

XIV. 1. Thucydide et les orateurs de son parti invectivaient Périclès, l'accusant de ruiner les finances et de dilapider les revenus de la cité. Alors, en pleine assemblée, Périclès demanda au peuple s'il avait l'impression qu'on avait beaucoup dépensé. «Beaucoup trop! lui fut-il répondu. – Très bien! dit-il. Je vais donc, dans ces conditions, porter la dépense à mon compte, non au vôtre, et ce sera mon nom que l'on inscrira sur les dédicaces!» 2. À ces mots, soit admiration pour sa grandeur d'âme, soit désir de ne pas lui laisser, à lui seul, la gloire de ces travaux, ils lui demandèrent, à grands cris, de puiser dans le trésor public pour ces frais et de faire ces dépenses officielles sans rien épargner. 3. Pour finir, Périclès affronta Thucydide à ses risques et périls, pour l'ostracisme: il obtint le bannissement de son rival et il brisa le parti qu'on lui avait opposé[61].

XV. 1. Les divisions cessèrent donc complètement, et la cité devint harmonieuse et parfaitement unie. Périclès avait le contrôle total d'Athènes et de tout ce qui dépendait des Athéniens: les tributs, les armées, les trières, les îles, la mer, la puissance et l'hégémonie que la cité exerçait fortement sur les Grecs, fortement aussi sur les Barbares, garanties par l'obéissance des peuples soumis, l'amitié des rois et l'alliance des dynastes. Périclès n'était plus le même. Il ne se montrait plus aussi docile devant le peuple, aussi prompt à lui céder et à se rendre aux désirs de la multitude, lesquels ressemblent aux souffles des vents. La démocratie était relâchée et parfois amollie, telle une musique tendre et languissante: il la tendit, la transforma en un régime aristocratique et royal, dont il usa, de manière droite et inflexible, en vue du plus grand bien. La plupart du temps, il faisait appel au bon vouloir du peuple, et il le gouvernait par la persuasion et le raisonnement; mais parfois, quand la foule renâclait, il tirait les rênes et l'amenait de force à agir comme il convenait. Il imitait ainsi exactement un médecin qui, en présence d'une longue maladie aux symptômes variés, prescrit, selon les circonstances, tantôt des plaisirs inoffensifs, tantôt, quand la situation l'exige, des traitements drastiques et des drogues salutaires[62]. 2. Or des maladies de toute sorte se

---

60. *Ce Pyrilampe, surnommé l'oiseleur, aurait été le second mari de la mère de Platon.*
61. *Thucydide d'Alopécè fut ostracisé en 443; les travaux de l'Acropole venaient de commencer.*
62. *Plutarque s'inspire ici directement du jugement de Thucydide qu'il amplifie encore. Ce texte a largement contribué à créer l'image idéalisée de la démocratie périclénne que retiendra la postérité.*

développaient, ce qui n'avait rien d'étonnant, dans cette foule qui possédait un si grand empire : seul Périclès possédait les qualités naturelles qui lui permettaient d'appliquer à chacune le remède approprié. Il usait surtout de l'espoir et de la crainte, comme de gouvernails, pour refréner l'audace du peuple, ou au contraire lui rendre courage et le rassurer. Il prouva ainsi que la rhétorique est bien, comme le dit Platon, une «éducation de l'âme[63]», et que sa tâche essentielle est d'étudier méthodiquement les caractères et les passions qui sont, pourrait-on dire, les cordes et les sons d'un instrument, et réclament un toucher et un doigté particulièrement délicats. 3. Périclès ne devait pas son succès à la simple puissance de sa parole mais, comme le dit Thucydide, à la réputation qui l'entourait, et à la confiance qu'inspirait sa vie : tout le monde le savait parfaitement désintéressé et incorruptible. La cité était grande ; il en fit la plus grande et la plus riche ; il finit par exercer un pouvoir supérieur à celui de bien des rois et des tyrans, même de ceux qui transmirent le pouvoir à leurs fils, mais il n'augmenta pas d'une drachme la fortune que lui avait laissée son père.

XVI. 1. La puissance de Périclès est clairement décrite par Thucydide. Quant aux poètes comiques, ils la laissent deviner par des allusions malveillantes[64]. Ils traitent ses compagnons de «nouveaux Pisistratides» et l'invitent à jurer qu'il ne sera pas tyran, suggérant ainsi que sa suprématie était trop lourde et incompatible avec une démocratie. 2. Selon Téléclidès, les Athéniens lui ont abandonné

> Les tributs des cités, les cités elles-mêmes,
> Certaines à lier, d'autres à délier,
> Et des remparts de pierre à construire ou détruire...
> Enfin tout : les traités, le pouvoir et la paix
> L'argent et le bonheur !

3. Or cette situation ne fut pas un accident momentané, l'apogée éphémère d'une carrière qui n'aurait été florissante que pendant une saison. Périclès occupa le premier rang pendant quarante ans, alors qu'il y avait à Athènes des hommes comme Éphialtès, Léocratès, Myronidès, Cimon, Tolmidès et Thucydide[65]. Après la chute et l'ostracisme de Thucydide, il exerça, pendant quinze ans consécutifs, une autorité et un pouvoir absolus, grâce à la charge de stratège dans laquelle il était reconduit chaque année. Il ne se laissa jamais corrompre par l'argent, sans se montrer pour autant indifférent à sa situation financière. Il ne voulut pas laisser perdre par négligence la fortune qu'il avait reçue de son père et dont il était le légitime possesseur, tout en refusant cependant, occupé comme il était, de lui consacrer trop d'attention et de temps. Il l'administrait de la manière qui lui paraissait la plus facile et la plus

---

63. *Voir* Phèdre, *271c.*
64. *Plutarque ne peut cependant pas laisser de côté les charges des comiques auxquelles il a déjà précédemment fait allusion. Or, ces accusations étaient portées devant le* démos *assemblé au théâtre, ce qui relativise quelque peu le consensus évoqué* supra *en XV, 1.*
65. *Tous les personnages cités par Plutarque ont joué un rôle politique au* V^e *siècle. Sur Tolmidès, voir* infra, *XVIII, 2.*

exacte: 4. il vendait en une seule fois toutes ses récoltes de l'année, puis achetait sur l'agora, au fur et à mesure, ce dont il avait besoin[66]. Tel était le mode de vie qu'il avait adopté. 5. C'est pourquoi ses enfants, quand ils grandirent, n'éprouvèrent guère de tendresse à son égard; quant aux femmes de sa maison, elles ne trouvaient pas en lui un intendant bien généreux: tous lui reprochaient ces dépenses au jour le jour, réduites au strict nécessaire. On ne trouvait pas chez lui le moindre superflu, comme on aurait pu s'y attendre dans une si grande maison, où les richesses étaient considérables. Tous les frais, tous les revenus étaient étroitement calculés et mesurés. 6. Celui qui maintenait chez lui une telle rigueur était un serviteur nommé Évangélos, qui était exceptionnellement doué par la nature pour diriger une maison, ou qui avait reçu de Périclès une formation en ce domaine.

7. Une telle conduite ne s'accordait guère avec la sagesse d'Anaxagore, s'il est vrai que celui-ci, dans son exaltation et sa grandeur d'âme, quitta sa maison et abandonna ses terres en friche aux troupeaux. Mais à mon avis, la vie d'un philosophe contemplatif n'est pas comparable à celle d'un homme politique. Le premier n'a pas besoin d'instruments, ni du secours de la matière extérieure pour diriger sa pensée vers le Beau. Le second, dont la vertu est au contact des nécessités humaines, doit parfois considérer la richesse comme une réalité indispensable, et même une des plus nobles: telle était la situation de Périclès, qui vint en aide à beaucoup d'indigents. 8. C'est d'ailleurs ce qu'il fit, dit-on, pour Anaxagore lui-même. Accaparé par ses nombreuses occupations, il avait négligé ce philosophe. Alors celui-ci, déjà fort âgé, se coucha et se voila la tête, résolu à se laisser mourir de faim. Quand Périclès apprit la situation, il fut frappé d'horreur. Il accourut aussitôt, et le supplia par tous les moyens, se lamentant, non sur le sort d'Anaxagore, mais sur le sien propre, s'il devait perdre un conseiller si précieux pour sa politique. 9. Alors Anaxagore se découvrit la tête et lui dit: «Périclès, ceux qui ont besoin d'une lampe y versent de l'huile.»

XVII. 1. Cependant les Lacédémoniens commençaient à prendre ombrage du pouvoir grandissant d'Athènes. Pour exalter encore l'orgueil du peuple et le pousser à se juger capable des plus hautes entreprises, Périclès proposa un décret invitant tous les Grecs d'Europe et d'Asie, habitant des cités petites ou grandes, à envoyer des députés en congrès à Athènes: on y délibérerait des temples grecs incendiés par les Barbares, des sacrifices qu'on avait promis aux dieux pour le salut de la Grèce pendant les guerres contre les Barbares, enfin de la mer et des moyens de permettre à tous de naviguer sans crainte et de vivre en paix. 2. À cette fin, vingt hommes choisis parmi les citoyens de plus de cinquante ans[67] furent envoyés en ambassade.

---

66. *On ignore où Plutarque a trouvé cette indication sur la manière dont Périclès gérait ses biens. Il y a là en tout cas un comportement en rupture avec l'idéal d'autarcie que développeront les philosophes du IVe siècle, hostiles à toute forme d'échanges de cette nature, qui impliquaient la médiation de la monnaie.*
67. *On retrouve dans ce choix des ambassadeurs parmi les hommes de plus de cinquante ans ce principe d'ancienneté et ce privilège de l'âge, dont l'orateur et politicien Eschine, au siècle suivant, se plaindra qu'il ne soit plus respecté. On date généralement ce projet de congrès panhellénique de 448-447, c'est-à-dire de l'année qui suivit la conclusion de la paix de Callias avec le roi des Perses.*

Cinq d'entre eux allèrent inviter les Ioniens, les Doriens d'Asie et les habitants des îles jusqu'à Lesbos et Rhodes; cinq autres parcoururent les régions de l'Hellespont et de la Thrace jusqu'à Byzance; cinq encore furent envoyés en Béotie, en Phocide et dans le Péloponnèse, puis de là, passant sur le continent voisin, jusqu'à l'Acarnanie et l'Ambracie; 3. les cinq derniers se rendirent par l'Eubée chez les habitants de l'Oeta et du golfe Maliaque, chez les Achéens Phthiotes et les Thessaliens. Ils engagèrent tous ces peuples à venir participer aux délibérations concernant la paix et les intérêts communs des Grecs. 4. Mais rien ne se fit; les cités ne se réunirent pas: les Lacédémoniens s'y opposèrent, dit-on, et la tentative rencontra son premier échec dans le Péloponnèse. J'ai cependant évoqué cette initiative, pour montrer la sagesse et la grandeur d'âme de Périclès.

XVIII. 1. Comme stratège, ce qu'on appréciait le plus en lui, c'était sa prudence. Il n'engageait jamais volontairement un combat comportant trop d'incertitudes et de danger. Ceux dont la témérité est récompensée par une chance éclatante, et qui sont admirés comme de grands généraux, ne suscitaient en lui ni envie, ni désir de les imiter. Il disait sans cesse à ses concitoyens que si la chose dépendait de lui, ils seraient à tout jamais immortels. 2. Voyant que Tolmidès, fils de Tolmaios, enhardi par ses précédents succès et les honneurs exceptionnels que lui avaient valus ses exploits militaires s'apprêtait, tout à fait hors de propos, à attaquer la Béotie, et avait réussi à persuader les plus braves et les plus ambitieux des citoyens en âge de combattre à se porter volontaires pour cette campagne (ils étaient mille, sans compter le reste de ses troupes)[68], Périclès tenta de s'opposer à lui et de le dissuader. Ce fut alors qu'il prononça, dans l'assemblée du peuple, cette parole qui devint célèbre: «Si tu ne veux pas obéir à Périclès, tu ferais bien d'attendre l'avis du plus sage des conseillers, le temps.» 3. Sur le moment, ce mot eut peu de succès, mais quelques jours après, quand on annonça la mort de Tolmidès, battu près de Coronée, et celle de nombreux citoyens de valeur, l'affaire valut à Périclès la gloire et l'affection de tous, car on voyait à quel point il était sensé, et plein d'amour pour ses concitoyens.

XIX. 1. De toutes les campagnes qu'il dirigea en tant que stratège, la plus populaire fut celle de la Chersonèse[69], qui assura le salut des Grecs établis dans la région. Non seulement Périclès fit venir mille colons athéniens, renforçant ainsi les cités par cet afflux de population, mais encore il ceignit l'entrée de l'isthme de fortifications et de remparts qui allaient d'une mer à l'autre, ce qui protégea le pays contre les incursions des Thraces répandus autour de la Chersonèse, et mit un terme à la guerre

---

68. *Bien que soumis au contrôle du conseil et de l'assemblée, les stratèges pouvaient prendre parfois des initiatives personnelles. Le recrutement de volontaires en revanche paraît douteux. Thucydide, à propos de cette bataille de Coronée qui eut lieu en 447, dit que Tolmidès avait avec lui mille hoplites athéniens et des contingents alliés (Guerre du Péloponnèse, I, 113, 1). Il s'agissait donc d'une expédition décidée par la cité, et non d'une entreprise personnelle.*
69. *La Chersonèse de Thrace gardait la route des Détroits par où arrivaient à Athènes les blés de la région de la mer Noire. D'où l'intérêt d'y établir une clérouquie.*

incessante et cruelle dont ce pays était affecté en permanence à cause des voisins barbares au contact desquels il se trouvait, et des brigands qui l'infestaient, sur ses frontières comme à l'intérieur.
2. On admira aussi et l'on vanta beaucoup chez les peuples étrangers son expédition navale autour du Péloponnèse[70]. Il partit de Pégaï, en Mégaride, et non content de ravager une grande partie de la côte, comme l'avait fait Tolmidès avant lui, il pénétra fort avant dans l'intérieur des terres avec les hoplites qu'il avait embarqués. Il força tous les habitants, terrifiés par son approche, à se réfugier derrière leurs remparts, sauf les Sicyoniens qui, à Némée, lui tinrent tête et engagèrent le combat. Il les écrasa, les mit en déroute et dressa un trophée. 3. En Achaïe, pays ami, il embarqua de nouveaux soldats, et fit voile avec sa flotte vers le continent qui se trouve en face. Il dépassa l'Achéloüs, fit des incursions en Acarnanie, enferma les gens d'Oeniades derrière leurs remparts et, après avoir ravagé et dévasté le territoire, il reprit la route d'Athènes. Il s'était montré redoutable aux ennemis, fort et énergique à ses concitoyens : ses troupes n'avaient pas rencontré le moindre obstacle, même fortuit.

XX. 1. Il se dirigea aussi vers le Pont-Euxin[71], avec une flotte nombreuse, splendidement équipée. Il donna satisfaction aux demandes des cités grecques et les traita avec humanité, tandis qu'aux peuples barbares des environs, à leurs rois et à leurs dynastes, il faisait voir l'importance de ses forces, le courage et l'audace avec lesquels les Athéniens naviguaient où ils le voulaient, tenant toute la mer sous leur contrôle. Il laissa treize navires aux habitants de Sinope, avec Lamachos et des soldats, pour lutter contre le tyran Timésiléos. 2. Une fois celui-ci chassé, ainsi que ses partisans, Périclès décréta que six cents volontaires athéniens se rendraient à Sinope, où ils vivraient avec les habitants et recevraient en partage les maisons et les terres qui appartenaient auparavant aux tyrans.
3. Mais pour le reste, il ne céda pas aux élans de ses concitoyens. Il ne se laissa pas entraîner par eux lorsque, enhardis par tant de puissance et de bonne fortune, ils désirèrent s'en prendre de nouveau à l'Égypte et soulever les régions côtières de l'empire du Grand Roi[72]. 4. Déjà beaucoup étaient possédés de cette passion insen-

---

70. *Cette expédition est antérieure à celle qui est évoquée en XVIII, 2-3. Effectivement, Périclès commandait l'expédition qui, partie de Pégaï, remporta une victoire sur les gens de Sicyone puis, s'étant assuré l'alliance des Achéens, passa en Acarnanie et ravagea le territoire de la cité d'Oeniades avant de regagner Athènes (voir Thucydide, I, 111, 2-3).*
71. *Plutarque est le seul auteur qui parle de cette expédition dans le Pont-Euxin. Si elle a véritablement eu lieu, il faudrait la placer plus tard, après le règlement de l'affaire de Samos développée infra, XXV et suiv. Voir Will (1972), p. 287-288.*
72. *Une première expédition en Égypte avait été décidée en 459 pour répondre à l'appel du chef libyen Inaros, soulevé contre le roi des Perses ; elle se solda par un grave échec. Plutarque fait peut-être allusion à la seconde expédition qui eut lieu en 449. Pour ce qui est de la politique occidentale d'Athènes, rien n'est sûr avant la colonisation de Thourioï, près de l'ancienne Sybaris, en Lucanie, en 444-443. Selon certaines sources cependant, Athènes aurait conclu dès 458-457 une alliance avec les Égestains et sans doute avec Rhégium. Sur les problèmes que soulève la datation de ces alliances, voir Will (1972), p. 154-155.*

sée et fatale pour la Sicile, qu'attisèrent par la suite des orateurs comme Alcibiade. Il y en avait même qui rêvaient de l'Étrurie et de Carthage, et cet espoir n'était pas totalement chimérique, étant donné l'importance de l'hégémonie athénienne en ce temps-là, et le succès de toutes leurs entreprises.

XXI. 1. Mais Périclès contenait cette humeur vagabonde et réprimait ces ambitions. Il employa la plus grande partie des forces athéniennes à garder et à consolider les premières conquêtes. C'était, selon lui, une lourde tâche de tenir à distance les Lacédémoniens, et il s'opposait continuellement à eux, comme il le fit voir à de nombreuses reprises, notamment quand il intervint pendant la guerre sacrée. 2. Les Lacédémoniens étaient entrés à Delphes et avaient rendu aux Delphiens le sanctuaire occupé par les Phocidiens[73]. Mais dès leur départ, Périclès se mit en campagne à son tour, et rétablit l'autorité des Phocidiens. 3. Les Lacédémoniens avaient obtenu des Delphiens le droit de consulter l'oracle en priorité, et ils l'avaient fait graver sur le front du loup de bronze; Périclès obtint cette priorité pour les Athéniens et la fit inscrire sur le flanc droit du même loup.

XXII. 1. Il avait raison de retenir en Grèce les forces d'Athènes : les événements le montrèrent bien. Pour commencer, les Eubéens firent sécession, et Périclès passa dans l'île avec une armée[74]. Mais presque aussitôt, on annonça que les Mégariens étaient partis en guerre contre Athènes, et qu'une armée de Péloponnésiens, commandée par Pleistonax, roi des Lacédémoniens, se trouvait aux frontières de l'Attique. 2. Périclès ramena précipitamment ses troupes de l'Eubée, pour s'occuper de la guerre en Attique. Cependant, il n'osa pas livrer bataille contre ces hoplites, si nombreux et si valeureux, qui réclamaient le combat. Mais, voyant que Pleistonax était très jeune et qu'il prenait surtout conseil de Cléandridas, que les éphores, en raison de sa jeunesse, avaient placé à ses côtés pour l'assister et le guider[75], Périclès sonda secrètement cet homme. Il le corrompit bientôt et le décida à faire quitter l'Attique aux Péloponnésiens. 3. Quand l'armée se fut retirée et dispersée dans les différentes cités, les Lacédémoniens, indignés, condamnèrent le roi à une forte amende : il ne put la payer, et dut quitter Lacédémone[76]. Quant à Cléandridas qui avait pris la fuite, il fut condamné à mort. 4. Cet homme eut pour fils Gylippe[77], qui vainquit les Athéniens en Sicile et auquel, apparemment, la nature avait transmis,

---

73. Thucydide (I, 112, 5) place cette expédition des Lacédémoniens contre les Phocidiens après la conclusion de la paix de cinq ans, c'est-à-dire après 450.
74. Plutarque suit ici assez fidèlement le récit de Thucydide (I, 114) qui place la révolte de l'Eubée aussitôt après le récit de l'expédition de Tolmidès en Béotie.
75. Les rois de Sparte étaient normalement sous le contrôle des éphores lorsqu'ils étaient en campagne.
76. On retrouve cependant ce Pleistonax en 421, comme l'un des négociateurs de la paix de Nicias. Thucydide le mentionne mais ne fait aucune allusion à cette corruption du jeune roi.
77. Gylippe fut envoyé par les Spartiates pour soutenir la résistance des Syracusains contre les Athéniens en 414. Dans Lysandre, XVI, Plutarque raconte comment il essaya de faire entrer à Sparte des «chouettes» athéniennes, ces précieuses monnaies d'argent dont l'usage était interdit dans la cité lacédémonienne.

comme une maladie héréditaire, la soif d'argent de son père : elle l'amena lui aussi, après de brillants exploits, à être accusé et ignominieusement banni de Sparte. Cela, je l'ai raconté dans la *Vie de Lysandre*.

XXIII. 1. Quand Périclès présenta les comptes de sa stratégie, à sa sortie de charge, il inscrivit une dépense de dix talents, «pour des frais nécessaires». Le peuple approuva sans sourciller, et sans enquêter sur ce mystère. 2. Selon certains historiens, notamment le philosophe Théophraste[78], dix talents arrivaient chaque année à Sparte de la part de Périclès : il s'en servait pour se concilier les magistrats en charge et différer la guerre. Ce n'était pas la paix qu'il achetait ainsi, mais le temps nécessaire à se préparer tranquillement, afin de pouvoir combattre dans de meilleures conditions. 3. Quoi qu'il en soit, aussitôt après ces événements, il se retourna contre les rebelles. Il passa en Eubée avec cinquante navires et cinq mille hoplites, et il soumit les cités. 4. Il expulsa de Chalcis ceux qu'on appelait les Hippobotes [«Éleveurs de chevaux»], et qui étaient les citoyens les plus riches et les plus considérés. À Hestiée, il chassa tous les habitants et installa des Athéniens à leur place : les Hestiéens furent les seuls à l'égard desquels il se montra inexorable, parce qu'ils avaient capturé un navire athénien et en avaient massacré tout l'équipage.

XXIV. 1. Après quoi, les Athéniens et les Lacédémoniens conclurent une trêve de trente ans[79]. Puis Périclès fit décréter une expédition navale contre Samos, sous prétexte que les habitants de cette île, sommés de mettre un terme à leur conflit avec Milet, refusaient d'obéir. 2. Comme ce fut, semble-t-il, pour plaire à Aspasie qu'il intervint contre les Samiens, c'est peut-être maintenant l'occasion de nous interroger sur cette femme : quel art ou quel pouvoir possédait-elle, pour dominer ainsi les hommes politiques les plus éminents, et inspirer aux philosophes un intérêt qui ne fut ni mince ni négligeable ? 3. Aspasie était native de Milet, fille d'un certain Axiochos, tout le monde est d'accord là-dessus. Elle s'en prit aux hommes les plus influents, suivant ainsi l'exemple de Thargélia, une ancienne courtisane d'Ionie. 4. Cette Thargélia était très belle, gracieuse et fort habile en même temps. Elle coucha avec un très grand nombre de Grecs, et gagna à la cause du Grand Roi tous ceux qui l'approchaient : par l'intermédiaire de ces hommes, très influents et très haut placés, elle sema dans les cités des germes de «médisme». 5. Si Périclès recherchait Aspasie, c'était, selon certains, pour son intelligence et son sens politique : cette femme recevait parfois la visite de Socrate et de ses disciples, et ceux qui la fréquentaient lui amenaient leurs épouses pour leur faire entendre sa conversation, alors que pourtant le métier qu'elle exerçait n'était ni honnête ni respectable : elle formait de petites hétaïres. 6. Selon Eschine[80], Lysiclès le marchand de

---

78. Sur Théophraste, voir Solon, XXXI, 5.
79. Cette paix fut conclue en 446-445.
80. Cet Eschine, quelquefois appelé le socratique pour le distinguer de l'orateur adversaire de Démosthène, était un des plus fidèles disciples du philosophe qu'il aurait mis en scène dans ses dialogues, dont l'un était intitulé Aspasie.

moutons, dont la naissance était obscure et le caractère méprisable, devint le premier citoyen d'Athènes, parce qu'il fut l'amant d'Aspasie après la mort de Périclès. 7. Et dans le *Ménéxène* de Platon, même si la première partie du dialogue est écrite sur le ton de la plaisanterie, on trouve au moins une information historique: cette femme passait pour enseigner la rhétorique à beaucoup d'Athéniens. Mais l'attachement de Périclès pour Aspasie avait, c'est évident, l'amour pour cause. 8. Il était marié avec une de ses parentes, qui avait d'abord été l'épouse d'Hipponicos, dont elle avait eu Callias surnommé le Riche, et qui donna à Périclès deux fils, Xanthippos et Paralos. Ensuite, comme leur vie commune n'était pas heureuse, il la céda, avec son consentement, à un autre mari, et lui-même prit Aspasie, qu'il aima avec une tendresse exceptionnelle[81]. 9. Chaque jour, dit-on, en quittant la maison puis en y revenant, au sortir de l'agora, il la prenait dans ses bras, en la couvrant de baisers. Les auteurs comiques la surnomment nouvelle Omphale, Déjanire et aussi Héra[82]. Cratinos la traite sans détours de prostituée dans les vers suivants:

> Et Sodomie alors enfante pour Cronos,
> Cette Héra-Aspasie, la pute aux yeux de chienne.

10. Périclès, paraît-il, eut d'elle un bâtard, et Eupolis[83], dans les *Dèmes*, le montre en train de s'enquérir de ce garçon:

> Et mon bâtard, vit-il?

À quoi Myronidès réplique:

> Mais oui! Et il serait depuis longtemps un homme,
> Si l'infâme putain ne le faisait trembler.

11. Aspasie devint, dit-on, si renommée, si fameuse, que Cyrus[84], celui qui fit la guerre au Grand Roi et lui disputa la souveraineté sur les Perses, donna le nom d'Aspasie à sa concubine préférée, qui s'appelait auparavant Miltô. 12. Cette femme était native de Phocée, et fille d'un certain Hermotimos. Quand Cyrus fut tombé au combat, elle fut conduite devant le roi, sur lequel elle prit un très grand ascendant. Ces histoires me sont revenues en mémoire tandis que j'écrivais: il aurait été inhumain, sans doute, de les écarter et de n'en point faire mention.

---

81. Il était normal que Périclès, en tant que kyrios *[«seigneur et maître»] de son épouse, lui trouve un autre mari. En revanche, il ne pouvait épouser légalement Aspasie, qui était une étrangère. Sur la place particulière occupée par Aspasie, voir Dictionnaire, «Femmes».*
82. Omphale était cette reine de Lydie dont Héraclès, devenu son esclave, s'éprit. Déjanire était l'épouse légitime d'Héraclès, dont elle provoqua la mort en lui offrant, pour le ramener à elle, la tunique empoisonnée donnée par le Centaure Nessos. Héra est l'épouse de Zeus. Sur Cratinos, voir supra, III, 5.
83. Sur Eupolis, voir supra, III, 7. Ce nothos *[«bâtard»] fut cependant légitimé par Périclès, après la mort de ses deux fils légitimes. Périclès le Jeune fut en 406 l'un des stratèges condamné à mort au lendemain de la bataille des Arginuses.*
*84. Il s'agit de Cyrus le Jeune, celui qui organisa en 401 une expédition contre son frère Artaxerxès et qui périt à la bataille de Cunaxa. Cette expédition a été racontée par Xénophon dans l'*Anabase.

XXV. 1. Pour revenir à la guerre contre Samos, on reproche à Périclès de l'avoir décrétée dans l'intérêt des Milésiens, à la demande d'Aspasie. Milet et Samos[85] étaient en guerre pour la possession de Priène. Les Samiens avaient l'avantage, quand les Athéniens leur ordonnèrent de cesser le combat et de soumettre le différend à leur arbitrage. Ils refusèrent. 2. Périclès partit donc avec une flotte; il renversa le pouvoir oligarchique qui était établi à Samos et prit comme otages cinquante notables et autant d'enfants, qu'il envoya à Lemnos. Pourtant chacun des otages lui avait offert, dit-on, un talent pour se racheter, et ceux qui ne voulaient pas d'une démocratie dans leur cité lui avaient proposé bien d'autres richesses. 3. De plus, le Perse Pissouthnès[86], qui avait des sympathies pour les Samiens, lui envoya dix mille statères d'or, et intercéda pour la cité. Mais Périclès ne voulut rien accepter. Il traita les Samiens comme il avait décidé de le faire, installa chez eux un régime démocratique et repartit pour Athènes. 4. Aussitôt, les Samiens se soulevèrent, Pissouthnès ayant repris leurs otages à Lemnos et les leur ayant rendus, et ils firent tous les préparatifs possibles pour la guerre. Périclès revint: ils ne se calmèrent pas, ne s'effrayèrent pas, mais se montrèrent déterminés à disputer à Athènes l'empire de la mer. 5. Une bataille navale acharnée s'engagea près de l'île qu'on appelle Tragiaï. Périclès remporta une victoire éclatante: avec quarante-quatre navires, il en défit soixante-dix, dont vingt transportaient des soldats.

XXVI. 1. Après les avoir vaincus et poursuivis, Périclès s'empara du port, et assiégea les Samiens. Ceux-ci avaient encore l'audace de tenter des sorties et de combattre devant leurs remparts. Mais une seconde flotte plus importante arriva d'Athènes et les Samiens se virent totalement enfermés. Alors Périclès, avec soixante trières, cingla vers la mer Extérieure[87]. D'après la plupart des auteurs, des navires phéniciens se portaient au secours des Samiens: il voulait les affronter et les combattre le plus loin possible de l'île. Mais selon Stésimbrote, il se dirigeait vers Chypre, ce qui semble peu vraisemblable. 2. En tout cas, qu'il eût formé l'un ou l'autre de ces projets, ce départ se révéla une erreur. Dès qu'il fut au loin, en mer, Mélissos[88], fils d'Ithagénès, un philosophe qui commandait alors l'armée de Samos, méprisant le petit nombre des navires et l'inexpérience des stratèges, poussa ses concitoyens à attaquer les Athéniens. 3. On livra bataille, et les Samiens furent vainqueurs: ils firent prisonniers beaucoup d'Athéniens et leur coulèrent de nombreux bateaux. Ils purent ainsi avoir accès à la mer et se procurer tout ce dont ils avaient besoin pour soutenir la guerre, ce qui leur était impossible auparavant. Selon Aristote, Mélissos avait déjà vaincu précédemment, dans un combat naval, Périclès lui-même. 4. Les Samiens voulurent rendre aux Athéniens les outrages qu'ils en avaient reçus: ils

---

85. *Samos avait, au VI*[e] *siècle, sous la tyrannie de Polycratès, dominé une grande partie de l'Égée; le souvenir de cette thalassocratie explique l'ambition des Samiens de disputer à Athènes l'hégémonie maritime.*
86. *Satrape de Sardes dont parle Thucydide en I, 115, 2-5.*
87. *Il quitte la mer Égée, mer «intérieure» de la Grèce, en direction de la Carie.*
88. *Ce Mélissos est qualifié de «physicien» dans* Thémistocle, *II, 5.*

tatouèrent des chouettes sur le front de leurs prisonniers[89], car autrefois les Athéniens les avaient marqués d'une Samienne (il s'agit d'un navire dont la proue est retroussée comme un groin; il est plus creux que les autres et ventru, ce qui lui permet à la fois de transporter de lourdes charges et de naviguer très vite. On lui a donné ce nom de Samienne, parce que le premier navire de cette sorte fut construit à Samos, sur les ordres du tyran Polycratès). C'est à ces tatouages, dit-on, que fait allusion, en jouant sur les mots, le vers d'Aristophane :

> Ce peuple de Samos, comme il est riche en signes !

XXVII. 1. Périclès, apprenant le désastre essuyé par son armée, revint précipitamment à son secours. Mélissos lui opposa ses troupes, mais Périclès le vainquit et le mit en déroute. Aussitôt, il assiégea les ennemis : il préférait vaincre et conquérir la cité à force de dépenses et de temps, plutôt qu'en exposant ses concitoyens aux blessures et aux dangers. 2. Mais les Athéniens, irrités de ces délais, réclamaient le combat, et il était difficile de les retenir. Périclès divisa donc toute son armée en huit groupes, qu'il soumettait à un tirage au sort[90]. Le groupe qui tirait la fève blanche avait le droit de faire bombance et de se reposer, tandis que les autres étaient à l'ouvrage. 3. C'est à cause de cette fève blanche, dit-on, qu'on parle d'une journée blanche, lorsqu'on a passé son temps dans les plaisirs. Selon Éphore[91], Périclès employa des machines de siège d'une nouveauté étonnante, réalisées par l'ingénieur Artémon[92]. Cet homme était boiteux et se faisait porter en litière *[phoreion]* aux endroits où les travaux pressaient, ce qui lui valut le surnom de « périphorète » [« celui qu'on transporte en litière »]. 4. Mais Héraclide du Pont[93] rejette cette explication, en se fondant sur les poèmes d'Anacréon[94] où il est fait mention d'un Artémon Périphorète, plusieurs générations avant la guerre de Samos et les événements qui s'y rapportent. Cet Artémon était, d'après le poète, un homme délicat et mou, en proie à toutes sortes d'épouvantes. Il restait presque toujours chez lui, où deux serviteurs tenaient au-dessus de sa tête un bouclier de bronze, pour le protéger de ce qui pouvait tomber sur lui. Quand il était obligé de sortir, il se faisait porter *[périphérein]* dans un petit hamac tenu au ras du sol : aussi l'appelait-on « périphorète ».

XXVIII. 1. Au bout de huit mois de siège, les Samiens se rendirent. Périclès fit abattre leurs murs, prit leurs navires et les condamna à de lourdes amendes, dont

---

89. La chouette était l'oiseau d'Athéna; elle figurait au revers des monnaies athéniennes.
90. Le tirage au sort, qui tenait une place particulièrement importante dans le fonctionnement de la vie politique athénienne, se faisait à l'origine à l'aide de fèves.
91. Sur Éphore, historien du IVe siècle et disciple d'Isocrate, voir Dictionnaire, « Sources ».
92. Autre lecture : « dont il admirait la nouveauté, et il était assisté par l'ingénieur Artémon ». (N.d.T.) L'ingénieur Artémon qui participa au siège de Samos était originaire de Clazomènes en Asie Mineure.
93. Héraclide du Pont, philosophe et historien, fut l'élève de Platon.
94. Le poète Anacréon, né vers 570, séjourna à la cour de Polycratès et mourut à Athènes.

ils payèrent une partie sur-le-champ, s'engageant à acquitter le reste à un terme fixé, et donnant des otages en garantie. 2. Douris de Samos[95] ajoute des détails tragiques : il accuse les Athéniens et Périclès d'une extrême cruauté dont ne font mention ni Thucydide, ni Éphore, ni Aristote. Il ne dit probablement pas la vérité, quand il prétend que Périclès conduisit les triérarques et les soldats de marine de Samos sur l'agora de Milet, où ils furent enchaînés à des planches pendant dix jours : après quoi, alors qu'ils étaient dans un état lamentable, il ordonna de les achever en leur brisant la tête à coups de bâton, et de jeter leur corps, sans leur donner de sépulture. 3. Même quand Douris n'est pas concerné personnellement par un événement, il n'a pas pour habitude de fonder ses récits sur la vérité. Il a donc sûrement, en la circonstance, exagéré les malheurs de sa patrie pour accuser les Athéniens. 4. Quand Périclès revint à Athènes après avoir soumis Samos, il fit des funérailles magnifiques à ceux qui étaient tombés durant cette guerre. Le discours que, selon l'usage, il prononça sur leurs tombes, suscita l'admiration générale. 5. Quand il descendit de la tribune, toutes les femmes lui tendaient les mains, et posaient sur sa tête des couronnes et des bandelettes, comme pour un athlète vainqueur. Seule, Elpinice[96], s'étant approchée, lui dit : 6. « Ta conduite, Périclès, est admirable, et mérite bien une couronne : tu as causé la mort de tant de citoyens valeureux, et ce, non pour faire la guerre aux Phéniciens ou aux Mèdes, comme mon frère Cimon, mais pour soumettre une cité alliée, qui est notre parente. » 7. À ces mots, Périclès, sans s'émouvoir, dit-on, répliqua en souriant par ce vers d'Archiloque[97] :

Vieille il ne faudrait pas te parfumer ainsi !

D'après Ion[98], cette victoire sur les Samiens inspira à Périclès un orgueil étonnant : Agamemnon, disait-il, a mis dix ans pour soumettre une cité barbare, mais moi, je n'ai eu besoin que de neuf mois pour conquérir les premiers et les plus puissants des Ioniens. 8. C'était là d'ailleurs un sentiment justifié. La lutte avait réellement comporté beaucoup d'incertitudes et de grands dangers, s'il est vrai, comme le dit Thucydide, que la cité de Samos faillit bien enlever à Athènes son empire sur la mer.

XXIX. 1. Après quoi, comme la guerre du Péloponnèse menaçait déjà, Périclès engagea le peuple à envoyer du secours aux Corcyréens[99], alors en guerre contre les Corinthiens, et à s'attacher leur île, qui disposait d'une flotte considérable, car, disait-il, les Péloponnésiens n'allaient pas tarder à entrer en guerre contre Athènes. Le peuple vota ce secours, et Périclès envoya Lacédémonios, fils de Cimon, avec dix navires seulement, comme pour se moquer de lui. La maison de Cimon manifestait

---

95. *Douris de Samos vivait à la fin du IVe siècle. Plutarque lui oppose des sources qu'il tient pour plus valables : Thucydide, contemporain des événements, Aristote et Éphore.*
96. *Sur Elpinice, sœur de Cimon, voir* supra, *X, 5-6.*
97. *Archiloque est l'un des plus célèbres poètes grecs de l'époque archaïque (VIIe siècle).*
98. *Ion de Chios passait pour être un familier de Cimon (voir* Cimon, *IX).*
99. *Corcyre, l'actuelle Corfou, avait été fondée par les Corinthiens, mais s'était très tôt séparée de sa métropole. Les événements de Corcyre débutèrent en 433, six ans après la fin du siège de Samos.*

en effet beaucoup de bienveillance et d'amitié aux Lacédémoniens. 2. Si donc Lacédémonios n'accomplissait, durant son commandement, rien d'important ni de remarquable, ce serait encore une occasion de l'accuser de soutenir Sparte. Voilà pourquoi Périclès lui donna si peu de navires et le fit partir contre son gré. D'une manière générale, il ne cessait de rabaisser les fils de Cimon : même leurs noms, disait-il, n'étaient pas ceux de citoyens légitimes, mais ceux d'intrus et d'étrangers (l'un s'appelait Lacédémonios, l'autre Thessalos, un autre encore Éleios, et tous trois, disait-on, avaient pour mère une Arcadienne). 3. On critiqua beaucoup Périclès à propos de ces dix trières : c'était là un bien maigre secours pour des gens en danger, et un grand prétexte pour accuser ses ennemis. Aussi en envoya-t-il d'autres, en plus grand nombre, à Corcyre, où elles parvinrent après la bataille. 4. Les Corinthiens, irrités de cette intervention, allèrent accuser les Athéniens à Lacédémone. Les Mégariens se joignirent à eux, se plaignant d'être exclus et chassés de tous les marchés et de tous les ports dont les Athéniens avaient le contrôle, et ce, contrairement à la loi commune et aux serments échangés entre les Grecs. 5. Les gens d'Égine, qui eux aussi avaient l'impression d'être maltraités et opprimés, implorèrent le secours des Lacédémoniens, mais en secret, car ils n'osaient pas accuser les Athéniens ouvertement. 6. Sur ces entrefaites, Potidée[100], cité soumise à Athènes mais colonie de Corinthe, fit sécession, et son siège précipita encore la guerre. 7. Cependant des ambassadeurs furent envoyés à Athènes, et le roi des Lacédémoniens, Archidamos, essaya de régler la plupart des différends et d'apaiser les alliés. Les autres accusations n'auraient probablement pas entraîné de guerre contre les Athéniens, si seulement ils avaient consenti à abolir leur décret contre les Mégariens, et à se réconcilier avec eux. 8. Mais Périclès s'y opposa très vivement. Il excitait le peuple à ne pas abandonner sa querelle contre Mégare[101]. Il porta donc, lui seul, la responsabilité de la guerre.

XXX. 1. Quand une ambassade envoyée par les Lacédémoniens arriva à Athènes, Périclès s'abrita, dit-on, derrière une loi qui interdisait d'enlever la tablette sur laquelle le décret était inscrit. Alors Polyalcès, un des ambassadeurs, s'écria : « Eh bien ! ne l'enlève pas ! Tourne-la de l'autre côté ! Aucune loi ne te l'interdit ! » Le mot parut spirituel, mais Périclès ne se laissa pas fléchir pour autant. 2. Il devait nourrir en secret un ressentiment privé contre les Mégariens, mais à titre public et officiel, il les accusa de s'être approprié une partie du territoire sacré[102]. Il rédigea un décret ordonnant de leur envoyer un héraut, lequel irait ensuite se plaindre d'eux devant les Lacédémoniens. 3. Ce décret de Périclès était rédigé en termes bienveillants et humains. Mais le héraut qu'on envoya, Anthémocritos mourut, et sa mort fut imputée aux Mégariens. Alors Charinos prit contre eux le décret suivant :

---

100. *Bien que colonie corinthienne, Potidée, cité grecque de la côte septentrionale de l'Égée, faisait partie de la Ligue de Délos.*
101. *Parmi les griefs formulés à l'encontre des Mégariens figurait celui d'accueillir les esclaves fugitifs en provenance de l'Attique.*
102. *Le territoire sacré dont il s'agit est la plaine d'Éleusis.*

« Il y aura, entre les deux cités, une haine excluant toute trêve et toute négociation. Tout citoyen de Mégare qui mettra le pied en Attique sera condamné à mort. Les stratèges, lorsqu'ils prêteront le serment traditionnel, jureront également d'envahir deux fois dans l'année le territoire de Mégare. Anthémocritos enfin sera enterré près de la porte Thriasienne » (cette porte s'appelle à présent le Dipylon).
4. Les Mégariens déclinèrent toute responsabilité dans la mort d'Anthémocritos, et rejetèrent toutes les fautes sur Aspasie et sur Périclès, s'appuyant sur ces vers si célèbres et si populaires tirés des *Acharniens*[105] :

> Après s'être saoulés en jouant au cottabe[104],
> Des garçons athéniens à Mégare enlevèrent
> La putain Simaïtha. Alors en représailles,
> Les garçons de Mégare, en vrais coqs de combat,
> Au bordel d'Aspasie enlevèrent deux filles.

XXXI. 1. Il n'est pas facile, certes, de déterminer avec précision l'origine de la guerre. Mais quant au refus d'abroger le décret, tous sont unanimes pour en rejeter la responsabilité sur Périclès. Certains assurent que ce refus obstiné lui fut inspiré par sa fierté et sa conviction d'agir au mieux : il considérait que l'injonction des Lacédémoniens visait à mettre à l'épreuve la résistance d'Athènes, et que leur céder serait un aveu de faiblesse. Mais selon d'autres auteurs, ce fut plutôt par arrogance et soif de victoire, ainsi que par désir de faire étalage de ses forces, qu'il défia les Lacédémoniens.
2. Cependant l'accusation la plus grave, appuyée par le plus grand nombre de témoignages, est la suivante. Le sculpteur Phidias avait été chargé, je l'ai dit, de l'exécution de la grande statue d'Athéna. Or il était l'ami de Périclès, sur lequel il exerçait une très grande influence. Il était donc détesté par certains citoyens qui le jalousaient, tandis que d'autres voulaient se servir de lui pour voir quelle serait l'attitude du peuple s'il devait juger Périclès. Ayant circonvenu Ménon, un des assistants de Phidias, ils le firent asseoir sur l'agora, dans la posture des suppliants, réclamant de pouvoir dénoncer et accuser Phidias sans avoir rien à craindre. 3. Le peuple accéda à cette demande, et une accusation fut portée dans l'assemblée contre Phidias. Celui-ci ne put être convaincu de vol, car dès le début, sur les conseils de Périclès, il avait plaqué l'or sur la statue et l'en avait enveloppée, ce qui permettait fort bien de l'enlever pour en vérifier le poids[105], et Périclès invita les accusateurs à procéder à cette

---

103. On a vu supra (XXIV, 9-10) comment la relation entre Périclès et Aspasie était traitée par les poètes comiques. Ici, il s'agit des vers 524-527 de la comédie d'Aristophane.
104. Le jeu de cottabe était un jeu à caractère érotique que l'on pratiquait à la fin du symposion [« banquet »] : le buveur devait répandre le fond de sa coupe de vin sur le sol en formant l'initiale du nom de la personne aimée. Tout le développement qui suit atteste qu'il existait toute une littérature pamphlétaire hostile à Périclès, et qui le visait à travers ses amis.
105. Thucydide (II, 13, 5) fait dire à Périclès que l'or dont était revêtue la statue d'Athéna pesait quarante talents et pouvait aisément se détacher et servir à la cité en cas de nécessité.

vérification. Néanmoins, Phidias était en butte à l'envie, à cause de la gloire qui entourait ses œuvres. Il y avait plus grave : en représentant la bataille des Amazones sur le bouclier de la déesse, il avait esquissé son propre portrait, sous les traits d'un vieillard chauve qui soulève une pierre des deux mains, et il avait introduit également un très beau portrait de Périclès en train de lutter contre une Amazone. 4. La position de la main qui brandit une lance devant les yeux de Périclès était habilement calculée pour cacher, de face, cette ressemblance, qui est évidente si l'on regarde l'œuvre latéralement. 5. Phidias fut donc jeté en prison. Il y mourut de maladie, ou, selon certains, du poison que lui apportèrent les ennemis de Périclès pour jeter le soupçon sur ce dernier. Quant à Ménon, son dénonciateur, le peuple lui accorda, sur proposition de Glaucon, l'exemption d'impôts, et chargea les stratèges de veiller à sa sécurité.

XXXII. 1. Vers la même époque, Aspasie fut traduite en justice pour impiété. L'accusateur fut l'auteur comique Hermippos[106], qui lui reprocha en outre de recevoir des femmes de naissance libre qui avaient rendez-vous dans sa maison avec Périclès. 2. D'autre part Diopeithès rédigea un décret aux termes duquel il fallait poursuivre en justice ceux qui ne croyaient pas aux dieux, ou qui enseignaient des doctrines relatives aux phénomènes célestes : c'était Périclès qu'il visait à travers la personne d'Anaxagore. 3. Le peuple approuva ce décret et consentit à ces accusations. Il ratifia également un décret rédigé par Dracontidès, exigeant que Périclès rendît compte de sa gestion financière devant les prytanes[107] : les juges prendraient les bulletins de vote sur l'autel et donneraient leur sentence sur l'Acropole[108]. 4. Mais Hagnon fit supprimer cette clause ; il décida que l'affaire serait portée devant mille cinq cents jurés, quel que fût le chef d'accusation que l'on choisirait, vol, corruption ou malversation. 5. Selon Eschine, Périclès obtint la grâce d'Aspasie à force de pleurer sur elle et de supplier les juges tout au long du procès. Mais il était si inquiet pour Anaxagore qu'il lui fit quitter la cité. 6. Quant à son propre procès, il le redoutait, ayant été malmené par le peuple à propos de Phidias. C'est pourquoi il attisa la guerre qui s'annonçait et couvait déjà ; il espérait ainsi dissiper les accusations et affaiblir l'envie, car la cité, dans une situation grave et dangereuse, s'en remettrait à lui seul, à cause de son prestige et de son influence. Telles sont, dit-on, les raisons pour lesquelles il empêcha le peuple de céder aux Lacédémoniens. Mais la vérité est incertaine.

---

106. Bien que la religion grecque ne fût en aucune façon une religion dogmatique, la procédure d'impiété visait quiconque n'accomplissait pas les rites qu'elle impliquait ou niait l'existence des dieux. Mais cela n'a que peu de rapport avec le rôle d'entremetteuse prêté à Aspasie par le poète comique Hermippos.
107. Voir Solon, XIX, 5.
108. La procédure réclamée par Dracontidès est tout à fait exceptionnelle et explique l'intervention d'Hagnon. Plutarque a-t-il lu le décret, de même que ceux qui précèdent concernant Myron et Diopeithès ? On ne saurait répondre de façon affirmative. Il a pu trouver ces informations dans l'une de ses sources.

XXXIII. 1. Les Lacédémoniens, comprenant que si Périclès était renversé, ils trouveraient les Athéniens mieux disposés à accueillir toutes leurs requêtes, leur demandèrent de chasser ceux qui portaient la souillure du sacrilège cylonien, dans lequel était impliquée, comme l'a raconté Thucydide, la famille maternelle de Périclès[109]. 2. Mais cette tentative déboucha sur un tout autre résultat que celui qu'on avait escompté. Au lieu d'être soupçonné et accusé, Périclès y gagna au contraire une confiance et une estime accrues de la part de ses concitoyens, car ils virent la haine et la peur qu'il inspirait aux ennemis. 3. C'est pourquoi, avant même qu'Archidamos n'envahît l'Attique à la tête des Péloponnésiens, Périclès déclara publiquement aux Athéniens que si Archidamos, ravageant tout le reste, épargnait ses biens en raison du lien d'hospitalité qui les unissait, ou pour donner à ses ennemis un prétexte à calomnies, il abandonnerait à la cité ses champs et ses fermes.
4. Les Lacédémoniens envahirent donc l'Attique avec leurs alliés, à la tête d'une grande armée conduite par le roi Archidamos ; ils ravagèrent le pays et s'avancèrent jusqu'à Acharnes, où ils établirent leur camp, convaincus que les Athéniens ne toléreraient pas cette situation et que la colère et l'orgueil les pousseraient à combattre. 5. Mais Périclès trouva dangereux d'engager le combat contre soixante mille hoplites péloponnésiens et béotiens (tel était le nombre de ceux qui participèrent à cette première invasion), quand c'était le sort de la cité elle-même qui était en jeu. Il calma ceux qui réclamaient le combat et s'indignaient d'une telle situation. « Quand on coupe des arbres, leur disait-il, quand on les abat, ils repoussent bientôt. Mais si les hommes sont tués, il n'est pas facile d'en retrouver. » 6. Il ne convoqua pas le peuple à l'assemblée, craignant de se voir contraint d'agir contre sa volonté. Tel le pilote d'un navire qui, lorsque le vent s'abat sur la mer, dispose tout comme il faut, retend les cordages et fait appel à son art, sans tenir compte des pleurs et des prières des passagers épouvantés, en proie au mal de mer, de même Périclès, après avoir fermé la ville et assuré sa sécurité en disposant des sentinelles partout[110], se fia à ses propres calculs sans s'occuper de ceux qui protestaient et s'irritaient. 7. Beaucoup de ses amis, pourtant, le pressaient de leurs prières, et beaucoup de ses ennemis revenaient à la charge, avec des menaces et des accusations. Des chœurs faisaient entendre à son adresse des chansons et des sarcasmes destinés à l'humilier : ils insultaient la manière dont il exerçait sa charge de stratège, lui reprochant d'agir en lâche, et de livrer le pouvoir aux ennemis. 8. Cléon[111] lui aussi s'acharnait déjà contre lui, exploitant pour sa propre popularité la colère des citoyens, comme en témoignent ces anapestes d'Hermippos :

---

109. Plutarque fait ici allusion au sacrilège commis par l'archonte Mégaclès, de la famille des Alcméonides, qui fit mettre à mort Cylon et ceux qui l'avaient soutenu dans sa tentative pour s'emparer de la tyrannie à la fin du VIIe siècle, alors que les conjurés s'étaient réfugiés auprès des autels des dieux. La mère de Périclès était une Alcméonide (voir supra, III, 2-3). L'argument du sacrilège avait déjà été utilisé par les adversaires de Clisthène.

110. Périclès avait contraint les gens de la campagne à se réfugier à l'intérieur des murs. Cela allait avoir de graves conséquences (voir infra, XXXIV, 5) et susciter le mécontentement d'une partie des citoyens.

111. Cléon est le fameux démagogue qui faisait alors son entrée dans la vie politique.

Pourquoi refuses-tu, toi, le roi des Satyres,
De soulever ta lance ? À propos de la guerre,
Terribles sont tes mots, mais ton cœur d'un Télès[112] !
Si sur le dur caillou, tu entends qu'on aiguise
La pointe d'un poignard, toi tu grinces des dents,
L'ardent Cléon te mord.

XXXIV. 1. Mais Périclès ne se laissa pas ébranler par toutes ces attaques ; il supporta calmement, sans rien dire, l'impopularité et la haine. Il envoya une flotte de cent navires contre le Péloponnèse, mais ne se joignit pas lui-même à cette expédition : il resta à Athènes et garda sous son contrôle toute la cité, jusqu'au moment où les Péloponnésiens se retirèrent. 2. Comme la foule continuait à maugréer à cause de la guerre, Périclès, pour l'amadouer, procéda à des distributions d'argent et attribua des clérouquies[113] : il expulsa tous les Éginètes et partagea l'île entre les Athéniens désignés par le tirage au sort. 3. On trouvait aussi quelque consolation dans les maux infligés aux ennemis. L'expédition qui avait été envoyée autour du Péloponnèse ravagea la campagne sur une grande étendue et détruisit des villages et des cités assez importantes, tandis que Périclès envahissait la Mégaride par voie de terre et la dévastait entièrement. 4. Si les ennemis infligeaient, sur terre, beaucoup de pertes aux Athéniens, ils en subissaient de leur part beaucoup sur mer : ils n'auraient donc jamais prolongé la guerre aussi longtemps, c'est évident, et auraient renoncé bien vite, comme Périclès l'avait annoncé dès le début, si quelque puissance divine n'était venue contrarier les calculs humains[114]. 5. D'abord, le fléau de la peste s'abattit sur Athènes : elle faucha l'élite de la jeunesse et toutes les forces de la cité. Elle fut aussi pernicieuse pour les âmes que pour les corps : les Athéniens étaient exaspérés contre Périclès et s'en prenaient injustement à lui, comme des gens égarés par la maladie s'en prennent à leur médecin ou à leur père. Ils se laissaient convaincre par ses ennemis que la maladie était provoquée par l'afflux dans la ville d'une multitude de paysans qui restaient, en plein été, entassés pêle-mêle dans des maisons minuscules et des tentes étouffantes, où ils étaient obligés de vivre sans sortir, sans rien faire, au lieu de mener la vie salubre, en plein air, qu'ils connaissaient auparavant[115]. « C'est la faute de Périclès ! disait-on. C'est lui qui, à cause de la guerre, a déversé à l'intérieur de nos murs cette foule venue des champs ! Et il n'emploie à rien tous ces gens : il les laisse, parqués comme du bétail, se transmettre la contagion, sans leur permettre de changer de place et de respirer ! »

---

112. On ignore qui est ce Télès, sans doute un Athénien, connu pour sa lâcheté.
113. Voir supra, IX, 1.
114. Sur l'intervention de la divinité, susceptible de mettre en question le libre arbitre de l'homme et la causalité naturelle, voir Dictionnaire, « Dieux ».
115. Plutarque résume ici la longue description de Thucydide (II, 47-53), qui évoque lui aussi les conséquences désastreuses de la promiscuité dans laquelle vivaient les gens de la campagne entassés à l'intérieur des murs.

XXXV. 1. Voulant remédier à cette situation et infliger par la même occasion quelques pertes aux ennemis, Périclès équipa cent cinquante navires sur lesquels il fit embarquer de nombreux hoplites de valeur, ainsi que des cavaliers. On s'apprêtait à lever l'ancre, et ce déploiement de force inspirait autant d'espoir aux citoyens que de haine aux ennemis. 2. L'embarquement était déjà terminé, et Périclès était à bord de sa propre trière, quand soudain il y eut une éclipse de soleil: l'ombre se fit, et tous furent frappés de terreur, considérant qu'il s'agissait d'un grand présage. Périclès, voyant son pilote terrifié et indécis, lui mit sa chlamyde devant les yeux et lui en voila le visage. Puis il lui demanda si cela lui faisait peur ou s'il y voyait l'annonce d'un événement terrifiant. «Non! dit l'homme. – Et alors, répliqua Périclès, quelle différence y a-t-il avec les ténèbres qui nous ont entourés, sinon qu'elles ont été causées par un objet qui est plus grand que ma chlamyde?» C'est du moins l'histoire que l'on raconte dans les écoles de philosophie[116].
3. Périclès prit donc la mer, mais n'obtint, semble-t-il, aucun résultat à la hauteur de tels préparatifs. Il mit le siège devant la cité sacrée d'Épidaure, et il espérait bien pouvoir la prendre, mais la peste fit échouer cette entreprise: non seulement elle accabla l'armée des Athéniens, mais elle fit aussi périr tous ceux qui, d'une manière ou d'une autre, avaient été en contact avec leur expédition. Cet échec inspira aux Athéniens un grand mécontentement contre Périclès. Il essaya de les réconforter et de leur rendre courage, 4. mais il ne réussit pas à apaiser leur colère, ni à les faire changer d'avis. Ils saisirent leurs jetons de vote, comme autant d'armes pour lui nuire et, se voyant désormais les maîtres, ils lui enlevèrent son commandement de stratège, et le condamnèrent à une forte amende, dont le montant est estimé, selon les auteurs, de quinze talents, au minimum, à cinquante, au maximum. 5. D'après Idoménée, l'accusation fut intentée par Cléon; d'après Théophraste, ce fut par Simmias; Héraclide du Pont, lui, parle de Lacratidas[117].

XXXVI. 1. Le mécontentement populaire devait s'apaiser bien vite: telle l'abeille qui laisse son aiguillon dans la plaie, la foule avait perdu sa colère en frappant Périclès. Sa maison, en revanche, était dans un triste état: la peste lui avait enlevé bon nombre de ses familiers, et la dissension déchirait sa famille depuis longtemps déjà. 2. Xanthippos, l'aîné de ses fils légitimes, avait un tempérament dépensier, et une jeune épouse qui aimait le luxe (c'était la fille de Tisandros, fils d'Épilycos): il supportait donc mal la stricte économie de son père, qui lui allouait de maigres revenus et les lui distribuait par petites quantités. 3. Il s'adressa donc à un ami de Périclès qui lui donna de l'argent, croyant que c'était son père qui le réclamait. 4. Quand cet homme redemanda son argent, Périclès lui intenta un procès. Alors le jeune Xanthippos, exaspéré de cette attitude, se mit à diffamer son père. Il raconta d'abord, pour le rendre ridicule, la manière dont Périclès vivait chez lui, et les discussions qu'il avait avec les sophistes: 5. le jour, par exemple, où un athlète du pen-

---

116. Cette anecdote a le même sens que l'histoire de la tête de bélier rappelée supra *en VI, 2: Périclès se montre ici fidèle disciple d'Anaxagore.*
117. Thucydide (II, 65, 3) évoque cette amende, mais n'en donne ni le montant ni le nom de l'accusateur.

tathlon avait frappé involontairement d'une javeline Épitimos de Pharsale et l'avait tué, Périclès avait passé la journée entière à se demander, avec Protagoras, si c'était la javeline, celui qui l'avait lancée ou les organisateurs du concours qu'il fallait, en bonne justice, tenir pour responsables du malheur. 6. En outre, ce fut Xanthippos lui-même qui, selon Stésimbrote, répandit partout l'accusation calomnieuse qui touchait sa propre épouse et Périclès[118]. Cette querelle entre le jeune homme et son père ne trouva aucun apaisement, jusqu'à la mort de Xanthippos, lequel fut victime de la peste. 7. Périclès perdit aussi sa sœur, vers la même époque, ainsi que beaucoup de ses parents et de ses amis qui lui étaient particulièrement précieux pour sa politique. 8. Cependant il ne se laissa pas abattre. Les malheurs ne lui ôtèrent ni sa fierté ni sa grandeur d'âme. On ne le vit pas pleurer, ni se rendre aux funérailles ou sur la tombe d'aucun de ses proches, jusqu'au jour où il perdit le dernier de ses fils légitimes, Paralos. 9. Accablé par ce malheur, il essaya de se comporter comme à son habitude et de garder sa dignité, mais quand il apporta une couronne au mort, il fut, en le voyant, vaincu par la souffrance : il éclata en sanglots et versa un flot de larmes, ce qu'il n'avait jamais fait, de toute sa vie.

XXXVII. 1. La cité fit l'expérience, pour la conduite de la guerre, des autres stratèges et des autres orateurs, mais on vit bien qu'aucun d'entre eux n'avait l'autorité de Périclès : nul ne possédait le prestige nécessaire pour un tel commandement. Elle le regretta donc et le rappela à la tribune et au lieu de réunion des stratèges. Mais lui, dans son désespoir, ne voulait pas quitter sa maison où il restait prostré, accablé par son deuil. Cependant Alcibiade[119] et ses autres amis le décidèrent à sortir. 2. Le peuple ayant exprimé ses regrets pour son ingratitude, Périclès reprit le contrôle des affaires et fut élu stratège. Aussitôt il demanda l'abrogation de la loi qu'il avait autrefois proposée lui-même, concernant les bâtards : il ne voulait pas que son nom et sa famille disparussent totalement, faute d'héritiers. 3. Voici ce qu'il en était de cette loi[120]. Bien longtemps auparavant, alors que Périclès était au faîte de sa puissance, et qu'il avait, comme je l'ai dit, des enfants légitimes, il avait proposé une loi aux termes de laquelle seuls étaient considérés comme athéniens les enfants dont les deux parents étaient athéniens. 4. En conséquence, quand le roi d'Égypte fit don au peuple de quarante mille médimnes de blé à répartir entre les citoyens, de nombreux procès furent, en vertu de cette loi, intentés aux bâtards qui jusqu'alors n'attiraient pas l'attention et n'intéressaient personne. Beaucoup de citoyens eurent même à se défendre contre des accusations calomnieuses. Près de

---

118. Sur les ragots rapportés par Stésimbrote concernant les relations de Périclès avec la femme de son fils, voir supra, XIII, 16.
119. Alcibiade devait être encore un tout jeune homme. Il ne fera son entrée dans la vie politique que dix ans plus tard. Il était apparenté à Périclès par sa mère, qui était également une Alcméonide. Voir la Vie *que lui consacre Plutarque.*
120. Cette loi est attribuée à Périclès par l'auteur de la Constitution d'Athènes *(XXVI, 4) et datée de l'archontat d'Antidoros (451-450). Quelque peu oubliée durant la guerre du Péloponnèse, elle fut remise en vigueur à la fin du Ve siècle.*

cinq mille personnes convaincues de bâtardise furent vendues comme esclaves, et il ne resta, au terme des vérifications, que quatorze mille quarante hommes qui gardèrent leurs droits civiques, et furent jugés athéniens[121]. 5. Il était donc extrêmement grave qu'une loi, qui avait été si rigoureuse contre tant de personnes, fût abrogée par celui-là même qui l'avait proposée. Mais les Athéniens se laissèrent attendrir par le malheur qui frappait la maison de Périclès : c'était, selon eux, le châtiment de son orgueil et de son arrogance ; jugeant qu'il était victime de la Némésis[122] et qu'il avait besoin de l'aide des hommes, ils lui permirent d'inscrire son bâtard dans la phratrie et de lui donner son nom. 6. Ce fils devait par la suite vaincre les Péloponnésiens dans un combat naval près des îles Arginuses[123] et être mis à mort par le peuple avec les autres stratèges.

XXXVIII. 1. Mais, pour en revenir à l'époque dont nous parlons, Périclès fut alors, semble-t-il, atteint par la peste. L'attaque du mal ne fut pas, comme chez d'autres, violente ni aiguë : c'était une sorte de faiblesse qui se prolongea, accompagnée de symptômes variés, usant lentement son corps et rongeant la force de son esprit. 2. Quand Théophraste, dans ses livres sur l'*Éthique*[124], se demande si le caractère est modifié par les événements accidentels, et si les souffrances du corps peuvent l'altérer au point de l'éloigner de la vertu, il raconte que pendant sa maladie, Périclès montra à un de ses amis, qui était venu le visiter, une amulette que les femmes lui avaient suspendue au cou[125] ; Théophraste y voit le signe qu'il devait être bien mal pour se prêter à de telles sottises. 3. Peu de temps avant sa mort, les principaux citoyens et les amis qui l'assistaient, assis autour de son lit, s'entretenaient de sa vertu et du pouvoir, si grand, qu'il avait exercé, ils énuméraient ses exploits et le nombre de ses trophées : il en avait élevé neuf, comme stratège victorieux, au nom de la cité. 4. Ils échangeaient ces propos, convaincus que le malade ne les

---

121. Cette indication est empruntée à l'historien athénien du IVe siècle, Philochore. Elle ne correspond pas aux indications fournies par Thucydide sur les forces militaires dont disposait Athènes au début de la guerre du Péloponnèse, mais plutôt au nombre des citoyens des trois premières classes (13 000 hoplites et 1 200 cavaliers). Il faut donc y ajouter les citoyens de la classe des thètes qui fournissaient les marins de la flotte. D'où l'évaluation que proposent les commentateurs modernes : entre 35 000 et 40 000 citoyens au Ve siècle.
122. Fille de la Nuit, elle est la déesse de la vengeance divine, qui se charge de rappeler brutalement aux mortels leur place dans un univers que toute démesure (hybris) met en péril. Voir Dictionnaire, «Fortune».
123. La bataille des Arginuses fut l'une des dernières victoires athéniennes de la guerre du Péloponnèse. Elle eut lieu en 406. Une tempête ayant empêché les stratèges de recueillir les naufragés des navires coulés, ceux-ci furent accusés de négligence et condamnés à mort après un simulacre de procès que Xénophon rapporte longuement dans les Helléniques *(I, 7).*
124. Sur les 200 traités attribués par Diogène Laërce (Vies des philosophes) à Théophraste, seuls trois subsistent : Les Caractères, Histoire des plantes *et* Traité sur les causes.
125. L'anecdote illustre la dégradation de l'intelligence de Périclès, oublieux, devant la maladie et la mort, de sa formation philosophique. Mais voir Dictionnaire, «Mort».

entendait pas et qu'il avait perdu connaissance. Mais Périclès avait suivi la conversation. Il éleva la voix et les interrompit soudain, en leur disant qu'il s'étonnait de les entendre mentionner et louer des succès auxquels la Fortune avait aussi sa part, et qu'avaient remportés, avant lui, de nombreux stratèges, alors qu'ils ne parlaient pas de ce qu'il y avait eu dans sa vie de plus beau et de plus grand. «Aucun Athénien, dit-il, ne s'est vêtu d'un manteau noir par ma faute.»

XXXIX. 1. Un tel homme mérite notre admiration, pour la modération et la douceur qu'il conserva toujours, alors que tant d'affaires le sollicitaient et qu'il se heurtait à des haines très violentes, et surtout pour l'élévation de son âme, puisqu'il regardait comme son plus beau titre de gloire de n'avoir jamais, malgré l'importance du pouvoir dont il disposait, cédé à la haine ou à l'emportement, et de n'avoir jamais considéré aucun de ses ennemis comme définitivement perdu pour lui. 2. Quant à ce surnom puéril et arrogant d'Olympien, il ne choque plus et lui convient parfaitement, dès que l'on réfléchit qu'il suggère un caractère bienveillant, et une vie pure et sans tache au sein du pouvoir. Car la race des dieux est, à notre avis, responsable du bien, mais non du mal, étant faite par nature pour commander et pour régner sur le monde. En cela, notre opinion diffère de celle des poètes, qui troublent les esprits avec leurs inventions trompeuses, et se contredisent eux-mêmes dans leurs récits mythologiques[126]. Quand ils parlent du séjour où, selon eux, résident les dieux, ils évoquent un séjour solide, inébranlable, qui ne connaît ni vents ni nuages, mais un ciel pur et doux, constamment éclairé par la lumière la plus pure; ils pensent en effet que c'est le genre de vie qui sied le mieux à des êtres bienheureux et immortels. Et pourtant, quand ils peignent les dieux eux-mêmes, ils les montrent pleins de trouble, de malveillance, de colère et d'autres passions qui ne conviennent même pas à des hommes doués de raison. 3. Mais peut-être jugera-t-on que de telles considérations seraient mieux à leur place dans un autre genre d'ouvrage.

Pour en revenir à Périclès, les événements qui suivirent ne tardèrent pas à faire comprendre sa valeur aux Athéniens et à leur inspirer de lui un regret poignant[127]. Même ceux qui de son vivant avaient renâclé devant sa puissance, jugeant qu'elle leur faisait de l'ombre, firent, après sa disparition, l'expérience d'orateurs et de chefs du peuple d'un tout autre genre: ils durent alors reconnaître qu'aucun être au monde n'avait été plus modeste que Périclès dans la grandeur, et plus majestueux dans la douceur. 4. On vit que sa puissance, qu'on avait jalousée et traitée autrefois de monarchique et de tyrannique, avait été comme un rempart qui avait assuré le salut de la constitution. Tant la corruption, avec son cortège de maux, envahit les affaires publiques: Périclès l'avait affaiblie et humiliée, il l'avait forcée à se cacher, et l'avait empêchée de s'établir irrémédiablement en toute liberté.

---

126. On retrouve ici le Plutarque platonicien qui tient pour mensongères les fables que les poètes colportent sur les dieux (voir Dictionnaire, «Homère» et «Fortune»).
127. C'est le thème, présent chez Thucydide et repris par les écrivains du IVe siècle, du déclin de la démocratie athénienne après la mort de Périclès.

FABIUS MAXIMUS

I. 1. Tel fut donc Périclès, d'après les faits dignes de mémoire que nous avons recueillis à son sujet. Nous passons maintenant à l'histoire de Fabius. 2. Une nymphe, dit-on, ou, selon certains récits, une femme du pays, ayant couché avec Hercule au bord du Tibre, mit au monde Fabius, qui fut le fondateur de la famille des Fabii, si importante et illustre à Rome. Mais, d'après quelques auteurs, les premiers membres de cette famille furent d'abord appelés Fodius, parce qu'ils se servaient de fosses pour chasser (de nos jours encore, une fosse se dit *fossa*, en latin, et creuser, *fodere*). Avec le temps, par l'altération de deux lettres, ce nom devint Fabius[1]. 3. Cette maison donna naissance à beaucoup de grands hommes, notamment à Rullus qui, à cause de sa grandeur, fut surnommé Maximus par les Romains: de cet homme descendait, au quatrième degré, le Fabius Maximus auquel nous consacrons le présent ouvrage.
4. Ce dernier avait reçu le surnom de Verrucosus, à cause d'une particularité physique, une petite verrue qui lui avait poussé sur la lèvre, et celui d'Ovicula, qui signifie petite brebis, en raison de la douceur et de la lenteur de son caractère, lorsqu'il était encore enfant. 5. Son calme, son naturel taciturne et l'extrême circonspection dont il faisait preuve quand il se livrait aux jeux de l'enfance, sa lenteur et ses difficultés à apprendre ses leçons, sa patience et sa soumission à l'égard de ses camarades, inspiraient à ceux qui ne le connaissaient que superficiellement l'idée qu'il était stupide et paresseux. Rares étaient ceux qui discernaient la fermeté, la profondeur, la grandeur d'âme et le courage de lion que recelait sa nature. 6. Mais bientôt, avec le temps, il s'éveilla aux affaires publiques, et même la foule comprit que son apparente inertie était en fait de l'impassibilité, sa circonspection de la prudence et que, s'il ne se montrait jamais vif ni rapide, c'était parce qu'il était toujours stable et constant[2]. 7. Voyant la grandeur de la cité et le nombre des guerres qui l'assaillaient, il exerça son corps au combat comme une arme que lui aurait donnée la nature, et développa, comme un instrument de persuasion pour s'adresser au peuple, une éloquence qu'il adapta parfaitement à sa manière de vivre[3]. 8. Elle ne comportait aucune affectation, aucun vain ornement destiné à séduire le forum: la pensée, originale et remarquable, s'exprimait en des sentences qui, par leur allure et leur profondeur, ressemblaient tout à fait, dit-on, à celles de

---

1. Ces légendes, comparables à celles qui entourent la naissance de Romulus, donnent une idée de ce qu'était, à Rome, la saga des familles «importantes et illustres».
2. L'énumération des «défauts» privés de l'enfant se transmue en série de «vertus» publiques chez le jeune homme. Elle prépare le portrait du «temporisateur» tenace qui usera Hannibal.
3. Lieu commun, depuis l'Iliade, de l'«homme accompli», aussi bon «diseur d'avis» que «faiseur d'exploits».

Thucydide[4]. 9. On a gardé de lui un discours qu'il prononça devant le peuple, l'éloge funèbre de son fils qui mourut après avoir été consul[5].

II. 1. Fabius fut consul cinq fois[6]. La première année, il célébra un triomphe sur les Ligures qu'il avait vaincus au combat et auxquels il avait infligé de lourdes pertes: repoussés dans les Alpes, ils cessèrent de piller et de ravager les régions de l'Italie dont ils étaient voisins.
2. Ensuite, Hannibal envahit l'Italie et remporta sa première victoire sur les bords de la Trébie[7], puis traversa l'Étrurie, ravageant le pays et frappant Rome de terreur et d'épouvante. Des présages[8] apparurent, les uns familiers aux Romains, donnés par la foudre, d'autres totalement extraordinaires et surnaturels. On disait, par exemple, que les boucliers avaient sué du sang, qu'on avait moissonné près d'Antium des épis de blé ensanglantés, que de la voûte céleste étaient tombées des pierres enflammées et brûlantes, qu'on avait vu le ciel s'entrouvrir au-dessus de Faléries et qu'il en était descendu de nombreuses tablettes qui s'étaient dispersées en tous sens, dont l'une portait, bien lisible, l'inscription suivante: «Mars agite ses armes.» 3. Mais le consul Caius Flaminius ne se laissa pas arrêter par tous ces prodiges: c'était un homme de tempérament fougueux, plein d'ambition, qu'exaltaient en outre les grands succès qu'il avait remportés[9], à la surprise générale, lorsque, contre l'avis du Sénat et malgré la vive opposition de son collègue, il avait engagé le combat contre les Gaulois et les avait vaincus[10]. Quant à Fabius, ces signes, mal-

---

4. La référence à Thucydide, assez surprenante pour cette époque, et attestée par le seul Plutarque, caractérise le style de Fabius comme archaïsant. Mais il ne s'agit pas seulement de qualités formelles: pour Plutarque, l'art oratoire est un moyen au service de l'action, et le discours peint l'homme entier (voir Wardman, 1974, p. 222-223).
5. Le père prononçait l'éloge public du fils disparu, au forum, comme le fils aîné celui du père défunt. Sur Fabius et son fils, voir infra, XXIV.
6. Entre 219 et 209. La menace des «pirates» ligures, entre les Alpes et la Riviera, est en fait, sur terre et sur mer, une réalité constante avant, pendant et surtout après la deuxième guerre punique. Voir Paul-Émile, VI.
7. En 218, première année de la guerre.
8. En fait, des prodiges, phénomènes échappant au cours naturel des choses. Pour les Romains, ils n'annoncent pas l'avenir, mais révèlent un grave mécontentement des dieux, lequel doit être «expié» par des cérémonies religieuses (voir Publicola, *XXI, 3). Plutarque ne comprend pas, ou ne prend pas au sérieux, ces avertissements étrangers à la tradition grecque (voir Bloch, 1963). D'où le jugement bien peu plausible d'«extravagance» qu'il prête à Fabius: comparer Tite-Live,* Histoire romaine, *XXII, 10, 7. La liste des prodiges est plus complète chez Tite-Live, XXII, 1, 8-13.*
9. Après cette victoire comme consul, en 223, c'est comme censeur que Caius Flaminius avait fait construire la via Flaminia à travers le territoire des tribus vaincues, loti l'ager publicus et favorisé l'établissement de colonies à Plaisance et Crémone (voir Polybe, Histoires, *II, 21, 32-33;* Tite-Live, *résumé du livre XX). Cette politique pro-plébéienne forme l'arrière-plan des attaques portées ensuite contre lui.*
10. Flaminius, jouet et victime de son impétuosité irréfléchie, servira de repoussoir, d'«anti-modèle» à Fabius tout au long de la guerre.

gré l'effroi qu'ils inspiraient à la multitude, ne l'affectèrent que peu, en raison de leur extravagance. 4. Cependant, informé du petit nombre des ennemis et du manque de ressources dans lequel ils se trouvaient[11], il conseilla aux Romains de patienter, de ne pas livrer bataille à un homme dont l'armée avait été entraînée par de nombreux combats, mais d'envoyer du secours aux alliés, de garder les cités bien en main, et de laisser la force d'Hannibal se consumer d'elle-même, telle une flamme alimentée par un combustible médiocre et peu abondant[12].

III. 1. Flaminius ne fut pas convaincu. Il s'écria qu'il ne laisserait pas la guerre approcher de Rome et qu'il ne voulait pas être obligé de combattre dans la ville, comme autrefois Camille[13], pour la défendre. Il ordonna aux tribuns militaires de faire partir l'armée. Il s'élançait lui-même sur son cheval, quand l'animal, sans aucune raison apparente, fut pris d'un tremblement inexplicable et se cabra : Flaminius, désarçonné, tomba la tête la première. Cet accident ne modifia nullement sa détermination ; suivant son premier élan, il courut à la rencontre d'Hannibal et rangea son armée en ordre de bataille près d'un lac d'Étrurie nommé Trasimène. 2. Les soldats avaient engagé le combat et la bataille faisait rage, lorsqu'il se produisit un tremblement de terre qui renversa des cités, détourna le cours de certaines rivières et ébranla les montagnes à leur base. Cependant, malgré l'extrême violence de la commotion, aucun des combattants ne s'en rendit compte[14]. 3. Flaminius, après avoir fait montre de beaucoup d'audace et de force, périt au combat, et avec lui les plus vaillants de ses hommes. Les autres prirent la fuite et le carnage fut terrible ; il y eut quinze mille Romains taillés en pièces et autant de prisonniers[15]. Le corps de Flaminius, auquel, en raison de sa bravoure, Hannibal désirait donner des funérailles honorables, fut recherché, mais on ne le trouva point parmi les cadavres et l'on ignora toujours comment il avait disparu. 4. Lors du désastre de la Trébie, nul n'avait fait des événements un compte rendu véridique, ni le général dans son rapport, ni les messagers envoyés à Rome : on avait menti en parlant d'une victoire contestée et douteuse. Mais cette fois, dès que le préteur Pomponius apprit la situation, il convoqua une assemblée du peuple et, sans détour

---

11. Cette analyse lucide de la situation est celle que rapporte déjà Polybe (III, 89) : les Romains, face à l'expérience d'Hannibal et de ses troupes, doivent tirer parti de «leurs inépuisables ressources matérielles et humaines».
12. Seul Plutarque attribue à Fabius des conseils et admonestations antérieurement à cette bataille.
13. L'allusion à Camille (voir Camille, XXIV) est plus frappante chez Tite-Live, où l'impatient Flaminius a ce propos ironique : «Ne bougeons pas d'ici avant que les sénateurs aient fait venir, comme autrefois Camille de Véies, C. Flaminius d'Arretium!» (XXII, 3, 10). Suit immédiatement l'épisode du cheval qui s'abat.
14. Tite-Live (XXII, 4-7) donne un récit détaillé et grandiose de cette bataille livrée dans le brouillard en 217 (et du tremblement de terre, inaperçu des combattants, en XXII, 5, 8) ; voir également Polybe, III, 83-85.
15. Le bilan de Tite-Live, tiré de l'annaliste Fabius Pictor, est le suivant : 15 000 Romains et plus de 2 500 ennemis tués (XXII, 7, 2-3) ; Polybe (III, 84-85) parle de 15 000 tués et de 15 000 prisonniers.

ni déguisement, il s'avança et dit simplement : 5. « Romains, nous avons été vaincus dans une grande bataille ; notre armée est anéantie et le consul Flaminius est mort. Vous devez donc réfléchir maintenant aux moyens d'assurer votre salut et votre sécurité[16] ! » 6. Ces mots tombèrent sur la foule immense comme le vent s'abat sur la mer, et jetèrent le trouble dans la cité. Devant un tel choc, aucun calcul n'était plus possible. 7. Tous se rallièrent cependant à la même décision : la situation réclamait cette autorité unique, qui n'a aucun compte à rendre, que les Romains nomment dictature, ainsi qu'un homme capable de l'exercer sans mollesse et sans crainte ; cet homme ne pouvait être que Fabius Maximus ; sa détermination et sa force de caractère étaient à la hauteur d'une telle charge ; de plus, il était à l'âge où la force physique soutient encore les décisions de l'esprit, et où l'audace s'allie à la réflexion[17].

IV. 1. La décision fut donc adoptée. Fabius fut nommé dictateur et choisit Marcus Minucius comme maître de cavalerie. Aussitôt, il demanda au Sénat la permission d'aller à cheval pendant les campagnes[18]. 2. En effet, le dictateur n'en avait pas le droit : cela lui était interdit en vertu d'une ancienne loi, soit parce que les Romains considéraient l'infanterie comme leur force principale, et pensaient pour cette raison que le général devait rester à côté de la légion et ne pas la précéder, soit parce qu'ils voulaient que le dictateur, dont les pouvoirs étaient si grands, si semblables, à tous égards, à ceux d'un tyran, parût, sur ce point cependant, dépendre du peuple. 3. Mais Fabius voulait déployer aux yeux de tous la grandeur et la majesté de sa charge, pour obtenir des citoyens plus de soumission et d'obéissance. Il parut donc en public, escorté de vingt-quatre licteurs, regroupés tous ensemble, avec les faisceaux ; quand le consul survivant vint à sa rencontre, il lui fit dire par son aide de camp de renvoyer ses licteurs, de déposer les insignes de sa charge et de se présenter à lui en simple particulier.
4. Après quoi il commença par les dieux, ce qui est le plus beau début. Il enseigna au peuple que la défaite était due à la négligence et au mépris dont le général avait fait preuve à l'égard de la divinité, et non à la lâcheté des combattants. Il l'exhorta à ne pas craindre les ennemis, mais à se concilier les dieux et à les honorer. Ce n'était pas de la superstition qu'il inspirait ainsi aux Romains, mais il affermissait

---

16. *Rapport lapidaire du préteur selon Tite-Live :* pugna, inquit, magna uicti sumus *[« grande bataille, dit-il, nous sommes vaincus »], suivi d'un tableau, nettement plus disert (voir Wardman, 1974, p. 10), de l'affolement à Rome.*
17. *Polybe (III, 87) donne la même explication du recours au dictateur et du rôle de celui-ci, chef unique des opérations pour six mois, avec 24 licteurs contre 12 aux consuls annuels. Le collègue de Flaminius au consulat étant absent, ce fut le peuple, et non un consul, qui pour la première fois nomma un dictateur (Tite-Live, XXII, 8, 5-6), ou plutôt un prodictateur (XXII, 31, 8-11).*
18. *La revendication de Fabius n'est mentionnée que par Plutarque, qui la présente sous la forme d'une* Question romaine *(voir Dictionnaire). Mais elle n'est pas invraisemblable, eu égard aux effets de mise en scène recherchés par le dictateur : la rencontre avec le consul a «donné un grand lustre à la dictature auprès des citoyens et des alliés qui, vu le temps depuis lequel cette magistrature n'avait pas été exercée, avaient presque oublié ce qu'elle était» (Tite-Live, XXII, 11, 6).*

leur valeur par la piété, il remplaçait la crainte que leur inspiraient les ennemis par l'espérance de l'aide divine et, de cette manière, il leur rendait courage[19]. 5. À la même époque, on consulta également beaucoup de ces livres oraculaires secrets, que les Romains appellent Livres Sibyllins[20] : certaines des prophéties qui s'y trouvaient consignées correspondaient, dit-on, à la situation et aux événements de ce temps-là. 6. Mais nul, à l'exception de celui qui les consultait, n'avait le droit de savoir ce qui avait été lu. Le dictateur parut devant le peuple : il fit vœu de sacrifier aux dieux tous les petits que les chèvres, les truies, les brebis et les vaches auraient dans l'année, et tout ce que les montagnes, les plaines, les fleuves et les prairies d'Italie produiraient au printemps prochain[21]. Il promit aussi d'offrir des représentations musicales et théâtrales pour une somme de trois cent trente-trois sesterces, trois cent trente-trois deniers, et un tiers de denier, somme qui équivaut à quatre-vingt-trois mille cinq cent quatre-vingt-trois drachmes et deux oboles. 7. Il est difficile d'expliquer une telle minutie pour fixer le montant de la dépense, à moins qu'on ait voulu célébrer la puissance du nombre trois, qui est par nature un nombre parfait, le premier des nombres impairs et le principe de la pluralité, contenant en lui-même les premières différences et les éléments de tous les nombres qu'il combine harmonieusement ensemble[22].

V. 1. En élevant ainsi l'esprit de la foule vers le divin, Fabius la rendait plus confiante en l'avenir[23]. Quant à lui, il plaçait en lui-même tous ses espoirs de victoire, convaincu que le dieu accorde le succès aux actions inspirées par la vertu et la réflexion. Il marcha contre Hannibal, non pour l'affronter au combat, mais avec l'intention d'user et de miner sa puissance en faisant jouer le temps, opposant à son manque de ressources et d'hommes l'argent et les troupes abondants dont disposaient les Romains[24]. 2. Il restait donc toujours sur les hauteurs, hors d'atteinte de la cavalerie ennemie ; il établissait son camp dans des régions montagneuses, d'où il surplombait les Carthaginois. S'ils ne bronchaient pas, il restait tranquille lui aussi, mais dès qu'ils faisaient mine de bouger, il décrivait dans les montagnes de

---

19. Voir supra, II, 3. *Le biographe risquerait d'apparaître en contradiction avec lui-même, si l'on ne prenait garde qu'il prête à Fabius une religiosité toute plutarquienne – et assez peu romaine – dégagée des «superstitions». Sur les liens intimes, chez l'homme politique de valeur, entre piété et arétè [« vertu civique»], voir* Wardman (1974), p. 88-89.
20. *En sortant cette consultation de son contexte, Plutarque en fausse le sens. Elle répond en fait à des prodiges mal conjurés par les moyens ordinaires. Voir* Publicola, XXI, 3.
21. *Allusion au ver sacrum, ou «printemps sacré», coutume des peuples italiques. Voir Heurgon, 1957 ; voir également description et formules chez Tite-Live, XXII, 10, 1-6.*
22. *Tite-Live (XXII, 10, 7) donne la même information, en ajoutant la promesse de 300 bœufs à Jupiter. Le commentaire, d'esprit pythagoricien, sur la puissance du nombre trois est propre à Plutarque. Il n'est sans doute pas déplacé pour l'époque ici concernée.*
23. *Les conceptions religieuses attribuées à Fabius par Plutarque sont assez proches de celles dont il fait gloire à Numa (voir* Numa, IV, 12).
24. Voir déjà supra, II, 3-4.

grands cercles autour d'eux et se montrait par intervalles, juste assez loin pour ne pas être contraint de combattre malgré lui, tout en inspirant aux ennemis, par son hésitation même, la crainte constante de le voir sur le point de livrer bataille[25]. 3. À temporiser ainsi, il s'attira le mépris de tout le monde. On disait du mal de lui dans son camp, et les ennemis le prenaient pour un lâche, un moins que rien. Tous, à l'exception d'Hannibal. 4. Celui-ci était le seul à comprendre l'habileté de son adversaire et la tactique qu'il avait arrêtée pour cette guerre. Il se rendait compte qu'il lui fallait employer toute son habileté et toutes ses forces pour contraindre Fabius à combattre ; autrement, c'en était fait des Carthaginois, s'ils ne pouvaient se servir des armes qui leur assuraient la supériorité, mais perdaient et gaspillaient en vain leurs effectifs et leurs ressources, en quoi ils étaient nettement inférieurs. Hannibal eut recours à toutes sortes de calculs stratégiques et de manœuvres qu'il essaya, comme un athlète habile qui cherche une prise[26]. Il attaquait Fabius, jetait l'alarme dans ses troupes et cherchait à le faire descendre en mille endroits, dans l'intention de lui faire abandonner cette tactique fondée sur la sécurité[27]. 5. Mais la résolution de Fabius restait ferme et inébranlable, car il était persuadé de l'utilité de son plan. Il était pourtant harcelé par Minucius, le maître de cavalerie, qui dans son désir intempestif de combattre, excitait et flattait l'armée à laquelle il inspirait une folle ardeur et de vaines espérances. Les soldats se moquaient de Fabius et, dans leur mépris, le surnommaient le pédagogue[28] d'Hannibal, tandis qu'ils considéraient Minucius comme un grand homme, un général digne de Rome. 6. Celui-ci, donnant libre cours à son orgueil et à sa présomption, tournait en ridicule ces campements dans les montagnes. « Le dictateur, disait-il, prépare toujours de beaux théâtres aux spectateurs désireux de contempler la ruine et l'incendie de l'Italie[29]. » Il demandait aux amis de Fabius s'il avait l'intention de faire monter l'armée jusqu'au ciel parce qu'il désespérait de la terre, ou s'il comptait, pour fuir l'ennemi, s'abriter derrière les nuages et les brouillards. 7. Mais Fabius, quand ses amis lui rapportaient ces propos et l'invitaient à se soustraire au blâme en risquant la bataille, leur répondait : « Je serais alors bien plus lâche que je ne le parais maintenant, si la crainte des railleries et des injures me faisait abandonner mes plans. 8. Il

---

25. *Nous sommes toujours en 217. Le terrain des opérations, que Plutarque n'indique pas, se trouve dans des zones accidentées d'Italie du Sud, entre Apulie, Samnium et Campanie. Fabius arrive du Latium, Hannibal de la région adriatique (voir Polybe, III, 87-90 ; Tite-Live, XXII, 12 et suiv.).*
26. *L'image évocatrice d'un affrontement où, comme à la palestre, les adversaires se testent longuement, semble être une création de Plutarque, reprise et modulée* infra, *en XIX, 3 et en XXIII, 2. La suite est riche en métaphores, souvent polémiques, dont l'authenticité peut laisser sceptique.*
27. *Le* Cunctator *[« Temporisateur »] et sa stratégie sont de la même façon incompris des Romains (voir Wardman, 1974, p. 54 et p. 63) et percés à jour par Hannibal, chez Polybe et Tite-Live. Le Carthaginois s'en inquiète : il se sait vulnérable à moyen terme, et donc en permanence condamné à la victoire.*
28. *Le mot, passé du grec au latin, puis dans les langues modernes, désigne l'esclave âgé qui accompagne l'enfant à l'école (voir Marrou, 1965, p. 220-221). Ce statut servile fait d'une telle apostrophe une insulte.*
29. *En fait, les théâtres à la mode grecque ne se développeront dans cette région que dans le courant du IIe siècle avant J.-C.*

n'est pas honteux, croyez-moi, de craindre pour sa patrie. En revanche, redouter l'opinion des gens, leur calomnie et leur blâme, ce serait me comporter en homme indigne d'une si haute charge, et me faire l'esclave de ceux dont il convient que je sois le chef et le maître, s'ils viennent à s'égarer[30].»

VI. 1. Peu après, Hannibal commit une faute. Voulant éloigner son armée de Fabius et s'emparer des plaines qui fourniraient du fourrage à ses bêtes de somme, il ordonna à ses guides de le conduire, aussitôt après le repas du soir, sur le territoire de Casinum. 2. Mais, à cause de sa prononciation barbare[31], ils n'entendirent pas le nom correctement et entraînèrent ses troupes sur les confins de la Campanie, vers la cité de Casilinum, traversée en son milieu par le fleuve Olthornos, que les Romains appellent Volturne. 3. Cette région est entourée de montagnes de tous côtés; seule une étroite vallée conduit à la mer. La terre y est marécageuse, à cause du fleuve qui s'étale. L'endroit est plein de hautes dunes sablonneuses et se termine par une côte battue des flots, difficile d'accès. 4. Ce fut dans cette vallée qu'Hannibal descendit. Fabius, qui connaissait bien les routes, l'y enveloppa et en barra l'issue, en y postant quatre mille fantassins. Il disposa le reste de son armée sur les hauteurs, en terrain favorable, puis avec ses troupes les plus légères et les plus alertes, il tomba sur l'arrière-garde des ennemis, jetant le trouble dans toute l'armée des Carthaginois, et leur tuant environ huit cents hommes.
5. Hannibal voulut alors opérer sa retraite. Comprenant l'erreur d'itinéraire et le danger qui en résultait, il fit crucifier ses guides. Mais il dut renoncer à débusquer les ennemis par la force et à les combattre, car ils étaient maîtres des hauteurs.
6. Comme tous les Carthaginois étaient désespérés et remplis d'effroi à se voir cernés de tous côtés, sans la moindre issue, Hannibal décida de tromper les ennemis. Voici la ruse qu'il imagina[32]. Il ordonna de rassembler environ deux mille des vaches qu'ils avaient capturées, et de leur attacher à chaque corne un fagot de branchages ou de broussailles sèches en guise de torches. Ensuite, pendant la nuit, aussitôt le signal donné, les Carthaginois devraient enflammer ces torches, et lancer les bêtes vers les hauteurs, en direction des défilés et des positions des ennemis.
7. Tandis que ceux qui avaient reçu ces ordres faisaient les préparatifs nécessaires, Hannibal mit le reste de ses troupes en mouvement et, l'obscurité étant déjà totale, il les fit avancer silencieusement. Tant que le feu resta modéré et ne consuma que le bois, les vaches qu'on poussait vers les pentes avancèrent lentement; les flammes qui brillaient à la pointe de leurs cornes frappaient d'étonnement les pâtres et les bouviers qui les regardaient d'en haut: ils croyaient que c'était une

---

30. Fabius fait passer les intérêts publics, ceux de la patrie, bien avant ses sentiments personnels, au nom d'une éthique stoïcienne (voir Babut, 1969) – «philosophique», dira plus loin le biographe (infra, X, 2).
31. Tite-Live écrit plus concrètement: «le gosier carthaginois prononçant difficilement les mots latins...» (XXII, 14, 6). L'anecdote souligne qu'Hannibal est irréductiblement un étranger en Italie, même hellénisée – hellénisation dont témoigne dans la même phrase le mot Volturne, traduisant le grec Olthornos.
32. La ruse d'Hannibal était restée célèbre dans l'Antiquité: voir Polybe, III, 93-94, et Tite-Live, XXII, 16, 5-18, 4.

armée qui s'avançait en ordre, à la lueur des flambeaux. 8. Mais lorsque les cornes eurent brûlé jusqu'à la racine, quand la chair sentit la brûlure, les vaches, affolées par la souffrance, secouèrent la tête en tous sens, se communiquant les flammes les unes aux autres. Le troupeau se dispersa dans le plus grand désordre; terrifiées, éperdues de douleur, les bêtes bondissaient à travers les montagnes, couvertes de feu de la tête à la queue, incendiant la plus grande partie de la forêt qu'elles traversaient dans leur fuite. 9. Le spectacle était terrifiant pour les Romains qui gardaient les sommets, car les flammes ressemblaient à des flambeaux brandis par des hommes en train de courir. Leur confusion et leur panique étaient totales: ils croyaient que les ennemis, venus de toutes les directions, s'élançaient sur eux et les encerclaient de tous côtés. Aussi n'osèrent-ils pas rester à leur poste; ils se retirèrent pour rejoindre le gros de l'armée et abandonnèrent les défilés. 10. À l'instant même, les troupes légères d'Hannibal s'approchèrent et s'emparèrent des hauteurs. Le reste de son armée put alors avancer sans crainte, traînant à sa suite une masse énorme de butin.

VII. 1. Fabius s'aperçut de la ruse la nuit même, car ses hommes attrapèrent quelques vaches qui s'étaient écartées dans leur fuite. Mais, craignant quelque embuscade dans les ténèbres, il ne bougea pas, gardant ses hommes sous les armes. 2. Le jour venu, il poursuivit les ennemis et attaqua leur arrière-garde: on combattit sur un terrain très difficile et dans une grande confusion, jusqu'au moment où Hannibal détacha de la tête de la colonne un groupe d'Ibères[33] habitués à cheminer dans les montagnes. Ces hommes, armés à la légère et très agiles, se jetèrent sur les fantassins romains lourdement armés, en massacrèrent un grand nombre et forcèrent Fabius à se retirer. 3. Alors, plus que jamais, celui-ci fut en butte aux attaques et au mépris. Lui qui, renonçant à l'audace guerrière, avait prétendu vaincre Hannibal par l'intelligence et la prévoyance[34], il s'était montré inférieur dans l'exercice précisément de ces deux qualités; il s'était laissé prendre à un stratagème. 4. Dans l'intention d'enflammer encore davantage la colère des Romains contre lui, Hannibal donna ordre, quand il parvint près des terres de Fabius, de brûler et de détruire toutes les autres propriétés, mais de ne pas toucher aux champs du dictateur. Il installa même une garde, pour empêcher les soldats de les ravager ou d'y prendre quoi que ce soit[35]. 5. Quand cette nouvelle fut rapportée à Rome, elle augmenta encore le mécontentement contre Fabius. Les tribuns de la plèbe ne cessaient de s'en prendre à lui devant la foule. Celui qui les animait et les excitait le plus était Métilius[36], lequel ne nourrissait aucune ini-

---

33. *Il s'agit de mercenaires recrutés en Espagne, où ils possédaient des comptoirs, par les Carthaginois.*
34. *Audace guerrière et intelligence-prévoyance: le débat sur le conflit ou l'articulation entre ces deux catégories de vertus est au cœur de l'affrontement, lui-même emblématique de toute une époque, entre Fabius et Minucius, puis entre Paulus Aemilius et Varron (voir* Paul-Émile, *II, 3-4).*
35. *Où l'on constate à la fois l'habileté machiavélique d'Hannibal et la richesse familiale de Fabius, propriétaire de vastes domaines dans la prospère Campanie. Tite-Live explique que «des déserteurs avaient montré à Hannibal une propriété du dictateur» (XXII, 23, 4).*
36. *Le rôle de Métilius montre que, s'il n'existe pas de «parti» à Rome, deux éléments concourent à des regroupements: l'appartenance, ou non, au «bloc plébéien»; les liens de parenté – et de clientèle.*

mitié contre Fabius mais, étant apparenté à Minucius, le maître de cavalerie, pensait que ces accusations tourneraient à l'honneur et à la gloire de son parent. Le Sénat lui aussi était fort irrité. Il reprochait surtout à Fabius l'accord qu'il avait passé avec Hannibal concernant les prisonniers de guerre. Il avait été convenu entre les deux chefs qu'on échangerait les captifs, un homme contre un homme, et que, si un camp se trouvait en avoir plus que l'autre, on verserait deux cent cinquante drachmes par prisonnier racheté[37]. 6. Or, quand on eut procédé à l'échange, on trouva qu'il restait encore entre les mains d'Hannibal deux cent quarante Romains. Le Sénat refusa de payer leur rançon et accusa Fabius de vouloir racheter, au mépris de l'honneur et de l'intérêt, des hommes assez lâches pour s'être laissés capturer par l'ennemi. 7. En apprenant cette décision, Fabius supporta patiemment la colère de ses concitoyens mais, comme il n'avait pas d'argent et ne pouvait envisager ni de manquer de parole à Hannibal ni d'abandonner ses concitoyens, il envoya son fils à Rome, avec ordre de vendre ses terres et de lui rapporter aussitôt l'argent dans son camp. 8. Le garçon vendit donc les domaines et revint en hâte ; Fabius envoya les rançons à Hannibal et récupéra les prisonniers. Plus tard, beaucoup d'entre eux voulurent le rembourser, mais il n'accepta rien de personne et les tint tous quittes[38].

VIII. 1. Quelque temps plus tard, les prêtres l'ayant appelé à Rome pour participer à certains sacrifices, il remit le commandement de l'armée à Minucius, avec défense de combattre et d'en venir aux mains avec les ennemis ; non content de lui donner cet ordre en tant que dictateur, il y joignit aussi, à titre privé, toutes les exhortations et les prières possibles. 2. Mais Minucius n'en tint aucun compte et se mit aussitôt à harceler les ennemis. Un jour, ayant remarqué qu'Hannibal avait envoyé la plus grande partie de son armée chercher du fourrage, il attaqua les hommes qui étaient restés, se jeta sur le camp, tua beaucoup d'ennemis et leur fit craindre à tous de se voir assiégés par lui. 3. Dès qu'Hannibal eut ramené toutes ses forces dans son camp, Minucius effectua sa retraite en toute sécurité. Ce succès l'emplit d'une fierté démesurée et inspira une grande audace à ses soldats[39]. 4. Rapidement, une version exagérée de l'événement se répandit à Rome. Quand Fabius en eut connaissance, il déclara qu'il craignait davantage les succès que les revers de Minucius. Mais le peuple en fut transporté de joie ; plein d'enthousiasme, il accourut sur le forum où le tribun de la plèbe Métilius le harangua du haut des Rostres, pour exalter Minucius.

---

37. Selon Tite-Live (XXII, 23, 6), l'accord ne faisait que reconduire celui adopté lors de la première guerre punique. Il parle de deux livres et demie d'argent par soldat. Plutarque fait donc jouer implicitement l'équivalence 1 livre = 100 drachmes. La propriété campanienne de Fabius aurait ainsi valu à peu près 250 x 240 = 60 000 drachmes, soit 10 talents, ou encore 600 livres pesant d'argent. Dans le parallèle entre Fabius et Périclès (voir infra, XXX, 6), Plutarque, qui évalue la somme à 6 talents (?), juge qu'elle « n'était pas considérable » – il est vrai qu'il la compare aux dépenses publiques d'urbanisme de Périclès à Athènes !
38. « Le dictateur [...] acquitta ainsi cet engagement public sur sa fortune privée » (Tite-Live, XXII, 23, 8).
39. Ces événements se passent près de Géronium, aux confins de l'Apulie et du pays des Frentani (voir Polybe, III, 100 et suiv. ; Tite-Live, XXII, 23, 9-24, 14).

Quant à Fabius, il l'accusait non seulement de mollesse et de lâcheté, mais même de trahison, et il enveloppait dans la même accusation les hommes les plus influents et les plus éminents de Rome. Ils avaient dès l'origine, disait-il, provoqué la guerre pour abattre la puissance du peuple, et pour transformer aussitôt la cité en une monarchie absolue, qui n'aurait de comptes à rendre à personne et qui, à force de lenteurs, donnerait à Hannibal les moyens de s'installer dans le pays et le temps de faire venir de Libye une autre armée, afin de conquérir toute l'Italie[40].

IX. 1. Quand Fabius se présenta devant le peuple, il n'essaya même pas de se défendre contre les accusations du tribun. Il demanda que l'on accomplît les sacrifices et les rites sacrés le plus rapidement possible, afin qu'il pût rejoindre le camp et châtier Minucius pour avoir attaqué les ennemis malgré son interdiction. Cette déclaration causa un grand émoi dans le peuple, à la pensée du péril où allait se trouver Minucius. Car le dictateur a le droit d'emprisonner et de mettre à mort sans jugement, et ils pensaient que l'extrême douceur de Fabius ferait place à une colère terrible et implacable[41]. 2. Aussi, pleins d'inquiétude, tous les assistants gardaient-ils le silence, sauf Métilius qui, en tant que tribun de la plèbe, était inviolable (le tribunat est la seule magistrature qui ne perde pas ses prérogatives après la nomination d'un dictateur, et subsiste alors que toutes les autres sont suspendues[42]). Celui-ci insista auprès du peuple, le suppliant de ne pas abandonner Minucius et de l'empêcher de subir le traitement que Manlius Torquatus avait infligé à son fils quand il l'avait fait décapiter à la hache, bien que le jeune homme se fût distingué au combat et eût mérité la couronne[43]. Il lui demanda d'arracher à Fabius son pouvoir de tyran et de confier les intérêts de la cité à celui qui pouvait et voulait la sauver. 3. Les gens se laissèrent ébranler par de tels propos. Ils n'osèrent pas contraindre Fabius, si impopulaire qu'il fût, à abdiquer, mais ils décrétèrent que Minucius posséderait les mêmes droits que lui et conduirait la guerre avec la même autorité qu'un dictateur. Cette situation sans précédent à Rome devait se reproduire bientôt, après le désastre de Cannes. 4. Le dictateur, Marcus Junius, était alors à l'armée et il fallait à Rome combler les vides du Sénat, beaucoup de sénateurs ayant péri dans la bataille. On nomma donc un second dictateur, Fabius Butéo[44]. 5. Celui-ci se contenta de paraître

---

40. *Dans l'historiographie aristocratique dont dépend Plutarque, des griefs aussi confus et mêlés ne peuvent être invoqués que par les plébéiens...*
41. *L'association plusieurs fois soulignée de la « douceur » privée (voir Dictionnaire, « Douceur ») et de la rigueur publique fait de Fabius un modèle idéal de Romain.*
42. *En fait, rien n'indique que la nomination d'un dictateur ait un effet suspensif sur les autres magistrats.*
43. *L'« affaire Manlius Torquatus » remonte au IVe siècle. L'auteur omet le fait, trop bien connu de ses lecteurs, que le père, consul en 340, lors de la guerre contre les Latins, avait châtié le fils pour avoir désobéi à ses consignes de retenue, ce qui justifie le parallèle (Voir Tite-Live, VIII, 7-8).*
44. *Comparaison discutable : le second dictateur, Marcus Fabius Buteo, n'aura, après Cannes, comme l'indique le texte, qu'une mission politique très ponctuelle, et nullement militaire. Minucius, de son côté, n'a pas reçu le titre de dictateur... selon Plutarque, car Polybe (III, 103, 4) mentionne à cette occasion comme une « décision sans précédent » le choix de deux dictateurs pour une même mission.*

en public pour choisir ses hommes et compléter le Sénat. Cela fait, le jour même, il congédia ses licteurs, se déroba aux gens qui l'escortaient, se jeta dans la foule et se fondit à elle, circulant sur le forum et vaquant à ses affaires comme un simple citoyen.

X. 1. En donnant à Minucius les mêmes attributions qu'au dictateur, les Romains pensaient que ce dernier se sentirait amoindri et qu'il en serait profondément humilié. Mais c'était mal connaître le personnage. 2. Il ne considéra pas l'inconscience de ses concitoyens comme une infortune personnelle. Quelqu'un disait un jour au sage Diogène[45] : « Ces gens te trouvent ridicule. – Mais moi, répondit-il, je ne me sens pas ridicule ! » Car il ne considérait comme vraiment ridicules que ceux qui se laissent impressionner et troubler par la raillerie. De la même manière, Fabius supporta son sort aussi sereinement et patiemment que possible, prouvant ainsi que les philosophes ont raison de soutenir que l'homme vertueux et honnête ne peut subir l'injure ou le déshonneur[46]. 3. Cependant, en pensant à l'intérêt public, Fabius était affligé par l'imprudence de la foule qui permettait à Minucius d'assouvir son désir maladif de combattre. 4. Craignant que son collègue, égaré par la vaine gloire et par l'orgueil, ne provoquât aussitôt quelque catastrophe, il quitta la ville à l'insu de tous. 5. Dès son arrivée dans le camp, il se rendit compte que Minucius était désormais insupportable : arrogant et aveuglé par l'orgueil, il prétendait exercer le pouvoir en alternance avec Fabius[47]. Celui-ci ne le permit pas ; il partagea l'armée entre eux, jugeant qu'il valait mieux le laisser commander seul une partie des effectifs que la totalité un jour sur deux. 6. Fabius prit donc la première et la quatrième légion ; il donna à Minucius la deuxième et la troisième, et répartit les troupes alliées de manière égale entre eux deux. 7. Comme Minucius prenait de grands airs, et se réjouissait de voir abaissée à cause de lui la majesté de la magistrature la plus grande et la plus élevée, Fabius lui rappela que, s'il réfléchissait bien, ce n'était pas contre lui, Fabius, qu'il devait se considérer en guerre, mais contre Hannibal[48] : « Cependant si tu veux, en outre, rivaliser avec ton collègue, fais attention, toi à qui les citoyens ont accordé l'honneur et la victoire, de ne pas te montrer plus négligent de leur salut que je ne le suis, moi, ton rival vaincu et méprisé. »

XI. 1. Mais Minucius jugeait que ces avertissements étaient inspirés par une mauvaise foi sénile[49]. Prenant avec lui les troupes qui lui avaient été attribuées, il alla

---

45. Sans doute Diogène de Sinope (vers 413-vers 327), dit le Cynique.
46. Voir supra, V, 7-8. Le manque d'animosité personnelle à l'égard de Minucius ne comporte pas seulement une leçon éthique et politique. Il annonce l'indulgence de Fabius et des Romains envers Varron, autre impétueux fauteur de catastrophe (voir infra, XVIII, 5).
47. Le problème causé par la dualité romaine du commandement (entre deux consuls, ordinairement) se pose à plusieurs reprises à cette époque ; la solution choisie est évidemment la plus adaptée (voir Tite-Live, XXII, 27, 10).
48. Ce rappel à la solidarité face au véritable ennemi s'inscrit parmi des variations éparses au long de cette Vie : voir infra, XIII, 7 ; XIV, 5 ; XVI, 8.
49. Fabius « sénile » ? En tout cas, d'un âge déjà fort avancé (voir infra, XII, 5).

établir son camp à part, assez loin de celui de Fabius. Or Hannibal n'ignorait rien de ce qui se passait[50] : il guettait toutes les occasions. Il y avait, entre les Romains et lui, une colline qui n'était pas difficile à prendre et qui, une fois prise, offrirait une position solide, pourvue de tout le nécessaire pour y installer un camp. 2. La plaine qui l'entourait, vue de loin, semblait unie et lisse parce qu'elle était dépourvue de végétation, mais elle était parcourue de fossés et d'autres cavités peu profondes. Aussi, bien qu'il lui fût facile de s'emparer de cette colline par surprise, Hannibal n'avait pas voulu le faire : il l'avait laissée entre l'ennemi et lui, comme prétexte éventuel pour une bataille. 3. Quand il vit Minucius séparé de Fabius, le Carthaginois dissémina, pendant la nuit, un certain nombre de soldats dans les fossés et les ravins. Puis, au lever du jour, il envoya ostensiblement des troupes peu nombreuses occuper la colline, avec l'espoir d'amener Minucius à combattre pour cette position. 4. C'est ce qui arriva. Minucius envoya d'abord ses troupes légères, puis sa cavalerie ; enfin, voyant qu'Hannibal se portait au secours de ceux qui étaient sur la colline, il descendit dans la plaine avec toute son armée en ordre de bataille. 5. Il engagea un combat acharné, tout en se défendant contre les ennemis qui tiraient du haut de la colline ; on en vint au corps à corps, et l'avantage resta incertain, jusqu'au moment où Hannibal, voyant que Minucius était bien tombé dans le piège, et qu'il offrait ses arrières découverts aux troupes en embuscade, lança le signal de l'attaque[51]. 6. Aussitôt les Carthaginois surgirent de tous les côtés à la fois ; ils s'élancèrent en poussant de grands cris, et taillèrent en pièces les dernières lignes. Les Romains furent alors en proie à un désordre et à une terreur indescriptibles. Minucius lui-même vit se briser toute son audace[52] ; il tournait les yeux en tous sens vers ses différents officiers, mais aucun d'entre eux n'osait rester à son poste, tous se précipitaient dans une fuite qui ne pouvait assurer leur salut 7. car les Numides[53], désormais maîtres de la situation, encerclaient toute la plaine et tuaient les Romains dispersés.

XII. 1. Telle était la situation désespérée des Romains. Mais Fabius n'ignorait pas le danger où ils se trouvaient. Il avait apparemment anticipé sur les événements, et il tenait ses troupes sous les armes, en ordre de bataille. Pour s'instruire de ce qui se passait, il ne s'en remettait pas à des messagers ; il s'était mis lui-même en observation dans un poste de guet, en avant du retranchement[54]. 2. Dès qu'il vit l'armée

---

50. Les sources sont unanimes à faire apparaître le service de renseignement du chef carthaginois comme redoutable : « Les déserteurs lui révélaient beaucoup de choses, et lui-même se renseignait par ses éclaireurs » (Tite-Live, XXII, 28, 1). Le théâtre des opérations est très voisin du précédent.
51. Ce mélange de feintes, d'embuscades et de mouvements d'enveloppement apparaît comme un condensé de l'habileté manœuvrière d'Hannibal, si souvent fatale aux Romains.
52. La triste révélation du véritable Minucius est propre à Plutarque, et conforme à son intérêt pour la psychologie.
53. Peuple nomade de la partie orientale du Maghreb. Les Numides étaient alors alliés aux Carthaginois.
54. Digne adversaire d'Hannibal, Fabius se tient prêt à tout et s'informe par lui-même, sur le terrain : encore un trait qu'accentue le biographe.

de son collègue encerclée et disloquée, et qu'il entendit les cris des soldats qui, loin de résister, étaient épouvantés et mis en déroute, il se frappa la cuisse et, poussant un grand sanglot, il déclara aux assistants : « Par Hercule, Minucius s'est perdu lui-même, plus vite que je ne l'aurais pensé, mais bien lentement encore, vu sa précipitation ! » 3. Puis, ayant ordonné de lever les enseignes en toute hâte et de se mettre en marche, il cria : « À présent, soldats, souvenons-nous de Marcus Minucius et hâtons-nous, car c'est un brillant guerrier qui aime sa patrie. S'il a commis une faute en attaquant les ennemis trop vite, nous le lui reprocherons plus tard[55]. » 4. Dès qu'il parut, il mit en déroute les Numides qui parcouraient la plaine et les dispersa. Puis il se dirigea vers les combattants qui avaient pris les Romains de dos, et tua tous ceux qu'il trouva sur son chemin. Quant aux autres, plutôt que d'être pris et de subir le sort qu'ils avaient eux-mêmes infligé aux Romains, ils abandonnèrent la place et s'enfuirent. 5. Hannibal, voyant ce retournement de situation et la vigueur, inattendue pour son âge, avec laquelle Fabius se frayait un chemin parmi les combattants pour rejoindre Minucius sur la colline, arrêta la bataille. Il fit sonner la retraite et ramena les Carthaginois dans leur camp, tandis que les Romains, de leur côté, étaient bien aises de se retirer. 6. En s'éloignant, dit-on, Hannibal tint à ses amis, en manière de plaisanterie, les propos suivants sur Fabius : « Ne vous avais-je pas annoncé souvent, depuis longtemps, que ce nuage, qui se tenait sur les hauteurs, crèverait un jour sur nous en grêle et en pluie d'orage[56] ? »

XIII. 1. Après la bataille, Fabius dépouilla tous les ennemis qu'il avait tués et se retira, sans un mot insultant ou humiliant à l'égard de son collègue. Quant à Minucius, ayant réuni ses hommes, il leur dit : 2. « Dans les grandes entreprises, compagnons, éviter toute erreur est au-dessus des possibilités humaines ; mais quand on s'est trompé, tirer de ses fautes des leçons pour l'avenir, voilà ce que doit faire l'homme valeureux et sensé. 3. Pour moi, je l'avoue, j'ai peu à me plaindre de la Fortune et beaucoup à m'en louer. Ce que je me suis refusé à reconnaître, pendant si longtemps, quelques heures ont suffi pour me l'apprendre : j'ai compris que je ne suis pas capable de commander aux autres, que j'ai besoin d'un chef qui me commande et que je ne dois pas chercher à vaincre ceux auxquels il est plus beau d'être soumis[57]. 4. En ce qui vous concerne, le dictateur vous commandera désormais en tout ; mais, pour lui témoigner notre reconnaissance, je veux encore prendre votre tête, et me montrer le premier à lui obéir et à exécuter ses ordres. » 5. Sur ces mots, il ordonna aux soldats de lever les aigles et de le suivre tous, et il les conduisit jusqu'au camp de Fabius. Il entra et se dirigea aussitôt vers la tente du

---

55. Le mot important est ici celui de «patrie», enjeu et mobile plus fort que tous les différends personnels.
56. Sur la plaisanterie d'Hannibal, voir infra, XV, 3. Sur le langage imagé, voir infra, XIX, 3 et 5. Le «nuage sur les hauteurs», ce sont naturellement Fabius et ses troupes poursuivant Hannibal de crête en crête (voir supra, V, 2).
57. Les § 2 et 3 sont un petit condensé de philosophie plutarquienne : se savoir faillible, tirer les leçons de l'expérience, reconnaître l'autorité véritable – c'est-à-dire, en termes politiques et sociaux, comme le montre ce qui suit, celle des hommes qui, par leur naissance, étaient destinés à l'exercer.

général, provoquant l'étonnement et la stupeur de tous. 6. Fabius sortit. Minucius fit poser devant lui les enseignes et l'appela d'une voix forte « père », tandis que ses soldats saluaient ceux de Fabius en les nommant « patrons » (c'est le nom que donnent les affranchis à ceux qui leur ont rendu la liberté[58]). 7. Puis, le calme s'étant rétabli, Minucius déclara : « Tu as remporté aujourd'hui deux victoires, dictateur, l'une sur Hannibal par ton courage, l'autre sur ton collègue par ta prudence et ta générosité. La première nous a sauvés, la seconde nous a instruits, car notre défaite devant Hannibal était honteuse, mais celle que tu nous as infligée fait notre gloire et assure notre salut. 8. Je t'appelle donc "père très bon", car je n'ai pas de titre plus précieux à te donner, mais tu as plus de droits à ma reconnaissance que le père qui m'a engendré : je lui dois seulement la vie, tandis que je te dois aussi, à toi, celle de tous mes soldats[59]. » 9. Ayant ainsi parlé, il serra Fabius contre lui, et l'embrassa. On put voir alors les soldats les imiter : ils s'étreignaient et se couvraient de baisers : le camp était empli d'allégresse et de larmes de joie.

XIV. 1. Après ces événements[60], Fabius déposa sa charge, et on élut de nouveau des consuls. Les premiers qui furent choisis conservèrent la tactique que le dictateur avait adoptée, évitant de combattre Hannibal en bataille rangée, secourant les alliés et les empêchant de faire défection. 2. Puis Térentius Varron fut élevé au consulat. C'était un homme de naissance obscure, qui s'était signalé par sa démagogie et son emportement[61], et il était évident que, dans son inexpérience et sa témérité, il allait jouer le sort de tous sur un coup de dés. Il criait dans les assemblées que la guerre continuerait tant que la cité prendrait pour généraux des gens comme Fabius : lui au contraire n'aurait pas plus tôt vu l'ennemi que, le jour même, il le vaincrait. 3. Tout en tenant de tels propos, il levait et enrôlait une armée telle que jamais les Romains n'en avaient déployé de pareille contre aucun ennemi : il mit en ligne quatre-vingt-huit mille hommes[62], à la vive inquiétude de Fabius et de tous les Romains sensés qui n'espéraient pas que la cité pût se relever si elle venait à perdre tant de guerriers dans la force de l'âge. 4. Pour cette raison, s'adressant au collègue de Térentius, Paulus Aemilius, homme d'expérience à la guerre mais impopulaire – une condamnation lui avait été infligée au nom de l'État et l'avait

---

58. Plutôt qu'à la relation patrons-affranchis, mentionnée par Plutarque, on songera aux rapports entre patrons et clients. Ce discours vaut allégeance implicite des « plébéiens » aux « patriciens », et les premiers ne s'y trompent pas (voir Tite-Live, XXII, 34, 6).
59. La subordination du privé au public s'inscrit dans le champ le plus inattendu et le plus révélateur, celui de la paternité. Un contemporain de Plutarque pouvait lire ici, en filigrane, le titre de « père de la patrie » attribué à chaque empereur...
60. Nous sommes en 216. Les consuls « fabiens » sont Cnaeus Servilius Geminus et Marcus Atilius (voir Tite-Live, XXII, 31, 1 et 7 ; 32, 1-3).
61. Caius Terentius Varro, nouveau Minucius, est beaucoup plus marqué socialement et politiquement.
62. Tite-Live, très prudemment, impute à certaines sources le chiffre de 87 200 hommes (XXII, 36, 1-5). Un chiffre comparable peut se déduire de Polybe, III, 107. En tout cas, l'effort fut colossal, et révélateur des ressources en hommes de Rome et de ses alliés.

rendu timoré[63] –, Fabius l'engageait et l'exhortait à s'opposer à la folle audace de Varron ; 5. il lui expliquait que, pour défendre la patrie, il avait à combattre Térentius tout autant qu'Hannibal : tous deux étaient impatients de livrer bataille, le premier parce qu'il ne connaissait pas les forces de son adversaire, le second parce qu'il connaissait sa propre faiblesse. 6. « Paulus, lui disait-il, je mérite plus de confiance que Térentius en ce qui concerne Hannibal, et je t'affirme que si personne ne lui livre bataille cette année, il sera perdu s'il reste, ou contraint à prendre la fuite et à s'en aller, car même maintenant, alors qu'il paraît vainqueur et maître du pays, aucun de ses ennemis ne s'est rallié à lui, et il ne lui reste pas même le tiers des forces qu'il avait amenées de chez lui. » 7. À quoi Paulus Aemilius, dit-on, répondit : « Si je consulte mes intérêts personnels, Fabius, il vaut mieux que je tombe frappé par les lances ennemies que victime, une fois de plus, du vote de mes concitoyens[64]. Mais puisque les affaires publiques sont dans une situation si critique, je m'efforcerai de te paraître un bon général, à toi plutôt qu'à tous ceux qui cherchent à m'entraîner dans la direction opposée. » Ce fut dans cet état d'esprit que Paulus Aemilius partit à la guerre.

XV. 1. Térentius, ayant insisté pour que chaque consul exerçât le commandement un jour sur deux[65], établit son camp face à Hannibal, sur les bords de l'Aufidus, près d'une ville appelée Cannes[66]. Au point du jour, il donna le signal de la bataille (il s'agit d'une tunique écarlate que l'on tend au-dessus de la tente du général). Les Carthaginois furent d'abord très inquiets en voyant l'audace du consul et l'importance de son armée, deux fois plus nombreuse que la leur[67]. 2. Hannibal ordonna à ses soldats de s'armer, et lui-même alla à cheval, avec quelques hommes, se poster sur une petite éminence d'où il observa les ennemis qui prenaient déjà position. Un de ceux qui l'accompagnaient, un homme de même rang que lui, nommé Giscon, déclara que le nombre des ennemis lui semblait stupéfiant. Alors Hannibal fronça les sourcils : « Il y a une autre chose encore plus stupéfiante, Giscon, que tu n'as pas remarquée. 3. – Laquelle ? demanda Giscon. – C'est, répondit Hannibal, que dans une si grande multitude, il n'y a personne, chez les Romains, qui s'appelle Giscon[68]. » À ce trait inattendu, tous éclatèrent de rire, et en descendant la colline, ils

---

63. Face au nouveau Minucius, Paulus Aemilius, consul patricien, apparaît comme un nouveau Fabius... dépourvu de l'autorité de Fabius, malgré l'appui et les conseils de ce dernier (voir le long discours de Tite-Live, XXII, 39 ; voir aussi le discours aux soldats chez Polybe, IV, 108-109). À partir de cet instant, Fabius a plus d'influence indirecte sur les orientations politiques et militaires comme sage et comme recours potentiel que par ses actions propres.
64. Se rallier à Fabius, c'est décidément partager la primauté qu'il accorde aux « affaires publiques » sur les « intérêts personnels ».
65. Le choix de l'alternance au commandement marque le rôle dominant de Varron et supprime toute possibilité de recours, à la manière de Fabius secourant Minucius.
66. Bourgade d'Apulie, « région plus chaude, aux moissons plus mûres » (Tite-Live, XXII, 43, 5), citadelle et magasin de vivres (Polybe, III, 107) où Hannibal s'était replié.
67. Les Carthaginois auraient eu 40 000 fantassins et 10 000 cavaliers (voir Tite-Live, XXII, 46, 6).
68. Hannibal plaisante dans le danger comme après l'échec (voir supra, XII, 6).

répétèrent la plaisanterie à ceux qu'ils rencontraient, si bien que le rire se répandit et devint général, tandis que même l'escorte d'Hannibal ne pouvait pas reprendre son sérieux. 4. À cette vue, les Carthaginois retrouvèrent tout leur courage : le général, se disaient-ils, devait éprouver pour l'ennemi un mépris bien vif et bien profond, s'il était capable de rire et de plaisanter ainsi devant le danger.

XVI. 1. Dans cette bataille, Hannibal usa de plusieurs stratagèmes. Le premier concernait sa position. Il s'arrangea pour avoir le vent dans le dos ; or la bourrasque[69] faisait rage, tel un souffle de feu, soulevant de ces plaines sablonneuses une poussière épaisse qui passait par-dessus la phalange carthaginoise pour se jeter sur les Romains et les frapper en plein visage, les forçant à se détourner et à rompre les rangs[70]. 2. Le second stratagème fut relatif à l'ordre de bataille. Il plaça aux deux extrémités les soldats les plus forts et les plus vaillants ; quant au centre, il le garnit avec les hommes les moins aguerris, qu'il disposa en forme de coin, bien en avant du reste de l'armée. Les Romains enfonceraient ce groupe, et se porteraient contre les points qui céderaient ; puis, quand le centre reculerait et laisserait une poche, ils se trouveraient à l'intérieur de la phalange carthaginoise ; à ce moment-là, les troupes d'élite avaient ordre de faire demi-tour rapidement, de se porter sur eux des deux côtés, en les prenant de flanc, et de les envelopper en coupant leurs arrières. 3. Or ce fut cette manœuvre, de toute évidence, qui provoqua le plus gros du carnage. Dès que le centre eut cédé et qu'il eut laissé passer les Romains lancés à la poursuite des Carthaginois, l'armée d'Hannibal changea d'aspect, et prit la forme d'un croissant. Les commandants des troupes d'élite firent tourner rapidement leurs hommes vers la gauche ou vers la droite et tombèrent sur les flancs découverts des Romains : tous ceux qui n'eurent pas le temps de se dérober à l'encerclement furent massacrés. 4. Quant aux cavaliers romains, ils furent victimes, dit-on, d'un funeste malentendu. Le cheval de Paulus Aemilius fut blessé, semble-t-il, et désarçonna son cavalier : alors, tous ceux qui entouraient le consul mirent pied à terre pour le défendre. 5. Mais à cette vue, les cavaliers crurent que c'était un ordre qui avait été donné à tout le monde[71] : ils abandonnèrent leur monture et combattirent à pied. À ce spectacle, Hannibal déclara : « Voilà qui me réjouit encore plus que si on me les livrait enchaînés. » 6. Mais ces épisodes ont été racontés par les historiens qui ont décrit cette guerre en détail.

Des deux consuls, l'un, Varron, s'enfuit à cheval à Vénusia[72] avec une faible escorte. Quant à l'autre, Paulus Aemilius, dans l'immense déferlement de la déroute, le

---

69. Il s'agit du sirocco, qu'on appelait dans la région « vent Vulturne » (voir Tite-Live, XXII, 46, 9).

70. Le récit du combat résume ceux, beaucoup plus circonstanciés (voir infra, XVI, 6), de Polybe (IV, 110-117) et de Tite-Live (XXII, 45-49). Ce dernier s'achève par ce constat : « Telle est la bataille de Cannes, aussi célèbre que la défaite de l'Allia » (XXII, 50, 1).

71. Le malentendu n'est pas mentionné par Tite-Live, qui fait bel et bien état d'un ordre du consul. Plutarque reflète une version encore plus favorable à Paulus Aemilius. Mais l'essentiel est que, bien dans sa manière, il clôt sa description du combat sur un « mot » d'Hannibal.

72. Vénusia est une colonie latine d'Apulie, restée fidèle à Rome.

corps couvert de traits encore plantés dans ses blessures, et l'âme accablée par un si grand deuil, il restait assis sur une pierre, attendant qu'un ennemi vînt l'achever. 7. Mais, comme sa tête et son visage étaient inondés de sang, il était méconnaissable pour la plupart; même ses amis et ses proches, dans leur ignorance, passaient sans s'arrêter. Seul Cornélius Lentulus, un jeune patricien, le vit et, l'ayant reconnu, sauta à bas de son cheval; il approcha sa monture du consul, l'exhortant à en faire usage et à se sauver pour ses concitoyens qui avaient, plus que jamais, besoin d'un chef de valeur. 8. Mais Paulus Aemilius rejeta cette prière; il força le jeune homme en pleurs à remonter à cheval. Puis il lui prit la main et, se levant: «Lentulus, lui dit-il, annonce à Fabius Maximus et sois témoin toi-même auprès de lui[73] que Paulus Aemilius est resté jusqu'au bout fidèle à sa ligne de conduite, qu'il n'a violé aucune des promesses qu'il lui avait faites, mais qu'il a été vaincu, d'abord par Varron, puis par Hannibal.» 9. Après l'avoir chargé de cette mission, il renvoya Lentulus, et, se jetant dans la mêlée, il y mourut. Dans ce combat, dit-on, tombèrent cinquante mille Romains; quatre mille furent faits prisonniers et, après le combat, on n'en captura pas moins de dix mille dans les deux camps[74].

XVII. 1. Devant un tel succès, les amis d'Hannibal l'exhortèrent à profiter de la Fortune et à poursuivre les ennemis en fuite jusqu'à Rome: quatre jours après la victoire, il dînerait au Capitole. Il n'est pas facile de dire quelles considérations le retinrent; ce fut peut-être plutôt l'œuvre d'un démon ou d'un dieu qui entrava ses succès, et lui inspira cette hésitation et cette crainte[75]. 2. Le Carthaginois Barca lui déclara, dit-on, avec colère: «Tu sais vaincre, mais tu ne sais pas profiter de ta victoire.» 3. Cependant ce succès modifia considérablement sa situation. Avant la bataille, il ne possédait en Italie ni cité, ni marché, ni port; il procurait à grand-peine, par le pillage, le nécessaire à son armée; il n'avait aucune base solide d'où lancer ses opérations militaires, et vagabondait en tous sens avec une armée qui ressemblait à une grosse bande de pillards. Or désormais, il se voyait maître de presque toute l'Italie[76]. 4. La plupart des peuples, et les plus importants, se rallièrent spontanément à lui[77], et il s'adjoignit même Capoue, la cité la plus considérable

---

73. Fabius est désormais un modèle et un recours – espoir suprême et, pour Paulus, «suprême pensée»...
74. Le bilan des pertes romaines s'établit, d'après Polybe (III, 117, 4), à 70 000 tués; selon Tite-Live (XXII, 49, 15-18), à un peu moins de 50 000 tués, Romains et alliés italiens à part égale, dont beaucoup de magistrats et 80 sénateurs de Rome.
75. Polybe et Tite-Live se contentent de faire état des craintes des Romains, sans mentionner une intention avortée d'Hannibal. L'allusion à un daïmon mauvais conseiller ne surprend pas sous la plume de Plutarque, ni la citation qu'il fait du mot de Barca, passé très vite en proverbe.
76. Synthèse saisissante de ce qui constitue, d'après toutes nos sources, un tournant de cette guerre. Après Cannes, «Hannibal devenait maître de l'Apulie, du Samnium, et, déjà, de presque toute l'Italie» (Tite-Live, XXII, 54, 10). Voir aussi Polybe, IV, 118.
77. «Combien, d'autre part, le désastre de Cannes fut plus grave que les précédents, on en a déjà un indice dans ce fait que la fidélité des alliés, qui jusqu'à ce jour était restée ferme, commença à chanceler» (Tite-Live, XXII, 61, 10). Suit une liste impressionnante des défections.

après Rome. En cette circonstance, on put se rendre compte que dans un grand malheur, on ne discerne pas seulement ses véritables amis, comme le dit Euripide[78], mais également les généraux avisés. 5. Ce qu'avant la bataille on avait appelé, chez Fabius, lâcheté et manque d'ardeur, parut, aussitôt après la défaite, moins une intelligence humaine qu'une inspiration divine et surnaturelle, qui avait su prévoir des événements auxquels on ne parvenait même pas à croire quand on les subissait[79]. 6. Rome plaça donc aussitôt en lui ses derniers espoirs; elle chercha refuge près de la sagesse de cet homme, comme auprès d'un temple ou d'un autel, et ce fut d'abord et surtout grâce à sa détermination qu'elle tint bon et ne se laissa pas abattre, contrairement à ce qui s'était passé lors de l'invasion des Gaulois. 7. En période d'apparente sécurité, on avait vu Fabius circonspect et défiant, mais maintenant que les Romains étaient plongés dans des deuils sans fin et dans un trouble qui les empêchait d'agir, il était le seul à parcourir la ville d'un pas tranquille et d'un air paisible, saluant les gens avec amabilité, faisant taire les lamentations des femmes et dispersant les attroupements de ceux qui sortaient pour déplorer en public les malheurs communs. Il poussa le Sénat à se réunir et encouragea les magistrats, dont il était la force et le soutien, et qui tous gardaient les yeux fixés sur lui[80].

XVIII. 1. Il disposa des gardes aux portes de Rome pour empêcher la foule de s'enfuir et d'abandonner la cité[81]. Il imposa un lieu et une durée au deuil, ordonnant à ceux qui voulaient pleurer leurs morts de le faire dans leurs différentes maisons, pendant trente jours, pas davantage. Après quoi, toute forme de deuil devait cesser et il fallait purifier la ville de ce genre de souillures. 2. La fête de Cérès[82] tombait précisément ces jours-là; Fabius jugea préférable d'annuler entièrement les sacrifices et la procession, plutôt que de souligner, par le petit nombre et l'abattement des participants, l'importance du désastre: la divinité, du reste, se plaît à être honorée par des gens heureux[83]. 3. En revanche, on accomplit tous les sacrifices que les devins prescrivirent pour apaiser les dieux et détourner les mauvais présages. De plus Pictor[84], un parent de

---

78. *Dans une tragédie perdue.*
79. *Toutes les sources notent le renversement d'opinion en faveur de Fabius. La marque propre de Plutarque est la coloration religieuse qu'il donne à ce sentiment, et l'allusion insistante à l'épisode gaulois.*
80. *Fabius, quand il n'exerce pas de magistrature, est, au long de ces années, le «premier» du Sénat* (princeps senatus). *Telle est la base institutionnelle de son influence morale et politique.*
81. *Nouveau et discret rappel (voir supra, III, 1) d'un autre héros: avec Fabius, comme jadis avec Camille, Rome doit «rester dans Rome».*
82. *Le sacrum anniversarium Cereris, en août, durait neuf jours. Seules les matrones le célébraient.*
83. *Le rôle religieux de Fabius paraît ici notablement amplifié par le biographe. Fabius n'entrera au collège des pontifes qu'un peu plus tard au cours de la même année 216 (voir Tite-Live, XXIII, 21, 7). Plus loin, la sécheresse de Plutarque fausse totalement la séquence bien romaine qui s'organise autour des prodiges, et non des «présages». Voir la description cohérente de Tite-Live (XXII, 57, 2-6).*
84. *Fabius Pictor, un des premiers «annalistes» (voir Dictionnaire «Sources»), a laissé en grec un témoignage perdu pour nous, mais abondamment utilisé par les sources antiques. Nul doute que l'image de Quintus Maximus n'ait été valorisée par ses soins.*

Fabius, fut envoyé à Delphes pour consulter l'oracle, et l'on découvrit que deux Vestales s'étaient laissées séduire: l'une fut, suivant l'usage, enterrée vivante, l'autre se suicida[85]. 4. Le plus admirable, ce fut la générosité et la douceur dont fit preuve la cité quand le consul Varron revint après sa fuite, humilié et abattu comme on peut l'être après une défaite aussi honteuse et funeste: le Sénat et le peuple tout entier allèrent à sa rencontre aux portes de la ville pour l'accueillir. 5. Les magistrats en charge et les premiers des sénateurs, au nombre desquels se trouvait Fabius, le félicitèrent, quand le calme fut revenu, de n'avoir pas désespéré de la cité, après un tel désastre, et d'être revenu exercer sa charge et veiller sur les lois et les citoyens, dans l'idée que leur salut était encore possible[86].

XIX. 1. Lorsque les Romains apprirent qu'après la bataille Hannibal s'était dirigé vers d'autres régions d'Italie, ils reprirent courage et envoyèrent en campagne des généraux avec des armées. Les plus illustres étaient Fabius Maximus et Claudius Marcellus, qui suscitaient tous deux une même admiration, alors que leurs caractères, pourtant, étaient presque opposés[87]. 2. Claudius Marcellus brillait, comme je l'ai écrit dans l'ouvrage que je lui ai consacré[88], par son énergie exceptionnelle; il était prompt à en venir aux mains et ressemblait, par son tempérament, à ces héros qu'Homère appelle volontiers «belliqueux» et «farouches»: opposant à l'audace d'Hannibal une audace identique, il avait engagé les premières hostilités de la guerre avec une tactique hardie et impétueuse. 3. Fabius, en revanche, restait fidèle à sa première méthode; il continuait à espérer qu'Hannibal, si personne ne le combattait et ne le provoquait, se consumerait de lui-même et s'épuiserait à la guerre, perdant rapidement son énergie, tel un athlète qui a subi un entraînement excessif et dont la vigueur retombe. 4. C'est pourquoi les Romains, selon Posidonios[89], avaient surnommé Fabius leur bouclier, et Marcellus leur épée: la solidité et la prudence du premier, jointes à l'énergie du second, assurèrent leur salut. 5. Hannibal se portait souvent contre Marcellus qui, tel un fleuve impétueux, ébranlait et brisait ses forces. Fabius en revanche ressemblait à une rivière pai-

---

85. Sur les Vestales, voir Numa, *IX-XI.*
86. L'accueil fait au consul vaincu concilie l'«humanité» et le souci du salut public, deux préoccupations chères au Fabius dont Plutarque fait le portrait. Le maintien de Varron dans ses fonctions symbolise la pérennité de Rome et de ses institutions.
87. Plutarque, désormais, ne présente plus que des «morceaux choisis» de la deuxième guerre punique, où abondent épisodes, images et «mots» pittoresques et riches de sens. Fabius (pour la quatrième fois) et Marcellus (pour la troisième) sont élus consuls en 214 (voir Tite-Live, XXIV, 7-9).
88. Voir Marcellus. *Plutarque veut mettre en valeur le contraste avec Fabius. Mais autant l'opposition à celui-ci du combatif Minucius était catastrophique, autant la coopération (XIX, 4: «jointes à...») de l'«épée» et du «bouclier» est bénéfique pour Rome.*
*89. Posidonios d'Apamée (fin du II*ᵉ*-début du I*ᵉʳ *siècle avant J.-C.), voyageur, ethnologue, philosophe stoïcien, a laissé une œuvre en grec maintes fois citée par les Anciens, mais qui ne nous est pas conservée, sauf par bribes, comme ici (voir Jacoby, 1968-1969, 87 F 42;* Marcellus, *IX, 7 et Wardman, 1974, p. 28; voir aussi Dictionnaire, «Stoïcisme»).*

sible, qui coule sans bruit[90] : il harcelait constamment le Carthaginois, le sapant et l'usant à son insu. Pour finir, Hannibal se vit réduit à l'extrémité suivante : s'il combattait Marcellus, il s'affaiblissait, mais lorsqu'il refusait de combattre, il redoutait Fabius. 6. Car il eut affaire presque tout le temps à ces deux hommes, en qualité de préteurs, de proconsuls, ou de consuls : ils furent l'un et l'autre cinq fois consuls. Pendant le cinquième consulat de Marcellus[91], Hannibal l'attira dans une embuscade et le tua. Contre Fabius, en revanche, il eut beau user, à plusieurs reprises, de toute sa ruse et faire tous les essais possibles, il ne réussit à rien. Une fois cependant, il faillit presque le faire tomber dans un piège. 7. Il composa et fit parvenir à Fabius des lettres qui venaient soi-disant des citoyens les plus éminents et les plus influents de Métaponte, assurant Fabius que, s'il venait, la cité lui serait livrée : ceux qui lui faisaient cette offre attendaient seulement de le voir à proximité. 8. Ces messages ébranlèrent Fabius ; il prit avec lui une partie de ses forces et s'apprêta à se mettre en marche à la faveur de la nuit. Mais les auspices n'ayant pas été favorables, il renonça à cette entreprise. Peu de temps après[92], on découvrit que la lettre était un faux, fabriqué par Hannibal qui avait dressé une embuscade sous les murs de la cité. Il faut sans doute attribuer le salut de Fabius à la bienveillance des dieux.

XX. 1. Fabius était d'avis qu'il fallait contenir et arrêter la défection des cités et l'agitation des alliés en les traitant avec douceur et modération, plutôt que de vérifier tous les soupçons, et de se montrer intraitable envers chaque suspect[93]. 2. Ayant appris par exemple, qu'un soldat marse[94], qui se distinguait parmi les alliés par son courage et sa naissance, avait parlé de désertion avec certains de ses camarades, Fabius, dit-on, ne s'emporta pas contre lui, mais reconnut ouvertement que l'homme avait été injustement négligé[95]. « Pour le moment, déclara-t-il, ce sont tes chefs que je blâme, puisqu'ils attribuent les honneurs par faveur et non pour récompenser le mérite. Mais dans l'avenir, c'est à toi que je m'en prendrai, si tu ne viens pas me trouver et m'expliquer la situation, quand tu auras une réclamation à faire. » 3. Sur ces mots, il lui donna un cheval de guerre, et lui décerna les autres

---

90. Ces images pourraient être une création de Plutarque (voir supra, V, 4).
91. En 208, à Vénusia (voir Marcellus, XXVII, 7). Toutes les sources disent l'imprudence fatale de Marcellus (XXIX, 3-15). La supériorité de Fabius, dans le cadre de leur association, en ressort implicitement (voir pourtant infra, XXII, 8). S'en dégage aussi la grandeur d'Hannibal, qui tient tête à la coalition de tels adversaires.
92. Ces événements ont lieu en 209, alors que Fabius, consul pour la cinquième fois, s'apprête à reprendre Tarente (voir infra, XXI-XXIII ; Polybe, X, 1 et Tite-Live, XXVII, 16).
93. « Modération » humaine et politique de Fabius : voir déjà supra, V, 7-8 ; X, 2 ; XVIII, 5, avec des commentaires analogues.
94. Les Marses sont un peuple du Latium.
95. L'anecdote du notable marse est le signe avant-coureur, ici présenté de manière floue, d'un des problèmes qui deviendront majeurs du IIe siècle au début du Ier : l'octroi de la citoyenneté romaine aux alliés italiens.

récompenses dues à sa vaillance, ce qui fit désormais de ce soldat le plus loyal et le plus courageux des hommes. 4. Fabius savait que les dresseurs de chevaux et de chiens préfèrent employer les soins, la familiarité et la nourriture, pour vaincre l'hostilité, la colère et l'humeur récalcitrante de leurs bêtes, plutôt que le fouet et le carcan : il trouvait donc révoltant que celui qui dirige des hommes n'employât point la bonne grâce et la douceur pour les corriger, et se montrât plus dur et plus âpre que les paysans, quand ils disciplinent les arbres sauvages, figuiers, poiriers et oliviers, pour les contraindre à porter des olives, des poires et des figues[96]. 5. Les centurions rapportèrent qu'un autre soldat, Lucanien de naissance, allait souvent vagabonder hors du camp, en abandonnant son poste. Fabius leur demanda ce qu'ils savaient de lui par ailleurs. 6. Tous l'assurèrent qu'il y avait peu de soldats aussi valeureux que cet homme, et ils lui racontèrent quelques exploits remarquables qu'il avait accomplis. Fabius chercha donc la cause de son indiscipline : il découvrit que le soldat était amoureux d'une jeune femme et se risquait souvent à faire de longs trajets loin du camp pour la retrouver[97]. 7. Alors, à l'insu du soldat, il envoya des hommes enlever cette femme et la cacha dans sa tente. Puis il convoqua le Lucanien et lui dit en tête à tête : « Je n'ignore pas que, contrairement aux coutumes ancestrales et aux lois des Romains, tu passes souvent la nuit hors du camp. Mais je n'ignore pas non plus que jusqu'ici, tu as été un bon soldat. 8. Tes fautes te sont donc remises, en considération de tes belles actions. Mais pour l'avenir, je chargerai quelqu'un de te surveiller. » 9. Alors, à la grande surprise du soldat, il fit avancer la femme et la lui remit en disant : « Voici ma garantie que tu resteras dans le camp avec nous. Tu nous feras voir, par ta conduite, si tu ne nous quittais pas pour quelque mauvais motif et si l'amour et cette femme n'étaient que des prétextes. » Telle est du moins l'histoire que l'on rapporte à ce sujet.

XXI. 1. Quant à la cité de Tarente, qui avait été enlevée aux Romains par trahison, Fabius la reprit de la manière suivante. Il y avait dans son armée un jeune Tarentin, lequel avait à Tarente une sœur qui lui était très fidèlement et tendrement attachée[98]. 2. Or un Bruttien[99], membre de la garnison qu'Hannibal avait laissée à la tête de la cité, était épris de cette femme. Cette situation inspira au Tarentin l'espoir de

---

96. *Le thème, cher à Plutarque, de l'éducation par la douceur – notamment en matière politique et militaire – est illustré par ces deux comparaisons avec l'éleveur et le paysan. Voir Dictionnaire, « Préceptes politiques » et « Douceur ».*

97. *De XX, 5 à XXI, 5 sont juxtaposées, sans grand souci de mise en place historique (surtout dans le premier cas), deux « romances » pour temps de guerre. Celles-ci mettent en scène, significativement, des Italiens à l'affiliation mal assurée. En XX, 9 et XXI, 5, Plutarque manifeste la conscience d'avoir affaire à des épisodes incertains, sinon légendaires.*

98. *Sur la défection de Tarente en 212, voir Polybe, VIII, 24-34 (et Walbank, 1957) et Tite-Live, XXV, 7-11. La première version donnée ici de l'histoire d'amour s'inspire de celle que détaille Tite-Live (XXVII, 15-16). Mais elle est beaucoup moins défavorable au traître par amour, et fait à la casuistique pseudo-juridique une place qu'aurait désavouée l'historien patriote.*

99. *Le Bruttium (actuelle Calabre) est une des anciennes régions de l'Italie du Sud.*

pouvoir agir. Avec l'accord de Fabius, il fut renvoyé à Tarente, où il prétendit qu'il avait déserté pour rejoindre sa sœur. Le temps passa. Les premiers jours, le Bruttien resta chez lui, car la femme croyait que son frère ignorait leur amour. 3. Enfin le jeune homme dit à sa sœur : « Le bruit courait, dans le camp, que tu étais liée avec un personnage important et puissant. De qui s'agit-il ? Si c'est, comme on le dit, un homme brillant, de grand mérite, la guerre qui mêle tout se soucie peu de la naissance. Une action à laquelle on est contraint n'a rien de honteux, et l'on peut considérer comme une chance, en un temps où le droit est bien faible, de trouver de la bienveillance chez l'oppresseur. » 4. Après cette conversation, la femme envoya chercher le Bruttien et lui présenta son frère. Celui-ci eut tôt fait de gagner la confiance du Barbare, en favorisant sa passion et en poussant ostensiblement sa sœur à se montrer plus complaisante et plus douce avec lui. Il ne fut donc pas difficile de le faire changer de camp (c'était un amoureux et un mercenaire[100]), en lui faisant miroiter l'espoir de grandes récompenses qu'il recevrait de Fabius. 5. Tel est le récit que font la plupart des auteurs. Cependant, selon certains, la femme qui fit changer de camp le Bruttien n'était pas tarentine mais bruttienne de naissance : c'était une concubine de Fabius. Quand elle apprit que le commandant des Bruttiens était un concitoyen et qu'elle le connaissait, elle en informa Fabius, puis alla trouver cet homme devant les remparts de la cité et parvint à le persuader[101].

XXII. 1. Pendant ce temps, Fabius mettait tout en œuvre pour attirer Hannibal au loin. Il ordonna aux soldats qui se trouvaient à Rhégium de ravager le Bruttium, de mettre le camp devant Caulonia et de la prendre d'assaut. Ces soldats, au nombre de huit mille[102], étaient pour la plupart des déserteurs, la lie des hommes marqués d'infamie que Marcellus avait ramenés de Sicile : leur perte ne causerait à Rome que peu de chagrin et de dommage. 2. Fabius espérait, en les abandonnant à Hannibal, s'en servir d'appât pour l'éloigner de Tarente. Et c'est ce qui se produisit. Hannibal se lança aussitôt à leur poursuite avec son armée. 3. Fabius mit le siège devant Tarente et, cinq jours plus tard, le jeune homme qui s'était entendu avec le Bruttien par l'entremise de sa sœur vint le rejoindre pendant la nuit. Il avait appris et repéré avec précision l'endroit du rempart où le Bruttien était de garde, prêt à céder la place et à laisser passer les assaillants. 4. Mais Fabius ne voulut pas faire dépendre toute l'entreprise uniquement d'une trahison[103]. Il se rendit à l'endroit convenu et ne broncha plus, tandis que le reste de son armée lançait l'assaut contre les remparts, à la fois par terre et par mer, en poussant de grands cris et en créant

---

100. « Un amoureux et un mercenaire » : de ton plus livien, cette notation illustre la contradiction entre l'attachement à la patrie d'une part, l'appât du gain ou les appas d'une femme d'autre part.
101. Version toute différente, ignorée de Tite-Live. D'allure beaucoup plus politique (et par là plus vraisemblable ?), elle nous informerait, si elle était vérifiée et recoupée, sur la vie privée du héros.
102. Il s'agit des rescapés du désastre de Cannes, les Cannenses, soldats romains marqués du sceau de l'infamie. Rome les a épargnés et mis, en Sicile, à la disposition de Marcellus, comme auxiliaires de « seconde zone » (voir Péré, 1997).
103. Cette remarque favorable à Fabius – qui paraît ici bien déplacée – est absente chez Tite-Live.

beaucoup de confusion. La plupart des Tarentins accoururent à la rescousse et repoussèrent les assaillants. Alors le Bruttien fit signe qu'il était temps d'agir et Fabius, montant avec ses hommes par des échelles, s'empara de la cité. 5. Mais, en la circonstance, il se laissa, semble-t-il, égarer par l'ambition. Il ordonna d'égorger d'abord les Bruttiens, afin de cacher qu'il avait pris la cité par trahison. Cependant, loin de réussir à imposer l'idée qu'il souhaitait donner de lui, il fut au contraire accusé de félonie et de cruauté[104].
6. On tua également un grand nombre de Tarentins; on en vendit trente mille[105]; l'armée mit la cité à sac, et l'on versa au trésor public trois mille talents. 7. Tandis que tout était emporté et pillé, le greffier, dit-on, demanda à Fabius ce qu'il ordonnait concernant les dieux (c'est ainsi qu'il appelait les tableaux et les statues). « Laissons aux Tarentins leurs dieux irrités[106] ! » répondit Fabius. 8. Il fit cependant emporter la statue colossale d'Hercule, qu'il installa sur le Capitole, et près de laquelle il fit dresser sa propre statue équestre en bronze. Il se montra ainsi beaucoup plus extravagant que Marcellus[107], ou plutôt il fit bien voir combien la conduite de Marcellus méritait d'admiration pour sa douceur et son humanité, ainsi que je l'ai rapporté dans l'ouvrage que je lui ai consacré.

XXIII. 1. Hannibal, qui s'était lancé à la poursuite des Romains, ne fut distancé, dit-on, que de quarante stades, et déclara publiquement : « Il y a donc chez les Romains un autre Hannibal, car nous avons perdu Tarente de la même façon que nous l'avions prise[108]. » En privé, il se décida pour la première fois à avouer à ses amis que, depuis longtemps, il avait jugé difficile de s'emparer de l'Italie, mais que maintenant, avec les moyens dont il disposait, cela lui paraissait impossible.
2. Cette victoire fut l'occasion pour Fabius de célébrer un second triomphe, plus éclatant que le premier[109]. Dans sa lutte contre Hannibal, il avait, tel un bon athlète, paré sans peine toutes les attaques de son adversaire dont l'étreinte et les prises semblaient avoir perdu leur ancienne vigueur : 3. une partie des troupes carthaginoises s'était relâchée sous l'influence du luxe et de la richesse[110], tandis que l'autre

---

104. Ce « point noir » dans la vie et la renommée de Fabius est de ceux que Plutarque aime à placer au débit de ses héros dans les « parallèles », mais il restera ici sans écho. Tite-Live avance plusieurs explications possibles de la liquidation des Bruttiens (voir XXVII, 16, 6).
105. Même bilan chez Tite-Live (XXVII, 16, 7). Le nombre des Tarentins vendus comme esclaves a beaucoup frappé les Anciens. Il préfigure l'arrivée massive d'esclaves en Italie au IIe siècle.
106. « Leurs dieux irrités contre eux », ainsi que Tite-Live l'explicite (XXVII, 16)... et que l'issue du combat l'a prouvé.
107. La comparaison à l'avantage de Marcellus (voir Marcellus, XXI) se situe délibérément à l'opposé exact du jugement de Polybe (III, 10) comme de Tite-Live (XXVII, 16, 8; XXV, 40, 1-2)... et probablement de la vérité historique. Appréciations divergentes de Russell (1973), p. 160, et de Wardman (1974), p. 178.
108. Même commentaire chez Tite-Live (XXVII, 16, 10).
109. Sur le premier triomphe, voir supra, II, 1.
110. C'est le thème des « délices de Capoue », l'opulente rivale campanienne de Rome, qui a fait défection en 216 et a longuement accueilli les troupes d'Hannibal (voir Tite-Live, XXIII, 2 et suiv.).

avait été comme émoussée et usée par ces combats incessants. Lorsque Hannibal avait enlevé Tarente, un certain Marcus Livius commandait la garnison romaine. Cet homme s'était réfugié sur la citadelle, dont il ne s'était pas laissé déloger, et il l'avait tenue jusqu'au moment où les Romains avaient repris la place. 4. Il voyait avec chagrin les honneurs que l'on rendait à Fabius. Un jour, emporté par la jalousie et le dépit, il déclara devant le Sénat que le véritable auteur de la reconquête de Tarente, c'était lui, et non Fabius. Celui-ci se mit à rire : « Tu as raison ! dit-il. Si tu n'avais pas perdu la cité, je ne l'aurais pas reprise[111] ! »

XXIV. 1. Les Romains décernèrent des honneurs magnifiques à Fabius, et ils élurent consul son fils Fabius[112]. Un jour que celui-ci, après son entrée en charge, expédiait quelque affaire relative à la guerre, son père, soit à cause de son grand âge et de ses infirmités, soit afin de mettre son fils à l'épreuve, vint le rejoindre à cheval, en traversant la foule qui se tenait autour de lui. 2. Le jeune homme, l'ayant vu venir de loin, voulut l'empêcher d'approcher : il envoya un licteur dire à son père de descendre de cheval et d'avancer à pied, s'il avait quelque chose à demander au consul. 3. Cet ordre choqua tous les assistants : ils regardaient Fabius sans rien dire, jugeant qu'il subissait là un traitement indigne de sa gloire. Mais Fabius sauta promptement à terre et, pressant le pas, rejoignit son fils, le serra contre lui et l'embrassa. 4. « C'est bien, mon fils, tu penses et tu agis comme il convient. Tu sais à qui tu commandes et quelle est la majesté de la charge dont tu es revêtu. C'est ainsi que nous avons, nous et nos ancêtres, accru la puissance de Rome, en faisant toujours passer nos parents et nos enfants après le bien de la patrie[113]. » 5. Il est vrai, d'ailleurs, que son bisaïeul[114], un homme particulièrement renommé et puissant à Rome, qui avait exercé le consulat à cinq reprises et célébré des triomphes éclatants à l'occasion de guerres très importantes, accompagna en campagne, dit-on, en qualité de légat, son fils alors consul. Puis, lors du triomphe, tandis que son fils entrait dans la cité sur un quadrige, il suivit à cheval, avec les autres. Cet homme, qui avait tous les droits sur son fils et qui était considéré avec raison comme le plus grand des citoyens, était heureux de céder le pas à la loi et au consul. 6. Pour en revenir à notre Fabius, ce ne fut pas la seule occasion qui permit de l'admirer. Lorsque son fils vint à mourir, il supporta cette perte en homme raisonnable et en père vertueux, avec la plus grande retenue. L'éloge

---

111. Sur le cas de Marcus Livius, la version de Tite-Live (XXVII, 25), nettement plus complexe, montre que Plutarque a simplifié le sujet pour mettre en valeur la formule de Fabius. Sur jalousie et politique, voir Wardman (1974), p. 71-72.
112. En 213 (voir Tite-Live, XXIV, 43-44). L'épisode a lieu au camp de Suessula, en Campanie, où Fabius, son second fils, vient le rejoindre.
113. Une fois de plus, dans les actes et les paroles de Fabius, le symbole patriotique l'emporte – et affiche cette primauté – sur l'attachement privé, familial.
114. Fabius Rullus, le premier « Maximus », a déjà été mentionné supra, en I, 3. Que le premier et/ou le second de ces épisodes soient ou non controuvés, leur répétition illustre le caractère exemplaire, dans les grandes lignées familiales, des faits et gestes des héros fondateurs.

funèbre que les proches parents prononcent aux funérailles des citoyens illustres, il le prononça lui-même, sur le forum; puis il l'écrivit et le publia[115].

XXV. 1. Ensuite, Cornélius Scipion fut envoyé en Espagne; il remporta sur les Carthaginois de nombreuses batailles et les chassa du pays, gagnant ainsi aux Romains de nombreux peuples, de grandes cités et des avantages considérables[116]. À son retour à Rome, il fut entouré d'une faveur et d'une gloire exceptionnelles. Élu consul, il comprit que le peuple réclamait et attendait de lui de grandes choses; il jugea qu'affronter Hannibal en Italie était désormais une tactique surannée, qui n'était plus de mise. C'était Carthage elle-même et la Libye qu'il voulait dévaster, en les emplissant d'armes et de soldats, afin de transporter là-bas, loin de l'Italie, le théâtre de la guerre. Il mit toute son ardeur pour faire partager ce sentiment au peuple. 2. Alors Fabius chercha à inspirer à la ville des craintes de toutes sortes: Rome, disait-il, se laissait entraîner par un jeune fou dans des dangers immenses et irrémédiables. Il n'épargna ni ses paroles ni ses actes pour détourner les citoyens d'un pareil projet. Il parvint à convaincre le Sénat, mais le peuple crut qu'il attaquait Scipion par jalousie de ses succès et par crainte, si le jeune général, accomplissant quelque brillant exploit, terminait la guerre définitivement ou l'éloignait de l'Italie, de paraître, lui, avoir été indolent et mou, pour n'avoir pu, en une si longue durée, y mettre fin[117]. 3. Il est probable qu'au commencement, Fabius s'opposa à Scipion en raison de sa grande prudence et de sa circonspection, parce qu'il craignait le danger, lequel était effectivement grand; mais par la suite, il se raidit et se laissa emporter trop loin par l'ambition et la jalousie, afin d'empêcher l'ascension de Scipion. Il tenta même de convaincre Crassus, le collègue de Scipion, de ne pas lui laisser le commandement et de ne pas lui obéir, mais de passer lui-même à Carthage, si cette décision était adoptée[118]. Il s'opposa aussi à ce que l'on fournît les fonds nécessaires à la guerre. 4. Scipion fut contraint de se les procurer lui-même; il les recueillit en son nom personnel dans les cités d'Étrurie avec lesquelles il avait des liens étroits et qui souhaitaient lui plaire[119]. Quant à Crassus, il resta à Rome, en partie à cause

---

115. Voir supra, I, 9.

116. Dernière étape de la deuxième guerre punique, à partir de 206. Scipion, le futur «Africain», victorieux en Espagne (voir Polybe, XI, 20-33; Tite-Live, XXVIII, 13-37), est élu consul pour l'année 205, en même temps que Publius Licinius Crassus, grand pontife (voir Tite-Live, XXVIII, 38, 6-7).

117. Ce pathétique entêtement d'un vieil homme accroché à une lucidité passée et dépassée (le «jeune fou» opposé à la «prudence et circonspection» de l'homme d'expérience) est traduit, chez Tite-Live, par un échange de discours célèbre (XXVIII, 40-45). Plutarque s'efforce de reconstituer une évolution psychologique vraisemblable du personnage. Retour du thème de la jalousie (voir supra, XXIII, 4).

118. Démarche très peu vraisemblable de Fabius, lui-même pontife (voir infra, XXV, 4), pour détourner le consul et grand pontife de ses obligations religieuses. Sur le manque de noble ambition (philotimia) de Crassus, voir Wardman (1974), p. 116.

119. La liste détaillée des cités concernées, avec la contribution en nature de chacune (Tite-Live, XXVIII, 45, 14-20), constitue un précieux document historique. Non moins intéressante, la mention par Plutarque de «liens étroits» implique une sorte de patronage de Scipion sur ces cités (voir Cassolà, 1962).

de son caractère (c'était un homme doux, qui n'aimait pas les querelles), et aussi en raison de la loi divine, car il avait la charge de grand pontife.

XXVI. 1. Fabius chercha donc une autre voie pour s'opposer à Scipion. Il essaya d'arrêter et de retenir ceux des jeunes gens qui désiraient faire campagne avec lui[120]. Il criait, devant le Sénat et le peuple, que, non content de s'enfuir devant Hannibal, Scipion emportait sur ses bateaux, loin d'Italie, toutes les forces de réserve, qu'il avait flatté les espérances des jeunes gens pour leur faire abandonner leurs parents, leurs épouses et leur cité, aux portes de laquelle campait un ennemi victorieux et invincible. 2. Par de tels propos, il réussit à effrayer les Romains; ils décrétèrent que Scipion devait employer uniquement les troupes qui se trouvaient en Sicile et n'emmener que trois cents des hommes qui l'avaient accompagné en Espagne et dont il avait éprouvé la fidélité. Cette politique de Fabius allait, semble-t-il, dans le sens de son caractère[121]. 3. Mais dès que Scipion fut passé en Libye, on rapporta à Rome les nouvelles d'actions étonnantes et d'exploits dont la grandeur et la beauté surpassaient tout. Ces nouvelles furent confirmées aussitôt par l'arrivée d'un énorme butin et du roi des Numides prisonnier; on avait incendié et détruit au même moment deux camps ennemis: beaucoup d'hommes y avaient péri, beaucoup d'armes et de chevaux avaient été la proie des flammes. Les Carthaginois envoyèrent à Hannibal des ambassades pour le rappeler, le priant de renoncer à ses vaines espérances en Italie et de revenir au secours de son pays. À Rome, tous n'avaient à la bouche que le nom de Scipion, dont ils célébraient les succès. Mais Fabius demandait qu'on envoyât quelqu'un pour le remplacer. Il n'avait aucun motif à faire valoir, sinon le vieil adage selon lequel il est dangereux de confier à la fortune d'un seul homme des affaires très importantes[122], car il est difficile que la même personne rencontre toujours le succès. Mais cette attitude irritait désormais la foule, qui ne voyait en lui qu'un homme acariâtre et jaloux, ou un vieillard auquel l'âge avait enlevé tout courage et toute espérance, et qui avait d'Hannibal une peur démesurée. 4. Car même quand celui-ci eut quitté l'Italie et se fut embarqué avec ses troupes, Fabius ne laissa pas ses concitoyens profiter tranquillement de leur joie et reprendre confiance. Plus que jamais, il répétait que la situation était périlleuse, et que la ville courait au-devant des plus graves dangers. En Libye, disait-il, devant Carthage, Hannibal allait se jeter sur eux avec plus de violence, et Scipion trouverait en face de lui une armée trempée du sang encore chaud de tous les généraux, de tous les dictateurs et de tous les consuls qu'elle avait massacrés. De tels propos plongèrent de nouveau la ville

---

120. *Le Sénat n'accorde pas de troupes fraîches à Scipion, mais l'autorise à recruter des volontaires à Rome et en Italie: il en embarque 7 000 vers la Sicile (voir Tite-Live, XXVIII, 45, 21 à 46, 1).*
121. *Comparer la version de Tite-Live, XXIX, 1.*
122. *Ici s'exprime la méfiance atavique d'une partie de l'aristocratie sénatoriale à l'égard de tout ce qui peut ressembler à une «aventure» personnelle sur le mode hellénistique. On peut y voir une préfiguration des attaques de Caton contre le même Scipion. Plutarque aborde avec prudence une question qui le gêne (voir Wardman, 1974, p. 118 et 135): la «vertu» d'un héros peut-elle être amoindrie (ici par la vieillesse)? Et que dire d'un héros qui ne reconnaît pas la grandeur d'un autre (p. 196)?*

dans l'inquiétude : bien que la guerre fût passée en Libye, on avait l'impression que le danger était plus proche de Rome que jamais.

XXVII. 1. Mais peu après, Scipion vainquit Hannibal lui-même en bataille rangée[123] ; il abattit et foula aux pieds l'orgueil de Carthage, qui succomba. Il inspira à ses concitoyens une joie qui dépassait toutes leurs espérances ; quant à leur empire, qui avait été véritablement,

> heurté par tant de flots, il sut le redresser[124].

2. Fabius Maximus ne vécut pas jusqu'à la fin de la guerre ; il n'apprit pas la défaite d'Hannibal et ne vit pas la félicité profonde et durable de sa patrie. À peu près au moment où les bateaux d'Hannibal quittaient l'Italie, il tomba malade et mourut[125].
3. Les Thébains enterrèrent Épaminondas[126] aux frais de l'État à cause de la pauvreté dans laquelle il mourut : à son décès, on ne trouva dans sa maison, dit-on, qu'une piécette de fer[127]. 4. Fabius, lui, ne fut pas enterré par les Romains aux frais de l'État, mais chaque citoyen lui apporta, individuellement, la plus petite pièce de monnaie qui avait alors cours, non pour secourir son indigence, mais parce que le peuple avait l'impression d'ensevelir un père[128]. Sa mort fut donc entourée des honneurs et de la gloire qu'avait mérités sa vie.

---

123. À Zama, en 202 (voir Polybe, XV, 9-16 ; Tite-Live, XXX, 32-35).
124. Sophocle, Antigone, *v. 163.*
125. En 203. Tite-Live (XXX, 26, 7) signale son grand âge « s'il est vrai, comme le disent certains auteurs, qu'il fut augure pendant 62 ans ».
126. Stratège thébain (420 ?-362), mort à la bataille de Mantinée, dont Plutarque avait écrit une Vie *qui n'a pas été conservée.*
127. Sur la pauvreté, comparer Lycurgue, *XIII ;* Aristide, *I ;* Aratos, *XIX.*
128. Les Romains auraient donc oublié leur ultime grief, pour ne plus commémorer que les hauts faits d'un homme jadis qualifié de « père » (voir supra, XIII, 6 et 8).

COMPARAISON
DE PÉRICLÈS ET DE FABIUS MAXIMUS

XXVIII. [I]. 1. Telle est donc l'histoire de la vie de ces hommes. Puisque tous deux ont laissé tant de beaux exemples de vertu politique et militaire, eh bien ! examinons d'abord ce qui a trait à la guerre. Périclès avait charge d'un peuple au comble du bonheur, très grand par lui-même et à l'apogée de sa puissance : si le stratège fut jusqu'au bout épargné par l'échec et les revers, il le dut, semble-t-il, à la prospérité et à la force de la communauté. Fabius, au contraire, intervint dans les circonstances les plus humiliantes et les plus funestes ; il n'eut pas à maintenir la cité dans la félicité, mais à l'arracher au malheur et à la relever. 2. Les victoires de Cimon, les trophées de Myronidès et de Léocratès, les succès si nombreux et si grands de Tolmidès permirent à Périclès, quand il était stratège, de remplir la cité de fêtes et de panégyries, au lieu d'avoir à la conquérir et à la garder par la guerre. 3. Fabius, lui, avait devant les yeux tant de déroutes et de défaites, tant de meurtres et de massacres de généraux et de commandants, des lacs, des plaines et des forêts remplis de cadavres de soldats, des fleuves qui roulaient du sang et des morts jusqu'à la mer. Par sa force intérieure et sa constance, il secourut Rome, et la soutint, l'empêchant de se laisser abattre sous les coups des ennemis et de sombrer complètement. 4. Certes, prendre en main une cité humiliée par le malheur et contrainte par la nécessité d'obéir à un homme sensé peut sembler moins difficile que de brider un peuple exalté par la prospérité, gonflé d'orgueil et d'insolence, ce que dut faire Périclès le plus souvent, pour gouverner les Athéniens. 5. Cependant la gravité et la quantité des maux qui accablèrent les Romains, firent bien voir la fermeté de décision et la grandeur de Fabius, qui ne se laissa pas troubler et n'abandonna pas sa ligne de conduite.

XXIX. [II]. 1. On peut mettre en parallèle la prise de Samos par Périclès et la reconquête de Tarente, et aussi, par Zeus ! la soumission de l'Eubée et celle des cités de Campanie (Capoue elle-même fut prise par les consuls Fulvius et Appius). En bataille rangée, Fabius ne remporta, semble-t-il, aucune victoire, sauf celle qui lui valut son premier triomphe, tandis que Périclès érigea neuf trophées pour avoir battu l'ennemi sur terre ou sur mer. 2. Cependant, on ne cite aucun exploit de Périclès qui vaille ce que fit Fabius lorsqu'il arracha Minucius aux mains d'Hannibal et sauva une armée romaine tout entière : ce fut une action magnifique, qui allia le courage, l'intelligence et la générosité. Mais inversement, on ne mentionne aucun revers de Périclès aussi cuisant que celui qu'essuya Fabius quand il se laissa tromper par le stratagème que lui tendait Hannibal avec ses vaches. Fabius tenait son ennemi, qui s'était engagé de lui-même, par hasard, dans un défilé, mais il le laissa, sans s'en apercevoir, s'échapper pendant la nuit, puis le jour venu, il lui permit de l'attaquer violemment, de profiter de ses lenteurs et de s'emparer de celui qui l'avait pris. 3. D'autre part, si le devoir d'un bon général est de bien exploiter la situation présente, mais aussi de faire des conjectures exactes sur l'avenir, notons que la guerre se termina pour les Athéniens comme Périclès l'avait prévu et annoncé : pour avoir voulu trop entreprendre, ils perdirent leur empire. Ce fut en revanche contre l'avis de Fabius que les Romains envoyèrent Scipion à Carthage et remportèrent une victoire totale, due non à la Fortune, mais à la sagesse et à la vaillance de ce général, qui écrasa les ennemis par la force. 4. Ainsi, pour Périclès, les malheurs de sa patrie prouvèrent qu'il avait bien vu, tandis que pour Fabius, à l'inverse, les succès de Rome montrèrent qu'il s'était trompé du tout au tout. C'est en effet, pour un général, une faute aussi grave de subir un désastre qu'il n'a pas prévu que de renoncer à une opportunité parce qu'il ne croit pas au succès. Le même manque d'expérience entraîne, dans un cas une audace déplacée, dans l'autre la disparition de toute hardiesse. Voilà pour leurs talents militaires.

XXX. [III]. 1. Quant à leur action politique, on peut faire un reproche grave à Périclès : il provoqua, dit-on, la guerre du Péloponnèse, par son obstination à ne pas céder aux Lacédémoniens. Mais à mon avis, Fabius Maximus n'aurait fait, lui non plus, aucune concession aux Carthaginois : il aurait affronté le danger avec noblesse pour défendre l'hégémonie de Rome. 2. Cependant la bienveillance et la douceur dont il fit preuve à l'égard de Minucius font juger avec sévérité les intrigues de Périclès contre Cimon et Thucydide, des hommes de bien, partisans de l'aristocratie, qu'il fit exiler par ostracisme. Périclès avait plus de puissance et d'autorité que Fabius. 3. Pour cette raison, il ne laissa aucun stratège nuire à la cité par ses projets funestes ; seul Tolmidès échappa à son contrôle, entra violemment en guerre contre les Béotiens, et fut écrasé. Tous les autres se soumirent et se rangèrent à ses avis, en raison de sa grande autorité. 4. Fabius au contraire, si déterminé et infaillible qu'il fût, apparaît inférieur à l'Athénien par son impuissance à retenir les autres. Les Romains n'auraient sûrement pas connu tant de désastres, s'il avait eu sur eux le même ascendant que Périclès à Athènes.

5. Ils montrèrent tous deux un noble mépris des richesses, Périclès en n'acceptant rien de ce qu'on lui offrait, Fabius, en donnant abondamment à des gens dans le besoin, comme lorsqu'il employa ses ressources personnelles pour délivrer les prisonniers de guerre. 6. Il est vrai que la somme n'était pas considérable : elle se montait à environ six talents. Quant à Périclès, nul ne saurait dire toutes les richesses et tous les services qu'il aurait pu recevoir des alliés et des rois du fait de sa puissance, mais il se garda toujours intègre et incorruptible.

7. Quant à ses grands travaux, à la construction des temples et des monuments dont il orna Athènes, tous les efforts réunis que firent les Romains en ce domaine jusqu'à l'époque impériale ne pourraient soutenir la comparaison avec eux. Leur grandeur et leur splendeur leur assurent, de loin et sans conteste, la première place.

BIBLIOGRAPHIE

VIE DE PÉRICLÈS

AUSTIN M. et VIDAL-NAQUET P.
Économies et sociétés en Grèce ancienne,
Paris, 1992.

HANSEN M. H.
La démocratie athénienne à l'époque de Démosthène, Paris, 1993.

WILL E.
Le monde grec et l'Orient. I. Le IV⁰ siècle,
Paris, 1972.

VIE DE FABIUS MAXIMUS

BABUT D.
Plutarque et le stoïcisme, Paris, 1969.

BLOCH R.
Les prodiges dans l'Antiquité, Paris, 1963.

CASSOLÀ F.
I gruppi politici romani, Rome, 1962.

HEURGON J.
Trois études sur le Ver Sacrum, coll. Latomus 26,
Bruxelles, 1957.

JACOBY F.
Die Fragmente des griechischen Historiker,
Berlin, 1903; rééd. Leyde, 15 vol., 1968-1969.

MARROU H. I.
Histoire de l'éducation dans l'Antiquité,
Paris, 5ᵉ éd., 1965.

PÉRÉ S.
«Note sur les *Legiones Cannenses*», *Pallas*, 46,
Mélanges Domergue I, 1997, p. 121-130.

RUSSELL D. A.
Plutarch, Londres, 1973.

WALBANK F. W.
A Historical Commentary on Polybius, Oxford,
I, 1940; II, 1967; III, 1979.

WARDMAN A. E.
Plutarch's Lives, Londres, 1974.

ALCIBIADE - CORIOLAN

À la fin de sa comparaison entre Alcibiade et Coriolan, Plutarque dit de l'Athénien qu'il fut «l'individu le plus éhonté et le moins respectueux de l'honneur». S'il lui accorde cependant une place dans ses Vies parallèles, *c'est qu'Alcibiade fut certainement une des figures les plus controversées de l'histoire grecque. Beau, riche, aimé des hommes et des femmes, il s'était de surcroît épris de Socrate. Et, s'il menait une vie de débauche, il n'en était pas moins soucieux du respect qu'il devait à son maître. Le rôle de premier plan qu'il tint dans les affaires du monde grec durant les dernières années de la guerre du Péloponnèse justifiait par ailleurs qu'il figurât parmi les grands hommes du passé. Un rôle ambigu puisque, promoteur de la grande expédition de Sicile, il ne put la mener à bien, ayant été privé de son commandement pour avoir participé à des actions sacrilèges. Fugitif à Sparte d'abord, puis auprès du satrape perse Tissapherne, il n'hésita pas à se mettre au service des ennemis d'Athènes, avant de leur infliger de graves défaites et de regagner la cité où il fut accueilli en héros, tant cet aristocrate savait plaire à la foule. C'est précisément cette démagogie que lui reproche Plutarque et qu'il oppose à l'orgueil hautain de Caius Marcius Coriolan. Celui-ci appartient à cette partie du passé de Rome à mi-chemin entre l'histoire et la légende. Sans Plutarque, il serait sans doute demeuré dans l'ombre, une de ces obscures figures des premiers temps de la République, lorsque la cité se heurtait à l'hostilité de ses voisins immédiats. C'est pour s'être emparé de Corioles, la plus importante cité des Volsques, que Caius Marcius reçut le surnom de Coriolan. Et c'est parce que le peuple ne lui sut pas gré de ses victoires qu'il lui manifesta avec hauteur son mépris, ce qui lui valut d'être banni. À la différence d'Alcibiade, soucieux, même lorsqu'il servait les intérêts de Sparte, de rentrer à Athènes, et prêt pour y parvenir à tous les revirements, Coriolan, par son attitude méprisante envers le peuple, se condamna à un exil sans fin. Et c'est au milieu des ennemis de Rome qu'il trouva la mort, ayant seulement cédé à la pression des femmes de sa famille pour inciter les Volsques à renoncer au siège de la ville. De ce Coriolan méprisant et hautain, Shakespeare allait faire le héros d'une de ses tragédies, une tragédie dont la représentation à Paris en 1934 fut l'occasion d'une manifestation de jeunes gens d'extrême droite, qui avaient fait du Romain leur idole.*

Cl. M.

ALCIBIADE

I. 1. La famille paternelle d'Alcibiade remontait, paraît-il, à Eurysacès, fils d'Ajax qui en était le fondateur. Par sa mère, Deinomachè, fille de Mégaclès, il était Alcméonide. Son père Clinias se couvrit de gloire à la bataille navale de l'Artémision, sur une trière équipée à ses propres frais; plus tard, il trouva la mort à Coronée, en combattant contre les Béotiens[1]. 2. Alcibiade eut alors pour tuteurs Périclès et Ariphron, les fils de Xanthippos, ses proches parents[2].
3. On a raison de dire que l'affection et l'amitié de Socrate contribuèrent grandement à sa gloire. En effet, nous ne pouvons même pas nommer la mère de Nicias, de Démosthénès, de Lamachos, de Phormion, de Thrasybule et de Théramène, qui vécurent pourtant à la même époque, et qui furent célèbres[3], mais nous savons que la nourrice d'Alcibiade était une Laconienne nommée Amycla, et que son pédagogue s'appelait Zopyros: le premier renseignement nous a été transmis par Antisthène[4], le second par Platon[5].
4. Quant à sa beauté physique, peut-être n'est-il pas nécessaire d'en dire grand-chose, sinon qu'elle l'accompagna durant toute son existence, parant de charme et de séduction tous les âges de sa vie: l'enfance, l'adolescence et la maturité.
5. Contrairement à ce que dit Euripide[6], il n'est pas vrai que tous les êtres beaux le demeurent même dans leur automne. Ce privilège peu commun, Alcibiade le dut à son heureuse constitution et à l'excellence de sa nature. 6. En ce qui concerne sa voix, il avait, dit-on, un défaut de prononciation qui lui allait fort bien, et donnait à

---

*1. Ajax est le fameux héros de l'*Iliade, *fils de Télamon, roi de Salamine. Eurysacès est le fils qu'il eut d'une captive, Tecmessa, fille du roi de Phrygie. Eurysacès succéda à son grand-père comme roi de Salamine et livra l'île aux Athéniens. Son fils Philaeos est l'ancêtre de la puissante famille des Philaïdes. L'Alcméonide Mégaclès fut ostracisé en 487-486. La bataille de l'Artémision eut lieu en 480, peu avant la victoire de Salamine. La bataille de Coronée se déroula en 447. On suppose que le Clinias qui combattit à l'Artémision n'était pas le père, mais le grand-oncle d'Alcibiade.*
2. La mère de Périclès, Agaristè, était elle aussi une Alcméonide, sœur de Mégaclès, le grand-père maternel d'Alcibiade. Deinomachè était donc sa nièce et la cousine de Périclès.
3. De fait, on nomme rarement les femmes athéniennes autrement que par le nom de leur époux. Plutarque consacre une Vie à Nicias. *Le Démosthénès dont il s'agit est le stratège qui s'illustra durant la première partie de la guerre du Péloponnèse et qui périt lors de l'expédition de Sicile. Lamachos, Phormion et Thrasybule sont des stratèges qui s'illustrèrent durant la même période. Quant à Théramène, il participa activement aux deux révolutions oligarchiques de la fin du* V[e] *siècle.*
4. Antisthène, disciple de Socrate comme Platon, fut le fondateur de l'École cynique.
*5. Dans l'*Alcibiade majeur, *122b.*
6. D'après Plutarque dans son Dialogue sur l'amour, *770c et les* Apophtegmes, *Euripide disait cela à propos du poète tragique Agathon.*

son langage une grâce persuasive. 7. Aristophane fait allusion à ce défaut dans les vers suivants, où il ridiculise Théoros :

> Alcibiade en blésant me dit devant le temple :
> « Legalde Théolos, il ne sait que plier »
> Alcibiade a dit vrai en blésant ce jour-là[7].

8. Et Archippos[8], pour se moquer du fils d'Alcibiade, dit qu'il marchait mollement, faisant traîner son manteau derrière lui, afin de ressembler le plus possible à son père :

> Et il penche la tête, et il parle en blésant.

II. 1. Avec le temps, comme il fallait s'y attendre vu l'importance des événements auxquels il fut mêlé et les vicissitudes de sa fortune, son caractère montra beaucoup d'instabilité et de contradictions, mais parmi toutes les passions violentes que la nature avait mises en lui, la plus puissante était le désir de gagner et d'être le premier, comme le montrent clairement les témoignages qui ont été conservés concernant son enfance.
2. Un jour qu'il s'exerçait à la lutte et qu'il avait le dessous, pour éviter d'être renversé, il approcha de sa bouche les doigts serrés de son adversaire et fit mine de les dévorer. 3. L'autre le lâcha aussitôt : « Alcibiade, s'écria-t-il, tu mords comme les femmes ? – Non, répondit l'enfant. Comme les lions. » Une autre fois, étant encore tout petit, il jouait aux osselets dans une ruelle ; c'était son tour de les lancer quand survint une charrette lourdement chargée. 4. Alcibiade commença par crier au conducteur d'arrêter ses bêtes, parce que les osselets étaient tombés sur le passage de sa voiture. Le cocher, qui était un rustre, ne voulut rien entendre et continua d'avancer. Tous les enfants s'écartèrent, mais Alcibiade, se jetant face contre terre devant l'attelage, s'étendit de tout son long : « Passe maintenant, si tu veux ! », lança-t-il à l'homme. Celui-ci, pris de peur, tira son attelage en arrière, et les spectateurs, épouvantés, coururent vers l'enfant en poussant de grands cris.
5. Quand il atteignit l'âge des études, alors qu'il faisait preuve d'une docilité satisfaisante à l'égard des autres maîtres, il refusa de jouer de l'aulos, déclarant que cet instrument était méprisable et indigne d'un homme libre. L'usage du plectre et de la lyre, expliquait-il, ne nuit ni au maintien, ni à l'apparence que doit avoir un homme libre, mais lorsque quelqu'un souffle dans l'aulos avec sa bouche, même ses familiers auraient du mal à reconnaître ses traits. 6. D'autre part, quand on joue de la lyre, on peut parler ou chanter en même temps, alors que l'aulos ferme la

---

7. *Nous essayons de rendre ainsi, en prenant quelques libertés avec la lettre du texte, le calembour sur lequel joue Aristophane. Dans cet extrait des* Guêpes *(v. 44-46), Alcibiade dit que Théoros ressemble à un corbeau* (corax), *mais sa prononciation déficiente fait qu'on entend : il ressemble à un flatteur* (colax). *En blésant, Alcibiade a donc, sans le vouloir, suggéré que Théoros est un être veule, qui ne sait que flatter le peuple et plier devant lui.* (N.d.T.)
8. *Archippos est un poète contemporain d'Aristophane.*

ALCIBIADE

bouche du musicien et le bâillonne, lui ôtant à la fois la voix et la parole. «Laissons l'aulos aux fils de Thèbes, car ils ne savent pas discourir. Mais nous autres, Athéniens, nous avons, à ce que disent nos pères, Athéna pour fondatrice et Apollon pour protecteur: or Athéna a rejeté l'aulos, et Apollon a même écorché celui qui en jouait[9].» 7. Par de tels propos, mi-plaisants, mi-sérieux, Alcibiade se délivra de cette étude, et il en détourna les autres enfants, car le bruit se répandit rapidement, parmi eux, qu'Alcibiade avait bien raison de mépriser l'aulos, et de se moquer de ceux qui apprenaient à en jouer. L'aulos fut dès lors totalement exclu des études libérales et devint l'objet d'un mépris général.

III. 1. Antiphon a écrit dans ses *Invectives*[10] que, étant enfant, Alcibiade s'enfuit de chez lui pour rejoindre Démocratès, un de ses érastes. Ariphron voulait le faire rechercher par une proclamation publique, mais Périclès s'y opposa: «S'il est mort, dit-il, la proclamation nous permettra seulement de l'apprendre un jour plus tôt, mais s'il est sauf, il sera perdu, irrémédiablement, pour le reste de ses jours.» Selon le même auteur, Alcibiade aurait également tué, dans la palestre de Sibyrtios, un des serviteurs qui l'accompagnaient, en le frappant d'un bâton. 2. Mais sans doute ces récits ne sont-ils pas dignes de foi, d'autant plus qu'Antiphon reconnaît les avoir lancés sous forme d'invectives, parce qu'il détestait Alcibiade.

IV. 1. Déjà, des citoyens de haute naissance s'empressaient en foule autour d'Alcibiade et l'entouraient d'attentions. De toute évidence, la plupart d'entre eux étaient frappés par l'éclat de sa beauté: c'était à elle qu'allaient leurs hommages. Mais l'amour de Socrate révéla de manière éclatante les dispositions naturelles de l'enfant pour la vertu. Socrate voyait ces qualités éclater et briller à travers les apparences extérieures. Il craignait pour lui sa richesse, sa haute naissance et la multitude de citoyens, d'étrangers et d'alliés qui faisaient auprès de lui assaut de flatteries et de complaisances. Aussi entreprit-il de le protéger, et de l'empêcher, comme une plante en fleurs, de perdre et de gâter son fruit[11]. 2. Plus que tout autre, Alcibiade subit les attaques extérieures de la Fortune: elle l'assiégea au moyen de prétendus biens qui auraient dû le rendre insensible à la philosophie, inaccessible aux paroles franches et mordantes. Mais si gâté qu'Alcibiade ait été dès l'origine, empêché par ses flatteurs d'écouter l'homme qui voulait le conseiller et l'instruire, il sut cependant, grâce à son bon naturel, comprendre qui était Socrate. Il le laissa s'approcher de lui, et repoussa les érastes riches et célèbres. 3. Très vite, il devint son familier et prêta l'oreille aux propos de cet éraste, qui ne cherchait pas des plaisirs indignes

---

9. *Allusion à la rivalité d'Apollon et du satyre Marsyas. Athéna aurait rejeté l'aulos – cet instrument à vent qui s'apparente au chalumeau et au hautbois (voir* Lycurgue, *XXI, 4) – après s'être contemplée dans l'eau d'une rivière et y avoir vu ses joues gonflées par l'effort.*
10. *On ne sait si l'auteur de ces* Invectives *est l'orateur Antiphon qui prit une part active à la révolution oligarchique de 411 ou le sophiste du même nom, son contemporain.*
11. *Plutarque s'inspire ici du dialogue de Platon intitulé* Alcibiade *et des propos que Socrate adresse à son jeune disciple.*

d'un homme, ne réclamait ni attouchements ni caresses, mais critiquait ce qu'il y avait de corrompu dans son âme, et rabattait son vain et fol orgueil.

Il se fit tout petit, ce coq, les ailes basses[12].

4. Alcibiade en vint à penser que l'entreprise de Socrate était véritablement «une assistance divine, visant à protéger et à sauver les jeunes gens[13]». Plein de mépris pour lui-même, et d'admiration pour le philosophe dont il chérissait la bonté et révérait la vertu, il conçut, sans s'en apercevoir, un «reflet d'amour», comme dit Platon[14], «en réponse à l'amour». Tous s'étonnaient de le voir dîner avec Socrate, s'exercer avec lui et partager sa tente, lui qui devant ses autres admirateurs était arrogant et intraitable, et se conduisait même avec certains d'entre eux de la manière la plus insultante. Ce fut le cas notamment pour Anytos[15], fils d'Anthémion.

5. Un jour que cet Anytos, qui était amoureux d'Alcibiade, recevait des hôtes à dîner, il pria Alcibiade de se joindre à eux. Alcibiade déclina l'invitation. Puis, s'étant enivré chez lui avec des amis, il se rendit avec eux en cortège bachique chez Anytos. Il s'arrêta à la porte de la salle et, observant les tables couvertes de coupes d'or et d'argent, il ordonna aux esclaves d'en prendre la moitié et de les emporter chez lui. Cela fait, sans même daigner entrer dans la salle, il se retira. 6. Comme les invités, indignés, se récriaient devant l'orgueil et l'insolence avec lesquels il avait traité Anytos, celui-ci déclara: «Mais non! Il a fait preuve de retenue et de bonté. Il aurait pu tout prendre et il nous en a laissé une partie.»

V. 1. C'était ainsi qu'il en usait avec tous ses admirateurs. Mais il fit, dit-on, une exception pour un métèque. Cet homme, qui ne possédait pas grand-chose, vendit tous ses biens et apporta à Alcibiade le produit de la vente, environ cent statères[16], en le priant de l'accepter. Alcibiade se mit à rire et, fort réjoui, l'invita à dîner. 2. Après l'avoir régalé et comblé d'attentions, il lui rendit son or, et lui demanda d'aller le lendemain participer aux enchères pour acheter le droit de percevoir les taxes publiques[17]: il lui demandait de surenchérir contre les autres fermiers. 3. L'homme commença par refuser, car la mise à prix était de plusieurs talents[18], mais Alcibiade

---

12. *On trouve aussi cette citation dans* Pélopidas, *XXIX, 11 et dans une autre œuvre de Plutarque, le* Dialogue sur l'amour, *762c.*

13. *Cette définition de la mission de Socrate renvoie à celle de l'amour que Plutarque attribue aux philosophes dans la* Comparaison de Thésée et de Romulus *(XXX, 6).*

14. *La formule de Platon sur «l'amour de retour» se trouve dans le* Phèdre, *255d.*

15. *Homme politique qui joua un rôle important à Athènes à la fin du Ve siècle. Il fut l'un des accusateurs de Socrate. Il était fort riche.*

16. *Un statère vaut deux drachmes. La fortune du métèque était donc modeste.*

17. *Il n'y avait pas à Athènes d'administration financière au sens propre. Le soin de prélever les taxes diverses qui alimentaient le trésor de la cité était donc confié à des fermiers qui «achetaient» cette charge. Ce sont les «polètes», magistrats élus annuellement, qui attribuaient la ferme des différentes taxes aux plus offrants.*

18. *Un talent vaut 6 000 drachmes.*

menaça de le faire fouetter s'il n'obéissait pas à ses ordres : il se trouvait qu'il avait à se plaindre personnellement des fermiers. 4. Dès l'aurore donc, le métèque se rendit sur l'agora, et fit une surenchère d'un talent. Les fermiers se liguèrent contre lui, et dans leur indignation, ils le sommèrent de nommer quelqu'un qui se portât caution pour lui ; ils étaient persuadés qu'il ne trouverait personne. Tout déconfit, l'homme allait se retirer, quand Alcibiade, qui se tenait à proximité, lança aux magistrats : « Écrivez mon nom : c'est mon ami, je me porte caution pour lui. » 5. À ces mots, les fermiers se trouvèrent dans une situation bien embarrassante, car ils avaient l'habitude de payer les arrérages d'un premier bail avec les bénéfices du suivant, et ils ne voyaient aucun moyen de se tirer d'affaire. Ils offrirent donc de l'argent à cet homme, pour l'engager à retirer son offre. Alcibiade lui défendit d'accepter moins d'un talent. Les fermiers ayant donné le talent, Alcibiade dit à l'homme de le prendre et de s'en aller. Voilà comment il lui rendit service.

VI. 1. Malgré le nombre et l'influence de ses rivaux, c'était l'amour de Socrate qui l'emportait le plus souvent dans le cœur d'Alcibiade : grâce à son bon naturel, les paroles du philosophe prenaient possession de lui ; elles lui remuaient le cœur et lui arrachaient des larmes. Mais parfois il s'abandonnait aux flatteurs qui lui proposaient de nombreux plaisirs. Il échappait alors à Socrate, prenait la fuite, comme un esclave, et le philosophe était obligé de le poursuivre. Il était le seul qu'Alcibiade respectât et redoutât ; pour tous les autres, le garçon n'avait que mépris. 2. Cléanthe[19] a dit : « Celui que j'aime, je le prends par l'ouïe, tandis que mes rivaux ont sur lui bien des prises qui me sont interdites » (il entendait par là le ventre, le sexe et le gosier). Alcibiade était, sans doute, très porté aux plaisirs, 3. comme Thucydide le laisse supposer, lorsqu'il parle du « dérèglement de sa vie privée[20] ». 4. Cependant, c'était plutôt à son amour des honneurs et de la gloire que l'on recourait pour le corrompre, en le poussant prématurément à de grandes entreprises : on lui faisait croire que dès qu'il entrerait dans la vie publique, il éclipserait à l'instant tous les stratèges et tous les orateurs, et surpasserait même l'autorité et la gloire dont jouissait Périclès parmi les Grecs. 5. Comme le fer amolli au feu retrouve sa dureté sous l'action du froid, tandis que se rétractent les particules qui le constituent, de la même manière, chaque fois qu'Alcibiade, rempli de sensualité et de vanité, était repris en main par Socrate, ce dernier le diminuait et le rabaissait, le rendait humble et timide, en lui faisant découvrir les manques et les imperfections qui l'éloignaient de la vertu.

VII. 1. Un jour, comme il était déjà sorti de l'enfance, Alcibiade aborda un maître d'école, et lui demanda un livre d'Homère. L'autre ayant répondu qu'il ne possédait rien d'Homère, Alcibiade lui lança un coup de poing, puis continua sa route. 2. Un autre maître ayant déclaré qu'il possédait un Homère corrigé de sa main : « Et après

---

19. *Philosophe stoïcien, originaire d'Assos en Troade, qui fut le successeur de Zénon à la tête de l'école du Portique de 263 jusqu'à sa mort, en 232 avant J.-C.*
20. *Thucydide,* Guerre du Péloponnèse, *VI, 15.*

cela, s'écria Alcibiade, tu enseignes encore à lire et à écrire, toi qui es capable de corriger Homère ! Tu devrais former les jeunes gens.»
3. Un autre jour, voulant rencontrer Périclès, il se présenta chez lui, mais on lui dit qu'il était occupé, parce qu'il examinait comment il allait rendre ses comptes aux Athéniens[21]. Alors Alcibiade, en s'en allant : «Ne ferait-il pas mieux d'examiner comment ne pas les rendre ?»
Il était encore adolescent lorsqu'il prit part à l'expédition de Potidée[22] : il partagea la tente de Socrate et se trouva placé à côté de lui au combat. 4. Une violente bataille leur permit de se distinguer tous deux, mais Alcibiade s'écroula, blessé. Alors, Socrate se plaça devant lui, le défendit et, de toute évidence, le sauva, lui et ses armes. 5. Le prix de vaillance devait donc, en bonne justice, revenir à Socrate. Mais les stratèges, eu égard au rang d'Alcibiade, étaient visiblement désireux de lui attribuer cet honneur ; Socrate, qui voulait développer en lui l'amour des belles actions, fut le premier à témoigner en sa faveur, et à demander qu'on lui remît la couronne et la panoplie.
6. En une autre occasion, à la bataille de Délion, comme les Athéniens étaient en fuite, Alcibiade, alors à cheval, aperçut Socrate qui se retirait à pied avec quelques soldats. Au lieu de le dépasser, il resta à ses côtés et le défendit contre les ennemis qui serraient de près les fuyards et en tuaient un grand nombre[23]. Mais cet événement eut lieu plus tard.

VIII. 1. Un jour, Alcibiade frappa d'un coup de poing Hipponicos, père de Callias, à qui sa richesse et sa naissance conféraient une grande réputation et une influence considérable[24]. Ce geste n'était pas inspiré par la colère ou par une quelconque dispute ; il avait fait un pari, pour rire, avec ses camarades. 2. La nouvelle de cette insolence se répandit dans la cité et suscita, comme on peut l'imaginer, l'indignation générale. Mais dès le matin, Alcibiade se présenta chez Hipponicos ; il frappa à la porte et, introduit en sa présence, il ôta son manteau et se remit à sa discrétion, l'invitant à le fouetter et à le punir. 3. L'autre lui pardonna, oublia sa colère, et plus tard, lui donna en mariage sa fille Hipparétè. Cependant, d'après certains auteurs, ce ne fut pas Hipponicos, mais son fils Callias, qui donna

---

21. *Tout magistrat athénien était tenu, à sa sortie de charge, de rendre ses comptes. Périclès, réélu stratège durant quinze années consécutives, était un magistrat scrupuleux, à la différence de nombre de ses collègues prêts à conserver pour eux une partie du butin procuré par les opérations qu'ils avaient commandées.*
22. *L'expédition de Potidée eut lieu à la veille du déclenchement de la guerre du Péloponnèse, en 431.*
23. *La bataille de Délion, en Béotie, eut lieu en 424. Les Athéniens subirent face aux Béotiens une grave défaite et de lourdes pertes. Ce comportement de Socrate est évoqué par Alcibiade dans le* Banquet *de Platon (220d-221e).*
24. *Cet Hipponicos, qui appartenait au génos des Céryces («Hérauts») – une famille qui détenait les sacerdoces des sanctuaires d'Éleusis et présidait aux Mystères – était en effet fort riche, sa fortune provenant des 600 esclaves qu'il louait aux concessionnaires de mines du Laurion et qui lui assuraient un revenu quotidien de 100 drachmes, aux dires de Xénophon (*Revenus, IV, 15*).*

Hipparétè à Alcibiade avec une dot de dix talents[25]; dès qu'elle devint mère, Alcibiade exigea dix autres talents, prétendant que cela avait été convenu si des enfants naissaient. 4. Mais Callias, craignant les manœuvres d'Alcibiade, se présenta à l'assemblée du peuple, auquel il fit don de ses biens et de sa maison, au cas où il viendrait à mourir sans descendance.
Hipparétè était une femme rangée et fidèle; elle souffrit de ce mariage avec un homme qui fréquentait des hétaïres étrangères et athéniennes. Elle quitta donc la maison et alla vivre chez son frère. 5. Alcibiade ne s'en préoccupa guère et continua sa vie de débauche. Alors, elle se décida à déposer devant l'archonte une demande de divorce, ce qui devait se faire sans intermédiaire, l'épouse se présentant en personne[26]. Comme Hipparétè comparaissait devant le magistrat pour obéir à la loi, Alcibiade surgit soudain, la saisit et la ramena à la maison, à travers l'agora, sans que personne osât s'opposer à lui et la lui arracher. 6. Elle resta avec lui jusqu'à sa mort, laquelle survint peu après, alors qu'Alcibiade s'était embarqué pour Éphèse. La violence dont il avait fait preuve ne fut pas jugée contraire à la loi ou à l'humanité; car si la loi prescrit à la femme qui demande le divorce de se présenter en personne devant l'autorité publique c'est, semble-t-il, pour donner au mari l'occasion de se réconcilier avec elle et de la retenir.

IX. 1. Alcibiade avait un chien d'une taille et d'une beauté étonnantes, qu'il avait payé soixante-dix mines[27]. Il lui coupa la queue, laquelle était magnifique. 2. Comme ses amis le blâmaient, et lui rapportaient que tous se répandaient en critiques mordantes à propos de ce chien, Alcibiade éclata de rire: «C'est exactement ce que je souhaite. Je veux que les Athéniens parlent de cela; ainsi, ils ne diront rien de pire sur moi.»

X. 1. Sa première apparition en public eut lieu, dit-on, à l'occasion d'une contribution volontaire[28]. La chose ne fut pas préméditée: il passait par hasard, quand il remarqua une grande agitation dans l'assemblée du peuple. Il en demanda la cause, et ayant appris qu'il s'agissait de contributions, il se présenta et offrit la sienne. Comme le peuple, ravi, l'applaudissait et criait sa joie, il oublia la caille qu'il tenait sous son manteau, 2. et l'oiseau, terrifié, s'envola. Les clameurs des Athéniens

---

25. Callias avait hérité la fortune de son père et l'avait encore accrue. Si Hipponicos était mort au moment du mariage d'Alcibiade, il était normal que ce soit Callias, le frère de la jeune fille devenu son tuteur, qui la marie. Le montant de la dot, 10 talents, est tout à fait exceptionnel: la plupart des dots mentionnées dans nos sources vont de 1 000 à 8 000 drachmes (un talent vaut 6 000 drachmes).
26. On ne possède que de vagues informations concernant la procédure de divorce et la possibilité pour une femme d'en prendre l'initiative. L'anecdote est également évoquée dans le discours Contre Alcibiade *attribué à l'orateur attique, Andocide (13-15).*
27. Solon (voir Solon, *XV, 4) avait porté la valeur d'une mine à 100 drachmes.*
28. L'épidosis était une contribution volontaire par laquelle un Athénien riche cherchait à s'assurer la bienveillance du démos, et qu'il ne manquait pas de rappeler s'il se trouvait en difficulté devant l'assemblée ou les tribunaux. Elle était proclamée devant le peuple.

redoublèrent, et beaucoup se levèrent pour l'aider à la rattraper. Ce fut Antiochos, un capitaine, qui la captura et la lui rendit ; il devint, pour cette raison, particulièrement cher à Alcibiade.

3. Les portes de la carrière politique lui étaient largement ouvertes par sa naissance, sa fortune, sa bravoure au combat, le nombre de ses amis et de ses proches. Mais c'était au charme de sa parole qu'il voulait surtout devoir son autorité sur la foule. 4. Il était un orateur de très grand talent, comme en témoignent les auteurs comiques, et le plus grand de tous les orateurs[29], qui déclare, dans son *Contre Midias*, qu'outre ses autres dons, Alcibiade possédait une éloquence admirable. Si nous en croyons Théophraste[30], qui par sa curiosité et son sens historique vaut n'importe quel autre philosophe, Alcibiade était plus habile que quiconque pour découvrir et imaginer les arguments appropriés. Mais, quand il s'agissait de chercher non seulement ce qu'il fallait dire, mais les mots et les formulations qui convenaient, il n'était pas toujours à l'aise : il se trompait fréquemment, s'interrompait au milieu de son discours, et tandis que l'expression juste le fuyait, il restait silencieux, à réfléchir et à hésiter.

XI. 1. Ses écuries étaient célèbres, ainsi que le nombre de ses chars. Nul autre, simple particulier ou souverain, n'envoya aux concours Olympiques sept chars à la fois. 2. Il obtint le premier, le second et, selon Thucydide, le quatrième prix (le troisième d'après Euripide). L'éclat et la gloire de cette victoire dépassent tout ce à quoi on peut aspirer en ce domaine[31]. 3. Euripide écrit dans son *Hymne* :

> Oui, je te chanterai, ô toi, fils de Clinias.
> Être vainqueur est beau, mais il l'est plus encore,
> Ce que jamais n'avait accompli aucun Grec,
> À la course des chars d'avoir le premier prix,
> Le deuxième, le troisième et, vainqueur inlassable,
> Revenir par deux fois, couronné d'olivier,
> À l'appel du héraut[32].

XII. 1. L'éclat de ce triomphe fut encore rehaussé par la manière dont les cités rivalisèrent entre elles pour honorer Alcibiade. Les Éphésiens lui dressèrent une tente magnifiquement ornée ; la cité de Chios lui fournit de la nourriture pour ses chevaux, et une grande quantité d'animaux pour les sacrifices ; les Lesbiens lui donnèrent le vin et toutes les provisions nécessaires pour régaler magnifiquement un grand nombre d'invités. 2. Cependant, à l'occasion de cette compétition, une accusation,

---

29. *Le plus grand de tous les orateurs est évidemment Démosthène, et c'est dans le discours* Contre Midias, *145, qu'il décerne à Alcibiade ce compliment.*
30. *Le successeur d'Aristote à la tête du Lycée. Voir* Solon, *XXXI, 5.*
31. *Voir Thucydide, VI, 16, 2, où ces victoires sont rappelées par Alcibiade lui-même.*
32. *Au début de* Démosthène *(I, 1), Plutarque est moins affirmatif quant à l'attribution à Euripide de cet hymne.*

calomnieuse ou réellement fondée, suscita des commentaires encore plus nombreux. 3. Il y avait à Athènes, dit-on, un certain Diomède, homme respectable, ami d'Alcibiade, qui désirait vivement remporter une victoire à Olympie. Ayant appris que les Argiens avaient un char qui était la propriété de la cité, et sachant qu'Alcibiade était très influent à Argos, où il comptait beaucoup d'amis, il le pria d'acheter le char pour son compte. Alcibiade l'acheta, mais l'inscrivit comme lui appartenant, sans plus se préoccuper de Diomède. Celui-ci, ulcéré, prit à témoin les dieux et les hommes. L'affaire fut apparemment portée en justice, car Isocrate a écrit un discours *Sur l'attelage* pour le fils d'Alcibiade, mais le plaignant est Tisias, et non Diomède[33].

XIII. 1. Dès qu'il se lança dans la vie publique, bien qu'il fût encore adolescent, il fit mordre la poussière à tous les démagogues; les seuls contre lesquels il eut à lutter furent Phaiax, fils d'Érasistratos, et Nicias, fils de Nicératos. Nicias était déjà avancé en âge, et avait la réputation d'être un excellent général. Phaiax, lui, commençait sa carrière, comme Alcibiade; il avait, lui aussi, d'illustres ancêtres, mais pour tout le reste, notamment en matière d'éloquence, il lui était inférieur. 2. Il passait pour affable et persuasif en privé, mais ne paraissait pas capable de soutenir la lutte devant le peuple. Il était, selon Eupolis,

agréable bavard, orateur exécrable.

3. On a gardé un discours de Phaiax contre Alcibiade, où il est écrit, entre autres, qu'Alcibiade employait comme s'ils étaient à lui, pour sa vie de tous les jours, beaucoup de vases sacrés en or et en argent qui appartenaient à la cité[34].
4. Il y avait un certain Hyperbolos[35], du dème Périthoïde, dont Thucydide fait mention comme d'un triste individu, et qui fournissait à tous les poètes comiques, sans exception, une occasion constante de plaisanteries dans les théâtres. 5. Il était insensible à ces attaques et endurci par le mépris de l'opinion, lequel n'est qu'impudence et sottise, même si certains y voient de l'audace et du courage. Il ne plaisait à personne, mais le peuple se servait souvent de lui quand il souhaitait humilier et calomnier des personnages haut placés. 6. À l'instigation de cet homme, on s'apprêtait alors à prononcer un ostracisme, cette mesure à laquelle les Athéniens avaient régulièrement recours pour rabaisser, en les exilant, les citoyens supérieurs

---

33. On date des premières années du IVe siècle le plaidoyer de l'orateur Isocrate (436-338) composé pour la défense du fils d'Alcibiade. Diomède était alors sans doute mort, ce qui expliquerait que l'accusation ait été reprise par Tisias, qui devait être un parent du plaignant.
34. Phaiax était un homme politique, rival d'Alcibiade. Plutarque reprend à son compte la tradition qui en faisait l'auteur du Contre Alcibiade *attribué à Andocide, dans lequel il est question de cet usage des vases sacrés par Alcibiade (§ 29). Mais ce discours supposé avoir été prononcé à l'occasion d'une procédure d'ostracisme est en réalité un exercice d'école, puisque cette procédure ne donnait pas lieu à un débat. Il est révélateur des polémiques autour de la personne d'Alcibiade au IVe siècle.*
35. Cet Hyperbolos est connu surtout par les attaques dirigées contre lui par Aristophane et les autres poètes comiques. On l'accusait d'exercer un métier «servile», celui de fabricant de lampes. Il fut ostracisé en 417.

en gloire et en influence[36] : c'est moins la crainte que l'envie qu'ils cherchent ainsi à soulager. 7. Quand il fut certain que l'ostracisme tomberait sur l'un des trois orateurs, Alcibiade ménagea une réconciliation entre eux ; il s'entendit avec Nicias, et fit retomber l'ostracisme sur Hyperbolos. 8. Selon quelques auteurs, ce fut avec Phaiax, non avec Nicias, qu'il fit alliance, en s'adjoignant son hétairie[37], pour parvenir à chasser Hyperbolos. Ce dernier ne pouvait s'attendre à un tel sort. 9. Car jamais un homme de rien, un homme sans renom, n'avait encouru ce châtiment, comme l'a dit Platon le Comique, en évoquant Hyperbolos :

> Il a subi un sort digne de sa conduite,
> Mais indigne de lui et de son infamie.
> L'ostracisme n'est pas fait pour des gens pareils !

Mais j'ai raconté ailleurs cette histoire plus en détail[38].

XIV. 1. Cependant Alcibiade était contrarié de voir que Nicias n'était pas moins admiré par les ennemis qu'honoré par ses concitoyens. Certes, il était lui-même proxène[39] des Lacédémoniens, et il avait pris soin de ceux d'entre eux qui avaient été faits prisonniers à Pylos[40], 2. mais c'était surtout grâce à Nicias qu'ils avaient obtenu la paix et retrouvé leurs prisonniers[41]. Aussi Nicias était-il plus apprécié que tous les autres à Sparte. Les Grecs disaient que Périclès avait causé la guerre et que Nicias l'avait fait cesser, et beaucoup parlaient même de «paix de Nicias». Tout cela causait à Alcibiade un profond déplaisir et, dans sa jalousie, il décida de rompre le traité. 3. Pour commencer, remarquant que les Argiens, mus par la haine et par l'envie, cherchaient à se séparer des Spartiates, il leur fit espérer en secret une alliance avec Athènes[42] ; il leur

---

36. L'ostracisme avait été institué par l'Alcméonide Clisthène (570?-508) au lendemain de la chute des Pisistratides pour éviter toute tentative de rétablissement de la tyrannie. Lorsque le principe d'une ostracophorie avait été accepté par une première assemblée, on réunissait sur l'agora une assemblée exceptionnelle au cours de laquelle chaque citoyen devait inscrire sur un tesson (ostracon) le nom de celui qu'il jugeait dangereux pour la cité. Celui qui recueillait le plus de voix était condamné à un exil de dix ans. On a retrouvé un grand nombre de ces tessons portant les noms d'hommes politiques connus. Mais après l'ostracisme d'Hyperbolos, la procédure ne fut plus appliquée.
37. Plutarque emploie ici le terme «hétairie» qui signifie compagnonnage. Durant la guerre du Péloponnèse, ces compagnonnages avaient pris la forme de véritables factions politiques, et c'est en leur sein qu'allait se préparer la révolution oligarchique de 411.
38. Voir Nicias, XI. Sur l'ostracisme d'Hyperbolos, voir également Aristide, VII, 3-4. De ce Platon, auteur de comédies contemporain d'Aristophane, il ne nous reste que des fragments.
39. On appelait ainsi un citoyen qui entretenait des relations privilégiées avec une autre cité, et accueillait chez lui les représentants de cette cité lorsqu'ils venaient à Athènes.
40. Ville de Messénie où les Lacédémoniens avaient subi un revers. Voir aussi Thucydide, IV, 89.
41. La paix de Nicias, conclue en 421, avait mis fin à la guerre. Elle prévoyait que seraient restitués les prisonniers lacédémoniens faits à Sphactérie, après que Cléon s'était emparé de l'îlot.
42. Argos avait été de tout temps la rivale de Sparte dans le Péloponnèse. Elle était donc prête à accueillir les propositions d'Alcibiade.

envoya des messagers et s'entretint lui-même avec les chefs du peuple, les encourageant à ne rien craindre, à ne pas céder aux Lacédémoniens, mais à se tourner plutôt vers les Athéniens, et à prendre patience : ceux-ci n'allaient pas tarder à changer d'attitude et à rejeter la paix. 4. Ensuite, quand les Lacédémoniens firent alliance avec les Béotiens, et rendirent Panacton aux Athéniens, non pas intact, comme ils le devaient, mais démantelé, il profita de l'indignation des Athéniens pour les exciter encore davantage[45]. Il les ameutait contre Nicias, sur lequel il lançait des accusations qui ne manquaient pas de vraisemblance. Nicias, disait-il, avait refusé, quand il était stratège, de faire prisonniers les ennemis qui étaient enfermés dans l'île de Sphactéria ; et quand d'autres s'étaient emparés de ces hommes, il les avait relâchés et les avait rendus aux Lacédémoniens pour leur faire plaisir. 5. Et ces mêmes Lacédémoniens, dont il était pourtant l'ami, il ne les avait pas dissuadés de s'allier par serment avec les Béotiens et les Corinthiens, tandis qu'il empêchait les Grecs qui le désiraient de s'entendre et de s'allier avec Athènes, si cela ne plaisait pas aux Lacédémoniens.

6. De telles accusations avaient mis Nicias dans une situation difficile[44], lorsque par hasard des ambassadeurs arrivèrent de Lacédémone, porteurs de propositions raisonnables et déclarant qu'ils venaient avec les pleins pouvoirs pour conclure tout accord équitable. 7. La Boulè[45] les accueillit favorablement, et l'assemblée du peuple devait se réunir le lendemain. Alors Alcibiade, fort inquiet, s'arrangea pour avoir une entrevue privée avec les ambassadeurs. 8. Quand ils furent réunis, il leur dit : « Que faites-vous, Spartiates ? N'avez-vous pas remarqué que la Boulè se montre toujours modérée et bienveillante avec ceux qu'elle reçoit, mais que le peuple est arrogant, et animé de grandes prétentions ? Si vous lui dites que vous êtes venus avec les pleins pouvoirs, il vous donnera des ordres et vous forcera la main sans le moindre ménagement. 9. Allons ! Si vous voulez trouver les Athéniens raisonnables et ne rien vous laisser arracher contre votre volonté, discutez avec eux de cet accord, sans dire que vous avez les pleins pouvoirs. Pour ma part, je vous soutiendrai, pour complaire aux Lacédémoniens. » 10. Après ce discours, il prêta serment, et les éloigna ainsi de Nicias ; ils lui faisaient entièrement confiance, admirant à la fois son habileté et son intelligence, et jugeant qu'il n'était vraiment pas le premier venu.

11. Le lendemain, le peuple se réunit, et les ambassadeurs furent introduits. Alcibiade leur demanda, fort aimablement, à quel titre ils étaient venus. Ils répon-

---

43. La paix de Nicias avait prévu la restitution par les belligérants des positions adverses dont ils s'étaient emparés, mais les Béotiens refusèrent de rendre aux Athéniens la forteresse de Panacton, située sur la frontière séparant l'Attique de la Béotie. Ils s'y résignèrent seulement sous la pression des Spartiates, qui tenaient à récupérer Pylos, aux mains des Athéniens depuis 424.

44. Plutarque, ici et dans les paragraphes qui suivent, suit de près le récit de Thucydide (V, 42-45). C'est en V, 43 qu'Alcibiade fait son apparition dans l'œuvre de l'historien.

45. C'est, depuis la réforme de Clisthène, le conseil des Cinq Cents, pièce maîtresse de la démocratie athénienne. Les 500 bouleutes étaient tirés au sort chaque année à raison de 50 par tribu, dans l'ensemble des citoyens âgés de plus de 30 ans ayant subi avec succès un examen d'entrée en charge. Ils étaient essentiellement chargés de préparer les décrets qui étaient soumis à l'assemblée du peuple, l'ecclésia.

dirent qu'ils n'avaient pas les pleins pouvoirs. 12. Aussitôt Alcibiade s'emporta contre eux, avec des cris de colère, comme s'il était la victime et non l'auteur de ce mauvais procédé : il les appelait perfides, menteurs, et déclarait qu'ils étaient venus parler et agir sans aucune intention honnête. La Boulè fut indignée, et le peuple révolté, tandis que Nicias était stupéfait et consterné du changement d'attitude des ambassadeurs : il ignorait la tromperie et la ruse dont on avait usé contre eux.

XV. 1. Les Lacédémoniens furent donc renvoyés ; Alcibiade, nommé stratège, poussa aussitôt les Argiens, les Mantinéens et les Éléens à s'allier avec Athènes. 2. Nul n'approuva sa manière de faire, mais les conséquences de son action furent importantes : il désunit et ébranla tout le Péloponnèse et, en un seul jour[46], à Mantinée, il dressa devant les Lacédémoniens une ligne immense de boucliers, éloignant ainsi d'Athènes le combat et ses dangers. Quant aux Spartiates, leur victoire ne leur apporta aucun avantage sérieux ; en revanche, s'ils avaient échoué, c'était la survie même de Lacédémone qui était en danger.
3. Après cette bataille de Mantinée, les Mille[47] entreprirent aussitôt de renverser la démocratie à Argos et de soumettre la cité aux Lacédémoniens. Ceux-ci vinrent à leur aide et abattirent le régime démocratique. 4. Mais le peuple reprit les armes et finit par l'emporter. Alcibiade se rendit alors dans la cité, pour consolider la victoire de la démocratie. Il conseilla aux Argiens de faire descendre leurs longs murs jusqu'à la mer[48], et de se lier ainsi totalement à la puissance athénienne. 5. Il fit venir d'Athènes des charpentiers et des tailleurs de pierre, et déploya la plus grande énergie, ce qui lui valut, pour lui comme pour Athènes, gratitude et crédit à Argos. 6. Il poussa également les citoyens de Patras à relier de la même façon, par des longs murs, leur cité à la mer[49]. Comme quelqu'un leur disait : « Les Athéniens vous avaleront. – Peut-être, répondit Alcibiade, mais petit à petit, et en commençant par les pieds. Les Lacédémoniens, eux, commenceront par la tête et ne feront qu'une bouchée de vous. »
7. Cependant, il engagea les Athéniens à s'attacher aussi à la terre, et à confirmer, par des actes, le serment que l'on fait prêter chaque année aux éphèbes dans le sanctuaire d'Agraule[50]. 8. Ils jurent en effet de considérer comme frontières de l'Attique les blés, les orges, les vignes, les figuiers et les oliviers : on leur apprend ainsi à regarder comme leur appartenant la terre cultivée qui porte des fruits.

---

46. *En 418.*
47. *Les Mille étaient sans doute ceux qui auraient seuls conservé la pleine citoyenneté si l'oligarchie l'emportait à Argos.*
48. *Thucydide (V, 82, 5-6) évoque la construction de ces longs murs et l'aide apportée par Athènes, mais ne mentionne pas le nom d'Alcibiade.*
49. *Thucydide (V, 52, 2) attribue aussi à Alcibiade l'initiative de la construction de murs reliant Patras à la mer. Mais dans son récit, elle intervient avant l'affaire d'Argos.*
50. *Plutarque évoque ici le serment que prononçaient les éphèbes athéniens, dont le texte a été conservé par une inscription. Mais les intentions qu'il prête à Alcibiade en modifient le sens pour qu'il apparaisse comme une justification de l'impérialisme athénien.*

XVI. 1. Mais à côté de ces dons pour la politique et pour l'éloquence, à côté de tant d'ambition et d'habileté, Alcibiade faisait preuve aussi d'un extrême relâchement dans ses mœurs. Il se livrait à l'ivresse ou à l'amour avec de grands débordements ; il portait des vêtements efféminés, de longues robes de pourpre qu'il laissait traîner derrière lui quand il traversait l'agora, et déployait un luxe outrancier. Il faisait entailler le pont des trières, afin de pouvoir dormir plus confortablement, son lit étant soutenu par des sangles et non posé sur des planches. Il se fit faire un bouclier en or, qui ne portait aucun blason ancestral, mais un Éros brandissant la foudre[51]. Devant cette conduite extravagante, 2. les notables étaient pleins de dégoût et d'indignation. Ils redoutaient cette légèreté et ce mépris des lois, y voyant le comportement d'un tyran et d'un être bizarre. Quant aux dispositions du peuple à son égard, Aristophane les a bien décrites, dans les vers suivants[52] :

3. Il l'aime, le déteste et il veut le garder.

Ou encore, avec plus de sévérité, dans la métaphore que voici :

Surtout ne nourris pas un lion dans la ville,
Mais si tu le nourris, soumets-toi à ses mœurs.

4. Cependant, ses contributions volontaires, ses chorégies[53], les largesses sans égales qu'il faisait à la cité, la gloire de ses ancêtres, la puissance de sa parole, sa beauté et sa force physiques, jointes à son expérience de la guerre et à sa vaillance, portaient les Athéniens à se montrer indulgents et tolérants pour tout le reste. Ils donnèrent toujours à ses fautes les noms les plus doux, parlant d'enfantillages et d'envie de se faire remarquer. 5. Ce fut le cas, par exemple, lorsque Alcibiade fit enfermer le peintre Agatharchos[54], jusqu'à ce qu'il eût décoré sa maison ; le travail achevé, il le laissa partir, après l'avoir payé. Ce fut encore le cas lorsqu'il souffleta Tauréas, le chorège qui lui disputait le prix : on expliqua son attitude par son vif désir d'obtenir la victoire. Il prit parmi les prisonniers de guerre une femme de Mélos, vécut avec elle, et éleva l'enfant qu'elle lui donna[55]. 6. Pour ce dernier trait, on parla de bonté ; on oubliait que tous les jeunes gens de Mélos avaient été égorgés, et qu'Alcibiade était le principal responsable de ce massacre, puisqu'il avait appuyé le décret de mort[56]. 7. Lorsque

---

51. Descendant des Philaïdes par son père et des Alcméonides par sa mère, Alcibiade aurait dû faire figurer sur son bouclier le blason de ses ancêtres. Mais il est douteux qu'il ait utilisé ce bouclier pour combattre.
52. Les deux citations sont empruntées aux Grenouilles, *v. 1425 et v. 1432-1433.*
53. Sur ses contributions volontaires, voir supra, X, 1. La chorégie consistait à financer l'entretien d'un chœur à l'occasion d'une grande fête religieuse.
54. Peintre originaire de Samos, actif à Athènes à la fin du Ve siècle, dont aucune œuvre ne subsiste. Selon Vitruve, il aurait été le premier à peindre des décors de théâtre sur des panneaux en bois.
55. Ces anecdotes sont empruntées au discours Contre Alcibiade *(17, 20 et 22), attribué à Andocide.*
56. Thucydide, qui évoque longuement cette affaire de Mélos (V, 116), une île de l'Égée dont les habitants furent sévèrement châtiés pour avoir voulu quitter l'alliance athénienne, ne parle pas d'une quelconque responsabilité d'Alcibiade dans la décision des Athéniens. Ici encore, c'est au Contre Alcibiade *(22) que Plutarque emprunte cette accusation.*

Aristophon peignit Néméa tenant Alcibiade dans ses bras, les gens, ravis, accoururent pour contempler le tableau ; mais les anciens s'en irritaient, y voyant un comportement de tyran et une offense aux lois. 8. On trouvait qu'Archestratos[57] avait assez bien résumé la situation, en déclarant que la Grèce n'aurait pu supporter deux Alcibiades. 9. Un jour, le misanthrope Timon[58] rencontra Alcibiade qui, après avoir remporté quelque beau succès, était raccompagné, au sortir de l'ecclésia, par une brillante escorte. Au lieu de passer son chemin et de se détourner, comme il faisait d'ordinaire pour tous les autres, Timon alla à sa rencontre et le salua : « C'est une bonne chose, mon garçon, que tu grandisses ainsi. Plus tu grandiras, plus tu feras de mal à tous ces gens. » Certains des assistants se mirent à rire, d'autres répliquèrent par des injures, mais certains furent troublés par cette phrase, car nul ne savait que penser d'Alcibiade, à cause des contradictions de sa nature.

XVII. 1. Du vivant de Périclès, les Athéniens convoitaient déjà la Sicile[59]. Après sa mort, ils s'attachèrent à cette conquête. Ils envoyaient ce qu'ils appelaient des secours et des alliés aux peuples de l'île, chaque fois que ceux-ci étaient lésés par les Syracusains : il s'agissait en réalité d'établir des bases en prévision d'une expédition plus importante. 2. Mais celui qui acheva de les enflammer et les convainquit de renoncer à ces opérations partielles, de faible envergure, et de faire voile avec une grande flotte vers l'île pour s'en emparer, ce fut Alcibiade. Il encouragea le peuple à avoir de grands espoirs, et lui-même avait des aspirations plus hautes encore. Car pour lui, la Sicile n'était que le commencement, et non, comme pour les autres, le but de l'expédition dont il rêvait. 3. Tandis que Nicias voyait la prise de Syracuse comme une entreprise difficile, dont il tentait de détourner le peuple, Alcibiade songeait à Carthage et à la Libye ; une fois ces peuples soumis, il encerclerait bientôt l'Italie et le Péloponnèse[60]. Pour un peu, il aurait considéré la Sicile comme une simple base de ravitaillement pour la véritable guerre. 4. Il conquit aussitôt les jeunes gens, en les grisant par ces espérances. Ils écoutaient leurs aînés leur raconter mille merveilles sur l'expédition, et nombreux étaient les Athéniens assis dans les palestres et dans les hémicycles qui dessinaient sur le sable la forme de l'île, et montraient la position de la Libye et de Carthage[61].

---

57. *Stratège qui commandait en 431 l'expédition de Potidée, où Alcibiade fit ses premières armes (voir supra, VII, 3).*

58. *Athénien du Ve siècle. Les malheurs de sa patrie, la perte de sa fortune, l'ingratitude de ses amis lui avaient inspiré contre le genre humain une haine féroce. Devenu le type du misanthrope, il fut raillé dans beaucoup d'œuvres comiques. Voir aussi Antoine, LXX.*

59. *En 427, les Athéniens avaient envoyé 20 navires en Sicile pour soutenir les cités grecques de la côte orientale de l'île contre les ambitions de Syracuse. Auparavant, alors que Périclès était encore à la tête de la cité, des alliances avaient été renouvelées avec Rhégium et Léontinoï. L'intérêt d'Athènes pour l'Occident remontait à la fondation de la colonie panhellénique de Thourioï en Italie du Sud (voir Périclès, XX, 4).*

60. *Ce sont du moins les projets que Thucydide prête à Alcibiade (voir VI, 15 et VI, 90, 2-3).*

61. *Il y a là une indication intéressante sur les progrès de la cartographie au Ve siècle.*

5. Cependant, le philosophe Socrate et l'astronome Méton[62] n'auguraient, dit-on, rien de bon pour Athènes de cette expédition. Le premier avait, paraît-il, reçu de son *démon*[63] familier un signe prémonitoire. Quant à Méton, il craignait l'avenir pour avoir réfléchi à la situation, ou parce qu'il avait eu recours à quelque pratique divinatoire. Il feignit la folie et, saisissant une torche enflammée, il fit mine de mettre le feu à sa maison. 6. D'après certains, Méton ne se contenta pas de feindre la folie, mais brûla réellement sa maison pendant la nuit. Au matin, il se présenta devant le peuple, le priant et le suppliant, eu égard à ce grand malheur, de dispenser son fils de l'expédition. Il réussit à tromper ses concitoyens et obtint ce qu'il demandait.

XVIII. 1. À contrecœur, Nicias dut accepter la charge de stratège à laquelle, principalement à cause de son collègue, il aurait souhaité se dérober. Mais les Athéniens pensaient que la guerre serait mieux conduite s'ils n'envoyaient pas Alcibiade seul et sans contrôle, et s'ils tempéraient son audace par la circonspection de Nicias. 2. Quant au troisième stratège, Lamachos, bien qu'avancé en âge, il passait pour tout aussi bouillant et téméraire au combat qu'Alcibiade. Pendant qu'on discutait des effectifs et de la forme que prendrait l'expédition, Nicias essaya de nouveau d'intervenir et d'empêcher la guerre. 3. Alcibiade combattit son avis et l'emporta[64]. Alors un des orateurs, Démostratos, proposa un décret donnant les pleins pouvoirs aux stratèges pour les préparatifs comme pour la conduite de la guerre.
4. Le peuple avait voté cette motion, et tout était prêt pour l'embarquement, quand survinrent des événements qui n'avaient rien de favorable. 5. Il y eut d'abord la fête des Adonies[65], qui tombait précisément ces jours-là : partout, les femmes exposaient des figurines représentant des morts qu'on emporte au tombeau et, pour imiter les rites des funérailles, elles se frappaient la poitrine et chantaient des thrènes. 6. Ensuite, ce fut la mutilation des hermès[66]. En une seule nuit, presque tous eurent les parties antérieures arrachées, ce qui troubla bien des gens, même ceux qui d'ordinaire ne s'inquiétaient guère de ce genre de choses. 7. On attribua bien cette profanation aux Corinthiens, lesquels auraient agi de la sorte pour aider les Syracusains, leurs colons[67], dans l'idée que ce présage pousserait les Athéniens à retarder la guerre ou à y renoncer. 8. Cependant, ces explications ne convainquirent pas la foule, non plus que les propos de ceux qui ne voyaient là aucun signe funeste, mais seulement l'effet ordinaire de l'ivresse chez de jeunes débauchés, lesquels se seraient livrés, par

---

62. *Astronome athénien du Ve siècle qui avait introduit une réforme du calendrier. Aristophane le raille dans* Les Oiseaux, *v. 993-1020.*
63. *Le terme grec* daïmon *désigne une puissance divine qui peut être bonne ou mauvaise. Socrate évoquait souvent son daïmon.*
64. *Ce débat est longuement rapporté par Thucydide (VI, 8-26).*
65. *Adonis était une divinité d'origine orientale, particulièrement vénérée à Athènes par les femmes. La fête des Adonies, d'origine orientale, se déroulait au moment de la canicule.*
66. *Les hermès étaient des bornes placées aux carrefours et à l'entrée des maisons qu'elles avaient pour fonction de protéger.*
67. *Syracuse avait en effet été fondée au VIIIe siècle par des Corinthiens.*

jeu, à cette violence. La colère et la peur firent voir l'événement comme un coup audacieux, prémédité par des conjurés qui avaient des ambitions immenses. On enquêta impitoyablement sur tous les cas suspects. La Boulè et l'assemblée du peuple se réunirent plusieurs fois en l'espace de peu de jours pour examiner l'affaire.

XIX. 1. Sur ces entrefaites, le démagogue Androclès[68] produisit des esclaves et des métèques qui accusaient Alcibiade et ses amis d'avoir mutilé d'autres statues et d'avoir, lors d'une beuverie, parodié les Mystères. 2. Un certain Théodoros, disaient-ils, tenait le rôle de héraut, Poulytion celui de dadouque, Alcibiade s'était réservé celui d'hiérophante[69], et le reste de ses compagnons, qui assistaient et regardaient, se faisaient appeler mystes[70]. 3. Tout cela est inscrit dans la dénonciation que Thessalos, fils de Cimon, présenta devant l'assemblée, accusant Alcibiade d'impiété à l'égard des deux déesses[71]. Le peuple, exaspéré, était fort mal disposé à l'égard d'Alcibiade, et Androclès, un de ses adversaires les plus acharnés, excitait encore les esprits. Alcibiade fut d'abord saisi d'effroi. 4. Mais il se rendit compte que tous les marins et tous les soldats en partance pour la Sicile étaient de son côté ; il apprit que les mille hoplites d'Argos et de Mantinée déclaraient publiquement que c'était pour lui qu'ils s'engageaient dans une expédition aussi importante au-delà des mers : si l'on agissait contre lui, ils feraient défection immédiatement. Il reprit donc confiance et insista pour présenter sa défense sur-le-champ. Ce fut au tour de ses ennemis de perdre courage : ils craignaient que, dans ce procès, le peuple ne montrât trop de faiblesse pour Alcibiade, parce qu'on avait besoin de lui.
5. En conséquence, ils firent intervenir certains orateurs qui ne passaient pas pour hostiles à Alcibiade, alors que pourtant ils le haïssaient tout autant que ses ennemis déclarés : ils devaient se lever dans l'assemblée et déclarer qu'il était absurde qu'un stratège qui venait tout juste d'être placé à la tête d'une si grande force, avec les pleins pouvoirs, perdît un temps précieux, alors que l'armée et les alliés étaient déjà rassemblés, à attendre qu'on tirât au sort des juges et qu'on mesurât l'eau des clepsydres[72] : 6. « Qu'il embarque maintenant, disaient-ils, et que la Fortune l'accompagne ! Quand la guerre sera terminée, il reviendra se défendre des mêmes accusations. » 7. Alcibiade se rendit bien compte de la perfidie que cachait ce report.

---

68. *Thucydide ne nomme pas cet Androclès à propos de l'affaire des hermès, mais parle seulement des «adversaires d'Alcibiade» (VI, 28, 2).*
69. *Le héraut, le dadouque (porte-torche) et l'hiérophante présidaient les cérémonies des Mystères d'Éleusis. Ces sacerdoces étaient réservés aux membres de certaines grandes familles, comme les Eumolpides et les Céryces (voir supra, VIII, 1).*
70. *Les mystes étaient les fidèles qui se rendaient à Éleusis pour être initiés aux Mystères de Déméter et de Corè.*
71. *Thessalos, le fils de Cimon, intenta une eisangélia, c'est-à-dire une action pour atteinte à la sécurité de la cité, contre Alcibiade, mais seulement après le départ de l'expédition.*
72. *Pour constituer un tribunal, il fallait en effet tirer au sort des juges pris parmi les héliastes. Mais c'est évidemment là un argument spécieux. Les clepsydres étaient utilisées pour limiter la durée des discours et des plaidoiries.*

Il se présenta devant le peuple et déclara qu'il était terrible, quand on était envoyé à la tête de forces aussi considérables, d'avoir son sort en suspens et de laisser derrière soi accusations et calomnies. Il convenait de le mettre à mort s'il ne les réfutait pas, mais s'il s'en lavait et si son innocence était reconnue, il devait pouvoir marcher à l'ennemi sans avoir à craindre les sycophantes[73].

XX. 1. Il ne réussit pas à les convaincre. On lui ordonna d'embarquer, et il leva l'ancre avec ses collègues. Il n'avait pas moins de cent quarante trières, cinq mille cent hoplites, environ mille trois cents archers, frondeurs et autres troupes légères, et un équipement considérable. 2. Quand ils eurent atteint l'Italie et se furent emparés de Rhégium, il proposa un plan pour la conduite de la guerre, 3. auquel Nicias s'opposa mais qui fut approuvé par Lamachos[74]. Il fit voile vers la Sicile et se rendit maître de Catane. Mais il ne put rien faire de plus, car les Athéniens le rappelèrent aussitôt pour son procès.
4. Au commencement, je l'ai dit, il n'y avait eu contre Alcibiade que de vagues soupçons et des calomnies lancées par des esclaves et des métèques. 5. Mais ensuite, profitant de son absence, ses ennemis l'attaquèrent plus violemment[75]. Ils mirent la parodie des Mystères en relation avec la mutilation des hermès, et prétendirent que ces deux actes avaient été commis par une seule et même conjuration, qui avait l'intention de renverser le régime. Tous ceux qui étaient accusés d'y être mêlés, d'une manière ou d'une autre, furent jetés en prison sans jugement. Quant à Alcibiade, on regrettait de ne pas l'avoir aussitôt traduit devant le tribunal et jugé, puisque les charges étaient si lourdes. 6. La colère du peuple se manifesta avec une sévérité particulière contre ses parents, ses amis ou ses proches. Thucydide a négligé de donner le nom des dénonciateurs; selon les autres auteurs, ils s'appelaient Dioclidas et Teucros. Le poète comique Phrynichos fait allusion à eux, dans les vers suivants :

> 7. Cher Hermès, attention ! Ne t'en va pas tomber
> Et te briser, donnant matière aux calomnies
> D'un second Dioclidas désireux de mal faire.
> – Je m'en garderai bien, de crainte que Teucros,
> Ce maudit étranger, n'aille toucher la prime.

8. Les dénonciateurs n'avaient pourtant produit aucune preuve sûre et solide. L'un d'entre eux, à qui l'on demandait comment il avait reconnu le visage de ceux qui avaient mutilé les hermès, répondit : « Grâce au clair de lune », ce qui détruisait tout son témoignage, car le crime avait été commis à la nouvelle lune. Ce mensonge provoqua un grand trouble chez les hommes sensés, mais ne rendit pas le peuple

---

73. On appelait sycophantes les gens qui faisaient le métier de dénonciateurs, la justice athénienne ignorant ce que nous appelons le ministère public.
74. Plutarque résume le récit de Thucydide (VI, 43-52), qui ne parle pas de la prise de Rhégium (Reggio de Calabre) mais rapporte au contraire la volonté de la cité de demeurer neutre (VI, 44, 3).
75. Sur tout ce qui suit, voir, outre le récit de Thucydide (VI, 61 et suiv.), le discours d'Andocide Sur les Mystères *auquel Plutarque se réfère* infra, *XXI, 1.*

plus indulgent à l'égard des calomnies. Il continua, comme il l'avait commencé, à arrêter et à jeter en prison tous ceux qu'on dénonçait.

XXI. 1. Parmi ceux qui furent alors enchaînés et emprisonnés dans l'attente du procès, se trouvait l'orateur Andocide, que l'historien Hellanicos mentionne parmi les descendants d'Ulysse[76]. 2. Andocide passait pour hostile à la démocratie et partisan de l'oligarchie[77]. Ce qui le rendait particulièrement suspect d'avoir mutilé les hermès, c'était que près de chez lui se dressait un grand hermès, qui avait été dédié par la tribu Égéis. 3. Or ce fut presque le seul, dans le très petit nombre des hermès les plus connus, à rester intact. C'est pourquoi on l'appelle, de nos jours encore, l'hermès d'Andocide ; tous lui donnent ce nom, en dépit de l'inscription qu'il porte.
4. Parmi ceux qui étaient en prison sous le coup de la même inculpation, Andocide prit pour confident et ami un nommé Timée, qui n'était pas aussi célèbre que lui, mais qui était doué d'une intelligence et d'une audace exceptionnelles. 5. Cet homme conseilla à Andocide de s'accuser lui-même et d'accuser avec lui quelques autres personnes, en petit nombre[78] : s'il reconnaissait les faits, l'impunité lui était assurée, en vertu d'un décret du peuple, tandis que l'issue du procès, incertaine pour tous, était particulièrement dangereuse pour les puissants. Il valait mieux se sauver par un mensonge que de mourir d'une mort infamante sous le coup de la même accusation. De plus, si l'on examinait l'intérêt général, il était préférable de sacrifier quelques individus douteux pour soustraire à la colère du peuple beaucoup d'hommes de valeur. 6. Tels étaient les propos et les arguments de Timée. Andocide se laissa convaincre. Il s'accusa lui-même, et dénonça certains autres, obtenant de la sorte, conformément au décret, l'impunité pour lui. Tous ceux qu'il nomma furent mis à mort, sauf ceux qui avaient réussi à s'enfuir. Pour inspirer plus de confiance, Andocide ajouta à leurs noms ceux de quelques-uns de ses esclaves.
7. Cependant, la colère du peuple n'était pas encore apaisée. Maintenant qu'il en avait fini avec les Hermocopides [«Mutilateurs d'hermès»], on aurait dit que sa fureur avait besoin d'un nouvel objet : tous se déchaînèrent d'un seul élan contre Alcibiade, à qui, pour finir, on envoya la trière salaminienne[79]. On avait fort judicieusement recommandé aux émissaires de ne pas user de violence, de ne pas porter la main sur lui, mais d'employer le langage le plus modéré, pour le prier de les

---

76. *Hellanicos est le plus ancien des Atthidographes (voir Dictionnaire, «Sources»). Andocide, lorsqu'il évoque l'ancienneté de sa famille, ne mentionne pas cette ascendance héroïque (voir Sur les Mystères, 146-148).*

77. *Andocide n'était pas à proprement parler un oligarque. Condamné après ses aveux à l'atimie, il quitta Athènes et ne participa ni à la révolution de 411, ni à celle de 404-403. Bien plus, lorsqu'il tenta de rentrer à Athènes en 411, il fut emprisonné sur ordre des Quatre Cents, réussit à s'échapper et ne rentra à Athènes qu'à la faveur de l'amnistie de 403. Sur les Quatre Cents, voir infra, XXVI, 2.*

78. *Dans le discours Sur les Mystères (49-50), Andocide dit qu'il dénonça ses complices sur les conseils de son cousin Charmide.*

79. *L'une des deux trières rapides (avec la Paralienne), chargées de transporter les ordres urgents ou les personnages importants.*

suivre afin d'être jugé et de convaincre le peuple de son innocence. 8. On redoutait en effet un soulèvement et une mutinerie de l'armée en terre ennemie, ce qu'Alcibiade aurait facilement pu provoquer s'il l'avait désiré. Car les soldats étaient désespérés de le voir partir. Ils s'attendaient à voir la guerre, sous la conduite de Nicias, traîner dans l'inaction, avec des lenteurs interminables, si celui qui les aiguillonnait leur était enlevé. 9. Car Lamachos était certes un homme fougueux et vaillant, mais il manquait de prestige et de majesté : il était pauvre.

XXII. 1. Le départ d'Alcibiade fit aussitôt perdre Messine aux Athéniens. Il y avait dans cette cité des hommes qui s'apprêtaient à la livrer, mais comme il les connaissait bien, il les dénonça aux partisans des Syracusains et fit échouer l'affaire. Quand il arriva à Thourioï, il quitta la trière, se cacha et réussit à échapper à toutes les recherches. 2. Quelqu'un l'ayant reconnu, lui dit : « Alcibiade, n'as-tu donc pas confiance en ta patrie ? – Si, répondit-il, en toutes circonstances, sauf lorsque ma vie est en jeu. Dans ce dernier cas, je ne ferais même pas confiance à ma propre mère. J'aurais peur que par mégarde elle ne mette dans l'urne le jeton noir au lieu du blanc[80]. » 3. Plus tard, quand il apprit qu'Athènes l'avait condamné à mort, il s'écria : « Je leur ferai voir, moi, que je suis bien vivant ! »
4. L'acte de l'accusation portée contre lui a été conservé[81]. Il est rédigé dans les termes suivants : « Thessalos, fils de Cimon, du dème Laciades, accuse Alcibiade, fils de Clinias, du dème Scambonide, d'avoir outragé les deux déesses, en parodiant leurs Mystères, qu'il a représentés devant ses amis dans sa propre maison, vêtu d'une robe pareille à celle que porte l'hiérophante quand il montre les objets sacrés, de s'être donné le nom d'hiérophante, d'avoir nommé Poulytion dadouque et Théodoros, du dème Phégaia, héraut, d'avoir appelé le reste de ses compagnons mystes et époptes [« adorateurs »], violant ainsi les lois et les dispositions instituées par les Eumolpides, les Céryces et les prêtres d'Éleusis. » 5. Il fut condamné par contumace et ses biens furent confisqués. On décréta en outre que son nom serait maudit par tous les prêtres et toutes les prêtresses. Seule, dit-on, Théanô, fille de Ménon, du dème Agrylè, refusa d'obéir au décret. Elle déclara qu'elle était prêtresse pour bénir, non pour maudire[82].

XXIII. 1. Pendant que ces jugements et ces condamnations étaient portés contre lui, Alcibiade se trouvait à Argos, car après s'être enfui de Thourioï, il avait d'abord gagné le Péloponnèse. Mais, craignant ses ennemis et désespérant totalement de sa patrie, il envoya un message aux Spartiates, demandant la sécurité et faisant appel

---

80. Si l'on en croit le témoignage de l'auteur de la Constitution d'Athènes *(LXVIII, 2-4), le mode de scrutin au tribunal était beaucoup plus complexe. Chaque juge recevait deux jetons, l'un plein, l'autre percé. Il y avait deux urnes, l'une en bronze, l'autre en bois. Chaque juge devait déposer les deux jetons, le bulletin valable dans l'urne de bronze, le bulletin nul dans l'urne de bois. Si les jetons pleins l'emportaient, c'était l'acquittement. Dans le cas contraire, c'était la condamnation. Il faut donc supposer soit que le mode de scrutin était différent auparavant, soit que l'anecdote a été fabriquée tardivement.*
81. Sur l'accusation portée par Thessalos, voir supra, *XIX, 3.*
82. On retrouve la même information dans le discours Contre Andocide *(§ 51) attribué au pseudo-Lysias.*

à leur loyauté : en échange, il leur promettait des services et un appui bien supérieurs au mal qu'il leur avait fait auparavant, quand il luttait contre eux. 2. Les Spartiates accédèrent à sa requête et le reçurent avec empressement. À peine arrivé, Alcibiade prit aussitôt une première initiative. Voyant qu'ils tardaient et hésitaient à secourir les Syracusains, il les réveilla, et les pressa d'envoyer là-bas Gylippe, comme chef, pour écraser les forces athéniennes qui se trouvaient dans l'île. En second lieu, il les poussa à déclencher, en Grèce même, la guerre contre Athènes. La troisième intervention, et la plus importante, fut de les amener à fortifier Décélie, ce qui, plus que tout, causa la perte et la ruine d'Athènes[83].
3. Son activité publique lui valut de l'estime et de l'admiration. Il en alla de même pour son comportement privé ; il attirait et envoûtait le peuple, parce qu'il avait adopté le mode de vie spartiate[84]. En le voyant se raser jusqu'à la peau, se baigner dans l'eau froide, s'habituer à leur pain grossier et avaler leur brouet noir, les gens en croyaient à peine leurs yeux : ils se demandaient si cet homme avait jamais eu un cuisinier dans sa maison, s'il avait jamais vu un parfumeur, ou consenti à toucher un manteau de Milet. 4. Entre toutes ses qualités, Alcibiade possédait une adresse exceptionnelle qui lui gagnait tous les hommes : il savait s'adapter et se conformer à leurs habitudes et à leur mode de vie, plus vite que le caméléon ne change de couleur. 5. Et encore, il y a une couleur que cet animal, dit-on, est incapable de prendre : le blanc. Mais Alcibiade passait avec la même aisance du bien au mal, et du mal au bien. Il n'y avait rien qu'il ne fût capable d'imiter ou de pratiquer. À Sparte, il était assidu aux exercices du gymnase, frugal et austère ; en Ionie, efféminé, voluptueux et nonchalant ; en Thrace, grand buveur et bon cavalier ; et quand il fréquenta le satrape Tissapherne, il surpassa par son faste et son luxe la magnificence des Perses. Ce n'était pas qu'il lui fût si facile de troquer un comportement contre un autre, ou que son caractère changeât complètement. Mais, comme en s'abandonnant à sa nature il aurait risqué de choquer ceux qui le fréquentaient, il adoptait chaque fois les apparences et les formes qui leur convenaient, et il se protégeait ainsi.
6. À Lacédémone, en tout cas, celui qui aurait jugé Alcibiade sur l'apparence aurait pu lui dire :

> Tu es Achille même, et non point son enfant,

et tu ressembles aux hommes que Lycurgue a formés. Mais pour qualifier ses sentiments et sa conduite véritables, il fallait dire, comme on disait d'Hélène :

> On voit toujours ici la femme de naguère[85].

---

83. Gylippe allait organiser la résistance de Syracuse et contraindre les Athéniens à la retraite qui leur serait fatale. La prise par les Spartiates de la forteresse de Décélie eut pour Athènes des conséquences dramatiques : en particulier, 20 000 esclaves qui travaillaient dans la région minière du Laurion prirent la fuite. Thucydide rapporte longuement les propos tenus par Alcibiade devant l'assemblée lacédémonienne (VI, 89-102).
84. Plutarque oppose ici le mode de vie spartiate adopté par Alcibiade à la vie luxueuse qui avait été la sienne auparavant.
*85. L'auteur de la première citation est inconnu. La seconde est empruntée à l'*Oreste *d'Euripide, v. 129.*

7. Il séduisit en effet Timaia, l'épouse du roi Agis, tandis que ce dernier était en expédition militaire loin de Sparte. Elle devint enceinte et ne s'en cacha pas. L'enfant mâle qu'elle mit au monde reçut officiellement le nom de Léotychidas, mais celui que sa mère lui murmurait, à l'intérieur de sa maison, devant ses amies et ses servantes, était Alcibiade, tant était puissant l'amour qui la possédait. 8. Alcibiade, lui, déclarait avec fatuité qu'il ne l'avait pas séduite pour offenser le roi, ni sous l'empire du désir, mais pour faire régner sur Lacédémone des hommes nés de lui. 9. Beaucoup de gens révélèrent à Agis son infortune, et celui-ci les crut, surtout au vu des dates, car lors d'un tremblement de terre, il s'était enfui, terrifié, de la chambre de sa femme et ne l'avait plus touchée ensuite pendant dix mois. Léotychidas étant né après ce terme, le roi déclara qu'il n'était pas son fils. Pour cette raison, Léotychidas fut, par la suite, exclu de la succession au trône[86].

XXIV. 1. Après le désastre des Athéniens en Sicile[87], les habitants de Chios, de Lesbos et de Cyzique envoyèrent simultanément des ambassadeurs à Sparte pour proposer de rompre leurs liens avec Athènes. Comme les Béotiens soutenaient les Lesbiens, et Pharnabaze les Cyzicéniens, les Spartiates décidèrent, sur les conseils d'Alcibiade, de secourir d'abord Chios. 2. Il se joignit lui-même à l'expédition navale et entraîna dans la révolte presque toute l'Ionie. Il secondait les généraux lacédémoniens et faisait beaucoup de mal aux Athéniens. 3. Mais Agis lui en voulait de l'avoir offensé en séduisant sa femme, et le détestait également pour sa gloire, car on attribuait à Alcibiade presque toutes les opérations couronnées de succès. Les plus puissants et les plus ambitieux des Spartiates étaient déjà, eux aussi, hostiles à Alcibiade et pleins de jalousie à son égard. 4. Ils furent assez puissants pour amener les magistrats restés dans la cité à envoyer en Ionie l'ordre de le mettre à mort.
Alcibiade en fut informé secrètement. Il prit peur. Il continua à participer à toutes les entreprises des Lacédémoniens, mais il évitait par tous les moyens de tomber entre leurs mains. Pour assurer sa sécurité, il se mit sous la protection de Tissapherne[88], satrape du Grand Roi, et bientôt il acquit à sa cour le premier rang et l'influence la plus grande. 5. Sa souplesse et son habileté exceptionnelles faisaient l'admiration du Barbare, qui lui-même n'avait guère de loyauté : c'était un être méchant, attiré par les scélérats. Du reste, aucun caractère, aucune nature ne pouvait résister ni rester insensible aux charmes de la compagnie et de la société quo-

---

86. Dans les *Helléniques* de Xénophon (*III, 3, 2*), c'est Alcibiade qui s'enfuit de la chambre de la femme d'Agis. Léotychidas fut en effet écarté de la succession d'Agis au profit d'Agésilas (voir Agésilas, III, 1 ; Lysandre, XXII, 7-13).
87. En 413, l'armée athénienne fut contrainte de se rendre aux Syracusains, qui exécutèrent Nicias et Démosthénès et enfermèrent les soldats prisonniers dans les Latomies – carrières à ciel ouvert qui servaient de prison. Ceux qui survécurent furent vendus comme esclaves. La défection des alliés d'Athènes eut lieu l'année suivante, en 412.
88. Tissapherne était satrape des provinces côtières, et comme tel en relation avec les cités grecques d'Asie. Il allait jouer un rôle particulièrement important dans les dernières années de la guerre du Péloponnèse, soutenant tantôt les Spartiates, tantôt les Athéniens.

tidiennes d'Alcibiade. Même ceux qui le craignaient et le jalousaient éprouvaient du plaisir et de la joie à se trouver avec lui et à l'observer. 6. Tissapherne, qui par ailleurs était sauvage et encore plus hostile aux Grecs que tous les autres Perses, se laissa conquérir par les flatteries d'Alcibiade ; il en vint même à le flatter en retour et à le surpasser. 7. Il décida de donner le nom d'Alcibiade au plus beau de ses *paradis*[89], doté de pelouses et d'eaux reposantes, de lieux de détente et de pavillons ornés avec une magnificence royale, et par la suite, tout le monde continua à le nommer ainsi.

XXV. 1. Alcibiade abandonna donc le parti des Spartiates, car il les jugeait indignes de confiance et redoutait Agis. Il entreprit de leur nuire et de les accuser devant Tissapherne. Il lui conseilla de ne pas mettre beaucoup d'empressement à les aider, et de ne pas causer la ruine d'Athènes, mais de ne leur fournir que de maigres secours, afin d'amoindrir et de miner insensiblement les deux peuples, pour finalement les soumettre l'un et l'autre au Grand Roi quand ils se seraient mutuellement épuisés. 2. Tissapherne se laissa aisément convaincre, et tous purent se rendre compte de l'amour et de l'admiration qu'il portait à Alcibiade. C'était donc sur ce dernier que les Grecs des deux camps tenaient les yeux fixés. Les Athéniens regrettaient de l'avoir condamné, maintenant qu'ils voyaient le mal qui s'en était suivi pour eux. Quant à Alcibiade, il était préoccupé lui aussi : il craignait, si Athènes était totalement détruite, de tomber entre les mains des Lacédémoniens, qui le haïssaient.
3. Presque toutes les forces athéniennes se trouvaient alors à Samos. À partir de cette île, qui servait de base à leur flotte, ils essayaient de reconquérir ceux des alliés qui avaient fait défection, et surveillaient les autres. Ils étaient encore à peu près capables de soutenir la lutte sur mer contre leurs ennemis, 4. mais ils craignaient Tissapherne et les cent cinquante trières phéniciennes qui, disait-on, allaient arriver et dont la venue ne laisserait plus à la cité aucun espoir de salut.
5. Alcibiade, connaissant la situation, envoya secrètement aux Athéniens influents qui se trouvaient à Samos un message par lequel il leur faisait miroiter l'espoir de leur gagner l'amitié de Tissapherne, non pour plaire à la foule, qui ne lui inspirait aucune confiance, mais dans l'intérêt des aristocrates, s'ils osaient se montrer valeureux, mettre un terme à l'insolence du peuple, prendre les choses en mains, rétablir la situation et sauver la cité.
6. Dans l'ensemble, les Athéniens se montrèrent très favorables à la proposition d'Alcibiade. Seul un des stratèges, Phrynichos, du dème Deirades, soupçonna, à juste titre, qu'Alcibiade ne se souciait pas plus de l'oligarchie que de la démocratie, qu'il cherchait à revenir par n'importe quel moyen, et qu'il attaquait le peuple pour flatter les puissants et obtenir leur soutien[90]. Il s'éleva donc contre la proposition,

---

89. En Perse, le mot désignait un grand parc, un jardin délicieux. « Un vieux mot, paradis, que l'hébreu, comme toutes les langues de l'Orient, avait emprunté à la Perse, et qui désigna d'abord les parcs des rois achéménides » (Renan, Vie de Jésus, I, 11).
90. Sur tous ces événements et les intrigues qui précédèrent la première révolution oligarchique, voir le récit de Thucydide, VIII, 48 et suiv.

7. mais ne réussit pas à imposer ses vues. Devenu désormais ennemi déclaré d'Alcibiade, il envoya secrètement au commandant de la flotte ennemie, Astyochos, un message lui conseillant de se méfier d'Alcibiade et de l'arrêter comme agent double. Mais ce traître s'adressait, sans le savoir, à un autre traître. 8. Car Astyochos redoutait Tissapherne et voyait le grand cas que celui-ci faisait d'Alcibiade : il leur révéla donc à tous deux le message de Phrynichos. 9. Alcibiade envoya immédiatement à Samos des émissaires pour dénoncer Phrynichos. Ce dernier vit tous les Athéniens, remplis d'indignation, se liguer contre lui, et ne trouvant pas d'autre échappatoire, il entreprit de soigner le mal par un mal plus grand. 10. Il envoya à Astyochos un autre message dans lequel, tout en se plaignant de sa trahison, il s'engageait à livrer entre ses mains la flotte et le camp des Athéniens.

11. Cependant la trahison de Phrynichos ne fit aucun tort aux Athéniens, car Astyochos répliqua par une double trahison : il révéla de nouveau ces propositions à Alcibiade. 12. Phrynichos, qui avait pressenti cette manœuvre et s'attendait à être accusé une seconde fois par Alcibiade, le devança, en annonçant aux Athéniens que les navires ennemis s'apprêtaient à les attaquer ; il les engagea à se tenir près des navires et à fortifier le camp. 13. Les Athéniens s'y employaient, quand survint un nouveau message d'Alcibiade, les avertissant de se méfier de Phrynichos qui voulait livrer la base navale aux ennemis. Les Athéniens ne le crurent pas ; à leur idée, Alcibiade, qui connaissait parfaitement les dispositions et les projets des ennemis, en profitait pour accuser Phrynichos à tort. 14. Mais par la suite, lorsque Hermon, un des éphèbes chargés des patrouilles, poignarda Phrynichos sur l'agora et le tua[91], ce dernier fut, à l'issue du procès, déclaré coupable de trahison, et l'on vota des couronnes à Hermon et à ses complices.

XXVI. 1. Mais pour l'heure, à Samos, les partisans d'Alcibiade prirent l'avantage : ils envoyèrent Pisandre à Athènes pour renverser le gouvernement et pousser les notables à s'emparer du pouvoir et à briser la démocratie : en échange, Alcibiade leur procurerait l'amitié et l'alliance de Tissapherne. Tel était du moins le prétexte dont se couvraient ceux qui établirent l'oligarchie. 2. Mais dès que les Cinq Mille, comme on les nommait, bien qu'ils ne fussent que quatre cents, eurent pris le contrôle de la situation et se furent emparés du pouvoir, leur intérêt pour Alcibiade disparut complètement, et ils montrèrent beaucoup moins d'ardeur pour la guerre, en partie parce qu'ils se méfiaient des citoyens, encore défiants devant le changement politique, et parce qu'ils pensaient que les Lacédémoniens, toujours bien disposés à l'égard d'une oligarchie, se montreraient plus conciliants avec eux[92]. À Athènes, le parti populaire se tenait tranquille bien malgré lui, car il avait peur : ceux qui s'étaient opposés ouver-

---

91. L'assassinat de Phrynichos eut lieu plus tard (voir Thucydide, VIII, 92).
92. Les oligarques qui s'emparèrent du pouvoir en 411 remirent l'autorité entre les mains de 400 conseillers recrutés par cooptation. Les Cinq Mille seraient les citoyens de plein droit qui seuls pourraient siéger à l'assemblée. Mais pendant plusieurs mois l'assemblée des Cinq Mille ne fut pas convoquée. D'où la formule ambiguë de Plutarque. Sur la terreur que les Quatre Cents firent régner à Athènes, voir Thucydide, VIII, 70.

tement aux Quatre Cents avaient été massacrés en masse. 3. Quand les Athéniens de Samos apprirent ces nouvelles, ils furent indignés et résolurent de faire voile immédiatement vers le Pirée; ils appelèrent Alcibiade, le nommèrent stratège, et lui demandèrent de se mettre à leur tête pour abattre les tyrans[93].
4. Un autre homme, dans la même situation, soudainement élevé par la faveur de la multitude, aurait considéré, dans sa joie, qu'il devait aussitôt se soumettre en tout et ne rien refuser à ceux qui, de vagabond et d'exilé qu'il était, venaient de le nommer commandant et stratège d'une flotte si nombreuse, d'un camp et d'une armée si considérables. Mais Alcibiade ne fit rien de tel; il se comporta comme devait le faire un grand chef. Il résista à ses concitoyens emportés par la colère : en les empêchant de commettre une grande erreur, il sauva de manière éclatante, en cette circonstance du moins, les affaires d'Athènes. 5. Car, s'ils avaient levé l'ancre pour rentrer dans leur patrie, les ennemis auraient eu la possibilité de s'emparer aussitôt, sans combat, de toute l'Ionie, de l'Hellespont et des îles, tandis que les Athéniens, luttant contre d'autres Athéniens, auraient porté la guerre dans leur propre cité. Seul, ou presque, Alcibiade empêcha ce malheur, non seulement en persuadant et en avertissant la foule, mais encore en s'adressant à chaque homme en particulier, suppliant les uns, retenant les autres[94]. 6. Dans cette tâche, Thrasybule, du dème Steiria, l'assista de sa présence et de ses cris : de tous les Athéniens, il était, dit-on, celui qui possédait la voix la plus forte[95].
7. Alcibiade rendit encore à sa patrie un autre beau service. Il s'engagea à faire passer dans le camp athénien les navires phéniciens, envoyés par le Grand Roi, sur lesquels comptaient les Lacédémoniens, ou sinon, de les empêcher d'arriver jusqu'aux ennemis. Il embarqua donc en hâte. 8. Les bateaux furent aperçus au large d'Aspendos, mais Tissapherne, trompant l'attente des Lacédémoniens, ne les amena pas plus loin. Les deux camps, et surtout les Lacédémoniens, reprochèrent à Alcibiade ce changement de route : ils l'accusaient d'avoir conseillé au Barbare de laisser les Grecs se détruire mutuellement. 9. En effet, il était clair que celui des deux camps qui aurait reçu le renfort d'une flotte aussi considérable aurait définitivement confisqué à l'autre la maîtrise de la mer.

XXVII. 1. Après ces événements, les Quatre Cents furent renversés, les amis d'Alcibiade mettant désormais tout leur zèle à soutenir le parti de la démocratie[96].

---

93. Plutarque résume ici les événements rapportés par Thucydide (VIII, 76). Les soldats cantonnés à Samos destituèrent les stratèges prêts à se rallier à l'oligarchie et en désignèrent d'autres dont Thrasybule. C'est ce dernier qui suggéra que l'on fît appel à Alcibiade (voir Thucydide, VIII, 81).
94. Thucydide, qui n'est pas tendre pour Alcibiade, lui reconnaît le mérite d'avoir résisté à la volonté des soldats de marcher sur le Pirée et d'avoir ainsi, du moins en cette occasion, sauvé la cité.
95. Sur le rôle de Thrasybule qui fut plus qu'un simple second, voir supra, XXVI, 3. Il allait se distinguer de nouveau lors de la seconde révolution oligarchique, en 403, en organisant la résistance des démocrates.
96. Ici encore, Plutarque résume les événements qui amenèrent la chute des Quatre Cents et permirent au régime des Cinq Mille de fonctionner pendant quelques mois (voir Thucydide, VIII, 89 et suiv.).

ALCIBIADE

Les citoyens restés à Athènes voulurent rappeler Alcibiade, et lui demandèrent de revenir. Mais il ne voulait pas rentrer les mains vides, sans avoir rien fait, et devoir son rappel à la pitié et à la faveur de la foule: il souhaitait un retour glorieux. 2. C'est pourquoi il quitta d'abord Samos à la tête de quelques navires, et alla croiser autour de Cnide et de Cos. Là, ayant appris que le Spartiate Mindaros faisait voile vers l'Hellespont avec toute sa flotte, et que les Athéniens le poursuivaient, il se porta en hâte au secours des stratèges athéniens. 3. La Fortune voulut qu'il arriva, avec ses dix-huit trières, au moment précis où les deux flottes avaient engagé tous leurs navires dans un combat naval au large d'Abydos. La situation était indécise: de part et d'autre les revers alternaient avec les succès, et la bataille acharnée se prolongea jusqu'au soir[97]. 4. L'apparition d'Alcibiade inspira à chaque camp une erreur opposée: les ennemis reprirent courage, les Athéniens se troublèrent. Mais, très vite, Alcibiade fit hisser le pavillon ami sur son vaisseau amiral, et s'élança contre les Péloponnésiens qui avaient le dessus et pressaient leurs adversaires. 5. Il les mit en fuite, les poussa contre le rivage et, les serrant de près, heurta et fracassa leurs navires. Les hommes se sauvèrent à la nage, tandis que Pharnabaze[98] venait à leur secours avec son armée de terre, et combattait au bord de la mer pour défendre les vaisseaux. 6. Pour finir, les Athéniens s'emparèrent de trente navires, reprirent tous les leurs, et élevèrent un trophée[99].
Après un succès aussi brillant, Alcibiade, désireux de se montrer aussitôt à Tissapherne dans sa gloire, se munit de présents d'hospitalité et de cadeaux, et alla rendre visite au satrape avec une suite digne d'un général. 7. Mais il ne reçut pas l'accueil auquel il s'attendait. Car Tissapherne, qui était depuis longtemps en butte aux attaques des Lacédémoniens, craignait d'être accusé devant le Grand Roi; il trouva qu'Alcibiade venait fort à propos. Il le fit arrêter et emprisonner à Sardes, espérant écarter, par cette injustice, les attaques dont il était l'objet.

XXVIII. 1. Mais au bout de trente jours, Alcibiade ayant réussi, on ne sait comment, à se procurer un cheval, trompa la vigilance de ses gardes et s'enfuit à Clazomènes. 2. Pour se venger de Tissapherne, il prétendit que ce dernier l'avait laissé partir. Puis il rejoignit par mer le camp athénien. Ayant appris que Mindaros se trouvait à Cyzique, avec Pharnabaze, il entreprit d'enflammer l'ardeur des soldats: ils devaient absolument, leur disait-il, combattre sur terre et sur mer, et même, par Zeus! assiéger les remparts ennemis, car ils ne seraient payés que s'ils remportaient une victoire totale. 3. Il les fit embarquer, puis s'arrêta à Proconnésos, où il donna l'ordre d'intercepter les petites embarcations et de les tenir sous bonne garde, afin que l'ennemi ne pût par aucun moyen être averti de son approche. 4. Or justement une forte pluie se mit à tomber, accompagnée de tonnerre, et le ciel devint très sombre, ce qui

---

97. *La bataille d'Abydos eut lieu en 408.*
98. *Pharnabaze était satrape de Phrygie hellespontique. Il allait à son tour intervenir dans les opérations militaires qui se déplaçaient alors vers la région des Détroits, vitale pour Athènes.*
99. *À partir d'ici, Plutarque suit le récit de Xénophon qui relaie celui de Thucydide dans les Helléniques. La bataille de Cynosséma se déroula à l'automne 411.*

favorisa son entreprise et lui permit de dissimuler ses manœuvres. Non seulement les ennemis ne le virent pas approcher, mais les Athéniens eux-mêmes avaient déjà renoncé à combattre, quand soudain il donna ordre d'embarquer, et partit avec eux. 5. Peu après, l'obscurité se dissipa, et l'on put voir les navires des Péloponnésiens qui croisaient devant le port de Cyzique. 6. Alors, craignant qu'en voyant le nombre des vaisseaux athéniens les ennemis ne cherchent refuge sur terre, Alcibiade ordonna à ses collègues de naviguer lentement et de rester à distance; quant à lui, il se montra avec seulement quarante navires, et provoqua les Péloponnésiens au combat. 7. Ceux-ci furent complètement abusés; pleins de mépris en croyant leurs adversaires si peu nombreux, ils attaquèrent sans attendre, et engagèrent la lutte. Ils combattaient déjà, quand ils virent approcher le reste des navires athéniens; alors, frappés d'épouvante, ils prirent la fuite.
8. Aussitôt Alcibiade, avec ses vingt meilleurs navires, se fraya un chemin à travers la flotte ennemie, accosta, fit débarquer ses hommes, et attaquant les fuyards au sortir de leurs vaisseaux, il leur infligea de lourdes pertes. Mindaros et Pharnabaze, qui vinrent à la rescousse, furent battus : Mindaros fut tué tandis qu'il combattait vaillamment, et Pharnabaze prit la fuite. 9. Nombreux furent les cadavres et les armes qui restèrent au pouvoir des Athéniens; ils s'emparèrent de tous les navires ennemis, et se rendirent maîtres de Cyzique, Pharnabaze l'ayant abandonnée et les Péloponnésiens y ayant été tués. Les Athéniens purent ainsi non seulement tenir fermement l'Hellespont, mais même chasser de vive force les Lacédémoniens du reste de la mer. 10. On intercepta un message qui annonçait le désastre aux éphores, dans un style vraiment laconique : « Nefs perdues, Mindaros mort, hommes affamés. Ne savons que faire. »

XXIX. 1. Les soldats qui avaient suivi Alcibiade furent tellement exaltés et remplis d'orgueil qu'ils refusaient désormais de se mêler, eux, invaincus, aux autres soldats qui avaient plusieurs fois été vaincus. 2. Peu auparavant, en effet, Thrasyllos[100] avait essuyé une défaite près d'Éphèse, et les Éphésiens avaient élevé un trophée en bronze, à la grande honte des Athéniens. 3. C'était ce que les soldats d'Alcibiade lançaient à la tête de ceux de Thrasyllos, tandis qu'ils se glorifiaient et glorifiaient leur chef; ils ne voulaient partager avec les autres ni l'entraînement, ni le campement. 4. Mais lorsque Pharnabaze, à la tête de beaucoup de cavaliers et de fantassins, attaqua les troupes de Thrasyllos qui avaient fait une incursion dans la région d'Abydos, Alcibiade vint à leur secours; il se jeta sur Pharnabaze et le poursuivit jusqu'à la nuit en compagnie de Thrasyllos. Alors, les deux groupes fraternisèrent, et tous retournèrent ensemble au camp, réconciliés et joyeux. 5. Le lendemain, Alcibiade éleva un trophée et mit à sac le territoire de Pharnabaze, sans que personne osât le défendre[101]. Il s'empara même de prêtres et de prêtresses, mais les relâcha sans exiger de rançon.

---

100. Thrasyllos était l'un des stratèges élus par les soldats de Samos.
101. La bataille de Cyzique eut lieu au printemps 410. C'est sans doute peu après que la démocratie fut rétablie à Athènes.

6. Les Chalcédoniens avaient fait défection, et avaient reçu des Lacédémoniens une garnison et un harmoste[102]. Alcibiade s'apprêtait à les attaquer quand il apprit qu'ils avaient rassemblé tous les biens qu'on pouvait piller chez eux et les avaient mis en dépôt chez les Bithyniens, leurs amis. Il alla donc jusqu'aux frontières de la Bithynie, avec son armée, et envoya un héraut aux Bithyniens pour leur exprimer son mécontentement. Ceux-ci, pris de peur, lui abandonnèrent le butin des Chalcédoniens, et conclurent avec lui un traité d'amitié.

XXX. 1. Tandis qu'il assiégeait Chalcédoine, et construisait un retranchement d'une mer à l'autre, Pharnabaze survint, pour le forcer à lever le siège, tandis qu'au même moment, l'harmoste Hippocratès faisait une sortie avec ses troupes et attaquait les Athéniens. 2. Mais Alcibiade disposa son armée de manière à faire face aux deux fronts à la fois. Il contraignit Pharnabaze à prendre honteusement la fuite; quant à Hippocratès, il périt dans la défaite, avec un grand nombre de ses hommes. 3. Ensuite, Alcibiade fit voile vers l'Hellespont et y leva des contributions[105]. Il prit Sélymbria, où un contretemps l'exposa à un grave danger. 4. Des habitants, qui voulaient lui livrer la cité, s'étaient engagés à élever au milieu de la nuit une torche allumée. Mais ils furent obligés de donner ce signal plus tôt que prévu, car ils craignaient l'un des conjurés, qui avait brusquement changé de camp. 5. La torche fut donc élevée avant que l'armée fût prête. Alcibiade, prenant avec lui une trentaine d'hommes, se dirigea en courant vers les remparts, après avoir ordonné aux autres de le suivre en toute hâte. 6. On lui ouvrit la porte de la ville, et vingt peltastes[104] s'étant joints à ses trente hommes, il se précipita à l'intérieur. Mais il s'aperçut aussitôt que les Sélymbriens s'étaient armés et marchaient contre lui. 7. De toute évidence, la résistance ne pouvait assurer son salut, mais Alcibiade, jusqu'à ce jour, n'avait jamais été vaincu dans aucune de ses campagnes, et il était trop fier pour fuir. Il fit donc sonner par la trompette le signal de faire silence, et chargea l'un des assistants de proclamer: «Sélymbriens, ne portez pas les armes contre les Athéniens!» 8. En entendant cette proclamation, certains des habitants perdirent leur ardeur au combat, car ils crurent que tous les ennemis étaient entrés; d'autres se laissèrent fléchir par l'espoir d'une conciliation. 9. Ils discutaient entre eux, quand Alcibiade fut rejoint par son armée. Mais il était désormais convaincu, à juste titre, que les Sélymbriens étaient disposés à faire la paix, et il craignit que ses soldats thraces ne missent la cité à sac[105]: 10. ils

---

102. Les harmostes étaient les chefs des garnisons que les Lacédémoniens avaient installées dans les cités qui s'étaient ralliées à eux.
103. Athènes, dès avant la guerre du Péloponnèse, avait établi son contrôle sur les Détroits et levait des taxes sur les navires qui les empruntaient. Il était donc essentiel pour la cité de retrouver cette source de revenus en un moment où le besoin d'argent était particulièrement aigu.
104. Soldats d'infanterie légère. Ils portaient un bouclier d'osier appelé «pelte» d'où ils tiraient leur nom.
105. Durant la dernière partie de la guerre du Péloponnèse, les Athéniens furent contraints de recourir de plus en plus au service d'armées de mercenaires. C'est d'ailleurs ce qui rendait nécessaires de nouvelles rentrées d'argent. Les Thraces dont il est ici question sont des mercenaires recrutés par Alcibiade. D'où leur fidélité à sa personne.

étaient nombreux dans son armée, et fort zélés, par gratitude et dévouement à sa personne. Il les renvoya donc tous hors de la cité ; quant aux Sélymbriens, cédant à leurs prières, il ne leur fit aucun mal. Il se contenta d'exiger d'eux de l'argent et d'installer une garnison chez eux, puis il s'en alla.

XXXI. 1. Les stratèges qui assiégeaient Chalcédoine conclurent avec Pharnabaze une convention aux termes de laquelle ils recevraient une somme d'argent, les Chalcédoniens se soumettraient de nouveau aux Athéniens, le pays de Pharnabaze ne serait pas ravagé, et Pharnabaze fournirait une escorte et toutes les garanties de sécurité aux ambassadeurs que les Athéniens enverraient au Grand Roi. 2. Quand Alcibiade revint de Sélymbria, Pharnabaze lui demanda de s'engager par serment, lui aussi, à observer cette convention, mais Alcibiade refusa de le faire tant que Pharnabaze n'aurait pas prêté serment lui-même.
3. Une fois les serments échangés, il marcha contre Byzance, qui avait fait défection, et entoura la cité d'un retranchement[106]. Mais Anaxilaos, Lycurgue et quelques autres s'entendirent avec lui pour lui livrer la cité à condition qu'elle fût épargnée. Il répandit donc la nouvelle qu'il était appelé au loin par une révolution qui se préparait en Ionie. Il partit en plein jour, avec tous ses navires. Mais, la nuit, il fit demi-tour, débarqua avec ses hoplites et s'avança sans bruit jusqu'aux remparts. Pendant ce temps, les navires faisaient voile vers le port, et l'attaquaient violemment, au milieu des cris, de l'agitation et du vacarme. Cette attaque inattendue terrifia les habitants, et permit au parti favorable à Athènes de faire entrer Alcibiade en toute sécurité, car tout le monde se précipitait dans le port pour repousser les bateaux. 4. Cependant, l'affaire ne se termina pas sans combat. Les Péloponnésiens, les Béotiens, et les Mégariens qui se trouvaient à Byzance mirent en fuite les soldats qui avaient débarqué, et les contraignirent à se réfugier de nouveau à bord. Puis comprenant que les Athéniens étaient entrés dans la place, ils se rassemblèrent et marchèrent à leur rencontre en ordre de bataille.
5. Un combat acharné s'engagea : Alcibiade, qui commandait l'aile droite, fut vainqueur, tout comme Théramène[107] à l'aile gauche. Les ennemis survivants, environ trois cents hommes, furent faits prisonniers.
6. Après la bataille, aucun Byzantin ne fut mis à mort ni exilé ; c'était la condition exigée par les hommes qui avaient livré la cité, et les termes de l'accord passé avec eux : ils n'avaient réclamé pour eux-mêmes aucune faveur particulière. 7. C'est pourquoi, lorsque Anaxilaos fut accusé de trahison à Lacédémone, il ne montra aucune honte de ce qu'il avait fait. 8. Il déclara qu'il n'était pas lacédémonien, mais byzantin, et que ce n'était pas Sparte, mais Byzance, qu'il voyait en danger : la cité était assiégée, rien n'y entrait, les Péloponnésiens et les Béotiens consommaient les vivres qui s'y trouvaient, tandis que les Byzantins mouraient de faim avec leurs femmes et leurs

---

106. La position de Byzance à l'entrée du Bosphore était particulièrement importante pour Athènes. La prise de la ville en 408-407 allait favoriser ceux qui à Athènes préparaient le retour d'Alcibiade.
107. Théramène avait fait partie des Quatre Cents, puis s'en était séparé et avait contribué à leur chute. Il commandait aux côtés de Thrasybule et d'Alcibiade lors de la bataille de Cyzique, avant même que la démocratie n'ait été rétablie à Athènes.

enfants. Il n'avait donc pas livré la cité aux ennemis, mais l'avait délivrée de la guerre et du malheur, imitant les Lacédémoniens les plus nobles, pour qui la seule conduite vraiment belle et juste était dictée par l'intérêt de la patrie. À ces mots, les Lacédémoniens furent emplis de respect et acquittèrent les accusés.

XXXII. 1. Alcibiade était désormais impatient de revoir sa patrie, et encore plus désireux de se faire admirer par ses concitoyens, lui qui avait vaincu les ennemis à tant de reprises. Il embarqua donc pour Athènes. Les trières athéniennes étaient ornées sur tout leur pourtour d'une grande quantité de boucliers et de dépouilles de guerre; il traînait derrière lui de nombreux navires prisonniers et rapportait, en nombre encore plus considérable, les figures de proue des vaisseaux qu'il avait conquis et détruits: il n'y avait, au total, pas moins de deux cents navires ou figures de proue. 2. Douris de Samos[108], qui se prétend un descendant d'Alcibiade, ajoute les détails suivants: la cadence des rameurs était rythmée par l'aulos de Chrysogonos, qui avait été vainqueur aux concours Pythiques, Callipidès, l'acteur tragique, donnait les ordres, et tous deux portaient de longues tuniques, des robes de scène et les autres parures des concours[109]; en outre, le vaisseau amiral entra dans le port avec une voile de pourpre, comme si les passagers revenaient de quelque beuverie et partaient faire la fête. Mais ni Théopompe, ni Éphore, ni Xénophon n'ont rien écrit de tel, et il semble peu probable qu'Alcibiade ait déployé un tel faste, lui qui avant son retour avait connu l'exil et tant d'épreuves. Au contraire, il était plein de crainte quand il aborda, et il ne quitta pas sa trière avant d'avoir aperçu, du pont sur lequel il se tenait, son cousin Euryptolémos sur le rivage, avec une foule d'amis et de parents, qui l'accueillaient et l'invitaient à descendre.

3. Quand il eut débarqué, les gens accourus à sa rencontre ne semblèrent même pas apercevoir les autres stratèges. Tous se précipitaient vers Alcibiade, criaient, l'embrassaient, lui faisaient escorte, et s'avançaient pour lui offrir des couronnes. Ceux qui ne parvenaient pas à s'approcher le contemplaient de loin, et les vieillards le montraient à la jeunesse. 4. Mais cette allégresse de la cité était mêlée de nombreux pleurs: à la vue du bonheur présent, les Athéniens se souvenaient des malheurs qui avaient précédé. L'expédition de Sicile n'aurait pas échoué, se disaient-ils, et leurs grandes espérances n'auraient pas été déçues si à l'époque, ils avaient laissé Alcibiade diriger les affaires et conduire la grande armée qu'ils possédaient alors[110]. En effet, la cité, quand il l'avait reprise en main, était presque chassée de la mer, à peine maîtresse sur terre de ses faubourgs et déchirée par des luttes internes: or il l'avait relevée de ses ruines pitoyables et, non content de lui rendre la maîtrise de la mer, il lui avait, sur terre également, assuré partout la victoire sur ses ennemis.

---

108. *Douris de Samos, élève de Théophraste, devint ensuite tyran de sa cité natale. De ses écrits d'historien, il ne reste que des fragments.*
109. *Sur l'aulète Chrysogonos et l'acteur Callipidès, voir Athénée,* Deipnosophistes, *XII, 535c-d. Xénophon en effet (*Helléniques, *I, 4, 18-19) ne rapporte rien de tel.*
110. *Voir supra, XVIII, 4-6; XIX, 6-7 et XX, 2-3.*

XXXIII. 1. Le décret relatif à son rappel avait été voté auparavant, sur proposition de Critias[111], fils de Callaïschros, comme celui-ci l'a écrit lui-même dans ses *Élégies*, où il rappelle ce service à Alcibiade dans les vers suivants :

> La motion de rappel, c'est moi qui devant tous
> La proposai, puis l'écrivis. J'ai fait cela
> Et le sceau de ma langue est posé sur cet acte.

2. Après son arrivée, le peuple se réunit en assemblée, et Alcibiade se présenta devant lui. Il déplora et plaignit ses malheurs, mais n'adressa au peuple que des reproches légers et modérés : il rejetait toute la faute sur une fortune méchante et un *démon* envieux. Il parla plus longuement pour exhorter ses concitoyens à reprendre espoir et confiance. On lui décerna des couronnes d'or, et il fut élu stratège à la fois sur terre et sur mer, avec les pleins pouvoirs. 3. On vota que ses biens lui seraient rendus, et on ordonna aux Eumolpides et aux Céryces de retirer solennellement les malédictions que sur ordre du peuple, ils avaient lancées contre lui. Tous le firent, sauf l'hiérophante Théodoros qui déclara : « Moi, je ne l'avais maudit que s'il était coupable envers la cité »[112].

XXXIV. 1. Mais, tandis qu'Alcibiade connaissait une réussite aussi éclatante, certaines personnes étaient troublées par la date de son retour. Le jour où il était rentré dans le port, on célébrait en effet les Plyntéries en l'honneur d'Athéna. Ce sont des rites secrets, célébrés, le vingt-cinq Thargélion, par les Praxiergides[113], qui enlèvent à la statue de la déesse toutes ses parures et la couvrent d'un voile. 2. Ce jour est considéré par les Athéniens comme particulièrement néfaste, et impropre à toute activité. La déesse ne semblait donc pas accueillir Alcibiade avec faveur et bienveillance, puisqu'elle se cachait sous un voile, et le tenait à l'écart.
3. Cependant tout allait pour Alcibiade au gré de ses désirs. On avait équipé cent trières avec lesquelles il s'apprêtait à repartir, mais une ambition, qui ne manquait pas de noblesse, le retint à Athènes jusqu'aux Mystères[114]. 4. Depuis que Décélie[115] avait été entourée de murs, et que les ennemis qui s'y trouvaient contrôlaient les accès d'Éleusis, la fête avait perdu son faste : la procession se faisait par mer, et l'on était contraint de renoncer aux sacrifices, aux chœurs et à la plupart des rites que

---

111. Critias, philosophe et poète, parent de Platon et comme lui disciple de Socrate, allait jouer quelques années plus tard un rôle important comme chef des Trente lors de la seconde révolution oligarchique.
112. Sur les prêtres d'Éleusis, voir supra, XIX, 2.
113. Les Praxiergides étaient les membres d'une famille qui possédait la prêtrise d'Athéna lors de la fête des Plyntéries au cours de laquelle on baignait la vieille statue de bois (xoanon) de la déesse. Thargélion correspondait à avril-mai.
114. La procession des Mystères se déroulait au début de l'automne. Or normalement, les expéditions maritimes partaient à la fin du printemps ou au début de l'été. Mais pour Alcibiade, désireux de se laver de l'accusation de sacrilège qui pesait toujours sur lui, il était important de témoigner de sa piété en assurant le déroulement normal de la procession d'Athènes à Éleusis.
115. Sur l'occupation de Décélie et ses conséquences désastreuses pour Athènes, voir supra, XXIII, 2.

l'on célébrait sur la route, quand on emmenait Iacchos hors d'Athènes[116]. **5.** Alcibiade jugea qu'il serait beau, pour honorer les dieux et accroître sa gloire parmi les hommes, de rendre aux cérémonies leur aspect traditionnel, en conduisant la procession par terre, avec des gardes pour la protéger des ennemis. Ainsi, soit il discréditerait et humilierait complètement Agis, si ce dernier ne bronchait pas, soit il livrerait une bataille sacrée et agréable aux dieux, pour la cause la plus sainte et la plus haute, sous les yeux de sa patrie, tous les citoyens étant témoins de sa bravoure. **6.** Dès qu'il eut pris cette décision et qu'il en eut informé les Eumolpides et les Céryces, il plaça des guetteurs sur les hauteurs, et dès le point du jour, envoya des coureurs reconnaître la route. Puis il emmena avec lui les prêtres, les mystes et les mystagogues[117] et, les entourant d'hommes en armes, il les conduisit en bon ordre et en silence. Ce fut un spectacle solennel et digne des dieux qu'il offrit ainsi, et le stratège fut salué des noms d'hiérophante et de mystagogue par ceux qui ne le jalousaient pas. **7.** Aucun ennemi n'osa attaquer, et Alcibiade ramena la procession sans encombre dans la cité. Ce succès l'emplit d'orgueil et inspira à son armée l'idée qu'elle serait irrésistible et invincible tant qu'il serait stratège. Il conquit aussi la faveur des humbles et des pauvres ; ils lui portaient un amour étonnant, et désiraient l'avoir pour tyran. Quelques-uns allèrent même le trouver, l'exhortant à s'élever au-dessus de l'envie, à se débarrasser des décrets, des lois et des bavards qui perdaient la cité, de manière à pouvoir agir et diriger les affaires sans avoir à craindre les sycophantes[118].

XXXV. 1. Quelles étaient ses intentions concernant la tyrannie ? On l'ignore. En tout cas les citoyens les plus influents prirent peur, et firent diligence pour hâter son départ. Ils votèrent tout ce qu'il demandait, et lui permirent notamment de choisir les collègues qu'il désirait. **2.** Il partit donc avec ses cent navires et, ayant abordé à Andros[119], il vainquit les habitants de l'île et tous les Lacédémoniens qui s'y trouvaient. Mais il ne prit pas la cité, et ce fut le premier des nouveaux griefs dont l'accablèrent ses ennemis.

3. S'il y eut jamais un homme victime de sa propre gloire, ce fut bien Alcibiade, semble-t-il. La grande réputation d'audace et d'intelligence que lui avaient value ses succès le rendait suspect quand il échouait. On refusait de croire qu'il avait été incapable de vaincre, et on le soupçonnait de n'avoir pas fait tous ses efforts. S'il s'était vraiment appliqué, pensait-on, rien ne lui aurait échappé. Les Athéniens, qui

---

116. Iacchos, parfois assimilé à Dionysos, était associé à la cérémonie des Mystères au cours de laquelle sa statue était transportée d'Athènes à Éleusis.
117. Sur les mystes, voir supra, *XIX, 2 et note. Les mystagogues étaient les assistants des prêtres, chargés de guider les fidèles et de les préparer à l'initiation.*
118. La tyrannie était associée, dans la tradition élaborée à partir du IVe siècle, aux revendications des plus pauvres auxquels le tyran promettait le partage des terres et l'abolition des dettes (voir en particulier Platon, République, *566a et suiv.).*
119. Andros est une île de l'Égée, qui avait fait partie de la Ligue de Délos avant de rallier le camp adverse.

s'attendaient à apprendre la prise de Chios et de toute l'Ionie, 4. s'indignèrent en découvrant qu'il n'avait pas tout accompli immédiatement, au gré de leurs désirs. Ils ne comprenaient pas qu'il manquait d'argent, ce qui le contraignait, alors qu'il faisait la guerre à des hommes généreusement entretenus par le Grand Roi, de mettre à la voile, et de s'éloigner du camp pour se procurer de quoi payer et nourrir les soldats[120]. 5. Ce fut d'ailleurs pour cette raison qu'il encourut la dernière accusation dont on le chargea. Lysandre, que les Lacédémoniens avaient envoyé pour commander la flotte, donnait à chaque marin quatre oboles, au lieu de trois, sur les fonds qu'il avait reçus de Cyrus ; Alcibiade, qui avait déjà du mal à payer les trois oboles, dut partir en Carie pour lever des contributions[121]. 6. L'homme à qui il laissa le commandement des bateaux en son absence, Antiochos, était un bon capitaine, mais par ailleurs un homme stupide et grossier. Alcibiade lui avait défendu de livrer un combat naval, même si les ennemis attaquaient, mais Antiochos se montra violent et téméraire : il équipa sa propre trière, en prit une seconde, puis fit voile vers Éphèse, et passa à plusieurs reprises devant les navires ennemis, avec une attitude et des paroles pleines d'outrecuidance et de forfanterie. 7. Lysandre se contenta d'abord de détacher quelques navires pour lui donner la chasse, mais comme les Athéniens venaient à la rescousse, il fit sortir toute sa flotte, remporta la victoire[122], tua Antiochos, captura beaucoup de navires et d'hommes, puis éleva un trophée. 8. Informé de cette défaite, Alcibiade revint à Samos ; il fit avancer toute sa flotte et provoqua Lysandre au combat. Mais celui-ci, satisfait de sa victoire, ne sortit pas à sa rencontre.

XXXVI. 1. Alcibiade avait beaucoup d'ennemis dans le camp, notamment Thrasybule[123], fils de Thrason, qui lui était très hostile. Cet homme fit voile pour Athènes afin de le mettre en accusation. 2. Là-bas, il souleva les citoyens en déclarant devant le peuple qu'Alcibiade avait ruiné la situation et causé la perte des navires. « Alcibiade, disait-il, exerce le pouvoir avec mollesse, il laisse le commandement à des hommes qui, par leurs beuveries et leurs boniments de matelots, ont acquis sur lui une grande influence. Pendant ce temps, il navigue au loin pour s'enrichir, il se livre à la débauche et à l'ivrognerie, il couche avec des hétaïres d'Abydos et d'Ionie, alors que les ennemis sont au mouillage, tout près. » 3. On

---

120. Le problème des ressources financières devenait de plus en plus aigu, alors qu'un certain nombre de cités alliées avaient cessé de verser le tribut, et qu'il fallait désormais recourir à des armées de mercenaires. Or, l'alliance entre Sparte et les satrapes perses fournissait à la cité lacédémonienne les moyens de recruter une flotte et de menacer les positions d'Athènes dans l'Égée.
121. Lysandre, à partir de ce moment, dirige la campagne navale qui devait s'achever par la défaite de la flotte athénienne à Aïgos Potamoï. La présence de mercenaires dans les deux camps, la surenchère à laquelle se livrait Lysandre en proposant une solde plus élevée contraignaient Alcibiade à se procurer des ressources par tous les moyens, en pressurant les populations cariennes.
122. Il s'agit de la bataille de Notion, en 407.
123. Ce Thrasybule n'est pas celui qui avait rappelé Alcibiade en 411 (voir supra, XXVI, 6), mais Thrasybule de Collyte.

reprochait aussi à Alcibiade d'avoir fait élever une forteresse en Thrace, près de Bisanthè, afin, disait-on, de se ménager un refuge, comme s'il ne voulait plus ou ne pouvait plus vivre dans sa patrie. 4. Les Athéniens se laissèrent convaincre. Ils élurent d'autres stratèges[124], affichant ainsi leur colère et leur animosité contre Alcibiade. 5. À cette nouvelle, celui-ci prit peur. Il quitta définitivement le camp, puis rassembla des mercenaires et s'en alla faire la guerre pour son compte contre les Thraces qui n'étaient pas soumis à l'autorité d'un roi[125]. Il retira beaucoup d'argent de ses conquêtes, en même temps qu'il assurait aux Grecs du voisinage la sécurité contre les menaces barbares.
6. Les stratèges Tydée, Ménandros et Adeimantos réunirent à Aïgos Potamoï tous les navires que possédaient alors les Athéniens. Ils prirent l'habitude de faire sortir leurs navires au point du jour, et d'aller provoquer Lysandre, qui était basé à Lampsaque ; après quoi, ils se repliaient et passaient la journée dans le désordre et l'inaction, pleins d'un grand mépris pour l'ennemi[126]. Alcibiade, qui était tout près, ne voulut pas les laisser faire sans réagir. Il prit un cheval et s'en vint en hâte adresser des remontrances aux stratèges : « Le mouillage est mal choisi, leur dit-il ; l'endroit ne possède ni port ni cité, et vous êtes obligés d'aller chercher le ravitaillement au loin, à Sestos. D'autre part, vous permettez aux équipages, quand ils sont à terre, de vagabonder et de se disperser où bon leur semble, alors que la flotte qui est au mouillage, en face de vous, est habituée à obéir en silence aux ordres absolus d'un seul homme. »

XXXVII. 1. Mais Alcibiade avait beau leur tenir ces propos et leur conseiller de faire passer la flotte à Sestos, les stratèges ne voulurent pas l'écouter. Tydée lui ordonna même avec insolence de s'en aller : « Tu n'es plus stratège ! lança-t-il. Ce sont d'autres qui commandent. » 2. Alcibiade s'en alla donc, les soupçonnant de préméditer quelque trahison. Comme des amis qu'il avait dans le camp le reconduisaient, il leur déclara que si les stratèges ne l'avaient pas insulté ainsi, il aurait en peu de jours forcé les Lacédémoniens à combattre malgré eux ou à abandonner leurs navires. 3. Simples vantardises, pensaient certains, mais d'autres trouvaient à ses propos beaucoup de vraisemblance, car en amenant ses Thraces qui étaient nombreux, habiles tireurs et bons cavaliers, il pouvait lancer l'attaque par terre et semer

---

124. Parmi ces stratèges se trouvait le fils de Périclès et d'Aspasie qui, malgré sa naissance illégitime, avait été reconnu par son père.
125. La Thrace était pour Athènes une région vitale dans la mesure où elle commandait la route terrestre vers les Détroits. Une partie des Thraces étaient rassemblés dans un royaume avec lequel Athènes entretenait des relations étroites, mais il y avait aussi des Thraces abasileutoï, c'est-à-dire non intégrés à un royaume. Il était donc plus facile pour Alcibiade de s'attaquer à eux. La côte thrace était bordée par un certain nombre de cités grecques, telles Aïnos ou Maroneia, qui avaient fait partie de la Ligue de Délos.
126. Plutarque, à son habitude, résume le récit de Xénophon, voire passe sous silence des événements importants, comme la bataille des Arginuses qui se déroula en 406 et fut suivie du procès intenté aux stratèges coupables de n'avoir pas recueilli les naufragés. Voir Helléniques, I, 6, 28 à I, 7.

la panique dans le camp des Lacédémoniens. 4. Quoi qu'il en soit, il avait bien vu les fautes des Athéniens, comme les événements le montrèrent aussitôt. Lysandre attaqua soudain, à l'improviste, et seules huit trières athéniennes réussirent à s'enfuir avec Conon[127]. Toutes les autres, un peu moins de deux cents, furent capturées et emmenées ; trois mille hommes furent pris vivants et égorgés, sur l'ordre de Lysandre. 5. Peu après, celui-ci s'empara d'Athènes, brûla les navires, et fit abattre les Longs Murs[128].
6. Alors Alcibiade, redoutant les Lacédémoniens, à présent maîtres de la terre et de la mer, passa en Bithynie. Il emporta avec lui beaucoup d'argent, fit venir d'autres sommes importantes, et en laissa encore davantage dans la forteresse qu'il avait choisie comme résidence. 7. Mais en Bithynie, il perdit de nouveau une grande partie de ses possessions personnelles : il fut pillé par les Thraces du pays. Il décida donc de monter rejoindre Artaxerxès, avec l'intention, si le Grand Roi le mettait à l'épreuve, de ne pas se montrer inférieur à Thémistocle[129] : il avait d'ailleurs un motif plus noble, 8. car ce n'était pas contre ses concitoyens, comme Thémistocle, mais pour défendre sa patrie contre les ennemis qu'il voulait assister le roi et lui demander de l'aide. Pensant que Pharnabaze était le mieux placé pour lui fournir les moyens de faire la route sans encombre, il alla le trouver en Phrygie, où il cultiva son amitié, et fut traité avec honneur.

XXXVIII. 1. Les Athéniens étaient déjà bien tristes d'avoir perdu leur hégémonie. Mais quand Lysandre les priva aussi de la liberté, et livra la cité au pouvoir de trente tyrans[130], les réflexions qu'ils n'avaient pas faites lorsque le salut était encore possible leur vinrent à l'esprit, à présent que tout était perdu. Pleins de douleur, ils se rappelaient leurs fautes et leurs égarements, dont le plus funeste avait été, selon eux, de s'être emportés une seconde fois contre Alcibiade. 2. Ils l'avaient chassé, alors qu'il n'avait rien fait de mal ; ils s'étaient fâchés parce qu'un de ses subordonnés avait perdu honteusement quelques navires, et du coup ils avaient eux-mêmes, beaucoup plus honteusement, privé la cité du plus brave et du plus vaillant des stratèges. 3. Pourtant, en dépit de la situation, ils conservaient un vague espoir : les affaires d'Athènes, pensaient-ils, ne seraient pas complètement perdues tant qu'Alcibiade resterait en vie. Dans le passé, quand il était exilé, il n'avait pu se résoudre à vivre dans l'insouciance et la tranquillité ; maintenant non

---

127. L'Athénien Conon s'enfuit d'abord à Chypre, puis à la cour du roi des Perses. Il allait être l'un des artisans de la renaissance de la puissance athénienne au début du IVe siècle.
*128. Là encore, Plutarque résume un long développement de Xénophon (*Helléniques*, II, 2, 1-9), qui rapporte comment Lysandre se rendit maître des positions athéniennes de l'Égée avant de venir bloquer le Pirée. Quant aux Longs Murs, construits par l'architecte Hippodomos vers 450 et qui reliaient Athènes au Pirée, ils ne furent abattus qu'après la conclusion de la paix (II, 2, 23).*
129. La comparaison avec Thémistocle n'est pas tout à fait justifiée, dans la mesure où ce dernier avait délibérément choisi l'exil avant même la défaite.
130. Les trente tyrans furent les chefs des oligarques qui renversèrent la démocratie en 404 et gouvernèrent en faisant régner la terreur pendant quelques mois. Voir Thémistocle, *XIX, 6.*

plus, pour peu qu'il en eût les moyens, il ne verrait pas sans réagir l'insolence des Lacédémoniens et la cruauté des Trente.
4. Il n'était pas étonnant que la multitude caressât de tels rêves, car les Trente eux-mêmes s'inquiétaient: ils s'informaient d'Alcibiade et attachaient la plus grande importance à ses actes et à ses intentions[131]. 5. Pour finir, Critias expliqua à Lysandre que les Lacédémoniens ne seraient jamais assurés de leur empire sur la Grèce si les Athéniens retrouvaient un régime démocratique. Même s'ils se montraient doux et conciliants à l'égard de l'oligarchie, Alcibiade les empêcherait, tant qu'il serait vivant, d'accepter tranquillement l'autorité imposée. 6. Lysandre ne se laissa pourtant pas convaincre avant d'avoir reçu des magistrats de Sparte une scytale[132] lui ordonnant de se débarrasser d'Alcibiade: cet ordre était dicté par les craintes que leur inspiraient la vivacité et la grandeur de l'homme, ou par le désir de faire plaisir à Agis.

XXXIX. 1. Lysandre fit donc passer cet ordre à Pharnabaze, lequel en confia l'exécution à son frère Bagaios et à son oncle Sousamithrès. Alcibiade vivait alors dans un village de Phrygie, en compagnie de l'hétaïre Timandra. Il eut en rêve la vision suivante: 2. il lui sembla qu'il était enveloppé dans les vêtements de l'hétaïre, laquelle lui tenait la tête dans ses bras; elle lui parait le visage, comme le font les femmes, en le fardant et en le maquillant. 3. Selon d'autres, il vit dans son sommeil les serviteurs de Bagaios lui couper la tête, et brûler son corps. Cette vision, en tout cas, précéda de peu sa mort.
4. Les envoyés n'osèrent pas entrer. Ils encerclèrent la maison et y mirent le feu.
5. Dès qu'Alcibiade s'en aperçut, il rassembla la plupart des vêtements et des couvertures et les jeta sur le feu. Puis, enveloppant sa main gauche de sa chlamyde, et de la droite, saisissant son poignard, il s'élança au dehors, sans être atteint par le feu, avant que les vêtements n'aient eu le temps de s'enflammer. Son apparition dispersa les Barbares. 6. Aucun d'eux n'osa l'attendre ou lutter contre lui: ils lui lancèrent de loin des javelots et des flèches. 7. Il succomba ainsi. Dès que les Barbares furent partis, Timandra releva son corps, l'enveloppa et le couvrit de ses propres vêtements, et lui donna, autant que le permettaient les circonstances, des funérailles éclatantes et magnifiques[133]. 8. Cette femme eut pour fille, dit-on, la fameuse Laïs[134], qu'on surnomma la Corinthienne, bien qu'elle vînt d'Hyccara, une bourgade de Sicile, où elle avait été faite prisonnière.

---

131. On ne trouve rien de tel concernant les sentiments des Athéniens à l'égard d'Alcibiade chez Xénophon. Plutarque a dû ici s'inspirer des débats qui eurent lieu autour de la personne d'Alcibiade dans les premières années du IVe siècle et dont témoignent le Contre Alcibiade *du pseudo-Lysias, le* Contre Alcibiade *attribué à Andocide et le* Sur l'attelage *d'Isocrate.*
132. La scytale était un bâton autour duquel on enroulait le message destiné à un magistrat, afin que nul ne pût en prendre connaissance avant de l'avoir descellé et déroulé. Cette crainte d'un retour d'Alcibiade qu'auraient ressentie les Spartiates est affirmée par Isocrate dans le Sur l'attelage, *40.*
133. Ce récit de la mort d'Alcibiade se trouve seulement chez des auteurs tardifs et relève du roman (voir Cornélius Népos, X, 2-6 et Athénée, XIII, 574e-f).
134. Laïs était en effet une courtisane célèbre. Plutarque l'évoque aussi dans Nicias, *XV, 4.*

9. Selon certains auteurs, qui pour tout le reste rapportent la mort d'Alcibiade comme je viens de le faire, le responsable n'en fut ni Pharnabaze, ni Lysandre, ni les Lacédémoniens, mais Alcibiade lui-même. Il aurait séduit une femme de bonne naissance, et l'aurait gardée avec lui. Ce seraient les frères de cette femme qui, indignés d'un tel outrage, auraient mis le feu, pendant la nuit, à la maison où il vivait et l'auraient abattu, comme je l'ai dit, quand il sauta à travers les flammes.

CORIOLAN

I. 1. La maison des Marcii, une des familles patriciennes de Rome, a donné naissance à beaucoup d'hommes illustres, notamment à Ancus Marcius, petit-fils de Numa par sa mère, qui régna après Tullus Hostilius[1]. À cette famille appartenaient également Publius et Quintus Marcius, qui amenèrent à Rome, en abondance, une eau excellente[2], et Marcius Censorinus, que le peuple nomma deux fois censeur et qui ensuite poussa ses concitoyens à voter une loi interdisant d'exercer deux fois cette charge[3]. 2. Le Caius Marcius auquel est consacré le présent écrit était orphelin de père et fut élevé par sa mère, qui resta veuve[4]. Il fit voir que, si la condition d'orphelin est bien malheureuse, elle n'empêche en aucune façon de devenir un homme énergique et supérieur; les médiocres ont tort de lui imputer leur bassesse et de vouloir excuser leurs vices par l'abandon où s'est trouvée leur enfance. 3. Cependant Marcius justifia aussi l'opinion de ceux qui affirment qu'une nature généreuse et bonne, mais privée d'éducation, porte indistinctement des fruits excellents et des fruits exécrables, comme une terre riche qui resterait en friche[5]. 4. La force et la fermeté de son caractère, en toute circonstance, lui inspirèrent de grands desseins et de belles réalisations, mais inversement, ses colères incontrôlables et son tempérament rigide et querelleur le rendaient dur et peu accommodant dans ses rapports avec les hommes. On admirait son indifférence aux plaisirs, aux labeurs et aux richesses, et l'on parlait de tempérance, de justice et de courage; mais dans ses relations avec ses concitoyens, son attitude exaspérait les gens: on la jugeait odieuse, grossière et oligarchique[6]. 5. Car de tous les profits que les hommes retirent de la fréquentation des Muses, le plus grand, c'est de pouvoir tempérer leur nature par la raison et l'éducation, de lui faire accueillir la mesure et rejeter les excès. 6. En ce temps-là, cependant, Rome exaltait surtout la partie de la vertu qui concerne la guerre et l'armée, comme le prouve le fait que les Romains désignent

---

1. Sur Ancus Marcius, quatrième roi «légendaire» de Rome, voir Numa, XXI.
2. L'aqueduc dû à Quintus Marcius Rex, l'aqua Marcia, date de 144 avant J.-C. C'était un des plus longs (91 km) et des plus importants de ceux qui alimentaient Rome (voir Dictionnaire, «Rome»).
3. Marcius Censorinus aurait présenté le projet de loi signalé ici en 265 avant J.-C. (Valère Maxime, Faits et dits mémorables, IV, 1, 3).
4. Le thème de l'orphelin attaché à sa mère, mis en valeur d'emblée, est essentiel dans cette Vie (voir IV, 5-6; XXXVI, 4). Son «handicap» valorise Coriolan aux yeux de Plutarque (voir Wardman, 1974, p. 13).
5. Voir Dictionnaire, «Éducation». Ici, le mot est pris au sens de culture, de raffinement qui fait sortir d'un état de nature belliqueux et mal contrôlé (voir infra, III, 5). Plus indulgent (ou plus timoré? plus «patriote»?), Tite-Live estime que Coriolan était «à la fois homme de tête et homme d'action» (Histoire romaine, II, 33, 5).
6. L'arrogance de Coriolan (voir Dion, LII, 5) annonce son affrontement avec la plèbe, et donc son destin.

la vertu par le mot qui signifie vaillance virile *[virtus]* : le terme générique qui leur sert à nommer la vertu est le même que celui qu'ils emploient pour désigner plus particulièrement la vaillance[7].

II. 1. Marcius éprouvait pour la guerre une passion exceptionnelle. Il mania les armes dès son enfance, mais à son avis, elles ne servaient à rien, si l'on se refusait à exercer et à développer son corps, cette arme que l'on a reçue à la naissance. Il s'entraîna donc à toutes les formes de combat. Il savait à la fois être léger à la course et écraser ses adversaires de son poids, quand il les saisissait et les ceinturait. 2. Tous ceux qui rivalisèrent avec lui de courage et de vaillance attribuaient leur défaite à cette force physique inépuisable dont aucun labeur ne venait à bout[8].

III. 1. Il était encore adolescent quand il participa à sa première campagne, à l'époque où Tarquin, qui avait été roi de Rome puis en avait été chassé, voulut après bien des batailles et bien des revers tenter un ultime coup de dés. La plupart des Latins et beaucoup d'autres peuples d'Italie se joignirent à lui pour marcher contre Rome, moins pour lui complaire que pour abattre la puissance romaine, dont ils redoutaient et jalousaient la croissance[9]. 2. Dans ce combat, où l'avantage changea plusieurs fois de camp, Marcius, qui luttait farouchement sous les yeux du dictateur, vit tomber un Romain près de lui. Au lieu de l'abandonner à son sort, il se plaça devant cet homme, le défendit et tua tous les ennemis qui cherchaient à l'attaquer. 3. Après la victoire, il fut l'un des premiers à être récompensé par le général romain : il obtint la couronne de chêne.
La loi accorde cette couronne à celui qui a sauvé la vie d'un concitoyen en le couvrant de son bouclier. Pourquoi a-t-on choisi le chêne ? Peut-être parce que cet arbre était particulièrement honoré à cause des Arcadiens qu'un oracle d'Apollon avait appelés « mangeurs de glands », peut-être parce qu'il était facile d'en trouver des quantités lorsqu'on faisait campagne, peut-être enfin parce que, la couronne de chêne étant consacrée à Jupiter Protecteur de la cité, on a jugé qu'elle convenait particulièrement pour récompenser celui qui avait sauvé la vie d'un citoyen. 4. De plus, le chêne est parmi les arbres sauvages celui qui a les plus beaux fruits et le

---

7. *L'excuse du héros est d'être un homme de son temps : le temps fondamentalement guerrier de la Rome archaïque, tel que l'ont perçu ensuite les Romains. L'Antiquité admettait généralement l'équivalence des mots* arétè *et* virtus. *Ici, pourtant, l'« excellence » exprimée par le premier terme a un registre de significations nettement plus vaste, plus englobant que le second. L'« essence guerrière » de Coriolan (confirmée en VIII, 3 et en IX, 6-9) en fait un personnage typique de la « deuxième fonction » (voir Dumézil, 1995, p. 1325-1326). Sur son ambition dédaigneuse du peuple, voir la* Comparaison d'Alcibiade et de Coriolan, *IV, 8 et le commentaire de Wardman (1974, p. 122-123).*

8. *Ce portrait, propre à Plutarque, s'inspire des hauts faits relatés avec complaisance par Denys (*Antiquités romaines, *VI, 92-94). Sur le corps comme « arme », voir* Fabius, *I, 7.*

9. *Aucune autre source n'indique une intervention du futur Coriolan dans une affaire aussi ancienne (le contexte est celui du début de* Publicola*). Peut-être Plutarque l'introduit-il pour justifier l'attribution au héros d'une des premières couronnes de chêne (III, 3).*

plus robuste des arbres cultivés. Les glands qu'il porte servent de nourriture, et l'eau miellée qui s'en égoutte de boisson ; cet arbre permet aussi à l'homme de manger des oiseaux, puisqu'il leur fournit la glu qu'on emploie pour les capturer[10].
5. On dit que les Dioscures apparurent au cours de cette bataille, et qu'aussitôt après la fin du combat, on les vit, avec leurs chevaux trempés de sueur, annoncer la victoire sur le forum, à l'endroit où se trouve maintenant le temple qui leur est consacré, près de la fontaine[11]. 6. Pour cette raison, le jour des ides de juillet, anniversaire de cette victoire, a été consacré aux Dioscures.

IV. 1. Chez les jeunes gens, lorsque la célébrité et les honneurs surviennent trop tôt, ils éteignent, semble-t-il, l'ardeur des natures dont l'ambition est superficielle, en étanchant promptement leur soif, jusqu'à la satiété. Mais les caractères forts et solides sont stimulés par les honneurs : ils se mettent à briller comme un feu qu'éveille un souffle de vent et se tournent vers ce qui leur paraît beau[12]. 2. Ils n'ont pas l'impression de recevoir un salaire, mais plutôt de donner un gage de ce qu'ils seront ; ils auraient honte d'être inférieurs à leur réputation et de ne pas la surpasser par d'autres actions d'éclat. 3. Telles étaient les dispositions de Marcius, et il décida de rivaliser de valeur avec lui-même. Il voulait chaque jour être l'auteur de nouvelles prouesses. Il enchaîna exploit sur exploit, entassa dépouille sur dépouille, si bien que ses chefs du moment ne cessaient d'essayer de surpasser ceux qui les avaient précédés, pour l'honorer et lui rendre hommage. 4. En ce temps-là, les Romains livrèrent de nombreuses batailles et menèrent de nombreuses guerres : jamais Marcius ne revint de l'une d'entre elles sans avoir reçu une couronne ou une récompense.
5. Pour les autres hommes, le but de la vertu est la gloire, mais pour lui, la gloire avait pour but la joie de sa mère. Qu'elle l'entendît célébrer, qu'elle le vît couronner, qu'elle l'embrassât avec des pleurs de joie, voilà ce qui était pour lui l'honneur

---

10. Les § 3 et 4 constituent une véritable Question romaine *(voir Dictionnaire) autour de la couronne de chêne, où se succèdent sans indication préférentielle – hormis l'ordre de présentation – quatre explications : par un fragment d'oracle, par un banal constat quotidien, par la référence mythico-rituelle à Jupiter, par l'analyse des vertus du chêne. Les Arcadiens et leur roi Évandre seraient les ancêtres des Romains (voir* Romulus, *XXI, 2 et 4). Les Arcadiens passaient pour avoir été les premiers hommes nés de la terre, comme le chêne parmi les plantes, voir* Question romaine *92.*
11. Celle du lac Régille, que la tradition fixe en 499. Voir Tite-Live, II, 19-20, très sobre, et, pour la légende, Denys, VI, 10 ; comparer Paul-Émile, *XXV, 2-4. Le « temple des Castors » aurait été construit en exécution du vœu du consul vainqueur. Les Dioscures, ces dieux jumeaux, comme l'indique Denys, sont les patrons de la cavalerie, donc de l'aristocratie patricienne. Entre ce temple et celui de Vesta, sur le forum, au pied du Palatin, la « fontaine de Juturne » est la plus importante source de Rome. Des statues, du IIe siècle avant J.-C., les représentaient en train d'y faire boire leurs chevaux.*
12. Ce développement porte encore la marque personnelle de Plutarque, non seulement par son allure psychologisante et généralisante, mais par une construction qui prépare tout entière l'entrée en scène de « Volumnia, mère de Coriolan » (IV, 5) et donc la suite des événements. Dumézil (1995, p. 1333) analyse la relation mère-fils en termes de « troisième fonction ».

le plus précieux et la plus grande source de félicité. 6. Épaminondas éprouvait, dit-on, des sentiments analogues, quand il déclarait que son plus grand bonheur était que son père et sa mère eussent vécu assez longtemps pour le voir commander et remporter la victoire à Leuctres[13]. 7. Le héros thébain eut la chance de voir ses deux parents partager sa joie et ses succès ; Marcius, lui, pensait que sa mère devait aussi recevoir les honneurs qu'il aurait rendus à son père. Il ne se lassait pas de réjouir et d'honorer Volumnia[14]. Lorsqu'il se maria, ce fut à sa prière et pour obéir à sa volonté, et même lorsqu'il eut des enfants, il continua à vivre sous le même toit qu'elle.

V. 1. Marcius jouissait déjà, en raison de sa vertu, d'une gloire et d'une influence considérables à Rome lorsque le Sénat, qui soutenait les riches, entra en lutte avec la plèbe, révoltée de toutes les vexations que lui infligeaient les usuriers[15]. 2. Ceux qui avaient un peu de bien voyaient saisi et vendu tout ce qu'ils avaient ; ceux qui n'avaient absolument rien étaient arrêtés et jetés en prison, alors que leurs corps portaient les cicatrices de tant de blessures et de tant de peines endurées au cours des expéditions militaires auxquelles ils avaient pris part pour défendre la patrie. Ils avaient accepté de participer à la dernière, contre les Sabins, parce que les riches leur avaient promis de les traiter avec modération, et qu'un vote du Sénat avait chargé le dictateur Manius Valérius de veiller à l'exécution de cette promesse. 3. Mais après avoir, dans cette guerre comme dans les précédentes, lutté de tout leur cœur et vaincu les ennemis, ils ne trouvèrent chez les créanciers aucune retenue ; quant au Sénat, feignant d'avoir oublié sa promesse, il laissa reprendre les arrestations et les contraintes par corps[16]. La cité fut alors en proie à des émeutes et à des désordres redoutables. Aussitôt les ennemis, informés de l'agitation populaire, envahirent et incendièrent la campagne. Les consuls appelèrent aux armes les hommes en âge de servir, mais personne n'obéit. Les magistrats se trouvèrent alors divisés à leur tour[17]. 4. Certains pensaient qu'il fallait faire des concessions aux

---

13. La comparaison avec le général thébain Épaminondas (dont la Vie est perdue ; mais voir Fabius, XXVII, 3) vise à mettre en valeur le « cas de l'orphelin » Coriolan, fanatiquement attaché à sa mère : Plutarque s'intéresse à une situation et à des dispositions psychologiques originales, mais il cherche aussi à rendre l'issue du drame acceptable pour des lecteurs antiques.

14. Tite-Live et Denys l'appellent Véturia ; quant à la femme de Coriolan, qu'ils nomment Volumnia, Plutarque l'appelle Vergilia (voir infra, XXXIII, 3-5).

15. Chez Plutarque comme chez Denys et Tite-Live, la saga de Coriolan s'inscrit dans le double contexte, interne, de la lutte des plébéiens contre le poids de la dette, et, externe, des guerres avec les voisins de Rome, principalement les Volsques. Les dissensions à Rome affaiblissent l'armée et incitent naturellement l'ennemi à l'audace (voir infra, V, 4).

16. La mention des « arrestations et [des] contraintes par corps » évoque la dure réalité archaïque de l'asservissement pour dettes.

17. Ce passage est un de ceux où Plutarque, loin de reprendre, comme Tite-Live, les thèmes de l'aristocratie, fait écho aux plaintes de la plèbe – ici, quasiment dans le style de sa Vie des Gracques et de la thématique revendicative du IIe siècle avant J.-C. (voir infra, VI, 1).

pauvres et relâcher la rigueur excessive de la loi ; quelques-uns soutenaient le point de vue opposé. Marcius était de ce nombre[18]. À son avis, le plus grave, dans cette crise, n'était pas la question financière, mais de voir la masse commencer à faire preuve d'insolence et tenter de se soulever contre les lois : il fallait, en bonne sagesse, arrêter et éteindre cette agitation.

VI. 1. Le Sénat se réunit à ce sujet plusieurs fois en peu de temps, sans parvenir à aucune solution. Soudain les pauvres s'assemblèrent et, s'exhortant les uns les autres, ils abandonnèrent la ville. Ils gagnèrent la colline qui porte aujourd'hui le nom de Mont Sacré, au bord de l'Anio, et s'y établirent[19]. Ils ne se livrèrent à aucune violence, à aucun acte séditieux ; ils se contentaient d'exhaler leurs plaintes. « Il y a longtemps, criaient-ils, que les riches nous ont chassés de la cité. L'Italie nous offrira partout de l'air, de l'eau et une sépulture. Rome ne nous donne rien de plus, si nous y restons, sinon le privilège de nous faire blesser ou tuer, en combattant pour défendre les riches[20]. »
2. Cette sécession alarma le Sénat qui envoya à la plèbe des sénateurs âgés particulièrement modérés et favorables à la démocratie. 3. Ménénius Agrippa[21] prit la parole au nom de tous. Après avoir adressé de nombreuses prières au peuple et pris avec franchise la défense du Sénat, il conclut son discours par une sorte de fable qui est devenue fameuse. 4. « Un jour, dit-il, tous les membres humains se révoltèrent contre l'estomac[22], se plaignant que lui seul restât tranquille dans le corps, sans rien faire, sans payer son écot, tandis que pour satisfaire ses appétits, les autres supportaient de grands labeurs et de lourdes charges. L'estomac se mit à rire de leur sottise : ils ignoraient, leur dit-il, que s'il recevait pour lui toute la nourriture, c'était afin de la rendre ensuite et de la distribuer aux autres. 5. Citoyens, conclut Ménénius, le Sénat agit de même à votre égard. Les délibérations et les décisions qu'on prend là-bas, portant sur la manière dont il convient d'administrer la cité, vous fournissent et vous distribuent à tous ce qui vous est nécessaire et utile. »

VII. 1. Ce discours amena la réconciliation. Les plébéiens demandèrent et obtinrent du Sénat le droit d'élire cinq magistrats chargés de protéger ceux qui avaient besoin

---

18. Coriolan est présenté, ici non moins que par les autres sources (Denys, VII, 21 ; Tite-Live, II, 34, 9-12), comme un patricien extrémiste (voir infra, XIII, 4 ; XV, 2...).
19. Sécession de la plèbe sur le Mont Sacré, sur la rive droite de l'Anio – ou, selon l'annaliste Pison, cité par Tite-Live (II, 32, 3), sur la colline romaine de l'Aventin.
20. La plainte des pauvres annonce celle de leurs descendants, élargie à l'Italie, au IIe siècle (voir Les Gracques, IX).
21. Ce personnage deviendra chez Shakespeare le porte-parole de la caste aristocratique et le mentor du héros dans l'art oratoire (voir Dictionnaire, « Shakespeare »).
22. L'apologue des membres et de l'estomac est conté par Tite-Live – qui ne donne pas la parole à l'estomac – de façon moins enjouée, moins « fabuliste ». L'historien latin situe la sécession, le discours et même la mort de Ménénius Agrippa (II, 33, 10-11) avant l'« entrée en politique » de Coriolan. Voir aussi Denys, VI, 45 et suiv.

d'assistance : ce sont ces hommes qu'on appelle de nos jours les tribuns de la plèbe[23]. 2. Les premiers qui furent désignés étaient les chefs de la sécession, Junius Brutus et Sicinnius Vellutus. 3. Dès que la cité eut retrouvé son unité, la foule prit aussitôt les armes, et se mit avec empressement à la disposition des consuls pour faire la guerre. 4. Marcius était fort chagrin de voir la plèbe se renforcer ainsi aux dépens de l'aristocratie, et il voyait que beaucoup de patriciens partageaient ses sentiments ; il les exhorta cependant à ne pas montrer moins de zèle que la plèbe, quand il s'agissait de combattre pour la patrie, afin de bien montrer que leur supériorité était fondée sur la vertu plus que sur la puissance.

VIII. 1. Les Romains étaient alors en guerre contre le peuple des Volsques, dont la cité la plus importante était Corioles[24]. Le consul Cominius l'assiégea et les autres Volsques, inquiets, accoururent de toutes parts pour la défendre ; ils avaient l'intention de combattre les Romains devant la cité, en lançant l'attaque de l'intérieur et de l'extérieur à la fois. 2. En conséquence, Cominius partagea ses troupes. Il marcha lui-même à la rencontre des Volsques qui arrivaient du dehors, et laissa Titus Larcius[25], un des Romains les plus valeureux, en face des assiégés. Aussitôt les habitants de Corioles, pleins de mépris pour les troupes qui restaient devant leurs murs, firent une sortie, engagèrent la bataille et dans un premier temps défirent les Romains qu'ils poursuivirent jusqu'à leur camp. 3. Mais aussitôt Marcius, à la tête d'un très petit nombre d'hommes, s'élança du retranchement : il abattit ceux qui l'attaquaient le plus vivement, arrêta les autres assaillants et rappela les Romains à grands cris. Il possédait en effet toutes les qualités que Caton exige d'un soldat : non seulement la vigueur du bras et l'ardeur à porter des coups, mais encore une grande puissance vocale et, sur son visage, une expression propre à terrifier les ennemis et à les rendre incapables de soutenir sa vue[26]. Les Romains se rassemblèrent en foule autour de lui, tandis que, pris de peur, les ennemis battaient en retraite. 4. C'était encore trop peu pour Marcius. Il poursuivit les Volsques et les contraignit à fuir en désordre jusqu'aux portes de la ville. 5. Là, il vit que les Romains cessaient la poursuite, à cause de la grêle de projectiles qu'on lançait sur eux du rempart : personne n'osait songer à entrer à la suite des ennemis dans une cité pleine de soldats en armes. Mais

---

23. *Voir Tite-Live, II, 33, 1-3, plus explicite : « On consentit à accorder à la plèbe des magistrats spéciaux et inviolables, chargés de prendre sa défense contre les consuls, et à exclure tout patricien de cette fonction. » Dans le détail, l'auteur latin présente une version plus incertaine de cette création des tribuns, version qui reflète mieux les hésitations des sources. Plutarque est plus proche sur ce point de Denys (VI, 89, 2-4), mais beaucoup moins riche que lui. Sur le contexte historique, voir De Martino (1958, I, p. 278 et suiv.).*

24. *Sur la prise de Corioles, voir Denys, VI, 19 et suiv. ; Tite-Live, II, 33, 4-9.*

25. *Titus Larcius (ou Largius) aurait été en 495 le premier dictateur de Rome (laborieuse discussion de Tite-Live, II, 18, 4-7).*

26. *Sur Coriolan incarnation du guerrier : voir supra, II, 1-2, avec le commentaire cité de Dumézil, et infra, VIII, 6 et IX, 6-9. Coriolan terrifiant par sa voix et par son visage fait penser à Horatius Coclès (voir Publicola, XVI, 7). Sur les prescriptions de Caton, voir Caton l'Ancien, I, 8.*

Marcius, s'étant arrêté, exhorta ses hommes et les encouragea : « Ce n'est pas aux fuyards, hurlait-il, mais plutôt aux poursuivants que la Fortune a ouvert les portes de la cité ! » 6. Ils furent peu nombreux à accepter de le suivre. Il se fraya néanmoins un chemin à travers les ennemis et, s'élançant sur la porte, il entra à leur suite. Nul d'entre eux n'osa d'abord résister ni l'affronter. Mais quand les Volsques virent qu'il n'y avait que peu de Romains à l'intérieur, ils se regroupèrent et attaquèrent. Alors, dans une mêlée où se confondaient amis et ennemis, Marcius livra, dit-on, à l'intérieur de la cité, un combat prodigieux, tant par les exploits qu'accomplirent ses mains et ses jambes, que par l'audace de son âme. Il défit tous ceux contre lesquels il s'élança, repoussant les uns aux extrémités de la ville, tandis que les autres renonçaient et jetaient leurs armes. Il offrit ainsi à Larcius toute facilité pour faire entrer les Romains[27].

IX. 1. La cité ayant été prise ainsi, la plupart des soldats se mirent aussitôt à la piller et à en emporter les richesses. À cette vue, Marcius fut indigné : « C'est une honte, leur cria-t-il, alors que le consul et les concitoyens qui l'accompagnent sont peut-être déjà aux prises avec les ennemis et en train de combattre, de vous voir courir en tous sens pour faire du butin, ou plutôt, sous prétexte de butin, vous dérober au danger[28] ! » 2. Mais seuls quelques soldats prêtèrent attention à ses remontrances. Alors il prit avec lui ceux qui voulurent le suivre et il s'engagea sur la route par laquelle on lui avait dit que l'armée s'était avancée. Il ne cessait de presser ses compagnons, de les exhorter à ne pas ralentir, tout en priant les dieux de lui permettre de ne pas arriver après la bataille, mais à temps pour partager avec ses concitoyens la lutte et le danger[29].
3. En ce temps-là, quand les Romains se rangeaient en ordre de bataille et s'apprêtaient à saisir leur bouclier et à ceindre leur casaque, ils avaient coutume de faire leur testament oralement et de désigner leur héritier en présence de deux ou trois témoins[30]. 4. Les soldats s'y employaient déjà, car les ennemis étaient en vue, lorsque Marcius arriva. 5. Certains furent d'abord troublés, en le voyant tout couvert de sang et de sueur, et suivi de si peu d'hommes. Mais lorsqu'il courut joyeusement vers le consul, lui tendit la main et lui annonça la prise de la cité, lorsque Cominius l'étreignit et l'embrassa, ils reprirent courage, les uns en apprenant le succès survenu, les autres en le conjecturant ; ils réclamèrent à grands cris d'être conduits à l'attaque.
6. Marcius demanda à Cominius comment étaient disposées les troupes ennemies et où se trouvaient les éléments les plus agressifs. Le consul répondit qu'à son avis les troupes placées au centre étaient celles des Antiates[31], les plus belliqueux, qui ne le

---

27. La ville prise, Marcius peut devenir « Coriolan » (infra, XI, 1), et Rome étendre sa domination, au-delà d'Ardée et d'Aricie, vers le pays Pontin.
28. Voir Denys, VI, 93 et suiv., dont Plutarque s'inspire. Cet épisode manque chez Tite-Live.
29. C'est à peu près la seule fois où Coriolan manifeste une attitude pieuse (voir Dumézil, 1995, p. 1331).
30. On appelait testamentum *cette forme de testament improvisé* in procinctu *(« en tenue de combat »). Denys est silencieux sur ce point.*
31. Antium est une cité portuaire volsque, située à une soixantaine de kilomètres au sud-est de Rome.

cédaient en courage à personne. « Je t'en prie, s'écria Marcius, je te le demande, place-moi en face d'eux ! » Le consul, plein d'admiration pour une telle ardeur, accéda à cette requête. 7. À peine commençait-on à lancer les premiers traits, que Marcius s'élança en avant. Les Volsques qui lui faisaient face ne purent soutenir son attaque ; la partie de la phalange sur laquelle il se jeta fut aussitôt enfoncée. Mais les ennemis qui se trouvaient de part et d'autre se tournèrent contre lui et l'enveloppèrent de leurs armes. Très inquiet, le consul envoya à son secours les meilleurs hommes qui l'entouraient. 8. Alors se livra, autour de Marcius, une bataille acharnée et en peu de temps, nombreux furent les morts. Mais les Romains serrèrent les ennemis de près, les pressèrent violemment et les repoussèrent. Comme ils s'apprêtaient à les poursuivre, ils prièrent Marcius, qui était accablé par la fatigue et les blessures, de se retirer dans le camp. 9. « Les vainqueurs, répondit-il, ne connaissent pas la fatigue », et il se lança à la poursuite des fuyards. Le reste de l'armée des Volsques fut vaincu : beaucoup d'entre eux furent tués ou faits prisonniers.

X. 1. Le lendemain, quand Larcius eut rejoint l'armée, tous se rassemblèrent devant le consul. Ce dernier monta à la tribune et, après avoir rendu aux dieux l'action de grâces que méritait une aussi grande victoire, il se tourna vers Marcius. 2. Il fit d'abord de lui un éloge admirable, exaltant les exploits auxquels il avait assisté lui-même durant la bataille et ceux que Larcius lui avait rapportés. 3. Ensuite, parmi tant de trésors, d'armes, de chevaux et de prisonniers dont on s'était emparé, il pria Marcius de choisir dix lots dans chaque catégorie avant qu'on ne fît la distribution générale, et il lui donna en outre, comme prix de vaillance, un cheval et son harnachement[32]. 4. Les Romains applaudirent. Marcius, s'étant avancé, déclara qu'il acceptait le cheval et qu'il était très heureux des éloges du consul, mais qu'il considérait tout le reste comme un salaire, non comme un honneur, et qu'il y renonçait, pour se contenter de sa part comme tout un chacun. « Cependant, ajouta-t-il, je demande une faveur exceptionnelle, que je te prie de m'accorder. 5. J'avais chez les Volsques un hôte et un ami, un homme raisonnable et modéré. Il est maintenant prisonnier ; de riche et d'heureux qu'il était, le voici esclave. Parmi tous les malheurs qui l'accablent, je peux au moins lui épargner celui d'être vendu[33]. » 6. Ces mots suscitèrent des acclamations plus nourries ; son désintéressement trouva des admirateurs encore plus nombreux que sa bravoure au combat. 7. Même ceux qui éprouvaient secrètement quelque jalousie et quelque envie, en le voyant honoré avec tant d'éclat, le jugeaient désormais digne de toutes ces récompenses, précisé-

---

32. Les récompenses, prises sur le butin de guerre, caractérisent le héros aristocratique. Pour le cheval comme « prix », voir Denys, VI, 94.
33. Ce trait enrichit la figure désespérément belliqueuse de Coriolan, en ajoutant le désintéressement à l'omniprésente bravoure (voir Wardman, 1974, p. 85). Plutarque l'a-t-il inventé, pour le mettre au service d'une de ses digressions moralisantes (voir Comparaison d'Alcibiade et de Coriolan, *X, 8 et* Aemilius, *XXVIII, 10-13) ? En tout cas, il est absent chez Denys, pour qui Coriolan se contente pour toute récompense d'un cheval et de l'« hôte » devenu son « serviteur ». À propos du refus des richesses, Dumézil analyse subtilement les rapports difficiles du héros avec la « troisième fonction » (1995, p. 1334).*

ment parce qu'il les refusait : ils préféraient la vertu qui lui faisait mépriser de si grands biens à celle qui les lui avait valus. 8. Car s'il y a davantage de beauté à faire un bon usage des richesses que des armes, il est plus noble encore de savoir se passer des richesses que d'en faire usage.

XI. 1. Lorsque les clameurs et l'agitation de la foule se furent apaisées, Cominius reprit la parole. «Compagnons d'armes, dit-il, vous ne pouvez pas contraindre cet homme à accepter des récompenses qu'il refuse et dont il ne veut pas. Faisons-lui donc un autre cadeau, qu'il ne pourra pas repousser. Décrétons de le nommer Coriolan, si toutefois son exploit ne lui a pas déjà, avant nous, donné ce surnom[34].»
2. Telle est l'origine de son troisième nom de Coriolan.
Il est donc parfaitement clair que son prénom était Caius, que son deuxième nom, celui de sa maison ou de sa famille, était Marcius, et que le troisième fut ajouté aux deux autres par la suite, selon l'usage des Romains qui décernaient de tels surnoms en raison d'une action, d'un événement, d'une particularité physique ou d'une qualité morale. Les Grecs ont fait de même : des surnoms leur ont été inspirés par certaines actions (par exemple Soter [«Sauveur»], ou Callinicos [«Beau vainqueur»]), par certaines particularités physiques (Physcon [«Ventru»], ou Grypos [«Nez crochu»]), par des qualités morales (Évergète [«Bienfaiteur»], ou Philadelphe [«Qui aime son frère»]) ou des coups de chance (par exemple le surnom d'Eudaïmon [«heureux»], que porta Battos II). 3. Certains rois reçurent parfois des sobriquets par dérision comme Doson [«Sur le point de donner»] pour un Antigone, ou Lathyros [«Pois chiche»], pour un Ptolémée. 4. Les surnoms de ce dernier type étaient encore plus courants chez les Romains. Ils ont appelé un des Metelli Diadématus [«Porteur de diadème»], parce qu'une blessure le força pendant longtemps à sortir avec un bandage sur le front. Un autre membre de la même famille reçut le surnom de Céler [«Rapide»], parce que peu de jours après la mort de son père, il parvint à donner en l'honneur du défunt des jeux de gladiateurs : la célérité et la diligence des préparatifs suscitèrent l'admiration[35]. 5. Quelques hommes reçoi-

---

34. L'ensemble du chapitre XI est, de toute la littérature antique, le passage le plus explicite sur la question des surnoms des Grecs et des Romains (voir aussi Marius, I). Il est rédigé dans un esprit comparatif qui rappelle celui des Questions romaines *(voir Dictionnaire, «Manuscrits»), auxquelles peut faire penser la fin de ce chapitre, mais sans la dimension d'investigation qui caractérise celles-ci. Le catalogue de Lamprias (Voir Dictionnaire), au n° 100, atteste que Plutarque avait rédigé un traité intitulé «Sur les trois noms».*
*35. Allusions aux successeurs d'Alexandre : les souverains lagides d'Égypte, Ptolémée I*er *Soter, Ptolémée II Philadelphe, Ptolémée III Évergète, Ptolémée VIII Physcon, Ptolémée X Lathyros («pois chiche», cicero en latin) ; les souverains séleucides de Syrie Séleucos II Callinicos, Antiochos VIII Grypos ; le souverain de Macédoine Antigone Doson ; le roi de Cyrène Battos II Eudaïmon. Chez les Romains, on reconnaît L. Caecilius Metellus Diadematus, consul en 117 avant J.-C., et un membre de la même grande famille, mais d'une autre branche, Q. Caecilius Metellus Celer, consul en 60 avant J.-C. (sur ce surnom, voir* Romulus, X, 3) ; *pour Sylla, voir* Sylla, *II, 2, etc. Plutarque commet une erreur : Claudius est un nom de famille, un «gentilice», non un surnom* (cognomen).

vent, de nos jours encore, un surnom lié aux circonstances de leur naissance : Proclus, par exemple, pour celui qui est né pendant que son père était au loin [*procul*], Postumus, pour l'enfant posthume, et lorsque l'un des jumeaux meurt à la naissance, le survivant est appelé Vopiscus. 6. En ce qui concerne les particularités physiques, outre les surnoms de Sylla [«Couperosé»], de Niger [«Noir»], ou de Rufus [«Roux»], ils emploient aussi Caecus [«Aveugle»] et Claudius [«Boiteux»] : il est beau, au lieu de considérer la cécité ou les autres infirmités physiques comme une honte ou une tare, d'habituer ainsi les gens à employer ces mots comme des noms propres et à y répondre. Mais voilà des considérations qui conviendraient mieux à un autre genre d'écrit[36].

XII. 1. À peine la guerre terminée, les démagogues rallumèrent la discorde[37]. Ils n'avaient aucun motif nouveau, aucune juste revendication à présenter, mais ils prirent prétexte, pour accuser les patriciens, des maux qui n'étaient que la suite inévitable des luttes et des désordres qui avaient précédé. 2. En effet, la plus grande partie de la campagne n'avait été ni ensemencée ni labourée et, en raison de la guerre, on n'avait pas eu le loisir d'importer des vivres[38]. 3. Il y eut donc une grande disette. Les démagogues[39], voyant que le peuple ne trouvait rien à acheter et que, même s'il y avait eu des marchandises, il n'avait pas d'argent pour les acquérir, se répandirent en calomnies contre les riches, qu'ils accusaient de provoquer la famine pour satisfaire leur rancune. 4. Or dans le même temps, les gens de Vélitres envoyèrent aux Romains une ambassade, pour leur offrir leur cité et les prier d'y envoyer des colons[40]. Une peste s'était en effet abattue sur eux et leur avait infligé tant de ravages et de pertes qu'il restait à peine le dixième de la population. 5. Les Romains les plus raisonnables considérèrent que cette requête venait juste à point :

---

36. La formule qui clôt cette digression montre que Plutarque, malgré l'objectif psychologique et moral de ses biographies, ne s'est pas entièrement affranchi du «genre historique» (voir Wardman, 1974, p. 9).
37. Ici commence la deuxième partie de cette Vie *: jusqu'au chapitre XXI, Plutarque évoque longuement les conditions dans lesquelles, sur fond et pour cause de «lutte des classes à Rome», Marcius va être condamné, contraint à l'exil, et se joindre aux Volsques contre sa patrie.*
38. Pour une analyse en termes économiques, voir Dumézil (1995), p. 1316.
39. La rude présentation, à la grecque, des chefs populaires comme des «démagogues» est bien dans la ligne des représentations aristocratiques. Plutarque n'est pas ici cohérent avec lui-même : comparer supra, V, 2-3 et VI, 1.
40. Vélitres (Velletri : cité latine? étrusque? volsque?) occupait au sud-est de Rome une hauteur stratégique contrôlant et la voie qui conduisait au pays des Volsques, et l'accès à la plaine Pontine. La fin du chapitre relate le premier épisode d'une colonisation marquée par une relation souvent tendue avec Rome et, cas de figure très vraisemblable, celui d'une deductio *(fondation d'une ville par colonisation) entreprise à la fois pour cause de disette et de graves désaccords internes. La double mention de la «peste» sur place (voir Denys, VII, 12) et du caractère «infectieux» de la sédition romaine, avec la correspondance qu'elle suggère, n'est pas simple enjolivement littéraire, mais reflète des conceptions religieuses archaïques (voir Pailler, 1997a). Pour Tite-Live (II, 34, 5-6), il s'agit du renforcement d'une colonie fondée un peu plus tôt.*

ils avaient besoin d'être allégés à cause de la disette, et ils espéraient du même coup dissiper la sédition, s'ils réussissaient à retrancher de Rome, comme une tumeur malsaine et infectée, les éléments les plus remuants et les plus excités par les démagogues. 6. Les consuls firent donc la liste de ces individus et les envoyèrent coloniser Vélitres. Ils annoncèrent aux autres une expédition contre les Volsques, comptant ainsi leur ôter le loisir de fomenter des troubles, convaincus que, s'ils se trouvaient ensemble sous les armes, partageant le même camp et les mêmes combats, riches et pauvres, plébéiens et patriciens se calmeraient et en viendraient à de meilleurs sentiments réciproques.

XIII. 1. Mais les démagogues Sicinnius[41] et Brutus s'élevèrent aussitôt contre ces mesures. «On déguise, criaient-ils, sous le plus doux des noms l'acte le plus cruel. On parle de colonie, alors qu'on précipite les pauvres dans un gouffre de mort, en les envoyant dans une cité à l'air empesté, pleine de cadavres sans sépulture, cohabiter avec un démon barbare, souillé de sang. 2. Et comme si ce n'était pas assez de faire mourir de faim une partie des citoyens et d'exposer les autres à la peste[42], les voilà qui décident une guerre, pour qu'aucun malheur ne soit épargné à la cité – tout cela parce qu'elle a refusé de se faire l'esclave des riches!» 3. Tels étaient les discours que la plèbe entendait sans cesse. Elle ne répondit pas à l'ordre d'enrôlement des consuls et s'opposa violemment au départ des colons. 4. Le Sénat ne savait que faire. Alors Marcius, désormais plein de suffisance et d'orgueil, et fort de l'admiration des nobles, combattit ouvertement les démagogues. 5. Les colons furent envoyés; on fit partir de force, sous peine de graves châtiments, ceux que le sort désigna. Comme le peuple refusait absolument de participer à l'expédition militaire, Marcius rassembla ses clients et tous ceux qu'il put persuader[43]. Il fit une incursion sur le territoire d'Antium, 6. où il trouva beaucoup de blé, et s'empara d'un large butin, d'animaux et d'esclaves. Il ne prit rien pour lui, mais ramena à Rome ceux qui l'avaient suivi, chargés de butin en tout genre. À cette vue, les autres éprouvèrent de cuisants regrets. Ils jalousèrent ceux qui s'étaient enrichis. Marcius leur devint odieux; ils ne pouvaient supporter son prestige et sa puissance qui se développaient, d'après eux, au détriment du peuple[44].

---

41. Sicinnius est désigné par toutes les sources comme l'adversaire principal de Coriolan (voir infra, XVIII, 3-9).
42. Le jeu sur les mots grecs limos/loïmos *(«famine»/«peste»), fondé sur une assonance intraduisible, se trouve déjà chez Thucydide,* Guerre du Péloponnèse, *II, 54. (N.d.T.)*
43. Cette évocation de Coriolan comme chef de grande famille, quasiment de clan, se mettant à la tête de ses clients pour les conduire à la rapine, reflète sans doute assez bien la réalité et le climat d'une époque (voir Denys, VII, 21, 3). L'indication «il ne prit rien pour lui» (XIII, 6) permet malgré tout de conserver la cohérence du portrait (voir supra, X, 4-8).
44. Reprise littérale de Denys, VII, 19. L'envie qui touche les grands hommes est un thème cher à Plutarque (voir Wardman, 1974, p. 70).

XIV. 1. Peu de temps après, Marcius se porta candidat au consulat[45]. La plèbe se laissait fléchir : le peuple aurait eu scrupule à priver d'honneurs et à humilier un héros qui se distinguait par sa naissance et sa vertu, et qui avait rendu tant de services si éclatants. 2. C'était alors l'usage, lorsqu'on briguait cette magistrature, de venir sur le forum exhorter et saluer les citoyens, vêtu d'une simple toge, sans tunique, soit pour s'abaisser par cette tenue, comme il convenait à quelqu'un qui présentait une requête, soit, si l'on avait des cicatrices, pour exhiber ces marques de bravoure[46]. 3. Ce n'était sûrement pas, à cette époque, parce que les candidats étaient soupçonnés de distribuer de l'argent et de corrompre le peuple qu'on voulait les voir se présenter ainsi, sans ceinture et sans tunique, aux citoyens. Ce ne fut que plus tard, longtemps après, qu'on se mit à acheter et à vendre les voix, et que l'argent joua un rôle dans les élections. 4. Par la suite, la corruption gagna même les tribunaux et les camps militaires. Elle transforma la cité en monarchie, et asservit les armes aux richesses. 5. On n'a pas eu tort, sans doute, de déclarer : « Le premier homme qui a détruit le pouvoir démocratique est celui qui a offert des banquets et de l'argent. » Cependant, il semble qu'à Rome ce fléau ne s'introduisit que secrètement et petit à petit ; on ne s'en aperçut pas tout de suite. 6. Nous ne savons pas qui, à Rome, corrompit pour la première fois la plèbe ou les tribunaux, alors qu'à Athènes, Anytos, fils d'Anthémion, accusé de trahison dans l'affaire de Pylos, fut le premier à corrompre ses juges, vers la fin de la guerre du Péloponnèse, à une époque où l'âge d'or régnait encore, dans toute sa pureté, sur le forum romain[47].

XV. 1. Marcius montra donc toutes les cicatrices qu'il avait reçues, dans tant de batailles où il s'était illustré, pendant dix-sept ans de service ininterrompu[48]. Tous, impressionnés par sa vertu, s'étaient donné le mot pour l'élire. 2. Mais le jour du vote, il fit son entrée sur le forum en grande pompe, escorté par le Sénat : à voir tous les patriciens qui l'entouraient, on comprit que jamais candidature ne leur avait à ce point tenu à cœur. Alors la plèbe perdit de nouveau toute bienveillance à son

---

45. Cette candidature n'est pas mentionnée par Tite-Live, mais relatée par Denys (VII, 21, 2 et suiv.) qui est ici la source de Plutarque.
46. La suite de ce chapitre développe, presque à la manière d'une Question romaine *(voir Dictionnaire), le lieu commun catonien de la frugalité de la Rome primitive, corrompue par l'argent du fait des conquêtes, et oublieuse du mythique « âge d'or » évoqué pour finir (en XIV, 6). La condamnation morale des « achats » de vote et d'élection, si courants à la fin de la République, néglige les conditions concrètes de la vie politique romaine.*
47. Sur le procès d'Anytos, voir Aristote, Constitution d'Athènes, *XXVII, 5 et Diodore,* Bibliothèque historique, *XIII, 64, 8. Quelques années plus tard, en 399, ce riche tanneur sera le premier des accusateurs de Socrate (voir Platon,* Apologie de Socrate, *18b ;* Ménon, *90b-95a). Sur la première faute, voir* Romulus, *XXXV, 4 et* Numa, *XXV, 12-13.*
48. Plutarque, puisant son information dans les Origines *de Caton, s'attarde, dans la* Question romaine *49, sur cette façon qu'a le candidat de montrer ses blessures au peuple, comme de s'habiller (voir supra, XIV, 2).*

égard et se laissa gagner par l'irritation et l'envie[49]. 3. À cet état d'esprit s'ajoutait la crainte, si un aristocrate qui jouissait d'une telle estime auprès des patriciens parvenait au pouvoir, de le voir confisquer au peuple toute liberté. Ces réflexions amenèrent donc les plébéiens à voter contre Marcius. 4. En apprenant que d'autres que lui étaient élus, le Sénat fut indigné. Il avait l'impression d'un affront dirigé contre lui, plus encore que contre Marcius. Quant à ce dernier, il ne supporta pas son échec avec modération, de manière raisonnable. C'était un homme qui cédait le plus souvent à la partie de son âme gouvernée par la passion et par l'ambition, et qui prenait ces sentiments pour de la grandeur et de la fierté. Il ne possédait pas la pondération et la douceur, qui viennent de la raison et de l'éducation, et sont les principales vertus de l'homme politique. Il ne savait pas non plus que si l'on entreprend de s'occuper des affaires publiques et de se mêler aux hommes, il faut fuir par-dessus tout l'arrogance, cette «compagne de la solitude», selon le mot de Platon, et qu'il faut rechercher une vertu trop souvent décriée par certains, la patience à supporter les injures[50]. 5. Il avait toujours été sans nuances et rigide: à son idée, vouloir vaincre et dominer tout le monde, en toute circonstance, était un signe de vaillance; il ne voyait pas que ce désir est dicté par la faiblesse et par la mollesse, qui font surgir la colère, comme un abcès, de la partie malade et passionnée de l'âme. Il s'en alla donc, plein de trouble et de rancœur à l'égard du peuple. 6. Les patriciens en âge de servir qui, tout fiers de leur naissance, étaient ce qu'il y avait de plus brillant dans la cité, lui avaient toujours montré un dévouement extraordinaire. Ils s'attachèrent alors à lui et se groupèrent à ses côtés, ce qui ne lui fut pas bénéfique: ils l'excitèrent encore davantage, en s'associant à son indignation et à son chagrin 7. car, lors des expéditions militaires, il était pour eux un chef et un maître bienveillant, qui leur enseignait l'art de la guerre et allumait en eux une émulation de vertu exempte de toute jalousie, en les rendant fiers de leurs succès[51].

XVI. 1. Sur ces entrefaites, du blé arriva à Rome. Une quantité considérable avait été achetée en Italie, et une autre, tout aussi importante, était un cadeau envoyé de Syracuse par le tyran Gélon[52]. La plupart des gens en conçurent de belles espé-

---

49. L'épisode est emprunté à Denys, VII, 21, 2-3. Plutarque y ajoute, bien dans sa manière, le revirement de la plèbe et la mise en scène de l'arrivée de Coriolan au forum.

50. Développement éminemment plutarquien (voir Dictionnaire, «Douceur» et «Éducation»). Ce mot cité de Platon (voir aussi infra, XLII, 3) est dans la Lettre IV, 321c; comparer Dion, VIII, 4. L'opposition entre «passion» et «raison» dans le gouvernement de l'âme peut se réclamer du même Platon (notamment du mythe des deux chevaux de l'attelage ailé dans le Phèdre, 246a-b, 253c-d). La condamnation de l'attitude de Coriolan se fait beaucoup plus nette qu'au début de cette Vie.

51. Nuançant ce qui précède, Plutarque note que seul est condamnable l'usage excessif et exclusif des vertus guerrières, et surtout leur transposition indue dans le champ politique interne (voir Russell, 1963).

52. En fait, Gélon, tyran de Géla à partir de 491, ne semble être devenu tyran de Syracuse qu'en 485; mais les sources annalistiques devaient être confuses (voir Denys, VII, 1). La mise en scène des § 1-3 est encore attribuable à Plutarque, qui abrège ensuite les interminables discours composés par Denys (VII, 22-25). Tite-Live (II, 34, 9-11) est encore plus sobre.

rances; ils s'attendaient à voir la ville délivrée à la fois de la disette et de la discorde. 2. Le Sénat s'assembla aussitôt, et la plèbe se massa autour de la Curie pour attendre l'issue des délibérations. Elle espérait que le blé serait vendu à un prix modéré et que celui qui avait été offert serait distribué gratuitement. 3. Il y avait d'ailleurs, dans la salle, des sénateurs qui voulaient persuader le conseil en ce sens. 4. Mais Marcius se leva et s'en prit avec violence à ceux qui souhaitaient favoriser la foule. Il les appelait démagogues et traîtres à l'aristocratie. «Ils sèment dans la populace, disait-il, et nourrissent contre eux-mêmes des germes d'indiscipline et de violence, qu'il aurait fallu étouffer dès l'origine, au lieu de fortifier la plèbe en lui concédant une magistrature aussi puissante que le tribunat. Le peuple est désormais redoutable. Tout se fait selon sa volonté et rien ne peut lui être imposé par contrainte; il n'obéit pas aux consuls; il a ses propres chefs qui le poussent à l'anarchie et auxquels il donne le nom de magistrats. 5. Se réunir en séance pour lui voter des largesses et des distributions, comme dans les cités grecques les plus démocratiques[53], cela équivaut exactement à subventionner sa désobéissance qui causera la perte de toute la communauté. 6. Car, c'est évident, ils ne pourront prétendre qu'ils reçoivent ce blé en récompense des expéditions militaires auxquelles ils se sont dérobés, des sécessions qui leur ont fait abandonner la patrie, et des accusations contre le Sénat auxquelles ils ont fait si bon accueil. Ils affirmeront plutôt que si vous leur faites ces dons et ces concessions, c'est que vous leur cédez par peur et que vous cherchez à les flatter. Dès lors, plus de borne à leur insolence: ils ne cesseront de provoquer discordes et séditions. 7. Agir ainsi serait pure folie. Si nous sommes raisonnables, nous leur ôterons plutôt ce tribunat, qui détruit le pouvoir des consuls et jette la division dans la cité. Rome a perdu son unité d'autrefois, elle a été coupée en deux, et jamais nous ne pourrons retrouver l'union et l'entente, ni mettre un terme aux maux et aux troubles que nous nous infligeons les uns aux autres[54].»

XVII. 1. Marcius parla longuement sur ce ton, et il réussit de manière étonnante à communiquer la fureur qui le possédait aux jeunes et à presque tous les riches. «Voilà, criaient-ils, le seul homme de la cité qui refuse de céder et de flatter!» 2. Mais quelques sénateurs plus âgés s'opposèrent à son avis, prévoyant quelles en seraient les conséquences. En effet, il n'en résulta rien de bon. 3. Les tribuns de la plèbe étaient présents; quand ils virent que l'opinion de Marcius l'emportait, ils coururent à grands cris vers la foule et l'exhortèrent à se rassembler pour leur prêter main-forte. 4. Le peuple tint une assemblée houleuse, et lorsqu'on rapporta les propos de Marcius, les plébéiens, emportés par la colère, ne furent pas loin de se lancer à l'assaut du Sénat. Les tribuns mirent Marcius en accusation et le sommè-

---

53. *La comparaison avec les cités «démocratiques» de la Grèce est d'un anachronisme évident: quel Romain, au temps de Coriolan, aurait-il pu savoir par exemple qu'à cette époque les Athéniens se partageaient les bénéfices des mines du Laurion?*
54. *Les questions de la distribution, du prix du blé et du pouvoir des tribuns, devaient être alors des problèmes réels. Mais il est toujours difficile de discerner, dans la littérature concernant l'époque archaïque, ce qui est historique de ce qui reflète les débats de la fin de la République.*

rent de venir se justifier. 5. Mais il chassa outrageusement les émissaires qu'on lui adressa. Alors les tribuns se déplacèrent en personne, avec les édiles, pour l'emmener de force. Ils s'apprêtaient à se saisir de lui, 6. mais les patriciens se rassemblèrent, repoussèrent les tribuns et allèrent jusqu'à frapper les édiles. 7. Les choses en étaient là quand le soir tomba, ce qui mit un terme aux désordres. Le lendemain, dès qu'il fit jour, la plèbe exaspérée accourut de toutes parts sur le forum. À cette vue, les consuls craignirent pour la cité; ils convoquèrent le Sénat et le prièrent de veiller à adoucir et à calmer la foule par des propos modérés et des décisions acceptables. «Si vous êtes raisonnables, leur dirent-ils, ce n'est pas le moment de vous piquer d'honneur et de lutter pour la gloire. La situation est dangereuse et critique; elle exige une politique bienveillante et humaine.» 8. La majorité s'étant laissée convaincre, les consuls sortirent et firent tout leur possible pour raisonner la plèbe et pour l'adoucir; ils réfutèrent calmement ses accusations et usèrent avec mesure des critiques et des paroles blessantes. Quant au prix des vivres et au ravitaillement, ils promirent de ne leur causer aucune difficulté à ce sujet[55].

XVIII. 1. La plus grande partie du peuple s'apprêtait à céder et l'on voyait bien, à son attitude calme et raisonnable, qu'elle se laissait séduire et convaincre. Les tribuns de la plèbe se levèrent et déclarèrent que, puisque le Sénat se montrait raisonnable, le peuple céderait lui aussi, en échange, sur tous les points qui seraient justes. Mais ils exigeaient que Marcius vînt se défendre: pouvait-il nier avoir conseillé au Sénat de modifier la constitution et de rabaisser le peuple, avoir refusé de venir quand ils l'avaient convoqué, et pour finir, en frappant et en humiliant les édiles sur le forum, avoir fait tout ce qui dépendait de lui pour provoquer un conflit et pousser les citoyens à prendre les armes? 2. Ils tenaient ces propos[56] dans l'intention d'humilier Marcius si, faisant violence à sa nature, il se laissait pousser par la crainte à flatter et à supplier la foule, ou de susciter contre lui un ressentiment implacable s'il voulait garder sa dignité et se montrer fidèle à lui-même. C'était sur cette dernière hypothèse qu'ils comptaient le plus, et ils avaient bien jugé le personnage.
3. Il se présenta pour se justifier. Le peuple fit silence et l'écouta dans le calme. Mais au lieu du discours suppliant auquel on s'attendait, il se mit à parler avec une liberté insultante, en accusateur plutôt qu'en accusé[57]. Bien plus, le ton de sa voix et l'expression de son visage révélaient une tranquillité proche de la condescendance et du mépris. Le peuple, furieux, laissa éclater le mécontentement et l'indignation que suscitait en lui un tel langage. Alors Sicinnius, le plus audacieux des tribuns de la plèbe, conféra quelques instants avec ses collègues, puis s'avança et proclama que les tribuns de la plèbe avaient condamné Marcius à mort. Il ordonna aux édiles

---

55. *Excès symétriques de Coriolan et des tribuns (§ 1-6)*: Plutarque est en accord avec les autres sources. Cela lui permet, dans la suite du chapitre (§ 7-8), de prêter aux consuls le rôle de l'homme politique selon son cœur: celui du «bon cheval» de l'attelage du Phèdre... Dans ce qui suit, Plutarque suit Denys, VII, 26-27.
56. Denys (VII, 34) prête ces propos au tribun Sicinnius.
57. Sur l'arrogance de Marcius, voir supra, I, 4 et Russell (1963).

de l'emmener immédiatement sur la Roche Tarpéienne et de le précipiter dans le gouffre qu'elle surplombe[58]. 4. Mais en voyant les édiles se saisir de lui, beaucoup, même parmi les plébéiens, jugèrent ce traitement excessif et déplacé. Quant aux patriciens, profondément troublés et bouleversés, ils se précipitèrent à grands cris au secours de Marcius : certains repoussèrent violemment ceux qui le saisissaient et lui firent un rempart de leurs corps[59]. 5. Quelques-uns allèrent jusqu'à tendre les mains pour supplier la foule, car dans un tel désordre, dans une telle confusion, les discours et les cris ne servaient à rien. Finalement les amis et les parents des tribuns, comprenant qu'il serait impossible d'arrêter et de punir Marcius sans répandre le sang de beaucoup de patriciens, les engagèrent à atténuer ce que la sentence avait d'inouï et d'intolérable, à ne pas le faire mettre à mort de force, sans jugement, mais à charger le peuple de voter sur son sort. 6. Alors Sicinnius, un peu calmé, demanda aux patriciens dans quelle intention ils enlevaient Marcius au peuple qui voulait le châtier. 7. « Et vous-mêmes, répondirent les patriciens, quelle est donc votre idée ? Que prétendez-vous faire, en traînant ainsi un des Romains les plus valeureux, sans jugement, à un supplice cruel et illégal ? 8. – Quant à cela, rétorqua Sicinnius, n'en faites pas un prétexte de désaccords et de dissensions contre le peuple. Ce que vous demandez, il vous l'accorde : cet homme sera jugé. 9. Nous te citons à comparaître, Marcius, au troisième jour de marché[60], pour persuader de ton innocence tes concitoyens, car ce sont eux qui voteront sur ton sort. »

XIX. 1. Sur le moment, les patriciens furent satisfaits d'un tel arrangement et bien contents d'emmener Marcius avec eux. Dans l'intervalle qui les séparait du troisième marché (les Romains tiennent des marchés tous les neuf jours, d'où leur nom de *nundinae*), la guerre éclata contre les Antiates[61], ce qui leur donna l'espoir que le jugement serait différé. La guerre, pensaient-ils, serait longue, et avec le temps, le peuple deviendrait plus conciliant ; les occupations militaires affaibliraient sa colère, ou la feraient même complètement cesser[62]. 2. Mais la paix fut vite conclue avec Antium et les soldats regagnèrent Rome. Alors les patriciens tinrent de fréquentes réunions ; ils craignaient pour Marcius et cherchaient comment ne pas le livrer, sans fournir pour autant aux démagogues une nouvelle occasion de soulever la plèbe ; 3. Appius Claudius, qui passait pour particulièrement hostile à la

---

58. L'anachronisme (partagé par Denys VII, 35 et par Tite-Live, II, 35, 2) est patent : ce n'est qu'à partir du IIIe siècle que des tribuns de la plèbe assignent en jugement des patriciens. Sur la Roche Tarpéienne, voir Romulus, *XVIII, 1.*
59. L'escalade dramatique décrite dans le reste de ce chapitre repose sur une analyse psychologique où l'honneur et la considération occupent tant de place que les modérés, qui ont l'évidente sympathie de l'auteur, sont condamnés à l'échec (voir infra, XIX, 3-4).
60. Le délai est celui du trinundinum *(de* nundinae, *« jour de marché », mot formé sur l'adjectif* nonus, *« neuvième », et sur* dies, *« jour » : voir infra, XIX, 1). Ce délai est aussi celui prévu pour les élections.*
61. Sur Antium, voir supra, IX, 6.
62. Le thème éternel de la guerre comme dérivatif aux revendications populaires imprègne toute l'historiographie de cette période ; voir supra, XII, 6 et XIII, 6.

plèbe[65], affirmait hautement que le Sénat allait causer leur perte et ruiner complètement la constitution, s'il concédait au peuple le droit de voter contre un patricien. Mais les sénateurs les plus âgés et les plus favorables à la démocratie pensaient au contraire qu'une telle concession, loin de rendre la plèbe odieuse ou violente, la ferait plus douce et plus humaine, 4. car elle ne méprisait pas le Sénat, mais s'en croyait méprisée. Ce droit de rendre la justice serait pour elle un honneur et un encouragement, et au moment même où elle obtiendrait le droit de vote, elle abandonnerait son ressentiment.

XX. 1. Marcius, voyant le Sénat partagé entre son affection pour lui et sa crainte de la plèbe, demanda aux tribuns ce qu'ils lui reprochaient, et pour quel grief ils voulaient le traduire en jugement devant le peuple. 2. Ils répondirent qu'ils l'accusaient d'aspirer à la tyrannie[64] : ils prouveraient qu'il intriguait dans ce but. Alors Marcius se leva et dit qu'il allait se présenter au peuple immédiatement, afin de se justifier ; il ne refusait aucun genre de procès ni, s'il était condamné, aucune forme de châtiment. « Seulement, ajouta-t-il, limitez-vous à cette accusation précise, et ne trompez pas le Sénat. » Ils le lui promirent, et le procès eut lieu à cette condition.
3. Une fois le peuple assemblé, les tribuns imposèrent d'abord que le vote se fît non par centuries, mais par tribus[65] ; ils donnaient ainsi l'avantage aux suffrages de la populace misérable, intrigante et privée de tout sens moral, sur les voix des riches, des notables et des citoyens des classes militaires. 4. Ensuite, abandonnant l'accusation de tyrannie qu'ils ne pouvaient prouver, ils rappelèrent une fois de plus les propos que Marcius avait tenus précédemment devant le Sénat, pour empêcher la vente à vil prix du blé et pour retirer à la plèbe le droit d'avoir des tribuns. 5. Puis ils lancèrent contre lui un nouveau grief[66], relatif à la manière dont il avait partagé le butin fait dans le territoire d'Antium : au lieu de le verser au trésor public, il

---

63. *Appius Claudius, consul en 495, aurait été le patricien le plus hostile à la plèbe : Tite-Live (II, 29, 9) lui prête la proposition de nommer un dictateur. Denys le présente dans les mêmes termes (VII, 47) et lui fait prononcer un très long discours (VII, 48-53). Le porte-parole modéré (54-56) est chez lui Marcus Valérius, préparant sans doute le rôle médiateur de Valéria (voir infra, XXXIII, 1-6).*

64. *L'accusation d'« aspirer à la tyrannie » (aussitôt « abandonnée », voir supra, XIX, 4) a une couleur grecque typique : c'est à ce titre que la démocratie athénienne contraignait à l'exil ceux qu'elle ostracisait. Aucune procédure de ce type n'a jamais existé à Rome.*

65. *Plutarque oppose le vote en « comices centuriates » (193 centuries hiérarchisées par niveaux de richesse, selon une structure en « classes » militaires) et le vote en « comices tributes » (21, plus tard 35 tribus territoriales) : voir les détails chez Denys, VII, 59. Dans les deux cas, on vote par groupe et non par tête. N'appartiennent pas aux « classes militaires » les « prolétaires », qui n'ont pour tout bien que leur progéniture* (proles), *et ne servent pas dans l'armée.*

66. *Dumézil (1995), p. 1314-1320, analyse ces griefs, qu'il classe selon la logique des trois fonctions (dans l'ordre du texte : le blé, troisième fonction, déjà abordée en XII, 2-3 ; le pouvoir des tribuns, première fonction : voir Denys, VII, 44, 1 ; la distribution du butin par le chef de guerre, deuxième fonction, mise en valeur ici).*

l'avait distribué aux soldats qui l'accompagnaient. Ce fut, dit-on, cette dernière accusation qui embarrassa le plus Marcius, 6. car il ne s'y attendait pas et, sur le coup, il ne trouva aucun argument convainquant à fournir à la foule : il se contenta de faire l'éloge de ceux qui avaient participé à cette campagne, mais ceux, beaucoup plus nombreux, qui n'y avaient point pris part l'interrompirent par leurs clameurs. 7. Pour finir, les tribus votèrent et le condamnèrent, à une majorité de trois. La peine prononcée fut l'exil à perpétuité. 8. Après la proclamation officielle du résultat, le peuple se retira, plus fier et plus joyeux qu'il ne l'avait jamais été lors d'aucune victoire remportée au combat sur les ennemis. Le Sénat au contraire était en proie à la douleur et à une profonde consternation : il regrettait et déplorait de n'avoir pas tout fait, tout subi, plutôt que de laisser la plèbe prendre tant d'insolence et un si grand pouvoir. 9. Il n'y avait pas besoin, ce jour-là, de vêtements ou d'autres signes extérieurs pour les distinguer[67] : on reconnaissait aussitôt un plébéien à sa joie et un patricien à son accablement.

XXI. 1. Seul Marcius ne se laissa ni troubler ni abattre. Il garda un maintien, une démarche et un visage imperturbables ; au milieu de l'affliction générale, il semblait l'unique personne à ne pas se prendre en pitié. Ce n'était de sa part ni douceur d'âme, ni capacité à supporter sereinement les événements ; il était en proie au ressentiment et à la rancœur qui sont, bien qu'on l'ignore en général, des formes de la douleur[68]. 2. Lorsque cette dernière se change en colère, elle s'enflamme, pour ainsi dire, et bannit tout abattement, toute passivité. Aussi l'homme en colère semble-t-il particulièrement actif ; il est pareil à un malade brûlant de fièvre ; son âme souffre, si l'on peut dire, de palpitations, de tension et d'enflure.
3. Telles étaient les dispositions de Marcius, comme ses actes le firent voir aussitôt. Il rentra chez lui, embrassa sa mère et sa femme qui se lamentaient en sanglotant et en gémissant, et les pria de supporter la situation avec patience[69]. Puis il s'en alla aussitôt et marcha jusqu'aux portes de la ville. 4. Tous les patriciens, d'un même mouvement, lui firent escorte jusque là. Mais il ne voulut rien accepter et ne demanda rien à personne : il partit en prenant seulement avec lui trois ou quatre clients. 5. Pendant quelques jours, il resta seul, sur une de ses terres, déchiré entre divers projets que lui suggérait la colère : il ne voyait rien de beau, rien d'utile à faire, sinon de se venger des Romains[70]. Il décida de susciter contre eux une guerre terrible à leurs frontières. 6. Il résolut de sonder d'abord les Volsques, car il savait

---

67. *Allusion à la toge bordée d'une bande pourpre qui distinguait les membres de l'ordre sénatorial.*
68. *Plutarque prend ses distances avec son héros, en même temps qu'il affine l'analyse psychologique : l'apparence de sérénité peut recouvrir le meilleur ou le pire. Toutefois, décrivant plus une pathologie (XXI, 2) qu'une infamie morale, il s'abstient ici de condamner. Sur Coriolan et la colère, voir Russell (1963), p. 21-28 ; Wardman (1974), p. 36 et 43-44.*
69. *La brève entrevue avec les femmes qui pleurent serait parfaitement banale, si elle ne préparait l'issue du drame.*
70. *Coriolan est indifférent à la patrie comme aux dieux. Denys (VIII, 41, 3) note même qu'il dit adieu à ses Pénates sans les prier ! à l'opposé du pieux Camille (voir Camille, XIII et Dumézil, 1995, p. 1313-1314).*

qu'ils étaient encore riches en hommes et en argent, et il pensait que leurs récentes défaites avaient moins affaibli leur puissance qu'augmenté leur combativité et leur ressentiment[71].

XXII. 1. Il y avait un homme originaire de la cité d'Antium qui en raison de sa richesse, de sa bravoure et de sa naissance, était admiré comme un roi par tous les Volsques. Il se nommait Tullus Attius[72]. 2. Marcius savait que cet homme lui vouait, plus qu'à tous les autres Romains, une haine particulière, car ils avaient souvent, dans les batailles, échangé des menaces et des défis, et fait assaut de bravades, comme le font de jeunes guerriers emportés par l'émulation et l'amour de la gloire. À l'hostilité publique entre les deux peuples, ils avaient donc ajouté une haine personnelle[73]. 3. Cependant Marcius voyait que Tullus avait de la grandeur d'âme, et que, plus que tous les Volsques, il désirait que les Romains lui fournissent une occasion de leur rendre leurs humiliations. L'attitude de Marcius prouva qu'on a raison de dire : « Il est difficile de combattre la colère. Ce qu'elle veut, elle l'achète, fût-ce au prix de la vie[74]. » 4. Il revêtit un habit et un déguisement pour empêcher ceux qui le verraient de le reconnaître et, tel Ulysse,

Il se plongea dans la cité des ennemis[75].

XXIII. 1. C'était le soir. Beaucoup de gens le rencontrèrent, mais nul ne le reconnut. Il se rendit à la maison de Tullus, y entra brusquement, s'assit devant le foyer en silence, la tête voilée, et resta là sans bouger. 2. Les serviteurs s'étonnèrent, mais n'osèrent le faire lever, car il y avait un air de majesté dans son attitude comme dans son silence. Ils allèrent rapporter à Tullus, qui était en train de dîner, cet étrange événement. 3. Tullus se leva, vint à lui, et lui demanda qui il était et ce qu'il était venu chercher. Alors Marcius découvrit son visage, et après un silence : « Tullus, lui dit-il, si tu ne me reconnais pas encore, ou si, en me voyant, tu n'en crois pas tes yeux, je

---

71. *Comparer Tite-Live (II, 35, 6) : « Condamné par contumace, il s'exila chez les Volsques en proférant des menaces contre sa patrie et déjà, en son cœur, son ennemi. »*
72. *Début de la troisième partie de cette* Vie *(voir supra, XII, 1) : en exil, Coriolan se retourne contre Rome. Tullus est d'Antium, cité qui abrite un célèbre temple de la Fortune. A-t-il été l'ancêtre de Cicéron du côté paternel (voir Cicéron, I, 2) ?*
73. *On comparera Tite-Live (II, 35, 1-3) : « Les Volsques lui firent bon accueil [...]. Il était l'hôte d'Attius Tullus. C'était alors et de beaucoup le premier des Volsques, et l'ennemi implacable des Romains. Ainsi, poussés l'un par sa haine invétérée, l'autre par sa fortune récente, ils forment en commun le projet d'une guerre contre Rome... » La «haine» prêtée à Tullus par Plutarque prépare la querelle de XXXI, 1-3 et XXXIX, 1.*
74. *Citation d'Héraclite, Diels Kranz, dans* Die Fragmente der Vorsokratiker, *85, que Plutarque reproduit également.*
75. *Citation de l'*Odyssée, *IV, v. 246. Il s'agit de l'épisode, raconté par Hélène, où Ulysse se déguise en mendiant pour pénétrer dans Troie ; il y est reconnu par la seule Hélène (pour les autres citations homériques, voir infra, XXXII, 4-7).*

suis obligé de me dénoncer moi-même. 4. Je suis Caius Marcius, celui qui t'a fait tant de mal, à toi ainsi qu'aux Volsques, comme le surnom de Coriolan que je porte m'interdit de le nier. 5. En échange de toutes les peines et de tous les dangers auxquels je me suis exposé, je n'ai pas reçu d'autre prix que ce surnom, qui rappelle mon hostilité à votre égard. 6. C'est tout ce que j'ai gardé, car on ne peut me l'enlever ; le reste, j'en ai été dépouillé par la jalousie et l'insolence du peuple, par la mollesse et la trahison des magistrats et de mes pairs. On m'a exilé, et me voici, suppliant, à ton foyer. Je ne réclame ni la sécurité ni le salut : est-ce ici que je devrais venir, si je craignais la mort ? Mais je désire me venger de ceux qui m'ont chassé, et ce m'est déjà une vengeance que de te rendre maître de mon sort. 7. Si donc tu désires attaquer tes ennemis, n'hésite pas, noble cœur, tire avantage de mes malheurs et fais de mon infortune une bonne fortune pour tous les Volsques. Je combattrai pour vous beaucoup mieux encore que je ne l'ai fait contre vous, car ceux qui connaissent la situation de l'ennemi combattent mieux que ceux qui l'ignorent[76]. 8. Mais si tu as renoncé à la guerre, je ne veux plus vivre, et il ne serait pas honorable pour toi de sauver un homme qui fut autrefois ton ennemi déclaré, et qui maintenant ne peut te servir ni t'aider[77]. » 9. Tullus éprouva, à entendre ces paroles, une joie extraordinaire. « Lève-toi, Marcius, dit-il en lui tendant la main droite, et prends courage. En te donnant à nous, tu nous fais un grand cadeau. Attends-toi à en recevoir un plus grand encore des Volsques. » 10. Là-dessus, il fit dîner Marcius à sa table en l'entourant d'égards, et les jours suivants, ils délibérèrent tous deux de la guerre.

XXIV. 1. À Rome, l'hostilité des patriciens à l'égard de la plèbe entretenait le désordre : ils étaient surtout aigris par la condamnation de Marcius. Les devins, les prêtres et les simples particuliers rapportaient beaucoup de signes divins préoccupants. En voici notamment un, tel qu'on le raconte. 2. Titus Latinius était un homme sans grande notoriété, de manière générale paisible et modéré, étranger à toute superstition et plus encore à tout désir de se faire remarquer[78]. 3. Cet homme eut un songe dans lequel Jupiter lui apparut et lui ordonna d'aller dire au Sénat que le danseur qu'on avait placé en tête de sa procession[79] était très mauvais et lui avait fortement déplu. 4. Après avoir eu cette vision, Titus Latinius ne s'en émut pas, dit-il, la première fois. Mais quand elle se fut répétée une seconde et une troisième fois[80] sans qu'il s'en souciât, il vit mourir son fils, un excellent garçon. Quant à lui, il eut

---

76. *De toutes les sources, c'est Plutarque qui présente le portrait de «traître» le plus affirmé et le plus cohérent. Voir pourtant infra, XXXIX, 5-9.*
77. *La rhétorique antique réussit à déguiser en «affaire d'honneur» ce qui est pur effet du ressentiment... et Plutarque parvient presque à rendre vraisemblable la trahison de son héros.*
78. *Le morceau d'histoire religieuse qui s'ouvre a pour fonction d'expliquer la naissance d'une coutume rituelle : l'*instauratio*, c'est-à-dire le recommencement de rites qui ont été pratiqués de manière défectueuse. Voir Denys, VII, 68-73 ; Tite-Live, II, 36, qui décrit le recommencement des jeux dans le Grand Cirque ; Cicéron,* De la divination*, I, 55 ; Macrobe,* Saturnales*, I, 11, 3.*
79. *Le* praesultator*, «celui qui danse devant», est sans doute celui qui conduit la procession dans le Cirque.*

soudain le corps paralysé et perdit toutes ses forces. 5. Il se fit transporter en litière au Sénat, où il raconta toute l'affaire. Dès qu'il eut terminé son récit, il sentit, dit-on, les forces lui revenir ; il se leva et s'en retourna chez lui à pied, sans aide[81]. Pleins d'étonnement, les sénateurs firent sur cette histoire une enquête approfondie[82]. 6. Or voici ce qui s'était passé. Un homme avait livré un de ses serviteurs à ses autres esclaves, avec ordre de lui faire traverser le forum à coups de fouet, puis de le mettre à mort[83]. Pendant qu'ils exécutaient cet ordre et qu'ils frappaient l'homme, lequel se tournait en tous sens sous l'effet de la douleur et faisait, dans sa souffrance, toutes sortes de contorsions horribles, la procession était par hasard passée par là. 7. Beaucoup des assistants avaient été choqués à cette vue : c'était un spectacle qui n'avait rien de joyeux, et des mouvements contraires à la circonstance. Mais personne n'était intervenu : les gens s'étaient contentés de lancer des insultes et des malédictions contre le maître qui imposait un châtiment si cruel.
8. En ce temps-là, en effet, les Romains faisaient preuve d'une grande modération envers leurs esclaves. Comme ils travaillaient eux-mêmes de leurs mains et partageaient leur existence, ils se montraient plus doux et plus familiers avec eux[84].
9. Lorsqu'un esclave avait commis une faute, c'était un grand châtiment de le promener dans le voisinage avec sur le dos la pièce de bois qui sert d'appui au timon du chariot. L'esclave qui avait subi cette punition, et que ses camarades et les voisins avaient vu dans cette posture, n'inspirait plus confiance. 10. On l'appelait *furcifer*, car les Romains nomment *furca* ce que les Grecs appellent étançon *[hypostatès]* et support *[stérigma]*[85].

XXV. 1. Latinius rapporta donc sa vision aux sénateurs, et comme ils se demandaient avec embarras qui pouvait être ce mauvais danseur, si déplaisant, qui avait précédé la procession, certains se rappelèrent alors, à cause du caractère monstrueux de son supplice, cet esclave qui avait été conduit sous les coups de fouet à travers le forum, puis mis à mort. Les prêtres[86] ayant confirmé cette interprétation, le maître fut châtié : en l'honneur du dieu, on recommença tout depuis le début, la procession et les jeux.

---

80. La répétition du rêve, les malheurs d'un proche, les ennuis de santé personnels figurent parmi les signes qui garantissent d'ordinaire l'authenticité d'un songe et l'importance de ce qu'il annonce.
81. L'épisode est évoqué par Macrobe, I, 11, 5.
82. Parmi les nombreuses prérogatives religieuses du Sénat romain figure celle d'enquêter, de délibérer et de décider sur la gravité d'une manifestation religieuse et sur les moyens d'y porter remède.
83. Au moins dans le principe, et sous la République, le maître a droit de vie et de mort sur ses esclaves.
84. À juste titre, Plutarque n'attribue pas cette mansuétude à des causes morales, mais à un fait socio-économique : Rome ne connaît encore qu'un esclavage domestique, non les immenses cohortes d'« esclaves-marchandise » apportées en Italie par les conquêtes du IIe siècle avant J.-C.
85. Selon Tite-Live et Denys, l'esclave battu au forum portait la furca. *Certains auteurs anciens en déduisent une étymologie gréco-romaine aberrante, qui s'appuie sur le sens du grec* stauros, *« fourche ». Instauratio était d'après eux un composé formé sur* stauros. *Voir aussi* Question romaine *70.*
86. Les pontifes ? Comme souvent en pareil cas, les mesures prises comportent la sanction pénale d'une faute et l'appel à des rites.

2. On voit combien Numa, qui avait très sagement interprété les choses sacrées, avait eu particulièrement raison d'engager les Romains à se montrer scrupuleux[87]. 3. Lorsque des magistrats ou des prêtres accomplissent un rite religieux, le héraut les précède en criant très fort : *hoc age*. 4. Cette expression, qui signifie « fais cela », enjoint aux assistants de prêter attention à la cérémonie sacrée, et de n'y mêler aucune activité, aucune occupation liée au travail, car Numa savait bien que la plupart des actes humains se font par une sorte de nécessité, sous la contrainte[88]. 5. Les Romains ont donc coutume de recommencer les sacrifices, les processions et les jeux, non seulement pour une raison importante, comme celle que nous venons d'évoquer, mais aussi pour des motifs futiles. 6. Il suffisait qu'un des chevaux qui traînent les chars sacrés appelés *tensae*[89] vînt à ralentir, ou que l'aurige saisît les rênes de la main gauche, et aussitôt un décret ordonnait de recommencer la procession. 7. À une époque plus récente, il leur est arrivé de refaire trente fois le même sacrifice, car ils avaient sans cesse l'impression qu'il manquait quelque chose ou qu'un obstacle était survenu. Tels étaient leurs scrupules à l'égard du divin.

XXVI. 1. Cependant à Antium, Marcius et Tullus conféraient secrètement avec les notables et les exhortaient à profiter des divisions internes des Romains pour leur déclarer la guerre. 2. Ils s'y refusaient encore, parce que les deux peuples avaient conclu une trêve et une suspension d'armes pour deux ans, mais les Romains leur fournirent eux-mêmes un prétexte : à la suite d'un soupçon ou de quelque accusation, ils firent proclamer pendant les spectacles et les concours que les Volsques devaient sortir de la cité avant le coucher du soleil. 3. Ce fut, suivant certains auteurs, l'effet d'une intrigue et d'une ruse de Marcius, qui aurait envoyé aux consuls à Rome le faux avis que les Volsques avaient l'intention de se jeter sur les Romains pendant les spectacles et de mettre le feu à la ville[90]. 4. Cette proclamation suscita chez les Volsques un mécontentement général contre les Romains. Tullus grossit encore l'incident, pour exciter ses concitoyens, et finalement il les persuada d'envoyer à Rome des ambassadeurs réclamer la restitution de toutes les terres et de toutes les cités dont les Volsques avaient été dépossédés par la guerre. 5. Les Romains, en entendant les envoyés, répondirent indignés que si les Volsques reprenaient les armes les premiers, les Romains seraient les derniers à les déposer. 6. En conséquence, Tullus convoqua une assemblée générale de son peuple. Une fois la guerre votée, il leur conseilla de faire appel à Marcius, sans lui garder rancune, et de lui accorder leur confiance : il leur serait plus utile comme allié qu'il ne leur avait fait de tort quand il était leur ennemi[91].

---

87. Religio *exprime une caractéristique fondamentale de l'esprit religieux romain (voir* infra, *XXV, 7).*
88. *Voir* Numa, *XIV, 4-5, où Plutarque donne de cette pratique une interprétation pythagorisante.*
89. *Chars servant à la procession des images des dieux lors des jeux du Cirque.*
90. *C'est la version que donne Tite-Live, qui détaille plus la fourberie du chef volsque (II, 37-38).*
91. *Comparer Tite-Live (II, 39, 2) : « Ce fut la preuve évidente que ses généraux et non ses troupes faisaient la principale force de Rome. » Voir* infra, *XXIX, 1.*

XXVII. 1. Marcius fut donc introduit; il parla à la foule, et l'on vit qu'il était tout aussi habile à manier les paroles que les armes, et que c'était un homme de guerre doté d'une intelligence et d'une audace remarquables[92]. Il fut donc nommé général, ainsi que Tullus, avec les pleins pouvoirs pour mener cette guerre. 2. Mais il craignait que le temps nécessaire pour les préparatifs des Volsques ne fût trop long et ne lui fît perdre l'occasion d'agir. Il chargea donc les hommes influents et les magistrats des différentes cités de s'occuper du recrutement et de l'équipement des troupes. Quant à lui, il engagea les plus ardents à le suivre en qualité de volontaires, sans attendre l'enrôlement. Soudain, sans que personne s'y attendît, il envahit le territoire de Rome[93]. 3. Il fit en conséquence un butin si considérable que les Volsques ne parvenaient ni à le rassembler, ni à l'emporter, ni à le consumer dans leur camp. 4. Mais ces profits, ainsi que les nombreux dégâts et ravages infligés au territoire de Rome, n'étaient pour lui qu'un résultat minime de cette expédition. Le but le plus important de son entreprise, c'était de rendre les patriciens encore plus suspects à la plèbe. 5. Pour cette raison, alors qu'il pillait et ravageait toute la campagne, il avait épargné avec le plus grand soin les terres des nobles et n'avait pas permis d'y endommager ou d'y enlever quoi que ce fût[94]. 6. Les récriminations et les contestations mutuelles ne cessèrent donc de croître. Les patriciens reprochaient au peuple d'avoir chassé injustement un homme très puissant, et la plèbe accusait les nobles d'avoir poussé Marcius à attaquer, pour satisfaire leur rancune: après quoi, tandis que d'autres souffraient de la guerre, ils restaient inactifs, en simples spectateurs, puisqu'ils avaient au dehors l'ennemi lui-même, pour veiller sur leurs richesses et leurs biens. 7. Après avoir obtenu ce résultat et grandement aidé les Volsques à s'enhardir et à mépriser leurs adversaires romains, Marcius se retira sans encombre[95].

XXVIII. 1. Tous les soldats volsques, pleins d'ardeur, furent bientôt rassemblés. On les vit si nombreux qu'on décida d'en laisser une partie dans les cités, pour assurer leur protection, et d'employer les autres à marcher contre les Romains. Marcius donna à Tullus le choix du groupe qu'il voulait commander. 2. Tullus répondit qu'il voyait bien que Marcius ne lui était nullement inférieur en vaillance et que, dans toutes les batailles, il avait connu une Fortune plus favorable[96]. Il l'invita donc à commander les troupes qui marcheraient à l'ennemi, tandis que lui-même resterait pour protéger les

---

92. *Depuis Homère, les Anciens s'accordent à reconnaître que l'homme de guerre accompli est «un bon diseur d'avis, un bon faiseur d'exploits».*
93. *Marcius est resté attaché aux «coups de main» conduits individuellement ou en petit groupe. Sur le butin, voir supra, X et XX, 5-6.*
94. *Plutarque prête de manière récurrente aux protagonistes une subtilité stratégique toute particulière qui repose sur un calcul psychologique anticipant la réaction de l'adversaire (voir supra, XVIII, 2-3; XIX, 3-4).*
95. *Voir Denys, VIII, 9-12.*
96. *Sur Coriolan et la Fortune, voir supra, VIII, 5; XXII, 1; infra, XXXII, 4; XXXVII, 4-5. Le partage des tâches souligne que le transfuge prend les choses en main, en même temps qu'il confirme l'identité entièrement offensive du héros. Voir aussi Dictionnaire, «Fortune».*

cités et procurer le nécessaire aux soldats en campagne. 3. Fortifié ainsi dans son autorité, Marcius marcha d'abord contre Circaeum, une colonie romaine. La cité se soumit volontairement, et il ne lui fit aucun mal. 4. Puis il ravagea le territoire des Latins. Il croyait que les Romains viendraient aussitôt défendre ces peuples, qui étaient leurs alliés et multipliaient les appels à l'aide[97]. 5. Mais la plèbe se montra peu désireuse de les secourir, et les consuls, qui n'avaient plus beaucoup de temps à rester en charge, ne voulaient pas prendre de risques. Les demandes des Latins furent donc rejetées, et Marcius marcha contre leurs cités. Il prit de vive force celles qui essayèrent de résister : Tolérium, Labicum, Pédum, puis Voles ; les hommes furent réduits en esclavage, et les richesses livrées au pillage. 6. Celles qui se rendirent furent traitées avec beaucoup de ménagement : pour éviter de leur faire du tort, fût-ce involontairement, Marcius campait le plus loin possible et ne pénétrait pas sur leur territoire[98].

XXIX. 1. Il se rendit maître aussi de Bola, une ville qui n'est pas à plus de cent stades[99] de Rome : il s'empara d'un énorme butin et fit massacrer presque tous les hommes en âge de porter les armes. Alors même les Volsques qui avaient été laissés à la garde des cités n'y tinrent plus. Ils allèrent en armes rejoindre Marcius, déclarant qu'ils ne connaissaient pas d'autre général que lui et que lui seul était leur chef. Son nom était désormais illustre dans toute l'Italie, et sa vertu entourée d'une gloire extraordinaire, puisqu'il avait suffi qu'un seul homme change de camp pour provoquer des événements aussi inattendus[100].
2. À Rome en revanche, tout était dans la confusion. Les citoyens refusaient de combattre et passaient toutes leurs journées à s'ameuter et à tenir les uns contre les autres des propos séditieux. Cette situation dura jusqu'à l'annonce du siège de Lavinium, où les Romains avaient les sanctuaires de leurs divinités ancestrales et d'où leur peuple tirait son origine, puisque c'était la première cité fondée par Énée[101]. 3. Cette nouvelle provoqua un revirement étonnant et unanime de la plèbe, et en entraîna un autre, tout à fait étrange et inattendu, chez les patriciens. 4. La plèbe proposa en effet d'annuler la condamnation de Marcius, et de le rappeler dans la ville ; mais les sénateurs, s'étant réunis pour examiner cette proposition, la désapprouvèrent et la rejetèrent. Était-ce obstination à contredire, à chaque fois, tout ce que désiraient les plébéiens ? Voulaient-ils éviter que Marcius dût son retour à la faveur du peuple ? Ou étaient-ils désormais irrités contre cet homme, en voyant qu'il s'en prenait à tous, alors que tous ne l'avaient pas offensé, et qu'il

---

97. *Rome et les autres cités latines ont constitué une alliance, la Ligue latine, qui durera jusqu'à son absorption par Rome en 338. La liste est bien plus proche de celle de Denys que de celle de Tite-Live.*
98. *L'auteur prête à Coriolan un sens diplomatique digne d'Hannibal, qui convient assez mal au personnage...*
99. *Bovillae (Bola) est à moins de 20 km de Rome.*
100. *Voir le texte de Tite-Live cité supra, XXVI, 6 en note.*
101. *Lavinium, située entre Ostie et Ardée, à 20 km de Rome, et siège de plusieurs cultes archaïques, aurait été fondée par le Troyen Énée, qui y aurait transporté ses Pénates, devenus communs à la cité et à Rome (voir Dubourdieu, 1989).*

s'était déclaré l'ennemi de sa patrie entière, dont les éléments les plus influents et les meilleurs avaient, il ne l'ignorait pas, compati à ses malheurs et aux torts qu'il avait subis ? 5. Une fois cette décision rendue publique, la plèbe ne pouvait plus rien faire, car son vote ne pouvait avoir force de loi sans un sénatus-consulte[102].

XXX. 1. À la nouvelle de cette décision, l'exaspération de Marcius s'accrut encore. Il leva le siège et, poussé par la colère, marcha contre Rome. Il établit son camp près du lieu-dit les Fossés de Cluilius, à quarante stades de la ville[103]. 2. Son approche provoqua l'effroi et un trouble considérable, mais mit un terme provisoire à la discorde civile. Aucun magistrat, aucun sénateur n'osait plus contredire la plèbe à propos du rappel de Marcius. En voyant les courses errantes des femmes à travers la cité, les supplications devant les temples, les larmes des vieillards, leurs prières, et le manque général d'audace et de projets salutaires, ils reconnaissaient que la plèbe avait eu raison de choisir la réconciliation avec Marcius, et que le Sénat avait fait une erreur grossière en commençant à céder à la colère et au ressentiment au moment où il convenait au contraire de mettre un terme à une telle attitude[104]. 3. Ils résolurent donc, d'un commun accord, d'envoyer une ambassade à Marcius, pour lui offrir le retour dans sa patrie et le prier de cesser la guerre. 4. Les députés choisis par le Sénat étaient des proches de Marcius ; ils s'attendaient pour cette raison à trouver, dès la première entrevue, un accueil favorable de la part de cet homme qui était leur parent ou leur ami[105]. 5. Il n'en fut rien. Ils furent conduits à travers le camp des ennemis et le trouvèrent siégeant, plein d'un orgueil et d'une morgue insupportables[106], 6. avec autour de lui les Volsques les plus importants. Il ordonna aux ambassadeurs de dire ce qu'ils venaient demander. 7. Ils parlèrent en termes modérés et humains, sur le ton qui convenait à leur situation. Quand ils eurent fini, la réponse de Marcius porta d'abord sur son sort personnel : elle fut amère, pleine de la rancœur que lui inspirait le traitement qu'il avait subi. Puis il parla au nom des Volsques, en tant que leur général[107]. Il exigea la restitution des cités et des terres qui leur avaient été arrachées par la guerre, et l'octroi du droit de cité, qui avait été accordé aux Latins. 8. Il ne pouvait y avoir, leur dit-il, de réconciliation durable qu'à

---

102. *Voir Denys, VIII, 21. La ratification du Sénat est indispensable à la mise en œuvre de toute décision publique.*

103. *Soit moins de 8 km (5 milles chez Tite-Live, II, 39, 5). La colère est le moteur, avec la «morgue» (§ 5), des principales actions de Coriolan (voir supra, I, 4 ; IX, 1 ; XV, 4-6, etc.).*

104. *Cette description de l'affolement à Rome est conforme au «modèle» hérité de la deuxième guerre punique. Le choix d'une paix craintive, voire honteuse, s'élargit de la plèbe (XXXI, 4) au Sénat. Toute la force guerrière de Rome est donc restée du côté de Coriolan, toujours citoyen (XXX, 7 ; XXXI, 7). «La deuxième fonction [...], par la faute de Rome, opère contre Rome, tout en restant romaine : telle est la formule même du "cas Coriolan"» (Dumézil, 1995, p. 1326).*

105. *Première des ambassades envoyées à Coriolan ; il y en aura quatre. Dumézil propose de regrouper les deux premières (1995, p. 1322-1324).*

106. *Le mépris hautain de Coriolan s'est étendu à la classe romaine dont il est issu (voir Wardman, 1974, p. 65).*

des conditions justes et égales. Il donna aux Romains trente jours pour réfléchir et, dès que les députés furent partis, il retira son armée du territoire de Rome[108].

XXXI. 1. Ce départ fut le premier grief que saisirent ceux des Volsques qui depuis longtemps ne pouvaient supporter sa puissance et la jalousaient. Tullus était de ce nombre[109]. Il n'avait subi personnellement aucune offense de Marcius, mais par une faiblesse bien humaine, 2. il s'irritait de se voir totalement éclipsé par sa gloire, et négligé par les Volsques : Marcius seul était tout pour eux, les autres généraux devaient se contenter de l'influence et de l'autorité qu'il voudrait bien partager avec eux. 3. C'est pourquoi on commença à répandre secrètement des accusations à son encontre. Ses adversaires se liguaient pour se plaindre de lui. À propos de cette sortie du territoire romain, ils parlaient de trahison : ce que Marcius livrait à l'ennemi, disaient-ils, ce n'était pas des remparts ni des armes, mais des occasions favorables, lesquelles décident du salut ou de la perte de toute chose ; il suspendait pendant trente jours la guerre, alors que rien n'est plus sujet qu'elle à des changements considérables, et en bien moins de temps.
4. Cependant Marcius ne passa pas cet intervalle dans l'inaction. Il alla porter le ravage et la destruction chez les alliés des ennemis et s'empara de sept grandes cités très peuplées[110]. 5. Les Romains n'osèrent pas les secourir. Leurs âmes étaient en proie à l'hésitation, et leur attitude à l'égard de la guerre ressemblait à celle de gens engourdis et paralysés. 6. Une fois le délai écoulé, Marcius revint avec toute son armée. Une nouvelle ambassade lui fut envoyée, pour lui demander d'apaiser sa colère, et de faire sortir les Volsques du territoire romain. Après quoi, il pourrait faire et dire ce qui lui semblerait le meilleur pour les deux peuples : les Romains ne céderaient rien à la crainte ; s'il pensait que les Volsques méritaient un traitement modéré et humain, on leur accorderait tout, quand ils auraient déposé les armes. 7. À ces mots, Marcius déclara : « En tant que général des Volsques, je n'ai rien à répondre. Mais puisque je suis encore un citoyen romain, je vous invite et vous exhorte à plus de modestie et à plus de respect de la justice. Revenez dans trois jours, après avoir fait ratifier mes demandes par un vote. Si vous prenez une décision contraire et ne rapportez que des paroles creuses, sachez que vous ne pourrez plus revenir en sûreté dans ce camp[111]. »

XXXII. 1. Les ambassadeurs regagnèrent Rome, et le Sénat, ayant entendu leur rapport, agit comme lorsque gronde la tempête et que les flots agitent la cité : il se

---

107. Resté citoyen romain, Coriolan s'exprime à ce titre, comme à celui de chef de guerre des Volsques (voir, plus explicitement, infra, *XXXI, 7).*
108. Plutarque a résumé le chapitre de Denys (VIII, 22-35), marqué par l'échange de discours entre Minucius, porte-parole des sénateurs, et Coriolan (ses revendications sont identiques chez les deux auteurs).
109. Tullus et Marcius ont été ennemis jurés : voir supra, *XXII.*
110. La liste de ces cités se trouve chez Denys, VIII, 36.
111. Dumézil (1995, p. 1323) note que les règles et les rites de la diplomatie romaine ont été observés : à la manière des prêtres féciaux, Coriolan a donné 30 jours à l'adversaire pour satisfaire ses exigences. La « guerre juste » peut – pourrait – commencer.

décida à «jeter l'ancre sacrée[112]». 2. Il décréta que les prêtres des dieux, les célébrants des Mystères, les gardiens des temples et ceux qui pratiquaient l'antique divination fondée sur le vol des oiseaux, iraient tous ensemble trouver Marcius, vêtus chacun des ornements propres à leurs cérémonies, et lui tiendraient le même discours que les ambassadeurs, l'engageant à mettre un terme à la guerre[113] : après quoi, il pourrait délibérer avec ses concitoyens au sujet des Volsques. 3. Marcius les accueillit dans son camp, mais ne leur fit pas plus de concessions qu'aux ambassadeurs. Même rudesse dans son attitude et dans ses paroles : «Vous devez conclure l'accord à mes premières conditions, ou vous résigner à la guerre.» 4. Quand les prêtres furent de retour, les Romains décidèrent de ne plus bouger de leur cité, de garder les remparts et de repousser l'ennemi, s'il attaquait. Ils mettaient surtout leurs espérances dans le temps et dans les changements imprévus de la Fortune[114], car ils se voyaient incapables d'agir pour assurer leur salut. Rome était remplie de trouble, de terreur et de rumeurs sinistres. Cette situation dura jusqu'au moment où il advint un événement semblable à ce qu'évoque Homère à plusieurs reprises, même si la plupart des gens refusent de le croire. 5. Le poète s'écrie, à l'occasion d'événements importants et inattendus[115] :

> Athéna l'inspira, déesse aux yeux de chouette,

ou encore :

> Mais un des immortels a changé mon esprit :
> En mon cœur il plaça la parole du peuple,

ou encore :

> L'avait-il décidé? Un dieu l'ordonnait-il?

Ces passages, les gens les méprisent, sous prétexte que par ses fictions impossibles et ses fables incroyables, le poète priverait la raison de chacun de son libre arbitre. 6. Or ce n'est pas ce que fait Homère. Il attribue à notre initiative tous les actes vraisemblables, habituels, qui s'accomplissent logiquement. Il dit à plusieurs reprises :

> Je décidai cela en mon cœur valeureux

---

112. *L'expression «jeter l'ancre sacrée» signifie en grec «risquer sa dernière chance», mais nous la traduisons littéralement car Plutarque file ici la métaphore maritime. (N.d.T.)*
113. *La nouvelle ambassade est celle «d'un rassemblement total où chaque groupe de prêtres figure dans l'appareil de sa spécialité» (Dumézil, 1995, p. 1322). Même insistance chez Denys (VIII, 38, 1-2) et chez Tite-Live (II, 39, 12). Avec les porteurs successifs de l'autorité politique et religieuse, ce sont les représentants de l'ensemble de la «première fonction» qui sont ainsi venus supplier Coriolan.*
114. *Rarement autant qu'en cette circonstance «peuple s'en est aussi complètement remis à la déesse ambiguë» (Dumézil, 1995, p. 1331). Voir supra, XXVIII, 2 et note.*
115. *Ici commence, sous les auspices d'Homère, la longue préparation de l'intervention «inspirée» des femmes (infra, XXXIII, 3). Les citations renvoient respectivement à* Odyssée, *XVIII, v. 158 ou XXI, v. 1;* Iliade, *IX, v. 459-460;* Odyssée *IX, v. 339.*

et aussi :

> Il dit, et la douleur saisit le Péléide :
> Sous son torse velu, son cœur est partagé

ou encore :

> Elle ne put persuader Bellérophon
> Le héros magnanime aux pensers avisés[116].

7. En revanche, quand il s'agit d'actions extraordinaires et inattendues, qui exigent une sorte d'enthousiasme et d'exaltation divine, Homère fait intervenir la divinité, non pour supprimer notre libre arbitre, mais pour le susciter, pour créer en nous, non des élans, mais les images qui font naître ces élans : par ce moyen, loin de rendre notre action involontaire, elle rend possible une action volontaire en nous inspirant courage et espoir[117]. 8. Il faut, en effet, soit refuser aux dieux toute responsabilité et toute intervention dans nos actions, soit reconnaître qu'ils ne disposent d'aucun autre moyen pour secourir les hommes et les assister. Ils ne façonnent pas notre corps, ils ne font pas mouvoir eux-mêmes nos mains ou nos pieds comme il faut, mais par certains principes, certaines images, certaines pensées, ils éveillent en notre âme la capacité à agir et à décider, ou au contraire la détournent et l'arrêtent[118].

XXXIII. 1. À Rome, les femmes s'étaient alors répandues dans les différents temples. Les plus nombreuses, en particulier celles qui appartenaient à la plus haute société, adressaient leurs supplications à l'autel de Jupiter Capitolin[119]. Il y avait notamment parmi elles Valéria, sœur de Publicola[120], cet homme qui avait rendu aux Romains tant de services, dans les guerres comme dans la vie politique. 2. À cette époque, Publicola était mort, comme nous l'avons écrit dans sa *Vie*, mais Valéria avait conservé dans Rome honneur et considération, car sa conduite s'était révélée digne de sa naissance. 3. Cette femme se trouva soudain en proie à l'inspiration dont je

---

116. *Ces passages sont tirés de l'*Odyssée, *IX, v. 299 ; de l'*Iliade, *I, v. 188-189 et VI, v. 161-162.*
117. *Sur l'inspiration et, plus généralement, sur la communication des dieux aux hommes chez Homère, voir Dodds (1965), p. 14-30.*
118. *Plutarque exprime ici avec clarté la seule théologie qui soit cohérente, pour cette époque, avec un spiritualisme strict. La discussion sur la possibilité et les modes de l'action des dieux sur l'homme a beaucoup occupé les philosophies de tradition hellénistique. Voir Dictionnaire, «Fortune».*
119. *La présence des femmes autour de temples est signe d'angoisse civique (voir supra, XXX, 2). Sur le temple du Capitole, voir* Publicola, *XIII-XV. Les sources manifestent d'ordinaire à leur égard plus d'une réticence ; mais ces femmes-ci se distinguent doublement : par leur haute origine, par la divinité suprême à laquelle elles s'adressent. L'«inspiration» attribuée à Valéria est donc de bon aloi, et s'inscrit dans la conception que Plutarque vient d'exposer.*
120. *La* Vie de Publicola *ne mentionne pas Valéria. Son geste – médiation et mise en scène – est rapporté par Denys (VIII, 39 et VIII, 55), mais ignoré par Tite-Live (qui gomme de la même façon le rôle d'une Valéria dans l'accueil de Cybèle en 204 ; voir Pailler, 1997a). Les Valerii devaient entretenir le souvenir du rôle religieux de plusieurs parentes illustres.*

viens de parler; elle comprit, par une intuition où les dieux avaient sûrement leur part, ce que réclamait la situation. Elle se leva, fit lever toutes les autres femmes et se rendit avec elles à la maison de Volumnia, la mère de Marcius. 4. Elle entra. Elle trouva Volumnia assise en compagnie de sa bru[121], avec sur ses genoux les jeunes enfants de Marcius. Valéria rangea ses compagnes en cercle autour d'elle. 5. «Volumnia, lui dit-elle, et toi, Vergilia, si nous sommes venues vers vous, qui êtes femmes comme nous, ce n'est pas pour obéir à un décret du Sénat ou à un ordre des consuls : c'est le dieu, de toute évidence, qui, ému par nos supplications, nous a poussées à nous tourner ici vers vous et à vous demander de faire un geste qui non seulement nous sauvera, nous et le reste de la cité, mais vous apportera, si vous vous laissez convaincre, une gloire plus éclatante que celle qu'ont obtenue les filles des Sabins[122], lorsqu'elles ont amené leurs pères et leurs époux à cesser la guerre et à conclure l'amitié et la paix. 6. Eh bien! allez trouver Marcius avec nous, joignez-vous à nos supplications, et rendez à la patrie ce témoignage, conforme à la vérité et à la justice, que, malgré tous les maux qu'il lui a causés, elle n'a pris ni décidé contre vous aucune mesure hostile inspirée par le ressentiment, et qu'elle vous rend à lui, même si elle n'en obtient aucune condition raisonnable.»
7. À ces paroles de Valéria, les autres femmes applaudirent. Volumnia répondit: «Ô femmes, nous prenons la même part que vous aux calamités publiques, et nous avons en plus un malheur qui nous est propre, celui d'avoir perdu la gloire et la vertu de Marcius, et de le voir entouré par les armes des ennemis, qui l'emprisonnent plus qu'elles n'assurent son salut. 8. Mais notre plus grande souffrance, c'est que notre patrie soit si faible qu'elle mette en nous tout son espoir. 9. Je ne sais pas si Marcius tiendra quelque compte de nous, lui qui n'a tenu aucun compte de sa patrie, qu'il préférait pourtant à sa mère, à sa femme et à ses enfants[123]. 10. Néanmoins, servez-vous de nous, prenez-nous, conduisez-nous vers lui. Si nous n'obtenons rien, nous pourrons au moins exhaler notre dernier souffle en le suppliant pour la patrie.»

XXXIV. 1. Après quoi, elle fit lever les jeunes enfants et Vergilia, et se rendit avec les autres femmes au camp des Volsques. 2. Ce spectacle pitoyable inspira aux ennemis eux-mêmes respect et silence. Marcius se trouvait alors assis sur une estrade, en compagnie des chefs de guerre[124]. 3. En voyant ces femmes qui s'avançaient, il

---

121. Sur Volumnia et Vergilia, voir supra, IV, 7. La harangue de Valéria, non sans audace, établit un circuit direct entre femmes et dieux, hors de toute médiation de la société politique, donc masculine. Seule l'inspiration de Jupiter Capitolin garantit la conformité de cette intervention aux intérêts de Rome.
122. Voir Romulus, XIV-XIX et Pailler (1997b).
123. L'opinion de Volumnia contredit, dans son amertume, les éléments précédemment réunis par Plutarque (voir supra, IV, 5-7).
124. Comme il se doit, Marcius siège en son pretorium, au centre du camp, entouré de son état-major. L'arrivée incroyable d'un cortège de femmes en un tel lieu a de quoi bouleverser l'esprit de ces hommes... et la descente de l'estrade marque le renversement symbolique de la relation habituelle. Cet épisode dramatique a particulièrement inspiré Shakespeare, pour sa tragédie Coriolan *(1608), et Calderón, en 1678, dans une comédie,* Les Armes de la beauté *[Las armas de la hermosura].*

s'étonna d'abord. Puis il reconnut sa mère qui marchait à leur tête. Il essaya de persévérer dans son attitude inflexible et implacable, mais vaincu par l'émotion et saisi d'un grand trouble, il ne put supporter de rester assis, tandis qu'elle avançait. Il descendit de l'estrade en hâte et se porta à sa rencontre. Il embrassa d'abord sa mère, très longuement, puis son épouse et ses enfants, sans retenir ses larmes ni ses gestes de tendresse ; il s'abandonnait à l'émotion comme à un flot impétueux.

XXXV. 1. Quand il eut rassasié son cœur, il s'aperçut que sa mère voulait prendre la parole. Il convoqua auprès de lui les Volsques du conseil et il écouta Volumnia, qui lui tint à peu près ce discours[125] : 2. «Mon enfant, même sans que nous te le disions, tu peux imaginer, en voyant nos vêtements et le triste état de nos corps, quelle vie nous avons menée à la maison, depuis ton exil. Dis-toi bien que tu as devant toi les plus infortunées des femmes, puisque la Fortune a transformé ce qui aurait dû être pour nous le plus doux des spectacles en la vision la plus terrible[126] : elle me montre mon fils, elle montre à ton épouse son mari, en train d'assiéger les murs de sa patrie. 3. Et ce qui est pour les autres une consolation, dans toute infortune et dans toute misère, la possibilité de prier les dieux, nous jette, nous, dans le plus cruel embarras, car il nous est impossible de leur demander en même temps la victoire pour notre patrie et pour toi le salut. Toutes les malédictions qu'un ennemi pourrait lancer contre nous, voilà le contenu de nos prières. 4. En effet, ton épouse et tes enfants seront forcément privés de leur patrie ou de ta personne. 5. Quant à moi, je ne veux pas vivre jusqu'au moment où la guerre tranchera entre ces deux possibilités. Si je ne parviens pas à te persuader de remplacer les querelles et les souffrances par l'amitié et la concorde, de devenir le bienfaiteur des deux peuples plutôt que le fléau de l'un des deux, songe bien à ce que je vais te dire et prépares-y ton cœur : pour donner l'assaut à ta patrie, il te faudra passer sur le cadavre de celle qui t'a mis au monde. 6. Je ne dois pas attendre le jour où, sous mes yeux, mes concitoyens traîneront mon fils, vaincu, dans leur triomphe ou au contraire, celui où je le verrai, vainqueur, remporter le triomphe en écrasant sa patrie. 7. Si je te demandais de la sauver en causant la perte des Volsques, ce serait pour toi, mon enfant, une alternative difficile et embarrassante, car il ne serait ni beau de détruire tes concitoyens, ni juste de trahir des gens qui t'ont fait confiance. 8. Mais ce que nous voulons aujourd'hui, c'est que tu mettes un terme à nos malheurs, ce qui assurera le salut des deux peuples et sera encore plus glorieux et plus

---

125. Plutarque fait de la situation et du personnage un usage plus sobre que Denys (VIII, 4 et suiv.), mais plus rhétorique que Tite-Live, qui prête à l'indignation maternelle des propos très «égocentriques» (II, 40, 5-9). On comparera la magnifique transposition qu'en tire au début du XVIIe siècle l'Inca Garcilaso de la Vega : le discours de la «Mamacuna» – qui est aussi une mamanchic, une «mère commune» – parvient à convaincre le souverain Inca d'être clément envers des sujets révoltés, au nom de sa propre grandeur (Commentaires royaux sur le Pérou des Incas, IX, 7 ; voir Pailler, 1992, p. 215-216).

126. Retour du thème de la Fortune, dont l'ambivalence essentielle trouve, en XXXVI, 5, une parfaite illustration.

beau pour les Volsques, puisqu'on les verra, alors qu'ils sont les plus forts, nous accorder, tout en se les assurant à eux-mêmes, les plus grands des bienfaits, la paix et l'amitié[127]. Si ce bonheur se réalise, tu en seras le principal artisan. Dans le cas contraire, tu seras le seul que les deux peuples accuseront. 9. Bien que l'issue de la guerre soit incertaine, une chose au moins est sûre : si tu es vainqueur, tu seras le mauvais génie de ta patrie, et si tu es vaincu, on dira que, pour satisfaire ton ressentiment, tu as attiré les pires calamités sur tes bienfaiteurs et tes amis[128]. »

XXXVI. 1. Marcius écouta ce discours de Volumnia, et ne répondit rien. Quand elle eut fini de parler, il resta longtemps silencieux. Alors Volumnia reprit la parole : 2. « Pourquoi ce silence, mon enfant ? Est-il beau de s'abandonner tout entier à la colère et au ressentiment, et ne l'est-il pas de chercher à plaire à une mère qui te prie pour de si grands motifs ? Convient-il à un grand homme de garder en mémoire les torts qu'il a subis ? Le devoir des enfants d'honorer et de respecter leurs parents pour les bienfaits qu'ils en ont reçus serait-il indigne de sa grandeur et de sa valeur ? Nul ne devrait faire preuve de plus de gratitude que toi, qui châties si violemment l'ingratitude[129]. 3. Tu as déjà tiré une grande vengeance de ta patrie et tu n'as pas encore témoigné la moindre reconnaissance à ta mère. Même si la nécessité n'était pas si pressante, la piété voudrait que tu m'accordes satisfaction, quand je t'adresse une requête aussi belle et aussi juste. Mais si je ne puis te persuader, pourquoi m'abstenir d'employer mon ultime recours ? » 4. Sur ces mots, elle tomba à ses genoux, et avec elle l'épouse et les jeunes enfants de Marcius. 5. « Que fais-tu là, ma mère ? » cria Marcius. Il la releva, puis lui serrant très fort la main droite : « Tu as vaincu, lui dit-il, et c'est une victoire favorable[130] pour la patrie, mais funeste pour moi. Je me retire. C'est toi seule qui m'as fait céder. » 6. Après avoir ainsi parlé, il s'entretint brièvement, en privé, avec sa mère et son épouse puis, sur leur demande, les renvoya à Rome. Le lendemain, dès l'aurore, il ramena les Volsques dans leur pays. Tous ne réagirent pas à cette retraite de la même façon. 7. Les uns critiquaient Marcius et sa conduite ; d'autres au contraire, favorables à la réconciliation et à la paix, ne blâmaient ni l'un ni l'autre. 8. En tout cas nul ne s'opposa à lui ; tous le suivirent, admirant sa vertu plus encore que son autorité[131].

---

127. *Le projet « synœciste » de Volumnia, qui souhaite rassembler les deux peuples, justifie après coup l'allusion faite aux Sabines (voir supra, XXXIII, 5).*
128. *Comparer Denys, VIII, 46-53.*
129. *Volumnia paraît ici rappeler à son fils les sentiments qu'il lui vouait (voir supra, IV, 5-7)... « et c'est parce que, jusque dans l'exil et la colère, il était sans défense devant les désirs, contre le ventre de sa mère que, au plus haut de sa puissance, il accepta de rentrer dans le néant » (Dumézil, 1995, p. 1333). La piété filiale est, selon Dumézil, le seul intérêt pour la « troisième fonction » d'un héros imperméable à l'attrait des richesses... (voir supra, X, 4-8).*
130. *La victoire « favorable », ou « fortunée » (le grec dit* eutuchè*), ouvre la voie (voir XXXVII, 4-5) au nouveau culte de la « Fortune des femmes », la capricieuse Fortune qui a fait pencher le cours des choses du côté d'une mère.*
131. *Voir Denys, VIII, 54 et 57.*

XXXVII. 1. Quant au peuple de Rome, lorsque la guerre fut terminée, il montra bien dans quelles alarmes et dans quels dangers il avait vécu lorsqu'elle durait. 2. À peine ceux qui gardaient les remparts eurent-ils vu les Volsques lever le camp, qu'aussitôt tous les temples s'ouvrirent: on apportait des couronnes comme pour une victoire et l'on offrait des sacrifices. 3. La joie de la cité se manifesta surtout par les témoignages d'affection et d'honneur dont les femmes furent l'objet de la part du Sénat et du peuple tout entier: on disait et l'on pensait que c'était à elles, de toute évidence, que l'on devait le salut. 4. Le Sénat décréta de leur accorder, en signe de respect et de gratitude, tout ce qu'elles désireraient, et il confia ce soin aux consuls. Elles demandèrent seulement qu'on élevât un temple à la Fortune Féminine[132], offrant de faire elles-mêmes les dépenses de cette construction, si la cité se chargeait des sacrifices et des honneurs dus aux dieux. 5. Le Sénat loua leur générosité, mais fit construire le temple et la statue aux frais du trésor public. Elles apportèrent quand même de l'argent pour faire ériger une deuxième statue, laquelle d'après les Romains prononça à haute voix, au moment où on la plaçait dans le temple, la phrase suivante: «L'offrande que vous avez faite en me dédiant, ô femmes, est agréable aux dieux.»

XXXVIII. 1. Selon la légende, cette voix se fit entendre par deux fois. On veut là nous faire croire des choses qui ont bien l'air de n'être jamais arrivées et auxquelles il est difficile d'ajouter foi[133]. 2. Qu'on ait vu des statues suer, verser des larmes ou laisser échapper des gouttes de sang, cela n'a rien d'impossible: le bois et la pierre contractent souvent une moisissure génératrice d'humidité, ils prennent spontanément toutes sortes de couleurs et reçoivent également diverses teintes de l'air ambiant. Rien n'empêche de penser que certains de ces phénomènes sont des signes envoyés par la divinité. 3. Il est également possible que des statues fassent entendre un son semblable à un gémissement ou à un sanglot, à cause d'une cassure ou d'une déchirure violente survenue dans leurs parties internes. Mais qu'un objet inanimé produise une voix articulée, une parole aussi claire, aussi nette, prononcée avec autant de précision, voilà qui est totalement impossible: même notre âme, même la divinité ne peuvent faire entendre des sons ni parler sans l'aide d'un corps pourvu des organes de la parole, qui leur sert d'instrument[134]. 4. Lorsque l'histoire s'appuie sur

---

132. Le temple de Fortuna Muliebris fut élevé sur la via Latina, à quatre milles de Rome, pour commémorer le retrait de Coriolan, là où il avait établi son camp (voir Tite-Live, II, 40, 12). La statue de la déesse, dans ce temple, ne pouvait être touchée que par des femmes non remariées. Plutarque évoque aussi cette fondation dans Sur la Fortune des Romains, *318 F-319 A (variantes minimes de la formule prononcée par la déesse dans ce passage et dans Denys, VIII, 56, 2; Valère Maxime, V, 2, 1, mentionne les privilèges consentis aux matrones).*

133. Nouvelle digression rationaliste et spiritualiste de Plutarque, après celle des chapitres XXXII-XXXIII. Contrepoint, dans les deux cas, à des expressions jugées par lui suspectes, «excessives» (en XXXVIII, 5), de la religiosité.

*134. Sur les présages livrés par des statues et sur l'*organon *corporel, voir* Sur les oracles de la Pythie, *respectivement 8 et 22.*

un grand nombre de témoignages dignes de confiance pour forcer notre assentiment, c'est qu'une impression qui n'a rien à voir avec la sensation s'est produite dans la partie imaginative de l'âme, et la pousse à nous fier à une apparence, comme lorsque nous dormons et que nous avons l'impression d'entendre, alors que nous n'entendons rien, ou de voir, alors que nous ne voyons rien. 5. Cependant ceux qui vont jusqu'à l'excès, dans leur attachement et leur amour pour la divinité[135], et qui sont incapables de rejeter ou de mettre en doute aucun prodige de ce genre, peuvent invoquer, à l'appui de leur foi, un argument de poids: le caractère étonnant de la puissance divine, qui est sans aucune mesure avec nous[136]. 6. Car elle ne ressemble à ce qui est humain ni par sa nature, ni par son mouvement, ni par sa manière d'agir, ni par sa force. Il n'y a donc rien d'absurde à la voir faire ce qui pour nous est infaisable et réaliser ce qui est irréalisable. Différente de nous en tous points, c'est surtout par ses actions qu'elle s'écarte et se distingue de nous. 7. Mais la plupart des choses divines, comme le dit Héraclite, «échappent à la connaissance à cause de l'incrédulité[137]».

XXXIX. 1. Pour revenir à Marcius, dès qu'il regagna Antium, au retour de son expédition, Tullus, qui le haïssait depuis longtemps et ne pouvait plus le souffrir en raison de sa jalousie[138], intrigua pour se défaire de lui au plus vite, craignant, s'il le laissait échapper en cette circonstance, de ne pas retrouver une autre occasion. 2. Ayant assemblé et ameuté contre lui un grand nombre de gens, il lui ordonna de rendre des comptes aux Volsques et de déposer son commandement. 3. Marcius vit le danger qu'il y avait à devenir un simple particulier, tandis que Tullus resterait général et jouirait d'une très grande autorité sur ses concitoyens. Il déclara qu'il ne déposerait le commandement que si les Volsques le lui ordonnaient, puisque c'étaient eux qui lui avaient demandé, à l'unanimité, de le prendre. Quant aux comptes, il ne refusait pas de les rendre, à l'instant même, aux Antiates qui le voudraient. 4. Une assemblée du peuple fut donc convoquée, et les démagogues, circonvenus, se dressèrent pour exciter la foule[139]. 5. Mais dès que Marcius se leva, le respect qu'on lui portait fit cesser le tumulte, et il put parler sans crainte. Les Antiates les plus valeureux, ceux qui se réjouissaient le plus de la paix, étaient visiblement prêts à l'écouter favorablement et à le juger avec équité. Tullus redouta sa plaidoirie 6. car Marcius était un orateur particulièrement habile, et ses exploits antérieurs lui

---

135. «La divinité» (ho théos) *mentionnée ici est probablement l'Apollon de Delphes, dont Plutarque est le prêtre.*
136. Le développement qui s'ouvre est révélateur par ses contradictions mêmes. Ayant fait droit aux objections de la raison, Plutarque reconnaît la transcendance divine, qui sollicite et entraîne la foi (voir Wardman, 1974, p. 91-92 et 165). Sur son évolution dans ce sens, voir Flacelière (1943, p. 1-40, et 1959, p. 197-215).
137. Héraclite, Diels Kranz, dans Die Fragmente der Vorsokratiker, *85.*
138. Voir supra, XXXI, 1-3.
139. Le comportement des «démagogues» antiates calque celui des chefs de la plèbe romaine (voir supra, XII, 1-3): nouveau cliché de l'historiographie aristocratique.

valaient plus de faveur que ne lui en avait ôté sa récente accusation, ou plutôt les reproches qui lui étaient faits témoignaient de l'importance de ses services : 7. les Volsques n'auraient jamais eu l'impression d'être lésés en ne prenant pas Rome si, grâce à Marcius, ils n'avaient pas été sur le point de la prendre. 8. Ses complices décidèrent donc de ne plus attendre, et de ne pas sonder la foule. Les plus audacieux se mirent à crier que les Volsques ne devaient pas écouter un traître, ni lui permettre de se comporter comme un tyran en refusant de déposer sa charge. Ils se jetèrent tous ensemble sur lui et le tuèrent, sans qu'aucun des assistants prît sa défense[140].
9. Mais les Volsques montrèrent bientôt que cet assassinat n'avait pas l'approbation du plus grand nombre : ils accoururent de leurs différentes cités autour de son corps, lui donnèrent une sépulture honorable et décorèrent son tombeau d'armes et de dépouilles militaires, comme il convenait à un héros et à un général.
10. Quand les Romains apprirent sa mort, ils ne se livrèrent à aucune démonstration, ni pour l'honorer, ni pour manifester de la rancune à son égard, mais ils permirent aux femmes, sur leur demande, de porter son deuil pendant dix mois, comme elles avaient l'habitude de le faire à la mort d'un père, d'un enfant ou d'un frère. 11. C'était le terme qui avait été fixé par Numa Pompilius, comme nous l'avons rapporté dans sa *Vie*, pour le deuil le plus long[141].
12. Quant aux Volsques, les circonstances leur firent bientôt regretter Marcius. Tout d'abord, ils entrèrent en conflit pour l'hégémonie avec les Èques, leurs alliés et leurs amis : il y eut du sang versé et des morts. 13. Ensuite, ils furent écrasés par les Romains dans une bataille où périt Tullus et où fut détruite la fleur de leur armée. Ils durent accepter les conditions les plus honteuses, devinrent sujets de Rome et s'engagèrent à exécuter tous ses ordres[142].

---

140. Mort de celui qui est malgré tout « un héros » (§ 9), qualifié de « traître » et de « tyran » par la seule populace. Plutarque suit Denys, VIII, 57-59 ; comparer Tite-Live, II, 40, 10 : « Il périt, dit-on, victime de la haine qu'il s'était attirée par là. Sur le genre de trépas, on n'est pas d'accord. Fabius [Pictor], le plus ancien de tous nos historiens, dit qu'il mourut de vieillesse. »
141. Sur la durée du deuil, voir Numa, XII, 3. Le deuil des femmes prolonge la création du culte de Fortuna (voir supra, XXXVII, 4-5).
142. La fin de l'aventure marque à la fois l'indignité enfin châtiée des Volsques – et non de Coriolan – et la poursuite de l'expansion de Rome en Italie centrale.

COMPARAISON
D'ALCIBIADE ET DE CORIOLAN

XL. [I]. 1. Nous avons donc exposé les actions des deux hommes, du moins celles que nous jugeons dignes d'être racontées et rappelées. Il est clair que leurs exploits militaires ne font pencher la balance ni dans un sens ni dans l'autre. 2. Tous deux ont accompli pareillement beaucoup d'actes pleins d'audace militaire et de bravoure; ils ont, en tant que généraux, montré beaucoup d'habileté et de prudence. On jugera peut-être qu'Alcibiade fut un général plus accompli, parce qu'il fut continuellement victorieux dans de nombreux combats sur terre et sur mer. Mais tous deux ont en commun le point suivant: il est évident que, lorsqu'ils étaient dans leur patrie et y exerçaient le commandement, ils l'ont fait prospérer; mais il est encore plus évident que, dès qu'ils passèrent à l'ennemi, la situation de leur patrie se gâta. 3. Quant à leur conduite politique, celle d'Alcibiade, par son excès d'effronterie et son incapacité à se garder de l'impudence et de la vantardise quand il se mêlait à la foule pour se rendre populaire, dégoûtait les gens sensés; celle de Marcius, tout à fait déplaisante, hautaine et oligarchique, lui attira la haine du peuple romain. 4. Elles sont toutes deux blâmables, mais le démagogue qui cherche à plaire à la foule est moins blâmable que ceux qui humilient le peuple pour ne pas avoir l'air de démagogues. Il est honteux de flatter le peuple pour acquérir le pouvoir, mais une fermeté fondée sur la terreur, les mauvais traitements et l'oppression est à la fois honteuse et injuste.

XLI. [II]. 1. Marcius était considéré comme un homme au caractère simple et direct, alors qu'Alcibiade était, dans sa conduite politique, fourbe et menteur, cela n'est pas douteux. 2. On lui reproche notamment la tromperie perverse dont il usa, comme le rapporte Thucydide, pour duper les ambassadeurs des Lacédémoniens et rompre la paix. 3. Cependant, même si cette politique plongea de nouveau Athènes dans la guerre, elle la rendit forte et redoutable, en lui procurant l'alliance de Mantinée et d'Argos. 4. D'ailleurs, Marcius lui aussi usa de tromperie, pour provoquer la guerre entre les Romains et les Volsques: il accusa faussement, comme l'a rapporté Denys, les Volsques, qui étaient venus voir les jeux. 5. Or le motif de son acte le rend plus odieux que celui d'Alcibiade: il n'était pas guidé, comme lui, par l'ambition, les conflits ou les luttes de la politique; il voulait satisfaire son ressentiment personnel, passion qui, selon Dion, n'a jamais rendu service à personne. Pour cette raison, par colère contre sa patrie, il jeta le désordre dans une grande partie de l'Italie et détruisit de nombreuses cités qui n'avaient rien fait de mal. 6. Il est vrai qu'Alcibiade se laissa égarer par le ressentiment, lui aussi, au point de causer de grands maux à ses concitoyens. Mais dès qu'il les vit repentants, il leur pardonna, et même après avoir été chassé pour la deuxième fois, il ne se réjouit pas des fautes des stratèges. Loin de rester indifférent aux décisions mauvaises et dangereuses qu'ils prenaient, il imita l'attitude qui a valu tant d'éloges à Aristide quand il alla trouver Thémistocle: il se rendit auprès de ceux qui exerçaient le commandement, alors qu'ils n'étaient pas ses amis, pour leur dire ce qu'il convenait de faire et leur donner des conseils. 7. Le comportement de Marcius fut bien différent. Premièrement, il fit du mal à sa cité tout entière, alors qu'il n'avait pas été offensé par tous ses concitoyens et que la partie la meilleure et la plus noble avait partagé son injuste traitement et sa souffrance. Ensuite, en refusant de se laisser apaiser et fléchir par les nombreuses ambassades et supplications que ses concitoyens lui adressèrent pour calmer la folle colère d'un seul individu, il fit bien voir qu'il déclenchait cette guerre cruelle et implacable pour détruire et abattre sa patrie, et non dans l'espoir de la retrouver et d'y retourner. 8. Mais on signalera peut-être la différence suivante : si Alcibiade revint vers les Athéniens, ce fut par peur et par haine des Spartiates qui intriguaient contre lui, tandis que Marcius ne pouvait décemment abandonner les Volsques qui le traitaient à tous égards avec justice. 9. Ils avaient fait de lui leur général et lui avaient accordé chez eux le pouvoir et la confiance la plus grande. Le sort d'Alcibiade était tout autre. Les Lacédémoniens abusèrent de lui plus qu'ils n'en usèrent : il erra dans leur cité, fut ballotté dans leur camp, et pour finir, dut se remettre aux mains de Tissapherne – à moins, par Zeus ! qu'il n'ait fait sa cour au satrape pour empêcher qu'Athènes, où il désirait revenir, ne fût entièrement détruite.

XLII. [III]. 1. En ce qui concerne l'argent, on raconte qu'Alcibiade s'en procura souvent malhonnêtement, en se laissant corrompre, et qu'il en fit un usage tout aussi mauvais, pour le luxe et la débauche. Quant à Marcius, au contraire, les généraux ne purent lui faire accepter les présents qu'ils lui offraient afin de l'honorer. 2. Ce fut même justement ce qui lui attira la haine de la plèbe, dans les conflits occasionnés par la question des dettes : on sentait bien que ce n'était point par intérêt, mais par insolence et par morgue, qu'il s'en prenait aux pauvres. 3. Antipatros a écrit, dans une lettre consacrée à la mort du philosophe Aristote : « Outre ses nombreuses qualités, cet homme possédait l'art de persuader[1]. » Faute de cet art, les actes et les mérites de Marcius étaient odieux à ceux-là mêmes qui en bénéficiaient : ils ne supportaient pas son dédain et son arrogance, cette « compagne de la solitude », selon le mot de Platon[2]. 4. Alcibiade, au contraire, savait traiter amicalement tous ceux qu'il rencontrait. Rien d'étonnant, dès lors, que ses succès lui aient valu une gloire éclatante, rendue plus belle encore par la sympathie et l'estime générales, puisque même certaines de ses fautes étaient souvent regardées d'un œil indulgent et favorable. 5. C'est pourquoi, malgré les dommages importants et nombreux qu'il infligea à la cité, il fut cependant nommé souvent général et stratège, tandis que Marcius ne put obtenir le consulat qu'il méritait par ses exploits et sa bravoure. 6. On voit donc que l'un ne put se faire haïr de ses concitoyens, même lorsqu'il leur fit du mal, et que l'autre, malgré l'admiration qu'il suscitait, ne parvint pas à se faire aimer.

XLIII. [IV]. 1. Comme général, Marcius ne procura à Rome aucun succès ; en revanche, il en offrit aux ennemis sur sa patrie. Alcibiade au contraire, comme soldat ou comme stratège, rendit souvent de grands services aux Athéniens. Quand il était présent, il

---

1. *Antipatros, lieutenant de Philippe II puis d'Alexandre, était un ami d'Aristote (voir* Caton, *XXIX, 25).*
2. *Voir* supra, *XV, 4 et note.*

triomphait à son gré de ses ennemis ; la calomnie n'avait de force contre lui qu'en son absence. 2. Marcius, lui, était présent à Rome quand il fut condamné par les Romains ; il était présent chez les Volsques quand ceux-ci le tuèrent, acte injuste, assurément, et abominable, mais dont lui-même avait fourni un prétexte spécieux, puisque après avoir refusé la paix à titre officiel, il s'était laissé fléchir, en privé, par les femmes : sans faire cesser l'inimitié entre les deux peuples, alors que la guerre durait encore, il avait sacrifié et perdu l'occasion favorable. 3. Il aurait dû, avant de se retirer, convaincre ceux qui lui avaient fait confiance, s'il avait fait plus de cas de ses obligations envers eux. 4. Et s'il était indifférent aux Volsques, si c'était afin de satisfaire son ressentiment qu'il avait provoqué la guerre pour la faire cesser ensuite, il aurait été beau, non d'épargner sa patrie par égard pour sa mère, mais plutôt d'épargner sa mère avec sa patrie. Car sa mère et son épouse faisaient partie de cette patrie qu'il assiégeait. 5. Après avoir repoussé durement les supplications du peuple, les requêtes des ambassadeurs et les prières des prêtres, se retirer pour faire plaisir à sa mère, c'était moins honorer cette dernière qu'insulter sa patrie, en la sauvant par pitié pour une seule femme, et à sa demande, comme si la patrie ne méritait pas d'être sauvée pour elle-même. 6. Cette grâce qu'il sembla lui faire fut donc en vérité odieuse et cruelle : elle ne méritait aucune gratitude, et d'ailleurs aucun des deux peuples ne lui en sut gré. Il se retira sans avoir été persuadé par ceux à qui il faisait la guerre, et sans avoir persuadé ceux qui la faisaient avec lui. 7. Tout cela venait de son caractère insociable, orgueilleux et arrogant à l'excès, ce qui est déjà en soi odieux à la foule ; si l'ambition s'y ajoute, cela peut rendre tout à fait sauvage et intraitable. 8. De tels hommes refusent de faire leur cour à la foule, comme s'ils ne désiraient pas les honneurs, mais ensuite ils s'irritent de ne pas les obtenir. Certes Métellus, Aristide ou Épaminondas[3] n'étaient pas portés, eux non plus, à aduler ou à flatter la multitude, mais c'était parce qu'ils méprisaient réellement tout ce que le peuple est maître de donner ou d'ôter. Souvent ostracisés, battus aux élections ou condamnés en justice, ils ne s'irritaient pas de l'ingratitude de leurs concitoyens. Bien au contraire, dès que ces derniers se repentaient, ils leur rendaient leur affection ; dès qu'ils les rappelaient, ils se réconciliaient avec eux. 9. Celui qui flatte le moins la foule doit aussi chercher le moins à se venger d'elle : quand un homme se fâche si violemment de ne pas obtenir une magistrature, c'est qu'il la désirait avec trop de violence.

XLIV. [V]. 1. Alcibiade ne niait pas qu'il appréciait les honneurs, et supportait mal d'en être écarté. Il cherchait donc à se faire aimer de ceux avec qui il vivait, et à leur plaire. Mais l'orgueil empêchait Marcius de faire sa cour à ceux qui pouvaient l'honorer et accroître sa puissance, et son ambition lui inspirait colère et dépit quand il était écarté. 2. Ce sont là, il est vrai, les seuls défauts qu'on puisse lui reprocher. Tout le reste est brillant. Sa tempérance, son mépris des richesses le rendent digne de soutenir la comparaison avec les Grecs les meilleurs et les plus intègres – et, par Zeus ! je ne parle pas ici d'Alcibiade, qui fut à cet égard l'individu le plus éhonté et le moins respectueux de l'honneur.

---

3. Métellus est l'oncle de Lucullus ; Aristide a fait l'objet d'une Vie *; celle d'Épaminondas est perdue.*

BIBLIOGRAPHIE

VIE D'ALCIBIADE

BABELON J.
Alcibiade, Paris, 1935.

HATZFELD J.
Alcibiade, 2ᵉ éd., Paris, 1951.

ROMILLY J. DE
Alcibiade, Paris, 1995.

VIE DE CORIOLAN

DODDS E. R.
Les Grecs et l'irrationnel, tr. fr., Paris, 1965.

DUBOURDIEU A.
Les origines et le développement du culte des Pénates à Rome, École Française de Rome, 1989.

FLACELIÈRE R.
• «Plutarque et la Pythie», *REG*, 56, 1943, p. 1-40.
• «Plutarque et l'épicurisme», *Mél. Bignone*, Gênes, 1959, p. 197-215.

GRANET J.
«Être électeur à Rome», *Pallas*, 46, *Mélanges Domergue* I, 1997, p. 327-339.

PAILLER C. et J.-M.
«Une Amérique vraiment latine. Pour une lecture "dumézilienne" de l'Inca Garcilaso de la Vega», *Annales ESC*, 1992, p. 207-235.

PAILLER J.-M.
• «*Religio* et affaires religieuses: de l'expiation du sacrilège de Locres à l'accueil de Cybèle», *Pallas*, 46, *Mélanges Domergue* I, 1997, p. 131-146.
• «Des femmes dans leurs rôles: pour une relecture des guerres civiles à Rome au Iᵉʳ siècle avant J.-C.», *Clio Femmes*, V, 1997, p. 63-78.
• «La vierge et le serpent. De la trivalence à l'ambiguïté», *Mélanges de l'École française de Rome. Antiquité*, 109, 1997, p. 513-575.
• «Les *Questions* dans les plus anciennes *Vies romaines*. Art du récit et rhétorique de la fondation», dans *Plutarque: Grecs et Romains en Questions*, *Entretiens d'Archéologie et d'Histoire*, Saint-Bertrand-de-Comminges, 1998.

RUSSELL D. A.
«Plutarch's Life of Coriolanus», *Journal of Roman Studies* LIII, 1963, p. 21-28.

WARDMAN A. E.
Plutarch's Lives, Londres, 1974.

TIMOLÉON-PAUL-ÉMILE

La biographie de Timoléon forme avec la Vie de Dion un ensemble qui s'inscrit dans l'histoire de la Sicile et de Syracuse durant les trois décennies qui suivirent la mort de Denys l'Ancien, le tyran qui avait régné de 406 à 367. Bien que théoriquement aux mains du fils de Denys qui avait sans difficulté succédé à son père, Syracuse fut en effet, pendant cette période, le théâtre de luttes mettant aux prises partisans et adversaires du tyran, cependant que s'aggravait à la faveur de ces luttes la menace carthaginoise sur les cités grecques de l'île. Exilés syracusains ou chefs de mercenaires venus de Grèce tentaient en vain de se rendre maîtres de la cité.

Seul le corinthien Timoléon allait y parvenir. Corinthe était la métropole de Syracuse et c'est en tant que nouveau fondateur de la cité qu'il embarqua pour la Sicile en 346. Protégé de la Fortune, il réussit à se débarrasser de ses adversaires et à chasser le tyran, à recoloniser la cité et à rétablir les institutions civiques, tout en imposant la paix aux Carthaginois. Ce sont les victoires qu'il remporta sur ces derniers qui justifient aux yeux de Plutarque la comparaison avec le Romain Paul-Émile, vainqueur en 167 à Pydna du dernier roi de Macédoine, Persée. Car, pour le reste il est difficile de mettre sur le même plan le général romain, issu d'une vieille famille patricienne, homme cultivé dont la carrière fut exemplaire, et le Corinthien, parti à la tête d'une petite armée composée en partie de mercenaires, et contraint de louvoyer au milieu d'intrigues et de luttes de factions, pour tenter de rétablir l'ordre dans une cité en proie au désordre depuis des décennies.

C'est pourquoi, dans le tableau comparatif final, la figure du vainqueur de Pydna l'emporte sur celle du refondateur de Syracuse. Car ce dernier devait d'abord à la chance qui l'accompagna tout au long de son entreprise d'avoir délivré la Sicile des tyrans et de la menace carthaginoise, tandis que le premier s'était révélé un grand chef de guerre, capable de venir à bout d'une des plus puissantes armées du temps, cette phalange macédonienne dont la réputation était si grande. Plutarque n'ignorait pas par ailleurs que les victoires de Timoléon seraient sans lendemain et n'empêcheraient ni le retour de la menace carthaginoise, ni le rétablissement de la tyrannie à Syracuse, alors que celle qu'avait remportée Paul-Émile annonçait la mainmise de Rome sur tout l'Orient méditerranéen.

Cl. M.

TIMOLÉON

Préface. 1. Lorsque j'ai entrepris d'écrire ces *Vies*, c'était pour autrui; mais si je persévère et me complais dans cette tâche, c'est à présent pour moi-même. L'histoire est à mes yeux comme un miroir, à l'aide duquel j'essaie, en quelque sorte, d'embellir ma vie, et de la conformer aux vertus de ces grands hommes. 2. J'ai vraiment l'impression d'habiter et de vivre avec eux : grâce à l'histoire, j'offre l'hospitalité, si l'on peut dire, à chacun d'entre eux tour à tour, l'accueillant et le gardant près de moi; je contemple

> Comme il fut grand et beau[1],

et je choisis les plus nobles et les plus belles de ses actions afin de les faire connaître.

> 3. Las! Où trouverait-on une joie plus puissante[2],

et plus utile pour réformer les mœurs? 4. À en croire Démocrite[3], il nous faut demander dans nos prières à rencontrer des images bénéfiques, et à recevoir du monde qui nous entoure celles qui sont bonnes et proches de notre nature, plutôt que celles qui sont mauvaises ou funestes. Il introduit là dans la philosophie une idée contraire à la vérité, qui conduit à des superstitions sans fin. 5. Pour nous, grâce à notre pratique de l'histoire et à l'habitude que nous avons prise de l'écrire, en recueillant tour à tour en notre âme le souvenir des hommes les meilleurs et les plus estimables, nous nous donnons les moyens de repousser et de rejeter tout ce que la fréquentation des hommes que nous rencontrons nous apporte nécessairement de bas, de mauvais ou de vil; nous en détournons notre pensée pour la diriger vers les modèles les plus beaux, qui la rendent bienveillante et douce[4]. 6. Au nombre de tels modèles, je place les hommes dont j'entreprends à présent de te[5] présenter la vie, Timoléon de Corinthe et Paul-Émile. Ces héros se ressemblent, non seulement par leurs choix, mais aussi par leur bonne fortune dans la conduite des affaires, et l'on aura du mal à décider si leurs plus grands succès furent dus plutôt à leur heureuse destinée ou à leur intelligence[6].

---

1. *Citation de l'*Iliade*, XXIV, v. 630, à propos d'Achille.*
2. *Il s'agit d'un trimètre de Sophocle, fragment d'une tragédie perdue.*
3. *Démocrite, philosophe originaire d'Abdère en Asie Mineure, célèbre surtout pour être l'inventeur de la théorie des atomes. Plutarque oppose ici à l'histoire, qui offre des modèles de vies héroïques ou parfaites, la contemplation des images, qui ne peuvent être qu'une fausse représentation de la réalité.*
4. *Plutarque a cependant accueilli dans ses* Vies, *sinon des contre-modèles, du moins des personnages qu'il hésitait à donner en exemple, tels Alcibiade ou Coriolan.*
5. *Bien qu'ayant affirmé qu'il écrit pour lui-même Plutarque s'adresse à l'un des destinataires qu'il évoque au début de cette «Préface», et qui est sans doute Sossius Sénécion, cité nommément dans d'autres* Vies, *notamment dès les premières lignes de la Vie de Thésée.*
6. *L'opposition entre la chance et l'intelligence est un thème qu'on retrouve souvent chez Plutarque.*

I. 1. Avant l'envoi de Timoléon en Sicile, la situation des Syracusains était la suivante. 2. Aussitôt après avoir chassé Denys le Tyran, Dion fut assassiné par traîtrise, et ceux qui l'avaient aidé à libérer les Syracusains se trouvèrent divisés[7]. La cité passait continuellement d'un tyran à un autre, et tant de maux l'accablaient qu'elle devint presque un désert. 3. Quant au reste de la Sicile, une partie était, en raison des guerres, totalement ruinée et privée de cités ; celles qui subsistaient étaient, pour la plupart, occupées par des Barbares de toutes origines, et par des militaires sans solde, qui acceptaient facilement tous les changements de pouvoir. 4. Dix ans plus tard, Denys rassembla des mercenaires[8], chassa Nysaios qui était alors maître de Syracuse, reprit le pouvoir et redevint tyran. Dépossédé par quelques hommes, contre toute attente, de la plus puissante tyrannie qu'on eût jamais vue, après avoir été exilé et humilié, il redevint, de manière encore plus inattendue, le maître de ceux qui l'avaient chassé[9]. 5. Les Syracusains qui étaient restés dans la cité se trouvèrent esclaves d'un tyran qui n'avait jamais fait preuve de modération, et dont l'âme était désormais devenue féroce sous l'effet des malheurs. 6. Les meilleurs et les plus considérés d'entre eux se tournèrent vers Hicétas, qui exerçait le pouvoir à Léontinoï[10] ; ils se remirent à lui et le nommèrent stratège pour cette guerre, non qu'il fût supérieur à aucun de ceux qui exerçaient ouvertement la tyrannie, mais ils n'avaient pas d'autre recours, et ils lui faisaient confiance, parce qu'il était d'origine syracusaine et qu'il disposait de troupes capables de tenir tête au tyran.

II. 1. Sur ces entrefaites, les Carthaginois débarquèrent en Sicile avec une flotte importante et se montrèrent menaçants[11]. Les Siciliens, alarmés, résolurent d'envoyer une ambassade en Grèce pour demander du secours aux Corinthiens[12]. 2. Ils

---

7. *Plutarque résume ici ce qui est longuement développé dans la* Vie de Dion *: le débarquement en Sicile, la prise de Syracuse, les troubles opposant partisans de Dion et partisans d'Héraclidès, enfin l'assassinat de Dion par un de ses compagnons, l'Athénien Callippos.*
8. *Plutarque évoque dans* Dion *(XXX, 6 ; XLI, 4) les mercenaires du tyran en les qualifiant de «Barbares»* [barbaroï]. *Il s'agissait vraisemblablement de soldats recrutés parmi les populations italiques, Campaniens et Lucaniens. Mais il y avait aussi des Grecs parmi les mercenaires qui erraient en Sicile, à commencer par ceux qu'avaient recrutés en Grèce Dion et Héraclidès.*
9. *Denys le Jeune, chassé par Dion en 356, avait pu rentrer en 346. En parlant de «la plus puissante tyrannie qu'on eût jamais vue», Plutarque songe évidemment à Denys l'Ancien qui avait régné à Syracuse de 406 jusqu'à sa mort en 367, et auquel Denys le Jeune avait succédé.*
10. *Léontinoï était le refuge traditionnel des notables syracusains. Il était donc naturel qu'ils se tournent vers Hicétas qui s'en était rendu maître à la faveur des troubles qui secouaient la Sicile orientale.*
11. *Les Carthaginois occupaient la partie occidentale de l'île, et les conflits les opposant aux cités grecques de la partie orientale jalonnent l'histoire de la Sicile au V*[e] *siècle et dans la première moitié du IV*[e] *siècle. Voir Finley (1985), p. 90-93 et 105-106.*
12. *En réalité, Corinthe était la métropole de la seule Syracuse, et c'est des Syracusains que vint l'initiative de faire appel aux Corinthiens. L'éloge que fait Plutarque de la cité est fondé sur le fait que Corinthe, à la différence de Sparte, d'Athènes ou de Thèbes, n'avait pas cherché à constituer une alliance et était demeurée neutre la plupart du temps dans les conflits qui opposaient les cités grecques entre elles.*

comptaient sur eux, non seulement en raison du lien de parenté qui les unissait et des services qu'ils en avaient déjà reçus à plusieurs reprises, mais aussi parce qu'ils voyaient que leur cité était, en toute circonstance, profondément attachée à la liberté et hostile à la tyrannie, et que les guerres les plus nombreuses et les plus importantes qu'elle avait livrées n'avaient pas eu pour motif le désir de l'hégémonie ou de la suprématie, mais le souci de défendre la liberté des Grecs. 3. Quant à Hicétas, son but, en acceptant d'être stratège, n'était pas de libérer les Syracusains, mais de devenir lui-même tyran ; il avait déjà engagé des pourparlers secrets avec les Carthaginois, tandis qu'ouvertement, il soutenait les Syracusains et joignait ses ambassadeurs à ceux qu'ils envoyaient dans le Péloponnèse. 4. Il ne souhaitait pas voir venir de là-bas des troupes en renfort ; si les Corinthiens, comme c'était probable, refusaient d'envoyer du secours, à cause de l'agitation et des troubles de la Grèce, il espérait pouvoir faire passer plus facilement le pays sous le contrôle des Carthaginois, dont il emploierait l'alliance et le soutien contre les Syracusains plutôt que contre leur tyran. Tous ces calculs furent révélés, peu de temps après.

III. 1. Quand les ambassadeurs se présentèrent, les Corinthiens, qui avaient toujours eu l'habitude de se soucier de leurs colonies, et plus particulièrement de Syracuse, et qui, par chance, n'avaient alors aucun sujet d'inquiétude en Grèce et vivaient en paix, dans la tranquillité, s'empressèrent de voter l'envoi de secours. 2. On chercha un stratège. Comme les magistrats inscrivaient et proposaient les noms des citoyens les plus désireux de se couvrir de gloire, un homme du peuple se leva et lança le nom de Timoléon fils de Timodémos, qui avait renoncé à s'occuper des affaires publiques et n'éprouvait ni l'espoir, ni le désir de s'en mêler de nouveau. Ce fut un dieu, sans doute, qui inspira cet homme, 3. car la Fortune[13] montra aussitôt, de manière éclatante, qu'elle approuvait ce choix, et elle seconda de sa faveur toutes les entreprises de ce héros, rehaussant sa valeur.
4. Fils de Timodémos et de Démarétè, personnages en vue dans la cité, Timoléon chérissait sa patrie et faisait preuve d'une douceur remarquable, exception faite de la haine violente qu'il vouait à la tyrannie et aux méchants. 5. À la guerre, sa nature était si heureusement équilibrée, et si bien tempérée, que ses actes révélèrent dans sa jeunesse une grande prudence, et une fougue non moins grande quand il vieillit.
6. Il avait un frère aîné, Timophanès, qui ne lui ressemblait en rien : c'était un homme influençable, que des amis scélérats et les mercenaires qui l'entouraient sans cesse avaient corrompu[14], en faisant naître en lui le désir du pouvoir suprême. Cet homme passait pour audacieux et téméraire dans les expéditions militaires :
7. il avait ainsi gagné les citoyens qui, le prenant pour un homme combatif et

---

13. L'évocation de la Fortune (Tychè) *est courante à partir du IVe siècle (voir Dictionnaire, «Fortune»). Plutarque reprend ici les informations qu'il a puisées dans ses sources, en particulier chez l'historien Timée de Tauroménion, qui rédige son* Histoire *à la fin du IVe siècle.*
14. Nouvelle allusion aux mercenaires, ces xénoï *(«étrangers») que dénonçait le rhéteur Isocrate (436-338), voyant en eux des fauteurs de troubles à la faveur desquels renaissaient un peu partout des tyrannies.*

prompt à agir, lui confiaient des commandements. 8. Il y fut secondé par Timoléon, qui tentait de cacher entièrement ses fautes, ou de les atténuer, en embellissant et en grossissant les qualités que son frère avait reçues de la nature.

IV. 1. Durant la bataille que les Corinthiens livrèrent contre les Argiens et les Cléoniens[15], Timoléon était placé dans les rangs des hoplites; Timophanès, lui, était à la tête de la cavalerie, et il fut exposé à un grave danger. 2. Son cheval, blessé, se mit à ruer et le jeta à terre au milieu des ennemis. Aussitôt, la plupart de ses compagnons, pris de peur, se dispersèrent; certains restèrent à ses côtés, mais ils n'étaient que quelques hommes, contre des ennemis bien supérieurs en nombre auxquels ils avaient beaucoup de mal à résister. 3. Dès que Timoléon vit ce qui se passait, il accourut au secours de Timophanès, qui était à terre, et le couvrit de son bouclier; il reçut de nombreux projectiles et de nombreux coups, sur son corps et sur ses armes, mais, pour finir, à grand-peine, il repoussa les ennemis et sauva son frère.
4. Les Corinthiens, craignant de se retrouver dans la situation qu'ils avaient connue précédemment, lorsque leur cité leur avait été prise par leurs propres alliés, décidèrent d'entretenir quatre cents mercenaires et choisirent Timophanès pour les commander[16]. Celui-ci, au mépris de l'honneur et de la justice, chercha aussitôt à se rendre maître de la cité; il fit périr en foule, sans jugement, les citoyens les plus importants, et se proclama lui-même tyran. 5. Timoléon était au désespoir; il considérait comme un malheur personnel la méchanceté de son frère. Il essaya de lui parler, lui conseillant d'abandonner ce désir insensé et funeste, et de chercher à réparer ses torts envers ses concitoyens. 6. L'autre le repoussa avec mépris. Alors Timoléon prit avec lui un de ses parents, Aischylos, le frère de la femme de Timophanès, et un de ses amis, un devin qui, d'après Théopompe, se nommait Satyros, mais qu'Éphore et Timée nomment Orthagoras[17]. Après avoir laissé passer quelques jours, il remonta chez son frère. 7. Les trois hommes entourèrent le tyran, le supplièrent de se montrer enfin raisonnable et de changer de conduite. 8. Timophanès commença par se moquer d'eux puis, s'abandonnant à la colère, se montra violent. Alors Timoléon s'écarta de quelques pas, se couvrit le visage, et resta là, debout, à pleurer, tandis que ses deux compagnons tiraient l'épée et tuaient promptement Timophanès.

V. 1. On parla beaucoup de cet acte. Les plus nobles des Corinthiens louaient la haine du mal et la grandeur d'âme dont il avait fait preuve. «Cet homme, disaient-

---

15. Il s'agit sans doute de la guerre qui opposa au début des années 360 les Corinthiens, alliés de Sparte et d'Athènes, à Thèbes, qui sous le commandement d'Épaminondas, prétendait établir son hégémonie sur le Péloponnèse. Cléonaï est une petite ville située entre Argos et Corinthe.
16. Les événements qu'évoque Plutarque sont rapportés par Xénophon dans les Helléniques, *VII, 4, 4 et suiv.*
17. Plutarque nomme ici les sources dont il s'inspire: trois historiens du IVe siècle, Théopompe de Chios, Éphore de Cumes d'Éolide et le Sicilien Timée de Tauroménion, auteur d'une Histoire de la Sicile, *dont il ne reste que des fragments.*

TIMOLÉON

ils, si vertueux, si plein d'affection pour sa famille, a préféré sa patrie à sa famille ; il a fait passer l'honneur et la justice avant son intérêt. Quand son frère luttait en brave pour la patrie, il l'a sauvé, mais lorsque son frère a intrigué contre cette même patrie et l'a réduite en esclavage, il l'a tué.» 2. En revanche, les hommes qui étaient incapables de vivre en démocratie[18] et qui étaient habitués à garder les yeux fixés sur les puissants, feignaient de se réjouir de la mort du tyran, mais ils attaquaient Timoléon, en disant que l'acte qu'il avait commis était une impiété et une abomination[19]. Leurs propos le plongeaient dans la plus profonde tristesse 3. Lorsqu'il apprit que sa mère elle aussi, pleine de rancœur, proférait contre lui des paroles terribles et des malédictions effroyables, il voulut aller la trouver pour l'apaiser, mais elle ne put supporter sa vue et lui ferma sa demeure. Alors, accablé par la douleur, l'esprit profondément troublé, il décida de se laisser mourir de faim. 4. Ses amis l'en empêchèrent ; ils employèrent toutes sortes de prières, et même de contraintes, et pour finir, il décida de vivre, mais seul, loin des autres hommes. Il renonça à toute charge politique. Les premiers temps, il ne descendait même pas dans la cité, mais passait ses jours dans l'affliction, à errer à travers les campagnes les plus solitaires.

VI. 1. On voit par cet exemple que lorsque nos jugements ne tirent pas de la raison et de la philosophie la fermeté et la force nécessaires à nos entreprises, ils sont aisément ébranlés et modifiés par l'éloge ou le blâme des premiers venus, qui nous font rejeter nos propres raisonnements. 2. Il ne suffit pas, apparemment, qu'une action soit belle et juste ; il faut encore que l'opinion qui la détermine soit ferme et inébranlable, pour que nous n'agissions qu'après mûr examen. 3. N'imitons pas les gourmands, qui recherchent avec l'avidité la plus vive des aliments nourrissants, puis une fois repus, sont aussitôt écœurés. Ne nous décourageons pas, une fois nos actes accomplis, en laissant se flétrir, par faiblesse, l'image que nous avions de la beauté. 4. Le repentir enlaidit même une belle action, alors qu'une décision qui procède de la science et de la réflexion ne saurait changer, même si l'action échoue. 5. L'Athénien Phocion s'était opposé aux entreprises de Léosthénès ; lorsque ce dernier eut l'air de réussir, Phocion déclara, en voyant les Athéniens offrir des sacrifices et célébrer cette victoire : «Je voudrais avoir fait ce qu'il a fait, mais je ne regrette pas le conseil que j'ai donné»[20]. 6. Plus forte encore fut l'attitude d'Aristide

---

18. *Plutarque emploie le terme* démocratia *pour désigner un régime légal, par opposition à la tyrannie.*
19. *Timoléon avait accompli un acte juste en favorisant le meurtre du tyran, mais parce que celui-ci était son frère, il était coupable d'un sacrilège.*
20. *Plutarque exprime dans tout ce développement des jugements très «platoniciens». Phocion, stratège et homme politique athénien, commença à jouer un rôle important après la victoire de Philippe de Macédoine à Chéronée en 338. Lorsque, à l'annonce de la mort d'Alexandre en 323, les Athéniens, à l'instigation du stratège Léosthénès, se lancèrent dans une guerre contre les armées macédoniennes restées en Europe sous le commandement d'Antipatros, Phocion manifesta son désaccord. De fait Antipatros, vainqueur des Athéniens en 322, leur imposa la présence d'une garnison macédonienne au Pirée et l'établissement d'un régime censitaire. Voir* Phocion, *XXIII et suiv.*

de Locres, un des amis de Platon. Comme Denys l'Ancien lui demandait en mariage une de ses filles, il avait déclaré : « Je préférerais la voir morte, que compagne d'un tyran. » 7. Or peu après, Denys fit mourir les enfants d'Aristide, auquel il demanda, avec insolence, s'il gardait le même avis concernant le mariage de ses filles. Aristide répondit : « Je suis triste de ce qui s'est passé, mais je ne regrette pas ce que j'ai dit. » Il est vrai que de telles attitudes sont peut-être dictées par une vertu plus altière et plus accomplie.

VII. 1. L'état où se trouva Timoléon après son acte, soit compassion pour le mort, soit honte devant sa mère, brisa et abattit son âme à tel point que pendant près de vingt ans, il n'entreprit aucune action d'éclat et ne se mêla plus de politique. 2. Mais, lorsque son nom fut prononcé, le peuple accueillit cette proposition avec enthousiasme et l'élut à main levée. Alors Télécleidès se leva. C'était en ce temps-là le citoyen le plus influent et le plus illustre. Il exhorta Timoléon à se montrer dans cette entreprise vaillant et généreux. « Si maintenant, lui dit-il, tu combats en homme d'honneur, nous croirons que tu as fait mourir un tyran ; mais si tu te comportes en lâche, nous penserons que c'est ton frère que tu as tué. » 3. Timoléon équipait la flotte pour le départ et rassemblait des soldats, lorsque les Corinthiens reçurent une lettre d'Hicétas, révélant son revirement et sa trahison. 4. En effet, à peine avait-il fait partir les ambassadeurs, qu'il s'était allié ouvertement avec les Carthaginois et s'était entendu avec eux pour chasser Denys et devenir lui-même tyran de Syracuse. 5. Comme il craignait de voir arriver de Corinthe une armée et un stratège avant d'être parvenu à ses fins, ce qui aurait ruiné son entreprise, il écrivit aux Corinthiens qu'ils n'avaient nul besoin de se donner du mal et de faire des frais pour se rendre en Sicile et y risquer leur vie. 6. « D'ailleurs, ajoutait-il, les Carthaginois s'y opposent et guettent votre flotte avec de nombreux navires. J'ai été forcé par vos lenteurs à les prendre pour alliés contre le tyran. » 7. À la lecture de ce message, tous les Corinthiens, même ceux qui auparavant s'étaient montrés réticents devant cette expédition, furent pris d'une telle colère contre Hicétas qu'ils contribuèrent avec empressement aux dépenses et aidèrent Timoléon à préparer le départ de la flotte.

VIII. 1. Les navires étaient prêts, et les soldats pourvus de tout le nécessaire, lorsque les prêtresses de Corè crurent voir en songe les deux déesses se préparer à un voyage, et leur déclarer qu'elles voulaient embarquer pour la Sicile avec Timoléon. 2. Les Corinthiens équipèrent donc une trière sacrée qu'ils appelèrent la trière des deux déesses[21]. De son côté, Timoléon se rendit à Delphes, où il offrit un sacrifice au dieu ; comme il descendait dans le sanctuaire de l'oracle, un signe se manifesta. 3. L'une des offrandes qui étaient suspendues en ce lieu, une bandelette sur laquelle étaient brodées des couronnes et des victoires, se détacha, et

---

21. *Corè/Perséphone et sa mère Déméter étaient particulièrement vénérées dans les cités grecques de Grande Grèce et de Sicile. En équipant une trière sacrée puis en allant consulter l'oracle de Delphes, Timoléon reprenait les gestes des* oïcistes, *les fondateurs de colonies.*

tomba sur sa tête: le dieu semblait donc l'envoyer à cette entreprise déjà couronné[22]. 4. Il partit avec sept navires de Corinthe, deux de Corcyre, et un dixième fourni par les habitants de Leucade[23]. 5. La nuit, comme il avait gagné le large et bénéficiait d'un vent favorable, il crut voir soudain le ciel s'entrouvrir au-dessus du navire et répandre sur lui, en abondance, du feu brillant. 6. Après quoi, une torche s'éleva, semblable à celles que portent les initiés[24]; elle accompagna la course du bateau et s'abattit à l'endroit précis de la côte italienne que les pilotes cherchaient à atteindre. 7. Les devins déclarèrent que la vision confirmait les songes des prêtresses et que cette clarté venue du ciel était allumée par les déesses qui accompagnaient l'expédition. 8. « La Sicile, ajoutaient-ils, est consacrée à Corè, car, d'après les mythographes, c'est là qu'eut lieu son enlèvement, et l'île lui fut donnée comme présent de noces[25]. »

IX. 1. Tels furent donc les signes envoyés par les dieux. La flotte en fut encouragée: on se hâta de faire la traversée et l'on atteignit l'Italie[26]. 2. Mais les nouvelles qui parvinrent de Sicile plongèrent Timoléon dans une grande perplexité, et les soldats dans l'abattement. 3. Hicétas avait vaincu Denys en bataille rangée et s'était rendu maître de la plus grande partie de Syracuse. Denys s'était replié dans la citadelle et dans le quartier qu'on appelle l'Île[27], où Hicétas l'assiégeait et le tenait étroitement cerné. 4. Hicétas avait chargé les Carthaginois d'empêcher Timoléon d'aborder en Sicile, leur déclarant qu'une fois les Corinthiens repoussés, ils se partageraient l'île en toute tranquillité. 5. Les Carthaginois envoyèrent donc vingt navires à Rhégium, avec à leur bord des ambassadeurs adressés par Hicétas à Timoléon, porteurs de messages bien en accord avec la conduite du personnage: 6. ce n'étaient que fourberies spécieuses et beaux prétextes pour couvrir des intentions criminelles. Ils proposaient à Timoléon de venir en personne, s'il le désirait, rejoindre Hicétas pour le conseiller et participer à tous ses succès, mais de renvoyer à Corinthe ses bateaux et ses soldats, car la guerre était presque terminée, et les Carthaginois se tenaient prêts à l'empêcher de traverser et à combattre ceux qui essaieraient de forcer le passage. 7. À leur arrivée à Rhégium, les Corinthiens trouvèrent donc ces messages, et ils virent

---

22. La couronne donnait à Timoléon un caractère sacré.
23. Corcyre et Leucade étaient des colonies corinthiennes. Elles étaient naturellement concernées par une expédition visant à recoloniser Syracuse.
24. Les torches tenaient une place essentielle dans la cérémonie des Mystères à Éleusis où se trouvait le principal sanctuaire des deux déesses.
25. Corè/Perséphone avait été enlevée par Hadès alors qu'elle jouait avec ses compagnes sur la plage de Nysa (voir Hymne homérique à Déméter, *17). Mais la localisation de ce lieu en Sicile n'est affirmée que par les mythographes de l'époque hellénistique.*
*26. Plutarque ne précise pas le lieu du débarquement. Diodore de Sicile, qui s'inspire d'Éphore, parle de Métaponte (*Bibliothèque historique, *XVI, 66, 5-7). Mais il semble plus logique que, soucieux de passer promptement en Sicile et assuré du soutien de ses habitants, Timoléon ait choisi Rhégium (Reggio de Calabre). C'est là d'ailleurs que vinrent le trouver les ambassadeurs carthaginois (voir* infra, *IX, 5).*
27. Il s'agit de l'île d'Ortygie que Denys l'Ancien avait fortifiée et où il avait établi son palais.

les Phéniciens à l'ancre non loin de là[28]. Ils s'indignèrent de l'affront qui leur était fait ; tous étaient pleins de colère contre Hicétas et de crainte, en pensant aux Siciliens, car ils voyaient bien que ces derniers étaient livrés à la fois à Hicétas, pour prix et pour salaire de sa trahison, et aux Carthaginois, en paiement de la tyrannie qu'ils assuraient à Hicétas. 8. Il leur paraissait impossible de l'emporter à la fois sur les navires barbares, deux fois plus nombreux que les leurs, qui se trouvaient là au mouillage, et sur l'armée qui était là-bas avec Hicétas, et qu'ils étaient venus soutenir.

X. 1. Néanmoins, lorsque Timoléon rencontra les ambassadeurs et les chefs des Carthaginois, il leur dit calmement qu'il obéissait à leurs ordres – que gagnerait-il en effet à leur désobéir ? – mais qu'il voulait, avant de se retirer, les entendre et leur répondre en présence des habitants de Rhégium, puisque c'était une cité grecque, amie des deux partis. 2. C'était important pour sa sécurité, disait-il, et de leur côté, ils tiendraient plus fidèlement leurs promesses concernant Syracuse, s'ils prenaient un peuple pour témoin de leur accord. 3. Or c'était une ruse qu'il leur tendait pour se ménager un moyen de passer dans l'île. Tous les stratèges de Rhégium secondèrent ses efforts, car ils désiraient voir la Sicile sous le contrôle des Corinthiens, et redoutaient le voisinage des Barbares. 4. Ils convoquèrent donc une assemblée et fermèrent les portes de la ville, sous prétexte d'empêcher les citoyens de s'occuper d'autres affaires, puis ils adressèrent au peuple de longs discours, reprenant l'un après l'autre le même sujet. Leur seul but, en agissant ainsi, était de traîner en longueur, pendant que les trières corinthiennes levaient l'ancre, et de retenir les Carthaginois à l'assemblée. Ceux-ci n'avaient aucun soupçon, puisque Timoléon était présent, et semblait sur le point de se lever pour prendre la parole et haranguer le peuple. 5. On vint lui dire tout bas que les trières avaient levé l'ancre, et qu'il ne restait plus que la sienne, qui l'attendait. Il se glissa alors dans la foule, tandis que les Rhégiens se massaient autour de la tribune pour masquer son départ ; puis il descendit à la mer et embarqua au plus vite.
6. Ils abordèrent à Tauroménion[29], en Sicile, où ils furent reçus avec empressement par Andromachos qui les invitait à venir depuis longtemps déjà. Cet homme, qui tenait la cité et en était dynaste, 7. était le père de l'historien Timée ; c'était de loin le meilleur de ceux qui étaient alors dynastes en Sicile. Il gouvernait ses concitoyens dans le respect des lois et de la justice, et il s'était toujours montré l'adversaire et l'ennemi des tyrans[30]. 8. Il mit donc sa cité à la disposition de Timoléon, pour y faire mouiller ses bateaux, et poussa ses concitoyens à participer à la lutte des Corinthiens et à la libération de la Sicile.

---

28. Carthage avait été fondée par des Phéniciens de Tyr, de même que la plupart des établissements puniques de Sicile.
29. Tauroménion (Taormina), au sud de Messine, était une escale commode pour la flotte de Timoléon.
30. Andromachos ne se distinguait guère des autres tyrans siciliens, mais si Plutarque suit ici le récit de Timée, on conçoit que celui-ci ait mis l'accent sur le fait que, bien qu'exerçant un pouvoir absolu (Plutarque emploie le terme «dynaste» pour caractériser ce pouvoir), son père ait été respectueux des lois et de la justice.

XI. 1. Lorsque les Carthaginois qui étaient à Rhégium apprirent que Timoléon avait levé l'ancre et que l'assemblée était dissoute, ils furent indignés d'avoir été dupés, ce qui amusa fort les Rhégiens : « Vous êtes phéniciens, leur disaient-ils, et l'emploi de la ruse vous déplaît[31] ! » 2. Les Carthaginois envoyèrent à Tauroménion un ambassadeur sur une trière ; cet homme eut un long entretien avec Andromachos, auquel il adressa des menaces orgueilleuses et barbares, au cas où il ne chasserait pas les Corinthiens au plus vite. Pour finir, il lui présenta sa paume, puis la retourna, et lui annonça qu'il ferait subir le même sort à sa cité. 3. Mais Andromachos se mit à rire, et pour toute réponse, il présenta sa paume, comme l'ambassadeur, puis la retourna. « Va-t-en, lança-t-il, si tu ne veux pas que je fasse subir le même sort à ton bateau. »
4. Quand Hicétas apprit que Timoléon était passé en Sicile, il fut terrifié et appela à son aide de nombreuses trières carthaginoises. 5. Les Syracusains en vinrent alors à désespérer complètement de leur salut. Ils voyaient les Carthaginois maîtres de leur port, leur cité sous le contrôle d'Hicétas, et la citadelle entre les mains de Denys, alors que Timoléon ne tenait à la Sicile que par une mince extrémité, la petite bourgade de Tauroménion, et n'apportait que des espoirs fragiles et de faibles effectifs : il avait seulement mille soldats, et à peine de quoi les nourrir. 6. Les autres cités non plus n'avaient pas confiance, car elles étaient accablées de maux et furieuses contre tous les chefs d'armée, à cause principalement de la conduite déloyale de Callippos et de Pharax[32]. Ces deux hommes, l'un Athénien, le second Lacédémonien, avaient prétendu qu'ils venaient défendre la liberté et abattre les despotes, mais par comparaison, le malheureux temps de la tyrannie parut à la Sicile un véritable âge d'or, et l'on considérait que ceux qui avaient péri dans l'esclavage avaient eu plus de chance que les témoins de l'autonomie.

XII. 1. Les Siciliens étaient donc persuadés que le général corinthien ne serait pas meilleur que ceux qui l'avaient précédé, et qu'ils allaient entendre les mêmes sophismes et les mêmes mensonges, accompagnés de belles espérances et de promesses amicales, avec lesquels on les amadouait pour leur faire remplacer un maître par un autre. Ils se défièrent donc des Corinthiens et repoussèrent leurs avances, à l'exception des Adranites, 2. qui habitaient une petite cité, mais consacrée à Adranos, divinité qui est l'objet d'une vénération extraordinaire dans toute la Sicile[33]. Cependant, même les Adranites étaient divisés. Les uns appelaient Hicétas et les Carthaginois, d'autres envoyaient des délégués à Timoléon. 3. Par hasard, il

---

31. On retrouve ici un thème cher à la tradition romaine, celui de la mauvaise foi punique. Est-il antérieur à la période des guerres menées par Rome contre Carthage ? Il est difficile de se prononcer sur ce point en l'absence de témoignages précis.
32. Il est question de ces deux personnages dans Dion, XLVIII, 7-9 ; XLIX, 1 ; LIV-LVIII. L'Athénien Callippos fut l'instigateur de l'assassinat de Dion. Ces étrangers venus en Sicile à la tête d'armées de mercenaires ne songeaient qu'à se partager les dépouilles de l'île, et contribuaient à aggraver une situation déjà fort troublée.
33. Adranon (l'actuelle Aderno) était une petite cité de l'intérieur qui avait été fondée par Denys l'Ancien. Le dieu duquel elle tirait son nom était vraisemblablement une divinité indigène hellénisée.

se fit que les deux généraux, dans leur hâte, arrivèrent en même temps. 4. Mais Hicétas avait cinq mille soldats, et Timoléon n'en avait au total pas plus de mille deux cents 5. qu'il amenait de Tauroménion, qui se trouve à trois cent quarante stades[34] d'Adranon. Le premier jour, il avait parcouru peu de chemin et avait campé en plein air ; le lendemain, après avoir marché sans interruption et traversé une région difficile, il apprit à la tombée du jour qu'Hicétas venait d'atteindre Adranon et y établissait son camp. 6. Les lochages et les taxiarques[35] firent arrêter les premiers rangs, pensant que si les hommes mangeaient et se reposaient, ils seraient ensuite plus vaillants. Mais Timoléon vint leur demander de n'en rien faire, d'avancer au contraire le plus vite possible, et de tomber sur les ennemis qui seraient dans le plus grand désordre, on pouvait s'y attendre, puisqu'ils venaient à peine de terminer une longue route, et qu'ils s'occupaient des tentes et du repas. 7. Tout en parlant, il saisit son bouclier et marcha le premier à leur tête, comme à une victoire certaine. À cette vue, tous prirent courage et le suivirent ; ils avaient encore plus de trente stades[36] à parcourir. 8. Une fois cette distance franchie, ils tombèrent sur les ennemis qui s'affolèrent et prirent la fuite dès qu'ils les virent approcher. Aussi les Corinthiens ne tuèrent-ils pas plus de trois cents hommes, mais ils firent le double de prisonniers et s'emparèrent même du camp. 9. Les Adranites ouvrirent les portes de leur ville et se rallièrent à Timoléon. Frissonnants et émerveillés, ils lui rapportèrent qu'au début de la bataille, les portes sacrées de leur temple s'étaient ouvertes d'elles-mêmes, et qu'on avait vu s'agiter la pointe de la lance du dieu, tandis que son visage était inondé d'une sueur abondante.

XIII. 1. Ces signes annonçaient, semble-t-il, non seulement cette première victoire, mais aussi les succès qui la suivirent, dont ce combat fut l'heureux prélude[37]. 2. Plusieurs cités envoyèrent aussitôt des ambassadeurs à Timoléon, pour se rallier à lui, et Mamercos[38], tyran de Catane, un homme de guerre redoutable, qui tirait beaucoup d'influence de ses richesses, fit alliance avec lui. 3. Il y eut encore plus important. Denys, désespérant désormais de sa cause et se voyant obligé à capituler, conçut un profond mépris pour Hicétas qui s'était laissé vaincre si honteusement. Plein d'admiration pour Timoléon, il lui envoya une délégation, afin de lui livrer, ainsi qu'aux Corinthiens, sa personne et la citadelle. 4. Timoléon saisit cette chance inespérée. Il envoya dans la citadelle deux Corinthiens, Eucleidès et Télémachos, avec quatre cents soldats. Ils n'y pénétrèrent pas tous ensemble, ni ouvertement, ce qui était impossible, car les ennemis étaient au mouillage dans le port ; ils procédèrent à la dérobée, par petits groupes. 5. Les soldats s'emparent donc de la citadelle, du palais du tyran, avec son équipement et ce qui pouvait servir à la guerre. 6. Il s'y

---

34. *Environ 60 km.*
35. *Lochages et taxiarques étaient des officiers commandant les subdivisions de la phalange.*
36. *Un peu plus de 5 km.*
37. *Une nouvelle fois, les signes sont favorables à Timoléon dont la fortune est de plus en plus évidente.*
38. *Ce Mamercos était à l'origine un chef de mercenaires qui s'était rendu maître de Catane. Son ralliement à Timoléon était important, car il lui ouvrait la route de Syracuse.*

trouvait notamment des chevaux, en nombre considérable, toutes sortes de machines de guerre, une grande quantité de projectiles, et soixante-dix mille armures qui avaient été entreposées là depuis longtemps. 7. Denys avait aussi avec lui deux mille soldats qu'il donna à Timoléon, avec le reste. Il rassembla de l'argent et quelques rares amis, et embarqua à l'insu d'Hicétas. 8. Il se rendit au camp de Timoléon, où pour la première fois on le vit réduit à une condition privée, et humilié. Il fut envoyé à Corinthe, avec un seul navire et quelques maigres ressources, 9. lui qui était né et avait grandi dans la tyrannie la plus illustre et la plus puissante qui fût jamais, qui l'avait occupée pendant dix ans puis, pendant les douze années qui suivirent l'expédition de Dion, avait été ballotté dans les luttes et les combats[39]. Les malheurs qu'il endura surpassèrent encore ceux qu'il avait infligés quand il était tyran. 10. Il vit ses fils mourir à la fleur de l'âge, ses filles vierges être violées, sa sœur, qui était aussi sa femme, être outragée physiquement de son vivant par les ennemis pour leurs plaisirs les plus ignobles, puis mourir de mort violente avec ses enfants et être jetée à la mer. Tout cela, je l'ai rapporté en détail dans la *Vie de Dion*[40].

XIV. 1. Lorsque Denys débarqua à Corinthe, il n'y avait personne, en Grèce, qui ne désirât le voir et lui parler. 2. Les uns se réjouissaient de ses malheurs en raison de la haine qu'ils lui portaient, et se rassemblaient gaiement autour de lui, comme pour fouler aux pieds cet homme abattu par la Fortune[41]. D'autres, devant un tel retournement, changèrent de sentiment ; ils éprouvaient de la compassion et, dans ce spectacle si visible de la faiblesse humaine, ils voyaient l'action de causes invisibles et divines. 3. Car à cette époque, ni la nature ni l'art ne réalisèrent rien d'aussi fort que ce coup de la Fortune. Un homme qui peu auparavant était tyran de Sicile, passait désormais son temps à Corinthe sur le marché aux viandes ; il allait s'asseoir dans les boutiques de parfumeur, buvait du vin frelaté dans des cabarets, se querellait en public avec des filles qui faisaient commerce de leur beauté, donnait des leçons de chant à des musiciennes et engageait avec elles des discussions passionnées à propos de chansons de théâtre et d'harmonie musicale. 4. Certains pensaient que Denys se conduisait ainsi parce qu'il ne savait que faire et que par nature c'était un homme nonchalant, qui aimait la débauche. Mais selon d'autres, il cherchait à se faire mépriser des Corinthiens ; il voulait éviter de leur inspirer de la crainte ou des soupçons, en laissant voir qu'il était fâché de son changement de vie et qu'il désirait reprendre le pouvoir : c'était pour cela qu'il menait cette vie et tenait un rôle contraire à sa nature, en affichant une telle vulgarité dans ses occupations.

XV. 1. Cependant on rapporte aussi de lui certains propos qui semblent montrer qu'il supportait sa situation non sans une certaine noblesse. 2. Ainsi, lorsqu'il eut

---

39. Denys avait succédé à son père en 367. Vingt-deux ans plus tard, il était définitivement chassé de la Sicile. Ce qui place la bataille d'Adranon en 345.
40. Il n'est pas question, dans la Vie de Dion, *du sort des enfants de Denys (III-VI).*
41. On retrouve ici ce thème de la Fortune et de ses aléas dont la vie de Denys offre un exemple particulièrement probant.

abordé à Leucade, cité qui avait été fondée par les Corinthiens comme Syracuse, il déclara : « Je me sens dans le même état que les jeunes gens pris en faute. 3. Ils sont tout joyeux de se trouver avec leurs frères, alors que dans leur honte, ils fuient la vue de leur père. Moi aussi, j'ai honte devant notre métropole, et je resterais volontiers ici avec vous. » 4. À Corinthe, un étranger, qui se moquait grossièrement des entretiens avec les philosophes auxquels il avait pris plaisir quand il était tyran, finit par lui demander à quoi avait bien pu lui servir la sagesse de Platon[42]. « As-tu vraiment l'impression, répondit Denys, que Platon ne m'a rien apporté, quand tu vois comme je supporte mon changement de condition ? » 5. Le musicien Aristoxène[43] et quelques autres lui demandèrent quelle était l'origine et la nature de ses griefs contre Platon. Il répondit : « De tous les maux dont la tyrannie est emplie, le plus terrible, c'est qu'aucun de ceux qui se prétendent vos amis ne vous parle avec franchise, et ces gens-là m'ont fait perdre l'amitié de Platon. » 6. Un de ces hommes qui veulent à tout prix se montrer spirituels, secoua son manteau par raillerie, en entrant chez Denys, comme on le fait lorsqu'on est introduit en présence d'un tyran[44]. Denys riposta en se moquant de lui à son tour : « Fais cela quand tu t'en iras, lui dit-il, pour montrer que tu n'emportes rien d'ici ! » 7. Philippe de Macédoine fit au cours d'un banquet une allusion ironique aux poèmes et aux tragédies qu'avait laissés Denys l'Ancien[45], et feignit de se demander quand ce tyran avait bien pu trouver le temps de les composer. Denys lui répondit, non sans esprit : « Il y employait le temps que toi, moi, et tous ceux que l'on prétend heureux, nous passons une coupe à la main ! » 8. Platon ne vit pas Denys à Corinthe : il était déjà mort mais Diogène de Sinope s'écria, la première fois qu'il le rencontra[46] : « Comme tu mérites peu cette existence, Denys ! » 9. Le tyran s'arrêta et lui dit : « C'est bien, Diogène, de compatir ainsi à mes malheurs – Quoi ? s'étonna Diogène. Tu imagines que j'ai de la compassion pour toi ? Non, je suis indigné de voir un esclave tel que toi, si bien fait pour vieillir et mourir dans la tyrannie, comme ton père, habiter ici avec nous, dans les jeux et les délices ! » 10. Quand je compare à ces paroles les lamentations de Philistos sur les filles de Leptinès[47], qu'il plaint sous prétexte qu'elles ont perdu les grands avantages de la tyrannie pour mener une vie obscure, j'ai l'impression d'entendre les gémissements d'une femme qui regrette ses vases d'albâtre, sa pourpre et ses bijoux. 11. Je pense, à condition que les auditeurs ne

---

42. Allusion aux séjours de Platon à Syracuse et aux prétentions philosophiques du tyran. Voir Dion, *XVI, 1-3 ; XIX-XX et Platon,* Lettre VII, *340b-341b.*
43. Aristoxène de Tarente était un théoricien de la musique, élève d'Aristote.
44. Pour montrer qu'on ne dissimule pas d'arme. (N.d.T.)
45. La tradition voulait que Denys l'Ancien, se piquant de poésie, ait présenté en 367 à Athènes une tragédie lors des Lénéennes, et que l'annonce qu'il avait remporté le prix ait été la cause de sa mort brutale. La dernière phrase fait allusion à la réputation d'ivrognerie prêtée à Philippe de Macédoine.
46. Platon mourut en 347-346. Diogène de Sinope fut le fondateur, avec Antisthène, de l'École cynique.
47. Philistos est un historien sicilien, contemporain et fidèle de Denys l'Ancien, jusqu'à ce que celui-ci le contraigne à s'exiler pour avoir épousé sans son accord la fille illégitime de Leptinès, frère du tyran. Voir Dion, *XI, 6.*

soient pas pressés ni privés de loisir, que de telles réflexions ne leur paraîtront ni étrangères à l'écriture de ces *Vies*, ni inutiles.

XVI. 1. Si l'infortune de Denys fut un événement spectaculaire et inattendu, l'heureuse fortune de Timoléon ne fut pas moins étonnante. 2. Cinquante jours à peine après avoir débarqué en Sicile, il avait pris la citadelle de Syracuse, et expédié Denys dans le Péloponnèse. 3. Encouragés par ces succès, les Corinthiens lui envoyèrent deux mille hoplites et deux cents cavaliers qui parvinrent à Thourioï. Là, ils virent qu'il était impossible de passer en Sicile, car les Carthaginois tenaient la mer avec de très nombreux navires. Obligés d'attendre sur place, sans bouger, le moment favorable, ils employèrent ce délai à l'exploit le plus beau : 4. les habitants de Thourioï qui partaient en campagne contre les Bruttiens leur confièrent leur cité, et ils la gardèrent loyalement et fidèlement, comme s'il s'agissait de leur propre patrie[48].
5. Cependant, Hicétas continuait à assiéger la citadelle de Syracuse, empêchant les vivres de parvenir par mer aux Corinthiens. Il décida de faire assassiner Timoléon et engagea à cette fin deux mercenaires qu'il envoya à Adranon. Timoléon, qui déjà en temps ordinaire n'avait pas d'escorte près de lui, vivait alors avec les Adranites, de manière détendue et confiante à cause de leur dieu[49]. 6. Or les tueurs qu'on avait envoyés apprirent par hasard qu'il allait offrir un sacrifice. Ils se rendirent dans le sanctuaire, avec des poignards cachés sous leurs manteaux, se mêlèrent à la foule qui entourait l'autel et se rapprochèrent petit à petit. 7. Ils s'apprêtaient à se donner le signal de l'action, quand l'un des deux s'écroula, frappé par un homme d'un coup d'épée à la tête. Ni le meurtrier ni le camarade de la victime ne restèrent sur place : le premier prit la fuite, son épée encore à la main, et s'élança sur une falaise élevée, tandis que l'autre embrassait l'autel et demandait la vie sauve à Timoléon, lui promettant en échange de tout dévoiler. 8. Ayant obtenu sa grâce, il révéla qu'il avait été envoyé avec son compagnon pour l'assassiner. 9. Pendant ce temps, d'autres personnes faisaient descendre le meurtrier de la falaise : il criait qu'il n'était pas un criminel et qu'il avait agi en toute justice, pour venger la mort de son père, assassiné autrefois à Léontinoï par l'homme qu'il venait de tuer. 10. Quelques-uns des assistants confirmèrent ses dires ; ils admiraient en même temps l'ingéniosité de la Fortune, qui se sert d'un événement pour en amener un autre, prépare tout de très loin, et tisse ensemble des faits apparemment très différents, dépourvus de tout lien entre eux, pour faire du dénouement de l'un le commencement de l'autre. 11. Les Corinthiens récompensèrent cet homme, en lui donnant dix mines[50], car il avait mis son juste ressentiment au service du *démon* qui protégeait Timoléon, et au lieu d'as-

---

48. *Thourioï, au sud de l'Italie, avait été fondée en 444-443 à l'initiative de Périclès par des colons venus de toutes les parties du monde grec (voir* Périclès, *XI, 5). Comme les autres cités de Grande Grèce, Thourioï était menacée par les incursions des populations italiques de l'arrière-pays.*
49. *Denys avait livré à Timoléon la citadelle de Syracuse, mais la ville demeurait aux mains des partisans d'Hicétas. C'est pourquoi Timoléon restait à Adranon où il se savait protégé (voir* supra, *XII, 2).*
50. *Mille drachmes.*

souvir plus tôt une rancune qui datait de loin, il l'avait mise de côté, avec son motif personnel, sous l'influence de la Fortune qui voulait le salut de Timoléon. 12. Cette heureuse issue releva les espérances des habitants, autant pour l'heure présente que pour l'avenir ; ils regardaient Timoléon comme un homme sacré, qui était venu venger la Sicile avec le dieu : ils le vénéraient donc et le protégeaient.

XVII. 1. Après l'échec de sa tentative, Hicétas, voyant que beaucoup se ralliaient à Timoléon, se jugea bien stupide, lui qui avait à sa disposition une armée aussi importante que celle des Carthaginois, de ne lui emprunter que de petits effectifs, en secret, comme s'il avait honte et devait se cacher pour faire appel à ses alliés. Il fit donc venir auprès de lui Magon, leur général, avec toute sa flotte. 2. Magon prit alors la mer, à la tête de cent cinquante navires, et sema la terreur. Il s'empara du port, fit débarquer soixante mille fantassins, et établit son camp dans la cité de Syracuse. Tout le monde crut alors que la conquête de la Sicile par les Barbares, qu'on annonçait et prévoyait depuis si longtemps, était enfin arrivée[51]. 3. Jamais auparavant, au cours des guerres innombrables que les Carthaginois avaient menées en Sicile, ils n'avaient pu s'emparer de Syracuse. Mais à présent qu'Hicétas les faisait entrer et leur livrait la cité, on la voyait transformée en un camp de Barbares. 4. Quant aux Corinthiens qui occupaient la citadelle, ils étaient désormais dans une position périlleuse et difficile. Ils ne disposaient pas de vivres en quantité suffisante, et souffraient de la disette à cause du blocus des ports. Continuellement occupés à lutter et à livrer bataille sur les remparts, ils devaient diviser leurs forces pour affronter toutes les machines de guerre[52] et toutes les formes que prenait le siège.

XVIII. 1. Timoléon parvenait cependant à les secourir. Il leur envoyait de Catane des vivres sur de petites barques de pêcheurs et de frêles chaloupes qui se lançaient à l'improviste, surtout par mauvais temps ; elles parvenaient à passer entre les trières barbares que les vagues et la houle contraignaient à demeurer écartées les unes des autres. 2. S'étant aperçus de ces manœuvres, Magon et Hicétas résolurent de s'emparer de Catane d'où ce ravitaillement était envoyé aux assiégés. Prenant avec eux leurs troupes les plus valeureuses, ils quittèrent Syracuse. 3. Le Corinthien Néon (c'était le chef des assiégés) vit du haut de la citadelle que les ennemis qu'on avait laissés montaient la garde avec paresse et négligence. Il se jeta sur eux, pendant qu'ils étaient dispersés, 4. tua les uns, mit en fuite les autres, et remporta la victoire. Il s'empara d'un quartier nommé l'Achradine[53], qui était, semble-t-il, le plus

---

51. Plutarque reprend ici une formule voisine de celle que l'on trouve dans la Lettre VIII *attribuée à Platon : le philosophe évoquait le risque que courait la Sicile, « une fois vidée de sa population grecque par les Carthaginois, de tomber dans un état de complète barbarie » (853a).*
52. La poliorcétique avait, au IVe siècle, fait de considérables progrès, grâce en particulier aux « mécaniciens » de Denys l'Ancien. Les machines de guerre étaient devenues de plus en plus redoutables et rendaient de ce fait périlleuse la situation des Corinthiens assiégés dans l'île. Voir Garlan (1974), p. 156-168.
53. L'Achradine était la partie de Syracuse située le long du rivage, au nord d'Ortygie. Les autres quartiers que Plutarque qualifie de « cités » étaient Tychè, Néapolis et les Épipoles.

fortifié et le plus sûr de Syracuse, laquelle est composée, en quelque sorte, de l'assemblage de plusieurs cités. 5. Il put se procurer des vivres et de l'argent, et au lieu d'abandonner cette position pour retourner dans la citadelle, il fortifia l'enceinte de l'Achradine, la relia à la citadelle par des remparts et la tint sous bonne garde. 6. Magon et Hicétas étaient déjà tout près de Catane quand un cavalier envoyé de Syracuse les rejoignit et leur annonça la prise de l'Achradine. 7. Bouleversés à cette nouvelle, ils repartirent en toute hâte, sans avoir conquis la ville qu'ils étaient partis attaquer, et sans avoir conservé celle qu'ils tenaient.

XIX. 1. Ces succès furent-ils dus à la prudence et au courage plus qu'à la Fortune? On peut se le demander. Mais les événements qui suivirent furent, semble-t-il, entièrement l'œuvre de la bonne fortune. 2. Les soldats corinthiens qui étaient restés à Thourioï[54], à la fois par crainte des trières carthaginoises qui les surveillaient avec Hannon et parce que depuis plusieurs jours le vent déchaînait la mer, résolurent de traverser le pays des Bruttiens par voie de terre[55]. 3. Moitié en persuadant les Barbares, moitié en employant la contrainte, ils descendirent jusqu'à Rhégium, alors que la mer était encore en proie à la tempête. 4. Or le chef de la flotte carthaginoise, qui n'attendait pas les Corinthiens et pensait sa faction inutile, crut avoir inventé une ruse des plus intelligentes et des plus subtiles pour tromper l'ennemi. Il ordonna à ses marins de se couronner, orna ses trières de boucliers grecs et de tuniques de pourpre phénicienne, puis cingla vers Syracuse. 5. Quand il fut proche de la citadelle, il mit à la rame, et au milieu des applaudissements et des éclats de rire de ses hommes, il cria qu'il venait de vaincre et de soumettre les Corinthiens qu'il avait arrêtés alors qu'ils cherchaient à traverser. Il croyait ainsi, sans doute, plonger les assiégés dans le désespoir. 6. Tandis qu'il s'employait à ces sottises, et machinait ces fourberies bien phéniciennes[56], les Corinthiens descendirent du pays des Bruttiens et parvinrent à Rhégium. Comme personne ne gardait le passage, et que le vent, contre toute attente, était tombé, ils pouvaient voir que la traversée serait calme et facile[57]. Aussitôt, ils montèrent dans les bacs et les chaloupes qui se trouvaient là, levèrent l'ancre et passèrent en Sicile avec tant de sûreté et par une mer si tranquille que leurs chevaux nageaient le long des embarcations, tandis qu'ils les tiraient par la bride.

XX. 1. Quand ils eurent tous traversé, Timoléon vint les chercher et s'empara aussitôt de Messine. Puis, les rangeant en ordre de bataille, il marcha sur Syracuse, mettant sa confiance dans les forces qui présidaient à sa fortune et à ses succès plus

---

54. Sur la présence de renforts corinthiens à Thourioï, voir supra, XVI, 3-4.
55. Il y a là un détail intéressant : les relations de cité à cité dans le sud de l'Italie se faisaient essentiellement par mer et évitaient l'arrière-pays, tenu par les Bruttiens.
56. On retrouve de nouveau le thème de la fourberie phénicienne, mais pour que la vantardise du chef de l'expédition ait quelque effet, il faut supposer qu'il parlait grec pour se faire comprendre des Syracusains assiégés.
57. Le détroit de Messine est en effet très étroit et par temps calme, la traversée pouvait se faire sans dommage.

qu'en ses effectifs, car il n'avait avec lui pas plus de quatre mille hommes. 2. Dès que Magon apprit son arrivée, il fut éperdu et empli d'inquiétude. Ses craintes furent encore renforcées par le motif suivant. 3. Les terrains marécageux qui entourent la cité reçoivent beaucoup d'eau potable des sources, beaucoup d'eau également des étangs et des fleuves qui coulent vers la mer. Il s'y trouve une grande quantité d'anguilles, et ceux qui le veulent peuvent à tout moment en attraper en abondance. 4. Les mercenaires des deux camps venaient les pêcher ensemble, durant leurs jours de repos et pendant les suspensions d'armes[58]. 5. Comme ils étaient tous grecs et n'avaient aucun motif de haine personnelle les uns contre les autres, ces hommes, qui pendant les batailles s'exposaient avec courage, se fréquentaient et bavardaient pendant les trêves. 6. Ils étaient alors occupés ensemble à cette pêche, et causaient en admirant la beauté de la mer et l'heureuse disposition du site. 7. Un des soldats, qui servait dans l'armée corinthienne, déclara: «Comment, vous qui êtes grecs, pouvez-vous vouloir livrer aux Barbares cette cité si grande, riche de tant de beautés, et installer si près de nous les Carthaginois, les plus scélérats et les plus sanguinaires des hommes, alors qu'il faudrait au contraire demander aux dieux plusieurs Siciles pour les séparer de la Grèce? 8. Croyez-vous que ce soit pour assurer la domination d'Hicétas qu'ils ont rassemblé une armée venue des colonnes d'Hercule et de l'Atlantique et qu'ils acceptent de risquer ici leur vie[59]? 9. Quant à Hicétas, s'il savait raisonner en chef, il n'aurait pas chassé de sa patrie ses pères pour y faire venir ses ennemis. Il aurait obtenu l'honneur et la puissance qui lui reviennent en persuadant les Corinthiens et Timoléon.» 10. De tels propos, répandus dans le camp par les mercenaires, firent croire à Magon qu'il était trahi. Il cherchait d'ailleurs depuis longtemps un prétexte pour se retirer. 11. Hicétas eut beau le supplier de rester et lui expliquer combien ils étaient plus forts que les ennemis, Magon, convaincu que son infériorité en valeur et en fortune par rapport à Timoléon comptait plus que sa supériorité numérique, leva l'ancre aussitôt et repartit en Libye[60], laissant ainsi, honteusement et contre toute logique humaine, la Sicile échapper de ses mains.

XXI. 1. Le lendemain, Timoléon se présenta avec son armée en ordre de bataille. Dès que ses hommes apprirent la fuite de Magon et virent les ports entièrement vides, ils se mirent à rire de sa couardise et, parcourant la cité, firent proclamer par les hérauts qu'on donnerait une récompense à quiconque pourrait indiquer où s'était sauvée la

---

58. Il a été question (supra, I, 3) de mercenaires barbares. Mais il y avait aussi, dans l'armée carthaginoise, des mercenaires grecs, en dépit de ce que dit Plutarque un peu plus loin (infra, XXX, 5). D'où cette fraternisation qui contraindra le général carthaginois à se retirer.
59. En dépit de la présence de mercenaires grecs, c'est essentiellement parmi les populations soumises à Carthage que l'armée punique était recrutée. Les colonnes d'Hercule sont les deux rives du détroit de Gibraltar.
60. Le terme Libye désigne en fait une grande partie de l'Afrique du Nord, et comprend non seulement la Tunisie actuelle, mais également l'Algérie et une partie du Maroc. Voir en particulier l'énumération des différents peuples libyens par Hérodote (Enquête, IV, 168-169).

flotte des Carthaginois. 2. Cependant Hicétas voulait poursuivre la lutte, et ne relâchait pas son emprise sur la cité ; il se cramponnait aux quartiers qu'il tenait, lesquels étaient solides et difficiles à attaquer. Alors Timoléon divisa ses troupes. Lui-même attaqua par l'endroit le plus escarpé, le long de l'Anapos, 3. tandis qu'un second groupe, commandé par le Corinthien Isias, recevait l'ordre de lancer l'offensive depuis l'Achradine, et qu'une troisième troupe était lancée contre les Épipoles par Deinarchos et Démarète qui avaient amené de Corinthe les derniers renforts. 4. L'assaut fut donné au même moment de tous les côtés à la fois, l'armée d'Hicétas fut enfoncée et mise en fuite. La conquête de la cité, enlevée de force, et sa soumission rapide, une fois les ennemis repoussés, doivent être attribuées, en bonne justice, à la vaillance des combattants et à l'habileté de leur stratège. 5. Mais qu'aucun Corinthien n'ait été tué ni même blessé, voilà qui fut, de toute évidence, l'œuvre particulière de la fortune de Timoléon[61]. On aurait dit qu'elle voulait rivaliser avec la vertu de ce héros, afin qu'en apprenant ces événements on admirât plus encore son bonheur que son mérite. 6. Non seulement le bruit de cet exploit emplit aussitôt la Sicile et l'Italie, mais en peu de jours, il retentit aussi en Grèce ; et la cité de Corinthe, qui ne savait pas encore si sa flotte avait effectué la traversée, apprit au même moment que ses hommes étaient bien arrivés et qu'ils étaient victorieux. 7. On voit combien les actions de Timoléon connaissaient un cours prospère, et combien la Fortune en rehaussa l'éclat par la promptitude avec laquelle elles furent accomplies.

XXII. 1. Une fois maître de la citadelle, Timoléon n'imita pas Dion : malgré sa beauté et la magnificence de ses constructions, il ne l'épargna pas. Pour éviter le soupçon qui s'était élevé contre Dion et avait fini par le perdre, il invita par proclamation tous les Syracusains qui le voudraient à venir avec des outils de fer l'aider à démolir les forteresses de la tyrannie[62]. 2. Tous y montèrent, considérant que cette proclamation et cette journée marquaient, de la manière la plus sûre, le commencement de la liberté. Non contents de s'en prendre à la citadelle, ils renversèrent et détruisirent aussi les maisons et les tombeaux des tyrans[63]. 3. Timoléon fit aussitôt niveler l'endroit et y installa des tribunaux, pour faire plaisir aux citoyens et placer la démocratie au-dessus de la tyrannie[64].

---

61. Ici encore, Plutarque fait allusion à la fortune de Timoléon. Mais il ne peut pas, ayant décrit la manœuvre d'encerclement opérée par le Corinthien, ne pas évoquer aussi ses qualités de stratège et la valeur de son armée.
62. Plutarque reprend ici les reproches que certains faisaient à Dion de n'avoir pas démantelé la forteresse du tyran (voir Dion, LIII, 2).
63. La destruction des tombeaux ne répondait pas au même souci. Il s'agissait de flétrir à jamais la mémoire du tyran, en l'occurrence Denys l'Ancien, et des siens, et de chasser leur dépouilles hors de la cité. Voir infra, XXIII, 7, à propos de la destruction des statues non seulement de Denys et des siens, mais également des Deinoménides qui avaient régné à Syracuse au début du Ve siècle, à l'exception de celle du vainqueur d'Himère, Gélon.
64. L'installation de tribunaux est un symbole du retour à la légalité et au régime qu'avait connu Syracuse avant la prise du pouvoir par Denys l'Ancien, c'est-à-dire à la démocratie.

4. Cependant, la cité qu'il avait prise manquait de citoyens. Les uns avaient péri dans les guerres et les luttes intestines, les autres s'étaient exilés pour échapper à la tyrannie. L'agora de Syracuse était déserte et la végétation y avait poussé si dru que les chevaux venaient y paître, tandis que les palefreniers se couchaient dans l'herbe[65].
5. Quant aux autres cités, elles étaient toutes, à quelques rares exceptions près, pleines de cerfs et de sangliers; les citoyens qui avaient du temps libre s'en allaient souvent chasser dans les faubourgs et autour des remparts. 6. Pour ce qui est des habitants des citadelles et des forts, aucun d'eux n'acceptait de descendre dans la cité; les assemblées, les réunions politiques et les tribunes, d'où s'étaient élevés la plupart des tyrans, leur inspiraient de l'horreur et du dégoût[66]. 7. Timoléon et les Syracusains décidèrent donc d'écrire aux Corinthiens d'envoyer de Grèce des colons à Syracuse, 8. car la terre risquait de rester en friche, et l'on redoutait une guerre violente contre la Libye: on avait appris que Magon s'était suicidé, et que les Carthaginois, furieux de la manière dont il avait conduit son expédition, avaient crucifié son cadavre et rassemblaient une armée importante pour passer en Sicile au printemps.

XXIII. 1. Cette lettre fut donc envoyée par Timoléon, et des députés syracusains se rendirent à Corinthe, eux aussi, pour demander aux Corinthiens de veiller sur leur cité et d'en être une seconde fois les fondateurs[67]. Les Corinthiens ne saisirent pas cette occasion de s'agrandir, et n'annexèrent pas la cité. 2. Ils se rendirent d'abord aux concours sacrés et aux panégyries les plus importantes, et chargèrent les hérauts de faire la proclamation suivante: «Après avoir renversé la tyrannie et chassé le tyran de Syracuse, les Corinthiens invitent les Syracusains et tous les Siciliens qui le désirent à venir habiter cette cité, où ils seront libres et autonomes et obtiendront des terres conformément à l'égalité et à la justice[68].» 3. Ils envoyèrent ensuite des messagers dans toutes les régions d'Asie et des îles, où ils savaient que s'étaient dispersés la plupart des exilés, et ils les invitèrent tous à se rendre à Corinthe, où les Corinthiens leur fourniraient à leurs frais des bateaux et des stratèges pour les escorter en toute sûreté jusqu'à Syracuse[69]. 4. Cette proclamation valut

---

65. Plutarque reprend ici pour l'essentiel la description qu'il a donnée supra en I, 2-3. Mais il met davantage l'accent sur l'absence de vie politique, conséquence de décennies de pouvoir tyrannique.
66. Il s'agissait sans doute de grands propriétaires syracusains qui résidaient sur leurs terres. On a retrouvé dans l'arrière-pays syracusain des forts et des fermes fortifiées qui assuraient la défense de la chora, *du territoire de la cité. Voir Di Vita (1956), p. 177-205. La référence au tyran démagogue s'inscrit dans la réflexion politique de Platon (voir* République, *VIII, 566a et suiv.).*
67. Plutarque raisonne ici en homme qui vit au sein de l'Empire romain. Car refonder Syracuse n'impliquait pas l'annexion de la cité par les Corinthiens.
68. Ces concours et fêtes se déroulaient selon un calendrier très strict dans les grands sanctuaires panhelléniques, à Delphes, à Olympie, à Némée, à l'isthme de Corinthe. L'appel s'adressait prioritairement aux exilés syracusains. Et comme dans toute fondation coloniale, l'attribution de lots de terre était prévue.
69. L'élargissement de l'appel au reste du monde grec n'est pas en soi surprenant. Même à l'époque archaïque, et comme l'attestait plus récemment l'exemple de Thourioï, une fondation coloniale pouvait rassembler des Grecs d'origine diverse.

les éloges les plus mérités et l'admiration la plus éclatante à la cité de Corinthe, qui libérait le pays des tyrans, le sauvait des Barbares et le rendait à ses citoyens. 5. Comme ceux qui se rassemblèrent à Corinthe n'étaient pas assez nombreux, les Syracusains demandèrent qu'on leur ajoutât des colons venus de Corinthe et du reste de la Grèce. Dix mille hommes au moins furent ainsi réunis et embarquèrent pour Syracuse. 6. Mais entre-temps, une foule considérable venue d'Italie et de Sicile (soixante mille personnes, d'après Athanis[70]) avait rejoint Timoléon. Celui-ci distribua les terres et vendit les maisons pour mille talents, 7. tout en laissant aux anciens Syracusains la possibilité de racheter celles qui leur avaient appartenu[71]. Il procura ainsi une grande quantité d'argent au peuple, lequel avait tellement de mal à faire face à toutes les dépenses, notamment aux frais de la guerre, qu'on vendit même les statues. On mit en accusation chacune d'elles et on vota pour décider de son sort, comme s'il s'agissait d'un magistrat qui doit rendre des comptes. 8. Les Syracusains ne conservèrent alors, dit-on, que la statue de l'ancien tyran Gélon. Toutes les autres furent condamnées, mais ils admiraient et honoraient ce héros, à cause de la victoire qu'il avait remportée sur les Carthaginois devant Himère[72].

XXIV. 1. La cité reprit donc vie ainsi et se repeupla, car les citoyens affluaient de toutes parts vers elle. Timoléon voulut libérer aussi les autres cités et chasser la tyrannie de la Sicile tout entière. Il envahit donc leurs territoires et contraignit Hicétas à se détacher des Carthaginois, à promettre de démolir ses forteresses, et à mener à Léontinoï l'existence d'un simple particulier. 2. Quant à Leptinès, tyran d'Apollonie[73] et de beaucoup d'autres petites bourgades, dès qu'il se vit en danger d'être réduit par la force, il se rendit à Timoléon, qui lui laissa la vie sauve et l'envoya à Corinthe, jugeant qu'il était beau que les Grecs pussent voir dans la métropole les tyrans de Sicile connaître l'humble condition des exilés. 3. Il voulait que les troupes mercenaires fissent du butin sur le territoire ennemi, ce qui les empêcherait du même coup de rester inactives : aussi, tandis qu'il retournait lui-même à Syracuse pour régler les institutions politiques et instaurer, avec les législateurs Céphalos et Denys, venus de Corinthe, les lois les plus saintes et les plus belles[74],

---

70. *Athanis ou Athanas est un historien originaire de Syracuse et auteur d'une* Histoire de Sicile *qui prenait la suite de celle de Philistos (voir supra, XV, 10). C'est avec Timée l'une des sources de cette* Vie. *Diodore donne des chiffres moins élevés : 5 000 colons de Corinthe et un total de 40 000 (XVI, 82).*
71. *Timoléon ne pouvait vendre les terres puisque l'appel à la colonisation impliquait qu'elles seraient distribuées gratuitement. En revanche, il pouvait vendre les maisons (dans le cas présent, pour 6 millions de drachmes), en accordant un droit de préemption aux anciens propriétaires. On a ici un exemple des problèmes que créaient les bouleversements politiques dont les cités grecques étaient le théâtre.*
72. *C'est en 480 que Gélon avait vaincu les Carthaginois à la bataille d'Himère.*
73. *Leptinès était le frère de Denys.*
74. *On a beaucoup discuté sur cet aspect politique de l'œuvre de Timoléon, où certains ont cru déceler l'influence de l'enseignement de Platon. Plutarque avait parlé de restauration de la démocratie (supra, XXII, 3). Mais il se peut que les législateurs venus de Corinthe aient donné à cette démocratie un caractère plus modéré, en renforçant l'autorité du conseil. Voir Sordi (1961), p. 47-50, 77-80.*

4. il envoya Deinarchos et Démarète contre les possessions des Carthaginois. Ils poussèrent de nombreuses cités à se détacher des Barbares et, tout en vivant eux-mêmes dans l'abondance, ils tirèrent aussi du butin l'argent nécessaire à la guerre.

XXV. 1. Sur ces entrefaites, les Carthaginois débarquèrent à Lilybée[75] avec une armée de soixante-dix mille hommes, deux cents trières et mille navires chargés de machines de guerre, de quadriges, de vivres en abondance et de tout l'équipement nécessaire. Leur intention n'était plus de mener une guerre partielle mais de chasser d'un seul coup les Grecs de toute la Sicile. 2. Leurs forces étaient largement suffisantes pour soumettre tous les Siciliens, même si ces derniers ne s'étaient pas affaiblis et ruinés mutuellement. 3. Dès que les Carthaginois apprirent que leurs possessions avaient été pillées, la colère les prit et ils marchèrent contre les Corinthiens, sous la conduite d'Hasdrubal et d'Hamilcar. 4. La nouvelle en parvint rapidement à Syracuse, et les Syracusains furent tellement épouvantés par l'importance de cette armée que, sur tant de dizaines de milliers d'hommes, il y en eut à peine trois mille qui osèrent prendre les armes et suivre Timoléon. 5. Les mercenaires étaient au total quatre mille, mais environ mille d'entre eux prirent peur en chemin et revinrent sur leurs pas, en déclarant que Timoléon avait perdu l'esprit : c'était folie, à son âge, de marcher contre soixante-dix mille ennemis avec cinq mille fantassins et mille cavaliers, et d'emmener ces troupes à huit jours de marche de Syracuse[76], où ceux qui fuiraient n'auraient aucune possibilité de salut, et ceux qui seraient tués ne pourraient être ensevelis. 6. Timoléon considéra comme une bonne affaire que ces gens-là aient montré ce qu'ils étaient avant la bataille. Il encouragea les autres et les conduisit en toute hâte au bord du Crimisos[77], où il avait appris que les Carthaginois concentraient eux aussi leurs forces.

XXVI. 1. Comme il montait sur une hauteur de laquelle on devait apercevoir le camp et l'armée des ennemis, Timoléon croisa des mulets chargés de persil. 2. Les soldats virent dans cette rencontre un funeste présage, à cause de l'habitude que nous avons de couronner de persil les monuments funéraires, ce qui a même donné naissance à l'expression proverbiale : « il ne lui faut plus que du persil », lorsque quelqu'un est dangereusement malade. 3. Pour dissiper cette peur superstitieuse et leur rendre courage, Timoléon fit arrêter la marche et leur tint le discours que réclamaient les circonstances. Il déclara notamment qu'avant même la victoire, la couronne était venue d'elle-même se placer entre leurs mains, cette couronne que les Corinthiens décernent aux vainqueurs des concours Isthmiques, parce que pour eux la guirlande

---

75. Lilybée était une fondation carthaginoise sur la côte ouest de la Sicile. Si l'on retient l'indication de Diodore, c'est en 339 qu'eut lieu ce débarquement.
76. Il faut retenir avec prudence les chiffres avancés par Plutarque, qu'il emprunte sans doute à Timée, de même que l'allusion au discours par lequel Timoléon aurait encouragé ses soldats (en XXVI, 3). Polybe (Histoires, XII, 26a) dans sa critique de la méthode historique de Timée, évoque précisément ce discours qu'il accuse l'historien sicilien d'avoir rédigé lui-même comme un exercice d'école.
77. Le Crimisos est un fleuve des environ de Ségeste.

de persil est sacrée, par une tradition ancestrale. 4. En ce temps-là aux concours Isthmiques, comme de nos jours aux concours Néméens, la couronne était de persil : il n'y a pas longtemps que le pin a remplacé cette herbe. 5. Timoléon parla donc aux soldats comme je viens de le dire ; après quoi, il prit du persil, et s'en couronna lui-même le premier. Ensuite les chefs qui l'entouraient firent de même, puis tous les soldats. 6. Quant aux devins, ils virent approcher deux aigles. L'un tenait entre ses serres un serpent tout déchiré, l'autre volait en poussant hardiment de grands cris. Ils les montrèrent aux soldats, et tous se mirent à prier et à invoquer les dieux.

XXVII. 1. On était alors au début de l'été, au moment qui, à la fin du mois Thargélion[78], ramène déjà le solstice. 2. Une brume épaisse s'élevait du fleuve. Elle plongea d'abord la plaine dans l'obscurité. On ne pouvait rien voir des ennemis : on entendait seulement monter vers les collines une rumeur indistincte et confuse, produite par la marche de cette immense armée. 3. Quand les Corinthiens eurent atteint le sommet de la colline, ils s'arrêtèrent, posèrent leurs boucliers et prirent un peu de repos. Puis le soleil tourna et fit se lever les vapeurs ; le brouillard se concentra dans les hauteurs et se ramassa autour des sommets, les enveloppant d'obscurité, 4. tandis que les endroits que surplombaient les Corinthiens se dégageaient. On put voir alors le Crimisos, et les ennemis en train de le traverser. En tête venaient les quadriges, formidablement armés pour le combat, derrière eux, dix mille hoplites, porteurs de boucliers blancs : 5. à l'éclat de leur armure, au calme et au bon ordre de leur marche, on devinait qu'il s'agissait de Carthaginois. 6. Après eux affluait la foule des autres nations, qui traversaient le fleuve de manière précipitée et désordonnée[79]. Timoléon observa que la rivière lui permettait de choisir dans cette foule d'ennemis ceux qu'il voudrait attaquer ; il fit remarquer à ses soldats que la phalange carthaginoise était coupée en deux par la rivière : une partie l'avait déjà traversée, tandis que l'autre s'apprêtait à le faire. En conséquence, il ordonna à Démarète de se jeter avec ses cavaliers sur les Carthaginois et de semer le désordre dans leurs rangs, avant qu'ils aient pu se placer en position de combat. 7. Quant à lui, il descendit dans la plaine. Il confia les ailes aux Siciliens, en ajoutant à chacune d'elles un petit nombre de mercenaires. Il regroupa au centre, autour de lui, les Syracusains et les mercenaires les plus braves, puis s'arrêta quelques instants pour observer ce que faisaient les cavaliers. 8. Remarquant que les chars qui couraient devant les lignes ennemies les empêchaient d'attaquer les Carthaginois et les forçaient, pour ne pas rompre eux-mêmes les rangs, à faire continuellement volte-face et à repartir sans cesse à l'attaque, 9. il saisit son bouclier et cria aux fantassins de le suivre hardiment. Sa voix parut alors surnaturelle, et beaucoup plus forte qu'elle ne l'était ordinairement, soit qu'il l'ait enflée sous le coup de l'émotion, dans l'enthousiasme du combat, soit, comme beaucoup le pensèrent alors, parce

---

78. *Thargélion correspond approximativement au mois de juin.*
79. *Il est intéressant de voir ici soulignée par Plutarque l'opposition entre l'armée carthaginoise et les mercenaires qui en font partie. Cela implique qu'il utilise indifféremment des sources hostiles à Carthage et d'autres qui y voient un État bien organisé. Il ne faut pas oublier qu'Aristote comptait Carthage au nombre des cités dont les institutions méritaient d'être admirées (voir* Politique, II, 1272b25-1273b26).

qu'une divinité mêlait sa voix à ses cris. 10. Les soldats lui répondirent aussitôt par leurs clameurs et le pressèrent de les mener à l'ennemi sans attendre. Il ordonna aux cavaliers de dépasser la ligne des chars, et d'attaquer par les flancs. Quant à lui, ayant fait serrer les premiers rangs, bouclier contre bouclier, il ordonna aux trompettes de sonner la charge et s'élança contre les Carthaginois.

XXVIII. 1. Ceux-ci soutinrent fermement le premier choc. Leurs corps étaient couverts de cuirasses de fer et de casques de bronze, et ils tenaient devant eux de grands boucliers, ce qui leur permit de résister aux javelines. 2. Mais au moment où l'on en venait au combat rapproché, à l'épée, et où il fallait faire preuve d'adresse tout autant que de force, des coups de tonnerre terrifiants, accompagnés d'éclairs étincelants, éclatèrent soudain du haut des montagnes. 3. Les nuages noirs qui entouraient les collines et les hauteurs descendirent sur le champ de bataille, accompagnés de pluie, de vent et de grêle. Or l'orage n'atteignait les Grecs que par-derrière et ruisselait dans leur dos, mais il frappait les Barbares au visage et les aveuglait, tandis que des trombes d'eau et des éclairs incessants s'échappaient des nuages. 4. Tout cela les incommodait beaucoup, notamment les combattants inexpérimentés. Mais ce qui leur fit le plus de mal, ce fut, semble-t-il, le grondement du tonnerre et le fracas des armes fouettées par la pluie d'orage et par la grêle, car ils ne pouvaient plus entendre les ordres de leurs chefs. 5. Les Carthaginois ne portaient pas un équipement léger ; ils étaient, je l'ai dit, couverts de cuirasses. Ils étaient donc particulièrement gênés par la boue et par l'eau qui remplissait les plis de leurs tuniques, 6. ce qui les alourdissait et les embarrassait pour combattre, et permettait aux Grecs de les renverser plus facilement. Une fois tombés, ils avaient le plus grand mal à se relever avec leurs armes dans cette boue. 7. Le Crimisos, déjà gonflé par les pluies, était encore grossi par le passage de l'armée ; la plaine qui l'entourait, couverte de crevasses et de ravins, fut bientôt envahie par des torrents qui ne suivaient plus le lit de la rivière. Les Carthaginois qui y roulaient s'en dégageaient à grand-peine. 8. Pour finir, comme l'orage continuait toujours et que les Grecs avaient enfoncé les premiers rangs, lesquels comptaient quatre cents hommes, toute l'armée prit la fuite. 9. Beaucoup d'entre eux furent pris dans la plaine et massacrés. Beaucoup également, emportés par le fleuve, et jetés contre ceux qui étaient encore en train de le traverser, furent noyés. D'autres, plus nombreux, furent poursuivis tandis qu'ils cherchaient à atteindre les collines, et taillés en pièces par l'infanterie légère. 10. Il y eut, dit-on, dix mille morts, dont trois mille Carthaginois, ce qui fut pour Carthage un grand sujet de deuil, 11. car c'étaient les citoyens les plus illustres par leur naissance, leur richesse et leur gloire, et jamais auparavant, de mémoire d'homme, on n'avait vu mourir autant de Carthaginois dans une seule bataille. En effet, ils employaient le plus souvent des Libyens, des Ibères et des Numides, et quand ils étaient vaincus au combat, c'étaient ces étrangers qui faisaient les frais de la défaite[80].

---

80. *On retrouve l'opposition entre les Carthaginois qui formaient l'élite de l'armée punique et les mercenaires dont Plutarque précise l'origine : Libyens et Numides, recrutés chez les peuples indigènes de la côte septentrionale de l'Afrique, et Ibères, recrutés en Espagne où les Carthaginois possédaient des comptoirs.*

XXIX. 1. Les Grecs apprirent la qualité des morts en voyant leurs dépouilles. Ceux qui collectaient le butin s'intéressèrent à peine aux armes de bronze et de fer, tant il y avait abondance d'or et d'argent, car après avoir traversé la rivière, on s'était également emparé du camp et des bêtes de somme. 2. Quant aux prisonniers de guerre, beaucoup furent dérobés par les soldats, et pourtant on en rassembla cinq mille[81]. On prit aussi deux cents quadriges. 3. Le spectacle le plus magnifique et le plus grandiose était celui de la tente de Timoléon, où s'entassaient des dépouilles de toutes sortes, notamment mille cuirasses et dix mille boucliers d'une facture et d'une beauté remarquables. 4. Comme ils étaient peu nombreux à dépouiller un grand nombre de morts, et qu'ils trouvèrent des richesses considérables, ce ne fut que le troisième jour après le combat qu'ils purent dresser le trophée. 5. Avec l'annonce de sa victoire, Timoléon envoya à Corinthe les plus belles armes dont on s'était emparé[82]. Il voulait que tous les hommes envient sa patrie, 6. en voyant qu'elle était la seule des cités grecques dont les temples les plus illustres, au lieu d'être ornés de dépouilles grecques ou d'offrandes commémorant le massacre abominable de parents et de frères de sang, étaient emplis de prises de guerre faites sur les Barbares, dont les dédicaces magnifiques révélaient la justice des vainqueurs autant que leur vaillance: «Les Corinthiens et Timoléon, leur stratège, qui ont libéré des Carthaginois les Grecs établis en Sicile, ont consacré ces offrandes aux dieux, en signe de reconnaissance.»

XXX. 1. Puis Timoléon laissa ses mercenaires piller et ravager les possessions des Carthaginois en terre ennemie, et retourna lui-même à Syracuse. 2. Il fit bannir publiquement de Sicile les mille mercenaires qui avaient déserté avant la bataille et les obligea à quitter Syracuse avant le coucher du soleil. 3. Ils embarquèrent pour l'Italie, où ils furent trahis et massacrés par les Bruttiens: ce fut ainsi que la divinité tira vengeance de leur trahison.
4. Cependant Mamercos, le tyran de Catane[83], et Hicétas, jaloux des succès de Timoléon ou inquiets parce qu'ils le savaient ennemi impitoyable et irréductible des tyrans, firent alliance avec les Carthaginois; ils les prièrent de leur envoyer une armée et un général, s'ils ne voulaient pas être chassés de toute la Sicile. 5. Giscon prit donc la mer avec soixante-dix navires et s'adjoignit des mercenaires grecs. Les Carthaginois n'avaient jamais enrôlé de Grecs auparavant[84], mais ils s'étaient alors pris d'admiration pour eux, les considérant comme invincibles et les plus vaillants

---

81. Normalement, les prisonniers faisaient partie du butin et donc étaient rassemblés par le stratège pour être ensuite vendus ou échangés en cas de trêve.
82. Il était de règle après une victoire de consacrer les armes prises à l'ennemi aux dieux protecteurs de la cité; en envoyant les plus belles à Corinthe, Timoléon manifestait son attachement à sa cité d'origine. On retrouve ici ce qui a été dit plus haut quant à la politique «neutre» de Corinthe dans les conflits qui déchiraient jusqu'alors le monde grec (voir supra, II, 2 et note).
83. Sur Mamercos, voir supra, XIII, 2.
84. Plutarque n'hésite pas à se contredire, puisqu'il avait évoqué plus haut les mercenaires grecs de l'armée carthaginoise qui fraternisaient avec ceux de Timoléon (voir supra, XX, 4-6).

de tous les hommes. 6. Les troupes opérèrent leur jonction à Messine et massacrèrent quatre cents des mercenaires que Timoléon avait envoyés en renfort. Puis, s'étant mis en embuscade sur un territoire qui appartenait aux Carthaginois, près du lieu-dit Hiéraï, ils massacrèrent les mercenaires que commandait Euthymos de Leucade. 7. Ces événements ne firent que rendre plus éclatante l'heureuse fortune de Timoléon. En effet, les soldats en question avaient fait partie des troupes qui, sous les ordres du Phocidien Philomélos et d'Onomarchos, s'étaient emparées de Delphes et avaient pris part au pillage du sanctuaire[85]. 8. Haïs de tous, et repoussés comme des maudits, ils erraient dans le Péloponnèse lorsque Timoléon, faute d'autres soldats, les avait engagés[86]. 9. Arrivés en Sicile, ils furent victorieux dans toutes les batailles qu'ils livrèrent pour lui. Mais, dès que les combats les plus nombreux et les plus importants touchèrent à leur fin, et qu'il les envoya au secours d'autres généraux, ils périrent et furent exterminés, non tous à la fois, mais par petits groupes : la Justice ne les frappait qu'avec l'accord de la Fortune de Timoléon, afin que le châtiment des méchants ne causât aucun tort aux hommes de bien. 10. La bienveillance des dieux à l'égard de Timoléon se manifesta donc de manière tout aussi admirable dans ses revers qu'à l'occasion de ses succès.

XXXI. 1. Mais le peuple de Syracuse supportait mal d'être humilié par les tyrans. Mamercos, qui se piquait d'écrire des poèmes et des tragédies, célébrait en effet à grand fracas sa victoire sur les mercenaires, et il avait consacré leurs boucliers aux dieux, après avoir inscrit dessus ce distique élégiaque insolent :

> Leurs riches boucliers, couverts d'or et d'ivoire,
> Nous les prîmes avec nos pauvres boucliers.

2. Peu après, comme Timoléon était parti en campagne contre Camarina, Hicétas envahit le territoire de Syracuse, où il fit un butin considérable. Après avoir ravagé le pays et s'être livré à toutes sortes de violences, il longea en repartant le territoire de Camarina, pour braver Timoléon qui n'avait que peu de soldats. 3. Timoléon le laissa passer, puis se lança à sa poursuite avec sa cavalerie et son infanterie légère. Hicétas remarqua la manœuvre alors qu'il avait déjà franchi le Lamyrias. Enhardi par la difficulté du passage et l'escarpement des deux rives, il s'arrêta au bord du fleuve, dans l'intention de le repousser. 4. Pendant ce temps, il s'élevait, entre les commandants de cavalerie qui accompagnaient Timoléon, une contestation et une rivalité admirables qui retardèrent la bataille. 5. Aucun d'eux ne voulait être le dernier à traverser la rivière et à marcher à l'ennemi ; chacun exigeait d'être au pre-

---

85. Plutarque fait ici allusion à ce qu'on appelle la «troisième guerre sacrée», au cours de laquelle les Phocidiens, commandés par Philomélos et Onomarchos, pillèrent le sanctuaire de Delphes. Cette guerre permit à Philippe de Macédoine, allié des Thébains contre les Phocidiens, d'intervenir dans les affaires grecques, et après la défaite des Phocidiens en 346, de devenir membre du conseil amphictyonique qui administrait le sanctuaire.

86. Plutarque n'avait pas mentionné ce fait au début de son récit, car il aurait fait apparaître Timoléon comme un banal chef de mercenaires, prêt à recruter n'importe qui pour servir ses desseins.

mier rang. La traversée risquait donc de se faire dans le désordre, s'ils se bousculaient et se repoussaient. 6. Timoléon décida en conséquence de tirer ses officiers au sort. Il demanda à chacun son anneau, les mit tous dans sa chlamyde, les mélangea, et leur montra le premier qu'il tira. La Fortune voulut qu'il portât un trophée gravé sur son sceau. 7. À cette vue, les jeunes gens poussèrent des cris de joie, et sans attendre la suite du tirage au sort, ils traversèrent le fleuve le plus vite possible et engagèrent le corps à corps avec les ennemis. 8. Ceux-ci ne purent soutenir le choc. Ils prirent la fuite, furent tous dépouillés de leurs armes, et mille d'entre eux furent tués.

XXXII. 1. Peu après, Timoléon partit en campagne contre Léontinoï et fit prisonniers Hicétas, son fils Eupolémos et le général de cavalerie Euthymos. Les soldats les lui amenèrent enchaînés. 2. Hicétas et le jeune homme subirent le traitement que méritaient des tyrans et des traîtres : ils furent mis à mort. Quant à Euthymos, un homme de valeur qui s'était distingué dans les combats par son courage, il ne rencontra pourtant aucune pitié, en raison d'une parole injurieuse qu'on l'accusait d'avoir proférée contre les Corinthiens. 3. À l'époque où ceux-ci partaient en campagne contre eux, il avait déclaré, dit-on, dans une harangue aux citoyens de Léontinoï, qu'il n'y avait rien de terrible ni d'effrayant à voir

Sortir de leurs maisons les femmes de Corinthe[87].

4. On voit ainsi combien les hommes sont en général blessés par les paroles plus encore que par les actes hostiles : il leur est plus difficile de supporter un outrage qu'un préjudice. On pardonne à des ennemis de se défendre par des actes, car on pense qu'ils y sont obligés, mais on a l'impression que les mots injurieux sont dictés par un excès de haine ou de malveillance.

XXXIII. 1. Dès que Timoléon fut de retour, les Syracusains firent comparaître devant l'assemblée du peuple la femme et les filles d'Hicétas ; ils les jugèrent et les condamnèrent à mort. 2. Ce fut là, semble-t-il, la moins belle de toutes les actions de Timoléon. En effet, s'il s'y était opposé, ces femmes n'auraient pas ainsi été mises à mort. 3. Mais apparemment, il ne se souciait pas de leur sort ; il les abandonna au courroux des citoyens avides de venger Dion, l'homme qui avait chassé Denys. 4. En effet, c'était Hicétas qui avait fait jeter vivants à la mer Arétè, la femme de Dion, sa sœur Aristomachè et son fils encore tout enfant, comme je l'ai raconté dans la *Vie de Dion*[88].

XXXIV. 1. Ensuite Timoléon marcha sur Catane contre Mamercos, qui l'attendait au bord de l'Abolos avec ses troupes rangées en ordre de bataille. Timoléon le vainquit, le mit en déroute, et fit plus de deux mille morts, dont la plupart étaient

---

87. *Ce vers est une allusion à la* Médée *d'Euripide, v. 214. S'il a vraiment été prononcé par Euthymos, on a la preuve de la renommée dont jouissait le théâtre d'Euripide.*
88. *Voir* Dion, *LVIII, 8-10.*

des Phéniciens envoyés en renfort par Giscon. 2. Cette défaite détermina les Carthaginois à demander la paix. Ils l'obtinrent, à condition de ne garder que les terres en deçà du Lycos[89], d'autoriser ceux qui le désireraient à en partir pour aller s'établir à Syracuse, en prenant avec eux leurs biens et leurs familles, et de renoncer à leur alliance avec les tyrans. 3. Alors Mamercos, renonçant à ses espérances, fit voile vers l'Italie dans l'intention de soulever les Lucaniens contre Timoléon et les Syracusains. Mais ses compagnons firent rebrousser chemin aux trières, revinrent en Sicile, et livrèrent Catane à Timoléon, tandis que Mamercos était contraint de s'enfuir à Messine auprès d'Hippon, tyran de cette cité. 4. Timoléon marcha alors contre eux, et assiégea Messine par terre et par mer. Hippon, qui essayait de s'enfuir sur un navire, fut fait prisonnier. Les habitants de Messine s'emparèrent de lui. Ayant fait sortir des écoles les enfants, ils les menèrent au théâtre pour leur montrer le plus beau des spectacles, le châtiment d'un tyran : ils soumirent Hippon à la torture et le mirent à mort. 5. Quant à Mamercos, il se rendit à Timoléon, à condition d'être jugé devant les Syracusains sans que Timoléon fût son accusateur. 6. Conduit à Syracuse, il comparut devant le peuple et il essaya de réciter un discours qu'il avait composé depuis longtemps. Mais comme des huées couvraient sa voix et qu'il voyait l'assemblée peu disposée à se laisser émouvoir, il laissa tomber son manteau, se précipita au milieu du théâtre, et se jeta en courant contre un des gradins, sur lequel il s'ouvrit la tête, afin de se tuer. 7. Mais il ne parvint pas à mourir de cette manière. Il fut repris encore vivant et subit le châtiment réservé aux brigands.

XXXV. 1. Voilà comment Timoléon détruisit les tyrannies et mit fin aux guerres. Il avait trouvé l'île entièrement réduite à la sauvagerie par ses malheurs, et devenue odieuse à ses propres habitants ; il la reprit en main, la civilisa, et en fit un séjour si désirable aux yeux de tous que des étrangers faisaient voile vers elle pour habiter ce pays d'où les citoyens s'étaient autrefois enfuis[90]. 2. Acragas et Géla par exemple, ces deux grandes cités que les Carthaginois avaient entièrement détruites, après l'expédition des Athéniens, furent alors repeuplées, l'une par Mégillos et Phéristos, venus d'Élée, l'autre par Gorgos, venu de Céos, qui ramenèrent par mer les anciens citoyens et les rassemblèrent de nouveau. 3. Quand ils s'installèrent, Timoléon, non content de leur garantir la sécurité et la paix au sortir d'une guerre si longue, leur procura aussi toutes les autres commodités, et il veilla sur eux avec grand soin. Aussi le chérissaient-ils comme leur fondateur. 4. Tous les autres habitants partageaient ces sentiments à son égard : on ne pouvait terminer une guerre, instaurer

---

89. *Le Lycos ou Halycos est un fleuve de Sicile dont l'embouchure se situait près d'Héracléa Minoa.*
90. *Les fouilles entreprises en Sicile orientale ont prouvé la renaissance effective de la Sicile grecque durant le dernier tiers du IVe siècle. Il faut cependant se garder d'attribuer cette renaissance au seul Timoléon ; Plutarque indique bien (§ 2) que la recolonisation de l'île fut aussi le fait des Éléates (pour Acragas, l'actuelle Agrigente) et des gens de Céos (pour Géla). Mais en chassant les tyrans et en faisant la paix avec les Carthaginois, Timoléon avait permis cette renaissance. Voir Talbert (1974) et le tome IV (1958) de la revue Kôkalos.*

une loi, distribuer des terres ou établir une constitution d'une manière qui parût satisfaisante, s'il n'y avait mis la main et n'avait tout mis en ordre, tel un artiste qui au moment de terminer un ouvrage lui ajoute un charme qui le rend cher aux dieux et qui fait sa beauté.

XXXVI. 1. Il y eut certes en Grèce à cette époque beaucoup de grands hommes qui firent de grandes choses, entre autres Timothée, Agésilas, Pélopidas et surtout Épaminondas[91], que Timoléon brûlait particulièrement d'égaler. Mais à l'éclat de leurs actions se mêlaient une sorte de violence et d'effort, ce qui explique que certaines d'entre elles furent suivies de reproches et de regrets. 2. Parmi les actes de Timoléon en revanche, si on laisse de côté le traitement qu'il fut obligé d'infliger à son frère, il n'en est aucun à qui l'on ne puisse, comme le dit Timée, appliquer ces vers de Sophocle :

> Dieux, était-ce Cypris, était-ce le Désir
> Qui assistait cet homme[92] ?

3. Les poésies d'Antimachos et les peintures de Denys, tous deux originaires de Colophon, ont certes de la force et de la vigueur, mais elles paraissent contraintes et laborieuses, tandis que les tableaux de Nicomachos et les vers d'Homère, outre leur puissance et leur grâce, donnent l'impression d'avoir été faits naturellement et facilement[93]. 4. De la même manière, quand on compare les campagnes d'Épaminondas ou d'Agésilas, qui exigèrent beaucoup d'efforts et de luttes pénibles, avec celles de Timoléon, on s'aperçoit, si l'on raisonne de manière correcte et juste, que ces dernières ont joint à la beauté une grande facilité et l'on y voit l'œuvre non de la Fortune, mais d'une vertu qui s'appuyait sur la Fortune. 5. Timoléon pourtant rapportait tous ses succès à la Fortune. Il déclara à plusieurs reprises, dans des lettres à ses amis de Corinthe, ou des discours aux Syracusains, qu'il remerciait la divinité de lui avoir, dans son désir de sauver la Sicile, réservé cette mission. 6. Il édifia chez lui un sanctuaire au dieu Hasard *[Automatia]* et lui offrit des sacrifices. Quant à sa maison, il la consacra au Démon Sacré. 7. Cette maison où il résidait était un cadeau que les Syracusains lui avaient offert, pour récompenser son activité militaire, et il possédait à la campagne le plus agréable et le plus beau des domaines. Il y passait la plus grande partie de son temps. Il avait fait venir de chez lui sa femme et ses enfants ; 8. il ne retourna jamais à Corinthe, ne se mêla pas aux troubles de la

---

91. Timothée est un stratège athénien qui contribua, dans les premières décennies du IVe siècle, au rétablissement de l'hégémonie maritime d'Athènes. Agésilas est le roi spartiate qui, au même moment, entreprit de contrecarrer le rétablissement de cette hégémonie en s'efforçant de contrôler une partie des cités grecques d'Asie Mineure. Épaminondas et Pélopidas furent les artisans de l'hégémonie thébaine dans le Péloponnèse après la défaite subie par les Spartiates à Leuctres en 371. Voir les Vies *d'Agésilas et de Pélopidas.*
92. Ce fragment de Sophocle n'appartient pas à une œuvre conservée.
93. Antimachos de Colophon est un poète contemporain de Platon (IVe siècle), Denys un peintre élève de Polygnote (Ve siècle), Nicomachos un peintre contemporain d'Alexandre (fin du IVe siècle).

Grèce[94] et ne s'exposa pas à l'envie de ses concitoyens, cet écueil auquel se heurtent la plupart des généraux, dans leur avidité d'honneurs et de puissance. Il resta en Sicile, à jouir de tous les biens dont il était lui-même l'auteur, 9. et dont le plus grand était de voir tant de cités et tant de milliers d'hommes heureux grâce à lui.

XXXVII. 1. Cependant, comme le dit Simonide[95], il est inévitable, apparemment, que toutes les alouettes aient une aigrette et toutes les démocraties un sycophante. Deux démagogues, Laphystios et Démaïnétos, s'en prirent à Timoléon. 2. Comme à l'occasion d'un procès Laphystios lui réclamait une caution, Timoléon empêcha les citoyens de se soulever et de s'opposer à cette démarche. « Si j'ai affronté volontairement, leur dit-il, tant d'efforts et tant de dangers, c'était pour permettre à tout Syracusain qui le désirerait de recourir aux lois. » 3. Et lorsque Démaïnétos lança dans l'assemblée de nombreuses accusations concernant la manière dont Timoléon avait exercé son commandement, celui-ci, sans rien répliquer à son accusateur, remercia les dieux d'avoir exaucé sa prière de voir les Syracusains libres de parler en toute franchise[96].
4. Les actes de Timoléon furent donc, tous en conviennent, les plus grands et les plus beaux que l'on vît en Grèce à cette époque. Il fut le seul à accomplir avec éclat les entreprises auxquelles les sophistes ne cessaient de convier les Grecs, quand ils les haranguaient dans les panégyries[97]. 5. La Fortune l'éloigna des maux qui affligeaient alors la Grèce ancienne; elle l'empêcha de se souiller de sang, et le garda pur. Il put montrer son habileté et sa bravoure aux Barbares et aux tyrans, sa justice et sa douceur aux Grecs et à leurs amis. 6. La plupart des trophées qu'il dressa après les batailles ne coûtèrent aux citoyens ni larmes ni deuils; en moins de huit années, il purgea la Sicile de ses misères éternelles et de ses maladies invétérées, et la rendit à ses habitants[98]. 7. Quand il vieillit, sa vue s'affaiblit et, pour finir, il devint progressivement aveugle, non qu'il eût mérité un tel sort ou que la Fortune voulût ainsi se jouer de lui : c'était, apparemment, une affection congénitale et aussi la rançon de son grand âge. 8. Plusieurs personnes de sa famille avaient perdu la vue, dit-on, de la même manière, sous l'effet de la vieillesse.

---

94. Le monde grec était alors déchiré par la lutte qui opposait Athènes et ses alliés à Philippe de Macédoine. Ce dernier, vainqueur en 338 à Chéronée, avait contraint les Grecs à entrer dans son alliance en formant la Ligue de Corinthe. Après sa mort en 336, Thèbes s'était soulevée contre la garnison macédonienne qui lui avait été imposée par Philippe et son insurrection avait été durement réprimée par Alexandre.
95. Simonide de Céos, poète lyrique de la fin du VIe et du début du Ve siècle.
96. Ces deux anecdotes visent à montrer le respect par Timoléon de la constitution qu'il avait rétablie à Syracuse.
97. On ne possède que deux de ces discours panégyriques, celui de Lysias et celui d'Isocrate. Seul le premier concernait la Sicile du temps de Denys l'Ancien et incitait les Grecs à s'unir contre le tyran.
98. La chronologie de Timoléon est assez confuse. On admet généralement que, arrivé en Sicile en 346, il acheva son œuvre en 338, après la défaite infligée aux Carthaginois en 339 et la lutte victorieuse contre les tyrans de l'île. Voir Sordi (1961), p. 102-108.

9. Mais d'après Athanis[99], dès l'époque de la guerre contre Hippon et Mamercos, alors que Timoléon avait établi son camp devant Myles[100], sa vue s'obscurcit, et tous purent constater son infirmité. Il ne suspendit pas le siège pour autant; il continua la guerre afin de s'emparer des tyrans. 10. De retour à Syracuse, il renonça aussitôt au pouvoir suprême, et demanda son congé aux citoyens, puisque les affaires étaient parvenues à la fin la plus heureuse.

XXXVIII. 1. Il supporta son malheur sans se plaindre, ce dont on ne s'étonnera guère. 2. Mais on est en droit d'admirer les honneurs et la gratitude que les Syracusains témoignèrent à ce héros, quand il fut aveugle. Ils se présentaient sans cesse à sa porte pour lui rendre visite, et ils amenaient à sa maison ou dans sa propriété les étrangers qui séjournaient à Syracuse afin de leur montrer leur bienfaiteur. 3. Ils étaient pleins de joie et d'orgueil de voir qu'il avait décidé de finir ses jours chez eux, et qu'il ne voulait pas du retour éclatant qui lui était réservé en Grèce à cause de ses victoires. 4. On proposa et l'on prit pour l'honorer de nombreuses mesures éclatantes, mais aucune n'égala le décret du peuple de Syracuse, qui ordonnait de choisir un Corinthien pour général chaque fois qu'il y aurait une guerre avec des étrangers. 5. C'était aussi un beau spectacle que les honneurs qu'on lui rendait dans les assemblées du peuple. En effet, les Syracusains jugeaient par eux-mêmes les affaires ordinaires, mais quand il s'agissait de problèmes plus délicats, ils faisaient appel à lui. 6. Alors il traversait l'agora en char, et se dirigeait vers le théâtre[101]. Il faisait son entrée assis dans le véhicule; le peuple l'accueillait en l'ovationnant d'une seule voix; il répondait au salut et, après avoir accordé quelque temps aux acclamations et aux louanges, il écoutait l'affaire en question et donnait son sentiment. 7. Celui-ci était approuvé par un vote à main levée. Alors ses serviteurs ramenaient le char à travers le théâtre, tandis que les citoyens l'escortaient avec des vivats et des applaudissements, puis ils s'occupaient sans lui des autres affaires.

XXXIX. 1. Sa vieillesse se passa ainsi, dans le respect et l'affection, comme s'il était leur père à tous. Puis une légère maladie vint se joindre à son grand âge et l'emporta. 2. On laissa passer quelques jours pour permettre aux Syracusains de préparer les funérailles, et pour donner aux voisins et aux étrangers le temps de se rassembler. Ce fut une cérémonie splendide. Des jeunes gens désignés par un vote portèrent le lit funèbre, qu'on avait très richement orné, sur les lieux où autrefois le palais de Denys avait été démoli. 3. Plusieurs dizaines de milliers d'hommes et de femmes accompagnèrent le convoi. Le spectacle ressemblait à une fête: tous étaient couronnés et portaient des vêtements blancs. Les cris et les larmes se mêlaient aux éloges du mort. Il ne s'agissait pas d'honneurs de convention ou d'une cérémonie

---

99. Sur Athanis, voir supra, XXIII, 6 et note.
100. Myles est située sur la côte Nord de la Sicile, à l'ouest de Messine.
101. Le théâtre était le lieu où se réunissait l'assemblée du peuple. Le prestige acquis par Timoléon lui donnait voix prépondérante pour les affaires les plus importantes. Mais pour le reste, il respectait la loi de la démocratie. On ne peut pas ne pas songer ici à la position de Périclès à Athènes.

dont on s'acquittait pour se conformer à l'usage: les gens exprimaient des regrets authentiques et une gratitude née d'une véritable affection. 4. À la fin, on déposa le lit sur le bûcher et Démétrios, qui avait la voix la plus puissante de tous les hérauts de cette époque, lut une proclamation rédigée en ces termes: 5. «Le peuple de Syracuse ordonne d'enterrer l'homme que voici, le Corinthien Timoléon fils de Timodémos, et il verse pour cela deux cents mines. Il décide de l'honorer à perpétuité par des concours musicaux, équestres et gymniques car il a exterminé les tyrans, vaincu les Barbares, repeuplé les plus grandes des cités détruites, et rendu leurs lois aux Siciliens.» 6. Ils lui élevèrent un tombeau sur l'agora, et l'entourèrent par la suite de portiques et de palestres, puis ils construisirent un gymnase destiné aux jeunes gens, qu'ils nommèrent Timoléonteion[102]. 7. Ils gardèrent les institutions et les lois qu'il leur avait données et vécurent longtemps dans la félicité[103].

---

102. *Le décret fait ainsi de Timoléon le héros fondateur de la cité et, à ce titre, l'objet d'un culte. La présence de son tombeau sur l'agora est un autre signe de cette héroïsation, de même que l'érection d'un sanctuaire, le Timoléonteion.*

103. *En réalité, les troubles reprirent à Syracuse peu après la mort de Timoléon et aboutirent à l'établissement de la tyrannie d'Agathoclès en 317.*

PAUL-ÉMILE

II[1]. 1. La maison des Aemilii était une des anciennes familles patriciennes de Rome, la plupart des historiens s'accordent sur ce point. 2. Le premier d'entre eux, celui qui laissa son nom à sa lignée, était Mamercus, fils du sage Pythagore, qui fut surnommé Aemilius à cause de la séduction *[aïmulia]* et de la grâce de ses propos: c'est du moins ce qu'affirment certains de ceux qui attribuent à Pythagore la formation du roi Numa[2]. 3. La plupart des membres de cette maison qui parvinrent à la gloire durent leur bonheur à leur amour passionné pour la vertu, et même le malheur de Lucius Paulus à Cannes montra à la fois son intelligence et son courage. 4. Après avoir tenté d'empêcher son collègue de combattre, sans parvenir à le convaincre, il participa à contrecœur à la bataille, mais ne s'associa pas à sa fuite. Alors que celui qui avait causé le danger abandonnait la place, il resta, lui, ferme à son poste et mourut en combattant les ennemis[3].
5. Ce Lucius Paulus laissait une fille, Aemilia, qui épousa le grand Scipion, et un fils, Paul-Émile, auquel est consacré le présent écrit[4]. Paul-Émile atteignit l'âge adulte à une époque florissante où les hommes les plus illustres et les plus grands se signalèrent par leur gloire et par leur vertu. Il fut particulièrement brillant, et pourtant il n'avait pas adopté les mêmes activités que les jeunes gens alors en vue. Dès l'origine, il ne suivit pas la même voie qu'eux: 6. il ne s'exerça pas à l'éloquence judiciaire, et se refusa également aux embrassades, aux poignées de mains et aux démonstrations d'affection que prodiguaient la plupart des gens pour séduire le peuple, à force d'attentions et d'empressement[5]. Ce n'était pas qu'il manquât de don pour l'éloquence ou pour la démagogie, mais il préférait à ces pratiques la gloire qui procède du courage, de la justice et de la bonne foi, qualités par lesquelles il surpassa bientôt tous ses contemporains[6].

---

1. Il est de tradition de commencer cette Vie *au chapitre II, le chapitre I correspondant à celui qui figure dans la plupart des éditions au début de la* Vie de Timoléon, *mais qui était placé au début de la* Vie de Paul-Émile *dans les manuscrits.*
2. Sur Numa élève de Pythagore, voir Numa, *I, 3; VIII, 18-19; XXI, 2-3. La pseudo-étymologie grecque séduit souvent Plutarque, qui, ici, souhaite rendre plus vraisemblable une influence hellénique à Rome à une date archaïque.*
3. L'épisode est conté en détail dans Fabius, *XIV-XVI.*
4. Voir Polybe, Histoires, *XXXI, 26, 1-3, qui donne un extraordinaire portrait d'Aemilia en grande dame romaine, et Tite-Live,* Histoire romaine, *XXVIII, 57, 6. Paul-Émile est né vers 228.*
5. Cette description correspond trait pour trait à celle que Polybe, dans un passage célèbre, donne de Scipion Émilien (XXXI, 25). Voir Ferrary (1988), p. 541.
6. Les mots importants, récurrents au long de cette Vie *dont ils résument le sens, sont ceux de* pistis *(en latin,* fides*), rendu par «loyauté», et surtout d'*arêtè *(en latin,* virtus*), traduit par «vertu». Voir Wardman (1974), p. 3; Reiter (1988), p. 98: Paul-Émile est par là, et par excellence, un héros plutarquien.*

III. 1. La première magistrature importante qu'il brigua fut la charge d'édile[7]. Il l'emporta sur douze autres candidats qui, par la suite, dit-on, parvinrent tous au consulat. 2. Il fut aussi l'un de ces prêtres que les Romains nomment augures, et qui sont chargés de garder et de contrôler la divination fondée sur le vol des oiseaux et les signes célestes[8]. Il s'appliqua à étudier les coutumes ancestrales et s'intéressa de si près aux scrupules des Anciens en matière de religion 3. que ce sacerdoce, qui passait pour être seulement honorifique et qu'on ne recherchait que pour la gloire, devint un des arts les plus élevés. Paul-Émile confirma ainsi les propos des philosophes qui ont défini la piété comme la science du culte des dieux[9]. 4. Tous les rites étaient accomplis par lui avec compétence et application, et quand il s'y consacrait, il renonçait à toute autre occupation. Il n'omettait rien, n'introduisait aucune innovation et discutait sans cesse avec les autres prêtres des plus petits détails. Certes, leur expliquait-il, on pense que la divinité est bienveillante et indulgente pour les négligences, mais pour une cité, il y a danger à les pardonner et à les tolérer[10] 5. car ce n'est jamais par une grande transgression que l'on commence à troubler les institutions : si l'on méprise l'exactitude dans les petits détails, on néglige également de veiller sur ce qui est plus important.

6. Il examina et préserva avec la même rigueur les usages militaires reçus des ancêtres. Quand il exerçait le commandement, il ne faisait preuve d'aucune démagogie, et jamais non plus, contrairement à la plupart de ses contemporains, il ne se servit d'un premier commandement pour en acquérir un second, en flattant ses subordonnés et en les traitant avec douceur. 7. Au contraire, tel le prêtre de Mystères redoutables, il leur expliquait un à un tous les usages militaires, et se montrait terrible pour les hommes coupables de désobéissance ou de transgression[11]. Il redressa ainsi sa patrie, car il considérait que la victoire sur les ennemis était presque secondaire par rapport à l'éducation des citoyens.

---

7. Paul-Émile est élu à l'édilité en 193, à trente-cinq ans environ (voir Tite-Live, XXXV, 10, 11 ; XXXIX, 56, 4). Comme Marcellus (voir Marcellus, II, 3-4), il devient vers le même temps augure, charge viagère.

8. Voir Romulus, IX, 4-7. Les Questions romaines témoignent également de l'intérêt de Plutarque pour l'art des augures.

9. Paul-Émile ne se contente pas d'occuper un poste qu'il doit au poids de sa famille. Le prêtre romain, cher au cœur du biographe, associe recherche des plus anciennes traditions de Rome, par fidélité, et exégèse hellénisante, par besoin de comprendre et de faire comprendre. C'est la démarche de Plutarque lui-même dans ses Questions romaines. Le pluriel «philosophes» désigne Platon, mais aussi bien le platonicien Plutarque lui-même.

10. L'exigence d'une concentration exclusive sur l'acte rituel collectif est illustrée dans la Vie de Numa. L'attention la plus scrupuleuse au détail, centrale dans l'univers religieux des Romains, porte en latin un nom significatif : religio.

11. Les § 5 à 7 formulent la symbiose étroite qui s'opère, dans la réalité romaine de la République comme dans l'esprit de Plutarque, entre religion, politique et chose militaire, sous le signe de la tradition. Au § 7, la mention (métaphorique) du prêtre offre un triple intérêt : le recours à la fonction sacerdotale, l'allusion à une religion à Mystère, de type éleusinien ou oriental (dont les explications sont réservées aux initiés, aux «mystes»), enfin l'usage qui en est fait au service d'une pédagogie civique (idée retrouvée infra, XI).

IV. 1. Les Romains étaient en guerre contre Antiochos le Grand[12], et leurs meilleurs généraux avaient été envoyés contre ce roi quand une autre guerre éclata à l'occident, en Ibérie qu'agitèrent de grands soulèvements. 2. Paul-Émile y fut envoyé en qualité de préteur[13]; au lieu des six faisceaux auxquels ont droit les préteurs, on lui en donna le double, afin de conférer à son commandement la dignité consulaire. 3. Il vainquit à deux reprises les Barbares en bataille rangée et leur tua environ trente mille hommes. Ce succès fut, de toute évidence, dû à son habileté de général : en choisissant un terrain favorable et en faisant franchir à ses soldats une certaine rivière, il leur permit de vaincre facilement[14]. Il soumit deux cent cinquante cités qui lui ouvrirent leurs portes volontairement. 4. Il laissa la province en paix, liée par des serments d'alliance, et s'en revint à Rome, sans s'être enrichi d'une seule drachme dans cette campagne. 5. De manière générale, il ne se souciait guère d'amasser de l'argent; en revanche, il était dépensier et prodigue des biens qu'il possédait. Ceux-ci n'étaient d'ailleurs pas considérables; après sa mort, ils suffirent à peine pour rembourser la dot de sa femme[15].

V. 1. Il avait épousé Papiria, fille de Mason, personnage consulaire[16]. Après avoir vécu longtemps avec elle, il divorça, bien qu'elle lui eût donné de beaux enfants (elle fut la mère de l'illustre Scipion et de Fabius Maximus). 2. Sur le motif de ce divorce, aucune trace écrite n'est parvenue jusqu'à nous, mais quand il s'agit de la rupture d'un mariage, il y a, semble-t-il, quelque vérité dans l'histoire suivante. Comme un Romain répudiait sa femme et que ses amis lui adressaient des reproches : « N'est-elle pas vertueuse? N'est-elle pas belle? N'est-elle pas féconde? », 3. l'homme tendit sa chaussure (ce qui se dit *calceus* en latin) : « Et celle-ci, demanda-t-il, n'est-elle pas jolie? N'est-elle pas neuve? Pourtant aucun de vous ne peut savoir à quel endroit elle me blesse le pied. » 4. En vérité, si certaines femmes sont répudiées pour des fautes graves et notoires, il arrive aussi que des heurts légers et répétés, causés par la répugnance et le manque d'harmonie entre les caractères, entraînent dans la vie commune, sans que les autres s'en rendent compte, des aversions insurmontables[17]. 5. Paul-Émile divorça donc de Papiria et

---

12. Antiochos III le Grand, roi séleucide de Syrie (vers 242-187), vaincu aux Thermopyles en 191, écrasé en 189 à Magnésie du Sipyle par Scipion l'Africain et son frère, qui y gagne le surnom d'Asiatique.

13. Il est préteur de la province méridionale, l'Espagne Ultérieure, en 191 (Tite-Live, XXXVI, 2, 11).

14. Tite-Live (XXXVII, 46, 6-7) parle d'abord d'une défaite, compensée ensuite par une grande victoire (XXXVII, 57, 5).

15. Sur le désintéressement de Paul-Émile, voir infra, XXVIII, 10; XXXIX, 10, et Polybe, XXXI, 22, 1-4. Sur le remboursement de la dot, voir Polybe, XVIII, 35. L'historien grec est la principale source de cette Vie; il est cité infra en XV, 5.

16. Mason a été consul en 231. Voir Polybe, XXXI, 26 et le commentaire de Walbank II (1967), p. 505.

17. Parenthèse sur le divorce : tout montre que Plutarque n'en est pas personnellement partisan. Mais il saisit l'occasion d'excuser un héros parfait à ses yeux, de conter une anecdote et de rappeler les vertus de l'épouse idéale.

prit une autre épouse qui lui donna deux enfants mâles. Il les garda chez lui, alors qu'il fit entrer ses enfants du premier lit dans les maisons les plus importantes et les familles les plus illustres. L'aîné passa dans celle de Fabius Maximus, qui avait été cinq fois consul, et le cadet fut adopté par le fils de Scipion l'Africain, son cousin germain, qui lui donna le nom de Scipion[18]. 6. Quant aux filles de Paul-Émile, l'une devint la femme du fils de Caton, l'autre celle d'Aelius Tubéro, un homme remarquable, qui supporta la pauvreté avec une grandeur d'âme supérieure à celle de tout autre Romain[19] : 7. sa famille comptait seize membres, tous des Aelii ; ils avaient une maison très petite et un unique domaine, qui leur suffisait à tous, alors qu'ils vivaient au même foyer, avec beaucoup de femmes et d'enfants. 8. L'une de ces épouses était donc la fille de Paul-Émile, qui avait été deux fois consul et avait deux fois célébré le triomphe. Pourtant, loin d'avoir honte de la pauvreté de son époux, elle admirait la vertu qui l'avait réduit à cette pauvreté. 9. De nos jours, les choses sont bien différentes[20]. Les frères et les membres d'une même famille, si leurs biens communs ne sont pas séparés par des accidents de terrains, des fleuves et des murailles ou par d'immenses territoires, ne cessent de se quereller. 10. Telles sont les réflexions et les observations que l'histoire propose à ceux qui veulent en tirer profit.

VI. 1. Paul-Émile fut élu consul et partit en campagne contre les Ligures, qui habitent une région jouxtant les Alpes et que certains nomment aussi Ligustins. C'est une nation belliqueuse et farouche, qui a acquis une grande expérience de la guerre en raison de son voisinage avec les Romains[21]. 2. Les Ligures occupent en effet l'extrémité de l'Italie qui se termine aux Alpes et, dans les Alpes elles-mêmes, la partie que baigne la mer Tyrrhénienne, en face de la Libye : ils sont mêlés aux Gaulois et aux Ibères de la côte. 3. À cette époque, ils s'étaient tournés vers la mer et, sur des embarcations de pirates, ils pillaient et ruinaient les marchands, poussant leurs incursions jusqu'aux colonnes d'Hercule[22]. 4. Quand Paul-Émile marcha contre eux, ils lui tinrent tête, avec une force de quarante mille hommes. Lui n'avait en tout que huit mille soldats, mais il les attaqua, alors qu'ils étaient cinq fois plus nombreux, les mit en déroute et les enferma derrière leurs murailles. Puis il leur offrit des conditions

---

18. Les fils adoptés prennent, selon l'usage, le surnom d'Aemilianus, rappel du nom de leur père biologique : Quintus Fabius Maximus et Publius Cornelius Scipio Africanus Minor (en 146) Numantinus (en 133), que nous appelons Scipion Émilien, «le second Africain». Sur son rôle (mineur) à Pydna, voir infra, XXII, 3-9.

19. Sur le fils de Caton, voir infra, XXI, 1-5 et Caton l'Ancien, XX, 12 ; XXIV, 2. Sur Aelius Tubéro et sa famille, voir infra, XXVIII, 11-13.

20. À l'époque de Plutarque, cette nostalgie de la frugalité républicaine est depuis longtemps un lieu commun.

21. En 182-181 (voir Tite-Live, XXXIX, 56, 4). La lutte contre les Ligures est la préoccupation dominante de Rome en Italie dans les années 180.

22. Que les pirates ligures aient atteint le détroit de Gibraltar et contrôlé en partie la zone est sans doute lié à la fin de l'affrontement Rome-Carthage en Méditerranée occidentale. Rome s'est prioritairement tournée vers l'Orient.

humaines et conciliantes. 5. Les Romains ne voulaient pas anéantir la nation ligure, qui était pour eux comme une barrière et un avant-poste opposé aux mouvements des Gaulois, lesquels menaçaient constamment l'Italie. 6. Les Ligures se fièrent à Paul-Émile: ils lui remirent leurs navires et leurs cités. Il leur rendit les cités, sans leur infliger d'autre mal que de détruire leurs remparts, mais il leur enleva tous leurs navires et ne leur laissa aucune embarcation qui eût plus de trois rangs de rameurs. 7. Il trouva de nombreux prisonniers, étrangers ou romains, que les Ligures avaient faits sur terre et sur mer, et il les libéra. Telles furent les actions remarquables de ce premier consulat[23].
8. Par la suite[24], il laissa entendre à plusieurs reprises qu'il désirait de nouveau être consul, et il annonça même une fois, publiquement, sa candidature. Mais il ne fut pas élu, et après cet échec, il cessa de s'en inquiéter pour se consacrer uniquement aux rites religieux et à l'éducation de ses enfants[25]. Il leur donna la formation romaine et ancestrale qu'il avait reçue lui-même et, avec plus de passion encore, la culture grecque[26]. 9. Non seulement les grammairiens, les sophistes et les rhéteurs qui entouraient les jeunes garçons étaient grecs, mais c'était le cas aussi des sculpteurs, des peintres, des dresseurs de chevaux et de chiens, et des maîtres de vénerie[27]. 10. Quant à leur père, s'il n'était pas retenu par quelque affaire publique, il assistait toujours aux leçons et aux exercices de ses enfants, car de tous les Romains, il était celui qui chérissait le plus sa progéniture[28].

VII. 1. Pour revenir aux affaires publiques, c'était alors le moment où les Romains étaient en guerre contre Persée, roi de Macédoine. Ils accusaient leurs généraux de manquer d'expérience et d'audace, de mener les opérations d'une manière honteuse et ridicule et de subir beaucoup plus de pertes qu'ils n'en infligeaient à l'ennemi. 2. Les Romains venaient en effet de forcer Antiochos, surnommé le Grand, à céder le reste de l'Asie; ils l'avaient repoussé au-delà du Taurus et l'avaient enfermé en Syrie, où il avait été bien content d'obtenir la cessation des hostilités en échange de quinze mille talents[29].

---

23. *Humanité de Paul-Émile, confiance et loyauté* (fides) *des Ligures: c'était déjà le cas des Ibères (voir supra, IV, 1-4). La glorification de Paul-Émile en pacificateur et ami des peuples soumis sera confirmée à sa mort.*
24. *Ici commence une longue parenthèse dans la carrière du héros, qu'on retrouvera* infra *en X, 2.*
25. *Sur la grandeur idéale d'un héros pour qui la compétition guerrière et politique n'est pas tout, voir Wardman (1974), p. 99-100.*
26. *Dans le domaine, crucial pour Plutarque, de l'éducation des enfants (voir Dictionnaire, «Éducation»), Paul-Émile réussit encore la synthèse entre tradition d'une grande famille romaine et ouverture à l'hellénisme d'un proche du «cercle des Scipions» (voir Marrou, 1965, p. 339-373; Grimal, 1975).*
27. *Sur chasse et éducation, voir* infra, *XXII, 7. Plutarque a sans doute un peu anticipé, sans déformer l'essentiel (voir Ferrary, 1988, p. 536-537).*
28. *C'est une caractéristique de l'éducation romaine que le père y joue un rôle majeur (voir Marrou, 1965, p. 344).*
29. *Au traité d'Apamée, en 188 (voir supra, IV, 1), après la victoire de Cnaeus Manlius Vulso, successeur de Scipion en Asie.*

3. Peu auparavant, ils avaient écrasé Philippe en Thessalie[30] et libéré les Grecs du joug des Macédoniens. Enfin, l'homme dont aucun roi n'égalait l'audace et la puissance, Hannibal, avait été vaincu[31]. Ils trouvaient donc intolérable de devoir combattre Persée sur un pied d'égalité, comme s'il était un rival digne de Rome, 4. lui qui, depuis longtemps déjà, ne faisait la guerre qu'avec les restes de l'armée vaincue de son père. 5. Ils ignoraient que la défaite de Philippe avait rendu la puissance des Macédoniens beaucoup plus forte et plus combative, comme je vais l'exposer brièvement, en remontant plus haut[32].

VIII. 1. Antigone, le plus puissant des généraux et des successeurs d'Alexandre, obtint pour lui et pour ses descendants le titre de roi. Il eut pour fils Démétrios, qui fut lui-même le père d'Antigone Gonatas. 2. Le fils de celui-ci, Démétrios, qui régna peu de temps, laissa à sa mort un fils encore tout jeune, Philippe[33]. 3. Craignant l'anarchie, les principaux Macédoniens appelèrent à eux Antigone, cousin du roi défunt, lui firent épouser la mère de Philippe, et lui donnèrent d'abord le titre de tuteur et de général, puis celui de roi, quand ils eurent éprouvé sa modération et son dévouement à l'intérêt commun. Il fut surnommé Doson [«Sur le point de donner»] parce qu'il promettait toujours, mais ne tenait jamais ses promesses[34]. 4. Après lui régna Philippe[35]. Dès l'adolescence, celui-ci se distingua entre tous les rois : on pensa qu'il pourrait rendre à la Macédoine son ancienne dignité et arrêter, seul, la puissance des Romains qui était déjà menaçante pour tous les peuples. 5. Mais il fut vaincu par Titus Flamininus au cours d'une grande bataille près de Scotoussa ; il prit peur, livra aux Romains toutes ses possessions et fut bien heureux d'en être quitte pour une légère amende[36]. 6. Par la suite, indigné du sort où il était réduit et considérant que régner grâce à la faveur des Romains était bon pour un esclave épris de mollesse, non pour un homme ayant de l'orgueil et du cœur, il tourna ses pensées vers la guerre, à laquelle il se prépara secrètement, avec habileté. 7. Il laissa les cités qui se trouvaient sur les routes ou au bord de la mer dans un état de faiblesse et d'abandon, afin d'être tenu par les ennemis pour quantité négligeable, tandis qu'à

---

30. À la bataille de Cynoscéphales, en 196 (voir Flamininus, VII-VIII).
31. En 202, à Zama. Exilé en Orient, Hannibal est assassiné en 183.
32. Polybe, (XXII, 18, 10), dans un des passages où il distingue les «prétextes» des événements et leurs «causes réelles», indique que dans sa volonté de revanche, «Philippe a d'abord conçu lui-même le dessein de faire aux Romains cette guerre qui fut la dernière, qu'il a fait tous les préparatifs pour cela, et qu'après sa mort [en 179] son projet fut exécuté par Persée».
33. Rétrospective de la monarchie macédonienne après Alexandre : Antigone le Borgne, fondateur de la dynastie, mort en 301 ; Démétrios Poliorcète, mort en 283 (voir sa Vie) ; Antigone Gonatas, mort en 240 ; Démétrios II, mort en 229.
34. Antigone Doson a régné de 229 à 220.
35. Le long règne de Philippe V a duré de 220 à 179.
36. Voir supra, VII, 3. Polybe a décrit le combat (XVIII, 22-27), suivi par Tite-Live, (XXXIII, 7-10). L'amende, non négligeable, se monte à 1000 talents, dont la moitié payable immédiatement, le reste en dix annuités (voir Polybe, XVIII, 44 et XXVII, 8).

l'intérieur du pays, il réunissait des troupes nombreuses, emplissait les bourgades, les forteresses et les cités d'armes et de richesses considérables, ainsi que de soldats de valeur. Il fit toutes sortes de préparatifs pour cette guerre, tout en la tenant comme enfouie, à l'abri des regards. 8. Il avait mis en réserve trente mille armes, et entassé derrière ses murs huit millions de médimnes de blé, ainsi que des sommes suffisantes pour nourrir pendant dix ans dix mille mercenaires destinés à défendre le pays. 9. Mais il n'eut pas le temps d'exécuter ses plans et de passer à l'action: il mourut de chagrin et de désespoir quand il comprit qu'il avait fait périr injustement l'un de ses deux fils, Démétrios, à cause d'une accusation lancée par son autre fils, qui ne valait pas son frère[37].

10. Ce fils survivant, Persée, hérita à la fois du royaume de son père et de sa haine contre les Romains. Il n'était pas à la hauteur d'un tel fardeau, en raison de la mesquinerie et de la dépravation de son caractère : il avait toutes sortes de passions et de vices, dont le plus puissant était l'avarice[38]. 11. Il n'était même pas, dit-on, un enfant légitime. L'épouse de Philippe l'avait reçu à sa naissance d'une couturière d'Argos nommée Gnathaenion, qui en était la mère, et elle l'avait fait passer pour son propre fils à l'insu de tous. 12. Ce fut, semble-t-il, la principale raison pour laquelle il fit périr Démétrios. Il craignait que cette maison, si elle avait un héritier légitime, ne révélât sa bâtardise[39].

IX. 1. Cependant, bien qu'ignoble et méprisable, il fut amené à combattre par la force des circonstances. Il se maintint et résista longtemps, menant une guerre d'usure contre les consuls qui commandaient des Romains, avec des armées et des flottes considérables, et il l'emporta même à quelques reprises[40]. 2. Il mit notamment en déroute dans un combat de cavalerie Publius Licinius, qui avait été le premier à envahir la Macédoine: il lui tua deux mille cinq cents soldats de valeur et fit six cents prisonniers[41]. 3. Puis il attaqua à l'improviste la flotte au mouillage à Oréos, s'empara de vingt navires de transport avec leur chargement et coula les autres qui étaient remplis de blé; il prit également quatre quinquérèmes[42]. 4. Ensuite, il repoussa le second consul, Hostilius, qui voulait forcer le passage de l'Élimia, et

---

37. Sur le contexte, voir Polybe, XXII, 14 et XXIII, 7 et 10; sur la mort de Démétrios par suite des intrigues de Persée (en 181), voir Tite-Live, XL, 20-24; et sur la mort de Philippe (en 179), XL, 54.
38. Le portrait qui s'ébauche de Persée fait de lui l'anti-Paul-Émile. Confrontation (agôn) de deux stéréotypes (Reiter, 1988, p. 99, 102), qui n'est pas simplement oratoire (Wardman, 1974, p. 32-33). Comparer Polybe (XXV, 3) : « Il montrait dans tout son comportement une dignité vraiment royale... »
39. L'accusation de bâtardise est, dans la tradition des aristocraties anciennes, un moyen ordinaire de discréditer un adversaire. La rumeur peut dater du vivant de Persée ou avoir été répandue après sa mort.
40. Dans ce qui suit, Plutarque résume brièvement Tite-Live, XLIII, 18-23, dont la source essentielle est Polybe. Un tableau significatif des ressemblances et des différences entre le texte de Tite-Live et celui de Plutarque se trouve chez Jal (1976), p. XXXVI-XXXVII.
41. En 171 : Publius Licinius Crassus est alors consul.
42. Oréos est un port de l'Eubée. Les quinquérèmes, navires de guerre romains assez similaires aux trirèmes grecques, étaient propulsés par cinq rangs de rameurs.

quand celui-ci fut entré à la dérobée par la Thessalie, il le provoqua au combat et lui inspira une grande terreur[43]. 5. Parallèlement à cette guerre, il se lança dans une expédition contre les Dardaniens, pour bien montrer qu'il méprisait les Romains et qu'il avait tout son temps. Il tailla en pièces dix mille de ces Barbares et s'empara d'un butin considérable. 6. Il souleva aussi les Gaulois qui vivent au bord du Danube et qu'on appelle les Basternes, une bande de cavaliers très belliqueux, et il invita les Illyriens, par l'intermédiaire de leur roi Genthios, à entrer en guerre à ses côtés. 7. Le bruit courut même qu'il avait payé des Barbares pour qu'ils traversent la Gaule méridionale, longent l'Adriatique et envahissent l'Italie[44].

X. 1. En apprenant cela, les Romains décidèrent de ne plus tenir compte des flatteries et des belles promesses des candidats au consulat, et d'appeler au commandement un homme de réflexion, capable d'exercer de grandes responsabilités. 2. Cet homme, ce fut Paul-Émile[45]. Il était déjà d'un âge avancé, puisqu'il avait à peu près la soixantaine, mais il conservait toutes ses forces physiques et avait autour de lui des gendres et des fils en pleine jeunesse, ainsi qu'un grand nombre d'amis et de parents fort influents qui l'exhortèrent tous à céder aux instances du peuple qui l'appelait au consulat[46]. 3. Il fit d'abord des façons devant la foule, dont il déclinait les honneurs et le soutien, déclarant qu'il ne demandait pas le pouvoir. Mais, comme on venait chaque jour à sa porte le prier à grands cris de se rendre au forum, il se laissa convaincre. 4. Dès qu'on le vit parmi les candidats, on eut l'impression qu'il était descendu sur le Champ de Mars non pour recevoir le consulat, mais pour apporter aux citoyens la victoire et la suprématie dans cette guerre : 5. tant étaient grands les espoirs et l'enthousiasme avec lesquels tous l'accueillirent. Ils le firent consul pour la seconde fois, puis sans recourir au tirage au sort[47], ce qui était pourtant l'habitude pour l'attribution des provinces, ils décrétèrent aussitôt de lui confier la conduite de la guerre contre la Macédoine.

6. Lorsqu'il eut été proclamé général pour mener cette guerre contre Persée, le peuple tout entier l'ayant raccompagné chez lui en un brillant cortège, il trouva, dit-on, sa fille Tertia, qui était encore toute petite, en pleurs. 7. Il l'embrassa et lui demanda la cause de ce grand chagrin. Alors elle lui jeta les bras autour du cou et, le couvrant de baisers : « Tu ne sais donc pas, mon père, lui dit-elle, que notre Persée est mort. » Elle parlait d'un petit chien de compagnie qui se nommait ainsi. 8. « À la bonne heure, ma

---

43. En 170.
44. En recourant à des mercenaires, Persée s'inscrit dans la même ligne que son père (voir supra, VIII, 8). Sur les rapports avec Genthios, voir infra, XIII, 3.
45. On retrouve Paul-Émile, abandonné à des occupations privées à la fin du chapitre VI. Une douzaine d'années se sont écoulées depuis son premier consulat.
46. Les chapitres X-XI dressent, à l'occasion du deuxième consulat de Paul-Émile, en 168, le portrait de l'homme d'État idéal selon Plutarque.
47. Tite-Live (XLIV, 17) parle, lui, d'un tirage au sort immédiat, et non différé comme c'était la coutume. C'est réduire la portée d'une mesure exceptionnelle, dont on admet en général la vraisemblance. L'autre consul est Caius Licinius Crassus, élu en 171.

fille! s'écria Paul-Émile. J'accepte cet augure.» Tel est du moins le récit que fait l'orateur Cicéron dans son traité *De la divination*[48].

XI. 1. L'usage voulait que les consuls désignés expriment leur reconnaissance, en adressant des mots aimables au peuple du haut des Rostres. Paul-Émile convoqua donc les citoyens à une assemblée. Il déclara qu'il avait brigué son premier consulat parce qu'il désirait lui-même cette charge, mais que, s'il acceptait le second, c'était parce que les Romains avaient besoin d'un général[49]. 2. «Dans ces conditions, poursuivit-il, je ne suis nullement votre obligé. Si vous pensez qu'un autre sera plus capable que moi de conduire cette guerre, je lui cède le commandement. Mais si vous m'accordez votre confiance, vous ne devez pas vous mêler de jouer les stratèges à ma place ni tenir de grands discours: contentez-vous d'exécuter en silence ce que la guerre exige. Si vous essayez de commander à ceux qui commandent, vous vous rendrez encore plus ridicules, dans vos campagnes militaires, que vous ne l'êtes maintenant[50]. 3. Par de telles paroles, il inspira aux citoyens un profond respect pour sa personne et de grandes espérances concernant l'avenir. Tous se réjouissaient d'avoir écarté les flatteurs et choisi un général plein de franchise et de fierté: 4. tant le peuple romain, afin de dominer les autres et de les surpasser, se faisait l'esclave de la vertu et de l'honneur!

XII. 1. Quand Paul-Émile prit la mer pour rejoindre son armée, il bénéficia d'une navigation favorable et d'heureuses conditions pour cette traversée, ce qui était dû, je crois, à l'action d'un *démon* qui le fit parvenir rapidement et en toute sécurité dans son camp[51]. 2. Mais si je considère sa conduite dans cette guerre et dans son commandement, sa promptitude audacieuse et ses plans excellents, le soutien empressé de ses amis, sa fermeté dans le danger et ses décisions judicieuses, je ne peux attribuer à la fortune que l'on prête à ce héros l'éclat et la gloire de ses actes, comme je pourrais le faire pour d'autres généraux[52]. 3. – à moins bien sûr que l'on ne considère comme un effet de la bonne fortune de Paul-Émile l'avarice de Persée,

---

48. L'anecdote n'est pas contée seulement pour le pittoresque: Paul-Émile s'y manifeste, en bon augure, attentif à tous les signes susceptibles d'annoncer l'avenir – d'où l'intérêt de Cicéron dans le traité cité (I, 103 et II, 83).
49. Refus de la démagogie (voir supra, II, 6), volonté d'éduquer le peuple (voir supra, III, 7) sont deux préoccupations constantes du Paul-Émile de Plutarque.
50. Plutarque infléchit nettement, dans le sens de l'autorité qui n'admet nulle contestation, le contenu de ce discours. Selon Polybe (XXIX, 1) et Tite-Live (XLIV, 22), Paul-Émile s'y est surtout solidarisé avec les chefs militaires romains, ses prédécesseurs, contre les critiques de «stratèges en chambre». Cette inflexion autorise le biographe au commentaire des § 3-4.
51. Ces considérations sur la part de la Fortune dans l'issue des entreprises humaines prendront leur sens dans le discours prononcé par le héros (XXXVI, 3-9) à l'occasion des événements tragiques qui assombrissent la fin de sa vie. Plutarque, depuis le traité de jeunesse Sur la Fortune des Romains, *n'a cessé de méditer sur ces problèmes.*
52. Sur Fortune et mérite: comparer Timoléon, *III, 3 et XXXVI, 5. Voir Dictionnaire, «Fortune».*

qui poussa ce roi, par crainte de perdre de l'argent, à détruire et à ruiner les glorieuses et magnifiques espérances que les Macédoniens avaient fondées sur cette guerre[53]. 4. Des Basternes étaient en effet venus le rejoindre, à sa demande, dix mille cavaliers et dix mille fantassins, tous mercenaires, de ces gens qui ne savent ni labourer, ni naviguer, ni vivre de l'élevage, et ne connaissent qu'un seul travail et qu'un seul métier : combattre sans cesse et l'emporter sur tous ceux qu'on leur oppose[54]. 5. Quand ces hommes établirent leur camp dans le pays des Maides[55] et se mêlèrent aux troupes du roi, leur haute stature, leur entraînement admirable, leur insolence et leur fierté quand ils défiaient les ennemis inspirèrent aux Macédoniens une grande confiance ; ils se disaient que les Romains ne pourraient tenir en face d'eux et seraient frappés de stupeur à leur vue, devant leurs mouvements étranges et terrifiants[56]. 6. Or, après avoir ainsi disposé ses hommes et les avoir emplis de telles espérances, Persée fut pris de vertige lorsque, pour chaque capitaine, on lui réclama mille pièces d'or[57] : devant une telle somme, aveuglé par la mesquinerie, il refusa de payer et renonça à ces alliés, comme s'il était, non pas l'ennemi des Romains, mais leur intendant[58], et qu'il devait rendre des comptes précis de ses dépenses à ceux-là mêmes à qui il faisait la guerre. 7. Il aurait pu pourtant les prendre pour maîtres, ces Romains qui, sans parler de tout leur équipement, avaient rassemblé cent mille hommes prêts à servir[59]. 8. Mais en face d'une telle puissance, dans une guerre pour laquelle on entretenait tant de soldats, Persée, lui, calculait, et frappait de son effigie son or, craignant d'y toucher comme s'il ne lui appartenait pas. 9. Or cet homme, qui agissait ainsi, n'était pas le fils d'un Lydien ou d'un Phénicien[60]. Il se prétendait l'héritier par la naissance de la vertu d'Alexandre et de Philippe, lesquels avaient triomphé de tous leurs ennemis parce qu'ils considéraient que l'argent sert à obtenir des conquêtes et non l'inverse. 10. On

---

53. Persée, dominé par une passion privée, est le contraire de l'homme d'État. Son avarice était légendaire. Polybe écrit ainsi, à propos de négociations qu'il avait ouvertes avec Eumène de Pergame : «Entre ces interlocuteurs, dont l'un passait pour le plus retors des hommes et l'autre pour le plus avare, la joute qui s'engagea dut être plutôt drôle» (XXIX, 8, 2).
54. Les fantassins basternes sont armés légèrement ; leur spécialité est de monter sur les chevaux ayant perdu leur cavalier dans le combat (voir Tite-Live, XLIV, 26, 3). L'avarice est évidemment le pire des péchés pour un roi qui doit compter sur des troupes mercenaires (voir infra, XXIII, 9)...
55. Les Maides sont un peuple thrace, voisin de la Macédoine au Nord-Est.
56. Des Gaulois – peut-être des tribus entières : qu'on pense aux Gaïsates de la zone alpine, voir Marcellus (III, 1 ; VI, 3) – fournissent une bonne part des contingents de mercenaires dans les armées hellénistiques. Noter le stéréotype de la terreur répandue par les guerriers gaulois dans les troupes romaines.
57. Plutarque simplifie Tite-Live (XLIV, 26), qui parle de 10 pièces d'or par cavalier, 5 par fantassin et 1000 par chef. L'or provient évidemment des mines de Macédoine, une des grandes richesses du royaume.
58. Pour Tite-Live (XLIV, 26, 12), Persée se montre «meilleur gardien de son or que de son royaume».
59. Implicitement, bien sûr, ce passage oppose aux mercenaires de Persée une armée de citoyens.
60. Les Lydiens d'Asie Mineure, depuis leur roi Crésus, et les Phéniciens de la côte proche-orientale, depuis toujours, symbolisent la richesse financière et marchande, par opposition à cette source de toutes les fortunes honorables : la terre.

a soutenu en effet que ce n'était pas Philippe qui prenait les cités grecques, mais l'or de Philippe[61]. 11. Quant à Alexandre, lorsqu'il entreprit son expédition contre les Indiens, voyant que les Macédoniens traînaient avec eux les richesses des Perses, qui constituaient un butin déjà lourd et encombrant, il mit le feu d'abord aux chariots royaux, puis poussa les autres à faire de même avec ce qu'ils avaient, pour s'élancer à la guerre légers et comme déliés de leurs entraves[62]. 12. Persée au contraire, qui couvrait d'or sa personne, ses enfants et sa cour, refusa de sacrifier à son salut une petite partie de ses richesses; il préféra être traîné en captivité[63] dans l'opulence, avec des biens en abondance, et exhiber devant les Romains tous les trésors qu'il avait économisés et gardés pour eux.

XIII. 1. Il ne se contenta pas de renvoyer les Gaulois après leur avoir manqué de parole. Il avait également demandé à l'Illyrien Genthios de l'assister dans cette guerre, et lui avait promis trois cents talents[64]; il avait fait compter la somme aux envoyés de ce roi et les avait laissés y apposer leur sceau. 2. Convaincu qu'il tenait déjà le salaire réclamé, Genthios commit alors un acte impie et abominable: il fit arrêter et enchaîner les ambassadeurs que les Romains lui avaient envoyés. Alors Persée jugea qu'il n'avait plus besoin d'argent pour entraîner Genthios dans la guerre, maintenant que celui-ci avait fourni des gages irréparables de sa haine et que, par un tel crime, il s'était engagé dans le conflit. 3. Il priva le misérable de ses trois cents talents et, peu après, l'abandonna à son sort lorsque le préteur Lucius Anicius, envoyé contre Genthios avec une armée, se saisit de lui, de sa femme et de ses enfants, comme d'oisillons pris au nid.
4. Tel était donc l'adversaire contre lequel marchait Paul-Émile. Tout en méprisant Persée, il admirait ses préparatifs et son armée: le roi avait quatre mille cavaliers et près de quarante mille fantassins dans sa phalange. 5. Il avait établi son camp face à la mer, au pied du mont Olympe, dans des lieux inaccessibles qu'il avait fortifiés de tous côtés par des remparts et des palissades de bois. Là, il était bien tranquille, persuadé que le temps et les dépenses useraient les forces de Paul-Émile. 6. Mais celui-ci avait l'esprit énergique: il examinait tous les plans et toutes les entreprises qu'on pouvait tenter. Voyant qu'en raison de la licence où elle avait vécu jusque-là, son armée s'impatientait et que les soldats jouaient aux stratèges en suggérant beaucoup de manœuvres infaisables, il les réprimanda et les avertit de ne

---

61. La comparaison tire son intérêt de son caractère double: argent/empire, privé/public. Voir Walbank (1940), p. 258-259.
62. Voir Alexandre, LVII, 1-3.
63. Comparer Diodore, Bibliothèque historique, XXX, 9: «Persée enrichit ceux qui, plus tard, s'emparèrent de lui», mais aussi Tite-Live, XLIV, 27, 12: «comme si son seul but était de réserver aux Romains le plus grand butin possible après la défaite qu'ils lui auraient infligée»...
64. Sur Genthios, voir supra, IX, 6. Polybe commente: «Si, à cette époque, Persée s'était décidé à offrir de l'argent aussi bien à certains États qu'à quelques individus, rois ou hommes politiques [...], tous les Grecs et tous les rois, ou du moins la plupart d'entre eux, se seraient laissé gagner» (XXVIII, 9). Sur le détail, voir Tite-Live, XLIII, 20; XLIV, 23 et 27; XLV, 3 et 43. Voir également Walbank III (1979), p. 336-341.

pas se mêler de ses affaires, de s'occuper seulement de leurs personnes et de leurs armes, afin de se tenir prêts et de manier l'épée en vrais Romains quand leur général leur en fournirait l'occasion[65]. 7. Il ordonna d'autre part aux sentinelles de nuit de monter la garde sans pique[66]; il pensait qu'elles seraient plus attentives et lutteraient plus énergiquement contre le sommeil si on leur ôtait les moyens de résister à des attaques ennemies.

XIV. 1. Les hommes souffraient surtout du manque d'eau potable. Celle-ci était très rare et de mauvaise qualité; elle suintait et s'écoulait goutte à goutte juste au bord de la mer. Paul-Émile observa que la grande montagne de l'Olympe, au-dessus de lui, était couverte d'arbres[67]; à la vue de ces forêts verdoyantes, il conjectura qu'il y avait des sources enfouies dans ses profondeurs. Il fit donc creuser des fosses et des puits en grand nombre au pied de la montagne. 2. Ils se remplirent aussitôt d'une eau pure que la pression attirait et emportait vers l'espace vide.
3. Certaines personnes soutiennent cependant qu'il n'y a pas de réservoirs d'eau tout prêts, enfouis sous les lieux d'où s'écoulent les sources, et que si elles jaillissent, ce n'est pas parce qu'on a creusé ou brisé le sol. À leur avis, il s'agit d'une naissance et d'une formation qui s'opèrent à cet endroit, parce que la matière se change en eau[68].
4. La vapeur humide se change en eau sous l'effet de la condensation et du froid, lorsqu'elle est comprimée dans les profondeurs et devient liquide. 5. De même que les seins des femmes ne sont pas, comme des vases, remplis d'un lait prêt à s'écouler, mais élaborent en eux la nourriture et fabriquent le lait qu'ils sécrètent, 6. de la même manière, les lieux terrestres qui sont frais et riches en sources ne renferment pas d'eau cachée; ils n'ont pas de replis d'où s'échappent, comme d'une réserve toute prête sous la terre, les courants profonds des grands fleuves. C'est en resserrant et en comprimant la vapeur et l'air qu'ils les condensent et les changent en eau.
7. Si les terrains que l'on creuse font sourdre et jaillir davantage de liquide, c'est à cause du contact qu'on exerce sur eux, comme les seins des femmes sous l'effet de la tétée; ils transforment l'exhalaison en une matière humide et fluide. 8. En

---

65. Paul-Émile affirme à nouveau l'autorité du seul général (voir supra, XI, 2). Persée n'est tout de même pas un adversaire négligeable: la lucidité de Paul-Émile corrige en somme le jugement sans nuance porté sur le roi par l'auteur...

66. Tite-Live (XLIV, 33, 8) parle d'une garde montée «sans bouclier». La version de Plutarque est préférable.

67. Tite-Live fournit une version plus «merveilleuse»: «À peine avait-on écarté le sable de la surface qu'on commença à voir sourdre d'abord de minces filets d'une eau trouble, laquelle coula ensuite pure et abondante, comme s'il s'agissait d'un don des dieux» (XLIV, 33).

68. Le problème «scientifique» abordé ici est traité, dans les paragraphes qui suivent, à la manière d'une Question romaine *(voir Dictionnaire), par confrontation des diverses hypothèses. Plutarque semble réfuter les vues aristotéliciennes par celles des stoïciens (voir Aristote,* Météorologiques, *I, 13, 349b19 et Sénèque,* Questions naturelles, *III, 10). Cette démarche, et les comparaisons auxquelles elle donne lieu (le lait des femmes § 5, le sang humain § 9...), surprennent un esprit moderne. On fera cependant à Plutarque le crédit de s'appuyer, pour l'induction finale, sur les données de l'expérience.*

revanche, les endroits en friche, où la terre reste fermée, ne peuvent produire de l'eau, faute du mouvement qui provoque l'humidité. 9. Les partisans de telles idées permettent aux sceptiques d'affirmer que les êtres animés, eux non plus, ne contiennent pas de sang, et que celui-ci ne se forme qu'en cas de blessure, un changement s'opérant alors dans le souffle ou dans les chairs qui se liquéfient ou fondent. 10. Mais toutes ces hypothèses sont réfutées par le fait que lorsque l'on creuse des carrières ou des mines, on rencontre des fleuves dans les profondeurs ; or ces fleuves ne s'amassent pas peu à peu, comme ce serait normal s'ils tiraient leur origine du mouvement soudain de la terre, mais ils jaillissent en abondance. 11. Et lorsque des montagnes ou des roches sont brisées par un choc, il s'en échappe parfois un torrent impétueux qui tarit ensuite. Mais en voilà assez sur ces questions.

XV. 1. Paul-Émile resta tranquille plusieurs jours et jamais, dit-on, on n'avait vu pareil calme alors que de si grandes armées se trouvaient aussi proches[69]. 2. Mais à force de tout mettre en œuvre et de tout essayer, il apprit qu'il restait encore un unique chemin, le seul qui ne fût pas gardé[70], qui conduisait à travers la Perrhébie en passant par Pythion et Pétra. Son espoir, en constatant que ce passage n'était pas gardé, l'emporta sur sa crainte devant la difficulté et l'escarpement qui expliquaient cette absence de gardes. Il tint conseil. 3. Un des assistants, Scipion Nasica[71], qui était le gendre de Scipion l'Africain et devait par la suite avoir beaucoup d'influence au Sénat, intervint le premier et se proposa pour diriger la manœuvre d'encerclement. 4. Après lui, Fabius Maximus, le fils aîné de Paul-Émile, encore très jeune[72], se leva plein d'enthousiasme. 5. Tout joyeux, Paul-Émile leur confia des soldats, moins nombreux que ne l'affirme Polybe : les effectifs que Nasica lui-même, dans une courte lettre où il raconte cette expédition à l'un des rois, déclare avoir reçus[73] – 6. trois mille Italiens qui ne faisaient pas partie de la légion, et l'aile gauche, qui comptait cinq mille hommes. 7. Nasica leur adjoignit cent vingt cavaliers, et deux cents Thraces et Crétois mêlés, qui appartenaient au corps envoyé par Harpalos. Il prit la route qui menait à la mer et établit son camp près d'Héracleion, comme s'il avait l'intention d'embarquer pour encercler le camp des ennemis. 8. Mais lorsque

---

69. Avec ce chapitre s'ouvre le récit des événements qui conduisent à Pydna (XV-XXII). Les textes parallèles sont ceux de Polybe, perdus pour l'essentiel (fragments XXIX, 14-18), de Diodore (XXX, 20-21), de Tite-Live (XLIV, 32-42). Pour une synthèse historique, avec cartes et bibliographie, voir Walbank II (1967), p. 378-391 (et voir les notes de Jal, 1976). Les chapitres XV à XVIII de Plutarque semblent s'inspirer en grande partie du témoignage de Scipion Nasica (cité infra en XV, 3 ; XVI, 1-2 ; XVII, 3-4).

70. Le passage était bel et bien sous surveillance, d'après Tite-Live (XLIV, 35, 10-11).

71. Publius Cornelius Scipio Nasica Corculum fera une carrière digne de sa famille : consul en 162 et 155, censeur en 159, princeps senatus en 147 et 142. Jeune homme, comme on voit, il ne manquait pas de prétention...

72. Né en 186, il sera adopté par le Cunctator *(voir supra, V, 5) et exercera le consulat en 145.*

73. Nasica a pu, bien sûr, sous-évaluer son effectif pour grandir son rôle, mais certains historiens estiment que ces chiffres pourraient être crédibles. Pour tout l'épisode, voir Tite-Live (XLIV, 35, 14-15).

les soldats eurent pris leur repas et que l'ombre fut venue, il révéla aux officiers son véritable projet et emmena ses troupes, à la faveur de la nuit, dans la direction opposée, tournant le dos à la mer. Il fit halte sous les murs de Pythion, où il accorda du repos à son armée. 9. À cet endroit, le mont Olympe s'élève à plus de dix stades de haut, comme l'indique l'inscription suivante, composée par celui qui a fait les mesures :

> Au-dessus de Pythion, domaine d'Apollon,
> Le sommet consacré de l'Olympe s'élève
> (La mesure étant prise verticalement)
> À dix stades entiers, avec en plus un plèthre
> Moins quatre pieds en tout. C'est le fils d'Eumélos
> Xénagoras qui a donné cette mesure,
> Et toi, prince, salut, comble-moi de tes dons[74].

11. Pourtant, d'après les géomètres, il n'existe aucune montagne ni aucune mer dont la hauteur ou la profondeur soit supérieure à dix stades. Cependant Xénagoras semble n'avoir fait preuve d'aucune négligence quand il a pris ses mesures ; il a procédé méthodiquement, avec des instruments[75].

XVI. 1. Nasica passa donc la nuit à cet endroit. Quant à Persée, voyant que Paul-Émile restait immobile à la même place, il n'avait aucune idée de ce qui se passait, lorsqu'un transfuge crétois, qui s'était échappé pendant la manœuvre, vint lui révéler le mouvement tournant qu'opéraient les Romains. 2. Très alarmé, Persée ne leva pourtant pas le camp, mais il confia à Milon dix mille mercenaires étrangers et deux mille Macédoniens, avec ordre de faire diligence et de s'emparer des hauteurs. 3. D'après Polybe, ces hommes étaient encore endormis, quand les Romains tombèrent sur eux, mais à en croire Nasica, on livra dans les montagnes un combat violent et dangereux[76] : Nasica lui-même fut attaqué au corps à corps par un mercenaire thrace, frappa cet homme à la poitrine de son javelot et l'abattit, les ennemis furent repoussés de vive force, Milon prit honteusement la fuite sans armes, en simple tunique, et Nasica les poursuivit en sécurité, tout en faisant descendre ses troupes dans la plaine. 4. Ils tombèrent sur Persée, qui leva le camp en hâte et fit reculer son armée. Il était épouvanté et ses espoirs étaient anéantis. 5. Cependant il était obligé de rester là, devant Pydna, et de risquer la bataille, sinon il lui faudrait disperser ses troupes dans les différentes cités et se résigner à une guerre qui, une fois entrée dans le pays, ne pourrait en être chassée qu'au prix

---

74. On rapprochera Pythion, comme site placé sous la sauvegarde d'Apollon, du nom de la Pythie de Delphes. L'inscription semble avoir été vue par Plutarque lui-même. 10 stades représentent un peu moins de 2000 m. Le plèthre vaut 100 pieds grecs. L'Olympe culmine en fait à 2985 m.

75. Comme à propos des sources (voir supra, XIV), l'auteur expose les thèses en présence ; à nouveau, il semble accorder sa préférence au résultat obtenu méthodiquement.

76. Nouvelle confrontation entre les versions de Polybe (XXIX, 15) et de Nasica, à l'avantage de ce dernier. On a pourtant l'impression que Plutarque a amplifié l'escarmouche.

de beaucoup de sang et de morts. 6. D'ailleurs, il avait pour le moment la supériorité numérique et des hommes qui montraient une grande ardeur pour défendre leurs femmes et leurs enfants, quand leur roi observait tous leurs actes et s'exposait lui-même à leur tête. 7. Tels furent les arguments que les amis de Persée firent valoir pour lui rendre confiance. Il établit donc son camp, rangea ses troupes en ordre de bataille, inspecta les positions et choisit les chefs, bien résolu à attaquer les Romains dès qu'ils se présenteraient[77]. 8. L'emplacement prévu pour la bataille était une plaine, ce qui était avantageux pour la phalange car elle avait besoin d'un terrain plat et d'un sol égal. De plus, des collines accolées offraient à l'infanterie légère des abris et la possibilité d'envelopper l'armée[78]. 9. Au milieu coulaient deux rivières, l'Aïson et le Leucos ; elles n'étaient pas très profondes à cette saison (on était à la fin de l'été), mais on pouvait penser qu'elles gêneraient un peu les Romains.

XVII. 1. Après avoir opéré sa jonction avec Nasica, Paul-Émile descendit à la rencontre des ennemis en ordre de bataille, 2. mais lorsqu'il vit la disposition et le nombre de leurs troupes, il s'étonna et suspendit sa marche pour réfléchir. 3. Les jeunes officiers, impatients de combattre, accoururent à cheval et le supplièrent de ne pas attendre, surtout Nasica, que son succès de l'Olympe avait rempli d'audace. 4. Paul-Émile lui dit en souriant : « C'est ce que je ferais si j'avais ton âge, mais toutes mes victoires m'ont appris à connaître les fautes des vaincus ; elles m'interdisent d'engager le combat après une longue route, contre une phalange qui est déjà rangée en ordre de bataille et qui a pris ses positions[79]. » 5. Après quoi, il ordonna aux premiers rangs, qui étaient visibles pour les ennemis, de se grouper en cohortes et de feindre de se ranger en ordre de bataille, et à ceux de l'arrière de se retourner pour élever sur place le retranchement et construire le camp. 6. Puis, faisant se retourner successivement les soldats les plus proches des derniers rangs, il rompit son ordre de bataille sans que l'ennemi s'en aperçût, et installa tous ses hommes dans le camp sans le moindre désordre.
7. Quand la nuit fut venue, comme les soldats, après le repas, se préparaient au sommeil et au repos, soudain la lune, qui était pleine et haute dans le ciel, s'obscurcit, perdit sa lumière, changea plusieurs fois de couleur, avant finalement de

---

77. *Pour une carte de la zone des combats, voir Walbank II (1967), p. 385.*
78. *Tite-Live (XLIV, 37, 11) semble dire le contraire. Mais l'opposition n'est qu'apparente ; voir le commentaire de Jal (1976).*
79. *Sur ce thème, voir le long échange de discours chez Tite-Live, XLIV, 36, 9-13 et 38-39. À la sagesse du vieux chef, acquise par l'expérience (voir supra, X, 1-2), s'ajoute l'intuition qu'il a des caractères spécifiques de la phalange, quoiqu'il ne l'ait jamais rencontrée (voir Polybe, XXIX, 17). La leçon administrée à Nasica frappe d'autant plus qu'elle vise un neveu par alliance. Le jeune homme a-t-il inclus dans son témoignage cette affectueuse réprimande ? Quoi qu'il en soit, la confrontation entre jeunes et anciens pour la direction des opérations militaires est un thème de débat fréquent à Rome depuis les guerres samnites, au IVe siècle (voir Pailler, 1988, p. 547-557 ; voir aussi supra, II, 3-4 et Fabius, VII, 3).*

devenir invisible[80]. 8. Les Romains se mirent alors, suivant leur coutume, à frapper sur l'airain pour rappeler sa lumière, en brandissant vers le ciel beaucoup de tisons et de torches enflammées[81]. Les Macédoniens ne faisaient rien de semblable: l'horreur et la stupeur paralysaient tout leur camp, et le bruit courait sourdement à travers la foule que ce phénomène annonçait la disparition du roi. 9. Paul-Émile n'était pas sans avoir entendu parler et fait l'expérience des bizarreries des éclipses qui, à des périodes déterminées, attirent la course de la lune dans l'ombre de la terre et la cachent jusqu'au moment où, ayant traversé la zone obscure, l'astre brille de nouveau en face du soleil[82]. 10. Cependant, comme il attachait une grande importance à la religion, qu'il aimait les sacrifices et pratiquait la divination, dès qu'il vit la lune retrouver sa clarté, il lui sacrifia onze veaux[83]. 11. Le jour venu, il immola des bœufs à Hercule[84]: il en sacrifia vingt sans obtenir des présages favorables, mais au vingt et unième, des signes apparurent enfin, annonçant aux Romains la victoire s'ils se tenaient sur leurs gardes. 12. Paul-Émile fit donc vœu d'offrir au dieu une hécatombe et un concours sacré[85], puis il donna l'ordre aux officiers de ranger l'armée en ordre de bataille. 13. Quant à lui, il attendit que la lumière ait tourné et décliné[86]; il ne voulait pas que ses soldats, s'ils combattaient dès l'aurore, eussent le soleil dans les yeux. Il passa tout ce temps assis dans sa tente, qui ouvrait sur la plaine et sur l'armée des ennemis.

XVIII. 1. Vers le soir, ce fut Paul-Émile lui-même, selon certains auteurs, qui imagina un artifice pour pousser les ennemis à attaquer: les Romains lâchèrent sur eux un cheval débridé qu'on poursuivit, ce qui déclencha le combat[87]. 2. Mais selon

---

80. Cette éclipse est très probablement celle du 21 juin 168.
81. Le geste des Romains, dont Plutarque explicite le symbolisme, revient à conjurer un «prodige»; il est, semble-t-il, ordinaire en cette circonstance: voir une allusion chez Tite-Live, XXVI, 5, 9. L'attitude des uns et des autres face à ce «signe» du ciel est en elle-même un présage de l'issue du combat (l'annonce de la fin de Persée selon Polybe, XXIX, 16).
82. La périodicité des éclipses paraît avoir été connue de Plutarque d'après les calculs d'Hipparchos, mathématicien et astronome du IIe siècle avant J.-C. Mais grâce aux observations de ses prédécesseurs, un philhellène comme Paul-Émile avait certainement les moyens, dès l'époque de Pydna, d'apprécier en gros la cause du phénomène (voir Walbank II, 1967, p. 386-387).
83. Perception «rationnelle» et comportement «religieux» ne sont pas incompatibles: comparer Périclès, VI, 2-5. Paul-Émile, augure et magistrat, ni «esprit fort», ni «superstitieux», répond exactement à l'idéal politique de Plutarque: une piété (eusébeia) fidèle à la tradition (voir Wardman, 1974, p. 92-93).
84. Le sacrifice à Hercule (Héraclès) vise sans doute à faire venir dans son camp le dieu de l'adversaire: comparer infra, XIX, 4. Les Romains ne lésinent pas sur les offrandes aux dieux, jusqu'à satisfaction de leurs demandes.
85. Procédure classique du vœu avant la bataille, qui sera exaucé après la victoire, grâce au butin. Bien des temples de Rome lui doivent d'avoir été construits sous la République.
86. Sur l'horaire de la bataille, voir infra, XXII, 1.
87. Il s'agit de respecter l'obligation de prudence tirée du présage (voir supra, XVII, 11).

d'autres[88], des Thraces commandés par Alexandre attaquèrent des bêtes de somme appartenant aux Romains, qui transportaient du fourrage ; sept cents Ligures s'élancèrent aussitôt contre eux, les deux camps envoyèrent des renforts, et ce fut ainsi que le combat s'engagea. 3. À l'agitation et au mouvement des armées, Paul-Émile, tel le pilote d'un navire[89], sentit l'importance de la lutte qui s'annonçait. Il sortit de sa tente et parcourut les rangs des fantassins pour les encourager. 4. Quant à Nasica, qui avait poussé à cheval jusqu'aux troupes légères, il s'aperçut que déjà presque tous les ennemis étaient en train d'en venir aux mains.
5. En tête s'avançaient les Thraces dont l'aspect, selon Nasica, frappait particulièrement le regard : c'étaient des hommes de haute taille, équipés de boucliers longs et de cnémides d'une blancheur étincelante, et vêtus de tuniques noires ; ils brandissaient sur l'épaule droite des sabres à deux tranchants, au fer pesant, qu'ils tenaient dressés vers le ciel[90]. 6. Après les Thraces venaient les mercenaires, avec leurs armes de toutes origines [lacune] et, mêlés à eux, des Péoniens. 7. Derrière avançait un troisième corps, composé de soldats choisis : ils étaient, par leur bravoure et leur jeunesse, l'élite des Macédoniens, et éblouissaient le regard avec leurs armes dorées et leurs manteaux de pourpre tout neufs. 8. Tandis qu'ils prenaient leurs positions, les phalanges des Chalcaspides[91] montaient du retranchement, emplissant toute la plaine de l'éclat du fer et des lueurs du bronze, tandis que la montagne retentissait de leurs clameurs et du vacarme de leurs appels. 9. Ils s'avançaient avec tant d'audace et de vitesse que les premiers tués ne tombèrent qu'à deux stades[92] du camp romain.

XIX. 1. Quand l'attaque fut lancée, Paul-Émile, qui était tout près, s'aperçut que les Macédoniens du corps d'élite avaient déjà enfoncé les pointes de leurs sarisses dans les boucliers romains, empêchant ainsi les soldats de les approcher avec leurs épées. 2. Lorsqu'il vit ensuite les autres Macédoniens détacher, à un signal donné, les boucliers qu'ils portaient à l'épaule, incliner leurs sarisses et repousser les boucliers allongés des Romains, lorsqu'il vit la force de ces rangs serrés de boucliers et la violence de leur charge, il fut pris d'étonnement et de crainte, pensant qu'il n'avait jamais assisté à spectacle plus terrifiant[93]. Souvent par la suite, il se rappela son émotion à cette vue. 3. Mais pour l'heure, il lui fallait se montrer serein et joyeux aux combattants ; il s'avança donc à cheval, sans casque et sans cuirasse[94].

---

88. Parmi lesquels Nasica ? Voir § 5.
89. L'image est forte, non moins que le contraste avec le rôle de l'«éclaireur» et observateur Nasica. L'opposition implicite est encore plus frappante avec l'affolement de Persée (voir infra, XIX, 4).
90. La suite de cette description, dont la source est évidemment Nasica, transmue l'assaut de la phalange en morceau de bravoure de tonalité homérique ; voir Tite-Live, XLIV, 41, 1-3.
91. Ces soldats, armés d'un bouclier de bronze, formaient un corps de la phalange macédonienne.
92. 350 m environ.
93. La surprise et l'effroi de Paul-Émile font de ce paragraphe un passage «clairement polybien» (voir Walbank II, 1967, p. 388, commentant Polybe, XIX, 17, 1).
94. Tite-Live (XLIV, 41, 1) met en scène un général qui, «à plus de soixante ans, assumait des tâches convenant à des jeunes gens». Ici, le contraste avec Persée est à son comble.

4. En revanche, le roi des Macédoniens fut saisi, selon Polybe[95], par une lâche terreur dès le début de la bataille; il s'éloigna à cheval vers la cité, feignant de vouloir sacrifier à Héraclès, alors que celui-ci n'accepte pas les lâches sacrifices que lui offrent les lâches, et n'exauce pas les prières impies. 5. La piété interdit, en effet, que celui qui ne tire pas atteigne son but, que celui qui n'attend pas l'ennemi remporte la victoire, que celui qui n'agit pas réussisse et que le méchant soit heureux[96]. 6. Mais le dieu écoutait les prières de Paul-Émile: lorsque ce héros demandait le succès et la victoire, il avait lui-même en main sa lance victorieuse, et il combattait au moment où il invitait le dieu à combattre avec lui[97].
7. Toutefois un certain Posidonios[98], qui prétend avoir vécu en ce temps-là et avoir pris part à ces événements, et qui a consacré à Persée une *Histoire* en plusieurs livres, affirme que ce ne fut ni par lâcheté ni sous prétexte d'un sacrifice que le roi s'éloigna. La veille du combat, il avait reçu un coup de pied de cheval à la jambe, 8. et durant la bataille, malgré sa blessure et les efforts de ses amis pour le retenir, il se fit amener un cheval de trait, l'enfourcha et alla se mêler, sans cuirasse, aux combattants de la phalange. 9. Là, comme des traits de toutes sortes étaient lancés des deux côtés, il fut frappé par un javelot tout en fer: ce ne fut pas la pointe qui le blessa, mais l'arme glissa de biais contre son flanc gauche et sous le choc, sa tunique fut déchirée, tandis que sa chair était enflammée par une contusion sans plaie dont il garda longtemps la trace. 10. Tel est du moins le récit que fait Posidonios pour défendre Persée.

XX. 1. Comme les Romains restaient en face de la phalange sans parvenir à la rompre, Salvius, qui commandait aux Péligniens[99], saisit l'enseigne de sa compagnie et la lança au milieu des ennemis. 2. Les Péligniens se précipitèrent aussitôt vers cet endroit, car pour les Italiens, la justice et la religion interdisent d'abandonner une enseigne[100]. Dans cette mêlée, on infligea et l'on subit de part et d'autre des coups terribles. 3. Les Romains essayaient d'écarter les sarisses avec leurs épées, de

---

95. Polybe, XXIX, 18.
96. *Ce commentaire, lui, est clairement plutarquien. Piété authentique et pureté morale sont associées dans la tradition philosophique grecque, au moins depuis Platon.*
97. *Une exégèse du type «aide-toi, le ciel t'aidera» serait anachronique, sinon totalement erronée. En fait, le dieu secourt celui qui met en cohérence attitude religieuse et comportement militaire: la «lance victorieuse» a, dans ce contexte, quelque chose d'un objet sacré, qu'il faut être digne de manipuler.*
98. *Ce Posidonios ne nous est pas autrement connu. Il n'a rien à voir avec le philosophe voyageur Posidonios d'Apamée, souvent utilisé par Plutarque (Fabius, XIX, 4; Marcellus, IX, 7): celui-ci est né au plus tôt en 142. On a pu montrer que le biographe a procédé à un montage ingénieux de ses diverses sources. L'appréciation finale (§ 9) discrédite cette seconde version; pour le lecteur, le plaisir pris au récit s'achève en satisfaction démystificatrice.*
99. *Péligniens et Marruciens – qui leur sont associés au § 4 – sont des peuples d'Italie centrale passés dans l'«alliance» de Rome (voir Tite-Live, XLIV, 40, 5). Leur image est celle de guerriers intrépides, plus vaillants que lucides.*
100. Voir Tite-Live, X, 4 et Ovide, Fastes, III, 114.

les repousser avec leurs boucliers, et de les détourner en les saisissant même avec les mains. 4. Mais les Macédoniens tenaient fermement leur lance des deux mains, et transperçaient assaillants et armures, car ni boucliers ni cuirasses ne pouvaient résister à la force des sarisses. Ils culbutèrent les Péligniens et les Marruciens qui sans la moindre réflexion, avec une ardeur sauvage, s'élançaient au-devant des coups et d'une mort certaine. 5. Quand les hommes du premier rang eurent été taillés en pièces de cette manière, ceux qui étaient placés derrière eux reculèrent. Ce n'était pas encore une fuite, mais un repli en direction d'une montagne nommée Olocron. 6. Alors, à en croire Posidonios[101], Paul-Émile déchira sa tunique en voyant cette partie des troupes perdre pied et le reste des Romains s'écarter de la phalange, laquelle n'offrait aucune prise et s'avançait, invincible de tous côtés, en un hérissement compact de sarisses qui ressemblait à un rempart.
7. Mais le terrain était inégal et la ligne de bataille, en raison de son étendue, ne pouvait maintenir continue cette ligne de boucliers. Paul-Émile observa que la phalange des Macédoniens présentait beaucoup d'ouvertures et de brèches, comme il arrive lorsque les armées sont très grandes et les assauts des combattants divers : elle était resserrée à certains endroits, tandis qu'ailleurs elle débordait[102]. 8. Il avança donc rapidement, sépara les cohortes et leur ordonna de se porter vers les interstices et les vides du dispositif ennemi : ils ne devaient pas lancer un unique combat contre l'ensemble des ennemis, mais en déclencher plusieurs au même moment, de différents côtés. 9. Dès que Paul-Émile eut donné ces instructions aux officiers et que ceux-ci les eurent transmises aux soldats, ils se faufilèrent et pénétrèrent derrière la ligne des boucliers, attaquant certains ennemis de côté, sur leur flanc découvert, et courant pour tourner les autres. 10. Aussitôt la phalange perdit sa force et l'efficacité que lui assurait sa cohésion. À présent que les Macédoniens luttaient contre des individus isolés ou peu nombreux, ils ne disposaient que de petits poignards, pour frapper les boucliers solides qui couvraient les Romains jusqu'aux pieds, et avec leurs minces boucliers à eux, ils avaient du mal à résister aux épées pesantes, violemment lancées, qui transperçaient toute leur armure pour atteindre leur corps. Ils furent donc mis en déroute[103].

XXI. 1. Le combat contre ces troupes avait été acharné. Marcus, fils de Caton et gendre de Paul-Émile[104], y fit montre d'une telle ardeur qu'il perdit son épée. 2. Comme ce jeune homme avait reçu la meilleure éducation et qu'il devait à son illustre père de s'illustrer à son tour par sa vertu, il pensa qu'il n'avait pas le droit de

---

101. Posidonios, suggère Plutarque, exagère les difficultés et le désarroi des Romains. Autant Paul-Émile paraît supérieur à Persée, autant la phalange l'emporte sur la légion. Du moins tant que Paul-Émile lui-même n'a pas discerné le défaut de la cuirasse...
102. Une fois de plus, les talents d'observation de Paul-Émile sont mis en relief.
103. L'épisode qui aboutit à la déroute de la phalange est célèbre. Tite-Live le résume ainsi : «La cause la plus manifeste de la victoire, ce fut la multiplicité et la dispersion des engagements qui, alors que sa ligne chancelait, perturbèrent d'abord, puis firent voler en éclats la phalange» (XLIV, 41, 6).
104. En fait, il ne deviendra son gendre que plus tard (voir Caton l'Ancien, XX, 12).

vivre s'il abandonnait cette dépouille aux ennemis[105]. Il parcourut le champ de bataille, expliquant sa mésaventure et demandant de l'aide à tous les amis et à tous les proches qu'il rencontrait. 3. Ceux-ci, qui étaient nombreux et braves, l'entourèrent et le suivirent. D'un seul élan, ils écartèrent tout le monde et se jetèrent contre les ennemis. 4. Au prix d'un combat violent, qui fit beaucoup de morts et de blessés, ils les délogèrent, et une fois l'endroit désert et abandonné, ils se mirent à la recherche de l'épée. 5. Ils la retrouvèrent à grand-peine enfouie sous des monceaux d'armes et de cadavres. Alors tout joyeux, chantant le péan, ils se portèrent avec encore plus de fougue contre ceux des ennemis qui restaient groupés[106]. 6. Pour finir, les trois mille soldats d'élite, qui étaient toujours à leur poste et continuaient à combattre, furent tous taillés en pièces. Les autres prirent la fuite. Le massacre fut si grand que la plaine et les flancs de la montagne étaient couverts de morts, et que le lendemain de la bataille, lorsque les Romains traversèrent le Leucos, ses eaux étaient encore teintées de sang. 7. Il y eut, dit-on, plus de vingt-cinq mille morts. Les Romains ne perdirent que cent hommes, d'après Posidonios[107], et selon Nasica, quatre-vingts seulement.

XXII. 1. Or l'issue de cette bataille si importante se décida très rapidement. On avait commencé de combattre à la neuvième heure et, avant la dixième, la victoire était remportée. Les Romains mirent à profit le reste du jour pour se lancer à la poursuite des ennemis; ils la poussèrent jusqu'à cent vingt stades, et la nuit était déjà tombée quand ils revinrent sur leurs pas[108]. 2. Les esclaves allèrent à leur rencontre avec des flambeaux et les reconduisirent, avec des cris de joie, à leurs tentes qu'on avait illuminées et ornées de couronnes de lierre et de laurier. 3. Seul, le général était en proie à une douleur profonde[109]. Des deux fils qui combattaient avec lui, le plus jeune n'avait reparu nulle part. Or c'était celui qu'il chérissait le plus, car il voyait que la nature l'avait encore plus heureusement doué pour la vertu que ses frères. 4. Comme ce garçon avait l'âme passionnée et ambitieuse et qu'il était à peine sorti de l'enfance[110], son

---

105. *La vertu ou* arétè *est, dans la société aristocratique romaine en cours d'hellénisation, le produit idéal de la filiation et de l'éducation. La perte de l'épée fait au jeune homme le même effet que la perte d'une enseigne aux Péligniens (voir supra, XX, 1-2)... pour un résultat évidemment bien différent.*
106. *Le même récit figure dans* Caton l'Ancien, *XX, 11, où Plutarque mentionne une lettre de Caton qui en est peut-être la source.*
107. *La mention de Posidonios est peut-être un lapsus pour «Polybe». Comparer Tite-Live, XLIV, 42, 7-8.*
108. *Plutarque insiste sur l'«horaire» des combats. La neuvième heure correspond à 15-16 heures. Tite-Live (XLIV, 40, 7): «Voici qu'à la neuvième heure environ, une bête de somme, ayant échappé aux mains de ceux qui s'en occupaient, s'enfuit vers la rive opposée.» 120 stades représentent 22 km.*
109. *Plutarque ne manque pas de développer le beau contraste entre victoire romaine et angoisse du héros; Tite-Live était nettement plus sec (voir XLIV, 44, 1-3). Voir Dictionnaire, «Tite-Live».*
110. *C'est le futur et glorieux Scipion Émilien (voir supra, V, 5). «Fils selon la nature du consul Paul-Émile, il devint par adoption le petit-fils de l'Africain. Il était alors âgé de 17 ans, circonstance qui par elle-même redoublait l'inquiétude» (Tite-Live, XLIV, 44, 3). 17 ans, c'est à Rome l'âge des premières armes de l'aristocrate-citoyen-soldat.*

père supposait qu'il s'était laissé entraîner par l'inexpérience au milieu des rangs ennemis, et qu'il était perdu sans recours. 5. Tout le camp remarqua son inquiétude et son angoisse ; les soldats s'élancèrent, sans même finir de dîner, et se mirent à courir avec des torches, les uns, en grand nombre, vers la tente de Paul-Émile, d'autres, tout aussi nombreux, devant le retranchement où ils commencèrent à chercher parmi les premiers morts. 6. Le camp était plongé dans l'abattement, et la plaine résonnait des cris de ceux qui appelaient Scipion, car celui-ci avait été, d'emblée, l'objet de l'admiration générale : plus que tous les membres de sa famille, il possédait le tempérament d'un chef et d'un homme politique[111]. 7. Il était déjà tard, et l'on avait presque perdu tout espoir lorsque, avec deux ou trois compagnons, il revint de la poursuite, couvert du sang des ennemis qu'il avait tués : tel un jeune chien de bonne race[112], il s'était laissé emporter irrésistiblement par le plaisir de la victoire. 8. C'est ce même Scipion qui par la suite détruisit Carthage et Numance[113] et devint de loin le plus valeureux et le plus puissant de tous les Romains de son temps. 9. La Fortune reporta donc à une autre occasion l'accomplissement de la Némésis qu'exigeait le succès de Paul-Émile : elle lui permit ce jour-là de jouir pleinement de sa victoire[114].

XXIII. 1. Persée prit la fuite et quitta Pydna pour Pella avec ses cavaliers, qui s'étaient presque tous sortis indemnes de la bataille[115]. 2. Mais les fantassins les rejoignirent et les insultèrent, les traitant de lâches et de traîtres, les tirant à bas de leurs chevaux et les frappant. Effrayé par cette agitation, le roi fit quitter la route à son cheval, arracha son vêtement de pourpre pour ne pas être reconnu, le posa devant lui et prit son diadème à la main. 3. Puis il mit pied à terre et tira son cheval par la bride, afin de pouvoir parler à ses compagnons tout en marchant. 4. Mais ceux-ci feignirent, l'un de rattacher sa sandale, l'autre d'abreuver son cheval, l'autre de se désaltérer lui-même ; ils l'abandonnèrent tous petit à petit et prirent la fuite, moins par crainte des ennemis que de la cruauté de Persée. 5. Celui-ci en effet, exaspéré par ses malheurs, cherchait à écarter de lui la responsabilité de la défaite et à la rejeter sur tout le

---

111. *Les passages magnifiant l'adolescent s'inspirent du fameux éloge de Polybe (XXXI, 29) qui insiste sur son goût pour la chasse, encouragé en Macédoine par son père (et déjà – par anticipation ? – supra, VI, 9).*

112. *L'image rappelle Platon, République II, 375a, à qui Polybe l'a empruntée : « Il se prit de passion pour la chasse, car, tel un jeune chien de bonne race, il avait l'âge et les dispositions naturelles qu'il fallait pour cela. » Voir Walbank II (1967), p. 513.*

113. *Carthage, en 146 ; Numance, en 133.*

114. *Fortune (Tychè) et Némésis : la vengeance du Ciel sur la descendance de Paul-Émile est reportée (voir infra, XXXV et XXXVII, 2-6). La «Fortune» de Plutarque n'est pas celle de Polybe. Les monnaies témoignent que cette victoire a valu au héros, pour la troisième fois, une acclamation comme* imperator.

115. *Le départ de Persée est situé «le deuxième jour après la bataille» par Tite-Live (XLIV, 45, 1). Les chapitres XXIII-XXIV s'inspirent sans doute en partie du Posidonios déjà mentionné (supra, XIX, 7), en partie du texte de Polybe, perdu mais dont la substance a été reprise par Tite-Live (XLIV, 42-46).*

monde. 6. Quand il arriva de nuit à Pella, Euctos et Eulaios[116], qui étaient préposés à la monnaie, vinrent à sa rencontre; comme ils lui reprochaient ce qui s'était passé et lui donnaient des conseils avec une franchise intempestive, il s'emporta et les tua tous deux à coups de poignard. Après quoi, il ne resta plus personne à ses côtés, sauf le Crétois Évandre, l'Étolien Archédamos et le Béotien Néon. 7. Parmi ses soldats, seuls les Crétois le suivirent[117], non par affection, mais à cause de ses richesses qui les attiraient comme les rayons de cire attirent les abeilles. 8. En effet, il emportait avec lui d'immenses trésors[118], et il permit aux Crétois de prendre des coupes, des cratères et d'autres pièces de vaisselle en argent ou en or, pour une valeur d'environ cinquante talents. 9. Il se rendit d'abord à Amphipolis, puis de là à Galepsos[119], et comme sa peur se calmait un peu, il retomba dans sa maladie congénitale et invétérée, l'avarice[120]. Il se plaignait à ses amis d'avoir par mégarde jeté aux Crétois certains des trésors d'Alexandre le Grand; avec des supplications et des larmes, il demandait à ceux qui les avaient pris de les lui échanger contre de l'argent. 10. Ceux qui le connaissaient bien se rendirent compte qu'il voulait jouer le Crétois avec des Crétois; quant à ceux qui lui firent confiance et lui rendirent ces objets, ils furent dépouillés[121] : 11. il ne leur donna pas d'argent en échange. Ayant gagné sur ses amis trente talents dont ses ennemis devaient bientôt se saisir, il fit voile avec eux vers Samothrace et se réfugia en suppliant dans le temple des Cabires[122].

XXIV. 1. Les Macédoniens sont en général, dit-on, très attachés à leurs rois. Mais en la circonstance, comme si une armature s'était brisée et faisait s'écrouler d'un coup tout l'édifice, ils se rendirent à Paul-Émile et, en deux jours, firent de lui le maître de toute la Macédoine, 2. ce qui confirme, semble-t-il, l'opinion de ceux qui attribuent ses succès à une heureuse fortune[123]. 3. Il se produisit également un phénomène surnaturel à l'occasion du sacrifice qu'il offrit à Amphipolis; la cérémonie religieuse était commencée, lorsque la foudre tomba sur l'autel et l'enflamma, consumant ainsi les offrandes. 4. Mais ce qui, plus que tout, montre la faveur des dieux et de la Fortune, fut l'action de la Renommée. Le quatrième jour après la défaite de Persée à Pydna, le peuple assistait à Rome à des courses de chevaux, quand soudain le bruit courut parmi les premiers rangs des spectateurs que Paul-Émile avait vaincu Persée

---

116. *Euctos et Eulaios sont présentés par Tite-Live comme les commandants de la garnison de Pella. Voir Robert (1963), p. 71-74.*
117. *Tite-Live (XLIV, 43, 8 et 45, 13) fait état d'une escorte de 500 Crétois.*
118. *2 000 talents furent transportés jusqu'à Samothrace, selon Tite-Live (XLIV, 45, 15).*
119. *Galepsos est sur la côte thrace, à l'est d'Amphipolis.*
120. *Retour de Persée à la «mesquinerie» décrite au chapitre XII.*
121. *La réputation des Crétois apparaît double: ils sont intéressés, mais aussi menteurs (voir* Callimaque, Hymne à Zeus, *8). Le passage annonce XXVI, 2-3.*
122. *Le temple panhellénique des Cabires à Samothrace a une telle réputation que Marcellus, par exemple (voir* Marcellus, XXX, 6), *y a dédié des œuvres d'art prises à Syracuse.*
123. *Les variations sur la Fortune accompagnent tout au long cette* Vie. *Parfois – et encore bientôt – opposée à la Némésis, elle est ici associée à une autre déesse capricieuse: la Renommée.*

dans une grande bataille et conquis toute la Macédoine[124]. 5. La nouvelle se répandit rapidement dans la foule ; la joie éclata, au milieu des applaudissements et des acclamations, et remplit ce jour-là toute la cité. 6. Par la suite, comme on ne pouvait remonter avec certitude à la source de ce bruit, et qu'il semblait se répandre partout uniformément, la rumeur se dissipa et s'évanouit. Mais quelques jours plus tard, on reçut des informations précises, et l'on admira la manière dont cette annonce anticipée avait contenu, dans son mensonge même, la vérité[125].

XXV. 1. On dit de même que la nouvelle de la bataille livrée par les Italiens au bord du Sagra parvint le jour même dans le Péloponnèse, et que la bataille de Mycale contre les Mèdes fut connue avec la même rapidité à Platées[126]. 2. Quand les Romains vainquirent les Tarquins qui marchaient contre eux avec les peuples du Latium[127], on vit aussitôt après deux hommes beaux et grands qui venaient de l'armée pour apporter eux-mêmes cette nouvelle : on supposa qu'il s'agissait des Dioscures. 3. Le premier qui les rencontra sur le forum, devant la fontaine où ils rafraîchissaient leurs chevaux trempés d'une sueur abondante, s'étonna de les entendre annoncer la victoire. 4. Alors, dit-on, ils lui touchèrent la barbe de leurs deux mains, en souriant, et ses poils, qui étaient noirs, devinrent aussitôt couleur de feu, ce qui fit qu'on ajouta foi à la nouvelle et qu'on donna à l'homme le surnom d'Ahénobarbus, mot qui signifie «barbe d'airain»[128]. 5. Du reste, un événement qui s'est produit invite à ajouter foi à tous ces récits. Lorsque Antonius se souleva contre Domitien, alors qu'on s'attendait à une guerre dangereuse venue de la Germanie, et que Rome était profondément troublée, le peuple répandit soudain, spontanément, la nouvelle de la victoire : le bruit courut à Rome qu'Antonius lui-même avait été tué, que son armée était vaincue et qu'il n'en restait rien. La foi qu'on accorda à cette rumeur fut si éclatante et si puissante que beaucoup de magistrats allèrent jusqu'à offrir des sacrifices[129]. 6. Mais quand on rechercha qui le

---

124. Le lieu (le Cirque) et l'occasion (la course de chevaux) semblent prédestinés à l'annonce d'une grande victoire. En tout cas, le Cirque, comme le théâtre, est l'endroit de Rome le plus propice à la manifestation de la renommée... et de la popularité.
125. L'événement a été commenté par Cicéron (De la divination, II, 6) et décrit par Tite-Live (XLV, 1, 1-6) : nouvelle confirmée par Quintus Fabius (le fils aîné de Paul-Émile), Lucius Lentulus, Quintus Métellus, qui «ont voyagé le plus vite qu'ils pouvaient».
126. Il s'agit en premier lieu de la victoire de Locres sur Crotone, villes grecques d'Italie du Sud, au VIe siècle avant J.-C. (voir Cicéron, De la divination, II, 6 et Strabon, Géographie, VI, 261). Mycale-Platées : Plutarque a interverti les deux noms de lieu (voir Hérodote, Enquête, IX, 100) !
127. À la bataille du lac Régille, en 499, qui écarte selon la tradition le retour des rois. Voir Coriolan, III, 5.
128. Ahénobarbus (voir Suétone, Néron, 1) restera le surnom d'une importante branche des Domitii.
129. En 88 après J.-C., Lucius Antonius Saturninus, légat de Germanie Supérieure, s'est révolté contre Domitien (voir Jones, 1992, p. 144-149, 170-171). Sur l'annonce prématurée de sa défaite, voir Suétone, Domitien, 6, 2 ; Martial, IV, 11. La suite du texte prouve deux choses : la «renommée» de l'épisode a été si grande (§ 7) que de bons esprits l'ont accueillie ; une fois admise la réalité de l'événement, le raisonnement de Plutarque est encore de type expérimental.

premier l'avait répandue, on ne trouva personne : on en poursuivit la trace d'un homme à l'autre sans pouvoir la saisir et pour finir, elle se perdit dans la foule immense comme dans une mer sans fond ; on crut qu'elle n'avait aucune source digne de foi et cette rumeur disparut rapidement de la cité. Mais comme Domitien partait pour cette guerre à la tête d'une armée et qu'il était déjà en chemin, il croisa un messager porteur d'une lettre lui apprenant la victoire. 7. Or le jour où cette victoire avait été remportée était précisément celui où en avait couru le bruit, alors que les lieux étaient pourtant éloignés l'un de l'autre de plus de vingt mille stades[130]. C'est là un fait que n'ignore aucun de nos contemporains.

XXVI. 1. Cnaeus Octavius[131], qui commandait la flotte de Paul-Émile, aborda à Samothrace. Par égard pour les dieux, il respecta le droit d'asile de Persée, mais l'empêcha d'embarquer et de prendre la fuite. 2. Cependant Persée parvint, on ne sait comment, à persuader un Crétois nommé Oroandès, qui possédait un petit bateau, de le prendre à son bord avec ses trésors. 3. Mais cet homme agit en vrai Crétois[132]. Il embarqua les trésors pendant la nuit et donna rendez-vous à Persée la nuit suivante, au port, près du sanctuaire de Déméter[133], avec ses enfants et les serviteurs dont il avait besoin. Lui-même prit la mer aussitôt, dès le soir. 4. Persée était dans une situation lamentable : il se glissa par une étroite ouverture le long du rempart, avec ses jeunes enfants et son épouse qui étaient peu habitués à la fatigue et à l'errance. Le gémissement qu'il poussa fut encore plus lamentable, quand, alors qu'il errait sur le bord du rivage, quelqu'un lui annonça qu'il avait vu le navire d'Oroandès courir déjà en haute mer. 5. Le jour commençait à poindre. Ayant perdu tout espoir, Persée revint en fuyant vers le rempart. Les Romains l'aperçurent, mais il parvint, ainsi que sa femme, à les devancer dans le sanctuaire. 6. Cependant ses jeunes enfants furent saisis et livrés aux Romains par Ion, qui était depuis longtemps l'éromène du roi, mais se changea alors en traître et fut le principal artisan de sa capture. Comme une bête à qui on a arraché ses petits, Persée se rendit et livra sa personne au pouvoir de ceux qui s'étaient emparés de ses enfants.

7. C'était en Nasica qu'il avait surtout confiance et il le réclama. Mais Nasica n'était pas là. Aussi, après avoir pleuré sur sa fortune et réfléchi à la nécessité à laquelle il se trouvait réduit, Persée se rendit à Cnaeus[134]. Ce fut alors surtout que l'on put voir

---

130. En fait, il y a environ 1 300 km entre Mayence et Rome, c'est-à-dire 7 000 stades.
131. Cet Octavius, alors préteur, s'est souvent vu confier une flotte depuis que Rome s'est tournée vers l'Orient, au début du siècle. Il obtiendra le triomphe en 167.
132. Oroandès agit « en vrai Crétois », marchand cupide et trompeur, mais qui va aussi rendre à Persée, si l'on ose dire, la monnaie de sa pièce (voir supra, XXIII, 7-11) : il apparaît comme l'agent inattendu et vulgaire de la Némésis... ou de la justice divine (§ 8).
133. Voir Chapouthier (1935, p. 169-171) qui confronte cette version avec celle de Tite-Live (XLV, 6).
134. Ce passage s'inspire sûrement de Nasica (voir supra, XV, 5), source qui accentue la situation dramatique et les réactions dérisoires de Persée. Tite-Live lui fait maudire les dieux de Samothrace, indifférents à sa sauvegarde ; Plutarque s'en tient au thème des retours de Fortune.

qu'il portait en lui un vice encore plus vil que l'attachement à l'argent, l'attachement à la vie[135], qui le fit se dépouiller lui-même du seul bien que la Fortune n'arrache pas à ceux qu'elle a frappés : la pitié. 8. En effet, lorsqu'il demanda à être conduit devant Paul-Émile, celui-ci, le prenant pour un grand homme dont la chute était provoquée par la Némésis divine et par l'infortune, se leva et sortit avec ses amis à sa rencontre, les larmes aux yeux[136]. 9. Mais Persée – spectacle honteux ! – se jeta face contre terre, lui étreignit les genoux et laissa échapper des paroles et des supplications indignes d'un homme libre. Paul-Émile ne put supporter de les entendre ; il le regarda, avec sur le visage une expression de souffrance et de chagrin. 10. « Misérable[137], lui dit-il, pourquoi renonces-tu au plus grand des reproches que tu pouvais faire à la Fortune, par cette conduite qui montrera bien que tu n'as pas été frappé injustement et que c'était ta prospérité passée qui était imméritée, non ton infortune présente. 11. Pourquoi rabaisses-tu ma victoire et amoindris-tu mon succès en montrant que tu n'as pas de noblesse, et que tu n'es pas un adversaire digne des Romains ? 12. La vertu assure en partage aux malchanceux un grand respect, même de la part de leurs ennemis, mais la lâcheté, fût-elle triomphante, est pour les Romains ce qu'il y a de plus honteux. »

XXVII. 1. Paul-Émile releva cependant Persée, lui prit la main et le confia à Tubéro[138]. Quant à lui, entraînant dans sa tente ses fils, ses gendres et d'autres officiers, principalement les plus jeunes, il resta longtemps assis en silence, perdu dans ses pensées, à la grande surprise de tous les assistants. 2. Puis il se mit à parler de la Fortune et des choses humaines[139]. « A-t-on le droit, demanda-t-il, quand on est un être humain, de s'enorgueillir du succès de l'heure présente et de se glorifier d'avoir soumis un peuple, une cité ou un royaume ? La Fortune ne présente-t-elle pas plutôt au guerrier, par de tels renversements, un exemple de la commune faiblesse, pour lui apprendre à ne rien considérer comme durable et solide ? 3. En quelle circonstance l'homme peut-il se montrer confiant quand la victoire, plus que tout, l'oblige à redouter la Fortune et quand, au moment même où il se réjouit, la pensée des fluctuations de la fatalité qui attaque tour à tour une personne puis une autre, le plonge dans un tel

---

135. « Attachement » : les termes grecs employés sont philargyria, philopsychia.
136. La méprise de Paul-Émile est celle d'un expert en Fortune et en Némésis... Persée révèle sa vraie nature en se montrant indigne de l'une comme de l'autre, et finalement indigne (§ 11) d'être l'adversaire du Romain. Jamais l'écart séparant les deux types d'hommes n'a été plus profond.
137. Tite-Live présente une version développée de cette apostrophe « cornélienne » en XLV, 7-8, et précise (8, 6) que Paul-Émile l'aurait prononcée en grec. Sur la signification possible du choix du grec ou du latin selon les circonstances, voir Ferrary (1988), p. 558-560.
138. Il s'agit de Quintus Aelius Tubero, gendre de Paul-Émile (voir supra, V, 6-7 et infra, XXVIII, 11-12).
139. C'est la deuxième fois (voir supra, XVII, 4) que le héros s'adresse à un conseil où figurent les jeunes de sa famille et de son entourage : le caractère édifiant du personnage est encore souligné (supra, VII, 8-10). La source est-elle Nasica ? Voir aussi Polybe, XXIX, 20, 1-4, et Diodore, XXX, 23, qui s'en inspire ; voir le commentaire de Walbank II (1967), p. 392 et celui de Pédech (1964), p. 352, note 100, selon qui Polybe aurait pu disposer d'un compte rendu de cet entretien par Scipion, le futur Émilien, qui était présent.

découragement[140]? 4. L'héritage d'Alexandre, ce prince qui s'éleva à un tel pouvoir et dont la force fut si grande, il nous a fallu moins d'une heure[141] pour le renverser et le fouler aux pieds. En voyant des rois qui, récemment encore, étaient environnés de tant de dizaines de milliers de fantassins et de tant de milliers de cavaliers, recevoir de la main de leurs ennemis leur ration quotidienne de nourriture et leur boisson, pensez-vous que nous ayons nous-mêmes la moindre assurance que notre Fortune résistera au temps? 5. Allons, jeunes gens, renoncez à la vaine présomption et à l'arrogance que donne la victoire! Faites-vous petits et humbles en pensant à l'avenir, et demandez-vous sans cesse avec inquiétude à quel moment la divinité s'abattra sur chacun pour lui faire payer le bonheur présent[142].» 6. Paul-Émile développa ces idées assez longuement, dit-on, puis il renvoya les jeunes gens, ayant grandement rabaissé leur fierté et leur insolence par ce discours qui les bridait comme un frein[143].

XXVIII. 1. Ensuite, il accorda du repos à son armée; quant à lui, il alla visiter la Grèce où sa conduite fut à la fois glorieuse et pleine d'humanité[144]. 2. Sur son passage, il restaurait les démocraties, rétablissait les constitutions et faisait des largesses – ici du blé, ailleurs de l'huile – à partir des trésors du roi[145]. 3. Il y trouva, dit-on, des réserves si abondantes que ceux qui demandaient et obtenaient des subsides firent défaut bien avant que la quantité découverte eût été épuisée. 4. À Delphes, il vit une grande colonne carrée en marbre sur laquelle on s'apprêtait à placer une statue en or de Persée; il ordonna qu'on y mît la sienne: «Les vaincus, déclara-t-il, doivent céder la place aux vainqueurs[146].» 5. À Olympie, il prononça, dit-on, ce mot si souvent cité: «C'est le Zeus d'Homère que Phidias a sculpté[147].» 6. À l'arrivée des

---

140. Sentiment de la Némésis, tel que pouvait l'éprouver un politique romain favorisé de la Fortune.
*141. Le sort de la bataille de Pydna s'est en effet joué «entre la neuvième et la dixième heure» (voir supra, XXII, 1). Il faut attribuer à Plutarque plutôt qu'à Paul-Émile la mention de «l'héritage d'Alexandre». Toutefois, le thème de l'*aemulatio Alexandri *remonte au moins à Scipion Émilien (voir Green, 1978; Ferrary, 1988, p. 584-586).*
142. Sur Paul-Émile et la Némésis, voir supra, XXII, 9.
143. Étrangement, Tite-Live est encore plus bref (XLV, 8, 6-7); il conclut positivement: «Celui-là seul sera vraiment homme qui ne se laissera ni enfler par la prospérité, ni briser par le malheur.»
144. Le climat de ce «tourisme» politique, évergétique et religieux est aux antipodes de la fuite éperdue de Persée. Sur l'ensemble de l'épisode, voir Ferrary (1988), p. 554-560: «Tite-Live (XLV, 27, 5-28, 6) est plus complet que Plutarque, mais les quelques fragments conservés de Polybe (XXX, 10) montrent que son récit devait être encore beaucoup plus riche en détails» (p. 554, note 25).
145. L'«offensive de charme» mêle eusébeia *(«piété»),* philanthropia *(«humanité») et* païdeia *(«éducation»). Voir Ferrary (1988), p. 556.*
146. Après Delphes, visite à Lébadée, Oropos, Épidaure, Olympie. Le consul et augure a commencé par Delphes, ce qui réjouit Plutarque, prêtre du lieu. Le pilier, avec son inscription latine – monument triomphal et offrande au dieu – sûrement vu par Plutarque, a été retrouvé (voir Ferrary, 1988, p. 556-557); voir Polybe, XXX, 10 et Tite-Live, XLV, 27-28.
*147. Phidias se serait inspiré de vers de l'*Iliade *(I, v. 528-530) pour exécuter, vers 430, la statue chryséléphantine de Zeus trônant, une des sept merveilles du monde.*

dix commissaires envoyés de Rome[148], il permit aux Macédoniens d'habiter leur pays et leurs cités et leur accorda la liberté ainsi que le droit d'avoir leurs propres lois, à condition de verser cent talents aux Romains (ils payaient plus du double à leurs rois). 7. Il offrit aux dieux des concours de toutes sortes et des sacrifices[149], et il organisa des festins et des banquets. Pour les financer, il puisait généreusement dans les trésors royaux, mais en ce qui concerne leur préparation, leur ordonnance, la place et l'accueil des convives, l'appréciation des honneurs et des égards dus à chacun, il montra tant de précision et d'application 8. que les Grecs s'étonnèrent de voir qu'il prenait au sérieux même les distractions et que cet homme qui s'occupait de si grandes choses accordait aussi aux petites l'attention qu'elles méritaient[150].
9. De son côté, il se réjouissait en constatant que parmi tant de préparatifs si brillants, c'était sa présence qui procurait aux assistants le plus de plaisir et le spectacle le plus agréable. À ceux qui s'étonnaient de tant de zèle, il disait: «La bonne organisation d'un banquet exige le même talent que celle d'une bataille[151]; dans un cas, on cherche à inspirer le plus de terreur possible aux ennemis, dans l'autre, le plus de gratitude aux convives.»
10. Mais ce que les gens louaient le plus, c'était son désintéressement et sa grandeur d'âme. Il ne voulut même pas jeter les yeux sur toute la masse d'argent et d'or qu'on trouva dans les trésors royaux: il remit tout aux questeurs pour le trésor public[152].
11. Il permit seulement à ses fils, qui aimaient la littérature, de prendre les livres du roi[153], et lorsqu'il distribua les prix de bravoure pour la bataille, il donna à Aelius Tubéro, son gendre, une coupe qui pesait cinq livres. 12. Ce Tubéro, je l'ai dit[154], habitait avec quinze autres membres de sa famille qui tiraient tous leur subsistance d'un domaine fort petit. 13. Ce fut, dit-on, le premier objet en argent qui entra chez

---

148. Les dix commissaires transmettent la décision du Sénat; c'est leur rôle. Et c'est le consul Paul-Émile, comme Flamininus jadis (il le rappelle en XXIX, 1), qui joue les «libérateurs».
149. Sans doute pressé d'en venir à ses remarques sur le banquet, Plutarque néglige de décrire la parade et les jeux somptueux organisés par Paul-Émile à Amphipolis (voir Tite-Live, XLV, 32-33; allusion chez Polybe, XXX, 25, 1).
150. Sur le scrupule du héros dans les petites choses, voir supra, III, 5. Plutarque exalte la fonction du «symposiarque» (chef de banquet) dans ses Propos de table, 620 D.
151. Sur le parallèle entre banquet et bataille, voir Polybe, XXX, 14; Tite-Live, XLV, 32, 11; Plutarque, Propos de table, 615 E-F. Sur le banquet comme révélateur – permis par le genre biographique – de la qualité d'un homme, voir Platon, Lois, I, 637 A-F et II, 652 A, et le commentaire de Wardman (1974), p. 8.
152. Une fois de plus, le héros est l'anti-Persée. Polybe (XVIII, 35, 5) se porte garant de l'exactitude des faits... tant, comme il le dit, ils doivent paraître étonnants. Comparer Coriolan, X, 8, et voir Wardman (1974), p. 85; Walbank III (1979), p. 492-495.
153. Le transfert à Rome de la bibliothèque de Persée est un témoignage capital sur la pénétration de la culture grecque à Rome à partir de 168 (voir Dictionnaire, «Acculturation» et «Écrit/Écriture») – l'amitié de Polybe et de Scipion Émilien commencera «par le prêt de quelques livres» (Polybe, XXXI, 23, 4) – mais aussi sur le goût préexistant des milieux dirigeants pour les manifestations de la culture grecque (voir supra, VI, 8-9).
154. Voir supra, V, 6-7.

les Aelii ; il y fut introduit par la vertu et par l'honneur ; jusque-là ni eux ni leurs épouses n'avaient désiré de l'argent ou de l'or.

XXIX. 1. Ayant ainsi tout réglé de très belle manière[155], il prit congé des Grecs, invitant les Macédoniens à se souvenir de la liberté que les Romains leur avaient donnée et à la conserver par l'obéissance aux lois et par la concorde. Puis il partit pour l'Épire. Il avait un décret du Sénat lui ordonnant de récompenser les soldats qui avaient livré avec lui la bataille contre Persée aux dépens des cités de cette région. 2. Voulant tomber soudain sur tout le monde à la fois, sans que personne s'y attendît, il envoya chercher les dix premiers citoyens de chaque cité et leur ordonna d'apporter à une date donnée tout l'argent et tout l'or qu'ils avaient dans leurs maisons et dans leurs temples. 3. Il fit partir avec chacun d'eux, sous ce prétexte, un détachement de soldats et un officier qui devaient feindre de chercher cet or pour le collecter. 4. Mais lorsque la date fixée fut venue, ils se ruèrent tous, au même moment, sur les différentes cités, pour les piller et les mettre à sac. En une heure, cent cinquante mille hommes furent réduits en esclavage, et soixante-dix cités livrées au pillage[156]. 5. Et pourtant une ruine et une dévastation si totales ne rapportèrent pas plus de onze drachmes à chaque soldat. L'humanité frissonna d'horreur devant l'issue de cette guerre : une nation entière avait été comme réduite en petite monnaie pour ne procurer à chaque soldat qu'un si pauvre butin et un gain si minime.

XXX. 1. Après cet acte tellement contraire à sa nature clémente et généreuse, Paul-Émile descendit à Oricos[157]. 2. De là, il embarqua pour l'Italie avec ses troupes, puis remonta le Tibre sur le navire royal, qui avait seize rangs de rameurs, et qu'on avait décoré des armes prises à l'ennemi, ainsi que d'étoffes teintes d'écarlate et de pourpre. 3. Les Romains sortaient de la ville en foule, comme pour voir la procession d'un triomphe dont ils anticipaient les plaisirs, tandis qu'ils accompagnaient sur les rives le bateau, que le battement des rames faisait remonter lentement[158].
4. Mais les soldats avaient jeté les yeux sur les trésors royaux, et comme ils n'avaient pas obtenu autant qu'ils réclamaient, ils nourrissaient une sourde rancœur contre Paul-Émile et lui en voulaient pour cette raison. Ouvertement, ils l'accusaient d'avoir été dur et despotique dans son commandement, et ils ne montrèrent aucun empressement à le soutenir pour réclamer le triomphe.
5. Remarquant cet état d'esprit, Servius Galba, qui était hostile à Paul-Émile, alors

---

155. En réalité, il a pris des otages parmi l'élite et «divisé pour régner», partageant le pays en quatre districts entièrement séparés (voir Tite-Live, XLV, 29, 6 et suiv.).
156. Les mêmes chiffres effrayants sont donnés par Polybe, XXX, 15 (d'après Strabon, VII, 7, 3, C 322 : 150 000 hommes ou 15 000 ?) et Tite-Live, XLV, 34, 5-6 ; voir Polybe, XXXII, 15. C'est d'un véritable crime de guerre que l'historien latin accuse Paul-Émile. Voir Jones (1971), p. 100 ; mais la critique nourrit sur ces chiffres des doutes légitimes.
157. Oricos est un port sur la côte illyrienne.
158. Plutarque reflète Tite-Live, XLV, 35, 3.

qu'il avait été tribun militaire sous ses ordres, eut l'audace de déclarer publiquement qu'il ne fallait pas lui accorder le triomphe[159]. 6. Il lança dans la foule des soldats de nombreuses calomnies contre leur général, excitant encore la colère qu'ils éprouvaient déjà. Puis il demanda aux tribuns du peuple d'ajourner l'assemblée, sous prétexte que ce jour-là ne suffirait pas à l'accusation, alors qu'il restait encore quatre heures. 7. Les tribuns lui ayant ordonné de dire tout de suite ce qu'il avait à dire, il se lança dans un long discours plein d'attaques de toutes sortes, qui prit tout le reste de la journée. 8. Quand vint l'obscurité, les tribuns renvoyèrent l'assemblée. Mais les soldats, devenus plus audacieux, se rassemblèrent autour de Galba, se liguèrent, et dès le point du jour envahirent de nouveau le Capitole : c'était là que les tribuns de la plèbe s'apprêtaient à réunir l'assemblée[160].

XXXI. 1. Au point du jour, on procéda au vote, et la première tribu refusa le triomphe[161]. La nouvelle descendit aussitôt de la colline et se répandit dans le reste du peuple et dans le Sénat. 2. La foule, indignée de l'humiliation qu'on infligeait à Paul-Émile, poussait des clameurs inutiles, tandis que les membres les plus illustres du Sénat, criant que ce qui se passait était scandaleux, s'encourageaient mutuellement à réprimer l'insolence et l'audace des soldats[162] : ceux-ci en viendraient, se disaient-ils, à toutes sortes de violences et d'insolences si on ne les empêchait pas de priver Paul-Émile des honneurs de sa victoire. 3. Fendant la foule, ils montèrent en rangs serrés au Capitole et demandèrent aux tribuns de suspendre le vote, jusqu'à ce qu'ils aient dit à la multitude ce qu'ils désiraient. 4. Toutes les opérations furent donc suspendues et le silence se fit. Alors Marcus Servilius, personnage consulaire, qui avait tué vingt-trois ennemis en combat singulier, monta à la tribune et déclara : « Je comprends maintenant mieux que jamais quel grand chef est Paul-Émile, quand je vois avec quelle armée indisciplinée et vicieuse il a remporté tant de beaux succès et de grandes victoires[163]. 5. Quant au peuple, qui s'enorgueillit des triomphes célébrés sur les Illyriens et sur les Libyens, je m'étonne qu'il se refuse à lui-même le plaisir de voir le roi de Macédoine traîné, vivant, en

---

159. Représentation classique d'une coalition d'«envieux» pour dénier le triomphe au vainqueur : des soldats du rang, furieux d'un excès d'autorité et frustrés dans leur espoir du gain (thème d'avenir...) ; un officier subalterne, Servius Sulpicius Galba, membre d'une grande famille, qui règle des comptes personnels. Voir aussi infra, XXXIV, 7, et Wardman (1974), p. 69-78.
160. La technique de ce correspondant de guerre qui, pendant la guerre de Sécession aux États-Unis, télégraphiait la Bible à sa rédaction pour occuper la ligne, trouve ici un précédent... Le climat est, dans la tradition romaine, celui d'une révolte de la plèbe.
161. Vote des «comices tributes» : la position prise à la majorité par la première tribu appelée à voter influence traditionnellement les autres.
162. Présentation naturellement tendancieuse et anachronique : la «foule» et le Sénat, c'est-à-dire la légitimité du Senatus PopulusQue Romanus, contre «les soldats».
163. Version à compléter par Tite-Live, XVL, 36-39, et un très long discours de Marcus Servilius, archétype de l'homme d'expérience, avec l'autorité qui s'y attache : il a été consul dès 202 ; il a remporté, comme Marcellus, de nombreux combats individuels, et porte, bien entendu, de nombreuses cicatrices (§ 7-8).

captivité sous le pouvoir des armes romaines, et avec lui, la gloire d'Alexandre et de Philippe[164]. 6. Votre comportement, poursuivit-il, n'est-il pas étrange ? Naguère, lorsque le bruit incertain de la victoire[165] s'est répandu dans la cité, vous avez sacrifié aux dieux, leur demandant dans vos prières de mettre bientôt sous vos yeux la confirmation de cette nouvelle, et maintenant que le général est revenu, avec la victoire bien réelle, vous frustrez les dieux de l'honneur qui leur est dû, et vous privez vous-mêmes de votre joie ? On dirait que vous avez peur de contempler la grandeur de vos succès, ou que vous souhaitez épargner le roi ennemi. Et certes, il vaudrait mieux que ce soit la pitié pour lui, et non la jalousie pour le général, qui vous pousse à refuser le triomphe. 7. La méchanceté, continua-t-il, a-t-elle acquis tant de pouvoir sur vous ? Un homme qui n'a jamais été blessé et dont le corps bien lisse, toujours à l'ombre, éclate de santé ose parler de commandement et de triomphe devant nous, qui avons appris à juger des vertus ou de l'incapacité des chefs au prix de tant de blessures. » 8. Tout en disant ces mots, il ouvrit son vêtement et montra sur sa poitrine un nombre incroyable de cicatrices. Ensuite, il se retourna et découvrit certaine partie du corps que les convenances interdisent de dénuder en public. Puis, se tournant vers Galba : 9. « Cela te fait rire ? lança-t-il. Moi, je m'en glorifie devant mes concitoyens. C'est en effet pour eux, à force de chevaucher continuellement jour et nuit, que je me suis fait cela[166]. 10. Mais allons, appelle-les à voter. Pour moi, je descends de la tribune, et je vais les suivre tous, afin de reconnaître les méchants, les ingrats et ceux qui à la guerre veulent des démagogues et non de véritables chefs[167] ! »

XXXII. 1. Ces paroles, dit-on, brisèrent l'élan des soldats et produisirent en eux un tel changement que toutes les tribus ratifièrent le triomphe de Paul-Émile[168].
2. Le triomphe, dit-on, se déroula de la manière suivante. Le peuple avait édifié des estrades dans les théâtres appelés cirques, où se déroulent les courses de chevaux, et autour du forum ; il avait également envahi tous les autres quartiers de la cité d'où l'on pouvait voir le cortège. Les gens assistèrent au spectacle en vêtements blancs. 3. Tous les temples étaient ouverts et remplis de couronnes et d'aromates. Un grand nombre de gardes et de licteurs écartaient ceux qui se précipitaient en désordre au milieu de la voie ou qui la traversaient en courant ; ils tenaient les rues dégagées et propres. 4. La procession triomphale dura trois jours. Le premier suffit à peine à voir passer les statues, les peintures et les figures colossales dont on s'était emparé, qui furent transportées sur deux cent

---

*164. On retrouve de nouveau le thème de l'*aemulatio Alexandri, *suscité par la victoire sur un roi de Macédoine.*
165. Allusion à la propagation anticipée à Rome des nouvelles de Pydna (voir supra, *XXIV, 4-6).*
166. Par-delà le geste et le langage directs du militaire, la référence aux chevauchées perpétuelles caractérise un aristocrate.
167. L'opposition entre démagogues et chefs authentiques rappelle les propos tenus par Paul-Émile supra, en XI.
168. Au bout du compte, une fois de plus, la concorde est restaurée autour du héros.

cinquante chars[169]. 5. Le lendemain, les armes macédoniennes les plus belles et les plus riches furent présentées sur de nombreux chariots ; elles étincelaient, avec leur bronze et leur fer fraîchement fourbi, et on les avait assemblées avec beaucoup d'art et d'habileté, afin qu'elles aient l'air d'avoir été jetées les unes sur les autres en désordre et au hasard : 6. des casques près des boucliers, des cuirasses sur des cnémides, des boucliers crétois mêlés aux boucliers d'osier des Thraces, des carquois avec des mors de chevaux, et au milieu de tout cela des épées nues dressées en l'air et des sarisses plantées à côté d'elles. 7. Ces armes étaient légèrement écartées, de manière à se heurter dans le transport en produisant des sons violents et terrifiants, et leur vue n'était pas sans inspirer quelque crainte aux vainqueurs eux-mêmes. 8. Derrière les chariots remplis d'armes venaient trois mille hommes qui portaient des monnaies d'argent dans sept cent cinquante vases, dont chacun pesait trois talents et était soutenu par quatre hommes. 9. D'autres portaient des cratères d'argent, des rhytons, des coupes et des gobelets, tous habilement disposés pour pouvoir être admirés, et remarquables par leur taille et la profondeur de leurs ciselures.

XXXIII. 1. Le troisième jour, dès l'aube, les trompettes s'avancèrent, en sonnant non pas des airs de marche ou de procession, mais ceux par lesquels les Romains s'excitent au combat. 2. Derrière, on menait cent vingt bœufs engraissés, aux cornes plaquées d'or, parés de guirlandes et de bandelettes. Ceux qui les menaient étaient de jeunes garçons ceints pour le sacrifice de tabliers à la frange brodée, et des enfants qui tenaient des vases d'argent et d'or destinés aux libations. 3. Derrière eux, venaient ceux qui portaient la monnaie en or, répartie, comme la monnaie d'argent, dans des vases d'un poids de trois talents : ces vases étaient au nombre de soixante-dix-sept. 4. Ensuite s'avançaient les porteurs de la coupe sacrée, d'un poids de dix talents, que Paul-Émile avait fait réaliser en or massif et rehausser de pierreries. Puis on présentait des coupes antigonides, séleucides et thérícléennes[170], ainsi que toute la vaisselle d'or de Persée. 5. Venait ensuite le char de Persée, ses armes et, posé sur ses armes, son diadème. 6. Derrière ce char, à quelque distance, on conduisait les enfants du roi, désormais esclaves, et avec eux la foule de ceux qui les nourrissaient, de leurs maîtres et de leurs pédagogues : tous ces gens étaient en larmes, tendaient des mains implorantes vers les spectateurs et enseignaient à ces petits enfants à prier et à supplier. 7. Il y avait deux garçons et une fille que leur jeune âge empêchait de vraiment comprendre l'étendue de leur malheur : 8. ils inspiraient d'autant plus de pitié qu'ils n'étaient pas conscients du changement de leur sort[171]. Aussi Persée passa-t-il presque inaperçu, 9. tant les Romains étaient pleins

---

169. Les 28, 29 et 30 novembre (d'après les Fastes triomphaux, *liste officielle des triomphes et triomphateurs romains successifs) défilent tour à tour les œuvres d'art, les armes, le roi lui-même. C'est le luxe et la puissance vaincue du monde gréco-oriental qui s'étalent aux yeux des Romains.*
170. Thériclès est un célèbre potier athénien du Ve siècle, qui a laissé son nom à certaines coupes (voir Diodore, XXXI, 8, 12).
171. Enfants, famille, éducateurs des fils de chef : le contraste est aussi vif entre le sort des proches de Paul-Émile et celui des proches de Persée qu'entre Paul-Émile et Persée eux-mêmes.

de compassion, les regards fixés sur ces petits enfants. Beaucoup versèrent même des larmes et ce spectacle fut pour tous un mélange confus de douleur et de plaisir qui dura jusqu'à ce que les enfants fussent passés[172].

XXXIV. 1. Persée lui-même avançait derrière ses enfants et les serviteurs qui les entouraient. Il portait un manteau sombre et des chaussures à la mode de son pays, et il avait l'air, sous le poids du malheur, d'un homme hébété dont la raison s'est égarée. 2. Un cortège d'amis et de familiers le suivait, le visage accablé de douleur : ils regardaient sans cesse Persée et versaient des larmes, ce qui faisait penser aux assistants qu'ils déploraient son sort bien plus qu'ils ne se souciaient du leur. 3. Persée avait envoyé demander à Paul-Émile de ne pas le faire figurer dans le cortège et de ne pas le traîner dans son triomphe. Mais Paul-Émile, semble-t-il, se moqua de sa lâcheté et de son attachement à la vie[173] : « Ce qu'il demande[174], déclarat-il, était déjà en son pouvoir, et l'est encore maintenant s'il le désire. » 4. Il voulait dire par là que la mort était préférable à la honte. Mais le lâche personnage n'en eut pas le courage. Attendri par on ne sait quelles espérances, il devint lui-même l'une de ses propres dépouilles.

5. Aussitôt après, on portait quatre cents couronnes d'or que les cités[175] avaient envoyées à Paul-Émile avec des ambassades, comme prix d'honneur pour sa victoire. 6. Enfin lui-même s'avançait, monté sur un char magnifiquement décoré – mais cet homme, même sans un tel faste, aurait été digne d'être contemplé. Il portait une robe de pourpre brodée d'or et tendait dans sa main droite une branche de laurier. 7. Toute l'armée portait elle aussi des branches de laurier ; elle suivait le char du général, rangée par compagnies et par bataillons, et chantait tantôt des airs ancestraux mêlés de quolibets, tantôt des péans de victoire et des couplets à la gloire des exploits de Paul-Émile. Celui-ci attirait les regards et suscitait l'admiration de tous ; aucun homme de bien n'éprouvait de jalousie à son égard[176] ; 8. mais peut-être y a-t-il une puissance divine[177] qui a pour mission de rabattre les grands succès quand ils dépassent la mesure, et d'établir une sorte de mélange tempéré[178] dans la vie humaine, afin qu'elle ne soit pour personne pure et exempte de maux, et que, comme le dit Homère, on considère comme les plus heureux ceux dont les destinées penchent tour à tour dans les deux sens[179].

---

172. *Intéressante tentative, chemin faisant, pour définir la complexité révélatrice du sentiment populaire.*
173. *Sur la couardise de Persée selon Plutarque, voir supra, XXVI, 7-12.*
174. *La formule figure déjà chez* Cicéron, Tusculanes, *V, 118.*
175. *Diodore (XXXI, 8) écrit : « les cités et les rois ».*
176. *Les descriptions parallèles, celles de Diodore (XXXI, 8) et de Tite-Live (XLV, 4), sont plus brèves. Plutarque a librement développé un de ses sujets favoris : le triomphe.*
177. *Le texte emploie, dans son indétermination inquiétante, le mot* daïmonion.
178. *L'image (reprise en XXXVI, 1) est celle de la* crasis, *celle d'une mixture agréable, telle l'eau et le vin. Plutarque recourt à cette même image à propos de l'attitude de Démosthène quand il perdit sa fille (voir* Démosthène, *XXII, 6). (N.d.T.)*
179. *Citation de l'*Iliade, *XXIV, v. 525-533.*

XXXV. 1. Paul-Émile avait en effet quatre fils. Deux d'entre eux, Scipion et Fabius, étaient, je l'ai dit[180], entrés par adoption dans d'autres familles; une seconde épouse lui en avait donné deux, encore enfants, qu'il avait gardés dans sa maison. 2. Or l'un de ceux-ci mourut cinq jours avant le triomphe de son père, à l'âge de quatorze ans, et le second, âgé de douze ans, trois jours après le triomphe. 3. Aucun Romain ne resta insensible à un tel événement. Tous frissonnèrent d'horreur devant la cruauté de la Fortune[181] qui n'avait pas eu honte d'introduire un si grand deuil dans une maison pleine de gloire, de joie et de sacrifices, et de mêler les thrènes et les pleurs aux péans de victoire et aux chants de triomphe[182].

XXXVI. 1. Cependant Paul-Émile réfléchit tout à fait justement que l'homme a besoin de courage et de fermeté pour résister non seulement aux armes et aux sarisses, mais aussi, de la même manière, à toutes les attaques de la Fortune. Il ajusta entre eux les différents événements et parvint à les équilibrer en un mélange si harmonieux que le mal fut effacé par le bien, et sa douleur personnelle par la prospérité de son pays[183] : il ne rabaissa pas la grandeur de sa victoire et n'en ternit pas l'éclat. 2. Il avait à peine enterré l'aîné de ses enfants qu'il célébra son triomphe, comme je l'ai dit. Quand le second mourut après le triomphe, il réunit le peuple romain en assemblée et lui tint le langage d'un homme qui, loin d'avoir lui-même besoin de consolation[184], cherchait plutôt à consoler ses concitoyens du chagrin que leur inspirait son infortune[185]. 3. « Je n'ai jamais craint les choses humaines, leur dit-il, mais parmi les puissances divines, j'ai toujours redouté la Fortune, la considérant comme ce qu'il y a de plus déloyal et de plus instable. Je n'ai jamais cessé de m'attendre à un changement et à un revirement de sa part, car durant cette guerre, telle une brise propice, elle a singulièrement favorisé toutes mes entreprises. 4. En un seul jour, j'ai traversé la mer Ionienne et, parti de Brundisium, je suis arrivé à

---

180. Voir supra, V, 5.
181. Plutarque évoque la Fortune (voir Dictionnaire). Il eût aussi bien pu écrire: « la Némésis ». Il le fera, par la bouche de Paul-Émile, en XXXVI, 6.
182. Tite-Live (XLV, 40, 6-8) fait le parallèle entre le « revers de fortune » de Persée et celui de Paul-Émile (repris infra, XXXVI, 9), et signale que les deux fils (du second lit) de ce dernier auraient dû être présents sur le char de son triomphe. Ce malheur appelle d'autant plus une méditation religieuse de la part du triomphateur que le triomphe, à Rome, lui accorde pour quelques heures une grande proximité avec les dieux. Le « souviens-toi que tu n'es qu'un homme » trouve ici son illustration la plus tragique.
183. Ce passage du thème de la vie collective à la guerre à celui de la vie privée dans la cité (voir Wardman, 1974, p. 99-100) rappelle celui évoqué supra (VI, 8), confirmant la composition « embrassée » de cette Vie.
184. Le « besoin de consolation » évoque à la fois la Vie *de Démosthène, XXII, 3 et la* Consolation *adressée par Plutarque lui-même à sa femme, après la mort de leur fille. D'autre part, ce second « discours sur la Fortune » – ou plutôt cette leçon –, après celui du chapitre XXVII, confirme Paul-Émile dans le rôle d'éducateur de ses concitoyens.*
185. C'est la lecture de tels passages, leur grandeur « stoïcienne », qui fait comprendre qu'un Corneille était imprégné et de Tite-Live et de Plutarque.

Corcyre. De là, en cinq jours, je suis arrivé à Delphes où j'ai sacrifié au dieu. Cinq jours encore, et je rejoignais mon armée en Macédoine. Après l'avoir purifiée selon l'usage, je passais aussitôt à l'action, et quinze jours plus tard, je donnais à la guerre la plus belle conclusion[186]. 5. L'heureux cours de ces succès m'avait empli de défiance à l'égard de la Fortune, et comme la tranquillité était désormais totale et qu'il n'y avait plus rien à redouter de la part des ennemis, ce fut surtout pendant la traversée du retour que j'ai craint l'inconstance de la divinité, puisque je ramenais, par une heureuse fortune, une si grande armée victorieuse, tant de butin et des rois captifs. 6. Cependant, je suis arrivé devant vous sans encombre. Mais en voyant la cité pleine de joie, de fierté et de sacrifices, j'ai continué à me défier de la Fortune, sachant qu'elle n'accorde aucune grande faveur qui soit sans mélange et préservée de la Némésis. 7. En proie aux tourments d'une telle angoisse, mon âme, pleine de crainte pour la cité, examinait l'avenir avec inquiétude. Elle n'a été soulagée qu'au moment où j'ai été frappé dans ma maison par ce si grand malheur, lorsqu'il m'a fallu, durant ces jours sacrés, ensevelir de mes mains, l'un après l'autre, des excellents fils, les seuls héritiers que je m'étais réservés[187]. 8. Maintenant que je n'ai plus à craindre pour ce qui est le plus important, j'ai confiance: je suis convaincu que la Fortune restera avec vous solidement et durablement[188]. 9. Avec mon sort et mes malheurs, elle a satisfait la Némésis suscitée par nos succès et donné de la faiblesse humaine un exemple aussi éclatant dans la personne du triomphateur que dans celle de l'homme dont il a triomphé – avec cette différence pourtant que Persée, tout vaincu qu'il soit, a encore ses enfants, tandis que Paul-Émile a beau être vainqueur, il a perdu les siens.»

XXXVII. 1. Telles furent, dit-on, les paroles pleines de noblesse et de grandeur que Paul-Émile tint au peuple; elles lui furent dictées par une fierté véritable qui n'avait rien d'affecté. 2. En ce qui concerne Persée, bien que Paul-Émile eût pitié du changement de son sort et fût fort désireux de lui prêter secours, il ne put rien obtenir, sinon de le faire transférer de l'endroit qu'on appelle à Rome le Carcer[189] en un lieu salubre, où les conditions étaient plus humaines: là, selon la plupart des écrivains, le roi, qui était étroitement gardé, se laissa mourir de faim. Mais certains historiens le font mourir d'une manière singulière et très étonnante. 3. Les soldats qui le gar-

---

186. Rappel des événements décrits supra en XII, 1-3. Double insistance de Plutarque: sur le passage par Delphes, choisi parmi toutes les étapes du pèlerinage hellénique; sur la purification de l'armée avant le combat, absente du récit parallèle de Tite-Live (XLV, 41, 4).
187. Ses deux autres fils hériteront dans les familles qui les ont adoptés. Comme le souligne Tite-Live, cette perte signifie aussi une rupture dans la transmission du domaine et des dieux domestiques.
188. Conception quasi sacrificielle, où l'individu prend sur lui le poids du mal pour en décharger la cité: de tels échanges font penser à des procédures archaïques, comme celle de la devotio, réinterprétées dans des cadres philosophiques grecs.
189. Le Carcer est la prison souterraine de Rome (voir Dictionnaire, «Rome»). Le «lieu plus sain» est la ville d'Alba Fucens, selon Diodore, XXXI, 9 et Tite-Live, XLV, 42, 4; il était courant de confier la garde de prisonniers de marque à des cités d'Italie, latines ou alliées.

daient, ayant contre lui on ne sait quel grief, le prirent en aversion. Ne trouvant rien d'autre pour le tourmenter et lui faire du mal, ils le privèrent de sommeil. Ils veillaient avec soin à l'empêcher de s'assoupir et le tenaient éveillé par tous les moyens, jusqu'au moment où, épuisé par de tels procédés, il mourut. 4. Deux de ses enfants moururent aussi. Le troisième, Alexandre, devint, dit-on, un artiste habile à ciseler et à exécuter des travaux raffinés; il apprit aussi à écrire et à parler la langue latine et devint sous-greffier des magistrats, tâche dans laquelle il se montra habile et charmant[190].

XXXVIII. 1. On attribue à la conquête de la Macédoine par Paul-Émile la faveur dont il jouit auprès du peuple: il versa en effet à cette occasion des sommes si considérables dans le trésor public que le peuple n'eut plus besoin de payer des impôts jusqu'à l'époque d'Hirtius et de Pansa, qui furent consuls pendant la première guerre entre Antoine et César [Auguste][191]. 2. Ce qu'il y eut encore d'original et d'exceptionnel dans le cas de Paul-Émile, ce fut que, bien qu'admiré et honoré de manière extraordinaire par le peuple, il resta fidèle au parti aristocratique; il ne dit ni ne fit jamais rien pour plaire à la foule et se rallia toujours en politique aux premiers et aux plus puissants des citoyens[192], 3. ce qui fournit par la suite à Appius une occasion d'invectiver Scipion Émilien. Ils étaient tous deux les plus grands personnages de la cité et briguaient la charge de censeur. Appius avait avec lui le Sénat et l'aristocratie (parti que suivait traditionnellement la famille des Appii) tandis que Scipion, déjà grand par lui-même, avait toujours joui des bonnes grâces et de la faveur du peuple[193]. 4. Quand Appius vit Scipion pénétrer sur le forum avec à ses côtés des hommes de basse naissance et d'anciens esclaves, tous des habitués du forum, capables de soulever la foule et d'imposer les décisions à force d'intrigues et de clameurs, 5. il cria très fort: «Ô Paul-Émile, gémis sous terre, en apprenant que ton fils est porté à la censure par le crieur public Aemilius et par Licinnius Philonicus.» 6. Mais Scipion avait gagné la faveur du peuple parce qu'il le soutenait

---

190. Cette seconde version, ignorée des autres sources (mais Tite-Live est perdu pour nous après 167), fait penser, notamment le destin amer et en demi-teinte du jeune Macédonien Alexandre – le nom est lourd à porter! –, à un épilogue de roman. Les deux enfants morts jeunes sont ceux qui ont été évoqués supra, en XXXIII, 7: une fille et le fils aîné, Philippe. Polybe, lorsqu'il évoque l'entreprise conduite en Macédoine contre les Romains, en 149-148, par un aventurier se faisant passer pour ce Philippe, héritier de Persée, commente la supercherie: «On savait que le véritable Philippe était mort à Albe, en Italie, deux ans après Persée, à l'âge de dix-huit ans environ.»
191. Événement décisif de l'histoire de la République: en 167, les citoyens cessent définitivement (en dépit de l'épisode ponctuel de 43 mentionné ici) de payer l'impôt direct. Désormais, Rome tire sa richesse des provinces et du tribut qu'elles versent.
192. On retrouve ici le portrait idéal du personnage qui réussit à faire autour de lui l'introuvable unité.
193. La compétition pour la censure entre Scipion Émilien et Appius Claudius Pulcher remonte à 143 avant J.-C. La présentation de Scipion comme un membre des populares est erronée et, en tout état de cause, anachronique. Elle permet à Plutarque de mettre en valeur une sorte de complémentarité dans la différence entre le père et le fils (§ 6).

presque toujours; pour Paul-Émile en revanche, c'était malgré son dévouement à l'aristocratie qu'il était aussi aimé de la foule que le démagogue le plus zélé et le plus empressé à la flatter.
7. Les Romains lui manifestèrent leur attachement par bien des marques d'honneur, et notamment en le jugeant digne de la censure, qui de toutes les magistratures est la plus sacrée et la plus puissante, principalement parce qu'elle permet d'enquêter sur la vie privée des citoyens[194]. 8. Les censeurs ont le droit d'exclure du Sénat ceux dont la conduite est immorale, de désigner le prince du Sénat, et de marquer d'infamie les jeunes gens débauchés en leur enlevant leur cheval; ce sont eux également qui procèdent à l'estimation des fortunes et aux recensements. 9. Sous la censure de Paul-Émile, on dénombra trois cent trente-sept mille quatre cent cinquante-deux citoyens[195]; il désigna comme prince du Sénat Marcus Aemilius Lepidus, qui avait déjà obtenu quatre fois cette présidence; il exclut du Sénat trois sénateurs peu connus, et montra la même modération dans l'examen des chevaliers, ainsi que Marcius Philippus, son collègue[196].

XXXIX. 1. Il avait réglé la plupart des affaires et les plus importantes, quand il fut frappé par une maladie qui mit d'abord ses jours en péril, puis avec le temps devint moins dangereuse tout en restant épuisante et tenace. 2. Sur le conseil des médecins, il embarqua pour Élée, en Italie, où il séjourna longtemps dans une campagne très calme au bord de la mer[197]. Mais les Romains se languissaient de lui, et à plusieurs reprises, ils exprimèrent bruyamment, dans les théâtres, leur désir et leur hâte de le revoir[198]. 3. Comme une obligation religieuse le rappelait et qu'il semblait déjà suffisamment rétabli, il revint à Rome. 4. Il offrit le sacrifice avec les autres prêtres, tandis que le peuple l'entourait et manifestait sa joie, et le lendemain, il offrit en son nom personnel un autre sacrifice pour remercier les dieux de sa guérison[199]. 5. Une fois le sacrifice accompli comme il se l'était proposé, il rentra chez lui, se coucha, et avant même d'avoir senti et compris l'altération de son état, il perdit conscience et se mit à délirer. Il mourut deux jours plus tard[200]. Il avait obtenu et

---

194. *Paul-Émile est élu à la censure en 164 (voir Diodore, XXXI, 25, 1). Chaque fois qu'il en a l'occasion, Plutarque marque son vif intérêt pour cette magistrature de la Rome républicaine, dont il cherche à faire comprendre à des Grecs, sous l'Empire, l'importance et l'originalité: voir* Camille, *XIV, 1;* Caton l'Ancien, *XVI, 1-4 et* Question romaine *98.*
195. *Le résumé* (Abrégés) *du livre XLVI de Tite-Live (perdu) indique à peu près le même chiffre; voir* Brunt (1971).
196. *La modération des deux censeurs dans l'usage de la* nota censoria *n'a vraiment rien d'exceptionnel.*
197. *La côte occidentale de l'Italie du Sud, avec ses villes grecques, est une région traditionnelle de villégiature et de cure pour l'aristocratie.*
198. *«Dans les théâtres»: au sens strict, certes; mais sans doute aussi au sens plus large, incluant ces cirques ou hippodromes évoqués plus haut à deux reprises (supra, XXIV, 4; XXXII, 2).*
199. *Les derniers actes publics seront des sacrifices, pour cet homme qualifié par Plutarque de* philothytès *(«qui aime les sacrifices», XVII, 10).*
200. *Paul-Émile est mort en 160, à 70 ans environ.*

porté à leur perfection tous les biens, sans exception, que l'on considère comme menant au bonheur.
6. Dans leur pompe, ses funérailles furent l'occasion d'une admiration et d'une ferveur qui offrirent à la vertu de ce héros les hommages funèbres les plus grands et les plus illustres : 7. je ne parle pas de l'or, de l'ivoire, de la richesse ou du faste de leur ordonnance, mais de l'affection, de l'honneur et de la gratitude que lui témoignèrent non seulement les citoyens mais aussi les ennemis. 8. Tous les Ibères, les Ligures et les Macédoniens qui se trouvaient par hasard à Rome y assistèrent[201] : ceux qui étaient vigoureux et jeunes portèrent à tour de rôle le lit funèbre, tandis que les plus âgés les suivaient, en donnant à Paul-Émile les titres de bienfaiteur et de sauveur de leur patrie. 9. Car non seulement au temps de ses conquêtes, il les avait tous traités avec bonté et humanité[202], avant de quitter leur pays, mais pendant le reste de sa vie, il n'avait cessé de leur faire du bien et de se soucier d'eux comme s'ils faisaient partie de sa maison et de sa famille.
10. Quant à ses biens, ils ne se montaient, dit-on, qu'à trois cent soixante-dix mille drachmes ; il les avait laissés en héritage à ses deux fils, mais le cadet, Scipion, qui était entré dans une famille plus riche, celle de Scipion l'Africain, abandonna tout à son frère[203]. Tels furent, dit-on, le caractère et la vie de Paul-Émile.

---

201. Récapitulation des ennemis vaincus et «convertis» : les Ibères en 191 (supra, IV, 3-4), les Ligures en 182 (supra, VI, 6), les Macédoniens en 168 (supra, X et suiv.). Paul-Émile devient ainsi l'emblème de la «romanisation tranquille».
202. Plutarque oublie les Épirotes (XXIX)...
203. Voir supra, V, 5 et surtout Polybe XVIII, 35, 6 (sur la générosité de Scipion Émilien).

COMPARAISON
DE TIMOLÉON ET DE PAUL-ÉMILE

XL. [I]. 1. Étant donné ce que l'histoire nous apprend de ces deux personnages, il est évident que leur comparaison ne fait pas apparaître beaucoup de différences ni de disparités entre eux. 2. Tous deux firent la guerre à des adversaires illustres, l'un aux Macédoniens, l'autre aux Carthaginois, et leurs victoires furent célèbres : l'un s'empara de la Macédoine et détruisit la dynastie d'Antigone, qui en était à son septième roi, l'autre chassa de Sicile toutes les tyrannies et libéra cette île. 3. Peut-être cependant, par Zeus ! pourrait-on remarquer que Persée était en pleine force et qu'il avait vaincu les Romains quand Paul-Émile l'attaqua, alors que Denys était déjà totalement brisé et désespéré quand Timoléon s'en prit à lui. 4. À l'inverse, on peut dire en faveur de Timoléon qu'il vainquit de nombreux tyrans et les forces immenses des Carthaginois avec une armée rassemblée au hasard ; il n'avait pas, comme Paul-Émile, des soldats aguerris et bien formés, mais des mercenaires et des hommes indisciplinés, habitués à faire la guerre au gré de leur caprice. 5. Or remporter les mêmes succès avec des moyens inférieurs, voilà qui doit être mis au compte d'un général.

XLI. [II]. 1. Ils se montrèrent tous deux intègres et justes dans la conduite des affaires. Paul-Émile y parvint, semble-t-il, parce que les lois et sa patrie l'y préparèrent dès l'origine, alors que Timoléon dut se rendre tel par lui-même. 2. La preuve en est que tous les Romains étaient en ce temps-là pareillement disciplinés, soumis aux usages et respectueux des lois et des magistrats. Parmi les Grecs, en revanche, il n'y eut aucun chef, aucun général, qui ne se laissât corrompre dès qu'il eut touché à la Sicile, à l'exception de Dion. 3. Dion lui-même fut soupçonné par beaucoup d'aspirer à la monarchie et de rêver d'une sorte de royauté semblable à celle de Sparte. 4. Timée déclare également que Gylippe fut chassé de manière déshonorante et humiliante par les Syracusains qui l'accusaient d'avidité et de rapacité dans l'exercice du commandement. 5. Quant aux violations du droit et des serments dont se rendirent coupables le Spartiate Pharax et l'Athénien Callippos, dans leur espoir d'obtenir le pouvoir sur la Sicile, elles ont été rapportées par de nombreux écrivains. 6. Et pourtant, qui étaient ces hommes et de quels moyens disposaient-ils pour nourrir de telles espérances ? Le premier avait été un flatteur de Denys quand celui-ci avait été chassé de Syracuse, et Callippos était un des chefs de mercenaires qu'employait Dion. 7. Timoléon en revanche, envoyé aux Syracusains, à leur requête et sur leur demande, comme chef suprême, n'avait pas à chercher, mais à exercer un pouvoir qu'ils lui avaient donné de leur plein gré. Pourtant il mit un terme à son commandement et à son autorité dès qu'il eut abattu ceux qui commandaient au mépris des lois.

8. Cependant, ce qui, chez Paul-Émile, est admirable, c'est qu'ayant renversé un si grand royaume, il n'augmenta pas sa fortune d'une seule drachme ; il ne posa ni les

yeux ni la main sur tous ces trésors, bien qu'il fît pourtant à d'autres des dons et des largesses. 9. Je ne dis pas que Timoléon doive être blâmé d'avoir accepté une belle maison et un domaine ; il n'y a pas de honte à accepter le prix de si grands services, mais il est encore plus grand de le refuser, et la vertu est à son comble quand elle montre qu'elle peut se passer de biens auxquels elle aurait droit. 10. Nous savons que si certains corps sont capables de résister au froid, d'autres au chaud, les plus forts sont ceux que la nature rend aptes à supporter pareillement ces deux conditions. Il en va de même pour l'âme : elle possède une force et une vigueur sans mélange si le bonheur ne l'amollit ni ne la relâche sous l'effet de l'orgueil, et si les malheurs ne l'abattent pas. Dans ces conditions, c'est Paul-Émile qui de nos deux héros semble le plus accompli : dans la mauvaise fortune, plongé dans un deuil cruel par la perte de ses enfants, il ne se montra en rien plus petit ou moins digne de respect que lors de ses succès. 11. Timoléon en revanche, après avoir noblement agi en ce qui concerne son frère, ne sut faire appel à la raison pour vaincre sa souffrance ; pendant vingt ans, abattu par le remords et le chagrin, il ne supporta pas la vue de la tribune et de l'agora. 12. Certes, il faut fuir ce qui est laid et en rougir ; cependant craindre à tout propos le blâme, c'est la preuve d'un caractère honnête et droit, mais dépourvu de grandeur.

BIBLIOGRAPHIE

VIE DE TIMOLÉON

DI VITA A.
Kôkalos, II, 1956.

FINLEY M. I.
La Sicile antique, Paris, 1985.

GARLAN Y.
Recherches de poliorcétique grecque,
Athènes-Paris, 1985.

Kôkalos, IV, 1958.

SORDI M.
Timoleonte, Palerme, 1961.

TALBERT J.
Timoleon and the Revival of Greek Sicily 344-317 B. C., Cambridge, 1974.

VIE DE PAUL-ÉMILE

BRUNT P. A.
Italian Manpower, Oxford, 1971.

CHAPOUTHIER F.
Les Dioscures au service d'une déesse, Paris, 1935.

FERRARY J.-L.
*Philhellénisme et impérialisme.
Aspects idéologiques de la conquête romaine du monde hellénistique*, Rome, 1988.

GREEN P.
« Caesar and Alexander : *aemulatio, imitatio, comparatio* », *AJAH*, 3, 1978, p. 1-26.

JAL P.
Édition, traduction et commentaire de Tite-Live,
Histoire romaine, livre XLIV, Paris, 1976.

JONES C. P.
Plutarch and Rome, Oxford, 1971.

JONES B. W.
The Emperor Domitian, Londres-New York, 1992.

MARROU H.-I.
Histoire de l'éducation dans l'Antiquité, Paris, 5ᵉ éd. 1965 ; 1ʳᵉ éd., 1948.

PAILLER J.-M.
• *Bacchanalia. La Répression de 186 avant J.-C. à Rome et en Italie*, Rome, 1988.
• « Les *Questions* dans les plus anciennes *Vies romaines*. Art du récit et rhétorique de la fondation », dans *Plutarque : Grecs et Romains en Questions, Entretiens d'Archéologie et d'Histoire*, Saint-Bertrand-de-Comminges, 1998.

PÉDECH P.
La méthode historique de Polybe, Paris, 1964.

ROBERT L.
1963, *Gnomon*, 35, p. 71-74.

WALBANK F. W.
A Historical Commentary on Polybius, II, Oxford, 1967.

WARDMAN A.
Plutarch's Lives, Londres, 1974.

PÉLOPIDAS-MARCELLUS

*R*ien a priori *ne justifie la comparaison entre l'homme politique thébain qui libéra en 379 sa cité de l'emprise spartiate et le général romain qui fut cinq fois consul au temps où Rome tremblait devant Hannibal. Le seul point commun que leur concède Plutarque, c'est d'avoir tous les deux exposé inutilement leur vie. Pélopidas en effet apparaît beaucoup plus comme un politique que comme un chef militaire. Dans le couple qu'il forme avec Épaminondas, c'est ce dernier qui est le soldat. C'est lui qui remporte la bataille de Leuctres contre les Spartiates, victoire qui allait marquer le début du déclin de la cité lacédémonienne. Pélopidas quant à lui fut d'abord le restaurateur de l'indépendance thébaine, et le récit du complot dont il fut l'initiateur occupe une place importante dans le texte de Plutarque. Il fut également le négociateur de la paix de 367 qui marqua l'apogée de l'hégémonie thébaine dans le monde grec. Plutarque, en patriote béotien, fait de son héros l'image même de l'homme de bien, auquel il n'a à reprocher que l'imprudence qui lui coûta la vie lors d'un engagement contre le tyran Alexandre de Phères.*
Le Romain Marcellus fut au contraire d'abord et seulement un homme de guerre qui combattit les Gaulois, puis avec des fortunes diverses Hannibal, avant et après le siège de Syracuse, qui reste le morceau de bravoure de la biographie que lui consacre Plutarque. Mais il faut bien admettre que ce morceau de bravoure concerne davantage l'adversaire de Marcellus, le savant grec Archimède, que le général romain. Celui-ci en effet ne s'empara de la ville à la faveur d'une ruse qu'après avoir essuyé bien des revers et éprouvé bien des pertes.
C'est le développement consacré à Archimède qui donne tout son prix et son intérêt à la Vie de Marcellus. *Plutarque, pour justifier les éloges qu'il décerne au général romain, met l'accent sur son humanité. Mais il ne peut dissimuler ni le sort qu'il infligea aux cités siciliennes, ni les pillages d'œuvres d'art auxquels il se livra après sa victoire. Et dans la comparaison finale, il doit bien avouer sa préférence pour le Grec, ou plutôt pour les deux Thébains de nouveau associés, pour n'avoir, à la différence de Marcellus, ni commis de massacres après la victoire, ni réduit des cités en servitude (XXXI, 3). Rien dans la vie de Marcellus ne se pouvait comparer à la libération de Thèbes par Pélopidas, modèle par excellence de la «vertu» de l'homme grec.*

Cl. M.

PÉLOPIDAS

I. 1. Caton l'Ancien[1], comme on louait devant lui un homme qui déployait à la guerre une témérité et une audace irréfléchies, déclara : « Le mépris de la vie n'a rien à voir avec l'attachement à la vertu. » Cette remarque était très juste. 2. Il y avait dans l'armée d'Antigone[2] un soldat intrépide, mais doté d'une santé fragile et d'une constitution maladive. Le roi lui ayant demandé pourquoi il était si pâle, il révéla qu'il souffrait d'une maladie impossible à nommer. 3. Plein de sollicitude, le roi ordonna à ses médecins de ne rien négliger pour soulager cet homme, si la chose était possible, et d'y employer tous leurs soins. Le vaillant guerrier fut ainsi guéri. Mais il perdit son amour du danger et son ardeur dans les batailles, si bien qu'Antigone l'envoya chercher et lui exprima son étonnement d'un tel changement. 4. L'homme ne lui en dissimula pas la raison. « C'est toi-même, lui dit-il, ô roi, qui m'as rendu moins audacieux, en me délivrant des souffrances qui me faisaient mépriser la vie. » 5. Dans le même esprit, apparemment, un Sybarite[3] déclarait, à propos des Spartiates : « Ils n'ont pas grand mérite à affronter la mort au combat pour échapper à tant de fatigues et à une existence si pénible. » 6. Mais les Sybarites, chez qui le luxe et la mollesse avaient effacé tout désir d'honneur et de gloire, jugeaient apparemment que c'était haïr la vie que de ne pas craindre la mort. 7. Les Lacédémoniens au contraire devaient à leur vertu de pouvoir affronter la vie et la mort avec la même joie, comme le prouve cette inscription funéraire :

> Ceux qui sont morts ici jugeaient que la beauté
> Ne vient pas de la mort, non plus que de la vie
> Mais de la perfection donnée à l'une et l'autre.

8. Il n'y a rien de blâmable à fuir la mort si l'on désire vivre pour des raisons qui ne sont pas honteuses, et il n'y a rien de beau non plus à la rechercher, si cette attitude est dictée par le mépris de la vie. 9. C'est pourquoi, lorsque Homère envoie au combat ses guerriers les plus audacieux et les plus belliqueux, il leur donne toujours une armure belle et bien faite. 10. Quant aux législateurs grecs, ils punissent le soldat qui abandonne son bouclier, non celui qui jette son épée ou sa lance : ils enseignent ainsi aux hommes qu'avant de chercher à infliger des coups aux ennemis, il faut veiller à ne pas en recevoir soi-même, surtout si l'on commande à une cité ou à une armée.

---

1. *Il s'agit du célèbre homme politique romain auquel Plutarque a consacré une* Vie *et qui vécut de 234 à 149.*
2. *Sans doute Antigone Gonatas, roi de Macédoine de 276 à 239.*
3. *Sybaris était une cité grecque d'Italie méridionale réputée pour la vie luxueuse de ses habitants et qui fut détruite en 510 par les gens de la cité voisine de Crotone. Plutarque oppose ici la mollesse des Sybarites à l'austérité et au courage des Spartiates.*

II. 1. S'il est vrai, suivant la répartition proposée par Iphicratès[4], que les troupes légères ressemblent aux mains, la cavalerie aux pieds, la phalange à la poitrine et à la cage thoracique et le stratège à la tête, lorsque ce dernier se jette au-devant du danger et donne libre cours à sa témérité, ce n'est pas seulement, semble-t-il, sa propre personne qu'il néglige, mais aussi tous ceux dont le salut ou la perte dépendent de lui. 2. C'est pourquoi Callicratidas[5], si grand homme qu'il ait été par ailleurs, eut tort de répondre comme il le fit, alors que le devin lui demandait de se garder de la mort annoncée par les entrailles des victimes : « Le sort de Sparte ne dépend pas d'un seul homme. » 3. Certes, en tant que combattant, que ce soit sur terre ou sur mer, Callicratidas ne comptait que pour un ; mais en sa qualité de général, il concentrait la force de tous en sa personne, si bien qu'il valait bien plus qu'un seul homme, puisque tant de morts devaient accompagner la sienne. 4. Le vieil Antigone fit une meilleure réponse, alors qu'il s'apprêtait à livrer une bataille navale au large d'Andros[6]. Comme on lui disait que les navires ennemis étaient beaucoup plus nombreux que les siens : « Et moi ? demanda-t-il. Pour combien de vaisseaux me comptes-tu ? » 5. Il accordait une grande importance – et il avait raison – au prestige du commandement, joint à l'expérience et à la vertu, dont le premier devoir est de sauver celui qui assure le salut de tout le reste. 6. Aussi, un jour que Charès montrait aux Athéniens son corps couvert de cicatrices et son bouclier transpercé par une lance, Timothée[7] déclara-t-il, fort justement : « Moi, j'ai été tout honteux, au siège de Samos, quand un trait est tombé près de moi. Je me suis dit que je me comportais comme un enfant, d'une manière qui ne convenait pas au général et au chef d'une si grande armée. » 7. Certes, lorsqu'il est d'une importance capitale pour l'ensemble des opérations que le général s'expose au danger, il doit alors payer de son bras et de sa personne sans s'épargner, et ne pas s'occuper de ceux qui prétendent qu'un bon général doit mourir de vieillesse, ou du moins mourir vieux. 8. Mais quand son succès ne peut amener qu'un avantage minime, alors que sa perte entraîne la ruine totale, nul ne demande au général de jouer au soldat et de s'exposer. 9. Telles sont les réflexions que j'ai voulu faire entendre pour introduire les *Vies* de Pélopidas et de Marcellus, deux grands hommes qui moururent de manière absurde au combat. 10. Tous deux furent de vaillants guerriers, toujours prêts à en venir aux mains, qui firent honneur à leur patrie par les campagnes militaires les plus illustres. En outre, ils affrontèrent les adversaires les plus redoutables : l'un fut, dit-on, le premier à faire reculer Hannibal, jusque-là invaincu[8], 11. l'autre vainquit

---

4. *Stratège athénien de la première moitié du IV*ᵉ *siècle, qui remporta de nombreuses victoires. Il privilégia le recours à des soldats légèrement armés avec lesquels il mena une guerre de mouvement plus efficace que le combat hoplitique traditionnel.*
5. *Callicratidas commandait la flotte spartiate en 406 à la bataille des Arginuses, l'une des dernières victoires athéniennes de la guerre du Péloponnèse. Voir Xénophon,* Helléniques, *I, 6, 32.*
6. *La bataille d'Andros se déroula en 255. Le roi Antigone (cité supra, I, 2) était alors âgé de 65 ans.*
7. *Timothée et Charès sont avec Iphicratès (voir supra, II, 1) les stratèges les plus célèbres d'Athènes durant la première moitié du IV*ᵉ *siècle. Le siège de Samos par Timothée eut lieu en 365.*
8. *Marcellus était préteur lorsqu'il repoussa en 216 l'armée d'Hannibal à Nola. Voir la biographie que Plutarque lui a consacrée,* Marcellus, *XI.*

en bataille rangée les Lacédémoniens qui étaient maîtres de la terre et de la mer[9]. Or l'un et l'autre s'exposèrent de manière inconsidérée et perdirent la vie, alors que les circonstances exigeaient justement que de tels hommes restent vivants et gardent le commandement. 12. Ces ressemblances m'ont donc poussé à écrire leurs *Vies* en les mettant en parallèle[10].

III. 1. Pélopidas, fils d'Hippoclos, appartenait comme Épaminondas[11] à une famille noble de Thèbes. Élevé dans une grande opulence, ayant hérité dès sa jeunesse d'un riche patrimoine, il entreprit de secourir ceux des indigents et de ses amis qui le méritaient, pour qu'on vît bien qu'il était vraiment le maître de ses richesses et non leur esclave. 2. «La plupart des gens, dit Aristote, sont poussés par l'avarice à ne pas faire usage de leur fortune, ou par la licence à en faire un mauvais usage; ils sont toute leur vie esclaves, les uns de leurs plaisirs, les autres de leurs affaires[12].» 3. Tous profitèrent avec gratitude des libéralités et de la générosité de Pélopidas à leur égard. Épaminondas fut le seul de ses amis à ne pas se laisser convaincre d'accepter une part de ses richesses. 4. Ce fut le contraire qui se produisit: Pélopidas partagea la pauvreté de son ami. Il tirait gloire de la simplicité de sa mise, de la modestie de sa table, de sa résistance à la fatigue et de sa loyauté à l'armée. 5. Tel le Capanée d'Euripide,

> Qui avait tant de biens,
> Et pourtant n'en tirait aucune vanité[13],

il aurait eu honte de paraître consacrer à sa personne plus de soins que le Thébain le plus démuni. 6. Épaminondas, pour qui la pauvreté était une compagne familière, héritée de ses ancêtres, se la rendit encore plus facile à porter et plus légère grâce à la pratique de la philosophie et au choix qu'il fit, dès le début, de rester célibataire. 7. Pélopidas, lui, fit un mariage brillant et il eut des enfants, ce qui ne l'empêcha pas de négliger ses finances et de consacrer tout son temps à la cité, de sorte qu'il amoindrit sa fortune. 8. Comme ses amis l'en blâmaient, lui disant que les richesses dont il faisait si peu de cas étaient pourtant bien nécessaires: «Nécessaires? s'écria-t-il. Sans doute, par Zeus! mais pour Nicodème que voici», et il leur désigna un homme boiteux et aveugle.

IV. 1. La nature les avait tous deux pareillement doués pour la vertu sous toutes ses formes, avec cette différence que Pélopidas trouvait plus de plaisir à exercer son corps, et Épaminondas à instruire son esprit: l'un consacrait ses loisirs aux exercices de la palestre et à la chasse, l'autre à écouter des conférences et à pratiquer la

---

9. *Plutarque fait ici allusion à la victoire remportée par Pélopidas à Tégyres (voir infra, XVI).*
10. *Sur le projet de Plutarque, voir Dictionnaire, «Vie».*
11. *Épaminondas est constamment présent dans cette* Vie. *Plutarque lui aurait consacré une biographie dont il ne reste aucune trace.*
12. *Cette opinion d'Aristote se trouve exprimée en termes voisins dans l'*Éthique à Nicomaque *(IV, 1), mais on ne sait de quel ouvrage provient la citation exacte.*
13. *Dans les* Suppliantes, *v. 861-862.*

philosophie. **2.** Parmi tant de titres éclatants qu'ils ont tous deux à la gloire, rien n'égale, aux yeux des hommes sensés, l'affection et l'amitié qui, durant tant de combats, de commandements militaires et d'actions politiques, demeurèrent indéfectibles entre eux du début à la fin. **3.** Si l'on considère en effet les carrières politiques d'Aristide et de Thémistocle, celles de Cimon et de Périclès, celles de Nicias et d'Alcibiade, marquées par tant de dissensions, de malveillance et de jalousies réciproques, et si l'on regarde ensuite les égards et l'estime de Pélopidas pour Épaminondas, ce sont ces derniers que l'on nommera à juste titre et avec raison collègues et co-stratèges, et non les autres, qui ne cessèrent de lutter entre eux pour la suprématie, bien plus que contre les ennemis[14]. **4.** La cause en est la vertu authentique des deux Thébains qui les poussa à ne pas rechercher par leurs actes la gloire ou la richesse, lesquelles suscitent l'envie cruelle et méchante : ils s'étaient pris tous deux dès le début d'un amour divin pour leur patrie qu'ils désiraient voir devenir, de leur temps, la plus brillante et la plus belle[15]. Aussi chacun considérait-il comme siens les succès qu'ils remportaient tous deux en ce sens.
5. Cependant, la plupart des historiens pensent que cette amitié si vive ne prit naissance que lors de l'expédition de Mantinée[16], à laquelle ils participèrent ensemble, quand Thèbes envoya des renforts aux Lacédémoniens, lesquels étaient encore ses amis et ses alliés. **6.** Ils étaient placés l'un à côté de l'autre dans les rangs des hoplites, et ils combattaient contre les Arcadiens, lorsque l'aile des Lacédémoniens dans laquelle ils se trouvaient céda. Presque tous les soldats prirent la fuite, mais tous deux joignirent leurs boucliers et tinrent tête aux assaillants. **7.** Pélopidas reçut sept blessures, toutes de face, et s'effondra sur un monceau de cadavres où se mêlaient amis et ennemis. Bien qu'il le crût mort, Épaminondas s'avança et tint ferme, pour défendre son corps et ses armes. Seul contre une multitude d'ennemis, il exposa sa vie, bien résolu à mourir plutôt que d'abandonner Pélopidas à terre. **8.** Il était déjà lui aussi en fâcheuse posture, ayant été blessé d'un coup de lance à la poitrine et d'un coup d'épée au bras quand, de l'aile opposée, Agésipolis, roi des Spartiates, vint à leur secours et les sauva tous deux, contre toute attente.

V. 1. Après cette guerre, les Spartiates restèrent en paroles les amis et les alliés des Thébains, mais en fait, ils se méfiaient de la fierté et de la puissance de cette cité. Ils haïssaient notamment l'hétairie[17] d'Isménias et d'Androcleidas, à laquelle appar-

---

14. *Plutarque n'a pas seulement dans ses* Vies *mis en parallèle Grecs et Romains ; il a également, au moins pour ce qui est des Grecs, établi des comparaisons entre ses héros regroupés en couples antagonistes : à ceux qu'il mentionne ici, on pourrait ajouter Lysandre et Agésilas, Démosthène et Phocion. En revanche, Pélopidas et Épaminondas sont si proches qu'on peut se demander si Plutarque n'a pas renoncé à écrire une* Vie d'Épaminondas *tant il y aurait eu de redites.*
15. *Le Béotien Plutarque ne peut que souscrire à l'amour de la patrie qu'illustrèrent les deux Thébains.*
16. *Cette expédition, conduite par le roi spartiate Agésipolis, eut lieu en 385. Thèbes était alors encore l'alliée de Sparte, comme durant la guerre du Péloponnèse.*
17. *On désigne sous ce nom les groupements qui unissaient des compagnons* (hetaïroï), *appartenant souvent à une même classe d'âge, rassemblés autour d'un leader politique.*

tenait Pélopidas, et qui passait pour favorable à la liberté et à la démocratie[18]. 2. Archias, Léontiadas et Philippe, qui étaient partisans de l'oligarchie, riches et animés d'une ambition démesurée, persuadèrent le Lacédémonien Phoebidas, qui traversait la région avec une armée, de se jeter à l'improviste sur la Cadmée, de chasser leurs adversaires et d'établir avec les harmostes[19] une oligarchie qui serait soumise au parti des Lacédémoniens. 3. Phoebidas se laissa convaincre. Pendant les Thesmophories, il attaqua les Thébains par surprise, se rendit maître de la citadelle et arrêta Isménias, qu'il fit emmener à Lacédémone, où il fut tué peu après[20]. Pélopidas, Phérénicos et Androcleidas parvinrent à s'enfuir, ainsi que beaucoup d'autres, et furent condamnés à l'exil. 4. Épaminondas, lui, put rester dans le pays : on le tenait pour quantité négligeable, jugeant que la philosophie le rendait peu entreprenant et que sa pauvreté lui ôtait tout moyen d'agir.

VI. 1. Les Lacédémoniens retirèrent son commandement à Phoebidas et le condamnèrent à une amende de cent mille drachmes, mais ils n'en gardèrent pas moins la Cadmée sous le contrôle d'une garnison. L'incohérence de cette attitude plongea le reste des Grecs dans l'étonnement : les Spartiates châtiaient celui qui avait agi, tout en approuvant son acte. 2. Quant aux Thébains, dépouillés du régime politique qu'ils tenaient de leurs ancêtres et réduits en esclavage par le parti d'Archias et de Léontiadas, ils n'avaient aucun espoir de se délivrer de cette tyrannie : ils voyaient qu'elle était soutenue par les armes et la puissance des Spartiates, et impossible à briser, à moins qu'on ne mît un terme à la domination que Sparte exerçait sur terre et sur mer[21]. 3. Pourtant Léontiadas, apprenant que les exilés vivaient à Athènes où ils étaient chéris par la foule et honorés par les hommes de bien, intrigua contre eux en secret. Il envoya des inconnus, qui assassinèrent Androcleidas par traîtrise, mais manquèrent les autres. 4. Les Athéniens reçurent même une lettre des Lacédémoniens, leur ordonnant de ne pas accueillir les exilés, de ne pas les encourager, et de les chasser, car ils avaient été déclarés ennemis publics par les alliés[22]. 5. Mais les Athéniens étaient animés à l'égard des Thébains de cette humanité qu'ils

---

18. Les cités unies au sein de la Confédération béotienne avaient connu jusqu'à la paix du Roi de 386 un régime oligarchique modéré. Mais la dissolution de la Confédération exigée par le roi et ses alliés spartiates avait fait naître un mouvement «démocratique» autour d'Isménias. Plutarque reprend ici l'opinion, traditionnelle depuis Thucydide, qui fait de Sparte l'adversaire des régimes démocratiques.
19. Les harmostes étaient les chefs des garnisons que les Spartiates avaient établies dans les cités anciennement alliées d'Athènes, et dont ils s'étaient rendus maîtres après la victoire de Lysandre à Aïgos Potamoï.
20. Les Thesmophories étaient une fête en l'honneur de Déméter et de Corè, célébrée par les femmes de citoyens dans un grand nombre de cités grecques. La prise de la forteresse de Thèbes, la Cadmée, eut lieu en août 382.
21. L'hégémonie spartiate, conséquence de la victoire remportée sur Athènes et ses alliés, avait été encore renforcée par la paix du Roi de 386. Voir Carlier (1995), p. 31-35.
22. Depuis sa défaite, Athènes avait été contrainte d'entrer dans l'alliance de Sparte. Il lui fallait donc se conformer aux décisions de la Ligue péloponnésienne.

avaient héritée de leurs ancêtres et de la nature, et ils voulaient également s'acquitter envers eux, car les Thébains avaient aidé le peuple à revenir à Athènes[23] : ils avaient décrété que si un Athénien traversait en armes la Béotie pour attaquer les tyrans, aucun Béotien ne devait rien entendre ni rien voir. Ils ne firent donc aucun mal aux Thébains.

VII. 1. Pélopidas, bien qu'il fût un des plus jeunes, ne cessait d'exciter en privé chacun des exilés, et quand ils étaient rassemblés, il leur disait : « Il est contraire à l'honneur et à la religion de laisser notre patrie dans l'esclavage, au pouvoir d'une garnison, de nous juger trop heureux d'avoir été sauvés et de survivre, suspendus aux décrets d'Athènes, réduits à flatter sans cesse ceux qui savent parler et convaincre la foule[24]. 2. Il faut braver les périls pour la plus noble des causes. Prenons exemple sur l'audace et la vertu de Thrasybule : autrefois, il est parti de Thèbes pour renverser les tyrans d'Athènes : Partons d'Athènes, à notre tour, pour aller libérer Thèbes. » 3. Persuadés par de tels discours, ils envoyèrent à Thèbes en secret des messages à leurs amis restés là-bas, pour leur faire part de leur décision. 4. Elle fut approuvée. Charon, qui était le personnage le plus en vue, accepta de mettre sa maison à leur disposition et Phyllidas parvint à se faire nommer greffier auprès d'Archias et de Philippe, alors polémarques[25]. 5. Quant à Épaminondas, il avait depuis longtemps inspiré beaucoup d'orgueil aux jeunes gens : dans les gymnases, il les poussait à provoquer les Lacédémoniens et à lutter avec eux, puis lorsqu'il les voyait tout fiers de leur victoire et de leur supériorité, il les réprimandait, leur disant qu'ils devraient bien plutôt avoir honte, puisque par lâcheté, ils restaient esclaves de ceux qu'ils dépassaient tellement en force physique.

VIII. 1. Ayant fixé le jour de l'action, les exilés décidèrent que le gros de la troupe, sous le commandement de Phérénicos, resterait à Thria[26], tandis que les plus jeunes, en petit nombre, se risqueraient à entrer dans la cité. S'il leur arrivait malheur du fait des ennemis, tous les autres veilleraient à ce que leurs enfants et leurs parents ne manquent pas du nécessaire. 2. Le premier qui se proposa pour entreprendre cette action fut Pélopidas, puis vinrent Mélon, Damocleidas et Théopompos : tous appartenaient aux premières maisons et avaient d'ordinaire entre eux des liens de confiance et d'amitié mais, lorsqu'il s'agissait de gloire et de vaillance, ils étaient toujours rivaux.

---

23. *Lorsque les oligarques athéniens, avec l'aide de Lysandre, s'étaient emparés du pouvoir en 404, un certain nombre de démocrates, dont le stratège Thrasybule, s'étaient réfugiés à Thèbes. Et c'est de Thèbes que Thrasybule partit à la reconquête de l'Attique. Sur Thrasybule, voir infra, VII, 2. Sur le décret des Thébains,* Lysandre, *XXVII, 6.*
24. *La démocratie avait été rétablie à Athènes en 403. Plutarque reprend ici le discours traditionnel sur les orateurs et leur rôle auprès du* démos.
25. *Sur Archias et Philippe, voir supra, V, 2. On connaît mal les institutions de Thèbes pendant cette période qui suit la dissolution de la Confédération béotienne. Sans doute y avait-il à sa tête un collège de polémarques. Voir Xénophon,* Helléniques, *V, 4, 2.*
26. *Thria est un dème de l'Attique, à l'est d'Éleusis, sur la route de Thèbes.*

3. Ils se trouvèrent douze au total[27]. Ayant embrassé les compagnons qu'ils laissaient derrière eux et envoyé un messager prévenir Charon, ils partirent, vêtus de chlamydes courtes, avec de jeunes chiens de chasse et des pieux. De cette manière, aucun de ceux qu'ils rencontreraient en chemin ne pourrait avoir le moindre soupçon ; on les prendrait pour des gens qui se promenaient sans but et qui chassaient. 4. Lorsque le messager qu'ils avaient envoyé arriva chez Charon et l'avertit qu'ils étaient en route, Charon lui-même ne changea pas le moins du monde de sentiments à l'approche du danger : c'était un homme de cœur et il continua à leur offrir sa maison. 5. Mais il y avait là un certain Hipposthénéidas, qui loin d'être un scélérat, chérissait sa patrie et voulait du bien aux conjurés, mais manquait de l'audace qu'exigeaient un moment aussi critique et l'entreprise qu'on projetait. Cet homme fut comme pris de vertige devant l'importance de la lutte désormais engagée. Reprenant ses esprits tant bien que mal, il comprit que d'une certaine manière, c'était l'autorité des Lacédémoniens qu'on voulait ébranler et le pouvoir qu'ils avaient imposé qu'on tentait de détruire, en se fiant à des espoirs irréalisables formés par des exilés. 6. Il se retira donc chez lui sans rien dire, et il envoya un de ses amis à Mélon et à Pélopidas avec ordre de différer l'action pour le moment, et de retourner à Athènes en attendant une occasion plus favorable. 7. L'ami qu'il chargea de porter le message se nommait Chlidon. Cet homme rentra chez lui en courant, sortit son cheval de l'écurie et réclama la bride. 8. Mais sa femme, ne parvenant pas à la trouver, prétendit qu'elle l'avait prêtée à un de leurs amis. De là des reproches, puis des paroles de mauvais augure : pour finir, elle le maudit en lui souhaitant un voyage funeste, à lui et à ceux qui l'envoyaient. Alors Chlidon, qui avait perdu à cette querelle une grande partie de la journée, jugea que ce qui venait d'arriver était un mauvais présage : il renonça complètement à ce voyage et s'occupa d'autre chose. 9. On voit qu'il s'en faut de bien peu pour que les entreprises les plus nobles et les plus belles laissent, à peine commencées, échapper le moment favorable.

IX. 1. Cependant Pélopidas et ses compagnons, ayant troqué leurs vêtements contre ceux de paysans, se séparèrent et entrèrent dans la cité par différents quartiers, alors qu'il faisait encore jour. 2. Il y avait du vent et de la neige, et le temps commençait à se gâter, ce qui leur permit d'attirer moins l'attention, car la plupart des habitants avaient déjà cherché refuge contre la tempête dans leurs maisons. 3. Les hommes chargés de veiller à la bonne marche de l'entreprise accueillaient les arrivants et les conduisaient aussitôt à la maison de Charon, où les conjurés se trouvèrent, en comptant les exilés, au nombre de quarante-huit.
4. Que se passait-il du côté des tyrans[28] ? Le greffier Phyllidas prêtait, je l'ai dit, un concours total aux conjurés et il connaissait leurs plans. Il avait depuis longtemps

---

27. *Dans les* Helléniques *(V, 4, 1), Xénophon ne parle que de sept conjurés et nomme seulement Mélon. Phillidas (et non Phyllidas) joue le même rôle auprès des polémarques. Ce qui suit est beaucoup moins développé chez Xénophon. On peut à bon droit supposer que Plutarque utilise une source béotienne.*
28. *Les* tyrans, *c'est-à-dire Archias et les autres polémarques. Plutarque a déjà évoqué supra (VII, 2) l'action de Thrasybule, à laquelle il compare celle de Pélopidas et de ses compagnons. Dès lors, il appelle tout naturellement les chefs des oligarques* tyrans, *comme on appelait à Athènes* tyrans *les Trente.*

invité pour ce jour-là Archias et les siens à un banquet et à une partie de plaisir où il y aurait des femmes mariées[29]. Son intention était de les épuiser dans les plaisirs et de les enivrer le plus possible avant de les livrer aux assaillants. 5. Mais ils n'étaient pas encore bien ivres quand leur parvint une information, non dénuée certes de fondement, mais imprécise et pleine de confusion, révélant que les exilés se cachaient dans la cité. 6. Phyllidas essaya de détourner la conversation, mais Archias envoya quand même un de ses serviteurs à Charon, avec ordre de venir sur-le-champ. 7. C'était le soir : Pélopidas et ses amis se préparaient tous ensemble à l'intérieur de la maison ; ils avaient déjà revêtu leurs cuirasses et saisi leurs épées. 8. Soudain la porte fut violemment ébranlée. Un des conjurés y courut, et le serviteur lui apprit que Charon était convoqué par les polémarques. Bouleversé, l'homme rentra annoncer la nouvelle. Tous se figurèrent aussitôt que le complot était découvert et qu'ils étaient perdus avant d'avoir rien pu faire qui fût digne de leur valeur. 9. Ils décidèrent pourtant que Charon devait obéir et se présenter devant les magistrats pour détourner leurs soupçons. Charon était d'ordinaire un homme courageux, qui devant le danger avait toujours montré une grande fermeté. Mais en la circonstance, il se mit à trembler pour les conjurés et fut pris d'une émotion violente, à l'idée qu'on pût le soupçonner de trahison, si tant de citoyens éminents venaient à périr. 10. Au moment de partir, il alla chercher au gynécée[30] son fils, qui était encore enfant, mais qui, par sa beauté et sa force physique, surpassait tous ceux de son âge. Il le remit à Pélopidas et à ses amis : « Si vous me soupçonnez, dit-il, de perfidie et de trahison, traitez cet enfant comme un ennemi et ne l'épargnez pas ! » 11. L'émotion et la noblesse de Charon arrachèrent des larmes à beaucoup d'entre eux, et tous s'indignèrent qu'il pût croire qu'il y avait parmi eux un homme assez lâche ou assez ému par la situation pour le soupçonner et même aller jusqu'à l'accuser. 12. Ils le prièrent de laisser son fils en dehors de tout cela et de le mettre à l'abri du sort qui les attendait : si cet enfant était sauvé et parvenait à échapper aux tyrans, il pourrait être élevé en secret afin de devenir le vengeur de la cité et de ses amis. 13. Mais Charon refusa d'éloigner son fils, en disant : « Je ne vois pas pour lui de vie ou de salut qui puissent être plus beaux qu'une mort sans ignominie, en compagnie de son père et de tant d'amis. » Puis, ayant prié les dieux, embrassé et réconforté tous les assistants, il s'en alla, se maîtrisant et composant l'expression de son visage et le ton de sa voix, pour paraître le plus éloigné possible de ce qu'il faisait en réalité.

X. 1. Quand il se présenta à la porte, Archias vint à lui et lui dit : « J'ai appris, Charon, que certains exilés sont entrés furtivement dans la cité, qu'ils s'y cachent et que quelques-uns de nos concitoyens sont de connivence avec eux. » 2. Charon fut d'abord vivement troublé. Mais à sa question : « Qui donc est entré, et qui sont ceux qui les cachent ? », il vit bien qu'Archias était incapable d'apporter une réponse précise. Comprenant que la dénonciation ne pouvait provenir de l'un de ceux qui étaient vraiment informés, il dit : 3. « Voyons, n'allez pas vous laisser troubler par une vaine rumeur. En ce qui me concerne, en tout cas, je monterai bonne garde, car

---

29. *Xénophon (V, 4, 4) précise que ces femmes étaient « les plus majestueuses et les plus belles de Thèbes ».*
30. *Dans l'appartement des femmes où les jeunes enfants demeuraient avec leur mère et les servantes.*

après tout il ne faut rien négliger.» 4. Phyllidas, qui était présent, approuva ces paroles, puis entraîna de nouveau Archias à boire du vin pur en abondance et reprit la direction du banquet, en faisant espérer aux convives la venue des femmes. 5. De retour chez lui, Charon trouva les conjurés prêts : n'espérant pas vaincre ni rester en vie, ils se disposaient à mourir glorieusement, en infligeant de grandes pertes aux ennemis. Charon révéla la vérité à Pélopidas, mais il mentit aux autres et prétendit que son entretien avec Archias avait eu un autre objet.
6. Ce premier orage à peine passé, la Fortune en souleva un second contre ces héros. 7. Un messager arriva d'Athènes, envoyé par l'hiérophante[31] Archias à son homonyme, qui était son hôte et son ami. La lettre qu'il apportait ne contenait pas des soupçons vagues ou forgés de toutes pièces : elle révélait en détail et avec précision ce qui se passait, comme on le sut par la suite. 8. Mais pour l'heure, Archias était ivre. Introduit en sa présence, le messager lui remit la lettre, en ajoutant : «Celui qui te l'envoie te prie de la lire tout de suite, car il s'agit d'affaires importantes.» 9. Archias répondit en souriant : «À demain les affaires importantes !» Il prit la lettre, la mit sous son oreiller et poursuivit la conversation qu'il avait avec Phyllidas. 10. Ce mot est passé en proverbe et s'est transmis chez les Grecs jusqu'à nos jours.

XI. 1. Croyant venu le moment favorable, les conjurés se mirent en marche. Ils s'étaient divisés en deux groupes : les uns, avec Pélopidas et Damocleidas, marchèrent contre Léontiadas et Hypatas, dont les demeures étaient voisines. 2. Quant à Charon et Mélon, ils se chargèrent d'Archias et de Philippe. Ils avaient passé sur leurs cuirasses des habits de femmes et s'étaient ceint la tête d'épaisses couronnes de sapin et de pin qui leur cachaient le visage. 3. Aussi, lorsqu'ils se présentèrent à la salle du banquet, furent-ils d'abord applaudis et acclamés : les convives pensaient que les femmes qu'ils attendaient depuis si longtemps étaient enfin arrivées. 4. Les conjurés firent des yeux le tour des convives et notèrent avec précision la place de chacun d'entre eux : puis, tirant leurs épées, ils sautèrent entre les tables et s'élancèrent contre Archias et Philippe. Alors on comprit qui ils étaient. Quelques-uns des convives obéirent à Phyllidas qui leur demandait de ne pas bouger; les autres essayèrent de résister avec les polémarques et se levèrent tous ensemble, mais ils étaient ivres, et les conjurés les tuèrent sans grande difficulté.
5. La tâche de Pélopidas et de ses compagnons était plus difficile. Léontiadas, contre lequel ils marchaient, était en effet un homme sobre et redoutable. Ils trouvèrent sa maison fermée à clef, car il dormait déjà. Ils frappèrent longtemps sans que personne leur répondît; 6. pour finir, ils entendirent le serviteur venir de l'intérieur et tirer le verrou. Dès que la porte céda et leur offrit un passage, ils se précipitèrent en foule, repoussèrent le serviteur et coururent vers la chambre. 7. Léontiadas, en entendant frapper et courir, devina ce qui se passait. Il se leva et tira son poignard, mais n'eut pas l'idée de renverser les lampes; s'il l'avait fait, ils auraient trébuché les uns sur les autres dans l'obscurité. Il était donc bien visible, en pleine lumière,

---

31. L'hiérophante, l'un des prêtres attaché au sanctuaire d'Éleusis, appartenait à la grande famille des Eumolpides.

quand il vint à leur rencontre à la porte de sa chambre. Il frappa le premier qui entra, Caphisodoros, et le tua. 8. Celui-ci tombé, il en vint aux prises avec le second assaillant : il s'agissait de Pélopidas. La lutte était rendue malaisée et dangereuse par l'étroitesse de la porte et par le cadavre de Caphisodoros qui gisait à leurs pieds. 9. Cependant Pélopidas eut le dessus. Il tua Léontiadas et aussitôt se précipita avec ses compagnons chez Hypatas. 10. Ils entrèrent chez lui de la même manière que chez Léontiadas, mais l'homme s'en aperçut tout de suite et chercha à se réfugier chez des voisins. Les conjurés le poursuivirent, se saisirent de lui et le tuèrent.

XII. 1. Cela fait, ils rejoignirent Mélon et envoyèrent en Attique un message aux exilés qu'ils avaient laissés là-bas. Puis ils appelèrent leurs concitoyens à lutter pour la liberté et armèrent ceux qui se présentèrent, en enlevant les dépouilles de guerre suspendues dans les portiques[32], et en enfonçant les portes des ateliers des armuriers et des couteliers du voisinage. 2. Ils furent rejoints par Épaminondas et Gorgidas en armes, qui venaient à leur secours et qui avaient réuni en nombre considérable l'élite de la jeunesse et des citoyens plus âgés. 3. Toute la cité était en effervescence : il y avait beaucoup de bruit, des lumières dans les maisons et les gens couraient en tous sens les uns vers les autres. La foule cependant ne s'était pas encore regroupée ; terrifiée par les événements et faute d'informations sûres, elle attendait le jour. 4. Aussi jugea-t-on que les chefs des Lacédémoniens eurent tort de ne pas accourir aussitôt, pour engager le combat. Leur garnison comptait environ quinze cents hommes et beaucoup de citoyens avaient couru les rejoindre[33]. Mais ils eurent peur des cris, des flambeaux et du grand vacarme qui s'élevait de tous côtés ; ils ne bougèrent pas et se contentèrent de garder la Cadmée. 5. Au point du jour, les exilés arrivèrent de l'Attique en armes et le peuple se réunit en assemblée. 6. Épaminondas et Gorgidas introduisirent Pélopidas et ses compagnons, entourés par les prêtres qui tendaient des bandelettes et invitaient les citoyens à secourir la patrie et les dieux. 7. À cette vue, l'assemblée se leva et resta debout à les applaudir et à les acclamer, et elle accueillit ces héros comme des bienfaiteurs et des sauveurs.

XIII. 1. Ensuite Pélopidas, élu béotarque avec Mélon et Charon[34], entreprit aussitôt de construire un mur pour assiéger la citadelle. Il lança l'assaut contre elle de tous les

---

32. *Après une victoire, il était habituel de consacrer aux dieux les armes prises à l'ennemi. C'est là pour les conjurés un moyen de se procurer rapidement des armes.*

33. *Ceux des citoyens qui avaient rejoint les Lacédémoniens dans la forteresse de la Cadmée étaient les partisans de l'oligarchie.*

34. *Les béotarques étaient les magistrats fédéraux béotiens. Avant 386, Thèbes était représentée par quatre béotarques sur les onze qui formaient le gouvernement de la Confédération (voir* Helléniques d'Oxyrhynchos, XI, 4*). La désignation de Pélopidas, Mélon et Charon comme béotarques impliquait la reconstitution de la Confédération. On peut cependant douter qu'elle ait été aussi rapide. Désigner des béotarques avait valeur symbolique, puisque c'était Sparte qui avait exigé la dissolution de la Confédération. Mais pourquoi trois béotarques et non quatre comme auparavant ? Sur les problèmes que soulève cette désignation, voir Roesch (1965), p. 44.*

côtés, car il avait hâte de chasser les Lacédémoniens et de libérer la Cadmée, avant que des renforts pussent arriver de Sparte. 2. Il devança la venue de ces troupes, mais de si peu que les hommes qu'il laissa partir aux termes d'une convention étaient encore à Mégare quand ils rencontrèrent Cléombrote[35] qui marchait contre Thèbes avec une grande armée. 3. Les Spartiates condamnèrent à mort et exécutèrent deux des trois harmostes qu'il y avait eu à Thèbes, Hérippidas et Arcésos; quant au troisième, Lysanoridas, soumis à une forte amende, il s'exila du Péloponnèse[36]. 4. Cette libération, qui par la vaillance de ses auteurs, par les dangers et les combats soutenus, rappelait l'intervention de Thrasybule[37] et qui, comme elle, fut couronnée par la Fortune, fut nommée par les Grecs « sœur » de la libération d'Athènes. 5. Et de fait, on aurait du mal à citer d'autres hommes, aussi peu nombreux et aussi démunis, qui aient, par leur seule audace et leur seule intelligence, écrasé des adversaires supérieurs en nombre et en puissance, et procuré à leur patrie de plus grands biens. 6. Des deux cependant, l'exploit de Pélopidas fut le plus célèbre à cause du changement de situation qu'il entraîna. 7. En effet, la guerre qui détruisit la grandeur de Sparte et mit un terme à sa suprématie sur terre et sur mer commença cette nuit-là, non pas lorsque Pélopidas s'empara d'une garnison, d'un rempart ou d'une citadelle, mais lorsqu'il entra, après onze autres, dans une simple maison. Pour exprimer la vérité en recourant à une métaphore, il délia et brisa alors les chaînes de l'hégémonie lacédémonienne dont on croyait pourtant qu'il était impossible de les rompre et de les arracher[38].

XIV. 1. Cependant, lorsque les Lacédémoniens envahirent la Béotie avec des forces considérables, les Athéniens furent pris de peur. Ils renoncèrent à leur alliance avec les Thébains et mirent en jugement les partisans des Béotiens, dont les uns furent condamnés à mort, les autres à l'exil, d'autres encore à une amende[39]. La situation de Thèbes, privée de tout secours, paraissait donc désespérée. 2. Mais Pélopidas, qui se trouvait être béotarque avec Gorgidas, s'arrangea avec son collègue pour faire renaître l'hostilité des Athéniens contre les Lacédémoniens. Voici le moyen qu'ils imaginèrent. 3. Un Spartiate nommé Sphodrias, un homme fameux et brillant dans les combats, mais d'intelligence superficielle, rempli de vaines espérances et de folles ambitions, avait été laissé à Thespies avec une armée pour recueillir et soutenir les Thébains qui feraient défection. 4. Pélopidas lui envoya, à titre privé, un mar-

---

35. *Cléombrote est alors l'un des deux rois de Sparte, collègue d'Agésilas, lequel, selon Xénophon (*Helléniques, V, 4, 13*), aurait argué de son âge pour refuser le commandement de l'expédition.*
36. *Xénophon (V, 4, 13) parle de la mise à mort de l'harmoste qui avait abandonné la Cadmée, sans le nommer.*
37. *Voir* supra, *VII, 2.*
38. *Le raisonnement de Plutarque est justifié, dans la mesure où la libération d'Athènes ne mit pas fin à l'hégémonie spartiate, tandis que la libération de Thèbes annonce le désastre de Leuctres huit ans plus tard (voir* infra, *XX et suiv.).*
39. *Xénophon (*Helléniques, V, 4, 19*) précise que des deux stratèges qui avaient soutenu Mélon (il n'est jamais question de Pélopidas) l'un fut mis à mort et l'autre préféra s'exiler.*

chand de ses amis, porteur d'argent et de propositions auxquelles Sphodrias fut encore plus sensible qu'à l'argent : il fallait, lui disait-on, tenter un coup d'éclat et se rendre maître du Pirée en l'attaquant à l'improviste, quand les Athéniens n'étaient pas sur leurs gardes. 5. Rien en effet ne serait plus agréable aux Lacédémoniens que de s'emparer d'Athènes ; quant aux Thébains, qui en voulaient aux Athéniens et les considéraient comme des traîtres, ils ne viendraient pas à leur secours. 6. Sphodrias finit par se laisser convaincre. À la tête de ses soldats, il envahit de nuit l'Attique. Il poussa jusqu'à Éleusis, mais là, ses hommes prirent peur : il fut découvert et s'en retourna à Thespies, après avoir suscité ainsi contre les Spartiates une guerre qui ne devait pas être de médiocre importance ni facile à soutenir[40].

XV. 1. Aussitôt les Athéniens renouvelèrent en hâte leur alliance avec Thèbes. Ils reprirent la mer et longèrent les terres, accueillant et attirant à eux tous les Grecs qui étaient disposés à se détacher de Sparte[41]. 2. Les Thébains, de leur côté, engageaient sans cesse le combat contre les Lacédémoniens qui se trouvaient en Béotie ; les batailles qu'ils livraient n'étaient pas décisives en elles-mêmes, mais permettaient de s'exercer et de s'entraîner, ce qui était important : les hommes affermissaient leurs cœurs et accoutumaient leurs corps à l'effort, retirant de ces luttes l'expérience que donne l'habitude, ainsi qu'une grande fierté. 3. C'est pourquoi le Spartiate Antalcidas[42], voyant Agésilas revenir blessé de Béotie[43], lui déclara, dit-on : « Le beau salaire, vraiment, que tu touches là des Thébains, pour les leçons que tu leur as données : ils ne voulaient pas combattre ni faire la guerre, et tu le leur as appris ! » 4. Cependant, ce n'était pas d'Agésilas, en vérité, qu'ils recevaient ces leçons, mais de ceux qui, mettant à profit les occasions favorables et calculant tout avec exactitude, lançaient habilement les Thébains contre les ennemis, comme de jeunes chiens, puis les ramenaient à l'abri, après leur avoir fait goûter l'orgueil de la victoire. Parmi ces chefs, celui qui possédait la gloire la plus grande était Pélopidas. 5. Du jour où ils le choisirent pour la première fois pour diriger la guerre, ils ne cessèrent de l'élire, année après année : il s'occupa jusqu'à sa mort des affaires publiques, soit en tant que chef du bataillon sacré, soit, le plus souvent, comme béotarque. 6. Les Lacédémoniens furent battus et mis en fuite à Platées, puis à Thespies où périt notamment Phoebidas, celui

---

40. *L'histoire est racontée de la même façon par Xénophon (*Helléniques, *V, 4, 20), qui attribue l'initiative aux Thébains, sans nommer Pélopidas. L'attentat de Sphodrias provoqua la rupture de l'alliance entre Athènes et Sparte. L'harmoste de Thespies fut mis en jugement par les Spartiates, mais acquitté grâce à l'intervention d'Agésilas, dont le fils, Archidamos, était l'éraste (voir infra, XVIII, 2) du fils de Sphodrias (voir* Helléniques, *V, 4, 25-33).*
41. *La conséquence de l'attaque de Sphodrias fut en effet de permettre aux Athéniens la reconstitution de ce qui allait devenir la seconde Confédération maritime d'Athènes, dont nous possédons le décret de fondation de l'année 378-377. Voir Pouilloux (1960), p. 100-105 et Carlier (1995), p. 45-49.*
42. *Antalcidas avait été le négociateur de la paix du Roi de 386 qui avait renforcé l'hégémonie spartiate, exigeant notamment la dissolution de toutes les confédérations de cités, dont la Confédération béotienne.*
43. *Agésilas est alors l'un des deux rois de Sparte, et c'est lui que la cité a désigné pour diriger les opérations en Béotie.*

qui s'était emparé de la Cadmée[44]. Pélopidas mit aussi en déroute un grand nombre d'ennemis près de Tanagra, où il tua l'harmoste Panthoïdas.
7. Mais si ces combats emplissaient les vainqueurs de fierté et d'audace, ils n'abattaient nullement l'esprit des vaincus. 8. Il ne s'agissait pas en effet de batailles rangées ni d'affrontements déclarés, avec des troupes disposées en bon ordre, selon des règles précises, mais d'incursions faites au bon moment, de fuites ou de poursuites qui permettaient de prendre la mesure des ennemis, et d'engagements couronnés de succès[45].

XVI. 1. La bataille de Tégyres[46], en revanche, fut d'une certaine manière le prélude de celle de Leuctres; elle éleva Pélopidas à une grande gloire, car elle ôta à ses collègues tout prétexte à lui disputer le succès, et aux ennemis toute excuse pour couvrir leur défaite. 2. La cité d'Orchomène[47] avait embrassé le parti des Spartiates et avait reçu d'eux, pour sa défense, deux mores[48]. Mais Pélopidas avait toujours des vues sur elle et guettait l'occasion favorable. Quand il apprit que la garnison était partie en expédition en Locride[49], il se mit en campagne, espérant tomber sur Orchomène sans défenseurs et s'en emparer. Il avait pris avec lui le bataillon sacré, ainsi qu'un petit nombre de cavaliers. 3. Mais une fois devant la cité, il y trouva une autre garnison, venue de Sparte relever la première. Il ramena alors son armée en arrière par le territoire de Tégyres, en décrivant un cercle au pied des montagnes, ce qui était la seule route praticable : 4. il était en effet impossible de couper par le milieu des terres, à cause du fleuve Mélas : dès sa source, celui-ci se répandait de toutes parts, en formant des marécages et des étangs qui n'étaient accessibles qu'aux barques.
5. Un peu au-dessus de ce marais se trouve le temple d'Apollon Tégyrien, et un oracle qui était alors abandonné depuis peu mais qui avait été florissant jusqu'aux guerres médiques, époque où Échécratès en était le prophète[50]. 6. C'est en ce lieu, d'après certains mythographes, qu'Apollon serait né. La montagne voisine s'appelle en effet Délos, et les débordements du Mélas cessent à ses pieds. D'autre part, derrière le temple jaillissent deux sources aux flots d'une douceur, d'une abondance et d'une fraîcheur admirables, dont aujourd'hui encore, nous appelons l'une le Palmier et l'autre l'Olivier : ce ne serait donc pas entre deux arbres, mais entre deux ruisseaux que la déesse aurait accouché. 7. D'ailleurs c'est du mont Ptôon, tout

---

44. *Sur ces campagnes qui se déroulèrent en Béotie en 378 et 377, Plutarque résume le récit de Xénophon (*Helléniques*, V, 4, 42-55).*
45. *Ce que Plutarque ne mentionne pas ici c'est que les Lacédémoniens avaient toujours des partisans au sein de certaines cités béotiennes. D'où cette sorte de guerre larvée, sans engagements véritables.*
46. *Cette bataille aurait eu lieu en 375. Il s'agit cette fois d'un affrontement traditionnel, à la différence des coups de main de la période précédente.*
47. *Orchomène est une cité béotienne.*
48. *Deux bataillons, plusieurs centaines d'hommes, voir* infra, *XVII, 4. Sur le bataillon sacré, voir* infra, *XVIII, 1-7 et note.*
49. *La Locride se trouve au nord de la Béotie.*
50. *Le prophète était celui qui interprétait les oracles du dieu.*

proche, qu'aurait surgi soudain, dit-on, un sanglier qui fit s'épouvanter *[anaptoethénaï]* la déesse : l'endroit rappelle donc également le rôle de Python et celui de Tityos dans la naissance du dieu[51]. Je passe sous silence cependant la plupart des preuves qu'on invoque à l'appui de cette thèse, 8. car la tradition de nos pères ne range pas Apollon parmi les *démons* qui, après avoir été de simples mortels engendrés, sont devenus des immortels par suite d'un changement de nature, comme c'est le cas d'Héraclès ou de Dionysos, qui ont rejeté, grâce à leur vertu, la condition mortelle et souffrante. Non, Apollon est un des dieux éternels, qui n'ont pas été engendrés, si du moins nous devons, pour des questions si importantes, nous fier aux paroles des hommes les plus sages et les plus anciens[52].

XVII. 1. Or comme les Thébains, s'éloignant d'Orchomène, se dirigeaient vers Tégyres, les Lacédémoniens qui revenaient de Locrides y arrivèrent au même moment, de la direction opposée. 2. Dès qu'on les vit surgir des défilés, on vint en courant annoncer à Pélopidas : « Nous sommes tombés aux mains des ennemis ! » À quoi Pélopidas rétorqua : « Pourquoi ne pas dire plutôt que ce sont eux qui sont tombés entre nos mains ? » 3. Aussitôt, il donna ordre à toute sa cavalerie de passer de l'arrière à l'avant, pour engager le combat, tandis que lui-même disposait ses trois cents hoplites en formation serrée. Il espérait que partout où il lancerait la charge à leur tête, il pourrait, malgré la supériorité numérique des ennemis, rompre leurs lignes de bataille. 4. Il y avait deux mores de Lacédémoniens : une more comptait cinq cents hommes selon Éphore, sept cents d'après Callisthène, et neuf cents d'après d'autres auteurs, dont Polybe[53]. 5. Les polémarques des Spartiates, Gorgoléon et Théopompos, s'élancèrent avec confiance contre les Thébains. 6. L'assaut se fit avec une ardeur et une violence particulières, de part et d'autre, à l'endroit où se trouvaient les chefs : les polémarques des Lacédémoniens se heurtèrent aussitôt à Pélopidas et succombèrent. 7. Puis ce fut le tour de ceux qui les entouraient, qui furent taillés en pièces et massacrés. Alors toute l'armée, prise de peur, s'ouvrit pour laisser passer les Thébains, s'imaginant qu'ils voulaient pousser en avant et se dégager. 8. Mais Pélopidas, méprisant la voie qui leur était offerte, se tourna contre ceux des ennemis qui tenaient bon encore et rompit leurs rangs en faisant un massacre considérable, si bien que tous prirent la fuite dans le plus grand désordre. 9. On ne les poursuivit pas bien loin : les Thébains craignaient les Orchoméniens, qui étaient tout près, et la garnison que les Lacédémoniens avaient envoyée pour relever l'autre.

---

51. Python était un serpent monstrueux qu'Apollon tua trois jours après sa naissance. Tityos est un géant qu'Héra poussa, par jalousie, à faire violence à Létô, après que celle-ci avait accouché d'Apollon et d'Artémis. Il fut foudroyé par Zeus.
52. Plutarque fut prêtre d'Apollon à Delphes. Sa remarque sur le dieu éternel et non engendré témoigne de l'évolution des croyances dans les milieux philosophiques auxquels il appartenait. Et le contraste avec le paragraphe précédent qui, sans la nommer, évoque Létô, la mère du dieu, est d'autant plus frappant.
53. Éphore, historien grec du IVe siècle, fut l'élève du rhéteur Isocrate. Callisthène, également historien, neveu et disciple d'Aristote, participa à l'expédition d'Alexandre. Pour certaines de ses biographies, Plutarque utilise largement Polybe, historien du IIe siècle (voir Dictionnaire, « Polybe »).

10. Ils se contentèrent de remporter cette victoire de vive force et de se frayer un chemin à travers toute l'armée vaincue. Ensuite, après avoir élevé un trophée et dépouillé les morts, ils s'en retournèrent chez eux, remplis de fierté.
11. Jamais auparavant, semble-t-il, au cours de tant de combats qu'ils avaient livrés contre les Grecs et contre les Barbares, les Lacédémoniens n'avaient été vaincus en bataille rangée par des ennemis inférieurs en nombre, ou même en nombre égal au leur[54]. 12. Aussi leur fierté rendait-elle toute résistance impossible contre eux : leur seule réputation frappait d'effroi leurs adversaires qui, même avec des forces égales, ne se croyaient pas capables de lutter sur un pied d'égalité contre des Spartiates.
13. Cette bataille fut la première qui enseigna aux autres Grecs que l'Eurotas et le territoire situé entre Babyca et Cnacion[55] n'étaient pas les seuls à produire des combattants doués pour la guerre : partout où la jeunesse est résolue à rougir de ce qui est honteux et à oser accomplir de belles actions, cherchant à fuir le blâme plutôt que le danger, là se trouvent les hommes les plus redoutables pour leurs ennemis.

XVIII. 1. Le bataillon sacré avait été, dit-on, créé par Gorgidas. Il l'avait composé de trois cents hommes d'élite dont la cité prenait en charge l'entraînement et l'entretien, et qui campaient dans la Cadmée : c'est pourquoi on l'appelait le bataillon de la cité, car à cette époque, les gens donnaient souvent le nom de cité à leurs citadelles[56].
2. Mais selon certains, ce bataillon était composé d'érastes et d'éromènes[57], et l'on rapporte à ce sujet un propos plaisant de Pamménès : « Le Nestor d'Homère ne connaît rien à la tactique quand il demande aux Grecs de se ranger par tribus et par phratries :

> Il faut que les phratries défendent les phratries,
> et les tribus devront défendre les tribus.

Il aurait plutôt dû placer un éraste à côté de son éromène[58]. »
3. En effet, dans le danger, on ne se soucie guère des membres de sa tribu ou de sa phratrie, tandis qu'un bataillon qui tire sa cohésion d'une amitié fondée sur l'amour est impossible à rompre et à briser : les uns par tendresse pour leurs éromènes, et les

---

54. Le patriotisme de Plutarque l'incite sans doute à exagérer quelque peu l'importance de cette bataille de Tégyres que Xénophon, dans les Helléniques, *ne mentionne même pas.*
55. Le territoire entre Babyca et Cnacion est celui de la cité de Sparte, et l'Eurotas le fleuve qui le traverse (voir Lycurgue, *VI, 2 et 4). Comparer les Thébains aux Spartiates était le plus grand compliment qu'on pouvait leur adresser.*
56. Le terme grec acropolis *signifie la ville haute. Il peut aussi désigner la cité elle-même.*
57. Nous préférons parler d'érastes et d'éromènes, pour respecter ce que le monde grec a d'irréductible au nôtre. Les mots « amants » et « aimés », souvent employés par les traducteurs, nous semblent avoir surtout des résonances psychologiques et affectives masquant le caractère institutionnel de ce type de relations. (N.d.T.)
58. Le bataillon sacré de Thèbes était fondé sur ces relations pédérastiques qui tenaient une place importante dans la formation des jeunes gens de l'aristocratie grecque. Pamménès est un général thébain, ami d'Épaminondas. La citation d'Homère est empruntée au chant II, v. 362-363 de l'Iliade. Phratries et tribus étaient alors des modes de regroupement des combattants.

autres par crainte d'être indignes de leurs érastes, tiennent bon face au danger, pour se défendre mutuellement. 4. Et cela n'a rien d'étonnant, s'il est vrai que les hommes font plus grand cas de ceux qu'ils aiment, même quand ils ne sont pas là, que de toute autre personne, même présente. Ainsi ce soldat que son ennemi s'apprêtait à égorger après l'avoir terrassé et qui le suppliait et l'implorait de lui plonger plutôt l'épée dans la poitrine: «Je veux que mon éromène, quand il découvrira mon corps, n'ait pas la honte de le voir frappé dans le dos.» 5. On dit aussi qu'Iolaos, l'éromène d'Héraclès, partageait ses travaux et combattait à ses côtés, et Aristote rapporte que, de son temps encore, les éromènes et leurs érastes échangeaient leurs serments sur le tombeau d'Iolaos[59]. 6. On comprend donc que l'on ait donné à cette troupe le nom de «bataillon sacré», puisque Platon définit l'éraste comme un ami inspiré par le dieu[60]. 7. Ce bataillon demeura invincible, dit-on, jusqu'à la bataille de Chéronée[61]. Après cette bataille, Philippe, qui passait en revue les morts, s'arrêta à l'endroit où gisaient les trois cents. Tous avaient été frappés de face, en armes, par les sarisses, et ils étaient mêlés les uns aux autres. Il fut plein d'admiration, et apprenant que c'était là le bataillon des érastes et des éromènes, il pleura. Puis il s'écria: «Maudits soient ceux qui soupçonnent ces hommes d'avoir pu faire ou subir quoi que ce soit de honteux.»

XIX. 1. De manière générale, si ces liaisons amoureuses ont été coutumières chez les Thébains, cela ne vient pas, comme le prétendent les poètes, de la passion de Laios[62]. Ce sont les législateurs qui voulurent relâcher et tempérer dès l'enfance ce que leur nature avait de passionné et d'entier: ils donnèrent, dans les travaux et les jeux, une grande importance à l'aulos, qu'ils honorèrent et mirent au premier rang et, de même, ils favorisèrent l'amour et le firent briller dans les palestres, afin d'adoucir le caractère des jeunes gens. 2. C'est pour la même raison encore qu'ils ont établi dans leur cité la déesse Harmonie[63] qui, dit-on, est fille d'Arès et d'Aphrodite: selon eux, là où l'amour des guerres et des combats s'unit et se mêle parfaitement à ce qui touche à la Persuasion et aux Charites[64], tout concourt, grâce aux soins d'Harmonie, à la vie politique la plus équilibrée et la mieux ordonnée. 3. Pour en revenir au bataillon sacré, Gorgidas en dispersait les membres dans les premiers rangs, et les plaçait en tête, tout le long de la phalange des hoplites, ce qui

---

59. Voir le Dialogue sur l'amour *(761d-e) de Plutarque.*
60. Le nom de Platon arrive ici tout naturellement. C'est du Phèdre *(255b) que provient la citation, mais c'est dans* Le Banquet *que sont mises en valeur les relations pédérastiques: dans le discours que le philosophe prête précisément à Phèdre, qui évoque la supériorité qu'aurait une armée «composée d'amants et d'aimés» (178e).*
61. Bataille qui se déroula en septembre 338 et qui marque, avec la victoire de Philippe sur les Athéniens et les Thébains, le début de la domination macédonienne en Grèce.
62. Laios, roi de Thèbes, est le père d'Œdipe. Selon la tradition mythique, il aurait été l'éraste de Chrysippe, le fils de Pélops.
63. Il s'agit d'Harmonie, l'épouse de Cadmos, le fondateur mythique de Thèbes.
64. Peithô (la persuasion) et les Charites (les Grâces) étaient les formes divinisées de qualités susceptibles de maintenir la concorde dans les cités.

ne permettait pas de voir clairement leur valeur et de faire servir leur force à l'intérêt général, car elle se perdait et se diluait dans une masse bien inférieure. 4. Mais Pélopidas, qui avait vu resplendir leur vertu à Tégyres, où ils n'étaient mêlés à personne et combattaient autour de lui, refusa désormais de les séparer et de les disperser. Il s'en servit comme d'un corps formant un tout qu'il exposait dans les luttes les plus importantes. 5. Si les chevaux courent plus vite quand ils sont attelés à un char que lorsqu'ils sont montés séparément par différents cavaliers, ce n'est pas que leur nombre leur permette de repousser et de briser l'air plus facilement dans leur élan : c'est parce que l'émulation et le désir de la victoire enflamment leur ardeur. De la même manière, Pélopidas pensait que les hommes de bien sont plus efficaces et plus ardents pour accomplir une tâche commune quand ils se communiquent les uns aux autres le désir des belles actions.

XX. 1. Les Lacédémoniens conclurent la paix avec tous les Grecs pour ne plus faire la guerre que contre les seuls Thébains, et leur roi Cléombrote envahit la Béotie à la tête de dix mille hoplites et de mille cavaliers. Désormais l'enjeu du combat n'était plus le même qu'auparavant : la menace était directe, on annonça la dispersion des habitants, et jamais la Béotie n'avait connu semblable terreur[65]. 2. Lorsque Pélopidas quitta sa maison, sa femme l'accompagna, en pleurs, le priant de veiller à son salut ; « Femme, lui dit-il, voilà un conseil à donner aux simples soldats, mais à ceux qui commandent, il faut conseiller de veiller au salut des autres. » 3. À son arrivée dans le camp, il trouva les béotarques en désaccord, et il fut le premier à se ranger à l'avis d'Épaminondas, qui préconisait de marcher à l'ennemi et d'engager la bataille[66]. Certes, Pélopidas n'avait pas été nommé béotarque, mais il commandait le bataillon sacré et jouissait en outre de la confiance que méritait un homme qui avait donné à sa patrie tant de gages pour la liberté. 4. On décida donc de risquer la bataille et l'on établit le camp en face de celui des Lacédémoniens, à Leuctres. Or Pélopidas eut un songe qui le troubla beaucoup.
5. Dans la plaine de Leuctres se trouvent les tombes des filles de Scédasos, qu'on appelle les Leuctrides à cause de ce lieu : elles ont été enterrées là après avoir été violées par des hôtes spartiates. 6. À la suite d'un acte aussi cruel et aussi contraire à toutes les lois, leur père, n'ayant pu obtenir justice à Lacédémone, lança des malédictions contre les Spartiates, puis s'égorgea sur la tombe des jeunes filles. 7. Des oracles et des prophéties ne cessaient d'avertir les Spartiates de se garder du vengeur de Leuctres ; mais les gens ne comprenaient pas vraiment le sens de cette mise en garde, car il y avait incertitude sur le lieu : il existe en effet en Laconie, au bord de la mer, une bourgade appelée Leuctres et un autre endroit du même nom près de Mégalopolis, en Arcadie. 8. Du reste ce malheur était survenu bien longtemps avant la bataille de Leuctres.

---

65. Plutarque présente ici les faits de façon curieuse. Car ce sont les Thébains qui, exigeant de prêter serment au nom de tous les Béotiens, refusèrent de se joindre à la paix conclue en 371 entre tous les Grecs (Xénophon, Helléniques, VI, 3, 1-20).
66. La bataille de Leuctres, une des plus célèbres de l'histoire militaire de l'Antiquité, fut conduite du côté thébain par Épaminondas. Mais Plutarque préfère mettre en avant son héros.

XXI. 1. Pélopidas était donc endormi dans le camp, lorsqu'il crut voir les jeunes filles se lamenter près de leurs tombeaux et lancer des malédictions contre les Spartiates, tandis que Scédasos lui ordonnait, s'il voulait remporter la victoire, d'égorger en l'honneur de ses filles une vierge rousse. 2. Cet ordre lui parut terrible et contraire aux lois, mais il se leva et en fit part aux devins et aux chefs militaires. 3. Les uns jugeaient qu'il ne fallait pas le négliger ni désobéir. Ils rappelaient les exemples anciens de Ménécée, fils de Créon, et de Macarie, fille d'Héraclès, et d'autres plus récents : le sage Phérécydès, mis à mort par les Lacédémoniens, dont la peau était gardée par les rois conformément à une prophétie, Léonidas qui, à cause d'un oracle, s'était d'une certaine manière sacrifié pour la Grèce, et les victimes qui avaient été égorgées par Thémistocle à Dionysos Mangeur de chair crue, avant la bataille navale de Salamine[67]. Or les succès remportés avaient justifié ces sacrifices. 4. Inversement, Agésilas, qui partait en campagne du même endroit qu'Agamemnon contre les mêmes ennemis que ce roi, avait vu la déesse lui demander d'égorger sa fille ; il avait eu cette vision à Aulis, où il dormait, mais il avait refusé et s'était laissé attendrir, ce qui avait entraîné l'échec de son expédition, qui n'avait obtenu ni gloire ni résultat[68]. 5. D'autres étaient d'un avis contraire et affirmaient qu'un sacrifice aussi barbare, aussi contraire aux lois, ne pouvait plaire à aucun des êtres qui nous sont supérieurs et nous dominent. Car ce ne sont point les Typhons ni les Géants qui gouvernent, mais le père de tous les dieux et de tous les hommes. 6. Croire que des *démons* peuvent prendre plaisir à faire couler le sang des hommes et à les tuer, c'est sans doute une sottise, et à supposer que de telles créatures existent, il faut n'en tenir aucun compte et considérer qu'elles n'ont aucun pouvoir : c'est la faiblesse et la méchanceté de notre âme qui donnent vie et consistance à ces désirs absurdes et cruels[69].

XXII. 1. Les chefs étaient donc occupés à cette discussion et Pélopidas se trouvait dans le plus grand embarras, lorsqu'une pouliche s'échappa d'un troupeau, traversa l'armée en courant et s'arrêta devant eux. 2. Comme les autres admiraient

---

67. *Créon est le roi de Thèbes qui succéda à Œdipe après la découverte de son crime par celui-ci. Lors de l'assaut des Sept contre Thèbes, il sacrifia sur ordre du devin Tirésias, son fils, à Arès, pour sauver la ville. Macarie est la fille d'Héraclès et de Déjanire. Après la mort de son père, elle s'offrit spontanément en sacrifice pour assurer à ses frères la victoire sur Eurysthée, l'ennemi du héros. Phérécydès «le Sage» est inconnu. Léonidas est le roi spartiate qui périt aux Thermopyles au début de la seconde guerre médique. Quant au sacrifice qu'aurait accompli Thémistocle avant la bataille de Salamine, il a fait l'objet de controverses (voir* Thémistocle, *XIII, 2-4). Plutarque mêle ici exemples tirés de la mythologie et «faits» historiques.*
68. *Sur cette affaire, voir* Agésilas, *VI, 6-11. Il y a évidemment à l'arrière-plan le souvenir du sacrifice d'Iphigénie. Les ennemis d'Agamemnon étaient les Troyens, mais au IV* siècle, on identifie volontiers les Troyens aux Mèdes. C'est contre l'empire perse qu'Agésilas partait en guerre, pour renforcer l'hégémonie spartiate sur les cités grecques d'Asie.*
69. *Les sacrifices humains avaient disparu en Grèce depuis longtemps et les remarques de Plutarque témoignent de l'horreur qu'ils suscitaient à son époque. Le «père de tous les dieux et de tous les hommes» est évidemment Zeus.*

la brillante couleur de sa crinière flamboyante, sa fière allure, la puissance et l'audace de son hennissement, 3. le devin Théocritos, comprit le sens de cet événement et cria à Pélopidas : « Voici la victime, heureux mortel ! Ne cherchons pas une autre vierge. Accepte celle que le dieu te donne et immole-la. » 4. Aussitôt, on attrapa la pouliche, on la conduisit devant les tombeaux des jeunes filles, et après avoir invoqué les dieux et l'avoir couronnée, on l'égorgea joyeusement. Après quoi, on répandit dans le camp le récit de la vision de Pélopidas et du sacrifice.

XXIII. 1. Au cours de la bataille, Épaminondas fit obliquer la phalange vers la gauche[70], pour éloigner le plus possible du reste des Grecs l'aile droite des Spartiates et culbuter Cléombrote, en se portant contre lui massivement, par colonnes, et en l'enfonçant. 2. Les ennemis comprirent la manœuvre et entreprirent de modifier leur ordre de bataille. Ils étirèrent leur aile droite et lui firent opérer un mouvement tournant, afin d'encercler Épaminondas et de l'envelopper sous leur nombre. 3. Pélopidas s'élança alors en avant, il entraîna ses trois cents au pas de course et survint avant que Cléombrote ait pu soit déployer son aile, soit la ramener à son ancienne position en rétablissant sa ligne de bataille, si bien que les Lacédémoniens, au lieu d'être fermement à leur poste, se trouvaient dans le plus grand désordre, et se gênaient mutuellement, quand il les attaqua. 4. Et pourtant, les Spartiates étaient des spécialistes de l'art militaire, ils y étaient passés maîtres ; ils étaient tout particulièrement entraînés et habitués à ne pas se débander et à ne pas se troubler si l'ordre de bataille venait à se rompre : dans ce cas, ils prenaient n'importe lequel d'entre eux comme homme de tête [« épistate »] ou chef de rang [« zeugite »] et partout où le danger les surprenait, auprès de n'importe quels camarades, ils se reformaient et reprenaient le combat comme auparavant. 5. Mais en la circonstance, comme la phalange d'Épaminondas, négligeant les autres combattants, se portait seulement contre eux, tandis que Pélopidas et ses hoplites les chargeaient avec une vitesse et une audace incroyables, ils perdirent toute assurance et leur savoir-faire, et l'on assista à une déroute et à un massacre tel que jamais Spartiates n'en avaient essuyé auparavant[71]. 6. C'est pourquoi, alors qu'Épaminondas était béotarque et que Pélopidas ne l'était pas, alors que le premier commandait toute l'armée et le second seulement une petite partie de celle-ci, Pélopidas retira de cette victoire et de ce succès autant de gloire que son ami.

XXIV. 1. Ils étaient tous deux béotarques, en revanche, quand ils envahirent le Péloponnèse et attirèrent à eux la plupart des peuples qui s'y trouvaient : ils détachèrent des Lacédémoniens Élis, Argos, toute l'Arcadie et la plus grande partie de la Laconie elle-même. 2. Cependant on était au solstice d'hiver et il ne restait que quelques jours avant la fin du dernier mois : dès le début du premier mois de l'année suivante, ils devaient transmettre le commandement à d'autres, sous peine de mort s'ils refusaient de se démettre de leur charge. 3. Les autres béotarques, qui

---

70. *Sur l'innovation que représente l'adoption par Épaminondas de la tactique « oblique », voir Lévêque et Vidal-Naquet (1960) et Vidal-Naquet (1981).*
71. *Xénophon (VI, 4, 15) parle de 1 000 morts parmi les Lacédémoniens, dont 400 Spartiates.*

craignaient cette loi et voulaient également éviter l'hiver, avaient hâte de ramener l'armée dans leur pays, mais Pélopidas fut le premier à se ranger à l'avis d'Épaminondas et à se joindre à lui pour entraîner ses concitoyens : il les conduisit contre Sparte et leur fit traverser l'Eurotas[72]. 4. Il prit aux Lacédémoniens beaucoup de cités, ravagea toute la campagne jusqu'à la mer, à la tête d'une armée de soixante-dix mille Grecs. Les Thébains eux-mêmes représentaient moins du douzième de ces effectifs[73], 5. mais la gloire des héros entraîna tous les alliés, sans décret ni vote officiels, à les suivre en silence, et à leur laisser le commandement. 6. En effet, la première et la plus puissante, semble-t-il, des lois naturelles pousse celui qui a besoin d'être sauvé à prendre pour chef celui qui est capable de le sauver. 7. Si les passagers d'un navire traitent parfois leurs pilotes avec insolence et arrogance quand il fait beau ou lorsqu'ils sont à l'ancre, en revanche, dès que la tempête et le danger les assaillent, ils se tournent vers eux et placent en eux tous leurs espoirs. 8. De la même manière, les Argiens, les Éléens et les Arcadiens cherchaient querelle aux Thébains et leur disputaient l'hégémonie dans les congrès des Grecs, mais lorsqu'il s'agissait de combattre et d'affronter le danger, ils leur obéissaient et les prenaient pour chefs de leur plein gré. 9. Au cours de cette expédition, ils réunirent toute l'Arcadie sous une seule autorité, enlevèrent la Messénie aux Spartiates qui l'occupaient, rappelèrent les anciens Messéniens et les rétablirent sur l'Ithomè[74]. 10. Puis comme ils rentraient chez eux par Cenchrées, ils vainquirent les Athéniens qui les attaquaient dans les défilés et tentaient de leur barrer le passage[75].

XXV. 1. Après de tels événements, leur valeur fut en Grèce l'objet de l'estime générale et l'on admirait également leur Fortune. Mais l'envie de leurs proches et de leurs concitoyens grandissait en même temps que leur gloire, ce qui leur valut un accueil honteux et indigne d'eux. 2. À leur retour, ils furent mis en accusation et encoururent tous deux la peine capitale pour n'avoir pas, comme la loi l'exigeait, transmis

---

72. *En fait, Sparte ne fut pas prise, les Spartiates ayant été jusqu'à mobiliser des hilotes pour assurer la défense de la Laconie. Sur tous ces événements, beaucoup plus complexes que ne le laisse supposer Plutarque, voir Xénophon,* Helléniques, *VI, 5, 23 et suiv., et Carlier (1995), p. 60-65.*
73. *Aux Thébains s'étaient joints, outre les Athéniens, les Phocidiens, les Eubéens, les Locriens, les Acarnaniens, les Thessaliens et une partie des peuples du Péloponnèse.*
74. *La libération de la Messénie intervint en 369 et eut des conséquences très importantes pour Sparte. En effet, la Messénie, avait été, à la fin du VIIe siècle, annexée à la Laconie et ses habitants réduits en servitude et à la condition d'hilotes. La perte de la Messénie signifiait donc l'appauvrissement d'une partie de la population civique spartiate et annonçait la crise qui allait éclater au siècle suivant. La forteresse de l'Ithomè avait servi de refuge à plusieurs reprises aux hilotes messéniens révoltés. Elle devenait tout naturellement le lieu de rassemblement (synœcisme) des populations de la Messénie libérée. La Confédération arcadienne, jusque-là en proie aux luttes internes, allait, sous l'influence d'Épaminondas, se doter d'une nouvelle capitale, Mégalopolis.*
75. *Cenchrées est un port de Corinthe sur le golfe Saronique. En fait, il semble que les Athéniens, sous la conduite du stratège Iphicratès, aient renoncé à affronter l'armée thébaine lors de son retour vers la Béotie (voir Xénophon,* Helléniques, *VI, 5, 49-52).*

leur charge de béotarque dès le premier mois de l'année, que les Thébains nomment Boucatios[76], et l'avoir conservée encore quatre mois pleins, le temps qu'avait duré leur campagne en Messénie, en Arcadie et en Laconie. 3. Pélopidas comparut le premier, ce qui lui fit courir un danger plus grand, mais pour finir ils furent acquittés tous les deux. 4. Épaminondas supporta avec douceur cette accusation et cette tentative pour l'abattre : il considérait que le courage et la grandeur d'âme consistent, pour une grande part, à savoir supporter patiemment les attaques en politique. Mais Pélopidas était d'un naturel passionné et ses amis le poussaient à se venger de ses adversaires : il saisit l'occasion suivante. 5. L'orateur Ménécleidas avait appartenu au groupe des conjurés qui s'étaient réunis, avec Pélopidas et Mélon, dans la maison de Charon. Comme les Thébains ne le jugeaient pas digne des mêmes honneurs que les autres, cet homme éloquent, mais d'un naturel emporté et méchant, se servit de son talent pour calomnier et dénigrer les hommes qui lui étaient supérieurs. Il continua même après le procès : 6. il empêcha Épaminondas d'être élu béotarque et contrecarra longtemps sa politique. Comme il n'avait pas assez de poids pour accuser Pélopidas devant le peuple, il tenta de le brouiller avec Charon. 7. L'envie se console en général de cette manière : quand on ne peut se montrer supérieur à ceux que l'on jalouse, on essaie au moins de les faire paraître inférieurs à d'autres sur quelque point. Ménécleidas ne cessait donc d'exalter devant le peuple les exploits de Charon et de louer ses commandements et ses victoires. 8. Un combat de cavalerie avait eu lieu à Platées, avant la victoire de Leuctres[77], sous le commandement de Charon ; Ménécleidas entreprit de faire en cet honneur l'offrande votive suivante. 9. Androcyde de Cyzique[78] avait été autrefois chargé par la cité de peindre une autre bataille ; il travaillait à cette commande, à Thèbes, 10. quand la révolte avait éclaté et avait provoqué la guerre ; le tableau était presque achevé et les Thébains l'avaient conservé. 11. Ménécleidas leur conseilla donc de le consacrer après y avoir inscrit le nom de Charon ; il espérait ainsi obscurcir la gloire de Pélopidas et d'Épaminondas. 12. C'était une ambition ridicule, de préférer à tant de si grands combats une action isolée et une unique victoire, qui n'avait eu, dit-on, aucun résultat important sinon de coûter la vie à Géradas, un Spartiate obscur, et à quarante de ses hommes. 13. Pélopidas attaqua ce décret comme illégal, se fondant sur le fait que la tradition ancestrale des Thébains n'était pas d'honorer un individu en particulier, mais de réserver l'honneur d'une victoire à la patrie dans son ensemble. 14. Tout au long du procès, il ne tarit pas d'éloges sur Charon, tandis qu'il démontrait la malveillance et la méchanceté de Ménécleidas et demandait aux Thébains s'ils n'avaient eux-mêmes rien fait de glorieux. 15. En conséquence, Ménécleidas fut condamné à une amende si forte qu'il ne put la payer, et plus tard il essaya de troubler et de bouleverser le régime politique. Ces événements permettent, d'une certaine manière, de mieux comprendre la vie de Pélopidas.

---

76. Le premier mois de l'année, en Béotie, se situait vers décembre-janvier.

77. Voir supra, XV, 6. Sur Platées, voir Aristide, XI-XX.

78. Androcyde de Cyzique était un peintre, élève de Zeuxis, artiste célèbre dont les œuvres étaient connues dans tout le monde grec.

XXVI. 1. Comme Alexandre, tyran de Phères[79], faisait ouvertement la guerre à plusieurs peuples de Thessalie et intriguait en fait contre tous, les cités envoyèrent une ambassade à Thèbes, pour demander un général et des troupes. Voyant qu'Épaminondas était occupé à régler les affaires du Péloponnèse, Pélopidas se proposa lui-même aux Thessaliens et se mit à leur disposition : il ne pouvait supporter de laisser sans emploi son savoir-faire et sa compétence, et il pensait que là où se trouvait Épaminondas, on n'avait nul besoin d'un autre général. 2. Dès qu'il partit en Thessalie avec une armée, il s'empara aussitôt de Larissa, et comme Alexandre était venu lui demander une réconciliation, il essaya de transformer ce tyran en un chef doux pour les Thessaliens et respectueux des lois. 3. Mais il était incurable : c'était un être brutal qu'on accusait à la fois d'une extrême cruauté, et d'une insolence et d'une cupidité sans mesure. Pélopidas durcit donc le ton et se fâcha, si bien qu'Alexandre finit par prendre la fuite avec ses lanciers. 4. Après avoir rassuré les Thessaliens à l'égard de ce tyran et les avoir laissés dans une grande concorde mutuelle, Pélopidas partit pour la Macédoine, où Ptolémée était alors en guerre contre Alexandre, le roi des Macédoniens[80]. Tous deux l'avaient envoyé chercher pour en faire leur médiateur et leur arbitre, le défenseur et le protecteur de la partie qu'il jugerait lésée. 5. Pélopidas se rendit donc dans ce pays, mit un terme aux différends, obtint le rappel des exilés et reçut comme otages le frère du roi, Philippe[81], ainsi que trente autres enfants issus des familles les plus en vue. Il les installa à Thèbes, montrant ainsi aux Grecs combien l'influence de Thèbes s'était développée grâce à la gloire de sa puissance et à la confiance en sa justice. 6. Le Philippe dont il est ici question est celui contre lequel, par la suite, les Grecs furent en guerre pour défendre la liberté. À cette époque, ce n'était qu'un enfant. Il vécut à Thèbes, chez Pamménès, 7. ce qui a fait croire à certains qu'il avait fait d'Épaminondas son modèle ; on se fonde sans doute sur l'énergie avec laquelle il mena ses guerres et ses commandements. 8. Mais ce n'était là qu'une faible partie des mérites d'Épaminondas ; sa tempérance, sa justice, sa force d'âme et sa douceur, voilà ce qui faisait sa véritable grandeur. Or de ces qualités, Philippe n'eut jamais la moindre, ni par nature, ni par imitation[82].

XXVII. 1. Après ces événements, comme les Thessaliens se plaignaient de nouveau d'Alexandre de Phères, l'accusant de jeter le trouble dans les cités, Pélopidas fut envoyé en ambassade auprès de lui avec Isménias. À son arrivée, comme il n'avait amené aucune troupe de son pays, car il ne s'attendait pas à une guerre, il fut obligé, devant l'urgence de la situation, d'employer les Thessaliens eux-mêmes.

---

79. *Alexandre de Phères, en Thessalie, neveu du célèbre Jason, régna de 369 à 358.*
80. *Il s'agit d'Alexandre II dont le règne fut très bref (369-368). Il fut en effet assassiné peu après que Pélopidas était intervenu dans le conflit qui l'opposait à Ptolémée d'Aloros (voir* infra, *XXVII, 2).*
81. *Le futur Philippe II, qui devait être proclamé roi en 359.*
82. *On attribuait en effet à Épaminondas une influence sur le jeune Macédonien qui allait par la suite se révéler un très grand général. Mais Plutarque rejette cette tradition car il tient Philippe pour un personnage indigne d'être comparé au noble Thébain.*

2. Là-dessus, les troubles reprirent en Macédoine. Ptolémée avait tué le roi et s'était emparé du pouvoir : les amis du défunt firent appel à Pélopidas. 3. Celui-ci voulut intervenir aussitôt mais, comme il n'avait pas de soldats, il recruta des mercenaires dans le pays, et avec eux, il marcha aussitôt contre Ptolémée. 4. Quand les deux armées furent en présence, Ptolémée corrompit les mercenaires et les fit passer de son côté[83]. Cependant le seul bruit de la gloire et du renom de Pélopidas l'emplissait de crainte : il vint à sa rencontre comme au-devant d'un supérieur, lui prit la main, lui adressa des prières et s'engagea à conserver le pouvoir pour les frères du roi et à reconnaître les mêmes ennemis et les mêmes alliés que les Thébains. Pour gages de sa foi, il lui remit son fils Philoxénos avec cinquante de ses compagnons, et 5. Pélopidas les envoya à Thèbes. Pour lui, indigné de la trahison des mercenaires et informé que la plupart de leurs biens ainsi que leurs femmes et leurs enfants avaient été mis à l'abri à Pharsale[84], il pensa que s'en emparer serait tirer une vengeance suffisante des offenses qu'il avait subies. Il réunit quelques Thessaliens et se rendit à Pharsale. 6. Il venait à peine d'y arriver, quand le tyran Alexandre parut à la tête de son armée. Pélopidas et Isménias crurent qu'il venait se justifier et s'avancèrent eux-mêmes à sa rencontre. Ils savaient que c'était un misérable souillé de sang, mais ils pensaient que la puissance de Thèbes comme leur dignité et leur renom personnels les garantissaient de tout mal. 7. Mais lorsque Alexandre les vit s'avancer, sans armes et sans escorte, il se saisit aussitôt de leur personne, puis occupa Pharsale. Cet acte emplit d'horreur et d'épouvante tous ses sujets : ils se dirent qu'après une telle injustice et une pareille audace, il n'épargnerait plus personne et en userait de la même façon avec tout ce qui lui tomberait entre les mains, hommes ou choses, comme un désespéré qui fait désormais peu de cas de sa propre vie.

XXVIII. 1. En apprenant la situation, les Thébains furent indignés et envoyèrent aussitôt une armée, mais ils étaient alors irrités contre Épaminondas et désignèrent d'autres que lui pour la commander[85]. 2. Quant à Pélopidas, le tyran l'avait emmené à Phères et, au début, il permit à tous ceux qui le voulaient de s'entretenir avec lui, pensant que son malheur avait fait de lui un être pitoyable et humilié. 3. Mais il n'en était rien : c'étaient les Phéréens qui se lamentaient et Pélopidas qui les invitait à prendre courage en leur déclarant que le tyran serait puni d'un instant à l'autre. Il envoya même un message à Alexandre : « Tu es stupide de torturer et de massacrer chaque jour d'infortunés citoyens qui ne font aucun mal, et de m'épargner, moi, alors que tu sais parfaitement que si je t'échappe, je me vengerai. » 4. Étonné de le

---

83. L'incident rapporté par Plutarque est caractéristique d'une situation créée par le recours, de plus, en plus fréquent au IVe siècle, aux armées de mercenaires, toujours prêtes à changer d'employeur si s'ouvrait la perspective d'une solde plus élevée.
84. Ces mercenaires se déplaçaient avec femmes et enfants et formaient de véritables cités errantes, n'hésitant pas à se rendre maîtres d'une ville prête à les accueillir, comme ici Pharsale.
85. On accusait Épaminondas d'avoir fait preuve de complaisance envers les Lacédémoniens, lors de sa seconde expédition dans le Péloponnèse, et de s'être laissé battre par les Corinthiens (voir Diodore, Bibliothèque historique, XV, 72, 1-2).

voir si fier et si tranquille, le tyran demanda : « Pour quelle raison Pélopidas est-il si pressé de mourir ? » À quoi Pélopidas répondit : « C'est pour hâter ta mort à toi, car les dieux te prendront en haine plus encore que maintenant ! » Dès lors, le tyran interdit aux gens du dehors de rencontrer Pélopidas. 5. Cependant Thébè, fille de Jason et femme d'Alexandre, apprit des geôliers de Pélopidas le courage et la noblesse de leur prisonnier. Elle désira le voir et lui parler. 6. Lorsqu'elle arriva devant lui, en femme qu'elle était, elle ne distingua pas tout de suite la grandeur de son caractère sous une condition si misérable : en voyant ses cheveux, ses vêtements et le régime qu'on lui imposait, elle conclut que son sort était bien amer et indigne de sa gloire et se mit à pleurer. 7. Pélopidas en fut d'abord surpris, ignorant qui était cette femme ; lorsqu'il apprit son identité, il la salua, en employant le nom de son père, Jason, dont il était le compagnon et l'ami. 8. Et comme elle lui disait : « Je plains ta femme – Et moi, répliqua-t-il, je te plains, toi, car bien que tu ne portes pas de chaînes, tu es obligée de supporter Alexandre. » 9. Ces mots la touchèrent profondément : elle souffrait de la cruauté et de la violence du tyran, qui entre autres turpitudes, avait pris pour éromène le plus jeune des frères de cette femme. 10. Aussi venait-elle continuellement trouver Pélopidas et, tandis qu'elle lui confiait ses peines en toute franchise, elle s'emplissait peu à peu de courage, de fierté et de haine contre Alexandre[86].

XXIX. 1. Comme les généraux de Thèbes qui étaient entrés en Thessalie n'avaient obtenu aucun résultat, et soit incapacité, soit malchance, s'étaient retirés honteusement, la cité condamna chacun d'eux à une amende de dix mille drachmes, et envoya Épaminondas avec une armée. 2. Aussitôt, exaltés par la gloire du général, les Thessaliens furent en effervescence. Il suffisait du moindre choc pour ruiner la puissance du tyran, 3. tant les chefs et les amis qui l'entouraient étaient épouvantés, tant était grand l'élan qui portait ses sujets à se révolter, tant ils se réjouissaient en pensant à l'avenir, se disant qu'ils allaient voir maintenant le tyran subir son châtiment. 4. Mais Épaminondas faisait passer le salut de Pélopidas avant sa propre gloire. Il craignait qu'Alexandre, réduit au désespoir par la ruine de ses affaires, ne se jetât sur son prisonnier comme une bête sauvage. 5. Il faisait donc planer la menace de la guerre et tournait autour de lui : par ses préparatifs et ses atermoiements, il voulait influencer le tyran et l'affaiblir, afin d'empêcher son audace et son insolence de se donner libre cours, sans pour autant exaspérer sa rancœur et sa fureur. 6. Il connaissait sa cruauté et son mépris de l'honneur et de la justice. Alexandre faisait enterrer des hommes vivants ; il en habillait d'autres de peaux de sangliers et d'ours puis, lançant sur eux ses chiens de chasse, il les déchirait et les perçait de javelots, tout cela pour s'amuser. 7. À Mélibée et à Scotoussa, cités alliées et amies, il avait soudain fait cerner par ses gardes l'assemblée du peuple et égorger toute la jeunesse en âge de servir. 8. Il avait consacré et couronné la lance avec laquelle il avait tué son oncle Polyphron : il lui offrait des sacrifices comme à un dieu

---

86. *Xénophon, dans une longue digression sur l'histoire de la Thessalie, évoque Alexandre de Phères, qu'il présente comme un odieux brigand « sur terre comme sur mer », et attribue à Thébè, son épouse, l'initiative du meurtre du tyran (*Helléniques, *VI, 4, 36-37).*

et la surnommait Tychon. 9. Un jour qu'un acteur tragique interprétait devant lui *Les Troyennes* d'Euripide, il quitta brusquement le théâtre, mais fit dire à l'acteur de ne pas s'en inquiéter et de ne pas jouer moins bien pour autant : 10. « Si je pars, ce n'est pas que je te trouve mauvais, mais j'aurais honte que mes concitoyens pussent me voir, moi qui n'ai jamais eu pitié d'aucun de ceux que j'ai fait mourir, verser des pleurs sur les malheurs d'Hécube et d'Andromaque. » 11. Et cependant cet homme, au seul bruit de la gloire, du renom et du prestige militaire d'Épaminondas, prit peur.

Il se fit tout petit, ce coq, les ailes basses[87],

et lui envoya en hâte des ambassadeurs pour se justifier. 12. Épaminondas ne put se résoudre à conclure un traité de paix et d'amitié entre les Thébains et un tel individu ; il convint néanmoins d'une trêve de trente jours et se retira, après s'être fait remettre Pélopidas et Isménias.

XXX. 1. Les Thébains, apprenant que les Lacédémoniens et les Athéniens envoyaient des ambassadeurs au Grand Roi pour obtenir son alliance, lui envoyèrent de leur côté Pélopidas, ce qui était un excellent choix, étant donné la gloire qui l'entourait. 2. D'abord, quand il traversa les provinces du roi, il était connu et célèbre. La gloire de ses luttes contre les Lacédémoniens avait rapidement fait son chemin à travers l'Asie ; dès la nouvelle de la bataille de Leuctres, comme s'y ajoutait sans cesse quelque nouveau succès, sa réputation n'avait cessé de croître et de se répandre très loin dans le pays. 3. Ensuite, lorsque les satrapes, les généraux et les seigneurs de la porte du roi le virent, il devint l'objet de leur admiration et de leurs discours : « Voilà, disaient-ils, l'homme qui a chassé les Lacédémoniens de la terre et de la mer et enfermé entre le Taygète et l'Eurotas cette Sparte qui voici peu, sous la conduite d'Agésilas, avait déclaré la guerre au Grand Roi et aux Perses pour la possession de Suse et d'Ecbatane[88] ! » 4. Ces propos réjouissaient Artaxerxès[89] et accrurent encore son admiration pour la gloire de Pélopidas ; il le combla d'honneurs, car il désirait montrer qu'il était félicité et courtisé par les plus grands personnages. 5. Quand il l'eut vu de ses yeux, quand il eut entendu ses discours, plus fermes que ceux des Athéniens, plus simples que ceux des Spartiates, son affection pour lui augmenta encore : d'une manière toute royale, il ne cacha pas l'estime en laquelle il le tenait et laissa voir aux autres ambassadeurs la préférence qu'il lui marquait. 6. Certes, on considère que celui des Grecs qu'il honora le plus fut le Lacédémonien Antalcidas[90], à qui il envoya la couronne qu'il portait dans un banquet, après l'avoir trempée dans du parfum. 7. Il n'eut pas pour Pélopidas d'attentions si délicates, mais parmi les pré-

---

87. Ce vers est emprunté au poète Phrynichos. Plutarque le cite à plusieurs reprises.
88. Allusion à la campagne d'Agésilas commencée en 393 et qui prit fin lorsque le roi fut rappelé à Sparte pour faire face à la coalition formée par les Corinthiens, les Athéniens et les Thébains (guerre de Corinthe).
89. Il s'agit d'Artaxerxès II, qui régna de 404 à 358. Plutarque lui a consacré une Vie.
90. Antalcidas était le négociateur spartiate de la paix de 386, conclue sous le patronage d'Artaxerxès. D'où son nom de paix du Roi.

sents en usage, il lui offrit les plus brillants et les plus considérables, et il accéda à toutes ses demandes : l'autonomie des Grecs, le peuplement de Messène, et la reconnaissance des Thébains comme amis héréditaires du roi.

8. Pélopidas s'en retourna avec ces réponses, sans avoir accepté d'autres présents que de simples marques d'amitié et de bonne volonté, ce qui fit le plus grand tort aux autres ambassadeurs. 9. Timagoras[91] notamment fut jugé et condamné à mort par les Athéniens et, s'il s'agissait de la quantité des présents qu'il avait reçus, cette condamnation était juste et bien méritée : 10. il avait eu non seulement de l'or et de l'argent, mais encore un lit précieux et des serviteurs pour dresser ce lit, sous prétexte que les Grecs en étaient incapables, ainsi que quatre-vingts vaches avec leurs bouviers, car il prétendait que le lait de vache lui était nécessaire, en raison de sa santé fragile ; 11. enfin, il était descendu jusqu'à la mer dans une litière aux porteurs de laquelle le roi avait fait payer quatre talents. 12. Mais il semble que ce ne fut pas sa vénalité qui indisposa le plus les Athéniens. En effet, Épicratès le Barbu, qui avouait avoir reçu des présents du roi, avait déclaré qu'il présenterait un décret proposant d'élire chaque année, au lieu des neuf archontes, neuf hommes, choisis dans le peuple, parmi les pauvres, pour se rendre en ambassade auprès du Grand Roi et en recevoir des cadeaux qui les enrichiraient ; or le peuple n'avait fait qu'en rire. 13. En fait, les Athéniens étaient irrités de voir que tout avait réussi aux Thébains, sans songer à quel point la gloire de Pélopidas surpassait tous les beaux discours, aux yeux d'un homme qui respectait tous ceux qui s'imposaient par les armes.

XXXI. 1. Cette ambassade valut à Pélopidas, à son retour, une popularité considérable, car il avait obtenu le synœcisme de Messène et l'autonomie des autres Grecs[92]. 2. Cependant Alexandre de Phères s'était empressé de donner libre cours de nouveau à sa mauvaise nature : il ravagea une quantité non négligeable de cités de Thessalie, et imposa une garnison à tous les Achéens Phthiotes ainsi qu'à la nation des Magnètes[93]. Dès qu'elles apprirent que Pélopidas était de retour, les cités envoyèrent aussitôt une ambassade à Thèbes pour demander une armée, avec lui comme général. 3. Les Thébains votèrent avec empressement ces mesures. Tout fut prêt très vite et le général allait se mettre en route, lorsque se produisit une éclipse de soleil qui plongea, en plein jour, la cité dans les ténèbres. 4. Pélopidas, voyant que tous étaient troublés par ce phénomène, fut d'avis de ne pas faire violence à des hommes épouvantés qui auguraient mal de l'avenir, et de ne pas exposer sept mille citoyens. Il se dévoua seul pour les Thessaliens et, rassemblant trois cents volontaires parmi les cavaliers, ainsi que des mercenaires, il se mit en route, malgré l'opposition des devins et le peu d'enthousiasme des autres citoyens pour qui cette

---

*91. Timagoras était l'un des deux représentants d'Athènes au congrès de Suse. D'après Xénophon (*Helléniques, VII, 1, 35-38*), c'est pour avoir trop ouvertement pris le parti de Pélopidas que Timagoras aurait été condamné sur accusation de son collègue Léon.*
92. C'est-à-dire la reconnaissance de l'indépendance de la Messénie.
93. Les Magnètes et les Achéens Phthiotes étaient des peuples voisins de la Thessalie. En s'emparant de leurs cités, Alexandre de Phères menaçait directement la frontière Nord de la Béotie.

éclipse était un grand signe envoyé par le ciel, qui visait un homme illustre. 5. Mais Pélopidas était trop échauffé contre Alexandre par le ressentiment des mauvais traitements qu'il en avait subis; de plus, à la suite des entretiens qu'il avait eus avec Thébè[94], il espérait trouver la maison du tyran déjà mal en point et ruinée. 6. C'était surtout la beauté de l'entreprise qui l'animait. À une époque où les Lacédémoniens envoyaient des généraux et des harmostes à Denys, tyran de Sicile, et où les Athéniens se mettaient à la solde d'Alexandre et lui érigeaient une statue de bronze comme à un bienfaiteur, son désir et son ambition étaient de montrer aux Grecs que les Thébains étaient les seuls à combattre pour défendre les victimes des tyrans et abattre, en Grèce, les dominations illégales fondées sur la violence[95].

XXXII. 1. Arrivé à Pharsale, il rassembla son armée et marcha aussitôt contre Alexandre. Celui-ci, voyant le petit nombre des Thébains qui entouraient Pélopidas, alors que lui-même avait plus du double d'hoplites que les Thessaliens, se porta à sa rencontre près du temple de Thétis[96]. 2. On annonça à Pélopidas que le tyran attaquait avec des troupes nombreuses; il s'écria: «Tant mieux! Nous vaincrons plus de monde!» 3. De hautes collines escarpées se dressaient entre eux, au lieu-dit Cynoscéphales[97]; les deux adversaires envoyèrent chacun leur infanterie pour les occuper. 4. Quant aux cavaliers, Pélopidas lança les siens, qui étaient nombreux et vaillants, contre ceux des ennemis. Mais alors qu'ils avaient le dessus et repoussaient les fuyards dans la plaine, Alexandre, qui les avait devancés pour s'emparer des hauteurs, se jeta sur les hoplites thessaliens qui arrivaient après lui et s'efforçaient de gravir ces pentes raides et escarpées: les premiers rangs furent tués tandis que les autres étaient immobilisés par les coups qui les frappaient. 5. Voyant cela, Pélopidas rappela ses cavaliers et leur ordonna de charger les ennemis là où ils étaient regroupés. Quant à lui, saisissant aussitôt son bouclier, il courut se joindre à ceux qui combattaient autour des collines. 6. Il se fraya un chemin à travers l'arrière-garde, parvint aux premiers rangs et inspira à tous ses hommes tant de force et d'ardeur que les ennemis eurent l'impression d'affronter des troupes nouvelles, tant physiquement que moralement. 7. Ils soutinrent deux ou trois charges puis, voyant que l'infanterie continuait à les attaquer vigoureusement, tandis que la cavalerie, abandonnant la poursuite, se retournait contre eux, ils cédèrent, puis battirent en retraite pas à pas. 8. Pélopidas, observant du haut de la colline que toute l'armée ennemie n'était pas encore en fuite, mais déjà en proie au désordre et à la confusion, s'arrêta et regarda autour de lui, à la recherche d'Alexandre. 9. Dès qu'il l'aperçut, à

---

94. Voir supra, XXVIII, 5-10.
95. Les Spartiates avaient dans le passé envoyé de l'aide aux Syracusains. Mais au début des années 360, c'est Denys, le tyran de Syracuse, qui leur avait envoyé des mercenaires (voir Xénophon, VII, 1, 28). L'alliance entre Athènes et Alexandre de Phères est évoquée par Démosthène, Contre Aristocratès, 120.
96. Il s'agit des Thessaliens qui avaient réclamé l'aide des Thébains et leur avaient fourni des hoplites. Thétis est une divinité marine, mère d'Achille, le héros de la guerre de Troie.
97. Les collines de Cynoscéphales, proches de la ville de Scotoussa en Thessalie, allaient être le théâtre de la fameuse bataille qui, en 196, mit fin à la deuxième guerre de Macédoine.

l'aile droite, en train d'exhorter et de regrouper ses mercenaires, la colère l'emporta en lui sur la réflexion : enflammé à cette vue, et sacrifiant à son courroux sa personne et la conduite de la bataille, il s'élança bien en avant des lignes, en criant et en défiant le tyran[98]. 10. Celui-ci ne soutint pas son attaque et ne resta pas à l'attendre ; il prit la fuite et se cacha parmi ses lanciers. 11. Les mercenaires des premiers rangs engagèrent un combat rapproché et furent repoussés par Pélopidas ; plusieurs tombèrent sous ses coups. Mais la plupart le frappèrent de loin avec leurs javelots, à travers son armure, et le couvrirent de blessures. Alors les Thessaliens, fort inquiets, dévalèrent les collines au pas de course pour venir à son secours, mais il était déjà tombé. Les cavaliers chargèrent, mirent en fuite toute la phalange, et poursuivant les fuyards, remplirent de cadavres toute la région, faisant plus de trois mille morts.

XXXIII. 1. La douleur des Thébains qui assistèrent à la mort de Pélopidas n'avait rien de surprenant : ils disaient qu'il était leur père, leur sauveur et leur maître, celui qui leur avait enseigné les plus grands et les plus beaux des biens[99]. 2. Mais les Thessaliens et les alliés surpassèrent dans leurs décrets tous les honneurs que l'on peut rendre à la vertu d'un homme, et leur deuil mit encore plus en lumière la gratitude qu'ils éprouvaient pour le héros. 3. Ceux qui avaient assisté à l'événement sans quitter leurs cuirasses, sans détacher leurs chevaux ni panser leurs blessures, dès qu'ils apprirent sa mort, se précipitèrent, dit-on, encore tout chauds du combat et tout armés, devant son cadavre, comme s'il était encore conscient. Ils entassèrent autour de lui les dépouilles des ennemis, rasèrent la crinière de leurs chevaux et se rasèrent eux-mêmes la tête[100]. 4. Beaucoup d'entre eux, en regagnant leurs tentes, n'allumèrent pas de feu et ne préparèrent pas de repas. Dans tout le camp régnaient le silence et l'abattement : on aurait dit qu'au lieu de remporter la plus éclatante et la plus grande des victoires, ils avaient été vaincus et asservis par le tyran. 5. De toutes les cités, à mesure que la nouvelle y parvenait, arrivaient les magistrats, accompagnés des éphèbes, des enfants et des prêtres, pour recevoir le corps : ils apportaient des trophées, des couronnes et des armures en or[101]. 6. Au moment où l'on allait procéder aux funérailles, les Thessaliens les plus âgés s'avancèrent et demandèrent aux Thébains la permission de l'ensevelir de leurs mains. 7. L'un d'eux prit la parole : « Alliés, leur dit-il, nous vous demandons une grâce qui va nous apporter, dans un si grand malheur, honneur et réconfort. 8. Certes, ce n'est pas Pélopidas vivant que les Thessaliens vont escorter ; il n'aura pas conscience des honneurs si mérités que nous allons lui donner. Mais si nous pouvons toucher son corps, le parer de nos mains et l'ensevelir, nous pourrons ainsi vous montrer à quel point nous sommes convaincus que sa perte est un malheur plus

---

98. C'est là le geste qui explique le jugement porté sur Pélopidas au début du récit et qui justifie la comparaison avec Marcellus (voir supra, II, 9-11).
99. Le héros prouve une dernière fois qu'il est un être exemplaire (voir Dictionnaire, «Mort»).
100. Raser la crinière des chevaux, de même que se raser la tête étaient des manifestations de deuil.
101. Les honneurs rendus à Pélopidas, plus qu'à un général victorieux, s'adressent à un héros auquel on consacre les dépouilles de l'ennemi. Une statue en bronze de Pélopidas, œuvre du sculpteur Lysippos, fut dédiée au sanctuaire de Delphes par les Thessaliens.

grand pour les Thessaliens que pour les Thébains. 9. Vous n'avez perdu qu'un bon général, mais nous, en plus de cela, nous avons perdu notre liberté. 10. En effet, comment oserons-nous vous demander un autre général, alors que nous ne vous avons pas rendu Pélopidas ? » Les Thébains accédèrent à cette requête.

XXXIV. 1. Jamais, semble-t-il, on ne vit funérailles plus éclatantes, si du moins on ne pense pas que l'éclat dépend de l'ivoire, de l'or et des tissus de pourpre, comme l'estime Philistos[102], quand il célèbre avec admiration l'enterrement de Denys, dénouement théâtral de cette grande tragédie que fut sa tyrannie. 2. À la mort d'Héphaestion[103], Alexandre le Grand ne se contenta pas de raser la crinière des chevaux et des mulets ; il fit même enlever les créneaux des murailles afin que les cités semblent elles aussi prendre le deuil, en troquant leur apparence habituelle contre un aspect sordide et négligé. 3. Mais c'étaient des ordres donnés par des despotes, et ils furent exécutés sous la contrainte la plus absolue, inspirant de l'envie pour ceux qui étaient l'objet de tels honneurs et de la haine pour ceux qui les imposaient. Il n'y avait là aucune gratitude, aucun respect sincères, seulement l'étalage d'un orgueil, d'un luxe et d'une arrogance de Barbares qui dépensent leurs trop grandes richesses à des cérémonies vaines, indignes de susciter l'admiration[104]. 4. En revanche, cet homme proche du peuple, mort en terre étrangère, loin de sa femme, de ses enfants et de sa famille, dont le corps fut, sans que personne le demandât ou l'exigeât, escorté, accompagné et couronné par tant de peuples et de cités qui rivalisaient pour l'honorer, celui-là semble à bon droit avoir atteint le comble du bonheur. 5. Contrairement à ce que dit Ésope, la mort des gens heureux n'est pas la plus malheureuse : c'est même la plus heureuse, car elle met en lieu sûr les succès des hommes de bien et les garantit contre tout retournement de la Fortune. 6. Il était bien plus judicieux, le salut qu'adressait un Laconien à Diagoras[105], qui, vainqueur autrefois à Olympie, avait vu ses fils, puis les fils de ses fils et de ses filles y être couronnés : « Meurs donc maintenant, Diagoras, car tu ne pourras escalader l'Olympe ! » 7. Mais toutes les victoires aux concours Olympiques et Pythiques réunies ne pourraient, à mon avis, soutenir la comparaison avec un seul des combats de Pélopidas. Or il en livra beaucoup, remporta de nombreux succès, et passa la plus grande partie de sa vie dans la gloire et dans les honneurs ; enfin, il était béotarque pour la treizième fois quand, alliant l'exploit d'un guerrier et celui d'un tyrannicide, il mourut pour la liberté de la Thessalie[106].

---

102. *Historien sicilien, ami et compagnon de Denys l'Ancien, que Plutarque a utilisé pour les* Vies *de* Dion *et de* Timoléon.
103. *Héphaestion était l'ami et le compagnon d'Alexandre. Voir* Alexandre, *LXXII, 3.*
104. *Le terme «Barbare» pour qualifier le faste des funérailles de Denys et d'Héphaestion renvoie à l'opposition traditionnelle entre austérité civique et démesure propre aux despotes. C'est aussi ce qui justifie l'adjectif* démotics, *«homme proche du peuple», pour désigner Pélopidas, dont Plutarque avait dit précédemment qu'il appartenait à un* génos *noble (voir supra, III, 1).*
105. *L'athlète Diagoras de Rhodes aurait été couronné aux quatre grands concours panhelléniques. C'est en son honneur que Pindare composa la septième* Olympique.
106. *Pélopidas mourut en 364. Il avait donc été presque constamment réélu béotarque depuis 379.*

XXXV. 1. Sa mort fut pour les alliés un grand sujet de deuil, mais elle leur fut d'une utilité plus grande encore. 2. Dès que les Thébains apprirent sa disparition, ils ne différèrent pas la vengeance : ils se mirent en campagne en toute hâte, avec sept mille hoplites et sept cents cavaliers, sous la conduite de Malécidas et de Diogiton[107]. 3. Ils surprirent Alexandre humilié et déchu de sa puissance, et le forcèrent à rendre aux Thessaliens les cités qu'il leur avait prises, à laisser libres les Magnètes et les Achéens Phthiotes, à retirer ses garnisons, et à jurer de suivre les Thébains pour combattre tous les adversaires contre lesquels ils le conduiraient et lui ordonneraient de marcher.
4. Les Thébains se contentèrent de ces conditions. Mais, peu de temps après, les dieux firent expier au tyran ce qu'il avait fait subir à Pélopidas, comme je vais le raconter[108]. 5. La femme d'Alexandre, Thébè[109], avait d'abord appris de Pélopidas, je l'ai dit, à ne pas se laisser effrayer par l'éclat et le faste de la tyrannie, malgré les armes et les gardes qui l'entouraient. 6. Par la suite, comme elle redoutait la perfidie de son mari et haïssait sa cruauté, elle s'entendit avec ses trois frères, Tisiphonos, Pytholaos et Lycophron, et voici ce qu'elle projeta. 7. La maison du tyran était occupée par des gardes qui veillaient toute la nuit, mais la chambre à coucher, où les époux dormaient habituellement, se trouvait à l'étage supérieur et sa porte était gardée par un chien à la chaîne, prêt à attaquer tout le monde, sauf eux deux et l'unique serviteur chargé de le nourrir. 8. Lorsque Thébè jugea le moment venu de passer à l'action, elle cacha ses frères pendant la journée dans une demeure voisine, puis elle entra comme à l'ordinaire, toute seule, chez Alexandre qui dormait déjà. Peu après, elle ressortit de la chambre et ordonna à l'esclave d'emmener le chien, prétendant que son époux souhaitait dormir tranquillement. 9. De peur que l'escalier ne fît du bruit quand les jeunes gens monteraient, elle en avait garni les marches avec de la laine. Elle put donc ainsi faire monter ses frères armés de leur épée ; elle les plaça devant la porte puis entra elle-même, saisit l'épée qui était suspendue au-dessus de la tête du tyran, et la leur montra, pour leur prouver qu'il était en leur pouvoir et qu'il dormait. 10. Comme les jeunes gens terrifiés hésitaient, elle les accabla de reproches et leur jura, dans sa colère, qu'elle allait elle-même éveiller Alexandre et lui révéler le complot. Alors, moitié honte, moitié crainte, ils la suivirent à l'intérieur. Elle les plaça autour du lit, en tenant elle-même la lampe ; 11. l'un d'eux saisit les pieds d'Alexandre et les immobilisa, le second le prit par les cheveux et lui renversa la tête et le troisième le tua d'un coup d'épée. 12. La rapidité de sa mort la rendit plus douce qu'il ne le méritait, mais il fut le seul tyran, ou du moins le premier, à être tué par son épouse, et cette circonstance, jointe à la manière indigne dont après sa mort son cadavre fut jeté dehors et piétiné par les habitants de Phères, montra bien qu'il subissait le juste châtiment de ses crimes.

---

107. Les noms de Diogiton et de Malécidas (ou Malcétas) figurent parmi les béotarques dans une inscription. Voir Roesch (1965), p. 76.
108. Alexandre de Phères est mort en 358, soit six ans après Pélopidas.
109. Sur Thébè, voir supra, XXVIII, 5-10 et Xénophon, Helléniques, VI, 4, 37.

MARCELLUS

I. 1. Marcus Claudius, qui fut cinq fois consul des Romains[1], était, dit-on, fils de Marcus[2], et il fut le premier de sa maison à être appelé Marcellus, mot qui signifie martial, à ce que dit Posidonios[3]. 2. C'était un guerrier expérimenté, au corps robuste, au bras énergique, doté d'un naturel belliqueux : dans les batailles, il montrait beaucoup de fierté et de fougue, 3. mais pour le reste de son caractère, il était plein de sagesse et d'humanité, passionné de culture et de littérature grecques, suffisamment en tout cas pour respecter et admirer ceux qui y excellaient, car en ce qui le concerne, ses occupations l'empêchèrent de s'y adonner et de les étudier autant qu'il l'aurait désiré[4]. 4. En effet, s'il y a des hommes que le dieu, comme le dit Homère,

> Chargea, dès son jeune âge et jusqu'à la vieillesse,
> De dévider le fil des guerres douloureuses[5],

ce fut bien le cas de ceux qui à cette époque étaient les premiers citoyens de Rome. 5. Jeunes gens, ils combattirent les Carthaginois pour la possession de la Sicile, puis hommes faits, les Gaulois pour défendre l'Italie elle-même ; enfin ils étaient déjà vieux quand ils luttèrent de nouveau contre Hannibal et les Carthaginois, sans que leur grand âge leur permît, comme à la plupart des gens, de se reposer de leurs campagnes : leur naissance et leur vertu les obligeaient à conduire la guerre et à exercer le commandement[6].

II. 1. Il n'y avait aucun genre de combat où Marcellus se montrât indolent ou mal préparé, mais il se surpassait tout particulièrement dans les combats singuliers : il

---

1. En 222 (VI, 1), 215 (XII, 2), 214 (XIII, 1), 210 (XXIII, 1), 208 (XXVII, 7).
2. «Fils de Marcus» désigne Marcellus sur les inscriptions. Nous ne savons rien de ce père ; le grand-père fut consul en 287.
3. Les deux informations qui lui sont prêtées sont fausses : ce surnom préexiste nettement au consul de 222 ; il dérive du prénom Marcus. Posidonios d'Apamée, le philosophe-voyageur-ethnographe du début du Ier siècle avant J.-C., est une des sources de cette Vie *(voir I, 1 ; XX ; XXX, 7).*
4. Marcellus serait un composé classique de l'idéal plutarquien d'homme de guerre et de culture (grecque, bien sûr), si les circonstances de l'histoire romaine n'avaient réduit ce deuxième volet à un simple «respect» : respect non négligeable, car il annonce l'épisode de Syracuse (voir infra, *XIX, 8-XXI, 7).*
5. Homère, Iliade, XIV, v. 86-87.
6. Présentation frappante et lucide de la génération d'aristocrates romains qui a conduit successivement Rome dans la première guerre punique (264-241), l'affrontement avec les Gaulois (années 220) et la deuxième guerre punique (218-201).

ne se déroba à aucun défi et tua tous ceux qui le provoquèrent[7]. 2. En Sicile, il sauva son frère Otacilius, dont la vie était menacée, en le couvrant de son bouclier et en tuant ses assaillants[8]. En récompense, il reçut de ses généraux, alors qu'il était encore tout jeune, des couronnes et des marques d'honneurs[9]. 3. Lorsque sa réputation eut encore grandi, il fut élu par le peuple édile curule, et par les prêtres augure : 4. il s'agit d'un sacerdoce que la loi charge principalement de surveiller et de contrôler la divination fondée sur le vol des oiseaux.
5. Pendant son édilité, il se vit contraint de porter une accusation qui fut pour lui fort déplaisante. Il avait un fils qui portait le même nom que lui, un garçon dans la fleur de l'âge, dont la beauté charmait le regard et dont la conduite vertueuse et la bonne éducation attiraient également l'attention de ses concitoyens. Or Capitolinus[10], collègue de Marcellus, un homme débauché et impudent, s'éprit de ce garçon et lui fit des propositions. 6. L'enfant se contenta d'abord de repousser cette tentative sans rien dire à personne, mais comme elle se renouvelait, il en parla à son père. Marcellus, indigné, traduisit l'individu devant le Sénat. 7. Capitolinus inventa toutes sortes d'échappatoires et de subterfuges ; il en appela aux tribuns de la plèbe et, ceux-ci rejetant son appel, il tenta de se soustraire à la condamnation en niant les faits. Ces propositions n'ayant eu aucun témoin, le Sénat décida de faire comparaître l'enfant. 8. Lorsqu'il se présenta, à la vue de sa rougeur, de ses larmes, de la honte qui se mêlait à son indignation, ils ne demandèrent aucune autre preuve : ils condamnèrent Capitolinus et lui imposèrent une amende, dont Marcellus employa le montant à faire réaliser des vases de libation en argent, qu'il consacra aux dieux[11].

III. 1. La première guerre punique à peine terminée, après vingt-deux ans de combats, Rome fut appelée aussitôt à reprendre la lutte contre les Gaulois. Les Insubres, un peuple celtique établi en Italie, au pied des Alpes, déjà importants et forts par eux-mêmes, appelèrent et attirèrent à eux des mercenaires gaulois nommés Gaïsates[12].

---

7. Sur ces qualités dans le combat d'homme à homme, voir infra, VII, 1-4. Sur l'exemplarité d'un tel comportement aux yeux des Romains, voir Polybe, Histoires, *VI, 54, 4.*
8. Otacilius, demi-frère ou «frère adoptif» de Marcellus, est sans doute Titus Crassus, préteur en 217 et 214 (voir Tite-Live, Histoire romaine, *XXII, 10 ; XXIV, 8-9).*
9. Double élection politique (annuelle) et sacerdotale (à vie) convenant au descendant d'une gens illustre : voir pour un parallèle plus développé Paul-Émile, *III ; Cicéron,* De la divination, *II, 77 ; Tite-Live, XXVII, 36, 5 (sur la succession de Marcellus à l'augurat après sa mort, en 207).*
10. Caius Scantinius Capitolinus, édile de la plèbe et collègue du patricien Marcellus. La chronique de Rome regorge des craintes des pères (notamment à l'égard des éducateurs) concernant la vertu menacée de leurs fils, mais aussi des images du plébéien corrompu que colportent les annales des grandes familles.
11. Voir Valère Maxime, Faits et dits mémorables, *VI, 1, 7. C'est en sa qualité d'édile, très normalement, que Marcellus recouvre l'amende.*
12. «... des populations établies dans les Alpes et dans la région du Rhône, gens qu'on appelle Gaésates, parce qu'ils louent leurs services comme mercenaires. C'est là le sens propre de ce nom» (Polybe, II, 22) ; sur le recrutement par les Insubres de 30 000 de mercenaires, voir Polybe, II, 34 et infra, VI, 3-4. Gaesum était le nom de leur javelot.

2. On jugeait étonnant, et l'on attribuait à une heureuse fortune, le fait que la guerre celtique n'eût pas éclaté pendant le conflit contre la Libye. Les Gaulois, tels des athlètes de réserve[15], s'étaient tenus parfaitement tranquilles, en toute loyauté, pendant que les autres combattaient ; ils avaient attendu que les Romains soient vainqueurs pour les attaquer et les provoquer, au moment où ils pouvaient se défendre tout à loisir. 3. Cependant cette région inspirait aux Romains une grande terreur, en raison d'abord de sa proximité, qui les obligerait à faire la guerre sur leurs frontières, près de leurs maisons, ainsi que de l'ancien prestige des Gaulois, 4. que les Romains craignaient particulièrement, semble-t-il. Les Gaulois leur avaient en effet pris leur cité et, depuis ce désastre, les Romains s'étaient dotés d'une loi qui dispensait les prêtres du service militaire, sauf dans le cas d'une nouvelle guerre contre les Gaulois[14]. 5. La terreur à laquelle ils étaient en proie se vit à leurs préparatifs : jamais, dit-on, ni auparavant ni par la suite, il n'y eut autant de dizaines de milliers de Romains en armes[15]. On la vit aussi aux pratiques inouïes auxquelles ils se livrèrent en matière de sacrifice. 6. D'ordinaire, ils ne suivaient aucun rite barbare ou étranger ; ils se rapprochaient autant qu'il se peut des croyances grecques, et se montraient pleins de douceur dans leurs pratiques religieuses. Mais au moment où la guerre éclata, ils furent contraints d'obéir à certains oracles tirés des Livres Sibyllins : ils enterrèrent deux Grecs (un homme et une femme) et de même deux Gaulois, à l'endroit qu'on appelle le Forum boarium[16]. 7. C'est en l'honneur de ces victimes que, de nos jours encore, on fait au mois de novembre des cérémonies que nul n'a le droit de raconter ni de regarder.

IV. 1. Les premiers affrontements apportèrent aux Romains des victoires et des défaites aussi éclatantes les unes que les autres, sans amener aucun résultat décisif. 2. Comme les consuls Flaminius et Furius marchaient contre les Insubres avec des forces considérables, on vit la rivière qui traverse le Picenum rouler des flots de sang, on déclara qu'on avait vu trois lunes près de la cité d'Ariminum[17], 3. et les prêtres chargés d'observer le vol des oiseaux pendant les comices consulaires affirmèrent que l'élection des consuls s'était déroulée de manière défavorable, sous de

---

13. En bon Grec, Plutarque affectionne ces images empruntées au vocabulaire sportif.

14. Polybe (II, 18-20) brosse une belle synthèse des relations entre Romains et Gaulois d'Italie depuis la prise de Rome en 387-386 (voir Camille, *XVII-XXII, XL-XLI). La mémoire de l'épisode est restée à Rome.*

15. La levée en masse de 226 correspond à la pratique du tumultus gallicus.

16. Sur les « rites barbares » aux yeux des Grecs, voir Thémistocle, *XIII, 4 ;* Aristide, *IX, 2 (sur « la douceur dans la pensée grecque », voir Dictionnaire, « Douceur » et l'ouvrage de J. de Romilly paru sous ce titre). Le quadruple sacrifice humain au Forum boarium, renouvelé (et associé à des châtiments de Vestales) en 216 et en 114, est qualifié de* minime Romanum sacrum *par Tite-Live, XXII, 57 ; Plutarque en présente ailleurs (Question romaine 83) une version compréhensive, qui insiste sur la « contrainte » absolue représentée pour les Romains par les oracles sibyllins.*

17. En 223. Le Picenum (région d'Ancône) et la zone côtière de l'Ombrie (avec Ariminum, l'actuelle Rimini) sont voisins de la Gaule Cisalpine.

fâcheux auspices[18]. 4. Aussitôt, le Sénat fit parvenir à l'armée une lettre, pour rappeler les consuls : ils devaient regagner Rome le plus vite possible, se démettre de leur charge, et ne prendre en qualité de consuls aucune initiative contre les ennemis. 5. Flaminius reçut cette lettre, mais ne l'ouvrit qu'après avoir engagé le combat, mis en déroute les Barbares et envahi leur territoire. 6. C'est pourquoi, lorsqu'il revint à Rome, chargé de butin, le peuple ne se porta pas à sa rencontre. Pour n'être pas revenu dès qu'on l'avait rappelé, ne pas avoir obéi à la missive, mais l'avoir outrageusement méprisée, il faillit bien se voir refuser le triomphe. Dès qu'il l'eut célébré, le peuple le réduisit à l'état de simple citoyen, le contraignant, ainsi que son collègue, à abdiquer le consulat. 7. On voit combien les Romains rapportaient toute chose à la divinité. Ils n'admettaient pas le mépris des devins et des traditions ancestrales, même s'il s'agissait de remporter les plus grands succès. À leur avis, des magistrats qui respectaient les ordres des dieux étaient préférables, pour le salut de la cité, à des magistrats victorieux[19].

V. 1. Ainsi Tibérius Sempronius[20], un personnage que les Romains chérissaient entre tous pour son courage et sa valeur accomplie, avait proclamé comme ses successeurs au consulat Scipion Nasica et Caius Marcius. Ceux-ci avaient déjà pris possession de leurs provinces et de leurs armées, quand Tibérius Sempronius trouva par hasard, dans un recueil de rites divinatoires, un usage ancestral dont il ignorait l'existence. 2. Voici de quoi il s'agissait. Lorsqu'un magistrat qui s'était installé pour prendre les auspices dans une maison ou une tente louée à cet effet était obligé, pour une raison ou une autre, de regagner Rome avant d'avoir obtenu des signes certains, il devait abandonner le premier domicile qu'il avait loué et en reprendre un autre pour recommencer ses observations depuis le début. 3. Cette obligation avait échappé apparemment à Tibérius, qui s'était installé deux fois dans la même maison quand il avait proclamé les consuls en question. Instruit après coup de son erreur, il fit un rapport au Sénat. 4. Celui-ci, loin de traiter à la légère un manquement aussi minime, écrivit aux deux hommes, lesquels abandonnèrent

---

18. Non moins que la « triple lune », l'élection irrégulière de magistrats est considérée à Rome comme un prodige à conjurer. Flaminius méprise l'autorité religieuse du Sénat : l'« impiété » du personnage, à la veille de Trasimène, est également stigmatisée par Tite-Live (XXII, 3, etc.). Dans l'épisode gaulois, Polybe n'incrimine que ses erreurs politiques (II, 21) et ses fautes tactiques (II, 33). Les auteurs reflètent l'hostilité du « parti sénatorial » à l'égard du représentant des « populaires ». Voir aussi Fabius Maximus, II-III.
19. Au-delà de l'attaque contre Flaminius, Plutarque souligne qu'à Rome l'action personnelle, fût-elle conduite dans l'intérêt de l'État, doit rester subordonnée aux règles collectives (voir Wardman, 1974, p. 87 ; voir aussi Dictionnaire, « République romaine »).
20. Tiberius Sempronius Gracchus, père des Gracques, est le beau-frère de Scipion Nasica et, comme lui, le gendre du grand Scipion l'Africain (voir Polybe, XXXI, 27 ; sur les débuts de Scipion Nasica, voir Paul-Émile, XV-XVIII ; XXI ; XXVI). La digression – redoublée aux § 5-7 par une cascade d'autres exemples – met en valeur, à l'occasion des élections consulaires de 163-162, l'attitude parfaite (opposée à celle d'un Flaminius) d'authentiques aristocrates : le consul sortant proclame ses successeurs, le Sénat vérifie la conformité religieuse des rites, les magistrats se plient à sa décision.

leurs provinces, revinrent à Rome en hâte et se démirent de leur charge. 5. Cet événement est certes postérieur à l'époque que nous étudions, mais du temps de Marcellus, deux prêtres illustres furent dépouillés de la prêtrise : l'un, Cornélius Céthégus, pour n'avoir pas présenté les entrailles de la victime de la manière prescrite, le second, Quintus Sulpicius, parce que, pendant qu'il offrait un sacrifice, le bonnet à aigrette que portent les prêtres appelés flamines avait glissé de sa tête. 6. Et lorsque Minucius, qui venait d'être créé dictateur, désigna Caius Flaminius comme maître de cavalerie, on entendit le cri d'une souris (animal que les Romains nomment *sorex*) : on destitua aussitôt les deux hommes et on les remplaça par d'autres. 7. Cette rigueur, que les Romains observaient dans de si petits détails, n'était liée à aucune superstition : ce qu'ils voulaient, c'était n'altérer et ne transgresser en rien les usages ancestraux[21].

VI. 1. Lorsque Flaminius et son collègue se furent démis de leur charge, les magistrats qu'on appelle interrois[22] proclamèrent Marcellus consul, et celui-ci, à son entrée en charge, proclama à son tour Cnaeus Cornélius pour être consul avec lui[23]. 2. On prétendit que les Gaulois firent de nombreuses ouvertures conciliantes et que le Sénat inclinait à la paix, mais que Marcellus excitait le peuple à faire la guerre[24]. 3. Quoi qu'il en soit, même si la paix avait été conclue, les Gaïsates auraient, semble-t-il, fait renaître les hostilités. Ils passèrent les Alpes et soulevèrent les Insubres. 4. Ils étaient eux-mêmes trente mille, et les Insubres, auxquels ils se joignirent, encore bien plus nombreux : pleins d'assurance, ils marchèrent aussitôt contre Acerrae, une cité qui se trouve au-delà du Pô. De là, le roi Britomartus, prenant avec lui dix mille Gaïsates, entreprit de ravager les campagnes voisines du Pô[25]. 5. Dès que Marcellus en fut informé, il laissa son collègue devant Acerrae, avec toute l'infanterie lourde et le tiers de la cavalerie : 6. prenant avec lui le reste des cavaliers ainsi que six cents fantassins armés à la légère, il se mit en marche et, sans relâcher sa course ni le jour ni la nuit, il tomba sur les dix mille Gaïsates près de Clastidium, un village gaulois qui avait fait récemment sa soumission aux Romains. 7. Il n'eut le temps ni de souffler ni de faire reposer son armée, car les Barbares s'aperçurent aussitôt de son arrivée. Ils virent avec mépris le très petit nombre de fantassins qui l'entouraient. Quant à la cavalerie, elle ne comptait pas aux yeux des Celtes, 8. car

---

21. Ce ritualisme pouvait paraître exacerbé à des Grecs (voir Wardman, 1974, p. 40 et 88-89). Il exprime, Plutarque l'a bien vu, une valeur essentielle de la religion romaine, chère à l'élite qui y préside : l'attachement à la tradition, au « mos majorum ».
22. Interrex, en latin, magistrat qui gouvernait jusqu'à la nomination d'un roi, puis, sous la République, jusqu'à l'élection d'un nouveau consul.
23. Marcus Claudius Marcellus et Cnaeus Cornelius Scipio Calvus ont été consuls en 222.
24. Même version chez Polybe, II, 34, 1 et chez le Byzantin Zonaras, Annales, VIII, 20.
25. Plutarque prête plus d'initiative aux mercenaires gaïsates que Polybe (II, 34). Acerrae, « qui regorgeait de blé », est « entre le Pô et les Alpes », et Clastidium (§ 6) « sur le territoire des Anares », au sud du Pô, non loin de Pavie. Si l'historien grec néglige totalement les exploits personnels (en partie légendaires ?) de Marcellus, il met lui aussi en relief les engagements de cavalerie.

ils excellaient dans les combats équestres, et c'était sur elle principalement qu'ils fondaient leur supériorité. De plus, en la circonstance, ils l'emportaient largement en nombre sur Marcellus. Ils marchèrent donc aussitôt contre lui, avec une grande violence et de terribles menaces, dans l'espoir de se saisir de lui par la force : leur roi chevauchait à leur tête. 9. Marcellus n'attendit pas d'être encerclé et enveloppé avec sa petite troupe. Il déploya largement ses escadrons de cavaliers et les lança en avant, en étirant et en amincissant son aile, jusqu'au moment où il fut tout près des ennemis[26]. 10. Il était sur le point de s'élancer à l'assaut lorsque son cheval, effrayé de l'aspect farouche des ennemis, fit un écart et le ramena en arrière contre sa volonté ; 11. Marcellus craignit que cet incident ne troublât les Romains en leur inspirant quelque crainte superstitieuse. Il tira promptement la bride vers la gauche et fit décrire au cheval un tour complet, avant de le replacer face à l'ennemi ; puis il fit une révérence au soleil, pour faire croire que c'était dans cette intention, et non par hasard, qu'il avait ainsi tourné sur lui-même : 12. les Romains ont en effet coutume de faire ainsi un tour sur eux-mêmes quand ils révèrent leurs dieux[27]. Au moment où il en venait aux mains, il fit vœu de consacrer à Jupiter Férétrien[28] les plus belles des armes qu'on prendrait aux ennemis.

VII. 1. Au même instant, le roi des Gaulois l'aperçut ; comprenant à ses insignes que c'était le chef, il lança son cheval bien en avant des rangs et se porta contre lui, en poussant un hurlement de guerre et en secouant furieusement sa lance. Cet homme dépassait en stature les autres Gaulois et il se distinguait aussi par son armure, toute d'or et d'argent, qui était ciselée et bigarrée, et brillait comme l'éclair. 2. Aussi Marcellus, qui parcourait l'armée des yeux, pensa-t-il que c'étaient les armes les plus belles, celles qu'il avait fait vœu d'offrir au dieu. Il s'élança donc sur le roi, dont il perça la cuirasse d'un coup de lance et, le chargeant de toute la force de son cheval, il le jeta à terre encore vivant ; puis il lui porta un second et un troisième coup, et le tua[29]. 3. Alors, sautant à bas de son cheval et posant les mains sur les armes du mort, il leva les yeux vers le ciel et déclara : 4. « Ô toi qui regardes les grandes actions et les hauts faits des commandants et des capitaines, dans les guerres et dans les batailles, ô Jupiter Férétrien, je te prends à témoin que je suis le troisième Romain à avoir, en luttant chef contre chef et général contre roi, terrassé et tué, de ses propres mains, son ennemi. Je te consacre les premières et les plus belles des dépouilles. Accorde-nous une chance aussi favorable dans la suite de cette guerre[30] ! »

---

26. *Sur la tactique de Marcellus, voir* Frontin, Stratagèmes, *IV, 5, 4.*
27. *Voir* Numa, *XIV, 7-9 et XV ;* Camille, *V, 9 : Plutarque s'intéresse à un rite précis, mais surtout à une capacité, très proche de celle de Numa et à ses yeux très positive, d'orienter l'esprit religieux des Romains.*
28. *Sur Jupiter Férétrien, voir* Romulus, *XVI, 5-6 et infra, VIII, 7-10.*
29. *Par l'affrontement Gaulois-Romain comme par la mise en scène d'un combat singulier, ce récit évoque quelques-uns des moments de l'histoire de Rome primitive, dont Tite-Live se fait volontiers le chroniqueur.*
30. *L'invocation à Jupiter Férétrien et la consécration des dépouilles opimes rappellent très directement* Romulus, *XVI, 6-7. La formulation binaire insistante transcrit sans doute sinon la lettre expresse, du moins l'allure du formulaire latin archaïque.* (N.d.T.)

5. Là-dessus, ses cavaliers engagèrent le combat, mais ils ne trouvèrent pas en face d'eux des cavaliers isolés des autres combattants : ils durent lutter en même temps contre les fantassins qui s'élançaient avec la cavalerie. La victoire qu'ils remportèrent fut unique par sa forme et son aspect, et tout à fait incroyable : jamais, dit-on, ni auparavant ni par la suite, des cavaliers aussi peu nombreux ne vainquirent une telle foule de cavaliers et de fantassins réunis[31]. 6. Après avoir tué la plupart des ennemis et s'être emparé de leurs armes et de leurs richesses, Marcellus retourna vers son collègue. Celui-ci soutenait difficilement la lutte contre les Celtes devant une cité gauloise très grande et très peuplée, 7. qui se nomme Médiolanum, et que les Celtes de la région considèrent comme leur métropole. Ils luttaient donc avec la plus grande énergie pour la défendre et, au siège que tentait Cornélius, ils répondaient en l'assiégeant lui-même. 8. Quand Marcellus arriva, les Gaïsates, apprenant la défaite et la mort de leur roi, se retirèrent. Médiolanum fut prise ; les Celtes livrèrent d'eux-mêmes leurs autres cités et remirent leurs personnes et leurs biens aux Romains[32]. On leur accorda la paix à des conditions modérées.

VIII. 1. Le Sénat décerna le triomphe au seul Marcellus. La procession triomphale suscita une admiration peu commune, en raison de son éclat, de sa richesse, du butin et de la haute stature des prisonniers. Le spectacle le plus agréable et le plus extraordinaire fut offert par Marcellus lui-même, quand il apporta au dieu l'armure complète du Barbare[33]. 2. Il avait coupé le grand tronc d'un chêne droit et facile à fendre ; après l'avoir taillé en forme de trophée, il y avait attaché et suspendu les dépouilles, en assemblant et en mettant en place chaque pièce de l'armure. 3. Quand la procession se mit en marche, il le souleva lui-même et monta sur le quadrige, et alors cette statue porte-trophée, la plus belle et la plus étonnante qu'on pût imaginer, traversa solennellement la cité. 4. Les soldats le suivaient, sous leurs plus belles armes, en chantant des poèmes de leur composition et des péans de victoire à la gloire du dieu et de leur général. 5. Marcellus s'avança ainsi ; quand il fut parvenu devant le temple de Jupiter Férétrien, il offrit et consacra le trophée. Il était le troisième, et il fut le dernier jusqu'à nos jours, à faire pareille offrande. 6. Le premier à avoir remporté des dépouilles opimes fut Romulus, sur Acron le Céninète ; le second fut Cornélius Cossus, sur l'Étrusque Tolumnius ; le

---

31. Comparée à la relation nettement plus circonstanciée, plus sobre, moins dithyrambique de Polybe (II, 34), cette appréciation apparaît tendancieuse. Plutarque, comme souvent, donne libre cours à son admiration pour son héros.

32. Plutarque passe sous silence le rôle de l'autre consul, Scipion Calvus, à qui Polybe attribue l'importante prise de Médiolanum (actuelle Milan). Faut-il faire confiance à l'historien plutôt qu'au biographe enthousiaste, ou se défier de la version d'un familier du cercle des Scipions... et de leurs Annales *?*

33. Les Acta triumphi *parlent d'un triomphe «de Galleis Insubribus et Germ[an]eis»: ces «Germains» sont sans doute les Gaïsates (voir Hirschfeld, 1898, p. 271-273). Comparer le triomphe de Romulus (*Romulus, *XVI, 13 et suiv.). Voir en général Picard (1957), p. 133-136.*

troisième fut donc Marcellus, sur Britomartus, roi des Gaulois, et après Marcellus, il n'y eut plus personne[34].
7. Le dieu auquel on dédie ces offrandes est appelé Jupiter Férétrien[35]. Selon certains, c'est parce qu'on porte le trophée sur un brancard, mot qui se dit en grec *phérétron*: or à cette époque, la langue grecque était encore fréquemment mêlée au latin. 8. D'après d'autres, ce serait un surnom de Jupiter qui signifierait lanceur de foudre, parce que frapper se dit *ferire* en latin. D'autres affirment enfin que ce nom vient des coups qu'on porte à l'ennemi: d'ailleurs, de nos jours encore, dans les batailles, quand les Romains poursuivent leurs adversaires, ils s'exhortent mutuellement en se criant sans cesse: *Feri!* ce qui signifie: frappe!
9. Pour désigner les dépouilles en général, les Romains disent *spolia*; ce sont seulement ces dépouilles-là qu'ils appellent opimes. On dit pourtant que dans ses recueils, Numa Pompilius avait parlé de premières, de secondes et de troisièmes dépouilles opimes, les unes devant être consacrées à Jupiter Férétrien, les secondes à Mars, les troisièmes à Quirinus, et que pour les premières la récompense était de trois cents as, pour les secondes de deux cents, pour les troisièmes de cent[36].
10. Cependant l'opinion qui prévaut, c'est que seules sont dépouilles opimes celles qui sont les premières à être conquises dans une bataille rangée par un général qui a tué un autre général. Mais en voilà assez sur ce sujet[37].
11. Les Romains furent tellement joyeux de cette victoire et de la fin de la guerre qu'ils envoyèrent à Delphes à Apollon Pythien un cratère d'or de [...] livres, en témoignage de gratitude. Ils donnèrent une part splendide de butin aux cités qui avaient combattu avec eux et en envoyèrent une grande quantité à Hiéron, roi de Syracuse, qui était leur ami et leur allié[38].

---

34. La série des trois épisodes est souvent citée ou évoquée: voir Cicéron, Tusculanes, *IV, 49; Valère Maxime*, Faits et dits mémorables, *III, 2, 5; Virgile*, Énéide, *VI, 855-859; Florus*, Histoire du peuple romain, *I, 20, 5. Juste après la mort de Marcellus, Naevius avait immortalisé la geste dans une pièce intitulée* Clastidium...
35. Jupiter Férétrien (voir supra, VI, 12) est sans doute le Zeus Tropaios des Grecs (voir Picard, 1957, p. 121-123). Les § 7-8 et 8-9 sont construits comme deux Questions romaines *(voir Dictionnaire). L'étymologie que présente Plutarque s'appuie certainement sur Varron: voir Dictionnaire, «Étymologie», «Acculturation» et «Varron», voir également le commentaire de Plutarque à* Romulus, *XVI, 5-6 et Flacelière (1948), p. 93, note 1. Sur l'intérêt de Plutarque pour les noms, voir* Publicola, *X, 9; XVI, 7; XVII, 5;* Coriolan, *XI et* Cicéron, *I.*
36. Les «recueils» du deuxième roi de Rome sont évoqués dans Numa, *XXII, 1-8 (voir Picard, 1957, p. 131). Sur les* opima prima, secunda, tertia *consacrés aux dieux de la triade primitive Jupiter, Mars, Quirinus, voir l'interprétation logiquement trifonctionnelle de Dumézil (1974), p. 178-180.*
37. Plutarque souligne la digression; voir Wardman (1960), p. 406 et (1974), p. 9.
38. Il y a une lacune dans le manuscrit. Les Romains auraient fait une première offrande à Delphes en 396, après la victoire sur Véies (voir Camille, *VIII, 3-8). Hiéron de Syracuse mourra en 216; c'est le grand-père de Hiéronymos, que nous retrouverons (infra, XIII, 2).*

IX. 1. Lorsque Hannibal envahit l'Italie, Marcellus fut envoyé en Sicile à la tête d'une flotte[39]. 2. Mais survint le désastre de Cannes. Les Romains furent nombreux, des dizaines de milliers d'hommes[40], à périr dans cette bataille, et bien peu à en réchapper, en se réfugiant à Canusium. On s'attendait à voir Hannibal marcher aussitôt sur Rome, puisqu'il avait détruit le meilleur de ses forces. 3. Marcellus détacha donc d'abord de sa flotte quinze cents hommes qu'il envoya à Rome pour protéger la cité. Puis, obéissant à un décret du Sénat, il se rendit à Canusium et, emmenant les hommes qui s'y étaient regroupés, il les fit sortir des retranchements, afin de ne pas abandonner la campagne à l'ennemi[41]. 4. La plupart des généraux et des premiers citoyens de Rome avaient péri dans les différentes batailles. Restait, certes, Fabius Maximus, qui jouissait de la plus grande considération en raison de sa loyauté et de son intelligence, mais on lui reprochait un excès de minutie dans ses plans, qui visaient surtout à ne pas essuyer de revers, et l'on jugeait qu'il manquait d'initiative et d'audace[42]. 5. Persuadés que c'était un chef capable de les défendre, mais insuffisant pour repousser l'ennemi, les Romains jetèrent les yeux sur Marcellus. 6. Joignant et associant son audace et son énergie à la prudence et à la circonspection de Fabius Maximus, ils les élurent tous deux consuls, tantôt en même temps, tantôt à tour de rôle, l'un étant consul et l'autre proconsul[43]. 7. Selon Posidonios, Fabius était surnommé le bouclier et Marcellus l'épée[44]. Hannibal lui-même déclarait qu'il redoutait Fabius comme un pédagogue et Marcellus comme un adversaire : le premier, disait-il, l'empêchait de faire du mal, et le second lui en faisait.

X. 1. Pour commencer, comme la victoire avait rendu les soldats d'Hannibal fort indisciplinés et hardis, Marcellus attaqua ceux d'entre eux qui se dispersaient loin du camp et couraient par la campagne, et les massacra, diminuant ainsi insensiblement les forces carthaginoises[45]. 2. Puis il se porta au secours de Néapolis et de Nola. À Néapolis, il se contenta d'affermir les citoyens qui étaient déjà par eux-mêmes de solides alliés des Romains, mais lorsqu'il arriva à Nola, il trouva la cité en proie à la discorde. Le peuple avait pris le parti d'Hannibal et le Sénat ne pouvait plus le maîtriser ni le contenir[46]. 3. Il

---

39. Lorsqu'il était préteur pour la seconde fois, en 216 (voir Tite-Live, XXII, 35, 6, sur la nomination dans des circonstances dramatiques d'hommes d'expérience à chaque poste).
40. 50 000, d'après Fabius Maximus, XVI, 9, où la catastrophe est racontée aux chapitres XIV-XVII.
41. Récit parallèle, plus développé, de Tite-Live (XXII, 57, 1 et 7-8). Marcellus apprend la nouvelle de Cannes alors qu'il est encore avec sa flotte dans le port d'Ostie.
42. Impopularité d'un Fabius jugé trop passif : c'est un des thèmes centraux de sa Vie.
43. Plutarque découvre ici à l'œuvre un principe d'harmonie dans la complémentarité, qui lui est cher (voir Wardman, 1974, p. 58-59).
44. Voir Fabius Maximus, XIX, 1-4.
45. Définition très générale d'une version offensive de la guerre d'usure préconisée par Fabius : une guerre de harcèlement.
46. Plutarque ne mentionne ni la récente prise de Capoue par Hannibal, qui cherche à pousser son avantage en Campanie, ni l'appel lancé secrètement à Marcellus, selon Tite-Live (XXIII, 14, 10-13), par l'aristocratie de Nola. Néapolis est l'actuelle Naples.

y avait dans la cité un homme que sa naissance mettait au premier rang et qui s'était également illustré par son courage: son nom était Bandius[47]. 4. À Cannes, il avait remarquablement combattu et avait tué beaucoup de Carthaginois; pour finir, on l'avait retrouvé au milieu des cadavres, le corps percé de traits. Hannibal, plein d'admiration, non content de le laisser partir sans rançon, lui avait offert des cadeaux et avait fait de lui son ami et son hôte. 5. En échange de cette grâce, Bandius était devenu un de ses partisans les plus ardents; il soutenait le peuple et le poussait à se détacher de Rome. 6. Marcellus jugeait qu'il n'avait pas le droit de faire périr un homme à l'âme aussi noble, qui avait pris part aux plus grands combats des Romains. Outre son humanité naturelle, il était assez persuasif pour pouvoir, en l'abordant, gagner un homme au caractère ambitieux. Un jour donc que Bandius le saluait, Marcellus lui demanda son nom; il le connaissait depuis longtemps, mais il cherchait une entrée en matière et un prétexte pour s'entretenir avec lui. 7. «Je suis Lucius Bandius», répondit l'autre. Alors Marcellus, feignant la joie et la surprise: «Quoi? Tu serais le célèbre Bandius, celui des combattants de Cannes dont on fait le plus de cas à Rome, celui qui fut le seul à ne pas abandonner le consul Paulus Aemilius, à lui faire un rempart de son corps, et à recevoir la plupart des traits dirigés contre lui? 8. – Oui, c'est moi, déclara Bandius, et il lui montra quelques-unes de ses blessures. – Comment, s'écria Marcellus, tu portes sur toi de tels gages de ton amitié à notre égard et tu n'es pas venu tout de suite? Penses-tu donc que nous soyons incapables de récompenser la valeur de nos amis, alors que même les ennemis les honorent?» Après ces aimables paroles, il lui tendit la main, lui offrit un cheval de bataille et cinq cents drachmes d'argent[48].

XI. 1. Dès lors, Bandius devint le compagnon et l'allié le plus fidèle de Marcellus, le dénonciateur et l'accusateur le plus redoutable de tous ceux qui soutenaient le parti opposé. 2. Or ils étaient nombreux, et ils avaient projeté de piller les bagages des Romains lorsque ceux-ci feraient une sortie contre les ennemis. 3. Aussi Marcellus rangea-t-il son armée en ordre de bataille à l'intérieur, près des portes. Il fit arrêter à cet endroit les porteurs de bagages et défendit aux Noliens, par proclamation, de s'approcher des remparts. 4. Il n'y avait donc pas d'hommes en armes sur les murs, ce qui poussa Hannibal à faire avancer son armée dans un certain désordre, car il pensait que la cité était en proie à des troubles. 5. Alors Marcellus donna ordre d'ouvrir la porte derrière laquelle il se trouvait et, lançant l'assaut avec ses plus brillants cavaliers, il chargea l'ennemi de face et engagea le combat. 6. Aussitôt après, les fantassins sortirent par une seconde porte au pas de course, en poussant des cris et, tandis qu'Hannibal divisait son armée pour se porter aussi contre ces nouveaux

---

47. Le «retournement» de Bandius est célébré par plusieurs autres sources, notamment Tite-Live, XXIII, 15, 7-16; Frontin (Stratagèmes, III, 16, 1) y voit l'emblème d'un tournant de la guerre diplomatique et «psychologique», qui prépare d'autres évolutions. On peut comparer Fabius Maximus, XX, 1-3.
48. Très proche du récit de Tite-Live, celui de Plutarque s'en distingue par le recours au dialogue; plus vivant, il est aussi moins réaliste, moins «politique» (en XXIII, 17, Tite-Live signale que Marcellus fait exécuter 70 «conspirateurs» de Nola...).

assaillants, la troisième porte s'ouvrit, laissant passer le reste des Romains qui s'élancèrent en courant et harcelèrent de tous côtés les Carthaginois. Ceux-ci furent frappés de terreur devant ce coup inattendu, car ils avaient déjà bien du mal à repousser leurs premiers assaillants, à cause de ceux qui venaient derrière eux. 7. Ce fut à cette occasion que, pour la première fois, les hommes d'Hannibal cédèrent devant des Romains. Ils furent repoussés dans leur camp, beaucoup des leurs ayant été tués ou blessés : ils perdirent, dit-on, plus de cinq mille hommes, tandis que du côté romain, il n'y eut pas plus de cinq cents morts[49]. 8. Tite-Live, lui, sans affirmer que la défaite ait été aussi considérable ni que les ennemis aient perdu autant d'hommes[50], déclare que Marcellus retira de cette bataille une gloire éclatante, et les Romains, après tant de désastres, une audace admirable : ils n'avaient plus l'impression de combattre un ennemi invincible et irrésistible ; ils voyaient qu'il pouvait lui aussi subir des revers.

XII. 1. C'est pourquoi, comme l'un des consuls venait de mourir, le peuple appela Marcellus à lui succéder, en dépit de son absence, et fit reporter l'élection, malgré l'opposition des magistrats, jusqu'à ce que le héros fût revenu de l'armée. 2. Marcellus fut élu consul à l'unanimité des suffrages, mais le dieu ayant tonné, les prêtres jugèrent que ce n'était pas un heureux présage ; comme ils hésitaient à s'opposer ouvertement à l'élection par crainte du peuple, Marcellus se démit lui-même de sa charge[51]. 3. Il ne renonça pas pour autant aux activités militaires ; nommé proconsul, il retourna à Nola rejoindre l'armée et traita avec sévérité ceux qui avaient choisi le parti du Phénicien. 4. Celui-ci accourut en hâte au secours de ses alliés et provoqua Marcellus en bataille rangée. Marcellus refusa le combat. Quand il vit qu'Hannibal avait envoyé la plus grande partie de son armée faire du butin et ne s'attendait plus à une bataille, il sortit soudain contre lui. Il avait distribué aux fantassins les longues lances qu'on emploie dans les batailles navales[52],

---

49. L'affrontement de Nola, escarmouche devenue symbole de l'espoir revenu dans le camp romain, a fait l'objet de maintes exagérations patriotiques : voir Cicéron, Brutus, *12 ; Virgile,* Énéide, *VI, 857-858 ; Silius Italicus,* Punica, *XII, 166 et suiv., 295 et suiv. Valère Maxime (IV, 1, 7) en donne la formule synthétique : « Marcellus, le premier, apprit aux Romains qu'Hannibal pouvait être vaincu et Syracuse prise. »*
50. La référence explicite à Tite-Live confirme qu'il est ici pour Plutarque une source essentielle. Mais le biographe, qui passe sous silence les désaccords internes persistant à Nola, a peut-être utilisé une source annalistique qui gonflait les chiffres : Tite-Live (XXIII, 16, 15-16) hésite à ajouter foi au nombre de 2 800 tués carthaginois, « avancé par certains auteurs » ! Sur le problème très débattu par les Anciens des « défaites » d'Hannibal sur le sol italien (voir aussi Hannibal lui-même chez Polybe, XV, 11, 7 et commentaire de Walbank III, 1979, p. 745), voir infra, Comparaison de Pélopidas et de Marcellus, XXXI, 7-8 ; mais aussi Valère Maxime, I, 6, 9 ; Florus, I, 22, 29...
51. En 215 (voir Tite-Live, XXIII, 30, 19-32, 2). Le comportement de Marcellus est digne de l'augure respectueux de tous les signes divins, décrit supra (II, 3-4 ; VI, 11).
52. Cet usage d'une arme nouvelle n'est pas mentionné par Tite-Live. L'idée a pu en venir à Marcellus lorsqu'il préparait, à Ostie, le départ de la flotte pour la Sicile (voir supra, IX, 3).

et leur avait appris à s'en servir pour blesser de loin les Carthaginois, lesquels ne savaient pas lancer le javelot et se battaient seulement au corps à corps, avec des épées courtes. 5. Ce fut ce qui les obligea, semble-t-il, à tourner aussitôt le dos et à prendre ouvertement la fuite, après avoir perdu cinq mille morts, six cents prisonniers, avoir eu quatre éléphants tués et deux autres capturés vivants[53]. 6. Mais le plus important, ce fut que trois jours après cette bataille, plus de trois cents cavaliers ibères et numides mêlés passèrent aux Romains[54]. C'était la première fois que pareille chose arrivait à Hannibal : il avait su maintenir pendant très longtemps son armée dans l'unité, alors que c'était pourtant un assemblage de peuples barbares hétéroclites, aux coutumes fort différentes. 7. Quant à ces cavaliers, ils demeurèrent toujours fidèles à Marcellus et aux généraux qui lui succédèrent.

XIII. 1. Marcellus, proclamé consul pour la troisième fois, fit voile vers la Sicile[55]. 2. Les succès militaires d'Hannibal avaient en effet incité les Carthaginois à reprendre possession de l'île, où Syracuse se trouvait en proie aux plus grands troubles depuis la mort du tyran Hiéronymos[56]. 3. Pour cette raison, une armée romaine avait déjà été envoyée là-bas, sous la conduite d'Appius[57]. Quand Marcellus vint en prendre le commandement, des Romains se présentèrent à lui en foule et se jetèrent à ses pieds. Ils avaient été victimes du malheur suivant. 4. Parmi les soldats qui avaient combattu contre Hannibal à Cannes, les uns avaient pris la fuite, d'autres avaient été faits prisonniers, en si grande quantité que les Romains avaient l'impression de n'avoir même plus assez d'hommes pour garder les remparts. 5. Mais ils conservaient tant de fierté et de grandeur d'âme que lorsque Hannibal offrit de rendre les prisonniers contre une faible rançon, ils n'acceptèrent pas de les reprendre, et votèrent contre cette proposition, laissant les uns être tués, les autres vendus hors de l'Italie[58]. 6. Quant à ceux, très nombreux, qui avaient dû leur salut à la fuite, on les envoya en Sicile, avec défense de remettre les pieds en Italie tant que durerait la guerre contre Hannibal. 7. Ce furent donc ces hommes qui, dès l'arrivée de Marcellus, allèrent le trouver en foule et, se jetant à ses pieds, lui demandèrent de les enrôler dans un corps d'armée honorable, lui promettant, à grand renfort de cris et de larmes, de lui montrer par leurs actes que la déroute de Cannes était due à leur infortune, non à leur

---

53. Plutarque abrège ici fidèlement Tite-Live, XXIII, 46, 4-6.

54. Prolongation de «l'effet Bandius» : ces défections, si elles sont historiques, sont plus importantes que les accrochages de Nola. Plutarque met bien en valeur les enjeux pour l'armée disparate des «mercenaires» d'Hannibal (voir Polybe, XV, 12).

55. Avec pour collègue Fabius, en 214 (voir Corpus d'inscriptions latines, F, p. 57; Tite-Live XXIII, 9, 3 et XXIV, 21, 1).

56. Hiéronymos («Jérôme»), petit-fils de Hiéron II (voir supra, VIII, 11), sera assassiné la même année (voir Tite-Live, XXIV, 7; 25).

57. Appius Claudius Pulcher, propréteur de Sicile, sera consul en 212 (voir Tite-Live, XXIV, 7, 9; 27, 4).

58. Cette attitude héroïquement optimiste des lendemains de Cannes est célébrée comme décisive pour la suite de la guerre par Polybe, VI, 58 et par Tite-Live, XXII, 58-61.

lâcheté[59]. 8. Marcellus les prit en pitié. Il écrivit au Sénat, demandant l'autorisation de se servir de ces hommes pour compléter au fur et à mesure les vides qui se feraient dans son armée. 9. Après bien des discussions, le Sénat fit connaître sa décision : les Romains n'avaient nul besoin de lâches pour les affaires de la République ; si Marcellus voulait quand même employer ces hommes, ils ne pourraient avoir droit à aucune des couronnes ou des récompenses habituelles pour honorer le courage[60]. 10. Ce décret contraria Marcellus et lorsqu'il regagna Rome après la guerre de Sicile, il reprocha au Sénat de ne pas lui avoir permis, en échange des services si nombreux et si grands qu'il avait rendus, de réparer l'infortune de tant de citoyens.

XIV. 1. Pendant son séjour en Sicile, il fut d'abord en butte aux mauvais procédés d'Hippocratès, général des Syracusains qui, pour complaire aux Carthaginois et obtenir la tyrannie, fit mourir un grand nombre de Romains devant Léontinoï[61], 2. puis s'empara par force de cette cité, n'infligea aucun mal à ses habitants, mais fit fouetter à mort tous les déserteurs dont il s'empara[62]. 3. Hippocratès envoya d'abord un message aux Syracusains, pour leur annoncer que Marcellus était en train d'égorger toute la jeunesse de Léontinoï, puis quand il les eut ainsi plongés dans le désarroi, il se jeta sur eux et prit leur cité. Alors Marcellus se mit en mouvement avec toute son armée et marcha sur Syracuse. 4. Ayant installé son camp à proximité, il envoya des ambassadeurs expliquer ce qui s'était passé à Léontinoï. 5. Cette démarche fut inutile, car les Syracusains, qui étaient sous la coupe d'Hippocratès et de ses partisans, ne le crurent pas. Alors, Marcellus donna l'assaut, à la fois par terre et par mer. L'armée de terre était commandée par Appius, et lui-même avait soixante quinquérèmes, remplies de toutes sortes d'armes et de projectiles[63]. 6. Il avait réalisé un grand pont avec huit navires liés ensemble, sur lesquels il avait élevé une machine de guerre, et il s'avança contre les remparts, encouragé par l'importance et l'éclat de ses préparatifs, ainsi que par la gloire qui l'entourait[64].

---

59. Destin pathétique et complexe des Cannenses, les vaincus stigmatisés de Cannes : voir Péré (1997) et (1998). En tout cas, Plutarque (« dès l'arrivée de Marcellus ») fausse la chronologie : c'est en 212 que ces « exilés » adresseront leurs prières à Marcellus (voir Tite-Live, XXV, 5-6).
60. Comparer Tite-Live, XXV, 7, 1-4. Plutarque insiste beaucoup plus sur la grandeur d'âme du consul, allant jusqu'à mettre en relief son désaccord inhabituel avec le Sénat.
61. En fait, Hippocratès, né de père syracusain et de mère carthaginoise, a été envoyé à Syracuse par Hannibal (voir Polybe, VII, 2 ; IX, 22 ; Tite-Live, XXIV, 6, 1-3). Il est, avec son frère Épicydès, le principal agent de celui-ci en Sicile, et c'est lui qui convainc le jeune roi Hiéronymos, petit-fils de Hiéron, d'abandonner Rome pour Carthage (voir Polybe, VII, 4-5).
62. Sur Marcellus, de Léontinoï à Syracuse, voir le récit détaillé de Tite-Live, XXIV, 29-32.
63. Sur Appius, voir supra, XIII, 3. Marcellus dirige l'ensemble des opérations et – une fois de plus – a la responsabilité de la flotte. L'ensemble de nos sources mentionne, comme Plutarque, soixante quinquérèmes ou « pentères ».
64. Polybe (VIII, 4), suivi par Tite-Live (XXIV, 34, 6), décrit avec précision non pas une, mais quatre de ces machines ou « sambuques » (voir infra, XV, 5) composées de navires liés par paires : Plutarque est fautif sur ce point.

7. Mais tout cela ne valait rien contre Archimède et ses machines[65], 8. que pourtant le savant ne considérait pas comme des ouvrages sérieux : la plupart n'étaient à ses yeux que des à-côtés, des jeux de géomètre. C'était Hiéron qui, longtemps auparavant, s'y était intéressé : il l'avait engagé à détourner des notions abstraites une partie de son art pour le pencher sur les réalités matérielles, et à appliquer son raisonnement aux nécessités de la vie, de manière à le faire mieux comprendre à la multitude en lui permettant, en quelque sorte, de l'appréhender par la sensation[66].
9. Les premières ébauches de cette mécanique si prisée et si célèbre furent l'œuvre d'Eudoxe et d'Archytas[67], qui voulurent rehausser la géométrie d'ornements artistiques et fonder certains problèmes, pour lesquels il n'est pas facile de trouver une démonstration logique et géométrique, sur des expériences sensibles mesurées par des instruments. 10. Ainsi, pour le problème des deux moyennes proportionnelles, qui est le principe nécessaire pour tracer bon nombre de figures, ils ont tous deux eu recours à des instruments, en fabriquant des mésographes à partir de lignes courbes et de sections coniques. 11. Platon s'en indigna, les accusant de détruire et de gâter la perfection de la géométrie, en la faisant fuir honteusement loin des notions incorporelles et intelligibles vers les réalités sensibles, et en utilisant en outre des objets dont la fabrication nécessite un travail manuel long et grossier[68]. Aussi la mécanique fut-elle séparée de la géométrie et déchue de sa grandeur ; pendant longtemps, elle fut méprisée par la philosophie et devint un des arts militaires.
12. Pour en revenir à Archimède, qui était un parent et un ami du roi Hiéron, il avait écrit qu'avec une force donnée, il est possible de mettre en mouvement un poids donné ; emporté, dit-on, par la force de sa démonstration, il avait déclaré que s'il avait une autre terre à sa disposition, il pourrait, une fois passé sur celle-ci, déplacer la nôtre[69]. 13. Plein d'étonnement, Hiéron lui demanda de mettre sa théorie en pratique, et de lui montrer une masse considérable déplacée par une petite force. Archimède prit alors dans la flotte royale un bateau de transport à trois mâts,

---

65. *Tite-Live (XXIV, 34, 1) note qu'un assaut aussi lourdement appuyé aurait dû réussir, sans la présence «d'un individu particulier : Archimède». Polybe (VIII, 3, 2) déjà : «En certaines circonstances, l'intelligence d'un seul homme peut faire plus que des milliers de bras.»*
66. *Trahissant l'esprit de Platon (§ 10-11), Archimède se tourne vers l'application «technique» de ses découvertes «scientifiques». C'est bien entendu l'essentiel pour le prévoyant Hiéron, à qui est prêtée une justification toute plutarquienne : le sensible est réhabilité comme moyen pédagogique d'accès à l'intelligible.*
67. *La digression qui s'amorce met en scène, à propos de la duplication du cube, les mathématiciens pythagorisants – dont Archimède avait connu les œuvres à l'«école d'Alexandrie» – Eudoxe de Cnide et Archytas de Tarente. Tendances et contexte sont résumés par Green (1997), p. 512-518.*
68. *Sur la* banausourgia, *le travail vil et méprisé de l'ouvrier, voir Marrou (1965) et (1978) ; voir également* infra, *XVII, 6 et* Questions de table, *718 E-F. Plutarque a rappelé ailleurs son intérêt de jeune platonicien pour la géométrie : «À cette époque, je me plongeais avec passion dans les mathématiques» (*Sur l'E de Delphes, *387 F). Ici, son platonisme est tempéré : voir Wardman (1974), p. 204-205.*
69. *On reconnaît le «principe du levier». Sur Archimède, son temps et ses découvertes, voir la mise au point de Dijksterhuis (1987). Le génial Syracusain a alors plus de 70 ans.*

qu'une foule de manœuvres amena à terre à grand-peine ; il y fit embarquer sa cargaison habituelle ainsi que beaucoup d'hommes[70], puis alla s'asseoir lui-même à l'écart, et sans effort, se contentant d'agiter l'extrémité d'une machine à cordes et à poulies, il attira à lui le navire qui se déplaça d'un mouvement uniforme, sans secousse, comme s'il courait sur la mer. 14. Le roi fut stupéfait. Il comprit toute la puissance de cet art et pria Archimède de lui fabriquer diverses machines adaptées à toutes les formes de siège, les unes pour se défendre, les autres pour attaquer. 15. Hiéron ne fit pas usage lui-même de ces machines, car il passa la plus grande partie de sa vie dans la paix et dans les assemblées de fête[71] mais, à l'époque dont nous parlons, les Syracusains disposaient donc des machines dont ils avaient besoin, et avec les machines, ils avaient aussi leur inventeur.

XV. 1. À la double attaque des Romains, les Syracusains, frappés de stupeur, demeurèrent muets d'épouvante, car ils pensaient ne rien pouvoir opposer à tant de forces et à une armée si nombreuse. 2. Mais Archimède mit en œuvre ses machines, et aussitôt, les fantassins romains furent accablés d'une grêle de projectiles de toutes sortes et d'une masse énorme de pierres qui s'abattaient sur eux avec un fracas et une vitesse incroyables[72]. Nul ne pouvait résister à leur choc : elles renversaient en foule ceux qu'elles frappaient et portaient le désordre dans les rangs. 3. Quant à la flotte, on vit soudain au-dessus d'elle d'énormes poutres en forme de pinces s'avancer des remparts. Les unes furent lancées d'en haut, et firent sous leur poids sombrer certains navires ; d'autres, équipées de mains de fer ou de becs qui ressemblaient à ceux des grues, saisirent les embarcations par la proue, les mirent debout sur leur poupe, puis les enfoncèrent dans l'eau. D'autres encore, les attirant vers l'intérieur avec des câbles, les faisaient tourner, avant de les briser contre les écueils et les récifs qui se trouvaient au pied du rempart, broyant du même coup, en foule, tous ceux qui étaient à bord. 4. Souvent on voyait un navire, arraché à la mer, tournoyer de côté et d'autre, suspendu dans les airs, spectacle à faire frémir, jusqu'au moment où les hommes en étaient précipités de tous côtés, comme les pierres d'une fronde ; alors l'engin relâchait sa prise et le navire, désormais vide, tombait sur les remparts ou sombrait dans la mer. 5. Quant à la machine que Marcellus faisait avancer sur le pont de vaisseaux et qu'on appelait sambuque parce que sa forme ressemblait un peu à celle de l'instrument de musique, 6. elle était encore loin du rempart contre lequel elle se dirigeait quand elle fut frappée par un rocher d'un poids de dix talents[73], puis par un second, suivi bientôt d'un troisième : la violence du choc et des vagues mirent en pièces la base de l'engin, dislo-

---

70. Voir *Athénée*, Deipnosophistes, *V, 207 a et le commentaire de Mugler (1951).*
71. *Sur la longue prospérité du royaume de Hiéron sous le protectorat de Rome, voir Polybe, I, 16.*
72. *Comparer Polybe, VIII, 4-7 (plus précis, plus technique, il signale aussi, au § 7, qu'Appius Claudius n'a pas été moins bloqué sur terre que Marcellus sur mer). Tite-Live (XXIV, 34) souligne, outre l'ingéniosité d'Archimède, l'emplacement favorable des fortifications de Syracuse.*
73. *Un talent vaut à peu près 35 kg.*

quèrent la charpente et brisèrent le pont de bateaux, 7. si bien que Marcellus, ne sachant que faire, recula en toute hâte avec ses navires et donna à l'armée de terre l'ordre de se replier. 8. Les Romains tinrent conseil et décidèrent d'essayer encore, s'ils le pouvaient, d'atteindre les remparts pendant la nuit. À leur idée, étant donné la force des cordages qu'employait Archimède, les projectiles qui seraient lancés passeraient au-dessus de leur tête et seraient tout à fait inefficaces de près, à cause du manque de recul. 9. Mais Archimède avait, semble-t-il, prévu la chose depuis longtemps. Il avait préparé des machines dont la force était adaptée à toutes les distances, des projectiles de très faible portée, ainsi que des séries de trous de petite taille, nombreux et rapprochés, derrière lesquels étaient placés des scorpions d'une force médiocre, mais capables de frapper de près, et invisibles pour les ennemis[74].

XVI. 1. Comme les Romains s'approchaient, croyant ne pas avoir attiré l'attention, ils se trouvèrent de nouveau assaillis par une grande quantité de traits et de projectiles : des pierres tombaient sur eux presque verticalement, et de tous côtés le rempart leur lançait des flèches[75]. Ils reculèrent donc. 2. Alors, comme ils se déployaient de nouveau en ligne, les traits se remirent à les assaillir et à s'abattre sur eux tandis qu'ils se retiraient. Les pertes humaines furent nombreuses ; les vaisseaux s'entrechoquaient dans un grand vacarme et ne pouvaient rendre aucun coup aux ennemis. 3. Archimède avait en effet disposé la plupart de ses machines à l'abri du rempart, et l'on avait l'impression que les Romains combattaient contre des dieux, à voir tous les maux qui s'abattaient sur eux sans qu'on pût apercevoir d'où ils venaient.

XVII. 1. Cependant Marcellus parvint à se dégager ; plein de mépris pour les ouvriers et les ingénieurs[76] qui l'entouraient, il s'écria : «2. Quand cesserons-nous de nous battre contre ce géomètre Briarée qui prend nos navires pour des tasses à puiser l'eau de mer, repousse avec mépris notre sambuque comme on jette une coupe après boire, et surpasse les géants aux cent bras de la mythologie en lançant sur nous tant de traits à la fois[77] ? » 3. Le reste des Syracusains était en effet le corps du dispositif d'Archimède ; une seule âme faisait bouger et tourner toute chose ; les autres armes

---

74. *Vu le contexte intellectuel, l'insistance sur la prévoyance pratique d'Archimède (et sans doute des ingénieurs de Hiéron) est digne de remarque. Chez Tite-Live (XXIV, 34, 9), le mot* scorpiones *désigne non des machines, mais des projectiles.*
75. *Archimède, véritable* deus ex machina *(et «âme» de la résistance anonyme en XVII, 3). Le morceau de «littérature fantastique» du chapitre appartient en propre à Plutarque : l'irréalité d'assaillants invisibles épouvante les assaillis, qui la traduisent en termes de surnaturel.*
76. *Les ingénieurs ont conçu les sambuques. Du côté romain aussi, la guerre se voulait «technologique»...*
77. *Ce trait d'humour dépité est repris de Polybe (VIII, 6), qui ignore pourtant les «géants aux cent bras» et l'assimilation du «géomètre» Archimède au Géant mythique Briarée. L'allusion aux pratiques de banquet est commune aux deux auteurs : non seulement la présence des joueuses de sambuque (sorte de harpe triangulaire) et l'art de puiser le vin dans les cratères pour le service, mais aussi la pratique, après boire, du jeu de cottabe.*

restaient inactives ; la cité ne se servait alors que de celles d'Archimède pour se défendre et assurer son salut. 4. Enfin, la crainte qu'éprouvaient les Romains était devenue si violente que dès qu'ils voyaient dépasser du rempart la moindre corde ou le moindre bout de bois, ils s'écartaient aussitôt et prenaient la fuite, en criant que c'était encore une machine qu'Archimède mettait en marche contre eux. Marcellus, constatant leur état d'esprit, renonça totalement à lutter et à attaquer, ne comptant plus que sur le temps pour terminer le siège[78].
5. Archimède avait tant de fierté, une âme si profonde, et il avait amassé un trésor tellement inépuisable d'observations scientifiques, qu'il ne daigna laisser aucun écrit consacré à ces inventions qui lui ont valu le renom et la gloire d'une intelligence divine, et non humaine[79]. 6. Ce qui avait trait à la mécanique, et de manière générale, toutes les techniques liées aux besoins de la vie, n'étaient à ses yeux que de vulgaires travaux d'ouvrier. Il consacra son ambition aux seuls objets dont la beauté et l'excellence n'ont rien à voir avec la nécessité, 7. qui ne peuvent être comparés aux autres et où la qualité de la démonstration le dispute à celle du sujet, celui-ci fournissant la grandeur et la beauté, celle-là une précision et une force prodigieuses. 8. Il est impossible de trouver dans la géométrie des propositions plus difficiles et plus profondes, exposées selon des principes plus simples et plus clairs. 9. Certains attribuent cette réussite aux dons naturels d'Archimède ; mais selon d'autres, si chaque question a l'air d'être traitée sans effort, avec aisance, c'est le résultat d'un travail acharné. 10. Si l'on cherche la démonstration, on ne peut la trouver soi-même, mais dès qu'on l'a apprise de lui, on imagine qu'on aurait pu la trouver tout seul, tant le savant conduit l'esprit par une route unie et rapide vers la conclusion qu'il démontre. 11. On ne doit donc pas mettre en doute ce qu'on dit de lui, qu'il vivait sous le charme constant d'une sorte de sirène qui ne le quittait pas et partageait sa vie ; il en oubliait de manger et négligeait le soin de son corps. Souvent, si on l'entraînait malgré lui au massage et au bain, il dessinait dans les cendres des figures de géométrie et traçait sur son corps frotté d'huile des lignes avec son doigt, car il était sous l'empire d'une passion puissante et véritablement possédé par les muses[80]. 12. Après tant de belles découvertes, il demanda, dit-on, à ses amis et à ses parents de placer après sa mort sur son tombeau une sphère ins-

---

78. «*Modifiant donc leurs projets, ils songèrent qu'étant donné la nombreuse population qu'il y avait dans la place, ils pourraient la réduire par la famine et c'est à cet espoir qu'ils se raccrochèrent...*» (*Polybe, VIII, 7*). Plutarque néglige à nouveau de signaler que ce long siège est confié à Appius, tandis que Marcellus parcourt la province.

79. Cette nouvelle «parenthèse Archimède» (comparer supra, XIV, 11) insiste sur son caractère d'«inspiré», au sens platonicien, et, pour reprendre un terme des mathématiciens modernes, sur l'élégance de ses démonstrations : nouvelle marque de l'intérêt de Plutarque pour les capacités pédagogiques du savant.

80. La sirène et les muses qui «possèdent» Archimède jouent auprès de lui le même rôle qu'Égérie à l'égard de Numa (voir Numa, IV, 2). Toutefois, les mathématiques n'étant pas la politique, le biographe ne soupçonne ici aucune mise en scène. Le thème a l'avantage supplémentaire d'introduire la distraction de l'homme de science, y compris au bain («Eurêka»...)

crite dans un cylindre et d'indiquer sur sa stèle la proportion entre le volume du contenant et celui du contenu[81].

XVIII. 1. Tel était Archimède et ce fut ainsi qu'il se rendit invincible, lui et sa cité, autant du moins que la chose dépendait de lui[82]. 2. Mais pendant que durait le siège, Marcellus s'empara de Mégara, une des cités les plus anciennes de Sicile, puis il prit le camp d'Hippocratès près d'Acrillaï et tua plus de huit mille hommes, les attaquant à l'improviste tandis qu'ils édifiaient leur retranchement. Il parcourut une grande partie de la Sicile, détacha des Carthaginois plusieurs cités et vainquit tous ceux qui osèrent l'affronter en bataille rangée[83]. 3. Le temps passa. Il avait fait prisonnier un Spartiate nommé Damippos[84], qui essayait de quitter Syracuse par mer, et les Syracusains lui demandèrent de leur rendre cet homme en échange d'une rançon, ce qui entraîna beaucoup d'entretiens et de pourparlers, au cours desquels il remarqua une tour, gardée avec peu de soin, où l'on pouvait faire entrer des soldats à la dérobée, car le rempart qui la jouxtait était facile à escalader. 4. À force de revenir près de cette tour pour négocier, il parvint à en calculer la hauteur et l'on prépara des échelles. Il profita du moment où les Syracusains célébraient une fête en l'honneur d'Artémis[85] et s'adonnaient au vin et aux jeux : il parvint ainsi non seulement à s'emparer de la tour[86] sans attirer l'attention, mais encore à garnir tout le rempart alentour d'hommes en armes avant le lever du jour, puis à enfoncer les Hexapyles. 5. Quand les Syracusains comprirent ce qui se passait et commencèrent à s'agiter et à s'alarmer, il donna ordre aux trompettes de sonner de tous les côtés à la fois, ce qui provoqua une fuite et une panique extrêmes, car les gens croyaient qu'aucun quartier n'avait échappé à l'ennemi. 6. En fait il en restait un, celui qu'on appelle l'Achradine : c'était le plus solide, le plus beau et le plus grand, parce qu'il était fortifié du côté de la cité extérieure, dont une partie est nommée Néa et l'autre Tychè.

---

81. Sur le calcul par Archimède du volume de la sphère, voir Dijksterhuis (1987), p. 169-182; sur la mesure du cercle, p. 222-240.
82. Voir Cicéron, Tusculanes, V, 64-66.
83. Le siège a occupé la deuxième moitié de 213 et le premier trimestre de 212 (la chronologie implicite de l'auteur est confuse). Les cités mentionnées sont alliées à Carthage. La suite du chapitre, comme infra, en XX, abrège fortement les données de Tite-Live (XXIV, 35-38; XXV, 6, 20), concentrant le récit sur quelques scènes choisies. L'essentiel est dans Walbank II (1967), p. 69-78.
84. Parmi d'autres Grecs, ce Spartiate fait certainement partie des mercenaires grecs recrutés jadis par Hiéron. Est-ce le même qui avait autrefois conseillé à Hiéronymos de rester du côté de Rome (voir Polybe, VII, 5) ? Rien ne permet d'en décider.
85. La fête est celle d'Artémis Ortygia, qui durait trois jours, au printemps. Un des quartiers de Syracuse porte le nom d'Ortygie.
86. La tour Galeagra, proche du port Trogilè, est mentionnée par Tite-Live (XXV, 23, 10). Selon les autres sources, c'est un participant aux négociations qui attire son attention sur ce point faible. Sur la topographie et les opérations, voir Tite-Live, XXV, 23-24, Walbank II (1967), p. 112-113 et le commentaire de Polybe, VIII, 37. Les Hexapyles, littéralement les Six Portes, est le nom désignant la porte de Syracuse.

XIX. 1. Maître de ces positions, Marcellus descendit dès le point du jour par les Hexapyles. Ses officiers le félicitaient, 2. mais lui, dit-on, en contemplant d'en haut et en embrassant des yeux la grandeur et la beauté de la cité, pleura abondamment, plein de compassion à la pensée du sort qui l'attendait : il voyait ce qu'elle était et comme elle allait bientôt changer de forme et d'état, quand elle serait ravagée par son armée[87]. 3. En effet, aucun des officiers n'avait l'audace de s'opposer aux soldats, impatients de s'enrichir par le pillage ; beaucoup d'entre eux demandaient même qu'elle fût brûlée et rasée. 4. Marcellus ne voulut pas en entendre parler ; ce fut à grand-peine, bien malgré lui, qu'il autorisa l'armée à s'emparer des biens et des esclaves[88]. 5. Quant aux hommes libres, il interdit de porter la main sur eux : il défendit de tuer, d'outrager ou de réduire en esclavage aucun Syracusain. 6. Bien que son attitude passât pour très modérée, il jugeait encore que le traitement que subissait la cité était digne de pitié : au milieu d'une telle liesse, son âme laissait paraître la compassion et la commisération qu'il éprouvait en voyant qu'en très peu de temps une prospérité si grande et si brillante allait être réduite à néant[89]. 7. Le butin que l'on fit à cette occasion ne fut pas moindre, dit-on, que celui que l'on prit par la suite à Carthage[90]. Peu après en effet[91], le reste de la cité fut enlevé par trahison et les soldats pillèrent tout, à l'exception des richesses du roi qui furent versées dans le trésor public.

8. Ce qui bouleversa le plus Marcellus, ce fut le sort d'Archimède[92]. Celui-ci se trouvait seul, occupé à réfléchir sur une figure de géométrie ; la pensée et le regard absorbés par cette contemplation, il ne remarqua ni l'irruption des Romains, ni la prise de la cité. 9. Soudain un soldat se présenta devant lui et lui ordonna de le suivre auprès de Marcellus. Archimède refusa d'obéir avant d'avoir résolu son problème et d'en avoir établi la démonstration. Alors le soldat se fâcha, tira son épée et le tua. 10. D'après d'autres récits, le soldat se présenta tout de suite, l'épée nue, pour le tuer ; Archimède, en le voyant, le pria et le supplia de lui accorder encore un peu de temps,

---

87. Syracuse « était à cette époque, peut-être, la plus belle ville du monde » (Tite-Live, XXV, 24, 11). L'historien latin, relatant la déploration du sort de la cité par Marcellus, insiste sur sa grandeur passée. Rien de tel chez Plutarque, nettement plus concis (voir Wardman, 1974, p. 177).

88. Beaucoup plus que Tite-Live (XXV, 24-25), Plutarque met l'accent sur l'humanité de Marcellus, préparant ainsi un jugement compréhensif sur le pillage de Syracuse. Cependant, l'appréciation la plus rude est sans doute la plus juste : « il versa des larmes sur elle avant de la baigner dans son sang » (Augustin, Cité de Dieu, I, 6).

89. Le thème sous-jacent est celui de la Némésis, qui connaît son apogée dans Paul-Émile.

90. Même indication que chez Tite-Live, XXV, 31, 11.

91. Plutarque télescope les étapes successives de la prise de la ville, qui ne se sont pas déroulées si facilement (voir Tite-Live, XXV, 24 ; 30-31).

92. Marcellus pleurera sur Archimède (§ 11) comme sur Syracuse. La mort de l'admirable distrait que nous restitue Plutarque a fait l'objet d'évocations diverses : voir Tite-Live, XXV, 31 ; Valère Maxime, VIII, 7, 7 ; Cicéron, Verrines, IV, 131 ; Pline l'Ancien, Histoire naturelle, VII, 125... Selon Dijksterhuis (1987, p. 30-32), Archimède était plutôt affairé chez lui sur un abaque qu'occupé à dessiner sur le sable, comme le veut poétiquement Tite-Live.

pour ne pas laisser sa recherche inachevée et insuffisamment approfondie ; mais le soldat ne voulut rien entendre et le tua. 11. Il y a encore une troisième version des événements. Archimède apportait à Marcellus certains instruments de mathématiques, cadrans solaires, sphères et équerres, qui lui permettaient de représenter aux yeux, de manière concrète, la grandeur du soleil. Des soldats le rencontrèrent et, se figurant qu'il transportait de l'or dans cette caisse, le tuèrent[93]. 12. Quoi qu'il en soit, tous s'accordent à dire que Marcellus fut profondément affligé de sa mort, qu'il s'écarta avec horreur du meurtrier comme d'un homme impur, et qu'il fit rechercher et traiter avec honneur les proches parents d'Archimède[94].

XX. 1. Les Romains étaient considérés par les peuples étrangers comme des adversaires habiles à la guerre et redoutables dans les combats, mais ils n'avaient jamais donné aucun exemple de clémence, d'humanité ni, de manière générale, de vertu politique. Marcellus fut, semble-t-il, le premier à montrer aux Grecs que les Romains étaient plus respectueux de la justice[95]. 2. Sa conduite à l'égard de tous ceux qui eurent affaire à lui et les nombreux bienfaits dont il combla les cités comme les simples particuliers furent tels que si les cités d'Enna[96], de Mégara ou de Syracuse subirent des traitements indignes, ce fut davantage, semble-t-il, la faute des victimes que de ceux qui les leur infligèrent. 3. Je ne rappellerai qu'un exemple parmi bien d'autres. Il y a en Sicile une cité nommée Engyion ; elle n'est pas grande, mais fort ancienne, et a été rendue célèbre par l'apparition des déesses qu'on appelle les Mères. 4. Ce sanctuaire fut, dit-on, bâti par les Crétois et l'on y exposait des lances et des casques de bronze ; sur les uns était inscrit le nom de Mérion, sur les autres celui d'Ulixès, c'est-à-dire d'Ulysse, car les deux héros auraient consacré ces armes aux déesses[97]. 5. La cité avait pris chaudement parti pour les Carthaginois, mais Nicias, un des premiers citoyens, l'engageait à passer

---

93. *Le point commun des trois versions est qu'Archimède meurt des mains d'une soldatesque imbécile. La dernière variante évoque ses talents moins connus : ceux de l'astronome.*

94. *Tite-Live montre même Marcellus prenant soin de la sépulture d'Archimède. Pourtant, l'oubli s'installa, et il fallut attendre la questure de Cicéron en Sicile (75 avant J.-C.) pour voir sa tombe redécouverte et honorée (voir* Tusculanes, *V, 23).*

95. *L'éloge de Marcellus se fait triple, et, dans l'esprit de Plutarque, grandiose : il incarne la vertu de justice (*moderatio animi *selon Valère Maxime, IV, 1, 7 ; voir* Flamininus, *XI, 9 et le commentaire de Wardman, 1974, p. 126-131) ; il est le premier Romain à la manifester ; il prouve aux Grecs que leur héritage le plus élevé est repris par Rome. Il manque à cet emprunt la dimension esthétique : ce sera un des bienfaits paradoxaux du pillage de Syracuse (voir* infra, *XXI, 7).*

96. *La prise d'Enna, en 214, est mentionnée par l'inscription* CIL (Corpus d'inscriptions latines), *I, 530 = VI, 1281. Son caractère affreusement sanglant (voir Tite-Live, XXIV, 38-40) réduit à ses justes proportions l'éloge qui précède (voir Wardman, 1974, p. 130).*

97. *Mérion est ce chef crétois qui, dans l'*Iliade *(X, v. 260-271), prête son casque à Ulysse. Selon Diodore (*Bibliothèque historique, *IV, 79, 5-7), la cité d'Engyion, fondée par des Crétois, aurait par la suite accueilli Mérion – ce dont témoignerait la double consécration d'armes au sanctuaire des « Mères » Déméter et Perséphone.*

du côté des Romains ; il prenait la parole ouvertement et avec franchise dans les assemblées, pour démontrer que ses adversaires étaient dans l'erreur. 6. Ceux-ci, craignant son influence et sa réputation, décidèrent de se saisir de lui et de le livrer aux Carthaginois. 7. Nicias remarqua qu'on l'épiait secrètement. Il se mit à répandre en public des propos peu convenables sur les Mères, et se comporta à plusieurs reprises comme s'il mettait en doute et méprisait leur prétendue apparition et le récit qu'on en faisait. Ses ennemis se réjouirent en voyant Nicias leur fournir lui-même le meilleur prétexte pour lui infliger le traitement qu'ils lui réservaient[98]. 8. Or, le jour où ils s'apprêtaient à se saisir de lui, avait lieu une assemblée. Nicias était en train de haranguer le peuple et de le conseiller quand, soudain, il se jeta à terre ; il laissa passer quelques instants tandis que le silence se faisait, comme on peut l'imaginer, sous l'effet de la surprise générale, puis releva la tête, la tourna en tout sens, et se mit à parler, d'une voix tremblante et basse, que peu à peu il enfla et dont il rendit le timbre plus aigu. Quand il vit tous les spectateurs paralysés d'horreur et muets[99], il arracha son manteau, déchira sa tunique, et, à demi-nu, il s'élança en courant vers la sortie du théâtre, en hurlant qu'il était poursuivi par les Mères. 9. Nul n'osa le toucher ni lui barrer la route : sous l'effet d'une terreur superstitieuse, tous s'écartèrent pour le laisser passer. Il courut jusqu'aux portes de la ville, en multipliant les paroles et les gestes que fait ordinairement un possédé ou un dément. 10. Sa femme, qui était dans la confidence et avait forgé ce plan avec son mari, prit avec elle ses jeunes enfants et se jeta d'abord en suppliante devant le temple des Déesses. Puis, feignant de se lancer à la recherche de son mari qui errait dans la campagne, elle sortit de la cité en toute sécurité, sans être arrêtée par personne. Voilà comment ils parvinrent à s'échapper et à rejoindre Marcellus à Syracuse. 11. Par la suite, comme les Engyiens se livraient à toutes sortes d'insolences et de débordements, Marcellus se rendit chez eux, les fit tous charger de chaînes et s'apprêta à les châtier, mais Nicias se présenta en pleurs et pour finir, lui embrassant les mains et les genoux, le supplia d'épargner ses concitoyens, à commencer par ses propres adversaires. Marcellus se laissa fléchir ; il les renvoya tous libres et ne fit aucun mal à leur cité ; quant à Nicias, il lui donna des terres et des présents en grand nombre. Tel est en tout cas le récit du philosophe Posidonios[100].

XXI. 1. Quand Marcellus fut rappelé par les Romains pour diriger la guerre qui se livrait dans leur pays, près de leurs maisons, il rapporta avec lui les plus nombreuses et les plus belles des offrandes votives qui se trouvaient à Syracuse, pour

---

98. Comme au § 4, le grec emploie pour « Mère » la forme dorienne Mater, *et non le grec classique* Mètèr : *Plutarque restitue aux déesses leur appellation en dialecte local.*
99. L'astuce de Nicias rappelle, en plus raffiné, celle de Solon et de son bonnet (voir Solon, *VIII, 1-3).*
100. Posidonios a déjà été cité comme source de cette Vie *en I, 1 et IX, 7. On ne peut s'étonner que l'ethnographe-chroniqueur-philosophe se soit fait l'écho d'une ruse pittoresque greffée sur une coutume locale enracinée, ni que ce récit, tout en faveur de Marcellus, ait retenu l'attention de Plutarque.*

agrémenter son triomphe et orner la cité[101]. 2. Jusque-là, Rome ne possédait ni ne connaissait aucune de ces productions luxueuses et raffinées ; on n'y appréciait pas ce charme et ces élégances ; pleine de dépouilles barbares et sanglantes, couronnée de monuments de triomphe et de trophées, elle offrait un spectacle qui n'avait rien de joyeux ou de rassurant et qui n'était pas fait pour des spectateurs craintifs et délicats[102]. 3. De même qu'Épaminondas disait que la Béotie était «le théâtre où danse Arès», et Xénophon qu'Éphèse était l'«arsenal de la guerre», il me semble que l'on pourrait, à la manière de Pindare, qualifier la Rome d'alors de «temple d'Arès aux guerres profondes»[105]. 4. Aussi Marcellus fut-il plus apprécié du peuple, pour avoir embelli Rome d'ornements plaisants et variés, pleins des charmes et des séductions de la Grèce. Mais les vieillards lui préféraient Fabius Maximus, 5. car ce dernier n'avait rien pillé et rien emporté de tel, après la prise de Tarente : il s'était emparé des trésors et des biens, mais il avait laissé les statues à leur place, en prononçant cette phrase mémorable : «Laissons aux Tarentins leurs dieux irrités[104] !» 6. Ils reprochaient d'abord à Marcellus d'avoir attiré sur la cité la haine des hommes et même celle des dieux, qui y étaient traînés et promenés en triomphe comme des prisonniers de guerre, puis d'avoir corrompu le peuple, jusqu'alors habitué à faire la guerre ou à labourer, ignorant le luxe et la paresse, tel l'Héraclès d'Euripide :

Rustre et mal dégrossi, mais fait pour les exploits[105],

en lui enseignant l'oisiveté, le bavardage, le poussant à discourir d'art et d'artistes et à perdre à cela la plus grande partie de la journée. 7. Cependant Marcellus se glorifiait de sa conduite même devant les Grecs. «Les Romains, disait-il, ne savaient pas honorer et admirer les beautés et les merveilles de la Grèce ; je le leur ai appris[106].»

XXII. 1. Les ennemis de Marcellus s'opposèrent à son triomphe, parce qu'il restait encore en Sicile des affaires à terminer, et qu'un troisième triomphe risquait de provoquer l'envie. Il céda et accepta de célébrer le grand triomphe complet sur le mont

---

101. En 211. Voir Tite-Live, XXV, 40, 1-3 (voir également XXV, 31, 5 et XXXI, 31, 8), dont le commentaire est singulièrement plus amer (voir Wardman 1974, p. 178), et surtout la méditation de Polybe historien et moraliste (IX, 10, avec le commentaire de Walbank II, 1967, p. 134-135 ; échos du débat en 6).
102. Tableau, ou plutôt cliché, à nuancer : la richissime cité grecque de Tarente a été prise par Rome dès 272...
103. Xénophon, Helléniques, *III, 4, 17 ; Pindare,* Pythiques, *II, 1.*
104. Nouveau parallèle Marcellus-Fabius Maximus (voir supra, IX, 6-7 et Fabius Maximus, *XXII, 7). Le mot de Fabius et la comparaison avec Marcellus (à l'avantage du premier) sont chez Tite-Live, XXVII, 16, 8 : legs d'une tradition familiale «fabienne»?*
105. Vers d'une pièce perdue (Licymnios), cité également dans Cimon, *IV, 5.*
106. Propre à Plutarque, ce propos achève de camper son personnage en auteur de la conversion de Rome à l'hellénisme sur tous les plans (voir supra, XX, 1).

Albain et de n'avoir dans Rome que le petit triomphe, que les Grecs appellent évoé et les Romains ovation[107]. 2. Le général ne s'avance pas sur un quadrige, la tête couronnée de laurier, au son de la trompette, mais à pied, en sandales, au son de nombreux *auloï*, ceint d'une couronne de myrte, offrant ainsi un spectacle qui n'a rien de guerrier, et qui est plus plaisant qu'impressionnant[108]. 3. Voilà la meilleure preuve, à mon sens, qu'autrefois, pour distinguer ces deux triomphes, les Romains se fondaient non sur l'importance des actions, mais sur la manière dont on les avait accomplies. 4. C'était, semble-t-il, ceux qui avaient vaincu en combattant et en massacrant les ennemis qui remportaient le premier triomphe, martial et terrible, au cours duquel ils couronnaient leurs armes et leurs soldats avec du laurier en abondance, ce qui est l'usage lorsqu'on purifie une armée[109]. 5. Quant aux généraux qui n'avaient pas eu besoin de se battre et avaient tout réglé au mieux par des entrevues et l'éloquence de leurs paroles, ils recevaient de la loi la permission de mener le second type de cortège, qui n'a rien de guerrier et ressemble à un rassemblement festif. 6. En effet, l'aulos est un instrument lié à la paix et le myrte une plante consacrée à Aphrodite, la divinité qui, plus que toute autre, déteste la violence et les combats[110]. 7. Si cette forme de triomphe porte le nom d'ovation, cela ne vient pas du cri d'évoé, contrairement à ce que pensent la plupart des gens[111], car dans l'autre triomphe aussi, ceux qui défilent font entendre des évoés et des chants. Non, ce sont les Grecs qui ont rapproché ce mot d'une coutume qui leur était familière, persuadés qu'une part de cet honneur concernait Dionysos que nous nommons Évios [«dieu de l'évoé»] et Thriambos [«triomphateur»]. 8. Mais ce n'est pas la véritable explication. En fait, une coutume ancestrale voulait que les généraux sacrifient un

---

107. *Erreur de Plutarque, répétée dans la* Comparaison de Pélopidas et de Marcellus, *XXXIII, 6 : Marcellus ne connaîtra qu'un second triomphe après 222 (voir supra, VIII, 1). Comparer* Publicola, *IX, 9 et* Paul-Émile, *XXX, 5. Le «triomphe albain», sans doute héritier d'archaïques coutumes latines, se célébrait sur le mont Albain, au temple de Jupiter Latiaris (au lieu du Capitolin de Rome). Sur triomphe et envie, voir Wardman (1974), p. 40.*
108. *L'ensemble du chapitre XXII, destiné à des lecteurs grecs, constitue une nouvelle digression «étiologique», après celle consacrée aux dépouilles opimes (supra, VIII). Ces deux passages illustrent l'autre grand caractère du Marcellus de Plutarque : il est l'archétype du triomphateur, dont Paul-Émile fournira le plus bel exemple (voir* Paul-Émile, *XXXII, 4). Sur le triomphe en général, voir Versnel (1970).*
109. *Dans ce qui suit, Plutarque délaisse la description circonstanciée de Tite-Live (XXVI, 21), selon qui le triomphe plénier a été refusé à Marcellus parce que sa guerre n'était pas terminée. Le biographe accentue à l'excès le caractère «pacifique» de l'ovatio.*
110. *Voir le* Dialogue sur l'amour, *759 E.*
111. *Les §§ 7 à 10 juxtaposent de manière originale une quasi-Question romaine (§ 7-8) et une quasi-Question grecque (§ 9-10). La seconde se greffe d'autant mieux sur la première que celle-ci commence par éliminer – contrairement à la tendance habituelle de l'auteur – une pseudo-étiologie/étymologie grecque d'une coutume romaine : étiologie défendue par Denys (*Antiquités romaines, *V, 47, 2), auquel Plutarque fait peut-être allusion (voir Dictionnaire, «Denys d'Halicarnasse»). Le biographe est très conscient de la spécificité du triomphe romain, dont il examine quelques à-côtés dans ses* Questions romaines *79 et 80.*

bœuf dans le grand triomphe, et dans l'autre une brebis : or le mouton se dit en latin *ovis*, d'où ce nom d'ovation qui a été donné à cette forme de triomphe. 9. Il est intéressant de remarquer que le législateur de Lacédémone a réglé les sacrifices d'une manière tout à fait différente de l'usage romain. À Sparte, un général qui est parvenu à ses fins par la ruse ou la persuasion immole un bœuf, et celui qui a vaincu par les armes un coq. 10. Les Spartiates étaient pourtant très belliqueux, mais ils trouvaient plus grand et plus digne d'un être humain d'agir par la parole et l'intelligence plutôt que par la violence et la bravoure[112]. Voilà certes des questions qui méritent réflexion.

XXIII. 1. Marcellus était consul pour la quatrième fois, lorsque ses ennemis poussèrent les Syracusains à venir à Rome se plaindre de lui et l'accuser devant le Sénat de leur avoir infligé des traitements horribles, contraires aux conventions[113]. 2. Marcellus se trouvait alors occupé à un sacrifice sur le Capitole. Les sénateurs étaient encore en séance, quand les Syracusains se jetèrent à leurs pieds, sollicitant une audience et réclamant justice. L'autre consul voulut les empêcher de parler, indigné qu'on accusât Marcellus en son absence, mais celui-ci, ayant appris leur arrivée, se présenta aussitôt. 3. Il s'assit d'abord sur la chaise curule et s'occupa des affaires en sa qualité de consul. Quand tout fut expédié, il descendit de son siège, alla se placer, comme un simple particulier, à l'endroit d'où parlent habituellement les accusés, et laissa les Syracusains exposer leurs griefs contre lui. 4. Ils furent profondément troublés devant la dignité et l'assurance du héros ; ce qu'il avait d'intimidant sous les armes, leur paraissait encore plus redoutable et impressionnant à contempler sous la toge bordée de pourpre. 5. Cependant, rassurés par les adversaires de Marcellus, ils commencèrent l'accusation et se lancèrent dans un plaidoyer, entrecoupé de lamentations, où ils disaient en substance que, bien qu'alliés et amis des Romains, ils avaient subi des traitements que les autres généraux épargnaient à la plupart de leurs ennemis. 6. À cela Marcellus répondit : « En échange de tous les maux que vous avez infligés aux Romains, vous n'avez subi que ce qu'il est impossible d'épargner à des gens qui ont été vaincus à la guerre, par la force. 7. Or si vous avez été conquis de cette manière, c'est votre faute. Je vous ai adressé bien des conseils, mais vous n'avez pas voulu m'écouter. Ce ne sont pas vos tyrans qui vous ont contraints à faire la guerre : bien au contraire, c'est pour la faire que vous vous êtes donné des tyrans[114] ! » 8. Après les plaidoyers, on fit, selon la coutume, sortir de la Curie les Syracusains. Marcellus sortit avec eux, laissant le Sénat sous

---

112. Les Spartiates sont ici débarrassés de l'image du guerrier « brut », qui agit sans réfléchir, image projetée sur eux par les Athéniens au moins depuis Périclès.
113. En 210. Sur ce qui suit, voir Tite-Live, XXVI, 26, 5-11 et 29-32 : Marcellus aurait en fait retardé l'audience des Syracusains au Sénat jusqu'à l'arrivée de son collègue au consulat, Laevinus.
114. Sérénité et hauteur de vues du héros : il sait faire face à l'envie (voir Wardman, 1974, p. 76 ; comparer Pompée, *XIV, 9) ; il se manifeste aussi grand dans la paix que dans la guerre (Wardman, p. 131-133) ; il développe avec talent une éloquence défensive (Wardman, p. 225). Plutarque abrège ici le long échange d'arguments reconstitué par Tite-Live.*

la présidence de son collègue. Il resta devant la porte de la salle, sans manifester ni crainte du jugement, ni ressentiment à l'égard des Syracusains : il garda sa contenance habituelle et attendit le verdict avec une douceur et une dignité extrêmes[115]. 9. Lorsque le vote fut terminé, et qu'il fut proclamé vainqueur, les Syracusains tombèrent à ses genoux. Ils lui demandèrent en pleurant de laisser libre cours à sa colère contre ceux qui étaient présents, mais de prendre en pitié le reste de la cité, qui se souvenait des bienfaits qu'elle n'avait cessé de recevoir de lui, et qui lui en restait reconnaissante. 10. Marcellus se laissa attendrir : il se réconcilia avec eux et, par la suite, traita toujours les Syracusains avec bonté. Quant à la liberté qu'il leur avait donnée, à la jouissance de leurs lois et aux biens qui leur restaient, le Sénat confirma tout cela. 11. En reconnaissance, Marcellus obtint d'eux des honneurs extraordinaires, et ils établirent notamment la loi suivante : « Si Marcellus ou un de ses descendants débarque en Sicile, les Syracusains devront se couronner et offrir des sacrifices aux dieux[116]. »

XXIV. 1. Après quoi, Marcellus se tourna aussitôt contre Hannibal[117]. Depuis Cannes, les consuls et les généraux avaient presque tous employé une seule tactique contre cet homme : éviter de le combattre. Personne n'osait l'affronter en bataille rangée ni en venir aux mains avec lui. Marcellus, lui, prit la voie opposée. 2. À son avis, le temps sur lequel on comptait pour détruire Hannibal, permettrait à ce dernier d'épuiser auparavant l'Italie sans qu'on s'en aperçût. Fabius, qui s'en tenait obstinément à la prudence, ne savait pas soigner la maladie de sa patrie : en laissant languir la guerre, il faisait dépérir Rome du même coup, semblable à ces médecins timorés qui manquent d'audace dans l'emploi des remèdes et prennent pour le recul de la maladie le déclin des forces du malade[118]. 3. Il commença par reconquérir les grandes cités samnites qui avaient fait défection, et s'empara d'une grande quantité de blé et d'argent qui y avait été mise en réserve, ainsi que de la garnison laissée par Hannibal, qui comptait trois mille hommes[119]. 4. Ensuite, Hannibal ayant tué en Apulie le proconsul Cnaeus Fulvius, avec onze tribuns militaires, et massacré la plus grande partie de ses troupes, Marcellus écrivit à Rome, invitant ses concitoyens à garder courage, car il se mettait en marche à l'instant même pour faire cesser la joie

---

115. Sur douceur et dignité, voir supra, III, 6.
116. Tite-Live dit plus crûment qu'ils lui ont demandé « de recevoir Syracuse sous sa protection et les Siciliens comme clients [in fidem clientelamque reciperet] » (XXVI, 32, 8) : c'est l'exacte définition des « clientèles étrangères » de Badian (1958).
117. C'est la dernière phase de l'existence de Marcellus qui s'engage en Italie du Sud, avant qu'il ne tombe victime d'une embuscade du Carthaginois. Plutarque rappelle une fois de plus le débat sur la stratégie « temporisatrice » de Fabius (voir Fabius Maximus, XXV) : l'attitude de Marcellus annonce lointainement l'offensive finale de Scipion.
118. La comparaison médicale est évidemment l'œuvre de Plutarque.
119. En 210, Marcellus s'empare du port de Salapia (l'actuelle Salpi) en Apulie, des bourgades de Marmoreae et Méles dans le Samnium, autant de greniers à blé d'Hannibal, et remporte les autres succès indiqués ici (voir Tite-Live, XXVII, 1, 1-2).

d'Hannibal. 5. D'après Tite-Live[120], la lecture de cette lettre, loin d'apaiser le chagrin des Romains, augmenta plutôt leurs craintes ; ils se dirent que le danger présent était bien plus menaçant que le malheur déjà subi dans la mesure précisément où Marcellus était bien supérieur à Fulvius. 6. Marcellus, comme il l'avait écrit, se lança aussitôt à la poursuite d'Hannibal. Il pénétra en Lucanie, le rejoignit alors qu'il était installé près de la cité de Numistro, sur des collines escarpées, et établit son camp face à lui dans la plaine. 7. Le lendemain[121], il rangea le premier son armée en ordre de bataille. Hannibal descendit et ils livrèrent un combat dont l'issue fut incertaine, en dépit de sa violence et de sa durée : l'engagement avait commencé à la troisième heure et à la tombée de la nuit, les adversaires venaient à peine de se séparer. 8. Dès le point du jour, Marcellus fit de nouveau avancer son armée, la rangea en ordre de bataille au milieu des cadavres et provoqua Hannibal à un combat décisif. 9. L'autre se retira. Alors Marcellus dépouilla les cadavres ennemis, ensevelit ses morts et se remit à la poursuite du Carthaginois. Celui-ci lui tendit de nombreuses embuscades, mais Marcellus ne tomba dans aucune d'entre elles, et lors de tous les engagements, il eut le dessus, ce qui provoqua l'admiration.
10. Aussi, comme les élections étaient imminentes, le Sénat préféra-t-il rappeler de Sicile l'autre consul, plutôt que de déranger Marcellus qui s'attachait aux pas d'Hannibal. Dès que ce consul fut de retour, il reçut ordre de proclamer Quintus Fulvius dictateur. 11. Le dictateur n'est en effet pas choisi par le peuple ou par le Sénat[122] ; l'un des consuls ou des préteurs s'avance devant l'assemblée du peuple et désigne comme dictateur celui qu'il veut. 12. C'est l'origine de ce nom de dictateur, qui signifie « celui qui est dit » (car *dicere* est le mot latin pour dire). Mais selon d'autres, le dictateur porte ce nom parce qu'il ne soumet aucune question au vote ni aux suffrages à main levée ; il impose lui même et « dicte » toutes ses décisions[123]. 13. En effet les décrets des magistrats que les Grecs nomment *diatagmata* [« ordonnances »] sont appelés *edicta* par les Romains[124].

XXV. 1. Le collègue de Marcellus, qui revenait de Sicile, désirait choisir un autre dictateur et ne voulait pas être obligé d'agir contre son gré : il embarqua de nuit et repartit en Sicile. Ce fut donc le peuple qui nomma Quintus Fulvius, et le Sénat écri-

---

120. Plutarque continue à suivre fidèlement Tite-Live (ici, XXVII, 2, 1-3). L'un et l'autre recherchent l'effet dramatique en mettant l'accent, au moins autant que sur les opérations elles-mêmes, sur l'écho qu'elles reçoivent à Rome.
121. Les § 7 à 9 démarquent Tite-Live, XXVII, 2, 4-12.
122. L'autre consul est Marcus Valerius Laevinus ; le dictateur Quintus Fulvius Flaccus a été consul en 237, 224, 212 et le redeviendra en 209 (voir Tite-Live, XXVII, 4, 1-4 et XXVII, 5).
123. Voir Dictionnaire, « Étymologie ».
124. Petite Question romaine sur le dictateur. L'entraînement du contexte n'a pas été le seul à conduire Plutarque à la première et aberrante hypothèse (il démontre lui-même la justesse de la seconde : dictator vient de dictare, « dicter des ordres »). Sa référence habituelle sur ces sujets, Varron, De la langue latine, V, 82 et VI, 61, a dû l'induire en erreur. Sur ces problèmes d'étymologie et d'institutions, voir Cicéron, République, I, 63 ; Denys, V, 73, 1.

vit à Marcellus de venir proclamer cet homme. 2. Marcellus obéit, proclama Quintus Fulvius dictateur et confirma la décision du peuple; il fut lui-même nommé proconsul pour l'année suivante.
3. Il convint d'un plan avec Fabius Maximus[125]: celui-ci devait attaquer Tarente et lui-même, pendant ce temps, provoquer et harceler Hannibal, pour l'empêcher de se porter contre Fabius au secours de la place. Marcellus marcha donc contre Canusium[126], et comme Hannibal changeait sans cesse de camp et refusait le combat, il ne cessait de se présenter contre lui de tous les côtés. Pour finir, le Carthaginois s'étant arrêté, il l'attaqua, et l'assaillant d'une grêle de traits, le força à sortir de ses retranchements. 4. Hannibal s'élança contre lui. Fabius accepta la bataille, mais ils furent séparés par la nuit. Le lendemain, le Romain apparut de nouveau sous les armes, avec ses troupes rangées en ordre de bataille, ce qui poussa Hannibal, très irrité, à rassembler ses Carthaginois et à leur demander de surpasser, dans cette bataille, toutes celles qu'ils avaient livrées auparavant. 5. «Vous voyez bien, leur dit-il, que nous ne pourrons même pas souffler, après tant de victoires, ni prendre du repos, nous, les vainqueurs, si nous ne repoussons pas cet homme.» 6. Là-dessus, ils engagèrent la bataille. Pendant l'affrontement, Marcellus fit, semble-t-il, une manœuvre malencontreuse qui entraîna la défaite. 7. Voyant son aile droite en difficulté, il ordonna à une de ses légions de se porter vers l'avant. Or ce déplacement, par le désordre qu'il provoqua parmi les combattants, donna la victoire aux ennemis, qui tuèrent deux mille sept cents Romains. 8. Ayant regagné le camp, Marcellus réunit son armée et dit: «Je vois des armes et des corps de Romains en grand nombre, mais pas un seul vrai Romain.» 9. Comme les hommes imploraient son pardon, il déclara: «Je ne le donne pas à des vaincus, mais si vous êtes vainqueurs, je vous l'accorderai. Nous combattrons dès demain, afin que nos concitoyens apprennent notre victoire avant d'entendre parler de cette défaite[127].» 10. Cela dit, il fit donner une ration d'orge, et non de blé, aux cohortes qui avaient cédé. Beaucoup d'hommes étaient dans un état critique et fort mal en point, au sortir de cette bataille, mais il n'y en eut aucun, dit-on, qui ne fût plus affecté par les paroles de Marcellus que par ses propres blessures.

XXVI. 1. Au point du jour, on déploya la tunique de pourpre, signal habituel qui annonce la bataille. Les cohortes déshonorées demandèrent et obtinrent d'être placées au premier rang, puis les tribuns militaires firent sortir le reste de l'armée, qu'ils rangèrent en ordre de bataille. 2. À cette nouvelle, Hannibal s'écria: «Par Hercule, que peut-on faire avec quelqu'un qui ne sait supporter ni la mauvaise ni la bonne fortune. Il est bien le seul à nous interdire le repos quand il est vainqueur, et

---

125. Fabius est alors consul pour la cinquième fois, en 209. L'enjeu politique majeur est évidemment la reprise de Tarente.
126. Canusium (aujourd'hui Canosa) est proche de Cannes, en Apulie. Toujours fidèle à Rome, la cité a accueilli les vaincus de Cannes et repoussé depuis 216 les attaques comme les avances répétées d'Hannibal.
127. L'attitude de Marcellus à l'égard des soldats vaincus rappelle, par sa dureté, le sort réservé par le Sénat aux battus de Cannes; mais elle se veut plus constructive. Plutarque a abrégé le discours prêté par Tite-Live au consul (XXVII, 13).

à refuser d'en prendre lui-même quand il est vaincu. Apparemment, nous aurons toujours à combattre contre lui, puisque tout lui est prétexte à oser entreprendre, l'exaltation du succès comme la honte de la défaite[128] !» 3. Les armées en vinrent aussitôt aux mains. Comme la situation était égale de part et d'autre, Hannibal ordonna de faire avancer les éléphants[129] en première ligne et de les lancer contre l'infanterie des Romains : 4. le choc fut rude, et le désordre se mit aussitôt dans les premiers rangs. Mais un des tribuns militaires, nommé Flavus, saisit un étendard et s'avança[130] ; il frappa de la pointe de son enseigne le premier éléphant et le força à se retourner ; il se rejeta sur l'animal qui était derrière lui et l'effraya, lui et ceux qui le suivaient. 5. À cette vue, Marcellus donna ordre à ses cavaliers de s'élancer de toutes leurs forces contre le secteur troublé, pour augmenter encore le désordre des ennemis[131]. 6. La cavalerie exécuta une charge brillante et repoussa les Carthaginois jusqu'à leur camp, tandis que les pertes les plus considérables leur étaient infligées par leurs éléphants qui étaient tués et s'écroulaient sur eux. 7. Ils perdirent, dit-on, plus de huit mille hommes ; du côté romain, il y eut trois mille morts, mais presque tous les soldats étaient blessés, 8. ce qui permit à Hannibal de lever le camp tranquillement, pendant la nuit, et de se retirer très loin de Marcellus. Celui-ci ne pouvait le poursuivre, en raison du nombre des blessés ; Marcellus se replia en Campanie, en prenant tout son temps, et passa l'été à Sinuessa pour reposer ses soldats[132].

XXVII. 1. Quant à Hannibal, dès qu'il se fut débarrassé de Marcellus, il put de nouveau se servir de son armée, comme libérée d'une entrave. Il parcourut sans crainte l'Italie entière[133] et l'incendia. À Rome, on disait beaucoup de mal de Marcellus. 2. Ses ennemis sollicitèrent pour l'accuser Publicius Bibulus, un des tribuns de la plèbe, homme éloquent et violent. 3. Il assembla le peuple à plusieurs reprises et tenta de le convaincre de confier le commandement à un autre général. «Marcellus, disait-il, s'est donné un peu d'exercice à la guerre, et maintenant, comme s'il sortait de la palestre, il s'en va aux bains chauds[134] pour se détendre.» 4. Informé de la situation, Marcellus laissa ses légats à la tête de l'armée et regagna Rome afin de répondre à ces accusations : 5. elles avaient donné lieu à une action judiciaire qu'il

---

128. *Le mot d'Hannibal est reproduit de Tite-Live, XXVII, 14, 1, texte auquel Plutarque ajoute l'idée valorisante de l'adversaire perpétuel.*
129. *Le texte dit simplement « les bêtes ».* (N.d.T.)
130. *Le tribun est Caius Decimius Flavus (voir Tite-Live, XXVII, 14, 8), et le récit, une fois de plus, s'inspire directement de celui de l'historien latin.*
131. *Marcellus s'illustre, comme à ses débuts (VI, 9-VII, 5), dans un combat de cavalerie.*
132. *Le texte grec comme le contexte (notamment* infra, *XXVII, 3, où Marcellus est accusé d'aller «aux bains chauds», c'est-à-dire en Campanie) montrent que c'est Marcellus, et non Hannibal, qui se dirige vers Sinuessa, colonie maritime de Rome, fondée en 296. Tite-Live (XXVII, 21, 3 et XXII, 2) parle d'une retraite à Vénusia, en Apulie.*
133. *Par « Italie entière », il faut naturellement comprendre l'Italie du Sud.*
134. *L'image de la palestre et des bains, très «grecque» (voir aussi* infra, *XXX, 6), ne figure pas chez Tite-Live, XXVII, 21, 3.*

trouva déjà toute prête contre lui. Au jour fixé, le peuple se réunit dans le Cirque Flaminius[135] et Bibulus se leva pour prononcer l'accusation. Marcellus se défendit lui-même en quelques mots très simples[136], 6. mais les citoyens les plus importants et les plus considérés parlèrent longuement, avec une franchise magnifique. Ils invitèrent les juges à ne pas se montrer plus sévères que l'ennemi lui-même en accusant de lâcheté Marcellus, le seul de tous les généraux devant lequel Hannibal prenait la fuite, mettant autant de soin à éviter de le combattre qu'à affronter les autres. 7. Après de tels discours, la sentence fut bien loin de répondre aux espoirs de l'accusateur: non seulement Marcellus fut acquitté, mais il fut même nommé consul pour la cinquième fois[137].

XXVIII. 1. Lorsqu'il entra en charge, il commença par mettre un terme à un grand mouvement de révolte qui couvait alors en Étrurie[138]; il visita les cités et les apaisa. 2. Puis il voulut consacrer un temple qu'il avait fait construire avec le butin pris en Sicile en l'honneur de la Gloire et de la Vertu, mais il en fut empêché par les prêtres qui ne jugeaient pas bon que deux divinités fussent logées dans un seul sanctuaire[139]. Il entreprit donc de bâtir un second temple, contigu au premier, mais il était contrarié de cette opposition, qu'il considérait comme un mauvais présage. 3. Du reste, beaucoup d'autres signes le préoccupaient. Plusieurs temples avaient été frappés par la foudre et, dans celui de Jupiter, des rats avaient rongé de l'or; on disait aussi qu'un bœuf avait proféré des paroles humaines et qu'un enfant était né avec une tête d'éléphant. De plus, lors des sacrifices expiatoires destinés à détourner ces présages, les devins avaient reçu des signes défavorables; aussi le retenaient-ils à Rome, bien qu'il fût bouillant et brûlant d'impatience[140]. 4. Jamais homme n'éprouva pour aucune entreprise un désir aussi passionné que celui qui tourmentait Marcellus, de livrer contre Hannibal une bataille décisive. 5. Il en rêvait la nuit; c'était sa seule conversation avec ses amis et ses collègues, son unique prière aux dieux: affronter Hannibal en bataille rangée. 6. Il aurait aimé par-dessus tout, je crois, voir les deux armées enfermées derrière un seul mur ou une seule palissade et lutter contre lui dans ces conditions. S'il ne s'était déjà couvert de gloire et s'il n'avait prouvé à de nombreuses reprises qu'il était un général sérieux et raisonnable entre tous, j'aurais dit qu'il était en proie à une passion juvé-

---

135. Le Cirque Flaminius a été aménagé sur le Champ de Mars en 220; on y célèbre des jeux et on y tient, comme ici, certaines assemblées.
136. Nouvelle plaidoirie défensive, très sobre, de Marcellus (voir Wardman, 1974, p. 224-225); comparer supra, XXIII, sa réponse aux accusations des Syracusains.
137. Pour l'année 208; Marcellus a alors «plus de soixante ans» (XXVIII, 6).
138. Ce «vent de révolte» était peut-être lié à certaines spéculations sur la fin des «siècles» étrusques.
139. Le projet de temple à Honos et Virtus remonte à un vœu formulé lors du combat de Clastidium, vœu négligé par Plutarque mais signalé par Tite-Live (XXVII, 25, 7-9), qui explicite la casuistique rituelle. Cicéron reviendra deux fois sur ce thème: voir Verrines, IV, 121-123; Sur la nature des dieux, II, 61.
140. Les prodiges mentionnés par Plutarque regroupent en fait des manifestations des années 209 et 208. L'enfant «à tête d'éléphant» fait naturellement songer aux Carthaginois. Mais en quel sens?

nile et à une ambition déplacée chez un homme aussi âgé[141] ; il avait en effet plus de soixante ans quand il fut consul pour la cinquième fois.

XXIX. 1. Une fois accomplis les sacrifices et les purifications prescrits par les devins, il se mit en route avec son collègue pour faire la guerre. Il entreprit de harceler sans trêve Hannibal, qui était installé entre les cités de Bantia et de Vénusia[142]. 2. Le Carthaginois ne descendait jamais pour combattre. Cependant, apprenant que les Romains envoyaient une expédition contre les Locriens Épizéphyriens, il leur tendit une embuscade près de la colline Pétélia[143] et tua deux mille cinq cents hommes[144]. 3. Cet événement inspira à Marcellus un désir passionné de combattre. Il leva le camp et fit approcher ses troupes des ennemis. 4. Il y avait entre les deux armées une colline assez bien défendue, couverte d'arbres de toute espèce ; elle offrait des escarpements, d'où le regard pouvait plonger des deux côtés, et à ses pieds on voyait des sources d'eau vive. 5. Les Romains étaient donc surpris qu'Hannibal, qui était arrivé le premier, n'eût pas occupé une position aussi favorable et l'eût abandonnée aux ennemis. 6. En fait, l'endroit lui avait semblé avantageux pour y camper, mais encore plus propice à une embuscade. Il préféra donc s'en servir à cette fin et remplit la forêt et les ravins de nombreux soldats armés de javelots et de lances ; il était convaincu que cette position attirerait les Romains en raison de sa commodité[145]. 7. Ses espoirs ne furent pas déçus. Dans le camp romain, on se mit aussitôt à parler avec insistance de cette position ; tous disaient qu'il fallait s'en emparer et, se prenant pour le général, énuméraient les avantages qu'elle offrirait sur les ennemis, surtout si on y installait le camp, ou sinon, si l'on fortifiait cette colline. 8. Marcellus décida donc de s'avancer lui-même avec quelques cavaliers pour reconnaître les lieux ; il fit venir le devin et offrit un sacrifice. Lorsque la première victime tomba, le devin lui montra que le foie n'avait pas de tête. 9. On fit un second sacrifice : or cette fois, la tête avait une taille démesurée et tous les autres signes se montraient étonnamment favorables, ce qui parut effacer la crainte causée par les signes précédents[146]. 10. Les devins pourtant affirmaient qu'ils leur inspiraient encore plus de terreur et de trouble : ce changement brutal, qui faisait succéder des signes si brillants à des présages tellement sombres et funestes, leur paraissait suspect. 11. Mais, comme le dit Pindare :

---

141. Double ambiguïté du héros proche de sa fin : l'augure respectueux des signes qui le retardent est aussi le consul qui brûle de combattre aussitôt. Le général expérimenté (voir Tite-Live, XXVII, 27, 11) a des impatiences de jeune homme et, bientôt, une fatale imprudence de «béjaune» (voir Polybe, X, 32).
142. Vénusia et Bantia, en Apulie, ne sont éloignées que d'une quinzaine de kilomètres.
143. Locres Épizéphyrioï et Pétélia sont deux cités du Bruttium, vers la pointe Sud de l'Italie.
144. Tite-Live (XXVII, 26, 3-6) mentionne deux mille tués et mille cinq cents prisonniers.
145. Cette version est la même que celle de Tite-Live, (XXVII, 26, 7-8), qui précise que les hommes embusqués par Hannibal appartenaient à des escadrons numides.
146. Pour les haruspices étrusques, spécialisés dans l'examen du foie des victimes (haru en étrusque veut dire «foie»), l'atrophie ou l'absence de «tête», c'est-à-dire de lobe gauche du foie, signifie présage de mort prochaine pour un homme de pouvoir.

Ni le feu ni un rempart de fer ne sauraient
Arrêter le destin[147].

Marcellus sortit donc, avec son collègue Crispinus, son fils, qui était tribun militaire, et deux cent vingt cavaliers au total, 12. dont aucun n'était romain : c'étaient des Étrusques, à l'exception de quarante Frégellans qui avaient toujours donné à Marcellus des preuves de leur courage et de leur loyauté[148]. 13. Comme la colline était couverte d'épaisses forêts, un Carthaginois avait été placé au sommet, et de là, il guettait les ennemis, invisible pour eux, mais dominant du regard tout le camp romain. 14. Il rapporta ce qui se passait aux hommes en embuscade. Ceux-ci laissèrent donc Marcellus s'avancer et venir tout près d'eux. Soudain, ils surgirent tous ensemble et se répandirent de tous les côtés à la fois autour de lui, lançant des javelots, portant des coups, poursuivant ceux qui fuyaient et luttant contre ceux qui tenaient bon, 15. c'est-à-dire contre les quarante Frégellans, car les Étrusques avaient aussitôt pris la fuite. Les Frégellans firent tous ensemble face à l'ennemi et luttèrent devant les consuls pour les défendre, jusqu'au moment où Crispinus, frappé par deux javelots, prit la fuite à cheval, tandis que Marcellus avait le flanc transpercé par une large pique (le nom latin de cette arme est *lancea*). 16. Alors le tout petit nombre des Frégellans encore survivants le laissèrent à terre et s'enfuirent vers le camp, en emportant son fils blessé. 17. Il y eut un peu plus de quarante morts ; cinq licteurs et dix-huit cavaliers furent faits prisonniers. 18. Crispinus mourut lui aussi, quelques jours plus tard, de ses blessures. Jamais les Romains n'avaient connu un malheur semblable : voir mourir, en un seul combat, leurs deux consuls[149].

XXX. 1. Peu importait à Hannibal le sort des autres, mais dès qu'il apprit que Marcellus était tombé, il accourut en personne sur les lieux et, debout devant son cadavre, il examina longuement sa vigueur et sa beauté, sans laisser échapper une parole insolente ni montrer le moindre signe de joie à ce spectacle, contrairement à ce qu'on aurait pu attendre d'un homme qui avait tué un ennemi aussi énergique et dangereux[150]. 2. Plein de surprise devant une mort aussi inattendue, il lui enleva son anneau, mais ordonna que son corps fût couvert d'ornements dignes de lui, enseveli

---

147. Pindare, t. IV, Isthmiques et fragments, éd. A. Puech, 4, fragm. Ad. 107.
148. Frégelles, colonie latine du pays volsque, au sud de Rome, dont le territoire a été ravagé par Hannibal en 211, a toujours prouvé sa loyauté envers Rome, ce que confirme l'attitude de son contingent (§ 15).
149. Plutarque suit Tite-Live, XXVII, 26-27. Le malheur de Rome n'est pas seulement d'avoir perdu à la fois deux consuls, mais surtout après qu'ils se furent exposés dans une simple escarmouche. Le biographe aurait nui à l'image de son héros s'il avait repris le jugement sévère et lucide de Polybe (X, 32) : « À quoi donc peuvent être bons ces généraux et ces officiers qui ne se rendent même pas compte que dans les petites opérations, dont ne dépend pas l'issue de toute une campagne, celui qui assume le commandement suprême doit autant qu'il se peut ne pas s'exposer en personne ? »
150. Hannibal se comporte en héros de l'épopée devant la mort de Marcellus, à l'image des Argiens qui « vinrent en courant admirer la taille d'Hector et sa rare beauté » (Homère, Iliade, XXII, v. 369-370). Voir Dictionnaire, « Guerre ».

et brûlé de manière honorable. Il recueillit ses restes dans une urne d'argent, sur laquelle il plaça une couronne d'or, et la fit porter au fils de Marcellus[151]. 3. Les porteurs rencontrèrent quelques Numides qui les attaquèrent pour leur prendre le vase. Ils résistèrent, les Numides les pressèrent vivement et, dans la lutte, répandirent les ossements. 4. Quand Hannibal en fut informé, il déclara aux assistants: «Il est donc impossible de faire quoi que ce soit si un dieu s'y oppose!» Il punit les Numides, mais ne chercha pas à retrouver ni à rassembler les restes de Marcellus; il avait dans l'idée qu'un dieu avait voulu, pour Marcellus, cette mort et cette privation de sépulture aussi étranges l'une que l'autre. 5. Tel est du moins le récit qu'ont fait Cornélius Népos et Valère Maxime; mais selon Tite-Live et César Auguste, l'urne fut rapportée au fils de Marcellus qui offrit à son père de magnifiques funérailles[152].
6. Parmi les monuments consacrés par Marcellus, il y avait, outre ceux de Rome, un gymnase à Catane en Sicile, ainsi que des statues et des tableaux pris à Syracuse qu'il dédia, à Samothrace, aux dieux qu'on appelle Cabires et, à Lindos, dans le sanctuaire d'Athéna, 7. où se trouvait également une statue du héros qui portait, selon Posidonios, l'inscription suivante:

> 8. Vois ici, étranger, le grand astre de Rome,
> Claudius Marcellus, né d'illustres ancêtres.
> Sept fois il fut consul et, sous les lois de Mars,
> Il répandit le sang de nombreux ennemis.

9. L'auteur de l'inscription a ajouté les deux proconsulats de Marcellus à ses cinq consulats.
10. La lignée de Marcellus a gardé tout son éclat jusqu'à Marcellus, neveu d'Auguste, qui fut le fils d'Octavie, sœur d'Auguste, et de Caius Marcellus; il était édile de Rome quand il mourut, tout jeune marié, peu après avoir épousé la fille d'Auguste[153].
11. C'est en son honneur et à sa mémoire que sa mère Octavie a consacré la bibliothèque et Auguste le théâtre de Marcellus[154].

---

151. Selon Tite-Live (XXVII, 28, 4-8), Hannibal, en se servant du sceau que portait cet anneau, essaya dans une lettre de tromper Salapia pour la reprendre; en vain, car la ville fut alertée par Crispinus, simplement blessé... Plutarque ignore visiblement une ruse qui amoindrit l'hommage rendu au chef romain.
152. La privation de sépulture est, pour tous les peuples anciens, un phénomène étrange et inquiétant. On ne sait d'où est tirée cette scène: Valère Maxime et Tite-Live se contentent d'indiquer qu'Hannibal a traité avec honneur la dépouille de Marcellus; nous ne possédons ni la version de Cornélius Népos (auteur d'une Vie de Marcellus, perdue*), ni celle d'Auguste, dans son discours prononcé aux funérailles de son neveu et gendre Marcellus, descendant du héros de Plutarque. Ce dernier indique ici bon nombre des sources de cette* Vie*, auxquelles il faut ajouter Posidonios, cité au § 7, Polybe et le roi Juba (Comparaison de Pélopidas et de Marcellus, XXXI, 8) – et probablement quelques annalistes, qu'il passe sous silence.*
153. Sur Marcellus le Jeune, voir Antoine, LXXXVII 3-4; *Virgile,* Énéide, *VI, 860-886;* Suétone, Auguste, 63.
154. Voir Ovide, Tristes, *III, 1, 69 et Suétone,* Auguste, 29, 6.

COMPARAISON
DE PÉLOPIDAS ET DE MARCELLUS

XXXI. [I]. 1. Voilà donc tout ce qui, dans les récits des historiens, nous a paru digne d'être transcrit, à propos de Marcellus et de Pélopidas. 2. Les ressemblances entre leur nature et leur caractère sont si grandes qu'elles semblent le fruit d'une émulation : ils furent tous deux vaillants, infatigables, passionnés et fiers. 3. La seule différence que l'on pourrait trouver, c'est que dans bien des cités qu'il soumit, Marcellus fit couler le sang, tandis qu'Épaminondas et Pélopidas ne tuèrent jamais un seul homme après l'avoir emporté et ne réduisirent pas les cités en esclavage. On dit même que les Thébains n'auraient jamais traité les Orchoméniens comme ils l'ont fait, si ces deux généraux avaient été présents.
4. En ce qui concerne leurs actions, la lutte de Marcellus contre les Celtes fut admirable et grandiose ; il repoussa une foule immense de cavaliers et de fantassins avec la petite troupe de cavaliers qui l'accompagnait, exploit dont il n'est pas facile de trouver l'équivalent dans l'histoire pour un autre général, et il tua, de sa main, le chef des ennemis. 5. Dans ce domaine, Pélopidas échoua, lui, lorsqu'il essaya d'accomplir un exploit semblable ; le tyran le tua, lui faisant subir le sort que le Thébain souhaitait lui infliger. 6. Cependant on peut comparer aux exploits de Marcellus ceux de Leuctres et de Tégyres, qui furent l'occasion des luttes les plus éclatantes et les plus importantes. En revanche, en matière de réussites dues à des complots secrets, nous ne trouvons dans la vie de Marcellus rien de comparable à ce que fit Pélopidas à son retour d'exil, lorsqu'il abattit les tyrans de Thèbes : cette action est, semble-t-il, la plus remarquable de toutes celles qui ont jamais été tramées dans le silence, par la ruse.
7. Hannibal était pour les Romains un ennemi dangereux et redoutable, comme l'avaient été pour les Thébains les Lacédémoniens à l'époque de Pélopidas. Or il est établi que les Lacédémoniens furent vaincus par Pélopidas à Tégyres et à Leuctres, tandis que Marcellus, selon Polybe, ne remporta pas une seule victoire sur Hannibal, lequel resta invaincu, semble-t-il, jusqu'à Scipion. 8. Cependant, si nous en croyons Tite-Live, Auguste et Cornélius Népos, et, parmi les auteurs grecs, le roi Juba, les troupes d'Hannibal furent à plusieurs reprises vaincues et mises en fuite par Marcellus. 9. Mais ces défaites ne furent pas décisives : il semble au contraire que dans ces engagements, le Libyen se contentait de simuler la chute. 10. En tout cas, ce que l'on admire en Marcellus de manière tout à fait juste et méritée, c'est qu'après la déroute de tant d'armées, le massacre de tant de généraux et la ruine générale de tout l'Empire, il rendit aux Romains le courage d'affronter leurs ennemis. 11. Délivrer l'armée d'une terreur et d'un effroi qui duraient depuis si longtemps, lui inspirer de nouveau l'ardeur et le désir de vaincre les ennemis, lui enseigner à ne plus céder facilement la victoire, mais à la disputer et à la désirer, ce fut l'œuvre d'un seul homme : Marcellus. 12. Accoutumés par leurs malheurs à se trouver heureux lorsque la fuite leur avait permis d'échapper à Hannibal, les

Romains apprirent de lui à rougir quand ils devaient leur salut à une défaite, à avoir honte s'ils cédaient un peu de terrain, à souffrir lorsqu'ils n'étaient pas victorieux.

XXXII. [II]. 1. Pélopidas ne connut jamais la défaite quand il commandait, et Marcellus remporta plus de victoires que tous les Romains de son temps: on peut donc, semble-t-il, considérer que le général qui fut difficile à vaincre égale celui qui resta invaincu. Il est vrai que l'un prit Syracuse, tandis que l'autre ne put conquérir Lacédémone, 2. mais à mon avis, plus encore que d'avoir conquis la Sicile, c'est une grande chose d'être parvenu jusqu'à Sparte et d'avoir été le premier homme à porter la guerre au-delà de l'Eurotas – à moins, par Zeus! que l'on n'attribue cet exploit, de même que celui de Leuctres, à Épaminondas plutôt qu'à Pélopidas, alors que Marcellus, lui, ne partage avec personne la gloire de ses exploits. 3. Il était seul quand il prit Syracuse, il mit les Celtes en déroute sans son collègue, et ce fut sans l'aide de personne, contre l'avis de tous, qu'il affronta Hannibal et changea le cours de la guerre: nul général avant lui n'avait eu cette audace.

XXXIII. [III]. 1. Quant à leur mort, je ne saurais louer ni l'une ni l'autre. Je m'afflige et m'indigne de l'absurdité des circonstances qui les ont amenées. 2. J'admire Hannibal qui, au cours de batailles si nombreuses qu'on se lasserait à les compter, ne reçut jamais la moindre blessure; j'aime également le Chrysantas de la *Cyropédie*[1], qui avait l'épée déjà levée et s'apprêtait à frapper son ennemi, lorsque la trompette sonna la retraite: alors il laissa aller son adversaire et se retira avec douceur, dans la discipline. 3. Cependant, ce qui rend la mort de Pélopidas plus excusable, c'est qu'outre l'ardeur du combat, une colère qui ne manquait pas de noblesse le poussait à la vengeance. 4. Certes, il vaut mieux qu'un général soit vainqueur et qu'il reste en vie, mais si ce n'est pas possible, il doit

> Mourir pour la vertu en méprisant la vie,

comme le dit Euripide[2]. Dans ces conditions, la mort n'a rien de passif; il s'agit d'un acte. 5. D'ailleurs, en dehors de la colère qui l'animait, Pélopidas voyait dans la chute du tyran le but même de la victoire: ce n'était donc pas tout à fait sans raison qu'il se laissait emporter par son élan, car il est difficile de trouver motif plus beau et plus éclatant pour une action héroïque. 6. Marcellus au contraire, sans être soumis à une nécessité pressante, sans éprouver cet enthousiasme qui souvent, au milieu des périls, fait oublier la réflexion, se lança étourdiment au-devant du danger. Sa mort ne fut pas celle d'un général, mais d'un coureur d'avant-poste ou d'un éclaireur; ses cinq consulats, ses trois triomphes, les dépouilles et les trophées qu'il avait pris sur des rois, il les livra à des Ibères et à des Numides qui exposaient leur vie au service des Carthaginois. 7. Aussi se reprochèrent-ils eux-mêmes leur victoire, en voyant le plus valeureux, le plus puissant et le plus illustre des Romains tomber au milieu d'éclaireurs frégellans. 8. Ces remarques ne doivent pas être

---

1. Voir Xénophon, Cyropédie, *4, 1, 3.*
2. Dans un fragment que Plutarque cite dans son De audiendis poetis, *24d.*

considérées comme une condamnation de ces héros. C'est plutôt une protestation que j'exprime, en toute franchise, en leur nom même, contre eux et contre cette bravoure à laquelle, sans ménager leur personne ni leur vie, ils ont sacrifié leurs autres vertus, comme si leur mort ne concernait qu'eux-mêmes, comme si elle n'affectait pas aussi leur patrie, leurs amis et leurs alliés.

9. Après sa mort, Pélopidas fut enterré par les alliés pour lesquels il était mort, et Marcellus par les ennemis par lesquels il était mort. 10. Le sort du premier est enviable et heureux, mais il y a plus grand et plus noble encore que l'affection qui exprime sa reconnaissance: c'est la haine prise d'admiration pour la vertu qui lui faisait du tort. Dans ce dernier cas, la beauté seule est à l'honneur, alors que dans le premier, l'intérêt et le besoin comptent plus que la vertu.

BIBLIOGRAPHIE

Vie de Pélopidas

Carlier P.
Le IVe siècle grec jusqu'à la mort d'Alexandre, Paris, 1995.

Lévêque P. et Vidal-Naquet P.
«Épaminondas pythagoricien ou le problème tactique de la droite et de la gauche», *Historia*, IX, 1960, p. 294-308.

Pouilloux J.
Choix d'inscriptions grecques, Paris, 1960.

Roesch P.
Thespies et la Confédération béotienne, Paris, 1965.

Vidal-Naquet P.
«Épaminondas pythagoricien. Complément 1980», dans *Le chasseur noir. Formes de pensée et formes de société dans le monde grec*, Paris, 1981, p. 115-121.

Vie de Marcellus

Badian E.
Foreign Clientelae 264-70 B.C., Oxford, 1958.

Dijksterhuis E.
Archimedes, Princeton, tr. angl., 1987; 1re éd., Copenhague, 1956.

Dumézil G.
La religion romaine archaïque, Paris, 2e éd., 1974.

Flacelière R.
R. E. G., 61, 1948.

Green P.
D'Alexandre à Actium, tr. fr., Paris, 1997; éd. angl., Londres, 1990.

Hirschfeld A.
Mélanges Kiepert, Berlin, 1898.

Marrou H.-I.
• *Histoire de l'éducation dans l'Antiquité*, Paris, 5e éd., 1965; 1re éd., 1948.
• *Patristique et Humanisme*, Paris, 1978.

Mugler Ch.
«Archimède répliquant à Aristote», *R.E.G.*, 64, 1951, p. 59-81.

Pailler J.-M.
Lettre de Pallas, 1996.

Père S.
• *Pallas, Mélanges Domergue* I, 1997.
• «Notes sur les *Legiones Cannenses*», *Pallas*, 46, *Mélanges Domergue I*, 1997, p. 121-130.

Picard G.-Ch.
Les trophées romains, Paris, 1957.

Van Son D. W. L.
Mnemosyne.

Versnel H. S.
Triumphus. An Inquiry into the Origin, Development and Meaning of the Roman Triumph, Amsterdam, 1970.

Walbank F. W.
• *A Historical Commentary on Polybius*, II, Oxford, 1967.
• *A Historical Commentary on Polybius*, III, Oxford, 1979.

Wardman A.
• *Historia*, IX, 1960.
• *Plutarch's Lives*, Londres, 1974.

ARISTIDE-CATON L'ANCIEN

*P*lutarque a beau affirmer que les ressemblances entre *Aristide* et *Caton* sont «*si nombreuses et si importantes*» qu'il est difficile de dégager ce qui les distingue, les deux récits qu'il leur consacre témoignent qu'il en allait tout autrement. Ni l'un ni l'autre certes ne furent de grands généraux, et c'est un peu artificiellement. que Plutarque fait jouer à Aristide un rôle de premier plan dans les grandes batailles des guerres médiques. Il reconnaît d'ailleurs, dans la comparaison finale avec Caton qu'Aristide ne fut en fait, à Marathon comme à Platées, que «*l'un des dix stratèges*». Son plus grand titre de gloire fut l'organisation en 478-477 de la Ligue de Délos et la fixation du tribut des alliés. S'il se heurta à Thémistocle, ce fut toujours à l'avis de ce dernier qu'il se rangea. Son surnom de Juste et la tradition selon laquelle il mourut pauvre plaide certes en faveur de son honnêteté face à un Thémistocle beaucoup moins scrupuleux. Et c'est bien là ce qui le sépare de Caton, de l'auteur du De l'agriculture, soucieux de gérer au mieux ses domaines et d'exploiter le travail de ses esclaves, et qui n'hésitait pas à se lancer dans le prêt maritime pour accroître sa fortune. Cette fortune permit à ses enfants de faire de brillantes carrières. Lui-même ne l'utilisait pas pour mener une vie de luxe et de faste, celle que l'introduction des mœurs grecques à Rome avait répandue dans les milieux dirigeants de la cité. Bien au contraire, ayant accédé à la charge de censeur, il prétendit imposer à tous ses concitoyens un mode de vie austère et conforme à la tradition des vieux Romains. C'est ce contenu qu'il donna à cette magistrature, terme du cursus honorum, *qui finit par en faire aux yeux de la postérité une fonction essentiellement chargée de contrôler les mœurs. On sait aussi la fortune de la célèbre formule par laquelle il invitait ses concitoyens à ne pas tenir pour acquise la défaite de Carthage et à détruire définitivement la cité punique. Plutarque admire certes Caton dans la mesure où ce dernier a incarné mieux que quiconque la vertu romaine. Mais, chez lui, le Grec et le philosophe ne peuvent accepter, plus encore que l'âpreté au gain de Caton, son mépris affirmé de la culture grecque, ses attaques contre Socrate, Isocrate et Carnéade. Et le moraliste juge avec sévérité le vieillard qui épousa sur le tard une jeune femme de condition modeste pour satisfaire les exigences d'une sexualité que l'âge n'avait pas ralentie. On ne s'étonne plus dès lors que, dans le jugement final, ce soit le Grec, beaucoup plus modeste, qui l'emporte sur l'un des personnages les plus célèbres de l'histoire de Rome.*

Cl. M.

ARISTIDE

I. 1. Aristide, fils de Lysimachos, appartenait à la tribu Antiochis et au dème d'Alopécè[1]. Concernant sa fortune, il existe des récits très différents. Selon les uns, il passa toute sa vie dans une pauvreté contraignante, et après sa mort, les deux filles qu'il laissa furent longtemps sans trouver de mari, à cause de leur indigence. 2. Ce récit, qui a été rapporté par beaucoup d'auteurs, est attaqué par Démétrios de Phalère[2] qui, dans son *Socrate*, déclare connaître, à Phalère, un domaine rural ayant appartenu à Aristide où ce dernier a été enseveli. Démétrios donne plusieurs preuves de la richesse de sa maison. Premièrement, la fonction d'archonte éponyme qu'il obtint par tirage au sort: or celui-ci ne se faisait qu'entre les familles dont le cens était le plus élevé et qu'on appelait «pentacosiomédimnes»[3]. En second lieu, l'ostracisme, sentence qu'on ne portait jamais contre les pauvres, mais seulement contre les personnages issus des grandes maisons et jalousés en raison du prestige de leur famille. 3. Troisièmement enfin, parce qu'Aristide a laissé, dans le temple de Dionysos, des offrandes qu'il a consacrées au dieu, en l'honneur d'une victoire chorégique: il s'agit de trépieds qu'on montrait encore de mon temps, et sur lesquels on lit toujours l'inscription suivante: «La tribu Antiochis remporta la victoire, Aristide était chorège, Archestratos instruisait le chœur.»

4. Ce dernier argument, si fort qu'il puisse paraître, est en réalité bien faible. Épaminondas qui, comme chacun sait, fut élevé et vécut dans une extrême pauvreté, et le philosophe Platon assumèrent des chorégies qui ne furent pas sans magnificence: l'un se chargea de l'entretien de joueurs d'aulos adultes, l'autre de celui d'un chœur dithyrambique d'enfants, la dépense étant payée, pour Platon par Dion de Syracuse, pour Épaminondas par Pélopidas[4]. 5. En effet les hommes de bien ne

---

1. Depuis les réformes de Clisthène (508-507), les Athéniens étaient répartis à l'intérieur de dix tribus territoriales. Chaque tribu regroupait des dèmes côtiers, des dèmes de l'intérieur et des dèmes urbains. Le dème d'Alopécè était un dème urbain, au sud de l'agglomération. Voir Whitehead (1986), p. XXIII.
2. Démétrios de Phalère, philosophe et homme politique athénien, gouverna la cité de 317 à 307. De son œuvre considérable, nous ne possédons que quelques fragments. Son insistance à affirmer la richesse d'Aristide s'explique sans doute par le fait qu'il avait imposé à Athènes un régime censitaire. La discussion qui suit révèle en effet l'existence d'un débat sur le sujet. Plutarque reste fidèle à l'image traditionnelle d'un Aristide pauvre, reprise au IIe siècle par le stoïcien Panaïtios de Rhodes (voir infra, I, 6). De fait, l'accès à l'archontat, et plus encore les fonctions de chorège, impliquaient une certaine aisance. Plutarque lui-même explique (infra, VII, 4) la disparition de l'ostracisme par le fait qu'en avait été victime un homme de peu.
3. C'est-à-dire qui ont un revenu de 500 médimnes de céréales.
4. Épaminondas est le grand stratège thébain du IVe siècle. Sur ses relations avec Pélopidas, voir Pélopidas, III, 4, où Plutarque dit au contraire qu'Épaminondas, seul de ses amis, «refusa d'accepter

livrent pas contre la générosité de leurs amis une guerre sans trêve et sans merci ; ils jugeraient indignes et humiliants de recevoir des présents pour les mettre de côté et s'enrichir, mais ils ne refusent pas ceux qu'on leur fait pour satisfaire une ambition et une générosité désintéressées. 6. À propos du trépied, Panaïtios démontre d'ailleurs que Démétrios a été abusé par une homonymie : depuis les guerres médiques jusqu'à la fin de la guerre du Péloponnèse, on ne trouve inscrits comme vainqueurs chorégiques que deux Aristide, et ni l'un ni l'autre ne peut être identifié au fils de Lysimachos : l'un a pour père Xénophilos, et l'autre a vécu beaucoup plus tard, comme le prouvent l'alphabet employé dans l'inscription, lequel n'a été adopté qu'après Euclide[5], et le nom qui suit, celui d'Archestratos, un poète que ne mentionne aucune inscription contemporaine des guerres médiques mais qui est souvent cité à l'époque de la guerre du Péloponnèse comme maître des chœurs. Cet argument de Panaïtios demanderait sans doute un examen plus approfondi. 7. Quant à l'ostracisme, il menaçait toute personne qui s'élevait au-dessus du commun, que ce soit par sa gloire, sa naissance ou son éloquence : même Damon[6], le maître de Périclès, fut ostracisé parce qu'il avait la réputation de surpasser tous les autres en sagesse. 8. En ce qui concerne enfin la charge d'archonte, Idoménée[7] affirme qu'Aristide ne fut pas tiré au sort, mais choisi par les Athéniens. Et s'il fut archonte après la bataille de Platées, comme l'a écrit Démétrios lui-même, il est fort probable que l'on jugea, devant l'éclat de sa gloire et de ses succès, que sa vertu le rendait digne d'une charge que ceux que l'on tirait au sort obtenaient pour leurs richesses[8]. 9. D'ailleurs, ce n'est pas seulement Aristide que Démétrios se montre désireux d'arracher à la pauvreté, considérée par lui comme un grand malheur ; c'est aussi le cas de Socrate, dont il prétend qu'il fut propriétaire de sa maison et aussi de soixante-dix mines placées à intérêt par Criton[9].

---

une part de ses richesses». Platon appartenait à une vieille famille de l'aristocratie athénienne et n'était «pauvre» que parce qu'il avait choisi la vie du Sage. Sur ses relations avec le Syracusain Dion, voir Dion, XVII, 5 (à propos de la chorégie dont celui-ci assura la dépense).
5. L'alphabet de Milet, dit ionien, qui se lisait de gauche à droite. La modification de l'écriture à partir de l'archontat d'Euclide (403-402) s'inscrit dans le grand mouvement de réforme qui suit la restauration de la démocratie après la tyrannie des Trente.
6. Sur Damon, voir Périclès, *IV, 1-4. Il aurait été ostracisé vers 444.*
7. Idoménée de Lampsaque (325-270) était l'ami du philosophe Épicure et l'auteur d'un ouvrage sur les démagogues athéniens.
8. Si l'on en croit Aristote (Constitution d'Athènes, *XXII, 5), c'est seulement à partir de 487-486 que les archontes furent tirés au sort. Aristide fut archonte éponyme en 489-488. Il est donc normal qu'il ait été élu. On ne sait s'il occupa de nouveau la fonction d'archonte après la bataille de Platées (479). Lorsqu'il fut chargé de l'organisation de la Ligue de Délos, il était stratège (voir* infra, *XXIII, 1). Plutarque dit qu'il aurait peu auparavant proposé un décret stipulant que les archontes seraient choisis «parmi tous les Athéniens» (voir* infra, *XXII, 1). Plutarque renverse ici l'opposition traditionnelle entre l'élection, censée favoriser les riches, et le tirage au sort, mode de recrutement plus démocratique.*
9. La pauvreté de Socrate était affirmée par ses disciples (voir Platon, Apologie, *38b et Xénophon,* Économique, *II, 3). Il faut rappeler cependant qu'il combattit comme hoplite à Délion, ce qui implique*

II. 1. Aristide fut le compagnon de Clisthène, celui qui établit la constitution après la chute des tyrans, mais l'homme politique qu'il admirait le plus et qu'il prit pour modèle était le Lacédémonien Lycurgue[10]. En conséquence, il embrassa le parti de l'aristocratie, et eut pour adversaire Thémistocle, fils de Néoclès, qui soutenait le parti du peuple. 2. D'après certains écrivains, ils furent élevés ensemble durant leur enfance et, dès le début, s'opposèrent en tout, dans les activités sérieuses comme dans les jeux, en actes comme en paroles. Cette rivalité aurait révélé tout de suite le tempérament de chacun : l'un habile, hardi, adroit à trouver des expédients de toutes sortes, se portant avec promptitude et facilité à n'importe quelle entreprise, et l'autre doté d'un caractère solide, tendu vers la justice, n'admettant aucune forme de mensonge, de flatterie ou de déguisement, même pour jouer[11]. 3. Mais selon Ariston de Céos[12], cette rivalité, qu'ils poussèrent si loin, eut pour origine une histoire d'amour. 4. Ils auraient tous deux été épris de Stésiléos, natif de Céos, qui éclipsait par son charme et sa beauté tous les garçons de son âge ; leur passion ne connut pas de limite, et même lorsque la beauté de l'enfant fut passée, leur rivalité ne s'apaisa pas. Elle avait été pour eux une occasion de s'entraîner, comme des gymnastes ; aussitôt après, ils se lancèrent dans la politique, animés l'un contre l'autre du même feu et de la même hostilité[13].
5. Thémistocle s'engagea dans une hétairie[14] et se procura ainsi une protection et une puissance non négligeables. Comme on lui disait que pour bien gouverner les Athéniens, il fallait être égal et impartial envers tous : « Jamais, s'écria-t-il, je n'accepterai de m'asseoir sur un siège de magistrat si cela ne me permet pas d'avantager mes amis sur des gens qui me sont indifférents. » 6. Aristide en revanche se fraya

---

qu'il avait au moins le cens de zeugite (c'est-à-dire un revenu annuel compris entre 200 et 300 drachmes ; voir Solon, XVIII, 1). Criton était l'un des interlocuteurs préférés de Socrate et l'un des dialogues de Platon porte son nom. 70 mines (7 000 drachmes) représentent une somme assez importante : en 322, le cens exigé pour participer à la vie politique était de 2 000 drachmes et entraîna l'exclusion de 12 000 citoyens sur un total de 21 000 (voir Phocion, XXVIII). Il est vraisemblable que ce développement rappelle les débats qui se déroulaient dans les milieux philosophiques (et singulièrement péripatéticiens) d'Athènes dans les dernières décennies du IVe siècle quant à la nécessaire exclusion du corps civique des plus pauvres. Voir Mossé (1962), p. 242-263.

10. Les réformes de Clisthène furent mises en place en 508-507. Elles donnaient en fait le pouvoir au peuple (voir Aristote, Constitution d'Athènes, XXI). C'est pourquoi Plutarque prend soin de marquer ce qui sépare Aristide de son compagnon, et de lui donner pour modèle Lycurgue, le législateur idéal admiré des milieux athéniens hostiles à la démocratie.

11. L'opposition Aristide/Thémistocle se retrouve dans la Vie de ce dernier (voir notamment, pour ce passage, III, 1-3). Plutarque reprend ici l'opposition « parti » populaire et « parti » aristocratique, développée par Aristote dans la Constitution d'Athènes, XXVIII, 2.

12. Ariston de Céos dirigea le Lycée vers la fin du IIIe siècle.

13. La rivalité amoureuse comme origine d'une rivalité politique est un topos traditionnel.

14. Les hétairies étaient des compagnonnages aristocratiques qui pouvaient être, en effet, des moyens d'action au service d'un homme politique ambitieux. Voir Sartori (1957). Elles allaient jouer un rôle important dans la préparation de la révolution oligarchique de 411.

seul ce qu'on pourrait appeler une route bien à lui dans la vie politique, et ce, pour plusieurs raisons. D'abord, il ne voulait pas être obligé soit de s'associer aux injustices des autres membres de son hétairie, soit de les peiner en refusant de leur complaire. De plus, il voyait que lorsque les gens se sentent soutenus par des amis, ils sont souvent poussés à mal agir. Il resta donc sur ses gardes, jugeant qu'un citoyen vertueux ne doit placer sa confiance que dans l'honnêteté et la justice de ses actes et de ses paroles.

III. 1. Cependant, comme Thémistocle ne cessait d'agiter la cité avec audace, le contrecarrant et faisant échouer tous ses projets politiques, Aristide fut contraint à son tour, moitié pour se défendre, moitié pour rabattre l'influence de son adversaire, qui ne cessait de croître en raison de la faveur populaire, de s'opposer, au besoin contre ses propres sentiments, aux actes de Thémistocle. Il jugeait qu'il valait mieux priver le peuple de quelques mesures avantageuses que de voir Thémistocle devenir plus fort en ayant toujours le dessus[15]. 2. Pour finir, un jour que Thémistocle agissait fort bien, Aristide s'opposa à lui et l'emporta, mais il ne put s'empêcher de dire, en sortant de l'assemblée : « Il n'y aura de salut pour les affaires athéniennes que si vous nous précipitez tous deux, Thémistocle et moi, dans le barathre[16]. » 3. Une autre fois, comme il avait présenté au peuple une proposition qui avait rencontré bien des contradictions et des oppositions, il finit par imposer ses vues. Mais au moment où le proèdre s'apprêtait à faire procéder au vote[17], il retira son projet de décret, car le débat lui avait fait comprendre l'inutilité de cette mesure. 4. Souvent également, il faisait présenter ses propositions par d'autres que lui, pour éviter que Thémistocle, à cause de son animosité contre lui, ne se laissât entraîner à nuire au bien public. La fermeté dont Aristide fit preuve au milieu des bouleversements de la vie politique fut admirable : il ne se laissa pas exalter par les honneurs, et dans les mauvais jours, il se comportait calmement, avec douceur ; à son avis, il devait se consacrer à sa patrie sans chercher de récompense ou de rétribution, non seulement financières, mais même sous forme de gloire[18]. 5. C'est la raison pour laquelle, comme on récitait au théâtre les trimètres iambiques d'Eschyle sur Amphiaraos :

> Il désire être juste et non point le paraître,
> Il cultive en son cœur le sillon très profond
> Où vont naître et germer les généreux desseins[19],

---

15. *L'exemple ne sert pas le héros, qui fait passer les querelles personnelles avant l'intérêt de la cité.*
16. *Le barathre était une ancienne carrière où l'on précipitait les condamnés à mort.*
17. *Plutarque commet ici une erreur. Au Ve siècle, c'est l'épistate des prytanes qui préside les séances de l'assemblée. Les neuf proèdres, représentant les tribus qui n'exerçaient pas la prytanie, ne constituent le bureau de l'assemblée qu'à partir du IVe siècle.*
18. *Faire présenter ses propositions par les membres de son entourage est une pratique attestée au IVe siècle. Par ailleurs, la « misthophorie » (rétribution des fonctions publiques) n'existe pas avant Périclès. La source dont s'inspire Plutarque traduit davantage les réalités de la vie politique athénienne de la fin du Ve et du IVe siècle que de l'époque d'Aristide.*
19. *Les Sept contre Thèbes, v. 592-594. Le rythme du dialogue ordinaire, chez Eschyle, est le trimètre iambique, vers de douze syllabes formé de trois doubles iambes (une brève, une longue).*

tous les regards se tournèrent vers Aristide, car on sentait qu'une telle vertu le concernait lui, plus que quiconque.

IV. 1. Au nom de la justice, il savait résister, non seulement à l'amitié et à la faveur, mais même à la colère et à la haine. 2. Un jour, dit-on, qu'il poursuivait un adversaire devant le tribunal, comme les juges, après l'exposé de l'accusation, ne voulaient pas entendre l'accusé et demandaient à voter tout de suite, il bondit de sa place et joignit ses supplications à celles du prévenu, pour qu'on l'écoutât et qu'on lui laissât ses droits légaux. Une autre fois, comme il devait juger entre deux particuliers, l'un des deux déclara : « Mon adversaire a souvent fait du tort à Aristide – Mon brave, coupa-t-il, expose plutôt le mal qu'il t'a fait, à toi : c'est ton affaire, et non la mienne, que je juge[20]. » 3. Élu trésorier des finances publiques[21], il prouva que des malversations considérables avaient été faites, non seulement par ses collègues actuels, mais aussi par leurs prédécesseurs, notamment par Thémistocle :

Homme habile qui ne contrôlait pas sa main.

4. Aussi Thémistocle ameuta-t-il beaucoup de gens contre Aristide quand celui-ci dut rendre ses comptes : il l'accusa de vol et le fit condamner, à ce que dit Idoménée[22]. Les premiers et les meilleurs citoyens s'en indignèrent, et non seulement on le tint quitte de l'amende, mais on le désigna de nouveau pour exercer la même charge. 5. Il feignit alors de se repentir de son attitude précédente et se montra plus traitable, à la grande joie de ceux qui pillaient les finances publiques : il ne les dénonçait plus, il ne vérifiait plus minutieusement leurs comptes, si bien que ces misérables, après s'être gorgés des fonds publics, couvrirent Aristide d'éloges et disposèrent le peuple en sa faveur, car ils désiraient vivement le voir réélu à cette charge. 6. On était sur le point de l'élire, quand Aristide s'adressa vertement aux Athéniens : « Lorsque dans l'administration de ma charge, ma conduite à votre égard était loyale et bonne, vous m'avez couvert de boue, et maintenant que j'ai laissé ces voleurs piller une grande partie des richesses publiques, voilà que je passe à vos yeux pour un citoyen admirable ! 7. Pour moi, j'ai honte de l'honneur qui m'est fait aujourd'hui plus que de ma condamnation passée, et je vous plains, vous qui trouvez qu'il est plus honorable de complaire aux scélérats que de préserver les biens publics. » 8. Ayant ainsi parlé, il dénonça les malversations commises, fermant ainsi la bouche de tous ceux qui un instant auparavant l'acclamaient et témoignaient en sa faveur, mais y gagnant l'éloge véritable et juste des meilleurs citoyens.

V. 1. Datis, envoyé par Darius sous prétexte de châtier les Athéniens parce qu'ils avaient brûlé Sardes, mais en fait afin de détruire les Grecs, débarqua à Marathon avec

---

20. *Sans doute en tant qu'arbitre public jugeant une affaire privée.*
21. *On n'a pas d'autre témoignage sur l'existence de cette fonction au Ve siècle. Peut-être est-ce à ce titre qu'Aristide fut chargé d'établir le montant du tribut de la Ligue de Délos. Les magistratures financières ne prendront de l'importance à Athènes qu'à partir du IVe siècle, avec Eubule puis Lycurgue.*
22. *Sur Idoménée, voir supra, I, 8.*

toute sa flotte et se mit à ravager le pays[23]. Des dix stratèges élus par les Athéniens pour mener cette guerre, le plus prestigieux était Miltiade, mais juste après lui, en honneur et en puissance, venait Aristide. 2. Aussi, lorsque celui-ci se rallia à l'avis de Miltiade sur la bataille, il ne contribua pas peu à faire pencher la balance en sa faveur. D'autre part, alors que chacun des stratèges exerçait le commandement à tour de rôle pendant une journée, Aristide céda son tour à Miltiade, enseignant ainsi à ses collègues qu'il n'y a rien de honteux à obéir à des hommes avisés et à les suivre, et que c'est au contraire une conduite honorable et salutaire. 3. Il apaisa ainsi leurs rivalités et, en les poussant à se rallier volontiers à un seul avis, le meilleur, il affermit Miltiade, qui acquit plus d'autorité du fait qu'il commandait sans interruption : chaque stratège renonça à son tour de commandement pour se soumettre à lui[24].

4. Durant cette bataille, ce fut surtout le centre de l'armée athénienne qui eut à souffrir, et ce fut là que les Barbares résistèrent le plus longtemps, contre les tribus Léontis et Antiochis. Thémistocle et Aristide, qui étaient placés l'un près de l'autre, l'un appartenant à la tribu Léontis, le second à la tribu Antiochis, luttèrent brillamment. 5. Lorsque les Barbares furent repoussés et se précipitèrent dans leurs vaisseaux, les Athéniens virent qu'au lieu de faire voile vers les îles, ils étaient entraînés par le vent et par la mer vers l'Attique. Craignant qu'ils ne s'emparent d'Athènes, vide de défenseurs, ils se hâtèrent de regagner la cité avec neuf tribus, qui y arrivèrent le jour même. 6. Aristide, lui, avait été laissé à Marathon avec sa tribu, pour garder les prisonniers et le butin. Et il ne démentit pas sa réputation. Il y avait de l'or et de l'argent de tous côtés, des étoffes de toutes sortes et des trésors incroyables dans les tentes et les navires qu'on avait pris, mais il n'éprouva pas le moindre désir d'y toucher et ne le permit à personne. Certains parvinrent cependant à s'enrichir à son insu, notamment Callias, le porteur de torche[25]. 7. Un Barbare qui l'avait rencontré l'ayant, semble-t-il, pris pour un roi, à cause de sa chevelure et de son bandeau, se prosterna devant lui, saisit sa main droite, puis lui montra une grande quantité d'or qu'il avait enfouie dans une fosse. 8. Callias se comporta alors comme le plus cruel et le plus injuste des hommes : il prit l'or, mais tua le Barbare, pour l'empêcher de rien révéler aux autres. C'est pour cette raison, dit-on, que les

---

23. Il s'agit de l'expédition qui en 490 déclencha la première guerre médique. Darius est à cette époque le souverain perse (il meurt en 486). L'incendie de Sardes, en 498, avait été provoqué par les Ioniens révoltés qui avaient reçu l'aide des Athéniens. C'est dans la plaine de Marathon qu'allait se dérouler la célèbre bataille où s'illustra Miltiade.

24. Hérodote rapporte en effet (Enquête, VI, 110-113) ce comportement des stratèges abandonnant le commandement à Miltiade, mais il ne mentionne pas la présence d'Aristide parmi eux, non plus que le rôle qu'auraient joué les tribus Léontis et Antiochis (§ 4). On retrouve dans ce développement cette manipulation des sources que Plutarque pratique volontiers pour mettre en valeur ses héros.

25. Hérodote (VI, 117) évoque les pertes des Perses, mais ne dit rien des prisonniers et des trésors qu'auraient abandonnés les Barbares. Pausanias (I, 14,5 ; 28,2) cite les offrandes qui furent déposées dans le temple d'Artémis Eucleia et sur l'Acropole grâce au butin provenant de la victoire. Le « porteur de torche » était un des prêtres qui présidaient aux Mystères d'Éleusis. Il appartenait de droit à la famille des Céryces (Hérauts). La fortune de Callias et de ses descendants était légendaire à Athènes à l'époque classique.

auteurs comiques ont surnommé Laccoploutoï [« Riche-fosse »] les membres de cette famille, allusion ironique à l'endroit où Callias trouva son trésor.
9. Aussitôt après Marathon, Aristide exerça la charge d'archonte éponyme. Cependant, d'après Démétrios de Phalère, cet archontat ne précéda sa mort que de peu, et fut bien postérieur à la bataille de Platées[26]. 10. Mais dans les inscriptions, on ne trouve pas de mention d'Aristide parmi les noms si nombreux qui suivent celui de Xanthippide, sous l'archontat duquel Mardonios fut vaincu à Platées[27] ; en revanche, tout de suite après celui de Phaïnippos, sous l'archontat duquel fut remportée la victoire de Marathon, on trouve un archonte du nom d'Aristide.

VI. 1. De toutes les vertus d'Aristide, c'était à sa justice que la foule était la plus sensible parce que cette vertu est celle dont on a le besoin le plus constant et le plus général. 2. Ce fut ainsi que cet homme pauvre, sorti du peuple[28], obtint le plus royal et le plus divin des surnoms, celui de Juste. Ce titre, pas un roi, pas un tyran, ne l'a ambitionné : ils se sont réjouis d'être surnommés Poliorcète [« Assiégeur de cités »], Céraunos [« Tonnerre »], Nicator [« Vainqueur »], certains même Aétos [« Aigle »] et Hiérax [« Faucon »], préférant apparemment la gloire que confèrent la violence et le pouvoir à celle qui vient de la vertu[29]. 3. Et pourtant les dieux, dont ils sont si désireux de se rapprocher et d'imiter les traits, ont, semble-t-il, trois supériorités sur les hommes : l'immortalité, la puissance et la vertu. Or, de ces trois attributs, le plus noble et le plus divin est la vertu. En effet, l'immortalité peut aussi concerner le vide et les éléments primordiaux ; quant à la puissance, celle des tremblements de terre, des tornades et des torrents est également très grande. En revanche, seul participe à la justice des hommes et des dieux un être que sa raison et son intelligence rendent divin[30]. 4. Les hommes éprouvent en général trois sentiments à l'égard de la divinité : l'envie, la crainte et la vénération. Ils l'envient et la jugent heureuse parce qu'elle est impérissable et éternelle ; ils la craignent et la redoutent parce qu'elle est souveraine et toute-puissante ; enfin, ils l'aiment, l'honorent et la vénèrent, à cause de sa justice. 5. Or, malgré ces sentiments, ce que les hommes convoitent le plus, c'est l'immortalité, qui n'est pas donnée à notre nature, et la puissance, qui dépend le plus souvent de la Fortune. La vertu, le seul des biens divins qui soit à notre por-

---

26. Sur le problème posé par la date de l'archontat d'Aristide, voir supra, I, 8.
27. Mardonios était le chef de l'armée perse (voir Thémistocle, XVI, 6). L'archonte éponyme était alors Xanthippos (ici nommé Xanthippide), le père de Périclès.
28. Sur la pauvreté d'Aristide, voir supra, I, 2 et suiv. Sur son origine « populaire », il y a également lieu d'être sceptique. Plutarque lui-même dit qu'il était apparenté à Callias qui (voir supra, V, 6) appartenait au génos éleusinien des Céryces (les « Hérauts », voir Alcibiade, VIII, 1 et note).
29. Plutarque fait ici allusion à Démétrios Poliorcète, Ptolémée Céraunos, Séleucos Nicator, Pyrrhos Aétos et Antiochos Hiérax. Il s'agit d'hommes qui vécurent près de deux siècles après Aristide, ces Macédoniens qui luttaient pour se rendre maîtres des débris de l'empire d'Alexandre. La comparaison n'a pas de sens, car aucun Athénien ne reçut de tels surnoms.
30. Plutarque fait allusion au culte royal rendu aux souverains hellénistiques. Toutes les considérations qui suivent ne servent qu'à mettre en valeur l'épithète de Juste accolée au nom d'Aristide.

tée, ils la mettent au dernier rang, et ils ont bien tort, car une existence passée dans la puissance, dans une fortune prospère et dans la souveraineté, est rendue divine par la justice, bestiale par l'injustice.

VII. 1. Pour en revenir à Aristide, son surnom de Juste lui valut d'abord l'affection, mais l'exposa ensuite à l'envie, surtout lorsque Thémistocle répandit dans la multitude le bruit qu'Aristide avait aboli les tribunaux, pour tout juger et décider par lui-même, et qu'il s'était procuré ainsi, sans attirer l'attention et sans employer de gardes du corps, un pouvoir monarchique. Or dès cette époque, le peuple, enorgueilli par sa victoire, nourrissait les plus hautes prétentions et supportait mal ceux que leur nom et leur gloire élevaient au-dessus de la foule. 2. Les Athéniens vinrent donc de tout le pays se rassembler dans Athènes pour ostraciser Aristide[31], donnant à la jalousie que leur inspirait sa gloire le nom de haine de la tyrannie.

L'ostracisme n'était pas destiné à châtier un crime; on disait, de manière spécieuse, qu'il s'agissait de diminuer et de rabattre un orgueil et une autorité dont le poids était trop lourd; en fait, c'était une consolation qu'on accordait à l'envie, une mesure assez humaine, qui ne conduisait à rien d'irréparable, seulement à un exil de dix ans. 3. Dès qu'on commença à appliquer ce traitement à des hommes de naissance obscure et à des misérables, on cessa aussitôt d'en faire usage. Hyperbolos fut ainsi le dernier à subir l'ostracisme[32], et voici quelle fut la raison qui l'exposa à ce châtiment. Alcibiade et Nicias, les deux personnages les plus influents de la cité, avaient formé deux factions rivales. 4. Or, comme le peuple s'apprêtait à rendre une sentence d'ostracisme et que de toute évidence le nom d'un des deux adversaires allait être inscrit, ils s'entendirent entre eux, unirent leurs deux factions et s'arrangèrent pour faire retomber l'ostracisme sur Hyperbolos. Alors, indigné de voir cette institution avilie et bafouée, le peuple y renonça à jamais et l'abolit[33].

5. Le déroulement des opérations, pour en donner une idée sommaire, était le suivant. Chaque citoyen recevait un tesson *[ostracon]* sur lequel il inscrivait le nom de celui qu'il voulait envoyer en exil, puis le déposait à un endroit de l'agora entouré d'une palissade circulaire[34]. 6. Les archontes commençaient par compter touts les tessons déposés: si moins de six mille citoyens en avaient apporté, l'ostracisme n'aboutissait pas. Ensuite, ils regroupaient les tessons en fonction des noms qu'ils

---

31. La procédure d'ostracisme se déroulait lors d'une assemblée tenue sur l'agora. La présence d'au moins 6 000 citoyens était requise (voir § 5-6), ce qui explique l'afflux des gens de la campagne. L'ostracisme d'Aristide fut voté en 483-482. Voir Aristote, Constitution d'Athènes, *XXII, 7.*

32. Hyperbolos, célèbre démagogue athénien, fut ostracisé en 417. C'est parce qu'il était un homme « de naissance obscure » qu'on jugea l'ostracisme déshonoré.

33. Sur les conditions de l'ostracisme d'Hyperbolos et les conflits politiques du moment, voir Alcibiade, *XIII, 4, 9 et* Nicias, *XI.*

34. On a retrouvé des milliers de ces tessons (ostraca) *sur les pentes de l'Acropole, sur l'agora et dans le cimetière du Céramique. On y trouve les noms de nombreux hommes politiques connus, mais aussi d'autres qui nous sont totalement inconnus.*

portaient, et le citoyen qui était nommé par le plus grand nombre était proclamé banni pour dix ans, tout en conservant la jouissance de ses biens.

7. Ce jour-là, dit-on, tandis que les gens inscrivaient les noms sur les tessons, un homme illettré, un rustre complet, tendit son tesson à Aristide, qu'il prenait pour n'importe quel passant, et lui demanda d'inscrire dessus le nom d'Aristide. Celui-ci, étonné, lui demanda si Aristide lui avait fait du tort. « Aucun, répliqua l'homme, je ne le connais même pas, mais j'en ai assez de l'entendre partout appeler Juste ! »

8. À ces mots, Aristide ne répondit rien ; il inscrivit le nom sur le tesson et le lui rendit. En quittant la cité, il tendit les mains vers le ciel et prononça une prière qui fut, semble-t-il, tout le contraire de celle d'Achille : « Puissent les Athéniens ne jamais se trouver dans une situation qui oblige le peuple à se souvenir d'Aristide[35] ! »

VIII. 1. Deux ans plus tard, quand Xerxès envahit la Thessalie et la Béotie et marcha contre l'Attique, les Athéniens annulèrent la loi et décrétèrent le retour des exilés[36], principalement par crainte d'Aristide, qu'ils redoutaient de voir passer dans le camp ennemi, corrompre beaucoup de citoyens et les rallier à la cause du Barbare. C'était mal connaître cet homme qui, même avant le décret de rappel, ne cessait d'exhorter et de pousser les Grecs à défendre leur liberté, et qui après ce décret, lorsque Thémistocle fut nommé stratège avec les pleins pouvoirs[37], l'assista dans toutes ses entreprises et dans tous ses projets, contribuant, par souci du salut de tous, à élever à la gloire la plus haute son pire ennemi. 2. Ainsi, comme Eurybiade avait l'intention d'abandonner Salamine et que les trières des Barbares, qui avaient levé l'ancre de nuit, avaient encerclé le détroit et bloquaient les îles sans que nul se fût encore aperçu de cet encerclement, Aristide partit d'Égine et passa audacieusement à travers la flotte ennemie[38]. 3. Il se rendit, la nuit même, à la tente de Thémistocle, l'appela, et le prenant à part, lui dit : « Maintenant, Thémistocle, si nous sommes raisonnables, nous devons renoncer à nos vaines querelles, si puériles, pour nous engager dans une compétition salutaire et glorieuse : rivaliser d'efforts afin de sauver la Grèce, toi en qualité de chef et de stratège, moi comme assistant et comme conseiller. Je viens d'apprendre que tu es le seul à prôner la meilleure stratégie, en ordonnant qu'on livre bataille le plus tôt possible dans les détroits. 4. Nos alliés rejettent ton avis, mais les ennemis semblent appuyer tes vues ; la mer, autour de nous et derrière nous, est déjà couverte de leurs navires, si bien que les Grecs, qu'ils le veuillent ou non, seront obligés de se montrer vaillants et de com-

---

35. *Référence à l'Iliade, chant I, v. 338-344.*
36. *Il s'agit de la seconde guerre médique qui mit en présence des forces considérables. Le rappel des bannis aurait été proposé par Thémistocle (voir* Thémistocle, XI, 1*).*
37. *Le titre de* stratège autocrator *que Plutarque attribue à Thémistocle n'est pas attesté avant l'expédition de Sicile en 415.*
38. *Eurybiade était le Spartiate qui commandait la flotte grecque. Les îles dont il s'agit étaient situées entre Salamine et la côte de l'Attique. Aristide avait-il passé son exil à Égine ? Il ne serait donc rentré que relativement tard à Athènes. La chronologie de Plutarque dans tout ce développement est assez confuse. Car chez Hérodote (VIII, 59-61), le conseil des généraux a lieu plus tôt. La ruse imaginée par Thémistocle (VIII, 75) est antérieure au retour d'Aristide qui est mentionné seulement en VIII, 79.*

battre : il ne reste plus d'issue pour la fuite. 5. – Aristide, répondit Thémistocle, j'aurais bien voulu ne pas te voir supérieur à moi en cette occasion, mais j'essaierai de rivaliser avec une aussi belle initiative et de la surpasser par mes actes.» Aussitôt, il révéla à Aristide la ruse qu'il avait imaginée contre le Barbare, lui demandant de convaincre Eurybiade et de lui expliquer que tout salut était impossible s'ils ne livraient pas cette bataille navale (Eurybiade avait en effet davantage confiance en Aristide qu'en Thémistocle). 6. Pour la même raison, comme dans le conseil des généraux, le Corinthien Cléocritos lançait à Thémistocle : «Aristide non plus n'approuve pas ton projet ; il est là, mais il se tait», Aristide déclara : «Je ne me tairais pas, si Thémistocle ne proposait pas le meilleur parti ; si je ne dis rien, ce n'est point par sympathie pour sa personne, mais parce que j'approuve son avis.»

IX. 1. Voilà donc ce qui se passa avec les chefs de la flotte grecque. D'autre part, Aristide remarqua que Psyttalie, une île de petite taille, située dans le détroit, en avant de Salamine, était pleine de soldats ennemis. Il fit aussitôt monter dans des barques les citoyens les plus ardents et les meilleurs combattants, et atteignit Psyttalie, où il engagea la bataille contre les Barbares et les massacra tous, à l'exception de quelques personnages de haut rang qui furent faits prisonniers. 2. Parmi ceux-ci, il y avait trois fils de la sœur du Grand Roi, qui se nommait Sandacè. Aristide les envoya aussitôt à Thémistocle et, pour obéir à un oracle, ils furent, dit-on, sur l'ordre du devin Euphrantidès, immolés avant la bataille à Dionysos Mangeur de chair crue[39]. 3. Aristide disposa des hoplites sur tous les rivages de cette petite île et il guetta ceux que la mer y jetterait, afin de ne laisser périr aucun ami ni fuir aucun ennemi. 4. Or ce fut dans ce secteur, semble-t-il, que les navires se heurtèrent le plus violemment et que la bataille fut la plus rude : un trophée fut donc dressé à Psyttalie.
5. Après la bataille[40], Thémistocle, qui voulait sonder Aristide, lui dit : «Ce que nous venons d'accomplir est fort beau, mais il reste une tâche plus importante encore à effectuer : nous saisir de l'Asie qui se trouve en Europe, en cinglant le plus vite possible vers l'Hellespont[41] pour y briser le pont de vaisseaux.» 6. Aristide protesta vivement et lui conseilla d'abandonner ce projet, de mettre plutôt tous ses soins à chasser le Mède de Grèce le plus vite possible ; il craignait, si le roi se voyait enfermé avec des forces si considérables, dans l'incapacité de s'enfuir, que la nécessité ne le poussât à lutter pour se défendre. En conséquence, Thémistocle envoya secrètement au Grand Roi un nouveau messager, l'eunuque Arnacès, qui faisait partie des prisonniers de guerre, avec ordre de lui dire que les Grecs s'apprêtaient à cingler vers le pont de vaisseaux, mais que lui, Thémistocle, les en avait détournés, parce qu'il voulait épargner le roi.

---

39. Sur ce surprenant sacrifice humain, voir Thémistocle, *XIII, 2-3 et* Pélopidas, *XXI, 3. Le culte de Dionysos comportait des rituels sauvages qui expliquent l'épiclèse Omestès («Mangeur de chair crue»).*
40. Voir Thémistocle, *XVI, 2-5. Plutarque ne consacre que quelques lignes à la bataille de Salamine, le rôle d'Aristide ayant été tout à fait secondaire.*
41. Ancien nom du détroit des Dardanelles, entre la mer de Marmara (Propontide) et la mer Égée.

X. 1. À cette nouvelle, Xerxès prit peur et se hâta de regagner l'Hellespont, laissant derrière lui Mardonios, avec les troupes les plus habiles à la guerre, environ trois cent mille hommes[42]. Mardonios était un adversaire redoutable; fort des grands espoirs qu'il plaçait dans son armée de terre, il menaçait les Grecs et leur écrivait des lettres de ce genre: « Vous avez vaincu sur la mer, avec du bois[43], des hommes habitués à la terre, qui ne savent pas manier un aviron. Mais maintenant les larges terres de Thessalie et la belle plaine de Béotie offrent un champ de bataille à nos vaillants cavaliers et à nos hoplites!» 2. Aux Athéniens cependant, il envoya un message différent[44], contenant des propositions du roi, lequel promettait de rebâtir leur cité, de leur fournir beaucoup d'argent et de faire d'eux les maîtres de la Grèce, s'ils se tenaient à l'écart de cette guerre. 3. Quand les Lacédémoniens apprirent cela, ils furent effrayés et adressèrent à Athènes des ambassadeurs pour prier les Athéniens d'envoyer à Sparte leurs enfants et leurs femmes et d'accepter d'eux de quoi nourrir leurs vieillards. Grande était la pauvreté qui accablait le peuple, dépouillé de sa campagne et de sa ville; 4. cependant, lorsque les Athéniens eurent entendu les ambassadeurs, ils leur firent, dans un décret rédigé par Aristide, cette réponse admirable: « Nous pardonnons aux ennemis d'avoir pu penser que tout s'achète avec de l'argent et des richesses, car ils ne connaissent rien de meilleur, mais nous en voulons aux Lacédémoniens de voir seulement l'indigence et la pauvreté dont souffrent en ce moment les Athéniens, et d'oublier notre vertu et notre honneur, en nous proposant ainsi quelques vivres, pour nous pousser à lutter pour la Grèce.» 5. Lorsque Aristide eut rédigé ce texte, il fit revenir les ambassadeurs devant l'assemblée du peuple et les chargea de dire aux Lacédémoniens qu'il n'y avait pas, sur terre ni sous terre, assez d'or pour décider les Athéniens à sacrifier la liberté de la Grèce. 6. Puis, au messager de Mardonios, il montra le soleil. « Tant que cet astre, déclara-t-il, suivra cette route, les Athéniens feront la guerre aux Perses pour venger le saccage de leur campagne, la profanation et l'incendie de leurs temples.» Il fit en outre décréter que les prêtres maudiraient solennellement toute personne qui entrerait en pourparlers avec les Mèdes ou trahirait l'alliance des Grecs[45].
7. Mardonios envahit une seconde fois l'Attique et de nouveau les Athéniens passèrent à Salamine. Aristide fut envoyé à Lacédémone, où il se plaignit aux Spartiates de leur lenteur et de leur indifférence qui livraient Athènes, une seconde fois, aux Barbares; il les supplia de porter secours à ce qui restait encore de la Grèce. 8. Après l'avoir entendu, les éphores feignirent pendant toute la journée de se livrer

---

42. *Le même chiffre, apparemment exagéré, se trouve chez Hérodote (VIII, 113). Sur Mardonios, voir supra, V, 10.*
43. *L'allusion aux vaisseaux de bois renvoie au célèbre oracle de la Pythie (voir* Thémistocle, *X, 3 et note).*
44. *C'est le roi de Macédoine, Alexandre, qui, d'après Hérodote (VIII, 140), transmit les propositions de Xerxès aux Athéniens.*
45. *Le même récit se trouve chez Hérodote (VIII, 141-144) avec toutefois cette différence qu'Aristide n'y apparaît pas.*

aux jeux et à l'insouciance de la fête : on célébrait alors les Hyacinthies[46]. Mais pendant la nuit, ils désignèrent cinq mille Spartiates, qui eux-mêmes emmenèrent chacun sept hilotes, et ils les firent partir à l'insu des Athéniens. 9. Quand Aristide se présenta de nouveau et renouvela ses plaintes, ils se mirent à rire et lui dirent qu'il radotait ou n'était pas bien réveillé : leur armée était déjà à Orestion et marchait contre les étrangers (c'était ainsi qu'ils appelaient les Perses[47]). « L'heure n'est pas aux plaisanteries, s'écria Aristide. Ce sont les ennemis qu'il faut tromper, et non vos amis. » Tel est du moins le récit d'Idoménée. 10. Dans le texte du décret d'Aristide, ce n'est cependant pas lui qui est donné comme ambassadeur, mais Cimon, Xanthippos et Myronidès[48].

XI. 1. Élu stratège avec les pleins pouvoirs pour la bataille, Aristide prit avec lui huit mille hoplites athéniens et se dirigea vers Platées[49]. 2. Il y fut rejoint par Pausanias, le commandant en chef de toutes les forces grecques[50], qui amenait avec lui les Spartiates, tandis que les autres troupes grecques affluaient en foule. Quant aux Barbares, l'ensemble de leur camp, installé le long de l'Asopos, n'avait pas de limite précise, tant il était vaste ; ils s'étaient contentés d'élever autour des bagages et des objets les plus précieux une fortification carrée, dont chaque côté mesurait dix stades de long[51]. 3. Le devin Tisaménos d'Élis avait prédit la victoire à Pausanias et à l'ensemble des Grecs, s'ils se contentaient de se défendre et s'abstenaient d'attaquer. Aristide, de son côté, avait envoyé consulter le dieu de Delphes, qui répondit que les Athéniens triompheraient de leurs ennemis à condition d'adresser des prières à Zeus, à Héra Cithéronienne, à Pan, aux Nymphes Sphragitides[52], de sacrifier aux héros Androcratès, Leucon, Pisandre, Damocratès, Hypsion, Actéon et Polyidos, puis :

> De risquer le combat sur leur sol, dans la plaine
> De Déméter Éleusinienne et de Corè.

---

46. *Les éphores, au nombre de cinq, sont des magistrats élus annuellement et qui ont un droit de regard sur toute la vie politique spartiate. Les Hyacinthies étaient une fête en l'honneur d'Apollon et du héros Hyacinthos, souvent confondu avec le dieu.*

47. *Les Athéniens, à la différence des Spartiates, appelaient les Perses* barbaroï *et non* xénoï *(étrangers). Orestion était une cité d'Arcadie.*

48. *Plutarque se trouve ici en contradiction avec lui-même. Il a choisi de suivre le récit d'Idoménée qui donne à son héros le rôle principal, mais est forcé de constater que le nom d'Aristide ne figure pas sur le décret qu'il a pu consulter par ailleurs. Sur Myronidès, qui combattit comme stratège à Platées, voir infra,* XX, 1.

49. *Ici encore, Plutarque attribue à Aristide un titre qu'il n'eut jamais. Voir d'ailleurs ce qu'il dit dans la* Comparaison d'Aristide et de Caton l'Ancien *(Caton l'Ancien, XXIX, 1), à savoir qu'à Platées, comme à Marathon, Aristide ne fut que l'un des dix stratèges.*

50. *Pausanias exerçait la régence pour le fils mineur de Léonidas. C'est lui qui avait reçu le commandement des forces alliées.*

51. *Dix stades représentent environ 2 km.*

52. *Les nymphes de la Sphragidion, une grotte située sur le mont Cithéron.*

4. Cet oracle, lorsqu'il lui fut rapporté, plongea Aristide dans une grande perplexité. Certes, les héros auxquels il avait ordre de sacrifier étaient les fondateurs de Platées, et l'antre des Nymphes Sphragitides est situé sur une des éminences du Cithéron qui fait face à l'endroit où le soleil se couche en été; il s'y trouvait autrefois, dit-on, un oracle, et beaucoup d'habitants du pays étaient possédés : on les nommait «nympholeptes» [possédés par les nymphes]. 5. Mais la mention de la plaine de Déméter Éleusinienne et la promesse de la victoire si les Athéniens livraient bataille sur leur propre sol les rappelaient en Attique et y transportaient de nouveau la guerre. Cependant, le général des Platéens, Arimnestos, eut alors un rêve, au cours duquel il crut voir Zeus Sauveur lui demander ce que les Grecs avaient décidé de faire. «Seigneur, répondit Arimnestos, nous allons ramener demain l'armée à Éleusis et c'est là, pour obéir à l'oracle pythique, que nous affronterons les Barbares[53].» 6. Le dieu lui déclara que les Grecs se trompaient du tout au tout : le lieu désigné par l'oracle se trouvait là où ils étaient, près de Platées, et s'ils cherchaient, ils le découvriraient. La vision parut si nette à Arimnestos que dès qu'il s'éveilla, il convoqua les plus expérimentés et les plus âgés de ses concitoyens : à force de s'entretenir avec eux et de chercher, il découvrit que près d'Hysies, au pied du Cithéron, il y avait un temple très ancien, consacré à Déméter Éleusinienne et à Corè. 7. Prenant aussitôt Aristide avec lui, il le conduisit à cet endroit, qui se prêtait bien au déploiement d'une phalange de fantassins face à une cavalerie plus puissante, car les flancs du Cithéron rendent impraticable à des cavaliers l'extrémité de la plaine proche du temple. 8. Il y avait également tout près de là le sanctuaire du héros Androcratès, entouré d'un bois épais et sombre. De plus, afin que l'oracle qui leur faisait espérer la victoire pût s'appliquer sans restriction, les Platéens décidèrent, à l'initiative d'Arimnestos, d'enlever les bornes qui séparaient de l'Attique le territoire de Platées et de donner leur pays aux Athéniens, afin qu'ils pussent combattre pour la Grèce, conformément à l'oracle, sur un sol qui leur appartînt.

9. Cette générosité des Platéens devint si célèbre que, bien des années plus tard, Alexandre, qui régnait déjà sur l'Asie, dota Platées d'un rempart et déclara par proclamation aux concours Olympiques que c'était là une faveur que le roi accordait aux Platéens pour récompenser la vaillance et la grandeur d'âme dont ils avaient fait preuve lorsque, cédant leur terre aux Grecs pendant la guerre médique, ils s'étaient montrés les plus déterminés de tous[54].

XII. 1. Les Tégéates se prirent de querelle avec les Athéniens concernant leur place au combat. Puisque les Lacédémoniens commandaient toujours l'aile droite, ils prétendaient qu'ils devaient, eux, avoir l'aile gauche et, pour appuyer cette prétention, ils chantaient les vertus de leurs ancêtres. Les Athéniens s'en indignaient, mais Aristide

---

53. La réponse de l'oracle invitait à sacrifier en l'honneur de dieux et de héros vénérés sur le territoire de Platées. Mais la plaine de Déméter Éleusinienne et de Corè était en Attique. Il y avait donc contradiction, d'où l'embarras d'Aristide. On mesure par cette anecdote l'importance que revêtaient dans la conduite de la guerre les pratiques religieuses. Voir Lonis (1979), p. 69-116.
54. Plutarque reprend cet exemple dans Alexandre, *XXXIV, 1-2.*

s'avança et leur dit : 2. « Ce n'est pas le moment de disputer de noblesse et de vaillance avec les Tégéates. Quant à vous, Spartiates, nous vous disons, comme aux autres Grecs, que ce n'est pas la place au combat qui peut conférer la vertu ou l'ôter. Quel que soit le rang que vous nous assignerez, nous tâcherons de l'honorer et de le garder de manière à ne pas ternir la gloire de nos précédents combats. 3. Si nous sommes ici, ce n'est pas pour nous quereller avec nos alliés, mais pour combattre les ennemis ; ce n'est pas pour faire l'éloge de nos pères, mais pour faire don à la Grèce de nos personnes en montrant notre valeur. Le combat fera voir ce que chaque cité, chaque chef et chaque individu mérite des Grecs. » 4. En entendant ces mots, les conseillers[55] et les chefs prirent le parti des Athéniens et leur confièrent l'autre aile.

XIII. 1. Pendant que la Grèce était ainsi suspendue dans l'attente et que la situation d'Athènes était particulièrement critique, certains descendants de familles illustres et fortunées qui, ruinés par la guerre, voyaient disparaître avec leurs richesses toute leur influence et leur crédit dans la cité, tandis que les honneurs et le pouvoir passaient en d'autres mains, se réunirent en secret dans une maison de Platées. Ils jurèrent de renverser la démocratie, et s'ils n'y parvenaient pas, de ruiner le pays et de le livrer aux Barbares[56]. 2. Ces menées avaient lieu dans le camp, et beaucoup s'étaient déjà laissé corrompre, lorsque Aristide apprit ce qui se préparait. Épouvanté d'une telle situation, il décida qu'il ne fallait ni négliger l'affaire, ni la dévoiler totalement, dans la mesure où on ignorait combien de personnes seraient concernées par l'enquête, si celle-ci s'attachait à satisfaire la justice au détriment de l'intérêt public. 3. Sur la foule de coupables, il ne fit donc arrêter que huit personnes, et deux d'entre eux, les premiers accusés et les plus compromis, Eschine de Lamptres et Agésias d'Acharnes, parvinrent à s'enfuir du camp. Aristide fit relâcher tous les autres : il offrit la possibilité de reprendre confiance et de se repentir à ceux qui croyaient avoir échappé aux soupçons en leur suggérant que le champ de bataille était pour eux comme un grand tribunal s'ils voulaient se laver de cette accusation devant leur patrie, en toute justice et loyauté.

XIV. 1. Sur ces entrefaites, Mardonios essaya contre les Grecs l'arme sur laquelle, selon lui, se fondait sa supériorité : il lança sur eux sa cavalerie en rangs serrés[57]. Les Grecs avaient pris position sur les flancs du Cithéron, dans des lieux sûrs et rocailleux, à l'exception des Mégariens, 2. lesquels, au nombre de trois mille, étaient campés dans des endroits plus plats : pour cette raison, ils souffrirent beaucoup de la charge de cavalerie qui déferla contre eux et les assaillit de tous côtés. 3. Ils envoyèrent en hâte un messager réclamer du secours à Pausanias et lui dire qu'ils ne pouvaient résister seuls à une telle masse de Barbares. 4. Quand ce message lui parvint, Pausanias voyait déjà lui-même, d'en haut, le camp des Mégariens couvert par la grêle de javelots et de flèches qui s'abattaient sur eux et sur leurs hommes, resserrés dans un petit espace.

---

55. *Il s'agit du conseil formé par les représentants des alliés grecs. Hérodote (IX, 26-28) rapporte ce débat mais sans mentionner Aristide, et en le plaçant après et non avant l'épisode relaté au chapitre XIV.*
56. *Ce complot n'est mentionné par aucune autre source.*
57. *Plutarque suit ici pour l'essentiel le récit d'Hérodote (IX, 20-24).*

Avec sa phalange d'hoplites spartiates pesamment armés, il était lui-même dans l'incapacité de repousser des cavaliers. Il s'adressa aux autres généraux et lochages[58] des Grecs qui l'entouraient, essayant de piquer leur honneur et leur générosité, tandis qu'il réclamait des volontaires pour aller combattre au premier rang et soutenir les Mégariens. 5. Alors que les autres hésitaient, Aristide accepta cette mission au nom des Athéniens et envoya le plus brave de ses lochages, Olympiodoros, avec sous ses ordres les trois cents soldats d'élite, auxquels étaient mêlés des archers.

Ces hommes saisirent leurs armes en hâte et se lancèrent à l'attaque au pas de course. Masistios, qui commandait la cavalerie des Barbares, les vit approcher: c'était un homme d'une vaillance étonnante, d'une taille et d'une beauté exceptionnelles; il tourna aussitôt son cheval dans leur direction et se jeta contre eux. 6. Ils soutinrent le choc et engagèrent le combat. La lutte fut rude; on aurait dit que l'issue de toute la bataille se jouait dans ce secteur. Le cheval de Masistios[59], frappé d'une flèche, jeta à bas son cavalier. Ses armes, par leur poids, l'empêchèrent de se relever mais les Athéniens avaient beau s'acharner sur lui et le frapper, elles rendaient toute prise difficile, car il avait non seulement la tête et la poitrine, mais encore les membres cuirassés d'or, de bronze et de fer. Enfin, un soldat enfonça un javelot dans la visière de son casque et le tua. Les autres Perses s'enfuirent alors, en abandonnant son corps. 7. Les Grecs comprirent l'importance de leur succès, non au nombre des morts, car il n'en resta pas beaucoup sur la place, mais au deuil que menèrent les Barbares. 8. Ceux-ci en effet, non contents de se raser la tête pour pleurer Masistios, rasèrent aussi leurs chevaux et leurs mulets, et remplirent la plaine de lamentations et de sanglots: ils considéraient qu'ils avaient perdu en lui un homme qui était le premier, après Mardonios, en valeur et en puissance.

XV. 1. Après cet affrontement contre la cavalerie, les deux armées restèrent longtemps sans combattre. En effet les devins, se fondant sur l'examen des entrailles, prédisaient de la même manière aux Perses et aux Grecs la victoire s'ils se contentaient de se défendre, et la défaite s'ils attaquaient. 2. Enfin Mardonios, qui n'avait de vivres que pour peu de jours alors que le nombre des Grecs ne cessait d'augmenter par l'afflux constant de nouvelles troupes, ne put plus tenir: il décida de cesser d'attendre et de passer l'Asopos au point du jour, afin d'attaquer les Grecs à l'improviste. Il donna dès le soir le mot d'ordre à ses officiers. 3. Mais vers minuit, un homme à cheval s'approcha furtivement du camp grec; il aborda les sentinelles et leur demanda d'aller chercher l'Athénien Aristide. Celui-ci vint aussitôt. «Je suis, dit l'homme, Alexandre, le roi des Macédoniens[60]. J'ai affronté les plus grands dangers pour venir ici, par amitié pour vous, afin d'éviter que la soudaineté de l'attaque puisse affaiblir vos qualités militaires. 4. Mardonios va lancer l'assaut demain matin, non qu'il soit plein d'espoir

---

58. Officiers qui commandaient à un lochos *(une troupe) d'hommes armés.*
59. Hérodote (IX, 20) décrit aussi ce magnifique cavalier perse.
60. Il s'agit du roi de Macédoine qui avait déjà transmis aux Athéniens les propositions de paix de Xerxès (voir supra, X, 2). Une fois encore, Plutarque met en avant le seul Aristide, alors qu'Hérodote (IX, 44) dit seulement qu'Alexandre demanda à parler «aux généraux».

ou d'audace, mais parce qu'il manque d'approvisionnement; les devins tentent de l'empêcher de combattre parce que les victimes et les paroles des oracles sont funestes, et l'armée est en proie à un profond découragement et à la terreur. Mais il est obligé, soit de payer d'audace et de mettre la Fortune à l'épreuve, soit d'endurer, s'il ne bouge pas, une disette extrême.» 5. Ayant ainsi parlé, Alexandre demanda à Aristide de tenir compte de son avis et de le garder en mémoire, mais de n'en rien dire à personne. Aristide répondit qu'il ne pouvait décemment cacher cette information à Pausanias, puisque c'était lui qui avait reçu le commandement, mais qu'il ne parlerait à personne d'autre avant la bataille: en revanche, si la Grèce remportait la victoire, nul n'ignorerait le dévouement et le courage d'Alexandre. 6. Après cet entretien, le roi des Macédoniens repartit à cheval, tandis qu'Aristide se rendait à la tente de Pausanias, à qui il rapporta tous ces propos. Ils convoquèrent les autres chefs et leur donnèrent ordre de ranger l'armée, car on allait livrer bataille.

XVI. 1. Ce fut alors, d'après le récit d'Hérodote[61], que Pausanias envoya un message à Aristide lui demandant de faire passer les Athéniens à l'aile droite, pour les ranger en face des Perses: ils combattraient mieux que les autres, car ils les avaient déjà affrontés, et ils étaient enhardis par leurs victoires précédentes; quant à lui, il se réservait l'aile gauche, où allaient combattre les Grecs qui avaient choisi le parti des Mèdes[62]. 2. Les stratèges athéniens jugèrent l'attitude de Pausanias inacceptable et grossière: il laissait tous les autres Grecs à leur poste, mais les déplaçait, eux seuls, de-ci de-là, comme des hilotes, afin de les opposer aux troupes les plus dangereuses. 3. Mais Aristide leur démontra qu'ils se trompaient du tout au tout. «Dernièrement, leur dit-il, lorsque vous disputiez aux Tégéates le commandement de l'aile gauche, vous avez été fiers de leur être préférés; et maintenant que les Lacédémoniens vous cèdent spontanément l'aile droite, ce qui revient, en quelque sorte, à vous offrir l'hégémonie, vous n'êtes pas flattés d'une telle gloire et vous ne considérez pas comme un avantage de ne pas avoir à lutter contre des adversaires issus des mêmes tribus et des mêmes familles que vous, mais contre des Barbares qui, par nature, sont vos ennemis[63]?» 4. Ces propos poussèrent les Athéniens à accepter avec empressement de changer de place avec les Spartiates. Ils s'adressaient les uns aux autres de nombreux encouragements: «Lorsque les ennemis attaqueront, ils n'auront pas des armes meilleures ou des cœurs plus valeureux qu'à Marathon: ce sont les mêmes arcs, les mêmes vêtements bigarrés, le même or sur leur corps sans vigueur et leurs âmes efféminées. 5. Quant à nous, nos armes et nos corps sont les mêmes, et les victoires ont augmenté notre courage: nous ne lutterons plus seulement, comme alors, pour défendre nos terres et notre cité, mais pour les trophées de Marathon et de Salamine, afin qu'il soit bien clair qu'ils ne sont pas l'œuvre de Miltiade ou de la

---

61. *Plutarque mentionne pour la première fois le nom de l'historien dont il suit le récit depuis le chapitre VIII, sans toujours respecter l'ordre des événements, et en mettant en avant le rôle d'Aristide, alors qu'Hérodote parle le plus souvent des «Athéniens», ne nommant que le seul Pausanias.*
62. *Certains peuples grecs avaient pris le parti des Mèdes et combattaient dans l'armée de Mardonios.*
63. *Voir Dictionnaire, «Ethnographie».*

Fortune, mais celle des Athéniens. » 6. Ils étaient donc en train d'échanger en hâte leurs positions, lorsque les Thébains, informés de ce mouvement par des transfuges, prévinrent Mardonios[64]. Celui-ci aussitôt, soit crainte des Athéniens, soit ambition de se mesurer avec les Lacédémoniens, fit à son tour passer les Perses à l'aile droite et ordonna aux Grecs de son camp de se placer en face des Athéniens. 7. Mais ce changement de position ne passa pas inaperçu, et Pausanias se remit à l'aile droite. Alors Mardonios reprit sa place initiale, à l'aile gauche, en face des Lacédémoniens. La journée se passa donc tout entière sans qu'on fît quoi que ce soit. 8. Les Grecs tinrent conseil et décidèrent de déplacer le camp pour occuper un endroit pourvu d'eau potable, car les sources des environs avaient été souillées et corrompues par la cavalerie des Barbares, bien supérieure en nombre.

XVII. 1. La nuit venue, les stratèges conduisirent les troupes vers le campement désigné. Les soldats ne montraient guère d'empressement à les suivre et à rester en rangs : aussitôt sortis de leurs premières positions, la plupart se dirigèrent vers la cité de Platées où, dans un grand tumulte, ils se dispersèrent et campèrent en désordre. Les Lacédémoniens se trouvèrent, bien malgré eux, laissés en arrière, 2. car Amompharétos, un homme emporté et téméraire, qui depuis longtemps brûlait de combattre et s'impatientait de tant de retards et de lenteurs, s'écria que ce déplacement était une fuite, une désertion : il n'abandonnerait pas son poste, déclara-t-il, et resterait là, avec ses hommes, pour soutenir l'attaque de Mardonios. 3. Pausanias vint le trouver et lui dit que ce qu'on exécutait avait été voté et arrêté par les Grecs, mais Amompharétos saisit des deux mains une grosse pierre et la jeta devant les pieds de Pausanias, en disant : « Voilà le vote que je porte, moi, en ce qui concerne la bataille. Quant aux lâches conseils et décrets des autres, je m'en moque ! » 4. Pausanias, ne sachant que faire en la circonstance, envoya un message aux Athéniens, qui s'éloignaient déjà, pour leur demander de l'attendre et de faire route avec lui ; puis il conduisit le reste de ses troupes vers Platées, dans l'espoir d'entraîner ainsi Amompharétos.
5. Sur ces entrefaites, le jour parut, et Mardonios, s'étant aperçu que les Grecs avaient abandonné leur camp, rangea ses forces en ordre de bataille et chargea les Lacédémoniens avec ses Barbares qui poussaient de grands cris et faisaient beaucoup de tapage, comme s'ils s'apprêtaient, non à livrer bataille, mais à rattraper les Grecs en fuite, 6. ce qui faillit d'ailleurs se produire. En effet, voyant ce qui se passait, Pausanias fit arrêter la marche et ordonna à chacun de prendre son poste de combat, mais il oublia, soit à cause de sa colère contre Amompharétos, soit parce qu'il était troublé par la rapidité des ennemis, de donner aux Grecs le signal du combat. 7. Aussi ne vinrent-ils pas à la rescousse immédiatement ni tous ensemble, mais par petits groupes, en ordre dispersé, alors que la bataille était déjà engagée. Pausanias procéda alors au sacrifice mais n'obtint pas de présages favorables : aussi donna-t-il ordre aux Lacédémoniens de poser leurs boucliers à leurs pieds, de rester immobiles sans rien faire, les yeux fixés sur lui, et de ne se défendre contre aucun

---

64. *Les Thébains faisaient partie de ces Grecs qui avaient choisi l'alliance avec les Mèdes.*

des ennemis. Puis il se remit à sacrifier. 8. Or les cavaliers chargeaient; déjà des traits parvenaient jusqu'à eux et certains des Spartiates étaient touchés. Ce fut alors que Callicratès[65], qui était, dit-on, le plus beau des Grecs et l'homme de la plus haute taille dans cette armée, fut atteint d'une flèche; en expirant, il déclara: «Je ne me plains pas de mourir, car j'étais parti de chez moi dans l'intention d'offrir ma vie à la Grèce, mais je regrette de mourir sans avoir porté de coups!» 9. Si la situation de ces guerriers était terrible, leur fermeté fut admirable. Ils ne se défendirent pas contre la charge des ennemis et, tout en attendant le moment que le dieu et leur général leur fixeraient, ils se laissèrent frapper et tuer à leur poste. 10. D'après quelques auteurs, Pausanias était en train de sacrifier et de prier, légèrement à l'écart de la ligne de bataille, lorsqu'une troupe de Lydiens l'attaqua soudain, renversant et enlevant tous les instruments du sacrifice; Pausanias et ceux qui l'entouraient, alors sans armes, les frappèrent à coups de bâton et de fouet. C'est la raison pour laquelle, de nos jours encore, à Sparte, pour mimer cette attaque, on frappe les éphèbes autour de l'autel[66], et l'on fait défiler les Lydiens.

XVIII. 1. Tandis que le devin immolait victime sur victime, Pausanias, désespéré de ce qui se passait, se tourna vers le sanctuaire d'Héra, les yeux baignés de larmes, et levant les mains, il supplia Héra Cithéronienne et les autres dieux de la terre de Platées de permettre au moins aux Grecs, si le destin leur refusait la victoire, de ne pas succomber sans avoir rien fait et sans avoir prouvé aux ennemis, par leurs actes, que ceux qu'ils étaient venus attaquer étaient des hommes valeureux, qui savaient combattre. 2. Il invoquait ainsi la divinité quand, au milieu de ses prières, les victimes devinrent favorables et le devin annonça la victoire. L'ordre fut donné à toute l'armée de se mettre en marche contre les ennemis, et la phalange prit aussitôt l'aspect d'un animal plein de fougue, qui s'apprête à montrer sa vaillance et se hérisse. Les Barbares comprirent alors qu'ils allaient affronter des guerriers qui combattraient jusqu'à la mort. 3. Ils s'abritèrent donc derrière la masse de leurs boucliers d'osier et couvrirent de flèches les Lacédémoniens. Ceux-ci, tout en gardant leurs propres boucliers serrés les uns contre les autres, marchèrent à l'attaque, tombèrent sur les Perses, repoussèrent leurs boucliers d'osier et les frappèrent au visage et à la poitrine[67]. Ils en abattirent ainsi beaucoup qui s'écroulèrent, non sans avoir lutté et montré leur vaillance: 4. ils saisissaient les lances de leurs mains nues et en brisaient un grand nombre, s'avançaient sans hésitation au-devant des épées hostiles et, jouant de leurs coutelas et de leurs cimeterres, arrachant les boucliers des ennemis, les affrontant au corps à corps, ils résistèrent pendant longtemps.
5. Les Athéniens étaient restés immobiles jusque-là, à attendre les Lacédémoniens. Soudain les nombreuses clameurs des combattants éclatèrent à leurs oreilles; au

---

65. Ce Callicratès est mentionné par Hérodote (IX, 72). Il faisait partie du contingent lacédémonien.
66. Cette flagellation des éphèbes sur l'autel d'Artémis Orthia est mentionnée dans Lycurgue, XVIII, 2. L'explication donnée par Plutarque est douteuse: le rite de la flagellation était certainement antérieur à la bataille de Platées.
67. C'est la tactique de la phalange hoplitique. Ici encore, Plutarque suit le récit d'Hérodote (IX, 62).

même moment, dit-on, ils furent rejoints par un messager que Pausanias leur avait envoyé pour les informer de la situation. Ils partirent alors en hâte lui porter secours. 6. Or, comme ils traversaient la plaine en direction de l'endroit où l'on criait, ils rencontrèrent les Grecs qui avaient choisi le parti des Mèdes. Dès qu'Aristide les aperçut, il s'avança dans leur direction et leur cria, en prenant à témoin les dieux grecs, de s'abstenir de combattre, de ne pas gêner leur marche et de ne pas les empêcher de porter secours à ceux qui défendaient la Grèce au péril de leur vie. Quand il vit qu'ils ne l'écoutaient pas mais se rangeaient en ordre de bataille, il renonça à aller porter du secours ailleurs, et les attaqua eux, engageant le combat contre ces hommes, qui étaient environ cinquante mille. 7. Ils furent aussitôt enfoncés, pour la plupart, et battirent en retraite, surtout en apprenant que les Barbares eux-mêmes avaient abandonné la place. La lutte la plus acharnée fut livrée, dit-on, contre les Thébains, dont les premiers et les plus puissants avaient alors embrassé le parti des Mèdes et avaient entraîné la foule avec eux, non de son plein gré, mais contrainte par les oligarques[68].

XIX. 1. La bataille se déroula donc en deux endroits. Les Lacédémoniens furent les premiers à faire plier les Perses : Mardonios fut tué par un Spartiate nommé Arimnestos, qui le frappa d'une pierre à la tête, conformément à ce que lui avait prédit l'oracle d'Amphiaraos[69]. 2. Mardonios y avait en effet envoyé un Lydien, et par ailleurs, il avait dépêché au Ptoion un Carien[70]. Ce dernier reçut du prophète une réponse en langue carienne ; quant au Lydien, qui passa la nuit dans l'enceinte sacrée d'Amphiaraos, il crut voir pendant son sommeil un des ministres du dieu s'approcher de son chevet, lui ordonner de partir, et sur son refus, lui lancer sur la tête une grosse pierre, si fort qu'il eut l'impression dans son rêve de mourir de cette blessure. Tel est du moins le récit que l'on rapporte. Les fuyards, eux, furent poursuivis et enfermés derrière leurs retranchements de bois.
3. Peu après, les Athéniens mirent les Thébains en déroute, après avoir tué dans la bataille les trois cents, qui étaient les premiers et les plus illustres de leurs combattants. La déroute avait déjà commencé, quand un messager vint leur annoncer que les Barbares étaient enfermés et assiégés derrière leurs retranchements[71]. 4. Aussi, laissant s'échapper les Grecs, ils coururent devant ces retranchements et vinrent à

---

68. Le Béotien Plutarque s'efforce de justifier la présence des Thébains dans l'armée de Mardonios, en rejetant la faute sur les dirigeants de la cité, présentés comme des «oligarques». En cela, il reprend les arguments avancés par les Thébains eux-mêmes en 427. Voir Thucydide, Guerre du Péloponnèse, III, 62,3.
69. Hérodote (IX, 64) mentionne bien un oracle, mais c'est celui qui prédisait aux Spartiates que la victoire serait acquise au prix de la mort d'un de leurs rois (Léonidas en l'occurrence). Amphiaraos était un héros argien qui avait participé au combat des Sept contre Thèbes. Son sanctuaire oraculaire se trouvait à Oropos, à la frontière de l'Attique et de la Béotie.
70. Lydiens et Cariens étaient soumis aux Perses et servaient dans leur armée. Le Ptoion est un sanctuaire oraculaire.
71. Dans Pélopidas, XVIII, 1, Plutarque attribue la création du bataillon sacré à un certain Gorgidas. Ces trois cents combattants d'élite sont également mentionnés par Hérodote (IX, 67).

la rescousse des Lacédémoniens, lesquels étaient tout à fait inefficaces et inexpérimentés quand il s'agissait de prendre une place d'assaut. Les Athéniens enlevèrent le camp, en infligeant aux ennemis de lourdes pertes : 5. de trois cents mille qu'ils étaient, seuls quarante mille réchappèrent, dit-on, avec Artabaze ; en revanche, parmi ceux qui avaient combattu pour défendre la Grèce, il ne périt en tout que mille trois cent soixante hommes, 6. dont cinquante-deux Athéniens, tous membres, selon Cleidémos, de la tribu Aiantis, qui montra le plus d'ardeur au combat[72]. C'est en cet honneur que les membres de cette tribu Aiantis prirent l'habitude d'offrir aux Nymphes Sphragitides[73] le sacrifice prescrit en l'honneur de la victoire par l'oracle de Delphes, et dont le trésor public payait la dépense. Les Lacédémoniens perdirent quatre-vingt-onze hommes, les Tégéates seize. 7. Il est étrange de voir Hérodote affirmer que ce furent les seuls, à l'exclusion de tous les autres Grecs, à en venir aux mains avec les ennemis, car le nombre des morts et leurs monuments attestent que le succès fut l'œuvre commune de tous[74]. D'ailleurs, si ces trois cités avaient été les seules à combattre, tandis que les autres ne faisaient rien, l'autel ne porterait pas l'inscription suivante :

> Les Grecs victorieux grâce à l'action d'Arès,
> Forts de leur beau courage, ont repoussé les Perses,
> Et pour la Grèce libre, ils ont édifié
> En commun cet autel de Zeus Libérateur[75].

8. Cette bataille fut livrée le quatre du mois Boédromion[76], selon le calendrier des Athéniens, et d'après celui des Béotiens, le vingt-sept du mois Panémos, à la date où, de nos jours encore, se réunit à Platées le conseil hellénique et où les Platéens, en l'honneur de cette victoire, offrent un sacrifice à Zeus Libérateur. 9. La divergence entre les dates ne doit pas surprendre, dans la mesure où, de nos jours encore, alors que les connaissances astronomiques sont pourtant plus précises, chaque pays fixe différemment le début et la fin des mois.

XX. 1. Après cette victoire, les Athéniens refusèrent de céder aux Spartiates le prix de bravoure et de les laisser élever un trophée ; les deux peuples étaient sur le point de s'affronter en armes, et la situation des Grecs aurait été ruinée, si Aristide, en multipliant les exhortations et les remontrances à ses collègues stratèges,

---

72. *Les hoplites étaient groupés par tribu, ce qui explique que les pertes aient été subies seulement par les hommes de l'Aiantis. Cleidémos est l'un des Atthidographes, historiens d'Athènes. Il vécut au IVe siècle.*
73. *Sur les Nymphes Sphragitides, voir* supra, *XI, 3-4.*
74. *Plutarque, bien qu'il utilise généreusement Hérodote dans son récit, se plaît néanmoins à le critiquer. Il est évident que les chiffres des pertes donnés par Hérodote et qui ne concernent que les Athéniens, les Lacédémoniens et les Tégéates (IX, 70), ne rendent pas compte des pertes globales que Plutarque, d'après une autre source, évalue à 1 360 hommes.*
75. *Il s'agit du monument mentionné* infra, *XX, 4. L'épigramme aurait été rédigée par le poète Simonide de Céos.*
76. *Boédromion correspond approximativement à août-septembre.*

notamment à Léocratès et à Myronidès, ne les avait retenus et convaincus de laisser les Grecs arbitrer ce conflit. 2. Les Grecs délibérèrent donc et Théogeiton de Mégare proposa de donner à une cité autre que Sparte ou Athènes le prix de bravoure, si l'on voulait éviter une guerre interne entre les Grecs. Alors, Cléocritos de Corinthe se leva. On s'attendait à l'entendre réclamer le prix pour les Corinthiens, car leur cité était celle qui, après Sparte et Athènes, était la plus considérée[77]. Mais à la surprise et à la satisfaction générales, il parla en faveur des Platéens et conseilla, pour faire cesser la rivalité, de leur donner le prix de bravoure, car ni les Athéniens ni les Spartiates ne pourraient s'offusquer de les voir à l'honneur. 3. Aristide fut le premier à appuyer cette proposition, au nom des Athéniens, puis Pausanias fit de même, au nom des Lacédémoniens. Ainsi réconciliés, ils prélevèrent quatre-vingts talents, dont ils firent don aux Platéens et que ceux-ci employèrent pour rebâtir le temple d'Athéna, y placer une statue et orner le sanctuaire de peintures qui subsistent encore de nos jours dans tout leur éclat[78]. Les Lacédémoniens dressèrent un trophée pour leur compte et les Athéniens firent de même, un peu plus loin.
4. Le dieu pythien, lorsqu'ils le consultèrent sur le sacrifice qu'ils devaient faire, leur répondit d'élever un autel à Zeus Libérateur et de ne pas y sacrifier avant d'avoir, dans tout le pays, éteint le feu qui, disait-il, avait été souillé par les Barbares, et rallumé un feu pur, pris à Delphes, au foyer commun[79]. 5. Les chefs des Grecs firent donc aussitôt le tour du pays et forcèrent tous ceux qui avaient des feux à les éteindre, tandis qu'un Platéen, Euchidas, s'engageait à rapporter le plus vite possible le feu qu'il recevrait du dieu. Il se rendit à Delphes et là, ayant purifié son corps et l'ayant aspergé d'eau lustrale, il se couronna de laurier, prit le feu sur l'autel et s'en retourna en courant à Platées, où il parvint avant le coucher du soleil, après avoir parcouru mille stades en une seule journée. 6. Il salua ses concitoyens, leur remit le feu, s'écroula aussitôt et rendit l'âme peu après[80]. Pleins d'admiration, les Platéens l'ensevelirent dans le sanctuaire d'Eucleia, avec pour inscription, le tétramètre suivant :

> Euchidas à Pythô courut et de Pythô
> Revint ici en un seul jour.

Eucleia est, d'après l'avis le plus répandu, un nom d'Artémis, mais selon quelques-uns, il s'agit de la fille d'Héraclès et de Myrtô (cette dernière étant fille de Ménoïtios

---

77. Corinthe était encore en effet à ce moment une puissance avec laquelle il fallait compter, comme en témoigne son rôle à la veille de la guerre du Péloponnèse. Mais Hérodote ne mentionne pas les Corinthiens dans son récit de la bataille de Platées.
78. Cette statue, attribuée à Phidias, est décrite par Pausanias (IX, 4, 1-2). Les peintures étaient dues à Polygnote et à Onasias.
79. Il s'agit du feu perpétuel qui brûlait dans le temple d'Apollon Pythien à Delphes.
80. L'histoire rappelle celle du coureur de Marathon. On a douté de son authenticité et supposé qu'elle était destinée à expliquer la course aux flambeaux qui avait lieu lors des Éleuthéria. 1 000 stades équivalent à près de 200 km.

et sœur de Patrocle) qui mourut vierge et qu'honorent les Béotiens et les Locriens[81] :
8. elle possède chez eux, sur chaque agora, un autel et une statue ; les hommes et les femmes qui s'apprêtent à se marier lui offrent des sacrifices.

XXI. 1. Peu après, se tint une assemblée commune des Grecs, et Aristide présenta un décret proposant que chaque année se réunissent à Platées des délégués et des théores[82] de toute la Grèce ; que tous les quatre ans, on célèbre des concours en l'honneur de la liberté, les Éleuthéria ; 2. qu'on rassemble une force grecque composée de dix mille hoplites, de mille cavaliers et de cent navires, pour soutenir la guerre contre le Barbare ; enfin que les Platéens soient considérés comme inviolables et consacrés, et offrent au dieu[83] des sacrifices au nom de la Grèce. Ces propositions furent ratifiées et les Platéens se chargèrent de célébrer chaque année un sacrifice en l'honneur des Grecs morts et inhumés sur leur sol. 3. Ils continuent à le faire de nos jours, de la façon suivante. Le seize du mois Maïmactérion[84] – qui correspond au mois Alalcoménios des Béotiens –, ils organisent une procession qui commence au point du jour. Un joueur de trompette ouvre la marche, en sonnant le signal du combat. Derrière lui, s'avancent des chariots remplis de myrte et de couronnes, puis un taureau noir et des jeunes gens qui portent dans des amphores des libations de vin et de lait, ainsi que des fioles d'huile et de parfum. Ces jeunes gens sont de condition libre : 4. aucun esclave n'a le droit de participer à ce service, étant donné que c'est pour la liberté que ces guerriers sont morts. Vient enfin l'archonte de Platées : d'ordinaire, il lui est interdit de toucher du fer, et il ne doit porter que des vêtements blancs, mais ce jour-là, il est vêtu d'une tunique de pourpre, il tient une hydrie prise au dépôt des archives et, l'épée à la main, il traverse la cité pour se rendre devant les tombeaux. 5. Là, il prend de l'eau à la source, lave de ses propres mains les stèles, les oint de parfum, égorge le taureau sur le bûcher et, après avoir prié Zeus et Hermès Chthonien, invite les nobles héros qui sont morts pour la Grèce à venir participer à ce repas et à se gorger de sang. 6. Puis, procédant au mélange du vin dans le cratère, il le répand en disant : « J'offre à boire aux guerriers qui sont morts pour la liberté des Grecs. » Cette cérémonie est encore célébrée de nos jours par les Platéens.

XXII. 1. Lorsque les Athéniens eurent regagné leur ville, Aristide vit qu'ils voulaient rétablir la démocratie. Considérant que le peuple méritait des égards à cause de la vaillance dont il avait fait preuve, et que d'autre part, il n'était plus facile de le contenir, fort qu'il était de ses armes et fier de ses victoires, il rédigea un décret propo-

---

81. Eucleia est vraisemblablement une divinité locale qui fut assimilée à Artémis. D'où l'accent mis sur sa virginité. Artémis Eucleia était vénérée en Béotie, comme l'atteste Pausanias (IX, 17,1).
82. Nom donné aux délégués officiels d'une cité à une fête religieuse.
83. Zeus Éleuthérios (« Libérateur »), auquel étaient consacrées les Éleuthéria.
84. C'est-à-dire fin novembre-début décembre. Plutarque décrit ici un sacrifice funéraire, comme l'attestent la couleur de l'animal sacrifié ainsi que les prières adressées à Hermès Chthonien, celui qui guidait l'âme des morts. La tunique pourpre que revêt l'archonte souligne que ces morts qu'on honorait étaient des soldats. Plutarque a certainement vu se dérouler ce sacrifice, ce qui explique la précision de sa description.

sant que le gouvernement soit le bien commun de tous et que les archontes soient choisis parmi tous les Athéniens[85].

2. Thémistocle ayant déclaré devant l'assemblée qu'il avait une idée et un projet qui devaient rester secrets mais qui seraient avantageux et salutaires pour la cité, les citoyens demandèrent à Aristide d'en prendre connaissance, lui seul, et d'en délibérer avec lui. 3. Thémistocle lui révéla donc qu'il avait formé le projet de mettre le feu à la flotte des Grecs, ce qui assurerait aux Athéniens la supériorité et la domination sur tous les autres. Aristide revint trouver le peuple et déclara qu'on ne pouvait rien imaginer de plus avantageux que le dessein de Thémistocle, et rien également de plus contraire à la justice. 4. Après l'avoir entendu, les Athéniens demandèrent à Thémistocle d'abandonner ce projet. On voit combien le peuple éprouvait d'amour pour la justice, et combien à ses yeux, Aristide était un homme sûr et digne de confiance[86].

XXIII. 1. Lorsqu'il fut envoyé comme stratège avec Cimon pour continuer la guerre, Aristide s'aperçut que Pausanias et les autres chefs spartiates agissaient de manière insupportable et odieuse avec les alliés. Lui-même se comporta avec douceur et humanité, et poussa Cimon à se montrer conciliant et aimable avec eux durant les campagnes. De cette manière, insensiblement, sans employer ni hoplites, ni vaisseaux, ni cavaliers, en se contentant d'exercer sa bienveillance et son habileté politique, il enleva l'hégémonie aux Lacédémoniens[87]. 2. La justice d'Aristide et la modération de Cimon avaient donc déjà disposé les Grecs en faveur des Athéniens ; mais ceux-ci leur parurent encore plus aimables quand ils éprouvèrent l'ambition et la dureté de Pausanias. Ce dernier, en effet, s'adressait toujours aux chefs des alliés avec colère et rudesse ; quant aux simples soldats, il les punissait en les frappant ou forçait à rester debout toute une journée avec une ancre en fer sur le dos. 3. Il leur était interdit d'aller chercher de la paille ou du fourrage, ni de se rendre à une source pour y puiser de l'eau avant les Spartiates : des serviteurs armés de fouets écartaient ceux qui cherchaient à s'approcher. Un jour qu'Aristide essayait d'adresser à Pausanias des remontrances et des remarques à ce sujet, le Spartiate, fronçant les sourcils, lança qu'il n'avait pas le temps, et refusa de l'écouter.

---

85. Ce décret d'Aristide est surprenant. Dans la Constitution d'Athènes *(XXVI, 2) en effet, Aristote date l'ouverture de l'archontat aux zeugites, citoyens de la troisième classe (et non à tous les Athéniens), de « la sixième année après la mort d'Éphialtès », soit 457-456. En revanche, il associe le nom d'Aristide à celui d'Éphialtès à propos de la diminution des pouvoirs de l'Aréopage (XLI, 2), ce qui contredit d'ailleurs ce qu'il avait dit auparavant (XXV, 3), à savoir que c'était Thémistocle qui voulait la ruine du vieux conseil aristocratique. On devine là encore la manière dont les sources qu'utilisent Aristote et plus tard Plutarque manipulaient les figures des grands personnages du passé d'Athènes. Sur Éphialtès, voir* Périclès, *X, 7-8 et XVI, 3.*
86. Voir Thémistocle, *XX, 1-2. L'attachement du peuple athénien à la justice est une formule qui surprend de la part de Plutarque (voir supra, VII, où il dit exactement le contraire).*
87. C'est aussi ce qu'affirme Thucydide (I, 94-95). L'alliance entre Cimon et Aristide est réaffirmée dans Cimon, *V, 6 ; VI, 3.*

4. Sur ces entrefaites, les amiraux et les généraux des Grecs, notamment ceux de Chios, de Samos et de Lesbos, vinrent trouver Aristide, le pressant d'accepter le commandement et de réunir autour de lui les alliés qui depuis longtemps désiraient se débarrasser des Spartiates et rejoindre les Athéniens[88]. 5. Aristide répondit qu'il voyait bien ce qu'il y avait, dans leurs paroles, de nécessaire et de juste, mais qu'il avait besoin, comme garantie, d'un acte, après lequel leurs peuples seraient dans l'impossibilité de changer de nouveau de camp. Alors Ouliadès de Samos et Antagoras de Chios, ayant formé une conjuration, attaquèrent devant Byzance la trière de Pausanias, alors qu'elle sortait du port en tête des autres, et l'encerclèrent de tous côtés. 6. À cette vue, Pausanias, outré, se dressa et les menaça dans sa colère de leur montrer bientôt que ce n'était pas son navire qu'ils avaient attaqué, mais leurs propres patries. Ils lui ordonnèrent de se retirer, et de remercier la Fortune qui l'avait assisté à Platées : c'était elle qui inspirait encore aux Grecs assez de respect pour les empêcher de le châtier comme il le méritait. Pour finir, ils firent défection et rejoignirent les Athéniens. 7. Cet événement mit en lumière l'admirable fierté de Sparte : dès que les Lacédémoniens comprirent que leurs chefs s'étaient laissés corrompre par l'excès de leur pouvoir, ils renoncèrent spontanément à l'hégémonie et cessèrent d'envoyer des généraux pour conduire cette guerre ; ils préféraient avoir des citoyens modérés et fidèles aux traditions plutôt que de posséder l'empire sur toute la Grèce[89].

XXIV. 1. Les Grecs qui, au temps où les Lacédémoniens avaient l'hégémonie, versaient déjà une sorte de tribut pour la guerre, voulurent que cet impôt fût réparti équitablement entre toutes les cités et demandèrent aux Athéniens de leur envoyer Aristide ; ils le chargèrent d'inspecter les terres et les ressources de chaque pays, afin de déterminer le montant à payer, en fonction de ce qui était juste et possible pour chacun[90]. 2. Aristide, bien qu'il fût revêtu d'une si grande responsabilité et qu'il vît, d'une certaine manière, toutes les affaires de la Grèce remises entre ses seules mains, revint de cette mission encore plus pauvre qu'il n'était parti. Il fixa les sommes à payer non seulement de manière juste et désintéressée, mais encore avec l'agrément de tous, de la manière la plus harmonieuse. 3. De même que les Anciens avaient chanté l'âge de Cronos[91], les alliés des Athéniens vantèrent le tribut d'Aristide et parlèrent à son propos d'âge d'or de la Grèce – surtout lorsque, peu après, ils se virent imposés deux fois plus lourdement, et même, par la suite, trois fois plus. 4. Le tribut fixé par Aristide était

---

88. *Ce sont les préludes à la formation autour d'Athènes de la Ligue de Délos. Voir Thucydide, I, 96 et Aristote,* Constitution d'Athènes, *XXIII, 4, qui cite également Aristide, contrairement à Thucydide.*
89. *Les Spartiates rappelèrent en effet Pausanias. Mais il n'est pas sûr qu'ils renoncèrent de bon cœur à l'hégémonie qui leur avait été jusque-là reconnue par les Grecs. Sur ces événements. voir l'analyse de Will (1992), p. 125-130.*
90. *En réalité, c'est seulement après Salamine que Thémistocle aurait réclamé un tribut aux îles libérées de la domination perse (voir Hérodote, VIII, 111-112). Sur la fondation de la Ligue de Délos, voir Thucydide, I, 96-97 ; Aristote,* Constitution d'Athènes, *XXIII, 5 ; Diodore,* Bibliothèque historique, *XI, 47.*
91. *L'âge de Cronos, synonyme de l'âge d'or, avait été chanté par Hésiode dans* Les Travaux et les Jours, *v. 109.*

de quatre cent soixante talents; Périclès l'augmenta de près d'un tiers: d'après Thucydide en effet[92], les Athéniens recevaient au début de la guerre six cents talents de leurs alliés. 5. Après la mort de Périclès, les démagogues augmentèrent progressivement cette somme, pour la porter à un total de mille trois cents talents[93], moins à cause de la guerre, dont la durée et les vicissitudes entraînaient de nombreuses dépenses, que parce qu'ils poussèrent le peuple à procéder à des distributions gratuites, à financer des spectacles, à édifier des statues et des sanctuaires[94].

6. En fixant ainsi les tributs, Aristide s'était donc fait un nom glorieux et admiré. Mais Thémistocle tournait, dit-on, en dérision les éloges qu'on lui décernait, disant qu'ils ne convenaient pas à un homme, mais à un coffre-fort. Il se vengeait ainsi, bien faiblement, du franc-parler d'Aristide. 7. Un jour, comme Thémistocle déclarait que la plus grande vertu d'un stratège était de connaître et de prévoir les intentions des ennemis: «Bien sûr, Thémistocle, c'est nécessaire, avait coupé Aristide, mais ce qui est beau et vraiment digne d'un stratège, c'est de savoir retenir l'avidité de ses mains!»

XXV. 1. Aristide fit prêter aux Grecs un serment qu'il prononça lui-même au nom des Athéniens en lançant, pour appuyer ses malédictions, des masses de fer dans la mer[95]. Mais par la suite, lorsque les Athéniens furent forcés par les circonstances, semble-t-il, à durcir leur hégémonie, il les invita à faire retomber sur lui le parjure et à mener les affaires comme l'exigeait leur intérêt. 2. Théophraste[96] affirme que, de manière générale, cet homme, qui faisait preuve d'une justice si stricte dans sa vie privée et à l'égard de ses concitoyens, ne consultait pour les affaires publiques que l'intérêt de sa patrie qui rendait nécessaires, disait-il, de nombreuses injustices. 3. Théophraste rapporte ainsi que lorsqu'on délibéra, sur proposition des Samiens, du transfert du trésor de Délos à Athènes[97], ce qui était contraire aux conventions, Aristide déclara: «Ce n'est pas juste, mais c'est utile.» Pour finir, lui qui avait permis à sa cité de dominer tant d'hommes, il resta pauvre, et toute sa vie, la gloire qu'il tirait de sa pauvreté lui fut aussi chère que celle que lui conféraient ses trophées. 4. En voici un exemple. Callias le dadouque[98] lui était apparenté, et ses

---

92. *Sur le montant du tribut au moment de la formation de l'alliance, voir Thucydide, I, 96; sur son montant à la veille de la guerre du Péloponnèse, voir Thucydide, II, 13, 3.*
93. *Andocide (Sur la paix, 9) dit que le tribut dépassait 1 200 talents après la paix de Nicias.*
94. *Plutarque reprend ici les principaux arguments des adversaires de la démocratie contre les misthoï (salaires, d'un montant peu élevé, versés à ceux qui remplissaient une charge publique), contre le théoricon (indemnité des spectacles) et contre les constructions publiques trop luxueuses. Voir en particulier pseudo-Xénophon,* République des Athéniens, *I, 3-4; 13; II, 9-10.*
95. *Les* araï *sont des malédictions que celui qui prête serment attire sur lui ou sur la cité dans le cas où le serment n'est pas tenu. (N. d. T.) Ce rituel est évoqué par Aristote,* Constitution d'Athènes, *XXIII, 5.*
96. *Théophraste, élève d'Aristote, dirigea le Lycée après la mort de celui-ci. Il a laissé une œuvre considérable, dont seule une faible partie est parvenue jusqu'à nous.*
97. *Le transfert du trésor de la Ligue de Délos à Athènes eut lieu en 454. Aristide était déjà mort.*
98. *Sur Callias, voir supra, V, 6-8. Le dadouque («porte-torche») était un prêtre qui officiait lors des cérémonies des Mystères.*

ennemis lui avaient intenté un procès capital : après avoir présenté comme il convenait les motifs de leur accusation, ils exposèrent aux juges l'argument suivant, étranger à la question : 5. « Vous connaissez, dirent-ils, Aristide, le fils de Lysimachos, celui que l'on admire tant parmi les Grecs. Comment imaginez-vous qu'il vive chez lui, quand vous le voyez sortir en public avec un aussi méchant manteau ? N'est-il pas vraisemblable que cet homme, qui grelotte en public, souffre également de la faim chez lui et manque de tout le nécessaire. 6. Or il est le cousin de Callias, et celui-ci, le plus riche des Athéniens[99], le laisse dans le besoin, lui, sa femme et ses enfants, alors qu'Aristide lui a souvent rendu de grands services et que Callias a souvent profité du crédit dont son cousin jouit auprès de vous. » 7. Callias, voyant que ce reproche indignait particulièrement les juges et suscitait leur hostilité à son égard, fit appeler Aristide et lui demanda d'attester devant eux qu'il lui avait souvent offert des sommes considérables et l'avait supplié de les accepter, mais qu'il les avait refusées en disant : « Aristide a plus de raisons de s'enorgueillir de sa pauvreté que Callias de sa richesse, 8. car si l'on peut voir beaucoup de gens faire bon usage de leur fortune, il n'est pas facile de rencontrer quelqu'un qui endure la pauvreté avec noblesse : ceux qui sont pauvres malgré eux en rougissent. » Lorsque Aristide eut confirmé ces paroles de Callias, il n'y eut personne, parmi les auditeurs, qui ne fût, en s'en allant, plus désireux d'être pauvre comme Aristide que riche comme Callias. 9. Tel est du moins le récit d'Eschine le Socratique[100]. Quant à Platon, il juge que parmi ceux qui passèrent à Athènes pour les plus grands et les plus célèbres, seul Aristide était un homme de mérite. « Thémistocle, dit-il, Cimon et Périclès ont rempli la cité de portiques, de richesses et de mille superfluités, mais Aristide, lui, a gouverné en vue de la vertu[101]. »

10. Son attitude à l'égard de Thémistocle prouve également sa modération. Aristide l'avait eu pour ennemi durant toute sa carrière politique, et il avait été ostracisé à cause de lui mais, lorsque son rival lui offrit une prise analogue et fut mis en accusation devant la cité, il ne chercha pas à assouvir sa rancune. Alors qu'Alcméon, Cimon et beaucoup d'autres le poursuivaient et l'accusaient, Aristide fut le seul à ne faire preuve d'aucune mesquinerie dans ses actes ni dans ses paroles ; il ne voulut pas profiter du malheur de son adversaire, de la même manière qu'auparavant il ne s'était pas montré jaloux de sa réussite[102].

---

99. La richesse de Callias était proverbiale. Sur les biens qui la constituaient, voir Davies (1971), p. 258-261.
100. Eschine le Socratique est ainsi appelé pour le distinguer de l'orateur.
101. C'est dans le Gorgias *(518e-519b) que Platon critique Thémistocle, Cimon et Périclès et dans le même dialogue (526a-b) qu'il parle de la grandeur et de la vertu d'Aristide.*
102. Plutarque fait ici allusion à l'ostracisme de Thémistocle et aux accusations formulées contre lui par les Lacédémoniens qui le prétendaient complice de Pausanias. Thucydide (I, 135,2) dit que les Athéniens se laissèrent convaincre, et envoyèrent des gens pour s'emparer de lui. Il se trouvait alors à Argos ; averti à temps, il réussit à s'enfuir, et, après un long périple, se réfugia auprès du roi Artaxerxès. Voir aussi Thémistocle, *XXXIII, 1 et XXIV, 6.*

ARISTIDE

XXVI. 1. Aristide mourut, selon certains, dans le Pont[105], où il s'était rendu pour des affaires publiques ; selon d'autres, ce fut à Athènes, de vieillesse, entouré d'honneurs et d'admiration par ses concitoyens. Quant au Macédonien Cratère[104], il a fait, concernant la fin de ce héros, le récit suivant. 2. Après l'exil de Thémistocle[105], le peuple fut pris, semble-t-il, d'une insolence extrême et donna naissance à quantité de sycophantes qui s'en prirent aux meilleurs et aux plus influents des citoyens et les livrèrent à la jalousie de la foule, exaltée par ses succès et sa puissance. 3. Aristide lui-même aurait été l'une de ces victimes : il aurait été condamné pour vénalité, sur une accusation lancée par Diophantos, d'Amphitropè, qui prétendit que lorsqu'il avait réparti les tributs, Aristide avait accepté de l'argent des Ioniens. Comme Aristide ne pouvait payer l'amende, qui se montait à cinquante mines[106], il embarqua pour l'Ionie où il mourut. 4. Mais Cratère n'a fourni aucune preuve à l'appui de ses dires, ni acte d'accusation, ni décret, alors que d'ordinaire il indique avec précision les sources de ce genre et les historiens qu'il suit. 5. Tous les autres auteurs, ou presque, qui ont raconté les injustices auxquelles se livra le peuple à l'égard de ses stratèges évoquent avec insistance l'exil de Thémistocle, l'emprisonnement de Miltiade, l'amende infligée à Périclès et la mort de Pachès, qui, se voyant condamné, se tua au tribunal, sur le banc des accusés ; ils font mention de l'ostracisme d'Aristide, mais nulle part ils n'évoquent une telle condamnation[107].

XXVII. 1. En revanche, on montre à Phalère son tombeau qui fut, dit-on, édifié par la cité, car le héros n'avait même pas laissé de quoi payer ses funérailles[108]. 2. On raconte que ses deux filles furent nourries au Prytanée puis mariées aux frais de l'État : ce fut la cité qui leur trouva un époux, et leur donna à chacune une dot de trois mille drachmes ; quant à son fils, Lysimachos, le peuple lui alloua cent mines d'argent et cent plèthres de terre plantée, ainsi que quatre drachmes par jour, aux termes d'un décret que proposa Alcibiade[109]. 3. Ce Lysimachos laissa en mourant, à ce

---

103. *Région d'Asie Mineure, sur le Pont-Euxin, au nord-est de l'actuelle Turquie.*
104. *Cratère, fils d'un général d'Alexandre, fut au IIIe siècle gouverneur de Corinthe au nom d'Antigone Gonatas, roi de Macédoine, puis contrôla l'Attique. Il serait l'auteur d'une collection de décrets athéniens. Voir Dictionnaire, «Sources».*
105. *On date généralement l'ostracisme de Thémistocle de l'année 471-470.*
106. *50 mines (5 000 drachmes) est une somme assez élevée. Le fait de n'être pas en mesure de la payer témoigne selon Plutarque de la pauvreté d'Aristide et de la fausseté de l'accusation portée contre lui.*
107. *Plutarque donne ici des exemples d'hommes politiques qui furent victimes de l'ingratitude du peuple athénien. Miltiade, le vainqueur de Marathon, Périclès, le grand chef démocrate, Pachès, le stratège qui écrasa la rébellion de Mytilène en 427.*
108. *Sur la pauvreté d'Aristide et les opinions contradictoires, voir supra, I, 2-3. Démosthène (Contre Aristocratès, 209) confirme qu'il fut enterré aux frais de la cité.*
109. *Les deux filles d'Aristide ont déjà été évoquées supra en I, 1. 100 plèthres font environ 9 ha. Sur ce domaine, Démosthène (Contre Leptinès, 115) rappelle aussi la donation de 100 mines et la pension de 4 drachmes par jour. Si cette donation fut faite au moment de la mort d'Aristide (vers 467), la proposition émana du grand-père d'Alcibiade, Alcibiade l'Ancien.*

que dit Callisthène[110], une fille, Polycritè, à laquelle le peuple vota la même quantité de nourriture gratuite qu'aux vainqueurs des concours Olympiques. Démétrios de Phalère, Hiéronymos de Rhodes, Aristoxène le musicien et Aristote (s'il faut ranger son traité *Sur la bonne naissance* au nombre de ses écrits authentiques) rapportent que la petite fille d'Aristide, Myrtô, fut mariée au sage Socrate, qui avait déjà une autre épouse mais prit celle-ci chez lui parce qu'elle restait sans mari à cause de sa pauvreté et vivait dans la misère[111]. 4. Mais à tous ces auteurs, Panaïtios a opposé une réfutation suffisante dans ses écrits sur Socrate, tandis que dans son *Socrate*, Démétrios de Phalère affirme se souvenir d'un certain Lysimachos, descendant d'une fille d'Aristide, un miséreux qui gagnait sa vie près du sanctuaire d'Iacchos grâce à une tablette qui lui servait à interpréter les songes[112]. 5. Démétrios persuada le peuple, par décret, de donner à la mère de cet homme ainsi qu'à la sœur de cette femme une pension de trois oboles par jour et, lorsqu'il devint nomothète de la cité[113], il porta cette pension de trois oboles à une drachme par jour pour chacune des deux femmes. 6. Il n'y a rien d'étonnant à voir que le peuple se souciait ainsi de ceux qui se trouvaient dans la ville, puisque lorsqu'il apprit qu'une petite-fille d'Aristogiton vivait à Lemnos dans une si grande misère que son indigence l'empêchait de trouver un mari, il la fit venir à Athènes et la donna à un citoyen de bonne naissance, en lui attribuant pour dot la terre qui se trouve à Potamos[114]. 7. La cité a fourni encore de nombreuses preuves de son humanité et de sa générosité qui lui valent, en toute justice, l'admiration et l'envie[115].

---

110. *Callisthène d'Olynthe est le neveu d'Aristote, qui participa à l'expédition d'Alexandre.*
111. *Sur Démétrios de Phalère, voir supra, I, 2-3. Hiéronymos de Rhodes est un philosophe péripatéticien du III*[e] *siècle. En revanche, Aristoxène est un célèbre théoricien de la musique, originaire de Tarente, et qui séjourna à Athènes vers le milieu du IV*[e] *siècle. On connaît bien l'épouse acariâtre de Socrate, mise en scène par Platon dans le* Phédon. *Sur cette seconde épouse, qui serait la petite-fille d'Aristide, voir Diogène Laërce,* Vies des philosophes, *II, 5, 10 et Athénée,* Deipnosophistes, *XIII, 555d.*
112. *Plutarque n'a sans doute pas lu les auteurs qu'il cite en 3. En revanche, Panaïtios de Rhodes et Démétrios de Phalère sont souvent utilisés par lui. Sur l'existence de tels devins, voir Aristophane,* Guêpes, *52-53. Iacchos était une divinité associée à la célébration des Mystères d'Éleusis.*
113. *Démétrios de Phalère gouverna Athènes de 317 à 307, sous la protection du Macédonien Cassandre, fils d'Antipatros. Le titre de nomothète (législateur) que lui attribue Plutarque s'explique par le grand nombre de mesures dont il fut l'initiateur. Voir Mossé (1965), p. 59-66.*
114. *Aristogiton est celui qui, avec Harmodios, prépara le complot qui aboutit à l'assassinat d'Hipparchos, le fils de Pisistrate, en 514. Le dème de Potamos faisait partie de la tribu Léontis, dans laquelle Plutarque fut inscrit lorsqu'il reçut la citoyenneté athénienne.*
115. *Si Plutarque est souvent réservé sur le régime démocratique athénien, en revanche il admire profondément la cité où il étudia et se forma à la philosophie.*

CATON L'ANCIEN

I. 1. La famille de Marcus Caton était, dit-on, originaire de Tusculum, mais avant de participer aux campagnes militaires et de s'engager dans la vie politique, il vivait sur des terres héritées de son père dans le pays des Sabins[1]. Ses ancêtres furent, semble-t-il, tout à fait obscurs ; cependant Caton lui-même fait l'éloge de son père Marcus, qu'il présente comme un homme de bien et un bon soldat, et il dit de son arrière-grand-père Caton qu'il obtint souvent le prix de bravoure et que, lorsqu'il perdit au combat cinq chevaux de guerre, on lui en remboursa la valeur sur les deniers publics, pour honorer son courage. 2. Les Romains avaient l'habitude de donner à ceux qui ne pouvaient se glorifier de leur famille et parvenaient à se faire connaître par leurs seuls mérites le nom d'hommes nouveaux. Ce fut donc ainsi qu'ils appelèrent Caton, mais lui, il disait qu'il était un homme nouveau si l'on considérait l'influence et la gloire de ses ancêtres, mais que, si l'on se référait à leurs actions et à leurs mérites, il était très ancien[2]. 3. Au début, son troisième nom n'était pas Caton, mais Priscus[3] ; ce ne fut que tardivement qu'il reçut ce surnom de Caton, à cause de ses capacités : le mot *catus* signifie en effet habile, en latin[4].

---

1. Tusculum est une ville, un municipe latin, à une vingtaine de kilomètres au sud-est de Rome. Cette présentation est très semblable à celle qu'avait donnée l'historien latin Cornélius Népos, dans une courte biographie qui est probablement ici, comme en III, 3, une des sources de Plutarque. Une autre source, que nous retrouverons souvent, est le traité Sur la vieillesse *de Cicéron (sur la question des sources, voir Astin, 1978, p. 299-301).*
2. Noter la distance prise d'emblée, implicitement, par rapport aux mises en scène où Caton excelle. La réalité est sans doute celle d'une famille de chevaliers – appartenant donc au deuxième «ordre» de l'État, après les sénateurs – assez obscure, mais non pas pauvre (contrairement à l'affirmation de XXI, 3). Caton (234-149), en accédant à l'ordre sénatorial par son élection au consulat (195), correspondra à la définition de l'«homme nouveau».
3. Le mot latin priscus *signifie «des premiers temps». Caton, selon Plutarque qui utilise le mot grec* pampalaios, *«très ancien», en fait l'expression de vertus longuement enracinées dans sa famille. Mais ce surnom, qui a fini par distinguer Caton le Censeur de «Caton le Jeune» (Caton d'Utique), avait plutôt le sens de «vieux Romain», attaché aux traditions.*
4. Le «troisième nom» d'un citoyen romain est le surnom, le cognomen, *après le prénom Marcus et le nom de famille («gentilice», de la* gens), Porcius – *notons que cette famille paraît connaître une ascension au temps de la deuxième guerre punique.* Catus *serait, selon Varron (*De la langue latine, *VII, 46), un mot sabin ayant la même valeur que le latin* acutus : *aigu, d'où avisé ; habile, fin, pénétrant, subtil. En apportant par leur renommée un nouveau surnom à leur* gens, *les hommes qui se rendaient célèbres donnaient naissance à une nouvelle branche de celle-ci. Le présent exemple en fournit un cas concret, même si l'on peut avoir bien des doutes sur les explications fournies aussi bien par Caton lui-même que par Plutarque.*

4. En ce qui concerne son apparence physique, il était un peu roux et avait des yeux de chouette, comme le suggère sans bienveillance l'auteur de l'épigramme suivante :

> Ce rouquin aux crocs durs, au regard de chouette,
> Ce Porcius est mort, et pourtant Proserpine,
> N'en veut point chez Pluton[5].

5. Son corps avait été habitué dès l'origine au travail, à la sobriété et aux campagnes militaires : sa forme physique lui permettait donc toute forme d'activité et présentait un heureux équilibre de force et de santé. Quant à l'éloquence, qui était comme un second corps et l'instrument presque nécessaire des belles actions pour un homme qui ne voulait pas vivre dans l'obscurité et l'oisiveté[6], il l'entraîna et la développa dans les villages et les bourgades des environs, en plaidant chaque fois que l'on faisait appel à lui. Il se fit ainsi la réputation d'un lutteur énergique, puis d'un orateur habile[7].

6. Dès lors, ceux qui le fréquentaient remarquaient la profondeur et la fierté de son caractère, aspirant à de grandes entreprises et à un rôle de chef politique. 7. Non seulement il refusait, paraît-il, toute rémunération lorsqu'il participait à ces procès et à ces débats, mais il laissait bien voir que la gloire qu'il retirait de semblables joutes ne le satisfaisait pas pleinement ; c'était bien plutôt dans les batailles contre les ennemis et dans les campagnes militaires qu'il voulait s'illustrer[8]. Alors qu'il était encore un tout jeune homme, il avait le corps couvert de traces de blessures reçues de face. 8. Il affirme lui-même qu'il avait dix-sept ans lorsqu'il participa à sa première campagne, à l'époque où Hannibal victorieux mettait l'Italie à feu et à sang[9]. Dans les batailles, il avait la main prompte à frapper, le pied ferme et inébranlable et le visage farouche ; lorsqu'il marchait à l'ennemi, il lançait des paroles menaçantes, d'une voix rude : il pensait et expliquait fort justement que souvent ces démonstrations terrifient l'adversaire plus qu'une épée[10]. 9. Dans les

---

5. *Proserpine-Perséphone et Pluton-Hadès règnent aux Enfers. L'épigramme introduit de la vivacité et du pittoresque, par une de ces citations anecdotiques chères à Plutarque ; elle caractérise en les caricaturant certains aspects du personnage, l'avidité et la dureté, que la suite révélera (sur la couleur rousse, voir Delcourt, 1965, p. 15) ; elle place l'image de Caton entre sa propre statue, qu'il n'a cessé de sculpter avantageusement, et les déformations polémiques («sans bienveillance») de ses adversaires.*

6. *Ce paragraphe regroupe en raccourci toutes les qualités physiques et morales de l'idéal romain traditionnel. L'image de l'éloquence comme «second corps», peut-être forgée par Caton lui-même, traduit une idée platonicienne (*République*, IX, 582d) que Plutarque développe dans plusieurs* Vies.

7. *La rhétorique est créatrice de clientèle. L'une et l'autre sont des ressorts puissants de l'ascension politique.*

8. *Plus qu'une préférence pour les exploits physiques aux dépens des performances oratoires, ce nouveau parallèle marque le choix d'une carrière militaire glorieuse, donc romaine (voir* infra, *III, 3), et non limitée aux «villages et bourgades des environs» de Tusculum.*

9. *Hannibal envahit l'Italie en 218. Caton est donc né en 234. Il a peut-être été enrôlé en 216, dans la levée postérieure à la désastreuse défaite de Cannes.*

10. *Caton ne se contente pas de mettre en scène son personnage, il fournit lui-même la théorie de cette mise en scène. La même mention se retrouve dans les* Apophtegmes royaux et impériaux *de Plutarque, 199b.*

marches, il allait toujours à pied et portait lui-même ses armes, escorté d'un unique esclave chargé de ses provisions. Jamais, dit-on, lorsque ce serviteur lui apportait le déjeuner ou le dîner, Caton ne se fâcha contre lui ni ne lui adressa de reproches ; au contraire, il mettait souvent lui-même la main à l'ouvrage et l'aidait à préparer les repas, dès qu'il en avait fini avec ses tâches de soldat[11]. 10. En campagne, il buvait de l'eau, sauf lorsqu'il avait très soif ; alors il demandait de l'eau mêlée de vinaigre[12] ou, si les forces lui manquaient, il absorbait un peu de mauvais vin.

II. 1. Près de ses champs se trouvait la ferme de Manius Curius, qui avait à trois reprises obtenu le triomphe[13]. Caton s'y rendait très souvent et, tandis qu'il contemplait la petite taille de la propriété et l'humilité de la maison, il songeait à cet homme qui avait été le plus grand des Romains, avait soumis les peuplades les plus belliqueuses et chassé Pyrrhos d'Italie, mais n'en avait pas moins continué, après ses trois triomphes, à bêcher lui-même ce lopin de terre et à habiter cette ferme[14]. 2. C'était dans cette maison que les ambassadeurs des Samnites l'avaient trouvé, assis devant le foyer, occupé à faire bouillir des raves. Ils lui avaient offert de l'or en quantité, mais il les avait renvoyés en déclarant : « Un homme qui se contente d'un tel repas n'a pas besoin d'or, et pour ma part, je trouve plus beau de vaincre ceux qui ont de l'or que d'en posséder moi-même[15]. » 3. Caton s'en retournait, tout occupé de ces pensées, et une fois rentré chez lui, il passait en revue sa maison, ses terres, ses serviteurs et ses dépenses, puis il se mettait avec plus d'ardeur à travailler de ses mains et retranchait tout superflu.

Lorsque Fabius Maximus prit Tarente, il se trouva que Caton, encore tout jeune, servait sous ses ordres. Il fut logé par un certain Néarchos, un pythagoricien, dont il désira vivement écouter les enseignements[16]. 4. Lorsqu'il l'eut entendu énoncer

---

11. Frugalité, attitude d'humanité envers les esclaves, ou même partage de leur condition (III, 2 ; IV, 4), n'excluent pas une dureté parfois impitoyable (IV, 5).

12. Le mot grec oxos *a pour équivalent latin* posca. *Sur la nature de cette boisson et sa consommation régulière par les soldats, voir Tchernia (1986), p. 11-19.*

13. Manius Curius Dentatus a été au début du IIIe siècle un héros des guerres samnites (voir § 2), puis le vainqueur de Pyrrhos, roi d'Épire, en Italie du Sud. Le fait, exceptionnel, d'avoir obtenu trois triomphes (deux d'entre eux sont datés de 290 et 275 : voir Cicéron, Sur la vieillesse XVI, 55) prouve non seulement sa haute valeur militaire, mais des soutiens importants au sein de l'ordre sénatorial, auquel il appartenait. Le contraste avec sa frugalité est d'autant plus saisissant.

14. Dans l'imaginaire romain, Curius Dentatus apparaît comme un doublet de Cincinnatus, triomphateur des Volsques, revenu à sa charrue aussitôt après la victoire. Curius, voisin de Caton, est l'idéal imité et surtout proclamé de celui-ci, dans un univers mental et social qui construit ses valeurs sur des modèles, des exempla.

15. Voir les Apophtegmes, *194f et Cicéron,* République, *III, 40. Les raves, symbole de simplicité primitive et de désintéressement, s'opposent à l'or, emblème de toutes les corruptions depuis la trahison légendaire de Tarpeia et, plus tard, la prise de Rome par les Gaulois.*

16. Ceci se passe en 209. À 25 ans (Cicéron, Sur la vieillesse, *IV, 10 et XII, 39-41), le chevalier Caton fait partie, à titre encore subalterne, de l'état-major du dictateur Fabius Maximus, dont la guerre d'usure*

les mêmes principes que Platon, disant du plaisir : « C'est le plus grand piège tendu par le mal », du corps : « C'est le premier malheur de l'âme ; celle-ci en est délivrée et purifiée par les raisonnements qui l'éloignent et l'écartent le plus des passions corporelles », il chérit encore davantage la simplicité et la tempérance[17].
5. D'ailleurs, il étudia sur le tard, dit-on, la culture grecque et il était déjà très avancé en âge lorsqu'il eut entre les mains des livres grecs : il profita un peu de la lecture de Thucydide, et davantage de celle de Démosthène pour se former à l'éloquence. 6. Cependant ses écrits sont ornés çà et là de maximes et d'histoires reprises du grec, et l'on trouve dans ses apophtegmes et ses sentences de nombreux passages qui en sont traduits mot à mot[18].

III. 1. Il y avait alors à Rome un homme de très noble origine, fort influent, qui était habile à discerner une vertu naissante et désireux de la soutenir et de la conduire à la gloire ; il s'agissait de Valérius Flaccus[19]. 2. Comme il avait une propriété contiguë à celle de Caton, il apprit de ses serviteurs la manière dont son voisin travaillait de ses mains et le mode de vie qu'il s'était fixé[20]. Il fut fort surpris lorsqu'ils lui dirent que dès l'aube, il se rendait à pied sur la place publique de la ville, où il assistait en justice ceux qui lui en faisaient la demande et qu'ensuite, de retour dans son champ, vêtu d'une courte tunique en hiver et sans vêtement en été, il travaillait avec ses esclaves, s'asseyait avec eux pour manger le même pain et boire le même vin. Ils lui rapportèrent bien d'autres traits de sa simplicité et de sa modestie, et citèrent même quelques-uns de ses apophtegmes, si bien que Valérius l'invita à dîner. 3. Lorsqu'il le fréquenta et découvrit son caractère distingué, délicat, qui avait besoin, comme une plante, de culture et d'un emplacement bien exposé, il le pressa et le persuada d'entrer dans la vie politique à Rome. Caton descendit donc à Rome où il se fit aussitôt par lui-même, grâce à ses plaidoiries, des admirateurs et des amis, tandis que l'appui de Valérius lui

---

en Italie du Sud fait peu à peu pencher la balance en faveur de Rome (voir sa Vie). L'École pythagoricienne est depuis longtemps influente dans la ville grecque de Tarente, mais Néarchos pourrait bien être un personnage fictif.
17. Caton, très tôt platonicien, est un héros selon le cœur de Plutarque ! La citation précise du Timée, *69d, est attribuée à Caton par Cicéron,* Sur la vieillesse, *XIII, 44. Elle assimile et quasiment identifie la simplicité de la Rome primitive au dépouillement spirituel de la philosophie grecque à son apogée.*
18. Implicitement, cette présentation jette le doute sur l'antihellénisme où, selon la légende, se complaisait Caton (voir infra, VIII, 4-5). S'il a pu éditer « sur le tard » les recueils appelés Apophtegmes *(voir Cicéron,* Des devoirs, *I, 29), il devait en avoir collecté la matière bien auparavant (voir infra, III, 2 et XII, 5).*
19. Lucius Valerius Flaccus appartient à une des plus illustres familles sénatoriales et patriciennes de Rome (sur ses ancêtres, voir Publicola, *I, 1-2 ; sur sa carrière, voir Astin, 1978, p. 9 et suiv., 23 et suiv.). Son père a été consul en 227. Il est d'emblée présenté comme un « patron », lucide et efficace promoteur de la carrière de ses clients, parmi lesquels le chevalier Caton. Il mourra de la peste en 180.*
20. Après le voisin-modèle Curius Dentatus, le voisin-protecteur. Le rôle des serviteurs dans la diffusion de la renommée des hauts personnages est plusieurs fois souligné par Plutarque. Dans le cas présent, ils donnent l'impression d'avoir été préparés à cette tâche par leur maître.

valait beaucoup d'honneurs et d'influence[21]. Il obtint d'abord le tribunat militaire, puis il fut questeur[22]. **4.** Dès lors, une fois connu et célèbre, il parcourut avec Valérius toute la carrière des honneurs jusqu'aux magistratures les plus hautes : les deux hommes furent collègues au consulat et, par la suite, collègues également comme censeurs. Parmi ses aînés, Caton s'attacha à Fabius Maximus : cet homme était très célèbre et fort influent, mais c'était surtout son caractère et sa manière de vivre que Caton se proposait comme les plus beaux modèles[23]. **5.** Aussi lorsque le grand Scipion, alors tout jeune, s'éleva contre l'influence de Fabius et parut le jalouser, Caton ne craignit point de s'opposer à lui. Lorsqu'il dut l'accompagner, en qualité de questeur, pour mener la guerre en Libye et qu'il vit Scipion vivre dans son luxe habituel et prodiguer sans ménagement de l'argent à ses troupes, il alla jusqu'à le reprendre avec franchise[24] : « Ton plus grand tort, lui dit-il, ce n'est pas de dépenser, mais de corrompre la simplicité ancestrale des soldats : ils consacrent leur superflu aux plaisirs et au luxe. **6.** – Je n'ai pas besoin, répliqua Scipion, d'un questeur trop pointilleux quand je vogue à pleines voiles vers cette guerre. Je dois compte à la ville de mes actes, non de mes dépenses ! » Alors Caton quitta la Sicile et se joignit à Fabius pour dénoncer à grands cris dans le Sénat les sommes incroyables gaspillées par Scipion et la manière dont il passait son temps, tel un adolescent, dans les palestres et les théâtres[25], comme s'il s'agissait, non de faire la guerre, mais de célébrer une panégyrie[26]. Il fit tant qu'on envoya à Scipion des tribuns de la plèbe chargés de le ramener à Rome si ces accusations leur paraissaient fondées. **7.** Mais Scipion leur démontra que la victoire dépendait des préparatifs qu'il faisait pour la guerre, et leur fit bien voir que si pendant ses loisirs il était pour ses amis un plaisant compagnon, la libéralité de son train de vie ne lui faisait nullement négliger les affaires sérieuses et importantes. Il put donc embarquer pour la guerre[27].

---

21. Carrière typique d'un politique romain ; cette carrière est faite en partie par ses qualités d'orateur, en partie par le soutien d'un patron, dans une société pyramidale où tout un chacun, sauf au plus haut niveau, est à la fois client et patron.
22. D'abord tribun militaire, sans doute en Sicile où il a dû participer au siège de Syracuse aux côtés de Marcellus, Caton est questeur en 204, à 30 ans (voir Cicéron, Sur la vieillesse, *IV, 10 et Tite-Live,* Histoire romaine, *XXIX, 29). La questure est le premier degré du* cursus honorum *dans lequel Caton a, littéralement, « couru avec » Valérius. (N.d.T.) Ils occuperont de concert le consulat en 195, la censure en 184.*
23. Le modèle vivant, Fabius Maximus, double le modèle historique, Curius Dentatus. Il a surtout pour fonction d'introduire l'hostilité incessante de Caton envers Scipion l'Africain. Sur les relations Fabius-Scipion et la jalousie du premier, voir Fabius, *XXV, 2-3. La* Vie de Scipion *écrite par Plutarque est perdue.*
24. Les rapports entre un consul, chef de guerre, et le questeur, chargé des finances auprès de lui, étaient très étroits ; voir Cornélius Népos, Caton, *1, 3.*
25. Le reproche adressé à Scipion, et que Plutarque paraît partager, est quadruple : il gaspille l'argent du trésor, il corrompt le soldat-citoyen, il traite son collègue avec arrogance, il vit « à la grecque », à la manière des cours hellénistiques de l'époque.
*26. Une « panégyrie » est une fête de l'ensemble du peuple (*pan-*, « tout » ;* agora*, « place publique »).*
27. Sur l'épisode conduisant à l'embarquement de Scipion pour l'Afrique en 204, qui annonce la victoire de Zama, voir le récit détaillé de Tite-Live, XXIX, 19-25.

IV. 1. Pour en revenir à Caton, l'influence que lui valait son éloquence grandissait et la foule le surnommait «le Démosthène romain»[28]. Mais c'était surtout son mode de vie qui était connu et dont on parlait partout. 2. L'habileté oratoire était dès cette époque l'objet des efforts et de l'émulation des jeunes gens, mais un homme fidèle à l'habitude ancestrale de travailler de ses mains, un homme qui se contentait d'un dîner frugal et d'un déjeuner froid, d'un vêtement simple et d'une demeure plébéienne, un homme qui trouvait plus enviable de ne pas avoir besoin du nécessaire que de le posséder, un tel homme était exceptionnel[29]. Dès cette époque, la cité était trop grande pour conserver sa pureté; sa domination sur tant de pays et d'hommes l'avait mise au contact de nombreuses coutumes et elle avait subi l'influence des modes de vie les plus variés. 3. Il était donc naturel que l'on admirât Caton, en le voyant si différent des autres, que les fatigues épuisaient et que les plaisirs alanguissaient: il ne se laissait, lui, dominer ni par les unes ni par les autres – et ce, non seulement dans sa jeunesse, lorsqu'il briguait les honneurs, mais même dans sa vieillesse, quand il avait déjà les cheveux blancs, après son consulat et son triomphe, tel un athlète victorieux qui reste fidèle à son régime d'entraînement et persévère jusqu'à la mort[30]. 4. À ce qu'il affirme lui-même, il ne porta jamais de vêtement qui eût coûté plus de cent drachmes; lorsqu'il était préteur et consul, il buvait le même vin que les ouvriers et faisait acheter au Forum pour son dîner de la nourriture pour trente as[31] – et cette dépense, il la faisait dans l'intérêt de la cité, afin que son corps fût assez vigoureux pour supporter les campagnes militaires. 5. Il dit aussi qu'ayant reçu en héritage un tapis brodé de Babylone[32], il s'empressa de le vendre, qu'aucune de ses fermes n'avait de murs crépis, que jamais il n'acheta d'esclave qui coûtât plus de quinze cents drachmes, car il n'avait pas besoin, disait-il, de jolis garçons raffinés, mais de robustes travailleurs, notamment de palefreniers et de vachers[33]. Et même ceux-ci, il fallait, selon lui, les vendre lorsqu'ils devenaient vieux et ne pas nourrir des bouches inutiles[34]. 6. De manière générale, il jugeait

---

28. *Sur la comparaison entre Caton et Démosthène, voir* supra, *II, 5 et* Appien, Iberica, *39, 160.*
29. *Le biographe reprend un lieu commun de la fin de la République sur la décadence de Rome due à la richesse et à la puissance. Tite-Live en a donné une expression saisissante dans sa Préface à* l'Histoire de Rome : *«Jamais État ne fut plus grand, plus pur, plus riche en bons exemples; jamais peuple ne fut aussi longtemps inaccessible à la cupidité et au luxe et ne garda aussi profondément le culte de la pauvreté et de l'économie : tant il est vrai que moins on avait de richesses, moins on les désirait; au lieu que de nos jours avec les richesses est venue la cupidité...»*
30. *Sur la fidélité ultérieure de Caton à son éthique de jeunesse, voir* infra, *XI, 4. La comparaison avec l'entraînement de l'athlète réapparaît souvent dans les* Vies : *voir* infra, *XI, 4 et XXIX, 4.*
31. *30* as *valent 3* deniers, *c'est-à-dire l'équivalent de 3 drachmes attiques.*
32. *Voir Pline l'Ancien,* Histoire naturelle, *VIII, 74, 196.*
33. *Voir Aulu-Gelle,* Nuits attiques, *XIII, 24, qui rapporte les propos mêmes de Caton et commente : «Vérité toute simple d'un homme de Tusculum qui disait manquer de bien des choses et n'en désirer aucune...»*
34. *Ce passage, qui contredit apparemment I, 9, III, 2 et IV, 4, est confirmé par le chapitre XXI et le traité de Caton,* De l'agriculture, *II, 7 : «Un esclave est-il malade ? Il ne fallait pas lui donner autant à manger.» La contradiction se résout si l'on voit en Caton à la fois un frugal meneur d'hommes et un propriétaire (de terres et d'hommes) soucieux de rentabilité. Plutarque s'en tient (V) à un point de vue de moraliste.*

que rien de ce qui est superflu n'est bon marché : ne coûtât-il qu'un as, un produit dont on n'avait pas besoin était encore trop cher, à ses yeux. Quant aux terres, il fallait acheter des champs propres à la culture ou à l'élevage, non des propriétés qui demandaient à être arrosées et ratissées[35].

V. 1. Certains expliquaient cette conduite par la mesquinerie du personnage, mais d'autres l'approuvaient, dans l'idée que c'était pour corriger et assagir autrui qu'il se restreignait si strictement. Quant à moi, je considère que se servir de ses esclaves comme de bêtes de somme, puis s'en débarrasser quand ils ont vieilli et les vendre, cela dénote un caractère d'une dureté excessive : c'est la conduite de quelqu'un qui ne voit entre les hommes aucun autre lien que l'intérêt. 2. Nous voyons bien, pourtant, que la bonté va beaucoup plus loin que la justice. Nous ne recourons naturellement à la loi et au droit qu'avec les hommes, mais quand il s'agit de la bienfaisance et de la générosité, elles s'épanchent d'un cœur délicat comme d'une source abondante, pour rejaillir parfois jusque sur les bêtes privées de la parole[36]. Nourrir les chevaux usés par les années et soigner non seulement les chiots, mais aussi les vieux chiens, voilà le comportement d'un être généreux.
3. Au moment de la construction de l'Hécatompédon, le peuple athénien relâcha les mulets qu'il avait trouvés les plus prompts à l'ouvrage et les laissa paître en liberté[37]. L'un d'eux, dit-on, revint de lui-même se mettre à la besogne : il courut aux côtés des bêtes de somme qui hissaient les chariots puis se mit à leur tête, comme pour les encourager et les stimuler. Les Athéniens décrétèrent que cet animal serait nourri aux frais de l'État jusqu'à sa mort. 4. Quant aux juments avec lesquelles Cimon avait remporté trois victoires aux concours Olympiques, elles eurent droit à une sépulture près de son tombeau[38]. Beaucoup de gens ont fait enterrer les chiens qui avaient été leurs compagnons et leurs familiers. Ce fut le cas notamment de Xanthippos l'ancien : son chien qui avait nagé le long de sa trière jusqu'à Salamine, lorsque le peuple abandonnait Athènes, fut enterré par lui sur le promontoire qu'on appelle, maintenant encore, la Tombe du chien.
5. Il ne faut pas en effet se servir des êtres animés comme s'il s'agissait de chaussures ou d'ustensiles, et les rejeter une fois qu'ils sont brisés ou usés par le service. Nous

---

35. Le De l'agriculture *abonde en recommandations de ce genre.*
36. Les qualités désignées sous les vocables de «bonté», «bienfaisance», «générosité» s'appellent ailleurs chez Plutarque et chez plus d'un penseur grec «douceur» et «philanthropia» (voir Dictionnaire, «Douceur»). L'exposé de ces valeurs se trouve notamment dans l'œuvre d'Aristote, mais l'intérêt et la compassion pour les animaux sont particulièrement frappants chez Plutarque; voir Wardman (1974).
37. Plutarque trouve souvent ses exemples de référence à Athènes, qu'il admire profondément. L'Hécatompédon est une partie du temple du Parthénon «large de cent pieds», sur l'Acropole. Sur les travaux du Parthénon, voir Périclès, *XIII, 7.*
38. Le personnage dont il est ici question est le grand-père du Cimon dont Plutarque a conté la Vie. *La* Vie de Thémistocle *rapporte, plus en détail, la même anecdote. On distinguera – ce que ne fait pas le biographe – la cavale de l'aristocrate compétiteur des concours Olympiques et le démocratique mulet des grands travaux de l'Acropole. Il y a une continuité des* exempla *par-delà les changements de régime...*

devons nous habituer à nous montrer doux et bienveillants avec eux, ne serait-ce que pour nous entraîner à pratiquer l'humanité[39]. 6. En ce qui me concerne, je ne vendrais même pas un bœuf de labour pour cause de vieillesse ; à plus forte raison assurément, jamais je n'arracherais un être humain vieillissant à la terre qui l'a nourri et à son mode de vie habituel, qui sont pour lui comme une patrie, et ce en échange d'une somme dérisoire, puisqu'il serait aussi inutile à l'acheteur qu'au vendeur. 7. Mais Caton semblait se faire gloire d'une telle conduite : il abandonna même en Espagne, dit-il, le cheval qu'il avait monté durant ses campagnes quand il était consul, pour éviter à la cité d'avoir à payer les frais de sa traversée. Faut-il voir dans cette décision un signe de grandeur d'âme ou de mesquinerie ? Libre à chacun d'en décider[40].

VI. 1. Dans tous les autres domaines, la tempérance de Caton était remarquable et digne d'admiration. Lorsqu'il commandait l'armée, il ne prenait pas pour lui et pour sa suite plus de trois médimnes attiques de froment par mois, et pour ses bêtes de somme moins de trois demi-médimnes d'orge par jour[41]. 2. Lorsqu'il obtint la province de Sardaigne[42], alors que les préteurs qui l'avaient précédé avaient pris l'habitude de se procurer aux frais de l'État tentes, lits et vêtements, et d'écraser la province de leur nombreuse domesticité, de la foule de leurs amis, des dépenses et des fournitures nécessaires à leurs festins, Caton introduisit des changements incroyables dans le sens de l'économie. 3. Jamais il n'imposa, pour quoi que ce soit, la moindre dépense au trésor public ; quand il visitait les cités, c'était à pied, sans attelage, avec pour toute escorte un unique appariteur qui portait le vêtement et le vase à libation nécessaires au sacrifice[43]. 4. Si en ces occasions il était facile à vivre et simple avec ses administrés, en revanche, il se montrait grave et solennel, inflexible quand il s'agissait de la justice, rigide et sévère lorsqu'il donnait des ordres au nom de l'Empire. Aussi jamais la puissance romaine n'avait-elle inspiré à la fois plus de terreur et d'affection à ces habitants[44].

---

39. Ici, « l'humanité » n'est pas essentiellement le résultat de l'appartenance à une même « espèce » : elle traduit indifféremment une attitude de bonté à l'égard des animaux et des esclaves, les uns et les autres propriété du maître. Mais le paragraphe qui suit conduit à nuancer cette analyse.
40. De même, Plutarque refuse de juger Brutus, le « premier républicain », qui condamne et exécute ses fils, dans Publicola, *VI, 5-6.*
41. Le médimne attique vaut un peu moins de 52 l.
42. Plutarque gouverne la Sardaigne comme préteur en 198, à 36 ans. La préture est, après la questure et l'édilité, le troisième échelon du cursus, *celui qui précède le consulat.*
43. L'ensemble de ces indications décrit un Caton en réaction contre le comportement souvent présenté comme arrogant et tyrannique des magistrats romains en poste à travers l'Italie (voir Nicolet, 1976, p. 58-59). Juste après la deuxième guerre punique, celle-ci vient de passer définitivement sous la domination romaine. Les licteurs sont les appariteurs officiels qui précèdent le magistrat supérieur ; ils portent les baguettes et la hache liées en faisceau.
44. La bonté et la simplicité personnelles de Caton s'accompagnent d'un sens aigu de sa mission de justice (comparer V, 2), tâche essentielle du préteur. Le jugement rétrospectif du Grec Plutarque sur le mélange « de terreur et d'affection » suscité par la puissance romaine ne manque pas d'intérêt.

VII. 1. L'éloquence du personnage offrait à peu près les mêmes caractéristiques : elle était à la fois plaisante et redoutable, douce et effrayante, facétieuse et austère, sentencieuse et polémique. De la même manière Socrate, à en croire Platon, offrait à ceux qui le rencontraient l'apparence extérieure d'un homme commun, d'un satyre et d'un insolent, mais intérieurement, il était plein de profondeur et de pensées qui arrachaient des larmes aux auditeurs et leur remuaient le cœur[45]. 2. J'ignore donc ce qui a pris à ceux qui affirment que l'éloquence de Caton ressemblait surtout à celle de Lysias[46]. 3. Cependant en pareille matière, je laisse juges ceux qui sont plus capables que moi de percevoir les traits de l'éloquence romaine[47]. Quant à moi, je vais rapporter brièvement quelques-uns de ses mots célèbres, car j'affirme, quoi qu'en pensent certains, que le caractère des hommes se voit beaucoup mieux dans leurs paroles que sur leurs visages[48].

VIII. 1. Un jour que le peuple romain réclamait hors de saison une distribution de blé, Caton voulut l'en dissuader et commença ainsi son discours : « Il est difficile, citoyens, de parler à un ventre dépourvu d'oreilles[49]. »
2. Pour critiquer le luxe, il disait : « Il est difficile de sauver une cité où un poisson se vend plus cher qu'un bœuf[50]. »
3. Il comparait les Romains à des moutons qui, pris séparément, refusent d'obéir, mais tous ensemble, suivent en troupeau ceux qui les conduisent : « C'est la même chose avec vous, leur disait-il ; dès que vous êtes assemblés, vous vous laissez mener par ceux dont vous ne voudriez pas individuellement pour conseillers[51]. »
4. À propos du pouvoir des femmes : « Tous les êtres humains, disait-il, commandent aux femmes, mais chez nous, qui commandons à tous les autres humains, ce sont les femmes qui commandent. » Il s'agit en fait de la traduction d'un mot de Thémistocle[52]. 5. Celui-ci, auquel son fils imposait souvent ses volontés, par l'inter-

---

45. Allusion au célèbre passage du Banquet, *215a-e, que reprendra Rabelais, dans le prologue de* Gargantua : *« Silènes étaient jadis petites boîtes... »*
46. Cicéron, Brutus, *16, 63 : « Entre Caton et Lysias il y a aussi comme une certaine ressemblance : tous deux sont fins, élégants, spirituels, rapides. » Atticus expose un avis contraire dans son* Brutus *(85, 293). Il en ressort en tout cas que Caton était devenu une référence dans les débats sur l'art oratoire. Dans ce chapitre, Plutarque doit se référer directement à l'œuvre de son héros (Astin, 1978, p. 301).*
47. Plutarque confie ses déficiences en latin dans Démosthène, *II, 2-3.*
48. Cet aspect est abordé au début de la Vie d'Alexandre *(I, 2-3), où est définie la tâche propre du biographe. Le recueil des* Apophtegmes royaux et impériaux *illustre cette position de principe. La formule finale annonce les chapitres VIII-IX, recueil de « mots » de Caton.*
49. De cette formule dérivent le proverbe « Ventre affamé n'a point d'oreilles » et son équivalent espagnol : « À grande faim point de conseil. » L'ensemble des mots rapportés dans ce qui suit doit dériver d'un recueil constitué après coup des « dits de Caton ».
50. Voir Apophtegmes, *198d ; la première référence est chez Polybe,* Histoires, *XXXI, 25, 5.*
51. Ici encore, Rabelais et Panurge ne sont pas loin.
52. La « morale de l'histoire » enchantait Caton : voir Thémistocle, *XVIII, 7 ;* Apophtegmes, *198d ; Sur l'éducation des enfants, 1c.*

médiaire de sa mère, disait : « Femme, les Athéniens commandent aux Grecs, toi tu me commandes, et notre fils te commande : qu'il use donc avec modération de ce pouvoir qui lui permet, tout étourdi qu'il soit encore, d'être le plus puissant des Grecs ! »

6. D'après Caton, le peuple romain fixait le prix non seulement des tissus teints en pourpre, mais de toutes les formes d'activités : « Les teinturiers trempent de préférence les étoffes dans la couleur qu'ils voient la plus appréciée ; de même, les jeunes gens étudient et recherchent ce qui attire vos louanges. »

7. Il leur adressait les exhortations suivantes : « Si vous devez votre grandeur à votre vertu et à votre sagesse, ne changez pas pour le mal ! mais si vous la devez à l'intempérance et au vice, amendez-vous, car vous êtes devenus assez grands par de tels procédés. »

8. De ceux qui ne cessaient de briguer des magistratures, il déclarait : « On dirait qu'ils ne connaissent pas leur chemin ; ils veulent toujours avancer entourés de licteurs, de peur de s'égarer[53]. » Il blâmait ses concitoyens de choisir plusieurs fois de suite les mêmes magistrats. 9. « On pensera, leur disait-il, soit que vous n'accordez pas beaucoup de valeur aux fonctions politiques, soit que vous ne trouvez pas beaucoup de gens dignes de les exercer[54]. »

10. À propos d'un de ses adversaires qui passait pour mener une vie honteuse et infâme, il déclara : « Sa mère considère que s'il lui survit, ce sera l'effet d'une malédiction, non d'une prière. » 11. Un homme avait vendu une terre héritée de ses ancêtres, qui se trouvait sur le rivage. Caton, feignant l'admiration, déclara qu'il était plus fort que la mer : « Ce que la mer avait du mal à inonder, il l'a englouti, lui, sans difficulté[55]. »

12. Lorsque le roi Eumène se rendit à Rome, il fut accueilli par le Sénat avec des honneurs extraordinaires, et les premiers citoyens s'empressaient à l'envi autour de lui[56]. Mais on vit bien que Caton éprouvait à son égard des soupçons et de la défiance. 13. « Pourtant, lui dit quelqu'un, c'est un excellent homme, et il aime les Romains. – Soit, répondit Caton, mais l'engeance des rois est par nature mangeuse de chair[57]. » 14. Aucun de ces rois si vantés ne méritait, selon lui, d'être comparé à Épaminondas, Périclès, Thémistocle, Manius Curius ou Hamilcar, surnommé Barca[58].

---

53. L'image joue sur la double fonction du licteur : il symbolise par ses faisceaux l'autorité du magistrat supérieur (voir supra VI, 3), il le précède dans ses déplacements.
54. Ce mot se retrouve dans Apophtegmes, *199a. Le titre d'un discours perdu de Caton confirme la netteté de son option :* Que personne ne soit consul une seconde fois.
55. La même anecdote se trouve dans les Apophtegmes, *199b.*
56. Il s'agit du roi Eumène II de Pergame, venu à Rome en 172. Il est de la fonction du Sénat de recevoir les rois et les ambassadeurs étrangers.
*57. La formule développe celle d'Homère sur « les rois mangeurs de peuples » (*Iliade*, I, v. 231) ; Hésiode, dans* Les Travaux et les Jours, *évoque « les rois mangeurs de présents ».*
58. Sur Manius Curius Dentatus, voir supra, II, 1-3. La liste des personnages est contestée : on a proposé de supprimer Périclès et Thémistocle et d'ajouter Aristide (voir sa Vie, *XXV, 9). Le Punique Hamilcar (vers 270-229), de la famille des Barcides, est le père d'Hannibal.*

15. « Mes ennemis, disait-il, me jalousent parce que chaque jour je me lève à l'aube et que je néglige mes propres affaires pour consacrer tout mon temps à celles du peuple[59]. » 16. « Je préfère, disait-il encore, bien agir et ne pas obtenir de reconnaissance, plutôt que mal agir et échapper au châtiment. » 17. Et il ajoutait : « J'excuse toutes les fautes, sauf les miennes[60]. »

IX. 1. Les Romains avaient désigné trois ambassadeurs pour se rendre en Bithynie : l'un était goutteux, le second avait été trépané et gardait un trou dans la tête, le troisième passait pour fou. Caton se mit à rire et déclara que les Romains envoyaient une ambassade qui n'avait ni pied, ni tête, ni sens[61].
2. Il avait été sollicité par Scipion, à l'instigation de Polybe, en faveur des exilés d'Achaïe et comme la discussion se prolongeait au Sénat, les uns voulant les autoriser à rentrer chez eux, les autres s'y opposant, il se leva : « On dirait, lança-t-il, que nous n'avons rien à faire : nous restons assis toute une journée à nous demander si quelques Grecs décrépits devront être enterrés par nos fossoyeurs ou par ceux de l'Achaïe[62]. » 3. Les sénateurs ayant voté le retour de ces hommes, Polybe laissa passer quelques jours puis tenta une nouvelle démarche auprès du Sénat, afin que les exilés pussent retrouver les honneurs dont ils jouissaient auparavant en Achaïe[63]. Comme il sondait Caton à ce propos, celui-ci répliqua en souriant : « Polybe veut, comme Ulysse, retourner dans l'antre du cyclope où il a oublié son bonnet et sa ceinture[64]. »
4. Il déclarait que les sages tirent plus de profit de la fréquentation des sots que ces derniers de celle des sages.
5. Quant aux jeunes, il préférait, disait-il, les voir rougir que pâlir[65]. Il ne voulait pas d'un soldat qui agitait les mains quand il marchait et les pieds quand il combattait et dont les ronflements étaient plus forts que ses cris de guerre[66].
6. Se moquant d'un homme trop gros : « Comment, disait-il, un tel corps pourrait-il être utile à la cité quand, du gosier à l'aine, l'estomac occupe toute la place[67]. »

---

59. *L'on voit ici que certaines des appréciations louangeuses portées sur Caton dérivent du portrait qu'il faisait de lui-même.*
60. *Même formule dans les* Apophtegmes, *198e.*
61. *Même anecdote chez Polybe, XXXVI, 14, 2 et chez Tite-Live,* Abrégé, *50.*
62. *Polybe, le futur historien, est intervenu auprès de son protecteur Scipion en faveur de ses concitoyens et alliés, les otages achéens, déportés en Italie après la bataille de Pydna (168). Ils étaient alors plus de 1 000 et il en reste 300 en 151. Caton confirme à la fois son hostilité aux Scipions et à l'hellénisme.*
63. *Les exilés sont, comme Polybe, des notables influents des cités grecques concernées.*
64. *Allusion à l'épisode célèbre de l'*Odyssée. *Comparer le Sénat romain à l'antre du cyclope ne manque pas d'audace.*
65. *Plutarque reprend la formule à trois reprises (*Apophtegmes, *198e;* Moralia *29e et 528f).*
66. *Le passage des* Apophtegmes, *198e donne l'explication : le soldat ne doit pas « agiter les mains en marchant » pour piller, ni « agiter les pieds au combat » pour fuir...*
67. *Voir Aulu-Gelle, VI, 22 et XVII, 2, 20 : Caton, comme censeur, a exclu de l'ordre équestre Lucius Véturius parce qu'il était trop gras.*

7. Un homme qui menait une existence de plaisirs voulait se lier avec lui ; il déclina son offre en déclarant qu'il ne pourrait pas vivre avec quelqu'un qui avait le palais plus délicat que le cœur.
8. Quant aux amoureux, il disait que leur âme vivait dans le corps d'un autre.
9. Du repentir, il déclarait ne l'avoir éprouvé qu'à trois reprises dans toute sa vie : la première fois, pour avoir confié un secret à une femme, la seconde, pour avoir pris un navire alors qu'il pouvait faire le même trajet à pied, et la troisième, pour être resté un jour entier sans testament valide.
10. À un vieillard qui se livrait à la débauche, il dit : « Mon ami, la vieillesse a suffisamment de laideurs ; ne leur ajoute pas la honte qui vient du vice[68]. »
11. Un tribun de la plèbe, qui avait été soupçonné d'empoisonnement, présentait une loi détestable, qu'il s'efforçait de faire passer[69] : « Jeune homme, lui dit Caton, je ne sais pas ce qui est le pire, de boire tes potions ou de ratifier ce que tu proposes. »
12. Injurié par un homme qui avait vécu dans la débauche et le vice, il déclara : « La lutte est inégale entre nous : toi, tu écoutes volontiers les saletés et tu en profères avec plaisir, moi je n'aime pas en dire et je n'ai pas l'habitude d'en entendre. » Voilà le genre des mots célèbres de Caton.

X. 1. Nommé consul avec Valérius Flaccus, son ami et son familier, il obtint, lors du tirage au sort des provinces[70], celle que les Romains appellent l'Espagne Citérieure[71]. Là, tandis qu'il soumettait certaines peuplades et en gagnait d'autres par la persuasion, il fut attaqué par une grande armée de Barbares et se vit en danger d'être chassé honteusement. Aussi sollicita-t-il l'alliance des Celtibères, un peuple du voisinage[72].
2. Ceux-ci réclamèrent deux cents talents pour prix de leur secours. Tous les autres jugeaient inacceptable que des Romains paient un salaire à des Barbares pour les assister, mais Caton déclara qu'il n'y avait là rien de grave : vainqueurs, ils paieraient avec l'argent des ennemis, non avec le leur, et s'ils étaient vaincus, il n'y aurait personne pour verser cette somme ou pour la réclamer. 3. Caton remporta cette bataille

---

68. *Voir* Apophtegmes, *199a et* Moralia *784a, 829f. Caton évoluera sur ce sujet : comparer* infra, *XXIV, 1-7 !*
69. *Un tribun de la plèbe ne peut être, pour l'ultra-conservateur Caton, que l'emblème de l'adversaire politique.*
70. *Sur Valérius Flaccus, voir* supra, *III, 1-2. La double élection de 195 prouve une grande influence de l'association formée par les deux hommes : poids traditionnel de l'aristocrate patricien, étoile montante de l'«homme nouveau». À chaque début d'année politique, les magistrats sont élus par les comices centuriates, et un tirage au sort établit la répartition des «provinces» (le mot a signifié d'abord une charge confiée à un magistrat, et par suite une région conquise par Rome, dont le gouvernement échoit au magistrat). Flaccus, lui, reçoit la Gaule Cisalpine.*
71. *Le nord-est de l'Espagne conquise après la défaite punique a connu au IIe siècle plus de troubles et d'opposition à Rome que la riche province méridionale d'Espagne Ultérieure, la future «Bétique». Tout ce qui suit est un tissu d'anecdotes qui occulte largement la réalité historique (voir Astin, 1978, p. 28-50).*
72. *S'agit-il d'un recrutement de mercenaires, ou d'un dédommagement offert à ce peuple pour le désolidariser des Turdétans, ennemis avérés de Rome ? Voir aussi Tite-Live, XXXIV, 19, 2 et suiv.*

de haute lutte et ensuite, tout lui réussit brillamment[73]. Selon Polybe[74], on rasa en un seul jour, sur son ordre, les murailles de toutes les cités qui se trouvaient en deçà du fleuve Baetis, lesquelles étaient très nombreuses et peuplées d'hommes belliqueux. Caton lui-même déclare qu'il prit en Espagne plus de cités qu'il n'y passa de jours, et ce n'est pas une vantardise, si du moins il est vrai qu'il y en eu au total quatre cents[75]. 4. Ses soldats avaient fait beaucoup de butin durant cette campagne; il leur distribua encore à chacun une livre d'argent: «Il vaut mieux, dit-il, que beaucoup de Romains s'en retournent avec de l'argent plutôt qu'un petit nombre avec de l'or.» En ce qui le concerne, il déclare qu'il ne retira aucun profit de la conquête, sinon ce qu'il avait bu ou mangé. 5. «Ce n'est pas, disait-il, que je critique ceux qui cherchent à s'enrichir en ces occasions, mais je préfère rivaliser de vertu avec les hommes les meilleurs, plutôt que de richesse avec les plus riches ou de cupidité avec les plus cupides.» 6. Non content de s'abstenir lui-même de faire la moindre rapine, il en détourna également ceux qui l'entouraient. Il avait emmené en campagne avec lui cinq serviteurs[76]. L'un d'eux, nommé Paccius, avait acheté parmi les prisonniers de guerre trois jeunes garçons. Caton l'ayant appris, Paccius préféra se pendre que de reparaître devant lui. Caton vendit les enfants et en versa le prix au trésor public[77].

XI. 1. Alors qu'il était encore en Espagne, le grand Scipion, son ennemi, qui voulait entraver son ascension et prendre en main les opérations en Espagne, parvint à se faire nommer pour lui succéder dans cette province. Il s'y rendit en toute hâte et enleva le commandement à Caton[78]. 2. Celui-ci, prenant pour l'escorter cinq

---

73. Cette année fut la seule de sa vie où Caton fut un chef de guerre actif, mais il sut la conduire et l'exploiter avec brio (voir Astin, 1978, p. 49-50). Devait en témoigner le Discours sur son consulat, perdu, mais dont s'inspire la relation circonstanciée de Tite-Live, XXXIV, 8-21.
74. Polybe, XIX, 1. La comparaison du nombre de villes prises et de jours passés en Espagne se retrouve dans les Apophtegmes, 25.
75. Le chiffre est assurément contestable, et il doit comprendre bien des petites bourgades et de simples places fortes. Le contexte décrit par Tite-Live (XXXIV, 17, 5-6) fait comprendre ce geste: Caton protège ses arrières pendant qu'il part guerroyer au sud du Baetis (actuel Guadalquivir) qui donna son nom à la Bétique.
76. Mis en vedette par Plutarque, qui suit certainement Caton, ce chiffre très modéré montre a contrario que les magistrats partis en guerre devaient en général se faire accompagner d'une domesticité beaucoup plus large.
77. Dans cette mise en scène parfaitement catonienne s'incarne une triple leçon: le refus du gaspillage, l'hostilité aux «mœurs grecques», la défense de l'intérêt de l'État. Voir Apophtegmes, 199d; l'anecdote est reprise par Apulée dans Sur la magie, 17.
78. Dans l'esprit de Plutarque, Scipion est Scipion l'Africain, le vainqueur d'Hannibal à Zama six ans plus tôt. La longue chronique des querelles politiques et judiciaires entre les deux hommes durera jusqu'à la mort de Scipion, en 183. Mais le biographe commet une erreur: le Scipion élu consul pour 194 et chargé de l'Espagne Citérieure (mais Tite-Live XXXIV, 43 mentionne l'Italie; voir Cornélius Népos, Caton, 2, 2) n'est autre que Scipion Nasica, cousin germain du précédent, futur rival de Caton lors des élections à la censure.

cohortes de fantassins et cinq cents cavaliers, soumit la peuplade des Lacétanes puis, s'étant fait livrer six cents déserteurs, les fit mettre à mort[79]. 3. Comme Scipion exprimait son mécontentement, Caton rétorqua avec une modestie feinte : « Rome sera très grande, si les personnages illustres et puissants ne cèdent pas le prix du mérite à des gens obscurs et si les plébéiens, comme je le suis moi-même, rivalisent de vertu avec ceux qui les dépassent en naissance et en gloire[80]. » 4. Cependant, le Sénat décréta de ne rien changer à ce que Caton avait établi, si bien que le commandement de Scipion diminua plutôt sa propre gloire que celle de Caton, car il passa tout son temps inutilement, dans l'oisiveté et l'inaction. Caton, après avoir célébré son triomphe[81], n'imita pas la plupart des gens qui recherchent la gloire, non la vertu, et qui une fois parvenus aux honneurs suprêmes, quand ils ont obtenu consulat et triomphes, consacrent désormais le reste de leur vie aux plaisirs et à l'oisiveté et renoncent aux affaires publiques. Il ne relâcha ni n'abandonna sa vertu[82]. Pareil à ceux qui abordent pour la première fois la vie politique et sont assoiffés d'honneurs et de gloire, il rassembla ses forces, comme pour prendre un second départ, se mit à la disposition de ses amis et de ses concitoyens, et ne refusa ni plaidoiries ni expéditions militaires.

XII. 1. Il accompagna en qualité de légat le consul Tibérius Sempronius dans ses campagnes en Thrace et sur l'Istros, puis en qualité de tribun militaire, il suivit en Grèce Manius Acilius, qui marchait contre Antiochos le Grand, l'ennemi que les Romains redoutaient le plus après Hannibal[85]. 2. Antiochos avait en effet repris presque toutes

---

79. *Cinq cohortes comportent à peu près 3 000 hommes : il y a 10 cohortes dans une légion d'environ 6 000 hommes. Les Lacétans sont un peuple de Catalogne.*

80. *C'est un des rares passages, avec XVI, 4, où Caton, l'homme nouveau, s'affirme comme plébéien face à un Scipion, donc à un patricien ; cela ne l'empêche pas, on l'a vu, de faire équipe avec cet autre patricien qu'est Valérius Flaccus, d'épouser une Licinia, de marier son fils à la fille de Paul-Émile. Le Scipion Nasica qui est en fait visé fournissait une cible idéale : il avait été désigné en 204, alors tout jeune homme, comme « le meilleur des Romains » chargé d'escorter d'Ostie à Rome l'idole de Cybèle, la Grande Mère des dieux, venue d'Asie Mineure avec une ambassade romaine (voir aussi Diodore,* Bibliothèque historique, *XXXIV, 33, 2 et Tite-Live, XXIX, 14).*

81. *Sur le triomphe de Caton, obtenu à quarante ans, qui suppose d'importants soutiens au Sénat et laisse présager la poursuite d'une belle carrière, on trouve des détails chez Tite-Live (XXXIV, 21, 8 ; 42, 1 ; 46, 2). On possède un bref fragment du discours de Caton « Au peuple, sur son triomphe » :* Oratorum Romanorum Fragmenta *3, Cato, 19.*

82. *Un thème essentiel de cette* Vie, *comme de l'existence réelle de Caton, est l'acharnement et la volonté de durer.*

83. *Tiberius Sempronius Longus est membre d'une gens de premier plan, celle à laquelle se rattacheront les Gracques. Caton a probablement été, avec Valérius Flaccus, tribun militaire auprès de lui en 191 (chose inhabituelle après un consulat). Mais Plutarque se trompe de lieu : c'était en Italie du Nord, face aux Boïens et aux Ligures, qui représentaient un danger permanent. En 190 commence l'expédition commandée par Manius Acilius Glabrio contre Antiochos III, le roi séleucide qui régna de 224 à 187 (voir Cicéron,* Sur la vieillesse, *X, 32).*

les possessions de Séleucos Nicator[84] en Asie et soumis de nombreuses peuplades barbares très belliqueuses, ce qui lui avait donné l'audace d'attaquer les Romains, les seuls adversaires qu'il jugeât encore dignes de lui. 3. Le prétexte spécieux derrière lequel il s'abritait pour cette guerre était la libération des Grecs, lesquels ne demandaient rien, puisqu'ils venaient d'être libérés et affranchis de Philippe et des Macédoniens, par le bienfait des Romains[85]. Avec une armée, Antiochos passa en Grèce. Ce pays fut aussitôt en proie à une grande agitation et s'apprêta à se soulever, corrompu par les démagogues qui plaçaient dans le roi toutes leurs espérances. 4. Manius envoya donc des ambassades aux cités. Titus Flamininus contint la plupart des tentatives de sédition et les apaisa sans troubles, comme je l'ai écrit dans sa *Vie*. Quant à Caton, il soumit les Corinthiens, les habitants de Patras puis ceux d'Aïgion. 5. Ce fut à Athènes qu'il séjourna le plus longtemps. On prétend qu'il aurait prononcé devant le peuple athénien un discours en grec dans lequel il exprimait son admiration pour la valeur des anciens Athéniens et sa joie de contempler une cité aussi belle et aussi grande. Mais ce n'est pas vrai : il ne s'adressa aux Athéniens que par l'intermédiaire d'un interprète. Il aurait pourtant été tout à fait capable de leur parler lui-même, mais il voulait rester fidèle aux usages de ses pères et se gaussait de ceux qui admiraient tout ce qui est grec[86]. 6. Il se moqua notamment de Postumius Albinus qui avait écrit une histoire en grec et sollicitait l'indulgence de ses lecteurs. «Cette indulgence, disait Caton, on pourrait la lui accorder s'il avait été contraint d'entreprendre cet ouvrage par un décret des Amphictyons[87].» 7. Il dit que les Athéniens admiraient la rapidité et la concision de son langage, car ce qu'il avait lui-même exprimé brièvement, l'interprète le rendait longuement, avec une abondance de paroles ; de manière générale, il pensait que les mots des Grecs venaient des lèvres, ceux des Romains du cœur[88].

---

84. Ce Séleucos, général d'Alexandre et fondateur éponyme de la dynastie de Syrie, a régné de 312 à 280. Sur son surnom de Nicator, «Vainqueur», voir Aristide, *VI, 2.*
85. Lutte de propagande à qui «libérera» les Grecs : voir notamment Flamininus, *XV, 1 et* Tite-Live, *XXXIII, 32. L'option pro-romaine du Grec Plutarque est explicite, et confirmée par l'allusion aux «démagogues». Il est vrai que de son temps elle ne pouvait faire de doute.*
86. Les tenants de cette théorie sont sans doute des Athéniens. Plutarque affiche plus de lucidité, et veille à la cohérence de son héros. Voir cependant la note suivante. Voir également Dictionnaire, *«Bilinguisme».*
*87. Aulus Postumius Albinus, consul en 151, a laissé en grec, comme l'avait fait Fabius Pictor un demi-siècle plus tôt, une œuvre d'«annaliste», qui n'est connue que par des allusions de Cicéron, assez favorable (*Lettres à Atticus, *XIII, 32, 3), et de Polybe, qui moque comme Caton cet helléniste honteux (XXXIX, 1, 1-2 ; en réalité, de telles précautions linguistiques sont habituelles et conventionnelles). Polybe relate plus complètement l'algarade de Caton (XXXIX, 1, 5-9) : «C'était un peu comme si un homme, après s'être inscrit pour participer à des concours d'athlétisme pour le pugilat ou le pancrace, se présentait sur le stade à l'heure de l'épreuve et priait les spectateurs de lui pardonner s'il se sentait incapable d'endurer la peine et les coups.» Les Amphictyons sont le conseil des «administrateurs» du sanctuaire de Delphes.*
88. Quasi-revanche d'un laconisme «à la spartiate», qui s'impose face au bavardage cérébral des Athéniens. «Le cœur» traduit le grec cardia, *transposition du latin* cor, *mot qui désigne le siège de la pensée plus que celui de l'affect.*

XIII. 1. Antiochos avait bloqué avec son armée le défilé des Thermopyles et, après avoir ajouté aux défenses naturelles de l'endroit des retranchements et des fortifications, il s'était installé là, pensant qu'il avait barré la route à la guerre[89]. Les Romains désespéraient de forcer le passage, mais Caton, se rappelant le détour et le circuit qu'avaient autrefois opérés les Perses, se mit en route, de nuit, avec une partie de l'armée[90]. 2. Quand ils eurent escaladé les hauteurs, le guide, un prisonnier de guerre, se trompa de route et s'égara dans des lieux impraticables, pleins de précipices, ce qui plongea les soldats dans un terrible désespoir et dans l'épouvante. Caton, voyant le danger, leur ordonna à tous de s'arrêter et de l'attendre; quant à lui, accompagné d'un certain Lucius Mallius, fort habile à escalader les montagnes, il se mit en marche avec beaucoup de difficultés et d'audace, dans une nuit noire et sans lune, où la vue était sans cesse entravée et aveuglée par des oléastres et des rochers qui se dressaient de tous côtés. Ils finirent par déboucher sur un sentier qui, croyaient-ils, descendait au camp des ennemis. Ils disposèrent donc des signaux sur des pointes de rochers bien visibles, au sommet du Callidromon[91], 3. puis revinrent sur leurs pas, rejoignirent leurs troupes, et les conduisirent en direction des repères; ils retrouvèrent ainsi le sentier et reprirent la marche. Mais à peine avaient-ils fait quelques pas que le chemin s'interrompit devant un ravin. Ils furent de nouveau dans l'embarras et dans la terreur; ils ne savaient pas et ne pouvaient voir qu'ils se trouvaient à présent tout près des ennemis. 4. Déjà le jour commençait à poindre; on crut entendre des voix, et bientôt apercevoir un retranchement et un avant-poste grec au pied de la falaise. Caton arrêta donc l'armée et ordonna aux soldats de Firmum, et à eux seuls, de venir près de lui, car il avait toujours éprouvé leur loyauté et leur ardeur[92]. 5. Ils accoururent et se rangèrent autour de lui. « J'ai besoin, leur dit-il, de prendre vivant un des ennemis, pour apprendre de lui qui sont les soldats placés en avant-poste, quel est leur nombre, et quelle est la position des autres troupes, leur dispositif et les moyens avec lesquels ils nous résistent. Cet enlèvement doit être effectué avec la rapidité et l'audace des lions qui se jettent hardiment, sans armes, sur des animaux craintifs. » 6. Ainsi parla Caton; les Firmans s'élancèrent aussitôt, comme ils étaient, dévalèrent la montagne et se jetèrent sur les avant-postes qu'ils assaillirent à l'improviste, semant le désordre et les dispersant tous. Ils s'emparèrent d'un homme avec ses armes et le ramenèrent à Caton. 7. Ce prisonnier lui révéla que le gros de l'armée ennemie était campé dans les défilés, avec le roi en personne; quant au détachement qui gardait les hauteurs, il était composé de six cents sol-

---

89. *Antiochos veut interdire aux Romains venus du nord (de Thessalie) l'accès à l'Asie. Ce qui suit provient certainement de la version des faits diffusée par Caton; mais celle-ci n'est pas invraisemblable.*
90. *Souvenir de la bataille contre les Perses, en 480. Voir Hérodote,* Enquête, *VII, 213 et suiv.*
91. *Ces « repères » sont sans doute des signaux de feu.* (N.d.T.) Tite-Live *(XXXVI, 15, 10) décrit le Callidromon comme un des sommets de l'Oeta.*
92. *Firmum est une ville du Picenum, au sud d'Ancône. Caton apparaît ici dans des relations virtuelles de patron à clients avec les membres de ce contingent d'alliés italiens. L'arrière-plan nous échappe. Le même contingent sera actif à Pydna (voir Tite-Live, XLIV, 10).*

dats d'élite étoliens. Caton, méprisant leur petit nombre et leur manque de vigilance, lança aussitôt l'attaque contre eux, au son de la trompette et des cris de guerre, tandis que lui-même avançait en tête, l'épée tendue[93]. Dès que les Étoliens les virent descendre des hauteurs et charger, ils prirent la fuite et rejoignirent le gros de l'armée où ils portèrent le trouble chez tous les soldats.

XIV. 1. Sur ces entrefaites, Manius, au pied de la montagne, lança de son côté l'attaque contre les retranchements et engagea ses forces en masse dans les défilés. Antiochos, blessé à la bouche par une pierre qui lui brisa les dents, tourna bride sous l'effet de la souffrance, et aucune partie de son armée ne put soutenir le choc des Romains. La fuite n'était possible que par des routes sans issue et impraticables, elle les contraignait à errer au hasard, entre des marais profonds et des rochers escarpés qui menaçaient ceux qui tomberaient ou glisseraient. Ils se précipitèrent quand même à travers les défilés et, se pressant les uns les autres par peur des coups et des épées des ennemis, ils causèrent eux-mêmes leur propre perte.

2. Caton qui apparemment n'était jamais avare d'éloges envers lui-même et n'hésitait pas à s'adresser sans détours les louanges les plus hautes, estimant qu'elles étaient la suite naturelle de ses hauts faits, rapporte ces exploits avec encore plus d'emphase que d'ordinaire[94]. Il déclare notamment que ceux qui le virent alors poursuivre et frapper les ennemis pensèrent: «Caton a moins de dettes envers le peuple romain que ce dernier n'en a envers Caton.» Il ajoute que le consul Manius lui-même, encore tout bouillant de sa victoire, le prit dans ses bras, lui, Caton, encore tout bouillant lui-même, l'étreignit longuement et s'écria dans sa joie: «Ni moi ni le peuple romain tout entier, nous ne pourrons jamais donner à Caton la récompense que méritent ses bienfaits[95]!»

3. Après cette bataille, Caton fut aussitôt envoyé à Rome pour y annoncer lui-même l'issue de cette guerre. Il navigua sans encombres jusqu'à Brundisium d'où, en un seul jour, il passa à Tarente; de là, après un trajet qui dura encore quatre jours, il parvint à Rome, cinq jours après avoir débarqué, et fut le premier à annoncer la victoire[96].

---

93. La scène, comme on l'a vu, est telle que Caton l'avait rapportée. Elle illustre son sens du «théâtre guerrier» autant que son habitude de «se vanter sans cesse» (XXXII, 3; voir aussi infra, XIV, 2). Tite-Live, XXXVI, 18, fait également de l'apparition de Caton le tournant du combat.

94. C'est au milieu de la biographie que Plutarque révèle ce qu'il pense de sa source principale; voir infra, XIX, 7 et des formules voisines chez Tite-Live, XXXIV, 15, 9 et Cicéron, Sur la vieillesse, X, 31.

95. Les deux citations révèlent chez Caton une «technique» élaborée de l'auto-exaltation par les propos prêtés à d'autres. Paradoxe: le pourfendeur de l'arrogance scipionienne se place au-dessus de la référence commune constituée par le peuple, comme d'ailleurs du consul, réduit au rôle de comparse.

96. Le passage donne une idée de la lenteur des transports dans l'Antiquité, même dans le cas d'un message urgent et prioritaire: cinq jours représentaient donc, à cette époque, une durée exceptionnellement courte pour se rendre de Brindisi à Rome, via Tarente et Capoue: 500 km environ, soit 100 km par jour.

4. Il emplit de joie et de sacrifices la cité, et d'orgueil le peuple qui se voyait capable d'étendre son empire sur toute la terre et toute la mer[97].

XV. 1. Voilà à peu près les plus célèbres des actions militaires de Caton[98]. Quant à son activité politique, il est clair qu'il considérait la dénonciation et la poursuite des méchants comme une part non négligeable de son activité. Il présenta lui-même de nombreuses accusations, seconda d'autres accusateurs dans leurs poursuites et suscita même certaines actions en justice, notamment celle de Pétilius contre Scipion[99]. 2. Ce dernier, fort de la grandeur de sa maison et de sa réelle élévation morale, foulait aux pieds les accusations; Caton ne put obtenir une condamnation capitale et dut se désister. Mais il se joignit aux accusateurs du frère de Scipion, Lucius, et parvint à le faire condamner à verser au trésor public une grosse somme d'argent. Lucius ne put la payer et se vit en danger d'être jeté en prison; il ne fut relâché qu'à grand-peine, grâce à l'intercession des tribuns de la plèbe[100]. 3. On raconte qu'un jeune homme avait fait priver de ses droits civiques un ennemi de son père défunt: comme il traversait le Forum après le jugement, Caton vint à sa rencontre, lui prit la main et lui dit: «Voilà bien les sacrifices funèbres que nous devons offrir à nos parents, non pas des agneaux ni des chevreaux, mais les larmes et la condamnation de leurs ennemis[101].»
4. Lui-même, cependant, ne resta pas à l'abri des attaques durant sa carrière politique. Dès qu'il donnait la moindre prise à ses ennemis, il était immanquablement mis en accusation et forcé de se défendre. Il fut mis en accusation, dit-on, près de cinquante fois et à la dernière, il avait quatre-vingt-six ans. Ce fut à cette occasion

---

97. «Joie, sacrifices, orgueil»: ces rapprochements suffisent à faire voir combien se trompent ceux qui présentent la religion «officielle» de Rome comme froide, étroitement contractuelle et sans âme. En fait, elle a part à toutes les émotions collectives, auxquelles elle donne leur sens. Quant au devoir d'«étendre l'empire», il est inscrit dans les formules religieuses les plus anciennes; «toute la mer» est un ajout récent: sans doute l'œuvre de Plutarque?

98. Cette articulation montre que le plan de cette biographie, au demeurant très lâche, est à la fois chronologique et thématique. Il est vrai qu'après 190, Caton ne fit plus parler de lui par des exploits militaires, sinon par l'entretien de leur mémoire.

99. Tout homme politique romain de la République commençait en effet sa carrière par la dénonciation d'adversaires et/ou la défense d'«amis» et de clients devant la justice (voir Cicéron, Pour Roscius d'Amérie, *20, citant Caton). Caton ne se distingue sur ce plan que par son acharnement.*

100. La carrière de Caton, entre 190 et la censure de 184, apparaît dans nos sources dominée par les attaques contre les Scipions: l'Africain et son frère cadet Lucius, proconsul d'Asie, accusé comme tel de malversations (voir infra, *XXXII, 4, où est condamnée l'ambition de Caton, destructrice d'une coopération souhaitable; Tite-Live, XXXVIII, 51; Aulu-Gelle, IV, 18, 7; Dion Cassius, fragment 65). Vision finement nuancée par Astin (1978), p. 61-72. Le scribe Pétilius revêt ici et en d'autres occasions les traits d'un «homme de paille» de Caton.*

101. Ce nouveau «dit» illustre la manière du héros en politique intérieure: se greffer sur les traditions romaines les plus enracinées, ici de nature religieuse (le sacrifice funèbre d'un jeune animal en l'honneur du pater familias *défunt), pour leur substituer rhétoriquement un slogan politique très dur.*

qu'il prononça ce mot célèbre : « Il est difficile de devoir se défendre devant d'autres hommes que ceux avec lesquels on a vécu[102]. » 5. Ce ne fut pas, d'ailleurs, la dernière de ses luttes. Quatre ans plus tard, à l'âge de quatre-vingt-dix ans, il intenta une accusation contre Servius Galba. On peut dire que, tel Nestor[103], il resta vigoureux et actif durant trois générations, 6. car après s'être sans cesse opposé en politique au grand Scipion, comme je l'ai rapporté, il vécut jusqu'à l'époque de Scipion le Jeune, petit-fils du premier par adoption et fils de Paul-Émile, le vainqueur de Persée et des Macédoniens[104].

XVI. 1. Dix ans après son consulat, Caton brigua la censure. Cette magistrature est comme le couronnement de tous les honneurs et d'une certaine manière elle porte une carrière politique à sa perfection car, entre autres pouvoirs considérables dont il dispose, le censeur est chargé d'examiner les mœurs et la vie des citoyens. 2. Les Romains pensaient en effet que le mariage, la procréation, le mode de vie et les banquets ne devaient pas être laissés sans surveillance et sans contrôle, abandonnés aux désirs et aux choix de chacun. Considérant que le caractère d'un homme se révèle plutôt à ces occasions que dans les actes de la vie publique et politique, ils choisissaient, pour surveiller et réformer les citoyens, et pour châtier quiconque, cédant aux plaisirs, s'écarterait du mode de vie national et traditionnel, deux magistrats, l'un pris parmi ceux qu'on appelle les patriciens, l'autre parmi les plébéiens. 3. On les appelait censeurs ; ils avaient le droit de confisquer un cheval et d'exclure du Sénat un homme qui menait une vie débauchée et déréglée[105]. Ces magistrats surveillaient aussi les fortunes, dont ils faisaient le recensement, et classaient les familles et les citoyens d'après leurs registres[106]. Cette charge avait encore d'autres prérogatives considérables.
4. Aussi, lorsque Caton posa sa candidature, il se heurta à l'opposition presque unanime des sénateurs les plus connus et les plus importants. Les patriciens étaient

---

102. Évident retour des choses, et saisissant reflet des luttes de familles et de « partis » dans la Rome du IIe siècle, luttes dont Caton n'est encore une fois que l'incarnation exacerbée. Les mises en accusation avaient surtout lieu à la sortie de charge des magistrats, mais elles pouvaient être réitérées.
*103. Nestor, roi de Pylos, est présenté dans l'*Iliade *comme un vieux sage plein d'anecdotes, un homme qui a vécu sur trois générations sans rien perdre de son alacrité corporelle et intellectuelle. On le retrouve dans l'*Odyssée, *revenu de Troie à Pylos, où il accueille Télémaque. La comparaison avec Nestor place le personnage entre la légende et la réalité (voir Dictionnaire, « Mythologie et histoire des origines »).*
104. Le Scipion en question est Scipion Émilien, second fils de Paul-Émile (voir Paul-Émile, *V, 5), adopté par Publius Scipion, fils de l'Africain. Il devra à sa victoire sur Carthage, détruite par lui en 146 avant J.-C., le surnom de « second Africain ». Dans le traité de Cicéron* Sur la vieillesse, *il est, avec Caius Laelius, l'interlocuteur de Caton, vers 150 : il a alors 35 ans environ.*
105. C'est ce qu'on appelle la nota censoria, *marque d'infamie qui a donné le français « note » (portée sur un devoir)... Voir* infra, *XVII.*
106. Cette opération, ou census, *se pratiquait tous les cinq ans au Champ de Mars, où les pères de famille citoyens venaient déclarer leur famille et leurs biens.*

tourmentés par la jalousie ; à leur idée, c'était une humiliation pour la noblesse de voir des hommes d'origine obscure s'élever jusqu'aux sommets des honneurs et du pouvoir[107]. Quant à ceux qui avaient sur la conscience leurs mœurs corrompues et la transgression des usages ancestraux, ils redoutaient la sévérité du personnage, qui le porterait à se montrer inflexible et dur dans l'exercice du pouvoir. 5. Ils se consultèrent donc et intriguèrent pour opposer à Caton sept autres candidats qui flattèrent la foule de belles espérances, imaginant qu'elle souhaitait être gouvernée avec mollesse, au gré de ses plaisirs[108]. 6. Caton faisait tout le contraire ; loin de montrer la moindre complaisance, il menaçait sans ambages les méchants du haut de la tribune, clamait que la cité avait besoin d'une grande purge[109], conjurait la multitude de se montrer raisonnable et de choisir parmi les médecins non le plus doux mais le plus énergique, 7. à savoir lui-même et, pour les patriciens, Valérius Flaccus[110]. Avec ce dernier, et lui seul, pour collègue, il pourrait faire œuvre utile et lutter contre le luxe et la mollesse, qu'ils trancheraient et brûleraient, telles les têtes de l'Hydre ; les autres candidats, il le voyait bien, exerceraient nécessairement cette charge fort mal puisqu'ils craignaient ceux qui étaient prêts à bien l'exercer. 8. Or le peuple romain était doté d'une grandeur si véritable, il était si digne d'avoir de grands chefs du peuple[111] que, loin de craindre la rigueur et la hauteur de Caton, il rejeta les candidats charmeurs, qui avaient l'air prêts à tout pour lui plaire et il élut Flaccus avec Caton, écoutant ce dernier non comme s'il briguait une magistrature, mais comme s'il l'exerçait déjà et lui donnait des ordres.

XVII. 1. Caton choisit pour prince du Sénat[112] son collègue et ami Lucius Valerius Flaccus, et il exclut plusieurs sénateurs, notamment Lucius Quinctius, qui avait été consul sept ans plus tôt et, titre de gloire encore plus grand, qui était le frère de Titus

---

107. *Anachronisme : depuis 339, la censure est, à chaque renouvellement, partagée entre un patricien et un plébéien.*
108. *On perçoit ici combien Plutarque suit la voie qu'avait dû frayer Caton, en simplifiant à outrance les termes du débat public. Derrière les affrontements d'hommes se dessinent en effet des coalitions politiques reposant sur des alliances entre grandes familles. Sur la dureté de la compétition de 184, voir Tite-Live, XXXIX, 40-41.*
109. *Le sens médical du mot* katharmos *paraît s'imposer ici, vu la comparaison qui suit. (N.d.T.) Sur ce programme radical, voir* Apophtegmes *22 et Tite-Live, XXXIX, 41, 3 et suiv.*
110. *Après le consulat partagé en 195, et après un premier échec commun à la censure en 189 (Caton et Flaccus avaient alors été battus, de même que Scipion Nasica ; les élus étaient Titus Quinctius Flamininus et Marcus Claudius Marcellus), les deux hommes – complémentaires par leurs origines – continuent à faire équipe. Ils semblent avoir agi en parfaite harmonie au cours de leur censure, à peu près toujours à l'initiative de Caton.*
111. *Le thème du peuple digne de ses chefs, et réciproquement, est familier à Plutarque, admirateur des institutions et des mentalités civiques de la République romaine.*
112. *Voir Tite-Live, XXXIX, 52, 1. Le titre de* princeps senatus *(mot à mot «premier du Sénat») est honorifique. Il est accordé à un représentant d'une grande famille, qui a le privilège de prendre la parole le premier lors des séances du conseil.*

Flamininus, le vainqueur de Philippe[115]. 2. Voici quel fut le motif de cette exclusion. Lucius avait pris pour éromène un prostitué fort jeune, qu'il avait constamment à ses côtés, qu'il emmenait avec lui dans ses campagnes et auquel il prodiguait des marques d'honneur et une influence que n'avait jamais eues aucun de ses plus proches amis et familiers[114]. 3. Lucius avait obtenu le commandement d'une province consulaire. Durant un banquet, le garçon, allongé à ses côtés comme à son habitude, adressait force flatteries à cet homme facile à séduire lorsqu'il avait bu. « Je t'aime tant, lui disait-il, qu'un jour, alors qu'on donnait chez moi un spectacle de gladiateurs, spectacle auquel je n'avais jamais assisté, j'ai couru vers toi, malgré mon désir de voir égorger un homme. » 4. Alors Lucius, faisant assaut de tendresse : « Je ne veux pas que cela te fasse regretter d'être couché à mes côtés ; je vais réparer le mal. » Il ordonna qu'on amène dans la salle du banquet un condamné à mort et que le licteur se place à ses côtés avec sa hache. Puis il demanda de nouveau à son éromène s'il voulait voir donner le coup. Sur sa réponse affirmative, Lucius ordonna de décapiter le condamné[115]. 5. Tel est le récit que font la plupart des historiens, et Cicéron, dans son traité *Sur la vieillesse*, le met dans la bouche de Caton lui-même. Mais selon Tite-Live, l'homme qui fut exécuté était un déserteur gaulois, et ce serait Lucius lui-même qui, sans faire appel à un licteur, le tua de sa propre main : tel serait le récit consigné par écrit dans un discours de Caton[116].

Lorsque Lucius fut exclu du Sénat par Caton, son frère, outré de cet affront, en appela au peuple, exigeant que Caton indiquât le motif de cette exclusion. 6. Caton obtempéra ; il raconta le banquet. Lucius essaya de nier, mais lorsque Caton l'invita à un procès avec dépôt de caution[117], il se déroba et l'on reconnut que son châtiment était mérité. Cependant, un jour qu'il y avait un spectacle au théâtre, comme Lucius s'écartait des sièges réservés aux consulaires pour aller s'asseoir beaucoup plus loin, le peuple le prit en pitié et l'invita par ses clameurs à reprendre sa place, corrigeant et allégeant ainsi, dans la mesure du possible, l'outrage qu'il avait subi[118].

---

113. Au titre de la « note » censoriale (voir supra, XVI, 1-3 et note), l'exclusion d'un ordre prestigieux fait partie des attributions du censeur, qui seul peut défaire ce qu'il a officialisé à la suite du census. *Sur Lucius Quinctius Flamininus, consul en 192, voir* Flamininus, *XVIII-XIX. Tite-Live (XXXIX, 42, 5 et suiv.) attribue en tout à Caton sept exclusions du Sénat.*

114. Voir Tite-Live, XXXIX, 42, 8.

115. La hache du licteur, nous le voyons ici, n'est pas seulement un « ornement » symbolique des faisceaux, mais le cas échéant l'outil d'une exécution capitale.

116. Références au traité Sur la vieillesse, *42 et à* Tite-Live, XXXIX, 42, 5-12. *La province consulaire en question est la Gaule Cisalpine, en Italie du Nord. Ce passage est un de ceux où Plutarque, intrigué par les désaccords entre les sources, nous en révèle le plus sur la nature et la richesse de son information.*

117. Cette procédure est celle de la sponsio, *bien connue en droit romain : les deux parties décident d'avance d'une somme que le perdant paiera au vainqueur du procès.*

118. Il est permis de douter de la réalité de cette réaction populaire – hormis de clients dûment préparés – en faveur d'un aristocrate : comparer en XIX, 4 l'attachement du peuple envers Caton... En tout cas, les lieux de spectacle (ici, un théâtre démontable, provisoire : il n'y a pas encore de théâtre en pierre à Rome) sont un lieu d'expression privilégié de « l'opinion publique ».

7. Caton exclut aussi du Sénat un personnage qu'on s'attendait à voir élu consul, Manilius, pour avoir embrassé sa femme en plein jour, sous les yeux de sa fille. « Moi, disait Caton, ma femme ne m'a jamais serré dans ses bras qu'après un grand coup de tonnerre », et il ajoutait, en plaisantant : « Lorsque Jupiter tonne, je suis heureux comme un dieu[119]. »

XVIII. 1. Le traitement que Caton fit subir à Lucius, le frère de Scipion, lui valut des critiques violentes : il confisqua son cheval à cet ancien triomphateur et l'on pensa que ce geste lui fut dicté par le désir d'insulter Scipion l'Africain[120]. 2. Ce qui choqua le plus de citoyens, ce fut la manière dont il tenta de restreindre le luxe[121]. Comme il était impossible d'en venir à bout en le combattant de front, car il avait déjà gagné et corrompu la multitude, Caton prit une voie détournée. Il fit estimer les vêtements, les voitures, les bijoux féminins et les meubles de la maison qui coûtaient plus de mille cinq cents drachmes, à dix fois leur valeur, voulant, par ces estimations excessives, augmenter les impôts des possesseurs de ces biens. 3. Il y ajouta une taxe de trois as pour mille, pour que les propriétaires, accablés par ces contributions, renoncent à ces objets de luxe en voyant que les citoyens économes et modestes payaient, avec la même fortune, moins d'impôts au trésor public. Il s'attira donc à la fois l'hostilité de ceux qui payaient ces impôts pour conserver leur luxe et de ceux qui renonçaient au luxe pour éviter les impôts. 4. La plupart des gens en effet pensent que c'est leur enlever leur richesse que de les empêcher d'en faire étalage. Or ils l'étalent dans le superflu, non dans les biens nécessaires. Rien, dit-on, n'étonnait davantage le philosophe Ariston[122] que de voir ceux qui possèdent le superflu être jugés plus heureux que ceux qui ont en abondance des biens nécessaires et utiles. 5. Un des amis du Thessalien Scopas, lui demandant un objet qui ne lui servait pas beaucoup, lui disait : « Je ne réclame là rien de nécessaire ni d'indispensable. – Mais, rétorqua Scopas, ce qui fait mon bonheur et ma richesse, c'est justement ce que je possède d'inutile et de superflu. » Tant il est vrai que le désir de la richesse n'est lié à aucune de nos dispositions naturelles ; il nous est imposé par l'opinion de la foule et du monde extérieur[123].

XIX. 1. Cependant Caton, loin de s'inquiéter de ces récriminations, se montrait au contraire encore plus sévère. Il fit détruire toutes les conduites qui détournaient l'eau des aqueducs publics vers les maisons et les jardins des particuliers, renver-

---

119. *Anecdote et mot souvent cités, notamment par Plutarque lui-même dans les* Préceptes conjugaux, *13.*
120. *Voir* Aulu-Gelle, IV, 18, 7-12. *Selon* Tite-Live, XXXIX, 44, 1, *Scipion l'Asiatique fut privé de son cheval, mais non exclu du Sénat.*
121. *Voir les sources probables de Plutarque,* Tite-Live, XXXIX, 44, 1 et suiv. *et* Cornélius Népos, Caton, *2, 3. On cite au moins deux discours de Caton sur ce problème, tournés en particulier contre les «excès» des femmes :* ORF3, *93 et 94. Cette taxation des «signes extérieurs de richesse» confirme la variété et l'importance, y compris en matière financière, des pouvoirs des censeurs. Ces derniers surveillaient aussi l'affermage et l'exécution des contrats passés par des particuliers avec l'État. Voir* infra, XIX, *1-2.*
122. *On ignore si c'est le péripatéticien de Céos (voir* Aristide, II, 3) *ou le stoïcien Ariston de Chios.*
123. *Le riche Scopas a été le protecteur du grand poète Simonide.*

ser et démolir toutes les constructions qui empiétaient sur la voie publique[124], il réduisit les bénéfices des entreprises à contrat forfaitaire et porta les taxes sur les ventes à des chiffres très élevés. Il s'attira par ces mesures la haine de nombreuses personnes. 2. Titus[125] et ses partisans suscitèrent une faction contre lui et firent annuler par le Sénat comme désavantageux les baux et les adjudications des temples et des édifices publics qu'il avait décidés. Ils excitèrent les plus audacieux des tribuns à citer Caton devant le peuple et à lui infliger une amende de deux talents[126]. 3. Ils s'opposèrent aussi très violemment à la construction de la basilique qu'il faisait bâtir avec les deniers publics sur le Forum, en dessous de la Curie, et qui fut nommée basilique Porcia[127].
4. Il est clair cependant que le peuple approuva d'une manière étonnante ce qu'il fit durant sa censure. Il lui éleva en tout cas dans le temple d'Hygieia[128] une statue sur laquelle il ne fit mention ni de ses campagnes ni de son triomphe, mais dont on peut traduire l'inscription de la manière suivante: « Pour avoir, en tant que censeur, relevé la République romaine qui chancelait et inclinait au mal, par l'excellence de ses directives, la sagesse de ses mœurs et de ses enseignements[129]. » 5. Auparavant pourtant, Caton se moquait de ceux qui prennent plaisir à ce genre d'honneurs : « Ils ne se rendent pas compte, disait-il, que ce qui les rend si fiers n'est que l'œuvre de bronziers et de peintres. En ce qui me concerne, mes images les plus belles sont celles que mes concitoyens portent dans leurs âmes[130]. » 6. Lorsqu'on s'étonnait qu'il n'eût

---

124. Rigueur de Caton, et choix résolu en faveur de l'intérêt public contre les détournements privés, qu'ils s'opèrent en faveur des autres ou de lui-même : il s'agit d'un trait permanent (voir VI, 2-3 ; VIII, 15 ; X, 4-6 ; XXIV, 11), confirmé par la fréquence, dans les discours de Caton, de la formule pro re publica, *« dans l'intérêt de l'État ». Sur les aqueducs, voir* ORF3 *(Caton), 103 ; Tite-Live, XXXIX, 44, 4 et 7 ; Frontin, Sur les aqueducs, II, 94 et suiv.*
125. Titus Quinctius Flamininus (voir Flamininus, *XIX, 6-7). Cette allusion donne idée de la gravité des querelles de factions à cette époque.*
126. Les tribuns de la plèbe exercent un contre-pouvoir qui leur permet de protéger le peuple des abus d'un magistrat. La fonction s'est dégradée au point d'être mise au service de coteries aristocratiques. Deux talents équivalent à 12 000 drachmes ou deniers.
127. Une « basilique » (mot qui vient de l'adjectif grec signifiant « [demeure] royale ») est un grand bâtiment d'usage public (lieu de réunion, tribunal, marché...), de forme rectangulaire, divisé en nefs par des rangées de colonnes. Les traces de la basilique Porcia encore visibles sur le Forum romain sont celles de la plus ancienne basilique de Rome. Voir Tite-Live, XXXIX, 44, 7.
128. Hygieia, fille d'Asclépios-Esculape, est la déesse grecque de la santé. On pense en général que Plutarque veut désigner par là le temple de Salus.
129. Sans partager l'interprétation exclusivement moraliste de Plutarque, on ne saurait douter que cette inscription ait existé. Elle traduit l'originalité d'un homme qui se présente comme un leader charismatique (voir § 7 l'image du « pilote ») et un maître de sagesse plutôt que comme un magistrat évergète traditionnel. Il faut y voir également une des premières attestations officielles d'un sentiment du déclin de Rome, où est en germe le cliché de la « décadence ».
130. Cette opposition (voir Périclès, *I-II) a un bel avenir. Pline le Jeune, notamment, l'utilise pour glorifier le « modeste » Trajan aux dépens du « superbe » Domitien, tout au long du* Panégyrique de Trajan.

aucune statue, alors que tant d'hommes obscurs en avaient, il disait: «Je préfère qu'on se demande pourquoi je n'ai pas de statue, plutôt que pourquoi j'en ai une.» De manière générale, il jugeait qu'un bon citoyen ne devait même pas accepter d'éloges, à moins que cela ne fût utile à la communauté. 7. Pourtant, plus que tout autre, il s'est loué lui-même[131]. C'est lui qui rapporte que ceux qui avaient fait quelque écart de conduite répliquaient, lorsqu'on les reprenait: «Il ne faut pas nous blâmer, nous ne sommes pas des Catons.» C'est encore lui qui rappelle que ceux qui essayaient, sans bien y parvenir, d'imiter certains de ses actes étaient appelés de «gauches Catons». Il dit encore que dans les situations critiques, les sénateurs tournaient les yeux vers lui comme les passagers d'un navire vers le pilote et que souvent, lorsqu'il était absent, on reportait à plus tard les affaires les plus importantes[132]. 8. Ces affirmations sont du reste confirmées par de nombreux témoignages: immense était le prestige dont il jouissait dans la cité, en raison de sa vie, de son éloquence et de son grand âge.

XX. 1. Il fut bon père, excellent époux, et un administrateur remarquable de ses biens, car à ses yeux, il ne s'agissait pas d'une tâche minime, méprisable ou secondaire. C'est pourquoi il faut, à mon avis, rapporter également la belle conduite qu'il eut en ce domaine[133].
2. La femme qu'il avait épousée était plus noble que riche[134]; d'après lui, si les femmes riches et les femmes nobles ont toutes deux du sérieux et de la fierté, celles qui sont nobles éprouvent davantage de honte devant les conduites honteuses et montrent plus de soumission à leur époux pour tout ce qui est beau.
3. Il disait que celui qui frappe sa femme ou son enfant porte la main sur ce qu'il y a de plus sacré et il jugeait plus digne de louange un bon époux qu'un grand sénateur. La seule chose qu'il disait admirer chez Socrate l'Ancien, c'était qu'ayant une femme acariâtre et des enfants stupides, il les avait toujours traités avec bonté et douceur[135].
4. Après la naissance de son fils, aucune occupation urgente, exception faite des affaires publiques, ne l'empêcha jamais de se trouver aux côtés de sa femme lors-

---

131. La remarque, évidente, qui a déjà été faite (supra, XIV, 2), est d'autant plus saisissante qu'elle met Caton en contradiction avec lui-même.
132. L'image paraît redoutablement sévère pour le «prince du Sénat» et compagnon de Caton, Valérius Flaccus. Mais en l'absence de précision chronologique explicite, nous pouvons attribuer ce propos à une période ultérieure de la vie de Caton, comme semble l'indiquer, un peu plus loin, la mention de son «grand âge».
133. Il s'agit bien pour les anciens Latins d'un unique domaine, celui du pater familias, *puisque la* familia *représente à la fois la «famille» (femme et enfants), la domesticité, les animaux et les biens matériels. L'auteur du* De l'agriculture (De agricultura) *y traite simultanément de toutes ces questions. Le § 2 montre cependant l'intérêt prioritaire qu'il accorde à la famille proche, au sens actuel du terme.*
134. Caton avait épousé une Licinia, de grande famille aristocratique (elle était la sœur de Scipion Émilien), à son retour d'Espagne. Elle mourra longtemps avant son époux (voir infra, XXIV, 1-2).
135. Xanthippè, épousée sur le tard par Socrate, avait la réputation d'avoir très mauvais caractère. Leurs trois fils étaient en fait très jeunes à la mort du philosophe, en 399 (voir Platon, Apologie de Socrate, *34d; Aristote,* Rhétorique, *II, 15; Diogène Laërce,* Vies des philosophes, *II, 15).*

qu'elle baignait et langeait le bébé[136]. 5. Elle l'allaitait elle-même, et souvent elle donnait aussi le sein aux enfants des esclaves pour que cette nourriture commune les disposât favorablement à l'égard de son fils[137]. Dès que l'enfant fut en âge de comprendre, Caton se chargea de lui et lui enseigna les lettres, bien qu'il eût un esclave, nommé Chilon, habile grammairien, qui avait beaucoup d'élèves[138]. 6. Mais Caton, comme il le dit lui-même, ne voulait pas qu'un esclave grondât son fils ou lui tirât les oreilles s'il apprenait trop lentement, ni que son enfant fût redevable à un esclave d'un bien aussi précieux que l'instruction[139]. Il se fit donc maître d'école, maître de droit, professeur de gymnastique, et enseigna à son fils non seulement à lancer le javelot, à combattre en armes et à monter à cheval, mais aussi à pratiquer le pugilat, à endurer le chaud et le froid, et à traverser le Tibre à la nage, malgré ses tourbillons et ses escarpements[140]. 7. Il raconte qu'il écrivit lui-même, de sa propre main, en gros caractères, des *Histoires*, pour que son fils disposât à la maison d'un instrument qui lui permettrait de connaître les anciens usages de ses pères[141]. Il évitait, dit-il, tout propos malséant en présence de l'enfant, avec autant de soin qu'il l'eût fait en présence des vierges consacrées que l'on nomme Vestales, et jamais il ne se baigna avec lui[142]. 8. C'était, semble-t-il, un usage habituel à Rome où même les beaux-pères évitaient de se baigner avec leurs gendres ; ils auraient rougi de se dévêtir et de paraître nus devant eux. Par la suite cependant, ils apprirent des Grecs à se montrer nus en public et leur enseignèrent en retour à le faire même devant des femmes[143].

---

136. Ce fils aîné est Marcus Porcius Cato Licinianus, né en 192 ou 191.
137. Plutarque note bien que ce geste n'a nullement la valeur «égalitaire» que nous pourrions lui donner.
*138. Le «grammatiste» (*grammaticus*) est le maître «ès lettres» (le mot grec* gramma *signifie «lettre») des enfants de plus de dix ans. L'«esclave grammairien» mentionné est un Grec, comme son nom l'indique. Preuve que Caton, comme les aristocrates romains de son temps, était imprégné de culture grecque au point de contribuer à sa diffusion en entretenant un esclave enseignant.*
139. Le rôle primordial du père dans l'éducation de ses fils est souligné par Marrou (1965, p. 344), qui marque toute la différence avec les pratiques dominantes en pays grec (voir Dictionnaire, «Éducation»). Astin (1978, p. 341-342) disqualifie à juste titre l'opposition radicale établie par certains historiens, sur les traces de Plutarque, entre l'éducation selon Caton et selon Paul-Émile (voir Paul-Émile, VI, 8 et suiv.).
140. L'ensemble des activités énumérées recouvre les divers domaines de la païdeia. Deux spécificités romaines se dégagent : l'enseignement du droit, l'entraînement militaire «à la dure» surajouté aux disciplines athlétiques traditionnelles chez les Grecs.
141. Ce livre pédagogique, de père à fils, n'a évidemment jamais été publié. Il a dû être écrit vers 185-180 (voir Astin, 1978, p. 183). «Les anciens usages de ses pères» (ton palaion kaï patrion) est très probablement une transposition du latin mos majorum, *qui désigne cette «tradition des ancêtres» dont l'éducation romaine vise à imprégner l'enfant.*
142. Cette allusion à la correction des propos prononcés en présence des Vestales est unique dans la littérature antique, mais rien n'incite à en douter. Les Vestales sont ici le symbole de la préservation d'un passé sans tache, plutôt que les gardiennes de quelque puritanisme.
143. Plutarque développe ici le topos *de l'étonnement, voire du scandale des Romains devant la tradition de nudité sportive grecque (*gymnos, *«nu»). Sur l'hostilité coutumière à la nudité en famille, voir Cicéron, Des devoirs, XXXV, 129.*

9. C'est ainsi que Caton œuvrait à cette belle tâche : former et façonner son fils à la vertu. Le jeune homme montrait une application irréprochable et une grande docilité d'esprit due à son bon naturel, mais son corps se révéla trop faible pour soutenir l'effort, et Caton dut relâcher l'excès de rigueur et de sévérité de son régime. 10. Même dans ces conditions, le jeune Caton se montra un soldat de valeur dans les campagnes militaires et participa brillamment, sous le commandement de Paul-Émile, à la bataille contre Persée[144]. Après cette bataille, comme il avait perdu son épée qu'un coup avait fait sauter ou qui avait glissé de sa main en sueur, il se tourna, au désespoir, vers certains de ses compagnons : les emmenant avec lui, il retourna se jeter contre les ennemis. 11. Après un long combat, de grands efforts, il parvint difficilement à dégager la place et à retrouver cette épée sous des monceaux d'armes et de cadavres d'amis et d'ennemis mêlés les uns aux autres. À cette occasion, le général, Paul-Émile, se prit d'admiration pour le jeune homme et l'on a conservé une lettre de Caton lui-même à son fils[145] où il lui décerne les plus vifs éloges pour l'ardeur et le zèle qu'il mit à rechercher cette épée. 12. Par la suite, le jeune homme épousa Tertia, fille de Paul-Émile et sœur de Scipion ; ce fut autant à ses mérites propres qu'à son père qu'il dut d'entrer dans une famille aussi prestigieuse. Les soins dont Caton avait entouré son fils portèrent donc le fruit qu'ils méritaient[146].

XXI. 1. Il possédait de nombreux serviteurs[147] ; parmi les prisonniers de guerre, il achetait de préférence ceux qui étaient encore jeunes et, comme des chiots ou des poulains, susceptibles d'être élevés et dressés[148]. Aucun d'eux n'entrait jamais dans une maison étrangère, sauf s'il y était envoyé par Caton ou par sa femme. Lorsqu'on

---

144. *À Pydna, en 168. Sur ce qui suit, voir* Paul-Émile, *XXI.*
145. *Dans la* Question romaine *39, Plutarque, s'appuyant sur la même lettre, indique que le jeune Caton s'était vu recommander par son père de bien s'assurer d'être régulièrement enrôlé avant de partir ou de repartir au combat ; voir aussi Cicéron,* Des devoirs, *I, 36-37, et le commentaire d'Astin (1978), p. 183-184. Sur l'éloge du jeune homme, voir Justin,* Épitomè des histoires philippiques, *33, 2, 1 et suiv., ainsi que le passage de Cicéron précédemment cité.*
146. *Licinia Tertia est la sœur de Scipion Émilien (voir* Paul-Émile, *X, 6-8 et XXI, 1). Le mariage a eu lieu entre 168 et 161. Ce fils aîné atteindra la préture juste avant sa mort, en 152 (l'attachement du père au fils est confirmé par Cicéron,* Sur la vieillesse, *V, 15 ; XIX, 68 ; XXIII, 84). Un souci stratégique d'intégration dans le milieu des grandes familles préside à ce mariage, et Plutarque, en bon notable grec, donne son assentiment ; sur ses vieux jours (XXIV, 2 et suiv.), la stature de Caton sera devenue telle qu'elle lui permettra plus de liberté...*
147. *Plutarque revient sur l'attitude de Caton envers les esclaves pour la dernière fois dans cette* Vie, *après IV, 5-6 ; X, 6 ; XX, 5-6. Voir Astin (1978), p. 261-266, 349-350, avec les références complémentaires au* De l'agriculture.
148. *Aussi bien dans ses achats croissants d'esclaves prisonniers de guerre que dans son entreprise de « dressage » du « bétail servile », Caton apparaît simplement comme un homme de son temps. Tout au plus semble-t-il exagérer, ce qui est bien dans sa manière, des tendances générales : rationalisation en vue du rendement, discipline sans faille, emploi rigoureux des incitations comme des châtiments.*

leur demandait ce que faisait Caton, ils ne donnaient jamais d'autre réponse que : « Je ne sais pas[149]. » 2. Chez lui un esclave devait soit être occupé à une tâche utile, soit dormir. Caton appréciait particulièrement les bons dormeurs car, à son avis, ceux qui avaient bien dormi étaient plus doux que ceux qui étaient restés éveillés et plus aptes à n'importe quel travail que ceux qui manquaient de sommeil. 3. Considérant que rien ne pousse davantage les esclaves à mal faire que le désir amoureux, il décida qu'en échange d'une somme déterminée, ils auraient le droit de s'unir aux servantes, à condition de ne pas approcher d'autre femme[150].

Au début, lorsqu'il était encore pauvre et servait à l'armée, il ne se fâchait jamais de ce qu'on lui servait et déclarait : « C'est une honte de se laisser entraîner par son ventre à se disputer avec un serviteur. » 4. Mais par la suite, lorsque sa situation s'améliora et qu'il invita à sa table ses amis et ses collègues, il faisait fouetter dès la fin du repas les esclaves qui s'étaient montrés négligents dans la préparation des plats ou dans le service[151]. Il s'arrangeait pour entretenir parmi ses esclaves des querelles et des rivalités, car il jugeait la bonne entente entre eux dangereuse et suspecte[152]. Si l'un d'eux semblait avoir commis un crime passible de mort, il le jugeait, en présence de tous les autres serviteurs[153], et si l'accusé était reconnu coupable, il le faisait mettre à mort.

5. Lorsqu'il devint plus âpre au gain, il considéra l'agriculture comme un passe-temps plutôt que comme une source de revenus, et il investit ses capitaux dans des placements solides offrant toutes garanties[154]. Il acheta des étangs, des sources thermales, des emplacements propres au travail des foulons, des fabriques de poix, et

---

149. *Souvent revient chez les Anciens cette crainte du bavardage indiscret des esclaves, ces « animaux doués de parole » (Aristote). Mais on a vu l'usage contrôlé et efficace qui pouvait en être fait (supra, III, 2).*

150. *Deux interprétations sont possibles : ou bien, comme on le croit en général, la somme est payable au maître, ou cette somme s'ajoute au* peculium *de la femme, c'est-à-dire à l'argent grâce auquel, un jour, elle pourra peut-être racheter sa liberté.*

151. *Visiblement, Plutarque, dans la tradition de la biographie antique, construit une évolution opposant au Caton humain des premiers temps le Caton de l'âge mûr, rendu impitoyable par son ascension économique et sociale (voir infra, XXI, 5 : « Lorsqu'il devint plus âpre au gain... »). Rien ne permet de vérifier historiquement cette interprétation, tributaire du* topos *de la corruption.*

152. *Passage difficile à concilier avec De l'agriculture, 5, 1 : « que la* familia *s'abstienne de querelles... ». Ces questions délicates, comme celle posée par la phrase suivante, divisent les spécialistes.*

153. *L'objectif majeur de Caton est évidemment d'impressionner tout candidat potentiel à la désobéissance. La pratique n'en est pas moins calquée sur le « conseil de famille » (concilium) chez les citoyens.*

154. *Diversification des investissements, quête du revenu le plus élevé : le développement qui s'esquisse est souvent donné en exemple de l'évolution des mentalités romaines dans le sens d'une recherche de la rentabilité, si ce n'est de l'esprit « capitaliste ». Très complexe, la question appelle une confrontation de ce passage avec les conditions qui prévalent en Italie au lendemain de la guerre d'Hannibal, et avec le traité* De l'agriculture *de Caton, considéré comme « document d'histoire sociale » – voir Astin (1978), p. 240-266. L'accent mis sur l'importance des terres de pâture est confirmé par un « dit » que rapporte Cicéron,* Des devoirs, *II, 89.*

des terrains riches en pâturages et en forêts, qui lui rapportaient beaucoup d'argent et que Jupiter lui-même, pour reprendre ses propres mots, ne pouvait ruiner. 6. Il prêta également de l'argent, en pratiquant l'usure la plus décriée, le prêt maritime à la grosse aventure. Voici comment il s'y prenait. Il exigeait que les emprunteurs se groupent à plusieurs en associations ; dès qu'ils étaient cinquante, avec autant de navires, il prenait une part dans la compagnie, par l'intermédiaire de son affranchi Quintion qui participait à leurs opérations et naviguait avec eux[155]. 7. Il ne risquait donc pas tout son capital mais seulement une petite partie, et pour d'énormes bénéfices. Il prêtait aussi de l'argent à ceux de ses serviteurs qui le souhaitaient ; ils achetaient de très jeunes esclaves et un an plus tard, après les avoir instruits et formés aux frais de Caton, ils les revendaient. 8. Caton en gardait pour lui un grand nombre et les portait en compte au prix le plus élevé qu'avaient atteint les enchères. Il poussait son fils à l'imiter, en déclarant : « Diminuer son bien, ce n'est pas le fait d'un homme, mais d'une veuve. » Un autre mot de Caton a plus de force encore ; il a osé dire : « L'homme admirable et divin, vraiment digne de gloire, est celui qui laisse derrière lui, dans l'inventaire, plus de biens acquis par lui que de bien reçus en héritage[156]. »

XXII. 1. Il était déjà fort âgé lorsque Athènes envoya en ambassade à Rome des philosophes au nombre desquels Carnéade de l'Académie et Diogène du Portique. Ils venaient demander l'annulation d'une amende de cinq cents talents à laquelle les Sicyoniens avaient condamné le peuple athénien par contumace, à la demande des habitants d'Oropos[157]. 2. Aussitôt les jeunes gens les plus épris de littérature vinrent trouver ces hommes et se rassemblèrent autour d'eux pour les entendre et les admirer. Le talent de Carnéade surtout, qui avait le plus de force et dont la gloire égalait la force, lui attira des auditeurs de haut rang, pleins d'humanité ; ce fut comme un

---

155. *Ailleurs, Caton, conformément à l'ancienne tradition romaine, critique violemment l'usure, comparée à du vol* (De l'agriculture, *Préface*) *ou à un meurtre (Cicéron,* Des devoirs, *II, 89). Préteur en Sardaigne, en 198, il en a expulsé les usuriers (Tite-Live, XXXII, 27, 3). Il s'agit là de la* feneratio, *l'usure pratiquée à petite échelle par des gens de peu, et qui en vivent. La contradiction apparente n'est pas due à un changement d'attitude : un sénateur romain pouvait, par affranchi interposé (Quintion), distraire une partie du revenu de ses multiples terres pour financer un grand commerce destiné, au bout du compte, à lui permettre d'accroître ces mêmes biens. Voir Astin (1978), p. 250-253, 319-323 et Finley (1987).*
156. *Plutarque conclut sur un « mot » qui retrouve la préoccupation la plus enracinée du paysan romain, du* pater familias *: le patrimoine, à la fois dans son contenu (les biens de la terre) et sa transmission.*
157. *En 155 : Caton a 79 ans. Sicyone, choisie comme arbitre dans un litige entre Athènes et Oropos, a donné raison à cette dernière, que les Athéniens avaient pillée. L'ambassade athénienne à Rome interjette appel au plus haut niveau. Aux deux chefs d'écoles philosophiques cités par Plutarque, il faut ajouter Critolaos, responsable des péripatéticiens, les disciples d'Aristote (voir Pline l'Ancien, VII, 112 ; Cicéron,* République, *III, 9 [fragments] ; Quintilien,* Institution oratoire, *XII, 1, 35 ; Aulu-Gelle, VI, 14, 8-10 ; Pausanias,* Description de la Grèce, *VII, 11, 4-5). Il n'est pas inhabituel que des intellectuels, capables de discours brillants, représentent leur cité dans ces circonstances.*

souffle qui emplit la cité tout entière de sa rumeur[158]. 3. On racontait partout qu'un Grec extraordinaire, au talent stupéfiant, envoûtait et gagnait tous les cœurs, inspirant aux jeunes gens une passion étonnante qui leur faisait abandonner leurs plaisirs et leurs occupations pour se consacrer avec enthousiasme à la philosophie. 4. La plupart des Romains en étaient enchantés; ils voyaient avec plaisir leurs enfants s'intéresser à la culture grecque et fréquenter des hommes qui suscitaient une telle admiration. 5. Mais dès le début, aussitôt que cet amour des lettres s'introduisit dans la cité, Caton fut fort mécontent. Il craignit de voir la jeunesse lui consacrer toute son ardeur, préférant la gloire des paroles à celle des actes et des armes. Lorsque la gloire des philosophes se fut répandue dans la cité et qu'un homme illustre, Caius Acilius[159], qui les admirait passionnément, eut demandé et obtenu de traduire leurs premiers discours devant le Sénat, Caton décida qu'il fallait, sous quelque prétexte spécieux, chasser de la cité tous les philosophes. 6. Il se rendit donc au Sénat et reprocha aux magistrats de retenir si longtemps oisive une ambassade composée d'hommes capables de persuader leurs auditeurs de tout ce qu'ils voulaient[160]: 7. il fallait prendre une décision au plus vite et voter sur leurs propositions, afin qu'ils retournent dans leurs écoles discuter avec les enfants des Grecs, et que les jeunes Romains pussent écouter comme auparavant les lois et les magistrats[161].

XXIII. 1. Contrairement à ce que pensent certains, cette conduite ne lui était pas dictée par une hostilité particulière à l'égard de Carnéade; c'était contre la philosophie dans son ensemble qu'il luttait, et son orgueil le poussait à rabaisser toute muse et toute culture grecques[162]. Il traite Socrate lui-même de bavard et de forcené; il prétend qu'il avait entrepris, avec les moyens dont il disposait, de devenir tyran de sa patrie, de détruire les traditions, d'entraîner ses concitoyens et de leur faire adopter des opinions

---

158. Le platonicien Carnéade semble avoir parlé de la «justice», en montrant qu'elle n'a aucun fondement naturel, puis démontré le contraire le lendemain. Double nouveauté pour les Romains, par l'interrogation de philosophie politique et par l'agilité dialectique de l'orateur. Cette dernière, porteuse de relativisme (§ 6), voire de scepticisme, semble inquiéter davantage Caton. Mais la première lui paraît également grosse d'un dévoiement de l'action, notamment militaire, vers la parole prise comme une fin en soi (§ 5).
159. Comme Postumius Albinus (voir supra, XII, 6), le sénateur Acilius a écrit une Histoire en grec, citée par Plutarque dans Romulus, XXI, 9. Noter qu'Albinus est précisément préteur urbain en 155: c'est lui qui a introduit au Sénat l'ambassade des intellectuels grecs...
160. Sur le reproche visant Carnéade, voir Pline l'Ancien, VII, 30, 112. L'épisode illustre clairement le mécanisme par lequel le Sénat romain impose un arbitrage définitif. Le résultat – que nous ignorons – importe peu à Caton, qui veut hâter la décision pour faire partir les philosophes.
161. La formulation finale trahit son auteur: chez Caton coexistent le goût de la proclamation catégorique et le sens des réalités, par exemple en matière d'éducation (voir supra, XX, 5 et suiv.). Des philosophes et des rhéteurs avaient déjà été expulsés de Rome en 161.
162. Pline l'Ancien (VII, 113) indique, de manière encore plus exagérée, que Caton aurait voulu faire «expulser d'Italie tous les Grecs». Sur Caton et la culture grecque, voir la présentation nuancée d'Astin (1978), p. 157-170, 174-178.

contraires aux lois[163]. 2. Il tournait en ridicule l'enseignement d'Isocrate : « Ses élèves, disait-il, vieillissent à ses côtés comme s'ils devaient exercer leur art et prononcer leurs plaidoiries devant Minos[164] ! » Pour détourner son fils du monde grec, il haussait le ton, d'une manière qui convenait mal à son grand âge, et, tel un devin ou un prophète, il annonçait : « Lorsque les Romains se seront laissés gagner par les lettres grecques, ils perdront leur puissance[165]. » 3. Le temps a montré combien cette sinistre prédiction était peu fondée, puisque la Ville a connu son apogée au moment précis où elle acquérait une familiarité avec les sciences et toute la culture de la Grèce[166].

Non content de détester ceux des Grecs qui faisaient de la philosophie, Caton se méfiait aussi de ceux d'entre eux qui exerçaient la médecine à Rome. 4. Il avait entendu rapporter, apparemment, la réponse d'Hippocrate, lorsque le Grand Roi lui avait offert plusieurs talents pour le faire venir près de lui : « Je ne me mettrai jamais au service des Barbares qui sont les ennemis des Grecs[167]. » D'après Caton, tous les médecins avaient prêté ce même serment, et il invitait son fils à se méfier d'eux tous. 5. Il rapporte qu'il avait composé un recueil de recettes dont il se servait pour soigner et traiter ceux qui étaient malades dans sa maison. Il ne leur imposait jamais de diète, mais les nourrissait de légumes et de petits morceaux de canard, de pigeon ou de lièvre[168]. 6. C'était là, disait-il, une nourriture légère et bénéfique pour les gens fatigués, même si elle provoquait un grand nombre de rêves. Tels étaient le traitement et le régime grâce auxquels il prétendait se maintenir lui-même en bonne santé et y garder toute sa famille.

XXIV. 1. Une telle présomption ne fut pas, semble-t-il, sans attirer la colère de la Némésis : il perdit sa femme et son fils[169]. Pour lui, qui possédait une constitution

---

163. En XX, 3, Plutarque nous a appris « la seule chose » que Caton admirât chez Socrate. La suite, qui révèle plutôt une lecture de Xénophon que de Platon, n'est pas moins caricaturale. Toutefois, en reprenant l'accusation portée contre Socrate de corrompre la jeunesse, elle révèle un motif d'action réel de Caton en 155, et sans doute en d'autres occasions.

164. L'orateur athénien Isocrate (436-338) a été le plus grand professeur de rhétorique de l'Antiquité. En homme d'action, Caton met en cause le caractère à ses yeux bavard, obsolète et inadapté de cet enseignement, dont les principes et les méthodes ne cessent pourtant de s'imposer.

165. C'est Caton lui-même qui a présenté sa prédiction comme une prophétie ; voir Pline l'Ancien (XXIX, 14 : « Et hoc puta vatem dixisse »), qui reprend le traité de Caton À son fils. Sur l'ensemble des recommandations adressées par Caton Ad filium, voir la mise au point d'Astin (1978), p. 332-340.

166. Cette parenthèse rétrospective introduit un contrepoint caractéristique de Plutarque, Grec de l'Empire romain (voir Dictionnaire, « Acculturation »).

167. Le roi est Artaxerxès. Le grand médecin Hippocrate de Cos a vécu de 460 à 370 environ. La comparaison avec le texte rapporté par Pline, où cette mention manque, montre qu'elle est imputable à Plutarque.

168. Sur les conseils de « régime » de Caton, voir des références insistantes dans son traité De l'agriculture. L'objectif est ici de souligner le caractère simple et naturel du remède, par opposition aux médications coûteuses et supposées charlatanesques des docteurs grecs.

169. Comme souvent, évocation de la Némésis acharnée contre les proches du héros. La première femme de Caton, Licinia Tertia, est morte à une date inconnue de nous, avant 155. Leur fils disparaît en 152.

solide, saine et vigoureuse[170], il opposa longtemps aux maladies une grande résistance à tel point que sur ses vieux jours, il avait encore des rapports fréquents avec des femmes et qu'il contracta un mariage qui ne convenait guère à son âge. Voici quelle en fut l'occasion. 2. Après avoir perdu sa femme, il avait fait épouser à son fils la fille de Paul-Émile, sœur de Scipion ; quant à lui, depuis son veuvage, il fréquentait une petite esclave qui venait le rejoindre en cachette. Or dans cette maison exiguë où vivait une jeune épouse, la chose se sut bientôt. Un jour que cette petite esclave passait devant sa chambre avec un air effronté, le fils de Caton ne dit rien, mais lui lança un regard sévère, avant de détourner la tête. Cela n'échappa point au vieillard, 3. qui comprit que ses enfants désapprouvaient son manège. Il ne leur adressa ni plainte ni reproches, mais comme il descendait au Forum, suivant son habitude, accompagné de ses amis[171], il interpella un certain Salonius, qui avait été un de ses sous-greffiers et qui marchait à sa suite, et lui demanda, à pleine voix, s'il avait fiancé sa fille[172] ; 4. L'autre répondit qu'il n'aurait eu garde de le faire sans lui en avoir parlé auparavant : « Eh bien, reprit Caton, je t'ai trouvé un gendre convenable, à condition seulement, par Jupiter, que son âge ne te déplaise pas ; on n'a nul autre reproche à lui faire, mais il est très âgé. » 5. Comme Salonius le priait de régler l'affaire et de donner la jeune fille à l'homme de son choix, puisqu'elle était sa cliente et qu'elle était soumise à son patronage[173], Caton lui déclara, sans plus dissimuler, que c'était pour lui qu'il demandait la jeune fille. 6. Salonius fut d'abord stupéfait, comme on peut l'imaginer : il jugeait que Caton avait, de loin, passé l'âge du mariage et que lui-même était bien loin de pouvoir s'allier à cette maison honorée du consulat et du triomphe. Lorsqu'il vit que Caton parlait sérieusement, il accepta volontiers et ils descendirent aussitôt sur le Forum rédiger le contrat. 7. Comme on s'apprêtait à célébrer le mariage, le fils de Caton, accompagné de ses proches, alla trouver son père et lui demanda : « As-tu à te plaindre de moi ou t'ai-je causé quelque chagrin pour que tu m'amènes une marâtre[174] ? – Ne parle pas ainsi, mon enfant, s'écria Caton. Ta conduite a toujours été admirable et je n'ai rien à te reprocher, mais je désire laisser derrière moi plusieurs enfants et léguer à la patrie plusieurs citoyens qui te ressemblent ! » 8. Cette réponse, dit-on, avait déjà été faite auparavant par Pisistrate, tyran d'Athènes, lorsqu'il avait donné pour belle-mère à

---

170. Tite-Live (XXXIX, 40, 11) parle d'une constitution « de fer ».

171. Scène ordinaire de la vie sociale et politique romaine : les clients du haut personnage l'accompagnent de sa demeure au Forum (voir Dictionnaire, « Rome »).

172. Ce personnage, autrement inconnu, est probablement un affranchi ou un fils d'affranchi. Même en tenant compte des fonctions de confiance qu'il a occupées comme scribe ou comme appariteur auprès de Caton, du temps des magistratures de ce dernier, on mesure la mésalliance à laquelle se prépare le grand homme. Ces événements ont lieu sans doute en 155, puisque le second fils naîtra en 154.

173. L'épisode illustre de manière crue l'hérédité des relations de clientèle, surtout lorsqu'elles concernent des familles d'affranchis.

174. Le dialogue est vraisemblable. Le fils de Caton, peut-on supposer, a surtout en vue les conséquences de la décision de son père sur l'héritage.

ses enfants déjà grands Timonassa d'Argos, dont il eut, à ce que l'on raconte, Iophon et Thessalos[175].
9. De ce mariage, Caton eut un fils qu'il nomma Salonianus, du nom de sa mère. Son fils aîné mourut alors qu'il était préteur[176]. 10. Caton parle souvent de lui dans ses écrits, comme d'un homme de grand mérite, mais il supporta ce malheur avec douceur et philosophie[177], sans ralentir en rien son activité politique à cette occasion[178]. 11. Contrairement à ce qui arriva plus tard à Lucius Lucullus et à Métellus Pius, l'âge ne le fit pas renoncer aux affaires publiques; il regardait la politique comme un service sacré. Il ne suivit pas non plus l'exemple qu'avait donné auparavant Scipion l'Africain qui, rebuté par les attaques envieuses dont sa gloire était l'objet, s'était détourné du peuple et par un changement total avait passé le reste de sa vie dans la retraite[179]. De même que Denys s'était laissé persuader que la tyrannie était le plus beau des linceuls, Caton considérait que rien n'était plus beau que de vieillir en exerçant des responsabilités politiques. Chaque fois qu'il avait du temps libre, il consacrait ces moments de repos et de détente à composer des livres et à pratiquer l'agriculture.

XXV. 1. Il composa des traités sur toutes sortes de sujets et des Histoires[180]. Dans sa jeunesse, il s'était intéressé à l'agriculture à cause de la vie nécessiteuse qu'il menait alors: il n'avait, disait-il, que deux moyens de s'enrichir, l'agriculture et l'épargne. Par la suite, la vie aux champs fut pour lui à la fois un passe-temps et un objet de méditation[181]. 2. Il a composé un traité *De l'agriculture*, où il donne des recettes de gâteaux et de conserves de fruits car il se flatte d'être supérieur et original sur n'importe quel sujet[182]. 3. À la campagne, il faisait meilleure chère qu'à Rome; il invitait souvent ses voisins et les connaissances qu'il avait dans la région, et se divertissait avec eux. Il était un convive aimable, recherché par les hommes de son âge, et même par les jeunes gens car il avait une vaste expérience et avait assisté à de nombreux événements et discours dignes d'être rapportés. 4. La table

---

175. Sur Timonassa, fille de l'Argien Gorgilos, voir Aristote, Constitution d'Athènes, XVII, 3-4.
176. Pour distinguer les deux fils, l'habitude s'est prise en effet de désigner ainsi le second (Aulu-Gelle, XIII, 20, 9), et Licinianus le premier. Salonianus ne semble guère avoir laissé d'autre trace dans l'histoire que... Caton le Jeune, son petit-fils (voir sa Vie et infra, XXVII, 7).
177. Voir Cicéron, Sur la vieillesse, XXIII, 84.
178. L'attitude «stoïcienne» de Caton face à la cruauté de la Némésis est invoquée avec un retard dû à un souci de cohérence dans la rédaction. Elle introduit en effet l'avant-dernier thème de la Vie, celui de l'activité publique inlassable du héros.
179. Jusqu'à sa mort en 183, le grand Scipion s'est retiré en Campanie, à Liternum. Plutarque omet ici de mentionner qu'un de ceux qui, par ses attaques incessantes, l'ont poussé à ce geste se nommait Caton.
180. L'œuvre de Caton compte au moins 150 discours, le traité historique des Origines (des cités et peuples d'Italie), les Apophtegmes et divers traités techniques: seul le De l'agriculture nous a été conservé.
181. Voir supra, XXI, 5 et Cicéron, Sur la vieillesse, 51-60.
182. Les recettes indiquées figurent bien dans cette œuvre (76 et 143, 3), dont Plutarque, une fois de plus agacé par la suffisance de son héros, donne une vision singulièrement réductrice.

était, selon lui, le meilleur endroit pour se faire des amis. Il invitait les convives à faire de longs éloges des citoyens de valeur. Quant aux hommes inutiles ou méchants, on n'en faisait nulle mention : Caton interdisait qu'on en parlât à table, que ce fût pour les critiquer ou pour les louer.

XXVI. 1. Le dernier de ses actes politiques fut, croit-on, la destruction de Carthage. L'entreprise fut certes menée à bien par Scipion le Jeune[183], mais ce fut grâce aux avis et aux conseils de Caton qu'on engagea la guerre. Voici à quelle occasion. 2. Caton avait été envoyé auprès des Carthaginois et du Numide Massinissa, qui se faisaient alors la guerre, pour examiner les causes de leurs différends. Massinissa avait toujours été un ami du peuple romain. Quant aux Carthaginois, qui avaient obtenu un traité d'alliance avec Rome après avoir été vaincus par Scipion, ils avaient été affaiblis par la perte de leur empire et le versement d'un lourd tribut[184]. 3. Au lieu de trouver leur cité misérable et humiliée, comme le croyaient les Romains, Caton la vit peuplée de jeunes hommes vigoureux, regorgeant d'immenses richesses, pourvue de toutes sortes d'armes et d'équipements militaires et fort orgueilleuse de tout cela[185]. En conséquence, il pensa que ce n'était pas le moment pour les Romains d'arranger les affaires des Numides et de Massinissa. S'ils n'écrasaient pas cette cité, leur ennemie de toujours, animée d'un violent ressentiment à leur égard et qui s'était développée de manière incroyable, ils se retrouveraient confrontés aux mêmes dangers qu'autrefois[186]. 4. Il regagna donc Rome en toute hâte et expliqua au Sénat que les défaites et les malheurs passés des Carthaginois avaient diminué leur imprudence, mais non leur puissance ; on voyait bien qu'au lieu de les affaiblir, ils les avaient surtout aguerris. La lutte contre les Numides n'était à leurs yeux que le prélude à une guerre contre Rome, car la paix et les traités n'étaient pour eux que des mots spécieux, destinés à couvrir le fait qu'ils ajournaient la guerre jusqu'au moment favorable pour la rallumer.

XXVII. 1. De plus, on raconte que Caton laissa tomber exprès dans le Sénat, en relevant sa toge, des figues de Libye. Comme tous admiraient leur taille et leur beauté, il déclara : « Le pays qui les produit n'est qu'à trois jours de navigation de Rome[187]. »

---

183. Scipion Émilien a pris et rasé Carthage en 146.
184. Après la déroute de Zama, en 202. Massinissa a été pendant les événements un précieux allié de Rome et de Scipion. Dans les années qui séparent les deux guerres, c'est lui qui envahit constamment le territoire de Carthage, sous l'œil indulgent des Romains. Sur toute cette période, voir Tite-Live, Abrégé, 47-49 ; Appien, Guerres libyques, *68-94, et la présentation d'Astin (1967), p. 49 et suiv., 270 et suiv.*
185. L'ambassade romaine, sollicitée par Carthage, a lieu en 152. La présence en son sein d'un Caton prouve l'importance que Rome attache à cette affaire.
186. Caton a en fait constaté une prospérité commerciale et militaire toute locale, et surtout une exaspération croissante face à la complicité réitérée entre Massinissa et Rome : Carthage a finalement refusé l'arbitrage de Rome !
187. L'apologue des figues africaines est également rapporté par Pline l'Ancien, XV, 74 et suiv.

2. Il montra bientôt plus de violence : quelle que fût l'affaire sur laquelle il donnait son avis, il terminait invariablement de la manière suivante : « Je suis d'avis que Carthage ne doit plus exister. » Au contraire, Publius Scipion, surnommé Nasica, terminait toujours ses discours par cette déclaration : « Je suis d'avis que Carthage doit subsister[188]. » 3. Il voyait, semble-t-il, que le peuple, rendu insolent par sa prospérité et son orgueil, se laissait désormais difficilement contenir par le Sénat et entraînait de force toute la Ville au gré de ses passions. Il voulut qu'au moins la crainte de Carthage fût comme un frein propre à assagir l'audace de la multitude[189] ; il était persuadé que les Carthaginois étaient trop faibles pour soumettre les Romains, mais trop forts pour en être méprisés. 4. Ce que Caton redoutait, lui, c'était précisément que le peuple, enivré et souvent égaré par sa puissance, garde suspendue au-dessus de lui la menace d'une cité qui avait toujours été grande et que les malheurs avaient désormais dégrisée et corrigée. Les Romains devaient en finir une fois pour toutes avec les menaces extérieures touchant leur empire afin de pouvoir tout à loisir corriger leurs erreurs intérieures[190]. 5. Ce fut ainsi que Caton, dit-on, déclencha la troisième guerre punique, qui fut aussi la dernière. Mais les Romains avaient à peine engagé les hostilités qu'il mourut[191], après avoir prédit quel serait celui qui mettrait fin au conflit : ce héros était alors tout jeune, mais comme tribun militaire, il donnait dans les combats de nombreuses preuves de sagesse et de courage. 6. Quand la nouvelle de ses exploits parvint à Rome et que Caton en entendit parler, il s'écria, dit-on :

Lui seul est inspiré, parmi les ombres vaines[192].

7. Scipion confirma bientôt par ses actes ce jugement de Caton.
Comme descendance, Caton laissa un fils de sa seconde épouse qui, nous l'avons dit, fut surnommé Salonianus, et un petit-fils, né du fils qu'il avait perdu. Salonianus mourut alors qu'il était préteur, mais son fils, Marcus, parvint au consulat. Salonianus fut le grand-père de Caton le Philosophe, lequel par sa vertu et par sa gloire, fut le plus illustre de tous les Romains de son temps.

---

188. Publius Cornelius Scipio Nasica Corculum, fils d'un cousin du grand Africain, faisait lui aussi partie de l'ambassade (voir Appien, Guerres libyques, 69). Le débat s'est poursuivi pendant plus de deux ans. Ce contexte explique le sempiternel delenda est Carthago *de Caton.*
189. Ce paragraphe et le suivant donnent une version très élevée du débat, qui peut se résumer en deux réponses divergentes à la peur qu'inspire Carthage. Il faut vaincre la peur, dit Caton, en détruisant l'ennemi ; il faut, dit Nasica, préserver une peur salutaire pour le maintien de l'énergie romaine. Mais ce dernier mettait aussi en garde contre une cause injuste, et s'inquiétait des réactions des autres peuples (voir Polybe, XXXVI, 2 et le commentaire d'Astin, 1967, p. 276 et suiv.).
190. Comparer Cicéron, Sur la vieillesse, *VI, 18-19.*
191. En 149, à 85 ans.
192. Homère, Odyssée, *X, v. 495. Dans la bouche de Circé, il s'agit de Tirésias qu'Ulysse doit consulter aux Enfers.*

COMPARAISON
D'ARISTIDE ET DE CATON L'ANCIEN

XXVIII. [I]. 1. Nous avons rapporté, concernant ces deux hommes, tout ce qui était digne de mémoire. Si nous confrontons à présent, dans leur ensemble, la vie de l'un et celle de l'autre, les différences ne sont pas faciles à dégager, masquées qu'elles sont par des ressemblances nombreuses et importantes[1]. 2. S'il faut cependant pousser la comparaison jusque dans les détails, comme s'il s'agissait de poèmes ou de tableaux, les deux héros ont ceci de commun que sans aucun appui, grâce seulement à leur vertu et à leurs capacités, ils sont entrés dans la vie politique et parvenus à la gloire. Cependant, lorsque Aristide devint célèbre, Athènes, semble-t-il, n'était pas encore une grande cité; les démagogues et les stratèges auxquels il dut se mesurer ne possédaient que des fortunes modestes de niveau analogue. 3. Le cens le plus élevé était à cette époque de cinq cents médimnes, le second de trois cents, le troisième et dernier de deux cents. En revanche, lorsque Caton, issu d'un petit municipe et d'une condition qui passait pour celle d'un paysan se lança dans la vie politique romaine, comme dans une mer immense, la Ville n'était plus gouvernée par des Curius, des Fabricius ou des Atilius[2]; elle n'appelait plus à la commander et à la conduire des pauvres et des paysans qui travaillaient de leurs mains et quittaient la charrue et la bêche pour monter à la tribune; elle avait pris l'habitude de prêter attention à la grandeur des familles, aux richesses, aux distributions d'argent et à la brigue; fière de son faste et de sa puissance, elle se montrait difficile avec ceux qui briguaient une magistrature. 4. Ce n'était pas la même chose d'avoir pour adversaire Thémistocle, qui ne venait pas d'une famille illustre et ne possédait qu'une fortune médiocre (il n'avait, dit-on, que cinq ou même trois talents lorsqu'il aborda pour la première fois la vie politique) et de disputer le premier rang à des hommes comme Scipion l'Africain, Servius Galba et Quinctius Flamininus, sans autre secours qu'une voix qui s'exprimait hardiment pour défendre la justice.

XXIX. [II]. 1. De plus, Aristide n'était, à Marathon puis à Platées, que l'un des dix stratèges[3], tandis que Caton, lui, fut l'un des deux consuls, élu contre beaucoup de concurrents, puis devint l'un des deux censeurs, l'emportant sur sept candidats particulièrement illustres et éminents. 2. Et dans aucun de ses succès Aristide n'occupa le premier rang: à Marathon ce fut Miltiade qui reçut le prix de bravoure, à Salamine, ce fut Thémistocle, et à Platées ce fut, selon Hérodote, Pausanias qui rem-

---

1. *Sur ces ressemblances que Plutarque veut mettre en valeur et qui sont une vérité d'ordre supérieur applicable à la civilisation gréco-romaine comprise comme un tout, voir* Dictionnaire, *«Vie».*
2. *Sur Curius, voir* supra, *II, 1-2; sur Fabricius, voir* Pyrrhos, *XVIII-XX. Caius Atilius Regulus Serranus fut consul en 257 et en 250.*
3. *Voir* Aristide, *XI, 1.*

porta la plus belle des victoires. Le deuxième prix lui-même fut disputé à Aristide par des personnages comme Sophanès, Ameinias, Callimachos et Cynégire qui s'étaient brillamment distingués au cours de ces combats. 3. Caton, en revanche, se plaça au premier rang grâce à son courage et à ses décisions, non seulement quand il était consul, durant la guerre en Espagne, mais également alors qu'il n'était que tribun militaire, sous les ordres d'un autre consul, aux Thermopyles, où il eut tout l'honneur de la victoire, lorsqu'il ouvrit une large voie aux Romains, pour atteindre Antiochos, et lança l'attaque dans le dos du roi qui ne regardait que devant lui. Cette victoire, qui fut de toute évidence l'œuvre de Caton, chassa l'Asie de Grèce et fraya le chemin de Scipion.

4. À la guerre, ils ne connurent ni l'un ni l'autre la défaite, mais en politique, Aristide fut frappé par l'ostracisme et abattu par les intrigues de Thémistocle. Caton au contraire, qui avait pour adversaires presque tout ce que Rome comptait de personnages importants et éminents, tint ferme contre eux jusqu'à sa vieillesse et, combattant tel un athlète, il ne lâcha jamais pied et ne connut pas la chute. 5. Il dut soutenir devant le peuple de nombreux procès, comme accusé et comme accusateur. Il obtint de nombreuses condamnations et se dégagea de toutes les accusations qui le visaient, car le rempart qui protégeait sa vie et son moyen d'action le plus efficace étaient l'éloquence: c'est à elle, plus qu'à la Fortune ou au *démon* de ce héros, qu'il faut attribuer, en bonne justice, le fait qu'il ne connut jamais la disgrâce. En effet, c'est un grand hommage qu'Antipatros a rendu au philosophe Aristote, lorsque après la mort de ce grand homme, il a écrit à son propos qu'outre ses autres qualités, il possédait l'art de persuader[4].

XXX. [III]. 1. La vertu politique est, de l'avis général, la plus parfaite qu'un être humain puisse posséder. Or, selon la plupart des auteurs, l'économie domestique en est une partie non négligeable. La cité est comme l'assemblage et la réunion de différentes maisons et le succès des affaires publiques n'est possible que si, dans leur vie privée, les citoyens connaissent la prospérité. Lycurgue lui-même, lorsqu'il chassa de Sparte l'or et l'argent pour les remplacer par une monnaie de fer altérée par le feu, n'affranchit pas ses concitoyens des règles de l'économie: il ne fit que supprimer le luxe excessif, les vices cachés et la corruption qu'entraînait la richesse, mais plus que tout autre législateur, il veilla à ce que chaque citoyen eût en abondance les produits nécessaires et utiles: à son idée un indigent sans feu ni lieu était bien plus dangereux pour la communauté politique qu'un riche plein d'insolence. 2. Or de toute évidence, Caton administra sa maison avec la même rigueur que la cité. Il augmenta son bien et enseigna aux autres l'économie domestique et l'agriculture, composant à ce sujet des recueils riches de nombreux préceptes utiles. En revanche Aristide, par sa pauvreté, a jeté le discrédit sur la justice elle-même: il fit croire qu'elle était la ruine des maisons, qu'elle réduisait les hommes à la mendicité et profitait à n'importe qui sauf à ceux qui la possédaient. 3. Et pourtant Hésiode nous exhorte souvent à pratiquer à la fois la justice et l'économie

---

4. Même citation dans la Comparaison d'Alcibiade et de Coriolan, *III, 3.*

domestique, et il blâme la paresse comme étant la source de l'injustice. Homère aussi a très bien dit :

> Je fuyais le travail
> Et le soin du logis qui fait de beaux enfants,
> J'aimais depuis toujours les nefs aux lourdes rames
> Les javelots polis, les combats et les flèches[5].

D'où il ressort que les mêmes personnes qui négligent leurs maisons sont aussi celles qui se procurent injustement des ressources. 4. À la différence de l'huile qui, selon les médecins, est très bonne pour le corps en application externe mais très dangereuse en usage interne, l'homme juste ne doit pas être utile aux autres, mais négliger sa personne et ses biens. La vertu politique d'Aristide a donc sur ce point quelque chose d'imparfait, s'il est vrai, comme on le dit généralement, qu'il ne songea même pas à laisser en mourant une dot à ses filles ou de quoi se faire enterrer. 5. Celle de Caton permit en revanche à sa maison de donner à Rome, jusqu'à la quatrième génération, des préteurs et des consuls : ses petits-fils et même ses arrière-petits-fils exercèrent les plus hautes magistratures, tandis que la descendance d'Aristide, qui avait été le premier des Grecs, connut une pauvreté extrême et irrémédiable qui réduisit les uns à vendre des tablettes de charlatans et força les autres à tendre la main et à vivre d'aumônes publiques, sans jamais qu'aucun d'entre eux pût songer à faire quoi que ce soit de brillant qui fût digne de ce grand homme.

XXXI. [IV]. 1. Mais inversement, ce point n'est-il pas le premier à être discutable ? La pauvreté n'a rien de déshonorant en elle-même ; elle n'est une honte que lorsqu'elle est une preuve de paresse, d'intempérance, de prodigalité ou d'irréflexion. Chez un homme tempérant, travailleur, juste, courageux et qui, dans l'exercice des fonctions publiques, montre toutes les vertus possibles, elle révèle au contraire la grandeur de l'âme et des pensées. 2. Il est en effet impossible de faire de grandes choses si on a l'esprit occupé de soucis mesquins, ni de secourir une foule de personnes dans le besoin si on a soi-même une foule de besoins. Sur le chemin de la vie politique, ce qui est le plus précieux, ce n'est pas la richesse, mais la capacité à se suffir à soi-même : dans la mesure où l'on ne désire pas de superflu pour son compte personnel, on est exempt de toute occupation qui pourrait détourner des affaires publiques. Le dieu est absolument sans besoin ; la vertu la plus parfaite et la plus divine que puisse posséder un être humain, c'est donc d'avoir le moins de besoins possible. 3. Un corps bien constitué et en bonne santé ne réclame ni vêtements ni aliments superflus ; de même, une vie et une maison saines n'ont besoin pour leur entretien que des ressources les plus ordinaires. Or il faut que nos possessions soient proportionnées à nos besoins. Celui qui amasse beaucoup mais utilise peu ne connaît pas la véritable autonomie : en effet, s'il n'en a pas besoin, il est fou de se procurer des biens qu'il ne désire pas ; si en revanche il les désire et se prive d'en jouir par avarice, c'est un malheureux. 4. Je demanderais volontiers à

---

5. *Homère,* Odyssée, *XIV, v. 222 et suiv.*

Caton : « Si la richesse est faite pour en jouir, pourquoi te vantes-tu de t'être contenté de peu, après avoir amassé beaucoup ? » Mais s'il est beau, et c'est le cas en vérité, de se contenter du pain le plus grossier et du même vin que les ouvriers et les esclaves, de n'avoir pas besoin de pourpre ni d'une maison aux murs crépis, alors Aristide, Épaminondas, Manius Curius et Caius Fabricius n'ont nullement manqué à leurs devoirs en renonçant à posséder des biens dont ils méprisaient l'usage. 5. Un homme qui trouvait que les raves étaient l'aliment le plus délectable et qui les faisait bouillir lui-même, tandis que sa femme pétrissait le pain, n'aurait pas dû s'inquiéter si souvent pour un as et consigner par écrit tous les moyens qui permettent de s'enrichir le plus rapidement possible. Ce qu'il y a de grand dans la simplicité et dans l'indépendance, c'est qu'elles nous délivrent à la fois du désir et du souci du superflu. 6. Voilà pourquoi Aristide déclara, dit-on, lors du procès de Callias : « On ne doit rougir de la pauvreté que si on la subit malgré soi ; ceux qui, comme moi, la choisissent volontairement doivent en être fiers. » 7. Assurément il serait ridicule d'attribuer à la paresse la pauvreté d'Aristide, puisqu'il pouvait s'enrichir facilement, sans rien faire de honteux, en dépouillant un seul Barbare ou en s'emparant d'une seule de leurs tentes. Mais en voilà assez sur ce point.

XXXII. [V]. 1. Quant à leurs campagnes militaires, celles de Caton n'apportèrent rien à un empire déjà très grand, tandis que celles d'Aristide amenèrent les victoires les plus belles, les plus éclatantes et les plus considérables : celles de Marathon, de Salamine et de Platées. 2. Et l'on n'a pas le droit de rapprocher Antiochos de Xerxès ni la ruine des cités ibériques du massacre de tant de milliers de Barbares sur terre et sur mer. Dans ces batailles, les actes d'Aristide ne furent inférieurs à ceux de personne, mais il céda la gloire et les couronnes à ceux qui en avaient plus besoin que lui, avec le même désintéressement qu'il manifestait à l'égard de l'argent et des richesses, car il était au-dessus de tout cela. 3. Je ne blâme pas Caton de se vanter sans cesse et de se mettre au-dessus de tout le monde, bien qu'il dise, dans un de ses discours, qu'il est aussi déplacé de se louer soi-même que de se critiquer. Mais je considère que celui qui ne cesse de se louer lui-même est moins parfait que celui qui n'a même pas besoin de la louange d'autrui. 4. L'absence d'ambition contribue beaucoup à la douceur en politique, tandis qu'à l'inverse, l'ambition est insupportable et provoque l'envie. Aristide en était totalement dépourvu ; Caton, lui, en était fortement possédé. Aristide, en coopérant avec Thémistocle pour les plus hautes entreprises et en se faisant, pour ainsi dire, son garde du corps durant son commandement, redressa la situation d'Athènes, alors que Caton, en s'opposant à Scipion, faillit renverser et ruiner l'expédition que ce dernier lançait contre les Carthaginois et qui lui permit d'abattre l'invincible Hannibal. Pour finir, Caton suscita contre Scipion, à force d'intrigues, une foule de soupçons et d'accusations qui le chassèrent de la cité, et il fit condamner son frère sous l'accusation honteuse de détournement de fonds.

XXXIII. [VI]. 1. Quant à la tempérance, que Caton a parée d'éloges si magnifiques, Aristide la conserva toujours, véritablement pure et sans souillure, alors que le remariage de Caton, si contraire à son rang et à son âge, lui a valu des critiques qui ne sont ni minimes ni peu fondées. 2. À un âge si avancé, amener chez son fils adulte et chez la jeune épouse de celui-ci la fille d'un appariteur, d'un employé public qui touchait un salaire, voilà qui manque totalement de noblesse. Qu'il ait agi par sensualité ou par colère, pour se venger de son fils qui méprisait sa concubine, cet acte et son motif sont aussi honteux l'un que l'autre. Quant à la réponse faussement modeste qu'il fit à son fils, elle ne contenait aucune vérité, 3. car s'il voulait des enfants aussi vertueux que le premier, il aurait dû contracter un noble mariage et y penser tout de suite, au lieu de se contenter de coucher en secret avec une fille de basse condition qu'il ne pouvait épouser, puis une fois découvert, de prendre pour beau-père l'homme le plus facile à convaincre, et non celui dont l'alliance eût été la plus honorable.

BIBLIOGRAPHIE

VIE D'ARISTIDE

DAVIES J.
Athenian Propertied Families, Oxford, 1971.

LONIS R.
Guerre et religion en Grèce à l'époque classique, Paris, 1979.

MOSSÉ CL.
«Démétrios de Phalère, le tyran philosophe», dans *La tyrannie dans la Grèce antique*, Paris, 1969, p.155-166.

SARTORI F.
Le eterie nella vita politica ateniese del VI-V secolo a.C., Rome, 1957.

WHITEHEAD D.
The Demes of Attica, Princeton, 1986.

WILL E.
Le monde grec et l'Orient, 3ᵉ éd., Paris, 1992.

VIE DE CATON L'ANCIEN

ANDREAU J.
La vie financière dans le monde romain, Rome, 1987.

ASTIN A. E.
• *Scipio Aemilianus*, Oxford, 1967.
• *Cato the Censor*, Oxford, 1978.

DELCOURT M.
Pyrrhos et Pyrrha, recherches sur les voleurs du feu dans les légendes helléniques, Paris, 1965.

FINLEY M.-I.
L'économie antique, tr. fr., Paris, 1975.

MARROU H.-I.
Histoire de l'éducation dans l'Antiquité, Paris, 6ᵉ éd., 1965 (1ʳᵉ éd. 1948).

NICOLET CL.
Le métier de citoyen dans la Rome républicaine, Paris, 1976.

ORF, *Oratorum romanorum fragmenta*, éd. E. Malcovati, 3ᵉ éd.

PIÉRI G.
L'histoire du cens jusqu'à la fin de la République romaine, Paris, 1968.

TCHERNIA A.
Le vin de l'Italie romaine, Rome, 1986.

WARDMAN A.
Plutarch's Lives, Londres, 1974.

PHILOPOEMEN-FLAMININUS

Il est rare que Plutarque, dans ses Vies parallèles, *confronte deux contemporains. C'est le cas ici puisque le Grec et le Romain eurent même à s'affronter durant les années qui séparent la défaite de Philippe V de Macédoine et la proclamation par Flamininus de l'indépendance grecque en 196 de la mort de Philopoemen en 183-182.*

L'Arcadien Philopoemen de Mégalopolis est le dernier grand stratège et homme politique de l'histoire grecque. C'est du moins l'image qu'en a laissée Polybe, lui-même Mégalopolitain et fils du plus proche compagnon de Philopoemen. La Confédération achéenne, dont Philopoemen fut élu huit fois stratège, était alors l'un des rares États grecs à pouvoir mener une politique indépendante à l'égard à la fois des souverains hellénistiques et de Rome, dont la présence s'affirmait de plus en plus depuis la première guerre de Macédoine. Elle contrôlait une grande partie du Péloponnèse, à l'exception de Sparte qui était alors le théâtre d'une agitation révolutionnaire, favorisée d'abord par ses rois légitimes, Agis IV et Cléomène III, puis après la défaite de ce dernier à Sellasie en 223-222, par des tyrans, dont le plus célèbre, Nabis, fut l'adversaire acharné de Philopoemen.

Cette agitation ne faisait évidemment pas l'affaire des Romains, arbitres des affaires grecques depuis la défaite de Philippe, et surtout de Titus Quinctius Flamininus, celui qui s'était, par sa proclamation aux concours Isthmiques de 196, érigé en protecteur des libertés grecques. Flamininus appartenait à ce milieu romain conquis par la culture hellénique qui s'était formé autour des Scipions. Habile et modéré, il redoutait que l'agitation entretenue dans le Péloponnèse par la rivalité entre Sparte et la Confédération achéenne ne favorise les projets du Séleucide Antiochos III. D'où la conclusion de la paix avec Nabis à la veille du débarquement d'Antiochos en Grèce. La défaite de celui-ci en 191 aux Thermopyles renforça la présence romaine en Grèce, ce que Philopoemen se refusait à admettre. De là sa hargne à l'encontre des Spartiates coupables de servir les visées romaines, et les conflits larvés qui l'opposèrent au sein de la Confédération achéenne et à Mégalopolis même aux partisans de l'alliance avec Rome.

Plutarque, qui suit le récit de Polybe, admirateur à la fois de Philopoemen et de la puissance romaine, est partagé lorsqu'il lui faut comparer les mérites respectifs de ses deux héros. À l'Arcadien, il reproche le traitement cruel qu'il fit subir à Sparte ; à Flamininus, l'assassinat sur son ordre d'Hannibal, réfugié en Bithynie. Mais c'est finalement le Romain qui l'emporte dans ce combat, un homme dont il admire la modération et le sens de la justice, même à l'égard de ses adversaires. Il reste que ces deux Vies *donnent de cette période cruciale de l'histoire de la Grèce et de Rome un tableau plus attachant que les récits de Polybe et de Tite-Live dont Plutarque s'est largement inspiré.*

Cl. M.

PHILOPOEMEN

I. 1. Cléandros était issu d'une des premières familles de Mantinée où il jouissait de la plus grande influence. Victime d'un revers de fortune, il dut s'exiler, et s'établit à Mégalopolis[1], à cause surtout de Craugis, le père de Philopoemen, un homme remarquable à tous égards avec lequel il était étroitement lié. 2. Cléandros ne manqua de rien tant que Craugis vécut et, après sa mort, en reconnaissance de son hospitalité, il éleva son fils orphelin de la même manière que, d'après Homère, Phoenix éleva Achille : dès l'origine, le caractère de l'enfant bénéficia donc d'une formation et d'une éducation nobles et dignes d'un roi[2]. 3. Dès que Philopoemen sortit de l'enfance, Ecdélos et Démophanès[3], deux Mégalopolitains, se chargèrent de lui. Ils avaient été disciples d'Arcésilas[4] à l'Académie, et avaient contribué plus que quiconque à cette époque à tourner la philosophie vers la politique et la pratique. 4. Ils avaient libéré leur patrie de la tyrannie en recrutant en secret des hommes pour tuer Aristodémos, puis ils s'étaient joints à Aratos pour chasser Nicoclès, tyran de Sicyone. Enfin, à la demande des Cyrénéens dont la cité était troublée et malade, ils avaient traversé la mer pour instaurer chez eux de bonnes lois et organiser au mieux la cité[5]. 5. Eux-mêmes comptèrent au nombre de leurs actions importantes l'éducation qu'ils donnèrent à Philopoemen, considérant qu'ils avaient fait de lui, grâce à la philosophie, le soutien commun de toute la Grèce. 6. Celle-ci l'avait mis au monde, dans sa vieillesse, comme un rejeton tardif en qui l'on retrouvait toutes les vertus des anciens chefs ; elle lui porta un amour extraordinaire et fit grandir sa puissance en même temps que sa gloire. 7. Pour faire son éloge, un Romain a dit de lui : « C'est le dernier des Grecs », entendant par là qu'après Philopoemen, la Grèce n'enfanta plus aucun grand homme digne d'elle[6].

---

1. Mantinée et Mégalopolis étaient des cités membres de la Confédération arcadienne. Celle-ci s'était reconstituée après Leuctres (371), avec l'appui du général thébain Épaminondas qui, pour mettre fin à la rivalité qui opposait Tégée et Mantinée, avait favorisé la création d'une cité nouvelle : la « grande cité », Mégalopolis. Plutarque suit ici le récit de Polybe, Histoires, X, 22.
2. Plutarque fait ici référence à l'Iliade, IX, v. 442 et suiv. ; v. 478 et suiv. Phoenix, comme Cléandros, avait été exilé de son pays.
3. Ecdélos et Démophanès s'étaient réfugiés à Athènes pour fuir leur cité tombée aux mains du tyran Aristodémos.
4. Arcésilas dirigea l'Académie vers le milieu du IIIe siècle.
5. Plutarque suit ici de très près le récit de Polybe (II, 3, 43). Aratos de Sicyone avait libéré sa cité du tyran Nicoclès, puis l'avait fait adhérer à la Confédération achéenne dont il allait pendant de longues années diriger la politique. Voir aussi Aratos, V, 1 et suiv. Cyrène, après la mort du tyran Magas, avait connu quelques années d'indépendance, avant de retomber entre les mains du roi Ptolémée II en 247.
6. Voir Aratos, XXIV, 2.

II. 1. Physiquement, Philopoemen, contrairement à ce que pensent certains, n'était pas laid; nous pouvons voir encore aujourd'hui une statue[7] de lui à Delphes. La méprise de son hôtesse de Mégare s'explique, dit-on, par l'amabilité et la simplicité dont il faisait preuve. 2. Cette femme venait d'apprendre que le stratège des Achéens[8] allait venir dans sa demeure; elle était toute troublée en préparant son repas et il se trouvait que son époux était sorti. 3. Lorsque Philopoemen se présenta, vêtu d'une petite chlamyde très ordinaire, elle le prit pour quelque serviteur, envoyé en avance, et lui demanda de l'aider au service. 4. Aussitôt, rejetant sa chlamyde, il se mit à fendre du bois. Lorsque son hôte arriva, il se récria à cette vue: «Que fais-tu donc, Philopoemen? – Ce que je fais? répliqua-t-il en dorien. Je suis puni pour ma piètre apparence.» 5. Titus Flamininus[9] se moquait en ces termes de son aspect physique: «Tu as de belles mains, Philopoemen, et de belles jambes, mais tu n'as pas de ventre.» Philopoemen était en effet de carrure assez frêle. 6. Toutefois, la plaisanterie visait surtout son armée, car s'il avait de bons hoplites et de bons cavaliers, il manquait bien souvent d'argent. Tels sont les récits que l'on fait dans les écoles concernant Philopoemen[10].

III. 1. Quant à son caractère, son amour de la gloire n'était pas totalement exempt d'une tendance à la querelle et à la colère. Il avait beau vouloir prendre surtout Épaminondas[11] pour modèle, s'il imitait fidèlement son énergie, son intelligence et son mépris des richesses, en revanche, son tempérament coléreux et querelleur le rendait incapable de conserver la douceur[12], la gravité et l'humanité du Thébain dans les luttes politiques, et la vertu militaire lui était plus familière, semble-t-il, que la vertu politique. 2. Il aimait depuis l'enfance la vie de soldat et s'appliquait avec enthousiasme aux exercices qui pouvaient lui être utiles en ce domaine: la lutte armée et l'équitation. 3. Comme il paraissait également bien doué pour le pugilat, certains de ses amis et de ses maîtres l'engagèrent à devenir athlète. Il leur demanda si cela ne nuirait pas à son entraînement militaire. 4. Ils lui répondirent – ce qui était la vérité –, que le corps et le mode de vie de l'athlète et ceux du soldat diffèrent du tout au tout: leur régime notamment et leur entraînement sont tout autres. L'athlète a besoin de beaucoup de sommeil, d'une nourriture toujours abon-

---

7. Sur cette statue que les Achéens avaient fait élever en son honneur, voir infra, X, 13. On en a retrouvé le piédestal et la dédicace.

8. Les cités arcadiennes avaient adhéré à la Confédération achéenne. Le stratège, élu chaque année, dirigeait les opérations militaires de la Confédération. Voir Aymard (1967), p. 1-45.

9. Il s'agit de Titus Quinctius Flamininus, dont Plutarque met la biographie en parallèle avec celle de Philopoemen.

10. On a là un nouvel exemple des débats qui se déroulaient dans les écoles philosophiques autour des grandes figures du passé grec.

11. Épaminondas est le général thébain vainqueur des Spartiates à Leuctres, pour lequel le Béotien Plutarque éprouve une très grande admiration. Voir en particulier Pélopidas, IV.

12. La douceur (praotès) est une qualité que Plutarque apprécie tout particulièrement. Voir Dictionnaire, «Douceur».

dante, d'une alternance réglée de mouvement et de repos, afin d'augmenter et de conserver une forme que la moindre perturbation, le moindre écart de régime peuvent altérer et détruire[13]. Le soldat, au contraire, doit pouvoir s'accommoder de tous les changements, de tous les bouleversements, et notamment savoir supporter facilement les privations et le manque de sommeil. 5. Dès que Philopoemen eut entendu cette réponse, non seulement il se détourna lui-même de ces exercices et les tourna en ridicule, mais encore, lorsqu'il fut stratège, il écarta autant qu'il le put, en les accablant de son mépris et de ses sarcasmes, les exercices athlétiques sous toutes leurs formes, déclarant qu'ils rendaient inutiles aux luttes nécessaires les corps qui auraient pu être les plus utiles.

IV. 1. Dès qu'il fut sorti des mains de ses maîtres et de ses pédagogues, il participa aux campagnes organisées par la cité dans le territoire de Laconie pour piller et faire du butin[14]. Il prit l'habitude d'être toujours le premier à partir en expédition, le dernier à revenir. 2. Lorsqu'il avait du temps libre, il entraînait son corps en chassant ou en travaillant la terre et le rendait à la fois agile et vigoureux. 3. Il possédait un beau domaine à la campagne, à vingt stades de la cité. Il s'y rendait à pied chaque jour, après le déjeuner ou le dîner, et pour dormir, il se jetait sur le premier grabat venu, comme n'importe lequel de ses ouvriers. 4. Le matin, il se levait très tôt et mettait la main à l'ouvrage avec ses vignerons ou ses paysans, puis regagnait la cité où il s'occupait des affaires publiques avec ses amis et les magistrats. 5. Ce que lui rapportaient les campagnes militaires, il le dépensait en chevaux et en armes et au rachat des prisonniers de guerre. Quant à son patrimoine, il tentait de l'augmenter par l'agriculture, la source de revenus la plus légitime, et il ne considérait pas cela comme une activité secondaire : il pensait que si l'on veut s'abstenir de toucher aux biens d'autrui, il faut en posséder soi-même[15].
6. Il écoutait les discours des philosophes et lisait leurs traités, mais seulement s'ils lui semblaient pouvoir l'aider à se rapprocher de la vertu. 7. Dans les poèmes d'Homère, il étudiait tous les passages qu'il jugeait propres à éveiller et à exalter les rêves de vaillance. 8. Quant à ses autres lectures, il s'attachait surtout aux *Écrits tactiques* d'Évangélos et se passionnait pour l'histoire d'Alexandre ; il pensait que les mots devaient conduire à l'action, sans quoi ce n'était que distraction et bavardage stérile. 9. Lorsqu'il réfléchissait à des problèmes de tactique, il ne voulait pas de cartes tracées sur des tablettes ; il se rendait sur les lieux mêmes, pour s'informer et pour s'entraîner. Les pentes, les accidents de terrain dans les plaines, la manière

---

13. Ces remarques sur la formation des athlètes sont révélatrices des transformations de l'athlétisme à l'époque hellénistique, devenu essentiellement le fait de professionnels. Voir Finley et Pleket (1976), p. 68-87.
14. Sparte était alors le théâtre d'une révolution opérée par le roi Cléomène III qui entendait recréer la Sparte de Lycurgue et rétablir l'hégémonie spartiate dans le Péloponnèse. Voir Cléomène, *VI et suiv.*
15. Plutarque reprend ici un lieu commun de la pensée grecque sur la valeur de l'agriculture comparée aux autres sources de revenus. Il s'inspire de l'Économique de Xénophon, en particulier V, 1-17. Pour ce qui est de Philopoemen, il emprunte l'information à Polybe, X, 22, 5.

dont les cours d'eau, les fossés ou les défilés obligent la phalange à prendre des formes et des aspects différents, la forçant à s'étirer ou au contraire à se resserrer, voilà ce qui était, pendant les marches, l'objet de ses réflexions et de ses entretiens avec ses compagnons[16]. 10. Cet homme éprouvait, semble-t-il, pour les expéditions militaires une passion hors du commun : il avait embrassé la guerre parce qu'elle offrait à la vertu la carrière la plus riche ; il éprouvait un mépris général pour tous ceux qui s'en désintéressaient, qu'il considérait comme des êtres inutiles.

V. 1. Il avait déjà trente ans lorsque Cléomène, roi des Lacédémoniens, attaqua à l'improviste Mégalopolis durant la nuit, enfonça les gardes, pénétra dans la cité et s'empara de l'agora[17]. 2. Philopoemen courut à la rescousse, mais ne réussit pas à chasser les ennemis, en dépit de la vigueur et de l'audace dont il fit preuve dans cette lutte. Cependant il déroba en quelque sorte ses concitoyens à la cité, en attaquant ceux qui essayaient de les poursuivre et en attirant Cléomène sur lui. Il se retira le dernier, à grand-peine, après avoir perdu son cheval et reçu des blessures. 3. Ils se réfugièrent à Messène où Cléomène leur envoya des messagers, proposant de leur rendre leur cité, leurs biens et tout le territoire. Philopoemen, se rendant compte que ses concitoyens accueillaient favorablement cette offre et qu'ils avaient hâte de rentrer chez eux, s'interposa et les dissuada d'accepter : « Cléomène, leur expliqua-t-il, ne veut pas vous rendre la cité ; il tente plutôt de s'emparer de ses citoyens afin d'affermir encore son pouvoir sur elle. 4. Il ne pourra pas en effet rester inactif, à garder des maisons et des remparts vides, la solitude le contraindra à les abandonner. » 5. Par ces mots, il détourna ses concitoyens de leur projet, mais il fournit à Cléomène un prétexte pour ravager et démolir la plus grande partie de la cité, avant de se retirer, riche d'un immense butin[18].

VI. 1. Peu après, le roi Antigone vint au secours des Achéens et partit avec eux en campagne contre Cléomène, lequel occupait les hauteurs et les défilés qui avoisinent Sellasie. Antigone[19] rangea son armée en ordre de bataille tout près de là, dans l'intention de l'attaquer et de forcer le passage. 2. Philopoemen se trouvait placé

---

16. L'époque hellénistique est en effet le moment qui voit se développer une littérature consacrée à la tactique militaire. C'est un Arcadien, Énée de Stymphale (Énée le Tacticien), qui avait inauguré le genre en publiant vers le milieu du IVe siècle un traité de poliorcétique. Évangélos apparaît aussi chez Élien et Arrien. Voir Garlan (1974), p. 169 et suiv.

17. La prise de Mégalopolis par Cléomène eut lieu en 223. Ce qui place en 253 la naissance de Philopoemen. Voir Cléomène, XXIII-XXV et Polybe, II, 55.

18. Cette appréciation sur l'importance du butin se fonde sur le récit de Phylarchos, historien athénien contemporain des événements, que Polybe critique de façon acerbe, évaluant à 300 talents (au lieu des 6 000 avancés par Phylarchos) le montant de ce butin. Voir Polybe, II, 62.

19. Il s'agit du roi Antigone Doson qui avait succédé à Démétrios II en 229. C'est Aratos qui avait opéré ce renversement d'alliances devant la menace que représentaient pour la Confédération achéenne les ambitions de Cléomène. La bataille de Sellasie se déroula en 222. Sur le rôle de Philopoemen, voir Polybe (II, 67-69) qui précise qu'il n'avait encore à ce moment exercé aucun commandement.

avec ses concitoyens parmi les cavaliers, à côté des Illyriens, fort nombreux et vaillants, qui fermaient la ligne de bataille. 3. Les Achéens avaient reçu ordre de rester immobiles en réserve, jusqu'au moment où, à l'autre aile, le roi ferait hisser au bout d'une sarisse une étoffe de pourpre. 4. Tandis que les chefs essayaient d'enfoncer les Lacédémoniens en faisant donner les Illyriens, les Achéens, conformément à l'ordre qu'ils avaient reçu, restèrent immobiles à leur poste. 5. Mais Eucleidas, frère de Cléomène, remarqua la brèche qui s'était ouverte dans les rangs ennemis. Il envoya en hâte ses troupes légères les plus rapides, avec ordre d'attaquer les Illyriens dans le dos et de les obliger à faire volte-face pendant qu'ils étaient coupés de la cavalerie. 6. Cette manœuvre fut exécutée, et les troupes légères étaient en train de forcer les Illyriens à se retourner, semant le trouble dans leurs rangs, quand Philopoemen comprit qu'il n'était pas difficile d'attaquer ces troupes légères et que la situation imposait de le faire. Il en parla d'abord aux officiers du roi. 7. Mais il ne parvint pas à les convaincre. On le prit pour un fou et l'on ne tint nul compte de ses avis, car sa réputation n'était pas encore bien grande et ne justifiait pas qu'on lui fît confiance pour une manœuvre d'une telle importance. Alors, entraînant avec lui ses concitoyens, Philopoemen se lança, de sa propre initiative, à l'attaque. 8. Les troupes légères furent d'abord plongées dans la confusion, puis mises en fuite et taillées en pièces. Pour encourager encore les officiers du roi et attaquer au plus vite les ennemis dans le désordre où ils étaient, il mit pied à terre et sur un terrain inégal, coupé de ruisseaux et de ravins, à pied, avec sa cuirasse de cavalier et son équipement si pesant, il soutint une lutte difficile et éprouvante. Il fut atteint par un javelot à courroie qui lui transperça les deux cuisses. Le coup n'était pas mortel, mais si violent que la pointe de la lance traversa une cuisse et s'enfonça dans l'autre. 9. Il fut d'abord immobilisé, comme par une entrave, et se trouva dans l'incapacité absolue de faire quoi que ce soit, car à cause de la courroie du javelot, il était difficile de retirer l'arme en la faisant repasser par les deux blessures. 10. Comme ceux qui étaient présents n'osaient pas y toucher, Philopoemen, voyant que la bataille faisait rage, trépignait de colère et d'impatience de combattre. À force de rapprocher et d'écarter les jambes, il finit par briser le javelot en son milieu, puis il fit retirer séparément chacun des deux tronçons. 11. Ainsi libéré, il tira son épée et se frayant un chemin à travers les premiers rangs, il se lança contre les ennemis, inspirant aux combattants la plus grande ardeur et le plus vif désir d'imiter sa valeur. 12. Après sa victoire, Antigone, voulant mettre à l'épreuve les Macédoniens, leur demanda pourquoi ils avaient lancé la cavalerie, alors qu'il n'en avait pas donné l'ordre. 13. Ils s'en excusèrent, en disant qu'ils avaient été contraints d'en venir aux mains contre leur volonté, à cause de l'initiative qu'avait prise un petit jeune homme de Mégalopolis. Alors Antigone se mit à rire: «Eh bien! dit-il, ce petit jeune homme a agi comme un grand chef[20].»

VII. 1. En conséquence, comme on peut l'imaginer, Philopoemen devint célèbre. Antigone, qui désirait vivement l'emmener avec lui dans ses campagnes militaires,

---

20. *L'anecdote est rapportée par Polybe en II, 68, 1-2.*

lui proposa un commandement et de l'argent, mais Philopoemen refusa, sachant que sa nature était trop intraitable et difficile pour se soumettre à une autorité. 2. Cependant, comme il ne voulait pas rester inactif et oisif, il embarqua pour une expédition en Crète, afin d'acquérir plus d'entraînement et de pratique dans l'art militaire[21]. 3. Il y resta longtemps à faire la guerre parmi ces hommes qui non seulement étaient des combattants valeureux et subtils, mais qui, de plus, menaient une vie modeste et réglée. Quand il revint chez les Achéens, son prestige était si grand qu'il fut aussitôt nommé hipparque[22]. 4. Les cavaliers qui lui furent confiés n'avaient que de mauvais chevaux qu'ils prenaient au hasard quand ils devaient partir en expédition; la plupart du temps, ils se dérobaient aux campagnes militaires en se faisant remplacer. Tous joignaient la lâcheté à une terrible inexpérience. Les différents chefs qui s'étaient succédé avaient fermé les yeux sur cette situation, parce que les cavaliers jouissaient chez les Achéens de la plus grande influence et avaient notamment tout pouvoir pour distribuer les honneurs et les châtiments. Philopoemen ne montra ni complaisance ni faiblesse. 5. Il fit le tour des différentes cités, prit les jeunes gens à part, l'un après l'autre, éveilla en eux le sens de l'honneur, châtia ceux qui méritaient de l'être et organisa des exercices, des défilés et des joutes entre eux aux endroits où l'on pouvait compter sur le plus grand nombre de spectateurs. 6. En peu de temps, ils eurent acquis, grâce à lui, une vigueur et une ardeur admirables. Enfin, point essentiel pour la tactique, il les rendit agiles et vifs aussi bien pour les demi-tours et les conversions par escadrons que pour les demi-tours et les mouvements individuels; il les y habitua si bien que la facilité avec laquelle la troupe entière exécutait ces évolutions lui donnait l'aspect d'un corps unique, animé par un élan spontané.
7. Lors d'une violente bataille qu'ils livrèrent contre les Étoliens et les Éléens au bord du Larisos, l'hipparque des Éléens, Damophantos, poussa son cheval contre Philopoemen et le chargea. 8. Ce dernier soutint le choc et, devançant son adversaire, il le frappa de sa lance et le jeta à terre. 9. Dès que leur chef fut tombé, les ennemis prirent aussitôt la fuite et Philopoemen retira de cet exploit une gloire éclatante; on reconnut qu'il ne le cédait en vigueur à aucun des jeunes gens, en sagacité à aucun des vieillards, et qu'il était le plus capable pour combattre comme pour commander.

VIII. 1. Aratos fut le premier qui éleva en dignité et en puissance la communauté des Achéens, fort modeste à cette époque et dispersée en diverses cités. Il la rassembla et la dota d'une constitution vraiment grecque et humaine[23]. 2. Dans les

---

21. *Sans doute comme chef de mercenaires. C'était là une situation devenue banale dans le monde grec de l'époque hellénistique. Il demeura dix ans en Crète, de 221 à 211.*

22. *C'est-à-dire commandant de la cavalerie. C'est à ce titre qu'il entreprit, selon Polybe (X, 22-24), les réformes exposées par Plutarque ici et en IX, 1-6.*

23. *Plutarque interrompt l'exposé des réformes entreprises par Philopoemen pour rappeler comment s'était constituée et étendue la Confédération achéenne. Sur ces événements, voir Will (1979), p. 319-338 et 364-396.*

cours d'eau, dès que quelques corps de petite taille commencent à s'immobiliser, d'autres viennent ensuite s'adjoindre et s'agglutiner aux premiers, et tous finissent par former, les uns avec les autres, une masse solide et compacte; 3. de la même manière, à une époque où la Grèce était faible et facile à détruire, divisée qu'elle était en différentes cités, les Achéens furent les premiers à s'unir entre eux; puis ils attirèrent à eux les cités des environs, les unes en les secourant et en les aidant à se libérer des tyrans, les autres en les unissant à eux dans une entente politique. Ils se proposèrent alors de faire du Péloponnèse un seul corps et une seule puissance. 4. Cependant, du vivant d'Aratos, ils s'abritèrent la plupart du temps derrière les armes macédoniennes; ils firent leur cour à Ptolémée, puis à Antigone et à Philippe, qui intervenaient dans toutes les questions grecques[24]. 5. Lorsque Philopoemen parvint au premier rang[25], ils étaient désormais capables de lutter par leurs propres moyens contre les peuples les plus puissants et ils cessèrent de faire appel à des protecteurs extérieurs. 6. Aratos, qui semblait avoir peu de goût pour les luttes militaires, avait obtenu la plupart de ses résultats grâce à sa diplomatie, à sa douceur et aux amitiés qu'il avait nouées avec des rois, comme je l'ai écrit dans sa *Vie*. 7. Mais Philopoemen, qui était un vaillant guerrier et recourait volontiers aux armes, et qui de plus avait connu, dès ses premiers combats, la faveur de la Fortune et le succès, augmenta à la fois la fierté des Achéens et leur puissance, en les habituant à connaître avec lui, dans la plupart des combats, la victoire et le succès[26].

IX. 1. Il commença par modifier tout ce qui était déficient dans la tactique et l'armement des Achéens. 2. Ils avaient des boucliers longs, faciles à manier en raison de leur minceur, mais trop étroits pour leur envelopper tout le corps, et des lances beaucoup plus courtes que les sarisses[27]. 3. C'est pourquoi, si leur légèreté les rendait habiles à frapper et à combattre de loin, dès qu'ils en venaient au corps à corps, ils avaient le dessous. 4. Quant à l'ordonnance du combat et à la formation en bataillon, ils n'en avaient pas l'habitude. Leur phalange ne savait ni charger lances en avant ni joindre les boucliers, comme celle des Macédoniens; aussi étaient-ils facilement écrasés et dispersés. 5. Philopoemen leur enseigna ces manœuvres. Il les poussa à troquer le bouclier long et la lance pour le bouclier rond et la sarisse, à se couvrir de casques, de cuirasses et de cnémides et à s'entraîner à combattre de pied ferme, au lieu de courir à la manière des peltastes[28]. 6. Quand il eut amené les hommes en âge de servir à revêtir une armure complète, il exalta leur courage, en

---

24. *Aratos mourut en 213-212. Philippe V était roi de Macédoine depuis 221-220 et allait bientôt se heurter à Rome.*
25. *Philopoemen fut élu stratège pour la première fois en 208-207.*
26. *Ce parallèle entre Aratos et Philopoemen se trouve chez Polybe (II, 40, 1-2), qui cependant insiste davantage sur la continuité que sur la différence entre les deux hommes.*
27. *Les sarisses étaient les longues piques dont étaient armés les soldats de la phalange macédonienne.*
28. *Les peltastes étaient des fantassins légers qui tiraient leur nom du bouclier d'osier (pelte) dont ils étaient pourvus.*

les persuadant qu'ils étaient devenus invincibles. Puis il introduisit d'excellentes réformes dans leur existence raffinée et luxueuse. 7. Il n'était pas possible de supprimer totalement cette vaine et folle passion dont ils étaient atteints depuis longtemps, d'aimer les vêtements coûteux, les couvertures teintes de pourpre et de rivaliser en dépenses dans leurs tables et leurs banquets[29]. 8. Philopoemen commença par détourner du superflu cet amour de la parure pour l'appliquer à des réalités utiles et belles ; en peu de temps il les eut tous poussés à restreindre les dépenses qu'ils consacraient chaque jour au soin de leur corps et à ne se montrer élégants et coquets que dans leur équipement militaire et guerrier. 9. On put donc voir les ateliers se remplir de coupes et de phiales théricléennes[30] qu'on mettait en pièces, tandis qu'on dorait des cuirasses et qu'on couvrait d'argent les boucliers et les mors des chevaux. Quant aux stades, ils étaient pleins de poulains que l'on dressait et de jeunes gens qui s'entraînaient à la lutte en armes. On trouvait enfin entre les mains des femmes des casques dont elles ornaient les panaches des plus belles teintures, et quantité de tuniques de cavaliers et de chlamydes de soldats qu'elles couvraient de broderies. 10. Ce spectacle augmentait et stimulait l'audace ; il faisait naître un élan qui les rendait avides et impatients d'affronter les dangers. 11. Dans les autres domaines, le spectacle du luxe entraîne la mollesse et l'indolence chez ceux qui le recherchent : c'est comme un aiguillon ou un chatouillement des sens qui altère leur raison. 12. Mais quand il s'agit des armes, il fortifie et exalte le courage. C'est ainsi qu'Homère a montré Achille, pris d'une sorte de transport à la vue des nouvelles armes déposées devant lui et brûlant du désir d'en faire usage. 13. Ayant ainsi paré les jeunes gens, Philopoemen veilla à leur entraînement et leur imposa des manœuvres auxquelles ils se soumirent avec ardeur et enthousiasme. 14. Le dispositif de l'armée leur plaisait beaucoup, car cette ordonnance compacte leur paraissait impossible à rompre. Quant aux armes, ils les trouvèrent bientôt maniables et légères ; elles étaient si brillantes et si belles qu'ils avaient plaisir à les tenir ou à les porter ; ils aspiraient à combattre et à se mesurer au plus tôt avec les ennemis.

X. 1. Les Achéens étaient alors en guerre contre Machanidas, tyran des Lacédémoniens qui, à la tête de troupes nombreuses et puissantes, menaçait tous les habitants du Péloponnèse[31]. 2. Dès qu'on annonça qu'il avait envahi le territoire de Mantinée[32], Philopoemen conduisit en toute hâte ses troupes contre lui. 3. Les deux armées se rangèrent en ordre de bataille près de la cité ; chacune avait dans ses rangs beaucoup de mercenaires et à peu près toutes les forces de son pays. 4. Le combat s'engagea ; Machanidas mit en fuite avec ses mercenaires les acontistes des

---

29. Ici encore Plutarque s'inspire de Polybe, XI, 8-9.
30. Du nom du potier Thériclès, un Corinthien qui aurait vécu à la fin du Ve siècle. Les phiales étaient des coupes à libation peu profondes et évasées.
31. Après la fuite de Cléomène, Sparte avait d'abord retrouvé ses lois traditionnelles. Mais la crise allait renaître, suscitant des ambitions tyranniques.
32. La bataille de Mantinée se déroula en 207. Elle est décrite par Polybe, XI, 11-18.

Achéens et les Tarentins qui étaient placés en première ligne[33]. Mais au lieu de se porter aussitôt contre ceux qui continuaient à combattre, afin d'enfoncer les troupes qui tenaient encore, il se lança à la poursuite des fuyards et dépassa la phalange des Achéens qui gardaient fermement leur ordre de bataille. 5. Philopoemen, en dépit du grand échec qu'il avait essuyé au début de l'action et bien que la situation semblât tout à fait compromise et désespérée, avait feint de ne pas s'en émouvoir et de ne voir là rien de grave. 6. Lorsqu'il aperçut la faute énorme que commettaient les ennemis en engageant la poursuite, ce qui les séparait de leur phalange et laissait un grand espace vide entre eux et elle, il se garda bien de marcher contre eux et de les empêcher de poursuivre les fuyards ; il les laissa passer et agrandir la déchirure. Dès qu'il vit la phalange lacédémonienne à découvert, il s'élança brusquement contre ses hoplites et la chargea de flanc, au pas de course, alors qu'elle était privée de son chef et que ses hommes ne s'attendaient pas à combattre : en voyant Machanidas lancé à la poursuite des ennemis, ils s'étaient crus totalement victorieux et maîtres du terrain. 7. Il les enfonça et leur infligea de lourdes pertes (il y eut, dit-on, plus de quatre mille morts[34]), puis il se lança contre Machanidas qui revenait de la poursuite avec ses mercenaires. 8. Un fossé large et profond les séparait et les deux chefs galopaient de chaque côté, l'un cherchant à le traverser pour s'enfuir, l'autre à l'en empêcher. 9. On eût dit, non deux généraux en train de combattre, mais un habile chasseur aux prises avec une bête sauvage que la nécessité réduit à se défendre. 10. Cependant le cheval du tyran, qui était vigoureux et fougueux et qui avait les deux flancs ensanglantés par les éperons, essaya de franchir le fossé d'un bond, mais son poitrail vint heurter le talus. Comme il tentait de se dégager en prenant appui sur ses pattes de devant, 11. Simias et Polyaïnos, qui dans les batailles étaient toujours aux côtés de Philopoemen et joignaient leurs boucliers au sien, s'élancèrent tous deux, en inclinant leur lance contre lui. 12. Mais Philopoemen parvient avant eux devant Machanidas. Voyant que le cheval du tyran soulève la tête et couvre ainsi le corps du cavalier, il fait légèrement tourner son propre cheval et, saisissant à pleine main son javelot, il en frappe violemment son adversaire et le renverse. 13. C'est dans cette attitude que le représente une statue de bronze[35], à Delphes, qui fut érigée par les Achéens, remplis d'admiration par cette prouesse comme par la manière dont il dirigea la bataille.

XI. 1. Lors de la célébration de la panégyrie néméenne, Philopoemen était, dit-on, stratège pour la deuxième fois et il venait de remporter cette victoire de Mantinée[36].

---

33. Les acontistes sont armés de javelots. Les Tarentins forment une cavalerie légère destinée à harceler l'adversaire à distance. Peut-être s'agit-il de mercenaires originaires de Tarente, ancienne colonie de Sparte.
34. Ce chiffre est emprunté à Polybe, XI, 18.
35. Sur cette statue, voir supra, II, 1.
36. Philopoemen aurait été élu stratège pour la seconde fois en 206-205. Les concours Néméens avaient lieu tous les deux ans, la deuxième et la quatrième année de chaque olympiade. Ils comportaient, outre des compétitions athlétiques, des épreuves musicales.

Comme il avait alors du loisir, à cause de la fête, il produisit devant les Grecs sa phalange, brillamment parée, qui exécuta avec autant de promptitude que d'énergie les mouvements tactiques dont elle avait pris l'habitude. 2. Puis, pendant que les citharèdes concouraient, il alla s'installer parmi les spectateurs avec ses jeunes hommes vêtus de leurs chlamydes militaires et de leurs tuniques de pourpre : tous, sensiblement du même âge, étaient dans l'éclat de la jeunesse, ils montraient un grand respect pour leur chef et laissaient voir la fierté juvénile que leur inspiraient tant de beaux combats. 3. Or comme ils venaient à peine de prendre place, il se trouvait que le citharède Pylade, qui était en train de chanter les *Perses* de Timothée[37], entonna :

> À la Grèce il offrit, en illustre parure,
> La liberté...

4. Tandis que s'élevait la voix éclatante du chanteur, parfaitement en accord avec la majesté du poème, les spectateurs tournèrent les yeux vers Philopoemen et se mirent à applaudir joyeusement : dans leurs espérances, les Grecs retrouvaient leur antique prestige et leur confiance les rapprochait de leur fierté de jadis[38].

XII. 1. Dans les batailles et dans les dangers, l'armée des Achéens ressemblait à ces jeunes chevaux qui regrettent le cavalier dont ils ont l'habitude et qui s'épouvantent et s'effarouchent s'ils sont montés par d'autres que lui. Si un autre que Philopoemen exerçait le commandement, elle perdait courage et le cherchait des yeux, mais il suffisait qu'elle l'aperçût pour aussitôt se redresser et passer à l'action grâce à la confiance qu'il lui inspirait. On constatait qu'il était le seul stratège dont les ennemis étaient incapables de soutenir la vue ; ils craignaient jusqu'au bruit de son nom, comme leur conduite le faisait bien voir. 2. Philippe, par exemple, le roi des Macédoniens, était convaincu que s'il ne trouvait plus Philopoemen sur son chemin, les Achéens se remettraient à trembler devant lui. Il envoya en secret à Argos des hommes pour l'assassiner, mais le complot fut découvert et le roi devint un objet de haine et de mépris pour tous les Grecs. 3. Quant aux Béotiens qui assiégeaient Mégare et comptaient s'en emparer très vite[39], la nouvelle, d'ailleurs fausse, leur parvint soudain que Philopoemen marchait au secours des assiégés et qu'il

---

37. *Timothée de Milet est un poète tragique de la seconde moitié du Ve siècle.*
38. *La victoire remportée sur le tyran de Sparte ne se pouvait comparer à celle de Salamine, si le vers cité évoque, comme on peut le supposer, Thémistocle. Mais, dans la Grèce en partie dominée par les Macédoniens, le prestige de l'armée achéenne pouvait faire renaître l'espoir d'une Grèce indépendante.*
39. *Plutarque ne s'étend pas sur les raisons de cette attaque contre Mégare à la fin de l'année 192. En fait, Mégare avait adhéré à la Confédération béotienne à l'époque de Cléomène. Mais, « dégoûtés par la façon dont les Béotiens se gouvernaient » (Polybe, XX, 6), ils se rapprochèrent de la Confédération achéenne. D'où l'intervention des Béotiens, qui s'enfuirent à l'annonce de l'arrivée prochaine de Philopoemen. Plutarque – est-ce l'effet de son patriotisme béotien ? – se garde bien de donner ces précisions qui ne sont pas à l'honneur de ses compatriotes.*

approchait: aussitôt, abandonnant les échelles qu'ils avaient déjà appuyées contre les remparts, ils prirent la fuite. 4. Lorsque Nabis, qui avait succédé à Machanidas comme tyran des Lacédémoniens, s'empara par surprise de Messène, il se trouva que Philopoemen n'était alors qu'un simple particulier, sans aucune armée sous ses ordres[40]. 5. Il essaya de persuader Lysippos, alors stratège des Achéens, de venir au secours des Messéniens, mais ses efforts furent vains; Lysippos assurait que la cité était perdue sans recours puisque les ennemis se trouvaient à l'intérieur. Alors Philopoemen, de sa propre initiative, vint à leur secours en prenant avec lui ses concitoyens qui, sans attendre ni décret officiel ni élection à main levée, le suivirent, considérant qu'en toute situation, comme le veut la nature, le meilleur doit commander. 6. Philopoemen était tout proche quand Nabis en fut informé. Il n'essaya pas de résister, bien qu'il eût établi son camp à l'intérieur de la cité, il s'échappa à la dérobée par une autre porte et retira ses troupes en toute hâte, trop heureux de pouvoir s'enfuir. Il y parvint, mais Messène était libérée.

XIII. 1. Tous ces faits sont à l'honneur de Philopoemen. Mais il repartit pour la Crète à la demande des Gortyniens, alors en guerre, qui le voulaient pour général, et se trouva loin de sa patrie au moment où elle était attaquée par Nabis[41], ce qui le fit accuser de lâcheté, ou d'un désir de gloire intempestif, employé contre d'autres ennemis. 2. Et de fait, les Mégalopolitains subirent des attaques si vives à cette époque qu'ils durent se renfermer derrière leurs remparts et ensemencer leurs rues, car toute leur campagne était ravagée et les ennemis campaient presque à leurs portes. 3. Or pendant ce temps, Philopoemen guerroyait pour des Crétois et commandait une armée de l'autre côté de la mer, et ses ennemis avaient beau jeu de l'accuser de fuir la guerre qui se livrait dans son pays. 4. Il y avait pourtant des gens qui parlaient autrement: du moment, disaient-ils, que les Achéens avaient choisi d'autres généraux et qu'il n'était plus qu'un simple citoyen, son loisir lui appartenait et il pouvait le prêter aux Gortyniens qui lui demandaient d'être leur chef. 5. Philopoemen était en effet hostile à l'oisiveté; ses capacités de stratège et de soldat étaient pour lui comme un capital qu'il tenait à maintenir en service et en activité. C'est ce que révèle ce qu'il dit un jour à propos du roi Ptolémée. 6. On louait devant lui ce roi parce qu'il prenait grand soin d'entraîner chaque jour son armée et de s'endurcir lui-même à la fatigue en maniant les armes: «Comment peut-on, s'écria Philopoemen, admirer un roi qui, à son âge, au lieu de faire ses preuves, est encore en train d'étudier?» 7. Quoi qu'il en soit, les Mégalopolitains prirent mal son attitude et, le considérant comme un traître, voulurent le frapper d'exil. Les Achéens s'y opposèrent; ils envoyèrent à Mégalopolis le stratège Aristaïnos qui,

---

40. *Plutarque, qui se soucie fort peu de respecter la chronologie des événements, évoque ici la guerre menée par Philopoemen contre Nabis, le tyran de Sparte, en 201. Sur Nabis, voir Mossé (1969), p. 179-192; sur les événements de cette période pendant laquelle Philopoemen repart pour la Crète, voir Will (1981), p. 149-177.*
41. *Philopoemen demeura en Crète de 200 à 193.*

bien qu'en désaccord politique avec Philopoemen, les empêcha de prononcer la sentence qui le condamnait[42]. 8. À la suite de cette affaire, Philopoemen, se voyant méprisé de ses concitoyens, détacha d'eux beaucoup de villages de la région auxquels il suggéra de déclarer qu'ils ne payaient aucun tribut et ne leur appartenaient pas à l'origine. C'est ce qu'ils dirent : il les soutint ouvertement, et prit leur parti contre sa propre cité devant le conseil des Achéens. Mais cela ne se passa que plus tard[43]. 9. Pour l'heure, en Crète, il faisait la guerre avec les Gortyniens, et il ne s'agissait pas d'une guerre franche et honnête, digne d'un Péloponnésien et d'un Arcadien ; il avait adopté les manières des Crétois et retournait contre eux leurs stratagèmes et leurs ruses, leurs tromperies et leurs embuscades. Il leur fit bientôt voir qu'ils n'étaient que des enfants dont les fourberies étaient sottes et vaines, confrontées à une expérience véritable[44].

XIV. 1. Après quoi, ses exploits en Crète lui ayant valu l'admiration et un brillant renom, il regagna le Péloponnèse, pour y découvrir que Philippe avait été vaincu par Titus et que Nabis était combattu par les Achéens et les Romains[45]. 2. Il fut aussitôt choisi pour diriger la guerre contre Nabis et risqua une bataille navale où il lui arriva, semble-t-il, la même mésaventure qu'à Épaminondas, car la manière dont il mena la lutte sur mer fut loin de correspondre à sa valeur et à sa gloire[46]. 3. Et encore certains ont-ils pu dire, en ce qui concerne Épaminondas, qu'il hésitait à faire goûter à ses concitoyens les avantages du pouvoir maritime, de peur de transformer sans le savoir, pour reprendre le mot de Platon, « ces hoplites solides en marins corrompus[47] » : il aurait fait exprès de quitter l'Asie et les îles sans avoir obtenu aucun résultat. 4. Philopoemen, lui, était persuadé que sa connaissance des combats sur terre lui suffirait pour pouvoir également vaincre sur mer. Il dut reconnaître que l'entraînement est une partie importante du mérite et il vit toute la force qu'il confère, en tous domaines, à ceux qui s'y sont habitués. 5. Dans cette bataille navale, son inexpérience entraîna sa défaite ; de plus, il fit équiper et mettre à la mer un navire fameux mais très vieux qui n'avait pas servi depuis quarante ans : il faisait

---

42. Il est intéressant de constater que Mégalopolis, faisant partie de la Confédération achéenne, devait se plier aux décisions des instances communes représentées ici par le stratège de la Confédération, Aristaïnos.

43. Ici encore, Plutarque se joue de la chronologie, mais cette fois consciemment. Cette opération aurait eu lieu en 191-190, lors de la cinquième stratégie de Philopoemen.

44. Les Crétois étaient réputés comme archers et la guerre qu'ils menaient relevait davantage de la guérilla que du combat hoplitique. On retrouve là l'opposition traditionnelle entre ces deux formes de guerre, la guerre noble de l'hoplite et la guerre rusée de l'archer. Voir Vidal-Naquet (1981), p. 125'-149.

45. Philippe avait été battu par Flamininus à Cynoscéphales en 197. La guerre entre Nabis et les Achéens avait repris en 194. Voir Will (1981), p. 136-152.

46. Philopoemen fut élu stratège pour la quatrième fois en 193-192. Plutarque fait allusion à l'expédition menée par Épaminondas dans l'Hellespont en 364 et qui tourna court.

47. Allusion à un passage des Lois (IV, 706c) qui concerne évidemment les Athéniens.

eau et ceux qui s'y étaient embarqués faillirent périr[48]. 6. Après quoi, constatant que les ennemis le méprisaient, croyant l'avoir définitivement chassé de la mer, et qu'ils assiégeaient insolemment Gythion[49], il cingla aussitôt vers eux, alors qu'ils ne s'y attendaient pas et que la victoire leur avait fait relâcher la discipline. 7. Il débarqua ses soldats pendant la nuit et, s'étant approché, mit le feu aux tentes des ennemis, incendia leur camp et leur tua beaucoup d'hommes. 8. Quelques jours plus tard, comme il faisait route dans une région dangereuse, Nabis surgit soudain devant lui et frappa d'effroi les Achéens, qui désespérèrent de pouvoir se retirer sains et saufs de ces lieux difficiles, tenus par l'ennemi. Philopoemen s'arrêta quelques instants et, embrassant d'un coup d'œil la configuration de l'endroit, il fit bien voir que la tactique est le sommet de l'art militaire. 9. Il déplaça légèrement sa phalange et, l'ayant disposée en fonction de la situation, il se dégagea sans peine, avec aisance, de cette passe critique. Puis, chargeant les ennemis, il les mit en pleine déroute. 10. Ensuite, remarquant qu'au lieu de fuir vers la cité ils s'éparpillaient en tous sens dans la campagne – laquelle était entièrement couverte de forêts et de collines et traversée de cours d'eau et de ravins qui ne permettaient pas le passage de la cavalerie –, il arrêta la poursuite et installa son camp alors qu'il faisait encore jour. 11. Il supposait que les ennemis, au sortir de leur fuite, regagneraient furtivement la cité à la faveur des ténèbres, isolément ou deux par deux. Il plaça donc en embuscade près des cours d'eau et des collines qui entourent la ville un grand nombre d'Achéens armés de poignards. 12. Les hommes de Nabis périrent en foule à cet endroit ; comme ils n'avaient pas opéré leur retraite en masse, mais fui séparément, au hasard, ils furent pris autour de la cité tandis qu'ils se jetaient comme des oiseaux entre les mains de leurs ennemis[50].

XV. 1. Ces succès valurent à Philopoemen l'affection des Grecs qui lui décernèrent des honneurs éclatants dans les théâtres. Titus, qui était fort ambitieux, en prit secrètement ombrage[51]. 2. Il se jugeait, en tant que consul romain, plus digne de l'admiration des Achéens qu'un Arcadien et il estimait que ses bienfaits surpassaient de loin ceux de Philopoemen puisque, par une seule proclamation, il avait libéré toute la Grèce qui avait été asservie à Philippe et aux Macédoniens[52]. 3. Titus mit donc fin à la guerre qui l'opposait à Nabis. Mais celui-ci fut assassiné par les Étoliens[53]. 4. Comme Sparte était plongée dans la confusion, Philopoemen saisit l'occasion ; il attaqua la cité avec une armée et, moitié par contrainte, moitié par persuasion, il la gagna et la fit entrer dans la Confédération achéenne. 5. Ce succès lui valut un renom étonnant parmi les Achéens qui grâce à lui s'étaient adjoint une

---

48. L'affaire est rapportée par Tite-Live (Histoire romaine, XXXV, 26, 6 et suiv.). Il s'agissait du navire qui avait transporté la femme de Cratère de Naupacte à Corinthe et dont les Achéens s'étaient emparés.
49. Gythion est un port sur la côte sud du Péloponnèse et le seul lien entre Sparte et la mer.
50. Cette bataille est relatée par Tite-Live (XXXV, 27-30).
51. Sur les sentiments éprouvés par le général romain, voir Flamininus, *XIII, 1-3 et XVII, 2.*
52. Il s'agit du fameux décret de 196 proclamant la liberté des Grecs. Voir Flamininus, *X.*
53. Sur ces événements, voir Will (1981), p. 174-176 et 198-200.

cité si prestigieuse et si puissante: ce n'était pas rien, en effet, de voir Sparte devenir une partie de l'Achaïe. Il se concilia aussi les meilleurs des Lacédémoniens qui espéraient trouver en lui le défenseur de leur liberté[54]. 6. En conséquence, après avoir vendu la maison et les biens de Nabis, dont ils tirèrent cent vingt talents, ils décrétèrent de lui faire don de cette somme et de lui envoyer une ambassade à cet effet. 7. À cette occasion, on vit clairement que le héros n'avait pas seulement la réputation d'être le meilleur, mais qu'il l'était réellement. 8. D'abord, aucun des Spartiates ne voulut aller proposer à un tel homme d'accepter de l'argent: ils avaient peur et refusaient cette mission. Ils finirent par mettre en avant son hôte Timolaos[55]. 9. Ensuite, lorsque Timolaos parvint à Mégalopolis et fut reçu à la table de Philopoemen, lorsqu'il put constater la gravité de sa conversation, la simplicité de son mode de vie et observer de près son caractère totalement inaccessible et insensible à l'argent, il ne lui parla pas de cette offre; il feignit d'être venu le voir pour un autre motif et s'en retourna. 10. On l'envoya une seconde fois et la même situation se reproduisit. Ce ne fut qu'à son troisième voyage qu'il osa, à grand-peine, l'aborder et lui révéler les bonnes intentions de la cité. 11. Philopoemen fut fort aise de l'entendre. Il se rendit en personne à Sparte où il conseilla aux citoyens de ne pas essayer de corrompre leurs amis ni les gens de bien. «Vous pouvez, leur dit-il, profiter gratuitement de leur vertu. Ce sont les méchants, ceux qui sèment la discorde dans le conseil, qu'il faut acheter et corrompre pour leur fermer la bouche avec de l'argent et vous en débarrasser. 12. Mieux vaut ôter la liberté de parler à vos ennemis qu'à vos amis!» Telle fut, à l'égard de l'argent, la conduite splendide de Philopoemen.

XVI. 1. Apprenant que les Lacédémoniens s'agitaient de nouveau, Diophanès, le stratège des Achéens, s'apprêtait à les châtier, lorsqu'ils entrèrent en guerre et bouleversèrent le Péloponnèse. Philopoemen essaya d'adoucir Diophanès et de calmer sa colère. 2. Il lui représentait qu'étant donné les circonstances, alors que le roi Antiochos[56] et les Romains faisaient planer sur la Grèce la menace d'armées si importantes, c'était de ce côté que le chef devait fixer les yeux. Quant aux affaires intérieures, il ne fallait surtout pas les troubler, et feindre de ne pas voir et de ne pas entendre ceux qui se rendaient coupables. 3. Diophanès ne l'écouta pas. Il envahit la Laconie avec Titus et ils marchèrent aussitôt sur Sparte. Alors Philopoemen, indigné, osa un acte qui n'était ni légal ni fondé sur le droit, mais grand, et inspiré par sa grandeur d'âme. Il se rendit à Lacédémone et bien qu'il ne fût alors qu'un

---

54. En réalité, Sparte sortait considérablement affaiblie de la crise sociale et politique qu'elle venait de traverser, et qui n'était pas terminée (voir infra, XVI, 1). Mais le «mythe» spartiate fonctionnait toujours.
55. La mission de Timolaos est rapportée par Polybe (XX, 12) que Plutarque suit de très près.
56. Roi de l'empire séleucide qui regroupait les provinces orientales conquises par Alexandre, Antiochos III débarqua en Grèce en 192, appelant les Grecs à se révolter contre la présence romaine. Battu en 191 aux Thermopyles par le consul Manius Acilius Glabrio, Antiochos poursuivit la guerre en Asie jusqu'à sa défaite en 189 à Magnésie du Sipyle. La guerre «antiochique» s'acheva par la conclusion de la paix d'Apamée en 189-188. Voir Will (1981), p. 204-230.

simple particulier, il ferma les portes au stratège des Achéens et au consul des Romains[57], fit cesser les troubles qui s'étaient élevés dans la cité et ramena les Lacédémoniens dans la Confédération, comme auparavant.

4. Quelque temps plus tard, Philopoemen, alors stratège, eut à se plaindre des Lacédémoniens; il fit revenir les exilés dans la cité et mit à mort quatre-vingts Spartiates, d'après Polybe ou, selon Aristocratès, trois cent cinquante[58]. 5. Il abattit les remparts de Sparte et retrancha une grande partie de son territoire qu'il annexa à celui de Mégalopolis[59]. Quant à tous ceux que les tyrans avaient faits citoyens de Sparte, il les força à partir et à s'installer en Achaïe à l'exception de trois mille 6. qui refusèrent d'obéir et de quitter Lacédémone: il les fit vendre comme esclaves, puis, comme pour insulter à leur malheur, employa le produit de cette vente à la construction d'un portique à Mégalopolis. 7. Ivre de haine contre les Lacédémoniens, il les foula aux pieds de manière indigne et traita leurs institutions politiques de la manière la plus cruelle et la plus injuste. 8. Il supprima et détruisit la discipline de Lycurgue, et força les enfants et les éphèbes à recevoir l'éducation achéenne au lieu de celle de leurs pères: à son idée, tant que les lois de Lycurgue seraient en vigueur, les Spartiates ne rabattraient rien de leur orgueil. 9. Sur le moment, étant donné l'étendue de leurs misères, ils laissèrent Philopoemen trancher, en quelque sorte, les nerfs de leur cité: ils se soumirent et se firent tout petits. Mais par la suite, ils sollicitèrent les Romains et parvinrent à échapper aux institutions achéennes: ils reprirent et restaurèrent celles de leurs pères, autant du moins que cela était possible après tant de maux et de ravages[60].

XVII. 1. Lorsque la guerre s'engagea sur le sol grec entre les Romains et Antiochos[61], Philopoemen n'avait aucune responsabilité officielle. Antiochos s'était installé à Chalcis où, d'une manière qui ne convenait nullement à son âge, il était occupé par

---

57. Le consul romain était alors Lucius Quinctius Flamininus, le frère du libérateur de la Grèce.

58. Philopoemen était alors stratège pour la sixième fois. Sur l'exécution des Spartiates qui avaient été les complices des tyrans, voir Polybe, XXI, 32c. Aristocratès est un écrivain spartiate du Ier siècle, auteur de Laconica *(voir* Lycurgue, *IV, 8 et XXXI, 10, et Tite-Live, XXXVIII, 33, 10-11).*

59. Jusqu'au IVe siècle, les admirateurs de Sparte soulignaient l'absence de murailles qui la distinguait des autres cités grecques. C'est durant la période troublée des dernières décennies du IVe siècle que les Spartiates durent élever ce rempart. Dans le développement qui suit, Plutarque, qui a jusque-là vanté les mérites de Philopoemen, donne de l'Arcadien une image négative, parce qu'il avait osé s'attaquer aux institutions spartiates, à commencer par cette éducation qui faisait des Spartiates des hommes exceptionnels.

60. Sur ces événements, voir le récit de Polybe, XXII; 3, 1-4; 7,1; 10, 2-5. Les Spartiates, indignés par les procédés de Philopoemen, avaient envoyé une ambassade à Rome. Les Romains tardèrent à répondre, puis envoyèrent Métellus en Grèce. Ce dernier rencontra à Argos les délégués de la Confédération achéenne. Mais, devant le conflit qui opposait, au sujet du traitement infligé à Sparte, d'une part Diophanès et Aristaïnos et d'autre part Philopoemen, Lycortas et Archon, il repartit sans avoir rien fait. Sur la situation extrêmement complexe durant ces années, voir Will (1981), p. 242-246.

61. Sur la guerre entre Antiochos et Rome, voir supra, XVI, 2 et note.

son mariage et ses amours avec des jeunes filles, tandis que les Syriens, dans le plus grand désordre, sans chefs, erraient à travers les cités où ils menaient une vie de plaisir. Observant tout cela, Philopoemen regrettait amèrement de ne pas être alors stratège des Achéens et déclarait qu'il enviait aux Romains leur victoire. «Moi, disait-il, si j'avais été stratège, j'aurais massacré tous ces gens-là dans les tavernes!»
2. Après leur victoire sur Antiochos, les Romains intervinrent davantage dans les affaires de la Grèce. Leurs armées entouraient le territoire des Achéens et les démagogues inclinaient de leur côté. Leur immense puissance, forte de l'aide des dieux, se déployait partout et approchait du but suprême que le cours de leur Fortune devait atteindre. 3. Quant à Philopoemen, tel un bon pilote qui lutte contre une mer houleuse, il était parfois contraint de donner du mou et de céder aux circonstances, mais la plupart du temps, il résistait et tentait d'attirer au parti de la liberté ceux qui étaient habiles à parler et à agir. 4. Le Mégalopolitain Aristaïnos[62], qui jouissait d'un très grand crédit auprès des Achéens, avait toujours fait sa cour aux Romains: il était d'avis que les Achéens ne devaient ni s'opposer à eux, ni leur déplaire. 5. Lorsque Philopoemen, dit-on, l'entendit dans le conseil, il resta d'abord silencieux et accablé, mais à la fin, emporté par la colère, il lui lança: «Dis-moi, pourquoi es-tu si pressé de voir arriver l'heure fatale de la Grèce?» 6. Le consul romain Manius[63], après sa victoire sur Antiochos, avait demandé aux Achéens d'autoriser le retour des exilés lacédémoniens, et Titus [Flamininus] formulait la même prière en leur faveur. Mais Philopoemen s'y opposa, non par hostilité à l'égard de ces exilés, mais parce qu'il voulait que leur retour se fît grâce à lui et aux Achéens, et non par la faveur de Titus et des Romains. 7. Du reste, dès qu'il fut nommé stratège, l'année suivante[64], il les ramena lui-même. Telle était la conduite hostile et agressive à l'égard des autorités romaines que lui dictait sa fierté.

XVIII. 1. Il avait déjà soixante-dix ans quand il fut stratège des Achéens pour la huitième fois[65], et il espérait que les affaires lui permettraient non seulement de passer cette année de commandement sans faire la guerre, mais encore de demeurer en repos le reste de sa vie. 2. En effet, de même que les maladies semblent parfois s'affaiblir lorsque le corps perd sa vigueur, ainsi les cités grecques dont les forces déclinaient voyaient diminuer leur esprit de rivalité. 3. Mais au terme de sa vie, tel un athlète en train d'achever une belle course, Philopoemen fut abattu par une sorte de Némésis. 4. Il s'était en effet écrié, dit-on, dans une réunion, comme les assistants

---

62. Sur Aristaïnos, voir supra, XIII, 7. Polybe (XXIV, 11-13) oppose l'intelligence politique d'Aristaïnos aux qualités d'homme de guerre de Philopoemen. Le premier ménageait les Romains, car il jugeait les Achéens trop faibles pour leur résister, alors que le second n'admettait pas leur ingérence dans les affaires grecques, tout en sachant qu'il faudrait leur céder, mais le plus tard possible. Et Polybe conclut que, si la politique de Philopoemen était conforme à l'honneur, celle d'Aristaïnos se justifiait par de bonnes raisons.
63. Il s'agit de Manius Acilius Glabrio, vainqueur aux Thermopyles en 191.
64. En 187-186: c'était sa septième stratégie.
65. En 183-182.

faisaient l'éloge d'un homme qui passait pour être un habile stratège : « Comment peut-on faire le moindre cas de quelqu'un qui s'est laissé prendre vivant par les ennemis ? » 5. Or quelques jours plus tard, le Messénien Deinocratès, qui était, à titre privé, l'ennemi de Philopoemen et que sa méchanceté et ses débordements avaient rendu odieux à tout le monde, poussa Messène à faire sécession de la Confédération achéenne et l'on annonça qu'il était sur le point de s'emparer du village de Colonides. 6. Philopoemen se trouvait alors à Argos ; il avait de la fièvre. Mais à cette nouvelle il se rendit à Mégalopolis en toute hâte, parcourant en un seul jour plus de quatre cents stades[66]. 7. De là, il se porta aussitôt au secours de la place, prenant avec lui un corps de cavaliers composé de citoyens très brillants mais tout jeunes, qui s'étaient portés volontaires par affection pour lui et par désir d'imiter ses hauts faits. 8. Ils chevauchaient dans la direction de Messène lorsqu'ils rencontrèrent Deinocratès près de la colline d'Éva[...][67]. Ils engagèrent le combat et le mirent en fuite, 9. mais les cinq cents soldats qui gardaient le territoire de Messène les attaquèrent brusquement. Dès que ceux qui venaient d'être vaincus les virent, ils se regroupèrent sur les collines. Philopoemen, craignant d'être encerclé et voulant épargner ses cavaliers, battit en retraite par des passages difficiles. Il se tenait lui-même à l'arrière-garde et souvent il tournait bride contre les ennemis, essayant de les attirer tous sur lui. Ils n'osèrent pas riposter ; ils se contentèrent de crier et de décrire des cercles autour de lui à quelque distance. 10. Mais à force de s'écarter pour sauver ses jeunes cavaliers qu'il aidait à se dégager l'un après l'autre, il se trouva, sans s'en être rendu compte, isolé au milieu d'une multitude d'ennemis. 11. Aucun d'eux n'osait lutter au corps à corps avec lui, mais ils lui lançaient des traits de loin et l'acculèrent dans un endroit hérissé de rochers et de précipices où il avait du mal à diriger son cheval dont il déchirait les flancs avec ses éperons. 12. Sa vieillesse était restée agile, en raison de son entraînement soutenu, et elle ne l'aurait nullement empêché de se sauver, mais il se trouvait que ce jour-là son corps était affaibli par la maladie et fatigué par la longue marche qu'il avait faite ; il était donc déjà lourd, et ses mouvements étaient malaisés, lorsque son cheval fit un faux pas et le jeta contre le sol. 13. La chute fut rude : heurté à la tête, il resta longtemps à terre sans pouvoir parler, si bien que ses ennemis, le croyant mort, s'apprêtèrent à le retourner pour le dépouiller de son armure. 14. Mais il releva la tête et ouvrit les yeux. Alors ils se jetèrent sur lui en masse, lui lièrent les mains derrière le dos, l'enchaînèrent et emmenèrent, en l'accablant d'insultes et d'outrages, ce héros qui, même en songe, n'aurait jamais imaginé pouvoir subir un tel traitement de la part de Deinocratès.

XIX. 1. En apprenant la situation, les gens qui se trouvaient à l'intérieur de Messène furent en proie à une exaltation incroyable et se rassemblèrent autour des portes de la ville. Mais lorsqu'ils virent Philopoemen traîné d'une manière indigne de sa gloire, de ses exploits passés et de ses trophées, la plupart des spectateurs s'affligè-

---

66. Environ 70 km.
67. Dans Pausanias (Description de la Grèce, IV, 31, 4), Éva. Ici : Évandros ?

rent et compatirent à son sort, au point de verser des larmes et de parler avec amertume de l'inconstance et de la vanité de toute puissance humaine. 2. Peu à peu, des paroles pleines d'humanité se répandirent dans la foule : « Nous devons nous souvenir, disaient-ils, de ses bienfaits passés et de la liberté qu'il nous a donnée, lorsqu'il a chassé le tyran Nabis. » 3. Quelques-uns cependant, pour complaire à Deinocratès, demandaient qu'on livrât Philopoemen à la torture et qu'on le mît à mort, comme un ennemi cruel et implacable qui, s'il parvenait à s'enfuir, serait encore plus dangereux pour Deinocratès après avoir été outragé et fait prisonnier par lui. 4. On le conduisit à ce qu'on appelle le Trésor, un souterrain qui ne recevait du dehors ni air ni lumière et qui n'avait pas de porte : on le fermait avec une énorme pierre qu'on faisait rouler devant l'ouverture. Ce fut là qu'ils déposèrent Philopoemen, puis ils repoussèrent la pierre et entourèrent l'endroit d'hommes en armes.

5. Cependant, au sortir de leur fuite, les cavaliers des Achéens s'étaient ressaisis. Ne voyant Philopoemen nulle part, ils le crurent mort et restèrent longtemps à l'appeler à grands cris et à se reprocher les uns aux autres la honte et l'injustice qu'il y avait à s'être sauvés, en abandonnant aux ennemis le général qui avait prodigué sa vie pour eux. 6. Puis ils se mirent en route et, à force de recherches, apprirent qu'il était prisonnier, nouvelle qu'ils répandirent dans les cités des Achéens. 7. Ceux-ci, regardant sa captivité comme un grand malheur, décidèrent d'envoyer une ambassade aux Messéniens pour le réclamer et se préparèrent à la guerre.

XX. 1. Pendant qu'ils étaient ainsi occupés, Deinocratès, qui redoutait plus que tout un délai susceptible de sauver Philopoemen, voulut prendre de vitesse les Achéens. Dès la tombée de la nuit, lorsque la foule des Messéniens se fut retirée, il fit ouvrir la prison et y envoya un esclave public apporter du poison, avec ordre de le donner à Philopoemen et de rester près de lui jusqu'à ce qu'il l'ait entièrement bu. 2. Philopoemen était à terre, couvert d'une mauvaise chlamyde : il ne dormait pas, car il était en proie au chagrin et au désarroi. En voyant de la lumière et, debout près de lui, cet homme qui tenait la coupe de poison, il se reprit et s'assit à grand-peine, tant il était faible. 3. Prenant la coupe, il demanda à l'homme s'il savait quelque chose de ses cavaliers, et notamment de Lycortas[68]. 4. L'autre lui ayant répondu que pour la plupart ils avaient réussi à s'enfuir, il inclina la tête et regardant l'homme avec douceur : « C'est bien, dit-il, nous n'avons donc pas échoué totalement. » 5. Et sans ajouter un mot, sans faire entendre un murmure, il vida la coupe puis se recoucha. Le poison n'eut pas beaucoup à faire ; la faiblesse de Philopoemen était si grande qu'il s'éteignit très vite[69].

---

68. Lycortas, père de l'historien Polybe, était l'ami de Philopoemen et défendait la même politique que lui face à Rome (voir supra, XVI, 9 et note). Plutarque suit certainement ici le récit de Polybe, qui ne nous a pas été transmis, mais qu'a repris Tite-Live (XXXIX, 50, 7-8). Lycortas allait succéder à Philopoemen, après la mort de celui-ci, comme stratège de l'année 183-182 (infra, XXI, 1).
69. Sur la mort de Philopoemen, voir Dictionnaire, « Mort ».

XXI. 1. Lorsque la nouvelle de sa fin parvint aux Achéens, toutes les cités furent plongées dans un désespoir général et dans le deuil. Les hommes en âge de servir s'assemblèrent avec les magistrats à Mégalopolis et résolurent de le venger sans délai. Ayant choisi pour stratège Lycortas, ils envahirent la Messénie et ravagèrent toute la campagne jusqu'au moment où les Messéniens, après délibération, se réconcilièrent avec les Achéens. 2. Devançant le châtiment, Deinocratès se donna la mort. Tous ceux qui avaient été d'avis de faire mourir Philopoemen furent exécutés par les Achéens; ceux qui avaient parlé de le torturer furent arrêtés par ordre de Lycortas et livrés aux supplices[70].

3. Les Achéens brûlèrent le corps de Philopoemen à Messène et recueillirent ses cendres dans une urne, puis s'en retournèrent. Cette retraite ne s'opéra pas dans le désordre ni au hasard; ce fut, en même temps qu'un cortège funèbre, une procession triomphale. 4. On pouvait voir les mêmes personnes porter des couronnes de fête et verser des larmes, et tout près, des ennemis qu'on emmenait enchaînés. 5. Quant à l'urne, qu'on pouvait à peine entrevoir sous les bandelettes et les couronnes qui la couvraient, elle était portée par le fils du stratège des Achéens, le jeune Polybe[71], entouré des premiers des Achéens. 6. Les soldats suivaient, revêtus de leurs armures, avec leurs chevaux richement harnachés, sans montrer ni l'abattement qu'on aurait attendu dans un si grand deuil, ni l'exultation de la victoire[72]. 7. Les gens des cités et des villages qu'on traversait venaient à la rencontre du cortège, pour saluer Philopoemen comme s'il revenait en personne de quelque expédition; ils posaient leur main sur l'urne puis se joignaient au cortège jusqu'à Mégalopolis. 8. Quand les vieillards avec les femmes et les enfants vinrent s'ajouter à eux, les gémissements qui s'élevèrent dans l'armée tout entière retentirent jusque dans la cité. Mégalopolis pleurait le héros et s'abandonnait à sa douleur: elle avait le sentiment qu'en le perdant, elle avait aussi perdu sa suprématie sur les Achéens. 9. Les funérailles de Philopoemen eurent l'éclat qu'on peut imaginer et les prisonniers de guerre messéniens furent lapidés autour de son monument.

10. Les cités lui avaient élevé de nombreuses statues et décerné de nombreux honneurs[73], mais au temps des malheurs de la Grèce, à l'occasion des tristes événe-

---

70. *Voir Polybe, XXIII, 16, qui insiste sur le fait que, pour le règlement du conflit, Lycortas en référa à l'assemblée des Achéens qui se tenait à Mégalopolis, mais que c'est lui-même qui donna l'ordre d'exécuter sur-le-champ ceux qui avaient trempé dans le meurtre de Philopoemen. Et Polybe conclut: « C'est ainsi qu'après s'être trouvés, par suite de leur politique insensée, réduits à la dernière extrémité, les Messéniens reprirent leur place au sein de la Confédération grâce à la magnanimité de Lycortas et des Achéens. »*
71. *Il s'agit de l'historien, qui, dans son récit, rend hommage à son père Lycortas et à la modération dont il fit preuve à l'égard des Messéniens.*
72. *On a vu (supra, IX, 6-12) que Philopoemen avait tenu à donner tout l'éclat possible à l'équipement des cavaliers achéens.*
73. *On connaît par une inscription trouvée à Mégalopolis les honneurs rendus par la cité à Philopoemen: son tombeau sur l'agora, des sacrifices, des statues, honneurs qui sont ceux que les cités réservaient à leurs héros. Sur la statue de Philopoemen à Delphes, voir supra, II, 1 et X, 13.*

ments de Corinthe, un Romain se mit en tête de les supprimer et de poursuivre Philopoemen en justice, en l'accusant, comme s'il était encore vivant, d'hostilité et de malveillance à l'égard des Romains. 11. Des discours furent prononcés, mais lorsque Polybe eut répondu à l'accusateur[74], ni Mummius[75] ni les ambassadeurs n'acceptèrent que l'on fît disparaître les honneurs qu'avait obtenus cet homme illustre, bien qu'il se fût opposé à de nombreuses reprises à Titus Flamininus et à Manius[76]. 12. C'est qu'ils savaient, apparemment, distinguer la vertu de l'intérêt et ce qui est beau de ce qui est utile. Ils jugèrent, de manière tout à fait juste et convenable, que si les bienfaiteurs ont droit aux récompenses et à la reconnaissance de ceux auxquels ils ont rendu service, les hommes de bien méritent à jamais le respect des hommes de bien. Voilà donc ce qui concerne Philopoemen.

---

74. *Polybe a rappelé lui-même (en XXXIX, 3) le discours qu'il prononça à cette occasion et dans lequel il montrait que, «étant alors l'homme le plus influent en Grèce», Philopoemen avait manifesté sa loyauté envers Rome lors des guerres contre Philippe et Antiochos. Les dix commissaires délégués par le Sénat permirent donc que tous les monuments élevés en l'honneur de Philopoemen demeurent en place. Polybe en profita pour demander la restitution des statues d'Archaios, d'Aratos et de Philopoemen déjà enlevées par les Romains et transportées en Acarnanie.*
75. *Lucius Mummius Achaïcus, consul en 146.*
76. *Sur l'opposition de Philopoemen à Flamininus et à Glabrio, voir supra, XVII, 6.*

FLAMININUS

I. 1. Celui que nous mettons en parallèle avec Philopoemen est Titus Quinctius Flamininus. Pour son aspect physique, si l'on veut s'en donner une idée, on peut contempler la statue de bronze qui se trouve à Rome, près du grand Apollon de Carthage en face du Cirque, et qui porte une inscription en grec[1]. 2. Quant à son caractère[2], ce héros était, dit-on, aussi prompt à s'emporter qu'à rendre service, avec cependant cette différence que lorsqu'il châtiait, c'était légèrement, et qu'il n'était pas rancunier, tandis que lorsqu'il faisait preuve de générosité, il montrait une grande ténacité; il manifestait un dévouement total à ses obligés, comme s'ils étaient ses bienfaiteurs, veillait avec grand soin, sans relâche, sur ceux qu'il avait aidés, et les protégeait comme s'ils étaient ses biens les plus précieux. 3. Il était très avide d'honneurs et de gloire; aussi voulait-il avoir l'occasion d'accomplir par lui-même les actions les plus grandes et les plus hautes; il préférait donc ceux qui avaient besoin de ses services à ceux qui pouvaient lui en rendre; à son idée, les premiers lui offraient matière à exercer sa vertu, tandis que les seconds étaient ses rivaux dans la compétition pour la gloire.
4. Ce fut par la pratique qu'il acquit son éducation militaire. À cette époque, Rome devait en effet soutenir plusieurs conflits importants et les jeunes gens apprenaient dès leurs débuts à commander en participant aux campagnes. Titus fut d'abord tribun militaire et servit dans la guerre contre Hannibal, sous les ordres du consul Marcellus[3]. 5. Celui-ci tomba dans une embuscade, où il trouva la mort, et Titus fut alors nommé gouverneur du territoire de Tarente et de Tarente elle-même, qui avait été prise pour la seconde fois[4]. Il se couvrit de gloire autant pour sa justice que dans

---

1. *La statue de Flamininus a été vue par Plutarque (voir Dictionnaire, « Rome »). Pour d'autres inscriptions relevées par Plutarque lui-même, voir infra, XII, 11-12 et XVI, 7. Sur celle d'Apollon, rapportée de Carthage en 146, voir Gagé (1955), p. 418. Le temple d'Apollon, près du Cirque Flaminius, au Champ de Mars, avait été consacré en 431 (voir Gagé, 1955, p. 69-113). On connaît l'existence d'un portrait de Flamininus sur des statères d'or.*
2. *Plutarque caractérise d'emblée le héros (voir Wardman, 1974, p. 147), de la manière la plus positive. Comparer Polybe,* Histoires, *XVIII, 12, 3-4 («savoir-faire et discernement insurpassables»), et, brièvement, Tite-Live,* Histoire romaine, *XXXVI, 32, 5. La seule réserve – importante – concerne un goût pour les honneurs* (philotimia) *qui se révélera excessif. Sur la* philotimia, *voir Wardman (1974), p. 115-124.*
3. *Il a 20 ans en 208, année du cinquième et dernier consulat de Marcellus (voir* Marcellus, *XXIX, 15-18: son collègue blessé à mort, Titus Quinctius Crispinus, est apparenté à Flamininus).*
4. *À Tarente en 205-204 (Tite-Live, XXIX, 13, 6), peut-être jusqu'en 202 (voir Badian, 1971, p. 109), le jeune propriétaire s'imprègne d'une ambiance hellénistique, voire de la nostalgie de Pyrrhos (voir Ferrary, 1988, p. 115). Prise par Rome en 272, la ville avait été conquise par Hannibal en 213, reprise par Fabius en 207 (voir* Fabius, *XXI-XXIII).*

le domaine militaire. 6. Aussi lorsque des colons furent envoyés dans deux cités, Narnia et Cosa[5], Titus fut-il choisi comme chef et comme fondateur de ces colonies.

II. 1. Cette marque d'honneur l'exalta à tel point que, sautant les magistratures intermédiaires qu'exercent habituellement les jeunes gens, le tribunat de la plèbe, la préture et l'édilité, il se crut aussitôt digne du consulat. Il se porta donc candidat, avec le soutien chaleureux de ses colons. 2. Mais les tribuns de la plèbe, Fulvius et Manius, s'opposèrent à sa candidature et déclarèrent qu'il était intolérable de voir un homme jeune forcer l'accès de la plus haute magistrature, contrairement aux lois, alors qu'il n'avait pas encore été initié aux premiers sacrements et aux premiers mystères de la vie politique. Le Sénat remit la décision au vote du peuple, lequel l'élut consul avec Sextus Aelius, bien qu'il n'eût pas encore trente ans[6]. 3. Il fut désigné par le tirage au sort pour mener la guerre contre Philippe et les Macédoniens[7]. Ce fut une heureuse fortune pour les Romains que lui soient attribués une mission et des hommes qui avaient besoin d'un chef capable de ne pas recourir constamment à la guerre et à la force, et qui étaient plus faciles à gagner par la persuasion et par l'affection. 4. La puissance macédonienne fournissait à Philippe un noyau de troupes suffisant pour une bataille, mais s'il s'agissait d'une guerre de longue haleine, sa force, ses finances, son refuge, et en un mot tout l'équipement de sa phalange dépendait des Grecs: tant que ceux-ci ne seraient pas détachés de Philippe, une bataille isolée ne suffirait pas à terminer la guerre. 5. La Grèce n'avait pas encore eu beaucoup de contacts avec les Romains[8]: c'était alors la première fois qu'elle entrait en relations avec eux; si le chef n'avait pas possédé une nature aussi bonne, s'il n'avait pas su recourir aux paroles plus qu'à la guerre, s'il n'avait pas fait preuve de persuasion quand il sollicitait et de douceur lorsqu'on le sollicitait, et déployé une immense énergie au service de la justice[9], la Grèce n'aurait pas accepté

---

5. Erreur de Plutarque. Tite-Live (XXXII, 2, 6-7) ne parle ni de Narnia ni de Cosa, mais de Vénusia, en Apulie.

6. Erreur sur l'ordre (édilité avant préture) et sur la composition du cursus honorum: pour un Quinctius, patricien, le tribunat de la plèbe est exclu. Tite-Live est formellement plus sûr («Marcus Fulvius et Manius Curius [...] voulaient [l']empêcher de briguer le consulat au sortir de la questure: "Voilà, disaient-ils, qu'on dédaigne l'édilité et la préture" », XXXII, 7, 8-10) mais anachronique: l'ordre canonique des magistratures ne sera établi qu'en 181 par la loi Villia Annalis. Il reste que la jeunesse du nouveau consul n'était pas pour ordinaire (voir Polybe, XVIII, 2, 5, et infra, V, 7 et XX, 2).

7. La deuxième guerre de Macédoine a commencé depuis deux ans, en 200: voir Tite-Live, XXXII, 8, 14, et Will (1982), p. 128-152. Plutarque dégage une caractéristique majeure de ce conflit à trois protagonistes (quatre avec les Étoliens): l'enjeu constitué par l'attitude des Grecs et le rôle subséquent de la diplomatie.

8. Mise en scène très «plutarquienne» d'un épisode historique capital. De fait, le Sénat romain ne semble guère s'être intéressé aux affaires de la Grèce avant les années 200 (voir Holleaux, 1957, p. 21, 25-28, 318 et 344-347).

9. «Justice», «persuasion» et «douceur» (voir Dictionnaire) sont pour Plutarque des thèmes essentiels de la philosophie hellénique, thèmes incarnés idéalement par son héros: de là son attachement à la «liberté des Grecs» (XI, 3) et la glorification par les Grecs (XVI, 7) de sa loyauté (pistis grecque, fides latine).

aussi facilement une domination étrangère à la place de celle à laquelle elle était accoutumée. C'est ce que montrent bien les actions de Titus Flamininus.

III. 1. Il avait appris que les généraux qui l'avaient précédé, Sulpicius puis Publius, n'étaient entrés en Macédoine que tard dans la saison, qu'ils s'étaient mis à la guerre lentement et s'étaient usés contre Philippe en manœuvres de faible envergure et en escarmouches pour lui disputer des routes ou du ravitaillement[10]. 2. Selon lui, il ne fallait pas imiter ces hommes qui avaient perdu à Rome l'année de leur consulat dans les honneurs et les occupations politiques, et ne s'étaient mis en campagne que l'année suivante; il ne devait pas, lui, ajouter un an à sa charge, consacrant le premier à être consul, le second à faire la guerre. 3. Au contraire, il désirait employer son consulat tout entier à la guerre. En conséquence, renonçant aux honneurs et aux présidences à Rome, il demanda au Sénat la permission d'emmener son frère Lucius[11] avec lui dans cette campagne comme chef de la flotte. Puis il choisit, parmi les soldats qui, avec Scipion, avaient vaincu Hasdrubal en Espagne et Hannibal lui-même en Afrique, trois mille hommes, encore dans la force de l'âge et pleins d'ardeur, pour en faire comme le noyau de son armée. Il les fit passer sans encombre en Épire. 4. Il trouva Publius Sulpicius Galba campé avec ses troupes en face de Philippe qui tenait depuis longtemps déjà les gorges de l'Apsos[12] et les défilés qui entouraient ce cours d'eau. Publius n'avait rien pu faire, à cause de l'avantage des positions de son adversaire. Titus reçut donc son armée, le raccompagna, puis examina attentivement la région. 5. Elle est aussi bien défendue que Tempè[13], mais on n'y trouve pas, comme dans cette vallée, de beaux arbres, une forêt verdoyante, des lieux de détente et des prairies pleines de charme. 6. De grandes et hautes montagnes se rapprochent pour former une gorge très longue et profonde, où se jette l'Apsos qui a l'aspect et la rapidité du Pénée. Ses eaux couvrent tout le terrain qui se trouve au pied des montagnes, à l'exception d'une entaille escarpée et resserrée où passe un sentier qui longe la rivière; en temps normal, c'est un passage difficile pour une armée, et s'il est gardé, il est totalement impraticable.

---

10. Plutarque suit Tite-Live (XXXII, 3 et suiv.) et sans doute sa source principale, Polybe. Publius Sulpicius Galba, consul en 200, a remporté sur Philippe à Ottobolos un succès limité, mais qui contraignit le roi à la retraite. Son successeur fut en 199 le consul Publius Villius Tappulus, qui dut apaiser une mutinerie chez des soldats recrus de campagnes (voir Holleaux, 1957, p. 351-354). Plutarque passe très vite, soucieux de mettre exclusivement en valeur son héros, consul en 198; mais il est vrai que les auteurs cités par Tite-Live (XXXII, 6, 8) «rapportent que Villius ne fit rien de mémorable, et que le consul suivant, Titus Quinctius, reçut la direction des opérations avant qu'elles eussent commencé».
11. Sur le rôle de Lucius à ce moment, voir Tite-Live, XXXII, 16, 2-17, 3. Nous retrouverons le personnage (infra, XVIII, 4-8). Sur l'armée de son frère, voir les précisions de Tite-Live, XXXII, 8, 2 et XXXII, 9, 1.
12. La vallée serait en réalité (Tite-Live, XXXII, 5, 8-13) celle de l'Aôos, la passe dont il est question plus loin celle d'Antigoneia. L'action se situe aux confins de l'Illyrie méridionale et de l'Épire.
13. La célèbre vallée de Tempè, où coule le Pénée, est située en Thessalie, près du mont Olympe.

IV. 1. Certaines personnes essayaient de convaincre Titus de faire un détour à travers la Dassarétide[14], du côté de Lycos, car cette route était sûre et facile. 2. Mais il craignit, en s'éloignant de la mer pour s'engager dans des régions pauvres et mal cultivées, de manquer de vivres si Philippe refusait le combat et d'être forcé de battre en retraite vers la côte comme son prédécesseur[15], sans avoir rien fait. Il décida donc de lancer une attaque violente et de forcer le passage par les hauteurs. 3. Mais Philippe occupait les montagnes avec sa phalange, et de tous côtés, les javelots et les flèches pleuvaient obliquement sur les Romains: il y eut des blessés, des combats acharnés et des morts de part et d'autre, sans qu'on vît aucun moyen d'en finir. 4. Des bergers des environs vinrent alors trouver Titus; ils lui dirent que les ennemis avaient négligé de garder un sentier qui faisait un détour; ils s'engagèrent à le conduire par là et à le rendre maître des hauteurs dans trois jours au plus tard[16]. 5. Ils lui présentèrent, pour confirmer et garantir leur bonne foi, Charops, fils de Machatas, un personnage de premier plan en Épire, qui était favorable aux Romains mais soutenait leur lutte en secret, par crainte de Philippe[17]. 6. Cet homme inspira confiance à Titus qui détacha un tribun militaire avec quatre mille fantassins et trois cents cavaliers. 7. Les bergers qu'on avait enchaînés leur montrèrent la route. Le jour, ils se reposaient, tapis dans des endroits creux ou boisés; la nuit, ils cheminaient à la clarté de la lune, qui était alors dans son plein. 8. Après les avoir envoyés en avant, Titus tint les premiers jours son armée dans l'inaction, à l'exception de quelques escarmouches pour occuper les ennemis. 9. Mais le jour où ceux qui avaient fait le détour devaient surgir sur les hauteurs, il lança, dès l'aube, toute son infanterie, lourde et légère. 10. Il avait divisé son armée en trois groupes. Lui-même, il fit monter ses colonnes tout droit, vers le passage le plus étroit, le long du cours d'eau: les traits lancés par les Macédoniens pleuvaient sur lui et il devait lutter sur ce terrain difficile contre ceux qui lui barraient la route. Les deux autres groupes, de part et d'autre, rivalisaient d'ardeur et prenaient position hardiment sur le sol rocailleux. 11. Le soleil montait dans le ciel et au loin s'élevait une fumée, peu distincte, semblable à une brume de montagne, que les ennemis ne pouvaient voir, car ils l'avaient dans le dos: les hauteurs étaient déjà occupées. Les Romains, dans l'effort du combat, ne savaient que penser: ils espéraient que tout se passerait comme ils le désiraient[18]. 12. Lorsque la fumée, s'épaississant, noircit le ciel et monta en gros tourbillons, ils comprirent que c'était le signal ami. Alors, poussant le cri de guerre, ils chargèrent hardiment les ennemis et les repoussèrent dans les endroits les plus escarpés, tandis que derrière eux les autres, depuis les sommets, répondaient à leur cri.

---

14. Région d'Illyrie (voir Tite-Live, XXXII, 9, 8-9).

15. La guerre est aussi une compétition: l'ambition de Flamininus le pousse à faire mieux que son prédécesseur Villius... et, un peu plus tard, que Philippe (infra, V, 2-3).

16. L'épisode fut célébré à Rome: le poète Ennius, contemporain du héros, met en scène dans ce rôle un berger d'Épire (Annales, X, 335).

17. Voir le récit plus diffus de Tite-Live, XXXII, 11-12. Polybe (XXVII, 15) fait allusion à ce même Charops et au rôle néfaste, en 171-170, lors de la guerre de Persée, de son petit-fils homonyme.

18. Cet élément d'incertitude et de «suspense» est probablement une création littéraire de Plutarque.

V. 1. La fuite des ennemis fut générale et précipitée, mais il n'y eut pas plus de deux mille morts, car la difficulté du terrain empêchait la poursuite. 2. Les Romains s'emparèrent de l'argent, des tentes et des esclaves, et prirent le contrôle du défilé. Puis ils traversèrent l'Épire avec tant d'ordre et de discipline que, malgré la distance qui les séparait de leurs navires et de la mer, l'impossibilité où ils étaient de toucher leur ration mensuelle de blé et l'absence de marché pour se ravitailler, ils s'abstinrent de piller le pays qui leur offrait pourtant des ressources en abondance[19]. 3. En effet, Titus avait appris que Philippe, traversant la Thessalie comme un fuyard, forçait les habitants à quitter les cités pour se réfugier dans les montagnes, les incendiait et livrait au pillage tous les biens qu'on avait laissés sur place à cause de leur quantité ou de leur poids, abandonnant ainsi, d'une certaine façon, le pays aux Romains[20]. Aussi Titus se fit-il un point d'honneur d'obtenir de ses soldats qu'ils traversent le pays en le respectant comme s'il était à eux et leur avait déjà cédé. 4. Les effets de cette modération se firent sentir très vite. Dès qu'ils eurent atteint la Thessalie, ils virent toutes les cités se donner à eux. Les Grecs qui se trouvaient en deçà des Thermopyles étaient pleins d'impatience et en proie au plus vif désir de rencontrer Titus. Les Achéens renoncèrent à l'alliance de Philippe et décidèrent de lui faire la guerre avec les Romains. 5. Enfin, les habitants d'Oponte auxquels pourtant les Étoliens, les alliés les plus dévoués des Romains, proposaient de protéger leur cité et d'y installer une garnison, refusèrent cette offre. Ils appelèrent Titus et se remirent à sa discrétion[21].
6. La première fois que Pyrrhos, dit-on, aperçut d'une hauteur l'armée des Romains rangée en ordre de bataille, il s'écria : « L'ordonnance de ces Barbares n'a rien de barbare. » Ceux qui rencontrèrent Titus pour la première fois furent obligés de tenir à peu près le même langage[22]. 7. Ils entendaient dire aux Macédoniens qu'un homme marchait sur eux, à la tête d'une armée barbare, détruisant, abattant et réduisant tout en esclavage par les armes : lorsqu'ils virent devant eux cet homme jeune, au visage bienveillant, qui parlait et comprenait le grec et qui était épris de gloire véritable, ils s'émerveillèrent et furent sous le charme[23]. Après l'avoir quitté,

---

19. *Cette autodiscipline a, pour les soldats de cités en guerre, quelque chose d'exceptionnel et d'admirable.*
20. *Commentaire de Tite-Live, XXXII, 13, 7 : « Un ennemi n'aurait pu faire souffrir à ces gens rien de plus cruel que ce qu'ils souffraient de leurs alliés. » Revers d'une médaille dont Plutarque décrit ensuite avec insistance la face positive : Flamininus ne s'empare pas du pays, c'est le pays qui se livre à lui.*
21. *Cette « promenade » amicale en Thessalie n'est que très partiellement « historique » (voir Holleaux, 1957, p. 355-356) : en réalité, Titus rencontra des difficultés à Phaloria, détruite d'emblée pour convaincre les autres cités, et se heurta à la résistance insurmontable d'Atrax... (Tite-Live, XXXII, 15 et 17, 4-18, 3). Le ralliement des Achéens à Rome a résulté d'un difficile débat interne : voir l'allusion de Polybe (XVIII, 13, 8-11) et le long échange de discours chez Tite-Live (XXXII, 19-23). Plutarque néglige l'occasion d'une telle méditation sur la « trahison » et sur son porte-parole Aristaïnos : elle aurait abaissé son héros. Sur Oponte et les Étoliens, voir Tite-Live, XXXII, 32.*
22. *Voir Pyrrhos, XVI, 7 ; Flamininus a pu s'imprégner à Tarente (voir supra I, 5 et note) de son souvenir.*
23. *Jeunesse, bienveillance, amour du grec et d'une vraie gloire, charme exercé sur les peuples composent pour Plutarque un portrait idéal du vrai politique, à qui il suffit de paraître pour corriger toute rumeur malveillante. La composante négative (son ambition féroce, son incommensurable vanité) est ici oubliée.*

ils communiquèrent aux cités une grande sympathie à son égard, les assurant qu'elles trouveraient en lui le champion de leur liberté. 8. Comme Philippe semblait disposé à s'entendre avec lui, Titus le rencontra et lui proposa un traité de paix et d'amitié, à condition de laisser les Grecs autonomes et de retirer ses garnisons. Philippe refusa. Dès lors il fut clair pour tout le monde, même pour ceux qui soutenaient les intérêts de Philippe, que les Romains n'étaient pas venus faire la guerre aux Grecs mais aux Macédoniens, et ce, pour défendre les Grecs[24].

VI. 1. Tout le pays se ralliait donc à lui dans le calme[25]. En Béotie, comme Titus traversait pacifiquement le pays, les premiers citoyens de Thèbes vinrent à sa rencontre : ils étaient favorables au Macédonien à cause de Brachyllas[26], mais ils voulaient saluer Titus et lui adresser leurs hommages, prétendant être amis des deux camps. 2. Titus leur réserva un accueil aimable et leur tendit la main, puis se mit en route tranquillement avec eux, tantôt questionnant et s'informant, tantôt se lançant dans de grands discours et les amusant, tout cela à dessein, pour laisser le temps à ses soldats de revenir de leur marche et de le rejoindre. 3. En avançant de la sorte, il finit par entrer dans la cité avec les Thébains qui, malgré leur déplaisir, n'osèrent pas l'en empêcher à cause du nombre considérable de soldats qui le suivaient[27]. 4. Cependant Titus se présenta aux habitants comme s'il ne tenait pas la place en son pouvoir et les invita à choisir le parti des Romains, tandis que de son côté, le roi Attale[28] secondait ses efforts et exhortait les Thébains. 5. Or Attale eut l'ambition, semble-t-il, d'étaler devant Titus ses talents d'orateur avec plus de véhémence que ne le lui permettait son grand âge[29]. Il était en train de parler quand il eut un vertige ou une attaque[30]; il perdit connaissance et s'écroula. Peu après, sa flotte le ramena en Asie où il mourut. Quant aux Béotiens, ils s'allièrent aux Romains.

VII. 1. Philippe ayant envoyé une ambassade à Rome, Titus adressa de son côté des légats au Sénat pour solliciter la prorogation de son commandement si la guerre se

---

24. *Sur la complexité de ces « conférences » de Nicaia, en Locride, voir Holleaux (1957), p. 29-79 et 356-358; Polybe, XVIII, 1-12, et Tite-Live, XXXII, 32-37. C'est en fait Flamininus qui, avec la complicité des ambassadeurs grecs, a poussé le Sénat à refuser la paix demandée par Philippe, au nom de la « liberté des Grecs » menacée par le Macédonien.*
25. *En réalité, Chalcis d'Eubée, Élatée de Phocide, Corinthe n'entrent pas dans le jeu romain.*
26. *À Thèbes, Brachyllas, chef du parti macédonien, sera assassiné deux ans plus tard, avec l'accord de Flamininus (voir Polybe, XVIII, 43, 5-12; XX, 7, 3).*
27. *On est au printemps 197. Ces soldats sont 2000 selon Tite-Live (XXXIII, 1, 2), qui précise (1, 7) : « On voyait bien qu'aucune liberté de délibération n'était laissée à l'assemblée annoncée aux Béotiens pour le lendemain », et note (2, 8) qu'« aucun contradicteur n'osa se présenter. »*
28. *Attale de Pergame, mandé par Flamininus, est le fidèle allié de Rome depuis 211 (première guerre de Macédoine). Il a 72 ans.*
29. *L'excès d'ambition dans le grand âge est pour Plutarque un défaut rédhibitoire (voir infra, XX, 2).*
30. *Le malaise d'Attale est désigné par le mot* rheuma *: littéralement, un écoulement d'humeurs. Mais Tite-Live (XXXIII, 2, 2-3) décrit une attaque cérébrale, avec affaissement et paralysie. (N.d.T.)*

prolongeait et, dans le cas contraire, les pleins pouvoirs pour conclure la paix. 2. Il était extrêmement ambitieux et redoutait d'être dépouillé de sa gloire si un autre général était envoyé afin de poursuivre cette guerre. 3. Ses amis intriguèrent si bien que Philippe n'obtint pas ce qu'il demandait et que le commandement de la guerre fut laissé à Titus[31]. La réception du sénatus-consulte exalta ses espérances et il s'élança aussitôt vers la Thessalie contre Philippe. Il emmenait avec lui plus de vingt-six mille soldats, dont six mille fantassins et quatre cents cavaliers fournis par les Étoliens[32]. L'armée de Philippe comptait à peu près le même nombre d'hommes.
4. Les deux armées marchèrent l'une contre l'autre et se rencontrèrent à Scotoussa[33], où l'on décida de risquer la bataille. Contrairement à ce que l'on aurait pu croire, l'imminence de l'attaque n'inspirait aucune crainte aux soldats. Au contraire, ils n'en éprouvaient que plus d'enthousiasme et d'ardeur : 5. les Romains à la pensée de vaincre les Macédoniens dont la réputation de vaillance et de force était si grande auprès d'eux, à cause d'Alexandre, et les Macédoniens parce qu'ils considéraient les Romains comme supérieurs aux Perses, espérant, s'ils l'emportaient sur eux, montrer que Philippe était plus brillant qu'Alexandre[34]. 6. Titus exhorta ses soldats à se montrer vaillants et courageux : la Grèce, leur dit-il, était pour eux le plus beau des théâtres où les meilleurs des antagonistes leur donneraient la réplique. 7. Quant à Philippe, soit hasard, soit négligence causée par la précipitation, il monta à l'extérieur du camp sur une hauteur qui était en fait une sépulture collective, d'où il commença à adresser aux soldats les paroles et les exhortations habituelles avant une bataille ; mais comme ce sinistre présage inspirait un profond découragement à ses hommes, il fut troublé et ne voulut pas combattre ce jour-là[35].

VIII. 1. Le lendemain, à l'aube, après une nuit douce et pluvieuse, les nuages se changèrent en brume ; toute la plaine se trouva plongée dans une obscurité profonde tandis qu'un brouillard épais, descendu des sommets, se répandait entre les deux camps et cacha tout le terrain au lever du jour[36]. 2. De part et d'autre, on avait envoyé des hommes pour prendre position et reconnaître les lieux. Presque tout de suite, ils se rencontrèrent et engagèrent le combat près du lieu-dit Cynoscéphales [« Têtes de chien »] : il s'agit de collines parallèles, très proches les unes des autres, aux sommets allongés, auxquelles leur forme a fait donner ce nom[37]. 3. Il y eut, comme on pouvait s'y attendre sur un terrain difficile, alternance de fuites et de poursuites : de part et

---

31. *Voir Polybe, XVIII, 12 ; Tite-Live, XXXII, 28, et Holleaux (1957), p. 56-77.*
32. *Ces chiffres sont beaucoup plus vraisemblables que ceux de 600 et 400 chez Tite-Live (XXXIII, 3, 9).*
33. *Plutarque désigne parfois sous ce nom le lieu de la bataille de Cynoscéphales (voir* Paul-Émile, *VIII, 5).*
34. *La référence des deux adversaires au même Alexandre est significative. Sur l'*aemulatio Alexandri, *voir Ferrary (1988), p. 585-586.*
35. *Seul Plutarque, dont on connaît l'intérêt pour les présages, mentionne ce « signe », ignoré de Tite-Live.*
36. *L'ensemble du récit de la bataille s'inspire des textes parallèles – et beaucoup plus détaillés – de Polybe (XVIII, 21-26) et de Tite-Live (XXXIII, 8-10). Les trois auteurs insistent sur la grande confusion, due au mauvais temps et au brouillard, des préliminaires et des débuts du combat.*
37. *Sur le nom du lieu-dit* Cynos Céphalaï, *voir* Pélopidas, *XXXII, 3 et Polybe, XVIII, 22, 9.*

d'autre on envoyait sans cesse des renforts, de chaque camp, aux troupes qui peinaient et cédaient. Enfin le ciel se dégagea, on put apercevoir ce qui se passait et les deux armées s'engagèrent dans la bataille avec toutes leurs forces. 4. À son aile droite, Philippe eut le dessus, car il avait lancé, d'une position dominante, toute sa phalange contre les Romains qui furent incapables de soutenir le choc des boucliers serrés les uns contre les autres et la charge des sarisses. 5. Mais l'aile gauche des Macédoniens était étirée entre les collines et se disloqua. Alors Titus, abandonnant son aile vaincue, se précipita en hâte vers l'autre et chargea les Macédoniens que l'inégalité et l'escarpement du terrain empêchaient de se maintenir en phalange et d'épaissir leurs rangs en profondeur, ce qui faisait précisément la force de leur formation. De plus, ils avaient un armement lourd, peu adapté au combat individuel au corps à corps[38]. 6. La phalange ressemble à un être vivant : sa puissance est invincible tant qu'elle forme un seul corps et qu'elle garde ses boucliers serrés sur un seul rang, mais si ce rang vient à se rompre, chaque combattant perd aussi sa force individuelle, à cause à la fois de la nature de son armement et du fait que son efficacité dépend plutôt de la cohésion des différentes parties que de lui-même[39]. 7. Cette aile fut donc mise en déroute. Une partie de l'armée romaine s'attacha à la poursuite des fuyards, les autres assaillirent de flanc les Macédoniens qui combattaient encore et les massacrèrent, si bien que très vite, ces vainqueurs d'un moment se dispersèrent et prirent la fuite après avoir jeté leurs armes. 8. Ils n'eurent pas moins de huit mille morts et l'on fit environ cinq mille prisonniers[40]. 9. Si Philippe parvint à s'enfuir sans encombre, ce fut la faute des Étoliens qui pillèrent et ravagèrent son camp. Lorsque les Romains qui avaient continué la poursuite revinrent, ils ne trouvèrent plus rien[41].

IX. 1. Ce fut le premier grief qui poussa les Romains et les Étoliens à échanger des insultes et des invectives. Puis les Étoliens offensèrent Titus bien davantage en s'attribuant la victoire et en se hâtant de répandre ce bruit parmi les Grecs : lorsque des poètes ou de simples particuliers célébraient l'événement dans leurs écrits ou leurs chants, ils mentionnaient en premier le nom des Étoliens[42]. 2. Ainsi notamment dans l'épigramme suivante qui était sur toutes les lèvres :

---

38. Désireux d'attribuer tout le mérite du succès à son héros, Plutarque néglige l'initiative décisive d'un tribun militaire romain, que signalent Polybe (XVIII, 26, 1-5) et Tite-Live (XXXIII, 9, 8-10). Il ne mentionne pas non plus les éléphants qui précèdent l'aile droite de l'armée romaine.
39. Ce commentaire classique des forces et des faiblesses de la phalange est proche de ceux de Polybe et de Tite-Live. Il est développé par Plutarque à propos de la bataille de Pydna (voir Paul-Émile, XX).
40. Mêmes chiffres chez Polybe (XVII, 27, 6) et Tite-Live (XXXIII, 10, 7). L'épigramme (citée infra, IX, 2-3) exagère également. Les Romains auraient perdu 700 hommes.
41. Polybe (XVIII, 27, 4-5) mentionne simplement une concurrence entre pillards romains et étoliens, et l'avance prise par ces derniers.
42. Nouvelle divergence avec Polybe : l'historien achéen, pourtant anti-étolien de principe, note qu'au début des combats, « ce qui empêcha les Macédoniens de mettre les Romains complètement en déroute, ce fut l'acharnement de la cavalerie étolienne, qui se battait avec une ardeur et un courage extraordinaires » (XVIII, 22, 4-5). Plutarque n'est cependant pas entièrement dupe de la version «flamininienne» (§ 5).

> Sans pleurs et sans tombeaux, vois, passant, sur ce tertre
> Nous gisons trente mille en terre thessalienne,
> Domptés par les Étoliens et les Latins
> Que Titus amena de la vaste Italie,
> Grand deuil pour l'Émathie! Elle s'en est allée
> Plus légère qu'un faon, l'audace de Philippe[43]!

3. Ce poème est l'œuvre d'Alcée[44] qui, pour humilier Philippe, a exagéré le nombre des morts. Il était récité partout, par une foule de gens, et Titus en fut bien plus offensé que Philippe. 4. Ce dernier répondit à Alcée en parodiant ses distiques élégiaques :

> Sans écorce et sans fruit, vois, passant, sur ce tertre
> Un énorme gibet est planté pour Alcée!

5. Mais Titus désirait vivement être honoré par les Grecs, et cet affront l'aigrit outre mesure[45]. Il mena donc désormais les affaires tout seul, sans tenir le moindre compte des Étoliens. 6. Ceux-ci s'en indignèrent et, lorsque Titus reçut du Macédonien des propositions et une ambassade pour traiter d'un accord, ils parcoururent toutes les cités en criant qu'on vendait la paix à Philippe, alors qu'on pouvait extirper totalement la guerre et anéantir la puissance qui, la première, avait réduit le monde grec en esclavage. 7. Par de telles accusations, les Étoliens semaient le trouble parmi les alliés, mais Philippe, venu en personne pour conclure l'entente, dissipa tous les soupçons en s'en remettant au pouvoir de Titus et des Romains[46]. 8. Titus termina donc ainsi la guerre. Il rendit à Philippe son royaume de Macédoine mais l'obligea à se retirer de Grèce et lui imposa une amende de mille talents; en outre, il lui enleva tous ses navires, sauf dix, et prit comme otage un de ses deux fils, Démétrios, qu'il envoya à Rome. Il avait réglé le présent et préparé l'avenir de la manière la plus sage[47]. 9. En effet, le Libyen Hannibal, le pire

---

43. La sépulture (un tumulus d'ossements récupérés sur place) sera dressée six ans plus tard, en 191 (Tite-Live, XXXVI, 8, 3-5), dans le cadre de luttes d'influence entre chefs macédoniens. L'Émathie était la région «royale» de Macédoine.

44. Alcée de Messène, actif entre 219 et 197 environ, est l'auteur de satires, d'épigrammes et de «Portraits comparés» (voir Polybe, XXXII, 2, 6-7). Deux de ses pièces ont trait à l'action de Flamininus: voir Anthologie palatine, *VII, 247 (très proche de notre texte) et (B), 5.*

45. «Outre mesure» (ou métrios): première critique explicite du héros. Ce qui «aigrit» Flamininus, c'est évidemment le fait que les Étoliens soient cités non seulement à égalité avec les «Latins», mais avant eux.

46. L'essentiel est dit par Polybe, en deux points : «Flamininus se refusait à faire des Étoliens les maîtres de la Grèce en détrônant Philippe» (XVIII, 33, 8); «face à la situation dans laquelle il se trouvait, Philippe apparut comme un homme d'État des plus avisés» (XVIII, 34, 8). Voir Tite-Live, XXXIII, 11 (et l'étude des sources par Holleaux, 1957, p. 88-103, 101 et 362-364). Les Étoliens laissaient entendre que l'or de Philippe avait corrompu Flamininus.

47. En fait, ces décisions sont prises – conformément à un sénatus-consulte ad hoc, et en accord avec Flamininus – par les 10 commissaires envoyés en juin 196 par le Sénat (voir infra, X, 1; Polybe, XVIII, 44-45; Tite-Live, XXXIII, 30-31). L'amende sera annulée (voir infra, XIV, 3 et Paul-Émile, VIII, 10-12).

ennemi des Romains, exilé par les siens, avait, dès ce temps-là[48], cherché refuge chez le roi Antiochos qu'il excitait à aller de l'avant, tant que sa puissance était favorisée par la Fortune. Ce roi avait déjà remporté par lui-même de grands succès qui lui avaient valu le surnom de Grand ; il aspirait à la domination du monde entier et voulait surtout s'en prendre aux Romains. 10. Si Titus, prévoyant cela, n'avait avec sagesse offert la paix à Philippe, la guerre d'Antiochos serait venue s'ajouter en Grèce à celle de Philippe, et les deux plus grands et plus puissants rois de ce temps-là auraient fait cause commune contre Rome, lui imposant des luttes et des dangers tout aussi graves que ceux que lui avait fait courir Hannibal. 11. Titus sut fort à propos interposer une paix entre ces deux guerres ; il termina l'une avant que celle qui s'apprêtait eût commencé, privant ainsi Philippe de son dernier espoir et enlevant à Antiochos sa première chance[49].

X. 1. Les dix ambassadeurs[50] que le Sénat avait envoyés à Titus lui conseillaient de libérer les autres Grecs, mais de maintenir des garnisons à Corinthe, Chalcis et Démétrias, pour se protéger d'Antiochos. Alors les Étoliens, toujours prompts à lancer des accusations véhémentes, déchirèrent les cités. 2. Ils sommaient Titus de délier les « entraves » de la Grèce[51] (c'est ainsi que Philippe avait l'habitude de désigner les trois cités en question) et demandaient aux Grecs s'ils étaient contents de porter à présent un carcan[52] plus poli mais plus lourd qu'autrefois et s'ils admiraient Titus comme un bienfaiteur, parce qu'après avoir délié les pieds de la Grèce, il lui avait lié le cou. 3. Affligé et indigné de ces accusations, Titus obtint du conseil des ambassadeurs, à sa demande, que les trois cités fussent elles aussi libérées de leurs garnisons, afin que sa générosité pour les Grecs pût s'exercer pleinement[53].

---

48. Pas exactement : Hannibal ne se réfugiera auprès d'Antiochos que l'année suivante, en 195 (voir Tite-Live s'inspirant de Polybe, XXXIII, 49, 5, et Holleaux, 1957, p. 180-183). Antiochos III le Grand (vers 242-187) est le puissant souverain séleucide.
49. À la lucidité de Flamininus (et du Sénat) s'ajoute un mobile plus personnel : « La jonction des deux rois était son souci poignant : une paix immédiate l'en délivrerait – lui épargnant aussi le chagrin de voir un autre général terminer la guerre » (Holleaux, 1957, p. 362). Marcus Claudius Marcellus, consul en 196, souhaita, en vain, obtenir ce rôle (voir Polybe, XVIII, 42, 1-4 ; Tite-Live, XXXIII, 25, 5 ; 25, 11 : après vote unanime des 35 tribus, « Flamininus reçut l'ordre de garder sa province avec son ancienne armée »).
50. Les dix « légats » (qui constituent le « conseil » dont il est question infra en X, 3) ont reçu à propos des trois villes un mandat très libre du Sénat : ils feraient « ce que demanderaient les circonstances » (Tite-Live, XXXIII, 31, 5, qui suit Polybe, XVIII, 45), en évaluant le danger représenté par Antiochos.
51. L'image des « entraves de la Grèce » laissées en possession de Philippe est explicitée par Polybe (XVIII, 11 et 45), qui attribue, logiquement, la protestation initiale à l'ensemble des Grecs.
52. La métaphore du carcan est propre à Plutarque : voir Sur la malignité d'Hérodote, 855 A ; voir aussi Tite-Live, XXXV, 38, 10.
53. Le résultat de la pression des Étoliens fut en réalité moins idyllique : « Les Romains resteraient sur l'Acrocorinthe, à Démétrias et à Chalcis » (Polybe, XVIII, 45, fin) ; seule Corinthe est exemptée. Rome combine « générosité » politique et réalisme stratégique.

4. On célébrait les concours Isthmiques[54] et une foule immense était assise dans le stade pour assister aux compétitions gymniques car la Grèce, délivrée des guerres après tant d'années, espérant la liberté, sûre au moins de la paix, assistait à la panégyrie. 5. Le trompette ordonna le silence général et un héraut, s'avançant au milieu de l'arène, fit la proclamation suivante : « Le Sénat romain et le proconsul Titus Quinctius, ayant vaincu le roi Philippe et les Macédoniens, déclarent libres, exempts de garnison et d'impôt, et régis par leurs lois ancestrales, les Corinthiens, les Phocidiens, les Locriens, les Eubéens, les Achéens Phthiotes, les Magnètes, les Thessaliens et les Perrhèbes[55]. » 6. Sur le moment, cette proclamation ne put être entendue par tous distinctement : l'agitation et la confusion régnaient dans le stade ; les gens s'étonnaient, questionnaient, réclamaient que l'on répétât le texte. 7. Puis le silence se rétablit et le héraut, enflant sa voix, récita de nouveau toute la proclamation. Alors ce fut une immense clameur de joie, d'une puissance incroyable, qui retentit jusqu'à la mer. Tout le théâtre était debout ; il n'était plus question de compétitions, tous s'élançaient vers Titus, lui prenaient la main et le saluaient comme le sauveur et le défenseur de la Grèce[56]. 8. On observa à cette occasion un phénomène dont on parle souvent, lorsqu'un son atteint une force extrême : des corbeaux qui volaient par hasard au-dessus de l'endroit tombèrent dans le stade[57]. 9. Cela s'explique par une déchirure de l'air. Lorsque des voix nombreuses et puissantes s'élèvent, l'air se rompt et ne peut offrir au vol des oiseaux un soutien suffisant : il les laisse glisser, comme s'ils se mouvaient dans le vide. À moins peut-être que, par Zeus ! ils ne tombent et ne meurent sous l'effet d'un choc, comme s'ils avaient été traversés par une flèche. 10. Il est possible également que se crée dans l'air un tournoiement pareil aux tourbillons que l'on observe dans la mer et aux raz de marée provoqués par une secousse violente des flots.

XI. 1. Quant à Titus, si, dès l'interruption du spectacle, il ne s'était soustrait aux regards afin de se dérober à la pression et au concours de la foule, il n'aurait sans doute pu se tirer vivant d'une telle multitude qui se déversait sur lui de tous les côtés à la fois. 2. Lorsque les gens furent las de crier autour de sa tente, la nuit était déjà

---

54. À l'été 196. Ces concours se déroulaient tous les deux ans, près du temple de Poséidon. Sur le choix de Corinthe et de cette occasion pour la proclamation qui va suivre, voir Ferrary (1988), p. 86-88 : « liberté et hégémonie (union des Grecs derrière un hégémon pour défendre leur liberté) étaient indissolublement liées à l'histoire de Corinthe comme capitale panhellénique ».

55. La coutume était « d'annoncer le commencement des jeux par une formule solennelle » (Tite-Live, XXXIII, 32, 4). Flamininus est stratègos hypatos, c'est-à-dire proconsul. Le texte de Plutarque est identique à celui de Polybe (XVIII, 46, 5) et de Tite-Live (XXXIII, 32, 5). Les Romains vont cependant réorganiser la carte des « fédérations » de cités, en distribuant à leur guise les « hégémonies ».

56. Le récit de Plutarque est beaucoup plus bref que celui de Tite-Live, qui accentue l'effet dramatique. Ici, le débat « scientifique » (§ 8-10) composé à la manière d'une Question romaine interrompt le pathos (voir Wardman, 1974, p. 178).

57. Passage propre à Plutarque, qui conte un épisode semblable dans Pompée, XXV, 12-13. Cet accompagnement d'une puissante manifestation sonore est resté célèbre, comme le montre un récit, calqué sur ceux de Plutarque et adapté au contexte inca, des Commentaires royaux de Garcilaso de la Vega, vers 1600.

venue. Alors, saluant et étreignant tous les amis et tous les concitoyens qu'ils voyaient, ils se retirèrent pour banqueter et boire les uns avec les autres[58]. 3. Et là, comme on peut l'imaginer, leur joie redoubla : ils s'entretenaient de la Grèce et rappelaient tous les combats qu'elle avait livrés pour sa liberté. Jamais elle ne l'avait obtenue de manière plus sûre ou plus heureuse que ce jour-là, puisque d'autres avaient lutté pour elle et que sans verser, ou presque, une goutte de sang, et sans avoir à prendre le deuil, elle remportait le plus beau et le plus convoité des prix. 4. « Le courage et la sagesse, disaient-ils, sont rares parmi les hommes, et le plus rare de tous les biens, c'est un homme juste[59]. 5. Les Agésilas, les Lysandre, les Nicias, les Alcibiade ont certes été des chefs habiles à bien conduire les guerres et à remporter des batailles sur terre et sur mer. Mais ils n'ont jamais su mettre leur succès au service d'une réalisation généreuse, belle et noble. 6. Si l'on excepte l'exploit de Marathon, la bataille navale de Salamine, Platées, les Thermopyles et les succès de Cimon sur l'Eurymédon et près de Chypre, toutes les autres batailles qu'a livrées la Grèce l'ont été contre elle-même et ont entraîné son esclavage[60]. Tous les trophées qu'elle a érigés ont fait son malheur et sa honte, et elle a été très souvent conduite à sa perte par la méchanceté et la jalousie de ses chefs. 7. Or voici que des étrangers qui semblaient n'avoir que de faibles lueurs et de vagues traces de leur parenté avec l'ancienne race grecque, et dont il eût été déjà étonnant que la Grèce pût recevoir le moindre conseil ou avis utile, ont affronté volontairement les plus grands dangers et les plus grands labeurs ! Ils l'ont arrachée à des despotes et à des tyrans cruels, et ils l'ont libérée[61] ! »

XII. 1. Telles étaient les réflexions des Grecs. Les actes de Titus furent en accord avec ce qu'il avait fait proclamer. 2. Il envoya en même temps Lentulus en Asie, pour libérer Bargylia, et Stertinius en Thrace, pour délivrer des garnisons de Philippe les cités et les îles de ce pays, 3. tandis que Publius Villius embarquait pour aller traiter avec Antiochos de la liberté des Grecs qui lui étaient soumis. 4. Quant

---

58. Les § 1 et 2 viennent de Polybe (XVIII, 46, 10-12) et de Tite-Live (XXXIII, 33). La suite s'en inspire aussi, mais Plutarque y mêle une méditation plus personnelle, où s'exprime tout son attachement de Grec à l'hellénisme.

59. Retour au thème de la justice (voir supra, I, 5, et infra, Comparaison de Philopoemen et de Flamininus, XXIV, 5). Pour Wardman (1974, p. 129-131), cette « naïveté historique » est la rançon, très consciente, d'une approche biographique du politique.

60. L'évocation à cette place d'une telle liste de grands hommes, puis de hauts lieux de la Grèce, ne se trouve que chez Plutarque. Elle est spécialement à sa place dans les Vies parallèles, énumérant des dirigeants et des événements mis en valeur dans les Vies, et proposant une comparaison avec les grands « philhellènes » romains. Les valeurs mises ici en opposition (au prix d'un anachronisme certain) sont celles de la Grèce classique des cités, divisée par nature contre elle-même, et celles d'une Grèce unifiée et pacifiée grâce à Rome.

61. Plutarque développe souvent l'idée d'une parenté linguistique entre latin et grec, à quoi il ajoute des arguments « historiques » : voir infra, XII, 11 ; Romulus, I, 1 et XV, 4 ; Numa, VII, 10 ; Marcellus, VIII, 7. Et si Rome n'est pas grecque, elle est digne de l'être, elle qui défend face aux « despotes » la « liberté » des Grecs, c'est-à-dire l'autonomie interne des cités.

à Titus lui-même, il passa à Chalcis, puis, de là, embarqua pour la Magnésie où il retira les garnisons et rendit aux peuples leurs droits politiques. 5. Désigné comme agonothète des fêtes Néméennes à Argos, il organisa cette panégyrie de manière remarquable et y fit proclamer de nouveau par un héraut la liberté des Grecs[62].
6. Puis il parcourut les différentes cités où il restaura la légalité et la justice, la concorde et l'amitié entre les citoyens, mit un terme aux luttes intestines et fit revenir les exilés. Il était aussi fier de convaincre et de réconcilier les Grecs que d'avoir vaincu les Macédoniens, si bien que les Grecs en vinrent à considérer la liberté qu'ils lui devaient comme le moindre de ses bienfaits.
7. Le philosophe Xénocrate, dit-on, traîné un jour en prison par les fermiers des impôts qui lui réclamaient la taxe des métèques, fut arraché de leurs mains par l'orateur Lycurgue, qui fit punir de leur insolence ceux qui voulaient l'arrêter. Rencontrant les enfants de Lycurgue, il leur dit: «J'offre une belle récompense à votre père, car tous le louent pour ce qu'il a fait[63].» 8. Dans le cas de Titus et des Romains, leur générosité à l'égard des Grecs ne leur valut pas seulement des éloges, mais encore, et c'était justice, la confiance[64] de tous et une puissance considérable.
9. Non content d'accueillir les chefs romains, on les envoyait chercher et on les appelait pour se remettre entre leurs mains[65], 10. et ce n'était pas vrai seulement des peuples et des cités; les rois eux-mêmes, quand ils étaient lésés par d'autres, venaient se mettre sous leur protection, si bien qu'en peu de temps – et sans doute aussi grâce à l'intervention d'un dieu – tout leur fut soumis[66].
11. Quant à Titus, il était très fier d'avoir libéré la Grèce. Il consacra à Delphes des boucliers d'argent et son propre bouclier long, avec l'inscription suivante:

> Ô vous qui tirez joie de vos chevaux rapides,
> Ô Tyndarides, rois de Sparte, fils de Zeus,
> Un descendant d'Énée, Titus, vous fit ce don:
> Il offrit aux enfants des Grecs la liberté!

12. Il a consacré aussi une couronne d'or à Apollon avec cette inscription:

---

62. *Sur les concours Néméens biennaux, dont ici Titus Flamininus est désigné comme l'organisateur (agonothète), voir* Philopoemen, *XI (année 206). Plutarque intervertit la nouvelle proclamation (septembre 195) et la guerre contre Nabis de Sparte (*infra, *XIII, 1-4), qui a précisément libéré Argos de la domination spartiate (Tite-Live, XXXIV, 41, 1-3): erreur historique commise par souci de regrouper tous les éléments d'un nouvel «âge d'or» de la Grèce, où la «concorde» – thème éminemment plutarquien – rime avec la liberté.*
63. *Xénocrate, élève de Platon, métèque originaire de Chalcédoine, fut scholarque de l'Académie de 339 à 314. Ce type d'anecdote sans doute conté «dans les écoles» (voir* Philopoemen, *II, 6) pouvait connaître des variantes:* Phocion, *XXIX, 6, indique que celui-ci voulut exempter Xénocrate de la taxe de métèque en lui accordant la citoyenneté, refusée par l'intéressé.*
64. *On retrouvera plus loin (XVI, 7) le mot grec* pistis, *qui répond à la* fides *(loyauté) romaine.*
65. *Rappel de V, 3-5.*
66. *Pour Plutarque, une manière de décrire un moment d'accomplissement historique est d'indiquer que la* Tychè, *la Fortune, ou mieux la* Pronoïa, *la Providence, a coopéré avec l'*arêtè, la vertu, *humaine.*

Cette couronne d'or sur tes boucles divines,
Présent du chef puissant des descendants d'Énée,
Fils de Létô, prends-la ! Toi qui frappes au loin,
Donne au divin Titus la gloire du courage[67] !

13. Il se trouve que la cité de Corinthe a assisté à deux reprises au même événement en faveur des Grecs. C'est en effet à Corinthe que Titus en ce temps-là et Néron de nos jours, dans les deux cas lors de la célébration des concours Isthmiques, rendirent aux Grecs la liberté et l'usage de leurs propres lois, Titus par la voix d'un héraut, comme je l'ai dit, et Néron, dans une harangue qu'il prononça lui-même devant la foule, sur l'agora, du haut de la tribune. Mais cet événement eut lieu plus tard[68].

XIII. 1. Titus entreprit alors la plus belle et la plus juste des guerres contre Nabis, le tyran le plus cruel et le plus scélérat des Lacédémoniens, mais à la fin il déçut les espoirs de la Grèce. Alors qu'il pouvait s'emparer de Nabis, il ne le voulut pas et traita avec lui, abandonnant Sparte à une servitude indigne[69]. 2. Peut-être craignait-il, si la guerre traînait en longueur, de voir un autre général venir de Rome lui ravir sa gloire. Peut-être aussi cédait-il à la jalousie et au ressentiment que lui inspiraient les honneurs rendus à Philopoemen[70]. 3. Ce dernier s'était montré en toutes circonstances le plus habile des Grecs, et dans cette guerre notamment, il avait accompli des exploits d'une audace et d'une habileté admirables, si bien que les Achéens l'exaltaient et l'honoraient dans leurs théâtres à l'égal de Titus, lequel en était vivement chagriné. Il jugeait inacceptable de les voir accorder à un simple Arcadien, qui n'avait commandé que dans de petites guerres sur les frontières, la même admiration qu'à un consul

---

67. *Les deux inscriptions ont sûrement été copiées sur place par l'auteur, prêtre de Delphes. Léda, épouse du roi de Sparte Tyndare, séduite par Zeus sous la forme d'un cygne, donna naissance aux Dioscures, dieux cavaliers. Castor et Pollux ont un temple sur le forum, en souvenir de leur intervention à cheval, au lac Régille, du côté romain. Les Romains – et Flamininus – sont descendants d'Énée par Romulus. Ces poèmes intègrent Rome, de façon cohérente, dans le monde de la mythologie et de l'histoire grecques.*
68. *La digression établit un parallèle avec la proclamation de Néron, dans la même cité, en 67 après J.-C., conservée par une inscription d'Acraephia. Plutarque s'en justifie : «Néron avait expié les crimes qu'il avait commis, et les dieux lui devaient aussi quelque faveur, puisqu'il avait donné la liberté au peuple le meilleur et le plus cher de la divinité qui fût dans son empire» (Sur les délais de la justice divine, 567 E-F).*
69. *Après avoir réuni en 195, à Corinthe encore, les délégués de toute la Grèce (Tite-Live, XXXIV, 22), Flamininus agit contre Nabis comme hégémon, chef suprême du fait d'une alliance ou «symmachie informelle» (voir Ferrary, 1988, p. 88-95). Voir* Philopoemen, *XIV. L'adversaire, présenté comme un «tyran», un démagogue révolutionnaire (voir Texier, 1975), opprime Argos, et les Grecs, surtout les Achéens, souhaitent son écrasement total. Flamininus, plus réservé, impose un règlement modéré, qui restitue Argos à la Confédération achéenne et conserve à Nabis son pouvoir local (Tite-Live, XXXIV, 33-41).*
70. *Sur les honneurs rendus à l'Achéen Philopoemen, voir sa* Vie, *XI, 1-4 et XV, 1-3. Holleaux (1957, p. 65) commente ainsi l'attitude de Flamininus : «Dans la physionomie morale de T. Quinctius, le trait dominant est [...] la vanité – cette vanité immense et petite [...]. Agité du perpétuel désir de paraître et de primer, assoiffé de gloire et de gloriole...»*

romain qui faisait la guerre pour la Grèce. 4. Quoi qu'il en soit, Titus lui-même disait pour se justifier qu'il avait mis un terme à cette guerre parce qu'il voyait que la mort du tyran entraînerait les plus grands maux pour le reste des Spartiates[71].
5. Les Achéens votèrent à Titus de nombreux honneurs, mais aucun ne sembla à la hauteur de ses bienfaits, à l'exception d'un présent qui lui causa plus de joie que tout. 6. Voici de quoi il s'agissait. Les Romains qui avaient été vaincus au cours de la guerre contre Hannibal avaient été vendus et dispersés en diverses contrées où ils étaient esclaves. 7. Il y en avait douze cents en Grèce. Leur changement de condition les rendait déjà dignes de pitié, mais ils l'étaient plus que jamais en cette circonstance, car ils rencontraient leurs fils, leurs frères ou leurs amis, qui étaient libres et vainqueurs alors qu'eux-mêmes étaient esclaves et prisonniers de guerre[72].
8. Titus, si chagriné qu'il fût de leur sort, ne voulut pas les enlever à ceux qui les avaient acquis, mais les Achéens les rachetèrent tous, pour cinq mines par personne, les regroupèrent et les remirent à Titus au moment où il s'apprêtait à embarquer. Aussi prit-il la mer tout joyeux, emportant pour prix de ses belles actions de belles récompenses, bien dignes d'un homme au grand cœur, dévoué à ses concitoyens. 9. Ces hommes furent, semble-t-il, le plus bel ornement de son triomphe : ils se rasèrent la tête et se coiffèrent de bonnets de feutre, selon la coutume des esclaves qu'on affranchit[73], et ils suivirent ainsi le cortège de Titus.

XIV. 1. Les dépouilles qui figurèrent dans cette procession offrirent aussi un beau spectacle : casques grecs, boucliers macédoniens et sarisses. 2. La masse des richesses était considérable ; Tuditanus[74] écrit que dans ce triomphe on porta trois mille sept cent treize livres d'or en lingots, quarante-trois mille deux cent soixante-dix livres d'argent et quatorze mille cinq cent quatorze philippes d'or, 3. sans compter les mille talents que Philippe devait payer. Mais en ce qui concerne cette dernière somme, les Romains se laissèrent convaincre par la suite, principalement grâce à l'intervention de Titus, d'en faire remise à Philippe[75] ; ils le déclarèrent leur allié et lui rendirent son fils qu'ils avaient en otage.

---

71. Tite-Live restitue à Flamininus ce trait de Realpolitik *: « Comme on n'aurait pu écraser Nabis qu'en ruinant totalement la cité, il lui avait paru préférable de garder le tyran, mais si affaibli qu'il ne lui restait pour ainsi dire plus la force de nuire à qui que ce fût » (XXXIV, 49, 3). Sur la crainte du proconsul de ne pas être prorogé, voir Gruen (1984), p. 216-217.*
72. Les Romains après les Grecs : Flamininus soigne son image de « libérateur ». D'après Tite-Live citant Polybe, le rachat de 1 200 esclaves ne correspond qu'à la seule Achaïe : « Jugez à proportion combien il s'en trouvait vraisemblablement dans la Grèce entière » (XXXIV, 50, 7).
73. La coutume est mentionnée dans le Commentaire de l'Énéide *de Servius, VIII, 564 : « Féronia est la déesse des affranchis, qui, la tête rasée, recevaient le bonnet* [pileum] *dans son temple. »*
74. Tuditanus est l'annaliste Caius Sempronius Tuditanus, consul en 129. S'il s'agit bien de lui (le texte est douteux), c'est l'unique mention qu'en fait Plutarque ; pour les sources de cette Vie, *voir infra, XVIII, 8-10 et XX, 10. Le triomphe décrit a duré trois jours, en 194 (*Corpus d'inscriptions latines, F, *p. 174 ; Tite-Live, XXXIV, 52, 3-11).*
75. L'adoucissement de la sanction date de 191 (Polybe, XXI, 3 et 11, 9 ; Tite-Live, XXXVI, 55, 13).

XV. 1. Cependant, Antiochos passa en Grèce avec de nombreux navires et une armée, souleva les cités et les poussa à se révolter[76]. Il était aidé en cela par les Étoliens, depuis longtemps ennemis du peuple romain et mal disposés à son égard. Comme motif et prétexte de la guerre, ils prétendirent qu'ils voulaient libérer les Grecs, lesquels ne demandaient rien, puisqu'ils étaient déjà libres, mais faute d'un motif plus honorable, les Étoliens suggéraient à Antiochos d'invoquer le plus beau des noms, celui de la liberté. 2. Très alarmés par ce soulèvement et par ce que l'on disait de la puissance d'Antiochos, les Romains envoyèrent pour mener cette guerre un consul, Manius Acilius[77], auquel ils adjoignirent comme légat Titus, à cause de son influence sur les Grecs.
3. La seule vue de Titus suffit en effet à confirmer dans leur loyauté pour Rome certains d'entre eux; quant à ceux que la contagion commençait à gagner, tel un médecin qui administre à temps un remède, il leur inspira de la sympathie pour lui et les empêcha de s'égarer. 4. Il ne lui en échappa qu'un tout petit nombre, déjà gagnés et corrompus par les Étoliens, mais même ces gens-là, en dépit de sa colère et de son irritation, il les épargna après la bataille. 5. Antiochos fut vaincu aux Thermopyles[78]; il prit la fuite et retourna aussitôt par mer en Asie. Le consul Manius poursuivit en personne certains des Étoliens et les assiégea, laissant le roi Philippe détruire les autres. 6. Le Macédonien ravagea et pilla les Dolopes et les Magnètes, puis les Athamanes et les Apérantes[79], tandis que Manius, après avoir saccagé Héraclée, mettait le siège devant Naupacte qui était au pouvoir des Étoliens. Mais Titus eut pitié des Grecs. Il quitta le Péloponnèse par mer et alla trouver le consul. 7. Il commença par lui reprocher d'avoir, alors qu'il était vainqueur, laissé Philippe emporter le prix du combat et de perdre son temps devant une seule cité pour assouvir sa colère, tandis que les Macédoniens s'emparaient de nations et de royaumes en nombre considérable[80]. 8. Puis comme les assiégés qui l'avaient aperçu l'appelaient du haut du rempart en lui tendant les bras et en le suppliant, il

---

76. *Sur la genèse du nouvel affrontement (192-191), voir le clair récit de Holleaux (1957), p. 386-402, et l'analyse des sources par Will (1982), p. 196-203. Antiochos a conclu la paix avec le roi lagide d'Égypte Ptolémée V Épiphane. Poussé à la guerre par Hannibal (IX, 9), il se heurte en Asie Mineure au roi de Pergame, Eumène II, allié de Rome, et maintient sur la Thrace des prétentions inacceptables pour Rome. Appelé par les Étoliens, Antiochos passe en Grèce où il trouve, en dehors d'eux, bien peu d'alliés (§ 4) : Philippe et la Confédération achéenne, notamment, restent fidèles à Rome.*
77. *Le consul de 191 est Manius Acilius Glabrio. Caton fut associé à l'entreprise (voir Caton l'Ancien, XII, 4-7) et joua un rôle certain aux Thermopyles.*
78. *Sur la bataille, voir Tite-Live, XXXVI, 18-19. Se référant à Polybe (perdu), il indique qu'Antiochos n'aurait sauvegardé que 500 hommes sur les 10 000 conduits en Grèce.*
79. *Les peuples cités habitaient le nord de la Grèce, au voisinage de la Macédoine.*
80. *Voir Polybe, XX, 9-11 et surtout Tite-Live, XXXVI, 22-30. La «pitié» de Flamininus contraste avec la brutalité d'Acilius Glabrio, imperméable au lien intrinsèque entre* deditio *(reddition) et* fides *(alliance subordonnée à Rome sous le signe de la «loyauté»): voir Holleaux (1957), p. 406 et Ferrary (1988), p. 72-75. Le consul (ici, excellent faire-valoir) se voit reprocher à la fois son erreur stratégique et son incompréhension politique.*

ne dit rien sur le moment, et s'en alla en pleurant[81]. 9. Mais ensuite, il eut un entretien avec Manius, apaisa sa colère et fit accorder aux Étoliens une trêve et un délai leur permettant d'envoyer une ambassade à Rome et de demander des conditions modérées.

XVI. 1. Ce qui exigea de Titus le plus d'efforts et de lutte, ce fut son intercession en faveur des Chalcidiens. Ils s'étaient attiré la colère de Manius à cause du mariage qu'Antiochos avait contracté chez eux alors que la guerre était déjà commencée, et qui ne convenait ni à son âge ni aux circonstances[82]. Cet homme âgé s'était en effet épris d'une adolescente, fille de Cléoptolémos, et la plus belle, dit-on, des jeunes filles. 2. Ce mariage avait poussé les Chalcidiens à embrasser avec ardeur les intérêts du roi et à mettre à sa disposition leur cité, pour en faire sa base militaire durant cette guerre. 3. Aussitôt après la bataille, Antiochos s'enfuit et rejoignit en hâte Chalcis, où il prit avec lui sa jeune épouse, ses richesses et ses amis, et cingla vers l'Asie. 4. Plein de colère, Manius marcha aussitôt contre Chalcis. Titus qui l'accompagnait essayait de l'attendrir et d'intercéder pour Chalcis ; finalement il parvint à le persuader et à l'adoucir, à force de le supplier, lui et les autres magistrats romains[83]. 5. Les Chalcidiens, ainsi sauvés, consacrèrent à Titus leurs monuments les plus beaux et les plus grands, et l'on peut voir encore aujourd'hui les inscriptions suivantes : « Le peuple consacre ce gymnase à Titus et à Héraclès » ou ailleurs : « Le peuple consacre le Delphinion à Titus et à Héraclès. » 6. De nos jours encore, ils élisent à main levée un prêtre de Titus ; ils offrent des sacrifices et des libations au héros, puis chantent en son honneur un péan trop long pour que nous puissions le citer en entier, mais dont nous avons transcrit la fin :

> 7. Des Romains vénérons la foi si généreuse,
> Leur respect des serments. Chantez, ô jeunes filles,
> Oui, chantez le grand Zeus, chantez Rome et Titus,
> Et la foi des Romains. Iô ! Iô ! Péan !
> Titus notre sauveur[84] !

---

81. Version plus pathétique, donc plus favorable à Flamininus, que celle de Tite-Live : « Si ému qu'il fût par les supplications des Étoliens, il leur fit signe qu'il ne pouvait absolument rien pour eux » (XXXVI, 34, 7).
82. Voir Philopoemen, XVII, 1, où figure déjà l'expression ; voir aussi le fragment de Polybe, XX, 8 (Athénée, Deipnosophistes, X, 439) et Tite-Live, XXXVI, 11.
83. Rien de tel chez Tite-Live, XXXVI, 21, 1-2. Il est possible qu'il s'agisse d'une tradition entretenue localement, et recueillie sur place par Plutarque, familier de Chalcis d'Eubée.
84. Les inscriptions ont été lues par Plutarque. On déchiffre, dans ces premières dédicaces grecques à un Romain divinisé – lointain préliminaire du culte impérial, et qui a défié le temps –, une série d'associations significatives : Zeus (dieu garant des serments) semble être à Rome ce que Titus est à la pistis *(foi) ; Titus est associé au (demi-)dieu local Héraclès ; enfin, il est qualifié du titre de « Sauveur » (Soter), caractéristique des souverains hellénistiques.*

XVII. 1. Il reçut également des autres Grecs les honneurs qu'il méritait[85]. Ce qui garantissait la sincérité de ces honneurs, c'était l'affection qu'inspirait la modération de son caractère. 2. En effet, si la conduite des affaires ou l'ambition personnelle le poussaient parfois à se heurter à certains, comme Philopoemen et aussi Diophanès[86], le stratège des Achéens, il n'accablait pas ses adversaires, et sa colère ne se traduisait jamais par des actes ; elle se bornait à des propos pleins d'une sorte de franchise politique. 3. Jamais il ne montrait la moindre aigreur contre quiconque, et beaucoup jugeaient son caractère vif et léger. De manière générale, c'était un plaisant compagnon et sa conversation était pleine de charme et d'esprit[87]. 4. Ainsi, comme les Achéens voulaient s'emparer de l'île de Zacynthos, il leur dit pour les en détourner : « Si vous sortez du Péloponnèse, vous courrez le même danger que les tortues qui sortent trop la tête de leur carapace[88]. » 5. Lorsqu'il rencontra pour la première fois Philippe[89], pour parler de trêve et de paix : « Tu as amené beaucoup de monde avec toi, dit Philippe ; moi, je suis seul. – Si tu es seul, rétorqua Titus, c'est ta faute : tu as tué tes amis et les membres de ta famille ! » 6. Le Messénien Deinocratès s'était enivré au cours d'un banquet à Rome : il avait revêtu une robe de femme et s'était mis à danser[90]. Le lendemain, il alla demander à Titus de le soutenir dans son dessein de détacher Messène des Achéens. « J'y penserai, dit Titus, mais je m'étonne qu'ayant formé une si grande entreprise, tu puisses danser et chanter dans un banquet. » 7. Comme les ambassadeurs envoyés par Antiochos dressaient la liste, devant les Achéens, des nombreux corps de troupes du roi et énuméraient leurs différents noms, Titus intervint : « Un jour, dit-il, que je dînais chez un de mes hôtes, je me récriai sur l'abondance des viandes et lui demandai avec étonnement comment il avait pu se procurer tant d'aliments si variés. "Mais il n'y a que du porc, répondit-il ; tous ces plats ne diffèrent que par la manière dont ils sont présentés et assaisonnés !" 8. Alors, vous non plus, Achéens, poursuivit Titus, n'allez pas admirer l'armée d'Antiochos sous prétexte que vous entendez parler de

---

85. Notamment les 114 couronnes d'or offertes par les cités et apportées à son triomphe (Tite-Live, XXXIV, 52, 8). Ces honneurs relativement sobres sont dénués de toute ostentation (voir Wardman, 1974, p. 68-69).

86. Sur les relations entre Titus et Philopoemen, voir supra, XIII, 1-3 et Philopoemen, XV, 2-3 et XVI, 1-3. Titus s'est également heurté avec Diophanès à propos du siège de Messène, en 192-191 : « Il le blâme doucement d'avoir tenté sans son autorisation une si grande entreprise, puis il lui ordonne de licencier son armée et de ne plus troubler une paix avantageuse à tous » (Tite-Live, XXXVI, 31, 8).

87. Reprise de l'éloge présenté au début en guise d'introduction à une série de « bons mots » empruntés à Polybe (en partie perdus).

88. En 191. Voir Tite-Live (XXXVI, 31, 10-32, 9), où est explicitée la métaphore d'une presqu'île (le Péloponnèse) assimilée à une « carapace inexpugnable » : les Achéens sont fermement priés de s'y replier...

89. Cela se passait en 198, aux conférences de Nicaia en Locride (voir supra, V, 8 et note). La réplique, chez Polybe (XVIII, 7, 3-6), fait suite à quelques piques de Philippe.

90. Sur le personnage et l'anecdote, voir Polybe, XXIII, 5. Les événements remontent à 183 ; un homme travesti en femme pour danser évoquerait une cérémonie bachique, si l'on n'était si près de la répression des Bacchanales, en 186. D'autres héros font meilleur usage du banquet : voir Paul-Émile, XXVIII, 8-9.

lanciers, de piquiers et de phalangistes. Tous ces gens-là ne sont que des Syriens qui diffèrent seulement par de misérables petites armes[91] !»

XVIII. 1. Après ses exploits en Grèce et la guerre contre Antiochos, Titus fut nommé censeur[92], la magistrature la plus haute qui d'une certaine manière porte une carrière politique à sa perfection. 2. Il eut pour collègue Marcellus, un fils du fameux Marcellus qui avait été cinq fois consul. Ils exclurent quatre sénateurs, qui n'étaient pas des plus en vue, et reçurent au nombre des citoyens tous les hommes, nés de parents libres, qui se firent inscrire. Ils y furent contraints par le tribun de la plèbe Térentius Culléo qui, pour humilier le parti aristocratique, avait poussé le peuple à voter cette mesure[93].
3. Les personnages les plus connus et les plus grands à Rome étaient en ce temps-là Scipion l'Africain et Marcus Caton. Or ils étaient en conflit l'un avec l'autre. Titus choisit Scipion comme prince du Sénat, voyant en lui le meilleur et le premier des Romains, et s'attira la haine de Caton à l'occasion suivante. 4. Titus avait un frère, Lucius Flamininus[94], d'un naturel différent du sien sous tous rapports : c'était un personnage infâme, qui s'adonnait honteusement aux plaisirs et foulait aux pieds toute décence. 5. Ce Lucius avait pour éromène un petit jeune homme qu'il emmenait avec lui dans ses campagnes, lorsqu'il commandait, et qu'il avait toujours près de lui quand il administrait une province. 6. Un jour, au cours d'un banquet, ce garçon, voulant flatter Lucius, lui dit : «Je t'aime tant que j'ai quitté pour toi un spectacle de gladiateurs, alors que je n'avais jamais encore assisté à la mise à mort d'un homme. J'ai préféré ton plaisir au mien.» 7. Lucius en fut charmé. «Ce n'est pas grave, dit-il. Je vais réparer le mal et satisfaire ton désir.» Il fit tirer de prison un condamné, envoya chercher le licteur et lui ordonna de décapiter l'homme dans la salle du banquet[95]. 8. Cependant, selon Valérius d'Antium[96], ce ne fut pas à un éromène, mais à une maîtresse que Lucius voulut complaire.

---

91. *L'épisode eut lieu en 192; il est conté par Tite-Live (XXXV, 49, 6-9), qui le situe à Chalcis et traite les Syriens de «race bien meilleure, avec son caractère servile, pour faire des esclaves que des soldats».*
92. *Comme le chapitre XV, qui reprenait* Caton l'Ancien, *XII, 3, ce chapitre est à mettre en parallèle avec* Caton l'Ancien, *XVI-XVII. Flamininus et Marcellus sont élus à la censure en 189 (Tite-Live, XXXVIII, 38, 2). Leur attitude modérée en matière de* nota censoria, *c'est-à-dire de sanction «déclassant» de leur ordre des citoyens, contraste avec celle de Caton et de Valérius Flaccus lors de la censure suivante (184). Tite-Live ignore l'intervention du tribun de la plèbe, sûrement liée aux problèmes d'ouverture de la citoyenneté consécutifs à la deuxième guerre punique.*
93. *Il revient à un censeur de désigner le* princeps senatus, *fonction honorifique qui donne le droit de s'exprimer en premier lors des séances. Se mêlent ici prises de position publiques, dans le conflit rémanent entre Caton et les Scipions, et règlement de compte privé.*
94. *En 198, Titus a emmené Lucius en Grèce comme chef de la flotte (supra, III, 3); en 192, Lucius est élu consul et reçoit comme province la Gaule Cisalpine.*
95. *Bien avant les chrétiens, les condamnés de «droit commun» étaient souvent amenés à combattre dans l'arène. La suite est construite un peu à la manière d'une* Question romaine *purement factuelle.*
96. *Valérius Antias (ou «d'Antium», ville latine proche de Rome) est un annaliste de la fin de la République que Plutarque mentionne dans* Romulus, *XIV, 7 et* Numa, *XXII, 6.*

9. D'après Tite-Live[97], Caton lui-même aurait consigné par écrit dans un discours qu'un déserteur gaulois se présenta à la porte avec sa femme et ses enfants, que Lucius le fit entrer dans la salle du banquet et qu'il le tua de sa propre main pour faire plaisir à son éromène. 10. Mais il est vraisemblable que Caton a dit cela pour aggraver l'accusation. Selon bon nombre d'auteurs, il ne s'agissait pas d'un déserteur, mais d'un prisonnier qui faisait partie des condamnés à mort, et l'orateur Cicéron a placé ce récit dans la bouche de Caton lui même dans son traité *Sur la vieillesse*[98].

XIX. 1. Sur ces entrefaites, Caton devint censeur, et lorsqu'il épura le Sénat, il en exclut Lucius, malgré sa dignité consulaire et bien que la flétrissure parût atteindre aussi son frère[99]. 2. Les deux hommes se présentèrent donc dans la plus humble attitude, en larmes, devant le peuple et firent à leurs concitoyens une demande qui semblait raisonnable : ils réclamaient que Caton exposât la raison et le motif qu'il avait pour jeter une telle infamie sur une illustre maison. 3. Aussitôt, sans hésiter, Caton se présenta ; il prit place avec son collègue et demanda à Titus s'il avait connaissance du banquet en question. 4. Sur sa réponse négative, il raconta toute la scène et invita Lucius à un procès avec dépôt de caution[100] s'il souhaitait s'inscrire en faux sur quelque point du récit. 5. Lucius garda le silence. Alors le peuple reconnut que la dégradation était méritée et fit à Caton, lorsqu'il quitta la tribune, un brillant cortège. 6. Titus fut fort affecté par le malheur de son frère. Il se ligua avec ceux qui depuis longtemps haïssaient Caton, et comme il avait une grande influence dans le Sénat, il fit annuler et casser tous les baux, les adjudications et les ventes des édifices publics qu'avait décidés Caton, 7. et lui attira plusieurs grands procès[101]. Je me demande si ce fut là une conduite sage et politique[102], de vouer ainsi une haine implacable à un magistrat qui respectait les lois et qui était un excellent citoyen, pour défendre un

---

97. *Tite-Live (XXXIX, 42-43) cite le discours de Caton, prononcé à la sortie de sa censure pour se justifier* (Caton l'Ancien, XVII, 5), *et la version, qui lui paraît plus fantaisiste, de Valérius Antias.*
98. *Rare exemple, dans les* Vies, *de discussion sur l'historicité des faits. Trois critères au moins apparaissent ici : la « critique interne » de la version de Caton, en fonction de ses intentions ; le recours à l'opinion majoritaire des sources ; l'autorité de Cicéron,* Sur la vieillesse, *XII, 42. Un quatrième critère concilie les trois autres, et aboutit à une solution moyenne.*
99. *Cicéron suggère que, selon Caton, Titus avait couvert l'infamie de son frère durant sa censure.*
100. *Cet « engagement pécuniaire » (voir* Caton l'Ancien, *XVII, 6), de droit privé, est en latin une* sponsio : *soit le citoyen qui s'engage ainsi est lavé du soupçon, réhabilité et remboursé ; soit il est déshonoré et perd la « caution ». Refuser la procédure revient à se disqualifier.*
101. *Il n'était pas rare que les actes publics d'un censeur fussent mis en cause dans des procès intentés à leur sortie de charge, dix-huit mois après leur élection. Sur les mesures prises par les censeurs de 184, voir* Caton l'Ancien, *XVIII-XIX et* Tite-Live, *XXXIX, 44.*
102. *La fin de ce chapitre est révélatrice de l'embarras de Plutarque. Il essaie de tenir une position critique et équilibrée, où la morale politique se tempère de réalisme social. Il est prêt à donner tort à son héros pour avoir fait passer l'intérêt privé, familial, avant le souci du bien public ; mais il est attentif à l'opinion populaire, qui s'exprime comme de coutume au spectacle, microcosme d'une société romaine profondément hiérarchisée, et précisément sur des fondements gentilices.*

homme qui certes était de sa famille, mais en était indigne et subissait un châtiment bien mérité. 8. Quoi qu'il en soit, un jour que le peuple romain assistait à un spectacle dans le théâtre et que les spectateurs occupaient, selon l'usage, les places d'honneur au premier rang, on vit Lucius aller s'asseoir humilié et honteux aux dernières places : le peuple le prit en pitié, la foule ne supporta pas cette vue, les spectateurs lui crièrent de descendre et ne cessèrent leurs clameurs que lorsqu'il fut descendu et que les consulaires lui eurent fait place parmi eux.

XX. 1. Tant que l'ambition naturelle de Titus trouva matière à s'exercer dans les guerres dont j'ai parlé, elle lui valut l'estime générale : il fut en effet tribun militaire après son consulat, alors que rien ne l'y forçait[103]. 2. Mais une fois privé du commandement et parvenu à un âge plus avancé, il s'attira davantage de critiques car, bien que sa vie ne se prêtât plus à l'action, il ne pouvait s'empêcher de désirer la gloire et s'abandonnait comme un jeune homme à cette passion[104]. 3. Ce fut une impulsion de ce genre, semble-t-il, qui le poussa à se conduire comme il le fit à l'égard d'Hannibal et le rendit odieux à la plupart des gens. 4. Hannibal s'était enfui de sa patrie, Carthage, auprès d'Antiochos ; lorsque ce dernier, après la bataille de Phrygie, se trouva fort heureux d'obtenir la paix, il fut obligé de s'enfuir de nouveau et, après avoir longtemps erré, il finit par s'établir en Bithynie, où il fit la cour à Prusias[105]. Nul Romain n'ignorait cette retraite, mais tous fermaient les yeux, en raison de la faiblesse et du grand âge de cet ennemi en qui l'on voyait une victime de la Fortune. 5. Mais Titus, envoyé par le Sénat en ambassade auprès de Prusias pour régler d'autres questions, vit Hannibal installé dans ce pays et s'indigna qu'il fût encore en vie. Malgré toutes les prières et les supplications de Prusias en faveur d'un suppliant et d'un ami, il fut inflexible. 6. Sur la mort d'Hannibal, courait, semble-t-il, un vieil oracle ainsi rédigé :

<blockquote>La terre libyssienne couvrira son corps.</blockquote>

Hannibal avait pensé qu'il s'agissait de la Libye et d'une sépulture à Carthage[106] ; il croyait donc qu'il finirait là-bas ses jours. Mais il existe en Bithynie un endroit sablonneux au bord de la mer et, à proximité, un village nommé Libyssa, près duquel il se trouvait qu'Hannibal séjournait. 7. Comme il s'était toujours défié de la faiblesse de Prusias et qu'il redoutait les Romains, il avait longtemps auparavant fait percer autour de sa maison sept passages souterrains qui partaient de sa chambre, chacun dans une direction différente, et avaient tous des issues secrètes éloignées.

---

103. Cela n'a rien d'exceptionnel : tel fut aussi, par exemple, le cas de Caton (voir Caton l'Ancien, XII, 1).
104. Après les grands succès de sa jeunesse, Flamininus a le tort de se crisper, l'âge venant, sur des ambitions dépassées. L'anti-modèle, de ce point de vue, est naturellement Marius (voir Marius, XXXIV, 5 et XLV, 11 ; et infra, XXI, 11-12).
105. Hannibal, d'abord réfugié à Éphèse (voir supra, IX, 9 et note), s'était, après la défaite définitive d'Antiochos, en 190, rendu auprès du roi de Bithynie. Sur les exigences de Flamininus et sur la mort d'Hannibal, voir Tite-Live (XXXIX, 51), qui a servi de base à ce qui suit.
106. L'ambiguïté des noms propres employés est un ressort fréquent des oracles grecs ; comparer Démosthène, XIX.

8. En conséquence, dès qu'il apprit l'exigence de Titus, il essaya de fuir par ces souterrains, mais il rencontra des gardes du roi et décida de se donner la mort. 9. Selon certains, il enroula son manteau autour de son cou, puis ordonna à un serviteur d'appuyer par-derrière son genou contre son dos et de tirer de toutes ses forces, en tendant et en tordant le manteau jusqu'à ce qu'il lui ait coupé la respiration, causant ainsi sa mort. Selon d'autres, à l'exemple de Thémistocle et de Midas, il but du sang de taureau[107]. 10. D'après Tite-Live, il avait sur lui du poison qu'il fit mêler à de l'eau. Quand on lui remit la coupe, il déclara : « Délivrons enfin les Romains de leur grande inquiétude, puisqu'ils trouvent trop long et trop pénible d'attendre la mort d'un vieillard détesté. 11. Titus ne remportera pas là une victoire enviable ni digne de ses ancêtres, qui firent avertir secrètement Pyrrhos, lequel pourtant leur faisait la guerre et avait le dessus, qu'on voulait l'empoisonner[108]. »

XXI. 1. Telle fut, dit-on, la mort d'Hannibal. Lorsque la nouvelle en fut rapportée au Sénat, beaucoup jugèrent que Titus s'était montré odieux, excessif et cruel ; on laissait vivre Hannibal comme un oiseau que l'âge a dépouillé de ses ailes et de sa queue, et il l'avait fait périr, alors que rien ne l'y forçait, par désir de gloire, afin d'attacher son nom à cette mort. 2. On opposait à cette conduite la douceur et la grandeur d'âme de Scipion l'Africain, et l'admiration pour ce héros augmentait encore. Scipion avait vaincu en Libye Hannibal[109], jusqu'alors invincible et redoutable, mais il ne l'avait pas chassé du pays et n'avait pas demandé à ses concitoyens de le livrer. Bien plus, dans l'entrevue qu'ils avaient eue avant la bataille, il lui avait tendu la main et après la bataille, lorsqu'il avait réglé les conditions de la paix, il n'avait pas outragé ce héros ni insulté à son malheur. 3. On dit qu'ils s'étaient rencontrés de nouveau à Éphèse et que, tandis qu'ils se promenaient ensemble, Hannibal avait pris d'abord la place d'honneur : Scipion l'avait toléré et avait continué tranquillement la promenade[110]. 4. Puis comme la conversation était tombée sur les différents chefs de guerre, Hannibal avait déclaré que le meilleur de tous était Alexandre, qu'ensuite venait Pyrrhos et que lui-même, Hannibal, était le troisième. Alors, souriant doucement, l'Africain avait demandé : « Et que dirais-tu donc si je ne t'avais pas vaincu ? » 5. À quoi Hannibal avait répondu : « Dans ce cas, Scipion, je ne me serais pas attribué la troisième place, mais la première[111]. »

---

107. *Voir* Thémistocle, *XXXI, 6. Midas est un roi de Phrygie, plus ou moins légendaire, qui aurait régné vers le milieu du VIIIe siècle.*
108. *Ce que Plutarque présente comme un commentaire personnel est mis par Tite-Live dans la bouche d'Hannibal. Voir aussi* Pyrrhos, *XXI, 1-5.*
109. *Évocation de la bataille de Zama (en 202). Plutarque idéalise la conduite de Scipion (comparer Tite-Live, XXX, 37, 13). Sur l'entrevue de Zama, voir Polybe, XV, 6-8, et Tite-Live, XXX, 30-31.*
110. *La rencontre est censée s'être produite à Éphèse, en 193 (voir* supra, *IX, 9 et note). Mais Plutarque semble l'avoir empruntée à Tite-Live (XXXV, 14), chez qui elle dérive de l'imagination des annalistes romains Claudius Quadrigarius ou, par l'intermédiaire de ce dernier, Caius Acilius. Polybe n'en dit mot. Voir Holleaux (1957), p. 184-207.*
111. *D'après* Pyrrhos, *VIII, 5, se référant à la* Vie *(perdue) de Scipion l'Africain, le classement était différent : 1er Pyrrhos, 2e Scipion, 3e Hannibal...*

6. Cette conduite de Scipion suscitait l'admiration de la plupart des gens et ils blâmaient Titus, comme s'il avait porté la main sur un mort qui appartenait à un autre. 7. Quelques-uns pourtant louaient ce qu'il avait fait. Selon eux, Hannibal, tant qu'il vivait, était comme un feu qui couvait, attendant qu'un souffle le ranime[112]. 8. Même au temps où il était dans la force de l'âge, ce n'était ni son corps ni son bras qui avaient fait trembler les Romains, mais son habileté et son expérience, ainsi que son animosité héréditaire et sa malveillance. 9. Or la vieillesse n'enlevait rien de tout cela. Le caractère garde toujours la même nature ; c'est la Fortune qui connaît des vicissitudes : elle tourne, et lorsqu'elle fait naître l'espérance, elle pousse à de nouvelles offensives ceux que la haine incite à poursuivre la guerre. 10. Et d'une certaine manière, les événements qui suivirent donnèrent davantage raison à Titus. Il y eut d'abord Aristonicos, le fils du citharède[113], qui se servit de la gloire d'Eumène pour emplir toute l'Asie de séditions et de guerres. Ensuite on vit Mithridate[114], après avoir été battu par Sylla et Fimbria, après avoir perdu tant d'armées et de généraux, se relever plus fort que jamais, sur terre et sur mer, et marcher contre Lucullus. 11. Et d'ailleurs Hannibal n'avait pas été plus humilié que Caius Marius. Il était l'ami d'un roi ; sa vie s'écoulait dans son entourage, et il passait son temps à s'occuper de navires, de chevaux et de soldats, 12. alors que l'infortune de Marius suscita les rires des Romains, à l'époque où il était prisonnier et mendiait en Libye. Or peu de temps après, il les faisait égorger et fouetter, et ils se prosternaient devant lui[115]. 13. Ainsi aucune circonstance présente n'est minime ou importante au regard de l'avenir ; la possibilité d'un retournement ne cesse qu'avec la vie. 14. Voilà pourquoi certains auteurs soutiennent que si Titus agit comme il le fit, ce ne fut pas de sa propre initiative : il avait été envoyé comme ambassadeur avec Lucius Scipion, sans aucune autre mission que d'obtenir la mort d'Hannibal[116].
15. Comme nous n'avons pas trouvé dans l'histoire après ces événements la moindre action politique ou guerrière de Titus et qu'il mourut en temps de paix[117], le moment est venu maintenant de passer à la comparaison.

---

112. *L'image n'est pas cohérente avec celle de l'oiseau en XXI, 1. Mais elle n'est pas placée dans la bouche des mêmes témoins et traduit le sentiment opposé : non plus la compassion dans l'honneur, mais la froide raison d'État.*
113. *Aristonicos est ce bâtard du roi de Pergame Eumène II – à moins qu'il ne s'agisse d'un usurpateur, fils de musicien – qui, après le legs du royaume à Rome en 133, déclencha une révolte qui allait durer quatre ans.*
114. *Mithridate, roi du Pont, fut vaincu par Sylla en 85, mais refit ses forces et se souleva en 74.*
115. *Voir* Marius, *XXXV-XLV.*
116. *Malgré une liaison logique affirmée, les § 13 et 14 ne sont pas cohérents entre eux : l'un médite sur la vie et l'incertitude de l'avenir, l'autre traite d'un problème de fait. Comme souvent, l'excuse accordée par le biographe au comportement du héros est qu'il obéissait aux ordres de la cité. Selon Tite-Live (XXXIX, 56, 7), Flamininus était accompagné de Scipion l'Asiatique et de Scipion Nasica.*
117. *Il est mort en 174, à 56 ans (Tite-Live, XLI, 28, 11). Nos sources, qui sont celles de Plutarque, ne nous disent rien de ses dernières années, après 183.*

COMPARAISON
DE PHILOPOEMEN ET DE FLAMININUS

XXII. [I]. 1. En ce qui concerne l'importance des services rendus aux Grecs, ni Philopoemen, ni d'ailleurs bien des héros supérieurs à Philopoemen ne peuvent soutenir la comparaison avec Titus. 2. Car ils étaient grecs, et faisaient la guerre contre des Grecs, tandis que Titus, qui n'était pas grec, entreprit la guerre pour défendre les Grecs. Et pendant que Philopoemen, incapable de défendre ses propres concitoyens des attaques de leurs ennemis, était parti pour la Crète, Titus écrasait Philippe au milieu de la Grèce et libérait tous les peuples et toutes les cités de ce pays. 3. Si l'on compare les batailles qu'ils livrèrent l'un et l'autre, on verra que Philopoemen, quand il était stratège des Achéens, a fait périr plus de Grecs que Titus ne tua de Macédoniens quand il vint au secours des Grecs. 4. Si l'on considère leurs fautes, celles de l'un furent dues à son amour de la gloire, celles de l'autre à son amour de la querelle. La colère de l'un était facile à provoquer, celle de l'autre, difficile à calmer. 5. Titus conserva à Philippe sa dignité royale et pardonna aux Étoliens, tandis que Philopoemen dépouilla par colère sa propre cité des tributs que lui payaient les villes des alentours. 6. De plus, Titus restait un soutien constant pour ceux qu'il avait obligés, tandis que Philopoemen était toujours prêt, pour assouvir sa colère, à défaire le bien qu'il avait fait. Ainsi, après avoir été le bienfaiteur des Lacédémoniens, il rasa leurs remparts, ravagea leur territoire et finalement modifia et détruisit leur constitution. 7. Ce fut aussi, semble-t-il, la colère et l'esprit de querelle qui le poussèrent à sacrifier sa propre vie, lorsqu'il se porta, mal à propos et beaucoup trop précipitamment, contre Messène. Il était bien différent en cela de Titus qui conduisit toutes ses campagnes avec prudence, en veillant à sa sûreté.

XXIII. [II]. 1. Cependant, si l'on considère la quantité des guerres et des trophées, la compétence militaire de Philopoemen est mieux établie que celle de Titus. La guerre de celui-ci contre Philippe fut décidée en deux combats, tandis que Philopoemen fut vainqueur dans d'innombrables batailles et ne laissa à la Fortune aucune possibilité de prétendre avoir joué un plus grand rôle que son habileté. 2. De plus, Titus parvint à la gloire en s'appuyant sur la puissance romaine qui était alors dans toute sa force, tandis que lorsque Philopoemen parvint dans la force de l'âge, la Grèce déclinait déjà : ses succès semblent donc son ouvrage personnel et ceux de Titus une œuvre collective. L'un commandait des hommes valeureux, l'autre les rendit tels par son commandement. 3. Enfin, si les luttes de Philopoemen l'opposèrent à des Grecs, cette circonstance fournit une preuve bien triste, mais très forte, de sa valeur. En effet, là où toutes choses sont égales par ailleurs, c'est la valeur qui assure la supériorité. 4. Philopoemen fit la guerre contre ceux des Grecs qui étaient les plus habiles à la guerre, les Crétois et les Lacédémoniens ; il vainquit les premiers, particulièrement fourbes, par sa ruse et les seconds, particulièrement fougueux, par son audace. 5. En outre, Titus remporta ses victoires en s'appuyant sur des moyens qui existaient déjà; on lui avait transmis les armements et les tactiques qu'il employa, tandis que Philopoemen introduisit des modifications dans l'organisation même des combats. Ainsi, l'instrument le plus efficace de la victoire fut-il inventé par l'un, qui n'en disposait pas, tandis que l'autre n'eut qu'à se servir de ce qu'il avait à sa disposition. 6. Quant aux prouesses personnelles, Philopoemen en fit d'admirables; on n'en cite aucune de Titus. Bien au contraire, un Étolien, nommé Archédémos, se moqua de lui, racontant que, tandis que lui-même, l'épée levée, courait contre ceux des Macédoniens qui combattaient et tenaient bon, Titus restait immobile, les mains levées au ciel, à prier.

XXIV. [III]. 1. Titus accomplit toutes ses belles actions alors qu'il était magistrat ou ambassadeur; Philopoemen, lui, ne se montra ni moins valeureux ni moins empressé à soutenir les Achéens quand il était un simple particulier que lorsqu'il était leur stratège. 2. Il n'avait aucune fonction officielle lorsqu'il chassa Nabis de Messène et libéra les Messéniens; il n'avait aucune fonction officielle lorsqu'il ferma les portes de Sparte au stratège Diophanès et à Titus qui marchaient contre elle, sauvant ainsi les Lacédémoniens. 3. Il possédait le tempérament d'un chef; il savait non seulement exercer le commandement conformément aux lois, mais encore commander aux lois elles-mêmes quand l'intérêt public était en jeu. Il n'avait pas besoin que ceux auxquels il commandait lui confèrent le commandement; il se servait d'eux quand l'occasion se présentait, persuadé qu'un homme qui mettait son intelligence à leur service était leur vrai stratège, bien plus que celui qu'ils avaient choisi. 4. Certes la modération et l'humanité dont Titus fit preuve à l'égard des Grecs furent pleines de noblesse, mais plus nobles encore furent la fermeté et l'amour de la liberté dont Philopoemen fit preuve face aux Romains: il est plus facile de complaire à ceux qui ont besoin de nous que d'offenser les puissants en leur résistant.
5. Puisque au terme de cet examen il est difficile de voir une différence bien nette entre les deux hommes, si nous accordons au héros grec la couronne de l'expérience militaire et du commandement, et au Romain celle de la justice et de la bonté, peut-être jugera-t-on que notre arbitrage n'est pas trop mal rendu.

BIBLIOGRAPHIE

Vie de Philopoemen

AYMARD A.
« Les stratèges de la Confédération achéenne »,
dans *Études d'Histoire ancienne*, Paris,
1967, p. 1-45.

FINLEY M. I., PLEKET H. W.
The Olympic Games. The First Thousand Years,
Londres, 1976.

GARLAN Y.
Recherches de poliorcétique grecque,
Paris-Athènes, 1974.

MOSSÉ CL.
La tyrannie dans la Grèce antique, Paris, 1969.

VIDAL-NAQUET P.
« La tradition de l'hoplite athénien »,
dans *Le chasseur noir*, Paris, 1981, p. 125-150.

WILL E.
Histoire politique du monde hellénistique, I,
2ᵉ éd., Nancy, 1979, II, 2ᵉ éd., Nancy, 1982.

FERRARY J.-L.
*Philhellénisme et impérialisme.
Aspects idéologiques de la conquête romaine
du monde hellénistique*, Rome, 1988.

GAGÉ J.
Apollon romain, Paris, 1955.

GRUEN E. S.
The Hellenistic World and the Coming of Rome,
Berkeley-Los Angeles, 1984.

HOLLEAUX M.
*Rome et la conquête de l'Orient.
Études d'épigraphie et d'histoire grecques*,
V, Paris, 1957.

TEXIER J. G.
Nabis, Paris, 1975.

WARDMAN A. E.
Plutarch's Lives, Londres, 1974.

WILL E.
Histoire politique du monde hellénistique,
II, 2ᵉ éd., Nancy, 1982.

Vie de Flamininus

BADIAN E.
« The Family and Early Career of T. Quinctius
Flamininus », dans *J.R.S.*, 61, 1971, p. 102-111.

PYRRHOS-MARIUS

Rien a priori n'appelait une comparaison (que Plutarque n'a d'ailleurs pas faite) entre le brillant roi d'Épire qui se rêvait à la fois un nouvel Achille et un nouvel Alexandre, et le Romain de modeste origine, mais stratège de génie, qui fut sept fois consul et contribua plus que tout autre à jeter sa patrie dans les guerres civiles qui allaient entraîner la ruine de la République. Rien, sinon une ambition démesurée que les succès ne rassasiaient jamais, suscitant au contraire de nouvelles « espérances ».

Pyrrhos, devenu roi des Épirotes en 307, après une jeunesse passée en exil auprès du roi des Illyriens, se trouva mêlé aux luttes qui, depuis la mort d'Alexandre, opposaient ses anciens compagnons pour la mainmise sur son empire. Protégé de Ptolémée, le maître de l'Égypte, il prit part en 301 à la bataille d'Ipsos qui mit fin aux ambitions d'Antigone le Borgne. D'abord allié au fils de ce dernier, Démétrios, il devint bientôt son adversaire implacable pour la possession de la Macédoine. Mais, quand la mort de Démétrios lui offrit la possibilité de se rendre maître du royaume, il préféra répondre à l'appel des Tarentins menacés par Rome. Victorieux des Romains, il ne tira pas tous les avantages de sa victoire et passa en Sicile pour aider les cités grecques en butte aux attaques carthaginoises. Il ne réalisa pas cependant son rêve d'un débarquement en Libye, et dut abandonner la Sicile, puis l'Italie après une victoire chèrement acquise. À peine rentré en Épire, il repartit pour la Grèce, et c'est en combattant dans les rues d'Argos qu'il fut blessé par une tuile jetée d'un toit par une vieille femme et achevé par un mercenaire de l'armée d'Antigone Gonatas, le fils de Démétrios devenu roi des Macédoniens.

La carrière de Marius débuta en Espagne, lorsqu'il participa au siège de Numance en 133. Il avait alors 23 ans. Remarqué pour ses qualités, il dut à des protections diverses d'accéder, en dépit de son origine obscure, d'abord au tribunat, puis à la préture et enfin au consulat. Il se distingua dans la guerre contre le roi numide Jugurtha, mais surtout lorsqu'il réussit à arrêter d'abord près d'Aix, puis à Verceil, les hordes barbares des Cimbres et des Teutons. Alors à l'apogée de sa gloire, il choisit de s'appuyer sur le peuple contre les nobles et le Sénat. Il avait déjà fait entrer dans la légion des prolétaires et il n'hésita pas, pour forcer la main à ses adversaires, à faire pénétrer ses soldats dans les assemblées. Sa rivalité avec Sylla, qui avait débuté lors de la guerre de Jugurtha, ne fit que croître. Sylla s'étant rendu maître de Rome, Marius dut s'enfuir. Il réussit cependant, à la faveur des luttes qui déchiraient l'Italie, à rentrer à Rome et à briguer un septième consulat. Mais il mourut presque aussitôt (en janvier 86 avant J.-C.), alors que Sylla, vainqueur de Mithridate, s'emparait de nouveau de Rome.

Deux destins qui se déroulent dans des contextes historiques fort différents, mais qui, l'un comme l'autre, traduisent aux yeux de Plutarque les méfaits de la démesure et les incertitudes de la Fortune.

Cl. M.

PYRRHOS

I. 1. On raconte que le premier roi des Thesprotes et des Molosses après le déluge fut Phaéton, un de ceux qui entrèrent en Épire avec Pélasgos ; mais quelques auteurs soutiennent que Deucalion et Pyrrha, après avoir fondé le sanctuaire de Dodone, s'établirent dans cette région, chez les Molosses[1]. 2. Longtemps après, Néoptolème, fils d'Achille, amenant son peuple avec lui, prit possession du pays et y laissa une lignée de rois qui furent appelés Pyrrhides, du surnom de *pyrrhos* [« le roux »] que Néoptolème avait reçu dans son enfance : il l'avait transmis à l'un des fils légitimes qu'il eut de Lanassa, fille de Cléodaios, lui-même fils d'Hyllos[2]. 3. Voilà pourquoi l'Épire accorda les honneurs divins à Achille, qu'on nommait Aspétos [« le Géant »] dans la langue du pays. 4. Mais après ces premiers rois, leurs successeurs se laissèrent gagner par la barbarie ; leur règne et leur vie sont restés dans l'obscurité. Tharrhypas est le premier que mentionnent les historiens ; il se fit un nom pour avoir mis en ordre les cités en leur imposant les coutumes, l'écriture et les lois humaines des Grecs. 5. Tharrhypas eut pour fils Alceste, qui fut le père d'Arybas, lequel, de sa femme Troas, eut pour fils Éacide. 6. Celui-ci épousa Phthia, fille du Thessalien Ménon, qui s'était distingué dans la guerre lamiaque et fut, après Léosthénès, le plus célèbre de tous les alliés[3]. 7. Éacide eut de Phthia deux filles, Deidameia et Troas, et un fils, Pyrrhos.

---

1. L'Épire était formée de différents peuples, mais les Molosses occupaient, semble-t-il, une position dominante du fait de la présence sur leur territoire du sanctuaire de Dodone. Ce sanctuaire oraculaire était consacré à Zeus. Le dieu répondait par l'intermédiaire du bruissement des feuilles d'un chêne sacré. Il est déjà mentionné dans l'Iliade et dans l'Odyssée. Phaéton est dans la mythologie grecque fils d'Hélios, le Soleil. Deucalion est le Noé de la mythologie grecque. Averti par Zeus du déluge qui devait anéantir les hommes de bronze, il s'enferma avec son épouse dans une grande caisse. Lorsque les eaux se retirèrent, ils reçurent de Zeus le conseil de jeter « les os de leur mère » par-dessus leur épaule. Comprenant qu'il s'agissait des pierres découvertes par le reflux de l'eau, ils firent ainsi surgir du sol les hommes et les femmes.
2. Néoptolème participa à la guerre de Troie après la mort de son père et ramena avec lui comme captive Andromaque, veuve d'Hector. Sur son installation en Épire, il existe différentes versions, de même que sur sa fin : il aurait été tué par Oreste, soit en Épire, soit à Delphes. D'Andromaque, Néoptolème aurait eu des enfants, mais non légitimes. Hyllos était le fils d'Héraclès et de Déjanire. Pyrrhos comptait ainsi dans son ascendance mythique deux des plus grands héros de la mythologie grecque, Achille et Héraclès. Voir Lévêque (1957), p. 30 et suiv.
3. On n'est plus ici dans le mythe, mais dans l'histoire. La guerre lamiaque fut déclenchée par les Athéniens à l'initiative du stratège Léosthénès, lorsque fut connue la mort d'Alexandre en 323. Les Thessaliens et les Béotiens s'unirent aux Athéniens dans cette guerre qui s'acheva par une double défaite sur terre et sur mer, et fut suivie de l'occupation du Pirée par une garnison macédonienne. Voir Phocion, *XXVI et suiv. et Diodore,* Bibliothèque historique, *XVIII, 18.*

II. 1. Par la suite, les Molosses se révoltèrent, chassèrent Éacide et appelèrent au pouvoir les fils de Néoptolème[4]. Les amis d'Éacide furent arrêtés et mis à mort; quant à Pyrrhos, qui était encore dans sa petite enfance, ses ennemis le cherchèrent, mais il leur fut soustrait par Androcleidès et Angélos, qui prirent la fuite. Ils furent obligés d'emmener avec eux quelques serviteurs et des femmes pour allaiter l'enfant, 2. ce qui ralentissait leur fuite et la rendait plus difficile. Se voyant rejoints par leurs poursuivants, ils confièrent le petit enfant à Androcleion, Hippias et Néandros, jeunes gens fidèles et robustes, auxquels ils demandèrent de fuir au plus vite et de gagner Mégara, une bourgade de Macédoine. Quant à eux, tantôt suppliant, tantôt usant des armes, ils retardèrent les poursuivants jusqu'en fin d'après-midi; après avoir fini à grand-peine par leur faire rebrousser chemin, ils rejoignirent en courant ceux qui s'étaient chargés de Pyrrhos. 3. Le soleil était déjà couché et ils croyaient toucher au but mais, soudain, cet espoir leur fut arraché, quand ils approchèrent du fleuve qui longe la cité; il était effrayant à voir, déchaîné, et rendait absolument impossible toute tentative de traversée. 4. Les averses l'avaient transformé en un torrent énorme et bourbeux, et tout paraissait encore plus terrifiant dans l'obscurité. 5. Ils renoncèrent donc à essayer par eux-mêmes de faire passer l'enfant et les femmes qui le nourrissaient mais, ayant remarqué que certains habitants du pays s'étaient arrêtés sur l'autre rive, ils leur demandèrent de les aider à traverser, leur montrant Pyrrhos avec des cris et des supplications. 6. Les autres n'entendaient pas, à cause du vacarme et de l'impétuosité de la rivière, de sorte qu'ils restèrent quelque temps, les uns à crier, les autres à ne rien comprendre, jusqu'au moment où l'un d'eux imagina d'arracher une écorce de chêne sur laquelle il inscrivit avec une agrafe un message expliquant la détresse de l'enfant et le sort qui l'attendait. Puis il enroula l'écorce autour d'une pierre, pour lui donner le poids nécessaire, et la lança sur l'autre rive. Selon d'autres, il avait fixé l'écorce à un javelot qu'il lança. 7. Dès que les gens qui étaient sur l'autre rive eurent lu le message et compris l'urgence de la situation, ils abattirent des arbres, les attachèrent ensemble et traversèrent. 8. La Fortune voulut que le premier qui parvint sur l'autre rive se nommât Achille; il se chargea de Pyrrhos tandis que ses compagnons faisaient passer les autres au fur et à mesure qu'ils se présentaient.

III. 1. Ayant ainsi assuré leur salut et distancé leurs poursuivants, ils se rendirent chez les Illyriens auprès du roi Glaucias qu'ils trouvèrent assis dans sa demeure avec son épouse[5]. Ils déposèrent l'enfant à terre au milieu de la salle. 2. Le roi ne savait quel parti prendre, car il redoutait Cassandre, ennemi d'Éacide[6]; il resta donc longtemps silencieux à réfléchir. 3. Pendant ce temps Pyrrhos, de lui-même, se traîna à travers la salle, s'accrocha des mains au manteau de Glaucias, et se mit

---

4. Cet autre Néoptolème était l'oncle d'Éacide. Il se rendit maître de l'Épire à la faveur de la rivalité entre les Macédoniens Cassandre et Polyperchon et de la victoire du premier sur le second en 317. Voir Lévêque (1957), p. 98-101 et Will (1979), p. 48-50.
5. Les Illyriens formaient alors un État relativement puissant au nord de l'Épire. La femme du roi Glaucias était une princesse épirote. Voir Cabanes (1988), p. 137-141.
6. Sur l'alliance de Cassandre, alors maître de la Macédoine, avec Néoptolème, voir supra, II, 1.

debout en s'appuyant à ses genoux. Glaucias commença par rire puis il fut pris de pitié à voir ce petit enfant s'accrocher à lui en pleurant, tel un suppliant. 4. D'après quelques auteurs, ce ne fut pas aux genoux de Glaucias que Pyrrhos se jeta ; il agrippa un autel consacré aux dieux et se leva, en l'entourant de ses mains, ce que Glaucias considéra comme un signe divin. 5. Il confia donc aussitôt Pyrrhos à sa femme, en lui demandant de le nourrir avec leurs enfants. Peu de temps après, lorsque ses ennemis le lui demandèrent et que Cassandre offrit jusqu'à deux cents talents pour le ravoir, il refusa de le livrer. Bien plus, lorsque Pyrrhos eut douze ans, il le ramena en Épire avec une armée et lui rendit la royauté[7].
6. Pyrrhos avait dans sa physionomie un air royal qui inspirait plus de crainte encore que de respect. Au lieu d'avoir plusieurs dents, sa mâchoire supérieure ne formait qu'un seul os continu sur lequel les intervalles que l'on voit habituellement entre les dents n'étaient marqués que par de légères incisions. 7. Il passait pour guérir les maladies de la rate ; pour cela, il sacrifiait un coq blanc et, après avoir fait allonger les malades sur le dos, il leur pressait doucement le ventre avec son pied droit. 8. Il n'y avait personne, si pauvre ou si obscur fût-il, qui n'obtînt de lui cette guérison s'il l'en priait. Pour salaire, on lui donnait le coq du sacrifice, et ce présent lui faisait grand plaisir. 9. Le gros orteil de son pied droit avait, dit-on, un pouvoir divin, au point qu'après sa mort, une fois son corps entièrement brûlé, on retrouva cet orteil intact, sans aucune trace de feu[8]. Mais cela se passa plus tard.

IV. 1. Il avait environ dix-sept ans[9] lorsque, se croyant assez affermi sur le trône, il se rendit à l'étranger à l'occasion du mariage d'un des fils de Glaucias avec lequel il avait été élevé. 2. Mais une fois de plus, les Molosses se soulevèrent, chassèrent ses amis, pillèrent ses biens et se donnèrent à Néoptolème. 3. Pyrrhos, ainsi dépouillé du pouvoir et abandonné de tous, alla rejoindre Démétrios fils d'Antigone, qui avait épousé sa sœur Deidameia[10]. Celle-ci, toute jeune encore, avait d'abord été fiancée à Alexandre, fils de Roxane, mais le malheur ayant frappé cette famille, ce fut Démétrios qui l'épousa, lorsqu'elle parvint à l'âge nubile. 4. Lors de la grande bataille d'Ipsos[11], où

---

7. *On était alors en 307. Cassandre venait de subir un double échec, en Épire et à Athènes, tombée aux mains de Démétrios Poliorcète, le fils d'Antigone le Borgne, alors le plus puissant des anciens compagnons d'Alexandre.*

8. *Personnage historique, Pyrrhos, tant par ses origines que par ses dons miraculeux, appartient aussi au monde des héros, à l'instar de son «ancêtre» Achille. Sur la destinée de cet orteil miraculeux, voir* Pline l'Ancien, Histoire naturelle, *VII, 20.*

9. *C'est-à-dire en 302.*

10. *Démétrios Poliorcète est un des personnages les plus importants de cette période. Plutarque lui a consacré une* Vie. *En 302, il était maître d'Athènes et d'une partie de la Grèce. Il avait épousé peu auparavant Deidameia, la sœur de Pyrrhos. Voir* Démétrios, *XXV, 2.*

11. *La bataille d'Ipsos se déroula en 301. Elle opposait la plupart des diadoques – ces généraux «successeurs» d'Alexandre qui se sont partagé l'empire – à Antigone le Borgne et à son fils. Antigone fut tué au cours de la bataille, et Démétrios dut s'enfuir. Voir* Démétrios, *XXIX, et sur les conséquences d'Ipsos, Will (1979), p. 77-83.*

tous les rois luttèrent les uns contre les autres, Pyrrhos, encore tout jeune, se trouvait présent; il combattit aux côtés de Démétrios, mit en fuite ceux qui se portèrent contre lui et s'illustra parmi les combattants. 5. Démétrios fut vaincu, mais Pyrrhos ne l'abandonna pas; il lui conserva fidèlement les cités grecques qui lui avaient été confiées et lorsque Démétrios conclut un traité avec Ptolémée, il embarqua pour l'Égypte en qualité d'otage[12]. 6. Là, à l'occasion des chasses et des exercices du gymnase, il déploya devant le roi sa force et son endurance. Observant que de toutes les femmes de Ptolémée, Bérénice était celle qui avait le plus de crédit auprès du roi et qu'elle l'emportait sur toutes les autres par sa vertu et son intelligence[13], il lui rendit des hommages assidus. 7. Or il était aussi habile à s'insinuer dans les bonnes grâces de ses supérieurs que méprisant à l'égard de ses inférieurs. Comme par ailleurs il menait une vie réglée et fort sage, il fut préféré à beaucoup de jeunes princes et donné pour époux à Antigonè, une des filles de Bérénice qu'elle avait eue de Philippos avant son mariage avec Ptolémée.

V. 1. Ce mariage lui valut encore plus de considération; soutenu par Antigonè, qui était pour lui une excellente épouse, il parvint à rassembler de l'argent et des troupes pour faire une expédition en Épire et reconquérir son royaume[14]. 2. Beaucoup d'Épirotes ne furent pas fâchés de le voir arriver, à cause de la haine que leur inspirait la domination dure et brutale de Néoptolème. 3. Mais craignant que celui-ci n'appelât à son aide quelque autre roi, Pyrrhos conclut avec lui un traité d'alliance et d'amitié, et ils partagèrent le pouvoir.
4. Avec le temps, certaines personnes entreprirent de les aigrir secrètement l'un contre l'autre et de leur inspirer une défiance réciproque. Ce qui détermina surtout Pyrrhos à agir fut, dit-on, l'occasion suivante. 5. Selon l'usage, les rois offraient à Passaron, une bourgade de Molosside, un sacrifice à Zeus Areios, au cours duquel ils échangeaient avec les Épirotes des serments solennels: ils juraient de gouverner dans le respect des lois et, en retour, leurs sujets juraient de défendre le royaume comme l'exigeaient les lois[15]. 6. Cette cérémonie eut donc lieu. Les deux rois y assistèrent avec leurs amis, et donnèrent et reçurent de nombreux présents. 7. À cette occasion, Gélon, un homme dévoué à Néoptolème, prit amicalement la main de Pyrrhos et lui offrit deux paires de bœufs de labour. L'échanson Myrtilos les

---

12. *Démétrios, après Ipsos, s'était rapproché de Ptolémée. Deidameia étant morte en 299, il épousa une fille de celui-ci, Ptolémaïs. Pour garantir le Lagide de sa fidélité, il lui envoya comme otage son jeune allié, Pyrrhos. Voir Lévêque (1957), p. 107.*
13. *Dans le monde né de la conquête d'Alexandre, les souverains ont volontiers plusieurs épouses. Il semble cependant que Bérénice n'ait jamais porté le titre de reine.*
14. *Ptolémée ne fut sans doute pas étranger à cette restauration, dans le souci de faire contrepoids à Démétrios qui, depuis la mort de Cassandre en 298-297, avait des visées sur la Macédoine. Voir Will (1979), p. 89-92.*
15. *Cette relation entre le roi et le peuple des Molosses et l'existence d'une loi épirote témoignent d'une certaine similitude avec les institutions macédoniennes avant le règne d'Alexandre. La suite du récit révèle le caractère encore très «rustique» de la monarchie épirote.*

demanda à Pyrrhos, mais ce dernier préféra les donner à quelqu'un d'autre. Myrtilos en fut fort dépité, ce qui n'échappa point à Gélon. 8. Il invita l'échanson à dîner et, selon certains, il abusa, dans l'ivresse, de ce garçon qui était dans la fleur de l'âge, puis il eut avec lui une conversation au cours de laquelle il l'invita à embrasser le parti de Néoptolème et à empoisonner Pyrrhos. 9. Myrtilos accueillit favorablement cette proposition; il feignit de l'approuver et d'être entièrement persuadé, mais il révéla tout à Pyrrhos. Sur l'ordre de celui-ci, il présenta à Gélon Alexicratès, l'échanson en chef, prétendant que cet homme souhaitait lui aussi entrer dans le complot : Pyrrhos désirait en effet que la preuve du crime eût le plus de témoins possible. 10. Gélon fut donc complètement abusé et Néoptolème avec lui. Croyant l'entreprise en bonne voie, il ne put se contenir: dans l'excès de sa joie, il en parla à ses amis. 11. Un jour qu'il avait festoyé chez sa sœur Cadmeia, il se mit à bavarder de tout cela, croyant n'être entendu de personne; 12. il n'y avait en effet auprès d'eux que Phénarétè, l'épouse de Samon, lequel était l'intendant des troupeaux de moutons et de bœufs de Néoptolème. Cette femme était allongée sur un lit, le visage tourné contre la muraille, et faisait semblant de dormir. 13. Mais elle avait tout entendu et le lendemain, sans se faire remarquer, elle alla trouver Antigonè, l'épouse de Pyrrhos, à qui elle révéla toute la conversation qu'elle avait surprise entre Néoptolème et sa sœur. 14. Ayant reçu cette information, Pyrrhos n'agit pas tout de suite mais, à l'occasion d'un sacrifice, il invita Néoptolème à un banquet et le tua. Il sentait bien que les meilleurs des Épirotes lui étaient favorables; ils le poussaient à se débarrasser de Néoptolème, à ne pas se contenter d'une petite part de royauté, mais à suivre sa nature, en se consacrant à de plus hautes entreprises; s'il avait le moindre soupçon, il devait donc prendre Néoptolème de vitesse et le supprimer.

VI. 1. En mémoire de Bérénice et de Ptolémée, Pyrrhos donna le nom de Ptolémée à un fils qu'il eut d'Antigonè et celui de Béronicis à une cité qu'il fonda dans la Chersonèse d'Épire[16].
2. Après quoi, comme il avait dans l'esprit beaucoup de vastes projets mais que ses espérances étaient dirigées d'abord et surtout contre les pays voisins, il saisit, pour se mêler des affaires des Macédoniens, le prétexte que voici. 3. Antipatros, l'aîné des deux fils de Cassandre[17], avait assassiné sa mère Thessalonicè et chassé son frère Alexandre. Ce dernier envoya des messagers demander du secours à Démétrios; il fit également appel à Pyrrhos. 4. Tandis que Démétrios, occupé par d'autres affaires, tardait à répondre, Pyrrhos se présenta, réclamant pour prix de son alliance la Tymphaia et la Paravaia en Macédoine et, dans les pays récemment conquis, Ambracie, l'Acarnanie et l'Amphilochie[18]. 5. Le jeune homme lui ayant cédé tous

---

16. *Les fondations de villes sont un trait caractéristique de la royauté hellénistique. Béronicis se trouvait à l'emplacement de la future cité de Nicopolis.*
17. *Sur Cassandre, voir supra, II, 1 et note; III, 2. Sur l'ensemble des événements des années 297-294, voir* Démétrios, *XXXV-XXXVII et* Will *(1979), p. 89-92.*
18. *La Tymphaia et la Paravaia sont deux provinces de Macédoine; Ambracie se trouve en Épire et Amphilochie en Acarnanie.*

ces territoires, Pyrrhos en prit possession et y installa des garnisons, puis il conquit pour Alexandre le reste du royaume dont il dépouilla Antipatros. 6. Le roi Lysimaque[19] aurait bien voulu se porter au secours d'Antipatros, mais il était alors retenu ailleurs. Cependant, sachant que Pyrrhos ne voulait pas se montrer ingrat envers Ptolémée et ne pouvait rien refuser à ce dernier, il lui envoya une lettre contrefaite, dans laquelle Ptolémée était censé lui demander de mettre fin à son expédition et d'accepter trois cents talents d'Antipatros. 7. Dès qu'il brisa le cachet, Pyrrhos comprit l'imposture de Lysimaque, car au lieu du salut habituel qu'employait Ptolémée: «Le père à son fils, salut!», il y avait: «Le roi Ptolémée au roi Pyrrhos, salut!». 8. Pyrrhos accabla Lysimaque de reproches, mais se décida quand même à faire la paix, et les rois se rencontrèrent pour prêter serment sur les entrailles des victimes. 9. On avait amené un taureau, un porc et un bélier; ce dernier mourut subitement, avant d'avoir été frappé. Les assistants n'attachèrent pas d'importance à cet incident, mais le devin Théodotos défendit à Pyrrhos de prêter serment: par ce signe, lui dit-il, le dieu annonçait la mort de l'un des trois rois. En conséquence, Pyrrhos s'abstint de conclure la paix.

VII. 1. Les affaires d'Alexandre étaient rétablies lorsque Démétrios se présenta. On s'aperçut bien vite que sa venue n'était pas désirée et n'inspirait que de la crainte. Les deux princes avaient à peine passé ensemble quelques jours que, pleins de défiance, ils se mettaient à comploter l'un contre l'autre. 2. Profitant d'une occasion favorable, Démétrios prit les devants, tua l'adolescent et se fit proclamer roi de Macédoine[20]. 3. Démétrios avait depuis longtemps déjà des griefs contre Pyrrhos qui avait fait des incursions en Thessalie; de plus l'ambition, cette maladie naturelle aux princes, faisait de leur voisinage une occasion de crainte et de méfiance, surtout depuis la mort de Deidameia. 4. Lorsqu'ils occupèrent tous deux la Macédoine et se rencontrèrent sur le même terrain, leur différend se trouva encore renforcé par de nouveaux motifs. Démétrios fit campagne contre les Étoliens[21], et les ayant soumis, laissa dans leur pays Pantauchos avec des troupes importantes, pour marcher en personne contre Pyrrhos, lequel à cette nouvelle se porta aussitôt contre lui. 5. Mais ils se trompèrent de route et se manquèrent. Alors Démétrios se jeta sur l'Épire qu'il mit au pillage, tandis que Pyrrhos tombait sur Pantauchos et engageait le combat contre lui. 6. Ce fut un affrontement terrible et violent entre les soldats, et surtout

---

19. Lysimaque était l'un des diadoques. Comme Antigone, Ptolémée et Séleucos, il avait, en 306, pris le titre de «roi». Lors du partage qui avait suivi Ipsos (en 301), il avait reçu l'Asie Mineure en plus de la Thrace qu'il possédait depuis le partage de 311. Voir Will (1979), p. 79-81 et 98-101.
20. Plutarque ne précise pas comment Démétrios fut proclamé roi. C'est en principe l'armée, représentant l'assemblée des Macédoniens, qui proclamait le nouveau souverain. Mais Plutarque aurait dû dire «roi des Macédoniens» et non «roi de Macédoine».
21. Les Étoliens, de par leur situation géographique au nord-ouest de la Grèce, étaient appelés à jouer un rôle important dans les affaires du monde grec à l'époque hellénistique. Sur leur alliance avec Pyrrhos et les Béotiens, voir Will (1979), p. 92-93.

entre les chefs. 7. Pantauchos était, sans contredit, le meilleur des généraux de Démétrios par le courage, l'énergie et la force physique; il était plein d'audace et de fierté. Il provoqua Pyrrhos à un combat singulier[22]. Ce dernier, qui ne le cédait en vaillance et en ardeur à aucun roi et souhaitait s'approprier la gloire d'Achille par ses qualités propres plus que par la naissance, s'ouvrit un passage entre les premiers rangs et marcha contre Pantauchos. 8. Ils commencèrent par se lancer des javelots, puis en vinrent au corps à corps, maniant l'épée avec autant d'adresse que de force. 9. Pyrrhos reçut une blessure et en infligea deux à son adversaire, l'une à la cuisse, l'autre près du cou; il le força à reculer et le renversa. Mais il ne le tua pas, car les amis de Pantauchos le lui arrachèrent des mains. 10. Les Épirotes, exaltés par la victoire de leur roi et pleins d'admiration pour sa vaillance, enfoncèrent et taillèrent en pièces la phalange des Macédoniens, poursuivirent les fuyards, firent un grand nombre de morts et cinq mille prisonniers.

VIII. 1. Cette bataille inspira aux Macédoniens moins de colère et de haine contre Pyrrhos pour le mal qu'il leur avait infligé que d'estime et d'admiration pour sa valeur. Ceux qui avaient vu ses hauts faits et s'étaient mesurés à lui durant cette bataille en parlèrent longuement. 2. Ils avaient l'impression de retrouver en lui les traits, la vivacité et les mouvements d'Alexandre[23], et de contempler en lui comme une ombre et une image de l'élan et de la fougue dont ce héros faisait preuve au combat. Les autres rois imitaient Alexandre en portant de la pourpre, en s'entourant de gardes, en inclinant le cou comme lui et en parlant avec arrogance; seul Pyrrhos le représentait par ses armes et par ses actions. 3. Quant à sa science et à son habileté en matière de tactique et de stratégie, on en trouve des preuves dans les écrits qu'il a laissés sur ces questions[24]. 4. Antigone[25], dit-on, à qui l'on demandait quel était le meilleur des généraux, déclara: «Ce sera Pyrrhos, s'il a le temps de vieillir!» Il ne parlait que des généraux de son temps, 5. mais Hannibal donnait, lui, le premier rang à Pyrrhos sur tous les généraux de tous les temps, pour l'expérience et pour l'habileté, attribuant le second rang à Scipion et s'adjugeant à lui-même la troisième place, comme je l'ai rapporté dans la Vie de Scipion[26]. 6. De manière générale, l'art de la guerre était le sujet constant des études et des méditations de Pyrrhos; il y voyait la science la plus digne d'un roi et regardait les autres activités comme des arts d'agrément auxquels il n'accordait pas la moindre valeur.

---

22. *Plutarque décrit le combat singulier qui oppose Pyrrhos à Pantauchos comme un combat épique, et la référence à Achille n'est pas due au hasard. Cette dimension héroïque de Pyrrhos réapparaît à plusieurs reprises dans le récit.*
23. *On retrouve la comparaison avec Alexandre dans* Démétrios, *XLI, 4-5.*
24. *Comme d'autres chefs militaires de l'époque, Pyrrhos était aussi un théoricien de la guerre. Il aurait laissé, outre ses Mémoires (cités infra, XXI, 12), des traités de polémologie.*
25. *Il s'agit sans doute d'Antigone Gonatas, le fils de Démétrios, qui devint roi des Macédoniens en 276.*
26. *Hannibal est le célèbre chef carthaginois qui fit trembler Rome et fut vaincu par Scipion. La comparaison était évidemment flatteuse pour Pyrrhos (mais voir* Flamininus, *XXI, 4-5). La* Vie de Scipion *ne figure pas dans les* Vies parallèles, *telles qu'elles nous ont été transmises.*

7. On raconte que, quelqu'un lui ayant demandé, dans un banquet, quel joueur d'aulos lui paraissait le meilleur, Python ou Caphisias, il répondit : « Le meilleur général est Polyperchon[27] », pour montrer que la stratégie était le seul sujet qu'il convenait à un roi d'étudier et de connaître. 8. Il était affable avec ses familiers, doux dans la colère, prompt et ardent à montrer sa gratitude. 9. Aussi fut-il vivement chagriné de la mort d'Aeropos. « Il n'a fait, dit-il, que subir le sort commun à tous les hommes, mais moi, je m'en veux et je m'accuse de mes continuelles lenteurs et des retards qui m'ont empêché de lui témoigner ma gratitude. » 10. En effet, lorsque c'est de l'argent que nous devons, nous pouvons le rendre aux héritiers de nos créanciers, mais ne pas payer de retour ses bienfaiteurs pendant qu'ils peuvent en avoir conscience, voilà qui chagrine l'homme bon et juste. 11. Un jour, à Ambracie, comme des gens lui conseillaient de chasser un homme qui disait du mal de lui et le calomniait : « Qu'il reste, s'écria Pyrrhos, et qu'il dise du mal de moi devant un petit nombre de personnes, plutôt que d'aller de tous côtés en dire à tout le monde ! » 12. Une autre fois, des jeunes gens qui avaient médit de lui au cours d'une beuverie lui furent dénoncés ; il leur demanda s'ils avaient vraiment tenu ces propos. « Oui roi, répondit l'un d'eux, et nous en aurions dit bien davantage si nous avions eu plus de vin » ; Pyrrhos se mit à rire et les laissa aller.

IX. 1. Après la mort d'Antigonè, il prit plusieurs épouses pour servir ses intérêts et sa puissance. 2. Il épousa la fille d'Autoléon, roi des Péoniens, puis Bircenna, fille de Bardyllis, roi des Illyriens, et Lanassa, fille du Syracusain Agathoclès, qui lui apporta en dot la cité de Corcyre, conquise par son père[28]. 3. D'Antigonè il eut un fils, Ptolémée, de Lanassa Alexandros, et de Bircenna Hélénos, le plus jeune de ses enfants. 4. Il leur donna à tous une éducation visant à les rendre valeureux et ardents au combat et, dès le berceau, il les excitait dans ce but. 5. Comme l'un d'entre eux, encore tout enfant, lui demandait, dit-on, à qui il laisserait son royaume, il répondit : « À celui d'entre vous dont l'épée sera la plus aiguisée ! » 6. Cette réponse n'est guère différente de la célèbre malédiction de la tragédie, qui demande que les frères

    Par le poignard aigu obtiennent la maison[29] !

Tant dans son principe même, l'ambition est intraitable et sauvage.

---

27. Sur Polyperchon et sa rivalité avec Cassandre, voir Eumène, XII, 1 et note.
28. Sur ces mariages multiples dictés par des considérations diplomatiques, voir supra, IV, 6. Ce Bardyllis était certainement un descendant du roi des Illyriens adversaire de Philippe II, avec lequel commence l'unification du royaume d'Illyrie. Voir Cabanes (1988), p. 143-149. Ces mariages avaient pour Pyrrhos l'avantage de lui assurer la protection de la frontière occidentale de la Macédoine. Sur Agathoclès, tyran de Syracuse depuis 317 et qui, à l'imitation des diadoques, s'était proclamé roi en 306, voir Mossé (1969), p. 167-178.
29. Il s'agit des vers 67-68, légèrement modifiés, des Phéniciennes d'Euripide.

X. 1. Après cette bataille[30], Pyrrhos regagna son pays, brillant de gloire et de fierté, et tout joyeux. Les Épirotes le surnommèrent l'Aigle. «C'est grâce à vous, leur dit-il, que je suis un aigle. Et comment ne le deviendrais-je pas, quand vos armes sont pour moi comme des ailes rapides qui me soulèvent?» 2. Peu après, ayant appris que Démétrios était dangereusement malade, il se jeta brusquement sur la Macédoine, dans l'intention d'y faire seulement une incursion et du butin, et faillit bien se rendre, d'un seul coup, maître de tout le pays et prendre tout le royaume sans avoir à combattre. Il poussa jusqu'à Édessa sans rencontrer la moindre résistance ; beaucoup venaient même se joindre à lui et combattre dans son armée. 3. Le danger obligea Démétrios à se relever, malgré sa faiblesse : ses amis et ses généraux, ayant rassemblé en peu de temps des troupes importantes, s'élancèrent avec vigueur et détermination contre Pyrrhos. 4. Celui-ci, qui n'était venu que pour faire du butin, ne les attendit pas ; il prit la fuite et perdit une partie de son armée, qui fut attaquée en chemin par les Macédoniens. 5. Démétrios, malgré la facilité et la vitesse avec laquelle il avait chassé son ennemi du pays, était loin de mépriser Pyrrhos, mais comme il avait décidé de se lancer dans de grandes entreprises et de reconquérir le royaume de son père avec une armée de terre de cent mille hommes et une flotte de cinq cents navires, il ne voulut ni se heurter à lui ni laisser aux Macédoniens un voisin aussi entreprenant et dangereux. Comme il n'avait pas le loisir de lui faire la guerre, il se réconcilia avec lui et fit la paix, pour se tourner contre les autres rois[31].

6. Le traité n'avait été conclu que pour ce motif et les préparatifs gigantesques qu'il avait fait laissaient bien voir ses intentions. Les rois, effrayés, envoyèrent à Pyrrhos des messagers et des lettres dans lesquelles ils exprimaient leur surprise de le voir sacrifier l'occasion qui lui était favorable et attendre pour faire la guerre le moment qui serait avantageux pour Démétrios. «Alors que tu peux le chasser de Macédoine, en profitant de ce qu'il est accaparé et troublé par tant d'affaires, tu attends, pour lutter contre lui, qu'il ait tout son temps et que sa puissance se soit accrue, ce qui t'obligera à combattre pour défendre les sanctuaires et les tombes des Molosses. Il vient pourtant de te prendre Corcyre et ton épouse!» 7. En effet Lanassa, reprochant à Pyrrhos de lui préférer ses femmes barbares, s'était réfugiée à Corcyre et comme elle désirait être l'épouse d'un roi, elle avait appelé Démétrios qu'elle savait plus enclin au mariage que tous les autres princes[32]. Démétrios avait cinglé vers Corcyre, l'avait épousée et avait laissé une garnison dans la cité.

---

30. Plutarque reprend ici le récit interrompu en VIII, 1 par des considérations sur la personne de Pyrrhos et des anecdotes destinées à les illustrer.
31. Le père de Démétrios, Antigone le Borgne, avait réussi à se créer un immense empire englobant une grande partie de l'Asie Mineure et de la Babylonie. Il rêvait de reconstituer à son profit l'empire d'Alexandre, ce qui suscita contre lui la coalition qui devait l'emporter à la bataille d'Ipsos où il trouva la mort en 301. Les «autres rois» dont il est question sont Séleucos, Ptolémée et Lysimaque.
32. Sur Lanassa, fille d'Agathoclès, voir supra, IX, 1. Sur le goût qu'avait Démétrios pour les femmes et ses unions multiples, voir Démétrios, XIV, 2.

XI. 1. Tels étaient les messages que les rois adressaient à Pyrrhos, tout en essayant de leur côté d'inquiéter Démétrios, qui tardait encore et achevait de se préparer. 2. Ptolémée cingla vers la Grèce avec une flotte considérable et souleva les cités[33] tandis que Lysimaque entrait par la Thrace dans la haute Macédoine qu'il mettait à sac. 3. Pyrrhos prit les armes en même temps qu'eux et se porta contre Béroia, prévoyant – ce qui arriva en effet – que Démétrios marcherait contre Lysimaque et laisserait la basse Macédoine sans défenseurs. 4. Cette nuit-là, Pyrrhos eut un songe dans lequel il rêva qu'Alexandre le Grand l'appelait. Il s'approcha et le trouva alité. Alexandre lui prodigua de bonnes paroles et des marques d'amitié et lui promit de le secourir activement. 5. Pyrrhos s'enhardit à lui dire: «Comment donc, ô roi, malade comme tu l'es, pourrais-tu me secourir? – Par mon seul nom!» répondit Alexandre. Et, sautant sur un cheval niséen[34], il lui ouvrit la route. 6. Cette vision inspira à Pyrrhos une grande confiance. Il fit diligence et traversa au pas de course toute la région jusqu'à Béroia; il s'empara de cette ville, y installa le gros de son armée et envoya ses généraux soumettre le reste du pays. 7. En apprenant la situation, Démétrios, qui remarquait des mouvements séditieux dans l'armée des Macédoniens, n'osa pas avancer davantage. Il redoutait que ses soldats, en se voyant près de Lysimaque, un roi originaire de Macédoine et couvert de gloire, ne passent à celui-ci. 8. Il fit donc demi-tour et marcha contre Pyrrhos, imaginant que les Macédoniens n'éprouvaient que haine pour cet étranger. Mais lorsqu'il eut établi son camp dans la région, beaucoup d'habitants de Béroia vinrent y chanter les louanges de Pyrrhos: il était, disaient-ils, invincible et brillant au combat, mais plein de douceur et d'humanité avec ceux qu'il avait conquis. 9. Quelques-uns, que Pyrrhos avait lui-même envoyés, se faisaient passer pour des Macédoniens et déclaraient qu'il était temps maintenant de se délivrer du joug pesant de Démétrios pour passer à Pyrrhos, un homme favorable au peuple et ami des soldats[35]. 10. Le gros de l'armée, excité par ces discours, cherchait des yeux Pyrrhos, 11. car il se trouvait qu'il avait enlevé son casque. Il finit par comprendre et le remit. Alors on le reconnut à son panache et à ses cornes de bouc. Les Macédoniens accoururent vers lui et lui demandèrent le mot d'ordre; d'autres se couronnèrent de branches de chênes, parce qu'ils voyaient les soldats qui l'entouraient ainsi couronnés. 12. Déjà certains osaient dire à Démétrios lui-même que, de toute évidence, il ferait bien de se retirer et d'abandonner le pouvoir. 13. Démétrios, constatant que ces propos étaient confirmés par l'agitation de l'armée, fut pris de peur et s'enfuit secrètement, se dissimulant sous une *causia* et une chlamyde grossière[36].

---

33. Ptolémée réussit en particulier à mettre la main sur les îles de l'Égée rassemblées dans la Confédération des Nésiotes. Voir Will (1979), p. 94-96.
34. Les chevaux «niséens», provenant du plateau de l'Iran, étaient particulièrement appréciés.
35. Pyrrhos, bien qu'étranger, était plus estimé du peuple et de l'armée macédonienne que Démétrios, pourtant macédonien. Or l'armée et le peuple, en Macédoine, avaient un droit de regard sur la politique du roi.
36. La chlamyde était le manteau ordinaire des hommes, la causia, *un chapeau que portaient les voyageurs. Sur ce départ de Démétrios, voir* Démétrios, *XLIV, 9.*

14. Pyrrhos se présenta, s'empara du camp sans avoir à combattre et fut proclamé roi des Macédoniens[37].

XII. 1. Sur ces entrefaites, Lysimaque survint et, soutenant que la chute de Démétrios était leur œuvre commune à tous deux, il exigea le partage du royaume. Pyrrhos, qui n'était pas encore bien sûr des Macédoniens et se défiait d'eux, accepta la proposition et ils se partagèrent les cités et le pays.
2. Cet accord leur fut utile sur le moment et fit cesser la guerre qui les opposait, mais ils se rendirent bientôt compte que loin de mettre fin à leur haine, ce partage était plutôt une source de contestations et de conflits. 3. En effet, on ne voit pas comment des hommes, dont ni mer, ni montagne, ni désert inhabitable n'arrêtent l'ambition et dont les limites qui séparent l'Europe et l'Asie ne peuvent borner l'avidité, pourraient rester tranquillement dans leurs possessions, sans se faire de tort, alors qu'ils se touchent et sont toujours en contact : 4. ils se livrent des guerres continuelles, parce que l'hostilité et la jalousie sont innées chez eux. Guerre et paix ne sont que deux mots dont ils se servent en fonction de l'occasion, comme de monnaies, pour servir leur intérêt et non la justice. 5. Assurément, ils sont meilleurs quand ils se combattent ouvertement que lorsqu'ils donnent les noms de justice et d'amitié aux moments d'inaction et de loisir de leur injustice. 6. Pyrrhos le montra bien : il s'opposa de nouveau à l'ascension de Démétrios et, voulant empêcher sa puissance de se rétablir, comme au sortir d'une grave maladie, il se porta au secours des Grecs[38]. Il se rendit à Athènes, 7. monta à l'Acropole, offrit un sacrifice à la déesse[39] et en redescendit le jour même, déclarant qu'il était heureux de la sympathie et de la confiance que lui témoignait le peuple, mais que, si les Athéniens étaient sages, ils ne devaient plus admettre aucun roi dans leur cité ni lui ouvrir leurs portes. 8. Après quoi, il fit la paix avec Démétrios, mais bientôt, comme celui-ci était parti en Asie, il se laissa de nouveau entraîner par Lysimaque, enleva la Thessalie à Démétrios et attaqua les garnisons que celui-ci avait laissées en Grèce, se servant des Macédoniens, qu'il préférait voir en campagne plutôt qu'inactifs, lui-même, de son côté, n'étant pas fait pour le repos. 9. Finalement, Démétrios ayant été vaincu en Syrie[40], Lysimaque, qui n'avait plus rien à craindre de lui et avait désormais tout son temps, marcha aussitôt contre Pyrrhos. 10. Celui-ci était alors établi près d'Édessa. Lysimaque attaqua ses convois de vivres, s'en empara et dans un premier temps, le réduisit à la disette. Puis, à force de lettres et de discours, il gagna à sa cause les principaux Macédoniens, leur faisant honte d'avoir choisi pour

---

37. *En fait, Pyrrhos n'était alors maître que de la partie méridionale de la Macédoine, et s'il fut proclamé, ce ne fut pas définitif, puisqu'il lui fallut aussitôt accepter le partage avec Lysimaque.*
38. *Démétrios avait par deux fois fait d'Athènes la base de sa puissance en Grèce. Mais en 286, une flotte envoyée par Ptolémée chassait d'Athènes la garnison installée par Démétrios. Celui-ci tenta néanmoins de reprendre la ville et son port. C'est à ce moment que se place l'intervention de Pyrrhos, dont le but était davantage d'affaiblir Démétrios que d'assurer la liberté des Athéniens.*
39. *Il s'agit d'Athéna, divinité protectrice de la cité.*
40. *Sur la fin de Démétrios, voir* Démétrios, *XLVI-LII et Will (1979), p. 94-95.*

maître un étranger[41], dont les ancêtres avaient toujours été esclaves des Macédoniens et d'écarter de Macédoine les amis et les fidèles compagnons d'Alexandre. 11. Beaucoup se laissèrent convaincre et Pyrrhos, inquiet, se retira avec ses soldats épirotes et ses troupes auxiliaires, perdant ainsi la Macédoine de la même façon qu'il l'avait gagnée. 12. On voit donc que les rois n'ont pas le droit d'accuser la multitude de changer de parti au gré de ses intérêts : elle ne fait en cela que les imiter, eux, ses maîtres en fourberie et en trahison, qui professent que celui qui réussit le mieux est celui qui respecte le moins la justice[42].

XIII. 1. Pyrrhos fut donc refoulé en Épire et dut renoncer à la Macédoine. La Fortune lui permettait de jouir tranquillement de ses possessions et de vivre en paix, en régnant sur son propre royaume. 2. Mais, pour lui, ne pas infliger de tort à autrui et ne pas en subir soi-même, c'était mener une existence vide, dont la seule idée lui donnait la nausée. Tel Achille, il ne pouvait supporter l'inaction :

> Il se rongeait le cœur à rester sans bouger,
> Il regrettait le cri de guerre et la bataille[43].

3. Comme il cherchait de nouveaux conflits, il saisit l'occasion suivante. 4. Les Romains étaient en guerre contre les Tarentins[44]. Ces derniers, que l'audace et la perversité de leurs démagogues rendaient aussi incapables de soutenir ce conflit que d'y mettre un terme, résolurent de prendre Pyrrhos comme chef et de l'appeler pour conduire les opérations, jugeant que de tous les rois, c'était lui qui avait le plus de loisir et qui était le général le plus habile. 5. Parmi les citoyens les plus âgés et les plus sensés, certains s'opposèrent ouvertement à cette décision, mais leurs voix furent couvertes par les clameurs et les manifestations violentes des partisans de la guerre, ce que voyant, les autres désertèrent les assemblées. 6. Mais l'un d'entre eux, un homme estimable du nom de Méton, le jour où l'on devait ratifier le décret, alors que le peuple était déjà en séance, prit une couronne de feuilles flétries et une petite torche, à la manière des buveurs et, précédé d'une joueuse d'aulos, se rendit en joyeux cortège à l'assemblée. 7. Là, comme il se trouvait devant une foule démocratique, peu soucieuse de l'ordre, les uns se mirent à applaudir en le voyant, les

---

41. *On voit réapparaître ici l'argument déjà utilisé (supra, XI, 9) contre Pyrrhos d'être un étranger (xénos) en Macédoine. Sur les événements de la fin des années 80, voir Lévêque (1957), p. 167-177 et Will (1979), p. 98-99.*
42. *Ce jugement de Plutarque sur l'injustice des rois rappelle les propos de Socrate dans le* Gorgias *de Platon (469c et suiv.) sur l'injustice des tyrans.*
43. *Les vers cités sont empruntés à l'*Iliade, I, v. 491-492. *Une fois encore, on retrouve la comparaison entre Pyrrhos et son ancêtre mythique.*
44. *Les ambitions de Rome de mettre la main sur toute l'Italie se heurtaient à la résistance des cités grecques, comme Tarente. Mais cette résistance était vouée à l'échec du fait de l'impuissance des régimes démocratiques. C'est ce que laisse entendre Plutarque dont le discours, dans les paragraphes qui suivent, n'est pas sans rappeler les critiques formulées par Platon contre la démocratie en général et contre le régime athénien en particulier.*

autres à rire, et nul ne l'empêcha d'entrer. Au contraire, on invitait même la fille à jouer de l'aulos et on le priait de s'avancer au milieu de l'assemblée pour chanter. Il fit mine d'obéir 8. et le silence se fit. Alors il dit: «Tarentins, vous avez raison de ne pas vous fâcher contre ceux qui veulent s'amuser et faire la fête, tant que c'est encore possible. 9. Et si vous êtes sages, vous devriez tous profiter de cette liberté, car lorsque Pyrrhos sera entré dans la cité, vos affaires, votre vie et vos occupations changeront du tout au tout!» 10. Ces paroles emportèrent l'adhésion d'un grand nombre de Tarentins et l'on murmurait dans l'assemblée: «Bien parlé!» 11. Mais ceux qui craignaient d'être livrés aux Romains si la paix se faisait reprochèrent violemment au peuple de se laisser, sans broncher, traiter de manière si indigne par un fêtard et un ivrogne; ils s'ameutèrent contre Méton et le chassèrent. 12. Le décret fut donc ratifié et les Tarentins envoyèrent en Épire, en leur nom propre et de la part des Italiotes, des ambassadeurs chargés de remettre des présents à Pyrrhos et de lui dire qu'ils avaient besoin d'un chef avisé et renommé; il trouverait sur place des troupes considérables, fournies par les Lucaniens, les Messapiens, les Samnites et les Tarentins[45]: environ vingt mille cavaliers et trois cent cinquante mille hommes d'infanterie. 13. De telles promesses enflammèrent Pyrrhos et inspirèrent aux Épirotes eux-mêmes le plus grand enthousiasme et le plus grand zèle pour cette expédition.

XIV. 1. Or il y avait un Thessalien nommé Cinéas, qui passait pour fort sensé; il avait été l'élève de Démosthène et il était le seul des orateurs de son temps, disait-on, à pouvoir donner à ses auditeurs une sorte d'image de la force et de l'habileté de ce maître. 2. C'était un familier de Pyrrhos et lorsque celui-ci l'envoyait dans les cités, il confirmait la maxime d'Euripide:

> Le discours gagne tout; il anéantit même
> Ce que pourrait tenter le fer des ennemis.

3. Pyrrhos disait en tout cas qu'il avait gagné plus de cités grâce à l'éloquence de Cinéas que par la force des armes; il ne cessait de le combler des plus grands honneurs et de recourir à ses services. 4. Quand donc Cinéas vit Pyrrhos impatient de passer en Italie, il profita d'un moment où il le trouva disponible pour lui tenir les propos suivants[46]. 5. «On dit, Pyrrhos, que les Romains sont très habiles à la guerre et qu'ils commandent à de nombreuses nations belliqueuses. Si le dieu nous permettait de les battre, à quoi emploierons-nous notre victoire? 6. – Quelle question! s'écria Pyrrhos. La réponse est évidente; il n'y aura pas là-bas la moindre cité,

---

45. Les Lucaniens, les Messapiens et les Samnites étaient les populations italiques qui, face à la menace romaine, unissaient leurs forces à celles des cités grecques.
46. Plutarque interrompt le récit des événements par le célèbre dialogue qui inspira Rabelais (Gargantua, chap. XXXIII, «Comment certains gouverneurs de Picrochole par conseil précipité le mirent au dernier péril»). Le Thessalien Cinéas était un philosophe épicurien qui, s'il avait suivi les leçons de Démosthène, mort en 322, devait être alors au moins sexagénaire. Les vers cités sont tirés des Phéniciennes *d'Euripide, v. 516-517.*

grecque ou romaine, qui pourra nous résister si les Romains sont vaincus. Nous posséderons aussitôt toute l'Italie, et tu es mieux placé que quiconque pour savoir à quel point ce pays est grand, valeureux et puissant!» 7. Après un silence, Cinéas reprit: «Mais après avoir pris l'Italie, ô roi, que ferons-nous?» 8. Pyrrhos, qui ne voyait pas encore où il voulait en venir, répondit: «La Sicile est toute proche, elle nous tend les bras. C'est une île prospère, fort peuplée et très facile à prendre, car en ce moment, Cinéas, tout là-bas n'est que sédition, anarchie dans les cités et violences de démagogues depuis la mort d'Agathoclès[47]. 9. – Ce que tu dis semble raisonnable, repartit Cinéas, mais la prise de la Sicile sera-t-elle le terme de notre expédition? 10. – Que le dieu, dit Pyrrhos, veuille bien nous accorder victoire et succès, et ces opérations ne seront que le prélude à de plus grandes entreprises. Qui nous empêcherait ensuite de nous attaquer à la Libye et à Carthage, que nous aurions à portée de la main? Agathoclès a bien failli s'en emparer, lorsqu'il s'est enfui de Syracuse et a passé la mer en secret avec quelques navires[48]. Et dès que nous serons maîtres de ces contrées, aucun des ennemis qui nous insultent maintenant ne nous résistera plus, n'est-ce pas? 11. – Aucun ennemi en effet, répondit Cinéas. Il est évident qu'avec une si grande puissance, tu pourras en toute tranquillité reconquérir la Macédoine et dominer la Grèce. Mais une fois tous ces pays entre nos mains, que ferons-nous?» 12. Pyrrhos se mit à rire: «Nous aurons alors beaucoup de loisir et tous les jours, mon heureux ami, un gobelet à la main, nous prendrons du bon temps en devisant ensemble.» 13. Alors Cinéas, arrêtant là Pyrrhos: «Dis-moi, qu'est-ce qui nous empêche maintenant, si nous le voulons, de prendre une coupe et de profiter ensemble de notre loisir, puisque nous avons déjà à notre disposition, sans nous donner aucun mal, des biens que nous ne pourrons nous procurer qu'au prix de tant de sang, d'efforts et de dangers immenses, en infligeant aux autres et en subissant nous-mêmes mille maux[49]!» 14. Ces propos de Cinéas affligèrent Pyrrhos sans le faire changer d'avis. Il sentait bien le bonheur qu'il abandonnait, mais il était incapable de renoncer aux espérances auxquelles il aspirait.

XV. 1. En conséquence, il envoya d'abord Cinéas aux Tarentins avec trente mille soldats. 2. Ensuite, ayant reçu de Tarente un grand nombre de chalands à chevaux, de navires pontés et de bâtiments de toutes sortes, il y embarqua vingt éléphants[50],

---

47. Agathoclès était mort en 289, laissant Syracuse en proie à de nouvelles luttes civiles.
48. Pour mettre fin aux invasions carthaginoises en Sicile, Agathoclès avait entrepris d'attaquer la cité sur son propre territoire en débarquant en Libye (c'est-à-dire sur les côtes de l'actuelle Tunisie) en 310. Il réussit à se rendre maître d'une grande partie du territoire de Carthage, mais contraint de rentrer en Sicile pour faire face à l'agitation qui se développait dans les cités grecques de l'île, il ne put achever son œuvre, et, lorsqu'il repartit pour l'Afrique, ce fut pour y trouver une situation désastreuse. Il dut s'enfuir, abandonnant une partie de son armée. Voir Mossé (1969), p. 172-174.
49. Le Thessalien Cinéas défend ici l'idéal épicurien de l'ataraxie, exhortant Pyrrhos à abandonner ses projets de conquête pour jouir de ses biens (voir Dictionnaire, «Épicure»).
50. L'armée de Pyrrhos, comme celles de ses contemporains, comportait des éléphants. On imagine la difficulté que devait présenter le transport par mer de ces animaux.

trois mille cavaliers, vingt mille fantassins, deux mille archers et cinq cents frondeurs. 3. Lorsque tout fut prêt, il leva l'ancre et mit à la voile[51]. En pleine mer Ionienne, il fut assailli par un vent de Borée inhabituel à cette saison. 4. Battu par la tempête, il parvint, grâce au courage et à l'ardeur des matelots et des pilotes, à en réchapper lui-même : il put gagner le rivage, au prix de beaucoup d'efforts et de dangers. 5. Mais le reste de sa flotte fut disloqué et ses vaisseaux se dispersèrent. Les uns manquèrent l'Italie et furent jetés dans la mer de Libye ou dans celle de Sicile ; les autres furent pris par la nuit avant d'avoir pu doubler le promontoire Iapyge[52] : la mer, qui était grosse et mauvaise, les jeta sur une côte dépourvue de mouillage, hérissée d'écueils cachés, où ils furent tous détruits, à l'exception du navire du roi. 6. Celui-ci, tant qu'il n'eut à lutter que contre le flot du large, parvint, grâce à sa taille et à sa solidité, à résister à tous les assauts de la mer, 7. mais lorsque le vent tourna et souffla contre lui depuis la terre, battu à la proue par d'énormes vagues, il faillit bien se briser par le milieu. Se laisser emporter de nouveau au large, dans cette mer déchaînée où les vents variaient sans cesse, semblait plus dangereux encore que tous les maux présents. Pyrrhos se dressa donc et sauta dans les flots, aussitôt imité par ses amis et ses gardes qui rivalisèrent d'empressement autour de lui. 8. Mais la nuit et les vagues qui se brisaient dans un grand vacarme et un ressac violent rendaient tout secours difficile. Ce ne fut qu'à grand-peine, le jour venu, comme déjà le vent commençait à mollir, que Pyrrhos s'écroula sur le rivage, le corps totalement épuisé, mais opposant à la détresse toute l'audace et l'énergie de son âme[53]. 9. Les Messapiens, chez qui la mer l'avait jeté, accoururent, s'empressant de le secourir avec les moyens dont ils disposaient, tandis que l'on voyait approcher quelques-uns des navires épargnés par la tempête : ils avaient à leur bord un très petit nombre de cavaliers, moins de deux mille fantassins et deux éléphants.

XVI. 1. Pyrrhos prit ces troupes avec lui et marcha sur Tarente[54]. Dès qu'il fut informé de son arrivée, Cinéas se porta à sa rencontre avec ses soldats. Pyrrhos ne fit rien contre le gré des Tarentins et n'usa d'aucune violence, jusqu'au moment où ses vaisseaux furent sauvés de la mer et où il fut rejoint par la plus grande partie de son armée. 2. Il vit alors que, sans une contrainte sévère, la foule des Tarentins était aussi incapable de recevoir du secours que d'en apporter : les habitants s'attendaient à rester tranquillement dans leurs maisons, à aller aux bains et à banqueter, tandis qu'il combattrait pour eux. Il fit fermer tous les gymnases et toutes les promenades où ils avaient l'habitude de flâner et de jouer les stratèges en chambre, tout en pérorant sur la situation ; il interdit les banquets, les fêtes et les réjouis-

---

51. Le départ de l'expédition doit se situer au printemps 280.
52. L'actuel cap Lenca, à l'extrême sud des Pouilles.
53. Ici, ce n'est plus à Achille que Pyrrhos peut être comparé, mais à Ulysse qui affronte de telles tempêtes dans l'Odyssée.
54. On a à juste titre remarqué la contradiction entre la description de la tempête en XV, 5-6 et le fait que Pyrrhos semble avoir récupéré la plus grande partie de ses forces.

sances qui n'étaient pas de saison[55], 3. et appela tout le monde à prendre les armes, se montrant si intraitable et rigoureux dans l'enrôlement des soldats que beaucoup quittèrent la cité, car ils n'étaient pas habitués à obéir et donnaient le nom d'esclavage à la vie qui n'était pas consacrée au plaisir.
4. Cependant on annonçait que Laevinus, consul des Romains, marchait contre lui avec une armée considérable, ravageant la Lucanie. Pyrrhos n'avait pas encore été rejoint par ses alliés, mais il jugea déshonorant d'attendre et de laisser sans rien faire les ennemis s'approcher. Il sortit donc avec son armée, après avoir envoyé aux Romains un héraut leur demander si, plutôt que de faire la guerre, ils ne préféreraient pas recevoir satisfaction des Italiotes et le prendre, lui, comme arbitre et médiateur. 5. Laevinus ayant répondu que les Romains ne voulaient pas de Pyrrhos comme médiateur et qu'ils ne le craignaient pas comme ennemi, il continua sa marche et établit son camp dans la plaine qui se trouve entre les cités de Pandosia et d'Héraclée. 6. Ayant appris que les Romains étaient tout près et que leur camp se trouvait de l'autre côté du Siris, il s'avança à cheval près de ce fleuve pour les observer. 7. Lorsqu'il vit leurs positions, leurs postes de garde, leur bon ordre et la disposition de leur camp, il s'étonna et, s'adressant à celui de ses amis qui était le plus près de lui : «Mégaclès, dit-il, l'ordonnance de ces Barbares[56] n'a rien de barbare. Quant à ce qu'ils sont capables de faire, nous le saurons bientôt.» 8. Désormais inquiet pour l'avenir, il résolut d'attendre ses alliés ; au cas où les Romains essayeraient de traverser les premiers, il disposa de l'autre côté du fleuve un corps de troupes pour leur barrer la route. 9. Mais les Romains se hâtèrent de devancer l'arrivée des renforts qu'il avait décidé d'attendre ; ils entreprirent de traverser le fleuve, les fantassins par un gué et les cavaliers sur plusieurs secteurs à la fois, 10. si bien que les Grecs, craignant d'être encerclés, se retirèrent. À cette vue, Pyrrhos, fort troublé, ordonna aussitôt aux officiers de l'infanterie de ranger celle-ci en ordre de bataille et d'attendre sous les armes, tandis que lui-même lançait ses cavaliers, qui étaient trois mille. Il espérait surprendre les Romains encore occupés à traverser, dispersés et en désordre, 11. mais lorsqu'il vit briller au-dessus de la rivière un grand nombre de boucliers et les cavaliers romains s'avancer en bon ordre, il fit serrer les rangs et lança l'attaque à la tête des siens. Il attirait tous les regards par la beauté et l'éclat de ses armes richement parées, et il montrait par ses actes que sa valeur n'était pas inférieure à sa gloire. On voyait bien que, tandis qu'il payait de son bras et de sa personne dans ce combat, et repoussait avec vigueur ses assaillants, il ne perdait rien de sa présence d'esprit et ne cessait de réfléchir. Il dirigeait la bataille comme s'il l'eût observée de loin, et courait lui-même de tous côtés pour soutenir ceux qui lui semblaient céder. 12. Alors, le Macédonien Léonnatos remarqua un cavalier italien[57] qui se portait contre Pyrrhos,

---

55. Le style de vie des Grecs d'Italie est un lieu commun que Plutarque reprend volontiers.
56. Pour Pyrrhos, allié des Grecs d'Italie, les Romains sont des «Barbares».
57. Les Italiens servaient comme auxiliaires dans l'armée romaine. Quant aux Macédoniens de l'armée de Pyrrhos, c'étaient peut-être des mercenaires recrutés par lui lorsqu'il dominait encore le pays. Il comptait également dans son armée des cavaliers thessaliens (voir infra, XVII, 6). Il est intéressant que, dans le récit qu'il fait du combat, Plutarque le plus souvent appelle «grecs» les soldats de Pyrrhos.

poussait son cheval contre lui et suivait tous ses déplacements et tous ses mouvements. 13. « Ô roi, lui dit-il, vois-tu ce Barbare qui monte le cheval noir aux pattes blanches ? Il a l'air de méditer quelque grand et terrible dessein ; il ne te quitte pas des yeux, c'est contre toi qu'il se porte, plein d'ardeur et de fougue, négligeant tous les autres adversaires. Garde-toi de cet homme. » 14. Pyrrhos répondit : « Il est impossible, Léonnatos, d'échapper à la destinée, mais ni cet homme ni aucun autre Italiote n'auront à se féliciter d'en être venus aux mains avec moi. » 15. Ils parlaient encore lorsque l'Italien saisit sa lance par le milieu et, faisant faire volte-face à son cheval, le lança contre Pyrrhos. Il frappa de sa pique le cheval du roi, mais, au même moment, le sien était frappé et abattu par Léonnatos. 16. Les deux montures s'écroulèrent ; les amis de Pyrrhos entourèrent le roi et l'enlevèrent, puis tuèrent l'Italien qui essayait de combattre. Il était originaire du pays des Frentaniens[58] ; c'était un chef d'escadron qui se nommait Oplacus.

XVII. 1. Cette péripétie apprit à Pyrrhos à se garder davantage. Voyant ses cavaliers céder du terrain, il fit venir sa phalange et la rangea en ordre de bataille, puis il donna sa chlamyde et ses armes à Mégaclès, un de ses compagnons, et prit les siennes qui lui servirent, en quelque sorte, à se dissimuler. Après quoi, il s'élança contre les Romains. 2. Ceux-ci tinrent bon et engagèrent le corps à corps. Pendant longtemps le combat resta indécis : l'avantage changea sept fois de camp, dit-on, chacune des deux armées reculant ou poursuivant tour à tour. 3. L'échange que le roi avait fait de ses armes fut fort opportun, puisqu'il lui sauva la vie, mais faillit ruiner la situation et lui faire perdre la victoire. 4. Mégaclès fut en effet assailli par une foule d'ennemis, au premier rang desquels un nommé Dexius, qui lui arracha son casque et sa chlamyde et courut à toute bride les montrer à Laevinus, en criant qu'il avait tué Pyrrhos. 5. Ces dépouilles furent portées et montrées de rang en rang, suscitant chez les Romains une joie qu'ils manifestèrent à grands cris, chez les Grecs découragement et abattement, jusqu'au moment où Pyrrhos, apprenant la situation, se présenta à cheval, le visage découvert, tendant la main droite en direction des combattants et se faisant reconnaître d'eux par sa voix. 6. Finalement ce furent surtout les éléphants qui firent plier les Romains car les chevaux, avant même d'en approcher, s'effarouchaient déjà et obligeaient leurs cavaliers à faire des écarts[59]. Pyrrhos profita de leur désordre pour lancer contre eux sa cavalerie thessalienne et les mit en déroute, en faisant un grand carnage. 7. Selon Denys, il y eut près de quinze mille morts du côté romain, mais selon Hiéronymos, il n'y en eut que sept mille[60]. Du côté de Pyrrhos, Denys donne treize mille morts et Hiéronymos moins de quatre mille. 8. mais c'étaient les plus braves de ses amis et de ses généraux, ceux qu'il employait le plus souvent et en qui il se fiait le plus.

---

58. Peuple de l'Italie ancienne, établi à l'est du Samnium.
59. On sait les conséquences qu'aura cette peur des éléphants lors de l'invasion de l'Italie par Hannibal.
60. Plutarque cite ici ses deux principales sources, Hiéronymos de Cardia, historien et homme de guerre contemporain des événements, et Denys d'Halicarnasse, contemporain d'Auguste, qui rédigea en grec des Antiquités romaines *en utilisant essentiellement les annalistes romains.*

9. Cependant il s'empara du camp que les Romains avaient abandonné, attira à lui des cités qui étaient leurs alliées, ravagea une grande étendue de territoire et s'avança jusqu'à trois cents stades[61] de Rome. 10. Beaucoup de Lucaniens et de Samnites vinrent le rejoindre après la bataille; il leur reprocha leur lenteur, mais on voyait qu'il était heureux et fier d'avoir défait, avec ses seules troupes et celles des Tarentins, la grande armée des Romains.

XVIII. 1. Les Romains ne retirèrent pas le commandement à Laevinus, bien que Caius Fabricius[62] eût, dit-on, déclaré: «Ce ne sont pas les Épirotes qui ont vaincu les Romains, c'est Pyrrhos qui a vaincu Laevinus»; selon lui, en effet, la défaite n'était pas due à l'armée mais à la manière dont elle avait été commandée. 2. Ils s'empressèrent de compléter les vides de leurs légions et d'en lever d'autres, en tenant sur cette guerre des propos si dépourvus de crainte et si fiers que Pyrrhos en fut stupéfait. 3. Il décida de leur envoyer aussitôt une ambassade pour les sonder et voir s'ils étaient disposés à négocier, car il pensait que prendre Rome et s'en rendre maître absolu ne serait pas une mince affaire, et que ce n'était pas à la portée de l'armée dont il disposait, tandis qu'un traité de paix et d'alliance qui suivrait sa victoire ajouterait beaucoup d'éclat à sa gloire. 4. Il leur envoya donc Cinéas qui rencontra les notables et offrit de la part du roi des présents à leurs femmes et à leurs enfants. 5. Mais nul ne les accepta[63]. Ils répondirent, tous et toutes, que, si un traité public était conclu, ils seraient prêts, de leur côté, à témoigner au roi leur bon vouloir et leur gratitude. 6. Cinéas prononça devant le Sénat un long discours persuasif et plein d'humanité; les sénateurs l'écoutèrent de mauvaise grâce et ne se montrèrent pas disposés à accepter ses propositions, bien que Pyrrhos eût offert de rendre sans rançon les prisonniers qu'il avait faits au cours de cette bataille, et promis d'aider Rome à conquérir l'Italie, sans rien demander en échange sinon l'amitié pour lui et l'impunité pour les Tarentins. 7. Il était évident pourtant que le plus grand nombre inclinait à la paix, à cause de la grande bataille où Rome avait été défaite, et parce qu'ils pouvaient s'attendre à essuyer une autre défaite, maintenant que l'armée ennemie avait grossi et que les Italiens avaient rejoint Pyrrhos. 8. Mais Appius Claudius[64], un personnage illustre, que l'âge et la cécité avaient contraint à abandonner les affaires publiques et à vivre dans la retraite, apprenant les propositions de Pyrrhos et entendant dire que le Sénat était sur le point de voter la paix, ne put se contenir. Il demanda à ses serviteurs de le soulever et se fit transporter en litière à travers le forum jusqu'à la Curie. 9. Lorsqu'il parvint devant la porte, ses fils et ses gendres, le soutenant et l'entourant, le firent entrer tandis que le Sénat se taisait respectueusement, par déférence pour ce grand homme.

---

61. *50 km environ.*
62. *Il s'agit de Caius Fabricius Luscinus qui fut envoyé auprès de Pyrrhos, après la bataille d'Héraclée (en 279), pour négocier le rachat des prisonniers.*
63. *Plutarque exprime ici son admiration pour les «vieux Romains», insensibles aux présents du roi.*
64. *Il s'agit d'Appius Claudius Caecus, qui fut deux fois consul (en 307 et en 296) et avait fait construire la célèbre via Appia lors de sa censure en 312.*

XIX. 1. Dès qu'il eut pris place, il parla en ces termes : « Jusqu'à présent, Romains, j'étais fort triste de l'infirmité de mes yeux, mais à présent je regrette de n'être pas également sourd, lorsque j'entends vos projets et vos décisions indignes, qui ruinent la gloire de Rome. 2. Que sont devenus vos fiers propos, si souvent répétés parmi les hommes ? Vous disiez que si Alexandre le Grand était venu en Italie et s'était mesuré à vous, lorsque vous étiez jeunes et vos pères dans la force de l'âge, on ne le chanterait pas maintenant comme un héros invincible, car il se serait enfui ou serait mort quelque part dans notre pays, ce qui aurait encore accru le renom de Rome. 3. Vous faites bien voir aujourd'hui que ces propos n'étaient que forfanterie et vaine jactance : vous craignez des Chaoniens et des Molosses, qui ont toujours été pillés par les Macédoniens, et vous tremblez devant Pyrrhos, lui qui, après avoir passé toute sa vie à courtiser et à flatter un des gardes du corps d'Alexandre, erre maintenant en Italie, moins pour secourir les Grecs d'ici[65] que pour fuir les ennemis qu'il a là-bas. Il promet de vous assurer l'hégémonie, avec une armée qui ne lui a pas suffi pour conserver la moindre parcelle de la Macédoine. 4. N'imaginez pas vous débarrasser de lui par un traité d'amitié ! Au contraire, vous attirerez sur vous les gens de son espèce qui, pleins de mépris à votre endroit, jugeront que tout le monde peut facilement vous vaincre si Pyrrhos se retire sans avoir été puni de son insolence, et même en ayant été récompensé d'avoir permis aux Tarentins et aux Samnites de se moquer des Romains. » 5. Tel fut le discours d'Appius qui les détermina tous à la guerre. Ils renvoyèrent Cinéas avec cette réponse : « Que Pyrrhos sorte d'abord d'Italie ; cela fait, s'il le souhaite, il pourra parler d'amitié et d'alliance. Tant qu'il reste ici en armes, les Romains lui feront la guerre de toutes leurs forces, quand bien même aurait-il encore battu dix mille Laevinus ! »

6. Tout en menant ces négociations, Cinéas, dit-on, s'était donné pour tâche – et il s'y appliqua avec le plus grand soin – d'observer la manière dont vivaient les Romains et d'étudier la valeur de leur constitution politique. Il eut des entretiens avec les meilleurs citoyens et, entre autres propos qu'il rapporta à Pyrrhos, il lui déclara que le Sénat lui avait paru une assemblée de rois[66] ; 7. quant au peuple, on pouvait craindre d'avoir à combattre contre une hydre de Lerne[67], car déjà le consul avait levé une armée double de celle dont il disposait précédemment et il y avait encore plusieurs fois autant de Romains prêts à porter les armes.

---

65. On retrouve dans le discours prêté à Appius Claudius (peut-être un faux du Ier siècle avant J.-C.) ce mépris pour ces étrangers à la culture grecque que sont les Épirotes. Cela contraste avec l'emploi du terme « grec » pour désigner l'ensemble des alliés de Pyrrhos – et pas seulement les Grecs d'Italie – et de l'épithète « barbare » accolée aux Romains dans le chapitre consacré à la bataille d'Héraclée. Il est intéressant de voir comment, en fonction des sources qu'il utilise, Plutarque souligne les antagonismes ethniques et culturels.
66. La formule est célèbre et sera souvent reprise.
67. L'hydre de Lerne était un monstre dont les nombreuses têtes se reformaient aussitôt après avoir été coupées. C'est Héraclès qui réussit à la vaincre. La métaphore rend compte du nombre de soldats que les Romains, maîtres de la plus grande partie de l'Italie, pouvaient opposer aux ambitions de Pyrrhos.

XX. 1. Puis des ambassadeurs vinrent trouver Pyrrhos à propos des prisonniers de guerre. Il y avait notamment Caius Fabricius dont les Romains, aux dires de Cinéas, faisaient le plus grand cas, le tenant pour un homme de cœur habile à la guerre, mais d'une extrême pauvreté. 2. Pyrrhos lui témoigna en privé beaucoup de bienveillance, et le pria d'accepter de l'or, non certes pour l'engager à quoi que ce soit de déshonorant, mais comme gage, disait-il, d'amitié et d'hospitalité. 3. Fabricius ayant refusé, Pyrrhos n'insista pas sur le moment, mais le lendemain, voulant impressionner le Romain qui n'avait jamais encore vu d'éléphant, il ordonna d'amener le plus grand de ces animaux, caché derrière eux par une tenture pendant qu'ils s'entretiendraient. 4. L'ordre fut exécuté. Au signal donné, on releva la tenture et brusquement l'animal, levant sa trompe, la dressa au-dessus de la tête de Fabricius en poussant un barrissement rauque et terrifiant. 5. Mais Fabricius se retourna calmement et dit en souriant à Pyrrhos : « Hier, ton or ne m'a pas ému ; aujourd'hui, ton éléphant ne m'ébranle pas davantage ! » 6. Pendant le repas, la conversation roula sur divers sujets, mais surtout sur la Grèce et sur la philosophie. Cinéas vint par hasard à parler d'Épicure[68] ; il rapporta ce que ses disciples disaient des dieux, de la politique et du but de la vie humaine. Ce but, expliqua-t-il, ils le plaçaient dans le plaisir ; ils fuyaient la politique, jugeant qu'elle gâtait et troublait le bonheur ; quant à la divinité, ils la reléguaient dans une vie insouciante et comblée de plaisirs, très éloignée de toute bienveillance, de toute colère et même de tout intérêt pour les hommes. 7. Fabricius l'interrompit : « Par Hercule ! s'écria-t-il, puissent Pyrrhos et les Samnites s'attacher à ces doctrines tant qu'ils seront en guerre contre nous ! » 8. Pyrrhos admira la fierté et le caractère du Romain : il n'en était que plus désireux de devenir l'ami de cette cité au lieu de la combattre. Il le prit donc à part et le pria de faire conclure un accord de paix, puis de le suivre et de vivre à sa cour où il serait le premier de tous ses compagnons et de ses généraux. 9. Fabricius, dit-on, lui répondit sans s'émouvoir : « Ô roi, ce que tu proposes là ne serait même pas avantageux pour toi, car ceux qui à présent t'honorent et t'admirent, dès qu'ils apprendront à me connaître préféreront m'avoir pour roi, plutôt que toi. » 10. Tel était Fabricius. Loin de s'irriter de ces paroles et de les accueillir comme l'eût fait un tyran, Pyrrhos parla à ses amis de la grandeur d'âme de Fabricius et ce fut à lui seul qu'il remit les prisonniers, ayant reçu l'assurance que si le Sénat ne votait pas la paix, ils lui seraient renvoyés après avoir embrassé leurs familles et fêté les Saturnales. 11. Ils lui furent effectivement renvoyés après la fête : le Sénat vota la peine de mort contre tous ceux qui tenteraient de rester à Rome.

XXI. 1. Par la suite, comme Fabricius avait reçu le commandement de l'armée, un homme vint le trouver dans son camp, porteur d'une lettre, écrite par le médecin

---

68. *Le philosophe athénien avait fondé en 307 une école appelée le Jardin d'Épicure. Se tenant volontairement à l'écart de la vie politique, acceptant dans leurs rangs des femmes et des esclaves, les épicuriens, contrairement à l'opinion reçue, prônaient un genre de vie austère, tourné essentiellement vers la recherche du bonheur individuel. Tout ce chapitre donne de Pyrrhos une image qui contraste avec ce qui précède.*

du roi, qui offrait d'empoisonner Pyrrhos si les Romains lui promettaient une récompense pour avoir mis fin à la guerre sans danger pour eux. 2. Fabricius s'indigna de la perfidie de cet individu et communiqua son indignation à son collègue. Il envoya en toute hâte un message à Pyrrhos afin de l'inviter à se garder de cette trahison[69]. 3. La lettre était rédigée en ces termes: «Caius Fabricius et Quintus Aemilius, consuls des Romains, au roi Pyrrhos salut! Apparemment tu n'es pas plus heureux dans le choix de tes amis que dans celui de tes ennemis. 4. Lis cette lettre qui nous a été adressée et tu comprendras que tu fais la guerre à des hommes nobles et justes, alors que tu accordes ta confiance à des hommes injustes et vils. Ce n'est pas pour obtenir ta reconnaissance que nous te dénonçons ce complot, mais pour qu'on ne nous accuse pas de ta mort en disant que nous avons eu recours à la ruse pour terminer la guerre, faute de pouvoir y parvenir par notre vertu.» 5. Dès qu'il reçut cette lettre, Pyrrhos, ayant vérifié l'existence de cette trahison, châtia le médecin, et, pour récompenser Fabricius et les Romains, il leur rendit les prisonniers de guerre sans rançon et leur envoya de nouveau Cinéas, pour traiter de la paix. 6. Mais les Romains, ne voulant ni de la générosité de leur ennemi ni d'un salaire pour leur intégrité, refusèrent de reprendre leurs hommes sans rien payer et lui renvoyèrent un nombre égal de Tarentins et de Samnites. Quant à l'amitié et à la paix, ils refusèrent d'en entendre parler tant que Pyrrhos n'aurait pas quitté l'Italie avec ses armes et ses troupes pour regagner l'Épire sur les vaisseaux qui l'avaient amené.

7. Alors Pyrrhos, voyant que la situation exigeait un nouveau combat, rassembla son armée et se mit en marche. Il attaqua les Romains devant la cité d'Asculum[70]. Acculé dans des lieux impraticables pour sa cavalerie, au bord d'un fleuve aux rives boisées et abruptes où les éléphants ne pouvaient avancer pour rejoindre la phalange, il eut dans son armée beaucoup de blessés et de morts et ne put se dégager qu'au terme d'un combat qui dura jusqu'à la nuit. 8. Le lendemain, il décida de livrer bataille sur un terrain plus uni et de lancer ses éléphants contre les troupes ennemies. En conséquence, il fit occuper à l'avance par un corps de troupe les endroits difficiles et, joignant à ses éléphants beaucoup de lanceurs de javelots et d'archers, il fit avancer avec vigueur et impétuosité son armée en rangs serrés et en ordre de bataille. 9. Les Romains, qui n'avaient plus comme la veille la possibilité d'esquiver ou d'attaquer latéralement les ennemis, durent en venir aux mains, de front, sur un terrain uni. 10. Désireux d'enfoncer les hoplites en toute hâte avant que les éléphants ne pussent charger, ils livrèrent avec leurs épées des combats terribles contre les sarisses[71], sans ménager leur personne, cherchant à blesser et à tuer, et ne tenant pas compte des coups qu'ils recevaient. 11. Au bout d'une lutte très longue, la déroute commença, dit-on, en face de Pyrrhos lui-même qui enfonça les

---

69. Après une série d'anecdotes montrant la grandeur d'âme de Pyrrhos, Plutarque rend hommage à ses adversaires, reprenant ici le thème traditionnel de la «vertu» romaine.
70. La bataille d'Asculum se déroula en 279. Asculum est une ville d'Apulie. Voir Lévêque (1957), p. 375-400.
71. Les sarisses étaient de longues lances, armes caractéristiques de la phalange macédonienne.

Romains qui lui étaient opposés. Mais l'essentiel du succès fut dû à la fougue et à la force des éléphants contre lesquels les Romains ne pouvaient déployer leur courage. C'était comme un raz de marée ou un tremblement de terre qui les emportait : ils jugèrent qu'il valait mieux reculer que d'attendre la mort, sans rien pouvoir faire, en endurant les plus cruelles souffrances, alors que cela ne servait à rien. 12. Ils n'eurent pas à fuir bien loin pour rejoindre leur camp. D'après Hiéronymos, les Romains perdirent six mille hommes et du côté de Pyrrhos, à en croire les *Mémoires* du roi lui-même, il y eut trois mille cinq cent cinq morts. 13. Mais Denys ne parle pas de deux batailles près d'Asculum ni d'une défaite incontestable des Romains ; d'après son récit, on ne combattit qu'une fois, jusqu'au coucher du soleil, et les combattants se séparèrent à grand-peine lorsque Pyrrhos eut été blessé au bras par un javelot et que les Dauniens eurent pillé les bagages ; il y aurait eu au total, soldats de Pyrrhos et Romains confondus, plus de quinze mille morts[72]. 14. Les deux armées se retirèrent et Pyrrhos, dit-on, déclara à l'un de ceux qui le félicitaient : « Si nous remportons encore une victoire sur les Romains, notre situation sera totalement désespérée[73]. » 15. Il avait en effet perdu une grande partie des troupes qu'il avait amenées, ainsi que presque tous ses amis et ses généraux ; il n'avait plus personne à faire venir pour les remplacer et voyait ses alliés perdre de leur ardeur[74]. L'armée des Romains, en revanche, réparait facilement et promptement ses pertes, car elle puisait dans le pays même, comme à une source intarissable ; les défaites n'abattaient pas leur courage ; au contraire, sous l'effet de la colère, ils tournaient leur force et leur énergie vers la guerre.

XXII. 1. Tel était l'embarras où se trouvait Pyrrhos, lorsqu'il fut saisi par de nouvelles espérances, face à une situation qui le fit hésiter entre deux partis. 2. Des ambassadeurs envoyés de Sicile vinrent le trouver, remettant entre ses mains Acragas, Syracuse et Léontinoï, et le prièrent de les aider à chasser les Carthaginois et à débarrasser l'île de ses tyrans. Or, dans le même temps, des nouvelles lui parvenaient également de Grèce ; on lui annonçait que Ptolémée Céraunos était mort en combattant les Gaulois avec son armée, et que c'était le moment ou jamais de se rendre auprès des Macédoniens qui avaient besoin d'un roi[75]. 3. Pyrrhos reprocha

---

72. *On retrouve ici la divergence entre les deux sources utilisées par Plutarque, déjà évoquée en XVII, 7.*
73. *C'est de cette constatation que découle la fameuse formule « une victoire à la Pyrrhus », selon la forme latine du nom, qui a prévalu en français.*
74. *Les Romains combattaient sur leur propre terrain et pouvaient compter sur de nouveaux soldats, alors que Pyrrhos ne pouvait recruter des troupes fraîches que parmi les alliés grecs ou samnites peu enthousiastes après les lourdes pertes subies.*
75. *La menace carthaginoise et l'établissement, pour y faire face, de tyrannies dans les cités est un trait constant de l'histoire de la Sicile grecque. L'appel à Pyrrhos rappelle le recours, un demi-siècle plus tôt, au Corinthien Timoléon, autre héros de Plutarque. Ptolémée Céraunos, fils de Ptolémée Ier, avait réussi en 281 à se faire proclamer roi des Macédoniens. Mais il ne put arrêter l'invasion du pays par des bandes gauloises et au début de 279, il subit une grave défaite lors d'un combat où il trouva la mort. La Macédoine de ce fait était de nouveau à prendre. Voir Will (1979), p. 103-107.*

vivement à la Fortune de lui offrir au même moment plusieurs occasions d'accomplir de grandes choses et comme il voyait bien que des deux possibilités qui se présentaient, il fallait en sacrifier une, il passa beaucoup de temps à hésiter. 4. Puis, les affaires de Sicile lui paraissant plus importantes en raison de la proximité de l'île avec la Libye, il se tourna de ce côté et envoya aussitôt Cinéas, comme à son habitude, engager des pourparlers préliminaires avec les cités. 5. Quant à lui, il laissa une garnison chez les Tarentins, qui en furent mécontents et lui demandèrent, soit de faire la guerre aux Romains, ce pour quoi il était venu chez eux, soit, s'il abandonnait le pays, de laisser leur cité dans l'état où il l'avait trouvée. Sa réponse fut dépourvue d'aménité; il leur donna ordre de se tenir tranquilles et d'attendre son bon plaisir, puis il embarqua[76].
6. Quand il toucha la Sicile, il trouva aussitôt ses espérances confirmées : les cités se soumirent à lui avec empressement et partout où il dut employer la lutte et la force, rien ne lui résista dans un premier temps. Avec trente mille fantassins, deux mille cinq cents cavaliers et deux cents navires, il chassa les Phéniciens[77] et détruisit leur puissance. 7. Comme Éryx était leur place la plus solide et contenait beaucoup de défenseurs, il décida d'en prendre d'assaut les remparts. 8. Dès que son armée fut prête, il revêtit son armure et, s'étant avancé, fit vœu à Héraclès de lui offrir comme prix de victoire un concours et un sacrifice s'il lui permettait d'apparaître devant les Grecs de Sicile comme un champion digne de sa naissance et de sa puissance. 9. Puis au signal de la trompette, il accabla les Barbares de traits et les dispersa, fit appliquer les échelles et fut le premier à monter sur le rempart. 10. Des ennemis en grand nombre tentèrent de l'arrêter, mais il repoussa les uns, qu'il fit tomber de part et d'autre du mur, et passa les autres au fil de l'épée, faisant un monceau de cadavres. 11. Il ne reçut aucune blessure, car sa seule vue terrifiait les ennemis. Il fit bien voir qu'Homère a parlé fort justement et en pleine connaissance de cause quand il a dit que le courage est la seule de toutes les vertus qui donne lieu à des élans enthousiastes et furieux[78]. 12. La cité prise, il offrit au dieu un sacrifice somptueux et donna un spectacle comportant des concours de toutes sortes.

XXIII. 1. Les Barbares de la région de Messine, appelés Mamertins[79], causaient beaucoup de tracas aux Grecs, dont ils avaient même assujetti certains à un tribut. Ils étaient nombreux et belliqueux, ce qui leur valait, en latin, le surnom de Martiaux. Pyrrhos se saisit de ceux qui collectaient le tribut et les tua, puis ayant vaincu les Mamertins eux-mêmes en bataille rangée, il détruisit plusieurs de leurs places fortes.

---

76. *Sans doute au printemps 278.*
77. *Plutarque appelle Phéniciens ceux auxquels les Romains donneront le nom de Puniques, c'est-à-dire les Carthaginois. Les Phéniciens avaient fondé Carthage au IXe siècle.*
78. *De nouveau Pyrrhos se comporte comme un héros épique, ce que confirme la référence à Homère.*
79. *Les Mamertins étaient à l'origine des mercenaires samnites au service du tyran Agathoclès. Après la mort de celui-ci, ils s'emparèrent de Messine.*

2. Les Carthaginois étaient disposés à traiter avec Pyrrhos et offraient, s'il liait amitié avec eux, de lui donner de l'argent et de lui envoyer des vaisseaux. Mais il désirait davantage. Il répondit qu'ils n'avaient qu'un moyen d'obtenir la paix et l'amitié, c'était d'évacuer toute la Sicile et de considérer la mer de Libye comme la frontière qui les séparait des Grecs. 3. Exalté par ses succès et par la force dont il disposait, et poursuivant les espérances qui l'avaient poussé à prendre la mer, il convoitait d'abord la Libye[80]. Comme beaucoup de ses navires manquaient d'équipages, il rassembla des rameurs, mais au lieu de traiter les cités avec indulgence et douceur, il se comporta comme un despote, les soumettant à sa colère et leur infligeant des châtiments. Ce n'était pas ainsi qu'il avait commencé ; il avait su, mieux que tout autre, les séduire par les bonnes grâces de ses manières, la confiance entière qu'il leur témoignait et le souci de ne fâcher personne. Mais de démagogue il se fit tyran et s'attira par sa dureté une réputation d'ingratitude et de fourberie. 4. Néanmoins les Siciliens lui firent, malgré leur irritation, les concessions qu'ils voyaient inévitables. 5. Or Thoïnon et Sosistratos, deux personnages fort influents à Syracuse, qui avaient été les premiers à l'inviter à venir en Sicile, lui avaient remis la cité dès son arrivée et l'avaient aidé à soumettre la plus grande partie de l'île, lui devinrent suspects ; il ne voulait ni les emmener, ni les laisser derrière lui. Sosistratos, effrayé, prit la fuite, et Thoïnon, accusé de partager les sentiments de Sosistratos, fut mis à mort. Alors, la situation de Pyrrhos changea du tout au tout. Cela ne se fit pas de manière insensible ou progressive : les cités conçurent brutalement pour lui une haine terrible ; les unes passèrent aux Carthaginois, les autres firent appel aux Mamertins. 6. Au moment où Pyrrhos ne voyait partout que défections, soulèvements et séditions violentes contre lui, il reçut des lettres des Samnites et des Tarentins qui avaient bien du mal, avec leurs seules cités, à soutenir la guerre et se trouvaient chassés de tout leur territoire : ils demandaient des secours. 7. Il vit là un prétexte spécieux pour se retirer sans avoir l'air de fuir ou de désespérer de la situation. La vérité, c'était qu'il ne pouvait se rendre maître de la Sicile et cherchait à en sortir, comme d'un navire désemparé. Il se jeta donc de nouveau sur l'Italie. 8. Comme il était sur le départ, il se retourna, dit-on, vers l'île et déclara à ceux qui l'entouraient : « Quel beau terrain d'exercices nous laissons là, mes amis, aux Carthaginois et aux Romains ! » Or cela ne tarda pas à se réaliser, comme il l'avait pressenti[81].

XXIV. 1. Les Barbares, s'étant ligués contre lui, l'attaquèrent au moment où il mettait à la voile et, dans le détroit, il dut livrer contre les Carthaginois une bataille navale où il perdit de nombreux vaisseaux. Il se réfugia en Italie avec ceux qui lui restaient, 2. mais les Mamertins, au nombre de dix mille au moins, avaient fait la traversée avant lui. Ils n'osèrent pas lui livrer une bataille rangée, mais se mirent

---

80. *L'ambition de passer en Libye figurait déjà dans le dialogue avec Cinéas. Mais ici Plutarque porte un jugement sévère sur cette démesure caractéristique d'un tyran.*
81. *Allusion aux guerres puniques et à la première d'entre elles qui permit aux Romains de se rendre maîtres de la Sicile.*

en embuscade dans les passages difficiles et tombèrent brusquement sur lui, jetant le trouble dans toute son armée. Deux éléphants tombèrent et il y eut un grand nombre de morts dans son arrière-garde. 3. Pyrrhos quitta en hâte l'avant-garde pour venir au secours de ses hommes ; au péril de sa vie, il affronta des soldats entraînés au combat et pleins d'ardeur. Frappé à la tête d'un coup d'épée, il s'écarta légèrement des combattants, ce qui enhardit encore les ennemis. 4. L'un d'eux courut même à sa rencontre bien en avant des autres. C'était un homme de haute taille, aux armes brillantes. D'une voix insolente, il invita Pyrrhos à avancer s'il était encore en vie. 5. Pyrrhos, hors de lui, fit demi-tour malgré ses écuyers ; plein de colère, le visage barbouillé de sang, terrible à voir, il s'ouvrit un chemin à travers ses troupes et devançant le Barbare, lui assena sur la tête un grand coup d'épée. Son bras était si fort et son fer si bien trempé que le coup transperça l'homme jusqu'en bas : le corps fut tranché en deux parties qui tombèrent au même moment de part et d'autre[82]. 6. Cette vue empêcha les Barbares d'avancer davantage ; ils regardèrent Pyrrhos comme un être supérieur et restèrent frappés de stupeur.
7. Il acheva donc sa route sans encombre et parvint à Tarente, amenant avec lui vingt mille fantassins et trois mille cavaliers[83]. 8. Là, s'adjoignant les meilleurs des Tarentins, il marcha aussitôt contre les Romains qui étaient campés dans le Samnium.

XXV. 1. Les Samnites étaient dans une situation désespérée et ils avaient perdu de leur superbe, à cause des nombreuses batailles où ils avaient été défaits par les Romains ; ils éprouvaient également un certain ressentiment à l'égard de Pyrrhos, pour avoir entrepris cette expédition en Sicile : ils furent donc peu nombreux à venir le rejoindre. 2. Ayant divisé ses hommes en deux groupes, Pyrrhos envoya les uns en Lucanie, pour arrêter l'autre consul et l'empêcher de secourir son collègue ; quant au second groupe, il le conduisit lui-même contre Manius Curius, qui était solidement établi près de la cité de Bénévent[84], où il attendait les secours de Lucanie : 3. à plusieurs reprises les devins, se fondant sur le vol des oiseaux et l'examen des victimes, lui avaient déconseillé d'agir et il se tenait tranquille. 4. Pyrrhos avait donc hâte d'attaquer ces troupes avant que les autres ne les eussent rejointes. Prenant ses meilleurs hommes et ses éléphants les plus combatifs, il se mit en marche, de nuit, en direction du camp. 5. Mais, tandis qu'il faisait un long circuit, sur une route entourée de forêts, les torches vinrent à manquer et les soldats s'égarèrent, ce qui retarda la manœuvre. Lorsqu'il descendit des hauteurs, la nuit était déjà achevée et, le jour ayant paru, il était bien visible pour les ennemis. Son appa-

---

82. *Nouvel exploit individuel de Pyrrhos qui, comme précédemment, l'élève au rang de héros épique.*
83. *On comprend mal comment après les pertes subies en Sicile et au cours de la traversée, Pyrrhos pouvait encore disposer d'une telle armée.*
84. *La bataille de Bénévent eut lieu en 275. Elle marqua la fin de l'aventure occidentale de Pyrrhos. Plutarque manifeste ici son admiration pour la puissance de Rome. Sur les événements et les différentes interprétations qu'on en a données, voir Lévêque (1957), p. 423-450 et Will (1979), p. 120-131.*

rition causa d'abord parmi eux beaucoup de trouble et d'agitation. 6. Mais Manius, ayant obtenu des sacrifices favorables et contraint d'ailleurs par la situation de venir au secours de ses hommes, sortit, se jeta sur les premiers assaillants, les mit en fuite, et sema la terreur dans l'armée entière : il y eut un nombre considérable de morts et quelques éléphants abandonnés furent capturés. 7. Cette victoire incita Manius à descendre combattre dans la plaine. Il lança aussitôt l'offensive et mit en fuite une partie des ennemis, mais sur un autre secteur, il fut enfoncé par les éléphants et refoulé dans son camp. Alors il appela les nombreux soldats en armes auxquels il avait confié la garde du retranchement : c'étaient des troupes fraîches. 8. Ils surgirent soudain, couvrirent de traits les éléphants et les forcèrent à faire demi-tour et à fuir vers l'arrière à travers les rangs de leurs alliés, où ils jetèrent un désordre et une confusion qui assurèrent aux Romains la victoire et affermirent leur empire. 9. Ce courage et ces combats augmentèrent leur fierté, leur puissance et leur réputation d'invincibilité : ils s'emparèrent aussitôt de l'Italie et peu après de la Sicile.

XXVI. 1. C'est ainsi que Pyrrhos dut renoncer à ses espérances en Italie et en Sicile. Il avait perdu six ans à faire la guerre dans ces pays[85], et sa situation s'était affaiblie, mais il conservait au milieu de ces défaites un courage inébranlable et on le considérait, en raison de son expérience militaire, de son énergie et de son audace, comme le premier, et de loin, des rois de son temps. Mais ce qu'il gagnait par ses exploits, ses espoirs le lui faisaient perdre, et le désir passionné de ce qu'il n'avait pas l'empêchait, par précipitation, d'assurer ce qu'il possédait. 2. Aussi Antigone[86] le comparait-il à un joueur de dés qui lance souvent les dés avec succès mais ne sait pas tirer parti des résultats qu'il obtient.

3. Pyrrhos ramena en Épire huit mille fantassins et cinq cents cavaliers, et comme il n'avait pas d'argent, il se mit en quête d'une guerre pour nourrir son armée[87]. 4. Quelques Gaulois[88] s'étant joints à lui, il envahit la Macédoine où régnait Antigone, fils de Démétrios, dans l'intention de la piller et de faire du butin, 5. mais comme il prenait des cités en grand nombre et que deux mille soldats étaient passés de son côté, il conçut de plus hautes espérances et marcha contre Antigone. Il tomba sur lui dans un défilé et jeta le trouble dans toute son armée. 6. Cependant les Gaulois, qui formaient l'arrière-garde d'Antigone et qui étaient très nombreux, lui opposèrent une violente résistance. Au terme d'un combat acharné, la plupart d'entre eux furent taillés en pièces et les cornacs des éléphants, se voyant enveloppés, se rendirent avec toutes leurs bêtes. 7. Après s'être adjoint de tels renforts,

---

85. Pyrrhos était resté en Occident de 280 à 274.
86. Il s'agit d'Antigone Gonatas, le fils de Démétrios, qui, après avoir infligé une défaite aux Gaulois, s'était fait proclamer roi en Macédoine, au plus tard en 276. Voir Will (1979), p. 107-110.
87. Roi d'Épire, Pyrrhos était aussi, et peut-être d'abord, un chef de mercenaires, prêt à se lancer dans une expédition pour assurer l'entretien de ses soldats.
88. Ce sont des mercenaires recrutés parmi les bandes gauloises qui parcouraient la Grèce septentrionale. Antigone en avait également à son service (§ 6).

Pyrrhos, se fiant à la Fortune plus qu'à la réflexion, chargea la phalange des Macédoniens que la défaite avait plongée dans le trouble et la terreur 8. et qui, pour cette raison, se déroba à son assaut et lui refusa le combat. Alors, tendant la main droite et appelant par leur nom les stratèges et les taxiarques[89], il détacha d'Antigone tous ses fantassins sans exception. 9. Antigone prit la fuite et ne put conserver que quelques cités du littoral. Pyrrhos, considérant que de tous ses exploits, le plus glorieux était la défaite infligée aux Gaulois, consacra les plus belles et les plus brillantes de leurs dépouilles dans le sanctuaire d'Athéna Itonia[90], avec l'inscription suivante, en vers élégiaques:

> 10. Ces boucliers conquis sur les vaillants Gaulois,
> Le Molosse Pyrrhos les a suspendus là
> En hommage sacré pour Athéna d'Iton,
> Après avoir détruit les armées d'Antigone.
> Ce n'est pas étonnant: ils sont de beaux guerriers
> Aujourd'hui comme hier, les descendants d'Éaque[91] !

11. Après la bataille, il poursuivit aussitôt la conquête des cités. Il s'empara d'Aïgaï[92] et entre autres mauvais traitements qu'il infligea aux habitants, il laissa dans cette cité une garnison de Gaulois recrutée parmi les soldats qui combattaient avec lui. 12. Ces Gaulois, gens d'une cupidité insatiable, entreprirent de fouiller les tombeaux des rois qui étaient enterrés là; ils en pillèrent les trésors et, dans leur insolence, dispersèrent les ossements. 13. Pyrrhos parut prendre ce sacrilège avec légèreté et indifférence, soit qu'il fût trop occupé et différât le châtiment, soit qu'il eût totalement renoncé, par peur, à sévir contre ces Barbares. Aussi fut-il l'objet de violentes critiques de la part des Macédoniens.
14. Sa puissance n'était pas encore solide ni durablement établie, mais déjà sa pensée s'exaltait vers de nouvelles espérances. 15. Il insultait Antigone et le traitait d'impudent parce qu'il s'obstinait à porter encore la pourpre, au lieu de prendre le manteau d'un simple particulier. Dans le même temps, comme le Spartiate Cléonymos était venu le trouver pour l'engager à marcher contre Lacédémone, il y consentit avec empressement[93]. 16. Ce Cléonymos était de naissance royale, mais comme il passait pour violent et despotique, il n'inspirait ni dévouement ni confiance et c'était Areus qui régnait[94]. 17. Outre ce grief ancien, qu'il nourrissait

---

89. Officiers.
90. Le sanctuaire d'Athéna Itonia était le sanctuaire fédéral des Thessaliens.
91. Sur cette épigramme attribuée au poète Léonidas de Tarente, voir Lévêque (1957), p. 565-567.
92. Aïgaï, l'actuelle Édessa, était une des principales villes du royaume macédonien au temps des Argéades, les premiers rois de Macédoine.
93. Encore une manifestation de la démesure de Pyrrhos qui, au lieu d'assurer son pouvoir en Macédoine, se lance dans une nouvelle aventure.
94. Cléonymos, fils du roi spartiate Cléomène II, avait été en 301 écarté de la succession au profit de son neveu Areus, qui allait régner jusqu'en 265. Cléonymos, comme Areus, appartenait à la dynastie des Agiades, l'une des deux dynasties royales de Sparte.

contre l'ensemble de ses concitoyens, la femme qu'il avait épousée, Chilonis, fille de Léotychidas, qui était très belle, de naissance royale et beaucoup plus jeune que lui, 18. était tombée follement amoureuse du fils d'Areus, Acrotatos, un jeune homme dans la fleur de l'âge, ce qui pour Cléonymos, épris de son épouse, fit de son mariage une source de souffrance et d'humiliation, car aucun Spartiate n'ignorait le mépris dans lequel elle le tenait. 19. Ses chagrins domestiques s'étant donc ajoutés à ses malheurs politiques, il n'écouta que sa colère et sa rancune et lança Pyrrhos contre Sparte, à la tête de vingt-cinq mille fantassins, deux mille cavaliers et vingt-quatre éléphants. 20. L'importance de ces effectifs faisait voir tout de suite que Pyrrhos ne voulait pas conquérir Sparte pour Cléonymos, mais le Péloponnèse pour lui-même. Il s'en défendit pourtant, dans ses réponses aux Lacédémoniens qui lui envoyèrent une ambassade à Mégalopolis. 21. Il prétendait qu'il était venu pour libérer les cités soumises par Antigone et, prenant Zeus à témoin, il affirmait qu'il avait l'intention, si rien ne l'en empêchait, d'envoyer ses plus jeunes fils à Sparte, pour les faire éduquer dans les coutumes de Lacédémone, ce qui leur assurerait déjà la supériorité sur tous les autres rois[95]. 22. Mais ce n'était là que des mensonges, destinés à tromper ceux qu'il rencontrait sur sa route. Dès qu'il eut touché le territoire de Laconie, il se mit à le piller et à emporter du butin. 23. Comme les ambassadeurs lui reprochaient de leur faire la guerre sans l'avoir déclarée, il leur dit: «Mais vous non plus, vous autres Spartiates, vous ne faites pas connaître à l'avance aux autres ce que vous allez faire!» 24. Un des assistants, nommé Mandricleidas, répliqua, en langue laconienne: «Si tu es un dieu, nous n'avons rien à craindre de toi, car nous ne sommes pas coupables. Si tu es un homme, il y en aura un autre plus fort que toi!»

XXVII. 1. Après quoi, Pyrrhos poursuivit sa descente sur Lacédémone. Cléonymos le pressait d'attaquer dès son arrivée mais Pyrrhos craignit, dit-on, que ses soldats ne livrent la cité au pillage s'ils y entraient pendant la nuit: il préféra donc attendre, et déclara qu'ils agiraient tout aussi bien quand le jour serait venu. 2. Les Spartiates étaient peu nombreux et n'avaient fait aucun préparatif, en raison de la soudaineté de cette attaque. De plus, il se trouvait qu'Areus était absent: il était en Crète où il soutenait les Gortyniens, alors en guerre[96]. 3. Or la cité dut précisément son salut à son abandon et à sa faiblesse qui inspirèrent du mépris à Pyrrhos. Persuadé qu'il n'aurait personne à combattre, il campa en plein air, pendant que les amis et les hilotes de Cléonymos décoraient et préparaient sa maison, comptant bien que Pyrrhos y dînerait avec lui. 4. Quand la nuit fut venue, les Lacédémoniens décidèrent d'abord d'envoyer les femmes en Crète, mais elles s'y refusèrent. L'une d'elles,

---

95. *Pyrrhos comptait exploiter à son profit les sentiments antimacédoniens des Grecs. L'éducation spartiate est un thème sur lequel Plutarque, admirateur de la Sparte de Lycurgue, revient fréquemment (voir sa* Vie).

96. *Areus avait tenté de reconstituer une Confédération péloponnésienne et de susciter contre Antigone Gonatas un soulèvement. Après l'échec de cette tentative, il s'était, à l'instar de nombre de ces chefs militaires des débuts de l'époque hellénistique, mis au service de la cité crétoise de Gortyne.*

Archidamia, se rendit au conseil, une épée à la main, et reprocha aux hommes, au nom des femmes, de vouloir les laisser vivre après la ruine de Sparte[97]. 5. Alors ils décidèrent de creuser une tranchée parallèle au camp des ennemis et de placer, de chaque côté, des chariots enfoncés dans le sol jusqu'au moyeu, pour les rendre difficiles à déplacer et barrer ainsi la route aux éléphants. 6. Ils commençaient à se mettre au travail quand les jeunes filles et les femmes vinrent les rejoindre, les premières portant un manteau sur leurs tuniques courtes, les secondes vêtues seulement de tuniques, pour se mettre au travail avec les hommes âgés. 7. Elles invitèrent ceux qui devaient combattre à se reposer et, ayant pris les mesures de la tranchée, elles en creusèrent à elles seules le tiers : 8. or cette tranchée avait six coudées de large, quatre coudées de profondeur et huit plèthres de longueur, d'après le récit de Phylarque : selon Hiéronymos, ses dimensions étaient inférieures[98]. 9. Au point du jour, lorsque les ennemis se mirent en mouvement, les femmes tendirent leurs armes aux jeunes gens et leur confièrent la tranchée, en leur demandant de la garder et de la défendre. « Il est doux pour vous, leur disaient-elles, de vaincre sous les yeux de votre patrie, et glorieux de mourir dans les bras de vos mères et de vos épouses d'une mort digne de Sparte. » 10. Chilonis se tenait à l'écart : elle s'était passé un nœud coulant autour du cou, afin de ne pas tomber entre les mains de Cléonymos si la cité était prise[99].

XXVIII. 1. Pyrrhos lança lui-même l'attaque de face, avec ses hoplites. Il trouva devant lui un grand nombre de boucliers spartiates et un fossé infranchissable, dont le remblai ne permettait même pas aux combattants d'avancer sans trébucher. 2. Son fils Ptolémée[100], contournant la tranchée avec deux mille Gaulois et des soldats d'élite chaoniens, tenta de franchir les chariots. 3. Mais ceux-ci étaient si profondément enfoncés et si serrés qu'ils empêchaient non seulement les assaillants de passer mais les Lacédémoniens eux-mêmes de venir secourir les leurs. 4. Les Gaulois essayèrent d'arracher les roues du sol et de tirer les chariots vers le fleuve, mais, voyant le danger, le jeune Acrotatos[101] traversa la cité en courant avec trois cents hommes et, à la faveur de certaines déclivités du terrain, enveloppa Ptolémée : son approche ne fut pas remarquée jusqu'au moment où il s'élança sur les derniers rangs et les força à se retourner pour le combattre. Les ennemis furent alors jetés les uns sur les autres, culbutés dans le fossé et près des chariots, et pour finir, à

---

97. *On retrouve ici, et dans les paragraphes qui suivent, un thème cher à Plutarque, celui de la grandeur morale des femmes spartiates. Archidamia réapparaît dans la* Vie d'Agis *dont elle était la grand-mère (IV, 1).*
98. *Respectivement 2,70 m, 1,80 m et 240 m. Phylarque est un historien athénien du III*[e] *siècle que Plutarque a également utilisé pour les* Vies d'Agis *et de* Cléomène. *Sur Hiéronymos, voir supra, XVII, 7 et note, et XXI, 12.*
99. *Sur Chilonis, voir supra, XXVI, 17. En cas de victoire de Pyrrhos, allié de Cléonymos, la jeune femme se serait pendue, à l'imitation des héroïnes tragiques. Voir Loraux (1985), p. 31 et suiv.*
100. *Ptolémée était le fils que Pyrrhos avait eu de sa première épouse Antigonè (voir supra, VI, 1).*
101. *Il s'agit du fils d'Areus qui avait enlevé à Cléonymos sa jeune épouse (voir supra, XXVI, 18).*

grand-peine, taillés en pièces dans un immense carnage. 5. Les vieillards et la foule des femmes contemplaient Acrotatos tandis qu'il accomplissait cet exploit. Lorsqu'il traversa de nouveau la cité pour aller reprendre son poste, tout couvert de sang et rayonnant de l'exaltation de sa victoire, les Lacédémoniennes eurent l'impression qu'il était plus grand et plus beau, et elles furent jalouses de Chilonis qui avait un tel amant. 6. Certains des vieillards le suivaient en criant: «Va, Acrotatos! Baise Chilonis autant que tu veux, si c'est pour donner à Sparte des enfants valeureux!» 7. En face de Pyrrhos, le combat fut très acharné. Beaucoup de Spartiates luttèrent brillamment, mais ce fut Phyllios qui résista le plus longtemps et tua le plus grand nombre d'assaillants. Lorsqu'il sentit qu'il était perdu, en raison du grand nombre de ses blessures, il céda sa place à l'un de ceux qui étaient placés derrière lui et alla s'écrouler au milieu des siens, afin de ne pas abandonner son corps au pouvoir des ennemis.

XXIX. 1. Les combattants furent séparés par la nuit. Dans son sommeil, Pyrrhos eut le songe que voici. Il lui sembla qu'il lançait la foudre sur Lacédémone et que la cité brûlait tout entière, ce qui le réjouissait. 2. La joie l'ayant éveillé, il ordonna aux officiers de tenir l'armée prête à combattre et raconta son rêve à ses amis, leur disant que c'était le signe qu'il allait prendre la cité par la force. 3. Tous furent convaincus et admiratifs, sauf Lysimachos à qui cette vision ne plaisait guère: on n'a pas le droit en effet de poser le pied sur un endroit frappé par la foudre, et il craignait que le dieu ne signalât à Pyrrhos que de la même manière, la cité lui resterait interdite. 4. «Ce sont là, s'écria Pyrrhos, des boniments bons pour des badauds et pleins d'une grande sottise! Ce qu'il faut se dire quand on a les armes en main, c'est:

Combattre pour Pyrrhos est le meilleur augure[102]!»

Il se leva donc et dès le point du jour, il fit avancer son armée.
5. Les Lacédémoniens résistèrent avec une ardeur et un courage bien supérieurs à leurs forces. Les femmes se tenaient près des combattants: elles leur tendaient des traits, apportaient à manger et à boire à ceux qui en avaient besoin, et emportaient les blessés loin du combat[103]. 6. Les Macédoniens[104] cherchaient à combler le fossé, en apportant beaucoup de bois: celui-ci s'entassa et finit par recouvrir les armes et les cadavres. 7. Comme les Lacédémoniens venaient défendre ce secteur, on aperçut Pyrrhos qui approchait à cheval du fossé et des chariots et tentait de forcer le passage jusqu'à la cité. 8. Les soldats placés à cet endroit jetèrent de grands cris et les femmes se mirent à courir en hurlant. Pyrrhos allait franchir le fossé et il atta-

---

102. Plutarque évoque souvent les songes prémonitoires, annonciateurs d'une catastrophe. Pyrrhos, en se refusant à y croire, fait une fois de plus preuve de démesure. La réponse qu'il fait à Lysimachos est inspirée d'un vers de l'Iliade, XII, v. 248.
103. De nouveau Plutarque souligne la présence des femmes spartiates au côté des soldats, mais elles ne participent pas au combat.
104. Pyrrhos, maître de la plus grande partie de la Macédoine, avait pu aisément recruter des soldats qui formaient l'élite des vingt-cinq mille fantassins qu'il avait emmenés avec lui (voir supra, XXVI, 19).

quait les hommes qui lui tenaient tête, lorsque son cheval, blessé au ventre par une flèche crétoise[105], fit un écart et s'abattit en jetant son cavalier sur un terrain glissant et pentu. 9. Pendant que ses compagnons alarmés se pressaient autour de lui, les Spartiates accoururent, les couvrirent de traits et les forcèrent tous à reculer. 10. Alors Pyrrhos fit cesser le combat sur tous les points. Il croyait que les Lacédémoniens étaient prêts à des concessions, car ils étaient presque tous blessés et avaient perdu beaucoup d'hommes. 11. Mais la bonne Fortune de la cité qui avait voulu mettre à l'épreuve la valeur de ses héros, ou montrer l'étendue de sa puissance dans les situations les plus désespérées, fit venir de Corinthe, au moment même où le moral des Lacédémoniens était au plus bas, le Phocidien Ameinias, un des généraux d'Antigone, qui venait à leur secours avec une armée de mercenaires. À peine l'avaient-ils accueilli que de son côté, le roi Areus arrivait de Crète, avec deux mille soldats. 12. Les femmes se dispersèrent aussitôt et regagnèrent leurs maisons, considérant qu'elles n'avaient plus à se mêler du combat, et les Spartiates, après avoir renvoyé ceux qui avaient été obligés de prendre les armes en dépit de leur âge, se rangèrent en ordre de bataille.

XXX. 1. L'arrivée de ces renforts ne fit que renforcer l'ardeur de Pyrrhos et son désir de prendre la cité. Cependant, comme il n'arrivait à rien, il se retira, après avoir reçu bien des coups et, résolu à passer là l'hiver, il se mit à ravager la campagne. 2. Mais il ne pouvait échapper à son destin. Argos était en proie à une sédition qui opposait Aristéas à Aristippos. Comme ce dernier passait pour être l'ami d'Antigone, Aristéas, prenant les devants, appela Pyrrhos à Argos. 3. Or Pyrrhos, roulant tour à tour espérances sur espérances[106], considérait ses succès comme les points de départ de nouveaux succès et voulait réparer ses échecs par de nouvelles entreprises : ainsi ni la défaite ni la victoire ne mettaient un terme aux troubles qu'il subissait ou infligeait. 4. Il se mit donc aussitôt en route pour Argos. Mais Areus lui tendit de nombreuses embuscades et, ayant occupé à l'avance les passages les plus difficiles du chemin, entreprit de massacrer les Gaulois et les Molosses placés à l'arrière-garde. 5. Pyrrhos avait été averti par son devin que les entrailles des victimes étaient dépourvues de tête, ce qui présageait la perte d'un de ses proches. Cependant, fort mal à propos, perdant tout son sang-froid sous l'effet du tumulte et de l'agitation, il envoya son fils Ptolémée et sa garde rapprochée au secours de l'arrière-garde, tandis que lui-même dégageait rapidement son armée des défilés et la soustrayait au danger. 6. Une lutte très violente se livra autour de Ptolémée ; les hommes d'élite des Lacédémoniens, sous les ordres d'Eualcos, engagèrent le corps à corps contre ceux qui se trouvaient devant lui. Un Crétois d'Aptère nommé Oroïssos, un homme batailleur et rapide à la course, courut assaillir de biais le

---

105. Les mercenaires crétois étaient alors nombreux dans les armées hellénistiques et réputés comme archers. Peut-être, car la chronologie de Plutarque n'est pas toujours précise, ces archers avaient-ils été ramenés de Crète par Areus (voir § 11).
106. Plutarque a déjà souligné à plusieurs reprises ces espérances (elpides) que suscitait chaque nouvelle entreprise du roi d'Épire, qu'elle suivît une victoire ou un échec.

jeune homme qui combattait avec ardeur ; il le frappa et le renversa. 7. Le voyant tomber, les soldats qui l'entouraient prirent la fuite. Quant aux Lacédémoniens, emportés par la poursuite et par la victoire, ils parvinrent sans s'en être aperçus dans la plaine, où ils furent rattrapés par les hoplites. Pyrrhos, qui venait d'apprendre la mort de son fils et en était très affecté, lança contre eux la cavalerie des Molosses ; 8. il se jeta le premier dans les rangs des Lacédémoniens et fit un grand carnage. Il s'était toujours montré invincible et terrifiant sous les armes, mais ce jour-là il surpassa en audace et en violence ses exploits des combats précédents. 9. Il lança son cheval contre Eualcos, qui se rejeta de côté et faillit trancher d'un coup d'épée la main du roi qui tenait les rênes, mais n'atteignit et ne coupa que la bride. 10. Au même moment, Pyrrhos le transperçait d'un coup de lance puis, se laissant glisser à bas de son cheval et se transformant désormais en fantassin, il tua tous les soldats d'élite qui combattaient sous les ordres d'Eualcos[107]. 11. Sparte subit là, du fait de l'ambition des chefs, une perte immense et bien inutile, puisque la guerre était terminée[108].

XXXI. 1. Pyrrhos avait fait de ce combat une sorte de sacrifice expiatoire, une cérémonie funèbre grandiose en l'honneur de son fils[109]. Après avoir grandement soulagé sa douleur en donnant ainsi libre cours à sa fureur contre les ennemis, il marcha sur Argos. 2. Apprenant qu'Antigone avait déjà pris position sur les hauteurs qui dominent la plaine, il établit son camp près de Nauplie. 3. Le lendemain, il envoya à Antigone un héraut porteur d'un message le traitant de fléau et le défiant de descendre dans la plaine lui disputer le royaume par un combat. 4. Antigone répondit que sa stratégie à lui reposait moins sur les armes que sur les occasions favorables : si Pyrrhos ne voulait pas prendre le temps de vivre, il avait devant lui bien des chemins qui le conduiraient à la mort[110]. 5. Des ambassadeurs d'Argos vinrent trouver les deux rois, leur demandant de se retirer et de laisser en paix leur cité, qui n'appartenait ni à l'un ni à l'autre et avait des sympathies pour tous les deux. 6. Antigone se laissa convaincre et remit aux Argiens son fils comme otage. Quant à Pyrrhos, il consentit à se retirer, mais ne fournit aucune garantie, et sa parole parut plus suspecte que celle de son adversaire.
7. Alors Pyrrhos lui-même reçut un grand signe divin. On venait de sacrifier des bœufs et leurs têtes étaient déjà séparées et posées à terre, lorsqu'on les vit sortir la langue et lécher leur propre sang[111]. En outre, dans la cité des Argiens, la prophé-

---

107. *On retrouve ici une nouvelle fois un Pyrrhos digne des héros d'Homère et de son «ancêtre» Achille.*
108. *Ce jugement de Plutarque sur l'inutilité des guerres qui ne servent que l'ambition des chefs se retrouve souvent dans son œuvre, aussi bien dans les* Vies parallèles *que dans les œuvres morales.*
109. *Ici encore on songe à Achille, immolant douze jeunes Troyens sur le bûcher de son ami Patrocle.*
110. *Le défi lancé par Pyrrhos à Antigone fait penser au duel Pâris-Ménélas au chant III de l'*Iliade. *À quoi s'oppose la réponse d'Antigone, roi qui avait dans sa jeunesse fréquenté les écoles philosophiques d'Athènes et qui, face à la fougue «héroïque» de son adversaire, défendait une stratégie plus raisonnable.*
111. *C'est un signe prémonitoire qui annonce la mort prochaine de Pyrrhos. Plutarque, tout philosophe qu'il fût, n'en accordait pas moins aux signes et aux présages une grande confiance.*

tesse d'Apollon Lycien[112] sortit en courant, criant qu'elle voyait la cité pleine de morts et de sang, et l'aigle s'avancer pour combattre puis disparaître.

XXXII. 1. À la nuit noire, Pyrrhos attaqua les remparts et, trouvant la porte nommée Diampérès [«le Passage»], ouverte à ses hommes par Aristéas[113], il put faire entrer les Gaulois qui l'accompagnaient et s'emparer de l'agora sans être aperçu. 2. Mais la porte ne permettait pas aux éléphants de passer: il fallut leur enlever leurs tours, puis les leur remettre, dans l'ombre et dans le désordre, ce qui prit du temps. Les Argiens s'aperçurent de leur irruption, coururent à la citadelle de l'Aspis[114] et aux autres endroits fortifiés et appelèrent Antigone. 3. Celui-ci s'avança et se plaça lui-même en observation à proximité, tandis qu'il envoyait ses stratèges et son fils avec d'importants renforts. 4. Areus se présenta également avec mille Crétois et les Spartiates les plus agiles. Ils chargèrent tous ensemble les Gaulois au même moment et les plongèrent dans un grand désordre.

5. Cependant Pyrrhos, qui entrait du côté de la Cylarabis[115], poussait des cris de guerre et de grandes clameurs, mais il remarqua que les Gaulois ne répondaient pas à ses hommes avec entrain et hardiesse, et comprit à leurs voix qu'ils étaient en difficulté et mal en point. 6. Il pressa donc l'allure, poussant les cavaliers qui le précédaient, mais ceux-ci avaient beaucoup de mal à avancer à travers les canaux[116] dont la ville est pleine et se trouvaient en grand danger. 7. De plus, dans ce combat nocturne, on ne pouvait savoir clairement ce qui se faisait et quels étaient les ordres donnés: on s'égarait, on se dispersait dans les ruelles étroites et aucune stratégie ne servait à rien en raison des ténèbres, des cris confus et du resserrement des lieux. De part et d'autre, on dut donc attendre le jour sans rien pouvoir faire. 8. Dès que la lumière parut, le spectacle de l'Aspis pleine d'armes ennemies troubla vivement Pyrrhos. Ensuite, remarquant parmi les nombreux monuments votifs de l'agora un loup en bronze et un taureau qui semblaient lutter l'un contre l'autre, il fut épouvanté: il se souvenait d'un vieil oracle selon lequel il devait mourir – ainsi le voulait sa destinée – lorsqu'il verrait un loup lutter contre un taureau.

9. Ces monuments votifs, aux dires des Argiens, commémorent un antique événement qui se déroula chez eux. Lorsque Danaos entra pour la première fois sur leur territoire, en passant par Pyramia, en Thyréatide, et se dirigea vers Argos, il vit un loup lutter

---

112. L'épithète de Lycien, souvent accolée au nom d'Apollon, a été diversement interprétée. Pour certains, elle indiquerait son origine asiatique (la Lycie en Asie Mineure); pour d'autres, elle aurait un rapport avec le loup (voir infra, XXXII, 10). Apollon était un dieu oraculaire, d'où la présence d'une prophétesse dans son sanctuaire d'Argos.
113. Aristéas était l'Argien qui avait fait appel à Pyrrhos (voir supra, XXX, 2). Il va de soi que les portes des remparts n'étaient pas faites pour laisser passer des éléphants. Voir Lévêque (1957), p. 619.
114. L'Aspis («Bouclier») était l'une des deux citadelles d'Argos. Voir Piérart (1992), p. 11, 20 et 151.
115. La Cylarabis était un gymnase situé au sud de la ville (voir Pausanias, Description de la Grèce, II, 22, 8) à proximité de l'agora dont s'étaient emparé les mercenaires gaulois de Pyrrhos.
116. Il s'agit sans doute d'égouts à ciel ouvert.

contre un taureau[117]. 10. Il supposa que le loup le représentait puisque, comme cet animal, il était un étranger qui attaquait les gens du pays. Il suivit donc le combat jusqu'au bout et, le loup ayant triomphé, il fit un vœu à Apollon Lycien. Après quoi, il passa à l'action et eut le dessus : à la faveur d'une sédition, il chassa Gélanor, alors roi des Argiens. Telle était la raison du monument votif.

XXXIII. 1. À cette vue, Pyrrhos, qui de plus se rendait compte qu'aucun de ses espoirs ne se réalisait, perdit courage et songea à battre en retraite. Redoutant l'étroitesse des portes, il envoya à son fils Hélénos[118], qu'il avait laissé à l'extérieur de la ville avec le gros de l'armée, l'ordre d'ouvrir une brèche dans le mur et de faciliter la sortie des soldats si les ennemis les serraient de trop près. 2. Mais la précipitation et le vacarme empêchèrent le messager de transmettre quoi que ce soit de clair. L'ordre fut compris de travers : le jeune homme, prenant avec lui le reste des éléphants et les meilleurs soldats, se porta dans la ville par les portes pour secourir son père. 3. Or il se trouvait que Pyrrhos se repliait déjà. Tant que l'agora lui laissa suffisamment de place pour se replier et combattre en se retournant, il put se défendre contre ses assaillants. 4. Mais lorsqu'il eut été refoulé de l'agora dans la ruelle étroite qui menait à la porte, il se heurta à ceux qui se portaient à son secours en sens inverse. Il avait beau leur crier de reculer, les uns ne l'entendaient pas et les autres, qui essayaient de lui obéir, étaient pressés par ceux qui affluaient de la porte derrière eux. 5. En effet, le plus grand des éléphants était tombé en travers de cette porte : il poussait des barrissements et barrait le passage à ceux qui tentaient de reculer. Par ailleurs, un autre éléphant, nommé Nicon [« Vainqueur »], un de ceux qui étaient entrés précédemment, cherchait son cornac, qui, atteint de plusieurs blessures, avait glissé de son dos : l'animal marchait en sens contraire de ceux qui voulaient se replier et, refoulant indistinctement amis et ennemis, 6. les faisait tomber les uns sur les autres. Cela dura jusqu'au moment où l'éléphant trouva le cadavre du cornac. Alors, il le souleva avec sa trompe, le chargea sur ses défenses et fit demi-tour, comme un fou furieux, renversant et tuant ceux qu'il trouvait sur son chemin. 7. Les soldats de Pyrrhos étaient serrés et écrasés les uns contre les autres : aucun d'eux ne pouvait se tirer d'affaire par ses propres moyens ; l'ensemble de la troupe, qui semblait ne plus former qu'un seul corps aux parties étroitement chevillées entre elles, oscillait et tanguait constamment dans un sens ou dans l'autre. 8. Il y eut quelques rares combats contre les ennemis qui ne cessaient de pénétrer dans leurs rangs ou de les harceler par-derrière, mais leurs plus grandes pertes, ils se les infligèrent à eux-mêmes. 9. En effet, une fois qu'on avait tiré son épée ou incliné sa lance, on ne pouvait plus la ramener ou l'abaisser : les

---

117. *Danaos, selon la tradition, s'enfuit d'Égypte avec ses cinquante filles qui refusaient de s'unir à leurs cousins, fils d'Aegyptos. Parvenu en Grèce, il réussit à convaincre le peuple d'Argos de le choisir comme roi à la place de Gélanor, à la suite de la victoire remportée par un loup sur un taureau. La légende des Danaïdes est le sujet des* Suppliantes *d'Eschyle. La Thyréatide est la plaine qui sépare l'Argolide de la Laconie.*

118. *Cet Hélénos était le fils de son épouse illyrienne Bircenna (voir* supra, *IX, 2-3).*

armes s'ouvraient un chemin à travers tous ceux qu'elles rencontraient et les soldats s'effondraient morts les uns sur les autres.

XXXIV. 1. Pyrrhos, voyant l'ouragan et la tempête qui l'entouraient, enleva la couronne qui était le signe distinctif de son casque et la remit à l'un de ses compagnons. Lui-même, se fiant à son cheval, il se jeta contre ceux des ennemis qui le poursuivaient. Frappé à travers sa cuirasse par une lance qui lui fit une petite blessure sans gravité, il se retourna contre son agresseur. Il s'agissait d'un Argien qui n'appartenait pas à une famille en vue : c'était le fils d'une vieille indigente. 2. Celle-ci, comme les autres femmes, regardait le combat du toit de sa maison. Lorsqu'elle reconnut son fils aux prises avec Pyrrhos, affolée par le danger qu'il courait, elle saisit une tuile et la lança des deux mains sur Pyrrhos. 3. La tuile tomba sur la tête du roi, au bas du casque, et lui brisa les vertèbres à la base du cou : ses yeux se brouillèrent, ses mains laissèrent échapper les rênes ; 4. il fut jeté à bas de son cheval et tomba devant le monument funéraire de Licymnios[119]. La foule ne l'avait pas reconnu, 5. mais un certain Zopyros, un des soldats d'Antigone, et deux ou trois autres accoururent et, l'ayant aperçu, le tirèrent sous un porche alors qu'il commençait à se remettre du choc. 6. Zopyros tira un poignard illyrien pour lui couper la tête, mais Pyrrhos lui jeta un regard si terrible que Zopyros en fut épouvanté ; les mains tremblantes, il essaya de poursuivre sa besogne, mais plein de trouble et d'émotion, il ne put couper droit, trancha le long de la bouche et du menton, et ce ne fut que lentement et difficilement qu'il parvint à arracher la tête[120].

7. L'événement était déjà connu d'un grand nombre de personnes quand Alcyoneus[121] arriva en courant et réclama la tête pour la reconnaître. Il la prit et, retournant à cheval vers son père, qu'il trouva assis avec ses amis, la lança devant lui. 8. Après l'avoir contemplée et reconnue, Antigone chassa son fils à coups de bâton, en le traitant de sacrilège et de barbare. Puis il se couvrit les yeux de sa chlamyde et pleura : il se souvenait de son grand-père Antigone et de son père Démétrios qui étaient, dans sa propre maison, des exemples des retournements de la Fortune[122].

---

119. D'après Pausanias (II, 22, 8), le tombeau de Licymnios se trouvait dans la rue qui menait de l'agora au gymnase de Cylarabis. Ce Licymnios était le frère d'Alcmène, la mère d'Héraclès. Après la mort du héros, il subit le sort des autres Héraclides. Il fut accueilli par les Argiens ainsi que l'un des fils d'Héraclès. C'est celui-ci qui, au cours d'une dispute, le tua accidentellement.
120. La tradition rapportée par Plutarque rend évidemment moins ridicule la mort de Pyrrhos. C'est pourtant la version de la tuile lancée par une vieille femme que retiendra la postérité.
121. Alcyoneus était le fils d'Antigone qui avait reçu le commandement des troupes envoyées dans la ville (voir supra, XXXII, 3).
122. Antigone le Borgne, après avoir rassemblé la plus grande partie de l'empire d'Alexandre, n'avait pu transmettre son royaume à son fils Démétrios après sa mort à Ipsos, en 301. Démétrios, malgré ses victoires qui lui valurent le surnom de Poliorcète (« le Preneur de villes »), avait fini sa vie misérablement, captif de son rival Séleucos qui avait lui aussi connu les vicissitudes de la Fortune. Le développement qui suit montre combien Antigone se distinguait de Pyrrhos comme de son propre père. Plutarque reprenait ici la tradition qui en faisait non seulement un élève des philosophes, mais un philosophe lui-même.

9. Il para la tête et le corps de Pyrrhos et les fit brûler. 10. Plus tard Alcyoneus, ayant rencontré Hélénos humilié et vêtu d'une misérable chlamyde, le traita avec humanité et le conduisit à son père. À cette vue, Antigone lui dit : « Ton attitude, mon fils, est meilleure que la précédente, mais maintenant encore tu n'agis pas correctement, puisque tu ne lui as pas ôté ce vêtement plus humiliant pour nous, ses vainqueurs apparents, que pour lui. » 11. Là-dessus, il accueillit Hélénos avec bienveillance, lui donna des habits honorables et le renvoya en Épire. Il traita également avec douceur les amis de Pyrrhos, quand il se fut emparé de son camp et de toute son armée.

MARIUS

I. 1. Quel était le troisième nom de Caius Marius[1] ? Nous ne pouvons le dire. Nous ne connaissons pas non plus celui de Quintus Sertorius, qui conquit l'Espagne, ou de Lucius Mummius, qui détruisit Corinthe, car le surnom d'Achaïcus, que reçut Mummius, lui vint de sa victoire, de même que celui d'Africanus pour Scipion et pour Métellus celui de Macedonicus[2]. 2. Tel est le principal argument qu'invoque Posidonios[3] pour réfuter l'opinion selon laquelle le nom personnel des Romains était leur troisième nom, par exemple Camille, Marcellus, ou Caton. Si c'était le cas, dit-il, ceux que l'on ne désigne que par deux noms n'auraient pas de nom personnel. 3. Mais il ne voit pas que, si l'on suit son raisonnement, ce sont les femmes qui cette fois sont privées de nom : aucune d'elles en effet ne porte de premier nom, lequel serait pourtant, à l'en croire, le nom personnel des Romains[4]. 4. Quant aux

---

1. *Cette biographie s'ouvre, un peu comme celle de Romulus, par une sorte de «Question» (voir Dictionnaire), consacrée cette fois au thème, qui intriguait les Grecs – ici, Posidonios avant Plutarque –, du surnom ou* cognomen, *troisième des trois noms des citoyens romains; voir* Coriolan, *XI et, selon le Catalogue de Lamprias (n°100), le traité que Plutarque aurait consacré au sujet. La Question est entamée à la manière des* Questions grecques, *par une interrogation du type «qui ?», «quel... ?», portant sur le cas de Caius Marius (connu seulement par son prénom et son nom gentilice), exemple particulier d'une règle plus générale : d'où la «Question» implicite, cette fois sur le modèle des* Questions romaines *: «Pour quelle raison les Romains portent-ils le plus souvent un troisième nom ?»*
2. *Quintus Sertorius a sinon «conquis», du moins occupé l'Espagne entre 78 et 73 (voir sa* Vie*); Lucius Mummius a pris et détruit Corinthe en 146, ce qui lui valut le surnom d'Achaïcus («vainqueur de l'Achaïe»); Lucius Cornelius Scipio a pris le second surnom d'Africanus (après son premier surnom, Scipio) à la suite de sa victoire sur Hannibal et Carthage en 202 ; Quintus Caecilius Metellus a ajouté au surnom de sa branche familiale, Metellus, celui de Macedonicus («vainqueur de la Macédoine») en 148-147, après sa victoire sur Andriscos, le pseudo-Philippe, et la transformation de la région en province romaine. Le caractère disparate de ces exemples (Sertorius n'a pas de surnom, Mummius en acquiert un, Scipion et Métellus en prennent un deuxième...) dissipe l'apparente logique du raisonnement de Plutarque, dans un domaine où ses compétences limitées de latiniste, ainsi que la confusion qui s'installe à l'époque impériale, ne lui permettent guère de briller par sa clairvoyance.*
3. *Posidonios (135-50 environ), originaire d'Apamée en Syrie, philosophe stoïcien, voyageur, «ethnologue» et historien, eut une immense influence. Présent à Rome à partir de 87, il se montra très hostile à Marius. L'essentiel de son œuvre, considérable, est perdu. Plutarque le cite rarement, mais est parfois amené, comme ici, à le contredire, chaque fois pour défendre la cohérence rationnelle des pratiques romaines.*
4. *Le prénom a été largement abandonné pour les femmes de bonne famille. Celles-ci portent un seul nom, celui de leur «famille» ou clan* (gens), *c'est-à-dire celui de leur père, au féminin : la fille de Scipion l'Africain, Lucius Cornelius Scipio (Africanus), s'appelle Cornélia (mère des Gracques). La femme mariée (dans ce cas, à Tiberius Sempronius Gracchus père) garde son nom gentilice.*

deux autres noms, l'un est commun à toute la famille (les Pompeii, par exemple, les Manlii ou les Cornelii, comme on parle des Héraclides ou des Pélopides), 5. l'autre est un surnom tiré d'un qualificatif qui évoque le caractère, les actions, l'aspect ou les infirmités du corps: ainsi Macrinus [«le Maigre»], Torquatus [«l'Homme au torque»] et Sylla [«le Couperosé[5]»], de même qu'on trouve Mnémon [«Celui qui se souvient»], Grypos [«Nez crochu»] ou Callinicos [«Beau vainqueur»]. Mais sur ces questions, les variations de l'usage donnent lieu à de nombreuses explications[6].

II. 1. En ce qui concerne l'aspect physique de Marius, nous avons vu à Ravenne, en Gaule, une statue de marbre qui correspond tout à fait à ce que l'on dit de la rudesse et de l'âpreté de son caractère. Doté d'un naturel viril et belliqueux, ayant reçu une éducation de soldat plus que de citoyen, il fit preuve, dans les différentes charges qu'il exerça, d'une humeur intraitable[7]. 2. Jamais, dit-on, il n'apprit les lettres grecques et, en aucune occasion sérieuse, il ne s'exprima dans cette langue: il jugeait ridicule d'apprendre des lettres enseignées par des gens asservis à autrui. Après son second triomphe, comme il offrait un spectacle grec pour la dédicace d'un temple[8], il entra dans le théâtre, mais à peine assis, il repartit[9]. 3. Platon avait coutume de dire au philosophe Xénocrate[10], dont il jugeait le caractère trop sombre: «Bienheureux Xénocrate, sacrifie donc aux Charites!» 4. Si de la même manière quelqu'un avait pu inviter Marius à sacrifier aux Muses et aux Charites de la Grèce, il n'aurait pas donné à sa carrière militaire et civile, qui fut si remarquable, la fin la plus honteuse; son humeur emportée, son ambition intempestive, son insatiable avi-

---

5. Sur le sens de «Sylla», voir Sylla, II, 2. Les grandes familles (gentes) ont des subdivisions caractérisées par le surnom légué par l'ancêtre qui se l'était vu attribuer: les intéressés s'appellent ici L. (Lucius) Pompeius Macrinus, L. Manlius Torquatus, L. Cornelius Sylla.

6. La comparaison avec les noms grecs est bancale: les Grecs recevaient un nom unique, qu'ils pouvaient compléter par le nom de leur père et (à Athènes) par celui de leur dème d'origine. Ce nom peut avoir, comme dans les exemples choisis, l'allure d'un surnom, mais il n'en est pas un.

7. Après le nom, le portrait physique, puis moral, de Marius précède le récit de «ses actions». La statue évoquée par Plutarque est inconnue. Il n'est pas étonnant qu'il ne l'ait vue que loin de Rome, où les portraits du chef des populares ont été détruits sous Sylla, et où sa commémoration par César a dû être effacée sous Auguste et ses successeurs.

8. Le temple est celui de Virtus (la Vaillance), construit grâce au butin pris sur les Cimbres (voir infra, XI-XXVII).

9. Le même thème est développé de manière plus riche dans Caton l'Ancien, II, 5-6, XII, 5-7, XXII-XXIII; Marius lui-même déclare dans Salluste (Jugurtha, 85, 32): «Je n'ai pas non plus étudié les lettres grecques; je ne me souciais guère d'une étude qui n'avait pas su inspirer à ses maîtres l'amour de la vertu.» Malgré sa répugnance, Marius victorieux donne un spectacle grec, dans un théâtre (encore de bois et provisoire, à Rome); l'allusion aux «gens asservis à autrui» est significative du mépris – naturellement accentué par un Marius – dans lequel sont tenus à Rome les maîtres grecs, esclaves ou affranchis, venus enseigner les jeunes Romains (voir les nuances apportées à ce sujet par Marrou 1965[6], p. 361-366).

10. Xénocrate (396-314) a dirigé l'Académie, à Athènes, après son maître Platon et Speusippe. Les Charites sont les trois Grâces, Aglaé, Thalia et Euphrosyne, divinités associées à Aphrodite et aux Muses.

dité ne l'auraient pas jeté sur les écueils d'une vieillesse si cruelle et si sauvage[11]. Mais tout cela, nous allons le voir en examinant plus précisément ses actions.

III. 1. Il était né de parents fort obscurs, qui travaillaient de leurs mains et qui étaient pauvres : son père s'appelait Marius comme lui et sa mère Fulcinia. Ce ne fut que tardivement qu'il découvrit une ville et en goûta les distractions. Jusque-là, il avait vécu à Cereatae, un village du territoire d'Arpinum où, comparée à l'existence raffinée des citadins, sa vie était plutôt grossière, mais modeste et conforme à l'éducation des anciens Romains[12]. 2. Il fit sa première campagne militaire contre les Celtibères, lorsque Scipion l'Africain[13] assiégeait Numance. La supériorité que sa bravoure lui assurait sur les autres jeunes gens n'échappa point au général, non plus que la bonne volonté avec laquelle il accepta le changement de régime que Scipion imposa aux armées corrompues par la mollesse et le luxe. 3. On dit aussi que Marius combattit un ennemi au corps à corps et le terrassa sous les yeux du général. 4. En conséquence, il reçut de Scipion de nombreux témoignages d'estime, notamment le suivant. Un jour qu'après dîner, la conversation était tombée sur les généraux, un des assistants, soit réellement perplexe, soit désireux de faire plaisir à Scipion lui demanda : « Quel général comparable à toi, quel défenseur le peuple romain aura-t-il après toi ? » Scipion toucha doucement de la main l'épaule de Marius, qui était allongé au-dessus de lui, et répondit : « Peut-être celui-ci »[14]. 5. On voit combien la nature les avait heureusement doués, l'un pour révéler sa grandeur dès l'adolescence, l'autre pour percevoir la fin d'après le commencement.

IV. 1. Marius sentit, dit-on, ses espérances exaltées au plus haut point par cette parole, comme par un oracle divin, et il se lança dans la vie politique. Il obtint le tribunat de la plèbe, grâce au soutien de Caecilius Métellus à la maison duquel il était attaché dès l'origine par des liens héréditaires[15]. 2. Durant son tribunat, il proposa

---

11. Comme la plupart des héros de Plutarque, Marius finit plus mal qu'il n'a commencé. Mais cette inflexion négative (soulignée par une tradition aristocratique hostile) est chez lui particulièrement accusée, et l'allusion à sa mauvaise humeur chronique annonce cette aggravation finale.
12. Marius (157-86), comme plus tard Cicéron, appartient à une famille de chevaliers, du municipe latin d'Arpinum (voir Velleius Paterculus, Histoire romaine, *II, 11 ; Valère Maxime,* Faits et dits mémorables, *VIII, 15, 7 ; Diodore,* Bibliothèque historique, *XXXIV, 38). Son accession aux magistratures supérieures fera de lui un « homme nouveau ». Comme pour Caton, Plutarque insiste sur des origines paysannes, frugales et modestes. Un homme d'aussi médiocre origine n'aurait pas figuré à la table d'un Scipion...*
13. En 133 avant J.-C., la chute de Numance symbolise la fin de la résistance ibérique à la domination romaine. Ce Scipion Émilien, fils de Paul-Émile, petit-fils par adoption du vainqueur d'Hannibal, est le « second Africain », qui a pris et détruit Carthage en 146. Plutarque lui a consacré une Vie, perdue.
14. Marius, à 24 ans, fait ses preuves devant Scipion Émilien, ce qui lui vaut d'être « adoubé », comme plus tard Sertorius devant Marius lui-même (voir Sertorius, *III, 2-4). L'oracle tombé de la bouche du grand homme servira de viatique à Marius, au même titre que le patronage des Metelli.*
15. Marius devient tribun de la plèbe en 119, trois ans seulement après l'échec tragique de Caius Gracchus. La même année, un Métellus (Dalmaticus) est consul, un autre censeur.

une loi sur les modalités du vote qui semblait devoir enlever aux puissants le poids qu'ils exerçaient sur les décisions[16]. Le consul Cotta, hostile à cette loi, demanda au Sénat de la combattre et de convoquer Marius pour lui demander des comptes[17]. 3. Le sénatus-consulte fut voté et Marius dut se présenter devant les sénateurs ; mais il n'éprouvait pas l'émotion d'un jeune homme qui vient d'entrer dans la vie politique et n'a rien accompli encore d'éclatant. Adoptant déjà l'assurance à laquelle par la suite ses exploits lui permirent de prétendre, il menaça Cotta de le faire jeter en prison s'il n'abrogeait pas le sénatus-consulte. 4. Cotta s'étant tourné vers Métellus pour lui demander son avis, Métellus se leva et soutint le consul. Alors Marius fit entrer le licteur qui se trouvait à l'extérieur et lui donna ordre d'emmener Métellus lui-même en prison. 5. Métellus en appela aux autres tribuns, mais aucun ne venant à son aide, le Sénat dut céder et renoncer à ce sénatus-consulte[18]. 6. Alors Marius, radieux, se rendit devant l'assemblée du peuple et fit voter sa loi. Il acquit ainsi la réputation d'un homme qui ne se laissait ni fléchir par la crainte, ni émouvoir par le respect et qui était capable de s'opposer au Sénat : un démagogue qui cherchait à plaire à la multitude[19]. 7. Cependant il effaça rapidement cette impression par un second acte politique. Comme on présentait un projet de loi qui proposait une distribution gratuite de blé aux citoyens, il s'y opposa de la manière la plus vigoureuse et remporta la victoire, ce qui lui valut l'estime égale des deux partis, car il ne favorisait ni l'un ni l'autre au détriment de l'intérêt public[20].

---

16. Concrètement, il s'agissait de rétrécir la passerelle (pons) *conduisant le votant à l'urne, lors des comices, pour empêcher les pressions, particulièrement celle des* optimates – *«les meilleurs», selon Cicéron, c'est-à-dire les hommes du parti conservateur, opposé au parti plébéien, les* populares *(Cicéron,* Lois, *III, 38 ; voir Van Ooteghem 1964b, p. 151-153 ; Rowland, 1976).*
*17. Lucius Aurelius Cotta est collègue de Métellus Dalmaticus au consulat. Avec le problème agraire et celui de la citoyenneté en Italie, le débat touchant l'organisation et l'équilibre des pouvoirs domine la période qui suit la chute des Gracques. Sur le contexte de lutte entre les deux partis (*optimates *et* populares*) dans lequel s'inscrit cette opposition virulente, voir Salluste,* Jugurtha, *31 et 41-42.*
18. Le processus est en gros conforme aux coutumes institutionnelles, lorsque le parti plébéien utilise à fond ses prérogatives. Le Sénat a pouvoir de convoquer le tribun auteur de la proposition contestée ; le consul, menacé par le tribun, cherche le secours d'un aristocrate censé avoir barre sur lui ; mais si le «client» refuse de «jouer le jeu», l'unique recours, comme lors de l'épisode des Gracques, réside dans l'appel aux autres tribuns ; lorsque ceux-ci sont solidaires de leur collègue, rien n'empêche celui-ci de mettre sa menace à exécution, et il ne reste au Sénat qu'à abandonner son opposition ; dès lors, le tribun peut faire voter la loi par les comices. Il est probable, cependant, que Plutarque, moins soucieux d'exactitude chronologique que désireux d'affirmer d'emblée la stature anti-aristocratique de son héros, a antidaté d'une bonne dizaine d'années l'épisode – par ailleurs ignoré des sources (voir Van Ooteghem 1964b, p. 154).
19. L'impression produite par l'attitude de Marius a dû être d'autant plus vive qu'il n'avait pas seulement su défier le Sénat, mais menacer son propre «patron» (voir infra, *V, 7-9).*
20. Les distributions gratuites ou à bas prix de blé font également partie de l'arsenal des mesures législatives courantes à cette époque (voir Gracques, *XXVI, 2).*

V. 1. Après le tribunat de la plèbe, il brigua l'édilité la plus haute[21]. 2. Il existe en effet deux catégories d'édilité, l'une qui tire son nom de la chaise curule sur laquelle siègent les magistrats quand ils s'occupent des affaires de leur charge, et une seconde, inférieure, qu'on appelle édilité plébéienne. Une fois qu'on a élu les édiles de la plus haute dignité, on procède à un nouveau vote, pour les autres. 3. Aussi, dès qu'il fut clair que Marius avait échoué à la première édilité, il se reporta aussitôt sur la seconde. Mais cette attitude fut jugée insolente et présomptueuse, et il fut battu. Ces deux échecs essuyés en un seul jour, fait sans précédent, n'entamèrent nullement sa fierté, et peu après il se porta candidat à la préture. Il faillit bien échouer: il fut élu le dernier de tous, et on l'accusa de brigue[22]. 4. Ce qui paraissait le plus suspect, c'était qu'on avait vu, à l'intérieur de la clôture, parmi les votants, un esclave de Cassius Sabaco[23]: or ce dernier était un des meilleurs amis de Marius. 5. Sabaco fut donc convoqué par les juges auxquels il déclara que la chaleur lui ayant donné soif, il avait réclamé de l'eau fraîche et que son esclave était venu lui apporter une coupe: sitôt celle-ci vidée, il s'était retiré. 6. Les censeurs qui furent désignés par la suite expulsèrent du Sénat ce Sabaco, et l'on jugea qu'il avait mérité ce traitement, pour avoir porté un faux témoignage ou pour n'avoir su résister à la soif[24]. 7. Caius Hérennius fut lui aussi appelé à témoigner contre Marius, mais il déclara qu'il était contraire à l'usage ancestral de témoigner contre ses clients et que la loi déliait de cette obligation les patrons (tel est le mot par lequel les Romains désignent les protecteurs): or, disait-il, les parents de Marius et Marius lui-même étaient depuis toujours clients de la maison des Herennii[25]. 8. Les juges admirent cette excuse, mais Marius répondit à Hérennius que, du jour où il avait été

---

21. *Le tribunat de la plèbe se trouvait en quelque sorte hors cursus officiel, un cursus comportant successivement questure, édilité, préture et consulat. L'édilité est la charge la plus basse assurant à son titulaire l'entrée au Sénat. Les édiles sont responsables à cette époque de l'entretien des bâtiments publics, des temples, des marchés et des jeux, ainsi que de l'approvisionnement de la ville en blé. Chaque année sont élus deux édiles plébéiens, forcément d'origine plébéienne, et deux édiles curules, qui à cette époque peuvent être plébéiens ou patriciens. L'exemple de Marius montre qu'une connotation aristocratique s'attache toujours à la fonction. Les magistrats curules avaient le privilège de s'asseoir sur la chaise du même nom, sorte de pliant aux montants d'ivoire, et de se déplacer accompagnés de licteurs exhibant leurs faisceaux.*
22. *Marius est préteur en 115. Quatre préteurs étaient jadis élus chaque année par les comices centuriates, six au temps de Marius (Sylla portera leur nombre à huit). L'accusation de brigue (de ambitu), c'est-à-dire de corruption sous ses diverses formes, devient de plus en plus fréquente à la fin de la République.*
23. *Il est particulièrement scandaleux, dans la cité romaine, de voir un esclave se mêler aux citoyens dans une activité qui leur est réservée: l'exercice du droit de vote. Au citoyen seul, il revient aussi de participer aux légions; Marius sera accusé d'embaucher dans ses troupes des esclaves (voir infra, IX, 1 et XLIII, 4).*
24. *Il est en effet du ressort des deux censeurs élus tous les cinq ans, qui inscrivent les noms sur l'«album» sénatorial, de les rayer éventuellement pour conduite indigne de ce rang: c'est la* nota censoria. *Sur Plutarque et les censeurs, voir entre autres* Question romaine *98 et surtout* Caton l'Ancien, *XVI, 3 et note; XVII. À noter qu'un des censeurs d'alors est un Métellus...*
25. *Sur Marius client des Herennii, voir Deniaux (1973), p. 191-195. Deniaux (1979, p. 635-638 et 647) fait remarquer que de nombreux Herennii sont connus en Étrurie, et que le nom de la mère de Marius, Fulcinia, est bien attesté à Tarquinia, cité étrusque: serait-ce l'origine du lien de clientèle?*

nommé magistrat, il avait quitté la condition de client. 9. Or ce n'était pas tout à fait vrai. Toutes les magistratures ne dispensent pas leur titulaire et sa famille d'avoir un patron : c'est le cas seulement de celles auxquelles la loi accorde une chaise curule[26]. 10. Quoi qu'il en soit, Marius fut en difficulté pendant les premiers jours du procès, et les juges étaient mal disposés à son égard : mais le dernier jour, contre toute attente, il fut acquitté, les suffrages se trouvant également partagés[27].

VI. 1. Durant sa préture, il n'obtint que des éloges très mesurés. 2. Mais à sa sortie de charge, le tirage au sort lui ayant attribué l'Espagne Ultérieure, on dit qu'il débarrassa de ses brigands cette province qui avait encore des mœurs barbares et sauvages : les Ibères de ce temps-là considéraient toujours le brigandage comme la plus belle des activités[28]. 3. En abordant la vie politique, Marius ne possédait ni richesse, ni éloquence, les deux ressources qui permettaient aux hommes les plus estimés en ce temps-là de mener le peuple. 4. Mais la rigidité de son orgueil, sa ténacité devant les épreuves et la simplicité toute plébéienne de sa vie lui valurent une certaine faveur de la part de ses concitoyens. Il grandit dans leur estime et acquit tant de puissance qu'il put faire un mariage brillant, qui l'introduisit dans l'illustre maison des Césars : il épousa Julia, la tante du César qui par la suite fut le plus grand des Romains et qui, en raison de cette parenté, chercha à imiter Marius, comme nous l'avons écrit dans sa *Vie*[29]. 5. On rend aussi témoignage à la tempérance de Marius et à la maîtrise de soi dont il fit preuve à l'occasion d'une opération chirurgicale. 6. Il avait, paraît-il, les deux jambes couvertes de grosses varices ; contrarié de leur aspect disgracieux, il décida de se remettre entre les mains d'un médecin. Il tendit la première jambe sans se faire lier et ne fit pas un mouvement, ne poussa pas un gémissement : le visage impassible, il supporta en silence les souffrances extrêmes des incisions. 7. Mais lorsque le médecin voulut passer à l'autre jambe, Marius refusa. « Je vois bien, déclara-t-il, que l'amélioration ne vaut pas la souffrance qu'elle coûte[30]. »

---

26. *Très précieux document sur la relation patron-client à Rome, avec ses lois non écrites, mais suffisamment reconnues pour être invoquées lors d'un procès, suffisamment subtiles pour donner lieu à arguties contradictoires, suffisamment imbriquées dans le fonctionnement de la vie politique pour que l'accès à une magistrature supérieure libère provisoirement l'intéressé, devenu « homme public », de ce lien « privé », à la fois familial et héréditaire. Marius, client des Herennii, des Scipions et des Metelli, va s'élever peu à peu, dans le contexte très spécifique de ces années, de ce statut de dépendant à celui de « patron » d'individus et de collectivités étrangères ; voir Badian (1958), p. 194-225 ; Syme (1967).*
27. *Voir Valère Maxime, VI, 9, 14 : « [...] ce n'est qu'à grand-peine qu'il obtint son acquittement ».*
28. *C'est comme propréteur que Marius est parti, sans doute en 114, pour la province méridionale de l'Espagne, la future Bétique. La réputation des Ibères auprès des Romains est due à la résistance obstinée de beaucoup d'entre eux à la conquête, tout au long du II*ᵉ *siècle.*
29. *Le mariage de Marius date de 110, ou peu avant. La famille des Julii est patricienne ; son passé récent n'est pas brillant, mais plusieurs de ses membres s'emploient alors à lui redonner son rang. La référence à César (I, 5 et 6), et à l'éloge indirect et provocateur qu'il fit, à la mort de Julia, de son oncle par alliance Marius, montre que la biographie de Marius est postérieure à celle du dictateur.*
30. *Voir* Apophtegmes, *202 B ;* Cicéron, Tusculanes, *II, 35 et 53 ;* Pline, Histoire naturelle, *XI, 252.*

VII. 1. Lorsque Caecilius Métellus fut élu consul et chargé de diriger la guerre contre Jugurtha, il emmena Marius avec lui en Afrique, en qualité de légat[31]. Là, Marius prit part à de grandes actions et à des combats brillants, mais il ne voulut pas contribuer, comme les autres, à l'élévation de Métellus ni mettre son activité politique à son service. 2. À son idée, ce n'était pas Métellus qui l'avait appelé à être légat, mais la Fortune qui offrait à ses actions l'occasion la plus favorable et le plus grand des théâtres : il déploya donc toute sa valeur[32]. 3. Au cours de cette guerre pleine de difficultés, il ne recula jamais devant les plus hautes tâches, ne dédaigna jamais les plus basses. Il surpassait ses pairs par ses avis judicieux et la manière dont il discernait ce qui était utile, rivalisait avec les soldats en frugalité et en endurance, ce qui lui valut auprès d'eux une grande popularité, 4. car en général, lorsque les gens se donnent du mal, ils trouvent un grand réconfort à voir d'autres personnes s'associer volontairement à leurs efforts : la contrainte semble ainsi disparaître. C'était pour les soldats romains le plus agréable des spectacles de voir un général manger le même pain qu'eux, coucher sur une paillasse grossière et travailler avec eux à ouvrir une tranchée ou à construire un parapet. 5. Les hommes éprouvent moins d'admiration pour les chefs qui leur distribuent des honneurs ou de l'argent que pour ceux qui prennent leur part des efforts et des dangers ; à ceux qui leur permettent de ne rien faire, ils préfèrent ceux qui acceptent de se donner du mal avec eux. 6. En agissant constamment ainsi et en faisant ainsi le démagogue[33] auprès des soldats, Marius eut tôt fait d'emplir de son nom et de sa gloire l'Afrique, et bientôt Rome, car ceux qui étaient à l'armée écrivaient chez eux qu'on ne verrait l'issue et la fin de la guerre contre le Barbare que si l'on choisissait Caius Marius comme consul[34].

---

31. En 109 avant J.-C., au cours de la guerre contre Jugurtha en «Libye», c'est-à-dire en Afrique du Nord. Pour les chapitres «africains» VII à IX, comparer la relation riche mais partiale de Salluste.

32. La référence à la Fortune (Tychè) – voir Dictionnaire – peut s'apprécier à trois degrés : comme témoignage sur un recours de plus en plus affiché à cette déesse par les chefs militaires du Ier siècle ; comme moyen, pour Marius, de se dégager des liens de clientèle ; comme introduction d'un des thèmes chers à Plutarque. Selon Salluste (Jugurtha, 63, 1), c'est après un sacrifice qu'un haruspice, à Utique, révèle à Marius que la déesse appuiera toutes ses entreprises. Plutarque relate le même épisode, mais le situe au moment où Marius repart pour l'Italie (VIII, 8) ; selon Pline l'Ancien (XI, 73, 189), le présage aurait été défavorable!

33. La formule, moins péjorative en grec, illustre l'attitude ambiguë de Plutarque à l'égard du héros : alors qu'il vient de mettre en valeur ses talents de meneur d'hommes «à la Caton», la caractérisation finale emprunte au registre aristocratique, très hostile à Marius, qui domine dans les sources (ici, sans doute, Posidonios, fr. 185 de l'édition Theiler cité par Diodore, XXXIV-XXXV, 38).

34. Commentaire de Salluste (Jugurtha, 63, 6) : «C'était encore le temps où, si la plèbe avait accès aux autres magistratures, la noblesse se réservait celle-là qu'elle se passait de main en main. Il n'y avait pas d'homme nouveau, si grand fût-il par sa gloire et ses exploits, qui ne fût jugé indigne d'un tel honneur, et comme entaché de quelque souillure.» Cette formulation frappante (voir Dion Cassius, fragment 87, 4) est historiquement acceptable, à condition de comprendre par «plèbe» les citoyens qui n'appartiennent pas à la nobilitas, laquelle englobe, avec les patriciens, des familles plébéiennes de «noblesse» plus récente. Sur les lettres dont il est ici question, voir Salluste, Jugurtha, 65.

VIII. 1. Tout cela causa à Métellus un déplaisir visible. Ce qui le chagrina le plus fut l'affaire de Turpilius. Cet homme était son hôte héréditaire ; il servait alors dans son armée où il occupait la charge de préfet des ouvriers[35]. 2. Turpilius tenait garnison à Vaga, une cité importante. Comme il ne faisait aucun tort aux habitants et les traitait avec douceur et humanité, il avait confiance en eux et tomba, sans s'être méfié de rien, entre les mains des ennemis : 3. les habitants ouvrirent leur ville à Jugurtha, mais ils ne firent aucun mal à Turpilius, intercédèrent pour lui et le laissèrent partir sain et sauf[36]. 4. En conséquence, l'homme fut accusé de trahison. Marius, qui participait au procès en tant qu'assesseur, se montra sévère à son égard et monta la plupart des juges contre lui, si bien que Métellus fut contraint, à son corps défendant, de condamner Turpilius à mort. 5. Peu après, on reconnut que l'accusation était fausse et tout le monde partagea l'affliction de Métellus, sauf Marius qui, tout joyeux, déclara que cette condamnation était son ouvrage et, sans vergogne, raconta partout qu'il avait attaché à Métellus un génie vengeur de la mort de son hôte[37]. 6. À la suite de cette affaire, leur haine devint publique. Un jour, dit-on, en présence de Marius, Métellus déclara pour l'humilier : « Tu songes donc à nous quitter, mon noble ami, pour faire voile vers Rome et briguer le consulat. Estime-toi donc heureux, si tu peux devenir consul en même temps que mon fils. » Or le fils de Métellus était à l'époque un tout jeune adolescent[38].
7. Cependant, comme Marius sollicitait avec insistance son congé, Métellus, après avoir longtemps différé, le lui accorda enfin, alors qu'il ne restait que douze jours avant les élections consulaires[39]. 8. Marius couvrit en deux jours et une nuit la longue route qui séparait le camp de la ville d'Utique, sur le littoral. Avant d'embarquer, il offrit un sacrifice et le devin lui déclara, dit-on, que la divinité annonçait des succès d'une importance extraordinaire, qui dépasseraient toutes ses espérances. Exalté par

---

35. La charge de praefectus fabrum, *« intendant des ouvriers », est attribuée à des officiers de rang intermédiaire. Ici, le* praefectus *est le chef de la garnison installée à Vaga (actuelle Béja, en Tunisie) par Métellus (voir* Jugurtha, *66, 2-4). « Hôte héréditaire », c'est-à-dire client de Métellus, l'Italien Titus Turpilius Silanus, comme le souligne dédaigneusement Salluste (*Jugurtha, *69, 4), n'est pas un vrai Romain, mais « citoyen latin ».*
*36. Les « vêpres de Vaga » datent du 13 décembre 109. La version de Salluste est plus cruelle à tout point de vue – et plus favorable à Marius : « [...] bons et mauvais soldats, braves et lâches, tous indistinctement étaient égorgés sans pouvoir se venger [...]. Le préfet Turpilius fut le seul de tous les Italiens à s'enfuir sain et sauf. Fut-ce pitié de la part de son hôte, effet d'un accord secret, ou simplement un hasard, nous ne savons ; en tout cas, l'homme qui, dans un tel malheur, préféra une vie sans honneur à une réputation sans tache doit être tenu pour un misérable, et pour un infâme. » Appien (*Histoire romaine, *« Guerres numides », 2) croit également à la culpabilité de Turpilius.*
37. Le « génie vengeur » est le double antithétique de la « fortune » de Marius. Visiblement, cette présentation s'inspire d'une source défavorable à Marius ; nous ignorons laquelle.
*38. Le fils de Métellus « le Numidique » deviendra, pour sa vénération envers son père, « le Pieux » (*Pius*), qui combattra plus tard Sertorius en Espagne. Il a une vingtaine d'années (Salluste,* Jugurtha, *64, 4), tandis que Marius est proche de la cinquantaine.*
39. Nous sommes à la fin de l'année 108.

ces promesses, Marius embarqua; 9. il fit la traversée en trois jours, grâce à un vent favorable. Sa vue suscita aussitôt l'amour du peuple. Présenté à la foule par un des tribuns de la plèbe, il se livra à de nombreuses attaques contre Métellus et brigua le consulat, s'engageant à s'emparer de Jugurtha mort ou vif[40].

IX. 1. Il fut élu brillamment et aussitôt, contrairement à la loi et à l'usage, il enrôla beaucoup d'indigents et d'esclaves. Jusque-là, aucun général n'acceptait ce genre d'individus dans l'armée; les armes, comme d'ailleurs toute marque honorifique, étaient confiées à ceux-là seuls qui en étaient dignes et dont les biens constituaient, semblait-il, comme une garantie[41]. 2. Cependant, ce ne fut pas cette mesure qui exposa Marius aux plus vives critiques, mais ses discours hardis, pleins de morgue et d'insolence, qui offensaient les grands. Il clamait que son consulat était une dépouille qu'il avait gagnée sur la veulerie des patriciens et des riches et qu'il tirait gloire, lui, devant le peuple, des blessures qu'il avait reçues personnellement, non de monuments élevés à des morts ou d'images qui représentaient d'autres que lui. 3. Souvent, en désignant par leur nom les généraux qui avaient été défaits en Afrique, notamment Bestia ou Albinus[42], il disait que ces hommes, issus de maisons illustres, ne connaissaient rien à la guerre et avaient échoué par manque de compétence[43]. «Ne pensez-vous pas, demandait-il aux assistants, que leurs ancêtres eux-mêmes auraient préféré laisser derrière eux des descendants qui me ressemblent? Car enfin, ces ancêtres n'ont pas dû plus que moi leur gloire à leur naissance, mais

---

40. *Tout ce qui précède porte trace, chez Plutarque comme chez Salluste (Jugurtha, 73 et 84), du caractère partisan, dans un sens ou dans l'autre, des sources. Cicéron rapporte, plus sobrement, que Marius n'aurait conçu le projet d'accéder au consulat, et donc commencé sa campagne contre Métellus, qu'en mesurant, à son arrivée en Italie, sa propre popularité (Cicéron, Des devoirs, III, 20, 79).*
41. *La décision imputée à Marius est particulièrement scandaleuse aux yeux de la tradition romaine. Elle est ici évoquée de manière floue et largement antidatée (voir infra, XXXV, 7 et XLI, 4, pour 88 et 87). Ce qu'on appelle improprement la «réforme de l'armée» par Marius a consisté à y recruter les capite censi (ceux qui acquittaient le cens par tête), c'est-à-dire les citoyens qui jusque-là n'avaient normalement pas le niveau minimum de richesse requis pour servir sous les armes (voir Salluste, Jugurtha, 86, 2; Valère Maxime, II, 3, 1; Florus, Histoire du peuple romain, III, 2).*
42. *Lucius Calpurnius Bestia, «renégat des Gracques», avait rejoint le camp des nobles; consul en 111, il a, après quelques succès, accordé des conditions avantageuses à Jugurtha – gagné par son or, disent les* populares *et Salluste (Jugurtha, 27-30). Aulus Postumius Albinus, propréteur, frère du consul Spurius, est vaincu près de Calama (Guelma), à la fin de 110 ou au début de 109, et capitule (voir Jugurtha, 36-39). Les familles des Calpurnii et des Postumii sont des «maisons illustres».*
43. *C'est un réel problème de la République aristocratique romaine qu'on y devient consul, et donc chef d'armée, par la grâce d'une élection annuelle qui repose généralement, lors des comices centuriates, sur l'appui concerté d'un certain nombre de grandes familles. Ce système ne garantit pas plus les compétences militaires que l'efficacité administrative, et des «hommes nouveaux» comme Marius sont bien placés pour le contester (voir Salluste, Jugurtha, 85, 25: «Ma noblesse est toute nouvelle; mais il vaut mieux se l'être faite soi-même, que d'avoir déshonoré celle qu'on a reçue»).*

à leur vertu et à leurs beaux exploits[44] ? » 4. Ce n'était point la vanité ou la forfanterie qui lui inspiraient de tels discours, ni le désir de s'attirer inutilement la haine des puissants ; c'était parce que le peuple, qui se réjouissait de l'humiliation du Sénat et mesurait toujours la grandeur du caractère à l'emphase des paroles, le portait aux nues et le poussait à ne pas épargner les notables, s'il voulait plaire à la multitude[45].

X. 1. À son retour en Afrique, Métellus ne put dominer sa jalousie et son indignation : c'était lui qui avait terminé la guerre et, alors qu'il ne restait qu'à s'emparer de la personne de Jugurtha, Marius venait lui enlever la couronne et le triomphe, après s'être élevé par son ingratitude à son égard. Il ne put se résoudre à le rencontrer et se retira ; ce fut donc Rutilius, son légat, qui transmit le commandement de l'armée à Marius[46]. 2. Mais, à la fin de la campagne, Marius fut frappé à son tour par la Némésis[47] : Sylla vint lui ravir la gloire de son succès, exactement comme lui-même en avait dépouillé Métellus. Je vais raconter rapidement de quelle manière, car j'ai décrit ces événements en détail dans la *Vie de Sylla*[48]. 3. Bocchus, roi des Barbares de l'intérieur, était le beau-père de Jugurtha. Mais apparemment il n'avait pas beaucoup soutenu son gendre dans cette guerre, prétextant sa mauvaise foi et redoutant de le voir grandir[49]. 4. Cependant, lorsque Jugurtha, fugitif et errant, fut contraint par la nécessité de placer en lui son ultime espérance et vint se réfugier

---

44. *Comparaison très concrète du mérite individuel et de l'héritage familial. Marius prend le contre-pied d'une illustre coutume romaine en opposant l'exhibition de blessures personnelles, et récentes, à celle, habituelle après le décès d'un «Père», de portraits et d'exploits de lointains ancêtres gentilices. Le discours de Marius chez Salluste, beaucoup plus développé, est resté célèbre : «Je ne puis, pour inspirer confiance, exhiber les portraits ni les triomphes ou les consulats de mes ancêtres, mais, s'il en était besoin, des phalères et autres récompenses militaires, sans parler de mes blessures, toutes reçues par-devant. Voilà mes portraits, voilà ma noblesse, titres qui ne m'ont pas été laissés, comme à eux, par héritage, mais que j'ai gagnés au prix de fatigues et de dangers sans nombre»* (Jugurtha, *85, 29-30).*
45. *Une nouvelle fois, la «démagogie» de Marius, thème développé à satiété par les optimates, ne lui vaut de la part de Plutarque qu'une réprobation modérée.*
46. *Version identique de Salluste,* Jugurtha, *86, 5. Publius Rutilius Rufus, légat de Métellus, naguère ami de Laelius et de Scipion Émilien, deviendra consul en 105 et écrira une* Histoire romaine, *en grec, aujourd'hui perdue, mais sans doute consultée par Salluste et par Plutarque (voir* infra, *XXVIII, 8).*
47. *Cher au biographe, le thème de la Némésis et du «retournement de la Fortune» mesure le degré de sérénité atteint par ses héros. Voir Dictionnaire, «Fortune».*
48. *Sylla, III. Il est probable que le récit de la prise de Jugurtha dérive pour l'essentiel des* Mémoires de Sylla *(voir* infra, *XXV, 6-7 ; XXVI, 5-6 ; XXXV, 4 ;* Sylla, *XII, 2 et XXXVII, 1).*
49. *Salluste (*Jugurtha, *97-101) présente Bocchus, roi de Maurétanie (et non de Numidie, comme* infra, *XXXII, 4 et* Sylla, *III, 2), coopérant beaucoup plus étroitement avec son gendre, par exemple dans l'attaque de Cirta (Constantine). C'est seulement après le rude échec subi là que Bocchus, pressé par Sylla, envisage de livrer Jugurtha (103-113). En filigrane, Plutarque dessine un portrait de Barbare peu sympathique, aussi prompt à l'esquive que prêt à la trahison. Comparer les relations de Tigrane et de Mithridate dans* Lucullus.

auprès de lui, Bocchus l'accueillit comme suppliant, par scrupule plutôt que par affection. Quand il le tint en son pouvoir, il feignit d'intercéder en sa faveur; il écrivait qu'il ne le livrerait pas et affectait la franchise. Mais en secret, il méditait une trahison contre lui: il fit venir Lucius Sylla qui était questeur de Marius et avait rendu service à Bocchus au cours de cette guerre[50]. 5. Cependant, lorsque Sylla, se fiant au roi, arriva devant lui, le Barbare, semble-t-il, changea d'idée et éprouva des remords. Il resta plusieurs jours à hésiter, ne sachant s'il livrerait Jugurtha ou s'il retiendrait Sylla prisonnier. 6. Pour finir, entre ces deux trahisons, il opta pour la première et remit Jugurtha vivant à Sylla[51]. 7. Ce fut le premier germe de la guerre civile implacable et cruelle que se livrèrent Marius et Sylla et qui faillit bien amener la ruine de Rome. 8. En effet, beaucoup de gens souhaitaient, par haine de Marius, que cette capture fût considérée comme l'œuvre de Sylla, et ce dernier se fit faire un sceau qu'il portait sur lui et dont le cachet représentait Bocchus lui livrant Jugurtha[52]. 9. Sylla se servait constamment de ce sceau, irritant ainsi Marius, cet homme ambitieux, incapable de partager la gloire, et porté à la querelle. Sylla était surtout poussé par les ennemis de Marius qui attribuaient à Métellus les premiers et les plus grands succès de la guerre, et à Sylla les derniers et le dénouement du conflit, pour que le peuple cessât d'admirer Marius et de le tenir en plus haute estime que tous les autres.

XI. 1. Bientôt cependant, cette envie, cette haine et ces accusations dont Marius était l'objet se dissipèrent, balayées par le danger venu d'Occident qui s'abattit sur l'Italie[53]. Dès que la cité eut besoin d'un grand général et chercha des yeux le pilote auquel elle pourrait se fier pour échapper à la terrible tempête de cette guerre, aucun de ceux qui étaient issus des familles patriciennes[54] ou riches n'accepta de se présenter aux élections consulaires; ils se reportèrent tous sur Marius, qui pourtant était absent[55]. 2. À peine avait-on annoncé aux Romains la capture de Jugurtha que s'abattirent sur la cité les rumeurs concernant les Teutons et les Cimbres; au début, on refusa de croire à ce que l'on disait du nombre et de la force de l'armée qui envahissait le pays, mais ces rumeurs se révélèrent ensuite inférieures à la vérité. 3. Les guerriers en armes qui s'avançaient étaient, disait-on, au nombre de trois cent mille, et une foule encore plus nombreuse de femmes et d'enfants les accompagnait: ils réclamaient de la terre pour nourrir une si grande multitude et des cités

---

50. *Sur ce service rendu, voir* Sylla, *III, 3; voir aussi* Salluste, Jugurtha, *103, 4-5.*
51. *Voir* Sylla, *II;* Salluste, Jugurtha, *113.*
52. *Cette présentation mêle étroitement, et sans doute de manière assez conforme à la réalité, des antagonismes personnels et, prenant appui sur eux, l'opposition de plus en plus violente des* optimates *(Sylla) et des* populares *(Marius). Ainsi est annoncé le thème qui va dominer les années suivantes.*
53. *La menace des Cimbres et des Teutons sur l'Italie du Nord remplace aussitôt le péril africain, comme dans le dernier chapitre (114) du* Jugurtha. *Sur l'invasion de ces peuples, voir Demougeot (1978).*
54. *Une fois encore, l'emploi du mot «patricien» est impropre; il est pris au sens plus large de «noble».*
55. *À la date de l'élection, Marius est encore en Afrique. Plutarque met ici l'accent sur une double anomalie, qu'aggravera bientôt la série de consulats successivement conférés à Marius.*

pour s'y établir et y vivre, de même que précédemment, ils l'avaient appris, les Celtes avaient occupé la meilleure partie de l'Italie[56], après en avoir dépouillé les Étrusques[57]. 4. En ce qui concernait ces envahisseurs, comme ils ne s'étaient jamais mêlés à d'autres peuples et qu'ils avaient traversé un très vaste territoire, on ne savait quel genre d'hommes ils étaient ni d'où ils s'étaient élancés pour s'abattre, comme une nuée d'orage, sur la Gaule et sur l'Italie[58]. 5. On imaginait le plus souvent qu'ils étaient d'origine germanique et faisaient partie des peuples qui vivent près de l'océan Boréal, en raison de leur haute taille, de leurs yeux bleus et de ce nom de Cimbres qui, en langue germanique, désigne les brigands[59]. 6. Mais selon certains, la Celtique s'étend de la mer Extérieure et des régions arctiques jusqu'à l'Orient, du côté du Palus Méotis, et touche à la Scythie Pontique[60] : c'est pourquoi les nations se seraient mêlées. 7. Ces hommes, disait-on, ne s'étaient pas mis en route d'un seul élan, en progressant régulièrement ; chaque année ils poursuivaient leur avancée pendant l'été, en guerroyant, et ils avaient donc mis beaucoup de temps à parcourir le continent. En conséquence, malgré la diversité des noms donnés à chacune de ces peuplades, on désignait l'ensemble de cette armée par le nom de Celtoscythes. 8. Selon d'autres encore, il s'agissait d'un petit groupe de ces Cimmériens jadis connus des anciens Grecs : des exilés et des révoltés chassés par les Scythes du Palus Méotis vers l'Asie et qui avaient pour chef Lygdamis[61] : 9. la partie

---

56. Allusion à l'implantation des Celtes en Italie du Nord, autour de la plaine du Pô, au IVe siècle, dans la région qui devient au IIe siècle la «Gaule Cisalpine».
57. Voir Camille, XIV-XVI. Plutarque met bien l'accent sur l'univers de «rumeurs» qui accompagne la nouvelle de la poussée barbare. Cet affolement se nourrit d'une vision enracinée à Rome (§ 12-14) du danger gaulois : «Les Romains ont cru que si tout le monde s'inclinait aisément devant leur courage, avec les Gaulois, c'était une lutte, non pour la gloire, mais pour la vie» (Salluste, Jugurtha, 114, 2).
58. Ce chapitre paraît tirer sa substance de l'œuvre (perdue) de Posidonios (voir supra, I, 2). Les incertitudes sur la provenance des Cimbres, peut-être accentuées par la distance critique que Plutarque prend envers cette source (infra, XI, 12), reflètent les hésitations des Anciens : Germains, Celtes ou Cimmériens ? La thèse la plus courante aujourd'hui les fait venir du Jutland (la «péninsule cimbrique») ; ils auraient au passage rallié les Teutons du Holstein. La présentation syncrétique du § 6 (où «mer Extérieure et régions arctiques» désigne le littoral de l'Océan et de la Baltique) illustre une sorte d'hypothèse moyenne, de même que le nom mixte de «Celtoscythes», au § 7, qui rappelle celui des Celtibères d'Espagne. Dans tout ce passage, l'idée générale concernant les modes de déplacement de ces peuplades est sans doute plus proche de la réalité que les références légendaires à leurs origines.
59. Voir Festus, Abrégé des hauts faits du peuple romain, 37, 1 ; Tacite, Germanie, 37.
60. La Scythie Pontique est située sur la rive nord de la mer Noire ; la zone du Palus Méotis (mer d'Azov) correspond à la steppe russe, au nord de la mer Noire (voir Strabon, Géographie, VII, 2, 293).
61. Les Cimmériens mentionnés par Homère au chant XI de l'Odyssée sont un peuple de légende qui vit dans un pays de brumes et de ténèbres, où Ulysse peut prendre contact avec les morts. Chez Hérodote (Enquête, IV, 12), leur destin historique, au VIIIe et au VIIe siècle, les conduit du nord de la mer Noire, leur terre natale, d'où les chassent des nomades scythes, à l'Asie Mineure, où ils finissent par disparaître. Leur assimilation aux Cimbres (ici et § 11), attestée chez Posidonios (fr. 44a Theiler = Strabon, VII, 2, 1, p. 293), paraît être le fruit d'une de ces confusions étymologiques courantes dans l'Antiquité.

la plus nombreuse et la plus belliqueuse de ce peuple habitait toujours, disait-on, aux extrémités du monde, le long de la mer Extérieure, sur une terre couverte de ténèbres et de bois, où le soleil ne pouvait pénétrer, en raison de la profondeur et de l'épaisseur des futaies, et qui s'étendait jusqu'à la forêt Hercynienne. Ils avaient reçu en partage la partie du ciel où le pôle, en raison de l'inclinaison des parallèles, semble avoir une telle élévation qu'il est presque au zénith de ce pays, et où les jours, égaux aux nuits dans leur plus grande comme dans leur plus brève durée, partagent le temps en deux parties égales, 10. ce qui a donné lieu au récit mythique que fait Homère dans l'*Évocation des morts*[62]. 11. C'était donc, disait-on, de ce pays que les Barbares étaient partis pour marcher contre l'Italie : on les aurait nommés d'abord Cimmériens, puis, sans beaucoup altérer le mot, Cimbres. 12. Mais tout ce que je viens de dire relève de la conjecture plus que de l'histoire solidement établie. Leur nombre, en revanche loin d'être inférieur à l'estimation que j'ai donnée, était, selon beaucoup d'historiens, encore plus considérable. 13. Leur courage et leur audace les rendaient invincibles, et lorsque dans les combats ils en venaient aux prises avec leurs ennemis, ils s'élançaient avec l'ardeur et l'impétuosité du feu. Nul n'osait s'opposer à leur marche : ils pillaient à leur aise et emportaient comme du butin tout ce qu'ils trouvaient sur leur chemin. Beaucoup de grandes armées romaines et de généraux, qui avaient été chargés de défendre la Gaule Transalpine furent honteusement battus[63] 14. et, par la médiocrité de leur résistance, contribuèrent particulièrement à attirer sur Rome le déferlement des Barbares. Ces derniers, après avoir vaincu ceux qu'ils avaient rencontrés et s'être emparés d'immenses ressources, décidèrent de ne se fixer nulle part avant d'avoir détruit Rome et ravagé l'Italie.

XII. 1. Les Romains, auxquels ces nouvelles parvenaient de tous côtés, appelèrent Marius à diriger la guerre. Il fut élu consul pour la deuxième fois, alors que la loi interdisait de désigner quelqu'un en son absence et de réélire un magistrat dont les deux mandats n'avaient pas été séparés par l'intervalle prescrit. Mais le peuple repoussa tous ceux qui voulurent s'opposer à cette élection[64]. 2. Ce n'était pas la pre-

---

62. *C'est la* Nécyia : «*Nous atteignons la passe et les courants profonds de l'Océan, où les Cimmériens ont leur pays et ville. Ce peuple vit couvert de nuées et de brumes, que n'ont jamais percées les rayons du soleil... : sur ces infortunés pèse une nuit de mort*» (Odyssée, XI, v. 13-18).
63. *Plutarque se contente d'allusions à la séquence des événements militaires antérieurs à l'intervention de Marius. En 113, à Noreia, les Cimbres ont infligé une sévère défaite au consul Cnaeus Papirius Carbo. Partis ensuite vers le Nord-Ouest, à travers le pays des Helvètes, ils écrasent en 109 chez les Séquanes (en Franche-Comté) un autre consul, Marcus Junius Silanus. Puis, descendus par la vallée du Rhône, ils rencontrent en 105, près d'Arausio (Orange) les armées du proconsul Quintus Servilius Caepio et du consul Cnaeus Mallius Maximus. Nouveau désastre romain. Plutarque fera brièvement référence à ces défaites en XVI, 9.*
64. *Le deuxième consulat de Marius est de 104. Il sera constamment réélu à cette fonction de 104 à 100. L'intervalle minimum séparant en principe l'exercice d'une magistrature de la suivante est de deux ans* (biennium). *Cette entorse à la norme, de même que l'élection* in absentia, *ouvre une des multiples brèches intervenues à cette époque dans le système républicain.*

mière fois, se disait-on, que la loi céderait devant l'intérêt général, et le motif actuel n'était pas moins sérieux que celui qui avait fait élire Scipion au consulat en dépit des lois : d'ailleurs, l'élection de Scipion n'avait pas été dictée par la crainte de perdre la cité, mais par le désir de détruire celle des Carthaginois[65]. 3. On prit donc cette décision. Marius, revenu d'Afrique avec son armée le jour des calendes de janvier qui, pour les Romains, marque le début de l'année, reprit possession du consulat et célébra son triomphe. Il offrit aux Romains ce spectacle incroyable : Jugurtha prisonnier. Jamais personne n'aurait imaginé pouvoir vaincre les ennemis du vivant de Jugurtha, tant cet homme était riche en expédients pour tirer parti de toutes les situations, et tant la fourberie se mêlait à son courage[66]. 4. Mais lorsqu'il fut traîné dans le cortège[67], dit-on, il perdit la raison. Après le triomphe, il fut jeté en prison. Les uns déchirèrent violemment sa tunique, d'autres, dans leur hâte de lui retirer de force ses boucles d'oreille en or, lui arrachèrent en même temps le lobe des oreilles. Puis on le poussa et le précipita nu dans le cachot. L'esprit troublé, il dit avec un rire sardonique : « Par Hercule, que vos thermes sont froids[68] ! » 5. Pendant six jours, il lutta contre la faim et, jusqu'à sa dernière heure, il resta suspendu au désir de vivre, avant de recevoir le châtiment que méritaient ses crimes[69]. 6. Dans la procession du triomphe, on avait porté, dit-on, trois mille sept livres d'or, cinq mille sept cent soixante-quinze livres d'argent non monnayé et deux cent quatre-vingt-sept mille drachmes en monnaie. 7. Après le triomphe, Marius réunit le Sénat sur le Capitole, or soit inadvertance, soit parce qu'il se fiait à sa fortune, il se présenta comme un rustre devant l'assemblée dans ses habits de triomphateur. Mais, remarquant bien vite le mécontentement des sénateurs, il sortit, pour revenir vêtu de la toge prétexte[70].

---

65. En 147, à un moment décisif de la troisième guerre punique, Scipion Émilien se présenta à l'édilité. Âgé de 42 ans, il n'avait donc pas encore occupé la préture. Il n'en fut pas moins élu directement consul. Il fut ensuite le vainqueur et le destructeur de Carthage.
66. Le triomphe de Marius sur Jugurtha a succédé à sa prise de fonction comme consul le 1ᵉʳ janvier 104. Le fait même d'avoir obtenu le triomphe traduit à la fois la gloire que lui ont value ses victoires, et un important soutien au sein même du Sénat.
67. Le cortège a conduit le triomphateur en char, ses prisonniers et son butin, par la voie Sacrée, jusqu'au temple de Jupiter sur le Capitole, pour l'offrande qui clôt la cérémonie.
68. Le mot de Jugurtha s'explique par la forme du cachot appelé Tullianum, proche du Capitole : creusée dans le rocher et ne s'ouvrant que par une bouche d'air à son sommet, la pièce évoque une étuve de bain romain...
69. Voir Tite-Live, Abrégé, 67. Il est possible que Jugurtha ait été étranglé dans sa prison (Orose, Histoire contre les païens, V, 15, 19 ; voir Le Gall, 1949 ; Van Ooteghem, 1964a, p. 177-178) ; le point reste discuté.
70. L'« erreur » de Marius (voir Tite-Live, Abrégé, 67) est évidemment de celles, réelles ou non, que colportaient ses ennemis optimates. Elle correspond ici à une confusion entre le rôle du consul (en toge prétexte) et celui de chaque triomphateur, si près d'être assimilé à la figure divine de Jupiter qu'au cours de la cérémonie un jeune esclave lui répète à l'oreille : « Souviens-toi que tu n'es qu'un homme ! » Voir aussi infra, XXVII, 8.

XIII. 1. Au cours de la campagne, il exerça son armée, chemin faisant, l'entraînant à des courses de toute espèce et à de longues marches, obligeant chacun à porter lui-même son bagage et à préparer de ses mains sa nourriture. C'est la raison pour laquelle, par la suite, on continua à surnommer «mules de Marius» les soldats laborieux qui exécutaient les ordres docilement, sans protester. 2. On propose parfois une autre explication pour cette expression. Au cours du siège de Numance[71], Scipion, non content d'inspecter les armes et les chevaux, avait également voulu examiner les mules et les chariots afin de contrôler l'entretien et l'état de chacun. Marius amena son cheval, parfaitement soigné, et sa mule qui, par son bel aspect, sa douceur et sa robustesse, était de beaucoup supérieure à toutes les autres. 3. Le général fut très satisfait des bêtes de Marius et il y faisait souvent allusion, si bien que les railleurs, quand ils voulaient faire l'éloge d'un travailleur appliqué, endurant et besogneux, disaient de lui: «C'est une mule de Marius.»

XIV. 1. La Fortune fit, semble-t-il, à Marius une grande faveur[72]. L'élan des Barbares subit une sorte de reflux et ils inondèrent d'abord l'Espagne, ce qui lui laissa le temps d'exercer physiquement ses hommes, de les affermir moralement en leur inspirant de l'audace, et surtout de se faire connaître d'eux tel qu'il était[73]. 2. Dès qu'ils eurent pris l'habitude d'éviter les fautes et la désobéissance, sa sévérité dans le commandement et sa fermeté inexorable quand il infligeait des châtiments leur parurent aussi salutaires que justes. Ils se firent peu à peu à la violence de son humeur, à la rudesse de sa voix, à l'expression farouche de son visage: ils n'y virent plus des menaces pour eux mais pour les ennemis. 3. Ce qui plaisait le plus aux soldats, c'était l'intégrité de ses jugements, dont on donne notamment l'exemple que voici. 4. Le fils de sa sœur, Caius Lusius, servait dans son armée comme officier. Ce n'était pas, semble-t-il, un mauvais homme, mais il était sans défense devant les beaux jeunes gens. 5. Il s'était épris d'un des soldats placés sous ses ordres, un tout jeune adolescent nommé Trébonius mais, malgré bien des tentatives, il n'avait pu le posséder. Pour finir, une nuit, il envoya un esclave le chercher. 6. Le jeune homme se présenta, car il ne lui était pas possible de se dérober à une convocation. Dès qu'il fut introduit sous la tente en présence de Lusius, celui-ci tenta de lui faire violence, mais Trébonius tira son épée et le tua. 7. L'événement s'était produit en l'absence de Marius. Celui-ci, dès son retour, fit passer Trébonius en jugement. 8. Le jeune homme avait beaucoup d'accusateurs et pas un seul défenseur; cependant, il s'avança avec assurance, raconta toute l'affaire et produisit des témoins pour confirmer que Lusius avait à maintes reprises essayé de le séduire, mais que lui-même avait refusé, n'avait fait aucun cas des pré-

---

71. En 134-133; voir supra, III, 2-4.
72. *Le biographe, comme la foule romaine (§ 14), est toujours attentif à discerner la volonté de la Fortune dans les circonstances favorables ou non à son héros, spécialement dans la période qui s'ouvre avec Marius et s'étend jusqu'à César.*
73. *Après leur victoire d'Orange, le 6 octobre 105 (voir supra, XI, 13 et note), les Cimbres (mais non les Teutons restés en Gaule) ont poursuivi leur route vers l'Aquitaine, puis l'Espagne, où la résistance celtibère les a arrêtés.*

sents considérables qui lui étaient offerts et n'avait pas voulu lui abandonner son corps. Marius, plein d'admiration et de joie, fit apporter la couronne qui récompense, selon l'usage ancestral, les actes de courage : de ses propres mains, il la plaça sur la tête de Trébonius, pour honorer sa belle conduite, à une époque où les bons exemples étaient rares[74]. 9. L'histoire fut rapportée à Rome où elle contribua beaucoup à l'élection de Marius à un troisième consulat[75]. D'ailleurs, on attendait les Barbares pour le printemps et les soldats ne voulaient pas se risquer contre eux sous un autre général. 10. Mais les Barbares ne vinrent pas aussi vite qu'on le pensait et, une fois de plus, le consulat de Marius s'acheva avant leur arrivée.
11. Comme les élections approchaient et que son collègue était mort, Marius laissa Manius Acilius à la tête de l'armée et se rendit à Rome. 12. Plusieurs hommes de bien briguaient le consulat, mais Lucius Saturninus[76], celui des tribuns de la plèbe qui possédait le plus d'influence sur la multitude, était acquis à Marius : il haranguait le peuple et l'engageait à le choisir comme consul. 13. Marius, lui, se faisait prier ; il feignait de refuser cette charge comme s'il n'en voulait pas. Alors Saturninus l'accusait de trahir sa patrie et de fuir le commandement, alors que le danger était si pressant. 14. Il était clair que Saturninus jouait là une comédie peu convaincante imaginée par Marius[77], mais la foule, voyant que la situation réclamait ses capacités et sa Fortune, l'élut consul pour la quatrième fois, avec pour collègue Lutatius Catulus, un homme estimé de l'aristocratie et que le peuple ne détestait pas[78].

XV. 1. Informé que les ennemis étaient tout près, Marius passa les Alpes en hâte. Il installa un camp fortifié au bord du Rhône et y rassembla des provisions considérables, pour ne jamais être contraint, par manque de vivres, à livrer bataille s'il n'y trouvait pas son intérêt[79]. 2. Le trajet jusqu'à la mer, pour se procurer le ravitaillement nécessaire à l'armée était jusque-là long et coûteux ; il parvint à le rendre facile et rapide. 3. Le reflux de la mer avait encombré les différents bras du Rhône d'une

---

74. Voir Cicéron, Pour Milon, 9. L'épisode en forme d'apologue magnifie la virilité idéale du soldat selon Marius : refus de devenir sous la contrainte ou par intérêt l'éromène d'un officier, fierté et fermeté du juste soumis à des accusations malhonnêtes ; Marius, de son côté, s'affirme incorruptible face aux tentations de la solidarité familiale. Parfaitement mise en scène par la remise de la couronne, témoignage consacré d'un exploit «guerrier», l'aventure allait servir d'argument électoral.
75. Ces élections sont celles de la fin 103, pour 102.
76. On ne retrouvera Saturninus, et la politique intérieure de Rome, qu'au chapitre XXVIII. Homme de petite noblesse, rallié à Marius après un précédent échec politique dû aux optimates, Lucius Apuleius Saturninus défendra des positions extrémistes, et aura avec le héros des relations inégales et tumultueuses, jusqu'à la rupture.
77. Pour un autre type de «comédie» dont Marius est soupçonné d'être l'instigateur, XVII, 5.
78. Quintus Lutatius Catulus, consul avec Marius en 102, est issu, lui, d'une grande famille. Voir Sylla, IV, 3 à propos de Catulus, dont Cicéron a souvent fait l'éloge.
79. Dans ce qui suit, Plutarque souligne avec admiration les qualités de Marius, stratège prévoyant, prudent et habile meneur d'hommes. Le général s'installe à Arélatè (Arles), très ancienne colonie grecque de Gaule du Sud.

masse de limon et de sable, que les flots avaient agglomérée en une boue épaisse, qui rendait la navigation difficile, pénible et lente. 4. Marius fit venir son armée, alors inoccupée, et lui ordonna de creuser un grand canal où il dériva une grande partie du fleuve qu'il détourna vers une anse accueillante, à la fois profonde, donc abordable pour les vaisseaux de grande taille, et offrant un passage facile, abrité des vagues, jusqu'à la mer. De nos jours encore, ce fossé porte le nom de Marius[80].
5. Les Barbares s'étaient divisés en deux troupes. Les Cimbres avaient été désignés pour remonter à travers le Norique[81], attaquer Catulus et forcer le passage de ce côté, tandis que les Teutons et les Ambrons, traversant la Ligurie, devaient affronter Marius près de la mer. 6. Les Cimbres tardèrent davantage et perdirent du temps, mais les Teutons et les Ambrons se mirent aussitôt en marche, parcoururent toute la distance qui les séparait des Romains, et apparurent : c'était une foule infinie et des visages effrayants ; leurs cris et leur vacarme ne ressemblaient à rien de connu[82]. 7. Ils encerclèrent une grande partie de la plaine, y établirent leur camp et provoquèrent Marius au combat.

XVI. 1. Mais lui, sans en tenir compte, maintenait ses soldats à l'intérieur du retranchement. Il réprimandait vertement les téméraires ; ceux qui se laissaient emporter par leur fougue et réclamaient le combat, il les appelait traîtres à la patrie. 2. « Il ne s'agit pas, disait-il, de rechercher des triomphes et des trophées, mais d'essayer de détourner cette immense nuée, cet orage de guerre, et de sauver l'Italie. » 3. Tels étaient les propos qu'il adressait en privé aux chefs et aux officiers. Quant aux soldats, il les faisait monter à tour de rôle sur le rempart et leur ordonnait de regarder les ennemis : il les habituait ainsi à supporter leur vue, à ne pas s'effrayer de leur voix, tout à fait étrange et bestiale, à observer leurs armes et leurs mouvements ; avec le temps, par la vue, il familiarisa leur esprit avec ce qui leur paraissait redoutable[83]. 4. Il pensait en effet que la nouveauté fait passer à tort pour dangereuses bien des réalités, alors qu'avec l'habitude, même celles qui sont naturellement redoutables perdent leur pouvoir d'effrayer[84]. 5. De fait, non seulement la vue quotidienne

---

80. Voir Posidonios, fr. 29 Theiler = Strabon, IV, 1, 8, p. 183. Les Fossae Marianae, dont les traces sont encore visibles, ont donné son nom à Fos-sur-Mer, sur l'étang de Berre. On observe que les premiers travaux demandés par le chef à ses hommes ressortissent au « génie » ; voir XVI, 7.
81. Province de l'Empire romain, bordée au Nord par le Danube (une partie de l'actuelle Autriche).
82. Allié aux Germains que sont les Teutons, le peuple gaulois des Ambrons a un comportement conforme à celui de son modèle archaïque : agressif, provocateur, terrifiant et cherchant à terrifier. Le cri de guerre de ces Gaulois d'Italie du Nord, leur masse innombrable, leur visage effrayant font partie du cauchemar ancestral des Romains.
83. Par sa démarche d'abord psychologique, et rigoureusement adaptée aux circonstances, Marius incarne pour Plutarque le type du chef de guerre, aux antipodes de l'attaquant irréfléchi. L'accoutumance à la vue des Gaulois représente à ses yeux un préalable justifié par la nature du péril. Par un subtil paradoxe, cette phase d'attente forcée fait en même temps croître chez les Romains l'envie de combattre.
84. Application à la situation particulière d'une de ces observations sur le fonctionnement de l'esprit humain que Plutarque affectionne.

des ennemis diminuait un peu la crainte des Romains, mais bien plus, devant les menaces des Barbares et leur orgueil intolérable, la colère les prenait, échauffant et enflammant leur âme, car les ennemis, non contents de piller et de saccager tous les alentours, se livraient à des attaques contre le retranchement, avec beaucoup d'insolence et d'audace. 6. Aussi rapportait-on à Marius les plaintes indignées des soldats : 7. « De quelle lâcheté Marius nous juge-t-il coupables, pour nous empêcher de combattre et nous enfermer, comme des femmes, sous la garde de verrous et de portiers? Allons, comportons-nous en hommes libres. Demandons-lui s'il attend d'autres combattants, pour défendre la liberté de l'Italie, et s'il compte nous utiliser uniquement comme des terrassiers, chaque fois qu'il lui faudra creuser des fossés, curer des bourbiers et détourner des fleuves. 8. C'est à cela, apparemment, qu'il nous entraînait, quand il nous imposait tant d'efforts. Voilà ce qu'il veut montrer à nos concitoyens à son retour, comme fruit de ses consulats. 9. Ou peut-être redoute-t-il le sort de Carbo et de Caepio, que les ennemis ont vaincus[85] alors qu'ils étaient bien inférieurs à Marius en gloire et en vaillance, et que les armées qu'ils commandaient étaient bien plus médiocres. 10. De toute façon, il serait plus beau de mourir comme eux, en agissant, que de contempler sans bouger le pillage des terres de nos alliés[86]. »

XVII. 1. En entendant ces plaintes, Marius se réjouissait ; pour calmer les soldats, il leur disait qu'il ne se défiait pas d'eux, mais qu'il attendait d'apprendre de certains oracles le moment et le lieu de la victoire[87]. 2. Il emmenait solennellement avec lui, couchée dans une litière, une Syrienne nommée Martha[88], que l'on disait prophétesse, et offrait des sacrifices quand elle lui en donnait l'ordre. 3. Auparavant, cette femme avait été chassée par le Sénat, alors qu'elle voulait l'entretenir de la situation et prédire l'avenir[89], mais elle s'était introduite auprès des femmes et leur avait donné des preuves de son talent. Elle avait rencontré notamment l'épouse de Marius : assise à ses pieds lors

---

85. *Voir supra, XI, 13 et note.*
86. *Il est difficile de dire qui sont ces « alliés » : dans la région, seuls les Marseillais sont alors des alliés de Rome, des* socii *au sens technique du mot. Il peut ici s'agir d'eux (voir XXI, 7) ou, plus vraisemblablement, des habitants de la partie méridionale de la Gaule passée depuis 121 sous le contrôle de Rome, que cette dernière lui ait ou non conféré déjà le statut de « province ».*
87. *Plutarque expose, avec les doutes de rigueur (§ 5), un des nombreux stratagèmes auxquels s'intéressent les* Vies, *stratagèmes utilisés par les chefs pour entraîner le peuple ou leurs troupes. Mais la méthode est chaque fois nouvelle, et Martha n'est pas Égérie... ni la biche de Sertorius (voir* Sertorius, *XI, 2-XII, 1). Valère Maxime (I, 2, 4) et Frontin (*Stratagèmes, *I, 11, 2) rapportent l'épisode sans nommer la prêtresse. Le chapitre XVII regroupe des éléments religieux révélateurs de tout un climat, qu'ils concernent directement ou non Marius. Voir Van Ooteghem (1964a), p. 196 et suiv.*
88. *Le nom indique une Juive hellénisée. Parmi les dévotes orientales que raille la* Satire *VI de Juvénal, figure une Juive qui mendie en échange de prédictions (542-546).*
89. *Cette réception au Sénat, comme celle du Phrygien Batacès (au § 9), illustre la profonde inquiétude des milieux officiels face à la menace barbare. Comme ils en usent avec les haruspices étrusques, aussi souvent moqués que consultés, les Romains, après recours aux Livres Sibyllins, interrogent sur l'avenir, quitte à les disqualifier après audition, des « prophètes » orientaux amenés à Rome par les conquêtes.*

d'un spectacle de gladiateurs, elle avait prédit avec succès lequel allait vaincre. L'épouse de Marius l'avait alors envoyée à son mari qui s'était montré admiratif[90]. 4. Le plus souvent, elle accompagnait le général dans une litière dont elle descendait au moment des sacrifices, enveloppée dans un double manteau teint en pourpre, et tenant à la main une lance entourée de bandelettes et de couronnes[91]. 5. À ce spectacle, beaucoup ne savaient que penser : Marius était-il vraiment convaincu, ou feignait-il de l'être et jouait-il, en exhibant cette femme, une comédie concertée avec elle?
6. À propos des vautours, Alexandre de Myndos a rapporté une histoire étonnante[92]. Avant une opération victorieuse, deux de ces oiseaux apparaissaient toujours auprès des troupes et les accompagnaient. On les identifiait grâce à des colliers de bronze 7. que les soldats, les ayant capturés, leur avaient mis au cou, avant de les relâcher. Les hommes les reconnaissaient ainsi et les saluaient ; dès qu'ils les voyaient paraître au cours d'une expédition, ils s'en réjouissaient, dans l'idée qu'ils annonçaient un succès[93].
8. On vit se produire de nombreux présages : outre ceux dont l'aspect était plus ordinaire, on annonça des cités italiennes d'Améria et de Tuder[94] que la nuit on avait vu descendre du ciel des lances enflammées et des boucliers, qui, d'abord séparés, s'étaient ensuite jetés les uns sur les autres ; ils avaient l'aspect et les mouvements de guerriers en train de combattre ; pour finir les uns cédant, les autres les poursuivant, ils avaient tous disparu vers l'occident[95].

---

90. Récit très suggestif : la prêtresse éconduite par « l'institution » se rabat sur les lieux de spectacle (la présence de femmes à des combats de gladiateurs peut surprendre : elle sera par la suite réglementée, et pratiquement interdite) et sur d'autres liens : ceux de la famille. L'influence exercée par Julia sur son mari annonce celle de Térentia et des Vestales sur Cicéron. Le rôle conjoint de Martha et de Julia donne l'occasion de percevoir le poids des femmes dans la vie publique, à la veille des guerres civiles (voir Pailler, 1997a).

91. Personnage costumé, gestes et décor étudiés : nous sommes en présence d'une véritable mise en scène. Martha revêt l'aspect d'une déesse grecque de la guerre, avec son vêtement (phoïnicis) replié à la manière militaire (son « double manteau ») et teint de pourpre : « Munie en outre de la lance, elle pouvait s'offrir aux regards sous un aspect exotique et guerrier qui convenait bien à son rôle : car la science oraculaire qu'elle employait à prévoir le destin de l'armée était un legs de l'Orient grec » (Chamoux, 1974, p. 85). Il ne nous est pas dit que Martha perçoit des signes favorables à Marius ; mais cela va de soi.

92. Alexandre de Myndos (en Carie) a écrit, dans la première moitié du Ier siècle après J.-C., des œuvres consacrées aux oiseaux et aux prodiges.

93. Plutarque éprouve pour les vautours comme porteurs de présages une véritable prédilection, explicite dans Romulus, IX, *et surtout* Question romaine 93. *Les signes de reconnaissance affectés ici à ces oiseaux (à l'instigation de Marius, futur « troisième fondateur » de Rome ? voir infra, XXVII, 9) n'ont pas de parallèle connu.*

94. Améria (Amélia) et Tuder (Todi) sont deux villes d'Ombrie, proches l'une de l'autre.

95. Ces présages sont en fait conformes, par leur nature comme par les lieux où ils sont signalés, au modèle classique des prodiges, dont l'apparition est en principe à l'origine du recours aux livres. Double nouveauté caractéristique d'une époque : ces signes ne sont plus considérés systématiquement comme des

9. Vers la même époque[96], Batacès, prêtre de la Grande Mère, arriva de Pessinonte[97]: il annonçait que la déesse, du fond de son sanctuaire, avait pris la parole pour annoncer que dans cette guerre la victoire et la supériorité étaient réservées aux Romains. 10. Le Sénat lui fit bon accueil et vota l'érection d'un temple à la déesse en l'honneur de la victoire[98]; puis Batacès se présenta devant le peuple, auquel il voulut faire le même récit, mais le tribun de la plèbe Aulus Pompeius l'en empêcha, le traitant de charlatan, et le chassa violemment de la tribune[99]. 11. Or l'épisode inspira une confiance particulière dans les propos du prêtre, car à peine l'assemblée du peuple était-elle terminée et Aulus de retour chez lui, que le tribun fut pris d'une fièvre violente dont il mourut dans les six jours, événement qui fut connu et dont on parla beaucoup.

XVIII. 1. Comme Marius ne bougeait toujours pas, les Teutons entreprirent d'assiéger son camp. Ils essuyèrent une grêle de projectiles lancés du retranchement et perdirent quelques hommes. Alors, ils décidèrent de poursuivre leur marche, espérant franchir les Alpes sans encombre[100]. 2. Ils rassemblèrent donc armes et bagages et passèrent le long du camp romain. Ce fut alors qu'on put voir, mieux que jamais, l'immensité de cette multitude, à la longueur de leur cortège et au temps qu'il lui fallut pour passer: ils mirent six jours, dit-on, à longer le retranchement, dans un défilé ininterrompu. 3. Ils s'approchaient et demandaient en riant aux Romains s'ils avaient des messages à leur transmettre pour leurs femmes, car ils seraient bientôt près d'elles[101]. 4. Dès que les Barbares furent partis et eurent pris un peu d'avance, Marius leva le camp à son tour et les suivit pas à pas. Il installait toujours son camp

---

indices de la colère des dieux, mais comme des présages, de sens variable, touchant l'avenir d'un imperator; le processus qu'ils déclenchent n'aboutit plus aux cérémonies expiatoires de la conjuratio *(voir* Publicola, *XXI, 3), mais à la consultation de prêtres-prophètes étrangers. Il ne s'agit plus de «conjurer» un avenir menaçant pour la République, mais de prévoir le futur incertain des chefs et de leurs armées.*
96. En 111.
97. Batacès est mentionné par Diodore, XXXVI, 13 (voir Polybe, Histoires, *XXI, 6, 6 et 37, 5). Pessinonte, en Phrygie, est le lieu du sanctuaire originel de Cybèle, la «Grande Mère des dieux». C'est de Pessinonte qu'en 204 avant J.-C., dans la phase finale de la deuxième guerre punique, les Romains ont fait venir à Rome le «bétyle», la pierre noire symbolisant la déesse (voir Pailler, 1997b, p. 138-145). Les prêtres de Pessinonte n'étaient pas connus jusque-là comme «prophètes». Selon Diodore (XXXVI, 13), Batacès n'est venu à Rome que pour se plaindre de dommages causés au sanctuaire de Pessinonte.*
98. Il s'agit plus exactement d'une réfection du temple de Cybèle sur le Palatin, voisin immédiat du temple de la Victoire, où le bétyle avait été accueilli pendant la construction du temple de Cybèle, entre 204 et 191. La restauration, consécutive à un incendie survenu en 111, est due à un Métellus, sans doute le consul de 113, Caius Caecilius Metellus Caprarius.
99. À la différence de la plébéienne Cérès, la déesse est chère aux aristocrates: l'intervention polémique du tribun est à comprendre dans ce contexte. La religion est lieu et enjeu de l'expression des divergences politiques, et le signe du ciel représenté par la mort brutale du même tribun s'inscrit dans la même ligne.
100. Nous sommes à l'automne 102. L'enjeu des opérations est fixé dès le départ: empêcher les Barbares de franchir les Alpes, mais ne perdre à aucun prix une bataille qui risquerait d'être la dernière.
101. Pour ceci et pour la suite, voir Florus, III, 4.

contre le leur, le fortifiant solidement, et s'abritant dans des emplacements bien défendus, afin de passer la nuit en sûreté. 5. Ils cheminèrent ainsi jusqu'au lieu-dit «Eaux Sextiennes[102]», d'où ils n'avaient plus beaucoup de route à faire avant de se trouver dans les Alpes. 6. Aussi Marius décida-t-il d'engager le combat à cet endroit. Il établit son camp dans un emplacement sûr, mais où il n'y avait pas beaucoup d'eau : il avait l'intention, dit-on, d'exciter ainsi l'ardeur de ses soldats[103]. 7. Comme beaucoup se plaignaient en disant qu'ils allaient avoir soif, il leur montra du doigt un cours d'eau qui coulait près du camp des Barbares, et leur dit qu'ils trouveraient là de quoi boire, en l'achetant de leur sang. 8. «Pourquoi donc, dirent-ils, ne nous mènes-tu pas tout de suite contre eux, tant que notre sang n'est pas encore desséché?» Il répondit d'une voix calme: «Nous devons d'abord fortifier notre camp.»

XIX. 1. Malgré leur mécontentement, les soldats obéirent. Mais les valets d'armée, qui n'avaient à boire ni pour eux ni pour leurs bêtes, descendirent en foule près de la rivière avec des seaux, armés les uns de cognées, les autres de haches, quelques-uns même d'épées et de lances, afin de puiser de l'eau, même s'ils devaient pour cela livrer bataille. 2. Les ennemis les attaquèrent, mais d'abord en petit nombre : la plupart étaient en train de manger après s'être baignés, d'autres se baignaient. À cet endroit jaillissent en effet des sources d'eau chaude, et une partie des Barbares s'y ébattaient, réjouis par les agréments et les merveilles de ce lieu, quand les Romains les assaillirent[104]. 3. En entendant crier, ils accoururent plus nombreux. Il était désormais difficile pour Marius de retenir les soldats qui craignaient pour leurs valets ; d'ailleurs, les troupes ennemies les plus belliqueuses, qui avaient écrasé précédemment les armées romaines commandées par Manlius et Caepio (ils se nommaient Ambrons et à eux seuls, ils étaient plus de trente mille), avaient couru aux armes et s'avançaient. 4. Ils avaient le corps alourdi par la nourriture, mais le vin les avait réjouis et exaltait leur ardeur. Ils ne s'avançaient pas dans des courses folles et désordonnées, ils ne poussaient pas de cris inarticulés, mais frappaient leurs boucliers en cadence et bondissaient sur ce rythme en répétant tous ensemble leur nom, «Ambrons!», soit pour s'encourager entre eux, soit pour effrayer l'ennemi en s'annonçant ainsi. 5. Or les premiers Italiens qui descendirent à leur rencontre étaient les Ligures[105]. Dès qu'ils entendirent ces cris et les comprirent, ils répondirent qu'eux aussi, ils avaient reçu ce nom de leurs pères (les Ligures se donnent eux-mêmes le nom d'Ambrons à cause de leur origine). 6. Ce cri résonnait donc sans cesse, de part

---

102. *Aquae Sextiae – qui a donné en français Aix(-en-Provence) – est alors de fondation récente. Elle a été dotée d'une garnison en 123 par le consul de 124, Caius Sextius Calvinus, qui allait triompher en 122.*
103. *Voir supra, XVI, 5 et XVII, 1.*
104. *Ces sources ont valu son nom au lieu : les «Eaux Sextiennes». Le premier combat qui va suivre échappe, dans son déclenchement, à la volonté pourtant si planificatrice de Marius (voir le commentaire de Plutarque en XIX, 3 et 10).*
105. *Les Ligures sont un peuple très anciennement implanté dans l'arrière-pays de la Riviera, dans le nord-ouest de l'Italie. Ils ont donné du fil à retordre aux Romains jusque dans la première moitié du IIe siècle, où ils ont été réduits à l'état d'«alliés». À Aix, ils sont tout près de leurs bases.*

et d'autre, avant le début de l'engagement, et comme, dans les deux armées, les soldats criaient en même temps, chacun mettant un point d'honneur à surpasser l'autre par sa puissance vocale, les clameurs excitaient et aiguillonnaient le courage[106]. 7. Le passage du cours d'eau obligea les Ambrons à rompre leurs rangs et ils n'eurent pas le temps de se reformer après l'avoir traversé, car les Ligures se jetèrent aussitôt, au pas de course, sur les premiers qui touchèrent l'autre rive et la mêlée s'engagea. Les Romains vinrent soutenir les Ligures et s'élancèrent de la hauteur sur les Barbares qu'ils enfoncèrent et mirent en déroute. 8. La plupart des Ambrons, se bousculant au bord de la rivière, furent frappés sur place et emplirent le fleuve de sang et de cadavres. Les Romains, passant la rivière à leur tour, se mirent à massacrer les autres qui n'osèrent leur tenir tête et prirent la fuite en direction de leur camp et de leurs chariots. 9. Là, les femmes se portèrent à leur rencontre, armées d'épées et de haches, avec d'horribles hurlements de rage ; elles repoussaient à la fois les fuyards et les poursuivants, les premiers comme traîtres, les seconds comme ennemis. Mêlées aux combattants, de leurs mains nues, elles arrachaient les boucliers des Romains et saisissaient leurs épées, supportant blessures et mutilations et gardant jusqu'à la mort un courage inébranlable[107]. 10. Ce combat au bord de la rivière fut donc, dit-on, l'œuvre de la Fortune, plutôt que d'une décision du général.

XX. 1. Après avoir tué un grand nombre d'Ambrons, les Romains se replièrent. La nuit tomba, mais contrairement à ce qu'on aurait pu imaginer, les soldats ne furent pas accueillis, après un si grand succès, par des péans de victoire ; pas de beuveries dans les tentes, pas de banquets ni de réjouissances ; ils ne goûtèrent même pas, ce qui est pourtant le plus grand plaisir pour des guerriers après un combat victorieux, la douceur du sommeil. Cette nuit-là fut particulièrement inquiète et troublée. 2. En effet le camp n'avait ni palissades ni retranchements, et il restait encore des dizaines de milliers de Barbares qui n'étaient pas vaincus. Ceux des Ambrons qui avaient réussi à fuir les avaient rejoints, et toute la nuit on entendit des plaintes qui n'avaient rien à voir avec des sanglots ou des gémissements humains : des hurlements de bêtes, des rugissements où se mêlaient menaces et lamentations s'élevaient d'une si grande multitude, répercutés par les montagnes des environs et les profondeurs de la rivière. 3. Un vacarme terrifiant emplissait la plaine, et l'effroi s'empara des Romains ; Marius lui-même était pris d'inquiétude, s'attendant à un combat nocturne désordonné et confus[108]. 4. Mais les ennemis n'attaquèrent ni cette nuit-là ni le jour suivant ; ils occupèrent leur temps à se reformer et à se préparer. 5. Cependant Marius, ayant remarqué, au-dessus des Barbares, des vallons en pente et des ravins couverts de chênes, y envoya Claudius Marcellus et trois mille fantas-

---

106. *Plutarque évoque un de ces affrontements quasiment fratricides entre ennemis et «alliés» de Rome, que leur origine devrait rapprocher.*
107. *Derrière l'évocation grandiose et pathétique bâtie par Plutarque, peut-être faut-il reconnaître une spécificité des sociétés gauloises : la place qu'y prenaient des femmes en certaines occasions belliqueuses (voir* infra, *XXVII, 2 et* Exploits de femmes, *6 ;* Polyen, Conseils stratégiques [Stratagemata], *VII, 30.*
108. *Marius ne craint rien tant, selon Plutarque, qu'un combat incontrôlable, à la mode «barbare».*

sins, avec ordre de s'y placer secrètement en embuscade et de surgir en plein combat dans le dos des ennemis[109]. 6. Quant au reste des troupes, elles dînèrent et se couchèrent de bonne heure; au point du jour, il les fit sortir, les rangea en ordre de bataille devant le retranchement, et envoya en avant ses cavaliers dans la plaine. 7. En les voyant, les Teutons n'eurent pas la patience d'attendre que les Romains fussent descendus, ce qui leur aurait permis de les affronter sur un terrain égal: emportés par la colère, ils s'armèrent en toute hâte et s'élancèrent à l'assaut de la colline. 8. Marius envoya de tous côtés des messagers ordonner aux officiers de rester immobiles et de ne pas broncher, puis, dès que les ennemis se seraient approchés et seraient à leur portée, de lancer sur eux les javelots, avant de les attaquer à l'épée et de les repousser en les frappant avec leurs boucliers: 9. comme les Barbares se trouveraient sur un terrain malaisé pour eux, leurs coups n'auraient pas de force et leur ligne de boucliers ne pourrait se maintenir, en raison des écarts et des mouvements irréguliers auxquels les contraindrait l'inégalité du sol. 10. Ce qu'il demandait à ses hommes, Marius le faisait au même moment sous leurs yeux: pour l'entraînement physique, il ne le cédait à personne et dépassait de beaucoup tous les autres en audace.

XXI. 1. Les Romains restèrent donc immobiles devant eux, puis engagèrent le combat et les empêchèrent de monter; ensuite, ils les pressèrent et les refoulèrent peu à peu dans la plaine. Les premiers rangs commençaient déjà à se ranger en terrain plat, lorsqu'ils entendirent des cris et de l'agitation sur leurs arrières. 2. Marcellus n'avait pas laissé échapper l'occasion favorable. Dès que la clameur du combat atteignit les hauteurs, il fit lever ses soldats et les lança au pas de course, en poussant le cri de guerre, sur le dos des ennemis dont il massacra les derniers rangs. 3. Ceux-ci attirèrent à eux ceux qui les précédaient et le désordre se répandit bientôt dans toute l'armée; incapables de tenir longtemps contre ces deux attaques simultanées, les Barbares rompirent les rangs et s'enfuirent. 4. Les Romains les poursuivirent; ils tuèrent ou firent prisonniers plus de cent mille hommes, se rendirent maîtres de leurs tentes, de leurs chariots et de tous leurs biens, et décidèrent d'offrir à Marius tout ce qui avait échappé au pillage. 5. C'était là une récompense éclatante, et pourtant elle ne leur semblait pas digne de ses mérites de général, en raison de l'importance du danger auquel ils avaient échappé. 6. D'autres auteurs ne s'accordent ni sur ce don du butin, ni sur le nombre de morts[110], 7. mais ils disent que les Massaliotes firent, avec les ossements, des clôtures pour leurs

---

109. Dans ce qui suit – et en général dans tous les passages concernant des combats –, Plutarque met en valeur les trois qualités complémentaires de Marius: la maîtrise du temps, par la prévision et le sens de la patience; la maîtrise de l'espace, par l'observation et l'exploitation optimale des possibilités du terrain; la maîtrise des armes, par leur utilisation successive et judicieuse.
110. La référence montre que, comme très souvent, Plutarque ne se satisfait pas d'une source unique (Posidonios?), mais s'efforce de recouper et de confronter les documents. Le flou de l'allusion interdit d'aller plus loin. Quant au développement qui suit, il est bâti comme une brève Question romaine *(voir Dictionnaire).*

vignes[111] et que la terre où pourrirent les cadavres fut, l'hiver suivant, arrosée par des pluies abondantes et devint si grasse, si pleine, en profondeur, de matières en décomposition, qu'elle porta, la saison venue, une quantité extraordinaire de fruits. Cette observation confirme ce que dit Archiloque : ce genre d'engrais fertilise les champs[112]. 8. On dit aussi, ce qui est fort vraisemblable, que les grandes batailles provoquent des pluies exceptionnelles : un *démon* veut-il ainsi sanctifier la terre, en l'inondant d'eaux pures qui viennent du ciel? ou bien les cadavres en décomposition produisent-ils une exhalaison humide et lourde qui condense l'air, élément sujet à s'altérer et prompt à se modifier sous l'influence, le plus souvent, d'une cause infime[113] ?

XXII. 1. Après la bataille, Marius choisit, parmi les armes et les dépouilles des Barbares, les plus belles ainsi que celles qui étaient intactes et pourraient rehausser l'éclat de son cortège triomphal[114]. Il entassa le reste sur un grand bûcher et offrit un sacrifice magnifique. 2. Ses soldats en armes, couronnés de laurier, entouraient le bûcher; lui-même, vêtu de la toge prétexte et drapé selon l'usage[115], prit une torche enflammée et l'éleva des deux mains vers le ciel. Il s'apprêtait à la mettre sous le bûcher, 3. lorsqu'on vit arriver à toute bride des cavaliers amis qui se dirigeaient vers lui. Le silence se fit; tous attendaient. 4. Dès que les cavaliers furent devant Marius, ils mirent pied à terre, lui tendirent la main droite et lui annoncèrent l'heureuse nouvelle de son élection à un cinquième consulat, dont ils lui remirent la notification écrite[116]. 5. Cette grande joie redoubla celle de la victoire : les

---

111. Difficile de savoir si l'usage du mot « Massaliotes » est lâche ou précis (voir supra, XVI, 6); en tout état de cause, Rome vient de leur permettre d'agrandir le territoire de leur cité. Mais ce bref passage nous confirme que les Marseillais, intermédiaires patentés du commerce international du vin depuis des siècles, avaient aussi, à cette époque, leurs propres vignobles. (L'usage des ossements et la prise en compte du pourrissement des corps, qui semblent jouer un rôle essentiel dans certains rites funéraires du nord de la Gaule, ont ici une fonction plus utilitaire...)

112. Voir le fragment 301 du poète originaire de Paros (éd. André Bonnard, François Lasseure, Belles Lettres, coll. Univ. de France, 1968, p. 81).

113. Ce type de considérations a de quoi surprendre. Elles ne sont pas rares chez Plutarque, par exemple dans les Questions romaines. La source, dans le cas présent, est sans doute Posidonios (voir Scardigli, 1977, p. 214 et suiv.).

114. Ici, on ne sait qu'admirer le plus, de l'art de la mise en scène (destinée aux soldats, mais aussi à un public plus lointain : Rome) manifesté par Marius, ou de son redoublement narratif par Plutarque.

115. Allusion probable au cinctus gabinus, *manière pour le magistrat de signifier qu'il officie comme prêtre, en rabattant sur sa tête un pan de sa toge.*

116. À un public romain, l'arrivée de ces deux cavaliers porteurs de bonne nouvelle ne peut qu'évoquer celle des Dioscures annonçant à Rome la victoire du lac Régille, en 496 avant J.-C. Manière discrète de créer un climat « héroïque », au sens religieux du terme, et proche des temps de la fondation. L'élection au cinquième consulat (avec Manius Aquilius), pour 101, est de la fin 102. L'association du consulat et du triomphe rappelle les circonstances du deuxième consulat de Marius (XII, 3 et 7). Catulus, devenu proconsul, reste chef militaire.

soldats poussèrent des cris en frappant les boucliers et en les entrechoquant. Puis les officiers, pour la seconde fois, couronnèrent de laurier Marius, qui mit le feu au bûcher et accomplit le sacrifice.

XXIII. 1. Mais la puissance, qui ne tolère jamais que la joie des plus grands succès reste pure et sans mélange et qui, mêlant maux et biens, expose la vie humaine à tant de variations (s'agit-il de la Fortune, de la Némésis ou d'une Nécessité naturelle?), apporta à Marius, peu de jours plus tard, des nouvelles de son collègue Catulus. Ce fut comme un nuage menaçant dans un temps serein et paisible : Rome fut de nouveau plongée dans l'angoisse et la tempête[117]. 2. Catulus, qui devait barrer la route aux Cimbres, avait renoncé à garder les sommets des Alpes[118], de peur d'être contraint de diviser ses troupes, ce qui l'aurait affaibli, et il était descendu aussitôt en Italie. Là, s'abritant derrière l'Adige[119], il avait élevé de solides retranchements des deux côtés, afin d'empêcher le passage du fleuve, et il avait construit un pont, pour pouvoir secourir les postes qui se trouvaient sur l'autre rive, si les Barbares, se frayant un chemin par les défilés, tentaient de les enfoncer. 3. Mais les Barbares affichaient tant de mépris et d'orgueil face à leurs ennemis, qu'au lieu de s'occuper à quelque tâche utile, ils s'exposaient nus à la neige, grimpaient sur les sommets à travers glaciers et congères, puis, parvenus en haut, s'asseyaient sur leurs larges boucliers et se laissaient glisser, en dévalant ces pentes glissantes et lisses bordées de précipices. 4. Lorsqu'ils eurent établi leur camp près du fleuve, ils réfléchirent au moyen de le franchir et entreprirent de le combler ; tels les Géants[120], ils éventraient les montagnes des environs et jetaient des arbres déracinés, des fragments de falaises et des blocs de terre dans le fleuve qu'ils firent ainsi déborder ; ils lancèrent contre les assises du pont de lourdes masses qui, entraînées par le courant, vinrent ébranler l'ouvrage. La plupart des soldats romains, pris de peur, abandonnèrent le grand camp et battirent en retraite. 5. À cette occasion, Catulus se comporta comme doit le faire un bon chef, digne de ce nom, qui fait passer sa renommée personnelle après celle de ses concitoyens[121]. 6. N'ayant pu convaincre

---

117. On a vu la présence de la Némésis au long de la vie de Marius telle que l'ont perçue Plutarque... et Sylla (voir supra, X, 2). Sa manifestation est d'autant plus saisissante qu'elle brise l'acmè qui vient d'être évoquée. Voir Dictionnaire, «Fortune».
118. Voir supra, XV, 5. Catulus a-t-il commis quelque erreur stratégique? Plutarque se garde bien de cette imputation.
119. Voir Tite-Live, Abrégé, 68. Ce repli a eu lieu soit dans la région de Trente, soit près de Vérone.
120. La même comparaison, évocatrice des «Gigantomachies» mythiques, figure chez Diodore, XXXVII, 1, 5, à qui Plutarque a dû l'emprunter.
121. Tout le passage est – inhabituellement – à la gloire du vaincu Catulus. Celui-ci a écrit un Sur son consulat et ses exploits, très peu diffusé (voir Cicéron, Brutus, 35, 132-133). Les trois allusions qu'y fait Plutarque (voir § 7 ; XXV, 8 ; XXVI, 10 ; XXVII, 6) montrent, en recourant à un «dit-on» répété, qu'il n'en a qu'une connaissance indirecte (par Sylla ou par Posidonios). En tout cas, c'est bien son point de vue qui se reflète ici. Tite-Live (Abrégé, 68) et Frontin (Stratagèmes, I, 5, 3) présentent une tout autre version, beaucoup moins favorable à Catulus.

ses soldats de tenir bon et voyant qu'ils se repliaient craintivement, il ordonna de lever l'aigle puis courut rejoindre les premiers rangs de ceux qui s'en allaient et se mit à leur tête : il voulait que la honte s'attachât à lui, non à la patrie, et qu'en faisant cette retraite, les soldats n'eussent pas l'air de fuir, mais de suivre leur général. 7. Les Barbares attaquèrent le fort qui se trouvait sur l'autre rive de l'Adige et s'en emparèrent ; remplis d'admiration pour les soldats romains qui s'y trouvaient et qui, avec le plus grand courage, avaient exposé leur vie de manière digne de la patrie, ils les laissèrent partir, en vertu d'une convention, après avoir prêté serment sur leur taureau d'airain[122] (ce taureau fut pris plus tard, après la bataille, et porté, dit-on, dans la maison de Catulus, comme la plus belle prise de guerre[123]). Les Barbares se répandirent dans le pays, dépourvu de secours, et le pillèrent.

XXIV. 1. Sur ces entrefaites, Marius fut appelé à Rome. À son arrivée, tous s'attendaient à le voir célébrer un triomphe, et le Sénat s'empressa de le lui voter. Mais il refusa, soit par volonté de ne pas priver de cet honneur les soldats avec qui il avait livré bataille, soit pour rassurer le peuple sur la situation, en mettant en dépôt la gloire de ses premiers succès auprès de la Fortune de la Ville, qui la lui rendrait plus brillante après une deuxième victoire[124]. 2. Après avoir prononcé les mots qu'exigeaient les circonstances, il rejoignit en hâte Catulus, auquel il rendit courage[125], et rappela de Gaule ses propres soldats. 3. Dès qu'ils furent arrivés, il passa l'Éridan [le Pô], dans l'intention de barrer l'accès de l'Italie Cisalpine aux Barbares. 4. Mais ceux-ci, qui prétendaient attendre les Teutons et s'étonner de leur retard, différaient le combat. Ignoraient-ils vraiment leur défaite[126], ou feignaient-ils de n'y pas croire ? Ils accablaient d'injures ceux qui leur en apportaient la nouvelle ; ils envoyèrent même à Marius des ambassadeurs lui réclamer, pour eux et pour leurs frères, des terres et des cités en quantité suffisante afin de s'y établir[127]. 5. Marius demanda aux ambassadeurs qui étaient ces frères et ils nommèrent les Teutons. Alors, tous se mirent à rire et Marius lança d'un ton railleur : « Laissez donc vos

---

122. *Ce taureau est évidemment pour les Cimbres un symbole religieux majeur.*
123. *L'allusion consonne parfaitement avec le passage (XXVII, 6) où Catulus revendique un rôle prépondérant dans la victoire finale, en se fondant sur le butin arraché à l'ennemi. D'une manière générale, cet éloge idyllique rend un son catulien qui contraste avec d'autres versions (voir Pline l'Ancien, XXII, 6, 11).*
124. *La mise en dépôt d'un butin dans un temple n'a guère de quoi étonner, et Marius choisit à dessein la « Fortune de la Ville » (plus tard, son rival Catulus choisira la « Fortune de ce jour », XXVI, 3). Il est plus exceptionnel de voir un chef renoncer, fût-ce provisoirement, à un triomphe que le Sénat vient de lui voter. Au moins dans ce domaine lié à l'activité militaire, Marius ne manque pas de sens politique.*
125. *Visiblement, la source de Plutarque, ici, n'est plus Catulus, mais un témoignage proche de Marius. Cette relative incohérence ne pose apparemment aucun problème au biographe.*
126. *Il s'agit de la défaite subie à Aix (voir* supra, *XVIII-XXI).*
127. *Cette demande fait partie de la pratique ancestrale des peuples celtes, dans des circonstances analogues – une pratique où l'intimidation tient lieu d'argument.*

frères. Ils ont, et conserveront à jamais, la terre que nous leur avons donnée[128] !»
6. Les ambassadeurs, comprenant l'ironie, l'injurièrent et le menacèrent de la vengeance immédiate des Cimbres, puis de celle des Teutons quand ils seraient arrivés. 7. «Mais ils sont déjà là, dit Marius ; il ne serait pas convenable que vous partiez avant d'avoir salué vos frères.» Sur ces mots, il fit avancer les rois des Teutons, enchaînés : ils avaient été faits prisonniers par les Séquanes, tandis qu'ils fuyaient à travers les Alpes[129].

XXV. 1. Dès que ces nouvelles furent rapportées aux Cimbres, ils marchèrent aussitôt contre Marius qui, sans broncher, se contentait de protéger son camp. 2. En vue de cette bataille, Marius introduisit, dit-on, une modification dans la fabrication du javelot. 3. Auparavant, la hampe du javelot était fixée au fer par deux rivets métalliques. Marius en laissa un comme il était, mais remplaça l'autre par une cheville de bois, facile à rompre ; ainsi, le javelot qui tombait sur le bouclier d'un ennemi ne restait pas droit ; comme la cheville de bois se brisait, la hampe se courbait du côté du rivet de fer et restait fixée au bouclier en raison de la torsion de la pointe[130].
4. Boïorix, le roi des Cimbres, à la tête d'une petite troupe, vint à cheval près du camp et défia Marius de fixer le jour et le lieu où ils s'avanceraient et livreraient bataille pour la possession du pays[131]. 5. Marius déclara que jamais les Romains n'avaient demandé conseil à leurs ennemis pour combattre, mais qu'il voulait bien accorder cette faveur aux Cimbres : ils convinrent de la date de la bataille, trois jours plus tard, et du lieu, la plaine de Verceil, qui permettait aux Romains de faire manœuvrer leur cavalerie et aux Barbares de déployer toute leur multitude[132]. 6. Le jour venu, fidèles au rendez-vous, les deux armées se rangèrent donc l'une en face de l'autre. Catulus avait sous ses ordres vingt mille trois cents soldats ; ceux de Marius, au nombre de trente-deux mille, furent répartis aux deux ailes, enveloppant Catulus qui était au centre, comme l'a écrit Sylla qui prit part à cette bataille[133]. 7. D'après Sylla, Marius avait ainsi disposé ses forces parce qu'il espérait que l'affrontement aurait surtout

---

128. Voir supra, *XXI, 7. Ces échanges de sarcasmes et de mots à double entente avaient été inaugurés par les Barbares (voir* supra, *XVIII, 3).*
129. Revanche des Séquanes, après le passage victorieux des Barbares sur leurs terres quelques années auparavant (voir supra, *XI, 13 et note).*
130. Plutarque crédite Marius, dont il a décrit l'intérêt pour les armes, d'une invention technique assez remarquable. Cela ne l'empêche pas, dans ce qui suit, de faire nettement plus de place à un type de version *optimate qu'il ne l'avait fait pour la bataille d'Aix.*
131. Le nom de Boïo-rix est typiquement celui d'un prince celte (Vercingéto-rix, etc.), où l'élément rix *signifie «roi», comme* rex *en latin,* râj *en sanscrit,* ri *en irlandais. Le défi que Boïorix lance au chef romain est conforme à la tradition de ces peuples belliqueux : le plus souvent, il s'agit d'une invite à un combat singulier.*
132. Il convient de souligner la volonté partagée d'aboutir à un combat dans les règles, et pour ainsi dire à armes égales, transposition «civilisée» des combats singuliers d'antan entre chef romain et chef gaulois.
133. Nouvel emprunt, cette fois explicite, aux Mémoires *de Sylla. Tout ce qui suit s'inspire des récits de Sylla et/ou de Catulus.*

lieu aux extrémités, sur les ailes : ainsi la victoire serait l'œuvre de ses soldats, tandis que Catulus n'aurait aucune part au combat et ne rencontrerait même pas les ennemis, car d'ordinaire, quand les fronts sont étendus, le centre forme un creux.
8. Catulus, à ce que l'on raconte, fait le même récit des événements quand il présente sa défense ; il accuse Marius d'une grande malveillance à son égard.
9. Quant aux Cimbres, leur infanterie sortit en bon ordre des retranchements et se forma sur une profondeur égale à la ligne de bataille : chaque côté de ce carré mesurait trente stades[134]. 10. Leurs cavaliers, au nombre de quinze mille, s'avancèrent, tout brillants ; leurs casques figuraient des gueules béantes et des mufles d'animaux redoutables, ils étaient couronnés de panaches de plumes qui les faisaient paraître plus grands et parés de cuirasses de fer ; leurs boucliers blancs lançaient des éclairs. 11. Chacun avait un javelot à deux pointes, et au corps à corps, ils employaient des épées longues et lourdes.

XXVI. 1. Ce jour-là, les cavaliers n'attaquèrent pas les Romains de front ; inclinant vers la droite, ils essayèrent de les attirer insensiblement, afin de les enfermer entre eux et leur infanterie, qui était rangée en ordre de bataille à gauche. 2. Les généraux romains virent la ruse, mais n'eurent pas le temps de retenir leurs soldats : l'un d'eux ayant crié « Les ennemis s'enfuient ! », tous s'élancèrent à leur poursuite. Pendant ce temps, l'infanterie des Barbares avançait : on eût dit une mer immense qui se mettait en mouvement. 3. Alors Marius, ayant baigné ses mains d'eau lustrale, les leva vers le ciel et fit vœu d'offrir aux dieux une hécatombe[135] ; de son côté, Catulus, levant pareillement les mains vers le ciel, promit de consacrer un temple à la Fortune de ce jour. 4. Marius offrit aussi, dit-on, un sacrifice, et lorsque les entrailles lui furent présentées, il déclara d'une voix forte : « La victoire est à moi[136] ! »
5. Lorsque l'attaque fut lancée, Marius fut, à ce que raconte Sylla, victime de la Némésis. Le nuage de poussière qui s'était élevé était immense, comme on pouvait s'y attendre, et les armées furent cachées aux regards. Marius, qui s'était lancé tout de suite à la poursuite en entraînant ses hommes, manqua les ennemis ; passant à côté de leurs troupes, il erra longtemps dans la plaine, 6. tandis que la Fortune déclenchait l'attaque des Barbares contre Catulus : le plus gros du combat se livra contre lui et contre ses hommes, au nombre desquels figurait Sylla, comme ce dernier le dit lui-même. 7. Toujours d'après Sylla, les Romains furent secondés dans leur lutte par la

---

134. 30 stades représentent environ 5,6 km. Si l'armée barbare a bien compté trois cent mille hommes (voir infra, XXVII, 5), cela suppose un écart, dans chaque direction, de 10 m en moyenne d'un homme à l'autre.

135. Première d'une série de références rituelles : l'hécatombe (Marius), la « Fortune de ce jour » (Catulus), le sacrifice porteur de présages (Marius), dont chacune exalte à tour de rôle la rivalité des deux généraux. La version adoptée par Plutarque est peu vraisemblable pour le dernier point : le sacrifice était célébré par le général avant le combat.

136. Marius, ayant recouru à son argument suprême, clame l'annonce du succès non pour la République, mais pour son propre compte. Même si l'on fait la part du goût plutarquien de la dramatisation, le geste est caractéristique d'un homme et d'une époque.

canicule et par le soleil que les Cimbres avaient dans les yeux[137]. 8. Or ces Barbares, fort capables de supporter le grand froid, ayant été nourris, je l'ai dit, en des pays ténébreux et glacés, ne pouvaient résister à la chaleur; inondés de sueur, hors d'haleine, ils élevaient leur bouclier pour s'abriter le visage: en effet, cette bataille eut lieu après le solstice d'été, trois jours avant la nouvelle lune du mois que les Romains appellent actuellement Augustus et qui se nommait alors Sextilis[138]. 9. Ce qui fut également très utile aux Romains et leur inspira de l'audace, ce fut la poussière qui leur cacha les ennemis, dont ils ne pouvaient voir la multitude de loin: chacun se lança au pas de course contre ceux qu'il avait en face de lui, et ils se trouvèrent engagés au corps à corps avant d'avoir pu être effrayés par la vue de l'ensemble[139]. 10. Enfin, ils étaient si bien exercés et entraînés physiquement qu'on ne vit pas un seul Romain en sueur ou hors d'haleine, malgré l'extrême chaleur et la vitesse de leur charge – c'est ce que raconta, dit-on, Catulus lui-même, lorsqu'il fit l'éloge de ses soldats.

XXVII. 1. Les troupes les plus nombreuses et les plus belliqueuses des ennemis furent taillées en pièces sur place, car pour empêcher que leurs lignes ne se disloquent les combattants des premiers rangs étaient liés ensemble par de grandes chaînes attachées à leurs ceintures. 2. Les Romains poursuivirent les fuyards jusqu'à leur retranchement, et là, ils assistèrent aux scènes les plus tragiques. Les femmes vêtues de noir, dressées sur les chariots, tuaient les fuyards, qui étaient leurs maris, leurs frères ou leurs pères, elles étouffaient de leurs propres mains leurs jeunes enfants et les lançaient sous les roues ou sous les pieds des bêtes de somme, avant de s'ouvrir la gorge. 3. L'une d'elles, dit-on, se pendit à l'extrémité d'un timon, après avoir attaché ses enfants, une corde au cou, à chacune de ses chevilles. 4. Faute d'arbres pour se pendre, les hommes fixaient la corde qu'ils s'étaient passée au cou aux cornes des bœufs ou à leurs pattes, puis aiguillonnaient les animaux pour les faire partir et mouraient ainsi, traînés et piétinés par eux. 5. Malgré tous ces suicides, les Romains firent plus de soixante mille prisonniers et en tuèrent deux fois autant, dit-on[140].
6. Les soldats de Marius pillèrent les biens des Barbares, mais les dépouilles, les enseignes et les trompettes furent portées, dit-on, dans le camp de Catulus. C'est là-

---

137. La version syllanienne met en valeur la Némésis; elle s'acharne contre un Marius qui, pour une fois impatient, concourt à ses propres ennuis; mais aussi la Fortune, que les conditions météorologiques permettent bien de dire «de ce jour», et qui vient au secours de Catulus – sans doute en échange de son vœu (voir § 3) et du déjà «Heureux» Sylla (voir Sylla, XXIX, 12). Sur la Némésis, voir Dictionnaire, «Fortune».
138. La bataille de Verceil, dite aussi des Campi Raudii, a eu lieu le 30 juillet 101.
139. Sylla (et/ou Catulus?) substitue une poussière providentielle au patient entraînement psychologique mis en place par Marius comme antidote à la terreur gauloise. D'autres sources, sans doute plus dignes de foi, créditent Marius lui-même d'avoir exploité le soleil, le vent et la poussière.
140. À en croire Plutarque, l'armée barbare aurait donc compté au moins de 200 000 à 300 000 hommes, dont 15 000 cavaliers, face aux 52 000 soldats romains. Quel que soit le degré d'exactitude des chiffres, ils indiquent la cruauté de ces écrasements militaires. Voir aussi Dictionnaire, «Guerre».

dessus que celui-ci s'appuya surtout pour soutenir que la victoire était son ouvrage. 7. Une querelle s'éleva, paraît-il, entre les soldats, et l'on choisit pour l'arbitrer des ambassadeurs de Parmitès qui se trouvaient là. Les soldats de Catulus les conduisirent parmi les cadavres des ennemis et leur montrèrent que les morts étaient percés par leurs piques à eux, reconnaissables aux inscriptions qu'elles portaient, car ils avaient eux-mêmes gravé sur le bois le nom de Catulus[141]. 8. Néanmoins, tout l'honneur du succès revint à Marius, en raison à la fois de sa précédente victoire et de la supériorité de la magistrature qu'il exerçait. 9. Bien plus, la multitude le salua comme le troisième fondateur de Rome, jugeant que le danger qu'il avait écarté n'était pas inférieur à celui des Celtes[142]. Chacun dans sa maison, avec sa femme et ses enfants, offrait, plein de joie, les prémices du repas et des libations à Marius en même temps qu'aux dieux[143]. On souhaitait le voir célébrer seul les deux triomphes, 10. mais Marius n'en fit rien et associa Catulus à son triomphe. Il voulait, dans un si grand succès, montrer sa modération; peut-être aussi craignait-il les soldats, bien déterminés, si Catulus était privé de cet honneur, à empêcher aussi son propre triomphe[144].

XXVIII. 1. Il acheva donc son cinquième consulat. Pour en obtenir un sixième, il déploya plus de zèle que personne n'en avait jamais mis à en briguer un premier[145]. Il cherchait à se concilier le peuple par des flatteries et cédait à la multitude pour lui complaire; contrairement à la dignité et à la majesté officielles de sa charge et surtout à son propre naturel, il voulait paraître conciliant et simple, alors que par nature il ne l'était nullement[146]. 2. Son désir de popularité le rendait, dit-on, très timide dans la vie politique et devant les mouvements de foule: l'intrépidité et la détermination dont il faisait preuve au combat l'abandonnaient dans les assemblées populaires, où n'importe quel compliment, n'importe quelle critique, le mettaient hors de lui. 3. Pourtant, lorsqu'il donna le droit de cité à un millier d'habitants de Camérinum qui s'étaient dis-

---

141. *Nouvelle illustration de l'attachement devenu prioritaire des soldats à leur chef; la «réforme de Marius» n'est pas loin, ni la fin de la République.*
142. *La mention des Celtes fait comprendre que, si le premier fondateur est évidemment Romulus, le second n'est autre que Camille, qui a écarté de Rome le danger gaulois au début du IVe siècle (voir sa* Vie*).*
143. *Le rite donne au héros, déjà comparé à Romulus et à Camille, une stature quasi divine. Là encore, Marius annonce le siècle qu'il ouvre.*
144. *Plutarque juxtapose une interprétation favorable à Marius et une version hostile, probablement inspirée de Catulus. La dimension propagandiste fournit probablement la clé du geste du consul.*
145. *Retour à Rome et à la politique intérieure. Le sixième consulat date de 100. Marius dépense d'autant plus d'efforts que le «charme» primitif de sa longue présence au pouvoir s'est émoussé, et que le danger est écarté. Contraste implicite de cette boulimie de titres avec la conduite d'un Cincinnatus, retourné à sa charrue sitôt l'ennemi éliminé... Au-delà des critiques, dont nous avons relevé les échos ponctuels, émanant de la tradition aristocratique, c'est cette fois le biographe qui exprime directement sa réprobation. Celle-ci se concentre, à l'accoutumée, sur l'incapacité d'un homme porté par la victoire à maîtriser son succès. La vraie Némésis guette.*
146. *Plutarque donne vie ici au type du soldat aussi mal à l'aise dans la politique qu'il est parfaitement adapté au terrain guerrier.*

tingués dans cette guerre, comme certains jugeaient la mesure illégale et la lui reprochaient, il répliqua, dit-on : « Le bruit des armes m'a empêché d'entendre la loi[147]. » 4. Mais d'ordinaire, il était plutôt, semble-t-il, terrifié et inquiet devant le tumulte des assemblées du peuple. 5. Sous les armes, le service lui conférait prestige et autorité, mais en politique, s'il se voyait repoussé du premier rang, il s'abritait derrière la sympathie et la faveur du plus grand nombre : pour être le plus grand, il renonçait à être le meilleur. 6. Aussi était-il en butte aux attaques de tous les aristocrates. Celui qu'il avait le plus en horreur était Métellus, envers qui il s'était montré ingrat et qui, doté par la nature d'une vertu authentique, faisait la guerre à tous ceux qui voulaient s'insinuer par des voies malhonnêtes dans les bonnes grâces de la multitude, en pratiquant la démagogie pour lui complaire. Marius intriguait donc pour le chasser de la cité[148]. 7. Dans ce but, il se lia avec Glaucia et Saturninus, hommes impudents, qui avaient sous leurs ordres une foule de miséreux et d'agitateurs, et il se servit d'eux pour faire passer des lois. Soulevant les soldats, il les mêla aux assemblées et forma une faction hostile à Métellus[149]. 8. Selon le récit de Rutilius, homme en général respectueux de la vérité et honnête, mais hostile à Marius à titre personnel[150], il n'obtint son sixième consulat qu'en faisant aux tribus des largesses considérables, et il acheta aussi l'échec de Métellus à cette charge, afin d'avoir en Valérius Flaccus un subordonné plutôt qu'un collègue au consulat[151]. 9. Jamais le peuple n'avait accordé un tel nombre de consulats à personne avant Marius, à l'exception du seul Valérius Corvinus[152], et dans le cas de ce dernier, plus de quarante-cinq ans s'étaient écoulés,

---

147. Camerinum (actuelle Camerino) est une ville d'Ombrie, à la limite du Picénum. Ce « millier d'habitants » représente deux cohortes de troupes auxiliaires originaires de cette cité (voir Cuff, 1975), auxquelles Marius a accordé tout de suite après la victoire, et pour services rendus, la citoyenneté romaine (voir Cicéron, Pour Balbus, 46-48 ; Valère Maxime, V, 2, 8). Un magistrat ne pouvait encore proposer, comme ce serait le cas après la guerre sociale, une telle récompense pour ses soldats (voir Badian, 1958, p. 260-261) ; il devait en tout cas en référer au Sénat. La décision de Marius a d'autant plus choqué que le problème de l'accès à la citoyenneté est précisément à l'arrière-plan de la période qui va des Gracques à la guerre sociale (122-91). Elle n'allait cependant pas être remise en cause.
148. Métellus, homme selon le cœur de Plutarque (voir XXIX, 5-12), revient à l'avant-scène, ou plutôt dans les coulisses. Ce paragraphe est de ceux qui reflètent directement une tradition hostile au héros. Il a pour fonction de préparer le retour au premier plan du personnage négatif, Saturninus.
149. Sur Saturninus, questeur en 104, tribun de la plèbe en 103, voir supra, XIV, 12. Caius Servilius Glaucia a été questeur avant 108 ; il est tribun de la plèbe en 101 et préteur en 100. Voir Tite-Live, Abrégé, 69 ; Appien, Guerres civiles, I, 126-128 ; Orose, V, 17, 3. Métellus « le Numidique » a été élu censeur en 102.
150. Il est rare de voir Plutarque, et généralement les auteurs anciens, citer une source avec ce type d'évaluation nuancée. Rutilius Rufus, proche de Métellus, influencé par le stoïcisme, a été mentionné supra, en X, 1.
151. Lucius Valerius Flaccus, élu au consulat en même temps que Marius, se rangera de son côté lors des événements décrits au chapitre XXX. Il deviendra censeur en 97 et princeps senatus à partir de 86.
152. Marcus Valerius Corvus ou Corvinus, grande figure romaine des guerres samnites, a été consul six fois entre 348 et 299 ; voir Tite-Live, Histoire romaine, VII, 26-28, 32-33, 37, 40, 42 ; VIII, 3, 16 ; IX, 17 ; X, 9, 11, 31.

dit-on, entre son premier et son dernier consulat, tandis que Marius, après son premier consulat, exerça les cinq suivants emporté par un seul et même élan de la Fortune.

XXIX. 1. Ce fut surtout à l'occasion de son dernier consulat qu'il se rendit odieux, en se faisant, à plusieurs reprises, complice de Saturninus, notamment lors du meurtre de Nonius, que Saturninus égorgea parce qu'il était candidat contre lui au tribunat de la plèbe[153]. 2. Ensuite, élu tribun, Saturninus proposa une loi agraire dotée d'un additif obligeant le Sénat à venir jurer qu'il se conformerait à ce que le peuple voterait, sans s'y opposer en rien[154]. 3. Devant le Sénat, Marius feignit de combattre cet article de la loi; il déclara qu'il n'accepterait pas de prêter serment, et qu'à son avis, aucun homme sensé ne devait l'accepter, « car, disait-il, même si la loi proposée n'était pas mauvaise, ce serait faire injure au Sénat que de vouloir la lui imposer par contrainte, et non par persuasion, de son plein gré ». 4. Telles étaient ses paroles, mais elles ne correspondaient pas à sa pensée: il préparait en fait un piège dont Métellus ne pourrait se dégager. 5. Convaincu que le mensonge fait partie de l'adresse et de l'habileté, il n'avait nullement l'intention de tenir compte des engagements qu'il aurait pris au Sénat; mais, sachant que Métellus était un homme loyal, qui pensait, avec Pindare, que « la vérité est le fondement de la vertu parfaite[155] », il voulait le lier à l'avance, en le forçant à rejeter le serment devant le Sénat: quand il refuserait de jurer, il s'attirerait la haine implacable du peuple. 6. C'est ce qui arriva en effet. Métellus déclara qu'il ne prêterait pas serment, et le Sénat leva la séance. Quelques jours plus tard, Saturninus appela les sénateurs à la tribune et voulut les obliger à prononcer ce serment. Marius se présenta et le silence se fit; tous étaient suspendus à ses lèvres. Alors, ne tenant plus le moindre compte de toutes les belles déclarations qu'il avait faites devant le Sénat, et qui n'étaient que des mots, il déclara qu'il n'avait pas les épaules assez larges pour, dans une affaire d'une telle importance, s'en tenir à une décision prise à l'avance,

---

153. L'épisode fut plus complexe que ne l'indique Plutarque: Saturninus briguait en effet une réélection au tribunat, ce qui ne pouvait se faire qu'en l'absence d'autre candidat; il ne se heurta donc à la concurrence et à l'opposition de Nonius – lequel refusa de se retirer – qu'après l'élection des neuf premiers tribuns. Voir la version d'Appien, I, 127-129 et le commentaire de Gabba (1958), p. 99-101.
154. Appien est plus explicite sur les intérêts en jeu: « Saturninus proposa une loi assurant, dans la région que les Romains appellent Gaule [Cisalpine], l'assignation des terres dont les Cimbres s'étaient emparés. Marius, peu auparavant, avait fait de ces terres enlevées aux Gaulois la propriété du peuple romain. On avait ajouté une clause selon laquelle, si le peuple approuvait la loi, les sénateurs devaient dans les cinq jours jurer de s'y conformer, et quiconque aurait refusé de prêter serment serait expulsé du Sénat et contraint de payer au peuple une amende de vingt talents [...]. Une fois fixé le jour du vote, Saturninus envoya des messagers aux citoyens habitant la campagne, en qui on pouvait avoir particulièrement confiance parce qu'ils avaient servi sous Marius. Et, comme les Italiens tiraient avantage de la loi, la plèbe urbaine était mécontente... » (Guerres civiles, I, 130-132). La suite décrit également les manœuvres de Marius, mais en insistant sur les violences entre groupes armés représentatifs de « la ville » et de « la campagne ». Des vétérans de Marius peuvent, de leur côté, fonder des espoirs dans la distribution de terres.
155. Citation d'une œuvre de Pindare par ailleurs inconnue.

une fois pour toutes : il jurerait d'obéir à la loi, si toutefois, c'était une loi – il ajouta ces derniers mots, habilement, pour masquer sa honte[156]. 7. Dès qu'il eut prêté serment, le peuple, joyeux, battit des mains et l'acclama, mais les aristocrates furent désespérés par cette volte-face, et prirent Marius en haine. 8. Ils prêtèrent tous serment les uns après les autres, craignant la colère du peuple, jusqu'au moment où vint le tour de Métellus. Celui-ci, malgré les prières de ses amis qui le pressaient de jurer et de ne pas s'exposer aux châtiments impitoyables dont Saturninus menaçait ceux qui refuseraient, ne perdit rien de sa fierté ; il ne prêta pas serment et, fidèle à son caractère, prêt à subir les pires supplices plutôt que de rien faire de honteux, il quitta le forum, en disant à ceux qui l'accompagnaient : « Mal agir est vil ; bien agir quand il n'y a pas de danger est banal, mais c'est le propre de l'homme vertueux que d'accomplir de belles actions en dépit du danger[157]. » 9. Aussitôt Saturninus fit voter que les consuls devraient, par proclamation, interdire Métellus de feu, d'eau et de toit[158] ; pendant ce temps, la lie de la populace s'assemblait, prête à tuer cet homme. 10. Les meilleurs citoyens, fort émus, coururent rejoindre Métellus, mais il ne voulut pas être à l'origine d'une guerre civile. Il quitta la Ville, en tenant le raisonnement suivant, plein de sagesse : 11. « Ou bien les affaires prendront meilleure tournure, et le peuple regrettera sa décision : dans ce cas on me rappellera et je reviendrai ; ou bien les choses resteront comme elles sont, et alors, mieux vaudra être au loin. » 12. Quant aux nombreuses marques d'estime et d'honneur que reçut Métellus durant son exil et à la manière dont, à Rhodes, il se voua à la philosophie, il sera préférable d'en parler dans l'ouvrage qui sera consacré à cet homme[159].

XXX. 1. En échange d'un tel service, Marius était obligé de laisser Saturninus se porter à toutes les audaces et à tous les abus de pouvoir. Il ne se rendait pas compte qu'il faisait de lui un fléau intolérable qui, par les armes et les meurtres, se frayait un chemin menant tout droit à la tyrannie et à la ruine de l'État[160]. 2. Comme Marius voulait à la fois se montrer respectueux à l'égard des nobles et flatter la multitude,

---

156. Appien est encore plus précis : comme les gens de la ville disaient qu'on avait entendu le tonnerre pendant l'assemblée – ce qui interdisait de prendre une décision juridiquement fondée –, Marius suspendit la séance qu'il présidait comme consul ; « le cinquième jour, juste avant le terme fixé, il convoqua les sénateurs en toute hâte, leur dit qu'il craignait la réaction du peuple, tant celui-ci était impatient de voir la loi promulguée, et qu'il fallait jurer de respecter la loi, dans la mesure où il s'agissait d'une loi valable » (I, 135-136).
157. Cette sage formule, comme celle du § 11, devait figurer parmi les recueils de sentences dont Plutarque s'inspire volontiers.
158. C'est la formule qui accompagne habituellement la sentence d'exil (voir Cicéron, XXXII, 1).
159. Rhodes était un haut lieu de la philosophie, ville natale du stoïcien Panaïtios, où son disciple Posidonios avait établi son école. Les jeunes Romains venaient y parfaire leur culture, et un aristocrate exilé pouvait s'y consacrer. La sympathie de Plutarque envers Métellus apparaît de nature plus philosophique que politique. L'ouvrage mentionné n'a pas laissé de trace. Voir Dictionnaire, « Stoïcisme ».
160. Une fois de plus, Plutarque doute de la lucidité politique de Marius. Ce point est discutable : on dirait que le vainqueur de Verceil se débarrasse d'alliés devenus encombrants.

il osa commettre un acte plein de duplicité, tout à fait indigne d'un homme libre. 3. Les premiers citoyens étant venus le trouver à la tombée de la nuit pour l'engager à sévir contre Saturninus, il fit entrer ce dernier par une autre porte, à leur insu. Ensuite, prétextant aux uns et à l'autre une diarrhée, il alla d'un côté à l'autre de sa maison en courant pour se rendre à tour de rôle, tantôt vers eux, tantôt auprès du tribun afin de les brouiller et de les exciter. 4. Cependant, les sénateurs et les chevaliers se liguèrent et manifestèrent leur indignation ; il fit alors occuper le forum par des hommes en armes, et les séditieux furent poursuivis jusque sur le Capitole, où il les réduisit par la soif, en coupant les conduites d'eau. Désespérés, ils l'appelèrent et se rendirent, sous la garantie de ce qu'on appelle la foi publique. 5. Marius fit tous ses efforts pour les sauver, mais il ne put leur être utile ; dès qu'ils descendirent sur le forum, ils furent massacrés[161]. Cette conduite lui aliéna à la fois les puissants et le peuple, si bien que lorsque vint le moment d'élire les censeurs, alors qu'on s'attendait à ce qu'il fût candidat, il ne se présenta pas et, par crainte d'un échec, laissa élire des hommes bien inférieurs à lui. 6. Il donna d'ailleurs de son attitude une explication plus flatteuse, déclarant qu'il ne voulait pas se rendre odieux à une foule de gens en examinant avec sévérité leur vie et leurs mœurs.

XXXI. 1. Lorsqu'un décret rappelant Métellus d'exil fut proposé, Marius s'y opposa vivement, par ses paroles et par ses actes, mais en vain, et pour finir, il renonça[162]. 2. Le peuple approuva cette décision avec enthousiasme et Marius, ne pouvant supporter d'assister au retour de Métellus, embarqua pour la Cappadoce et la Galatie, afin de s'acquitter, disait-il, de sacrifices qu'il avait fait vœu d'offrir à la Mère des dieux[163]. Ce voyage avait un autre motif, qui échappait au plus grand nombre. 3. Par nature, Marius n'était pas fait pour la paix et manquait de dons pour la politique ; c'étaient les guerres qui l'avaient rendu grand : pensant qu'ensuite son autorité et sa gloire s'étaient flétries peu à peu sous l'effet de l'inaction et du repos, il cherchait à provoquer de nouveaux conflits[164]. 4. S'il semait le

---

161. *Grâce à d'autres sources (Cicéron, Pour C. Rabirius accusé de trahison, 20 et 28-31 ; Appien, I, 143-146 ; Florus, II, 4, 5-6 ; Orose, V, 17, 6-9 – les deux derniers s'inspirent de Tite-Live, perdu), on peut reconstituer les faits : le questeur Caius Saufeius, un jusqu'auboutiste, accompagnait les deux rebelles, qui prirent l'initiative de se réfugier sur le Capitole ; Marius envoya l'autre consul, Lucius Valerius Flaccus, garder le Quirinal contre un assaut possible des «ruraux», soutiens des deux tribuns ; il distribua des armes au peuple, en vertu d'un senatus consultum ultimum. Mais il hésitait encore, et ce sont des éléments optimates qui ont dû couper l'eau sur le Capitole. Ce sont les mêmes, selon Appien (145), qui ont enlevé le toit de la Curie, où Marius avait fait enfermer les trois hommes, pour les mettre à mort.*
162. *Plutarque condense des événements complexes auxquels Appien fait écho (I, 147-149). S'y distingua notamment le fils de Métellus, obstiné à réclamer le rappel de son père, qui y gagna le surnom de Pius, «pieux».*
163. *L'allusion à ce vœu pourrait confirmer que l'intervention du prêtre de Pessinonte, Batacès (supra, XVII, 9), avait été le produit d'une entente avec Marius – ou avait fait l'objet d'une exploitation concertée.*
164. *Plutarque prête à son héros la conclusion pratique du bilan des forces et des faiblesses qu'il a établi plus haut (voir supra, XXVIII, 1-5).*

trouble entre les rois, s'il poussait et excitait Mithridate, qu'on croyait disposé à combattre, il espérait être aussitôt désigné pour diriger la guerre, remplir bientôt la cité de nouveaux triomphes, et sa demeure des dépouilles du Pont et des trésors du roi[165]. 5. Aussi Mithridate eut beau l'entourer de toutes sortes d'égards et d'honneurs, il ne se laissa pas fléchir ni adoucir et lui répondit: « Ô roi, essaie de devenir plus grand que les Romains; sinon, exécute en silence ce qu'ils te commandent.» Ces paroles frappèrent vivement Mithridate qui avait souvent entendu la langue des Romains, mais entendait alors pour la première fois leur franchise brutale[166].

XXXII. 1. De retour à Rome, Marius se fit bâtir une maison près du forum, soit, comme il le disait lui-même, afin d'épargner à ceux qui venaient lui rendre hommage l'incommodité d'une longue route, soit parce qu'il croyait que l'éloignement de sa maison était la raison pour laquelle il n'y avait pas plus de monde à ses portes. 2. Or ce n'était pas le cas: en fait, pour l'agrément de sa compagnie et les services politiques qu'il pouvait rendre, il était bien inférieur aux autres, et on le laissait de côté en temps de paix, comme un instrument réservé à la guerre[167]. 3. S'il était contrarié d'être éclipsé par d'autres personnes, ce qui le chagrinait plus que tout, c'était de voir Sylla s'élever par la haine que les puissants lui portaient à lui, Marius, et commencer une carrière politique grâce au conflit qui les opposait[168]. 4. Lorsque le Numide Bocchus, inscrit au nombre des alliés de Rome, consacra sur le Capitole des Victoires porteuses de trophées et, à côté d'elles, des statues dorées le représentant en train de livrer Jugurtha à Sylla, Marius fut transporté de colère et de jalousie: il avait l'impression que Sylla lui arrachait ses exploits pour s'en revêtir, et il se disposait à abattre brutalement ces offrandes[169]. 5. Sylla lui rendait sa jalousie, et la guerre civile était sur le point d'éclater ouvertement, lorsqu'elle fut arrêtée par la guerre sociale, qui se déchaîna soudain sur la Ville. 6. Les nations les plus belliqueuses et les plus peuplées d'Italie se soulevèrent contre Rome et faillirent ren-

---

165. Mithridate VI Eupator, appelé à devenir le grand ennemi de Rome, a régné sur le Pont, au sud de la mer Noire, de 120 à 63. Il n'avait cessé d'agrandir son royaume, au moment de son premier contact avec Marius (en 99), et avait mené plusieurs attaques infructueuses pour s'emparer de la Cappadoce.
166. Il est rare que Plutarque lui-même, qui présente en général un visage plus constructif, plus « civilisé » de l'impérialisme romain, rapporte des propos aussi crus. Ils reflètent évidemment la personnalité de leur auteur, telle que le biographe veut en transmettre l'image, mais il est vrai qu'il lui est plus facile de les citer dans la mesure où ils sont adressés à un Barbare.
167. Plutarque souligne cette distinction avec insistance. Il faut ajouter que Marius, « homme nouveau », ne peut en temps de paix rivaliser avec des aristocrates qui s'appuient sur des clientèles considérables.
168. Le thème de la rivalité Marius-Sylla est la note dominante de toute la suite de cette Vie.
169. Sur Bocchus, beau-père de Jugurtha, qui finit par livrer son gendre, voir supra, X, 3-8. Désormais protégé de Rome, il est normal qu'à l'occasion d'un voyage, il vienne commémorer la victoire sur Jugurtha en l'accompagnant d'un geste d'allégeance clientélaire envers Sylla (voir Sylla, *VII, et le commentaire de Badian, 1958, p. 231).*

verser l'Empire, car elles disposaient non seulement d'armes et de soldats vigoureux, mais de généraux pleins d'une audace et d'une habileté remarquables, qui valaient ceux de Rome[170].

XXXIII. 1. Cette guerre[171], riche en péripéties variées et en multiples retournements de fortune, apporta à Sylla autant de gloire et d'autorité qu'elle en enleva à Marius[172]. 2. Celui-ci se montra lent à attaquer, paralysé en toute occasion par le doute et l'hésitation, soit que la vieillesse eût éteint en lui l'activité et l'ardeur de naguère (il avait à présent plus de soixante-cinq ans), soit, comme il le disait lui-même, qu'ayant les nerfs malades et le corps en mauvais état, il eût assumé par point d'honneur une campagne qui dépassait ses forces. 3. Cependant, même dans ces conditions, il remporta une grande victoire, où il tua six mille ennemis sans leur laisser la moindre prise sur lui ; ils eurent beau l'entourer de tranchées, l'accabler de railleries et le provoquer au combat, il ne se laissa pas troubler[173]. 4. Comme Pompédius Silo[174], celui des ennemis qui avait le plus de prestige et d'autorité, lui déclarait, dit-on : «Si tu es un grand général, Marius, descends combattre!», il répliqua : «Et toi, si tu es un grand général, force-moi donc à venir combattre contre ma volonté!» 5. Une autre fois, alors que les ennemis avaient donné aux Romains une occasion d'attaquer, que ces derniers avaient laissée échapper par peur, Marius convoqua les soldats en assemblée lorsque les deux armées se furent repliées, et leur dit : 6. «Je ne sais qui, des ennemis ou de vous, je dois appeler les plus lâches : ils n'ont pu supporter la vue de votre dos, ni vous celle de leur nuque!» Pour finir, il se démit de son commandement, déclarant qu'il était trop affaibli physiquement par sa maladie.

XXXIV. 1. Lorsque les Italiens se furent enfin inclinés, nombreux étaient à Rome les candidats, soutenus par les démagogues, qui briguaient le commandement de la

---

170. La guerre des alliés italiens contre Rome a duré de 91 à 89. Soldats et généraux «valaient ceux de Rome», puisque c'étaient ceux des troupes auxiliaires (les «ailes»), qui venaient, étroitement associées aux légions, de conquérir le monde.
171. Ce chapitre contient une très brève évocation de la guerre sociale, décrite plus à loisir dans Sylla, VII-X (voir aussi Dictionnaire, «République romaine»). La construction du chapitre fait ressortir l'âge (il est né en 157) et la lassitude de Marius (§ 2 et 6) tout en mettant en valeur ses déclarations dignes des recueils d'apophtegmes qui inspirent souvent Plutarque.
172. Vu la gravité de la situation, on a adjoint aux deux consuls de 90 «les meilleurs généraux de l'époque» (Appien, I, 179) ; parmi ces derniers, Sylla était sur le flanc sud – contre les Samnites – aux côtés de Lucius Julius Caesar, et Marius, ainsi que le père de Pompée, avec Publius Rutilius Rufus, sur le front nord – notamment contre les Marses (ibid., et Cicéron, Pour Fonteius, 43).
173. La «grande victoire» est celle du 11 juin 90, au bord du fleuve Tolenus, dans le Latium, où Marius venge la défaite et la mort du consul Rutilius (Appien, I, 191-193 ; Tite-Live, Abrégé, 73 ; Florus, II, 6, 12 ; Orose, V, 18, 11-13...).
174. Quintus Pompedius Silo est le chef des Italiens du groupe Nord, tandis que le groupe Sud est commandé par Caius Papius Mutilus.

guerre contre Mithridate[175]. Contre toute attente, le tribun de la plèbe Sulpicius, un personnage d'une grande hardiesse, mit en avant le nom de Marius et le proposa comme général, avec le titre de proconsul, pour combattre Mithridate. 2. Le peuple se divisa : les uns soutenaient le parti de Marius, les autres réclamaient Sylla[176], invitant Marius à se rendre aux bains chauds de Baïes, pour y soigner son corps affaibli, comme il le reconnaissait lui-même, par la vieillesse et les rhumatismes. 3. Marius avait en effet, près de Misène[177], une maison somptueuse, équipée de manière luxueuse, où l'on pouvait mener une vie plus efféminée qu'il ne convenait à un homme qui avait pris part à tant de guerres et d'expéditions. 4. Elle avait été achetée, dit-on, par Cornélia pour soixante-quinze mille deniers et, peu de temps après, Lucius Lucullus l'acquit pour cinq cent mille deux cents deniers, tant les prix avaient monté rapidement ! tant le goût pour le luxe avait progressé[178] ! 5. Cependant Marius, poussé par une ambition puérile, tentait de repousser son âge et sa faiblesse : il descendait chaque jour au Champ de Mars, où il s'exerçait avec les jeunes hommes, exhibant un corps toujours agile sous les armes et solide à cheval, bien que dans sa vieillesse il eût perdu sa souplesse à cause de son embonpoint, pour devenir obèse et lourd. 6. Certains approuvaient cette conduite et descendaient admirer son ardeur dans les compétitions, mais les meilleurs, à cette vue, n'éprouvaient que pitié pour son ambition et sa soif de gloire : cet homme qui, de pauvre et obscur, était devenu si riche et si puissant, ne savait pas mettre de borne à la prospérité ; il ne se contentait pas d'être admiré et de jouir en paix de ce qu'il avait mais, comme s'il manquait de tout, il désirait, après tant de triomphes et de gloire, aller traîner son extrême vieillesse en Cappadoce et dans le Pont-Euxin, pour combattre Archélaos et Néoptolème, les satrapes de Mithridate[179]. 7. Les justifications qu'il avançait semblaient pures sornettes : il voulait, prétendait-il, accompagner son fils à l'armée pour le former lui-même.

XXXV. 1. Cette situation fit éclater au grand jour la maladie qui couvait secrètement à Rome depuis longtemps[180]. Marius avait trouvé l'instrument le plus propre à causer la perte générale dans l'audace de Sulpicius qui était en tout point l'admirateur

---

175. La « première guerre de Mithridate » (89-85) est déclenchée lorsque celui-ci, profitant de l'engagement de Rome dans la guerre sociale, envahit la Bithynie, pays situé entre le royaume du Pont et la province romaine d'Asie.

176. Sylla a été élu consul pour 88 (voir infra, XXXV, 2). Il jouit donc d'une solide position.

177. Misène et Baïes, en Campanie, sont des lieux de villégiature de riches Romains, lieux renommés pour leurs installations thermales.

178. Sur les « villas » de Marius, voir D'Arms (1968) et Badian (1973). Cornélia est la fille de Scipion l'Africain, mère des Gracques ; sur le richissime Lucius Lucullus, voir sa Vie. À la fin de la République, on citait ce type d'exemple pour illustrer la montée des prix et, corrélativement, les abus croissants du luxe.

179. Plutarque prend cette fois à son compte les attaques portées contre Marius, sur un thème qui lui est cher : l'obstination des vieillards à rester en scène, l'incapacité de bon nombre à se tourner vers la sérénité du « loisir studieux ». Tout ce développement s'inspire de sources favorables à Sylla (voir Sylla, VII, 2).

180. Voir Dictionnaire, « Guerre ».

et l'émule de Saturninus auquel il ne reprochait, en politique, que son manque de hardiesse et ses hésitations. 2. Pour lui, il n'hésitait pas : il avait autour de lui six cents chevaliers qui lui servaient de gardes du corps et qu'il nommait l'Antisénat[181]. Il se rendit avec ces hommes en armes à l'assemblée du peuple que présidaient les consuls[182]. L'un des deux s'étant enfui du forum, il s'empara de son fils et l'égorgea[183]. L'autre, Sylla, fut poursuivi : il passa devant la maison de Marius et, ce à quoi nul ne se serait attendu, il s'y introduisit, 3. échappant ainsi à ses poursuivants qui passèrent sans s'arrêter ; ce fut Marius lui-même, dit-on, qui le fit sortir en sécurité par la porte de derrière, d'où il gagna le camp. 4. Toutefois dans ses *Mémoires*, Sylla déclare qu'il ne se réfugia pas chez Marius, mais y fut traîné, pour délibérer sur les mesures que Sulpicius voulait le contraindre à voter malgré lui : entouré d'un cercle d'épées nues, il fut poussé chez Marius et n'en sortit que pour se rendre sur le forum où, comme les factieux l'exigeaient, il annula la suspension des affaires[184]. 5. Après quoi, Sulpicius, désormais vainqueur, fit attribuer par un vote à main levée le commandement militaire à Marius, qui se mit à préparer l'expédition et envoya deux tribuns militaires prendre possession de l'armée de Sylla. 6. Ce dernier souleva alors ses soldats (il n'avait pas moins de trente-cinq mille hommes) et marcha contre Rome. Quant aux tribuns envoyés par Marius, les soldats se jetèrent sur eux et les massacrèrent[185].
7. De son côté, Marius fit périr à Rome beaucoup d'amis de Sylla et offrit, par proclamation, la liberté aux esclaves qui le rejoindraient[186] : il ne s'en présenta, dit-on,

---

181. Sur l'utilisation de Sulpicius par Marius, et sur l'ensemble de ce développement, voir Tite-Live, Abrégé, 77; Sylla, VIII; Appien, I, 242 et suiv. Publius Sulpicius Rufus aurait été, avant sa rencontre avec Marius pendant son tribunat, un partisan des optimates. Il est difficile de savoir si c'est Sulpicius lui-même ou ses adversaires qui désignaient les six cents chevaliers du nom d'« Antisénat ». Le conflit entre ordre sénatorial et ordre équestre est récurrent depuis la réforme de Caius Gracchus. Sylla y mettra un terme provisoire par des mesures radicales en faveur du premier.

182. Les deux consuls de 88 sont Quintus Pompeius et Sylla. Plutarque ne précise pas ici l'objet de la loi, qui était de répartir entre toutes les tribus, après la guerre sociale, les Italiens devenus citoyens romains. Le résultat recherché était de fournir à Marius, lors des votes, des soutiens indéfectibles et majoritaires.

183. Le fils du consul Pompeius avait épousé Cornélia, fille de la première femme de Sylla, Ilia ; ils eurent pour fille Pompeia, seconde femme de César.

184. La « suspension des affaires » est le justitium que les consuls avaient décrété pour tenter de reprendre la situation en main (voir Sylla, VIII, 6 et note ; Appien, I, 244-246, avec le commentaire de Gabba, 1958, p. 163-164). Appien écrit : « Les consuls proclamèrent un justitium de plusieurs jours, sur le modèle des célébrations religieuses, pour obtenir un renvoi du vote et du danger qui s'annonçait. Sulpicius, sans attendre la fin du justitium, donna ordre à ses hommes de main de se rendre sur le forum en dissimulant sur eux des poignards... »

185. Évocation extrêmement rapide et allusive de la marche sur Rome de Sylla, accompagné du consul Pompeius, venant du Sud par la via Latina, et de la prise de la ville ; comparer Sylla, IX, 2-5 et surtout le récit détaillé d'Appien, I, 250-263.

186. Sur le recours de Marius aux esclaves, thème d'une polémique insistante conduite par ses adversaires, voir supra, V, 4-5 ; IX, 1.

que trois. 8. Après une brève résistance au moment où Sylla faisait irruption dans Rome, il céda rapidement et prit la fuite. Dès qu'il fut sorti de la ville, tous ceux qui l'accompagnaient se dispersèrent. Comme il faisait nuit, il se réfugia dans une de ses villas, à Solonium[187]. 9. Il envoya son fils chercher des provisions dans la propriété toute proche de Mucius, son beau-père ; quant à lui, il descendit à Ostie où l'un de ses amis, Numérius, avait équipé une embarcation à son intention. Sans attendre son fils, emmenant avec lui son beau-fils, Granius, il prit la mer[188]. 10. Lorsque le jeune Marius[189] parvint dans la propriété de Mucius, il prit des provisions et s'équipa, mais le jour survint, et sa présence faillit être remarquée par ses ennemis : des cavaliers s'approchaient à cheval, jugeant l'endroit suspect. 11. L'intendant du domaine les vit venir. Il cacha le jeune Marius dans un chariot qui transportait des fèves, attela ses bœufs et se porta à la rencontre des cavaliers, feignant de conduire son chariot vers la ville. 12. Le jeune Marius put ainsi parvenir à la demeure de sa femme, où il prit tout ce dont il avait besoin. Ensuite, pendant la nuit, il descendit au bord de la mer, embarqua sur un navire en partance pour l'Afrique et fit la traversée.

XXXVI. 1. Quant au vieux Marius, ayant levé l'ancre, il était poussé par un vent favorable le long des côtes de l'Italie. Mais comme il redoutait un certain Géminius, un des hommes influents de Terracine[190], qui était son ennemi privé[191], il demanda aux matelots d'éviter cet endroit. 2. Ils voulurent le satisfaire, mais le vent tourna et se mit à souffler de la haute mer, déchaînant une tempête : comme l'embarcation ne semblait pas capable de résister aux vagues et que d'autre part Marius souffrait violemment du mal de mer, ils gagnèrent à grand-peine le rivage près du cap Circaeum. 3. La tempête augmentait toujours et les provisions manquaient : ils débarquèrent donc et errèrent sans but. Ainsi qu'il arrive en général dans les situations les plus critiques, ils fuyaient le danger présent, qu'ils considéraient comme le plus redoutable, et mettaient leurs espoirs dans l'inconnu. 4. La terre leur était hostile, la mer également ; il était dangereux de rencontrer des hommes, dangereux aussi de n'en point rencontrer, car ils n'avaient pas de vivres. 5. Vers le soir, ils trouvèrent quelques bouviers qui ne purent rien leur donner, mais qui, ayant reconnu Marius, leur conseillè-

---

187. Voir supra, XXXIV, 4. Cette villa se trouvait dans le Latium, sur la route d'Ostie.
188. Le long récit de la fuite de Marius qui commence ici, et qui le conduit en Afrique puis à Minturnes dans le Latium, diffère notablement de celui d'Appien, I, 61-62. La plupart des commentateurs n'attachent guère foi à la version transmise par Plutarque (voir Gabba, 1958, p. 175-178).
189. Caius Marius fils est né vers 109. Il sera consul en 82, à 27 ans (voir infra, XLVI, 7)...
190. Terracine (Anxur) est une cité latine située sur la côte tyrrhénienne, au sud d'Ostie et au nord du mont Circaeum (voir § 2). Le navire de Marius aurait entrepris une navigation de cabotage, non exempte de dangers, comme il s'en pratiquait couramment.
191. Nous n'en savons pas plus sur ce personnage, que nous reverrons à l'œuvre en XXXVIII, 1. La mention qui en est faite montre qu'au cours de leur carrière, les membres de l'élite romaine se faisaient à la fois des clients, souvent qualifiés d'amici, « amis », et des inimici, des « ennemis », qu'on décrirait aussi bien comme les clients de leurs adversaires politiques.

rent de s'en aller au plus vite, car quelques instants plus tôt, ils avaient vu passer, à cet endroit précisément, un grand nombre de cavaliers lancés à sa recherche. 6. Dans un complet désarroi, alors que ses compagnons affamés se désespéraient, Marius s'écarta du chemin et se jeta dans une forêt profonde où il passa une nuit agitée. 7. Le lendemain, pressé par la nécessité et voulant employer ses forces avant qu'elles ne l'abandonnent entièrement, il se remit à marcher sur le rivage. Il encourageait ceux qui le suivaient et les engageait à ne pas se laisser abattre avant que ne fût réalisée sa dernière espérance, pour laquelle il se gardait, sur la foi d'anciens oracles[192]. 8. En effet, lorsqu'il était encore tout jeune et vivait à la campagne, il avait reçu dans son manteau le nid d'un aigle qui contenait sept aiglons. À cette vue, ses parents, étonnés, avaient interrogé les devins; ceux-ci avaient déclaré qu'il serait le plus célèbre des hommes et qu'il exercerait sept fois la magistrature et la responsabilité la plus haute[193]. 9. Selon certains, cette aventure était réellement arrivée à Marius; selon d'autres, ceux qui la lui entendirent raconter à cette occasion et à d'autres reprises au cours de sa fuite[194], ajoutèrent foi à ce récit et le consignèrent par écrit, alors qu'il ne s'agissait que d'une fable : 10. en effet, l'aigle n'a pas plus de deux petits à la fois et l'on accuse de mensonge Musée[195], quand il dit :

> Cet oiseau pond trois œufs, en fait éclore deux,
> Et n'en soigne qu'un seul.

11. Cependant, que Marius ait répété à plusieurs reprises au cours de sa fuite et dans les circonstances les plus désespérées qu'il parviendrait à un septième consulat, c'est un fait reconnu.

XXXVII. 1. Comme ils étaient déjà à vingt stades environ de Minturnes, cité italienne[196], ils virent de loin une troupe de cavaliers lancés à leur poursuite; or il se

---

192. Porté par la logique de son récit, Plutarque donne cette fois une version positive de l'acharnement physique d'un homme vieillissant. Mentionné à cet instant, celui du pire dénuement et de la désespérance, le ressouvenir de l'oracle témoigne du sens dramatique de Plutarque et prépare l'ultime rebondissement.
193. Voir Appien, I, 276.
194. Plutarque sous-entend que c'est Marius qui a forgé l'histoire de l'aigle et de ses sept petits pour accroître la confiance de ceux qui le suivent. Ce qui compte (voir § 11), ce n'est pas ce qui s'est réellement passé, mais ce que Marius a voulu faire croire à ses soldats, et qu'ils l'aient cru.
195. Musée est un poète mythique, présenté comme originaire de Thrace, et disciple du non moins mythique Orphée.
196. 20 stades font environ 3,5 km. La colonie de citoyens de Minturnes, en Campanie, a été fondée par Rome en 296, comme bastion côtier. Une inscription (Corpus d'inscriptions latines, 12, 2, 3, n°2705, 3) y a fait connaître un certain C. Marius, affranchi d'un Marius qui est sans doute le nôtre. La version d'Appien (I, 272-276), non moins pittoresque que celle de Plutarque, en diffère sensiblement : en particulier, l'aventure du bateau et du pêcheur est placée (277-279) après le séjour à Minturnes. L'épisode a visiblement fait l'objet très tôt de plusieurs arrangements. Pour ce qui suit, voir Carney (1961), p. 98 et suiv. ; Scardigli (1977), p. 240.

trouvait que deux embarcations s'approchaient au même moment. 2. Chacun courut alors à toutes jambes, de toutes ses forces, vers la mer, et se jeta à l'eau pour rejoindre ces bateaux. Granius et ses compagnons purent monter à bord de l'un d'eux et passer dans l'île d'en face, nommée Aenaria. 3. Mais Marius était lourd et difficile à porter : à grand-peine, avec bien des efforts, deux esclaves parvinrent à le soulever et à le placer dans l'autre embarcation. Déjà les cavaliers, ayant fait halte, criaient du rivage aux marins de ramener le bateau à terre ou de jeter Marius à l'eau avant de s'en aller où bon leur semblerait. 4. Devant les supplications et les larmes de Marius, les maîtres du bateau, après avoir changé plusieurs fois d'avis en peu de temps, répondirent finalement aux cavaliers qu'ils ne livreraient pas Marius[197]. 5. Mais dès que ceux-ci, pleins de colère, se furent retirés, ils changèrent une nouvelle fois d'avis et revinrent au rivage. Ils mirent l'ancre à l'embouchure du Liris[198] dont les eaux s'épandent à cet endroit en marécages, et l'engagèrent à débarquer, pour prendre quelque nourriture à terre et reposer son corps affaibli, jusqu'au moment où il serait possible de prendre la mer : 6. chaque jour à la même heure, disaient-ils, le vent de mer mollissait et une brise assez forte s'élevait des marais. 7. Marius les crut et suivit leurs conseils ; les marins l'ayant déposé sur le rivage, il s'allongea sur l'herbe, sans soupçonner le moins du monde le sort qui l'attendait. 8. Les autres remontèrent aussitôt à bord, levèrent l'ancre et prirent la fuite, jugeant contraire à l'honneur de le livrer mais dangereux de le sauver. 9. Ainsi, abandonné par tous, Marius resta longtemps sans voix, étendu sur le rivage. À grand-peine, il se ressaisit et avança, misérable, dans des lieux impraticables. 10. Après avoir traversé des marais profonds, des fossés pleins d'eau et de boue, il trouva la cabane d'un vieillard qui travaillait dans les marais ; il se jeta à ses pieds, le suppliant de sauver et de secourir un homme qui, s'il échappait au danger présent, le récompenserait au-delà de ses espérances. 11. Le vieillard, soit qu'il le connût depuis longtemps, soit que sa vue lui eût inspiré de l'admiration et l'idée que c'était un homme supérieur, déclara que, s'il avait seulement besoin de repos, sa cabane était à sa disposition, mais que, si c'était pour échapper à des poursuivants qu'il errait ainsi, il pouvait le dissimuler dans un endroit plus sûr. 12. Marius l'ayant prié de le cacher, l'homme le conduisit dans le marais, lui demanda de se blottir dans un creux au bord du fleuve, et jeta sur lui beaucoup de roseaux et tout le bois léger qu'il put, pour l'envelopper sans lui faire de mal.

XXXVIII. 1. Peu de temps après, du vacarme et des cris lui parvinrent de la cabane. En effet, Géminius avait envoyé de Terracine un grand nombre d'hommes à sa poursuite : il se trouva que certains passèrent par là, terrifièrent le vieillard et lui crièrent qu'il avait accueilli et caché un ennemi des Romains. 2. Alors, Marius se leva, se

---

197. Les bateliers n'hésitent pas moins que jadis Bocchus à l'heure de livrer Mithridate (X, 3), et plus tard Hiempsal (XL, 10) : dans cette Vie, les traîtres ont le scrupule, sinon le bénéfice du doute – ou plutôt (voir § 8), ils sont exclusivement guidés par l'intérêt. Thème obsédant de l'affaiblissement physique de Marius : son corps, à l'heure de la fuite, se transforme en fardeau.
198. Le Liris se jette dans la mer à Minturnes.

déshabilla et plongea dans le marais, qui était profond et fangeux. Il ne put se dissimuler à ceux qui le cherchaient ; ils le tirèrent de là, nu et couvert de boue, l'emmenèrent à Minturnes et le livrèrent aux magistrats[199]. 3. Déjà dans toutes les cités était parvenu l'ordre officiel de poursuivre Marius au nom de l'État et, si on le prenait, de le tuer. Cependant les magistrats décidèrent de mettre d'abord l'affaire en délibération et enfermèrent Marius chez une certaine Fannia, une femme qui, pensait-on, n'avait pas de sympathie pour lui en raison d'un grief ancien[200]. 4. Cette Fannia avait été mariée à Titinnius, puis, séparée de lui, elle avait redemandé sa dot, qui était considérable[201]. Titinnius l'avait alors accusée d'adultère, et Marius, consul pour la sixième fois, avait dû juger l'affaire[202]. 5. Au cours du procès, il fut établi que Fannia était une femme immorale, mais que son mari la savait telle avant de l'épouser et de vivre longtemps avec elle. Indigné de leur conduite à tous deux, Marius avait ordonné au mari de rendre la dot et condamné la femme à une amende de quatre pièces de bronze pour impudicité[203]. 6. Cependant Fannia n'eut pas, en cette circonstance, la réaction d'une femme offensée ; dès qu'elle vit Marius, bien loin de se montrer rancunière, elle le soigna autant que la situation le lui permettait, et le réconforta. 7. Il la remercia et lui affirma qu'il avait confiance, car il avait reçu un heureux présage. Voici lequel. Au moment où on le conduisait dans la maison de Fannia, une porte s'était ouverte et un âne était sorti au galop pour boire à une fontaine qui coulait près de là ; 8. il avait regardé Marius d'un air hardi et joyeux, s'était d'abord arrêté devant lui, puis avait poussé un braiment sonore, et avait bondi joyeusement autour de

---

199. Les magistrats de Minturnes à cette époque nous sont bien connus par toute une série d'inscriptions. À la tête de la cité se trouvent deux duumvirs élus annuellement (et mentionnés à propos de notre épisode par Velleius Paterculus, II, 19, 2), sur le modèle des consuls romains. Les habitants libres de la colonie sont citoyens romains, et les lois et décisions de Rome y trouvent pleine application.

200. Dans une ville sans prison, et sans guère de «forces de l'ordre», que faire d'un prisonnier de marque ? La solution retenue est adaptée à une société de «clientèles» opposées, formées notamment à l'occasion de conflits portés devant la justice. On place donc Marius en résidence surveillée chez une femme, influente à Minturnes, que l'on suppose lui être hostile. La mesure prise implique deux éléments, l'un qui ressort directement du texte – la richesse : Fannia (citée également par Valère Maxime, I, 5, 5 ; II, 10, 6 ; VIII, 2, 3) possède sûrement une vaste demeure –, l'autre implicite : elle a dans sa domesticité les moyens de faire garder le fugitif.

201. Nous ne savons à quelle branche de la gens Fannia se rattachait l'intéressée. Cette gens est influente à Rome à cette époque : un Fannius a été consul en 122. La dot peut donc avoir été considérable. En cas de répudiation de la femme – qui se fait sans intervention de l'autorité publique –, celle-ci récupérait normalement sa dot, sauf si elle était convaincue d'adultère : d'où la démarche de Titinnius.

202. Les magistrats supérieurs ont, entre autres, des attributions judiciaires. Le sixième consulat de Marius date de 100 : l'affaire remonte donc à douze ans.

203. En termes réalistes, Fannia n'a pas perdu au change... de là peut-être, le réconfort qu'elle apporte à Marius ? Quant à ce dernier, tout en rendant une sentence peu discutable en droit, il avait confirmé là son image de «défenseur de la vertu» (voir supra, XIV, 3-9).

lui[204]. 9. Marius en avait tiré, disait-il, la conclusion suivante: la divinité lui montrait que son salut se ferait par mer plutôt que par terre, puisque l'âne, sans s'occuper de la nourriture solide, l'avait quitté pour aller boire de l'eau. 10. Après cet entretien avec Fannia, Marius resta seul à se reposer et fit fermer la porte de la chambre.

XXXIX. 1. Les magistrats et les conseillers de Minturnes décidèrent, après en avoir délibéré, de le mettre à mort sans tarder[205]. 2. Comme aucun citoyen n'osait se charger de cette tâche, ce fut un cavalier d'origine gauloise ou cimbre (les historiens sont partagés[206]) qui saisit une épée et s'approcha de lui. 3. Or comme la chambre dans laquelle il se trouvait à demi allongé ne recevait pas beaucoup de lumière et restait obscure, le soldat, dit-on, crut voir les yeux de Marius lancer des flammes, tandis qu'une voix forte se faisait entendre dans l'obscurité: «Homme, c'est donc toi qui oses tuer Caius Marius?» 4. Le Barbare prit aussitôt la fuite et quitta la chambre; jetant son épée au milieu des assistants, il franchit la porte en criant seulement: «Je ne peux pas tuer Caius Marius!» 5. Tous furent pris d'effroi, puis de pitié; ils regrettaient leur décision et se reprochaient d'avoir pris cette sentence illégale et ingrate contre un homme qui avait sauvé l'Italie et qu'il était scandaleux de ne pas secourir[207]. 6. «Qu'il aille donc, dans son exil, où bon lui semble subir ailleurs sa destinée. Quant à nous, prions les dieux de ne pas nous punir de le chasser nu et sans ressources de notre cité.» 7. Animé par de telles réflexions, ils se rendirent en foule auprès de lui, l'entourèrent et le conduisirent au bord de la mer. Mais, en rivalisant pour lui rendre toutes sortes de services et en s'empressant tous autour de lui, ils perdaient du temps. 8. De plus, le bois sacré de la divinité appelée Marica, fort respecté des habitants qui veillent à ne rien laisser sortir de ce qui y est une fois entré, leur faisait obstacle sur le chemin qui mène à la mer, et ils étaient obligés de le contourner, ce qui les retardait encore[208]. Mais soudain un des vieillards s'écria: «Aucun chemin qui assure le salut de Marius n'est interdit ni impraticable.» 9. Et lui-même le premier, saisissant un des bagages qu'on portait au navire, il traversa le bois.

---

204. Marius se pose ici encore en lecteur de présages qui lui sont favorables, et le fait savoir. Bien avant son utilisation romanesque (L'Âne d'or d'Apulée, un demi-siècle après Plutarque), l'âne est, entre bien des animaux, un de ceux dont le comportement suscite le plus de commentaires, qu'ils soient d'ordre intellectuel, sexuel ou religieux.
205. La décision est prise, dans ces cités de type aristocratique, du commun accord des magistrats et du Sénat ou «conseil» local – composé, comme à Rome, d'anciens magistrats.
206. Pour Appien (I, 273-274), qui donne de l'incident une version très proche, l'exécuteur est «un Gaulois qui résidait à Minturnes».
207. La présentation de cette réaction en forme de remords s'inspire visiblement d'une ou plusieurs sources marianistes. D'une manière générale, la substance de ces chapitres romanesques doit remonter en dernier ressort à des témoins oculaires (voir Scardigli, 1977, p. 249 et suiv.).
208. Il s'agit d'un bois sacré ou «marais» (Palus Maricae, selon Velleius Paterculus, II, 19, 2 et suiv.). La coutume rituelle, qui n'est ici mentionnée que pour justifier l'exception consentie en faveur de Marius, n'est pas autrement connue. De nombreux interdits entourent d'autres sanctuaires antiques, et ont retenu ailleurs l'attention de Plutarque (Questions grecques 27, 28, 39, 40).

XL. 1. Cet empressement procura bientôt à Marius tout ce dont il avait besoin ; un bateau fut mis à sa disposition par un certain Bélaeus qui par la suite fit peindre un tableau représentant cette scène, qu'il consacra dans le sanctuaire[209] d'où Marius avait embarqué et levé l'ancre, poussé par un vent favorable. Il se trouva qu'il fut porté vers l'île d'Aenaria, où il rencontra Granius et ses amis, avec qui il fit voile en direction de l'Afrique[210]. 2. Mais l'eau vint à manquer et ils furent obligés de faire relâche en Sicile, près de l'Éryx[211]. 3. Or il y avait dans cette région un questeur romain qui montait la garde[212] ; il faillit s'emparer de Marius, qui avait mis pied à terre, et tua seize de ses compagnons, qui étaient allés chercher de l'eau. 4. Marius revint au navire en toute hâte et traversa la mer jusqu'à l'île de Meninx, où il apprit d'abord que son fils était parvenu à s'échapper avec Céthégus et qu'ils allaient chez le roi des Numides Hiempsal, pour lui demander des secours[213]. 5. Ces nouvelles lui ayant rendu un peu de courage, il osa quitter l'île et passer à Carthage. 6. Le préteur d'Afrique était alors Sextilius, un Romain auquel Marius n'avait fait ni bien ni mal et dont il espérait quelque secours, ne serait-ce que par compassion[214]. 7. Mais à peine avait-il mis pied à terre avec quelques compagnons qu'un licteur vint à sa rencontre et, lui barrant le chemin, lui dit : « Marius, le préteur Sextilius t'interdit de débarquer en Afrique. Si tu refuses d'obéir, il déclare qu'il exécutera les décrets du Sénat et te traitera en ennemi de Rome. » 8. En entendant ces mots, Marius, accablé de chagrin et de désespoir, fut incapable de parler et garda longtemps le silence, en jetant des regards terribles au licteur. 9. Comme ce dernier lui demandait quelles étaient ses intentions et ce qu'il fallait dire au préteur, il répondit, avec un profond soupir : « Annonce donc que tu as vu Caius Marius exilé, assis sur les ruines de Carthage[215]. » Il n'avait pas tort de rapprocher ainsi, à titre exemplaire, la fortune de cette cité et ses propres vicissitudes.
10. Cependant Hiempsal, le roi des Numides, était déchiré par des réflexions contradictoires : il traitait avec honneur le fils de Marius et ses compagnons mais, chaque fois qu'ils voulaient s'en aller, il trouvait toujours quelque prétexte pour les retenir : il était clair que ces délais n'étaient dictés par aucun motif honorable.

---

209. *Cette indication relativise l'affirmation selon laquelle rien ne sortait du sanctuaire de ce qui y était «une fois entré». En fait, cet interdit ne devait concerner que certaines catégories de personnes et/ou des périodes particulières de l'année.*
210. *Voir supra, XXXVII, 2. Il est difficile de concilier ce récit avec celui d'Appien (I, 271, 279-280), selon qui Granius et les autres fugitifs n'ont rejoint Marius que plus tard, en Afrique ; voir Gabba (1958), p. 177.*
211. *À Thermae exactement, d'après Cicéron, Deuxième action contre Verrès, II, 113.*
212. *Dans les provinces, le questeur est une sorte de préposé aux finances du gouverneur. Il représente donc la volonté officielle de Rome.*
213. *Hiempsal II est le fils de Gauda à qui, après sa victoire sur Jugurtha, Marius avait accordé le royaume de Numidie (Cicéron, Après son retour, 20). Il est donc en principe pour lui un «client étranger».*
214. *Le «préteur de Libye» est le gouverneur de la province d'Afrique ; voir Appien, I, 279. Le licteur, porteur des insignes de son pouvoir, est son porte-parole naturel. Après la faveur et l'hostilité, nous voyons ici jouer la neutralité du comportement, comme indice de l'attitude prévisible, ou espérée, du partenaire.*
215. *L'image de Marius assis sur les ruines de Carthage détruite en 146 a fréquemment nourri la rhétorique ultérieure. Appien, toujours concret, la néglige.*

11. Cependant, les Romains durent leur salut à une circonstance bien facile à comprendre. La beauté du jeune Marius inspira à l'une des concubines du roi du chagrin de le voir injustement traité; la pitié fut le début et le prétexte d'un amour. 12. Marius repoussa d'abord cette femme, mais voyant qu'il n'y avait pas d'autre moyen de s'enfuir et que sa conduite était inspirée par un attachement sérieux, non par une passion déréglée, il accepta sa tendresse; grâce à son aide, il parvint à s'enfuir avec ses amis et à rejoindre son père. 13. Les deux hommes, après s'être embrassés, cheminaient le long de la mer, lorsqu'ils virent des scorpions qui se battaient, ce que Marius interpréta comme un mauvais présage. 14. Ils montèrent donc aussitôt dans une barque de pêche et gagnèrent l'île de Cercina, qui n'est pas loin du rivage[216]. À peine avaient-ils levé l'ancre qu'ils virent arriver des cavaliers, envoyés par le roi, à l'endroit précis qu'ils venaient de quitter. 15. Marius jugea qu'il n'avait jamais échappé à un danger plus menaçant.

XLI. 1. Cependant à Rome, tandis qu'on apprenait que Sylla faisait la guerre en Béotie aux généraux de Mithridate, les deux consuls entrèrent en conflit et prirent les armes[217]. 2. Une bataille fut livrée: Octavius eut le dessus et chassa Cinna, qui voulait gouverner en tyran; à sa place, il nomma Cornélius Mérula. Cinna leva une armée dans toutes les régions d'Italie et reprit la guerre contre eux[218]. 3. Apprenant la situation, Marius résolut d'embarquer le plus vite possible. Ayant rassemblé en Afrique des cavaliers maures et des soldats en provenance d'Italie, ce qui ne faisait pas plus de mille hommes au total, il leva l'ancre et aborda à Télamon, en Étrurie. Dès qu'il eut mis pied à terre, il promit, par proclamation, la liberté aux esclaves. 4. Les paysans et les bergers de condition libre de la région, attirés par sa renommée, accoururent en foule sur le rivage[219]. Choisissant les plus vigoureux, il eut, en peu de jours, formé une troupe nombreuse dont il emplit quarante navires[220]. 5. Il savait qu'Octavius était un

---

216. *Le choix de ce lieu de refuge, dans le golfe des Syrtes, n'est pas le fruit du hasard: quelques années plus tôt, des vétérans de Marius s'y étaient installés, bénéficiant d'assignations de terres (*Inscriptiones Italiae, *XIII, 3, 7). Marius y passe l'hiver 88-87 avec ses amis.*
217. *Sylla est parti pour l'Orient au printemps 87, laissant une légion stationnée à Capoue ou à Nola, en Campanie. La relation d'Appien (I, 281-304) est beaucoup plus détaillée et analytique, beaucoup plus riche aussi d'indications politiques: les «nouveaux citoyens» – les Italiens romanisés – sont du côté de Cinna, les anciens soutiennent les syllaniens (voir aussi Tite-Live,* Abrégé, *79;* Velleius Paterculus, *II, 20, 5 et suiv.;* Florus, *II, 9, 9 et suiv.;* Orose, *V, 19).*
218. *Sur l'élection de Cinna, voir* Sylla, *X, 4-7; sur sa fuite, en compagnie notamment de Sertorius, voir* Sertorius, *IV, 8. Lucius Cornelius Merula est flamine de Jupiter (Appien, I, 297), c'est-à-dire détenteur des traditions rituelles qui ont assuré la sauvegarde de la cité. Ce recours au traditionalisme est-il bien à la hauteur de la situation, en ce début de Ier siècle?*
219. *La liberté pour les esclaves, c'est un des éléments du programme de Marius qui lui furent le plus reprochés. Ici, l'apparente contradiction avec le ralliement des paysans et des bergers «libres» se résout peut-être par un recours à la notion de «dépendants»: un statut de semi-servage semble avoir prévalu sur les grands domaines d'Étrurie. C'est de ce statut que Marius aurait déclaré vouloir libérer les intéressés.*
220. *Sur l'attachement des Étrusques à la cause de Marius, voir Deniaux (1973), p. 195-196.*

homme de bien, qui voulait gouverner de la manière la plus juste, et qu'en revanche Cinna, suspect à Sylla, voulait renverser la constitution établie. Ce fut donc Cinna qu'il décida de rejoindre avec ses troupes. 6. En conséquence, il lui fit dire qu'il était prêt à exécuter tous les ordres qu'il lui donnerait, car il le reconnaissait comme consul. Cinna l'accueillit favorablement, le nomma proconsul et lui envoya les faisceaux et les autres insignes de cette charge. Mais Marius déclara que ces ornements ne convenaient pas à sa fortune actuelle : il portait un habit misérable, il avait laissé pousser ses cheveux depuis le jour de sa fuite et, alors qu'il avait plus de soixante-dix ans, il allait à pied, dans le désir de susciter la compassion. Cependant, à la pitié se mêlait le sentiment que faisait toujours naître sa vue, la terreur ; son air abattu montrait bien que son courage n'avait pas été humilié, mais exaspéré par ses vicissitudes.

XLII. 1. Dès qu'il eut salué Cinna et se fut présenté aux soldats, il se mit à la besogne et retourna complètement la situation. 2. En premier lieu, il intercepta avec ses navires les convois de ravitaillement et pilla les commerçants, ce qui lui assura le contrôle des marchés. Puis il longea la côte et s'empara des cités du littoral. 3. Pour finir, il prit par trahison Ostie elle-même qu'il mit au pillage et dont il tua un grand nombre d'habitants ; il jeta un pont sur le Tibre et coupa toutes les voies qui amenaient de la mer des vivres à ses ennemis. 4. Ensuite, il se mit en marche, fit avancer son armée contre Rome et s'empara de la colline qui porte le nom de Janicule. Octavius, lui, se faisait du tort, moins par inexpérience que par son attachement scrupuleux à la justice, qui lui faisait renoncer, en dépit de l'intérêt public, à des mesures avantageuses. Ainsi, alors que beaucoup lui conseillaient d'appeler les esclaves à la liberté, il déclara qu'il ne donnerait pas aux esclaves de droits sur une patrie dont il écartait Marius pour défendre les lois. 5. Lorsque Métellus, fils de celui qui avait commandé les opérations en Afrique et que Marius avait fait exiler, entra à Rome, on vit bien qu'il était meilleur chef qu'Octavius ; les soldats abandonnèrent ce dernier pour le rejoindre, lui demandèrent de prendre le commandement et de sauver la Ville : ils combattraient vaillamment, disaient-ils, et ils seraient vainqueurs, si on leur donnait un général expérimenté et énergique[221]. 6. Métellus, indigné, leur ordonna de rejoindre le consul. Ils passèrent alors à l'ennemi et Métellus, désespérant de sauver Rome, se retira[222].
7. Quant à Octavius, des Chaldéens, des sacrificateurs et des interprètes des Livres Sibyllins lui avaient conseillé de rester à Rome, en lui disant que tout irait bien pour lui[223]. Apparemment cet homme, qui par ailleurs était le plus fier des Romains et qui

---

221. La manière dont est présentée l'intervention de Métellus est hautement invraisemblable : produit d'une affabulation gentilice ?
222. Sans en faire la théorie, Plutarque suggère les réalités politiques du moment : les tenants d'une tradition dépassée (Octavius) comme les fidèles du légalisme (Métellus) sont débordés par les événements. Place aux cyniques et aux violents des deux camps.
223. Les Chaldéens étaient, au Proche-Orient, réputés comme spécialistes de la divination, notamment comme diseurs d'horoscopes. À Rome, on avait fini par désigner de ce terme, ou de celui de «sacrificateurs», tous ceux qui passaient pour interpréter les signes de l'avenir. On recourait aux indications des Livres Sibyllins et de leurs interprètes en cas de prodiges traduisant, pensait-on, la colère divine.

notamment avait toujours gardé la dignité de sa charge à l'abri de la flatterie, en restant fidèle aux coutumes et aux lois ancestrales comme à des décrets immuables, se montrait incapable de résister à ce genre de prédictions ; il passait plus de temps avec des charlatans et des devins qu'avec les hommes politiques et les militaires. 8. En conséquence, les émissaires de Marius, avant l'entrée de celui-ci dans Rome, arrachèrent Octavius à la tribune et l'égorgèrent. Après son meurtre, on trouva, dit-on, dans les plis de sa toge un horoscope chaldéen. 9. Les événements furent donc dépourvus de toute logique : de ces deux chefs très en vue, l'un, Marius, dut son salut à son respect de la divination, qui mena l'autre, Octavius, à sa perte[224].

XLIII. 1. Dans une telle situation, le Sénat s'assembla et envoya des ambassadeurs à Cinna et à Marius, pour leur demander d'entrer dans la Ville et d'épargner les citoyens. 2. En sa qualité de consul, Cinna donna audience aux ambassadeurs sur sa chaise curule et leur répondit avec humanité[225]. Marius, debout à côté de la chaise, ne dit pas un mot, mais on voyait bien à son air sévère et à ses regards farouches, qu'il s'apprêtait à faire couler le sang dans la cité. 3. Puis ils levèrent la séance et se mirent en marche. Cinna fit son entrée escorté de ses gardes, mais Marius s'arrêta aux portes et déclara avec une feinte modestie mêlée de colère, qu'il était un exilé et que la loi lui interdisait d'entrer dans sa patrie ; si sa présence y était nécessaire, il fallait casser par un nouveau vote celui qui l'avait chassé. On eût dit vraiment qu'il était respectueux des lois et qu'il allait entrer dans une ville libre ! 4. Il fit donc convoquer le peuple en assemblée. Mais avant même que trois ou quatre tribus aient pu voter, il renonça à cette comédie et à ce prétendu rappel légal et entra dans la ville, entouré de gardes qu'il avait recrutés parmi les esclaves qui l'avaient rejoint. Il leur avait donné le nom de Bardyéens[226] ; 5. sur un mot, sur un signe de tête de lui, ils tuaient en masse tous ceux qu'il leur désignait. Finalement, lorsque Ancharius, sénateur et ancien préteur, se présenta devant Marius, lequel ne répondit pas à son salut, ils l'abattirent devant lui, en le frappant de leurs épées[227], 6. et dès lors, toutes les fois que des gens saluaient Marius sans qu'il leur adressât la parole ou leur rendît leur salut, c'était un signe suffisant pour les massacrer immédiatement en pleine rue. Aussi même ses amis étaient-ils pris d'angoisse et de frissons chaque fois qu'ils s'approchaient de lui pour le saluer. 7. Après tant de

---

224. *Ce type de comparaison, assez étrange à nos yeux, nourrit souvent les parallèles qui concluent les couples de Vies.*
225. *Consul, Cinna peut seul siéger sur une chaise curule. Plutarque veille à la cohérence (voir supra, XLII, 4) de son portrait central : la simplicité qui a toujours défini Marius se transforme en sauvagerie.*
226. *Du nom d'une tribu barbare d'Illyrie.*
227. *Abomination aggravée, selon Appien (I, 337-338), par le fait qu'Ancharius ait tenté de s'adresser à Marius à l'occasion d'un sacrifice célébré par celui-ci sur le Capitole, «dans l'espoir que la sainteté du lieu aurait favorisé la réconciliation». Après le meurtre, «sa tête, ainsi que celle de l'orateur Antoine et d'autres personnages de rang consulaire ou prétorien, fut exposée au forum. Personne ne fut autorisé à leur donner une sépulture ; les corps de personnages illustres furent livrés aux oiseaux et aux chiens pour être lacérés».*

meurtres, Cinna, désormais rassasié, se radoucit, tandis que Marius était en proie à une rage et à une soif de vengeance qui augmentaient de jour en jour; il continuait à massacrer indifféremment tous ceux qui lui étaient devenus suspects. 8. Toutes les routes, toutes les cités étaient pleines de gens qui poursuivaient et traquaient les fugitifs qui tentaient de se cacher. 9. On se rendit compte que la fidélité aux lois de l'hospitalité et de l'amitié n'offrait aucune garantie contre la mauvaise fortune: rares furent ceux qui refusèrent de livrer les hommes qui avaient cherché refuge auprès d'eux. 10. Il est donc juste de louer et d'admirer les esclaves de Cornutus qui cachèrent leur maître dans sa maison, puis suspendirent par le cou un cadavre pris dans la foule, lui passèrent au doigt un anneau d'or et le montrèrent aux émissaires de Marius, avant de le parer et de l'ensevelir comme s'il s'agissait de leur maître. Personne ne soupçonna rien; Cornutus put ainsi s'échapper grâce à ses esclaves et passa en Gaule[228].

XLIV. 1. L'orateur Marc Antoine[229] avait lui aussi un ami généreux, mais la Fortune lui fut contraire. Cet ami était pauvre et plébéien: recevant chez lui l'un des premiers personnages de Rome, il voulut le traiter aussi bien que ses moyens le lui permettaient et envoya un esclave acheter du vin chez un cabaretier du voisinage. 2. Comme l'esclave goûtait le vin avec un soin particulier et en réclamait du meilleur, le cabaretier lui demanda ce qui lui prenait de ne pas acheter, comme d'habitude, du vin nouveau ordinaire, mais du bon et du cher. 3. L'autre répondit sans se méfier, car il parlait à un familier qu'il connaissait depuis longtemps, que son maître régalait Marc Antoine qui était caché dans sa maison. Mais l'aubergiste était un impie et un scélérat: dès que l'esclave fut sortit, il courut trouver Marius, qui était déjà à table et, sitôt introduit, il promit de lui livrer Antoine. 4. À cette nouvelle, Marius, dit-on, poussa un grand cri et, dans sa joie, il battit des mains: il faillit même se lever pour se rendre lui-même sur les lieux, mais ses amis le retinrent et il envoya Annius et des soldats, avec ordre de lui apporter au plus vite la tête d'Antoine. 5. Lorsqu'ils parvinrent à la maison, Annius se plaça devant la porte, tandis que les soldats, par l'escalier, montaient dans la chambre; à la vue d'Antoine, chacun d'eux se mit à pousser l'autre au meurtre et à se dérober lui-même. 6. Apparemment l'éloquence envoûtante de cet homme et la grâce de ses paroles étaient telles que dès qu'il eut commencé à parler et à les prier de ne pas le tuer, aucun d'eux n'osa le toucher ni même le regarder en face; tous baissaient la tête et pleuraient. 7. Comme les choses traînaient en longueur, Annius monte à son tour; il voit Antoine en train de parler et les soldats frappés et ensorcelés par lui; il les insulte et, courant lui-même sur Antoine, il lui tranche la tête.

---

228. *La même histoire est évoquée par Appien, I, 336. Il s'agit sans doute de Marcus Caecilius Cornutus, qui avait exercé un commandement au cours de la guerre sociale (voir Cicéron, Pour Fonteius, 43).*
229. *Marc Antoine, grand-père du triumvir (voir Antoine, I), a été consul en 99, censeur en 97. Orateur célèbre, il donne encore la preuve de son talent à l'heure de sa mort (§ 6). Récit parallèle d'Appien, I, 333-335; l'exécuteur Annius n'y est pas nommé, mais qualifié de tribun.*

8. Lutatius Catulus avait été collègue de Marius au consulat et avait célébré le triomphe avec lui[230]; comme certains intercédaient en sa faveur et demandaient sa grâce, Marius se contenta de répondre: «Il doit mourir!» Alors, Catulus s'enferma dans une chambre, mit le feu à un gros tas de charbon et mourut étouffé.
9. Les corps sans tête qui étaient jetés dans les rues et piétinés n'excitaient aucune pitié, mais provoquaient frissons et tremblements chez tous ceux qui les voyaient. Ce qui affligeait surtout le peuple, c'était l'insolence de ceux qu'on nommait les Bardyéens. 10. Lorsqu'ils égorgeaient les maîtres dans les maisons, ils violaient les enfants et couchaient de force avec les femmes; on ne pouvait mettre un terme à leurs pillages et à leurs massacres. Pour finir, Cinna et Sertorius se mirent d'accord, se jetèrent sur eux dans le camp, pendant qu'ils dormaient, et les tuèrent tous à coups de javelots[231].

XLV. 1. Là-dessus, la Fortune sembla tourner. Des messagers arrivèrent de tous côtés, annonçant que Sylla, après avoir terminé la guerre contre Mithridate et reconquis les provinces, avait pris la mer avec une armée considérable[232]. 2. Cette nouvelle amena, dans ces maux indicibles, une brève pause et un répit de courte durée, car les gens s'attendaient à voir bientôt la guerre fondre sur eux. 3. Marius fut donc désigné consul pour la septième fois[233] et, dès qu'il sortit en public, le jour même des calendes de janvier qui marquait le commencement de l'année, il fit précipiter un certain Sextus Licinius de la Roche Tarpéienne, ce qui sembla à ses adversaires comme à la cité le signal éclatant de la reprise des malheurs[234].
4. Mais Marius était désormais épuisé par ses efforts[235]; accablé et comme submergé par les angoisses, il ne pouvait calmer son esprit, qui tremblait à la perspective d'une nouvelle guerre, d'autres luttes, des terreurs que son expérience et son épuisement lui faisaient redouter. Il se disait qu'il ne s'agissait plus maintenant d'affronter Octavius ou Mérula, qui n'avaient sous leurs ordres que des bandes désordonnées et une foule révoltée: c'était Sylla qui marchait contre lui, Sylla qui autrefois l'avait chassé de la patrie et qui, maintenant, venait de refouler Mithridate jusqu'au Pont-Euxin. 5. Accablé par de telles pensées et gardant devant les yeux sa longue errance, ses fuites, les dangers qu'il avait courus sur terre et sur mer, il était en proie à un terrible désespoir, à des paniques noc-

---

230. Après la victoire sur les Cimbres et les Teutons, en 102-101; voir supra, XXVII, 10.
231. Sur Cinna et les esclaves, voir Sartori (1975). Sur la relative modération de Cinna et de Sertorius, recrus de tant d'horreurs, voir Sertorius, V, 7.
232. Voir Sylla, XXVII, 1.
233. Lors d'élections tenues à la fin de 87, pour 86.
234. Il faut derechef compléter l'horreur de la scène: les nouveaux consuls inauguraient leur prise de fonction, le 1ᵉʳ janvier, par une cérémonie religieuse au Capitole. C'est à cette occasion, et à proximité immédiate, que Marius aurait recouru à une forme archaïque et cruelle de châtiment.
235. Ici commence la peinture très concentrée d'une fin shakespearienne. Son motif dominant, la jalousie à l'égard de Sylla, vainqueur de Mithridate (§ 10-11), avait été annoncé en mineur lors de la capture de Jugurtha (supra, X, 7-8).

turnes, à des songes terrifiants. Il avait sans cesse l'impression d'entendre une voix lui dire :

Du lion même absent le gîte est redoutable[236].

6. Comme il craignait plus que tout les insomnies, il se mit à boire et s'enivra d'une manière qui ne convenait guère aux circonstances, et à son âge ; il cherchait à se procurer le sommeil comme pour échapper à ses soucis. 7. Pour finir, un message venu de la mer le fit retomber dans de nouvelles terreurs. Redoutant l'avenir, en proie à une sorte de haine et de dégoût du présent, il était à la merci de la moindre influence : il contracta une pleurésie, comme le rapporte le philosophe Posidonios[237], qui dit avoir rendu lui-même visite à Marius, déjà malade, pour lui parler de l'objet de son ambassade. 8. Un historien nommé Caius Pison[238] raconte que Marius se promena après dîner avec ses amis et se mit à parler de sa carrière, en remontant à ses débuts. 9. Il avait connu, disait-il, bien des alternances de maux et de biens, et un homme sensé ne devait pas se fier davantage à la Fortune. Puis il embrassa les assistants, se coucha et mourut sept jours plus tard. 10. Selon certains, son ambition se révéla dans toute sa force au cours de sa maladie et l'entraîna dans un délire étrange : il se croyait en train de diriger la guerre contre Mithridate et faisait toutes sortes de gestes et de mouvements semblables à ceux dont il avait l'habitude au cours de combats réels, en poussant des clameurs violentes et des cris de guerre incessants. 11. Tant était terrible et insatiable la soif que lui inspiraient l'amour du commandement et le désir jaloux de participer à cette guerre. 12. Aussi, bien qu'il eût vécu soixante-dix ans, qu'il eût été le premier homme à être élu sept fois consul, bien qu'il eût possédé une maison et des richesses qui eussent pu suffire à plusieurs rois, il se plaignait de sa fortune, comme s'il mourait dans le besoin, sans avoir accompli ce qu'il désirait.

XLVI. 1. Platon, sur le point de mourir, remerciait son *démon* et sa Fortune d'avoir fait de lui, d'abord un homme, ensuite un Grec et non un Barbare ou une créature privée de raison, et enfin d'avoir placé sa naissance au temps de Socrate. 2. De même, par Zeus ! Antipatros de Tarse se remémorait, dit-on, au moment de sa mort, tous les bonheurs dont la Fortune l'avait comblé, sans oublier même la traversée favorable qu'il avait faite de sa patrie jusqu'à Athènes ; il regardait comme de grandes faveurs tous les cadeaux de la Fortune, amie des gens de bien, et jusqu'à sa fin, il les conserva dans sa mémoire, qui est pour un homme le plus sûr dépositaire

---

236. *On ignore qui est l'auteur de ce vers.*
237. *Posidonios, déjà maintes fois cité supra, est venu à Rome comme ambassadeur de Rhodes, où il avait installé son école philosophique stoïcienne. Le tableau très noir de la fin de Marius, à qui on le sait très hostile, lui doit peut-être plus que ne l'avoue Plutarque.*
238. *Unique mention de cet historien, par ailleurs inconnu, sans doute contemporain de Marius. Sa version, si elle confirme quel mal allait emporter Marius, est contradictoire avec celle qui lui fait suite. Cette dernière, très hostile au chef populaire, néglige le fait qu'il reste deux ans avant le retour de Sylla. Plutarque, comme souvent, a d'autres centres d'intérêt que l'exactitude chronologique.*

de ses biens[239]. 3. Mais les oublieux et les insensés laissent s'écouler les événements avec le temps; ils ne gardent ni ne conservent rien; ils sont toujours vides de biens, remplis de vains espoirs, et pendant qu'ils ont les yeux fixés sur l'avenir, ils laissent s'enfuir le présent. 4. Pourtant la Fortune pourrait leur refuser cet avenir, alors que le présent est en leur possession. Mais ils rejettent ce don de la Fortune, comme s'il ne leur appartenait pas, et rêvent à cet avenir incertain. Leur attitude n'a rien de surprenant: 5. en effet, avant d'avoir trouvé dans la raison et l'éducation une base et un fondement solide aux biens extérieurs, ils les amassent et les accumulent sans pouvoir combler le désir insatiable de leur âme.
6. Marius mourut le dix-septième jour de son septième consulat[240]. Rome fut aussitôt pleine de joie et de confiance, se croyant délivrée d'une tyrannie cruelle. 7. Mais il ne fallut que quelques jours aux Romains pour comprendre qu'ils avaient troqué un maître âgé contre un autre, qui était, lui, jeune et vigoureux – tant le fils de Marius se montra cruel et sévère, en faisant mourir les citoyens les meilleurs et les plus estimés[241]. 8. Il passait pour audacieux et intrépide face aux ennemis, ce qui lui avait d'abord valu le surnom de fils de Mars, mais quand on le jugea sur ses actes, on lui donna un autre surnom, celui de fils de Vénus[242]. 9. Pour finir, enfermé par Sylla dans Préneste, après avoir tout tenté, en vain, pour sauver sa vie, comme la prise de la cité ne lui laissait aucune issue, il se donna la mort[243].

---

239. *Antipatros de Tarse, en Cilicie: ce philosophe stoïcien, un des maîtres de l'école du Portique au milieu du II*[e] *siècle avant J.-C., a mis fin à ses jours. Cette méditation sur les biens du temps présent à préférer aux chimères projetées sur l'avenir nous montre que le* carpe diem *d'Horace n'était pas réservé aux disciples d'Épicure. Mais la profession de foi revêt ici un sens bien spécifique: les «roses de la vie», pour le platonicien Plutarque, sont les biens de la culture (païdeia) et de la vie spirituelle, opposés à la boulimie de satisfactions matérielles. Nous ne sommes pas loin de la «religion de la culture» décrite par Marrou (voir 1965*[6]*, p. 158-160).*
240. *Le 17 janvier 86.*
241. *Élu consul en 82, en même temps que Cnaeus Papirius Carbo, à 27 ans – une irrégularité grossière (l'âge légal pour être consul était 42 ans), bien significative de cette époque (voir* Sertorius, *VI, 1) –, Marius le Jeune allait mener la lutte contre Sylla jusqu'au bout, et jusqu'à sa propre perte (voir Appien, I, 394-438, passim).*
242. *Allusion à la cruauté privée l'emportant sur la vaillance militaire. La double référence à Vénus et à Mars rappelle Énée, fils de Vénus, et Romulus, fils de Mars. Elle annonce la filiation dont se réclameront, après César et Auguste, les julio-claudiens.*
243. *Appien décrit avec précision la défaite subie à Sacriportus (I, 397-400; voir* Sylla, *XXVIII, 7-15) et les circonstances de la fin de Marius le Jeune (416-417 à Préneste, l'actuelle Palestrina, dans le Latium; voir* Sylla, *XXIX, 1-3; 434-438, voir* Sylla, *XXXII, 1). Sa tête fut exhibée sur le forum, à la tribune des Rostres.*

BIBLIOGRAPHIE

VIE DE PYRRHOS

CABANES P.
Les Illyriens de Bardylis à Genthios. IVe-IIe siècle avant J.-C., Paris, 1988.

LÉVÊQUE P.
Pyrrhos, Paris, 1957.

LORAUX N.
Façons tragiques de tuer une femme, Paris, 1985.

MOSSÉ CL.
La tyrannie dans la Grèce antique, Paris, 1969.

PIÉRART M. (éd.)
Polydipsion Argos. Argos de la fin des palais mycéniens à la constitution de l'État classique, Fribourg-Athènes-Paris, 1992.

WILL E.
Histoire politique du monde hellénistique, t. I., 2e éd., Nancy, 1979.

VIE DE MARIUS

BADIAN E.
• *Foreign Clientelae (264-70 B.C.)*, Oxford, 1958.
• «Marius' Villas. The Testimony of the Slave and the Knave», *Journal of Roman Studies*, 63, 1973, p. 121-132.

CARNEY T. F.
«The Flight and Exile of Marius», *Greece and Rome*, 8, 1961, p. 98 et suiv.

CHAMOUX F.
«La prophétesse Martha», *Mélanges Seston*, Paris, 1974, p. 81-85.

CUFF P. J.
«Two Cohorts from Camerinum», *Mélanges C. E. Stevens* (B. Levick éd.), Farnborough, 1975, p. 75 et suiv.

D'ARMS J. H.
«The Campanian Villas of C. Marius and the Sullan Confiscations», *Classical Quarterly*, 18, 1968, p. 185-188.

DEMOUGEOT E.
«L'invasion des Cimbres-Teutons-Ambrons et les Romains», *Latomus*, 37, 1978, p. 910-938.

DENIAUX E.
• «Un problème de clientèle : Marius et les Herennii», *Philologus*, 117, 1973, p. 179-196.
• «À propos des Herennii de la République et de l'époque d'Auguste», *Mélanges de l'École Française de Rome*, 91, 2, 1979, p. 623-650.

FIÉVEZ M.
«Le congé du légat. Un témoignage de Cicéron sur Marius (Cic. *Off*. III, 79)», *Les Études classiques*, 32, 1964, p. 260-271.

GABBA E.
Appiani Bellorum Civilium Liber Primus, Florence, 1958.

LE GALL J.
«La mort de Jugurtha», *Revue de philologie*, XVIII, 1949, p. 94-100.

MARROU H.-I.
Histoire de l'Éducation dans l'Antiquité, Paris, 6e éd., 1965 (1re éd. 1948).

PAILLER J.-M.
• «Des femmes dans leurs rôles : pour une relecture des guerres civiles à Rome (Ier siècle avant J.-C.)», *Clio. Histoire, Femmes et Sociétés*, 5, 1997a, p. 63-78.
• «*Religio* et affaires religieuses : de l'expiation du sacrilège de Locres à l'accueil de Cybèle», *Mélanges C. Domergue*, I, *Pallas*, 46, 1997b, p. 131-146.

ROWLAND Jr. R. J
«Marius Bridges», *Historia*, 25, 1976, p. 252.

SARTORI F.
«Cinna e gli schiavi», *Actes du Colloque de 1973 sur l'esclavage*, Paris, 1975, p. 161 et suiv.

SCARDIGLI B.
«Echi di attegiamenti pro e contro Mario in Plutarco», *Critica Storica*, 14, 1977, p. 185-253.

SYME R.
La révolution romaine, trad. fr., Paris, 1967.

VAN OOTEGHEM J.
• *Caius Marius*, Bruxelles, 1964a.
• «Marius et Métellus», *Les Études Classiques*, 32, 1964b, p. 147-161.

LYSANDRE-SYLLA

Un seul fait est commun à la vie du navarque spartiate Lysandre et à celle du dictateur romain Sylla : tous deux s'emparèrent d'Athènes, le premier en 404, après la bataille navale d'Aïgos Potamoï qui mit fin à la guerre du Péloponnèse ; le second en 86, lors de la guerre qu'il mena en Grèce contre les partisans du roi du Pont Mithridate. Cela suffisait sans doute aux yeux de Plutarque à justifier le parallèle qu'il établit entre les deux hommes.

Si Lysandre en effet fut l'organisateur de la lutte victorieuse contre Athènes et ses alliés, et contribua à fonder pour quelques décennies l'hégémonie spartiate, il ne fut, comme le souligne Plutarque, qu'un soldat au service de sa patrie. Il n'agissait que sur injonction de celle-ci, même s'il n'hésita pas parfois à outrepasser les ordres reçus, voire à mener, singulièrement en Asie, une politique personnelle, en assurant à ses partisans le contrôle des cités grecques tombées entre ses mains. Et, s'il envisagea d'introduire une modification de la constitution spartiate pour rendre la royauté accessible, sinon à tous, du moins aux descendants des Héraclides dont il se réclamait lui-même, il ne prit toutefois jamais les armes contre sa cité. Ce qui bien évidemment le distingue de Sylla, cet ambitieux qui mit à profit ses incontestables qualités militaires pour imposer par deux fois à Rome son autorité, utilisant ses soldats comme instruments de son pouvoir, précipitant l'Italie dans la guerre civile, livrant ses ennemis à la vengeance sanglante de ses partisans. C'est après la seconde prise de Rome qu'il proscrivit les citoyens les plus en vue et se proclama dictateur, faisant revivre une antique institution à laquelle il allait donner le sens nouveau qui passera à la postérité. Dans la comparaison qu'il établit entre le Grec et le Romain, Plutarque souligne en outre une opposition qui lui est chère entre le Spartiate, élevé dans l'austérité et qui, s'il se rendit coupable d'introduire à Sparte les monnaies d'or et d'argent, butin de ses victoires, demeura lui-même insensible à la richesse, et le Romain, certes cultivé et philhellène, mais qui, dès son plus jeune âge, se livra à toute sorte de débauches, et n'hésita pas sur le tard à se remarier avec une toute jeune femme, la cinquième de ses épouses.

Il est pourtant un dernier trait qui rapproche les deux hommes, même si Plutarque n'y revient pas dans sa comparaison finale. Lysandre en effet fut, ainsi qu'il le souligne, le premier Grec à recevoir, de son vivant, des honneurs quasi divins, puisque des fêtes et des sacrifices furent institués en son honneur. Rien de tel assurément n'était concevable dans la Rome républicaine. Et pourtant, en ajoutant à son nom des épithètes cultuelles, Felix et plus encore peut-être Épaphroditos, Sylla revendiquait une ascendance divine que César saurait récupérer à son profit.

Cl. M.

LYSANDRE

I. 1. Le trésor des Acanthiens, à Delphes, porte l'inscription suivante : « Brasidas et les Acanthiens, sur les dépouilles des Athéniens[1]. » Voilà pourquoi beaucoup s'imaginent que la statue de marbre qui se dresse à l'intérieur du monument, près de la porte, est celle de Brasidas. En fait, elle représente Lysandre, qui porte les cheveux longs et une barbe longue, à l'ancienne mode. 2. En effet, contrairement à ce qu'affirment certains, ce n'est pas pour avoir vu les Argiens se raser le crâne en signe de deuil, après leur grande défaite, que les Spartiates firent l'inverse et, dans la joie de leur succès, se laissèrent pousser les cheveux[2]. Ce n'est pas non plus parce que les Bacchiades[3] qui avaient fui Corinthe pour Lacédémone paraissaient misérables et laids avec leur tête rasée que les Spartiates eurent envie de porter les cheveux longs. Cet usage remonte à Lycurgue : 3. il déclarait, dit-on, que la chevelure rend ceux qui sont beaux plus remarquables et ceux qui sont laids plus redoutables.

II. 1. Le père de Lysandre, Aristocritos, n'était pas, dit-on, de maison royale, mais il appartenait cependant à la lignée des Héraclides[4]. 2. Lysandre fut élevé dans la pauvreté. Il se montra, plus que tout autre, docile aux habitudes spartiates, viril, indifférent à toute forme de plaisir, sauf à celui que procurent les beaux exploits et qui mène aux honneurs et au succès[5]. 3. Céder à ce plaisir-là n'a rien de honteux à Sparte. Les habitants souhaitent en effet que dès la première enfance, les jeunes soient sensibles à la gloire, peinés par les reproches et fiers des compliments. Celui qui, en semblable matière, fait preuve d'apathie et d'inertie, ils le méprisent, voyant en lui un être indifférent à la vertu et paresseux. 4. Le désir des honneurs et de la victoire que Lysandre conserva toujours lui fut donc inspiré par son éducation spartiate et il ne faut pas, sur ce point, adresser de grands reproches à la nature. En

---

1. Acanthos était une cité de Chalcidique. En 424, elle avait été libérée de la domination athénienne par le Spartiate Brasidas. Les cités déposaient les offrandes destinées à Apollon dans de petits bâtiments appelés «trésors» qui jalonnaient la voie Sacrée menant au temple du dieu.
2. Porter les cheveux longs était un signe caractéristique des Spartiates et qu'avaient adopté à Athènes leurs admirateurs. L'explication que récuse Plutarque se trouve dans Hérodote, Enquête, *I, 82.*
3. Les Bacchiades régnèrent sur Corinthe, avant d'en être chassés dans le dernier tiers du VIIe siècle par Cypsélos, fondateur d'une dynastie de tyrans, dont le plus célèbre est Périandre, qui dominèrent la cité jusqu'au milieu du VIe siècle.
4. Les Héraclides étaient les descendants d'Héraclès qui, chassés du Péloponnèse après la mort du héros, s'en étaient de nouveau rendus maîtres en prenant la tête des envahisseurs doriens. Les deux dynasties royales de Sparte se réclamaient d'une origine héraclide (voir infra, *XXIV, 3).*
5. Lysandre reçut l'éducation spartiate traditionnelle que Plutarque décrit longuement dans Lycurgue, *une éducation austère destinée à former de rudes guerriers.*

revanche, c'est bien elle, semble-t-il, qui le rendit plus habile à faire sa cour aux grands qu'on ne l'était en général à Sparte, et lui apprit à subir le poids de leur autorité quand son intérêt l'exigeait – aptitude qui est, selon certains, un élément non négligeable de l'habileté politique[6]. 5. Lorsque Aristote démontre que les génies sont naturellement mélancoliques (par exemple Socrate, Platon, Héraclès)[7], il raconte également que Lysandre fut enclin à la mélancolie, non pas au commencement de sa vie, mais au cours de sa vieillesse. 6. Un trait original de Lysandre, c'est que cet homme qui supportait admirablement la pauvreté et ne se laissa jamais vaincre ni corrompre par l'argent, emplit sa patrie de richesses et de goût pour les richesses[8] et fit cesser l'admiration qu'elle inspirait parce qu'elle ne les admirait pas. Après la guerre contre Athènes, il y introduisit une grande quantité d'or et d'argent, mais sans garder pour lui la moindre drachme. 7. Denys le tyran[9] lui avait envoyé pour ses filles des tuniques somptueuses à la mode sicilienne ; il les refusa, craignant, disait-il, que ces vêtements ne les enlaidissent. 8. Cependant, un peu plus tard, lorsqu'il fut envoyé en ambassade auprès du même tyran, celui-ci lui présenta deux robes, en le priant de choisir celle qu'il voulait rapporter à sa fille ; il répondit qu'elle saurait mieux choisir que lui et repartit en les emportant toutes deux.

III. 1. La guerre du Péloponnèse traînait en longueur ; on imaginait qu'après le désastre de Sicile, les Athéniens allaient aussitôt être chassés de la mer et, peu après, renoncer totalement à la lutte. Mais, dès qu'il revint d'exil, Alcibiade retourna complètement la situation : il prit le commandement et rétablit l'équilibre entre les forces navales des deux camps[10]. 2. Les Lacédémoniens prirent peur de nouveau et se consacrèrent avec une ardeur nouvelle à cette guerre : jugeant qu'elle exigeait un chef habile et des préparatifs plus importants, ils envoyèrent Lysandre prendre le commandement de la flotte[11]. 3. Arrivé à Éphèse, il trouva cette cité bien disposée à

---

6. *Plutarque oppose ce qui chez Lysandre relève de la* laconicè païdeia, *l'éducation spartiate, et ce qui est dû à sa nature, à sa* physis *qui le porte à rechercher l'amitié des puissants – allusion aux liens qui l'uniront à Cyrus le Jeune (voir* infra, *IV, 1).*
7. *Le terme «mélancolie» n'a pas ici le sens que nous lui donnons. Les gens qui sont affectés d'un excès de «bile noire» se caractérisent par leur nature excessive, en bien ou en mal. On ne s'étonne donc pas de trouver parmi eux Socrate, Platon et le héros Héraclès (voir Aristote,* Problemata, *XXX, 1).*
8. *Plutarque reprend ici la tradition qui lie le déclin de Sparte au* IVe *siècle à l'introduction de «l'amour des richesses» au lendemain de la guerre du Péloponnèse. Voir aussi* Lycurgue, *XXX, 1.*
9. *Il s'agit de Denys l'Ancien qui régna à Syracuse de 406 à 367. Depuis l'expédition athénienne de 415, Syracuse était entrée dans l'alliance péloponnésienne.*
10. *Alcibiade fut rappelé à la tête des forces athéniennes en 411, à la faveur de la résistance opposée par les soldats et les marins athéniens aux oligarques qui s'étaient rendus maîtres de la cité (voir* Thucydide, Guerre du Péloponnèse, *VIII, 81-82). Entre 411 et 407, date de son retour à Athènes, il remporta quelques victoires importantes qui rétablirent les positions athéniennes dans la région de l'Hellespont.*
11. *C'est en 407 que Lysandre fut placé à la tête des forces navales péloponnésiennes (voir Xénophon,* Helléniques, *I, 5, 1).*

son égard et soutenant avec ardeur la cause lacédémonienne[12] ; mais elle se trouvait alors mal en point et risquait de devenir complètement barbare, sous l'effet des coutumes des Perses, à cause des nombreux échanges qu'elle avait avec eux : elle était entourée par la Lydie où les généraux du roi passaient la plupart de leur temps. 4. Lysandre y établit son camp et fit venir de tous côtés des bateaux de transport ; il installa un arsenal pour construire des trières, réveilla les ports par le commerce, ranima les activités de l'agora et enrichit grâce au négoce les maisons et les ateliers. Ce fut à cette époque que, pour la première fois, la cité put espérer atteindre l'importance et la grandeur qu'elle possède aujourd'hui, grâce à Lysandre.

IV. 1. Apprenant que Cyrus, le fils du Grand Roi[15], était arrivé à Sardes, Lysandre gagna l'intérieur des terres pour s'entretenir avec lui et se plaindre de Tissapherne qui, bien qu'ayant reçu ordre de secourir les Lacédémoniens et de chasser les Athéniens de la mer, s'était, semble-t-il, laissé circonvenir par Alcibiade[14] : il avait perdu beaucoup de son ardeur et laissait dépérir la flotte, en ne lui octroyant que de maigres subsides. 2. Cyrus entendit avec plaisir ses accusations et ses plaintes contre Tissapherne, car ce dernier était un scélérat et son ennemi particulier. 3. Pour cette raison et dans l'ensemble de ses rapports avec lui, Lysandre gagna l'affection de Cyrus ; il conquit surtout le jeune homme en se montrant un courtisan déférent, et il le fortifia dans son désir de faire la guerre. 4. Comme Lysandre voulait prendre congé, Cyrus, qui le recevait à sa table, le pria de ne pas repousser les témoignages de son affection et de lui demander ce qu'il voulait : rien ne lui serait refusé. Alors Lysandre répondit : 5. « Puisque tu insistes, Cyrus, je te demande instamment d'augmenter d'une obole la solde des marins, pour qu'ils touchent quatre oboles au lieu de trois[15]. » 6. Enchanté de la noblesse de Lysandre, Cyrus lui donna dix mille dariques[16], qui lui permirent de distribuer aux marins cette obole supplémentaire. Par cette libéralité, il eut tôt fait de vider les navires de ses ennemis : 7. la plupart des matelots passèrent dans le camp où ils étaient le mieux payés, et ceux qui restaient se relâchèrent et se mutinèrent, causant chaque jour beaucoup de difficultés à leurs officiers. 8. Cependant, malgré la gêne qu'il avait ainsi infligée aux

---

12. *Éphèse, cité grecque de la côte occidentale de l'Asie Mineure, avait fait partie de la Ligue attico-délienne. Mais en 412, elle s'était détachée d'Athènes pour entrer dans l'alliance spartiate. Lysandre allait en faire son quartier général (voir Xénophon,* Helléniques, *I, 5, 10).*
13. *Cyrus est alors le fils cadet du roi de Perse Darius II.*
14. *C'est auprès de Tissapherne qu'Alcibiade avait trouvé refuge après sa fuite de Sparte où ses relations avec l'épouse du roi Agis rendaient sa situation dangereuse. Et c'est en promettant des subsides offerts par le satrape qu'il réussit à rentrer en grâce auprès des Athéniens.*
15. *Il s'agissait en fait pour Lysandre d'attirer les mercenaires qui servaient dans la flotte athénienne, et dont le salaire quotidien était de trois oboles (voir aussi infra, XVII, 5).*
16. *Les dariques étaient des monnaies d'or. 10 000 dariques équivalaient à 200 000 drachmes et de ce fait assuraient la solde des marins de Lysandre pour une bonne partie de la campagne (l'entretien d'un marin pour un mois revenait à 20 drachmes). Le chiffre donné par Xénophon (500 talents, soit 300 000 drachmes) est plus élevé. Plutarque a donc emprunté l'indication à une autre source.*

ennemis, Lysandre répugnait à un combat naval; il redoutait Alcibiade, qui était entreprenant, disposait d'un plus grand nombre de navires et jusque-là n'avait subi aucune défaite sur terre ou sur mer.

V. 1. Cependant, Alcibiade était passé de Samos à Phocée et avait laissé le commandement de la flotte au pilote Antiochos. Celui-ci, comme pour narguer Lysandre et afficher son audace, entra avec deux trières dans le port d'Éphèse et passa, plein d'insolence, devant la flotte au mouillage, en riant et en menant grand tapage. 2. Lysandre, furieux, détacha d'abord un petit nombre de trières pour lui donner la chasse; puis, voyant que les Athéniens venaient le soutenir, il arma d'autres navires. Enfin, un combat naval s'engagea[17]. Lysandre fut vainqueur; il s'empara de quinze trières et éleva un trophée. 3. Là-dessus, le peuple d'Athènes se fâcha et destitua Alcibiade qui, méprisé et insulté par les soldats qui se trouvaient à Samos, quitta le camp et fit voile vers la Chersonèse[18]. 4. Cette bataille n'eut en fait guère d'importance, mais la Fortune la rendit fameuse à cause d'Alcibiade. 5. Quant à Lysandre, il fit venir à Éphèse tous ceux qu'il voyait se distinguer dans les autres cités par leur audace et leur fierté[19], jetant ainsi le fondement des décadarchies et des révolutions qui se firent par la suite à son instigation. Il exhortait et incitait les habitants à former des hétairies[20] et à s'intéresser aux affaires publiques: dès que les Athéniens seraient vaincus, ils pourraient, leur disait-il, se débarrasser des démocraties et devenir maîtres absolus dans leurs patries. 6. Il donnait à chacun des garanties de ses promesses par des actes, élevant ceux qui étaient déjà ses amis et ses hôtes à de hautes charges, à des honneurs et à des postes de commandement, et se faisant même le complice de leurs injustices et des méfaits qu'ils commettaient pour satisfaire leurs ambitions. En conséquence, tous s'intéressaient à lui, voulaient lui complaire et le chérissaient, espérant que rien ne serait refusé à leurs plus hautes ambitions s'il devenait le maître. 7. Aussi furent-ils fâchés, dans un premier temps, de voir Callicratidas remplacer Lysandre comme navarque, et plus tard, lorsqu'ils eurent appris à connaître Callicratidas, qui se révéla le meilleur et le plus juste des hommes, ils n'apprécièrent pas sa manière de commander, d'une simplicité et d'une brutale franchise toutes doriennes[21]. 8. Ils admiraient

---

17. Il s'agit de la bataille de Notion qui se déroula en 406 (voir Xénophon, Helléniques, I, 5, 12-14). Dans le récit de Xénophon, c'est seulement après la défaite subie par une partie de la flotte athénienne qu'Alcibiade vint camper devant Éphèse sans rencontrer de résistance de la part de Lysandre.
18. Alcibiade possédait en Chersonèse de Thrace une forteresse où il se retira, redoutant, s'il rentrait à Athènes, d'être à nouveau mis en jugement.
19. Il s'agissait vraisemblablement d'hommes appartenant aux milieux hostiles aux régimes démocratiques qu'Athènes avait imposés à ses alliés.
20. Voir Alcibiade, XIII, 7 et note.
21. Le navarque, qui remplit les fonctions d'amiral de la flotte, est élu pour une année. Le personnage de Callicratidas apparaît ici comme l'image même du Spartiate traditionnel, doté des qualités «doriennes» de simplicité et de franchise, auquel s'oppose l'ambitieux Lysandre. Sur les démêlés entre Lysandre et Callicratidas concernant la conduite de la guerre, voir Xénophon, Helléniques, I, 6, 2-15. Dans le développement qui suit, Plutarque suit de très près le récit de Xénophon.

sa vertu comme on admire la beauté d'une statue de héros, mais les complaisances de Lysandre leur manquaient; ils regrettaient tellement son amabilité et ses bons offices que, lorsqu'il embarqua, ils furent désespérés et se mirent à pleurer.

VI. 1. Lysandre travaillait à augmenter encore leur mécontentement contre Callicratidas. Il renvoya à Sardes ce qui restait de l'argent que Cyrus lui avait donné pour entretenir la flotte, invitant son successeur à aller en réclamer lui-même, s'il le voulait, et à trouver les moyens de nourrir les soldats. 2. Pour finir, au moment d'embarquer, il prit solennellement Callicratidas à témoin qu'il lui remettait une flotte maîtresse de la mer. Mais l'autre, voulant montrer que ces orgueilleuses paroles n'étaient que vantardises et ne reposaient sur rien, répliqua: «Eh bien! laisse donc Samos à ta gauche et fais le tour jusqu'à Milet: c'est là que tu me transmettras les trières. Puisque nous sommes maîtres de la mer, nous ne devons pas craindre de nous approcher de nos ennemis qui sont à Samos[22].» 3. Lysandre répliqua que ce n'était pas lui, mais Callicratidas qui commandait la flotte. Puis il fit voile vers le Péloponnèse, laissant son successeur en grande difficulté: il n'avait pas apporté d'argent de sa patrie et répugnait à imposer par la contrainte des contributions aux cités, déjà bien mal en point. 4. Il ne lui restait donc qu'à aller mendier aux portes des généraux du Grand Roi, comme l'avait fait Lysandre. Or Callicratidas était l'homme le moins fait pour ce genre de démarche: il était libre et fier et jugeait plus honorable pour des Grecs d'être vaincus par d'autres Grecs que d'aller flatter et solliciter à leurs portes des Barbares qui n'avaient d'autre mérite que de posséder beaucoup d'or. 5. Cependant, contraint par la pénurie, il monta en Lydie et se rendit directement chez Cyrus. Là, il donna ordre d'annoncer: «Le navarque Callicratidas est là et veut te parler.» 6. L'un des préposés aux portes lui dit: «Cyrus n'a pas le temps maintenant, étranger; il est en train de boire.» À quoi Callicratidas répondit le plus simplement du monde: «Ce n'est pas grave; je vais rester ici en attendant qu'il ait fini!» 7. Il fit ainsi l'effet d'un rustre; les Barbares se moquèrent de lui et il se retira. 8. Après s'être présenté une seconde fois aux portes sans être admis, il se vexa et s'en retourna à Éphèse, proférant force malédictions contre ceux qui les premiers s'étaient laissés séduire par les Barbares et leur avaient appris à se montrer insolents à cause de leur argent. Il jura aux assistants que dès qu'il serait rentré à Sparte, il ferait tout pour réconcilier les Grecs, afin qu'ils deviennent eux-mêmes la terreur des Barbares et cessent de leur réclamer des secours pour lutter les uns contre les autres.

VII. 1. Mais Callicratidas, dont les projets étaient dignes de Sparte et qui, pour la justice, la grandeur d'âme et le courage, pouvait rivaliser avec les Grecs les plus émi-

---

22. *Samos était le port d'attache de la flotte athénienne.*
23. *En fait, Callicratidas réussit à obtenir des subsides des gens de Milet et de Chios, put s'emparer de Métymna et bloquer la flotte athénienne commandée par le stratège Conon au large de l'île de Lesbos. C'est là que se déroula, en 406, la bataille des Arginuses où Callicratidas trouva la mort. Cette bataille est célèbre surtout par le procès qui fut intenté par les Athéniens aux stratèges vainqueurs (voir Xénophon,* Helléniques, *I, 6, 28-38; 7, 1-35).*

nents, fut vaincu et disparut peu de temps après, lors de la bataille navale des îles Arginuses[23]. 2. Les alliés, voyant leur situation se dégrader, envoyèrent à Sparte une ambassade réclamer Lysandre comme navarque : ils reprendraient la lutte avec beaucoup plus de courage, disaient-ils, si c'était lui qui avait le commandement. De son côté, Cyrus exprima le même désir. 3. Comme une loi interdisait qu'un même homme fût navarque à deux reprises, les Lacédémoniens, voulant faire plaisir à leurs alliés, donnèrent le titre de navarque à un certain Aracos, et envoyèrent Lysandre, avec le titre de commandant en second[24], mais en fait avec les pleins pouvoirs. 4. La plupart des hommes politiques influents dans les cités désiraient son retour depuis longtemps ; ils espéraient se renforcer encore si grâce à lui les démocraties étaient entièrement détruites. 5. Mais ceux qui aimaient chez les chefs une conduite simple et noble le comparaient à Callicratidas et le tenaient pour un fourbe, pour un sophiste qui, par ses tromperies, faussait la plupart des opérations de cette guerre et n'exaltait la justice que s'il y trouvait du profit. Dans le cas contraire, il considérait comme beau ce qui lui était utile ; il ne croyait pas à la supériorité naturelle de la vérité sur le mensonge, mais les évaluait en fonction de son intérêt. 6. Il se moquait de ceux qui soutenaient que les descendants d'Héraclès ne devaient pas user de ruse à la guerre, en disant : « Quand la peau du lion n'est pas assez longue, il faut y coudre celle du renard. »

VIII. 1. Telle fut notamment sa conduite, dit-on, dans l'affaire de Milet. Ses amis et ses hôtes, à qui il avait promis son aide pour renverser la démocratie et chasser leurs adversaires, ayant changé d'avis et s'étant réconciliés avec leurs ennemis, il feignit, en public, de s'en réjouir et de se joindre à cet accord, mais il les accablait en secret de reproches et de remontrances, et les excitait à attaquer le parti populaire. 2. Lorsqu'il apprit que le soulèvement commençait, il vint aussitôt le soutenir en toute hâte. Il entra dans la cité, interpella avec violence les premiers insurgés qu'il rencontra, et les emmena brutalement, comme s'il allait les punir, tandis qu'il invitait les autres à reprendre confiance, leur disant qu'ils n'avaient plus rien à craindre, maintenant qu'il était là. 3. Mais c'était une comédie et une fourberie : il voulait empêcher les démocrates les plus convaincus et les meilleurs citoyens de s'enfuir, afin qu'ils restent dans la cité où ils seraient mis à mort. C'est ce qui se produisit : tous ceux qui lui avaient fait confiance furent égorgés.
4. Un mot de Lysandre, rapporté par Androcleidas[25], montre avec quelle légèreté il traitait les serments : 5. d'après cet auteur, il conseillait de tromper les enfants avec des osselets, et les adultes avec des serments. Il imitait ainsi Polycratès de Samos[26], et il avait bien tort, lui, un général, d'imiter un tyran. De plus, il n'était pas conforme à l'esprit laconien de traiter ainsi les dieux comme des ennemis, et même avec plus

---

24. *C'est en 405 que Lysandre fut désigné comme* epistoleus *(« commandant en second ») du navarque Aracos. Plutarque reprend ici le terme même employé par Xénophon (*Helléniques, II, 1, 7*).*
25. *Cet Androcleidas est inconnu par ailleurs.*
26. *Polycratès fut tyran de Samos au VIe siècle. Il fit de sa cité une des plus puissantes du monde égéen, mais eut une fin misérable.*

d'insolence, car celui qui viole un serment montre qu'il craint son adversaire, tandis qu'il n'éprouve que mépris pour le dieu[27].

IX. 1. Cyrus invita Lysandre à Sardes, lui remit de l'argent, lui en promit davantage et, pour lui complaire, déclara avec une vanité juvénile que même si son père ne lui donnait rien, il entretiendrait les troupes sur ses biens personnels : au cas où tout viendrait à manquer, il briserait le trône sur lequel il siégeait pour régler les affaires, et qui était fait d'or et d'argent[28]. 2. Enfin, lorsqu'il monta rejoindre son père en Médie, il désigna Lysandre pour recevoir les impôts des différentes cités et lui confia son propre pouvoir ; après l'avoir embrassé, il lui demanda de ne pas engager de bataille navale contre les Athéniens avant son retour, car il ramènerait de Phénicie et de Cilicie un grand nombre de navires. Puis il monta rejoindre le roi. 3. Lysandre, ne pouvant ni combattre avec des forces légèrement inégales ni rester immobile à ne rien faire avec tant de vaisseaux, prit la mer et soumit quelques îles ; il alla jusqu'à Égine et Salamine où il fit des incursions[29]. 4. Puis il débarqua en Attique, salua Agis, qui était lui-même descendu de Décélie pour le rencontrer[30], et fit voir à l'armée de terre qui se trouvait là toute la force de sa flotte : il pouvait, disait-il, naviguer où il voulait, ayant la maîtrise des mers. Cependant, apprenant que les Athéniens se lançaient à sa poursuite, il changea de cap et s'enfuit en Asie à travers les îles. 5. Trouvant l'Hellespont vide, il attaqua lui-même Lampsaque par mer, avec ses navires, tandis que Thorax[31] appuyait son action avec l'armée de terre et donnait l'assaut aux remparts. Il prit la cité de vive force et la donna à piller à ses soldats. 6. Mais la flotte des Athéniens, qui comptait cent quatre-vingts trières, se trouvait depuis peu au mouillage à Éléonte en Chersonèse. Apprenant la perte de Lampsaque, les Athéniens mirent aussitôt le cap sur Sestos et, après s'y être ravitaillés, ils longèrent la côte jusqu'à Aïgos Potamoï, en face de leurs ennemis dont les navires se trouvaient encore près de Lampsaque. 7. Les Athéniens avaient plusieurs stratèges, notamment Philoclès, qui avait autrefois fait voter par le peuple que l'on

---

27. *Les serments étaient prêtés sous l'invocation des dieux. C'était donc de la part de Lysandre faire preuve d'impiété.*
28. *Ces propos de Cyrus figurent dans le récit de Xénophon, mais lors de la première entrevue de Sardes (*Helléniques, I, 5, 3*). Lors de la seconde, Cyrus se montra plus réticent, arguant que l'argent que le roi avait mis à sa disposition était largement dépensé (*Helléniques, II, 1, 11*). Et c'est seulement après l'avoir convoqué une troisième fois qu'il lui renouvela son aide financière.*
29. *Xénophon ne mentionne pas ces expéditions qui semblent bien éloignées de la base de départ de Lysandre, auquel Cyrus avait interdit toute action contre la flotte athénienne tant qu'il n'aurait pas la supériorité numérique.*
30. *Agis occupait la forteresse de Décélie en Attique depuis 412, mais il est douteux qu'il ait pu descendre jusqu'à la côte pour rencontrer Lysandre. Xénophon ne dit rien de tout cela et évoque seulement les campagnes de Lysandre le long des côtes d'Asie Mineure et la prise de Lampsaque située face à la Chersonèse au large de laquelle devait se dérouler la bataille d'Aïgos Potamoï (*Helléniques, II, 1, 15-18*).*
31. *Sur Thorax, voir aussi* infra, *XIX, 7.*

couperait le pouce droit aux prisonniers de guerre, pour les empêcher de porter une lance, mais non de pousser la rame[32].

X. 1. Pour l'heure, tous se reposaient, s'attendant à devoir combattre sur mer le lendemain. Mais Lysandre avait d'autres intentions[33]. Il ordonna aux matelots et aux pilotes, comme si le combat devait avoir lieu au point du jour, de monter dès l'aube dans les trières et de s'y tenir en bon ordre et en silence en attendant ses instructions. Il ordonna de même à l'armée de terre de se ranger en ordre de bataille au bord de la mer et de ne pas bouger. 2. Au lever du soleil, les Athéniens s'avancèrent de front, avec toutes leurs trières, et le provoquèrent au combat. Mais Lysandre, qui avait tourné les proues de ses navires face à l'ennemi et qui, dès la nuit, avait rempli ceux-ci de soldats, ne bougea pas. Il envoya des embarcations légères porter aux vaisseaux les plus avancés l'ordre de ne pas bouger et de garder leurs positions, sans se troubler ni se rapprocher de l'ennemi. 3. Le soir, lorsque les Athéniens eurent ramené leurs navires, il ne laissa pas débarquer ses soldats avant le retour des deux ou trois trières envoyées en reconnaissance, qui avaient constaté que les ennemis étaient descendus à terre. 4. La même manœuvre se répéta le lendemain et de nouveau le troisième et le quatrième jour, ce qui inspira aux Athéniens beaucoup d'audace et de mépris pour leurs adversaires, qu'ils croyaient effrayés et abattus. 5. Cependant, Alcibiade, qui se trouvait alors séjourner en Chersonèse, dans une place forte qui lui appartenait, se précipita à cheval au camp des Athéniens[34]. Il reprocha d'abord aux stratèges de s'être installés à un endroit peu favorable et peu sûr, sur une plage sans mouillage et découverte. 6. Ensuite, il leur expliqua que c'était une erreur de rester si loin de Sestos, où ils se ravitaillaient ; il fallait sans attendre gagner ce port et cette cité, et s'éloigner des ennemis qui les guettaient, car l'armée adverse était commandée par un seul chef et, pleine de crainte, lui obéissait en tout, rapidement, dès le signal convenu. 7. Tels furent les conseils d'Alcibiade, mais il ne les convainquit pas. Tydée lui répondit même avec insolence : « Ce n'est pas toi mais d'autres qui sont stratèges ! »

XI. 1. Dans ces conditions, Alcibiade, soupçonnant chez eux quelque trahison, s'en retourna. 2. Le cinquième jour, les Athéniens, après s'être avancés contre l'ennemi, se retirèrent, comme d'habitude, avec beaucoup de négligence et de mépris. Alors Lysandre envoya ses navires de reconnaissance et donna ordre aux triérarques[35], dès qu'ils auraient vu que les Athéniens avaient fini de débarquer, de faire demi-tour à toute vitesse et, une fois au milieu du détroit, d'élever de la proue un bouclier d'airain : ce serait le signal de l'attaque. 3. Lui-même parcourut la flotte, exhortant et

---

32. *Xénophon rapporte cette décision (*Helléniques, II, 1, 31-32*) et ne nomme Philoclès que comme le stratège qui avait fait jeter à la mer les marins de deux trières, une de Corinthe, une d'Andros dont il s'était emparé.*
33. *Plutarque suit ici le récit de Xénophon (*Helléniques, II, 1, 21-24*).*
34. *L'intervention d'Alcibiade est également mentionnée dans* Alcibiade, XXXVI, 6.
35. *Les triérarques étaient distincts des pilotes sur lesquels reposait la bonne marche des navires.*

encourageant pilotes et capitaines à tenir chacun son équipage de matelots et de soldats à son poste puis, une fois le signal donné, à s'élancer avec ardeur, de toutes leurs forces, contre les ennemis. 4. Dès que le bouclier fut élevé sur les navires, la trompette du vaisseau amiral donna le signal de l'attaque et la flotte s'avança, tandis que, sur le rivage, les fantassins rivalisaient de vitesse pour gagner le promontoire. 5. La distance qui sépare les continents n'est, à cet endroit, que de quinze stades[56]; elle fut vite franchie, grâce au zèle et à l'ardeur des rameurs. 6. Conon[37], stratège des Athéniens, fut le premier qui, de la terre, vit s'avancer la flotte; il cria aussitôt d'embarquer. Bouleversé à la vue du désastre qui s'annonçait, il appelait les uns, suppliait les autres, obligeait même de force certains à monter à bord des trières. 7. Mais c'était peine perdue. Les hommes étaient dispersés: à peine débarqués, comme ils ne prévoyaient aucune attaque, ils avaient commencé à acheter des provisions, à se promener dans la campagne, à dormir sous les tentes ou à préparer leur repas, bien loin de se douter de ce qui les attendait du fait de l'incapacité de leurs chefs. 8. Déjà les ennemis se portaient sur eux à grands cris, dans le choc des rames, lorsque Conon parvint à équiper huit navires et à s'enfuir: il passa à Chypre auprès d'Évagoras[38]. Quant aux autres navires, les Péloponnésiens les attaquèrent, s'emparèrent de ceux qui étaient totalement vides et brisèrent ceux où les ennemis étaient encore en train de monter. 9. Les hommes qui se portèrent, sans armes et dispersés, à la défense des navires furent tués; ceux qui tentèrent de fuir sur terre furent massacrés lorsque les ennemis débarquèrent. 10. Lysandre s'empara de trois mille prisonniers, avec leurs stratèges, et de toute la flotte, à l'exception de la trière Paralienne et de celles qui avaient fui avec Conon[39]. 11. Il prit en remorque les navires ennemis, pilla le camp, puis retourna à Lampsaque au son de l'aulos et des péans. Il avait accompli avec des efforts minimes un exploit immense; une heure lui avait suffi pour mettre un terme à une guerre qui avait été plus longue, plus riche en événements et plus déroutante, par ses différentes fortunes, que toutes celles qui avaient précédé. 12. Cette guerre, qui avait vu se succéder toutes les formes de combat et tous les retournements de situation, et avait causé la perte d'armées plus nombreuses que toutes les guerres grecques antérieures réunies, était à présent achevée grâce à la sagacité et à l'adresse d'un seul homme[40]. 13. Aussi certains virent-ils là l'œuvre d'un dieu.

XII. 1. Il y eut des gens pour affirmer que les Dioscures[41] apparurent de part et d'autre du navire de Lysandre la première fois qu'il sortit du port pour affronter l'ennemi, et

---

36. 15 stades représentent environ 2,5 km.
37. Conon était l'un des stratèges qui commandaient les forces athéniennes. Il sera le seul à échapper au désastre (§ 8) et sera l'artisan de la renaissance maritime d'Athènes au début du IVe siècle.
38. Évagoras était dynaste de Salamine de Chypre.
39. La Paralienne était la trière qui transportait les envoyés officiels de la cité. D'après Lysias (XXI, 9-11) et Isocrate (XVIII, 59), 12 autres navires auraient réussi à rentrer à Athènes.
40. La guerre du Péloponnèse, commencée en 431, s'achevait donc par la défaite d'Athènes en 404. Le jugement de Plutarque s'inspire ici de Thucydide, I, 1.
41. Les Dioscures, Castor et Pollux, étaient particulièrement vénérés à Sparte.

que leurs astres brillèrent au-dessus du gouvernail. 2. D'autres assurent que la chute de la pierre fut un présage qui annonçait cet événement. Une tradition largement répandue a en effet rapporté qu'une pierre énorme s'abattit du ciel à Aïgos Potamoï. On la montre encore de nos jours et les habitants de la Chersonèse lui rendent un culte. 3. Anaxagore avait annoncé, dit-on, qu'un des corps attachés à la voûte céleste en serait arraché, à la suite d'un glissement ou d'une secousse, et tomberait[42]. 4. D'après lui, aucun astre ne garde sa position originelle ; étant de la nature des pierres et pesants, ils doivent leur éclat à la réflexion et à la réfraction de l'éther ; entraînés avec violence, ils sont enserrés par le tourbillon et la tension de la rotation, ce qui explique qu'au commencement, ils aient été retenus et ne soient pas tombés sur terre, alors que les corps froids et lourds se séparaient du tout. 5. Mais il existe une autre théorie[43], plus convaincante : selon certains, les étoiles filantes ne seraient pas des écoulements ou des émanations du feu de l'éther qui s'éteindraient au contact de l'air au moment même où elles s'enflamment ; elles ne seraient pas non plus produites par l'embrasement ou la combustion de l'air qui s'est dissous en quantité dans les régions supérieures ; il s'agirait de la projection et de la chute de corps célestes qui, sous l'effet d'une sorte de relâchement de leur tension et d'un ralentissement de leur révolution, sont entraînés avec de fortes secousses, non vers la partie habitée de la terre, mais, pour la plupart, à l'extérieur, et tombent dans la mer immense, ce qui explique qu'on ne les remarque pas. 6. Cependant, l'opinion d'Anaxagore est confirmée par Daïmachos, qui, dans son ouvrage *De la piété* raconte qu'avant la chute de cette pierre, on vit dans le ciel, pendant soixante-quinze jours sans interruption, un corps enflammé d'une taille gigantesque, pareil à un nuage de feu : il ne restait pas immobile, mais se déplaçait sans cesse, de manière saccadée, si bien que sous l'effet des secousses et de cette marche irrégulière, des fragments enflammés s'en détachaient et se portaient de tous côtés, aussi brillants que des étoiles filantes. 7. Lorsque ce corps s'abattit lourdement à cet endroit de la terre et que les habitants, cessant de craindre et de trembler, se rassemblèrent autour de lui, ils ne virent ni reste ni trace d'un si grand feu ; il y avait sur le sol une pierre, de grande taille, qui ne gardait absolument plus rien de ce halo flamboyant qui l'avait entourée. 8. Daïmachos a besoin d'auditeurs indulgents, c'est évident, mais si cette histoire est vraie, elle apporte un démenti cinglant à ceux qui prétendent qu'il s'agit d'un rocher arraché par les vents et les tempêtes à quelque sommet, qui fut soulevé et emporté comme une toupie avant d'être lâché et de tomber à l'endroit où le tourbillon faiblit et s'arrêta. 9. Mais peut-être, par Zeus ! ce phénomène que l'on vit pendant tant de jours était-il réellement du feu dont l'extinction et la disparition produisirent dans l'air des souffles violents et une agitation qui se trouvèrent provoquer la chute de la pierre. Mais ces questions demandent à être examinées avec précision dans un autre type d'écrit.

---

42. *Anaxagore de Clazomènes, philosophe et savant du Ve siècle, vécut à Athènes où il eut Périclès pour disciple. Il affirmait que les astres étaient des pierres et aurait prévu la chute de cet aérolithe.*
43. *Plutarque évoque ici les débats qui opposèrent les savants au sujet des phénomènes physiques depuis l'époque d'Anaxagore jusqu'à la fin de la période hellénistique.*

XIII. 1. Pour en revenir à Lysandre, lorsque les trois mille Athéniens qu'il avait faits prisonniers furent condamnés à mort par le conseil des alliés[44], il appela le stratège Philoclès et lui demanda à quel châtiment il se condamnait lui-même pour avoir donné à ses concitoyens de tels conseils au sujet des Grecs. 2. Philoclès, ne se laissant nullement entamer par le malheur, le pria de ne pas jouer le rôle d'accusateur, alors qu'il n'y avait pas de juge: puisqu'il était vainqueur, il n'avait qu'à leur infliger le traitement qu'il aurait subi, lui, s'il avait été vaincu. Ensuite, s'étant lavé et ayant revêtu un manteau d'apparat, il se mit à la tête de ses concitoyens et alla se faire égorger, comme le raconte Théophraste[45]. 3. Après quoi, Lysandre embarqua et visita les cités[46]. Il ordonnait à tous les Athéniens qu'il rencontrait de regagner Athènes car il n'épargnerait personne, disait-il, et tuerait tous ceux qu'il trouverait hors de la cité. 4. Il agissait ainsi et les refoulait tous dans Athènes, pour réduire bientôt la cité à une disette et à une famine extrêmes: ainsi les habitants n'auraient pas assez de provisions pour soutenir un siège et ne pourraient lui créer des difficultés. 5. Il détruisait les démocraties et les autres régimes politiques et laissait dans chaque cité un harmoste lacédémonien, avec dix archontes choisis dans les hétairies qu'il avait fondées dans chacune de ces cités[47]. 6. Il agissait de la sorte aussi bien dans les cités ennemies que dans celles qui étaient devenues ses alliées, poursuivant son périple tout à loisir et s'assurant, d'une certaine façon, une hégémonie personnelle sur la Grèce. 7. Pour désigner les archontes, il ne se fondait ni sur le mérite ni sur les richesses: il offrait le pouvoir aux membres de ses hétairies ou à ses hôtes et leur donnait pleine liberté de récompenser ou de punir. Il assistait en personne à de nombreuses tueries et aidait ses amis à se débarrasser de leurs adversaires, donnant ainsi aux Grecs un exemple peu engageant de la domination des Lacédémoniens[48]. 8. L'auteur comique Théopompos a dit une sottise, semble-t-il, quand il a comparé les Lacédémoniens à des cabaretières qui auraient fait goûter aux Grecs le doux breuvage de la liberté avant d'y ajouter du vinaigre[49]. 9. En fait, le

---

44. *La mise à mort des prisonniers était une violation des lois de la guerre. Mais celles-ci avaient été fortement malmenées au cours des années précédentes. Pour Lysandre, il s'agissait de répondre au «décret» de Philoclès (voir supra, IX, 7) qui envisageait de couper le pouce droit des prisonniers de guerre pour les rendre incapables de tenir une lance. Le conseil dont il s'agit est celui des alliés péloponnésiens.*
45. *Théophraste, scholarque du Lycée après la mort d'Aristote, a laissé une œuvre considérable, dont seule une faible partie nous a été conservée.*
46. *Il s'agit des cités grecques d'Asie qui faisaient partie de l'alliance athénienne.*
47. *Sur les harmostes, voir Alcibiade, XXX, 1 et note, et aussi Pélopidas, V, 2. Sur les hétairies formées par Lysandre, voir supra, V, 5.*
48. *Plutarque aurait admis que Lysandre favorisât l'établissement de régimes aristocratiques dans les cités grecques d'Asie, alors qu'en plaçant à leur tête ses «clients», il transformait l'alliance lacédémonienne en une hégémonie encore plus injuste que celle qu'avait jusque-là exercée Athènes.*
49. *Ce Théopompos est contemporain d'Aristophane, et donc de la politique menée par Lysandre. L'allusion à la liberté qu'aurait rendue aux Grecs la victoire spartiate évoque les termes par lesquels Xénophon achève son récit* (Helléniques, II, 2, 23): *«Alors Lysandre avec sa flotte entra dans le port du Pirée, les exilés revinrent, et l'on commença à démolir les murailles au rythme des joueuses d'aulos, dans un grand enthousiasme, tous pensant que ce jour marquait pour la Grèce le début de la liberté.»*

goût en fut tout de suite déplaisant et amer, car Lysandre ne laissa pas aux peuples le libre contrôle des affaires et livra les cités aux oligarques les plus hardis.

XIV. 1. Il ne consacra que peu de temps à ces opérations. Après avoir envoyé à Lacédémone des messagers annoncer qu'il revenait avec deux cents navires, il rejoignit en Attique les rois Agis et Pausanias, espérant pouvoir avec eux s'emparer rapidement d'Athènes. 2. Mais, devant la résistance des Athéniens, il reprit sa flotte et repassa en Asie. Là, dans toutes les cités sans exception, il abolit les institutions politiques et établit des décadarchies, faisant dans chacune assassiner ou bannir un grand nombre de gens. Il chassa tous les Samiens et livra aux exilés leurs cités[50].
3. Les Athéniens tenaient Sestos ; il la leur prit et ne laissa pas les Sestiens y demeurer ; il permit aux capitaines et aux chefs de rameurs qui avaient servi sous ses ordres de s'établir dans leur cité et sur leurs terres. Mais, pour la première fois, les Lacédémoniens s'opposèrent à lui et rendirent aux Sestiens la possession de leur pays. 4. En revanche, voici des actes de Lysandre que tous les Grecs virent avec plaisir : les Éginètes purent retrouver leur cité, dont ils avaient été dépossédés depuis longtemps ; il ramena les habitants de Mélos et de Scionè dans leur pays, tandis que les Athéniens en étaient chassés et devaient restituer ces cités.
5. Ensuite, apprenant que les Athéniens étaient pressés par la famine, il fit voile vers le Pirée et soumit la cité, qui fut forcée d'accepter les conditions qu'il lui dicta lui-même. 6. On entend parfois des Lacédémoniens raconter que Lysandre écrivit aux éphores[51] la lettre suivante, en dorien : « Athènes est prise » ; à quoi les éphores auraient répondu : « Elle est prise, cela suffit. » 7. Mais c'est là une histoire forgée à plaisir. Le véritable décret des éphores était le suivant : 8. « Voici les décisions des Lacédémoniens. Détruisez le Pirée et les Longs Murs, évacuez toutes les cités et ne gardez que votre territoire, moyennant quoi vous aurez la paix, si vous la désirez, à condition que vous rappeliez également les exilés. Quant au nombre des vaisseaux, vous exécuterez les décisions qui seront prises sur place[52]. » 9. Les Athéniens acceptèrent cette scytale, sur le conseil de Théramène, fils d'Hagnon[53]. À cette occasion, dit-on, un des jeunes orateurs, Cléomènès lui demanda comment il pouvait avoir l'audace de s'opposer en actes et en paroles à Thémistocle, en livrant aux

---

*50. Dans le récit de Xénophon, c'est seulement après la prise et la capitulation d'Athènes que Lysandre s'empara de Samos (*Helléniques, II, 3, 6*).*
51. Les éphores étaient des magistrats, au nombre de cinq, élus annuellement parmi les citoyens, qui exerçaient un contrôle sur la vie de la cité.
52. Sur les Longs Murs, voir § 10 ; Cimon, *XIII, 6 et note ;* Alcibiade, *XXXVII, 5. Les conditions imposées par les Lacédémoniens à la conclusion de la paix sont exprimées à peu près dans les mêmes termes par Xénophon (*Helléniques, II, 2, 20*).*
*53. La scytale était un bâton autour duquel était enroulé le papyrus contenant les messages transmis par les autorités lacédémoniennes. Voir infra (XIX, 8-12) la description qu'en donne Plutarque. Théramène, fils d'Hagnon, était un homme politique qui avait joué un rôle important durant la première révolution oligarchique et dans les années qui précédèrent la défaite. C'est lui qui, d'après Xénophon, fut chargé d'aller négocier à Sparte les conditions de la paix (*Helléniques, II, 2, 11-15*).*

Lacédémoniens des murs que Thémistocle avait élevés contre leur volonté. 10. « Mais mon enfant, répondit Théramène, je ne fais pas du tout le contraire de Thémistocle. Ces murs, qu'il a élevés pour assurer le salut des citoyens, c'est dans le même souci de salut que nous allons les abattre. Et d'ailleurs, si les murs assuraient le bonheur des cités, Sparte, qui n'en possède pas, devrait être la plus malheureuse de toutes[54] ! »

XV. 1. Lysandre reçut donc tous les navires des Athéniens, à l'exception de douze ; on lui livra aussi les murs, le seize du mois de Mounychion, jour où les Athéniens avaient remporté sur les Barbares la victoire navale de Salamine. Après quoi il entreprit aussitôt de changer la constitution[55]. 2. Comme les Athéniens refusaient d'obéir et s'indignaient, il fit dire à l'assemblée du peuple qu'il avait pris la cité en flagrant délit de violation du traité, puisque les murailles étaient encore debout alors que la date fixée pour leur démolition était passée. Il allait donc revoir entièrement ses décisions les concernant, puisqu'ils avaient rompu les accords. 3. Selon certains, on proposa réellement, au conseil des alliés, de réduire les Athéniens en esclavage ; le Thébain Érianthès était d'avis de raser la ville et de transformer ses campagnes en pâturages à moutons[56]. 4. Mais plus tard, comme les chefs s'étaient réunis pour un banquet, un Phocidien chanta, pendant qu'ils buvaient, la *parodos* de l'*Électre* d'Euripide, dont voici le début :

Fille d'Agamemnon, Électre, me voici
En ta ferme rustique.

Alors, tous s'attendrirent et comprirent qu'il serait trop cruel de détruire et d'anéantir une cité si glorieuse, mère de si grands hommes.
5. Pour en revenir à Lysandre, lorsque les Athéniens eurent obéi à tous ses ordres, il fit venir d'Athènes un grand nombre de joueuses d'aulos, en plus de toutes celles qui se trouvaient dans son camp et, au son de l'aulos, il abattit les murs et incendia les trières, en présence des alliés couronnés de fleurs qui manifestaient leur joie comme si cette journée marquait le début de leur liberté[57]. 6. Aussitôt après, Lysandre modifia la constitution. Il installa trente archontes dans la ville et dix au Pirée, mit une garnison sur l'Acropole et plaça à sa tête comme harmoste un

---

54. Sur la ruse de Thémistocle pour mettre les Lacédémoniens devant le fait accompli de la reconstruction des murs d'Athènes, voir Thémistocle, *XIX. Sparte était fière de n'avoir pas besoin de murailles, la crainte qu'inspiraient ses soldats étant la meilleure des défenses.*
55. Mounychion se place au début du printemps (avril-mai). La bataille de Salamine se déroula le 20 Boédromion, c'est-à-dire au début de l'automne (voir Camille, *XIX, 6). C'est du moins la date communément admise. Plutarque attribue ici à Lysandre l'initiative du changement de régime, alors qu'il ne fit que soutenir les partisans de l'oligarchie.*
56. Ici encore Plutarque ne suit pas la chronologie des événements, car c'est avant la conclusion de la paix et la capitulation d'Athènes que les Thébains avaient proposé la destruction de la cité (voir Xénophon, Helléniques, *II, 2, 19-20). La proposition de transformer l'Attique en pâturages est mentionnée par* Isocrate, *XIV, 31.*
57. Plutarque reprend ici les propos de Xénophon cités supra, XIII, 8 en note.

Spartiate, Callibios[58]. 7. Cet homme leva un jour son bâton et fit mine de frapper l'athlète Autolycos, en l'honneur de qui Xénophon a composé son *Banquet*, mais l'athlète le saisit par les jambes et le fit tomber à la renverse. Loin de partager la colère de Callibios, Lysandre lui adressa de violents reproches, en lui disant qu'il ne savait pas commander à des hommes libres. 8. Cependant, peu après, pour complaire à Callibios, les Trente mirent à mort Autolycos.

XVI. 1. Après avoir réglé ces affaires, Lysandre reprit la mer pour la Thrace. Le reste de l'argent, ainsi que toutes les gratifications et les couronnes qu'il avait reçues à titre personnel (car naturellement de nombreuses personnes lui faisaient des présents, dans la mesure où il était le personnage le plus puissant et, d'une certaine manière, le maître absolu de la Grèce), il le fit porter à Lacédémone par les soins de Gylippe, qui avait commandé l'expédition de Sicile[59]. 2. Mais cet homme décousit le fond des sacs, dit-on, et préleva dans chacun une bonne somme, puis il les recousit, ignorant que dans chaque sac se trouvait un bordereau indiquant son contenu. 3. Arrivé à Sparte, il cacha ce qu'il avait dérobé sous les tuiles de sa maison, puis remit les sacs aux éphores, en leur montrant les sceaux. 4. Quand les éphores eurent ouvert les sacs et compté l'argent, ils virent que les sommes ne concordaient pas avec les bordereaux. Ils ne savaient que penser, lorsqu'un esclave de Gylippe leur dit, sous forme d'énigme : « Sous le Céramique dorment bien des chouettes. » En effet, à cause des Athéniens, la plupart de ces monnaies étaient, semble-t-il, frappées d'une chouette[60].

XVII. 1. Gylippe, ayant commis un forfait si honteux et si vil après des exploits jusque-là si brillants, s'exila de Lacédémone. 2. Devant un tel exemple, les plus sages des Spartiates redoutèrent plus que jamais le pouvoir de la richesse, puisque les citoyens qui y succombaient étaient loin d'être les premiers venus. Ils en voulaient à Lysandre et suppliaient les éphores d'extirper solennellement de la cité tout cet argent et tout cet or, comme des fléaux mortels qui s'y étaient introduits[61]. Les éphores mirent l'affaire en délibération. 3. Alors Sciraphidas, si l'on en croit Théopompe, ou, d'après Éphore[62], Phlogidas, déclara qu'il ne fallait pas accepter

---

58. De nouveau c'est à Lysandre que Plutarque attribue le changement de constitution, alors que c'est un décret du peuple qui désigna les Trente pour remplir cette mission. Selon le récit de Xénophon, les Trente réclamèrent à Lysandre l'envoi d'une garnison commandée par l'harmoste Callibios. Les Dix du Pirée furent institués ensuite pour contrôler le port. Sur l'ensemble de ces événements et les différents récits qui en ont été faits dans les années suivantes, voir Natalicchio (1996).
59. Gylippe était le général spartiate envoyé en 414 à Syracuse pour aider la cité à résister aux Athéniens, et qui avait été l'un des artisans de la victoire.
60. Les monnaies athéniennes portaient au revers une chouette, oiseau emblématique de la déesse Athéna. Le Céramique était un quartier d'Athènes. Le jeu de mot porte ici sur l'allusion au toit de tuile (céramos) qui couvrait la maison de Gylippe et sous lequel il avait dissimulé son butin.
61. Plutarque a déjà évoqué (supra, II, 2) les conséquences néfastes pour la cité de l'introduction de monnaies d'or et d'argent à la suite des campagnes de Lysandre.
62. Théopompe de Chios et Éphore, historiens du IVe siècle dont Plutarque a souvent utilisé les œuvres.

dans la cité de monnaie d'or ou d'argent, mais continuer à se servir de la monnaie ancestrale, 4. qui était en fer. On plongeait ce métal dans le vinaigre après l'avoir passé au feu, afin qu'il fût impossible de le forger, ce bain le rendant impropre à être aiguisé et façonné. De plus, cette monnaie était lourde et difficile à transporter; il en fallait une grande quantité, d'un poids considérable, pour obtenir un tout petit montant[63]. 5. Sans doute son emploi remonte-t-il à des temps très anciens, où les gens se servaient comme monnaie de broches en fer ou parfois en bronze, ce qui expliquerait que, de nos jours, on appelle encore *oboles* [« broches »] les petites pièces, et que la somme de six oboles soit appelée une *drachme* [« poignée »], car c'est tout ce que la main pouvait contenir. 6. Mais les amis de Lysandre s'opposèrent à ces avis et insistèrent pour garder ces richesses dans la cité. On décida donc de laisser entrer ce genre de monnaies pour les usages officiels, mais de punir de mort toute personne que l'on prendrait à en posséder à titre privé. Comme si Lycurgue avait redouté la monnaie elle-même, et non la cupidité qu'elle fait naître! Or cette interdiction faite aux particuliers, loin de supprimer la cupidité, la leur inspirait au contraire, puisque la cité était autorisée à s'en servir: l'usage lui conférait de la valeur et du prestige. 7. Il était impossible, en voyant cet argent honoré à titre officiel, de le mépriser à titre privé et de le juger inutile, impossible également de croire sans valeur pour les intérêts personnels de chacun ce que la communauté estimait et appréciait tellement. 8. Les habitudes engendrées par les pratiques collectives s'insinuent bien plus dans les vies des particuliers que les fautes et les passions individuelles ne communiquent aux cités des conduites mauvaises. 9. En effet, si le tout se détériore, il est naturel qu'il entraîne avec lui ses différents éléments; en revanche, les vices qui vont de la partie au tout rencontrent des résistances nombreuses et des remèdes dans les parties encore saines. 10. Les Lacédémoniens placèrent la peur de la loi en sentinelle devant les maisons de leurs concitoyens, pour les garder et empêcher la monnaie de s'y introduire, mais ils ne surent maintenir les âmes indifférentes et insensibles à l'argent: en considérant la richesse comme un bien noble et important, ils en inspirèrent le désir à tous. 11. Mais, sur cette question, nous avons déjà, dans un autre écrit, adressé des reproches aux Lacédémoniens[64].

XVIII. 1. Avec le produit de son butin, Lysandre fit élever à Delphes sa statue de bronze, celles de chacun des navarques et les astres d'or des Dioscures, qui disparurent avant la bataille de Leuctres[65]. 2. Dans le trésor de Brasidas et des Acanthiens, on déposa également une trière en or et en ivoire, longue de deux coudées, que

---

63. *Plutarque a décrit cette monnaie de fer dans* Lycurgue *(IX, 2-4). Xénophon, dans la* République des Lacédémoniens *(VII, 5), précise qu'il aurait fallu un chariot pour transporter une somme de dix mines (1 000 drachmes).*
64. *Peut-être s'agit-il de* Lycurgue, *XXX, 1. Cet «amour des richesses» est présenté par Xénophon dans la* République des Lacédémoniens *(XIV, 3) comme la cause du déclin de la cité.*
65. *Il a déjà été fait allusion à ces astres des Dioscures* supra, *XII, 1. Signes de victoire, ils disparurent avant la défaite de Leuctres qui allait marquer la fin de l'hégémonie spartiate en 371. Le monument élevé par Lysandre à Delphes est décrit par Pausanias (*Description de la Grèce, *X, 9, 711).*

Cyrus lui envoya en l'honneur de sa victoire[66]. 3. Anaxandridas de Delphes raconte que Lysandre y mit aussi en dépôt un talent, cinquante-deux mines et onze statères d'argent, ce qui ne correspond pas à ce que l'on s'accorde à dire de la pauvreté de ce héros[67]. 4. Ce qui est sûr, c'est qu'à cette époque, Lysandre, parvenu à une puissance que n'avait jamais atteinte aucun Grec avant lui, semblait avoir une fierté et une morgue encore supérieures à cette puissance. 5. Il fut le premier de tous les Grecs, à ce que raconte Douris, auquel les cités élevèrent des autels et offrirent des sacrifices comme à un dieu, le premier aussi en l'honneur de qui l'on chanta des péans[68]. Voici le début de l'un d'entre eux, que l'on a conservé:

> Nous chanterons le chef de la Grèce divine,
> Celui qui vint de Sparte aux vastes chœurs! Ô, iè,
> Péan.

6. Les Samiens décrétèrent que les fêtes qu'on célébrait chez eux en l'honneur d'Héra prendraient le nom de Lysandries[69]. 7. Quant aux poètes, Lysandre avait toujours à ses côtés Choïrilos, chargé de célébrer en vers ses hauts faits. Antilochos composa des vers fort moyens en son honneur, mais Lysandre en fut ravi: il remplit son bonnet d'argent et le lui donna. 8. Antimachos de Colophon et un certain Nicératos d'Héraclée concoururent aux Lysandries avec des poèmes qui lui étaient consacrés; il couronna Nicératos, et Antimachos, de dépit, détruisit son poème. 9. Platon, qui était alors jeune et admirait beaucoup le talent poétique d'Antimachos, vit combien celui-ci était affligé de sa défaite et le réconforta en lui disant: «L'ignorance est pour les ignorants un aussi grand mal que la cécité pour les aveugles.» 10. Cependant, lorsque le citharède Aristonoos, qui avait été six fois vainqueur aux concours Pythiques[70], promit à Lysandre, pour gagner ses bonnes grâces, que s'il remportait encore une victoire, il se ferait proclamer comme étant «Aristonoos de Lysandre», ce dernier répliqua: «Tu veux dire l'esclave de Lysandre[71]?»

---

66. *Il a déjà été question de ce trésor (*supra*, I, 1). Sur l'amitié qui unissait Lysandre au jeune prince perse, voir* supra, *IV, 1-6. Deux coudées valent environ 0,88 m.*
67. *Anaxandridas de Delphes est l'auteur d'un traité* Sur les offrandes pillées à Delphes. *La remarque de Plutarque est surprenante. Car le dépôt d'une somme s'élevant à près de deux talents confirme que Lysandre n'avait pas gardé pour lui l'or et l'argent rapportés de ses campagnes.*
68. *Douris de Samos est un écrivain de la fin du IVe siècle. C'est en effet à partir de la guerre du Péloponnèse que l'on commence à entourer d'une véritable dévotion les généraux vainqueurs. Cela avait été le cas pour Brasidas à Amphipolis, mais, il est vrai, seulement après sa mort. Le péan est un chant de guerre, commémorant une victoire.*
69. *Héra était particulièrement vénérée à Samos. Le culte rendu à Lysandre comportait non seulement l'érection d'une statue, mais des fêtes en son honneur, ce qui l'élevait au rang de héros.*
70. *Les concours Pythiques se déroulaient tous les quatre ans à Delphes en l'honneur d'Apollon. Ils comprenaient, outre des épreuves athlétiques, des concours de musique et de poésie.*
71. *La réponse méprisante de Lysandre joue sur l'ambiguïté du génitif qui peut exprimer aussi bien la filiation que la dépendance de l'esclave.*

XIX. 1. L'ambition de Lysandre ne déplaisait qu'aux premiers citoyens et aux pairs[72]. 2. Mais à cette ambition se joignit bientôt, sous l'influence de ses flatteurs, une extrême arrogance, déjà innée dans son caractère, et de la dureté; il ne montra plus aucune mesure, aucune simplicité lorsqu'il décernait honneurs ou châtiments. Ses amis et ses hôtes recevaient en récompense des souverainetés absolues sur des cités et des tyrannies sans contrôle, tandis qu'il ne connaissait qu'une seule manière d'assouvir sa colère, mettre à mort celui qu'il haïssait, auquel n'était même pas laissée la possibilité de s'exiler. 3. Plus tard, à Milet[73], craignant que les chefs du parti démocratique ne parvinssent à s'enfuir, il voulut faire sortir de leurs cachettes ceux qui s'étaient mis à l'abri et jura qu'il ne leur ferait aucun mal; ils le crurent et se montrèrent, mais il les livra aussitôt aux oligarques qui les égorgèrent; il n'y eut pas moins de huit cents morts au total, de part et d'autre. 4. Il est impossible de dénombrer tous les démocrates qu'il fit mourir dans les cités, car il ne se contentait pas de les tuer pour des griefs personnels, il embrassait aussi les nombreuses haines et les nombreuses ambitions des amis qu'il avait dans chaque ville et se faisait leur complice. 5. D'où le succès du mot du Lacédémonien Étéoclès: «La Grèce n'aurait pas supporté deux Lysandres.» Théophraste[74] prête la même formule à Archestratos à propos d'Alcibiade. 6. Mais chez ce dernier, c'était l'insolence et la débauche, jointes à la suffisance, qui irritaient le plus; dans le cas de Lysandre, la dureté de son caractère rendait sa puissance effrayante et intolérable.
7. Les Lacédémoniens n'attachèrent d'abord pas beaucoup d'importance à ceux qui se plaignaient de lui. Mais lorsque Pharnabaze[75], victime de Lysandre qui pillait et saccageait sa province, envoya des ambassadeurs à Sparte pour le mettre en accusation, les éphores, indignés, arrêtèrent un de ses amis et collègues de commandement, Thorax[76], pour avoir détenu de l'argent à titre privé, et le condamnèrent à mort. Puis ils envoyèrent à Lysandre une scytale lui ordonnant de revenir.
8. Voici ce qu'est une scytale. Lorsque les éphores envoient en expédition un navarque ou un stratège, ils font faire deux bâtons arrondis, taillés à l'identique, qui ont exactement la même longueur et la même épaisseur. Ils en gardent un et remettent l'autre à l'homme qu'ils envoient. Ils donnent à ces bâtons le nom de scytales.
9. Lorsqu'ils veulent communiquer un secret important, ils confectionnent une bande de papyrus longue et étroite, qui ressemble à une lanière, et l'enroulent autour de la scytale qu'ils ont chez eux, recouvrant avec les spirales du papyrus, sans laisser aucun espace libre, toute la surface du bois. 10. Cela fait, ils écrivent ce qu'ils veulent sur le papyrus pendant qu'il est enroulé autour de la scytale. Une fois le message écrit, ils retirent le papyrus et l'envoient, sans le bâton, au général. 11. Celui-ci, lorsqu'il le reçoit, est incapable de lire quoi que ce soit, car les lettres ne se suivent pas et sont dans

---

72. *À Sparte, tous les citoyens étaient par définition des* omoioï. *La suite du texte laisse penser que le mécontentement gagna aussi les alliés de Sparte (§ 7).*
73. *L'affaire de Milet a déjà été évoquée* supra, *VIII, 1-3.*
74. *Sur Théophraste, voir* supra, *XIII, 2.*
75. *Pharnabaze était un des satrapes du Grand Roi, qui avait aidé Lysandre de ses subsides.*
76. *Thorax est cité* supra, *IX, 5.*

le plus grand désordre, mais il prend sa scytale à lui, autour de laquelle il enroule la bande de papyrus, si bien que, la spirale ayant repris sa position première, les lettres retrouvent leur place autour du bois, les unes derrière les autres, et le regard peut reconstituer le message dans sa continuité. 12. On donne au papyrus comme au bâton le nom de scytale, de même que la chose mesurée prend le nom de ce qui la mesure.

XX. 1. Lorsque Lysandre reçut cette scytale dans l'Hellespont, il fut bouleversé. Comme il redoutait surtout les accusations de Pharnabaze, il se hâta d'aller s'entretenir avec lui pour apaiser leur différend. 2. Au cours de leur entrevue, il lui demanda d'écrire à son propos une autre lettre aux magistrats de Sparte, pour leur dire qu'il n'avait subi aucun tort et ne portait aucune accusation. Mais c'était avec un Crétois, comme on dit, qu'il jouait au Crétois[77] : il ne connaissait pas Pharnabaze. 3. Ce dernier promit tout et écrivit sous les yeux de Lysandre une lettre conforme à ce que celui-ci lui demandait. Mais en secret, il en avait préparé une autre, où il disait le contraire. Au moment de sceller son message, il fit l'échange, les deux lettres ayant exactement le même aspect, et donna à Lysandre celle qu'il avait écrite en secret. 4. À son arrivée à Lacédémone, Lysandre se présenta, comme le veut l'usage, à la résidence des magistrats et remit aux éphores la lettre de Pharnabaze, convaincu de dissiper ainsi le plus grave des griefs qu'on avait contre lui : Pharnabaze était aimé des Lacédémoniens, car il s'était montré, au cours de cette guerre, le plus dévoué à leur cause de tous les satrapes du Grand Roi. 5. Mais lorsque les éphores, après avoir lu la lettre, la lui montrèrent, il comprit qu'en vérité

Ulysse n'est pas seul à pratiquer la ruse[78].

Sur le moment, il se retira, profondément troublé. 6. Quelques jours plus tard, il revint trouver les magistrats et leur dit qu'il devait se rendre au temple d'Ammon[79], pour s'acquitter envers ce dieu de sacrifices qu'il avait fait vœu de lui offrir avant les combats. 7. Selon certains, c'était son véritable motif. Lorsqu'il assiégeait la cité des Aphytéens, en Thrace, Ammon lui était apparu en songe : il avait alors levé le siège, considérant que le dieu lui en donnait l'ordre, et demandé aux Aphytéens de lui offrir des sacrifices ; il avait donc hâte de passer en Libye afin de se concilier le dieu. 8. Mais, selon la plupart des historiens, le dieu n'était, semble-t-il, qu'un prétexte. En fait Lysandre redoutait les éphores ; de plus, il ne pouvait supporter le joug qu'on lui imposait dans sa patrie ni obéir aux ordres : il désirait voyager et aller à l'aventure, tel un cheval qui, revenant d'une pâture et de prairies où il était en liberté, se retrouve devant sa mangeoire, soumis de nouveau à ses travaux habituels. 9. Cependant, Éphore donne de ce départ une autre explication, que je rapporterai tout à l'heure[80].

---

77. *Les Crétois avaient la réputation d'être fourbes et menteurs.*
78. *Ulysse, le héros de l'*Odyssée, *était le modèle par excellence du menteur rusé. Le vers viendrait peut-être d'Euripide.*
79. *Le sanctuaire de Zeus Ammon, sanctuaire oraculaire, se trouvait en Cyrénaïque, dans l'oasis de Siwa.*
80. *Plutarque revient sur les raisons du voyage de Lysandre en Cyrénaïque, auprès de l'oracle d'Ammon,* infra, *en XXV, 3.*

XXI. 1. Il obtint à grand-peine des éphores, après bien des difficultés, la permission de s'en aller, et prit la mer. 2. Dès son départ, les rois se rendirent compte que les hétairies qu'il avait formées lui assuraient un contrôle total des cités et une maîtrise absolue sur la Grèce ; ils travaillèrent donc à rendre aux démocrates le contrôle des affaires et à chasser du pouvoir les amis de Lysandre. 3. Une réaction se produisait d'ailleurs en ce sens : les premiers, les Athéniens, partant de Phylè, attaquèrent les Trente et les renversèrent[81]. Mais Lysandre, revenu en toute hâte, poussa les Lacédémoniens à secourir les oligarchies et à châtier les démocraties. 4. Ils envoyèrent aussitôt aux Trente cent talents pour soutenir la guerre et Lysandre lui-même comme général. Cependant les rois, qui le jalousaient et craignaient qu'il ne s'emparât de nouveau d'Athènes, décidèrent que l'un d'eux partirait avec lui. 5. Ce fut Pausanias : en paroles, il soutenait les tyrans contre le peuple, mais en fait, il voulait mettre fin à la guerre pour empêcher Lysandre de se rendre une deuxième fois maître d'Athènes par l'intermédiaire de ses amis. 6. Il parvint facilement à ses fins, réconcilia les Athéniens, mit un terme à la guerre civile qui les divisait et réprima l'ambition de Lysandre[82]. 7. Mais, peu après, les Athéniens s'étant de nouveau soulevés, il fut accusé d'avoir lâché la bride au peuple, jusque-là contenu par l'oligarchie, et de l'avoir encouragé à se montrer insolent et audacieux[83]. Lysandre acquit en revanche la réputation d'un homme qui dirigeait les opérations militaires sans chercher à flatter personne, sans prendre de pose théâtrale, mais avec intransigeance, en se souciant de l'intérêt de Sparte.

XXII. 1. Dans ses paroles, il était insolent et impitoyable avec ceux qui s'opposaient à lui. 2. Ainsi, alors que les Argiens contestaient des frontières et prétendaient que leur point de vue était plus juste que celui des Lacédémoniens, il montra son épée en disant : « Celui qui a le dessus avec cela, a aussi les meilleurs arguments pour parler de frontières. » 3. Comme, au cours d'une réunion, un homme de Mégare s'adressait à lui avec une franchise brutale : « Étranger, lui dit-il, tes paroles auraient besoin d'une cité[84]. » 4. Les Béotiens hésitaient entre les deux camps ; il leur demanda s'ils préféraient le voir traverser leur pays avec ses lances droites ou baissées. 5. Après la défection des Corinthiens[85], il s'approcha de leurs murs et vit que

---

81. Il s'agit des démocrates athéniens réfugiés à Thèbes et qui, sous la conduite de Thrasybule, s'emparèrent de la forteresse de Phylè en Attique.
82. Sur les événements qui amenèrent la chute des Trente et le rétablissement de la démocratie à Athènes en 403, voir Xénophon, Helléniques, II, 4, 2-43 et Aristote, Constitution d'Athènes, XXXVII-XXXIX. Sur le rôle de Lysandre et l'intervention de Pausanias, voir Helléniques, II, 4, 28-29.
83. En réalité, c'est seulement en 395 que les Athéniens sortirent de l'alliance spartiate et que Pausanias dut se justifier de son rôle dans le rétablissement de la démocratie à Athènes (voir Xénophon, Helléniques, III, 5, 25). Voir également infra, XXX.
84. Autrement dit, Mégare était une cité trop secondaire pour conférer quelque autorité à son représentant.
85. La défection des Corinthiens eut lieu en 394, lorsque se forma contre Sparte une coalition à laquelle se joignirent les Athéniens. Voir Carlier (1995), p. 28-31.

les Lacédémoniens hésitaient à donner l'assaut. Or on aperçut un lièvre qui sautait par-dessus le fossé : « N'avez-vous pas honte, lança Lysandre, de craindre des ennemis si nonchalants que les lièvres dorment dans leurs remparts ? »
6. À sa mort[86], le roi Agis laissait un frère, Agésilas, et un fils putatif, Léotychidas. Lysandre, qui avait été l'éraste d'Agésilas, poussa ce dernier, en tant qu'Héraclide légitime, à revendiquer la royauté. 7. On soupçonnait en effet Léotychidas d'être le fils d'Alcibiade qui, à l'époque où il était exilé et séjournait à Sparte, avait eu une liaison clandestine avec Timaia, femme d'Agis[87]. 8. Agis avait calculé, dit-on, d'après la date de la naissance, que sa femme n'avait pu être enceinte de lui : aussi avait-il, sa vie durant, négligé Léotychidas que, de toute évidence, il ne reconnaissait pas pour fils. 9. Mais lorsque malade, il fut transporté à Héraia et fut sur le point de mourir, il se laissa attendrir par les supplications du jeune homme et de ses amis ; en présence de nombreux témoins, il déclara que Léotychidas était bien son fils et pria les assistants d'attester cela devant les Lacédémoniens, puis il mourut. 10. Les assistants témoignèrent donc en faveur de Léotychidas. Quant à Agésilas, bien qu'il fût brillant à tous égards et disposât du soutien de Lysandre, sa candidature était combattue par Diopeithès, un homme habile à interpréter les oracles, qui rapportait à la claudication d'Agésilas la prophétie suivante :

11. Malgré tout ton orgueil, fais attention, ô Sparte,
Tu marches droit. Que ta royauté ne claudique.
Des maux inattendus assailliraient ta chair,
Te roulant dans le flot meurtrier de la guerre.

12. Beaucoup s'inclinaient devant cet oracle et se tournaient vers Léotychidas, mais Lysandre déclara que Diopeithès ne comprenait pas bien la prédiction : elle ne signifiait pas que le dieu s'irriterait si un infirme régnait sur Lacédémone, mais que la royauté serait boiteuse si des bâtards, des gens de naissance douteuse, qui n'étaient pas Héraclides, devenaient rois. 13. Par de telles paroles et en faisant jouer sa grande influence, Lysandre persuada ses concitoyens et Agésilas devint roi[88].

XXIII. 1. Aussitôt, Lysandre le poussa à faire une expédition en Asie, lui inspirant l'espoir d'écraser les Perses et de s'illustrer ainsi. En même temps, il écrivait à ses amis d'Asie, les priant de réclamer aux Lacédémoniens Agésilas comme général pour mener la guerre contre les Barbares. 2. Ils obéirent et envoyèrent à Lacédémone des messagers présenter cette demande. Le présent que Lysandre offrait ainsi à Agésilas ne semblait pas moins beau que la royauté[89]. 3. Mais les carac-

---

86. En 398.
87. Plutarque est revenu à plusieurs reprises sur la liaison entre Alcibiade et l'épouse d'Agis (Alcibiade, XXIII, 7 ; Agésilas, III, 1 et suiv.).
88. Sur les circonstances de l'avènement d'Agésilas, voir Xénophon, Helléniques, III, 3, 1-4, dont Plutarque s'inspire étroitement.
89. Cette expédition d'Asie qui débute en 396 allait en effet contribuer à la gloire du roi spartiate auquel Plutarque a consacré une Vie.

tères ambitieux, qui par ailleurs ne manquent pas de talents pour le commandement, rencontrent un obstacle considérable pour les belles actions qu'ils pourraient accomplir : l'envie que leur inspire la gloire de leurs égaux. Ils considèrent ceux qui pourraient les aider comme des rivaux de leur valeur. 4. Agésilas emmena Lysandre et en fit l'un de ses trente conseillers, dans l'intention d'avoir recours à lui de préférence à tout autre et de le traiter comme le premier de ses amis. 5. Mais lorsqu'ils furent en Asie, les gens, qui ne connaissaient pas Agésilas, n'eurent avec lui que des entretiens brefs et rares. Lysandre au contraire, qui était en relation avec eux depuis longtemps, avait sans cesse à sa porte ou autour de lui des amis empressés ou des suspects qui le craignaient. 6. Au théâtre, il arrive parfois que l'acteur qui tient le rôle de messager ou de serviteur dans une tragédie ait du succès et devienne le protagoniste, tandis que celui qui porte le diadème et le sceptre ne parvient même pas à se faire entendre. De la même manière, c'était alors le conseiller qui avait tout le prestige du pouvoir, et il ne restait au roi qu'un titre vide, sans aucune autorité. 7. Sans doute fallait-il rabattre un peu cette ambition démesurée et ramener Lysandre au second rang, mais rejeter et humilier totalement, à cause de sa gloire, un bienfaiteur et un ami, comme le fit Agésilas, était indigne de lui[90]. 8. En premier lieu, il ne lui donna aucune occasion d'agir et ne le chargea d'aucun commandement. Ensuite, Agésilas renvoyait immanquablement tous ceux dont il remarquait que Lysandre les aidait ou les soutenait, sans rien leur accorder, et les traitait moins bien que le premier venu : il ruinait ainsi peu à peu l'influence de Lysandre. 9. Lorsque celui-ci s'aperçut qu'il échouait sans cesse et que son soutien se retournait contre ses amis, il cessa de plaider leur cause, les priant de ne plus s'adresser à lui et de ne pas lui faire leur cour, mais d'aller parler au roi et à ceux qui, pour le moment, étaient mieux à même que lui d'être utiles à leurs courtisans. 10. La plupart l'écoutèrent et cessèrent de l'importuner avec leurs affaires, mais ils ne renoncèrent pas à lui présenter leurs hommages ; ils l'entouraient même encore plus qu'auparavant, dans les promenades et les gymnases, ce qui contrariait Agésilas, jaloux de ces honneurs. 11. En conséquence, alors qu'il confiait à de nombreux Spartiates des commandements et des cités à gouverner, il désigna Lysandre comme responsable de la répartition des viandes. Puis, comme pour l'humilier devant les Ioniens, il lança : « Qu'ils aillent maintenant faire la cour à mon écuyer tranchant ! » 12. Aussi Lysandre décida-t-il d'avoir un entretien avec le roi. Leur conversation fut brève et fort laconique[91]. « Tu t'y connais, Agésilas, pour rabaisser tes amis. – Oui, répliqua l'autre, s'ils veulent être plus grands que moi ; ceux qui augmentent ma puissance doivent en toute justice en avoir une part. 13. – Peut-être, Agésilas, tes paroles sont-elles plus nobles que mes actes, mais je t'en prie, ne serait-ce que pour les étrangers, qui ont les yeux fixés sur nous, donne-moi, dans la région que tu gouvernes, un poste où je pourrais, à ton avis, t'être le moins désagréable et le plus utile. »

---

90. Plutarque reprend ce jugement dans Agésilas, VIII, 6.
91. Plutarque s'inspire ici directement de Xénophon, Helléniques, III, 4, 8-9 et reprend ce dialogue dans Agésilas, VIII, 2.

XXIV. 1. À la suite de cet entretien, Lysandre fut envoyé comme ambassadeur dans l'Hellespont et, bien que fort irrité contre Agésilas, il ne négligea pas sa mission. Comme le Perse Spithridatès, un homme de haute naissance, qui disposait d'une armée, était brouillé avec Pharnabaze[92], il le poussa à faire défection et le gagna à Agésilas. 2. Ce fut le seul service que lui demanda le roi dans cette guerre; au bout de quelque temps, Lysandre reprit la mer et fit à Sparte un retour sans gloire. Il était plein de colère contre Agésilas et détestait plus que jamais, dans son ensemble, le régime de son pays. Il résolut d'exécuter alors, sans plus attendre, les plans révolutionnaires qu'il avait formés et conçus depuis longtemps pour changer et modifier la constitution. Voici de quoi il s'agissait.

3. Lorsque les Héraclides, mêlés aux Doriens, revinrent dans le Péloponnèse[93], leur postérité, nombreuse et brillante, fut florissante à Sparte. Mais tous leurs descendants n'avaient pas droit à la succession royale; seuls pouvaient régner les membres de deux maisons, ceux que l'on nommait les Eurypontides et les Agiades. Leur naissance ne conférait aux autres Héraclides aucun privilège sur le reste des Spartiates; les honneurs étaient attachés au mérite et attribués à ceux qui avaient les capacités de les exercer. 4. Lysandre était dans ce cas; comme ses exploits lui avaient valu une gloire immense, et qu'il possédait des amis en grand nombre et beaucoup d'influence, il s'indignait de voir la cité, qu'il avait fait grandir, gouvernée par d'autres que lui, qui ne s'étaient montrés en rien supérieurs à lui. 5. Il songeait donc à enlever la royauté aux deux maisons auxquelles elle était réservée, pour la rendre commune à tous les Héraclides ou même, d'après certains auteurs, à tous les Spartiates[94], et non plus aux seuls Héraclides : ainsi, elle ne serait plus le privilège des descendants d'Héraclès, mais de ceux qui seraient jugés semblables à ce héros par la vertu qui l'avait élevé aux honneurs divins. 6. Si la royauté était attribuée en fonction de ce principe, Lysandre espérait qu'aucun Spartiate ne lui serait préféré.

XXV. 1. Dans un premier temps, il décida et entreprit de convaincre par lui-même ses concitoyens: il apprit par cœur un discours écrit à cette fin par Cléon d'Halicarnasse[95]. 2. Mais ensuite, voyant que la nouveauté et la grandeur de son entreprise exigeaient des procédés plus hardis, il eut recours à une machine de théâtre, qu'il dressa, comme dans une tragédie, au-dessus de la tête de ses concitoyens[96]. Il composa ou arrangea des oracles pythiques et des prophéties, convaincu que tout le talent de Cléon ne servirait à rien s'il ne frappait et ne subjuguait auparavant ses concitoyens par la crainte du dieu et la superstition, pour leur imposer son point de vue. 3. Selon Éphore, il essaya de corrompre la Pythie et, par l'inter-

---

92. Sur Pharnabaze, voir supra, *XIX, 7-XX, 4*.
93. Sur le retour des Héraclides et l'ascendance de Lysandre, voir supra, *II, 1*.
94. *Rendre la royauté accessible à tous les Spartiates en aurait fait une simple magistrature. C'était donc là une mesure révolutionnaire.*
95. *Ce Cléon d'Halicarnasse est inconnu par ailleurs.*
96. *Allusion à la machine qui permettait aux dieux d'apparaître sur la scène au-dessus des autres acteurs.*

médiaire de Phéréclès, les prophétesses de Dodone, mais il échoua[97]. Alors il se rendit au temple d'Ammon et s'entretint avec les prophètes, auxquels il offrit beaucoup d'argent, mais ceux-ci, indignés, envoyèrent des messagers à Sparte accuser Lysandre. 4. Il fut acquitté et les Libyens dirent, en s'en retournant: «Eh bien, nous serons meilleurs juges, Spartiates, lorsque vous viendrez vous installer chez nous, en Libye.» Ils faisaient allusion à un ancien oracle qui ordonnait à des Lacédémoniens de s'installer en Libye[98]. 5. Comme l'ensemble de la machination et de la mise en scène, loin d'être une entreprise insignifiante, conçue au hasard, reposait, telle une démonstration mathématique, sur des prémisses nombreuses et importantes, et progressaient vers sa conclusion par des développements ardus et difficiles, nous allons raconter l'affaire en suivant le récit d'un homme qui est à la fois historien et philosophe.

XXVI. 1. Il y avait dans le Pont une pauvre femme qui se disait enceinte des œuvres d'Apollon. Beaucoup de gens, comme de juste, ne la croyaient pas, mais beaucoup aussi s'intéressaient à elle, si bien que lorsqu'elle eut accouché d'un enfant mâle, plusieurs notables du pays prirent en charge son entretien et son éducation. Le garçon fut, on ne sait pourquoi, appelé Silène. 2. Tel fut le point de départ que choisit Lysandre pour machiner et tramer lui-même tout le reste, secondé par un grand nombre d'acteurs qui étaient loin d'être médiocres. Sans éveiller de soupçons, ils poussèrent les gens à croire à ce que l'on racontait de la naissance de cet enfant et rapportèrent de Delphes une autre légende qu'ils divulguèrent et répandirent dans Sparte. 3. Les prêtres gardaient, prétendaient-ils, des écrits secrets contenant des oracles très anciens dont il était interdit de prendre connaissance et qu'il était sacrilège de lire, à moins qu'un fils d'Apollon ne vînt, après bien longtemps, présenter aux dépositaires un signe certain de sa naissance: il pourrait alors emporter les tablettes où se trouvaient les oracles. 4. Le terrain étant ainsi préparé à l'avance, Silène devait se présenter et réclamer les oracles, en se disant fils d'Apollon. Ceux des prêtres qui étaient complices procéderaient à une enquête minutieuse, se renseigneraient sur sa naissance et pour finir, convaincus, apparemment, qu'il était bien fils d'Apollon, lui montreraient ces écrits. 5. Silène les lirait, en présence de nombreux témoins, et parmi d'autres oracles, il trouverait celui qui avait inspiré toute la machination, concernant la royauté: «Il est meilleur et plus avantageux pour les Spartiates de choisir leurs rois parmi les citoyens les plus valeureux.» 6. Mais lorsque Silène, parvenu à l'adolescence, vint jouer son rôle à Delphes, la mise en scène prévue par Lysandre échoua à cause du manque d'audace d'un des acteurs et complices qui, au moment précis où il devait agir, prit peur et se déroba. Cependant, rien ne transpira du vivant de Lysandre; on n'apprit l'histoire qu'après sa mort[99].

---

97. *Lysandre, pour convaincre ses concitoyens, aurait fait fabriquer des oracles. D'où la tournée des grands centres oraculaires, Delphes, Dodone et le sanctuaire d'Ammon, déjà évoqué supra, XX, 6. Voir aussi Dictionnaire, «Pythie».*
98. *Sur cet oracle, voir Malkin (1994), p. 195-196.*
99. *On a douté de la véracité de cette histoire, qui supposerait pour être crédible que Lysandre ait monté toute l'opération longtemps à l'avance et avec la complicité des prêtres de Delphes.*

XXVII. 1. Lysandre mourut avant qu'Agésilas fût revenu d'Asie. Il s'était laissé entraîner dans la guerre de Béotie[100], ou plutôt il y avait jeté la Grèce : 2. on soutient l'une et l'autre version. Certains rejettent toute la faute sur lui, d'autres sur les Thébains, d'autres encore sur les deux partis. 3. Aux Thébains, on reproche d'avoir dispersé les victimes à Aulis et, lorsque Androcleidas et Amphithéos, corrompus par les richesses du Grand Roi, suscitèrent en Grèce la guerre contre les Lacédémoniens, d'avoir attaqué les Phocidiens et ravagé leur pays[101]. 4. Quant à Lysandre, il en voulait aux Thébains[102], dit-on, parce qu'ils étaient les seuls à avoir réclamé le dixième du butin, alors que les autres alliés n'avaient rien dit; d'autre part, ils s'étaient offusqués des richesses que Lysandre avait envoyées à Sparte ; 5. enfin, et surtout, ils avaient fourni aux Athéniens les moyens de se libérer des trente tyrans que Lysandre avait installés et que les Lacédémoniens avaient rendus plus forts et plus redoutables en décrétant que les exilés d'Athènes pouvaient être arrêtés en tout lieu et que ceux qui s'opposeraient à leur arrestation seraient exclus de l'alliance[103]. 6. À ce décret, les Thébains avaient répliqué par un autre décret, à l'image et à la ressemblance des exploits d'Héraclès et de Dionysos[104] : «Toutes les maisons et toutes les cités de Béotie seront ouvertes aux Athéniens qui demanderont asile. Quiconque refusera d'assister un exilé poursuivi sera passible d'une amende d'un talent. Si quelqu'un traverse la Béotie pour aller porter à Athènes des armes contre les tyrans, aucun Thébain ne devra le voir ni l'entendre.» 7. Les Thébains ne se contentèrent pas de ces décrets si dignes de la Grèce et de l'humanité ; leurs actes ne démentirent pas leurs écrits. Thrasybule et ceux qui, avec lui, s'emparèrent de Phylè partirent de Thèbes et ce furent les Thébains qui leur procurèrent des armes, des ressources, un abri et les premiers moyens d'agir[105]. 8. Tels étaient donc les griefs de Lysandre contre les Thébains.

---

100. Communément appelée «guerre de Corinthe», elle débuta en 395. La responsabilité du seul Lysandre dans son déclenchement est peu vraisemblable. Voir Carlier (1995), p. 28-31.
101. L'affaire d'Aulis est évoquée par Xénophon (Helléniques, III, 4, 4). Agésilas avait choisi ce lieu pour sacrifier aux dieux avant de partir pour l'Asie. Les Thébains s'opposèrent à ce sacrifice et dispersèrent les victimes. Plutarque revient longuement sur cette affaire dans Agésilas, V, 6-11. Les ambitions spartiates en Asie inquiétaient le roi Artaxerxès II, lequel profita des dissensions qui s'élevaient parmi les alliés de Sparte pour susciter une coalition contre elle.
102. Plutarque reprend ici le développement de Xénophon (Helléniques, III, 5, 5) sur les griefs qui existaient contre les Thébains. Mais dans le récit de l'historien athénien, ce sont les Lacédémoniens, et non le seul Lysandre, qui se saisissent de ces griefs pour décider la guerre contre Thèbes.
103. Plutarque fait ici allusion à l'attitude des Thébains qui en 404 avaient accueilli les démocrates athéniens chassés de la cité. Ce décret est mentionné par Diodore (Bibliothèque historique, XIV, 6, 1).
104. C'est également Diodore (XIV, 6, 3) qui mentionne le décret des Thébains. La référence à Héraclès et Dionysos se justifie par le fait que l'un et l'autre étaient nés d'une mère thébaine (Alcmène pour le premier et Sémélè pour le second).
105. Plutarque tient ici à souligner la philanthropia («humanité») de la cité béotienne. Thrasybule, qui avait joué un rôle actif comme stratège dans les dernières années de la guerre du Péloponnèse, se réfugia à Thèbes et c'est de là qu'il partit pour pénétrer en Attique et s'emparer d'abord de la forteresse de Phylè en 403 (voir supra, XXI, 3), puis du port du Pirée.

XXVIII. 1. Dès lors Lysandre, qui était d'humeur difficile, sa co[lère] dans la vieillesse sous l'effet de la mélancolie, excita les éphores [à] lever des troupes contre les Thébains; il en prit lui-même le [commandement et] partit en campagne. Par la suite, ils envoyèrent aussi le roi P[ausanias à la tête d'une] armée. 2. Ce dernier devait contourner le Cithéron, puis envahir la [Béotie, tandis] que Lysandre se porterait à sa rencontre avec un grand nombre de soldats [venus de] Phocide. Lysandre reçut la soumission de la cité d'Orchomène, qui se rendit à lui de son plein gré, puis attaqua Lébadée et la mit au pillage[106]. 3. Il écrivit à Pausanias de quitter Platées et de venir le rejoindre à Haliarte : lui-même se trouverait dès le point du jour devant les remparts de cette ville. 4. Mais le messager tomba entre les mains d'éclaireurs ennemis et cette lettre fut portée aux Thébains. 5. Ceux-ci, confiant leur cité aux Athéniens qui étaient venus les secourir, se mirent eux-mêmes en route, à la première veille, et parvinrent avant Lysandre à Haliarte, où ils firent entrer une partie de leurs troupes. 6. Lysandre décida d'abord d'installer son armée sur une colline, pour attendre Pausanias. Puis, comme le jour passait, incapable de rester inactif, il prit les armes, exhorta les alliés au combat et conduisit sa phalange en colonne le long de la route qui menait au rempart. 7. Ceux des Thébains qui étaient restés dehors, laissant la cité à leur gauche, attaquèrent l'arrière-garde des ennemis près de la source nommée Cissoussa où, d'après les récits mythologiques, les nourrices lavèrent Dionysos à sa naissance[107] : l'eau y a la brillante couleur du vin ; elle est limpide et très agréable à boire. 8. Non loin de là, poussent des styrax de Crète, ce qui prouve, d'après les Haliartiens, que Rhadamanthe habita en ce lieu[108] : ils montrent son tombeau auquel ils donnent le nom d'Aléos. 9. Il y a aussi, tout près, le monument funèbre d'Alcmène[109] ; c'est là, dit-on, qu'elle fut ensevelie, car elle fut, après la mort d'Amphitryon, l'épouse de Rhadamanthe.

10. Les Thébains qui étaient dans la cité s'étaient rangés en ordre de bataille avec les Haliartiens. Jusque-là, ils n'avaient pas bougé, mais lorsqu'ils virent Lysandre s'approcher du rempart avec son avant-garde, ils ouvrirent brusquement les portes, firent une sortie et le tuèrent, avec son devin et quelques autres, en petit nombre : la plupart prirent la fuite et rejoignirent le gros de la phalange. 11. Les Thébains, sans leur laisser de répit, s'acharnèrent sur eux ; pour finir, ils furent tous repoussés et durent s'enfuir dans les collines. Ils perdirent un millier de soldats. 12. Du côté thébain, il y eut trois cents morts[110], ceux qui s'étaient attaqués aux positions ennemies les plus rudes et les plus fortes. Soupçonnés d'être favorables aux

---

106. *Orchomène et Lébadée sont deux cités béotiennes. Sur le déroulement des opérations, Plutarque suit le récit de Xénophon (*Helléniques, III, 5, 7-16*).*
107. *Cissoussa vient de cissos, « lierre », l'un des attributs de Dionysos.*
108. *Rhadamanthe était fils de Zeus et d'Europe et frère de Minos. Il aurait, lorsqu'il se réfugia en Béotie, importé avec lui cet arbre résineux appelé styrax et qui était donc originaire de Crète.*
109. *Alcmène était l'épouse d'Amphitryon et la mère d'Héraclès, né de son union avec Zeus qui, pour la séduire, avait pris l'aspect de son époux.*
110. *Xénophon (*Helléniques, III, 5, 18-20*) évalue les pertes thébaines à « plus de deux cents hommes ».*

ates, ils avaient eu à cœur de se laver de cette accusation devant leurs concitoyens, en se dépensant sans compter au cours de la poursuite où ils périrent.

XXIX. 1. Pausanias reçut la nouvelle de la défaite sur la route de Platées à Thespies. Il rangea ses troupes en ordre de bataille et gagna Haliarte. Thrasybule y arrivait de son côté, à la tête des Athéniens qu'il amenait de Thèbes. 2. Pausanias avait l'intention de demander une trêve, pour reprendre les morts, mais les Spartiates les plus âgés se révoltèrent à cette pensée : non contents de s'indigner en leur for intérieur, ils allèrent trouver le roi et le conjurèrent de ne pas reprendre Lysandre à la faveur d'une trêve : il fallait par les armes disputer à l'ennemi la possession de son corps. S'ils étaient vainqueurs, ils l'enterreraient ; s'ils avaient le dessous, il serait beau pour eux d'être couchés là, avec leur général. 3. Telles étaient les paroles des anciens. Mais Pausanias voyait que ce ne serait pas une mince affaire de vaincre au combat les Thébains, après leur victoire récente, et que d'autre part le corps de Lysandre était tombé si près des remparts qu'il serait difficile, même en cas de victoire, de le reprendre sans obtenir une trêve. Il envoya donc un héraut et, ayant conclu un accord avec les ennemis, il retira ses troupes. 4. Quant à Lysandre, ils l'emportèrent et, dès qu'ils eurent passé les frontières de la Béotie, ils l'enterrèrent dans le pays ami et allié des Panopéens, à l'endroit où se trouve encore son monument, le long de la route qui mène de Delphes à Chéronée[111].

5. Comme l'armée avait fait halte à cet endroit, un Phocidien, dit-on, racontant la bataille à quelqu'un qui n'y avait pas assisté, déclara que lorsque les ennemis étaient tombés sur eux, Lysandre avait déjà passé l'Hoplitès. 6. Un Spartiate, ami de Lysandre, s'étonna et demanda ce que c'était que cet Hoplitès dont il parlait, car ce nom lui était inconnu. « Pourtant, reprit l'autre, c'est bien là que les ennemis ont abattu nos premiers rangs ; le ruisseau qui coule près de la cité s'appelle Hoplitès. » 7. En entendant ces mots, le Spartiate se mit à pleurer en disant : « L'homme ne peut fuir sa destinée. » Apparemment, Lysandre avait reçu autrefois un oracle, ainsi conçu :

> Garde-toi je te prie, de l'Hoplitès sonore,
> Et du dragon rusé, qui est fils de la terre
> Et qui vient par-derrière.

8. Mais, selon certains, l'Hoplitès ne coule pas vers Haliarte ; c'est un torrent des environs de Coronée qui se jette dans le Phalaros, près de cette cité : on l'appelait autrefois Hoplias, son nom est maintenant Isomantos. 9. Celui qui tua Lysandre était un homme d'Haliarte, nommé Néochoros, qui avait un dragon comme emblème sur son bouclier : on supposa que c'était à cela que l'oracle faisait allusion. 10. On dit aussi que les Thébains, au cours de la guerre du Péloponnèse, avaient reçu, au temple d'Apollon Isménien, un oracle qui annonçait à la fois la bataille de Délion et celle d'Haliarte[112], qui se produisit trente ans plus tard. 11. En voici le texte :

---

111. *La route de Delphes à Chéronée devait être familière à Plutarque. Panopée est une cité phocidienne.*
112. *La bataille de Délion se déroula en 424 et fut, comme Haliarte, une victoire thébaine.*

> Lorsque avec des épieux tu traqueras les loups,
> Garde-toi des confins et de l'Orchalidès
> Dont le renard jamais ne quitte les hauteurs.

12. Le dieu appelait confins la région de Délion, où se trouve la frontière entre la Béotie et l'Attique, et Orchalidès la colline qu'on nomme à présent la Renardière : elle se trouve dans la partie du territoire d'Haliarte qui fait face à l'Hélicon[113].

XXX. 1. Telle fut la fin de Lysandre. Les Spartiates en furent si affectés qu'ils intentèrent aussitôt au roi un procès capital[114]. Il n'osa pas le soutenir et s'enfuit à Tégée, où il passa le reste de sa vie comme suppliant dans le sanctuaire d'Athéna. 2. La pauvreté de Lysandre, qui fut révélée après sa mort, rendit sa valeur encore plus éclatante : après avoir eu tant d'argent et de puissance, avoir été tellement courtisé par des cités et par un roi, il n'avait pas relevé l'éclat de sa maison en l'enrichissant, si peu que ce fût[115], ainsi que le raconte Théopompe qui est plus digne de foi quand il loue que lorsqu'il blâme, car il blâme plus volontiers qu'il ne loue.
3. Plus tard, selon Éphore, une contestation s'étant élevée à Sparte avec les alliés, les Spartiates durent rechercher des écrits que Lysandre avait conservés chez lui. Agésilas se rendit dans sa maison, 4. et découvrit le papyrus qui contenait le discours sur la constitution[116], déclarant qu'il fallait enlever la royauté aux Eurypontides et aux Agiades pour la proposer à tous et choisir le roi parmi les meilleurs. Agésilas s'apprêtait à porter ce discours à ses concitoyens, et à leur montrer quel genre de citoyen Lysandre avait été, à leur insu. 5. Mais Lacratidas, un homme de bon sens qui était alors président des éphores, l'en détourna : il ne fallait pas, lui dit-il, déterrer Lysandre, mais bien plutôt enterrer avec lui un discours si persuasif et si perfide. 6. On rendit donc à Lysandre, après sa mort, de nombreux honneurs ; les prétendants de ses filles[117], qui s'étaient dédits lorsqu'on avait découvert à son décès combien il était pauvre, furent notamment frappés d'une amende pour l'avoir courtisé quand ils le croyaient riche, puis abandonné lorsque son dénuement avait révélé sa justice et ses qualités morales. 7. Il y avait apparemment à Sparte des châtiments prévus contre ceux qui ne se mariaient pas, ceux qui se mariaient tard, et ceux qui concluaient de mauvais mariages[118] ; dans

---

113. *Plutarque évoque ici une région qu'il connaît bien puisqu'il s'agit de la Béotie et de ses confins.*
114. *C'est à la fois pour être arrivé trop tard à Haliarte, avoir conclu une trêve avec l'ennemi et avoir dix ans auparavant favorisé le rétablissement de la démocratie à Athènes qu'un procès fut intenté à Pausanias. Plutarque avait déjà fait allusion à ce procès (supra, XXI, 7), ne donnant comme raison que le rôle joué en faveur des démocrates athéniens.*
115. *Plutarque revient ici sur l'indifférence de Lysandre pour la richesse, déjà soulignée en II, 6.*
116. *Il s'agit sans doute du discours qu'il avait commandé au rhéteur Cléon d'Halicarnasse (voir supra, XXV, 1). Voir Dictionnaire, « Écrit/Écriture ».*
117. *Il a déjà été question des filles de Lysandre, supra, II, 7.*
118. *Sur le contrôle exercé par la cité sur les mariages, voir Xénophon*, République des Lacédémoniens, *I, 6 et* Lycurgue, *XV, 2-3.*

ce dernier cas, il s'agissait surtout de gens qui s'alliaient à des familles riches, au lieu de rechercher des personnes vertueuses de leur entourage. 8. Voilà notre récit concernant Lysandre.

SYLLA

I. 1. Lucius Cornelius Sylla était par sa naissance un patricien (ce que nous pourrions appeler un «eupatride»)[1]. Un de ses ancêtres, Rufinus, parvint, dit-on, au consulat, mais il est moins connu par cet honneur que par le déshonneur qui le frappa : on découvrit qu'il possédait plus de dix livres de vaisselle d'argent, ce que la loi interdisait, et pour cette raison il fut exclu du Sénat[2]. 2. Ses descendants vécurent ensuite dans l'obscurité, et Sylla lui-même fut élevé avec des ressources qui n'étaient pas considérables. 3. Dans son adolescence, il habita une maison de location, pour laquelle il payait un loyer modique, ce qui lui fut par la suite reproché : on jugea que sa prospérité était imméritée. 4. Comme, après la campagne d'Afrique[3], il se vantait et prenait de grands airs, un des notables d'Athènes lui lança, dit-on : «Comment serais-tu un homme de bien, toi qui possèdes tant de richesses, alors que ton père ne t'avait rien laissé?» 5. Certes, les Romains ne conservaient plus, dans leur manière de vivre, leurs mœurs droites et pures d'autrefois ; ils s'étaient laissés fléchir et corrompre par le goût du luxe et de la dépense, mais ils continuaient à accabler sous le même blâme ceux qui avaient dissipé leur fortune et ceux qui ne restaient pas fidèles à la pauvreté de leurs pères[4]. 6. Plus tard, à l'époque où Sylla était devenu maître absolu et faisait périr de nombreuses personnes, un fils d'affranchi, qui était accusé de cacher un proscrit et allait être précipité[5] pour cette raison, rappela amèrement à Sylla qu'ils avaient vécu longtemps dans la même maison, où ils payaient un loyer, lui pour l'appartement d'en haut, de deux mille sesterces, et Sylla pour le rez-de-chaussée, de trois mille sesterces : 7. la différence de leurs fortunes était donc de mille sesterces, ce qui équivaut à deux cent cinquante drachmes attiques[6]. Voilà ce que l'on dit de l'ancienne fortune de Sylla[7].

---

1. Plutarque situe d'emblée l'appartenance sociale de Sylla, né en 138 avant J.-C. «Eupatride» (de naissance noble) est la transcription grecque du latin «patricien».
2. Ce Publius Cornelius Rufinus, consul en 290 et 277, dictateur vers 285, s'illustra dans les guerres de Rome contre les Samnites. Les sources ont gardé le souvenir de son expulsion du Sénat (voir Broughton, 1960, p. 196). Le prestige de la famille Cornelia Rufina fut compromis par cette sanction déshonorante. Sylla sera le premier descendant de Rufinus à renouer avec la magistrature suprême, le consulat (en 88).
3. En 107 et 106, Sylla fut questeur auprès de Marius (voir infra, III, 1) dans la guerre contre Jugurtha.
4. Thème classique de la décadence de Rome provoquée par l'accumulation des richesses, alors que la pauvreté et la simplicité des mœurs étaient la plus grande force des Romains.
5. Les condamnés pour meurtre et haute trahison étaient jetés du haut de la Roche Tarpéienne, immédiatement au sud-est de la colline du Capitole.
6. Une drachme (Plutarque écrit pour des Grecs) équivaut à un denier romain, soit à quatre sesterces.
7. Cette pauvreté est à relativiser. Si les Sullae ne pouvaient rivaliser avec la richesse considérable de certaines grandes familles romaines, ils n'étaient pas misérables pour autant (voir Hinard, 1985, p. 21-22).

II. 1. On peut juger de son aspect physique par ses statues; quant à ses yeux, ils avaient un éclat terriblement perçant que rien n'adoucissait et que le teint de son visage rendait encore plus effrayant à voir: 2. il était d'un rouge foncé, parsemé de taches blanches, ce qui lui valut, dit-on, son surnom, qui faisait allusion à sa peau[8]. Un des railleurs d'Athènes s'en est moqué, dans le vers suivant:

Sylla est une mûre enduite de farine[9].

3. Il n'est pas déplacé d'invoquer de tels arguments à propos d'un homme naturellement fort enclin à la plaisanterie: encore jeune et inconnu, il passait son temps avec des mimes et des bouffons, dont il partageait la vie de débauche. 4. Lorsqu'il fut devenu maître absolu, il réunissait, chaque jour, les plus impudents des acteurs et des gens de théâtre, pour boire et faire assaut de railleries avec eux. Cette conduite paraissait peu convenable pour son âge et, sans parler du déshonneur qu'il infligeait à la dignité de sa charge, elle le poussait à négliger de nombreuses affaires qui réclamaient ses soins[10]. 5. Il était impossible, lorsque Sylla dînait, de l'entretenir de rien de sérieux. Cet homme, énergique et plutôt sombre le reste du temps, se transformait du tout au tout dès qu'il se rendait à ces réunions et à ces beuveries: il était sous la coupe des mimes et des danseurs, se soumettait et obtempérait à toutes leurs requêtes. 6. Ces mœurs si relâchées le rendirent malade, semble-t-il[11]; elles expliquent aussi son tempérament amoureux et son goût pour les voluptés, qui ne cessa même pas avec la vieillesse; il resta toute sa vie amoureux du comédien Métrobios, dont il s'était épris dans sa jeunesse[12]. 7. Il lui arriva également l'histoire suivante. Il était tombé amoureux d'une femme facile certes, mais fort riche, nommée Nicopolis, dont il devint, à force de la fréquenter et grâce à son charme juvénile, l'amant en titre, si bien que cette créature, à sa mort, fit de

---

8. *Quintilien* (De l'Institution Oratoire, *I, 4, 25*) *confirme cette étymologie (voir aussi* Coriolan, *XI, 6*). *Macrobe explique* (Saturnales, *I, 17, 27*) *que* Sulla *dérive, par contraction, de* Sibylla, *surnom donné à un ancêtre qui avait consulté les Livres Sibyllins en 212. Fantaisiste, cette explication a pu être exploitée par Sylla. Les surnoms* (cognomina) *romains étaient très souvent liés à un caractère physique, psychologique ou moral. Héréditaires, ils distinguaient les différentes branches d'une même famille* (gens). *C'est vers le milieu du* IIIe *siècle qu'un ancêtre de Sylla prit le surnom* Sulla *à la place de* Rufinus *(voir* Aulu-Gelle, Nuits attiques, *I, 12, 16); cette substitution voulait rompre avec un passé récent et encombrant (voir* supra, *I, 1).*
9. *Vers repris dans les* Moralia, Du bavardage, *7, 505 B. Sylla eut à subir les railleries des Athéniens à deux autres reprises: voir* infra, *VI, 23 et XIII, 1.*
10. *Plutarque, en évoquant les mœurs dissolues de Sylla (voir aussi XXXVI, 1-2), se fait l'écho de la tradition anti-syllanienne rapidement développée après la mort du dictateur (voir Hinard, 1985). Salluste* (Jugurtha, *95, 3) brosse un portrait plus nuancé: « Sylla était passionné pour le plaisir, mais plus passionné encore pour la gloire. Voluptueux dans ses loisirs, il ne se laissa pourtant jamais détourner des affaires par la volupté. »*
11. *Voir* infra, *XXXVI, 3, où Plutarque reprend cette idée pour expliquer la mort de Sylla.*
12. *Les affirmations concernant les relations entre Sylla et Métrobios (voir également XXXVI, 2) semblent dériver du courant hostile à Sylla.*

lui son héritier. 8. Il hérita aussi de sa belle-mère, qui le chérissait comme son propre fils ; ces deux successions lui assurèrent une relative aisance.

III. 1. Nommé questeur, il embarqua avec Marius, alors consul pour la première fois, et se rendit en Afrique, afin de faire la guerre à Jugurtha[13]. 2. Une fois arrivé au camp, il s'illustra, profitant notamment d'une occasion favorable pour se concilier l'amitié de Bocchus, roi des Numides[14]. 3. Il avait recueilli des ambassadeurs de ce prince, qui avaient échappé à des brigands numides ; il les traita avec générosité et les renvoya avec des présents et une escorte solide. 4. Or, il se trouvait que Bocchus haïssait et redoutait depuis longtemps Jugurtha, son gendre qui, vaincu, s'était alors réfugié auprès de lui. Bocchus résolut de le trahir et fit venir Sylla, préférant que ce soit ce dernier, plutôt que lui-même, qui arrêtât Jugurtha et le livrât aux Romains. 5. Sylla, après avoir communiqué l'affaire à Marius, prit un petit nombre de soldats et s'exposa à un danger immense, en comptant sur la loyauté d'un Barbare qui se montrait déloyal même avec ses plus proches parents : pour capturer Jugurtha, il se remit lui-même entre les mains de l'ennemi. 6. Bocchus, qui les tenait tous deux en son pouvoir et s'était mis dans l'obligation de trahir l'un ou l'autre, hésita longuement. Pour finir, il donna la préférence à son premier projet et livra Jugurtha à Sylla[15]. 7. Certes, ce fut Marius qui remporta le triomphe sur Jugurtha, mais la jalousie qu'inspirait Marius fit attribuer à Sylla la gloire de ce succès – ce dont Marius conçut un secret dépit. 8. Sylla lui-même, qui par nature aimait à se vanter et qui, après avoir connu une vie humble et obscure, se voyait alors pour la première fois considéré par ses concitoyens, savourait les honneurs qu'on lui rendait ; il poussa si loin la vanité qu'il fit graver l'image de cet exploit sur un anneau, qu'il portait et dont il se servait toujours. 9. On y voyait Bocchus livrer Jugurtha et Sylla le recevoir[16].

---

13. *Rome déclara la guerre à Jugurtha au début de 111, en grande partie pour préserver ses intérêts commerciaux en Numidie. En 107, le consul Caius Marius succéda à Caecilius Métellus dans la conduite de la guerre (voir* Marius, *X, 1-2). En fait, Sylla ne rejoignit Marius en Afrique qu'après s'être acquitté de sa tâche consistant à recruter chez les alliés italiques une troupe auxiliaire de cavaliers (Salluste,* Jugurtha, *95, 1).*

14. *Bocchus, en réalité roi de Maurétanie, était le beau-père de Jugurtha (voir Salluste,* Jugurtha, *80, 6).*

15. *Pour plus de détails sur les tractations secrètes menées par Sylla ainsi que sur les multiples tergiversations de Bocchus, voir* Marius, *X, 4-6 et surtout Salluste,* Jugurtha, *102-114.*

16. *Si Marius reçut les honneurs de la victoire sur Jugurtha (triomphe en janvier 104), les clients de Sylla et la noblesse romaine, qui n'appréciaient guère la démagogie de l'« homme nouveau » Marius, attribuèrent le mérite de la victoire à Sylla, l'homme qui avait capturé Jugurtha (voir* Marius, *X, 7-9). Sylla exploita son haut fait comme un tremplin politique. L'image de Bocchus lui livrant Jugurtha enchaîné marqua les esprits : Pline l'Ancien (*Histoire naturelle, *37, 9) et Valère Maxime (*Faits et dits mémorables, *VIII, 14, 4) évoquent le sceau de Sylla, et le revers d'un denier de Faustus, le deuxième fils de Sylla, frappé vers 56, représente la scène (voir Crawford, 1974, n° 426/1). Voir également* infra, *VI, 1.*

IV. 1. Tout cela contrariait Marius mais, jugeant Sylla encore trop faible pour mériter sa jalousie, il l'employa dans ses différentes campagnes[17]: au cours de son deuxième consulat, il le prit pour légat, et durant le troisième, pour tribun militaire[18]. Beaucoup de succès furent remportés grâce à Sylla. 2. Lorsqu'il était légat, par exemple, il s'empara de Copillus, le chef des Tectosages[19], et durant son tribunat militaire, il décida les Marses[20], nation importante et peuplée, à devenir amis et alliés des Romains. 3. Mais, remarquant que ces succès attiraient sur lui la haine de Marius, qui ne lui laissait plus qu'à contrecœur des occasions d'agir et s'opposait à son avancement, Sylla s'attacha au collègue de Marius au consulat, Catulus, homme vertueux, mais dépourvu d'énergie au combat[21]. 4. Catulus lui confia les responsabilités de première importance, ce qui augmenta encore l'influence de Sylla, ainsi que sa gloire. 5. Il soumit par les armes une grande partie des Barbares qui vivent dans les Alpes[22]. Comme les vivres manquaient, il s'en chargea et procura tant de ressources à son armée que les soldats de Catulus furent dans l'abondance et purent même ravitailler ceux de Marius, lequel en fut fort mécontent, comme Sylla le dit lui-même[23]. 6. Leur hostilité, qui avait eu un point de départ et des motifs si faibles et si puérils, devait, par le massacre des citoyens et des guerres civiles impitoyables, conduire à la dictature et au bouleversement de toute la vie politique[24]. On put voir à quel point Euripide était sage et fin connaisseur des maladies

---

17. La guerre contre Jugurtha n'était pas achevée que Rome devait faire face à un nouveau danger: des peuplades venues du Jutland, les Cimbres et les Teutons, avaient envahi la Provincia (future province de Narbonnaise) en 113, à la recherche de terres. Les expéditions romaines, entre 109 et 105, échouèrent. Marius, homme de la situation après sa victoire africaine, fut élu consul pour la deuxième fois en 104 (cette charge lui fut renouvelée cinq années consécutives, jusqu'à 100, phénomène inédit à Rome) et chargé de mettre fin à l'invasion barbare. Voir Marius, *XI, 1-5 et XII, 1-2.*

18. Le légat était un sénateur chargé de commander une légion; le tribun militaire était un officier supérieur, le plus souvent un chevalier, avec rang de magistrat.

19. Les Volsques Tectosages, tribus celtes installées dans la région toulousaine, profitèrent des troubles causés par les Cimbres et les Teutons pour tenter de s'affranchir de la tutelle de Rome.

20. Ces Marses sont, non pas ceux d'Italie, mais peut-être une peuplade de Germanie (voir Tacite, Germanie, *2). À moins qu'il ne s'agisse d'une erreur de manuscrit.*

21. Quintus Lutatius Catulus fut consul en 102. Marius entamait alors son quatrième consulat (le troisième d'affilée); voir Marius, *XIV, 14.*

22. Peut-être les Tigurins que mentionne Florus, Œuvres, *I, 38.*

23. Après son abdication, en 79, Sylla rédigea ses Mémoires. Il mourut avant d'en avoir achevé le vingt-deuxième et dernier livre (voir infra, XXXVII, 1) que Lucullus, son exécuteur testamentaire (à qui les Mémoires *étaient dédiés: voir infra, VI, 10 et* Lucullus, *I, 4; IV, 5), fit compléter par le secrétaire de Sylla, l'affranchi Épicadus. Plutarque les a consultés; ils constituent la principale source de cette* Vie. *Ces* Mémoires *tenaient plus de l'apologie que du précis historique; la prudence est de rigueur dès que Plutarque s'en inspire, surtout lorsqu'il est question, comme ici, de Marius, dont Sylla avait très probablement noirci le portrait (voir également* Marius, *XXV, 7 et XXVI, 5).*

24. C'est à partir de la capture de Jugurtha par Sylla que les relations entre ce dernier et Marius commencèrent à se détériorer (voir supra, III, 7 et Marius, *X, 7). Voir aussi* Dictionnaire, *«Guerre».*

des cités, lorsqu'il conseillait de se garder de l'ambition qui est, pour ceux qui s'y abandonnent, le *démon* le plus funeste et le plus malfaisant[25].

V. 1. Sylla, considérant que la gloire de ses exploits militaires était suffisante pour lui permettre de briguer des fonctions politiques, se consacra, dès son retour de campagne, à circonvenir le peuple; il se porta candidat à la préture urbaine, mais échoua[26], 2. ce dont il rejeta la responsabilité sur la foule. D'après lui[27], son amitié avec Bocchus étant bien connue, on espérait, s'il était édile avant d'être préteur, qu'il offrirait des chasses splendides et des combats qui mettraient aux prises des fauves d'Afrique: on aurait élu d'autres que lui à la préture pour le forcer à être d'abord édile[28]. 3. Mais de toute évidence, Sylla n'indique pas la véritable cause de son échec. Les faits le contredisent, 4. car l'année suivante, il obtint la préture en flattant le peuple et en lui distribuant de l'argent. 5. Aussi, pendant sa préture, un jour où il disait avec colère à César[29] qu'il userait contre lui de l'autorité qui lui appartenait, César répliqua en riant: «Tu as raison de dire qu'elle t'appartient; tu la possèdes parce que tu l'as achetée!» 6. Après sa préture, il fut envoyé en Cappadoce[30]. Le prétexte officiel de cette expédition était de rétablir Ariobarzane, mais sa véritable raison était de barrer la route à l'activisme de Mithridate qui s'agitait et doublait, par ses conquêtes, l'empire et la puissance dont il disposait[31]. 7. Les troupes de Sylla n'étaient

---

25. Voir Les Phéniciennes *d'Euripide, v. 531-534, où Jocaste dit à son fils Étéocle: «À la pire des divinités, l'Ambition, pourquoi t'attacher, mon enfant? Ah! n'en fais rien. C'est une déesse sans justice. Dans bien des maisons et des cités heureuses son entrée et son départ ont fait la perte de ses fidèles.»*
26. Cette candidature malheureuse date probablement non de 95, mais de 99. Cette interprétation concorde avec le récit de Plutarque: la campagne contre les Barbares s'acheva fin 101. La préture urbaine de Sylla (§ 4) daterait de 97.
27. Comme en IV, 5, le biographe se réfère aux Mémoires *de Sylla.*
28. Les édiles étaient quatre magistrats élus chaque année. Ils avaient en particulier la charge d'organiser les jeux publics (la cura ludorum*): excellent moyen d'acquérir une popularité en vue de leur carrière future. Second degré du* cursus honorum, *après la questure, l'édilité n'était toutefois pas obligatoire.*
29. Non pas Jules César, qui n'avait que 3 ans, mais plutôt son parent éloigné Caius Julius Caesar Strabo (édile curule en 90), voire son oncle Sextus Julius Caesar (consul en 91).
30. En 97, Sylla obtint la charge de propréteur (avec rang de proconsul) de Cilicie, une province romaine (depuis 101) située dans l'actuelle Turquie, au nord de Chypre; il était à ce titre également chargé des affaires de Cappadoce, région située au nord de la Cilicie et à l'ouest de l'Euphrate (voir carte p. 2155).
31. Mithridate VI Eupator, roi du Pont (sur la rive sud de la mer Noire), rêvait de se créer un grand empire. Il profita des difficultés de Rome face aux Cimbres et aux Teutons pour étendre son royaume, notamment en Cappadoce, menaçant la présence romaine en Orient. Il installa son fils, Ariarathès IX, sur le trône de Cappadoce avec comme régent Gordios, un noble cappadocien qui lui était dévoué; mais ils durent céder la place à Ariobarzane, autre Cappadocien favorable à Rome et soutenu par le Sénat. Mithridate poussa son gendre Tigrane, roi d'Arménie, à chasser Ariobarzane pour rétablir Gordios. En 97, Rome envoya Sylla pour faire échec à Mithridate en chassant Gordios au profit d'Ariobarzane (futur Philoromeos: «ami des Romains»). Mais en 89, Mithridate détrôna à nouveau Ariobarzane, en même temps qu'il chassa Nicomède IV de Bithynie (voir infra, VII, 1 et note).

pas nombreuses, mais il bénéficiait de l'appui empressé des alliés ; après avoir tué un grand nombre de Cappadociens et un nombre plus considérable encore d'Arméniens venus à leur secours, il chassa Gordios et désigna Ariobarzane comme roi.
8. Pendant son séjour sur les bords de l'Euphrate, il eut une entrevue avec le Parthe Orobaze, ambassadeur du roi Arsacès. Les deux peuples n'avaient jamais été en contact auparavant. Ce fut donc, semble-t-il, la Fortune exceptionnelle de Sylla qui fit de lui le premier des Romains à entrer en pourparlers avec les Parthes, au moment où ils demandaient alliance et amitié[32]. 9. À cette occasion, il fit, dit-on, apporter trois sièges, l'un pour Ariobarzane, le second pour Orobaze, le troisième pour lui, et il s'assit au milieu, entre les deux autres, pour mener la négociation. 10. Ce fut pour cette raison que le roi des Parthes fit, plus tard, tuer Orobaze[33]. Quant à Sylla, les uns louèrent l'orgueil dont il avait fait preuve ; les autres lui reprochèrent de s'être montré grossier et méprisant hors de propos. 11. On raconte qu'un Chaldéen, qui faisait partie de l'escorte d'Orobaze, considéra le visage de Sylla et observa les mouvements de sa pensée et ceux de son corps ; cet examen n'avait rien de superficiel : il étudiait ainsi sa nature, conformément aux principes de son art. Il déclara : « Cet homme deviendra très grand, c'est inévitable. Je me demande même comment maintenant il peut supporter de ne pas être le premier de tous[34]. » 12. Quand Sylla fut de retour, Censorinus[35] lui intenta un procès de concussion, l'accusant d'avoir extorqué illégalement une grande quantité d'argent à un royaume ami et allié. Mais Censorinus ne se présenta pas au procès et se désista de son accusation.

VI. 1. Cependant, le conflit entre Marius et Sylla se ralluma et trouva un nouvel aliment dans l'ambition de Bocchus. Ce dernier, désireux à la fois de flatter le peuple de Rome et de plaire à Sylla, consacra, sur le Capitole, des Victoires porte-trophées et, à côté d'elles, un groupe sculpté en or, le représentant en train de livrer Jugurtha à Sylla. 2. Marius, violemment irrité, avait l'intention de jeter à bas ces statues ; une

---

32. Velleius Paterculus (Histoire romaine, II, 24, 3) et Tite-Live (Abrégé, 70, 7) attestent également ce premier contact entre Rome et l'immense empire parthe, qui s'étendait de l'Euphrate à l'Inde. Les manœuvres en Cappadoce et en Arménie, à la marge occidentale de cet empire, inquiétaient le roi des Parthes, Arsacès, qui avait par ailleurs des difficultés sur ses frontières orientales.

33. En prenant place entre Ariobarzane et Orobaze, Sylla s'attribuait la préséance dans la négociation. Arsacès considéra que son ambassadeur, représentant des Parthes, aurait dû traiter avec les Romains sur un pied d'égalité.

34. Selon Velleius Paterculus (II, 24, 3), des « mages » de l'ambassade parthe « déclarèrent que certaines marques sur son corps indiquaient qu'il serait l'égal des dieux de son vivant et après sa mort ». Le verbe employé (« on raconte ») renvoie sans doute aux Mémoires de Sylla. Il est question infra, XXXVII, 2, de la même prédiction, qui dut faire forte impression sur Sylla. Quand il commença ses Mémoires, la prophétie avait pris une dimension supérieure en se réalisant : dictateur sans limite de temps, Sylla était devenu le premier de tous les Romains et le favori des dieux, sinon leur égal.

35. Ce Censorinus lutta ensuite du côté des marianistes pendant la guerre civile. Selon Appien (Guerres civiles, I, 71), c'est lui qui aurait décapité le consul Octavius lorsque Marius et Cinna, profitant du départ de Sylla pour la Grèce, investirent Rome, en 87 (voir Marius, XLII, 8).

autre faction soutenait Sylla, et les deux camps étaient sur le point d'enflammer la cité lorsque la guerre sociale, qui couvait depuis longtemps et menaçait la ville, s'embrasa soudain et arrêta provisoirement le conflit[56]. 3. Au cours de cette guerre, qui fut très violente, pleine de bouleversements, et qui exposa les Romains à de nombreux maux et aux dangers les plus graves[57], Marius ne put donner aucune preuve de vaillance et fit bien voir que la vertu guerrière exige jeunesse et vigueur[58]. 4. Sylla en revanche accomplit beaucoup d'actions mémorables: ses concitoyens le tinrent pour un grand chef, les alliés pour le plus grand de tous et les ennemis eux-mêmes jugèrent qu'il était un homme particulièrement aimé de la Fortune[59]. 5. Il ne réagit pas à ce jugement comme Timothée[40], fils de Conon, dont les adversaires attribuaient les succès à sa Fortune: ils avaient fait un tableau le représentant endormi tandis que la Fortune jetait ses filets autour des cités. Or Timothée s'était irrité comme un rustre contre les auteurs de cette peinture, jugeant qu'ils le dépouillaient de la gloire de ses exploits. Un jour qu'il revenait d'une expédition qui paraissait avoir bien réussi, il lança, devant l'assemblée du peuple: « Dans cette expédition, en tout cas, la Fortune ne joue aucun rôle[41]. » 6. Une telle arrogance piqua, dit-on, l'orgueil de la divinité[42]. Timothée ne fit désormais plus rien de brillant, échoua entièrement dans ses entreprises et irrita le peuple au point, pour finir, d'être chassé de la cité. 7. Sylla, au contraire, acceptait avec plaisir d'être

---

36. Dans Marius (XXXII, 3-5), l'épisode de la guerre sociale est introduit de façon tout à fait similaire.
37. La guerre sociale, ou guerre des alliés (socii), se déclencha en 91, lorsque Marcus Livius Drusus, tribun de la plèbe, fut assassiné après qu'il eut proposé d'accorder la citoyenneté aux alliés italiens. Les Marses puis les Samnites furent les premiers à se révolter, et à leur suite la majeure partie de l'Italie centrale et méridionale. Grâce à quelques concessions et aux succès remportés par ses généraux, dont Sylla, Rome mit fin à la guerre en 89, mais dut satisfaire les revendications des alliés.
38. Plutarque détaille davantage ce point dans Marius, XXXIII, 1-6. Né vers 156, Marius avait 65 ans au début de la guerre sociale, et Sylla 47.
39. Plutarque interrompt son récit pour s'attarder sur la personnalité religieuse de Sylla. Les Modernes ont fait de lui un dévot de Fortuna, déesse italienne qui fut assimilée à la Tychè hellénistique, capricieuse et versatile, dispensatrice tantôt de chance, tantôt de malchance. En réalité, Sylla se revendiquait felix (heureux, chanceux... voir XXXIV, 3), notion qui véhicule un sens tout à fait différent de la fortuna. Mais Plutarque – en Grec imprégné de la tychè hellénistique – ne saisissait pas vraiment la différence qui séparait la fortuna de la felicitas pour un Latin. Souvent, il assimile donc involontairement la felicitas de Sylla à la tychè qui lui est familière, voire – de façon plus juste – à l'eutychia (bonheur, succès) comme c'est le cas ici (eutychestatou, « le plus chanceux de tous »). Si donc la traduction doit souvent recourir au terme « Fortune », le lecteur doit garder à l'esprit que concernant Sylla, il s'agit le plus souvent de la felicitas, de la chance; voir Champeaux, 1987, p. 216-224 et 230-236.
40. Timothée, homme politique athénien de la première moitié du IVe siècle, passait pour très chanceux. Mais après une brillante carrière de stratège, il fut accusé de trahison (en 356) et condamné à payer l'amende considérable de 100 talents. Il s'exila et mourut en 354.
41. Anecdote reprise dans les Apophtegmes des rois et des empereurs, 187 B-C, avec une autre citation de Timothée: « Si je prends d'aussi grandes villes en dormant, que croyez-vous que je ferai, éveillé?»
42. La divinité en question est la Fortune (Tychè).

considéré comme un homme chanceux qu'on enviait; bien plus, magnifiant ses actes et leur donnant un caractère divin, il les rapportait à la Fortune, soit pour se vanter, soit parce qu'il croyait réellement à une intervention divine[45]. 8. Il a écrit dans ses *Mémoires* que, parmi ses décisions qui passèrent pour les plus avisées, ce furent les actions qu'il osa sans réfléchir, en improvisant au gré des circonstances, qui réussirent le mieux[44]. 9. De plus, lorsqu'il affirme que par nature il était né pour la Fortune plutôt que pour la guerre, il semble accorder un rôle plus grand à la Fortune qu'au mérite et se présenter véritablement comme l'enfant de la divinité. Il attribue même son accord avec Métellus, son égal en dignité et son parent par alliance[45], à un bonheur d'origine divine : il s'attendait, dit-il, à voir Métellus lui causer beaucoup de difficultés, mais lorsqu'ils partagèrent le pouvoir, il trouva en lui le plus doux des collègues. 10. Par ailleurs, il conseille à Lucullus, dans ses *Mémoires*, qui lui sont dédiés, de considérer que rien n'est plus sûr que les ordres donnés en songe par la divinité[46]. 11. Il raconte que, lorsqu'il fut envoyé à la tête d'une armée pour conduire la guerre sociale, une large crevasse s'ouvrit dans le sol, aux environs d'Aesernia[47], d'où jaillirent un grand feu et des flammes brillantes qui s'élevèrent jusqu'au ciel. 12. Les devins déclarèrent alors qu'un homme de bien, à la physionomie remarquable et exceptionnelle, prendrait le pouvoir et débarrasserait la cité des troubles qu'elle connaissait. 13. Or Sylla affirme que cet homme, c'était lui. Sa physionomie avait en effet une particularité, la couleur d'or de sa chevelure ; quant à sa valeur, il n'avait pas honte d'en témoigner lui-même, après les beaux et grands exploits qu'il avait accomplis. Voilà quelle était sa religion[48].

14. En ce qui concerne le reste de son comportement, il manquait, semble-t-il, de cohérence et il était rempli de contradictions. Il prenait beaucoup, mais accordait davantage, honorait ou offensait à contretemps, flattait ceux dont il avait besoin, se montrait hautain avec ceux qui avaient besoin de lui, de sorte qu'on ignore si par nature il était davantage porté à mépriser ou à flatter. 15. Ce manque de cohérence se retrouvait dans les châtiments qu'il infligeait ; il condamnait au supplice pour les

---

43. *Plutarque nous apprend que Timoléon également «rapportait tous ses succès à la Fortune»* (Timoléon, XXXVI, 5).

44. *Voir par exemple infra*, XXVII, 10.

45. *Quintus Caecilius Metellus Pius fut le collègue de Sylla lors du second consulat de celui-ci, en 80. Leur bonne entente devint proverbiale (Plutarque y fait aussi allusion dans ses* Apophtegmes, 202 E). *Métellus Pius était le fils de Métellus Numidicus (qui mena la guerre contre Jugurtha avant d'être évincé par Marius, en 107) et le cousin de Métella, la femme de Sylla (voir § 18). Voir Van Ooteghem (1967), p. 178-184.*

46. *Voir* Lucullus, XXIII, 6.

47. *Aesernia, cité de droit latin du Samnium, resta farouchement fidèle à Rome durant la guerre sociale.*

48. *En rappelant dans ses* Mémoires *l'interprétation de ce prodige d'Aesernia, Sylla engage à distinguer deux niveaux de signification : au moment même de l'événement (au début de la guerre sociale), Sylla dut y voir l'annonce d'un consulat à venir et des réformes qui iraient de pair. Mais au moment où il écrivit ses* Mémoires *(dix ans plus tard), la prédiction avait acquis une tout autre portée : Sylla, dictateur omnipotent, pouvait désormais affirmer qu'elle lui était destinée.*

premières fautes venues et, inversement, tolérait avec indulgence les plus grands forfaits; il faisait volontiers la paix, après des offenses impardonnables, mais infligeait la mort ou la confiscation des biens pour des peccadilles sans importance. On pourrait donc conclure qu'il avait une nature cruelle et vindicative mais que par calcul, il sacrifiait sa rancune à son intérêt. 16. Au cours de cette guerre sociale[49], comme les soldats avaient tué un de ses légats, un ancien consul nommé Albinus[50], à coups de bâtons et de pierres, il n'intervint pas et ne punit pas un si grand crime. Il se vanta même de son indulgence, et répéta partout qu'elle lui permettrait d'avoir des soldats plus ardents à la guerre, qui auraient à cœur de racheter leur faute par leur bravoure. 17. Il ne tint aucun compte des reproches qu'on lui fit; dès cette époque, il était résolu à abattre Marius et, comme la guerre sociale semblait toucher à sa fin, il flattait l'armée placée sous ses ordres, dans l'espoir de se faire donner le commandement de l'expédition contre Mithridate.
18. À son retour à Rome, il fut élu consul avec Quintus Pompeius; il avait cinquante ans[51]. Il fit un mariage brillant en épousant Caecilia, fille du grand pontife Métellus[52].
19. À cette occasion, les membres du parti populaire composèrent beaucoup de chansons satiriques contre lui; nombreux étaient aussi les citoyens de premier rang qui lui en voulaient, jugeant, comme le dit Tite-Live, indigne de cette femme un homme qu'ils avaient jugé digne du consulat[53]. 20. Caecilia ne fut pas sa seule épouse. Sa première femme, qu'il avait épousée lorsqu'il était encore adolescent, Ilia, lui avait donné une fille[54]; après elle, il s'était marié avec Aelia, 21. puis, en troisièmes noces, avec Cloelia[55],

---

49. Après sa longue digression sur la religion et le caractère de Sylla, Plutarque retrouve habilement le cours normal de son récit grâce à une anecdote illustrant son dernier propos.
50. Il s'agit d'Aulus Postumius Albinus, qui fut consul en 99.
51. Sylla, né en 138, avait 49 ans lorsqu'il fut élu consul en 89 pour l'année 88. Son collègue au consulat fut Quintus Pompeius Rufus, dont le fils homonyme épousa Cornélia, la fille de Sylla (voir § 20), mais fut assassiné en 88 par Sulpicius, tribun de la plèbe allié à Marius (voir infra, VIII, 6; Marius, XXXV, 2; Appien, I, 56). Son propre fils frappa deux deniers pour commémorer le consulat commun de ses deux grands-pères (voir Crawford, 1974, n° 434/1 et 2).
52. Lucius Caecilius Metellus Dalmaticus triompha des Dalmates en 117 et fut élu grand pontife en 114 (voir Van Ooteghem, 1967, p. 106-109 et 122-123). Sa fille Caecilia Métella fut d'abord mariée au princeps senatus Marcus Aemilius Scaurus (mort en 89) dont elle eut deux enfants, puis se remaria avec Sylla, en 88. Cette alliance avec les Caecilii Metelli, une des familles les plus influentes du moment à Rome (voir Van Ooteghem, p. 329-334), propulsa Sylla sur le devant de la scène politique romaine.
53. Les livres de Tite-Live concernant cette période ne nous sont pas parvenus. Si l'on se fie à la trame fournie par les Abrégés, Plutarque s'est référé au livre 77.
54. L'authenticité du nom de cette première épouse, Ilia, est plus qu'incertaine; il n'est mentionné que par des textes grecs. Il est probable qu'Aelia ait été en fait la première épouse de Sylla et que Plutarque en a créé une autre par erreur, les transcriptions grecques des noms latins étant parfois hasardeuses (voir Hinard, 1985, p. 27). La fille dont il est question (et qui serait donc celle d'Aelia) est sûrement cette Cornélia qui se maria avec le fils de Pompeius Rufus.
55. On ne sait rien de cette deuxième épouse de Sylla, sinon qu'elle devait appartenir à une vieille famille patricienne.

qu'il répudia pour cause de stérilité, mais en la traitant avec considération, en la comblant d'éloges et de présents. Cependant, quelques jours plus tard, il épousait Métella, ce qui fit penser qu'il avait accusé Cloelia à tort. 22. En tout cas, il se montra toujours très respectueux avec Métella, à tel point que lorsque le peuple romain désira le retour des partisans de Marius et se heurta au refus de Sylla, il en appela, à grands cris, à Métella[56]. 23. On supposa aussi que, s'il traita les Athéniens avec tant de dureté, après avoir pris leur ville, c'était parce que du haut des remparts, ils avaient lancé contre Métella des propos insultants[57].

VII. 1. Mais cela se passa plus tard. Pour lors Sylla, considérant que le consulat était peu de chose en comparaison du brillant avenir qui l'attendait, tournait toutes ses pensées vers la guerre contre Mithridate[58]. 2. Mais Marius lui faisait obstacle, animé par un désir maniaque de gloire et par l'ambition, passions qui, chez lui, ne vieillissaient pas : il avait le corps alourdi et avait dû renoncer aux dernières campagnes, et pourtant il désirait participer à cette expédition lointaine, au-delà de la mer[59]. 3. Sylla partit rejoindre l'armée pour achever la campagne, mais Marius resta sur place[60], où il trama cette guerre civile fatale qui fit à Rome plus de tort que tous ses ennemis réunis[61]. La divinité l'annonça par de nombreux signes. 4. Le feu prit de lui-même aux hampes des enseignes et l'on eut beaucoup de mal à l'éteindre. Trois corbeaux amenèrent leurs petits sur la route et les dévorèrent, puis rapportèrent leurs restes dans leurs nids. 5. Dans un temple, des souris rongèrent de l'or consacré. Ceux qui étaient chargés de l'entretien du temple en prirent une au piège : c'était une femelle qui dans la souricière même mit bas cinq petits et en dévora trois[62]. 6. Mais le signe le plus important de tous, ce fut, dans un ciel pur et sans nuage, le son d'une trompette qui fit entendre une voix aiguë et plaintive : tous furent épouvantés et frappés de stupeur par sa puissance. 7. Les haruspices étrusques déclarèrent que ce prodige annonçait l'avènement d'une race nouvelle et une transformation complète du monde[63]. 8. D'après eux, il y a au total huit races qui diffèrent les unes des autres par leurs vies

---

56. Cette scène eut sans doute lieu en 81, après les proscriptions, et avant fin octobre, date de la mort de Métella.

57. Voir infra, XIII, 1. Sylla prit Athènes le 1ᵉʳ mars 86 (sur le saccage de la ville, voir infra, XIV, 4-10).

58. Les interventions romaines en Orient (notamment celle de Sylla en 96 : voir supra, V, 6-7) ne firent que retarder les ambitions de Mithridate. Fin 89, profitant de la guerre sociale, le roi du Pont envahit la riche Bithynie de Nicomède IV, allié des Romains, et fit massacrer des milliers de Romains et d'Italiens établis en Asie Mineure (voir Appien, Guerres mithridatiques, 22).

59. Voir supra, VI, 3, ainsi que Marius, XXXIV, 5-7.

60. C'est-à-dire à Rome. L'armée de Sylla était stationnée en Campanie (région de Naples).

61. Pour un récit continu des événements de cette première guerre civile romaine, voir Appien, Guerres civiles, I, 55-63.

62. Pour les prodiges des corbeaux et de la souris, la métaphore de Rome dévorant ses enfants, c'est-à-dire ses propres citoyens, dans des luttes intestines, est évidente.

63. Prêtre de Delphes, Plutarque est passionné par tout ce qui touche à la divination. Les prodiges annonçant la guerre civile lui permettent une petite digression (§ 8-11) sur la mantique étrusque.

et leurs mœurs; à chacune, la divinité a imparti une durée déterminée par la révolution d'une grande année. 9. Lorsque cette révolution prend fin et qu'une autre commence, un signe étonnant se produit sur la terre ou dans le ciel; il indique à ceux qui sont compétents en ces matières et qui les ont étudiées, que viennent de naître des hommes au caractère et aux modes de vie différents, dont les dieux se soucient moins ou davantage que de leurs devanciers. 10. D'après eux, lorsque se produit ce changement de race, tout subit de grandes transformations, notamment la divination. Parfois, elle grandit dans l'estime des hommes et ses prédictions se réalisent, la divinité donnant des signes purs et évidents. Parfois, en revanche, lors de l'avènement d'une nouvelle race, elle est rabaissée: la plupart des consultations se font de manière hasardeuse, et elle ne dispose que d'instruments émoussés et obscurs pour saisir l'avenir[64]. 11. Tels étaient en tout cas les récits mythologiques que faisaient les Étrusques les plus instruits, ceux qui passaient pour en savoir plus que les autres. 12. Or, au moment où le Sénat, réuni dans le temple de Bellone[65], donnait audience aux devins pour étudier ces questions, un moineau y entra, aux yeux de tous, avec une cigale dans son bec: il en laissa tomber une partie et ressortit avec l'autre. 13. Les augures[66] y virent l'annonce d'une guerre civile et d'un conflit entre les gens de la campagne et la plèbe urbaine du forum: cette dernière, disaient-ils, était bruyante comme la cigale, tandis que les paysans[67] habitaient les champs.

VIII. 1. Marius s'adjoignit alors le tribun de la plèbe Sulpicius, un homme qui, par la profondeur de sa scélératesse, ne le cédait à personne: on ne se demandait pas qui il surpassait en méchanceté, mais en quel genre de méchanceté il se surpassait lui-même[68]. 2. Sa cruauté, son audace et son avidité ne reculaient devant aucune honte

---

64. *La popularité fluctuante de la mantique à travers les époques a beaucoup préoccupé Plutarque. Voir* Sur les oracles de la Pythie *et* Le déclin des oracles.
65. *Le temple de Bellone, vieille déesse romaine de la guerre, était situé sur le Champ de Mars, en dehors du pomoerium, l'enceinte sacrée de Rome. Cette localisation en faisait un lieu de réunion pour le Sénat quand celui-ci devait rencontrer des généraux rentrant de guerre (voir aussi* infra, *XXX, 3). Sur Bellone, voir* infra, *IX, 7 et note.*
66. *Les augures formaient un des quatre grands collèges de prêtres à Rome; Sylla porta leur nombre de 9 à 15. Leur tâche consistait à répondre aux questions du Sénat et à assister les magistrats dans la prise des auspices.*
67. *Sous-entendu: comme les moineaux* (N.d.T).
68. *Le récit des troubles précédant la guerre civile (VIII, 1-IX, 4) suit la même trame, moins détaillée, que dans* Marius, *XXXIV, 1-XXXV, 6. Sur Publius Sulpicius Rufus, voir* Marius, *XXXIV, 1; XXXV, 1-2. Les tribuns de la plèbe, magistrats sans* imperium, *pouvaient, par leur veto, bloquer des élections ou des décrets du Sénat. Depuis les années 130-120 (voir la* Vie des Gracques), *ils étaient (re)devenus un véritable contre-pouvoir à caractère révolutionnaire (voir* Question romaine *81). Durant sa dictature, Sylla n'oublia pas les problèmes que lui avaient posés des tribuns de la plèbe comme Sulpicius et Vergilius (voir* infra, *X, 8) et le danger que représentait cette institution pour la stabilité politique de la Rome aristocratique: il réduisit considérablement sa puissance et en fit une magistrature rédhibitoire pour qui voulait faire carrière en politique.*

ni aucun crime : il vendait même, sans se cacher, le droit de cité romain[69] à des affranchis et à des étrangers, et se faisait payer sur un comptoir dressé en plein forum. 3. Il entretenait trois mille hommes en armes et une foule de jeunes chevaliers prêts à tout, qu'il avait toujours autour de lui et qu'il nommait l'Antisénat[70]. 4. Il avait fait passer une loi interdisant à un sénateur d'avoir plus de deux mille drachmes de dettes, mais il en laissa lui-même à sa mort pour plus de trois millions. 5. Tel était l'homme que Marius lâcha sur le peuple. Il bouleversa tout par la violence et le fer, et fit voter des lois criminelles, notamment celle qui accordait à Marius le commandement de la guerre contre Mithridate[71]. 6. Les consuls décrétèrent, pour cette raison, la suspension des affaires publiques[72], mais Sulpicius ameuta la foule contre eux, alors qu'ils tenaient une assemblée près du temple des Dioscures[73], et fit tuer, en plein forum, de nombreuses personnes, notamment le fils, encore adolescent, du consul Pompeius[74] : ce dernier parvint à se cacher et à s'enfuir. 7. Sylla fut poursuivi jusque dans la maison de Marius ; il fut contraint d'en sortir et d'annuler la suspension des affaires[75]. 8. Aussi Sulpicius, qui avait déposé Pompeius, n'enleva-t-il pas le consulat à Sylla. Il se contenta de transférer à Marius le commandement de la guerre contre Mithridate. Il envoya aussitôt des tribuns militaires à Nola[76] pour recevoir l'armée et l'amener à Marius.

IX. 1. Mais Sylla avait pris les devants et s'était réfugié dans le camp ; dès que ses soldats apprirent la situation, ils lapidèrent les tribuns militaires[77]. À Rome, en

---

69. La citoyenneté romaine était héréditaire, mais pouvait être accordée par un décret du peuple. Elle donnait accès à des droits privés (propriété, commerce, mariage, succession...) et politiques (vote, accès aux magistratures...).

*70. Plutarque précise (*Marius*, XXXV, 2) que cet «Antisénat» se composait de 600 personnes. Des historiens pensent que, dès cette époque, le Sénat comptait 600 membres et non plus 300, alors que la tradition veut que ce soit Sylla, durant sa dictature, qui ait augmenté ainsi le collège sénatorial (César le fit ensuite passer à 900, avant qu'Auguste ne revienne au chiffre de 600).*

71. Voir Appien, I, 56. Le commandement de la guerre contre Mithridate était échu logiquement à Sylla, consul en exercice.

72. Voir Marius*, XXXV, 4 et Appien, I, 56. La proclamation du* justitium *(que Plutarque traduit par* apraxia*) signifiait l'arrêt provisoire de toute activité judiciaire et législative lorsque des troubles venaient perturber le cours de la vie civile.*

73. Les Dioscures (littéralement : «les fils de Zeus») sont Castor et Pollux. Après leur intervention miraculeuse en faveur des Romains à la bataille du lac Régille, en 484, un temple leur fut dédié sur le forum, à côté de la fontaine de Juturne. Son podium offrit un emplacement «stratégique» pour nombre d'agitateurs politiques.

74. Voir Marius*, XXXV, 2. Ce Pompeius était un vieil ami de Sulpicius, mais leurs choix politiques les opposèrent. Le fils de Pompeius venait d'épouser Cornélia, la fille de Sylla (voir VI, 20 et note).*

75. La maison de Marius était située près du forum. Dans Marius *(XXXV, 2-4), Plutarque confronte cette version de l'événement à une autre, tirée des* Mémoires *de Sylla et nettement différente.*

76. Nola, en Campanie, à 28 km à l'est de Naples, se révolta durant la guerre sociale, et devint plus tard une colonie syllanienne.

77. Voir également Valère Maxime, IX, 7, 1.

revanche, les partisans de Marius massacraient les amis de Sylla et pillaient leurs biens. 2. Il y eut beaucoup de déplacements et de fuite : les uns quittaient le camp pour gagner Rome, les autres, abandonnant la Ville, venaient se regrouper dans le camp[78]. 3. Le Sénat ne s'appartenait plus : il était aux ordres de Marius et de Sulpicius. Apprenant que Sylla marchait contre Rome, les sénateurs envoyèrent deux préteurs, Brutus[79] et Servilius, pour lui interdire d'avancer. 4. Comme ils s'étaient adressés à Sylla avec trop d'arrogance, les soldats faillirent les tuer ; ils brisèrent leurs faisceaux, leur arrachèrent la toge prétexte[80] et, après les avoir accablés d'injures, ils les renvoyèrent. Ce fut à Rome un terrible désespoir lorsqu'on les vit, dépouillés de leurs insignes de préteurs, annoncer que la guerre civile ne pouvait plus être contenue et qu'elle était sans remède. 5. Marius et ses partisans firent alors leurs préparatifs ; quant à Sylla, il partit de Nola avec son collègue[81], à la tête de six légions complètes. Son armée était impatiente de marcher aussitôt sur Rome, il le voyait bien, mais en lui-même, il était irrésolu et redoutait le danger[82]. 6. Cependant, comme il avait offert un sacrifice, le devin Postumius examina les signes et lui présenta ses deux mains, demandant à être enchaîné et tenu sous bonne garde jusqu'à la bataille : il voulait bien, disait-il, subir les derniers supplices si l'entreprise de Sylla n'était pas rapidement couronnée de succès[83]. 7. Sylla

---

78. Si l'on en croit Appien (I, 57), « tous les officiers supérieurs de l'armée, à l'exception d'un seul questeur, abandonnèrent [Sylla]. Ils s'enfuirent à Rome, révoltés à l'idée de conduire une armée contre la patrie ». En revanche, la majorité des soldats, attirés par la perspective d'une expédition fructueuse en Orient, le suivirent.

79. Sans doute Marcus Junius Brutus qui fut exilé après la marche sur Rome, ainsi que Sulpicius, Marius et d'autres (voir Appien, I, 60). On le retrouve logiquement dans le camp marianiste à la fin de 82 (voir Tite-Live, Abrégé, 89). Servilius était préteur.

80. Les préteurs étaient accompagnés de six licteurs dont les faisceaux symbolisaient l'imperium du magistrat qu'ils encadraient. La toge prétexte avait également une portée symbolique puisque seuls certains magistrats et prêtres, ainsi que les jeunes de naissance libre avant leur majorité, pouvaient la porter. Les violences des soldats de Sylla à l'encontre des deux préteurs tiennent donc du sacrilège.

81. Nous sommes toujours en 88. Le collègue en question est Quintus Pompeius Rufus, qui avait fui Rome après le meurtre de son fils (voir supra, VIII, 6).

82. La décision de marcher sur Rome, une des plus difficiles que Sylla eut à prendre, détermina son avenir. Comme le note Appien (I, 60) : « Cette armée de citoyens fut la première qui entra dans Rome comme dans une ville ennemie. » Les six légions que possédait Sylla (soit au moins 35 000 fantassins, précise Plutarque dans Marius, XXXV, 6) ne laissaient aucun doute quant à l'issue du combat. Mais l'attaque de Rome par un général romain et son armée était un sacrilège inouï, d'où la fuite des officiers supérieurs (§ 2) ; il fallut un sacrifice favorable et un présage déterminant (§ 6-8) pour que Sylla se décide enfin, ayant reçu l'approbation des dieux.

83. Augustin (Cité de Dieu, II, 24) relate l'anecdote d'après Tite-Live. L'haruspice étrusque Caius Postumius était attaché à Sylla : on le retrouve trois fois à ses côtés dans des moments cruciaux (voir infra, XXVII, 6-7 et Cicéron, De la divination, I, 33, 72 et II, 30, 63, repris par Valère Maxime, I, 6, 4).

lui-même vit, dit-on, apparaître en songe la déesse dont les Romains ont reçu le culte des Cappadociens : il s'agit soit de Sémélè, soit d'Athéna, soit d'Enyô[84]. 8. Il lui sembla que cette déesse s'arrêtait devant lui et lui mettait en main la foudre, lui nommant chacun des ennemis et lui ordonnant de les frapper : dès qu'ils étaient touchés, ils s'écroulaient et disparaissaient. Sylla, encouragé par cette vision qu'il raconta à son collègue, marcha dès le lendemain sur Rome. 9. Près de Pictes[85], une ambassade vint à lui et le pria de ne plus avancer, car le Sénat avait voté qu'on lui accorderait tout ce qui était juste. Il promit d'établir son camp à l'endroit où il se trouvait et donna ordre aux officiers, comme d'habitude, d'en mesurer l'emplacement. Les ambassadeurs le crurent et s'en retournèrent. 10. Ils n'étaient pas plus tôt partis que Sylla envoya Lucius Basillus et Caius Mummius s'emparer de la porte et des remparts qui entourent la colline de l'Esquilin[86] ; il les rejoignit lui-même en toute hâte. 11. Basillus et ses partisans entrèrent dans la Ville de vive force. Mais du haut des toits, une foule nombreuse leur lançait, faute d'armes, des tuiles et des pierres, les empêchant d'avancer et les refoulant vers le rempart. 12. Cependant, Sylla arrivait déjà. Voyant ce qui se passait, il cria de mettre le feu aux maisons ; saisissant une torche enflammée, lui-même s'avança en tête, ordonnant aux archers de se servir de flèches incendiaires et de les décocher en haut, sur les toits. Il ne réfléchissait plus ; la passion l'égarait ; il avait abandonné à la colère la conduite des opérations. 13. Il ne voyait plus que des ennemis et n'avait plus aucun égard, aucune pitié pour ses amis, ses parents et ses proches. Il se frayait un chemin par le feu, lequel était bien incapable de distinguer les responsabilités de chacun. 14. Pendant ce temps, Marius, repoussé dans le sanctuaire de Tellus[87], appelait par proclamation les esclaves à la liberté[88]. Mais les ennemis survinrent ; Marius fut vaincu et chassé de Rome.

X. 1. Sylla réunit le Sénat et fit voter la peine de mort contre Marius lui-même et contre quelques autres, en petit nombre, parmi lesquels le tribun de la plèbe Sulpicius[89]. 2. Celui-ci fut égorgé : il avait été trahi par un esclave que Sylla affran-

---

84. Le culte de Mâ, particulièrement violent, fut importé à Rome vers la fin de la République. Sylla ne fut pas étranger à son introduction à Rome (après «l'aventure» cappadocienne : supra, V, 6). Ce songe raconté par Plutarque est la plus ancienne mention de cette déesse dans un contexte romain. Mâ fut assimilée à Enyô et à Bellone (voir supra, VII, 12) et, si l'on en croit Plutarque, à Athéna et Sémélè (la mère de Dionysos). Un denier de Lucius Aemilius Buca, frappé vers 44 avant J.-C., évoque le rêve de Sylla (Crawford, 1974, n° 480-481).
85. Pictes, localité mâl située, serait un relais à une vingtaine de km au sud-est de Rome (voir Strabon, Géographie, V, 3, 9).
86. Voir Florus, II, 9 et Appien, I, 58. L'Esquilin est une des sept collines de Rome (à l'Est).
87. Le temple de Tellus (aedes Telluris), une déesse romaine de la Terre, sans doute très archaïque, se trouvait entre l'Esquilin et le Palatin.
88. Plutarque précise (Marius, XXXV, 7) que seuls trois esclaves se présentèrent.
89. Onze partisans de Marius furent déclarés ennemis du peuple romain par un décret du Sénat. Appien (I, 60) donne le nom de neuf de ces bannis ; voir Tite-Live, Abrégé, 77.

chit puis fit précipiter de la Roche Tarpéienne[90]. Sylla mit à prix la tête de Marius, ce qui n'était ni généreux ni politique, car peu auparavant, lorsqu'il s'était réfugié dans la maison de Marius et s'était livré entre ses mains, Marius l'avait laissé partir sain et sauf[91]. 3. Si Marius n'avait pas relâché Sylla ce jour-là, s'il avait laissé Sulpicius le mettre à mort, il aurait pu devenir le maître absolu ; et pourtant, il l'avait épargné. Or, peu de jours après, quand Marius se trouva à son tour à la merci de son adversaire, il ne bénéficia pas du même traitement. 4. Par cette attitude, Sylla mécontenta le Sénat : ce dernier n'en laissa pourtant rien voir, alors que la colère du peuple et son désir de vengeance se manifestaient ouvertement, par des actes. 5. Ainsi, lorsque Nonius, le neveu de Sylla, et Servilius[92] briguèrent des magistratures, le peuple vota contre eux et, pour insulter Sylla, choisit pour magistrats ceux dont il pensait que l'élection le contrarierait le plus. 6. Mais Sylla feignit de s'en réjouir : grâce à lui, disait-il, le peuple jouissait de la liberté de faire ce qu'il voulait. Pour apaiser la haine de la multitude, il fit désigner au consulat Lucius Cinna[93], qui appartenait au parti adverse, et dont il s'assura le dévouement en le forçant à proférer des serments et des malédictions. 7. Cinna monta au Capitole, une pierre à la main, et il prêta serment, puis prononça contre lui-même la malédiction suivante : « Si je ne reste pas dévoué à Sylla, puissé-je être rejeté de la ville comme cette pierre de ma main ! », et il lança la pierre sur le sol, en présence de nombreux témoins. 8. Mais dès qu'il fut entré en fonctions, il entreprit aussitôt de tout bouleverser. Il intenta un procès à Sylla et lui suscita comme accusateur Vergilius[94], un des tribuns de la plèbe. Cependant Sylla, sans se soucier de Vergilius ni du procès, partit faire la guerre contre Mithridate[95].

XI. 1. Vers l'époque où Sylla quittait l'Italie avec sa flotte, Mithridate, qui séjournait à Pergame, reçut, dit-on, beaucoup de signes divins. Ainsi, comme les habitants de Pergame faisaient descendre devant lui, par une machine de scène, une Victoire porte-couronne, la statue, qui allait toucher sa tête, se rompit ; 2. la couronne tomba sur le sol du théâtre et se brisa. L'incident fit frissonner le peuple et plongea

---

90. L'abréviateur de Tite-Live (77) explique que « l'esclave, pour qu'il reçût la récompense promise en raison de sa dénonciation, fut affranchi et, pour le crime de trahison envers son maître, jeté du haut de la Roche Tarpéienne ».

91. Voir supra, VIII, 7 et Marius, XXXV, 2-4.

92. Ce Servilius est sans doute le Publius Servilius Vatia (futur Isauricus) mentionné par Plutarque en XXVIII, 16.

93. Lucius Cornelius Cinna, d'origine patricienne, fut consul en 87, charge qu'il conserva illégalement quatre années de suite. Son quatrième consulat fut abrégé par sa mort, au printemps 84, lors d'une sédition militaire.

94. Cicéron (Brutus, 48, 179) mentionne ce Marcus Vergilius « qui, comme tribun de la plèbe, cita en justice Lucius Sylla, alors à la tête de l'armée d'Asie ».

95. Après le départ de Sylla pour la Grèce, au printemps 87, la situation à Rome se dégrada rapidement, en grande partie à cause du nouveau consul, Cinna. Pour le résumé des événements, voir Appien, I, 64-75.

Mithridate dans un profond abattement. Pourtant, il réussissait alors au-delà de ses espérances. 3. Il avait pris l'Asie aux Romains, la Bithynie et la Cappadoce aux rois de ces pays[96], et il était installé à Pergame, où il distribuait à ses amis richesses, principautés et tyrannies. 4. Quant à ses fils, l'un[97] gouvernait son ancien royaume, qui s'étendait dans le Pont et le Bosphore jusqu'aux déserts au-delà du Palus Méotis[98], sans être inquiété par personne; l'autre, Ariarathès[99], attaquait et réduisait la Thrace et la Macédoine, à la tête d'une grande armée. 5. Ses généraux, avec leurs troupes, soumettaient d'autres régions. Le plus grand d'entre eux, Archélaos, avait avec sa flotte la maîtrise presque entière de la mer; il était en train d'asservir les Cyclades, toutes les autres îles qui se trouvent en deçà du cap Malée[100] et même l'Eubée; s'élançant d'Athènes, il détachait de Rome les peuples de la Grèce, jusqu'à la Thessalie[101]. Il subit de légers revers près de Chéronée[102], 6. où il trouva devant lui Braetius Sura, légat du préteur de Macédoine Sentius[103]. Sura possédait une audace et une intelligence exceptionnelles. 7. Comme Archélaos se précipitait, tel un torrent, sur la Béotie, il lui résista le plus fermement possible, livra contre lui trois batailles, le repoussa et le força à se replier jusqu'à la mer. 8. Mais Lucius Lucullus[104] ordonna à Sura d'abandonner la place à Sylla, qui arrivait, et de lui laisser la conduite de la guerre, puisqu'il avait été élu pour la diriger. Sura quitta donc aussitôt la Béotie et alla rejoindre Sentius. Il réussissait pourtant au-delà de ses

---

96. *En 133, Attale III a légué son royaume de Pergame aux Romains; la riche Asie Mineure devint ensuite province romaine. Les rois de Bithynie et de Cappadoce étaient respectivement Nicomède IV et Ariobarzane, tous deux alliés de Rome.*
97. *Pharnace II, plus tard roi du Bosphore (de 63 à 47).*
98. *Nom antique de la mer d'Azov, au nord de la mer Noire, entre la presqu'île de Crimée et les plaines du Kouban.*
99. *Ariarathès IX fut installé à trois reprises par son père, Mithridate, sur le trône de Cappadoce, avec Gordios (voir supra, V, 6). Il y resta probablement jusqu'en 85 (fin de la première guerre mithridatique).*
100. *Le cap Malée se situe à l'extrême sud de la Laconie : Archélaos contrôlait donc toutes les îles de la mer Égée.*
101. *Depuis 146 et la prise de Corinthe par Lucius Mummius, la Grèce était sous domination romaine. Après la grande offensive de Mithridate, en 89, plusieurs cités se rallièrent à lui. Athènes avait basculé dans ce sens et Aristion, avec l'appui d'Archélaos, s'était fait tyran de la cité grecque, en 87.*
102. *Chéronée est la cité natale de Plutarque, en Béotie (entre Delphes et Thèbes), site de la première grande bataille entre Sylla et Archélaos (voir infra, XVI-XIX).*
103. *Caius Sentius Saturninus (préteur en 94) fut propréteur de Macédoine de 93 à 87, mais ne put résister aux nouvelles forces mithridatiques menées par Ariarathès (voir § 4 et Appien, Guerres mithridatiques, 35) et Taxilès (voir infra, XV, 1). Quintus Braetius (ou Bruttius) Sura était le légat proquesteur de Sentius en Macédoine (sur les deux, voir Broughton, 1960, p. 49-50).*
104. *Lucius Licinius Lucullus, neveu de Métellus Numidicus (voir supra, VI, 9), combattit sous les ordres de Sylla durant la guerre sociale et fut le seul officier (questeur) à lui rester fidèle lors de la marche sur Rome, en 88. Sylla l'envoya en Grèce à titre de proquesteur pour préparer le terrain (voir Cimon, I, 6) et lui confia par la suite diverses missions (voir Lucullus, II, 1-3; IV, 1). Il fut également l'exécuteur testamentaire de Sylla (voir supra, IV, 5 et note) et le tuteur de ses enfants.*

espérances[105] et sa valeur disposait les Grecs à changer de camp. Ce furent là les plus brillants exploits de Braetius.

XII. 1. Pour en revenir à Sylla, toutes les cités lui envoyèrent aussitôt des ambassades et des appels. Seule Athènes soutenait le parti du roi, car elle y était contrainte par le tyran Aristion. Sylla se présenta avec toutes ses troupes réunies[106] ; il investit le Pirée et l'assiégea[107], faisant intervenir toutes sortes de machines de guerre et employant toutes les formes de combat. 2. S'il avait attendu un peu, il aurait pu prendre la ville haute sans danger, car elle était déjà réduite à la dernière extrémité par la faim. 3. Mais il avait hâte de regagner Rome, où il redoutait la révolution[108]. Il pressa donc la guerre, en multipliant les dangers et les combats et en faisant de grandes dépenses. Ainsi, sans parler du reste de son équipement, il se fit fournir dix mille attelages de mulets qui travaillaient chaque jour à servir les machines de guerre. 4. Le bois vint à manquer, car beaucoup d'engins se brisaient sous leur propre poids ou étaient incendiés par les projectiles que les ennemis lançaient sans cesse sur eux : il s'en prit aux bois sacrés et rasa l'Académie (qui était alors le faubourg le plus boisé), ainsi que le Lycée[109].
5. Comme il avait également besoin de beaucoup d'argent pour la guerre, il s'attaqua aux trésors inviolables de la Grèce et fit venir d'Épidaure et d'Olympie les plus belles et les plus précieuses des offrandes consacrées[110]. 6. Il écrivit même à Delphes, aux Amphictyons[111], qu'ils feraient mieux de lui apporter les richesses du dieu : il les garderait plus sûrement ou, s'il s'en servait, il leur en rendrait au moins l'équivalent. Il leur envoya le Phocidien Caphis, un de ses amis, avec ordre de peser

---

105. Les termes utilisés par Plutarque sont exactement les mêmes qu'au § 2.
106. Soit environ 35 000 légionnaires – les six légions avec lesquelles il avait marché sur Rome, en 88 (supra, IX, 5). Cette puissance militaire, ainsi que la réputation de stratège de Sylla, décida les cités à lui envoyer des ambassades pour l'assurer de leur fidélité envers Rome.
107. Le Pirée était tenu par Archélaos et ses troupes. Sur le siège d'Athènes, voir aussi Appien, Guerres mithridatiques, *30-37.*
108. Voir supra, X, 8. Dans Du bavardage, *7, 505 A, Plutarque précise : « Sylla assiégeait Athènes et ne disposait pas de beaucoup de temps pour ce siège, "car il avait ailleurs besogne plus pressante". Mithridate avait mis l'Asie au pillage et le parti de Marius l'emportait de nouveau à Rome. »*
109. L'Académie et le Lycée étaient des gymnases entourés de bosquets où avaient enseigné respectivement Platon et Aristote. Plutarque, qui a étudié la philosophie platonicienne à Athènes, garde le souvenir de ces lieux.
110. Plutarque évoque à peine Épidaure et Olympie, et s'attarde sur le cas de Delphes, où il fut prêtre d'Apollon, alors que, si l'on en croit Diodore (fr. 38, 7), « la plus belle prise de Sylla fut à Olympie, car ce sanctuaire était resté inviolé depuis toujours, alors que la plupart des richesses de Delphes avaient été pillées par les Phocidiens pendant la guerre dite "sacrée" [la troisième guerre sacrée, en 355] ». Sylla n'avait guère de solutions pour financer sa guerre : il ne pouvait plus compter sur l'aide de Rome, où le parti marianiste avait repris le pouvoir (sur ce problème, voir Hinard, 1985a, p. 88-89).
111. Ces représentants de diverses cités grecques administraient le sanctuaire de Delphes et supervisaient les concours Pythiques.

et d'emporter chaque objet[112]. 7. Caphis se rendit donc à Delphes, mais il n'osait toucher aux offrandes consacrées; il pleura longuement, en présence des Amphictyons, déplorant l'obligation à laquelle il se trouvait réduit. Comme certains lui disaient avoir entendu le son de la cithare dans le sanctuaire, Caphis, soit réelle conviction, soit désir d'inspirer à Sylla une crainte superstitieuse, lui écrivit pour l'en avertir. 8. Sylla répondit en se moquant de lui[113]: il s'étonnait, disait-il, que Caphis ne comprît pas que le chant est un signe de joie, non de colère; il devait donc prendre hardiment, puisque le dieu se réjouissait et donnait de bon cœur. 9. Les autres objets furent emportés à l'insu de la plupart des Grecs, mais la jarre en argent – la seule des offrandes royales qui restât encore[114] – était trop lourde et trop grande pour pouvoir être soulevée par les bêtes de somme: les Amphictyons furent obligés de la briser. Ils se souvinrent alors de Titus Flamininus, de Manius Acilius et de Paul-Émile, 10. dont l'un avait chassé Antiochos de Grèce, les deux autres vaincu à la guerre les rois des Macédoniens; or ces grands hommes, non contents de respecter les sanctuaires de la Grèce, les avaient comblés de présents et d'honneurs et leur avaient témoigné une grande vénération[115]. 11. Mais ces généraux commandaient, en vertu de la loi, à des soldats disciplinés, qui avaient appris à exécuter en silence ce que leurs chefs leur demandaient. Ils avaient l'âme royale, tout en restant simples dans leur train de vie, ne faisant que des dépenses modestes et réglementées; à leurs yeux, flatter les soldats était plus honteux que de trembler devant les ennemis. 12. Les généraux qu'on voyait à présent étaient bien différents. Ils avaient conquis le premier rang par la violence, non par leur mérite, et ils avaient besoin d'armes pour se faire la guerre entre eux plus que pour combattre les ennemis de Rome; aussi étaient-ils obligés de se conduire en démagogues, quand ils exerçaient le commandement. Ils dépensaient afin de procurer une vie luxueuse à leurs soldats et les payer de leurs fatigues, sans se rendre compte que c'était la patrie tout entière qu'ils vendaient ainsi, et que, pour pouvoir commander

---

112. Sylla a pris la peine de faire dresser un inventaire détaillé de ce qui était enlevé. Cela a son importance: pour lui, cette réquisition n'était en rien sacrilège. Il s'agissait d'une sorte d'«emprunt» aux dieux des trois sanctuaires concernés, emprunt qu'il se hâta de rembourser après sa victoire de Chéronée, en leur consacrant la moitié du territoire thébain (voir infra, XIX, 12 et note). Sur Caphis, Phocidien de Tithorée, voir aussi infra, XV, 5.

113. Plutarque, indigné, a dû mal interpréter l'attitude de Sylla: ce cynisme envers un prodige s'accorde mal avec la volonté qu'il manifesta toute sa vie de rester en accord avec les dieux.

114. Vers le milieu du Ve siècle, Crésus, dernier roi de Lydie, fit à Delphes des offrandes somptueuses, dont quatre pithoï en argent (voir Hérodote, Enquête, I, 51). Les trois qui manquaient du temps de Sylla avaient dû être fondus par les Phocidiens lors de la troisième guerre sacrée.

115. Titus Quinctius Flamininus battit Philippe II de Macédoine à Cynoscéphales (en 197) et poussa le Sénat à laisser leur liberté aux cités grecques. Lucius Aemilius Paulus (Paul-Émile) anéantit l'armée de Persée, fils de Philippe II, à Pydna (en 168), lors de la troisième guerre macédonienne. Tous deux firent des offrandes à Delphes (voir Flamininus, XII, 11-12 et Paul-Émile, XXVIII, 4; Tite-Live, Histoire romaine, XLV, 27). Manius Acilius Glabrio, en 191, défit dans les Thermopyles Antiochos III, roi séleucide qui avait envahi la Grèce.

aux meilleurs, ils se faisaient eux-mêmes esclaves des plus méchants[116]. 13. Voilà ce qui fit chasser Marius, puis le fit rappeler contre Sylla ; voilà ce qui fit de Cinna l'assassin d'Octavius, et de Fimbria celui de Flaccus[117]. 14. Or Sylla contribua plus qu'aucun autre à ces désordres. Afin de séduire et d'attirer à lui les soldats des autres généraux, il multipliait les largesses et les dépenses en faveur de ceux qu'il avait sous ses ordres, si bien que, pour corrompre à la fois ceux des autres en les poussant à trahir et les siens en encourageant leur dérèglement, il avait besoin de beaucoup d'argent – principalement à l'occasion de ce siège.

XIII. 1. Il était en proie à un désir violent et irrésistible de s'emparer d'Athènes, soit ambition de rivaliser avec l'ancienne gloire de la cité (mais il ne combattait plus qu'une ombre), soit fureur, en entendant les railleries et les sarcasmes dont le tyran Aristion les accablait, lui et Métella, ne cessant de l'insulter et de le narguer en dansant[118]. 2. Aristion avait l'âme pétrie d'impudence et de cruauté ; il rassemblait en sa personne les pires maladies et les pires passions de Mithridate. La cité d'Athènes, qui avait échappé auparavant à tant de guerres, de tyrannies et de séditions, subit ses assauts, comme ceux d'une maladie mortelle, et il la réduisit aux dernières extrémités. 3. Alors que le médimne[119] de blé se vendait mille drachmes dans la ville, que les gens n'avaient pour nourriture que l'herbe de la vierge[120], qui pousse autour de l'Acropole, et mangeaient les chaussures et les gourdes de cuir qu'ils faisaient bouillir, Aristion s'adonnait, lui, sans trêve, à des beuveries en plein jour et à de joyeuses parties de plaisir ; il dansait la pyrrhique[121] et faisait le bouffon devant les ennemis. Il laissa sans s'émouvoir s'éteindre, faute d'huile, la lampe sacrée de

---

116. *Marius, dans les années 100, introduisit une réforme militaire qui allait de facto transformer l'armée des citoyens romains en une armée de métier. Conséquence notée par Plutarque : les soldats s'attachèrent moins aux intérêts de l'État qu'à ceux de leur chef qui, par ses victoires, assurait leur fortune. Les légionnaires de Sylla acceptèrent de marcher sur Rome afin que les richesses de l'Orient ne leur échappent pas.*

117. *Marius, chassé de Rome en 88 par Sylla (voir supra, X, 1-2 et* Marius, *XXXV, 8), y revint en 87 pour intégrer le mouvement mené par Cinna (voir* Marius, *XLI). Cinna assassina son collègue au consulat Cnaeus Octavius, qui s'opposait à ses projets (voir Appien,* Guerres civiles, *I, 71). Sur Flaccus, voir infra, XX, 1 et note ; sur son assassinat par Fimbria, infra, XXIII, 11.*

118. *Dans* Du bavardage, *7, 707 B, Plutarque affirme que « Sylla fut plus irrité contre les Athéniens pour leurs paroles que pour leurs actes, car ils l'injuriaient lui et sa femme Métella en montant sur les remparts, en lui lançant des sarcasmes : "Sylla n'est qu'une mûre enduite de farine !" » (voir supra, II, 2 et VI, 23).*

119. *Le médimne, unité de mesure grecque pour les céréales, correspondait à 48 l (48 rations journalières).*

120. *Pline l'Ancien (XXII, 17, 20) évoque cette plante aux vertus thérapeutiques « que Minerve [Athéna] indiqua dans un songe à Périclès ; c'est pourquoi elle fut appelée* parthenium *[« de la vierge »] et elle est consacrée à cette déesse ».*

121. *C'était en théorie durant le* symposion *(lieu où l'on « boit ensemble »), qui avait lieu la nuit tombée, que l'on consommait du vin. La pyrrhique était dansée par des hommes en armes (c'est peut-être ainsi qu'Aristion nargua Sylla, § 1).*

la déesse[122] 4. et, lorsque la prêtresse lui demanda un demi-setier[123] de blé, il lui en envoya un demi-setier de poivre. Quand les bouleutes[124] et les prêtres vinrent le supplier de prendre la cité en pitié et de négocier avec Sylla, il les fit disperser à coups de flèches. 5. Il ne se résolut que sur le tard et à grand-peine à envoyer deux ou trois de ses compagnons de beuverie discuter de la paix. Mais au lieu de faire la moindre demande pour obtenir le salut de la cité, ils se lancèrent dans de pompeux éloges de Thésée, d'Eumolpe et des guerres médiques[125]. Alors Sylla leur dit : « Allez-vous-en, heureux mortels, et remportez tous ces discours. Les Romains ne m'ont pas envoyé à Athènes pour faire des études[126], mais pour abattre des rebelles. »

XIV. 1. Sur ces entrefaites, certaines personnes entendirent au Céramique[127], dit-on, des vieillards qui bavardaient entre eux blâmer le tyran de ne pas faire garder le côté du rempart qui permettait d'approcher et d'attaquer l'Heptachalcon[128], le seul secteur dont l'escalade était, selon eux, accessible et praticable pour les ennemis. Ces propos furent rapportés à Sylla[129] qui, 2. loin de les négliger, se rendit pendant la nuit à l'endroit en question et, voyant qu'il était possible de le prendre, se mit à la besogne. 3. Ainsi qu'il le dit lui-même dans ses *Mémoires*, le premier soldat qui monta sur le rempart fut Marcus Ateius : comme un ennemi lui résistait, Ateius le frappa du tranchant de son épée, qui se brisa, mais au lieu d'abandonner la place, il demeura et tint ferme. 4. La cité fut donc prise par ce côté, comme l'avaient annoncé les vieillards athéniens[130]. 5. Sylla fit démolir et raser le rempart entre la porte du Pirée et la porte Sacrée[131] et, vers minuit, il se précipita à l'intérieur, provoquant la terreur, au son d'une multitude de trompettes et de cornes, au milieu des

---

122. *Cette lampe sacrée d'Athéna Polias était conservée dans l'Érechtheion sur l'Acropole. Dans* Numa *(IX, 12), Plutarque la compare au feu perpétuel de Rome, qui était entretenu par les Vestales.*
123. *Soit 4 litres (1 médimne équivaut à 6 setiers).*
124. *La Boulè préparait les projets soumis à l'ecclésia (l'assemblée souveraine des citoyens d'Athènes) et veillait au bon fonctionnement de l'État.*
125. *Eumolpe, ancêtre mythique du clan d'Éleusis, était considéré par ses descendants (les Eumolpides) comme le fils de Poséidon. Les guerres médiques (490-479) étaient un lieu commun pour l'orateur souhaitant faire l'éloge d'Athènes.*
126. *La tradition dans les familles de l'aristocratie romaine était d'envoyer leurs fils parfaire leur éducation en Grèce, notamment à Athènes. Ce fut sans doute le cas pour Sylla.*
127. *Le Céramique, à l'origine le quartier des potiers, était une vaste zone au nord-ouest d'Athènes, coupée en deux par le rempart. La partie située dans le faubourg (le Céramique extérieur, § 6) servait de cimetière.*
128. *L'Heptachalcon se situait sans doute à l'Ouest, près de la porte du Pirée.*
129. *Plutarque précise dans* Du bavardage, *7, 505 A-B, que la conversation eut lieu chez un barbier.*
130. *Ici comme en d'autres endroits (§ 1 et 5-7 ; XVII, 1 ; XXVI, 9) on voit que Plutarque a enquêté sur place et recueilli les fruits d'une tradition orale qui s'est transmise sur plusieurs générations.*
131. *Petite porte, à 75 m au sud-ouest de la porte du Dipylon, par laquelle passait la voie Sacrée empruntée chaque année, à l'époque des semailles, par la procession des initiés aux Mystères d'Éleusis. Plus au Sud-Ouest encore se trouvait la porte du Pirée.*

cris de guerre et des clameurs de l'armée qu'il lançait au pillage et au meurtre, et qui se précipitait à travers les rues, l'épée nue. On ne put savoir combien de personnes furent égorgées ; aujourd'hui encore, on n'en estime le nombre qu'en se fondant sur l'étendue qui fut couverte par les flots de sang. 6. Sans parler de ceux qui furent tués dans les autres quartiers, le sang versé sur l'agora envahit tout le Céramique jusqu'au Dipylon : il ruissela même, dit-on, à travers la porte et inonda le faubourg[132]. 7. Or, malgré le nombre immense de ceux qui moururent ainsi, il y en eut au moins autant qui se suicidèrent, dans leur pitié et leur regret pour une patrie qu'ils voyaient destinée à périr. 8. Cette pensée jetait les meilleurs citoyens dans la terreur et les faisait désespérer de leur salut, car ils n'attendaient de Sylla ni humanité ni modération. 9. Cependant comme Midias et Calliphon, deux exilés, le suppliaient et se jetaient à ses pieds tandis que les sénateurs qui faisaient partie de son armée intercédaient pour la cité, Sylla, sa vengeance désormais assouvie, fit l'éloge des anciens Athéniens et déclara qu'il accordait au plus grand nombre la grâce du plus petit nombre et aux morts celle des vivants. 10. D'après ce qu'il dit lui-même dans ses *Mémoires*, il prit Athènes aux calendes de mars[135], ce qui correspond exactement à la nouvelle lune du mois Anthesthérion. Or il se trouve que ce jour-là les Athéniens font de nombreuses cérémonies pour commémorer les destructions et les morts que causa le déluge, qui, d'après eux, se serait produit vers cette époque de l'année[134].

11. Après la prise de la ville, le tyran se réfugia sur l'Acropole où Curion fut chargé de l'assiéger. Il résista très longtemps mais, pour finir, vaincu par la soif, il se rendit[135]. 12. Or le dieu donna aussitôt un signe : au jour même et à l'heure où Curion forçait le tyran à descendre, le ciel clair fut soudain envahi par les nuages, une averse éclata et une grande quantité d'eau emplit l'Acropole[136]. 13. Peu de temps après, Sylla prit également le Pirée, dont il incendia la plus grande partie, notamment l'hoplothèque de Philon, qui était un ouvrage admiré[137].

XV. 1. Cependant Taxilès, général de Mithridate, descendait de Thrace et de Macédoine avec cent mille fantassins, dix mille cavaliers et quatre-vingt-dix qua-

---

132. *La tradition orale témoigne du traumatisme que dut provoquer chez les Athéniens le pillage de la ville par les soldats de Sylla : les générations en ont transmis un souvenir qui aboutit à ce récit apocalyptique. Le «faubourg» désigne la partie du Céramique extérieure au rempart.*
133. *Le 1ᵉʳ mars 86. Pour la carte de la guerre contre Mithridate à partir de la prise d'Athènes, voir p. 2155.*
134. *Le déluge auquel n'échappèrent que Deucalion et sa femme Pyrrha, prévenus par Prométhée de la colère de Zeus.*
135. *Caius Scribonius Curio, un des légats de Sylla, fut préteur (en 80), consul (en 76), proconsul en Macédoine (de 75 à 72)... Voir Broughton (1960), p. 614. Sur la prise d'Athènes et la reddition d'Aristion, voir Appien, Guerres mithridatiques, 38-39. Plutarque évoque la mort d'Aristion (infra, XXIII, 3).*
136. *Ce prodige indiquait bien sûr que les dieux étaient du côté de Sylla.*
137. *Philon, architecte célèbre de la seconde moitié du IVᵉ siècle, originaire d'Éleusis, réalisa pour la flotte du Pirée un arsenal (hoplothécè) : une des constructions les plus admirées de l'Antiquité (voir Strabon, IX, 1, 15 et Pline l'Ancien, VII, 38, 125). Les fouilles n'en ont jusqu'à présent livré aucun vestige.*

driges équipés de faux[138], et il invita Archélaos à le rejoindre. Ce dernier, qui était encore à Mounychie[139], n'était pas disposé à s'éloigner de la mer, ni pressé d'en venir aux mains avec les Romains : il voulait faire traîner la guerre en longueur et couper les vivres aux ennemis. 2. Mais Sylla comprenait cela encore mieux que lui ; il passa en Béotie, quittant le pays maigre de l'Attique qui, même en temps de paix, ne pouvait suffire à nourrir ses habitants. 3. Aux yeux de la plupart des gens, il faisait un mauvais calcul en abandonnant l'Attique, une région escarpée, défavorable à la cavalerie, pour se jeter dans les plaines largement ouvertes de la Béotie, alors qu'il voyait que la force des Barbares reposait sur leurs chars et leur cavalerie. 4. Mais il fuyait, je l'ai dit, la faim et la disette, et il était obligé de courir les risques d'une bataille. De plus, le sort d'Hortensius lui inspirait des inquiétudes[140] : c'était un bon général, très combatif, qui lui amenait une armée de Thessalie, et que les Barbares attendaient dans les défilés[141]. 5. Telles furent les raisons qui le poussèrent à gagner la Béotie. Caphis, qui était du pays, trompa les Barbares et fit prendre à Hortensius un autre chemin ; il le fit descendre, à travers le Parnasse, au pied de Tithorée qui n'était pas alors une aussi grande cité qu'aujourd'hui, mais seulement un fort, entouré de falaises abruptes. C'était là qu'autrefois, ceux des Phocidiens qui fuyaient devant l'avance de Xerxès, s'étaient repliés et mis en sûreté[142]. 6. Ayant campé à cet endroit, Hortensius repoussa les ennemis pendant la journée ; après quoi, de nuit, il descendit par un terrain très difficile jusqu'à Patronis[143], où il rejoignit Sylla qui était venu à sa rencontre avec son armée.

XVI. 1. Quand ils furent réunis, ils s'emparèrent d'une hauteur au milieu de la plaine d'Élatée. C'était une colline fertile, couverte d'arbres, avec de l'eau à ses pieds ; elle s'appelle Philoboiotos, et Sylla en vante avec admiration la nature et la situation[144]. 2. Quand les Romains eurent installé leur camp, ils apparurent vraiment peu nombreux aux yeux des ennemis : ils n'avaient pas plus de quinze cents cavaliers et

---

138. Voir Lucullus, *VII, 5 et note.*
139. Colline escarpée surplombant le port de Mounychie, au nord-est du Pirée.
140. Quintus Hortensius Hortalus (voir infra, *XVII, 13 ; XIX, 3 ; XXXV, 6) fut l'un des orateurs romains les plus en vue, en concurrence avec Cicéron. Il servit pendant la guerre sociale, se joignit à Sylla pour la guerre contre Mithridate, puis domina les tribunaux de Rome pendant les années 70 ; il fut élu consul en 69.*
141. C'est dans les Thermopyles que l'armée d'Archélaos fit la jonction avec le reste des troupes mithridatiques, celles qui avaient conquis la Macédoine (voir supra, *XI, 6 et note), plus de nouvelles recrues. Voir* Appien, *Guerres mithridatiques, 41.*
142. Hérodote (VIII, 32) raconte que «[les Mèdes] ne capturèrent pas les Phocéens eux-mêmes ; une partie de ceux-ci étaient montés sur les hauteurs du Parnasse ; la cime [...] se prête bien à recevoir beaucoup de monde ; elle a nom Tithorée».
143. Patronis était une cité fondée par Phocée.
*144. Élatée est une cité de Phocide, située entre le mont Callidromon et le fleuve Céphise, dans une plaine renommée pour sa fertilité, qu'Épaminondas aurait nommée «le théâtre où danse Arès» (*Marcellus, *XXI, 3).*

moins de quinze mille fantassins[145]. 3. Aussi, faisant violence à Archélaos, les autres généraux rangèrent-ils leurs troupes en ordre de bataille, remplissant la plaine de chevaux, de chars, de boucliers ronds ou longs[146]. L'air ne pouvait contenir les clameurs et les cris de guerre de tant de nations qui prenaient position en même temps. 4. De plus, la magnificence et le faste de leurs luxueux équipages n'étaient pas sans effet et ne contribuaient pas peu à frapper de terreur les Romains : l'éclat des armes, magnifiquement incrustées d'or et d'argent, la pourpre des tuniques médiques et scythiques, mêlée aux éclairs que lançaient le bronze et le fer, projetaient, tandis qu'ils bondissaient et se portaient en avant, des reflets de feu terrifiants[147]. 5. Les Romains restaient donc blottis derrière leur retranchement et Sylla ne parvenait par aucun moyen à dissiper l'effroi qui les paralysait. Ne voulant pas les forcer à combattre alors qu'ils ne songeaient qu'à fuir, il ne bougea pas, malgré sa colère de voir les Barbares l'insulter, avec des bravades et de grands rires. 6. Ce fut pourtant ce qui le servit le mieux. Les ennemis, pleins de mépris, se laissèrent aller à un grand désordre ; ils n'étaient d'ailleurs pas portés à l'obéissance, en raison du grand nombre de leurs chefs[148]. 7. Quelques rares soldats restaient à l'intérieur du retranchement ; la multitude, appâtée par le désir de butin et de pillage, se dispersait loin du camp, à plusieurs jours de marche. 8. Ils détruisirent, dit-on, la cité des Panopéens et celle des Lébadéens, dont ils profanèrent l'oracle, sans en avoir reçu l'ordre d'aucun général[149]. 9. Cependant Sylla, qui voyait ces cités détruites sous ses yeux, avait du mal à se contenir et, violemment contrarié, ne laissait pas ses soldats en repos. Il les fit sortir et les força à détourner le Céphise et à creuser des tranchées, ne donnant de répit à personne et châtiant sans pitié tous ceux qui se relâchaient : il voulait qu'ils se dégoûtent de ces tâches et que la fatigue leur fasse désirer le danger[150]. 10. Ce fut ce qui se produisit. Le troisième jour de ces corvées, comme Sylla passait par là, ils lui deman-

---

145. En comparant Appien (Guerres mithridatiques, 41) et le témoignage d'auteurs tardifs (Orose, Eutrope), on évalue les troupes romaines à moins de 20 000 hommes, celles d'Archélaos à 60 000.
146. Les mots grecs traduisent respectivement les termes latins clipeus *(petit bouclier métallique, circulaire) et* scutum *(grand bouclier de bois recouvert de cuir et renforcé de métal, oblong, long de 1,20 m et large de 0,75 m environ).*
147. Comparer Marius, XVI, 2 et XVIII, 2, où l'armée romaine, remplie d'effroi à la vue d'un ennemi terrifiant, doit être rassurée et progressivement «habituée» par son chef (Sylla adoptera une autre méthode au § 9). L'impression causée par l'exhibition de luxe et d'or des Barbares orientaux est un thème récurrent des Perses d'Eschyle.
148. Archélaos n'était que le chef suprême d'une fédération de corps de troupes, et chaque peuple avait son chef (voir Appien, Guerres mithridatiques, 41).
149. Panopée, cité-forteresse de Phocide attestée dès l'époque homérique (Iliade, II, v. 520), est située sur la frontière de Béotie. Lébadée, en Béotie, avait été dévastée par Lysandre (voir Lysandre, XXVIII, 2). La cité, située sur la route d'Athènes à Delphes, entre Chéronée et le mont Hélicon, abritait le sanctuaire oraculaire souterrain («l'antre») du héros Trophonios (voir infra, XVII, 1).
150. Ce type de récit, cher à Plutarque, montre et l'habileté d'un chef et son ascendant psychologique sur ses troupes ou sur son peuple – un ascendant à la limite de la «manipulation», dont le plus bel exemple reste à nos yeux Numa.

dèrent à grands cris de les mener contre les ennemis. 11. Il leur répondit qu'ils parlaient ainsi non parce qu'ils voulaient combattre, mais parce qu'ils ne voulaient pas travailler. «Toutefois, ajouta-t-il, si vous êtes réellement disposés à vous battre, je vous ordonne de prendre les armes et de vous rendre là-bas!» Il leur montrait l'ancienne acropole de Parapotamies[151]. 12. Depuis la destruction de la cité, ce n'était plus qu'une colline caillouteuse, entourée de précipices, séparée du mont Hédylion par la largeur de l'Assos, qui se jette dans le Céphise au pied de la colline et le grossit, faisant de la citadelle une position très sûre pour y établir un camp. 13. Voyant les chalcaspides[152] des ennemis s'élancer vers cette hauteur, Sylla souhaitait l'occuper avant eux; il y parvint, grâce au zèle de ses soldats. 14. Repoussé sur ce point, Archélaos marcha vivement contre Chéronée. Mais ceux des Chéronéens qui servaient dans l'armée de Sylla le supplièrent de ne pas abandonner leur cité. Sylla y envoya Gabinius[153], un des tribuns militaires, avec une légion, et permit aux Chéronéens d'y aller aussi. Ils essayèrent de devancer Gabinius, mais ne purent y parvenir, tant cet homme avait de valeur, tant il montrait, pour les sauver, plus d'ardeur encore que ceux qui demandaient à être sauvés. 15. Mais d'après Juba[154], ce fut Érycius, et non Gabinius, qui fut envoyé par Sylla. Quoi qu'il en soit, notre cité échappa de bien peu au danger[155].

XVII. 1. Cependant les Romains recevaient de Lébadée et de l'oracle de Trophonios des présages favorables et des prophéties qui leur annonçaient la victoire. Les gens du pays en rapportent un grand nombre[156]; 2. quant à Sylla, il écrit dans le dixième livre de ses *Mémoires* que Quintus Titius, un homme qui n'était pas sans renom parmi ceux qui faisaient du commerce en Grèce[157], vint lui annoncer, après sa victoire de Chéronée, que Trophonios lui prédisait qu'au même endroit, d'ici peu, il livrerait une deuxième bataille et serait de nouveau vainqueur[158]. 3. Après lui, un

---

*151. L'ancienne cité, jadis détruite par Xerxès (Hérodote, VIII, 33), était proche du confluent des deux fleuves (*potamoï *en grec)* Assos *et* Céphise.

152. Les «boucliers d'airain», une formation d'élite d'hommes porteurs de ces boucliers.

153. Aulus Gabinius, qui va se distinguer dans la bataille de Chéronée, sera plus tard un des fidèles entre les fidèles de Sylla (voir Appien, Guerres mithridatiques, *66).*

154. Juba II de Maurétanie, protégé d'Auguste, roi «client» de Rome de 25 avant J.-C. à 18 après J.-C. Très cultivé, il écrivit en grec des ouvrages d'histoire. Plutarque le cite dans Sertorius, *IX, 10 et fréquemment dans les* Questions romaines.

155. Affirmation, ici cursive et discrète, de l'attachement de Plutarque à sa chère cité natale de Chéronée.

156. Descriptions du rituel de Trophonios chez Pausanias, Description de la Grèce, *IV, 39, 5-6; VIII, 10, 2; IX, 37, 13. Les Athéniens firent peu de cas du sanctuaire, auquel les conquérants romains rendirent visite, tel Paul-Émile (Tite-Live, XLV, 27, 8). Plutarque a écrit une* Descente dans l'antre de Trophonios, *probable évocation du rituel, dont seul le titre nous est conservé.*

157. Bref, mais intéressant témoignage sur le rôle, ici politico-religieux, d'un de ces negotiatores *romains installés en pays grec (plus loin, à cette intervention se joindra celle du soldat Salviénus; voir aussi* infra, *XXII, 3). Sylla exprime à la fois sa fidélité à la tradition inaugurée par Paul-Émile et l'utilisation qu'il en fait à des fins personnelles.*

158. La «deuxième bataille» est celle d'Orchomène (voir infra, *XXI).*

des légionnaires nommé Salviénus lui fit savoir, de la part du dieu, l'issue qu'auraient ses entreprises en Italie. 4. Au sujet de l'intervention prophétique du dieu, les deux hommes tenaient le même discours : la figure qu'ils avaient vue, disaient-ils, ressemblait, par sa beauté et par sa taille, à Zeus Olympien[159].
5. Après avoir passé l'Assos, Sylla s'avança au pied de l'Hédylion et installa son camp tout près d'Archélaos, qui avait élevé un retranchement solide entre l'Acontion et l'Hédylion, au lieu-dit Assies ; l'endroit où il campa a reçu le nom d'Archélaos qu'il porte encore aujourd'hui[160]. 6. Sylla attendit une journée entière puis, laissant Muréna[161] avec une légion et deux cohortes pour harceler l'ennemi, qui se rangeait en ordre de bataille, il partit offrir un sacrifice sur les bords du Céphise ; les victimes étant favorables[162], il se rendit à Chéronée, pour reprendre l'armée qui s'y trouvait et reconnaître le lieu-dit Thourion, dont les ennemis s'étaient emparés avant lui.
7. C'est une hauteur escarpée, une montagne conique, que nous appelons Orthopagos ; à son pied se trouvent le torrent du Morios et le temple d'Apollon Thourien. 8. Le dieu est nommé ainsi à cause de Thourô, mère de Chaïron, qui fut, à ce qu'on raconte, le fondateur de Chéronée. Mais selon certains, la vache que le dieu de Pythô donna pour guide à Cadmos apparut à cet endroit et le lieu fut ainsi nommé à cause d'elle, le mot *thor* signifiant vache en phénicien[163].
9. Sylla approchait de Chéronée[164], lorsque le tribun militaire qui avait été envoyé dans cette cité[165] vint à sa rencontre à la tête de ses soldats en armes, et lui remit une couronne de laurier[166]. 10. Sylla prit la couronne et, comme il saluait les soldats et les exhortait à tenir bon face au danger, deux Chéronéens, Homoloïchos et Anaxidamos[167], vinrent le trouver, lui promettant de chasser ceux qui avaient occupé Thourion, s'il leur donnait un petit nombre de soldats : 11. il existait, disaient-ils, un sentier que les Barbares ne pouvaient voir et qui menait, au-dessus

---

159. La ressemblance du héros ou dieu oraculaire avec le Zeus d'Olympie n'est pas mentionnée ailleurs. Elle accroît le poids de la prédiction et a pu être quelque peu sollicitée : pour des Romains, la figure de Jupiter Capitolin était discernable derrière l'appellation grecque de l'apparition sacrée.

160. L'Assos est un affluent du Céphise. Les hauteurs de l'Acontion et de l'Hédylion sont sur la rive gauche de l'Assos. Assies, qui n'est pas autrement connue, était également sur cette rive.

161. Lucius Licinius Murena, lieutenant de Sylla et héros de toutes les guerres contre Mithridate (voir notamment Lucullus, *XXV, 7 et XXVII, 2) ; père du consul homonyme de 62.*

162. Sacrifice traditionnel de prise d'auspices par le général avant un affrontement important ; voir Marius, *XXVI, 3.*

163. Cadmos, fils du roi phénicien Agénor, fut envoyé rechercher sa sœur Europe, enlevée par Zeus sous la forme d'un taureau. L'oracle d'Apollon à Delphes, consulté, lui ordonna d'y renoncer pour suivre une vache au pelage taché de croissants de lune, et de fonder une cité là où elle s'arrêterait. Ainsi fondée, Cadmée allait devenir Thèbes ; voir Euripide, Les Phéniciennes, *v. 638 et suiv.*

164. Ici commencent les préparatifs d'une bataille dont le récit se poursuit jusqu'à XIX, 10. Nous sommes au printemps 86.

165. Il s'agit de Gabinius, mentionné supra, en XVI, 14.

166. Nouvelle manifestation de vénération quasi religieuse à l'adresse de Sylla.

167. Sur la glorification de ces deux héros, voir infra, *XIX, 10.*

de leur tête, du lieu-dit Pétrachos, en longeant le sanctuaire des Muses, jusqu'à Thourion ; s'ils passaient par là, ils pourraient sans difficulté tomber sur les ennemis et leur lancer des pierres d'en haut ou les forcer à descendre dans la plaine. 12. Gabinius s'étant porté garant du courage et de la loyauté de ces hommes, Sylla leur demanda de tenter l'entreprise. Quant à lui, il rangea son armée en ordre de bataille et divisa ses cavaliers en deux groupes qu'il plaça à chaque aile : il prit le commandement de l'aile droite et confia la gauche à Muréna[168]. 13. Les légats Galba et Hortensius, avec les cohortes de réserve, se placèrent à l'arrière, sur les hauteurs, pour éviter une manœuvre d'encerclement ; 14. on voyait en effet les ennemis regrouper de nombreux cavaliers et des fantassins légers, pour former une aile souple et agile, prête à des évolutions rapides ; ils avaient l'intention de la déployer au loin et d'encercler les Romains.

XVIII. 1. Pendant ce temps, les Chéronéens, qui avaient reçu de Sylla une troupe commandée par Érycius, firent le tour et parvinrent à Thourion sans avoir été aperçus de l'ennemi. Leur apparition provoqua chez les Barbares un grand désordre, une déroute et des pertes qu'ils s'infligèrent à eux-mêmes pour la plupart : 2. incapables de résister, ils se laissaient entraîner par la pente et s'embrochaient sur leurs propres piques, ou se bousculaient et se jetaient mutuellement dans le précipice, tandis que d'en haut, les ennemis les attaquaient et frappaient leurs corps découverts : ils perdirent ainsi trois mille hommes près de Thourion. 3. Quant aux fuyards, les uns furent interceptés par Muréna, qui avait déjà pris position, et périrent dans cet affrontement ; les autres, se précipitant vers le camp ami, tombèrent, dans le plus grand désordre, sur la phalange, dont ils emplirent de crainte et de confusion la plus grande partie, ce qui fit perdre aux généraux un temps considérable et contribua grandement à leur perte, 4. car Sylla se jeta vivement sur eux, dans le trouble où ils étaient. Raccourcissant par cette avance rapide l'intervalle qui séparait les deux armées, il priva les chars armés de faux de leur efficacité[169]. 5. La force de ces chars dépend, pour l'essentiel, de la longueur de leur course qui fait la violence et la puissance de leur assaut ; quand ils n'ont qu'un court espace pour s'élancer, ils sont inefficaces et affaiblis, tels des traits qui n'ont pas reçu une impulsion suffisante[170]. 6. Ce fut ce qui arriva alors aux Barbares. Leurs premiers chars s'élancèrent lentement et attaquèrent avec mollesse ; ils furent repoussés par les Romains qui, au milieu des applaudissements et des rires, en réclamèrent d'autres, comme ils le font dans les courses de l'hippodrome. 7. Ensuite, les troupes d'infanterie passèrent à l'attaque. Les Barbares, baissant leurs longues sarisses, essayèrent

---

168. *Disposition normale : le général en chef commande à droite, son second à gauche.*
169. *Il s'agit de lames disposées transversalement à l'extérieur, qui fauchaient les rangs ennemis. La manœuvre romaine et la nature tortueuse des lieux étouffent toute possibilité d'action.*
170. *Appien et Frontin présentent une version compatible avec celle-ci, mais avec des variantes : selon les* Guerres mithridatiques, *42, les Romains ont ouvert leurs rangs au passage des chars, pour les prendre à revers en bout de course ; d'après les* Stratagèmes, *II, 3, 17, des pieux avaient été plantés par les Romains pour perturber le parcours des chars et mieux les attaquer.*

de garder leurs boucliers serrés afin de maintenir la cohésion de la phalange, mais les Romains, jetant là leurs javelots, tirèrent l'épée et écartèrent les sarisses pour en venir plus vite au corps à corps. Ils étaient pleins de fureur 8. car ils voyaient, rangés en ordre de bataille, quinze mille esclaves que les généraux du roi avaient tirés des cités en leur promettant la liberté par pròclamation, et qu'ils avaient répartis parmi les bataillons des hoplites[171]. 9. Un centurion romain déclara, dit-on : « Je croyais que ce n'était qu'aux Saturnales que les esclaves ont droit à la liberté[172] ! » 10. Cependant, ces bataillons étaient si profonds et si serrés que l'infanterie romaine mit longtemps à les repousser ; les esclaves trouvèrent, en dépit de leur nature, le courage de résister. Mais les flèches enflammées et les javelots, que les Romains des derniers rangs jetaient sur eux sans se ménager, les contraignirent à faire demi-tour et mirent le trouble dans leurs rangs.

XIX. 1. Comme Archélaos faisait avancer son aile droite pour encercler les Romains, Hortensius lança sur lui ses cohortes au pas de course, dans l'intention de l'attaquer de flanc. 2. Mais Archélaos tourna rapidement contre lui les deux mille cavaliers qui l'entouraient et Hortensius, pressé par le nombre, se replia vers les montagnes, se séparant insensiblement du gros de l'armée et se laissant envelopper par les ennemis[173]. 3. Informé du danger, Sylla quitta l'aile droite, qui n'avait pas encore engagé le combat, et se précipita à la rescousse[174]. Au nuage de poussière qu'il souleva dans sa course, Archélaos comprit ce qui se passait et, laissant là Hortensius, il se tourna en toute hâte contre l'aile droite que Sylla venait de quitter, espérant la surprendre privée de son chef. 4. Au même moment, Taxilès lançait contre Muréna les boucliers d'airain[175]. En entendant s'élever des deux côtés de grands cris dont les montagnes renvoyaient l'écho, Sylla s'arrêta, se demandant où il devait se porter d'abord. 5. Il décida de regagner son poste ; envoyant Hortensius au secours de Muréna avec quatre cohortes, il donna ordre à la cinquième de le suivre et s'élança vers son aile droite qui, à elle seule, combattait déjà à armes

---

171. Enrôlement semi-forcé d'esclaves de cités grecques, notamment de Macédoine, par les généraux de Mithridate. Sur le mépris civique et romain envers le recours à des forces serviles, voir supra, IX, 14 et Marius, XLI, 3.

172. La fête des Saturnales avait lieu à Rome du 17 au 24 décembre. Le premier jour était consacré à Saturne ; les jours suivants avaient lieu des scènes de carnaval, dont la plus spectaculaire inversait les rôles des maîtres et des esclaves.

173. Appien (Guerres mithridatiques, 43) explique le sens de la manœuvre : vaincu dans la première phase, Archélaos tente une attaque de cavalerie au centre du dispositif adverse pour le couper en deux et encercler les deux ailes des Romains. Il se heurte alors aux troupes d'Hortensius et de Galba placées à l'arrière-garde (voir supra, XVII, 13).

174. Appien indique aussi que c'est ce mouvement d'Archélaos qui lui fait croiser, involontairement, la route de Sylla. La description des affrontements, qui met en vedette le Romain, doit emprunter beaucoup aux Mémoires de Sylla (voir § 8).

175. Sur les boucliers d'airain, voir supra, XVI, 13. Désormais, Archélaos fait face à Sylla à droite et, à gauche, Taxilès à Muréna.

égales contre Archélaos. Dès qu'il parut, ses soldats enfoncèrent complètement les ennemis; une fois vainqueurs, ils les poursuivirent jusqu'au fleuve[176] et au mont Acontion, tandis qu'ils fuyaient dans la plus grande confusion. 6. Sylla n'oublia pas pour autant le danger où se trouvait Muréna; il courut apporter son aide aux Romains de ce secteur. Mais, voyant qu'ils étaient vainqueurs, il se lança lui aussi dans la poursuite. 7. Beaucoup de Barbares furent tués dans la plaine; la plupart furent massacrés alors qu'ils se jetaient contre le retranchement: de tant de dizaines de milliers d'ennemis, dix mille seulement parvinrent à s'enfuir à Chalcis. 8. Sylla dit que, parmi ses soldats, il n'en manqua que quatorze, dont deux revinrent ensuite, vers le soir[177]. 9. Aussi fit-il inscrire sur ses trophées[178] les noms de Mars, de la Victoire et de Vénus, jugeant que la Fortune avait joué dans son succès un aussi grand rôle que son habileté et son armée[179]. 10. Le trophée de la bataille livrée dans la plaine se dresse à l'endroit où les troupes d'Archélaos fléchirent pour la première fois, près du ruisseau du Morios. Il y en a un autre, placé au sommet du Thourion, pour commémorer l'encerclement des Barbares: l'inscription, en lettres grecques, désigne Homoloïchos et Anaxidamos comme les auteurs de cet exploit[180]. 11. En l'honneur de sa victoire, Sylla célébra un sacrifice à Thèbes et fit dresser une scène[181] près de la fontaine d'Œdipe[182]. 12. Les arbitres furent des Grecs qu'il fit venir des autres cités. Il éprouvait en effet pour les Thébains une haine implacable[183]: il leur enleva la moitié de leur territoire, qu'il consacra au dieu de Pythô et à Zeus Olympien, et ordonna que sur les revenus de ces terres, on rendît aux dieux l'argent qu'il leur avait pris lui-même[184].

---

176. *Selon Orose (*Histoire contre les païens, *VI, 2, 7), ce sont 20 000 soldats d'Archélaos qui périrent au bord du Céphise; le même évalue les pertes ennemies à Chéronée à 90 000 au total.*

177. *Indication fort peu crédible. Appien parle de 15 hommes, ce qui procède de la même sous-évaluation. Dans ses* Mémoires, *Sylla minimise ses propres pertes.*

178. *Symboles de victoire, les trophées étaient élevés sur les lieux du combat. À l'origine en bois, et porteurs des dépouilles de l'ennemi, ils sont désormais en pierre, comme ceux de Chéronée, pourvus d'inscriptions et de motifs figurés.*

179. *L'armée correspond à Mars (Arès), l'habileté du chef à la Victoire (Nicè), et sa chance personnelle (*eutychia) *se place sous le patronage de Vénus (Aphrodite); voir supra, VI, 4-5 et infra, XXXIV, 3.*

180. *Citoyen de Chéronée, il est normal que Plutarque signale l'existence des deux trophées, dont parle aussi Pausanias (IX, 40, 7).*

181. *Sur cette scène étaient donnés, sous forme de compétition (avec des «arbitres»), les jeux et les chants qui célébraient la victoire (*épinicia).

182. *Selon Pausanias (IX, 18), cette fontaine tirait son nom de l'épisode où le Thébain Œdipe s'y était lavé du sang de son père Laios, après l'avoir tué sans connaître son identité.*

183. *En les interdisant d'arbitrage, Sylla insulte doublement les Thébains: il leur retire une prérogative qui devait leur revenir et souligne la faible réputation intellectuelle de ces Béotiens.*

184. *Le dieu de Pythô est l'Apollon de Delphes, où se trouve l'oracle de la Pythie. À ces deux divinités, ainsi qu'à l'Asclépios d'Épidaure, Sylla rend en somme ce qu'il leur a pris (voir supra, XII, 6).*

XX. 1. Ensuite, apprenant que Flaccus, qui appartenait au parti adverse, avait été élu consul[185] et traversait la mer Ionienne avec une armée dirigée prétendument contre Mithridate mais en fait contre lui, il se précipita en Thessalie pour lui barrer la route[186]. 2. Mais lorsqu'il fut parvenu près de la cité de Méliteia[187], des messagers vinrent à lui de plusieurs directions lui annoncer que le pays qu'il laissait derrière lui était de nouveau ravagé par une armée du roi, aussi importante que la précédente[188]. 3. Dorylaos avait en effet débarqué à Chalcis[189] avec une flotte immense, qui amenait quatre-vingt mille hommes, les mieux entraînés et les plus disciplinés de l'armée de Mithridate ; il s'était aussitôt jeté sur la Béotie dont il occupait le territoire. Dans son impatience d'attirer Sylla au combat, il ne tenait pas compte des avis d'Archélaos, qui l'en dissuadait[190] ; il faisait même courir le bruit que, pendant la bataille précédente, tant de dizaines de milliers d'hommes ne pouvaient avoir péri sans quelque trahison. 4. Sylla fit rapidement demi-tour et fit voir à Dorylaos qu'Archélaos était un homme sensé, qui connaissait par expérience la valeur des Romains. Après quelques escarmouches avec Sylla aux environs du Tilphossion, il fut le premier à dire qu'il ne fallait pas régler le conflit par une bataille, mais pratiquer une guerre d'usure en faisant jouer les dépenses et le temps. 5. Cependant, le site d'Orchomène, où ils avaient établi leur camp, inspirait à Archélaos une certaine confiance ; la nature offrait un champ de bataille favorable à ceux dont la cavalerie était la plus forte[191]. 6. C'est la plus belle et la plus vaste des plaines de Béotie : dominée par la cité des Orchoméniens, elle se déploie largement, unie et sans arbres, jusqu'aux marais où se perd le Mélas. Ce fleuve, qui naît au pied de la cité d'Orchomène, est le seul cours d'eau de Grèce à être abondant et navigable dès sa source ; il grossit vers le solstice d'été, comme le Nil, et l'on trouve sur ses rives les mêmes plantes qu'en Égypte, mais elles n'ont pas de fruit et ne grandissent pas. 7. Son cours n'est pas long ; la plus grande partie de ses eaux disparaît tout de suite dans des marécages sans écoulement[192], couverts de broussailles ; le reste, peu

---

185. Le marianiste Lucius Valerius Flaccus a été collègue de Marius au consulat en 100 (voir Marius, *XXVIII, 8) et censeur en 97. Marius étant mort à la mi-janvier 86, il est élu « consul suffect » par les populares. Sur sa mort, voir* infra, *XXIII, 11. Son fils sera défendu par Cicéron dans le* Pour Flaccus.
186. Peut-être après un court séjour à Athènes, omis par Plutarque (Appien, Guerres mithridatiques, *39).*
187. Méliteia se trouve en Phthiotide, sur le versant nord du mont Otris.
*188. Selon Appien (*Guerres mithridatiques, *46-49), avant d'envoyer cette nouvelle armée contre les Romains, Mithridate a fait régner la terreur en Asie.*
189. Chalcis, en Eubée, où s'était réfugié le reste des troupes d'Archélaos (supra, XIX, 7).
190. L'accent est mis sur la supériorité des Romains et sur la faiblesse des chefs mandatés par Mithridate : Dorylaos est encore moins lucide que n'avait été Archélaos…
191. Orchomène est à moins de 10 km au nord-est de Chéronée, au débouché du Céphise dans le lac Copaïs. Le terrain plat et vaste redonne espoir à Archélaos dans sa cavalerie nombreuse et bien entraînée.
192. Comparer cette description avec celle de Pélopidas, *XVI, 3 et suiv. Le lac Copaïs (350 km² environ, soit une bonne partie de la cité d'Orchomène) se transformait en été en un marécage traversé par un filet d'eau, alimenté pour l'essentiel par le Céphise.*

considérable, se jette dans le Céphise, à l'endroit où le marais passe pour produire les roseaux qui font les meilleurs *auloï*.

XXI. 1. Quand les deux armées eurent établi leur camp à proximité l'une de l'autre[195], Archélaos ne bougea pas, mais Sylla fit creuser des tranchées de chaque côté, afin, si possible, de couper les ennemis du terrain solide, favorable à la cavalerie, et de les repousser vers les marais[194]. 2. Les autres ne le laissèrent pas faire ; dès que leurs généraux leur en donnèrent l'autorisation, ils s'élancèrent violemment, avec impétuosité ; non seulement ils dispersèrent ceux qui travaillaient aux ouvrages de Sylla, mais ils bousculèrent et mirent en fuite la plus grande partie de l'escorte qui les protégeait. 3. Alors Sylla, sautant à bas de son cheval, saisit une enseigne et se fraya de force un chemin jusqu'aux ennemis à travers les fuyards, en criant : « Pour moi, il est beau, Romains, de mourir ici ! Mais vous, quand on vous demandera où vous avez trahi votre commandant en chef, souvenez-vous de répondre que c'est à Orchomène[195] ! » 4. À ces mots, ils firent demi-tour. Deux cohortes de l'aile droite vinrent à son secours ; il les mena contre l'ennemi, qu'il mit en déroute. 5. Il les ramena un peu en arrière, leur distribua de la nourriture, puis leur fit de nouveau creuser des tranchées autour du camp des ennemis. 6. Ceux-ci se reformèrent et attaquèrent plus violemment qu'auparavant. À l'aile droite, Diogénès, fils de la femme d'Archélaos, s'illustra par sa vaillance et succomba glorieusement. Les archers, pressés par les Romains, n'avaient plus assez de recul ; ils saisirent leurs flèches à pleines mains, comme si c'étaient des épées, et en frappèrent les Romains qu'ils repoussèrent mais, pour finir, enfermés dans leur camp, ils passèrent une nuit cruelle, tourmentés par leurs blessures et par la peur[196]. 7. Le jour suivant, Sylla ramena ses soldats devant le camp ennemi afin de reprendre les tranchées. Les Barbares sortirent en foule, pour livrer bataille. Sylla engagea le combat et les mit en fuite ; la peur qu'inspirèrent ses soldats fut si forte qu'aucun Barbare n'osa lui résister et qu'il emporta le camp de vive force. 8. Il y eut tant de morts que les marécages furent remplis de sang et le lac de cadavres[197] : de nos jours, on trouve encore, enfoncés dans la boue, beaucoup d'arcs barbares, de casques, de bouts de fer provenant des cuirasses et de poignards, alors que près de deux cents ans se sont écoulés depuis cette bataille[198]. 9. Voilà ce qui se passa, dit-on, près de Chéronée et devant Orchomène.

---

193. La bataille d'Orchomène a eu lieu entre l'automne 86 et le printemps 85.
194. Cette fois, Archélaos a choisi le terrain de l'affrontement, et Sylla fait face en s'adaptant.
195. L'épisode, rapporté par toutes les autres sources, remonte sûrement aux Mémoires *de Sylla. La mise en scène confond l'intérêt du général avec celui de la patrie romaine. Elle illustre à nouveau l'art propre au chef de galvaniser la troupe.*
196. Récit très voisin chez Appien, Guerres mithridatiques, *49-50. À la fin de cette première journée de combat, les Barbares ont perdu, selon Appien, 15 000 hommes, dont 10 000 cavaliers.*
197. Les sources divergent quant au nombre de morts, mais elles sont unanimes à indiquer qu'il n'y eut presque pas de survivants.
198. Natif de Chéronée, Plutarque a visité les lieux et recueilli les traditions orales (voir supra XIV, 4). On passe ici bien près d'un témoignage d'« archéologie funéraire ».

SYLLA

XXII. 1. Cependant, à Rome, Cinna et Carbo[199] traitaient les hommes les plus en vue avec tant de mépris pour les lois et tant de violence que beaucoup, fuyant ce pouvoir despotique, se rendaient au camp de Sylla comme dans un port accueillant; en peu de temps, il y eut autour de lui une sorte de Sénat[200]. **2.** Métella, qui s'était échappée à grand-peine, avec ses enfants, vint lui annoncer que sa maison et ses fermes avaient été incendiées par ses ennemis[201] et lui demander d'aller porter secours à ses amis de Rome. **3.** Sylla se trouva dans un grand embarras: il ne pouvait pas rester indifférent aux souffrances de sa patrie, mais il ne voyait pas non plus comment il pouvait partir en laissant inachevée une entreprise aussi importante que la guerre contre Mithridate. Or un commerçant de Délion nommé Archélaos vint le trouver: il lui apportait en secret, de la part de l'autre Archélaos, l'ami du roi, des espérances et des propositions[202]. **4.** Sylla en fut si réjoui qu'il se hâta d'aller s'entretenir avec Archélaos. La rencontre eut lieu au bord de la mer, près de Délion, à l'endroit où se trouve le sanctuaire d'Apollon. **5.** Archélaos parla le premier; il demanda à Sylla d'abandonner l'Asie et le Pont, et de reprendre la mer pour aller régler le conflit à Rome; il lui offrait pour cela, de la part du roi, de l'argent, des trières et toutes les troupes qu'il voudrait. Sylla, prenant la parole à son tour, lui conseilla de renoncer à défendre les intérêts de Mithridate et de se proclamer roi lui-même à sa place, après être devenu l'allié des Romains et leur avoir livré les navires[205]. **6.** Archélaos repoussa avec horreur cette trahison[204]. «Eh quoi! Archélaos, s'écria Sylla, toi, un Cappadocien, qui es l'esclave ou, si tu préfères, l'ami d'un roi barbare[205], tu ne peux consentir à la honte, même au prix de si grands biens, et tu as le front de me parler, à moi, un général romain, à moi, Sylla[206], de trahison. **7.** Comme si tu n'étais pas cet

---

199. À la fin de 86, le marianiste Cnaeus Papirius Carbo a remplacé au consulat Flaccus, tombé en Orient (voir supra, XII, 13 et infra, XXIII, 11). L'autre consul est (pour la troisième fois) Lucius Cornelius Cinna, lui aussi fervent popularis.
200. Un bon nombre avaient dû faire partie des 300 membres que Sylla avait fait entrer au Sénat par une loi de 88, désormais abrogée. Une partie de ces aristocrates avait certainement des intérêts en Grèce et en Orient. Cette «fuite d'un Sénat» annonce celle de 48, à la suite de Pompée quittant l'Italie face à l'avancée de César.
201. Sur Métella, voir supra, VI, 21-23; sur ses enfants, infra, XXXIV, 5. La femme de Sylla doit l'avoir rejoint depuis un an: tout ce passage souffre d'une certaine confusion chronologique. La destruction des demeures de Sylla est confirmée par Appien, Guerres mithridatiques, *51.*
*202. Selon Appien (*Guerres mithridatiques, *54), le contact eut lieu à l'initiative de Mithridate. Délion est une petite cité de Béotie méridionale.*
203. Appien, qui ne mentionne pas l'offre de trahison faite d'abord à Archélaos par Sylla, développe plus longuement le discours de Sylla; celui-ci rappelle la perfidie de Mithridate et ses massacres en Asie.
204. Archélaos ne passera aux Romains que nettement plus tard, quand Mithridate l'aura dépossédé de son commandement (Appien, Guerres mithridatiques, *64).*
205. Ironie méprisante d'un citoyen romain à l'égard d'un Grec de Cappadoce asservi à un souverain étranger: emprunt vraisemblable, une fois de plus, aux Mémoires *de Sylla.*
206. Formule bien syllanienne d'auto-exaltation de la figure personnelle du chef, par-delà celle du représentant de la cité romaine.

Archélaos qui s'est enfui de Chéronée avec une poignée de soldats, après en avoir amené cent vingt mille! cet Archélaos qui s'est caché pendant deux jours dans les marais d'Orchomène, et qui a laissé la Béotie jonchée de tant de morts qu'elle est devenue impraticable!» 8. À ces mots, Archélaos changea d'attitude; se prosternant, il supplia Sylla de mettre fin à la guerre et de traiter avec Mithridate. 9. Sylla accéda à sa prière et un accord fut conclu: Mithridate devait renoncer à la province d'Asie et à la Paphlagonie, restituer la Bithynie à Nicomède et la Cappadoce à Ariobarzane[207], payer aux Romains deux mille talents et leur livrer soixante-dix navires cuirassés de bronze avec leur équipement complet[208]. 10. De son côté, Sylla s'engageait à garantir ses autres terres et à le faire proclamer allié des Romains.

XXIII. 1. Cet accord conclu[209], Sylla se retira et se dirigea, par la Thessalie et la Macédoine, vers l'Hellespont; il était accompagné d'Archélaos qu'il traitait avec honneur. 2. Comme celui-ci était tombé dangereusement malade près de Larissa, il arrêta sa marche et le fit soigner comme s'il avait été l'un de ses officiers ou de ses généraux. 3. Ces égards firent naître des soupçons à propos de la bataille de Chéronée: on supposa qu'elle n'avait pas été livrée de manière bien propre[210]. De plus, Sylla rendit tous les amis de Mithridate, qu'il avait faits prisonniers, à l'exception du tyran Aristion, qu'il fit périr par le poison; or Aristion était un adversaire d'Archélaos[211]. 4. Il y eut surtout le cadeau qu'il fit au Cappadocien de dix mille plèthres de terre en Eubée et le titre d'ami et d'allié des Romains qu'il lui fit obtenir. 5. Mais Sylla se justifie de ces accusations dans ses *Mémoires*[212]. 6. Des ambassadeurs envoyés par Mithridate se présentèrent alors: ils déclaraient accepter l'ensemble des propositions, mais refusaient qu'on leur prenne la Paphlagonie; quant aux navires, ils n'étaient pas du tout d'accord pour les livrer[213]. Sylla se mit en colère. 7. «Que dites-vous? s'écria-t-il. Mithridate prétend avoir des droits sur la Paphlagonie et refuse de livrer ses navires?

---

207. Voir supra, V, 6; XI, 3 et note; Mithridate doit renoncer à toutes ses conquêtes successives et indues, au profit de Rome et de ses rois-clients.
208. Sylla renforce une flotte encore très insuffisante. Appien ajoute que Mithridate a dû également restituer des prisonniers, renvoyer chez elles les populations d'Asie Mineure qu'il avait déportées, et retirer ses forces de tous les points fortifiés occupés indûment.
209. Selon Appien, Archélaos n'aurait accepté que le retrait des places fortes, se réservant, pour les autres termes de l'accord, d'en référer à Mithridate.
210. Type de soupçon déjà colporté par Dorylaos. Le thème de la trahison est un trait dominant de l'épisode selon Plutarque (à la différence d'Appien); d'évidence, Sylla s'est défendu vigoureusement d'un grief politiquement gênant.
211. Exagération certainement imputable aux adversaires de Sylla: parmi les prisonniers faits lors de la prise d'Athènes, d'autres qu'Aristion ont été eux aussi châtiés (voir supra, XIV, 10-11).
212. Les Mémoires *sont sans doute la source commune des informations sur les accusations portées contre Sylla et sur son propre plaidoyer: accorder des terres (environ 900 ha, semble-t-il, un «plèthre» grec valant 876 m^2) et le titre d'«ami» à l'ennemi vaincu mais pacifié n'avait rien que de normal.*
213. Mithridate, qui a engagé des pourparlers avec son adversaire direct le marianiste Fimbria et connaît les difficultés de Sylla à Rome, se croit en position assez forte pour dicter ses conditions.

J'imaginais qu'il se prosternerait[214] devant moi, si seulement je lui laissais la main droite, avec laquelle il a fait périr tant de Romains[215]! Il changera bientôt de langage, quand je serai passé en Asie. Pour le moment, bien tranquille à Pergame[216], il joue au stratège, à propos d'une guerre qu'il n'a pas vue.» 8. Les ambassadeurs, effrayés, ne répliquèrent pas, mais Archélaos supplia Sylla et, lui saisissant la main droite en pleurant, il radoucit sa colère. 9. À la fin, il le persuada de l'envoyer, lui, auprès de Mithridate : il s'engageait à faire conclure la paix aux conditions que désirait Sylla : s'il n'arrivait pas à convaincre le roi, il se tuerait. 10. Sylla l'envoya donc avec cette mission. Quant à lui, il envahit la Maidique, dont il ravagea une grande partie, puis se retira en Macédoine. Près de Philippes, Archélaos le rejoignit[217] et lui annonça que tout allait bien, mais que Mithridate voulait absolument avoir une entrevue avec lui. 11. Ce désir lui était surtout dicté par l'arrivée de Fimbria qui, après avoir tué Flaccus, chef du parti adverse, et vaincu les généraux de Mithridate, marchait contre le roi en personne[218]. Redoutant cette offensive, Mithridate préférait conclure amitié avec Sylla.

XXIV. 1. La rencontre eut lieu à Dardanos en Troade[219]. Mithridate y avait amené deux cents navires équipés de rameurs et, pour l'armée de terre, vingt mille hoplites, six mille cavaliers et un grand nombre de chars armés de faux. Sylla, lui, avait quatre cohortes[220] et deux cents cavaliers. 2. Comme Mithridate venait à sa rencontre et lui tendait la main, Sylla lui demanda s'il mettrait fin au conflit aux conditions réglées par Archélaos[221]. Le roi ne répondit pas. Alors Sylla : « Ce sont les solliciteurs qui doivent parler les premiers ; aux vainqueurs, le silence suffit. » 3. Mithridate entreprit alors de se défendre, essayant tantôt de rejeter la responsabilité de la guerre sur la divinité[222], tantôt d'incriminer les Romains eux-mêmes.

---

214. Le verbe grec utilisé, proscynein, *évoque la prosternation orientale devant le souverain.*
215. Romains de souche ou Italiens romanisés ; au témoignage de Plutarque (infra, XXIV, 4, 7) comme de Tite-Live (Abrégé, 78) et d'Appien (Guerres mithridatiques, 22-23, 54, 58, 62), les massacres ordonnés par Mithridate n'ont épargné ni femmes ni enfants.
216. Capitale de l'ancien royaume des Attalides, devenue en 129 chef-lieu de la province romaine, où Mithridate a installé sa cour.
217. La Maidique se situe en Thrace, tout près de la Macédoine. Sylla arrive du Nord, Archélaos d'Asie ; Philippes, en Macédoine, est un lieu approprié.
218. Au printemps 85 : selon Appien, Fimbria a même chassé Mithridate de Pergame, le contraignant à se réfugier dans le port de Pitanè, puis à Mytilène. Les sources présentent le légat comme intelligent, démagogue et cruel. Mithridate a cherché à traiter avec lui. L'idée majeure de Sylla est d'éviter une alliance de fait entre les deux hommes (voir infra, XXIV, 7).
219. Sur l'Hellespont.
220. Entre 1200 et 2000 fantassins. Ce contraste entre les forces exhibées manque chez Appien.
221. Sur l'attitude intransigeante et ostentatoire de Sylla, voir infra, Comparaison de Lysandre et de Sylla, XLIII, 2.
222. Littéralement « sur les démons » ; Mithridate incrimine, comme dans telle tragédie grecque (Eschyle, Les Perses, v. 472), une sorte de malignité divine agissant à travers les hommes. Cet échange de propos édifiants est naturellement le fruit d'une reconstruction postérieure.

Mais Sylla l'interrompit : « On m'avait dit depuis longtemps, et je vois à présent par moi-même, que Mithridate est le plus habile des rhéteurs, lui qui, pour justifier des actes si criminels et si contraires aux lois, ne manque pas d'arguments spécieux[223] ! »
4. Après avoir énuméré tous les actes cruels de Mithridate et les lui avoir reprochés, il lui demanda pour la deuxième fois s'il était prêt à exécuter ce qui avait été convenu par l'intermédiaire d'Archélaos[224]. 5. Sur la réponse affirmative du roi, Sylla lui tendit la main, lui donna l'accolade et l'embrassa, puis fit avancer les rois Ariobarzane et Nicomède et les réconcilia à leur tour avec Mithridate[225]. 6. Ce dernier, après avoir livré soixante-dix vaisseaux et cinq cents archers, embarqua pour le Pont[226]. 7. Sylla remarqua que ses soldats étaient mécontents de cet accord. Ils jugeaient scandaleux de voir le plus odieux des rois, celui qui avait fait égorger en un seul jour cent cinquante mille Romains en Asie, repartir chargé des richesses et des dépouilles de cette province qu'il n'avait cessé, pendant quatre ans, de piller et d'accabler d'impôts. Sylla se défendit devant eux, en leur expliquant qu'il n'aurait pu faire la guerre contre Fimbria et Mithridate en même temps, si tous deux s'étaient ligués contre lui.

XXV. 1. Puis il marcha en hâte contre Fimbria, qui était campé devant Thyatires[227]. Il s'arrêta près de lui et fit creuser une tranchée autour de son camp. 2. Alors les soldats de Fimbria sortirent du retranchement en simple tunique, embrassèrent les soldats de Sylla et s'empressèrent même de les aider dans leurs travaux. 3. Voyant ce retournement, et redoutant Sylla, qui, pensait-il, se montrerait intraitable, Fimbria se tua dans son camp[228]. 4. Sylla imposa à l'Asie une amende collective de vingt mille talents[229] ; quant aux maisons des particuliers, il les ruina en les livrant à l'insolence et à la cupidité des soldats qui y étaient logés. 5. Il avait été arrêté que, chaque jour, l'hôte devait donner au soldat qu'il hébergeait quatre tétradrachmes, et lui fournir à dîner, à lui et à tous les amis qu'il voudrait inviter ; chaque officier recevrait cinquante drachmes par jour et deux vêtements, l'un pour la maison, l'autre pour l'agora[230].

---

223. *Cette dénonciation d'une rhétorique pervertie est l'envers de l'éloge implicite, commun à toute une civilisation, du bon usage de l'art oratoire. On prêtait au roi barbare la connaissance de 22 langues.*
224. *Le détail du discours de Sylla est reconstitué par Appien,* Guerres mithridatiques, *57-58.*
225. *Ainsi se concluent les quatre premières années de la guerre ; l'accord n'est pourtant pas définitif.*
226. *Mithridate reprend le chemin de son royaume, appliquant l'accord de Délion (voir* supra, *XXII, 8-9). D'où la colère des troupes de Sylla face à une paix de compromis.*
227. *Cité de Lydie (actuelle Akhissar), proche de la frontière de Mysie, sur la voie de Pergame à Sardes.*
228. *Plutarque abrège dramatiquement un épisode qu'Appien décrit à loisir (*Guerres mithridatiques, *60) : après une rencontre avec un envoyé de Sylla, Fimbria se rend à Pergame, où il se suicide dans le temple d'Asclépios.*
229. *C'est dix fois l'amende imposée à Mithridate (*supra, *XXII, 9).*
230. *Le tableau d'Appien (*Guerres mithridatiques, *61) est plus terrible encore. Sylla a châtié les cités asservies à Mithridate (Éphèse), et récompensé les fidèles de Rome (Chios, Rhodes, Magnésie...). Ces mesures, et les impôts désormais recueillis en 44 circonscriptions, touchent durement la province d'Asie (voir l'évocation de* Lucullus, *XX, 1-3). Ces années sont également marquées par l'essor de la piraterie.*

XXVI. 1. Sylla quitta Éphèse avec tous ses navires et, deux jours plus tard, il jeta l'ancre au Pirée[231]. Il se fit initier aux Mystères[232] et s'appropria la bibliothèque d'Apellicon de Téos, dans laquelle se trouvaient la plupart des livres d'Aristote et de Théophraste, qui n'étaient pas encore bien connus du public[233]. 2. Lorsque cette bibliothèque fut apportée à Rome, le grammairien Tyrannion mit en ordre, dit-on, la plupart des livres qu'elle contenait, et Andronicos de Rhodes, qui put, grâce à lui, s'en procurer des copies, les publia et rédigea les tables qu'ils comportent maintenant[234]. 3. Les anciens péripatéticiens avaient certes beaucoup de talent et d'érudition, mais ils n'avaient pu avoir une connaissance précise d'un grand nombre d'ouvrages d'Aristote et de Théophraste. La succession de Nélée de Scepsis, à qui Théophraste avait laissé ses livres, était en effet tombée entre les mains de gens peu soucieux de gloire et ignorants[235].
4. Pendant son séjour à Athènes, les jambes de Sylla furent frappées par une paralysie douloureuse, accompagnée de lourdeurs; c'est ce que Strabon appelle le balbutiement de la goutte[236]. 5. Il se rendit par mer à Aedepsos pour y prendre les eaux chaudes[237];

---

231. À l'été 84. Sylla, dépourvu de flotte à son départ d'Italie, a fait construire des navires en Thessalie, puis hérité de ceux que Lucullus avait ramenés d'Égypte; enfin, Mithridate lui en a livré (XXII, 9). Au total, selon Appien (Guerres civiles, I, 79), *sa flotte atteignait alors 1600 bateaux – qui ne mouillaient naturellement pas tous dans le port d'Éphèse.*

232. Les Mystères d'Éleusis. Sylla est un des premiers grands personnages de Rome qui se font initier lors de ces cérémonies athéniennes consacrées à Déméter, en principe réservées à des Grecs. Une inscription d'Athènes commémore des «concours Syllaniens» organisés en l'honneur du vainqueur généreux. Salluste (Jugurtha, 95, 3) *présente un Sylla passionné de culture grecque.*

233. Apellicon de Téos fut un proche du péripatéticien Aristion, cité au chapitre XIII. Ce bibliophile mourut au début de 84 – d'où l'héritage fait par Sylla. Strabon (XIII, 1, 54) nous apprend qu'à sa mort Aristote avait laissé à Théophraste et la direction du Lycée et sa bibliothèque (Aristote aurait été le premier à organiser une véritable bibliothèque). Par suite de négligences ultérieures (§ 3), ces livres transportés en Asie Mineure se seraient abîmés, et Apellicon, les ayant rachetés à prix d'or, les aurait en partie fait copier ou restaurer... avec beaucoup d'erreurs. Voir Dictionnaire, «Écrit/Écriture».

234. Rapportée à Rome par Sylla, la bibliothèque fut léguée à son fils Faustus, qui dut la vendre aux enchères pour payer ses dettes. Elle passa au professeur de «grammaire» Tyrannion, venu d'Amisos du Pont, où il avait été fait prisonnier et réduit en esclavage par Lucullus en 71 (voir Lucullus, *XIX, 8), avant d'être récupéré et affranchi par Licinius Muréna, puis conduit à Rome, et mis en rapport avec Cicéron et César notamment. Il y collabora avec Andronicos de Rhodes, chef de l'école d'Aristote. L'édition, classée par thèmes et pourvue d'index, qu'Andronicos produisit des œuvres d'un maître un peu oublié joua un rôle essentiel dans leur transmission ultérieure.*

235. Ces considérations sinueuses prouvent l'importance historique de la redécouverte due aux besogneux érudits mentionnés par Plutarque, lui-même grand lecteur d'Aristote.

236. Sur les autres maladies de Sylla, voir infra, *XXXVI, 3. Celle-ci a retardé le retour en Italie, alors que la situation s'aggravait à Rome. Le passage de Strabon ne figure pas parmi les œuvres conservées du géographe; sans doute est-il à attribuer à un traité historique auquel il fait lui-même référence.*

237. Aedepsos, sur la côte nord de l'Eubée, est restée célèbre pour les qualités thérapeutiques de ses eaux sulfureuses; Plutarque les décrit dans ses Propos de table, *IV, 667 c-d.*

là, il mena une vie indolente, passant ses journées avec les artistes de Dionysos[238]. 6. Un jour qu'il se promenait au bord de la mer, des pêcheurs lui apportèrent des poissons de toute beauté. 7. Le cadeau lui fit grand plaisir mais, lorsqu'il sut que ces pêcheurs étaient de Halès, il s'écria : « Tout le monde n'est donc pas mort à Halès ? » En effet, lorsqu'il poursuivait les ennemis après sa victoire d'Orchomène, il avait détruit en même temps trois cités de Béotie, Anthédon, Larymna et Halès. 8. De peur, les pêcheurs restèrent sans voix, mais Sylla leur sourit et leur dit de s'en aller joyeusement, car ils avaient apporté, pour plaider leur cause, des intercesseurs de taille, qu'on ne pouvait mépriser[239]. 9. Les Haléens disent qu'en entendant ces mots, ils reprirent courage et revinrent habiter leur cité.

XXVII. 1. Ensuite Sylla, traversant la Thessalie et la Macédoine, descendit vers la mer : il se disposait à passer de Dyrrachium à Brundisium avec douze cents navires[240]. 2. Tout près de là se trouve Apollonie[241] et, devant elle, le Nymphée, un endroit sacré où, au milieu d'un vallon verdoyant et de prairies, jaillissent constamment des sources de feu éparses çà et là[242]. 3. On captura à cet endroit, dit-on, un satyre endormi, qui ressemblait tout à fait à ceux que représentent les sculpteurs et les peintres[243]. On l'amena à Sylla, qui lui fit demander par plusieurs interprètes qui il était. 4. Mais le satyre parlait difficilement, de manière inintelligible, faisant entendre une voix rude qui tenait surtout du hennissement du cheval et du bêlement du bouc. Sylla, épouvanté, s'en détourna avec horreur[244].

---

238. Sur les « technites » de Dionysos, voir Cléomène, *XXXIII (XII), 2 ;* Lucullus, *XXIX, 4 ;* Antoine, *LVI, 7 ; et ici supra, II, 3 et infra, XXXVI, 1.*
239. Les « intercesseurs » sont naturellement les poissons eux-mêmes. Ce trait d'humour et de générosité enrichit, conformément à la technique et aux goûts du biographe, le portrait d'un personnage chez qui dominent par ailleurs les traits d'énergie, d'intelligence stratégique et d'autorité.
240. Début d'une nouvelle phase de cette Vie, *marquée par la guerre civile sur le sol italien avec les* populares. *Le départ de la flotte a eu lieu au printemps 83. Selon* Appien (Guerres civiles, *I, 79), les navires étaient au nombre de 1 600, et le départ aurait eu lieu du Pirée. En tout, les troupes auraient compté 40 000 hommes (dont 5 légions) avant l'arrivée en Italie, où le contingent aurait peu à peu triplé (I, 104).*
241. Apollonie d'Illyrie, à 60 km au sud de Dyrrachium (actuelle Durazzo) ; Sylla a dû s'y rendre spécialement pour consulter l'oracle.
242. Strabon (VII, 5, 8) y fait allusion et Pline l'Ancien (II, 100, 3) évoque « le cratère toujours enflammé du Nymphée ». Une zone d'émanations sulfureuses, à 25 km au sud-est d'Apollonie, doit correspondre à ce phénomène.
243. Compagnons des nymphes, les satyres sont à leur place dans un lieu dit Nymphée. On les représentait avec des jambes de bouc, un nez camus, des oreilles pointues, de petites cornes et une queue au bas des reins. On peut supposer qu'un être humain difforme avait été affecté au sanctuaire et consacré aux nymphes et aux satyres. On le conduit à Sylla comme un oracle. La mention « dit-on » implique une source locale et non les Mémoires *de Sylla.*
244. Sylla montre son intérêt pour les signes oraculaires et son discernement lorsque ceux-ci sont défavorables. Le verbe grec implique l'idée de sacrifice expiatoire offert à Zeus (voir César, *XXI, 1).*

SYLLA

5. Comme il s'apprêtait à faire traverser ses soldats et redoutait de les voir, sitôt en Italie, se disperser dans leurs cités respectives, ils lui jurèrent d'abord, de leur propre mouvement, qu'ils resteraient à ses côtés et ne causeraient volontairement aucun dommage à l'Italie[245]. Puis, voyant qu'il avait besoin de sommes importantes, ils firent une collecte à laquelle chacun contribua, en fonction de ses moyens, et lui apportèrent la somme recueillie. 6. Sylla ne voulut pas l'accepter, mais il les complimenta et les encouragea ; après quoi, il fit la traversée pour affronter, comme il le dit lui-même, quinze généraux ennemis, à la tête de quatre cent cinquante cohortes[246]. Mais la divinité lui annonçait le succès de la manière la plus claire. 7. À Tarente, comme il offrait un sacrifice aussitôt après sa traversée, on vit que le foie de la victime portait l'empreinte d'une couronne de laurier et de deux bandelettes qui y étaient attachées[247]. 8. Peu avant la traversée, on vit en Campanie, près du mont Tiphate, pendant plusieurs jours, deux grandes armées qui luttaient, donnant et recevant des coups. On eût dit des hommes en train de combattre, 9. mais ce n'était qu'une vision qui, s'élevant peu à peu de la terre, se dissipa çà et là dans l'air, pareille à une foule de fantômes obscurs, puis disparut[248]. 10. Or peu de temps après, le jeune Marius[249] et le consul Norbanus[250] amenèrent à cet endroit des forces nombreuses. Sylla, sans arrêter de plan de bataille et sans ranger ses troupes en ordre de combat, profita de la force de leur enthousiasme collectif et de l'élan de leur audace pour mettre les ennemis en déroute et enfermer Norbanus dans Capoue, après lui avoir tué sept mille hommes. 11. C'est grâce à ce succès, dit-il, que ses soldats ne se dispersèrent pas dans leurs différentes cités : ils restèrent avec lui, pleins de mépris pour les ennemis, pourtant bien supérieurs en nombre[251]. 12. Il dit encore qu'à Silvium, un esclave de

---

245. Cette seconde partie de la promesse a dû être suggérée aux soldats par Sylla lui-même, et l'ensemble de ces mesures, qui l'exonèrent partiellement des responsabilités de la guerre civile, étaient sans doute rapportées dans ses Mémoires.
246. Les 15 généraux comprennent les deux consuls de l'année, dont Norbanus, ainsi que Marius le Jeune (§ 10) ; 450 cohortes équivalent à plus de 200 000 hommes.
247. La halte à Tarente, après le débarquement à Brindisi, est le seul arrêt de Sylla dans sa marche sur Rome. Le foie des victimes était examiné par les haruspices, souvent au service des chefs politiques et militaires. La couronne de laurier est signe de victoire.
248. À 6 km de Capoue, le mont Tiphate (où se trouvait un temple à Diane Tiphatina et un à Jupiter Tiphatinus : la victoire de Sylla y sera rappelée sur une table de bronze) est aux confins du Samnium et de la Campanie, sur la route de Sylla (en gros, la via Appia). De nombreuses troupes font alors défection en sa faveur, selon Appien, I, 86-87. Selon ce même auteur (I, 76 et 83), des prodiges funestes accompagnent, chez l'adversaire comme à Rome, les présages heureux pour Sylla.
249. Fils de Caius Marius, consul élu à 27 ans ; sur sa carrière, voir infra, XXVIII, 7-14 ; sur sa fin, XXXII, 1.
250. Caius Julius Norbanus, préteur en Sicile en 87, proconsul en 82, fut marianiste jusqu'au bout et dut se suicider en 82.
251. Cet attachement des soldats à leur chef, aux yeux de Sylla, du biographe et de l'histoire, a joué un rôle décisif par la suite. Caractéristique de cette époque, il se fonde sur la victoire partagée et sur les signes du soutien divin.

Pontius, possédé par le dieu, vint le trouver, déclarant qu'il lui annonçait de la part de Bellone le succès et la victoire à la guerre, mais que, s'il ne se hâtait pas, le Capitole serait incendié[252]. 13. ce qui se produisit, en effet, le jour même où cet homme l'avait prédit, c'est-à-dire à la veille des nones de Quintilis, mois que nous appelons maintenant juillet[253]. 14. De plus, Marcus Lucullus[254], un des lieutenants de Sylla, qui se trouvait près de Fidentia[255] avec seize cohortes, face à cinquante cohortes ennemies, hésitait, malgré sa confiance dans l'ardeur de ses soldats, car pour la plupart ils manquaient d'armes ; 15. alors qu'il délibérait et tergiversait, une brise légère apporta, de la plaine environnante, qui était couverte de prairies, une grande quantité de fleurs qu'elle répandit sur l'armée : d'elles-mêmes, ces fleurs s'arrêtaient et se posaient sur les boucliers et sur les casques, de sorte qu'aux yeux des ennemis, les soldats avaient l'air de porter des couronnes[256]. 16. Enhardis par ce prodige, ils attaquèrent et furent vainqueurs ; ils tuèrent plus de dix-huit mille hommes et s'emparèrent du camp. 17. Ce Lucullus était le frère du Lucullus qui, par la suite, vainquit Mithridate et Tigrane.

XXVIII. 1. Quant à Sylla, voyant que les ennemis l'encerclaient encore de tous côtés avec de nombreux camps et des armées considérables, il décida d'employer la ruse et fit à l'un des consuls, Scipion[257], des propositions en vue d'un accord. 2. Scipion les ayant acceptées, ils se rencontrèrent et parlementèrent à plusieurs reprises, mais toujours, sous divers prétextes, Sylla imposait des retards. Pendant ce temps, il corrompait les soldats de Scipion par l'intermédiaire des siens qui étaient, comme leur général, entraînés à toutes les formes de ruses et de tricheries[258]. 3. Ils entraient dans le camp des ennemis et se mêlaient à eux, attirant les uns par de l'argent qu'ils leur donnaient aussitôt, les autres par des promesses, d'autres encore à force de flatteries et de persuasion. 4. Enfin, Sylla s'étant approché avec vingt cohortes, ses

---

252. *Silvium est aux confins de l'Apulie et de la Lucanie. L'événement a donc eu lieu avant la bataille précédemment racontée. Sur l'épisode, voir Augustin,* Cité de Dieu, *II, 24. L'incendie du Capitole, en 83, attesté par des sources concordantes, prend sa place dans une série de destructions rappelées par Plutarque dans* Publicola, *XIV-XV.*
253. *Quintilis, «cinquième mois» de l'année qui commençait le 1ᵉʳ mars, prit ensuite, sur proposition d'Antoine, le nom de Julius, «juillet», en l'honneur de Julius Caesar (Jules César), né le 4 de ce mois.*
254. *Le frère du vainqueur de Mithridate, Lucius Lucullus, était le lieutenant de Sylla ; il fut édile curule en 79 en même temps que son frère, préteur en 77, et succéda à Lucius au consulat en 73.*
255. *L'actuelle Fidenza, entre Plaisance et Parme. Sylla semble avoir disposé ses troupes et celles de ses seconds en diverses régions d'Italie. Cette bataille a eu lieu à l'été 83.*
256. *Le récit remonte sans doute aux* Mémoires *de Sylla, et ces «couronnes» rappellent celle du foie de la victime (§ 7).*
257. *Lucius Cornelius Scipio Asiaticus, collègue de Norbanus au consulat, est un lointain descendant du frère de l'Africain.*
258. *La présentation défavorable peut trahir une source hostile à Sylla. En tout état de cause, il ressort des faits que celui-ci ne fut pas un fauteur de guerre civile à tout prix. Sertorius, qui assistait Scipion, l'a mis en garde, en vain, contre la duplicité de Sylla (voir* Sertorius, *VI, 3-5). C'est après cet épisode qu'il est parti pour l'Espagne.*

SYLLA

soldats saluèrent ceux de Scipion, lesquels leur rendirent leur salut et vinrent les rejoindre. 5. Scipion, resté seul dans sa tente, fut fait prisonnier, puis relâché. Sylla, qui s'était servi de ces vingt cohortes comme d'oiseaux apprivoisés pour attirer dans ses filets quarante cohortes ennemies, ramena tous les soldats dans son camp.
6. Ce fut alors, dit-on, que Carbo déclara : « Quand je combats le lion et le renard qui habitent l'âme de Sylla, c'est le renard qui me fait le plus de mal[259]. »
7. Là-dessus, près de Signia, le jeune Marius, à la tête de quatre-vingt-cinq cohortes, invita Sylla à combattre[260]. Ce dernier était lui-même impatient d'engager le combat ce jour-là, car il se trouvait qu'il avait eu, dans son sommeil, la vision suivante : 8. il avait cru voir le vieux Marius, mort depuis longtemps déjà[261], avertir son fils de se défier du jour suivant qui, disait-il, lui infligerait un grand malheur. Sylla était donc impatient de combattre et appela Dolabella[262], qui était campé à quelque distance, à le rejoindre. 9. Mais, comme les ennemis s'étaient emparés des routes et barraient le passage, les soldats de Sylla qui tentaient de les repousser et de s'ouvrir une route étaient épuisés ; ils étaient en plein effort quand une averse violente éclata, qui les mit encore plus mal en point. 10. Aussi les centurions allèrent-ils trouver Sylla pour lui demander de reporter la bataille ; ils lui montrèrent les soldats brisés de fatigue, qui se reposaient à terre, couchés sur leurs boucliers. 11. Il y consentit à contrecœur et donna ordre de camper. Les soldats commençaient à construire le retranchement et à creuser le fossé devant le camp, lorsque Marius survint fièrement, à cheval, et les attaqua, espérant les disperser facilement, dans le désordre et la confusion où ils étaient. 12. Alors, la divinité[263] confirma la parole que Sylla avait entendue en rêve. La colère du chef se communiqua à ses soldats ; ils cessèrent leurs travaux, plantèrent leurs javelots sur le bord du fossé, tirèrent l'épée et, poussant ensemble leur cri de guerre, engagèrent le corps à corps avec les ennemis. 13. Ceux-ci ne résistèrent pas longtemps ; ils prirent la fuite et furent taillés en pièces. Marius s'enfuit à Préneste, dont il trouva les portes déjà fermées, mais on lui lança du mur une corde, qu'il se passa autour de la taille et au moyen de laquelle on le hissa sur le rempart.
14. Selon quelques historiens, notamment Fénestella[264], Marius n'avait même pas

---

259. Sur Carbo, voir supra, XXII, 1. La double nature « machiavélique » de Sylla (voir Le Prince, *XVIII, 3 : « il est nécessaire pour le Prince de savoir être renard et lion en même temps ») est mise en relief supra, VI, 12-14 et infra, XXX, 3-4 ; XXXVIII, 5-6.*
260. La guerre a repris à l'hiver 83-82, après une période où Sylla et Norbanus ont chacun pour leur part dévasté la Campanie. Carbo et Marius le Jeune ont été élus consuls pour 82 ; le premier commande dans le Nord, le second dans le Sud. Signia (Segni) est une ville du Latium.
261. Marius père est mort en janvier 86.
262. Cnaeus Cornelius Dolabella, proche conseiller de Sylla, allait être consul en 81. Il figura longtemps après parmi les adversaires de Jules César.
263. Daïmon, dit le texte : tout à la fois la Fortune et le génie tutélaire de Sylla. Plutarque reprend sans doute à son compte une affirmation des Mémoires.
*264. L'annaliste et « antiquaire » Fénestella (35 avant J.-C.-36 après J.-C.), cité ailleurs (*Crassus, *V, 6), a traité des deux derniers siècles de la République. D'évidence, il s'est ici inspiré d'une source anti-marianiste. Plutarque le suit sans doute à cet instant par goût pour ce type d'épisode « décalé » et pittoresque.*

assisté à la bataille. Épuisé par des insomnies et par la fatigue, il s'était allongé sur le sol, à l'ombre et, sitôt donné le signal de la bataille, il s'était endormi, pour ne s'éveiller qu'à grand-peine, au moment de la déroute. 15. Sylla déclare n'avoir perdu dans cette bataille que vingt-trois hommes, et avoir fait, chez les ennemis, vingt mille morts et huit mille prisonniers[265]. 16. Il eut autant de succès avec ses généraux, Pompée, Crassus, Métellus et Servilius[266]. 17. N'essuyant aucune perte, ou des pertes minimes, ils écrasèrent les armées considérables des ennemis. Carbo, le principal chef de la faction adverse, s'enfuit de son armée pendant la nuit et fit voile vers l'Afrique.

XXIX. 1. Cependant, pour le dernier combat de Sylla, le Samnite Télésinus, tel un athlète de réserve qui vient affronter un athlète épuisé, faillit le renverser et lui faire mordre la poussière aux portes de Rome[267]. 2. Cet homme avait rassemblé une grande armée et avec le Lucanien Lamponius, il se dirigeait en hâte vers Préneste, pour délivrer Marius qui y était assiégé. 3. Mais, apprenant qu'accouraient pour l'attaquer Sylla de front et Pompée sur ses arrières, et qu'il risquait de ne plus pouvoir avancer ni reculer, cet habile homme de guerre, qui avait l'expérience de grands combats, leva le camp de nuit et, avec toute son armée, marcha sur Rome elle-même. 4. Il faillit bien s'en emparer, car elle n'avait personne pour la défendre, mais il s'arrêta à dix stades de la porte Colline[268] et bivouaqua devant la ville, plein d'orgueil et exalté dans ses espérances, à l'idée qu'il s'était montré meilleur stratège que tant de si grands généraux. 5. Dès l'aube[269], les jeunes gens les plus illustres sortirent à cheval pour l'attaquer ; il en tua un grand nombre, notamment Appius Claudius, un homme noble et valeureux. 6. La cité, comme on peut l'imaginer, était dans un trouble extrême ; les femmes criaient et couraient en tous sens, comme si elle était prise d'assaut. Enfin, on vit d'abord arriver Balbus, que Sylla avait envoyé en avant, et qui accourait à toute vitesse avec sept cents cavaliers. 7. Il ne s'arrêta que le temps nécessaire pour rafraîchir ses chevaux en sueur, puis les faisant rebrider en toute hâte, il attaqua les ennemis. Sur ces entrefaites, Sylla parut à son tour. Il fit aussitôt

---

265. *Les chiffres sont tirés des* Mémoires *(voir aussi* supra, *XIX, 8)*.
266. *Sur Sylla et Pompée, voir* Pompée, *VIII, 3. Crassus «le Riche», le futur triumvir, rallié à Sylla dès avant son débarquement, fut chargé par lui de lever des troupes parmi les Marses (voir* Crassus, *VI, 3). Sur Quintus Caecilius Metellus Pius, voir* supra, *VI, 9. Sur Publius Servilius Vatia, le futur Isauricus, préteur en Espagne en 90, voir* supra, *X, 5 : il a dû suivre Sylla dans sa fuite et revenir avec lui ; consul en 79, il mourra en 44, à 90 ans.*
267. *Pontius Télésinus, un des plus redoutables chefs italiques de la guerre sociale, s'est allié aux populares, mais son programme était de détruire Rome. L'«athlète de réserve» (littéralement : «qui est assis à côté») attendait de remplacer le combattant tombé (voir* César, *XXVIII, 3). Plutarque file la métaphore sportive, qui lui est familière. Le biographe néglige totalement le récit de la prise de Rome par les syllaniens (Appien, I, 88-92), ainsi que les premiers échecs des marianistes à libérer Préneste et Marius, ou la prise de l'Italie du Nord par Métellus.*
268. *C'était l'entrée de Rome la plus menacée, cible de toutes les attaques ; Sylla s'en était emparé en 88.*
269. *Le 1ᵉʳ novembre 82.*

déjeuner les premiers rangs, puis les rangea en ordre de bataille. 8. Dolabella et Torquatus le prièrent instamment d'attendre et de ne pas risquer une bataille décisive, alors que ses hommes étaient brisés de fatigue : ce n'était plus, lui disaient-ils, à Carbo et à Marius qu'il avait affaire, mais aux Samnites et aux Lucaniens, les peuples les plus hostiles à Rome et les plus belliqueux. Mais il les repoussa et ordonna de sonner à la trompette le signal de l'attaque, alors qu'on était presque à la dixième heure et que déjà le jour baissait[270]. 9. La bataille qui se livra alors fut plus acharnée que toutes les autres. L'aile droite, commandée par Crassus, remporta une victoire éclatante ; mais l'aile gauche peinait et était bien mal en point lorsque Sylla se porta à son secours, monté sur un cheval blanc particulièrement fougueux et rapide, 10. ce qui le fit reconnaître de deux ennemis. Ils brandirent leurs lances, pour les jeter sur lui. Sylla ne s'était aperçu de rien, mais son écuyer fouetta le cheval, ce qui lui permit de devancer le coup, de si peu toutefois que les lances effleurèrent la queue du cheval avant d'aller s'enfoncer dans la terre[271]. 11. Sylla avait, dit-on, une statuette en or d'Apollon, qui venait de Delphes et qu'il portait toujours sur la poitrine au cours des batailles ; ce jour-là, il la couvrit de baisers en lui disant : 12. « Apollon Pythien, toi qui, par tant de combats, as élevé à la gloire et à la grandeur Cornélius Sylla l'Heureux, veux-tu, ici, aux portes de sa patrie où tu l'as conduit, le renverser et le faire périr honteusement avec ses concitoyens[272] ? » 13. Telle fut la prière que Sylla adressa au dieu, dit-on ; quant à ses soldats, il suppliait les uns, menaçait les autres, et portait même la main sur certains d'entre eux. 14. Pour finir, l'aile gauche fut écrasée ; Sylla se trouva lui-même entraîné au milieu des fuyards et se réfugia dans son camp, après avoir perdu beaucoup de compagnons et d'amis. 15. Un nombre considérable de citoyens, qui étaient sortis regarder le combat, périrent aussi et furent foulés aux pieds. Les gens croyaient la Ville perdue, et l'on fut sur le point de lever le siège qui bloquait Marius, car beaucoup de soldats s'étaient repliés à Préneste après la déroute et demandaient à Lucrétius Ofella, qui commandait ce siège, de lever le camp le plus vite possible : Sylla était mort, lui disait-on, et Rome au pouvoir des ennemis.

XXX. 1. La nuit était déjà noire, lorsque arrivèrent au camp de Sylla des envoyés de Crassus qui demandaient à souper pour lui et pour ses soldats, annonçant qu'ils avaient vaincu les ennemis, les avaient poursuivis jusqu'à Antemna et avaient installé leur camp là-bas[273]. 2. Sylla, ayant appris également que la plupart de ses adversaires avaient péri, se rendit à Antemna dès l'aube[274]. Trois mille d'entre eux

---

270. D'après le recoupement des sources, le signal du combat fut donné entre 15 et 16 heures.
271. Le récit ne peut remonter qu'à Sylla, accentuant les aspects merveilleux de son aventure.
272. D'autres auteurs signalent cette dévotion affichée pour la statuette d'Apollon delphique avant les batailles. Un Marius, un Sertorius ont un comportement religieux voisin. L'appel au dieu protecteur pour retourner le sort d'une bataille mal engagée rappelle celui lancé par Romulus à Jupiter Stator (voir Romulus, XVIII, 8-9).
273. Voir Crassus, VI, 7 et, pour d'autres aspects du combat, Appien, I, 93 et Velleius Paterculus, II, 27.
274. Le 2 novembre. Antemna est située au nord de Rome, au confluent de l'Anio et du Tibre. Pour ce qui suit, les diverses sources présentent d'importants désaccords quant au nombre de combattants tués.

lui ayant envoyé des hérauts, il leur promit la vie sauve, si avant de venir le rejoindre, ils infligeaient quelque dommage aux ennemis qui restaient. 3. Se fiant à sa parole, ils attaquèrent leurs camarades survivants et beaucoup s'entretuèrent. Sylla les regroupa dans le Cirque, avec les survivants de l'armée adverse, ce qui faisait environ six mille hommes, et il convoqua le Sénat dans le temple de Bellone[275]. 4. Au moment où il commençait à parler, ceux qu'il avait préposés à cet office se jetèrent sur les six mille prisonniers. Naturellement les hurlements de tant d'hommes qu'on égorgeait dans ce petit espace parvinrent aux sénateurs qui en furent frappés d'effroi. Mais Sylla, le visage impassible et immobile, continua son discours, les priant d'être attentifs à ses propos et de ne pas se préoccuper de ce qui se passait dehors, car il ne s'agissait que de quelques criminels qu'il avait donné l'ordre de châtier.
5. Cet événement fit comprendre, même aux Romains les plus stupides, que la tyrannie avait changé, mais qu'ils n'en étaient pas délivrés. 6. Marius s'était montré intraitable dès le début: le pouvoir absolu avait durci sa nature, mais sans la transformer. En revanche Sylla, qui avait d'abord usé de sa Fortune de manière modérée et politique, avait donné l'impression d'être un chef favorable à l'aristocratie et dévoué au peuple; de plus, depuis sa jeunesse, il aimait rire et se laissait attendrir par la pitié au point de pleurer facilement. On put donc, à bon droit, accuser le pouvoir absolu, qui modifie les caractères, empêche les gens de persévérer dans leur conduite initiale, et les rend dangereux, vaniteux et inhumains[276]. 7. Cependant, s'agit-il d'une évolution et d'une métamorphose de la nature, provoquée par la Fortune? N'assiste-t-on pas plutôt à la révélation, sous l'effet du pouvoir absolu, d'un vice qui existait déjà auparavant? Pour trancher cette question, il faudrait un autre ouvrage[277].

XXXI. 1. Dès que Sylla commença à égorger et emplit Rome de meurtres innombrables et infinis, une foule de citoyens périrent, victimes de haines privées qui n'avaient rien à voir avec lui, mais il laissait faire, pour complaire à ses partisans[278]. 2. Un des jeunes Romains, Caius Métellus, osa lui demander, en plein Sénat, jusqu'où il avait l'intention d'aller, et quand les Romains pourraient considérer que leurs malheurs étaient finis. «Nous ne te demandons pas, dit-il, de soustraire au châtiment ceux que tu as décidé de faire périr, mais de tirer d'incertitude ceux que

---

275. *Le Cirque Flaminius, où le Sénat recevait les généraux de retour de campagne, est à l'extérieur du pomoerium; le temple de Bellone (voir supra, VII, 10-12; IX, 6) est situé à l'est du Cirque. Les prisonniers sont enfermés dans la Villa publica, proche du temple. Tous les auteurs anciens relèvent la cruauté et la perfidie du «renard» Sylla, en passe de devenir un tyran (§ 5). Pour lui, en tout cas, les Samnites sont des ennemis inexpiables (voir infra, XXXII, 1).*
276. *Voir les remarques de moraliste déjà présentées à ce sujet supra, II, 4 et VI, 13. La version d'une transformation radicale du caractère de Sylla à partir de la porte Colline est commune à beaucoup d'auteurs.*
277. *Le problème des relations entre Fortune et «vertu», entre Tychè et arétè, est au cœur d'un traité de jeunesse,* Sur la Fortune des Romains. *Il se retrouve en filigrane au long des* Vies parallèles.
278. *Ici commence le chapitre des proscriptions et des meurtres dus à Sylla* (lex Cornelia de proscriptione). *Voir la réévaluation de Hinard (1985).*

tu as décidé de sauver.» 3. Sylla répliqua qu'il ne savait pas encore qui il épargnerait. Métellus l'interrompit: «Eh bien! montre-nous ceux que tu as l'intention de châtier. – Je le ferai», dit Sylla. 4. Cependant, selon certains, la dernière question ne fut pas posée par Métellus, mais par un des flatteurs de Sylla, un certain Fufidius[279]. 5. Sylla proscrivit[280] aussitôt quatre-vingts personnes[281], sans avoir consulté aucun magistrat. L'indignation fut générale. Sylla laissa passer un jour, puis proscrivit encore deux cent vingt personnes et le troisième jour, le même nombre. 6. Après quoi, il déclara dans un discours qu'il avait proscrit tous ceux qu'il se trouvait avoir en mémoire; quant à ceux dont il ne se souvenait pas pour le moment, il les proscrirait plus tard. 7. Il proscrivit ceux qui avaient accueilli et sauvé un proscrit, punissant de mort cet acte d'humanité, sans faire d'exception pour un frère, un fils, un père ou une mère. Celui qui avait tué un proscrit touchait deux talents de récompense pour un meurtre, même s'il s'agissait d'un esclave qui avait tué son maître, ou d'un fils qui avait tué son père. 8. Enfin, ce qui parut le comble de l'injustice, il priva de leurs droits civiques les fils et les petits-fils des proscrits et confisqua les biens de tous[282]. 9. Les proscriptions ne se limitèrent pas à Rome; il y en eut dans chaque cité d'Italie. Aucun temple des dieux, aucun autel domestique, aucune maison paternelle ne fut épargnée par la souillure des meurtres; les hommes étaient égorgés auprès de leurs épouses, les enfants auprès de leurs mères[283]. 10. Les victimes de la colère ou de la haine furent infiniment moins nombreuses que celles qui étaient égorgées à cause de leurs richesses; aussi, les bourreaux pouvaient-ils dire: «Celui-ci, c'est sa grande maison qui l'a tué, celui-là, son jardin, cet autre, ses thermes.» 11. Quintus Aurélius, un homme tranquille qui ne se croyait pas concerné par ces malheurs, sinon par la pitié que lui inspiraient les infortunés, se rendit sur le forum et se mit à lire le nom des proscrits; 12. il y trouva le sien. «Pauvre de moi, s'écria-t-il, c'est ma propriété d'Albe qui me poursuit!» À peine avait-il fait quelques pas qu'il fut égorgé par un homme qui l'avait suivi.

---

279. Lucius Fufidius fut élevé par Sylla au consulat, puis devint proconsul de Bétique, et fut vaincu par Sertorius (voir Sertorius, XII, 3).
280. Le grec pro-graphein transpose le latin pro-scribere: «écrire devant le peuple», sur des «tables de pro-scription». D'un sens neutre, «donner un avis à la population», le mot prend sa signification sinistre. Cette «régularisation» – le fait d'écrire le nom des proscrits –, illégale, limitait l'arbitraire: elle fut bien accueillie.
281. Parmi elles figuraient les consuls récents ou en poste (Carbo, Marius pour 82, Norbanus, Scipion pour 83), ainsi que Sertorius.
282. Les descendants de sénateurs étaient privés du droit, non de voter, mais d'être élus magistrats. Le sort des biens confisqués fut à l'ordre du jour pendant des décennies. Lors de ventes aux enchères, Sylla et ses proches (l'affranchi Chrysogonos...) en auraient tiré 350 millions de sesterces (Tite-Live, Abrégé, 89). Sur l'enrichissement d'un Crassus, voir Crassus, II, 4.
283. Plutarque regroupe ce que les Anciens pouvaient concevoir de pire: l'agression sans limite contre la famille, les dieux et les cités – et enfin les biens. Les proscriptions à Rome ont duré du 2 novembre 82 au 1er juin 81.

XXXII. 1. Cependant Marius, qui allait être pris, se donna la mort. Sylla se rendit à Préneste[284]. Dans un premier temps, il voulut juger et punir chaque citoyen en particulier; puis, estimant qu'il n'en avait pas le temps, il les rassembla tous dans un même lieu (il y avait douze mille personnes) et les fit égorger, n'accordant la vie sauve qu'à son hôte[285]. 2. Mais ce dernier déclara avec noblesse qu'il ne voudrait jamais être redevable de son salut au meurtrier de sa patrie; il se mêla volontairement à ses concitoyens et fut massacré avec eux. 3. La conduite qu'on jugea la plus inouïe fut celle de Lucius Catilina[286]. Avant la conclusion de la guerre civile, il avait tué son frère; or il demanda à Sylla d'inscrire le mort au nombre des proscrits, comme s'il était vivant, ce que fit Sylla. 4. Pour le remercier, Catilina tua un certain Marcus Marius[287], qui appartenait au parti adverse, et apporta sa tête à Sylla, qui siégeait sur le forum[288]; puis se dirigeant vers le vase d'eau lustrale qui se trouvait devant le temple d'Apollon, il s'y lava les mains[289].

XXXIII. 1. Indépendamment de ces massacres, c'était toute la conduite de Sylla qui bouleversait les gens. Il se proclama dictateur, rétablissant une magistrature qui n'existait plus depuis cent vingt ans[290]. 2. Il se fit voter une impunité totale pour ses actes antérieurs et, pour l'avenir, une liberté entière de mettre à mort, de confisquer les biens, de fonder des colonies ou d'en détruire, ainsi que le droit de confisquer le titre royal et de le donner à qui il voulait[291]. 3. Il s'occupait lui-même de la vente des demeures confisquées et, assis à son tribunal, se montrait si hautain et si despotique, qu'on détestait encore plus le voir se montrer généreux que confisquer des biens. Il offrait à de jolies femmes, à des joueurs de lyres, à des mimes et à d'abjects affranchis les terres des peuples et les revenus des cités; il donnait même à certains

---

284. La ville a fini par se rendre à Ofella (Appien, I, 94).
285. Selon Appien, Sylla aurait épargné les femmes, les enfants, les citoyens romains, s'acharnant sur les Samnites (7 000?) et les riches Prénestins. La cité fut mise à sac. Plusieurs autres allaient longtemps résister.
286. Lucius Sergius Catilina, centurion de Sylla, est le futur leader de la célèbre conjuration; l'épisode est évoqué dans Cicéron, X, 3.
287. Marcus Marius Gratidianus était sans doute le petit-fils adoptif de Caius Marius. D'autres sources, plus crédibles, nous le montrent sacrifié aux mânes de Lutatius Catulus, jadis victime des marianistes.
288. Épisode contesté. En tout cas, les têtes des chefs marianistes ont été exposées sur le rempart de Préneste, après sa chute.
289. Un vase d'eau lustrale se trouvait à l'entrée de chaque sanctuaire. On se purifiait en s'y lavant les mains: Catilina exécute donc une parodie sacrilège, sous le regard du dieu protecteur de Sylla.
290. Dernière période de cette biographie: la dictature. De fait, Sylla, proconsul, a imposé cette solution à l'interroi nommé (en l'absence de consuls) par le Sénat, Lucius Valerius Flaccus. Le précédent dictateur avait été nommé en 202, à la fin de la guerre d'Hannibal.
291. Sylla détourne l'archaïque magistrature de la dictature, à objectif purement militaire et à durée limitée à six mois. Il est dictateur pour le temps nécessaire, nommera les magistrats et décidera des lois. Il confisque des terres et en distribue à ses vétérans («colonies»); il laisse dévaster des cités comme Capoue, des villes du Samnium, Florence, Fiesole, Arezzo, Volterra. Il met un roi sur le trône d'Égypte.

des femmes qu'il forçait à se marier contre leur gré[292]. 4. Comme il voulait faire entrer le Grand Pompée dans sa famille, il lui ordonna de répudier son épouse légitime et força Aemilia, fille de sa femme Métella et de Scaurus, à se séparer de Manius Glabrio, bien qu'elle fût enceinte ; la jeune femme mourut en couches dans la demeure de Pompée[293]. 5. Lucrétius Ofella, qui avait assiégé et réduit le jeune Marius, demanda et brigua le consulat. Sylla essaya d'abord de l'en empêcher, mais comme Ofella, qui avait de nombreux partisans, se présentait sur le forum, il envoya un centurion de sa suite, qui l'égorgea, tandis que lui-même, assis à son tribunal dans le temple des Dioscures, regardait le meurtre d'en haut. 6. Le centurion fut arrêté et conduit devant l'estrade, mais Sylla, imposant silence à ceux qui protestaient à grand bruit, déclara qu'il avait lui-même ordonné cette exécution, et fit relâcher le centurion[294].

XXXIV. 1. Son triomphe, déjà grandiose du fait de l'opulence inouïe des dépouilles royales, fut encore rehaussé par le beau spectacle des exilés ramenés au pays[295]. 2. Les citoyens les plus illustres et les plus influents, la tête ceinte de laurier, suivirent le cortège ; ils donnaient à Sylla les noms de sauveur et de père, puisque grâce à lui ils revenaient dans leur patrie et retrouvaient leurs femmes et leurs enfants. 3. La cérémonie terminée, Sylla présenta devant l'assemblée du peuple un compte rendu détaillé de ce qu'il avait fait : il accordait autant d'importance aux faveurs qu'il avait reçues de la Fortune qu'à ses exploits personnels et, pour conclure, il ordonna qu'on le surnomme désormais Heureux (c'est le sens premier du mot *Felix*)[296]. 4. Lui-même, lorsqu'il écrivait aux Grecs ou traitait avec eux, se donnait le nom d'Épaphrodite [« Aimé d'Aphrodite »] ; chez nous, ses trophées portent l'inscription suivante : Lucius Cornelius Sylla Epaphrodite[297]. 5. De plus, lorsque Métella

---

292. *Parmi les « abjects affranchis » figure l'homme de confiance de Sylla, Chrysogonos (voir* Cicéron, *III, 4). Sur les mariages imposés (« tyranniques »), voir* Pompée, *IX, 3.*
293. *Sur Sylla et Pompée, voir* Pompée, *VIII, 3 ; IX, 1 ; XIII, 1-3 ; XV, 1-3. La première femme de Pompée, Antistia (voir* Pompée, *IV, 4-10), se suicida peu après sa répudiation. Marcus Aemilius Scaurus, premier époux de Caecilia Métella, proche des optimates, avait été consul en 115, censeur en 109 (voir supra, VI, 18 et note). Manius Glabrio, consul en 67, sera vite supplanté par Pompée dans la lutte contre Mithridate.*
294. *Les consuls élus pour 81 furent finalement Cnaeus Cornelius Dolabella (voir supra, XXVIII-XXIX) et Marcus Tullius Decula.*
295. *Ce triomphe « sur Mithridate » (voir Appien, I, 101), mais bien davantage sur l'ennemi intérieur (ainsi que le confirme la place éminente des aristocrates de retour d'exil), eut lieu les 27 et 28 janvier 81.*
296. *Sur Sylla et la Fortune, voir supra, VI, 7 ; XIX, 9 et, sur sa « chance », VI, 3 ; XXXV, 8 ; XXXVIII, 5. Le surnom de Felix devint officiel après la prise de Préneste, obligatoire après le triomphe (Velleius Paterculus, II, 27 ; Appien, I, 97 ; Pline l'Ancien, VII, 44). Sur le forum, face à la tribune des orateurs, une statue d'or le représentait à cheval, avec l'inscription « à Cornelius Sylla, Felix, dictateur ».*
297. *Voir supra, XIX, 9-10. La tête de Vénus/Aphrodite apparaît au droit de nombreuses monnaies que Sylla a fait frapper. Nulle inscription ne porte les deux épithètes, qui sont deux équivalents dans des langues différentes, et ne sont attestées que du temps de sa dictature.*

mit au monde des jumeaux, il appela le garçon Faustus et la fille Fausta[298], car les Romains emploient le mot *Faustus* pour désigner ce qui est heureux et joyeux. 6. Il se fiait moins à ses actes qu'à sa bonne Fortune; c'est pourquoi, après avoir massacré tant de citoyens et introduit dans la ville tant de révolutions et de changements, il déposa le pouvoir et laissa le peuple maître d'élire ses magistrats[299]. Il n'intervint pas, se contentant de circuler sur le forum, comme un simple particulier, exposant sa personne à tous ceux qui voudraient lui demander des comptes. 7. Contre son avis, son ennemi, Marcus Lépidus, un homme impudent, allait probablement être élu consul[300], non grâce à ses mérites personnels, mais en raison du soutien et des instances de Pompée, auquel le peuple voulait faire plaisir. 8. Sylla, voyant Pompée s'en retourner joyeux de cette victoire, l'appela auprès de lui: «Jeune homme, lui dit-il, quelle belle politique, d'avoir fait nommer Lépidus avant Catulus, celui qui est le plus fou avant celui qui est le meilleur de tous! Maintenant, il n'est plus temps pour toi de dormir, car tu as fortifié contre toi-même ton propre adversaire[301].» 9. Ces mots de Sylla étaient comme une prophétie; car bientôt Lépidus révéla son audace et se mit en guerre contre Pompée[302].

XXXV. 1. Sylla sacrifia à Hercule le dixième de tous ses biens et, à cette occasion, il offrit au peuple des festins somptueux. Il y eut une telle surabondance de mets qu'on jetait chaque jour dans le Tibre une grande quantité d'aliments et qu'on but des vins vieux de quarante ans et même davantage[303]. 2. Au milieu de ces réjouissances, qui durèrent plusieurs jours, Métella mourut de maladie. Les prêtres interdirent à Sylla de s'approcher d'elle et de souiller sa maison par un deuil, si bien qu'il rédigea un acte de divorce et la fit transporter, encore vivante, dans une autre demeure[304]. 3. Mais si, sur ce point, la superstition le poussa à respecter scrupuleusement la loi, il transgressa une autre loi, qu'il avait édictée lui-même pour limiter les frais des funérailles, et n'épargna aucune dépense[305]. 4. Il transgressa également les règlements qu'il avait

---

298. *Les jumeaux sont nés en Grèce fin 87 ou début 86 (voir supra, XXII, 2). Sur Faustus, voir* Lucullus, *IV, 5;* Brutus, *IX, 1; il fut magistrat monétaire en 64, et un partisan de Pompée sans grand relief.*

299. *Plutarque mentionne en passant la résignation volontaire de la dictature par Sylla (en 79). Cette abdication a toujours intrigué. On estime que Sylla a quitté un pouvoir sans partage parce qu'il jugeait ses objectifs atteints: le rétablissement et la réforme d'une République aristocratique.*

300. *Marcus Aemilius Lepidus est le père du triumvir Lépide. Ancien partisan de Sylla, il s'était retourné contre lui. Consul pour 78 avec le syllanien Quintus Lutatius Catulus, il ne réussit pas à annuler les réformes.*

301. *Voir* Pompée, *XV.*

302. *Dès la mort de Sylla, les consuls s'opposèrent. Lépidus appela Sylla «caricature de Romulus» (Salluste). Sur sa fin, voir* Pompée, *XVI.*

303. *Sur l'offrande de la dîme à Hercule, voir* Crassus, *II, 3; XII, 3. La fête, originaire du monde grec, s'accompagnait de grands banquets publics. Datable de la fin 81, elle est antérieure à l'abdication.*

304. *La mort est porteuse de contamination. Sylla se «sépare» de sa femme mourante, comme si le* Felix *occupait une fonction sacerdotale.*

305. *La mesure était la lex Cornelia sumptuaria. Le grief est clair: seul un monarque pouvait s'exempter de ses propres lois.*

lui-même pris concernant la simplicité des repas: il se consola de son deuil dans des beuveries et des banquets pleins de luxe et de divertissements bouffons[306].
5. Quelques mois plus tard, on donna un spectacle de gladiateurs. À cette époque, les places n'étaient pas encore séparées et les hommes étaient encore mêlés aux femmes dans le théâtre[307]. Sylla se trouva assis à côté d'une femme très belle et de naissance illustre: 6. c'était la fille de Messala, la sœur de l'orateur Hortensius[308], elle se nommait Valéria et venait de divorcer. 7. En passant derrière Sylla, elle posa la main sur lui et tira un fil de son manteau, puis gagna sa place. 8. Sylla l'ayant fixée avec étonnement: «Ne crains rien, *imperator*, lui dit-elle; je veux seulement avoir un peu de ta bonne fortune!» 9. Cette parole ne déplut pas à Sylla et l'on vit aussitôt qu'elle avait excité ses désirs, car il envoya demander son nom, sa famille et son état. 10. Après quoi, ce ne furent qu'œillades; ils se retournaient sans cesse pour se regarder, se faisaient des sourires, et tout finit par un accord et un contrat de mariage[309]. Cette femme ne mérite sans doute pas de reproches, 11. mais eût-elle été la plus vertueuse et la plus noble, Sylla ne l'épousait pas pour un motif vertueux et honorable, puisqu'il s'était laissé séduire, comme un adolescent, par la beauté et par l'effronterie qui sont, par nature, à l'origine des passions les plus laides et les plus honteuses.

XXXVI. 1. Cependant, même lorsqu'il eut cette femme chez lui, il continua à fréquenter des actrices de mimes, des joueuses de cithare et des gens de théâtre, et à boire dès le matin sur des lits de feuillage[310]. 2. Ceux qui avaient alors le plus de pouvoir sur lui étaient le comédien Roscius, l'archimime Sorix et Métrobios, qui jouait des rôles de travestis[311]; cet homme n'était plus jeune, mais Sylla continua toujours à l'aimer et ne s'en cachait pas.
3. Tout cela favorisa une maladie dont la cause, à l'origine, était sans gravité. Il resta longtemps sans s'apercevoir qu'il avait un abcès dans les entrailles. Or cet abcès corrompit sa chair et la changea en vermine. Nuit et jour, de nombreuses personnes travaillaient à l'enlever, mais ce qu'on supprimait n'était rien en comparaison de ce

---

306. À Rome, les banquets funéraires sont de règle. Sur les dérèglements de ces fêtes, voir Antoine, *XXIV, 1.*
307. Les choses changeront avec la lex Julia theatralis *d'Auguste (Suétone,* Auguste, *44), qui relègue les femmes dans la partie haute des gradins, avec le peuple.*
308. Sur Hortensius, voir supra, *XV, 4 et note.*
309. C'est le cinquième mariage de Sylla (voir supra, *VI, 18-23).*
310. L'avilissement final reflète une source hostile, dont le moralisme de Plutarque redouble les condamnations (voir Marius, *XLV, 6). Ce laisser-aller, postérieur à l'abdication, avait pour cadre la villa de Sylla à Pouzzoles; dans le même temps, il rédigeait ses* Mémoires *et faisait reconstruire le temple de Jupiter Capitolin (voir* infra, *XXXVII, 2-3).*
311. Quintus Roscius Gallus, acteur et maître d'art dramatique, eut pour élève Cicéron (Cicéron, V, 4), qui resta son admirateur et le défendit dans un plaidoyer, Pour Roscius le comédien. *Sorix est issu de l'entourage de Norbanus; le mime devint à cette époque un genre littéraire reconnu. Le «travesti» est l'acteur qui, habillé en homme, joue un rôle féminin.*

qui revenait : tous ses vêtements, sa baignoire, l'eau qui avait servi à le laver et ses aliments étaient remplis de ce flot de vermine :·tant elle pullulait ! 4. À de nombreuses reprises dans la journée, il entrait dans l'eau, pour se laver et se nettoyer, mais cela ne servait à rien : l'altération de ses chairs était plus rapide, et la quantité de vermine résistait à tout effort pour s'en purifier[312]. 5. On dit que, dans les temps très anciens, Acastos, fils de Pélias, mourut de la même manière de cette maladie pédiculaire, et qu'à une époque plus récente, ce fut aussi le cas du poète lyrique Alcman, du théologien Phérécyde, de Callisthène d'Olynthe, pendant qu'il était en prison, et encore du jurisconsulte Mucius[315]. 6. S'il faut également mentionner des gens qui n'ont rien fait de bon et sont néanmoins connus, on dit que celui qui suscita la guerre servile en Sicile, un esclave fugitif nommé Eunous[314], mourut de la même maladie, lorsqu'il fut amené à Rome après sa capture.

XXXVII. 1. Sylla avait prévu sa mort ; il en parle même, d'une certaine manière, dans ses écrits. Il interrompit la rédaction du vingt-deuxième livre de ses *Mémoires*, deux jours avant sa mort[315]. 2. Il dit également que les Chaldéens lui avaient annoncé qu'après avoir mené une vie glorieuse, il devrait mourir au comble de sa bonne fortune[316]. 3. Il ajoute que son fils, qui était mort peu de temps avant Métella, lui apparut en songe : vêtu d'un habit misérable, il se tint à son chevet, priant son père de laisser là toutes ses inquiétudes et de venir le rejoindre, lui et sa mère Métella, pour vivre avec elle dans la tranquillité et l'inaction. 4. Cependant, Sylla ne cessa pas de s'occuper des affaires politiques. Dix jours avant sa fin, il apaisa une sédition à Dicéarchie[317] et donna à ses habitants une loi constitutionnelle. 5. La veille même de sa mort, apprenant que le premier magistrat de cette colonie, Granius, devait au trésor public de l'argent qu'il ne payait pas car il attendait la mort du dictateur, il convoqua le personnage dans sa chambre et ordonna aux serviteurs de se placer autour de lui et de l'étrangler. À force de crier et de s'agiter, il fit éclater son abcès et rendit un flot de sang[318]. 6. Cette perte l'épuisa et, après avoir passé une mauvaise nuit, il mourut. Il laissait deux enfants en bas âge qu'il avait

---

312. Cette « dissolution » d'un personnage dissolu dans une sorte d'eczéma mortel est, médicalement, hautement suspecte. Une telle version « revancharde » a dû courir très tôt sur la mort de Sylla, concurremment à la « prédiction » qu'il en avait donnée dans ses Mémoires *(voir infra, XXXVII, 1).*
*313. Acastos : roi légendaire de Colchide, puni pour avoir voulu tuer son hôte Pélée. Alcman : poète lyrique de Sardes, qui vécut et composa à Sparte au VII*e* siècle. Phérécyde de Syros : mythographe du milieu du VI*e* siècle, maître de Pythagore. Callisthène d'Olynthe : historien et philosophe, disciple d'Aristote (IV*e* siècle). Publius Mucius Scaevola fut préteur en 136, consul en 133 (voir* Tibérius Gracchus, *IX, 1).*
314. Eunous fut le leader de la première grande guerre des esclaves en Sicile (en 134-132).
315. Voir supra, IV, 5 et note. Voir aussi Dictionnaire, *« Mort ».*
316. Les Chaldéens, caste sacerdotale de Babylone, sont férus d'astronomie et de divination.
317. Dicéarchie est le nom grec de Puteoli (Pouzzoles) en Campanie, où Sylla finit ses jours.
318. Cette mort sous l'effet de sa propre violence contraste avec la sérénité offerte en songe par son fils défunt.

eus de Métella[319]. 7. Après sa mort, Valéria accoucha d'une fille, qui fut nommée Postuma – c'est ainsi que les Romains appellent les enfants qui naissent après la mort de leur père.

XXXVIII. 1. De nombreuses personnes, désireuses de priver son corps des funérailles en usage, se liguèrent avec Lépidus[320]. 2. Mais Pompée, bien qu'il eût à se plaindre de Sylla (il était le seul de ses amis qui avait été omis dans son testament), employa les faveurs et les prières, parfois même les menaces, et les détourna de ce projet ; il fit transporter son corps à Rome et assura à la fois la sécurité et la pompe de ses obsèques[321]. 3. Les femmes apportèrent, dit-on, une telle quantité d'aromates que, sans compter ceux qui étaient contenus dans deux cent dix corbeilles, on put faire, avec de l'encens de grand prix et du cinnamome, une grande statue de Sylla et celle d'un licteur[322]. 4. Le jour des funérailles, le ciel fut nuageux dès l'aube et, comme on s'attendait à de la pluie, on ne procéda à la levée du corps qu'à la neuvième heure[323]. 5. Un vent violent souffla alors sur le bûcher[324], excitant une grande flamme ; mais dès que le bûcher commença à s'affaisser et le feu à s'éteindre, on eut à peine le temps de recueillir ses restes : aussitôt une pluie abondante se mit à tomber et dura jusqu'à la nuit. On eut donc l'impression que la Fortune de Sylla l'avait accompagné jusqu'au bout et qu'elle avait participé à ses funérailles. 6. Son tombeau se trouve sur le Champ de Mars[325]. L'inscription, dit-on, avait été écrite et laissée par Sylla lui-même : elle dit en substance que nul ne fit plus de bien que lui à ses amis, ni plus de mal à ses ennemis.

---

319. Sylla avait 60 ans, Faustus et Fausta 8 ou 9 ans. Par testament, ils eurent pour tuteur Lucullus (voir Lucullus, IV, 5).
320. On comprend de quel milieu émanent les bruits hostiles sur la fin de Sylla. Les « funérailles nationales » étaient décidées par le Sénat.
321. Voir Pompée, XV. Appien (I, 105-106) décrit le parcours du cortège somptueux, avec sa parade militaire, à travers la Campanie et le Latium, jusqu'au forum.
322. La statue du licteur rappelle la fonction de dictateur ; les matériaux précieux, les richesses rapportées d'Orient.
323. À 15 heures.
324. La coutume, chez les Cornelii, était celle de l'inhumation. Le choix de la crémation est-il imputable à Sylla ou à Lucius Marcius Philippus, organisateur de la cérémonie ?
325. Le lieu le plus honorifique qui fût.

COMPARAISON
DE LYSANDRE ET DE SYLLA

XXXIX. [I]. 1. Maintenant que nous avons retracé la vie de Sylla, elle aussi, venons-en à la comparaison. 2. Les deux hommes ont en commun le fait de n'avoir dû leur élévation qu'à eux-mêmes, mais ce qui est particulier à Lysandre, c'est qu'il reçut toutes les magistratures qu'il exerça par la volonté de ses concitoyens et dans une cité saine: il ne leur arracha rien contre leur gré et ne dut pas sa puissance à la transgression des lois.

> 3. Dans la sédition, même le plus mauvais
> Peut atteindre aux honneurs!

On le vit bien à Rome, où le peuple était corrompu, la vie politique malade, et où s'élevèrent, dans un camp ou dans l'autre, des maîtres absolus. 4. Il ne faut pas s'étonner que Sylla ait pris le pouvoir à une époque où des Glaucia et des Saturninus chassaient des Métellus de la cité, où des fils de consuls étaient égorgés dans les assemblées, à une époque où l'on se procurait des armées par l'or et l'argent, en achetant les soldats, à une époque où l'on établissait des lois par le feu et le fer, et où l'on écrasait les opposants en leur faisant violence. 5. Je ne blâme pas celui qui, dans une telle situation, parvint à s'emparer du pouvoir suprême, mais je ne considère pas comme un signe de supériorité morale qu'il soit devenu le premier dans une cité en si triste état. 6. En revanche, l'homme auquel Sparte, alors vertueuse et soumise à de très bonnes lois, confia les commandements et les entreprises les plus hautes, fut considéré, ou peu s'en faut, comme le meilleur des meilleurs et le premier des premiers. 7. Aussi rendit-il, à plusieurs reprises, le pouvoir à ses concitoyens qui le lui donnèrent de nouveau, à plusieurs reprises, parce que l'honneur lié à la vertu continuait à assurer le premier rang. En revanche le Romain, qui fut élu une seule fois chef de l'armée, resta sous les armes pendant dix ans sans interruption, se nommant lui-même tantôt consul, tantôt proconsul, tantôt dictateur, alors qu'il était toujours un tyran.

XL. [II]. 1. Il est vrai que Lysandre, je l'ai dit, entreprit de changer la constitution, mais il le fit avec plus de douceur et de respect des lois que Sylla. Il employa la persuasion, non les armes; il ne voulait pas tout démolir d'un coup, comme Sylla, mais seulement corriger la manière dont on choisissait les rois. 2. Il semblait d'ailleurs juste et naturel que le meilleur des meilleurs fût à la tête d'une cité qui devait son hégémonie sur la Grèce à sa vertu, non à ses nobles origines. 3. Un chasseur cherche un chien, non le petit d'un chien, et le cavalier un cheval, non le petit d'un cheval (que ferait-il si d'un cheval naissait un mulet?); de même, un homme politique se tromperait du tout au tout si, lorsqu'il cherche un chef, il voulait savoir de qui il est né et non qui il est. 4. D'ailleurs les Spartiates eux-mêmes écartèrent du trône certains hommes, parce qu'ils étaient indignes d'être rois, vils et sans valeur.

Si le vice, même joint à la naissance, reste honteux, à plus forte raison la vertu doit-elle être honorée pour elle-même, non en fonction de la naissance.
5. Ils violèrent tous deux le droit, l'un en faveur de ses amis, l'autre allant jusqu'à léser ses propres amis. 6. De l'avis général, Lysandre commit la plupart de ses fautes pour ses compagnons, la plupart des massacres qu'il ordonna étant inspirés par le désir de leur donner des souverainetés et des tyrannies. 7. Mais ce fut par envie que Sylla enleva son armée à Pompée, qu'il dépouilla Dolabella du commandement militaire qu'il lui avait lui-même donné; il fit égorger sous ses yeux Lucrétius Ofella qui, pour prix de ses nombreux et grands services, briguait le consulat. En tuant ses plus chers amis, Sylla inspira à tous épouvante et terreur.

XLI. [III]. 1. Leur attitude à l'égard des plaisirs et des richesses montre davantage encore que l'un agissait en chef, l'autre en tyran. 2. Il est clair que l'un ne s'abandonna jamais au dérèglement ni aux désordres juvéniles, malgré son pouvoir et sa puissance. Plus que tout autre, il évita le travers que vise cet adage:

Lions dans leurs maisons et renards au dehors[1]

tant il fit preuve, en tout lieu, de la retenue et de la discipline laconiennes. 3. Mais les convoitises de Sylla ne furent bornées ni par la pauvreté dans sa jeunesse, ni par l'âge dans sa vieillesse; il imposa à ses concitoyens des lois sur le mariage et la continence, mais lui-même vivait, comme le dit Salluste[2], dans les passions et l'adultère. 4. Aussi réduisit-il Rome à une telle misère et à un tel dénuement qu'il dut vendre à prix d'argent aux cités alliées et amies leur liberté et leur autonomie, tandis que lui-même, chaque jour, confisquait et faisait vendre à l'encan les maisons les plus riches et les plus grandes. Mais il n'y avait pas de limite aux prodigalités et aux largesses dont il couvrait ses flatteurs. 5. Peut-on imaginer qu'il ait observé dans ses beuveries et ses parties de plaisir la moindre mesure, la moindre économie, alors qu'un jour, en public, comme il vendait une grande propriété, en présence du peuple qui l'entourait, il la fit adjuger, sur la première offre venue, à l'un de ses amis, et comme quelqu'un d'autre enchérissait et que le héraut l'annonçait, il s'emporta: «On m'insulte, mes chers concitoyens, on me tyrannise, si l'on m'empêche de disposer de mon butin comme je le veux!» 6. Lysandre, en revanche, renvoya à ses concitoyens, avec le reste du butin, même les présents qu'il avait reçus en particulier. 7. Ce n'est pas que j'approuve cet acte, car il fit peut-être plus de mal à Sparte, en lui donnant ces richesses, que Sylla n'en fit à Rome en la dépouillant; mais je vois dans sa conduite une preuve du désintéressement de cet homme. Les deux personnages se trouvèrent l'un et l'autre dans une situation singulière à l'égard de leur cité: 8. Sylla, qui était débauché et dépensier, enseigna la sagesse à ses concitoyens; Lysandre en revanche emplit la cité de passions dont il était lui-même exempt. Ils furent donc tous deux coupables, l'un d'être inférieur à ses propres lois, l'autre de rendre ses concitoyens inférieurs à lui, puisqu'il apprit à

---

1. *Aristophane*, La Paix, v. 1189-1190.
2. *Salluste*, Histoires.

Sparte à désirer ce que lui-même avait appris à ne pas désirer. Voilà pour leur comportement politique.

XLII. [IV]. 1. En ce qui concerne les guerres, les exploits militaires, la quantité des trophées et la grandeur des périls soutenus, nul ne peut être comparé à Sylla. 2. Lysandre n'a remporté que deux victoires, lors de deux combats navals; je veux bien y ajouter le siège d'Athènes, exploit en soi peu considérable, mais dont la gloire fut éclatante. 3. En ce qui concerne ses revers en Béotie et à Haliarte, il joua sans doute de malchance, mais ce fut, semble-t-il, une erreur tactique que de ne pas avoir attendu l'armée importante du roi, qui venait de Platées, et de s'être porté mal à propos, poussé par la colère et par l'ambition, contre le rempart, ce qui permit aux premiers soldats venus de l'abattre de manière absurde. 4. Victime d'un coup mortel, il ne mourut pas, comme Cléombrote à Leuctres, en résistant aux ennemis qui le pressaient, ni comme Cyrus ou Épaminondas, en ramenant des troupes qui avaient plié et en leur assurant la victoire. 5. Ceux-là moururent en rois et en stratèges, mais Lysandre périt sans gloire, comme un simple peltaste, comme un combattant d'avant-poste; il prouva, par sa mort, que les anciens Spartiates avaient bien raison d'éviter les batailles au pied des murailles, où il peut arriver que le meilleur soit frappé et tué, non seulement par le premier combattant venu, mais même par un enfant ou une femme; c'est de cette manière, dit-on, auprès d'une porte, qu'Achille fut tué par Pâris.
6. Pour Sylla en revanche, combien de victoires a-t-il remportées en bataille rangée? Combien de dizaines de milliers d'ennemis a-t-il fait périr? Il n'est pas facile d'en faire le compte. 7. Rome même, il la prit deux fois; il investit le Pirée et s'empara d'Athènes, non par la famine comme Lysandre, mais au prix de combats nombreux et importants qui lui permirent de repousser Archélaos de la terre ferme et de le rejeter à la mer. 8. De plus, il est important d'examiner quels furent leurs adversaires. C'était, à mon avis, un plaisir, un jeu d'enfant, de combattre sur mer Antiochos, le pilote d'Alcibiade, et de tromper Philoclès, le démagogue athénien,

> Homme obscur à la langue coupante et pointue.

Ces gens-là, Mithridate ne les aurait pas jugés dignes de se mesurer à son palefrenier, ni Marius à un de ses hommes. 9. En revanche, parmi ceux qui se dressèrent contre Sylla, princes, consuls, généraux, chefs populaires, pour ne rien dire des autres, y avait-il un Romain plus redoutable que Marius, un roi plus puissant que Mithridate, des Italiens plus belliqueux que Lamponius et Télésinus? Or Sylla chassa le premier de Rome, soumit le second, tua les deux autres.

XLIII. [V]. 1. Mais voici à mon avis le point plus important de tout ce que nous avons dit: Lysandre remporta tous ses succès avec le soutien de sa patrie; 2. Sylla, lui, était exilé et abattu par ses ennemis, on chassait de Rome sa femme, on rasait sa maison, on faisait mourir ses amis et, pendant ce temps-là, en Béotie, affrontant des dizaines et des dizaines de milliers d'ennemis et s'exposant pour sa patrie, il dressait un trophée. 3. Mithridate lui proposa une alliance et une armée contre ses adversaires, mais loin de fléchir ou de manifester la moindre politesse, il ne le salua

pas et ne lui tendit pas la main avant d'avoir appris de lui qu'il renonçait à l'Asie, qu'il livrait ses bateaux et qu'il restituait la Bithynie et la Cappadoce à leurs rois.
4. Ce fut là finalement, semble-t-il, la plus belle action de Sylla, celle qui lui fut inspirée par la plus remarquable grandeur d'âme : il préféra l'intérêt public au sien propre ; comme les chiens de bonne race, il n'ouvrit pas les mâchoires, ne relâcha pas sa prise avant que son adversaire ait renoncé à la lutte ; alors seulement il courut défendre ses propres intérêts.
5. Ajoutons à tout cela que leur attitude à l'égard d'Athènes doit peser de quelque poids dans la comparaison de leurs caractères. Sylla, quand il prit cette cité qui lui avait fait la guerre pour soutenir la puissance et l'hégémonie de Mithridate, lui laissa la liberté et ses propres lois ; mais Lysandre, qui l'avait renversée à une époque où elle possédait une hégémonie et un empire si considérables, n'eut pas pitié d'elle ; il lui ôta même son gouvernement démocratique et lui imposa les tyrans les plus cruels et les plus injustes.
6. Il est temps à présent de juger que nous ne nous écarterons pas beaucoup de la vérité en déclarant que Sylla a remporté plus de succès, mais que Lysandre a commis moins de fautes, en décernant à l'un le prix de la tempérance et de la modération, à l'autre le prix de l'art militaire et du courage.

BIBLIOGRAPHIE

VIE DE LYSANDRE

CARLIER P.
Le IVe siècle grec, Paris, 1995.

MALKIN I.
Myth and Territory in the Spartan Mediterranea, Cambridge, 1994.

NATALICCHIO A.
Atene e la crisi della democrazia, Bari, 1996.

VIE DE SYLLA

BROUGHTON T. R. S.
The Magistrates of the Roman Republic, 2e éd., New York, 1960.

CHAMPEAUX J.
Fortuna. Recherches sur le culte de la Fortune à Rome et dans le monde romain. Des origines à la mort de César, Rome, 1987.

HINARD F.
Les Proscriptions de la Rome républicaine, Paris, 1985.

VAN OOTEGHEM J.
Les Caecilii Metelli de la République, Bruxelles, 1967.

CIMON-LUCULLUS

Au début de la Vie de Cimon, *Plutarque explique pourquoi il a choisi de rendre hommage à Lucullus, dont le témoignage avait épargné autrefois à la cité de Chéronée une grave condamnation, et les raisons qui l'ont conduit à mettre sa biographie en parallèle avec celle de Cimon : tous deux combattirent victorieusement les Barbares, et cependant tous deux ne purent mener leur victoire à son terme, la conclusion de la paix avec le vaincu.*
L'Athénien Cimon, fils de Miltiade le vainqueur de Marathon, fut en effet l'un des artisans de la formation de l'empire d'Athènes au lendemain de la seconde guerre médique. La double victoire qu'il remporta sur terre et sur mer à l'Eurymédon marqua le début de la mainmise d'Athènes sur les cités grecques des côtes occidentales de l'Asie Mineure. Annonçant la politique de Périclès, il n'hésita pas à intervenir contre ceux des alliés qui jugeaient trop lourd le poids de la domination athénienne. Pourtant la rupture n'allait pas tarder à intervenir entre les deux hommes. Périclès réussit à faire ostraciser Cimon, et s'il lui permit de rentrer avant le terme de son exil, il ne lui donna pas vraiment l'occasion de reprendre sa place à la tête de la cité. La mort de Cimon devant Chypre en 449 mit fin à une carrière qui avait brillamment commencé pour s'achever dans une relative mise à l'écart.
La carrière de Lucullus commença aussi brillamment mais le contexte était tout autre. Déjà avaient débuté ces luttes pour le pouvoir qui mettaient aux prises les chefs militaires, avides de se constituer une clientèle en s'attachant leurs soldats par d'éclatantes victoires. Lucullus s'était d'abord affirmé à l'ombre de Sylla, et il allait très vite voir se dresser devant lui l'ambitieux Pompée. Néanmoins, il s'illustra au cours des campagnes d'une ampleur sans précédent qu'il mena contre Mithridate et contre son gendre, le roi d'Arménie Tigrane. Les forces engagées, sur lesquelles Plutarque insiste à maintes reprises, étaient sans commune mesure avec celles que commandait Cimon à l'Eurymédon, et nul, sauf Alexandre, n'avait pénétré au cœur de l'Asie aussi profondément que Lucullus. Or, si les victoires de Cimon enrichirent le trésor de la Ligue attico-délienne et lui permirent de multiplier les largesses à l'encontre de ses concitoyens, il n'y avait là encore rien de comparable aux immenses richesses rapportées d'Asie par Lucullus, qui éblouirent les Romains, lui permirent d'achever sa vie dans le luxe et les plaisirs de la table.
Plutarque, dans sa comparaison finale, insiste sur ce qu'il tient pour la différence essentielle entre les deux hommes : Cimon, qui avait mené une vie facile dans sa jeunesse, la termina dans une austérité quasi spartiate, alors que Lucullus, dont la jeunesse avait été studieuse, s'adonna lorsqu'il eut renoncé à la vie publique à toutes les voluptés. Mais peut-on vraiment comparer la vie dans l'Athènes des premières décennies du Ve siècle, encore meurtrie par la double invasion de son territoire, à celle qu'on menait dans la Rome du Ier siècle? Et le retrait de Lucullus de la vie politique face aux ambitions d'un Pompée à l'éloignement de Cimon, ostracisé par un vote populaire, puis rentré en grâce dans une cité jalousement attachée au contrôle qu'elle exerçait sur ses dirigeants? C'est dans des parallèles comme celui-là qu'on mesure la distance qui sépare les préoccupations de Plutarque de celles d'un historien.

Cl. M.

CIMON

I. 1. Le devin Péripoltas, qui fit descendre de Thessalie en Béotie le roi Opheltas et le peuple qui le suivait, laissa une postérité qui fut longtemps glorieuse et dont la plus grande partie se fixa à Chéronée, la première cité qu'ils occupèrent, après en avoir chassé les Barbares[1]. 2. La plupart des membres de cette famille, d'un naturel belliqueux et fier, périrent à l'époque des invasions des Mèdes et des luttes contre les Gaulois[2], où ils ne se ménagèrent pas. Il restait pourtant de cette lignée un enfant orphelin, nommé Damon, et surnommé Péripoltas : par la beauté de son corps et la fierté de son âme, il surpassait de beaucoup ses compagnons d'âge, mais il était par ailleurs sans éducation et de caractère brutal. 3. Un Romain qui commandait une cohorte stationnée pour l'hiver à Chéronée[3], s'éprit de lui, alors qu'il venait à peine de sortir de l'enfance, mais ne parvint pas à le séduire, malgré ses efforts et ses présents. Il était clair qu'il n'hésiterait pas à user de violence car notre cité était alors très mal en point et méprisée pour sa petitesse et sa pauvreté. 4. Redoutant ce péril et indigné par la tentative elle-même, Damon résolut la perte de cet homme ; il forma une conspiration contre lui, avec quelques garçons de son âge, en petit nombre afin que le complot ne fût pas découvert ; ils furent seize au total. Une nuit, ils se barbouillèrent le visage de suie, puis, ayant bu du vin pur, ils se jetèrent, au point du jour, sur le Romain qui offrait un sacrifice sur l'agora et le tuèrent, lui et bon nombre de ses compagnons ; après quoi ils s'enfuirent de la cité. 5. L'émotion fut extrême ; le conseil des Chéronéens se réunit et condamna à mort le meurtrier, ce qui était, pour la cité, le moyen de se disculper aux yeux des Romains. Mais un soir, comme les magistrats prenaient leur repas ensemble, selon l'usage, Damon et ses complices firent irruption dans la salle officielle, les égorgèrent tous et s'enfuirent de nouveau de la ville. 6. Or il se trouva que ces jours-là, Lucius Lucullus passait par Chéronée avec une armée pour une opération militaire. Il interrompit sa marche, enquêta sur les événements qui venaient de se produire, et découvrit que la cité n'était coupable de rien : au contraire, elle avait, elle aussi, été victime. Il retira les soldats et les emmena avec lui 7. Cependant Damon ravageait la campagne par ses brigandages et ses incursions et harcelait la cité : les citoyens l'attirèrent par des ambassades et des décrets bienveillants et, quand il fut rentré, ils le nommèrent gymnasiarque ; après quoi, un jour qu'il s'enduisait d'huile à

---

1. *Sur la légende de l'occupation de la Béotie par des Grecs venus de Thessalie, voir Thucydide, Guerre du Péloponnèse, I, 12, 3. Plutarque était originaire de la cité béotienne de Chéronée ; il fait ici référence à des traditions locales. Voir Dictionnaire, « Chéronée ».*
2. *Il s'agit de la seconde guerre médique (480-479) et de l'invasion celte de 279.*
3. *L'affaire doit se placer au moment où les Romains luttaient en Grèce contre les partisans du roi du Pont Mithridate, c'est-à-dire durant l'hiver 88-87. Son authenticité a été mise en question. Sur l'agitation en Grèce à cette époque, voir Sylla, XI, 5.*

l'étuve, ils le tuèrent. 8. Pendant longtemps, on vit des fantômes à l'endroit du meurtre et l'on y entendit des sanglots, à ce que disent nos pères. On fit donc murer l'étuve et de nos jours encore, ceux qui habitent au voisinage croient que ce lieu est hanté de spectres et de voix redoutables. 9. En dialecte éolien, on appelle Asbolomènes [«Couverts de suie»] les descendants de Damon (il en subsiste un petit nombre, surtout à Stiris en Phocide), car Damon, avant le meurtre, s'était frotté de suie.

II. 1. Les habitants d'Orchomène, qui étaient voisins et rivaux des Chéronéens, achetèrent les services d'un délateur romain qui intenta un procès à la cité, comme si elle était un simple particulier, et la poursuivit en justice pour le meurtre des hommes que Damon avait assassinés. L'affaire fut portée devant le préteur de Macédoine (les Romains n'envoyaient pas encore de préteurs en Grèce)[4]. Ceux qui parlèrent pour la cité invoquèrent le témoignage de Lucullus, auquel le préteur écrivit et qui confirma la vérité. La cité fut donc acquittée, après avoir couru un danger très grave. 2. En conséquence, les Chéronéens de ce temps-là, ainsi sauvés, élevèrent sur leur agora une statue de Lucullus en marbre, à côté de celle de Dionysos. Pour nous, bien que de nombreuses générations nous séparent de lui[5], nous considérons que cette dette de reconnaissance nous concerne encore aujourd'hui. Or, à notre avis, il existe un portrait beaucoup plus beau que celui qui reproduit le corps et le visage d'un homme: c'est celui qui met en lumière son caractère et son comportement. C'est pourquoi nous allons retracer, dans la rédaction des *Vies parallèles*, les actes de ce héros. Ce faisant, nous respecterons entièrement la vérité. 3. En effet, rappeler son souvenir est une marque de gratitude suffisante. Lucullus lui-même n'aurait pas accepté d'être récompensé de son témoignage véridique par un récit mensonger et fictif de ce qu'il fut. Lorsque les peintres représentent des figures belles et pleines de charme qui ont un léger défaut, nous leur demandons de ne pas supprimer complètement cette imperfection sans pour autant la reproduire avec trop de précision; 4. dans un cas, la peinture est laide, dans l'autre, elle n'est pas fidèle. De la même manière, puisqu'il est difficile, peut-être même impossible de montrer une vie humaine irréprochable et pure, il faut, dans ce qu'elle a de beau, rendre la vérité comme à l'identique. 5. Mais lorsque, en raison de quelque passion ou d'une nécessité politique, des erreurs et des fautes entachent ses actions, nous y voyons davantage les carences d'une vertu que de véritables vices: nous ne devons donc pas les signaler avec trop de zèle et de précision dans notre histoire, mais en rougissant, si l'on peut dire, pour la nature humaine, puisqu'elle ne produit aucun caractère dont la vertu soit pure et indiscutable[6].

---

4. *Tout ce développement est intéressant car il révèle les conflits qui déchiraient les cités face à l'autorité romaine. L'Achaïe, au nord du Péloponnèse, ne formait pas encore une province indépendante de la Macédoine. Le préteur était le gouverneur romain de la province.*

5. *Il s'est écoulé en effet près de deux siècles entre l'affaire de Damon et le moment où Plutarque rédige la* Vie de Cimon.

6. *Plutarque rend compte ici du regard qu'il porte sur ses héros, et de son souci de ne pas cacher leurs défauts, mais plutôt de les comprendre et de les expliquer.*

III. 1. Après examen, il nous a semblé que Lucullus devait être mis en parallèle avec Cimon[7]. Tous deux furent en effet des hommes de guerre, qui s'illustrèrent dans la lutte contre les Barbares ; pleins de douceur dans leur conduite politique, ils permirent à leur patrie de reprendre souffle au milieu des guerres civiles, tandis qu'à l'extérieur ils dressaient des trophées et remportaient des victoires éclatantes. 2. Aucun Grec avant Cimon, aucun Romain avant Lucullus ne porta la guerre aussi loin, exception faite des exploits d'Héraclès et de Dionysos ainsi que des entreprises de Persée contre les Éthiopiens ou de Jason contre les Mèdes, si l'on juge dignes de foi les récits qui nous sont parvenus de ces époques lointaines[8]. 3. Cimon et Lucullus ont encore en commun le fait que leurs campagnes restèrent inachevées : l'un et l'autre écrasèrent leurs ennemis, mais ni l'un ni l'autre ne les vainquit complètement[9]. On peut surtout observer que les deux hommes se ressemblent par la bienveillance et la générosité de leur accueil et de leur humanité, comme par l'exubérance et le relâchement de leur mode de vie. Nous oublions peut-être d'autres ressemblances qu'il ne sera pas difficile de déduire du récit lui-même.

IV. 1. Cimon, fils de Miltiade, avait pour mère Hégésipylè, d'origine thrace[10], qui était la fille du roi Oloros, comme le rapportent les poèmes d'Archélaos et de Mélanthios[11] écrits en l'honneur de Cimon lui-même. 2. Voilà pourquoi l'historien Thucydide, qui était apparenté à Cimon, eut lui aussi pour père un Oloros, ainsi nommé à cause de son ancêtre, et posséda des mines d'or en Thrace. 3. Thucydide mourut à Scaptè Hylè (c'est une localité de Thrace), où, dit-on, il fut assassiné ; ses restes furent rapportés en Attique et l'on montre son tombeau parmi ceux de la famille de Cimon, près de celui d'Elpinice, sœur de Cimon. 4. Mais Thucydide appartenait au dème d'Halimonte et Miltiade à celui de Laciades[12].
Miltiade fut condamné à une amende de cinquante talents et jeté en prison en jusqu'à ce qu'il l'ait payée ; il y mourut. Cimon, encore adolescent, resta donc orphelin

---

7. Il est rare que Plutarque justifie les raisons de ses choix de parallèle entre un Grec et un Romain.
8. On remarquera le scepticisme de Plutarque quant aux aventures prêtées par la tradition à différents héros : Héraclès aurait parcouru la Méditerranée d'une extrémité à l'autre ; Dionysos se serait rendu en Inde ; Persée, pour délivrer Andromède, serait allé chez les Éthiopiens ; Jason, pour conquérir la Toison d'Or, aurait navigué jusqu'en Colchide avec les Argonautes.
9. Ce n'est en effet qu'après la mort de Cimon que fut conclue avec les Perses la paix de Callias, et ce n'est pas Lucullus, mais Sylla qui acheva victorieusement la guerre contre Mithridate.
10. Miltiade, stratège en 490, remporta la victoire de Marathon sur les Perses. Les unions entre membres des grandes familles athéniennes et princesses étrangères étaient alors admises et ne mettaient pas en cause la citoyenneté des enfants nés de telles unions, comme ce sera le cas après la loi de Périclès de 451.
11. Le philosophe Archélaos, qui aurait été le maître de Socrate, et le poète tragique Mélanthios étaient des contemporains de Cimon.
12. Le démotique de Thucydide laisse supposer qu'il était parent de Miltiade par les femmes : son père Oloros serait né d'une fille de celui-ci. Par ailleurs, c'est en Thrace qu'il s'exila après sa condamnation en 421. Le dème de Laciades et le dème d'Halimonte étaient des dèmes urbains, le premier situé au nord-ouest de la ville, le second au sud, à proximité du Phalère. Voir Whitehead (1986), p. XXIII.

avec une sœur toute jeune, qui n'était pas mariée. Dans un premier temps, il eut mauvaise réputation dans la cité ; on disait de lui qu'il était déréglé, buveur, et ressemblait par nature à son grand-père Cimon, auquel sa stupidité avait valu, dit-on, le surnom de Balourd. 5. D'après Stésimbrote de Thasos[13], qui était à peu près son contemporain, Cimon n'apprit ni la musique ni aucun autre des arts libéraux en honneur chez les Grecs ; il était totalement dépourvu de l'habileté et de la faconde attiques[14]. Il avait dans ses manières beaucoup de noblesse et de sincérité ; les dispositions de son âme étaient plutôt celles d'un Péloponnésien

> Rude et mal dégrossi, mais fait pour les exploits,

comme l'Héraclès d'Euripide. Voilà ce que l'on peut ajouter aux écrits de Stésimbrote. 6. Dans sa jeunesse, il fut accusé d'avoir des rapports amoureux avec sa sœur. On raconte d'ailleurs qu'Elpinice, même en dehors de cela, n'eut pas une vie réglée ; elle se laissa séduire par le peintre Polygnote, ce qui explique que, dans le portique qu'on appelait à cette époque le Peisianacteion et qui est maintenant le Poecile, Polygnote, quand il peignit les Troyennes, donna, dit-on, à Laodice le visage d'Elpinice[15]. 7. Polygnote n'était pas un vulgaire artisan[16] ; il ne toucha pas de salaire pour peindre ce portique ; il le fit gratuitement, afin de rendre hommage à la cité, comme le rapportent les historiens, ainsi que le poète Mélanthios en ces termes :

> À ses frais il orna l'agora de Cécrops
> Et les temples des dieux des exploits des héros

8. Il y a des gens qui disent que les rapports d'Elpinice et de Cimon ne furent pas secrets, mais qu'il l'avait épousée[17] au su de tous et vivait avec elle parce que sa pauvreté l'empêchait de trouver un mari digne de sa naissance ; lorsque Callias, un des hommes les plus riches d'Athènes[18], en tomba amoureux et se présenta, offrant de

---

13. *Stésimbrote de Thasos, qui vivait au Vᵉ siècle, aurait écrit sur les grands hommes contemporains : Cimon, Thémistocle et Périclès. Plutarque s'y réfère souvent.*
14. *Bien qu'appartenant à une grande famille athénienne, Cimon n'aurait pas reçu l'éducation aristocratique traditionnelle, ce que Plutarque semble mettre sur le compte de la mort précoce de son père. En fait, Miltiade étant mort en 489 (Hérodote,* Enquête, *VI, 136), Cimon, qui fut stratège pour la première fois en 476-475 et peut-être même plus tôt (voir* infra, *VI, 1), aurait eu alors au moins 17 ans. Le vers d'Euripide appartient à une tragédie perdue.*
15. *Le peintre Polygnote de Thasos fut chargé de représenter sur les murs du Poecile, un portique qui bordait l'agora, une «prise de Troie». Laodice était une des filles de Priam.*
16. *La remarque de Plutarque concernant Polygnote souligne qu'il n'était pas un simple* banausos, *un simple artisan, mais qu'il aurait fait don de cette œuvre à la cité d'Athènes.*
17. *Cela supposait qu'Elpinice était née du même père mais non de la même mère. De telles unions étaient en effet admises. Voir Dictionnaire, «Femmes».*
18. *La fortune de Callias provenait de l'exploitation des mines du Laurion. Xénophon, dans les* Revenus *(IV, 15), rappelle que son fils Hipponicos possédait 600 esclaves loués dans les mines et qui lui rapportaient 100 drachmes par jour. Callias sera le négociateur de la paix avec le roi des Perses en 449 (voir* infra, *XIII, 4-5).*

payer l'amende de son père, elle accepta et Cimon la lui donna en mariage. **9.** Quoi qu'il en soit, il est clair que Cimon était fort attiré par les femmes. Le poète Mélanthios se moque de lui à ce propos dans une élégie et mentionne Astéria, originaire de Salamine, et une certaine Mnestra, prétendant qu'il aurait été amoureux d'elles. **10.** Ce qui est sûr, c'est qu'il eut pour son épouse légitime Isodicè, fille d'Euryptolémos, lui-même fils de Mégaclès[19], une passion très vive, et qu'il fut fort affecté par sa mort, s'il faut en croire les élégies qui furent écrites à son intention pour le consoler de son deuil: selon le philosophe Panaïtios[20], dont l'hypothèse n'est pas contredite par la chronologie, l'auteur de ces élégies était le physicien Archélaos.

V. 1. Pour tout le reste, le caractère de Cimon était admirable et noble. Il ne le cédait ni à Miltiade en courage, ni à Thémistocle en intelligence, mais il était, de l'avis général, plus juste que l'un et l'autre; sans leur être, si peu que ce soit, inférieur quant à la valeur militaire, il les dépassait de manière étonnante par ses qualités politiques, malgré sa jeunesse et son inexpérience de la guerre. **2.** À l'approche des Mèdes, lorsque Thémistocle conseilla au peuple d'abandonner la cité et de laisser le territoire pour placer toutes les armes sur les navires devant Salamine et combattre sur mer[21], alors que la plupart des gens étaient frappés de stupeur devant l'audace de ce projet, Cimon fut le premier à s'y rallier. On le vit, tout joyeux, traverser le Céramique[22], monter avec ses amis à l'Acropole et consacrer à la déesse un mors de cheval qu'il tenait à la main; il voulait montrer ainsi que la cité n'avait pas pour l'instant besoin de la force des chevaux, mais de valeureux soldats de marine. **3.** Après avoir consacré le mors, il prit un des boucliers suspendus aux parois du temple, adressa une prière à la déesse, puis descendit vers la mer, et grâce à lui, beaucoup de citoyens commencèrent à reprendre courage.
Son aspect physique, à en croire le poète Ion[23], était sans défaut: il était grand, il avait des cheveux abondants et frisés. **4.** Après s'être montré brillant et valeureux au cours de la bataille, il acquit très vite dans la cité renommée et popularité. Beaucoup se groupèrent autour de lui, l'invitant à concevoir et à exécuter désormais des actions dignes de Marathon[24]. **5.** Dès qu'il s'engagea dans la carrière politique, le peuple lui fit un accueil joyeux et, lassé de Thémistocle, l'éleva aux honneurs et aux charges les plus hautes dans la cité, car il était estimé et apprécié de la foule en raison de sa douceur et de sa simplicité. **6.** Celui qui contribua le plus à son avancement fut Aristide[25] fils de

---

19. Isodicè, petite-fille de Mégaclès, était une Alcméonide. On a là un exemple de ces unions entre membres des grandes familles athéniennes.
20. Panaïtios de Rhodes fut un célèbre philosophe stoïcien du IIe siècle, qui fréquenta à Rome le cercle des Scipions et acheva sa vie à Athènes à la tête de l'école du Portique.
21. Évocation des moments qui précédèrent la bataille de Salamine en 480 (voir Thémistocle, *IV, 4-5).*
22. Le Céramique était le cimetière d'Athènes.
23. Ion de Chios est un poète contemporain de Cimon, qui vint très jeune à Athènes et fut des familiers de celui-ci (voir infra, *IX, 1).*
24. L'allusion à Marathon est une référence implicite à son père Miltiade.
25. Voir Aristide, *X, 10.*

Lysimachos, qui voyait les heureuses dispositions de son caractère et voulut faire de lui un rival qui contrebalancerait, en quelque sorte, l'habileté et l'audace de Thémistocle.

VI. 1. Quand les Mèdes se furent enfuis de Grèce, Cimon fut envoyé comme stratège à la tête des Athéniens qui n'avaient pas encore la maîtrise de la mer mais continuaient à suivre les ordres de Pausanias et des Lacédémoniens. Dans ses campagnes, il exigea d'abord constamment de ses concitoyens une discipline admirable et leur inspira une ardeur qui les rendait de beaucoup supérieurs à tous les autres. 2. Puis, quand Pausanias, méditant une trahison, entra en pourparlers avec les Barbares et écrivit au Grand Roi, tandis qu'il traitait les alliés avec rudesse et arrogance, multipliait les outrages, et se montrait tyrannique et follement orgueilleux, Cimon accueillit avec douceur les victimes de Pausanias et les traita avec humanité : insensiblement, sans employer les armes, par la seule force de ses paroles et de son caractère, il obtint l'hégémonie sur la Grèce. 3. La plupart des alliés, incapables de supporter la dureté et la morgue de Pausanias, se rallièrent à Cimon et à Aristide[26]. Ces derniers, tout en attirant les Grecs à eux, envoyèrent des messagers aux éphores, demandant le rappel de Pausanias, qu'ils accusaient de déshonorer Sparte et de jeter le trouble dans la Grèce. 4. On raconte que Pausanias avait fait venir auprès de lui à des fins honteuses une jeune fille de Byzance nommée Cléonicè : ses parents, des gens en vue, cédant à la nécessité et à la peur, lui avaient livré leur enfant. Elle demanda aux serviteurs qui gardaient la chambre d'éteindre la lumière et, s'étant approchée dans l'ombre, en silence, du lit dans lequel Pausanias dormait déjà, elle tomba et renversa la lampe sans le faire exprès. 5. Le vacarme réveilla Pausanias en sursaut ; croyant que c'était un ennemi qui l'attaquait, il tira le poignard qu'il avait à son chevet et en frappa la jeune fille qui s'écroula. Elle mourut de sa blessure et, dès lors, ne laissa plus de repos à Pausanias. La nuit, son fantôme venait le hanter dans son sommeil, lui répétant, avec colère, ce vers épique :

> Cours à ton châtiment : l'insolence est pour l'homme
> Le mal le plus cruel.

6. Après cet événement, les alliés, au comble de l'indignation, se joignirent à Cimon pour assiéger Pausanias. Celui-ci s'enfuit de Byzance et, tourmenté, dit-on, par cette apparition, il eut recours à l'oracle des morts d'Héraclée. Il évoqua l'âme de Cléonicè et la conjura d'apaiser sa colère. 7. Elle lui apparut et lui dit que ses maux cesseraient bientôt, dès qu'il serait à Sparte. De cette manière énigmatique, elle lui annonçait, semble-t-il, la mort qui l'attendait. Tel est le récit de la plupart des historiens[27].

VII. 1. Cimon, que les alliés avaient désormais rejoint, fit voile, en qualité de stratège, vers la Thrace, car il avait appris que des Perses de haut rang, apparentés au

---

26. Voir Aristide, *XXIII, 1-3*. Sur les démêlés avec Pausanias, voir Thucydide, *I, 94-95*. Plutarque, à son habitude, personnalise les raisons du ralliement des alliés aux Athéniens, alors que Thucydide ne cite ni Aristide ni Cimon.
27. *L'anecdote est rapportée également par Pausanias*, Description de la Grèce, *III, 17, 8-9.*

Grand Roi, s'étaient emparés de la cité d'Éion, au bord du Strymon, et inquiétaient les Grecs de cette région[28]. 2. Il vainquit d'abord ces Perses au combat et les enferma dans la cité. Puis il chassa les Thraces qui habitaient au-delà du Strymon et ravitaillaient les Perses, et plaça toute la région sous son contrôle, réduisant les assiégés à une telle disette que Bogès, le général du Grand Roi, désespérant de la situation, mit le feu à la cité et y périt avec ses amis et ses richesses. 3. Cimon s'en empara ainsi. Il n'en retira aucun avantage appréciable, car presque tout avait été brûlé avec les Barbares, mais le territoire était très fertile et très beau : il le donna aux Athéniens pour qu'ils s'y établissent. 4. Le peuple l'autorisa à consacrer des hermès de pierre. Sur le premier, on lisait l'inscription suivante :

> Ils avaient le cœur fier, ces hommes qui, jadis,
> Sur les bords du Strymon, à Éion, imposèrent
> Faim brûlante et glacial Arès aux fils des Mèdes
> Et mirent les premiers l'ennemi aux abois.

5. Sur le second :

> Voici les prix qu'aux chefs les Athéniens donnèrent
> Pour un si beau service et pour de tels exploits.
> Plus tard en les voyant, nos descendants voudront
> Soutenir le combat pour le bonheur de tous.

6. Et sur le troisième :

> Jadis de cette ville, en suivant les Atrides,
> Ménesthée[29] a gagné le sol sacré de Troie.
> Il était, dit Homère, un artisan de guerre,
> Parmi les Danaens aux cuirasses solides,
> De même à juste titre on dit des Athéniens :
> Ils sont beaux artisans de guerre et de courage.

VIII. 1. Ces hermès ne portaient nulle part le nom de Cimon, mais ils semblaient, pour les hommes de ce temps-là, une marque extrême d'honneur[30]. Ni Thémistocle

---

28. *Cette région avait été colonisée par les Grecs dès le VIIIe siècle. Les Athéniens avaient commencé à s'y établir à l'époque de Pisistrate (VIe siècle) : celui-ci, lors de son second exil, fonda la colonie de Rhaïcélos, près du golfe thermaïque, et aurait peut-être utilisé pour recruter des mercenaires l'or et l'argent de la région du mont Pangée (voir Aristote,* Constitution d'Athènes, *XV, 2). La prise d'Éion par Cimon est rapportée par Thucydide, I, 98, 1.*
29. *Dans l'Iliade (II, v. 552-554), Ménesthée est à la tête du contingent venu d'Athènes.*
30. *Eschine (*Contre Ctésiphon, *183-185) cite les inscriptions de ces trois hermès et remarque en effet que les noms des généraux n'y figurent pas, pour mieux souligner la différence entre les hommes d'autrefois qui ne demandaient pas d'honneurs personnels et ceux de son temps qui en abusent. Mais le texte des inscriptions comme le commentaire qu'en fait l'orateur mentionnent les chefs vainqueurs, ce qui implique que le mérite de la victoire ne revenait pas au seul Cimon.*

ni Miltiade n'en obtinrent jamais de semblables; bien au contraire, comme ce dernier demandait une couronne de feuillage, Socharès de Décélie se leva au milieu de l'assemblée et s'y opposa, prononçant ces mots, pleins d'ingratitude mais qui plurent alors au peuple : « Miltiade, quand tu auras tout seul combattu et vaincu les Barbares, tu pourras réclamer des honneurs pour toi seul. » 2. Pourquoi donc les Athéniens exaltèrent-ils à ce point l'exploit de Cimon? C'est peut-être parce que, sous le commandement des autres stratèges, ils s'étaient contentés de repousser les ennemis et de se défendre, tandis que sous les ordres de Cimon, ils purent passer à l'offensive et faire campagne à leur tour contre le pays des ennemis, où ils conquirent des territoires en colonisant Éion et Amphipolis[31].

3. Ils colonisèrent également Scyros[32], dont Cimon s'empara pour la raison suivante. Cette île était habitée par des Dolopes qui, peu doués pour l'agriculture, s'étaient faits pirates depuis très longtemps et écumaient la mer. Pour finir, ils n'épargnèrent même plus les étrangers qui abordaient chez eux pour commercer : ils attaquèrent des marchands thessaliens qui avaient jeté l'ancre à Ctésion, et les emprisonnèrent. 4. Ces hommes parvinrent à leur échapper et firent condamner la cité par les Amphictyons[33]. Le peuple refusa de participer au remboursement des biens volés et demanda aux pillards qui les détenaient de les rendre. Ceux-ci, pris de peur, écrivirent à Cimon, le priant de venir avec ses bateaux s'emparer de la cité qu'ils lui remettaient. 5. Cimon se rendit ainsi maître de l'île; il en chassa les Dolopes et purgea des pirates la mer Égée. Ayant appris qu'autrefois Thésée, fils d'Égée, exilé par les Athéniens, s'était réfugié à Scyros où le roi Lycomédès, pris de peur, l'avait assassiné par traîtrise, il désira vivement retrouver son tombeau[34]. 6. Il existait en effet un oracle qui demandait aux Athéniens de rapporter dans la ville les restes de Thésée et de lui rendre les honneurs dus à un héros, mais ils ignoraient où il était enterré, car les habitants de Scyros niaient le fait et s'opposaient à toute recherche. 7. Alors, à force de soins, Cimon retrouva l'enclos funéraire, non sans peine. Il plaça les ossements sur sa propre trière et, les entourant de tous les honneurs possibles, les ramena en grande pompe dans la cité d'Athènes, que Thésée avait quittée près de quatre cents ans auparavant[35]. Cette action, plus que toute autre, lui valut la faveur du peuple. Les Athéniens rattachèrent aussi à sa mémoire le jugement d'un concours de tragédie, demeuré célèbre. 8. Sophocle,

---

31. Amphipolis ne fut colonisée que plus tard, en 437-436 sous la conduite d'Hagnon. Auparavant, une tentative d'établissement sur le site dit des « Neuf Routes » (Ennea Hodoï) se solda par un échec, et les colons athéniens furent massacrés par les Thraces.

32. La prise de l'île de Scyros est citée par Thucydide aussitôt après celle d'Éion (I, 98, 2).

33. Représentants des différents peuples grecs formant le conseil administrant le sanctuaire de Delphes.

34. D'après une des versions du mythe de Thésée, le héros athénien, chassé de la cité par ses adversaires, se serait réfugié dans l'île de Scyros.

35. La chronologie de Plutarque est quelque peu vague. En effet, les aventures de Thésée sont antérieures à la guerre de Troie, à laquelle participa son adversaire et successeur Ménesthée (cité supra, VII, 6). Sa mort se placerait donc au moins sept cents ans avant le retour de ses restes à Athènes. La « découverte » des restes de Thésée et leur transfert à Athènes marquent le début de la représentation d'un Thésée fondateur de la démocratie (voir Thésée, XXXV, 6-XXXVI, 3).

encore jeune, concourait pour la première fois; voyant qu'il y avait désaccord et dispute entre les spectateurs, l'archonte Apséphion ne voulut pas tirer au sort les juges du concours; comme Cimon entrait dans le théâtre avec les autres stratèges et offrait au dieu les libations en usage, il ne les laissa pas partir, leur fit prêter serment, les obligea à siéger et à juger, tous les dix, chacun au nom de sa tribu[36]. 9. La compétition provoqua donc une émulation particulière du fait de la dignité des juges. Sophocle fut vainqueur et Eschyle, dit-on, en fut si triste et si fâché qu'il ne resta pas longtemps à Athènes; de colère, il partit pour la Sicile, où il mourut et fut enterré, à Géla[37].

IX. 1. Ion raconte qu'adolescent, lorsque, venu de Chios, il se rendit à Athènes, il dîna chez Laomédon avec Cimon: celui-ci, après les libations, fut invité à chanter, ce qu'il fit avec beaucoup de grâce; les assistants le louèrent d'être plus habile que Thémistocle, lequel déclarait qu'il n'avait pas appris à chanter ni à jouer de la cithare, mais qu'il savait rendre une cité puissante et riche[38]. 2. Ensuite, la conversation, comme il arrive au cours d'un banquet, tomba sur les actions de Cimon; on rappela les plus importantes, et Cimon lui-même raconta un de ses stratagèmes qu'il considérait comme particulièrement ingénieux. 3. Les alliés, qui avaient fait beaucoup de prisonniers de guerre à Sestos et à Byzance, avaient prié Cimon de partager le butin. Il fit deux parts: d'un côté les hommes, de l'autre les parures qu'ils portaient. Les alliés se plaignant de ce partage qui leur semblait inégal, 4. il les pria de choisir eux-mêmes le lot qu'ils préféraient: les Athéniens se contenteraient de celui qu'ils leur laisseraient. Hérophytos de Samos ayant conseillé aux alliés de choisir les parures des Perses plutôt que les Perses eux-mêmes, ils prirent les bijoux[39] et laissèrent aux Athéniens les prisonniers. 5. Sur le moment, Cimon, quand il partit, passa pour avoir fait un partage ridicule, puisque les alliés emportaient des bracelets, des colliers et des chaînes en or, des robes d'apparat et de la pourpre, tandis que les Athéniens n'avaient reçu que des corps nus, mal exercés au travail. 6. Mais, peu après, les amis et les parents des prisonniers descendirent de Phrygie et de Lydie pour racheter chacun d'eux à prix d'or: ces rançons permirent à Cimon d'entretenir sa flotte pendant quatre mois et il resta encore pour la cité une quantité d'or considérable.

---

36. Apséphion était archonte en 469-468. À ce titre, il présidait les Grandes Dionysies, et c'est à lui que revenait le tirage au sort des juges chargés de décerner les prix. Ils étaient normalement dix, ce qui explique qu'ils aient pu être remplacés par les dix stratèges. On retrouve ici ce système décimal qui depuis les réformes de Clisthène, à la fin du VIe siècle, structurait toute l'organisation de la cité.
*37. Eschyle mourut effectivement à Géla en Sicile, mais beaucoup plus tard, en 456-455. Il devait être couronné plusieurs fois encore entre l'année qui suit l'archontat d'Apséphion et son départ pour la Sicile, postérieur à l'année 458 où il reçut le premier prix pour l'*Orestie.
38. Tout repas était précédé de libations aux dieux, et souvent d'un sacrifice. Cette habileté de Cimon contredit ce qui a été dit supra, en IV, 5. Et c'est ici Thémistocle qui est présenté comme celui qui n'avait pas reçu cette éducation propre aux jeunes gens de bonne famille (voir aussi Thémistocle, *II, 3-4).*
39. La richesse des parures qu'affectionnaient les soldats barbares est un thème constant, qui souligne implicitement l'opposition avec la simplicité de l'équipement des hoplites grecs.

X. 1. Cimon était désormais dans l'abondance. Les bénéfices de cette campagne, qu'on l'avait vu gagner de fort belle manière, il les dépensa de manière plus belle encore pour ses concitoyens[40]. Il fit enlever les clôtures de ses champs pour que les étrangers et les citoyens dans le besoin pussent sans crainte aller cueillir les premiers fruits; il faisait chaque jour préparer chez lui un repas simple, mais suffisant pour un grand nombre de personnes: les pauvres qui le souhaitaient pouvaient entrer et se nourrir sans avoir à travailler, ce qui leur permettait de consacrer tout leur temps aux affaires publiques. 2. D'après Aristote[41], ce repas n'était pas destiné à tous les Athéniens, mais seulement aux membres de son dème de Laciades. Cimon se faisait suivre de jeunes compagnons bien habillés dont chacun, s'il rencontrait un vieillard de la ville mal vêtu, changeait d'habits avec lui. Cette attitude fut jugée fort noble. 3. Ces mêmes jeunes gens portaient sur eux une grande quantité de pièces de monnaie; ils s'approchaient, sur l'agora, des pauvres les plus fiers et, sans rien dire, leur glissaient dans les mains quelques menues pièces. C'est à cela que fait allusion, semble-t-il, l'auteur comique Cratinos[42], dans le passage suivant des *Archiloques*:

> 4. Moi, Métrobios, greffier, je voulais moi aussi
> Avec l'homme divin, le plus hospitalier,
> Le mortel le meilleur de tous les Grecs en tout,
> Avec Cimon couler une grasse vieillesse,
> Ripaillant avec lui le reste de mon âge.
> Mais il nous a quittés, hélas! il est parti
> Avant moi.

5. Il y a aussi ce que dit Gorgias de Léontinoï[43]: selon lui, Cimon amassait des richesses pour s'en servir, et il s'en servait pour être honoré. Quant à Critias[44], qui fut l'un des Trente, il souhaite, dans ses *Élégies*

> Les trésors de Scopas, la bonté de Cimon,
> Et les victoires du Spartiate Arcésilas[45]

---

40. Il y a là de la part de Plutarque confusion entre les ressources que Cimon retira de ses campagnes victorieuses pour assurer le paiement de ses marins et pour enrichir le trésor de la cité, et la part de butin à laquelle il avait droit et qu'il dépensa à titre privé pour ses concitoyens.
*41. Constitution d'Athènes, XXVII, 3. On a là le témoignage de la survivance dans l'Athènes de la première moitié du V*ᵉ* siècle de pratiques de type «clientélaire» qui, dans le contexte des institutions démocratiques, assuraient à Cimon les voix de ses démotes et des autres Athéniens qui bénéficiaient de ses largesses. Aristote explique d'ailleurs la création de la misthophorie (salaire des juges) par Périclès, dont la fortune n'était pas comparable à celle de son adversaire, par le souci de rivaliser avec la popularité de Cimon.*
42. Cratinos est un célèbre poète comique, contemporain de Cimon.
43. Un sophiste que Platon a mis en scène dans l'un de ses plus célèbres dialogues.
44. Critias, philosophe et auteur dramatique, est également présent dans plusieurs dialogues de Platon, dont il était l'oncle. Il fut le principal organisateur de la seconde révolution oligarchique à Athènes en 404 et périt au cours d'un combat contre les démocrates réfugiés au Pirée.
45. Les Scopades, descendants de Scopas, étaient une grande famille thessalienne. Arcésilas est cité par Pausanias (VI, 2, 1-2) pour avoir plusieurs fois remporté la course de chars à Olympie.

6. Nous savons que le Spartiate Lichas[46] ne fut célèbre parmi les Grecs que parce qu'il recevait à dîner les étrangers à l'occasion des Gymnopédies, mais les libéralités de Cimon surpassèrent même l'hospitalité et l'humanité des anciens Athéniens. 7. Ceux-ci, dont la cité est fière à juste titre, donnèrent aux Grecs la semence de la nourriture[47], et enseignèrent aux hommes, qui l'ignoraient, à irriguer les champs avec l'eau des sources et à faire du feu. Mais Cimon, en transformant sa maison en prytanée pour ses concitoyens, en permettant aux étrangers de manger et de prendre, sur ses terres, les prémices des fruits mûrs et tout ce que les saisons apportent de beau, fit revivre en quelque sorte la communauté mythique du temps de Cronos[48]. 8. Certains l'accusaient de flatter la foule et d'être un démagogue, mais leurs accusations étaient réfutées par ses choix politiques: il était favorable à l'aristocratie et aux Lacédémoniens. Avec Aristide, il s'opposa à Thémistocle qui exaltait exagérément la démocratie, et plus tard, il fut l'adversaire d'Éphialtès qui, pour plaire au peuple, voulait abolir le conseil de l'Aréopage[49]. Il voyait tout le monde, à l'exception d'Aristide et d'Éphialtès, s'enrichir en pillant le trésor public mais, dans sa carrière politique, il se montra jusqu'au bout incorruptible et exempt de vénalité: toutes ses actions et toutes ses paroles étaient gratuites et désintéressées. 9. Un Barbare, dit-on, un certain Rhoïsacès, fit défection au Grand Roi et se rendit à Athènes avec d'immenses richesses; comme il était en butte aux attaques des sycophantes, il se réfugia auprès de Cimon et déposa dans son vestibule deux coupes, l'une pleine de dariques d'argent, l'autre de dariques d'or[50]. À cette vue, Cimon lui demanda en souriant, s'il préférait avoir Cimon pour serviteur à gages ou pour ami. «Pour ami, répondit le Barbare – Alors, répliqua Cimon, va-t-en et remporte tout cela; je m'en servirai, en cas de besoin, si je deviens ton ami.»

XI. 1. Les alliés continuaient à payer les tributs mais n'envoyaient plus ni les hommes ni les navires qu'on leur avait demandés. Désormais las des expéditions militaires, et n'ayant plus besoin de faire la guerre, ils désiraient cultiver leurs champs et vivre tranquilles. Maintenant que les Barbares étaient partis et ne les inquiétaient plus, ils n'équipaient plus de navires et n'envoyaient plus de soldats. Les stratèges athéniens voulaient les contraindre, ils traînaient en justice et punissaient ceux qui se dérobaient à leurs obligations, rendant ainsi pesante et odieuse

---

46. *Ce Lichas était le fils d'Arcésilas. Plutarque emprunte l'anecdote à Xénophon*, Mémorables, *I, 2, 61.*
47. *Plutarque fait ici allusion au mythe de Triptolème qui aurait reçu de Déméter le premier épi de blé.*
48. *Le Prytanée était le lieu où étaient nourris aux frais de la cité les hôtes de marque et ceux des Athéniens qu'elle entendait honorer. Sur les repas au Prytanée, ainsi que sur les largesses de Cimon, voir Schmitt-Pantel (1992), p. 147-186. Le temps de Cronos est l'équivalent de l'Âge d'Or.*
49. *Plutarque reprend ici le schéma établi par Aristote,* Constitution d'Athènes, *XXVIII, 2. Sur les mesures d'Éphialtès contre l'Aréopage, voir également* Constitution d'Athènes, *XXV: elles consistèrent non pas à détruire l'Aréopage, mais à le priver d'une partie de ses pouvoirs.*
50. *Les dariques étaient des monnaies perses. Les monnaies d'or étaient extrêmement rares en Grèce où l'on frappait essentiellement des monnaies d'argent.*

l'hégémonie d'Athènes[51]. 2. Mais Cimon, lorsqu'il fut stratège, adopta une méthode bien différente. Il ne faisait violence à aucun Grec ; quand les gens ne voulaient pas participer aux campagnes militaires, il acceptait de l'argent et des navires sans équipages. Il leur permettait de céder aux charmes du repos, de vaquer à leurs affaires, laissant ces hommes de guerre devenir, par leur indolence et leur sottise, des paysans ou des commerçants incapables de combattre. Dans le même temps, il faisait embarquer sur les navires, tour à tour, de nombreux Athéniens et les entraînait aux expéditions, si bien que très vite, grâce aux contributions et à l'argent qu'il tirait des alliés, il rendit ses concitoyens maîtres de ceux qui leur payaient toutes ces sommes. 3. Comme ils étaient continuellement sur mer et avaient toujours les armes à la main, qu'ils étaient nourris et s'entraînaient aux dépens de ceux qui ne voulaient pas servir, ces derniers s'habituèrent à les craindre et à les flatter ; sans s'en apercevoir, d'alliés qu'ils étaient, ils devinrent leurs sujets et leurs esclaves.

XII. 1. Quant au Grand Roi lui-même, nul plus que Cimon n'humilia et ne rabaissa son orgueil. Même lorsqu'il eut quitté la Grèce, Cimon ne lui accorda aucun répit ; il le poursuivit pied à pied, sans laisser aux Barbares le temps de souffler et de se reprendre. Il ravageait et saccageait certaines de ses possessions ; il en détachait d'autres et les annexait aux Grecs. Il parvint ainsi à libérer entièrement l'Asie, de l'Ionie à la Pamphylie, des armées perses. 2. Ayant appris que les généraux du Grand Roi le guettaient dans les parages de la Pamphylie avec une grande armée et de nombreux navires, il voulut, par la peur, les écarter de la mer qui se trouve en deçà des îles Chélidoniennes et leur en interdire l'accès. Il partit donc de Cnide et de Triopion avec trois cents trières que, dès l'origine, Thémistocle avait fort bien équipées, en veillant à la vitesse et à la facilité de manœuvre : Cimon les élargit encore et ménagea un passage d'un pont à l'autre, afin qu'elles pussent porter de nombreux hoplites et être plus redoutables pour les ennemis[52]. 3. Il fit voile vers Phasélis dont les habitants, bien que Grecs, refusèrent d'accueillir sa flotte et de se détacher du parti du roi. Il dévasta leur territoire et assaillit leurs murs. 4. Mais les gens de Chios, qui faisaient partie de sa flotte et avaient conclu amitié depuis longtemps avec ceux de Phasélis, tentaient d'adoucir Cimon ; dans le même temps, ils lançaient au-dessus des remparts des messages attachés à des flèches, par lesquels ils informaient de la situation les habitants de Phasélis. Pour finir, Cimon s'entendit avec eux : ils durent lui verser dix talents et se joindre à son expédition contre les Barbares.
5. Selon Éphore, Tithraustès commandait la flotte du roi et Phérendatès son armée de terre, mais d'après Callisthène, Ariomandès, fils de Gobryas, avait le pouvoir absolu sur toute l'armée et tenait ses vaisseaux mouillés à l'embouchure de

---

51. Plutarque reprend ici, pour l'essentiel, le jugement de Thucydide, I, 98, 2-3. Néanmoins, on avait dès l'origine distingué entre les alliés ceux qui fourniraient des navires et des hommes et ceux qui fourniraient seulement de l'argent (Thucydide, I, 96, 1).
52. Il y a ici une indication intéressante sur une forme que pouvait prendre la bataille navale : en cas d'abordage, l'affrontement se déroulait sur le pont des navires, à la manière d'un combat sur terre. Sur les autres formes de combat sur mer, voir Taillardat (1985), p. 199-205.

l'Eurymédon[55] : peu désireux de combattre les Grecs, il attendait quatre-vingts navires phéniciens qui venaient de Chypre. 6. Voulant passer à l'action avant leur arrivée, Cimon se porta contre les Barbares, décidé à les obliger, même contre leur gré, à livrer une bataille navale. Pour ne pas y être forcés, ils allèrent d'abord mouiller dans le fleuve, puis, comme les Athéniens les poursuivaient, ils sortirent à leur rencontre avec six cents vaisseaux selon Phanodémos[54], trois cent cinquante d'après Éphore. 7. Mais leur conduite, sur mer du moins, ne fut pas du tout à la hauteur de leurs forces. Ils virèrent aussitôt de bord vers le rivage : ceux qui étaient en tête abandonnèrent les vaisseaux et prirent la fuite pour rejoindre l'armée de terre qui était rangée en ordre de bataille aux environs ; les autres furent pris par les Grecs et périrent avec leurs navires. 8. Les bâtiments équipés par les Barbares étaient très nombreux, comme le montre l'observation suivante : alors que, selon toute vraisemblance, beaucoup parvinrent à s'échapper et beaucoup furent détruits, les Athéniens en capturèrent pourtant deux cents[55].

XIII. 1. Lorsque l'armée de terre des Perses descendit vers la mer, Cimon jugea qu'il serait difficile d'obliger les Grecs à débarquer et d'envoyer ces hommes recrus de fatigue contre des troupes fraîches, dont la supériorité numérique était écrasante. Pourtant, voyant que la victoire exaltait l'impétuosité et l'orgueil de ses soldats et qu'ils étaient impatients d'en venir aux mains avec les Barbares, il fit débarquer les hoplites qui, encore échauffés par la bataille navale, s'élancèrent à grands cris, au pas de course. 2. Les Perses les attendirent de pied ferme et soutinrent vaillamment le choc. Une lutte acharnée s'engagea où succombèrent des Athéniens valeureux, auxquels leur mérite donnait le premier rang et qui se distinguaient entre tous. Au terme d'un long combat, les Grecs mirent les Barbares en déroute et les massacrèrent ; après quoi, ils firent des prisonniers et s'emparèrent de tentes pleines de richesses de toutes sortes. 3. Tel un athlète habile, Cimon avait remporté deux victoires en un seul jour : il avait surpassé à la fois le trophée de Salamine, dans la mesure où il avait également vaincu sur terre, et celui de Platées, puisqu'il était aussi victorieux sur mer[56]. De plus, ces victoires furent suivies d'un nouveau combat. Apprenant que les quatre-vingts trières phéniciennes, qui n'avaient pu participer à la bataille, avaient jeté l'ancre à Hydros, il cingla à toute vitesse vers elles. Les chefs ennemis n'avaient encore aucune information exacte sur le sort du gros de l'armée ; ils étaient toujours dans l'incertitude et en suspens. Ils n'en furent que plus épouvantés : ils perdirent tous leurs navires et la plupart de leurs soldats périrent aussi.

---

53. *Éphore, historien grec du IVe siècle, et Callisthène, qui était le neveu d'Aristote et participa à l'expédition d'Alexandre, sont cités ici par Plutarque qui ne trouvait pas dans le bref récit de Thucydide (I, 100, 1) de quoi donner vie à sa description de la bataille de l'Eurymédon qui se déroula en 467 au large de l'embouchure de ce fleuve, dans la baie de Phasélis.*
54. *Phanodémos est un historien athénien du IVe siècle.*
55. *C'est Thucydide qui donne le chiffre de 200 navires « pris ou détruits » (I, 100, 1).*
56. *Pour exalter la double victoire de Cimon, Plutarque la compare à la fois à Salamine (480) et à Platées (479), les deux batailles qui mirent victorieusement fin à la seconde guerre médique.*

4. Cet événement abattit tellement l'orgueil du Grand Roi qu'il conclut la célèbre paix[57] par laquelle il s'engageait à toujours rester à une étape de cheval de la mer grecque et à ne pas circuler avec de longs navires ou des navires à éperon de bronze entre les îles Cyanées et les îles Chélidoniennes. Cependant, selon Callisthène, ces conditions ne furent pas stipulées par un traité : le Barbare adopta cette attitude à cause de la peur que lui avait inspirée cette défaite. Il se tint désormais tellement à l'écart de la Grèce que Périclès, avec cinquante navires, Éphialtès, avec trente seulement, purent naviguer au-delà des îles Chélidoniennes sans rencontrer aucune flotte envoyée par les Barbares. 5. Cependant, parmi les décrets réunis par Cratère, figure une copie de ces conventions qui prouve qu'elles auraient été réellement conclues[58]. On dit aussi que les Athéniens élevèrent à cette occasion un autel de la Paix et rendirent des honneurs exceptionnels à Callias, qui avait été leur ambassadeur.

Les prises de guerre furent vendues : le peuple en retira des ressources importantes et put notamment édifier le mur méridional de l'Acropole. 6. Si la construction des Longs Murs[59] (qu'ils appellent les Jambes) ne fut terminée que plus tard, les premières fondations furent étayées, dit-on, grâce à Cimon : les travaux étant réalisés dans des endroits marécageux et détrempés, on stabilisa les marais sous une grande quantité de cailloux et de grosses pierres et ce fut Cimon qui subvint aux dépenses, à ses frais. 7. Il fut aussi le premier à orner la ville de ces fameux lieux d'agrément, si nobles et si raffinés qui, peu de temps après, devaient être tellement en vogue. Il planta des platanes sur l'agora et transforma l'Académie[60], jusque-là sèche et aride, en un bois irrigué qu'il orna d'allées dégagées et de promenades ombragées.

XIV. 1. Cependant certains Perses ne voulaient pas abandonner la Chersonèse[61] et appelaient à leur aide les Thraces de l'intérieur. Ils ne faisaient aucun cas de Cimon, qui avait quitté Athènes avec un très petit nombre de trières. Mais il les attaqua, avec quatre navires, et s'empara des treize vaisseaux qu'ils avaient ; il chassa les Perses,

---

57. Une fois encore, Plutarque joue avec la chronologie car la paix de Callias fut conclue en 449, près de vingt ans après la bataille de l'Eurymédon dont elle ne fut en aucune façon la conséquence immédiate.
58. L'authenticité de la «paix de Callias», déjà mise en question à la fin du IVe siècle, n'a cessé de susciter des controverses parmi les modernes. Voir sur ce point les remarques de Will (1972), p. 164-165 et de Lévy (1995), p. 41-42. Sur Callias, voir supra, IV, 8 et note. Le Macédonien Cratère fut le représentant d'Antigone Gonatas à Athènes après 280 et rassembla une collection de décrets athéniens, assortie d'un commentaire. Il se peut que le décret donnant le texte de la «paix de Callias» soit un faux du IVe siècle.
59. Les Longs Murs qui joignaient Athènes à son port du Pirée constituaient un ensemble défensif particulièrement puissant, qui assurait en particulier à Athènes la sécurité de son ravitaillement en grains dont il lui fallait importer une grande quantité. C'est ce qui permettra à Périclès de faire prévaloir sa stratégie d'abandon des campagnes de l'Attique par les paysans repliés à l'intérieur des murs.
60. Le gymnase de l'Académie était situé à l'ouest de la ville. C'est là que Platon, au siècle suivant, donnera son enseignement.
61. Il s'agit de la Chersonèse de Thrace (aujourd'hui presqu'île de Gallipoli) qui avait été colonisée au VIe siècle par Miltiade l'Ancien.

écrasa les Thraces et soumit à Athènes toute la Chersonèse. 2. Après quoi, il affronta en bataille navale les Thasiens, qui avaient fait défection d'Athènes[62], captura trente-trois navires, assiégea et prit d'assaut leur cité et procura ainsi aux Athéniens les mines d'or qui se trouvent en face de cette contrée ainsi que tout le territoire que possédaient les Thasiens. 3. De là, il pouvait facilement, semblait-il, passer en Macédoine et s'emparer d'une grande partie de ce pays : il ne voulut pas le faire et fut, pour cette raison, accusé de s'être laissé acheter par le roi Alexandre : ses ennemis, ligués contre lui, lui intentèrent un procès. 4. Il se défendit en disant à ses juges : « Je ne suis pas, contrairement à d'autres, qui cherchent des faveurs et des richesses, le proxène de peuples riches, Ioniens ou Thessaliens, mais celui des Lacédémoniens[63]. J'imite et j'aime la simplicité et la modération que l'on trouve chez eux et je place ces vertus au-dessus de toutes les richesses. Ma fierté, c'est d'enrichir Athènes aux dépens de ses ennemis. » 5. En évoquant ce procès, Stésimbrote rapporte qu'Elpinice, désireuse d'intercéder pour Cimon, se présenta à la porte de Périclès, le plus acharné de ses accusateurs[64]. Il lui lança en souriant : « Elpinice, tu es bien vieille, oui, bien vieille, pour te charger d'affaires si importantes. » Mais au cours du procès, il se montra très doux à l'égard de Cimon ; il ne se leva qu'une fois pour l'accuser, et on aurait dit que ce n'était que par acquit de conscience.

XV. 1. Cimon fut donc acquitté. Dans le reste de son activité politique, il sut, tant qu'il fut présent à Athènes, contenir et modérer le peuple, qui empiétait sur l'aristocratie et accaparait tout le pouvoir et toute l'autorité. 2. Mais lorsqu'il reprit la mer pour une nouvelle expédition, la foule, affranchie de la contrainte, bouleversa l'ordre établi dans la cité et les lois ancestrales en vigueur auparavant. À l'instigation d'Éphialtès, elle enleva au conseil de l'Aréopage la responsabilité de tous les procès, à quelques rares exceptions près, prit le contrôle des tribunaux et jeta la cité dans une démocratie pure, dominée désormais par Périclès, qui soutenait la cause populaire[65]. 3. Aussi à son retour Cimon s'indigna-t-il de voir bafouée la dignité du conseil ; il essaya de lui rendre le contrôle des procès et de rétablir le pouvoir aristocratique tel qu'il existait au temps de Clisthène, mais ses ennemis se liguèrent contre lui et soulevèrent le peuple : ils ravivèrent les vieilles rumeurs concernant sa sœur et l'accusèrent de sympathies pour les Lacédémoniens. 4. Tel est le sens notamment des vers fameux qu'Eupolis[66] consacra à Cimon :

---

62. *Les Thasiens, qui exploitaient les mines de la côte thrace, redoutaient la présence des Athéniens dans la région. Membres de la Ligue attico-délienne, ils firent donc défection, ce qui provoqua la guerre qui s'acheva par la soumission de Thasos, au plus tard en 463.*
63. *Un proxène était un citoyen qui entretenait des relations privilégiées avec une cité, et recevait les ressortissants de cette cité lorsqu'ils se rendaient à Athènes. Plutarque a déjà souligné les qualités « lacédémoniennes » de Cimon qu'il oppose à ceux qui admiraient les Ioniens ou les Thessaliens.*
64. *Sur l'intervention d'Elpinice auprès de Périclès principal accusateur de Cimon, voir* Périclès, *X, 5-6.*
65. *Plutarque a déjà évoqué* (supra, *X, 8) les réformes d'Éphialtès. Voir également* Périclès, *VII, 8 et IX, 5 à propos du tournant que représentent ces réformes et de l'affermissement de l'autorité de Périclès.*
66. *Eupolis est un poète comique contemporain d'Aristophane.*

Il n'était pas méchant, mais buveur, étourdi.
À Sparte quelquefois, il s'en allait coucher
Et il laissait ici Elpinice bien seule.

5. Si, en dépit de son insouciance et de son amour du vin, Cimon prit tant de cités et remporta tant de victoires, il est évident que, s'il avait été sobre et vigilant, aucun Grec, ni avant ni après lui, n'aurait jamais surpassé ses exploits.

XVI. 1. Ses sympathies pour Lacédémone étaient très anciennes. De ses fils jumeaux, il appela l'un Lacédémonios, et l'autre Éleios; ils étaient nés, selon Stésimbrote, d'une femme de Cleitor: aussi Périclès leur reprochait-il leur origine maternelle. Mais Diodore le Périégète déclare que la mère de ces deux enfants, ainsi que d'un troisième, Thessalos, était Isodicè, fille d'Euryptolémos, lui-même fils de Mégaclès[67]. 2. Les Lacédémoniens avaient déjà favorisé son ascension : hostiles à Thémistocle, ils voulaient voir Cimon, encore jeune, acquérir plus de puissance et d'influence dans Athènes. Les Athéniens se réjouirent d'abord de la situation, car la bienveillance des Spartiates à l'égard de Cimon leur était fort utile : par amitié et par complaisance pour lui, les Spartiates ne s'irritèrent pas de les voir accroître leur empire et intervenir abusivement dans les affaires des alliés. 3. La plupart des affaires des Grecs furent réglées par son intermédiaire : il traitait les alliés avec douceur, les Lacédémoniens avec affection. Mais quand les Athéniens, devenus plus puissants, virent combien Cimon était attaché aux Spartiates, ils en furent contrariés[68]. À tous propos, il vantait Lacédémone devant les Athéniens, surtout quand il leur adressait des critiques ou des exhortations; il avait coutume, selon Stésimbrote, de leur dire : « Les Lacédémoniens, eux, ne sont pas ainsi. » Cette attitude lui attira la rancune et l'hostilité de ses concitoyens.

4. Voici l'origine de la calomnie qui eut le plus de poids contre lui. Archidamos, fils de Zeuxidamas, était roi de Sparte depuis trois ans, lorsque le territoire des Lacédémoniens fut victime du plus grand tremblement de terre dont on ait jamais entendu parler[69]. Il y eut des glissements de terrain, de nombreuses fissures dans le sol; le Taygète fut ébranlé et plusieurs de ses sommets abattus. Quant à la cité, elle fut plongée dans une confusion totale; le séisme fit s'effondrer toutes les maisons, sauf cinq. 5. Les éphèbes et les jeunes gens s'exerçaient ensemble au milieu du portique[70],

---

67. *Cleitor est une cité d'Arcadie. Périclès n'avait alors sans doute pas encore fait voter la loi qui écartait de la citoyenneté quiconque n'était pas né de deux parents athéniens. Il se peut que Cimon ait tenté de les faire passer pour les enfants de son épouse légitime Isodicè, petite-fille de l'Alcméonide Mégaclès.*
68. *L'alliance entre Athéniens et Spartiates face à l'ennemi perse n'allait pas tarder à se rompre à partir du moment où il devint évident que les ambitions athéniennes ne se bornaient pas seulement à l'Égée. La rupture fut également favorisée par les événements rapportés § 4 et suiv.*
69. *Ce tremblement de terre eut lieu en 464.*
70. *Plutarque a décrit longuement ce système des classes d'âge qui caractérisait l'éducation spartiate (Lycurgue, XVI-XVIII). Toutefois, il n'emploie ni le terme de* neaniscos, *ni celui d'éphèbe dans cette description. En revanche on trouve* neaniscos *dans Lycurgue, XX, 14 et éphèbe en XXII, 2 pour désigner*

lorsque, dit-on, quelques instants avant le tremblement de terre, ils virent passer un lièvre. Les jeunes gens, tout frottés d'huile, se mirent, par jeu, à courir et à le poursuivre. Mais les éphèbes restèrent en arrière : le gymnase s'écroula sur eux et ils moururent tous ensemble. Leur tombeau a conservé, aujourd'hui encore, le nom de Seismatias [« du Séisme »]. 6. Archidamos comprit aussitôt, en voyant la situation, le danger qui menaçait la cité. Observant que les citoyens essayaient de sauver de leurs maisons leurs biens les plus précieux, il fit sonner à la trompette, comme si les ennemis attaquaient, le signal d'un rassemblement général, en armes, autour de lui. Seule cette initiative sauva Sparte, dans la situation critique où elle se trouvait. 7. En effet, tous les hilotes des campagnes environnantes s'étaient élancés vers Sparte, dans l'intention de s'emparer des survivants. Mais, les trouvant armés et rangés en ordre de bataille, ils se retirèrent dans leurs cités[71] et leur déclarèrent ouvertement la guerre, entraînant un grand nombre de périèques, tandis que dans le même temps, les Messéniens attaquaient les Spartiates. 8. Les Lacédémoniens envoyèrent donc Péricleidas à Athènes demander du secours. C'est lui dont parle Aristophane dans sa comédie[72] :

> Assis près des autels, tout pâle dans la pourpre,
> Il demande une armée.

9. Éphialtès s'y opposait ; il conjurait les Athéniens de ne pas secourir ni relever une cité rivale d'Athènes, et de laisser l'orgueil de Sparte abattu et foulé aux pieds. Mais Cimon, comme le dit Critias, fit passer l'intérêt des Lacédémoniens avant la grandeur de sa patrie ; il persuada le peuple d'envoyer à leur aide une armée avec de nombreux hoplites[73]. 10. Ion rapporte même le propos qui ébranla le plus les Athéniens : Cimon les exhortait à ne pas laisser la Grèce devenir boiteuse et leur cité perdre son contrepoids.

XVII. 1. Après avoir secouru les Lacédémoniens, Cimon s'en retourna par Corinthe avec son armée. Lachartos lui reprocha d'avoir fait entrer ses troupes sans en avoir averti les Corinthiens. « Lorsqu'on frappe à une porte étrangère, dit-il, on n'entre pas avant d'en être prié par le maître de maison. » 2. Alors Cimon : « Mais vous non plus, Lachartos, vous n'avez pas frappé aux portes de Cléonaï et de Mégare, vous les avez brisées et vous avez fait irruption, en armes, jugeant que tout est ouvert aux

---

les jeunes gens qui ont, à partir de cet âge, le droit de porter les cheveux longs. Dans la République des Lacédémoniens, *au chapitre III, Xénophon ne parle que des* neoï, *des adolescents. Sans doute, comme ailleurs en Grèce, l'éphébie correspondait-elle au passage de l'adolescence à l'âge adulte. Sur ces classes d'âge, voir Brelich (1969), p. 116 et suiv.*

71. *L'emploi du terme* poleis *pour désigner les agglomérations habitées par les hilotes ne manque pas de surprendre. Peut-être Plutarque pense-t-il ici aux périèques, ces Lacédémoniens de statut inférieur qui avaient leurs propres cités. En fait, le soulèvement concerna essentiellement les hilotes de Messénie qui se rassemblèrent dans la forteresse de l'Ithômè.*

72. *La référence provient de* Lysistrata, *v. 1139-1141.*

73. *Aristophane mentionne (v. 1145-1146) les 4 000 hoplites emmenés par Cimon au secours de Sparte.*

plus forts[74]. » Telle fut la réponse hardie, pleine d'à-propos, qu'il fit au Corinthien, et il traversa le pays avec son armée.

3. Les Lacédémoniens appelèrent une seconde fois les Athéniens contre les Messéniens et les hilotes de l'Ithomè. Mais quand ils furent arrivés, craignant leur audace et leur éclat, ils les renvoyèrent, seuls de tous les alliés, les accusant de fomenter une révolution[75]. Les Athéniens se retirèrent, pleins de colère, et se montrèrent dès lors ouvertement hostiles aux sympathisants des Lacédémoniens. Ils saisirent un prétexte minime et ostracisèrent Cimon pour dix ans : telle était la durée fixée pour l'exil de tous ceux qui étaient frappés par un ostracisme[76].

4. Pendant ce temps, les Lacédémoniens, revenant de Doride après avoir libéré ce pays des Phocidiens, établirent leur camp à Tanagra. Les Athéniens marchèrent à leur rencontre pour leur livrer bataille. Cimon se présenta alors en armes dans sa tribu Oïneis, désireux d'affronter les Lacédémoniens avec ses concitoyens[77]. 5. Mais le conseil des Cinq Cents[78], apprenant sa démarche, fut pris de crainte, car les adversaires de Cimon l'accusaient à grands cris de vouloir semer le trouble dans l'armée et introduire les Lacédémoniens dans la cité : défense fut donc faite aux stratèges de le recevoir dans leurs rangs. 6. Cimon se retira, après avoir prié Euthippos d'Anaphlystos et ceux de ses compagnons qui étaient les plus suspects de sympathies pour les Lacédémoniens de lutter vaillamment contre les ennemis et, par leurs actes, de se laver de cette accusation devant leurs concitoyens. 7. Ils prirent son armure complète et la placèrent au milieu de leur bataillon, puis, restant regroupés, ils tombèrent vaillamment. Ils étaient cent et laissèrent aux Athéniens beaucoup de regret et de repentir de les avoir accusés injustement. 8. Aussi leur ressentiment contre Cimon lui-même ne dura-t-il pas longtemps : ils se souvenaient probablement de ses bienfaits et, par ailleurs, la situation était pressante, car après la grande défaite de Tanagra, ils s'attendaient à voir les Péloponnésiens marcher contre eux dès le printemps. Ils le rappelèrent donc d'exil[79] et il revint : ce fut Périclès lui-même qui proposa le décret. 9. On voit combien les querelles étaient, en

---

74. Selon Thucydide (I, 103, 4), cette action des Corinthiens poussa les Mégariens à entrer dans l'alliance athénienne.

75. Thucydide est beaucoup plus précis sur cette affaire. Les Spartiates auraient craint que les Athéniens ne prennent le parti des révoltés (I, 102, 3). Il ne faut pas oublier que les hilotes n'étaient pas des esclaves au sens propre, mais des paysans asservis avec lesquels les Athéniens, même de rang hoplitique, pouvaient se sentir des affinités.

76. Cimon fut ostracisé en 461. L'ostracisme avait été institué par Clisthène pour protéger la cité contre tout retour de la tyrannie. Sur les premières victimes de cette procédure, voir Aristote, Constitution d'Athènes, XXII.

77. Tanagra est une ville de Béotie. La bataille eut lieu en 457. Le dème de Laciades, auquel Cimon était rattaché, faisait partie de la tribu Oïneis. En campagne, les hoplites d'une même tribu combattaient côte à côte.

78. Le conseil des Cinq Cents (Boulè), créé par Clisthène, était le principal organe du gouvernement de la cité. Voir Ruzé (1997), p. 369-388.

79. Sur le rappel de Cimon, voir Périclès, X, 1-4. Son exil n'avait duré que quatre ans.

ce temps-là, respectueuses de la politique; les haines restaient modérées et se laissaient apaiser par l'intérêt général; l'ambition, la plus violente de toutes les passions, s'effaçait devant les besoins de la patrie[80].

XVIII. 1. Dès son retour, Cimon mit fin à la guerre et réconcilia les cités[81]. Une fois la paix conclue, voyant que les Athéniens, incapables de rester tranquilles, désiraient s'activer et accroître leurs possessions par des campagnes militaires, il voulut les empêcher de troubler les Grecs en contournant les îles ou le Péloponnèse avec de nombreux navires, ce qui ferait accuser Athènes de provoquer des guerres fratricides et donnerait aux alliés des motifs de se plaindre. Il équipa donc deux cents trières pour faire une seconde campagne contre l'Égypte et Chypre. Il voulait à la fois entraîner les Athéniens à combattre les Barbares et les enrichir par des moyens légitimes, en rapportant en Grèce le butin qu'ils tireraient de leurs ennemis naturels[82]. 2. Tout était déjà prêt et l'armée sur le point d'embarquer, lorsque Cimon eut un songe. Il lui sembla qu'une chienne furieuse aboyait contre lui, faisant entendre, mêlée à ses aboiements, une voix humaine:

3. Avance-toi vers moi:
Tu seras mon ami et celui de mes chiots!

Cette vision était difficile à interpréter. Astyphilos de Poséidonia[83], un devin, ami de Cimon, déclara qu'elle lui annonçait la mort. Voici sur quoi se fondait son interprétation. Quand un chien aboie contre quelqu'un, c'est qu'il est son ennemi; or la meilleure marque d'amitié qu'on puisse donner à un ennemi, c'est de mourir. Quant au mélange de voix et d'aboiement, il annonçait que l'adversaire à redouter était le Mède: en effet l'armée des Mèdes était faite d'un mélange de Grecs et de Barbares[84]. 4. Quelque temps après cette vision, Cimon offrit un sacrifice à Dionysos. Or, pendant que le devin ouvrait la victime, des fourmis en grand nombre, prenant le sang déjà coagulé, le transportèrent peu à peu vers Cimon et lui en enduisirent le gros orteil. Il fut longtemps sans le remarquer. 5. Au moment où il s'en aperçut, le sacrificateur se présenta, et lui montra que le foie n'avait pas de tête[85]. Cimon ne pouvait se dérober à cette expédition. Il embarqua donc. Il envoya en Égypte soixante vais-

---

80. En écrivant cela, Plutarque songe-t-il aux événements qui allaient marquer l'histoire d'Athènes à la fin du Ve siècle ou aux guerres civiles qui déchirèrent la République romaine?
81. Cette affirmation de Plutarque pose problème, car la paix qui mit fin à cette première guerre entre Athéniens et Spartiates fut conclue seulement en 454-453, quatre ans après le rappel de Cimon. Par ailleurs, la seconde expédition d'Égypte, que Plutarque évoque dans ce même § 1, eut lieu seulement en 450. On le voit une fois de plus, Plutarque ne s'embarrasse pas des difficultés posées par la chronologie: l'essentiel est pour lui de mettre en avant le rôle de son héros.
82. On retrouve ici le thème de la richesse des Barbares, mais aussi le sentiment qu'ils sont par nature (physei) les ennemis des Grecs.
83. On ne connaît pas autrement ce devin originaire de Poséidonia (Paestum) en Italie du Sud.
84. Il y avait en effet des Grecs d'Asie dans l'armée du roi.
85. On a déjà souvent rencontré dans les Vies *de Plutarque de tels présages annonçant la fin du héros.*

seaux et fit voile avec les autres vers la Cilicie. 6. Il vainquit en bataille navale la flotte du Grand Roi, composée de vaisseaux phéniciens et ciliciens, se rendit maître des cités des environs et prit position près des côtes égyptiennes. Ses ambitions n'étaient pas minces : il méditait de ruiner entièrement l'empire du roi, d'autant plus qu'il connaissait la gloire et le prestige immenses dont jouissait Thémistocle chez les Barbares : celui-ci avait promis au roi, qui préparait la guerre contre la Grèce, d'être son stratège[86]. 7. Mais Thémistocle, autant, dit-on, parce qu'il désespérait de soumettre la Grèce que parce qu'il jugeait ne pas pouvoir vaincre la Fortune et la vertu de Cimon, se suicida. Cimon, qui s'attendait à de grands combats, garda sa flotte autour de Chypre et envoya des hommes au sanctuaire d'Ammon[87] consulter le dieu sur une affaire secrète. Nul ne sait l'objet précis de cette ambassade. Le dieu ne leur rendit aucun oracle ; dès que les envoyés se présentèrent, il les pria de repartir : Cimon lui-même, leur dit-il, était déjà auprès de lui. 8. Sur ces mots, les envoyés redescendirent ver la mer ; lorsqu'ils atteignirent le camp des Grecs, qui se trouvait alors près de l'Égypte, ils apprirent que Cimon était mort. Ils firent alors le compte des jours qui s'étaient écoulés depuis qu'ils avaient entendu l'oracle et comprirent que la mort de Cimon leur avait été annoncée par énigme, quand on leur avait dit qu'il se trouvait déjà auprès des dieux.

XIX. 1. Cimon mourut au siège de Cition, de maladie selon la plupart des sources, mais d'après certains auteurs, d'une blessure qu'il reçut en combattant contre les Barbares. 2. En mourant, il ordonna à son entourage de ramener aussitôt la flotte et de tenir sa mort secrète. Cela fut fait ; ni les ennemis ni les alliés ne remarquèrent rien et ils purent revenir en toute sécurité. Pendant trente jours, ils furent, comme le dit Phanodémos[88], commandés par Cimon qui était mort.
3. Après sa mort, aucun des stratèges grecs n'accomplit plus rien de brillant contre les Barbares. Ils se laissèrent séduire par les démagogues et les bellicistes et, comme personne ne s'interposait pour les séparer, ils se déchirèrent dans une guerre qui permit au Grand Roi de souffler et causa à la puissance grecque plus de tort qu'on ne pourrait le dire[89]. 4. Ce ne fut que bien plus tard qu'Agésilas porta les armes en Asie et engagea une guerre de courte durée contre les généraux du Grand Roi qui tenaient le littoral[90]. Mais, sans avoir rien fait d'illustre ni de grand, il fut rappelé à cause des dissensions de la Grèce et des troubles qui reprenaient. Il se retira, laissant les percepteurs des Perses au milieu des cités alliées et amies, alors qu'on

---

86. Thucydide (I, 112, 3) ne dit rien de tel et mentionne seulement le siège de Cition, dans l'île de Chypre, où Cimon trouva la mort. On admet généralement que Thémistocle était mort depuis plus de dix ans au moment de l'expédition de Chypre.
87. Il s'agit du sanctuaire d'Ammon dans l'oasis de Siwa en Libye.
88. Sur Phanodémos, voir supra, XII, 6. Sur le modèle de la mort civique, voir Dictionnaire, «Mort».
89. Plutarque pense ici à la guerre du Péloponnèse qui dura de 431 à 405.
90. En réalité, l'expédition d'Agésilas débuta en 396, moins de dix ans après la fin de la guerre du Péloponnèse. La remarque de Plutarque implique que, du temps de Cimon, les Athéniens contrôlaient les côtes d'Asie Mineure sur une profondeur d'environ 75 km.

n'avait pas vu un seul messager, pas un seul cheval à moins de quatre cents stades de la mer, lorsque Cimon était stratège.

5. Les restes de Cimon furent rapportés en Attique, comme le prouvent les monuments que l'on nomme aujourd'hui encore Cimoniens. Cependant, d'après l'orateur Nausicratès, les habitants de Cition honorent un tombeau de Cimon parce qu'à une époque de famine et de stérilité, le dieu leur ordonna de ne pas négliger Cimon, de l'honorer comme un être supérieur et de lui rendre des honneurs[91]. Voilà ce que fut le chef grec.

---

91. *Il n'est pas rare que plusieurs tombeaux soient attribués à un même personnage. La présence d'une tombe de Cimon à Cition en faisait une sorte de héros protecteur de la cité. Le dieu dont il est question est sans doute l'Apollon de Delphes. Le rhéteur Nausicratès serait un disciple d'Isocrate.*

LUCULLUS

I. 1. Lucullus[1] eut pour grand-père un personnage consulaire, et son oncle maternel Métellus, fut surnommé le Numidique[2]. Quant à ses parents, son père fut accusé de détournement de fonds et sa mère, Caecilia, fut perdue de réputation, car elle aurait mené une vie dissolue[3]. 2. Lucullus lui-même, encore adolescent, avant d'exercer aucune charge et de s'engager dans la vie politique, se donna pour première tâche de poursuivre en justice l'accusateur de son père, l'augure Servilius, qu'il accusa de crime contre l'État[4]. Cette démarche lui valut un grand renom auprès des Romains; le récit de ce procès, qu'ils considéraient comme une action d'éclat, était sur toutes les lèvres. 3. De manière générale, ils jugeaient que porter une accusation sans avoir été personnellement lésé n'était pas sans noblesse; ils voulaient voir les jeunes s'attacher aux coupables comme des chiens de bonne race à des bêtes sauvages[5]. Ce procès suscita tant de querelles passionnées qu'il y eut des blessés et des morts; Servilius fut acquitté.

4. Lucullus était entraîné à parler fort bien les deux langues. C'est pourquoi, lorsque Sylla écrivit le récit de sa vie, il lui dédia cet ouvrage, le chargeant de le réviser et de le corriger au mieux[6]. 5. Ce n'était pas seulement quand il traitait les affaires que

---

1. *Lucius Licinius Lucullus, né entre 120 et 114 (en 117?) dans une famille noble, moyennement riche et puissante (Van Ooteghem, 1959, p. 6-7), est mort à la fin de 57 ou au début de 56.*

2. *Ce Métellus, de haute origine, a été élu consul en 109, lors de la guerre en Afrique contre Jugurtha. Il y a gagné le surnom de Numidicus, mais, n'ayant pas remporté de succès décisif, a dû laisser la place, en 107, à son adversaire politique Marius. Il est souvent nommé dans Marius; voir Van Ooteghem (1959), p. 86, 124-177.*

3. *L'arrière-grand-père et le grand-père de Lucullus (ce dernier, consul en 151) avaient déjà été condamnés pour indélicatesse. Caecilia Métella, fille du consul de 142, est la sœur du Numidique, à ne pas confondre avec la célèbre homonyme dont on visite la tombe sur la via Appia. C'est la seule mère de héros des* Vies *à être ainsi montrée du doigt...*

4. *Cet augure est sans doute Caius Servilius Vatia, préteur en 114 (?), cousin germain d'un autre Caius Servilius, gouverneur de Sicile en 102. Il y eut en tout trois procès: en 102, contre le père de Lucullus; en 101, contre le gouverneur de Sicile; peu après 100, contre l'augure (voir Carena, Manfredini, Piccirilli, 1990, p. 271-273). Le «crime contre l'État» est le* crimen majestatis.

5. *La passion romaine pour les procès et leur rôle dans les débuts de carrière des jeunes ambitieux sont chose bien connue à Rome.*

6. *Voir* Sylla, *IV, 5 et note;* Moralia, *786e. Ces* Mémoires *en 22 livres, achevés en 78, juste avant la mort de Sylla (*Hypomnémata *chez Plutarque) devaient porter le titre latin de* Res gestae, *«les hauts faits de...». Lucullus s'étant récusé devant la tâche assez lourde d'organisation des matériaux sollicitée par Sylla, c'est à un affranchi de ce dernier, Lucius Cornelius Épicadus, un Grec, qu'incomba finalement le travail de révision et d'«édition».*

sa parole était harmonieuse et pleine d'aisance. Elle ne ressemblait pas à celle des autres orateurs, une éloquence qui s'agite sur le forum,

> Comme un thon harponné se débat dans les flots[7],

mais qui, sortie de là, reste sèche et languissante, par manque de culture. Dès son adolescence, Lucullus se flattait de posséder cette culture harmonieuse, que l'on dit libérale, tournée vers la beauté[8]. 6. Sur ses vieux jours, il offrit à son esprit, au sortir de tant de combats, une sorte de détente et de délassement dans la philosophie[9], éveillant ainsi son goût pour la contemplation et, du même coup, réprimant et contenant fort à propos son ambition, exaspérée par son différend avec Pompée[10]. 7. Concernant son amour des lettres, outre ce que je viens de dire, on rapporte également l'histoire suivante. Dans sa jeunesse, il s'engagea, devant l'orateur Hortensius et l'historien Sisenna[11], d'abord par jeu, mais la chose devint bientôt sérieuse, à écrire en vers ou en prose, en grec ou en latin, selon ce que le sort déciderait, l'histoire de la guerre des Marses[12]. 8. Le sort tomba, apparemment, sur la prose grecque, puisqu'on garde une histoire de la guerre des Marses écrite en grec[13]. Parmi les nombreuses preuves de son affection pour son frère Marcus, les Romains citent surtout la première, que voici. 9. Il était l'aîné, mais il ne voulut pas exercer une magistrature sans son frère; il attendit que celui-ci pût être candidat et conquit si bien la faveur du peuple que, malgré son absence, il fut élu édile avec Marcus[14].

---

7. Vers d'un poète tragique inconnu, également cité dans Sur la vengeance tardive de la divinité, *554 F. La moquerie à l'égard d'une éloquence qui se limite au forum est encore chose banale.*
8. Voir infra, XXXIII, 3 et Cicéron, Académiques, *II, 1.*
9. Voir infra, XLII, 1-3.
10. Annonce d'un thème important et récurrent dans la suite de cette Vie.
11. Quintus Hortensius Hortalus (114-50), consul en 69, orateur brillant, fut sur le forum le rival de Cicéron, qui l'admirait et donna son nom à un traité, perdu, qui fut plus tard déterminant dans la conversion de saint Augustin à la philosophie. Lucius Cornelius Sisenna (118-67 environ), écrivain de tendance hellénisante, qui fut préteur urbain et pérégrin en 78, a été reconnu par Salluste comme le meilleur historien de son temps (Jugurtha, *95, 2).*
12. La «guerre des Marses» est ce que nous appelons la «guerre sociale», menée de 91 à 89 contre Rome par les alliés italiens à qui on refusait la citoyenneté romaine. Les Marses sont un des peuples révoltés d'Italie centrale.
13. Sur la connaissance du grec à Rome, voir Boyancé (1956) et Dictionnaire, *«Acculturation». Selon Cicéron* (Lettres à Atticus, *I, 19, 10), Lucullus aurait parsemé ses* Histoires *de fautes de langue, pour faire reconnaître en son auteur un Romain!*
14. L'anecdote est édifiante (voir Sur l'amour fraternel, *484d), mais très peu vraisemblable. Le retard de carrière du syllanien Lucullus est plutôt dû à l'action des marianistes, alors maîtres du jeu à Rome. Comme édiles, les Lucullus organisèrent des jeux restés fameux par leur faste et leur originalité (Cicéron,* Des devoirs, *II, 57). L'édilité marquait à ce titre une étape importante dans la carrière politique; voir* Sylla, *V, 1-2;* César, *V, 9;* Caton le Jeune, *XLVI, 3-8, et Van Ooteghem (1959), p. 21, 38-40.*

II. 1. Dans sa jeunesse, il montra à maintes reprises, au cours de la guerre des Marses, son audace et son intelligence, mais ce fut surtout à cause de son caractère pondéré et de sa douceur que Sylla voulut se l'attacher ; il l'employa constamment, dès le début, pour les affaires qui exigeaient le plus de soin, notamment pour s'occuper de la monnaie[15]. **2.** Celle-ci fut, pour la plus grande partie, frappée par les soins de Lucullus dans le Péloponnèse, au temps de la guerre contre Mithridate[16] : on l'appela lucullienne, à cause de lui, et elle eut cours longtemps, les besoins de l'armée en temps de guerre lui assurant une circulation rapide. **3.** Plus tard, comme Sylla, devant Athènes, l'emportait sur terre mais était coupé de son ravitaillement maritime par les ennemis qui tenaient la mer[17], Lucullus fut envoyé en Égypte et en Afrique, pour ramener des navires[18]. **4.** On était au plus fort de l'hiver[19]. Il embarqua avec trois brigantins grecs et autant de birèmes de Rhodes[20] ; il affronta une mer houleuse et de nombreux navires ennemis qui, en raison de leur suprématie, croisaient de tous côtés. Il réussit cependant à aborder en Crète et fit passer cette île dans le camp de Sylla[21]. Puis il gagna Cyrène où il trouva la population déchirée par des tyrannies et des guerres continuelles[22] ; il rétablit l'ordre et donna à la cité une constitution, lui rappelant un mot que Platon avait adressé autrefois, de manière prophétique, à ses habitants[23] : **5.** comme ceux-ci lui demandaient, paraît-il, de leur rédiger des lois et de donner à leur peuple un sage modèle de gouvernement, le philosophe avait déclaré qu'il était difficile de légiférer pour des gens aussi prospères que les Cyrénéens. Personne, leur dit-il, n'est plus difficile à gouverner que l'homme qui passe pour heureux ; en revanche, nul n'est plus docile à l'autorité que celui qui a été

---

15. *Dans cette guerre, Lucullus fut tribun militaire, sans doute sous les ordres de Sylla (voir* Marius, *XXXII, 3 et* Sylla, *VI, 3-4). Il sera ensuite questeur en 88, et proqueteur en Orient de 87 à 80 :* Appien (Guerres civiles, *I, 57) complète ici Plutarque. Sur l'«humanité» de Lucullus, thème récurrent de cette* Vie, *voir en particulier infra, XVIII, 9.*
16. *Première «guerre de Mithridate» (88-84). Voir infra, IV, 1 et* Sylla, *XI-XII ; Appien,* Guerres mithridatiques, *30. Pour alimenter ces frappes monétaires, Sylla a fait piller les trésors d'Épidaure et d'Olympie, et il a courtoisement «emprunté» celui de Delphes.*
17. *Appien (*Guerres mithridatiques, *33) nous apprend que Sylla a fait appel aux Rhodiens, en vain.*
18. *Il s'agit certes de rassembler des navires pour aider Sylla, mais aussi de (re)gagner des partenaires passés à l'ennemi, ou inquiets de la mise en cause officielle de Sylla, à Rome, comme ennemi public. Pour la carte des campagnes de Lucullus, voir p. 2157.*
19. *Il s'agit de l'hiver 87-86.*
20. *Un brigantin est un navire à deux mâts ; une birème a deux rangs de rameurs.*
21. *Plus tard, en 74, les Crétois, ou du moins des mercenaires crétois, repasseront du côté de Mithridate.*
22. *Les Cyrénéens souffrent en effet de pouvoirs tyranniques et de conflits internes entre les diverses communautés : citadins, paysans, métèques (étrangers résidents) et juifs.*
23. *Il est possible que Platon ait séjourné à Cyrène entre 399 et 396 pour rencontrer le mathématicien Théodoros, son interlocuteur du* Théétète, *du* Sophiste, *du* Politique *(voir Laronde, 1987, p. 126-135, 461-462, 482). Peut-être, dans son entreprise constitutionnelle, Lucullus a-t-il été aidé par le chef de l'École platonicienne, Antiochos d'Ascalon (Cicéron,* Académiques, *II, 4, 11, 61). Le poète Archias semble aussi l'avoir accompagné.*

abattu par la Fortune. Ce fut précisément cette dernière circonstance qui rendit alors les Cyrénéens si doux à l'égard de Lucullus, quand il leur donna des lois.
6. De là, il fit voile pour l'Égypte, mais tomba sur des pirates[24] et perdit la plupart de ses vaisseaux. Lui-même parvint à se sauver et fit une entrée brillante à Alexandrie.
7. Toute la flotte vint à sa rencontre, magnifiquement parée, comme elle le fait d'ordinaire quand un roi entre dans le port. Le jeune Ptolémée[25] le combla d'attentions étonnantes et lui offrit notamment un appartement et une table dans le palais royal, où jamais auparavant aucun général étranger n'avait été admis. 8. Les sommes qu'il lui alloua pour sa dépense et son entretien furent quatre fois supérieures à celles qu'on mettait d'ordinaire à la disposition des hôtes, mais Lucullus n'accepta pas davantage que ce qui lui était nécessaire[26] et refusa tous les présents, bien que le roi lui en eût envoyé pour une valeur de quatre-vingts talents. 9. On dit qu'il ne fit pas halte à Memphis et ne se montra curieux d'aucune autre des merveilles de l'Égypte, pourtant si fameuses. «Tout cela, déclara-t-il, convient à un visiteur qui a tout son temps et voyage pour son agrément, mais non à quelqu'un qui, comme moi, a laissé son général campant en plein air, devant les fortifications des ennemis.»

III. 1. Ptolémée rejeta la demande d'alliance avec Sylla, car il redoutait la guerre[27], mais fournit à Lucullus des navires pour l'escorter jusqu'à Chypre. À son départ, il l'embrassa, lui témoigna de grands égards et lui fit don d'une émeraude de grand prix, avec une monture d'or. D'abord Lucullus ne voulut pas l'accepter, mais Ptolémée lui ayant fait voir que son propre portrait était gravé sur la pierre, il craignit, s'il la refusait, d'être considéré comme un ennemi déclaré et d'être attaqué en pleine mer. 2. En cours de route, il rassembla une grande quantité de navires que lui fournirent les cités du littoral, à l'exception de celles qui étaient complices des crimes des pirates[28]. Sa traversée le mena jusqu'à Chypre[29]. Là, apprenant que les navires ennemis étaient au mouillage et le guettaient près des promontoires, il tira tous ses vaisseaux à sec et écrivit aux cités pour demander des vivres et se renseigner sur les lieux d'hivernage, comme s'il avait

---

24. *Les pirates infestent la Méditerranée depuis plusieurs décennies; une de leurs activités est la razzia et le commerce d'esclaves (voir infra, III, 2). Rome ne s'en préoccupera que plus tard, et le problème sera réglé par un commandement exceptionnel délégué à Pompée en 67.*
25. *En fait, Ptolémée IX Soter II, surnommé Lathyros («pois chiche», comme Cicéron), est né en 142. Il a alors 56 ans! Plutarque doit le confondre avec son neveu Ptolémée XI Alexandre II.*
26. *Le faste de la cour d'Alexandrie n'a rien que d'habituel; ce qui frappe ici est son déploiement en l'honneur de ce général romain de passage. Le vertueux refus de Lucullus, l'allusion à la table royale préparent l'évolution finale du héros: un retournement et une régression selon Plutarque, qui enjolive d'autant plus ces débuts. Selon Cicéron (Académiques, II, 11-12), Lucullus aurait en fait séjourné plusieurs mois à Alexandrie, occupé à des discussions philosophiques...*
27. *Peut-être le roi craint-il aussi que Mithridate n'appuie les prétentions au trône de Ptolémée XI Alexandre II.*
28. *Certaines cités côtières fournissaient des esclaves aux pirates.*
29. *Chypre est alors sous contrôle égyptien, et sa neutralité est respectée par Mithridate. Lucullus a dû y passer l'hiver 86-85.*

l'intention d'attendre sur place le printemps. **3.** Mais dès que les conditions permirent de naviguer[30], il tira soudain ses navires à la mer, leva l'ancre et, naviguant le jour les voiles repliées et baissées, la nuit à pleines voiles, il parvint à Rhodes sans encombre. Les Rhodiens lui ayant fourni de nouveaux navires, il persuada les habitants de Cos et de Cnide d'abandonner la cause du roi et de se joindre à lui pour faire campagne contre les Samiens. **4.** Il chassa lui-même de Chios les hommes du roi, libéra les habitants de Colophon et fit prisonnier Épigonos, leur tyran.

Or, vers la même époque, il se trouvait que Mithridate[31] venait d'abandonner Pergame pour se replier dans Pitanè. **5.** Fimbria l'y tenait assiégé par terre. Mithridate, tournant ses regards vers la mer, convoquait ses flottes et les appelait à lui de tous côtés, car il n'osait affronter et combattre Fimbria, un homme audacieux qui avait déjà remporté des victoires[32]. **6.** Voyant cela, Fimbria, dont les forces maritimes étaient insuffisantes, envoya un message à Lucullus, lui demandant de venir avec sa flotte l'aider à capturer le plus odieux et le plus agressif des rois. «La grande victoire, recherchée par les Romains au prix de tant de luttes et d'efforts, ne pourra nous échapper; Mithridate s'est jeté entre nos mains, il est dans nos filets. S'il est pris, nul n'en tirera davantage de gloire que celui qui se sera mis en travers de sa fuite et l'aura saisi au moment où il essayait de se dérober. Nous partagerons tous deux l'honneur de ce succès; moi, pour avoir chassé le roi de la terre, toi, pour lui avoir coupé le chemin de la mer. Dès lors, les exploits tant vantés de Sylla à Orchomène et à Chéronée perdront tout leur prestige aux yeux des Romains.» **7.** Il n'y avait d'ailleurs rien de faux dans de tels propos: de toute évidence, si Lucullus, qui n'était pas loin, s'était laissé convaincre alors par Fimbria, s'il avait amené ses navires et bloqué le port avec sa flotte, la guerre aurait été terminée et les peuples délivrés de mille maux. **8.** Mais Lucullus, soit qu'il fît passer ses devoirs envers Sylla avant tout intérêt privé ou public, soit qu'il méprisât Fimbria, ce personnage souillé de sang, qui venait d'assassiner, par soif du pouvoir, un homme qui était son ami et son chef, soit qu'il fût conduit par quelque Fortune divine à épargner Mithridate afin de se le réserver comme adversaire, ne suivit pas ses conseils[33]; il laissa Mithridate s'enfuir par mer et narguer les forces de Fimbria. À lui seul, il vainquit d'abord, en bataille navale, les troupes du roi quand elles se montrèrent près de Lecton, en Troade. Puis, ayant vu que Néoptolème[34] était

---

30. Au printemps 85.

31. Le roi du Pont est né vers 132, il mourra en 63, après avoir régné sous le nom de Mithridate VI Eupator, dit aussi «Dionysos». Voir Reinach (1890). Selon Cicéron (Académiques, II, 3), Mithridate est «le plus grand roi depuis Alexandre le Grand».

32. Caius Flavius Fimbria, marianiste extrémiste, a sans doute été questeur en 86 du consul Lucius Valerius Flaccus. Il a incité ses troupes à se mutiner (voir Nicolet, 1976, p. 166-168) et fait assassiner Flaccus (infra, III, 8 et VII, 1-2). Voir aussi Sylla, XII, 13 et XXIII, 11.

33. L'épisode est très discuté (voir Van Ooteghem, 1959, p. 31, note 1), mais il semble qu'on puisse décrypter ainsi les euphémismes de Plutarque: Lucullus refuse de s'associer à un marianiste, et il tient compte de pourparlers alors engagés entre Sylla et Mithridate.

34. Général de Mithridate, frère d'Archélaos, avec qui Sylla est précisément en train de négocier la future paix de Dardanos (infra, IV, 1).

au mouillage avec une flotte plus considérable, il se porta à sa rencontre, en avant des autres, à bord d'une quinquérème de Rhodes commandée par Damagoras[35], un homme dévoué aux Romains qui avait une grande expérience des combats navals. 9. Néoptolème s'avança vers lui à force de rames et ordonna à son pilote d'éperonner le navire ennemi. Mais Damagoras, redoutant le poids du vaisseau royal et le choc de son éperon de bronze, n'osa pas l'attendre en lui présentant sa proue; il fit promptement virer de bord et ordonna de présenter la poupe. Le bâtiment fut donc frappé de ce côté et reçut un coup qui ne causa aucun dommage, car il le frappa au-dessus de la ligne de flottaison. 10. Là-dessus, comme les navires amis arrivaient, Lucullus, ayant fait de nouveau virer de bord, accomplit de nombreux exploits remarquables, mit les ennemis en déroute et se lança à la poursuite de Néoptolème.

IV. 1. De là, il rejoignit en Chersonèse Sylla, qui s'apprêtait à passer en Asie : il assura la sécurité de cette traversée et l'aida à transporter son armée. Un traité ayant été conclu[36], Mithridate embarqua pour le Pont-Euxin et Sylla imposa à l'Asie une amende de vingt mille talents[37]. Lucullus fut chargé de lever cet argent et d'en frapper monnaie. Son attitude, semble-t-il, consola un peu les cités de la cruauté de Sylla : en exécutant un ordre aussi dur et odieux, il se montra non seulement intègre et juste mais encore plein de douceur[38].
2. Les Mytiléniens ayant fait ouvertement défection[39], il voulut d'abord se montrer indulgent et ne les punir que légèrement de leurs torts à l'égard de Manius[40]. Mais lorsqu'il les vit toujours en proie à leur mauvais *démon*, il débarqua, les vainquit en bataille rangée et les enferma à l'intérieur de leurs murailles devant lesquelles il mit le siège. Puis il rembarqua en plein jour, ostensiblement, pour Élaea, mais il fit demi-tour à leur insu, se mit en embuscade près de la cité et ne bougea pas. 3. Les Mytiléniens sortirent en désordre, pleins d'audace, pour piller son camp qu'ils croyaient abandonné. Lucullus leur tomba brusquement dessus, fit un grand nombre de prisonniers, tua cinq cents hommes qui tentaient de résister et s'empara de six mille esclaves, ainsi que d'un butin immense[41].

---

35. Navarque (amiral) des Rhodiens (voir Appien, Guerres mithridatiques, *25).*
36. La paix de Dardanos semble avoir été limitée à un accord verbal; voir ses clauses dans Sylla, *XXII, 8-10-XXIV, et Reinach (1890), p. 196-197. De son côté, Fimbria, abandonné de tous, se suicide.*
37. Cette somme, prélevée sur une région certes très riche, est énorme; voir infra, *XX, 4 et* Sylla, *XXV, 4. L'engrenage est en place qui mettra les contribuables d'Asie à la merci des publicains, ces fermiers des impôts accourus de Rome (voir* infra, *VII, 6).*
38. Lucullus retrouve une activité qui l'a fait connaître. Et Sylla utilise une fois de plus son savoir-faire psychologique, idéalisé en prétendue «douceur» par une tradition que reprend Plutarque (voir § 4 et l'éloge de Lucullus chez Cicéron, Académiques, *II, 1).*
39. Mithridate s'était un temps réfugié à Mytilène (Appien, Guerres mithridatiques, *52).*
40. Le légat romain Manius Aquilius a été livré en 88 à Mithridate par les Mytiléniens. Le roi l'a fait tuer à Pergame.
41. En réalité, Lucullus, simple proquesteur, est alors sous les ordres du préteur ou propréteur Quintus Minucius Thermus, qui est le véritable vainqueur. Plutarque magnifie l'action de son héros.

4. Il ne prit absolument aucune part aux maux innombrables, de toute sorte, dont Sylla et Marius accablèrent alors les habitants de l'Italie[42] : par une Fortune divine, les affaires dont il était chargé en Asie l'y retinrent longtemps. 5. Son éloignement ne le diminua pas auprès de Sylla par rapport aux autres amis du dictateur ; au contraire, celui-ci, je l'ai dit, lui dédia ses *Mémoires* par amitié, et à sa mort, le désigna comme tuteur de son fils, le préférant à Pompée[43]. Ce fut, semble-t-il, la première cause de mésentente et de rivalité entre ces deux hommes, qui étaient jeunes et brûlaient de se couvrir de gloire.

V. 1. Peu après la mort de Sylla, Lucullus fut élu consul avec Marcus Cotta, lors de la cent soixante-seizième olympiade[44]. Beaucoup cherchaient à ranimer la guerre contre Mithridate[45], et Marcus Cotta lui-même déclara qu'elle n'était pas terminée, mais en sommeil. 2. Aussi, lors du tirage au sort[46] des provinces, Lucullus fut-il mécontent d'obtenir la Gaule Cisalpine[47], qui n'offrait pas l'occasion d'accomplir de grands exploits. Ce qui l'irritait surtout, c'était la gloire que Pompée était en train d'acquérir en Espagne : si cette guerre venait à se terminer, il serait choisi, de préférence à tout autre, pour conduire la guerre contre Mithridate. 3. Aussi, lorsque Pompée écrivit pour réclamer de l'argent, menaçant d'abandonner l'Espagne et Sertorius, si on ne lui en envoyait pas, et de ramener ses troupes en Italie[48], Lucullus s'empressa de lui faire envoyer cet argent et de lui ôter tout prétexte de regagner Rome pendant que lui-même était consul, car toute la cité serait au pouvoir de Pompée s'il revenait avec une si grande armée[49]. 4. Le personnage qui dominait la vie politique à cette époque, parce que toutes ses paroles et toute

---

42. Allusion aux terribles guerres civiles des années 80 entre les partisans de Marius et ceux de Sylla.
43. Le fils de Sylla et de la cousine de Lucullus, Caecilia Métella, reçut le nom porte-bonheur de Faustus (voir Sylla, XXXIV, 5).
44. Plutarque reste vague et omet des étapes du cursus honorum : Lucullus a été édile en 79 avec son frère, préteur en 78, année de la mort de Sylla, gouverneur (propréteur ?) d'Afrique en 77-76. Il a épousé une Clodia (voir infra, XXI, 1), sans doute au début de 75. Sur le consul Marcus Cotta, voir infra, VI, 6 ; VIII, 1-3. Double repérage chronologique par la date consulaire romaine et la « chronologie universelle » olympique, familière aux Grecs comme Plutarque, mais ici incomplète : 74 est la troisième année de cette olympiade.
45. Mithridate avait violé diverses dispositions, notamment territoriales, du traité de Dardanos (en Cappadoce surtout). La « deuxième guerre de Mithridate » a eu lieu de 83 à 81, la troisième s'ouvre en 73. Entre temps, Mithridate a fait alliance avec Sertorius, réfugié en Espagne (voir Sertorius, XXIII-XXIV).
46. À la mi-75 ou à la mi-74, avant l'élection des consuls.
47. Cette riche région d'Italie du Nord est en effet désormais pacifiée. Lucullus parviendra à l'échanger contre la Cilicie (infra, VI).
48. Cette lettre a été envoyée à l'hiver 75-74. Son contenu nous est connu par Salluste, Histoires, II, 47, 6 ; voir Pompée, XX, 1-2 ; Sertorius, XXI, 8.
49. Le retour du grand chef militaire à Rome avec son armée devient une des hantises de la période, hantise qui va s'exacerber lors des luttes entre Pompée et César.

sa conduite tendaient à flatter le peuple, Céthégus[50], était hostile à Lucullus, lequel était écœuré par la vie de cet homme, pleine d'amours honteuses, de violence et d'excès. 5. Lucullus le combattait donc ouvertement. Un autre démagogue, Lucius Quinctius[51], s'était opposé à la politique de Sylla et voulait troubler l'ordre établi; Lucullus lui adressa tant d'admonestations privées et d'avertissements publics qu'il parvint à le détourner de son entreprise et calma son ambition, traitant ainsi de la manière la plus politique et la plus salutaire une maladie grave qu'il sut prendre à ses débuts[52].

VI. 1. Sur ces entrefaites, on apprit la mort d'Octavius qui gouvernait la Cilicie[53]. Beaucoup de Romains convoitaient cette province et faisaient leur cour à Céthégus, qui leur semblait le plus à même de la leur faire obtenir. Lucullus ne s'intéressait guère à la Cilicie en elle-même, mais, étant donné son voisinage avec la Cappadoce, il pensait que, s'il l'obtenait, il serait le seul à pouvoir être envoyé pour combattre Mithridate. Aussi mit-il tout en œuvre pour empêcher que cette province fût attribuée à un autre. 2. Pour finir, il se résigna à une démarche qui n'avait rien d'honnête ni de louable, mais à laquelle la nécessité le contraignit, contre sa propre nature, pour parvenir à ses fins. Il y avait à Rome, au nombre des femmes réputées pour leur beauté et leur esprit, une nommée Praecia[54]. Elle ne valait en vérité guère mieux qu'une hétaïre, sinon qu'elle savait employer ceux qui la fréquentaient et avaient une liaison avec elle pour favoriser les ambitions politiques de ses amis: elle joignait à ses attraits la réputation d'être une amie serviable et active, et son influence était considérable. 3. Céthégus, alors au faite de sa gloire et maître de la ville, se laissa séduire et devint son amant. Dès lors, tout le pouvoir de Rome passa entre les mains de cette femme: aucune affaire publique ne se faisait sans le soutien de Céthégus, et sans que Praecia n'y eût engagé Céthégus. 4. À force de cadeaux et de flatteries, Lucullus parvint à circonvenir cette Praecia (c'était, en vérité, une bonne affaire pour cette femme fière et orgueilleuse de se voir associée aux ambitions de Lucullus!). Aussitôt Céthégus chanta les louanges de Lucullus et réclama pour lui la Cilicie. 5. Une fois qu'il l'eut obtenue[55], Lucullus n'eut plus besoin de faire appel à Praecia ni à Céthégus; tous, d'une seule voix, s'empressèrent de lui confier la guerre contre Mithridate: aucun autre n'était à même de la diriger mieux

---

50. Publius Cornelius Cethegus, sénateur très écouté, avait suivi Marius avant de se rallier à Sylla. Il apparaît comme le modèle du « chef de parti » (Syme, 1979, p. 279-280).
51. Tribun de la plèbe en 74, Lucius Quinctius voulait redonner du lustre à la magistrature du tribunat, considérablement affaiblie par Sylla. Sur son action de « démagogue » (chef des populares), *voir Salluste,* Histoires, *III, 17 et 48 ; Cicéron,* Pour Cluentius, *77 et 79.*
52. C'est la seule action de politique intérieure du consul Lucullus qui soit connue ; Quinctius prendra sa revanche en 68 (infra, XXXIII, 6).
53. Lucius Octavius, consul en 75, avait été envoyé comme proconsul en Cilicie pour 74. Il meurt la même année.
54. Sur l'influence des femmes sur les héros de Plutarque, voir Le Corsu (1981), p. 150-160.
55. Selon d'autres sources (Cicéron, Pour Flaccus, *85), l'Asie s'ajoutait à la Cilicie.*

que lui, Pompée étant occupé à combattre Sertorius, et Métellus ayant abandonné la vie politique en raison de son grand âge[56]; or ils étaient les seuls à pouvoir lui disputer le commandement. 6. Cependant Cotta, son collègue au consulat, sollicita le Sénat avec tant d'insistance qu'il fut envoyé avec une flotte pour garder la Propontide et protéger la Bithynie[57].

VII. 1. Lucullus, à la tête d'une légion qu'il avait levée en Italie, passa en Asie où il reçut le commandement du reste de l'armée[58]. Les soldats étaient tous, depuis longtemps, corrompus par la débauche et la cupidité, mais ceux qu'on appelait les fimbriens étaient les plus difficiles à tenir, car ils étaient habitués à l'indiscipline[59]. 2. C'étaient eux qui, à l'instigation de Fimbria, avaient tué Flaccus, leur consul et leur général, puis livré Fimbria lui-même à Sylla[60]. C'étaient des hommes arrogants, rebelles à toute loi, mais combatifs et endurants, qui avaient l'expérience de la guerre. 3. Cependant, il fallut peu de temps à Lucullus pour réprimer leur arrogance et ramener dans le devoir le reste des soldats qui découvrirent alors pour la première fois, semble-t-il, ce qu'était un vrai chef, un vrai général; jusque-là, ils avaient eu l'habitude d'être commandés par des démagogues qui cherchaient à leur plaire.
4. Du côté ennemi, voici quelle était la situation. Mithridate, semblable en cela à la plupart des sophistes, s'était d'abord montré vaniteux et hautain; il avait opposé aux Romains des forces inconsistantes, mais brillantes et faites pour plaire aux yeux. Ayant échoué de manière ridicule, il en tira la leçon[61], et lorsqu'il s'apprêta à repartir en guerre, il réduisit ses troupes, pour en faire une véritable armée, très efficace. 5. Il se débarrassa de ces foules hétérogènes, de ces Barbares qui hurlaient des menaces dans toutes les langues, de ces armes rehaussées d'or et de pierreries qui deviennent un butin pour les vainqueurs et n'assurent pas la protection de ceux qui les possèdent; il fit fabriquer des épées romaines et des boucliers pesants, rassembla des chevaux bien dressés plutôt que richement harnachés, cent vingt mille

---

56. Quintus Caecilius Metellus Pius était le fils du Numidique, donc le cousin de Lucullus. Il fut consul en 80 avec Sylla et proconsul en Espagne Ultérieure de 79 à 71; il était «le plus grand et le plus estimé des Romains de ce temps» (Sertorius, XII, 5) et combattit Sertorius jusqu'à la mort de celui-ci en 73. En 71, il a 57 ans.

57. Cette tâche a dû être confiée à Marcus Aurelius Cotta avant que Lucullus n'obtienne la Cilicie (Carena, Manfredini, Piccirilli, 1990, p. 292).

58. Il semble avoir disposé en tout de 30 000 fantassins et 2 500 cavaliers (voir infra, VIII, 4). Cette troisième guerre de Mithridate est déclenchée au printemps 73.

59. Sur Fimbria et ses deux légions, voir supra, III, 5-8; sur leur indiscipline, voir Nicolet (1976), p. 179-181.

60. Voir Sylla, XXV, 1-3.

61. Cette évolution de Mithridate vers plus de réalisme est présentée de façon saisissante. Elle correspond peut-être plus au schéma biographique habituel chez Plutarque, décomposant toute vie en deux volets opposés... qu'à la réalité. Du reste, au dire de Pompée lui-même (Pompée, XXXI, 10), cette modernisation n'aurait pas eu lieu avant 66.

fantassins qu'il regroupa en une légion à la romaine et seize mille cavaliers, sans compter les quadriges armés de faux, au nombre de cent[62]. 6. De plus, les vaisseaux[63] qu'il fit équiper, au lieu d'être pourvus de pavillons aux dais d'or, de bains pour les concubines et de luxueux gynécées, furent remplis d'armes défensives et offensives et d'argent. Il se jeta sur la Bithynie, où les cités le virent revenir avec plaisir. Elles ne furent pas les seules à se réjouir : l'Asie était retombée dans ses misères d'autrefois, car les usuriers et les percepteurs romains lui infligeaient des maux insupportables[64]. 7. Ces gens-là ressemblaient à des Harpies et pillaient toute la nourriture. Par la suite, Lucullus devait les chasser; pour l'heure, il essayait de les modérer par ses remontrances et tentait d'apaiser la révolte des peuples, dont aucun, ou presque, ne se tenait tranquille.

VIII. 1. Pendant que Lucullus était ainsi occupé, Cotta, jugeant l'occasion favorable pour lui, se disposa à livrer bataille contre Mithridate. Comme plusieurs messages lui annonçaient que Lucullus approchait, qu'il avait déjà établi son camp en Phrygie, et qu'il croyait tenir déjà son triomphe, il ne voulut pas le partager avec Lucullus et se hâta d'engager le combat[65]. 2. Il fut vaincu à la fois sur terre et sur mer, perdit soixante bâtiments avec leur équipage et quatre mille fantassins; quant à lui, enfermé et assiégé dans Chalcédoine, il tournait ses regards vers Lucullus. 3. Certains conseillaient à ce dernier de ne pas se soucier de Cotta et d'aller de l'avant, pour s'emparer du royaume de Mithridate vide de défenseurs. C'étaient surtout les soldats qui tenaient ce langage; ils s'indignaient de voir Cotta, non content d'avoir causé sa propre perte et celle des siens par ses plans désastreux, les empêcher de vaincre, alors qu'ils pouvaient le faire sans combat. Mais Lucullus les harangua et leur déclara qu'il aimerait mieux sauver un seul Romain des mains des ennemis que d'ôter à ceux-ci toutes leurs possessions. 4. Archélaos[66], qui avait été stratège de Mithridate en Béotie avant de faire défection et de rejoindre l'armée des Romains, assurait Lucullus qu'il lui suffirait de paraître dans le Pont pour s'emparer d'un seul coup de tout le royaume. Mais Lucullus déclara : « Je ne suis pas plus lâche que les chasseurs; je ne vais pas laisser échapper les bêtes sauvages, pour attaquer leurs tanières vides. » Sur ces mots, il marcha contre Mithridate avec trente mille fantassins et deux mille cinq cents cavaliers. 5. Lorsqu'il fut en vue des ennemis, stupéfait de leur nombre, il voulut éviter le combat et gagner du temps, mais

---

62. *Les faux étaient accrochées au moyeu des roues ou fixées sous l'axe du char et tournées vers le sol. Cette tradition militaire perse est bien attestée depuis des siècles.*
63. *Nos sources parlent notamment de quatre cents trirèmes, ce qui paraît (trop?) considérable.*
64. *Paradoxe : les publicains que Lucullus, fidèle second de Sylla, s'efforce de modérer avaient été attirés en Asie par la politique de Sylla (supra, IV, 1). Voir infra, XX.*
65. *Plutarque fausse notre vision des événements en passant sous silence certains faits et en accordant une fois de plus tous les mérites à Lucullus, y compris celui, suprême à ses yeux, de la grandeur d'âme (§ 3). Pour rectifier et compléter cette version, des fragments de Memnon sont précieux (FGH 437 F 1 [27, 4-8]); voir Carena, Manfredini, Piccirilli (1990), p. 294-295.*
66. *Frère de Néoptolème; voir supra, III, 8 et note, et Sylla, XI, 5 et XVI-XXIV.*

Marius, que Sertorius avait envoyé d'Espagne à Mithridate[67], à la tête d'une armée, s'avança à sa rencontre et le défia au combat. Lucullus rangea donc ses troupes en ordre de bataille. L'affrontement n'avait pas encore commencé lorsque, sans qu'on eût remarqué le moindre changement, l'air se déchira soudain et l'on vit s'abattre entre les deux camps un corps enflammé de grande taille ; sa forme faisait surtout penser à une jarre et sa couleur à de l'argent incandescent. Cette vision terrifia les deux armées qui se séparèrent[68]. 6. Ce prodige se produisit en Phrygie, dit-on, dans un lieu nommé Otryes. Lucullus, considérant qu'aucun dispositif humain ni aucune richesse ne pouvaient nourrir longtemps toutes les dizaines de milliers d'hommes dont disposait Mithridate, se fit amener un des prisonniers de guerre. Il lui demanda combien de soldats partageaient sa tente, puis quelle quantité de vivres restait dans cette tente quand il l'avait quittée. 7. L'homme ayant répondu, il le renvoya, puis posa les mêmes questions à un deuxième et à un troisième prisonnier. Ensuite, confrontant la quantité de provisions et celle des hommes à nourrir, il calcula que, dans trois ou quatre jours, les ennemis manqueraient de vivres[69]. 8. Il n'en fut que plus résolu à gagner du temps ; il rassembla d'immenses provisions dans son propre camp, afin de pouvoir vivre dans l'abondance tout en guettant la disette des ennemis.

IX. 1. Sur ces entrefaites, Mithridate entreprit d'attaquer les Cyzicéniens, très éprouvés par le combat de Chalcédoine, où ils avaient perdu trois mille hommes et dix vaisseaux[70]. Comme il souhaitait ne pas attirer l'attention de Lucullus, il se mit en route aussitôt après le dîner, profitant d'une nuit obscure et pluvieuse, et il eut le temps, au point du jour, de disposer ses hommes devant la cité, sur les flancs du mont Adrastée. 2. Mais Lucullus avait remarqué la manœuvre et se lança à sa poursuite. Désireux de ne pas tomber sur les ennemis avec une armée en désordre, il installa ses troupes près d'une bourgade nommée Thracia, position fort bien située qui contrôlait les routes et les villages où les hommes de Mithridate étaient obligés d'aller chercher leur ravitaillement[71]. 3. En conséquence, embrassant par la pensée ce

---

67. *Marcus Marius «le Borgne» (voir infra, XII, 5 et Sertorius, XXIV, 4), sénateur, a été questeur en Espagne en 76. Il a suivi Sertorius dans sa rébellion. Il n'est pas le premier officier romain à aider Mithridate, que les fimbriens Lucius Magius et Lucius Fannius avaient appuyé dès 85 (Appien, Guerres mithridatiques, 68). Parmi les mesures que Marius annonce aux cités d'Asie figure la libération des impôts, et donc des publicains (voir Sertorius, XXIV, 5).*
68. *Cette vision (phasma) ressemble fort à la chute d'un aérolithe. Elle n'a pas été traitée par les Romains comme un prodige au sens religieux du terme, réclamant expiation pour apaiser les dieux : cela ne pouvait en principe se produire que sur le sol italien. On se contente donc de suspendre le combat.*
69. *Ici apparaissent les qualités d'analyste et de stratège de Lucullus.*
70. *Cyzique était la plus ancienne colonie de Milet en Propontide. Mithridate voulait peut-être à la fois défendre la «porte de l'Asie», et punir les habitants d'avoir aidé les Romains (épisode de Chalcédoine).*
71. *Comme Mithridate, Lucullus occupe des positions élevées. Selon Appien (Guerres mithridatiques, 72), l'ex-fimbrien Lucius Magius, après la mort de Sertorius, avait rallié Lucullus, le conseillant en cette circonstance.*

qui allait se produire, il ne cacha rien à ses soldats : dès qu'ils eurent établi leur camp et en eurent fini avec les travaux, il les rassembla et leur annonça avec assurance que dans peu de jours il leur procurerait une victoire qui ne leur coûterait pas une goutte de sang. 4. Sur terre, Mithridate avait établi dix camps autour de Cyzique et bloquait avec ses navires le détroit qui séparait la cité du continent, l'assiégeant donc des deux côtés à la fois. Les habitants affrontaient le danger avec audace et se montraient prêts à supporter pour les Romains toutes sortes de désagréments. Cependant, ils ignoraient où se trouvait Lucullus, et étaient troublés de n'avoir aucune nouvelle de lui. 5. Son camp était pourtant bien visible, devant leurs yeux, mais ils étaient trompés par les hommes de Mithridate, qui leur disaient, en leur montrant les Romains installés sur les hauteurs : « Voyez-vous ces gens-là ? c'est une armée d'Arméniens et de Mèdes que Tigrane[72] a envoyée au secours de Mithridate ! » 6. Les assiégés étaient frappés de terreur, en se voyant entourés par des ennemis si nombreux et ils croyaient que, même si Lucullus survenait, il ne trouverait plus de passage libre pour leur porter secours. Mais Archélaos leur envoya Démonax, qui fut le premier à leur révéler que Lucullus était là. Comme ceux qu'il rencontra refusaient de le croire, pensant que c'était une fausse nouvelle inventée pour les rassurer, survint un très jeune prisonnier de guerre, qui s'était échappé des mains des ennemis. 7. Ils lui demandèrent de leur dire où se trouvait Lucullus. Le garçon se mit à rire, croyant qu'ils plaisantaient, mais lorsqu'il vit qu'ils étaient sérieux, il leur désigna de la main le retranchement des Romains, ce qui leur rendit courage[73]. 8. Lucullus, voyant que des embarcations de pêche de bonne taille naviguaient sur le lac Dascylitis, fit tirer au rivage la plus grande, la fit transporter sur un chariot jusqu'à la mer et y fit embarquer le plus de soldats qu'il put. Pendant la nuit, ils firent la traversée sans être aperçus et pénétrèrent dans la cité.

X. 1. Il semble d'ailleurs que la divinité, pleine d'admiration pour la bravoure des Cyzicéniens, voulut les encourager par de nombreux signes fort clairs, notamment celui-ci. On célébrait la fête des Phéréphatties[74] et, comme les habitants n'avaient pas de génisse noire pour le sacrifice, ils en fabriquèrent une avec de la pâte et la présentèrent à l'autel. Or la génisse sacrée, qu'on nourrissait pour la déesse et qui était à la pâture, comme les autres bêtes des Cyzicéniens, de l'autre côté du détroit, se sépara ce jour-là du troupeau, nagea, toute seule, jusqu'à la cité et se présenta d'elle-même au sacrifice. 2. De plus, la déesse apparut en songe à Aristagoras, le

---

72. *Tigrane II, roi d'Arménie, est le gendre de Mithridate ; voir infra, XIV, 6-8.*

73. *D'autres auteurs, comme Salluste (*Histoires III, *37 Maurenbrecher) et Florus (*Histoire du peuple romain, *I, 40, 16), retiennent une autre variante : un soldat bon nageur envoyé par Lucullus serait, en dissimulant sa progression, parvenu à prévenir les Cyzicéniens de la présence du Romain.*

74. *Fêtes en l'honneur de Perséphone, à qui Zeus aurait, selon un mythe rapporté par Appien (*Guerres mithridatiques, *75), accordé Cyzique en dot. Elle y était vénérée sous le nom de Corè Sôtéria, et les fêtes étaient aussi appelées Coreia ou Sôtéria. Génisse noire absente, génisse fictive, génisse sacrée qui accourt, elle aussi, à la nage : l'étrange épisode a été commenté au III*ᵉ *siècle après J.-C. par le philosophe néoplatonicien Porphyre (*Sur l'abstinence, *I, 25, 8-9).*

greffier de la cité[75] : « Me voici, lui dit-elle. J'amène l'aulète de Libye pour affronter le trompette du Pont. Dis à tes concitoyens d'avoir bon espoir. » 3. Les Cyzicéniens furent surpris de cette parole, mais dès le point du jour, la mer s'agita sous l'effet d'un vent impétueux ; les machines de guerre du roi, dressées contre les remparts, des ouvrages admirables du Thessalien Niconidès, furent les premières à annoncer, par leurs grincements et leurs craquements, ce qui allait se produire. Puis se leva un vent de Notos[76] d'une force incroyable ; en un instant, il détruisit toutes les machines et, secouant la tour de bois, haute de cent coudées, il la jeta à terre[77]. 4. On raconte aussi qu'Athéna apparut dans leur sommeil à beaucoup d'habitants d'Ilion : elle ruisselait de sueur et laissait voir une partie de sa robe déchirée ; elle dit qu'elle venait à l'instant de secourir les Cyzicéniens[78]. Les habitants d'Ilion montraient une stèle qui portait des décrets et des inscriptions relatifs à ces événements.

XI. 1. Tant que Mithridate, trompé par ses propres généraux, ignorait la disette qui dévastait son camp, il enrageait de voir les Cyzicéniens échapper au blocus. 2. Mais son ambition et son désir de vaincre l'abandonnèrent bien vite, quand il apprit le dénuement dans lequel se trouvaient ses soldats qui allaient jusqu'à se nourrir de chair humaine[79]. La guerre que lui faisait Lucullus n'avait rien de théâtral ni de spectaculaire : il lui sautait sur le ventre, comme on dit, et travaillait à couper tout son ravitaillement. 3. Aussi Mithridate se hâta-t-il de profiter de ce que son ennemi assiégeait une citadelle pour renvoyer en Bithynie presque tous ses cavaliers avec les bêtes de somme et ceux des fantassins qui étaient des bouches inutiles. 4. Mais Lucullus apprit la manœuvre et regagna son camp alors qu'il faisait encore nuit. Le lendemain, en dépit du mauvais temps, prenant avec lui dix cohortes et sa cavalerie, il se lança à leur poursuite malgré la neige et les intempéries[80] qui obligèrent beaucoup de soldats, épuisés par le froid, à abandonner. Avec ceux qui restaient, il attaqua les ennemis près du fleuve Rhyndacos et leur infligea une si grave déroute que les femmes d'Apollonie sortirent piller les bagages et dépouiller les morts. 5. Il y eut, comme on peut l'imaginer,

---

75. *Cyzique a eu, autour de 500, un tyran du nom d'Aristagoras, dont le « greffier » est peut-être un lointain descendant (Hérodote,* Enquête, *IV, 138).*
76. *Notos est le dieu du vent du Sud.*
77. *La tour en question était certainement un engin de guerre raffiné, et bien connu depuis longtemps en Orient : une « hélépole » ou tour roulante « preneuse de cités » (voir Appien,* Guerres mithridatiques, *73), dont l'invention était parfois attribuée à Démétrios Poliorcète (voir* Démétrios, *XXI). Si les « coudées » sont des coudées attiques de 0,44 m, cette tour mesurait 44 m.*
78. *Athéna est la patronne de Troie (Ilion) comme Perséphone de Cyzique et Aphrodite d'un site de la côte de Troade (voir infra, XII, 1). Le récit implique qu'à cette occasion (ou déjà plus tôt ?) l'Athéna de Troie a été rapprochée de la Perséphone de Cyzique, sinon assimilée à elle. L'attestation épigraphique montre qu'une pratique cultuelle régulière s'est greffée, comme souvent, sur la mémoire de l'événement mythique. Plutarque a-t-il vu cette stèle sur place ? On peut en douter, à cause du verbe à l'imparfait.*
79. *Aristote prêtait déjà des coutumes anthropophagiques aux habitants du Pont : reflet probable d'une tradition « ethnographique » hostile, sinon d'une réalité (*Éthique à Nicomaque, *1148b, 21-23).*
80. *À l'hiver 73-72.*

beaucoup de tués; on prit six mille chevaux, un nombre incalculable de bêtes de somme et quinze mille hommes[81]. Lucullus longea le camp des ennemis en ramenant toutes ces prises. 6. Je m'étonne de voir Salluste prétendre que les Romains virent alors des chameaux pour la première fois[82] : peut-il imaginer que ceux qui avaient autrefois vaincu Antiochos, sous les ordres de Scipion[83], et qui venaient de combattre Archélaos à Orchomène et à Chéronée[84], ne savaient pas ce qu'était un chameau ?
7. Mithridate avait décidé de fuir au plus vite; dans l'intention de retarder Lucullus et de le retenir en arrière, il envoya le navarque Aristonicos dans la mer grecque[85]. Cet homme était sur le point d'embarquer, lorsque, à la suite d'une trahison, Lucullus s'empara de lui et des dix mille pièces d'or qu'il emportait pour corrompre une partie de l'armée romaine. 8. Alors Mithridate s'enfuit par mer tandis que ses généraux ramenaient l'armée de terre. Lucullus les attaqua près du Granique, fit un grand nombre de prisonniers et tua vingt mille hommes. Sur toute cette foule de valets d'armée et de combattants, il y eut, dit-on, près de trois cent mille morts[86].

XII. 1. Lucullus entra d'abord à Cyzique, où il reçut l'accueil joyeux et empressé qu'il méritait[87]. Puis il équipa une flotte pour passer dans l'Hellespont. Lorsqu'il aborda en Troade, il dressa sa tente dans le temple d'Aphrodite. La nuit, pendant son sommeil, il crut voir la déesse, debout devant lui, qui lui disait :

Quoi ? tu dors, fier lion ! Les faons sont près de toi[88].

---

81. *Les chiffres donnés par Appien (*Guerres mithridatiques, 75*) sont concordants.*
82. *Salluste,* Histoires, *III, 42 M, paraphrasé à la fin de l'Antiquité par Ammien Marcellin, XXIII, 6, 56.*
83. *Lucius Cornelius Scipion l'Asiatique, consul en 190, vainqueur d'Antiochos III le Grand à Magnésie l'année suivante; voir Tite-Live,* Histoire romaine, *XXXVII, 40-43.*
84. *Rappel des deux victoires de Sylla sur Archélaos en 86. Aucune autre source connue n'évoque l'usage de chameaux en cette circonstance. La mention du désaccord ponctuel avec Salluste paraît confirmer que dans l'ensemble Plutarque suit fidèlement cet auteur.*
85. *La «mer grecque» est évidemment la mer Égée. Le récit, peu clair et peu crédible, est en contradiction avec d'autres sources (Memnon, FGH 434 F 1 [28, 2]). Carena, Manfredini, Piccirilli (1990, p. 299) proposent la reconstitution suivante : Mithridate, en très mauvaise posture, aurait tenté de corrompre les fimbriens par l'intermédiaire d'Aristonicos. Voyant le vent tourner, ceux-ci auraient livré Aristonicos à Lucullus en échange de dix mille pièces d'or.*
86. *Sur les données peu claires et contestées de cette bataille près du fleuve Granique, voir Appien,* Guerres mithridatiques, *76, Memnon, 28, 4, ainsi que Florus, I, 40, 17. Le chiffre de 300 000 morts paraît énorme; il est repris à la fin de l'Antiquité par Orose,* Histoire contre les païens, *VI, 2, 19.*
87. *Appien (*Guerres mithridatiques, 76*) signale ici la création à Cyzique de Luculleia (voir infra, XXIII, 2). Deux des trophées commémorant cette victoire figurent sur un bas-relief, en partie conservé, en provenance de Cyzique. La cité elle-même fut honorée et pourvue par Rome de nouveaux territoires.*
88. *Troisième apparition divine, qui s'accompagne cette fois d'une manifestation poétique. Cet hexamètre est peut-être, comme l'épisode, tiré d'un poème d'Aulus Licinius Archias. C'est en faveur de ce dernier que Cicéron devait prononcer un plaidoyer célèbre,* Pour Archias, *où il qualifie (21) de «fantastique» (incredibilis) la bataille navale, disputée en 72, dont il va être question; voir Reinach (1890), p. 442.*

2. Il se leva, appela ses amis, alors qu'il faisait encore nuit, et leur raconta sa vision. Or des gens venus d'Ilion annoncèrent qu'on avait vu au port des Achéens treize quinquérèmes du roi faisant voile vers Lemnos. Lucullus leva l'ancre aussitôt, s'empara de ces navires, tua leur amiral, Isidoros[89], puis se jeta sur les autres bâtiments 3. qui se trouvaient à l'ancre. Les ennemis tirèrent toutes leurs embarcations à terre, combattirent depuis les ponts et, de là, frappèrent les soldats de Lucullus. La configuration du lieu ne lui permettait pas de les envelopper, ni de réduire par la force, avec ses navires agités par les flots, les vaisseaux ennemis qui s'appuyaient à la terre et y étaient solidement fixés. 4. Cependant, à grand-peine, il découvrit un endroit par où il pouvait aborder sur l'île; il fit débarquer par là ses meilleurs soldats qui tombèrent sur les ennemis par-derrière, tuèrent les uns et forcèrent les autres à couper les amarres de leurs navires et à fuir loin du rivage: ces navires s'entrechoquèrent ou furent éperonnés par ceux de Lucullus. 5. Il y eut un grand nombre de morts; parmi les prisonniers, on s'empara notamment de Marius, le général envoyé par Sertorius[90]. Il était borgne et Lucullus avait ordonné à ses soldats, au moment de l'attaque, de ne tuer aucun borgne, afin de lui infliger une mort infamante et ignominieuse.

XIII. 1. Débarrassé de ces ennemis, Lucullus se lança à la poursuite de Mithridate. Il espérait le trouver encore en Bithynie, sous la surveillance de Voconius[91], qu'il avait envoyé à Nicomédie avec des navires, pour l'empêcher de s'enfuir. 2. Mais Voconius perdit beaucoup de temps à Samothrace, à se faire initier et à participer aux panégyries[92]. Mithridate put embarquer avec sa flotte et tenta de gagner le Pont en toute hâte, avant le retour de Lucullus. Il fut assailli par une violente tempête qui emporta certains de ses vaisseaux et brisa les autres: pendant plusieurs jours, tout le rivage fut couvert d'épaves rejetées par les flots. 3. Mithridate lui-même se trouvait sur un navire de transport qui, en raison de sa grande taille, ne pouvait approcher facilement de la côte et qui, au milieu de la tempête et des flots aveugles,

---

89. *Cet Isidoros est peut-être, en fait, le chef de pirates vaincu par un général romain en 77 et en 76 (Florus, I, 41, 3). Un autre pirate sauve Mithridate (infra, XIII, 3).*

90. *Sur Marius le Borgne, proche de Sertorius, voir supra, VIII, 5. Sertorius, lui-même devenu borgne, s'était présenté en nouvel Horatius Coclès (Sertorius, IV, 3-4); la proclamation de Lucullus s'inscrit donc dans un échange polémique et emblématique plus ancien. Du côté positif, la mémoire du défenseur de Rome à l'œil unique; de l'autre, celle du Cyclope. Le contexte «troyen» de la victoire de Lucullus est mis en valeur. D'après Appien (Guerres mithridatiques, 77), Lucullus compléta la mise en scène de son succès en l'annonçant au Sénat par une lettre enveloppée du laurier rituel (littera laureata).*

91. *Très probablement, le légat de Lucullus est Caius Voconius Barba, connu par une inscription du sanctuaire de Diane-Artémis à Nemi, dans le Latium, qui associe les deux hommes (Corpus des Inscriptions latines, XIV, 2222; voir 2218).*

92. *Samothrace est une île du nord de la mer Égée, célèbre par son sanctuaire des Cabires, divinités qui protégeaient en particulier les marins. Les Mystères organisés dans ce sanctuaire étaient des cérémonies initiatiques complexes auxquelles le pieux Voconius, comme d'autres Romains, jugea bon de participer. Les panégyries sont des fêtes publiques rassemblant toute la population.*

n'obéissait plus aux pilotes ; il ne pouvait pas non plus gagner la haute mer, car il était lourd et faisait eau. Le roi passa donc sur un brigantin de course et confia sa personne à des pirates ; de manière inespérée, contre toute attente, il parvint sain et sauf à Héraclée du Pont.

4. Lucullus ne fut pas châtié par la Némésis de son attitude présomptueuse à l'égard du Sénat[93]. Celui-ci voulait voter trois mille talents afin d'équiper une flotte pour cette guerre, mais Lucullus avait envoyé une lettre pour l'en dissuader, se faisant fort de chasser Mithridate de la mer sans tant de frais ni de préparatifs, avec les seuls vaisseaux des alliés. 5. Or il y parvint grâce à l'appui de la divinité : ce fut, dit-on, la colère d'Artémis de Priapos qui fit s'abattre cette tempête[94] sur les hommes du Pont, parce qu'ils avaient pillé son temple et renversé son antique statue de bois.

XIV. 1. Nombreux étaient ceux qui conseillaient à Lucullus de différer la poursuite de cette guerre. Sans les écouter, il traversa la Bithynie et la Galatie, et envahit le royaume du Pont[95]. Au début, il manquait tellement de ravitaillement, qu'il se faisait suivre de trente mille Galates dont chacun portait sur l'épaule un médimne de blé[96]. Mais comme, au fur et à mesure de son avancée, il se rendait maître de tout, il se trouva dans une telle abondance que dans le camp, un bœuf se vendait une drachme, un esclave quatre drachmes[97], et l'on ne faisait aucun cas du reste du butin : on le laissait sur place ou on le gaspillait, puisqu'on ne pouvait pas faire de troc, tous étant abondamment pourvus. 2. Comme ils devaient se contenter de ravager et de dévaster la campagne, tandis qu'ils poussaient, dans leurs chevauchées, jusqu'à Thémiscyre et aux plaines du Thermodon[98], les soldats reprochaient à Lucullus d'attirer à lui toutes les cités, sans en prendre une seule de force, ce qui leur aurait permis de s'enrichir du pillage. 3. « Aujourd'hui encore, disaient-ils, nous laissons Amisos[99], une cité prospère et riche, qui ne serait pas difficile à prendre si on en pressait le siège, et il nous emmène dans les déserts des Tibarènes et des Chaldéens[100] pour affronter Mithridate. » 4. Lucullus n'imaginait pas que ses soldats en viendraient aux excès auxquels ils devaient se livrer par la suite ; il

---

93. La revanche de la Némésis sur la présomption ou tout simplement la réussite des héros est un thème récurrent chez Plutarque. Lucullus est une exception, qui n'échappe au sort commun que par suite d'un appui divin (§ 5), et parce que Mithridate a eu un comportement encore plus méprisant envers les dieux.
94. L'Artémis de Priapos, cité de Propontide, est parfois appelée « Maîtresse des Vents ».
95. L'invasion eut lieu à l'été 72.
96. Le médimne, mesure attique, représente 52,5 l.
97. La drachme vaut un denier d'argent romain. La comparaison entre le prix du bœuf et celui, quatre fois supérieur, de l'esclave n'a rien d'étonnant. La remarque de Plutarque porte sur le bas niveau des prix en général. La région traversée est particulièrement riche.
98. Thémiscyre, dans le nord du royaume du Pont, est située près de l'embouchure du Thermodon.
99. Aujourd'hui Samsum, en Turquie.
100. Le pays des Tibarènes se situe à l'est du Thermodon ; les Chaldéens mentionnés ici ne sont pas ceux de Mésopotamie mais ceux d'Arménie.

méprisait ces plaintes et n'en tenait aucun compte. Il préférait se justifier devant ceux qui l'accusaient de lenteur et lui reprochaient de perdre beaucoup de temps à s'occuper de villages ou de cités sans importance, laissant ainsi Mithridate se fortifier. 5. «C'est précisément ce que je veux, leur disait-il. Je m'arrête à dessein, pour lui permettre d'augmenter ses forces et de rassembler une armée capable de combattre, afin qu'il reste là et ne fuie pas à notre approche. 6. Ne voyez-vous pas qu'il a derrière lui un désert immense et sans limites ? Le Caucase est tout près, avec ses montagnes nombreuses et profondes, qui peuvent cacher et abriter, par dizaines de milliers, des rois désireux d'éviter le combat. De plus, il n'y a que quelques jours de route entre Cabires et l'Arménie. Or en Arménie règne Tigrane, le roi des rois[101], dont la puissance est telle qu'il coupe les Parthes de l'Asie, déplace des cités grecques en Médie, domine la Syrie et la Palestine, tue les rois séleucides et emmène leurs filles et leurs épouses en captivité. 7. Cet homme est apparenté à Mithridate: c'est son gendre[102]. Si Mithridate se rend auprès de lui comme suppliant, Tigrane ne l'abandonnera pas à son sort et nous fera la guerre. En nous hâtant de chasser Mithridate, nous risquons donc d'attirer Tigrane sur nous. Il cherche depuis longtemps un prétexte pour nous attaquer et ne pourrait en trouver de plus honorable que la défense d'un roi, son parent, contraint de recourir à lui. 8. Pourquoi provoquer une telle situation et enseigner à Mithridate, qui l'ignore, avec qui il doit s'allier pour nous combattre ? Pourquoi le précipiter contre son gré, alors qu'il juge cette attitude indigne de lui, dans les bras de Tigrane ? Ne vaut-il pas mieux lui laisser le temps de s'équiper avec ses propres forces et de reprendre courage, afin que nous ayons à combattre des Colchidiens, des Tibarènes et des Cappadociens, que nous avons souvent vaincus, plutôt que des Mèdes et des Arméniens[103] ? »

XV. 1. Telles furent les réflexions qui poussèrent Lucullus à s'attarder devant Amisos, dont il mena le siège avec mollesse. L'hiver passé, laissant Muréna continuer le siège[104], il marcha contre Mithridate qui était installé à Cabires où il avait l'intention d'affronter les Romains ; l'armée qu'il avait rassemblée comptait quarante mille fantassins et quatre mille cavaliers (c'était sur ces derniers qu'il comptait le plus). 2. Il passa le Lycos, avança dans la plaine et provoqua les Romains au combat. Une bataille de cavalerie eut lieu et les Romains prirent la fuite.

---

101. Tigrane II d'Arménie (vers 140-55) est devenu roi en 95 (voir infra, XXI, 6). L'appellation de «roi des rois» est attestée chez les divers peuples et dans les diverses langues du Proche-Orient ; depuis Darius Ier, elle est restée particulièrement attachée aux souverains perses achéménides. L'expression figure sur des monnaies dans la titulature officielle du souverain d'Arménie, peut-être pour affirmer sa prétention à recueillir la succession des dynastes parthes.
102. L'association par le mariage entre souverains voisins fait partie des constantes de ces régions (voir infra, XXII, 7). Elle entraîne un engagement de soutien mutuel face à un ennemi.
103. Si rhétorique qu'il soit, ce propos illustre la façon romaine de «diviser pour régner» face aux rois orientaux.
104. L'hiver 72-71. Lucius Licinius Murena, qui deviendra consul en 62, est le fils du Muréna homonyme qui a combattu Mithridate en 83-81.

Pomponius[105], un homme qui n'était pas sans renom, fut fait prisonnier : il était blessé, et quand il fut conduit devant Mithridate, il souffrait beaucoup de ses blessures. Le roi lui demanda : « Si je t'accorde la vie sauve, deviendras-tu mon ami ? – Oui, répondit l'autre, si tu t'entends avec les Romains ; dans le cas contraire, je resterai ton ennemi. » Admiratif, Mithridate ne lui fit pas de mal[106].
3. Lucullus redoutait la plaine à cause de la supériorité de la cavalerie ennemie, mais il hésitait à s'engager dans les montagnes, car la route était longue, couverte de forêts et dangereuse. Or la Fortune voulut qu'il fît prisonnier quelques Grecs, qui s'étaient réfugiés dans une grotte. Le plus âgé d'entre eux, Artémidoros, promit à Lucullus de le guider et de l'amener dans un endroit où l'on pouvait installer un camp en toute sûreté, car il disposait d'un poste fortifié qui surplombait Cabires. 4. Lucullus lui fit confiance. La nuit venue, il alluma des feux, puis se mit en marche, passa les défilés sans encombre et s'installa dans la place. Le lendemain, les ennemis l'aperçurent au-dessus d'eux, en train de disposer son armée à des endroits qui lui permettaient de tomber facilement sur eux, s'il voulait combattre, et où il ne risquerait pas d'être attaqué de vive force, s'il souhaitait rester tranquille. 5. Ni Mithridate ni Lucullus n'avaient pour le moment l'intention de risquer la bataille, mais des hommes du roi s'étant lancés, dit-on, à la poursuite d'un cerf, des Romains marchèrent contre eux et leur barrèrent la route ; là-dessus, ils en vinrent aux mains et se battirent, tandis que de part et d'autre, des renforts venaient sans cesse rejoindre les combattants. 6. Pour finir, les soldats du roi eurent le dessus[107]. Les Romains qui étaient dans le camp, voyant d'en haut fuir leurs camarades, furent dépités ; ils coururent trouver Lucullus, lui demandèrent de les mener à l'ennemi et lui réclamèrent le mot d'ordre pour la bataille. Mais il voulut leur enseigner combien, dans une lutte militaire et dans le danger, la présence et la vue d'un général de sang-froid sont importantes. Leur ordonnant de ne pas bouger, il descendit lui-même dans la plaine, barra la route aux premiers fuyards, et leur ordonna de s'arrêter et de faire demi-tour avec lui. 7. Ils obéirent et tous ceux qui les suivaient, faisant volte-face et reformant leurs rangs, mirent sans beaucoup d'efforts les ennemis en déroute et les poursuivirent jusqu'à leur camp. À son retour, Lucullus infligea aux fuyards le châtiment infamant qui était en vigueur ; il leur ordonna de creuser, en simples tuniques et sans ceinture, un fossé de douze pieds, en présence des autres soldats et sous leurs yeux[108].

---

*105. On sait par Appien (*Guerres mithridatiques, *79) que ce Pomponius était* praefectus equitum, *officier d'un régiment de cavalerie.*
106. L'épisode s'inscrit dans la lignée de ceux où se sont illustrés, depuis Mucius Scaevola, les hérauts de la fides *romaine.*
*107. À en croire Appien (*Guerres mithridatiques, *80), la bataille s'est arrêtée là, avec la victoire de Mithridate. L'épisode qui suit a pu être ajouté par Plutarque ou par sa source (voir Van Ooteghem, 1959, p. 93, note 4, qui désigne Salluste,* Histoires, *IV, 7 M).*
*108. « Sans ceinture », c'est-à-dire sans baudrier, signifie « privé d'armes ». Par son caractère infamant, cette punition paraît s'appliquer plutôt à des vaincus. Elle ne figure pas dans la liste de sanctions (et de récompenses) fournie par Polybe (*Histoires, *VI, 37-39), mais sera intégrée à la « discipline militaire » codifiée par Auguste (voir Nicolet, 1976, p. 143-149).*

XVI. 1. Il y avait dans le camp de Mithridate un certain Olthacos[109] qui était un prince des Dandariens (il s'agit d'un peuple de Barbares qui habite près du Palus Méotis). Cet homme se distinguait au combat par toutes sortes de coups de main et d'audace, et son intelligence le rendait capable des plus hautes entreprises; de plus, il était de commerce agréable et bon courtisan. 2. Comme il ne cessait de disputer le premier rang à l'un des princes de sa tribu et de rivaliser avec lui, il promit à Mithridate de tenter un grand coup et de tuer Lucullus. L'ayant félicité de son projet, le roi lui lança à dessein quelques insultes, pour lui permettre de feindre du ressentiment. Olthacos se rendit à cheval auprès de Lucullus. 3. Celui-ci l'accueillit avec grande joie, car on parlait beaucoup de lui dans le camp. Il le mit bientôt à l'épreuve et, appréciant la finesse de son esprit et ses attentions, l'admit parfois à sa table et à son conseil. 4. Quand le Dandarien crut tenir l'occasion favorable, il ordonna aux esclaves de faire sortir son cheval du retranchement. Puis, à l'heure de midi, pendant que les soldats faisaient la sieste et se reposaient, il marcha vers la tente du général, convaincu que nul ne l'empêcherait d'entrer, puisqu'il était un familier et prétendait avoir une communication importante à faire au général. 5. Il serait d'ailleurs entré sans encombre si le sommeil, qui a causé la perte de tant de généraux, n'avait sauvé Lucullus. Celui-ci se trouvait en effet endormi, et Ménédème, un de ses serviteurs, qui gardait la porte, déclara à Olthacos qu'il venait bien mal à propos : après une longue veille et de nombreuses fatigues, Lucullus venait juste de s'abandonner au repos. 6. Comme Olthacos refusait de s'en aller, déclarant qu'il entrerait de force s'il le fallait, car il voulait parler d'une affaire urgente et importante, Ménédème s'emporta: «Il n'y a rien de plus important, lança-t-il, que la santé de Lucullus!» et, des deux mains, il repoussa l'intrus. 7. Olthacos prit peur ; il sortit en hâte du retranchement, monta sur son cheval et s'en retourna dans le camp de Mithridate sans avoir rien fait. On voit combien, pour les actes comme pour les remèdes, le choix du bon moment est décisif : c'est de lui que dépend le salut ou la perte[110].

XVII. 1. Sur ces entrefaites, Sornatius[111], qui avait été envoyé au ravitaillement avec dix cohortes, fut poursuivi par Ménandros[112], un des généraux de Mithridate ; il lui tint tête, engagea le combat et massacra ou mit en déroute un grand nombre d'ennemis. 2. Adrianus[113] ayant été envoyé à son tour avec une troupe pour procurer aux soldats des vivres en abondance, Mithridate ne voulut pas le laisser passer ; il

---

109. *Appien (Guerres mithridatiques, 79) mentionne de son côté un Scythe nommé Ocalba, transfuge passé de longue date de Mithridate à Lucullus. Après l'attentat contre Lucullus, cet Ocalba se serait réfugié auprès de Mithridate.*
110. *L'exaltation du moment favorable (caïros) est depuis longtemps une constante de la pensée grecque.*
111. *Sornatius est connu par une inscription grecque de Pergame. Il est alors légat de Lucullus et le redeviendra en 69 et en 68. Si Lucullus l'envoie dans une mission importante de ravitaillement, c'est peut-être pour être en mesure de faire face à une disette qu'il sent menaçante (Salluste, Histoires, IV, 69, 14 M; Appien, Guerres mithridatiques, 81).*
112. *Ménandros de Laodicée commandait la cavalerie de Mithridate.*
113. *Marcus Fabius Adrianus allait être de nouveau légat de Lucullus en 69 et en 68.*

envoya contre lui Ménémachos et Myron à la tête d'un grand nombre de cavaliers et de fantassins[114]. À l'exception de deux hommes, ils furent tous, dit-on, taillés en pièces par les Romains. 3. Mithridate voulut dissimuler ce malheur : il en minimisa l'importance et parla d'un léger échec, dû à l'inexpérience des généraux. Mais lorsque Adrianus passa en grande pompe le long du camp, traînant derrière lui des chariots pleins de blés et de butin, un profond découragement s'empara du roi, et les soldats furent pris d'un trouble et d'une terreur irrésistibles. 4. On décida donc d'abandonner la place. Comme les officiers du roi envoyaient tranquillement leurs bagages en avant et empêchaient les hommes de passer, ces derniers, furieux d'être repoussés et brutalisés aux portes du camp, s'emparèrent des bagages et tuèrent leurs propriétaires. À cette occasion, le général Dorylaos[115] fut tué à cause de sa casaque de pourpre, le seul bien qu'il possédait, et le sacrificateur Hermaios fut piétiné devant les portes. 5. Quant à Mithridate, aucun serviteur, aucun écuyer, ne resta à ses côtés ; il s'enfuit du camp, mêlé à la foule, sans même un cheval des écuries royales ; ce ne fut que tardivement que l'eunuque Ptolémée, qui était à cheval, le voyant emporté par le flot de la défaite, mit pied à terre et lui donna sa monture. 6. Les Romains étaient tout près de lui et le tenaient déjà : s'ils ne purent le prendre, ce ne fut pas faute de rapidité, car ils parvinrent tout près de lui, mais la cupidité mesquine des soldats enleva aux Romains la proie qu'ils poursuivaient depuis longtemps, à travers tant de combats et de terribles dangers, et priva Lucullus du prix de sa victoire[116]. 7. Les poursuivants atteignaient déjà le cheval qui emportait Mithridate, quand un des mulets chargés de son or se trouva placé entre eux et le roi, soit de son propre mouvement, soit lancé par le roi sur ses poursuivants. Ceux-ci attrapèrent la bête, s'emparèrent de l'or et se le disputèrent, ce qui les retarda. 8. Ce ne fut d'ailleurs pas le seul tort que l'avidité de ses soldats fit à Lucullus ; il avait donné ordre qu'on lui amenât Callistratos, le préposé aux affaires secrètes du roi, mais ceux qui le conduisaient, ayant observé qu'il avait dans sa ceinture cinq cents pièces d'or, le tuèrent. Lucullus leur permit quand même de piller le camp[117].

XVIII. 1. Il s'empara de Cabires et de la plupart des autres forts[118] ; il y trouva de grands trésors et des prisons où étaient enfermés beaucoup de Grecs et beaucoup de parents du roi que l'on tenait pour morts depuis longtemps : ils durent à la bonté

---

114. Selon Memnon, FGH 434 F 1 (29, 9), les cavaliers étaient 2 000 et les fantassins 4 000.
115. Dorylaos le Jeune, ami d'enfance de Mithridate, battu en 86 par Sylla à Orchomène (voir Sylla, XX, 3-4). Selon Strabon (Géographie, XII, 557), Dorylaos, devenu prêtre du temple de Comana du Pont, aurait fini par trahir Mithridate au profit des Romains. La source possible de Plutarque est ici le poète Archias, défendu plus tard par Cicéron (voir supra, XII, 1 et note).
116. Ce thème de la « cupidité », de l'« avidité » des soldats qui privent le chef d'une plus grande victoire est courant chez Plutarque (voir infra, XIX, 4).
117. Ce discret reproche final adressé à Lucullus laisse-t-il attendre son évolution ultérieure ? Selon Tite-Live (Abrégé, 97), Mithridate aurait perdu 60 000 hommes.
118. D'après le géographe de l'époque d'Auguste, Strabon, originaire de la région, son grand-père maternel, par hostilité familiale envers Mithridate, aurait livré à Lucullus 15 de ces places fortes (XII, 557-558).

de Lucullus, non seulement leur salut, mais une sorte de résurrection et de nouvelle naissance. 2. On prit également une sœur de Mithridate, Nyssa, ce qui lui sauva la vie, car les sœurs et les femmes du roi qui étaient plus éloignées du danger et semblaient en sûreté à Pharnacée[119] périrent misérablement sur ordre de Mithridate qui, dans sa fuite, leur envoya l'eunuque Bacchidès. 3. Elles étaient nombreuses: il y avait notamment deux sœurs du roi, Roxane et Stateira, qui avaient environ quarante ans et n'étaient pas mariées, et deux de ses épouses légitimes, d'origine ionienne, Bérénice de Chios et Monime de Milet[120]. Cette dernière était fort estimée parmi les Grecs parce que le roi avait essayé de la séduire et lui avait envoyé quinze mille pièces d'or, mais elle avait résisté, jusqu'au moment où un contrat de mariage fut conclu et où Mithridate, lui envoyant un diadème, la déclara reine. 4. Elle avait passé le reste de ses jours dans la tristesse, déplorant sa beauté, qui lui avait valu un maître au lieu d'un époux, une garde de soldats barbares au lieu d'une maison et d'un foyer: exilée loin de la Grèce et privée des biens véritables, elle n'avait eu qu'en songe ceux qu'on lui avait fait espérer. 5. Lorsque Bacchidès survint et leur ordonna de mourir de la manière que chacune jugerait la plus facile et la moins douloureuse, Monime arracha son diadème de sa tête, se le passa au cou et se pendit. 6. Mais le diadème se déchira aussitôt. «Maudit haillon! s'écria-t-elle, tu ne me seras donc même pas utile à cela!» Elle le jeta loin d'elle en crachant dessus, puis tendit la gorge à Bacchidès. Bérénice prit une coupe de poison et, à la prière de sa mère, qui se trouvait à ses côtés, elle le partagea avec elle. 7. Elles burent toutes les deux; le poison fut suffisant pour la plus faible, mais ne tua pas Bérénice qui n'en avait pas bu assez; comme elle ne parvenait pas à mourir et que Bacchidès était pressé, elle fut étranglée. 8. Quant aux deux sœurs non mariées, l'une, dit-on, prononça beaucoup de malédictions et d'injures avant de boire le poison, mais Stateira ne fit pas entendre une seule parole indigne de sa gloire ou de sa naissance; elle loua son frère de ne pas les avoir oubliées, alors qu'il craignait pour sa propre vie, et d'avoir veillé à ce qu'elles pussent mourir libres, sans subir d'outrages. 9. Ces morts affligèrent Lucullus qui était d'un naturel généreux et humain[121].

---

119. Pharnacée est l'actuelle ville turque de Giresun, sur la mer Noire. Elle tire son nom de Pharnace I, *grand-père de Mithridate (voir* Pompée, *XLI-XLIII), qui l'a fondée ou refondée vers 180.*
120. Sur la passion de Mithridate pour Monime, voir Pompée, *XXXVII, 3. Il semble que le père de Monime ait été citoyen de Milet, et que la famille se soit par la suite transférée à Stratonicée, ville conquise par Mithridate en 88. Toutes les sources indiquent que la jeune femme avait fièrement imposé ses conditions au roi; mais d'après l'échange de lettres retrouvé par Pompée en 65, elle semble avoir répondu aux sentiments de son époux. Plutarque, ou sa source, saisit l'occasion de présenter un modèle de vertu et de dignité «grecques». Racine s'en souviendra, qui cite longuement dans la Préface de son* Mithridate *la traduction de ce passage par Amyot: «Cette-ci estoit fort renommée entre les Grecs, pour ce que quelques sollicitations que lui sceust faire le roi en estant amoureux, jamais ne voulut entendre à toutes ses poursuites jusqu'à ce qu'il y eust accord de mariage passé entre eux [...] une garde et une garnison d'hommes barbares, qui la tenoient comme prisonnière loin du doulx pays de la Grèce...»*
121. Éloge répété de la «générosité» et de l'«humanité» de Lucullus (qui est dit ici philanthropos*): voir Romilly (1979), p. 275-292.*

XIX. 1. Il poussa jusqu'à Talaures, mais Mithridate, le devançant, en était parti trois jours auparavant pour se réfugier en Arménie auprès de Tigrane. Alors, faisant demi-tour, Lucullus soumit les Chaldéens et les Tibarènes, conquit la petite Arménie, et soumit des forts et des cités. Il envoya Appius[122] auprès de Tigrane pour réclamer Mithridate, et lui-même se rendit à Amisos, qui était toujours assiégée. 2. La durée du siège fut l'œuvre du général Callimachos : par sa connaissance des machines de guerre et son habileté dans toutes les manœuvres qu'exige la défense d'une place, il faisait beaucoup de tort aux Romains, ce dont il devait être puni par la suite[123]. 3. Mais pour l'heure, il fut victime à son tour d'un stratagème de Lucullus qui, au moment de la journée où il avait l'habitude de retirer ses soldats et de leur donner du repos, attaqua à l'improviste et s'empara d'une petite partie du rempart. Callimachos abandonna la cité et y mit le feu, soit pour empêcher les Romains de faire du pillage, soit pour faciliter sa fuite. 4. De fait, personne ne se préoccupa de ceux qui s'enfuirent par mer : dès que de nombreuses flammes s'élevèrent et se propagèrent sur les remparts, les soldats se préparèrent au pillage. Lucullus, pris de pitié pour cette cité en train de périr, voulait la secourir du dehors et exhortait ses hommes à éteindre le feu, mais nul ne prêta attention à lui ; tous réclamèrent le butin en frappant à grands cris leurs boucliers, jusqu'au moment où il fut contraint de céder, espérant du moins garantir ainsi la cité de l'incendie[124]. 5. Or ce fut le contraire qui se produisit. Les soldats, qui fouillaient tout avec des torches et promenaient leurs lampes partout, détruisirent eux-mêmes la plupart des maisons. Quand Lucullus entra dans la cité, le lendemain, il pleura[125] et déclara à ses amis : « J'ai déjà, à plusieurs reprises, vanté la chance de Sylla, mais aujourd'hui plus que jamais, j'admire sa bonne fortune : quand il a voulu sauver Athènes, il y est parvenu, alors que moi, qui voulais l'imiter, je suis contraint par la divinité à passer pour un Mummius[126]. » 6. Il essaya pourtant, autant que les circonstances le permettaient, de relever la cité. Par quelque Fortune divine, au moment même où elle fut prise, des averses éclatèrent et éteignirent le feu. Pendant son séjour, Lucullus fit rebâtir la plupart des édifices détruits, accueillit ceux des Amiséniens qui avaient pris la fuite, y établit les Grecs qui voulaient s'y fixer et augmenta de cent vingt

---

122. *Appius Claudius Pulcher, né en 97, fils du consul homonyme de 79, allait être à son tour consul en 54. Il est le beau-frère de Lucullus, qui a épousé sa sœur Clodia en 75 (voir supra, V, 1 et infra, XXI, 1).*
123. *L'habileté de Callimachos le « poliorcète » est à comparer à celle du Thessalien Niconidès (supra, X, 3). Après l'avoir fait prisonnier, les Romains, furieux, le traiteront comme un malfaiteur (infra, XXXII, 5-6).*
124. *Plutarque met en opposition la conduite de Lucullus et celle de ses hommes, comme il l'a fait en XVII, 7-8.*
125. *Lucullus pleure devant Amisos comme Scipion Émilien devant Carthage détruite en 146 (voir Polybe, XXXVIII, 28, 1-2 = Appien, Punica, 132).*
126. *L'allusion à la « chance » de Sylla rappelle que celui-ci, dès 82, avait pris le surnom de Felix. Dans le monde grec, il se faisait appeler Épaphroditos, « favori d'Aphrodite » (voir Sylla, XXXIV, 3-4 ; toutefois, la même Vie (XIV, 5-13) signale qu'en 86 Sylla n'a guère épargné Athènes...). Lucius Mummius a pris et détruit Corinthe en 146, l'année de la destruction de Carthage.*

stades le territoire de la cité[127]. 7. C'était une colonie des Athéniens[128] : ils l'avaient fondée au temps où leur puissance était à son apogée et où ils étaient maîtres de la mer. Pour cette raison, beaucoup de ceux qui fuyaient la tyrannie d'Aristion[129] s'étaient embarqués pour s'y installer et y avaient reçu le droit de cité, mais ils n'avaient fui les malheurs de leur patrie que pour subir ceux d'autrui. 8. Lucullus fit distribuer à chacun des survivants un beau vêtement et deux cents drachmes, puis les renvoya chez eux. Le grammairien Tyrannion[130] fut fait prisonnier à cette occasion. Muréna le réclama et, l'ayant obtenu, le libéra[131], profitant ainsi de ce don pour se comporter d'une manière indigne d'un homme libre. 9. Lucullus ne voulait pas qu'un homme respecté de tous fût, par dérision, fait esclave, pour être ensuite libéré, car ce don d'une prétendue liberté était en fait une confiscation de sa liberté véritable. Ce ne fut d'ailleurs pas la seule occasion où Muréna fit voir à quel point il était inférieur à la noblesse d'âme de son général.

XX. 1. Lucullus se tourna ensuite vers les cités d'Asie[132]. Puisque les occupations militaires lui en laissaient le loisir, il voulait faire connaître à cette province la justice et les lois dont elle avait été privée pendant longtemps. Elle était en proie à des maux indicibles et incroyables : les percepteurs et les usuriers l'avaient ravagée et réduite en esclavage ; les particuliers étaient contraints de vendre leurs beaux garçons et leurs filles vierges, et les cités de se dépouiller de leurs offrandes votives, de leurs peintures et de leurs statues sacrées. 2. Pour finir, les citoyens eux-mêmes étaient adjugés comme esclaves à leurs créanciers[133], mais les souffrances qui

---

127. *120 stades représentent un peu plus de 20 km.*
128. *Selon d'autres sources, Amisos était une colonie de Milet. D'après Appien (*Guerres mithridatiques, *83), le régime démocratique de cette cité a été renversé par les Perses, puis restauré par Alexandre.*
129. *Aristion était un philosophe épicurien et un soutien de Mithridate (Appien,* Guerres mithridatiques, *28). De 88 à 86, il gouverna Athènes d'une poigne dictatoriale, avant de se rendre à Sylla, qui le fit exécuter (*Sylla, *XII-XIV ; XXIII, 3).*
130. *Tyrannion est le surnom de Théophraste (vers 100-25), fils d'Épicratidès d'Amisos. Il a fréquenté l'école du célèbre grammairien Denys le Thrace. Emmené en Italie, il résida à partir de 67 à Rome, où il eut pour protecteurs Cicéron, Atticus et César. Il se consacra à l'étude de la métrique, au commentaire d'Homère, à la grammaire et à la géographie. Il semble avoir été le maître de Strabon, au témoignage de celui-ci (XII, 548). Il a édité des livres d'Aristote et de Théophraste rapportés d'Athènes à Rome par Sylla en 84 (voir* Sylla, *XXVI ; Strabon, XIII, 1, 54 [609]).*
131. *Il s'agit d'un affranchissement après l'asservissement qui suit la capture. À la faveur de cet épisode, Plutarque montre qu'à ses yeux la pleine condition d'« homme libre » transcende le statut juridique et social. Mais pas plus qu'aucun penseur ancien, païen ou chrétien, il n'en déduit une remise en cause de l'esclavage.*
132. *Il s'agit de la riche province romaine d'Asie, correspondant à l'ancien royaume de Pergame. Le proconsul Lucullus y passe l'hiver 71-70.*
133. *Cette situation est d'autant plus scandaleuse que l'esclavage pour dettes a été aboli en droit romain depuis des siècles. Portrait de la mise en coupe réglée des riches provinces, et au premier chef de celle d'Asie, par les collecteurs d'impôts et les publicains.*

avaient précédé étaient encore pires : tortures, prisons, chevalet, stations en plein air, sous la brûlure du soleil et, l'hiver, enfoncés dans la boue ou la glace, si bien que l'esclavage leur semblait un soulagement et un repos. 3. Quand Lucullus découvrit tous ces maux dans les cités, il eut tôt fait d'en délivrer entièrement les victimes. Il fixa d'abord l'intérêt à un pour cent[134] et défendit d'exiger plus. En second lieu, il annula tous les intérêts qui dépassaient le montant du capital dû. Troisièmement – et ce fut la mesure la plus importante – il stipula que le créancier ne pourrait saisir plus du quart des revenus du débiteur : celui qui aurait accru le capital de l'intérêt perdrait le tout. De cette manière, en moins de quatre ans, toutes les dettes furent éteintes et les propriétés, libérées de toute charge, rendues à leurs propriétaires[135]. 4. Cet endettement collectif était dû à l'amende de vingt mille talents que Sylla avait imposée à l'Asie[136] ; la province en avait payé le double aux usuriers, lesquels, en accumulant les intérêts, avaient fait monter la somme à cent vingt mille talents. 5. Ces hommes prétendirent qu'on les traitait de manière scandaleuse ; ils allèrent pousser les hauts cris à Rome contre Lucullus ; grâce à leur argent, ils soulevèrent contre lui quelques-uns des démagogues, car ils étaient très influents et beaucoup d'hommes politiques s'étaient endettés auprès d'eux[137]. 6. Mais Lucullus, lui, était aimé des peuples auxquels il prodiguait ses bienfaits ; bien plus, les autres provinces désiraient sa venue et enviaient ceux auxquels la Fortune avait donné un tel gouverneur.

XXI. 1. Cependant Appius Claudius (dont une sœur était alors l'épouse de Lucullus) avait été envoyé auprès de Tigrane[138]. Il prit d'abord pour guides des hommes du roi qui lui firent faire un circuit et des détours inutiles et lui imposèrent un itinéraire de plusieurs jours à travers le haut pays. Un affranchi d'origine syrienne lui ayant révélé le chemin direct, il abandonna cette route longue et trompeuse et se débarrassa de ses guides barbares ; en peu de jours, il eut passé l'Euphrate et parvint à Antioche Épidaphnè. 2. Là, il fut prié d'attendre Tigrane qui était alors absent, occupé à soumettre quelques cités de Phénicie[139]. Appius gagna au parti des Romains plusieurs princes qui n'obéissaient qu'à contrecœur à l'Arménien, notamment Zarbiénos, roi de Gordyène. Beaucoup de cités asservies lui envoyèrent en secret des messages ; il leur promit le secours de Lucullus, mais leur demanda de ne pas bou-

---

134. *1 % par mois, c'est-à-dire 12 % par an : c'est le taux moyen de l'usure à Rome.*
135. *Selon Appien (Guerres mithridatiques, 83), Lucullus a conduit une action de plus grande envergure : il a introduit en Asie un nouveau système de tribut, en imposant aux propriétaires une taxe équivalant au quart de la récolte annuelle, et en créant des impôts sur les maisons et les esclaves.*
136. *Sur cette amende, voir supra, IV, 1 et Sylla, XXV, 4.*
137. *Plutarque vise ici les publicains, et signale un des problèmes qui empoisonnent désormais la vie politique et sociale de Rome : celui des dettes.*
138. *Appius Claudius, envoyé à Antioche, ancienne capitale des Séleucides, en 71, revint auprès de Lucullus au printemps 70.*
139. *Tigrane était en train d'assiéger dans Ptolémaïs-Acco de Phénicie la reine Cléopâtre Sélénè I, qui réclamait la restitution de la Syrie à l'Égypte lagide (voir supra, XIV, 6). En 69, il la fera exiler, puis exécuter à Séleucie du Zeugma.*

ger pour le moment. 3. Les Grecs jugeaient intolérable et odieuse la domination des Arméniens, surtout depuis que les grands succès du roi avaient accru son orgueil théâtral et sa morgue : tout ce que les gens envient et admirent, il le regardait non seulement comme sien mais encore comme fait pour sa seule personne[140]. 4. N'ayant au départ que des espérances médiocres et méprisables, il avait conquis de nombreux peuples et contribué, plus que personne, à humilier la puissance des Parthes ; il avait empli la Mésopotamie de Grecs qu'il avait déportés en grand nombre de Cilicie et de Cappadoce pour les établir là. 5. Il avait également fait venir de leurs pays des Arabes nomades[141] qu'il avait installés dans son voisinage pour pouvoir commercer par leur intermédiaire. Plusieurs rois le courtisaient. Quatre d'entre eux se tenaient toujours à ses côtés, comme des serviteurs ou des gardes du corps ; quand il allait à cheval, ils couraient à pied près de lui, vêtus d'une simple tunique, et lorsqu'il était assis sur son trône et réglait les affaires, ils se tenaient debout, les mains jointes et les doigts entrecroisés, attitude qui paraissait l'aveu le plus net de leur servitude, une sorte de renoncement à leur liberté, un abandon à leur seigneur de toute leur personne, qui devait rester passive et renoncer à agir[142]. 6. Appius ne se laissa pas troubler ni impressionner par cette mise en scène. Dès sa première entrevue, il dit sans détour qu'il était venu soit emmener Mithridate, qui devait figurer au triomphe de Lucullus, soit déclarer la guerre à Tigrane. Ce dernier eut beau faire tous ses efforts pour garder un visage détendu et un sourire faux en écoutant ce discours, les assistants virent bien qu'il était troublé par le franc-parler du jeune homme : c'était peut-être la première parole libre qu'il entendait depuis vingt-cinq ans, puisque telle avait été la durée de son règne, ou plutôt de son insolente domination. 7. Il répondit à Appius qu'il ne livrerait pas Mithridate et que, si les Romains prenaient l'initiative de la guerre, il se défendrait. Irrité contre Lucullus, qui dans sa lettre l'avait nommé simplement roi et non roi des rois[143], il ne lui donna pas dans sa réponse le titre d'*imperator*. 8. Mais il envoya des cadeaux magnifiques à Appius, et comme celui-ci les refusait, il lui en fit apporter encore davantage. De peur que son refus parût dicté par une animosité personnelle, Appius accepta une coupe, renvoya tout le reste, puis retourna en hâte rejoindre le général en chef.

XXII. 1. Jusque-là, Tigrane n'avait pas daigné voir Mithridate ni lui adresser la parole, malgré ses liens de parenté avec lui et l'importance du royaume qu'il venait de perdre[144]. Il l'avait traité avec mépris et arrogance, le reléguant le plus loin pos-

---

140. Tigrane est ici présenté comme un Barbare oppresseur des Grecs. Mais voir infra, XXII, 3-6 ; XXIX, 3-5.
141. Littéralement des Arabes «*qui vivent sous la tente*».
142. Portrait typique de souverain oriental en position hiératique au milieu de ses courtisans prosternés. Le Grec Plutarque, en dénonçant ces pratiques, manifeste son attachement à la tradition des cités grecques libres, par opposition aux monarchies barbares.
143. Pour un comportement comparable de Pompée face à Phraate III, voir Pompée, XXXVIII, 3.
144. Selon Cicéron au contraire (Pour la loi Manilia, 23), Tigrane aurait réservé de tout temps un bon accueil à Mithridate, son beau-père.

sible et le retenant, d'une certaine manière, prisonnier dans des lieux marécageux et malsains[145]. Mais alors, il le fit venir à sa cour avec des honneurs et des marques d'affection. 2. Ils eurent des entretiens secrets au cours desquels ils dissipèrent les soupçons qu'ils avaient l'un contre l'autre, mais ce fut pour le malheur de leurs amis, sur lesquels ils rejetèrent toute la responsabilité. Il y avait notamment parmi eux Métrodoros de Scepsis, homme d'une éloquence agréable, très cultivé, dont les liens d'amitié avec Mithridate étaient si étroits qu'on le surnommait le père du roi[146]. 3. Apparemment, lorsque Mithridate l'avait envoyé en ambassade à Tigrane pour réclamer des secours contre les Romains, Tigrane lui avait demandé : « Et toi-même, Métrodoros, que me conseilles-tu à ce sujet ? » À quoi l'autre, soit attachement aux intérêts de Tigrane[147], soit désir de ne pas voir Mithridate en réchapper, répondit : « En tant qu'ambassadeur, je te demande d'accepter, mais en tant que conseiller, je t'engage à refuser. » 4. Tigrane rapporta cette phrase à Mithridate, sans penser qu'il ferait quoi que ce soit d'irréparable contre Métrodoros. Mais ce dernier fut aussitôt mis à mort[148]. Tigrane eut alors des remords ; il n'était pourtant pas entièrement responsable du malheur de Métrodoros, il n'avait fait que donner l'impulsion décisive à la haine que Mithridate éprouvait déjà contre cet homme. 5. Depuis longtemps en effet, il lui en voulait en cachette, comme on le découvrit dans des lettres secrètes de sa main[149], qui furent saisies et sur lesquelles figurait l'ordre de le faire mourir. Tigrane fit à Métrodoros des funérailles magnifiques, n'épargnant aucune dépense pour honorer, après sa mort, celui qu'il avait trahi quand il vivait. 6. À la cour de Tigrane mourut aussi le rhéteur Amphicratès, s'il faut, en considération d'Athènes, faire mention également de ce personnage. 7. Il s'était d'abord enfui, dit-on, à Séleucie sur le Tigre[150] où, comme des gens du pays lui demandaient de leur enseigner l'art des sophistes, il répondit avec mépris : « Un dauphin ne peut tenir dans une écuelle[151] ! » Il se rendit ensuite auprès de Cléopâtre, fille de Mithridate et femme de Tigrane ; il fut bientôt en butte à la calomnie et, comme on lui interdisait toute relation avec les Grecs, il se laissa mourir de faim. Lui aussi fut enterré avec honneur, grâce à Cléopâtre ; son tombeau se trouve près d'une localité nommée Sapha.

---

145. De 71 au printemps 69.

146. Ce Métrodoros de Scepsis devenu, par haine des Romains, partisan fanatique de Mithridate n'est pas le rhéteur bien connu. Voir Strabon, XIII, 1, 55 (610).

147. Métrodoros est l'auteur d'une Histoire de Tigrane *dont nous ne possédons guère que le titre.*

148. Au contraire, d'après Strabon (XIII, 1, 55), Métrodoros serait mort en revenant de son ambassade, soit de maladie, soit sur l'ordre de Tigrane lui-même.

149. Il s'agit des archives secrètes de Mithridate, que Pompée allait découvrir à Caïnon Phourion (voir Pompée, *XXXVII, 3).*

150. Cette fuite a sans doute eu lieu pendant la tyrannie d'Aristion (entre 88 et 86) ou lorsque Sylla s'est emparé d'Athènes (en 86).

151. Ce témoignage de mépris d'un « vrai Grec » pour ses lointains parents de l'Orient hellénistique est intéressant et peut-être emblématique. Il en va de même de l'attente de ceux-ci, et du respect marqué plus tard par Cléopâtre, fille et femme de roi que l'on découvre philhellène, envers la mémoire d'un homme de culture reconnu.

XXIII. 1. Lucullus, après avoir donné à l'Asie de bonnes lois[152] et une paix profonde, ne négligea pas non plus les activités qui tendent au plaisir et à l'agrément. Pendant son séjour à Éphèse, il se rendit populaire dans les cités, en leur offrant des processions, des panégyries pour célébrer ses victoires, des combats d'athlètes et de gladiateurs. 2. En retour, les cités célébrèrent des Luculleia[153] en son honneur et lui témoignèrent une affection véritable, plus précieuse encore que ces honneurs. Lorsque Appius revint et qu'il fut évident qu'on devait faire la guerre contre Tigrane, Lucullus regagna le Pont, emmena ses soldats et assiégea Sinope[154], ou plutôt les Ciliciens, partisans du roi, qui la tenaient : ceux-ci, après avoir massacré un grand nombre de Sinopiens, mirent le feu à la cité et s'enfuirent à la faveur de la nuit. 3. Voyant cela, Lucullus entra dans la place, tua huit mille Ciliciens qui y étaient restés, rendit leurs biens au reste des habitants et veilla sur leur cité. Cette sollicitude lui fut inspirée surtout par la vision suivante. Il lui avait semblé, dans son sommeil, que quelqu'un se tenait près de lui et lui disait : « Avance un peu, Lucullus : Autolycos est venu te rencontrer[155]. » 4. À son réveil, Lucullus ne put comprendre à quoi se rapportait la vision. Or ce même jour, il prit la cité et, comme il poursuivait ceux des Ciliciens qui voulaient s'enfuir par mer, il vit, jetée à terre, sur le rivage, une statue qu'ils avaient emportée, mais n'avaient pas eu le temps d'embarquer ; c'était un des chefs-d'œuvre de Sthennis[156], et quelqu'un lui expliqua que c'était la statue d'Autolycos, le fondateur de la cité. 5. Cet Autolycos avait été, dit-on, un des compagnons d'Héraclès quand celui-ci avait quitté la Thessalie pour combattre les Amazones[157] ; il était le fils de Deimachos. Comme Autolycos revenait de cette expédition avec Démoléon et Phlogios, il perdit son vaisseau qui se brisa sur la côte de Chersonèse, en un lieu nommé Pédalion ; Autolycos, s'étant sauvé avec ses armes et ses compagnons, aborda à Sinope et enleva la cité à ceux qui la possédaient alors, les Syriens descendants de Syros, fils d'Apollon et de Sinopè, elle-même fille d'Asopis. 6. En entendant ce récit, Lucullus se souvint du précepte de

---

152. *Il était de la responsabilité du gouverneur romain d'une province de fixer à son arrivée les règles du jeu judiciaire, et de veiller à leur application.*
153. *Sur la création des Luculleia, voir supra, XII, 1.*
154. *Sinope, sur la mer Noire, est une très ancienne colonie de Milet, une place commerciale dynamique et une cité à l'histoire riche et mouvementée. Pharnace I*[er] *en a fait en 183 la capitale du Pont. La situation qui y règne alors est, selon d'autres sources, encore plus confuse que ne l'indique Plutarque. Sinope est tombée aux mains des Romains en 70.*
155. *Le songe de Lucullus est comparable à celui au cours duquel Héraclès (le Phénicien Melqart) apparut à Alexandre lors du siège de Tyr, en 332, lui tendant les mains depuis les remparts et l'appelant (voir* Alexandre, *XXIV, 5). Dans les deux cas, le récit suggère une procédure d'*evocatio, *comme disent les Romains, de la divinité protectrice des ennemis (dont le modèle est l'*evocatio *à Rome de la Junon reine de Véies : Tite-Live, V, 22, 2-7).*
156. *Sthennis semble être un sculpteur originaire d'Olynthe, devenu athénien, qui exerça son activité à la fin du* IVe *et au début du* IIIe *siècle.*
157. *L'expédition contre les Amazones pour conquérir la ceinture de leur reine Hippolytè constitue le neuvième des douze travaux d'Hercule.*

Sylla qui conseillait, dans ses *Mémoires*, de ne rien considérer comme plus digne de foi et plus solide que les signes envoyés par les rêves[158].

7. Lucullus apprit que Mithridate et Tigrane s'apprêtaient à faire passer leurs troupes en Lycaonie et en Cilicie, pour entrer les premiers en Asie. Il s'étonnait de la conduite de l'Arménien : s'il avait l'intention d'attaquer les Romains, pourquoi n'avait-il pas fait appel à Mithridate lorsque celui-ci était au faîte de sa puissance ? pourquoi ne s'était-il pas allié à ses troupes quand elles étaient encore fortes ? et pourquoi maintenant, après l'avoir laissé ruiner et écraser, commençait-il la guerre, alors que l'espoir était refroidi, en s'alliant à des gens incapables de se relever, ce qui risquait de causer sa propre perte[159] ?

XXIV. 1. Lorsque Macharès, fils de Mithridate, qui gouvernait le Bosphore[160], lui envoya une couronne d'une valeur de mille pièces d'or, demandant à recevoir le titre d'ami et d'allié des Romains, Lucullus considéra que la première guerre était désormais terminée. Laissant Sornatius[161] garder le Pont avec six mille soldats, il partit lui-même, à la tête de douze mille fantassins et de près de trois mille cavaliers, pour diriger la seconde guerre[162]. C'était une entreprise qui paraissait absurde et dénuée de bon sens, que de se lancer ainsi contre des peuples belliqueux, des dizaines de milliers de cavaliers, dans un pays immense, entouré de fleuves profonds et de montagnes aux neiges éternelles. Aussi les soldats, peu disciplinés par ailleurs, le suivaient-ils à contrecœur[163], en renâclant sous le joug, tandis qu'à Rome, les démagogues protestaient bruyamment, affirmant que Lucullus courait d'une guerre à l'autre, alors que la ville n'en avait nul besoin, pour garder son commandement sans jamais déposer les armes et ne cesser de s'enrichir en mettant en danger la communauté[164]. 2. Ces accu-

---

158. Sur les Mémoires *laissés par Sylla, voir la* Vie *de celui-ci, qui atteste amplement de son attachement aux traditions religieuses, et supra, I, 4 ; d'après Sylla, VI, 10, celui-ci lui aurait recommandé, dans ces mêmes* Mémoires, *de suivre strictement les indications fournies en songe par la divinité ; voir supra, XII, 1-2. Les deux types de manifestation divine, parfois associés, que sont le rêve et la statue, sont un élément constitutif, et un des plus durables, de la religiosité antique (voir Lane Fox, 1997, p. 157-171).*
159. Visiblement, les sources de Plutarque et/ou Plutarque lui-même sont intrigués par les relations entre Tigrane et Mithridate, et ne parviennent pas à établir leurs ressorts exacts. Mais souligner cette incertitude est aussi pour le biographe une manière de relever le caractère imprévisible, voire irrationnel, du comportement des rois barbares. Dans ces conditions, au sein même des familles, la trahison menace.
160. Le royaume du Bosphore cimmérien, constitué des cités grecques de Crimée et du littoral de la mer d'Azov, avait été annexé par Mithridate.
161. Le légat de Mithridate a déjà été mentionné (supra, XVII, 1).
162. Ce départ a lieu au printemps 69. En XXVII, 2, Plutarque donnera des chiffres différents. Il semble qu'il ait ici négligé dans son décompte les troupes de Muréna.
163. Voir supra, XVII, 6-8.
164. Les « démagogues » sont évidemment les populares. La présentation qu'ils donnent de l'action de Lucullus correspond aux critiques qu'ils adressent en général, en cette période finale de la République, aux optimates de tradition syllanienne : guerres interminables, inutiles et coûteuses, tendance à s'attacher personnellement les troupes, obsession de l'enrichissement.

sateurs allaient avec le temps parvenir à leurs fins, mais pour l'heure Lucullus faisait route, à marches forcées, vers l'Euphrate[165]. Le trouvant grossi par l'hiver et bourbeux, il fut contrarié à l'idée du temps qu'il allait perdre et du mal qu'il aurait à rassembler des barques et à construire des radeaux. 3. Mais, dès le soir, les eaux commencèrent à se retirer; elles baissèrent encore pendant la nuit et, au point du jour, on constata que le fleuve était rentré dans son lit. Les habitants, voyant surgir, à l'endroit du gué, de petites îles autour desquelles le flot était obstrué par la boue, se prosternèrent devant Lucullus[166]: ce phénomène ne s'était produit jusque-là qu'à de rares reprises, et ils avaient l'impression que le fleuve, de son plein gré, se montrait docile et doux à l'égard du Romain, afin de lui permettre de traverser rapidement et sans encombre. 4. Profitant de l'occasion, Lucullus fit passer son armée. Au cours de cette traversée, il obtint un signe favorable. Des génisses consacrées à Artémis Persia[167], déesse particulièrement honorée par les Barbares qui vivent sur l'autre rive de l'Euphrate, paissent à cet endroit. Ces génisses ne servent que pour les sacrifices; le reste du temps, elles errent en liberté dans la campagne, marquées d'une torche, emblème de la déesse. Quand on a besoin de l'une de ces bêtes, la capture en est difficile et exige des efforts considérables. 5. Or lorsque l'armée eut passé l'Euphrate, une génisse s'avança vers un rocher qui passe pour être consacré à la déesse, s'y tint immobile et, baissant la tête, comme les victimes maintenues par des liens, se présenta à Lucullus pour être sacrifiée. Il l'offrit donc à l'Euphrate, ainsi qu'un taureau, en signe de gratitude pour son heureuse traversée[168]. 6. Ce jour-là il campa sur place; le lendemain et les jours suivants, il avança à travers la Sophène, sans faire aucun mal aux habitants qui venaient à sa rencontre et accueillaient joyeusement son armée. Bien plus, comme les soldats voulaient s'emparer d'un fort

---

*165. Le biographe passe très vite, négligeant de signaler que dans sa traversée de la Cappadoce, Lucullus a trouvé l'aide de dynastes locaux, en particulier du roi de ce pays, Ariobarzane I*ᵉʳ *(voir Appien,* Guerres mithridatiques, *84), et qu'il a atteint l'Euphrate à proximité de Mélitène (Tacite,* Annales, *XV, 26-27).*
166. Nouvelle démonstration à la fois de la faveur divine dont jouit le héros, et de la manière dont les peuples de ces régions transfèrent, en ces années, les pratiques enracinées du culte du souverain au bénéfice des vainqueurs romains.
167. Artémis Persia, «la Perse», est la divinité iranienne Anahita. Déesse des eaux et donc patronne de l'Euphrate, elle est à la fois garante de souveraineté, de force guerrière et de fertilité. Elle est aussi une déesse du feu, d'où l'«emblème» signalé ici. Son culte, introduit dans l'empire perse par Cyrus, a été diffusé par Artaxerxès II, particulièrement attaché à la déesse, au début du IVᵉ *siècle (voir* Artaxerxès, *III, 1-2; XXIII, 7 et le commentaires de Briant, 1996, p. 264-265, 633, 698, 1024-1027). Sur la comparaison avec d'autres déesses trivalentes, l'indienne Sarasvati, la grecque Athéna, la romaine Vesta, voir Dumézil (1947), p. 42-45, 58-59; 1995, p. 132-134; Pailler (1997), p. 556-559. Sa polyvalence lui a valu d'être «interprétée» par les Grecs, selon les cas, comme Aphrodite, Héra, Athéna, Artémis.*
168. Après celle de Cyzique (supra, X, 1), c'est la seconde génisse sacrée qui se présente d'elle-même au sacrifice, et donne un signe favorable à Lucullus. Les diabateria, *«sacrifices pour un heureux passage», marquent le souci de détourner toute irritation des dieux liée au franchissement d'un fleuve, celui-ci étant en même temps une limite de territoire. Comparer le sacrifice d'un cheval à l'Euphrate en crue par Tiridate III en 35 après J.-C. (Tacite, VI, 37).*

qui semblait contenir de grandes richesses, il leur montra au loin le Taurus[169] et leur dit: «Voilà le fort qu'il nous faut plutôt conquérir. Quant aux richesses qui sont ici, elles sont mises en réserve pour les vainqueurs.» Et, forçant la marche, il franchit le Tigre et entra en Arménie.

XXV. 1. Le premier messager qui annonça à Tigrane l'arrivée de Lucullus n'eut pas à s'en féliciter: il lui fit couper la tête. Ensuite nul n'osa plus rien lui dire. Le roi restait tranquille, ignorant tout, alors que déjà le feu ennemi l'entourait de toutes parts; il écoutait les propos de ceux qui lui disaient, pour lui complaire: «Lucullus serait un bien grand général, s'il osait t'attendre devant Éphèse et ne s'enfuyait pas aussitôt d'Asie à la vue de tant de dizaines de milliers de soldats[170].» 2. En vérité, de même que tous les organismes ne sont pas capables de supporter une grande quantité de vin pur, les esprits ordinaires ne peuvent conserver leur équilibre dans les grandes prospérités. Le premier de ses amis qui osa lui révéler la vérité fut Mithrobarzane; lui aussi fut mal récompensé de sa franchise: 3. il fut envoyé aussitôt contre Lucullus, à la tête de trois mille cavaliers et d'un grand nombre de fantassins, avec ordre de ramener vivant le général et d'écraser le reste de l'armée[171]. Une partie des troupes de Lucullus avait déjà fait halte, l'autre avançait encore, 4. lorsque les éclaireurs annoncèrent que le Barbare approchait. Lucullus craignit une attaque, qui plongerait son armée dans la confusion, car ses soldats n'étaient pas regroupés ni en ordre de bataille. En conséquence, pendant que lui-même veillait à installer le camp, il envoya le légat Sextilius, à la tête de mille six cents cavaliers et de troupes d'infanteries lourde et légère à peine plus importantes, avec ordre d'avancer près des ennemis et de tenir bon, jusqu'au moment où on l'informerait que les hommes de Lucullus avaient fini de fortifier le camp. 5. Sextilius voulut obéir à cet ordre, mais Mithrobarzane l'attaqua hardiment et le força à en venir aux mains. La bataille s'engagea; Mithrobarzane tomba en combattant et tous ses soldats furent mis en fuite et massacrés, à l'exception d'un tout petit nombre.

6. Là-dessus Tigrane, abandonnant Tigranocerte, une grande cité qu'il avait fondée[172], se retira vers le Taurus, où il rassembla des troupes de tous côtés. Lucullus ne lui laissa pas le temps de se préparer; il envoya Muréna le harceler et intercepter ceux qui voulaient le rejoindre, et ordonna à Sextilius de barrer la route à une

---

169. Le Taurus, croyait-on, se poursuivait sur le même parallèle jusqu'à l'extrémité orientale de l'Asie, qu'il partageait, selon Strabon, en Cis-Taurica au nord et Trans-Taurica au sud.

170. Évocation saisissante, et de portée universelle, de la solitude entêtée d'un pouvoir despotique qui se coupe de toute information vraie (voir XXVI, 4).

171. Sur tout l'épisode, comparer le récit d'Appien, Guerres mithridatiques, *84-85.*

172. Cette nouvelle capitale a été fondée en 80 en remplacement d'Artaxata (voir infra, XXXI, 4-5). Son nom est l'équivalent arménien du grec Tigranopolis, «la cité de Tigrane» (Strabon, XI, 532; Appien, Guerres mithridatiques, *67). Le roi l'aurait peuplée de 300 000 habitants déportés de 12 villes (voir* infra, *XXVI, 1; XXIX, 3 et 5). Son emplacement fait encore l'objet de discussions (voir Van Ooteghem, 1959, p. 122, note 2; Syme, 1988, p. 245-251). Dotée de murailles élevées et puissantes, elle était flanquée d'un magnifique palais royal.*

grande troupe d'Arabes qui se rendaient auprès du roi. 7. Pendant que Sextilius attaquait les Arabes qui installaient leur camp, et en tuait la plus grande partie, Muréna poursuivit Tigrane, qui s'engagea dans un défilé escarpé et resserré avec son armée étirée en colonnes. Profitant de l'occasion, Muréna l'attaqua ; Tigrane prit la fuite, abandonnant tous ses bagages ; beaucoup d'Arméniens furent tués, et davantage encore faits prisonniers.

XXVI. 1. Après ces succès, Lucullus leva le camp et marcha sur Tigranocerte ; il installa son camp autour de la cité qu'il assiégea. Il s'y trouvait beaucoup de Grecs qui avaient été déportés de Cilicie et beaucoup de Barbares – Adiabéniens, Assyriens, Gordyéniens et Cappadociens – qui avaient subi le même sort que les Grecs : Tigrane avait détruit leurs patries, les avait amenés là et les avait forcés à s'y installer. 2. La cité regorgeait de richesses et d'offrandes votives, car chaque particulier et chaque prince rivalisait avec le roi pour l'augmenter et l'orner. Aussi Lucullus l'assiégea-t-il énergiquement, pensant que Tigrane ne le tolérerait pas, que la colère lui ferait abandonner ses résolutions et qu'il descendrait pour combattre. Son calcul se révéla exact. 3. Pourtant, à plusieurs reprises, Mithridate envoya à Tigrane des messagers et des lettres, pour lui conseiller de ne pas engager le combat et de couper les vivres à Lucullus avec sa cavalerie ; à plusieurs reprises également, Taxilès[173], qui était venu de la cour de Mithridate et s'était joint à Tigrane, lui demanda de prendre garde et de fuir les armes romaines, qu'il jugeait invincibles[174]. 4. Tigrane écouta d'abord ces avis avec patience. Mais quand les Arméniens et les Gordyéniens l'eurent rejoint avec toutes leurs forces, quand furent arrivés les rois des Mèdes et des Adiabéniens avec toutes les leurs, quand beaucoup d'Arabes furent venus de la mer de Babylone[175], quand se furent rassemblés, de la mer Caspienne, beaucoup d'Albaniens et d'Ibériens voisins des Albaniens, quand un nombre considérable de riverains de l'Araxe[176] qui vivent sans rois, se furent portés à sa rencontre, séduits par sa bienveillance et par des présents, alors il n'y eut plus dans les banquets et dans les conseils du roi qu'espérance, audace et menaces barbares. Taxilès faillit être mis à mort parce qu'il s'opposait à la décision de combattre, et l'on pensait que c'était par jalousie que Mithridate voulait priver le roi d'un grand succès. 5. Aussi Tigrane ne l'attendit-il pas, pour n'avoir pas à partager la gloire avec lui : il se mit en marche, avec toute son armée. Il se plaignait vivement à ses amis, dit-on, de ne devoir combattre que le seul Lucullus et non tous les généraux romains réunis. 6. Du reste, cette audace n'était pas totalement folle ni déraisonnable au vu de tant de peuples et de rois, de toutes les phalanges d'infanterie lourde et des dizaines de milliers de cavaliers qui le suivaient. 7. Il commandait à vingt mille archers et frondeurs, cinquante-

---

173. *Taxilès, un des lieutenants de Mithridate, avait pris part à la bataille de Chéronée en 88 (voir* Sylla, *XV, 1 ; XIX, 4).*
174. *Comme en XXIX, 1, et avec la majorité des sources, Plutarque estime que Mithridate n'a pas participé à la défense de Tigranocerte. Il paraît suivre ici Salluste,* Histoires, *IV, 69, 15 M.*
175. *Le golfe Persique.*
176. *Le fleuve tire son nom du mot vieux-perse* araxsa, *« trouble, obscur ».*

cinq mille cavaliers, dont dix-sept mille étaient cuirassés[177], comme Lucullus l'écrivit dans un rapport au Sénat. Les fantassins, regroupés les uns en cohortes, les autres en phalanges, étaient cent cinquante mille. Il y avait enfin des terrassiers pour ouvrir des routes, construire des ponts, curer les rivières, couper du bois et exécuter tous les autres travaux nécessaires: ils étaient trente-cinq mille et, rangés derrière les combattants, donnaient à l'armée encore plus d'éclat et de force[178].

XXVII. 1. Lorsque, après avoir franchi le Taurus, Tigrane apparut aux regards, entouré de ces forces immenses, et vit l'armée romaine qui assiégeait Tigranocerte, la foule barbare enfermée dans la cité accueillit ce spectacle avec des hurlements et des applaudissements; du haut des remparts, ils menaçaient les Romains en leur montrant les Arméniens. Lucullus se demandait s'il devait livrer bataille; les uns lui conseillaient d'abandonner le siège et de marcher contre Tigrane, les autres, de ne pas laisser derrière lui un si grand nombre d'ennemis et de ne pas lever le siège. 2. Il déclara qu'aucun de ces deux avis, pris isolément, n'était bon, mais que, pris ensemble, ils étaient excellents[179]. Il partagea son armée et, laissant Muréna poursuivre le siège avec six mille fantassins, il emmena lui-même vingt-quatre cohortes, qui ne comptaient pas, au total, plus de dix mille hommes, toute sa cavalerie ainsi qu'un millier de frondeurs et d'archers, et marcha à l'ennemi[180]. 3. Il campa au bord du fleuve, dans une vaste plaine. Son camp paraissait bien petit à Tigrane, dont les flatteurs trouvèrent là ample matière à ironiser: les uns s'esclaffaient, les autres, par jeu, tiraient déjà le butin au sort. Chacun des généraux et des rois venait réclamer d'être chargé seul de la besogne, tandis que le roi resterait assis, en spectateur. 4. Tigrane, voulant lui aussi se montrer spirituel et ironique, lança ce mot fameux: «S'ils viennent en ambassadeurs, ils sont bien nombreux; si c'est en soldats, ils sont bien peu!» Ils passèrent ainsi leur temps à plaisanter et à se divertir.
5. Au point du jour, Lucullus fit sortir ses troupes en armes. Les forces barbares se trouvaient sur la rive orientale du fleuve, dont le cours formait un coude vers

---

177. Les cataphractes (d'un verbe grec qui signifie «enfermer le corps dans une armure») désignent aussi bien les soldats que leurs chevaux. Leur armure métallique est savamment articulée pour protéger l'ensemble du corps. Cette pratique née dans l'Orient ancien (Bactriane? Chorasmie?) a été particulièrement utilisée par les Perses. Elle est attestée jusqu'à la fin de l'Antiquité. Voir infra, XXVIII, 2-6.
178. La tradition antique concernant le nombre d'hommes dont Tigrane disposa en 69 près de Tigranocerte est confuse et contradictoire. Plutarque lui-même ne lui attribue ailleurs (Moralia, 203a, 1) pas plus de 150000 hommes. Selon les auteurs, les chiffres vont de 70000 à 300000 soldats (Appien, Guerres mithridatiques, 85: 250000 fantassins, 50000 cavaliers!). Les chiffres les plus élevés semblent nettement forcés; sans doute sont-ils ceux de la glorieuse version officielle transmise par Lucullus au Sénat romain, dans une lettre que Salluste avait probablement reproduite (voir Carena, Manfredini, Piccirilli, 1990, p. 319-320). Ajoutons le goût de Plutarque pour les scènes épiques, comme celle qui suit.
179. La mise en scène oppose à l'irrésolution de Tigrane, finalement tranchée par la pire décision, la capacité de réflexion et de décision de Lucullus. Il sait tirer le meilleur de chacun des deux partis qui se proposent à lui. On discerne à l'arrière-plan de cette présentation la riche tradition de la rhétorique antique.
180. Ces chiffres, cette fois encore, se concilient mal avec ceux que Plutarque fournit dans Moralia, 203a 1.

l'Occident, à l'endroit où il était le plus facile à traverser. Comme Lucullus dirigeait en hâte ses troupes de ce côté, Tigrane crut qu'il battait en retraite; 6. il appela Taxilès et lui dit en riant: «Eh bien! ces invincibles fantassins romains, ne vois-tu pas comme ils fuient?» Mais Taxilès répliqua: «Je voudrais bien, ô roi, que ton bon *démon* accomplît quelque prodige, mais ce n'est pas pour une simple marche que ces hommes mettent leurs beaux vêtements, qu'ils portent leurs boucliers bien astiqués et leurs casques sans housse, après avoir retiré leurs armes, comme ils viennent de le faire, de leurs étuis de cuir. Cet éclat annonce des gens qui vont combattre et marchent déjà à l'ennemi. 7. Taxilès parlait encore, lorsqu'on vit la première aigle de Lucullus changer de direction, et les cohortes se ranger, manipule par manipule, pour passer le fleuve. Alors comme un homme qui sortirait à grand-peine de l'ivresse, Tigrane s'écria à deux ou trois reprises: «Marchent-ils vraiment contre nous, ces hommes?» La foule barbare se rangea donc en ordre de bataille dans une grande confusion. Le roi lui-même prit le milieu de l'armée; il confia au roi d'Adiabène l'aile gauche et au roi de Médie l'aile droite où se trouvait la plus grande partie des cavaliers cuirassés. 8. Lucullus s'apprêtait à traverser le fleuve lorsque certains de ses officiers lui conseillèrent de se défier de cette journée, car c'était une de ces dates néfastes que les Romains appellent jours noirs[181]. C'était en effet à cette date que l'armée de Caepio avait été détruite en affrontant les Cimbres[182]. 9. Mais Lucullus lança cette réplique fameuse: «J'ferai, moi, un jour heureux pour les Romains[183]!» C'était la veille des nones d'octobre.

XXVIII. 1. Sur ces mots, les invitant à avoir confiance, il passa le fleuve, et marcha le premier à l'ennemi. Il portait une cuirasse de fer à écailles qui lançait des éclairs, une casaque à franges, et brandit aussitôt son épée nue, pour leur faire comprendre qu'il fallait en venir immédiatement aux mains avec ces hommes habitués à lancer des traits de loin, et avancer rapidement afin de leur ôter l'espace nécessaire pour envoyer leurs flèches. 2. Voyant que la cavalerie cuirassée, dont les ennemis faisaient le plus grand cas, était rangée au pied d'une colline surmontée d'un large plateau, dont la pente, longue de quatre stades, n'était pas du tout difficile ni escarpée, il ordonna à ses cavaliers thraces et galates de prendre l'ennemi de flanc et d'écarter avec leurs épées les lances des ennemis. 3. La seule force de ces cavaliers cuirassés réside en effet dans

---

181. Ce jour appartient aux dies nefasti *du calendrier romain, qui correspondent en particulier à des anniversaires de défaites: le 18 juillet en est un exemple célèbre, qui commémore à la fois la Crémère (479, face aux Véiens) et l'Allia (390, face aux Gaulois).*
182. Le 6 octobre 105, à Arausio (Orange), le proconsul Quintus Servilius Caepio fut vaincu et tué par les Cimbres. Le fait est donc récent, et présent dans les mémoires... Si, comme c'est probable, ses troupes se sont mises en marche la veille, Lucullus a enfreint un second tabou, celui du mundus patet *du 5 octobre, jour* (dies religiosus) *où les âmes des morts, croyait-on, remontaient sur la terre.*
183. Indice significatif de la mutation de la religion, de la culture et de la politique romaines, à la fin de la République, dans le sens de l'initiative individuelle. Celle-ci – bien entendu avec le secours personnel des dieux, largement assuré à Lucullus – est capable, pour le bien de Rome, de battre en brèche de lourdes traditions civiques.

leur lance[184]; ils n'ont pas d'autre moyen de se défendre ni d'attaquer, en raison du poids et de la raideur de leur armure, dans laquelle ils sont comme emmurés. Lui-même, prenant avec lui deux cohortes, s'élança vers la colline, tandis que les soldats le suivaient, pleins de zèle, parce qu'ils le voyaient, en armes, se donner du mal, comme un simple fantassin, et ne pas se ménager. 4. Quand il parvint au sommet, il s'arrêta à l'endroit le plus en vue et cria d'une voix forte : « Victoire, camarades soldats, victoire ! » Sur ces mots, il lança ses hommes contre les cavaliers cuirassés, leur ordonnant de ne plus se servir de leurs javelots, mais d'engager le corps à corps et de frapper les ennemis aux jambes et aux cuisses, les seules parties du corps que la cuirasse laisse découvertes[185]. 5. Les Romains n'eurent même pas à combattre ainsi, car les cavaliers ne les attendirent pas ; ils prirent la fuite en hurlant, de la manière la plus honteuse, et se jetèrent, eux et leurs chevaux, qui étaient fort lourds, dans les rangs de leurs propres fantassins, avant que ceux-ci eussent commencé à livrer bataille. Ainsi, sans un blessé, sans une goutte de sang, furent vaincus tant de dizaines de milliers d'hommes. 6. Le carnage commença quand ils se mirent à fuir ou plutôt quand ils essayèrent de fuir, car ils n'y parvinrent pas, gênés qu'ils étaient par la densité et la profondeur de leurs propres rangs. Tigrane s'enfuit dès le début avec quelques compagnons et, voyant son fils partager son infortune, il arracha de sa tête son diadème et le lui donna en pleurant, lui demandant de se sauver comme il pourrait par un autre chemin. 7. Le jeune homme n'osa pas ceindre le diadème et le confia à la garde du plus fidèle de ses esclaves. Or la Fortune voulut que cet homme, fait prisonnier, fut conduit à Lucullus, si bien que le diadème de Tigrane figura parmi les prises de guerre[186]. Plus de cent mille fantassins périrent, dit-on, et fort peu de cavaliers parvinrent à s'enfuir. Du côté romain, il y eut cent blessés et cinq morts[187].

8. Le philosophe Antiochos[188], qui évoque cette bataille dans son traité *Sur les dieux*, déclare que le soleil n'en vit jamais de semblable. Strabon, autre philosophe, dit

---

184. Divers écrits anciens (notamment les Éthiopiques, roman d'Héliodore, IX, 15) indiquent que cette lance, nettement plus longue qu'une lance ordinaire, pouvait être maniée à deux mains par ces cavaliers cuirassés, grâce à leur entraînement et à un dispositif adapté à la selle du cheval (voir Carena, Manfredini, Piccirilli, 1990, p. 320-322, avec les références).

185. Ces ouvertures de la cuirasse étaient nécessaires pour monter en selle. Il résulte clairement du récit que les « cataphractes » n'étaient redoutables que dans un choc frontal, et sur terrain plat. L'habileté militaire de Lucullus est, l'ayant compris, d'avoir exploité et accentué les opportunités de la situation. Son habileté politique a ensuite résidé dans l'art de mettre en scène cet affrontement d'hommes et de tactiques.

186. Le diadème de Tigrane sera exhibé lors de la procession du triomphe de Lucullus (infra, XXXVI, 6 et Comparaison de Cimon et de Lucullus, XLVI, 2).

187. Les chiffres des pertes de Tigrane doivent être exagérés ; ceux qui concernent les Romains sont invraisemblablement faibles. Une chose est sûre : la mort d'au moins 5 000 ennemis était la condition nécessaire, à Rome, pour prétendre au triomphe (Valère Maxime, Faits et dits mémorables, II, 8, 1).

188. Antiochos d'Ascalon (130-68 environ), platonicien, maître et ami de Cicéron (Brutus, 315 ; Académiques, II, 113), fut également un proche de Lucullus, qu'il accompagna en Asie, à Cyrène (voir supra, II, 4 et note), à Alexandrie, en Syrie. Voir encore infra, XLII, 3-4.

dans ses *Mémoires historiques*[189] que les Romains eux-mêmes avaient honte et se trouvaient ridicules d'avoir employé les armes contre de tels esclaves. D'après Tite-Live[190], jamais les Romains n'avaient affronté d'ennemis à tel point supérieurs en nombre : les vainqueurs ne représentaient même pas le vingtième de ceux qu'ils avaient vaincus. 9. Les plus habiles généraux romains, ceux qui avaient livré le plus grand nombre de combats, louaient surtout Lucullus d'avoir vaincu les deux rois les plus célèbres et les plus grands par les deux moyens les plus opposés : la vitesse et la lenteur. Il avait épuisé Mithridate, qui était au faîte de sa puissance, en faisant jouer le temps et l'usure, et écrasé Tigrane en le prenant de vitesse. En somme, Lucullus faisait partie de ces généraux, si rares, qui ont su à la fois temporiser et agir, et faire servir l'audace à la prudence[191].

XXIX 1. C'était du reste pour cette raison que Mithridate ne s'était pas pressé de participer à la bataille : il croyait que Lucullus conduirait cette guerre avec sa circonspection et sa lenteur habituelles, et qu'il avançait vers Tigrane sans se hâter. Lorsqu'il rencontra en chemin quelques Arméniens qui fuyaient, hagards et épouvantés, il commença à pressentir ce qui s'était passé. Ensuite, voyant venir à sa rencontre un plus grand nombre de soldats sans armes et blessés, il apprit la défaite et se mit en quête de Tigrane. 2. Il le trouva abandonné de tous et humilié. Alors, loin d'insulter à sa défaite comme l'avait fait Tigrane[192], il mit pied à terre et pleura avec lui sur leurs malheurs communs, puis lui donna l'escorte royale qui l'accompagnait et lui rendit courage pour l'avenir. Les deux rois réunirent donc de nouvelles forces.

---

189. *Nous connaissons Strabon (64 avant J.-C.-24 après J.-C. environ) comme « le géographe » quasiment officiel d'Auguste. L'œuvre historique dont il est question est malheureusement perdue ; s'inspirant de Posidonios d'Apamée, elle reprenait le fil de l'histoire là où Polybe l'avait laissé, en l'an 145. Strabon disposait de sources intéressantes sur les questions abordées par Plutarque, puisque ses ancêtres avaient exercé des charges importantes dans le royaume du Pont, au temps du père de Mithridate et de Mithridate lui-même (Strabon, X, 478 ; XI, 499 ; XII, 557). Sur Strabon « philosophe », voir César, LXIII, 3 ; chez cet adepte du stoïcisme, la vision de la géographie est empreinte d'un providentialisme qui crédite les Romains d'un empire universel modelé sur l'empire divin dans le ciel (voir Dictionnaire, « Stoïcisme »).*
190. *La mention reprise par Plutarque figurait au 98ᵉ livre, perdu, de l'œuvre de Tite-Live (voir Dictionnaire, « Tite-Live »). Plutarque, qui ne confronte presque jamais entre elles ses sources, que nous savons diverses et sérieuses, le fait ici sur un point qui importe assez peu à un historien moderne. Vu la disproportion des forces, la victoire de Tigranocerte constitue un exploit militaire d'exception.*
191. *Emporté par un enthousiasme très visible, l'auteur fait de Lucullus une synthèse de Fabius Maximus et de Scipion l'Africain.*
192. *Voir supra, XXII. Le portrait que Plutarque fait de Mithridate se nuance à plusieurs reprises d'une touche d'intelligence et d'humanité. Le roi du Pont occupe ainsi, dans l'échelle des valeurs de l'auteur grec, une position médiane entre le Romain Lucullus et le type du pur Barbare (ou prétendu tel, § 4) incarné par Tigrane.*

3. Cependant, à Tigranocerte, les Grecs s'étaient soulevés contre les Barbares et voulaient livrer la cité à Lucullus[193]. Celui-ci lança l'assaut et la prit. Il s'empara des trésors qu'elle renfermait et la livra au pillage des soldats : il s'y trouvait, sans parler des autres richesses, huit mille talents en monnaie. 4. Outre cela, Lucullus distribua sur les dépouilles huit cents drachmes à chaque soldat[194]. Apprenant qu'on avait trouvé dans la cité un grand nombre d'artistes de Dionysos, que Tigrane avait fait venir de partout, pour l'inauguration du théâtre qu'il avait construit, il fit appel à eux pour les concours et les spectacles qu'il offrit en l'honneur de sa victoire[195].
5. Il renvoya les Grecs dans leurs patries respectives et leur donna de l'argent pour la route, et il agit de même avec ceux des Barbares qui avaient été contraints de venir s'installer en ce lieu. Ainsi, la destruction d'une seule cité permit-elle à beaucoup d'autres de se repeupler : elles retrouvèrent leurs habitants et chérirent Lucullus comme un bienfaiteur et un fondateur[196].
6. Toutes ses autres entreprises prospéraient également, comme le méritait cet homme qui désirait être loué pour sa justice et son humanité plutôt que pour ses succès militaires. Il partageait en effet ceux-ci avec l'armée, pour une part non négligeable, et surtout avec la Fortune, tandis que la justice et l'humanité témoignaient de son âme civilisée et cultivée : or ce fut grâce à ces qualités que Lucullus, sans faire usage des armes, subjugua alors les Barbares[197]. 7. Des rois arabes vinrent le trouver, pour lui remettre leurs possessions, et le peuple de la Sophène se rallia à lui ; celui de Gordyène était si bien disposé à son égard que les habitants voulaient abandonner leurs cités pour le suivre, avec femmes et enfants. Le motif de cet attachement était le suivant. 8. Zarbiénos, roi de Gordyène, qui ne pouvait supporter le pouvoir tyrannique de Tigrane, avait, je l'ai dit[198], engagé, par l'intermédiaire d'Appius, des pour-

---

193. La présentation de l'épisode diffère selon les auteurs (voir Appien, Guerres mithridatiques, 86). Leur point commun est le désir de revanche, ou en tout cas de libération, des déportés grecs de Tigranocerte.

194. Plus loin (XXXVII, 6), Plutarque parle de 950 drachmes, 3 800 sesterces romains. Il est bien douteux que chaque homme, du fantassin au cavalier, de l'homme de troupe au centurion, ait reçu la même somme. S'il fallait cependant accorder foi à ces données, la distribution aux 12 000 soldats représenterait entre le quart et le cinquième des richesses monétaires de la ville, soit 10 millions de drachmes environ.

195. Voir Strabon, XI, 532 ; XII, 539. La référence aux artistes (technitaï) dionysiaques, ainsi qu'au théâtre construit sur l'ordre de Tigrane, révèle un roi moins barbare que ne voudrait Plutarque. La « récupération » de ces éléments par Lucullus confirme l'hellénisation des pratiques romaines, et l'emprunt volontiers fait par les généraux vainqueurs à la tradition hellénistique du culte des souverains. Voir Ferrary (1988), p. 560-565, à propos du modèle représenté par les fêtes de Paul-Émile à Amphipolis (Paul-Émile, XXVIII, 7-9).

196. Libérateur, protecteur des Grecs, fondateur de multiples cités, Lucullus est l'image même de l'« évergète », du « bienfaiteur ». Comme tel, il montre aussitôt après son pouvoir d'attraction sur les Barbares : l'évergète véritable est civilisateur.

197. Le débat entre la Fortune et le mérite intéresse Plutarque depuis un traité de jeunesse, Sur la Fortune des Romains.

198. Voir supra, XXI, 2.

parlers secrets avec Lucullus, en vue d'une alliance. Dénoncé, il fut égorgé, et ses enfants et sa femme périrent aussi, avant l'entrée des Romains en Arménie. 9. Lucullus n'avait pas oublié ces événements ; dès qu'il entra en Gordyène, il célébra les funérailles de Zarbiénos, fit orner, en sa présence, le bûcher avec les vêtements et l'or du roi et avec les dépouilles prises sur Tigrane, puis l'enflamma lui-même et apporta les libations avec les amis et les parents du mort, en l'appelant son compagnon et l'allié des Romains. 10. Enfin, il lui fit édifier un tombeau à grands frais, car on avait trouvé une énorme quantité d'or et d'argent dans le palais de Zarbiénos, ainsi qu'une réserve de trois millions de médimnes de blé. Les soldats purent donc s'enrichir et l'on admira Lucullus qui, sans prendre une seule drachme dans le trésor public, avait obligé la guerre elle-même à payer les dépenses de guerre[199].

XXX. 1. Sur ces entrefaites, il reçut également une ambassade du roi des Parthes qui sollicitait son amitié et son alliance[200]. Lucullus en fut ravi et envoya à son tour des ambassadeurs au Parthe. Mais ceux-ci découvrirent que le roi hésitait entre les deux camps et réclamait en secret à Tigrane la Mésopotamie, pour prix de son alliance[201]. 2. À cette nouvelle, Lucullus décida d'abandonner Tigrane et Mithridate, comme des adversaires désormais hors de combat, pour affronter les forces des Parthes et faire campagne contre eux[202]. Il jugeait qu'il serait beau, dans l'élan d'une même guerre, de faire mordre la poussière, tel un athlète, à trois rois tour à tour, et de traverser, invaincu et victorieux, les trois plus grands empires qui existaient sous le soleil[203]. 3. Il envoya donc dans le Pont, à Sornatius[204] et à ses officiers, l'ordre de faire venir l'armée qui se trouvait là-bas, car il avait l'intention de partir de Gordyène. 4. Mais ces officiers, qui avaient déjà trouvé leurs soldats indociles et rebelles, découvrirent alors l'étendue de leur indiscipline ; ils ne purent, par aucun

---

199. *Dernière touche mise au panégyrique de Lucullus : il illustre l'adage implicite de la conquête romaine, selon lequel « la guerre nourrit la guerre ».*
200. *Nous sommes à l'hiver 69-68. Le roi des Parthes est Phraate III Arsacès XII (le douzième de la dynastie des Arsacides). D'autres sources (dont Appien,* Guerres mithridatiques, *87) prêtent à Lucullus l'initiative du rapprochement. Malgré les incertitudes et les contradictions, on admet en général qu'il a existé un traité entre le Parthe et Lucullus (voir Carena, Manfredini, Piccirilli, 1990, p. 326-327).*
201. *Le «prix de l'alliance» aurait également comporté l'Adiabène et, peut-être, les 70 «grandes vallées» de l'Arménie (voir Strabon, XI, 532).*
202. *La démarche, trop risquée, est peu crédible militairement ; elle n'est pas corroborée par les autres sources. Il est possible qu'en donnant cette version, Plutarque fasse écho à la polémique déchaînée à Rome contre Lucullus (voir supra XXIV, 1) ; mais il transforme aussitôt une «témérité et cupidité sans limite» en audace justifiée de conquérant universel, sûr d'avoir de son côté et le mérite et la Fortune.*
203. *L'image de l'athlète vainqueur est récurrente. Plus rare, celle,de l'«athlète de réserve» se combine ici avec la mémoire d'Horace triomphant «tour à tour» des trois Curiaces (voir aussi infra, XXXI, 8),·et avec l'annonce implicite des triomphes de «maîtres du monde», à partir de Pompée et surtout de César.*
204. *Plutarque – comme Lucullus – a abandonné Sornatius avec six mille hommes à la garde du Pont (supra, XXIV, 1). Tout ce développement, au reste, ne retrouve pas seulement le personnage, mais l'ambiance de protestation et d'indiscipline qui régnait alors chez les soldats.*

moyen, les persuader ou les contraindre. Les soldats protestaient et criaient qu'ils ne resteraient même pas là où ils étaient, et qu'ils s'en iraient en laissant le Pont vide de défenseurs. 5. Ces nouvelles, rapportées à Lucullus, firent également des ravages parmi ses propres soldats qui, alourdis par la richesse et le luxe, répugnaient désormais à servir et réclamaient du repos. Dès qu'ils apprirent les propos audacieux de leurs camarades, ils déclarèrent que c'étaient là des hommes dignes de ce nom et qu'ils devaient, eux, les imiter: leurs nombreuses campagnes leur donnaient droit à la sécurité et au repos.

XXXI. 1. Ces propos et d'autres, plus scélérats encore, parvinrent à Lucullus, qui renonça à faire campagne contre les Parthes et se remit en marche contre Tigrane. On était alors au plus fort de l'été[205] et, quand il eut franchi le Taurus, il fut désespéré de voir que les blés[206] étaient encore verts: tant les saisons ont de retard en ce pays, à cause de la rigueur du climat. 2. Il descendit pourtant et, à deux ou trois reprises, mit en déroute les Arméniens qui osaient de nouveau marcher contre lui. Il ravagea les villages à loisir et enleva le blé mis en réserve pour Tigrane, infligeant aux ennemis la disette qu'il avait redoutée pour lui-même. 3. Mais il eut beau les provoquer au combat, en entourant leur camp de tranchées et en dévastant la campagne sous leurs yeux, il ne réussit pas à faire bouger ces hommes qui avaient été si souvent écrasés. Il se remit donc en route et marcha contre Artaxata, la résidence royale de Tigrane, où se trouvaient ses enfants en bas âge et ses femmes légitimes: il pensait que le roi ne les abandonnerait pas sans combattre.
4. Le Carthaginois Hannibal, après la défaite infligée à Antiochos par les Romains[207], s'était retiré, dit-on, auprès de l'Arménien Artaxas, auquel il donna beaucoup de conseils et d'enseignements utiles: remarquant notamment dans le pays un site très avantageux et très agréable qui était resté en friche et négligé, il y traça le plan d'une ville, y conduisit Artaxas, le lui montra et l'engagea à y fonder une cité[208]. 5. Le roi, enchanté, l'ayant prié de présider lui-même à l'ouvrage, il édifia une cité de grande taille et de toute beauté, qui prit le nom du roi et fut déclarée capitale de l'Arménie. Lorsque Lucullus marcha contre elle, Tigrane ne put le supporter; il rassembla son armée et, après trois jours de marche, vint camper en face des Romains: il était séparé d'eux par le fleuve Arsanias, qu'ils étaient obligés de traverser pour arriver devant Artaxata. 6. Ayant sacrifié aux dieux, Lucullus, considérant qu'il tenait déjà sa victoire, fit traverser son armée dont il avait divisé l'avant-garde en douze

---

205. *En juillet ou août 1968.*
206. *Le texte dit «les plaines»* (N.d.T.).
207. *Hannibal, après la défaite de Zama, avait rejoint Antiochos III le Grand de Syrie, qui régna de 223 à 187 et fut vaincu en 189 par Lucius Cornelius Scipion l'Asiatique, frère de l'Africain.*
208. *Artaxata, déjà nommée, fondée dans l'Ararat en 185, tirait son nom du roi Artaxas Ier, général d'Antiochos de 200 à 190, puis souverain d'une partie de l'Arménie de 190 à 159 (sans doute le grand-père de notre Tigrane). L'épisode avait fait surnommer la ville «la Carthage d'Arménie» (voir infra, XXXII, 4; Strabon, XI, 14, 6, [528]); l'année suivante, Hannibal aurait indiqué à Prusias de Bithynie l'emplacement où fonder Pruse, sa capitale.*

cohortes. Il laissa le reste de ses troupes en arrière pour empêcher les ennemis de l'encercler : les Romains avaient en effet en face d'eux beaucoup de cavaliers et de corps d'élite, eux-mêmes précédés par des archers mardes[209] à cheval et des Ibériens armés de lances – c'étaient, parmi les mercenaires, ceux sur lesquels Tigrane comptait le plus, car il les considérait comme les plus aguerris. 7. Pourtant ils ne firent rien de brillant ; après une brève escarmouche avec la cavalerie romaine, ils n'attendirent pas l'attaque des fantassins et prirent la fuite des deux côtés, entraînant à leur poursuite les cavaliers romains. Tandis que ces derniers se dispersaient, Tigrane lança sa cavalerie dans la bataille. En voyant leur éclat et leur nombre, Lucullus prit peur ; 8. il rappela les cavaliers lancés à la poursuite de l'ennemi et se porta, en tête de ses troupes, avec ses meilleurs soldats, contre les hommes d'Atropatène, qui lui faisaient face. Avant même d'engager le combat, il les effraya et les mit en déroute. Des trois rois[210] qui s'étaient présentés contre lui au même moment, celui qui s'enfuit, semble-t-il, de la manière la plus honteuse fut Mithridate du Pont qui ne put même pas supporter les cris de guerre des Romains. 9. La poursuite fut longue et dura toute la nuit, jusqu'au moment où les Romains se lassèrent non seulement de tuer, mais même de faire des prisonniers, de ramasser de l'argent et d'emporter du butin. Selon Tite-Live, les morts avaient été plus nombreux dans la bataille précédente, mais, dans celle-ci, ceux qui périrent ou furent faits prisonniers étaient plus renommés[211].

XXXII. 1. Exalté et enhardi par ce succès, Lucullus avait l'intention d'avancer vers le haut pays et de renverser la puissance des Barbares. Mais au moment de l'équinoxe d'automne[212], survint un temps d'hiver auquel on ne se serait pas attendu : il neigea sur la plus grande partie du pays et, quand le ciel était clair, tout était pris par la glace et le givre. Les chevaux avaient du mal à boire dans les fleuves, qui étaient trop froids, du mal également à les passer, parce que la glace se rompait et que ses aspérités leur coupaient les tendons. 2. La plus grande partie du pays était boisée, pleine de défilés et de marécages. Aussi les soldats étaient-ils constamment mouillés : couverts de neige pendant les marches, ils passaient également des nuits pénibles, dans des endroits humides. 3. Ils suivirent Lucullus quelques jours après la bataille, puis refusèrent de continuer. Ils lui adressèrent d'abord des prières, en lui envoyant les tribuns militaires, puis s'attroupèrent de manière plus agressive et se mirent à pousser des hurlements dans leurs tentes, pendant la nuit, signes qui passent pour annoncer une sédition[213]. 4. Lucullus insista beaucoup, les priant d'armer leurs âmes de patience, jusqu'à ce qu'ils aient conquis et détruit la Carthage d'Arménie, ouvrage de leur pire ennemi (à savoir Hannibal). Mais il ne put les persuader. Il dut les ramener en arrière, repassa le Taurus par d'autres chemins et des-

---

209. *Peuple vivant au sud de la Caspienne.*
210. *Ces trois rois sont Mithridate, Tigrane et le souverain de l'Atropatène.*
211. *Dans un passage du 99ᵉ des 143 livres de Tite-Live, perdu. La bataille précédente avait opposé les Romains aux Mardes et aux Ibères.*
212. *Le 23 septembre 68.*
213. *C'est la pire des manifestations d'indiscipline auxquelles Lucullus ait eu jusqu'alors à faire face.*

cendit dans ce qu'on appelle la Mygdonie, une région fertile, ensoleillée, où se trouve une cité importante et très peuplée, que les Barbares nomment Nisibis et les Grecs Antioche de Mygdonie[214]. 5. Elle était commandée officiellement par Gouras, frère de Tigrane, mais le pouvoir était en fait aux mains de Callimachos, en raison de son expérience et de sa connaissance des machines de guerre – ce même Callimachos qui avait créé tant de difficultés à Lucullus au siège d'Amisos[215]. Lucullus campa devant la cité et employa toutes les ressources de la poliorcétique ; en peu de temps[216], il s'en empara de vive force. 6. Gouras s'étant rendu à lui, il le traita avec humanité, mais Callimachos eut beau lui promettre de lui révéler des cachettes qui recelaient de grands trésors, il refusa de l'écouter et le fit mettre aux fers, pour le punir d'avoir détruit la cité des Amiséniens par le feu, l'empêchant ainsi de réaliser son ambition qui était de montrer aux Grecs sa générosité.

XXXIII. 1. Jusque-là, on aurait dit que la Fortune suivait Lucullus et combattait à ses côtés. Mais à partir de ce moment, le vent favorable parut tomber ; toutes ses entreprises lui demandèrent de grands efforts et il se heurta à des obstacles continuels[217]. Certes, il déployait la valeur et la grandeur d'âme d'un bon général, mais ses actions ne rencontraient plus ni gloire ni faveur. Il faillit même, à force d'échecs et de vains efforts, perdre la gloire qu'il s'était acquise. 2. Il fut d'ailleurs lui-même une des principales causes de sa disgrâce, car il était incapable de faire sa cour à la soldatesque et considérait toute complaisance à l'égard de ses subordonnés comme un déshonneur et une diminution de son prestige. Et surtout, il n'était pas d'un naturel conciliant avec les puissants ni avec ses pairs ; il les méprisait tous et considérait que, comparés à lui, ils ne valaient rien. 3. Tels étaient les défauts qui se mêlaient, dit-on, à toutes les qualités de Lucullus, car il était, paraît-il, grand, beau, habile à parler et faisait preuve d'autant d'intelligence sur le forum qu'à l'armée. D'après Salluste[218], il indisposa les soldats dès le début de la guerre, en les forçant à rester deux hivers de suite dans un camp, devant Cyzique puis devant Amisos. 4. Ils furent tout aussi mécontents des hivers suivants qu'ils passèrent soit en pays ennemi, soit à camper en plein air sur les terres de leurs alliés ; Lucullus n'entra pas une seule fois dans une cité grecque ou alliée avec son armée[219]. 5. Tel était leur état d'esprit lorsque les démagogues de Rome leur inspirèrent des griefs encore plus graves ; jaloux de Lucullus, ils l'accusaient de

---

214. La très ancienne cité assyrienne de Nisibis est devenue sous les Séleucides, successeurs d'Alexandre, Antioche de Mygdonie ; voir Strabon, XV, 747.
215. Voir supra, XIX, 2.
216. Selon d'autres sources, le siège s'est poursuivi jusqu'à l'hiver 68-67, ce qui paraît plus vraisemblable.
217. Ici s'amorce très clairement le déclin du héros, que Plutarque avait annoncé lorsqu'il était à l'apogée de sa gloire. La conduite du récit est cohérente : l'auteur a déjà plusieurs fois signalé les difficultés de Lucullus à maintenir son autorité sur ses troupes. La nouveauté est que désormais il l'en rend au moins partiellement responsable.
218. Salluste, Histoires, V, 10. Voir supra, XI, 6.
219. Ce genre d'attitude explique la popularité de Lucullus dans les cités, popularité dont témoignent les inscriptions élevées en son honneur (voir Van Ooteghem, 1959, p. 20-21, 208).

faire traîner la guerre en longueur, par amour du pouvoir et de l'argent, de tenir, pour ainsi dire sous sa seule autorité, la Cilicie, l'Asie, la Bithynie, la Paphlagonie, la Galatie, le Pont, l'Arménie et tous les pays jusqu'au Phase, et maintenant de piller les trésors royaux de Tigrane, comme s'il avait été envoyé pour dépouiller les rois, et non pour leur faire la guerre. 6. C'était, dit-on, un des préteurs, Lucius Quinctius[220], qui tenait de tels propos. Ce fut lui surtout qui poussa le peuple à décréter l'envoi de successeurs à Lucullus pour commander sa province, et le licenciement d'un grand nombre des soldats qu'il avait sous ses ordres[221].

XXXIV. 1. À ces attaques, déjà si graves, s'ajouta l'intervention de Publius Clodius[222], un homme violent, plein de morgue et d'impudence, qui fit beaucoup de tort à l'action de Lucullus. C'était le frère de la femme de Lucullus: on l'accusait d'avoir séduit sa sœur, qui était d'ailleurs très dépravée. 2. À cette époque, il servait dans l'armée de Lucullus, où il n'obtenait pas les honneurs dont il s'estimait digne; il prétendait être le premier et se voyait, à cause de sa conduite, devancé par beaucoup. Il se mêla donc secrètement aux hommes de Fimbria et les monta contre Lucullus, en répandant des propos bien faits pour plaire à ces gens auxquels ne manquaient ni le goût ni l'habitude de la démagogie[223]. 3. C'était eux qu'auparavant déjà, Fimbria avait poussés à tuer le consul Flaccus pour le choisir lui, comme général[224]. 4. Aussi firent-ils à Clodius un accueil empressé. Ils l'appelaient l'ami des soldats, parce qu'il feignait de s'indigner de leur sort: «Ne verrons-nous jamais, leur disait-il, le terme de tant de guerres et de fatigues? Devrons-nous gâcher nos vies à combattre tous les peuples, à errer sur toute la terre sans retirer de tant d'expéditions d'autre récompense que le droit d'escorter les chariots et les chameaux de Lucullus, chargés de coupes d'or et de pierres précieuses[225]. Les soldats de Pompée,

---

220. Sur le «démagogue» adversaire de Sylla, voir supra, V, 5. Il est préteur en 68 et, s'il faut en croire Salluste (Histoires *IV, 71 M), Lucullus aurait alors, en vain, tenté de l'acheter; voir Van Ooteghem (1959), p. 150, note 1.*
221. Par la loi Gabinia de 67, la Bithynie et le Pont étaient enlevés à Lucullus et transférés sous la responsabilité du consul Manius Acilius Glabrio. On lui retirait naturellement ses soldats. Cela semble être la troisième mesure prise à l'encontre de Lucullus: on avait décidé dès 69 de lui ôter la province d'Asie, et en 68 la Cilicie.
222. Publius Clodius Pulcher est le frère d'Appius Claudius. Né en 91 dans une grande famille patricienne, il se fit adopter en 59, choisit pour son nom la graphie «plébéienne» Clodius et se rangea parmi les partisans convaincus des populares. *Il est resté dans l'histoire comme un ami de César, un adversaire acharné de Cicéron, un homme de mœurs débauchées et sacrilèges... et finalement la victime de Milon, protégé de Cicéron. Les jugements négatifs abondent sur lui dans les* Vies. *Voir Grimal (1986), p. 172 et suiv. Sur Clodia, voir infra, XXXVIII, 1.*
223. Les fimbriens étaient à l'origine des partisans de Marius, donc des populares *comme Clodius.*
224. Voir supra, VII, 2.
225. Désormais, sous l'éclairage «démagogique» de Clodius, apparaît le revers de la médaille dont Lucullus, et Plutarque, ont su faire si souvent resplendir l'avers. C'est un autre aspect, subtil, du basculement de cette vie... et de cette biographie.

eux, sont devenus citoyens et se sont maintenant établis avec leurs femmes et leurs enfants, sur une terre prospère ou dans des cités. Et pourtant, ils n'ont pas repoussé Mithridate et Tigrane dans des déserts inhabitables, ni détruit les palais royaux d'Asie : ils ont fait la guerre en Espagne à des exilés et en Italie à des esclaves fugitifs[226]. 5. Eh quoi ? si nous devons faire campagne sans cesse, réservons du moins ce qui reste de nos corps et de nos vies à un général qui considère l'enrichissement de ses soldats comme son plus beau titre de gloire. » 6. L'armée de Lucullus se laissa séduire par de telles accusations ; elle refusa de l'accompagner contre Tigrane et contre Mithridate qui, d'Arménie, était revenu dans le Pont et s'employait à restaurer son pouvoir. Prétextant le mauvais temps, ils s'attardèrent en Gordyène[227], attendant d'un jour à l'autre l'arrivée de Pompée ou d'un autre général pour remplacer Lucullus.

XXXV. 1. Cependant, lorsqu'on annonça que Mithridate avait vaincu Fabius et marchait contre Sornatius et Triarius, ils eurent honte et suivirent Lucullus[228]. 2. Mais Triarius, croyant pouvoir arracher la victoire avant l'arrivée de Lucullus, qui était tout près, se montra trop ambitieux et fut vaincu dans une grande bataille où périrent, dit-on, plus de sept mille Romains, parmi lesquels cent cinquante centurions et vingt-quatre tribuns militaires ; Mithridate s'empara du camp. 3. Lucullus survint quelques jours plus tard et déroba Triarius aux soldats en colère qui le cherchaient[229]. Puis, comme Mithridate ne voulait pas combattre et attendait Tigrane qui descendait déjà avec une grande armée, il décida de se porter à la rencontre de ce dernier et de lui livrer bataille avant que les deux troupes eussent opéré leur jonction. 4. Il était déjà en marche, lorsque les soldats de Fimbria firent défection et quittèrent les rangs, prétendant qu'ils avaient été libérés du service par décret et que Lucullus n'avait plus le droit de leur donner des ordres, puisque ses provinces avaient été attribuées à d'autres. Lucullus n'épargna aucune démarche, même les plus contraires à sa dignité : il les suppliait un par un, faisait le tour des tentes, humilié et pleurant ; il prenait même la main de certains soldats. 5. Mais ils refu-

---

226. Le discours prêté à Clodius fait allusion à la loi agraire du tribun de la plèbe Plotius (en 70), probable auteur d'une autre loi accordant des terres aux vétérans de Pompée, ces anciens soldats qui avaient combattu en Espagne contre Sertorius et, au retour, contre les dernières bandes d'esclaves révoltés de Spartacus. Le thème du général assurant des terres à ses vétérans est fondamental dans les luttes politiques de la fin de la République.
227. En fait, Lucullus et ses troupes ont plutôt passé l'hiver 68-67 à Nisibis.
228. Marcus Fabius Adrianus avait été préposé par Lucullus à la garde de l'Arménie Mineure (voir supra, XVII, 2-3). L'indiscipline de Triarius, battu à Zéla, donne le signal de la déchéance pour Lucullus, ou du moins pour son autorité. Le récit de Plutarque, dans ce passage comme dans d'autres, est lacunaire ; il faut le compléter, notamment, en recourant à Appien, Guerres mithridatiques, 88-89. À la fin de 67, en tout cas, comme le confirme l'étude des monnaies, Mithridate a repris possession de son royaume ; voir Van Ooteghem (1959), p. 147-148, 154-158.
229. Plutarque omet ici ce qu'il rapporte dans Pompée, XXXIX, 2, et qui peut contribuer, dit-il, à expliquer l'attitude hostile des soldats : Lucullus n'a pas fait donner de sépulture aux morts romains de Zéla, ce que Pompée fera trois ans plus tard pour les restes de corps retrouvés.

saient de la serrer et jetaient à ses pieds leurs bourses vides; ils lui disaient d'aller combattre seul les ennemis, puisqu'il savait s'enrichir seul de leurs dépouilles. Cependant, à la prière des autres soldats, les fimbriens se laissèrent fléchir et acceptèrent de rester encore pendant l'été : si dans l'intervalle il ne se présentait pas d'ennemi pour combattre, ils s'en iraient. 6. Lucullus fut obligé de se contenter de ces conditions, sinon il aurait été abandonné et aurait dû laisser le pays aux Barbares. Il garda donc ces soldats, mais sans plus leur imposer de contraintes, sans les mener au combat, s'estimant déjà heureux de les voir rester; il dut laisser Tigrane ravager la Cappadoce et Mithridate reprendre toute son insolence, ce Mithridate dont il avait annoncé lui-même, dans un rapport au Sénat, la défaite complète : des ambassadeurs romains étaient même venus pour régler les affaires du Pont, que l'on croyait tenir solidement[230]. 7. Mais dès leur arrivée, ces hommes constatèrent que Lucullus n'était même pas maître de sa personne; il était outragé et humilié par ses propres soldats, qui en vinrent à un tel point d'impudence à l'égard de leur général qu'à la fin de l'été, ils revêtirent leurs armes, tirèrent leurs épées et provoquèrent au combat les ennemis absents ou déjà repartis[231]. 8. Après avoir poussé de grands cris et livré bataille contre des ombres, ils sortirent du camp et prétendirent que le temps pendant lequel ils avaient promis à Lucullus de rester était désormais écoulé. 9. Quant aux autres soldats, Pompée les appelait par lettre à le rejoindre, car c'était lui qui, grâce à la faveur du peuple et aux flatteries des démagogues, avait été désigné pour mener la guerre contre Mithridate et Tigrane[232]. Le Sénat et les meilleurs citoyens estimaient injuste le traitement fait à Lucullus : on ne lui donnait des successeurs non pour faire la guerre mais pour triompher, et on l'obligeait à abandonner et à céder à d'autres non le commandement mais les prix qu'il avait gagnés par ce commandement[233].

XXXVI. 1. La situation parut encore plus révoltante à ceux qui se trouvaient sur place. Lucullus n'était pas maître de récompenser ou de châtier les soldats; Pompée ne permettait à personne de s'adresser à lui ou d'obéir à ce qu'il avait décrété et décidé avec les dix ambassadeurs; il l'empêchait d'agir, en faisant afficher d'autres décrets et en inspirant la crainte, car il avait avec lui une armée plus importante[234]. 2. Cependant, leurs amis jugèrent bon de les faire se rencontrer. L'entrevue eut lieu

---

230. *Marcus, frère de Lucullus, et le légat de celui-ci, Lucius Muréna, figuraient parmi les 10 membres de la commission (voir* infra, *XXXVI, 1), élue sans doute en 68 par les comices tributes.*
231. *Sur cette mutinerie, voir Nicolet (1976), p. 180.*
232. *C'est sur proposition du tribun de la plèbe Manilius (sans doute Caius Manilius Crispo) que Pompée, en 66, s'est vu attribuer les provinces de Cilicie, de Bithynie et du Pont, ainsi que la direction générale de la guerre contre Mithridate et Tigrane (voir* Pompée, *XXX, 1-5).*
233. *Pour les partisans et les adversaires de Lucullus, ici clairement identifiés d'après leur tendance politique, l'enjeu n'est plus désormais la conduite de la guerre, mais – cas de figure très fréquent – l'obtention ou non du triomphe.*
234. *Ici commence, par un affrontement, la relation entre l'étoile montante, Pompée, et la gloire finissante de Lucullus. Cette relation se fera, un peu plus tard, plus personnelle et plus subtile.*

dans un village de Galatie; ils s'adressèrent aimablement la parole et chacun exprima sa joie des succès de l'autre. Lucullus était le plus âgé[235], mais Pompée lui était supérieur en prestige, en raison de ses campagnes plus nombreuses et de ses deux triomphes[236]. 3. Tous deux étaient précédés de faisceaux couronnés de laurier, en l'honneur de leurs victoires. Mais comme Pompée avait fait un long chemin dans des régions sèches et arides, les lauriers qui couvraient ses faisceaux s'étaient flétris; à cette vue les licteurs de Lucullus s'empressèrent de donner quelques branches de leurs lauriers, frais et verts, aux licteurs de Pompée. 4. Les amis de Pompée en tirèrent un présage favorable, et de fait, sa campagne dut son éclat aux actions de Lucullus. Cependant, ces entretiens n'amenèrent aucune réconciliation; au contraire, les deux hommes se séparèrent encore plus irrités l'un contre l'autre[237]. Pompée cassa les ordonnances de Lucullus, emmena tous ses soldats, sauf seize cents qu'il lui laissa pour participer à son triomphe – et même ceux-ci ne suivirent pas leur général de bon cœur, 5. tant Lucullus avait été privé par la nature ou par la mauvaise fortune de la première et principale qualité d'un chef. Si à tous ses autres talents, qui étaient si éminents et si nombreux – le courage, la vigilance, l'intelligence, la justice –, il avait joint cette qualité, l'Empire romain n'aurait pas été borné[238] en Asie par l'Euphrate, mais aurait eu pour limites les extrémités des terres et la mer Hyrcanienne[239]: Tigrane avait déjà soumis tous les autres peuples, et la puissance des Parthes n'était pas encore, au temps de Lucullus, aussi grande ni aussi unie qu'elle devait l'être à l'époque de Crassus; épuisée par des querelles intestines et des guerres contre ses voisins, elle n'avait même pas la force de se défendre contre les violences des Arméniens. 6. Dans ces conditions, il me semble que Lucullus a fait plus de mal à sa patrie, par l'intermédiaire d'autrui, que de bien par ses propres actes. En effet, les trophées qu'il dressa en Arménie, tout près des Parthes, la prise de Tigranocerte et de Nisibis, tous les trésors qu'il rapporta de ces deux cités à Rome et le diadème de Tigrane qui figura comme prise de guerre dans son cortège triomphal poussèrent Crassus à attaquer l'Asie, comme si les Barbares n'étaient que butin et dépouilles. 7. Or bien vite, Crassus se heurta aux flèches des Parthes et fit bien voir que Lucullus avait dû ses victoires, non à la sottise et à la mollesse des ennemis, mais à sa propre audace et à son habileté. Mais ces événements se produisirent plus tard.

XXXVII. 1. A son retour à Rome, Lucullus trouva d'abord son frère Marcus en butte aux accusations de Caius Memmius, pour avoir exécuté, durant sa questure, les

---

235. Lucullus, né en 117 au plus tard, a au moins onze ans de plus que Pompée.
236. Le premier triomphe de Pompée a été célébré en 79 «sur l'Afrique», le deuxième en 71 ou 70 «sur les Espagnes». Le troisième, à l'issue de la guerre «contre les pirates et contre Mithridate», aura lieu en 61.
237. Sur la violence de cette querelle, voir Pompée, XXXI, 8.
238. Sur les qualités qui manquent à Lucullus, voir Comparaison de Cimon et de Lucullus, XLV, 2-3. On retrouve, cette fois sous forme d'un regret nostalgique, l'évocation des immenses territoires de l'Orient, dont la possession a été entrevue, mais non totalement obtenue par Rome. La parenthèse (§ 6-7) qui évoque par anticipation la défaite de Crassus devant les Parthes à Carrhes, en 53, accentue ce regret.
239. La mer Caspienne.

ordres de Sylla[240]. 2. Marcus ayant été acquitté, Memmius se tourna contre Lucullus lui-même et excita le peuple contre lui, l'accusant d'avoir détourné des sommes importantes et fait traîner la guerre en longueur ; il tenta de lui faire refuser le triomphe. 3. Lucullus eut un rude combat à soutenir. Les premiers citoyens et les plus influents se mêlèrent aux tribus et, à force de prières et d'insistance, persuadèrent à grand-peine le peuple de lui permettre de triompher[241]. Lors de ce triomphe, contrairement à certains autres, ni la longueur du cortège ni la quantité des objets présentés ne provoquèrent la stupeur et le rassemblement des foules. Pourtant le Cirque Flaminius[242] fut orné d'une immense quantité d'armes ennemies et de machines de guerre prises aux rois, spectacle qui, en soi, n'était pas à dédaigner. 4. On présenta dans la procession quelques cavaliers cuirassés, dix chars équipés de faux, soixante amis ou généraux des rois, cent dix navires à rostres de bronze, une statue en or, haute de six pieds, représentant Mithridate lui-même, un bouclier fait de pierres précieuses, vingt litières chargées de vaisselle en argent et trente-deux chargées de coupes, d'armes et de monnaies en or. 5. Elles étaient portées par des hommes. Huit mulets transportaient des lits en or, cinquante-six autres de l'argent en lingots, et cent sept de l'argent monnayé pour une valeur de près de deux millions sept cent mille drachmes 6. Certaines tablettes portaient inscrites les sommes que Lucullus avait fournies à Pompée pour la guerre des pirates, celles qu'il avait remises aux questeurs et, à part, les neuf cent cinquante drachmes que chaque soldat avait reçues. Après quoi, Lucullus offrit un festin brillant à Rome et aux villages des environs qu'on appelle *vici*[243].

XXXVIII. 1. Après avoir répudié Clodia, qui était une femme impudique et perverse, il épousa Servilia, sœur de Caton[244]. Ce mariage ne fut pas plus heureux que le précé-

---

240. *Caius Memmius, gendre de Sylla depuis 72, est passé dans le camp pompéien avant de devenir tribun de la plèbe, en 66. C'est à lui que Lucrèce dédiera son* De natura rerum. *Voir* Sylla, *XXVII, 14 : Marcus semble avoir été lieutenant de Sylla comme proquesteur en 83, puis, en 82 ou 81, comme propréteur de Gaule Cispadane.*

241. *D'après* Caton le Jeune, *XXIX, 5-8, Caton a été l'un des plus ardents avocats du triomphe de Lucullus. Ce triomphe eut lieu à Rome à l'été 63, l'année du consulat de Cicéron, c'est-à-dire trois ans après le retour à Rome du triomphateur.*

242. *Le Cirque Flaminius a été construit en 221, près de l'emplacement du futur théâtre de Marcellus.*

243. *D'autres descriptions de semblables cérémonies (dont* Sylla, *XXXV, 1 ;* Crassus, *II, 3 ; XII, 3) permettent de compléter l'image que nous pouvons nous faire de ce qu'a pu être ce triomphe resté dans les mémoires ; voir Carena, Manfredini, Piccirilli (1990), p. 333.*

244. *Lucullus, qui l'avait épousée en 75, divorça en 66 de Clodia, sœur du tribun populaire Publius Clodius et fille du consul de 79 Appius Claudius Pulcher (son autre frère, Appius, deviendra consul en 54). Les Claudii furent en plusieurs occasions des proches de Lucullus. Cicéron (Pour Milon, 73) rapporte avec certitude les relations incestueuses de Clodia et de son frère, également évoquées par Plutarque (*César, *X, 6 ;* Cicéron, *XXIX, 4). Clodia est peut-être à identifier avec la Lesbie du poète Catulle. Quant à Servilia, épousée en 65, elle est la fille d'un Servilius Caepio, préteur en 91, la petite-fille d'un Livius Drusus, consul en 112, et la « demi »-nièce, non la demi-sœur, de Caton d'Utique (*Caton le Jeune, *XXIV, 4-5 ; XXIX, 6 ; LIV, 1-3 ; voir Van Ooteghem, 1959, p. 168).*

dent, car cette femme possédait tous les vices de Clodia, sauf les rapports incestueux avec ses frères dont on accusait cette dernière. Pour le reste, elle était tout aussi détestable et déréglée. Lucullus se força à la supporter, par respect pour Caton, mais finit par la répudier. 2. Le Sénat avait placé en lui d'immenses espoirs : il pensait avoir en sa personne un rempart contre le pouvoir tyrannique de Pompée et un défenseur de l'aristocratie, qui pourrait s'appuyer sur sa gloire et son immense crédit. Mais Lucullus se déroba et abandonna la vie politique. Se rendait-il compte que les maux dont elle souffrait étaient déjà incontrôlables ? ou, plutôt, comme le soutiennent certains, était-il désormais rassasié de gloire et désirait-il une vie plus facile et moins dure, au sortir de tant d'efforts et de combats qui n'avaient pas eu l'issue la plus heureuse ? 3. Certains le louent d'un tel changement. « Il n'a pas connu, disent-ils, le sort de Marius qui, après ses victoires sur les Cimbres[245], après des succès si beaux et si grands, refusa de se reposer, alors qu'on l'enviait pour tous les honneurs qu'il avait reçus : poussé par un désir insatiable de gloire et de domination, il disputa le pouvoir politique, sur ses vieux jours, à des hommes jeunes et, pour finir, alla se jeter sur les écueils de forfaits terribles et de malheurs plus terribles encore que ces forfaits. 4. De même, Cicéron aurait mieux fait de vieillir dans la retraite, après avoir abattu Catilina[246], tout comme Scipion, après avoir ajouté Numance à Carthage, aurait dû se reposer[247]. La carrière politique, elle aussi, a une fin : lorsque la vigueur et la jeunesse font défaut, il n'est pas moins déplacé de participer à des joutes politiques qu'à des compétitions athlétiques. » 5. Mais Crassus et Pompée raillaient Lucullus de s'abandonner au plaisir et au luxe, et de se comporter comme si pour des gens de son âge, la volupté n'était pas plus inconvenante encore que la politique et la vie militaire[248].

XXXIX. 1. On peut lire la vie de Lucullus comme une comédie ancienne[249] : on y trouve au début des actes politiques et militaires, et à la fin des beuveries, des banquets, et, pour un peu, des cortèges dionysiaques, des fêtes aux flambeaux, et tous les enfantillages imaginables. 2. Je considère en effet comme des enfantillages les constructions somptueuses, l'aménagement de promenades et de thermes et, plus encore, les peintures, les statues et sa passion pour ces œuvres d'art[250], qu'il rassembla à grands frais, prodiguant à flots la fortune immense et brillante qu'il avait

---

245. En 101, à Verceil.
246. Conjuration découverte et réprimée en 63 par le consul Cicéron, aidé notamment des frères Lucullus.
247. Publius Cornelius Scipion Émilien, fils de Paul-Émile, adopté dans la famille des Scipions, consul en 147, a détruit Carthage en 146 ; de nouveau consul en 134, il a définitivement vaincu Numance, en Espagne, l'année suivante. Il s'est opposé à Tibérius Gracchus ; il est mort discrédité en 129.
248. Le thème de la retraite nécessaire, passé un certain âge, a passionné Plutarque : voir Pompée, XLVI, 6 et XLVIII, 7 ; Moralia, 204b et sutout 785 F (Si la politique est l'affaire des vieillards).
249. La parabase séparait les comédies de l'époque classique, par exemple celles d'Aristophane, en deux parties correspondant globalement à ce qu'indique le texte : une « action », puis une sorte de « revue » bouffonne. Toute comédie se termine par un comos, sorte de cortège dionysiaque, d'où elle tire son nom.
250. Divers passages de Pline l'Ancien corroborent cette passion pour la peinture et la sculpture (Histoire naturelle, XXXIV, 36 ; 125 ; XXXV, 155-156).

amassée au cours de ses campagnes. Aujourd'hui encore, alors que le luxe a fait tant de progrès, les jardins de Lucullus figurent au nombre des plus somptueux jardins impériaux[251]. 3. Quant aux travaux qu'il fit réaliser sur le rivage, près de Néapolis, suspendant des collines au-dessus de profondes galeries, entourant ses villas de bras de mer où l'on pouvait nourrir des poissons, bâtissant des maisons jusque dans la mer, le stoïcien Tubéron, en les contemplant, surnomma Lucullus le Xerxès en toge[252]. 4. Il possédait aussi à Tusculum des villas pourvues de belvédères, de salons largement ouverts et de promenades[253]. Pompée, s'y étant rendu, adressa à Lucullus le reproche suivant: «Tu as parfaitement organisé ta maison pour l'été, mais tu l'as faite inhabitable pour l'hiver[254].» 5. Lucullus se mit à rire: «Crois-tu que j'aie moins d'esprit que les grues et les cigognes et que je ne sache pas changer de demeure avec les saisons?» Un jour, un préteur qui voulait offrir un spectacle lui demanda des manteaux de pourpre pour un chœur. Lucullus répondit qu'il chercherait et que, s'il en avait, il lui en donnerait. Le lendemain, il lui demanda combien il lui en fallait. L'autre ayant répondu que cent lui suffiraient, Lucullus le pria d'en prendre le double. C'est à cela que fait allusion le poète Horace quand il déclare qu'il ne considère pas comme riche une maison où les biens négligés et oubliés par le propriétaire ne sont pas plus nombreux que ceux qui sont bien en vue[255].

XL. 1. Les repas quotidiens de Lucullus sentaient le nouveau riche[256]. Par ses lits couverts de pourpre, ses coupes de pierres précieuses, ses chœurs et ses intermèdes

---

251. À son retour à Rome en 66, Lucullus aurait introduit dans la Ville des cerises, rapportées des bords de la mer Noire. Ses jardins, les horti Lucullani, *ont été installés à partir de 60 sur les pentes du Pincio, près de l'actuelle Trinité des Monts; voir Grimal (1984), p. 129 et note 8; Broise-Jolivet (1987), p. 747-761. Voir aussi* Marius, *XXXIV, 3-4.*
252. La région de Naples et de Pompéi est célèbre pour ses «villas», ses demeures rurales appartenant à de riches Romains. La villa en question est probablement celle de Nisida, une île de la baie de Naples. Au-delà de l'extravagance soulignée ici, la pisciculture était une activité reconnue comme particulièrement rentable; sur les viviers de Lucullus, voir Jolivet (1987). Le stoïcien Tubéron est mal identifié; ailleurs, ce propos est attribué à Pompée (Pline l'Ancien, IX, 170; Velleius Paterculus, Histoire romaine, *II, 33, 4). La référence à Xerxès fait allusion aux ponts que celui-ci avait fait jeter sur l'Hellespont, au canal creusé à travers la péninsule du mont Athos, etc. À ces reproches de subversion de la nature s'ajoutent sans doute d'autres parallèles entre Xerxès et Lucullus, concernant un despotisme «oriental», et l'abus des banquets; comparer notamment Hérodote, VII, 22-24, 33-39, 118-119.*
253. Il s'agit sans doute de la villa Torlonia, au sud de Frascati, une des premières que Lucullus ait acquises. Il s'y trouvait une splendide oisellerie (voir Varron, De la campagne, *III, 4, 3, et infra, XL, 2), ainsi que les tableaux et statues déjà cités. C'est très probablement dans cette villa que Cicéron situe l'*Hortensius, *dialogue perdu: Lucullus en est un des acteurs, qui faisait l'éloge de l'histoire.*
254. Première d'une série d'anecdotes dialoguées mettant aux prises les anciens rivaux politiques et militaires.
255. Épîtres, I, 6, 40-44. Voir Dictionnaire, «Sources».
256. L'adjectif péjoratif néoploutos *est plusieurs fois employé ailleurs par Plutarque pour désigner un nouveau riche, un parvenu, ou les activités qui le caractérisent.*

musicaux, et surtout par le service des mets les plus divers et des pâtisseries les plus raffinées, il suscitait l'envie du vulgaire. 2. Aussi admira-t-on le mot que voici de Pompée. Un jour qu'il était malade, comme son médecin lui avait prescrit de manger une grive, ses esclaves lui dirent qu'on ne pouvait trouver de grives en été, sauf chez Lucullus qui en faisait l'élevage. Pompée leur interdit d'aller en chercher chez lui. «Eh quoi! s'écria-t-il, si Lucullus n'aimait pas le luxe, Pompée ne pourrait pas vivre?» et il se fit préparer un plat facile à trouver[257]. 3. Caton, pourtant ami et parent de Lucullus[258], condamnait vivement sa manière de vivre. Un jour qu'au Sénat un jeune homme prononçait, hors de propos, un long discours ennuyeux sur la simplicité et la sagesse, Caton se leva brusquement. «Tais-toi donc, s'écria-t-il, toi qui es riche comme Crassus, qui vis comme Lucullus et qui parles comme Caton!» Mais, selon certains, si ce mot fut bien prononcé, ce fut par un autre que Caton[259].

XLI. 1. Cette existence procurait à Lucullus, non seulement du plaisir, mais même de la fierté, comme le montrent les paroles mémorables qu'on rapporte de lui. 2. Il avait, dit-on, invité à sa table pendant plusieurs jours des Grecs qui étaient montés à Rome. Ces gens-là, en vrais Grecs, se sentirent gênés et déclinèrent ses invitations, croyant que c'était pour eux qu'il faisait chaque jour tant de dépenses. Lucullus leur dit en souriant: «Certes, une partie de ces dépenses est pour vous, ô Grecs, mais la plus grande partie est pour Lucullus.» 3. Un jour qu'il dînait seul, on ne dressa qu'une table et on lui servit un souper ordinaire. Il se mit en colère et appela l'esclave responsable du service. Celui-ci déclara que, puisqu'il n'y avait pas d'invité, il avait pensé que Lucullus ne voulait rien de somptueux. «Que dis-tu? s'écria Lucullus. Ne savais-tu pas qu'aujourd'hui, Lucullus dîne chez Lucullus?» 4. On parlait beaucoup de cela dans Rome, comme on peut l'imaginer. Un jour que Lucullus se promenait tranquillement sur le forum, il fut abordé par Cicéron et par Pompée: le premier était un de ses amis les plus proches[260]; quant à Pompée, ils s'étaient disputés à propos du commandement de l'armée, mais ils se fréquentaient souvent et avaient ensemble d'aimables entretiens. 5. Cicéron salua Lucullus et lui demanda s'il était disposé à accueillir une requête. «Bien sûr», répondit Lucullus, et il l'invita à parler. «Eh bien, reprit Cicéron, nous voudrions venir aujourd'hui partager ton dîner exactement comme il sera préparé pour toi.» 6. Lucullus se récria et les pria de changer de jour, mais ils refusèrent et l'empêchèrent même de parler avec ses esclaves, pour qu'il ne pût rien commander d'autre que ce qu'on avait préparé pour lui. Ils lui permirent seulement, à sa demande, de dire en leur présence à un de ses

---

257. *L'anecdote est contée dans les mêmes termes au début de* Pompée *(II, 11-12), pour illustrer «la simplicité et la frugalité de son mode de vie»; voir aussi* Moralia, *204b et 786a (Apophtegmes des rois et des empereurs et* Si la politique est l'affaire des vieillards*)*.
258. *C'est le demi-oncle de la seconde femme de Lucullus, Servilia (voir supra, XXXVIII, 1)*.
259. *Voir* Caton le Jeune, *XIX, 8*.
260. *Cette amitié est bien attestée (Cicéron,* Sur les pouvoirs de Pompée, Pour Archias, Pour Flaccus, Pour Sestius...*), au point que Lucullus, dans son testament, recommande à Cicéron le jeune Marcus (Cicéron,* Des fins, *III, 8-9;* Lettres à Atticus, *XIII, 6, 2). Voir infra, XLII, 4*.

esclaves, qu'aujourd'hui il dînerait dans l'Apollon. C'était le nom d'une des pièces luxueuses de sa maison, 7. ce qui lui permit de les tromper habilement à leur insu. En effet, pour chaque salle à manger, il avait, paraît-il, fixé une dépense, un menu et un service particuliers, si bien que lorsque les esclaves apprenaient où il voulait dîner, ils savaient ce qu'il fallait dépenser, et quelles devaient être l'ordonnance et la disposition du repas. Or un dîner dans l'Apollon coûtait habituellement cinquante mille deniers et ce fut la somme qu'il dépensa ce jour-là. Pompée fut stupéfait de la rapidité des préparatifs pour un festin si somptueux. Voilà à quoi Lucullus employait insolemment sa richesse, comme une captive barbare.

XLII. 1. En revanche, le soin qu'il prit des livres est bien digne d'admiration et mérite qu'on en parle. Il en rassembla beaucoup, fort bien copiés, et l'usage qu'il en fit fut encore plus noble que leur acquisition, car il ouvrit ses bibliothèques à tous[261]. Les galeries qui les entouraient et les salles de travail accueillaient sans restriction les Grecs: ils s'y rendaient comme dans un refuge des Muses et y passaient ensemble la journée, abandonnant avec joie toutes leurs obligations. 2. Souvent, Lucullus lui-même venait se distraire avec eux: il se mêlait, dans les galeries, aux hommes de lettres et, s'ils le lui demandaient, il les assistait dans leurs affaires politiques. En un mot sa maison était un foyer, un prytanée pour les Grecs qui arrivaient à Rome[262]. 3. Il aimait toutes les écoles philosophiques, et se montrait bienveillant et accueillant à l'égard de chacune, mais dès l'origine, il éprouva un amour et un intérêt particuliers pour l'Académie, non pour celle qu'on nomme la nouvelle Académie, bien qu'elle fût florissante en ce temps-là, grâce aux textes de Carnéade[263] transmis par Philon[264], mais pour l'ancienne Académie, qui avait alors pour chef Antiochos d'Ascalon[265], un homme persuasif et habile à parler. Lucullus

---

261. *Ces livres, dont la majorité avait sans doute été prélevée sur le butin du Pont, semblent avoir constitué la plus riche bibliothèque privée de Rome et de ses environs; elle faisait partie de la villa de Tusculum* (Cicéron, Des fins, *III, 7-8). Voir Dictionnaire, «Écrit/Écriture».*

262. *La référence aux «Grecs», comme en XLI, 2, de même que l'emploi des mots «refuge des Muses» et surtout «prytanée» (voir* Cimon, *X, 7), confirme qu'un des critères de jugement de Plutarque sur ses héros romains réside dans leur attitude à l'égard des «vrais Grecs» et de l'hellénisme véritable. Lucullus, rappelons-le, «était entraîné à parler fort bien les deux langues» (I, 4). Voir Dictionnaire, «Acculturation».*

263. *Carnéade de Cyrène (214-129 environ) avait fondé la «nouvelle Académie». Venu en 155 comme ambassadeur à Rome pour y plaider la cause d'Athènes, il y prononça deux discours contradictoires sur la justice, qui passionnèrent la jeunesse, troublèrent les esprits et irritèrent le vieux Caton (*Caton l'Ancien, *XXII, 1-XXIII, 1). Il est le représentant d'un «probabilisme» auquel n'adhèrent ni Lucullus ni Plutarque, fidèles tenants de l'«ancienne Académie» restée strictement platonicienne.*

264. *Philon de Larissa (158-84 environ), fondateur de la «quatrième Académie», platonicien réfugié à Rome pendant la première guerre de Mithridate, y eut pour élève en 88 Cicéron, qu'il marqua profondément* (Académiques, *I, 13).*

265. *Voir* supra, *XXVIII, 8. L'austérité bienfaisante de l'ancienne Académie et de son maître Xénocrate est mise à l'honneur, par opposition à l'«épicurisme» tardif de Lucullus, dans la* Comparaison de Cimon et de Lucullus, *XLIV, 3.*

employait tous ses soins pour en faire son ami, il le logeait chez lui et l'opposait aux disciples de Philon, au nombre desquels était Cicéron. 4. Ce dernier a d'ailleurs composé sur cette doctrine un écrit de toute beauté, où il a mis dans la bouche de Lucullus un discours sur la compréhension et où lui-même contredit Lucullus. Cet ouvrage s'intitule *Lucullus*[266]. Cicéron et Lucullus, je l'ai dit, étaient très amis et partageaient les mêmes choix politiques. Lucullus n'avait pas totalement abandonné la vie publique, mais à son avis, l'ambition et les rivalités pour être le plus grand et le plus puissant ne pouvaient qu'entraîner dangers et violences; aussi s'était-il effacé devant Crassus et Caton. 5. Ces derniers furent donc, puisque Lucullus renonçait au premier rang, choisis pour défendre le Sénat par ceux qui se défiaient de la puissance de Pompée. Lucullus continuait pourtant à descendre sur le forum, par égard pour ses amis, et à se rendre au Sénat, s'il fallait combattre quelque intrigue ou quelque ambition de Pompée. 6. Il s'opposa aux ordonnances que celui-ci avait prises après avoir vaincu les rois et, avec l'aide de Caton, il empêcha une distribution aux soldats que Pompée avait décidée[267]. Pompée s'appuya alors sur l'amitié de Crassus et de César, ou plutôt sur une conjuration avec eux[268]: remplissant la Ville d'armes et de soldats, il fit ratifier de force ses décrets après avoir chassé du forum Caton et Lucullus. 7. Ces événements ayant suscité l'indignation des meilleurs citoyens, les pompéiens produisirent un certain Vettius[269], qu'ils prétendirent avoir surpris en train de préparer un attentat contre Pompée. Cet homme fut interrogé: devant le Sénat, il dénonça d'autres personnes, mais devant le peuple il nomma Lucullus, prétendant que c'était lui qui l'avait engagé pour tuer Pompée. 8. Personne n'ajouta foi à ses déclarations: il était évident que ce personnage avait été suborné par les pompéiens pour le dénoncer et le calomnier. Ce fut encore plus clair quelques jours plus tard, quand le cadavre de Vettius fut jeté hors de la prison: on prétendait qu'il s'était donné la mort, mais il portait des marques de strangulation et de coups, et on voyait bien qu'il avait été tué par ceux-là mêmes qui l'avaient suborné.

XLIII. 1. Ces événements détournèrent encore davantage Lucullus de la politique et, quand Cicéron fut exilé de Rome et Caton envoyé à Chypre, il s'en retira totale-

---

266. *Le* Lucullus *était le second des «Livres académiques» de Cicéron, ensuite refondus dans le traité conservé sous le titre* Académiques *(voir Carena, Manfredini, Piccirilli, 1990, p. 340).*
267. *Il s'agit de la proposition de loi agraire du tribun de la plèbe Lucius Flavius, en 60, qui avait pour but la distribution de terres aux vétérans de Pompée. Parmi les opposants, outre Caton d'Utique et Lucullus, figurait le consul Quintus Caecilius Metellus Celer (voir* Caton le Jeune, *XXXI, 1-2;* Pompée, *XLVI, 5-6; XLVIII, 1-7).*
268. *Pour expliquer un accord conclu en 60 et resté dans l'histoire sous le nom de «premier triumvirat», Plutarque emploie les mots* philia *(«amitié» au sens politique du terme) et* synomosia *(conspiration, «con-juration»); voir aussi* Pompée, *XLVII, 4;* Caton le Jeune, *XXXI, 7;* César, *XIII, 5.*
269. *L'affaire Vettius nous est bien connue, notamment par diverses plaidoiries de Cicéron; la réalité des faits demeure cependant difficile à démêler.*

ment[270]. Avant sa mort[271], dit-on, son intelligence déclina et s'affaiblit peu à peu. 2. Selon Cornélius Népos[272], l'altération de ses facultés ne fut pas l'effet de la vieillesse ou d'une maladie mais de philtres que lui fit prendre Callisthénès, un de ses affranchis. Ces philtres lui auraient été donnés pour lui inspirer davantage d'amour pour Callisthénès et passaient pour avoir ce pouvoir amoureux, mais ils altérèrent et détruisirent la raison de Lucullus, à tel point que de son vivant son frère dut se charger d'administrer ses biens[273]. 3. Cependant, quand il mourut[274], le peuple éprouva autant de chagrin que s'il avait péri au faîte de sa carrière militaire et politique : il accourut en foule et voulut à toute force que son corps, transporté sur le forum par les jeunes gens les plus nobles, fût inhumé sur le Champ de Mars où l'on avait déjà enterré Sylla[275]. 4. Mais comme personne n'avait prévu ce désir et que les préparatifs n'étaient pas faciles à faire, son frère, à force de demandes et de supplications, obtint le droit de donner au mort une sépulture déjà toute prête dans sa propriété de Tusculum. Il ne lui survécut pas longtemps ; comme il l'avait suivi de près par l'âge et par la gloire, il le suivit aussi dans la mort en frère très aimant[276].

---

270. *En 59, Lucullus fut juré au procès de Lucius Valerius Flaccus, accusé d'actes de concussion commis pendant sa préture en Asie (en 62), et défendu victorieusement par Cicéron, qu'il avait appuyé en 63 contre Catilina* (Pour Flaccus). *En 58, condamné à l'exil à la suite des accusations de Clodius, Cicéron demanda l'avis de plusieurs de ses amis pour savoir s'il devait rester à Rome. Lucullus lui aurait conseillé, en vain, de rester (*Cicéron, XXXI, 5*). C'est également Clodius, la même année, qui a fait éloigner Caton de Rome, le faisant nommer propréteur à Chypre pour en assurer à Rome le contrôle définitif (comparer* supra, III, 2). *Lucullus retiré des affaires, Cicéron exilé, Caton écarté : la voie est libre pour les triumvirs.*
271. *Lucullus fut encore élu augure en 58 ou 57, comme en témoigne une inscription élevée en son honneur (*Corpus des Inscriptions latines, *F, p. 196).*
272. *Unique (et douteuse ?) citation de l'œuvre perdue* Des hommes illustres. *On a suggéré une confusion entre «Lucullus» et le poète «Lucrèce», qui serait mort dans les mêmes circonstances. Voir aussi, sur le «philtre de Callisthénès»,* Si la politique est l'affaire des vieillards, *792b-c : «Dès que Lucullus se fut abandonné à une vie oisive et à un régime sédentaire, sans aucun souci, il lui arriva ce qui arrive aux éponges, que les temps calmes de la mer dessèchent et réduisent à rien...»*
273. *Lucullus a donc été placé en tutelle* (tutela), *selon une disposition du droit privé romain s'appliquant notamment aux mineurs et à ceux qui ne possédaient plus leur raison. Le frère ici mentionné est Marcus Terentius Varron Lucullus ; à sa mort, la tutelle du fils de Lucullus passa à Caton d'Utique.*
274. *Cette mort survint en décembre 57 ou janvier 56, selon les indications qui se déduisent de la* Correspondance *de Cicéron.*
275. *Voir* Sylla, *XXXVIII, 6.*
276. *Né en 116, Marcus Lucullus a eu, lui aussi, une belle carrière : questeur propréteur de Gaule Cispadane en 82 ou 81, édile curule avec son frère en 79, préteur pérégrin en 76, consul en 73, proconsul de Macédoine en 72, il a aidé Crassus contre Spartacus et célébré en 71 un triomphe sur les Thraces. C'était un expert en matière de droit, tenu en haute estime par Cicéron. Sur l'élévation des relations entre Lucius et Marcus au rang de modèle d'amour fraternel, voir* supra, *I, 9 et Sénèque,* Consolation à Polybe, *15, 1.*

COMPARAISON
DE CIMON ET DE LUCULLUS

XLIV. [I]. 1. On peut juger que Lucullus eut une fin particulièrement heureuse, car il mourut avant la révolution que le destin préparait déjà, par les guerres civiles, pour perdre la République : il acheva sa vie dans une patrie certes malade, mais encore libre. C'est d'ailleurs ce qui le rapproche le plus de Cimon, 2. qui, lui aussi, trouva la mort alors que le monde grec n'était pas encore troublé mais au faîte de sa puissance. Mais Cimon mourut dans son camp, tandis qu'il était stratège ; il n'avait pas renoncé à la vie politique et n'en était pas dégoûté ; il ne cherchait pas la récompense de ses campagnes et de ses commandements dans la bonne chère et dans la boisson, comme les sectateurs d'Orphée, dont se moque Platon, qui prétendent que ceux qui ont mené une vie vertueuse en sont récompensés dans l'Hadès par une ivresse éternelle[1]. 3. Certes, le loisir, la tranquillité et l'étude de textes qui offrent un certain plaisir et stimulent la méditation sont une consolation qui convient parfaitement à un vieillard quand il en a fini avec la guerre et la politique. Mais se proposer le plaisir comme fin de ses belles actions et passer son temps désormais à célébrer des fêtes d'Aphrodite en l'honneur de ses guerres et de ses campagnes, voilà qui n'est pas digne de la belle Académie et d'un émule de Xénocrate ; c'est la conduite d'un homme qui incline vers Épicure. 4. Et c'est d'ailleurs étonnant, car leur jeunesse avait été exactement à l'opposé : si celle de Cimon passe pour avoir été critiquable et débridée, celle de Lucullus avait été disciplinée et sage. Or le meilleur changement est celui qui s'opère dans le sens du bien ; la nature la plus vertueuse est celle en qui le mal se rabougrit alors que le bien s'épanouit. 5. Ils s'enrichirent tous deux de la même manière, mais ne firent pas le même usage de leur richesse. On n'a pas le droit de comparer au mur méridional de l'Acropole, qui fut réalisé grâce à l'argent rapporté par Cimon, les pavillons et les belvédères entourés par la mer que Lucullus fit construire à Néapolis avec les dépouilles des Barbares. On ne peut non plus mettre en parallèle la table de Cimon et celle de Lucullus : l'une, démocratique et humaine, l'autre somptueuse et digne d'un satrape. 6. La première nourrissait chaque jour, à peu de frais, de nombreuses personnes, la seconde était dressée à grands frais pour quelques rares délicats. 7. Mais peut-être, par Zeus ! cette différence de conduite s'explique-t-elle par la durée inégale de leurs deux existences. Sait-on en effet ce qu'aurait fait Cimon lui-même si, après ses exploits et ses campagnes, il s'était abandonné à une vieillesse relâchée, loin de la guerre et de la politique : n'aurait-il pas mené une vie encore plus splendide et adonnée au plaisir ? Il aimait les beuveries et les fêtes et, nous l'avons dit, son goût pour les femmes lui avait valu de vives critiques. 8. Mais

---

1. Platon, République, 363c : «Musée et son fils [Orphée] [...] les mènent en imagination chez Hadès [...] apprêtant un banquet [...] pour passer tout leur temps à s'enivrer, comme si la plus belle récompense de la vertu était une ivresse éternelle.»

les succès des entreprises et des combats portent en eux d'autres plaisirs ; ils ne laissent pas de loisir pour des passions plus basses que les natures éprises de politique et d'ambition finissent même par oublier. Assurément, si Lucullus était mort en plein combat, à la tête des armées, le censeur le plus sévère n'aurait pu trouver, me semble-t-il, matière à l'accuser. Voilà pour leur genre de vie.

XLV. [II]. 1. En matière militaire, tous deux furent de brillants combattants, sur terre comme sur mer, c'est évident. Mais, à l'instar de ces athlètes qui, en un seul jour, sont couronnés à la lutte et au pancrace et qu'on appelle «vainqueurs hors classe», Cimon, en un seul jour, couronna la Grèce d'un double trophée pour une victoire terrestre et une victoire navale, ce qui lui donne droit à une sorte de suprématie parmi les généraux. 2. De plus, Lucullus avait reçu de sa patrie le commandement, tandis que Cimon le donna à la sienne. Le premier conquit des possessions ennemies pour une patrie qui dominait ses alliés, le second, qui avait trouvé son pays soumis à d'autres, le rendit à la fois maître des alliés et vainqueur des ennemis : il força les Perses vaincus à s'éloigner de la mer et persuada les Lacédémoniens de se retirer de leur plein gré. 3. Si la plus grande tâche d'un général est d'obtenir l'obéissance de ses soldats en gagnant leur affection, on remarque que Lucullus fut méprisé de ses soldats, tandis que Cimon était admiré par les alliés. On faisait défection à l'un, on se ralliait à l'autre 4. L'un s'en retourna abandonné par ceux qu'il commandait quand il était parti ; l'autre, envoyé pour exécuter les ordres d'un autre peuple, fit passer le commandement entre les mains de ses compagnons et assura à sa cité trois biens particulièrement difficiles à obtenir : la paix avec les ennemis, l'hégémonie sur les alliés, l'entente avec les Lacédémoniens. 5. Tous deux entreprirent de détruire de grands empires et de conquérir l'Asie tout entière, mais laissèrent leur entreprise inachevée. Pour l'un, ce fut uniquement par la faute de la Fortune, puisqu'il mourut au commandement, en plein succès ; quant à l'autre, on ne saurait le dégager de toute responsabilité : il ignora ou ne sut calmer les mécontentements et les plaintes de son armée, ce qui lui valut de si violentes haines. 6. Cependant, peut-être partage-t-il ce dernier trait avec Cimon, lequel fut, lui aussi, souvent cité en justice par ses concitoyens qui finirent par l'ostraciser, afin, comme dit Platon, d'être «dix ans sans entendre sa voix[2]». 7. Les naturels aristocratiques s'accordent mal avec la foule et lui sont rarement agréables ; ils lui font violence quand ils redressent ce qu'elle a de tordu et la blessent, comme les bandages dont usent les médecins, alors que pourtant ils ramènent les membres déboîtés dans leur position naturelle. Peut-être faut-il donc laver les deux hommes de ce reproche.

XLVI. [III]. 1. Lucullus porta la guerre beaucoup plus loin que Cimon. Il fut le premier Romain à franchir le Taurus et à traverser le Tigre avec une armée. Il prit et brûla, sous les yeux de leurs rois, les villes royales d'Asie : Tigranocerte, Cabires, Sinope et Nisibis. Il soumit les pays du Nord jusqu'au Phase, ceux de l'Orient jusqu'à la Médie, ceux du Sud et de la mer Érythrée, avec l'aide des rois arabes. Il

---

2. Gorgias, *516d*.

écrasa les forces des rois ; seule, leur personne lui échappa, car ils s'enfuirent comme des bêtes sauvages dans des déserts et des forêts impraticables et inaccessibles. 2. Voici une preuve éclatante de sa supériorité : les Perses, comme s'ils n'avaient guère été entamés par Cimon, se dressèrent aussitôt contre les Grecs, dont ils vainquirent et détruisirent en Égypte la grande armée. En revanche, Tigrane et Mithridate ne tentèrent plus rien après Lucullus. Mithridate, déjà faible et brisé par ses premiers combats, n'osa pas une seule fois faire sortir ses troupes de leur camp pour les montrer à Pompée ; il s'enfuit dans le Bosphore où il mourut. Quant à Tigrane, il se présenta devant Pompée, nu et sans armes, et se prosterna devant lui ; il se dépouilla de son diadème qu'il jeta aux pieds du Romain, cherchant à le flatter avec ce qui ne lui appartenait plus mais avait figuré dans le triomphe de Lucullus, 3. et il fut d'autant plus heureux de reprendre l'insigne de sa royauté, qu'il en avait été dépouillé auparavant. Or entre deux généraux comme entre deux athlètes, le plus grand est celui qui livre à son successeur un adversaire plus affaibli. 4. De plus, Cimon avait trouvé la puissance du Grand Roi écrasée et l'orgueil des Perses humilié par les grandes défaites et les déroutes continuelles que leur avaient imposées Thémistocle, Pausanias et Léotychidas[3] ; il vainquit facilement les corps de ces hommes dont l'âme était déjà terrassée et abattue. En revanche, quand Tigrane attaqua Lucullus, il avait livré de nombreux combats sans être jamais vaincu et il était plein d'orgueil. 5. Quant au nombre des ennemis, on n'a pas le droit de mettre en parallèle ceux qui se liguèrent contre Lucullus et ceux qui furent vaincus par Cimon. 6. En conséquence, tout bien considéré, il est difficile de rendre un jugement. La divinité elle-même se montra, semble-t-il, aussi bienveillante avec l'un qu'avec l'autre, révélant à l'un ce qu'il devait faire pour réussir, à l'autre de quoi il devait se garder. Le suffrage des dieux leur est donc favorable à tous deux, les déclarant l'un et l'autre dotés d'une nature bonne et divine.

---

3. En 480, Thémistocle à Salamine ; en 479, Pausanias à Platées et Léotychidas au cap Mycale défirent les Perses.

BIBLIOGRAPHIE

Vie de Cimon

Brelich A.
Païdes e parthenoï, Rome, 1969.

Lévy Éd.
La Grèce au Vᵉ siècle de Clisthène à Socrate, Paris, 1995.

Ruzé F.
Délibération et pouvoir dans la cité grecque de Nestor à Socrate, Paris, 1997.

Schmitt-Pantel P.
La cité au banquet, Rome, 1992.

Taillardat J.
« La trière athénienne et la guerre sur mer », dans *Problèmes de la guerre en Grèce ancienne*, J.-P. Vernant éd., 2ᵉ éd., Paris, 1985.

Whitehead D.
The Demes of Attica, Princeton, 1986.

Will E.
Le Monde grec et l'Orient. I. Le Vᵉ siècle, Paris, 1972.

Vie de Lucullus

Bertrand J.-M.
« Rome et la Méditerranée orientale au Iᵉʳ siècle avant J.-C. », dans *Rome et la conquête du monde méditerranéen. 2. Genèse d'un empire*, Cl. Nicolet éd., Paris, 1978, p. 789-811.

Boyancé
REL, XXXIV, 1956, p. 111-131.

Brenk Fr. E.
Latomus, XXXIV, 1975, p. 336-349.

Briant P.
Histoire de l'empire perse, Paris, 1996.

Broise H. et Jolivet V.
L'Urbs. Espace urbain et histoire, Rome, 1987.

Carena C., Manfredini M., Piccirilli L., éd.,
Plutarco. Le vite di Cimone e di Lucullo, Florence, 1990.

Dumézil G.
• *Tarpeia*, Paris, 1947.
• *Mythe et épopée*, rééd., Paris, Quarto, 1995.

Ferrary J.-L.
Philhellénisme et impérialisme. Aspects idéologiques de la conquête romaine du monde hellénistique, BEFAR 271, Rome, 1988.

Grimal P.
• *Les jardins romains*, Paris, 3ᵉ éd., 1984.
• *Cicéron*, Paris, 1986.

Jolivet V.
Mélanges de l'École Française de Rome. Antiquité, 89, 1987, p. 875-904.

Lane Fox R.
Païens et chrétiens, trad. fr., Toulouse, 1997.

Laronde A.
Cyrène et la Libye hellénistique, Paris, 1987.

Le Corsu F.
Plutarque et les femmes dans les Vies parallèles, Paris, 1981.

Nicolet Cl.
Le métier de citoyen dans la Rome républicaine, Paris, 1976.

Pailler J.-M.
« La vierge et le serpent », *Mélanges de l'École Française de Rome*, 109, 1997, 2, p. 513-575.

Reinach Th.
Mithridate VI Eupator, Paris, 1890.

Robert L.
Hellenica, XIII, Paris, 1965.

Romilly J. de
La douceur dans la pensée grecque, Paris, 1979.

Syme R.
• *Roman Papers*, I, Oxford, 1979.
• *Roman Papers*, IV, Oxford, 1988.

Van Ooteghem J.
Lucius Licinius Lucullus, Bruxelles, 1959.

NICIAS-CRASSUS

Nicias et Crassus étaient l'un et l'autre fort riches. Et l'un et l'autre périrent misérablement lors d'une campagne militaire désastreuse. Là s'arrête ce qui leur est commun, et Plutarque, dans sa Comparaison finale, a bien du mal à justifier le parallèle qu'il a tenté d'établir entre eux.

L'Athénien Nicias fut l'un des stratèges qui jouèrent un rôle important durant la guerre du Péloponnèse. Non qu'il fût un brillant général, mais c'est lui qui attacha son nom à la paix qui mit fin à la première partie de la guerre en 421, et c'est lui qui conduisit en 415 la désastreuse expédition de Sicile qui s'acheva misérablement en 413 et au cours de laquelle il trouva la mort. Cette expédition, il ne l'avait pas voulue, mais il s'était heurté au brillant Alcibiade qui avait réussi à convaincre les Athéniens qu'une campagne en Sicile accroîtrait leur puissance. Lorsque après le départ de l'expédition, Alcibiade, compromis dans l'affaire des Mystères, fut rappelé et préféra s'enfuir, Nicias dut conduire pratiquement seul une guerre qu'il avait déconseillée. Malgré les quelques succès qu'il remporta, il se trouva bientôt acculé à la retraite. Son indécision, ses craintes superstitieuses ne permirent pas aux Athéniens d'échapper à leurs adversaires et Nicias porta ainsi la responsabilité d'une des plus graves défaites subies par Athènes.

C'est aussi par une grave défaite que s'acheva la vie de Crassus. Mais, avec le Romain, on se trouve dans un contexte historique tout à fait différent. Crassus est l'un des principaux acteurs des guerres civiles qui déchiraient le monde romain au Ier siècle avant J.-C. Nicias tirait sa fortune de l'exploitation des mines du Laurion. Crassus, lui, comme l'écrit Plutarque, «fit des malheurs publics sa principale source de revenus», tirant parti des proscriptions de Sylla pour s'enrichir et spéculant sur les biens immobiliers, «si bien que la plus grande partie de Rome fut bientôt entre ses mains». Fort habile, il sut se rapprocher de Pompée et de César pour former avec eux en 60 le premier triumvirat. N'ayant jusque-là acquis une gloire militaire qu'en écrasant la révolte de Spartacus (72-71), il rêvait de surpasser ses deux collègues en conquérant l'Orient. Mais, stratège médiocre et velléitaire, il échoua dans son entreprise, et fut responsable de la plus grande défaite subie par une armée romaine à Carrhes, face aux redoutables Parthes (53 avant J.-C.).

Crassus n'est assurément pas, non plus d'ailleurs que Nicias, un de ces héros que Plutarque se plaît à donner en exemple. Mais son récit de la vie de Crassus est notre principale source sur la révolte des esclaves conduite par Spartacus, et, à ce titre, elle est précieuse. Quant à la description que Plutarque donne des mœurs des Parthes, elle inspira Corneille lorsqu'il fit de Suréna le héros de sa dernière tragédie.

Cl. M.

NICIAS

I. 1. Puisque nous jugeons qu'il n'est pas déplacé de comparer Crassus à Nicias, et le désastre subi chez les Parthes à celui de Sicile, il est temps d'adresser en ma faveur une invitation et une prière à ceux qui viendront à lire ces écrits. Qu'ils n'aillent pas penser qu'après les récits que Thucydide, se surpassant lui-même en pathétique, en précision, en variété, a rapportés d'une manière inimitable, nous ayons éprouvé rien qui ressemble aux sentiments de Timée. Celui-ci, se figurant qu'il dépassera Thucydide par son habileté et qu'il fera apparaître Philistos comme un amateur d'une totale grossièreté, saute dans son histoire directement aux passages qui ont été le mieux réussis par ces deux auteurs, combats, batailles navales, discours. Mais, par Zeus! il n'est pas

> Un fantassin qui court auprès d'un char lydien,

comme le dit Pindare; il montre bien, dans ces récits, qu'il est un homme au savoir mal digéré, un jeune prétentieux, qui est, selon le mot de Diphilos,

> Gros et gras et farci du suif de la Sicile[1].

2. À plusieurs endroits, il se ravale au niveau de Xénarchos. Il dit par exemple qu'il était de mauvais augure pour les Athéniens qu'un stratège dont le nom était dérivé du mot victoire *[nicè]* s'opposât à cette campagne, que, par la mutilation des hermès[2], la divinité annonçait qu'Hermocratès fils d'Hermon leur infligerait bien des maux durant cette guerre, 3. ou encore qu'il était naturel qu'Héraclès secourût les Syracusains à cause de Corè, qui lui avait remis Cerbère, et qu'il fût fâché contre les Athéniens parce qu'ils protégeaient les Égestains, descendants des Troyens dont lui-même, offensé par Laomédon, avait ruiné la cité[3]. 4. Peut-être ces réflexions lui

---

1. *Plutarque cite les trois principales sources qu'il a utilisées pour écrire la* Vie de Nicias : Thucydide *qui a longuement relaté les événements qui ont précédé l'expédition de Sicile et l'expédition elle-même;* Philistos, *historien syracusain contemporain du tyran Denys l'Ancien et auteur d'une* Histoire de Sicile ; Timée de Tauroménion, *qui vécut dans la seconde moitié du* IVe *siècle. Le jugement sévère qu'il porte sur Timée rejoint celui de Polybe (*Histoires, *XII, 3-15). Pindare est le grand poète lyrique béotien du* V^e *siècle. Diphilos est un auteur de la comédie moyenne (*IVe *siècle). On retrouve ici une fois de plus le mépris dans lequel étaient tenus les Grecs d'Occident par les Athéniens.*
2. *La mutilation des hermès, ces bornes situées aux carrefours et à l'entrée des maisons, eut lieu quelques jours avant le départ de l'expédition de Sicile. Elle était le fait de jeunes gens ivres, mais on y vit aussitôt un mauvais présage. Hermocratès est le stratège qui organisa la défense de Syracuse (voir* infra, *XVI, 5 ; XXVI, 1 ; XXVIII, 3).*
3. *Corè Perséphone était particulièrement vénérée en Sicile ainsi que sa mère Déméter. C'est à l'appel des Égestains qui se disaient menacés par les gens de Sélinonte que les Athéniens répondirent en préparant*

sont-elles dictées par la même délicatesse qui le poussa à corriger la langue de Philistos et à insulter Platon et Aristote[4]! À mes yeux, se montrer querelleur en matière de style et jaloux des autres auteurs est, de manière générale, une attitude mesquine, bonne pour un sophiste et, si l'on s'en prend à des œuvres inimitables, c'est pure stupidité. 5. Par conséquent, puisque je ne peux passer sous silence les actions rapportées par Thucydide et Philistos, dans la mesure où elles révèlent particulièrement bien le comportement et les dispositions du héros, que cachent le nombre et l'importance de ses malheurs, je les ai parcourues rapidement, en m'en tenant à l'essentiel, pour ne pas avoir l'air totalement négligent et paresseux. Je me suis efforcé en revanche de rassembler des éléments ignorés du plus grand nombre, évoqués sporadiquement par d'autres écrivains, ou découverts sur des offrandes ou des décrets anciens. En matière d'histoire, il ne s'agit pas pour moi d'accumuler des documents inutiles, mais de transmettre ce qui sert à la compréhension d'un caractère et d'un comportement[5].

II. 1. En ce qui concerne Nicias, donc, on peut rappeler, pour commencer, ce qu'a écrit Aristote: les trois meilleurs citoyens, ceux qui eurent pour le peuple la bienveillance et l'affection d'un père furent Nicias fils de Nicératos, Thucydide fils de Mélésias et Théramène fils d'Hagnon[6]. Mais ce dernier ne valait pas les deux premiers: on lui a reproché sa naissance, l'accusant d'être un étranger, originaire de Céos, et son manque de stabilité dans ses choix politiques, qui le fit hésiter sans cesse entre deux partis et lui valut le surnom de Cothurne[7]. 2. Des deux autres, le plus âgé était Thucydide qui, à la tête des gens de bien, s'opposa souvent à la politique démagogique de Périclès[8]. Nicias était son cadet. Il jouissait déjà d'une certaine réputation du vivant de Périclès: il fut stratège avec lui et exerça seul le

---

l'expédition de Sicile (voir infra, *XII, 1). La légende des fondations troyennes en Occident est fort ancienne. Héraclès se serait emparé de Troie parce que le roi Laomédon, le père de Priam, aurait refusé de lui payer son salaire pour l'avoir débarrassé d'un monstre marin.*
4. Polybe dit à propos de Timée qu'il accuse Aristote «de témérité, d'imprudence et d'étourderie» (XII, 8), mais il ne mentionne pas Platon.
5. Plutarque révèle ici sa façon de travailler: pour raconter la Vie de Nicias, *et singulièrement les événements de Sicile, il utilise les récits des historiens; mais ce n'est pas là son objet essentiel. Il lui faut donc recourir à d'autres sources, plus anecdotiques, mais susceptibles d'éclairer davantage le caractère et la personnalité de ses héros. Voir Dictionnaire, «Thucydide», «Antiquaire» et «Vie».*
6. Plutarque reprend ici les remarques d'Aristote dans la Constitution d'Athènes, *XXVIII, 5. Cependant, à propos de Théramène, Aristote, sans méconnaître les polémiques dont son attitude politique fut l'objet – il avait participé aux deux révolutions oligarchiques de la fin du Ve siècle, mais fut condamné à mort par Critias, le chef des Trente –, conclut qu'il était un* agathos politès, *un bon citoyen, et ne fait aucune allusion à une origine étrangère d'autant moins vraisemblable que son père Hagnon fut plusieurs fois stratège.*
7. Le cothurne était une chaussure que l'on pouvait mettre au pied droit comme au pied gauche.
8. Plutarque fait allusion à cette rivalité entre Périclès et Thucydide fils de Mélésias dans Périclès, *VIII, 5.*

commandement à plusieurs reprises. Après la mort de Périclès[9], il fut aussitôt porté au premier rang, principalement par les riches et les notables, qui se servaient de lui comme d'un rempart contre l'impudence et l'audace de Cléon[10], ce qui ne l'empêchait pas de jouir de la faveur du peuple, qui soutenait ses ambitions. 3. Certes, Cléon était très puissant,

> Subjuguant les vieillards, distribuant des soldes,

mais, en voyant sa cupidité, son effronterie et son audace, même cette foule qu'il cherchait à flatter se ralliait à Nicias. 4. C'est que la gravité de ce dernier n'était ni sévère ni hautaine à l'excès ; il s'y mêlait une sorte de timidité qui séduisait la multitude parce qu'il avait l'air de la craindre. 5. Bien qu'il fût d'un naturel peu audacieux et pessimiste, sa bonne fortune lui permit de dissimuler sa mollesse dans les combats et ses campagnes furent toutes couronnées de succès ; 6. dans la vie politique, sa peur des cris, sa propension à se troubler face aux sycophantes[11] et son attitude démocratique lui donnèrent, semble-t-il, une influence considérable, en inspirant au peuple de la sympathie, car les gens craignent ceux qui les méprisent mais élèvent ceux qui les craignent : pour la foule, c'est en effet un très grand honneur de ne pas être méprisée par les grands.

III. 1. Périclès, qui s'appuyait sur un mérite authentique et sur la puissance de sa parole pour diriger la cité, n'avait nul besoin de belles attitudes ou de gestes persuasifs pour attirer la foule ; Nicias, inférieur à lui sous ce rapport, possédait une fortune plus importante[12], dont il se servit pour séduire le peuple. 2. Cléon maniait les Athéniens par sa rouerie et ses bouffonneries qui les réjouissaient ; doutant de pouvoir rivaliser avec lui par les mêmes procédés, Nicias attirait le peuple par ses chorégies, ses gymnasiarchies[13] et d'autres libéralités du même genre, surpassant en dépenses et en générosité tous ses devanciers et tous ses contemporains. 3. Parmi les offrandes qu'il consacra, subsistaient encore, de notre temps, sur l'Acropole, la statue de Pallas qui a perdu sa dorure et, dans le sanctuaire de Dionysos, le temple où sont déposés les trépieds de ses chorégies ; en effet, lorsqu'il

---

9. *Périclès mourut en 429. Nicias n'apparaît qu'épisodiquement dans le récit de Thucydide, à l'occasion des campagnes auxquelles il participa, et comme l'un des négociateurs de la paix de 421.*
10. *Cléon dirigea la politique athénienne après la victoire qu'il remporta à Sphactéria en 424. Riche tanneur, il fut la cible préférée d'Aristophane, en particulier dans les* Cavaliers.
11. *Les sycophantes étaient ces accusateurs professionnels qui étaient toujours prêts à traîner devant les tribunaux les hommes politiques en vue avec l'espoir de monnayer le retrait de leur plainte.*
12. *La fortune de Nicias reposait sur l'exploitation des mines d'argent du Laurion. Aux dires de Xénophon (*Revenus*, IV, 14), il possédait 1 000 esclaves loués à des concessionnaires et qui lui rapportaient un revenu d'une obole par jour et par homme. Voir aussi infra, IV, 2.*
13. *La chorégie et la gymnasiarchie étaient des liturgies, ces charges que la cité confiait aux citoyens les plus riches. C'était pour ces derniers l'occasion de rivaliser de générosité et de s'attirer les bonnes grâces du* démos, *c'est-à-dire d'obtenir des votes favorables lors des élections ou en cas de procès devant les tribunaux.*

fut chorège, il remporta souvent la victoire[14], et ne fut jamais vaincu. **4.** À l'occasion d'une de ses chorégies, dit-on, un esclave qui lui appartenait parut sur la scène, costumé en Dionysos : il était très beau, très grand et encore imberbe. Les Athéniens, ravis à cette vue, applaudirent longuement ; alors Nicias, se levant, déclara qu'à son avis, il serait impie de maintenir dans l'esclavage quelqu'un que ces suffrages avaient consacré au dieu, et affranchit le jeune homme. **5.** On rappelle également les largesses éclatantes et vraiment dignes du dieu qu'il fit à Délos. Jusque-là, les chœurs que les cités envoyaient pour chanter en l'honneur du dieu abordaient l'île au gré du hasard ; dès que la foule accourait au-devant du navire, ils étaient priés de chanter, sans aucune ordonnance, dans la précipitation et la cohue, alors qu'ils étaient encore en train de débarquer, de se couronner et de changer de vêtements. Mais lorsque Nicias conduisit la théorie[15], il débarqua à Rhéneia avec son chœur, les victimes et tout l'équipement nécessaire ; il amenait aussi un pont de vaisseaux, fabriqué à Athènes aux dimensions requises et magnifiquement orné d'or, d'étoffes teintes, de couronnes et de tentures. Pendant la nuit, il le fit mettre en place sur le chenal, assez étroit, qui sépare Rhéneia et Délos. **6.** Puis, au point du jour, prenant la tête de la procession en l'honneur du dieu et conduisant le chœur richement paré qui chantait, il les fit débarquer en empruntant le pont. **7.** Après le sacrifice, le concours et les banquets, il dressa le palmier de bronze qu'il offrit au dieu et acheta pour dix mille drachmes un terrain qu'il consacra et dont les revenus devaient servir aux Déliens à offrir des sacrifices et des festins, accompagnés de prières demandant aux dieux d'accorder à Nicias beaucoup de bienfaits. Il fit inscrire cette disposition sur la stèle qu'il laissa à Délos[16] comme pour garder sa donation. **8.** Mais le palmier, mis en pièces par les vents, s'effondra sur la grande statue des Naxiens[17] et la renversa.

IV. 1. Ces gestes étaient inspirés, cela n'est pas douteux, par le désir de plaire dans les panégyries et sur l'agora, pour favoriser sa gloire et son ambition. Mais, si l'on se fonde sur le reste de sa conduite et sur son caractère, on serait tenté de croire que tant de libéralités et de largesses au peuple allaient aussi de pair avec une réelle piété. Il était, plus que tout autre, de ceux qui tremblent devant les phénomènes divins et, comme le dit Thucydide, il était enclin à la superstition[18]. **2.** Dans

---

14. *On découvre là un des aspects essentiels du système des liturgies. En effet, les citoyens riches, désignés comme chorèges à l'occasion des Grandes Dionysies ou d'autres fêtes religieuses, concouraient entre eux et étaient récompensés par l'attribution d'une couronne. Remporter le premier prix était donc le signe d'une générosité particulière et valait au vainqueur la reconnaissance de la cité tout entière. La suite du texte précise par des exemples l'extraordinaire générosité de Nicias.*
15. *La théorie, c'est-à-dire le cortège des ambassadeurs sacrés qui se rendaient à Délos pour les fêtes en l'honneur d'Apollon.*
16. *Plutarque a sans doute vu cette stèle et l'inscription qu'elle portait.*
17. *Il s'agit d'une statue colossale d'Apollon offerte par les Naxiens au VIe siècle.*
18. *Thucydide mentionne cette superstition à propos de l'éclipse de lune qui retarda la retraite des Athéniens en 413 (Guerre du Péloponnèse, VII, 50, 4).*

un des dialogues de Pasiphon[19], il est écrit que chaque jour il sacrifiait aux dieux, et qu'il avait chez lui un devin qu'il feignait de consulter sans cesse au sujet des affaires publiques, mais qu'il interrogeait en fait sur ses affaires personnelles, notamment sur ses mines d'argent. Il en possédait plusieurs dans le Laurion, qui lui procuraient de grands revenus mais dont l'exploitation n'était pas sans dangers; il y entretenait une quantité d'esclaves et sa fortune consistait, pour la plus grande partie, en argent[20]. 3. Aussi était-il entouré d'un grand nombre de gens qui quémandaient et auxquels il donnait, car il se montrait aussi généreux avec les personnes susceptibles de mal agir qu'avec celles qui méritaient ses bienfaits: en un mot, les méchants vivaient de sa pusillanimité, les hommes de bien de son humanité. 4. On peut en trouver confirmation chez les auteurs comiques eux-mêmes. 5. Ainsi Télécleidès a écrit les vers suivants contre un sycophante qui, dit-il, a reçu

> Une mine de Chariclès pour ne pas dire
> Que sa mère l'a eu, lui, l'aîné, d'une bourse[21],
> Et quatre de Nicias, fils de Nicératos...
> Pourquoi donc? Je le sais, mais ne le dirai pas
> Nicias est mon ami et me paraît sensé.

6. Le personnage qu'Eupolis met en scène dans sa comédie *Maricas*[22] fait venir sur scène un pauvre, étranger à la politique, et lui dit:

> – Depuis combien de temps fréquentes-tu Nicias?
> – Moi? Je ne l'ai pas vu, sauf tout dernièrement:
> Il se tenait sur l'agora...
>   – Cet homme avoue
> Qu'il a vu Nicias. Mais que s'est-il passé?
> Pourquoi l'aurait-il vu s'il ne trahissait pas?
> – Oyez, amis, oyez! Nicias a été pris,
> Oui, en flagrant délit...
>   – Comment donc, insensés
> Le prendre en faute, lui, le meilleur fils du monde?

---

19. Pasiphon d'Érétrie est un disciple de Socrate que cite Diogène Laërce (Vies des philosophes, II, 6).
20. Sur la richesse de Nicias, voir III, 1 et note. Voir également Xénophon (Mémorables, II, 5,2) qui évoque l'achat par Nicias d'un esclave contremaître d'une valeur de un talent (6 000 drachmes). Parce qu'elle était essentiellement « en argent », la fortune de Nicias se distinguait de celle des membres des vieilles familles athéniennes, essentiellement fondée sur la possession de biens fonciers.
21. Télécleidès est un poète comique un peu antérieur à Aristophane. La plaisanterie semble indiquer que ce Chariclès (peut-être celui qui, plus tard, fit partie des Trente) aurait été acheté par celle qui se disait sa mère.
22. Eupolis est un autre poète comique contemporain d'Aristophane, qui, sous le nom barbare de Maricas, mettait en scène le démagogue Hyperbolos (voir infra, XI, 3-4).

7. Le Cléon d'Aristophane profère la menace suivante :

> J'étranglerai tous les rhéteurs ! Quant à Nicias,
> Je lui ferai très peur[23] !

8. Enfin Phrynichos[24] fait allusion à son manque d'audace et à sa pusillanimité dans ces vers :

> Il était, je sais bien, un brave citoyen
> Et n'allait pas craintif, soumis comme Nicias.

V. 1. Cette méfiance à l'égard des sycophantes faisait qu'il ne dînait avec aucun des citoyens[25] et ne se joignait pas à leurs conversations ou à leurs occupations de la journée ; de manière générale, il ne consacrait jamais son temps à ce genre de distractions. Quand il était magistrat, il restait dans la salle de réunion des stratèges jusqu'à la nuit : il était le dernier à sortir de la Boulè, le premier à y arriver. 2. S'il n'avait rien à faire en public, il était difficile de l'aborder et de le rencontrer, car il restait enfermé chez lui. Ses amis rencontraient ceux qui se présentaient à sa porte et les priaient de l'excuser[26] : « Nicias, disaient-ils, est retenu par des occupations publiques qui lui prennent tout son temps. » 3. Celui qui collaborait le plus à cette mise en scène et contribuait à son prestige et à sa gloire était Hiéron : cet homme avait été élevé dans la maison de Nicias qui lui avait enseigné lui-même les lettres et la musique. Hiéron prétendait être fils de Denys, surnommé Chalcous [« l'homme de Bronze »], dont on a conservé des poèmes et qui, à la tête de la colonie envoyée en Italie, fonda Thourioï[27]. 4. Ce Hiéron organisait pour Nicias des entretiens secrets avec les devins et répandait dans le peuple le bruit que, par amour pour la cité, Nicias s'astreignait à une vie de travail misérable. « Même quand il est au bain ou à table, disait-il, il y a toujours une affaire publique qui lui tombe dessus. Il néglige ses intérêts personnels pour ceux de la communauté et c'est à peine s'il commence à dormir quand les autres ont déjà fini leur premier sommeil. 5. Aussi sa santé est-elle délabrée ; il n'est ni serviable ni affable avec ses amis et,

---

23. *Ce vers est emprunté à la comédie d'Aristophane,* Les Cavaliers, *v. 358, mais ce n'est pas le Paphlagonien – c'est-à-dire Cléon – mais le charcutier son adversaire qui parle.*

24. *Phrynichos est également un poète de l'ancienne comédie. Les hommes politiques athéniens étaient la cible préférée des comiques, et Plutarque s'est évidemment plu à les citer, même s'ils donnent de Nicias une image un peu différente de celle que Plutarque avait proposée au début de son récit.*

25. *Les réunions d'amis pouvaient passer, aux yeux des hommes politiques, pour des lieux où se nouaient des intrigues. On sait l'importance qu'auront les compagnonnages (hétairies) dans la préparation de la révolution oligarchique de 411.*

26. *Tout homme politique se devait d'avoir autour de lui des* philoï, *des amis qui l'entouraient lors des assemblées, voire si nécessaire présentaient à sa place les propositions qu'il souhaitait voir adoptées par le peuple. Voir Mossé (1995), p. 147-153.*

27. *Ce Denys le Bronzier était ainsi appelé pour avoir conseillé aux Athéniens l'usage d'une monnaie de bronze. La colonisation de Thourioï en Italie du Sud avait été entreprise à l'initiative de Périclès en 444-443. Hérodote faisait partie des colons.*

pour cette raison, il les perd, comme il perd sa fortune, à force de s'occuper des affaires de la cité[28]. 6. Les autres, eux, se font des amis et s'enrichissent grâce à la tribune ; ils prennent du bon temps et se moquent de la politique[29]. » 7. Et, de fait, la vie de Nicias était telle qu'il aurait pu s'appliquer à lui-même les propos d'Agamemnon :

À l'orgueil obéit notre existence entière,
De la foule pourtant nous sommes les esclaves[30].

VI. 1. Nicias voyait que le peuple se servait en de rares occasions de l'expérience des citoyens éloquents ou d'une intelligence supérieure, mais qu'il méprisait toujours l'habileté et s'en défiait, et cherchait à rabaisser l'orgueil et la gloire : cela avait été manifeste avec la condamnation de Périclès, l'ostracisme de Damon, la défiance de la foule à l'égard d'Antiphon de Rhamnonte et surtout le sort de Pachès, le conquérant de Lesbos qui, alors qu'il rendait compte de son commandement, tira l'épée et se tua en plein tribunal[31]. 2. Il essayait par conséquent d'éviter les campagnes difficiles et longues. Chaque fois qu'il était stratège, il veillait à se mettre à l'abri ; il réussissait presque toujours, mais n'attribuait, semblait-il, ses succès ni à sa prudence, ni à son autorité, ni à sa vaillance : il s'effaçait derrière la Fortune[32] et s'abritait derrière la divinité, pour se soustraire à l'envie que suscite la gloire. 3. Les faits en témoignent. La cité subit à cette époque plusieurs graves revers, mais Nicias n'y eut absolument aucune part. Lorsque les Athéniens furent vaincus en Thrace par les Chalcidiens, ils avaient pour stratèges Callias et Xénophon ; lors de leur échec en Étolie, ils étaient commandés par Démosthénès ; quand ils perdirent mille hommes à Délion, ils étaient sous les ordres d'Hippocratès. Quant à la peste, ce fut Périclès, surtout, qui en fut jugé responsable pour avoir, à cause de la guerre, enfermé dans la ville la foule évacuée de la campagne, le fléau ayant été provoqué par ce changement de lieu et l'adoption d'un régime inhabituel[33]. 4. Mais Nicias ne fut accusé d'aucun de ces désastres. Quand

---

28. Cette affirmation contredit ce qui a été dit (IV, 2) sur l'intérêt que prenait Nicias à l'exploitation de ses mines d'argent, dont les revenus lui permettaient les largesses auxquelles il devait sa popularité.
29. L'accusation formulée contre les hommes politiques qui ne cherchaient qu'à s'enrichir est un topos du discours hostile à la démocratie.
30. Les vers cités sont tirés d'Euripide, Iphigénie à Aulis, v. 449 et suiv.
31. Périclès fut en effet condamné à une amende, au lendemain de la seconde invasion de l'Attique par les Péloponnésiens en 430-429 (Thucydide, II, 65, 3), ce qui ne l'empêcha pas d'être presque aussitôt réélu stratège. Sur Damon, voir Périclès, *IV, 1-3. Antiphon de Rhamnonte fut condamné à mort pour avoir pris part à la révolution de 411 (Thucydide, II, 68, 1-2). Sur Pachès, voir* Aristide, *XXVI, 5.*
32. Thucydide fait souvent allusion à l'eutychia, à la chance de Nicias (V, 16, 1 ; VI, 17, 1 ; VII, 77, 2).
33. Plutarque associe dans une même campagne Callias et Xénophon, alors que le premier meurt au siège de Potidée en 432 (Thucydide, I, 63, 3), tandis que le second commandait une expédition contre les Chalcidiens de Thrace en 430 (II, 79, 1). L'expédition de Démosthénès en Étolie eut lieu en 426 (III, 94-98) et le stratège Hippocratès fut vaincu à Délion en 424 (IV, 81-101). La peste se déclara la seconde année de la guerre, en 430. La stratégie de Périclès qui avait contraint les habitants de la campagne à se replier à l'intérieur des murs d'Athènes contribua à la diffusion rapide du fléau (II, 52, 1-4).

il fut stratège, il prit Cythère, une île prospère, en face de la Laconie, et occupée par des colons lacédémoniens. Il soumit aussi plusieurs régions de Thrace qui avaient fait défection et les fit rentrer dans l'alliance athénienne. Il bloqua les Mégariens dans leur cité et prit aussitôt l'île de Minoa, dont il partit peu après pour s'emparer de Nisaia. Puis, débarquant à Corinthe, il vainquit les Corinthiens au combat et en tua un grand nombre, ainsi que leur stratège Lycophron[34]. 5. Or il se trouva qu'il avait laissé là les cadavres de deux de ses hommes, qu'on n'avait pas retrouvés quand on relevait les morts. Dès qu'il s'en aperçut, il fit arrêter sa flotte et envoya un héraut aux ennemis pour demander la permission de les enlever. 6. Pourtant, selon une tradition alors en usage, on considérait que ceux qui demandaient une trêve pour relever leurs morts renonçaient à la victoire, et il ne leur était pas permis d'élever un trophée. En effet, pour être vainqueur, il faut être maître absolu[35]; si l'on demande, c'est qu'on n'est pas maître puisqu'on est incapable de prendre par soi-même. 7. Nicias accepta néanmoins de renoncer à la victoire et à la gloire plutôt que de laisser sans sépulture deux de ses concitoyens. Après avoir ravagé le littoral de Laconie et mis en déroute ceux des Lacédémoniens qui s'opposaient à lui, il prit Thyréa, que tenaient des Éginètes, et ramena à Athènes ceux qu'il prit vivants[36].

VII. 1. Lorsque Démosthénès eut fortifié Pylos, les Péloponnésiens donnèrent l'assaut à cette place à la fois par terre et par mer[37]. On livra bataille et environ quatre cents Spartiates furent enfermés dans l'île de Sphactéria. Les Athéniens jugeaient que cette capture était un grand succès, ce qui était effectivement le cas, mais comme le siège était pénible et difficile, dans une région sans eau, dont le ravitaillement était long et dispendieux en été, dangereux ou totalement impossible en hiver, ils étaient mécontents et regrettaient d'avoir renvoyé une ambassade des Lacédémoniens qui était venue leur parler de trêve et de paix. 2. Ils l'avaient repoussée en raison de l'opposition de Cléon, attitude que celui-ci avait adoptée à cause de Nicias dont il était l'adversaire: le voyant empressé à soutenir les Lacédémoniens, il avait poussé le peuple

---

34. *Une fois de plus, Plutarque ne tient pas compte de l'ordre chronologique et attribue à Nicias toutes les opérations victorieuses menées par les Athéniens: la prise de Minoa en 425 (Thucydide, III, 51), l'expédition de Corinthe en 425 (IV, 42-44), la prise de Nisaia en 424 (IV, 69), la mainmise sur Cythère la même année (IV, 53), l'expédition de Thrace enfin (IV, 129-130).*
35. *Plutarque expose ici une des règles de la guerre hoplitique: est considéré comme vainqueur celui qui reste maître du terrain où s'est déroulée la bataille.*
36. *Thyréa avait servi de refuge aux Éginètes chassés de leur île par les Athéniens en 431 (Thucydide, II, 27, 2). Elle fut prise en 424 après Cythère (IV, 57, 3-4, où Thucydide ne nomme pas Nicias et précise que les Éginètes ramenés à Athènes furent mis à mort).*
37. *L'affaire de Pylos se situe dans le récit de Thucydide avant les derniers événements rapportés par Plutarque, indifférent une fois de plus à l'ordre chronologique. Plutarque résume pour l'essentiel le long développement de Thucydide (IV, 3-23; 26-41). Mais, dans le débat qui aboutit au refus des propositions lacédémoniennes, si Cléon est bien l'instigateur de ce refus, Nicias, lui, n'apparaît pas. En revanche, c'est bien lui qui, élu stratège, proposa à Cléon de prendre sa place à la tête de l'expédition de secours réclamée par Démosthénès (IV, 27, 5-28, 3).*

à voter contre la trêve. Comme le siège traînait en longueur et que les Athéniens apprenaient les terribles difficultés auxquelles se heurtait leur armée, ils s'emportaient contre Cléon. 3. Celui-ci tentait de rejeter la responsabilité sur Nicias : il l'accusait de laisser échapper les ennemis, par sa pusillanimité et sa mollesse, ajoutant que si lui-même, Cléon, était stratège, les Spartiates n'auraient pas tenu si longtemps, ce qui fit dire aux Athéniens : « Pourquoi n'embarques-tu pas, maintenant même, pour les affronter ? » 4. Alors Nicias se leva et se démit en sa faveur du commandement de Pylos, invitant Cléon à prendre avec lui autant de troupes qu'il voudrait : « Au lieu de faire le bravache en tenant des discours sans danger, va donc accomplir pour la cité un acte digne de respect. » 5. Cléon essaya d'abord de se dérober, mais il était troublé car il ne s'était pas attendu à cette proposition. Comme les Athéniens insistaient et que Nicias se récriait, il s'exalta et son ambition s'enflamma, si bien qu'il accepta le commandement, précisant que dans les vingt jours qui suivraient son départ, il aurait massacré les ennemis sur place, ou les aurait ramenés vivants à Athènes. 6. Mais il inspirait aux Athéniens plus d'éclats de rire que de confiance. D'ailleurs ceux-ci avaient pris l'habitude de supporter sans déplaisir son étourderie et sa folie et d'en plaisanter. 7. Ainsi, dit-on, lors d'une réunion de l'assemblée, le peuple, assis en séance, l'attendit longtemps : Cléon arriva en retard, une couronne sur la tête, et demanda le report de l'assemblée au lendemain. « Aujourd'hui, expliqua-t-il, je n'ai pas le temps, je dois offrir un banquet à des hôtes et je viens de faire un sacrifice aux dieux. » Les Athéniens se mirent à rire, puis se levèrent et renvoyèrent l'assemblée.

VIII. 1. Cependant, en la circonstance, il fut aidé par une fortune favorable et dirigea fort bien l'expédition avec Démosthénès. Dans le délai qu'il avait fixé, tous les Spartiates qui n'étaient pas tombés au combat rendirent les armes et il les emmena prisonniers. 2. Cet événement rendit Nicias fort impopulaire. Il n'avait pas jeté son bouclier, mais on jugeait plus honteux et plus grave d'avoir, par lâcheté, renoncé, de son plein gré, à son commandement et, en se démettant de sa charge, d'avoir laissé à son adversaire l'occasion d'un si grand triomphe. 3. Aristophane, une fois de plus, se moque de lui à ce propos dans les *Oiseaux* où il dit à peu près ceci :

> Non, par Zeus ! ce n'est plus le moment de dormir
> et nous ne devons plus temporiniciaser.

4. Et dans les *Laboureurs*, il écrit :

> Je voudrais labourer
>   – Eh bien, qui t'en empêche ?
> – Vous. Mais vous toucherez mille drachmes de moi
> Si vous me dispensez de mes magistratures.
> – Accord conclu. Cela nous fait deux mille drachmes
> Avec ce que Nicias nous a déjà versé[38].

---

38. Plutarque a déjà évoqué (supra, IV, 7) les moqueries d'Aristophane à l'encontre de Nicias. Les vers cités sont empruntés aux Oiseaux, *v. 639-640, et aux* Laboureurs, *pièce perdue.*

5. Assurément, Nicias fit beaucoup de tort à la cité en laissant Cléon acquérir tant de gloire et d'influence ; le personnage se prit d'un orgueil odieux, d'une audace insupportable et attira sur elle de nombreux malheurs, dont Nicias lui-même eut sa part plus que personne. 6. Cléon dépouilla la tribune de sa dignité : il fut le premier à crier en s'adressant au peuple, à arracher son manteau, à se frapper la cuisse et à courir tout en parlant[39], enseignant aux hommes politiques le sans-gêne et le mépris des convenances qui devaient, peu après, se répandre partout.

IX. 1. Vers cette époque, Alcibiade commençait déjà à se mêler des affaires des Athéniens[40]. Ce n'était pas un démagogue aussi effréné que Cléon mais, comme la terre d'Égypte qui, par sa vertu propre, porte en même temps, dit-on,

> Mille simples mêlés : beaucoup sont bienfaisants,
> Et beaucoup sont funestes[41],

de même, la nature d'Alcibiade, qui se portait, avec force et éclat, vers le bien comme vers le mal, fut la cause de grandes révolutions. 2. Aussi, même débarrassé de Cléon, Nicias n'eut-il pas l'occasion de calmer et d'apaiser la cité ; après avoir engagé les affaires dans la voie du salut, il en fut écarté et se trouva rejeté dans la guerre par l'ambition violente et brutale d'Alcibiade. 3. Voici comment les choses se passèrent. Les pires ennemis de la paix en Grèce étaient Cléon et Brasidas : la guerre permettait à l'un de cacher ses vices, à l'autre de rehausser ses mérites ; elle était l'occasion pour l'un de grands forfaits, pour l'autre de grands succès[42]. 4. Or ces deux hommes succombèrent ensemble dans un même combat, devant Amphipolis[43]. Nicias passa aussitôt à l'action. Voyant que les Spartiates aspiraient depuis longtemps à la paix, que les Athéniens n'avaient plus le cœur à la guerre, et que, de part et d'autre, les adversaires, comme brisés, étaient bien contents de baisser les bras, Nicias fit tout pour réconcilier les deux cités, les rendre amies, délivrer les autres Grecs de leurs maux, leur permettre de souffler, et affermir ainsi, pour l'avenir, le renom de son heureuse fortune. 5. Il avait avec lui les riches, les gens âgés et la foule des paysans qui désiraient la paix. Il rencontra à titre privé beaucoup d'autres citoyens dont il affaiblit, par ses conseils, l'ardeur belliqueuse. Il donna ainsi des espérances aux Spartiates et les engagea à demander la paix.

---

39. *Cette description de l'attitude de Cléon à la tribune est empruntée à Aristote*, Constitution d'Athènes, *XXVIII, 3.*
40. *Alcibiade n'apparaît dans le récit de Thucydide qu'après la conclusion de la paix de Nicias en 421.*
41. *Odyssée, IV, v. 230.*
42. *L'opposition Cléon-Brasidas n'est certainement pas aussi tranchée que le prétend Plutarque. Mais il est facile d'opposer le démagogue athénien au général doté de toutes les qualités d'un vrai Spartiate. Voir sur ce point le jugement plus nuancé de Thucydide (V, 16, 1) : Cléon et Brasidas étaient les principaux adversaires de la paix, «celui-ci parce qu'il réussissait à la guerre et en tirait gloire, l'autre parce qu'il pensait que le retour au calme rendrait plus manifestes ses méfaits et moins convaincantes ses calomnies».*
43. *Cléon et Brasidas trouvèrent la mort à Amphipolis en 422.*

6. Ceux-ci avaient confiance en lui à cause de la modération de tous ses actes et notamment de la manière dont il traitait les prisonniers de Pylos qui étaient enchaînés, les entourant d'égards et soulageant leur infortune. 7. Les adversaires avaient auparavant conclu une trêve d'un an[44], pendant laquelle, se retrouvant avec leurs compatriotes et goûtant de nouveau la sécurité, le loisir et la possibilité de rencontrer leurs hôtes et leurs parents, ils avaient éprouvé la nostalgie d'une vie sans souillure et sans guerre. Ils écoutaient avec plaisir les chœurs chanter des vers comme ceux-ci :

> Laisse donc cette lance, et que les araignées
> Tissent leur toile autour[45].

Ils se rappelaient avec plaisir ce mot : « Ceux qui dorment en temps de paix ne sont pas réveillés par les trompettes mais par les coqs ». 8. Ils injuriaient et maudissaient ceux qui les avertissaient que le destin avait fixé la durée de la guerre à trois fois neuf ans[46]. Ils s'entendirent donc pour parler de toutes les questions en litige et firent la paix. Aussitôt la plupart des Grecs se crurent vraiment délivrés de leurs maux; le nom de Nicias était sur toutes les lèvres : « Voilà, disait-on, un homme qui aime les dieux et à qui la divinité a accordé, à cause de sa piété, de donner son nom au plus grand et au plus beau des biens ». 9. Ils considéraient que la paix était vraiment l'œuvre de Nicias, comme la guerre avait été celle de Périclès : celui-ci avait, semblait-il, jeté les Grecs, pour des motifs bien minces, dans de grandes calamités, tandis que Nicias les avait convaincus d'oublier ces immenses malheurs et de devenir amis. Aussi, maintenant encore, appellent-ils cette paix, « paix de Nicias ».

X. 1. Un accord fut conclu[47], stipulant la restitution réciproque des territoires, des cités et des prisonniers : le sort désignerait ceux qui devaient faire cette restitution en premier. Nicias acheta secrètement, à prix d'argent, la décision du sort, afin que les Lacédémoniens fussent les premiers à restituer ce qu'ils avaient. C'est du moins ce que raconte Théophraste[48]. 2. Comme les Corinthiens et les Béotiens, mécontents de la situation, semblaient, par leurs reproches et leurs récriminations, prêts à

---

44. Cette trêve avait été conclue au printemps 423 ; Thucydide (IV, 118-119) cite Nicias parmi les stratèges athéniens qui prêtèrent serment.
45. Le vers est emprunté à une tragédie perdue d'Euripide.
46. Thucydide (V, 26, 1) donne ce chiffre de vingt-sept années, séparant le déclenchement de la guerre en 431 de la fin de la domination athénienne en 405, pour justifier l'inclusion dans son récit de la période comprise entre la paix de Nicias et l'expédition de Sicile, mais ne mentionne aucune prédiction.
47. Le texte du traité est donné par Thucydide (V, 18-19). Nicias figure parmi les 17 Athéniens qui prêtèrent serment.
48. Plutarque met ici en avant Nicias, alors que Thucydide (V, 21, 1) dit que ce fut le sort qui désigna les Lacédémoniens pour exécuter les premiers les clauses du traité. Théophraste, successeur d'Aristote à la tête du Lycée, a laissé une œuvre considérable dont une faible part seulement nous est parvenue. C'est peut-être lui qui qualifia la paix de 421 de « paix de Nicias ».

ranimer la guerre, Nicias persuada les Athéniens et les Lacédémoniens de joindre à la paix un traité d'alliance[49], comme une garantie et un lien, qui les rendrait plus redoutables à ceux qui feraient défection, et plus sûrs les uns des autres. 3. Pendant ces négociations, Alcibiade intervint[50]. Par nature, il n'était pas fait pour le repos et il en voulait aux Lacédémoniens de leur attachement et de leur sympathie pour Nicias, de leur dédain et de leur mépris à son égard. Dès le début, il s'était opposé à la paix, en vain, mais bientôt il vit que les Lacédémoniens n'avaient plus le même crédit aux yeux des Athéniens, qui les jugeaient coupables de s'être alliés avec les Béotiens et de ne pas avoir rendu Panacton intacte ni Amphipolis[51]. Il envenima ces griefs et, les reprenant l'un après l'autre, excita le peuple. 4. Enfin, il fit venir une ambassade d'Argiens et travailla à établir une alliance entre Argos et Athènes. Or des ambassadeurs arrivèrent de Lacédémone avec les pleins pouvoirs ; ils se présentèrent d'abord à la Boulè, avec des propositions qui furent jugées en tout point équitables. Alcibiade craignit de les voir séduire également le peuple avec les mêmes discours ; il entreprit donc de les circonvenir par traîtrise, leur jurant qu'il les seconderait en tout point s'ils déclaraient et affirmaient qu'ils n'avaient pas les pleins pouvoirs : ils parviendraient ainsi plus facilement à leurs fins, leur dit-il. 5. Ils lui firent confiance et, abandonnant Nicias, se rallièrent à lui. Il les introduisit devant le peuple, et la première question qu'il leur posa fut de savoir s'ils étaient venus avec les pleins pouvoirs sur toutes les questions. Leur réponse fut négative. Alors, contrairement à ce qu'ils attendaient, il fit volte-face, demanda à la Boulè de témoigner de leurs discours précédents, et pria le peuple de n'accorder ni attention ni confiance à des gens qui mentaient si ouvertement et disaient tantôt une chose, tantôt son contraire sur les mêmes sujets. 6. Comme on peut le penser, les ambassadeurs se troublèrent ; quant à Nicias, paralysé par le chagrin et la surprise, il ne trouvait rien à dire. Le peuple s'apprêtait donc à appeler les Argiens et à les prendre pour alliés, quand Nicias fut tiré d'affaire par un tremblement de terre qui se produisit en pleine séance et fit renvoyer l'assemblée[52]. 7. Le lendemain, le peuple se réunit de nouveau ; à force d'intervenir et de parler, Nicias parvint, non sans peine, à convaincre ses concitoyens d'arrêter les négociations avec les Argiens et de l'envoyer, lui, à Lacédémone ; tout allait s'arranger, leur promit-il. 8. Il se rendit donc à Sparte où, s'il reçut toutes les marques d'honneur dues à un homme de bien, dévoué à la cause lacédémonienne, il ne parvint à aucun résultat et fut vaincu par le parti favorable aux Béotiens. Il rentra donc, discrédité et décrié, et surtout inquiet de la réaction des Athéniens, qui étaient affligés et indignés d'avoir, sur ses conseils, rendu aux Lacédémoniens tant de prison-

---

49. Ici encore, Plutarque attribue à Nicias l'initiative d'une alliance que Thucydide attribue, lui, aux Lacédémoniens (V, 22-24). Et là encore, Nicias n'est que l'un des 17 Athéniens qui prêtèrent serment.
50. Plutarque a développé plus longuement cette entrée en scène d'Alcibiade dans Alcibiade, XIV, 1-4.
51. Sur le non-respect des clauses de la paix, en particulier concernant Amphipolis, voir Thucydide (V, 35, 2-7). Alcibiade ne fait son apparition dans le récit de l'historien qu'en V, 43, 2.
52. Ce stratagème d'Alcibiade est rapporté par Thucydide (V, 45, 1-4) qui évoque également la dissolution de l'assemblée à cause du tremblement de terre.

niers illustres : ceux qu'ils avaient ramenés de Pylos étaient originaires des premières familles de Sparte et avaient pour amis et pour parents les hommes les plus influents. 9. Malgré leur mécontentement, les Athéniens ne prirent aucune mesure trop dure contre lui, mais choisirent Alcibiade comme stratège, s'allièrent avec les Mantinéens et les Éléens, qui avaient fait défection de Sparte et, avec les Argiens, envoyèrent des pirates à Pylos ravager la côte de Laconie. C'est ainsi qu'ils se retrouvèrent en guerre[53].

XI. 1. Au plus fort du conflit entre Alcibiade et Nicias, on recourut à l'ostracisme[54], procédure que le peuple avait coutume d'employer de temps en temps, bannissant pour dix ans un de ceux dont la gloire semblait suspecte ou dont on jalousait la richesse : on inscrivait le nom du condamné sur un tesson *[ostracon]*. Le trouble et le danger étaient grands pour les deux camps, car l'on s'attendait à voir l'ostracisme frapper forcément l'un des deux rivaux. 2. Les Athéniens étaient écœurés par le mode de vie d'Alcibiade et son audace les épouvantait, comme je le montre plus en détail dans l'ouvrage que j'ai écrit sur lui[55]. Quant à Nicias, sa richesse lui attirait des envieux, et surtout, ce qui dans sa conduite s'écartait de l'humanité et de la démocratie, sa raideur, son allure oligarchique semblaient appartenir à une autre cité ; de plus, il s'opposait souvent aux désirs des Athéniens et, dans leur intérêt, contrecarrait leurs volontés, ce qui le rendait odieux. 3. Pour résumer, c'était la lutte des jeunes et des partisans de la guerre contre leurs aînés, soucieux de paix[56] : les premiers voulaient infliger l'ostracisme à Nicias, les seconds à Alcibiade.

> Dans la sédition, même le plus mauvais
> Peut atteindre aux honneurs[57].

C'est ainsi qu'en la circonstance, le peuple, déchiré entre deux factions, laissa le champ libre aux plus effrontés et aux plus criminels des hommes, notamment à Hyperbolos de Périthoïde, un individu qui, loin de devoir son arrogance à sa puissance, dut sa puissance à son arrogance et, par l'honneur qu'il acquit dans la cité, fit le déshonneur de la cité. 4. Cet homme se jugeait alors bien à l'abri de l'ostracisme, car il méritait plutôt le carcan ; il espérait, si l'un des deux rivaux était banni, pouvoir lutter à armes égales avec celui qui resterait : il se réjouissait donc ostensiblement de leur conflit et excitait le peuple contre les deux adversaires. 5. Voyant sa scélératesse, Nicias et Alcibiade eurent des pourparlers secrets, réunirent leurs

---

53. Plutarque suit ici le récit de Thucydide, V, 42-47.
54. L'ostracisme avait été institué par Clisthène après la chute des Pisistratides (fin VIe-début Ve siècle) pour éviter tout retour de la tyrannie. Voir Aristote, Constitution d'Athènes, XXII, 1 ; XLIII, 5.
55. Voir Alcibiade, XVI, 1-3.
56. Cette opposition entre jeunes et vieux est développée par Alcibiade dans le discours que lui prête Thucydide (VI, 17, 1).
57. Hexamètre d'un auteur inconnu, que Plutarque reprend dans Sylla (XXXIX, 3) et Alexandre (LIII, 5).

deux partis en une seule force et firent alliance, si bien qu'ils triomphèrent : l'ostracisme ne frappa ni l'un ni l'autre, mais Hyperbolos[58]. 6. Sur le moment, la situation amusa le peuple et le fit rire, mais plus tard, les Athéniens s'indignèrent à l'idée que la procédure de l'ostracisme avait été avilie, en frappant un homme aussi indigne. Ce châtiment impliquait en effet une certaine estime, ou plutôt, si l'on pensait que l'ostracisme était une humiliation, appliqué à un Thucydide[59], à un Aristide ou à leurs pairs, pour Hyperbolos, c'était un honneur et un prétexte à se montrer fanfaron que de subir, pour sa scélératesse, le même traitement que les citoyens les meilleurs. C'est ce qu'a dit à son sujet Platon le Comique[60] :

> 7. Il a subi un sort digne de sa conduite,
> Mais indigne de lui et de son infamie.
> L'ostracisme n'est pas fait pour des gens pareils !

8. En conséquence, personne ne fut plus ostracisé après Hyperbolos : il fut le dernier, le premier ayant été Hipparchos de Cholarges[61], qui était apparenté au tyran. 9. La Fortune est incompréhensible ; elle ne peut être saisie par le raisonnement. Si Nicias avait accepté d'affronter, à cause d'Alcibiade, le risque de l'ostracisme, soit il aurait été vainqueur et serait resté dans la cité en toute sécurité après avoir banni son rival, soit il aurait été vaincu et serait parti, sans avoir à subir les pires malheurs, en conservant sa réputation d'excellent stratège. 10. Je n'ignore pas que, selon Théophraste, l'ostracisme d'Hyperbolos fut la conséquence d'un différend d'Alcibiade avec Phaiax[62], et non avec Nicias. Mais la plupart des auteurs racontent les événements comme je viens de le faire.

XII. 1. Pour en revenir à Nicias, lorsque les ambassadeurs d'Égeste et de Léontinoï se présentèrent pour engager les Athéniens à entreprendre une expédition en Sicile[63], il s'opposa à ce projet mais fut vaincu par la volonté et l'ambition d'Alcibiade. Celui-ci, avant même la réunion de l'assemblée, avait déjà inspiré à la foule de grandes espérances et l'avait séduite à l'avance par ses beaux discours. C'était au point que les jeunes gens dans les palestres, et les

---

58. Hyperbolos, homme politique en vue, était la cible des comiques contemporains qui se moquaient de ses origines et de son activité de fabricant de lampes. L'ostracisme ayant pour but d'éloigner de la cité les hommes de premier plan susceptibles de rétablir à leur profit la tyrannie, Plutarque laisse entendre qu'Hyperbolos n'avait pas à redouter d'en être victime. (voir § 6). L'ostracisme d'Hyperbolos eut lieu en 417.
59. Il s'agit bien entendu de Thucydide fils de Mélésias et adversaire de Périclès, qui fut ostracisé en 443 et qui est cité supra, II, 1 parmi les meilleurs citoyens.
60. Platon le Comique est un contemporain d'Aristophane.
61. Voir Aristote, Constitution d'Athènes, XXII, 4, où le nom du dème est Collytos. Hipparchos fut ostracisé en 487.
62. Phaiax fut à plusieurs reprises stratège au cours des années qui précédèrent la paix de Nicias. Sur Théophraste, voir supra, X, 1 et note.
63. Sur les deux ambassades successives envoyées par les Égestains, voir Thucydide, VI, 6, 2-3 et 8, 1.

vieillards assis dans les ateliers et les exèdres, dessinaient sur le sol la carte de la Sicile, les contours de ses rivages, ses ports et les endroits où l'île regarde la Libye[64]. 2. Ils ne considéraient pas la Sicile comme l'enjeu du conflit, mais comme un point de départ, d'où ils s'élanceraient pour aller combattre les Carthaginois et conquérir à la fois la Libye et toute la mer jusqu'aux colonnes d'Hercule. 3. Face à ces aspirations, l'opposition de Nicias ne rencontra que peu de partisans, dépourvus d'influence. Les riches, redoutant d'avoir l'air de vouloir se soustraire aux liturgies et aux triérarchies[65], ne bougeaient pas, en dépit de leurs opinions. 4. Cependant, Nicias ne se lassait pas et ne perdait pas courage. Même après que les Athéniens eurent voté la guerre et l'eurent choisi comme stratège en chef, avec Alcibiade et Lamachos, il se leva, au cours de l'assemblée suivante, les conjurant de renoncer à ce projet, et pour finir, accusa Alcibiade de n'écouter que son intérêt personnel et son ambition, en jetant ainsi la cité dans une expédition dangereuse au-delà des mers[66]. 5. Il n'obtint rien de plus. Au contraire, comme, en raison de son expérience, il passait pour le plus habile et celui qui offrirait le plus de sécurité, sa circonspection tempérant l'audace d'Alcibiade et la témérité de Lamachos, il ne fit que les affermir dans leur vote. 6. Démostratos, le démagogue qui excitait le plus les Athéniens à la guerre, se leva et déclara qu'il empêcherait bien Nicias de trouver encore des prétextes ; il proposa un décret donnant les pleins pouvoirs aux stratèges, tant à Athènes qu'en Sicile, pour décider et pour agir, et le fit voter par le peuple[67].

XIII. 1. On dit pourtant que les prêtres, eux aussi, s'opposèrent vivement à cette expédition. Mais Alcibiade, qui avait à ses ordres d'autres devins, annonçait, sur la foi d'anciens oracles, que les Athéniens ramèneraient de Sicile une grande gloire. 2. Certains messagers des dieux, envoyés par Ammon, se présentèrent à lui, porteurs d'un oracle affirmant que les Athéniens s'empareraient de tous les Syracusains. Quant aux prophéties qui annonçaient le contraire, ils les cachaient, par crainte de prononcer des paroles de mauvais augure. 3. Même les signes les plus évidents et les plus clairs ne détournèrent pas les Athéniens de leur projet, ni la mutilation des hermès qui, en une nuit, eurent tous les parties antérieures arrachées, à l'exception de celui qu'on appelle l'hermès d'Andocide (en fait, il avait été consacré par la tribu Égéis, et se trouvait placé devant la maison qui appartenait

---

64. Sur l'habitude des Athéniens de se réunir dans les ateliers et les hémicycles (en grec, bancs semi-circulaires qui servaient de lieux de repos), voir en particulier Isocrate, Aréopagitique, *15. On retrouve la même indication dans* Alcibiade, *XVII, 4. Il y a là une information révélatrice des progrès des connaissances géographiques qui ne figure pas chez Thucydide.*
65. Les liturgies et les triérarchies étaient de ces charges que la cité confiait aux citoyens les plus riches (voir Périclès, *III, 2).*
66. Le discours de Nicias est reconstitué par Thucydide (VI, 9-14).
67. Thucydide rapporte les termes de ce décret donnant pleins pouvoirs aux stratèges (VI, 26, 1), mais ne nomme pas l'auteur de la proposition. En revanche, Démostratos est cité par Aristophane dans Lysistrata, *v. 391-396.*

alors à Andocide), ni ce qui se passa devant l'autel des douze dieux[68] : 4. un individu sauta soudain dessus, puis, s'y installant à califourchon, s'arracha le sexe avec une pierre. 5. À Delphes, se dressait, sur un palmier de bronze, une statue de Pallas en or, offrande de la cité pour ses exploits pendant les guerres médiques. Pendant plusieurs jours, des corbeaux s'abattirent sur lui et le frappèrent ; becquetant les fruits d'or du palmier, ils les firent tomber. 6. Mais les Athéniens prétendaient que c'était là des inventions forgées par les Delphiens, qui s'étaient laissés corrompre par les Syracusains. Enfin, un oracle leur ordonna de faire venir de Clazomènes la prêtresse d'Athéna ; ils l'envoyèrent chercher. Or elle s'appelait Hésychia [« Tranquillité »] : la divinité semblait donc conseiller à la cité de se tenir tranquille pour le moment. 7. L'astrologue Méton, soit inquiet de ces présages, soit conduit par des réflexions purement humaines à redouter l'expédition (il avait en effet été préposé à un commandement), feignit la folie et mit le feu à sa maison. 8. Selon certains, il ne simula pas la folie mais incendia sa maison pendant la nuit et se présenta ensuite sur l'agora, l'air abattu, suppliant ses concitoyens de bien vouloir, par égard pour un tel malheur, exempter de l'expédition son fils, qui s'apprêtait à embarquer pour la Sicile comme triérarque. 9. Quant au sage Socrate, son *démon*[69], recourant aux signes dont il se servait d'ordinaire, lui révéla que l'expédition amènerait la ruine de la cité. Socrate en parla à ses intimes et à ses amis, et le bruit se répandit largement. 10. Beaucoup étaient également troublés par la date du départ de la flotte : 11. les femmes célébraient alors les Adonies[70] et partout dans la cité étaient exposées des images du dieu, autour desquelles les femmes accomplissaient des rites funèbres et se frappaient la poitrine. Ceux qui attachaient quelque importance à ce genre de coïncidences étaient donc affligés ; ils craignaient que toutes ces troupes et toute cette armée, après avoir connu la splendeur et l'apogée les plus éclatants, ne fussent vouées à dépérir très vite.

XIV. 1. Nicias s'était opposé au vote de l'expédition, ne s'était pas laissé exalter par l'espérance ni troubler par la grandeur de sa charge et n'avait pas changé d'avis : c'était là le comportement d'un homme vertueux et sensé. 2. Mais lorsque ses efforts pour détourner le peuple de la guerre et ses prières pour se soustraire à sa charge de stratège eurent échoué, lorsque le peuple l'eut, pour ainsi dire, hissé et porté à la tête de l'armée pour en faire son stratège, ce n'était plus le moment de montrer tant de circonspection et d'hésitations, de regarder en arrière depuis son

---

68. *Sur la mutilation des hermès déjà évoquée* supra *(I, 2), voir Thucydide, VI, 27, 1. Andocide se trouva mêlé à cette affaire ainsi qu'à la profanation des Mystères, ce qui lui valut un exil de près de dix ans. Voir sur ce point son célèbre discours* Sur les Mystères. *L'autel dédié aux douze Olympiens avait été élevé sur l'agora par le fils du tyran Hippias (Thucydide, VI, 54, 6).*
69. *Dans l'*Apologie de Socrate *de Platon, Socrate évoque à plusieurs reprises son* daimon *auquel Plutarque a consacré un de ses traités,* Sur le démon de Socrate. *Sur ces anecdotes, voir également* Alcibiade, *XVII, 5-6.*
70. *Les fêtes d'Adonis étaient célébrées par les femmes de toute condition. Le dieu, d'origine asiatique, était le parèdre de la déesse Cybèle.*

navire, comme un enfant, de remâcher et de rouler sans cesse en son esprit son dépit de n'avoir pu faire triompher ses arguments, d'émousser ainsi l'ardeur de ses collègues et de leur faire perdre la meilleure occasion pour agir. Il aurait dû aussitôt s'attacher aux ennemis, les serrer de près et mettre la Fortune à l'épreuve des combats. 3. Lamachos voulait faire voile directement sur Syracuse et livrer bataille le plus près possible de la cité, Alcibiade était d'avis de détacher du parti des Syracusains les autres cités, puis de marcher contre eux. Mais Nicias proposait le contraire; il conseillait de naviguer tranquillement le long des côtes siciliennes, de faire le tour de l'île, en montrant leurs armes et leurs trières, puis de s'en retourner à Athènes, après avoir laissé aux Égestains une petite partie de l'armée[71]. Dès le début, il affaiblit ainsi leur résolution et abattit le moral des hommes. 4. Peu après, lorsque les Athéniens rappelèrent Alcibiade pour le faire passer en jugement, Nicias qui, en titre, n'était qu'un des deux chefs, mais, en fait, détenait seul l'autorité, continua à rester inactif, à faire le tour de l'île ou à délibérer, si bien que les soldats virent se flétrir la fleur de leurs espérances tandis que les ennemis se remettaient de la stupeur et de la terreur que leur avait d'abord inspiré la vue des forces athéniennes[72].

5. Alors qu'Alcibiade était encore avec eux, ils avaient envoyé soixante navires contre Syracuse; la plupart demeurèrent à l'extérieur du port, rangés en ordre de bataille, mais dix y entrèrent pour faire une reconnaissance et invitèrent, par proclamation, les gens de Léontinoï à rentrer chez eux. 6. Ces vaisseaux prirent un navire ennemi qui transportait des tablettes[73] sur lesquelles étaient inscrits par tribus les noms des Syracusains: d'ordinaire, elles étaient déposées hors de la cité, dans le sanctuaire de Zeus Olympien, mais les Syracusains étaient alors allés les chercher pour faire le recensement et la liste des hommes en âge de servir. 7. Ces tablettes tombèrent donc aux mains des Athéniens qui les apportèrent à leurs stratèges. Quand ils virent la quantité de noms, les devins s'inquiétèrent: ils se demandaient si ce n'était pas l'accomplissement de l'oracle qui annonçait que les Athéniens s'empareraient de tous les Syracusains. Pourtant, selon d'autres, cet oracle se réalisa effectivement pour les Athéniens à l'époque où Callippos d'Athènes tua Dion et prit Syracuse[74].

XV. 1. Alcibiade quitta la Sicile peu de temps après, et Nicias eut désormais tout le pouvoir. Lamachos était certes un homme vaillant et juste, qui se dépensait sans compter dans les batailles, mais il était si pauvre et si modeste que, chaque fois qu'il était stratège, il devait justifier devant les Athéniens l'emploi d'une petite somme d'argent pour ses vêtements et ses chaussures. 2. Nicias, lui, outre ses autres quali-

---

71. *Plutarque résume ici les points de vue des trois stratèges tels que les expose Thucydide (VI, 47-49).*
72. *La flotte athénienne était alors revenue prendre ses quartiers d'hiver à Catane (Thucydide, VI, 53, 1).*
73. *Ces événements se placent avant le rappel d'Alcibiade. Plutarque suit le récit de Thucydide (VI, 50, 2-4) qui cependant ne mentionne pas ces tablettes.*
74. *Ce Callippos avait d'abord accompagné Dion dans sa reconquête de Syracuse, puis l'avait trahi. Voir* Dion, *LIV-LVII.*

tés, tirait beaucoup de prestige de sa richesse et de sa gloire. Un jour, dit-on, dans la maison des stratèges, alors que ses collègues délibéraient tous ensemble sur quelque affaire, il invita le poète Sophocle à donner son avis le premier, comme le plus ancien d'entre eux[75]. « Je suis le plus âgé, dit Sophocle, mais c'est toi le plus ancien. » 3. À plus forte raison dominait-il alors, en Sicile, Lamachos, qui était pourtant mieux fait que lui pour commander. Usant toujours de ses forces avec circonspection et lenteur, il fit d'abord le tour de la Sicile, à une grande distance des côtes, ce qui inspira de l'audace aux ennemis. Puis, ayant attaqué Hybla, une petite cité, il se retira sans l'avoir prise, ce qui lui valut le mépris général. 4. Enfin, il partit pour Catane, sans avoir rien fait d'autre que de s'emparer d'Hyccara, une localité barbare, dont était originaire, dit-on, l'hétaïre Laïs[76] : toute jeune encore, elle fut vendue dans un lot de captifs et emmenée dans le Péloponnèse.

XVI. 1. L'été passé, Nicias apprit que les Syracusains, enhardis, allaient prendre l'offensive et marcher contre lui. Déjà leurs cavaliers, pleins d'insolence, s'approchaient du camp et demandaient aux soldats s'ils étaient venus s'installer chez les gens de Catane ou ramener les Léontins chez eux. Nicias se résolut alors, à contrecœur, à faire voile vers Syracuse. 2. Comme il voulait installer son armée sans danger, en toute tranquillité, il envoya en sous-main un homme de Catane inviter les Syracusains, s'ils voulaient s'emparer du camp vide et des armes des Athéniens, à se trouver à un jour fixé devant Catane avec toute leur armée. « Comme les Athéniens, leur dit-il, passent la plus grande partie de leur temps à Catane, les amis des Syracusains ont décidé, dès qu'ils apprendront leur arrivée, de s'emparer des portes et, au même moment, de mettre le feu aux vaisseaux ; les membres de cette conjuration sont déjà nombreux ; ils attendent l'arrivée des Syracusains. » 3. Ce fut le meilleur des stratagèmes qu'employa Nicias en Sicile[77]. Dès qu'il eut fait sortir les ennemis avec toute leur armée et ainsi vidé leur cité de ses défenseurs, il leva l'ancre de Catane, s'empara des ports de Syracuse et choisit, pour y établir son camp, l'emplacement où il aurait le moins à souffrir de son infériorité numérique et où il espérait pouvoir livrer bataille sans être gêné, avec des moyens qui lui inspiraient confiance. 4. À leur retour de Catane, les Syracusains se rangèrent en ordre de bataille devant la cité, mais Nicias lança promptement les Athéniens sur eux et remporta la victoire. 5. Il ne tua pas beaucoup d'ennemis, car la cavalerie empêcha la poursuite, mais détruisit et coupa les ponts jetés sur le fleuve, ce qui fit dire à Hermocratès[78], qui vou-

---

75. *Nouveau rappel de la richesse de Nicias, ici opposée à la pauvreté de Lamachos. Sophocle fut en effet élu stratège en 441-440 et participa au siège de Samos.*
76. *Ici encore, Plutarque inverse l'ordre des opérations tel qu'il est décrit par Thucydide (VI, 62, 2-5), où la prise d'Hyccara précède la vaine tentative sur Hybla. Sur la courtisane Laïs, voir* Alcibiade, *XXXIX, 8.*
77. *Plutarque suit toujours le récit de Thucydide (VI, 64-66), mais l'historien n'attribue pas au seul Nicias le mérite de ce stratagème qui revient à l'ensemble des stratèges athéniens.*
78. *Le stratège Hermocratès, qui va assurer la défense de la cité, intervient dans le récit de Thucydide en VI, 72, 2, mais avait déjà été nommé en IV, 58 et en VI, 32, 3.*

lait encourager les Syracusains : « Nicias est un bouffon. Ce stratège fait tout pour ne pas combattre, comme s'il ne s'était pas embarqué pour livrer bataille ! »
6. Cependant Nicias avait inspiré aux Syracusains une crainte et une terreur si vives qu'au lieu des quinze stratèges qu'ils avaient alors, ils en désignèrent trois autres, auxquels, par serment, le peuple s'engagea à laisser les pleins pouvoirs[79].
7. Le temple de Zeus Olympien étant tout proche[80], les Athéniens désiraient s'en emparer, car il contenait beaucoup d'offrandes d'or et d'argent. Mais Nicias, différant et reportant l'entreprise à dessein, laissa les Syracusains y envoyer une garnison. Il pensait que si les soldats pillaient les richesses de ce temple, l'intérêt public n'y gagnerait rien, alors qu'il serait, lui, accusé du sacrilège. 8. La victoire éclatante qu'il venait de remporter ne lui servit à rien : quelques jours à peine s'étaient écoulés qu'aussitôt il se repliait à Naxos où il passa l'hiver, dépensant beaucoup pour une si grande armée, mais n'obtenant que de minces résultats auprès de quelques Sicèles qui se ralliaient à lui[81]. Aussi les Syracusains, reprenant confiance, attaquèrent-ils de nouveau Catane ; ils saccagèrent la campagne et brûlèrent le camp des Athéniens, 9. ce dont tout le monde rendit Nicias responsable, car à force de réfléchir, de temporiser et de se méfier, il laissait perdre l'occasion favorable. Quant à ses actions proprement dites, nul n'aurait pu les critiquer : une fois lancé, il était efficace et énergique, mais il hésitait et manquait d'audace pour se lancer.

XVII. 1. Quand Nicias ramena son armée devant Syracuse, il commanda si bien et mena l'action avec une telle célérité, mêlée à une telle circonspection, que l'arrivée de ses navires à Thapsos et le débarquement de ses hommes passèrent inaperçus : devançant les ennemis, il s'empara des Épipoles[82], vainquit les soldats d'élite envoyés pour les défendre, fit trois cents morts et mit même en déroute la cavalerie des ennemis, pourtant réputée invincible. 2. Ce qui, plus que tout, frappa les Siciliens de terreur et suscita l'incrédulité des Grecs, ce fut le peu de temps qu'il lui fallut pour entourer Syracuse d'un retranchement. Cette cité est aussi grande qu'Athènes, et l'inégalité du sol, la proximité de la mer et les marais qui l'environnent la rendent plus difficile à encercler d'un mur de pareilles dimensions. 3. Pourtant il réalisa entièrement, ou presque, ce travail, alors que sa santé ne lui permettait pas de tels soucis : il souffrait d'une néphrite et l'inachèvement de l'en-

---

79. C'est à l'instigation d'Hermocratès que furent désignés les trois stratèges dotés de pleins pouvoirs : lui-même, Héraclide et Sicanos (Thucydide, VI, 73, 1).
80. Le sanctuaire de Zeus Olympien (déjà été évoqué supra, XIV, 6) se trouvait situé au sud de la ville, à proximité du plus grand des deux ports.
81. Thucydide rapporte ce repli de la flotte durant l'hiver 415-414 (VI, 88, 5) ainsi que le ralliement de quelques Sicèles, l'un des peuples de la Sicile.
82. Quartier fortifié de Syracuse construit sur un plateau situé « au-dessus de la ville ».
83. Nicias se plaint de cette néphrite dans une lettre qu'il adressa aux Athéniens pour demander son rappel (voir Thucydide, VII, 15, 1). Entre-temps, des renforts conduits par le Spartiate Gylippe étaient arrivés à Syracuse.

treprise, doit être, en toute justice, imputé à cette maladie[85]. J'admire le zèle du stratège et la bravoure de ses soldats, dans les succès qu'ils obtinrent. 4. Après leur défaite et leur mort, Euripide a écrit, dans le chant funèbre qu'il composa pour eux :

> Ces héros par huit fois, sur les Syracusains,
> Furent victorieux lorsque entre les deux camps
> Le jugement des dieux était encore égal.

Ce ne fut d'ailleurs pas huit victoires qu'ils remportèrent sur les Syracusains ; on peut en compter bien davantage, avant le moment où les dieux, en effet, ou la Fortune barrèrent la route aux Athéniens au faîte de leur puissance.

XVIII. 1. Nicias, faisant violence à son corps malade, participait à la plupart des combats mais, un jour qu'il souffrait d'une crise particulièrement aiguë, il resta au camp, alité et entouré d'un petit nombre de serviteurs, tandis que Lamachos, à la tête de l'armée, attaquait les Syracusains, qui construisaient un mur à partir de la cité pour couper les travaux d'encerclement des Athéniens et les empêcher de les terminer. 2. Comme les Athéniens, qui avaient le dessus, se mettaient à poursuivre les fuyards dans un certain désordre, Lamachos, isolé, eut à soutenir l'assaut des cavaliers syracusains. 3. Le premier d'entre eux était Callicratès, un homme belliqueux et emporté. Il provoqua Lamachos qui releva le défi et l'affronta en combat singulier. Lamachos, blessé le premier, frappa aussitôt Callicratès et s'écroula mort en même temps que son adversaire[84]. 4. Les Syracusains s'emparèrent du corps et des armes de Lamachos et les emportèrent, puis s'élancèrent en courant contre les murs des Athéniens, derrière lesquels se trouvait Nicias, qui n'avait personne pour le secourir. 5. La nécessité l'obligea pourtant à se lever et, voyant le danger, il ordonna à ses hommes de mettre le feu à tout le bois qui se trouvait amassé devant les murs pour servir les machines et d'incendier aussi les machines elles-mêmes. 6. Cette manœuvre arrêta les Syracusains et sauva Nicias, ainsi que les remparts et les biens des Athéniens : voyant cette grande flamme s'élever entre eux et leurs ennemis, les Syracusains firent volte-face.

7. À la suite de ces événements, Nicias était donc le seul des stratèges à être encore à son poste, mais il avait de grands espoirs. Des cités se ralliaient à lui et des navires chargés de vivres arrivaient de toutes parts à son camp, car tous, au vu de ses succès, venaient le rejoindre. 8. Déjà les Syracusains lui faisaient des ouvertures pour négocier avec lui, car ils désespéraient du salut de leur cité. 9. Gylippe, qui faisait voile de Lacédémone pour les secourir, apprit au cours de la traversée que la ville était investie et dans une situation désespérée. Il continua sa traversée, avec la conviction que la Sicile était déjà occupée, et qu'il lui fallait désormais préserver les

---

84. Lamachos en effet trouva la mort au cours de ce combat, mais Thucydide précise qu'il était accompagné d'un petit nombre d'archers et d'un contingent d'Argiens, et qu'il fut tué avec cinq ou six de ses compagnons après avoir franchi un fossé et s'être trouvé isolé (VI, 101, 6). On est évidemment loin de ce combat singulier qui évoque la guerre «homérique» et dont on peut à bon droit se demander s'il n'a pas été inventé après coup.

cités d'Italie, si toutefois c'était encore possible. 10. Le bruit se répandait avec insistance que les Athéniens étaient maîtres absolus et avaient un stratège que sa chance et son intelligence rendaient invincible. 11. Nicias lui-même, contrairement à sa nature, s'était pris soudain d'audace, encouragé par sa puissance et sa Fortune du moment, mais il se fiait surtout aux entretiens secrets qu'il avait avec des émissaires des Syracusains, lesquels lui faisaient savoir que la reddition de la cité était à peu près conclue. Il ne tint donc nul compte de l'approche de Gylippe et ne surveilla pas les côtes au moment opportun. Cette négligence et ce mépris absolus permirent à Gylippe de traverser le détroit sans être aperçu, de débarquer très loin de Syracuse et de réunir une armée nombreuse, alors que les Syracusains ignoraient sa présence et ne s'attendaient nullement à le voir. 12. Aussi avaient-ils annoncé la tenue d'une assemblée pour délibérer sur les accords à passer avec Nicias; certains s'y rendaient déjà, estimant qu'il fallait traiter avant que la cité ne fût complètement investie, car il ne manquait vraiment pas grand-chose pour que l'ouvrage fût entièrement terminé et tous les matériaux nécessaires à l'achèvement du mur étaient déjà rassemblés[85].

XIX. 1. Là-dessus, alors que la situation était particulièrement critique, Gongylos arriva de Corinthe avec une seule trière[86]. Tous les Syracusains, comme on peut l'imaginer, se rassemblèrent autour de lui. Il leur déclara que Gylippe allait arriver très vite, et que d'autres navires faisaient voile vers eux pour les secourir. 2. Ils hésitaient encore à ajouter vraiment foi aux propos de Gongylos, quand survint un messager, envoyé par Gylippe, qui leur demandait de venir à sa rencontre. Ils reprirent donc confiance, s'armèrent et Gylippe, aussitôt arrivé, les rangea en ordre de bataille contre les Athéniens. 3. Comme Nicias avait lui aussi rangé ses hommes en ordre de bataille, Gylippe fit déposer les armes et envoya un héraut annoncer aux Athéniens qu'il leur offrait toutes garanties de sécurité s'ils quittaient la Sicile. 4. Nicias ne daigna rien répondre et quelques-uns de ses soldats demandèrent en riant si la présence d'un seul manteau et d'un seul bâton de Lacédémone suffisaient à rétablir la situation des Syracusains au point de leur faire mépriser les Athéniens, lesquels avaient tenu dans les fers trois cents guerriers, plus forts et plus chevelus que Gylippe, et les avaient rendus aux Lacédémoniens[87]. 5. Selon Timée, les Siciliens eux-mêmes ne faisaient aucun cas de Gylippe, dont ils condamnèrent par la suite l'avidité et la mesquinerie[88]; lorsqu'ils le virent pour la première fois, ils se

---

85. Plutarque s'inspire ici directement de Thucydide, VII, 2, 4.
86. Corinthe était la métropole de Syracuse qui tout naturellement en attendait du secours. Le seul navire évoqué par Plutarque précédait un contingent plus important, si l'on en croit Thucydide, VII, 2, 1.
87. Les Athéniens faisaient ici allusion à l'habitude des Lacédémoniens de porter les cheveux longs. Le manteau et le bâton sont, comme le dit plus loin Plutarque (XIX, 6), le signe du commandement à Sparte. Quant aux trois cents hommes, ce sont les soldats enfermés dans Pylos que Cléon fit prisonniers (voir supra, VIII, 1).
88. Sur Timée et la valeur de son témoignage, voir supra, I, 1. La cupidité de Gylippe est de nouveau évoquée infra, XXVIII, 4 et dans Lysandre, XVI, 1-4.

moquèrent de son manteau et de sa chevelure. Mais le même Timée dit ensuite que l'apparition de Gylippe leur fit le même effet que celle d'une chouette : ils volèrent en foule vers lui, décidés à faire campagne. 6. Cette seconde affirmation est plus vraie que la première ; voyant dans son bâton et dans son manteau le symbole et la dignité de Sparte, ils se réunirent autour de lui. Tout fut l'œuvre de Gylippe, comme l'affirment non seulement Thucydide mais aussi Philistos[89], qui était de Syracuse et fut le témoin oculaire de ces événements.

7. Lors de la première bataille, les Athéniens remportèrent la victoire et tuèrent quelques Syracusains, ainsi que le Corinthien Gongylos. Mais le lendemain, Gylippe leur montra ce que vaut l'expérience. 8. Avec les mêmes armes, les mêmes chevaux et les mêmes postes, dont il sut tirer un tout autre parti en modifiant leur ordonnance, il vainquit les Athéniens. Lorsque ceux-ci se furent enfuis dans leur camp, il ordonna aux Syracusains de s'arrêter et, avec les pierres et le bois que les Athéniens avaient apportés, il édifia un mur dans les intervalles de leur circonvallation, la coupant de telle sorte qu'elle ne pouvait plus leur servir à rien, même en cas de victoire. 9. Ce succès rendit confiance aux Syracusains ; ils équipèrent leurs navires et, avec leurs cavaliers et les troupes qui les accompagnaient, ils firent des incursions autour de la ville et s'emparèrent de nombreux ennemis. 10. De son côté, Gylippe se rendait dans les cités ; il excitait au combat et liguait solidement tous les habitants, qui lui obéissaient et se ralliaient à lui. Aussi Nicias, revenant à ses premiers raisonnements et méditant sur le changement de la situation, fut-il pris de découragement ; il écrivit aux Athéniens d'envoyer une autre armée ou, sinon, de faire revenir celle-ci de Sicile ; en ce qui le concernait, il demandait, de toute manière, à être déchargé de son commandement en raison de sa maladie[90].

XX. 1. Les Athéniens avaient eu l'intention, même avant ces événements, d'envoyer en Sicile une seconde armée, mais ceux qui devaient s'occuper en premier lieu des préparatifs, jalousant l'heureuse fortune de Nicias, avaient provoqué bien des lenteurs. Alors enfin, on se hâta d'envoyer des secours. 2. Démosthénès devait prendre la mer avec une grande flotte, au sortir de l'hiver, mais Eurymédon embarqua avant lui, pendant l'hiver, pour apporter de l'argent et annoncer que deux stratèges avaient été choisis, parmi les membres de l'expédition qui se trouvaient déjà en Sicile, pour assister Nicias : il s'agissait d'Euthydémos et de Ménandros[91]. 3. Là-dessus, Nicias fut attaqué brusquement, à la fois sur terre et sur mer. Avec sa flotte, il eut d'abord le dessous, mais parvint quand même à repousser ses adversaires et

---

89. *Sur Philistos, voir supra, I, 1. Thucydide ne dit pas clairement que le rôle de Gylippe fut déterminant, mais son récit le laisse deviner.*
90. *Il a déjà été question de cette maladie (supra, XVII, 3). Le récit de Thucydide (VII, 15, 1-2) confirme que c'est après l'arrivée de Gylippe que Nicias demanda à être relevé de son commandement.*
91. *Démosthénès est le stratège qui s'était illustré à Pylos avant l'arrivée de Cléon (supra, VII, 1). Ces stratèges sont cités par Thucydide (VII, 16, 1-2 et 17, 1). Les deux derniers étaient déjà présents devant Syracuse et furent donc élus alors qu'ils étaient absents d'Athènes.*

leur coula plusieurs vaisseaux. En revanche, il n'eut pas le temps de secourir son armée de terre : Gylippe, tombant soudain sur elle, s'empara du Plemmyrion[92] où se trouvaient en dépôt le matériel nécessaire aux trières et beaucoup d'argent ; il s'empara de tout, et tua ou fit prisonniers un nombre considérable d'Athéniens. Le plus grave, c'est qu'il priva Nicias de toute facilité de ravitaillement. En effet, le transport des vivres par le Plemmyrion était sûr et rapide tant que les Athéniens tenaient cette position ; quand ils l'eurent perdue, il devint malaisé et les obligea à livrer bataille contre les ennemis, dont les navires étaient mouillés à cet endroit. 4. De plus, les Syracusains se rendaient compte que leur flotte ne devait pas sa défaite à la supériorité de l'ennemi, mais au désordre avec lequel elle avait mené la poursuite. Ils firent donc une nouvelle tentative, en se préparant mieux. 5. Nicias ne voulait pas combattre sur mer. C'était, disait-il, une grande sottise – alors qu'une flotte si importante, avec des troupes fraîches, cinglait vers eux, conduite en toute hâte par Démosthénès – de livrer bataille avec des troupes peu nombreuses et mal entretenues. 6. Mais Ménandros et Euthydémos, qui venaient d'être installés dans leur nouvelle charge, étaient pleins d'ambition et jalousaient les deux stratèges : ils souhaitaient devancer Démosthénès par quelque grand exploit et surpasser Nicias. 7. Ils invoquaient comme prétexte la gloire de la cité : elle serait perdue et totalement ruinée, disaient-ils, si l'on prenait peur devant une offensive navale des Syracusains. Ils forcèrent donc Nicias à livrer un combat naval. 8. Victimes d'un stratagème d'Ariston, pilote des Corinthiens, qui se joua d'eux à l'occasion du déjeuner, comme l'a rapporté Thucydide, les Athéniens furent écrasés et perdirent beaucoup d'hommes[93]. Nicias était en proie à un profond découragement ; déjà durement éprouvé lorsqu'il exerçait seul le commandement, il échouait de nouveau, du fait cette fois de ses collègues.

XXI. 1. Sur ces entrefaites, Démosthénès se montra devant les ports, dans tout l'éclat de ses forces, terrifiant pour les ennemis. Il amenait, à bord de soixante-treize navires, cinq mille hoplites, et au moins trois mille lanceurs de javelots, archers et frondeurs[94]. La belle ordonnance des armes, les emblèmes des trières, le nombre des chefs de nage et des joueurs d'aulos avaient été calculés avec soin, comme pour une représentation théâtrale, afin de frapper les ennemis de stupeur. 2. Les Syracusains furent donc de nouveau, comme on peut penser, en proie à une grande

---

92. *Le Plemmyrion est un promontoire faisant face à Ortygie. Thucydide précise (VII, 24, 2) que cette opération non seulement priva les Athéniens des possibilités de se ravitailler, mais leur coûta de nombreux morts et prisonniers. Ils perdirent en outre une grande quantité de blé, les voiles et les gréements de quarante trières et trois navires.*
93. *Le stratagème est exposé par Thucydide (VII, 39-40). Les Syracusains établirent un marché sur le rivage où les soldats de la flotte syracusaine vinrent se ravitailler. Les Athéniens les voyant prendre leur repas se crurent tranquilles pour la journée et en firent autant. Brusquement les Syracusains remontèrent sur leurs navires et attaquèrent les Athéniens, les contraignant à se battre malgré leur infériorité numérique.*
94. *Plutarque emprunte ces données chiffrées à Thucydide (VII, 42, 1) dont il suit de très près le récit.*

terreur: ils voyaient qu'ils ne pouvaient s'attendre à aucun répit, à aucune délivrance, qu'ils se donnaient du mal en pure perte et que même leur mort ne servirait à rien. 3. Mais Nicias ne put se réjouir longtemps de la présence de cette armée. Dès son premier entretien avec Démosthénès, celui-ci le pressa d'attaquer les ennemis sans attendre et de risquer le plus vite possible une bataille décisive: soit ils prendraient Syracuse, soit ils retourneraient chez eux. Nicias, terrifié et stupéfait devant tant de vivacité et d'audace, le priait de ne pas agir comme un désespéré ou un insensé. 4. À son avis, le temps travaillait contre les ennemis qui n'avaient plus d'argent et ne garderaient pas longtemps leurs alliés. S'ils étaient pressés par la disette, aussitôt ils se tourneraient de nouveau vers lui pour traiter, comme ils l'avaient déjà fait auparavant. 5. De fait, bon nombre de Syracusains avaient des entretiens secrets avec Nicias et l'engageaient à rester, lui disant qu'ils étaient à présent excédés par la guerre et ne pouvaient supporter Gylippe: si leurs épreuves se prolongeaient encore un peu, ils renonceraient complètement. 6. Nicias faisait allusion à demi-mots à ces propos, mais il ne voulait pas les rapporter ouvertement, ce qui lui valut auprès de ses collègues une réputation de lâcheté. Il retombait, disaient-ils, dans les mêmes hésitations, les mêmes lenteurs, les mêmes calculs minutieux qui lui avaient déjà fait perdre l'occasion favorable, en n'attaquant pas immédiatement les ennemis: il était un homme fini et méprisé. Ils se rallièrent à l'avis de Démosthénès et Nicias finit, à grand-peine, par céder, contraint et forcé.

7. Démosthénès prit donc avec lui l'armée de terre et attaqua de nuit les Épipoles. Il tua certains des ennemis, sans leur laisser le temps de comprendre ce qui leur arrivait, et mit en déroute ceux qui cherchèrent à se défendre. Il avait l'avantage et ne s'en tint pas là; il continua d'avancer, jusqu'au moment où il rencontra les Béotiens, 8. qui furent les premiers à se regrouper pour faire front: ils coururent contre les Athéniens, la lance en avant, les refoulèrent en poussant de grands cris et en abattirent beaucoup sur place. Aussitôt, dans toute l'armée, ce fut l'effroi et la confusion. Ceux qui étaient encore vainqueurs voyaient déjà des fuyards se mêler à eux, et ceux qui se portaient en avant pour attaquer étaient repoussés par leurs propres troupes en déroute, si bien qu'ils se retournaient contre eux-mêmes, croyant poursuivre des adversaires en fuite, et prenant leurs amis pour des ennemis. 9. C'était, dans un même lieu, un désordre confus causé par la peur et par l'ignorance. On ne pouvait se fier à sa vue dans une nuit qui n'était ni totalement obscure ni vraiment claire, ce qui était normal, étant donné que la lune était déjà sur son déclin et qu'elle était obscurcie par une grande quantité d'armes et de corps en mouvement: on ne pouvait, à sa lueur, distinguer nettement les formes et, par crainte de l'ennemi, on soupçonnait même l'ami. Tout cela plongeait les Athéniens dans une détresse et des vicissitudes terribles. 10. De plus, il se trouva qu'ils avaient la lune dans le dos; leurs ombres, projetées devant eux, leur cachaient le nombre et l'éclat de leurs armes tandis que la lune se reflétait dans les boucliers des ennemis, les faisant paraître beaucoup plus nombreux et beaucoup plus brillants. 11. Enfin, pressés de toutes parts, ils lâchèrent pied. Les fuyards furent tués, les uns par les ennemis, les autres par leurs compagnons; d'autres moururent en glissant le long des falaises; d'autres enfin, dispersés et

errants, furent massacrés, quand vint le jour, par les cavaliers qui les chargèrent. Il y eut deux mille morts[95] et, parmi les survivants, bien peu purent s'échapper avec leurs armes.

XXII. 1. Nicias, frappé exactement comme il l'avait prévu, reprocha à Démosthénès sa précipitation. Celui-ci, après avoir tenté de se défendre, proposa d'embarquer au plus vite : il ne leur arriverait pas d'autres troupes et avec celles qui leur restaient, ils ne pouvaient écraser l'ennemi ; d'ailleurs, même s'ils étaient vainqueurs, ils seraient obligés de se déplacer et de fuir cet endroit où il était toujours, leur disait-on, dangereux et malsain de camper et que maintenant, comme ils le voyaient, la saison rendait particulièrement funeste. 2. On était en effet au début de l'automne : beaucoup d'hommes étaient déjà malades et tous étaient découragés. Nicias ne voulait pas entendre parler de fuite et d'embarquement : certes, il craignait les Syracusains, mais il redoutait encore davantage les Athéniens, leurs procès et les accusations de leurs sycophantes[96]. 3. Il déclarait donc qu'il n'y avait pas de danger à rester là et que, même s'il y en avait, il préférait mourir de la main des ennemis que de celle de ses concitoyens. De tels propos étaient bien différents de ce que Léon de Byzance[97] devait déclarer par la suite à ses concitoyens : « Je préfère mourir par vous qu'avec vous. » Nicias ajoutait qu'en ce qui concernait l'endroit et l'emplacement où l'on transférerait le camp, on en délibérerait à loisir. 4. En l'entendant parler ainsi, Démosthénès, dont la décision précédente n'avait pas été approuvée par la Fortune, ne chercha pas à protester ; il laissa croire aux autres que, si Nicias s'opposait si fermement au départ, c'est qu'il avait bon espoir et comptait sur ses appuis à Syracuse. Tous se rallièrent donc à son avis[98]. 5. Cependant, comme une autre armée était venue rejoindre les Syracusains, et que la maladie[99] se répandait de plus en plus parmi les Athéniens, Nicias jugea, lui aussi, qu'il fallait partir et fit dire aux soldats de se tenir prêts à rembarquer.

XXIII. 1. Alors que tout était prêt et qu'aucun des ennemis ne montait la garde, car ils ne s'attendaient pas à ce départ, il se produisit, pendant la nuit, une éclipse de lune[100] ; elle inspira une grande terreur à Nicias et à ceux que l'inexpérience ou la superstition frappaient de terreur devant ce genre de phénomène. 2. Dès cette époque, beaucoup de gens savaient, plus ou moins, que l'obscurcissement du soleil, qui peut se produire vers le trentième jour du mois, est causé par la lune ; mais pour

---

95. *Thucydide ne donne aucune indication sur le nombre de morts.*
96. *Un stratège en effet pouvait toujours être amené à rendre compte de ses actes par la redoutable procédure d'eisangélie (qui permettait d'accuser un citoyen d'atteinte à la sûreté de l'État), et craindre une condamnation à mort.*
97. *Il est question de Léon de Byzance, disciple de Platon, dans* Phocion, *XIV, 7.*
98. *Sur ce débat entre les stratèges et le point de vue de Nicias, voir Thucydide, VII, 47-49, 4.*
99. *Plutarque emploie le terme de* nosos, *maladie, alors que Thucydide (VII, 50, 3) parle seulement d'*astheneia, *de fatigue.*
100. *Thucydide évoque également cette éclipse de lune (VII, 50, 4) qui eut lieu le 27 août 413.*

la lune, il n'était pas facile de comprendre quel corps elle rencontre et comment, alors qu'elle est pleine, elle perd soudain sa lumière et prend toutes sortes de teintes; on croyait qu'il s'agissait d'un événement extraordinaire, un signe envoyé par le dieu avant de grands malheurs. 3. Le premier à avoir rédigé un traité particulièrement clair et hardi sur les phases de lumière et d'ombre de la lune est Anaxagore; or celui-ci, à cette époque, n'était pas un auteur ancien et son exposé, loin d'être répandu dans le public, était tenu secret et ne circulait que parmi un petit nombre d'initiés qui ne le communiquaient avec prudence qu'à des personnes de confiance[101]. 4. En effet, les gens ne pouvaient souffrir les physiciens, ni ceux qu'on appelait alors les «célestes bavards»: on les accusait de réduire la divinité à des causes irrationnelles, à des forces dépourvues d'intelligence et à une passivité forcée. Protagoras fut exilé, Anaxagore emprisonné et Périclès eut du mal à le tirer d'affaire; quant à Socrate, qui pourtant ne s'intéressait nullement à ce genre de questions, il n'en mourut pas moins, pour crime de philosophie[102]. 5. Plus tard, la doctrine de Platon, qui dut son éclat à la vie de ce philosophe et au fait qu'il subordonnait les nécessités physiques à des principes divins et souverains, fit disparaître le discrédit qui pesait sur ces études et ouvrit à tous la voie de la science. 6. D'ailleurs son ami Dion, alors qu'une éclipse de lune s'était produite au moment où il s'apprêtait à lever l'ancre de Zacynthos pour attaquer Denys, ne se laissa nullement troubler; il embarqua, parvint à Syracuse et chassa le tyran[103]. 7. Mais Nicias n'avait même pas avec lui un devin expérimenté: celui qui l'accompagnait d'habitude et qui le délivrait beaucoup de ses craintes superstitieuses, Stilbidès, était mort peu auparavant. 8. En fait, comme le dit Philochore[104], ce signe, loin de porter malheur à des gens désireux de fuir, leur était au contraire tout à fait favorable, car l'obscurité est nécessaire aux actions accomplies dans la crainte, tandis que la lumière leur est hostile. 9. Mais, alors qu'en général les gens ne tenaient compte des signes donnés par le soleil et la lune que pendant trois jours, comme l'a écrit Autoclide[105] dans ses *Exégétiques*, Nicias les persuada d'attendre une nouvelle lunaison, comme s'il n'avait pas vu la lune purifiée tout de suite, une fois sortie de la zone d'ombre projetée par la terre.

---

101. Le sophiste Protagoras d'Abdère (Ve siècle) a donné son nom à un dialogue de Platon, où il s'oppose à Socrate. Anaxagore de Clazomènes, philosophe et savant, fut l'ami de Périclès (voir Périclès, *IV, 6; V, 1; VI, 1-5). Dans l'*Apologie de Socrate *de Platon (26d-e), Socrate dit que n'importe qui pouvait acquérir les livres d'Anaxagore pour un prix modique, ce qui contredit l'affirmation de Plutarque.*
102. Socrate fut accusé d'impiété par un certain Mélétos, qui avait confondu son enseignement avec celui d'Anaxagore.
*103. L'interprétation que donne Dion de l'éclipse de lune (*Dion, *XXIV, 1) est plus proche des théories d'Anaxagore que de celles de Platon dont il fut pourtant le disciple. Plutarque résume en une brève phrase la conquête de Syracuse par Dion qui fut beaucoup plus difficile qu'il ne le laisse entendre ici.*
104. L'Athénien Philochore (IVe siècle) est le plus célèbre des Atthidographes, auteur d'une Histoire d'Athènes (Atthis).
*105. Cet exégète est cité par Athénée (*Deipnosophistes, *XI, 473b).*

XXIV. 1. Négligeant presque tout le reste, Nicias resta donc immobile, à sacrifier et à consulter les devins, jusqu'au moment où les ennemis l'attaquèrent. Ils assiégèrent les remparts et le camp avec leur armée de terre, et cernèrent le port avec leur flotte. Ils n'attaquaient pas seulement avec les trières ; de tous côtés, des jeunes enfants, grimpant sur des barques de pêche ou s'approchant sur des canots, provoquaient les Athéniens à combattre et les insultaient. 2. L'un d'eux, Héraclidès, un fils de notables, ayant poussé son embarcation bien plus loin que les autres, fut poursuivi et rattrapé par un navire athénien. Inquiet de son sort, son oncle Pollichos se lança contre ce navire avec dix trières qu'il commandait et les autres, craignant pour Pollichos, attaquèrent à leur tour[106]. 3. Il y eut un violent combat naval, dont les Syracusains sortirent vainqueurs : ils tuèrent Eurymédon et beaucoup d'autres. 4. La position était désormais intenable pour les Athéniens ; ils demandaient à grands cris à leurs stratèges d'ordonner la retraite par voie de terre, car les Syracusains vainqueurs avaient aussitôt bloqué et fermé la sortie du port. 5. Nicias ne voulait pas céder sur ce point ; il jugeait terrible d'abandonner tant de vaisseaux de transport et près de deux cents trières. On embarqua donc les fantassins les plus vaillants et les lanceurs de javelots les plus robustes, qui garnirent cent dix trières, les autres n'ayant plus de rames. 6. Quant au reste des troupes, Nicias les rangea le long de la mer, abandonnant le grand camp et les remparts contigus au temple d'Héraclès. Les Syracusains n'avaient pu jusque-là offrir à Héraclès le sacrifice en usage ; leurs prêtres et leurs stratèges y montèrent donc, tandis que les soldats étaient déjà en train de garnir leurs trières.

XXV. 1. Les devins, se fondant sur l'examen des victimes, annoncèrent aux Syracusains une victoire éclatante s'ils ne prenaient pas l'initiative du combat et se contentaient de se défendre : Héraclès, disaient-ils, triomphe de tous ses adversaires en se défendant et en laissant les autres attaquer avant lui. Les Athéniens levèrent donc l'ancre. 2. Le combat naval fut, de loin, le plus important et le plus acharné ; il ne causa pas moins d'émotion et de trouble aux spectateurs qu'aux combattants, car toute l'action qui fut menée dans un espace très resserré, avec des péripéties variées et inattendues, était parfaitement visible. Les Athéniens eurent à souffrir de leur propre dispositif autant que des ennemis. 3. Leurs bateaux, serrés les uns contre les autres et pesants, devaient lutter contre des navires légers qui se portaient contre eux de toutes parts. Ils étaient frappés par des pierres qui, d'où qu'elles fussent lancées, les atteignaient toujours, alors que les javelines et les flèches avec lesquelles ils ripostaient étaient détournées de leur trajectoire par l'agitation des flots et n'arrivaient même pas toutes la pointe en avant. 4. C'était Ariston, le pilote de Corinthe, qui avait enseigné ces manœuvres aux Syracusains ; il lutta vaillamment et mourut au cours de la bataille, alors que les Syracusains avaient déjà l'avantage. 5. La déroute et les pertes des Athéniens furent considérables ; ils se virent couper la retraite par mer. Voyant que même par terre, il était difficile de se sauver, ils n'empêchaient plus les ennemis d'approcher et de les

---

106. Plutarque donne ici des détails qu'il emprunte à une autre source que Thucydide.

prendre en remorque, et ne demandèrent pas à recueillir leurs morts. Ils avaient en effet devant les yeux un spectacle encore plus pitoyable que la privation de sépulture : les malades et les blessés qu'on abandonnait – et ils se jugeaient encore plus malheureux qu'eux, car ils allaient souffrir davantage, avant de connaître, de toute façon, la même fin[107].

XXVI. 1. Comme les Athéniens s'apprêtaient à partir durant la nuit, Gylippe, voyant les Syracusains occupés à des sacrifices et à des beuveries pour célébrer à la fois leur victoire et la fête, comprit que ni la persuasion ni la contrainte ne les décideraient à se lever maintenant pour empêcher les ennemis de s'en aller. Mais Hermocratès, de sa propre initiative, imagina une ruse pour abuser Nicias. Il lui adressa certains de ses compagnons, envoyés soi-disant par ceux qui avaient eu auparavant des entretiens secrets avec lui : ces hommes lui conseillaient de ne pas se mettre en route de nuit, parce que les Syracusains leur avaient tendu des embuscades et occupaient à l'avance tous les passages. 2. Nicias fut abusé par ce stratagème ; il resta, ce qui l'amena à être effectivement victime de la manœuvre ennemie qu'un mensonge lui avait fait craindre. Les Syracusains se mirent en marche au point du jour et occupèrent les endroits difficiles du chemin, barrèrent les gués des rivières, coupèrent les ponts et disposèrent leurs cavaliers dans les terrains unis et plats, de manière à ne laisser absolument aucun passage permettant aux Athéniens d'avancer sans combattre. 3. Ceux-ci, après avoir encore passé ce jour-là et la nuit suivante à attendre, se mirent en marche. On eût dit qu'ils quittaient leur patrie, et non une terre ennemie, tant ils gémissaient et se lamentaient : ils manquaient du nécessaire et abandonnaient leurs amis et leurs compagnons invalides. Pourtant ils pensaient que leurs maux présents étaient plus légers que ceux qui les attendaient. 4. Parmi tous les spectacles terribles qu'offrait l'armée, rien n'était plus pitoyable que l'aspect de Nicias lui-même, rongé par la maladie, réduit, malgré son rang, au strict nécessaire et aux ressources les plus maigres, alors que son organisme, en raison de sa mauvaise santé, exigeait bien davantage. Cependant, en dépit de ses forces défaillantes, il accomplissait et endurait ce dont bien des soldats aux forces intactes étaient à peine capables. Tout le monde le voyait bien, ce n'était pas pour lui-même, ni par amour de la vie qu'il tenait bon dans les épreuves : c'était à cause d'eux qu'il refusait de perdre espoir[108]. 5. Alors que les autres, sous l'influence de la peur et du chagrin, s'abandonnaient aux larmes et aux lamentations, s'il le faisait parfois, malgré lui, on voyait bien que c'était parce qu'il comparait la honte et le déshonneur de l'armée avec la grandeur

---

107. *Thucydide qui s'étend beaucoup plus longuement sur les événements précédant la bataille navale et sur la bataille elle-même conclut également en évoquant le désespoir des Athéniens (VII, 71, 6) et l'abandon des morts laissés sans sépulture (VII, 72, 2).*
108. *Dans tout ce développement, Plutarque s'inspire étroitement de Thucydide, dont il reprend parfois certaines expressions littéralement. À son habitude, Thucydide fait parler Nicias (VII, 77) et c'est à ce discours adressé par le stratège à ses soldats que Plutarque emprunte ce qu'il rapporte des sentiments de son héros.*

et l'éclat des succès qu'il avait espérés. 6. Ce spectacle et surtout le souvenir de ses discours et de ses exhortations pour détourner le peuple d'entreprendre cette expédition leur faisaient comprendre encore davantage combien ses souffrances étaient injustes ; ils n'avaient plus le cœur d'espérer l'aide des dieux, en constatant qu'un homme si religieux, qui avait donné tant de marques éclatantes de sa piété, était traité par la Fortune sans plus de douceur que les membres les pires et les plus lâches de l'armée.

XXVII. 1. Nicias essayait pourtant, par sa voix, son visage et son amabilité, de se montrer plus fort que son malheur. Pendant toute la marche, qui dura huit jours, en dépit des attaques et des blessures que lui infligèrent les ennemis, il garda les troupes qui l'accompagnaient à l'abri de la défaite, jusqu'au moment où Démosthénès fut pris, avec son armée, près de l'enclos de Polyzélos, dans un affrontement où il fut vaincu et encerclé. 2. Démosthénès lui-même, tirant l'épée, s'en frappa[109], mais il ne mourut pas, car les ennemis l'entourèrent promptement et se saisirent de lui. 3. Les Syracusains se portèrent à cheval jusqu'à Nicias et lui annoncèrent la nouvelle ; il envoya des cavaliers qui lui confirmèrent la capture de cette armée. Alors il demanda une trêve à Gylippe aux conditions suivantes : les Syracusains laisseraient les Athéniens sortir de Sicile et recevraient des otages, leur garantissant le remboursement de leurs frais de guerre. 4. Ils ne l'écoutèrent pas ; pleins d'insolence et de colère, ils le menacèrent, l'injurièrent et l'attaquèrent, alors qu'il était déjà dans le plus grand dénuement. Pourtant, il tint bon cette nuit encore et, le jour suivant, il avança, malgré les attaques dont il était l'objet, jusqu'au fleuve Asinaros. 5. Là, les ennemis se jetèrent tous ensemble sur les Athéniens, culbutant les uns dans le courant, tandis que les autres, pressés par la soif, s'y précipitaient d'eux-mêmes. Le carnage fut immense à cet endroit et très cruel : les hommes étaient égorgés au moment même où ils étaient en train de boire dans le fleuve. Enfin Nicias, se jetant aux pieds de Gylippe, lui dit : « Pitié, Gylippe, vous êtes vainqueurs ! Pitié non pas pour moi, à qui tant de succès ont donné du renom et de la gloire, mais pour les autres Athéniens. Réfléchissez que les vicissitudes de la guerre sont communes à tous, et que les Athéniens se sont comportés avec modération et douceur quand ils ont eu l'avantage sur vous[110]. » 6. Ainsi parla Nicias, et Gylippe se sentit ébranlé par sa vue et par son langage : il savait que Nicias avait bien traité les Lacédémoniens, lorsqu'ils avaient conclu la paix[111], et il pensait que ce serait pour lui un grand titre de gloire s'il ramenait vivants les stratèges ennemis. 7. Il releva donc Nicias, le réconforta et ordonna de prendre vivants les autres Athéniens. Mais l'ordre fut transmis avec lenteur : les tués furent beaucoup plus nombreux que ceux

---

109. *Thucydide, dont Plutarque résume le récit (VII, 78-82), ne mentionne pas la tentative de suicide de Démosthénès.*
110. *Ici, c'est Plutarque qui fait parler Nicias alors que Thucydide dit seulement qu'il se rendit à Gylippe en lui demandant de mettre fin au massacre des soldats (VII, 84, 1).*
111. *Il s'agit de la paix de Nicias et du traitement que Nicias avait réservé aux prisonniers lacédémoniens (voir supra, IX, 6).*

qui eurent la vie sauve; cependant beaucoup de prisonniers athéniens furent dérobés par les soldats[112]. 8. Les prisonniers qui n'avaient pas été cachés furent regroupés; on suspendit leurs armures complètes aux arbres les plus grands et les plus beaux de la rive; puis les vainqueurs se couronnèrent, parèrent magnifiquement leurs chevaux, 9. rasèrent ceux des ennemis et firent leur entrée dans la cité[113]. Ils avaient soutenu la lutte la plus brillante que des Grecs eussent jamais livrée contre d'autres Grecs et remporté la victoire la plus complète, grâce à leur grande puissance et à un immense élan de courage et de valeur.

XXVIII. 1. Une assemblée plénière des Syracusains et de leurs alliés fut réunie. Le démagogue Euryclès proposa un décret portant en premier lieu que le jour de la capture de Nicias serait un jour sacré: on y offrirait des sacrifices, on s'abstiendrait de tous travaux, et ces fêtes seraient appelées Asinaria, du nom du fleuve; 2. c'était le quatrième jour de la troisième décade du déclin du mois Carneios que les Athéniens appellent Métageitnion[114]. Les esclaves et les alliés des Athéniens seraient vendus, les Athéniens eux-mêmes et leurs alliés de Sicile jetés en prison dans les carrières[115], à l'exception des stratèges, qui seraient mis à mort. 3. Les Syracusains approuvèrent ces propositions. Hermocratès déclara qu'il y avait plus beau que la victoire, c'était d'en faire un noble usage, mais il fut abondamment conspué; quant à Gylippe, qui réclamait les stratèges des Athéniens pour les ramener vivants aux Lacédémoniens, les Syracusains, rendus insolents par leurs succès, l'insultèrent; d'ailleurs, même pendant la guerre, ils avaient eu du mal à supporter la rudesse et le caractère laconien de son commandement. 4. Ils lui reprochaient également, d'après Timée, sa mesquinerie et sa cupidité: c'étaient chez lui des tares héréditaires, qui avaient entraîné l'exil de son père Cléandridas, coupable de corruption. Gylippe lui-même, sur les mille talents envoyés par Lysandre à Sparte, en détourna trente qu'il cacha sous le toit de sa maison; il fut dénoncé et banni de la manière la plus ignominieuse. Mais ces événements ont été rapportés plus en détail dans la *Vie de Lysandre*[116]. 5. Quant à Démosthénès et à Nicias, Timée affirme qu'ils ne furent pas mis à mort sur l'ordre des Syracusains, comme l'ont écrit Philistos et Thucydide[117]; Hermocratès leur aurait envoyé un message, alors que l'assemblée était encore en séance et, grâce à la complaisance d'un de leurs gardes, ils se seraient donné la mort. Quoi qu'il en soit, leurs corps furent jetés

---

112. *Thucydide évoque le sort de ces prisonniers (VII, 85, 2-3).*
113. *Plutarque donne ici des détails qui ne sont pas dans Thucydide, auquel il emprunte en revanche le jugement final (VII, 87, 5).*
114. *Deuxième mois de l'année athénienne qui correspond approximativement au mois d'août.*
115. *Il s'agit des célèbres Latomies (de* latomia, *«carrière») de Syracuse. Voir aussi* Dion, *XXXV, 5.*
116. *Voir* Lysandre, *XVI, 1-4.*
117. *Thucydide dit en effet que Nicias et Démosthénès furent mis à mort malgré Gylippe qui souhaitait les ramener vivants à Sparte (VII, 86, 2). Le sort de Démosthénès, à cause de son rôle à Pylos, n'aurait pas été enviable. Nicias en revanche, du fait de son comportement lors de la conclusion de la paix de 421, pouvait espérer l'indulgence des Lacédémoniens.*

devant les portes de la cité, exposés aux regards de tous ceux qui voulaient les contempler. 6. J'apprends que, de nos jours encore, on montre à Syracuse un bouclier, appelé «bouclier de Nicias», déposé dans un sanctuaire: il est recouvert d'or et de pourpre artistement tissés.

XXIX. 1. La plupart des Athéniens moururent dans les carrières, de maladie ou de manque de nourriture: chaque jour ils recevaient deux cotyles[118] d'orge et une seule cotyle d'eau. D'autres, en assez grand nombre, furent vendus, soit parce qu'on les avait dérobés, soit parce qu'ils se firent passer pour des esclaves – 2. et on les vendit effectivement comme des esclaves, marqués d'un cheval sur le front[119]: certains allèrent jusqu'à accepter cette humiliation en plus de l'esclavage. Cependant, ils furent malgré tout servis par leur dignité et leur bonne tenue: ils furent vite libérés ou, s'ils restèrent chez ceux qui les avaient acquis, ils furent honorablement traités. Certains durent même leur salut à Euripide 3. car, de tous les Grecs du dehors, les Siciliens étaient, apparemment, ceux qui se passionnaient le plus pour la muse de ce poète. Chaque fois que des arrivants leur apportaient de minces échantillons et comme un avant-goût de son œuvre, ils apprenaient ces morceaux par cœur et se les communiquaient joyeusement les uns aux autres[120]. 4. En la circonstance en tout cas, ceux qui furent sauvés et purent rentrer chez eux allèrent en foule, dit-on, saluer chaleureusement Euripide, lui racontant, les uns, qu'étant esclaves, ils avaient été libérés pour avoir appris à leurs maîtres tout ce qu'ils se remémoraient de ses poèmes, les autres, qu'errant à l'aventure après la bataille, ils avaient reçu de la nourriture et de l'eau pour avoir chanté ses vers. 5. Il ne faut pas non plus s'étonner de ce que l'on raconte à propos des gens de Caunos: comme un vaisseau, poursuivi par les pirates, s'approchait de leurs ports, ils refusèrent d'abord de le recevoir et le repoussèrent, puis demandèrent aux marins s'ils connaissaient des chants d'Euripide et, sur leur réponse affirmative, laissèrent entrer le navire.

XXX. 1. Quant aux Athéniens, ils se refusèrent d'abord à croire à ce désastre, à cause surtout de celui qui l'annonçait. Un étranger, paraît-il, qui avait débarqué au Pirée et s'était assis à la boutique d'un barbier, se mit à parler des événements, croyant que les Athéniens en étaient déjà informés. 2. En l'entendant, le barbier, sans laisser à d'autres le temps d'apprendre la nouvelle, courut à la ville, alla aussitôt trouver les archontes et répandit l'histoire sur l'agora. La cité fut, comme on peut l'imaginer, plongée dans la stupeur et le trouble. Les archontes convoquèrent une assemblée du peuple et firent venir l'homme. 3. On lui demanda de qui il tenait cette information et, comme il ne pouvait rien répondre de précis, il fut tenu pour

---

118. *Une cotyle représente à peu près un quart de litre.*
119. *Le cheval Pégase figurait sur les monnaies de Syracuse, ce qui laisse supposer que ceux qui furent ainsi marqués appartenaient à la cité qui les mit en vente.*
120. *Euripide était alors à Athènes au sommet de sa gloire. Il devait mourir sept ans plus tard, en 406, après s'être exilé auprès du roi Archélaos de Macédoine.*

un menteur et un fauteur de trouble, attaché sur la roue et torturé longtemps, jusqu'au moment où survinrent ceux qui annonçaient le malheur tel qu'il s'était produit. Tant on se refusait à croire que Nicias avait subi le sort qu'il leur avait si souvent prédit.

CRASSUS

I. 1. Marcus Crassus, dont le père avait été censeur et avait reçu les honneurs du triomphe[1], fut toutefois élevé dans une maison modeste, avec ses deux frères, 2. lesquels étaient déjà mariés du vivant de leurs parents, et tout le monde mangeait à la même table. Telle est la principale cause, semble-t-il, de la tempérance et de la mesure de son mode de vie[2]. 3. Après la mort d'un de ses frères, il épousa sa veuve dont il eut des enfants[3]: sous ce rapport, aucun Romain ne mena une vie plus rangée que la sienne. 4. Cependant, quand il parvint à un âge plus avancé, on l'accusa d'avoir une liaison avec Licinia, une des Vestales: Licinia fut poursuivie en justice à la requête d'un certain Plotius. 5. Or en fait, elle avait dans la banlieue une belle propriété, que Crassus souhaitait acquérir à vil prix; c'était pour cette raison qu'il se montrait assidu et empressé auprès de cette femme, ce qui l'avait exposé à ce soupçon. Ce fut, d'une certaine façon, sa cupidité qui le lava de l'accusation de séduction: il fut acquitté par les juges[4]. Mais il ne laissa pas Licinia en paix avant d'avoir obtenu son bien.

II. 1. Selon les Romains, un seul défaut, l'amour des richesses, faisait de l'ombre aux nombreuses qualités de Crassus; en vérité, ce n'était pas, semble-t-il, son seul défaut mais le plus grand de tous, celui qui éclipsait les autres. 2. Comme principales preuves de sa cupidité, on évoque la manière dont il s'enrichit et l'importance de sa fortune[5]. 3. Alors qu'au début, il ne possédait pas plus de trois cents talents, il offrit ensuite, lors de son consulat, le dixième de ses biens à Hercule, donna un banquet au peuple, et

---

1. Publius Licinius Crassus, consul en 97, avait été proconsul d'Espagne Ultérieure de 96 à 93 et avait obtenu le triomphe pour ses campagnes contre les Lusitaniens. Il fut censeur en 89.
2. La réputation de la maison des Licinii était proverbiale: Cicéron (Pour Caelius, 9) la qualifiait de castissima domus («maison très vertueuse»).
3. Sur Tertulla, veuve avant 87 (voir infra, IV, 1) puis épouse de Crassus, voir Cicéron, XXV, 5 et Suétone, César, L, 1. Crassus eut deux enfants: Publius, qui épousa Cornélia, fille de Quintus Metellus Scipio Nasica (voir Pompée, LXXIV, 5), et Marcus, qui épousa une Métella, fille de Métellus Créticus. Ces mariages témoignent de la permanence des relations que Crassus entretint avec les gentes en vue des optimates, auxquelles les Licinii avaient été liés dans les générations précédentes (voir Marshall, 1976, p. 9-10).
4. Plutarque utilise l'épisode pour souligner le principal défaut qu'il prête à Crassus, défaut dont les manifestations sont récurrentes tout au long du récit. Ce type de procès faisait partie des vicissitudes de la vie politique à Rome et l'accusateur, souvent un jeune débutant, cherchait autant à servir sa propre carrière qu'à ébranler celle de son adversaire mieux établi.
5. Crassus était, selon Pline l'Ancien (Histoire naturelle, XXXIII, 134), le plus riche des Romains après Sylla et l'expression «plus riche que Crassus» était proverbiale (Cicéron, Lettres à Atticus, I, 4, 3). Sur le surnom de Dives («Riche»), fréquent dans la gens Licinia depuis le consul de 205, Publius Licinius Crassus, mais que Marcus Licinius Crassus ne portait pas, voir Marshall (1976), p. 10-11.

fournit à chaque Romain, sur ses biens, trois mois de nourriture[6]; or, malgré tout cela, lorsqu'il fit l'inventaire de sa fortune, avant son expédition contre les Parthes, il trouva qu'elle se montait à sept mille cent talents. 4. La plus grande partie de ces richesses – s'il faut, au risque d'être malveillant, dire la vérité –, il la tira du feu et de la guerre, et fit des malheurs publics sa principale source de revenus. Lorsque Sylla, après avoir pris la cité, mit en vente les biens de ses victimes, les considérant et les désignant comme des dépouilles de guerre, et voulut associer à son impiété les citoyens les plus nombreux et les plus puissants, Crassus ne renonça ni à en recevoir ni à en acheter. 5. De plus, voyant que les incendies et les effondrements d'immeubles, causés par le poids et le nombre des étages, étaient à Rome un fléau traditionnel et familier, il se procura des esclaves architectes et maçons; quand il en eut plus de cinq cents, il se mit à acheter les bâtiments incendiés et les constructions attenantes que les propriétaires, inquiets et désemparés, proposaient à vil prix, si bien que la plus grande partie de Rome fut bientôt entre ses mains[7]. 6. Malgré le nombre d'ouvriers qu'il possédait, il ne construisit rien pour son compte, sinon sa propre maison; il disait que ceux qui aiment construire se ruinent eux-mêmes sans avoir besoin d'adversaires. 7. Bien qu'il possédât un très grand nombre de mines d'argent, une propriété d'un immense rapport[8] et les hommes qui y travaillaient, tout cela semblait n'être rien, en comparaison de la valeur de ses esclaves, tant ceux-ci étaient nombreux et qualifiés: lecteurs, secrétaires, argentiers, intendants, maîtres d'hôtel. Lui-même présidait à leur apprentissage, les surveillait et les instruisait; il était convaincu que le maître doit avant tout s'occuper de ses esclaves qui sont comme les outils animés de l'économie domestique[9]. 8. Sur ce point d'ailleurs, il avait raison, si du moins il pensait vraiment, comme il le disait, que tout doit être dirigé par les esclaves et les esclaves par le maître: alors que l'administration de biens inanimés est purement matérielle, celle qui concerne les hommes est, nous le voyons, une vertu politique et royale[10]. 9. Cependant, Crassus avait tort de penser et de dire que nul n'est riche à moins de pouvoir, sur ses biens, entretenir une armée. La guerre, comme le dit Archidamos, ne se nourrit pas à forfait et les dépenses

---

6. *Les biens des Licinii avaient été confisqués par Marius et Cinna lors des proscriptions de 87; l'enrichissement colossal de Crassus était donc postérieur à son exil en Espagne (voir infra, IV-V). Sur les libéralités offertes lors de son consulat de 70, voir infra, XII, 3.*

7. *Les destructions liées aux incendies et à l'insécurité constituaient dans la Rome de la fin de la République une catastrophe apocalyptique et quotidienne de la vie urbaine (voir Sablayrolles, 1996, p. 21-24 et 410-430). Crassus profita du phénomène pour mettre sur pied, avec ses esclaves spécialisés, une gigantesque opération de promotion immobilière.*

8. *Sur d'éventuelles mines d'argent obtenues par Crassus en Bétique lors des proscriptions, voir Domergue (1990), p. 231 et 235. Pline l'Ancien évaluait ses biens immobiliers à 200 millions de sesterces (XXXIII, 134).*

9. *Ce choix d'un investissement dans la force de production que constituait la population servile témoigne de l'originalité, de l'audace et de la pertinence des analyses économiques de Crassus, «le banquier de Rome», dans un monde qui considérait la propriété immobilière comme l'essentiel de la richesse.*

10. *Plutarque propose une interprétation politique du choix économique de Crassus: aux outils animés le soin des biens inanimés, aux rois et dirigeants le pouvoir sur les hommes.*

qu'elle entraîne sont illimitées[11]. L'opinion de Crassus était bien différente de celle de Manius Curius. 10. Ce dernier, qui avait distribué à chaque soldat quatorze arpents de terre, vit qu'ils en réclamaient davantage: «Aucun Romain, s'écria-t-il, ne doit trouver trop petite une terre qui suffit à le nourrir[12]!»

III. 1. Pourtant, même avec des étrangers, Crassus se montrait généreux: sa maison était ouverte à tous et il prêtait de l'argent à ses amis sans intérêts. Mais dès que l'échéance était venue, il se montrait inflexible et réclamait ses fonds: aussi cette absence d'intérêts était-elle plus contraignante qu'un taux usuraire[13]. 2. Lorsqu'il invitait à sa table, la chère était en général ordinaire et commune, mais cette simplicité donnait plus de charme à la franchise et à la chaleur de son accueil. 3. Quant à sa culture littéraire, il s'appliqua surtout à la rhétorique et à ce qui pouvait le servir auprès de la foule. Il devint l'un des meilleurs orateurs de Rome: son application et ses efforts lui permirent de surpasser les plus doués[14]. 4. Il ne se rendait, dit-on, à aucun procès, si mince ou négligeable fût-il, sans avoir préparé sa plaidoirie. Souvent même, lorsque Pompée, César ou Cicéron hésitaient à s'occuper d'une affaire, c'était lui qui se chargeait de la défense, ce qui augmentait sa popularité, car on le jugeait diligent et prompt à rendre service. 5. Il plaisait également par l'humanité et la simplicité dont il faisait preuve quand il serrait la main aux gens et les saluait: il ne rencontrait jamais un Romain, si humble ou si obscur fût-il, sans lui rendre son salut en l'appelant par son nom. 6. On dit aussi qu'il était très savant en histoire et qu'il fit un peu de philosophie, s'intéressant à la doctrine d'Aristote qui lui fut enseignée par Alexandros[15], homme affable et doux, comme le prouvent ses relations avec Crassus, 7. car il serait difficile de dire s'il était plus pauvre quand il entra dans sa maison, ou après y être entré. C'était le seul de ses amis qui l'accompagnait toujours en voyage; on lui donnait une couverture pour la route, mais dès qu'il était de retour, on la lui redemandait. 8. [Hélas! quelle patience! et pourtant le malheureux ne considérait pas la pauvreté comme une chose indifférente[16].] Mais cela se passa plus tard.

---

11. Archidamos est le roi de Sparte qui ravagea l'Attique au début de la guerre du Péloponnèse. Cette citation se retrouve chez Cicéron (Paradoxe des stoïciens, VI, 45; Des devoirs, I, 25), Pline l'Ancien (XXXIII, 134) et Dion Cassius (Histoire romaine, XL, 27, 3), preuve de l'importance, à Rome, du lien entre fortune privée et destin militaire, condition sine qua non d'une carrière politique.
12. La citation, attribuée à Manius Curius Dentatus, vainqueur des Sabins et des Samnites en 290 et de Pyrrhos en 275, figure dans Apophtegmes des rois et des généraux *(194 E) et dans Pline (XVIII, 18).*
13. Portrait contrasté de Crassus, qui est caractérisé tout au long du récit par ses contradictions: riche mais simple, affable mais inflexible, talentueux et retors au forum mais militaire indécis et maladroit.
14. Cicéron le disait doué d'un grand talent oratoire (Pour Muréna, 48), mais portait dans le Brutus *(233) un jugement beaucoup plus nuancé.*
15. Ce philosophe péripatéticien a été généralement identifié comme le rhéteur de Milet amené en esclavage à Rome à la suite des guerres contre Mithridate et affranchi par Sylla en 82. Cette identification demeure contestable, l'Alexandros en question étant originellement un stoïcien (voir Ward, 1977, p. 292).
16. Cette phrase, qui figure dans le manuscrit, est probablement une réflexion de lecteur insérée a posteriori dans le texte.

IV. 1. Cinna et Marius firent bien voir, dès qu'ils devinrent les maîtres, qu'ils ne revenaient pas pour le bien de la patrie, mais pour supprimer et tuer sans délai les aristocrates[17]. Ceux qui furent pris furent condamnés à mort, notamment le père de Crassus et son frère[18]; lui-même, encore très jeune, put échapper au danger immédiat, mais se sentant cerné de toutes parts et pourchassé par les tyrans, il prit avec lui trois amis et dix serviteurs et s'enfuit précipitamment en Espagne, où il avait vécu autrefois, lorsque son père y commandait, et où il s'était fait des amis[19]. 2. Mais il les trouva tous épouvantés, tremblant devant la cruauté de Marius comme si celui-ci se dressait déjà devant eux. Il n'osa donc se montrer à personne et se précipita dans une propriété, au bord du rivage, qui appartenait à Vibius Pacianus: il y avait là une grotte assez grande dans laquelle il se cacha. 3. Les vivres vinrent bientôt à manquer et il envoya un esclave sonder les intentions de Vibius. 4. Celui-ci, tout heureux d'apprendre que Crassus était sauvé, s'informa du nombre de ses compagnons et de l'endroit où il s'était réfugié. Il ne vint pas le voir lui-même mais conduisit près de la grotte l'intendant de son domaine, lui ordonnant de préparer chaque jour un repas, de l'apporter près du rocher, de l'y déposer et de s'en retourner en silence, sans céder à la curiosité ni chercher à en savoir plus long: la curiosité serait punie de mort tandis que l'obéissance lui vaudrait la liberté. 5. Cette grotte n'est pas loin de la mer; les falaises qui l'entourent ménagent d'abord un couloir étroit et obscur qui mène à l'intérieur: une fois qu'on l'a franchi, on voit se déployer une salle d'une hauteur étonnante, flanquée de cavités latérales qui communiquent entre elles par d'immenses galeries. 6. Ce lieu ne manque ni d'eau ni de lumière; une source à l'onde délicieuse coule au pied de la falaise et des crevasses naturelles, surtout à l'endroit où les parois se rejoignent, laissent entrer la lumière du dehors et éclairent la grotte pendant le jour. 7. À l'intérieur, il n'y a pas de suintement et l'air est pur, car l'épaisseur de la roche concentre l'humidité et la rejette dans la source.

V. 1. Pendant le séjour de Crassus dans cette grotte, l'homme vint chaque jour lui apporter le nécessaire, sans voir les fugitifs ni savoir qui ils étaient, alors qu'eux l'observaient, le connaissaient et guettaient sa venue. 2. Les repas étaient abondants: il ne s'agissait pas seulement d'apaiser la faim, mais aussi de flatter le goût. Vibius avait décidé de prodiguer à Crassus toutes les attentions possibles; il lui vint même à l'idée que son hôte était jeune et qu'il fallait lui procurer les plaisirs de son âge: se contenter de subvenir à ses besoins, c'était l'aider par obligation plus que

---

17. *Comme les débuts de Pompée et de César, ceux de Crassus sont placés sous les auspices de l'opposition optimates-populares, particulièrement sanglante en 87 avec les proscriptions de Marius et de Cinna.*
18. *Selon Tite-Live (Abrégé, 80), le père se suicida après l'exécution du fils par les soldats de Fimbria. Selon Appien (Guerres civiles, I, 72), il aurait tué lui-même son fils avant d'être tué. Il s'agissait du cadet ou du plus jeune frère des Licinii; l'aîné, Publius, dont Marcus épousa la veuve, était mort peu avant.*
19. *La constitution d'un réseau de clientèles et d'amitiés était traditionnelle dans la politique des gouverneurs, et Publius Licinius Crassus n'avait pas manqué à la règle en Espagne Ultérieure, entre 96 et 93. En 87 ou 85, date de la fuite de Crassus (voir infra, VI, 1), il devait être âgé de 30 ans environ, étant né vers 115 (voir infra, XVII, 3).*

par affection. 3. Il prit donc deux jolies esclaves qu'il conduisit au bord de la mer ; arrivé devant la grotte, il leur montra l'entrée et leur dit d'avancer sans crainte. 4. En les voyant arriver, Crassus et ses compagnons craignirent d'abord que leur retraite ne fût découverte et connue de nombreuses personnes ; ils leur demandèrent ce qu'elles voulaient et qui elles étaient ; 5. elles répondirent, conformément aux instructions, qu'elles cherchaient leur maître qui se cachait là. Alors Crassus comprenant l'aimable jeu de Vibius, accueillit les petites ; elles vécurent dès lors avec lui, allant dire à Vibius ce dont il avait besoin et lui transmettre des messages. 6. Fénestella[20] déclare avoir vu lui-même une de ces esclaves, désormais âgée, et l'avoir entendue rappeler à plusieurs reprises cette histoire, qu'elle se plaisait à raconter en détail.

VI. 1. Crassus vécut huit mois de la sorte, en se cachant. Dès qu'il apprit la mort de Cinna[21], il se montra, et un grand nombre d'hommes coururent le rejoindre : il en choisit deux mille cinq cents et parcourut les cités. Selon plusieurs auteurs, il mit à sac l'une d'elles, Malaca[22], mais lui-même le niait, dit-on, et s'en prenait vivement à ceux qui l'en accusaient. 2. Après quoi, il rassembla des navires et passa en Afrique où il rejoignit Métellus Pius[23], un homme en vue, qui avait rassemblé une armée considérable. Il n'y resta pas longtemps ; il se brouilla avec Métellus et alla rejoindre Sylla, qui l'honora au plus haut point. 3. Sylla regagna l'Italie et, voulant associer à son action tous les jeunes gens qui étaient avec lui, il confia à chacun une mission particulière[24]. Crassus fut envoyé chez les Marses[25] pour lever une armée. Il demanda une escorte car il devait cheminer en pays ennemi, 4. mais Sylla rétorqua violemment, avec colère : « Je te donne pour escorte ton père, ton frère, tes amis et les membres de ta famille, assassinés au mépris de la loi et de la justice, et dont moi, je poursuis les meurtriers. » Ému et piqué au vif par ces paroles, Crassus par-

---

20. *Annaliste romain qui écrivit sous Auguste. La citation vise à donner crédit aux détails de l'anecdote, complaisamment développés par Plutarque pour forger un récit où se mêlent romanesque de l'aventure et romantisme du paysage.*

21. *Cinna fut tué par ses soldats en 84. Si l'on suit la chronologie plutarquienne, Crassus se serait réfugié chez Vibius Pacianus six mois en 85 et son exil n'aurait pas débuté avant 86 ou 85. Les proscriptions de Marius et de Cinna, où périrent son père et son frère, dataient cependant de 87, date la plus vraisemblable de sa fuite en Espagne.*

22. *Actuelle Malaga, au sud de l'Espagne. L'armée privée (donc illégale) levée par Crassus témoigne de la puissance des relations que la gens* Licinia *entretenait dans ces régions.*

23. *Voir* Pompée, *VIII, 5. Envoyé contre les Samnites par le Sénat, Métellus avait été obligé de fuir en Afrique en 87, devant l'alliance conclue par le chef marianiste Cinna avec les Samnites. Sa brouille avec Crassus marqua peut-être pour ce dernier le début de son changement politique, Métellus étant l'un des principaux chefs des* optimates.

24. *En 83, Sylla, malgré ses légions ramenées d'Orient, était en infériorité numérique face aux chefs* populares *(voir* Sylla, *XXVII, 11) ; il cherchait à regrouper ses lieutenants, comme Lucullus ou Métellus, et à attirer à lui les jeunes aristocrates susceptibles de lui apporter l'appui de leurs clientèles, comme Pompée.*

25. *Peuple des montagnes de l'Apennin, à 100 km à l'est de Rome.*

tit aussitôt; il se fraya hardiment un chemin à travers les ennemis, rassembla des forces importantes et se montra dans les combats plein de zèle pour Sylla[26].
5. Ces exploits, dit-on, firent naître en lui, pour la première fois, l'ambition de rivaliser avec la gloire de Pompée[27]. Ce dernier était plus jeune que lui; son père s'était discrédité à Rome et avait été détesté au plus haut point par ses concitoyens, mais au cours de ces opérations, il s'illustra et se montra si grand que Sylla, qui ne prodiguait cet honneur que très rarement à des gens plus âgés ou de même rang que lui, se levait à son arrivée, se découvrait la tête et le saluait du titre d'*imperator*[28].
6. Crassus en était enflammé et exaspéré. Pourtant, ce n'était pas sans raison qu'on le plaçait au-dessous de Pompée. Il avait moins d'expérience et la popularité qu'auraient pu lui valoir ses exploits était détruite par ces deux fléaux, innés en lui: la cupidité et la mesquinerie. Quand il prit la cité de Tuder en Ombrie, le bruit courut qu'il s'était approprié la plus grande partie des biens, et il en fut accusé devant Sylla.
7. Cependant, dans le combat sous les murs de Rome, qui fut le plus important et le dernier de tous, alors que Sylla était vaincu, et ses soldats repoussés et écrasés, Crassus, qui commandait l'aile droite, remporta la victoire et poursuivit les ennemis jusqu'à la nuit; après quoi il envoya un messager demander à Sylla un repas pour ses hommes et lui annoncer le succès[29]. 8. Mais, lors des proscriptions et des ventes à l'encan, il se rendit de nouveau impopulaire, car il achetait à vil prix de grands biens et réclamait des gratifications. Il fit même, dit-on, des proscriptions dans le Bruttium, sans en avoir reçu l'ordre de Sylla, par esprit de lucre; Sylla l'apprit et ne l'employa plus dans aucune affaire publique[30]. 9. Si Crassus était très habile à circonvenir les gens par la flatterie, lui-même se laissait prendre à son tour par les flatteries de tous. Il avait encore, dit-on, une autre singularité: lui qui était très âpre au gain, il poursuivait de sa haine et de ses insultes surtout ceux qui lui ressemblaient.

VII. 1. Crassus était contrarié par les succès de Pompée dans ses campagnes, par le triomphe qu'il avait obtenu avant même de faire partie du Sénat, et par le surnom de Magnus [«Grand»] qu'il avait reçu de ses concitoyens. Un jour, comme quelqu'un s'écriait: «Voici le Grand Pompée!», il demanda en riant: «Quelle taille a-t-il donc?»
2. Désespérant de l'égaler par ses exploits militaires, il se mêla de politique; par ses bons offices, ses plaidoyers, ses prêts, l'assistance et le concours qu'il offrait à ceux

---

26. *Sur le détail de ces combats, où Crassus côtoya Pompée, voir Appien, I, 77-79 et 90.*
27. *L'analyse est sans doute anachronique: jeunes gens débutant dans la carrière des armes comme de la politique, Crassus et Pompée, qui étaient âgés de 32 et 23 ans, ne pouvaient songer à rivaliser de gloire.*
28. *Voir* Pompée, *VII-VIII.*
29. *Les épisodes de ce combat décisif, qui opposa à la porte Colline les troupes syllaniennes et les Samnites de Télésinus, sont détaillés dans* Sylla, *XXIX, 1-XXX, 4.*
30. *Le Bruttium est l'actuelle Calabre. Après les remontrances des débuts de la campagne (§ 4) et l'accusation portée contre lui après Tuder, l'actuelle Todi (§ 6), c'est le troisième et définitif accroc dans les relations entre Sylla et Crassus. Comme la brouille avec Métellus (§ 2), ce désaccord influa vraisemblablement sur le changement d'alliance politique de Crassus.*

qui sollicitaient le peuple[31], il acquit une influence et une réputation comparables à celles que Pompée devait à tant de grandes campagnes. 3. On assista même au paradoxe suivant : absent, Pompée avait plus de renom et de puissance à Rome, à cause de ses campagnes ; mais présent, il se retrouvait souvent inférieur à Crassus. C'est que, par orgueil et par affectation, Pompée fuyait la foule et se dérobait au forum ; il ne venait en aide qu'à peu de solliciteurs, et de mauvaise grâce, souhaitant garder son influence intacte pour son profit exclusif[32]. 4. Crassus en revanche était toujours prêt à rendre service ; il n'était pas difficile à trouver ni à aborder ; il était sans cesse occupé à soutenir les gens et à se démener pour eux ; sa bonhomie et son humanité lui donnaient l'avantage sur la gravité de Pompée. Pour la prestance physique, l'éloquence et l'agrément de la physionomie, les deux hommes possédaient, dit-on, ces qualités au même degré. 5. Cependant, cette émulation ne fit naître en Crassus ni haine ni méchanceté ; s'il s'affligeait de voir Pompée et César plus honorés que lui, il ne mêlait à son ambition aucune malveillance, aucune animosité. Pourtant César, lorsqu'il fut capturé en Asie et retenu prisonnier par les pirates, s'écria : « Quelle joie tu vas éprouver, Crassus, en apprenant ma captivité[33] ! » 6. Mais par la suite ils eurent même des relations amicales ; comme César, sur le point de partir en Espagne en tant que préteur, manquait d'argent et que ses créanciers l'assaillaient et saisissaient ses bagages, Crassus ne les laissa pas faire : il le délivra, en se portant caution pour lui d'une somme de huit cent trente talents[34].

7. De manière générale, Rome était alors divisée entre trois groupes d'influence, celui de Pompée, celui de César et celui de Crassus – car Caton avait plus de gloire que d'influence, et il était plus admiré que puissant[35]. La partie raisonnable et modérée de Rome soutenait Pompée ; ceux qui étaient ardents et emportés s'associaient

---

31. *Crassus mettait son éloquence et sa fortune au service des candidats, dont les campagnes auprès des électeurs coûtaient cher (voir Nicolet, 1976, p. 401-418). C'est sans doute dans ces manœuvres qu'il se rapprocha des* populares.
32. *Voir* Pompée, XXIII, 3-6.
33. *Comme l'ensemble de l'épisode des pirates* (César, I, 8), *cette citation fait partie de la légende dorée de César : César, jeune et débutant sa carrière, ne constituait alors un rival ni pour Crassus ni pour Pompée.*
34. *Autant que le signe de relations amicales, ce geste était celui du chef financier incontesté des* populares *à l'égard de l'étoile montante de la* factio, *qui avait besoin de ces appuis (voir* César, XI). *Sur les places respectives de Crassus et de César dans la hiérarchie politique à Rome en 63, voir Marshall (1976), p. 82-83 et Ward (1977), p. 125.*
35. *Les trois factions décrites ici constituent une simplification abusive de la réalité et une analyse anachronique influencée par les événements du triumvirat. Si la distinction entre* optimates *conservateurs, dont le chef spirituel était Caton, et* populares *réformistes, auxquels César appartint dès ses débuts par fidélité familiale, est opérante, elle n'en recouvre pas moins une réalité beaucoup plus complexe de rivalités claniques où se composaient et se défaisaient les alliances des grandes* gentes. *Tout comme Pompée, qui navigua plus ou moins habilement entre ces groupes, Crassus changea d'alliances au gré de ses intérêts, sans que se soient constituées des* factiones *stables autour de ces deux hommes. Sur les appuis de Crassus chez les* optimates, *voir supra,* I, *3 et note, et Dion Cassius, XXXVII, 56, 5 ; voir également Syme (1944), p. 96-97, Ross Taylor (1977), p. 221-222 et Marshall (1976), p. 10-11.*

de préférence aux espérances de César; Crassus, lui, se tenait au milieu, entre les deux. Il opéra de fréquents revirements dans ses choix politiques: il n'était pas un ami sûr ni un ennemi acharné et sacrifiait aisément son affection ou sa colère à son intérêt; on le vit souvent se montrer tour à tour, en un court laps de temps, partisan et adversaire des mêmes personnes ou des mêmes lois[36]. 8. Sa force résidait dans son crédit et dans la crainte qu'il inspirait – dans la crainte surtout. Le personnage qui causa le plus d'embarras aux magistrats de son temps était le démagogue Sicinnius; on lui demanda un jour pourquoi Crassus était le seul qu'il laissât tranquille sans le vilipender. Il répondit: «Il a du foin aux cornes[37].» Les Romains avaient en effet l'habitude, lorsqu'ils avaient des bœufs agressifs, de leur entortiller les cornes avec du foin pour protéger les passants.

VIII. 1. Quant au soulèvement des gladiateurs et au pillage de l'Italie – événements auxquels on donne en général le nom de guerre de Spartacus –, voici quelle en fut l'origine. 2. Un certain Lentulus Batiatus entretenait à Capoue des gladiateurs, qui étaient pour la plupart des Gaulois ou des Thraces[38]: ils n'avaient commis aucun crime, mais étaient enfermés à cause de l'injustice de leur acheteur qui les contraignait à combattre dans l'arène. Deux cents d'entre eux décidèrent de s'enfuir; ils furent dénoncés, mais l'apprirent à temps et soixante-dix-huit hommes, prenant les devants, dérobèrent des couteaux et des broches dans une cuisine et bondirent au dehors. 3. Rencontrant en chemin des chariots qui transportaient dans une autre cité des armes de gladiateurs, ils s'en saisirent et s'armèrent. Puis, s'étant emparés d'une position solide, ils élurent trois chefs, dont le premier fut Spartacus, un Thrace d'origine maide: il possédait beaucoup de courage et de force, et surtout son intelligence et sa douceur l'élevaient au-dessus de sa condition et le rendaient plus grec que sa naissance[39]. 4. La première fois qu'on le conduisit à Rome pour le vendre, il vit en songe, dit-on, un serpent enroulé autour de son visage: sa femme, originaire de la même tribu que lui, une devineresse sujette aux transports dionysiaques, lui expliqua que c'était le signe d'une grande et terrible puissance qui l'envelopperait et le conduirait à une fin malheureuse[40]. Au moment de la révolte, cette femme vivait encore avec lui et l'accompagna dans sa fuite.

---

36. *L'attitude de Crassus (comme de César et d'une partie des* populares) *dans la conjuration de Catilina illustre particulièrement cette remarque (voir infra, XIII, 3-5).*
37. *Cnaeus Sicinnius était tribun de la plèbe en 76, année où Crassus était peut-être édile (voir Marshall, 1976, p. 28). L'expression, proverbiale, est reprise dans la* Question romaine 71 *(voir aussi Horace,* Satires, *I, 4, 34).*
38. *Les gladiateurs étaient souvent à l'époque républicaine des représentants des guerriers vaincus par Rome, et le Gaulois et le Thrace, comme le Samnite, en faisaient partie (voir Sablayrolles, 1987). Les chefs de la révolte étaient de fait thrace (Spartacus) et celte (Crixos).*
39. *Ce jugement sur la personnalité et les qualités intellectuelles de Spartacus, qui se retrouve dans Appien (I, 116), ne fut sans doute pas sans influence sur la constitution du mythe.*
40. *Comme un grand* imperator, *Spartacus a droit aux présages et à une interprétation dionysiaque, qui n'est pas forcément fiction étant donné le culte dont le dieu était l'objet en Thrace.*

IX. 1. Les fugitifs repoussèrent d'abord les hommes qu'on envoya de Capoue contre eux et s'emparèrent d'une grande quantité d'armes de guerre; ils les substituèrent avec plaisir à leurs armes de gladiateurs dont ils se débarrassèrent, les jugeant déshonorantes et barbares. 2. Le préteur Clodius[41] fut ensuite envoyé de Rome avec trois mille hommes et les assiégea. La montagne sur laquelle ils se trouvaient n'avait qu'un seul accès, difficile et étroit, que Clodius tenait sous bonne garde; le reste n'était que falaises lisses et à pic[42]. Mais au sommet poussait en abondance de la vigne sauvage. Les assiégés coupèrent les sarments qui pouvaient leur servir, les tressèrent et en firent des échelles assez robustes et assez longues pour leur permettre, quand ils les eurent fait pendre d'en haut, le long de la falaise, d'atteindre la plaine. Ils descendirent donc tous sans danger, sauf un seul homme, 3. qui était resté pour s'occuper des armes; quand ils furent descendus, il les leur lança et, après les avoir toutes jetées, il descendit le dernier et se sauva lui aussi. Tout cela s'était déroulé à l'insu des Romains; aussi les révoltés les encerclèrent, les frappèrent de terreur par leur apparition soudaine, les mirent en fuite et s'emparèrent de leur camp. 4. Beaucoup de bouviers et de bergers du pays vinrent se joindre à Spartacus: c'étaient des hommes batailleurs et agiles; on arma les uns comme des légionnaires, on employa les autres comme éclaireurs ou comme troupes légères[43]. 5. Un second préteur, Publius Varinius[44], fut envoyé contre eux: ils attaquèrent d'abord son lieutenant, un certain Furius, qui commandait trois mille soldats, et le repoussèrent. Ensuite Cossinius, qui avait été envoyé à Varinius comme conseiller et collègue avec des troupes importantes, fut surpris par Spartacus, pendant qu'il se baignait à Salinae[45], et faillit être enlevé: 6. il s'échappa de justesse et à grand-peine. Spartacus s'empara aussitôt de ses bagages, le poursuivit pied à pied, lui donna la chasse et, dans un grand carnage, s'empara de son camp. Cossinius fut au nombre des morts. 7. Quant au préteur lui-même, Spartacus le battit en beaucoup de combats et finit par capturer ses licteurs et son cheval. Il était désormais grand et redoutable[46], mais réfléchissait avec bon sens sur ses possibilités et n'espérait pas triompher de la puissance romaine; il voulait conduire son armée vers les Alpes, dans l'idée qu'après les avoir franchies, chacun devrait regagner son pays, les uns la Thrace, les autres la Gaule. 8. Mais ses hommes, forts de leur nombre et emplis

---

41. Identifié, malgré la graphie plutarquienne, comme le propréteur de 73 Claudius Glaber (voir Garzetti, 1941, p. 24 et Broughton, 1960, II, p. 109).
42. Les révoltés se réfugièrent sur les pentes du Vésuve (voir Baratta, 1935, p. 205-218).
43. Nombre d'hommes libres de condition misérable rejoignirent les troupes initialement composées de gladiateurs et d'esclaves. Autant qu'une révolte servile, le mouvement devenait un soulèvement de la misère.
44. Publius Varinius fut préteur en 73, comme Claudius Glaber. Cossinius était également préteur, selon Salluste (Histoires, III, 94 M) et le légat Furius était peut-être un ancien préteur de 75 (voir Broughton, 1960, II, p. 109-110, 115, 112 et 97).
45. Station balnéaire entre Pompéi et Herculanum. Le lieu comme l'activité mettent en relief la négligence du légat.
46. À l'issue des défaites subies par les Romains en 73, les révoltés occupaient la Campanie et la Lucanie.

d'orgueil, ne l'écoutaient pas ; ils parcouraient et pillaient l'Italie[47]. Dès lors, le Sénat ne se laissa plus arrêter par ce que cette sédition avait de honteux et d'indigne ; la peur et le danger le poussèrent à envoyer contre Spartacus, comme s'il s'agissait d'une des guerres les plus difficiles et les plus importantes de Rome, les deux consuls à la fois[48]. 9. L'un, Gellius, fondit à l'improviste sur les Germains, qui par insolence et orgueil, s'étaient détachés des bandes de Spartacus : il les tua tous[49]. Quant à Lentulus, il encercla Spartacus avec de grandes armées, mais celui-ci lança l'assaut sur un seul secteur, engagea le combat, écrasa les légats et prit tous les bagages[50]. 10. Comme il se portait en hâte vers les Alpes, Cassius[51], gouverneur de la Gaule Padane, lui barra le passage avec dix mille soldats ; une bataille fut livrée, Cassius fut vaincu, perdit beaucoup d'hommes et parvint à grand-peine à s'enfuir.

X. 1. Quand le Sénat apprit ces nouvelles, pris de colère, il ordonna aux consuls de ne plus bouger et désigna Crassus pour mener cette guerre[52]. Un grand nombre de personnages en vue se joignirent à son armée, à cause de sa gloire ou par amitié. 2. Crassus s'arrêta en avant du Picenum, pour attendre de pied ferme Spartacus qui s'avançait dans cette direction, et il envoya son légat Mummius, à la tête de deux légions, opérer un mouvement tournant derrière les ennemis, avec ordre de les suivre sans engager de combat ni d'escarmouche. 3. Mais Mummius, dès la première espérance de succès, livra bataille, fut vaincu et perdit beaucoup d'hommes, tandis que beaucoup d'autres, abandonnant leurs armes, cherchaient leur salut dans la fuite. 4. Crassus fit à Mummius un accueil sévère ; il donna de nouvelles armes aux soldats, réclamant des cautions pour garantir qu'ils les garderaient[53]. Quant aux cinq cents hommes du premier rang, qui avaient été les principaux responsables de la panique, il les répartit en cinquante groupes de dix : dans chacun de ces groupes,

---

47. *Les objectifs contradictoires de Spartacus (regagner la Gaule et la Thrace) et de Crixos (piller l'Italie) ainsi que l'incohérence de certaines manœuvres (en 72, Spartacus fit route vers les Alpes puis rebroussa chemin) témoignent de l'absence d'analyse et d'idéologie du mouvement, qui était une révolte et non pas une révolution (voir* infra, *XI, 1 et 7).*
48. *L'envoi de préteurs et de légats montre que le Sénat avait en un premier temps mésestimé le danger.*
49. *Publius Gellius Publicola vainquit Crixos près du mont Garganus (Monte Gargano), en Apulie. Spartacus fit célébrer des jeux funèbres en mémoire de son compagnon (Appien, I, 117).*
50. *Cnaeus Cornelius Lentulus Clodianus fut vaincu par Spartacus en route vers le Nord. Selon une autre version (Appien, I, 117), Spartacus affronta par deux fois les deux consuls, la deuxième fois dans le Picenum, alors qu'il avait abandonné sa marche vers le Nord pour se diriger sur Rome.*
51. *Cassius Longinus, consul en 73 et proconsul de Gaule Transalpine. Épisode absent chez Appien.*
52. *La suspension des consuls et la désignation de Crassus prouvent le crédit dont il bénéficiait : il n'était qu'ancien préteur, magistrature qu'il avait probablement exercée en 73 puisqu'il fut consul en 70 et qu'un intervalle de deux ans devait séparer les deux magistratures (voir Garzetti, 1941, p. 20 et Marshall, 1976, p. 27-28). Sur la question de savoir si ce fut le Sénat ou les comices qui lui conférèrent le commandement et sur ses intérêts personnels dans l'affaire, voir Marshall (1976), p. 26 et 31. Crassus leva de ses deniers six légions supplémentaires pour mener à bien sa tâche (Appien, I, 118).*
53. *Étonnante mesure qui illustre la confiance de Crassus dans l'attachement des hommes à l'argent.*

il fit mettre à mort un homme désigné par le sort. Il remettait ainsi en vigueur un châtiment ancestral qui n'avait pas été appliqué depuis bien longtemps. 5. Cette forme de mort est infamante et l'on accomplit beaucoup de rites horribles et sinistres au moment de l'exécution qui a lieu en présence de tous[54]. Ayant ainsi corrigé ses hommes, Crassus les conduisit contre les ennemis. 6. Spartacus avait traversé la Lucanie et s'était retiré vers la mer; ayant trouvé dans le détroit des bateaux de pirates ciliciens, il décida de se rendre en Sicile et de lancer deux mille hommes dans l'île, pour y rallumer la guerre des esclaves, éteinte depuis peu, qui n'avait besoin pour renaître que de quelques étincelles[55]. 7. Mais les Ciliciens, après lui avoir donné leur accord et s'être fait payer, le trompèrent et partirent sans lui. Alors, s'éloignant de nouveau de la mer, il installa son armée dans la presqu'île de Rhégium[56]. Crassus s'y rendit et vit que la configuration de l'endroit lui dictait ce qu'il avait à faire: il ferma l'Isthme par un mur, ce qui eut pour effet à la fois d'arracher ses soldats à l'inaction et de couper les ennemis de leur ravitaillement. 8. C'était un ouvrage important et difficile, mais il le mena à bien, contre toute attente, en peu de temps. Il fit creuser d'une mer à l'autre, à l'endroit le plus resserré, un fossé long de trois cents stades, large et profond de quinze pieds[57]; au-dessus de ce fossé, il éleva un rempart d'une hauteur et d'une solidité prodigieuses. 9. Au début, Spartacus ne se souciait pas de ces travaux et les méprisait; mais quand, le butin venant à manquer, il voulut avancer, il comprit qu'il était bloqué par le mur: or il ne pouvait plus rien tirer de la presqu'île. Il attendit une nuit de neige, où le vent soufflait en tempête, pour combler une petite partie de la tranchée avec de la terre, du bois et des branches d'arbres, de façon à faire passer le tiers de son armée.

XI. 1. Crassus craignit alors que Spartacus ne fût pris du désir de marcher sur Rome, mais il reprit courage quand, à la suite d'une dispute, beaucoup d'ennemis firent défection[58] et allèrent camper à l'écart au bord d'un lac de Lucanie dont l'eau change de nature, dit-on, de temps à autre : elle est douce, puis devient salée et cesse d'être potable. 2. Crassus les poursuivit, les repoussa tous loin du lac, mais ne put les massacrer ni les poursuivre, en raison de l'apparition soudaine de Spartacus, qui arrêta les fuyards. 3. Crassus avait écrit précédemment au Sénat qu'il fallait rappeler Lucullus[59] de Thrace et Pompée d'Espagne, mais il s'en repentit et fit

---

54. Sur la décimation, rarement pratiquée, voir Antoine, XXXIX, 9.
55. Allusion au soulèvement des années 135-132, mené par l'esclave syrien Eunous qui s'était proclamé roi et s'était emparé d'Agrigente, Taormine, Catane et Messine, et à la révolte de 103-101, qui vit l'esclave Athénion et le chevalier Salvius se proclamer rois en Sicile et en Campanie et tenir en échec pendant deux ans les armées romaines.
56. Actuelle Reggio de Calabre, ville côtière sur le détroit de Messine.
57. L'ouvrage avait 55 km de long, 4,5 m de large et 4,5 m de profondeur, mais sa longueur excessive le rendait inefficace et explique la relative facilité avec laquelle Spartacus s'échappa.
58. Spartacus avait envisagé de marcher sur Rome en 72 (voir supra, IX, 9). La défection d'une partie des troupes illustre, comme supra, IX, 8, l'absence de cohérence stratégique et idéologique des révoltés.
59. Marcus Terentius Lucullus Varro, frère de Lucullus, consul en 73, gouverneur de Macédoine depuis 72.

tous ses efforts pour terminer la guerre avant leur arrivée, sachant que le succès serait attribué à celui qui serait venu lui prêter main forte, et non à lui[60]. 4. Il décida donc d'attaquer d'abord ceux qui avaient fait défection et qui avaient leur propre armée, commandée par Gannicus[61] et par Castus. Il envoya six mille hommes s'emparer d'une colline, avec ordre d'essayer de passer inaperçus. 5. Ils s'efforcèrent d'échapper aux regards, en camouflant leurs casques, mais furent remarqués par deux femmes qui offraient un sacrifice en avant des ennemis, et se seraient trouvés en grand danger si Crassus, se montrant soudain, n'avait engagé une bataille qui fut la plus violente de toute cette guerre : douze mille trois cents ennemis y périrent, et seuls deux d'entre eux furent trouvés avec une blessure dans le dos : tous les autres étaient morts à leur poste, en combattant les Romains. 6. Après leur défaite, Spartacus se replia vers les montagnes de Pétélia[62] ; Quinctius[63], un des officiers de Crassus, et le questeur Scrofa[64] le suivirent de près. Spartacus fit volte-face et provoqua chez les Romains une immense déroute : ils réussirent à grand-peine à lui arracher le questeur, qui était blessé, et à se sauver. Ce succès causa la perte de Spartacus, en inspirant aux esclaves fugitifs un immense orgueil. 7. Ils ne voulaient plus refuser le combat et n'obéissaient plus à leurs chefs ; alors qu'ils étaient déjà en marche, ils les entourèrent, en armes, et les forcèrent à rebrousser chemin, à travers la Lucanie, pour les mener contre les Romains. Or leur impatience rejoignait celle de Crassus. 8. En effet, on annonçait déjà l'approche de Pompée et, dans les assemblées électorales, nombreux étaient ceux qui affirmaient que la victoire lui était réservée[65] : aussitôt arrivé, il engagerait la bataille et mettrait fin à la guerre. Crassus était donc impatient de combattre et alla camper près des ennemis ; il faisait creuser un fossé, lorsque les esclaves se jetèrent sur l'ouvrage et attaquèrent ceux qui étaient en train d'y travailler. Comme des combattants de plus en plus nombreux venaient à la rescousse de part et d'autre, Spartacus, voyant qu'il n'avait plus le choix, fit ranger en ordre de bataille toute son armée. 9. En premier lieu, lorsqu'on lui amena son cheval, il tira son épée et déclara : « Vainqueur, j'aurai beaucoup de beaux chevaux, ceux des ennemis ; vaincu, je n'en aurai pas besoin ! » ; et sur ces mots, il égorgea l'animal. Ensuite, il se porta contre Crassus, en bravant

---

60. *Illustration du caractère indécis et versatile de Crassus, défaut rédhibitoire pour un stratège militaire, dans lequel Plutarque voyait une des causes essentielles de l'échec de l'expédition parthique de 54-53 (voir infra, XXIII, 3-6 ; XXV, 1 ; XXVI, 1).*
61. *Plutarque orthographie le nom de ce compagnon Cannicius. Ici, nous suivons Tite-Live, Abrégé, 97.*
62. *Actuelle Strongoli, ville de la côte rocheuse orientale du Bruttium, sur le golfe de Tarente.*
63. *Tribun de la plèbe en 74, démagogue virulent, Quinctius fut ensuite préteur en 68 et intrigua contre Lucullus (voir Lucullus, I, 1 et V, 5).*
64. *Cnaeus Tremellius Scrofa était un homme prisé de Cicéron : il témoigna en 70 contre Verrès (voir Cicéron, Contre Verrès, I, 30 ; Lettres à Atticus, VI, 1, 13).*
65. *L'éclat des victoires pompéiennes en Espagne désignait Pompée pour le consulat de 70, malgré son âge et bien qu'il n'eût pas accompli le cursus traditionnel (voir Pompée, XXII, 1). Crassus, qui avait pour 70 l'âge légal, la carrière réglementaire et l'argent nécessaire à la campagne, manquait de l'indispensable gloire militaire qu'il cherchait dans la guerre contre Spartacus.*

armes et blessures, mais ne put l'atteindre et tua deux centurions qui l'attaquaient[66].
10. Pour finir, alors que ses compagnons prenaient la fuite, il resta debout, seul, encerclé par de nombreux adversaires et se défendit jusqu'au moment où il fut percé de coups. Crassus avait su mettre à profit la Fortune, il avait parfaitement dirigé les opérations, il s'était exposé en personne, et pourtant ce succès alla grossir la gloire de Pompée[67]. 11. Celui-ci vit en effet arriver sur lui cinq mille hommes qui avaient échappé au combat et qu'il massacra, ce qui lui permit d'écrire au Sénat: «La victoire de Crassus sur les esclaves fugitifs concerne la partie visible de la guerre; moi, j'en ai coupé les racines[68].» Pompée célébra donc un triomphe éclatant sur Sertorius et sur l'Espagne, alors que Crassus ne tenta même pas de solliciter le grand triomphe; même le triomphe à pied, qu'on appelle ovation, paraissait vil et indigne, puisqu'il ne s'agissait que d'une guerre servile. La différence entre les deux formes de triomphe et le sens du mot ovation ont été indiqués dans la *Vie de Marcellus*[69].

XII. 1. Après ces événements, Pompée fut aussitôt appelé au consulat; Crassus, qui avait pourtant de bons espoirs d'être élu avec lui, n'hésita pas à solliciter son aide. 2. Pompée accueillit favorablement cette démarche, car il avait toujours désiré, d'une manière ou d'une autre, faire de Crassus son obligé; il mit tout son zèle à le soutenir et, pour finir, déclara dans une assemblée du peuple qu'il n'éprouverait pas moins de reconnaissance pour l'élection de son collègue que pour la sienne propre[70]. 3. Mais, une fois entrés en charge, ils ne persévérèrent pas dans cette bonne entente; ils étaient en désaccord sur presque tout, se critiquaient et se querellaient à tout propos, ce qui rendit leur consulat impopulaire et improductif[71]. Son seul acte d'éclat fut un grand sacrifice que Crassus offrit à Hercule; à cette occasion, il convia le peuple à un banquet de dix mille tables et fit distribuer du blé pour trois mois. 4. Comme leur charge touchait à sa fin et qu'ils se trouvaient à une assemblée du peuple, un homme, qui ne faisait pas partie des gens en vue, un simple cheva-

---

66. *L'attitude de Spartacus, tant dans l'immolation du cheval que dans son furor de combattant, ressemble à un suicide. Florus (Histoire du peuple romain, II, 14) décrit une mort digne d'un imperator.*
67. *Fortuna, la chance, prudentia, l'expérience, virtus, le courage: Plutarque prête à Crassus les trois qualités fondamentales du grand stratège, qualités dont il ne put tirer les dividendes politiques.*
68. *Voir* Pompée, *XXIII, 1-2.»*
69. *Marcellus, XXII. Crassus reçut cependant pour l'ovatio, non pas la couronne de myrte traditionnelle, mais la couronne de laurier réservée au véritable triomphe (voir Pline l'Ancien, XV, 125).*
70. *Même version dans* Pompée, *XXII, 1-2, où Plutarque souligne cependant le paradoxe apparent d'un Pompée soutenu par l'assemblée populaire et d'un Crassus plus proche des optimates. L'entente des deux hommes se fit probablement, cependant, au détriment de candidats proches des optimates, parmi lesquels Caecilius Metellus Creticus. Sur le sens controversé de cette alliance, voir Marshall (1976), p. 49-51.*
71. *Les consuls rétablirent cependant le pouvoir des tribuns, mesure chère à l'assemblée populaire (voir* Pompée, *XXII, 4; Appien, I, 121), et la censure, fonctions qu'avait supprimées Sylla (voir Ward, 1977, p. 103-104). Ils préparèrent également la lex Aurelia qui, en 74, redonna aux chevaliers accès aux tribunaux. Crassus prit dans cette dernière initiative une part prépondérante (voir Ross Taylor, 1977, p. 197-198). Le désaccord personnel des deux consuls est confirmé par Suétone (César, 19, 2).*

lier romain qui vivait à la campagne et ne s'occupait pas des affaires publiques, Caius Aurélius, monta à la tribune et raconta une vision qu'il avait eue pendant son sommeil : « Jupiter, dit-il, m'est apparu et m'a ordonné de vous dire publiquement de ne pas laisser les consuls abandonner leur charge avant d'être devenus amis. » 5. À ces mots, le peuple les pria de se réconcilier. Pompée ne bougea pas, mais Crassus lui tendit la main le premier en disant : « Mes chers concitoyens, il n'est pas vil, je crois, ni indigne de moi de faire les premiers pas et d'exprimer ma sympathie et mon amitié à Pompée, puisque vous l'avez surnommé le Grand alors qu'il n'avait pas encore de barbe au menton et puisque, avant même son entrée au Sénat, vous lui avez voté le triomphe[72]. »

XIII. 1. Voilà tout ce que le consulat de Crassus eut de mémorable. Quant à sa censure, elle fut, tout au long, inefficace et improductive[73] : il ne fit ni révision du Sénat, ni revue des chevaliers, ni recensement des citoyens, alors que pourtant il avait pour collègue le plus doux des Romains, Lutatius Catulus[74]. 2. On dit cependant que Crassus voulut faire passer une motion dangereuse et violente, obligeant l'Égypte à payer un tribut aux Romains[75] : Lutatius s'y opposa avec force, ce qui les brouilla, et ils déposèrent volontairement leur charge.
3. Lors des troubles si graves fomentés par Catilina, qui faillirent causer la perte de Rome, Crassus fut en butte à certains soupçons : un homme se présenta et le désigna comme membre de la conjuration, mais personne ne le crut[76]. 4. Cependant Cicéron, dans un de ses discours, accuse ouvertement Crassus et César, mais ce discours n'a été publié qu'après leur mort à tous deux et, dans *Sur mon consulat*, il dit que Crassus vint le trouver de nuit, lui apportant une lettre qui expliquait que

---

72. *L'anecdote est rapportée dans* Pompée, *XXIII, 1-2.*
73. *Censeur en 65, Crassus essaya vainement de faire accorder le droit de citoyenneté aux Transpadans, peuples qui habitaient les régions situées au-delà du Pô (Dion Cassius, XXXVII, 9, 3).*
74. *Princeps du Sénat et chef des optimates, Catulus fit échouer les deux projets de Crassus : l'octroi du droit de citoyenneté aux Transpadans et la réduction de l'Égypte en province (ou la régularisation de la position de Ptolémée Aulète).*
75. *Rome avait eu des prétentions non suivies d'effet sur une Égypte en proie à des querelles dynastiques : on avait prêté à Ptolémée XI Alexandre II, assassiné et remplacé par un des bâtards de son frère, Ptolémée XIII Aulète, un testament par lequel il aurait légué l'Égypte à Rome. Crassus proposa, en tant que censeur, d'inscrire l'Égypte sur les registres du cens et donc de l'impôt, César, dont Crassus avait en 66 favorisé l'accès à l'édilité, étant chargé de l'exécution matérielle du projet.*
76. *Plutarque fait ici allusion à la deuxième conjuration de Catilina (en 63), où un certain Tarquinius dénonça vainement au Sénat la participation de Crassus (voir Salluste, Catilina, XLVIII, 3-9). Des sources nombreuses, mais obscures et peu explicites, font état d'une première conjuration avortée, qui visait à faire assassiner les consuls optimates de 65, à faire nommer Crassus dictateur et César maître de cavalerie (voir Cicéron, Catilinaires, I, 6, 15 ; Salluste, Catilina, XVIII, 5 ; Suétone, César, IX ; Dion Cassius, XXXVI, 44, 3). Il existe une abondante bibliographie sur cette question embrouillée (Garzetti, 1942, p. 25-30) et les commentaires récents doutent, à juste titre, de la réalité de cette affaire (voir Marshall, 1976, p. 36-39 et 68-71 ; Ward, 1977, p. 145-150).*

Catilina tenait déjà fermement sa conjuration[77]. 5. Aussi Crassus fut-il toujours plein de haine pour Cicéron, mais il ne pouvait lui nuire ouvertement, car son fils s'y opposait: Publius, qui aimait les lettres et l'étude, s'était tellement attaché à Cicéron qu'il prit des habits de deuil lors de son procès et poussa les autres jeunes gens à l'imiter. Pour finir, il parvint à persuader son père de devenir son ami[78].

XIV. 1. César revint de sa province et se prépara à briguer le consulat. Voyant que Pompée et Crassus étaient de nouveau brouillés[79], il ne voulut pas, en sollicitant l'un, se faire un ennemi de l'autre; pourtant, sans l'appui de l'un ou de l'autre, il ne pouvait espérer l'emporter. 2. Il travailla donc à les réconcilier, revenant sans cesse à la charge et leur démontrant qu'en se détruisant mutuellement, ils allaient faire grandir les Cicéron, les Catulus et les Caton, des gens qui seraient quantité négligeable si eux-mêmes, unissant leurs amis et leurs partisans, plaçaient Rome sous une autorité unique et une unique volonté[80]. 3. Il parvint à les convaincre et à les réconcilier et, de leurs trois factions, fit une force invincible, qui lui permit de ruiner le Sénat et le peuple romain. Ce n'était pas Pompée et Crassus qu'il rendait ainsi plus grands l'un par l'autre, mais lui-même qui par eux se rendait le plus grand[81]. 4. Leur double appui lui permit aussitôt de s'élever: il fut élu consul brillamment et, pendant son consulat, ses deux alliés lui firent voter le commandement de grandes armées et remirent la Gaule entre ses mains. Ils l'y installèrent comme dans une acropole, s'imaginant

---

77. *Les deux ouvrages auxquels Plutarque fait allusion sont perdus. La décision de Crassus, qui était accompagné dans sa démarche des* optimates *Marcus Claudius Marcellus et Quintus Metellus Scipio, et la façon dont en usa Cicéron sont détaillées dans* Cicéron, *XV.*

78. *Sur le procès intenté par Clodius à Cicéron et les différentes attitudes adoptées par l'aristocratie romaine en la circonstance, voir* Cicéron, *XXX-XXXI. La réconciliation avec Crassus date du retour d'exil de Cicéron, en 57* (Cicéron, *XXXIII, 7-8).*

79. *Après leur difficile consulat commun de 70, la réconciliation de Crassus et de Pompée n'avait été que de façade. Au retour de Pompée d'Orient, en 62, Crassus se lia avec les* optimates *et avec Lucullus pour retarder la ratification des ordonnances de Pompée (voir* Pompée, *XLVI, 5-7;* Caton le Jeune, *XXXI, 1;* Appien, *II, 9) et faire échec à la loi agraire du tribun Flavius, destinée à distribuer des terres aux vétérans de Pompée (voir* Cicéron, Lettres à Atticus, *I, 19, 4; II, 1, 6;* Dion Cassius, *XXXVII, 50). L'inimitié de Crassus et de Pompée a cependant été peut-être exagérée dans les sources (voir Marshall, 1976, p. 96).*

80. *Le pouvoir partagé à Rome pendant le proconsulat de César en Gaule serait ainsi la contrepartie offerte à Crassus et Pompée en échange de leur participation au triumvirat.*

81. *Plutarque, comme la plupart des sources sur la mystérieuse constitution de ce qu'il est convenu d'appeler le triumvirat, adopte une version hostile à un César présenté comme un machiavélique manœuvrier (seule exception:* Dion Cassius, *XXXVII, 54, 3 et 56, 2). Les sources contemporaines de l'événement sont peu disertes sur la question: quelques allusions seulement transparaissent dans la correspondance de Cicéron (*Lettres à Atticus, *II, 3, 3-4; II, 9, 2; II, 17, 1). En fait, l'entente entre Pompée et Crassus était une nécessité, à laquelle aucun des deux ne pouvait échapper face au clan des* optimates, *leur adversaire commun. L'intermédiaire tout désigné pour les négociations qui présidèrent à ce rapprochement était César, qui avait soutenu les mesures favorables à Pompée et bénéficiait de la confiance de Crassus (voir Marshall, 1976, p. 83-84 et 93-96).*

qu'ils pourraient se partager tranquillement tout le reste, s'ils affermissaient le pouvoir que lui avait donné le sort.

5. La conduite de Pompée était inspirée par son ambition immodérée ; pour Crassus, son ancienne maladie, l'amour des richesses, s'était aggravée d'une nouvelle passion, que lui inspiraient les exploits de César : le désir de trophées et de triomphes. C'était à ses yeux sa seule infériorité par rapport à César car, pour le reste, il se jugeait supérieur à lui. Ce mal ne le lâcha pas et ne lui laissa aucun repos, jusqu'au moment où il mourut, d'une mort sans gloire qui fut un désastre public[82]. 6. Lorsque César descendit de Gaule à la cité de Lucques, beaucoup de Romains allèrent le trouver, notamment Pompée et Crassus[83]. Dans l'entretien privé qu'ils eurent avec lui, ils décidèrent de prendre plus fermement le contrôle des affaires et d'étendre leur pouvoir à tout l'Empire : César resterait sous les armes, tandis que Pompée et Crassus recevraient d'autres provinces et d'autres armées. 7. Pour cela, il n'y avait qu'une voie : ils devaient se porter candidats à un second consulat, et César les soutiendrait, en écrivant à ses amis et en envoyant voter beaucoup de ses soldats[84].

XV. 1. Là-dessus, Crassus et Pompée revinrent à Rome où ils furent aussitôt en butte aux soupçons ; le bruit courait partout que ce n'était pas dans le souci du bien commun qu'ils avaient participé à cette rencontre. 2. Au Sénat, Marcellinus et Domitius[85] demandèrent à Pompée s'il avait l'intention de briguer le consulat ; il répondit qu'il se présenterait peut-être, ou peut-être pas. Comme on le questionnait de nouveau, il déclara qu'il briguerait cette charge pour les bons citoyens, et non pour les mauvais. 3. Cette réponse fut jugée pleine d'orgueil et de suffisance. Les propos de Crassus furent plus mesurés : il déclara que si c'était l'intérêt de Rome, il serait candidat, sinon, il y renoncerait[86]. Aussi quelques citoyens osèrent-ils se porter candidats, notamment Domitius. 4. Mais lorsque les candidatures de Crassus et de Pompée devinrent officielles, tous les autres candidats prirent peur et se retirèrent, sauf Domitius, que

---

82. *Autant que l'aspect psychologique souligné par le moraliste Plutarque, les conditions politiques de la République finissante expliquent l'attitude de Crassus : la nécessité d'une carrière militaire demeurait la condition* sine qua non *d'un destin politique et, dans une Méditerranée devenue* mare nostrum, *l'aventure militaire ne pouvait se dérouler qu'aux confins du monde, ce que Pompée en Orient et César en Gaule avaient compris et réalisé.*

83. *Sur l'entrevue de Lucques, voir* Pompée, LI ; César, XXI ; Caton le Jeune, XLI et XLIII. *L'affaire d'Égypte, en 57-56, avait entamé l'entente de Pompée et de Crassus et le rappel de Cicéron d'exil avait rapproché Pompée des optimates. Sur le rôle essentiel de Crassus avant l'entrevue de Lucques, voir Marshall (1976), p. 127.*

84. *L'aide de César était d'autant plus intéressée que Domitius Ahénobarbus avait affiché son intention d'être candidat au consulat pour 55 et de revendiquer la succession de César en Gaule pour 54 (voir* Pompée, LI, 5*). Les élections furent retardées par divers subterfuges jusqu'au printemps 55 pour permettre aux soldats de César d'obtenir leur permission et de venir voter.*

85. *Cnaeus Cornelius Lentulus Marcellinus, consul en 56, et Domitius Ahénobarbus candidat pour 55. La scène est située à l'assemblée du peuple dans* Pompée, LI, 6-7.

86. *Attitude typique des fluctuations politiques de Crassus, qu'elles aient été calcul ou indécision.*

Caton, son parent et son ami[87], encourageait, l'invitant et l'exhortant à garder espoir, car il allait être le champion de la liberté de tous : « Ce n'est pas le consulat que recherchent Pompée et Crassus, mais la tyrannie ; ce qu'ils font, ce n'est pas briguer une magistrature, mais confisquer les provinces et les armées. » 5. Tels étaient les propos et les pensées de Caton. Il entraîna presque de force Domitius sur le forum, et beaucoup de citoyens se joignirent à eux. Du reste, les gens s'étonnaient : « Pourquoi Crassus et Pompée veulent-ils un second consulat ? Et pourquoi veulent-ils l'exercer encore ensemble ? Pourquoi pas avec d'autres ? Beaucoup d'hommes, parmi nous, ne sont pas indignes, en vérité, d'être leurs collègues. » 6. Ce mouvement inquiéta Pompée et ses partisans[88] qui ne s'abstinrent d'aucun des procédés les plus honteux et les plus violents ; pour couronner le tout, ils organisèrent un attentat contre Domitius, qui descendait au Champ de Mars avec des amis, alors qu'il faisait encore nuit : l'esclave qui portait la lumière devant lui fut tué et plusieurs personnes blessées, au nombre desquelles Caton[89]. 7. Les ayant forcés à s'enfuir et à s'enfermer chez eux, Pompée et Crassus furent proclamés consuls. Peu de temps après, ils employèrent de nouveau les armes[90] : ils firent cerner la tribune, chassèrent Caton du forum, et tuèrent quelques opposants, puis accordèrent à César cinq autres années de commandement et s'attribuèrent à eux-mêmes les provinces de Syrie et des deux Espagnes ; le tirage au sort donna la Syrie à Crassus et les Espagnes à Pompée[91].

XVI. 1. Ce tirage au sort contentait tout le monde. La plupart des citoyens souhaitaient ne pas voir Pompée s'éloigner de Rome et lui-même, très amoureux de sa femme, avait l'intention d'y passer la plus grande partie de son temps[92]. Quant à Crassus, on

---

87. *Membre actif et virulent des* optimates, *Domitius Ahénobarbus avait épousé Porcia, la sœur de Caton (voir* Caton le Jeune, *XLI, 3).*

88. *Les revirements coutumiers de Crassus et son inimitié récurrente envers Pompée devaient constituer le principal souci des pompéiens : un renversement d'alliance était toujours possible, d'autant que Crassus entretenait des relations avec les* gentes optimates *(voir supra, I, 3 et note).*

89. *L'agression fut perpétrée alors que Domitius se rendait au Champ de Mars, lieu de convocation des* comices centuriates, *où les élections débutaient au point du jour. L'attentat l'empêcha de circonvenir les électeurs, comme il était de tradition pour les candidats (voir* Caton le Jeune, *XLI, 6-XLII, 7).*

90. *Allusion aux élections prétoriennes, où Caton, par la violence, perdit face au césarien Vatinius (voir* Caton le Jeune, *XLII, 2-7), aux élections des édiles, elles aussi troublées (voir* Pompée, *LIII, 3 ;* Dion Cassius, *XXXIX, 32, 1-2), et au vote de la* lex Trebonia *attribuant les provinces aux consuls, au cours duquel Crassus lui-même n'hésita pas à faire le coup de poing (voir infra, XXXV, 3 et* Caton le Jeune, *XLIII, 1-7).*

91. *La* lex Trebonia, *proposée par le tribun de la plèbe Caius Trébonius, fixa les provinces pour les consuls : Syrie et Égypte pour Crassus (sur l'exacte définition géographique de l'*imperium *de Crassus, voir Marshall, 1976, p. 139), et les Espagnes pour Pompée (voir* Caton le Jeune, *XLIII, 1, où l'Afrique est attribuée par erreur à Pompée) ; une* lex Pompeia Licinia, *proposée par les deux consuls, prolongea de cinq ans le commandement de César et accrut ses moyens (voir* Pompée, *LII, 4).*

92. *Voir* Pompée, *LIII. La présence à Rome permettait aussi à Pompée d'assurer le ravitaillement de la ville, dont il avait été chargé (Dion Cassius, XXXIX, 39, 4), et d'être le plus proche du centre du pouvoir.*

vit bien, à la joie qu'il afficha aussitôt, dès le tirage au sort, que jamais aucun succès ne lui avait semblé plus brillant que son bonheur présent. Il se contenait à grand-peine devant des étrangers et en public, mais avec ses intimes, il tenait mille propos vains et puérils, qui ne convenaient ni à son âge ni à sa nature : il avait vécu jusque-là sans se montrer le moins du monde vantard ni arrogant. 2. Mais, en la circonstance, il se laissa totalement exalter et troubler. À ses yeux, ses succès ne devaient pas se borner à la Syrie ni aux Parthes ; il entendait montrer que les campagnes de Lucullus contre Tigrane et celles de Pompée contre Mithridate n'avaient été que des jeux d'enfants et il se laissait porter par ses espérances jusqu'à la Bactriane, l'Inde et la mer Extérieure[93]. La loi votée sur les provinces ne faisait pourtant pas mention d'une guerre contre les Parthes, 3. mais tous savaient que c'était l'idée fixe de Crassus. César lui écrivit même de Gaule pour louer son dessein et l'exciter à cette guerre. 4. Cependant un tribun de la plèbe, Ateius, voulut s'opposer à cette expédition[94], et beaucoup se rassemblèrent autour de lui, indignés qu'on allât combattre des hommes qui n'avaient aucun tort et avec qui on avait conclu des traités d'alliance. Inquiet, Crassus demanda à Pompée de l'assister et de l'accompagner[95]. 5. La foule tenait Pompée en haute estime et cette fois encore, alors que beaucoup s'apprêtaient à s'opposer à Crassus et à vociférer contre lui, dès qu'ils virent Pompée qui le précédait, les yeux et le visage radieux, ils se calmèrent et les laissèrent passer en silence. 6. Ateius barra la route à Crassus. Il tenta d'abord de l'empêcher d'avancer et le conjura, de la manière la plus solennelle, de ne pas faire un pas ; puis il ordonna à son *viator*[96] de s'emparer de sa personne et de le retenir 7. Mais devant l'opposition des autres tribuns[97], le *viator* lâcha Crassus. Alors Ateius se mit à courir et parvint avant Crassus à la porte de Rome[98] où il déposa un brasero allumé ; lorsque Crassus s'approcha, il versa sur le feu des parfums et des libations, et proféra des malédictions terribles et

---

93. *Allusion aux bornes nord-orientales (Bactriane, à la limite de l'Afghanistan et de l'Ouzbékistan actuels) et sud-orientales (l'Indus) des conquêtes d'Alexandre. Sur le sens et l'utilisation du concept de mer Extérieure, voir* Pompée, *XXXVIII, 5-6.*

94. *Cnaeus Ateius Capito était tribun de la plèbe en 55 ; son action contre le départ de Crassus est largement relatée dans les sources (voir* Cicéron, De la divination, *I, 29-30 ;* Velleius Paterculus, Histoire romaine, *II, 46, 3 ;* Lucain, Pharsale, *III, 126-127 ;* Appien, *II, 18 ;* Dion Cassius, *XXXIX, 39, 5-7 ;* Eutrope, Abrégé d'histoire romaine, *VI, 18). Un commentaire de l'épisode est proposé par Bayet (1971), p. 353-365.*

95. *Orose (*Histoire contre les païens, *VI, 13) est la seule source à faire état de traités, passés entre Lucullus puis Pompée et les Parthes, qui auraient fixé à l'Euphrate la limite des zones d'influence respectives. Si l'existence d'un accord tacite sur la délimitation est acceptée, la signature de traités en bonne et due forme est contestée (voir Garzetti, 1944, p. 39 ; mais voir* infra, *XXXI, 4 et* Lucullus, *XXX, 1 et note).*

96. *Messager officiel et appariteur d'un magistrat.*

97. *Scène classique, chaque camp (ici les* optimates *et les* triumvirs*) utilisant ses tribuns de la plèbe : l'opposition à Ateius Capito et à Aquilius Gallus (voir* Caton le Jeune, *XLIII, 4) dut être menée par Caius Trébonius, qui avait fait obtenir la Syrie à Crassus.*

98. *Probablement la porte Capène, située sur le* pomoerium *où s'arrêtait le pouvoir d'*intercessio *du tribun : Crassus, partant pour Brindisi, empruntait la* via Latina, *qui se détachait de la* via Appia *après son franchissement du* pomoerium.

effroyables par elles-mêmes, en invoquant sur elles des dieux terribles et étrangers qu'il appela par leurs noms. 8. Ces malédictions secrètes et antiques ont, aux dires des Romains, un tel pouvoir qu'aucun de ceux auxquels elles sont attachées ne peut leur échapper; il arrive également malheur à celui qui les a lancées: aussi ne sont-elles pas prononcées à la légère, ni par beaucoup de personnes. On reprocha donc à Ateius d'avoir jeté sur la cité – si c'était bien pour la défendre qu'il s'en prenait à Crassus – des malédictions et une terreur superstitieuse d'une telle gravité[99].

XVII. 1. Crassus se rendit à Brundisium. La mer était encore agitée par la mauvaise saison, mais il leva l'ancre sans attendre et perdit un grand nombre de navires[100]. Ralliant alors le reste de ses troupes, il fit route par terre, en toute hâte, à travers la Galatie. 2. Il y trouva le roi Déjotarus, déjà fort âgé, en train de fonder une nouvelle cité et lui dit par raillerie: «Roi, c'est à la douzième heure que tu commences à bâtir!» Le Galate rétorqua en riant: «Mais toi non plus, *imperator*, tu n'es pas parti de bonne heure, à ce que je vois, pour faire la guerre aux Parthes!» 3. Crassus avait passé la soixantaine et paraissait plus que son âge[101]. À son arrivée, les événements répondirent d'abord à ses espérances. 4. Il jeta facilement un pont sur l'Euphrate, fit traverser son armée en toute sécurité, et s'empara de plusieurs cités de Mésopotamie qui se donnèrent à lui volontairement[102]. 5. Dans l'une d'elles, qui avait pour tyran un certain Apollonios, on lui tua cent soldats; il mena son armée contre elle, s'en empara, pilla les biens et vendit les personnes: les Grecs donnaient à cette cité le nom de Zénodotia[103]. 6. Après l'avoir prise, il accepta d'être salué par son armée du titre d'*imperator*, et se couvrit ainsi de honte: on jugea que, pour se contenter d'un si modeste résultat, il devait être un homme mesquin, qui n'espérait guère de plus grands succès. 7. Il plaça dans les cités conquises des garnisons, dont l'effectif total se montait à sept mille fantassins et mille cavaliers, puis se retira pour passer l'hiver en Syrie[104]. Il y

---

*99. Le récit de l'*obnuntiatio *(annonce d'un mauvais présage) du tribun Ateius Capito place sous de noirs auspices l'expédition chez les Parthes, qui ne dura qu'un an et demi et à laquelle le biographe Plutarque a consacré la moitié de la* Vie de Crassus.

100. Les éléments naturels et l'impatience que Plutarque prête à Crassus se conjuguent avec la malédiction des dieux: le départ s'effectua avant la fin du consulat, à la mi-novembre 55 (voir Cicéron, Lettres à Atticus, *IV, 13, 2), période à partir de laquelle les Romains évitaient de naviguer en raison des tempêtes de la Méditerranée.*

*101. Ce passage et la date de son premier consulat (70) permettent de fixer aux environs de 115 la naissance de Crassus. Cicéron appelait Crassus «cet illustre chauve récupérateur de biens...» (*Lettres à Atticus, *I, 16, 5) et raillait sa surdité.*

102. Le franchissement de l'Euphrate constituait une violation des accords, tacites ou ratifiés. Il fut facilité par l'attitude pro-romaine de plusieurs villes de la satrapie de Mésopotamie, peuplées de Grecs et traditionnellement hostiles aux Parthes (Dion Cassius, XL, 12).

103. Seule mention de cette place fortifiée, à situer aux environs d'Ichnae.

104. La première année de campagne de Crassus en Mésopotamie se limita au quadrilatère constitué par la boucle de l'Euphrate et le cours de son affluent le Belikh (nom actuel du fleuve que Plutarque nomme Balissos, infra, *XXIII, 4). Pour la carte de la campagne de Crassus, voir p. 2160.*

accueillit son fils, qui revenait d'auprès de César en Gaule: il avait été décoré pour ses hauts faits[105], et amenait mille cavaliers d'élite.
8. Ce fut là, semble-t-il, la première faute de Crassus, du moins après la décision d'entreprendre cette expédition: alors qu'il aurait dû aller de l'avant et s'emparer de Babylone et de Séleucie, cités toujours mal disposées à l'égard des Parthes, il laissa aux ennemis le temps de se préparer. 9. On lui a reproché ensuite sa conduite en Syrie, qui fut plutôt celle d'un financier que d'un stratège[106]. Au lieu de vérifier le nombre de ses armes et d'organiser des compétitions gymniques, il calculait les ressources de chaque cité; il inventoria, au poids et à la balance, les trésors de la déesse d'Hiérapolis, ce qui lui prit de longs jours; il envoyait aux peuples et aux dynastes des rôles de troupes à lever, puis les en dispensait s'ils lui donnaient de l'argent. Il perdit ainsi tout crédit et se fit mépriser. 10. Un premier présage lui fut donné par cette déesse, que les uns croient être Aphrodite, les autres Héra, et où d'autres voient la Cause et la Nature qui a tiré de l'humidité les principes et les semences de toutes choses, et qui a révélé aux hommes l'origine de tous les biens[107]. Comme ils sortaient de son temple, le jeune Crassus glissa le premier sur le seuil, et son père tomba sur lui.

XVIII. 1. Tandis qu'il rassemblait ses troupes, au sortir de leurs quartiers d'hiver, des ambassadeurs vinrent le trouver de la part d'Arsacès[108]. Leur message était bref: si cette armée était envoyée par les Romains, c'était la guerre, une guerre sans trêve et sans accommodement possible; si en revanche, comme ils l'entendaient dire, c'était contre le gré de sa patrie, en vue de son profit personnel, que Crassus avait pris les armes contre les Parthes et envahi leur pays, Arsacès serait plein de modération; il prendrait en pitié le grand âge de Crassus et renverrait aux Romains leurs soldats qu'il tenait pour des hommes en prison plus qu'en garnison[109]. 2. Crassus répliqua avec hauteur qu'il donnerait sa réponse à Séleucie. Alors le plus âgé des ambassadeurs, Vagisès, se mit à rire et, lui montrant la paume de sa main, lui dit:

---

105. *Publius Licinius Crassus, légat (ou questeur) de César dès 58, s'était notamment distingué en 56 par une difficile campagne en Aquitaine contre les Sotiates.*

106. *Le repli de Crassus et ses démarches financières, que Plutarque met au compte des tares psychologiques prêtées au personnage, témoignent des nécessités de préparer une expédition coûteuse et lointaine, dont seules les bases préliminaires avaient été jetées par les opérations de 54. Babylone et Séleucie constituaient des objectifs lointains, qui requéraient des moyens dont Crassus ne disposait probablement pas dès 54.*

107. *La déesse d'Hiérapolis-Bambycè, ville de la rive droite de l'Euphrate, était Atargatis, identifiée à la déesse Syria évoquée par Lucien de Samosate dans son poème* Sur la déesse Syria.

108. *Le roi parthe est désigné ici par le nom du fondateur de la dynastie, Arsacès; son nom individuel, Orodès, est utilisé dans la suite du récit (§ 3).*

109. *L'ironie prêtée à l'ambassade parthe et la subtile distinction diplomatique qu'elle propose entre opérations menées au nom de l'État romain et manœuvres personnelles de Crassus recoupent des analyses romaines contemporaines des faits:* «nulla belli causa», *écrivait Cicéron en 45 dans le traité* Des limites du bien et du mal *(III, 22, 75).*

« Il y poussera des poils, Crassus, avant que tu ne voies Séleucie. » 3. Ils s'en retournèrent vers le roi Orodès, pour lui expliquer qu'il fallait faire la guerre[110]. Quelques soldats sortirent audacieusement des villes de Mésopotamie où les Romains tenaient garnison et vinrent apporter des nouvelles inquiétantes. Ils avaient observé, de leurs propres yeux, tandis qu'ils attaquaient ces villes, le grand nombre des ennemis et les combats qu'ils avaient livrés. Leurs rapports, comme souvent, exagéraient le danger : « On ne peut, disaient-ils, échapper à ces hommes quand ils vous poursuivent, ni les atteindre quand ils fuient. Leurs flèches ont des ailes et courent plus vite que le regard ; avant d'avoir vu le tireur, on est transpercé. Quant aux armes de leurs cavaliers cuirassés, les unes enfoncent tout, les autres sont faites pour ne rien laisser passer[111]. » 4. Ces propos ébranlaient l'audace des soldats. Jusque-là, ils étaient persuadés que les Parthes ne différaient en rien des Arméniens ou des Cappadociens, que Lucullus s'était lassé de piller, et ils croyaient que le plus pénible, dans cette guerre, serait la longue route et la poursuite d'adversaires refusant d'en venir aux mains[112]. Or maintenant, contrairement à leurs espérances, ils devaient s'attendre à des combats et à de grands dangers. Aussi certains, même parmi les officiers, jugeaient-ils que Crassus devait s'arrêter et remettre en délibération l'ensemble des opérations ; de ce nombre était le questeur Cassius[113]. 5. De leur côté, les devins révélaient discrètement que Crassus recevait des victimes des signes toujours funestes et difficiles à conjurer. Mais il ne prêtait attention ni aux devins ni à ceux qui lui conseillaient autre chose que de presser sa marche.

XIX. 1. Ce fut surtout Artavasdès, roi des Arméniens, qui le renforça dans sa résolution. Il se rendit au camp de Crassus avec six mille cavaliers qui étaient, disait-on, la garde et l'escorte du roi ; il en promettait dix mille autres, cuirassés, et trente mille fantassins nourris à ses frais[114]. 2. Il conseillait à Crassus de passer par l'Arménie pour envahir le pays des Parthes : cela permettrait aux soldats romains

---

110. *Cette entrevue, datée par Plutarque du début de 53, est placée par Dion Cassius (XL, 16) et Florus (III, 11, 4) à la fin des opérations de 54.*
111. *Le discours prêté aux soldats résume les deux images archétypiques du guerrier parthe, qu'on retrouve ensuite concrètement mises en action dans la bataille finale : l'archer à cheval qui décoche des flèches meurtrières et le cavalier cuirassé à la puissance indestructible.*
112. *La description présentant les campagnes de Lucullus comme une guerre d'opérette est un topique emprunté sans doute à la propagande pompéienne (voir* Pompée, *XXXI, 10).*
113. *Caius Cassius Longinus, le futur meurtrier de César (voir* César, *LVII, 5 et LXII, 4), joue ici pour la première fois le rôle de conseiller avisé et de militaire courageux que Plutarque lui prête tout au long des opérations de 53. L'hypothèse de Mémoires écrits par Cassius, qui auraient servi de source à Plutarque pour le récit très détaillé des épisodes de 53, n'a guère de fondement : les minutieuses descriptions de Plutarque s'expliquent par la place délibérément accordée dans le récit à l'épisode parthique, et non par un souci d'exactitude qui aurait amené le biographe à s'intéresser à une source exceptionnellement riche.*
114. *Artavasdès, fils de Tigrane, suivait la politique de tous les dynastes d'Arménie : s'allier à l'une des grandes puissances de l'Orient pour contrebalancer le pouvoir de l'autre, diplomatie qui entraînait de fréquents changements de camp (voir Chaumont, 1976, p. 71-73).*

de vivre dans l'abondance, car il subviendrait à leurs besoins, et surtout de marcher en toute sécurité, protégés par plusieurs montagnes, une ligne de crêtes continue et des terrains inaccessibles à la cavalerie, la seule force des Parthes. 3. Devant sa bonne volonté et l'éclat de ces renforts, Crassus éprouva une joie extrême, mais il déclara qu'il ferait route par la Mésopotamie, où il avait laissé beaucoup de bons soldats romains[115]. Sur ces mots, l'Arménien se retira.
4. Pendant que Crassus faisait passer le fleuve à son armée près de Zeugma[116], de nombreux roulements de tonnerre extraordinaires déchirèrent le ciel, de nombreux éclairs brillèrent, face à l'armée, et un vent de tempête chargé de nuages s'abattit sur le pont de radeaux, le brisant et l'écrasant en plusieurs secteurs. 5. Deux coups de foudre frappèrent l'endroit où l'on s'apprêtait à installer le camp. Un des chevaux du général, magnifiquement harnaché, entraîna violemment dans le courant l'écuyer qui le montait, et ils disparurent. On dit aussi que lorsqu'on souleva la première aigle, elle se retourna d'elle-même. 6. En outre, après la traversée, comme on distribuait le ravitaillement aux soldats, il se trouva que le premier repas qu'on leur donna fut composé de lentilles et de pain d'orge : or les Romains considèrent que ce sont là des aliments funèbres, qu'ils offrent aux morts[117]. Crassus lui-même, lorsqu'il harangua ses troupes, laissa échapper une parole qui emplit de terreur toute l'armée : 7. il déclara qu'il rompait le pont sur le fleuve pour qu'aucun des soldats ne pût revenir. Il aurait dû, dès qu'il comprit le mot malheureux qu'il venait de prononcer, se corriger et expliquer aux soldats effrayés ce qu'il avait voulu dire, mais il négligea de le faire, par entêtement. 8. Pour finir, comme il égorgeait la victime rituelle pour purifier le camp, et que le devin lui donnait les entrailles, il les laissa tomber de ses mains. Voyant que les assistants en étaient très contrariés, il dit en souriant : « Voilà bien la vieillesse ! Mais pour les armes, aucune ne peut me glisser des mains. »

XX. 1. Ensuite, il se mit en marche le long du fleuve. Il avait sept légions d'infanterie, près de quatre mille cavaliers et autant de troupes légères[118]. 2. Quelques éclaireurs revinrent, après avoir observé les environs, et rapportèrent que le pays était désert, mais qu'ils avaient relevé la trace de nombreux chevaux qui s'éloignaient, comme s'ils avaient fait volte-face. 3. Cette nouvelle affermit encore les espérances de Crassus ; quant aux soldats, ils se prirent d'un mépris total pour les Parthes, jugeant qu'ils n'en viendraient jamais aux mains. 4. Cependant Cassius et les offi-

---

115. La tactique de Crassus était cohérente avec les opérations de 54, qui avaient établi entre l'Euphrate et le Belikh une tête de pont destinée à appuyer des actions plus profondes en Mésopotamie et au-delà.
116. Point de franchissement de l'Euphrate par la route Antioche-Édessa, qu'Alexandre avait déjà utilisé (voir Dion Cassius, XL, 17, 3).
117. Allusion possible au repas frugal offert aux esprits errants des morts lors de la fête des Lémuria.
118. Ces chiffres (environ 50 000 hommes) paraissent plus raisonnables que les 100 000 hommes d'Appien (II, 18) et les 11 légions détruites à Carrhes de Florus (I, 46, 2). Le choix d'un axe de pénétration Nord-Sud, le long de l'Euphrate, constituait la stratégie la plus sûre, qui offrait, par le fleuve, un repère géographique, un appui logistique et une arme tactique.

ciers eurent de nouveaux entretiens avec Crassus; ils l'exhortèrent vivement à ramener ses troupes dans une des cités où il avait établi une garnison, jusqu'au moment où il aurait des renseignements sûrs concernant les ennemis ou, sinon, de marcher sur Séleucie en longeant le fleuve : de cette manière, les navires qui transportaient le ravitaillement en fourniraient en abondance, puisqu'ils arriveraient au camp en même temps que l'armée, le fleuve leur éviterait d'être encerclés, et ils seraient toujours à même de combattre les ennemis de face, à armes égales[119].

XXI. 1. Pendant que Crassus était encore occupé à examiner la situation et à délibérer, survint un chef de tribu arabe nommé Abgar[120]. Cet homme rusé, qui jouait double jeu, fut, de tous les fléaux que la Fortune rassembla pour la perte de Crassus, le pire et le plus pernicieux. 2. Certains des soldats, qui avaient servi sous Pompée, savaient qu'il avait profité de l'humanité de celui-ci et passait pour favorable aux Romains. Mais, pour l'heure, il voulait tromper Crassus, et il était d'intelligence avec les généraux du roi pour tenter de l'attirer le plus loin possible du fleuve et des flancs des montagnes, et de l'engager dans une plaine immense, où il serait possible de l'envelopper. 3. Les Parthes étaient en effet prêts à tout plutôt qu'à combattre les Romains de face. Abgar, qui était en outre éloquent, vint donc trouver Crassus; il fit l'éloge de Pompée, qu'il présentait comme son bienfaiteur et, tout en félicitant Crassus de l'importance de son armée, il lui reprocha ses lenteurs : «Tu tardes et tu te prépares, comme s'il allait te falloir des armes et des bras, alors que tu n'auras besoin que de jambes très rapides contre des hommes qui, depuis longtemps, cherchent à s'envoler chez les Scythes ou les Hyrcaniens, en prenant avec eux leurs biens les plus précieux. 4. Cependant, ajoutait-il, si tu veux combattre, tu devrais te hâter, avant qu'ils n'aient concentré toutes leurs troupes, au cas où le roi reprendrait courage. Pour le moment, c'est Suréna qu'il vous oppose, ainsi que Silacès[121], chargés d'attirer sur eux votre poursuite; pour lui, il ne se montre nulle part.» 5. Tous ces discours n'étaient que mensonges. Orodès avait, dès le début, coupé son armée en deux. Lui-même ravageait l'Arménie pour se venger d'Artavasdès, et il avait lancé Suréna contre les Romains, non par mépris, comme certains le prétendent, car le même homme ne pouvait dédaigner un adversaire comme Crassus, un personnage de premier plan à Rome, pour aller combattre Artavasdès et prendre d'assaut les villages des Arméniens. Au contraire, j'en suis convaincu, c'était par crainte du

---

119. *Dion Cassius (XL, 20, 3) prêtait aussi à Crassus le choix stratégique de l'axe du fleuve. La volonté de mettre, de façon récurrente, en scène le personnage de Cassius explique sans doute ici la version plutarquienne.*
120. *Ce prince arabe d'Édessa, qui avait reçu de Pompée la suzeraineté sur l'Osroène, faisait partie des dynastes locaux qui assuraient pour Rome le contrôle des marches orientales de l'Empire. Il est présenté ici comme l'Oriental fourbe, éloquent et cruel. Sa trahison n'est cependant pas aussi manifeste : la route choisie n'était pas un traquenard, et il n'obtint, après la victoire des Parthes, aucune récompense, au contraire (voir Debevoise, 1968, p. 84 et Marshall, 1976, p. 155-157).*
121. *Suréna est un nom commun qui désignait le premier adjoint militaire des rois parthes, choisi dans une famille aristocratique. Silacès, en revanche, est le nom du satrape de Mésopotamie.*

danger qu'il se tenait lui-même sur ses gardes, en attendant la suite des événements, et qu'il avait envoyé Suréna en avant pour tâter l'ennemi et l'attirer au loin[122].

6. Suréna n'était pas le premier venu. Par la richesse, la naissance et la gloire, il venait aussitôt après le roi ; par la bravoure et l'intelligence, il était le premier des Parthes de son temps ; enfin par sa haute taille et sa beauté, il n'avait pas d'égal. 7. Lorsqu'il voyageait à titre privé, il avait toujours mille chameaux qui portaient ses bagages et il traînait à sa suite deux cents chariots de concubines ; il était escorté de mille cavaliers cuirassés et d'autres, plus nombreux, armés à la légère ; il avait au total, avec ses hommes liges et ses esclaves, près de dix mille hommes[123]. 8. Par un droit de naissance ancestral, c'était lui qui, le premier, posait le diadème sur la tête du roi des Parthes, à son avènement : lorsque l'Orodès dont nous parlons avait été chassé[124], il l'avait ramené chez les Parthes et avait conquis pour lui la grande ville de Séleucie : il avait été le premier à escalader le rempart et à renverser, de sa propre main, les défenseurs qui lui barraient le passage. 9. À l'époque de notre récit, il n'avait pas encore trente ans et jouissait d'une très grande réputation de sagacité et d'intelligence. Ce fut par ces qualités surtout qu'il causa la perte de Crassus, que l'audace et la fierté d'abord, puis la crainte et les malheurs, rendirent très facile à duper.

XXII. 1. En la circonstance donc, Abgar parvint à convaincre Crassus. Il l'entraîna loin du fleuve[125] et le conduisit au milieu des plaines, sur une route, facile et plaisante au début, qui devint ensuite pénible, car elle s'engageait dans des sables profonds, des plaines sans arbres ni eau, dont on n'apercevait nulle part la fin. Outre la soif et la difficulté de la marche, l'aspect désolé du pays inspirait aux soldats un désespoir dont rien ne parvenait à les consoler. Ils ne voyaient pas une plante, pas un filet d'eau, pas une avancée de montagne, pas la moindre verdure : c'était en vérité une sorte de mer de sables déserts qui entourait l'armée[126]. 2. Cela laissait déjà soupçonner une trahison. De plus survinrent des messagers, envoyés par l'Arménien Artavasdès, expliquant qu'il était retenu par une grande guerre, Orodès l'ayant envahi, et qu'il ne pouvait envoyer de renforts. Il pressait Crassus de se tourner vers l'Arménie où ensemble ils pourraient affronter Orodès, ou sinon, d'éviter, pour ses marches et ses campements,

---

122. *La manœuvre d'Orodès pouvait s'expliquer, plus que par le mépris ou la crainte mis en exergue par le moraliste, par un choix stratégique : la nécessité d'éliminer, avant d'affronter l'envahisseur romain, le deuxième front potentiel que constituait, au Nord, l'Arménie.*
123. *Les cours orientales semi-nomades, des Achéménides aux Sassanides en passant par Alexandre, les Séleucides puis les Parthes Arsacides, contrôlaient l'immense territoire qui leur était soumis par une administration et une armée itinérantes en perpétuel déplacement (voir Briant, 1996, p. 199-204).*
124. *Orodès et Mithridate, fils du roi Phraate III, s'étaient disputé le pouvoir après avoir assassiné leur père en 57 (voir Dion Cassius, XXXIX, 56, 2-3).*
125. *Crassus abandonna la voie Nord-Sud de l'Euphrate, pour s'enfoncer plein Est en direction du Belikh.*
126. *Tableau conventionnel dressant une image apocalyptique des extrémités du monde atteintes par les armées de Crassus. La portion traversée entre l'Euphrate et le Belikh n'excédait cependant pas 75 km, elle était pourvue d'une route entretenue et n'était pas aussi désertique que le prétend Plutarque (voir Debevoise, 1968, p. 85).*

les endroits accessibles à la cavalerie, et de se rapprocher des montagnes. Crassus n'envoya en retour aucun message écrit; la colère et la maladresse lui firent répondre que pour l'instant il n'avait pas le temps de s'occuper des Arméniens, mais qu'il reviendrait plus tard pour châtier Artavasdès de sa trahison. 3. Cassius et son entourage s'en indignèrent, une fois de plus, mais voyant le mécontentement de Crassus, ils cessèrent de lui faire des observations; seulement, à titre particulier, ils s'en prirent à Abgar: «Quel mauvais *démon* t'a conduit chez nous, toi, le plus scélérat des hommes? Par quels philtres, par quels sortilèges as-tu pu persuader Crassus de conduire son armée dans un désert immense, sans fond, et de suivre une route qui est faite pour un brigand nomade plutôt que pour un *imperator* romain?» 4. Abgar, cet homme aux mille facettes, se jetait aux pieds de Cassius; il l'encourageait et l'exhortait à patienter encore un peu. Aux soldats, en revanche, courant le long de la colonne et leur proposant son aide, il adressait les moqueries suivantes en riant: «Vous croyez donc faire route à travers la Campanie, et vous regrettez les fontaines, les ruisseaux, les ombrages et sans doute aussi les bains continuels et les auberges? Avez-vous oublié que vous parcourez les confins de l'Arabie et de l'Assyrie?» 5. Telles étaient les remontrances qu'Abgar adressait aux Romains pour leur faire la leçon. Avant que sa trahison ne fût découverte, il s'enfuit à cheval, sans se cacher de Crassus, à qui il fit même croire qu'il travaillait en sous-main à jeter le trouble parmi les ennemis[127].

XXIII. 1. Ce jour-là, dit-on, Crassus sortit, non point vêtu de pourpre, comme c'est l'usage pour un général romain, mais d'un manteau noir[128]; dès qu'il s'en aperçut, il changea d'habit. Certaines des enseignes semblaient comme fichées en terre et les porte-enseignes se donnèrent beaucoup de mal avant de parvenir à les soulever, à grand-peine. 2. Crassus se moquait de ces signes[129] et pressait la marche, forçant l'infanterie à aller aussi vite que les cavaliers. Mais quelques-uns des hommes qui avaient été envoyés en reconnaissance revinrent précipitamment, en très petit nombre, annonçant que les autres étaient tombés sous les coups de l'ennemi, qu'eux-mêmes s'étaient enfuis à grand-peine et que des soldats très nombreux et pleins d'audace s'avançaient pour combattre. 3. Tous furent troublés; Crassus, frappé de terreur, rangea l'armée en toute hâte, perdant son sang-froid. Dans un premier temps, à la demande de Cassius et de ses officiers, il étira son infanterie le plus possible dans la plaine, pour éviter l'encerclement, et répartit sa cavalerie aux deux ailes. Mais ensuite, il changea d'avis, resserra les rangs et forma un carré pro-

---

127. *L'épisode d'Abgar est longuement mis en scène par Plutarque à des fins tant dramatiques que pittoresques. Le récit de la trahison par Dion Cassius (XL, 20-21), héritier probable de la tradition livienne, est beaucoup plus dépouillé.*
128. *Ce présage est placé par Dion Cassius (XL, 18, 1) et Valère Maxime (*Faits et dits mémorables, *I, 6, 11) lors du franchissement de l'Euphrate et non au matin du combat. La date précise du combat est connue grâce à Ovide,* Fastes, *VI, v. 465-469: le 9 juin (le 6 mai du calendrier julien) 53.*
129. *Cet aveuglement impie de Crassus (voir* supra, *XIX, 6-8, tous les présages négligés lors du franchissement de l'Euphrate) était déjà considéré comme une cause essentielle du désastre par ses contemporains (voir Cicéron,* De la divination, *I, 29).*

fond[130], faisant face de toutes parts, dont chaque côté présentait un front de douze cohortes. 4. Le long de chaque cohorte, il plaça un escadron de cavalerie; ainsi, aucune partie de son armée ne serait privée des secours de la cavalerie et partout on serait pareillement protégé quand on marcherait au combat[131]. À la tête des ailes, il plaça d'un côté Cassius, de l'autre le jeune Crassus; lui-même se mit au centre. 5. Ils avancèrent ainsi jusqu'à un cours d'eau nommé Balissos : il n'était en vérité ni large ni abondant, mais en la circonstance, sa vue réjouit les soldats, qui avaient souffert de la sécheresse et de la chaleur et, jusque-là, avaient suivi un chemin pénible et sans eau. 6. La plupart des officiers étaient d'avis de camper à cet endroit et d'y passer la nuit, puis, après s'être renseignés, autant que possible, sur le nombre et le dispositif des ennemis, de marcher contre eux à l'aube. Mais Crassus, que son fils et les cavaliers qui l'entouraient pressaient d'avancer et d'en venir aux mains, se laissa exalter[132] : il ordonna à ceux qui voulaient manger et boire de le faire debout, sans quitter les rangs. 7. Puis, avant que cet ordre ait pu parvenir clairement à tout le monde, il fit avancer l'armée, non pas lentement ni avec des haltes, comme on le fait quand on va se battre, mais rapidement et sans s'arrêter, jusqu'au moment où l'on aperçut les ennemis, qui ne parurent aux Romains, contrairement à ce qu'ils attendaient, ni nombreux ni imposants. 8. Suréna avait en effet dissimulé le gros de ses troupes derrière son avant-garde et cachait l'éclat des armes, qu'il avait fait recouvrir de tissus et de peaux. Quand les Romains furent proches et que le général eut élevé le signal du combat, aussitôt la plaine s'emplit de cris épouvantables et de grondements à faire frémir. 9. Les Parthes ne s'excitent pas au combat avec des cornes ou des trompettes; ils emploient des tambours creux et tendus de peaux sur lesquels ils frappent en même temps, de tous côtés, avec des marteaux de bronze, ce qui produit un son profond et terrible, qui tient du rugissement des bêtes sauvages et de la violence du tonnerre. Ils ont bien vu, semble-t-il, que de tous les sens, l'ouïe est celui qui trouble le plus l'âme, provoque en elle les impressions les plus rapides et, plus que tout, égare la raison.

XXIV. 1. Les Romains étaient frappés de terreur par ce fracas, quand soudain les Parthes, jetant ce qui recouvrait leurs armes, s'offrirent aux regards : ils brillaient comme le feu, avec leurs casques et leurs cuirasses dont le fer margian[133] lançait des éclairs vifs et éblouissants, et leurs chevaux brillaient aussi, caparaçonnés de bronze

---

130. *L'incohérence des réactions (enthousiasme forcené § 2; terreur inconsidérée § 3) et des décisions (il étire son armée puis la resserre en carré § 3) est typique, dans le récit plutarquien, de l'attitude d'un Crassus à la fois psychologiquement instable et frappé par le destin d'une forme de folie.*
131. *Par cette disposition peu orthodoxe, peut-être la* diphalangia amphitomoï, *double phalange à double tranchant (Arrien,* Tactiques, *XI, 1-4), Crassus cherchait visiblement à opposer à la lourde mais rapide cavalerie parthe une formation alliant, elle aussi, solidité et mobilité, ce qui témoigne d'une certaine lucidité d'analyse. Sur les diverses interprétations, voir Garzetti (1944), p. 49-50, note 6 et Derouaux (1942).*
132. *Nouveau revirement de Crassus, suscité ici par l'emportement juvénile de son fils et des cavaliers gaulois, coutumiers de ce genre d'attitude dans les portraits qu'en dresse César.*
133. *La Margiane est une province orientale de l'empire parthe, proche de la Bactriane, dont le fer était réputé pour sa solidité (Pline l'Ancien, VI, 46).*

et de fer. Le plus grand et le plus beau était Suréna, mais sa beauté féminine ne correspondait pas à sa réputation de mâle bravoure : sa tenue rappelait plutôt celle d'un Mède, avec son visage fardé et sa chevelure partagée par une raie, alors que les autres Parthes arboraient encore une coiffure semblable à celle des Scythes, avec une touffe de cheveux sur le devant de la tête, pour inspirer la terreur. 2. Au début, ils se proposaient de charger avec leurs piques, pour ébranler et enfoncer les premiers rangs ; mais quand ils virent la profondeur des lignes romaines, serrées bouclier contre bouclier, la solidité et la résistance des soldats, ils reculèrent et, tout en donnant l'impression de se disperser et de rompre leurs rangs, ils encerclèrent, insensiblement, le carré des Romains. 3. Crassus fit sortir ses vélites[134] au pas de course, mais ils ne purent aller bien loin ; ils se heurtèrent à une grêle de flèches, se regroupèrent bien vite et se replièrent parmi les légionnaires, où ils provoquèrent un début de désordre et de frayeur, quand on vit la force et la puissance de ces flèches, qui brisaient les boucliers et traversaient tous les obstacles, durs ou mous, de la même manière. 4. Les Parthes, restant à distance, commencèrent à tirer de tous côtés, sans viser précisément : la continuité et la densité des rangs romains faisaient que même sans le vouloir, on atteignait forcément quelqu'un. Ils portaient des coups vigoureux et violents, lancés par des arcs puissants, de grande taille, qui grâce à leur double courbure, décochaient les flèches avec une force irrésistible[135]. 5. La situation des Romains était déjà critique : s'ils restaient où ils étaient, ils se faisaient blesser tous ensemble et, s'ils tentaient d'avancer, ils n'obtenaient pas plus de résultat et souffraient tout autant, car les Parthes continuaient à tirer tout en prenant la fuite, manœuvre où ils excellent et ne le cèdent qu'aux Scythes : ce procédé ingénieux leur permet de continuer à se défendre tout en se sauvant et d'enlever à la fuite son caractère honteux.

XXV. 1. Tant que les Romains purent espérer que les Parthes, après avoir épuisé leurs traits, renonceraient à combattre ou engageraient le corps à corps, ils tinrent bon. Mais quand on sut qu'ils avaient à leurs côtés beaucoup de chameaux chargés de flèches, et que ceux qui avaient tiré les premiers allaient, en contournant leurs camarades, chercher là de nouveaux projectiles, Crassus, n'y voyant pas de fin, perdit courage[136]. Il envoya des messagers à son fils, lui demandant de tout faire pour attaquer les ennemis qu'il avait en face de lui avant d'être lui-même encerclé par eux : c'était surtout sur son fils qu'ils s'acharnaient ; leurs chevaux enveloppaient son aile pour la prendre à

---

134. Le choix de Crassus d'engager d'abord ses troupes légères est un classique des stratèges romains. Il se heurte ici à la particularité des archers parthes, qui empêchent ces troupes légères, malgré leur rapidité, d'accrocher l'ennemi et d'engager le corps à corps.
135. Surprenante est l'efficacité des flèches parthes contre le bloc légionnaire puissamment équipé d'armes défensives, dont le fameux bouclier long. Plus qu'à la force des arcs évoquée par Plutarque, cette efficacité était probablement due à la faculté des archers cavaliers de s'approcher de la cible, de tirer de près et de tourner bride aussitôt.
136. Notation de Plutarque destinée à parfaire le portrait d'un Crassus cyclothymique et indécis. En fait, le choix tactique de Crassus (faire avancer l'aile où se tenait l'élite de sa cavalerie) était le meilleur moyen pour contraindre les Parthes au corps à corps.

revers. 2. Le jeune homme emmena mille trois cents cavaliers, dont les mille en provenance de l'armée de César, cinq cents archers et les huit cohortes qui étaient les plus proches de lui, munies d'un bouclier long[137], et il les lança à l'attaque. 3. Ceux des Parthes qui chevauchaient autour de lui, soit pris dans des marécages, comme certains le soutiennent, soit par calcul, pour l'entraîner le plus loin possible de son père, firent demi-tour et prirent la fuite. «Ils ne tiennent pas!» s'écria le jeune homme, et il se lança à leur poursuite avec Censorinus et Mégabacchus. Ce dernier était d'une vaillance et d'une vigueur exceptionnelles, Censorinus appartenait à l'ordre sénatorial et était un bon orateur; ils étaient tous deux des compagnons du jeune Crassus et avaient sensiblement le même âge que lui[138]. 4. Les cavaliers les suivirent et l'infanterie ne montrait pas moins d'ardeur et de joyeuse espérance : ils croyaient être vainqueurs et donner la chasse à l'ennemi jusqu'au moment où, s'étant avancés plus loin, ils comprirent la ruse, en voyant ceux qui avaient l'air de fuir faire volte-face, avec des renforts plus nombreux. Ils s'arrêtèrent alors, pensant que les ennemis allaient profiter de leur petit nombre et les attaquer. 5. Mais les Parthes opposèrent aux Romains leurs cavaliers cuirassés[139] : ils firent tourner autour d'eux le reste de leur cavalerie dans le désordre et jetèrent le trouble dans la plaine. Des profondeurs du sable, les chevaux soulevaient des tourbillons de poussière qui empêchaient les Romains d'y voir et même de se parler[140]. Tournant dans un espace étroit et se heurtant les uns aux autres, ils étaient frappés et mouraient. Leur mort n'était ni facile ni prompte: dans des convulsions et d'horribles souffrances, ils se roulaient autour des flèches qu'ils brisaient dans leurs blessures, en essayant d'arracher les pointes barbelées qui s'étaient enfoncées dans leurs veines et dans leurs tendons, se déchirant et se torturant eux-mêmes. 6. La plupart mouraient de la sorte. Les survivants étaient tout aussi incapables de combattre : quand Publius les exhorta à se lancer contre les cavaliers cuirassés, ils lui montrèrent leurs mains clouées aux boucliers, leurs pieds percés de part en part et fixés au sol : ils ne pouvaient ni fuir ni combattre. 7. Il lança donc ses cavaliers, chargea vigoureusement et engagea le corps à corps avec les ennemis. Mais il leur était inférieur, tant pour porter les coups que pour les parer: ses troupes décochaient des javelots faibles et courts sur des cuirasses de cuir ou de fer, tandis qu'elles étaient frappées par des épieux, qui s'enfonçaient dans les corps légèrement couverts ou nus des Gaulois[141]. C'était sur ces Gaulois que le jeune Crassus comptait le plus, et avec eux il accomplit

---

137. Il s'agit donc de fantassins lourds, qui vont combattre au milieu d'un affrontement de cavalerie.
138. Censorinus et Mégabacchus ne sont pas autrement connus. En 53, le jeune Publius Crassus ne devait guère avoir plus de 35 ans: Crassus épousa Tertulla avant 87 et même en considérant que Publius était l'aîné des fils (voir Ward, 1977, p. 53-57), il devait être né en 89 ou 88 et avoir été envoyé comme questeur en Gaule auprès de César en 58.
139. Nouvelle surprise tactique pour les Romains. Non seulement Publius Crassus s'était trop avancé, se coupant de son père et du gros des troupes, ce dont l'accuse Dion Cassius (XL, 21, 3), mais il échouait dans sa tentative d'engager le corps à corps, les Parthes usant de leur arme lourde mais mobile, les cataphractoï.
140. Ne plus voir les enseignes et ne plus entendre les ordres rendait impossible toute manœuvre.
141. La nudité, traditionnelle chez les combattants celtes, était attribuée par les historiens à leur courage, qui leur servait de seul rempart. Elle était conservée chez le gladiateur gaulois qui combattait torse nu.

des exploits étonnants. 8. Ils se saisissaient des piques de leurs adversaires et s'accrochaient aux hommes, qu'ils jetaient à bas de leurs chevaux, bien qu'ils fussent difficiles à ébranler, à cause du poids de leur armure. Beaucoup même, abandonnant leurs propres chevaux, se glissaient sous ceux des Parthes et les frappaient au ventre : les bêtes bondissaient alors de douleur et, en mourant, piétinaient à la fois leurs cavaliers et les ennemis agrippés à eux. 9. Mais les Gaulois étaient fort incommodés par la chaleur et la soif, dont ils n'avaient pas l'habitude[142], et ils avaient perdu la plus grande partie de leurs chevaux, qui s'étaient enferrés sur les piques des ennemis. Ils furent donc contraints de battre en retraite et de rejoindre l'infanterie, emmenant Publius déjà grièvement blessé. 10. Apercevant une dune au voisinage, ils s'y dirigèrent, attachèrent leurs chevaux au centre, et fermèrent la position avec leurs boucliers ; ils pensaient ainsi repousser plus facilement les Barbares. 11. Or ce fut le contraire qui se produisit. En terrain plat, les premiers rangs protègent en général ceux qui sont derrière eux, mais là, en raison de l'inégalité du sol, la pente les élevait les uns au-dessus des autres et faisait que plus on était à l'arrière, plus on était exposé : ils n'avaient aucun moyen de se dérober ; tous étaient atteints indistinctement et gémissaient sur leur fin sans gloire et inutile. 12. Publius avait à ses côtés deux Grecs du pays, Hiéronymos et Nicomachos, qui habitaient à Carrhes. Ils lui conseillaient de s'enfuir avec eux et de se réfugier à Ichnae[143], une cité qui avait embrassé la cause des Romains et qui n'était pas loin. 13. Il leur répondit qu'aucune mort, si terrible fût-elle, ne pouvait effrayer Publius et lui faire abandonner ceux qui succombaient à cause de lui ; il les pria de se sauver, leur prit la main et les renvoya. Lui-même, ne pouvant se servir de son bras, transpercé par une flèche, demanda à son écuyer de le frapper de son épée, et lui présenta son flanc. 14. Censorinus mourut, dit-on, de la même manière, et Mégabacchus se tua lui-même, ainsi que les hommes les plus estimés. Quant à ceux qui restaient, les Parthes, montant à l'assaut, les percèrent de leurs piques, tandis qu'ils continuaient à combattre : ils n'en prirent pas, dit-on, plus de cinq cents vivants. Ils coupèrent la tête de Publius et de ceux qui l'entouraient, et se portèrent en hâte contre Crassus.

XXVI. 1. De son côté, voici quelle était la situation. Après avoir ordonné à son fils d'attaquer les Parthes, il reçut la nouvelle que les ennemis étaient en pleine déroute et qu'on les poursuivait avec vigueur ; voyant d'autre part que ceux qu'il avait en face de lui ne le serraient plus avec la même force (la plupart d'entre eux avaient couru là-bas), il reprit un peu courage, rassembla son armée et la replia sur des escarpements, s'attendant à voir, d'un instant à l'autre, son fils revenir de la poursuite[144]. 2. Parmi les

---

142. *Plutarque fait la même remarque à propos des Cimbres et des Teutons, dans une bataille où la poussière joua également un rôle important (voir* Marius, *XXVI, 5 et 8).*
143. *Ville située près du Belikh, au sud de Carrhes. L'affrontement a probablement eu lieu entre les deux places, distantes l'une de l'autre de quelque 70 km.*
144. *Même contraste qu'en XXV, 1 entre l'analyse de Plutarque, qui souligne les perpétuels changements de sentiment de Crassus, et des décisions qui étaient, en fait, les plus avisées de celles qu'il pouvait prendre : il profite du répit obtenu grâce à la charge de Publius pour replier ses troupes sur un point où elles devaient être moins exposées que dans la plaine.*

messagers que Publius lui avait envoyés pour l'informer du danger où il se trouvait, les premiers tombèrent sur les Barbares et furent massacrés ; les suivants, s'étant échappés à grand-peine, annoncèrent que c'en était fait de Publius, si son père ne lui envoyait pas des renforts rapides et nombreux. 3. Crassus était accablé par de nombreuses souffrances à la fois : la raison ne lui permettait plus de juger de la situation et, déchiré entre sa crainte pour l'ensemble de l'armée et son désir de sauver son enfant, il inclinait tantôt à le secourir, tantôt à ne pas le faire. Pour finir, il décida de faire avancer ses troupes[145]. 4. Au même moment, les ennemis s'avancèrent, poussant des cris et des péans qui les rendaient plus terrifiants encore, tandis que de nombreux tambours se remettaient à mugir autour des Romains, qui s'attendaient à voir commencer une deuxième bataille. En fait, ils apportaient la tête de Publius, fichée au bout d'une lance et, s'approchant à cheval, ils la montraient, demandant avec insolence quels étaient ses parents et sa naissance : il n'était pas possible, disaient-ils, qu'un homme aussi lâche et vil que Crassus ait eu un fils si noble et d'une bravoure si éclatante. 5. Ce spectacle, plus que toutes les autres atrocités, brisa le courage des Romains et les anéantit. Ils n'eurent plus, ce qui était bien compréhensible, le cœur à se défendre ; l'horreur et la terreur s'emparèrent de tous[146]. 6. Pourtant, Crassus lui-même, dit-on, se montra sous son plus beau jour à l'occasion de ce malheur. Il parcourait les rangs en criant : « C'est un malheur privé, Romains, il ne concerne que moi ; la Fortune et la gloire immenses de Rome reposent entre vos mains et, tant que vous subsistez, elles demeurent invulnérables et invincibles. 7. Si vous avez cependant quelque pitié pour moi, qui ai perdu ce fils brave entre tous, montrez-le par votre colère contre les ennemis. Arrachez-leur la joie de leur triomphe, châtiez leur cruauté, ne vous laissez pas abattre par les événements, car il faut souffrir quand on forme de grandes entreprises. 8. Lucullus n'a pas écrasé Tigrane, ni Scipion Antiochos sans répandre du sang ; nos ancêtres ont perdu mille navires au large de la Sicile, beaucoup de généraux et de préteurs en Italie, mais ces défaites provisoires ne les ont jamais empêchés de triompher de ceux qui les avaient vaincus. 9. Ce n'est pas la bonne fortune des Romains, mais leur endurance et leur bravoure pour affronter le danger qui les ont élevés à un tel degré de puissance[147]. »

XXVII. 1. Par ces paroles, Crassus cherchait à les réconforter, mais il s'aperçut qu'ils étaient peu nombreux à l'écouter avec enthousiasme et, quand il leur ordonna de

---

145. Les atermoiements de Crassus produisent une nouvelle décision à contre-temps : il se découvre en quittant sa position au moment le plus favorable pour les Parthes, encouragés par le succès sur Publius et renforcés par les cavaliers de retour.
146. Dans la version de Dion Cassius (XL, 22, 1), la vue de la tête de Publius suscite au contraire chez les Romains une fureur soudaine qui les lance à l'assaut des Parthes.
147. Sur Lucullus et Tigrane, voir Lucullus, XXIV-XXVIII ; les frères Cornelii Scipiones affrontèrent Antiochos à Magnésie du Sipyle en 190 ; les navires et les généraux défaits en Sicile et en Italie renvoient aux nombreux revers subis durant les guerres puniques. Rhétorique très classique qui oppose l'homme privé et l'homme public, fait appel aux grands exempla de l'histoire et conclut sur une analyse très stoïcienne de la supériorité de l'action sur la Fortune.

pousser tous ensemble le cri de guerre, il put se rendre compte de l'abattement de son armée : elle ne fit entendre qu'une faible clameur, maigre et irrégulière, qui fut couverte par les cris éclatants et résolus des Barbares. 2. Une fois l'action engagée, les cavaliers parthes qui étaient esclaves ou plus pauvres, chevauchant sur les flancs de l'armée, la criblèrent de flèches, tandis que les autres, rangés face aux Romains, faisaient usage de leurs piques et les obligeaient tous à se resserrer dans un espace étroit. Il y en eut pourtant qui, pour ne pas périr par les flèches, osèrent, contre toute attente, se jeter sur les Parthes, mais ils leur infligèrent peu de pertes et succombèrent aussitôt à des blessures profondes et meurtrières, car les Parthes poussaient contre les cavaliers leurs larges piques de fer, qui souvent, d'un même élan, traversaient deux hommes à la fois[148]. 3. On combattit ainsi jusqu'à la tombée de la nuit ; alors, les Parthes se retirèrent, en disant qu'ils accordaient à Crassus une nuit pour pleurer son fils, si du moins il ne préférait pas, examinant plus sainement sa propre situation, aller trouver Arsacès plutôt que de lui être amené de force[149]. 4. Ils bivouaquèrent donc à proximité, remplis de grandes espérances. La nuit fut cruelle pour les Romains. Ils ne s'occupèrent ni d'enterrer leurs morts ni de soigner les blessés et les agonisants : chacun pleurait sur soi. 5. Toute fuite était impossible, ils le voyaient, qu'on attendît le jour sur place ou qu'on se jetât, pendant la nuit, dans cette plaine immense. Les blessés les embarrassaient beaucoup : les emporter, c'était ralentir leur fuite ; les abandonner, c'était s'exposer à voir la retraite révélée par leurs cris. 6. Quant à Crassus, qu'ils tenaient pour responsable de tout, ils désiraient pourtant le voir et l'entendre. Mais il restait seul, la tête voilée, dans l'ombre, à terre – exemple, pour la foule, des vicissitudes de la Fortune et, pour les gens sensés, des conséquences de l'irréflexion et de l'ambition[150] sous l'empire de laquelle, au lieu de se contenter d'être le premier et le plus grand de tant de milliers d'hommes, il s'était cru privé de tout, parce qu'on le jugeait inférieur à deux hommes seulement. 7. Pour l'heure, le légat Octavius et Cassius tentaient de le relever et de le réconforter mais, le voyant totalement désespéré, ils convoquèrent eux-mêmes les centurions et les officiers[151]. Après délibération, la décision fut prise de ne pas rester là : ils firent alors lever l'armée, sans trompette, et d'abord en silence. Mais lorsque les invalides s'aperçurent qu'on les abandonnait, un désordre et une confusion terribles, accompagnés de gémissements et de cris, emplirent le camp. 8. Ces clameurs semèrent le trouble et l'effroi chez ceux qui marchaient en tête : ils crurent à une attaque de l'ennemi. Ils ne cessaient de s'écarter, puis de reformer

---

148. La description de Plutarque paraît opposer une cavalerie aristocratique, celle des cavaliers cuirassés armés de piques (voir supra, XXV, 5 et note), à une cavalerie non noble, celle des archers.
149. La trêve nocturne accordée par les Parthes était la conséquence, selon Dion Cassius (XL, 24, 2), de leur refus de combattre la nuit, habitude également signalée par Plutarque (infra, XXIX, 3). Une des armes essentielles des Parthes, les archers, devenait de fait inutilisable la nuit.
150. C'est l'analyse du biographe moralisateur (Crassus victime de ses passions), opposée au schéma classique, plus «populaire», des vicissitudes de la Fortune.
151. Le légat Octavius, autrement inconnu, et le questeur Cassius Longinus relevèrent de fait Crassus de son commandement, en convoquant eux-mêmes l'état-major.

leurs rangs, recueillant certains des blessés qui tentaient de les suivre, en abandonnant d'autres[152]. Ils perdirent ainsi beaucoup de temps. Seuls trois cents cavaliers, commandés par Egnatius, atteignirent Carrhes au milieu de la nuit : 9. leur chef interpella en latin ceux qui gardaient le rempart et, dès qu'ils répondirent, il leur ordonna d'annoncer à Coponius[153], le gouverneur de la place, qu'il y avait eu une grande bataille entre Crassus et les Parthes. Puis, sans rien ajouter, sans même préciser qui il était, il s'élança à toute bride vers Zeugma[154] et parvint à sauver ses hommes, mais il fut en butte à de nombreuses accusations pour avoir abandonné son général. 10. Cependant Crassus tira quelque avantage de l'indication qu'Egnatius avait lancée à Coponius ; comprenant que la hâte et la confusion du message venaient d'un homme qui n'avait rien de bon à annoncer, Coponius donna aussitôt ordre aux soldats de s'armer et, dès qu'il sut Crassus en route, il alla à sa rencontre, l'accueillit et fit entrer son armée dans la cité.

XXVIII. 1. Pendant la nuit, les Parthes, qui s'étaient aperçus de la retraite des Romains, ne les poursuivirent pas[155]. Mais au point du jour, ils se jetèrent sur ceux qui avaient été laissés dans le camp – quatre mille hommes au moins – et les égorgèrent, puis, chevauchant à travers la plaine, ils capturèrent beaucoup de Romains qui erraient à l'aventure. 2. Dans le même temps, quatre cohortes, que le légat Vargunteius avait détachées de l'armée quand il faisait encore nuit et qui avaient perdu leur chemin, furent encerclées dans des défilés ; elles tentèrent de se défendre et furent entièrement taillées en pièces, à l'exception de vingt hommes qui s'élancèrent, l'épée nue, contre les Parthes : ceux-ci, frappés de stupeur, reculèrent, les laissèrent passer à travers leurs rangs et rallier Carrhes au pas de course.
3. Suréna avait reçu un faux renseignement, selon lequel Crassus et ses troupes d'élite auraient réussi à se mettre à l'abri : seul un ramassis hétéroclite de gens qui ne méritaient pas son attention aurait reflué vers Carrhes. 4. Il crut donc avoir perdu le fruit de sa victoire mais, encore incertain et désireux d'apprendre la vérité, pour savoir s'il devait rester là pour assiéger Crassus, ou lui donner la chasse en laissant Carrhes, il envoya au pied des remparts un homme qui parlait les deux langues, avec ordre d'appeler en latin Crassus lui-même ou Cassius, et de leur dire que Suréna voulait engager des pourparlers avec eux. 5. L'homme suivit ces instructions et, dès que son message fut rapporté à Crassus, ses propositions furent acceptées.

---

152. La confusion et les manœuvres incohérentes qui accompagnaient l'exécution des ordres de Cassius et d'Octavius témoignent de l'indiscipline des troupes, et notamment de l'encadrement subalterne. L'épisode d'Egnatius, officier inconnu par ailleurs, en est une illustration supplémentaire, ainsi que celui du légat Vargunteius (XXVIII, 1-2).
153. Sans doute un des frères Caius ou Titus Coponius, témoins cités pour leur honorabilité dans l'affaire Caelius (voir Cicéron, Pour Caelius, 24 et Pour Balbus, 53). Le Coponius de Carrhes fut préteur en 48.
154. Egnatius et ses cavaliers, qui avaient fait un crochet vers le Nord, jusqu'à Carrhes, pour éviter les Parthes, partirent ensuite vers l'Est et parcoururent rapidement les 80 km qui séparaient Carrhes de Zeugma sur l'Euphrate.
155. Voir supra, XXVII, 3 et infra, XXIX, 3.

Peu après, arrivèrent de chez les Barbares des Arabes[156] qui connaissaient bien de vue Crassus et Cassius, pour s'être trouvés dans le camp avant la bataille. 6. Ayant vu Cassius sur le rempart, ils lui dirent que Suréna voulait conclure une trêve et leur offrait la vie sauve et l'amitié du roi, s'ils évacuaient la Mésopotamie : il voyait dans cette solution l'avantage des deux partis, et préférait cela à une lutte à outrance. 7. Cassius accepta et leur demanda de fixer le lieu et la date d'une rencontre entre Suréna et Crassus[157]. Ils déclarèrent qu'ils allaient s'en occuper et se retirèrent.

XXIX. 1. Suréna, enchanté de tenir assiégés ces deux hommes, fit avancer les Parthes le lendemain ; ils couvrirent d'insultes les Romains et les sommèrent, s'ils voulaient obtenir une trêve, de leur livrer Crassus et Cassius enchaînés. 2. Les Romains, indignés de s'être laissés tromper, engagèrent Crassus à renoncer aux lointaines et vaines espérances qu'il fondait sur les Arméniens, et se disposèrent à fuir. Mais il aurait fallu qu'aucun des habitants de Carrhes ne fût informé de ce projet avant sa réalisation. Or Andromachos, un homme entre tous indigne de confiance, en fut instruit par Crassus qui lui confia également le soin de guider la marche[158]. 3. Rien n'échappa donc aux Parthes : Andromachos leur rapportait tout par le menu. Comme le combat de nuit n'est pas dans leurs habitudes et qu'ils y sont mal à l'aise, Crassus partit de nuit, mais Andromachos manœuvra pour ne pas laisser les Romains prendre trop d'avance : il attirait sur un chemin, puis sur un autre et, pour finir, les entraîna dans un marais profond et des terrains pleins de fondrières, où la marche était difficile et hasardeuse pour ceux qui le suivaient. 4. Il y eut certains Romains à qui ces tours et ces détours ne disaient rien de bon et qui refusèrent de l'accompagner. Cassius, par exemple, retourna à Carrhes et, comme ses guides, des Arabes, lui conseillaient d'attendre que la lune fût sortie du signe du Scorpion, il s'écria : « Pour ma part, je crains encore davantage le Sagittaire ! » et il gagna la Syrie avec cinq cents cavaliers[159]. D'autres, pourvus de guides loyaux, atteignirent une région montagneuse appelée Sinnaca[160] et s'y établirent en sécurité avant le jour : 5. ils étaient environ cinq mille et avaient à leur tête un homme valeureux[161],

---

156. Probablement des membres de la suite d'Abgar. Grecs et Arabes de la Mésopotamie parthique, tout comme les Arméniens d'Artavasdès, jouèrent dans la guerre un rôle stratégique important par leurs choix et leurs changements de camp.
157. Cassius prit en la circonstance une décision essentielle, celle d'accepter la trêve et la négociation, preuve de la démission totale de Crassus à qui, seul, pouvait revenir cette prérogative.
158. La seule décision prise personnellement par Crassus est le choix catastrophique du guide Andromachos. L'épisode est rapporté par Nicolas de Damas (livre 114, cité par Athénée, Deipnosophistes, VI, 252d), source indépendante de Plutarque, ce qui permet d'accorder crédit à l'anecdote.
159. Le jeu de mots de Cassius faisait allusion aux archers parthes. Son attitude, que Plutarque dépeint comme celle d'un chef lucide et décidé, n'est cependant en rien différente de celle d'Egnatius, à qui, selon Plutarque, on reprocha sa fuite (voir supra, XXVII, 9).
160. Citée par Strabon comme la bourgade où Crassus fut abattu (Géographie, XVI, 1, 23).
161. Peut-être faut-il voir dans ce qualificatif appliqué à Octavius une critique indirecte de la fuite de Cassius en Syrie, que stigmatiserait le courage d'Octavius restant au côté de son général.

Octavius. Quant à Crassus, le jour le surprit alors que, sous la conduite trompeuse d'Andromachos, il était toujours dans des endroits impraticables et des marécages. 6. Il avait avec lui quatre cohortes d'infanterie lourde, un très petit nombre de cavaliers et cinq licteurs avec lesquels, laborieusement et à grand-peine, il était en train de se remettre sur la bonne route – mais déjà les ennemis étaient sur eux, et il manqua de douze stades seulement sa jonction avec Octavius[162]. Il se réfugia sur une autre éminence, qui n'était pas aussi impraticable à la cavalerie ni aussi forte, au pied des monts Sinnaca, auxquels elle était rattachée par une longue chaîne, qui traversait la plaine. 7. Les soldats d'Octavius avaient donc sous les yeux le danger qui menaçait Crassus. Octavius fut le premier à descendre en courant à son secours, avec quelques compagnons; ensuite, les autres, se reprochant leur lâcheté, accoururent à leur tour, attaquèrent les ennemis et les chassèrent de la colline. Ils placèrent Crassus au milieu d'eux et le couvrirent de leurs boucliers, déclarant fièrement qu'aucune flèche des Parthes ne pourrait atteindre le corps de leur *imperator* avant qu'ils ne fussent tous morts en combattant pour le défendre.

XXX. 1. Suréna, voyant que l'ardeur des Parthes commençait déjà à s'émousser et que, la nuit venue, si les Romains s'emparaient des montagnes, ils seraient absolument hors d'atteinte, mit en œuvre une ruse contre Crassus[163]. 2. Il relâcha quelques prisonniers de guerre, auxquels dans le camp, on avait fait entendre à dessein des conversations entre des Barbares qui disaient que le roi, loin de vouloir livrer aux Romains une guerre sans merci, souhaitait regagner leur amitié par ses bons offices en traitant Crassus avec humanité. Les Barbares cessèrent le combat et Suréna, entouré des principaux chefs, s'approcha tranquillement à cheval de la colline, relâcha la corde de son arc, tendit la main droite et invita Crassus à un accommodement: «C'est à contrecœur, dit-il, que le roi vous a fait éprouver sa bravoure et sa puissance; mais c'est bien volontiers qu'il vous montre sa douceur et sa bienveillance, en vous proposant une trêve, si vous partez, et en vous laissant la vie sauve.» 3. Tous accueillirent ce discours de Suréna avec enthousiasme et une grande joie; seul Crassus, qui n'avait jamais essuyé des Parthes que duperies, jugeait invraisemblable un revirement aussi soudain et, au lieu de répondre, il réfléchissait[164]. 4. Mais les soldats criaient et le pressaient d'accepter; ils se mirent ensuite à l'injurier et à le traiter de lâche, lui reprochant de les lancer au combat contre des gens avec qui il n'avait même pas, lui, le courage de s'entretenir alors qu'ils étaient désarmés. Crassus essaya d'abord de les supplier, en leur disant que, s'ils tenaient bon le reste de la journée, ils pourraient s'enfuir pendant la nuit dans des hauteurs

---

162. 2 km, par lesquels Plutarque souligne la précarité de la Fortune. Cette courte distance explique en effet que le combat se soit déroulé en terrain moins favorable (les monts Sinnaca n'avaient pas été atteints), mais sous les yeux d'Octavius qui dut quitter ses positions plus solides pour secourir Crassus.
163. Comme précédemment (XXVIII, 4-7), le suréna, incarnation de la perfidie orientale, a recours au stratagème déloyal pour renverser une situation qu'il craignait de voir lui échapper.
164. Malgré la lucidité inhabituelle que lui prête ici Plutarque, Crassus n'en perd pas pour autant son indécision.

escarpées; il leur montrait la route et les exhortait à ne pas perdre espoir, car le salut était tout proche. 5. Les soldats s'emportèrent et le menacèrent en entrechoquant leurs armes, si bien qu'il prit peur et se mit en marche, se contentant de dire en se retournant: « Octavius, Pétronius, et vous tous, chefs romains ici présents, vous voyez qu'on me force à prendre cette route et vous êtes témoins que je souffre honte et violence; mais dites au reste des hommes, si vous en réchappez, que Crassus est mort trompé par les ennemis, et non pas livré par ses concitoyens[165]. »

XXXI. 1. Cependant, Octavius et les officiers ne restèrent pas sur la colline; ils descendirent avec Crassus; les licteurs voulurent aussi les suivre, mais Crassus les renvoya. Les premiers Barbares qui vinrent à sa rencontre furent deux demi-Grecs[166] qui, sautant de leurs montures, se prosternèrent devant lui, et lui adressèrent la parole en grec, l'invitant à envoyer en reconnaissance quelques hommes à qui Suréna ferait constater que lui-même et son escorte s'avançaient sans armes et sans fer. 2. Crassus répondit que, s'il faisait le moindre cas de sa vie, il ne se serait pas remis entre leurs mains; il envoya pourtant deux frères, les Roscii, s'informer des intentions et du nombre des ennemis. 3. Suréna se saisit d'eux aussitôt et les mit sous bonne garde; lui-même avança à cheval, avec les principaux chefs: « Qu'est-ce là? s'écria-t-il. L'*imperator* des Romains est à pied et nous avons une monture! » et il donna ordre d'aller chercher un cheval. 4. Crassus répliqua qu'ils n'étaient en faute ni l'un ni l'autre: chacun d'eux se rendait à cette entrevue en suivant la coutume de ses pères. Suréna déclara qu'à partir de ce moment il y avait trêve et paix entre le roi Orodès et les Romains, mais qu'il fallait mettre les conventions par écrit et s'avancer jusqu'au fleuve[167]. « Car vous autres Romains, lança-t-il, vous ne vous souvenez pas bien des accords conclus! » et il lui tendit la main droite. Crassus voulait envoyer chercher un cheval, mais Suréna répliqua que ce n'était pas nécessaire: « Le roi te donne celui-ci. » 5. Sur ces mots, on amena devant Crassus un cheval avec un frein en or; les écuyers soulevèrent Crassus, le mirent en selle et l'escortèrent, en frappant le cheval pour le faire aller plus vite. Octavius, le premier, saisit les rênes et, après

---

165. *Plutarque donne à nouveau de Crassus l'image d'une personnalité contrastée. L'indiscipline croissante des soldats, passant des pressions aux insultes puis aux menaces physiques, le force à agir dans le mauvais sens sous l'empire de la peur, ce qui n'empêche pas un adieu plein de dignité à ses infidèles compagnons d'armes.*

166. *Qualifiés de Barbares, ces demi-Grecs sont une illustration du* melting pot *que constituait la Mésopotamie. Leur attitude confirme le peu de crédit dont jouissait dans la région le pouvoir parthe et explique la facilité des changements d'alliances. Voir Dictionnaire, « Bilinguisme ».*

167. *Le sens du texte n'est pas clair: Crassus, qui n'avait marché qu'une nuit et avait été retardé par Andromachos, ne s'était guère éloigné de Carrhes et le seul fleuve proche était donc le Belikh. La nécessité d'atteindre le fleuve ne se comprend guère dans ce contexte: liée à la rédaction des accords, cette obligation ferait penser plutôt à l'Euphrate (voir Dion Cassius, XL, 26, 1), mais l'éloignement de celui-ci (plus de trois jours de marche) rend l'hypothèse peu plausible. L'insistance du suréna pour obtenir un traité en bonne et due forme suggère que les accords antérieurs, violés par Crassus, étaient une simple reconnaissance tacite des zones d'influence (voir supra, XVI, 4 et note).*

lui, un des tribuns militaires, Pétronius; enfin le reste de l'escorte entoura le cheval, essayant de l'arrêter, et tirant en arrière ceux qui, de part et d'autre, pressaient Crassus. 6. Il y eut une bousculade, une agitation confuse, puis des coups[168]. Octavius, arrachant l'épée d'un des Barbares tua l'écuyer, mais un autre frappa Octavius par-derrière. Pétronius n'avait pas de bouclier, mais les coups portèrent sur sa cuirasse, et il parvint à s'enfuir en courant sans être blessé. Quant à Crassus, un Parthe nommé Exathrès le mit à mort. 7. Selon certains, ce fut un autre qui le tua et, lorsque Crassus fut à terre, Exathrès lui coupa la tête et la main droite. Ce sont là des conjectures, plus que des faits établis, car parmi les assistants, les uns furent tués sur place, en combattant autour de Crassus, les autres battirent aussitôt en retraite sur la colline[169]. 8. Les Parthes les poursuivirent en disant que Crassus avait été châtié comme il le méritait et que Suréna invitait les autres à descendre sans crainte. Certains descendirent et se livrèrent, d'autres se dispersèrent à la faveur de la nuit, mais bien peu parvinrent à se sauver: la plupart furent pourchassés par les Arabes qui les rattrapèrent et les tuèrent. Au total, il y eut, dit-on, vingt mille morts et dix mille prisonniers[170].

XXXII. 1. Suréna envoya la tête et la main de Crassus à Orodès, en Arménie. Quant à lui, faisant répandre à Séleucie, par des messagers, le bruit qu'il amenait Crassus vivant, il organisa un cortège bouffon, qu'il appela, par dérision, un triomphe[171]. 2. Le prisonnier qui ressemblait le plus à Crassus, Caius Paccianus, vêtu d'un habit royal de femme et dressé à répondre aux noms de Crassus et d'*imperator*, était traîné à cheval. Devant lui, des trompettes et des licteurs s'avançaient sur des chameaux; à leurs faisceaux étaient attachées des bourses[172] et à leurs haches des têtes de Romains fraîchement coupées[173]. 3. Suivaient des hétaïres et des musiciennes de

---

168. *Dion Cassius (XL, 27, 1-2) parle d'un véritable affrontement, auquel les troupes de Crassus, trop éloignées, ne purent participer.*
169. *Cette remarque de Plutarque pose le problème des sources qu'il utilisa pour un récit aussi précis et aussi circonstancié. Elle laisse imaginer, de fait, que le biographe n'a pas hésité à reconstruire à des fins de dramatisation, très réussie, le détail de l'histoire.*
170. *Évaluation vraisemblable: selon que, dans le décompte, sont incluses ou exclues les garnisons laissées en Mésopotamie en 53, il reste 20 000 à 30 000 survivants pour parvenir en Syrie (voir Dion Cassius, XL, 27, 4 et supra, XX, 1). Ce total suffit largement à la reconstitution par Cassius en Syrie de deux légions qui furent engagées à Pharsale, selon Appien (II, 49).*
171. *Dérision perfide et cruelle, caractéristique des traits traditionnels prêtés par les Méditerranéens aux Orientaux: elle souligne la vanité des cérémonies romaines, tourne leurs rites en ridicule et exalte la supériorité, intellectuelle comme militaire, des Parthes.*
172. *Il s'agit vraisemblablement de sexes coupés. Le mot* balantion *désigne surtout la bourse qui contient de l'argent, mais les mots de cette famille, à commencer par* balanos, *jouent souvent, comme le mot «bourses» en français, sur le rapprochement entre l'objet et le sexe. (N.d.T.)*
173. *L'*imperator *est une princesse orientale et les licteurs romains, montés à l'orientale, arborent les mutilations de leurs propres soldats. La dérision est donc ici à deux degrés: le cortège triomphal est celui des vaincus, représentés sous les traits des vainqueurs qu'ils stigmatisaient le plus (caractère efféminé, cruauté).*

Séleucie qui lançaient, dans leurs chansons, force moqueries et railleries sur le caractère efféminé et lâche de Crassus. Tout le monde assista à ce spectacle. 4. Suréna réunit le sénat de Séleucie et y apporta des opuscules licencieux d'Aristide, les *Milésiaques*[174] : cette fois, ses accusations n'étaient pas mensongères, car on les avait trouvés dans les bagages de Rustius et ce fut l'occasion pour Suréna d'insulter et de brocarder abondamment les Romains qui, même en temps de guerre, ne pouvaient se passer de ce genre de pratiques et de lectures. 5. Cependant, les gens de Séleucie jugèrent qu'Ésope était un grand sage, lorsqu'ils virent Suréna porter devant lui la besace qui contenait les obscénités milésiennes et traîner derrière lui, dans tant de chariots remplis de concubines, une Sybaris parthique[175] : d'une certaine manière, à l'instar des vipères et des scytales, la partie visible et antérieure de sa colonne était terrible et effroyable, hérissée de lances, d'arcs et de chevaux, mais en queue, tout finissait en chœurs, en castagnettes, en cithares, en nuits de débauches effrénées avec des femmes. 6. Rustius, certes, était à blâmer, mais les Parthes étaient bien impudents, de blâmer les *Milésiaques*, alors que beaucoup de leurs rois arsacides devaient le jour à des courtisanes milésiennes et ioniennes[176].

XXXIII. 1. Pendant ce temps, Orodès, qui s'était déjà réconcilié avec l'Arménien Artavasdès, avait promis en mariage la sœur de celui-ci à son fils Pacoros[177]. Les deux rois s'offraient l'un à l'autre des festins et des banquets, et l'on donnait beaucoup de récitals importés de Grèce. 2. Orodès n'ignorait ni la langue ni les lettres grecques ; quant à Artavasdès, il composait des tragédies, écrivait des discours et des histoires, dont certaines ont été conservées[178]. 3. Quand on apporta la tête de Crassus à la porte de la salle, les tables avaient été enlevées et un acteur de Tralles nommé Jason chantait le rôle d'Agavè dans les *Bacchantes* d'Euripide[179]. Tandis

---

174. Série de poèmes licencieux composés par Aristide de Milet et traduits en latin par l'historien Cornélius Sisenna, ami de Sylla et d'Atticus, qui fut préteur urbain en 78. Voir Dictionnaire, «Écrit/Écriture».
175. Plutarque parodie ici la fable des deux besaces d'Ésope (n° 303), reprise par Phèdre (IV, 10) et La Fontaine (Fables, La Besace, I, VII, v. 31-35) :
    «Le fabricateur souverain
    Nous créa besaciers tous de même manière
    Tant ceux du passé que du temps d'aujourd'hui :
    Il fit pour nos défauts la poche de derrière
    Et celle de devant pour les défauts d'autrui.»
176. Dérision au troisième degré : la double dérision du triomphe romain rend le suréna et les Parthes dérisoires dans leur aveuglement, tel le besacier d'Ésope.
177. Le mariage de Pacoros et d'Eurydice, gage de la nouvelle alliance des Arméniens avec les Parthes, est au centre de la dernière des tragédies de Corneille, écrite en 1674, Suréna. Amoureux d'Eurydice et refusant la fille d'Orodès, Suréna est tué par celui-ci.
178. La diffusion de la culture hellénique dans l'aristocratie orientale remontait au royaume des Séleucides, héritier de la politique de la «fusion des races» d'Alexandre.
179. Frappée de folie par Dionysos, Agavè, fille de Cadmos de Thèbes, déchire, dans des transports bachiques, son propre fils Penthée sur le Cithéron.

qu'il remportait un grand succès, Silacès se présenta devant la salle et, après s'être prosterné, jeta au milieu de l'assemblée la tête de Crassus. 4. Les Parthes se mirent à applaudir avec des cris et des transports de joie. Les serviteurs installèrent, sur l'ordre du roi, Silacès à l'un des lits de table et Jason, donnant à un des choristes le masque de Penthée, se saisit de la tête de Crassus et, pris de transports bachiques, il continua, emporté par l'enthousiasme, à chanter les vers suivants :

> Venues de la montagne, nous portons au palais
> Ce flexible rameau, très fraîchement tranché
> Ô bienheureuse chasse[180] !

6. Tous en furent charmés, mais au moment où l'acteur devait chanter, en alternance avec le chœur, ces répliques amébées :

> – Et qui l'a fait périr ?
> – Cet honneur me revient[181] !

Exathrès, qui se trouvait assister au festin, bondit et saisit la tête à son tour, pour montrer que cette réplique le concernait, lui, plutôt que l'acteur. 7. Enchanté[182], le roi lui remit la récompense traditionnelle et fit donner un talent à Jason. Tel fut, dit-on, le dénouement de la campagne de Crassus : elle s'acheva comme une tragédie[183]. Cependant un juste châtiment punit Orodès de sa cruauté, et Suréna de son parjure. 8. Suréna fut tué, peu de temps après, par Orodès, jaloux de sa gloire ; quant à ce dernier, il perdit son fils Pacoros, qui fut vaincu au combat par les Romains[184], puis fut atteint d'une maladie qui tourna à l'hydropisie, et son fils Phraate, complotant contre lui, lui fit prendre de l'aconit. 9. Mais le poison agit sur la maladie, laquelle fut évacuée avec lui, tandis que le corps était soulagé. Alors, choisissant la voie la plus rapide, Phraate étrangla son père[185].

---

180. Les vers sont prononcés par Agavè, dans Les Bacchantes *(v. 1169-1171) d'Euripide, alors qu'elle a fixé sur le thyrse, au lieu du lierre traditionnel, la tête de Penthée. Jason de Tralles a remplacé le masque de théâtre de Penthée par la tête de Crassus.*
181. Euripide, Les Bacchantes, *v. 1178-1179.*
182. Comme l'expression « Tous en furent charmés » (§ 6), cette description de Plutarque fait volontairement éclater le contraste entre la délicatesse du sentiment, l'hellénisme du spectacle, et la violence cruelle et grossière de son utilisation : Orodès comme Artavasdès demeurent, aux yeux du moraliste, des Barbares aux pratiques immondes, même quand ils se piquent de culture grecque.
183. Fin dérisoire, en grotesque masque de théâtre, de celui qui est châtié de son hybris par la Némésis, comme un héros de tragédie, et puni des passions excessives dont il était l'esclave, comme un personnage de drame. Au-delà du destin individuel, la tragédie est aussi celle de Rome, qui perdit à Carrhes le rêve démesuré d'une expansion orientale.
184. Les Parthes, conduits par Pacoros et Osacès, envahirent la Syrie en 52 et mirent en 51 le siège devant Antioche, d'où ils furent repoussés par Caius Cassius Longinus, toujours questeur mais investi du pouvoir propréorien. Pacoros périt en 38 dans un engagement contre Ventidius Bassus, envoyé par Antoine.
185. Sur la politique romaine vis-à-vis de Phraate, voir Antoine, *XXXVII, 1 et suiv.*

COMPARAISON
DE NICIAS ET DE CRASSUS

XXXIV. [I]. 1. Pour en venir à la comparaison, nous voyons d'abord que la richesse de Nicias, mise en parallèle avec celle de Crassus, a une origine beaucoup moins blâmable. Sans doute peut-on ne pas estimer le travail des mines, le plus souvent accompli par des criminels et des esclaves barbares, qui sont enchaînés et dépérissent en des lieux souterrains et malsains. Mais, comparé aux ventes de biens confisqués, organisées par Sylla, et à ses spéculations sur les incendies, il est, de toute évidence, plus honorable[1]. 2. Crassus usait de ces procédés sans se cacher, tout comme s'il s'agissait d'agriculture ou de prêt à intérêt; quant aux accusations dont il niait le bien-fondé, par exemple de se faire payer ses interventions au Sénat, de léser les alliés, de circonvenir de pauvres femmes par ses flatteries et de cacher des criminels, Nicias n'en fut jamais l'objet, même à tort. Certes, on le raillait de donner et de prodiguer, par lâcheté, de l'argent aux sycophantes, mais cette attitude, sans doute indigne de Périclès ou d'Aristide, était pour lui une nécessité, car la nature ne l'avait pas doté de beaucoup d'audace. 3. Plus tard, l'orateur Lycurgue déclara franchement au peuple, qui l'accusait d'avoir acheté un des sycophantes : « Je suis bien content, après avoir passé si longtemps dans votre cité, d'être pris en train de payer, et non de me faire payer ! » 4. Dans ses dépenses, Nicias se souciait davantage de la cité : il se montra très généreux dans ses offrandes, ses gymnasiarchies et l'instruction des chœurs. Mais tous les biens de Nicias joints à toutes ses dépenses n'auraient pas représenté même une infime partie des dépenses que fit Crassus pour faire banqueter le même jour tant de dizaines de milliers d'hommes et les nourrir. On s'étonne, dans ces conditions, que certains ignorent que le vice est une irrégularité et une incohérence du caractère, alors qu'ils voient ceux qui se procurent de l'argent par des moyens honteux le prodiguer ensuite à flots, inutilement[2].

XXXV. [II]. 1. En ce qui concerne leur richesse, en voilà assez. Quant à leur conduite politique, on n'observe chez Nicias ni fourberie, ni injustice, ni violence, ni audace : il se laissait au contraire duper par Alcibiade et se montrait toujours plein de circonspection quand il se présentait devant le peuple. 2. On reproche à Crassus beaucoup de déloyauté et de bassesse, dans des revirements qui le faisaient sans cesse passer de

---

1. *Le mépris exprimé par Plutarque pour toute activité de production est un lieu commun de l'idéologie aristocratique antique.*
2. *Plutarque refuse de reconnaître, comme la plupart des moralistes antiques, le rôle essentiel de l'évergétisme dans le mécanisme politique : l'aristocrate qui aspirait à une carrière politique ne pouvait justifier ses prétentions que par sa* liberalitas. *Cette générosité justifiait en effet la richesse et le pouvoir, qui étaient utilisés pour le bien collectif.*

l'inimitié à l'amitié⁵. Lui-même ne niait pas avoir employé la force pour parvenir au consulat et avoir engagé des gens pour porter la main sur Caton et Domitius. 3. Lors des comices consacrées à l'attribution des provinces, il y eut beaucoup de blessés et quatre morts ; de plus, Crassus lui même (nous avons omis de l'écrire dans notre récit) frappa d'un coup de poing au visage le sénateur Lucius Annalius, qui le contredisait, et le chassa, couvert de sang. 4. Mais autant la violence de Crassus et son comportement tyrannique méritent des reproches, autant en méritent aussi, à l'inverse, la pusillanimité de Nicias en politique, son manque d'audace, sa soumission aux pires canailles. Crassus avait, lui, en ces matières, de la hauteur et de la fierté, et pourtant, par Zeus ! ce n'était pas contre des Cléon ou des Hyperbolos qu'il avait à se battre, mais contre l'éclat de César et les trois triomphes de Pompée. Or, loin de céder, il opposa sa puissance à l'un comme à l'autre, et par le prestige de sa charge de censeur, dépassa même Pompée⁴. 5. Quand on a de grandes ambitions, il faut en effet s'attacher, non à fuir l'envie, mais à acquérir de l'éclat en politique, en éclipsant les envieux par l'importance de sa puissance. 6. Si l'on chérit plus que tout la sécurité et la tranquillité, si l'on a peur d'Alcibiade à la tribune, des Lacédémoniens à Pylos et de Perdiccas en Thrace, la cité offre un assez large espace pour y vivre dans le loisir : on peut s'y installer tranquillement, à l'abri du public, et s'y tresser la couronne de l'ataraxie, selon l'expression de certains sophistes⁵. 7. Pourtant, l'amour de la paix était vraiment une passion divine, et c'était une politique tout à fait digne d'un Grec que de faire cesser la guerre : pour avoir accompli cela, Nicias est bien au-dessus de Crassus, celui-ci eût-il donné pour limites à l'Empire romain la mer Caspienne ou l'océan Indien.

XXXVI. [III]. 1. Cependant, lorsqu'il s'agit d'une cité sensible au mérite et qu'on est soi-même valeureux, on ne doit ni céder la place aux méchants, ni abandonner le pouvoir à ceux qui ne méritent pas de l'exercer, ni laisser ceux dont on se défie obtenir la confiance – tout ce que fit précisément Nicias. Cléon n'était rien dans la cité, sinon une clameur impudente qui retentissait du haut de la tribune ; or Nicias le mit lui-même à la tête de l'armée. 2. Certes, je ne loue pas Crassus d'avoir, dans la guerre contre Spartacus, fait passer la rapidité avant la sécurité⁶, mais c'était une

---

3. *Lié aux* gentes *aristocratiques par son ascendance comme par sa descendance, partisan de Sylla pendant la guerre civile par fidélité familiale puis par intérêt, pratiquant avec Pompée une politique favorable aux* populares *lors de leur consulat de 70, mécène de César et soupçonné lors de la conjuration de Catilina, à nouveau proche des* optimates *pour s'opposer au pouvoir de Pompée en 63-62 puis en 57-56, Crassus menait une politique d'alliance changeante, comme la plupart des grands aristocrates de la République finissante, dont les liens claniques se défaisaient et se reconstituaient au gré de regroupements de circonstance.*
4. *Évaluation contestable de l'importance de la censure, et notamment de celle de Crassus, en 65, qui ne fut que de courte durée et se solda par un échec politique.*
5. *Allusion aux épicuriens – comme Colotès que Plutarque condamne dans son* Contre Colotès, *31, 1125c – pour lesquels l'ataraxie, l'absence de trouble ou tranquillité de l'âme, est le souverain bien.*
6. *Les atermoiements de Crassus furent cependant nombreux, tant sur les choix tactiques (*supra, X, *7-8) que stratégiques (*supra, XI, *3-4).*

noble ambition qui lui inspirait la crainte de voir Pompée venir lui enlever la victoire, comme Mummius l'avait fait à Corinthe pour Métellus[7]. La conduite de Nicias fut en tout point déplacée et scandaleuse. 3. Ce n'était pas une charge brillante, offrant des espérances et des facilités, qu'il abandonnait à son adversaire : il soupçonnait que le danger serait grand dans cette campagne et préférait se mettre lui-même à l'abri, en sacrifiant l'intérêt public. 4. Thémistocle, pendant les guerres médiques, avait agi différemment : pour ne pas laisser le commandement à un homme vil et stupide, qui aurait causé la perte de la cité, il acheta à prix d'argent son désistement. De même, Caton brigua le tribunat de la plèbe quand il vit que cette magistrature comportait le plus de difficultés et de dangers. 5. Nicias, lui, se réservait pour des campagnes contre Minoa, Cythère et les infortunés Méliens ; dès qu'il fallait combattre les Lacédémoniens, il ôtait sa chlamyde et confiait à l'inexpérience et à la témérité de Cléon les navires, les hommes, les armes et le commandement qui requérait pourtant la plus grande expérience : c'était là sacrifier, non sa propre gloire, mais la sécurité et le salut de la patrie. 6. Voilà pourquoi, par la suite, malgré lui et contre sa volonté, on le força à combattre les Syracusains : on pensait que ce n'était point par souci de l'intérêt commun, mais par facilité et mollesse qu'il s'efforçait, dans la mesure de ses moyens, de priver la cité de la Sicile. Ce qui prouve cependant qu'il avait de grandes capacités, c'est que, malgré son opposition constante à la guerre et son désir de se soustraire à la charge de stratège, il fut sans cesse élu à main levée, comme étant le plus expérimenté et le meilleur. 7. Crassus, au contraire, rêva toute sa vie d'obtenir un commandement, sans jamais y parvenir, sauf dans la guerre servile, parce qu'on n'avait pas le choix, Pompée, Métellus et les deux Lucullus étant absents – et pourtant, il était alors au faîte des honneurs et au sommet de sa puissance[8]. Apparemment, même aux yeux de ses partisans, il semblait, comme le dit le comique :

> Excellent en tout point, sauf sous un bouclier.

8. Pour cette raison, il ne rendit nullement service aux Romains, qui furent forcés de céder à sa soif de pouvoir et d'honneurs. Si les Athéniens envoyèrent Nicias à la guerre malgré lui, Crassus y emmena les Romains malgré eux : par sa faute, sa cité subit un désastre, tandis que Nicias en subit un par la faute de sa cité.

XXXVII. [IV]. 1. Toutefois, en ce domaine il y a lieu de louer Nicias plutôt que de blâmer Crassus. Le premier, s'appuyant sur son expérience et sa réflexion de chef avisé, ne se laissa pas tromper par les espoirs de ses concitoyens ; il était inquiet et désespérait de reprendre la Sicile ; le second, en se lançant dans la guerre des

---

7. *Le consul Mummius, qui rasa Corinthe en 146, déroba l'honneur de la victoire à Quintus Caecilius Metellus Macedonicus, qui avait vaincu auparavant les armées achéennes de Critolaos et tenté de signer la paix avec Diaios, successeur de Critolaos.*
8. *L'absence de commandement militaire dans la carrière de Crassus, malgré ses tentatives de 66-65 puis de 57-56 en direction de l'Égypte, s'explique sans doute aussi par des intérêts, notamment économiques, qu'il entretenait par ailleurs.*

Parthes, qu'il prenait pour une entreprise très facile, se trompa certes, 2. mais du moins ses desseins étaient-ils grands[9]. Au moment où César soumettait l'Occident – Celtes, Germains et Bretagne –, Crassus voulut, lui, marcher vers l'Orient et l'océan Indien et achever la conquête de l'Asie, à laquelle Pompée s'était appliqué et que Lucullus avait entreprise. Or Pompée et Lucullus étaient des personnages pleins de mesure et, aux yeux de tous, ils restèrent des hommes de bien, alors que pourtant, ils avaient poursuivi le même but que Crassus et disposaient des mêmes moyens[10]. Lorsque Pompée reçut le commandement, le Sénat voulut s'y opposer, et lorsque César eut mis en déroute trois cent mille Germains, Caton conseilla de le livrer aux vaincus et de faire retomber sur lui la souillure de la violation du traité[11]; 3. mais le peuple se moquait bien de Caton : pendant quinze jours, il offrit des sacrifices d'actions de grâces et fut dans la joie. Quels auraient donc été ses sentiments et combien de jours auraient duré les sacrifices, si Crassus avait écrit de Babylone qu'il était vainqueur et si ensuite, marchant sur la Médie, la Perse, l'Hyrcanie, Suse, et Bactres, il en avait fait des provinces romaines ? En vérité, « s'il faut être injuste[12] », pour parler comme Euripide, quand on est incapable de rester tranquille, et quand on ne sait pas mettre à profit les biens dont on dispose, il ne faut pas frapper Scandie ni Mendè, ni donner la chasse aux Éginètes fugitifs qui ont abandonné leur patrie pour se blottir, tels des oiseaux, dans un autre pays ; on doit mettre l'injustice à très haut prix et, si l'on sacrifie le droit, ne pas le faire à la légère, à la première occasion, comme s'il était sans valeur et sans importance. 4. Ceux qui font l'éloge de l'expédition d'Alexandre et blâment celle de Crassus, jugent, bien à tort, le début par la fin[13].

---

9. *Plutarque incarne ici le code des valeurs politiques romaines de la République finissante et de l'Empire : la gloire militaire, qui, dès la Rome royale, constitua la clef d'une carrière politique, ne pouvait plus s'acquérir, après le IIIe siècle avant J.-C., que dans les contrées lointaines. Dans ces extrémités du monde, la présence des généraux romains les rendait semblables, grâce à une propagande soigneusement orchestrée, aux héros mythiques tels Hercule, Jason ou Prométhée.*
10. *Cette analyse laisse supposer que l'essentiel de la différence entre Pompée et Lucullus, vainqueurs, et Crassus, vaincu, résidait dans la modération des premiers et dans l'*hybris *du second. C'est attribuer à des considérations psychologiques, ou au poids de la Némésis, la raison de l'échec face aux Parthes.*
11. *Plutarque réunit en un seul épisode deux interventions de Caton : la première, en 58, exigeait le châtiment de César qui s'était attaqué au Suève Arioviste, ami du peuple romain selon les traités (voir* César, XIX*) ; la seconde, en 55, proposait de livrer César aux Germains en raison du massacre de 300 000 civils lorsqu'il avait refoulé au-delà du Rhin les tribus en migration des Usipètes et des Tenctères (*César, XXII, 1-4, *où le chiffre des victimes est de 400 000).*
12. *Cette citation est tirée des* Phéniciennes *(v. 524), où elle justifie l'usage de l'injustice en matière politique. Elle était, selon Cicéron rapporté par Suétone, un des mots favoris de César (voir* Cicéron, Des devoirs, III, 82 ; *Suétone,* César, XXX, 7*).*
13. *La formule lapidaire témoigne de l'adhésion sans réserve de Plutarque au code de valeurs romain : l'appétit de gloire lointaine, acquise aux extrémités de l'univers, était louable chez Crassus comme chez Alexandre, Lucullus, Pompée ou César.*

XXXVIII. [V]. 1. Pour en venir aux campagnes elles-mêmes, Nicias accomplit beaucoup de nobles exploits. Il vainquit les ennemis en de nombreux combats, faillit prendre Syracuse et ses revers ne sont pas tous de sa faute : on pourrait incriminer sa maladie et la jalousie de ses concitoyens restés à Athènes. 2. Crassus, en revanche, commit tant de fautes qu'il ne permit même pas à la Fortune de lui montrer la moindre bienveillance[14] : dans ces conditions, ce qui est surprenant, ce n'est pas que sa sottise ait été vaincue par la puissance des Parthes, mais qu'elle ait pu être plus forte que l'heureuse fortune des Romains[15].
3. Nicias ne négligeait rien de ce qui touche à la divination, alors que Crassus la méprisait entièrement : pourtant ils périrent de la même manière. Il est donc difficile de déterminer, en pareille matière, quelle est l'attitude la plus sûre[16]. Cependant, le mépris des usages et l'audace sont moins excusables que la faute commise par excès de prudence, en respectant l'opinion ancienne et habituelle.
4. En ce qui concerne leur fin, Crassus mérite moins de reproches : il ne s'est pas livré, il n'a pas été enchaîné ni dupé ; il a cédé aux prières de ses amis, et les ennemis n'ont pas respecté la trêve. Mais Nicias, dans l'espoir d'un salut honteux et sans gloire, se jeta aux pieds de ses ennemis, et rendit ainsi lui-même sa mort plus ignominieuse.

---

14. Felicitas, la bonne fortune, qualité première du stratège romain, ne serait donc pas totalement indépendante de prudentia, *la compétence.*
15. Cette habile présentation décharge Rome du poids de la défaite de Carrhes : à l'aune de la sottise de Crassus, la grandeur de Rome demeurait supérieure à celle des Parthes.
16. Étonnant scepticisme d'un Plutarque par ailleurs très enclin à relater dans le détail tout ce qui avait trait aux présages et à la divination.

BIBLIOGRAPHIE

Vie de Nicias

Mossé Cl.
Politique et société en Grèce ancienne. Le «modèle» athénien, Paris, 1995.

Thucydide
• Livres IV-V, texte établi et traduit par J. de Romilly, Paris, 1967.
• Livres VI-VII, texte établi et traduit par L. Bodin et J. de Romilly, Paris, 1955.

Romilly J. de
Thucydide et l'impérialisme athénien. La pensée de l'historien et la genèse de l'œuvre, Paris, 1947.

Vie de Crassus

Adcock F. E.
Marcus Crassus millionaire, Cambridge, 1966.

Briant P.
Histoire de l'empire Perse de Cyrus à Alexandre, Paris, Fayard, 1996.

Broughton T. R. S.
The Magistrates of the Roman Republic, New York, 1950-1960.

Chaumont A.-M.
L'Arménie entre Rome et l'Iran, *Aufstieg und Niedergang des römischen Welt*, II, 9, 1, 1976, p. 71-194.

Debevoise N. C.
Political History of Parthia, Chicago Univ. Press, 1968 (1938).

Derouaux W.
«L'ordre de marche de Crassus à la bataille de Carrhes», *Les Études classiques*, XI, 1942 (2-3), p. 157-164.

Domergue C.
Les Mines de la péninsule Ibérique dans l'Antiquité romaine, Rome, EFR, 127, 1990.

Garzetti A.
«Marco Licinio Crasso», *Athenaeum*, 19, 1941, p. 1-37; 20, 1942, p. 12-41; 22, 1944, p. 1-62.

Marshall B. A.
Crassus, a Political Biography, Amsterdam, 1976.

Sablayrolles R.
• «La gladiature: aspects techniques», *Les Gladiateurs*, Catalogue de l'exposition du Musée archéologique de Lattes, 26 mai-4 juillet 1987, Lattes, 1987, p. 35-42.
• Libertinus miles. *Les cohortes de vigiles*, Rome, EFR 224, 1996.

Syme Sir R.
«M. Gelzer, Caesar Politiker und Staatsman. Review and discussion», *Journal of Roman Studies*, 1944, p. 92-103.

Ward A. M.
Marcus Crassus and the Late Roman Republic, Columbia-Londres, 1977.

SERTORIUS-EUMÈNE

En mettant en parallèle le Romain Sertorius et le Grec Eumène, Plutarque sortait un peu de son projet initial, de cette confrontation entre héros de l'Histoire grecque et héros de l'Histoire romaine. En effet, comme il le souligne lui-même, l'un et l'autre étaient étrangers aux soldats qu'ils commandèrent et aux peuples sur lesquels ils exercèrent leur autorité.
Le Romain Sertorius, qui avait servi aux côtés de Marius lors des guerres contre les Cimbres, se trouva impliqué dans le conflit qui allait dresser celui-ci contre Sylla. Après la victoire de ce dernier, il prit le chemin de l'exil et s'enfuit vers l'Espagne où il avait auparavant rempli les fonctions de tribun militaire. Pourchassé par les envoyés de Sylla, il passa en Afrique, puis revint dans la péninsule Ibérique. Et c'est là qu'il allait établir son autorité, n'hésitant pas, pour lutter contre Métellus envoyé de Rome, à associer à son combat les populations indigènes, cependant qu'il reconstituait, avec les Romains exilés comme lui, une organisation politique calquée sur celle de Rome. Il réussit ainsi à tenir tête tant à Métellus qu'à Pompée, mais fut trahi par certains des siens, jaloux de son prestige, qui l'assassinèrent puis se rendirent à Pompée.
C'est également la trahison qui mit fin à la carrière d'Eumène de Cardia. Une carrière commencée auprès d'Alexandre, dont il fut le chef de la chancellerie, mais qui allait prendre de l'ampleur au lendemain de la mort du conquérant. Ayant hérité d'une satrapie, il se trouva pris dans les conflits et les intrigues qui dressèrent les uns contre les autres les compagnons d'Alexandre, intrigues d'autant plus complexes que le roi était mort sans successeur direct, et que la royauté allait être partagée entre son demi-frère Philippe Arrhidée et son fils posthume, le jeune Alexandros né de son épouse iranienne, Roxane. Eumène, par fidélité à la dynastie des Argéades ou par ambition personnelle, se trouva presque aussitôt en conflit ouvert avec le plus habile et le plus puissant des «successeurs» (diadoques), Antigone le Borgne, et, malgré de nombreux succès militaires remportés en Asie sur son adversaire et sur les alliés de celui-ci, eut une fin misérable. Il fut livré à Antigone par les vétérans macédoniens de son armée, soucieux de récupérer leurs biens perdus au cours d'une bataille, et égorgé sur l'ordre du Borgne.
Dans la comparaison qu'il place à la fin de la Vie d'Eumène, Plutarque se montre beaucoup plus favorable au Romain Sertorius, qui cependant combattit contre sa patrie, qu'au Grec Eumène, dont il souligne surtout les faiblesses. Leur concédant à tous deux d'incontestables qualités militaires, il semble qu'il en ait davantage voulu à Eumène d'avoir commandé à des Macédoniens qu'à Sertorius d'avoir été un rebelle. C'est à ce rebelle que Corneille prêtera la fameuse formule «Rome n'est plus dans Rome, elle est toute où je suis», qui inscrit à jamais Sertorius dans les grandes figures du passé.

Cl. M.

SERTORIUS

I. 1. Il n'y a peut-être pas lieu de s'étonner, si l'on songe à toutes les variations du cours de la Fortune dans l'immensité du temps, de voir le hasard ramener souvent les mêmes coïncidences[1]. **2.** En effet, soit le nombre de circonstances de départ est illimité, et alors la Fortune dispose d'une abondante matière qui explique ces ressemblances entre les événements, soit les faits procèdent de la rencontre d'un nombre limité de circonstances, et dans ce cas, il est inévitable que souvent les mêmes causes produisent les mêmes effets[2]. **3.** Certains se plaisent à rapprocher, dans l'histoire ou dans les traditions orales[3], tous les événements fortuits qui semblent l'œuvre d'un principe rationnel ou d'une providence. **4.** Ainsi deux Attis furent célèbres, l'un syrien, l'autre arcadien, et tous deux furent tués par un sanglier. Deux Actéon furent déchirés, l'un par ses chiens, l'autre par ses érastes. **5.** Des deux Scipions, le premier vainquit les Carthaginois, l'autre, plus tard, les anéantit définitivement[4]. **6.** Ilion fut prise par Héraclès à cause des cavales de Laomédon, puis par Agamemnon, grâce à la machine à laquelle on a donné le nom de «cheval de bois» et une troisième fois par Charidémos, à cause d'un cheval qui s'abattit en travers des portes et empêcha les gens d'Ilion de les fermer assez vite. **7.** Les deux cités qui portent les noms des plantes au parfum le plus agréable sont Ios et Smyrne[5]: or le poète Homère, dit-on, naquit dans la première et mourut dans la seconde. **8.** Ajoutons à ces observations que les généraux les plus combatifs et qui ont obtenu le plus de résultats par la ruse et l'habileté ont été borgnes:

---

1. Ces interrogations sont bien dans la manière de Plutarque, mais détonnent au début d'une Vie.
2. Raisonnement assez confus, parce qu'il mêle deux «logiques». La répétition d'événements semblables procède soit d'une considération de l'immensité des possibles, qui conduit forcément à la reproduction de configurations similaires, soit de la prise en compte d'un nombre fini de données, à partir desquelles le jeu restreint des causes et des effets engendre des phénomènes récurrents. Ce qui suit fait intervenir un troisième élément, ou plutôt une conception différente de la Fortune, qui ne se réduit plus au hasard, mais est l'expression d'une volonté orientée, de la Providence.
3. La distinction n'est pas très claire; elle paraît opposer les événements «objectifs» et la présentation qui en est donnée dans des récits «historiques».
4. Énumération de «curiosités», fort goûtées des Anciens, qui mettent sur le même plan les versions diverses d'un même mythe et une séquence d'événements pleinement historiques. Plutarque assimile peut-être Attis le phrygien, compagnon de Cybèle, et le célèbre Adonis, qui n'était pas arcadien mais syrien. Quant aux deux Actéon, l'un, qui avait surpris Artémis au bain, fut transformé en cerf par la déesse avant d'être dévoré par ses chiens, l'autre, dont Plutarque parle dans Histoires d'amour, *772e-f, un Corinthien fils de Mélissos, périt au cours d'un combat entre les jeunes gens qui rivalisaient pour obtenir ses faveurs. Scipion l'Africain fut le vainqueur d'Hannibal à Zama (en 201) et son petit-fils par adoption, Scipion Émilien, le destructeur de Carthage (en 146).*
5. Ion signifie «violette»; smyrna *ou* myrrha, *«myrrhe».*

Philippe, Antigone, Hannibal[6], et enfin celui auquel est consacré le présent ouvrage, Sertorius, 9. lequel, on pourrait le montrer, fut à l'égard des femmes plus chaste que Philippe, plus fidèle à ses amis qu'Antigone et plus clément avec ses ennemis qu'Hannibal. Il ne le cédait en intelligence à aucun de ces généraux, mais en ce qui concerne la Fortune, il leur fut inférieur à tous : 10. elle fut, en toute occasion, beaucoup plus cruelle à son égard que ses ennemis déclarés, ce qui ne l'empêcha pourtant pas d'égaler Métellus par sa science militaire, Pompée par son audace, Sylla par sa Fortune[7] et les Romains par sa puissance, puisqu'il leur tint tête, alors qu'il était exilé, étranger et qu'il commandait à des Barbares.
11. Celui des Grecs auquel nous pouvons le mieux le comparer est Eumène de Cardia[8] ; tous deux surent commander et combattre en employant la ruse ; exilés de leur pays, ils se mirent à la tête de troupes étrangères et, à l'occasion de leur mort, ils éprouvèrent la violence et l'injustice de la Fortune ; 12. ils furent l'un et l'autre victimes d'un complot et assassinés par ceux avec qui ils avaient vaincu les ennemis.

II. 1. Quintus Sertorius appartenait à une famille qui n'était pas sans éclat dans la cité de Nursia, en pays sabin[9]. Orphelin de père, il fut fort bien élevé par sa mère, restée veuve, pour laquelle il éprouva, semble-t-il, un attachement extraordinaire : elle se nommait, dit-on, Rhéa[10]. 2. Il s'entraîna aussi à plaider et s'y montra compétent : alors qu'il était tout jeune, son éloquence lui valut à Rome un certain crédit. Mais l'éclat de ses faits d'armes et ses succès militaires tournèrent son ambition dans cette direction[11].

---

6. *Annonce d'un thème que Plutarque, ou plutôt la saga héroïsante dont il s'inspire, reprendra implicitement (infra, III, 1) ou explicitement (IV, 3-4). Philippe II de Macédoine (383-336) est le père d'Alexandre le Grand ; Antigone dit « le Borgne », un des généraux et successeurs d'Alexandre, fut vaincu et tué à Ipsos en 301 ; le Barcide Hannibal de Carthage a vécu de 247 à 183-182.*
7. *Sur la lutte contre Métellus et Pompée en Espagne, voir infra. Sylla est l'ennemi primordial du marianiste Sertorius, même s'il est mort dès 78. Significativement, Corneille le fera survivre – il s'en explique dans la Préface de son Sertorius (1662) – jusque pendant l'affrontement final des années 76-73. Les propos sur la Fortune ne sont qu'en apparence contradictoires, et procèdent l'un et l'autre de la volonté de grandir le héros : il avait la Fortune contre lui, puisqu'il a dû lutter contre un sort généralement contraire. Malgré cela, il remporta des succès aussi grands que Sylla, protégé proclamé de la déesse Fortune.*
8. *Amorce d'une Comparaison qui, dans ce cas, n'est pas développée à l'issue de la deuxième Vie.*
9. *Les Sabins, d'une région montagneuse située au nord-est de Rome, ont acquis la citoyenneté romaine depuis 268. Ils sont très présents dans l'histoire légendaire des débuts de Rome, illustrée par les rois sabins Titus Tatius, adversaire puis corégent de Romulus, puis Numa, leur successeur. Nursie est à 100 km de Rome environ, et à 50 km d'Amiternum (actuel San Vittorino), patrie de l'historien Salluste, si favorable à Sertorius. Ce dernier est né en 126 ou 125.*
10. *L'importance de la mère dans le « thème biographique » de Sertorius (voir infra, XXII, 9-11) rappelle le cas de Coriolan, lui aussi accusé de trahison dans la dernière période de sa vie ; le nom de Rhéa fait écho à celui de la mère de Romulus, Rhéa Silvia. Nous retrouverons ce caractère « vieux romain » du héros.*
11. *Remarque classique sur les deux qualités requises de l'homme d'État : être un vaillant guerrier et un bon orateur. Cette remarque permet de poser la dominante sertorienne : elle sera guerrière.*

III. 1. Il servit d'abord sous Caepio, à l'époque où les Cimbres et les Teutons avaient envahi la Gaule. Les Romains se défendirent mal et furent mis en déroute[12]. Sertorius avait perdu son cheval et avait été criblé de blessures, mais il traversa le Rhône à la nage, avec sa cuirasse et son bouclier, en luttant contre un courant violent – tant son corps était vigoureux et endurci par l'exercice[13]. 2. Les mêmes ennemis attaquèrent une seconde fois, avec tant de dizaines de milliers d'hommes, en proférant de si terribles menaces que, pour un soldat romain, il était déjà difficile de rester ferme à son poste et d'obéir à son chef. Marius avait alors le commandement[14]. Sertorius accepta de se rendre chez les ennemis pour les espionner; 3. il avait revêtu le costume des Celtes et appris les mots les plus courants de leur langue, pour pouvoir leur parler, si la situation l'exigeait. Il se mêla donc aux Barbares[15]. En observant et en écoutant, il apprit ce qu'il était urgent de connaître et revint auprès de Marius[16]. 4. Il obtint à cette occasion le prix de la valeur et, dans le reste de cette campagne, il accomplit de nombreux exploits qui montrèrent son intelligence et son audace, ce qui lui valut un grand renom et la confiance du général.

5. Après la guerre des Cimbres et des Teutons, il fut envoyé en Espagne, comme tribun militaire, sous le commandement de Didius : il passa l'hiver à Castulo, chez les Celtibères[17]. 6. Comme les soldats qui vivaient dans l'abondance se montraient insolents et passaient leur temps à s'enivrer, les Barbares, pleins de mépris pour eux, firent venir une nuit des renforts de chez leurs voisins d'Isturgi, entrèrent dans les

---

12. *Au cours des incursions des Cimbres et des Teutons en Italie du Nord (Gaule Cisalpine) et dans la région alpine, les troupes du consul Lucius Servilius Caepio furent taillées en pièces en 105 à la bataille d'Arausio (Orange). Né sans doute en 122, Sertorius, à 17 ans, participe alors à son premier combat.*
13. *Le modèle du héros blessé qui, en armes, traverse un fleuve à la nage, n'est autre que le sauveur de la Rome ancienne face au retour des rois étrusques : Horatius Coclès, «le Borgne» (voir infra, IV, 3-4).*
14. *Marius est l'homme qui a finalement (en 102) débarrassé Rome de la menace barbare. L'attachement définitif de Sertorius au parti de Marius trouve ici ses racines.*
15. *Sertorius apparaît presque comme un «philobarbare»; d'où ses succès plus tard auprès des Ibères.*
16. *Cet exploit s'apparente à celui de Mucius Scaevola, qui aussitôt après l'action de Coclès s'était introduit, déguisé (voir III, 8), auprès du roi étrusque Porsenna. Sertorius n'est pas encore borgne, il ne sera jamais manchot; il n'en rassemble pas moins en sa personne, d'emblée, ces deux qualités dont Dumézil a montré qu'elles constituaient, à l'appui de la fonction souveraine, un couple indo-européen inséparable : puissance magique, fidélité inébranlable. D'ailleurs, la source de Plutarque (Salluste?) fait écho à une version épique des débuts et des mérites du personnage, qui doit avoir été élaborée dans son entourage.*
17. *En 98, Sertorius devient tribun militaire; il est ensuite questeur, apparemment jusqu'en 91, sous les ordres de Titus Didius, dans la province d'Espagne Citérieure (au nord-est de l'Espagne). Castulo, toute proche de la limite méridionale de la province, sera plus tard en Bétique. Les Celtibères habitent beaucoup plus au Nord. Les données géographiques de cette Vie sont assez confuses (Castulo est situé assez loin à l'intérieur des terres, aux confins de l'Andalousie et de la Manche; or, de nombreux auteurs anciens appellent indifféremment «Celtibères» tous les peuples de l'intérieur). Pour la carte de l'Espagne de Sertorius, voir p. 2156. Plus qu'à la topographie, Plutarque s'intéresse à un de ces épisodes pittoresques, quasi fabuleux, dont son évocation de Sertorius est particulièrement riche. Quant à la brutalité attribuée dans ce passage aux Romains, elle révèle peut-être l'influence de Posidonios.*

différentes maisons et tuèrent les Romains. Sertorius se glissa au dehors avec une poignée d'hommes ; il rallia ceux qui réussirent à s'échapper et fit le tour de la cité. 7. Trouvant encore ouvertes les portes par lesquelles les Barbares s'étaient introduits sans être aperçus, il ne commit pas la même faute qu'eux : il y plaça des gardes, s'empara de la cité sur tous les points à la fois et tua tous les hommes d'âge militaire. 8. Après les avoir massacrés, il ordonna à tous ses soldats de déposer leurs armes et leurs habits, de revêtir ceux des Barbares et de le suivre jusqu'à la cité d'où les ennemis avaient été envoyés de nuit pour les attaquer. 9. La vue de ces armes abusa les Barbares : il trouva les portes ouvertes et s'empara d'une foule d'habitants qui croyaient venir à la rencontre d'amis et de concitoyens victorieux. 10. Aussi la plupart furent-ils égorgés par les Romains près des portes ; les autres se rendirent et furent vendus.

IV. 1. Cet exploit rendit Sertorius célèbre en Espagne et, à peine de retour à Rome, il fut élu questeur pour la Gaule Cisalpine où l'on avait grand besoin de lui, 2. car la guerre des Marses venait d'éclater[18]. Il fut chargé d'enrôler des soldats et de faire fabriquer des armes : l'énergie et la rapidité avec lesquelles il s'acquitta de cette tâche, comparées à la lenteur et à la mollesse des autres jeunes gens, lui valurent la réputation d'être un homme décidé à se montrer énergique[19]. 3. Lorsqu'il parvint à de plus hauts commandements, il n'abandonna pas son audace de simple soldat ; il accomplit de sa main des exploits admirables et, dans les batailles, exposa sa personne sans se ménager. Ce fut ainsi qu'il perdit un œil. 4. Il ne cessa d'en tirer gloire. « Les autres, disait-il, ne portent pas toujours sur eux les preuves de leur héroïsme ; ils déposent parfois leurs colliers, leurs lances et leurs couronnes. Mais moi, je garde toujours les signes distinctifs de ma bravoure : c'est ma valeur que l'on contemple, en même temps que mon infirmité[20]. » 5. Il reçut d'ailleurs du peuple l'honneur qu'il méritait. Quand il entra au théâtre[21], il fut accueilli par des applaudissements et des acclamations que même des gens fort avancés en âge et en gloire n'obtenaient pas facilement.

---

18. D'évidence, Plutarque amplifie et anticipe le renom de Sertorius. Le poste de questeur occupé par lui en 91 est la première étape du cursus honorum. *Nous appelons « guerre sociale » (guerre des* socii, *déclenchée contre Rome par ses alliés italiens, de 91 à 89, parce qu'on leur refuse la citoyenneté romaine) ce que les Anciens ont souvent nommé « guerre des Marses », du nom d'un des peuples d'Italie centrale révoltés.*
19. Activité inlassable, sens de l'anticipation et de l'organisation : ce sont les qualités généralement reconnues à Sertorius, en même temps qu'à son contemporain Spartacus.
20. C'est presque un apologue sur la vaillance et l'art de la mettre en scène, puis de la commenter. L'allusion à l'infirmité indissociable de la valeur trouve son meilleur commentaire dans la notion dumézilienne de « mutilation qualifiante », illustrée par la comparaison entre Horatius Coclès, le héros romain borgne, et le dieu souverain scandinave, Odhinn, dont la puissance dépend du dépôt d'un de ses yeux dans la fontaine magique. Sur la personnalité d'un autre borgne, Marcus Marius, qui sera un compagnon de Sertorius (infra, XXIV, 4-5), voir Lucullus, *VIII, 5 et XII, 5.*
21. Le théâtre, plus tard l'amphithéâtre, est le lieu du « sondage d'opinion » par lequel les hommes publics romains connaissent périodiquement le degré de leur popularité.

SERTORIUS

6. Pourtant, lorsqu'il brigua le tribunat de la plèbe, le parti de Sylla le fit échouer et ce fut d'ailleurs, semble-t-il, la raison de sa haine pour Sylla[22]. 7. Lorsque Marius, vaincu par son rival, prit la fuite et que Sylla partit faire la guerre contre Mithridate, l'un des deux consuls, Octavius, resta fidèle au parti de Sylla, mais l'autre, Cinna, qui aspirait à une révolution, chercha à ranimer la faction de Marius, alors sur le déclin[23]. Sertorius se joignit à lui; il voyait d'ailleurs qu'Octavius manquait de vigueur et se défiait des amis de Marius. 8. Un grand combat opposa les deux consuls sur le forum. Octavius l'emporta: Cinna et Sertorius prirent la fuite, après avoir perdu près de dix mille hommes. 9. Mais ils parvinrent à gagner par la persuasion la plupart des garnisons encore dispersées en Italie et se retrouvèrent bientôt à armes égales avec Octavius.

V. 1. Marius revint d'Afrique et voulut se joindre à Cinna, comme un simple particulier se ralliant au consul[24]. Tous étaient d'avis de le recevoir; seul Sertorius s'y opposait – pensait-il que Cinna lui marquerait moins de considération en présence d'un plus grand général? craignait-il que la cruauté de Marius ne vînt tout bouleverser et que, dans la victoire, sa colère ne connaissant aucune limite, il dépassât les bornes de la justice[25]? 2. « Il ne nous reste plus beaucoup à faire, disait Sertorius; nous sommes déjà vainqueurs. Si nous accueillons Marius, il s'attribuera tout l'honneur du succès et tout le pouvoir, car il répugne à partager le commandement et manque de loyauté. » 3. Cinna répondit que les réflexions de Sertorius étaient justes, mais que pour sa part, il était embarrassé et ne savait comment il pourrait renvoyer Marius, après l'avoir lui-même invité à s'associer à leur action. Alors, l'interrompant, Sertorius s'écria: 4. « Je croyais que Marius était venu de lui-même en Italie et j'examinais notre intérêt. Mais tu n'aurais même pas dû mettre la question en délibération, si c'est toi qui lui as demandé de venir. Il faut l'employer et le recevoir, car la loyauté ne laisse place à aucun calcul[26]. » 5. Cinna envoya donc chercher Marius. L'armée fut divisée en trois corps, commandés chacun par un des trois hommes. 6. Une fois la guerre terminée, Cinna et Marius se livrèrent à toutes les formes d'insolence et de cruauté, à tel point qu'aux yeux des Romains les maux de la guerre parurent avoir été un âge d'or. Sertorius, dit-on, fut le seul à ne faire mourir personne par

---

22. *Le choix même de briguer en 89 ou 88, comme étape suivante, le tribunat de la plèbe, fait de Sertorius un partisan des* populares. *Une constante de l'attitude de Sylla est son hostilité aux tribuns. Plutarque, si fidèle par ailleurs à une version totalement favorable à Sertorius, se fait ici l'écho d'une interprétation de ses options par le ressentiment, interprétation naturellement développée par ses adversaires.*

23. *La succession des faits est la suivante. La prise de Rome et la victoire de Sylla sur Marius datent de 88, son départ pour l'Orient de 87. Marius, qui avait fui en Afrique, revient alors en Italie, où il s'allie à Cinna, lui aussi membre des* populares, *élu consul pour l'année mais écarté par Sylla. Marius prend Rome à la fin de 87 et est élu consul pour la septième fois en 86 (voir les* Vies *de Marius et de Sylla).*

24. *Marius, en 87, n'est titulaire d'aucune magistrature: il agit en* privatus, *en « homme privé » qui se rallie à un magistrat avec ses troupes, ses clients et ses « alliés », parmi lesquels des esclaves (§ 7).*

25. *Proposant une explication désobligeante par la jalousie et un motif plus noble, que la suite semble confirmer, Plutarque laisse entendre que Sertorius est à la fois un ambitieux et un marianiste modéré.*

26. *Loyauté et légalisme de Sertorius. Le reste de sa vie montre en tout cas la fidélité à l'idéal « populaire ».*

colère et il ne se montra pas insolent dans la victoire ; au contraire, il se fâcha contre Marius et, lors d'entretiens privés avec Cinna, il inspira à celui-ci, à force de prières, plus de modération[27]. 7. Pour finir, les esclaves que Marius avait pris pour alliés durant la guerre, puis pour gardes du corps de son pouvoir tyrannique, et qu'il avait rendus puissants et riches, se mirent, les uns avec sa permission et sur son ordre, d'autres même en lui faisant violence, à s'en prendre à leurs maîtres au mépris de tout droit, égorgeant les hommes, couchant avec les femmes et violant les enfants[28]. Sertorius ne put supporter de telles pratiques ; comme ils se trouvaient rassemblés dans un même camp, il les fit tous tuer à coups de javelots, alors qu'ils étaient au moins quatre mille.

VI. 1. Après la mort de Marius et l'assassinat de Cinna qui survint peu après, le jeune Marius, malgré l'opposition de Sertorius, s'empara illégalement du consulat, et des combats malheureux opposèrent les Carbo, les Norbanus et les Scipion à Sylla qui regagnait Rome[29], 2. ces désastres ayant été causés, les uns par la lâcheté et la mollesse des généraux, les autres par des traîtres. La présence de Sertorius ne servait plus à rien, dans le triste état où les affaires étaient réduites du fait que les plus puissants étaient aussi les moins intelligents. 3. Pour finir, lorsque Sylla établit son camp près de celui de Scipion, lui faisant de grandes amabilités et l'assurant que la paix allait se faire, mais profita de l'occasion pour corrompre son armée, Sertorius, qui avait prévenu Scipion et l'avait mis en garde sans parvenir à le persuader, 4. désespéra alors tout à fait de Rome[30]. Il partit pour l'Espagne : s'il parvenait à devancer ses adversaires et à y établir solidement son autorité, il voulait faire de ce pays un refuge pour ceux de ses amis qui seraient en danger à Rome[31]. 5. Mais il fut assailli par de violents orages dans

---

27. En 86, le consul Cinna semble être intervenu pour modérer son collègue Marius, qui tomba malade et mourut juste avant de prendre son commandement en Orient. Les témoignages concordent sur l'horreur de cette guerre civile et de la persécution déclenchée par Marius, qu'allaient prolonger, à titre de revanche, les proscriptions de marianistes ou supposés tels ordonnées par Sylla après sa victoire.

28. Ce court passage condense une série d'accusations majeures portées par la tradition contre les marianistes, accusations dont on cherche ici à disculper le héros. Les esclaves sont normalement exclus de tout recrutement dans l'armée ; un homme qui recourt à eux est forcément un « tyran » qui, à terme, se soumet à la tyrannie de leur comportement « servile » contraire à toutes les normes d'humanité. Au-delà de ce stéréotype, il reste vrai que Marius a mobilisé des esclaves au service de ses actions de guerre civile.

29. Marius est mort en 86, Cinna est assassiné par des mutins en 84. À partir d'ici, on considère en général que la partie centrale de cette biographie (VI-XXI) est inspirée de Salluste, dont les Histoires (conservées par bribes) couvrent en gros la période 78-67. Le consulat illégal de Marius le Jeune, fils de Marius, date de 85, année où Sertorius est préteur. La marche sanglante et victorieuse de Sylla sur Rome date de 82. De retour d'Orient, il a été accueilli à Brindisi, en 83, par Crassus, Pompée et Métellus : ces deux derniers seront les adversaires de Sertorius en Espagne.

30. Ce passage, au premier chef, a dû inspirer le vers célèbre du grand lecteur de Plutarque que fut Corneille : « Rome n'est plus dans Rome, elle est toute où je suis » (Sertorius, v. 936).

31. Nous sommes en 83-82. Plutarque omet de préciser que Sertorius s'attendait légalement à être consul et gouverneur d'Espagne Citérieure. Destitué par Sylla vainqueur, il part pour ce qui devait être « sa province », en se considérant comme proconsul, et en agissant à ce titre (voir Konrad, 1994).

des régions montagneuses et négocia le passage avec des Barbares, en leur versant des tributs et des taxes. 6. Ses compagnons s'en indignèrent, affirmant que c'était un scandale, pour un proconsul romain, de payer un tribut à des Barbares meurtriers, mais il ne se souciait guère de cette prétendue honte. «J'achète le temps, leur dit-il, le bien le plus précieux quand on a formé de grands desseins[32].» S'étant concilié ces Barbares en les payant, il fit diligence et atteignit l'Espagne. 7. Les populations qu'il trouva étaient florissantes, elles comptaient beaucoup d'hommes en âge de servir, mais la cupidité et l'insolence des préteurs qu'on y envoyait régulièrement les avaient indisposées contre toute forme d'autorité[33]. Sertorius sut les reconquérir, les notables en les fréquentant, la masse en relâchant la pression des impôts. 8. Ce fut surtout en les exemptant du logement des troupes qu'il gagna leur affection; il força les soldats à passer leurs quartiers d'hiver sous des tentes, plantées dans les faubourgs, et il était le premier à camper dans ces conditions. 9. Cependant il ne fit pas tout dépendre des sympathies des Barbares. Il arma tous les Romains en âge de servir établis dans le pays[34] et fit construire des machines de guerre de toute sorte et des trirèmes bien équipées. De cette manière, il tenait les cités entre ses mains, en se montrant accommodant quand il s'agissait des nécessités de la vie civile et redoutable par ses préparatifs militaires.

VII. 1. Lorsqu'il apprit que Sylla était maître absolu de Rome et que la faction de Marius et de Carbo était anéantie, il s'attendit à voir arriver aussitôt une armée et un chef chargés d'engager contre lui une lutte décisive. En conséquence, il envoya Livius Salinator barrer les Pyrénées avec six mille fantassins. 2. Peu après, survint Caius Annius, envoyé par Sylla. Voyant qu'il était impossible de déloger Livius, il s'arrêta, ne sachant que faire, au pied des montagnes. 3. Cependant, un certain Calpurnius, surnommé Lanarius, assassina traîtreusement Livius, dont les soldats abandonnèrent alors les sommets des Pyrénées. Annius les franchit, avec une armée importante, repoussant tous ceux qu'il trouvait sur sa route[35]. 4. Sertorius, incapable de lutter à

La «décennie sertorienne» (82-72) commence. Mais c'est un anachronisme de lui prêter déjà le projet de faire de l'Espagne le refuge et la base de reconquête des populares *vaincus (voir* infra, *VII, 4).*

32. Sertorius acquitte un péage auprès des tribus cérétanes qui contrôlaient le passage du Perthus, à l'est des Pyrénées, non loin de la Méditerranée. Réalisme pratique et sens de la formule achèvent de caractériser le héros. L'expression «j'achète le temps» allait devenir quasi proverbiale à Rome. La même méthode, incomprise de soldats impatients, coûterait en 235 son trône, et la vie, à l'empereur Sévère Alexandre.

33. La région, longtemps restée insoumise, est placée tout entière sous la domination de Rome depuis la prise et la destruction de Numance en 133. La dureté, le mépris arrogant des magistrats romains en Italie (avant la guerre sociale) et dans les provinces est un thème récurrent pour la période.

34. Cette mention pose une question importante et restée sans solution: qui étaient ces «Romains»? où résidaient-ils? combien étaient-ils? Sur plusieurs sites de la vallée de l'Èbre et du littoral méditerranéen, les fouilles ont montré qu'une première phase de romanisation (avec abandon de nombreux villages ibériques et fondation de bourgades nouvelles) débute dès la fin du IIe siècle. L'apport de population italienne, difficile à quantifier, est loin d'être négligeable.

35. Premier exemple de ce qui arrivera sans cesse à Sertorius: les défaites de ses lieutenants compromettent chaque fois ses succès initiaux. La victoire du syllanien Caius Annius Luscus est du printemps 81.

armes égales contre lui, se réfugia avec trois mille hommes à Carthagène[36], d'où il embarqua, traversa la mer et aborda en Afrique, chez les Maurétaniens. 5. Mais ses soldats, qui étaient descendus sans méfiance s'approvisionner en eau, furent attaqués par les Barbares; Sertorius perdit beaucoup d'hommes et repassa en Espagne. Il en fut repoussé; des navires de pirates ciliciens[37] s'étant joints à lui, il gagna l'île de Pityoussa, dont il repartit après avoir écrasé la garnison installée par Annius. 6. Celui-ci arriva peu de temps après, avec un grand nombre de navires et cinq mille fantassins. Sertorius essaya de leur livrer sur mer un combat décisif, alors qu'il n'avait pourtant que des embarcations rapides, faites pour la course, non pour le combat. La mer, soulevée par un violent vent d'Ouest, emporta la plupart de ses navires, trop légers, qui allèrent donner de flanc contre des récifs. 7. Pour lui, avec un petit nombre de vaisseaux, chassé de la mer par la tempête et de la terre par les ennemis, il fut ballotté pendant dix jours[38], luttant contre l'hostilité des flots et la violence de la houle, dont il eut beaucoup de mal à soutenir les assauts.

VIII. 1. Lorsque le vent tomba, il fut porté sur des îles éparses et sans eau[39], où il passa la nuit. De là, il repartit, passa le détroit de Gadeires et, tournant vers la droite, il gagna la partie extérieure de l'Espagne, un peu au-dessus de l'embouchure du Baetis, qui se jette dans la mer Atlantique et qui a donné son nom à la région de l'Espagne qu'il arrose[40]. 2. Il y rencontra des marins récemment revenus des îles Atlantiques, lesquelles sont au nombre de deux, séparées par un chenal très étroit, à dix mille stades de l'Afrique: on les appelle les îles des Bienheureux[41]. 3. Les pluies y sont modérées et rares; il n'y souffle le plus souvent que des vents doux, porteurs de rosée,

---

36. *Carthagène (Carthago Nova, «la Nouvelle Carthage») a été fondée en 221 sur la côte méditerranéenne, au Sud-Est, par le Punique Hasdrubal; Scipion l'a conquise en 209. Les indigènes ne se lèvent pas en masse aux côtés de Sertorius; la péninsule Ibérique n'est pas encore pour lui une base solide. Il apparaît vraiment comme un «soldat perdu», ce que confirment sa souplesse forcée face aux hommes et aux éléments, et son alliance non moins obligée avec des pirates.*
37. *Les pirates ciliciens, originaires du sud de l'Asie Mineure, sont les plus célèbres de ceux qui infestent alors la Méditerranée, profitant d'une tolérance de fait de Rome à l'égard de ces pourvoyeurs d'esclaves. Pompée mettra un terme à leurs agissements en 67-66. Pityoussa est l'actuelle Ibiza.*
38. *Plutarque (ou déjà sa source) crée délibérément un climat homérique, que la suite de l'épopée confirme, faisant de Sertorius un nouvel Ulysse.*
39. *Ces «îles éparses» sont mal identifiables. Ce sont des îles «sans eau»; plutôt qu'aux Baléares, il faut penser à de petits îlots proches du détroit de Gibraltar (ici appelé détroit de Gadeires).*
40. *Gadès, l'actuelle Cadix, est l'ancienne cité phénicienne devenue colonie romaine, qui commandait depuis des siècles ce qu'on a appelé le «circuit du détroit». Le Baetis (actuel Guadalquivir) est le principal fleuve du sud de l'Espagne; il a donné son nom à la province romaine de Bétique, encore appelée Espagne Ultérieure à l'époque de Sertorius.*
41. *10 000 stades font environ 1 800 km. Cette distance est sans doute aussi fictive que l'évocation du «chenal» séparant les deux îles. Ces incertitudes pèsent sur l'identification des éléments réels, recueillis par des explorateurs, sur lesquels a pu se bâtir le mythe: îles Canaries? îles du Cap-Vert? Madère? La description du climat, précise, correspond assez exactement au cas des Canaries.*

qui rendent la terre bonne et grasse, favorable au labour et aux plantations ; ils font même pousser des fruits qui se développent spontanément et suffisent, par leur abondance et par leur saveur, à nourrir sans peine et sans souci un peuple oisif[42]. 4. Le climat de ces îles est très sain, en raison de l'équilibre des saisons et de leurs variations modérées. Les vents du Nord et de l'Est, qui viennent de notre terre, sont affaiblis par leur longue course : ils se dispersent dans un espace largement ouvert et perdent leur agressivité. Quant aux vents de mer, ceux du Sud et de l'Ouest, qui soufflent autour d'elles, ils apportent du large quelques pluies fines et dispersées et se bornent le plus souvent à des bruines qui rafraîchissent le sol et le nourrissent doucement. 5. Aussi s'est répandue jusque chez les Barbares la ferme croyance qu'ici se trouvent les Champs Élysées et le séjour des âmes heureuses chanté par Homère[43].

IX. 1. En écoutant ces récits, Sertorius fut pris d'un désir extraordinaire d'aller s'établir dans ces îles et d'y vivre en repos, délivré de la dictature et des guerres incessantes[44]. 2. Mais, lorsque les Ciliciens s'en rendirent compte, comme ils n'avaient aucun désir de paix ni de loisir mais cherchaient des richesses et du butin, ils rembarquèrent pour l'Afrique, afin d'y rétablir Ascalis, fils d'Iphtha, sur le trône des Maurétaniens. 3. Sertorius, loin de se décourager, décida de porter secours aux ennemis d'Ascalis, pour que ses hommes retrouvent de nouveaux motifs d'espérer et l'occasion d'autres exploits, qui les empêcheraient de se débander, dans la détresse où ils se trouvaient. 4. Les Maurétaniens l'accueillirent avec plaisir. Il se mit à l'ouvrage, défit Ascalis et l'assiégea. 5. Sylla envoya au secours d'Ascalis Paccianus avec une armée : Sertorius engagea le combat contre lui, le tua et, une fois vainqueur, attira à lui les troupes de son adversaire. Puis il emporta d'assaut Tingis, où Ascalis avait cherché refuge avec ses frères[45].
6. C'est là, racontent les Libyens, qu'Antée est enterré. Sertorius fit fouiller son tombeau car il n'ajoutait pas foi au récit des Barbares, à cause des grandes dimensions

---

42. *Horace décrit, dans son* Épode *XVI, ces* divites [...] insulas *(v. 42) où la nature, bêtes et plantes, offre d'elle-même ses richesses à l'homme fuyant une Rome acharnée à se perdre elle-même. Un scoliaste trouve chez Salluste la source de l'épisode, et commente :* « Salluste, dans ses Histoires, dit que Sertorius vaincu a décidé de faire route vers les îles Fortunées... » *Si tel est bien le propos de Salluste, et si Plutarque s'en inspire, on voit quel infléchissement lui est imputable : son héros n'est pas parti à la recherche des îles, c'est une rencontre de hasard qui lui vaut d'en entendre parler. Sur les îles Fortunées, voir encore Hésiode,* Les Travaux et les Jours, *v. 126-173 et Horace,* Odes, *IV, 8, 27.*
43. *Voir Homère,* Odyssée, *IV, v. 563 ; voir également Dictionnaire,* « Sources ». *La description du* « paradis terrestre » *donnée par Plutarque va toutefois bien au-delà de la rapide évocation homérique. Le plus notable est ici l'attribution de cette* « croyance » *aux Barbares eux-mêmes.*
44. « Ces récits » *sont à mettre au compte des marins. Le nouvel Ulysse – rappelons que les Sirènes de l'Odyssée enjôlent par leurs récits plutôt que par leurs chants – se laisse un instant emporter par le rêve. Mais l'attitude des pirates, exclusivement en quête de rapines, le ramène aux exigences du réel immédiat.*
45. *Ces références à l'intervention dans les querelles dynastiques africaines semblent empruntées à l'expérience de Salluste comme proconsul d'Afrique, à en croire Appien,* Guerres civiles, *II, 100, 415 et* Bellum Africanum *97, 1. Tingis (Tanger) a donné son nom à la Maurétanie Tingitane. Nous sommes en 81-80.*

du monument[46]. 7. Il y trouva, dit-on, un corps de soixante coudées de long[47]. Frappé de stupeur, il immola une victime et fit recouvrir le monument, augmentant ainsi les honneurs et la gloire qui entouraient le géant[48]. 8. Les gens de Tingis racontent dans leurs récits mythologiques qu'après la mort d'Antée la femme de celui-ci, Tingè, s'unit à Héraclès[49]; ils eurent un fils, Sophax, qui régna sur le pays et donna à la cité le nom de sa mère. 9. Sophax eut un fils, Diodoros, qui, à la tête d'une armée grecque d'Olbiens et de Mycéniens qu'Héraclès avait établis dans cette région, soumit plusieurs nations libyennes. 10. Je voudrais, par gratitude, dédier ces remarques à la mémoire de Juba, le meilleur historien qu'il y ait eu parmi tous les rois, dont les ancêtres, selon les historiens, descendaient de Diodoros et de Sophax[50]. 11. Pour en revenir à Sertorius, devenu maître de tout le pays, il ne fit aucun mal à ceux qui le supplièrent et se fièrent à lui: il leur rendit leurs biens, leurs cités et leur gouvernement, se contentant de ce qu'ils lui offrirent de leur plein gré[51].

X. 1. Après quoi, comme il se demandait où tourner ses pas[52], les Lusitaniens envoyèrent des ambassadeurs lui demander de se mettre à leur tête: étant donné la crainte que leur inspiraient les Romains, ils avaient besoin, disaient-ils, d'un général de grand renom et d'expérience, et c'était à lui seul qu'ils voulaient se confier, connaissant son caractère par ceux qui avaient vécu à ses côtés[53]. 2. Et de fait, Sertorius, dit-on, ne se

---

46. *Sertorius est à nouveau campé en auditeur des récits des Barbares (ici les Africains ou les Libyens), un auditeur selon le cœur de Plutarque, à la fois réceptif et lucide. Le géant Antée, fils de Poséidon et de Gaia, la déesse Terre, devait à son contact avec celle-ci de se relever de toutes ses défaites. Héraclès, à la recherche des pommes d'or des Hespérides, l'affronta en Libye et comprit qu'il fallait le soulever de terre pour le vaincre. Ce qu'il fit.*
47. *60 coudées de 45 cm font 27 m...*
48. *Le héros, tel Énée, est celui qui sait reconnaître le sacré sur son chemin, et le vénérer dignement – y compris, comme ici, au prix d'un sondage d'« archéologie funéraire ». Sur l'épisode, voir Denis (1970).*
49. *Nous sommes dans le secteur des colonnes d'Hercule (détroit de Gibraltar), où nombre de dynastes devaient se réclamer du même ascendant illustre.*
50. *Mise en scène classique d'un souverain glorifiant les héros ses ancêtres. Juba II de Maurétanie et de Numidie, élevé en Italie, mort en 23 après J.-C., fut un roi brillant et cultivé, à la fois hellénisé et romanisé, lecteur de Varron et de Denys d'Halicarnasse, qui écrivit en grec de nombreux ouvrages aujourd'hui perdus. Plutarque l'utilise souvent avec confiance, notamment lorsqu'il s'agit d'Héraclès.*
51. *Nouvelle évocation d'un Sertorius idéal, peut-être assez voisin de la réalité: ni ses objectifs ni surtout la faiblesse de sa situation ne lui permettaient à cet instant d'exiger davantage.*
52. *À la veille d'un tournant décisif, Sertorius apparaît une dernière fois sous les traits de «l'errant», qui ne gouverne pas sa vie mais se laisse guider par les sollicitations extérieures. Pour la succession et la signification des faits, les chapitres X-XIII, sur les débuts de la guerre en Espagne, s'inspirent directement de Salluste (*Histoires*, 104-126 M). Ces années 80-77 sont les moins bien connues (voir Konrad, 1995, p. 157).*
53. *Les Lusitaniens désignent, de manière un peu vague, les peuples occupant la partie occidentale de la péninsule Ibérique, peuples que Rome n'a pas encore réussi à réduire. Les relations traditionnelles de certains d'entre eux avec les Maurétaniens ont pu leur faire connaître les qualités du «condottiere» romain. L'alliance qui s'ébauche place définitivement Sertorius dans la situation de pactiser avec l'ennemi.*

laissait dominer ni par le plaisir ni par la crainte ; il était par nature intrépide devant le danger et modéré dans la bonne fortune. 3. Aucun général de son temps n'avait plus d'audace que lui pour lancer une attaque subite ; pour dissimuler une action, durant le combat, s'emparer de positions solides ou franchir un cours d'eau, bref pour tout ce qui réclame rapidité, ruses et mensonges au moment opportun, c'était le plus habile des sophistes. 4. Il se montrait généreux lorsqu'il récompensait les actions d'éclat et modéré quand il châtiait les fautes. 5. Toutefois la férocité et la dureté dont il fit preuve à l'égard des otages, dans les derniers temps de sa vie, semblent montrer que sa nature n'était pas accommodante, mais qu'il la dissimulait par calcul parce qu'il y était obligé. 6. À mon avis, une vertu authentique, bien affermie par la raison, ne peut être altérée par la Fortune au point de devenir l'inverse de ce qu'elle était ; cependant, si des volontés et des natures excellentes sont en butte à de grands malheurs immérités, il n'est pas impossible que leur caractère se modifie en même temps que leur destinée[54]. 7. C'est, selon moi, ce qui arriva à Sertorius, lorsque la Fortune l'abandonna et que les revers l'aigrirent contre ceux qui le traitaient injustement.

XI. 1. Quoi qu'il en soit, lorsque les Lusitaniens l'appelèrent alors, il leva l'ancre et quitta l'Afrique. 2. Dès son arrivée, en vertu du titre d'*imperator* qu'ils lui avaient conféré, il les organisa et soumit la partie de l'Espagne qui est voisine de leur pays[55] : la plupart des peuples se rendaient à lui de leur plein gré, à cause surtout de sa douceur et de son énergie, mais il y en eut aussi qu'il manœuvra en vrai sophiste, pour les duper et les envoûter[56]. 3. La première de toutes ces ruses fut celle de la biche. Voici de quoi il s'agissait. Un Lusitanien d'extraction populaire, qui vivait à la campagne, aperçut une biche qui venait de mettre bas et fuyait les chasseurs. Il ne put la capturer mais, frappé par la couleur extraordinaire du pelage de son petit (une femelle toute blanche), il la poursuivit et l'attrapa. 4. Or il se trouvait que Sertorius campait dans cette région. Comme il recevait avec plaisir tout gibier ou produit du sol qu'on lui apportait et récompensait généreusement ceux qui lui faisaient ainsi leur cour, l'homme lui remit sa petite biche. 5. Sertorius l'accepta, sans en ressentir, sur le moment, une joie extrême, mais bientôt il l'apprivoisa et la rendit si familière que dès qu'il l'appelait, elle obéissait et le suivait partout, en dépit du vacarme et de l'agitation des soldats. 6. Peu à peu, Sertorius se mit à la diviniser, affirmant que cette biche était un présent de Diane et faisant courir le bruit qu'elle lui dévoilait de nombreux secrets : il savait combien les

---

54. *Le biographe et psychologue s'interroge maintes fois ailleurs sur la nature du « caractère » : est-il, dans son principe, permanent ou évolutif ? Chaque fois, comme ici, sa réponse en faveur du premier terme réserve le cas d'une influence néfaste de la Fortune. Les plus grands, dans les scènes finales des* Vies, *sont ceux qui, tel Paul-Émile, font face sereinement aux plus terribles manifestations de la Fortune.*
55. *Présentation pour le moins elliptique : les Lusitaniens n'ont assurément confié leur sort – si tel est bien le cas – au génie organisateur et à l'autorité de Sertorius qu'après des contacts approfondis. La « partie de l'Espagne » voisine est l'ouest de la province d'Espagne Ultérieure.*
56. *Le pieux Plutarque approuve hautement les ruses « de sophiste » par lesquelles plusieurs de ses héros – le premier ayant été Numa – parviennent à manipuler les foules pour les rendre « maniables » grâce aux ressorts de la religion. Un tel comportement est encore plus louable lorsqu'il vise des Barbares.*

Barbares, par nature, vivent sous l'empire de la superstition[57]. 7. Voici également ce qu'il avait inventé. S'il apprenait secrètement que les ennemis avaient fait une incursion en quelque endroit du pays qu'il contrôlait, ou qu'ils cherchaient à détacher de lui quelque cité, il prétendait que durant son sommeil, la biche s'était entretenue avec lui, pour lui conseiller de tenir ses troupes en alerte. 8. Inversement, s'il apprenait la victoire d'un de ses généraux, il cachait le messager et faisait avancer la biche, couronnée de fleurs, en signe d'heureux présage : il invitait les soldats à se réjouir et à sacrifier aux dieux, leur déclarant qu'ils apprendraient bientôt une bonne nouvelle.

XII. 1. Les ayant ainsi rendus faciles à manier, il les trouva mieux disposés à tout entreprendre, parce qu'ils étaient convaincus d'être dirigés, non par les plans d'un homme venu d'un autre pays, mais par un dieu. Dans le même temps, les événements confirmaient cette impression, car la puissance de Sertorius connaissait un accroissement extraordinaire. 2. Avec deux mille six cents hommes, qu'il appelait Romains, sept cents Africains d'origines diverses qui avaient passé la mer avec lui pour se rendre en Lusitanie, quatre mille peltastes lusitaniens et sept cents cavaliers, il affronta quatre généraux romains qui avaient sous leurs ordres cent vingt mille légionnaires, six mille cavaliers, deux mille archers et frondeurs et des cités innombrables, alors que lui-même, au début, n'en possédait en tout et pour tout que vingt[58]. 3. Pourtant, en dépit d'une telle faiblesse et de débuts si modestes, non seulement il soumit de grandes nations et prit de nombreuses cités, mais des divers généraux qui lui furent opposés, il vainquit Cotta en bataille navale, dans le détroit près de Mellaria[59], 4. mit en déroute Fufidius, gouverneur de la Bétique, tuant deux mille Romains près du Baetis, vainquit, par l'intermédiaire de son questeur, Domitius Calvinus, proconsul d'Espagne Citérieure, et fit périr Thorius, un autre des généraux envoyés par Métellus, ainsi que son armée. 5. Quant à Métellus lui-même, le plus grand et le plus estimé des Romains de ce temps, Sertorius lui infligea un nombre considérable de revers et le réduisit à une telle détresse que Lucius Manlius[60] dut venir à son secours de la Gaule Narbonnaise et

---

57. L'épisode célèbre de la biche de Sertorius opère la synthèse de plusieurs caractères spécifiques : l'offrande de «gibier» est une reconnaissance de clientèle adressée par un protégé au chef respecté ; la divinisation de la biche comme attribut de la déesse des forêts et de la chasse conduit à faire d'elle à la fois un porteur de présage et le symbole du conquérant capable d'interpréter les signes et de dompter les animaux sauvages. Au bout du compte, Sertorius lui-même se voit reconnaître, directement et indirectement, des pouvoirs quasi divins (voir infra, XII, 1 ; XIII, 2). L'iconographie ibérique atteste l'existence d'une déesse «maîtresse des animaux sauvages», représentée en compagnie de chevaux, de cervidés ou de loups.
58. Année 80-79 (sur la chronologie de la guerre, voir Konrad, 1995). Il est difficile d'évaluer la véracité des chiffres indiqués, qui visent surtout à souligner la disproportion des forces en présence, et sont sûrement majorés pour ce qui est des troupes romaines. Nous ne savons pas de qui se composait le contingent «romain» de Sertorius. Les premiers combats menés par Sertorius ont lieu dans le sud de l'Espagne.
59. C'est-à-dire non loin de Gadès (Cadix).
60. Quintus Caecilius Metellus Pius, fils du Numidique, consul en 80, a été envoyé par Sylla comme proconsul d'Espagne Ultérieure. Sertorius et son questeur Hirtuleius ont donc défait la même année deux gouverneurs de provinces romaines (vaincu à Ilerda, Manlius est à la tête de la Gaule Transalpine).

que le Grand Pompée lui fut envoyé en toute hâte de Rome avec une armée. 6. Métellus ne savait plus quel moyen employer contre un homme audacieux, qui évitait toute bataille en terrain découvert et provoquait tous les retournements de situation possibles, en mettant à profit la souplesse et la légèreté de l'armée espagnole. 7. Métellus avait l'habitude des combats d'infanterie livrés selon les règles; la légion qu'il commandait était pesante, elle gardait ses positions, était parfaitement entraînée à repousser les ennemis et à les abattre une fois qu'ils en étaient venus aux mains, mais elle ne savait pas escalader les montagnes, serrer de près, dans leurs poursuites ou dans leurs fuites, des hommes légers comme le vent, endurer la faim et la privation de feu et de tente, comme le faisaient leurs adversaires[61].

XIII. 1. De plus, Métellus était déjà avancé en âge et, au sortir de tant de grands combats, il s'était laissé aller à une vie plus relâchée et raffinée. Sertorius, en revanche, animé par l'élan de la jeunesse, avait le corps admirablement entraîné: il était robuste, agile et frugal[62]. 2. Il ne s'adonnait jamais à la boisson, même les jours de repos; il s'était habitué à supporter de grands efforts, de longues marches, des veilles incessantes et à se contenter de repas peu abondants et grossiers. Chaque fois qu'il avait du temps libre, il parcourait le pays et chassait; aussi connaissait-il à l'avance, par expérience, tous les moyens de se dérober s'il fallait fuir et, s'il fallait poursuivre, toutes les possibilités d'encercler aussi bien les lieux accessibles que ceux qui étaient inabordables. 3. En conséquence, Métellus, empêché de combattre, se trouvait dans la situation critique d'un vaincu, tandis que Sertorius, en fuyant, avait tous les avantages des poursuivants. 4. Il coupait son ennemi des points d'eau, l'empêchait de se ravitailler, entravait ses marches, le forçait à se remettre en route s'il faisait halte; lorsque Métellus assiégeait d'autres ennemis, il surgissait soudain et l'assiégeait à son tour, en le privant de vivres. 5. Aussi les soldats de Métellus se désespéraient-ils: lorsque Sertorius provoqua leur chef en combat singulier, ils voulurent, à grands cris, l'obliger à combattre, général contre général et Romain contre Romain. Métellus se déroba et ils le couvrirent de railleries. 6. Mais il se contenta d'en rire, et il avait raison: un général doit, comme le disait Théophraste, mourir en général, et non comme n'importe quel peltaste.
7. Voyant que les Lacobriges, qui apportaient à Sertorius une aide non négligeable, pouvaient être facilement réduits par la soif, car il n'y avait qu'un seul puits dans la cité[63] et

---

61. L'opposition entre les deux types d'armée et de technique militaire, entre «guerre classique» et «guérilla», a transcendé les siècles et les contrées. Il paraît impossible de fixer une chronologie exacte de la guerre entre Métellus et Sertorius dans le sud de l'Espagne: Plutarque est sur ce point notre seule source.
62. Ce contraste non moins sanctionné par la tradition, et qui, sur le terrain, aggrave le précédent, oppose le vieux soldat amolli par l'âge et les succès passés, et le guerrier vaillant, ambitieux et bien entraîné: celui-là même que Plutarque présente souvent en modèle, et à qui le Pompée du Sertorius *de Corneille avouera:* «Les sièges, les assauts, les savantes retraites, / Bien camper, bien choisir à chacun son emploi, / Votre exemple est partout une étude pour moi» *(v. 778-780).*
63. Lacobriga ou Langobriga (Lagos) se trouve chez les Conii, près du cap Saint-Vincent, à la pointe Sud-Ouest de l'Espagne.

l'assiégeant pourrait tenir les cours d'eau qui coulaient dans les faubourgs et au pied des murailles, Métellus marcha contre leur cité, espérant venir à bout du siège en deux jours, par suite du manque d'eau. Pour cette raison, il avait ordonné aux soldats de n'emporter que cinq jours de vivres. 8. Mais Sertorius se porta rapidement au secours des assiégés ; il fit remplir d'eau deux mille outres, s'engageant à verser, pour la livraison de chacune, une somme importante. 9. Beaucoup d'Ibères et de Maurétaniens s'étant proposés pour cette tâche, il choisit des hommes à la fois robustes et agiles et les envoya par les montagnes, avec ordre, une fois les outres remises aux habitants, de faire sortir en secret toutes les bouches inutiles, pour que l'eau pût suffire aux défenseurs. 10. Quand cette nouvelle parvint à Métellus, il en fut vivement contrarié, car ses soldats avaient déjà consommé leurs provisions : il envoya au ravitaillement Aquinus, à la tête de six mille hommes. 11. Sertorius l'apprit et, lorsque Aquinus revint, il lui tendit une embuscade sur la route. Surgissant d'un ravin boisé, trois mille hommes s'élancèrent sur Aquinus, tandis que Sertorius lançait une attaque de front et le mettait en déroute, tuant une partie de ses hommes et capturant les autres. 12. Aquinus, après avoir perdu ses armes et même son cheval[64], fut recueilli par Métellus qui se retira honteusement, couvert de quolibets par les Ibères.

XIV. 1. Ces exploits valurent à Sertorius l'admiration et l'affection des Barbares ; de plus, il leur avait donné des armes, des formations et des enseignes romaines, leur avait fait abandonner leur manière sauvage et bestiale de combattre, et avait transformé leurs bandes de brigands en une véritable armée[65]. 2. En outre, il prodiguait sans compter l'or et l'argent pour orner leurs casques et rehausser leurs boucliers, leur apprenait à porter des chlamydes et des tuniques brodées, subvenait à ces dépenses et leur transmettait son amour du beau, ce qui le rendit populaire. 3. Il les conquit surtout par ce qu'il fit pour leurs fils. Il choisit dans ces peuples les enfants de plus haute naissance, les rassembla à Osca et leur donna des maîtres pour leur enseigner les lettres grecques et latines. En fait, ils étaient ses otages, mais en apparence, il les éduquait dans l'intention de les faire participer, quand ils seraient adultes, à la vie politique et au gouvernement. 4. Les pères étaient emplis d'une joie extraordinaire en voyant leurs fils, vêtus de toges prétextes, se rendre en bon ordre dans les écoles, et Sertorius payer les frais de leurs études, les inviter souvent à se produire devant lui, récompenser ceux qui le méritaient et leur offrir ces colliers en or que les Romains appellent *bulles*[66]. 5. Les Ibères avaient la coutume suivante : ceux qui au combat

---

64. *La perte du cheval au combat représente pour tout officier romain une sévère humiliation (voir infra, XIX, 8).*
65. *Sertorius canalise l'énergie brute des Barbares et la «civilise», exactement comme il a apprivoisé la biche, et comme il va faire éduquer les fils de chefs. Joignant aux qualités d'une armée mobile les vertus de la discipline romaine, il en fait une arme redoutable.*
66. *Cette politique pionnière prêtée à Sertorius à Osca (actuelle Huesca) annonce ce que sera de plus en plus l'attitude de Rome dans les provinces d'Occident : outil culturel de latinisation, l'école est également instrument politique de romanisation (voir Dictionnaire, «Guerre»). Cela ne suffit naturellement pas à faire de Sertorius un visionnaire (voir Spann, 1987, p. 147, 167-168 ; Konrad, 1994, p. 143-144). Sur la*

étaient placés auprès du chef, s'engageaient à mourir avec lui s'il succombait ; les Barbares de ce pays nommaient cette pratique sacrifice[67]. Les autres chefs n'avaient qu'un petit nombre de ces compagnons de combat, mais Sertorius était accompagné de dizaines de milliers d'hommes qui s'étaient engagés à ce sacrifice[68]. 6. Un jour, dit-on, comme il avait été mis en déroute devant une cité et que les ennemis le serraient de près, les Ibères, négligeant le soin de leur propre personne pour le sauver, le prirent sur leurs épaules et, se le passant de l'un à l'autre, l'amenèrent jusqu'aux murailles ; ce ne fut que lorsque le chef fut en sûreté que chacun d'eux s'occupa de fuir.

XV. 1. Les Ibères n'étaient pas seuls à lui porter un tel amour ; c'était aussi le cas des troupes qui venaient d'Italie[69]. 2. Perpenna Vento, qui appartenait à la même faction que Sertorius, était arrivé en Espagne avec de nombreuses richesses et une grande armée, et avait décidé de combattre Métellus seul, de son côté. Les soldats en furent mécontents ; dans le camp, le nom de Sertorius était sur toutes les lèvres, ce qui contrariait Perpenna, qui tirait grand orgueil de sa haute naissance et de ses richesses[70]. 3. Il eut beau faire, lorsqu'on annonça que Pompée passait les Pyrénées, les soldats prirent les armes, arrachèrent les enseignes de leurs formations et demandèrent à grands cris à Perpenna de les mener à Sertorius : 4. s'il refusait, ils menaçaient de l'abandonner, pour se rendre d'eux-mêmes auprès d'un homme qui était capable d'assurer son salut et le leur. 5. Perpenna dut céder ; il les conduisit à Sertorius et se joignit à lui avec cinquante-trois cohortes[71].

---

bulla, *sorte d'amulette portée au cou par les jeunes Romains, et déposée à l'âge de 17 ans en signe d'adieu à l'enfance, Plutarque présente des explications dans la* Question romaine *101. Voir aussi* Romulus, *XX, 4.*
67. *Le mot grec employé par Plutarque,* cataspeisis, *n'a pas de signification funéraire concrète. Il désigne un sacrifice, au sens étymologique, une « consécration ».*
68. *La dévotion rituelle au chef de guerre fait partie, s'il faut en croire les sources, des traditions celtibères et ibères (Scipion en a tiré parti : voir Polybe,* Histoires, *X, 34), mais se retrouve aussi chez les Gaulois et les Germains. Plutarque paraît confondre consécration proprement religieuse et simple dévouement de guerriers protégeant leur général. Toutefois, chez les habitants de l'Espagne, d'après de nombreux témoignages antiques, les deux aspects sont liés : « La fidélité des clients ibères se manifeste par leur consécration religieuse sous la forme d'un type spécial de clientèle : la* devotio *» (Rodríguez Adrados, 1946, p. 208). Mais cette confusion, à son tour, remonte peut-être à la source du biographe, et on ne peut exclure que Sertorius lui-même, sur ce terrain comme sur d'autres, ait construit une* interpretatio *qui servait sa gloire.*
69. *Les considérations comparées sur l'attachement des Espagnols et des Italiens envers Sertorius forment transition. Elles introduisent à la fois – un peu tôt, sans doute, par rapport à la chronologie réelle – l'arrivée de Perpenna et les raisons qu'il aura de jalouser le héros, et qui conduiront ce dernier à sa fin.*
70. *Le nom de Perpenna, ou Perperna, est typiquement étrusque ; il est attesté à Rome depuis le IIe siècle. Marcus Perpenna a été en 82 préteur, gouverneur de Sicile. Adversaire convaincu de Sylla, il semble s'être caché en Ligurie avant de gagner l'Espagne, en 77.*
71. *Le refus des soldats de suivre leur chef rehausse la valeur, l'aura de Sertorius, et prépare le grandiose affrontement avec Pompée. Les 53 cohortes ont dû continuer à rester aux ordres directs de Perpenna.*

XVI. 1. Sertorius voyait se rallier à lui presque tous les peuples en deçà de l'Èbre[72] : le nombre de ses troupes le rendait puissant, car elles ne cessaient d'affluer et de se porter vers lui de toutes parts. 2. Cependant, l'indiscipline et la témérité de ces Barbares l'inquiétaient : ils réclamaient à grands cris de marcher à l'ennemi et s'impatientaient devant tout délai. Il essaya de les calmer par ses paroles, 3. mais, les voyant irrités et résolus à employer la force à contretemps, il céda et les laissa en venir aux mains avec les ennemis, espérant que, sans être entièrement défaits, ils seraient un peu maltraités et lui montreraient désormais davantage d'obéissance[73]. 4. Tout s'étant réalisé comme il l'avait prévu, il courut leur porter secours, les recueillit dans leur fuite et les ramena en sûreté dans le camp. 5. Mais voulant ensuite dissiper leur découragement, il convoqua quelques jours plus tard une assemblée générale de l'armée et fit amener deux chevaux, l'un très faible et fort vieux, l'autre de belle taille et robuste, pourvu d'une queue remarquablement fournie et de toute beauté. 6. À côté du cheval chétif se tenait un homme grand et fort, à côté du cheval vigoureux, un autre homme, petit et d'aspect méprisable. 7. Au signal donné, l'homme vigoureux saisit des deux mains la queue de son cheval et la tira à lui de toutes ses forces, pour l'arracher, tandis que l'homme faible, s'en prenant au cheval vigoureux, lui enlevait les crins l'un après l'autre. 8. Le premier, après bien des efforts inutiles qui firent de lui la risée des spectateurs, renonça à son entreprise, tandis que l'homme faible, en un instant, sans aucun effort, montra la queue de son cheval entièrement dégarnie. 9. Alors Sertorius se leva : « Soldats alliés, dit-il, vous le voyez, la persévérance est plus efficace que la violence : bien des choses dont on ne peut s'emparer d'un seul coup cèdent peu à peu. 10. La patience est invincible : c'est elle qui permet aux attaques du temps de détruire et de renverser toute puissance. Le temps est un allié solide pour ceux qui savent s'appuyer sur la réflexion et attendre le moment favorable ; c'est en revanche l'ennemi le plus redoutable de ceux qui se hâtent mal à propos. » 11. Tels étaient les apologues qu'à chaque occasion Sertorius imaginait pour encourager les Barbares et leur apprendre l'importance du moment favorable.

XVII. 1. Aucun de ses exploits militaires ne suscita davantage d'admiration que la manière dont il soumit ceux que l'on appelle les Characitanes[74]. 2. Il s'agit d'un peuple situé au-delà du Tagonius : il ne vit pas dans des villes ou dans des villages,

---

72. *L'expression, qui signifie normalement « entre les Pyrénées et l'Èbre », traduit nécessairement l'emprunt formulaire fait à une source romaine. Mais Plutarque veut sans doute désigner toute la province de Citérieure, qui ne se bornait pas à l'Èbre.*
73. *Selon Frontin (*Stratagèmes*, I, 10, 2), seul un détachement de cavalerie, une* turma, *de 30 hommes, fut en cette circonstance autorisé à combattre. Dans tout ce qui suit, Plutarque oriente le récit vers la mise en scène de l'apologue qui « instruit » les Barbares. Ce chapitre revient implicitement, en les limitant cette fois à l'aspect militaire, sur les capacités de manieur de foule de Sertorius.*
74. *Les Characitanes sont un peuple celtibère que Plutarque situe au-delà du Tagonius (le Tage) qui a laissé peu de traces dans l'histoire, et dont la description apparaît pour le moins contaminée d'éléments légendaires. Le récit qui suit complète le portrait du stratège, homme de terrain, aussi observateur des conditions naturelles que de la psychologie des populations.*

mais sur une colline élevée, assez large, pleine de grottes et d'anfractuosités qui sont creusées dans la falaise, face au Nord. 3. Toute la campagne au pied de cette colline est couverte d'une boue argileuse et d'une terre que son inconsistance rend friable; elle n'offre pas une assise assez solide pour supporter le poids de ceux qui y marchent et, pour peu qu'on la touche, elle se répand au loin comme de la chaux vive ou de la cendre. 4. Toutes les fois que les Barbares, par peur de la guerre, se réfugiaient dans ces cavernes et y rassemblaient leur butin, ils n'avaient rien à craindre, car ils ne pouvaient être pris par la force. Sertorius qui, à ce moment-là, s'était éloigné de Métellus, avait établi son camp près de cette colline; les habitants le méprisaient, le croyant vaincu. Quant à lui, soit colère, soit désir de ne pas avoir l'air de fuir, il s'approcha à cheval au point du jour pour reconnaître les lieux. 5. Ne trouvant aucun accès nulle part, il courait vainement de côté et d'autre, en lançant des menaces inutiles, quand soudain, il vit un gros nuage de poussière que le vent soulevait de la terre dont j'ai parlé et qu'il poussait vers les Barbares. 6. Ces cavernes sont exposées au Nord, je l'ai dit; le vent qui souffle de l'Ourse et que certains nomment Caecias, est en général dominant; c'est de loin le plus violent de tous ceux de la région, car son souffle provient de plaines humides et de montagnes enneigées. 7. On était alors au cœur de l'été: renforcé et nourri par la fonte des glaces du Nord, il soufflait agréablement et rafraîchissait toute la journée hommes et troupeaux. 8. Sertorius, réfléchissant là-dessus et se renseignant auprès des gens du pays, ordonna à ses soldats de prendre de cette terre fine et cendreuse et d'en faire un grand tas en face de la colline. Les Barbares crurent que c'était une levée de terre qu'on dressait contre eux et se moquèrent de lui. 9. Les soldats travaillèrent jusqu'à la nuit, puis Sertorius les ramena dans le camp. Au point du jour, souffla d'abord une brise légère qui souleva les particules les plus fines de la terre qu'ils avaient entassée et la dispersa comme la balle du blé. 10. Puis, au lever du soleil, le Caecias devint plus fort et la colline se couvrit de poussière. Les soldats prirent alors position sur le tas, qu'ils remuèrent en profondeur, en brisant les mottes; certains même passèrent et repassèrent à cheval dessus, faisant s'envoler au vent la terre amoncelée. 11. Le vent emporta toute cette poudre effritée et remuée, et la jeta dans les demeures des Barbares, dont les portes laissaient passer le Caecias. 12. Comme les cavernes n'avaient pour toute ouverture que celle par laquelle s'engouffrait le vent, les habitants ne purent bientôt plus rien voir; très vite, leur respiration s'embarrassa et ils suffoquèrent en aspirant cet air épais, chargé d'une abondante poussière[75]. 13. Ils parvinrent à grand-peine à tenir pendant deux jours et, le troisième, se rendirent à Sertorius, dont ils augmentèrent plus encore la gloire que la puissance, car ce que les armes ne pouvaient prendre, son intelligence lui avait permis de le conquérir.

XVIII. 1. Tant qu'il eut affaire à Métellus, la plupart de ses succès semblaient dus à la vieillesse et à la lenteur naturelle de cet homme incapable d'affronter un adversaire audacieux et qui était à la tête d'une bande de brigands plus que d'une armée

---

75. *Le stratagème géologico-climatique utilisé par Sertorius n'est pas loin de s'inscrire dans la liste des «ruses de guerre biologiques» répertoriées dans la guerre antique par Grmek (1979).*

régulière[76]. 2. Mais lorsque Pompée eut franchi les Pyrénées[77] et que Sertorius eut installé son camp près de lui, les deux ennemis se donnèrent l'un à l'autre les preuves de leurs capacités de stratège. Pour répondre à une ruse par une autre et pour se garder, Sertorius se montra supérieur à Pompée : sa renommée se répandit bientôt jusqu'à Rome, où l'on disait qu'il était le plus habile des généraux de son temps dans la conduite d'une guerre. 3. En effet, la gloire de Pompée était considérable : le général était alors dans tout son éclat, après ses exploits aux côtés de Sylla, qui lui avaient valu du dictateur le surnom de *Magnus*, qui signifie Grand, et les honneurs du triomphe alors qu'il n'avait pas encore de barbe au menton[78]. 4. Aussi, plusieurs des cités soumises à Sertorius tournaient-elles leurs regards vers Pompée et s'apprêtaient à changer de camp, mais elles y renoncèrent après ce qui se passa, contre toute attente, devant Laurô[79]. 5. Sertorius assiégeait cette cité lorsque Pompée vint la secourir avec toute son armée. Les deux adversaires se précipitèrent, Sertorius pour s'emparer d'une colline que la nature semblait avoir faite exprès pour menacer la cité, Pompée pour l'en empêcher. 6. Sertorius le gagna de vitesse et Pompée arrêta son armée, se réjouissant de cette circonstance, car il s'imaginait tenir Sertorius en tenaille entre la cité et sa propre armée. 7. Il envoya dire aux Lauronites d'avoir bon espoir et de s'asseoir tranquillement sur leurs murailles, pour assister au spectacle de Sertorius assiégé. 8. À ces mots, celui-ci se mit à rire et déclara qu'il allait enseigner à « l'écolier de Sylla » (c'est ainsi qu'il surnommait Pompée par dérision) qu'un général doit regarder derrière lui plutôt que devant[80]. 9. Tout en parlant, il montrait aux assiégés six mille légionnaires qu'il avait laissés dans son premier camp, lorsqu'il l'avait quitté pour s'emparer de la colline, et qu'il avait l'intention de lancer dans le dos de Pompée dès que celui-ci se porterait contre lui. 10. Pompée comprit la manœuvre trop tard. Il n'osait pas attaquer, de peur d'être encerclé, et en même

---

76. *L'opposition des deux armées et des deux chefs reprend celle exposée en détail* supra, *XII, 2 et XIII, 1.*
77. *L'arrivée de Pompée en Espagne (voir* Pompée, *XVIII ;* Salluste, Histoires, *II, 98 M ;* Tite-Live, Abrégé, *91 ; Orose,* Histoire contre les païens, *V, 23, 6-8) se situe à l'été ou à l'automne 77. Tout le chapitre met en scène l'opposition entre le jeune chef romain et Sertorius, à l'avantage de ce dernier. Corneille y a puisé l'arrière-plan sur lequel il campe la rivalité entre les deux hommes.*
78. *La rapidité fulgurante, hors normes, de la carrière de Pompée est un leitmotiv de sa* Vie *contée par Plutarque, reflet sur ce point de son existence réelle. Voir Corneille,* Sertorius, *v. 795-796 (Sertorius) : « Un triomphe avant l'âge où le souffrent nos lois, / Avant la dignité qui permet d'y prétendre… »*
79. *Laurô, sur la côte Est de la Citérieure, se situe probablement en Catalogne, dans la région du Vallès, d'où viennent la plupart des monnaies connues de l'atelier de Laurô. Sertorius intercepte un Pompée désireux de contrôler la côte orientale.*
80. *Voir infra, XIX, 11, et comparer Corneille,* Sertorius, *v. 809-816 (Sertorius à Pompée) : « Quant à l'heureux Sylla, je n'ai rien à vous dire. / Je vous ai montré l'art d'affaiblir son empire ; / Et si je puis jamais y prendre des leçons / Dignes de vous apprendre à repasser les monts, / Je suivrai d'assez près votre illustre retraite / Pour traiter avec lui sans besoin d'interprète, / Et sur les bords du Tibre, une pique à la main, / Lui demander raison pour le peuple romain. » Ce beau sarcasme décoché à un jeune prétentieux n'est toutefois pas historique, car Sylla est mort l'année précédente. Corneille le sait, et s'explique dans sa Préface sur cette liberté prise avec l'histoire (voir supra, I, 10 et note).*

temps il avait honte d'abandonner les assiégés au danger qui les pressait; il fut donc obligé de rester et d'assister sans rien faire à leur perte: les Lauronites, désespérés, se rendirent à Sertorius. 11. Celui-ci leur laissa la vie sauve et la liberté à tous. Cependant, il brûla leur cité, non par colère ou par cruauté, car c'était, de tous les généraux, celui qui, semble-t-il, cédait le moins à la passion, mais pour humilier et confondre les admirateurs de Pompée : il voulait que se répandît parmi les Barbares la nouvelle que Pompée se trouvait tout près, qu'il aurait presque pu se chauffer aux flammes de l'incendie, mais qu'il n'avait pas secouru ses alliés.

XIX. 1. Sertorius subit plusieurs défaites, mais resta lui-même invaincu, ainsi que les troupes qui l'accompagnaient: ses revers furent causés par ses lieutenants, 2. et son habileté à réparer leurs défaites le faisait admirer plus que les généraux adverses qui étaient victorieux. Ce fut notamment le cas à la bataille du Sucro, contre Pompée, et à celle de Sagonte, contre Pompée et Métellus réunis[81]. 3. La bataille du Sucro fut livrée, dit-on, à cause de l'impatience de Pompée qui ne voulait pas partager sa victoire avec Métellus[82]. 4. Sertorius voulait lui aussi remporter un combat décisif avant l'arrivée de Métellus, mais il attendit le soir pour faire avancer ses troupes et engager le combat; il se disait que les ennemis, qui étaient étrangers et ne connaissaient pas le pays, seraient gênés par l'obscurité pour fuir comme pour poursuivre. 5. La bataille s'engagea. Au commencement, Sertorius, placé à l'aile droite, ne se trouva pas opposé à Pompée, mais à Afranius, qui commandait l'aile gauche des ennemis[83]. 6. Apprenant que ceux qui étaient en face de Pompée cédaient sous sa pression et avaient le dessous, il laissa son aile droite à d'autres généraux et courut prêter main-forte à l'aile qui était en passe d'être vaincue. 7. Ralliant les hommes qui avaient déjà tourné le dos et ceux qui étaient encore fidèles à leur poste, il leur rendit courage, reprit l'offensive, se jeta contre Pompée, qui menait la poursuite, et provoqua une déroute immense, 8. au cours de laquelle Pompée faillit mourir et, blessé, parvint contre toute attente à s'échapper: les Africains de Sertorius se saisirent de son cheval, tout caparaçonné d'or et couvert d'ornements de grand prix et, tandis qu'ils se partageaient et se disputaient ce butin, ils abandonnèrent la poursuite[84]. 9. Cependant, dès que Sertorius était parti secourir son autre aile, Afranius avait mis en fuite ceux qu'il avait en face de lui et les avait repoussés dans le camp. Il y était entré avec eux et s'était mis à le sacca-

---

81. *La bataille du Sucro (l'actuel Jucar qui se jette dans la Méditerranée au sud de Valence) à la fin de l'été, celle de Sagonte à l'automne (XXI, 1-3) et le siège de Clunia (l'actuelle Coruña del Conde au sud de Burgos) en fin d'année (XXI, 4-7) datent probablement de 76 (voir pour le Sucro, Pompée, XIX, 1-6 ; pour le Sucro et Sagonte, Appien, I, 110; en général, Tite-Live, Abrégé, 92 ; Orose, V, 23, 10-12). Voir Konrad (1995), p. 158-159, 186-187, pour la reconstitution si difficile de la séquence des événements de 76.*
82. *La rivalité entre les deux chefs romains, le vieux et le jeune, est un thème récurrent de ces années, qui se rattache à une tradition historiographique ancienne à Rome.*
83. *Il est de coutume, chez les Romains comme chez les Grecs, que les chefs d'une armée prennent position à l'aile droite, qu'ils dirigent.*
84. *Ambivalence de l'attitude de Plutarque face aux troupes recrutées en Afrique par Sertorius : leur rapidité et leur clairvoyance sont éclipsées par leur goût immodéré du butin et du pillage.*

ger: la nuit était déjà tombée, il ignorait la fuite de Pompée et ne pouvait empêcher ses soldats de se livrer au pillage. 10. Là-dessus, Sertorius, qui venait de vaincre du côté où il se trouvait, fit volte-face, tomba sur les soldats d'Afranius et, profitant de leur désordre et de leur confusion, il en tua beaucoup. 11. Le lendemain matin, il reprit les armes et descendit combattre mais, s'apercevant que Métellus était tout près, il rompit la ligne de bataille et se retira en disant: «Si cette vieille n'était pas venue, j'aurais renvoyé le gamin à Rome, après lui avoir fait la leçon à coups de bâton[85].»

XX. 1. Sertorius était en proie à un terrible découragement[86], car on ne trouvait nulle part sa fameuse biche, ce qui le privait d'un merveilleux moyen d'action sur les Barbares, à un moment où ceux-ci avaient le plus besoin de réconfort[87]. 2. Enfin, une nuit, des soldats en maraude l'aperçurent et, la reconnaissant à sa couleur, l'attrapèrent. 3. À cette nouvelle, Sertorius leur promit beaucoup d'argent, s'ils n'en parlaient à personne. Il cacha la biche et, après avoir laissé passer quelques jours, s'avança vers son tribunal, le visage radieux, expliquant aux chefs des Ibères que, pendant son sommeil, le dieu lui avait annoncé un grand bonheur; puis, montant à la tribune, il s'occupa des affaires courantes. 4. Cependant la biche, que ses gardiens venaient de lâcher aux environs, aperçut Sertorius et se mit, toute joyeuse, à courir vers le tribunal; elle s'approcha du général, posa la tête sur ses genoux et lui toucha la main droite de son museau, comme elle avait l'habitude de le faire auparavant. 5. Sertorius lui rendit ses caresses, jouant fort bien la surprise, allant même jusqu'à verser quelques larmes. Les assistants, d'abord surpris, se mirent bientôt à applaudir et à acclamer Sertorius comme un homme divin, chéri des dieux: pleins de joie et d'heureuses espérances, ils le reconduisirent chez lui[88].

XXI. 1. Dans les plaines de Sagonte, après avoir enfermé les ennemis et les avoir réduits aux dernières extrémités, il fut forcé d'en venir aux mains avec eux lorsqu'ils descendirent faire du butin et se ravitailler[89]. 2. On combattit brillamment de part et

---

85. Comme supra, *XVIII, 8, ce trait reflète la virulence de la polémique politique romaine.*
86. L'absence de lien logique et de cohérence événementielle avec ce qui précède ressortit plus à la technique narrative du conte qu'à celle du récit historique. Ce constat confirme que, Plutarque étant encore moins sûr de la chronologie que de la topographie «réelles», et peu intéressé par elles, cette Vie *est une de celles qui ne visent pas tant la vérité historique que l'harmonie esthétique d'une «fiction signifiante». Un véritable «découragement» a néanmoins pu s'emparer du héros, dès 76, à la nouvelle de la défaite de Perpenna et de la prise de Valentia par Pompée (voir* Pompée, *XVIII, 5).*
87. Plutarque semble avoir disposé à sa convenance du thème, sûrement emprunté à ses sources, de la biche sacrée perdue et retrouvée. L'anecdote montre de nouveau que, courant sans cesse le risque d'être abandonné par ses alliés, Sertorius sait retourner une situation difficile par son art de la manipulation.
88. L'intervention de la biche joue sur au moins trois registres complémentaires: celui du présage, celui de la domestication des bêtes sauvages, celui de la quasi-divinisation du chef.
89. Sagonte, pourtant proche de Valentia, bastion de Sertorius, est restée fidèle à Rome. Après la victoire de Métellus et la mort d'Hirtuleius à Ségovie, Sertorius parvient à s'échapper vers le Nord, où il s'enferme dans Clunia.

d'autre. Memmius, le meilleur des généraux de Pompée, tomba au plus fort du combat. Sertorius était vainqueur et, massacrant en grand nombre ceux qui tenaient encore ferme, il se porta contre Métellus lui-même. Celui-ci résista avec une force inattendue pour son âge[90] et, tandis qu'il combattait de manière remarquable, il fut frappé d'un coup de lance. 3. Les Romains qui virent la scène et ceux qui l'entendirent raconter furent saisis de honte à l'idée d'avoir abandonné leur général; la colère les prit contre les ennemis. Couvrant Métellus de leurs boucliers, ils l'emportèrent hors de la mêlée et repoussèrent vigoureusement les Ibères. 4. La victoire changea ainsi de camp. Pour assurer aux siens un refuge sûr et permettre à une nouvelle armée de venir le rejoindre en toute sécurité, Sertorius se retira dans une cité des montagnes, bien défendue, dont il consolida les remparts et renforça les portes. Son dessein n'était nullement de soutenir un siège; il cherchait à tromper les ennemis. 5. Et en effet, ceux-ci vinrent l'assiéger : s'attendant à s'emparer de la place sans difficulté, ils laissèrent passer les Barbares qui fuyaient et ne s'occupèrent pas des forces qui se rassemblaient de nouveau pour Sertorius[91]. 6. Car elles se rassemblaient: il avait envoyé ses officiers dans les cités qui lui étaient soumises, avec ordre, lorsqu'ils auraient déjà un grand nombre de soldats, de lui envoyer un messager. 7. Dès que ce messager lui parvint, Sertorius traversa, sans aucune difficulté, les lignes ennemies et rejoignit ses troupes. Puis ayant ainsi retrouvé sa puissance, il reprit la lutte et coupa les vivres aux ennemis, du côté de la terre, en leur tendant des embuscades, en les enveloppant et en se portant rapidement dans toutes les directions, du côté de la mer, en faisant surveiller le rivage par des navires de pirates[92]. 8. Pour finir, les généraux romains furent obligés de se séparer. Métellus partit en Gaule et Pompée prit ses quartiers d'hiver chez les Vaccéens, dans des conditions misérables, faute de ressources; il écrivit au Sénat qu'il ramènerait l'armée à Rome si on ne lui envoyait pas d'argent, car il avait déjà dépensé tous ses biens personnels pour défendre l'Italie[93]. 9. Le bruit courait même à Rome,

---

90. *Allusion à ce qui a été dit* supra *(XIII, 1) de l'amollissement du vieux général.*
91. *Bien imprécis quant au détail, ce passage confirme que le nord de la Citérieure, proche des Pyrénées, est, à l'exception de la zone côtière, la région où Sertorius sait pouvoir compter sur le plus de fidèles.*
92. *Avec l'aide d'alliés de l'intérieur des terres comme de pirates (voir les Ciliciens de VII-IX), Sertorius parvient à éviter d'être pris en tenaille entre les légions de Pompée et celles de Métellus.*
93. *Le repli pour l'hiver de Métellus sur la « base arrière » de Gaule Transalpine est assez naturel, que celle-ci soit déjà ou non une province, au sens strict. Les Vaccéens, quant à eux, comptent, avec les Astures, parmi les principaux groupes de populations de l'Espagne du Nord-Ouest. S'appuyant sur cette base, Pompée, en 75, grignote les positions de Sertorius dans le nord de la Celtibérie. En 75-74, il hiverne en Gaule, d'où il envoie sa fameuse lettre à Rome. Salluste nous a laissé de cette missive (voir aussi* Lucullus, *V, 3) une version d'une rare insolence: «Vous nous donnez l'indigence et la faim. Ainsi pour mon armée et pour celle des ennemis [sertoriens], les conditions sont égales: vous ne donnez pas plus de solde à l'une qu'à l'autre, et quel que soit le vainqueur, il peut venir en Italie [...]. La Gaule, l'an dernier, a fourni à l'armée de Métellus les vivres et la solde; maintenant, après une mauvaise récolte, à peine a-t-elle de quoi vivre pour elle-même. Pour moi, j'ai non seulement épuisé ma fortune, mais mon crédit. Vous seuls me restez : si vous ne venez pas à mon aide, malgré moi, je vous le prédis, mon armée et avec elle toute la guerre d'Espagne passeront en Italie»* (Histoires, *II, 98 M).*

avec insistance, que Sertorius serait en Italie avant Pompée. Voilà à quoi son habileté avait acculé les premiers et les plus habiles généraux de cette époque.

XXII. 1. D'ailleurs Métellus lui-même fit bien voir l'effroi que lui inspirait Sertorius et la haute estime en laquelle il le tenait. Il proclama, par la voix d'un héraut, que tout Romain qui le tuerait recevrait de lui cent talents d'argent et vingt mille arpents de terre; si c'était un exilé, il obtiendrait son retour. C'était désespérer de la lutte ouverte que d'acheter ainsi, par trahison, la mort de son ennemi[94]. 2. De plus, un jour qu'il l'avait vaincu, il fut si exalté et si ravi de ce succès qu'il se fit proclamer *imperator*, et que les cités durent l'accueillir avec des sacrifices et des autels. 3. Il se laissa même, dit-on, mettre des couronnes sur la tête et offrir des festins somptueux au cours desquels il buvait, revêtu du costume du triomphateur, tandis qu'on faisait descendre, mues par des machines, des statues de victoires qui portaient des trophées en or et des couronnes, et que des chœurs d'enfants et de femmes chantaient en son honneur des hymnes de victoire. 4. Cette conduite lui valait des railleries bien méritées: lui qui surnommait Sertorius «l'esclave fugitif» et «le reliquat de l'exil de Carbo»[95], il se gonflait d'orgueil et ne se tenait plus de joie de lui avoir échappé alors qu'il reculait.
5. À l'inverse, on a de nombreuses preuves de la magnanimité de Sertorius. D'abord il donna le nom de sénat au groupe des sénateurs exilés de Rome qui séjournèrent auprès de lui[96]; il choisit parmi eux ses questeurs et ses préteurs, et régla toutes les questions de ce genre en se conformant aux usages de sa patrie[97]. 6. Ensuite, tout en

---

94. *Passage inspiré de Salluste,* Histoires, *II, 70 M. La présentation de Métellus, qui le tourne en ridicule pour l'enflure de ses propos et de son comportement, prépare un nouveau portrait flatteur de Sertorius.*
95. *Guerre de mots (voir celui de Sertorius sur «l'écolier de Sylla», supra, XVIII, 8). Papirius Carbo était un chef marianiste exilé (voir supra, VII, 1; Marius, XI, 13 et note; Sylla, XXII, 1 et note; XXVIII, 17).*
96. *Ici commence l'exaltation de «Sertorius le Romain», pour qui, si «Rome n'est plus dans Rome», elle est toute avec lui. Le «sénat» de Sertorius a fait l'objet de beaucoup de discussions. Selon Appien – seul autre auteur qui le mentionne (*Guerres civiles, *II, 108;* Guerres mithridatiques, *68;* Iberica, *101) –, il s'agit d'un anti-sénat en exil, une contrefaçon de sénat recruté par le révolté parmi ses partisans d'Espagne. Beaucoup de commentateurs ont adopté ce point de vue. Il paraît plus plausible, avec Konrad (1994, p. 184-185), et déjà Mommsen, de suivre Plutarque, et de voir là une sorte de «conseil» formé autour de celui qui se veut simple «proconsul d'Espagne». Y figurent les sénateurs qui avaient accompagné Sertorius, les partisans de Lépide arrivés avec Perpenna, et probablement quelques jeunes gens de familles sénatoriales ou équestres. Pour des épisodes apparentés, comparer* Sylla, *XXII, 1;* Pompée, *LXIV, 4 et LXV, 1;* Caton le Jeune, *LIII, 6, LIX, 3 et LXIV, 1-2.*
97. *La même remarque vaut pour les mots traduits ici par «questeurs» (*tamiaï*) et «préteurs» (*stratégoï*). Si l'on n'admet pas plus de voir en eux des «anti-magistrats» qu'on n'a reconnu à l'instant l'existence d'un «anti-sénat», il faut penser: que Sertorius, en tant que «proconsul», a en fait nommé des propréteurs et proquesteurs, «légats» de son propre* imperium*; que Plutarque, trompé par des sources latines évasives sur ce point, et peu soucieux lui-même d'exactitude institutionnelle, a commis une confusion terminologique qui a accrédité chez les Modernes la thèse d'un «gouvernement en exil» (confusion dénoncée par Spann, 1987, p. 59-62; Konrad, 1994, p. 186-187). Au demeurant, cette thèse est peu compatible avec le propos prêté à Sertorius au § 8.*

employant les armes, les richesses et les cités des Ibères, il ne leur laissa jamais, même en paroles, une pleine liberté ; il leur imposa des Romains pour généraux et pour magistrats, montrant ainsi qu'il voulait rendre la liberté aux Romains et non renforcer les Ibères au détriment des Romains[98]. 7. C'était en effet un homme qui chérissait sa patrie et qui éprouvait un vif désir d'y retourner. Dans les revers, il se montrait stoïque et n'usait jamais de bassesse à l'égard les ennemis ; lorsqu'il était victorieux, il faisait dire à Métellus et à Pompée qu'il était prêt à déposer les armes et à vivre en simple particulier, si on lui accordait son rappel. 8. « Je préfère, disait-il, être le plus insignifiant des citoyens à Rome que d'être exilé, dussé-je être proclamé dictateur par tout le reste des hommes. » 9. S'il regrettait tant sa patrie, c'était surtout, dit-on, à cause de sa mère, qui l'avait élevé, alors qu'il était orphelin, et à laquelle il était attaché de tout son cœur[99]. 10. Il apprit sa mort au moment où ses amis d'Espagne l'appelaient à prendre le commandement et faillit, de chagrin, renoncer à la vie. 11. Pendant sept jours, il resta prostré, sans donner le mot de passe ni permettre à un seul de ses amis de le voir, et ce fut à grand-peine que ceux qui commandaient avec lui et ses collègues, assiégeant sa tente, purent le contraindre à sortir, à rencontrer les soldats et à reprendre en main les opérations, qui étaient bien engagées. 12. Aussi passait-il généralement pour un homme de nature accommodante, fait pour le repos[100], qui avait été porté contre sa volonté à des commandements militaires et, faute de pouvoir vivre en sûreté, avait été réduit par ses ennemis à prendre les armes et à s'abriter derrière la guerre, rempart nécessaire pour sauver sa vie.

XXIII. 1. Sa politique à l'égard de Mithridate fait bien voir, elle aussi, sa grandeur d'âme[101]. 2. Après avoir été renversé par Sylla, Mithridate s'était relevé, prêt, semblait-il, à une seconde lutte, et avait de nouveau envahi l'Asie[102]. Or, déjà, le renom de Sertorius se répandait partout et les marins qui revenaient d'Occident avaient rempli le Pont du bruit de ses exploits, comme ils le remplissaient des marchandises qu'ils

---

98. *La distance – la hauteur – prise à l'égard de ses alliés espagnols est un élément indispensable du plaidoyer en faveur de Sertorius. Corneille a illustré avec une grande finesse la difficulté qui se présentait au héros, et son affirmation d'humilité.* « Du droit de commander je ne suis point jaloux ; / Je ne l'ai qu'en dépôt, et je vous l'abandonne » *(Sertorius, v. 948-949).*
99. *L'attachement à la mère – et, comme ici, la profondeur du deuil qui succède à sa perte – est un point commun aux héros exilés, pour qui elle se confond avec la patrie (voir* supra, *II, 1) : le même thème est développé dans* Coriolan.
100. *On a le sentiment que Plutarque, emporté par son panégyrique, perd de vue la cohérence d'un personnage qu'il a d'abord présenté, conformément à la réalité, comme un homme voué à la guerre. Être « fait pour le repos » est sans aucun doute, à ses yeux de philosophe, un trait distinctif de l'homme idéal...*
101. *La meilleure défense, semble penser Plutarque, réside dans l'attaque. Aussi aborde-t-il d'emblée de manière extrêmement positive le volet le plus contestable de la politique de Sertorius, et le plus dénoncé par les sources défavorables : l'alliance avec Mithridate, assimilée par ces dernières à une trahison.*
102. *La troisième guerre de Mithridate a été déclenchée en 74-73 (voir* Lucullus, *V, 1) par le roi du Pont (132-63), adversaire obstiné de Rome, rompant la paix de Dardanos conclue avec Sylla en 81 (voir* Sylla, *XXII-XXIII ;* Lucullus, *IV, 1). Il allait être défait successivement par Lucullus et par Pompée.*

importaient[103]. 3. Mithridate décida donc de lui envoyer des ambassadeurs. Il y était surtout poussé par les beaux discours de ses flatteurs qui comparaient Sertorius à Hannibal et Mithridate à Pyrrhos : « Si les Romains, disaient-ils, sont attaqués des deux côtés à la fois par des génies si grands et des armées si considérables, ils ne pourront résister, car le général le plus habile se trouvera uni avec le plus grand des rois[104]. » 4. Mithridate envoya donc des ambassadeurs en Espagne, porteurs d'une lettre et de propositions orales pour Sertorius : il s'engageait à lui fournir pour la guerre de l'argent et des navires, et lui demandait en échange de lui garantir la possession de toute l'Asie qu'il avait cédée aux Romains en vertu du traité passé avec Sylla. 5. Sertorius réunit le conseil qu'il appelait sénat. Tout le monde lui conseilla d'accepter ces propositions et de s'en contenter : on ne leur demandait qu'un mot, qu'une lettre vide de toute réalité, concernant des questions qui ne dépendaient pas d'eux et, en échange, ils recevraient ce dont ils avaient le plus grand besoin[105]. 6. Sertorius ne voulut pas y consentir. « Que Mithridate, dit-il, occupe la Bithynie et la Cappadoce : je lui abandonne sans regret ces peuples gouvernés par des rois, qui n'ont rien à voir avec les Romains. Mais s'il s'agit d'une province sur laquelle les Romains possèdent les droits les plus légitimes, que Mithridate a occupée, dont Fimbria l'a chassé par les armes et qu'il a cédée à Sylla après avoir conclu avec lui un accord, je ne peux tolérer qu'elle retombe en son pouvoir. 7. Il faut que Rome soit grandie par mes victoires et non amoindrie pour m'assurer la victoire ! Un homme de cœur doit choisir de vaincre par l'honneur, et jamais dans la honte, même pour sauver sa vie[106]. »

XXIV. 1. Lorsque cette réponse fut rapportée à Mithridate, elle le frappa de stupeur. Il déclara, dit-on, à ses amis : 2. « Quels ordres nous donnera donc Sertorius, quand il sera installé sur le Palatin, lui qui maintenant, repoussé jusqu'à l'Atlantique, fixe ainsi des limites à notre royaume et nous menace de guerre si nous touchons à l'Asie ? » 3. Ils conclurent pourtant un traité et s'engagèrent par serments : Mithridate conserverait la Cappadoce et la Bithynie ; Sertorius lui enverrait un général et des soldats, et recevrait en échange trois mille talents et quarante navires[107]. 4. Le chef que Sertorius lui envoya en Asie était un des sénateurs qui s'étaient réfugiés auprès de lui, Marcus Marius[108], avec qui Mithridate s'empara de

---

103. Renom de Sertorius par-delà les mers : parmi « les marins », les pirates plusieurs fois alliés de Sertorius ont peut-être joué un rôle dans ce processus (voir Lucullus, *notamment II, 6 et note ; III, 2).*
104. Le rappel implicite de l'alliance entre Hannibal et Philippe de Macédoine, au cours de la deuxième guerre punique, est ici rendu bancal par l'évocation anachronique de Pyrrhos : Mais il ne pouvait être question pour les « flatteurs » de comparer Mithridate à un vaincu.
105. Le contraste entre la grandeur d'âme de Sertorius et la lâcheté des « sénateurs » d'Espagne prépare leur trahison prochaine.
106. La pièce de Corneille ne fait aucune allusion au problème de conscience ici posé.
107. L'accord conclu (à Dianium, l'actuelle Denia face aux îles Baléares, aux mains de Sertorius) est plus favorable à Mithridate et plus nuisible à Rome que Sertorius et Plutarque ne veulent bien le faire croire.
108. Marcus Marius le Borgne, questeur en Espagne en 76. Sur son rôle en Asie, voir Lucullus, *VIII, 5 et XII, 5.*

quelques cités d'Asie. Marius y entra à cheval, entouré des faisceaux et des haches des licteurs, tandis que Mithridate le suivait, ayant pris volontairement la seconde place et l'attitude d'un courtisan. 5. Marius libéra certaines cités, écrivit à d'autres que grâce à la bonté de Sertorius, elles étaient exemptées d'impôts : en conséquence, l'Asie, assaillie une fois de plus par les publicains, accablée par l'avidité et l'insolence des troupes en garnison, se releva sur les ailes de l'espérance et désira le changement de gouvernement qu'on lui laissait entrevoir[109].

XXV. 1. Cependant, en Espagne, les sénateurs et les collègues de Sertorius n'eurent pas plus tôt conçu l'espoir de tenir tête aux ennemis que leur crainte s'évanouit, tandis qu'ils étaient pris d'une haine et d'une jalousie insensées à l'égard de sa puissance. 2. Ils étaient excités par Perpenna que sa haute naissance gonflait d'un vain orgueil et qui aspirait au commandement en chef. Il répandait en secret parmi ses familiers des propos malveillants : 3. « Quel est donc, disait-il, ce mauvais *démon* qui s'est emparé de nous et ne nous a arrachés à nos maux que pour nous jeter dans un mal encore plus grand ? Nous n'avons pas voulu rester chez nous pour y exécuter les ordres de Sylla, maître de toute la terre et de toute la mer, nous sommes venus ici, pour notre perte, dans l'espoir de vivre en hommes libres, et nous nous soumettons à un esclavage volontaire, en devenant les gardes du corps de l'exil de Sertorius[110]. Notre titre de sénateurs est tourné en dérision par ceux qui l'entendent, car on nous impose autant d'outrages, de commandements et de travaux qu'aux Ibères et aux Lusitaniens[111]. » 4. Gagnés par de tels propos, la plupart d'entre eux, sans se révolter ouvertement par crainte de sa puissance, sabotaient en sous-main les actions de Sertorius : ils maltraitaient les Barbares en les châtiant durement et en les accablant d'impôts, et prétendaient que c'était sur son ordre. 5. Ces mauvais traitements provoquèrent des soulèvements et des désordres dans les cités, et les hommes que Sertorius envoya pour calmer et adoucir les esprits revinrent après avoir suscité encore plus de conflits et aggravé la défiance déjà existante[112]. 6. Alors,

---

109. Sur cette politique cohérente de « libération des cités », avec l'allusion à l'exploitation de l'Asie par les fermiers romains de l'impôt, voir Lucullus, *XX et* Sylla, *XXV, 4.*
110. Le reproche adressé à Sertorius est mis par Corneille dans la bouche de Pompée : « Ne vit-on pas ici sous les ordres d'un homme ? / N'y commandez-vous pas comme Sylla dans Rome ? / Du nom de dictateur, du nom de général, / Qu'importe, si des deux le pouvoir est égal... » *(*Sertorius, *v. 893-896).*
111. La réponse à cette dernière accusation a été apportée à l'avance, en XXII, 6 ; le biographe fait ainsi ressortir la mauvaise foi des conjurés.
112. L'enchaînement des circonstances n'exempte pas de leur responsabilités les compagnons infidèles de Sertorius, mais il engendre une situation proprement tragique : la cruauté de la Fortune précipite le héros des hauteurs de l'idéal où il avait, nous dit-on, réussi à se maintenir. Les préoccupations du biographe moraliste conduisent Plutarque à négliger les réalités de la guerre, lesquelles ont dû influer sur la détermination de Perpenna et des siens. Depuis 75, en effet, la situation de Sertorius n'a cessé d'empirer ; il n'a pu empêcher la jonction de ses adversaires, son lieutenant Hirtuleius a été vaincu et tué à Ségovie et son bastion même, la Celtibérie, n'est pas resté indemne. L'année 74 l'a vu entièrement sur la défensive. Rappelons enfin que sa tête a été mise à prix par Métellus (XXII, 1).

Sertorius perdit la modération et la douceur dont il avait fait preuve auparavant; il se rendit coupable d'une horrible violation du droit à l'égard des enfants qu'on éduquait à Osca: il fit exécuter les uns et vendre les autres.

XXVI. 1. Perpenna, qui avait déjà entraîné dans le complot de nombreux conjurés, y attira aussi Manlius, un des chefs de l'armée[113]. 2. Cet homme était amoureux d'un adolescent dans la fleur de l'âge et, pour lui prouver sa tendresse, il lui révéla la conspiration, l'invitant à négliger tous ses autres érastes pour ne s'attacher qu'à lui, l'assurant que d'ici quelques jours, il serait un grand personnage. 3. Mais le jeune homme lui préférait un autre de ses érastes, Aufidius, à qui il rapporta ces propos. En l'entendant, Aufidius fut stupéfait, car il participait lui aussi à la conjuration contre Sertorius, mais ignorait que Manlius en faisait partie[114]. 4. Lorsque le garçon lui nomma Perpenna, Graecinus et quelques autres, qu'il savait être au nombre des conjurés, il fut bouleversé: devant l'adolescent, il feignit de prendre l'histoire à la légère et lui conseilla de ne pas s'occuper de Manlius, qui était, lui dit-il, un homme sans consistance, un fanfaron; mais il alla trouver Perpenna, lui expliqua l'urgence de la situation et le danger qu'ils couraient, et lui conseilla de passer à l'action. 5. Les conjurés se laissèrent convaincre. Ils soudoyèrent un homme pour apporter une lettre à Sertorius et le conduisirent en sa présence. La lettre lui annonçait la victoire d'un de ses généraux et le massacre d'un grand nombre d'ennemis. 6. Comme Sertorius, joyeux de ces nouvelles, offrait un sacrifice d'action de grâces, Perpenna l'invita à un banquet avec ses amis qui se trouvaient là (or ils faisaient partie de la conjuration). Il insista longuement et finit par le persuader de venir[115].

7. Les dîners auxquels assistait Sertorius se caractérisaient toujours par leur pudeur et leur harmonie, car il ne supportait pas le moindre spectacle, la moindre parole honteuse. Il habituait les convives à lancer des plaisanteries de bon ton, dénuées de toute insolence, et à faire preuve de courtoisie. 8. Or, ce jour-là, au milieu du banquet, les conjurés, qui cherchaient à provoquer une querelle, se mirent à tenir ostensiblement des propos grossiers et, feignant d'être ivres, multiplièrent les propos indécents pour le pousser à bout. 9. Mais lui, soit fâché de ce manque de tenue, soit comprenant leurs intentions à la hardiesse de leur bavardage et à leur désinvolture inhabituelle, changea de position sur le lit et se renversa en arrière, pour bien montrer qu'il ne leur prêtait pas la moindre attention et ne daignait même pas les entendre. 10. Perpenna, prenant une coupe de vin pur, la laissa tomber de ses

---

113. *L'assassinat de Sertorius, dont s'ouvre ici le récit détaillé, est à dater de 73, et non, comme on l'a souvent fait, de 72 (voir Konrad, 1995, p. 160-162, 178-179).*

114. *La fonction principale de ce récit dont on ne peut contrôler l'exactitude est de discréditer un peu plus les conjurés en créant un climat de dénonciations, de rivalités sordides, de pratiques sexuelles douteuses. Aufidius a été transformé par Corneille en Aufide, dont le nom rime avec «perfide» (v. 1689-1690), âme damnée de Perpenna dès le début de la pièce. Son destin est de mourir sur scène (v. 1814), alors que dans les dernières lignes de cette* Vie, *Plutarque en fait l'unique et pitoyable survivant.*

115. *Il est difficile de refuser un banquet entre personnages de rang noble (neuf, comme le veut la tradition des trois lits à trois places du* triclinium*), pour fêter la victoire.*

mains, alors qu'il était en train d'y boire, la faisant sonner bruyamment, ce qui était le signal convenu entre eux. Antonius, qui était allongé au-dessus de Sertorius, lui porta un coup d'épée[116]. 11. Se sentant frappé, Sertorius se retourna et tenta de se lever pour se dégager. Mais Antonius se jeta sur sa poitrine et lui immobilisa les deux mains. Sertorius ne put même pas se défendre, car ils étaient nombreux à le frapper, et il mourut.

XXVII. 1. Aussitôt, la plupart des Ibères se retirèrent et se rendirent, après avoir envoyé des ambassades à Pompée et à Métellus. Perpenna rassembla ceux qui étaient restés et tenta d'agir. 2. Mais l'usage qu'il fit des forces que Sertorius avait rassemblées le couvrit de ridicule, et l'on vit bien que la nature ne l'avait fait ni pour commander ni pour être commandé. Il livra bataille à Pompée, 3. fut bientôt vaincu par lui et fait prisonnier. Il ne supporta même pas cette dernière infortune comme doit le faire un chef. Il s'était emparé des papiers de Sertorius et promit à Pompée de lui montrer des lettres manuscrites de personnages consulaires et d'hommes très influents à Rome, qui appelaient Sertorius en Italie et l'assuraient que beaucoup de gens désiraient une révolution et un changement de régime politique. 4. En la circonstance, Pompée n'eut pas le comportement d'un jeune homme[117]; il fit preuve d'un esprit déjà solide et pondéré, et délivra Rome de frayeurs et de troubles considérables. 5. Il réunit les lettres et les papiers de Sertorius et brûla tout[118], sans rien lire ni rien laisser lire à quiconque et il s'empressa de faire exécuter Perpenna: il craignait des séditions et des désordres, si les noms des conjurés étaient révélés à certaines personnes. 6. Pour les complices de Perpenna, les uns furent amenés à Pompée et exécutés, les autres s'enfuirent en Afrique où ils moururent sous les flèches des Maurétaniens. 7. Aucun ne réchappa, sauf Aufidius, le rival en amour de Manlius: il parvint à se cacher, ou fut considéré comme quantité négligeable, et atteignit la vieillesse, misérable et détesté de tous, dans un village barbare.

---

116. Sertorius devait occuper la position centrale sur le lit du milieu. Une reconstitution assez convaincante de l'identité et de la disposition des dîneurs a été proposée, grâce au recours à Salluste, Histoires, III, 83 M, par Konrad (1994), p. 210-211.
117. Né en 106, Pompée a 33 ans. C'est donc, eu égard à la tradition romaine du cursus honorum, un homme encore très jeune pour les responsabilités dont il se trouve investi.
118. Le thème des lettres accusatrices détruites par Pompée (voir Pompée, XX, 3-5) est au cœur de la scène 6 de l'acte V du Sertorius de Corneille. Le vainqueur idéalisé commente: «Rome en deux factions trop longtemps partagée / N'y sera point par moi de nouveau replongée» (v. 1857-1858). Sur le topos de l'homme d'État authentique détruisant des documents qui incriminent un vaincu, voir Eumène, XVI, 4 (mais voir aussi Pompée, XXXVII, 1-4).

EUMÈNE

I. 1. Eumène de Cardia avait pour père, selon l'historien Douris, un homme réduit par sa pauvreté à conduire des chariots en Chersonèse, mais il reçut une éducation libérale, apprit les lettres et fréquenta la palestre[1]. 2. Il était encore enfant lorsque Philippe[2], de passage dans cette ville et disposant de temps libre, s'arrêta pour voir les adolescents s'exercer au pancrace et les enfants à la lutte. Parmi ces derniers, Eumène se distingua, montrant tant d'intelligence et de vaillance qu'il plut à Philippe, lequel l'emmena avec lui. 3. Mais selon d'autres récits qui paraissent plus vraisemblables, Philippe se chargea de lui à cause des liens d'hospitalité et d'amitié qu'il avait avec son père[3]. 4. Après la mort de Philippe, Eumène qui, semble-t-il, ne le cédait à personne de l'entourage d'Alexandre en intelligence comme en loyauté, porta le titre de premier secrétaire[4] mais fut honoré à l'égal des meilleurs amis et des proches du roi. 5. Il fut même envoyé comme stratège en Inde avec une armée, et reçut le commandement de cavalerie de Perdiccas, lorsque ce dernier, à la mort d'Héphaestion, fut élevé au poste du défunt[5]. 6. Aussi lorsque Néoptolème[6], le grand écuyer, déclara après la mort d'Alexandre : « Je tenais le bouclier et la lance, Eumène suivait, avec un stylet et une tablette ! », les Macédoniens se moquèrent-ils de lui, car ils savaient qu'outre ses autres distinctions, Eumène avait été jugé digne d'être allié au roi par mariage. 7. En effet Barsinè, fille d'Artabaze, la première femme qu'Alexandre avait connue en Asie et qui lui avait donné un fils, Héraclès, avait deux sœurs dont Alexandre donna l'une, Apama, à Ptolémée, et l'autre, Artonis, à Eumène, lorsqu'il répartit les femmes perses entre ses Hétaires et les leur donna en mariage[7].

---

*1. Les Athéniens établirent dès le viᵉ siècle une colonie à Cardia, cité grecque de la côte thrace, à l'entrée de la Chersonèse (actuelle presqu'île de Gallipoli). Douris de Samos (fin du ivᵉ siècle) est l'auteur d'*Hellenica.
2. Il s'agit de Philippe II, roi des Macédoniens depuis 359. Il s'empara de Cardia en 342-341, menaçant directement les possessions athéniennes en Chersonèse.
3. On imagine mal des relations d'hospitalité entre un pauvre charretier et le roi de Macédoine.
4. Philippe mourut assassiné en 336. Eumène devait avoir un peu plus de 20 ans. L'archigrammateus (premier secrétaire) était à la tête de la chancellerie royale.
*5. Il figure en effet parmi les généraux d'Alexandre dans le récit d'Arrien (*Anabase*, V, 24, 6). Perdiccas était chef de la cavalerie d'Alexandre. Quant à Héphaestion, il était l'ami intime du roi qui l'avait élevé au rang de chiliarque, titre emprunté à la Cour des rois perses. Sa mort fut douloureusement ressentie par Alexandre qui l'honora comme un héros (voir* infra, *II, 9-10).*
6. Néoptolème appartenait à la famille royale d'Épire. Il était chef des hypaspistes, c'est-à-dire de la garde royale à pied. Voir Goukowsky (1990), p. 311.
7. Il s'agit des fameuses « noces de Suse » qui se déroulèrent au printemps 324, lorsque Alexandre, revenu de ses campagnes orientales, décida de marier ses Hétaires (compagnons) – cavaliers issus de l'aristocratie macédonienne – à de jeunes Iraniennes nobles. Artabaze était satrape de la province de Bactriane.

II. 1. Cependant, Eumène s'opposa souvent à Alexandre et se trouva même en danger à cause d'Héphaestion[8]. 2. Une première fois, comme Héphaestion avait attribué à l'aulète Évios un logement que les esclaves d'Eumène se trouvaient avoir retenu auparavant pour leur maître, ce dernier alla, plein de colère, trouver Alexandre avec Mentor, en criant que dans ces conditions il valait mieux être aulète ou acteur tragique, et abandonner les armes. Alexandre partagea d'abord son indignation et adressa des reproches à Héphaestion. 3. Mais bientôt il changea d'avis et s'en prit à Eumène, jugeant qu'il avait fait preuve d'insolence envers lui, plus encore que de franc-parler à l'égard d'Héphaestion. 4. Une autre fois, Alexandre, qui envoyait Néarchos avec une flotte reconnaître la mer Extérieure[9], demanda de l'argent à ses amis, car il n'y en avait pas dans le trésor royal. 5. Il réclama trois cents talents[10] à Eumène, mais celui-ci ne lui en donna que cent, et encore, avec réticence, prétendant qu'il avait eu bien du mal à les obtenir de ses intendants. Alexandre ne lui adressa aucun reproche et n'accepta pas cet argent mais, en secret, il ordonna aux esclaves de mettre le feu à la tente d'Eumène; il voulait le prendre en flagrant délit de mensonge, quand il emporterait ses richesses au dehors. 6. La tente brûla trop vite et Alexandre eut à regretter la destruction des archives qu'elle contenait, mais on trouva plus de mille talents d'or et d'argent fondus ensemble par le feu. 7. Alexandre ne prit rien; au contraire, il écrivit aux satrapes et aux stratèges de toutes les régions de lui envoyer des copies des papiers disparus et chargea Eumène de conserver tous ces documents. 8. Une autre fois encore, Eumène se querella avec Héphaestion à cause d'une histoire de gratification et ils échangèrent de nombreuses insultes. Sur le coup, Eumène ne perdit rien de son crédit, 9. mais quelque temps plus tard, après la mort d'Héphaestion[11], le roi, fort affecté, traita avec dureté tous ceux qu'il croyait avoir été jaloux d'Héphaestion de son vivant et s'être réjouis de sa mort, et il se montra sévère. Eumène lui paraissait particulièrement suspect: il rappelait souvent ses querelles et ses insultes d'autrefois. 10. Mais Eumène, qui était adroit et persuasif, fit servir à son salut ce qui risquait de le perdre. Il s'abrita derrière la dévotion et la faveur d'Alexandre pour Héphaestion, suggéra les honneurs les plus propres à glorifier le défunt et participa avec empressement aux frais de la construction du tombeau sans regarder à la dépense.

III. 1. Après la mort d'Alexandre, la phalange se trouva en conflit avec les Hétaires[12]. Par conviction, Eumène était du côté de ces derniers, mais en paroles, il restait neutre

---

8. *Cette rivalité s'explique sans doute par les fonctions attribuées par Alexandre à Héphaestion, qui avait sous son autorité les anciens dignitaires de la chancellerie macédonienne. Voir Goukowsky (1990), p. 316.*
9. *Le périple de Néarchos dans l'océan Indien dura de septembre 325 à janvier 324. L'objectif était plus scientifique que militaire à proprement parler.*
10. *Un talent représente 6 000 drachmes, soit un poids d'argent d'environ 25 kg.*
11. *Héphaestion mourut subitement en 324. Alexandre lui éleva un splendide tombeau à Babylone.*
12. *Alexandre mourut à Babylone en juin 323. La phalange était l'infanterie lourde des hoplites. Les Hétaires souhaitaient attendre la naissance du fils de Roxane; les hoplites, en revanche, réunis en assemblée, proclamèrent roi le demi-frère d'Alexandre, épileptique et arriéré. Sur les événements qui suivirent la mort d'Alexandre, voir Will (1979), p. 20-22.*

et ne s'engageait pas, déclarant qu'il ne lui convenait pas à lui, un hôte des Macédoniens, d'intervenir dans leurs querelles. 2. Lorsque les autres Hétaires quittèrent Babylone, il resta en arrière dans cette cité, où il calma la foule des fantassins et les disposa à une réconciliation. 3. Ensuite les généraux se rencontrèrent et, s'étant un peu remis après la confusion des premiers jours, ils se partagèrent les satrapies et les commandements militaires : Eumène obtint la Cappadoce, la Paphlagonie et toute la côte baignée par le Pont-Euxin jusqu'à Trapézonte[13]. 4. Ce pays n'était pas encore sous la domination des Macédoniens, car Ariarathès en était roi ; Léonnatos et Antigone devaient y conduire Eumène[14], avec une armée importante, pour l'établir satrape de la région. 5. Mais Antigone ne tint aucun compte des ordres écrits de Perdiccas[15], car il était déjà plein d'orgueil et méprisait tout le monde. En revanche, Léonnatos descendit en Phrygie et accepta de faire cette expédition pour Eumène. 6. Cependant Hécatée, tyran de Cardia, vint trouver Léonnatos et lui demanda de secourir plutôt Antipatros et ceux des Macédoniens qui étaient assiégés à Lamia[16]. Léonnatos était tenté de passer en Grèce ; il invita Eumène à le rejoindre et chercha à le réconcilier avec Hécatée, 7. car les deux hommes se soupçonnaient mutuellement, à la suite des démêlés politiques qui avaient opposé leurs pères : Eumène avait à plusieurs reprises accusé ouvertement Hécatée de tyrannie, et pressé Alexandre de rendre la liberté aux Cardianiens. 8. Eumène était donc hostile à cette campagne contre les Grecs : il craignait, disait-il, qu'Antipatros, pour faire plaisir à Hécatée et satisfaire une haine ancienne, ne le fît périr. Alors Léonnatos, se fiant à lui, ne lui cacha plus rien de ses véritables desseins : 9. les secours en question n'étaient que des mots, de faux prétextes ; il avait résolu, dès qu'il aurait fait la traversée, de s'emparer de la Macédoine. Il lui montra des lettres de Cléopâtre qui l'invitait à Pella et lui promettait de l'épouser[17]. 10. Mais Eumène, soit crainte d'Antipatros, soit défiance à l'égard de Léonnatos qui était un homme irréfléchi, plein d'emportement et d'instabilité, se retira de nuit, en emmenant avec lui toute sa suite, 11. c'est-à-dire trois cents cavaliers, des esclaves dont deux cents étaient armés et l'équivalent en or de cinq mille talents d'argent. 12. Il s'enfuit ainsi

---

13. La région confiée à Eumène s'étendait de la Mésopotamie à la zone des Détroits. Elle avait donc une importance stratégique considérable. Mais elle était entre les mains d'un satrape perse. Sur les raisons de ce « cadeau empoisonné », voir Will (1979), p. 24-25.
14. Léonnatos, ancien compagnon d'Alexandre, avait reçu comme satrapie la Phrygie hellespontique. Antigone le Borgne était depuis 333 satrape de Grande Phrygie, Lycie et Pamphylie. Il était donc normal que les deux Macédoniens accompagnent le Grec.
15. Perdiccas avait hérité du titre de chiliarque après la mort d'Héphaestion. Il pouvait donc prétendre donner des ordres aux autres chefs macédoniens.
16. À l'annonce de la mort d'Alexandre, et à l'initiative d'Athènes, une coalition fut formée contre Antipatros auquel Alexandre avait confié le gouvernement de la Macédoine durant son absence. La guerre débuta par des succès pour les Grecs, et le stratège Léosthénès réussit à enfermer Antipatros dans la ville thessalienne de Lamia. L'intervention de Léonnatos puis de Cratère permit à Antipatros de se dégager et d'écraser les Grecs à la bataille de Crannon en 322. Voir les Vies de Démosthène et de Phocion.
17. Cléopâtre était la sœur d'Alexandre. Sur les ambitions de Léonnatos, voir Will (1979), p. 30.

auprès de Perdiccas, auquel il révéla les intentions de Léonnatos, ce qui lui valut aussitôt une grande influence sur lui et son entrée au conseil[18]. Peu après, il fut conduit en Cappadoce avec une armée : Perdiccas participait lui-même à l'expédition et exerçait le commandement. 13. Ariarathès ayant été fait prisonnier et le pays soumis, Eumène fut proclamé satrape. 14. Il confia les cités à ses amis, établit des commandants de garnisons et laissa derrière lui les juges et les intendants qu'il voulut, car Perdiccas n'intervint en rien dans tout cela. Ensuite, Eumène se retira, pour lui faire sa cour et parce qu'il souhaitait ne pas rester à l'écart des rois[19].

IV. 1. Cependant Perdiccas, convaincu de pouvoir réussir dans ses entreprises par ses propres moyens mais pensant que les pays qu'il laissait derrière lui avaient besoin d'un gardien énergique et loyal, renvoya Eumène quand ils furent en Cilicie, sous prétexte de le rendre à sa satrapie, mais en fait pour tenir en main l'Arménie limitrophe où Néoptolème[20] avait fomenté des troubles. 2. Ce dernier était gâté par une morgue et un orgueil qui ne reposaient sur rien : Eumène essaya pourtant de le gagner en s'entretenant avec lui. 3. D'autre part, constatant que la phalange des Macédoniens était exaltée et trop audacieuse, il organisa contre elle, comme un contrepoids, une force de cavalerie, en accordant aux indigènes qui savaient monter à cheval l'exemption d'impôts et de taxes, en distribuant entre les hommes de son entourage en qui il avait le plus confiance des chevaux qu'il avait achetés, en stimulant les cœurs par des honneurs et des gratifications et en entraînant les corps par des manœuvres et des exercices. 4. Les Macédoniens furent, les uns frappés de stupeur, les autres encouragés, en voyant qu'en peu de temps, il avait rassemblé autour de sa personne au moins six mille trois cents cavaliers.

V. 1. Cratère et Antipatros, après avoir soumis les Grecs, passèrent en Asie pour renverser la puissance de Perdiccas et l'on annonça qu'ils s'apprêtaient à se jeter sur la Cappadoce. Perdiccas, retenu lui-même par la campagne contre Ptolémée[21], désigna Eumène pour commander, avec les pleins pouvoirs, les armées qui se trouvaient en Arménie et en Cappadoce. 2. Il envoya des lettres à ce sujet, ordonnant à Alcétas[22] et à Néoptolème d'obéir à Eumène, et à ce dernier de diriger les opérations comme il le jugerait bon. 3. Alcétas refusa tout net de participer à cette expédition, déclarant que les Macédoniens qu'il commandait auraient honte de combattre contre Antipatros et qu'ils étaient prêts à accueillir Cratère avec sympathie. 4. Néoptolème ne cachait pas qu'il méditait une trahison contre Eumène : on le

---

18. Les ambitions de Léonnatos ne pouvaient que gêner Perdiccas qui songeait pour lui-même à la royauté.
19. Philippe Arrhidée et le jeune Alexandre qui était né entre-temps. Perdiccas profitait du fait que Cratère, qui assurait la garde des deux rois, était passé en Europe soutenir Antipatros contre les Grecs révoltés.
20. Sur Néoptolème, voir supra, I, 6.
21. Ptolémée, fils de Lagos, avait reçu l'Égypte lors du partage des satrapies. Il allait fonder la plus puissante des monarchies hellénistiques. C'est au cours de cette campagne que Perdiccas trouva la mort.
22. Alcétas était le frère de Perdiccas. Sur les événements qui se déroulèrent alors et l'alliance entre Eumène et Perdiccas contre les autres diadoques, voir Will (1979), p. 34-40.

convoqua, mais il refusa de venir et rangea son armée en ordre de bataille. 5. Alors, pour la première fois, Eumène recueillit les fruits de sa prévoyance et de ses préparatifs ; son infanterie était déjà battue lorsque, avec ses cavaliers, il mit Néoptolème en déroute, lui prit ses bagages, chargea en masse sa phalange qui s'était dispersée en poursuivant les fuyards, la contraignit à déposer les armes et lui fit prêter serment de combattre désormais avec lui. 6. Néoptolème, après avoir rallié quelques hommes au sortir de la déroute, s'enfuit auprès de Cratère et d'Antipatros, lesquels envoyèrent une ambassade à Eumène pour le prier de se rallier à eux : il garderait les satrapies qu'il possédait déjà et recevrait d'eux une armée et d'autres territoires si, d'ennemi, il devenait l'ami d'Antipatros et ne devenait pas l'ennemi de Cratère, après avoir été son ami. 7. En entendant cela, Eumène déclara que son ancienne inimitié à l'égard d'Antipatros ne lui permettait pas maintenant de devenir son ami, quand il le voyait traiter ses amis comme des ennemis. 8. Cependant, il se déclarait prêt à réconcilier Cratère et Perdiccas et à les amener à traiter à des conditions équitables et justes. Mais si l'un des deux prenait l'initiative d'agresser l'autre par ambition, lui, Eumène, jusqu'à son dernier souffle, se porterait au secours de la victime de cette agression et préférerait sacrifier sa personne et sa vie plutôt que sa loyauté.

VI. 1. Ayant appris cette réponse, Antipatros et Cratère délibéraient à loisir sur la situation dans son ensemble, lorsque Néoptolème, après sa déroute, vint les trouver, leur annonçant l'issue de la bataille et les appelant à l'aide tous les deux si possible, ou au moins Cratère, 2. pour lequel, déclara-t-il, les Macédoniens éprouvaient un attachement extraordinaire : ils n'auraient pas plus tôt aperçu sa *causia*[23] et entendu le son de sa voix qu'ils viendraient le rejoindre en armes. 3. Il était d'ailleurs vrai que le renom de Cratère était grand et qu'après la mort d'Alexandre, la plupart des soldats avaient désiré l'avoir pour chef, se souvenant que souvent, il avait encouru pour eux la colère du roi : chaque fois que celui-ci s'était laissé aller à imiter les Perses, il l'avait repris et avait défendu les coutumes ancestrales, désormais bafouées sous l'effet du luxe et de l'apparat[24]. 4. Cratère envoya donc alors Antipatros en Cilicie ; quant à lui, emmenant la plus grande partie de l'armée, il marcha avec Néoptolème contre Eumène, persuadé qu'il allait tomber sur un général qui ne l'attendait pas et qui, après sa victoire récente, aurait laissé ses troupes s'abandonner à l'indiscipline et à la boisson. 5. Qu'Eumène ait prévu cette attaque et s'y soit préparé prouve la lucidité de son commandement, mais on ne saurait y voir une habileté extraordinaire ; 6. en revanche que, non content d'avoir caché aux ennemis ce qu'ils ne devaient pas apprendre, il ait lancé ses soldats contre Cratère en leur laissant ignorer contre qui ils allaient combattre et en leur dissimulant le nom du général qu'ils avaient en face d'eux, ce fut là, semble-t-il, un exploit unique,

---

23. La causia *était un chapeau à large bord, typique du costume macédonien.*
24. *Plutarque fait allusion à l'opposition manifestée par les soldats macédoniens quand il parut évident qu'Alexandre entendait demeurer en Asie. Cratère prit alors la tête de ceux qui souhaitaient rentrer en Europe. Voir* Alexandre, XLVII, 9, *pour la fidélité de Cratère aux* patria, *aux coutumes macédoniennes.*

propre à ce grand chef. 7. Il fit courir le bruit que c'étaient Néoptolème et Pigrès qui marchaient de nouveau contre eux, avec des cavaliers recrutés parmi les Cappadociens et les Paphlagoniens[25]. 8. Il voulait lever le camp pendant la nuit mais ensuite, s'étant assoupi, il eut une vision étrange. Il lui sembla voir deux Alexandre, qui s'apprêtaient à combattre l'un contre l'autre, chacun à la tête d'une seule phalange. 9. Athéna se porta au secours de l'un et Déméter au secours de l'autre : au terme d'un combat acharné, l'allié d'Athéna fut vaincu tandis que Déméter cueillait des épis et en tressait une couronne pour le vainqueur. 10. Eumène supposa aussitôt que ce songe lui était favorable : il combattait en effet pour une terre excellente, alors couverte de riches et belles moissons en pleine maturité ; elle avait été entièrement ensemencée et offrait au regard un spectacle de paix, car partout à la ronde, le blé foisonnait dans les plaines. Il fut encore conforté dans ses espérances lorsqu'il apprit que le mot de passe des ennemis était «Athéna et Alexandre». 11. Il donna donc aux siens comme mot de passe «Déméter et Alexandre» et ordonna à tous ses soldats de cueillir des épis, de s'en faire des guirlandes et d'en couronner leurs armes. 12. À plusieurs reprises, il avait été tenté de s'épancher auprès des généraux et des officiers qui l'entouraient, de leur révéler l'identité de celui qu'ils allaient combattre, et de ne pas garder pour lui seul, en le tenant secret, un renseignement aussi important, mais il s'en tint à ses premiers calculs et ne confia le danger qu'à sa propre pensée.

VII. 1. Il ne rangea en face de Cratère aucun des Macédoniens, mais deux corps de cavaliers mercenaires commandés l'un par Pharnabaze, fils d'Artabaze, l'autre par Phoenix de Ténédos[26], avec ordre, dès que les ennemis seraient en vue, de courir sur eux à toute vitesse et d'engager le combat, sans leur laisser le temps de faire volte-face ni leur permettre de parlementer ou d'envoyer un hérault : 2. il redoutait vivement de voir les Macédoniens, s'ils reconnaissaient Cratère, l'abandonner et passer à l'ennemi. 3. De son côté, rassemblant les trois cents cavaliers les plus vigoureux en un seul escadron, il courut se porter à l'aile droite et entreprit d'attaquer Néoptolème. 4. Dès qu'ils eurent franchi la colline qui se trouvait entre les deux camps et qu'on les vit lancer un assaut rapide, avec un élan d'une violence extrême, Cratère, frappé de stupeur, couvrit Néoptolème de reproches pour l'avoir trompé en lui promettant que les Macédoniens changeraient de camp. Néanmoins, il ordonna aux officiers qui l'entouraient de montrer leur courage et s'élança à son tour à l'attaque. 5. Le premier choc fut rude et les lances volèrent bientôt en éclats. Lorsqu'on en vint au combat à l'épée, Cratère ne déshonora pas la mémoire d'Alexandre ; il abattit un grand nombre d'ennemis et mit en déroute à plusieurs reprises ceux qui lui étaient opposés. Mais, à la fin, blessé par un Thrace qui s'était

---

25. *Eumène pouvait en effet redouter que les Macédoniens de son armée répugnent à combattre Cratère. D'où la ruse qui consiste à prétendre lutter contre des cavaliers barbares. Voir plus loin l'autre versant de la ruse : mettre face à Cratère des cavaliers iraniens (VII, 1).*
26. *Pharnabaze était le beau-frère d'Eumène qui avait épousé Artonis lors des «noces de Suse» (voir supra, I, 7 et note). Phoenix de Ténédos sera plus tard au service de Ptolémée puis d'Antigone.*

porté contre lui de flanc, il tomba de cheval. 6. Quand il fut à terre, beaucoup de cavaliers passèrent près de lui sans savoir qui il était; seul Gorgias, un des généraux d'Eumène, le reconnut, mit pied à terre et plaça une garde autour de lui, mais il était déjà très mal en point et agonisait dans de grandes souffrances[27].
7. Pendant ce temps, Néoptolème en venait aux mains avec Eumène[28]. Ils se détestaient depuis longtemps et étaient pleins de colère l'un envers l'autre, mais ils firent volte-face à deux reprises sans s'apercevoir; à la troisième, ils se reconnurent et s'élancèrent aussitôt, brandissant leurs poignards à grands cris. 8. Leurs chevaux se heurtèrent violemment de front, comme des trières: alors, lâchant les rênes, ils s'agrippèrent l'un à l'autre avec les mains, cherchant chacun à arracher le casque de l'adversaire et à déchirer sa cuirasse au défaut de l'épaule. 9. Pendant qu'ils s'empoignaient ainsi, leurs chevaux se dérobèrent en même temps sous eux: les deux hommes roulèrent à terre, tombèrent l'un sur l'autre, se saisirent à bras le corps et se mirent à lutter. 10. Comme Néoptolème allait se relever le premier, Eumène lui trancha le jarret et parvint ainsi à se mettre debout avant lui. Néoptolème, prenant appui sur un seul genou, puisque son autre jambe était estropiée, se défendit d'en bas avec beaucoup de vigueur, mais sans parvenir à porter à l'autre un coup mortel; frappé à la gorge, il s'effondra et ne bougea plus. 11. Alors Eumène, emporté par la colère et par sa vieille haine, lui arracha son armure en l'accablant d'injures, sans voir que Néoptolème avait encore son épée: l'autre l'en blessa au-dessous de la cuirasse, à l'endroit où le bas de celle-ci touchait à l'aine. 12. Le coup causa à Eumène plus de peur que de mal, car il avait été amorti par la faiblesse de son ennemi. Il dépouilla le cadavre. Bien qu'il fût mal en point, car il avait les cuisses et les bras criblés de blessures, il remonta à cheval et se précipita vers l'aile droite, croyant que les ennemis tenaient encore. 13. Apprenant la mort de Cratère, il poussa son cheval vers lui et le trouva respirant encore et conscient. Il mit pied à terre en pleurant et lui tendit la main droite, accablant Néoptolème de reproches et déplorant la mauvaise fortune de Cratère et la nécessité où lui-même s'était trouvé, face à un ami et à un compagnon, contraint qu'il était soit à recevoir de lui, soit à lui infliger un tel sort.

VIII. 1. Cette bataille, qu'Eumène remporta environ dix jours après la première, augmenta sa renommée, car il avait mené les opérations avec autant de sagacité que de courage, mais inspira aux alliés comme aux ennemis beaucoup de jalousie et de haine à son égard: il était un étranger, un hôte des Macédoniens, et il s'était servi de leurs armes et de leurs bras pour faire périr le premier et le plus illustre d'entre eux. 2. Si Perdiccas avait appris plus tôt la mort de Cratère, nul autre que lui n'aurait pu occuper le premier rang parmi les Macédoniens, 3. mais, lorsque la

---

27. *La mort de Cratère se place en 321.*
28. *La lutte entre Néoptolème et Eumène prend la forme d'une* monomachia, *duel opposant deux héros. Plutarque a sans doute emprunté cet épisode à sa source, Hiéronymos de Cardia. On retrouve de tels combats individuels, qui évoquent les duels homériques, dans la* Vie de Pyrrhos, *dont une des principales sources est également le récit de Hiéronymos.*

EUMÈNE

nouvelle du combat parvint dans son camp, il y avait deux jours qu'il avait été tué en Égypte, au cours d'une sédition. Aussitôt, pleins de colère, les Macédoniens condamnèrent Eumène à mort 4. et désignèrent Antigone et Antipatros pour conduire la guerre contre lui[29]. 5. Eumène, trouvant les chevaux des haras royaux à la pâture sur les flancs de l'Ida, prit ceux dont il avait besoin et en adressa décharge par écrit aux intendants, ce qui fit rire Antipatros. «J'admire, s'écria-t-il, la prévoyance d'Eumène qui s'imagine qu'il nous rendra des comptes des biens royaux ou qu'il nous en demandera!» 6. Fort de sa cavalerie, Eumène avait l'intention de combattre près de Sardes, dans les plaines de Lydie, et du même coup d'étaler orgueilleusement sa puissance devant Cléopâtre[30]. 7. Cependant, à la prière de celle-ci, qui craignait les accusations d'Antipatros, il s'éloigna vers la Haute Phrygie et prit ses quartiers d'hiver à Célaenes. 8. Là, comme Alcétas, Polémon et Docimos lui disputaient le commandement[31], il s'écria: «Voilà bien le proverbe: À sa perte nul ne pense!» 9. Comme il avait promis à ses hommes de leur verser la solde dans les trois jours, il leur vendit les fermes et les forts du pays, qui étaient remplis d'esclaves et de troupeaux[32]. 10. Celui qui les achetait, chef d'escadron ou commandant de mercenaires, les assiégeait avec les machines et les engins que lui fournissait Eumène, et les soldats se partageaient le butin en proportion de la solde qu'on leur devait. 11. Cette opération rendit à Eumène l'affection de ses troupes. Un jour, on trouva dans le camp des messages que les chefs des ennemis y avaient fait passer, promettant cent talents et de grands honneurs à qui tuerait Eumène; les Macédoniens en furent violemment irrités et décrétèrent que mille de leurs officiers se tiendraient toujours à ses côtés, comme des gardes du corps, veilleraient à tour de rôle sur sa personne et se mettraient la nuit en sentinelle auprès de lui. 12. Les officiers acceptèrent et furent heureux de recevoir de lui les honneurs que les rois accordent à leurs amis. Eumène avait en effet le droit de distribuer des *causiaï* et des chlamydes de pourpre, ce qui est chez les Macédoniens le don le plus royal.

IX. 1. La bonne fortune exalte même ceux dont la nature est médiocre: ils semblent avoir de la grandeur et de la majesté, à cause de la situation dominante où on les voit. 2. Mais celui qui est vraiment magnanime et ferme se révèle bien davantage dans les mauvaises passes et les jours difficiles. Ce fut le cas d'Eumène.

---

29. La mort de Perdiccas privait Eumène de son principal appui. Il allait devoir faire face à la coalition autour d'Antipatros de tous les anciens compagnons d'Alexandre, et au plus redoutable d'entre eux, Antigone le Borgne. Voir Will (1979), p. 40-43.
30. Cléopâtre, sœur d'Alexandre (voir supra, III, 9), avait épousé Perdiccas.
31. Les trois généraux étaient liés à Perdiccas: Alcétas était son frère, Polémon le frère de son beau-frère Attale, Docimos était satrape de Babylonie.
32. Plutarque a déjà évoqué (supra, VI, 10) la richesse de cette Cappadoce. En la livrant au pillage de ses soldats, Eumène s'assurait leur fidélité. L'opération exposée par Plutarque n'en est pas moins confuse. Il faut supposer qu'Eumène «vendait» aux officiers de son armée le droit de s'emparer de places fortes qui théoriquement lui appartenaient.

3. En premier lieu, vaincu par Antigone chez les Orcyniens de Cappadoce, à la suite d'une trahison, il ne laissa pas, bien qu'il fût lui-même poursuivi, le traître prendre la fuite et se réfugier auprès des ennemis; il l'arrêta et le fit pendre. 4. Tout en fuyant, il changea de route, s'avança en direction de ses poursuivants, les croisa sans se faire remarquer et, une fois arrivé à l'endroit où la bataille avait eu lieu, il y établit son camp. 5. Après avoir rassemblé les morts et arraché les portes de tous les villages à la ronde, il brûla, sur deux bûchers séparés, les chefs et les simples soldats, leur édifia une tombe collective, puis s'en alla[33]. Une telle conduite força Antigone lui-même, lorsqu'il revint plus tard dans la région, à admirer son audace et sa fermeté.
6. Ensuite, lorsqu'il tomba sur les bagages d'Antigone, alors qu'il pouvait s'emparer sans difficulté de beaucoup de personnes libres, de beaucoup d'esclaves et des trésors amassés après tant de guerres et de pillages, il craignit qu'une fois rassasiés de butin et de dépouilles, les soldats qui l'accompagnaient ne fussent trop alourdis pour fuir, trop indolents pour supporter les courses vagabondes et la durée du conflit, sur laquelle il plaçait ses principaux espoirs pour obliger Antigone à s'éloigner. 7. Comme il était difficile de détourner ouvertement les Macédoniens de ces richesses qui étaient à leur portée, il leur ordonna de se restaurer et de donner du fourrage à leurs chevaux puis, cela fait, de marcher à l'ennemi. 8. Pendant ce temps, en secret, il envoya un message à Ménandros[34], responsable des bagages des ennemis: feignant la sollicitude pour cet homme qui avait été son ami et son familier, il lui conseilla de se tenir sur ses gardes, de se retirer le plus vite possible des endroits plats, favorables aux incursions et de gagner la montagne des environs, qui était inaccessible à la cavalerie et ne pouvait être encerclée. 9. Ménandros comprit aussitôt le danger et leva le camp; alors Eumène envoya ouvertement des éclaireurs et, comme s'il avait l'intention de les mener aux ennemis, il fit dire à ses soldats de s'armer et de brider leurs chevaux. 10. Mais les éclaireurs rapportèrent qu'il était totalement impossible de déloger Ménandros, qui s'était réfugié dans des endroits impraticables, et Eumène, feignant d'en être contrarié, ramena son armée en arrière. 11. Lorsque Ménandros, dit-on, rapporta l'histoire à Antigone, les Macédoniens firent l'éloge d'Eumène et attribuèrent son attitude à des sentiments d'humanité: alors qu'il pouvait réduire en esclavage leurs enfants et déshonorer leurs femmes, il s'en était abstenu et les avait laissés fuir[35]. 12. «Mais non, déclara Antigone, s'il vous a laissés fuir, heureux mortels, ce n'est point par souci de vos intérêts; c'est qu'il craignait de retarder sa propre fuite, en se donnant de si lourdes entraves.»

---

33. Il ne fallait pas laisser les morts sans sépulture. De ce fait, à l'issue d'un combat, on concluait une trêve avec l'ennemi pour ensevelir les morts. Mais, contraint de fuir devant Antigone, Eumène dut recourir à la ruse pour accomplir ce devoir imposé par le rituel.
34. Ménandros, ancien compagnon d'Alexandre, avait été satrape de Lydie. Il était donc passé au service d'Antigone, maître, depuis l'accord de Triparadeisos (en 321), de la plus grande partie de l'Asie Mineure.
35. Les soldats macédoniens étaient accompagnés de leurs épouses (des femmes indigènes) et de leurs enfants jusque sur le champ de bataille.

X. 1. Là-dessus, Eumène, qui errait et cherchait à s'échapper, persuada la plupart de ses soldats de s'en aller, soit par souci de leurs intérêts, soit parce qu'il ne voulait pas traîner derrière lui des troupes trop peu nombreuses pour combattre, mais trop importantes pour passer inaperçues. 2. Il se réfugia à Nora, une place forte aux confins de la Lycaonie et de la Cappadoce, avec cinq cents cavaliers et deux cents fantassins ; il laissa partir, après les avoir embrassés et leur avoir exprimé son affection, tous ceux de ses amis qui lui demandaient leur congé parce qu'ils ne pouvaient supporter l'incommodité de ce séjour et la rigueur du régime. 3. Antigone survint et lui proposa une entrevue avant de l'assiéger, mais il répondit qu'Antigone avait beaucoup d'amis et de généraux capables de lui succéder alors que lui, Eumène, faisait la guerre pour des gens qui n'avaient personne pour le remplacer ; il lui demandait donc d'envoyer des otages s'il voulait une entrevue avec lui[36]. 4. Et comme Antigone exigeait qu'il vînt lui parler, affirmant qu'il était le plus fort : « Je ne considère personne, rétorqua Eumène, comme plus fort que moi, tant que je suis maître de mon épée. » 5. Antigone envoya cependant dans la citadelle son neveu Ptolémée, comme l'avait réclamé Eumène. Celui-ci descendit ; les deux hommes s'embrassèrent, se saluèrent amicalement et familièrement, car ils se connaissaient bien et avaient été intimes. 6. Ils eurent de longs entretiens. Eumène ne parla pas seulement de sécurité et de réconciliation ; il exigea en outre la confirmation de ses satrapies et la restitution des dons qu'on lui avait faits. Cette attitude suscita l'admiration des assistants qui vantaient sa fierté et sa hardiesse. 7. Beaucoup de Macédoniens étaient accourus, avides de voir qui donc était cet Eumène, car depuis la mort de Cratère, on ne parlait que de lui dans l'armée. 8. Mais Antigone, craignant qu'on ne lui fît subir quelque violence, défendit d'abord à grands cris d'approcher et fit jeter des pierres à ceux qui se portaient en avant. Pour finir, entourant Eumène de ses bras et chargeant ses gardes du corps d'écarter la foule, il le ramena à grand-peine en lieu sûr.

XI. 1. Ensuite, Antigone encercla Nora d'un retranchement et, après y avoir laissé une garnison, il se retira. Eumène était étroitement assiégé ; la place était pleine de blé, elle avait de l'eau en abondance et du sel, mais aucun autre aliment, aucun assaisonnement à joindre au blé. Et pourtant, avec le peu qu'il avait, il parvenait à rendre joyeuse la vie quotidienne de ses compagnons ; 2. il les invitait tous à tour de rôle à sa propre table, assaisonnant ce repas en commun de sa conversation pleine de grâce et de bienveillance. 3. Son apparence physique était plaisante et il n'avait rien d'un guerrier usé par les armes : il était élégant, juvénile ; ses membres étaient si admirablement proportionnés, tout son corps si exactement constitué qu'on eût dit l'œuvre d'un artiste ; sans être habile orateur, il était insinuant et persuasif, comme on peut s'en rendre compte dans ses lettres[37]. 4. Les hommes qui

---

36. *La présence d'otages était une garantie pour Eumène qui s'assurait ainsi que l'entrevue avec Antigone se déroulerait sans dissimuler une ruse, et qu'il pourrait regagner Nora en toute sécurité (voir § 8).*
37. *Comment Plutarque connaissait-il ces lettres d'Eumène ? Avaient-elles été publiées ? Ou plus vraisemblablement étaient-elles citées par la source de Plutarque ? À ces questions, on ne peut répondre avec certitude. L'usage de la correspondance privée se développe à partir du IVe siècle.*

étaient assiégés avec lui souffraient surtout de l'étroitesse du lieu : ils vivaient dans des maisons exiguës et ne pouvaient circuler que sur un espace de deux stades de périmètre[38] ; ils prenaient donc leurs repas sans avoir fait d'exercice et nourrissaient leurs chevaux sans leur imposer aucun travail. 5. Eumène résolut de dissiper cette torpeur causée par le désœuvrement, et surtout de les entraîner par n'importe quel moyen, au cas où l'occasion de fuir se présenterait. 6. Il donna à ses hommes comme promenoir la plus grande maison de la place forte, qui avait quatorze coudées de long[39], et leur ordonna d'accélérer peu à peu leurs mouvements. 7. Pour les chevaux, il fit sangler chacun d'eux avec de longues courroies, attachées au plafond, qu'on leur passait sous le poitrail ; on les hissait et on les maintenait en l'air au moyen de poulies, de manière à permettre à leurs pattes de derrière de prendre appui sur le sol, tandis que celles de devant ne le frôlaient que du bout des sabots. 8. Lorsqu'ils étaient ainsi suspendus, les palefreniers se présentaient et les excitaient en criant et en les fouettant ; les animaux, pleins de colère et de fureur, ruaient et lançaient leurs pattes de derrière en tous sens, tandis qu'ils essayaient de s'appuyer sur leurs pattes maintenues en l'air et battaient le sol, en étirant tout leur corps et en exhalant beaucoup de sueur et d'écume, ce qui n'était pas un mauvais exercice pour entretenir leur rapidité et leur force. 9. On leur jetait leur avoine toute mondée, pour la leur faire absorber plus vite et digérer mieux.

XII. 1. Le siège durait depuis déjà longtemps, lorsque Antigone apprit qu'Antipatros était mort en Macédoine et que la confusion était extrême, à cause du conflit entre Cassandre et Polyperchon[40]. Dès lors, ses espérances n'eurent plus rien de médiocre : il se vit, en pensée, maître de tout l'empire et voulut, à cette fin, s'assurer l'amitié et la collaboration d'Eumène. 2. Il lui envoya donc Hiéronymos[41] qui conclut une trêve avec lui et lui proposa une formule de serment. Eumène la corrigea et laissa les Macédoniens qui l'assiégeaient décider laquelle des deux était la plus équitable. 3. Antigone avait mentionné pour la forme les rois au début du serment, mais la suite du texte n'engageait que lui ; quant à Eumène, il inscrivait Olympias en tête du serment, avec les rois[42], et jurait non seulement de soutenir Antigone et d'avoir mêmes amis et mêmes ennemis que lui, mais d'adopter la même attitude à l'égard d'Olympias et des rois. 4. Ces dernières conditions ayant été reconnues plus équitables, les Macédoniens firent prêter serment en ces termes à

---

38. *2 stades représentent environ 400 m. C'est dire que Nora était une petite place forte.*
39. *14 coudées représentent environ 6,20 m.*
40. *La mort d'Antipatros en 319 allait en effet modifier la situation. Il avait désigné pour lui succéder en tant qu'*épimélète *(gardien) des rois le vieux Polyperchon, à la fureur de son fils Cassandre. Celui-ci se rapprocha alors d'Antigone et constitua avec lui, avec Lysimaque qui était maître de la Thrace et avec Ptolémée maître de l'Égypte, une coalition contre Polyperchon. Voir Will (1979), p. 46-48.*
41. *Il s'agit de l'historien, compatriote d'Eumène et principale source de Plutarque.*
42. *Olympias était la mère d'Alexandre. La formule réclamée par Eumène était la formule traditionnelle du serment garantissant une alliance. Eumène, à la différence d'Antigone, tenait à respecter la légitimité, c'est-à-dire à inclure Olympias et les rois dans l'accord.*

Eumène et levèrent le siège, puis envoyèrent une délégation à Antigone, pour lui faire prêter serment à son tour à Eumène. 5. Pendant ce temps, ce dernier rendait tous les otages des Cappadociens qu'il détenait à Nora, recevait en échange des chevaux, des chariots et des tentes, et rassemblait tous les soldats qui s'étaient dispersés après leur fuite et qui erraient dans le pays. 6. Il eut ainsi à ses côtés près de mille cavaliers, avec lesquels il s'enfuit à toute bride, car il craignait Antigone, et il avait bien raison. 7. Non seulement celui-ci donna l'ordre de reprendre le siège et de l'investir de nouveau, mais il écrivit une réponse amère aux Macédoniens, pour avoir accepté la correction apportée au serment.

XIII. 1. Pendant qu'Eumène fuyait, on lui apporta des lettres de ceux qui, en Macédoine, redoutaient l'ascension d'Antigone. Olympias le priait de venir chercher le jeune fils d'Alexandre[43] et de l'élever car, disait-elle, il risquait d'être victime d'un attentat. 2. Polyperchon et le roi Philippe lui demandaient de combattre Antigone, à la tête de l'armée de Cappadoce, de prendre, dans les richesses de Cyinda[44], cinq cents talents pour réparer ses propres pertes et, pour la guerre, tout ce qu'il voulait. 3. Ils avaient écrit à ce propos à Antigénès et à Teutamos, chefs des Argyraspides[45]. 4. Ces derniers, ayant reçu ces lettres, accueillirent Eumène avec tous les dehors de l'amitié, mais on voyait qu'ils étaient pleins d'hostilité et de jalousie, jugeant indigne d'eux d'avoir la deuxième place après lui. Pour calmer leur hostilité, Eumène refusa de prendre l'argent et prétendit qu'il n'en avait pas besoin ; pour apaiser la jalousie et la soif de puissance qui rongeaient ces hommes aussi incapables de commander que résolus à ne pas obéir, il eut recours à la superstition. 5. Il leur raconta qu'Alexandre lui était apparu dans son sommeil et lui avait montré une tente royalement ornée à l'intérieur de laquelle se trouvait un trône ; 6. le prince lui avait alors déclaré que, s'ils siégeaient là ensemble et y administraient les affaires, il serait toujours à leurs côtés et les seconderait dans tous leurs desseins et toutes leurs entreprises, à condition qu'ils commencent par l'invoquer. 7. Il parvint facilement à convaincre Antigénès et Teutamos qui étaient aussi peu désireux de se rendre auprès de lui que lui-même de se laisser voir devant leurs portes ; 8. ils firent dresser une tente royale et un trône, qu'on appela trône d'Alexandre, et ce fut là qu'ils se réunirent pour délibérer sur les affaires les plus importantes.
9. Comme ils s'avançaient vers le haut pays, Peucestas vint à leur rencontre avec les autres satrapes : c'était l'ami d'Eumène et ils réunirent leurs troupes aux siennes. Par le nombre de leurs armes et l'éclat de leur équipement, ils représen-

---

43. *Le fils de Roxane devait avoir en 319 un peu moins de 4 ans.*
44. *Le roi Philippe en question est Philippe Arrhidée, le demi-frère débile d'Alexandre. Il s'agit vraisemblablement d'une partie du trésor royal de Suse. On ignore la localisation de Cyinda.*
45. *Les Argyraspides («Boucliers d'argent») formaient l'élite des vétérans de l'armée d'Alexandre. Voir infra, XVI, 7.*
46. *Lorsque Alexandre avait réorganisé l'empire de Darius, il avait maintenu à la tête de nombreuses satrapies les anciens gouverneurs perses. Ce sont eux qui sont visés ici, leur goût du luxe s'opposant à la simplicité de vie des Macédoniens.*

taient un renfort pour les Macédoniens, 10. mais les satrapes eux-mêmes étaient devenus ingouvernables à cause de leur excessive liberté, et la vie qu'ils menaient depuis la mort d'Alexandre les avait amollis[46]. Ils apportaient avec eux des prétentions de tyrans, nourries par leurs vantardises de Barbares. Leurs rapports mutuels étaient régis par la haine et la discorde, 11. mais avec les Macédoniens, ils se répandaient en flatteries et faisaient pour eux les frais de banquets et de sacrifices ; en peu de temps, ils eurent transformé le camp en un lieu de débauche et de fête, où la masse des soldats était invitée par démagogie à choisir ses généraux, comme dans une démocratie[47]. 12. Eumène, ayant remarqué qu'ils se méprisaient les uns les autres mais le craignaient, lui, et qu'ils étaient prêts à se débarrasser de lui si l'occasion s'en présentait, feignit d'avoir besoin d'argent et emprunta un grand nombre de talents à ceux qui le détestaient le plus, pour leur inspirer confiance et en même temps les forcer à le ménager, en les faisant trembler pour leurs créances. 13. Il se trouva donc dans la situation suivante : la richesse d'autrui lui servait de garde du corps et, à la différence des autres, qui paient pour protéger leur vie, il était le seul qui se faisait payer, au contraire, pour assurer sa sécurité.

XIV. 1 Tant qu'ils n'eurent rien à craindre, les Macédoniens se laissèrent corrompre par ceux qui leur offraient de l'argent : ils allaient, à leurs portes, faire la cour à ces gens qui s'entouraient de gardes du corps et se prenaient pour des stratèges[48]. 2. Mais lorsque Antigone eut établi son camp près d'eux avec une armée importante et que la situation, parlant d'elle-même, réclama un véritable stratège, non seulement les soldats tournèrent les yeux vers Eumène, mais ces personnages qui, dans la paix et le luxe, se montraient si fiers s'effacèrent tous et occupèrent sans protester le poste qui leur fut assigné. 3. Et de fait, lorsque Antigone essaya de franchir le fleuve Pasitigris[49], ceux qui montaient la garde sur la rive ne s'en aperçurent même pas ; Eumène fut le seul à résister ; il engagea le combat, tua beaucoup de monde, emplit le fleuve de morts, et fit quatre mille prisonniers. 4. Ce fut surtout quand il tomba malade que les Macédoniens montrèrent qu'à leurs yeux, les autres n'étaient bons qu'à offrir des festins et des fêtes magnifiques, et qu'ils le jugeaient seul capable de les commander et de diriger la guerre. 5. Peucestas leur avait offert en Perse des festins splendides et avait distribué à chaque soldat une victime à sacrifier, espérant s'assurer ainsi le premier rang ; 6. mais quelques jours plus tard, comme ils marchaient à l'ennemi, il se trouva qu'Eumène, atteint d'une maladie dangereuse, se fit porter en litière à l'écart de l'armée, pour être au calme, car il ne pouvait dormir. 7. Or en avançant un peu, les soldats virent soudain apparaître les

---

47. La comparaison entre les rivalités qui opposaient les satrapes et les élections dans une cité démocratique est un peu excessive. Car si l'armée macédonienne d'Eumène pouvait prétendre, bien que ne représentant qu'une partie des Macédoniens, au droit de désigner les généraux par acclamation, les circonstances étaient bien différentes de celles qui prévalaient encore au temps de Philippe II. Sur le rôle de l'assemblée de l'armée en Macédoine et en Asie après la mort d'Alexandre, voir Briant (1972), p. 279-349.
48. Plutarque exprime encore son mépris pour ces satrapes barbares qui prennent pour des stratèges grecs.
49. Le fleuve Pasitigris, à l'est de Suse, se jette dans le golfe Persique.

ennemis qui franchissaient des montagnes et descendaient dans la plaine. 8. Dès que les armes dorées qui étincelaient au soleil brillèrent au sommet des collines, tandis que la troupe s'avançait en bon ordre, dès que l'on vit dans les hauteurs les tours des éléphants[50] et les vêtements teints en pourpre, leur parure habituelle quand ils marchent au combat, les premiers rangs suspendirent la marche et crièrent d'appeler Eumène à leur aide, 9. déclarant qu'ils refusaient d'avancer s'ils ne l'avaient pas comme stratège. Posant leurs armes à terre, ils s'exhortaient les uns les autres à ne pas bouger et demandaient à leurs officiers de se tenir tranquilles, de ne pas engager le combat ni prendre de risques en l'absence d'Eumène. 10. En entendant cela, Eumène se rendit auprès d'eux en toute hâte, forçant ses porteurs à courir; il ouvrit des deux côtés les rideaux de la litière et tendit joyeusement la main droite. 11. Dès que les soldats le virent, ils le saluèrent en langue macédonienne, reprirent leurs boucliers qu'ils firent résonner en les frappant avec leurs sarisses[51], poussèrent le cri de guerre et défièrent hardiment les ennemis, puisque leur chef était avec eux.

XV. 1. Antigone, apprenant des prisonniers qu'Eumène était malade et se faisait porter en litière tant il était mal en point, pensa qu'il ne serait pas bien difficile d'écraser le reste de ses troupes, pendant la maladie de leur chef. Il s'avança donc en toute hâte pour livrer bataille. 2. Mais lorsque les ennemis prirent position et que, s'étant approché à cheval, il vit leur maintien et leur bon ordre, il fut frappé de stupeur et resta immobile assez longtemps; puis, apercevant la litière qu'on transportait d'une aile de l'armée à l'autre, 3. il se mit à rire bruyamment, selon son habitude, et dit à ses amis: «C'était donc cette litière qui rangeait l'armée contre nous!» Aussitôt, il ramena ses troupes en arrière et rentra dans son camp.
4. Mais dès que les soldats d'Eumène eurent un peu respiré, la démagogie reprit: pleins de mépris pour leurs chefs, les soldats se partagèrent presque toute la Gabiène[52] pour leurs quartiers d'hiver, si bien que les derniers campaient à près de mille stades des premiers[53]. 5. Ayant appris la situation, Antigone fit demi-tour et s'élança soudain contre eux par un chemin difficile et sans eau, mais court et direct; il espérait, s'il lançait l'attaque pendant qu'ils étaient encore dispersés dans leurs quartiers d'hiver, que la masse des soldats n'aurait même pas la possibilité de se rassembler autour des généraux. 6. Il s'engagea donc dans une contrée inhabitée, mais des vents terribles et de fortes gelées gênèrent sa marche et firent beaucoup souffrir ses hommes. 7. Il était nécessaire, pour les soulager, d'allumer un grand nombre de feux, et ils ne purent donc échapper à l'attention des ennemis. Les Barbares qui habitaient les montagnes situées face à ce désert, surpris de voir tant de feux, envoyèrent des messagers à dos de chameaux à Peucestas. 8. À cette nouvelle, celui-ci, égaré par la terreur et voyant les autres dans le même état, essaya de

---

50. La présence d'éléphants dans les armées, élément nouveau, allait vite se répandre jusqu'en Europe.
51. La sarisse était la longue lance macédonienne.
52. La Gabiène est une région de l'empire perse située à l'est de la Susiane.
53. Soit un peu moins de 200 km.

fuir, entraînant à sa suite la plupart des soldats qu'il trouvait sur sa route. 9. Mais Eumène calma le désordre et la panique, promettant d'arrêter l'avance rapide des ennemis et de retarder de trois jours leur arrivée. 10. Dès qu'il eut persuadé ses hommes, il envoya des messagers partout à la ronde transmettre l'ordre de faire sortir les troupes de leurs quartiers d'hiver et de rassembler les hommes en toute hâte ; pendant ce temps, il s'éloigna à cheval avec les autres généraux, choisit un endroit que ceux qui avançaient dans le désert pouvaient voir de loin et, l'ayant entouré et mesuré, il ordonna d'allumer de nombreux feux à intervalles réguliers, comme le font les soldats quand ils campent. 11. L'ordre fut exécuté. Lorsque Antigone aperçut ces feux sur la montagne, il en fut accablé et découragé, imaginant que les ennemis l'avaient vu depuis longtemps et marchaient contre lui. 12. Pour ne pas être obligé de combattre avec une armée affaiblie et brisée par la marche contre des hommes bien préparés, reposés par leurs quartiers d'hiver, il abandonna le raccourci, traversa des villages et des cités, et laissa son armée se reprendre tranquillement. 13. Puis constatant que, contrairement à ce qui se passe d'ordinaire quand on a l'ennemi en face de soi, personne ne lui barrait la route et apprenant des gens du pays qu'on n'avait vu aucune armée mais que la région était pleine de foyers consumés, il comprit qu'Eumène s'était joué de lui. Dépité, il s'avança, décidé à en finir en livrant ouvertement bataille.

XVI. 1. Entre-temps, la plus grande partie de l'armée s'était rassemblée autour d'Eumène ; admirant son intelligence, elle l'invitait à commander seul, 2. ce qui inspira beaucoup de dépit et de jalousie aux chefs des Argyraspides, Antigénès et Teutamos. Ils formèrent un complot contre lui, rassemblèrent la plupart des satrapes et des officiers, et examinèrent quand et comment ils feraient périr Eumène[54]. 3. Ils convinrent tous qu'il fallait se servir de lui pour la bataille et le tuer aussitôt après. Mais Eudamos, qui commandait les éléphants, et Phaïdimos rapportèrent en secret cette décision à Eumène, non par affection ni par reconnaissance à son égard, mais parce qu'ils craignaient de perdre l'argent qu'ils lui avaient prêté[55]. 4. Eumène les remercia puis, rentrant dans sa tente, dit à ses amis : « Je vis au milieu d'une horde de bêtes sauvages. » Il rédigea son testament, puis déchira et détruisit tous ses papiers, ne voulant pas qu'après sa mort on se servît de ces documents secrets pour accuser et calomnier leurs auteurs[56]. 5. Ayant pris ces dispositions, il se demanda s'il allait abandonner la victoire aux ennemis, pour s'enfuir à travers la Médie et l'Arménie et gagner la Cappadoce. 6. Il ne prit aucune décision en présence de ses amis mais, après avoir envisagé de nombreux cas de figure en son esprit qui, malgré la mauvaise fortune, restait retors, il fit sortir son armée rangée en ordre de bataille. Il exhorta les Grecs et les Barbares et reçut lui-même les encouragements de la phalange et des Argyraspides qui l'assuraient que l'ennemi

---

54. Sur ce corps d'élite et l'hostilité de ses chefs envers Eumène, voir supra, XIII, 3.
55. Sur ces prêts, voir supra, XIII, 12-13.
56. Eumène avait été le chef de la chancellerie d'Alexandre et avait gardé l'habitude de conserver les archives, en particulier les lettres qui lui étaient adressées. Voir Dictionnaire, « Écrit/Écriture ».

ne soutiendrait pas leur choc. 7. Et, de fait, c'étaient les plus âgés de ceux qui avaient servi sous Philippe et Alexandre[57]; ils ressemblaient à des athlètes qui n'avaient connu ni défaite ni revers jusqu'à ce jour: beaucoup avaient soixante-dix ans, aucun n'en avait moins de soixante. 8. Aussi marchèrent-ils contre les soldats d'Antigone en criant: « Ce sont vos pères que vous offensez, mauvaises têtes! » Dans leur charge furieuse, ils écrasèrent d'un seul coup presque toute la phalange: nul ne leur résista et la plupart des ennemis périrent sous leurs coups. 9. De ce côté, la défaite d'Antigone était complète mais, du côté des cavaliers, il prit l'avantage, Peucestas ayant combattu avec une extrême lâcheté, d'une manière indigne, et s'empara de tous les bagages, car il avait gardé son sang-froid au milieu du danger et avait été avantagé par la nature du terrain. 10. C'était une plaine immense, dont le sol, peu lourd, manquait de dureté et de fermeté; elle était sablonneuse et couverte d'une croûte saline qui, au moment de la bataille, se fendit sous la course de tant de chevaux et de tant d'hommes; une poussière semblable à de la chaux vive s'éleva; l'air devint tout blanc et le regard en fut troublé, 11. ce qui permit à Antigone de passer plus facilement inaperçu et de s'emparer des bagages des ennemis.

XVII. 1. Dès la fin de la bataille, Teutamos envoya une délégation réclamer les bagages. 2. Antigone promit de les rendre aux Argyraspides et de se comporter avec toute l'humanité possible, si on lui remettait Eumène. Les Argyraspides prirent alors la décision terrible de le livrer vivant aux ennemis. 3. Ils s'approchèrent d'abord de lui sans éveiller ses soupçons et se placèrent à ses côtés: les uns gémissaient sur leurs bagages, d'autres l'invitaient à garder courage puisqu'il était vainqueur, d'autres encore accusaient les officiers. 4. Puis, se jetant sur lui, ils lui arrachèrent son poignard et lui attachèrent les mains dans le dos avec sa ceinture. 5. Lorsque Antigone envoya Nicanor chercher le prisonnier, Eumène, que l'on conduisait à travers les rangs des Macédoniens, demanda à prendre la parole, non pour les supplier et tenter de les fléchir, mais pour leur parler de questions importantes pour eux. 6. Le silence s'étant fait, il se plaça sur un lieu élevé et, tendant ses mains enchaînées, s'écria: « Vous êtes vraiment les plus misérables des Macédoniens! Antigone aurait-il pu souhaiter dresser sur vous un aussi grand trophée que celui que vous édifiez vous-mêmes contre vous, en lui remettant votre général comme prisonnier de guerre? 7. N'était-il pas déjà scandaleux, alors que vous étiez vainqueurs, de vous avouer vaincus à cause de vos bagages, comme si la victoire dépendait des richesses, et non des armes? Mais vous faites plus: vous envoyez votre chef comme rançon pour vos bagages[58]. 8. Je n'ai pas subi de défaite, et on m'entraîne; j'ai vaincu les ennemis, et je suis perdu par mes alliés.

---

57. Ces vieux soldats auraient dû depuis longtemps regagner la Macédoine. Mais la conquête, puis la mort précoce d'Alexandre et la lutte pour le pouvoir entre les généraux les avaient maintenus en Asie sous les armes. Plutarque (ou sa source), en insistant sur le fait que ces soldats avaient servi sous Philippe et Alexandre, donnait à la guerre menée par Eumène contre Antigone un caractère légitime.
58. Le discours d'Eumène révèle l'importance des pillages auxquels se livraient les armées macédoniennes en Asie, tandis que leurs chefs luttaient pour le pouvoir.

Je vous en supplie, au nom du Zeus des armées et des dieux qui protègent les serments, tuez-moi ici de vos propres mains. 9. De toute manière, on me tuera là-bas et ce sera pareillement votre œuvre. Antigone ne vous reprochera rien ; c'est Eumène mort qu'il lui faut, non Eumène vivant. 10. Si vous voulez ménager vos bras, déliez donc un des miens : il suffira pour accomplir cette tâche. Et si vous ne voulez pas me confier une épée, jetez-moi, pieds et poings liés, aux bêtes sauvages. 11. Si vous acceptez de le faire, je vous tiens quittes de vos crimes envers moi et déclare que vous avez été les plus religieux et les plus justes des hommes à l'égard de votre général. »

XVIII. 1. Tandis qu'Eumène prononçait ces paroles, la foule était accablée de douleur et l'on entendait des gémissements. Mais les Argyraspides criaient de l'emmener sans tenir compte de ses bavardages. 2. « Ce qui est grave, disaient-ils, ce n'est pas qu'un maudit Chersonésien doive se repentir d'avoir épuisé les Macédoniens par des guerres innombrables, mais que les plus braves soldats d'Alexandre et de Philippe, après tant de fatigues, soient privés sur leurs vieux jours du prix de leurs combats et réduits à recevoir leur nourriture d'autrui, tandis que leurs femmes, depuis trois nuits déjà, dorment avec les ennemis[59]. » Tout en parlant, ils pressaient la marche du prisonnier. 3. Antigone, craignant d'être débordé par la foule (car il n'était resté personne dans le camp d'Eumène), fit sortir dix éléphants vigoureux et un grand nombre de Mèdes et de Parthes armés de lances, pour disperser la multitude. 4. Après quoi, il n'eut pas le courage de voir lui-même Eumène, à cause de leur ancienne amitié. Comme ceux qui avaient reçu charge du prisonnier demandaient comment ils devaient le garder, il répondit : « Comme un éléphant ou comme un lion ! » 5. Mais un peu plus tard, il se laissa émouvoir ; il lui fit enlever ses chaînes les plus lourdes, lui permit d'avoir auprès de lui un de ses esclaves familiers pour se faire frotter d'huile et autorisa ceux de ses amis qui le désiraient à passer la journée avec lui et à lui apporter des vivres. 6. Il délibéra plusieurs jours à son sujet, et écouta propositions et promesses ; le Crétois Néarchos et Démétrios, son propre fils, se faisaient un point d'honneur d'essayer de sauver Eumène, mais presque tous les autres s'acharnaient et réclamaient sa mort[60]. 7. Eumène, dit-on, demanda à son gardien Onomarchos pourquoi Antigone, tenant entre ses mains un homme qui était son ennemi privé et son adversaire, ne le tuait pas rapidement ou ne lui rendait pas généreusement la liberté. 8. Onomarchos répondit avec insolence : « Ce n'est pas maintenant mais au moment du combat qu'il fallait regarder hardiment la mort en face. – Par Zeus ! rétorqua Eumène, c'est ce que j'ai fait alors ; demande à ceux qui en sont venus aux mains avec moi. Je sais bien que je n'ai jamais rencon-

---

59. *Parmi les biens que les soldats d'Eumène souhaitaient récupérer, il y avait leurs femmes dont s'était emparé le vainqueur. Le rappel de l'origine d'Eumène, un Grec de Chersonèse, pouvait justifier que les soldats macédoniens lui préférent Antigone.*
60. *Il s'agit de Démétrios Poliorcète, auquel Plutarque a consacré une* Vie. *Néarchos commandait la flotte qui parcourut l'océan Indien du delta de l'Indus au golfe Persique (voir supra, II, 4). Eumène avait été condamné à mort par les Macédoniens après l'annonce de la mort de Perdiccas (voir supra, VIII, 3).*

tré plus fort que moi!» 9. Alors Onomarchos: «Eh bien, maintenant que tu l'as trouvé, pourquoi n'attends-tu pas son bon plaisir?»

XIX. 1. Lorsque Antigone eut décidé la mort d'Eumène, il ordonna de le priver de nourriture. Étant resté deux ou trois jours sans manger, celui-ci était près de sa fin, lorsqu'on dut soudain lever le camp: on envoya un homme pour l'égorger. 2. Antigone remit le corps à ses amis, et leur permit de le brûler et de recueillir ses restes dans une urne d'argent, pour les donner à sa femme et à ses enfants. 3. Telle fut la mort d'Eumène[61]. La divinité ne confia le châtiment des officiers et des soldats qui l'avaient trahi à nul autre qu'Antigone: celui-ci, regardant les Argyraspides comme des impies et des bêtes brutes, les livra à Sibyrtios, gouverneur de l'Arachosie, avec ordre de les écraser par tous les moyens et de les faire périr, pour que nul d'entre eux ne revînt en Macédoine et ne revît la mer de Grèce[62].

---

61. *Eumène mourut au début de l'année 316.*
62. *L'Arachosie est une province orientale de l'empire perse, située entre la Bactriane au Nord, et la Gédrosie au Sud. Le châtiment infligé aux Argyraspides par Antigone s'explique par le manque de confiance qu'il ressentait à l'égard de soldats qui avaient trahi leur chef. Antigone sortait grand vainqueur de ce conflit, et allait dominer l'histoire de la période jusqu'à sa mort en 301. Sur la fin d'Eumène et le sens de son combat, voir Will (1979), p. 52-54.*

COMPARAISON
DE SERTORIUS ET D'EUMÈNE

XX. [I]. 1. Voilà ce que nous avons rassemblé de mémorable sur Eumène et Sertorius[1]. 2. Pour en venir à la comparaison, ils ont tous deux un point commun : alors qu'ils étaient étrangers, venus d'ailleurs et exilés[2], ils passèrent toute leur vie à la tête de nations variées, d'armées combatives et de troupes puissantes. 3. Ce qui les distingue, c'est, pour Sertorius, qu'il se vit décerner le pouvoir par tous ses alliés, en raison de son prestige, pour Eumène, à qui de nombreux rivaux disputaient le commandement, qu'il obtint la première place à la suite de ses exploits. 4. L'un fut suivi par des hommes qui voulaient être commandés selon la justice, l'autre obéi par des hommes qui n'étaient pas capables de commander et n'obéissaient que par intérêt. 5. Le Romain commanda à des Ibères et à des Lusitaniens, le Chersonésien à des Macédoniens : les premiers étaient depuis longtemps asservis aux Romains, les seconds asservissaient alors toutes les populations[3]. 6. Sertorius parvint au pouvoir à cause de l'admiration qu'inspirait son rang de sénateur et de général, Eumène, en dépit du mépris attaché à son métier de scribe. 7. Non seulement Eumène était parti de plus bas, mais de plus grands obstacles s'opposaient à son ascension : 8. il eut beaucoup d'adversaires déclarés et beaucoup d'autres qui complotèrent contre lui en secret. Sertorius, en revanche, ne fut en butte à aucune hostilité déclarée et plus tard, ce ne fut qu'en cachette et en petit nombre que certains de ses alliés se dressèrent contre lui. 9. La victoire sur les ennemis mettait donc l'un à l'abri du danger, l'autre en danger à cause de ceux qui le jalousaient.

XXI. [II]. 1. Pour ce qui est de leurs qualités de chefs, elles sont donc proches et parallèles. En ce qui concerne leur caractère, Eumène aimait la guerre et les querelles, Sertorius était fait pour la tranquillité et la douceur. 2. L'un, qui pouvait vivre dans la tranquillité et les honneurs s'il ne s'opposait pas aux puissants, passa sa vie à combattre et à exposer sa vie ; l'autre, qui n'avait nul désir de s'occuper de politique, fit la guerre pour protéger sa personne contre ceux qui ne voulaient pas le

---

1. *Contrairement à son habitude, Plutarque établit sa comparaison entre le Grec Eumène et le Romain Sertorius à la fin de la biographie du Grec.*
2. *Sertorius était un exilé, chassé de Rome par ses ennemis. Pour Eumène, les choses sont moins claires. Il a pu être chassé de Cardia par l'animosité à son égard du tyran Hécatée. Mais il est aussi un de ces nombreux Grecs qui se mirent au service d'Alexandre. Il est intéressant de constater que Plutarque emploie le terme d'étranger* (xénos) *pour désigner ses deux héros dont la carrière se déroula hors de leur cité d'origine.*
3. *Plutarque tient à souligner le paradoxe : ce sont les Lusitaniens et les Ibères, des Barbares asservis par les Romains, qui voulaient être commandés selon la justice, tandis que les Macédoniens, alors maîtres du monde, n'obéissaient que par intérêt.*

laisser vivre en paix. 3. Antigone aurait volontiers employé Eumène, si celui-ci avait renoncé à lutter pour la première place et s'était contenté d'être son subordonné[4], mais Pompée ne permettait même pas à Sertorius de vivre sans rien faire. 4. L'un fit donc la guerre de son propre gré, pour obtenir le pouvoir, l'autre dut exercer le pouvoir contre son gré, parce qu'on lui faisait la guerre. 5. L'un aimait la guerre parce qu'il préférait la puissance à la sécurité, l'autre choisit la guerre parce que celle-ci lui assurait la sécurité.
6. Quant à leur mort, l'un la subit sans l'avoir prévue, l'autre s'y attendait. L'attitude de l'un s'expliquait par sa bonté, car il croyait pouvoir se fier à ses amis, celle de l'autre par sa faiblesse, car il avait l'intention de fuir quand il fut pris. 7. La mort de l'un ne fut pas indigne de sa vie, car il subit de ses compagnons d'armes un traitement qu'aucun de ses ennemis ne lui aurait infligé ; 8. mais l'autre, n'ayant pas réussi à fuir avant d'être capturé, résolut de vivre après avoir été capturé : il ne put faire preuve de noblesse ni pour éviter la mort ni pour la supporter ; à force d'insister et de supplier, il laissa l'ennemi qui semblait n'être maître que de son corps s'emparer aussi de son âme.

---

4. On peut s'étonner que Plutarque juge sévèrement Eumène pour n'avoir pas cédé à Antigone. Car, a priori, *les ambitions de celui-ci n'étaient pas plus justifiées.*

BIBLIOGRAPHIE

VIE DE SERTORIUS

DENIS A.-M.
Hommages à M. Delcourt, Coll. Latomus 114, Bruxelles, 1970, p. 169 et suiv.

GRMEK M.
« Les ruses de guerres biologiques dans l'Antiquité », *REG*, 92, 1979, p. 141-163.

KONRAD C. F.
• *Plutarch's Sertorius. A Historical Commentary*, Chapel Hill (Univ. North Carolina)-Londres, 1994.
• « A New Chronology of the Sertorian War », *Athenaeum*, 84, 1, 1995, p. 157-187.

NOUILHAN M., PAILLER J.-M., PAYEN P.
Plutarque. Grecs et Romains en parallèle, Paris, Hachette, Livre de Poche, 1999.

RODRÍGUEZ-ADRADOS F.
« La "fides" iberica », *Emerita*, 14, 1946, p. 128-209.

ROULAND N.
Les esclaves romains en temps de guerre, Coll. Latomus 151, Bruxelles, 1977.

SPANN P. O.
Quintus Sertorius and the Legacy of Sulla, Fayetteville, 1987.

SYME R.
Eranos, 55, 1957, p. 171 et suiv.

VIE D'EUMÈNE

BRIANT P.
Antigone le Borgne, Paris, 1973.

GOUKOWSKY P.
« Alexandre et la conquête de l'Orient », dans Ed. Will, Cl. Mossé, P. Goukowsky, *Le Monde grec et l'Orient. II. Le IVe siècle et l'époque hellénistique*, Paris, 2e éd., 1990, p. 247-336.

WILL E.
Histoire politique du monde hellénistique, I, 2e éd., Nancy, 1979.

AGÉSILAS-POMPÉE

La comparaison finale révèle le caractère artificiel du parallèle que Plutarque entend établir. Certes, les deux héros achevèrent leur vie en Égypte, où Pompée fut assassiné sur ordre des conseillers du jeune roi Ptolémée et où Agésilas, très âgé, livra ses derniers combats à la tête d'une armée de mercenaires avant de mourir en Libye sur le chemin du retour vers Sparte. Mais les efforts de Plutarque pour trouver entre eux des points de comparaison apparaissent assez vains. Il n'y a en effet que bien peu de rapports entre le roi spartiate qui guerroya pendant deux ans en Asie avant de lutter pour maintenir l'hégémonie spartiate face à Athènes et surtout à Thèbes, et le général romain qui vainquit Sertorius en Espagne, Mithridate en Asie, mais fut très vite entraîné dans la guerre civile qui devait lui coûter la vie.

Agésilas n'aurait pas dû régner, et c'est grâce à Lysandre, le grand vainqueur de la guerre du Péloponnèse, qu'il succéda à son frère Agis au détriment de son neveu Léotychidas. C'est à l'instigation du même Lysandre qu'il entreprit de renforcer les positions que celui-ci avait établies en Grèce d'Asie. Rappelé à Sparte pour faire échec à l'hostilité de Thèbes, il combattit avec succès jusqu'à la désastreuse défaite de Leuctres, bientôt suivie par la perte de la Messénie et qui devait marquer le début du déclin de Sparte. C'est pour renflouer les finances de la cité qu'il aurait rassemblé une armée de mercenaires, qu'il mit au service d'un prince égyptien révolté contre le Grand Roi, puis d'un de ses rivaux. Plutarque admire en lui le Spartiate, élevé à la dure et insensible aux richesses de ses alliés orientaux, et le chef militaire capable de ne pas s'engager à la légère dans un combat où il se savait le plus faible. Mais il lui reproche l'ingratitude dont il fit preuve à l'égard de Lysandre, et par contraste sa faiblesse à l'encontre de ceux qui, comme Phoebidas ou Sphodrias, entraînèrent Sparte dans des difficultés très grandes pour avoir agi injustement.

Pompée fit montre de la même faiblesse à l'égard de certains de ses amis, et, en dépit de la «douceur» de son caractère, il ne fut pas toujours juste envers ses ennemis. Entré dans la vie politique à l'ombre de Sylla, Pompée combattit victorieusement les anciens compagnons de Marius, en Sicile puis en Libye, avant d'aller en Espagne lutter contre Sertorius. C'est au retour d'Espagne qu'il obtint son premier consulat en 70. Victorieux des pirates, il reprit le combat contre Mithridate, réorganisa la province d'Asie, s'empara de Jérusalem et se préparait à assiéger Pétra, quand il apprit la mort de Mithridate. De retour à Rome en 62, il se rapprocha de César et de Crassus pour former le premier triumvirat. Mais la mort de Crassus dans la guerre contre les Parthes allait laisser César et Pompée face à face. Lorsque César, après avoir franchi le Rubicon, se fut rendu maître de l'Italie, Pompée s'enfuit en Grèce et, battu à Pharsale, crut trouver un asile en Égypte. Il y trouva la mort. Pompée avait reçu le surnom de Magnus, et ce fut assurément l'un des plus grands chefs militaires de l'Antiquité. Plutarque n'en demeure pas moins réservé à son égard, lui reprochant d'avoir trop souvent accepté que le pouvoir soit confisqué, au profit de Sylla d'abord, de César et Crassus auxquels il s'associa ensuite. Et si de véritables républicains comme Caton et Brutus se rallièrent à lui, ce fut seulement parce qu'il leur semblait seul capable de résister à la tyrannie de César. Le citoyen Plutarque ne pouvait tout à fait admirer, en dépit de ses qualités, le Grand Pompée.

Cl. M.

AGÉSILAS

I. 1. Archidamos, fils de Zeuxidamas, après avoir régné glorieusement sur les Lacédémoniens, laissa un fils, Agis[1], qu'il avait eu de Lampidô, une femme hautement estimée, et un autre beaucoup plus jeune, né d'Eupolis, fille de Mélésippidas, Agésilas. 2. Comme, selon la loi, la royauté devait revenir à Agis, Agésilas, qui semblait destiné à l'existence d'un simple particulier, reçut l'éducation ordinaire à Lacédémone, qui imposait un mode de vie rude et pénible et formait les jeunes à l'obéissance[2]. 3. C'est, dit-on, pour cette raison que Simonide[3] surnomme Sparte « la dompteuse des mortels » : il veut dire que par ses coutumes, elle s'entend le mieux à rendre les citoyens obéissants aux lois et dociles, tels des chevaux qu'on a dressés dès le début. 4. La loi exempte de cette contrainte les enfants élevés pour être rois. L'histoire d'Agésilas présente donc également la particularité suivante : il en vint à commander, mais il n'avait pas été dispensé d'apprendre à obéir. 5. Aussi de tous les rois fut-il de loin celui qui vécut dans la meilleure harmonie avec ses sujets car, à une nature de chef et de roi, il joignait, en raison de son éducation, la simplicité d'un homme du peuple et l'humanité.

II. 1. Alors qu'il faisait partie de ce que l'on appelle les troupes d'enfants élevés ensemble, il eut pour éraste Lysandre, qui avait été frappé surtout par le bel équilibre de sa nature[4]. 2. S'il était le plus ambitieux et le plus fougueux des jeunes gens, désireux d'être le premier en tout, doté d'une énergie et d'une impétuosité irrésistibles et difficiles à contenir, il faisait preuve en revanche de beaucoup de docilité et de douceur : alors que par la crainte, on n'obtenait rien de lui, il accomplissait, par respect, tout ce qu'on lui ordonnait, et les reproches le peinaient davantage que les efforts ne l'éprouvaient. 3. Quant à sa claudication, la beauté de son corps, quand il fut à la fleur de l'âge, la dissimula ; d'autre part, la facilité et la gaieté avec lesquelles il la supportait, étant le premier à en plaisanter et à se moquer de lui-même, contribuaient grandement à atténuer cette infirmité ; elle rendait même son ardeur plus manifeste, car jamais il n'invoqua sa boiterie pour se dérober devant un effort ou

---

1. *Archidamos régna de 469 à 427. Il eut pour successeur son fils Agis. C'est sous les règnes de ces deux rois de la dynastie des Eurypontides que se déroula la guerre du Péloponnèse, commencée en 431 sous le règne d'Archidamos et achevée en 405 sous celui d'Agis. Les rois Agiades jouèrent un rôle beaucoup moins important durant cette guerre.*
2. *Il semble en effet que la succession revenait prioritairement au fils aîné du roi régnant. L'éducation spartiate est longuement décrite dans* Lycurgue, *XVI-XXIII.*
3. *Il s'agit du poète Simonide de Céos qui vécut de 556 à 468.*
4. *Ces troupes d'enfants (*agélaï, *littéralement : «troupeaux») étaient caractéristiques de l'éducation des jeunes Spartiates. Sur les relations d'Agésilas avec Lysandre, voir* Lysandre, *XXII, 6.*

une entreprise. 4. Nous ne possédons pas de portrait physique de lui (il n'en voulait pas et, à sa mort, défendit de faire la moindre sculpture de son corps ou de le représenter par tout autre procédé[5]). On dit qu'il était petit, et d'un aspect peu imposant. 5. Mais sa gaieté, sa bonne humeur en toutes circonstances, son enjouement, l'absence de toute morosité et de toute rudesse dans sa voix comme dans son regard, le rendirent jusque dans la vieillesse plus séduisant que les beaux jeunes gens dans la fleur de l'âge. 6. Pourtant, d'après Théophraste[6], les éphores avaient condamné Archidamos à verser une amende pour avoir épousé une femme de petite taille. «Elle ne va pas nous donner des rois, disaient-ils, mais des roitelets.»

III. 1. Pendant le règne d'Agis, Alcibiade, ayant quitté la Sicile, se réfugia à Lacédémone. Il y avait peu de temps qu'il séjournait dans la cité, lorsqu'il fut accusé d'avoir une liaison avec Timaia, la femme du roi[7]. Agis refusa de reconnaître l'enfant qu'elle mit au monde, déclarant qu'Alcibiade en était le père. 2. Selon Douris[8], loin d'en être affligée, Timaia appelait chez elle, tout bas, en présence des femmes hilotes, l'enfant Alcibiade et non Léotychidas; quant à Alcibiade, il disait qu'il n'approchait pas Timaia pour l'outrager, mais parce qu'il désirait voir régner sur les Spartiates des hommes qui descendraient de lui. 3. Cette aventure poussa Alcibiade à quitter Lacédémone, par crainte d'Agis. Quant à l'enfant, le roi le considéra toute sa vie avec défiance et ne lui donna jamais le rang de fils légitime. Cependant, lorsque Agis fut malade, Léotychidas tomba à ses pieds en pleurant et parvint à le convaincre de le reconnaître pour fils en présence de nombreux témoins. 4. Mais après la mort du roi, Lysandre, qui avait déjà vaincu les Athéniens en bataille navale et qui était devenu très puissant à Sparte[9], porta Agésilas à la royauté, déclarant qu'elle ne devait pas revenir à Léotychidas, qui était bâtard. 5. D'ailleurs beaucoup de citoyens, à cause de la valeur d'Agésilas et parce qu'il avait été élevé et éduqué avec eux, avaient pour lui de l'affection et le soutenaient avec ardeur. 6. Cependant, il y avait à Sparte un certain Diopeithès[10], un devin tout rempli d'anciennes prophéties, qui passait pour un sage et un expert en matière religieuse. 7. Cet homme déclarait qu'il était interdit par les dieux qu'un boiteux fût roi de Sparte et, au cours du débat, il lut l'oracle suivant:

---

5. Xénophon (Agésilas, XI, 7) dit qu'il refusa qu'on lui élève des statues. C'était là un usage relativement récent, les statues étant réservées aux héros et aux dieux. Il témoigne d'une évolution des mœurs qui ne fera que s'affirmer au cours du IVe siècle.

6. Théophraste, philosophe et savant originaire d'Érésos, fut le successeur d'Aristote à la tête du Lycée.

7. Alcibiade, accusé d'avoir parodié dans sa maison les Mystères d'Éleusis, fut rappelé à Athènes alors qu'il avait reçu le commandement de l'expédition de 415 en Sicile. Il préféra s'enfuir et se réfugia à Sparte. Sur Sparte/Lacédémone, voir Dictionnaire. Sur son aventure avec la femme d'Agis, voir Alcibiade, XXIII, 1-2; 7-8, et Xénophon, Helléniques, III, 3, 2.

8. Douris de Samos, historien, auteur d'Hellenica, à la fin du IVe siècle.

9. Agis mourut en 400. Lysandre, vainqueur des Athéniens à Aïgos Potamoï, jouissait alors d'un grand prestige.

10. Ce devin est peut-être le Diopeithès cité par Aristophane (Cavaliers, v. 1085; Guêpes, v. 580; Oiseaux, v. 988).

AGÉSILAS

Malgré tout ton orgueil, fais attention, ô Sparte !
Tu marches droit. Que ta royauté ne claudique.
Des maux inattendus assailliraient ta chair,
Te roulant dans le flot meurtrier de la guerre.

8. À cela, Lysandre rétorquait que si les Spartiates avaient tellement peur de l'oracle, c'était de Léotychidas qu'ils devaient se garder ; peu importait au dieu de voir régner un homme blessé au pied, mais si le roi n'était ni de naissance légitime ni Héraclide[11], c'était alors que la royauté serait boiteuse. 9. Quant à Agésilas, il déclarait que Poséidon lui-même témoignait de la bâtardise de Léotychidas, puisque, par un tremblement de terre, il avait chassé Agis de la chambre nuptiale[12] ; or la naissance de Léotychidas avait eu lieu plus de dix mois après cet événement.

IV. 1. Ce fut ainsi et pour ces motifs qu'Agésilas fut proclamé roi. Aussitôt, il reçut également les biens d'Agis, Léotychidas étant écarté de la succession comme bâtard[13]. Voyant que les parents maternels de ce dernier étaient honnêtes, mais fort pauvres, il leur attribua la moitié de ces biens, et il acquit ainsi de l'affection et de la gloire, au lieu de l'envie et de la malveillance qu'aurait pu inspirer cet héritage. 2. Selon Xénophon[14], son obéissance absolue à la patrie le rendit si fort qu'il pouvait faire ce qu'il voulait. Voici ce qu'il en était. 3. Le plus grand pouvoir dans la constitution appartenait alors aux éphores et aux membres de la gérousia : les premiers n'exerçaient leur fonction qu'un an, mais les gérontes conservaient toute leur vie cette dignité, ayant pour mission d'empêcher les rois de tout se permettre, comme je l'ai écrit dans la *Vie de Lycurgue*[15]. 4. Aussi les rois éprouvaient-ils à leur égard, depuis les temps les plus anciens, une haine et une hostilité héréditaires. 5. Agésilas prit la voie opposée ; renonçant à leur faire la guerre et à les offenser, il les entourait d'égards et leur obéissait en tous points. S'ils le convoquaient, il se rendait en toute hâte auprès d'eux ; chaque fois qu'il se trouvait assis sur le trône royal pour s'occuper des affaires, si les éphores survenaient, il se levait ; à chacun de ceux qui étaient successivement désignés pour faire partie de la gérousia, il envoyait, comme marques d'honneur, un manteau et un bœuf. 6. Par ces moyens, il honorait et rehaussait en apparence la dignité de leur charge, mais en fait, sans en avoir l'air, il accroissait sa propre puissance, ajoutant à la royauté la grandeur que lui conférait l'affection qu'on lui portait.

---

11. Les deux dynasties royales de Sparte disaient descendre des Héraclides qui s'étaient, avec les Doriens, rendus maîtres du Péloponnèse.
*12. Dans le récit de Xénophon (*Helléniques*, III, 3, 2), c'est Alcibiade (qui n'est pas nommé) que le tremblement de terre fait sortir de la chambre de Timaia.*
*13. Un nothos (bâtard) ne pouvait hériter du bien paternel. Xénophon (*Agésilas*, IV, 5) dit en effet qu'Agésilas reçut les biens d'Agis, mais qu'il en abandonna la moitié à ses parents maternels qui étaient pauvres. Il n'est donc pas question de Léotychidas.*
*14. La référence à Xénophon est *Agésilas*, VI, 4.*
15. Voir Lycurgue*, V, 10-14. Pour les admirateurs de la constitution spartiate, cette rivalité entre les trois pouvoirs était le gage de la stabilité du régime.*

V. 1. Dans ses relations avec les autres citoyens, il mérita moins de reproches comme ennemi que comme ami : en effet, il ne faisait jamais de tort injustement à ses ennemis, mais il soutenait ses amis, même au mépris de la justice. 2. Il aurait rougi de ne pas honorer les belles actions de ses ennemis, mais il était incapable de blâmer les fautes de ses amis[16] : il tirait même gloire de les soutenir et de se rendre coupable avec eux, car, selon lui, il n'y avait jamais de honte à servir ses amis. 3. En revanche, il était le premier à compatir aux revers de ses adversaires et il s'empressait de les aider s'ils le lui demandaient, ce qui le rendait populaire et lui gagnait la faveur de tous. 4. Voyant cette situation et redoutant sa puissance, les éphores le condamnèrent à une amende, sous prétexte que les citoyens appartiennent à la communauté et qu'il en faisait sa propriété privée[17]. 5. D'après les physiciens, si l'on chassait de l'univers la querelle et la discorde, les corps célestes s'immobiliseraient ; l'harmonie universelle ferait cesser toute génération et tout mouvement[18]. C'est pour la même raison, semble-t-il, que le législateur lacédémonien avait introduit dans la vie politique, pour enflammer la valeur, la soif d'honneurs et de victoires ; il voulait voir les hommes de bien constamment opposés par des querelles et des rivalités, car il jugeait que la complaisance, qui cède paresseusement sans discussion et ne sait pas lutter contre ses adversaires, ne mérite pas le nom de concorde. 6. C'est ce que, selon certains, Homère lui-même a fort bien compris : il n'aurait pas montré Agamemnon heureux de voir Ulysse et Achille en venir à s'insulter « avec de terribles paroles », s'il n'avait pas considéré l'émulation et la dispute entre les meilleurs comme un grand bien pour la communauté. 7. Cependant cette idée ne saurait être admise sans examen : les conflits excessifs sont éprouvants pour les cités et comportent de grands dangers.

VI. 1. Agésilas venait à peine d'être investi de la royauté, lorsque des gens venus d'Asie annoncèrent que le roi des Perses s'apprêtait, avec une flotte considérable, à chasser les Lacédémoniens de la mer[19]. 2. Lysandre désirait être envoyé de nouveau en Asie et secourir les amis qu'il y avait laissés comme chefs et maîtres des cités[20]

---

16. Cette attitude qui consiste à justifier ses amis, même fautifs, est illustrée plus loin par les exemples de Phoebidas et de Sphodrias (infra, XXIII, 11 et XXV).
17. Agésilas en effet se constituait ainsi une « clientèle » privée (idious) dans une cité où primait tout ce qui était commun (coïnous).
18. Allusion aux théories de « physiciens » présocratiques comme Héraclite ou Empédocle.
19. Le contrôle établi par Lysandre sur certaines cités grecques d'Asie inquiétait le roi des Perses qui, après avoir aidé les Spartiates à détruire l'empire d'Athènes, craignait de voir s'établir à la place un empire lacédémonien. Par ailleurs, l'aide apportée par des chefs de guerre lacédémoniens à l'expédition menée par Cyrus, le jeune frère du roi pour s'emparer du pouvoir (la fameuse expédition des Dix Mille rapportée par Xénophon dans l'Anabase), n'avait pas amélioré les relations entre Sparte et l'empire perse.
20. Sur l'établissement par Lysandre de ces décarchies (on nomme ainsi le gouvernement oligarchique des Dix – sur le modèle des Trente, à Athènes – institué par Lysandre dans les villes d'Asie après la prise d'Athènes), voir Xénophon, Helléniques, III, 4, 2, et Lysandre, XIX, 1-6.

mais qui, usant du pouvoir méchamment et avec violence, avaient été exilés ou mis à mort par les citoyens. Il engagea Agésilas à prendre la direction de la campagne, à faire la traversée, à devancer les préparatifs du Barbare, et à aller combattre au loin pour la Grèce. 3. En même temps, il écrivait à ses amis d'Asie d'envoyer une ambassade à Lacédémone pour réclamer Agésilas comme général. 4. S'étant présenté devant le peuple, Agésilas accepta de se charger de cette guerre, si on lui donnait trente Spartiates pour officiers et pour conseillers, deux mille néodamodes[21] d'élite et une force auxiliaire de six mille alliés. 5. Lysandre appuya ses demandes, les Spartiates les votèrent avec empressement et envoyèrent aussitôt Agésilas en avant avec les trente Spartiates. Lysandre était le premier d'entre eux, non seulement à cause de sa gloire et de son influence, mais aussi en raison de l'amitié d'Agésilas qui jugeait que Lysandre lui avait rendu un service plus grand encore en lui offrant ce commandement qu'en lui faisant obtenir la royauté.
6. Pendant que l'armée se rassemblait à Géraïstos, Agésilas descendit à Aulis[22] avec ses amis et y passa la nuit; or durant son sommeil, il crut entendre une voix lui dire: 7. « Roi des Lacédémoniens, personne n'a jamais été désigné pour commander toutes les forces réunies de la Grèce, sauf d'abord Agamemnon et toi, après lui. Puisque tu as les mêmes soldats et les mêmes ennemis qu'Agamemnon et que tu pars du même endroit pour faire la guerre, il est naturel que tu offres à la déesse le même sacrifice qu'il offrit avant d'embarquer[23]. » 8. Aussitôt Agésilas se rappela l'égorgement de la jeune fille, que son père avait immolée sur la foi des devins[24]. Cependant, il ne se troubla pas; il se leva et, ayant raconté le songe à ses amis, il leur dit qu'il allait honorer la déesse d'une offrande susceptible de plaire à une divinité, sans pour autant imiter l'insensibilité de l'ancien général. 9. Il couronna donc une biche et la fit immoler par son propre devin et non, comme c'était l'usage, par le devin qu'avaient désigné les Béotiens. 10. Apprenant cela, les béotarques, pris de colère, lui envoyèrent des messagers pour lui interdire d'offrir des sacrifices contraires aux lois et aux coutumes des Béotiens: ils transmirent le message et arrachèrent de l'autel les cuisses de l'animal[25]. 11. Agésilas embarqua donc fort mécontent, irrité contre les

---

21. On pense généralement que les néodamodes étaient des hilotes affranchis et élevés à la citoyenneté, mais qui demeuraient de rang inférieur par rapport aux Spartiates. Voir en dernier lieu Ruzé (1997), p. 217-218.
22. Géraïstos est un port situé au sud de l'île d'Eubée ; Aulis, un port béotien qui faisait face à Chalcis. C'est de là que serait partie l'expédition des Achéens contre Troie.
23. L'identification des Troyens et des Perses est relativement tardive, postérieure aux guerres médiques. Elle s'exprime surtout dans l'iconographie où, dès lors, dans les représentations de la chute de Troie, les Troyens sont vêtus à la mode barbare, c'est-à-dire perse.
24. Il s'agit du célèbre sacrifice d'Iphigénie auquel Agamemnon dut se résoudre pour obtenir des dieux des vents favorables au départ de la flotte. Une version plus tardive du mythe, dont Euripide se fait l'écho dans son Iphigénie en Tauride, voulait que la déesse Artémis ait substitué une biche à la jeune fille. D'où le choix du même animal par Agésilas, révolté à l'idée d'un sacrifice humain.
25. Cette affaire allait être lourde de conséquences, car elle entraînerait la rupture de l'alliance entre Sparte et Thèbes. Sur l'acte des Béotiens, interrompant le sacrifice, voir Xénophon, Helléniques, III, 4, 3-4.

Thébains et découragé par le présage, y voyant le signe que son entreprise resterait inachevée et que sa campagne n'aurait pas une issue satisfaisante.

VII. 1. Dès qu'il parvint à Éphèse, il trouva aussitôt pénibles et insupportables le prestige et l'influence considérables dont jouissait Lysandre; chaque jour la foule se pressait à sa porte, tous l'escortaient et lui faisaient leur cour, comme si Agésilas n'avait que le titre et l'apparence du commandement, en vertu de la loi, tandis que, dans les faits, Lysandre était maître de tout, pouvait et faisait tout[26]. 2. Aucun des généraux qui avaient été envoyés en Asie n'avait été plus illustre ou plus redouté que lui; aucun autre homme n'avait rendu plus de services à ses amis, ni fait plus de mal à ses ennemis. 3. Ces événements étaient encore récents et les gens s'en souvenaient: par ailleurs, voyant qu'Agésilas était simple, d'abord facile et proche du peuple, tandis que chez Lysandre ils retrouvaient la même violence, la même rudesse et la même parole brève que naguère, ils se soumettaient totalement à ce dernier et ne prêtaient attention qu'à lui. 4. Cette situation suscita d'abord la colère des autres Spartiates, indignés d'être les esclaves de Lysandre plus que les conseillers du roi. Ensuite Agésilas lui-même, qui pourtant n'était pas envieux et n'en voulait pas à ceux qu'on honorait, mais était assoiffé d'honneurs et de victoires, se mit à craindre, si ses actions étaient couronnées de succès, que l'éclat n'en fût attribué à Lysandre à cause de sa gloire. 5. En conséquence, voici ce qu'il fit. En premier lieu, il s'opposa à tout ce que Lysandre conseillait; les entreprises que Lysandre soutenait le plus, il les écartait, les ignorait et donnait toujours la préférence à d'autres projets. 6. Ensuite, parmi les solliciteurs qui venaient le trouver, il renvoyait, sans rien leur accorder, ceux dont il sentait qu'ils comptaient surtout sur Lysandre. 7. Il agissait de même lors des procès: les hommes que Lysandre cherchait à desservir repartaient forcément en ayant eu gain de cause et inversement, ceux qu'on voyait Lysandre soutenir chaleureusement échappaient difficilement à une condamnation. 8. Comme tout cela n'était pas l'effet du hasard et semblait l'effet d'un plan concerté et méthodique, Lysandre en comprit la raison; loin de la cacher à ses amis, il leur dit que c'était à cause de lui qu'ils étaient en discrédit et il les engagea à aller faire leur cour au roi et à ceux qui avaient plus de crédit que lui.

VIII. 1. Comme cette conduite et ces propos semblaient destinés à susciter l'animosité contre Agésilas, ce dernier, voulant encore blesser Lysandre, le désigna comme responsable de la répartition des viandes[27] et lança, dit-on, devant beaucoup de témoins: «Qu'ils aillent maintenant faire la cour à mon écuyer tranchant!» 2. Furieux, Lysandre lui dit[28]: «De toute évidence, tu t'y connais, Agésilas, pour rabaisser tes amis. – Oui, répliqua l'autre, ceux du moins qui veulent être plus

---

26. *Plutarque reprend ici les remarques de Xénophon, qui avait accompagné en Asie son ami Agésilas et qui dit que «c'était Agésilas qui avait l'air d'un simple particulier et Lysandre d'un roi»* (Helléniques, *III, 4, 7).*
27. *Sur ce même titre de* créodaïtès *(responsable du ravitaillement), voir* Lysandre, *XXIII, 11.*
28. *Plutarque reprend ici en substance le dialogue rapporté par Xénophon* (Helléniques, *III, 4, 9).*

grands que moi. » Alors Lysandre : « Peut-être, Agésilas, tes paroles sont-elles plus nobles que mes actes, mais donne-moi un poste et une région où je pourrai t'être utile sans te contrarier. » 3. À la suite de cet entretien, Lysandre fut envoyé dans l'Hellespont et il amena à Agésilas Spithridatès, un Perse du pays de Pharnabaze[29], avec de nombreuses richesses et deux cents cavaliers. Mais sa rancœur ne s'apaisa pas ; il continua à en vouloir à Agésilas pendant le restant de ses jours et il intrigua pour ôter la royauté aux deux maisons qui l'accaparaient et la rendre accessible à tous les Spartiates[30]. 4. Cette querelle aurait pu, semble-t-il, provoquer une grande révolution, si Lysandre n'était pas mort auparavant, pendant une campagne en Béotie[31]. 5. C'est ainsi que dans la vie politique, les natures ambitieuses, si elles ne savent éviter les excès, font plus de mal que de bien. 6. En effet, si Lysandre était insupportable (et il l'était) et faisait preuve d'une ambition déplacée, Agésilas n'ignorait pas qu'il y avait des moyens moins répréhensibles de corriger les fautes d'un homme qui s'était couvert de gloire et qui était un ami. 7. Mais ce fut, apparemment, la même passion qui empêcha l'un de reconnaître l'autorité du chef, l'autre de tolérer cette méconnaissance chez un de ses proches.

IX. 1. Au début des hostilités, Tissapherne[32], par crainte d'Agésilas, avait conclu un accord par lequel le roi lui promettait d'accorder l'autonomie aux cités grecques. Mais plus tard, quand il crut disposer de forces suffisantes, il reprit la guerre, ce qui fit grand plaisir à Agésilas 2. car il fondait de grandes espérances sur son expédition. Il jugeait intolérable, alors que les Dix Mille, avec Xénophon, étaient parvenus jusqu'à la mer et avaient vaincu le roi toutes les fois qu'ils l'avaient voulu[33], que sous son propre commandement, les Lacédémoniens, maîtres de la terre et de la mer, ne fissent voir aux Grecs aucun exploit digne d'être rappelé. 3. Aussitôt donc, se vengeant du parjure de Tissapherne par une tromperie légitime, il fit croire qu'il s'apprêtait à gagner la Carie ; après quoi, dès que le Barbare eut rassemblé ses forces dans cette région, il leva le camp et envahit la Phrygie. 4. Il prit un grand nombre de cités et s'empara de richesses considérables, montrant à ses amis que violer une trêve, c'est mépriser les dieux, tandis que tromper les ennemis est non seulement juste, mais procure en outre beaucoup de gloire et joint l'utile à l'agréable[34].

---

29. *Selon Xénophon (*Helléniques, *III, 4, 10), ce Spithridatès avait subi un affront de la part de Pharnabaze. Dans* Agésilas, *III, 3, il précise que Pharnabaze voulait prendre comme concubine la fille de Spithridatès.*
30. *Plutarque développe longuement dans* Lysandre *(XXIV-XXVI) ce projet d'ouvrir la royauté, sinon à tous les Spartiates, du moins à tous les descendants d'Héraclès. Il semble cependant que ce projet n'ait été envisagé par Lysandre qu'après son retour à Sparte.*
31. *Lysandre devait mourir au cours de la bataille d'Haliarte en 395.*
32. *Tissapherne était le satrape de Lydie.*
33. *En réalité, les Dix Mille, mercenaires grecs au service de Cyrus, avaient été battus à Cunaxa où le jeune Cyrus avait trouvé la mort, et c'est une retraite, relatée dans son* Anabase, *que Xénophon avait dirigée.*
34. *Tous ces événements sont rapportés par Xénophon (*Helléniques, *III, 4, 11-12).*

5. Mais comme ses cavaliers avaient été vaincus et qu'on avait vu le foie des victimes dépourvu de lobes[35], Agésilas se retira à Éphèse et rassembla une cavalerie, en ordonnant aux riches, s'ils ne voulaient pas servir eux-mêmes, de fournir chacun en échange un cheval et un homme. 6. Or ils étaient nombreux dans ce cas, ce qui permit à Agésilas de disposer bientôt d'un grand nombre de cavaliers combatifs au lieu d'hoplites lâches[36]. [Ceux qui ne voulaient pas servir payaient en effet des volontaires, et il en allait de même pour ceux qui ne voulaient pas être cavaliers[37].] 7. À son avis, Agamemnon avait eu bien raison d'accepter une bonne jument, et d'exempter du service un pleutre qui était riche[38]. 8. Sur son ordre, les trafiquants de butin déshabillèrent les prisonniers de guerre pour les vendre : il y eut beaucoup d'acheteurs pour les habits, mais quand on découvrit ces corps que leur vie à l'ombre avait rendus tout blancs et délicats, les gens en rirent, les jugeant inutiles et sans valeur[39]. Agésilas survint et lança : « Vous voyez là ceux contre qui vous combattez, et ici ce pour quoi vous vous battez ! »

X. 1. Dès que l'occasion se présenta d'envahir de nouveau le territoire ennemi, il annonça qu'il allait conduire son armée contre la Lydie[40]. Cette fois, il ne mentait plus à Tissapherne, mais ce fut celui-ci qui se dupa lui-même : à cause de la ruse précédente, il ne crut pas Agésilas et pensa qu'il allait sûrement s'en prendre à la Carie, un pays peu praticable pour les chevaux, puisque sa cavalerie était nettement inférieure. 2. Mais lorsque Agésilas fut arrivé, comme il l'avait annoncé, dans la plaine de Sardes, Tissapherne fut contraint de revenir en hâte secourir la Lydie. Il traversa le pays avec sa cavalerie et massacra beaucoup de Grecs qui s'étaient écartés des rangs pour se livrer au pillage dans la plaine. 3. Agésilas, constatant que les ennemis n'avaient pas encore leur infanterie, alors qu'il disposait, lui, de ses troupes au grand complet, se hâta d'engager le combat. Mêlant aux cavaliers le corps des peltastes[41], il leur ordonna d'avancer le plus vite possible et de charger

---

35. *Il s'agit de la bataille de Dascyleion, qui fut remportée par la cavalerie de Pharnabaze (Xénophon, Helléniques, III, 4, 13-14). Un foie incomplet était un mauvais présage.*
36. *Xénophon, homme de guerre à la différence de Plutarque, explique la nécessité pour Agésilas de se constituer une cavalerie par la nature du pays traversé. Il éviterait ainsi de faire retraite dans des conditions difficiles. L'interprétation de Plutarque qui oppose les cavaliers combatifs aux hoplites lâches introduit une dimension différente, à la fois morale et sociale, la cavalerie se recrutant parmi les plus riches capables d'entretenir un cheval.*
37. *Cette phrase est sans doute une glose introduite dans le texte par un copiste.*
38. *Plutarque fait ici allusion à un passage de l'*Iliade *(XXIII, v. 295-299) dans lequel Agamemnon rappelle qu'il tient sa jument d'Échépolos, fils d'Anchise, qui se dispensa ainsi de participer à la guerre.*
39. *Xénophon (*Helléniques, *III, 4, 19 et* Agésilas, *I, 28) évoque également cette vente des prisonniers dépouillés de leurs vêtements : c'était afin de montrer aux soldats que les hommes contre lesquels ils auraient à combattre étaient aussi faibles physiquement que des femmes. Mais il ne fait aucune allusion à leur valeur marchande.*
40. *Au printemps de l'année 395.*
41. *Fantassins légers qui tiraient leur nom du bouclier d'osier dont ils étaient pourvus.*

AGÉSILAS

leurs adversaires, tandis que lui-même faisait aussitôt avancer ses hoplites. 4. Les Barbares furent mis en déroute ; les Grecs les poursuivirent, s'emparèrent de leur camp et les tuèrent en grand nombre[42]. 5. Cette bataille leur permit non seulement de piller et de ravager sans crainte le territoire du Grand Roi, mais encore d'assister au châtiment de Tissapherne, ce scélérat qui était le pire ennemi de la race des Grecs. 6. Le roi lui envoya aussitôt Tithraustès qui lui coupa la tête et qui proposa à Agésilas de conclure un accord et de se rembarquer pour rentrer chez lui : il lui fit même offrir de l'argent. 7. Agésilas répondit que pour la paix, c'était sa cité qui avait le pouvoir d'en décider, que, quant à lui, il trouvait plus agréable d'enrichir ses soldats que d'être riche lui-même, et que d'ailleurs les Grecs jugeaient noble, non d'accepter des présents des ennemis, mais de conquérir leurs dépouilles. 8. Cependant, désireux de montrer sa gratitude à Tithraustès qui avait châtié Tissapherne, l'ennemi public des Grecs, il fit passer son armée en Phrygie et accepta trente talents pour les frais de route[43].
9. Chemin faisant, il reçut une scytale des magistrats de son pays lui ordonnant de prendre aussi le commandement de la flotte : nul autre que lui n'avait jamais obtenu pareil honneur[44]. 10. Il était, de l'avis de tous, comme l'a dit quelque part Théopompe[45], le plus grand et le plus illustre des hommes de son temps, mais il tirait plus d'orgueil de sa valeur que de son commandement. 11. Il mit alors Pisandre à la tête de la flotte, ce qui fut un tort, semble-t-il[46] : alors qu'il y avait des gens plus âgés et plus sensés, il ne considéra pas l'intérêt de la patrie, mais voulut honorer sa famille et faire plaisir à sa femme, dont Pisandre était le frère, en lui confiant ce commandement naval.

XI. 1. Lui-même installa son armée dans la région soumise à l'autorité de Pharnabaze[47], où il disposait de tout en abondance et amassait en outre d'immenses richesses. Il avança jusqu'en Paphlagonie, et gagna à sa cause Cotys, roi des Paphlagoniens, qui désirait l'amitié d'Agésilas à cause du mérite et de la loyauté de celui-ci. 2. Spithridatès, depuis qu'il avait fait défection de Pharnabaze pour rejoindre Agésilas, participait à tous ses déplacements et à toutes ses campagnes. Il avait un

---

42. *La bataille se déroula au bord du fleuve Pactole, en Lydie. Elle est racontée par Xénophon* (Helléniques, *III, 4, 21-24 et* Agésilas, *I, 28-32).*

43. *Agésilas, en rappelant que la décision d'ouvrir des négociations revient à Sparte, se montre respectueux des lois de la cité. Plutarque, une fois de plus, met l'accent sur les qualités «spartiates» du roi, son dédain pour les richesses. Mais, dans les* Helléniques *(III, 4, 26), c'est Agésilas qui réclame à Tithraustès les 30 talents nécessaires à l'entretien de son armée.*

44. *La scytale était le bâton autour duquel on enroulait à Sparte les messages destinés aux chefs de l'armée. La flotte était, comme le montre l'exemple de Lysandre, commandée par un navarque.*

45. *Il s'agit de Théopompe de Chios, disciple d'Isocrate et auteur d'*Helléniques *dont il ne reste que des fragments.*

46. *L'exemple de Pisandre renforce ce qui a été dit supra (V, 2) sur les faiblesses d'Agésilas. Mais l'inexpérience de Pisandre est soulignée aussi par Xénophon (*Helléniques, *III, 4, 27-28).*

47. *C'est-à-dire la Phrygie hellespontique, au nord de l'Asie Mineure.*

fils, Mégabatès, d'une grande beauté, qui était tout jeune et inspirait à Agésilas une vive passion[48], et une fille également belle, encore vierge, en âge de se marier : 3. Agésilas convainquit Cotys de l'épouser[49] et, après avoir reçu de lui mille cavaliers et deux mille peltastes, il se retira en Phrygie où il se remit à saccager le pays de Pharnabaze. Celui-ci ne résistait pas et ne se fiait pas à ses fortifications : gardant toujours avec lui la plupart de ses possessions les plus précieuses et les plus chères, il se retirait et se dérobait constamment, changeant sans cesse de place, jusqu'au moment où Spithridatès qui le guettait, accompagné du Spartiate Hérippidas, prit son camp et s'empara de toutes ses richesses. 4. À cette occasion, Hérippidas se livra avec âpreté à l'inspection des biens volés et obligea les Barbares à les rendre ; à force de surveiller et de fouiller partout, il irrita Spithridatès, qui partit aussitôt pour Sardes avec les Paphlagoniens. 5. Cet événement, dit-on, contraria Agésilas au plus haut point. Il regrettait d'avoir perdu Spithridatès, un homme de cœur, et avec lui une armée qui n'était pas négligeable, et il avait honte d'être accusé de petitesse et de mesquinerie, alors que son ambition était de tenir toujours sa personne et sa patrie à l'abri d'une telle accusation. 6. Outre ces motifs déclarés, il était profondément troublé par l'amour que lui inspirait le jeune garçon. Cependant, en sa présence, il se faisait un point d'honneur de combattre énergiquement son désir. 7. Un jour même que Mégabatès l'approchait pour le saluer et l'embrasser, il se déroba. L'enfant, honteux, s'arrêta et désormais ne le salua plus que de loin. Agésilas, contrarié à son tour et regrettant d'avoir fui ce baiser, feignit de se demander ce que Mégabatès pouvait bien avoir pour ne plus lui marquer son affection en l'embrassant. 8. « C'est ta faute, lui dirent ses compagnons ; tu n'as pas supporté le baiser de ce beau garçon ; tu as tremblé et tu as eu peur. Maintenant encore, il se laisserait persuader de venir à toi et d'accepter le baiser, mais ne va pas t'effaroucher une nouvelle fois. » 9. Agésilas resta quelque temps songeur et silencieux, puis : « Il ne faut pas, dit-il, que vous le persuadiez ; j'aurais plus de plaisir, je crois, à livrer de nouveau cette lutte contre le baiser qu'à voir tout ce que je regarde se changer en or. » 10. Telle était son attitude en présence de Mégabatès, mais lorsque celui-ci fut parti, sa passion devint si brûlante que si l'autre était revenu et s'était montré, on ne peut affirmer qu'il aurait eu la force de refuser ses baisers.

XII. 1. Après quoi, Pharnabaze voulut entrer en pourparlers avec Agésilas, et leur hôte à tous deux, Apollophanès de Cyzique, les fit se rencontrer. 2. Agésilas fut le premier à arriver, avec ses amis, à l'endroit du rendez-vous : il s'allongea sur une herbe épaisse, à l'ombre, et attendit Pharnabaze. 3. Dès que celui-ci arriva, on éten-

---

48. *Dans les* Helléniques, *Xénophon ne parle pas de cet amour d'Agésilas pour Mégabatès. En revanche, dans* Agésilas *(V, 4-5), il le donne en exemple de la tempérance d'Agésilas qui s'abstient de toute relation charnelle avec le jeune homme. Dans la* République des Lacédémoniens *(II, 13), Xénophon prétend qu'à Sparte, les pratiques pédérastiques étaient pures. Agésilas se conforme donc à la morale spartiate. La conclusion du chapitre (§ 10) n'en est que plus surprenante.*
49. *Xénophon* (Helléniques, *IV, 1, 3-15) rapporte longuement les conversations entre Agésilas et Cotys (ou plutôt Otys, selon la graphie de Xénophon) au sujet de ce mariage.*

dit pour lui sur le sol des peaux moelleuses et des tapis bigarrés, mais il eut honte en voyant Agésilas ainsi allongé; il s'étendit à son tour, sur l'herbe, par terre, sans changer de vêtement, bien qu'il portât des habits d'une finesse et d'un coloris admirables[50]. 4. Les deux hommes se saluèrent. Pharnabaze ne manquait pas d'arguments fort justes, puisque, après avoir rendu aux Lacédémoniens, au cours de la guerre contre Athènes, tant de services importants[51], il se voyait à présent victime de leurs exactions. 5. Agésilas vit que les Spartiates qui l'entouraient baissaient les yeux vers le sol, pleins de honte, très gênés en voyant combien le traitement fait à Pharnabaze était injuste. 6. Il prit la parole: «Pharnabaze, autrefois, quand nous étions les amis du Grand Roi, nous nous comportions en amis avec toutes ses possessions; maintenant que nous sommes devenus ses adversaires, nous nous comportons avec elles en ennemis. Constatant que tu veux, toi aussi, devenir une des propriétés du Grand Roi, nous essayons, en bonne logique, de lui nuire en ta personne. 7. Mais du jour où tu désireras être appelé ami et allié des Grecs plutôt qu'esclave du Grand Roi, tu pourras considérer que cette phalange, ces armes, ces navires et nos personnes sont les gardiens de tes biens et de ta liberté sans laquelle il n'est, pour les hommes, rien de beau ni d'enviable[52].» 8. Là-dessus, Pharnabaze lui exposa son point de vue: «Si le roi envoie quelqu'un d'autre comme stratège, je serai à vos côtés, mais s'il me donne le commandement, je ne négligerai aucun effort pour vous repousser et vous faire du tort.» 9. À ces mots, Agésilas, joyeux, lui saisit la main droite et se releva avec lui: «Puisses-tu, Pharnabaze, puisque tel est ton caractère, devenir notre ami, plutôt que notre ennemi!»

XIII. 1. Comme Pharnabaze se retirait avec ses amis, son fils, qui était resté en arrière, courut à Agésilas et lui dit en souriant: «Je fais de toi mon hôte, Agésilas!», et il lui donna un javelot qu'il tenait à la main; 2. Agésilas le prit et, charmé de la beauté et de l'amabilité de l'enfant, il jeta les yeux sur les personnes présentes, à la recherche d'un cadeau par lequel il pourrait répondre à ce beau geste plein de noblesse. Voyant que des phalères[53] paraient le cheval de son secrétaire Idaeos, il les arracha aussitôt et les offrit au jeune garçon. 3. Par la suite, il ne l'oublia jamais; lorsque plus tard celui-ci fut dépouillé de sa maison, chassé par ses frères, et obligé de se réfugier dans le Péloponnèse, Agésilas prit grand soin de lui. Il alla même jusqu'à seconder ses amours. 4. Il était épris d'un athlète de la catégorie des enfants qui venait d'Athènes et qui, étant déjà grand et robuste, risquait de se voir exclu des concours Olympiques.

---

50. Une fois de plus, Plutarque se plaît à souligner l'opposition entre la simplicité du roi spartiate et le luxe tout oriental du satrape perse.
51. Allusion à l'aide financière que Pharnabaze avait apportée aux Spartiates dans leur lutte contre Athènes, leur permettant de construire une flotte et de recruter des marins (Thucydide, Guerre du Péloponnèse, *VIII, 6, 1).*
*52. Malgré ses richesses et la splendeur de son apparence, Pharnabaze n'est que le serviteur de ce despote qu'est le roi des Perses. Plutarque, dans ce dialogue, reprend, en le résumant, le dialogue mis en scène par Xénophon (*Helléniques, *IV, 1, 32-38).*
53. Les phalères étaient des petits disques qui ornaient le frontal des chevaux et servaient de caparaçon.

Le Perse recourut à Agésilas et le pria d'intervenir pour l'enfant. Désireux de lui complaire, Agésilas arrangea l'affaire à grand-peine, au prix de longues tractations. 5. En effet, si de manière générale il était rigoureux et respectueux de la loi, dès qu'il s'agissait d'amitié, il jugeait que l'excès de justice n'était qu'un faux prétexte pour se dérober[54]. On cite un bref billet qu'il adressa au Carien Hidrieus : « Si Nicias n'est pas coupable, relâche-le ; s'il est coupable, relâche-le pour moi ; en tout cas, relâche-le. » 6. Telle était le plus souvent la conduite d'Agésilas en faveur de ses amis. Mais dans certains cas, par souci de l'intérêt public, il tenait davantage compte des circonstances, comme il le montra lors d'une retraite mouvementée, au cours de laquelle il abandonna son éromène[55] qui était malade. 7. Alors qu'il partait, et que l'autre le suppliait et l'appelait, il se retourna et lui dit : « Il est difficile de concilier la pitié et la raison ! » Tel est du moins le récit du philosophe Hiéronymos[56].

XIV. 1. Il y avait déjà deux ans qu'il détenait le commandement[57], et l'on parlait beaucoup de lui dans le haut pays ; on célébrait avec admiration sa tempérance, sa simplicité et sa modération. 2. Lorsqu'il était en voyage, il campait à l'écart dans les sanctuaires les plus sacrés, et cette intimité que nous n'exposons qu'aux yeux de rares personnes, il en rendait les dieux spectateurs et témoins. Parmi tant de milliers de soldats, il aurait été difficile de trouver une paillasse plus grossière que celle d'Agésilas[58]. 3. Il résistait à la chaleur et au froid, comme s'il était le seul dont la nature pût supporter la succession des saisons réglées par la divinité. 4. C'était un spectacle très agréable pour les Grecs établis en Asie que de voir les gouverneurs et les stratèges qui depuis si longtemps leur étaient odieux et intolérables, corrompus qu'ils étaient par la richesse et par le luxe, craindre et flatter un homme qui circulait sous un manteau grossier, se régler et changer d'attitude sur une seule parole brève et laconique qu'il leur lançait. Aussi beaucoup avaient-ils à l'esprit le vers de Timothée[59] :

    Si Arès est tyran, l'or n'effraie pas la Grèce.

XV. 1. Alors que l'Asie s'agitait et qu'en de nombreux endroits elle était tentée de faire défection, il s'attacha les cités où il se trouvait et, sans condamner personne à mort ou à l'exil, y restaura l'ordre nécessaire. Il avait décidé de pousser plus avant, de porter la

---

54. Nouvel exemple de cette « faiblesse » d'Agésilas, qui faisait passer l'amitié (ou la parenté) avant l'intérêt commun. L'anecdote figure dans Xénophon, Helléniques, IV, 1, 39-40.
55. C'est-à-dire le jeune garçon dont il était épris.
56. Hiéronymos de Rhodes était un philosophe péripatéticien du IIIe siècle.
57. Agésilas avait quitté la Grèce en 396 et l'entrevue avec Pharnabaze date de 394. La chronologie de Plutarque est comme toujours assez vague.
58. Plutarque reprend ici ce que dit Xénophon dans Agésilas, V, 2 ; 7.
59. Il s'agit du poète Timothée de Milet (qui mourut vers 357), auteur d'un poème intitulé Les Perses, dont il ne nous reste que la fin, auquel ce vers est peut-être emprunté. On retrouve une nouvelle fois l'opposition entre le luxe des Perses et la simplicité des Grecs en général, mais surtout des Spartiates.

guerre loin de la mer Grecque, de s'en prendre à la personne même du roi et à la prospérité dont il jouissait à Ecbatane et à Suse, et d'abord de l'arracher à son oisiveté : ainsi il ne pourrait plus, tranquillement assis sur son trône, arbitrer les guerres entre les Grecs et corrompre les démagogues[60]. 2. Mais, sur ces entrefaites, le Spartiate Épicydidas vint le trouver, lui annonçant que les Grecs avaient lancé contre Sparte une grande guerre[61] : les éphores l'appelaient et lui ordonnaient de venir secourir son pays.

3. Vous avez inventé, ô Grecs, des maux barbares[62] !

Quel autre nom donner en effet à la jalousie, au complot et aux conspirations qui dressèrent alors les Grecs contre eux-mêmes ? Alors que leur Fortune était en pleine ascension, ils l'attaquèrent ; alors que leurs armes visaient les Barbares et que la guerre était déjà rejetée hors de Grèce, ils les tournèrent de nouveau contre eux. 4. Pour ma part, je ne partage pas l'avis du Corinthien Démarate, selon lequel les Grecs qui n'avaient pas vu Alexandre assis sur le trône de Darius avaient été privés d'une grande joie ; bien au contraire, je pense qu'ils auraient dû pleurer, à l'idée qu'ils avaient laissé cet honneur à Alexandre et aux Macédoniens, pour avoir sacrifié alors en pure perte les armées des Grecs à Leuctres, à Coronée, à Corinthe, en Arcadie[63]. 5. Cependant, Agésilas ne fit jamais rien de plus fort ou de plus grand que cette retraite, et on ne vit jamais plus bel exemple d'obéissance et de justice. 6. Hannibal, qui pourtant était déjà fort mal en point et allait être repoussé hors d'Italie, ne se résigna que très difficilement à obéir à ceux qui le rappelaient pour faire la guerre chez lui ; Alexandre, lui, alla jusqu'à plaisanter, en apprenant le combat d'Antipatros contre Agis[64] : « Apparemment, mes amis, pendant que nous écrasions Darius ici, il s'est livré là-bas en Arcadie une guerre de souris. » Comment dans ces conditions ne pas juger Sparte heureuse, pour le respect qu'Agésilas lui témoigna et sa docilité aux lois ? 7. Dès l'arrivée de la scytale, il abandonna et sacrifia la prospérité et la puissance immenses qu'il tenait déjà et les belles espérances qui le guidaient pour embarquer aussitôt, laissant derrière lui aux alliés, à cause de

---

60. Allusion aux interventions du roi des Perses dans les dernières années de la guerre du Péloponnèse.
61. La guerre avait commencé l'année précédente à la suite de l'intervention auprès des Grecs d'un envoyé du roi, Timocratès de Rhodes, qui avec de l'argent réussit à convaincre des Thébains, des Corinthiens et des Argiens de former une coalition contre Sparte, à laquelle adhérèrent les Athéniens. C'est au cours des opérations qui se déroulèrent en Béotie que Lysandre trouva la mort à Haliarte. L'autre roi, Pausanias, conclut alors une trêve avec les coalisés, ce qui lui valut un procès.
62. Le vers est emprunté aux Troyennes *d'Euripide, v. 764.*
63. Sur Démarate de Corinthe, ami de Philippe II, voir Alexandre, *IX, 12-13 et note ; XXXVII, 7 ; LVI, 1. On retrouve ici le patriotisme de Plutarque, qui tient les Macédoniens pour des ennemis de la liberté grecque. Que ce soit Alexandre qui ait conquis l'empire perse lui semble une injustice. Mais ce sont les Grecs eux-mêmes qui, en se livrant à des luttes fratricides, qu'évoquent les noms des batailles où ils s'affrontèrent, furent responsables de leur asservissement.*
64. Allusion au rappel d'Hannibal en 203 pour faire face à la menace qui pesait sur Carthage du fait de Scipion. La bataille de Mégalopolis au cours de laquelle le roi spartiate Agis III fut battu par le Macédonien Antipatros eut lieu en 331.

cet « ouvrage inachevé », un vif regret de sa personne. Et surtout, il avait donné tort à Érasistratos, fils de Phaiax, qui disait : « Pour les affaires publiques, les Lacédémoniens sont meilleurs, mais pour les relations privées, ce sont les Athéniens » : 8. en effet, s'il se montra un roi et un général remarquables, il fut encore un meilleur ami et un compagnon plus charmant pour ceux qui le fréquentèrent à titre privé. Comme la monnaie perse était frappée au type de l'archer, il déclara : « Il a fallu au roi trente mille archers pour me chasser d'Asie » – car tel était le nombre des dariques qui furent envoyées à Athènes et à Thèbes et distribuées entre les démagogues, pour entraîner les peuples à se mettre en guerre contre les Spartiates[65].

XVI. 1. Après avoir traversé l'Hellespont, il fit route à travers la Thrace, sans solliciter aucun des peuples barbares, se contentant d'envoyer demander à chacun d'eux s'il devait traverser leur pays en ami ou en ennemi. 2. Tous le laissèrent passer en ami et lui fournirent une escorte, chacun selon ses possibilités, mais ceux qu'on appelle les Tralles, auxquels Xerxès lui-même, dit-on, avait dû offrir des présents, lui réclamèrent pour prix de son passage cent talents d'argent et autant de femmes. 3. Il répondit avec une feinte naïveté : « Que ne sont-ils venus tout de suite les prendre ? » Après quoi, il avança, trouva les Tralles rangés en ordre de bataille, engagea le combat contre eux, les mit en déroute et les massacra en grand nombre. 4. Ses envoyés posèrent la même question au roi des Macédoniens, lequel répondit qu'il allait réfléchir : « Eh bien ! qu'il réfléchisse ! dit-il. Quant à nous, mettons-nous déjà en route ! » Admirant son audace et pris de peur, le roi le pria d'avancer en ami. 5. Comme les Thessaliens étaient alliés avec les ennemis[66], Agésilas ravagea leur territoire, mais il envoya à Larissa Xénoclès et Scythès avec des offres d'amitié. Les deux hommes furent arrêtés et emprisonnés. Tous furent indignés et jugèrent qu'Agésilas devait mettre le camp devant Larissa et l'assiéger, mais il déclara : « Je ne voudrais même pas de la Thessalie tout entière, si cela devait coûter la vie à un de ces deux hommes. » Il négocia donc et se les fit rendre. 6. Il n'y a peut-être pas lieu de s'étonner d'une telle conduite de la part d'Agésilas, lui qui, apprenant qu'une grande bataille avait été livrée près de Corinthe, où avaient péri en un instant beaucoup d'hommes d'un grand renom, parmi lesquels des Spartiates en très petit nombre mais une quantité considérable d'ennemis, ne montra ni joie ni enthousiasme, mais poussa un profond soupir : « Hélas ! pauvre Grèce, tu as causé toi-même la perte de tant d'hommes qui, s'ils vivaient, auraient pu vaincre au combat tous les Barbares réunis[67] ! » 7. Comme les

---

65. La relation n'est pas évidente entre le comportement d'Agésilas obéissant aux ordres de la cité et l'anecdote relative aux 30 000 dariques (monnaies d'or perse) avec lesquelles les envoyés du roi avaient acheté les « démagogues » thébains et athéniens.

66. Les principales cités thessaliennes, dont Larissa, avaient conclu des alliances avec les Béotiens (voir Xénophon, Helléniques, IV, 3, 3).

67. La bataille eut lieu à Némée (Helléniques, IV, 2, 16-23). On retrouve une fois de plus l'idée que les Grecs unis auraient pu se rendre maîtres du monde barbare. Sur la guerre de Corinthe et sur l'attitude d'Agésilas tant vis-à-vis de la Perse que des autres Grecs, voir Cartledge (1987), p. 180 et suiv., 360 et suiv.

habitants de Pharsale le harcelaient et infligeaient des pertes à son armée, il ordonna à cinq cents cavaliers de lancer l'assaut avec lui, les mit en déroute et dressa un trophée au pied du mont Narthacion. **8.** Il se montra particulièrement fier de cette victoire, parce que la cavalerie qu'il avait réunie seul, par ses propres moyens, lui avait suffi pour vaincre ceux qui s'enorgueillissaient par-dessus tout de leurs forces équestres[68].

XVII. 1. Ce fut là que l'éphore Diphridas, qui était venu de Sparte à sa rencontre, lui demanda d'envahir tout de suite la Béotie[69]. **2.** Agésilas avait l'intention de ne le faire que plus tard, avec des moyens plus considérables, mais il pensait qu'il ne devait jamais désobéir aux magistrats. Il dit donc à ses compagnons : « Voici que s'approche le jour en vue duquel nous avons quitté l'Asie! », et il rappela deux bataillons de l'armée campée près de Corinthe. **3.** Ses concitoyens restés à Sparte, pleins de respect pour lui, firent proclamer par un héraut que les jeunes gens qui le désiraient pouvaient s'inscrire pour aller au secours de leur roi. Tous s'étant empressés de se faire inscrire, les magistrats choisirent cinquante d'entre eux, les plus vaillants et les plus robustes, et les lui envoyèrent. **4.** Agésilas passa les Thermopyles et fit route à travers la Phocide, pays ami, puis entra en Béotie et établit son camp près de Chéronée. Là, au moment même où il voyait le soleil subir une éclipse et prendre la forme d'un croissant, il apprit la mort de Pisandre, vaincu lors d'une bataille navale au large de Cnide par Pharnabaze et Conon[70]. **5.** Il en fut affligé, comme on peut le penser, à la fois pour Pisandre et pour Sparte. Mais, pour empêcher ses soldats d'être pris de découragement et de crainte au moment où ils marcheraient au combat, il ordonna aux messagers venus de la mer d'annoncer au contraire que la bataille navale avait été une victoire ; lui-même sortit avec une couronne, offrit un sacrifice d'actions de grâces et distribua à ses amis les parts des victimes sacrifiées[71].

XVIII. 1. Ensuite, il poursuivit sa marche et parvint devant Coronée ; dès qu'il fut en vue des ennemis, il rangea son armée en ordre de bataille, confiant l'aile gauche aux Orchoméniens[72] et se chargeant lui-même de l'aile droite. Les Thébains eux-

---

68. Pharsale est l'autre grande cité thessalienne. Agésilas avait constitué cette cavalerie lorsqu'il était à Éphèse (voir supra, IX, 5-6). Les Thessaliens étaient réputés pour la qualité de leur cavalerie.
69. Les éphores étaient avec les rois et les gérontes les principaux dirigeants de la cité. Au nombre de cinq, ils étaient élus chaque année parmi tous les Spartiates et exerçaient un contrôle étroit sur les rois lorsqu'ils étaient en campagne.
70. L'éclipse de soleil est rapportée également par Xénophon (Helléniques, IV, 3, 10). La bataille de Cnide s'était déroulée peu auparavant, au début d'août 394. Pisandre était le beau-frère d'Agésilas (voir supra, X, 11). L'Athénien Conon s'était, après la défaite d'Aïgos Potamoï en 405, réfugié d'abord à Chypre, puis à la cour du Grand Roi. La victoire qu'il remporta à Cnide allait marquer le réveil des ambitions athéniennes.
71. C'est encore à Xénophon (Helléniques, IV, 3, 13-14) que Plutarque emprunte cette anecdote concernant la ruse à laquelle recourut Agésilas pour ne pas ébranler le moral de ses soldats.
72. Orchomène, cité béotienne, était demeurée fidèle à l'alliance spartiate.

mêmes étaient à l'aile droite de leurs troupes, et les Argiens à l'aile gauche. 2. Selon Xénophon, on n'avait jamais vu de son temps pareille bataille : il y participa lui-même à son retour d'Asie, aux côtés d'Agésilas[73]. 3. Dès le premier choc, sans violente poussée ni combat important, les Thébains mirent les Orchoméniens en déroute tandis qu'Agésilas faisait de même avec les Argiens. 4. Lorsque les deux armées apprirent chacune que leur aile gauche était écrasée et mise en fuite, elles firent volte-face. Agésilas aurait pu alors vaincre sans danger, s'il avait voulu se dérober à l'assaut frontal des Thébains, pour les suivre et les frapper tandis qu'ils passaient devant lui. Mais emporté par sa fougue et sa soif de victoire, il marcha droit contre eux et voulut les enfoncer de vive force. 5. Ils lui opposèrent une résistance tout aussi vigoureuse et le combat devint acharné sur tout le champ de bataille, et plus particulièrement autour d'Agésilas lui-même qui se trouvait au milieu des cinquante[74] dont l'ardeur joua un rôle décisif, semble-t-il, pour sauver le roi. 6. Ils combattirent et s'exposèrent courageusement : s'ils ne purent l'empêcher d'être blessé et de recevoir de nombreux coups de lance et d'épée à travers son bouclier, ils parvinrent cependant, à grand-peine, à l'arracher à la mêlée encore vivant ; tout en lui faisant un rempart de leur corps, ils tuèrent beaucoup d'ennemis mais furent eux-mêmes nombreux à succomber. 7. Comme il était très difficile de repousser les Thébains et de les mettre en déroute, ils furent forcés d'adopter la tactique dont ils n'avaient pas voulu au début. 8. Ils ouvrirent leur phalange devant les ennemis et les laissèrent passer, puis comme ceux-ci, après avoir traversé leurs rangs, s'avançaient déjà plus en désordre, ils les poursuivirent, coururent à côté d'eux et les frappèrent de flanc. 9. Ils ne purent cependant les mettre en déroute ; les Thébains opérèrent leur retraite vers l'Hélicon, très fiers d'une bataille où, en ce qui les concernait, ils étaient restés invaincus[75].

XIX. 1. Agésilas, bien que mal en point à cause de ses nombreuses blessures, ne se retira pas sous sa tente avant de s'être fait porter en litière auprès de sa phalange et d'avoir vu les morts ramenés à l'intérieur du camp. 2. Il ordonna de laisser partir tous les ennemis qui s'étaient réfugiés dans le sanctuaire[76] : dans les environs se trouvait en effet le temple d'Athéna Itonia, devant lequel se dressait un trophée, autrefois élevé par les Béotiens lorsque sous la conduite de Sparton, ils avaient vaincu en cet endroit les Athéniens et tué Tolmidès[77]. 3. Au point du jour, voulant savoir si les Thébains avaient l'intention de combattre, Agésilas ordonna aux soldats de se couronner, aux aulètes de jouer de leur instrument, et il fit dresser et parer un trophée, en signe de victoire. 4. Les ennemis lui ayant envoyé une ambas-

---

73. Plutarque renvoie à Helléniques, IV, 3, 16 et Agésilas, II, 9. Xénophon combattit en effet à Coronée dans l'armée d'Agésilas et contre ses propres compatriotes, ce qui lui valut une condamnation à l'exil.
74. Les 50 Spartiates dont il a été question supra, XVII, 3.
75. Le récit de Plutarque résume celui de Xénophon (Helléniques, IV, 3, 20). Mais ce dernier affirme beaucoup plus catégoriquement la victoire d'Agésilas. Est-ce là l'effet du patriotisme béotien de Plutarque ?
76. Le droit d'asile des sanctuaires les rendait inviolables.
77. Il s'agit de la bataille de Coronée de 447, au cours de laquelle le stratège athénien Tolmidès fut tué.

sade pour demander le droit de reprendre leurs morts, il conclut une trêve et, ayant ainsi fermement assuré sa victoire, il se rendit à Delphes, où l'on célébrait les fêtes Pythiques[78]. Il présida la procession en l'honneur du dieu et lui consacra le dixième du butin rapporté d'Asie, qui s'éleva à cent talents. 5. Dès qu'il fut de retour à Sparte, il conquit aussitôt l'affection de ses concitoyens et attira tous les regards par sa conduite et son genre de vie. 6. Contrairement à la plupart des stratèges, il revenait d'un pays étranger sans avoir été transformé ni séduit par les coutumes des autres peuples, sans être irrité contre celles de sa patrie, sans renâcler à subir leur joug. Tout comme ceux qui n'avaient jamais traversé l'Eurotas, il honorait et chérissait les habitudes de son pays; il ne changea rien à ses repas, à ses bains, aux toilettes de sa femme, à l'aspect de ses armes, au mobilier de sa maison : il lui laissa même ses portes, qui étaient pourtant si vieilles qu'on les prenait pour celles qu'y avait mises Aristodamos[79]. 7. Même le cannathre de sa fille n'avait, selon Xénophon, rien de plus noble que celui des autres[80]. 8. Les Spartiates appellent cannathres des sièges de bois, représentant des griffons ou des cerfs-boucs, sur lesquels on porte les jeunes filles pendant les processions. 9. Xénophon n'a pas écrit le nom de la fille d'Agésilas et Dicéarque s'indigne que nous ne connaissions ni la fille d'Agésilas ni la mère d'Épaminondas[81]. 10. Mais, pour ma part, j'ai découvert dans les inscriptions lacédémoniennes que la femme d'Agésilas s'appelait Cléora et ses filles Eupolia et Proauga[82]. 11. On peut aussi voir un javelot lui ayant appartenu qui se trouve de nos jours encore à Lacédémone et qui ne se distingue en rien des autres.

XX. 1. Voyant que quelques-uns de ses concitoyens passaient pour des personnages importants et se gonflaient d'orgueil parce qu'ils élevaient des chevaux, il persuada sa sœur Cynisca d'envoyer un char à Olympie et de prendre part aux concours[83]. Il voulait ainsi montrer aux Grecs que la victoire ne dépendait nullement du mérite, mais seulement de la richesse et de la dépense. 2. Il avait auprès de lui le philosophe Xénophon[84], qu'il tenait en haute estime ; il l'invita à faire venir ses enfants et

---

78. *Les concours Pythiques se déroulaient tous les quatre ans à Delphes en l'honneur d'Apollon.*
79. *Aristodamos était l'ancêtre mythique de la dynastie des Eurypontides à laquelle appartenait Agésilas.*
80. *L'indication figure dans Xénophon,* Agésilas, *VIII, 7.*
81. *Dicéarque est un philosophe péripatéticien de la fin du IV*^{e} *siècle qui avait écrit sur les lois de Sparte. Il était très rare dans la Grèce de cette époque d'appeler les femmes par leur nom. Il ne faut pas oublier que Xénophon est athénien.*
82. *À Sparte, les femmes jouissaient d'une plus grande indépendance. Il est donc normal que les noms de la femme et des filles d'Agésilas aient été conservés. Il est intéressant de constater que Plutarque a pu consulter des sources écrites.*
83. *Cynisca fut en effet couronnée à Olympie pour la course de char. Une fois de plus se manifeste ici le statut original des femmes spartiates. Sur ce conseil d'Agésilas à sa sœur, voir Xénophon,* Agésilas, *IX, 6.*
84. *En effet, Xénophon avait été accueilli par Agésilas qui lui offrit un domaine dans le Péloponnèse, à Scillonte. Le qualificatif de* sophos, *donné par Plutarque à Xénophon, vient de ce qu'il fut un disciple de Socrate, à la mémoire duquel il consacra plusieurs de ses œuvres* (Apologie, Mémorables, Économique).

à les élever à Sparte, où ils recevraient le plus beau des enseignements, celui qui apprend à obéir et à commander.
3. Après la mort de Lysandre, Agésilas découvrit l'existence d'une vaste conjuration, que Lysandre, dès son retour d'Asie, avait formée contre lui. Agésilas désirait vivement faire savoir quel genre de citoyen avait été Lysandre de son vivant.
4. Celui-ci avait laissé dans un libelle le manuscrit d'un discours composé par Cléon d'Halicarnasse, que Lysandre devait apprendre par cœur et prononcer devant le peuple pour l'inciter à faire une révolution et à modifier la constitution. Agésilas le lut et voulut le publier, 5. mais un des gérontes, qui avait lu le discours et en redoutait l'habileté, lui conseilla de ne pas déterrer Lysandre, mais d'enterrer son discours avec lui[85]. Agésilas se laissa convaincre et ne fit rien. 6. Il ne nuisait pas ouvertement à ceux qui s'opposaient à lui, mais s'arrangeait pour envoyer tour à tour certains d'entre eux hors du pays, comme stratèges ou comme archontes, ce qui lui permettait de montrer leur incapacité ou leur cupidité dans l'exercice de leurs fonctions. Puis, lorsqu'ils passaient en jugement, il changeait de nouveau d'attitude pour les secourir et les défendre: il transformait ainsi ces ennemis en amis et se les attachait, si bien que nul ne pouvait lutter contre lui. 7. L'autre roi, Agésipolis, qui était fils d'un exilé[86], encore très jeune et d'un naturel doux et modéré, ne se mêlait guère de politique. 8. Néanmoins Agésilas le maniait, lui aussi. Lorsqu'ils se trouvent dans le pays, les rois prennent leurs repas en commun: 9. sachant qu'Agésipolis était, comme lui, sensible à l'amour, Agésilas mettait toujours la conversation sur les beaux garçons, encourageait le jeune homme à aborder le même sujet, partageait et favorisait ses amours – lesquelles, à Lacédémone, n'ont rien de honteux, mais comportent beaucoup de pudeur, de noble ambition et d'émulation pour la vertu, comme je l'ai écrit dans la *Vie de Lycurgue*[87].

XXI. 1. Devenu ainsi le plus puissant dans la cité, il s'arrangea pour mettre à la tête de la flotte Téleutias, son frère utérin[88]. 2. Il fit campagne contre Corinthe et, pendant que lui-même, sur terre, s'emparait des Longs Murs, Téleutias, avec ses vaisseaux [lacune[89]] 3. Les Argiens occupaient alors Corinthe et célébraient les

---

85. Plutarque a développé ce projet dans Lysandre, *XXIV, 2-XXVI, 6. Il y a déjà fait allusion supra, VIII, 3-4.*
86. Agésipolis était le fils de Pausanias, auquel un procès avait été intenté après sa défaite d'Haliarte en 395, et qui préféra s'enfuir à Tégée. Voir Lysandre, *XXX, 1.*
*87. Xénophon (*Helléniques, *V, 3, 20) évoque au moment de la mort d'Agésipolis en 381 ces repas entre les deux hommes et leur commun amour «de la chasse, de l'équitation et des beaux garçons». Sur la pédérastie spartiate et son caractère vertueux, voir supra, XI, 2 et note.*
88. Pour remplacer Pisandre, mort à la bataille de Cnide.
*89. On peut compléter cette lacune du manuscrit par Xénophon (*Helléniques, *IV, 4, 19): Téleutias s'empara des navires des Corinthiens, tandis qu'Agésilas prenait d'assaut les Longs Murs de Corinthe. «Il fut appuyé sur mer par son frère Téleutias qui avait une douzaine de trières, si bien que leur mère pouvait s'estimer heureuse de voir que, le même jour, l'un de ceux qu'elle avait enfantés avait, sur terre, pris les remparts de l'ennemi, et l'autre, par mer, ses vaisseaux et ses arsenaux.»*

concours Isthmiques : son apparition soudaine les chassa, alors qu'ils venaient à peine d'offrir les sacrifices aux dieux, et ils laissèrent derrière eux tout leur matériel. 4. Les Corinthiens exilés qui se trouvaient là le prièrent d'organiser les compétitions ; il refusa mais, pendant qu'ils s'en occupaient eux-mêmes et célébraient les fêtes, il resta auprès d'eux et assura leur sécurité. 5. Plus tard, après son départ, les Argiens célébrèrent de nouveau des concours Isthmiques : certains concurrents furent vainqueurs une deuxième fois, mais il y en eut qui, inscrits précédemment comme vainqueurs, le furent ensuite comme vaincus[90]. 6. À cette occasion, Agésilas déclara que les Argiens prouvaient eux-mêmes leur grande lâcheté car, s'ils considéraient l'organisation des concours comme une tâche tellement noble et grande, ils n'avaient pas eu le courage de lutter pour la conserver. 7. Quant à lui, il pensait que, pour toutes ces questions, il fallait faire preuve de modération. Il donnait de l'éclat aux chœurs et aux compétitions de son pays, il y assistait toujours, avec beaucoup d'intérêt et d'enthousiasme, et ne manquait pas une compétition entre des garçons ou des jeunes filles. En revanche, il avait l'air de ne même pas connaître certains spectacles qu'il voyait faire l'admiration des autres. 8. Un jour l'acteur tragique Callipidès, qui s'était fait un nom et une célébrité chez les Grecs et dont tous faisaient grand cas, l'aborda et lui adressa la parole, puis se mêla effrontément à ses compagnons de promenade, en prenant de grands airs, convaincu qu'Agésilas lui adresserait quelque mot bienveillant. Pour finir, il lui dit : « Ô roi, ne me reconnais-tu pas ? » L'autre, tournant les yeux vers lui, lui dit : « N'es-tu pas Callipidas, le dicélicte[91] (c'est le nom que les Lacédémoniens donnent aux mimes). » 9. Une autre fois, invité à entendre quelqu'un imiter le rossignol, il refusa en disant : « J'ai déjà entendu de vrais rossignols ! » 10. Le médecin Ménécratès, pour avoir réussi à traiter certains cas désespérés, était surnommé Zeus ; il en tirait une vanité grossière et osa notamment écrire à Agésilas une lettre en ces termes : « Ménécratès Zeus au roi Agésilas, salut ! » À quoi Agésilas répondit : « Le roi Agésilas, à Ménécratès, bonne santé[92] ! »

XXII. 1. Comme il se trouvait sur le territoire de Corinthe et qu'après la prise du sanctuaire d'Héra, il regardait ses soldats emporter le butin, des ambassadeurs vinrent de Thèbes avec des propositions d'amitié. 2. Mais lui, qui haïssait cette cité depuis toujours et pensait qu'il y avait, en la circonstance, intérêt à l'humilier, feignit de ne pas

---

90. *Plutarque, ici, bouscule un peu la chronologie. En effet, la mainmise d'Argos sur Corinthe est antérieure aux événements rapportés au § 2. La victoire remportée en commun par Agésilas et Téleutias en 391 mit fin à la première expédition, mais Corinthe resta aux mains des Argiens. La seconde expédition eut lieu en 390. C'est là qu'Agésilas permit aux exilés corinthiens de célébrer les concours Isthmiques et qu'après son départ les Argiens recommencèrent ces mêmes concours. Voir Xénophon* (Helléniques, IV, 5, 2) : *« Aussi cette année y eut-il des épreuves où chacun des concurrents se fit battre deux fois, certaines aussi où les mêmes vainqueurs furent deux fois proclamés. »*
91. *Callipidas est la prononciation dorienne pour Callipidès* (N.d.T.). *Les mimes, à la différence des acteurs tragiques, étaient généralement méprisés.*
92. *C'était là une façon de faire sentir à Ménécratès qu'il n'était qu'un simple médecin.*

les voir et de ne pas les entendre quand ils le rencontrèrent[95]. 3. Or il fut victime de la vengeance de la Némésis ; les Thébains n'étaient pas encore partis qu'on venait lui annoncer que son bataillon avait été taillé en pièces par Iphicratès[94]. 4. Il y avait longtemps que les Spartiates n'avaient éprouvé pareil désastre : ils avaient perdu beaucoup d'hommes valeureux – et de plus, c'étaient des peltastes qui avaient vaincu leurs hoplites, des mercenaires qui l'avaient emporté sur des Lacédémoniens[95] ! 5. Agésilas s'élança aussitôt pour secourir les siens, mais apprenant qu'ils étaient perdus, il retourna au sanctuaire d'Héra, pria les Béotiens de venir le rejoindre et négocia avec eux. 6. Ceux-ci lui rendirent insolence pour insolence : ils ne voulaient plus de la paix et demandaient seulement à être envoyés à Corinthe. Alors Agésilas s'emporta et lança : « Si vraiment vous voulez voir vos amis s'enorgueillir de leurs succès, vous pourrez le faire demain à votre aise ! » 7. Et le jour suivant, il les emmena, ravagea le territoire des Corinthiens et parvint jusque devant Corinthe. Ayant ainsi fait la preuve que les Corinthiens n'avaient pas l'audace de se défendre, il renvoya l'ambassade. 8. Puis il recueillit les survivants du bataillon et les ramena à Lacédémone. Il se mettait en marche avant le jour et ne s'arrêtait que la nuit venue pour ne pas donner une occasion de se réjouir à ceux des Arcadiens qui les haïssaient et les enviaient[96].
9. Là-dessus, pour complaire aux Achéens, il passa avec eux en Acarnanie à la tête d'une armée, fit beaucoup de butin et vainquit les Acarnaniens au combat[97]. 10. Les Achéens le prièrent de rester là jusqu'à l'hiver pour empêcher les ennemis de faire les semailles, mais il déclara qu'il ferait le contraire, car ils redouteraient davantage la guerre si leur terre était ensemencée en temps utile. Ce fut d'ailleurs ce qui se produisit : 11. dès qu'on annonça une nouvelle invasion, ils se réconcilièrent avec les Achéens.

XXIII. 1. Lorsque Conon et Pharnabaze, qui étaient maîtres de la mer grâce à la flotte du Grand Roi, se mirent à ravager le littoral de Laconie, tandis que, de leur côté, les Athéniens rebâtissaient leurs remparts aux frais de Pharnabaze[98], les Lacédémoniens décidèrent de conclure la paix avec le roi. 2. Ils envoyèrent Antalcidas auprès de

---

93. *Malgré son admiration pour les qualités d'Agésilas, le Béotien Plutarque ne peut que critiquer son comportement à l'encontre des Thébains.*
94. *Iphicratès, stratège athénien, venait d'écraser à Léchaion un bataillon d'élite lacédémonien formé des gens d'Amyclées qu'Agésilas avait renvoyés chez eux pour qu'ils puissent célébrer la fête des Hyacinthies. Voir le récit bien plus détaillé dans Xénophon (*Helléniques, IV, 5, 11-18*). Toutes ces opérations se déroulaient dans le voisinage de Corinthe et entre Corinthe et Sicyone où s'étaient réfugiés les exilés corinthiens.*
95. *Iphicratès avait recruté des mercenaires pour cette campagne au cours de laquelle il inaugura des formes nouvelles de combat avec ses fantassins peltastes (voir supra, X, 3 et note).*
96. *Les Arcadiens avaient été contraints d'entrer dans l'alliance péloponnésienne et n'attendaient que l'occasion d'en sortir.*
97. *L'expédition contre les Acarnaniens eut lieu en 389.*
98. *C'était Conon qui, grâce aux subsides fournis par le Grand Roi, avait financé la reconstruction des murs détruits sur ordre des Spartiates en 405, et ce dès le lendemain de sa victoire à Cnide.*

Tiribaze et lui livrèrent, de la manière la plus honteuse et la plus contraire aux lois, les Grecs d'Asie pour lesquels Agésilas avait combattu[99]. 3. Agésilas n'eut donc pas la moindre part à cette infamie : Antalcidas était son adversaire et voulait obtenir la paix par tous les moyens, dans l'idée que la guerre augmentait la puissance d'Agésilas et le rendait très illustre et très grand. 4. Cependant, quand on dit à Agésilas que les Lacédémoniens se mettaient à *médiser*, il rétorqua : « Ce sont plutôt les Mèdes qui *laconisent!* » 5. Il menaça ceux qui ne voulaient pas accepter la paix et leur déclara la guerre, les forçant tous sans exception à respecter les conditions du Grand Roi. S'il agit ainsi, ce fut surtout à cause des Thébains qui auraient été affaiblis s'ils avaient laissé la Béotie autonome. Il le fit bien voir par la suite. 6. Lorsque Phoebidas accomplit l'action abominable de s'emparer de la Cadmée[100], en dépit des conventions et de la paix, tous les Grecs en furent indignés, et les Spartiates se fâchèrent, surtout les adversaires d'Agésilas qui demandèrent avec colère à Phoebidas sur l'ordre de qui il avait agi, dans l'intention de faire retomber les soupçons sur Agésilas. 7. Ce dernier n'hésita pas à soutenir Phoebidas en déclarant publiquement qu'il fallait examiner si cet acte avait en lui-même quelque utilité. « Il est beau, dit-il, de faire de son propre mouvement ce qui est utile à Lacédémone, même si personne ne l'a ordonné. » 8. Et pourtant, il déclarait toujours que la justice était la première des vertus, que le courage ne servait à rien sans elle, et que, si tous les hommes étaient justes, on n'aurait nullement besoin de courage. 9. Quand on lui disait : « Telle est la volonté du Grand Roi », il répliquait : « En quoi est-il plus grand que moi, s'il n'est pas également plus juste ? » Il pensait avec raison, et de manière fort belle, que la supériorité doit être mesurée à l'aune royale de la justice. 10. Une fois la paix conclue, le roi lui adressa une lettre, où il lui proposait des liens d'hospitalité et d'amitié, mais il refusa, déclarant que les liens officiels d'amitié lui suffisaient : tant qu'ils dureraient, il n'y aurait aucun besoin d'amitié privée entre eux. 11. Mais dans les faits, il ne respectait plus les principes qu'il affichait et se laissait souvent emporter par son humeur ambitieuse et querelleuse. Ce fut surtout le cas à l'égard des Thébains : non seulement il sauva Phoebidas, mais il convainquit la cité de prendre à son compte cette injustice, de garder la Cadmée pour elle, et de désigner, pour diriger les affaires et la vie politique thébaines, Archias et Léontiadas, qui avaient fait entrer Phoebidas et lui avaient permis de s'emparer de l'acropole[101].

---

99. *Plutarque résume ici un peu rapidement les événements qui devaient aboutir en 386 à la conclusion de la paix du Roi, ou paix d'Antalcidas, qui non seulement abandonnait au souverain perse les cités grecques d'Asie, mais proclamait l'autonomie de toutes les cités de Grèce propre, afin d'éviter tout réveil de l'impérialisme athénien. Cette disposition visait aussi Thèbes et la Confédération béotienne (voir § 5).*
100. *La prise de la Cadmée, la forteresse de Thèbes, par le Lacédémonien Phoebidas eut lieu en 382 : Plutarque, dans tout le développement qui suit, est de nouveau partagé entre son admiration pour Agésilas, auquel il prête de nobles paroles, et son patriotisme béotien, qui lui fait juger sévèrement les actes hostiles à Thèbes.*
101. *Plutarque évoque cette prise de la Cadmée dans* Pélopidas, *V, 2. Archias et Léontiadas représentaient à Thèbes le parti pro-laconien. Sur ces événements, voir Xénophon (*Helléniques, *V, 2, 25-31) qui ne cite que Léontiadas.*

XXIV. 1. Tout cela fit penser aussitôt que si Phoebidas était l'exécutant, le projet avait été conçu par Agésilas. Les événements qui suivirent confirmèrent ce soupçon. 2. Lorsque les Thébains chassèrent la garnison et libérèrent leur cité, Agésilas leur reprocha le meurtre d'Archias et de Léontiadas, qui étaient de fait des tyrans, même s'ils portaient le nom de polémarques[102]. Il leur déclara la guerre. 3. Cléombrote, qui était roi depuis la mort d'Agésipolis, fut envoyé en Béotie avec une armée. Agésilas, qui était sorti de l'éphébie depuis quarante ans et que les lois dispensaient du service militaire, évita de prendre part à cette expédition ; il aurait eu honte, lui qui, peu auparavant, avait fait la guerre aux habitants de Phlionte pour défendre des exilés, qu'on le vît s'en prendre aux Thébains pour venger des tyrans[103].
4. Or il y avait un Lacédémonien, Sphodrias, de la faction opposée à Agésilas, qui était harmoste à Thespies[104]. Cet homme ne manquait pas d'audace ni d'ambition, mais il était toujours rempli de plus d'espérances que de bon sens. 5. Désireux de se faire un grand nom, il se dit que Phoebidas était devenu célèbre et avait fait parler de lui par son coup d'audace sur Thèbes, et il se persuada qu'il serait plus beau encore et plus glorieux d'aller, par ses propres moyens, s'emparer du Pirée par surprise et couper les Athéniens de la mer, en les attaquant par voie de terre à l'improviste. 6. Ce fut là, dit-on, une machination des béotarques[105] Pélopidas et Mélon. Ils envoyèrent en sous-main de prétendus partisans de Lacédémone, qui couvrirent Sphodrias de louanges et le portèrent aux nues comme étant seul capable de mener à bien une si grande entreprise : ils l'exaltèrent et le décidèrent à entreprendre une action aussi injuste et contraire aux lois que la première, mais à laquelle manquèrent l'audace et la Fortune. 7. En effet, le jour le surprit dans la plaine de Thria alors qu'il avait espéré atteindre le Pirée pendant la nuit ; de plus, lorsque ses soldats virent, dit-on, de la lumière qui provenait de certaines cérémonies d'Éleusis[106], ils frissonnèrent et furent saisis de terreur. 8. Lui-même perdit son assurance dès qu'il

---

102. La libération de Thèbes eut lieu en 379. Plutarque en raconte longuement les étapes dans Pélopidas, VII-XIV. Archias et Léontiadas occupaient les fonctions à la fois judiciaires et militaires de polémarques.
103. Cléombrote était le fils d'Agésipolis auquel il succéda en 381. Xénophon (Helléniques, V, 4, 13) rapporte en effet le prétexte qu'invoqua Agésilas pour ne pas diriger la guerre contre Thèbes, à savoir qu'il avait servi plus de quarante ans et que ce qui valait pour tous les Spartiates valait aussi pour le roi. Mais Plutarque préfère retenir une explication plus valorisante : ne pas combattre pour soutenir des tyrans, et rester ainsi dans la grande tradition antityrannique spartiate.
104. Les harmostes étaient les chefs des garnisons placées par les Spartiates sur le territoire des cités qu'ils contrôlaient. Thespies avait fait partie de la Confédération béotienne.
105. Les béotarques étaient les chefs de la Confédération béotienne reconstituée depuis 379. Ils représentaient les différentes cités ou groupes de cités membres de la Confédération.
106. Les cérémonies d'Éleusis en l'honneur de Déméter et de Corè se déroulaient de nuit à la lueur des torches. L'attaque de Sphodrias sur le Pirée eut lieu en 378. L'affaire est rapportée par Xénophon (Helléniques, V, 4, 20-21) qui y voit aussi une manœuvre des Thébains pour provoquer la rupture entre Athènes et Sparte et être moins isolés face à cette dernière.

ne lui fut plus possible de se cacher et, après avoir fait un peu de butin, il se retira honteusement et sans gloire à Thespies. 9. À la suite de cette équipée, des accusateurs furent envoyés d'Athènes à Sparte, où ils s'aperçurent que les magistrats[107] n'avaient besoin de personne pour mettre Sphodrias en accusation : ils avaient déjà intenté contre lui un procès capital. Il n'eut pas le courage de s'y présenter, craignant la colère de ses concitoyens, qui avaient honte devant les Athéniens et voulaient paraître avoir été victimes comme eux, pour ne pas avoir l'air d'avoir été coupables comme lui.

XXV. 1. Sphodrias avait un fils, Cléonymos, encore enfant et fort beau, qui était aimé du fils du roi Agésilas, Archidamos. 2. Celui-ci partageait naturellement les inquiétudes de Cléonymos sur le sort de son père, mais il ne pouvait l'aider ni le soutenir ouvertement, car Sphodrias était un des adversaires d'Agésilas. 3. Cléonymos vint cependant le trouver et le supplia en pleurant d'obtenir l'indulgence d'Agésilas, car c'était lui qu'ils craignaient le plus. Pendant trois ou quatre jours, Archidamos, paralysé par la honte et la crainte devant son père, l'accompagna en silence 4. mais, pour finir, comme le jour du jugement approchait, il osa dire à Agésilas que Cléonymos l'avait prié en faveur de son père. 5. Agésilas, qui connaissait l'amour d'Archidamos, n'y avait pas mis un terme, car dès l'enfance, Cléonymos promettait de devenir plus valeureux que quiconque. 6. Cependant, il ne laissa pas espérer à son fils la moindre mansuétude ou la moindre humanité ; il lui dit qu'il examinerait ce qui serait bon et convenable, puis s'en alla. 7. Plein de honte, Archidamos cessa de fréquenter Cléonymos, alors qu'il avait l'habitude d'aller le trouver plusieurs fois par jour. 8. Dès lors, les partisans de Sphodrias eux-mêmes désespérèrent plus que jamais jusqu'au moment où un des amis d'Agésilas, Étymoclès, eut un entretien avec eux, au cours duquel il leur révéla les intentions du roi : 9. s'il était le premier à blâmer l'acte de Sphodrias, il le considérait par ailleurs comme un homme de bien et voyait que la cité avait besoin de soldats comme lui. 10. Tels étaient les propos que, pour faire plaisir à son fils, Agésilas tenait régulièrement au sujet du procès. Cléonymos y vit aussitôt l'effet des bons offices d'Archidamos, tandis que les amis de Sphodrias reprenaient confiance pour le soutenir. 11. Agésilas avait pour ses enfants une affection extraordinaire et l'on rapporte à son propos le trait suivant : quand ils étaient petits, il jouait avec eux, à califourchon sur un roseau, comme sur un cheval. Un de ses amis l'ayant aperçu dans cette posture, il lui dit : « N'en parle à personne avant d'être toi-même père de famille ! »

XXVI. 1. Sphodrias fut acquitté et, dès qu'ils l'apprirent, les Athéniens décidèrent de faire la guerre. Agésilas fut l'objet de violentes critiques pour avoir, à cause du désir mal placé d'un adolescent, fait obstacle, semblait-il, à un jugement équitable et rendu la cité complice de si graves violations du droit à l'égard des Grecs. 2. Voyant Cléombrote peu disposé à faire la guerre aux Thébains, Agésilas ne se soucia plus

---

107. Les magistrats en question sont les éphores (voir Xénophon, Helléniques, V, 4, 24). Dans le récit qui suit, Plutarque résume Xénophon (V, 4, 25-33).

de la loi qu'il avait précédemment invoquée pour se dérober au service militaire : il envahit aussitôt lui-même la Béotie, où il infligea aux Thébains de lourdes pertes et en essuya de son côté. 3. Il fut même blessé et Antalcidas lui dit : « Le beau salaire, vraiment, que tu touches là des Thébains, pour les leçons que tu leur as données : ils ne voulaient ni ne savaient combattre et tu le leur as appris ! » 4. Et de fait, les Thébains devinrent alors, dit-on, plus combatifs qu'ils ne l'avaient jamais été : ces nombreuses expéditions des Lacédémoniens avaient été pour eux une sorte d'entraînement. 5. C'était pour cette raison que Lycurgue autrefois, dans ce que l'on appelle ses trois *rhétraï*, avait interdit de faire à plusieurs reprises campagne contre les mêmes ennemis, pour ne pas leur apprendre à se battre[108].
6. Agésilas déplaisait même aux alliés des Lacédémoniens, qui l'accusaient de n'avoir aucun grief public et de vouloir détruire les Thébains par rancœur personnelle et par jalousie. « Nous n'avons nul besoin, disaient-ils, d'aller nous faire tuer chaque année, en suivant, ici ou là, une poignée de Lacédémoniens, alors que nous sommes si nombreux. » 7. Alors, dit-on, Agésilas, voulant leur montrer ce qu'il en était réellement de leur nombre, imagina le stratagème que voici. Il fit asseoir d'un côté tous les alliés réunis, de l'autre les Lacédémoniens, à part, 8. puis, par la voix du héraut, il ordonna aux potiers de se lever. Une fois ceux-ci debout, il donna le même ordre aux forgerons, et successivement aux charpentiers, aux maçons et à tous les autres corps de métier. 9. Presque tous les alliés se trouvèrent debout, alors que, du côté des Lacédémoniens, personne ne s'était levé puisqu'il leur était interdit d'exercer et d'apprendre un métier manuel[109]. Alors Agésilas se mit à rire : « Vous voyez, mes amis, nous envoyons beaucoup plus de soldats que vous ! »

XXVII. 1. Il se trouvait à Mégare, ramenant son armée de Thèbes, et montait à la maison des magistrats sur l'acropole, lorsqu'il fut pris d'une convulsion et d'une douleur violente à sa bonne jambe ; après quoi, elle enfla, parut pleine de sang, et présenta une inflammation extrême. 2. Un médecin de Syracuse lui ouvrit la veine sous la cheville et les souffrances cessèrent, mais le sang jaillissait et coulait en abondance et on ne pouvait l'arrêter ; il s'ensuivit un long évanouissement qui mit Agésilas en grand danger 3. mais fit, du même coup, cesser l'hémorragie : il fut transporté à Lacédémone où pendant longtemps il resta sans forces et hors d'état de participer aux campagnes[110].
4. Pendant ce temps, les Spartiates essuyèrent de nombreux revers sur terre comme sur mer. Le plus grave fut celui de Tégyres[111] où, pour la première fois, ils furent vaincus en bataille rangée par les Thébains. 5. Ils décidèrent donc tous de faire la paix avec les autres peuples, et des ambassadeurs venus de Grèce se réunirent à Lacédémone pour régler les conditions de cet accord[112]. 6. L'un d'entre eux était

---

108. *Voir* Lycurgue, XIII, 8-11.
109. *Voir* Lycurgue, XXIV, 2. *Cette interdiction n'existait pas chez les alliés péloponnésiens.*
110. *Cet incident et l'intervention d'un médecin syracusain sont racontés dans Xénophon (V, 4, 58).*
111. *La bataille de Tégyres eut lieu en 376.*
112. *Le congrès de Sparte se réunit en 371, c'est-à-dire cinq ans après la bataille de Tégyres.*

Épaminondas[113], qui était renommé pour sa culture et sa philosophie, mais n'avait pas encore fait les preuves de son talent de stratège. 7. Voyant tous les autres s'incliner devant Agésilas, il fut le seul à montrer une fierté pleine de franchise; il prononça un discours dans lequel il ne parla pas au nom des Thébains, mais pour toute la Grèce: il démontra que la guerre favoriserait la croissance de Sparte au détriment de tous les autres peuples et il conseilla de faire une paix fondée sur l'égalité et la justice, car la paix ne serait durable que si tous étaient égaux[114].

XXVIII. 1. Agésilas, voyant que les Grecs éprouvaient une affection extraordinaire pour Épaminondas et l'écoutaient attentivement, lui demanda si à son avis il n'était pas conforme à la justice et à l'égalité d'accorder l'autonomie à la Béotie. 2. Épaminondas lui retourna aussitôt sa question, en lui demandant hardiment si selon lui, il n'était pas juste d'accorder l'autonomie à la Laconie. Agésilas bondit, plein de colère, et lui demanda de dire clairement s'il avait l'intention de laisser la Béotie autonome. 3. Épaminondas, de nouveau, lui rétorqua: «Oui, si tu laisses la Laconie autonome!» Agésilas réagit si violemment, heureux de tenir ce prétexte, qu'il effaça aussitôt du traité de paix le nom des Thébains et leur déclara la guerre. 4. Quant aux autres Grecs, il se réconcilia avec eux, puis les congédia, les invitant à confier à la paix les maux guérissables, à la guerre les maux incurables. Et de fait, il aurait fallu beaucoup de temps pour vider et régler tous les différends. 5. Comme Cléombrote se trouvait alors en Phocide, avec une armée, les éphores lui envoyèrent aussitôt l'ordre de conduire ses troupes contre les Thébains et dépêchèrent partout à la ronde des messagers pour rassembler les alliés: ceux-ci manquaient d'ardeur et trouvaient cette guerre pesante, mais n'avaient pas encore le courage de protester ni de désobéir aux Lacédémoniens. 6. Il y eut de nombreux présages funestes, comme je l'ai écrit dans la *Vie d'Épaminondas*, et le Lacédémonien Prothoos s'opposait à cette expédition, mais Agésilas ne céda pas et s'obstina à faire la guerre: maintenant que presque toute la Grèce était de leur côté et que les Thébains avaient été rejetés de l'alliance, il pensait que c'était le bon moment pour se venger d'eux. 7. La preuve que cette expédition fut inspirée par la colère plus que par la réflexion, c'est sa date: les accords avaient été conclus à Lacédémone le quatorze du mois de Scirophorion et vingt jours plus tard, le cinq Hécatombaion, eut lieu la défaite de Leuctres[115]. 8. Mille Lacédémoniens moururent dans cette bataille, ainsi que le roi Cléombrote et autour de lui les meilleurs des Spartiates: parmi eux, dit-on, le beau Cléonymos, fils de Sphodrias, qui tomba trois fois devant le roi, se releva autant de fois, et mourut en combattant contre les Thébains.

---

113. Épaminondas est le général thébain qui allait jouer un rôle important dans les années suivantes Il est aux yeux de Plutarque le héros par excellence, mais on ne possède pas la Vie *qu'il lui aurait consacrée (voir infra, XXVIII, 6).*

*114. Dans son récit du congrès de Sparte, Xénophon (*Helléniques, VI, 3, 4-17*) ne mentionne pas l'intervention d'Épaminondas, mais seulement celles des Athéniens Autoclès et Callistratos.*

115. Scirophorion correspond à juin-juillet et Hécatombaion à juillet-août. La bataille de Leuctres, en 371, marqua le début du déclin de Sparte. Sur la bataille elle-même, voir Xénophon, Helléniques, VI, *4, 13-15.*

XXIX. 1. Ce fut pour les Lacédémoniens un revers inattendu et pour les Thébains un bonheur inespéré : les Grecs n'avaient jamais rien connu de tel dans leurs luttes contre d'autres Grecs. La cité vaincue aurait pu susciter tout autant d'envie et d'admiration pour sa valeur que la cité victorieuse. 2. Xénophon déclare que les propos et les passe-temps des hommes de bien ont, même dans le vin et les plaisanteries, quelque chose de mémorable[116], et il a raison ; mais il est tout aussi important, et même davantage, d'observer et de contempler les actes et les propos des hommes de bien, lorsque dans l'infortune ils gardent bonne contenance. 3. Il se trouva que la cité était en fête et pleine d'étrangers : c'étaient les Gymnopédies[117] et des chœurs se disputaient le prix dans le théâtre, quand arrivèrent de Leuctres ceux qui apportaient la nouvelle du désastre. 4. Les éphores comprirent aussitôt que tout était perdu et que la domination de Sparte était détruite[118] mais ils ne laissèrent pas le chœur quitter la scène et la cité perdre son air de fête ; ils envoyèrent dans chaque maison annoncer aux familles le nom des morts et quant à eux, ils continuèrent à veiller au spectacle et à la compétition entre les chœurs. 5. Au point du jour, comme tous savaient désormais le nom des survivants et celui des morts, les pères de ces derniers, leurs parents par alliance et leurs proches descendirent sur l'agora et se saluèrent, le visage joyeux, pleins d'orgueil et de joie, 6. tandis que les proches des survivants, comme s'ils étaient en deuil, restaient chez eux avec les femmes ou, s'ils étaient obligés de sortir, montraient dans leur tenue, leur voix et leur regard, leur humiliation et leur consternation. 7. C'étaient surtout les femmes qu'il fallait voir et observer : celle qui attendait le retour du combat de son fils vivant était abattue et silencieuse, tandis que les mères de ceux dont on annonçait la mort se rendaient aussitôt dans les temples et s'abordaient entre elles joyeusement, avec fierté[119].

XXX. 1. Cependant, comme les alliés avaient fait défection et que la plupart des Spartiates s'attendaient à voir Épaminondas, vainqueur et plein d'ambition, envahir le Péloponnèse, ils se rappelèrent les oracles relatifs à la claudication d'Agésilas[120]. Un grand désespoir les prit et ils se mirent à redouter la puissance divine : c'était à cause d'elle, se disaient-ils, que la cité était éprouvée, parce qu'on avait chassé de la royauté celui qui marchait droit pour lui préférer un boiteux et un infirme, ce dont la divinité leur avait recommandé de s'abstenir et de se garder avant tout. 2. Pourtant, l'influence dont Agésilas jouissait par ailleurs, ainsi que sa valeur et sa gloire, firent qu'ils recoururent à lui non seulement comme roi et comme général

---

116. *C'est dans le* Banquet, *I, 1 que Xénophon fait cette remarque.*
117. *Les Gymnopédies étaient une des grandes fêtes religieuses de Sparte. Elles comportaient des concours athlétiques, mais aussi des concours musicaux.*
118. *Les expéditions d'Épaminondas dans le Péloponnèse allaient précipiter le déclin de Sparte annoncé dès la défaite de Leuctres.*
119. *Une fois encore, Plutarque met en avant les femmes spartiates, capables de montrer autant de courage que les hommes. Cette inversion des sentiments est également indiquée par Xénophon (*Helléniques, *VI, 4, 16). Elle souligne le caractère exceptionnel et à la limite inhumain de la morale spartiate.*
120. *Voir supra, III, 1-9.*

AGÉSILAS

pour mener les guerres, mais aussi comme médecin et comme arbitre de leurs problèmes politiques. Ils hésitaient à frapper d'atimie, ainsi que le veulent les lois, ceux qui s'étaient montrés lâches lors de ce combat (ils nomment de tels hommes les «tremblants»), car ils étaient nombreux et puissants, et on craignait de les voir déclencher une révolution. 3. En effet, non seulement ces gens-là sont exclus de toute magistrature, mais c'est un déshonneur de donner ou de prendre une femme en mariage dans la maison de l'un d'eux. Ceux qui les rencontrent ont le droit de les frapper. 4. Ils doivent accepter de circuler dans des habits sales et misérables, portent des manteaux grossiers et rapiécés, qui ont été teints, se rasent un côté de la barbe et laissent pousser l'autre[121]. 5. Il aurait donc été dangereux d'en tolérer un grand nombre dans une cité qui manquait de beaucoup de soldats. On demanda à Agésilas de légiférer sur leur cas. 6. Alors, sans rien ajouter, sans rien enlever et sans rien modifier aux lois, il se présenta devant l'assemblée du peuple et fit la déclaration suivante: «Pour aujourd'hui, il faut laisser dormir les lois, mais dès demain, elles seront en vigueur et le resteront dans l'avenir!» Il conserva ainsi à la cité ses lois et ses hommes avec tous leurs droits[122]. 7. Voulant arracher les jeunes gens au désespoir et à l'abattement de l'heure présente, il envahit l'Arcadie[123] où, tout en les empêchant d'en venir aux mains de vive force avec leurs adversaires, il prit une bourgade aux Mantinéens et fit des incursions sur leur territoire, permettant ainsi à la cité de se sentir plus légère et plus heureuse en lui laissant espérer qu'elle n'était pas totalement perdue.

XXXI. 1. Là-dessus, Épaminondas entra en Laconie avec ses alliés[124]. Il avait au moins quarante mille hoplites, 2. et une multitude d'hommes, armés à la légère ou même dépourvus d'armes, le suivait pour piller: ce fut au total une foule de soixante-dix mille hommes qui envahit la Laconie et s'abattit sur elle. 3. Il y avait au moins six cents ans que les Doriens s'étaient installés à Lacédémone[125] et, depuis tout ce temps, c'était la première fois que l'on voyait des ennemis dans le pays: nul n'avait eu l'audace d'y entrer auparavant. Ils envahirent cette terre intacte et inviolée, l'incendièrent et la pillèrent jusqu'au fleuve, sans que personne de la cité tentât

---

121. *Cette catégorie de citoyens dégradés est attestée par Xénophon (*République des Lacédémoniens, *IX, 5).*

122. *En laissant la pleine citoyenneté aux «tremblants», Agésilas assurait à la cité les hommes dont elle avait besoin, tout en évitant une révolution comme celle qui avait menacé d'éclater au début de son règne, la célèbre «conspiration de Cinadon» (voir Xénophon,* Helléniques, *III, 3, 4-11).*

123. *Xénophon (*Helléniques, *VI, 5, 10-21) raconte longuement cette expédition en Arcadie qui eut lieu durant l'hiver 370-369.*

124. *L'incursion d'Épaminondas en Laconie se place durant le même hiver 370-369. Xénophon (voir* Agésilas, *II, 24) énumère les alliés des Béotiens, parmi lesquels on trouvait non seulement des Péloponnésiens (Éléens, Arcadiens), mais aussi des peuples de Grèce centrale (Phocidiens, Locriens) et septentrionale (Thessaliens).*

125. *Ce qui placerait les «invasions doriennes» au Xe siècle, et non, comme dans la tradition, au lendemain de la guerre de Troie (XIIe siècle).*

une sortie contre eux. 4. Agésilas avait interdit aux Lacédémoniens d'aller combattre contre un tel torrent, une telle houle de guerre, selon l'expression de Théopompe[126]. Il avait réparti ses hoplites dans les parties centrales et particulièrement importantes de la cité, et supportait sans broncher les menaces et les rodomontades des Thébains qui l'appelaient par son nom et le provoquaient à venir combattre pour son pays, puisque, pour avoir allumé la guerre, il était responsable de ses maux. 5. Agésilas était particulièrement attristé par le trouble qui régnait dans la cité, par les cris et les courses en tous sens des vieillards, indignés de la situation, et des femmes, incapables de rester tranquilles, que les cris et les feux des ennemis mettaient complètement hors d'elles[127]. 6. Ce qui le contrariait également, c'était ce qu'on pensait de lui : la cité si grande et si puissante qu'on lui avait transmise, il la voyait déchue de sa gloire et rabaissée, après l'orgueil dont lui-même avait souvent fait preuve, lorsqu'il disait : «Jamais femme de Laconie n'a vu de fumée ennemie !» 7. Antalcidas lui aussi, disputant la palme du courage à un Athénien qui lui lançait : «Nous vous avons souvent chassés des bords du Céphise», avait répliqué, dit-on : «Eh bien ! en ce qui nous concerne, nous n'avons jamais eu à vous chasser des bords de l'Eurotas[128] !» 8. Un Spartiate des plus obscurs avait fait une réponse assez semblable à un Argien. Comme celui-ci lui disait : «Beaucoup des vôtres sont tombés en Argolide !», il avait rétorqué : «Mais aucun des vôtres n'est tombé en Laconie[129] !»

XXXII. 1. Au moment de l'invasion, Antalcidas, qui était éphore, fit en secret, dit-on, mettre à l'abri ses enfants à Cythère, tant il était épouvanté. 2. Lorsque les ennemis essayèrent de passer le fleuve et d'entrer de force dans la cité, Agésilas abandonna toutes ses positions, sauf celles du centre et des hauteurs, devant lesquelles il rangea son armée en ordre de bataille. 3. L'Eurotas était alors plus fort et plus gros que d'habitude, à cause des chutes de neige ; le froid de ses eaux plus encore que leur violence rendait la traversée difficile et pénible pour les Thébains. 4. Épaminondas le passa cependant, à la tête de sa phalange. On le montra à Agésilas qui resta assez longtemps, dit-on, à le regarder et à le suivre des yeux, puis se contenta de déclarer : «Quel homme entreprenant !» 5. L'ambition d'Épaminondas était d'engager le combat à l'intérieur même de la cité et d'y ériger un trophée, mais n'ayant pu décider Agésilas à sortir et à relever son défi, il se retira et se remit à ravager la campagne. 6. Cependant, il y avait à Lacédémone des gens qui depuis longtemps, en secret, avaient formé des projets criminels[130] : ils se rassemblèrent, au nombre d'environ deux cents, et s'emparèrent de l'Issorion[131], où se trouve le temple d'Artémis,

---

126. *Voir supra, X, 10 et note.*
127. *Pour une fois, les femmes spartiates ne sont pas à la hauteur de leur renommée.*
128. *Le Céphise est un fleuve de l'Attique, l'Eurotas un fleuve de la Laconie.*
129. *La remarque du Spartiate rappelait que l'on ne s'était jamais battu sur le sol de la Laconie, demeuré jusque-là inviolé.*
130. *Plutarque a déjà fait allusion (supra, XXX, 2) aux menaces de révolution qu'avait fait naître la défaite de Leuctres.*
131. *L'une des six collines de Sparte.*

une position bien fortifiée et difficile à enlever. 7. Les Lacédémoniens voulaient les en déloger aussitôt mais, redoutant la révolution, Agésilas leur ordonna de ne pas bouger et, s'avançant seul vers les mutins, couvert simplement de son manteau et accompagné d'un unique serviteur, il leur cria qu'ils avaient mal entendu ses ordres : « Je ne vous ai pas demandé de vous réunir à cet endroit, ni tous ensemble : les uns devaient aller ici et (montrant un endroit différent) les autres sur cet autre secteur de la cité ! » 8. En l'entendant ils se réjouirent, croyant qu'il ignorait tout : ils se dispersèrent vers les différents endroits qu'il leur avait désignés et abandonnèrent la place. 9. Aussitôt, Agésilas fit venir d'autres hommes et s'empara de l'Issorion ; quant aux conjurés, il en fit arrêter une quinzaine pendant la nuit et les fit mettre à mort. 10. On lui dénonça une autre conjuration plus importante, un groupe de Spartiates qui se réunissaient en secret dans une maison pour préparer une révolution : au milieu de tels troubles, on ne pouvait ni les juger ni négliger leur entreprise. 11. Agésilas les fit donc mourir sans jugement, après en avoir délibéré avec les éphores, alors qu'auparavant aucun Spartiate n'avait jamais été condamné à mort sans procès régulier. 12. Comme beaucoup des périèques et des hilotes enrôlés dans l'armée désertaient et quittaient la cité pour passer à l'ennemi[132], ce qui décourageait profondément les Spartiates, il ordonna à ses esclaves d'aller inspecter les paillasses au point du jour, de prendre les armes des transfuges et de les cacher, pour qu'on ne pût connaître leur nombre.
13. Selon la plupart des auteurs[133], les Thébains se retirèrent de Laconie quand vint l'hiver et que les Arcadiens commencèrent à partir et à refluer en désordre : ils étaient restés trois mois entiers et avaient ravagé presque tout le pays. 14. Mais Théopompe affirme que les béotarques avaient déjà pris la décision de se retirer, lorsqu'un Spartiate nommé Phrixos leur apporta dix talents de la part d'Agésilas pour prix de leur retraite : ainsi, pour faire ce qu'ils avaient décidé depuis longtemps, ils reçurent en outre de leurs ennemis des subsides pour la route.

XXXIII. 1. Je ne sais comment les autres historiens ont pu ignorer cette histoire[134], et comment elle a pu être connue du seul Théopompe. 2. Mais tous s'accordent pour reconnaître que si Sparte fut alors sauvée, ce fut grâce à Agésilas qui renonça à ses deux passions innées, sa soif de querelles et sa soif d'honneurs, pour se consacrer à la sauvegarde de l'État. 3. Il ne put cependant rendre à la cité, après sa chute, sa puissance et sa gloire. Comme on l'observe pour un corps en bonne santé, qui a constamment été soumis à un régime trop rigoureux et trop strict, il suffit d'une

---

132. Les menaces évoquées précédemment provenaient de Spartiates ou de gens craignant de perdre leur statut civique, comme les « tremblants ». Mais ici, comme au moment de la conspiration de Cinadon, c'était à une révolte générale qu'on pouvait s'attendre, si hilotes et périèques se joignaient aux révoltés. La situation était d'autant plus préoccupante que l'on avait mobilisé, et donc armé, 6000 hilotes avec promesse de liberté pour ceux qui prendraient part au combat (Xénophon, Helléniques, VI, 5, 28-29). En revanche, il n'y eut qu'une faible partie des périèques qui se rallia aux Thébains (VI, 5, 32).
133. Xénophon (Helléniques, VI, 5, 50) figure parmi ces auteurs.
134. Elle ne figure effectivement pas dans le récit de Xénophon.

seule erreur, d'un seul écart, pour faire perdre à la cité tout son bonheur. On ne doit pas s'en étonner : 4. tout était parfaitement réglé en vue de la paix, de la vertu et de la concorde mais, en annexant à la cité des provinces et des empires conquis par la force, dont Lycurgue pensait qu'une cité n'a nullement besoin pour vivre heureuse, les Spartiates causèrent leur propre perte[135].
5. Agésilas lui-même avait désormais renoncé aux expéditions à cause de sa vieillesse, mais son fils Archidamos, ayant reçu de Sicile des renforts envoyés par le tyran, remporta sur les Arcadiens ce qu'on appelle la «bataille sans larmes[136]», car nul des siens ne succomba, alors qu'il fit périr un très grand nombre d'ennemis. 6. Cette victoire montra bien la faiblesse de la cité. Autrefois, les Lacédémoniens considéraient comme si habituel et si normal de vaincre leurs ennemis que, dans la cité, on ne sacrifiait aux dieux qu'un coq, en signe de victoire, que ceux qui avaient combattu ne se vantaient pas et que ceux qui apprenaient la nouvelle ne témoignaient point de joie excessive. 7. Même après la bataille de Mantinée, décrite par Thucydide[137], le messager qui fut le premier à annoncer la victoire ne reçut des magistrats qu'une portion de viande du repas public et rien d'autre. 8. Mais cette fois, quand on apprit la bataille et qu'Archidamos revint, nul ne put se contenir : son père alla le premier à sa rencontre, en pleurant de joie, et avec lui toutes les autorités, tandis que les vieillards et les femmes descendaient en foule vers le fleuve, levant les mains au ciel et célébrant les dieux, comme si Sparte avait effacé les insultes indignes qu'elle avait subies et voyait de nouveau briller la lumière. Auparavant, dit-on, les maris n'osaient même pas regarder leurs femmes en face, tant ils avaient honte de leurs défaites.

XXXIV. 1. Lorsque Épaminondas rebâtit Messène et que les anciens citoyens y affluèrent de tous côtés, les Lacédémoniens n'osèrent pas combattre et ne purent s'y opposer, mais ils étaient pleins de colère et de ressentiment contre Agésilas parce que, sous son règne, ils avaient perdu un territoire aussi peuplé que la Laconie et le meilleur de la Grèce par les qualités de son sol, alors qu'ils le possédaient et l'exploitaient depuis si longtemps[138]. 2. Aussi, lorsque les Thébains lui proposèrent la paix, Agésilas la refusa : il ne voulait pas abandonner en paroles ce territoire même si, de fait, il était conquis. Mais à s'obstiner ainsi, non seulement il ne reprit pas la Messénie, mais il

---

135. Plutarque reprend ici la condamnation des méfaits de la cupidité et de l'impérialisme déjà dénoncé dans Lycurgue, *XXX, 1 et dans* Lysandre, *XVII, 2-11.*
136. Agésilas avait alors 75 ans. Le tyran dont il s'agit est Denys l'Ancien. Cette bataille eut lieu en 368 à Eutrésis (voir Xénophon, VII, 1, 20 ; 28-32).
137. Il s'agit de la bataille qui se déroula à Mantinée en 418 (voir Thucydide, V, 64-74).
138. La Messénie avait été conquise par les Spartiates à l'issue de deux longues guerres (VIIIe-VIIe siècle), et son territoire partagé entre les Spartiates, tandis que les habitants étaient soit condamnés à l'exil (ce sont des Messéniens exilés en Sicile qui donnèrent à Zanclé le nom de Messine), soit réduits à la condition d'hilotes. Les hilotes messéniens se révoltèrent plusieurs fois et constituèrent pour Sparte une menace constante. La restauration de la Messénie en État indépendant par Épaminondas représentait donc non seulement un échec politique et militaire, mais aussi une lourde perte matérielle pour les Spartiates dépouillés d'une partie de leurs terres (voir infra, *XXXV, 6).*

faillit même perdre Sparte, à la suite d'un stratagème de l'ennemi. 3. Lorsque les Mantinéens se détachèrent de nouveau des Thébains et appelèrent à eux les Lacédémoniens, Épaminondas, apprenant qu'Agésilas s'était mis en campagne[139] et approchait avec une armée, quitta Tégée de nuit, à l'insu des Mantinéens, et fit avancer son armée contre Lacédémone même. Il avait pris un chemin différent de celui d'Agésilas, et il s'en fallut de peu qu'il ne s'emparât aussitôt de la cité privée de défenseurs. 4. Mais quelqu'un – Euthynos de Thespies selon Callisthène, ou un Crétois selon Xénophon[140] – prévint Agésilas, qui envoya en hâte un cavalier aux habitants de la cité, pour les avertir. Sans tarder, lui-même se rendit à Sparte. 5. Peu après, les Thébains passaient l'Eurotas et attaquaient la cité. Agésilas la défendit vigoureusement, en dépit de son âge. 6. Il le voyait, l'heure n'était plus, comme la première fois, à la prudence et à la circonspection mais plutôt au désespoir et à l'audace. Ces moyens auxquels il n'avait jamais cru ni recouru furent les seuls qui lui permirent alors de repousser le danger, d'arracher la cité aux mains d'Épaminondas et d'élever un trophée, 7. après avoir fait admirer aux enfants et aux femmes les Lacédémoniens qui payaient à la patrie le plus beau tribut pour leur éducation. Au premier rang d'entre eux, Archidamos lutta d'une manière exceptionnelle grâce à la vigueur de son âme et à l'agilité de son corps, courant vivement, par les ruelles, vers les secteurs les plus menacés de la bataille et résistant partout aux ennemis, avec une poignée d'hommes. 8. Quant à Isadas, fils de Phoebidas[141], il offrit, à mon avis, un beau, un admirable spectacle non seulement à ses concitoyens, mais aussi aux ennemis. 9. Il était d'une beauté exceptionnelle et de grande taille, et avait atteint cet âge en fleur où les hommes, passant de l'enfance à l'âge adulte, sont les plus charmants; nu, sans armes défensives et sans manteau, le corps frotté d'huile, une lance dans une main et une épée dans l'autre, il s'élança hors de sa maison, se fraya un chemin au milieu des combattants, et parvint au milieu des ennemis, frappant et abattant tous ceux qu'il trouvait devant lui. 10. Il ne fut blessé par personne, soit qu'il fût protégé par un dieu à cause de sa valeur, soit qu'il parût à ses adversaires un être supérieur, plus grand qu'un homme ordinaire. 11. Après cet exploit, les éphores le couronnèrent, dit-on, puis le frappèrent d'une amende de mille drachmes, pour avoir osé s'exposer sans armes défensives.

XXXV. 1. Quelques jours plus tard, ils combattirent devant Mantinée. Épaminondas, déjà vainqueur des premières lignes, augmentait sa pression sur les ennemis et hâtait la poursuite, lorsque le Laconien Anticratès, qui l'attendait de pied ferme, le frappa mortellement d'un coup de lance, selon le récit de Dioscoride[142]. Pourtant, de nos jours encore, les Lacédémoniens appellent Machaïriones [« de l'Épée »] les descendants d'Anticratès, ce qui signifierait qu'il le frappa d'une épée. 2. Ils éprouvèrent pour cet

---

139. *Mantinée était la principale cité arcadienne. C'est en 362 qu'Agésilas entreprit cette campagne.*
140. *Callisthène d'Olynthe est le neveu d'Aristote qui accompagna Alexandre dans sa campagne d'Asie. Il rédigea des* Helléniques. *Xénophon (*Helléniques*, VII, 5, 10) rapporte en effet l'intervention heureuse de ce Crétois.*
141. *C'est-à-dire de l'auteur de l'attaque contre Thèbes rapportée supra, XXIII, 6-11.*
142. *La bataille de Mantinée eut lieu au début de juillet 362. Ce Dioscoride est inconnu par ailleurs.*

homme tant d'admiration et une affection si vive, à cause de la peur que leur avait inspirée Épaminondas de son vivant, qu'ils lui votèrent des honneurs et des gratifications, et exemptèrent toute sa famille d'impôts, exemption qui vaut encore de nos jours pour Callicratès, un des descendants d'Anticratès. 3. Après la bataille et la mort d'Épaminondas[143], les Grecs firent la paix entre eux, mais Agésilas voulut exclure du serment les Messéniens, sous prétexte qu'ils n'avaient pas de cité. 4. Comme tous les autres peuples les admettaient dans le traité et recevaient leurs serments, les Lacédémoniens se retirèrent et restèrent seuls à faire la guerre, dans l'espoir de reprendre la Messénie. 5. Agésilas passa donc pour un homme violent, têtu, dont le désir de guerres était insatiable, puisque par tous les moyens il minait et détruisait les alliances communes, 6. et qu'en revanche, il était contraint, faute d'argent, à importuner les amis qu'il avait dans la cité, à leur faire des emprunts et à leur réclamer des contributions. Il aurait dû, puisque l'occasion s'en présentait, en finir avec les malheurs; après avoir perdu un si vaste empire, des cités, la maîtrise de la terre et de la mer, quel besoin avait-il de se démener en vain pour les possessions et les revenus de la Messénie?

XXXVI. 1. Il se fit encore plus mal juger en se mettant au service de l'Égyptien Tachos[144], en qualité de stratège. 2. On s'indignait de voir un homme qui avait été considéré comme le meilleur de la Grèce et qui avait rempli de sa gloire le monde habité prêter sa personne à un Barbare, qui avait fait défection à son roi, et vendre pour de l'argent son nom et sa gloire, se comportant ainsi comme un mercenaire et un chef de bande. 3. Même si, à plus de quatre-vingts ans et tout le corps criblé de blessures, il avait voulu reprendre sa belle et illustre campagne pour la liberté de la Grèce, une telle ambition n'aurait pas été totalement irréprochable, 4. car il y a un moment et une heure pour les belles actions, ou plutôt, d'une manière générale, ce qui fonde leur supériorité sur les actions honteuses est une question de mesure. 5. Mais Agésilas ne se souciait pas de ces considérations; il ne jugeait aucun service politique contraire à sa dignité; ce qu'il trouvait indigne de lui, c'était plutôt de vivre sans rien faire dans la cité et de rester oisif à attendre la mort. 6. Il rassembla donc des mercenaires avec l'argent que Tachos lui avait envoyé, équipa des navires et leva l'ancre, accompagné, comme la première fois, de trente conseillers spartiates[145].

---

143. *Plutarque ne décrit pas la bataille de Mantinée, se contentant de mettre en avant le fait essentiel à ses yeux, la mort d'Épaminondas. Xénophon (VII, 5, 18-27), qui achève les* Helléniques *par le récit de la bataille, conclut qu'il n'y eut ni vainqueur ni vaincu, chacun des adversaires prétendant avoir remporté la victoire.*
144. *Tachos avait succédé en 361 à son frère Nectanébo et s'était joint au soulèvement des satrapes Datanès et Orontès contre le roi Artaxerxès.*
145. *La position d'Agésilas est ambiguë. D'une part, il se loue à l'Égyptien Tachos, comme un vulgaire chef de mercenaires. Mais d'autre part, il emmène avec lui, comme lorsqu'il était parti pour l'Asie (voir supra, VI, 4), des conseillers spartiates qui apportent à son expédition la caution de la cité. Xénophon, dans son Agésilas (II, 29), sans dissimuler les raisons financières qui faisaient agir le roi, insiste sur le désir qu'il aurait eu de punir le Grand Roi qui, tout en se prétendant allié de Sparte, n'en avait pas moins sanctionné l'indépendance de la Messénie.*

7. Dès qu'il eut atteint l'Égypte, les premiers des généraux et des administrateurs royaux montèrent aussitôt à bord pour lui faire leur cour. 8. Les autres Égyptiens étaient eux aussi pleins d'impatience et de curiosité, à cause du nom et de la gloire d'Agésilas, et tous accouraient pour le contempler. 9. Mais en voyant qu'il n'y avait ni apparat ni pompe, mais seulement un vieil homme allongé sur l'herbe au bord de la mer, simple et de petite taille, vêtu d'un manteau grossier et misérable, ils se mirent à plaisanter et à se moquer de lui[146], en disant: «Voilà bien, comme dans la fable, la montagne en travail qui a accouché d'une souris!» 10. Ils s'étonnèrent encore davantage de son incorrection, lorsqu'on lui apporta et lui présenta les présents d'hospitalité: il accepta de la farine, des veaux et des oies, mais repoussa friandises, pâtisseries et parfums; puis, comme on insistait et qu'on le pressait de les prendre, il ordonna de les faire porter aux hilotes. 11. Cependant, selon Théophraste[147], il admira beaucoup, pour sa simplicité et sa pureté, le papyrus dont on fait les bandelettes[148]: il en demanda à son départ et le roi lui en donna.

XXXVII. 1. Pour l'heure, il se joignit à Tachos, qui s'apprêtait à partir en campagne, mais il ne fut pas, comme il l'espérait, nommé général en chef de toute l'armée. Il obtint seulement le commandement des mercenaires, tandis que l'Athénien Chabrias recevait celui de la flotte[149]; le généralissime de toutes les forces était Tachos lui-même. 2. Ce fut là une première contrariété pour Agésilas. Ensuite, il fut choqué par l'arrogance et la sottise de l'Égyptien, mais il était obligé de les supporter. Il embarqua avec lui pour la Phénicie: malgré sa dignité et sa nature, il se montra docile et patient jusqu'au moment où se présenta une occasion favorable. 3. Nectanébis, cousin de Tachos, qui avait sous ses ordres une partie de l'armée, fit défection; proclamé roi par les Égyptiens, il appela Agésilas, lui demandant de lui prêter main-forte, et adressa la même invitation à Chabrias, promettant aux deux hommes des récompenses considérables. 4. Apprenant ces propositions, Tachos se mit à les supplier et Chabrias tenta lui aussi de retenir Agésilas dans l'amitié de Tachos, à force de persuasion et de bonnes paroles. 5. Mais Agésilas lui dit: «Toi, Chabrias, tu es venu ici en ton propre nom et tu peux donc ne consulter que tes propres réflexions. Moi, j'ai été donné comme stratège aux Égyptiens par ma patrie. 6. Il ne serait donc pas honorable pour moi de combattre contre ceux à qui j'ai été envoyé comme allié, sauf si ma patrie me donne l'ordre contraire.» 7. Ayant ainsi parlé, il envoya à Sparte des messagers pour accuser Tachos et faire l'éloge de Nectanébis. 8. Les deux adversaires adressèrent eux aussi des sollicitations aux

---

146. On retrouve ici une fois encore l'opposition entre la simplicité et l'austérité spartiate d'une part, et le luxe barbare de l'autre.
147. Sur Théophraste, voir supra, II, 6 et note.
148. La tige du papyrus est découpée en bandelettes qui sont ensuite croisées pour obtenir une feuille sur laquelle on peut écrire.
149. L'Athénien Chabrias est un des stratèges les plus célèbres d'Athènes. Il semble qu'il était venu en Égypte de son propre chef (voir § 5).

Lacédémoniens : l'un rappelait qu'il était depuis longtemps leur allié et leur ami, l'autre s'engageait à être plus serviable et plus dévoué à leur cité que son rival. 9. Après les avoir entendus, les Lacédémoniens répondirent publiquement aux Égyptiens que c'était à Agésilas de régler ces questions, et ils lui écrivirent, à lui, de veiller à l'intérêt de Sparte. 10. En conséquence, Agésilas emmena ses mercenaires et passa de Tachos à Nectanébis, s'abritant derrière l'intérêt national, pour couvrir un acte aussi étrange et inouï : sans cette excuse, le nom plus juste pour qualifier sa conduite aurait été celui de trahison[150]. 11. Mais, en matière d'honneur, les Lacédémoniens accordent la première place à l'intérêt de la patrie : ils ne connaissent et n'admettent aucune justice, en dehors de ce qu'ils jugent utile à l'accroissement de Sparte.

XXXVIII. 1. Abandonné par ses mercenaires, Tachos prit la fuite. Mais, de Mendès[151], un autre personnage se souleva contre Nectanébis et fut proclamé roi ; il réunit cent mille hommes et s'avança contre lui. 2. Nectanébis, pour rassurer Agésilas, lui disait que si les ennemis étaient nombreux, ce n'était qu'un ramassis d'artisans que leur inexpérience rendait méprisables. 3. « Ce n'est pas leur nombre que je redoute, dit Agésilas, mais leur inexpérience et leur ignorance, qui les rendent difficiles à tromper. 4. Les ruses égarent ceux qui tentent de s'en garder, et s'attendent à en être l'objet. En revanche, celui qui n'attend et ne soupçonne rien ne donne aucune prise à qui veut le tromper, tout comme à la lutte celui qui ne bouge pas ne peut être déséquilibré. » 5. Sur ces entrefaites, le Mendésien envoya sonder Agésilas. Alors Nectanébis prit peur. Agésilas lui conseillait de livrer le plus tôt possible un combat décisif et de ne pas faire traîner la guerre en longueur contre des hommes sans expérience des combats, mais disposant d'assez de bras pour l'envelopper, l'entourer de tranchées, le devancer souvent et occuper le terrain avant lui : les soupçons et les craintes de Nectanébis augmentèrent encore, et il se retira dans une cité bien fortifiée, entourée d'une vaste enceinte. 6. Agésilas était indigné et contrarié par une telle défiance, mais il aurait eu honte de changer encore une fois de camp, ou de partir sans avoir rien fait : il le suivit donc et entra avec lui dans la place forte.

XXXIX. 1. Les ennemis survinrent et entourèrent la cité de tranchées. Alors l'Égyptien, redoutant à présent le siège, changea de nouveau d'avis et résolut de combattre ; les Grecs partageaient son impatience, car il n'y avait pas de blé dans la place forte. 2. Agésilas ne le laissa pas faire et s'opposa à lui, ce qui l'exposa à encore plus de critiques qu'auparavant de la part des Égyptiens qui l'accusaient de trahir le roi. Il supportait désormais ces calomnies avec plus de douceur qu'auparavant et attendait le moment favorable pour exécuter le stratagème qu'il avait conçu. Voici

---

150. Plutarque se montre ici sévère à l'encontre non seulement d'Agésilas, mais de la politique spartiate en général, à la différence de Xénophon (Agésilas, II, 30-31) qui prête à Agésilas le souci de choisir celui des deux Égyptiens « qui lui paraissait le plus ami des Grecs ».
151. Mendès est situé au nord-est du delta du Nil.

de quoi il s'agissait. 3. Les ennemis creusaient à l'extérieur, autour du rempart, un fossé profond destiné à les encercler totalement. 4. Lorsque les deux extrémités de cette tranchée furent proches l'une de l'autre et que l'ouvrage, se refermant sur lui-même, fut sur le point d'entourer la cité d'un cercle complet, Agésilas attendit le soir, et ordonna aux Grecs de s'armer. Puis il alla trouver l'Égyptien et lui dit: «Jeune homme, voici venu le moment du salut: je ne t'en ai pas parlé plus tôt, de peur de le compromettre. 5. Les ennemis ont employé leurs bras à notre sécurité, en creusant une tranchée aussi longue: la partie achevée les empêche de mettre à profit leur nombre, et l'intervalle qui reste encore nous permet de nous mesurer avec eux à égalité, avec des chances équitables. Allons, fais tous tes efforts maintenant pour te montrer un homme de cœur, suis-nous au pas de course et sauve à la fois ta personne et ton armée. 6. Les ennemis que nous aurons en face de nous ne supporteront pas notre charge, et les autres, gênés par la tranchée, ne pourront nous faire aucun mal.» 7. Nectanébis, admirant l'habileté d'Agésilas, s'élança au milieu des troupes grecques, chargea ceux qu'il trouva en face de lui et les mit facilement en déroute. 8. Une fois qu'il se fut assuré la confiance de Nectanébis, Agésilas employa une deuxième fois, comme à la lutte, le même stratagème. 9. Tantôt fuyant et attirant à lui les ennemis, tantôt tournant autour d'eux, il amena le gros de leurs troupes sur un terrain bordé, de part et d'autre, par un canal profond; il barra l'intervalle en y installant le front de sa phalange: il rendit ainsi ses troupes égales en nombre à celles des ennemis en état de combattre qui ne pouvaient ni le tourner ni l'encercler. 10. En conséquence, leur résistance ne fut pas longue et ils prirent la fuite; beaucoup furent tués; les fuyards se dispersèrent et se disloquèrent.

XL. 1. Dès ce moment, les affaires de l'Égyptien furent prospères et il n'eut plus à craindre pour sa sécurité. Plein d'affection et d'attentions pour Agésilas, il le pria de rester et de passer l'hiver avec lui. 2. Mais Agésilas était impatient de rentrer faire la guerre chez lui, car il savait que sa cité avait besoin d'argent et devait entretenir des mercenaires. Le roi lui donna une escorte brillante et magnifique et, entre autres présents et marques d'honneurs, deux cent trente talents d'argent pour faire la guerre. 3. Comme on était déjà en hiver, Agésilas fut retenu à terre, sur la côte de Libye, avec ses vaisseaux: il parvint dans un endroit désert qu'on appelle le port de Ménélas, où il mourut, âgé de quatre-vingt-quatre ans, après avoir régné sur Sparte quarante et un ans: durant plus de trente ans, il avait été le plus grand et le plus puissant des Grecs et considéré comme le chef et le roi de presque toute la Grèce, jusqu'à la bataille de Leuctres[152]. 4. Selon la coutume laconienne, lorsqu'un simple particulier meurt en terre étrangère, on célèbre ses funérailles et on laisse son corps à cet endroit, mais le corps des rois est rapporté chez eux. Les Spartiates qui se trouvaient là firent fondre de la cire sur son cadavre, car il n'y avait pas de miel, et le ramenèrent à Lacédémone.

---

152. *La tradition voulait que Ménélas ait retrouvé Hélène après avoir été jeté par une tempête sur les côtes de Libye. C'est le sujet de l'*Hélène *d'Euripide. Agésilas mourut en 360. L'enthousiasme de Plutarque le pousse à exagérer quelque peu le rôle de son héros qui ne fut que roi de Sparte.*

5. La royauté passa à son fils Archidamos et resta dans sa famille jusqu'à Agis[155] qui tenta de restaurer la constitution ancestrale et fut mis à mort par Léonidas : c'était le cinquième descendant d'Agésilas.

---

153. Cet Agis est Agis IV, qui régna de 250 à 241 et auquel Plutarque a consacré une Vie, *couplée avec celle de Cléomène III qui poursuivit son œuvre de réformateur.*

POMPÉE

I. 1. À l'égard de Pompée, le peuple romain se trouva dès l'origine, semble-t-il, dans les mêmes dispositions que le Prométhée d'Eschyle à l'égard d'Héraclès, lorsque, sauvé par celui-ci, il s'écrie :
    Né de mon ennemi, cet enfant m'est très cher[1].
2. Jamais en effet les Romains n'avaient témoigné à un autre général une haine aussi forte ni aussi violente qu'au père de Pompée, Strabo[2]. De son vivant, ils redoutaient la puissance de ses armes, car il était particulièrement belliqueux et lorsqu'il mourut, frappé par la foudre, ils arrachèrent pendant les obsèques son corps du lit funèbre et l'outragèrent. 3. En revanche, aucun Romain ne fut l'objet d'une affection plus forte, plus précoce, plus vive dans le succès et plus constante dans le malheur que Pompée[3]. 4. La haine que l'on portait au père n'avait qu'une cause, sa soif insatiable de richesses, mais les raisons qui faisaient aimer le fils étaient nombreuses : la simplicité de son mode de vie, son entraînement militaire, l'éloquence de sa parole, la loyauté de son caractère, l'affabilité de son abord ; nul ne savait mieux que lui solliciter sans fâcher ou obliger avec grâce celui qui le sollicitait[4], car

---

1. *Cette introduction, qui souligne le contraste entre la haine du peuple de Rome pour Pompeius Strabo, le boucher de la guerre contre les Italiens, et la faveur dont bénéficia son fils Pompée, place d'emblée la vie de Pompée sous le double éclairage de la* popularitas, *qualité première du héros selon Plutarque, et de la tragédie. Explorateur du bout du monde et bienfaiteur de l'humanité, Héraclès était un parfait symbole du destin de Pompée tel que le recrée Plutarque. Le* Prométhée délivré *d'Eschyle est perdu.*
2. *Pompeius Strabo, originaire du Picenum (Romagne actuelle), était issu d'une famille sénatoriale récente : son seul ascendant sénateur connu est Sextus Pompée, gouverneur de Macédoine en 118. Questeur en 104, il avait, en 90, exercé la préture pendant la guerre contre les alliés italiens. Consul en 89, il se signala par une répression sanglante dans sa région d'origine.*
3. *Cette accumulation de superlatifs résume les temps forts de la* popularitas *de Pompée : elle souligne son exceptionnelle jeunesse lors de ses débuts dans la carrière politique et militaire, l'aspect mythique de l'apogée de son pouvoir et la permanence de cette ferveur populaire dans la défaite et même, bien au-delà, dans la construction* post mortem *d'un héros de légende, dont la* Vie *de Plutarque est une des manifestations.*
4. *L'affabilité est le trait de caractère essentiel de Pompée selon Plutarque : « solliciter sans fâcher ou obliger avec grâce » sont les deux temps essentiels des rapports du Romain engagé dans la vie publique, correspondant au diptyque* beneficium-officium, *« faveur-dette », fréquent chez Cicéron. Les autres remarques (éloquence, loyauté de caractère) sont plus conventionnelles et paraissent liées à l'édification de sa légende. Plutarque lui-même souligne ailleurs sa maladresse oratoire (*infra, XLIX, 1*) et l'historien Syme a porté naguère sur sa loyauté un jugement beaucoup plus sévère, peut-être excessif : « La carrière de Pompée s'ouvrit dans la félonie et la violence. Elle se poursuivit, dans la guerre et dans la paix, au milieu de l'illégalité et de la trahison » (Syme, 1967, p. 39).*

outre ses autres qualités, il n'était pas hautain quand il donnait, et gardait sa dignité quand il recevait.

II. 1. Dès le début, son aspect physique contribua beaucoup à le rendre populaire et à lui concilier les esprits avant même qu'il eût parlé. Il possédait un charme, mêlé de dignité et d'humanité, et, alors qu'il était encore dans la fleur de l'âge, sa jeunesse laissait déjà voir un caractère imposant, digne d'un roi. 2. Ses cheveux étaient légèrement relevés, et il avait dans ses yeux un éclat humide qui lui donnait une ressemblance, moins visible pourtant qu'on ne le prétendait, avec les portraits du roi Alexandre. 3. Aussi beaucoup lui donnèrent-ils aussitôt ce surnom, qu'il ne refusa pas, et il y en avait même, dès cette époque, qui l'appelaient ainsi pour se moquer de lui. 4. Voilà pourquoi Lucius Philippus, personnage consulaire, déclara, quand il plaida pour lui : « Je ne fais là rien d'étonnant : puisque je suis Philippe, j'aime forcément Alexandre[5]. » 5. La courtisane Flora, sur ses vieux jours, ne cessait, dit-on, de rappeler sa liaison avec Pompée : elle déclarait notamment que lorsqu'elle avait couché avec lui, elle ne pouvait le quitter sans ressentir la morsure du chagrin. 6. Elle racontait aussi qu'un des compagnons de Pompée, Géminius, s'était épris d'elle et lui faisait de nombreuses avances ; comme elle lui déclarait qu'elle ne voulait pas de lui, à cause de Pompée, Géminius en parla à Pompée 7. qui la lui céda. Dès lors, Pompée ne la toucha plus et ne vint plus la voir, bien qu'il parût toujours amoureux. Elle ne supporta pas cette rupture avec la légèreté d'une courtisane et fut longtemps malade de chagrin et de regret[6]. 8. Pourtant Flora était si jolie et si célèbre, dit-on, que Caecilius Métellus[7], qui décorait de statues et de peintures le temple des Dioscures, fit faire aussi son portrait et l'y consacra, à cause de sa beauté. 9. Contrairement à ses habitudes, Pompée ne se montra ni bon ni généreux avec la femme de son affranchi Démétrius[8], qui avait été très influent auprès de lui et avait laissé une fortune de quatre mille talents : il craignait de paraître avoir succombé à la beauté de cette femme, qui était irrésistible et dont on parlait beaucoup. 10. Cependant, il avait beau être prudent et se tenir sur ses gardes quand

---

5. La référence à Alexandre, explicitement exprimée par le cognomen (surnom) donné à Pompée, est présentée avec subtilité par Plutarque : Pompée a eu l'habileté de se la faire offrir sans la solliciter trop ouvertement, ce qui n'empêche pas les lazzi, armes courantes de la vie politique romaine. Lucius Philippus était membre de la vieille famille patricienne des Marcii : consul en 91, censeur sous la domination de Marius et de Cinna, il fut, par son expérience et sa rouerie politique, un chef écouté du parti syllanien dans les premières années après la victoire (voir infra, XVII, 4) et un grand orateur (Cicéron, Brutus, 173).

6. L'affabilité de Pompée se traduit par une sensibilité qui sied peu à l'homme public aux yeux des historiens anciens. Il lui est souvent reproché d'avoir négligé les affaires publiques pour le commerce des grandes Romaines (voir infra, XLVIII, 8 ; LIII, 1-2 ; LXXVI, 9).

7. Le Métellus dont il est ici question n'est évidemment pas Quintus Caecilius Metellus Delmaticus qui restaura le temple en 117, soit onze ans avant la naissance de Pompée. Il s'agit vraisemblablement de Quintus Caecilius Metellus Nepos, légat de Pompée en Orient, et l'épisode est à placer en 60 (Steinby, 1993, 1, p. 243).

8. Démétrius était un esclave originaire de Gadara, ville de Palestine (voir Flavius Josèphe, Guerre des Juifs, I, 155).

il se trouvait dans ce genre de situation, il ne put échapper, sur ce point, aux attaques de ses ennemis; on l'accusa de passer son temps avec ses épouses et de négliger et d'abandonner souvent les affaires publiques pour leur complaire.
11. Quant à la simplicité et à la frugalité de son mode de vie, on rappelle le trait suivant. Comme il était malade et dégoûté des aliments, son médecin lui prescrivit de manger une grive. 12. Ceux qui en cherchèrent n'ayant pu en acheter car ce n'était pas la saison, quelqu'un dit qu'on en trouverait chez Lucullus où on en élevait toute l'année. « Alors, s'écria Pompée, si Lucullus n'aimait pas le luxe, Pompée ne pourrait pas vivre ? » Et, sans plus se soucier du médecin, il prit une nourriture qu'on pouvait se procurer facilement. Mais cela se passa plus tard[9].

III. 1. Comme il était encore tout jeune[10], et servait sous les ordres de son père, alors en guerre contre Cinna, il eut pour compagnon et camarade de tente un certain Lucius Térentius[11]. Celui-ci avait été acheté par Cinna : il était chargé de tuer Pompée, pendant que d'autres mettraient le feu à la tente du général. 2. Le complot fut dénoncé à Pompée pendant qu'il était à table ; loin de se troubler, il but au contraire avec plus d'entrain et fit toutes sortes d'amabilités à Térentius. Mais au moment d'aller dormir, il se glissa hors de sa tente sans se faire remarquer, plaça des gardes auprès de son père et ne bougea plus. 3. Dès que Térentius jugea le moment venu, il tira son épée, se leva, s'approcha du lit dans lequel il le croyait couché, et porta de nombreux coups à travers les couvertures. 4. Là-dessus, tout le camp, qui haïssait le général, se souleva, et les soldats s'apprêtèrent à déserter : ils arrachèrent leurs tentes et prirent les armes. 5. Le général, effrayé de ce tumulte, n'osa pas sortir, mais Pompée se jeta en pleurant au milieu des mutins et les supplia ; pour finir, il se coucha, face contre terre, devant la porte du camp, et resta allongé en travers du passage, sanglotant et demandant aux gens qui sortaient de le fouler aux pieds. Chacun battit en retraite, plein de honte, et tous les soldats, sauf huit cents, changèrent d'avis et se réconcilièrent avec le général.

IV. 1. À la mort de Strabo, Pompée dut répondre, au nom de son père, à une accusation de détournement de fonds publics[12]. 2. Il convainquit un affranchi nommé

---

9. *L'événement anodin met en scène la rivalité qui opposa Pompée et Lucullus, lors du commandement en Orient contre Mithridate, puis lors du retour à Rome des deux généraux. Si Plutarque exalte ici la frugalité de Pompée par contraste avec le luxe que déployait Lucullus, il reconnaît en d'autres passages la valeur militaire de ce dernier, dépossédé de sa victoire par Pompée (Lucullus, XXXV, 9 ; XXXVI, 1 et 4-5), et il fait de Lucullus l'espoir du Sénat, « un rempart contre le pouvoir tyrannique de Pompée et un défenseur de l'aristocratie » (Lucullus, XXXVIII, 2).*
10. *Pompée faisait déjà partie de l'état-major de son père lors de la guerre contre les alliés, en 89, à l'âge de 18 ans.*
11. *Le nom figure sur l'inscription d'Asculum (Corpus d'inscriptions latines, I², 769), qui détaille l'état-major de Pompeius Strabo en 89.*
12. *Premières armes judiciaires et rhétoriques de Pompée. Avec la formation militaire, l'éloquence judiciaire faisait partie de la culture de base indispensable à l'homme politique romain.*

Alexandros d'avoir détourné la plupart des sommes en question et démontra sa culpabilité aux magistrats. Mais lui-même était accusé de détenir des filets de chasse et des livres provenant du butin d'Asculum[15]. 3. Il les avait reçus de son père, après la prise de cette ville, mais il les avait perdus quand les sbires de Cinna, à son retour, avaient enfoncé les portes de sa maison et l'avaient pillée. 4. Il eut, au cours de ce procès, de nombreux débats à soutenir contre son accusateur. Il y montra à la fois de la vivacité et une fermeté au-dessus de son âge, ce qui lui valut beaucoup de réputation et de crédit. Le préteur Antistius, qui arbitrait ce procès, le prit en affection, lui proposa sa fille en mariage, et parla de ses intentions à ses amis[14]. 5. Pompée accepta, et ils dressèrent le contrat en secret, mais la foule devina leur projet, à cause de l'empressement d'Antistius à le soutenir. 6. Pour finir, quand le préteur proclama la sentence d'acquittement des juges, le peuple, comme s'il s'était donné le mot, poussa le cri qu'on lance aux mariés et qui remonte à une tradition très ancienne : « Pour Talasius ! » 7. L'origine de cette coutume est la suivante. Lorsque les filles des Sabins vinrent à Rome pour assister à des concours, les Romains les plus valeureux de la cité les enlevèrent pour en faire leurs épouses. Or il se trouva que des hommes du commun et des bouviers saisirent et emmenèrent une jeune fille qui était belle et grande. 8. Craignant de se la voir arrachée en chemin par un de ceux qui leur étaient supérieurs, ils criaient tout en courant : « C'est pour Talasius ! » Ce Talasius faisait partie des gens estimés et des notables, si bien qu'en entendant ce nom, les gens se mirent à applaudir et à pousser des cris pour s'associer à leur joie et les féliciter. 9. Depuis ce temps, dit-on, le mariage de Talasius ayant été heureux, on lance par plaisanterie ce cri aux mariés. 10. Ce récit est le plus vraisemblable de ceux que l'on rapporte à propos de Talasius[15]. Pour revenir à Pompée, quelques jours plus tard, il épousa Antistia.

V. 1. Il se rendit ensuite au camp de Cinna[16]. Mais, en butte à des accusations et à des calomnies, il prit peur et s'en alla secrètement. Comme on ne le voyait plus, le

---

13. *Asculum (Ascoli), cité du Picenum, fut, durant la guerre des alliés, le théâtre d'un rude siège mené par Pompeius Strabo, doublé d'une bataille décisive où 75 000 Romains défirent 60 000 coalisés italiens. Le pillage d'Asculum, en 89, fut à la hauteur des difficultés rencontrées et de la férocité cupide de Pompeius Strabo.*
14. *Premier des cinq mariages de Pompée. Comme les autres, et comme tous les mariages de l'aristocratie à Rome, celui-ci fut avant tout le sceau apposé à une alliance politique. Le préteur Antistius y voyait un parti d'avenir pour sa famille et le jeune Pompée un gage de réussite dans ce procès qui était un test pour sa future carrière. Le peuple ne s'y trompa pas, qui brocardait la sentence sous forme de lazzi tout à fait traditionnels des mouvements de foule à Rome.*
15. *Pour d'autres explications de ce rite, voir* Romulus, *XV, 1-5;* Question romaine, *31;* Tite-Live, Histoire romaine, *I, 9.*
16. *Élu consul de 87 à 84 (avec Papirius Carbo pour 85 et 84), le marianiste Cornelius Cinna préparait la guerre contre Sylla, dont le retour d'Orient était redouté. Il fut tué à Ancône lors d'une mutinerie des soldats alors qu'il organisait, avec Carbo, le débarquement des troupes en Illyrie pour se porter au-devant de Sylla. Le rôle attribué par Plutarque à Pompée dans l'affaire paraît excessif et appartient vraisemblablement plus à la légende dorée du héros qu'à la réalité historique.*

bruit courut dans le camp que Cinna avait fait tuer le jeune homme. 2. Alors ceux qui en voulaient à Cinna et le haïssaient depuis longtemps se jetèrent sur lui. Cinna prit la fuite. Il fut arrêté par un centurion qui le poursuivait, l'épée nue ; il tomba à ses genoux et lui proposa son sceau, qui était de grand prix. 3. L'autre lui répondit avec une grande insolence : « Je ne viens pas sceller un contrat, mais châtier un tyran impie qui offense les lois ! » et il le tua[17]. 4. Ainsi mourut Cinna. Carbo prit sa place à la tête des affaires, mais fut un tyran encore plus brutal que le précédent et, lorsque Sylla revint, son retour combla les vœux de nombreuses personnes qui, à cause des maux présents, pensaient qu'un changement de maître était déjà un bonheur non négligeable. 5. Voici à quoi la cité avait été réduite par ses malheurs : à chercher un esclavage plus doux, car elle désespérait de la liberté[18].

VI. 1. Pompée séjournait alors en Italie, dans le Picenum[19], où il avait des propriétés et où il se plaisait surtout à cause de l'attachement et de l'amitié héréditaires que lui portaient les cités. 2. Voyant les plus célèbres et les meilleurs des citoyens abandonner leurs biens et accourir de toutes parts au camp de Sylla comme vers un port de salut, il jugea indigne de lui de s'y réfugier, tel un esclave en fuite, les mains vides, en mendiant du secours : il voulut le premier obliger Sylla et venir à lui glorieusement, en amenant une armée. 3. Il entreprit donc de soulever et d'entraîner les Picéniens. Ceux-ci l'écoutèrent volontiers et ne prêtèrent aucune attention aux envoyés de Carbo. 4. Comme un certain Védius leur disait : « Pompée n'a fait qu'un saut de l'école du pédagogue à la tribune du démagogue ! », ils en furent tellement indignés qu'ils se jetèrent sur Védius et le tuèrent sur-le-champ. 5. Alors Pompée, qui avait vingt-trois ans et que personne n'avait nommé général, se décerna à lui-même le commandement[20]. À Auximum, une cité importante, il fit dresser un tribunal sur la place publique : il ordonna à deux frères, les Ventidii, qui tenaient le premier rang et soutenaient Carbo contre lui, de quitter la cité[21], puis il enrôla des soldats, et désigna pour chacun, en bonne discipline, des centurions et des tribuns. Il fit ensuite le tour des cités des environs et agit de même. 6. Comme tous les par-

---

17. *Une autre version est donnée par Appien,* Guerres civiles, *I, 78.*
18. *La phrase de Plutarque, pour décrire la déchéance de la cité républicaine, rappelle Tacite (*Histoires, *IV, 42, 14) : « Le meilleur jour après un mauvais prince est le premier. »*
19. *Les Pompeii, originaires du Picenum, possédaient dans la région une clientèle nombreuse et fidèle, dont témoigne, entre autres, l'inscription d'Asculum (voir supra, III, 1 et note) : dans l'état-major du père de Pompée figure un grand nombre d'officiers picéniens, loyaux envers Rome par fidélité à leur patron alors que les Italiens rejoignaient plus volontiers les rangs des alliés soulevés contre Rome.*
20. *Pompée était dans l'illégalité la plus totale : il n'avait ni l'âge ni l'*imperium *(que seul pouvait décerner le Sénat) pour lever une troupe, en désigner les cadres (« en bonne discipline » !) et en devenir le chef. Son armée était donc la milice privée d'un ambitieux sans scrupule. Il est étonnant, mais significatif de la légende dorée de Pompée, que Plutarque, comme en 66 le très moralisateur Cicéron (*Pour la loi Manilia, *62-63), fasse gloire à Pompée de ces atteintes portées à la légalité de la* respublica.
21. *Au putsch militaire s'ajoute l'illégalité judiciaire ; Pompée n'avait aucun pouvoir pour bannir les frères Ventidii d'Auximum, cité du nord du Picenum.*

tisans de Carbo se retiraient et lui laissaient le champ libre, et que les autres se donnaient à lui avec joie, il eut, en peu de temps, rassemblé trois légions complètes[22]. Il se procura également de la nourriture, des bagages, des chariots et tout le matériel nécessaire et conduisit ses troupes à Sylla. Loin de se presser ou de chercher à se cacher, il s'arrêtait en chemin pour infliger des pertes aux ennemis et tentait de détacher de Carbo toutes les régions de l'Italie qu'il traversait.

VII. 1. Trois généraux ennemis se dressèrent en même temps contre lui : Carrinas, Coelius et Brutus[23]. Ils ne l'attaquèrent pas de face, ni tous ensemble, mais l'encerclèrent avec leurs trois armées, dans l'espoir de se saisir de lui. 2. Pompée ne s'effraya pas : il rassembla toutes ses forces et s'élança contre une seule de ces armées, celle que commandait Brutus. À la tête de ses troupes, il avait placé la cavalerie, où il se tenait lui-même[24]. 3. Comme les ennemis ripostaient en lançant leurs cavaliers gaulois, Pompée courut sans attendre contre le premier et le plus robuste d'entre eux, le frappa de près avec sa lance et l'abattit. Les autres prirent la fuite et jetèrent le désordre dans l'infanterie, si bien que la fuite fut générale[25]. 4. Après cet échec, les généraux ennemis se querellèrent et battirent en retraite, chacun de son côté, tandis que les cités se ralliaient à Pompée, croyant que c'était la peur qui avait dispersé ses ennemis. 5. Il fut attaqué de nouveau par le consul Scipion, mais les deux armées n'étaient pas encore à portée de javelot que les hommes de Scipion fraternisaient avec ceux de Pompée et passaient dans son camp : Scipion prit la fuite. 6. Enfin Carbo ayant lancé contre lui, sur les bords de l'Aesis, plusieurs escadrons de cavaliers, Pompée résista vigoureusement, les mit en fuite, les poursuivit et les jeta tous dans un terrain difficile, impraticable à la cavalerie : voyant que la situation était désespérée, ils se rendirent avec leurs armes et leurs chevaux[26].

VIII. 1. Sylla n'était pas encore informé de ces succès. Les premières nouvelles et les premières rumeurs lui firent craindre pour Pompée qui était aux prises avec

---

22. *La levée de trois légions (18 000 hommes) et l'organisation de leur logistique prouvent la puissance des liens de clientèle que les Pompeii entretenaient dans le Picenum.*
23. *Dans un premier temps, Pompée fut en butte à l'offensive des légats envoyés par les chefs marianistes : Caius Carrinas, Caius Coelius Caldus et Lucius Junius Brutus Damasippus.*
24. *Choisissant délibérément le combat de cavalerie, Pompée prouve son originalité et son audace dans le choix tactique.*
25. *Procédé classique qui consiste à focaliser la description du combat sur un élément anecdotique qui devient le facteur décisif de la victoire. La victoire personnelle de Pompée sur le plus robuste des redoutables cavaliers celtes, qui rappelle les procédés de devotio où le chef romain se «dévoue» et se jette au cœur de la mêlée, décide, au mépris de toute vraisemblance, du sort de la bataille.*
26. *Après les légats, Pompée affronta le consul de 83 Cornelius Scipio Asiaticus et enfin Papirius Carbo lui-même, considéré comme le chef charismatique des marianistes. La bataille se déroula au nord du Picenum, sur les bords du fleuve Aesis. Cette localisation laisse penser qu'en fait, ces diverses opérations ne constituèrent que des escarmouches dans le Picenum, Pompée n'ayant pas encore cherché à faire route vers Sylla, contrairement à ce qu'écrit Plutarque supra en VI, 6.*

tant de si grands généraux ennemis : il se hâta donc d'aller lui prêter main-forte[27]. 2. Dès que Pompée le sut à proximité, il ordonna aux officiers de découvrir les boucliers et de ranger ses troupes en bon ordre[28], pour les montrer au dictateur sous leur aspect le plus beau et le plus brillant. Il espérait de lui de grands honneurs : il en reçut de plus grands encore. 3. Dès que Sylla le vit s'avancer, entouré d'une armée admirable par sa bravoure, fière et joyeuse de ses succès, il sauta de cheval et, après avoir été salué, comme de juste, du titre d'*imperator*, il salua en retour Pompée du même titre[29]. Nul ne se serait attendu à le voir partager avec un homme jeune, qui n'appartenait même pas encore au Sénat, un titre pour lequel il faisait la guerre aux Scipions et aux Marius. 4. Et la suite ne démentit pas ces premières marques d'affection. Il se levait à l'entrée de Pompée et ramenait en arrière le pan de sa toge, ce qu'on ne le voyait pas souvent faire pour un autre, alors qu'il était entouré de nombreux hommes de valeur. 5. Pompée ne se laissa pas tourner la tête par tous ces égards ; au contraire, comme Sylla voulait aussitôt l'envoyer en Gaule, où Métellus[30] exerçait le commandement sans rien faire, semblait-il, qui fût à la hauteur de ses moyens d'action, il déclara qu'il n'était pas convenable d'enlever le commandement à un aîné, plus célèbre que lui ; toutefois, si Métellus le souhaitait et le lui demandait, il était prêt à faire campagne à ses côtés et à l'assister. 6. Métellus accepta cette proposition et lui écrivit de venir. Pompée se rendit donc en Gaule où, tout en accomplissant personnellement des exploits admirables, il ranima et réchauffa l'ardeur guerrière et l'audace de Métellus, qui déjà s'éteignaient sous l'effet de la vieillesse ; de la même manière, dit-on, le bronze embrasé et en fusion, versé sur du bronze figé et froid, l'amollit et le fond mieux que le feu lui-même. 7. Lorsqu'un athlète s'est élevé à la première place dans la catégorie des adultes et a remporté partout des combats glorieux, on ne tient aucun compte de ses victoires dans la catégorie des enfants et on ne les inscrit pas. Il en va de même des exploits accomplis alors par Pompée : si extraordinaires qu'ils puissent être en soi, ils sont ensevelis sous la masse et l'importance des combats et des guerres qui suivirent. Je n'ai donc pas voulu y toucher, car je craignais, si je m'attardais trop longtemps sur ces débuts, de devoir laisser de côté

---

27. *Ce n'est pas la hâte de secourir Pompée qui poussa Sylla vers le Nord, mais le déroulement d'un plan mûrement concerté avec Quintus Caecilius Metellus Pius. Métellus avait débarqué au nord du Pô, où il s'était assuré du réservoir d'hommes de la Gaule Cisalpine. Sylla, après un premier échec, s'était emparé de Rome en venant du Sud et remontait l'Étrurie vers le Nord, les armées marianistes étant prises en tenaille entre Métellus au nord, Pompée à l'Est et Sylla au Sud.*
28. *Il s'agit de sortir les boucliers des housses qui les protègent et en masquent l'éclat (N.d.T.).*
29. *Honneur exceptionnel et illégalité suprême que cet octroi du titre d'*imperator *à Pompée, qui n'était même pas sénateur. Ce titre était décerné sur le champ de bataille par les légions au général victorieux, qui ne pouvait être qu'un magistrat* cum imperio, *consul ou proconsul.*
30. *Quintus Caecilius Metellus Pius était le personnage central de la coterie des Metelli, toute-puissante depuis un siècle à Rome. Compagnon de Sylla qui avait épousé sa cousine Caecilia Metella, il fut nommé grand pontife en 81 et partagea avec Sylla le consulat en 80 (voir Twyman, 1972, p. 816-874, et notamment p. 833).*

les actions et les épreuves qui ont le plus d'importance et montrent le mieux le caractère de ce héros[31].

IX. 1. Une fois maître de l'Italie et proclamé dictateur, Sylla récompensa ses officiers et ses généraux, en les enrichissant, en les élevant à des magistratures et en accordant, à profusion et généreusement, ce que chacun lui demandait. Mais dans le cas de Pompée, dont il admirait la valeur et qu'il jugeait particulièrement utile à son entreprise, il voulut absolument le faire entrer dans sa famille[32]. 2. En accord avec sa femme Métella, il le poussa à répudier Antistia pour épouser Aemilia[33] (c'était la fille de Métella et de Scaurus et la belle-fille de Sylla) : or elle était déjà mariée et se trouvait alors enceinte. 3. C'était agir en tyran que d'imposer un tel mariage, et cette décision était plus conforme aux intérêts de Sylla qu'au caractère de Pompée[34] à qui on amenait Aemilia, enceinte d'un autre, tandis qu'Antistia était chassée ignominieusement, de manière pitoyable, au moment même où elle venait de perdre son père à cause de son époux. 4. Antistius avait en effet été égorgé en plein Sénat, car on le prenait, à cause de Pompée, pour un partisan de Sylla. À la vue de ces maux, la mère d'Antistia renonça volontairement à la vie, de sorte que ce deuil vint s'ajouter à la tragédie que constituait ce mariage – ainsi, par Zeus ! que le sort d'Aemilia qui mourut bientôt en couches dans la maison de Pompée.

X. 1. Sur ces entrefaites, on annonça que Perpenna s'était emparé de la Sicile et faisait de cette île une base d'opérations navales pour les survivants du parti adverse, que Carbo croisait dans les parages avec une flotte, que Domitius avait abordé en Afrique[35], et que beaucoup d'autres illustres fugitifs, tous ceux qui avaient eu le

---

31. Plutarque attribue à Pompée un rôle prépondérant dans la transformation de Quintus Caecilius Metellus Pius. C'est cependant l'action de Métellus en Gaule Cisalpine qui fut décisive dans l'issue de la guerre et provoqua la fuite de Papirius Carbo, qui abandonna son armée dans Clusium où il avait fait subir un échec à Sylla. Les dernières victoires sur l'armée de Clusium revinrent certes à Pompée, mais l'essentiel de la stratégie victorieuse avait été l'œuvre de Métellus.
32. La récompense de Pompée était en fait l'alliance politique avec Sylla et la puissante coalition des Metelli.
33. Aemilia était la fille de Caecilia Metella et d'Aemilius Scaurus, descendant de la puissante famille des Aemilii, consul en 115 et censeur en 109 grâce à l'appui des Caecilii. Caecilia Metella s'étant remariée avec Sylla, Aemilia était en même temps la belle-fille du dictateur.
34. Soucieux de préserver la réputation de son héros, Plutarque inverse les rôles : en 82, c'est bien sûr Pompée qui tira profit de ce nouveau mariage qui le plaçait au centre de la coterie des Metelli et l'apparentait indirectement au dictateur Sylla.
35. Les généraux marianistes Perpenna, issu d'une vieille famille sénatoriale d'Étrurie, fils et petit-fils de consul, gendre du chef marianiste Papirius Carbo, et Domitius Ahénobarbus, descendant de la puissante gens Domitia, petit-fils du vainqueur des Arvernes et des Allobroges, fils du fondateur de Narbonne et gendre de l'autre chef marianiste Lucius Cornelius Cinna, ont fui en Sicile et en Afrique, renouvelant la tactique qui avait été favorable à leur chef Marius en 88 : celui-ci s'était réfugié auprès de ses vétérans installés à Cercina (l'actuelle Djerba) et avait bénéficié des alliances gétules.

temps de se dérober aux proscriptions, se rendaient en hâte dans cette région. 2. Pompée fut envoyé contre eux avec une armée considérable[36]. Perpenna quitta aussitôt la Sicile et Pompée reprit possession des cités épuisées, qu'il traita toutes avec humanité, sauf les Mamertins de Messine, 3. qui récusaient son tribunal et sa juridiction, en invoquant une ancienne loi des Romains. «Finissez donc, lança-t-il, de nous lire des lois, quand nous avons l'épée à la ceinture[37]!» 4. On jugea également qu'il insultait sans aucune humanité aux malheurs de Carbo. En effet, s'il était nécessaire, ce qui était peut-être le cas, de le mettre à mort, il fallait le faire aussitôt après l'avoir pris: ainsi la responsabilité en serait retombée sur celui qui en avait donné l'ordre. 5. Or Pompée fit comparaître, chargé de chaînes, un Romain qui avait été trois fois consul et, du haut du tribunal où il siégeait, il le condamna lui-même, en dépit de l'affliction et de la colère des assistants, puis ordonna de l'emmener et de l'exécuter. 6. Lorsqu'on l'emmena, dit-on, et qu'il vit l'épée déjà dégainée, Carbo demanda la permission de s'écarter un instant, car il était pris de coliques. 7. Selon Caius Oppius, ami de César, Pompée traita également Quintus Valérius sans la moindre humanité. 8. Sachant que c'était un lettré et un savant hors de pair, il le prit à part quand on le lui amena, se promena avec lui, le questionna et apprit de lui ce qu'il désirait savoir; après quoi, il ordonna aux bourreaux de l'emmener et de le tuer sur-le-champ. 9. Cependant, lorsque Oppius parle des ennemis ou des amis de César, on ne doit ajouter foi à ses dires qu'avec une extrême prudence. 10. En fait, Pompée punit, par nécessité, les adversaires de Sylla les plus connus et ceux qui avaient été pris au su et au vu de tout le monde; quant aux autres, toutes les fois qu'il le put, il les laissa échapper, et il y en eut même qu'il aida à s'enfuir. 11. Comme il avait décidé de châtier la cité d'Himère, qui s'était ralliée aux ennemis, le démagogue Sthénios demanda la parole et déclara que Pompée agirait injustement s'il laissait échapper le coupable et faisait périr ceux qui n'avaient rien fait de mal. 12. «De quel coupable parles-tu? demanda Pompée. – De moi, dit Sthénios. J'ai poussé mes concitoyens à agir ainsi, mes amis par la persuasion, mes ennemis par la force!» 13. Admirant la franchise et la fierté de cet homme, Pompée lui fit grâce, à lui d'abord, puis à tous les autres. 14. Apprenant que les soldats se livraient à des violences au cours des marches, il fit sceller leurs épées et châtia tous ceux qui ne gardèrent pas le sceau intact[38].

---

36. *L'armée de Pompée comptait six légions, soit 36000 hommes et 800 vaisseaux.*
37. *La phrase est révélatrice de l'attitude de Pompée en matière judiciaire, comme le sont les simulacres de procès infligés à Carbo et Quintus Valérius. C'est l'antithèse même de la célèbre formule de Cicéron* (Des devoirs, *I, 22): «Que les armes le cèdent à la toge.»*
38. *La caricature de justice mise en place par Pompée choque d'autant plus qu'elle portait atteinte à des citoyens romains et à des hommes connus pour leur grande carrière (Carbo) ou leur valeur intellectuelle (Valérius). Plutarque utilise un procédé classique pour laver des soupçons son héros. Choquante, la mort de Carbo n'en était peut-être pas moins nécessaire, d'autant que le personnage était connu pour ses exactions. L'épisode de Quintus Valérius est rapporté par Caius Oppius (voir* César, *XVII, 7 et 11). Le récit se focalise sur l'anecdote individuelle de Sthénios à Himère (située chez les Mamertins dans* Apophtegmes des rois et des empereurs, *203 D et* Préceptes politiques, *815 D),*

XI. 1. Tandis qu'il menait ces opérations politiques en Sicile, il reçut un sénatus-consulte et une lettre de Sylla lui ordonnant de passer en Afrique et d'y faire la guerre à outrance contre Domitius. Celui-ci avait rassemblé une armée bien supérieure à celle qui avait permis à Marius, peu de temps auparavant, de passer d'Afrique en Italie, de troubler la vie politique à Rome et de se transformer de fugitif en tyran[39]. 2. Pompée fit donc en hâte tous ses préparatifs. Il laissa Memmius[40], le mari de sa sœur, pour gouverner la Sicile, et leva l'ancre avec cent vingt vaisseaux longs et huit cents navires de transport, chargés de blé, de projectiles, d'argent et de machines de guerre. 3. Lorsqu'il eut fait débarquer ses troupes, les unes à Utique, les autres à Carthage, sept mille soldats ennemis désertèrent et vinrent le rejoindre, alors qu'il amenait déjà six légions complètes[41]. 4. On raconte qu'il lui arriva une aventure plaisante. Quelques soldats tombèrent, semble-t-il, sur un trésor et s'emparèrent de beaucoup d'argent. La nouvelle s'étant ébruitée, tous se figurèrent que la région était pleine de richesses enfouies autrefois par les Carthaginois à l'époque de leurs malheurs. 5. Pompée ne put donc rien faire de ses soldats, qui passèrent plusieurs jours à chercher des trésors ; il se promenait parmi eux en riant de voir tant de dizaines de milliers d'hommes creuser et retourner la plaine. Pour finir, découragés et se jugeant assez punis de leur sottise, ils le prièrent de les emmener où il voulait.

XII. 1. Domitius rangea son armée en ordre de bataille en face de Pompée. Il avait devant lui un ravin abrupt et presque infranchissable ; de plus, une averse violente, accompagnée de vent, avait éclaté dès l'aurore et l'empêchait d'avancer : désespérant donc de combattre ce jour-là, il fit sonner la retraite. 2. Pompée, saisissant l'occasion, sortit rapidement et franchit le ravin. Les ennemis, en proie au désordre et à la confusion, n'offraient pas une résistance uniforme ni constante, et le vent leur envoyait la pluie en pleine figure. 3. Cependant, le mauvais temps gênait également les Romains[42] qui ne se voyaient pas distinctement les uns les autres. Pompée lui-même faillit être tué : on ne l'avait pas reconnu parce qu'il avait mis trop de temps à répondre à un soldat qui lui demandait le mot de passe. 4. Enfin, ils repoussèrent les ennemis, leur infligèrent de nombreuses pertes (sur vingt mille, seuls trois mille

---

qui sert de contrepoint aux exemples précédents et permet de conclure à la magnanimité de Pompée scellant les épées de ses soldats. L'exécution de Carbo, intervenue en décembre 82, provoqua la nomination à Rome d'un interroi, le princeps senatus *Valérius Flaccus, qui fit adopter la loi* Valeria *nommant Sylla dictateur.*

39. Marius avait, en 88, fui les proscriptions de Sylla et s'était réfugié auprès de ses vétérans installés à Cercina (Djerba). Il avait réussi, malgré l'opposition du roi Hiempsal II (voir Marius, *XL, 14), à recruter des cavaliers qui l'aidèrent pour son retour en Italie et notamment lors de la prise de Rome en 87.*
40. Caius Memmius, beau-frère de Pompée, fut son questeur et l'accompagna en Espagne, où il périt dans la guerre contre Sertorius (voir Sertorius, *XXI, 2).*
41. Ces désertions massives constituent un topique de la littérature des guerres civiles : elles sont destinées à souligner le charisme du chef dont la seule apparition soulève les foules militaires.
42. C'est-à-dire les soldats du camp de Pompée (N.d.T.).

hommes, dit-on, parvinrent à s'enfuir), et saluèrent Pompée du titre d'*imperator*[43]. 5. Il déclara ne pas accepter cet honneur tant que le camp des ennemis était encore debout : si ses soldats le jugeaient digne d'un tel titre, il leur fallait d'abord détruire ce camp. Les soldats se précipitèrent aussitôt vers le retranchement. Pompée combattit sans casque, pour éviter la méprise précédente. Le camp fut pris et Domitius tué[44]. 6. Quant aux cités, les unes se soumirent aussitôt, les autres furent prises de vive force. Pompée captura aussi l'un des rois, Hiarbas, qui avait combattu avec Domitius, et donna son royaume à Hiempsal[45]. 7. Ensuite, exploitant la Fortune et la force de son armée[46], il envahit la Numidie, s'enfonça dans le pays, à plusieurs jours de marche, et vainquit tous ceux qu'il rencontra, ravivant et renforçant la crainte des Romains, qui avait alors abandonné les Barbares. Déclarant que même les bêtes sauvages qui vivaient en Afrique ne devaient pas ignorer la force et l'audace des Romains, 8. il passa quelques jours à chasser les lions et les éléphants[47]. Au total il ne lui fallut, dit-on, que quarante jours pour réduire ses adversaires, soumettre l'Afrique, et régler la situation des rois – et pourtant il n'était que dans sa vingt-quatrième année.

XIII. 1. À son retour à Utique, il reçut une lettre de Sylla, lui ordonnant de licencier son armée et de ne garder qu'une légion avec laquelle il attendrait sur place son successeur[48]. 2. Il cacha son mécontentement et son indignation, mais l'armée afficha bruyamment sa colère : ayant demandé à Pompée de se montrer, les soldats se répandirent en accusations contre Sylla et déclarèrent qu'ils n'abandonneraient pas Pompée et ne le laisseraient pas se fier à un tyran. 3. Il essaya d'abord de les adoucir et de les consoler mais, ne parvenant pas à les persuader, il descendit du tribunal et se retira, en larmes, sous sa tente. Les soldats allèrent le chercher et le firent remonter sur l'estrade. 4. Une bonne partie du jour se passa en discussions, les soldats le priant de rester et de conserver le commandement, lui leur demandant d'obéir et de ne pas se mutiner. Pour finir, comme ils insistaient et poussaient de

---

43. *Deuxième titre d'*imperator *offert à Pompée, cette fois-ci sur le champ de bataille même et par ses soldats, comme l'exigeait le rituel.*
44. *Selon d'autres versions (Tite-Live,* Abrégé*, 89 ; Valère Maxime,* Faits et dits mémorables, *VI, 2, 8), Domitius fut pris, jugé et exécuté.*
45. *Hiarbas avait été installé par Domitius Ahénobarbus à la place de Hiempsal II qui avait trahi Marius en 88 (Tite-Live,* Abrégé*, 89). Pompée rétablit donc le roi favorable aux* optimates *(conservateurs).*
46. *Felicitas,* la chance au combat, *et* virtus, *l'énergie militaire, constituent les deux qualités fondamentales du parfait général romain :* Felix *était le surnom de Sylla et* Fortuna *fut plus tard la déesse de César.*
47. *Thème récurrent dans la légende pompéienne : les combats contre les monstres aux confins de l'univers, qui font de lui l'émule d'Héraclès et d'Alexandre (voir* infra, *XXXV, 5). La conclusion souligne la précocité de Pompée : vainqueur aux extrémités de la terre, il réorganise le monde, comme un proconsul expérimenté.*
48. *Contraste brutal avec l'éclat des paragraphes précédents : le vainqueur de l'Afrique se voyait retirer brutalement la base de son pouvoir, l'armée. C'est une mesure similaire de Pompée à l'égard de César qui, en 50, déclencha la guerre civile entre les deux généraux.*

grands cris, il jura qu'il se tuerait, s'ils essayaient de le contraindre, et ce fut à grand-peine que par ce moyen, il les fit se calmer[49]. 5. On avait d'abord annoncé à Sylla que Pompée avait fait défection[50]; il dit à ses amis : « C'est donc mon destin de devoir, à l'âge avancé que j'ai, lutter contre des enfants. » En effet, le jeune Marius lui avait causé de nombreuses difficultés et lui avait fait courir les pires dangers[51]. 6. Lorsqu'il apprit la vérité et s'aperçut que tous s'empressaient d'accueillir Pompée et de l'escorter en lui manifestant leur sympathie, il se hâta de surenchérir. 7. Il sortit à sa rencontre, lui saisit la main et l'embrassa le plus chaleureusement possible, l'appelant à voix forte *Magnus* et ordonnant aux assistants de lui donner ce nom. Or *Magnus* signifie « Grand ». 8. Selon d'autres, ce titre lui avait déjà été donné en Afrique par toute l'armée, mais il prit toute sa valeur et tout son poids quand il fut confirmé par Sylla. 9. Pompée lui-même fut le dernier à l'adopter : ce ne fut que longtemps après, quand il était envoyé en qualité de proconsul contre Sertorius, qu'il commença à signer ses lettres et ses ordonnances du nom de Pompeius Magnus, qui ne pouvait plus susciter l'envie, car on s'y était habitué[52]. 10. On peut donc à juste titre admirer et louer les anciens Romains qui employaient de tels surnoms et de tels titres non seulement pour récompenser les succès guerriers et militaires, mais aussi pour honorer les actions et les vertus civiques[53]. 11. Deux hommes reçurent du peuple le surnom de *Maximus*, ce qui veut dire « Très grand » : Valérius, pour l'avoir réconcilié avec le Sénat, à la suite d'une sédition, et Fabius Rullus, pour avoir exclu du Sénat certains riches, fils d'affranchis qui s'y étaient fait inscrire[54].

---

49. L'opposition conventionnelle du soldat séditieux et du général vertueux traduit le pouvoir populaire constitué par les soldats dont le général est le prisonnier. Le destin politique du chef était indissolublement lié à la présence de sa force militaire et l'avenir des soldats au succès de leur chef (voir Twyman, 1972, p. 818-819).

50. Plutarque ne souligne pas que c'est bien une forme de défection qu'a choisie (ou subie) Pompée : contrairement aux ordres de Sylla, il n'a pas licencié son armée mais rentre à Rome avec elle pour triompher.

51. Le fils adoptif de Marius, consul avec Papirius Carbo en 82, n'avait pu s'opposer au retour de Sylla. Réfugié dans Préneste, à 30 km à l'est de Rome, il soutint un siège de plus d'un an et périt avant la prise de la ville.

52. Le surnom accordé à Pompée d'abord par ses soldats sur le théâtre des opérations et confirmé ensuite par Sylla lors du retour à Rome l'identifiait à Alexandre, Plutarque soulignant à nouveau la (fausse) modestie de Pompée qui attendit les campagnes d'Espagne pour l'utiliser ouvertement (voir supra, II, 2-4).

53. Les surnoms liés aux campagnes ou aux qualités militaires étaient une tradition des gentes aristocratiques romaines : les frères Cornelii Scipiones avaient obtenu ceux d'Africanus et d'Asiaticus, les Caecilii Metelli ceux de Macedonicus, Balearicus, Numidicus, Dalmaticus, Creticus.

54. Manius Valerius, dictateur en 494, aurait réconcilié, avec l'aide de Ménénius Agrippa, plèbe et patriciat. Quintus Fabius Maximus Rullianus (ou Rullus), censeur en 304, avait bloqué dans les quatre tribus urbaines les humiles, laissant ainsi les 31 tribus rurales aux mains des gentes aristocratiques, ce qui leur assurait une confortable majorité, chaque tribu comptant pour une voix.

XIV. 1. Ensuite Pompée réclama le triomphe, mais Sylla s'y opposait, la loi ne l'accordant qu'à un préteur ou à un consul, et à personne d'autre. C'était pour cette raison que le premier Scipion, après avoir remporté de grandes et belles victoires en Espagne sur les Carthaginois, ne l'avait pas demandé, car il n'était ni préteur ni consul[55]. 2. Si Pompée, qui n'avait presque pas encore de barbe au menton, faisait une entrée triomphale dans Rome alors qu'il était trop jeune pour faire partie du Sénat[56], Sylla soutenait que sa propre autorité et l'honneur décerné à Pompée susciteraient la haine générale. 3. Telle fut la réponse de Sylla à Pompée: il lui dit qu'il l'empêcherait de triompher et que, s'il essayait de désobéir, il s'y opposerait et châtierait son ambition. 4. Mais Pompée, loin de prendre peur, fit remarquer à Sylla que les adorateurs du soleil levant sont plus nombreux que ceux du soleil couchant: sa puissance à lui, Pompée, augmentait, celle de Sylla diminuait et s'affaiblissait. 5. Sylla n'entendit pas distinctement cette réplique mais, lisant l'étonnement sur le visage et la physionomie de ceux qui l'avaient entendue, il leur demanda de la lui répéter. Apprenant l'audace de Pompée, il en fut épouvanté et cria deux fois de suite: «Qu'il triomphe!» 6. Comme beaucoup s'en irritaient et s'en indignaient, Pompée, dit-on, voulut les contrarier encore davantage et songea à faire son entrée sur un char traîné par quatre éléphants[57]: il en avait amené d'Afrique un grand nombre qu'il avait pris aux rois. Mais la porte de la Ville étant trop étroite, il y renonça et fit son entrée traîné par des chevaux. 7. Comme les soldats, qui n'avaient pas obtenu autant qu'ils espéraient, voulaient s'agiter et faire du tapage[58], il déclara qu'il ne s'en souciait pas et préférait renoncer au triomphe plutôt que de devoir les flatter. 8. Alors Servilius, un personnage en vue qui s'était opposé très violemment au triomphe de Pompée, déclara: «Je vois à présent que Pompée est vraiment grand et digne du triomphe[59].» 9. Il est évident que s'il l'avait voulu, Pompée aurait égale-

---

55. La comparaison entre Pompée et Publius Cornelius Scipio Africanus est particulièrement pertinente: tous deux généraux avant l'âge, tous deux brillants militaires, tous deux organisateurs de territoires lointains, ils avaient suscité tous deux la méfiance puis l'opposition farouche des fractions conservatrices du Sénat.

56. L'accès au Sénat, qui était composé de l'ensemble des anciens magistrats de Rome, se faisait après l'exercice de la première magistrature, la questure, qui ne pouvait être obtenue avant l'âge de 31 ans. En 80, date probable de son triomphe (voir Twyman, p. 818, note 9), Pompée n'a que 26 ans.

57. L'exotisme et le grandiose constituaient deux éléments essentiels du cortège triomphal qui, du Champ de Mars, entrait dans la ville par la Porta Triumphalis pour aboutir au Capitole après avoir fait le tour du Palatin. L'exhibition dans le cortège des trophées et du butin permettait au peuple de Rome de participer par le spectacle aux victoires lointaines de ses généraux et de mesurer sa puissance sur l'univers (voir Nicolet, 1976, p. 467-472).

58. Les lazzi, chansons et épigrammes lancés par les soldats à leur général dans le cortège triomphal, faisaient partie de la tradition.

59. Publius Servilius Vatia, le futur consul de 79, était un des hommes considérés dans le camp des optimates. Son changement d'attitude est sans doute dû à des négociations secrètes avec Pompée plus qu'à une réelle réévaluation de la personnalité de celui-ci ou à une quelconque crainte de débordements militaires (voir Twyman, 1972, p. 820). Un argument en faveur de cette interprétation peut être trouvé

ment obtenu sans difficulté d'être admis au Sénat. Mais il ne fit, dit-on, aucun effort en ce sens : ce qu'il recherchait, c'était la gloire obtenue par des moyens inattendus. 10. Or, il n'y aurait rien eu d'étonnant à le voir devenir sénateur avant l'âge légal ; en revanche, c'était le comble de la gloire de triompher sans être encore sénateur. 11. Du reste, cette situation contribua beaucoup à sa popularité : le peuple fut tout heureux de le voir, après son triomphe, se faire recenser parmi les chevaliers[60].

XV. 1. Sylla était contrarié de voir Pompée parvenir à un tel degré de gloire et de puissance, mais il n'osait s'opposer à lui et n'intervenait pas. Il ne le fit qu'une seule fois alors que, malgré lui et contre sa volonté, Pompée avait fait élire Lépidus au consulat, en soutenant sa candidature et en le faisant profiter de sa propre popularité. Apercevant Pompée qui s'en retournait à travers le forum, entouré d'une grande foule, Sylla lui dit : 2. «Je te vois, jeune homme, tout heureux de cette victoire, et comment en serait-il autrement? C'est vraiment un noble et grand exploit d'avoir fait élire consul, avant Catulus, le meilleur de tous, Lépidus, le pire de tous, en manœuvrant ainsi le peuple[61]. Mais maintenant, il n'est plus temps de dormir ; prends garde à toi, car c'est à un adversaire que tu as donné des forces. » 3. Ce fut surtout dans le testament qu'il rédigea que Sylla révéla son antipathie pour Pompée. Il laissa de nombreux legs à ses autres amis et désigna parmi eux des tuteurs pour son fils, mais ne fit pas la moindre mention de Pompée. 4. Ce dernier supporta la chose avec beaucoup de mesure et de sens politique : comme Lépidus et quelques autres s'opposaient à l'enterrement du corps au Champ de Mars et à l'organisation de funérailles nationales, il prit la défense de Sylla et assura à ses obsèques à la fois l'éclat et la sécurité[62].

XVI. 1. Dès que Sylla fut mort, on vit aussitôt se vérifier pleinement ses prédictions. Lépidus voulut s'attribuer son pouvoir, sans user de détours ni de faux-semblants :

---

dans le troisième mariage de Pompée que n'évoque pas Plutarque. Il épousa en effet, à son retour d'Afrique, Mucia, demi-sœur de Quintus Metellus Celer et Quintus Metellus Nepos. Pompée se liait ainsi au cercle conservateur des Metelli.

60. Mise en scène politique : le census *(recensement des citoyens) était une opération publique assurée par les censeurs dans laquelle le recensement des chevaliers et des sénateurs prenait un éclat particulier car c'était souvent le lieu de règlements de comptes spectaculaires et de gestes symboliques (voir infra, XXII, 5-9 et Nicolet, 1976, p. 114-116). Se faire ostensiblement recenser parmi les chevaliers après avoir obtenu le triomphe, apanage exclusif des grands magistrats sénatoriaux, revenait à souligner et à légaliser l'incroyable illégalité de la situation de Pompée.*

61. Marcus Aemilius Lepidus, connu pour ses positions favorables aux populares, *était un descendant de la puissante gens Aemilia et le père du futur triumvir. Quintus Lutatius Catulus, membre éminent des* optimates *et ami de Sylla, fut élu avec Lépidus au consulat pour 78.*

62. La célébration des funérailles de Sylla au Champ de Mars, en 78, fut possible grâce à l'action de Catulus (voir Appien, I, 105), et non pas de Pompée à qui Plutarque (ici et dans Sylla, *XXXVIII, 2) attribue, tant pour cet épisode que pour l'élection de Lépidus, une influence qu'il ne possédait pas encore à l'époque (Twyman, 1972, p. 839 et note 9).*

il prit aussitôt les armes et tenta de raviver et de regrouper autour de lui les restes de la faction opposée, depuis longtemps mal en point, qui avaient échappé à Sylla[65]. 2. Son collègue Catulus, à qui la partie la plus pure et la plus saine du Sénat et du peuple était acquise, était considéré, pour sa sagesse et sa justice, comme le plus grand des Romains de son temps, mais il semblait plus doué pour exercer une autorité politique que militaire[64]. 3. La situation réclamait donc Pompée, lequel n'hésita pas sur le parti à suivre. Se ralliant aux aristocrates, il fut nommé général contre Lépidus qui avait déjà soulevé une grande partie de l'Italie et qui, grâce à Brutus, tenait la Gaule Cisalpine avec ses troupes. 4. Dès son arrivée, Pompée s'empara facilement de toutes les cités, à l'exception de Mutinè, en Gaule, où il resta longtemps campé en face de Brutus[65]. Pendant ce temps, Lépidus se jetait sur Rome, installait son camp à l'extérieur de la Ville et réclamait un deuxième consulat, terrifiant les Romains qui étaient à l'intérieur à cause de la multitude qui l'accompagnait. 5. Cette crainte fut dissipée par une lettre envoyée par Pompée, qui avait terminé la guerre sans avoir eu à livrer bataille[66]. 6. En effet, Brutus, soit traître à son armée, soit trahi par un revirement de celle-ci, s'était rendu à Pompée : il avait reçu de lui une escorte de cavaliers et s'était retiré dans une petite ville au bord du Pô où, le lendemain, Pompée envoya Géminius pour le tuer. 7. Ce meurtre valut à Pompée de violentes accusations, car il avait d'abord écrit au Sénat, au moment où l'ennemi commençait à changer de camp, que Brutus s'était rallié spontanément à lui ; après quoi, il avait envoyé d'autres lettres mettant en accusation celui qu'il venait de faire périr. 8. Le fils de ce Brutus fut, avec Cassius, le meurtrier de César : sa manière de faire la guerre et sa mort ne ressemblèrent pas à celles de son père, comme je l'ai écrit dans sa *Vie*. 9. Lépidus, chassé d'Italie, se réfugia en Sardaigne, où il tomba malade et mourut, désespéré non par sa situation, comme on le prétend, mais parce qu'il était tombé sur un billet qui lui révélait l'adultère de sa femme.

---

63. *Après avoir fait voter, durant son consulat de 78, une loi sur les distributions de blé et le rappel des proscrits, Lépidus, envoyé réprimer une révolte des paysans d'Étrurie, se rangea à leurs côtés, occupa l'Étrurie et la Cisalpine et exigea un nouveau consulat pour 77 alors qu'il était nommé proconsul de Gaule Transalpine.*
64. *Quintus Lutatius Catulus est dépeint sous les couleurs traditionnelles de la fraction conservatrice des optimates. Les réserves émises par Plutarque sur ses talents de militaire sont destinées à présenter comme inévitable l'appel à Pompée. En fait, Catulus fut investi des pleins pouvoirs par le Sénat (sénatus-consulte ultime qui déclarait l'état d'urgence et suspendait le fonctionnement des institutions) et Pompée n'était que son légat, sans doute en raison de son influence sur le Picenum voisin.*
65. *Mutinè est l'actuelle Modène. Pompée affronta en Gaule Cisalpine (Italie au nord du Rubicon) le légat de Lépidus, Marcus Junius Brutus, lointain descendant du mythique régicide Junius Brutus et père de l'assassin de César.*
66. *Par sa présentation (Lépidus terrifie Rome, la lettre de Pompée rassure), Plutarque attribue ici encore à Pompée un rôle disproportionné (son action aurait été la cause essentielle de la victoire) et passe sous silence l'épisode décisif de l'affrontement de Catulus et de Lépidus sous les murs de Rome, qui témoignait des capacités miliaires de Catulus.*

XVII. 1. Cependant, un général qui ne ressemblait en rien à Lépidus était maître de l'Espagne: il s'agissait de Sertorius, terrible menace suspendue au-dessus des Romains. Les guerres civiles semblaient toutes s'être concentrées en cet homme, pour infliger à Rome une maladie fatale. Après avoir écrasé plusieurs généraux moins importants, il était alors aux prises avec Métellus Pius, 2. un homme brillant et habile à la guerre, mais que la vieillesse avait, semblait-il, rendu trop lent pour saisir les occasions favorables de ce conflit[67] : il avait constamment le dessous et se laissait arracher l'avantage par la fougue et la rapidité de Sertorius. Celui-ci attaquait par surprise, comme un chef de brigands, et harcelait, en lui tendant des embuscades et en l'encerclant, cet athlète accoutumé à des combats réguliers, qui était à la tête de troupes lentes et pesantes. 3. Voyant cela, Pompée qui avait encore son armée sous ses ordres, intriguait pour être envoyé au secours de Métellus : malgré les injonctions de Catulus, il ne licenciait pas ses hommes[68] et restait en armes aux environs de Rome, inventant toujours un prétexte nouveau, jusqu'au moment où, sur une motion de Lucius Philippus, on lui donna le commandement. 4. Ce fut à cette occasion, dit-on, qu'en séance du Sénat, quelqu'un demanda avec surprise si c'était en qualité de proconsul que Philippus voulait envoyer Pompée en Espagne. À quoi Philippus répliqua : « Non, pas comme proconsul[69], mais à la place des deux consuls », insinuant ainsi que ceux qui étaient alors en charge ne valaient rien.

XVIII. 1. Dès que Pompée fut arrivé en Espagne[70], il transforma les hommes – la renommée d'un jeune général a souvent cet effet – en ranimant leurs espérances; il souleva les peuples qui n'étaient pas encore solidement attachés à Sertorius et les fit changer de camp. Cependant, Sertorius semait partout des propos méprisants à

---

67. *Quintus Caecilius Metellus Pius (voir supra, VIII, 5 et note), personnage de grande envergure militaire et politique, avait été désigné pour déloger Sertorius d'Espagne. L'inactivité de Métellus, due à son grand âge, est un lieu commun de la présentation plutarquienne, qui revient aussi bien dans* Sertorius *(XIII, 1 et XVIII, 1) qu'à propos de la guerre civile (supra, VIII, 6). En fait, Métellus était un grand stratège, comme le reconnaît Plutarque lui-même qui en fait un modèle égalé par Sertorius dans la science militaire (voir* Sertorius, *I, 10) et montre Pompée responsable par sa témérité de la défaite au bord du Sucro, l'actuel Jucar, au sud de Valence (infra, XIX, 1 et surtout* Sertorius, *XIX, 3).*
68. *Comme dans l'affaire d'Afrique, Pompée, malgré les prétextes allégués, était dans l'illégalité en conservant ses troupes en armes alors que Catulus, investi des pleins pouvoirs par le sénatus-consulte ultime, lui ordonnait de les licencier.*
69. *N'ayant même pas l'âge d'être questeur, Pompée ne pouvait évidemment pas prétendre au titre de proconsul, magistrature à* imperium *réservée aux anciens préteurs ou consuls. Lucius Marcius Philippus (voir supra, II, 4) apporta en la circonstance à Pompée l'appui inattendu d'un des chefs conservateurs, qui contrebalançait à point nommé les menées du clan de Quintus Lutatius Catulus. Le commandement en Espagne n'aurait en fait été accordé à Pompée qu'après le refus de plusieurs anciens consuls à qui avait été proposée la charge (voir Twyman, 1972, p. 821 et note 27). L'imperium proconsulaire confié à Pompée offrait pour lui l'intérêt de le rendre indépendant du commandement qu'exerçait Métellus.*
70. *Pompée passa d'abord par la Gaule Transalpine qu'il réorganisa en base arrière pour sa campagne, comme en témoignent plusieurs passages de Cicéron (notamment* Pour Fonteius, *12-15).*

l'égard de Pompée. «Je n'aurais eu besoin que d'une férule et d'un fouet pour corriger cet enfant, si je ne redoutais la vieille!» (par ce dernier mot, il désignait Métellus). 2. En réalité il se tenait soigneusement sur ses gardes et, par crainte de Pompée, il dirigeait les opérations avec plus de prudence. En effet Métellus, ce que nul n'aurait imaginé, avait relâché son mode de vie et s'abandonnait entièrement aux plaisirs: un changement brutal s'était produit en lui et il recherchait le faste et le luxe. 3. Cela augmenta encore l'extraordinaire popularité et la renommée de Pompée: il accentua la simplicité de son mode de vie, sans avoir besoin d'ailleurs d'y apporter de grandes modifications, car il était par nature tempérant et rangé dans ses désirs. 4. Cette guerre changea souvent d'aspect. Ce qui contraria le plus Pompée fut la prise de Laurô[71] par Sertorius. Pompée croyait avoir encerclé son adversaire et s'en était même vanté; or ce fut lui qui se retrouva soudain cerné: il n'osa plus faire un mouvement et vit Laurô livrée aux flammes sous ses yeux. 5. En revanche, il vainquit, près de Valentia, Hérennius et Perpenna[72], des généraux qui s'étaient réfugiés auprès de Sertorius et commandaient sous ses ordres, et il leur tua plus de dix mille hommes.

XIX. 1. Exalté et enorgueilli par ce succès, il se hâta de marcher contre Sertorius lui-même, pour ne pas avoir à partager la victoire avec Métellus. 2. Ce fut au bord du Sucro, alors que le jour baissait déjà, que leurs armées s'affrontèrent. Ils craignaient tous deux l'arrivée de Métellus parce qu'ils désiraient, l'un combattre seul, l'autre ne combattre qu'un seul adversaire. 3. L'issue du combat fut douteuse: dans chaque camp, une des ailes eut l'avantage. Mais celui des deux généraux qui l'emporta fut Sertorius car il défit l'aile qu'il avait en face de lui[73]. 4. Quant à Pompée, qui était à cheval, il fut attaqué par un fantassin de grande taille: lorsqu'ils furent aux prises et engagèrent le corps à corps, chacun d'eux reçut des coups d'épée sur les mains, mais avec un effet différent: Pompée ne fut que blessé, mais trancha la main de son adversaire. 5. Des ennemis en grand nombre accoururent alors pour l'attaquer, car ses troupes étaient déjà en pleine déroute, mais il parvint, de manière inespérée, à s'enfuir, en leur abandonnant son cheval, qui portait des phalères en or et un harnachement de grand prix; pendant qu'ils se disputaient et se battaient pour ce butin, Pompée réussit à les distancer. 6. Au point du jour, les deux généraux rangèrent de nouveau leur armée en ordre de bataille pour confirmer leur victoire, mais comme Métellus approchait, Sertorius se retira, en dispersant son armée. 7. Il avait l'habitude de renvoyer ainsi ses troupes, puis de les regrouper: souvent il errait seul, souvent aussi il reprenait l'offensive, avec une armée de cent cinquante mille hommes, pareille à un torrent qui se serait rempli soudain[74].

---

71. *Site de la côte orientale en Tarraconnaise (cap de la Nao).*
72. *Hérennius n'apparaît qu'ici et dans* Salluste, Histoires, *II, 98, 6. Sur Perpenna, voir supra, X, 1.*
73. *Dans* Sertorius *(XIX), Plutarque donne du combat une description fort différente, toute à l'avantage de Sertorius qui ne se replia qu'après la victoire et à l'approche de Métellus.*
74. *Nombreuses sont les allusions à la stratégie de guérilla de Sertorius, qui avait organisé à la romaine des corps de soldats ibères, alliant ainsi la mobilité des troupes indigènes à la solidité des formations au combat romaines.*

8. Après la bataille, Pompée se porta à la rencontre de Métellus; lorsqu'ils furent l'un près de l'autre, il fit abaisser les faisceaux devant lui, en signe d'hommage, pour montrer qu'il le reconnaissait comme supérieur à lui en dignité. 9. Métellus s'y opposa et sa conduite à l'égard de Pompée fut en tout point irréprochable: il ne s'accorda aucune prérogative, sous prétexte qu'il était un personnage consulaire plus âgé que Pompée, sinon celle de donner le mot d'ordre à toute l'armée quand ils campaient ensemble. Du reste, ils campaient séparément la plupart du temps. 10. Ce qui les obligeait à se scinder et à se diviser ainsi, c'étaient les mille tours de leur adversaire, son habileté à surgir en un instant de plusieurs côtés à la fois et à enchaîner combat sur combat. 11. Pour finir, Sertorius leur coupa les vivres, pilla la campagne et, s'étant rendu maître de la mer, il les chassa tous deux de la partie de l'Espagne qui lui était soumise et les força à se réfugier, faute de ressources, dans des provinces qui n'étaient pas les leurs[75].

XX. 1. Pompée, qui avait dépensé pour cette guerre la plus grande partie de sa fortune personnelle, réclama de l'argent au Sénat, déclarant que si on ne lui en envoyait pas, il rentrerait en Italie avec ses troupes[76]. 2. Lucullus était alors consul: il était hostile à Pompée[77] mais désirait vivement être chargé de la guerre contre Mithridate. Il se hâta donc de lui faire envoyer cet argent, de crainte de lui fournir le prétexte qu'il recherchait pour abandonner Sertorius et se tourner vers Mithridate, un adversaire dont la gloire était brillante mais qui semblait facile à soumettre. 3. Sur ces entrefaites, Sertorius mourut traîtreusement de la main de ses amis[78]. Perpenna, qui avait été à la tête de la conjuration, voulut prendre sa place : il disposait des mêmes forces et des mêmes moyens, mais ne montra pas la même intelligence pour s'en servir. 4. Pompée marcha aussitôt contre lui et, apprenant que Perpenna hésitait sur la conduite à tenir, il lança devant lui, pour l'appâter, dix cohortes, auxquelles il avait ordonné de se disperser dans la plaine. 5. Perpenna se

---

75. *Métellus et Pompée se replièrent au nord de l'Espagne, vers les Pyrénées, d'où ils pouvaient faire venir des renforts de Gaule Transalpine, alors que leur «province» (c'est-à-dire, au sens étymologique, leur mission avec* imperium*) leur assignait la reconquête des terres de Sertorius, au sud et à l'ouest de la péninsule.*

76. *L'historien Salluste reproduit (ou, plus vraisemblablement, réécrit) une lettre menaçante et sans ambiguïté que Pompée adressa au Sénat dans ce sens (II, 78 M).*

77. *Plutarque privilégie l'explication de la rivalité individuelle des deux hommes, qu'il a déjà évoquée, anachroniquement (supra, II, 11-12). Cette rivalité ne naquit en fait que plus tard, en 67-66, lorsque Pompée obtint à la place de Lucullus le commandement d'Orient. Comme le montrent les études prosopographiques (recherches biographiques sur les liens familiaux et claniques des personnages) et les liens matrimoniaux, Licinius Lucullus faisait, dans les années 80-75, partie du cercle des Metelli, où évoluait Pompée. Consul en 74, en satisfaisant la demande de Pompée, il ne faisait que défendre les intérêts de son clan. Plutarque souligne avec raison, en revanche, le mirage de la victoire orientale, facile et enrichissante à tous les sens du terme, auquel succombaient tous les* imperatores *romains en quête d'une carrière politique.*

78. *Voir* Sertorius, *XXV-XXVI, pour les détails de l'élaboration et de l'exécution du complot.*

tourna contre elles et se lança à leur poursuite : alors Pompée surgit avec des forces très importantes, engagea le combat et remporta une victoire complète. La plupart des officiers périrent dans la bataille 6. et Perpenna lui-même fut amené devant Pompée, qui le fit tuer, non par ingratitude ni par oubli des événements de Sicile, comme certains le lui reprochent : sa décision lui fut dictée par de hautes considérations et par le souci du salut de tous. 7. Perpenna s'était en effet emparé des archives de Sertorius et voulait publier des lettres écrites par les plus puissants personnages de Rome qui, désireux d'ébranler le régime en place et de modifier la constitution, appelaient Sertorius en Italie. 8. Pompée craignit que ces révélations n'aboutissent à des troubles plus graves que les guerres qui venaient de s'achever : il fit donc tuer Perpenna et brûla les lettres sans même les avoir lues.

XXI. 1. Après quoi, il ne resta en Espagne que le temps nécessaire[79] pour éteindre les troubles les plus violents, apaiser les problèmes les plus brûlants, et régler les affaires. Puis il ramena son armée en Italie, où la Fortune voulut qu'il arrivât au plus fort de la guerre servile[80]. 2. Son arrivée poussa Crassus, qui avait le commandement, à engager la bataille avec témérité : la Fortune lui sourit et il tua douze mille trois cents ennemis. 3. Cependant, la Fortune parvint, d'une certaine manière, à associer Pompée à ce succès. Cinq mille hommes, qui avaient échappé à la bataille, tombèrent sur lui : il les massacra tous et, prenant les devants, écrivit au Sénat que Crassus avait vaincu les gladiateurs en bataille rangée, mais que lui-même avait arraché toutes les racines de la guerre[81]. 4. Les Romains, par affection pour lui, se plaisaient à entendre et à répéter de tels propos. Quant à l'Espagne et à Sertorius, nul, même en plaisantant, n'aurait osé y associer un autre et soutenir que ce n'était pas entièrement l'ouvrage de Pompée. 5. Cependant, malgré tant d'honneurs et les espérances qu'il suscitait, Pompée continuait à inspirer des soupçons et de la crainte : on se disait qu'il ne renverrait pas son armée, et que, fort de ses armes et de son pouvoir personnel, il prendrait aussitôt le chemin de la dictature de Sylla. 6. C'était donc autant par crainte que par affection qu'on accourait pour le saluer sur sa route[82]. 7. Mais Pompée dissipa

---

79. *La rapidité du retour de Pompée, en 72, ne l'empêcha pas de réorganiser l'Espagne et la Gaule Transalpine, comme en témoignaient, entre autres, le trophée de victoire érigé au sommet de la chaîne pyrénéenne, à Panissars, près du Perthus, et la fondation, à la limite occidentale de la souveraineté romaine, de la garnison de Lugdunum des Convènes (Saint-Bertrand-de-Comminges).*
80. *Déclenchée en 73 dans une caserne de gladiateurs de Capoue, cette révolte, menée par le légendaire Spartacus et le Gaulois Crixos, regroupa esclaves et hommes libres pauvres, notamment les bergers de l'Apennin. Les révoltés tinrent tête pendant deux années dans le sud de l'Italie aux armées consulaires envoyées par Rome.*
81. *Version identique, mais plus détaillée, des événements dans* Crassus, *XI. Pompée, comme lors de la guerre civile et, dans une moindre mesure, lors des guerres d'Espagne, tire profit des victoires d'autrui.*
82. *Ces craintes étaient fondées : lors du retour d'Afrique (*supra, *XIII, 5-6) et lors de la répression du coup d'État de Lépidus (*supra, *XVII, 3), Pompée avait déjà utilisé la démonstration de force pour arriver à ses fins. De l'Espagne, il avait par lettre laissé planer la menace d'une marche militaire sur Rome si ses revendications n'étaient pas satisfaites (voir* supra, *XX, 1).*

ce soupçon en annonçant qu'il licencierait son armée après le triomphe, et il ne laissa aux envieux qu'un seul grief contre lui : ils lui reprochaient d'être plus favorable au peuple qu'au Sénat, de vouloir rétablir le pouvoir des tribuns qu'avait détruit Sylla[83], et de flatter ainsi la multitude. C'était du reste la vérité. 8. Le peuple romain ne désirait rien avec plus d'ardeur et de passion que de revoir le tribunat de la plèbe. Aussi Pompée considérait-il comme une grande faveur de la Fortune d'avoir l'occasion d'accomplir cet acte politique : il n'aurait pu trouver un autre moyen de récompenser l'affection de ses concitoyens, si quelqu'un d'autre l'avait devancé sur ce point[84].

XXII. 1. On lui vota donc un deuxième triomphe et le consulat[85]. Ce n'étaient pourtant pas ces honneurs qui le faisaient paraître admirable et grand ; la preuve de sa gloire, on la voyait surtout dans le fait que Crassus, le plus riche, le plus éloquent et le plus grand des hommes politiques de ce temps, qui regardait de haut Pompée ainsi que tout le reste de l'humanité, n'osa pas briguer le consulat sans lui en avoir demandé l'autorisation. 2. Pompée fut ravi de cette démarche, car il cherchait depuis longtemps une occasion de l'obliger et de se montrer aimable avec lui[86]. Il

---

83. *Magistrature créée à l'origine pour veiller aux intérêts de la plèbe, le tribunat de la plèbe constituait une redoutable arme politique, puisque le tribun, intouchable* (sacer), *avait le droit de proposer des lois et, surtout, d'opposer son veto à toute mesure du Sénat ou des magistrats. Tibérius et Caius Gracchus en 133 et 123, Apuleius Saturninus et Servilius Glaucia dans les années 103-101, Marcus Livius Drusus en 91 avaient montré l'effrayante puissance de cette institution. Chacun de leurs tribunats, où avaient été votées les mesures propres aux* populares *(lois sur les distributions de blé à la plèbe, sur les distributions de terres aux vétérans, ouverture des tribunaux aux chevaliers, octroi du droit de citoyenneté aux Italiens), avait déclenché de graves troubles à Rome (émeutes, meurtres, guerre des alliés). Sylla avait, en 80, considérablement réduit leur pouvoir. L'attitude de Pompée marquait un changement dans sa ligne politique. Jusque-là membre de la coterie des Metelli, il faisait partie du groupe conservateur, malgré ses démêlés avec le clan de Sylla et de Quintus Lutatius Catulus. En proposant de restaurer le pouvoir des tribuns, il prenait à son compte une des revendications essentielles des* populares, *plus par intérêt que par conviction.*
84. *La conclusion de Plutarque décrit parfaitement le fonctionnement du diptyque* beneficium-officium *(voir supra, I, 4 et note), élément fondamental de la politique romaine dans les derniers siècles avant notre ère. Bénéficiant de la faveur populaire* (beneficium), *Pompée se sent débiteur vis-à-vis du peuple et veut régler sa dette* (officium) *par la restauration du tribunat.*
85. *En 70, Pompée était âgé de 36 ans et n'avait exercé aucune magistrature du* cursus honorum. *Il n'avait donc ni l'âge (43 ans) ni les antécédents nécessaires pour briguer le consulat. Il lui fallait par conséquent demander au Sénat une dérogation à la* lex annalis, *dérogation qu'il ne pouvait obtenir sans l'assentiment des* populares *puisque certains clans des* optimates *(Catulus notamment) ne lui étaient pas favorables. Ces circonstances expliquent sans doute son programme de restauration du tribunat de la plèbe et son alliance avec Crassus, qui avait des liens familiaux avec le clan de Quintus Lutatius Catulus (voir Twyman, 1972, p. 860 et 862).*
86. *Nouvel exemple de* beneficium-officium *: l'alliance pour Pompée consistait à faire de Crassus son obligé, mais la mésentente des deux hommes durant l'exercice du pouvoir rendit probablement vaine sa tentative.*

l'accueillit donc avec empressement et sollicita le peuple en sa faveur, déclarant aux Romains qu'il serait aussi reconnaissant pour l'élection de son collègue que pour la sienne propre. 3. Cependant, une fois nommés consuls, les deux hommes furent en désaccord et s'opposèrent sur tous les sujets. Crassus avait davantage d'influence au Sénat, mais Pompée avait beaucoup de pouvoir sur le peuple[87], 4. car il lui avait rendu le tribunat de la plèbe et il avait laissé passer une loi qui confiait de nouveau aux chevaliers le contrôle des procès[88]. Le spectacle le plus agréable pour le peuple, ce fut de le voir venir lui-même réclamer son congé de l'armée. 5. Une coutume romaine veut en effet que les chevaliers romains, quand ils ont accompli la durée légale du service, conduisent leur cheval au forum devant les deux hommes qu'on appelle les censeurs ; ils énumèrent chacun des chefs et des généraux en chef sous lesquels ils ont servi et rendent compte de leurs campagnes, après quoi ils sont libérés du service et reçoivent chacun l'honneur ou le déshonneur que mérite leur conduite. 6. Ce jour-là, les censeurs, Gellius et Lentulus, siégeaient solennellement, tandis que défilaient les chevaliers qu'on inspectait, lorsqu'on vit Pompée descendre sur le forum avec les insignes de sa magistrature, mais tirant son cheval, lui-même, de sa propre main. 7. Quand il fut auprès des censeurs et bien en vue, il ordonna à ses licteurs de s'écarter et fit avancer son cheval. Le peuple, émerveillé, observait un silence total, et les magistrats étaient remplis de respect et de joie à ce spectacle[89]. 8. Ensuite, le plus âgé des censeurs lui posa la question suivante : « Je te demande, Pompeius Magnus, si tu as accompli toutes les campagnes qu'exige la loi. » Pompée répondit d'une voix forte : « Je les ai toutes accomplies, et pour chacune, c'était moi le général en chef. » 9. À ces mots, le peuple l'acclama et ne put retenir ses cris de joie. Les censeurs se levèrent et le raccompagnèrent chez lui, à la grande joie des citoyens, qui les suivaient et applaudissaient.

XXIII. 1. Son consulat touchait déjà à son terme et sa mésentente avec Crassus s'aggravait, quand un certain Caius Aurélius, qui avait le rang de chevalier mais se tenait à l'écart de la vie politique, monta à la tribune pendant une assemblée du peuple et déclara : « Jupiter m'est apparu dans mon sommeil et m'a demandé de dire aux consuls qu'ils ne doivent pas déposer leur charge avant d'être devenus

---

87. *La situation est exactement inverse de celle qui amena, en 60, la constitution de ce qui est appelé le premier triumvirat : César et Crassus furent en effet considérés alors comme les chefs des* populares *alors que Pompée apparaissait plutôt comme l'homme du Sénat conservateur, malgré l'accueil peu amène de celui-ci lors du retour de Pompée en 62.*

88. *Ces deux mesures, qui détruisaient l'essentiel de l'œuvre législative de Sylla, conciliaient à Pompée la faveur populaire (restauration du tribunat) et l'appui de l'ordre équestre (ouverture des tribunaux). Cette dernière mesure doit cependant être attribuée, non pas à Pompée, mais à la* lex Aurelia *du consul de 74, Aurélius Cotta (voir Twyman, 1972, p. 826).*

89. *Pompée renouvelle ici, devant les censeurs Cnaeus Cornelius Lentulus et Lucius Gellius Publicola, le geste spectaculaire de sa participation à la cérémonie de la* probatio equitum, *le recensement des chevaliers, alors qu'il vient d'être nommé consul. La description de Plutarque, concrète et imagée, montre bien la solennité de la mise en scène et la popularité gagnée par le « chevalier consul » Pompée.*

amis[90].» 2. Après cette déclaration, Pompée ne bougea pas, mais Crassus prit l'initiative de lui serrer la main et de le saluer en disant: «Il n'est pas vil, je crois, ni indigne de moi, mes chers concitoyens, de m'incliner le premier devant Pompée, que vous avez surnommé le Grand alors qu'il n'avait pas encore de barbe au menton et auquel, avant même son entrée au Sénat, vous avez voté deux triomphes.» 3. Après quoi les deux hommes se réconcilièrent, puis déposèrent leur charge. Crassus continua à mener le genre de vie qu'il avait adopté dès le début[91], mais Pompée refusait la plupart des plaidoiries qu'on lui proposait, délaissait peu à peu le forum et ne paraissait plus que rarement en public, toujours entouré d'une escorte nombreuse. 4. Il n'était plus possible de le rencontrer à l'écart de la foule ou de le voir en tête à tête, car il prenait le plus grand plaisir à se montrer au milieu de nombreuses personnes massées autour de lui: il se donnait ainsi un air solennel et majestueux. Il jugeait nécessaire pour sa dignité de se tenir à l'écart de la compagnie et de la familiarité de la multitude. 5. En effet, la vie civile en toge risque de rendre obscurs ceux qui sont devenus grands par les armes et qui sont mal faits pour l'égalité démocratique; ils exigent d'être les premiers dans la cité, comme ils l'étaient à l'armée, tandis que ceux qui étaient là-bas des personnages de second plan ne peuvent accepter de n'avoir pas au moins l'avantage dans la vie civile. 6. Aussi lorsqu'ils trouvent sur le forum un homme qui s'est illustré par ses campagnes et ses triomphes, ils veulent le soumettre et le ravaler, mais s'il renonce à y venir et se tient à l'écart, ils préservent des atteintes de l'envie l'honneur et la puissance qu'il a conquis à l'armée. C'est ce que montrèrent bientôt les événements eux-mêmes.

XXIV. 1. Les pirates avaient commencé à exercer leur puissance en Cilicie[92]. Après des débuts hardis, qui passèrent inaperçus, ils gagnèrent en fierté et en audace

---

90. L'anecdote n'a rien d'invraisemblable, la religiosité superstitieuse de la société romaine rendant courant ce genre de pratique. Le chevalier Caius Aurélius, inconnu par ailleurs, pourrait bien cependant être l'instrument d'une manœuvre de Pompée destinée à obtenir ce qu'il n'avait pu avoir durant l'exercice du consulat: la reconnaissance de Crassus. Voir Crassus, XII, 4-5.
91. Crassus apparaît comme un personnage accessible et affable et un remarquable orateur prenant particulièrement à cœur ses devoirs judiciaires (Crassus, III, 1), tableau en contrepoint parfait du portrait que dresse ici Plutarque de Pompée durant son otium, son retrait des affaires.
92. Situées sur la côte méridionale de l'actuelle Turquie, face à l'île de Chypre, la Cilicie et la Pamphylie constituaient les principaux repaires des pirates. Dès 90, la défaite d'Aquillius face à Mithridate entraîna la capitulation de la flotte romaine et laissa la mer libre à Mithridate et à ses alliés les pirates qui envahirent la mer Égée. En 73, ce fut d'ailleurs grâce aux pirates que Mithridate échappa à Lucullus après sa défaite et la perte de sa flotte (voir Lucullus, XIII, 3). En 84, le gouverneur d'Asie, Muréna, avait reconstitué une flotte avec des bateaux réquisitionnés dans les cités d'Asie pour lutter contre le fléau. De 79 à 74, Servilius Vatia, consul envoyé en Cilicie, les combattit avec l'aide des navires lyciens et gagna le surnom d'Isauricus pour ses victoires en Isaurie, région limitrophe entre la Cilicie et la Pamphylie. Le mal n'était cependant pas éradiqué: en 74, les pirates servirent d'intermédiaires entre Mithridate et Sertorius en Espagne, ce dernier reconnaissant, en échange de 40 navires et 3000 talents, la suzeraineté du roi sur la Bithynie, la Cappadoce, la Galatie et la Paphlagonie.

pendant la guerre contre Mithridate, car ils s'étaient mis au service de ce roi. 2. Ensuite, pendant que les Romains, occupés par les guerres civiles, luttaient les uns contre les autres aux portes de Rome, la mer fut laissée sans surveillance ; les pirates se laissèrent donc peu à peu entraîner et s'aventurèrent plus loin : ils ne s'attaquaient plus seulement aux navigateurs, mais s'en prenaient aussi aux îles et aux cités du littoral[93]. 3. Il y avait même déjà des hommes puissants par leurs richesses, illustres par leur naissance et renommés pour leur intelligence, qui embarquaient sur des vaisseaux de pirates et se joignaient à eux, comme si ces activités pouvaient leur conférer la gloire et l'honneur. 4. Les pirates possédaient même en de nombreux endroits des ports et des postes fortifiés ; quand leurs flottes partaient à l'attaque, elles étaient servies, pour la tâche qu'elles allaient accomplir, par de bons équipages au grand complet, par l'habileté des pilotes, par la vitesse et la légèreté des navires[94]. Mais il y avait plus affligeant encore que la terreur qu'ils suscitaient : leur insolence et leur arrogance. Avec leurs mâts dorés, leurs tapis de pourpre, leurs rames plaquées d'argent, ces hommes semblaient s'enorgueillir de leurs crimes et en tirer gloire. 5. Sur chaque rivage, ce n'étaient qu'*auloï*, harpes et beuveries, enlèvements de généraux, cités prises pour lesquelles on exigeait des rançons – tout cela à la honte de l'Empire romain. 6. Le nombre des vaisseaux pirates dépassa le millier, et ils s'emparèrent de quatre cents cités. Ils pénétrèrent dans les asiles sacrés et les temples jusque-là inviolables : dans le sanctuaire de Claros, de Didymes, de Samothrace, dans celui de la déesse Chthonienne à Hermionè, dans celui d'Asclépios à Épidaure, dans ceux de Poséidon dans l'Isthme, au Ténare et à Calaurie, dans ceux d'Apollon à Actium et à Leucade, dans ceux d'Héra à Samos, à Argos et au Lacinium[95]. 7. Les pirates eux-mêmes célébraient les sacrifices étrangers d'Olympos[96] et pratiquaient des initiations à des Mystères religieux, notamment à celui de Mithra qui existe encore aujourd'hui et qu'ils furent les premiers à faire connaître. 8. Après avoir insulté les Romains à de nombreuses reprises, ils allèrent jusqu'à remonter leurs routes pour se livrer au brigandage loin de la mer et dévastèrent les villas les plus

---

93. *En 72, les pirates proposèrent même leur aide à Spartacus pour le faire passer d'Italie en Sicile avec ses troupes, mais ne tinrent pas parole (voir* Crassus, X, 6-7).
94. *Ces qualités les avaient fait surnommer les «bateaux-souris». Le luxe prêté à ces vaisseaux fait partie des lieux communs de la rhétorique antique sur le Barbare oriental.*
95. *Claros : sur la côte d'Ionie (côte orientale de l'actuelle Turquie) ; Didymes, Hermionè, Épidaure : en Argolide, dans le Péloponnèse. Samothrace : en mer de Thrace, près du Bosphore. Les sanctuaires de Poséidon : dans l'Isthme près de Corinthe ; au Ténare, pointe la plus méridionale du Péloponnèse ; à Calaurie, île au nord de l'Argolide. Les sanctuaires d'Apollon : à Actium sur la côte occidentale grecque, en mer Ionienne ; à Leucas dans l'île de Leucade en mer Ionienne au sud d'Actium. Le sanctuaire d'Héra : à Samos, île de la côte ionienne d'Asie Mineure en face d'Éphèse ; à Argos, capitale de l'Argolide dans le Péloponnèse ; au cap Lacinium, dans l'Italie méridionale au sud de Crotone. À cette liste peut s'ajouter le pillage de Délos par Athénodoros, en 69.*
96. *Olympos, ville de Lycie, au sud-est de l'actuelle Turquie, fut pillée en 78 lors des campagnes de Publius Servilius Vatia contre les pirates.*

proches[97]. 9. Ils enlevèrent même un jour deux préteurs, Sextilius et Belliénus, revêtus de leur toge prétexte, et emmenèrent avec eux leurs esclaves et leurs licteurs. 10. La fille d'Antonius[98], un homme qui avait eu les honneurs du triomphe, fut capturée alors qu'elle se rendait à la campagne et ils ne la relâchèrent que contre une forte rançon. 11. Leur pire insolence était la suivante: toutes les fois qu'un prisonnier se récriait, en déclarant qu'il était citoyen romain et en indiquant son nom, ils feignaient d'être saisis de stupeur et de terreur, se frappaient les cuisses et se jetaient à ses pieds, en lui demandant pardon. L'autre, les voyant si humbles, dans une attitude de suppliants, leur faisait confiance. 12. Alors, les uns lui mettaient des chaussures à la romaine, les autres lui passaient une toge, pour éviter, disaient-ils, de se tromper sur son identité une seconde fois. 13. Après s'être longuement moqués de lui et s'être bien amusés à ses dépens, ils jetaient, pour finir, une échelle en pleine mer, et le priaient de descendre et de s'en aller de bonne grâce: en cas de refus, ils le poussaient dans l'eau et le noyaient eux-mêmes.

XXV. 1. Cette puissance infestait presque toute la mer qui borde nos contrées: elle était désormais fermée à la navigation et à toute forme de commerce. 2. Ce fut surtout cette dernière considération qui poussa les Romains, gênés dans leur ravitaillement et redoutant une grande disette, à envoyer Pompée leur reprendre la mer. 3. Gabinius[99], un des familiers de Pompée, présenta une loi qui lui confiait non seulement un commandement maritime, mais encore le pouvoir absolu et une autorité sans contrôle sur tous les hommes[100]. 4. Cette loi lui donnait en effet le commandement sur la mer, en deçà des colonnes d'Hercule, et sur tout le littoral jusqu'à quatre cents stades de la mer[101]. 5. Bien peu de régions du monde habité par les Romains étaient en dehors de ces limites, qui embrassaient les nations les plus importantes et les rois les plus puissants. 6. En outre, Pompée avait le droit de choisir, dans le Sénat, quinze légats[102] pour exercer le commandement dans les diffé-

---

97. En Occident, les pirates pénétrèrent dans les ports de Syracuse en Sicile et d'Ostie en Italie où ils coulèrent des vaisseaux (voir Cicéron, Sur le commandement de Pompée, 32-33); ils pillèrent Gaète sous les yeux d'un préteur romain.
98. Marcus Antonius, consul en 99, avait obtenu le triomphe après un proconsulat en Cilicie et était le père de Marcus Antonius Creticus (voir infra, XXV, 7) et de Marcus Antonius, collègue de Cicéron au consulat en 63. Considéré avec Licinius Crassus comme le meilleur orateur de son temps, il est l'un des deux protagonistes du De l'orateur de Cicéron.
99. Aulus Gabinius, élu tribun de la plèbe pour l'année 67, était marié à Lollia, fille ou parente de Lollius Palicanus, sénateur du Picenum, ami de Pompée.
100. Cette première proposition de loi – «institution d'un commandant en chef unique contre les pirates» – ne désignait pas nommément Pompée pour le commandement, mais la manœuvre était claire.
101. L'imperium du commandant en chef s'étendait donc à une bande de terre de près de 75 km à l'intérieur des terres. Plutarque souligne avec raison qu'il n'y avait guère de province qui échappât à son contrôle, l'essentiel des possessions romaines étant limité, en Afrique, en Asie Mineure et en Gaule méridionale, à la zone côtière.
102. La désignation des légats était théoriquement l'apanage du Sénat.

rents secteurs et de se faire remettre par les préteurs et les publicains autant d'argent qu'il voudrait; en outre, il avait à sa disposition deux cents navires, dont il était maître de fixer les effectifs, l'enrôlement des soldats et des équipes de rameurs. 7. Le peuple accueillit avec enthousiasme la lecture de ces dispositions, mais les premiers et les plus puissants des sénateurs jugeaient que ce pouvoir infini et illimité était certes trop grand pour inspirer l'envie, mais pouvait susciter la crainte[103]. 8. En conséquence, ils firent opposition à cette loi, sauf César qui parla pour la soutenir, non qu'il se souciât le moins du monde de Pompée, mais il voulait s'insinuer dans les bonnes grâces du peuple dès le début et se le concilier[104]. 9. Les autres sénateurs attaquaient Pompée avec violence. L'un des consuls qui avait lancé: «Tu veux imiter Romulus, mais tu n'échapperas pas à la même fin que lui!» faillit être massacré par la foule[105]. 10. Catulus s'avança pour parler contre le projet de loi, et le peuple, qui le respectait, se tint tranquille; l'orateur parla longuement de Pompée avec égards, sans la moindre envie; il conseillait d'épargner un tel homme et de ne pas l'exposer à des guerres et à des périls ininterrompus. «Quel autre général aurez-vous, si vous perdez celui-ci?» demanda-t-il. À quoi tous répondirent, d'une seule voix: «Toi!» 11. Catulus, ne pouvant les convaincre, se retira. Roscius[106] s'avança, mais nul ne l'écouta; alors avec les doigts il fit signe qu'il ne fallait pas nommer Pompée seul, mais qu'il fallait deux chefs. 12. Le peuple poussa, dit-on, un tel cri d'indignation qu'un corbeau, qui volait au-dessus du forum, en fut assommé et tomba sur la foule, 13. ce qui prouve, semble-t-il, que lorsque les oiseaux tombent, ce n'est pas qu'ils glissent sous l'effet d'une déchirure ou une rupture de l'air, qui créerait un grand vide: ils sont frappés d'un coup produit par les voix, lorsque celles-ci, nombreuses et émises avec force, déclenchent dans l'air une agitation de tempête.

---

*103. L'opposition vint naturellement de la fraction conservatrice du Sénat, dirigée par Quintus Lutatius Catulus et Quintus Hortensius. Leur principal argument était «le caractère infini et illimité» du commandement, contradictoire avec la définition de l'*imperium, *toujours limité dans le temps et dans l'espace. En fait, c'est surtout l'impulsion nouvelle donnée à la carrière de Pompée qui les inquiétait, puisqu'un précédent récent existait en la matière. En 74, en effet, le Sénat avait déjà confié au préteur Marcus Antonius un* imperium infinitum *contre les pirates, dont il avait fait un bien mauvais usage. Opérant dans la Méditerranée occidentale puis orientale, il rançonnait autant les villes alliées que les cités des pirates. Il provoqua la révolte de la Crète où il commettait ses exactions et mourut prisonnier en 71.*
104. L'attitude de César est classique d'un sénateur encore mal connu et désireux de faire carrière, qui cherche à s'attirer les bonnes grâces des puissants. Ses attaches familiales avec les populares *(il était le neveu par alliance de Marius) le rangeaient, au demeurant, dans le camp des opposants au groupe conservateur de Catulus.*
105. Les deux consuls de 67 étaient Manius Acilius Glabrio et Calpurnius Piso. C'est probablement à ce dernier, familier de Catulus et par la suite adversaire acharné de César, qu'il faut attribuer l'interpellation de Pompée (voir Dion Cassius, Histoire romaine, *XXXVIII, 24, 3).*
106. Il s'agit de Marcus Roscius Otho, tribun de la plèbe en 67 et auteur de la loi Roscia qui fit réserver les 14 premiers rangs des théâtres aux chevaliers.

XXVI. 1. On se sépara donc alors. Le jour où l'on devait voter, Pompée se retira discrètement à la campagne. Dès qu'il apprit que la loi avait été ratifiée, il regagna Rome de nuit, considérant que l'affluence et le concours du peuple autour de lui susciteraient l'envie. 2. Au point du jour, il sortit et offrit un sacrifice, puis, comme des comices se tenaient à son sujet[107], il manœuvra pour obtenir encore de nouveaux moyens, supérieurs à ceux qui lui avaient été déjà votés. Ses effectifs furent presque doublés. 3. Cinq cents vaisseaux furent équipés, cent vingt mille fantassins et cinq mille cavaliers rassemblés. Il recruta dans le Sénat vingt-quatre officiers et légats, auxquels on adjoignit deux questeurs. 4. Le prix des marchandises baissa soudain, ce qui fit dire au peuple, tout joyeux, que le seul nom de Pompée avait mis un terme à la guerre. 5. Cependant, il divisa les différentes mers et l'étendue de la mer Intérieure en treize secteurs, assignant à chacun un nombre déterminé de navires et un chef[108] ; grâce à ces forces dispersées de tous les côtés à la fois, il encercla ceux des pirates qu'il rencontra groupés, leur donna aussitôt la chasse et les repoussa vers le rivage. 6. Ceux qui avaient eu le temps de se séparer des autres et de s'échapper se rassemblaient vers la Cilicie, de tous côtés, comme vers une ruche, pour s'y réfugier. Pompée avait l'intention de marcher contre eux, avec ses soixante meilleurs navires, 7. mais il ne voulut pas faire voile vers eux avant d'avoir entièrement nettoyé la mer Tyrrhénienne, la mer d'Afrique, celle qui entoure la Sardaigne, la Corse et la Sicile, des pirates qui les infestaient. Il lui fallut au total quarante jours pendant lesquels il se montra infatigable, et ses généraux pleins d'ardeur[109].

XXVII. 1. À Rome cependant, le consul Pison, poussé par la colère et par la jalousie, voulait réduire ses moyens et licencier ses équipages. Pompée envoya sa flotte à Brundisium et lui-même, traversant l'Étrurie, remonta vers Rome[110]. 2. À cette nou-

---

107. La loi fut votée au Sénat, malgré un veto du tribun Trébellius, que son collègue Gabinius, auteur du projet de loi, fit retirer sous la menace d'une déposition de Trébellius. Ce furent les comices tributes qui choisirent le lendemain l'identité du commandant en chef contre les pirates. C'est la raison pour laquelle Pompée évitait de trop soulever l'exaspération par une démonstration de sa popularité auprès des électeurs.
108. Voir le détail dans Appien, Guerres mithridatiques, 95. Plusieurs inscriptions témoignent du détail de ces opérations, de la répartition des responsabilités et des forces (voir Joyce Reynolds, 1962).
109. Les opérations de nettoyage commencèrent par la Méditerranée occidentale, autour de deux axes principaux, la mer Tyrrhénienne et la mer Adriatique, confiés à deux légats anciens consuls pendant que les légats prétoriens se voyaient chargés des points stratégiques (Gibraltar, Messine, Malte, qui contrôle le détroit de Sicile, etc.). La celeritas *(rapidité de décision et d'intervention), une des qualités stratégiques essentielles pour les généraux romains, est la caractéristique principale de la campagne contre les pirates, élevée à la hauteur du mythe par la* fama, *la rumeur publique. Cela servait naturellement l'image de Pompée chef charismatique.*
110. Sur Pison, voir supra, XXV, 9 et note. La marche de Pompée sur Rome s'effectua depuis le Nord (il traversa l'Étrurie) ; il participait donc aux opérations maritimes autour de la Corse et de la Sardaigne. L'envoi de la flotte à Brindisi dévoile la suite du plan de Pompée, qui va poursuivre en Orient les pirates chassés de la Méditerranée occidentale.

velle, tous se rassemblèrent sur son passage. On n'aurait jamais cru qu'il ne s'était écoulé que quelques jours depuis qu'ils l'avaient accompagné à son départ. Ce qui causait leur joie, c'était la rapidité inespérée avec laquelle la situation avait changé : le marché connaissait à présent une abondance extraordinaire[111]. 3. Aussi Pison faillit-il être chassé du consulat ; Gabinius avait déjà rédigé un projet de loi en ce sens. Mais Pompée l'en empêcha ; ayant tout réglé avec modération et obtenu ce dont il avait besoin, il descendit à Brundisium et embarqua. 4. Pressé par le temps[112], il longeait les cités en toute hâte, mais ne voulut pas dépasser Athènes sans s'y arrêter ; il y monta, sacrifia aux dieux et harangua le peuple[113]. Comme il repartait aussitôt après, il lut des inscriptions en son honneur, chacune composée d'un vers unique. 5. Voici celle qui se trouvait à l'intérieur de la porte :

> Plus tu te sais un homme et plus tu es un dieu !

et l'autre, à l'extérieur :

> Nous t'avons attendu, adoré, contemplé ;
> Nous te faisons cortège[114] !

6. Quelques pirates, qui restaient encore groupés et erraient au loin, vinrent le supplier : il les traita avec modération, reçut leurs navires et leurs personnes, et ne leur fit aucun mal. Les autres en conçurent de grands espoirs : évitant les autres chefs, ils se portèrent vers Pompée et se rendirent à lui, avec femmes et enfants. 7. Il les épargna tous, et ce fut surtout grâce à eux qu'il put suivre à la trace ceux qui se cachaient encore : ceux-là, il s'en empara et les châtia, les jugeant coupables de crimes inexpiables.

XXVIII. 1. Cependant, les plus nombreux et les plus puissants d'entre eux avaient mis à l'abri leurs familles, leurs richesses et toutes les bouches inutiles, dans des forts et des citadelles solides du Taurus[115]. Eux-mêmes montèrent sur leurs bateaux et attendirent au large de Coracésium, en Cilicie, Pompée qui cinglait vers

---

111. Le prix du blé, dont l'importance a déjà été soulignée (supra, XXVI, 4), constituait un des leviers essentiels de la vie politique à Rome, cité de près d'un million d'habitants approvisionnée presque exclusivement par la mer. Le succès foudroyant de rapidité obtenu par Pompée en la matière lui ouvrit les perspectives les plus élevées, qui se matérialisèrent quinze ans plus tard lorsque, en 52, il fut nommé consul unique pour résoudre la question de l'approvisionnement. Ce fut l'apogée de son pouvoir et le début de la lutte ouverte avec César.
112. L'expression évoque tout à la fois la celeritas, signe distinctif de la campagne, et la nécessité de naviguer à la bonne saison, l'hiver rendant la navigation hauturière quasiment impraticable aux vaisseaux antiques en Méditerranée.
113. La halte à Athènes est une sorte d'étape initiatique obligatoire et la rencontre de Pompée avec les dieux de l'Acropole et le peuple de l'agora symbolise sa consécration dans le monde hellénique classique.
114. Étonnantes maximes, bien éloignées de la répulsion traditionnelle du monde grec pour l'hybris.
115. Chaîne montagneuse parallèle à la côte au nord de la Cilicie. Servilius Vatia n'avait pu s'en emparer lors de sa mission en 79-74.

eux. Une bataille fut livrée : ils furent vaincus, puis assiégés. 2. Pour finir, ils envoyèrent une ambassade demander grâce à Pompée et lui remirent leurs personnes, leurs cités et les îles qu'ils occupaient et qu'ils avaient fortifiées : elles étaient difficiles à forcer et même à approcher. 3. La guerre était donc terminée : il avait fallu moins de trois mois à Pompée pour chasser de la mer les pirates qui l'infestaient de tous côtés. Il s'empara d'un grand nombre de navires, et notamment de quatre-vingt-dix d'entre eux qui étaient armés d'éperons de bronze. 4. Quant aux prisonniers, qui étaient plus de vingt mille, il ne lui vint même pas à l'idée de les faire mourir. Cependant, il ne jugeait pas bon de relâcher des gens qui, pour la plupart, étaient sans ressources et agressifs, et de les laisser se disperser pour se regrouper ensuite. 5. Il se dit que l'homme n'est pas et n'a jamais été par nature un être sauvage et asocial : il le devient sous l'influence du vice, en faisant violence à sa nature, mais il peut être apprivoisé, si on lui impose des habitudes et si on modifie son cadre et son mode de vie, puisque même les animaux sauvages dont on adoucit les conditions d'existence perdent leur humeur farouche et cruelle[116]. Il décida donc de faire passer les pirates de la mer à la terre, de leur faire goûter une vie calme et de les habituer à vivre dans les cités et à cultiver le sol. 6. Les cités de Cilicie, qui étaient petites et presque désertes, accueillirent certains d'entre eux et les mêlèrent à leur population, après avoir reçu un territoire plus grand. Pompée releva Soles, qui venait d'être dépeuplée par Tigrane, roi des Arméniens, et y installa beaucoup de pirates. 7. Enfin il donna pour résidence à la plupart d'entre eux Dymè, en Achaïe, qui manquait alors de population masculine mais disposait d'un territoire vaste et fertile[117].

XXIX. 1. Cette attitude provoquait les critiques de ceux qui jalousaient Pompée, mais la manière dont il se comporta en Crète face à Métellus ne rencontra même pas l'approbation de ses partisans les plus chauds. 2. Ce Métellus, parent de celui qui avait été son collègue en Espagne, avait été envoyé comme général en Crète[118],

---

116. *Lieu commun de la littérature antique gréco-romaine : l'homme civilisé est celui qui vit en cité et cultive la terre, le Barbare est le nomade (ici sur la mer) qui vit de la guerre et du pillage. Cette analyse, prêtée ici par Plutarque à Pompée, servit d'argument à toutes les pacifications entreprises dans les territoires conquis par Rome. En fait, la fixation des populations autour d'agglomérations correspondait, autant sinon plus qu'à des convictions philosophiques sur le sauvage et le civilisé, à un impératif logistique lié aux difficultés et à la lenteur des communications dans le monde antique, qui rendaient irréalisable le contrôle de territoires éloignés sans le secours de relais urbains.*

117. *Soles, ville de la côte de Cilicie, reçut le nom de Pompeiopolis. Dymè, en Achaïe, avait été châtiée par Rome en 117 et ne s'était pas remise de ces exactions. Des pirates furent également installés en Calabre, en Italie méridionale, où ils importèrent pour la première fois le culte de Mithra (voir supra, XXIV, 7).*

118. *Le Métellus de Crète était cousin au deuxième degré de Métellus Pius, le gouverneur d'Espagne : leurs pères Caius Metellus Caprarius (consul en 113, censeur en 102) et Quintus Metellus Numidicus (consul en 109, censeur en 102) étaient cousins germains. Il avait été envoyé en Crète en remplacement de Marcus Antonius (voir supra, XXV, 7 et note).*

avant la désignation de Pompée : cette île était en effet le deuxième repaire des pirates, après la Cilicie. Métellus, les ayant débusqués en grand nombre, les massacrait et les tuait. 3. Ceux qui survivaient encore et qui étaient assiégés envoyèrent des messages suppliants et appelèrent Pompée dans leur île, lui rappelant qu'elle faisait partie de son gouvernement puisque aucun secteur n'en était éloigné de la mer de plus de la distance fixée[119]. Dès réception de ce message, Pompée écrivit à Métellus d'arrêter la guerre. 4. Il écrivit également aux cités de ne pas obéir à Métellus et il envoya pour commander les opérations un de ses lieutenants, Lucius Octavius. Celui-ci entra dans les citadelles et combattit aux côtés des assiégés[120], ce qui attira sur Pompée non seulement la haine et l'exaspération, mais aussi le ridicule, car il prêtait son nom à des hommes qui n'avaient ni religion ni dieux, et les entourait de sa gloire comme d'un talisman, tout cela par ambition et jalousie de Métellus. 5. Achille lui-même, rappelait-on, n'agit pas comme un homme mais comme un adolescent totalement fasciné et possédé par le désir de gloire, quand il défend aux autres de frapper Hector et les en empêche :

> Pour qu'un autre n'ait pas la gloire de l'atteindre,
> Et qu'il ne soit pas, lui, le second seulement[121].

6. Or Pompée alla plus loin : il combattit pour sauver les ennemis publics, afin d'ôter l'honneur du triomphe à un général qui s'était donné beaucoup de peine[122].
7. Cependant Métellus ne céda pas ; il s'empara des pirates et les punit. Quant à Octavius, après l'avoir couvert de reproches et d'insultes dans le camp, il le renvoya[123].

XXX. 1. Lorsqu'on annonça à Rome que la guerre des pirates était terminée et que Pompée, qui n'avait plus rien à faire, visitait les cités, un des tribuns de la plèbe, Manilius, déposa un projet de loi aux termes duquel tout le territoire et toutes les forces que commandait Lucullus passeraient sous les ordres de Pompée, et il y adjoignit la Bithynie que tenait Glabrio : Pompée devrait mener la guerre contre les rois Mithridate et Tigrane, en conservant la flotte et l'autorité sur la mer dans les

---

119. Le bon droit de Pompée, malgré la loi Gabinia, n'est pas évident : Métellus avait été lui aussi investi, dès 68, d'un imperium légal sur une province de Crète à conquérir et sur une base arrière constituée de la Grèce, provisoirement détachée de la Macédoine.
120. Cette situation n'était pas inédite : en 85, le légat de Sylla, Lucullus, avait refusé de collaborer avec le légat marianiste Flavius Fimbria, laissant échapper Mithridate assiégé par Fimbria alors qu'il pouvait le bloquer avec sa flotte, et Sylla s'empressa de négocier une paix de compromis avec Mithridate pour empêcher le triomphe de Fimbria.
121. Homère, Iliade, XXII, v. 207. Voir Dictionnaire, «Homère».
122. Cet épisode, même s'il ne marqua pas la fin de la collaboration de Pompée avec le clan des Metelli (opinion défendue par Twyman, 1972, p. 863), n'en constitua pas moins un accroc dans la cohésion du groupe, qui se recomposa en factions rivales à l'occasion de l'affaire Lucullus.
123. Métellus, qui gagna dans sa victoire le surnom de Creticus, organisa la province de Crète, mesures qu'il fit ratifier par le Sénat en 66 (voir Tite-Live, Abrégé, 100).

mêmes conditions qu'au début[124]. 2. Cela revenait, en somme, à soumettre à un seul homme tout l'Empire romain, car les seules provinces qui n'étaient pas concernées par la loi précédente, la Phrygie, la Lycaonie, la Galatie, la Cappadoce, la Haute Cilicie, la Colchide, l'Arménie, lui étaient ajoutées avec les camps et les troupes qui avaient permis à Lucullus de vaincre Mithridate et Tigrane[125]. 3. Lucullus était donc privé de la gloire de ses exploits[126], et on lui donnait un successeur plus pour célébrer le triomphe que pour faire la guerre. Cependant, ce grief était secondaire aux yeux des aristocrates, même s'ils reconnaissaient qu'il était traité injustement et avec ingratitude ; ce qui les indignait surtout, c'était la puissance de Pompée qui, selon eux, tournait à la tyrannie. Aussi s'exhortaient-ils et s'encourageaient-ils en privé[127] à faire opposition à cette loi et à ne pas sacrifier la liberté. 4. Mais le moment venu, par crainte du peuple, ils renoncèrent et la plupart gardèrent le silence. Catulus combattit longtemps la loi et le tribun[128] ; comme il ne parvenait à persuader personne, il conjura à plusieurs reprises les sénateurs à grands cris, du haut de la tribune, de chercher, comme leurs ancêtres, une colline et un rocher escarpé où se réfugier pour sauver la liberté. 5. Le projet de loi fut ratifié, dit-on, par toutes les tribus et Pompée, en son absence, fut désigné comme maître absolu avec presque

---

124. *Le tribun de la plèbe Caius Manilius Crispus est ici l'instrument du groupe favorable à Pompée, sinon de Pompée lui-même. Consul en 75, Lucullus, qui avait été de 87 à 85 le légat de Sylla en Asie durant la première guerre contre Mithridate, le roi du Pont, s'était fait octroyer, en 74, la province de Cilicie et le commandement de la guerre contre Mithridate, à nouveau menaçant (voir* Lucullus, *VI). Les nécessités de la guerre contre Mithridate lui avaient valu, en plus de la Cilicie, la province d'Asie (partie occidentale de la Turquie actuelle) à laquelle s'ajouta, dès 72, la Bithynie (détroit du Bosphore et côte turque occidentale sur la mer Noire).*
125. *Phrygie, Lycaonie, Galatie, Cappadoce, Haute Cilicie : régions couvrant l'ensemble de la Turquie centrale actuelle. L'Arménie et la Colchide, situées à l'est de la Turquie moderne, constituaient les territoires conquis par Lucullus sur le roi Tigrane chez qui s'était réfugié Mithridate (voir* Lucullus, *XXI-XXXI).*
126. *Dès 68, la Cilicie avait été enlevée à Lucullus et donnée à Quintus Marcius Rex ; en 67, la loi Gabinia lui ôtait la Bithynie, confiée à Acilius Glabrio. Plusieurs facteurs expliquent ces mesures, qui culminèrent avec la nomination de Pompée et la dépossession finale de Lucullus : les revers de celui-ci (voir* Lucullus, *XXXII), les mutineries des soldats (entretenues par Publius Clodius, le propre beau-frère de Lucullus), le mécontentement des publicains, que lésaient les mesures prises par Lucullus, favorables aux provinciaux. Enfin, Lucullus, comme tous les* imperatores *auréolés de grandes victoires, suscitait la méfiance puis la haine dans le clan conservateur, et notamment chez ses chefs du moment, Catulus et Hortensius (voir Twyman, 1972, p. 865-870). Il est difficile de faire la part exacte de chacune de ces causes dans son rappel, mais Pompée en profita et prit probablement une part active aux manœuvres, sinon dès 69, du moins en 66 pendant son commandement contre les pirates.*
127. *Allusion aux manœuvres des clans qui précédaient, par des réunions dans les grandes demeures aristocratiques, les joutes oratoires de la Curie (siège du Sénat) ou du forum (assemblées populaires).*
128. *Catulus et les conservateurs étaient hostiles à Pompée autant qu'à Lucullus, conscients des dangers que faisaient courir à la* respublica *ces* imperatores *aux commandements extraordinaires. Pompée bénéficia de l'appui des* populares *(César) et surtout de Cicéron, qui prononça en sa faveur le discours* Sur le commandement de Pompée.

tous les pouvoirs dont Sylla avait disposé, lorsqu'il avait dominé la cité par les armes et la guerre[129]. 6. Lorsque Pompée reçut la lettre et apprit ces décisions, alors que ses amis l'entouraient et se réjouissaient pour lui, il fronça les sourcils, dit-on, se frappa la cuisse, comme s'il était déjà accablé et mécontent de ce pouvoir, et s'écria : 7. « Quel malheur que ces luttes sans fin ! Comme il vaudrait mieux pour moi être un homme obscur, si je ne dois jamais cesser de faire la guerre et si je ne peux me dérober à l'envie pour aller vivre à la campagne avec ma femme ! » 8. Même ses amis les plus proches furent contrariés par l'hypocrisie de tels propos : ils savaient qu'il se réjouissait d'autant plus que le conflit avec Lucullus[130] avait attisé son ambition innée et son amour du pouvoir.

XXXI. 1. Du reste, sa conduite révéla bien vite ses sentiments. Il fit afficher partout des ordonnances, appelant les soldats à le rejoindre et convoquant les princes et les rois soumis à Rome. 2. Dès qu'il arriva dans le pays, il ne laissa rien subsister de ce que Lucullus avait fait : il remettait les châtiments, annulait les récompenses et faisait tout, dans sa jalousie, pour montrer aux admirateurs de son rival que celui-ci n'avait plus aucune autorité[131]. 3. Lucullus s'en étant plaint par l'intermédiaire de ses amis, les deux hommes décidèrent d'avoir une entrevue et se rencontrèrent en Galatie[132]. 4. Comme ils étaient de très grands généraux et qu'ils avaient remporté de très grandes victoires, leurs licteurs portaient, lors de cette rencontre, des faisceaux entourés de lauriers. Mais Lucullus venait d'une région verdoyante et ombragée, tandis que Pompée se trouvait avoir traversé un pays dépourvu d'arbres et aride. 5. Les licteurs de Lucullus, voyant que les lauriers de Pompée étaient desséchés et flétris, partagèrent les leurs, qui étaient verts, pour en parer et en couronner les faisceaux de Pompée. 6. On vit là le signe que Pompée venait s'approprier le prix des victoires et la gloire de Lucullus. Celui-ci était le plus ancien des deux, en dignité et en âge, mais Pompée avait un plus grand prestige, en raison de ses deux triomphes[133]. 7. Cependant, le début de la rencontre se passa de la manière la plus civile et la plus

---

129. Le rapprochement Pompée-Sylla est un lieu commun des historiens anciens, sans doute en écho à une opinion publique romaine qui vit longtemps dans Pompée un nouveau Sylla et redouta son retour d'Asie, en 62.

130. L'opposition Pompée-Lucullus ne doit pas être montée en épingle et utilisée de façon anachronique : elle fut patente dès que Pompée fut en Asie et refusa de ratifier les ordonnances de Lucullus. Mais, en 67 encore, Lucullus, qui faisait, comme Pompée, partie du clan Métellus, a aidé ce dernier dans la guerre contre les pirates (voir Lucullus, XXXVII, 6).

131. Pompée adopte la conduite du gouverneur en titre : réglementation du territoire (les ordonnances), commandement militaire (les soldats), diplomatie (contacts avec les rois et les princes vassaux).

132. La plainte de Lucullus laisse penser que la situation juridique n'était pas parfaitement claire : Pompée avait-il anticipé le vote de la loi Manilia ou Lucullus faisait-il traîner son départ de sa province ?

133. Voir Lucullus, XXXVI, 3-4, où Plutarque donne une couleur différente à l'épisode des lauriers. Consul en 75, petit-fils de consul et membre par sa mère du clan des Metelli, Lucullus devait, en 66, être âgé de plus de 50 ans. Pompée, malgré l'absence d'ascendance familiale reculée et malgré son âge (à 40 ans à peine, il n'avait toujours pas l'âge consulaire), était paré de deux triomphes et d'un consulat.

aimable possible : chacun exaltait les actions de l'autre et ils se réjouissaient ensemble de leurs succès. 8. Mais au cours de l'entretien, comme ils ne parvenaient à aucune conciliation ni à aucun accord modéré, ils en vinrent à s'insulter, Pompée reprochant à Lucullus sa cupidité, ce dernier critiquant l'ambition de son rival[154], et leurs amis parvinrent à grand-peine à les séparer. 9. Lucullus en Galatie avait distribué aux personnes de son choix les territoires conquis et d'autres gratifications, mais Pompée, qui campait un peu plus loin, défendit de lui obéir ; il le dépouilla de tous ses soldats, sauf de seize cents, qu'il jugeait, en raison de leur insolence, inutiles pour lui et mal disposés à l'égard de Lucullus[135]. 10. En outre, il dénigrait ouvertement les actes de son rival, qui n'avait fait aux rois, disait-il, qu'une guerre de théâtre, une bataille d'ombres, et lui avait laissé la charge de lutter contre une véritable armée, revenue à la raison maintenant que Mithridate cherchait son secours dans les boucliers, les épées et les chevaux[136]. 11. Lucullus se défendait en disant que Pompée partait en guerre contre un ennemi qui n'était plus qu'un fantôme et une ombre : il avait coutume de s'abattre, tel un oiseau paresseux, sur les cadavres tués par d'autres que lui et d'arracher les derniers lambeaux qui restaient des guerres. 12. Il s'était ainsi attribué les victoires sur Sertorius, sur Lépidus et sur les hommes de Spartacus, alors qu'elles étaient en fait l'ouvrage de Crassus, de Catulus et de Métellus. 13. Il n'y avait donc rien d'étonnant à le voir s'approprier la gloire des guerres d'Arménie et du Pont, puisqu'il avait employé tous les moyens pour s'insinuer dans le triomphe remporté sur les esclaves fugitifs.

XXXII. 1. Après quoi, Lucullus s'en alla. Pompée, avec toute la flotte, prit le contrôle de la mer entre la Phénicie et le Bosphore, puis marcha contre Mithridate[137], qui avait une phalange de trente mille fantassins ainsi que deux mille cavaliers, mais qui n'osait combattre. 2. En premier lieu, le roi, qui avait établi son camp sur une colline offrant une position solide et difficile à emporter, l'abandonna, croyant qu'elle était dépourvue d'eau. Pompée s'en empara et, supposant à la nature des végétaux et aux vallonnements du terrain que l'endroit recelait des sources, fit creuser partout des puits. 3. Le

---

134. Plutarque cristallise l'opposition des deux hommes sur les défauts que soulignaient le plus volontiers les caricatures qu'en faisait l'opinion publique (même version dans Velleius Paterculus, Histoire romaine, II, 33, 2).
135. Ce sont probablement les soldats des « légions valériennes » : ces hommes, anciens soldats de Valérius Flaccus et Flavius Fimbria, avaient, en 85, suivi ce dernier dans une guerre menée plus contre Sylla que contre Mithridate. Soldats sans foi ni loi, ils avaient constitué le noyau dur des mutineries contre Lucullus.
136. Reproche injuste adressé à un Lucullus qui s'était révélé, au cours des campagnes contre Mithridate puis contre Tigrane, un brillant militaire (voir Lucullus, XXVIII, 9).
137. Il s'agit de la troisième guerre contre Mithridate, roi du Pont. Sylla s'était approprié par la force la première (87-85), qui s'était terminée par une paix de statu quo. La deuxième avait été menée de son propre chef par Muréna, gouverneur de Syrie, Mithridate ayant annexé la Cappadoce ; Sylla obligea Muréna à interrompre la guerre en 81 et Mithridate accepta de restituer la Cappadoce à son roi. La troisième avait débuté en 75, au sujet de la Bithynie, État voisin du royaume de Mithridate, le Pont, sur les côtes de la mer Noire. Pour la carte des campagnes de Pompée en Orient, voir p. 2158.

camp disposa aussitôt d'eau en abondance et l'on s'étonna que Mithridate fût resté si longtemps dans l'ignorance de ces ressources. 4. Pompée alla ensuite camper autour du camp ennemi et l'entoura d'un mur. Mais au bout de quarante-cinq jours de siège, Mithridate s'échappa en secret, avec ses troupes les plus robustes, après avoir fait tuer les bouches inutiles et les malades. 5. Pompée le rejoignit au bord de l'Euphrate[138], établit son camp près du sien et, craignant de lui laisser le temps de traverser le fleuve, lança contre lui, au milieu de la nuit, son armée en armes. 6. Or, pendant ce temps, Mithridate, dit-on, eut durant son sommeil une vision prémonitoire. Il lui sembla qu'il naviguait sur le Pont-Euxin, poussé par un vent favorable, qu'il voyait déjà le Bosphore et qu'il embrassait ses compagnons de voyage, tout joyeux, car il croyait atteindre un refuge assuré et solide, lorsque soudain il se retrouva seul, abandonné de tous, ballotté sur une fragile épave[139]. 7. Il était en proie à ces angoisses et à ces visions, lorsque ses amis survinrent et lui dirent de se lever, lui annonçant que Pompée attaquait. 8. Il était nécessaire de combattre pour défendre le camp: les officiers firent donc avancer les hommes et les rangèrent en ordre de bataille. 9. Remarquant leurs préparatifs, Pompée hésitait à risquer un combat nocturne; il pensait qu'il devait se contenter d'envelopper l'ennemi pour l'empêcher de fuir, puis l'attaquer le jour venu, avec ses forces qui étaient supérieures. 10. Mais les plus anciens de ses officiers[140], à force de prières et d'exhortations, le décidèrent à avancer, car l'obscurité n'était pas totale et la lune qui baissait permettait encore de voir suffisamment les gens. Or ce fut cette circonstance qui trompa le plus les soldats du roi. 11. Les Romains qui attaquaient avaient en effet la lune dans le dos; leurs ombres, étirées par la lumière qui déclinait, se projetaient très loin et tombaient sur les ennemis, lesquels ne pouvaient apprécier avec précision la distance qui les séparait des Romains. Les croyant déjà à leur portée, ils lancèrent leurs javelots, mais en vain, sans atteindre personne. 12. À cette vue, les Romains poussèrent de grands cris et coururent sur les ennemis qui, n'osant plus les attendre de pied ferme, furent pris de panique et tentèrent de fuir. Ils les massacrèrent; il y eut beaucoup plus de dix mille morts et le camp fut pris.

---

138. Le repli vers l'Est, loin des bases provinciales romaines, constituait la tactique classique de Mithridate quand il se trouvait en difficulté face aux armées romaines. Il y reçut régulièrement l'appui de princes locaux, notamment, lors des campagnes contre Lucullus, de son gendre Tigrane, roi d'Arménie. L'Euphrate marque une frontière mythique, que Rome, malgré quelques raids plus lointains et quelques installations éphémères en Arménie ou en Mésopotamie (sous Trajan ou les Sévères par exemple), ne franchit jamais de manière durable. L'audace insolite de Pompée (engager le combat de nuit) s'explique par sa crainte de voir Mithridate se retirer dans des régions difficiles d'accès avec ses forces intactes (voir Dion Cassius, XXXVI, 47-49).

139. Le rêve prémonitoire, dont le déroulement symbolise les diverses phases de la bataille à venir, constitue un des lieux communs de la littérature historique de l'Antiquité (voir infra, LXVIII, 2).

140. L'intervention d'officiers expérimentés, la plupart du temps des primipiles qui avaient servi plus de vingt-cinq ans dans toutes les campagnes lointaines de Rome, joue fréquemment un rôle essentiel dans les décisions d'état-major (voir les nombreux épisodes similaires décrits par César dans la Guerre des Gaules*). Les officiers supérieurs, aristocrates romains venus chercher dans l'aventure militaire l'indispensable préalable à leur carrière politique, étaient, en comparaison, de qualité militaire très inégale.*

13. Quant à Mithridate, il avait d'abord traversé et rompu les lignes romaines avec huit cents cavaliers, mais ses compagnons se dispersèrent rapidement et il resta seul avec trois personnes, 14. au nombre desquelles sa concubine Hypsicrateia. Elle avait toujours fait preuve d'un caractère presque viril et d'une extrême audace : d'ailleurs, le roi la surnommait Hypsicratès. 15. Ce jour-là, elle avait un costume de soldat perse et un cheval : elle ne se laissa pas abattre physiquement par la longueur de la route et ne cessa de prendre soin du roi et de sa monture jusqu'à leur arrivée dans la place forte de Sinoria[141], qui était pleine des richesses et des trésors royaux. 16. Mithridate y prit des vêtements de grand prix qu'il partagea entre ceux qui étaient accourus à lui après la déroute. 17. Il donna également à chacun de ses amis un poison mortel qu'ils emportèrent pour ne pas tomber contre leur gré aux mains des ennemis. 18. De là, il avait l'intention de gagner l'Arménie afin de rejoindre Tigrane, mais ce dernier refusa de le recevoir et mit sa tête à prix pour cent talents ; Mithridate traversa donc les sources de l'Euphrate et s'enfuit par la Colchide[142].

XXXIII. 1. Pompée entra en Arménie, à la demande du jeune Tigrane qui s'était alors révolté contre son père et qui vint à la rencontre du général romain près de l'Araxe (ce fleuve prend sa source dans la même région que l'Euphrate, mais se détourne vers le levant et se jette dans la mer Caspienne). 2. Ils avancèrent donc et, chemin faisant, reçurent la soumission des cités. Le roi Tigrane, qui venait d'être écrasé par Lucullus[143] et avait appris que Pompée était de caractère conciliant et doux, accepta une garnison dans son palais et, rassemblant ses amis et ses proches, se dirigea vers Pompée, dans l'intention de se rendre à lui. 3. Lorsqu'il arriva à cheval devant le camp, deux licteurs de Pompée s'approchèrent et lui ordonnèrent de descendre de sa monture et d'avancer à pied, car on n'avait jamais vu personne à cheval dans un camp romain. 4. Tigrane obéit et, détachant son épée, il la leur remit. Lorsqu'il se trouva enfin devant Pompée lui-même, il arracha son diadème et se disposa à le déposer aux pieds du général, à se jeter à terre et, pour comble d'humiliation, à lui embrasser les genoux[144]. 5. Pompée ne lui en laissa pas le temps ; il lui prit la main droite, le releva, le fit asseoir près de lui, fit asseoir son fils de l'autre côté, et déclara que pour les autres pertes qu'il avait subies, il devait s'en

---

141. Voir Strabon, Géographie, XII, 3, 28. La présence de forteresses royales, disséminées sur les pistes de l'Orient et servant de réserves logistiques et militaires, est une constante des grandes monarchies orientales : leurs cours étaient souvent itinérantes et se déplaçaient, pour d'évidentes raisons de contrôle de ces immenses territoires, d'un point à l'autre du royaume le long des axes balisés par les forteresses relais.
142. Tigrane, roi d'Arménie, avait accueilli son beau-père Mithridate après sa défaite contre Lucullus (voir Lucullus, XIX, 1). Son attitude a visiblement changé avec l'arrivée de Pompée (infra, XXXIII, 2) et oblige Mithridate à fuir vers le Nord, en direction du Caucase, l'Est lui étant désormais fermé avec l'Arménie.
143. Cette version est contradictoire à celle qui montre, en 66, un Lucullus réduit par les mutineries de son armée à laisser Tigrane ravager la Cappadoce et Mithridate reprendre l'offensive (voir Lucullus, XXXV, 6). La lourde défaite infligée par Lucullus à Mithridate et à Tigrane devant Artaxata (Lucullus, XXXI, 7-9) avait considérablement entamé les capacités des deux rois.
144. Sur le diadème de Tigrane et sa valeur symbolique, voir Lucullus, XXVIII, 6-7 et XLVI, 2.

prendre à Lucullus, qui lui avait enlevé la Syrie, la Phénicie, la Cilicie, la Galatie, la Sophène[145] : quant à ce qu'il avait gardé jusqu'à son arrivée à lui, Pompée, il pourrait le conserver, à condition de payer aux Romains une indemnité de six mille talents pour ses torts envers eux, et son fils régnerait sur la Sophène. 6. Ces conditions satisfirent Tigrane et, comme les Romains l'avaient salué du titre de roi, il en fut si ravi qu'il promit de donner à chaque soldat une demi-mine d'argent, à chaque centurion dix mines, à chaque tribun, un talent. 7. Mais son fils était contrarié et, invité à dîner, il déclara qu'il n'avait nul besoin de recevoir de tels honneurs de Pompée, car il saurait bien trouver lui-même un autre Romain. Cela lui valut d'être enchaîné et réservé pour le triomphe. 8. Peu de temps après, le Parthe Phraate envoya réclamer le jeune homme, déclarant qu'il était son gendre, et demanda de considérer l'Euphrate comme la limite de leurs deux empires[146]. Pompée répondit que Tigrane avait plus de liens avec son père qu'avec son beau-père et que, pour les frontières, il respecterait la justice.

XXXIV. 1. Laissant l'Arménie sous la garde d'Afranius[147], Pompée se lança à la poursuite de Mithridate et il dut traverser les peuples qui habitent autour du Caucase. 2. Les plus puissants d'entre eux sont les Albans et les Ibériens : ces derniers s'étendant jusqu'aux monts Moschiques et au Pont, les Albans faisant face à l'Orient et à la mer Caspienne[148]. 3. Les Albans accordèrent d'abord le passage à Pompée sur sa demande mais, comme l'hiver avait surpris l'armée dans leur pays et que les Romains célébraient la fête des Saturnales[149], ils les attaquèrent, avec au moins quarante mille hommes, après avoir passé le Cyrnos, fleuve qui naît dans les monts d'Ibérie, reçoit l'Araxe qui vient d'Arménie, et se jette dans la mer Caspienne par douze bouches[150].

---

145. L'accumulation souligne l'ampleur des contrées encore conservées par Lucullus au moment de son départ. Pompée règle ici de manière personnelle la diplomatie orientale : son attitude est plus celle d'un prince oriental, qui dicte ses conditions territoriales et financières et réorganise à sa guise l'espace conquis, que celle d'un général envoyé par la République romaine.

146. Le royaume Parthe, apparu vers 250 dans le sud-est de la mer Caspienne (nord-est de l'Iran actuel), s'était détaché de l'empire séleucide sous l'action énergique de princes d'origine scythe. Il avait progressivement étendu sa suzeraineté jusqu'à l'Euphrate, à l'Ouest, et, à l'Est, jusqu'au sud de la mer d'Aral et à la côte septentrionale du golfe Persique, grâce à la dynastie des Arsacides. Rome ne parvint jamais à le réduire malgré des succès ponctuels.

147. Originaire du Picenum comme Pompée, Lucius Afranius, qui était déjà son légat en Espagne contre Sertorius (voir Sertorius, XIX, 5-10), lui fut fidèle jusqu'à la fin de la guerre civile. Consul en 60, il se révéla bien moins bon politique que militaire (Dion Cassius, XXXVII, 49, 3).

148. Populations non indo-européennes situées entre la mer Noire et la mer Caspienne, au pied du Caucase : les Ibériens à l'Ouest jusqu'à la limite avec le royaume du Pont et les Albans à l'Est.

149. Les Saturnales, fêtes du solstice d'hiver célébrées à Rome le 17 décembre, donnaient lieu à des cérémonies carnavalesques où les esclaves prenaient la place des maîtres. Les activités militaires étaient suspendues et l'armée, occupée par ces rites festifs, était naturellement plus vulnérable.

150. Le Cyrnos est le Koura, qui prend sa source en Géorgie et, grossi de l'Araxe en Azerbaïdjan, se jette au sud-ouest de la mer Caspienne.

4. Selon certains, cependant, l'Araxe n'est pas un affluent du Cyrnos ; les deux fleuves restent séparés et se jettent, tout près l'un de l'autre, dans la même mer. 5. Pompée aurait pu empêcher les ennemis de traverser, mais il les laissa faire à loisir, puis tomba sur eux, les mit en déroute et les massacra en grand nombre. 6. À la prière de leur roi, qui lui envoya des ambassadeurs, il leur pardonna cette violation du droit et conclut un accord avec eux. Après quoi, il marcha contre les Ibériens[151], qui n'étaient pas moins nombreux que les premiers, et plus combatifs : ils désiraient vivement complaire à Mithridate et refouler Pompée. 7. Les Ibériens n'avaient été soumis ni aux Mèdes ni aux Perses ; ils avaient échappé également à la domination des Macédoniens, Alexandre ayant dû partir en hâte d'Hyrcanie[152]. 8. Cependant, Pompée les mit en déroute eux aussi au cours d'une grande bataille : il leur tua six mille hommes et fit plus de dix mille prisonniers. Il entra ensuite en Colchide où Servilius, à la tête de la flotte avec laquelle il contrôlait le Pont-Euxin, vint à sa rencontre à l'embouchure du Phase[155].

XXXV. 1. La poursuite de Mithridate, lequel s'était enfoncé au milieu des peuples qui entourent le Bosphore et le Palus Méotis[154], présentait de grandes difficultés : de plus, on annonça à Pompée que les Albans avaient de nouveau fait défection. 2. Poussé par le ressentiment et la colère, il fit volte-face, repassa le Cyrnos à grand-peine et avec témérité, car les Barbares avaient fortifié la rive avec des pieux sur une grande distance. Comme une longue route l'attendait, sans eau et difficile, Pompée fit remplir dix mille outres d'eau et se lança à la poursuite des ennemis. 3. Il les trouva rangés en ordre de bataille devant le fleuve Abas : ils avaient soixante mille fantassins et douze mille cavaliers, mais leur armement était misérable et, pour la plupart, il ne s'agissait que de peaux de bêtes. 4. Ils étaient commandés par un frère du roi, nommé Cosis. Celui-ci, dès qu'on en vint au corps à corps, se jeta sur Pompée et le frappa d'un javelot au défaut de la cuirasse, mais Pompée le transperça de sa propre main et le tua. 5. Au cours de cette bataille, dit-on, des Amazones

---

151. Pompée a, depuis l'Arménie, remonté le cours de l'Araxe vers le Nord-Est et affronté les Albans à proximité du confluent entre l'Araxe et le Koura. Il se retourne ensuite vers l'Ouest pour attaquer les Ibériens.
152. La référence aux Mèdes, aux Perses et aux Macédoniens n'est pas une citation gratuite d'érudition historique : elle met en évidence, par opposition, la grandeur de la victoire de Pompée, qui surpasse ici tous les grands conquérants orientaux, de Darius Ier à Alexandre le Grand et Antiochos III.
153. Pompée a utilisé une stratégie courante des généraux de l'Antiquité qui s'avançaient en terre inconnue (voir Alexandre, LXVI et suiv.) : elle consistait à assurer les arrières de l'armée de terre par un mouvement parallèle de la flotte, qui servait à la fois d'appui logistique, de renfort et d'éventuel moyen de retraite. Servilius, qu'il est difficile d'identifier avec un des Servilii connus (Publius Servilius Isauricus le Jeune ? Servilius Caepio ?), a longé les côtes méridionale et orientale de la mer Noire et rejoint Pompée à l'embouchure du Rion (le Phase), actuel fleuve de Géorgie qui se jette dans la mer Noire à Poti.
154. Il s'agit du Bosphore Cimmérien, le détroit de Kertch à l'est de la presqu'île de Crimée, et de la mer d'Azov. Les difficultés logistiques et militaires auxquelles Pompée se trouva confronté rendaient impossible la poursuite de Mithridate.

POMPÉE

combattirent aussi aux côtés des Barbares : elles étaient descendues des montagnes qui entourent le fleuve Thermodon. Après la bataille, lorsque les Romains dépouillèrent les Barbares, ils trouvèrent des boucliers et des cothurnes d'Amazones ; cependant on ne vit aucun cadavre de femme[155]. 6. Les Amazones occupent la partie du Caucase qui s'étend vers la mer Hyrcanienne ; elles ne sont pas limitrophes des Albans dont elles sont séparées par les Gèles et les Lèges ; chaque année pendant deux mois, elles les rejoignent au bord du Thermodon et s'unissent à eux, puis les quittent et retournent vivre entre elles.

XXXVI. 1. Après la bataille, Pompée se dirigea vers l'Hyrcanie et la mer Caspienne[156] mais, alors qu'il n'en était qu'à trois jours de marche, il dut rebrousser chemin à cause de la quantité de serpents qui infestaient l'endroit et dont le venin était mortel. Il se retira dans la petite Arménie. 2. Le roi des Élyméens et celui des Mèdes lui ayant envoyé des ambassadeurs, il leur répondit amicalement. Comme le roi des Parthes avait envahi la Gordyène et massacrait les sujets de Tigrane, Pompée envoya contre lui une armée, avec Afranius, qui le repoussa et le poursuivit jusqu'au territoire d'Arbèles[157].
3. De nombreuses concubines de Mithridate lui furent amenées, mais il n'en approcha aucune et les renvoya toutes à leurs parents et à leurs proches. La plupart d'entre elles étaient filles ou femmes de généraux ou de princes[158]. 4. Quant à

---

155. Arrivé aux confins du monde, Pompée, comme tous les grands conquérants (et notamment Alexandre), affronte des êtres mythiques qui le projettent dans la légende et l'égalent aux héros comme Héraclès, Thésée ou les Argonautes. Les Amazones, situées par Plutarque au nord du Caucase sur les bords de la Caspienne, prennent ici une réalité humaine avec la découverte des cothurnes et des peltes, ces boucliers en demi-lune attribués aux Amazones par l'imagerie antique. Elles n'en gardent pas moins leur sauvagerie mythique de combattantes et leur tradition de polyandrie éphémère auprès des populations du sud du Caucase. Le Thermodon, fleuve mythique à situer, si l'on suit Plutarque, au pied du Caucase, était placé, dans la geste d'Héraclès (épisode de la ceinture d'Hippolyte) et dans celle des Argonautes (marche sur la Colchide), entre la Cappadoce et la mer Noire.
156. La volonté d'atteindre la Caspienne s'explique en partie par l'épopée d'Alexandre, pour qui cette mer avait représenté la limite septentrionale de son périple conquérant. Il en avait fait prélever et analyser l'eau pour savoir si la Caspienne était un lac (donc une mer fermée, remplie d'eau douce) ou un golfe de l'Océan supérieur qui entourait la terre vers le Nord. Persuadé que la Caspienne était une mer fermée (ce qui est vrai), Alexandre en avait proclamé l'eau douce (ce qui est faux) : l'observation (peut-être elle-même fictive) devait coïncider avec la théorie, et non l'inverse ! Pompée se fit, lui aussi, apporter de l'eau de la Caspienne et, comme Alexandre, la déclara douce (voir Pline l'Ancien, Histoire naturelle, VI, 51, 52).
157. Les Mèdes occupaient les régions riveraines du sud-ouest de la mer Caspienne, au nord du Kurdistan irakien actuel. Les Élyméens étaient situées sur les rives du Choaspe, fleuve à l'est du Tigre, et le long des côtes du golfe Persique, dans le sud-est de l'Iran actuel. Située au sud de l'Arménie, la Gordyène s'identifie au sud du Kurdistan actuel, de part et d'autre de la frontière entre la Turquie et l'Irak.
158. L'attitude de Pompée, qui peut être interprétée comme une marque supplémentaire de son respect des femmes sur lequel Plutarque revient à plusieurs reprises, sert aussi à souligner le contraste entre le général romain vertueux jusque dans la victoire et le despote oriental incarné ici par Mithridate.

Stratonice, qui avait le plus haut rang et qui gardait la forteresse la plus riche en or, c'était, semble-t-il, la fille d'un joueur de lyre peu fortuné et déjà vieux. Comme elle jouait de la lyre au cours d'un banquet, elle avait aussitôt séduit Mithridate qui alla dormir avec elle, et renvoya le vieillard, mécontent de n'avoir même pas obtenu la moindre parole aimable; 5. mais à l'aube, lorsqu'il s'éveilla, il vit à l'intérieur de sa maison des tables couvertes de coupes d'argent et d'or, une foule de serviteurs, des eunuques et de jeunes esclaves qui lui apportaient des vêtements de grand prix et, devant sa porte, un cheval paré comme ceux des amis du roi. Croyant qu'on cherchait à le tourner en dérision et à se moquer de lui, il voulut s'enfuir au dehors. 6. Les serviteurs l'en empêchèrent et lui dirent que le roi lui avait fait don d'une grande maison, propriété d'un homme riche qui venait de mourir: les biens qu'il avait devant les yeux n'étaient que de modestes débuts, des signes avant-coureurs des autres richesses et possessions qui l'attendaient. 7. Il se laissa donc convaincre à grand-peine. Alors, saisissant le manteau de pourpre et bondissant à cheval, il parcourut la cité en criant: «Tout cela est à moi!» 8. Et aux rieurs, il lançait: «Ce qui doit vous étonner, ce n'est pas cela, mais que, dans les transports de ma joie, je ne lance pas de pierres aux passants.» Telle était donc la famille, tel était le sang de Stratonice. 9. Elle livra la place forte à Pompée et lui apporta de nombreux présents dont il n'accepta que ce qui lui parut propre à orner les temples et à donner de l'éclat à son triomphe; il invita Stratonice à bien vouloir conserver le reste. 10. De même, lorsque le roi des Ibériens lui fit envoyer un lit, une table et un trône, le tout en or, et le pria de les accepter, Pompée remit ces objets aux questeurs pour le trésor public[159].

XXXVII. 1. À Caïnon Phrourion[160], Pompée trouva des écrits secrets de Mithridate; il ne fut pas mécontent de les parcourir, car ils donnaient un bon aperçu du caractère de son ennemi. 2. Il y avait en effet des mémoires révélant que Mithridate avait empoisonné de nombreuses personnes, entre autres son fils Ariarathès et Alcée de Sardes, parce que ce dernier l'avait emporté sur lui à l'occasion d'une course de chevaux. 3. Il y avait aussi l'interprétation écrite de quelques songes de Mithridate lui-même et de certaines de ses femmes, ainsi que des lettres passionnées de Monime[161] à lui et de lui à elle. 4. Selon Théophanès, on découvrit également un discours de Rutilius[162], incitant

---

159. L'image de Pompée vient en contrepoint: celle du général de la republica *qui ne conserve du butin que ce qu'il offrira aux dieux, au peuple ou à l'État. Pompée apparaît sous ce jour comme l'antithèse de Lucullus, enrichi par son butin.*
160. Caïnon Phrourion («Nouvelle Citadelle») n'est pas identifié (mais décrit dans Strabon, XII, 3, 31). Il s'agit à l'évidence d'une de ces forteresses relais qui jalonnaient les royaumes orientaux et servaient de réserve à la logistique royale.
161. Monime, épouse grecque de Mithridate originaire de Milet, avait la réputation d'une héroïne de tragédie: elle avait refusé les cadeaux de Mithridate et n'avait accepté ses avances que quand il s'engagea à la proclamer reine. Elle tenta de se suicider en se pendant avec son diadème (voir Lucullus, *XVIII, 3-7).*
162. Théophanès de Mytilène, compagnon et confident de Pompée jusque dans la guerre civile, fut son historiographe officiel (ou plutôt son hagiographe), du vivant même de celui-ci: Cicéron, en 62, le

le roi à massacrer les Romains d'Asie. Cependant, la plupart des historiens supposent à bon droit qu'il s'agit là d'une accusation malveillante de Théophanès qui sans doute détestait Rutilius, lequel ne lui ressemblait en rien, et qui, vraisemblablement, souhaitait également complaire à Pompée dont Rutilius dans ses *Histoires* avait peint le père comme un criminel.

XXXVIII. 1. De là, Pompée se rendit à Amisos où l'ambition l'exposa aux attaques de la Némésis[163]. Il avait lancé force sarcasmes contre Lucullus pour avoir, du vivant de son ennemi, rédigé des ordonnances et distribué gratifications et honneurs, ce qu'on ne fait habituellement qu'une fois la guerre achevée, lorsqu'on est sûr de sa victoire. 2. Mais, alors que Mithridate était maître du Bosphore et avait rassemblé une armée considérable, Pompée agissait de la même manière que Lucullus, comme si tout était achevé : il organisait les provinces et distribuait des gratifications, entouré d'un grand nombre de chefs et de princes ainsi que de douze rois barbares qui étaient venus le rejoindre. 3. Pour cette raison, il ne daigna pas, dans sa réponse au Parthe, le saluer comme d'ordinaire du titre de Roi des rois, car il souhaitait faire plaisir aux autres monarques. 4. Un désir passionné[164] le tenait de reprendre la Syrie et de s'avancer à travers l'Arabie jusqu'à la mer Rouge, afin d'atteindre par ses victoires l'Océan qui entoure de tous côtés le monde habité. 5. En effet il avait été le premier, en Afrique, à s'avancer en maître jusqu'à la mer Extérieure[165] ; de la même manière, en Espagne, il avait donné pour limite aux Romains l'océan Atlantique et en troisième lieu, récemment, lorsqu'il poursuivait les Albans, il avait failli parvenir à la mer Hyrcanienne. 6. Il partit donc pour ajouter la mer Rouge au cercle de ses expéditions militaires. Du reste, il voyait qu'il était très difficile de donner la chasse à Mithridate par les armes et que celui-ci était plus dangereux quand il fuyait que lorsqu'on lui livrait bataille[166].

---

qualifiait de scriptor rerum suarum *: son historien personnel* (Pour Archias, 24). *Voir Robert (1969).*
Publius Rutilius Rufus, consul en 105, exilé après une accusation de concussion, avait écrit une autobiographie et une histoire de son temps. C'était, selon Cicéron, un orateur médiocre.
*163. Amisos est une grande ville du Pont, sur la côte de la mer Noire. La Némésis, divinité de vengeance, se manifeste particulièrement lorsque les hommes font preuve d'*hybris *en bravant le destin. C'est le cas de Pompée, qui se conduisait en vainqueur et préparait des expéditions au bout du monde alors que Mithridate était encore puissant.*
164. Le «désir passionné» et obsessionnel de Pompée était d'atteindre au Sud, comme il l'avait fait à l'Ouest avec l'océan Atlantique, à l'Est et au Nord avec la mer Caspienne, la limite du monde habité.
165. Pour la géographie antique, la mer Extérieure bordait l'Afrique au Sud, comme elle bordait l'Europe à l'Ouest (océan Atlantique) et au Nord (la mer Caspienne n'en était qu'un golfe) et l'Asie à l'Est. C'est ici la seule mention, sans doute empruntée à Théophanès, d'une avancée africaine de Pompée jusqu'à la mer Extérieure, mention qui ne peut évidemment, aux yeux de notre géographie actuelle, que relever du mythe hagiographique.
166. Sa dévorante passion de gloire fit commettre à Pompée une grossière bévue stratégique : pour la gloriole d'atteindre la mer Extérieure méridionale, il dégarnit le front d'Asie Mineure où Mithridate était resté puissant dans le Bosphore Cimmérien.

XXXIX. 1. Pour cette raison il déclara : « Je vais lui laisser un ennemi plus fort que moi, la faim ! » et il disposa des navires pour arrêter les marchands qui faisaient voile vers le Bosphore : tous ceux qui étaient pris étaient punis de mort. 2. Puis il se mit en marche, emmenant avec lui le gros de son armée. Il trouva sur sa route les cadavres encore sans sépulture des soldats qui, avec Triarius, avaient succombé dans un combat malheureux contre Mithridate[167] et les enterra tous avec éclat et honneur : Lucullus avait négligé de le faire, ce qui avait été, semble-t-il, la principale cause de la haine qu'on lui vouait. 3. Ayant soumis, par l'intermédiaire d'Afranius, les Arabes qui entourent l'Amanus[168], il descendit lui-même en Syrie et prit prétexte du fait qu'elle n'avait pas de rois légitimes pour la déclarer province et propriété du peuple romain[169] ; il conquit aussi la Judée et s'empara du roi Aristoboulos[170]. 4. Il fonda des cités et en libéra d'autres en châtiant les tyrans qui s'y trouvaient. Il passait la plus grande partie de son temps à rendre la justice : il réglait les différends entre les cités et les rois[171] et, quand il ne se déplaçait pas lui-même, il envoyait ses amis. 5. Ce fut le cas lorsque les Arméniens et les Parthes le chargèrent d'arbitrer un conflit territorial qui les divisait : il leur adressa trois juges et conciliateurs. 6. En effet, si sa puissance était en grand renom, sa vertu et sa douceur ne l'étaient pas moins. Il allait jusqu'à tenir secrètes la plupart des offenses dont ses amis et ses compagnons se rendaient coupables à son égard, car par nature il n'était pas fait pour réprimer ou châtier les fautifs ; avec tous ceux qu'il rencontrait, il se comportait de manière à supporter de bon cœur même leur avidité et leur dureté.

XL. 1. Celui qui avait le plus d'influence sur lui était Démétrius, un affranchi[172] : dans l'ensemble, ce jeune homme ne manquait pas d'intelligence, mais il se fiait

---

167. *Pompée partit d'Amisos et trouva, près de Zéla, au sud du royaume du Pont, les cadavres d'une fraction de l'armée de Lucullus, dont le chef, Caius Valerius Triarius, avait imprudemment affronté Mithridate sans attendre les troupes que Lucullus ramenait de Gordyène (voir* Lucullus, *XXXV, 1-5).*
168. *Région située entre la Cilicie, au Nord, et la Syrie, au Sud, correspondant à la zone côtière actuelle de part et d'autre de la frontière syro-turque.*
169. *La province pompéienne de Syrie correspond à la partie occidentale de la Syrie actuelle, d'où avait été chassé Antiochos XIII par les tribus arabes.*
170. *Sollicité comme recours par les deux partis opposés d'Hyrcan II et d'Aristoboulos II en Judée, Pompée s'empara de Jérusalem en 63, après trois mois de siège, et installa Hyrcan comme grand prêtre (voir Flavius Josèphe,* Antiquités judaïques, *XIV, 34-66).*
171. *L'organisation du contrôle du territoire par Pompée prit deux formes diverses mais bien adaptées à la réalité du terrain et aux possibilités de Rome. Certains territoires furent administrés directement par Rome sous statut provincial (organisation des provinces de Bithynie et de Syrie, où furent créées des* politeiaï, *circonscriptions administratives dépendant de chefs-lieux urbains), l'essentiel de la « conquête » fut laissé à la garde de rois ou de princes vassaux entièrement inféodés à Rome, notamment en Galatie, en Cappadoce et à l'est de la Syrie (voir Liebmann-Frankfort, 1969).*
172. *Nombreux étaient les esclaves comme Démétrius, qui tenaient dans les affaires de leur maître un rôle important qui perdurait après leur affranchissement. Par l'affranchissement, les esclaves devenaient*

trop à la Fortune. Voici ce qu'on raconte à son sujet. 2. Le philosophe Caton, qui était encore jeune mais déjà très célèbre et très fier, descendait à Antioche, où Pompée était absent, dans l'intention de visiter la cité[173]. Il allait lui-même à pied, comme toujours, mais les amis qui faisaient route avec lui étaient à cheval. 3. Apercevant devant la porte de la ville une foule d'hommes vêtus de blanc et, le long de la route, en deux groupes, d'un côté les éphèbes, de l'autre les enfants, il en fut contrarié, croyant qu'on voulait l'honorer et le flatter, ce qu'il ne souhaitait nullement. 4. Il pria cependant ses amis de descendre de cheval et de marcher à ses côtés. Lorsqu'ils furent tout près, l'ordonnateur et l'organisateur des cérémonies, qui portait une couronne et une baguette, vint à leur rencontre et leur demanda où ils avaient laissé Démétrius et quand il arriverait. 5. Les amis de Caton se mirent à rire; quant à Caton, il s'écria: «Malheureuse cité!» puis il poursuivit son chemin, sans répondre davantage. 6. Cependant, Pompée atténuait la jalousie qu'inspirait ce Démétrius en se laissant lui-même humilier par lui sans se fâcher. 7. À plusieurs reprises, dit-on, au cours de réceptions, alors que Pompée attendait les autres invités et les accueillait, Démétrius était déjà allongé avec insolence, la toge relevée sur la tête d'une oreille à l'autre. 8. Il n'était pas encore de retour en Italie, qu'il avait acquis les plus beaux faubourgs et les plus beaux lieux de détente de Rome, ainsi que des jardins de grand prix que l'on nomma jardins de Démétrius[174], alors que jusqu'à son troisième triomphe, Pompée lui-même n'eut qu'un logement modeste et simple. 9. Par la suite, quand il eut fait construire pour les Romains son beau théâtre, si fameux, il se fit édifier, comme une annexe à ce monument, une maison plus belle que la première, mais qui ne pouvait, elle non plus, susciter la jalousie[175]:

---

des citoyens à quelques restrictions près (seul l'accès aux magistratures, aux sacerdoces et à l'armée leur était interdit) et leur descendance avait, dès la première génération, la citoyenneté à part entière. Leur puissance auprès de leurs anciens maîtres et leur intégration massive dans le corps citoyen, qui en changeait la nature, étaient sujets traditionnels d'amertume pour les moralisateurs et les philosophes de l'aristocratie sénatoriale conservatrice. De Démétrius, Sénèque écrivait qu'il ne rougissait pas d'être plus riche que Pompée (De la sérénité de l'âme, VIII, 6).

173. L'anecdote met en scène des éléments symboliques: Caton, qui incarnait les valeurs les plus traditionnelles de la respublica *conservatrice, Antioche, capitale orientale des rois Séleucides, ville de licence et de décadence morale aux yeux des Romains, Démétrius, esclave affranchi d'origine orientale, et Pompée.*

174. Démétrius, dont les jardins ne sont pas autrement connus, prit une part importante dans l'aménagement du théâtre de Pompée au Champ de Mars (voir Dion Cassius, XXXIX, 38, 6).

175. La maison de Pompée sur le Champ de Mars était cependant un immense palais dont le jardin, à lui seul, était plus grand que le forum romain. La formule de Plutarque qui fait de la demeure pompéienne «comme une annexe» du théâtre est particulièrement révélatrice: elle lie son théâtre de marbre, le premier théâtre en dur construit à Rome muni d'un extraordinaire programme de décoration architecturale, à sa maison aux proportions gigantesques. Le théâtre était par excellence l'édifice symbole du pouvoir et le complexe du Champ de Mars pompéien apparaissait ainsi comme le nouveau centre politique de l'Urbs, siège (la maison palais) et exaltation (le théâtre) de la toute-puissance de Pompée maître de Rome. Voir Coarelli (1977); Gros (1987); Sauron (1987).

celui qui en devint propriétaire après lui s'étonna en y entrant et demanda où dînait le Grand Pompée. Voilà du moins ce qu'on raconte.

XLI. 1. Le roi des Arabes de la région de Pétra[176], qui jusque-là ne faisait aucun cas de la puissance des Romains, fut pris alors d'une grande terreur et écrivit qu'il était décidé à obéir à Pompée et à exécuter toutes ses volontés. Pour l'affermir dans cette résolution, Pompée conduisit son armée devant Pétra. Cette expédition ne fut pas sans susciter les critiques de la foule : 2. les gens avaient l'impression que c'était là une dérobade pour ne pas poursuivre Mithridate, et voulaient le voir se tourner contre ce vieil adversaire, qui cherchait encore à rallumer la guerre et s'apprêtait, annonçait-on, à traverser la Scythie et la Péonie pour lancer son armée contre l'Italie[177]. 3. Mais Pompée, qui jugeait plus facile de détruire les forces du roi si celui-ci faisait la guerre que de s'emparer de sa personne s'il fuyait, ne voulait pas s'user en vain à le poursuivre ; il cherchait à faire diversion et à traîner la guerre en longueur. 4. La Fortune le tira d'embarras. Il ne lui restait plus beaucoup de route avant d'atteindre Pétra et, ce jour-là, le camp étant déjà installé, il faisait de l'équitation le long du retranchement lorsque des courriers s'avancèrent vers lui à cheval, en provenance du Pont, porteurs de bonnes nouvelles, comme l'indiquaient les pointes de leurs lances, couronnées de laurier. 5. À cette vue, les soldats accoururent auprès de Pompée. Celui-ci voulut d'abord continuer son exercice, mais devant leurs cris et leurs supplications, il sauta de cheval, prit la lettre et entra dans le camp. 6. Il n'y avait pas de tribune et les soldats n'avaient pas le temps d'en élever une, comme ils le font d'ordinaire, en ramassant de grosses mottes de terre et en les entassant les unes sur les autres ; alors, dans leur hâte et leur enthousiasme, ils assemblèrent les bâts des bêtes de somme et en firent une estrade. 7. Pompée y monta et leur annonça que Mithridate était mort, poussé au suicide par la défection de son fils Pharnace, et que ce dernier s'était attribué toutes les terres de son père ; il écrivait qu'il en prenait possession pour lui et pour les Romains[178].

XLII. 1. Là-dessus, l'armée, transportée d'une joie bien naturelle, se mit à sacrifier et à festoyer, comme si dans la personne de Mithridate, c'étaient des dizaines de milliers

---

176. *Aujourd'hui en Jordanie, à la limite du désert d'Arabie, à quelque 150 km au nord du golfe d'Akaba.*
177. *Le reproche était, en soi, justifié : Pompée avait lâché la proie pour l'ombre. Les projets d'une offensive vers l'Occident (ici par le Nord, à travers la Thrace et l'Illyrie) ont été à diverses reprises prêtés à Mithridate, comme ils avaient été prêtés à Alexandre, avec plus ou moins de vraisemblance. Les seuls faits témoignant de menées occidentales de Mithridate, si on fait exception du soulèvement des cités grecques d'Europe en 89-88, sont les contacts qu'il entretint avec Sertorius par l'intermédiaire des pirates durant les années 75-72, mais il s'agissait d'affaiblir les positions des armées romaines en Orient par l'entretien d'un front occidental et non pas de projet concret d'une offensive vers l'Italie.*
178. *Mithridate s'était fait tuer, en 63, par son garde du corps après la double révolte du gouverneur de Phanagoria, sur le détroit de Kertch, et de son fils Pharnace dans Panticapée, sur l'autre rive du détroit. Pharnace, à qui Pompée donna le titre de roi du Bosphore, entrait ainsi provisoirement dans la souveraineté romaine et s'ajoutait à la liste nombreuse des princes et roitelets qui assuraient indirectement pour Rome le contrôle des territoires orientaux.*

d'ennemis qui étaient morts. 2. Pompée, qui avait couronné ses actions et ses campagnes par une fin beaucoup plus facile qu'il ne l'avait imaginée, quitta aussitôt l'Arabie[179]. 3. Après avoir traversé rapidement les provinces qui l'en séparaient, il parvint à Amisos, où il trouva de nombreux présents envoyés par Pharnace et de nombreux cadavres de princes, dont celui de Mithridate lui-même qui n'était pas vraiment reconnaissable à son visage, car les embaumeurs avaient oublié de faire écouler le cerveau, 4. mais ceux qui demandèrent à le voir le reconnurent à ses cicatrices. Pompée lui-même n'accepta pas de le regarder et, pour détourner la Némésis, il l'envoya à Sinope[180]. 5. Mais les vêtements qu'il portait et ses armes suscitèrent son admiration par leur taille et leur éclat. Pourtant le fourreau de l'épée, qui avait coûté quatre cents talents, avait été volé par Publius qui le vendit à Ariarathès ; quant au diadème, admirablement ouvragé, Caius, le frère de lait de Mithridate, l'avait donné en secret sur sa demande à Faustus, fils de Sylla. 6. Pompée ne s'en aperçut pas sur le moment mais, par la suite, Pharnace fut informé de ces vols et châtia les coupables. 7. Après avoir réglé et consolidé la situation de cette région[181], Pompée reprit sa marche, de manière désormais plus festive. 8. Arrivé à Mytilène, il émancipa cette cité en l'honneur de Théophanès[182] et assista au concours traditionnel entre les poètes, qui eut pour unique sujet les exploits qu'il avait accomplis. 9. Le théâtre lui plut tellement qu'il en releva le plan et la structure pour en faire élever un semblable à Rome, mais plus grand et plus majestueux[183]. 10. Il se rendit à Rhodes où il écouta tous les sophistes et gratifia chacun d'un talent : Posidonios a laissé le texte écrit du discours qu'il prononça devant lui contre le rhéteur Hermagoras, dont il contestait l'opinion sur les principes généraux de la recherche[184]. 11. À Athènes, il agit de même

---

179. La démonstration devant Pétra fut donc sans conséquence immédiate et l'intervention en Judée, si elle asseyait la position d'arbitre de Rome dans la région, se solda seulement par l'annexion de quelques terres limitrophes à la province de Syrie.

180. Cité côtière, capitale de Mithridate, à 100 km à l'est d'Amisos.

181. Une lex pompeia, encore en vigueur à la fin du Ier siècle après J.-C., organisa sur les rives de la mer Noire une province de Pont et Bithynie, formée des deux anciens royaumes de Mithridate (à l'Est) et de Nicomède (à l'Ouest). La province de Cilicie fut agrandie et furent créées les nouvelles provinces de Crète et de Syrie. Des rois vassaux (Déjotarus en Galatie, Ariobarzane en Cappadoce, Antiochos en Commagène, Tigrane en Arménie, Abgar en Osrohène (au sud de l'Arménie), Pharnace dans le Bosphore Cimmérien) assuraient pour Rome le contrôle du centre de la Turquie actuelle et des rives de la mer Noire extérieures à la province du Pont et Bithynie.

182. Sur Théophanès, voir supra, XXXVII, 4 et note. Il reçut de Pompée le titre de citoyen romain, prenant le nom de Cnaeus Pompeius Theophanes. Sa cité, Mytilène, qui avait été châtiée par Rome (voir Lucullus, IV, 2-3), fut exemptée par Pompée du tribut.

183. Sur le théâtre pompéien du Champ de Mars à Rome, voir supra, XL, 9 et note.

184. Rhodes avait remplacé Athènes dans la fonction de centre intellectuel de l'Orient. Les jeunes Romains, parmi lesquels Cicéron en 77, y faisaient un séjour pour se perfectionner dans l'art oratoire et la philosophie. Posidonios d'Apamée (135-51), qui avait parcouru au début du Ier siècle avant J.-C. les côtes de la Méditerranée, y avait fondé une école, succédant, dans l'enseignement du moyen stoïcisme, à son maître Panaïtios de Rhodes.

avec les philosophes et fit don à la cité de cinquante talents pour la restauration de ses monuments[185]. Il espérait à son arrivée en Italie être le plus illustre des hommes et attendait avec impatience de paraître aux yeux impatients des siens. **12.** Mais la puissance divine, qui est chargée de mêler toujours aux faveurs brillantes et éminentes de la Fortune une part de malheur, s'était insinuée dans sa maison, pour rendre son retour douloureux. **13.** En effet, pendant son absence, Mucia l'avait trompé. Tant qu'il était au loin, Pompée n'avait pas voulu s'inquiéter des propos qu'on lui tenait à ce sujet, mais apparemment, lorsqu'il approcha de l'Italie, il prit le temps de réfléchir et accorda plus d'attention à ces accusations. Il envoya à sa femme une lettre de divorce[186] : il n'écrivit pas alors et ne précisa pas par la suite les motifs de cette répudiation, mais la cause en est indiquée dans des lettres de Cicéron.

XLIII. 1. À Rome, des bruits de toute sorte couraient sur Pompée et suscitaient une grande émotion : on pensait qu'il allait aussitôt faire entrer son armée dans la Ville et y établir solidement sa monarchie[187]. **2.** Crassus en sortit secrètement avec ses enfants et ses biens, soit crainte véritable, soit plutôt, semblait-il, désir de renforcer ces soupçons et d'exacerber la jalousie qu'inspirait Pompée[188]. **3.** Mais, dès son arrivée en Italie, celui-ci réunit ses soldats en assemblée et, après leur avoir tenu les propos de circonstance et leur avoir exprimé son affection, il leur demanda de se disperser, de gagner chacun leurs cités respectives et de s'occuper de leurs affaires privées, en se souvenant seulement de venir le rejoindre pour son triomphe[189].

---

185. Comme Rhodes, Athènes constituait une étape obligatoire du parcours intellectuel que Pompée s'offrit en guise d'apothéose à son aventure militaire orientale. Sa contribution financière est destinée aux édifices endommagés par le sac de Sylla en 86.
186. L'infidélité de Mucia, ici présentée comme un de ces revers traditionnels de la Fortune versatile, est avancée comme cause principale du divorce de Pompée avec sa troisième femme, qu'il avait épousée après la mort d'Aemilia en 81 (voir supra, IX, 2-4). En fait, l'infidélité conjugale, à laquelle César ne fut pas étranger (voir Suétone, César, 50, 1), fut un prétexte anecdotique, la recherche d'une nouvelle épouse marquant une nouvelle stratégie politique de Pompée qui «prit le temps de réfléchir». Répudiant une femme du clan des Metelli, Pompée demanda en mariage la nièce de Caton (voir infra, XLIV, 2). Il cherchait par ce moyen à s'assurer l'appui du clan conservateur dont il avait besoin pour entériner ses acta en Orient et pour tirer de ceux-ci à Rome tout le bénéfice politique : le tribun Quintus Metellus Nepos n'avait pu, ni en 63 ni en 62, lors de la conjuration de Catilina, faire élire Pompée consul en son absence ou le faire rappeler pour rétablir l'ordre. Appuyées par Cicéron, les vues du clan conservateur, et de Caton notamment, avaient triomphé. Il était donc temps de changer de stratégie, d'alliance et de femme.
187. Le syndrome de la sanglante marche sur Rome de Sylla pesa sur le retour de Pompée.
188. Crassus, dont la réconciliation avec Pompée, à l'issue du consulat de 70, ne fut que de façade et éphémère, était considéré à Rome comme le chef du clan des aristocrates populaires, adversaires des conservateurs optimates dont Pompée cherchait à se rapprocher.
189. Les motivations de Pompée, dans le licenciement à Brindisi de son armée, qui le privait de sa principale arme politique, restent obscures. A-t-il cru que la gloire acquise en Orient lui vaudrait sans combattre le pouvoir suprême dans l'Urbs ? C'est l'opinion de Syme qui écrivait qu'en 62 «Pompée était le princeps, sans contestation possible – mais pas à Rome» (Syme, 1967, p. 41).

4. L'armée se dispersa donc et tous l'apprirent, ce qui eut un retentissement extraordinaire. 5. Les cités, voyant le Grand Pompée, sans armes, accompagné d'un petit nombre de familiers, traverser le pays comme s'il revenait d'un voyage ordinaire, se répandirent au-devant de lui, pleines de sympathie, et lui firent jusqu'à Rome une escorte bien plus importante que celle dont il disposait auparavant, de sorte que s'il avait eu l'intention de provoquer des troubles et une révolution, il n'aurait eu aucun besoin de son ancienne armée.

XLIV. 1. Comme la loi lui interdisait d'entrer dans la Ville avant son triomphe[190], il envoya demander au Sénat de reporter l'élection des consuls et de lui accorder cette faveur, pour lui permettre d'appuyer de sa présence la candidature de Pison, mais Caton s'opposa à sa requête et il n'obtint pas satisfaction. 2. Plein d'admiration pour la franchise et l'énergie que Caton était le seul à déployer ouvertement pour défendre le droit, il désira se le concilier à tout prix. Caton ayant deux nièces, il voulut prendre l'une pour épouse et donner l'autre à son fils. 3. Caton soupçonna que cette démarche visait à le compromettre, en le corrompant, d'une certaine manière, par ces liens familiaux. Cependant, sa sœur et sa femme étaient mécontentes de le voir rejeter l'alliance du Grand Pompée[191]. 4. Mais sur ces entrefaites, Pompée, voulant faire élire Afranius au consulat, distribua en son nom de l'argent aux tribus : les gens venaient le toucher dans les jardins de Pompée, 5. si bien que l'affaire fit grand bruit. On reprochait à Pompée de vendre une magistrature qu'il avait obtenue lui-même, comme la plus haute récompense, pour ses succès, à des gens qui étaient incapables de l'acquérir par leurs propres mérites[192]. 6. « Eh bien, dit alors Caton aux femmes de sa maison, voilà des reproches dont nous aurions forcément notre part, si nous nous étions alliés à Pompée. » En l'entendant, elles reconnurent qu'il était meilleur juge qu'elles de ce qu'il convenait de faire.

XLV. 1. L'importance de son triomphe fut telle que, bien qu'il eût été réparti sur deux jours, le temps n'y suffit pas : on dut écarter du spectacle beaucoup d'objets que l'on avait préparés et qui auraient suffi à l'éclat et à la pompe d'une seconde

---

190. Le général vainqueur qui souhaitait le triomphe ne pouvait pénétrer dans la ville avant la cérémonie, sous peine de renoncer à cette distinction : le passage du cortège triomphal sous la porta triumphalis symbolisait en effet avec éclat le retour à la vie civile, la transformation du soldat, lavé des souillures de la guerre, en citoyen. Le futur triomphateur attendait donc au Champ de Mars (qui était hors de l'enceinte sacrée) la décision du Sénat.
191. L'attitude des deux femmes, Servilia sa sœur, intimement liée à César, et Marcia son épouse, qu'il avait cédée à son ami politique Hortensius avant de l'épouser à nouveau, plus riche, après la mort de celui-ci, montre l'influence des coteries féminines dans la vie politique romaine, où elles n'étaient pourtant pas citoyennes. Plutarque fait gloire à Caton de n'avoir pas cédé à ce genre de pression (§ 6).
192. Excellent stratège, Afranius (voir supra, XXXIV, 1) se révéla un lamentable politique. Il ne put en particulier, malgré l'appui énergique du tribun de la plèbe Flavius, faire passer une loi de distribution de terres aux vétérans de Pompée, indispensable pour remplir les promesses faites aux soldats démobilisés.

procession[195]. 2. En tête du cortège, des pancartes[194] annonçaient les différentes nations sur lesquelles il triomphait. C'étaient les suivantes: le Pont, l'Arménie, la Cappadoce, la Paphlagonie, la Médie, la Colchide, les Ibériens, les Albans, la Syrie, la Cilicie, la Mésopotamie, les régions qui entouraient la Phénicie et la Palestine, la Judée, l'Arabie et toutes les possessions des pirates qu'il avait vaincus sur terre et sur mer. 3. On y lisait qu'il avait pris au moins mille places fortes, près de neuf cents cités, huit cents navires pirates, et qu'il avait fondé trente-neuf cités[195]. 4. En outre, il expliquait sur ces écriteaux que les revenus que la cité tirait des impôts, qui se montaient auparavant à cinquante millions de drachmes, avaient été portés par lui à quatre-vingt-cinq millions et qu'il versait dans le trésor public, tant en monnaie qu'en objets d'argent et d'or, vingt mille talents, sans compter les gratifications offertes aux soldats, dont chacun avait reçu au moins une part de mille cinq cents drachmes[196]. 5. Les prisonniers qui figurèrent dans le cortège furent, outre les chefs des pirates, le fils de l'Arménien Tigrane, avec sa femme et sa fille, la femme du roi Tigrane lui-même, Zosimè, le roi des Juifs Aristoboulos, la sœur de Mithridate, cinq de ses enfants et certaines de ses femmes scythes, des otages d'Albans et d'Ibériens et du roi de Commagène[197]. Il y eut aussi un grand nombre de trophées, en nombre égal à toutes les victoires qu'il avait remportées lui-même ou par l'intermédiaire de ses généraux. 6. Ce qui contribuait le plus à sa gloire et qui n'était jamais arrivé auparavant à aucun Romain, c'était qu'il avait célébré son troisième triomphe sur un troisième continent. 7. D'autres certes avaient triomphé trois fois avant lui, mais lui, il avait remporté son premier triomphe en Afrique, son second en Europe, et celui-ci enfin, sur l'Asie: il semblait donc, en quelque sorte, avoir vaincu, par ces trois triomphes, l'ensemble du monde habité[198].

---

*193. Cortège baroque, où le solennel le disputait au fastueux, à l'exotique et au burlesque (lazzi des soldats à l'égard de l'*imperator *comme de la foule de Rome), le triomphe, qui traversait l'*Urbs *dans un parcours rituel de la* porta triumphalis *au Capitole, unissait dans une communion carnavalesque l'*imperator*, ses soldats et la plèbe romaine (voir supra, XIV, 6 et Nicolet, 1976).*

194. Ces panneaux, en latin tituli praelati*, donnaient également le sens des scènes représentées sur des chars, qui retraçaient les grands épisodes des campagnes militaires.*

195. Ce décompte, tiré des archives de campagne, se retrouvait sur les inscriptions monumentales des trophées en pierre qui commémoraient les grandes victoires des imperators*. Pline l'Ancien évoquait ainsi les 876 places fortes prises par Pompée en Gaule et en Espagne et énumérées sur le trophée de Panissars dans les Pyrénées. Il avait également recopié l'inscription gravée dans le sanctuaire de Minerve, à Rome, qui rappelait les 12 183 000 hommes «détruits, dispersés, tués ou soumis», les 846 navires coulés ou pris, les 1 538 places fortes réduites en Orient (VII, 98 et XXXVII, 13).*

196. Le butin était divisé en trois parties, une pour l'État (au trésor ou dans les temples), une pour les gratifications des soldats et une que le général se réservait pour lui-même.

*197. L'exotisme et le tragique de ces exhibitions permettaient à la plèbe de Rome de mesurer la puissance de ses armées et de ses généraux et de partager, le temps du triomphe, le sentiment de la domination universelle, de l'*imperium orbis terrarum.

198. Efficacité de la propagande pompéienne, orchestrée, entre autres, par le rerum scriptor *thuriféraire de Pompée, Théophanès de Mytilène: deux siècles plus tard, c'est l'image que la postérité littéraire retenait de Pompée, l'homme qui avait porté victorieusement les armes romaines aux confins de l'univers habité.*

POMPÉE

XLVI. 1. Il avait alors, à en croire ceux qui tiennent à le comparer en tout point à Alexandre, un peu moins de trente-quatre ans, mais en vérité il approchait de la quarantaine[199]. 2. Comme il eût été préférable pour lui de terminer sa vie, alors qu'il avait la Fortune d'Alexandre, car la suite de son existence lui apporta des bonheurs qui le rendirent odieux et des malheurs sans remède! 3. L'influence qu'il avait acquise dans la cité par des moyens honorables, il la mit au service des autres d'une manière injuste : ce qu'il leur apportait de force, c'était autant qu'il enlevait à sa propre gloire et, sans s'en rendre compte, il fut détruit par la grandeur et l'étendue de sa propre influence[200]. 4. De même que les quartiers et les secteurs les plus solides d'une cité, s'ils tombent au pouvoir de l'ennemi, lui apportent leurs propres forces, de même, ce fut la puissance de Pompée qui permit à César de s'élever contre Rome puis de renverser et d'abattre celui qui l'avait rendu fort contre les autres.

Voici comment les choses se passèrent. 5. Quand Lucullus revint d'Asie, où il avait été humilié par Pompée, les sénateurs le reçurent aussitôt avec éclat et, après le retour de Pompée dont ils voulaient rabaisser la gloire, ils le poussèrent à s'occuper de politique[201]. 6. Or Lucullus, dont l'énergie était par ailleurs déjà émoussée et refroidie, s'était adonné aux plaisirs de la retraite et aux agréments de la richesse. Pourtant, il s'élança aussitôt contre Pompée et l'attaqua énergiquement à propos des ordonnances qu'il avait annulées[202] : il eut le dessus et l'emporta au Sénat, grâce à l'appui de Caton. 7. Rejeté et repoussé[203], Pompée fut contraint d'avoir recours aux tribuns de la plèbe et d'avoir partie liée avec des jeunes gens 8. dont le plus effronté

---

199. *La comparaison avec Alexandre, déjà esquissée en II, 2, sert de transition, sur le mode tragique, vers la deuxième partie de la* Vie *de Pompée (découpage adopté dans la récente étude de Greenhalgh, 1980 et 1981) : fauché en pleine jeunesse et en pleine gloire, Alexandre n'a pas connu la déchéance politique qui, aux yeux de Plutarque, caractérise la fin de carrière de Pompée. En 61, Pompée était âgé de 45 ans.*
200. *Lieux communs de l'imagerie pompéienne durant la période impériale, que l'on retrouve chez Sénèque ou Tacite. Général factieux peu soucieux de la légalité, Pompée, par la guerre civile contre César et le ralliement résigné à sa cause de l'aristocratie conservatrice (et notamment de Caton), gagna la réputation, auprès des historiens et moralistes des premiers siècles de notre ère, de dernier rempart de la légalité républicaine élevé face au dictateur César (voir Greenhalgh, 1981).*
201. *Le revirement du Sénat vis-à-vis de Lucullus ne se produisit qu'au retour de Pompée, en 62-61. De 66 à 63, en effet, Lucullus dut attendre aux portes de Rome que le Sénat lui accorde le triomphe qu'il ne pouvait obtenir s'il pénétrait dans la Ville. Lucullus en profita pour faire construire par ses soldats, qui, comme lui, attendaient la décision sénatoriale, un luxueux palais sur les hauteurs du Pincio, colline du nord de Rome (les restes de cet édifice ont été partiellement fouillés, sous l'actuelle villa Médicis).*
202. *Lucullus fit voter au Sénat, avec l'appui des conservateurs et de Crassus (ce qui constituait une triple alliance contre nature!), la discussion point par point de tous les* acta *de Pompée en Asie, au lieu d'une approbation globale qui aurait permis d'accélérer la procédure de ratification.*
203. *La faction conservatrice, à laquelle Cicéron prêta son éloquence, se vengea des craintes qu'avait fait naître le retour d'un Pompée accompagné de son armée. Pompée ne put, malgré le tribun Flavius et le consul Afranius, faire distribuer des terres à ses vétérans (voir supra, XLIV, 4-5) et Cicéron empêcha le consul Pupius Piso d'obtenir, à sa sortie de charge, la province de Syrie (Cicéron,* Lettres à Atticus, *I, 19, 4). Ces excès poussèrent Pompée vers Crassus, César et les* populares.

et le plus impudent, Clodius[204], s'empara de lui pour le jeter en pâture au peuple : en dépit de sa dignité, il le traînait en tous sens et le promenait sur le forum, et se servait de lui comme garant des propositions écrites ou orales qu'il faisait pour complaire au peuple et le flatter. Bien plus, Clodius réclama même un salaire, comme si au lieu de le déshonorer, il lui rendait service : il obtint par la suite que Pompée abandonnât Cicéron, qui était pourtant son ami et avait souvent œuvré politiquement pour lui. 9. Cicéron, menacé, sollicita le secours de Pompée, mais ne parvint même pas à le voir : Pompée ferma sa cour à ceux qui venaient le trouver et sortit par une autre porte. Redoutant l'issue du jugement, Cicéron s'enfuit secrètement de Rome[205].

XLVII. 1. À cette époque, César, qui revenait d'un commandement militaire[206], entreprit une action qui lui valut sur l'heure un grand crédit et lui apporta par la suite une grande puissance, mais qui fit le plus grand tort à Pompée et à Rome. 2. Il briguait alors le consulat pour la première fois ; voyant qu'en raison du différend entre Crassus et Pompée, il se ferait un ennemi de l'un s'il s'alliait à l'autre, il entreprit de les réconcilier[207]. Dans d'autres circonstances, c'eût été une belle entreprise, utile à la cité, mais elle était inspirée par un motif criminel, et l'habileté avec laquelle elle fut combinée par lui était pleine de fourberie. 3. En effet, dans une cité, comme dans un navire, il faut que les charges soient également réparties pour maintenir l'équilibre ; si elles se trouvent toutes rassemblées et réunies du même côté, il se produit une surcharge qui, faute de contrepoids, provoque la ruine et le naufrage. 4. C'est pourquoi, lorsqu'on disait à Caton que la cité avait été détruite par le différend qui éclata plus tard entre César et Pompée, il déclarait qu'on avait tort d'incriminer seulement la fin : « Ce n'est ni leur discorde ni leur haine, mais bien plutôt leur accord et leur entente qui ont constitué pour la

---

204. Publius Clodius était le fils du patricien Appius Claudius Pulcher (consul en 78) et de Caecilia Metella, la fille de Métellus Baléaricus. Descendant des deux plus puissantes gentes du moment, il s'était fait adopter dans une famille plébéienne (d'où son changement de nom en Clodius) pour faciliter une carrière appuyée par les populares. Démagogue et violent, il fut l'adversaire acharné de Cicéron, mais son tribunat de la plèbe, qu'évoque ici Plutarque, est plus tardif et date de 58. Il mena alors une politique favorable à César, parti en Gaule.
205. L'exil de Cicéron n'intervint qu'en 58, après le consulat de César. Cicéron avait indisposé Pompée par diverses manœuvres (voir supra, XLII, 13 et note et XLVI, 7 et note) et surtout en se présentant ostensiblement, en 62, lors du retour de Pompée d'Orient, comme le seul et véritable sauveur de la République par son action de consul dans l'affaire Catilina.
206. César, après sa préture (en 62), avait obtenu la province d'Espagne Ultérieure (61-60) et demandait le triomphe pour des opérations menées « jusqu'à la mer Extérieure » contre les Lusitaniens (voir César, XI-XII).
207. César avait été élu à l'édilité grâce à l'argent de Crassus et devait également au riche popularis les jeux somptueux qu'il avait organisés à cette occasion. Tout autant qu'au machiavélisme césarien, l'accord entre les trois hommes est le fruit des bévues politiques des conservateurs qui ont rejeté Pompée vers les populares, seuls capables de faire passer les lois de distribution de terres à ses vétérans.

cité le premier fléau et le plus grave[208].» 5. César fut élu consul et aussitôt, pour flatter les pauvres et les indigents, il proposa de fonder des colonies et de distribuer les terres, bafouant ainsi la dignité de sa charge et transformant, d'une certaine manière, le consulat en tribunat de la plèbe. 6. Comme son collègue Bibulus s'opposait à ces projets et que Caton s'apprêtait à soutenir Bibulus[209] de toutes ses forces, César fit monter Pompée à la tribune, bien en vue de tous et, l'appelant par son nom, il lui demanda s'il approuvait les projets de loi. 7. Pompée répondit affirmativement. «Alors, reprit César, si quelqu'un s'oppose à ces lois, tu viendras les défendre devant le peuple? – Tout à fait, répondit Pompée, je viendrai, et contre ceux qui nous menacent de l'épée, j'apporterai, en plus de l'épée, un bouclier[210].» 8. Pompée n'avait semble-t-il rien dit ni fait jusqu'à ce jour d'aussi violent. Ses amis, pour le défendre, prétendirent que ce mot lui avait échappé dans le feu de l'action, 9. mais la manière dont il se conduisit par la suite fit bien voir que dès cette époque il était totalement soumis aux volontés de César. 10. À la surprise générale, il épousa la fille de César, Julia, qui était fiancée à Caepio et devait devenir sa femme quelques jours plus tard; pour radoucir la colère de Caepio, Pompée lui donna sa propre fille, qui avait été promise auparavant à Faustus, fils de Sylla. Quant à César, il épousa Calpurnia, fille de Pison[211].

XLVIII. 1. Ensuite Pompée remplit la Ville de soldats et prit par la force le contrôle de toutes les affaires. 2. Comme le consul Bibulus descendait au forum en compagnie de Lucullus et de Caton, ils furent soudain attaqués: les faisceaux des licteurs furent brisés, on répandit un panier d'ordures sur la tête de Bibulus et deux tribuns de la plèbe qui l'accompagnaient furent blessés. 3. Ayant ainsi chassé du forum les opposants, Pompée et ses amis firent approuver le projet de loi sur la distribution des terres; séduit par cet appât, le peuple leur était désormais soumis et il était prêt à accepter n'importe quelle initiative: sans poser aucune question, il apportait en silence son suffrage aux projets de loi. 4. On ratifia donc les ordonnances de Pompée[212] qui avaient

---

208. La lapidaire formule catonienne, à laquelle Plutarque, comme l'opinion publique impériale, adhère sans réserve, ne doit pas faire oublier que Caton fut, par son aveuglement et son entêtement à l'égard de Pompée, le principal responsable, avec son écho sonore, Cicéron, de la constitution de ce que les historiens contemporains ont appelé improprement «le premier triumvirat».
209. Marcus Calpurnius Bibulus, élu au consulat avec César, était le gendre de Caton et fut élu grâce à l'argent distribué largement par son beau-père. Chaque camp disposait donc d'un consul en 59.
210. L'anecdote, vraisemblable étant donné son retentissement, témoigne d'une clarification des données politiques: le clan des conservateurs avait face à lui une coalition des populares, Crassus et César, et de la force représentée par les soldats de Pompée, toujours disponibles malgré leur démobilisation.
211. Nouvelles alliances supposent nouveaux mariages: l'accord César-Pompée fut scellé par le mariage de Pompée et de Julia et celui de César et de Calpurnia, fille de Lucius Calpurnius Piso Caesoninus, élu au consulat en 58, sénateur de médiocre envergure mais de grande famille contre qui se déchaîna Cicéron dans le discours Contre Pison, *en 56.*
212. Les ordonnances (acta) *de Pompée en Orient, dont Lucullus avait demandé un examen point par point, n'étaient donc toujours pas ratifiées trois ans après le retour du général vainqueur (voir* supra, *XLVI, 6).*

été contestées par Lucullus, César reçut la Gaule Cisalpine et Transalpine[213], ainsi que l'Illyrie pour cinq ans, avec quatre légions complètes, et l'on désigna comme consuls pour l'année suivante Pison, beau-père de César, et Gabinius, le plus exalté des flatteurs de Pompée[214]. 5. Voyant ces agissements, Bibulus s'enferma dans sa maison sans oser en sortir pendant les huit mois que dura encore son consulat, mais il répandait au dehors des écrits remplis d'attaques et d'accusations contre ses deux adversaires. 6. Caton, comme inspiré et possédé par Phoïbos, prédisait en plein Sénat l'avenir qui attendait Rome et Pompée. 7. Lucullus avait renoncé à intervenir et se tenait tranquille, considérant qu'il avait passé l'âge de faire de la politique. Ce fut à cette occasion que Pompée s'écria : « Pour un vieillard, le luxe est encore plus déplacé que la politique ! » 8. Cependant Pompée lui-même se laissa bientôt amollir par l'amour que lui inspirait sa jeune épouse. Il lui consacrait la plus grande partie de son temps et séjournait dans ses domaines et ses jardins, sans se soucier de ce qui se passait sur le forum, si bien que, plein de mépris pour lui, Clodius, alors tribun de la plèbe, se livra aux pires insolences[215]. 9. Après avoir exilé Cicéron et envoyé Caton à Chypre sous prétexte d'une campagne militaire, César étant, de son côté, parti en Gaule, il se vit l'objet de la faveur du peuple, que tous ses actes et toute sa politique visaient à flatter. 10. Il entreprit aussitôt de casser certaines des ordonnances de Pompée ; il lui enleva son prisonnier, Tigrane, qu'il garda avec lui, et il intenta des procès à ses amis, pour mesurer, à travers eux, le crédit de son adversaire[216]. 11. Pour finir, comme Pompée était venu assister à un procès, Clodius, qui avait sous ses ordres une foule pleine d'insolence et de morgue, se plaça dans un endroit bien en vue et se mit à poser les questions suivantes : 12. « Qui est un *imperator* débauché ? Qui est l'homme qui cherche un homme ? Qui est celui qui se gratte la tête avec un seul doigt[217] ? » À quoi les autres, comme un chœur exercé à donner la réplique, répondaient, à grands cris, chaque fois qu'il soulevait sa toge : « C'est Pompée ! »

---

213. À cause des manœuvres de Caton, César n'avait primitivement obtenu, comme charge postconsulaire, que la surveillance des forêts en Italie. C'est le vote populaire des comices tributes qui, sur proposition du tribun de la plèbe Vatinius, lui accorda les provinces de Cisalpine et d'Illyrie auxquelles le Sénat, terrorisé par les soldats de Pompée, ajouta la Gaule Transalpine.
214. L'élection des consuls de 58 (Gabinius et Pison) témoigna également de la toute-puissance de la coalition Pompée-Crassus-César et de la déchéance de l'opposition conservatrice, décrite par Plutarque sous la forme des retraits divers de Bibulus, Caton et Lucullus (§ 5-7).
215. Publius Clodius fut élu tribun de la plèbe pour 58 grâce à l'appui de César. Il accusa Cicéron, vis-à-vis de qui il avait une rancune tenace pour un différend judiciaire, d'avoir fait tuer des citoyens sans jugement lors de l'affaire Catilina et l'obligea à s'enfuir de Rome dans la crainte d'une condamnation (voir Cicéron, *XXVIII-XXXIII). Sa faveur auprès du peuple venait surtout de la loi frumentaire qu'il avait fait voter et qui instituait la distribution gratuite de blé pour les citoyens de Rome.*
216. Les attaques de Clodius contre Pompée furent peut-être commanditées par César lui-même, soucieux d'éviter qu'il ne prît à Rome un ascendant décisif.
217. Geste considéré comme efféminé (voir Plutarque, Comment tirer profit de ses ennemis, *89 E). Les accusations de Clodius (débauche, homosexualité) font partie de l'arsenal traditionnel des démagogues romains.*

XLIX. 1. Ces insolences chagrinaient Pompée, qui n'avait pas l'habitude d'être insulté et manquait d'expérience pour des joutes de cette nature. Ce qui le contrariait encore davantage, c'était de constater que le Sénat se réjouissait de son humiliation et du châtiment qu'il recevait pour avoir trahi Cicéron. 2. Lorsque sur le forum on échangea des coups, qu'il y eut même des blessés et qu'on surprit un esclave de Clodius, qui s'était glissé dans la foule à travers l'escorte de Pompée, une épée à la main, Pompée saisit ce prétexte (alors qu'en fait il redoutait surtout l'impudence et les attaques de Clodius) 3. pour ne plus sortir sur le forum tant que Clodius fut en fonctions. Il ne quitta plus sa demeure, où il étudiait avec ses amis les moyens d'apaiser le ressentiment du Sénat et des aristocrates à son égard. 4. Culléo[218] lui conseillait de répudier Julia et de troquer ainsi l'amitié de César pour celle du Sénat, mais il ne l'écouta pas. Cependant, il se laissa convaincre par ceux qui demandaient le rappel de Cicéron[219], qui était le pire ennemi de Clodius et le meilleur ami du Sénat. 5. Il amena devant le peuple le frère de Cicéron, avec une escorte nombreuse, pour présenter cette demande: il y eut sur le forum des blessés et quelques morts, mais il l'emporta sur Clodius. 6. Cicéron, rappelé par une loi, réconcilia aussitôt Pompée avec le Sénat, et appuya un projet de loi sur la distribution du blé qui d'une certaine manière faisait une nouvelle fois de Pompée le maître de toutes les possessions des Romains sur terre et sur mer[220]. 7. C'était en effet de lui que dépendaient les ports, les marchés, la distribution des récoltes, en un mot, toutes les activités des navigateurs et des paysans. 8. Clodius prétendit qu'on n'avait pas voté la loi à cause de la disette, mais qu'on avait au contraire provoqué la disette pour pouvoir voter cette loi, Pompée cherchant à ranimer et à restaurer, par une nouvelle charge, sa puissance qui s'étiolait comme au sortir d'une léthargie. 9. D'autres prétendent que ce fut là un calcul du consul Spinther, qui avait enfermé Pompée dans de plus hautes responsabilités afin d'être envoyé lui-même au secours du roi Ptolémée[221]. 10. Cependant

---

218. Quintus Terentius Culleo, tribun de la plèbe en 58 et pontife mineur en 57, est un des correspondants de Cicéron (Lettres à Atticus, XV, 5; Lettres à son frère Quintus, II, 2). Irrité des manœuvres de Clodius, Pompée hésitait sur un changement d'alliance qui l'aurait réconcilié avec les conservateurs.
219. Ce fut l'œuvre des consuls pompéiens de 57, Lentulus Spinther et Métellus Népos (réconcilié avec Pompée), et des tribuns amis de Cicéron, Titus Annius Milo et Sestius.
220. Pompée reçut, pour assurer le ravitaillement de la ville (cura annonae, tâche politique de premier plan), outre un imperium majus qui le plaçait au-dessus des gouverneurs provinciaux, la disposition de l'armée, de la flotte et du trésor. Il choisit Cicéron comme légat.
221. Chassé d'Égypte par la révolte des Alexandrins, Ptolémée XIII Aulète, le père de Cléopâtre, après s'être réfugié auprès du gouverneur de Syrie Gabinius, était venu à Rome chercher un soutien militaire. Sa requête ouvrait à un militaire ambitieux un fabuleux champ probatoire et la promesse d'un enrichissement certain. Cette perspective suscita des ambitions: chez Lentulus Spinther, le consul de 57 devenu en 56 gouverneur de Cilicie, comme en témoigne sa correspondance de l'époque avec son ami Cicéron (Lettres à ses familiers, I, 7, 4-5); chez Pompée, qui avait accueilli en hôte dans sa résidence d'Albe le roi fugitif; chez Crassus, qui, soucieux de ne voir personne d'autre partir, avait inventé, après un coup de foudre tombé sur le Capitole, un oracle menaçant d'échec toute intervention en Égypte (voir Dion Cassius, XXXIX, 15, 2).

Caninius, tribun de la plèbe[222], présenta une loi aux termes de laquelle Pompée devait, sans armée, avec deux licteurs, réconcilier le roi avec les Alexandrins. 11. Pompée ne semblait pas hostile à ce projet de loi, mais les sénateurs le rejetèrent, prétendant, de manière spécieuse, qu'ils avaient peur pour ce grand homme[223]. 12. On pouvait trouver des écrits, répandus sur le forum et aux abords de la Curie, affirmant que Ptolémée réclamait Pompée, et non Spinther, pour général. 13. Selon Timagénès[224], Ptolémée s'était mis en marche sans aucune nécessité : s'il avait quitté l'Égypte, c'était à l'instigation de Théophanès qui voulait procurer à Pompée une occasion de s'enrichir et un nouveau commandement. 14. Mais la méchanceté de Théophanès rend ce récit peu convaincant et le caractère de Pompée le rend même suspect, car son ambition n'était pas aussi méchante ni aussi mesquine.

L. 1. Chargé d'organiser et de diriger l'annone, Pompée envoya ses légats et ses amis en beaucoup d'endroits. Quant à lui, il fit voile vers la Sicile, la Sardaigne et l'Afrique, où il rassembla du blé. 2. Comme il s'apprêtait à repartir, un vent violent s'éleva sur la mer et les pilotes hésitèrent. Mais Pompée monta le premier à bord et ordonna de lever l'ancre en criant : « Naviguer est nécessaire, vivre ne l'est pas. » 3. Tant d'audace et d'ardeur, secondées par une heureuse Fortune, lui permirent de remplir les marchés de blé et la mer de navires, à tel point que le surplus suffit à approvisionner même les peuples du dehors et se déversa sur le monde entier comme d'une source intarissable.

LI. 1. À cette époque, les guerres de Gaule avaient grandi César. Alors qu'on le croyait très loin de Rome[225], aux prises avec les Belges, les Suèves et les Bretons, son habileté le rendait, sans qu'on s'en aperçût, présent au milieu du peuple et au centre des affaires les plus importantes, et il manœuvrait politiquement contre Pompée. 2. Il considérait l'armée qui l'entourait comme son propre corps et ce n'était pas contre les Barbares qu'elle était dirigée[226] : les combats qu'il leur livrait ressemblaient à des chasses[227] et à des battues qui lui servaient à entraîner ses troupes, à

---

222. *Lucius Caninius Gallus, tribun en 56.*
223. *La fraction conservatrice du Sénat, appuyée par Cicéron qui commit là une nouvelle erreur politique, humilia une fois encore Pompée et le poussa à nouveau vers César (voir infra, LI).*
224. *Philosophe, rhéteur et historien alexandrin réputé pour sa haine des Romains. Prisonnier à Rome en 55, il fut par la suite le protégé d'Asinius Pollion. Les explications moralisantes de Plutarque ne sont guère convaincantes : Pompée était bel et bien tenté par l'aventure égyptienne.*
225. *En 56 se déroula la troisième campagne de César en Gaule, contre les Vénètes, au sud de la Bretagne actuelle. Le premier débarquement dans la Bretagne antique date de 55.*
226. *C'est là une reconstruction historique a posteriori, qui prête à César des projets machiavéliques de guerre civile dès 56, reconstruction reprise dans le très hagiographique César de J. Carcopino. En fait, les événements de 50-49 montrent que, même à cette époque-là, César n'était pas sûr de lui et qu'il hésita entre la négociation et l'affrontement.*
227. *La description de la guerre des Gaules comme une aimable partie de chasse trouve sa source chez les contemporains mêmes de l'événement, et notamment dans la correspondance de Cicéron (Lettres à son frère Quintus, II, 15, 5 ; Lettres à ses familiers, VII, 12, 1).*

les aguerrir, à les rendre invincibles et redoutables. 3. L'or, l'argent, les autres dépouilles et richesses conquises sur tant d'ennemis, il les envoyait à Rome : il tentait de corrompre ses concitoyens par ces cadeaux, subvenait aux dépenses des édiles, des préteurs, des consuls et de leurs épouses, et se conciliait ainsi de nombreux partisans[228]. 4. Aussi, lorsqu'il eut franchi les Alpes et qu'il vint passer l'hiver à Lucques, une foule d'hommes et de femmes se rassembla auprès de lui, notamment deux cents sénateurs, au nombre desquels Pompée et Crassus ; on vit à ses portes cent vingt faisceaux de proconsuls et de préteurs. 5. Il combla tous ses visiteurs d'espoirs et de richesses, puis il les renvoya. Quant à Pompée et à Crassus, il conclut avec eux un accord au terme duquel ils devaient briguer le consulat[229] ; il les soutiendrait en envoyant voter un grand nombre de ses soldats[230] : dès qu'ils seraient élus, ils se feraient attribuer des commandements de provinces et d'armées[231] et lui confirmeraient pour cinq nouvelles années le pouvoir dont il disposait alors. 6. Lorsque ces conditions furent connues de la foule, les premiers citoyens s'en indignèrent[232] et Marcellinus[233], se dressant dans l'assemblée du peuple en face des deux hommes, leur demanda s'ils allaient briguer le consulat. 7. La foule les pressant de répondre, Pompée prit la parole le premier et déclara qu'il se présenterait peut-être, ou peut-être pas. Crassus fit une réponse plus politique : il adopterait, dit-il, le parti qu'il jugerait utile à la communauté. 8. Comme Marcellinus s'acharnait sur Pompée et semblait vouloir hausser le ton, Pompée déclara : « Marcellinus est bien le plus injuste des hommes. Il n'éprouve aucune reconnaissance, alors que j'ai fait de ce muet un beau parleur, et de cet affamé, un goinfre qui s'empiffre à en vomir ! »

LII. 1. Cependant, alors que les autres candidats renonçaient à briguer le consulat, Caton décida Lucius Domitius à ne pas abandonner : il l'encouragea, en lui disant qu'il ne s'agissait pas de lutter pour une magistrature, mais pour la liberté, contre les tyrans. 2. Les partisans de Pompée, craignant de voir l'énergie de Caton, qui avait déjà le Sénat pour lui, gagner les éléments sains du peuple et les faire changer de camp, empêchèrent Domitius de descendre sur le forum. Ils envoyèrent des

---

228. Il s'agit moins de corruption que d'une pratique courante à Rome : la distribution gracieuse d'argent aux clientes faisait partie des rapports normaux entre le patron et ses clients (voir Veyne, 1976, p. 415-425). Le vertueux Caton avait par ce type de moyens fait élire son gendre Bibulus au consulat en 59.
229. La candidature au consulat de Pompée et de Crassus pour 55 (quinze ans après leur premier consulat commun de 70) faisait pièce à celle de Domitius Ahénobarbus qui avait annoncé son intention de se faire élire et de faire retirer, une fois consul, son commandement à César.
230. Les soldats citoyens, envoyés en permission pour voter à Rome, constituaient à la fois une force électorale non négligeable et une force armée utilisable pour influencer, voire terroriser, l'électorat.
231. Sur les provinces attribuées à Pompée et à Crassus, voir infra, LII, 4.
232. Cicéron, qui reconnaissait avoir été berné en se traitant d'« asinus germanus » (« vrai âne »), fut obligé par Pompée à soutenir devant le Sénat le commandement de César (Sur les provinces consulaires) et à défendre son pire ennemi, le gouverneur de Syrie Gabinius, accusé de concussion.
233. Cnaeus Cornelius Lentulus Marcellinus, ancien légat de Pompée contre les pirates, avait rejoint le camp des conservateurs et était consul en 56.

hommes en armes qui tuèrent l'esclave qui le précédait avec une lanterne et obligèrent les autres à battre en retraite; Caton fut le dernier à se retirer, après avoir été blessé au coude droit en défendant Domitius[234]. 3. Telle fut la route qui mena Pompée et Crassus au consulat, et ils ne se conduisirent pas avec plus de modération par la suite. En premier lieu, alors que le peuple était en train d'élire Caton à la préture et lui apportait son vote, Pompée renvoya l'assemblée en invoquant des augures défavorables[235]; ils corrompirent les tribus à prix d'argent et, au lieu de Caton, ils firent élire Vatinius[236]. 4. Ensuite, par l'intermédiaire du tribun de la plèbe Trébonius[237], ils firent passer des lois qui accordaient à César, comme ils en étaient convenus, un deuxième commandement de cinq ans, qui donnaient à Crassus la Syrie et la conduite de l'expédition contre les Parthes[238], et à Pompée lui-même toute l'Afrique, les deux Espagnes et quatre légions dont il prêta deux à César, sur sa demande, pour faire la guerre en Gaule. 5. Crassus partit pour sa province à la fin de son consulat. Pompée inaugura son théâtre; à l'occasion de sa dédicace, il organisa des concours gymniques et musicaux, ainsi que des combats de bêtes sauvages, où furent tués cinq cents lions et qui se terminèrent par une bataille d'éléphants, spectacle très impressionnant[239].

LIII. 1. Cette magnificence lui avait valu de l'admiration et de l'affection, mais tout aussi vive fut la haine qu'il s'attira pour avoir cédé ses commandements et ses provinces à des légats qui étaient ses amis, tandis que lui-même, dans ses villas de plaisance d'Italie, allait de l'une à l'autre et passait son temps avec sa femme, soit parce qu'il était amoureux d'elle, soit parce qu'elle était amoureuse de lui et qu'il n'avait pas le courage de s'éloigner d'elle, car on raconte aussi cela. 2. On parlait beaucoup de la tendresse que cette jeune épouse portait à son mari : elle était passionnément éprise de lui, en dépit de son âge[240], à cause, semble-t-il, de la fidélité de son époux, qui ne s'approchait que de sa femme légitime, à cause aussi de la gravité de Pompée qui n'avait rien de sévère et donnait à sa compagnie beaucoup de charme et de

---

234. Malgré la puissance des triumvirs, les élections furent retardées jusqu'en janvier 55 par les manœuvres de Caton et les troubles qu'elles suscitèrent. Le coup de force contre Domitius témoigne de la violence de ces affrontements (voir également infra, LIII, 3).
235. Pompée prétendit avoir entendu le tonnerre et fit dissoudre l'assemblée en raison de ce signe défavorable (voir Caton le Jeune, *XLII, 4).*
236. Vatinius est le tribun de la plèbe césarien qui, en 59, avait obtenu des comices tributes le commandement en Gaule Cisalpine et en Illyrie pour César (voir supra, XLVIII, 4).
237. Fils d'un chevalier, il fut questeur urbain en 60 et l'homme des triumvirs durant son tribunat, en 56-55.
238. Elle ouvrait à Crassus la voie vers la gloire militaire qui lui faisait défaut, et l'Espagne, qu'il fit gouverner par ses légats, permit à Pompée de rester aux environs de Rome en disposant, à proximité, des quatre légions d'Espagne.
239. Le faste de l'inauguration du théâtre de Pompée marqua profondément les esprits (voir Sénèque, De la sérénité de l'âme, *XIII, 6-7).*
240. Pompée, en 54, est âgé de 52 ans et Julia de 29.

séduction, surtout aux yeux des femmes, si l'on en croit le témoignage de la courtisane Flora. 3. Lors de l'élection des édiles, comme on en était venu aux mains, plusieurs personnes furent tuées près de Pompée et celui-ci, couvert de sang, dut changer de vêtement : 4. ses serviteurs, en grand émoi, coururent rapporter ses vêtements chez lui. Or, à la vue de sa toge ensanglantée, sa jeune épouse, qui se trouvait enceinte, perdit connaissance ; elle reprit ses esprits à grand-peine, mais le trouble et l'émotion la firent avorter. 5. Aussi, même ceux qui critiquaient le plus l'amitié de Pompée pour César ne lui reprochaient pas son amour pour sa femme. Elle fut enceinte une seconde fois : après avoir donné naissance à une fille, elle mourut des suites de l'accouchement et le nouveau-né ne lui survécut que quelques jours. 6. Pompée s'apprêtait à ensevelir Julia dans sa propriété d'Albe, mais le peuple, de force, emporta le corps sur le Champ de Mars, davantage par compassion pour la jeune femme que par le souci de complaire à Pompée ou à César. Cependant, au cours de ces honneurs funèbres, le peuple parut plus soucieux d'honorer César qui était absent, que Pompée qui était présent[241].

7. Aussitôt la cité fut en effervescence et toutes les affaires publiques furent secouées par la tourmente et par des rumeurs de séditions. On se disait qu'avait disparu le lien de parenté qui jusque-là dissimulait la rivalité des deux hommes plus qu'elle ne la supprimait vraiment. 8. Peu de temps après, on annonça la mort de Crassus chez les Parthes : ainsi se trouvait levé un grand obstacle au déclenchement de la guerre civile. Jusque-là en effet, par crainte de Crassus, les deux hommes étaient restés l'un vis-à-vis de l'autre à peu près dans les limites du droit. 9. Mais lorsque la Fortune eut fait disparaître l'athlète de réserve, on put dire aussitôt, comme le comique que, l'un contre l'autre, chacun

> Se frotta les deux mains dans l'huile et la poussière.

10. On voit combien la Fortune a peu de pouvoir sur la nature[242], dont elle est incapable de combler les désirs. Un empire aussi absolu, un territoire aussi étendu ne purent retenir les deux rivaux. Ils entendaient dire et ils lisaient que

> du tout, l'on fit trois lots

et que chacun des dieux

> reçut sa part d'honneur[243],

mais ils jugeaient que l'Empire romain n'était pas suffisant pour eux deux.

---

241. *Tout comme les triomphes, les funérailles aristocratiques étaient des cérémonies publiques où s'exaltait le rapport de la plèbe avec la* gens *qui se mettait en scène par le cortège funèbre (voir Nicolet, 1976, p. 460-467).*
242. *Le moraliste Plutarque présente comme un conflit de la Fortune et de l'*hybris *de deux individus ce qui est la conséquence de la montée en puissance de nouvelles couches de la société par le biais de l'armée. César et Pompée, comme plus tard Octave, étaient les prisonniers des soldats et des vétérans qui avaient fait leur puissance.*
243. *Homère,* Iliade, *XV, v. 189 et suiv. La citation précédente est d'un auteur comique inconnu.*

LIV. 1. Pompée avait pourtant déclaré un jour, dans un discours au peuple : « J'ai obtenu toutes les magistratures plus tôt que je ne m'y attendais, et je les ai déposées plus vite qu'on ne s'y attendait. » Et par Zeus ! à l'appui de ces dires, il pouvait invoquer les licenciements successifs de ses différentes armées. 2. Mais alors, convaincu que César ne renverrait pas ses troupes, il cherchait dans les magistratures politiques un rempart contre lui. Il n'avait par ailleurs aucun désir de révolution et ne voulait pas avoir l'air de se défier de César ; il affectait plutôt de le regarder de haut et de le mépriser. 3. Cependant, lorsqu'il vit que les magistratures n'étaient pas attribuées comme il le désirait, car les citoyens étaient achetés[244], il laissa l'anarchie gagner la cité et l'on parla aussitôt, avec insistance, de nommer un dictateur. Le premier qui osa faire publiquement cette proposition fut le tribun de la plèbe Lucilius, qui exhorta le peuple à choisir Pompée comme dictateur[245]. 4. Caton s'y opposa et Lucilius faillit être démis de son tribunat, tandis que plusieurs amis de Pompée venaient parler pour le défendre, en disant qu'il ne réclamait pas cette charge et qu'il n'en voulait pas. 5. Caton félicita Pompée et l'engagea à veiller au respect de l'ordre ; Pompée, pris de scrupules, y veilla ; Domitius et Messalla furent élus consuls[246]. Mais plus tard, comme l'anarchie reprenait[247] et que désormais des voix plus nombreuses évoquaient plus hardiment la nomination d'un dictateur, Caton et ses partisans, craignant un coup de force, décidèrent d'accorder à Pompée une magistrature légale pour l'écarter de ce pouvoir absolu et tyrannique. 6. Bibulus, hostile à Pompée, fut le premier à déclarer au Sénat qu'il fallait nommer Pompée consul unique[248] : de cette manière, soit la cité serait délivrée du désordre qui l'accablait, soit elle serait l'esclave du plus fort. 7. Un tel discours parut étonnant de la part de celui qui le tenait. Caton se leva ; on s'attendait à ce qu'il le combattît mais, le silence s'étant fait, il déclara qu'il n'aurait pas proposé de lui-même une pareille mesure, mais que, puisqu'elle était proposée par un autre, il leur conseillait de l'adopter, car il préférait n'importe quelle forme de pouvoir à l'anarchie et ne connaissait personne plus capable que Pompée de commander dans une situation si troublée. 8. Le Sénat accueillit favorablement cette proposition et décréta que

---

244. Les consuls de 54, Appius Claudius Pulcher et Domitius Ahénobarbus, faisaient partie des amis de Caton. Ils avaient cherché à acheter l'élection de leurs successeurs (voir Cicéron, Lettres à Atticus, IV, 15, 7), ce que Pompée avait dénoncé. Les élections de 53 n'eurent lieu qu'en juin.
245. Lucius Lucilius Hirrus, cousin de Pompée, fit cette proposition en tant que tribun de la plèbe, en 53. La dictature était une magistrature exceptionnelle qui suspendait les institutions de la cité et confiait, pour six mois, les pleins pouvoirs à un individu. Sous sa forme légale, elle n'avait plus été utilisée depuis 216 ; le titre avait cependant servi à désigner, en 82, le pouvoir illégal de Sylla.
246. En juin 53 furent élus Cnaeus Domitius Calvinus, ancien opposant à César, et Marcus Valerius Messalla.
247. L'anarchie redoubla avec la candidature, pour le consulat de 52, de Titus Annius Milo, Quintus Metellus Scipio (voir infra, LV, 1) et Publius Plautius Hypsaeus (infra, LV, 10) et, pour la préture, de Publius Clodius (voir Caton le Jeune, XLVII, 1). Milon tua Clodius au cours d'une rixe.
248. La proposition de Bibulus, gendre de Caton, était subtile : magistrature légale, le consulat était une magistrature collégiale et la désignation d'un seul consul revenait à nommer un dictateur sans le dire.

Pompée exercerait seul le pouvoir en qualité de consul : s'il avait besoin d'un collègue, il le choisirait lui-même après examen, mais pas avant deux mois. Pompée fut donc nommé et proclamé consul par l'interroi Sulpicius. Il embrassa aimablement Caton, reconnaissant qu'il lui devait beaucoup de gratitude et le priant d'être à titre privé son conseiller pour cette magistrature. 9. Caton ne voulut pas de la gratitude de Pompée : « Rien de ce que j'ai dit ne m'a été inspiré par le souci de te plaire ; je n'ai pensé qu'à l'intérêt de la cité. Je serai ton conseiller à titre privé si tu m'y invites et, si je n'y suis pas invité, je dirai publiquement ce qui me semblera bon. » Tel était Caton, en toutes circonstances[249].

LV. 1. À son retour à Rome, Pompée épousa Cornélia, fille de Métellus Scipion, qui n'était pas vierge mais veuve, car elle venait de perdre Publius, le fils de Crassus, qu'elle avait épousé en premières noces et qui était mort chez les Parthes[250]. 2. Cette jeune femme possédait, outre sa beauté, de nombreux charmes. Elle avait reçu une belle éducation, étudié la littérature, la musique et la géométrie, et elle était accoutumée à écouter avec profit les discours des philosophes[251]. 3. À cela s'ajoutait un caractère exempt de la prétention déplaisante que de telles études donnent aux jeunes femmes ; de plus, par la naissance et la réputation, son père était irréprochable. 4. Cependant ce mariage déplaisait à certains à cause de la différence d'âge, car Cornélia aurait été mieux assortie, sous ce rapport, à un fils de Pompée. D'autres, avec plus de hauteur de vue, pensaient que Pompée ne s'inquiétait guère de la cité, dans les malheurs où elle se trouvait, alors que pourtant Rome l'avait choisi pour médecin et s'était confiée à lui seul[252]. 5. « Il se couronne, disaient-ils, et il sacrifie en l'honneur de ses noces, alors qu'il devrait considérer comme un malheur d'avoir reçu ce consulat qui ne lui aurait pas été donné d'une manière aussi contraire aux lois, si la patrie était heureuse. »

---

249. Le moraliste Plutarque traite l'anecdote à l'avantage d'un Caton drapé dans sa dignité et dans son franc-parler. Celui-ci avait en fait habilement manœuvré et soulignait devant Pompée que son action concertée avec Bibulus lui laissait sa liberté de critique et ne constituait nullement un ralliement à Pompée.
250. « Une femme que les titres de tant de ses aïeux rendent illustre » (Lucain, Pharsale, VIII, 12). Son père, originellement Publius Cornelius Scipio Nasica, comptait derrière lui 11 générations dont 9 avaient produit des consuls ; il avait été par testament adopté par Quintus Caecilius Metellus Pius, devenant ainsi Quintus Metellus Scipio et recevant par l'adoption une ascendance de six autres générations de consulaires et des alliances avec toutes les grandes familles de Rome. Pompée, pour son cinquième mariage, épousait le plus beau parti de Rome. Le premier mari de Cornélia, Publius Crassus, fils du triumvir, avait péri avec son père contre les Parthes en 53.
251. La culture n'était pas rare chez les grandes figures féminines de l'aristocratie romaine, dont l'influence politique était souvent essentielle malgré leur exclusion du corps citoyen au sens strict.
252. Retour du reproche souvent fait à Pompée de préférer le commerce des femmes à la vie politique à laquelle il s'était destiné. Le mariage lui ouvrait cependant tous les cercles aristocratiques de Rome, ce qui n'était pas inutile au moment où se précisaient la menace de rupture avec César et l'imminence de la guerre civile.

6. Il intervint dans les procès de vénalité et de corruption et fit passer des lois réglant les conditions des jugements. En général, il arbitrait avec dignité et de manière désintéressée, et assurait aux tribunaux sécurité, ordre et calme en y siégeant lui-même, entouré de soldats en armes. 7. Mais lorsque son beau-père Scipion fut jugé, il fit venir chez lui les trois cent soixante juges et leur demanda leur appui; en voyant Scipion reconduit par ses juges au sortir du forum, l'accusateur se désista[253]. 8. La réputation de Pompée en souffrit donc de nouveau et ce fut encore pire, lorsque, après avoir interdit par une loi de louer des accusés, il vint lui-même prononcer l'éloge de Plancus[254]. 9. Caton, qui se trouvait au nombre des juges, se boucha les oreilles avec les mains, déclarant qu'il ne devait pas écouter des éloges interdits par la loi. Caton fut donc récusé avant de pouvoir voter, mais Plancus fut condamné par les autres suffrages, à la honte de Pompée[255]. 10. Quelques jours plus tard, Hypsaeus, un personnage consulaire[256] qui était poursuivi en justice, guetta le moment où Pompée, après avoir pris un bain, allait se mettre à table, et le supplia en lui saisissant les genoux. Mais Pompée passa son chemin avec mépris, en lui disant: «Tu me gâches mon repas, c'est tout ce que tu obtiens!» 11. On jugea donc qu'il était partial et on l'en accusa. Mais par ailleurs, il remit toutes les affaires en ordre. Il choisit comme collègue, pour les cinq derniers mois de sa charge, son beau-père[257]. 12. On lui vota le maintien de ses provinces pour une nouvelle période de quatre ans et une somme de mille talents chaque année, pour nourrir et entretenir ses soldats.

LVI. 1. Les amis de César saisirent ce prétexte pour réclamer qu'on tînt aussi quelque compte de César, qui livrait tant de combats pour l'Empire romain. Il méritait, disaient-ils, d'obtenir un second consulat ou la prorogation de son commandement[258], pour qu'après tant d'efforts, un autre ne vînt pas lui en ravir la gloire: celui qui avait tant fait devait conserver le commandement et jouir à loisir de ses honneurs. 2. Ces demandes donnèrent lieu à un débat. Pompée, feignant de vouloir, par affection pour César, le mettre à l'abri de l'envie, déclara qu'il avait une lettre dans laquelle César exprimait le souhait de recevoir un successeur et de mettre fin à ses

---

253. *Le cortège qui entoure à Rome l'homme public est le signe visible de sa puissance et de ses alliances. Voir Nicolet (1976), p. 472-478.*
254. *Titus Munatius Plancus Bursa, tribun de la plèbe en 52, fut, avec son collègue Pompeius Rufus, l'un des responsables de l'incendie, cette année-là, de la Curie sénatoriale où avait été incinéré par le peuple le cadavre de Clodius (voir Dion Cassius, XL, 55).*
255. *Voir* Caton le Jeune, *XLVIII, 7-9.*
256. *Aux élections consulaires avortées de 53 pour 52, Publius Plautius Hypsaeus, ancien questeur de Pompée contre Mithridate, édile en 58, préteur en 56, avait été le candidat de Pompée. Il n'était donc pas ancien consul comme l'écrit Plutarque.*
257. *Quintus Metellus Scipio, candidat qui, avec ses compétiteurs Titus Annius Milo et Publius Plautius Hypsaeus, avait encouru les foudres de la justice lors des fraudes électorales de 53.*
258. *Seule une de ces deux solutions permettait à César de conserver l'immunité que lui conférait l'*imperium *et le mettait à l'abri des attaques des* optimates.

campagnes. « Quant au consulat, ajouta Pompée, il serait bon de lui accorder l'autorisation de le briguer, même absent. » 3. Caton et ses partisans s'y opposèrent[259] et exigèrent que César redevînt d'abord simple particulier et déposât les armes, avant de venir solliciter la moindre faveur de ses concitoyens. Pompée ne se fâcha pas et feignit de s'avouer vaincu, ce qui fit encore davantage soupçonner ses sentiments à l'égard de César. 4. Prenant comme prétexte la guerre contre les Parthes, il envoya même réclamer les troupes qu'il lui avait prêtées. César, tout en sachant pour quelle raison Pompée lui redemandait ses soldats, les lui renvoya après leur avoir donné de belles gratifications[260].

LVII. 1. Sur ces entrefaites, Pompée tomba dangereusement malade à Néapolis. Il se rétablit et, à l'instigation de Praxagoras, les Napolitains célébrèrent en son honneur un sacrifice d'action de grâces. 2. Leurs voisins les imitèrent, et cet exemple fut suivi partout en Italie : toutes les cités, grandes ou petites, furent en fête plusieurs jours de suite[261]. 3. Il n'y avait pas de lieu assez vaste pour contenir ceux qui, de tous côtés, s'avançaient à sa rencontre : les routes, les villages et les ports étaient pleins de gens qui festoyaient et offraient des sacrifices. 4. Nombreux étaient également ceux qui, des couronnes sur la tête, allaient l'accueillir à la lumière des flambeaux et l'escortaient en lui jetant des fleurs, si bien que son cortège et son voyage offrirent le plus beau et le plus brillant des spectacles. 5. Ce fut, dit-on, une des causes, et non la moindre, qui provoquèrent la guerre. Pompée se laissa gagner par l'orgueil et, dans l'excès de sa joie, oublia les calculs fondés sur la réalité des faits[262] : 6. renonçant à la circonspection qui avait toujours assuré le succès de ses entreprises, il se prit d'une audace démesurée et de mépris pour la puissance de César, s'imaginant qu'il n'aurait besoin contre lui ni d'armes, ni de négociations laborieuses, mais qu'il allait le renverser beaucoup plus facilement qu'il ne l'avait pré-

---

259. *L'autorisation de briguer le consulat en son absence, qui permettait à César de ne venir de Gaule à Rome qu'après l'élection et donc protégé par l'immunité consulaire, était illégale et supposait l'octroi d'une dérogation. Celle-ci avait été accordée en 52 par une loi proposée par les 10 tribuns de la plèbe. En 51, les consuls Servius Sulpicius Rufus, issu d'une des plus vieilles familles patriciennes, et surtout Marcus Claudius Marcellus, ennemi personnel de César, appartenaient au clan conservateur et firent annuler, avec l'assentiment tacite de Pompée, les effets de cette loi.*
260. *À la fin de 54, après le désastre de Namur où 24 cohortes avaient été perdues, Pompée avait laissé la sixième légion, qui était sous ses ordres, à César et l'avait aidé dans le recrutement, en Gaule Cisalpine, de deux légions supplémentaires. César renvoya la sixième légion et une des légions de Cisalpine.*
261. *La liesse populaire dans les cités italiennes rappelle le* consensus omnium bonorum *(unanimité de tous les gens de bien), cortège triomphal qu'elles avaient constitué pour le retour de Cicéron, en 57, et préfigurent la* concordia totius Italiae, *« concorde de toute l'Italie », qui servit plus tard, en 31, à offrir un semblant de légitimité aux pouvoirs que s'arrogea Octavien, le futur Auguste, avant l'affrontement décisif contre Antoine.*
262. *Pompée, enivré par le succès populaire qu'il rencontra en Italie, perdit de sa clairvoyance politique, comme il l'avait fait en 62, lors de son retour d'Orient, où l'escorte des cités italiennes lui avait fait imaginer qu'il pouvait sans coup férir obtenir du Sénat à Rome la place de* princeps *(voir supra, XLIII, 5).*

cédemment élevé. 7. De plus, Appius arrivait, ramenant de Gaule l'armée que Pompée avait prêtée à César : il dépréciait beaucoup les actions accomplies là-bas et répandait des calomnies sur le compte de César : « Pompée, disait-il, ne se rend pas compte de sa propre puissance et de sa gloire, s'il cherche d'autres armes pour se protéger contre César : il le vaincra avec les troupes mêmes de César, dès qu'elles le verront : tant elles éprouvent de haine pour César et d'amour pour Pompée[263]. » 8. Pompée se laissa donc exalter et son audace l'emplit d'une telle insouciance qu'il allait jusqu'à se moquer de ceux qui craignaient la guerre. Quand on lui disait que si César marchait contre Rome, on ne voyait pas avec quelles forces on pourrait le repousser, il affichait un visage souriant et épanoui et priait les gens de ne pas s'inquiéter : 9. « N'importe où en Italie, disait-il, je n'aurai qu'à frapper le sol, pour en faire sortir des armées de fantassins et de cavaliers[264] ! »

LVIII. 1. Mais désormais, César s'ingérait dans les affaires avec plus d'énergie. Il ne s'éloignait plus de l'Italie et envoyait sans cesse ses soldats à Rome, pour prendre part aux élections[265] ; à prix d'argent, il attirait de nombreuses personnes et corrompait des magistrats, 2. notamment le consul Paulus qui changea de camp pour mille cinq cents talents, le tribun de la plèbe Curion, qu'il libéra d'un nombre incroyable de dettes, et Marc Antoine qui, par amitié pour Curion, s'était déclaré solidaire de lui[266]. 3. On raconta même qu'un des officiers venus de la part de César, se tenant près de la Curie et apprenant que le Sénat refusait de prolonger le commandement de César, frappa de sa main son épée et s'écria : « Eh bien ! voilà qui le lui fera obtenir ! » 4. Et de fait, ce qui se faisait et se préparait allait dans ce sens. Cependant, les demandes et les réclamations de Curion en faveur de César paraissaient plus conformes à la démocratie. 5. Il proposait en effet de choisir entre deux solutions : soit redemander aussi ses troupes à Pompée, soit ne pas ôter les siennes

---

263. *Appius Claudius Pulcher, fils de Caius Claudius Pulcher et neveu de Publius Clodius. Ses propos sur d'éventuelles défections dans l'armée de César étaient peut-être fondés sur la certitude que le principal lieutenant de César en Gaule, Titus Labienus, rejoindrait le camp de son compatriote du Picenum, Pompée, ce qui fut le cas.*

264. *Traduction militaire de l'aveuglement politique de Pompée, qui fut mis douloureusement en évidence quand César franchit le Rubicon (voir infra, LX, 6-7).*

265. *La dernière année de César en Gaule, celle de la prise d'Uxellodunum et de la défaite du Cadurque Luctérios, le vit en Aquitaine et à Narbonne. César passa l'hiver en Cisalpine, à faire campagne pour l'élection de Marc Antoine à l'augurat.*

266. *Redoutable orateur, tribun de la plèbe en 50, Scribonius Curio passait pour un conservateur. Il rejoignit durant son tribunat de la plèbe le camp de César, qui avait réglé ses dettes, et entraîna à ses côtés son compagnon Marcus Antonius, fils de Marcus Antonius Creticus et petit-fils du célèbre orateur Marcus Antonius (voir supra, XXIV, 10 et XXV, 7). Aemilius Paulus, édile en 55 et consul en 50, avait entamé en 55-54 sur le forum la restauration de la basilica Aemilia et avait reçu de César de l'argent pour s'occuper des travaux de la basilica Julia. Les 1500 talents évoqués par Plutarque, prix du ralliement d'Aemilius Paulus au camp césarien, furent-ils versés dès 55 pour les travaux d'urbanisme (qu'ils devaient couvrir plus que largement !) ? C'est probable (voir Steinby, 1993, 1, p. 167-168).*

à César ; ainsi, soit les deux hommes, redevenus simples particuliers, ne sortiraient pas des limites du droit, soit, s'ils restaient rivaux, ils camperaient sur leurs positions actuelles. En revanche, affaiblir l'un des deux, c'était doubler la force qu'on redoutait. 6. À cela, le consul Marcellus répondit en traitant César de bandit et en demandant de le déclarer ennemi public, s'il ne déposait pas les armes. Cependant, avec l'appui d'Antoine et de Pison, Curion parvint à obliger le Sénat à se prononcer[267]. 7. Il invita ceux qui voulaient que César seul déposât les armes, tandis que Pompée conserverait son commandement, à quitter leur place, ce que firent la plupart des sénateurs. 8. Mais ensuite, il invita à changer de place tous ceux qui souhaitaient faire déposer les armes aux deux rivaux sans laisser de commandement à aucun d'eux : Pompée n'eut que vingt-deux partisans, tous les autres se rangèrent à l'avis de Curion. 9. Celui-ci, se croyant vainqueur, s'élança rayonnant de joie vers le peuple et fut accueilli par des applaudissements, tandis qu'on lui lançait des couronnes et des fleurs. Pompée ne se trouvait pas au Sénat, car les chefs d'armée n'étaient pas autorisés à entrer dans Rome. 10. Mais Marcellus se leva et déclara qu'il ne resterait pas assis à écouter des discours, alors qu'il voyait déjà dix légions se montrer sur les Alpes : il allait lui-même se mettre en marche et leur envoyer un adversaire pour leur barrer la route et défendre la patrie.

LIX. 1. Alors, les gens changèrent de vêtements, comme lors d'un deuil public. Marcellus, suivi du Sénat, traversa le forum pour aller rejoindre Pompée et, s'arrêtant en face de lui : « Je t'ordonne, Pompée, lui dit-il, de secourir la patrie, de te servir des troupes dont tu disposes et d'en enrôler d'autres. » 2. Lentulus, l'un des deux consuls désignés pour l'année suivante, tint le même discours. Mais lorsque Pompée commença à enrôler des hommes, certains refusèrent de le rejoindre ; quelques-uns, peu nombreux, se présentèrent, mais avec réticence et sans empressement ; la plupart demandaient à grands cris une réconciliation. 3. Antoine en effet, malgré l'opposition du Sénat, avait lu devant le peuple[268] une lettre de César qui contenait des propositions faites pour séduire la foule. 4. César y déclarait que les deux rivaux, après avoir quitté leurs provinces et renvoyé leurs armées, devaient se présenter devant le peuple pour rendre compte de leurs actions passées. 5. Mais Lentulus, désormais consul, ne réunit pas le Sénat. Cicéron, qui venait de rentrer de Cilicie, négociait un accord aux termes duquel César quitterait la Gaule, licencierait toute son armée, sauf deux légions, et attendrait en Illyrie son second consulat. 6. Comme ces conditions contrariaient Pompée, les amis de César se laissèrent persuader de renoncer à l'une des deux légions, mais Lentulus s'y opposa et,

---

267. *Sur les provocations de Marcus Claudius Marcellus, consul en 50, à l'égard de César, voir* César, *XXIX, 1-2. La coalition de Curion, Antoine et Pison, le beau-père de César alors censeur, fit aboutir la manœuvre : les consuls de l'année 49 (Caius Claudius Marcellus, cousin germain du précédent, et Lucius Cornelius Lentulus Crus) furent obligés de dévoiler les intentions des* optimates *et des pompéiens en offrant à Pompée un commandement exceptionnel pour la guerre civile (*infra, *LIX, 1-2).*
268. *Pour contrecarrer les menées des pompéiens et des* optimates, *César avait fait élire Antoine au tribunat de la plèbe pour l'année 49, en remplacement de Curion.*

de son côté, Caton cria que Pompée avait tort de se laisser tromper une fois de plus : les pourparlers n'aboutirent donc pas[269].

LX. 1. Là-dessus, on annonce que César s'est emparé d'Ariminum, une grande cité d'Italie, et qu'il marche directement sur Rome avec toutes ses troupes[270]. 2. Cette dernière nouvelle était fausse : il s'était mis en route, mais n'avait pas plus de trois cents cavaliers et de cinq mille fantassins ; le reste de son armée était de l'autre côté des Alpes et il ne l'attendit pas, préférant tomber brusquement sur des adversaires troublés, qui ne prévoyaient pas sa venue, plutôt que de leur laisser du temps pour se préparer au combat[271]. 3. Lorsqu'il arriva au bord du Rubicon, frontière de la province qui lui avait été donnée, il se tint immobile en silence et resta hésitant, réfléchissant sans doute à part lui sur l'importance de ce coup d'audace[272]. 4. Ensuite, semblable à ceux qui, du haut d'une falaise, se lancent dans un gouffre béant, il fit taire la raison et se voila la face devant le danger, se contentant de crier en grec aux assistants cette seule phrase : « Que le dé en soit jeté ! » Puis il fit traverser son armée. 5. Dès que la nouvelle se répandit et atteignit Rome, la cité, frappée de stupeur, fut en proie à un trouble et à une terreur sans précédent. Le Sénat courut aussitôt rejoindre Pompée et les magistrats firent de même. 6. Comme Tullus[273] l'interrogeait sur l'armée et les forces dont il disposait, Pompée répondit, avec quelque hésitation et d'un ton mal assuré, que les soldats qui revenaient de l'armée de César étaient prêts et qu'il pensait pouvoir rassembler très bientôt les nouvelles recrues, qui étaient trente mille. Alors Tullus se mit à crier : « Tu nous as trompés, Pompée », et il conseilla d'envoyer des ambassadeurs à César. 7. Un certain Favonius[274], qui

---

269. *Les bons offices de Cicéron, qui proposait une voie médiane (César gardait une seule de ses provinces, l'Illyrie, et une armée diminuée en attendant son consulat) et la bonne volonté que paraissait manifester César lui-même (il acceptait une diminution de son armée pour satisfaire les pompéiens) sont battus en brèche par l'intransigeance des conservateurs, Claudius Lentulus Crus et surtout Caton.*
270. *Illustration des méfaits du* rumor, *les bruits qui se répandent, et de l'intoxication de l'opinion par de fausses informations dans un monde où la diffusion des nouvelles est lente et mal assurée.*
271. *La* celeritas *de César, rapidité dans la prise de décision et dans l'exécution, était une de ses principales qualités de stratège, qui lui avait valu nombre de succès durant la guerre des Gaules. César, qui n'avait même pas une légion complète (mais des réserves considérables en Gaule), attaqua l'Italie où Pompée disposait de trois légions, il est vrai peu préparées.*
272. *Dramatisation de l'épisode du Rubicon. En gardant l'*imperium *au-delà du temps qui lui était imparti et en l'exerçant au-delà de la région où il était confiné et dont la limite était le Rubicon, César commettait un double sacrilège.*
273. *Peut-être Lucius Volcacius Tullus, consul en 66.*
274. *Marcus Favonius était un « homme nouveau », farouche partisan de Caton le Jeune qu'il suivit contre la loi agraire de César en 59 (il fut le dernier à prêter serment, après Caton) et contre la guerre parthique de Crassus (voir Dion Cassius, XXXVIII, 7 et ici,* Caton le Jeune, *XXXII, 11). Préteur en 49, il manifestait une intransigeance plus durable et plus obstinée que celle de Caton (voir Cicéron,* Lettres à Atticus, *VII, 15, 2).*

par ailleurs n'était pas un méchant homme mais qui souvent, par son insolence et son orgueil, croyait imiter le franc-parler de Caton, ordonna à Pompée de frapper la terre du pied, pour appeler les armées qu'il avait promises. 8. Pompée supporta avec douceur ce propos déplacé. Comme Caton lui rappelait les prédictions qu'il lui avait faites dès le début concernant César, il répondit : « Les propos de Caton étaient sans doute prophétiques, mais ma conduite était plus amicale. »

LXI. 1. Caton conseilla de nommer Pompée général avec les pleins pouvoirs, en ajoutant : « Ce sont les responsables des grands malheurs qui doivent y mettre fin[275]. » 2. Puis il partit aussitôt[276] pour la Sicile (c'était la province qu'il avait tirée au sort) et chacun des autres magistrats alla rejoindre la province qui lui était échue. Cependant, presque toute l'Italie s'était soulevée et la situation était sans issue. 3. Du dehors, des fuyards affluaient de toutes parts à Rome, tandis que ceux qui y habitaient se jetaient au dehors et abandonnaient la Ville qui, dans une si grande tempête et dans un tel désordre, voyait affaiblies ses forces vives, tandis que ses éléments indociles, pleins de vigueur, devenaient difficiles à contrôler pour les magistrats. 4. Il n'y avait pas moyen de calmer la terreur et personne ne laissait à Pompée la liberté de suivre ses propres raisonnements : chacun apportait ses émotions du moment, crainte, chagrin, incertitude, et les lui communiquait, 5. si bien qu'il prenait, le même jour, des décisions contradictoires[277]. Il ne pouvait avoir sur les ennemis aucun renseignement exact, à cause du grand nombre de gens qui lui annonçaient n'importe quoi et qui ensuite, s'il refusait de les croire, se fâchaient contre lui. 6. Dans ces conditions, il proclama donc l'état de tumulte puis, après avoir ordonné à tous les sénateurs de le suivre et déclaré qu'il considérerait comme partisan de César quiconque resterait en arrière, il quitta Rome en fin d'après-midi. Les consuls prirent la fuite, sans même avoir offert les sacrifices qui étaient de règle avant une guerre[278]. Cependant, bien qu'au cœur du danger, Pompée restait encore digne d'envie à cause de la sympathie qu'il inspirait ; 7. beaucoup blâmaient la manière dont il conduisait cette guerre, mais nul ne haïssait celui qui la dirigeait et l'on aurait trouvé moins de gens qui fuyaient par souci de la liberté que parce qu'ils étaient incapables d'abandonner Pompée.

---

275. La rhétorique permet ici à Caton de donner à sa palinodie un vernis de dignitas *et de* gravitas.
*276. Une lettre de Cicéron à Atticus (*Lettres à Atticus, *VII, 15, 2) montre qu'il hésita en fait, comme tous les sénateurs, sur la conduite à tenir.*
277. Pompée fut sans aucun doute le jouet de pressions diverses venues des clans hétéroclites qui s'étaient regroupés autour de lui. Il perdit, dans cette effervescence politique, la sérénité de jugement qui en faisait, en campagne, un grand imperator. *Son choix tactique n'était cependant peut-être pas aussi détestable qu'il y paraît (sur la controverse, voir* infra, *LXIII, 1 et note).*
*278. Dans l'état de panique, non seulement les consuls oublièrent leurs devoirs les plus sacrés (assurer par les sacrifices les succès des campagnes à venir), mais ils laissèrent même derrière eux l'*aerarium Saturni, *le trésor public enfermé dans le temple de Saturne sur le forum (voir LXII, 1).*

LXII. 1. Quelques jours plus tard, César entra dans Rome et s'en empara[279]. Il se montra modéré et doux avec tout le monde, sauf avec Métellus, un des tribuns de la plèbe[280], qui voulait l'empêcher de prendre de l'argent dans le trésor public. Il le menaça de mort, ajoutant à la menace ce mot plus terrible encore : « Cela m'est plus difficile à dire qu'à faire ! » 2. Ayant ainsi écarté Métellus et pris ce dont il avait besoin, il se lança à la poursuite de Pompée, car il avait hâte de le chasser d'Italie avant que son armée d'Espagne pût le rejoindre. 3. Pompée s'empara de Brundisium. Comme il disposait de nombreux navires, il fit aussitôt embarquer les consuls, avec trente cohortes, et les envoya en avant à Dyrrachium ; quant à son beau-père Scipion et à son fils Cnaeus, il les fit partir en Syrie afin d'y rassembler une flotte[281]. 4. Pour lui, ayant fortifié les portes de Brundisium, placé sur les remparts les soldats les plus agiles et ordonné aux habitants de ne pas bouger de chez eux, il fit creuser à l'intérieur de la ville des tranchées et des fossés, il remplit de palissades toutes les rues sauf deux, par lesquelles il descendit lui-même à la mer. 5. Le troisième jour, alors que le reste de son armée avait déjà pu embarquer tranquillement, il envoya soudain un signal à ceux qui gardaient les remparts : ils descendirent en courant, il les prit à bord et fit la traversée. 6. César, en voyant les remparts abandonnés, comprit que Pompée avait fui et il faillit, en le poursuivant, tomber sur les pieux et dans les fossés mais, averti par les habitants de Brundisium, il évita la cité, la contourna et découvrit que tous les navires avaient pris le large, sauf deux bâtiments, où se trouvaient un petit nombre de soldats.

LXIII. 1. On considère en général l'embarquement de Pompée comme un des meilleurs stratagèmes militaires[282]. Mais César, lui, s'étonnait que Pompée, qui tenait une place solide, qui attendait ses troupes d'Espagne et qui était maître de la mer, eût ainsi abandonné et sacrifié l'Italie. 2. Cicéron, lui aussi, reproche à Pompée

---

279. *César, en cinq jours, s'était avancé jusqu'à Arretium en Étrurie (Arezzo en Toscane) et Iguvium en Ombrie (Gubbio). Il s'empara ensuite sans résistance du fief de Pompée, le Picenum. Il bloqua près de Corfinium (au sud des Abruzzes) le légat de Pompée Domitius Ahénobarbus, contraint de se rendre après six jours de siège. En deux mois, il arriva à Brindisi pour constater la fuite des pompéiens. Contrairement à l'ordre du récit plutarquien, ce n'est qu'ensuite que César entra dans Rome et s'empara du trésor public.*
280. *Le tribun de la plèbe qui s'opposa à lui était Lucius Caecilius Metellus, fils du Métellus préteur de Sicile en 71 et petit-fils de Métellus Caprarius (voir supra, XXIX, 2).*
281. *Le plan de Pompée était cohérent : le gros de l'armée, transbordé en Illyrie, devait contrôler l'Adriatique ; la flotte que Quintus Metellus Scipio et Cnaeus Pompeius, fils de Pompée et de Mucia, devaient ramener de Syrie permettrait de contrôler la Méditerranée, et l'Espagne était déjà sous sa coupe grâce aux sept légions qui y étaient stationnées. Vainqueur en Italie, César y était aussi enfermé.*
282. *La controverse sur la fuite de Pompée est un classique des analyses stratégiques (voir* infra, *LXXXIII, 6-LXXXIV). La cohérence du plan de Pompée montre que cette stratégie fut choisie sciemment et délibérément. La rapidité tactique de l'exécution, qui surprend César, témoigne que les moments de panique romains avaient été surmontés.*

POMPÉE

d'avoir imité la stratégie de Thémistocle plutôt que celle de Périclès[285], alors que sa situation ressemblait à celle de Périclès et non à celle de Thémistocle. 3. César montra d'ailleurs par ses actes qu'il redoutait beaucoup le temps : il avait fait prisonnier Numérius, un ami de Pompée, et il l'envoya à Brundisium en le priant de conclure un accord à des conditions équitables, mais Numérius prit la mer avec Pompée[284]. 4. Après ce départ, César, devenu maître de l'Italie en soixante jours sans avoir fait couler le sang, voulut aussitôt poursuivre Pompée, mais, n'ayant pas de navires, il fit demi-tour et partit pour l'Espagne, dans l'intention d'attirer à lui les troupes qui s'y trouvaient.

LXIV. 1. Pendant ce temps, des forces considérables s'étaient réunies autour de Pompée. Sa flotte était absolument sans rivale[285] : il avait cinq cents vaisseaux de guerre et un nombre encore plus important de bâtiments légers et de navires de reconnaissance. Ses cavaliers, au nombre de sept mille, la fleur des Romains et des Italiens, étaient tous remarquables par leur naissance, leur fortune et leur fierté[286]. 2. Quant à son infanterie, qui était composite et avait besoin d'entraînement, il la forma lui-même, lorsqu'il séjourna à Béroia[287] : loin de rester inactif, il se consacrait à ces exercices comme s'il eût été dans la force de l'âge. 3. C'était un grand motif d'encouragement de voir le Grand Pompée, à cinquante-huit ans, s'entraîner à pied sous les armes, puis redevenir cavalier, tirer l'épée sans effort tandis que son cheval galopait, la rengainer avec aisance et, en lançant le javelot, faire preuve non seulement de précision mais encore de force, en l'envoyant à une distance que beaucoup de jeunes gens ne pouvaient dépasser. 4. Des rois et des princes de nations étrangères affluaient[288], et le nombre des dignitaires romains autour de lui

---

283. *Allusion à la stratégie de Thémistocle, qui abandonna Athènes au roi perse Xerxès pour se réfugier sur la mer et remporter la décisive victoire de Salamine (en 480), et à celle de Périclès, qui s'enferma dans Athènes en 431 et laissa les Spartiates ravager l'Attique lors de la guerre du Péloponnèse.*
284. *La hâte de César à négocier, nettement perceptible dans le récit qu'il fait de la guerre civile, s'explique, autant et plus que par le désir d'éviter l'effusion de sang, par la conscience que l'avantage considérable qu'il venait d'acquérir n'était pas décisif et que la situation pouvait à brève échéance se retourner contre lui. Numérius Magius était préfet de camp de Pompée (voir César,* Guerre civile, *I, 24, 4-6).*
285. *La maîtrise de la mer permettait à Pompée d'affamer Rome, d'empêcher César de passer en Illyrie et de lui rendre partout difficile le ravitaillement de son armée. C'est pour éviter le premier de ces dangers que César avait chargé Curion de récupérer la Sicile, occupée par Caton.*
286. *Les cavaliers du camp de Pompée étaient de jeunes chevaliers citadins sans expérience de la guerre, qui avaient plus d'éclat que de bravoure (voir* infra, *LXIX, 3-5 et LXXI, 8). L'infériorité numérique de César en la matière (il ne disposait que de 1 000 cavaliers à Pharsale) était largement compensée par la qualité de cette cavalerie gauloise recrutée pendant la guerre des Gaules chez les tribus celtiques.*
287. *Ville du centre de la Macédoine.*
288. *Les rois orientaux, vassaux de Pompée depuis les campagnes d'Orient, lui apportèrent leur concours : Cotys de Thrace, Ariobarzane de Cappadoce, Déjotarus de Galatie. Il avait également demandé des troupes au roi d'Égypte et au roi des Parthes (qui voulait négocier, en échange, la Syrie), et avait reçu des offres du Dace Burébista.*

équivalait à un Sénat complet. 5. Labiénus vint même le rejoindre, abandonnant César, dont il avait pourtant été l'ami, et avec qui il avait fait campagne en Gaule[289]. Brutus se rallia également à lui. C'était le fils du Brutus qui avait été autrefois égorgé en Gaule[290] : cet homme au grand cœur n'avait jamais jusque-là adressé une parole ni un salut à Pompée, qu'il jugeait être le meurtrier de son père, mais il vint alors se placer sous ses ordres, le considérant comme le libérateur de Rome. 6. Quant à Cicéron, qui avait pourtant écrit et parlé dans un autre sens, il eut honte de ne pas être au nombre de ceux qui risquaient leur vie pour la patrie[291]. 7. Arriva aussi en Macédoine Teidius Sextus, un homme très âgé, estropié d'une jambe[292] : tous riaient et se moquaient de lui mais, en l'apercevant, Pompée se leva et courut à lui, considérant comme un grand témoignage en sa faveur de voir même ceux qui n'en avaient plus l'âge ni la force choisir de partager le danger avec lui plutôt que de rester en sécurité.

LXV. 1. Ensuite, un conseil se réunit et, sur la proposition de Caton, on décréta qu'on ne tuerait aucun Romain en dehors d'une bataille rangée et que l'on ne pillerait aucune cité soumise aux Romains, ce qui rendit le parti de Pompée encore plus populaire[293]. 2. Même ceux qui n'avaient aucun rôle à jouer dans cette guerre, parce qu'ils habitaient au loin ou qu'ils étaient quantité négligeable à cause de leur faiblesse, s'associaient à lui, au moins en intention, et luttaient à ses côtés, en paroles, pour défendre la justice, considérant comme ennemi des dieux et des hommes quiconque ne désirait pas la victoire de Pompée. 3. Cependant, César lui aussi se montrait généreux lorsqu'il avait le dessus : après avoir capturé et vaincu les armées de Pompée en Espagne, il relâcha les généraux et enrôla les soldats. 4. Ensuite, il

---

289. *Labiénus était picénien comme Pompée ; César ne lui tint pas rigueur de son attitude et lui envoya son argent et ses bagages (voir* César, *XXXIV, 4-5).*

290. *Brutus, le futur assassin de César, était le fils de Marcus Junius Brutus, tué traîtreusement par Pompée en 78 (voir supra, XVI, 4 et 6-7) et de Servilia, sœur de Caton.*

291. *Cicéron avait longtemps hésité sur le parti à prendre et souhaitait négociation et conciliation (voir* Cicéron, Lettres à Atticus, *VII, 5, 4 ; VII, 6, 2 ;* Cicéron, *XXXVII, 2). Il avait eu, à Formies, une entrevue infructueuse avec César lors de la marche de celui-ci vers Brindisi. Il s'était résigné à quitter l'Italie et à rejoindre Pompée à contre-cœur et fut écarté par celui-ci de toutes les opérations importantes (*Cicéron, *XXXVIII). Il fut le premier à quitter les rangs pompéiens après Pharsale et rentra en Italie attendre à Brindisi le retour de César et la* clementia *de celui-ci (*Cicéron, *XXXIX, 1-5).*

292. *Avec l'anecdote du sénateur Teidius Sextus, inconnu par ailleurs, se clôt une galerie de portraits destinée à donner une image vivante de la coalition hétéroclite rassemblée autour de Pompée : une flotte de premier plan, une cavalerie à l'éclat trompeur, une infanterie de jeunes recrues, des monarques orientaux, de bons généraux (Labiénus), d'acharnés conservateurs (Brutus), des indécis incapables (Cicéron), des infirmes au grand cœur.*

293. *Caton voulait ainsi écarter le spectre des proscriptions, qui hantait les Romains depuis les guerres des syllaniens et des marianistes. Il voulait surtout freiner la violence de ses propres amis : il protégera contre eux les habitants d'Utique vers la fin de la guerre (voir* Hirtius, Guerre d'Afrique, *87 ;* Caton le Jeune, *LVIII, 1-2).*

repassa les Alpes, traversa l'Italie au pas de course et parvint à Brundisium au moment du solstice d'hiver[294]. 5. Il traversa la mer et débarqua à Oricos. Il avait avec lui un prisonnier de guerre, Vibullius, qui était l'ami de Pompée; il le lui envoya, pour proposer qu'ils se rencontrent tous deux, après quoi ils licencieraient leurs armées dans les trois jours, deviendraient amis et s'engageraient par serment à regagner l'Italie[295]. 6. Pompée considéra, une fois de plus, ces ouvertures comme un piège. Il descendit en toute hâte vers la mer et s'empara des places fortes et des endroits susceptibles d'offrir aux fantassins des positions solides, ainsi que des mouillages et des rades favorables au commerce maritime[296]. Les vents étaient donc tous favorables à Pompée, lui apportant vivres, armées ou richesses, 7. tandis que César était entouré de difficultés, sur terre comme sur mer, et se voyait contraint de rechercher le combat, d'attaquer Pompée dans ses retranchements et de le provoquer sans cesse. La plupart du temps, il avait le dessus et remportait la victoire dans ces escarmouches 8. mais, une fois, il faillit être écrasé et perdre son armée[297]: Pompée combattit brillamment, mit en déroute tous ses soldats et lui tua plus de deux mille hommes, mais il ne put – ou peut-être n'osa pas – pousser son avantage et entrer dans le camp avec les fuyards, 9. ce qui fit dire à César devant ses amis : « Aujourd'hui la victoire serait aux ennemis, s'ils avaient avec eux le vainqueur[298] ! »

LXVI. 1. Enorgueillis par ce succès, les pompéiens avaient hâte de livrer une bataille décisive. Pompée écrivait aux rois, aux généraux et aux cités du dehors comme s'il avait déjà remporté la victoire, mais il répugnait à s'exposer aux dangers d'une bataille et il était d'avis de faire jouer le temps et la disette contre les soldats de César, invincibles sous les armes et habitués à vaincre ensemble depuis longtemps, mais que leur âge plus avancé empêchait de supporter les autres fatigues d'une campagne – marches, changements de camp, fossés à creuser, murs

---

294. Le raccourci plutarquien masque ici les difficultés connues par César au début de la guerre civile : sa celeritas fit merveille face aux généraux pompéiens d'Espagne, le pourtant réputé Lucius Afranius, le vieux soldat Pétreius et l'érudit Marcus Terentius Varro, mais il connut de sérieuses difficultés devant Marseille, ses légions renvoyées d'Espagne se révoltèrent à Plaisance en Italie, Curion, envoyé contre Caton en Afrique, se fit tailler en pièces, et son légat Caius Antonius, chargé de récupérer l'Illyrie, avait capitulé en Dalmatie.
295. Lucius Vibullius Rufus, préfet de Pompée, avait été capturé deux fois par César : près de Corfinium, où il avait été relâché, et en Espagne, où l'avait ensuite envoyé Pompée auprès de ses légats (voir César, Guerre civile, I, 15, 4 ; I, 38, et III, 10, 1). La tentative de négociation de César était peut-être due à sa position précaire : il n'avait réussi à faire traverser que trois légions en Épire et Bibulus bloquait avec sa flotte l'arrivée des renforts d'Italie.
296. Pompée, accouru de Macédoine, se fortifia dans Dyrrachium (Durazzo en Épire) et occupa les ports, rendant difficiles l'approvisionnement de César et l'acheminement des renforts.
297. Combat par lequel Pompée se dégagea du blocus de Dyrrachium et obligea César à se replier vers le Sud à Apollonie, sur la côte d'Épire (voir César, Guerre civile, III, 62-73).
298. César donne de son discours une version très différente (voir Guerre civile, III, 73).

à édifier – et qui, pour cette raison, avaient hâte d'en venir aux mains et d'engager le combat le plus tôt possible.
2. Il parvint dans un premier temps, tant bien que mal, à persuader ses partisans de ne pas bouger. Mais lorsque, après la bataille, César, contraint par la disette, dut lever le camp et traverser le pays des Athamanes pour gagner la Thessalie, l'orgueil des pompéiens devint impossible à contenir. Ils criaient que César prenait la fuite : selon les uns, il fallait le poursuivre et le serrer de près, selon les autres, passer en Italie ; certains envoyaient à Rome des serviteurs et des amis retenir des maisons près du forum, dans l'intention de briguer aussitôt des magistratures. 3. Beaucoup se portèrent volontaires afin d'annoncer à Cornélia la bonne nouvelle de la fin de la guerre et embarquèrent pour Lesbos, où Pompée l'avait mise à l'abri. 4. Le Sénat se rassembla et Afranius émit l'avis de reprendre l'Italie qui était, disait-il, le principal enjeu de la guerre et qui apporterait aussitôt à ceux qui s'en empareraient la Sicile, la Sardaigne, la Corse, l'Espagne et toute la Gaule[299]. 5. Son principal argument était le suivant : puisque la patrie, si proche, tendait les mains vers Pompée, il était indigne de tolérer qu'elle fût humiliée et asservie aux esclaves et aux flatteurs des tyrans. 6. Mais Pompée, lui, jugeait indigne de sa gloire de s'enfuir une seconde fois devant César et de se laisser poursuivre par lui, alors que la Fortune lui permettait de le poursuivre ; d'autre part, il jugeait criminel d'abandonner Scipion et les personnages consulaires qui se trouvaient en Grèce et en Thessalie et tomberaient aussitôt entre les mains de César, avec des richesses et des armées considérables[300]. La meilleure façon, selon lui, de prendre soin de Rome, c'était de combattre pour elle, en s'en tenant le plus éloigné possible : ainsi, elle attendrait son vainqueur sans avoir à souffrir des maux de la guerre ni à en entendre parler.

LXVII. 1. Ayant fait adopter ces décisions, Pompée se lança à la poursuite de César, dans l'intention bien arrêtée de s'abstenir de combattre, de l'assiéger et de l'épuiser par la disette en s'attachant à ses pas. 2. Il croyait cette tactique avantageuse et de plus, on lui avait rapporté un mot d'ordre qui circulait parmi les cavaliers, selon lequel il fallait repousser César au plus vite pour se débarrasser ensuite de lui, Pompée[301]. 3. D'après certains, ce fut même pour cette raison que Pompée n'employa

---

299. Nouveau débat tactique (faut-il réduire César par la faim et l'épuisement ou l'affronter directement?) et stratégique (faut-il poursuivre César ou marcher sur Rome et l'Italie?) dans le camp pompéien. L'attitude de l'état-major pompéien témoigne du caractère hétéroclite de la coalition. Les intérêts personnels (réserver des maisons près du forum), les manœuvres claniques (démarches auprès de Cornélia) se mêlent aux analyses proprement stratégiques (faiblesse de la position césarienne) et aux réactions épidermiques (ne pas fuir devant César, ne pas abandonner Rome et l'Italie à l'esclavage).
300. Autant que par une question d'amour-propre ou de dignité, le choix de Pompée est dicté par le souci de ne pas disperser ses forces : s'il partait en Italie, il laissait à la merci de César les troupes stationnées en Macédoine et en Grèce orientale ainsi que celles que Quintus Metellus Scipio ramenait d'Asie, affaiblissant par là sa position.
301. De fait, les optimates conservateurs ne s'étaient ralliés que par résignation à Pompée, seul rempart dont ils disposaient face à César (voir Caton le Jeune, *LIV, 5 et LV, 1-2).*

Caton à aucune mission importante et qu'il le laissa au bord de la mer, pour veiller sur les bagages, lorsqu'il se lança à la poursuite de César : il craignait que, César une fois supprimé, Caton ne le forçât lui aussi à déposer aussitôt son commandement. 4. Pompée se mit donc à suivre les ennemis sans se presser, ce qui l'exposa aux accusations et aux récriminations. On lui reprochait de ne pas faire la guerre à César, mais à la patrie et au Sénat, afin de garder constamment le commandement et de retenir à ses côtés, comme serviteurs et gardes du corps, des gens qui s'estimaient dignes de conquérir tout le monde habité. 5. Domitius Ahénobarbus le surnommait Agamemnon et roi des rois, ce qui excitait la jalousie et, parmi ceux qui affichaient une franchise déplacée pour le tourner en dérision, Favonius était tout aussi désagréable : « Mes amis, criait-il, ce n'est pas encore cette année que vous pourrez manger des figues de Tusculum ! » 6. Lucius Afranius, qui avait perdu les armées d'Espagne et avait été accusé de trahison, déclarait, en voyant Pompée refuser la bataille : « Je m'étonne que mes accusateurs ne viennent pas s'en prendre à celui qui fait commerce des provinces[302] ! » 7. En tenant ces propos et beaucoup d'autres du même genre, ils forcèrent la main à Pompée, cet homme qui se laissait dominer par le désir de gloire et la crainte de ce que penseraient ses amis. Entraîné par leurs espérances et leurs élans, il abandonna ses meilleurs plans. Cette attitude, qui n'aurait même pas été tolérable de la part du pilote d'un navire, ne convenait pas, à plus forte raison, au maître absolu de tant de peuples et de tant d'armées. 8. Lui qui avait loué les médecins qui ne font jamais preuve de complaisance à l'égard des désirs de leurs malades, il craignit de déplaire en se souciant du salut de tous et s'inclina devant les éléments malades de son armée. 9. Comment en effet déclarer sains d'esprit ces hommes qui, dans le camp, cherchaient déjà à briguer des consulats et des commandements, ces Spinther, Domitius et Scipion, qui se querellaient, se jalousaient ou faisaient assaut d'amabilités pour obtenir le grand pontificat de César[303] ? 10. On aurait dit qu'ils étaient campés en face de l'Arménien Tigrane ou du roi des Nabatéens, et non contre le grand César et contre l'armée avec laquelle il avait pris de vive force un millier de cités, soumis plus de trois cents peuples, combattu à d'innombrables reprises les Germains et les Gaulois sans jamais être vaincu, fait un million de prisonniers et tué un autre million de Barbares en les mettant en déroute à la suite de batailles rangées.

---

302. Le reproche fait à Pompée recouvre deux réalités : celle des conservateurs, qui pensaient qu'il faisait traîner la guerre dans la crainte de se voir supprimer son commandement après la victoire, et celle des militaires, rêvant de la conquête de l'univers. Plutarque incarne ces propos dans des personnages qui sont de parfaits contre-exemples : pour les militaires, Domitius Ahénobarbus, lamentablement pris et défait à Corfinium, et Lucius Afranius, incapable de conserver ses armées en Espagne et, pour les conservateurs, Favonius, l'impétueux jeune homme toujours soucieux de singer Caton par la surenchère.
303. Publius Cornelius Lentulus Spinther, consul en 57, Lucius Domitius Ahenobarbus, consul en 54, et Quintus Metellus Scipio, beau-père de Pompée et consul en 52, constituaient l'élite de l'entourage pompéien. Sur leur attitude, César donne plus de détails : Guerre civile, III, 83 (voir aussi Cicéron, Lettres à Atticus, XI, 6, 2-6). César avait obtenu le grand pontificat, poste essentiel d'organisateur du calendrier religieux, en 63, contre le vénérable Quintus Lutatius Catulus, chef des optimates (voir César, VII).

LXVIII. 1. Cependant, à force d'insister et de s'agiter, ils forcèrent Pompée, dès qu'on fut descendu dans la plaine de Pharsale, à convoquer un conseil. Au cours de cette séance, Labiénus, qui commandait la cavalerie, se leva le premier pour jurer qu'il ne se retirerait pas du combat tant qu'il n'aurait pas mis les ennemis en déroute ; tous prêtèrent le même serment. 2. Pendant la nuit, Pompée, dans son sommeil, rêva qu'il entrait dans son théâtre, aux applaudissements du peuple, et qu'il ornait de nombreuses dépouilles le temple de Vénus Victrix[304]. 3. Cette vision était encourageante et inquiétante en même temps : elle fit craindre à Pompée de procurer gloire et éclat à la famille de César, qui remontait à Vénus[305]. Des terreurs paniques agitèrent son camp et le réveillèrent en sursaut. 4. À la relève de l'aube, on vit briller au-dessus du camp de César, où régnait le plus grand calme, une grande lumière, d'où s'éleva un flambeau ardent qui s'abattit sur le camp de Pompée : César lui-même déclare avoir observé ce phénomène alors qu'il inspectait les postes de garde. 5. Au point du jour, César allait partir pour Scotoussa, les soldats repliaient déjà leurs tentes et envoyaient en avant les bêtes de somme et les valets d'armée lorsque survinrent des observateurs annonçant qu'on voyait dans le camp ennemi un grand déploiement d'armes, ainsi que des soldats qui s'agitaient en grand tumulte pour sortir combattre. Après ces éclaireurs, d'autres vinrent annoncer que déjà les premières lignes se rangeaient en ordre de bataille. 6. César dit alors : « Il est venu le jour tant attendu où c'est contre des hommes que nous allons combattre, et non plus contre la faim ou la misère ! » Il fit déployer en hâte devant sa tente la tunique de pourpre qui est pour les Romains le signal du combat. 7. À cette vue, les soldats, poussant de grands cris, abandonnèrent joyeusement leurs tentes et coururent aux armes. Les officiers les menèrent aux places qu'ils devaient occuper et chacun gagna son poste, sans le moindre désordre, d'un mouvement aussi bien réglé et aussi doux que celui d'un chœur de tragédie.

LXIX. 1. Pompée, qui tenait l'aile droite, devait se trouver opposé à Antoine ; au centre, il avait placé son beau-père Scipion, face à Lucius Calvinus ; Lucius Domitius commandait l'aile gauche, qui avait reçu en renfort la plus grande partie des cavaliers[306].

---

304. Anecdote classique des présages avant la bataille. Le théâtre de Pompée était couronné, en haut de la cavea, d'un temple à Vénus Victrix, sa protectrice, sanctuaire auquel les gradins où s'asseyait la foule servaient, selon Pompée, d'escalier d'accès.

305. Lors de sa candidature à l'élection au grand pontificat, César avait forgé la légende de son ascendance divine : la famille Julia avait, selon lui, pour ancêtre Jullus, premier grand pontife d'Albe, ville mère de Rome. Ce Jullus était le fils du héros troyen Énée, lui-même fils du mortel Anchise et de la déesse Vénus. Vénus Génitrix (la Mère) était donc l'ancêtre et la divinité protectrice de César, à qui il avait élevé un temple qui dominait à Rome son propre forum.

306. César détaille pour Pompée un ordre de bataille différent (Guerre civile, III, 88) : à l'aile droite, avec Afranius, se tenaient une légion de Cilicie et les restes de l'armée d'Espagne ; au centre, Quintus Metellus Scipio avait les légions syriennes ; à l'aile gauche, que commandait, selon Plutarque, Lucius Domitius Ahenobarbus, César situe Pompée : elle était la plus forte avec les légions rendues par César, l'ensemble de la cavalerie, les archers et les frondeurs. Face à Scipion, le centre césarien était occupé par Cnaeus (et non Lucius) Domitius Calvinus.

2. Presque tous, en effet, s'étaient massés de ce côté, pour enfoncer César et tailler en pièces la dixième légion, dont on faisait le plus grand cas, la jugeant la plus valeureuse, et où César avait l'habitude de se placer pour combattre[307]. 3. Lorsqu'il vit l'aile gauche ennemie renforcée par une cavalerie si nombreuse, César, craignant leur brillant armement, détacha des troupes de réserve six cohortes qu'il disposa en arrière de la dixième légion, avec ordre de ne pas bouger et de ne pas se laisser voir aux ennemis. 4. Lorsque les cavaliers chargeraient, ils devaient accourir, traverser les premiers rangs et, au lieu de lancer le javelot comme le font d'ordinaire les soldats d'élite qui ont hâte de tirer l'épée, frapper vers le haut, de manière à blesser les ennemis aux yeux et au visage : 5. ces beaux danseurs de pyrrhique dans la fleur de l'âge, soucieux de leur beauté, ne tiendraient pas et n'oseraient pas regarder le fer qu'on approcherait de leurs yeux[308]. 6. Pendant que César s'employait à donner ces instructions, Pompée, qui observait du haut de son cheval la disposition des troupes, vit que ses adversaires attendaient tranquillement à leur poste le moment de la bataille, tandis que la plus grande partie de l'armée qu'il commandait, loin de rester calme, bouillonnait et s'agitait en raison de son inexpérience : il craignit de la voir se débander totalement dès le début de la bataille et donna ordre aux premiers rangs de se tenir en position défensive et de rester serrés les uns contre les autres en laissant venir les ennemis[309]. 7. César blâme cette stratégie. Selon lui, elle amortit les coups, dont la vigueur est provoquée par la charge ; en supprimant l'élan hostile, qui contribue particulièrement à emplir les hommes de fougue et d'enthousiasme au moment du corps à corps avec l'ennemi et qui augmente leur courage par les clameurs et la course, Pompée paralysa et glaça les soldats. 8. César avait sous ses ordres vingt-deux mille hommes et Pompée un peu plus du double.

LXX. 1. Déjà le signal était donné de part et d'autre, et la trompette commençait à sonner l'attaque. La plupart des combattants ne pensaient qu'à leur situation personnelle, mais un petit nombre de Romains, les meilleurs, ainsi que quelques Grecs qui se trouvaient en dehors du champ de bataille, réfléchissaient, en voyant le malheur tout proche, à la situation dans laquelle la cupidité et la discorde avaient plongé l'Empire romain. 2. Des armes parentes, des formations sœurs, des enseignes communes, tant de vaillance et de force, issues de la même cité, se retournaient contre elles-mêmes, ce qui montrait combien la nature humaine devient aveugle et folle sous l'effet de la passion[310]. 3. S'ils avaient voulu exercer le commandement en toute

---

*307. À Pharsale, César s'était placé face à Pompée (*Guerre civile*, III, 89, 3), à l'aile droite, avec la dixième légion dont le commandement était confié à P. Sylla.*
308. Ces détails sur la psychologie supposée de l'ennemi ne figurent pas dans la Guerre civile *de César, mais César avait effectivement entraîné ses fantassins à combattre au milieu des cavaliers, de façon à compenser son infériorité numérique (*Guerre civile*, III, 84, 3).*
*309. Les raisons prêtées par César à Pompée pour ce mauvais choix tactique, qu'il stigmatise effectivement (*Guerre civile*, III, 92, 4), sont cependant différentes : Pompée préférait laisser venir les césariens pour les attaquer fatigués et partiellement disloqués par la course (III, 92, 1-3).*
310. Réflexion philosophique et morale qui doit beaucoup à Lucain (VII, 421-459).

tranquillité et jouir du fruit de leurs exploits, ils avaient sous leurs ordres la plus grande et la meilleure partie de la terre et de la mer[311]. Ils pouvaient également, s'ils désiraient satisfaire leur désir de trophées et de triomphes, étancher cette soif en faisant la guerre aux Parthes ou aux Germains. 4. Il restait également beaucoup à faire en Scythie et en Inde ; leur ambition aurait eu le glorieux prétexte de civiliser ces régions barbares. 5. Comment la cavalerie des Scythes, les flèches des Parthes ou la richesse des Indiens auraient-elles pu arrêter soixante-dix mille Romains en armes, commandés par Pompée et par César, dont ces peuples avaient entendu le nom avant même de connaître celui des Romains – tant ces chefs avaient attaqué et vaincu de nations intraitables, fourbes et farouches[312] ? 6. À présent, ils combattaient l'un contre l'autre, sans pitié pour leur gloire, à laquelle ils sacrifiaient la patrie, eux qui, jusqu'à cette journée, avaient été réputés invincibles. 7. La parenté qui les avait unis, les charmes de Julia et le mariage avec elle n'avaient été, dès le début, que les gages trompeurs et suspects d'une alliance conclue par nécessité, qui n'avait rien à voir avec une véritable amitié.

LXXI. 1. Donc, lorsque la plaine de Pharsale se trouva remplie d'hommes, de chevaux et d'armes, et que le signal du combat eut été hissé de part et d'autre, le premier qui s'élança des rangs de César pour courir à l'attaque fut Caius Crastinus, qui commandait un détachement de cent vingt hommes. Il s'acquittait ainsi d'une grande promesse qu'il avait faite à César[313]. 2. C'était lui que César avait rencontré le premier, en sortant du camp ; il l'avait salué, lui avait demandé son avis sur la bataille, et Crastinus, étendant la main droite, lui avait crié : « Tu vaincras brillamment, César ; quant à moi, que je sois vivant ou mort, tu me loueras aujourd'hui ! » 3. Se souvenant de ces paroles, il se lança à l'attaque, entraînant avec lui un grand nombre de soldats, et se jeta au milieu des ennemis. 4. On combattit aussitôt à l'épée et il y eut un grand nombre de morts, mais Crastinus continuait à avancer, en forçant le passage et en taillant en pièces les premiers rangs. Cependant, un ennemi l'attendit de pied ferme et lui plongea son épée dans la bouche si violemment que la pointe la traversa et ressortit par la nuque. 5. Quand Crastinus fut tombé, le combat se poursuivit sur ce secteur à forces égales mais, à l'aile droite, Pompée, au lieu de faire avancer rapidement ses hommes, gardait les yeux fixés sur l'autre aile et perdait du temps à attendre de voir ce que faisaient ses cavaliers. 6. Ceux-ci lançaient déjà leurs escadrons, pour encercler César et rejeter sur son infanterie les cavaliers, peu nombreux, qui étaient placés devant elle. 7. Mais, à un signal de César, ces cavaliers se dérobèrent et les cohortes de réserve, fortes de trois mille hommes, chargèrent en courant pour rompre l'encerclement : elles se portèrent contre les ennemis et chaque homme se plaça devant un cheval, en dres-

---

*311. La formule explique la certitude romaine de dominer l'*orbis terrarum, *la notion de monde habité se confondant avec celle de monde habitable, donc civilisé.*
312. Ce sont les thèmes mêmes de la propagande des imperatores, *qui, dans leurs trophées et leurs triomphes, énuméraient les innombrables peuplades vaincues, étalaient leur exotisme et évoquaient des combats mythiques, comme ceux de Pompée et des Amazones (voir* supra, *XXXV, 5).*
*313. L'épisode est rapporté par César lui-même (*Guerre civile, *III, 91).*

sant son javelot verticalement, comme ils en avaient reçu l'ordre, pour frapper les pompéiens au visage. 8. Ceux-ci, ignorant toutes les formes que peut prendre une bataille[314], ne s'attendaient pas à cette manœuvre et n'y avaient pas été entraînés. L'audace et l'endurance leur manquèrent devant les coups qu'on leur portait aux yeux et à la bouche; ils se détournèrent et, s'abritant le visage derrière les mains, battirent honteusement en retraite. 9. Les césariens, sans plus s'occuper d'eux, les laissèrent fuir et marchèrent sur les fantassins, à l'endroit où leur aile, dépouillée des cavaliers, se prêtait le mieux à une manœuvre d'encerclement et d'enveloppement. 10. Tandis qu'ils attaquaient de flanc, la dixième légion engageait le combat de face. Les pompéiens ne purent tenir et se débandèrent en voyant qu'au lieu d'encercler les ennemis, comme ils l'avaient espéré, c'étaient eux qui se retrouvaient encerclés[315].

LXXII. 1. Après cette déroute, Pompée, au nuage de poussière qui s'élevait, comprit le sort de ses cavaliers. Il est difficile de dire quelles réflexions il se fit alors; il avait l'air d'un homme totalement égaré dont la raison est troublée, et l'on eût dit qu'il ne se souvenait même plus qu'il était le Grand Pompée. Il se retira à pied dans son camp, sans parler à personne. 2. Son attitude correspondait tout à fait à celle que décrivent les vers suivants:

> Et alors Zeus le Père, assis dans les hauteurs,
> Fit lever la terreur sur Ajax qui soudain:
> S'arrêta stupéfait, rejetant en arrière
> Son bouclier cousu avec sept peaux de bœufs.
> Il parcourut des yeux la foule et il trembla[316].

3. Tel était l'état de Pompée lorsqu'il regagna sa tente. Il y resta assis sans parler jusqu'au moment où de nombreux ennemis lancés à la poursuite des fuyards entrèrent avec eux dans le camp. Alors, il ne prononça qu'une parole: «Quoi? Même dans le camp?» puis, sans rien ajouter, il se leva, prit le vêtement qui convenait à son infortune présente et sortit à la dérobée. 4. Les autres légions s'enfuirent également et, dans le camp, les gardiens de tentes et les valets furent massacrés en grand nombre. Parmi les soldats, il n'y eut que six mille morts, selon Asinius Pollion[317] qui participa

---

314. L'expression met en relief l'inexpérience des 7 000 cavaliers de Pompée, issus de l'ordre équestre italien et romain et dépourvus de véritable expérience militaire.
315. César (Guerre civile, III, 89, 4-5 et 94, 3-4) souligne que c'était son stratagème (renforcement de l'aile gauche par des troupes déplacées du centre et de l'aile droite et tenues en réserve) et la vaillance de cette réserve qui décidèrent de la victoire, faisant d'un point faible décelé par l'ennemi un point fort qui le démoralise.
316. Citation de l'Iliade (XI, v. 544), quand Ajax se retire du combat contre Hector.
317. Asinius Pollion, quoique républicain convaincu, fut légat de César durant la guerre des Gaules et un fidèle partisan pendant la guerre civile, du Rubicon à Pharsale et Munda. Préteur en 45, consul en 40, il tenta vainement de réconcilier Antoine et Octave. Il se retira de la vie publique et écrivit une histoire des guerres civiles, vantée par Horace (Odes, II, 1) mais peu favorable à César, comme en témoigne une citation acerbe de Suétone (César, LVI, 4). Sur les pertes, voir César, XLVI, 3 et César, Guerre civile, III, 99.

à cette bataille aux côtés de César. 5. Quand ils prirent le camp, ils purent voir l'inconscience et la légèreté des pompéiens. Toutes les tentes étaient couronnées de guirlandes de myrtes, on y avait disposé des tentures fleuries et des tables chargées de coupes ; 6. il y avait aussi des cratères de vin. Ces préparatifs et ces ornements convenaient à des gens qui ont offert des sacrifices et célèbrent une fête plus qu'à des hommes qui s'arment pour une bataille. Tant ils s'étaient laissés égarer par leurs espérances ! Tant, lorsqu'ils partirent au combat, ils étaient emplis d'une audace insensée !

LXXIII. 1. Pompée s'avança à quelque distance du camp et abandonna son cheval. Il avait autour de lui quelques rares compagnons[318] et, comme personne ne le poursuivait, il partit tranquillement, plongé dans les pensées que l'on peut imaginer[319] de la part d'un homme, habitué depuis trente-quatre ans à vaincre et à dominer tout le monde, qui faisait alors pour la première fois, sur ses vieux jours, l'expérience de la défaite et de la fuite. 2. Il se disait qu'après tant de combats et de luttes, qui avaient développé sa gloire et sa puissance, il lui avait suffi d'une heure pour les perdre : un instant auparavant, il était entouré d'armes, de chevaux et de flottes en si grand nombre, et maintenant il s'en allait, tellement amoindri et misérable que même les ennemis qui le cherchaient ne le remarquaient pas. 3. Après avoir dépassé Larissa[320], il entra dans la vallée de Tempè et, se laissant tomber face contre terre, il but à même la rivière, car il avait soif. Puis, s'étant relevé, il suivit la vallée de Tempè jusqu'à la mer. 4. Là, il se reposa le reste de la nuit dans une cabane de pêcheurs et, au point du jour, il monta sur une barque du fleuve, emmenant avec lui les hommes libres qui l'accompagnaient et invitant les esclaves à aller trouver César sans crainte. En longeant le rivage, il aperçut un navire de marchandises assez grand qui était sur le point de lever l'ancre. Le capitaine était un Romain qui n'était pas du tout un proche de Pompée, mais qui le connaissait de vue : il se nommait Péticius. 5. Or il se trouvait que la nuit précédente, cet homme avait vu en songe Pompée s'entretenir avec lui, non pas dans l'état où il l'avait souvent aperçu, mais abattu et humilié. 6. Il était en train de raconter cela à ses compagnons, comme aiment à le faire les gens qui ont du loisir et parlent volontiers des événements importants. 7. Soudain, un des matelots annonça qu'il voyait une barque du fleuve s'éloigner du rivage à la force des rames et que des hommes agitaient leurs manteaux et tendaient les bras vers eux. 8. Péticius arrêta son navire et reconnut aussitôt Pompée, tel qu'il l'avait vu en songe. Se frappant la tête, il ordonna aux matelots de mettre la chaloupe à la mer puis, tendant la main droite, il appela

---

318. *César (Guerre civile, III, 96, 4) donne le chiffre de 30 cavaliers.*
319. *Le malheur de Pompée offre à Plutarque l'opportunité d'un discours sur les revers de la Fortune, qu'il illustre de façon très concrète en décrivant les préoccupations bassement matérielles auxquelles est subitement confronté l'imperator maître du monde : boire à même la rivière (§ 4), dormir dans une cabane (§ 4), se déchausser sans l'aide d'un esclave (§ 10).*
320. *Larissa est à 40 km au nord-est de Pharsale. De là, en traversant la vallée de Tempè, Pompée suivit vers le Nord-Est le cours du Pénée, qui l'amena à la mer quelque 50 km plus loin.*

Pompée, car à présent, à l'état dans lequel il le voyait, il comprenait son infortune et le changement de sa situation. 9. Aussi, sans attendre ni prières ni paroles, il prit à son bord tous ceux que Pompée demanda à emmener avec lui (les deux Lentulus et Favonius), puis il leva l'ancre. Peu après, ils virent le roi Déjotarus qui tentait désespérément de quitter le rivage et le firent aussi monter avec eux[321]. 10. Quand vint l'heure du souper, le capitaine prépara un repas avec les moyens du bord. Alors Favonius, voyant que, faute de serviteurs, Pompée s'apprêtait à se déchausser lui-même, courut à lui, le déchaussa et le frotta d'huile. 11. Et il continua par la suite à l'entourer d'égards et à lui rendre tous les services qu'un esclave rend à son maître, allant jusqu'à lui laver les pieds et à lui préparer ses repas. Aussi aurait-on pu dire, en voyant la noblesse, la simplicité et l'absence d'affectation avec laquelle il le servait:

> Las! comme tout est beau pour les cœurs généreux[322]!

LXXIV. 1. Pompée longea donc la côte jusqu'à Amphipolis d'où il traversa la mer pour Mytilène, afin d'y prendre Cornélia et son fils[323]. 2. Lorsqu'il eut atteint le rivage de l'île, il envoya un messager dans la cité; les nouvelles qu'il apportait étaient bien différentes de ce qu'attendait Cornélia qui, se fondant sur les messages et les lettres favorables qui lui étaient parvenus, espérait que le combat livré près de Dyrrachium avait été décisif et qu'il ne restait plus à Pompée qu'à poursuivre César[324]. 3. La voyant en proie à ces illusions, le messager n'eut pas le courage de la saluer et ce fut par ses larmes plus que par ses paroles qu'il lui révéla tant de si grands malheurs. Il la pria de se hâter, si elle voulait voir Pompée, qui était à bord d'un unique navire, lequel ne lui appartenait même pas. 4. En entendant ces mots, Cornélia se laissa glisser à terre et resta longtemps étendue sans connaissance et sans voix. Pour finir, à grand-peine, elle revint à elle et, comprenant que ce n'était pas le moment de se lamenter ou de pleurer, elle traversa la cité en courant jusqu'à la mer. 5. Pompée vint à sa rencontre et la prit dans ses bras. Elle s'y laissa tomber, sur le point de s'évanouir. «Ô mon époux, lui dit-elle, l'état dans lequel je te vois n'est pas l'ouvrage de ta Fortune, mais de la mienne, qui t'a réduit à une seule embarcation toi qui, avant d'épouser Cornélia, avais parcouru cette même mer avec cinq cents navires. 6. Pourquoi es-tu venu me voir et ne m'as-tu pas abandonnée à

---

321. Les accompagnateurs de Pompée étaient les deux consuls de 57 (Publius Cornelius Spinther) et de 49 (Lucius Cornelius Lentulus Crus), le farouche catonien Favonius et le roi de Galatie Déjotarus.
322. Ce vers est attribué à Euripide dans Plutarque, Des progrès dans la vertu, *85 A.*
323. Le bateau remonta vers le Nord, jusqu'à Amphipolis sur l'embouchure du Strymon, d'où il traversa la mer Égée, cap au Sud-Est, vers l'île de Lesbos. Le choix de Mytilène comme refuge pour Cornélia et Sextus Pompée, fils de Mucia, s'expliquait par les liens que Pompée avait tissés avec cette cité qui était celle de son historien Théophanès (voir supra, XXXVII, 4).
324. La rapidité de la fuite de Pompée le fit arriver à Lesbos avant la nouvelle de Pharsale. En 53, la nouvelle de la mort de Crassus et de la défaite de Carrhes mit près de deux mois pour parvenir à Rome.

mon mauvais génie, moi qui t'ai communiqué, à toi aussi, une si grande infortune ? Comme j'aurais été fortunée, si j'étais morte avant d'apprendre que Publius, mon premier mari, avait succombé devant les Parthes[325], et comme j'aurais été sage si, comme j'en avais l'intention, j'avais renoncé à vivre après lui ! Je n'ai donc conservé la vie que pour faire le malheur du Grand Pompée ! »

LXXV. 1. Telles furent, dit-on, les paroles de Cornélia, et Pompée répondit : « Tu ne connaissais donc, Cornélia, que la meilleure part de ma Fortune et c'est elle qui sans doute t'a trompée en restant à mes côtés plus longtemps que de coutume. 2. Mais puisque nous sommes des êtres humains, nous devons également supporter ce qui nous arrive à présent et mettre de nouveau la Fortune à l'épreuve[326]. Il ne faut pas désespérer de sortir de cette situation pour retrouver celle qui était la nôtre autrefois, puisque nous sommes passés de celle d'autrefois à celle d'aujourd'hui. » 3. Sa femme envoya chercher dans la cité de l'argent et des serviteurs. Quant aux Mytiléniens, ils saluèrent Pompée et l'invitèrent à entrer dans leur cité, mais il refusa et les pria, eux aussi, d'obéir au vainqueur et de garder courage, car César était clément et généreux. 4. Puis s'étant tourné vers le philosophe Cratippos[327] qui était descendu de la cité pour le voir, il se plaignit de la Providence et eut avec lui un bref entretien à ce sujet. Cratippos tenta de l'amener à de meilleurs espoirs, tout en entrant dans ses vues pour éviter de le contrarier et de l'importuner en le contredisant. 5. Si Pompée était fondé à lui poser des questions sur la Providence, le philosophe pouvait, de son côté, lui expliquer qu'en raison du mauvais état de Rome, les affaires publiques exigeaient désormais une monarchie[328]. Il pouvait aussi lui demander : « Comment, Pompée, et par quelle preuve parviendras-tu à nous faire croire que, si tu avais vaincu, tu aurais fait un meilleur usage de la Fortune que César ? Allons, il faut renoncer à examiner ces questions, comme tout ce qui a trait aux dieux ! »

LXXVI. 1. Ayant pris à bord avec lui sa femme et ses amis, Pompée continua sa route, ne s'arrêtant que lorsqu'il y était obligé, dans des ports où il trouvait de l'eau

---

325. Publius Crassus le fils, mort dans le désastre de Carrhes en 53.
326. César présente de la fuite de Pompée une tout autre version : il le montre soucieux de reconstituer une armée et de récolter des fonds pour reprendre la guerre, mais obligé de fuir en permanence sans pouvoir mener à bien ses projets en raison de la rapidité de César (Guerre civile, III, 102-103).
327. Cratippos de Pergame, philosophe péripatéticien qui avait déjà accueilli Cicéron à Mytilène en 51.
328. La monarchie modérée par les pouvoirs oligarchique et démocratique constituait l'idéal aristotélicien, duquel Cratippos se réclamait. Cet idéal connaissait des échos à Rome, chez Cicéron en particulier, et l'aventure pompéienne fut parfois interprétée, notamment par la propagande augustéenne, comme une tentative maladroite de mise en œuvre d'un régime dont le principat se voulait l'aboutissement. Mais la vraie question est celle que pose Cratippos, à laquelle tous les conservateurs optimates qui avaient suivi Pompée auraient répondu par la négative : Pompée vainqueur aurait-il agi différemment de César ?

ou du ravitaillement. La première cité où il entra fut Attalia en Pamphylie[329]. Là, quelques trières venues de Cilicie le rejoignirent, des soldats se rassemblèrent et soixante sénateurs se réunirent de nouveau autour de lui. 2. Apprenant que la flotte tenait toujours et que Caton, après avoir recueilli un grand nombre de soldats, passait en Afrique, il se répandit en lamentations en présence de ses amis. Il se reprochait de s'être laissé contraindre à engager le combat avec son armée de terre sans faire aucun usage d'une force dont la supériorité était incontestable, et de n'avoir pas mis sa flotte au mouillage à un endroit où, en cas de défaite sur terre, il aurait pu disposer aussitôt, sur mer, de forces équivalentes et d'une armée aussi puissante. 3. Ce fut bien, en effet, la plus grande faute de Pompée, et la plus habile manœuvre de César, que d'avoir engagé une bataille si loin des renforts maritimes. 4. Quoi qu'il en soit, étant donné les circonstances, Pompée était obligé de prendre une décision et de passer à l'action[330]. Il envoya des ambassades dans certaines cités et se rendit lui-même dans d'autres pour réclamer de l'argent et équiper des navires. 5. Redoutant la vivacité et la rapidité de l'ennemi, qui risquait de le surprendre et de l'attaquer en pleins préparatifs, il cherchait surtout, pour le moment, un refuge et une retraite. 6. Ils délibérèrent, mais aucune province ne leur semblait susceptible d'abriter sa fuite. Quant aux royaumes, Pompée expliqua que celui des Parthes était pour l'heure le mieux fait pour les accueillir et les protéger dans leur faiblesse, pour ensuite les renforcer et leur permettre de repartir avec une armée très importante[331]. 7. Parmi ses compagnons, certains pensaient à l'Afrique et au roi Juba, mais Théophanès de Lesbos jugeait que c'était folie de négliger l'Égypte, qui n'était qu'à trois jours de navigation, et Ptolémée, qui par l'âge n'était certes qu'un enfant, mais qui était lié à Pompée par l'amitié et les obligations héritées de son père[332], 8. pour aller se jeter entre les mains des Parthes, le plus déloyal des peuples. « Toi qui pouvais occuper le second rang, après un Romain qui a été ton beau-père, tu n'as pas voulu être le premier de tous les autres ni faire l'épreuve de la clémence de César, et maintenant, tu irais rendre maître de ta personne Arsacès qui n'a même pas été capable de s'emparer de Crassus vivant ! 9. Et comment mener une jeune femme, issue de la maison de Scipion, chez des Barbares qui mesurent leur puissance à leurs violences et à leur débauche ? Même si elle ne devait pas en souffrir, ce serait déjà terrible pour sa réputation qu'elle se trouve au pouvoir de gens capables de

---

329. *Plusieurs cités ou îles d'Asie Mineure fermèrent leurs portes aux pompéiens, notamment Antioche en Syrie et l'île de Rhodes (voir César, Guerre civile, CII, 6-7). Attalia est un port de la côte méridionale de l'actuelle Turquie.*

330. *La version césarienne est, ici encore, différente et moins dramatique : César dépeint un Pompée soucieux de trouver des appuis logistiques, réquisitionnant l'argent des publicains et levant une troupe de 2 000 esclaves prélevés sur les effectifs des compagnies et des marchands (Guerre civile, III, 103, 1).*

331. *La préférence de Pompée pour le royaume parthe s'expliquait sans doute par les relations nouées avec les dynastes parthes lors des négociations de la campagne d'Orient de 66-62, mais elle ne pouvait apparaître, à l'époque de Plutarque, que comme une trahison capitale, Pompée choisissant de se réfugier auprès de l'ennemi héréditaire de Rome.*

332. *Sur les relations de Pompée avec Ptolémée XIII Aulète, voir supra, XLIX, 9 et note.*

l'outrager.» À elle seule, dit-on, cette dernière considération détourna Pompée de la route de l'Euphrate, si du moins il était encore capable de réfléchir, si ce n'était pas un *démon* qui l'entraînait sur l'autre route[333].

LXXVII. 1. Ce fut donc l'avis de fuir en Égypte qui prévalut. Pompée quitta Chypre, à bord d'une trirème de Séleucie, avec sa femme. Ses compagnons naviguaient près de lui, les uns, comme lui, sur des vaisseaux longs, les autres sur des navires de marchandise[334]. Il fit la traversée sans encombre et, apprenant que Ptolémée, qui était en guerre contre sa sœur, campait à Péluse avec une armée[335], ce fut là qu'il s'arrêta. Il envoya au roi un émissaire pour lui expliquer la situation et lui demander de l'aide. 2. Ptolémée étant extrêmement jeune, celui qui administrait toutes les affaires, Pothin[336], réunit en conseil les personnages les plus influents (c'est-à-dire ceux qu'il voulait) et pria chacun d'eux de donner son avis. 3. Quelle situation terrible : ceux qui délibéraient sur le sort du Grand Pompée, c'étaient l'eunuque Pothin, Théodotos de Chios qui avait été embauché et touchait un salaire pour enseigner la rhétorique, et l'Égyptien Achillas ; les plus éminents des valets de chambre et des précepteurs du roi, tels étaient les conseillers ! 4. Voilà le tribunal dont Pompée à l'ancre, loin de la côte, attendait la sentence, lui qui jugeait indigne de lui de devoir son salut à César ! 5. Les avis de la plupart d'entre eux furent divisés : les uns proposaient de chasser Pompée, les autres de l'appeler et de l'accueillir. 6. Mais Théodotos déploya toute son habileté oratoire et toute sa rhétorique pour démontrer qu'aucune de ces deux solutions n'était prudente : s'ils l'accueillaient, ils auraient César pour ennemi et Pompée pour maître ; s'ils le chassaient, ils seraient accusés par Pompée de l'avoir repoussé et par César de l'avoir laissé partir. 7. Le mieux était donc de le faire venir et de le supprimer : ils s'attireraient ainsi la gratitude de César et n'auraient plus à redouter Pompée. Il ajouta même, dit-on, en souriant : « Un cadavre ne mord pas[337] ! »

---

333. Une fois encore, c'est l'argument féminin qui l'emporte pour Pompée sur les considérations de dignitas, *que lui développe la rhétorique de Théophanès, ou sur les analyses stratégiques qui désignaient l'Égypte, plus proche que l'Euphrate et gouvernée par un Ptolémée enfant moins redoutable qu'Arsacès. Plutarque privilégie cependant l'explication du destin tragique, personnalisée ici dans le daïmon.*
334. Pompée n'avait pu reconstituer à Chypre une véritable flotte de guerre et utilisait des naves onerariae *(« navires de marchandise »), larges et lourds, qu'il avait réquisitionnés auprès des compagnies maritimes d'Asie Mineure.*
335. Ptolémée XIV, âgé de 13 ans, avait chassé, à l'instigation de son entourage, sa sœur Cléopâtre avec qui il devait partager le pouvoir d'après le testament de Ptolémée XIII Aulète. Réfugiée en Syrie, Cléopâtre, âgée d'une vingtaine d'années, tentait de reprendre sa place. Les deux armées étaient stationnées à Péluse, à l'embouchure la plus orientale du delta du Nil.
336. L'eunuque Pothin, véritable maître du palais, souleva plus tard les Alexandrins contre César (voir César, Guerre civile, *III, 108-109).*
337. Malgré son côté répugnant, la démonstration de Théodotos est d'une logique implacable ; le contraste soulignait le mépris exprimé par Plutarque pour un rhéteur qui touche salaire, l'éloquence noble étant l'acte gratuit du citoyen qui défend le droit.

LXXVIII. 1. Ils ratifièrent cette décision et en confièrent l'exécution à Achillas. Celui-ci prit avec lui un certain Septimius, qui avait été autrefois officier de Pompée, et un centurion, Salvius, ainsi que trois ou quatre serviteurs, et il embarqua pour rejoindre le navire de Pompée. 2. Or il se trouvait que les plus illustres des compagnons de Pompée étaient tous montés à son bord, pour s'informer de la situation. 3. Lorsqu'ils virent que l'accueil qu'on lui faisait n'était ni royal, ni brillant, ni conforme aux espérances de Théophanès, et que quelques hommes seulement s'avançaient sur une seule barque de pêcheur, ils jugèrent cette désinvolture suspecte et conseillèrent à Pompée de virer de bord et de ramener son navire en haute mer, tant qu'ils étaient encore hors de portée des traits[338]. 4. Pendant ce temps, la barque s'approchait. Septimius s'empressa de se lever et salua en latin Pompée du titre d'*imperator*. 5. Achillas le salua à son tour en grec et le pria de passer dans la barque: il y avait beaucoup de vase, lui dit-il, et la mer n'avait pas assez de fond pour porter une trière, parce qu'elle était ensablée. 6. En même temps, on voyait appareiller des navires de la flotte royale, tandis que le rivage se couvrait de soldats: de toute évidence, même s'ils changeaient d'avis, il leur était impossible de fuir et, de plus, leur méfiance risquait de donner aux meurtriers un prétexte pour leur crime. 7. Pompée embrassa donc Cornélia, qui déjà pleurait sa mort, et il donna ordre à deux centurions, à un de ses affranchis, Philippus, et à un esclave nommé Scythès d'embarquer avec lui. Comme Achillas et ses complices, de la barque, lui tendaient déjà la main, il se retourna vers sa femme et son fils et prononça ces vers iambiques de Sophocle:

> Lorsque auprès d'un tyran un homme se dirige,
> Il a beau venir libre, il devient son esclave[339].

LXXIX. 1. Ce furent les derniers mots qu'il adressa aux siens, puis il passa dans la barque. Comme il y avait une assez grande distance entre la trière et le rivage et qu'aucun de ceux qui se trouvaient à bord avec lui ne lui adressait la moindre parole aimable, il se tourna vers Septimius et lui dit: «N'as-tu pas été un de mes compagnons d'armes? Je crois te reconnaître.» L'autre se contenta d'un signe de tête, sans rien ajouter, sans aucune marque de courtoisie[340]. 2. Il se fit de nouveau un profond silence. Pompée prit, sur un petit rouleau, un discours qu'il avait écrit en grec et qu'il se proposait d'adresser à Ptolémée; il se mit à le lire. 3. Comme ils approchaient de la terre, Cornélia, qui, pleine d'angoisse, observait de la trière avec ses amis ce qui allait se passer, commença à reprendre courage en voyant beaucoup d'hommes du roi se rassembler vers le lieu du débarquement, comme pour honorer et accueillir

---

338. *Soigneuse mise en scène destinée à ménager le dramatique, procédé repris par Plutarque pour la mort de César (César, LXV): dans le récit, Pompée comme César ont, jusqu'à l'ultime moment, la possibilité d'éviter leur destin.*

339. *La même citation d'un ouvrage perdu est reprise par Appien* (Guerres civiles, II, 84) *et Dion Cassius* (XLII, 4).

340. *Le récit très détaillé de Plutarque, s'il n'est pas pure fiction destinée à faire monter la tension de l'épisode final, pourrait avoir été emprunté à Théophanès de Mytilène, qui suivit la scène depuis le vaisseau.*

son époux. 4. Mais à ce moment, alors que Pompée saisissait la main de Philippus afin de se lever plus facilement, Septimius, le premier, le transperça par-derrière de son épée; après lui, Salvius, puis Achillas, tirèrent leurs poignards. 5. Pompée ramena des deux mains sa toge sur son visage[341] et, sans rien dire ni rien faire d'indigne de lui, poussant seulement un gémissement, il endura fermement les coups. Il avait cinquante-neuf ans et mourut le lendemain de son anniversaire.

LXXX. 1. Ceux qui se trouvaient sur les navires, à la vue de ce meurtre, poussèrent une lamentation qu'on entendit jusqu'au rivage. Puis ils levèrent l'ancre en toute hâte. Un vent puissant les seconda et leur permit de gagner la haute mer, si bien que les Égyptiens, qui voulaient les poursuivre, durent y renoncer. 2. On coupa la tête de Pompée et on jeta le reste de son corps, nu, hors de la barque, l'abandonnant à ceux qui désiraient contempler un pareil spectacle. 3. Philippus resta à ses côtés, jusqu'au moment où tous furent rassasiés de cette vue. Alors, il lava le corps dans la mer et l'enveloppa dans une pauvre tunique qui lui appartenait. Il n'avait rien d'autre, mais en parcourant des yeux le rivage, il découvrit les débris d'une petite barque de pêche; ils étaient vétustes mais suffisants pour fournir un bûcher à un cadavre nu, qui n'était même pas entier[342]. 4. Comme il ramassait et rassemblait ces débris, il fut abordé par un Romain déjà vieux qui, alors qu'il était encore jeune, avait fait ses premières armes sous Pompée. «Qui es-tu, lui demanda l'homme, pour songer à ensevelir le Grand Pompée? 5. – Un affranchi, répondit Philippus. – Eh bien! reprit le vieillard, tu ne seras pas seul à avoir cet honneur. Laisse-moi m'associer, moi aussi, à ce qui me paraît une pieuse rencontre. Ainsi je n'aurai pas totalement à me plaindre de vivre en terre étrangère, puisque en échange de tant de chagrins, j'aurai au moins eu ce bonheur: toucher et ensevelir de mes mains le plus grand *imperator* des Romains.» Telles furent les funérailles de Pompée. 6. Le lendemain, Lucius Lentulus, qui ignorait ce qui s'était passé, arriva de Chypre sur un navire. Comme il longeait le rivage, il vit un bûcher dressé pour un mort et, debout près de lui, Philippus, dont il ne distinguait pas encore les traits. «Quel est donc, se demanda-t-il, celui qui a accompli sa destinée et qui repose ici?» Au bout d'un moment, il reprit, en soupirant: «C'est peut-être toi, Grand Pompée.» Un peu plus tard, il descendit à terre, où il fut arrêté et tué[343].
7. Telle fut la fin de Pompée. Peu après, César arriva dans cette Égypte[344] qui avait été infectée d'une si grande souillure. Quelqu'un lui présenta la tête de Pompée,

---

341. Le geste de Pompée est identique à celui de César au moment de son assassinat. C'est le geste du prêtre velatus, *César comme Pompée apparaissant en la circonstance comme les acteurs autant que les victimes du sacrifice.*
342. Les funérailles de Pompée sont dérisoires et grandioses. Comme dans sa fuite, on y trouve l'opposition entre la grandeur du destin et la misère de la fin.
343. Lucius Cornelius Lentulus Crus, le consul de 49 qui avait suivi Pompée, fut égorgé dans sa prison par les sicaires de Pothin.
344. César parvint à Alexandrie une semaine après le meurtre de Pompée. Dans César *(XLVIII, 3), c'est Théodotos lui-même qui apporta à César la tête de Pompée. Appien ne parle que de serviteurs de Pothin (II, 86).*

mais il se détourna de cet homme comme d'un maudit. Cependant, il accepta le sceau de Pompée et se mit à pleurer en y voyant gravé un lion armé d'une épée. 8. Il fit égorger Achillas et Pothin : quant au roi, qui avait été vaincu dans un combat au bord du fleuve, il avait disparu. 9. Le sophiste Théodotos échappa à la justice de César ; il parvint à s'enfuir d'Égypte et il erra à l'aventure, dans une condition misérable, haï de tous. Marcus Brutus, lorsqu'il eut pris le pouvoir après avoir tué César, le découvrit en Asie : il lui infligea toutes les humiliations possibles puis le fit mettre à mort[345]. 10. Les restes de Pompée furent remis à Cornélia qui les prit et les inhuma dans sa terre d'Albe[346].

---

345. Selon Appien (II, 90), Théodotos fut crucifié en Asie par Cassius.
346. Une tombe fut cependant élevée sur la plage, qu'Hadrien fit restaurer, selon le témoignage de son contemporain Appien (II, 86).

COMPARAISON
D'AGÉSILAS ET DE POMPÉE

LXXXI. [I]. 1. Après cet exposé de leurs vies, parcourons rapidement par la pensée les points qui différencient les deux hommes et mettons-les en parallèle. 2. Les voici. En premier lieu, Pompée est parvenu à la puissance et à la gloire par les moyens les plus justes : il n'a dû ses débuts qu'à lui-même, en rendant à plusieurs reprises des services importants à Sylla qui libérait l'Italie des tyrans[1]. Agésilas, lui, semble s'être emparé du pouvoir royal d'une manière qui n'était irréprochable ni au regard des dieux ni à celui des hommes, en accusant de bâtardise Léotychidas, que son frère avait reconnu pour fils légitime, et en tournant en dérision l'oracle relatif à la royauté boiteuse. 3. En second lieu, Pompée ne cessa d'honorer Sylla de son vivant et, après sa mort, força la main à Lépidus pour pouvoir rendre à son corps les honneurs funèbres ; il donna même sa propre fille au fils de Sylla, Faustus. Agésilas, en revanche, saisit le premier prétexte venu pour évincer et humilier Lysandre. 4. Et pourtant, Pompée n'avait pas reçu de Sylla plus de services qu'il ne lui en avait lui-même rendu, alors que Lysandre avait fait Agésilas roi de Sparte et général en chef de la Grèce. 5. En troisième lieu, lorsque Pompée transgressa le droit, dans la vie politique, ce fut en raison de ses alliances familiales : la plupart de ses fautes, il les commit avec la complicité de César et de Scipion, ses parents par alliance[2]. 6. Mais dans le cas d'Agésilas, ce fut pour favoriser les amours de son fils qu'il arracha Sphodrias à la mort à laquelle il était condamné pour ses crimes contre les Athéniens, et lorsque Phoebidas viola le traité conclu avec les Thébains, ce fut, de toute évidence, en raison même de son crime qu'il le soutint avec ardeur. 7. En somme, si tous les maux que Pompée fut accusé d'avoir attirés sur les Romains furent causés par des scrupules ou de l'ignorance, ceux qu'Agésilas attira sur les Lacédémoniens furent l'effet de la colère et de l'ambition lorsqu'il alluma la guerre de Béotie.

LXXXII. [II]. 1. Par ailleurs, s'il faut attribuer à quelque intervention de la Fortune les revers de ces héros, les Romains ne pouvaient prévoir ceux de Pompée, tandis qu'Agésilas empêcha les Lacédémoniens, qui connaissaient la prophétie et qui étaient prévenus, de se garder de cette royauté boiteuse : 2. en effet, Léotychidas eût-il été dix mille fois convaincu d'être un étranger et un bâtard, les Eurypontides n'auraient eu aucune difficulté pour fournir à Sparte un roi légitime et tenant ferme sur ses deux jambes, si Lysandre n'avait pas obscurci le sens de l'oracle à cause

---

1. Analyse très contestable des débuts (voir Syme, 1967 et supra, I, 4), qui s'appuie sur un Sylla champion des optimates face aux «tyrans» populares.
2. Les mariages de Pompée avec Julia et Cornélia scellent en fait deux alliances politiques opposées : avec César, l'homme des populares, d'abord, avec les grandes familles des optimates, ensuite.

d'Agésilas. 3. Cependant, le remède qu'employa Agésilas, au moment où l'on ne savait que faire à propos des *tremblants*, après le malheur de Leuctres, lorsqu'il ordonna de laisser dormir les lois ce jour-là, fut un sophisme d'une profondeur politique sans pareille. Nous ne trouvons rien de comparable chez Pompée : bien au contraire, celui-ci, dans son désir d'étaler sa puissance devant ses amis, ne croyait même pas devoir rester fidèle lui-même aux lois qu'il édictait[3]. 4. Agésilas en revanche, se voyant dans l'obligation de détruire les lois pour sauver ses concitoyens, trouva le moyen de les empêcher de faire du tort aux Spartiates sans pour autant les détruire. 5. Je range aussi parmi les vertus politiques d'Agésilas la conduite inimitable qui fut la sienne lorsqu'il reçut la scytale et renonça à ses entreprises en Asie. 6. À la différence de Pompée, qui ne servait l'intérêt public que lorsque cela pouvait contribuer à sa grandeur, il recherchait l'intérêt de la patrie, ce qui lui fit abandonner une puissance et une gloire telles que personne n'en eut jamais de semblable, ni avant ni après lui, à l'exception d'Alexandre.

LXXXIII. [III]. 1. Cependant, d'un autre point de vue, si l'on considère leurs campagnes et leurs exploits militaires, si l'on pense au nombre des trophées élevés par Pompée, à l'importance des armées dont il prit la tête, à la quantité des batailles rangées où il fut vainqueur, nul, même Xénophon, ne saurait mettre en parallèle avec tout cela les victoires d'Agésilas – et pourtant, Xénophon doit à toutes les qualités qu'il possède par ailleurs le privilège exceptionnel de pouvoir écrire et dire ce qu'il veut sur son héros[4]. 2. Par ailleurs, les deux personnages diffèrent également, à mon avis, en ce qui concerne la clémence à l'égard des ennemis. Le premier voulut réduire Thèbes en esclavage et dépeupler Messène alors que l'une de ces cités avait reçu autant de lots que sa patrie et que l'autre était la métropole de sa famille : il faillit perdre Sparte et lui fit perdre en tout cas son hégémonie. 3. Le second donna des cités aux pirates qui changèrent de camp et, alors qu'il pouvait célébrer son triomphe sur Tigrane, le roi des Arméniens, il s'en fit un allié, déclarant qu'il préférait l'éternité à une seule journée[5]. 4. Toutefois, si c'est pour sa supériorité et l'importance de ses actions militaires et de sa stratégie qu'un général mérite le prix de la valeur, le Lacédémonien distance largement le Romain. 5. En premier lieu, il n'abandonna pas sa cité et ne la fit pas évacuer – et pourtant, elle était attaquée par une armée de soixante-dix mille hommes et il ne disposait que de quelques hoplites

---

3. *Allusion probable au démantèlement des réformes de Sylla durant le consulat de Pompée et de Crassus en 70.*

4. *L'ampleur des conquêtes pompéiennes, quelque peu occultée dans l'historiographique traditionnelle contemporaine par la réputation de stratège que César s'est forgée lui-même dans la* Guerre civile *et la* Guerre des Gaules, *éblouissait l'opinion publique antique et en faisait le plus grand conquérant romain (voir cependant Greenhalgh, 1980).*

5. *Plus que de clémence, il s'agissait de diplomatie : associer, sous des formes diverses, les pirates ou Tigrane à la domination romaine permettait d'assurer paix et contrôle des territoires sans avoir recours à une administration que Rome n'avait pas les moyens logistiques d'imposer et que ses cadres idéologiques ne lui permettaient pas d'imaginer.*

qui venaient d'être vaincus à Leuctres. 6. Au contraire, alors que César n'avait que cinq mille trois cents hommes et qu'il n'avait pris qu'une seule cité en Italie, Pompée fut pris de terreur et s'enfuit de Rome: il céda honteusement à un si petit nombre (ou peut-être, sur des rapports mensongers, le supposa-t-il plus élevé). 7. Il emmena avec lui ses enfants et sa femme, abandonnant sans défenseurs ceux des autres citoyens, et prit la fuite. Il aurait dû soit vaincre en combattant pour la patrie, soit accepter de se réconcilier avec le vainqueur, qui était son concitoyen et qui avait avec lui des liens familiaux. 8. Mais il n'en fit rien : lui qui jugeait scandaleux de prolonger le commandement de César et de lui voter un consulat, il le laissa prendre Rome et dire à Métellus : « Je te considère comme un prisonnier de guerre, ainsi que tous les autres. »

LXXXIV. [IV]. 1. La première tâche d'un bon général, c'est, lorsqu'il est le plus fort, d'obliger les ennemis à combattre, et lorsque ses troupes sont inférieures, de ne pas s'y laisser contraindre lui-même. C'est ce que fit Agésilas, et il resta toujours à l'abri de la défaite. 2. De la même manière, face à Pompée, César évita toute perte, tant qu'il fut le plus faible, mais lorsqu'il fut le plus fort[6], il obligea son adversaire à combattre avec son armée de terre, et Pompée perdit tout : César se trouva aussitôt maître des richesses, du ravitaillement et de la mer, qui auraient permis à Pompée, s'il les avait conservés, de terminer la guerre sans avoir à livrer bataille. 3. Le principal argument qu'on invoque pour défendre Pompée sur ce point se retourne en accusation étant donné qu'il s'agit d'un si grand général. De la part d'un jeune chef, s'être laissé troubler par le vacarme et les cris de ceux qui l'accusaient de mollesse et de lâcheté, et avoir renoncé à la stratégie la plus sûre, on peut le comprendre et l'admettre. 4. Mais de la part du Grand Pompée, dont les Romains disaient que le camp était leur patrie et la tente un Sénat, tandis qu'ils donnaient les noms de renégats et de traîtres à ceux qui étaient restés à Rome pour y exercer une fonction politique, pour y être préteurs et consuls, de la part de ce Pompée dont ils savaient qu'il n'avait jamais obéi à personne et que, revêtu des pleins pouvoirs, il avait dirigé brillamment toutes ses campagnes, comment admettre que, sous les railleries de Favonius et de Domitius, par crainte d'être appelé Agamemnon, il se soit laissé forcer la main, ou presque, et qu'il ait couru à la légère le risque d'une bataille dont l'enjeu était le pouvoir et la liberté. 5. S'il ne considérait que l'humiliation du moment, il aurait dû résister dès le début en luttant pour Rome, au lieu de présenter sa fuite comme un stratagème digne de Thémistocle, pour juger ensuite honteux d'ajourner une bataille en Thessalie. 6. Ce n'était sûrement pas la plaine de Pharsale que le dieu leur avait désignée comme stade et comme théâtre de leur lutte pour l'Empire ; Pompée n'avait pas été invité par la voix du héraut à descendre combattre ou sinon à céder la couronne à un autre ; il disposait, grâce à sa domi-

---

6. La supériorité de César n'était pas évidente à Pharsale : ses effectifs étaient plus faibles et l'équilibre logistique, qu'il avait en partie rétabli par son déplacement en Thessalie et la prise de Gomphi, n'était pas forcément en sa faveur. Son choix fut plus dicté par la peur de voir Pompée se renforcer encore et son succès dut beaucoup à son sens tactique et à la chance.

nation sur la mer, de beaucoup de plaines, de milliers de cités et de territoires en quantité immense, s'il voulait imiter Fabius Maximus, Marius, Lucullus et Agésilas lui-même[7]. 7. Ce dernier dut supporter une agitation tout aussi véhémente à Sparte, lorsque ses concitoyens voulurent combattre les Thébains pour défendre leur pays, et en Égypte, lorsqu'il fut en butte à tant de calomnies, d'accusations et de soupçons de la part du roi, qu'il engageait à ne pas agir. 8. Mais en mettant en œuvre la meilleure tactique, comme il le souhaitait, non seulement il sauva les Égyptiens malgré eux, et maintint à lui seul Sparte toujours droite, en dépit d'une telle secousse, mais encore il érigea dans la cité un trophée contre les Thébains, parce qu'il avait assuré une seconde fois la victoire à ses concitoyens, en les empêchant alors de le contraindre à les perdre. 9. Voilà pourquoi Agésilas fut par la suite loué par ceux qu'il avait sauvés en leur faisant violence, tandis que Pompée, dont la perte fut causée par d'autres que lui, eut pour accusateurs ceux-là mêmes à qui il avait obéi. 10. Cependant, selon certains, il fut trompé par son beau-père Scipion qui, voulant s'approprier la plus grande partie des fonds qu'il ramenait d'Asie, les cacha et pressa la bataille, prétendant qu'il n'y avait plus d'argent. 11. Mais à supposer que cela soit vrai, le général n'aurait pas dû s'émouvoir, ni se laisser si facilement abuser, alors que les intérêts les plus grands étaient en jeu. Voilà donc, sur ces différents points, la manière dont nous considérons chacun des deux personnages.

LXXXV. [V]. 1. Quant à l'Égypte, l'un s'y rendit parce qu'il y était contraint et qu'il devait fuir, l'autre sans aucun motif noble et sans obligation, pour se procurer de l'argent afin de pouvoir faire la guerre aux Grecs avec les revenus de ses campagnes au service des Barbares. 2. En conséquence, les reproches que nous adressons aux Égyptiens à cause de Pompée sont précisément ceux que les Égyptiens adressent à Agésilas. L'un fut victime de sa confiance, l'autre à qui l'on faisait confiance se déroba et se rallia aux ennemis de ceux qu'il était venu soutenir.

---

7. *Galerie des grands conquérants: Fabius Maximus, vainqueur des Arvernes et des Allobroges en 120, Marius, vainqueur de Jugurtha en 106 et des Cimbres et des Teutons en 103-102, Lucullus, vainqueur de Mithridate. Plutarque ne cite ni Domitius Ahénobarbus, le rival de Fabius en Gaule Transalpine, ni Sylla.*

BIBLIOGRAPHIE

Vie d'Agésilas

Cartledge P.
Agesilaos and the Crisis of Sparta, Londres, 1987.

Ruzé F.
Délibération et pouvoir dans la cité grecque de Nestor à Socrate, Paris, 1997.

Vie de Pompée

Coarelli F.
«Il Campo Marzio occidentale : storia e topografia», *MEFRA*, 89, 1977, p. 807-846.

Greenhalgh P.
• *Pompey the Roman Alexander*, Londres, 1980.
• *Pompey the Republican Prince*, Londres, 1981.

Gros P.
«La fonction symbolique des édifices théâtraux dans le paysage urbain de la Rome augustéenne», *Urbs, espace urbain et histoire (Ier siècle avant J.-C.-IIIe siècle après J.-C.)*, Actes du colloque organisé par le CNRS et l'École française de Rome (8-12 mai 1985), Rome, 1987, p. 319-346.

Joyce Reynolds M.
«Cyrenaica, Pompey and Cnaeus Cornelius Lentulus», *Journal of Roman Studies*, LII, 1962, p. 97-103.

Leach J.
Pompey the Great, Londres, 1978.

Liebmann-Frankfort Th.
La Frontière orientale dans la politique extérieure de la République romaine depuis le traité d'Apamée jusqu'à la fin des conquêtes asiatiques de Pompée, Bruxelles, 1969.

Nicolet Cl.
Le métier de citoyen dans la Rome républicaine, Paris, Gallimard, 1976.

Robert L.
«Théophane de Mytilène à Constantinople», *CRAI*, 1969, p. 42-64.

Sauron G.
«Le complexe pompéien du Champ de Mars : nouveauté urbanistique à finalité idéologique», *Urbs, espace urbain et histoire (Ier siècle avant J.-C.-IIIe siècle après J.-C.)*, Actes du colloque organisé par le CNRS et l'École française de Rome (8-12 mai 1985), Rome, 1987, p. 457-473.

Seager R.
Pompey, a Political Biography, Oxford, 1979.

Steinby E. M.
Lexicon topographicum urbis Romae, Quasar, Rome, 1993-...

Veyne P.
Le pain et le cirque, Paris, 1976.

ALEXANDRE-CÉSAR

Il manque ici la comparaison finale. On ne sait si le texte a disparu ou si Plutarque s'en est dispensé, jugeant que le parallèle allait de soi entre les deux plus grandes figures de conquérants de l'Antiquité. Car, en dépit de l'affirmation au début de la Vie d'Alexandre *que les caractères importent plus au biographe que les grandes actions, celles-ci occupent néanmoins une place importante dans l'une et l'autre* Vies. *Et, s'il se plaît à insister sur la jeunesse d'Alexandre et sur l'éducation qu'il reçut, il n'en reste pas moins que c'est le récit de la conquête qui, entrecoupé d'anecdotes, occupe la plus grande part de la biographie du Macédonien. Successeur de son père Philippe, après l'assassinat de celui-ci, Alexandre hérite du projet de campagne en Asie prévu par le roi avec l'appui des Grecs rassemblés au sein de la Ligue de Corinthe. Très vite cependant, il dépasse le projet initial en soumettant cités et peuples de la côte syro-palestinienne. Puis, après la conquête de l'Égypte et la «révélation» de l'oracle d'Ammon, c'est de tout l'empire de Darius III qu'il se rend maître. Devenu, après la mort du Grand Roi, le successeur des Achéménides, il se porte jusqu'aux limites orientales de l'empire et jusqu'en Inde, où seule la résistance de ses soldats macédoniens l'empêche de pousser plus avant, et le contraint au retour jusqu'à Babylone où il meurt subitement en 323. Par principe ou par nécessité, il avait associé les nobles iraniens à l'administration d'un empire dont sa mort allait révéler la fragilité. Il avait essayé d'imposer le rituel oriental à ses compagnons, non sans provoquer mécontentements et oppositions parfois dramatiques chez ceux qui demeuraient fidèles à la rude tradition macédonienne. Mais si sa disparition subite allait marquer le début d'une période de luttes entre ceux de ses compagnons qui briguaient sa succession, sa figure allait très vite, grâce aux récits de ceux qui l'accompagnèrent dans son aventure, s'enrichir de tout un imaginaire romanesque dont Plutarque hérite lorsqu'il entreprend de rédiger sa* Vie.
Ce romanesque en revanche est absent de la Vie *du Romain Jules César. D'abord parce que, s'il fut, à l'égal du Macédonien, et peut-être plus que lui, un incomparable stratège, c'est lui-même qui raconte ses principales campagnes, en Gaule, en Grèce, en Afrique, en Espagne. Mais aussi, parce que, s'il acheva la conquête de la Gaule Chevelue et osa franchir la Manche pour prendre pied en Bretagne, ses campagnes les plus importantes s'inscrivent dans le cadre de cette guerre civile qui déchirait le monde romain et dont il fut l'un des principaux acteurs. Tout admiratif que soit Plutarque pour l'habileté et les qualités de caractère de César, il ne peut oublier que c'est contre d'autres Romains qu'il remporta quelques-unes de ses plus éclatantes victoires, et que, parmi eux, figuraient deux hommes qu'il tenait en haute estime, Pompée et surtout Caton. Certes, l'assassinat de César lui répugne, et Plutarque ne fait pas de Brutus un héros comparable à son (peut-être) lointain ancêtre qui mit fin à la tyrannie de Tarquin. Mais on le sent réticent à l'égard d'un homme qui se présente au début de sa carrière comme l'héritier de Marius, qui s'appuya sur le peuple en faisant montre de démagogie, et qui, débarrassé de ses principaux adversaires, ambitionnait d'établir à Rome une royauté inspirée du modèle hellénistique. Ce que ne pouvaient admettre les nobles Romains attachés à la République, et dont il semble bien que le «citoyen» Plutarque partageait les réticences.*

Cl. M.

ALEXANDRE

I. 1. En écrivant dans ce livre la vie du roi Alexandre et celle de César, par qui Pompée fut abattu[1], nous nous contenterons en préambule, à cause du grand nombre de faits qui en forment la matière, de demander aux lecteurs de ne pas nous chercher querelle si nous ne rapportons pas dans leur intégralité ni en détail chacune des actions célèbres de ces héros et si nous résumons la plupart d'entre elles. 2. En effet, nous n'écrivons pas des *Histoires* mais des *Vies*, et ce n'est pas toujours par les actions les plus illustres que l'on peut mettre en lumière une vertu ou un vice ; souvent un petit fait, un mot, une bagatelle, révèlent mieux un caractère que les combats meurtriers, les affrontements les plus importants et les sièges des cités[2]. 3. Les peintres, pour saisir les ressemblances, se fondent sur le visage et les traits de la physionomie et ne se soucient guère des autres parties du corps ; que l'on nous permette à nous aussi, de la même manière, de nous attacher surtout aux signes qui révèlent l'âme et de nous appuyer sur eux pour retracer la vie de chacun de ces hommes, en abandonnant à d'autres les événements grandioses et les combats.

II. 1. Du côté paternel, Alexandre descendait d'Héraclès par Caranos, du côté maternel, d'Éaque par Néoptolème[3] : ce point est parfaitement attesté. 2. Philippe, dit-on, reçut l'initiation à Samothrace, en même temps qu'Olympias[4] ; il était lui-même encore adolescent et il tomba amoureux de cette jeune fille, qui était orpheline de père et de mère ; il arrangea donc leur mariage, avec l'accord du frère d'Olympias, Arybbas. 3. Avant la nuit où ils furent réunis dans la chambre nuptiale, la fiancée rêva qu'il y avait un orage et que la foudre tombait sur son ventre : le choc faisait jaillir un grand feu qui se divisa ensuite en plusieurs flammes ; celles-ci se portèrent dans toutes les directions, et alors le feu fut anéanti. 4. Quant à Philippe, peu

---

1. Il est curieux que Plutarque ne définisse César que comme vainqueur de Pompée. Cela s'explique sans doute en partie par l'admiration qu'il vouait à ce dernier. Voir la Vie *qu'il lui a consacrée.*
2. Ce texte est important car il révèle comment Plutarque concevait son œuvre de biographe : différemment d'un historien, qui aurait accordé plus d'importance aux actions qu'aux caractères. Voir Dictionnaire, *«Histoire» et «Vie».*
3. La dynastie des Argéades, dont Philippe fait partie, prétendait en effet descendre du célèbre héros, d'où leur nom d'Héraclides, mais on ne connaît pas de Caranos parmi eux. Néoptolème était le fils d'Achille, lui-même fils d'Éaque. Alexandre se prévaudra de cette ascendance lorsque, nouvel Achille, il partira à la conquête de l'Asie (pour la carte des conquêtes d'Alexandre, voir p. 2154).
4. Les Mystères de Samothrace se déroulaient en l'honneur des Cabires, divinités d'origine phrygienne parfois assimilées aux Dioscures. Il s'agissait de rites initiatiques. Olympias était une princesse épirote, appartenant à la famille des Éacides. Arybbas était l'oncle et non le frère d'Olympias.

de temps après le mariage, il eut un songe au cours duquel il apposait un sceau sur le ventre de sa femme : il lui semblait que l'empreinte du sceau représentait un lion. 5. Ce rêve suscita la méfiance de tous les devins : il annonçait, selon eux, que Philippe devait surveiller son épouse avec plus de vigilance. Mais Aristandros de Telmessos[5] déclara que la femme était enceinte, car on ne scelle jamais ce qui est vide, et que l'enfant qu'elle portait avait l'humeur coléreuse et la nature d'un lion. 6. Un autre jour, comme Olympias dormait, on vit un serpent étendu à ses côtés. Ce fut cette vision, dit-on, qui refroidit le plus le désir et la tendresse de Philippe : il n'alla plus la rejoindre aussi souvent pour coucher avec elle, soit par crainte d'être victime de sa part de pratiques magiques et de philtres, soit par respect religieux, n'osant plus la fréquenter parce qu'il la croyait unie à un être supérieur. 7. Il y a également à ce sujet une autre tradition. Toutes les femmes de la région, initiées depuis la plus haute Antiquité aux Mystères orphiques et au culte orgiastique de Dionysos, se livrent, sous le nom de Clodones et de Mimallones, à de nombreuses pratiques qui ressemblent à celles des Édoniennes et des femmes thraces du mont Hémon. 8. C'est à cause de ces dernières, semble-t-il, qu'on emploie le mot *thresceuein* [« faire le Thrace »] à propos de cérémonies exagérées et extravagantes[6]. 9. Olympias, qui recherchait la possession divine avec plus de ferveur que les autres et s'abandonnait à l'enthousiasme avec encore plus de barbarie, traînait avec elle, dans les thiases, de grands serpents apprivoisés qui se glissaient souvent hors du lierre et des corbeilles mystiques, s'enroulaient autour des thyrses[7] et des couronnes que portaient les femmes, et frappaient de terreur les hommes.

III. 1. Quoi qu'il en soit, Philippe, après cette vision, envoya à Delphes Chaïron de Mégalopolis qui rapporta, dit-on, l'oracle suivant : le dieu lui ordonnait de sacrifier à Ammon et d'honorer tout particulièrement ce dieu[8]. 2. Par ailleurs, dit-on, il perdit un œil[9], celui qu'il avait appliqué à la fente de la porte pour épier le dieu couché avec sa femme sous la forme d'un serpent. 3. Selon Ératosthène[10], lorsque Olympias

---

5. Le devin Aristandros, qui accompagna Alexandre en Asie, réapparaît à plusieurs reprises dans le récit.

6. L'orphisme est un mouvement religieux mal connu, qui comportait des rites initiatiques que Plutarque compare ici aux orgies, ces cérémonies en l'honneur de Dionysos au cours desquelles les femmes saisies par la folie (mania) *se transformaient en Ménades et parcouraient les espaces sauvages derrière le dieu. À l'époque classique, ces orgies se célébraient surtout aux marges du monde grec, en Thrace principalement.*

7. Les thyrses étaient des bâtons couronnés de feuillage que brandissaient les Ménades. Les serpents étaient fréquemment associés au ménadisme.

8. Ces présages sont évidemment destinés à montrer que, avant même sa naissance, Alexandre serait un personnage exceptionnel, de nature divine.

9. On peut aussi comprendre qu'il s'agit toujours de la prophétie : « D'autre part, lui disait le dieu, il perdrait un œil... » (N.d.T.) *Philippe perdit effectivement un œil lors du siège de Méthonè en 354.*

10. Ératosthène de Cyrène, mathématicien et savant qui dirigea la Bibliothèque d'Alexandrie à partir de 246.

fit ses adieux à Alexandre au moment où il partit pour son expédition, elle lui révéla, à lui seul, le secret de sa naissance et l'invita à montrer des sentiments dignes de son origine. 4. Mais selon d'autres, Olympias rejetait avec horreur cette histoire. Elle disait: «Alexandre ne cessera-t-il pas de me calomnier auprès d'Héra[11]?» 5. Alexandre naquit le six du mois d'Hécatombaion, que les Macédoniens appellent Loios, le jour de l'incendie du temple d'Artémis d'Éphèse[12]. 6. La coïncidence a inspiré à Hégésias de Magnésie[13] un commentaire qui, par sa froideur, aurait pu éteindre cet incendie: «On comprend, dit-il, que le temple ait brûlé, puisque Artémis était occupée à mettre Alexandre au monde!» 7. Tous les mages qui se trouvaient alors à Éphèse jugèrent que le malheur qui avait frappé le temple en annonçait un second; ils parcouraient la ville en se frappant le visage et en criant: «Cette journée a enfanté à la fois un fléau et un grand malheur pour l'Asie.» 8. En revanche Philippe, qui venait de prendre Potidée, reçut trois heureuses nouvelles en même temps: celle de la défaite des Illyriens, vaincus par Parménion dans une grande bataille, celle de la victoire à Olympie d'un cheval de course qui lui appartenait, et enfin celle de la naissance d'Alexandre[14]. 9. Il en fut réjoui, comme on peut l'imaginer, et les devins augmentèrent encore sa joie en déclarant que cet enfant, dont la naissance coïncidait avec trois victoires, serait invincible.

IV. 1. En ce qui concerne l'apparence physique d'Alexandre, les statues qui la montrent le mieux sont celles de Lysippe[15], le seul sculpteur par qui lui-même accepta d'être représenté. 2. Les particularités que, par la suite, beaucoup des diadoques et de ses amis s'efforcèrent d'imiter – la manière, par exemple, dont il penchait le cou, en l'inclinant légèrement vers la gauche, et son regard humide – ont été conservées avec exactitude par l'artiste. 3. Apelle en revanche, quand il l'a peint en lanceur de foudre[16], n'a pas fidèlement rendu son teint et lui a donné une couleur un peu sombre et terreuse. Or Alexandre avait le teint blanc, dit-on, d'une blancheur qui se colorait de pourpre surtout sur la poitrine et au visage. 4. Sa peau exhalait une

---

11. Héra était par excellence la divinité qui veillait sur le mariage. En l'invoquant, Olympias voulait affirmer qu'elle n'avait pas été infidèle à Philippe, fût-ce avec un dieu.
12. Hécatombaion est le premier mois de l'année athénienne, et correspond en gros au mois de juillet. Alexandre naquit donc en juillet 356. L'Artémision d'Éphèse fut incendié par un certain Érostrate, qui voulait ainsi se rendre célèbre (Strabon, Géographie, XIV, 641).
13. Hégésias de Magnésie est l'auteur d'une Histoire d'Alexandre.
14. Philippe s'empara de Potidée, cité située en Chalcidique, sur l'isthme de la péninsule de Pallénè, au printemps 356. Les Illyriens étaient les voisins de la Macédoine et constituaient une menace permanente pour le royaume. Les concours Olympiques se déroulaient tous les quatre ans et comportaient des courses de chevaux. Il s'agit donc de ceux qui eurent lieu en juillet-août 356.
15. Lysippe, originaire de Sicyone, a en effet sculpté plusieurs bustes et statues d'Alexandre. Sur Lysippe portraitiste d'Alexandre, voir Goukowsky (1978), p. 63-64.
16. Apelle était un peintre célèbre, originaire de Colophon. Il est l'auteur du fameux portrait d'Alexandre porte-foudre exécuté pour le temple d'Artémis à Éphèse. Toute son œuvre a disparu et ne nous est connue que par des copies.

odeur très agréable ; sa bouche et toute sa chair sentaient si bon que même ses tuniques de dessous en étaient imprégnées : c'est ce que nous avons lu dans les *Mémoires* d'Aristoxène[17]. 5. Cela tenait peut-être à son tempérament physique, qui était très chaud et de nature ignée, car selon Théophraste[18], une bonne odeur vient de la coction des matières humides sous l'effet de la chaleur. 6. C'est pour cette raison que les endroits secs et brûlés du monde habité produisent les aromates les plus nombreux et les plus beaux ; dans ces régions le soleil fait disparaître l'humidité qui, comme une matière résiduelle provoquant la corruption, flotte à la surface des corps. 7. Cependant la chaleur de son corps rendait aussi, semble-t-il, Alexandre buveur et coléreux.
8. Dès son enfance, sa tempérance se voyait déjà : alors qu'il était en général fougueux et emporté, les plaisirs physiques ne le troublaient guère et il ne s'y livrait qu'avec beaucoup de retenue ; l'amour de la gloire donnait à son esprit une gravité et une grandeur d'âme au-dessus de son âge. 9. Il ne désirait pas la gloire à n'importe quel prix, ni n'importe quelle gloire, comme Philippe qui, tel un sophiste, se flattait de son habileté à parler et faisait graver sur ses monnaies les victoires de ses chars à Olympie. 10. Alexandre était bien différent. Alors que ses compagnons lui demandaient s'il voulait concourir à Olympie pour l'épreuve du stade, car il était agile, il répondit : « Oui, à condition d'avoir des rois pour adversaires[19]. » 11. De toute évidence, il éprouvait une antipathie générale pour l'engeance des athlètes ; lui qui instaura de si nombreux concours, non seulement pour les tragédiens, les aulètes, les joueurs de cithares, mais même pour les rhapsodes, ainsi que des compétitions pour toutes les formes de chasse et d'escrime, il n'institua pour le pugilat ou le pancrace aucun prix qui pût susciter quelque émulation[20].

V. 1. Des ambassadeurs envoyés par le roi des Perses arrivèrent en Macédoine alors que Philippe était au loin. Alexandre leur offrit l'hospitalité et, s'étant lié avec eux, il les conquit par son amabilité et par les questions qu'il leur posait, lesquelles n'avaient rien de puéril ni de superficiel : 2. il les interrogeait sur la longueur des routes, sur les moyens qui permettaient de traverser le haut pays, sur la personne du roi et la manière dont il se comportait à la guerre, sur la vaillance et la puissance des Perses. 3. Aussi étaient-ils dans l'admiration : ils se disaient que l'habileté de Philippe, dont

---

17. *Il s'agit d'Aristoxène de Tarente qui fut l'élève d'Aristote. Connu surtout comme musicologue, il rédigea également des biographies de philosophes. Cette odeur révélait l'origine divine d'Alexandre. Plutarque y fait également allusion dans ses* Propos de table, *623 E.*

18. *Plutarque éprouve le besoin d'expliquer scientifiquement cette odeur en faisant référence à Théophraste, le savant successeur d'Aristote à la tête du Lycée, auteur des* Caractères *et de nombreux ouvrages scientifiques.*

19. *Plutarque oppose ici la vanité de Philippe, à ce point flatté de ses victoires olympiques qu'il faisait figurer un attelage sur ses monnaies, à l'orgueil d'Alexandre qui juge futile la gloire tirée d'une victoire sur de simples athlètes.*

20. *À la fin du IVe siècle, les concours Olympiques mettaient aux prises des professionnels, et non, comme aux temps archaïques, les aristocrates des cités. Sur cette évolution, voir Finley-Pleket (1976), p. 68-82.*

on parlait tant, n'était rien en comparaison de l'ardeur et des grandes aspirations de son fils. 4. Du reste, chaque fois qu'on annonçait que Philippe avait pris une cité célèbre ou remporté une victoire éclatante, Alexandre, loin de rayonner de joie à cette nouvelle, disait aux amis de son âge: «Mes enfants, mon père s'emparera de tout avant moi, et il ne me laissera aucune grande action d'éclat à accomplir avec vous.» 5. Comme il ne cherchait ni le plaisir ni la richesse mais la valeur et la gloire il pensait que plus il recevrait de son père, moins il devrait sa réussite à ses propres mérites. 6. Aussi, lorsque la puissance de Philippe augmenta, il se jugea frustré des exploits qu'il aurait pu accomplir; il ne voulait pas hériter d'un pouvoir qui lui procurerait des richesses, du luxe et des plaisirs, mais des combats, des guerres, et de l'honneur.
7. Naturellement, de nombreuses personnes étaient chargées de s'occuper de lui; on les appelait parents nourriciers, pédagogues et maîtres; à leur tête à tous se trouvait Léonidas, un personnage de mœurs austères, apparenté à Olympias. Cet homme ne refusait pas le nom de pédagogue, qui évoque une charge belle et noble mais, par égard pour son rang et ses liens de parenté avec la reine, les autres l'appelaient gouverneur et guide d'Alexandre. 8. Celui qui exerçait la fonction de pédagogue et qui en avait le nom était Lysimachos, originaire d'Acarnanie. Il était dépourvu par ailleurs de toute finesse mais, parce qu'il se donnait à lui-même le surnom de Phoenix, parce qu'il appelait Alexandre Achille et Philippe Pélée, il plaisait et occupait la seconde place[21].

VI. 1. Le Thessalien Philonicos amena un jour à Philippe Bucéphale, qui était à vendre pour treize talents[22]. Ils descendirent dans la plaine pour essayer ce cheval. L'animal paraissait rebelle et absolument intraitable: il ne se laissait pas monter, ne supportait la voix d'aucun des compagnons de Philippe et se cabrait contre tous. 2. Philippe s'impatienta et ordonna de le remmener, le jugeant tout à fait sauvage et impossible à dompter, mais Alexandre, qui se trouvait là, dit alors: «Quel cheval ils vont perdre, parce que, faute d'expérience et d'énergie, ils ne savent pas en tirer parti[23].» Dans un premier temps, Philippe ne dit rien 3. mais, comme Alexandre, bouleversé, élevait la voix à plusieurs reprises, il lui dit: «Tu critiques des gens qui sont plus âgés que toi, comme si tu étais, toi, plus savant qu'eux et plus habile à monter un cheval? 4. – Celui-là en tout cas, répliqua Alexandre, je saurais le monter mieux que tout autre. – Et si tu n'y arrives pas, quelle peine subiras-tu pour ton insolence? – Par Zeus! je paierai le prix du cheval.» 5. On rit, puis ils convinrent entre eux de la somme à payer. Aussitôt, Alexandre, courant au cheval et saisissant

---

*21. Il est question de ce Léonidas infra, XXII, 9 et XXV, 6-8 et de Lysimachos infra, XXIV, 10-11, XLVI, 4 et LV, 2. Phoenix est le pédagogue d'Achille. Pélée est dans l'*Iliade *le père d'Achille. On voit déjà comment se construit l'identification entre Alexandre et «le meilleur des Achéens».*
22. La Thessalie était réputée pour ses élevages de chevaux. Le nom de Bucéphale («Tête de bœuf») vient peut-être d'une tache blanche que le cheval aurait eue sur la tête et qui évoquait cet animal. Un talent vaut 6000 drachmes. C'est donc à un prix extraordinairement élevé que Bucéphale avait été acheté par Philippe. L'anecdote est célèbre et illustre bien la méthode définie par Plutarque en I, 2.
23. Dompter Bucéphale était un acte révélateur des qualités et du caractère du jeune Alexandre.

les rênes, le tourna face au soleil : il avait observé, apparemment, que l'animal était effrayé par son ombre qui tombait et sautait devant lui. 6. Ensuite, il le flatta et le caressa un peu, tant qu'il le vit plein de colère et haletant. Après quoi, sans se troubler, rejetant son manteau, il s'élança et l'enfourcha fermement. 7. Il ramena un peu le mors avec les rênes, et parvint à le contenir, sans le frapper ni lui déchirer la bouche. Lorsqu'il vit que le cheval abandonnait son attitude menaçante et qu'il avait envie de courir, il lui lâcha la bride, en l'excitant désormais d'une voix plus hardie et en le frappant du talon. 8. Philippe et son entourage étaient d'abord restés muets d'angoisse. Mais quand Alexandre fit demi-tour et revint droit vers eux, fier et joyeux, ils poussèrent tous des cris d'enthousiasme, tandis que son père, dit-on, versait quelques larmes de joie. Lorsque son fils eut mis pied à terre, il l'embrassa sur le front et lui dit : « Mon enfant, cherche un royaume à ta mesure. La Macédoine n'est pas assez grande pour toi. »

VII. 1. Voyant que son fils était d'une nature inébranlable et renâclait devant toute contrainte, mais se laissait facilement conduire à son devoir par la raison, Philippe essayait lui-même de le persuader plutôt que de lui donner des ordres. 2. Il n'avait pas vraiment confiance dans les maîtres chargés de lui enseigner la musique et les arts libéraux ; il jugeait qu'il y fallait davantage d'efforts et que la tâche, comme dit Sophocle,

> Exigeait plusieurs freins et plusieurs gouvernails.

Il envoya donc chercher le plus illustre et le plus savant des philosophes, Aristote[24], auquel il offrit en échange de son enseignement des récompenses splendides que le savant méritait bien : 3. il reconstruisit la cité de Stagire, dont Aristote était originaire, et qu'il avait lui-même détruite[25], et il y réinstalla les citoyens qui en avaient été exilés ou qui étaient devenus esclaves. 4. Il accorda à Aristote et à Alexandre, comme résidence et lieu d'habitation, le Nymphée de Miéza où, de nos jours encore, on montre les bancs de pierre et les promenades ombragées d'Aristote[26]. 5. Apparemment Alexandre ne reçut pas seulement un enseignement moral et politique, mais il eut part aussi aux enseignements secrets, plus profonds, auxquels les spécialistes donnaient le nom d'« acroamatiques » et d'« époptiques »[27] et qu'ils ne

---

24. Aristote avait été à Athènes l'élève de Platon, mais très vite, après la mort de celui-ci en 347, il avait pris ses distances par rapport à son ancien maître. Il séjourna alors à Assos auprès du tyran Hermias d'Atarnée, puis à Lesbos. C'est en 343-342 que Philippe le fit venir en Macédoine.
25. Petite cité de Chalcidique rasée par Philippe en 350.
26. Les philosophes avaient coutume de délivrer leur enseignement dans des lieux en plein air, tel le gymnase de l'Académie où Platon réunissait ses disciples ou le Lycée où Aristote enseigna après son retour à Athènes en 335.
27. Des leçons secrètes, de caractère initiatique et réservées aux seuls disciples (acroamatique signifie « qui est donné oralement », et époptique, « qui relève de l'initiation »). La suite du texte montre qu'il s'agissait en particulier du traité intitulé Métaphysique, une des œuvres les plus célèbres du philosophe. Voir Dictionnaire, « Écrit/Écriture ».

divulguaient pas à la foule. 6. Alors qu'Alexandre était déjà passé en Asie, il apprit qu'Aristote avait publié certains traités dans des livres consacrés à ces sujets. Il lui écrivit au nom de la philosophie avec franchise une lettre dont on a gardé copie[28] : 7. «Alexandre à Aristote salut! Tu as eu tort de publier tes enseignements acroamatiques. Car en quoi différerons-nous des autres hommes si tous peuvent avoir part aux enseignements qui nous ont formés? Pour moi, je préférerais l'emporter par la connaissance des plus grands biens plutôt que par la puissance. Porte-toi bien.» 8. Pour consoler cette ambition jalouse, Aristote se défend en disant que ces écrits ont été publiés sans l'être vraiment. 9. Et en vérité, son traité de métaphysique, dépourvu de toute utilité pour qui désire enseigner ou s'instruire, a été écrit comme un aide-mémoire pour des gens qui avaient déjà reçu une formation.

VIII. 1. Il me semble également qu'Alexandre dut à Aristote plus qu'à tout autre son intérêt pour la médecine[29]. Non content d'en étudier la théorie, il allait jusqu'à soigner ses amis malades, et leur prescrivait des traitements et des régimes, comme on peut le voir par ses lettres. 2. Il avait également un amour naturel pour les lettres et pour la lecture. Il considérait l'*Iliade* comme le viatique de la vertu militaire et l'appelait ainsi; il en avait reçu une version corrigée par Aristote, qu'on appelle l'édition «de la Cassette», et, selon Onésicrite, il la gardait toujours sous son oreiller, avec son poignard[30]. 3. Comme il ne pouvait se procurer d'autres ouvrages dans les régions de la Haute Asie, il demanda à Harpale de lui en faire parvenir et celui-ci lui envoya les livres de Philistos, un grand nombre de tragédies d'Euripide, de Sophocle et d'Eschyle, ainsi que les dithyrambes de Télestès et de Philoxénos[31]. 4. Quant à Aristote, il l'admirait au début et le chérissait tout autant que son père, disait-il, car s'il devait la vie à ce dernier, il devait à son maître l'art de bien vivre. Mais par la suite Aristote lui devint suspect. Il n'alla pas jusqu'à lui faire du mal, mais ses manifestations d'amitié n'avaient plus la vivacité et la chaleur d'autrefois, ce qui montrait qu'il s'éloignait de lui[32]. 5. Cependant l'amour passionné de la phi-

---

28. On a mis en doute l'authenticité de cette correspondance.
29. Le père d'Aristote, Nicomaque, avait été médecin du roi de Macédoine.
*30. La référence à l'*Iliade* contribue à faire de l'expédition asiatique une nouvelle guerre de Troie. Onésicrite d'Astypalaia serait un «philosophe de l'école de Diogène le Cynique» (voir infra, XV, 2 et LXV, 2). Il fut également le premier pilote de Néarchos (voir infra, LXVI, 3).*
31. Harpale était l'ami d'enfance d'Alexandre qui en fit son trésorier. On sait qu'il séjourna en Grèce et singulièrement à Athènes, avant de s'y réfugier en 324. Plutarque a utilisé l'historien syracusain Philistos dans ses Vies de Dion et de Timoléon. Harpale avait pu se procurer à Athènes les œuvres des trois grands poètes tragiques dont une édition définitive venait d'être établie à l'initiative de l'orateur Lycurgue. Télestès de Sélinonte est connu pour la victoire qu'il remporta en 402 dans un concours de dithyrambes (poèmes à caractère d'éloge) à Athènes. Quant à Philoxénos de Cythère, il est l'auteur d'un poème, Le Cyclone, qui est une charge contre le tyran Denys de Syracuse.
32. Cette «rupture» entre Aristote et son élève peut s'expliquer par le refus d'Alexandre de se soumettre à la modération dont le philosophe faisait le fondement de sa morale. Voir sur ce point l'analyse de Goukowsky (1978), p. 49-55.

losophie, qui était inné en lui et avait grandi avec lui dès l'origine, ne quitta pas son âme, comme le prouvent les honneurs dont il entoura Anaxarque, les cinquante talents qu'il envoya à Xénocrate, et l'intérêt qu'il porta à Dandamis et à Calanos[33].

IX. 1. Lorsque Philippe partit en expédition contre Byzance[34], Alexandre, qui avait seize ans, fut laissé en Macédoine, avec l'autorité absolue sur les affaires et le sceau royal; il soumit ceux des Maides[35] qui avaient fait défection, s'empara de leur cité dont il chassa les Barbares et où il installa une population d'origine mêlée: il la nomma Alexandropolis. 2. Il participa à la bataille de Chéronée contre les Grecs: il fut le premier, dit-on, à se jeter contre le bataillon sacré des Thébains[36]. 3. De nos jours encore, on montrait, au bord du Céphise, un vieux chêne, surnommé le chêne d'Alexandre, près duquel il dressa sa tente ce jour-là; non loin se trouve la tombe collective des Macédoniens[37]. 4. Ces exploits inspirèrent naturellement à Philippe une grande affection pour son fils: il se réjouissait même d'entendre les Macédoniens donner à Alexandre le titre de roi et à lui, Philippe, celui de général. 5. Cependant les désordres que les mariages et les amours de Philippe[38] créaient dans sa maison infectaient la cour, peut-on dire, de la maladie dont souffrait le gynécée: ils occasionnèrent beaucoup de plaintes et de grandes disputes, encore exacerbées par le caractère difficile d'Olympias, qui était jalouse et acariâtre, et qui excitait Alexandre. 6. La dispute la plus spectaculaire fut déclenchée par Attale aux noces de Cléopâtre, une jeune fille que Philippe épousait, s'en étant épris en dépit de son âge. 7. Attale, l'oncle de la mariée, qui s'était enivré pendant le banquet, invita les Macédoniens à prier les dieux d'accorder à Philippe et à Cléopâtre un fils légitime qui hériterait de la royauté. 8. Aussitôt Alexandre, furibond, s'écria: «Et moi, mauvaise tête, suis-je donc un bâtard[39], à ton avis?», et il lui lança une coupe

---

33. *Anaxarque d'Abdère accompagna Alexandre dans son expédition. Xénocrate de Chalcédoine succéda à Speusippe à la tête de l'Académie, de 339 à 315. Il écrivit un traité,* Sur la royauté *dont il aurait envoyé un exemplaire à Alexandre. Après la mort du roi, il se refusa à cautionner la paix imposée par Antipatros aux Athéniens (voir* Phocion, *XXVII, 6). Sur Dandamis et Calanos, voir* infra, *LXV, 2-8 et LXIX, 6-8.*
34. *L'expédition contre Byzance qui devait ouvrir les hostilités avec Athènes eut lieu en 340-339.*
35. *Les Maides étaient un peuple thrace de la région du Strymon.*
36. *Il s'agit de la célèbre bataille qui eut lieu en août-septembre 338 et marqua la victoire définitive de Philippe. Les Thébains, longtemps alliés du roi de Macédoine, avaient été convaincus par Démosthène d'entrer dans l'alliance athénienne. Ils furent les principales victimes de la défaite et durent accepter la présence d'une garnison macédonienne. Sur le bataillon sacré, voir* Pélopidas, *XVIII, 1-7 et note.*
37. *Plutarque, citoyen de Chéronée, a certainement vu ce chêne et la tombe commune des Macédoniens morts au combat.*
38. *Philippe aurait épousé successivement sept femmes d'après Athénée (*Deipnosophistes, *XIII, 557b-e).*
39. *Il faut, pour comprendre la réponse d'Alexandre, se reporter à ce qu'était, à Athènes, un* nothos*: le fils d'un Athénien et d'une femme étrangère. Olympias était épirote et non macédonienne, mais il est douteux que la législation civique d'Athènes ait été en vigueur en Macédoine. L'anecdote résulte donc d'une lecture «athénienne» de la source qu'utilise Plutarque.*

à la figure. 9. Philippe bondit sur Alexandre, l'épée tirée, mais par bonheur pour tous deux, il glissa, sous l'effet de la colère et du vin, et tomba. 10. Alors Alexandre l'insulta en ces termes : « L'homme que vous voyez, mes amis, s'apprêtait à passer d'Europe en Asie, mais en passant d'un lit à l'autre, il se retrouve par terre ! » 11. À la suite de ces débordements dus à l'ivresse, Alexandre emmena Olympias et l'installa en Épire ; lui-même alla vivre en Illyrie. 12. Sur ces entrefaites, le Corinthien Démarate[40], qui était un hôte de la maison et avait le droit de s'exprimer franchement, se rendit auprès de Philippe. 13. Après les premières salutations et les premières effusions, Philippe lui demanda où en était l'entente entre les Grecs. « Vraiment Philippe, s'écria Démarate, cela te va bien de t'inquiéter de la Grèce, toi qui as rempli ta propre maison de tant de discordes et de malheurs ! » 14. Ces paroles firent réfléchir Philippe ; il envoya chercher Alexandre et, grâce à Démarate, il put le persuader de revenir.

X. 1. Cependant Pixodaros, satrape de Carie, désireux de s'insinuer, à la faveur de liens familiaux, dans l'alliance de Philippe, voulait donner en mariage l'aînée de ses filles à Arrhidée, fils de Philippe, et il envoya à cette intention Aristocritos en Macédoine. Une fois de plus, Alexandre entendit ses amis et sa mère répandre des racontars malveillants : par ce mariage brillant et cette belle situation, Philippe, disaient-ils, voulait assurer le trône à Arrhidée. 2. Alexandre en fut profondément troublé. Il envoya en Carie l'acteur tragique Thessalos expliquer à Pixodaros qu'il valait mieux renoncer à ce bâtard, qui n'avait pas toute sa raison, et conclure cette union avec Alexandre[41]. Cette dernière suggestion souriait bien davantage à Pixodaros que la précédente. 3. Mais Philippe en fut informé ; prenant avec lui un des amis et des compagnons du jeune homme, Philotas, fils de Parménion, il alla trouver Alexandre dans sa chambre et le réprimanda vertement, lui reprochant d'être vil et indigne des biens dont il disposait, s'il se contentait de devenir le gendre d'un Carien, asservi à un roi barbare[42]. 4. Il écrivit aux Corinthiens de lui livrer Thessalos chargé de chaînes ; 5. quant aux autres compagnons d'Alexandre, Harpale et Néarchos, ainsi qu'Érigyios et Ptolémée[43], il les bannit de Macédoine ; par la suite, Alexandre les rappela et les combla des plus grands honneurs.

---

40. *Ce Démarate est peut-être celui que cite Démosthène (*Sur la couronne, *295) comme un partisan de la Macédoine, et qui avait accompagné Timoléon à Syracuse (voir* Timoléon, *XXI, 3 ; XXIV, 4 ; XXVII, 6).*

41. *Arrhidée était le fils de Philippe et de la Thessalienne Philinnè, l'une des épouses de Philippe. Il n'était pas plus « bâtard » qu'Alexandre, et c'est d'ailleurs lui qui lui succédera en 323. Mais toutes les sources s'accordent sur sa débilité.*

42. *C'est de nouveau une réaction « grecque » qui est prêtée à Philippe : un satrape perse est non seulement un Barbare, mais de surcroît un esclave puisqu'il est au service de ce despote qu'est le Grand Roi.*

43. *Il a déjà été question d'Harpale (voir supra, VIII, 3). Néarchos le Crétois sera, en 326, placé à la tête de la flotte chargée de suivre la route entre l'Inde et le golfe Persique. Érigyios de Mytilène n'est pas autrement connu. Ptolémée, fils de Lagos, sera le fondateur de la dynastie des Lagides qui régna sur l'Égypte jusqu'à la mort de sa dernière représentante, Cléopâtre, en 31.*

6. Pausanias, qui avait été outragé à l'instigation d'Attale et de Cléopâtre et n'avait pu obtenir réparation, assassina Philippe[44]. On attribua à Olympias la principale responsabilité de ce meurtre, car on jugeait qu'elle avait enflammé et excité la colère du jeune homme ; mais quelques soupçons se portèrent également sur Alexandre. 7. En effet, lorsque, après l'affront en question, Pausanias l'avait rencontré et s'était lamenté auprès de lui, Alexandre lui avait cité, dit-on, ce vers iambique de *Médée* :

Celui qui l'a donnée et l'époux et l'épouse[45].

8. Cependant, Alexandre fit rechercher les complices de l'assassinat et les punit. Puis, comme, en son absence, Olympias avait traité Cléopâtre avec cruauté, il s'en indigna[46].

XI. 1. Alexandre reçut donc, à l'âge de vingt ans, un royaume exposé de toutes parts à des jalousies violentes, à des haines terribles et à de grands dangers[47]. 2. Les nations barbares du voisinage[48] n'acceptaient pas la servitude et regrettaient leurs rois ancestraux. Quant à la Grèce, elle avait certes été conquise militairement par Philippe, mais il n'avait pas eu le temps de la soumettre ni de l'apprivoiser ; il n'y avait apporté que des changements et des troubles, et l'avait laissée dans une agitation et un désordre profonds, car elle ne s'était pas habituée à lui. 3. Inquiets d'une telle situation, les Macédoniens jugeaient qu'Alexandre devait renoncer totalement à la Grèce et ne pas lui faire violence ; quant aux Barbares qui avaient fait défection, il fallait les reconquérir en douceur et porter remède aux débuts de révolution[49]. 4. Mais Alexandre partit de principes opposés. Il voulut employer l'audace et la grandeur d'âme pour assurer la sécurité et le salut de son empire car, à son avis, si

---

44. *Philippe fut assassiné en 336.*

45. *De ce fait, Alexandre aurait été indirectement responsable de la mort de son père. Le vers est tiré de la* Médée *d'Euripide (v. 288). Alexandre, tel Créon dans la tragédie, aurait ainsi désigné à Pausanias Attale, Philippe et Cléopâtre, sa jeune épouse, nièce d'Attale (voir supra, IX, 6).*

46. *C'est Justin* (Histoires philippiques, *XI, 2, 1-3) qui rapporte qu'Alexandre fit périr les complices de Pausanias. Le même Justin (IX, 7, 12) accuse Olympias d'avoir non seulement préparé l'assassinat de Philippe, mais contraint Cléopâtre à se pendre.*

47. *L'héritier légitime, Amyntas IV, qui, enfant, avait été évincé par Philippe en 359, pouvait prétendre à la succession, laquelle était également revendiquée par la famille des Lyncestides. Alexandre réussit, grâce à l'appui d'Antipatros, à se faire acclamer roi par le peuple, puis il se débarrassa de ses adversaires en les faisant assassiner. Voir Goukowsky (1990), p. 252-253.*

48. *Au Nord, les Triballes et les Gètes constituaient une menace permanente. Au Sud, c'était les Illyriens que Philippe avait dû plusieurs fois combattre.*

49. *Philippe avait imposé aux Grecs la reconnaissance de son hégémonie, en formant avec eux la Ligue de Corinthe en 337, alliance dont le but était de porter la guerre en Asie. Mais, à l'annonce de la mort de Philippe, l'agitation avait repris en Grèce, certains comme Démosthène à Athènes pensant que le moment était venu de rompre le pacte de Corinthe. La réplique rapide d'Alexandre mit fin à ces velléités d'indépendance et l'alliance fut renouvelée après qu'Alexandre eut envahi la Thessalie et menacé les Thermopyles.*

on le voyait rabattre si peu que ce fût de sa fierté, tous marcheraient contre lui. 5. Il calma donc les mouvements des Barbares et les guerres qui le menaçaient de ce côté-là, en courant rapidement avec une armée jusqu'à l'Istros[50] : il vainquit dans une grande bataille Syrmos, le roi des Triballes. 6. Apprenant que les Thébains avaient fait défection et que les Athéniens étaient d'intelligence avec eux, il fit aussitôt franchir les Thermopyles à son armée, en déclarant : « Démosthène me traitait d'enfant quand j'étais en Illyrie et chez les Triballes, puis d'adolescent quand je suis entré en Thessalie ; je veux lui faire voir, devant les murs d'Athènes, que je suis un homme[51]. » 7. Arrivé devant Thèbes, il laissa encore à la cité le temps de changer d'avis et se contenta de réclamer Phoenix et Prothytès[52] ; par proclamation il accorda l'impunité à ceux qui changeraient de camp pour le rejoindre. 8. Mais comme les Thébains, de leur côté, lui réclamaient Philotas et Antipatros, et appelaient par proclamation ceux qui voulaient libérer la Grèce avec eux à se ranger de leur côté, Alexandre lança les Macédoniens au combat. 9. Les Thébains combattirent avec une valeur et une ardeur au-dessus de leurs forces contre des ennemis qui leur étaient plusieurs fois supérieurs en nombre. 10. Lorsque la garnison des Macédoniens sortit de la Cadmée[53] et tomba sur eux par-derrière et qu'ils se trouvèrent encerclés, ils succombèrent presque tous au cours de la bataille. Leur cité fut prise, pillée et rasée. 11. Son intention générale avait été de frapper les Grecs de terreur par un si grand désastre, et de les épouvanter pour les dissuader de bouger, mais par ailleurs, il feignit de satisfaire les griefs des alliés : les Phocidiens et les Platéens avaient en effet porté plainte contre les Thébains. 12. N'exceptant que les prêtres, tous les hôtes des Macédoniens, les descendants de Pindare[54] et ceux qui s'étaient opposés au vote de cette sécession, Alexandre fit vendre tous les Thébains, qui étaient près de trente mille. Quant aux morts, il y en eut plus de six mille.

XII. 1. Parmi tant de souffrances et de maux qui frappèrent la cité vaincue, des soldats thraces saccagèrent la maison de Timocleia, une femme renommée et vertueuse : pendant que les hommes pillaient ses biens, le chef viola et outragea la femme, puis il lui demanda si elle avait quelque part de l'or ou de l'argent caché. 2. Elle répondit affirmativement, le conduisit seul dans le jardin, lui montra un puits et lui dit qu'au moment de la prise de la cité, elle y avait jeté ses biens les plus précieux. 3. Le Thrace se pencha pour examiner l'endroit ; alors elle le poussa par-

---

50. Istros est le nom grec du Danube.
51. Le soulèvement des Thébains eut lieu en 335. Il semble que les Athéniens, et Démosthène le premier, aient hésité à les suivre. Alexandre ferait ici allusion à une formule qu'Eschine (Contre Ctésiphon, 160) attribue à Démosthène.
52. Ces deux hommes étaient sans doute à l'origine du soulèvement. Plutarque s'étend longuement sur le sort réservé à Thèbes, auquel son patriotisme béotien le rend particulièrement sensible.
53. La Cadmée était la forteresse de Thèbes où une garnison macédonienne était placée depuis la bataille de Chéronée.
54. En épargnant les descendants de Pindare, Alexandre voulait exprimer son respect de la culture grecque.

derrière et le tua en lançant sur lui une grêle de pierres. 4. Les Thraces l'enchaînèrent et la conduisirent à Alexandre. Il comprit aussitôt, à sa physionomie et à sa démarche, sa dignité et sa grandeur d'âme : elle suivait ceux qui la conduisaient sans manifester de trouble ni de crainte. 5. Ensuite, le roi lui ayant demandé qui elle était, elle répondit : « Je suis la sœur de Théagénès, qui a combattu contre Philippe pour défendre la liberté des Grecs et qui est tombé à Chéronée, où il était stratège. » 6. Cette réponse, autant que son acte, suscita l'admiration d'Alexandre : il ordonna de la laisser partir libre avec ses enfants[55].

XIII. 1. Il se réconcilia avec les Athéniens, malgré la violence de leur réaction après le malheur des Thébains : en effet, alors qu'ils étaient en train de célébrer la fête des Mystères, ils arrêtèrent les cérémonies en signe de deuil et traitèrent avec tous les égards possibles ceux qui cherchèrent refuge dans leur cité[56]. 2. Peut-être la colère d'Alexandre était-elle déjà rassasiée, comme celle des lions, ou voulut-il contrebalancer par un acte modéré l'action si cruelle et si atroce qu'il venait de commettre : non content d'absoudre Athènes de toute accusation, il conseilla même à cette cité de s'occuper avec attention des affaires publiques, car s'il lui arrivait malheur, à lui, elle dirigerait la Grèce[57]. 3. Par la suite, dit-on, le malheur des Thébains l'attrista souvent et le rendit plus doux à l'égard d'un grand nombre d'ennemis. 4. De manière générale, le meurtre de Cleitos, qu'il commit sous l'empire du vin, et la lâche défection des Macédoniens face aux Indiens qui laissèrent son expédition et sa gloire comme inachevées, il les attribua à la colère de Dionysos et à la Némésis[58]. 5. Par la suite, aucun Thébain ne le rencontra et ne le sollicita sans obtenir satisfaction. Voilà pour ce qui concerne Thèbes.

XIV. 1. Les Grecs, assemblés dans l'Isthme, décidèrent par un vote qu'ils participeraient avec Alexandre à une expédition contre les Perses et le proclamèrent général en chef[59]. 2. Beaucoup d'hommes politiques et de philosophes vinrent le trouver et le féliciter. Il espérait que Diogène de Sinope[60], qui vivait à Corinthe, en ferait autant. 3. Comme il ne prêtait pas la moindre attention à Alexandre et restait tran-

---

55. L'histoire de Timocleia est un exemple de ces « vertus » féminines que Plutarque aime mettre en valeur. Elle figure d'ailleurs dans le traité Exploits de femmes, *252 E, où le violeur de Timocleia est désigné comme un Macédonien nommé Alexandre.*

56. Plutarque a évoqué cette attitude des Athéniens dans Démosthène, *XXIII 3 et suiv., et dans* Phocion, *XVII, 2 et suiv. Il s'agit des Mystères d'Éleusis qui se déroulaient du 15 au 22 du mois de Boédromion (fin septembre-début octobre).*

57. Cette recommandation d'Alexandre est mentionnée également dans Phocion, *XVII, 8.*

58. Le meurtre de Cleitos (infra, L-LII, 1) eut lieu en 328. Le refus des Macédoniens de le suivre plus avant date de 326 (voir infra, LXII, 1-6). La mère de Dionysos, Sémélè, était thébaine.

59. Le conseil (synédrion) de la Ligue de Corinthe se réunissait à l'occasion des fêtes de l'Isthme en l'honneur de Poséidon. Alexandre avait fait précédemment accepter par les Grecs le châtiment infligé aux Thébains.

60. Diogène était le principal représentant de l'École cynique.

quillement au Craneion[61], ce fut Alexandre lui-même qui se déplaça. Diogène se trouvait allongé au soleil. 4. En voyant arriver tant de monde, il se redressa un peu et jeta les yeux sur Alexandre. Celui-ci, l'ayant salué, lui adressa la parole le premier pour lui demander s'il avait besoin de quelque chose; «Écarte-toi un peu du soleil», répondit l'autre. 5. Alexandre en fut profondément frappé, dit-on; le philosophe le méprisait, mais lui, il admirait son dédain et sa grandeur: alors que ses compagnons, en s'en allant, riaient et se moquaient, il leur dit: «Eh bien moi, si je n'étais pas Alexandre, je serais Diogène[62]!»
6. Il voulut consulter le dieu sur son expédition et se rendit à Delphes. Or on se trouvait dans les jours néfastes, pendant lesquels il n'est pas permis de rendre des oracles. Alexandre envoya d'abord chercher la prophétesse et, 7. comme elle refusait et s'abritait derrière la loi, il monta lui-même au sanctuaire et la traîna de force dans le temple. Alors, comme subjuguée par une telle ardeur, elle s'écria: «Tu es invincible, mon enfant!» À ces mots, Alexandre déclara qu'il n'avait pas besoin d'une autre prédiction: il avait reçu d'elle l'oracle qu'il souhaitait.
8. Lorsqu'il partit pour son expédition, la divinité lui envoya, semble-t-il, de nombreux signes; on vit notamment, à Leibéthra, la statue d'Orphée[63], qui était en bois de cyprès, se couvrir ces jours-là d'une sueur abondante. 9. Ce prodige inquiéta tout le monde mais Aristandros[64] invita les Grecs à avoir confiance. «C'est le signe, leur dit-il, qu'Alexandre va accomplir des exploits dignes d'être chantés et proclamés: ils exigeront des poètes et des musiciens qui les célébreront beaucoup de sueur et de peine!»

XV. 1. En ce qui concerne les effectifs de l'expédition, ceux qui proposent l'estimation la plus modeste parlent de trente mille fantassins et de quatre mille cavaliers, ceux qui donnent l'hypothèse la plus haute avancent le chiffre de quarante-trois mille fantassins et de cinq mille cavaliers. 2. Pour entretenir ces troupes, Alexandre n'avait pas plus de soixante-dix talents, selon Aristobule; d'après Douris, il n'avait de vivres que pour trente jours; d'après Onésicrite, il dut même emprunter deux cents talents[65]. 3. Mais malgré la petitesse et la médiocrité des ressources dont il disposait en partant, il tint, avant d'embarquer, à s'occuper de la situation de ses compagnons: l'un reçut un domaine, l'autre un village, l'autre le revenu d'un bourg ou d'un port[66]. 4. Comme

---

61. *Le Craneion était sans doute un gymnase où Diogène donnait son enseignement.*
62. *L'anecdote est célèbre et a été maintes fois racontée.*
63. *Orphée, le poète inspiré, était selon la tradition, né en Thrace, au voisinage du mont Olympe, au pied duquel se trouvait située Leibéthra, à la frontière entre la Macédoine et la Thrace.*
64. *Il a déjà été question supra (II, 5) de ce devin. La même anecdote est rapportée par Arrien,* Anabase, *I, 11, 2.*
65. *Aristobule accompagna l'expédition d'Alexandre comme ingénieur, et Plutarque utilise à plusieurs reprises son témoignage. Douris de Samos est un écrivain de la fin du IVe siècle, auteur d'*Écrits sur la Grèce (Hellenica), *et que Plutarque cite souvent, même s'il le critique (voir* Périclès, *XXVIII, 2-3).*
66. *Il y a là une curieuse indication sur la nature des liens qui unissaient Alexandre à ses compagnons, et qui annonce les pratiques des souverains hellénistiques: l'attribution de* doreaï, *de dons (de terres ou des revenus de ces terres) à leurs* philoï, *ceux dont ils s'entouraient pour gouverner.*

il avait déjà dépensé et réparti ainsi presque tous les biens royaux, Perdiccas lui demanda : « Et à toi, que te réserves-tu, ô roi ? – L'espérance, répondit Alexandre. – Alors, reprit Perdiccas, nous voulons, nous aussi la partager avec toi, nous qui partons en campagne avec toi. » 5. Et Perdiccas refusa le bien qui lui avait été attribué. Quelques-uns des amis d'Alexandre l'imitèrent, 6. ce qui n'empêchait pas le prince de combler généreusement ceux qui acceptaient ou sollicitaient ses dons : il divisa et dépensa ainsi la plus grande partie des biens qu'il possédait en Macédoine. 7. Tel était donc son élan et telles étaient ses intentions lorsqu'il passa l'Hellespont[67]. Il monta à Ilion où il offrit un sacrifice à Athéna et des libations aux héros. 8. Sur le tombeau d'Achille, après s'être frotté d'huile et avoir couru, nu, selon l'usage, avec ses compagnons, il déposa une couronne : « Heureux es-tu, s'écria-t-il, d'avoir eu, de ton vivant, un ami fidèle, et après ta mort, un grand héraut pour te célébrer[68] ! » 9. Comme il parcourait et visitait la cité, on lui demanda s'il voulait voir la lyre d'Alexandre ; il répondit : « Cette lyre-là ne m'intéresse guère, mais je voudrais trouver celle d'Achille, sur laquelle il chantait la gloire et les hauts faits des hommes de cœur[69] ! »

XVI. 1. Cependant, les généraux de Darius avaient rassemblé une grande armée et l'avaient rangée en ordre de bataille au passage du Granique[70]. Il était sans doute nécessaire de livrer bataille à cet endroit, qui était comme la porte de l'Asie, pour pouvoir entrer dans ce pays et le conquérir, 2. mais la plupart des Macédoniens étaient inquiets en voyant la profondeur du fleuve, l'irrégularité et l'escarpement des falaises de la rive opposée, sur laquelle il faudrait prendre pied tout en combattant. Certains étaient même d'avis qu'il fallait observer les précautions habituelles pendant le mois de Daesios, au cours duquel les rois des Macédoniens n'avaient pas coutume de faire sortir l'armée. Mais Alexandre écarta cette objection, en ordonnant de dire que le mois en cours était le second Artémisios[71]. 3. Comme Parménion prétendait que la journée était trop avancée et refusait de prendre un tel risque, Alexandre rétorqua que ce serait insulter l'Hellespont si, après l'avoir traversé, on tremblait devant le Granique. Puis il se jeta dans le fleuve, avec treize compagnies de cavalerie. 4. En s'élançant au-devant de traits hostiles, vers des positions escarpées, défendues par des armes et des chevaux, au milieu du

---

67. *La traversée de l'Hellespont eut lieu en 334.*

68. *Ce monument commémorait la mort d'Achille devant Ilion, c'est-à-dire Troie. L'ami dont il est question est Patrocle et le héraut, le poète qui chanta la gloire d'Achille, Homère. On a déjà vu supra que l'*Iliade *était la lecture préférée d'Alexandre.*

69. *L'Alexandre dont il s'agit ici est Pâris, le Troyen ravisseur d'Hélène. Achille apparaît en effet en aède dans l'*Iliade *(IX, v. 189), alors qu'il s'est retiré du combat à la suite de l'injustice commise contre lui par Agamemnon.*

70. *Il s'agit de Darius III Codoman, roi des Perses depuis 336. Le Granique coule en Troade et se jette dans la Propontide (mer de Marmara).*

71. *Dans* Camille, *Plutarque date cette bataille du Granique du mois attique de Thargélion qui correspond approximativement aux mois de mai-juin.*

courant qui l'emportait et l'entourait de ses flots, il avait l'air de mener les opérations comme un fou, plus par désespoir que poussé par la réflexion. 5. Il s'obstina pourtant à faire cette traversée et, à grand-peine, au prix de nombreux efforts, il prit position sur un terrain que la boue rendait humide et glissant. Il fut contraint d'engager aussitôt un combat désordonné et d'en venir au corps à corps, homme contre homme, avec ceux qui l'attaquaient, sans avoir eu le temps de ranger en une formation quelconque ses troupes qui étaient en train de traverser. 6. Les ennemis le pressaient à grands cris, en lançant leurs chevaux contre les siens; ils combattaient avec la lance, puis avec l'épée, dès que leur lance était brisée. 7. Ils se portèrent en foule contre Alexandre car on le reconnaissait à son bouclier court et au panache de son casque de chaque côté duquel se dressait une aigrette d'une blancheur et d'une taille exceptionnelles; il fut atteint par un javelot au défaut de la cuirasse, mais ne fut pas blessé. 8. Les généraux Rhoïsacès et Spithridatès se portèrent ensemble sur lui; il esquiva l'attaque du second et frappa Rhoïsacès, lequel portait une cuirasse; la lance d'Alexandre se brisa; alors il saisit son poignard. 9. Tandis qu'ils luttaient au corps à corps, Spithridatès, approchant son cheval de biais, se dressa dans un grand élan et le frappa avec son cimeterre barbare; 10. il lui arracha son panache ainsi que l'une des aigrettes. Le casque d'Alexandre résista à grand-peine au choc, et le coup passa si près que le tranchant du cimeterre toucha l'extrémité de ses cheveux. 11. Mais comme Spithridatès levait une seconde fois l'épée, Cleitos le Noir[72] le devança et le transperça de sa javeline. Au même moment, Rhoïsacès tombait lui aussi, frappé d'un coup d'épée par Alexandre.
12. Pendant cet affrontement de cavalerie, si dangereux et si violent, la phalange des Macédoniens traversait le fleuve et les troupes d'infanterie engageaient le combat.
13. Les ennemis ne résistèrent pas vigoureusement ni longtemps; ils furent mis en déroute et prirent la fuite, à l'exception des mercenaires grecs qui se rassemblèrent sur une colline et demandèrent à Alexandre de leur promettre la vie sauve. 14. Mais lui, écoutant la colère plus que la raison, se lança contre eux, à la tête de ses hommes; il perdit son cheval, qui fut frappé au flanc d'un coup d'épée (ce n'était pas Bucéphale, mais une autre monture). La plupart de ceux qui furent tués ou blessés tombèrent dans ce secteur, car ils avaient en face d'eux des hommes désespérés et habiles au combat.
15. Les Barbares perdirent, dit-on, vingt mille fantassins et deux mille cinq cents cavaliers. Du côté d'Alexandre, il y eut au total, selon Aristobule, trente-quatre morts, dont neuf fantassins. 16. Il leur fit dresser des statues de bronze, qui furent réalisées par Lysippe. 17. Il associa les Grecs à sa victoire : aux Athéniens, il envoya, à titre particulier, trois cents boucliers pris à l'ennemi et, sur l'ensemble du butin, il fit graver cette inscription orgueilleuse : 18. « Alexandre fils de Philippe et tous les Grecs, à l'exception des Lacédémoniens, ont conquis ce butin sur les Barbares qui habitent l'Asie[73]. » 19. Quant aux coupes, aux vêtements de pourpre et aux

---

72. *Cleitos le Noir commandait la cavalerie des hétaires (compagnons). Il a déjà été nommé en XIII, 4.*
73. *Cette inscription figure également dans* l'Anabase d'Arrien *(I, 16, 7). Les Lacédémoniens, seuls de tous les Grecs, avaient refusé d'adhérer à la Ligue de Corinthe.*

autres objets du même genre, qu'il avait pris aux Perses, il les envoya presque tous à sa mère.

XVII. 1. Cette bataille entraîna aussitôt de grands changements en faveur d'Alexandre : il s'empara même de Sardes, le rempart de l'empire perse sur sa frange maritime[74], et le reste du pays se rendit à lui. 2. Seules Halicarnasse et Milet[75] résistaient ; il les conquit de vive force et soumit tout le territoire qui les entourait. Mais il restait indécis sur la suite des opérations. 3. Parfois, il avait hâte d'attaquer Darius et de livrer un combat décisif ; parfois aussi, il se disait qu'il devait d'abord s'entraîner, si l'on peut dire, et se fortifier en s'emparant des régions maritimes et de leurs richesses, après quoi il remonterait à l'intérieur des terres pour attaquer le roi. 4. Or, à ce que l'on raconte, une source de Lycie, près de la cité de Xanthos, sortit alors de son lit sans aucune raison et déborda, rejetant de ses profondeurs une tablette en bronze qui portait une inscription en caractères anciens : elle annonçait que l'empire perse allait finir et qu'il serait détruit par des Grecs. 5. Alexandre en fut exalté : il se hâta de nettoyer le littoral jusqu'à la Phénicie et à la Cilicie. 6. Sa course à travers la Pamphylie a inspiré à de nombreux historiens des récits terrifiants et grandioses ; ils prétendent que, par une Fortune divine, la mer se serait retirée devant Alexandre, alors que d'habitude elle vient toujours du large avec violence et laisse rarement à découvert des sentiers ininterrompus, au pied des falaises et des escarpements de cette zone montagneuse. 7. C'est de ce prodige que, de toute évidence, Ménandre[76] se moque dans une comédie :

> Comme cela déjà sent bien son Alexandre !
> Si je cherche quelqu'un, de lui-même il arrive ;
> Dois-je passer la mer ? L'endroit devient guéable !

8. Alexandre lui-même, dans ses lettres, ne rapporte aucun prodige de ce genre ; il dit seulement qu'il fit route à travers un pays nommé Climax [« l'Échelle »], après avoir quitté Phasélis. 9. Il resta plusieurs jours dans cette cité. Ayant remarqué sur l'agora une statue de Théodectès, originaire de Phasélis[77] et mort à cette époque, il se rendit en joyeux cortège devant elle, étant ivre après le repas, et lui lança beaucoup de couronnes ; il rendait ainsi par plaisanterie un hommage qui n'était pas sans grâce à cet homme qu'Aristote et la philosophie lui avaient permis de fréquenter.

XVIII. 1. Après quoi, il soumit ceux des Pisidiens qui lui résistaient et s'empara de la Phrygie. 2. Il prit également la cité de Gordion, qui avait été, disait-on, le séjour

---

74. Sardes était l'ancienne capitale du royaume lydien, devenue l'une des capitales royales de l'empire perse.
75. Halicarnasse et Milet étaient des cités grecques de la côte occidentale de l'Asie Mineure.
76. Ménandre est le plus célèbre des poètes comiques athéniens de la fin du IVe siècle. On ne possède qu'une partie de son œuvre dont s'inspirèrent les poètes latins Plaute et Térence.
77. Phasélis est située sur la côte méridionale de l'Asie Mineure. Théodectès était un poète tragique qui vint à Athènes, où il fut plusieurs fois couronné aux Grandes Dionysies, et qui fut l'élève d'Aristote.

de l'antique Midas[78]. Il vit le fameux chariot, dont le timon était attaché par une écorce de cornouiller et écouta, à ce propos, un récit auquel les Barbares ajoutaient foi, selon lequel celui qui déferait le lien deviendrait roi du monde habité. 3. Selon beaucoup d'auteurs, comme on ne voyait pas les extrémités des liens qui repassaient plusieurs fois les uns dans les autres, en torsades confuses, Alexandre, ne parvenant pas à le dénouer, trancha le nœud avec son épée : une fois qu'il fut coupé, on vit qu'il avait de nombreuses extrémités[79]. 4. Mais selon Aristobule, il lui fut très facile de détacher le char : il ôta d'abord ce qu'on appelle la cheville du timon, qui maintenait la courroie du joug, puis, cela fait, tira à lui le joug.
5. Ensuite, il soumit la Paphlagonie et la Cappadoce. Il apprit la mort de Memnon, un des plus réputés parmi les stratèges de Darius sur le littoral. Cet homme aurait pu lui susciter beaucoup d'embarras et quantité d'obstacles et de difficultés ; cette nouvelle le confirma dans son intention de mener une expédition dans le haut pays[80]. 6. Déjà Darius descendait de Suse, exalté par le nombre de ses troupes (il avait six cent mille hommes sous ses ordres) et encouragé par un songe dont les mages lui donnaient une interprétation plus faite pour lui plaire que fondée sur les vraisemblances. 7. Il avait rêvé que la phalange des Macédoniens était entourée de grandes flammes et qu'Alexandre, vêtu de la robe que lui, Darius, portait autrefois, quand il était courrier du roi, le servait, puis entrait dans le sanctuaire de Bélos où il disparaissait. 8. En fait, le dieu laissait entendre ainsi, semble-t-il, que les affaires de Macédoine allaient devenir brillantes et éclatantes, qu'Alexandre se rendrait maître de l'Asie, comme l'avait fait Darius quand de courrier, il était devenu roi, et que bientôt, en pleine gloire, il quitterait la vie[81].

XIX. 1. Ce qui l'encourageait encore, c'était la lâcheté qu'il prêtait à Alexandre, en le voyant s'attarder en Cilicie. 2. Or ce retard était dû à une maladie qui l'avait frappé, selon les uns à cause de la fatigue, selon d'autres parce qu'il s'était baigné dans les eaux glacées du Cydnos[82]. 3. Aucun des médecins n'osait le soigner : croyant le mal plus fort que tout remède, ils redoutaient, en cas d'échec, d'être accusés par les Macédoniens. 4. Seul l'Acarnanien Philippe, le voyant mal en point

---

78. Midas était le célèbre roi phrygien qui, ayant reçu de Dionysos le don de transformer en or tout ce qu'il touchait, risquait de mourir de soif et de faim, et obtint finalement du dieu la permission de se laver les mains dans le Pactole qui depuis lors charriait des paillettes d'or.
79. L'histoire du nœud gordien est célèbre. La version d'Aristobule, déjà plusieurs fois cité comme source de la Vie d'Alexandre, est plus favorable, car elle met en valeur l'ingéniosité du roi plutôt que sa brutalité.
80. Il s'agit du Grec Memnon de Rhodes qui avait dirigé la résistance de Milet et d'Halicarnasse et commandait les mercenaires grecs au service du Grand Roi. Alexandre avait jusque-là soumis les provinces occidentales de l'Asie Mineure, sans s'enfoncer à l'intérieur du plateau anatolien, de crainte d'une attaque sur ses arrières.
81. Une fois de plus, Plutarque se plaît à rappeler ces présages. Alexandre devait en effet mourir à Babylone où se trouvait le sanctuaire de Bélos.
82. Le Cydnos est la rivière qui arrose Tarse en Cilicie.

et gardant confiance en son amitié, jugea scandaleux, alors que le roi était en danger, de ne pas s'associer lui-même à ce danger jusqu'à la dernière extrémité, en tentant le tout pour le tout afin de le secourir, à ses risques et périls : il prépara un médicament et le convainquit d'accepter de le boire, s'il avait hâte de retrouver ses forces pour faire la guerre. 5. Or, sur ces entrefaites, Parménion envoya du camp une lettre conseillant à Alexandre de se méfier de Philippe : Darius l'aurait persuadé, en lui offrant des présents magnifiques et en lui promettant sa fille en mariage, de tuer Alexandre. Ce dernier lut la lettre, ne la montra à aucun de ses amis et la plaça sous son oreiller. 6. Lorsque, le moment venu, Philippe entra dans la pièce avec les Hétaires[83], apportant le médicament dans une coupe, Alexandre lui remit la lettre, tout en absorbant le médicament de bon cœur, sans aucun soupçon. 7. Ce fut alors une scène admirable, digne du théâtre. L'un lisait, l'autre buvait – après quoi, ils se regardèrent avec des expressions bien différentes : Alexandre, par son visage radieux et détendu, affichait son amitié et sa confiance envers Philippe, 8. tandis que celui-ci, mis hors de lui par cette accusation, tantôt invoquait les dieux et tendait les mains vers le ciel, tantôt se jetait sur le lit et exhortait Alexandre à prendre courage et à l'écouter. 9. Dans un premier temps, le médicament, prenant possession du corps du malade, parut chasser la force vitale et la noyer : la voix lui manqua, ses sensations devinrent confuses et très faibles, et il perdit connaissance. 10. Mais il fut promptement ranimé par Philippe ; il se rétablit et put se montrer aux Macédoniens, dont l'abattement ne cessa que lorsqu'ils le virent[84].

XX. 1. Il y avait dans l'armée de Darius un Macédonien, Amyntas, qui avait fui son pays et connaissait bien le naturel d'Alexandre. 2. Cet homme, voyant Darius s'engager dans les défilés[85] pour marcher contre Alexandre, le conjura de rester où il était, dans des plaines larges et ouvertes, où il pourrait facilement combattre, avec de si grands effectifs, un ennemi inférieur en nombre. 3. Darius répondit que s'il tardait, il craignait de laisser les ennemis prendre la fuite et Alexandre s'échapper. « Sur ce point, s'écria Amyntas, sois sans crainte, ô roi : il marchera contre toi, et peut-être est-il déjà en route. » 4. Mais Amyntas eut beau dire, il ne put le persuader ; Darius se mit en marche et se dirigea vers la Cilicie, tandis qu'Alexandre faisait route vers la Syrie pour l'attaquer. 5. Pendant la nuit, les deux armées se manquèrent et durent revenir en arrière. Alexandre, ravi de cette circonstance, faisait diligence, afin de rencontrer Darius dans les défilés, tandis que ce dernier cherchait de son côté à regagner son ancien camp et à dégager son armée. 6. Il comprenait à présent qu'il avait agi contre son intérêt en se jetant dans une région que la mer, les montagnes et le cours du Pinaros, qui la traversait, rendaient difficile pour la cavalerie, et qui

---

83. Les Hétaires, au sens propre compagnons, étaient des cavaliers issus de l'aristocratie macédonienne.
84. Encore une de ces anecdotes qui, comme Plutarque l'a affirmé en I, 2 est révélatrice du caractère de son héros : le courage et la foi en l'amitié.
85. Il s'agit des défilés séparant la Cilicie de la Syrie dans la chaîne de l'Amanus, un peu au nord d'Issos, où allait se dérouler la bataille décisive.

était accidentée en de nombreux endroits et favorable au petit nombre de ses ennemis. 7. La Fortune offrit donc à Alexandre l'avantage du terrain, mais sa tactique fit encore plus pour la victoire que les faveurs de la Fortune. 8. Malgré son infériorité numérique face à une telle multitude de Barbares, il ne se laissa pas encercler par eux. Ce fut lui, au contraire, qui déborda leur aile gauche avec son aile droite : les attaquant de flanc, il mit en fuite ceux qui se trouvaient devant lui. Il combattait au premier rang et fut blessé d'un coup d'épée à la cuisse que lui porta, selon Charès[86], Darius lui-même avec qui il en serait venu aux mains. 9. Mais Alexandre, dans la lettre qu'il envoya à Antipatros à propos de cette bataille[87], n'indique pas le nom de celui qui l'a blessé ; il écrit seulement qu'il fut touché à la cuisse d'un coup de poignard, mais que cette blessure n'eut aucune conséquence fâcheuse.
10. Sa victoire fut éclatante ; il tua plus de cent dix mille ennemis[88]. Il ne put capturer Darius, qui s'était enfui et le distançait de quatre ou cinq stades, mais il s'empara de son char et de son arc, qu'il rapporta. 11. À son retour, il trouva les Macédoniens occupés à piller les richesses du camp barbare[89], dont la quantité était étonnante – et pourtant, les Perses s'étaient équipés à la légère en vue de la bataille et avaient laissé la plus grande partie de leurs bagages à Damas. On lui avait réservé la tente de Darius, qui était pleine de serviteurs et de meubles somptueux, ainsi que de nombreux trésors. 12. Il ôta aussitôt son armure et alla prendre un bain en disant : « Allons laver la sueur de la bataille dans la baignoire de Darius ! – Non, par Zeus! répliqua un de ses compagnons, dans la baignoire d'Alexandre : les biens des vaincus doivent appartenir au vainqueur et porter son nom. » 13. Lorsqu'il vit les bassins, les urnes, les baignoires et les flacons de parfum, tout cela en or, travaillé de manière admirable, lorsque la pièce fut embaumée d'un parfum divin, exhalé par les aromates et les essences précieuses, lorsqu'en sortant, il passa dans la tente où tout forçait l'admiration – sa hauteur, sa profondeur, les tapis, les tables et le festin lui-même –, il se tourna vers les Hétaires et leur dit : « Apparemment, c'était donc cela être roi ! »

XXI. 1. Comme il s'apprêtait à dîner, on lui annonça qu'on amenait, parmi les prisonniers de guerre, la mère et l'épouse de Darius, ainsi que deux de ses filles encore vierges : elles avaient vu le char et l'arc, et se frappaient la poitrine en poussant des thrènes, croyant que le roi était mort. 2. Alexandre resta silencieux un long moment puis, plus sensible à la Fortune de ces malheureuses qu'à la sienne propre, il

---

86. Charès de Mytilène, compagnon d'Alexandre et auteur d'une Histoire d'Alexandre *que Plutarque cite à plusieurs reprises dans son récit.*
87. Plutarque cite également cette lettre dans son traité Sur la Fortune et sur la Vertu d'Alexandre, *341 B-C. Il devait certainement exister des recueils de lettres d'Alexandre, plus ou moins authentiques, et que Plutarque a pu consulter.*
88. Les chiffres des pertes subies par les Perses diffèrent selon les sources, mais la bataille d'Issos qui eut lieu en novembre 333 fut, même si Darius parvint à s'enfuir, une grande victoire d'Alexandre.
89. Plutarque insiste ici sur la magnificence du camp du roi des Perses. C'est une fois encore le luxe barbare opposé à la simplicité grecque et, plus encore, macédonienne.

envoya Léonnatos[90] leur annoncer que Darius n'était pas mort et qu'elles ne devaient pas craindre Alexandre : s'il était en guerre contre Darius, c'était uniquement pour lui disputer l'empire ; elles conserveraient tous les honneurs dont elles jouissaient sous son règne. 3. Ce discours parut aux femmes clément et généreux et il fut suivi d'actes d'une plus grande humanité encore. 4. Alexandre leur permit d'ensevelir autant de Perses qu'elles le désireraient, en prenant pour ce faire, dans le butin, des vêtements et des parures. Il ne leur enleva rien de la suite et des honneurs dont elles jouissaient et augmenta même leurs revenus. 5. Mais la faveur la plus belle et la plus royale qu'il fit à ces femmes nobles et vertueuses, devenues prisonnières de guerre, ce fut de les préserver de devoir entendre, soupçonner ou craindre quoi que ce soit qui fût contraire à l'honneur. On n'avait pas l'impression qu'elles étaient dans un camp ennemi, mais qu'elles étaient gardées dans un gynécée saint et sacré ; elles menaient une existence écartée, à l'abri des regards. 6. Et pourtant la femme de Darius était de loin la plus belle de toutes les reines, dit-on, comme Darius, de son côté, était le plus beau et le plus grand des hommes ; et les jeunes filles ressemblaient à leurs parents. 7. Mais Alexandre, jugeant plus digne d'un roi, semble-t-il, de se dominer lui-même que de vaincre les ennemis, ne les toucha pas ; avant son mariage, il ne connut pas d'autre femme que Barsinè. 8. Celle-ci, qui était restée veuve après la mort de Memnon, avait été faite prisonnière à Damas[91]. 9. Elle avait reçu une éducation grecque et avait un caractère agréable ; elle était fille d'Artabaze, lequel était lui-même fils d'une des filles du roi. Alexandre la connut physiquement : Parménion l'avait exhorté, selon Aristobule, à s'attacher à une femme belle et noble. 10. Quant aux autres prisonnières de guerre, Alexandre, les voyant aussi remarquables par leur beauté que par leur taille, dit en plaisantant : « Les femmes perses sont une blessure pour les yeux. » 11. À leurs charmes physiques, il opposait la beauté de sa propre continence et de sa chasteté, et il passait devant elles comme devant des statues inanimées.

XXII. 1. Philoxénos, gouverneur des provinces du littoral, lui écrivit qu'il avait auprès de lui un certain Théodoros de Tarente, accompagné de deux garçons d'une beauté exceptionnelle qui étaient à vendre ; il lui demandait s'il voulait les acheter. Alexandre en fut indigné et se récria à plusieurs reprises devant ses amis, leur demandant : « De quelle turpitude Philoxénos a-t-il entendu parler à mon sujet pour me faire une proposition aussi insultante ? » 2. Il accabla d'injures Philoxénos dans une lettre, et l'invita à envoyer au diable Théodoros et sa marchandise. 3. Il s'en prit également avec violence à Hagnon[92], qui lui avait écrit fièrement qu'il voulait acheter Crobylos, un personnage célèbre à Corinthe, et le lui amener. 4. Apprenant que

---

90. *Léonnatos était un des Hétaires d'Alexandre et appartenait à la famille royale macédonienne.*
91. *Il a déjà été question de Memnon de Rhodes supra, en XVIII, 5. Tout ce développement donne d'Alexandre une image vertueuse inattendue.*
92. *Cet Hagnon de Téos apparaît plusieurs fois dans le récit. Par-delà l'aspect anecdotique de ce comportement d'Alexandre, qui se comporte en vrai disciple des philosophes (voir infra § 6), on entrevoit la présence, au sein de son armée, de Grecs venus de toutes les parties du monde méditerranéen.*

Damon et Timothée, des Macédoniens, qui servaient sous les ordres de Parménion, avaient séduit des femmes obscures appartenant à des mercenaires, il écrivit à Parménion de punir les deux hommes, si leur culpabilité était prouvée, et de les tuer comme des bêtes sauvages, nées pour être le fléau du genre humain. 5. Dans cette lettre, il parle également de lui et il écrit textuellement : « Pour moi, non seulement nul ne pourrait me convaincre d'avoir vu la femme de Darius, ou d'avoir désiré la voir, mais je n'ai même pas laissé parler ceux qui voulaient me vanter sa beauté. » 6. Il disait que c'était surtout à deux signes qu'il se reconnaissait mortel, le sommeil et l'union sexuelle : selon lui, la fatigue et le plaisir découlaient de la même cause, la faiblesse de la nature.

7. Il faisait preuve de la plus grande frugalité : il le montra en de nombreuses occasions, et notamment par ce qu'il dit à Ada, qu'il avait adoptée pour mère et qu'il fit reine de Carie[93]. 8. Dans sa tendresse, cette femme lui envoyait chaque jour beaucoup de plats raffinés et de gâteaux ; elle finit même par lui adresser les cuisiniers et les pâtissiers qui passaient pour les plus habiles. Mais Alexandre lui dit qu'il n'avait besoin d'aucun d'eux, 9. car il avait de meilleurs cuisiniers, qui lui avaient été donnés par son pédagogue Léonidas[94] : pour le déjeuner, une promenade avant le jour, et pour le dîner, un déjeuner peu copieux. 10. Alexandre ajoutait : « Ce même Léonidas inspectait même les coffres où l'on gardait les couvertures et les manteaux ; il les ouvrait, pour s'assurer que ma mère n'avait rien glissé de luxueux ou de superflu à l'intérieur. »

XXIII. 1. Il était moins porté sur le vin qu'on ne l'a cru. On l'a cru parce qu'il passait beaucoup de temps à vider chaque coupe : en fait, il bavardait plus qu'il ne buvait, car il proposait toujours quelque longue discussion. Du reste, cela n'arrivait que lorsqu'il avait beaucoup de loisir. 2. Lorsqu'il fallait agir, à la différence des autres généraux, il ne se laissait retenir ni par le vin, ni par le sommeil, ni par un jeu, ni par un mariage, ni par un spectacle. Sa vie en est la preuve : elle fut extrêmement courte, mais il la remplit d'exploits très nombreux et très grands. 3. Dans ses jours de loisir, il commençait par se lever et par sacrifier aux dieux ; aussitôt après, il déjeunait, assis, puis il passait la journée à chasser, à rendre la justice, à régler quelque question militaire ou à lire. 4. S'il faisait un voyage sans être trop pressé, il apprenait, chemin faisant, à tirer à l'arc, à sauter sur un char en pleine course et à en descendre ; souvent aussi, par jeu, il chassait les renards et les oiseaux, comme on l'apprend dans les *Éphémérides*[95]. 5. Aux étapes, il se baignait ou se frottait d'huile, puis demandait aux chefs des boulangers et des cuisiniers s'ils étaient prêts à servir le dîner. 6. Il ne s'allongeait et ne commençait à dîner que tard, une fois la nuit venue ; il se montrait admirablement attentif et vigilant au service,

---

93. *Au lendemain de la prise d'Halicarnasse, cité grecque qui faisait partie de la satrapie de Carie.*
94. *Il a été question de ce Léonidas supra, en V, 7. Le nom de ce pédagogue évoque peut-être une lointaine origine spartiate qui expliquerait l'éducation austère qu'il avait donnée à son élève.*
95. *Il s'agit d'un recueil où jour après jour auraient été consignés les faits et gestes d'Alexandre par des secrétaires placés sous le contrôle d'Eumène de Cardia.*

veillant à éviter toute inégalité et toute négligence dans la distribution des plats. Quant aux beuveries[96], il les prolongeait fort tard, je l'ai dit, à cause de son goût pour la conversation. 7. À ce moment-là, lui qui, le reste du temps, se montrait le plus aimable des rois et qui était paré de toutes les grâces, se mettait à se vanter et devenait odieux et trop semblable à un soldat fanfaron. Il était lui-même porté à la grandiloquence et se laissait mener par les flatteurs; ceux-ci indisposaient les assistants plus délicats qui ne voulaient ni rivaliser avec eux ni se montrer plus chiches d'éloges, la première attitude leur semblant honteuse, la seconde étant dangereuse. 8. Après avoir bu, Alexandre se baignait et dormait souvent jusqu'au milieu du jour; parfois même il passait toute la journée à dormir. 9. Il ne se laissait pas tenter par les aliments raffinés: lorsqu'on lui apportait de la côte les fruits et les poissons les plus rares, il en envoyait à chacun de ses amis, et souvent ne gardait rien pour lui. 10. Cependant, ses repas étaient toujours somptueux et la dépense, qui augmentait avec ses succès, se monta pour finir à dix mille drachmes. Il s'en tint là et ce fut aussi la limite fixée pour ceux qui recevaient Alexandre[97].

XXIV. 1. Après la bataille d'Issos, il envoya des soldats à Damas et s'empara des trésors, des bagages, des enfants et des femmes des Perses. 2. Ceux qui en tirèrent le plus de profit furent les cavaliers thessaliens, car Alexandre confia exprès cette mission, pour les enrichir, à ces hommes de valeur, qui s'étaient distingués dans la bataille. 3. Mais le reste de l'armée put aussi se rassasier de richesses. C'était alors la première fois que les Macédoniens goûtaient à l'or, à l'argent, aux femmes et au mode de vie des Barbares: tels des chiens qui tiennent une piste, ils avaient hâte de poursuivre les richesses des Perses et de les débusquer.
4. Cependant Alexandre jugeait qu'il devait d'abord se rendre maître du littoral. Les rois vinrent aussitôt lui remettre Chypre et la Phénicie, sauf Tyr. 5. Il assiégea Tyr pendant sept mois[98], avec des digues, des machines de guerre et deux cents trières du côté de la mer. Il vit en songe Héraclès[99] lui tendre la main et l'appeler du haut du rempart 6. et, de leur côté, beaucoup de Tyriens entendirent en rêve Apollon leur dire qu'il allait rejoindre Alexandre, car il n'aimait pas ce qui se passait dans la cité. 7. Ils traitèrent alors le dieu comme un déserteur qu'on aurait surpris en train de passer à l'ennemi; ils entourèrent de cordes sa statue colossale et la clouèrent à son piédestal, en l'appelant: «Alexandriste». 8. Alexandre eut un autre songe. Un satyre lui apparut; de loin, il avait l'air de vouloir jouer avec lui, mais ensuite, comme le roi essayait de le saisir, il lui échappait. Pour finir, comme Alexandre insistait et courait après lui, le satyre tomba entre ses mains. 9. Les devins, divisèrent le mot *satyre*

---

96. Le potos, *au cours duquel on buvait, suivait ordinairement le repas proprement dit ou deipnon.*
97. *Il y a une apparente contradiction entre ce qui précède et la splendeur du repas offert par Alexandre. Elle laisse présager le passage insensible de la royauté macédonienne à la royauté orientale qu'Alexandre allait bientôt adopter, un passage qui, le chapitre suivant l'indique, sera plus ou moins suivi par l'ensemble des soldats macédoniens (voir* infra, *XXIV, 3).*
98. *Le siège de Tyr dura de février à août 332.*
99. *Le dieu phénicien Melkart était assimilé par les Grecs à Héraclès.*

et dirent à Alexandre, d'une manière assez convaincante, que la cité serait *«sa Tyr»*. On montre encore une source devant laquelle Alexandre crut voir en rêve ce satyre.
10. Vers le milieu du siège, Alexandre fit une expédition contre les Arabes qui habitent l'Anti-Liban où il se trouva en grand danger à cause de son pédagogue Lysimachos. Celui-ci l'avait accompagné, prétendant qu'il n'était ni plus mal en point ni plus âgé que Phoenix. 11. Lorsqu'on approcha des montagnes et qu'on laissa les chevaux pour avancer à pied, le gros des troupes prit beaucoup d'avance, mais Alexandre, voyant Lysimachos perdre courage, accablé par la fatigue, alors que le soir tombait déjà et que les ennemis étaient proches, n'eut pas le cœur de l'abandonner. Il l'encouragea, le soutint et fut ainsi, sans s'en apercevoir, coupé de son armée, avec quelques compagnons: il fut obligé de dormir, dans l'obscurité et dans un froid très vif, en des lieux difficiles. 12. Or, il voyait devant lui un grand nombre de feux que les ennemis avaient allumés de tous côtés. Confiant dans son agilité et habitué à remonter le moral des Macédoniens quand ils étaient dans l'embarras, en payant de sa personne, il courut vers les ennemis dont le feu était le plus proche. 13. Deux Barbares étaient assis près du brasier; il les frappa de son poignard, saisit un tison et le rapporta aux siens. 14. Ceux-ci allumèrent un grand feu et terrifièrent aussitôt certains des Barbares, qui prirent la fuite; d'autres essayèrent de les attaquer, mais ils les repoussèrent et purent bivouaquer sans danger. Tel est le récit de Charès.

XXV. 1. Quant au siège, il se termina de la manière suivante. Alexandre accordait du repos au gros de ses troupes, après les nombreux combats qu'elles avaient livrés, et il envoyait un petit nombre de soldats contre les remparts, pour ne pas laisser de répit aux ennemis. Or le devin Aristandros, ayant égorgé une victime et examiné les signes, déclara hardiment aux assistants que la cité serait certainement prise durant le mois en cours. 2. Les gens se mirent à se moquer et à rire, car on était le dernier jour du mois en question. Le roi, voyant le devin dans l'embarras et accordant toujours une grande importance aux prophéties, ordonna de ne plus compter ce jour comme le trente du mois mais comme le vingt-huit[100]. Puis il fit sonner la trompette et donna l'assaut aux remparts avec plus de force qu'il n'en avait eu l'intention au début. 3. L'attaque fut brillante et les soldats qui se trouvaient dans le camp n'y tinrent plus: ils accoururent ensemble à la rescousse. Les Tyriens perdirent courage et Alexandre prit la cité ce jour-là.
4. Un peu plus tard, comme il assiégeait Gaza, la plus grande cité de Syrie, Alexandre reçut sur l'épaule une motte de terre, lâchée d'en haut par un oiseau. Celui-ci alla se percher sur une des machines et se prit par mégarde dans les cordes tressées qui servaient à la manœuvre des câbles. 5. Ce présage se réalisa, lui aussi, comme l'avait prédit Aristandros; Alexandre fut blessé à l'épaule, mais il prit la cité[101].
6. Il envoya une grande partie du butin à Olympias, à Cléopâtre[102] et à ses amis, et il expédia à son pédagogue Léonidas cinq cents talents d'encens et cent talents de

---

100. On a déjà vu supra *(XVI, 2) Alexandre ne pas hésiter à jouer avec le calendrier.*
101. Alexandre s'empara de Gaza en octobre 332.
102. Cette Cléopâtre est la sœur d'Alexandre, et l'épouse du roi d'Épire.

myrrhe, en souvenir d'une espérance qui remontait à son enfance. 7. Au cours d'un sacrifice, Léonidas, voyant Alexandre prendre de l'encens des deux mains pour le consacrer, lui avait dit, paraît-il : « Alexandre, quand tu te seras emparé du pays qui produit les aromates, tu pourras prodiguer ainsi l'encens, mais pour le moment, montre-toi économe de ce que tu as. » 8. Alexandre lui écrivit donc alors : « Nous t'envoyons de l'encens et de la myrrhe à profusion, pour que tu cesses d'être mesquin avec les dieux. »

XXVI. 1. Comme on lui avait remis une cassette que ceux qui emportaient les trésors et les bagages de Darius avaient jugée plus précieuse que tout, Alexandre demanda à ses amis quel objet de valeur leur semblait le plus digne d'y être déposé. 2. Les propositions furent nombreuses ; Alexandre, quant à lui, déclara qu'il y déposerait l'*Iliade* pour l'y conserver. Cette réponse est attestée par plusieurs auteurs dignes de foi. 3. Or, si ce qu'affirment les Alexandrins sur la foi d'Héraclide est vrai, Homère, semble-t-il, ne se montra, au cours de cette campagne, ni inactif ni ingrat à l'égard d'Alexandre[105]. 4. On dit en effet qu'après s'être emparé de l'Égypte, le roi voulut y fonder une cité grecque, grande et bien peuplée, et lui donner son nom. On allait mesurer et délimiter l'emplacement désigné par les architectes, 5. lorsque, pendant la nuit, Alexandre eut, dans son sommeil, un rêve étonnant. Il lui sembla qu'un homme aux cheveux très blancs, qui paraissait chargé d'années, se tenait à ses côtés et lui récitait les vers épiques suivants :

> Vient ensuite un îlot sur la mer agitée
> En avant de l'Égypte : on le nomme Pharos[104].

6. Alexandre se leva aussitôt et se rendit à Pharos qui, en ce temps-là, était encore une île, un peu au-dessus de la bouche Canopique[105] ; maintenant, elle est reliée au continent par une digue. 7. Lorsqu'il eut vu tout l'intérêt de ce site (c'est une bande de terre qui, tel un isthme assez large, sépare une vaste lagune et la mer, et qui se termine par un grand port), il déclara : « Homère est toujours admirable, et il est notamment un architecte fort sage. » Puis il ordonna de tracer pour la cité un plan en harmonie avec le site. 8. Comme on n'avait pas de craie, on prit de la farine et on traça sur le sol sombre une surface en arc de cercle dont le périmètre intérieur était fermé par des lignes droites qui resserraient symétriquement l'espace, lui donnant la forme d'une chlamyde se rétrécissant à partir des franges[106]. 9. Le roi contemplait ce plan avec une grande satisfaction, lorsque soudain, venus du fleuve et du lac, une foule innombrable d'oiseaux de toute espèce et de toute taille s'abattirent sur cet emplacement comme des

---

*103. Plutarque a déjà souligné à plusieurs reprises cet intérêt d'Alexandre pour l'*Iliade*. On ne sait qui est cet Héraclide. On a supposé qu'il s'agissait d'Héraclide Lembos, écrivain alexandrin du IIe siècle.*
*104. Ces vers sont tirés de l'*Odyssée*, IV, v. 354-355.*
105. Embouchure d'un des bras du delta du Nil, où est située la localité de Canope, à l'est d'Alexandrie.
106. La chlamyde était un manteau court et arrondi dans le bas. Les fouilles récentes menées à Alexandrie laissent espérer qu'on pourra reconstituer le plan primitif de la ville fondée par Alexandre. Voir Dictionnaire, « Égypte/Égyptiens ».

nuées et ne laissèrent pas un grain de farine. Alexandre fut troublé par un tel augure. 10. Mais les devins le rassurèrent en lui disant que la cité qu'il fondait serait très riche et nourrirait des hommes de tous les pays. Il ordonna donc aux responsables de se mettre à l'ouvrage. 11. Lui-même entreprit en direction du temple d'Ammon un long voyage[107], plein de fatigues et de difficultés. Il y avait notamment deux dangers : d'une part le manque d'eau, qui rend le pays désert sur plusieurs jours de marche, et d'autre part le risque d'être surpris, tandis qu'ils feraient route sur ces immenses étendues de sable profond, par un violent vent du Sud. 12. Ce vent avait autrefois, dit-on, soulevé autour de l'armée de Cambyse d'énormes masses de sable et, transformant la plaine en une mer démontée, avait englouti et anéanti cinquante mille hommes. 13. Tous ces dangers inquiétaient presque tout le monde, mais il était difficile de détourner Alexandre d'un projet, quel qu'il fût. 14. La Fortune cédait à toutes ses entreprises : elle affermissait ses résolutions et son caractère emporté, et suscitait en lui, jusqu'à la réalisation de ses projets, une ambition irrésistible, qui faisait violence, non seulement aux ennemis, mais même aux lieux et aux saisons.

XXVII. 1. En tout cas, au cours de ce voyage, les secours que le dieu lui prodigua dans ces difficultés inspirèrent plus de foi que les oracles qui lui furent ensuite rendus ; d'une certaine façon ce furent même ces secours qui firent ajouter foi aux oracles. 2. En premier lieu, Zeus[108] fit tomber beaucoup d'eau ; les pluies furent suffisantes pour écarter la crainte de la soif et dissipèrent la sécheresse du sable, qui devint humide et compact, ce qui rendit l'air plus respirable et plus pur. 3. Ensuite, comme les bornes qui servaient aux guides avaient été déplacées et que les voyageurs, ne connaissant pas la route, s'égaraient et se séparaient les uns des autres, des corbeaux surgirent et prirent la tête de la colonne, volant rapidement quand on les suivait, et attendant ceux qui restaient en arrière et qui tardaient. 4. Le plus étonnant ce fut, selon Callisthène[109], qu'ils rappelaient par leurs cris ceux qui s'écartaient pendant la nuit et qu'ils les remettaient, par leurs croassements, sur les traces de la colonne. 5. Lorsque Alexandre eut traversé le désert et fut parvenu à destination, le prophète d'Ammon le salua de la part du dieu, en disant que c'était de la part de son père. Alexandre lui ayant demandé si l'un des meurtriers de son père avait échappé au châtiment, 6. le prophète l'invita à surveiller sa langue, car son père n'était pas un mortel. Alexandre modifia donc sa question et demanda s'il avait châtié tous les meurtriers de Philippe ; puis il le questionna sur le pouvoir : lui accordait-il de devenir maître de tous les hommes ? 7. Le dieu lui déclara qu'il le lui accordait et que Philippe avait été pleinement vengé. Alexandre consacra alors au dieu de splendides offrandes et donna de l'argent aux prêtres. 8. Tel est le récit que font la plupart des auteurs concernant ces oracles. Quant à Alexandre, dans une lettre à sa mère, il déclare avoir reçu des prophéties secrètes et il dit qu'il les lui révélera, à elle seule,

---

107. Le sanctuaire d'Ammon se trouvait en Libye, dans l'oasis de Siwa.
108. Le dieu de l'oasis de Siwa avait été très tôt assimilé à Zeus.
109. Callisthène d'Olynthe, qui accompagna Alexandre dans son expédition, était le neveu d'Aristote. Sa rupture avec Alexandre et son arrestation sont rapportées infra, LII, 3-LV, 9.

à son retour. 9. Selon certains, le prêtre, voulant le saluer affectueusement en grec en disant *païdion* [«mon enfant»] mit un sigma à la fin du mot, à cause de sa prononciation barbare; il dit *paï Dios* [«enfant de Zeus»], en remplaçant le *nu* par un *sigma*. Ce lapsus fit grand plaisir à Alexandre et le bruit se répandit que le dieu lui-même le saluait du titre d'enfant de Zeus[110]. 10. On dit aussi qu'il écouta en Égypte le philosophe Psammon et que le propos qu'il apprécia le plus fut celui-ci: Dieu est roi de tous les hommes, car ce qui commande et domine en chacun est d'origine divine. 11. Alexandre exprima lui-même à ce sujet une idée plus philosophique encore, en disant que si Dieu était le père commun de tous les hommes, il adoptait plus particulièrement les meilleurs d'entre eux.

XXVIII. 1. En général devant les Barbares, il se montrait orgueilleux et se donnait l'air d'être profondément convaincu de son ascendance et de sa naissance divines. Devant les Grecs en revanche, il ne se déifiait qu'avec réserve et mesure. 2. Il écrivit cependant aux Athéniens au sujet de Samos: «Moi, je ne vous aurais pas donné cette cité libre et illustre, mais gardez-la, puisque vous l'avez reçue de celui qui était alors le maître et qu'on appelait mon père[111].» Par ces mots il désignait Philippe. 3. Mais plus tard, frappé par une flèche et souffrant cruellement, il dit: «Mes amis, ce liquide, c'est du sang, et non pas l'*ichôr*

> Qui coule dans les veines des dieux bienheureux[112].»

4. Un jour qu'un violent coup de tonnerre avait épouvanté tout le monde, le sophiste Anaxarque, qui était près de lui, lui dit: «Ne vas-tu pas en faire autant, toi, fils de Zeus?» À quoi Alexandre répondit en riant: «Je ne voudrais pas faire peur à mes amis, comme tu m'y invites, toi qui dédaignes mon repas parce que tu vois sur les tables des poissons et non des têtes de satrapes!» 5. Or, dit-on, le roi avait envoyé de petits poissons à Héphaestion[113], et Anaxarque avait parlé ainsi pour rabaisser et railler ceux qui recherchent la célébrité au prix de peines et de dangers considérables; il voulait dire qu'en fait de plaisirs et de jouissances, ils n'ont rien, ou presque rien, de plus que les autres. 6. On voit donc, d'après ses propos, qu'Alexandre n'était nullement ému ni aveuglé par la rumeur qui lui prêtait une origine divine; il s'en servait pour asservir les autres[114].

---

110. Cette prophétie du prêtre d'Ammon et l'interprétation qu'en donna Alexandre allaient justifier ses prétentions à obtenir des Grecs les honneurs rendus aux dieux.
111. En 324, Alexandre envoya à Olympie Nicanor, porteur de l'ordre de laisser rentrer les bannis et de lui accorder les honneurs rendus aux dieux (voir note précédente). Démosthène, qui représentait Athènes aux fêtes d'Olympie, accepta le décret sur les honneurs divins pour pouvoir négocier le retour des bannis de Samos, laquelle demeura aux mains des Athéniens. Cette concession lui valut les reproches d'Hypéride.
112. Le vers est emprunté à l'Iliade, V, v. 340. Alexandre se reconnaissait ainsi simple mortel.
113. Héphaestion était le plus aimé des Hétaires d'Alexandre. Sur Anaxarque d'Abdère, voir supra, VIII, 5, et infra, LII, 3-9.
114. La remarque de Plutarque montre qu'il ne croyait guère à la prétendue origine divine d'Alexandre, mais qu'il en comprenait bien l'intérêt pour assurer son pouvoir.

XXIX. 1. Lorsqu'il eut quitté l'Égypte et regagné la Phénicie, il offrit aux dieux des sacrifices et organisa des processions et des concours de dithyrambes et de tragédies, éclatants par leur faste et surtout par la qualité des concurrents. 2. Les rois de Chypre en furent les chorèges (comme le sont à Athènes ceux qui sont tirés au sort dans les différentes tribus) et ils mirent une ardeur étonnante à se surpasser les uns les autres[115]. 3. Les rivaux les plus acharnés furent Nicocréon de Salamine et Pasicratès de Soles. Le sort les avait désignés pour être les chorèges des acteurs les plus célèbres : Pasicratès était celui d'Athénodoros et Nicocréon celui de Thessalos[116], qui avait le soutien d'Alexandre en personne. 4. Cependant, le roi ne fit connaître sa préférence que lorsque Athénodoros eut été proclamé vainqueur. À ce moment-là, paraît-il, alors qu'il quittait le théâtre, il déclara : « Bien sûr, j'approuve les juges, mais j'aurais sacrifié avec joie une partie de mon royaume pour ne pas voir Thessalos vaincu. » 5. Mais lorsque Athénodoros, condamné à une amende par les Athéniens pour ne pas s'être présenté au concours des Dionysies, pria le roi d'écrire en sa faveur, Alexandre, au lieu d'intercéder pour lui, paya lui-même le montant de l'amende. 6. Et, quand Lycon de Scarphée, qui avait beaucoup de succès au théâtre, introduisit dans sa comédie un vers dans lequel il réclamait dix talents, Alexandre les lui donna en riant.
7. Darius envoya à Alexandre une lettre et des amis afin de le prier d'accepter dix mille talents pour le rachat des prisonniers, tout le pays en deçà de l'Euphrate et une de ses filles en mariage, en échange de quoi il serait son ami et son allié. Alexandre fit part de cette proposition aux Hétaires. 8. Comme Parménion lui disait : « Pour moi, si j'étais Alexandre, j'aurais accepté ces conditions – Et moi aussi, par Zeus ! s'écria Alexandre, si j'étais Parménion. » 9. Et il écrivit à Darius que s'il venait à lui, il serait traité avec humanité, mais que dans le cas contraire, il verrait Alexandre marcher contre lui.

XXX. 1. Cependant, il regretta bientôt son attitude lorsque la femme de Darius mourut en couches, et il montra bien à quel point il était affligé de se voir enlever une si belle occasion de déployer sa générosité. Il fit ensevelir cette femme sans épargner aucune dépense. 2. Un des eunuques gardiens de la chambre, qui avaient été faits prisonniers avec les femmes, s'enfuit du camp et se rendit à cheval auprès de Darius. Cet homme, qui s'appelait Tirée, annonça au roi la mort de sa femme. 3. Darius se frappa la tête et se mit à pleurer : « Hélas ! C'est un mauvais *démon* qui s'en prend aux Perses, s'il faut que la femme et la sœur du roi[117], après avoir été de

---

115. Chypre avait été partiellement colonisée par les Phéniciens. Mais les rois des cités de l'île avaient été fortement hellénisés. C'est donc tout naturellement qu'ils se montraient prêts à financer les concours dramatiques à la manière des riches Athéniens désignés pour remplir une chorégie, c'est-à-dire assurer l'entraînement d'un chœur à l'occasion des grandes fêtes religieuses. La chorégie était elle-même un concours, et les chorèges rivalisaient de générosité.
116. Salamine et Soles étaient les deux principales cités de l'île de Chypre. Thessalos a déjà été cité supra, en X, 2-4. Athénodoros fut deux fois vainqueur aux Dionysies, en 342 et 329.
117. Stateira était à la fois l'épouse et la sœur de Darius.

son vivant prisonnière de guerre, soit encore privée après sa mort d'une sépulture royale ! » 4. Mais le gardien de la chambre l'interrompit : « Ô roi, quant à la sépulture, aux honneurs et aux hommages qui lui sont dus, tu n'as rien à reprocher au mauvais *démon* des Perses. 5. De son vivant, ma maîtresse Stateira, non plus que ta mère ou que tes enfants, n'a été frustrée d'aucun des biens et des égards dont elle jouissait autrefois, sinon de la possibilité de voir ta lumière – puisse le seigneur Oromasdès ranimer son éclat[118] ! Et après sa mort, elle n'a pas été privée d'hommages : elle a même été honorée par les larmes des ennemis. 6. Alexandre est aussi noble après la victoire qu'il est terrible dans le combat ! » 7. À ces mots, Darius se troubla et son émotion lui inspira des soupçons qui n'étaient pas fondés. Il attira l'eunuque dans sa tente et lui dit : 8. « Si tu n'es pas passé avec la Fortune des Perses dans le camp des Macédoniens, si Darius est encore ton maître, dis-moi, par le respect que tu dois à la grande lumière de Mithra et à la main droite royale, suis-je en train de pleurer le moindre des malheurs de Stateira ? N'en avons-nous pas éprouvé de plus terribles encore quand elle était vivante, et n'eût-il pas été préférable pour notre honneur d'être tombés sur un ennemi sanguinaire et cruel ? 9. Quelle relation honnête peut avoir uni un homme jeune à la femme de son ennemi pour le pousser à lui rendre de tels hommages funèbres ? » 10. Comme il parlait encore, Tirée, se jetant à ses pieds, le supplia de changer de langage, de ne pas se montrer injuste envers Alexandre, de ne pas outrager sa sœur et épouse défunte, et de ne pas se priver lui-même de ce qui était, dans ses malheurs, la plus grande consolation, la conviction d'avoir été vaincu par un homme supérieur à la nature humaine. Bien au contraire, il devait admirer Alexandre pour avoir montré, à l'égard des femmes perses, une chasteté plus grande encore que le courage dont il avait fait preuve face aux Perses. 11. En même temps, le gardien de la chambre proférait, à l'appui de ses dires, des serments à faire frissonner et il vantait la retenue et la grandeur d'âme d'Alexandre. Darius sortit rejoindre ses compagnons et, levant les mains au ciel, il prononça la prière suivante : 12. « Dieux de ma famille et de mon royaume, accordez-moi avant tout de redresser l'empire des Perses et de le laisser dans l'état prospère où je l'ai reçu ; ainsi, je pourrai, si je suis vainqueur, rendre à Alexandre les bienfaits que j'ai obtenus de lui après ma défaite, en la personne de ceux qui me sont le plus chers. 13. Mais si le temps fatidique réclamé par la Némésis et par les retournements de la Fortune est venu, si l'empire perse doit prendre fin, puisse personne ne s'asseoir sur le trône de Cyrus sinon Alexandre ! » 14. Voilà, selon la plupart des historiens, ce qui se passa et ce qui fut dit à cette occasion.

XXXI. 1. Après avoir soumis tout le territoire en deçà de l'Euphrate, Alexandre marcha contre Darius, qui descendait avec une armée d'un million d'hommes. 2. Un des Hétaires d'Alexandre lui raconta, à titre de plaisanterie, que les valets d'armée, pour s'amuser, s'étaient divisés en deux groupes : à la tête de chacun d'eux ils avaient mis un chef pour les commander, et ils avaient donné à l'un le nom d'Alexandre, à l'autre celui de Darius. 3. Pour commencer, ils s'étaient jeté des

---

118. *Oromasdès est, en Perse, un dieu de la lumière, comme Mithra nommé au § 8.*

mottes de terre, puis un pugilat s'était engagé et, pour finir, échauffés par la querelle, ils étaient allés jusqu'à se lancer des pierres et des bâtons : les combattants avaient été nombreux et difficiles à calmer. 4. Apprenant cela, Alexandre ordonna aux deux chefs de s'affronter en combat singulier : il arma lui-même «Alexandre», et Philotas arma «Darius». L'armée assista à cette lutte, dans l'idée que son issue permettrait, d'une certaine manière, d'augurer de l'avenir. 5. Au terme d'un rude combat, celui qui avait reçu le surnom d'Alexandre remporta la victoire et reçut en récompense douze villages et le droit de porter le vêtement perse. Tel est le récit d'Ératosthène[119].
6. La grande bataille contre Darius ne fut pas livrée à Arbèles, comme l'écrivent la plupart des historiens, mais à Gaugamèles[120]. 7. Ce nom signifie, dit-on, la demeure du chameau, parce qu'un des anciens rois, ayant échappé à ses ennemis sur un chameau de course, installa l'animal à cet endroit, chargea des villages de l'entretenir et affecta des sommes à cette tâche. 8. Au mois de Boédromion, alors que l'on commençait à Athènes à célébrer les Mystères, il y eut une éclipse de lune. La onzième nuit après l'éclipse, les deux armées se trouvèrent en vue l'une de l'autre. Darius maintint ses troupes sous les armes et parcourut les rangs à la lueur des flambeaux. 9. Quant à Alexandre, pendant que les Macédoniens se reposaient, il resta devant sa tente avec le devin Aristandros, pour accomplir certaines cérémonies secrètes et offrir à Phobos [la Peur] une victime égorgée[121]. 10. Les plus âgés de ses Hétaires, et notamment Parménion, voyant la plaine qui s'étendait entre le Niphatès et les monts Gordyéens tout illuminée par les torches barbares, tandis que montaient du camp, comme d'une mer immense, des voix indistinctes qui se mêlaient et un vacarme confus, 11. furent impressionnés par le nombre des ennemis ; ils se disaient les uns aux autres que ce serait vraiment une tâche rude et difficile de repousser une si grande armée s'ils l'attaquaient au grand jour. Lorsque le roi en eut fini avec les sacrifices, ils allèrent le trouver et lui conseillèrent de lancer l'attaque pendant la nuit : ainsi, à la faveur des ténèbres l'aspect le plus terrible du combat qui allait se dérouler resterait caché. 12. Mais Alexandre répondit ce mot mémorable : «Je ne dérobe pas la victoire!» Quelques-uns ont jugé qu'il avait fait là une réponse puérile et vaine, en plaisantant devant un si grand danger. 13. Mais selon d'autres, c'était une marque de confiance dans le présent et une preuve qu'il augurait bien de l'avenir : il voulait ôter à Darius vaincu toute occasion de reprendre courage pour une nouvelle tentative, en imputant sa défaite à la nuit et à l'obscurité, comme il en avait précédemment rendu responsables les montagnes, les défilés et la mer. 14. Si Darius cessait la guerre, ce ne serait pas faute d'armes

---

119. *On retrouve ici la pratique qui consiste à attribuer à un Hétaire – ici le vainqueur qui représentait Alexandre – des «villages» avec la possibilité de percevoir les revenus levés sur les populations indigènes. Ératosthène de Cyrène a déjà été nommé en III, 3.*
120. *Sur la fameuse bataille qui se déroula près d'Arbèles à Gaugamèles, voir Goukowsky (1990), p. 270. Elle eut lieu en octobre 331. Plutarque date une fois de plus en utilisant les mois athéniens, ce qui lui permet de rappeler la simultanéité avec la célébration des Mystères d'Éleusis.*
121. *Voir* Thésée, *XXVII, 2 et surtout* Cléomène, *XXIX, 3-XXX, 2 et note.*

ou d'hommes, puisqu'il avait à sa disposition une telle puissance et un si grand territoire ; il ne le ferait que s'il renonçait à son orgueil et à ses espérances, pour avoir subi, de vive force, une défaite au grand jour.

XXXII. 1. Après leur départ, Alexandre alla se coucher sous sa tente et dormit, dit-on, d'un sommeil profond tout le reste de la nuit, ce qu'il ne faisait pas d'habitude. Quand, au point du jour, les officiers se présentèrent, ils furent surpris de le voir endormi et prirent d'abord sur eux de faire déjeuner les soldats. 2. Ensuite, comme le temps pressait, Parménion entra et, s'étant approché de son lit, appela Alexandre par son nom à deux ou trois reprises. Lorsque Alexandre fut éveillé, Parménion lui demanda ce qui avait bien pu lui arriver pour dormir ainsi comme s'il était déjà vainqueur, alors qu'il s'apprêtait à livrer un combat décisif. 3. Alexandre répondit en souriant : « Comment ? Ne vois-tu pas que nous sommes déjà vainqueurs, puisque nous n'avons plus à errer dans un pays immense et dévasté pour y poursuivre Darius qui refuse le combat. » 4. Avant la lutte, et surtout au milieu du danger, il se montra grand et ferme par sa réflexion et sa confiance en lui. 5. À l'aile gauche, du côté de Parménion, les combattants reculèrent et se troublèrent, car la cavalerie bactrienne s'était jetée avec violence et impétuosité sur les Macédoniens, tandis que Mazaios détachait des cavaliers qui contournèrent la phalange pour attaquer les bagages. 6. Troublé par cette double offensive, Parménion envoya des messagers à Alexandre lui dire que le camp et les bagages étaient perdus, s'il ne dépêchait pas en toute hâte du front un renfort important vers l'arrière. 7. Alexandre était précisément en train de donner aux siens le signal de l'attaque. Lorsqu'il reçut le message de Parménion, il déclara : « Il a perdu la raison et le sens ! Son émotion lui fait oublier que, si nous sommes vainqueurs, nous posséderons même les bagages de l'ennemi, tandis que si nous sommes vaincus, nous n'aurons plus à nous soucier de richesses ni d'esclaves, mais seulement de nous efforcer de mourir en combattant noblement et glorieusement. » 8. Ayant fait porter cette réponse à Parménion, il coiffa son casque. Il avait déjà revêtu, au sortir de sa tente, le reste de son armure : une tunique sicilienne à ceinture et, par-dessus, une double cuirasse de lin, une de celles qu'il avait prises à Issos. 9. Son casque était en fer, mais il brillait comme de l'argent pur ; c'était un ouvrage de Théophilos. Alexandre y avait ajusté un gorgerin, également en fer, rehaussé de pierres précieuses. 10. Il possédait également une épée d'une trempe et d'une légèreté admirables, qui lui avait été donnée par le roi de Cition[122] (l'épée était l'arme de prédilection d'Alexandre dans les combats). 11. Il arborait aussi un manteau, d'un travail plus magnifique que le reste de son armure ; c'était l'œuvre d'Hélicon l'ancien et un hommage de la cité de Rhodes[123] qui lui en avait fait présent ; il le portait pendant les batailles. 12. Tant qu'il rangeait sa phalange, exhortait ses hommes, leur donnait ses instructions ou les passait en revue, il ne montait pas Bucéphale, qu'il voulait ménager, car l'animal était déjà âgé. Mais lorsqu'il passa à l'action, il l'enfourcha et, dès qu'il eut changé de cheval, il se lança à l'attaque.

---

122. *Cition est une cité de l'île de Chypre.*
123. *Rhodes avait aidé Alexandre lorsqu'il assiégeait Tyr en lui envoyant 10 trières.*

XXXIII. 1. Ce jour-là, il harangua longuement les Thessaliens et les autres Grecs[124], qui l'encouragèrent en lui criant de les mener contre les Barbares. Alors, faisant passer son javelot dans sa main gauche, il leva la main droite pour invoquer les dieux et, selon Callisthène, il les pria, s'il était vraiment fils de Zeus, de défendre et de soutenir les Grecs. 2. Le devin Aristandros, qui portait un manteau blanc et une couronne d'or, chevauchait à ses côtés ; il leur fit voir un aigle qui volait au-dessus de la tête d'Alexandre et se dirigeait droit sur les ennemis. 3. Cette vue inspira à ceux qui étaient présents une grande confiance ; poussés par cette ardeur et par les encouragements qu'ils s'adressaient les uns aux autres, les cavaliers s'élancèrent à l'attaque, tandis que le flot de la phalange déferlait derrière eux. 4. Les premiers rangs n'en étaient pas encore venus aux mains que déjà les Barbares reculaient. La poursuite fut vive ; Alexandre refoula les vaincus vers le centre, où se trouvait Darius, 5. qu'il avait aperçu de loin, à travers les hommes rangés devant lui, bien visible au fond de l'escadron royal, grand et beau, debout sur son char, entouré de cavaliers nombreux et brillants, disposés en bon ordre tout autour de son char, de manière à soutenir le choc des ennemis. 6. Mais lorsqu'ils virent de près Alexandre, terrifiant, repoussant les fuyards sur ceux qui tenaient bon, ils furent frappés de terreur et, pour la plupart, se dispersèrent. 7. Les plus valeureux et les plus nobles se firent tuer devant le roi et tombèrent les uns sur les autres, ce qui retarda la poursuite, car ils agrippaient hommes et chevaux et se débattaient. 8. Darius avait ce terrible spectacle devant les yeux et les troupes qui le précédaient se renversaient sur lui. Il n'était pas facile de faire tourner son char et de le dégager : les roues étaient retenues et collées par tous ces corps à terre et les chevaux, arrêtés par la masse de cadavres sous laquelle ils disparaissaient, se cabraient et communiquaient leur panique aux cochers. Darius abandonna donc son char et ses armes ; il enfourcha, dit-on, une jument qui venait de mettre bas et prit la fuite. 9. Cependant il n'aurait pas réussi à s'échapper, semble-t-il, si d'autres cavaliers, envoyés une nouvelle fois par Parménion, n'étaient venus appeler Alexandre à la rescousse, annonçant que des forces importantes tenaient encore de l'autre côté et que les ennemis ne cédaient pas. 10. De manière générale, on accuse Parménion de s'être montré mou et sans énergie au cours de cette bataille, soit que l'âge eût déjà diminué son audace, soit, comme le soutient Callisthène, qu'il fût amer et jaloux, en voyant la grandeur et le faste de la puissance d'Alexandre[125]. 11. Sur le moment, le roi, malgré sa contrariété d'être ainsi rappelé, ne révéla pas la vérité à ses soldats ; il prétendit qu'il en avait assez du massacre et, comme l'ombre venait, il fit sonner la retraite. Alors qu'il se portait en hâte vers l'aile menacée, il apprit en chemin que les ennemis étaient totalement vaincus et mis en fuite.

---

124. *Il s'agissait des contingents qui avaient été fournis par les États alliés au sein de la Ligue de Corinthe.*

125. *Parménion, vieux compagnon de Philippe devait avoir alors 70 ans. Plutarque cite deux fois Callisthène, auquel il a dû emprunter l'essentiel du récit de la bataille. Sur les conséquences de la bataille, voir Goukowsky (1990), p. 270-273.*

XXXIV. 1. Telle fut donc l'issue de la bataille. L'empire perse paraissait totalement ruiné. Alexandre fut proclamé roi de l'Asie ; il offrit aux dieux un sacrifice magnifique et combla ses amis de richesses, de domaines et de gouvernements. 2. Désireux de susciter l'admiration des Grecs, il leur écrivit que toutes les tyrannies étaient abattues et qu'il leur donnait le droit de se gouverner par leurs propres lois[126] : les Platéens en particulier pouvaient rebâtir leur cité, puisque leurs ancêtres avaient offert leur territoire aux Grecs pour défendre la liberté[127]. 3. Il envoya aussi aux habitants de Crotone, en Italie, une partie du butin, pour honorer le zèle et la valeur de l'athlète Phaÿllos qui, à l'époque des guerres médiques, alors que les autres Italiotes avaient renoncé à soutenir les Grecs, avait équipé un navire à ses frais et avait fait voile vers Salamine pour s'associer au danger[128]. 4. On voit combien Alexandre était favorable à la vertu sous toutes ses formes, combien il se faisait le gardien et l'ami des belles actions.

XXXV. 1. En parcourant la Babylonie, qui se soumit aussitôt tout entière à lui, il admira surtout, en Adiabène, le gouffre d'où le feu jaillit continuellement comme d'une fontaine, et le torrent de naphte[129], si abondant qu'il forme un lac non loin du gouffre. 2. Le naphte ressemble en tout point au bitume, mais il est si sensible au feu qu'avant même d'être touché par la flamme, il s'allume à sa seule lueur et enflamme souvent l'air qui l'en sépare. 3. Pour montrer sa nature et sa puissance, les Barbares répandirent une légère couche de cette substance sur la rue qui menait à la résidence du roi ; puis se plaçant à une extrémité, ils approchèrent leurs torches des endroits arrosés. Il faisait déjà nuit ; 4. dès que les premières particules eurent pris feu, à l'instant même, sans le moindre délai perceptible, à la vitesse de la pensée, le feu se propagea jusqu'à l'autre extrémité et toute la rue ne fut plus qu'une flamme ininterrompue. 5. Or, parmi ceux qui étaient chargés habituellement de soigner le corps du roi par des massages et des bains, et de lui détendre l'esprit en l'amusant, il y avait un certain Athénophanès d'Athènes. 6. Cet homme aperçut un jour dans la salle de bain, debout à côté d'Alexandre, un jeune esclave de peu de prix et d'un visage ridicule, mais qui chantait avec grâce : il se nommait Stéphanos. 7. «Ô roi, demanda Athénophanès, veux-tu que nous fassions sur Stéphanos l'expérience de ce produit ? S'il l'enflamme et ne s'éteint pas, j'oserai affirmer que la puis-

---

126. *Plutarque anticipe quelque peu car, en 331, Darius est toujours vivant. C'est sans doute seulement lors des concours Olympiques de 328, qu'Alexandre fit parvenir aux Grecs cette proclamation.*
127. *Plutarque fait ici allusion à la victoire remportée par les Grecs à Platées sur les troupes du Perse Mardonios en 479, victoire qui mit fin à la seconde guerre médique. Platées, détruite en 427, puis restaurée en 386, avait été de nouveau détruite par les Thébains en 373.*
128. *Plutarque emprunte cet exemple à Hérodote, Enquête, VIII, 47. En évoquant Salamine et Platées, les deux victoires de la seconde guerre médique, Alexandre signifiait aux Grecs qu'il demeurait fidèle aux engagements pris par Philippe, lors de la formation de la Ligue de Corinthe, de tirer vengeance des méfaits accomplis par les Perses lors de l'invasion de la Grèce par Xerxès.*
129. *Ce naphte, c'est évidemment le pétrole dont on sait qu'il abonde dans l'Irak d'aujourd'hui. Hérodote l'avait déjà signalé (VI, 119).*

sance en est absolument invincible et effrayante. » 8. L'enfant se prêta d'assez bonne grâce à l'expérience, mais à peine l'eut-on enduit de naphte et touché avec le feu que son corps jeta de telles flammes et s'embrasa si totalement qu'Alexandre fut au comble de l'angoisse et de la terreur. 9. S'il ne s'était pas trouvé là de nombreux serviteurs qui tenaient à la main des vases remplis d'eau pour le bain, l'enfant aurait été entièrement calciné avant qu'on eût le temps de le secourir. Encore eut-on bien du mal à éteindre son corps, qui était tout en feu, et il resta par la suite fort mal en point. 10. C'est donc à juste titre que certains, voulant ramener le mythe à la réalité, disent que c'était là le philtre de Médée, celui dont elle enduisit la couronne et le voile dont parle la tragédie[130], 11. car ce fut la même chose pour ces objets : le feu n'en sortit pas et ne s'alluma pas non plus tout seul, mais lorsqu'on en approcha une flamme, se produisirent une attraction et un embrasement si rapides que les sens ne purent les percevoir 12. En effet, les rayons et les émanations du feu, s'ils viennent de loin, n'apportent aux autres corps que de la lumière et de la chaleur, mais sur les corps dotés d'une sécheresse subtile ou d'une humidité grasse et abondante, ils se concentrent, s'enflamment et modifient rapidement la matière. 13. L'origine du naphte pose problème, soit que [...][131] soit que plutôt une substance humide, propre à dégager de la flamme s'écoule de cette terre, dont la nature est grasse et génératrice de feu. 14. La Babylonie est en effet un pays si brûlant que souvent les grains d'orge bondissent de la terre et sautent, comme si le sol, en proie à la fièvre, était secoué de palpitations ; quant aux hommes, pendant les chaleurs, ils dorment sur des outres pleines d'eau. 15. Harpale[132], qui avait été laissé comme gouverneur de cette région, eut la noble ambition d'orner les palais et les promenades avec des plantes grecques. Il parvint à les acclimater toutes, sauf le lierre dont la terre ne voulut pas et qui dépérit toujours : il ne supportait pas cette température brûlante, car il aime le froid. 16. Des digressions comme celles-ci, à condition qu'elles ne dépassent pas la mesure, ne susciteront peut-être pas la critique des grincheux[133].

XXXVI. 1. Alexandre, s'étant rendu maître de Suse[134], s'empara dans les trésors royaux de quarante mille talents monnayés et par ailleurs d'un mobilier et de richesses incalculables. 2. Il y trouva aussi, dit-on, cinq mille talents de pourpre d'Hermionè[135] : elle y était déposée depuis cent quatre-vingt-dix ans, mais gardait encore sa teinte fraîche et vive. 3. On dit que c'est parce que la teinture est faite avec du miel pour les étoffes rouges et avec de l'huile blanche pour les étoffes blanches ;

---

130. Médée, dans la tragédie d'Euripide qui porte son nom, enduit en effet d'un poison qui la consumera la robe qu'elle offre à sa rivale, la fille du roi de Corinthe que Jason doit épouser (Médée, v. 786, 949 et 1156-1221).
131. Il y a ici une lacune dans les manuscrits.
132. Il a déjà été question d'Harpale supra, en VIII, 3.
133. Plutarque aime à se livrer à ces digressions qui lui permettent de faire état de ses connaissances scientifiques.
134. Suse était, de toutes les capitales royales, la plus importante au point de vue administratif.
135. Hermionè est une ville d'Argolide.

ces dernières aussi, lorsqu'elles datent de la même époque, offrent au regard un éclat pur et brillant. 4. Selon Deinon[136], les rois faisaient même venir de l'eau du Nil et de l'Istros, qu'ils conservaient dans leurs trésors, comme pour confirmer la grandeur de leur empire et leur maîtrise sur le monde entier.

XXXVII. 1. La Perse était d'accès difficile, à cause de son relief escarpé, et elle était gardée par les plus nobles des Perses (Darius, lui, avait pris la fuite). Alexandre fit un léger détour, sous la conduite d'un homme qui parlait les deux langues, son père étant lycien et sa mère perse. 2. C'est ce que la Pythie avait annoncé, dit-on, alors qu'Alexandre était encore enfant : elle avait déclaré qu'un Lycien serait son guide[137], quand il ferait route vers les Perses [...][138].
3. À cet endroit, on massacra un grand nombre de prisonniers. Alexandre lui-même écrit qu'il ordonna de les égorger parce qu'il jugeait que tel était son intérêt. 4. On dit qu'il trouva là autant d'argent monnayé qu'à Suse, et que, pour emporter le mobilier et les trésors, il fallut dix mille paires de mulets et cinq mille chameaux. 5. Voyant une grande statue de Xerxès que la foule avait malencontreusement renversée en se pressant vers le palais, Alexandre s'arrêta et lui adressa la parole comme si elle était vivante : « Dois-je passer mon chemin, en te laissant par terre, pour te punir de ton expédition contre les Grecs, ou te relever par égard pour la grandeur d'âme et la valeur dont tu as fait preuve par ailleurs[139] ? » Pour finir, après être resté longtemps perdu dans ses pensées et silencieux, il passa son chemin. 6. Voulant donner du repos à ses soldats, car on était en hiver, il demeura là quatre mois. 7. Lorsqu'il s'assit pour la première fois sur le trône royal, sous le dais d'or, le Corinthien Démarate[140], qui lui était dévoué et qui était un ami de son père, versa, dit-on, des larmes comme le font les vieillards et déclara : « Ils ont été privés d'une grande joie, les Grecs qui sont morts avant d'avoir vu Alexandre assis sur le trône de Darius ! »

XXXVIII. 1. Sur ces entrefaites, comme il s'apprêtait à marcher contre Darius, il participa un jour à une beuverie et à une fête[141] avec ses Hétaires ; des filles vinrent même boire avec la joyeuse troupe pour y rejoindre leurs amants. 2. La plus fameuse d'entre elles était Thaïs, l'hétaïre de Ptolémée, qui allait par la suite deve-

---

136. Deinon est un historien du IVe siècle, auteur d'Écrits sur la Perse (Persica) qui narraient l'histoire des empires orientaux. Son fils, Cleitarchos, fut l'auteur d'une Histoire d'Alexandre qu'utilise abondamment Diodore.
137. L'histoire de ce guide lycien (un berger ?) et de l'oracle se retrouve chez Quinte Curce (Histoires d'Alexandre le Grand, V, 4, 11).
138. Il y a là une lacune dans le texte. Il s'agit en fait de la prise de Persépolis.
139. On retrouve de nouveau ici la référence à la seconde guerre médique et le but supposé de la campagne contre l'empire perse.
140. Il a été question de ce Démarate supra, en IX, 12-14. D'après Quinte Curce (V, 2, 13), c'est à Suse, et non à Persépolis, qu'Alexandre se serait assis sur le trône royal.
141. Plutarque emploie ici le terme de comos qui désignait une fête dionysiaque.

nir roi : elle était originaire de l'Attique et savait à la fois décerner à Alexandre des louanges de bon ton et badiner avec lui. Emportée par l'ivresse, elle en vint à tenir des propos bien dignes de sa patrie mais au-dessus de sa condition : 3. « Je suis récompensée des fatigues que j'ai endurées en errant à travers l'Asie, puisque aujourd'hui je me prélasse dans l'orgueilleux palais des Perses, 4. mais il me serait encore plus agréable d'aller, en joyeux cortège, brûler la demeure de Xerxès qui a incendié Athènes, et d'y mettre moi-même le feu sous les yeux du roi, pour que l'on dise, parmi les hommes, que les filles de l'entourage d'Alexandre ont mieux vengé la Grèce des Perses que ne l'ont fait tous ces amiraux et ces généraux d'infanterie[142]. » 5. À ces mots, on applaudit, on poussa des cris d'approbation, et les Hétaires d'Alexandre se mirent à presser et à exhorter le roi. Celui-ci s'élança, brandissant une couronne et une torche[143], et prit la tête du cortège. 6. Les autres le suivaient joyeusement, en criant, et ils entourèrent le palais royal. Tous les Macédoniens qui apprirent la nouvelle se rassemblèrent avec des torches. Ils étaient heureux, 7. car ils espéraient que s'il incendiait et détruisait les palais, c'était parce qu'il désirait rentrer dans sa patrie et ne plus s'attarder dans ces terres barbares[144]. 8. Voilà comment les choses se passèrent, selon certains auteurs, mais d'autres affirment que l'incendie fut prémédité[145]. Cependant tous sont d'accord pour dire qu'Alexandre s'en repentit vite et qu'il donna l'ordre d'éteindre les flammes.

XXXIX. 1. Aimant par nature faire des cadeaux somptueux, il céda encore davantage à ce penchant à mesure qu'augmentait sa puissance. Il y joignait de la délicatesse, seul moyen de faire véritablement plaisir quand on donne. 2. Je vais en citer quelques exemples. Ariston, qui commandait les Péoniens, tua un ennemi, dont il montra la tête à Alexandre en disant : « Chez nous, ô roi, un tel présent est récompensé par une coupe d'or ! » Alexandre se mit à rire et lui dit : « Oui, une coupe vide, mais moi, je te la donnerai pleine de vin pur et je boirai à ta santé ! » 3. Un homme de troupe macédonien poussait un mulet qui transportait de l'or appartenant au roi. Comme la monture était épuisée, il souleva lui-même la charge et la porta. Le roi, le voyant accablé par le fardeau et apprenant l'affaire, lui dit, au moment où l'autre allait reposer sa charge : « Ne te laisse pas abattre ; continue encore jusqu'à ta tente ; cet or que tu portes, c'est pour toi ! » 4. En général il se fâchait davantage contre ceux qui n'acceptaient pas ses dons que contre ceux qui en réclamaient. Il alla jusqu'à écrire à Phocion

---

142. *Il est intéressant de voir Thaïs, parce qu'elle est athénienne, et, bien qu'elle soit une courtisane, tenir des propos qui, une fois de plus, évoquent les guerres médiques et font apparaître Alexandre comme le vengeur de la Grèce.*
143. *La couronne et la torche évoquent là encore le cortège des fidèles de Dionysos. Mais les torches deviennent aussi l'instrument de la destruction du palais de Darius.*
144. *On a là la première manifestation du désaccord qui allait naître entre le roi et ses soldats macédoniens sur le but de l'expédition.*
145. *Plutarque ne précise pas quels étaient ceux qui croyaient à la préméditation. Mais on a là la preuve de la diversité des récits qui sont révélateurs de la manière dont allait s'élaborer l'image du conquérant. Sur ce point, voir Goukowsky (1978).*

qu'il ne le considérerait plus comme un ami s'il refusait ses cadeaux[146]. 5. Il n'avait rien donné à Sérapion, un de ceux qui jouaient à la balle avec lui, parce que celui-ci ne demandait rien. Or Sérapion, lorsque ce fut son tour de lancer la balle, la lança à d'autres. Le roi lui demanda : « Et à moi, tu ne la donnes pas ? » Sérapion répondit : « Tu ne me la demandes pas ! » Ce mot fit rire Alexandre qui le combla de présents. 6. Il avait paru irrité contre un certain Protéas, un de ceux qui, non sans esprit, plaisantaient et buvaient avec lui mais, à la prière de ses amis et devant les larmes de Protéas, il déclara qu'il lui pardonnait. Alors Protéas : « Eh bien ! ô roi, donne-m'en donc d'abord un gage ! » Le roi ordonna de lui verser cinq talents. 7. Quant aux richesses qu'il distribuait à ses amis et à ses gardes du corps, on peut voir quel orgueil elles leur inspiraient dans une lettre qu'Olympias adresse à Alexandre : « C'est d'une autre manière, lui dit-elle, que tu dois faire du bien à tes amis et les honorer ; à présent tu en fais les égaux des rois et tu leur assures de nombreuses amitiés, alors que tu fais le vide autour de toi. » 8. Olympias lui écrivit souvent des lettres en ce sens. Alexandre les garda secrètes, sauf une seule fois. Héphaestion était en train de lire avec lui, à son habitude, une lettre décachetée ; Alexandre ne l'en empêcha pas, mais il ôta son anneau et en mit le sceau sur la bouche d'Héphaestion. 9. Le fils de Mazaios, lequel avait été le personnage le plus important à la cour de Darius[147], possédait une satrapie ; Alexandre lui en offrit une seconde, plus grande que la première, mais l'homme la refusa en disant : « Ô roi, il n'y avait autrefois qu'un seul Darius mais à présent tu as créé de nombreux Alexandre. » 10. Il donna à Parménion la maison de Bagoas[148] où l'on trouva, dit-on, des vêtements précieux d'une valeur de mille talents. 11. Il écrivit à Antipatros de se munir de gardes du corps, en l'informant qu'on complotait contre lui. 12. Il fit de nombreux cadeaux et des envois considérables à sa mère, mais il l'empêcha de s'occuper des affaires ou de la guerre. Quand elle s'en plaignait, il supportait ses récriminations avec douceur. 13. Une fois seulement, comme Antipatros lui avait écrit une longue lettre contre elle, il déclara, après l'avoir lue : « Antipatros ignore qu'une seule larme versée par une mère efface dix mille lettres[149]. »

XL. 1. Il voyait ses compagnons s'abandonner à un luxe effréné et étaler avec insolence leur train de vie et leurs dépenses. Hagnon de Téos portait des clous d'argent sur ses semelles ; Léonnatos faisait venir d'Égypte, sur un grand nombre de chameaux, du sable pour ses exercices physiques ; Philotas[150] se servait, pour ses

---

146. *L'anecdote est rapportée dans* Phocion, *XVIII, 1, 6. L'Athénien refusa le présent du roi.*
147. *Il a déjà été question supra (en XXXII, 5) de ce Mazaios qui commandait l'aile droite de l'armée de Darius à la bataille de Gaugamèles.*
148. *Ce Bagoas serait le notable perse qui, en assassinant Artaxerxès III en 338 et son fils Arsès en 336, aurait facilité l'avènement de Darius.*
149. *Alexandre avait confié la Macédoine à Antipatros, lequel, semble-t-il, était hostile aux prétentions d'Olympias qui intervenait dans les affaires politiques. C'est sans doute aux intrigues d'Olympias contre lui qu'Alexandre faisait allusion.*
150. *Hagnon de Téos a déjà été nommé en XXII, 3 et Léonnatos en XXI, 2. Philotas était le fils de Parménion.*

chasses, de filets de cent stades de long; pour les frictions et les bains, ils employaient de la myrrhe, en aussi grande quantité que l'huile autrefois, et ils traînaient derrière eux des masseurs et des valets. 2. Alexandre les réprimandait avec douceur, comme un philosophe[151] : « Je m'étonne, leur disait-il, qu'après tant de combats si rudes, vous ayez oublié que ceux qui se sont donné du mal goûtent un sommeil plus agréable que ceux pour qui ils ont peiné. Ne voyez-vous pas, en comparant la vie des Perses à la vôtre, que le luxe est bon pour les esclaves, tandis que la fatigue est digne des rois? 3. Comment peut-on soigner soi-même son cheval, entretenir sa lance ou son casque, si on a perdu l'habitude de se servir de ses mains pour toucher son propre corps si choyé? Ne savez-vous pas que le but de la victoire est de ne pas imiter la conduite de ceux qu'on a vaincus? » 4. Quant à lui, il se dépensait encore plus dans les campagnes et dans les chasses, où il se fatiguait et s'exposait. Ce fut au point qu'un ambassadeur lacédémonien qui se trouvait à ses côtés, tandis qu'il abattait un grand lion, lui dit : « Tu as vaillamment disputé la royauté à ce lion[152] ! » 5. Cette scène de chasse a été consacrée à Delphes par Cratère, qui fit faire des statues de bronze du lion, des chiens, du roi aux prises avec le lion, et de lui-même, Cratère, venant au secours du roi ; certaines de ces statues ont été réalisées par Lysippe, les autres par Léocharès[153].

XLI. 1. Alexandre exposait donc ainsi sa vie, à la fois pour s'entraîner et pour exhorter les autres à la vertu. Mais ses amis, corrompus par la richesse et par le faste, voulaient désormais vivre dans le luxe et l'inaction; ils renâclaient devant les voyages et les campagnes, et en venaient peu à peu à l'accuser et à dire du mal de lui. 2. Alexandre réagit d'abord avec une grande douceur, disant que c'était le sort d'un roi de voir ses bienfaits récompensés par la calomnie. 3. Les plus petits événements survenus à ses familiers lui donnaient l'occasion de leur témoigner sa grande affection et son estime. Je vais en donner quelques exemples. 4. Il écrivit à Peucestas, qui avait été mordu par un ours, pour lui reprocher d'en avoir informé les autres, et de l'avoir laissé dans l'ignorance. « Maintenant au moins, lui dit-il, écris-moi comment tu vas et dis-moi si certains de tes compagnons de chasse ne t'ont pas abandonné, afin que je les en punisse. » 5. Il écrivit à Héphaestion, retenu au loin par quelque affaire, qu'alors qu'ils s'amusaient à chasser l'ichneumon[154], Cratère était tombé sur la pique de Perdiccas et avait été blessé aux cuisses. 6. Peucestas ayant été guéri d'une maladie,

---

151. En agissant ainsi, les compagnons macédoniens d'Alexandre adoptaient le genre de vie des vaincus. Le qualificatif de philosophe appliqué à Alexandre ne laisse pas de surprendre. Mais il s'accorde avec l'image que Plutarque cherche à donner du conquérant, qui se retrouve dans son traité Sur la Fortune d'Alexandre.
152. L'identification d'Alexandre à un lion a déjà été soulignée supra *(en II, 5) en relation avec les présages qui précédèrent la naissance du roi.*
153. On a retrouvé, à Delphes, la dédicace de ce monument sur la terrasse du temple d'Apollon. Lysippe a été, on l'a vu, le sculpteur qui laissé le plus grand nombre de portraits d'Alexandre. Selon Pausanias (Description de la Grèce, V, 20, 10), Léocharès aurait sculpté les statues de Philippe, d'Olympias et d'Alexandre pour le Philippeion d'Olympie.
154. L'ichneumon est une sorte de mammifère carnassier analogue à la mangouste, de la taille d'un chat.

Alexandre envoya une lettre au médecin Alexippos pour l'en remercier. Lors d'une maladie de Cratère, le roi, qui avait eu un rêve durant son sommeil, offrit lui-même des sacrifices pour son ami et ordonna à celui-ci d'en offrir de son côté. 7. Il écrivit également au médecin Pausanias, qui voulait traiter Cratère avec de l'ellébore, une lettre où il lui exprimait à la fois ses inquiétudes et ses conseils sur l'emploi de cette médecine. 8. Il fit enchaîner Éphialtès et Cissos, qui furent les premiers à lui annoncer la fuite d'Harpale[155], parce qu'il croyait qu'ils calomniaient cet homme. 9. Comme il renvoyait chez eux les malades et les vieillards, Eurylochos d'Aïgaï se fit inscrire au nombre des malades ; ensuite, lorsqu'on découvrit qu'il n'avait aucune maladie, il avoua qu'il était amoureux de Télésippa, qui descendait vers la mer, et qu'il voulait l'accompagner. Alexandre lui demanda de quelle condition était cette femme. 10. Apprenant que c'était une hétaïre de condition libre, il lui dit : «Eurylochos, nous voulons favoriser tes amours, mais indique-nous un moyen de persuader Télésippa par des paroles ou par des présents, puisqu'elle est de condition libre.»

XLII. 1. On peut s'étonner qu'il ait pris le temps d'envoyer des lettres à ses amis sur des sujets aussi minces que ceux qui suivent. Il écrit pour donner ordre de rechercher un esclave de Séleucos, qui s'était enfui en Cilicie ; il loue Peucestas d'avoir arrêté Nicon, esclave de Cratère ; il écrit à Mégabyzos, à propos d'un serviteur qui s'était réfugié dans le sanctuaire[156], lui ordonnant de s'emparer de l'homme, si possible, après l'avoir invité à sortir, mais de ne pas porter la main sur lui dans le sanctuaire. 2. On dit également qu'au début, lorsqu'il arbitrait des procès capitaux, il mettait la main sur une de ses oreilles pendant que l'accusateur parlait, afin de la conserver libre et pure de toute prévention contre l'accusé. 3. Mais par la suite, le nombre des accusations portées devant lui l'aigrit ; celles qui étaient fondées ouvrirent la voie et lui firent ajouter foi à celles qui étaient fausses. 4. C'était surtout lorsqu'on disait du mal de lui qu'il perdait toute raison et se montrait dur et inflexible, parce que sa gloire lui était plus chère que la vie et que la royauté.
5. Pour revenir à notre récit, Alexandre s'était lancé à la poursuite de Darius dans l'intention de lui livrer un nouveau combat mais, apprenant que Bessos s'était emparé du roi, il renvoya les Thessaliens[157] chez eux avec, en plus de leur solde, une prime de deux mille talents. 6. Au cours de la poursuite qui fut laborieuse et longue (en onze jours il parcourut à cheval trois mille trois cents stades[158]), la plupart des

---

155. Harpale s'était réellement enfui. Sans doute s'agit-il ici de la première fuite d'Harpale, et non de la seconde, en 324, lorsqu'il emporta une partie du trésor royal et vint se réfugier à Athènes.
156. Il s'agit du futur maître de l'Asie, fondateur de la dynastie des Séleucides. Sur Peucestas, futur satrape de Perse, voir supra, XLI, 4. Mégabyzos était l'administrateur du sanctuaire d'Artémis à Éphèse.
157. Après ces anecdotes destinées à illustrer le caractère d'Alexandre, Plutarque reprend le récit de la campagne. On est alors au printemps 330. Bessos était satrape de Bactriane. C'est d'Ecbatane qu'Alexandre aurait renvoyé les cavaliers thessaliens en Grèce. De fait, à partir de ce moment, le but de l'expédition est pratiquement atteint et les Grecs ne sont plus concernés. Nombre d'entre eux cependant demeurèrent dans l'armée d'Alexandre.
158. Environ 650 km.

soldats se découragèrent, surtout en raison du manque d'eau. 7. Il rencontra alors des Macédoniens qui transportaient à dos de mules des outres d'eau puisée au fleuve. En voyant Alexandre qui souffrait cruellement de la soif, car on était déjà en plein midi, ils s'empressèrent de remplir un casque et de le lui apporter. 8. Il leur demanda à qui ils portaient cette eau. « À nos fils, répondirent-ils, mais si nous les perdons, nous en ferons d'autres, à condition que toi, tu restes en vie. » 9. En entendant ces mots, Alexandre prit le casque dans ses mains, mais, regardant autour de lui, il vit tous les cavaliers qui l'entouraient tourner la tête et regarder la boisson ; alors il rendit le casque sans avoir bu et dit, en remerciant ces hommes : « Si je suis seul à boire, ils perdront courage ! » 10. Les cavaliers, voyant sa maîtrise de lui et sa grandeur d'âme, lui crièrent de les faire avancer hardiment et fouettèrent leurs chevaux : « Nous ne sommes pas fatigués, dirent-ils, nous n'avons pas soif et, pour tout dire, nous n'avons plus l'impression d'être des mortels tant que nous avons un tel roi[159] ! »

XLIII. 1. Ils avaient tous la même ardeur, mais ils ne furent que soixante, dit-on, à parvenir dans le camp des ennemis. 2. Là, ils foulèrent aux pieds des monceaux d'or et d'argent répandus à terre, et passèrent devant un grand nombre de chariots dispersés, sans conducteurs, remplis de femmes et d'enfants. Ils coururent jusqu'aux premiers rangs, croyant que Darius s'y trouvait. 3. On le découvrit à grand-peine, percé de traits, couché dans un char et sur le point de mourir. Cependant, il demanda à boire, et lorsqu'il eut bu de l'eau fraîche il dit à Polystratos qui la lui avait donnée : 4. « Mon ami, c'est pour moi le comble du malheur d'avoir reçu un bienfait et de ne pouvoir le rendre ; mais Alexandre t'en récompensera, et les dieux récompenseront Alexandre de sa clémence à l'égard de ma mère, de ma femme et de mes enfants. Je lui donne ma main droite par ton intermédiaire. » Sur ces mots, il prit la main de Polystratos et il expira. 5. Lorsque Alexandre survint, il fut, de toute évidence, très affligé par ce malheur. Détachant sa propre chlamyde, il la jeta sur le corps et l'en enveloppa. 6. Par la suite, il retrouva Bessos[160] et le fit écarteler : on courba deux arbres droits, on attacha à chacun d'eux une des extrémités du corps, puis on les relâcha : les arbres se redressèrent avec violence et chacun emporta la partie qui lui était attachée. 7. Mais pour l'heure, Alexandre fit parer royalement le corps de Darius, le renvoya à sa mère et admit le frère du roi, Exathrès, au nombre des Hétaires[161].

XLIV. 1. Lui-même descendit en Hyrcanie avec la partie la plus valeureuse de son armée. Il vit un golfe marin qui semblait aussi grand que le Pont-Euxin, mais dont l'eau était plus douce que le reste de la mer. Il ne put obtenir aucun renseignement

---

159. L'anecdote est rapportée également par Quinte Curce (VII, 5, 10-13), et par Arrien (VI, 26, 1-3), mais les deux auteurs la situent, le premier en Sogdiane et le second dans le désert de Gédrosie.
160. C'est seulement l'année suivante, en 329, qu'Alexandre s'empara de Bessos, qui lui fut livré par les nobles de Sogdiane. Bessos, entre-temps, s'était proclamé roi.
161. C'est le début d'une politique qui va consister à associer les nobles perses à l'administration de l'empire. La mort de Darius marque le grand tournant de la campagne.

précis à son sujet, mais il conjectura que c'était un écoulement du Palus Méotis[162]. 2. Cependant les physiciens[163], eux, n'avaient pas ignoré la vérité. Bien des années avant l'expédition d'Alexandre, ils avaient rapporté qu'il y a quatre golfes qui s'écoulent de la mer Extérieure, et que celui-ci est le plus septentrional : on l'appelle aussi bien la mer Hyrcanienne que la mer Caspienne. 3. Là, quelques Barbares, tombant sur ceux qui emmenaient Bucéphale, le cheval d'Alexandre, s'en emparèrent[164]. 4. Alexandre prit la chose fort mal et leur envoya un héraut menacer de les tuer tous, ainsi que leurs femmes et leurs enfants, s'ils ne lui rendaient pas Bucéphale. 5. Quand ils vinrent le lui amener et qu'ils lui remirent leurs cités, il les traita tous avec humanité et il paya une rançon aux ravisseurs du cheval.

XLV. 1. De là, il se dirigea vers le pays des Parthes et, comme il avait du loisir, il revêtit pour la première fois le costume barbare[165], soit par désir de se conformer aux modes indigènes, jugeant important, pour apprivoiser les populations, de partager leurs coutumes et leurs usages, soit pour essayer d'amener les Macédoniens à se prosterner devant lui, en les accoutumant peu à peu à supporter son changement de vie et d'habitudes. 2. Cependant, il n'adopta pas le costume mède, qui était totalement barbare et étranger ; il ne mit ni le caleçon, ni la robe de dessus, ni la tiare, mais il choisit une tenue intermédiaire entre celle des Mèdes et celle des Perses, plus simple que la seconde, plus majestueuse que la première. 3. Il commença par la porter lorsqu'il rencontrait les Barbares ou ses Hétaires chez lui, puis il se fit voir ainsi à la foule au cours des marches et lorsqu'il réglait les affaires. 4. Ce spectacle contrariait les Macédoniens, mais comme ils admiraient par ailleurs sa valeur, ils se disaient qu'il fallait lui passer quelques plaisirs ou quelques satisfactions d'amour-propre[166]. 5. Il venait d'ailleurs, après tant d'autres blessures, de recevoir à la jambe une flèche qui avait atteint et détruit l'os, et il avait été frappé au cou d'une pierre, si fort que sa vue resta brouillée pendant longtemps. 6. Il ne cessa pas pour autant de se dépenser sans ménagement dans le danger : il passa le fleuve Orexartès qu'il prenait pour le Tanaïs[167], mit en déroute les Scythes et les poursuivit sur une distance de cent stades, en dépit d'une diarrhée dont il souffrait.

---

162. Il s'agit en fait de la mer Caspienne. Quant au Palus Méotis, c'est la mer d'Azov. Hérodote connaissait fort bien l'existence de la mer Caspienne et savait que c'était une mer fermée (I, 203).
163. Le terme «physicien» désigne aussi bien les astronomes ou les géologues que les géographes. Plutarque pense ici vraisemblablement à Ératosthène qu'a utilisé Strabon (II, 5, 18). Les autres «golfes» sont le golfe Arabique (mer Rouge), le golfe Persique et la Méditerranée elle-même.
164. L'enlèvement de Bucéphale, que Plutarque situe en Hyrcanie, aurait eu lieu entre Suse et Persépolis, dans le récit d'Arrien (Anabase, V, 19, 6).
165. C'est en revêtant un habit «barbare» qu'Alexandre va amorcer le tournant de son aventure. Il n'est plus désormais le roi des Macédoniens, mais le successeur des souverains achéménides et le maître d'un immense empire.
166. Plutarque annonce ici ce qu'il avait déjà laissé deviner, la rupture qui va s'accentuer entre le roi et les Macédoniens dont la rudesse s'accommodait mal de ce luxe barbare.
167. L'Orexartès est le Syr Daria qui se jette dans la mer d'Aral. Le Tanaïs est le Don.

XLVI. 1. Ce fut là que l'Amazone vint le trouver, comme l'affirment de nombreux auteurs, notamment Cleitarchos, Polycleitos, Onésicrite, Antigénès et Istros. 2. Mais Aristobule et Charès le Chambellan, Ptolémée, Anticleidès, Philon de Thèbes et Philippe de Théangéla, et en outre Hécatée d'Érétrie, Philippe de Chalcis et Douris de Samos disent que ce sont là pures inventions[168]. 3. Alexandre semble confirmer les dires de ces derniers auteurs. Dans une lettre à Antipatros[169], où il fait un récit précis de ces événements, il dit que le Scythe lui donna sa fille en mariage, mais il ne mentionne pas d'Amazone. 4. Beaucoup plus tard, dit-on, comme Onésicrite lisait à Lysimaque, devenu roi[170], son quatrième livre, dans lequel il évoque l'Amazone, Lysimaque sourit doucement et lui demanda : «Et moi, où étais-je alors ?» 5. De toute manière, que l'on mette en doute ce récit ou qu'on y ajoute foi, cela ne change rien à l'admiration qu'on porte à Alexandre.

XLVII. 1. Craignant de voir les Macédoniens renoncer à poursuivre l'expédition, il laissa sur place le gros de l'armée et, n'emmenant avec lui, en Hyrcanie, que ses troupes d'élite (c'est-à-dire vingt mille fantassins et trois mille cavaliers), il les prit à part et leur dit : «Maintenant, en vous voyant face à face, les Barbares tremblent mais, si nous partons après nous être contentés de jeter le trouble dans l'Asie, ils nous attaqueront aussitôt, comme si nous étions des femmes.» 2. Cependant, il laissa partir ceux qui le désiraient, les prenant à témoin qu'au moment où il était en train de conquérir le monde pour les Macédoniens, il se trouvait abandonné, seul avec ses amis et ceux qui acceptaient de participer à son expédition[171]. 3. C'est ce qu'il écrit, à peu près en ces termes, dans sa lettre à Antipatros ; il ajoute qu'après l'avoir entendu, tous lui crièrent de le conduire où il voulait, n'importe où sur la terre. 4. L'épreuve ayant été concluante sur eux, il n'eut plus de difficulté pour faire avancer le gros des troupes : elles le suivirent docilement.
5. Ainsi, par son genre de vie, il se rapprochait de plus en plus des populations indigènes, tout en amenant celles-ci à adopter des coutumes macédoniennes. À son idée, la sympathie née de ce mélange et de cette communauté de mœurs affermirait mieux son pouvoir que la force, lorsqu'il serait au loin[172]. 6. Il choisit donc trente

---

168. *L'épisode de la visite de la reine des Amazones à Alexandre était le sujet de controverses, comme en témoignent les nombreux auteurs que cite Plutarque. Il est longuement rapporté par Diodore (Bibliothèque historique, XVII, 77, 1-3), et par Quinte Curce (VI, 5, 24-32).*
169. *Plutarque fait à plusieurs reprises allusion à cette correspondance entre Alexandre et Antipatros (voir supra, XX, 9, XXXIX, 11 et infra, LV, 7 ; LVII, 8).*
170. *Onésicrite a déjà été cité plusieurs fois. Il faisait partie de l'expédition. Lysimaque, un des compagnons d'Alexandre, joua un rôle important dans les conflits qui suivirent la mort du conquérant. Il prit le titre royal en 306-305 après Antigone, Séleucos et Ptolémée. Il était alors maître de la Thrace.*
171. *Une nouvelle fois, Plutarque insiste sur la résistance des Macédoniens devant le caractère nouveau de la conquête qui ne répond plus à son but initial.*
172. *C'est là une question qui a suscité bien des discussions dès l'Antiquité et en suscite encore. Alexandre rêvait-il d'une sorte d'unité entre Grecs et Barbares, ou était-il contraint par la nécessité d'adopter cette politique vis-à-vis des peuples de l'ancien empire perse ? La réponse de Plutarque est*

mille enfants, auxquels il fit enseigner les lettres grecques et donner l'éducation militaire des Macédoniens : il désigna de nombreux responsables pour mener à bien cette tâche. 7. Quant à son union avec Roxane, ce fut une histoire d'amour – il l'avait vue, belle et jeune, dans un chœur, lors d'une beuverie –, mais elle ne fut pas inutile à ses desseins, semble-t-il. 8. Les Barbares furent encouragés par le lien que ce mariage créait entre Alexandre et eux, et se prirent pour lui d'un grand amour, à cause de l'extrême chasteté dont il avait fait preuve : il n'avait pas voulu toucher la seule femme qui avait su le conquérir sans être uni à elle par un lien légal.
9. Voyant que, parmi ses meilleurs amis, Héphaestion l'approuvait et changeait de costume comme lui, tandis que Cratère restait fidèle aux coutumes ancestrales, il employa le premier pour traiter avec les Barbares, le second pour communiquer avec les Grecs et les Macédoniens[175]. 10. De manière générale, c'était le premier qu'il chérissait le plus, le second qu'il estimait davantage ; il pensait et déclarait sans cesse : « Héphaestion aime Alexandre, tandis que Cratère est attaché au roi. »
11. Aussi les deux hommes éprouvaient-ils l'un pour l'autre une sourde animosité, et ils se heurtaient souvent. Une fois, en Inde, ils en vinrent même aux mains, tirèrent l'épée, et reçurent chacun le soutien de leurs amis respectifs. Mais Alexandre accourut et réprimanda publiquement Héphaestion : « Tu es stupide et fou, lui lança-t-il, si tu ne comprends pas que, sans Alexandre, tu n'es rien ! » Il adressa également, en privé, d'amers reproches à Cratère. 12. Puis, lorsqu'il les eut réunis et réconciliés, il leur jura par Ammon et par les autres dieux qu'il les préférait à tous les autres hommes, mais que s'il entendait parler d'une nouvelle dispute, il les tuerait tous deux, ou du moins celui qui aurait commencé. C'est pourquoi, par la suite, même pour plaisanter, ils ne dirent et ne firent plus rien l'un contre l'autre, paraît-il.

XLVIII. 1. Le fils de Parménion, Philotas[174], jouissait d'un grand prestige chez les Macédoniens, qui le tenaient pour un homme courageux et endurant ; nul, sauf Alexandre lui-même, n'était aussi généreux et amical que lui. 2. Voici notamment ce que l'on raconte. Un de ses proches lui demandait de l'argent : il ordonna de lui en donner et, comme son intendant déclarait qu'il n'en avait pas : « Que dis-tu ? s'écria Philotas. N'as-tu pas au moins une petite coupe ou un manteau ? » 3. Mais sa morgue, sa richesse insolente, les soins qu'il prenait de sa personne et son train de vie parais-

---

double : l'enseignement donné aux jeunes Perses à la fois de la langue grecque et de la façon de combattre des Macédoniens répondait d'abord à des nécessités militaires. Mais l'amour d'Alexandre pour Roxane symbolisait le rêve d'une union plus intime entre Grecs et Perses.
173. Héphaestion et Cratère incarnent ici les deux termes de l'alternative. Le premier, ami très cher du conquérant, l'imite, tandis que le second, bien que fidèle au roi, demeure farouchement attaché à la tradition macédonienne. D'où l'inévitable conflit entre eux, et l'arbitrage d'Alexandre, arbitrage symbolique de la position ambiguë du roi, à la fois tenté par le luxe oriental mais n'oubliant jamais son origine et l'éducation qu'il avait reçue.
174. Philotas a été déjà nommé supra, en XL, 1, parmi ceux des Hétaires qui menaient grand train. Il commandait la cavalerie des Hétaires. Son goût pour les femmes et les plaisirs est également évoqué par Plutarque dans le traité Sur la Fortune et sur la Vertu d'Alexandre, *339 B.*

saient insupportables chez un simple particulier. À cette époque, il se donnait des airs solennels et hautains vraiment déplacés : dépourvu de grâce, il avait l'air d'un rustre et d'un personnage de mauvais aloi et s'attirait la défiance et l'envie. Ce fut à tel point que Parménion lui-même lui dit un jour : « Mon fils, je t'en prie, fais-toi plus petit ! » 4. Depuis longtemps on s'était plaint de lui auprès d'Alexandre. Lorsque, après la défaite de Darius en Cilicie, les Macédoniens s'emparèrent à Damas des trésors du roi, parmi les nombreux prisonniers qui furent amenés dans le camp, se trouvait une fille fort jolie, originaire de Pydna[175] : elle se nommait Antigonè. Elle échut à Philotas, 5. lequel, comme le fait un jeune homme devant une femme qu'il aime, débita sans retenue devant elle, sous l'empire du vin, de nombreuses vantardises de soldat : il s'attribuait, à lui-même et à son père, l'essentiel des exploits et traitait Alexandre de freluquet qui, disait-il, ne devait qu'à eux la gloire de ses conquêtes. 6. La femme répéta ces discours à un de ses proches qui, naturellement, en fit part à une autre personne, si bien que l'histoire parvint aux oreilles de Cratère. Il fit venir la femme et l'introduisit secrètement devant Alexandre. 7. Celui-ci, après l'avoir entendue, la pria de continuer à fréquenter Philotas et de venir l'informer de tout ce qu'il lui dirait.

XLIX. 1. Philotas, qui ne se doutait pas de ce complot, vivait avec Antigonè et, emporté par la colère et par la vanité, proférait beaucoup de paroles et de discours déplacés contre le roi. 2. Alexandre, malgré les preuves solides dont il disposait contre lui, patienta sans rien dire et se contint, soit qu'il eût confiance dans le dévouement de Parménion à son égard, soit qu'il craignît la réputation et l'influence de Philotas et de son père. 3. Or, à la même époque, un Macédonien nommé Dimnos, originaire de Chalaestra[176], forma un complot contre Alexandre. Il invita un jeune homme, un certain Nicomachos, dont il était amoureux, à se joindre à l'entreprise. 4. Celui-ci refusa et révéla la conjuration à son frère, Céballinos, qui vint trouver Philotas, lui demandant de les conduire tous deux devant Alexandre, car ils devaient l'entretenir de questions urgentes et importantes. 5. Philotas, on ne sait pourquoi, refusa de les introduire ; il leur déclara que le roi était retenu par des affaires plus importantes et renouvela ce refus à deux reprises. 6. Ils en vinrent alors à se défier de Philotas et se tournèrent vers un autre homme qui les conduisit devant Alexandre. Ils lui révélèrent d'abord ce qui concernait Dimnos, puis lui laissèrent entendre, à demi-mot, que Philotas avait à deux reprises négligé leur requête. 7. Alexandre en fut vivement irrité. Il avait envoyé quelqu'un arrêter Dimnos, mais ce dernier se défendit et l'homme fut obligé de le tuer. Alors le trouble d'Alexandre ne fit que croître, à la pensée que la preuve du complot lui échappait désormais. 8. Indigné contre Philotas, il convoqua ceux qui haïssaient cet homme depuis longtemps. Ils déclarèrent alors ouvertement que c'était faiblesse de la part du roi de croire que Dimnos, un individu originaire de Chalaestra, était capable d'un attentat aussi hardi contre lui ; 9. Dimnos n'était que le serviteur, ou plutôt l'instrument

---

175. Pydna était une cité grecque dont Philippe s'était emparé en 357. C'est en 333, après la bataille d'Issos, que Parménion avait mis la main sur les biens de Darius (voir supra, XXIX, 8).
176. Chalaestra est une ville de Macédoine (actuelle Eulacia), à l'embouchure de l'Axios.

d'une instance supérieure, et il fallait chercher l'origine du complot chez ceux qui avaient le plus intérêt à le cacher. 10. Le roi ayant prêté l'oreille à ces propos et à ces accusations, ils accumulèrent d'innombrables accusations contre Philotas. 11. L'homme fut donc arrêté et interrogé, tandis que les Hétaires assistaient aux séances de torture et qu'Alexandre écoutait de l'extérieur, derrière un rideau. 12. On dit même que, comme Philotas adressait à Héphaestion des plaintes, des paroles pitoyables et des supplications, Alexandre s'écria : « Comment, Philotas, toi qui es si mou et si lâche, peux-tu avoir formé de si grandes entreprises ? » 13. Philotas fut mis à mort, et Alexandre envoya aussitôt tuer Parménion – un homme qui avait rendu tant de services à Philippe et qui, seul des amis plus âgés d'Alexandre, ou du moins plus qu'aucun autre, l'avait poussé à passer en Asie : des trois fils qu'il avait, il en avait vu périr deux au cours de cette expédition et il mourut donc en même temps que le troisième[177]. 14. Ces exécutions amenèrent la plupart de ses amis à redouter Alexandre ; ce fut surtout le cas d'Antipatros qui envoya en secret des émissaires aux Étoliens pour leur donner des gages d'alliance et en recevoir[178]. 15. Les Étoliens craignaient en effet Alexandre, parce qu'ils avaient détruit Oeniades[179] et qu'à cette nouvelle, le roi avait déclaré : « Ce ne sont pas les enfants des Oeniadiens, mais moi-même qui tirerai vengeance des Étoliens ! »

L. 1. Peu de temps après, se produisit le meurtre de Cleitos[180] qui paraît, au simple récit des faits, plus cruel que celui de Philotas. 2. Cependant, à la réflexion, si nous rapprochons la cause et les circonstances, nous nous apercevons qu'il ne fut pas prémédité et que ce fut l'œuvre de la mauvaise fortune du roi, dont la colère et l'ivresse permirent au mauvais *démon* de Cleitos de le perdre. Voici comment les choses se passèrent. 3. Des gens venus de la mer apportèrent au roi des fruits de Grèce, et Alexandre, émerveillé par leur fraîcheur et par leur beauté, appela Cleitos pour les lui montrer et les partager avec lui. 4. Il se trouva que Cleitos était alors en train d'offrir un sacrifice. Il l'abandonna pour rejoindre Alexandre, et trois des moutons qui avaient déjà été consacrés le suivirent. 5. Apprenant cela, le roi en informa les devins Aristandros[181] et Cléoménès de Laconie qui lui déclarèrent que c'était un

---

177. *La mort de Philotas est un épisode particulièrement révélateur du climat de suspicion qui régnait parmi les Hétaires. Quinte Curce en a fait un long récit (VI, 7, 1-11) et donne les noms de ceux qui accusèrent Philotas. Parménion était alors gouverneur de Médie. Philotas était son fils aîné. Le second, Nicanor, était mort de maladie peu après la capture de Bessos. Le troisième, Hector, était mort en Égypte.*

178. *Antipatros recherchait des alliances en Grèce pour se prémunir contre tout revirement d'Alexandre à son égard.*

179. *Oeniades était une place forte d'Acarnanie dont les Étoliens s'étaient emparés peu avant les événements rapportés par Plutarque.*

180. *En fait, c'est deux ans après l'exécution de Philotas et de Parménion, en 328, que Cleitos fut tué. Sur Cleitos, voir supra, XVI, 11.*

181. *Aristandros a déjà été nommé plusieurs fois. Ce fréquent recours aux devins surprend de la part d'un élève d'Aristote.*

mauvais présage. Alexandre leur ordonna d'offrir en toute hâte un sacrifice pour Cleitos. 6. Lui-même avait eu, trois jours auparavant, un songe étrange ; il avait rêvé que Cleitos était assis, vêtu de noir, avec les fils de Parménion, lesquels étaient à cette époque tous morts. 7. Sans prendre le temps d'achever son sacrifice, Cleitos se rendit aussitôt au souper, car le roi, lui, avait fini de sacrifier aux Dioscures[182]. 8. Une fougueuse beuverie s'engagea : on chanta les poèmes d'un certain Pranichos, ou, selon certains, de Piérion, qui tournaient en dérision et en ridicule les généraux récemment vaincus par les Barbares[183]. 9. Les convives les plus âgés s'en offusquèrent et critiquèrent aussi bien l'auteur du poème que le chanteur, mais Alexandre et son entourage l'écoutèrent avec plaisir et l'invitèrent à continuer. Cleitos qui était déjà ivre et qui était d'un naturel violent, coléreux et arrogant, s'en indigna particulièrement, prétendant qu'il n'était pas bon d'insulter, devant des Barbares et des ennemis, des Macédoniens qui, en dépit de leur infortune, valaient beaucoup mieux que les rieurs. 10. Alexandre déclara que Cleitos parlait pour lui et qu'il couvrait sa lâcheté en parlant d'infortune. 11. Alors Cleitos, se levant, répliqua : « C'est cette lâcheté qui t'a sauvé, toi, fils des dieux, alors que tu tournais déjà le dos à l'épée de Spithridatès ; c'est par le sang des Macédoniens, c'est par leurs blessures que tu es devenu assez grand pour te faire adopter par Ammon après avoir renié Philippe[184] ! »

LI. 1. Alors Alexandre, poussé à bout, s'écria : « Eh quoi ? mauvaise tête ! T'imagines-tu qu'en tenant sans cesse ces propos à notre sujet et en semant la discorde parmi les Macédoniens tu auras à t'en réjouir ? 2. – Mais maintenant déjà, Alexandre, répliqua Cleitos, nous n'avons pas à nous réjouir de récolter pareil fruit pour nos peines. Nous jugeons qu'ils ont bien de la chance, ceux qui sont morts avant de nous avoir vus, nous autres Macédoniens, nous faire cingler par les verges des Mèdes et demander aux Perses la permission de rencontrer le roi. » 3. À ces propos hardis de Cleitos, les amis d'Alexandre se dressèrent et l'insultèrent, tandis que les plus âgés s'efforçaient de contenir le tumulte. 4. Alexandre se tourna vers Xénodochos de Cardia et Artémios de Colophon et leur dit : « Ne vous semble-t-il pas que les Grecs qui vivent au milieu des Macédoniens ressemblent à des demi-dieux qui circuleraient parmi des bêtes sauvages[185] ? » 5. Cleitos, loin de se calmer, somma Alexandre de préciser nettement, devant tout le monde, ce qu'il voulait dire, ou sinon, de ne pas inviter à un banquet des hommes libres, qui avaient leur franc-

---

182. C'est-à-dire Castor et Pollux. Il eût été plus normal de sacrifier à Dionysos. Cette affaire a déjà été évoquée supra, en XIII, 4.
183. Plutarque fait ici allusion à un engagement qui avait eu lieu l'année précédente, en 329, et s'était mal terminé.
184. C'est l'intervention de Cleitos qui avait sauvé Alexandre au moment où le Perse Spithridatès s'apprêtait à le frapper (voir supra, XVI, 11). Cleitos, comme les plus anciens parmi les Macédoniens, demeurait fidèle au souvenir de Philippe auprès duquel il avait combattu.
185. Cardia et Colophon sont des cités grecques. Alexandre oppose donc ici les deux Grecs (inconnus par ailleurs) aux Macédoniens qui se déchiraient comme des bêtes sauvages.

parler, et de se contenter de vivre avec des Barbares et des esclaves, prêts à se prosterner devant sa ceinture à la mode perse et sa tunique blanche. Alexandre, emporté par la colère, lui lança une des pommes qui étaient sur la table et l'en frappa, puis chercha son poignard. 6. Mais un de ses gardes du corps, Aristophanès, avait prévenu son geste et le lui avait enlevé, tandis que les autres entouraient le roi et le suppliaient. Mais Alexandre bondit, appela en langue macédonienne (ce qui était chez lui le signe d'une grande émotion) ses hypaspites[186] et ordonna au trompette de sonner l'alarme : il le frappa même du poing, lui reprochant de tarder et de ne pas vouloir obéir. 7. On décerna par la suite de nombreux éloges à ce trompette, car ce fut surtout grâce à lui que le camp ne sombra pas dans le désordre. 8. Cleitos ne cédait toujours pas. Ses amis le poussèrent à grand-peine hors de la salle, mais il revint par une autre porte, en déclamant avec mépris et arrogance ce vers iambique de l'*Andromaque* d'Euripide :

Las ! quelle triste loi se répand dans la Grèce[187] ?

9. Alexandre s'empara de la lance d'un de ses gardes, et comme Cleitos venait vers lui et soulevait le rideau qui était devant la porte, il l'en transperça. 10. Cleitos s'effondra en gémissant et en hurlant. Aussitôt, la colère quitta le roi. 11. Il rentra en lui-même et, voyant ses amis immobiles, sans voix, il se hâta de retirer la lance du cadavre pour s'en frapper lui-même à la gorge, mais ses gardes du corps lui saisirent les mains et, de force, le portèrent dans sa chambre.

LII. 1. Il passa la nuit et le jour suivant à pleurer misérablement et, quand il eut perdu la voix à force de crier et de se lamenter, il resta couché, à pousser de profonds soupirs. Ses amis, inquiets de ce silence, forcèrent sa porte, 2. mais il ne voulut pas les écouter, sauf le devin Aristandros qui lui rappela la vision qu'il avait eue, à propos de Cleitos, ainsi que le présage qui indiquait que tout cela était depuis longtemps fixé par le destin, ce qui sembla le convaincre. 3. On fit donc entrer le philosophe Callisthène, parent d'Aristote, et Anaxarque d'Abdère[188]. 4. Callisthène essaya, avec tact et douceur, de calmer sa douleur en parlant à demi-mot et en le circonvenant sans le blesser. Mais Anaxarque, qui avait adopté d'emblée en philosophie une route bien particulière et avait la réputation de mépriser et de dédaigner ses confrères, ne fut pas plus tôt entré qu'il s'écria : 5. « Le voici donc, cet Alexandre sur lequel le monde entier garde les yeux fixés. Il s'est jeté par terre et il pleure comme un esclave, parce qu'il craint la loi des hommes et leur blâme ! Et pourtant c'est lui qui devrait être pour eux la loi et le critère du juste : il a vaincu pour dominer et pour être le maître, non pour être asservi et dominé par

---

186. *Membres de la garde royale.*
187. *Le vers est emprunté à l'*Andromaque *d'Euripide (v. 692). La tirade qui suit dénonce les généraux qui tirent à eux toute la gloire et se croient supérieurs au peuple. Voir Aymard (1967), p. 51-72.*
188. *Plutarque explique* infra *(LV, 8) les liens de parenté qui unissaient Callisthène à Aristote. Il était le fils de sa cousine germaine. Anaxarque d'Abdère a déjà été nommé* supra, *en XXVIII, 4-5. Il appartenait à l'école sceptique.*

une opinion vaine. 6. Ne sais-tu pas que Zeus a pour parèdres Dicè et Thémis[189], afin que tous les actes qu'accomplit le maître de l'univers soient conformes à la justice des dieux et à celle des hommes?» 7. Tels furent les arguments d'Anaxarque et il allégea la douleur du roi. Mais dans le même temps il rendait son caractère plus vaniteux à maints égards et plus méprisant des lois. Anaxarque s'adaptait merveilleusement à la nature d'Alexandre; il critiquait devant lui l'enseignement de Callisthène, qui déjà ne plaisait guère au roi à cause de son austérité. 8. Un jour, dit-on, au cours d'un repas, comme la conversation était venue sur les saisons et le mélange équilibré qui les gouverne, Callisthène se rangea à l'opinion de ceux qui soutenaient qu'il faisait plus froid en Asie qu'en Grèce et que les hivers étaient plus durs. Comme Anaxarque le contredisait avec opiniâtreté, il ajouta: 9. «Tu es bien obligé toi-même de convenir qu'il fait plus froid qu'en Grèce puisque là-bas tu passais l'hiver dans un mauvais manteau, alors qu'ici tu es obligé de t'envelopper dans trois couvertures.» Ce propos indisposa encore davantage Anaxarque contre lui.

LIII. 1. Les sophistes et les flatteurs détestaient eux aussi Callisthène, parce que les jeunes gens le recherchaient pour son éloquence et qu'il avait tout autant de succès auprès de leurs aînés, à cause de sa manière de vivre, à la fois réglée, sérieuse et indépendante, qui confirmait la raison que l'on donnait de son départ pour l'Asie: s'il était monté dans le haut pays pour rejoindre Alexandre, c'était, disait-on, parce qu'il voulait ramener ses concitoyens chez eux et relever sa patrie[190]. 2. Il était jalousé pour sa gloire et, en certaines occasions, il prêtait le flanc à la calomnie, car il refusait la plupart des invitations et, lorsqu'il les honorait, il montrait bien à son attitude rogue et à son silence qu'il n'approuvait ni ne goûtait ce qui se passait. Aussi Alexandre disait-il à son propos:

> Le sophiste[191] qui n'est pas sage pour lui-même,
> Je le hais.

3. Un jour, dit-on, en présence d'un grand nombre de convives, on pria Callisthène de prononcer, la coupe à la main, l'éloge des Macédoniens. Il se montra si éloquent pour traiter ce thème qu'ils se levèrent, l'applaudirent et lui lancèrent leurs couronnes. 4. Mais alors Alexandre déclara que si l'on fait choix pour son discours, comme dit Euripide:

> D'un beau sujet, on peut sans effort parler bien[192].

---

189. Dicè et Thémis étaient les deux divinités qui symbolisaient la Justice et le Droit. Le parèdre est une divinité secondaire, dont la statue est dressée à côté de la divinité principale.
190. Par «sophistes», Plutarque désigne les penseurs qui entouraient Alexandre et qu'il distingue soigneusement des philosophes. Callisthène était originaire d'Olynthe, cité de Chalcidique qui avait été détruite par Philippe en 347, les Athéniens ayant tardé à la secourir, malgré les discours véhéments de Démosthène.
191. Ici, dans le vers d'Euripide que cite Plutarque, «sophiste» a le sens général de «sage», de «savant».
192. Le vers est tiré des Bacchantes, *v. 266.*

« Allons ! reprit le roi, montre-nous donc ton talent en accusant les Macédoniens ; ainsi, en découvrant leurs défauts, ils deviendront encore meilleurs. » 5. Callisthène se lança alors dans une palinodie et tint de nombreux propos pleins de franchise contre les Macédoniens. Il démontra que l'ascension et la puissance de Philippe avaient été causées par les guerres civiles entre les Grecs et il ajouta :

> Dans la sédition, même le scélérat
> Peut atteindre aux honneurs[193].

6. Ce discours provoqua la haine amère et violente des Macédoniens, et Alexandre déclara que Callisthène n'avait pas fait la démonstration de son talent, mais de ses mauvaises dispositions à leur égard.

LIV. 1. Voilà, selon Hermippos, ce que Stroebos, le lecteur de Callisthène[194], rapporta à Aristote. À l'en croire, Callisthène, comprenant qu'il s'était aliéné l'esprit du roi, dit à deux ou trois reprises en le quittant :

> Patrocle aussi est mort, qui valait mieux que toi !

2. Aristote n'a donc pas tort, apparemment, de dire que sous le rapport de l'éloquence, Callisthène était sans doute fort habile et fort grand mais qu'il manquait d'intelligence. 3. Cependant, en refusant violemment la prosternation[195], Callisthène fut le premier à exprimer ouvertement, au nom de la philosophie, ce qui révoltait en secret les meilleurs et les plus âgés des Macédoniens : en le dissuadant d'adopter cette pratique, il délivra les Grecs d'une grande honte et Alexandre d'une indignité plus grande encore. Mais il causa sa propre perte, car on jugea qu'au lieu de persuader le roi, il lui avait imposé son point de vue. 4. Charès de Mytilène[196] rapporte qu'au cours d'un banquet, Alexandre, après avoir bu, tendit la coupe à un de ses amis. Celui-ci la prit, se tourna vers le foyer et, après avoir bu, commença par se prosterner, puis embrassa Alexandre, avant de reprendre place sur le lit de table. 5. Tous les convives l'imitèrent à tour de rôle. Lorsque la coupe parvint à Callisthène, comme le roi, qui parlait avec Héphaestion, ne faisait pas attention à lui, il but puis s'approcha pour l'embrasser. 6. Mais Démétrios, surnommé Pheidon, s'écria : « Roi, ne l'embrasse pas : il est le seul à ne pas s'être prosterné. » Alexandre refusa le baiser et Callisthène déclara d'une voix forte : « Je vais donc m'en aller avec un baiser de moins. »

---

193. Ce vers est d'un auteur inconnu. Le thème de la discorde entre les Grecs comme responsable des victoires de Philippe remonte à Démosthène.
*194. Il s'agit d'Hermippos de Smyrne, philosophe péripatéticien du IIIe siècle, disciple de Callimaque. L'anagnostès, ou lecteur, était sans doute un serviteur attaché à la personne de Callisthène. Le vers cité est emprunté à l'*Iliade, *XXI, v. 107.*
*195. Alexandre avait souhaité que les Grecs et les Macédoniens se prosternent devant lui, ce qui ne pouvait que susciter l'hostilité d'hommes qui voyaient dans cette prosternation (*proscynésis*) un signe du caractère servile des Barbares.*
*196. Charès de Mytilène est cité supra, en XLVI, 2 avec le titre d'*eisangéleus *(chambellan). Il avait lui aussi rédigé une* Histoire d'Alexandre *qu'a utilisée Plutarque.*

LV. 1. Ainsi Callisthène s'aliéna-t-il peu à peu le roi. D'abord, on ajouta foi aux propos d'Héphaestion, qui affirmait que Callisthène lui avait promis de se prosterner et qu'il avait manqué à son serment. 2. Ensuite les Lysimaque et les Hagnon s'acharnèrent sur lui ; ils prétendaient que le sophiste faisait le tour du pays en se vantant avec orgueil d'avoir détruit la tyrannie, tandis que les jeunes gens se rassemblaient auprès de lui et lui faisaient escorte, le considérant comme le seul homme libre parmi tant de milliers d'esclaves. 3. Aussi lorsque la conjuration d'Hermolaos[197] contre Alexandre fut découverte, les détracteurs de Callisthène parurent-ils avoir porté contre lui des accusations vraisemblables. Ils affirmaient notamment qu'à la question : « Comment devenir le plus célèbre des hommes ? » il avait répondu : « En tuant l'homme le plus célèbre ! » 4. De plus, pour encourager Hermolaos à agir, il lui aurait dit de ne pas craindre le lit d'or[198] et de se souvenir qu'il aurait affaire à un être humain susceptible d'être malade et blessé. 5. Cependant, aucun des complices d'Hermolaos, même soumis aux derniers supplices, n'accusa Callisthène. 6. Bien plus, Alexandre lui-même, lorsqu'il écrivit aussitôt après à Cratère, à Attale et à Alcétas, dit que les jeunes gens, soumis à la torture, reconnurent avoir agi seuls, sans aucun complice. 7. Mais par la suite, dans une lettre à Antipatros, il accuse également Callisthène : « Les jeunes gens, dit-il, ont été lapidés par les Macédoniens, mais je châtierai moi-même le sophiste, ainsi que ceux qui l'ont envoyé et ceux qui reçoivent dans les cités des gens qui conspirent contre moi. » Par ces derniers mots il faisait ouvertement allusion à Aristote[199], 8. auprès de qui Callisthène avait été élevé, en raison de leur parenté (sa mère, Héro, était la cousine germaine d'Aristote). 9. Callisthène mourut : il fut, selon les uns, pendu sur ordre d'Alexandre ; selon d'autres, il fut mis aux fers et succomba à une maladie ; selon Charès, il resta emprisonné sept mois après son arrestation, fut jugé au conseil en présence d'Aristote, mais mourut d'obésité et de la maladie pédiculaire à l'époque où Alexandre était blessé en Inde[200].

LVI. 1. Mais ces événements se déroulèrent plus tard[201]. Pour l'heure, Démarate de Corinthe, qui était déjà fort âgé, se fit un point d'honneur de monter dans le haut pays, pour rejoindre Alexandre ; quand il le vit, il lui déclara que les Grecs qui

---

197. C'est en 327 qu'eut lieu ce complot qu'on appelle généralement « conjuration des pages ». Voir en particulier Arrien, Anabase, IV, 10, 3-4, et Quinte Curce VIII, 6, 8-23.
198. Il s'agit du lit de Darius qu'Alexandre aurait adopté, de même qu'il avait pris possession du trône royal (voir supra, XXXVII, 7).
199. Aristote était revenu à Athènes en 335 et donnait son enseignement au Lycée. C'est donc Athènes qui était visée en premier lieu.
200. Il s'agit du conseil (synedrion) de la Ligue de Corinthe. Callisthène étant un Grec, c'est par les Grecs qu'il devait être jugé. Callisthène mourut à la fin de l'année 327. C'est aussi à ce moment qu'Alexandre, alors en Inde, fut deux fois blessé. La pédiculose (ou phtheiriasis) est une sorte de décomposition provoquée par les poux (voir Sylla, XXXVI, 3-6 et notamment XXXVI, 5 et note).
201. Plutarque est coutumier de ces libertés prises avec la chronologie. Démarate est cité en IX, 12-14, et XXXVII, 7.

étaient morts avant d'avoir vu Alexandre assis sur le trône de Darius avaient été privés d'une grande joie. 2. Cependant, il ne put profiter longtemps de la faveur du roi, car il mourut bientôt d'épuisement. On lui fit des funérailles magnifiques : l'armée éleva en son honneur un tertre d'un immense périmètre et de quatre-vingts coudées de haut. Ses restes furent transportés jusqu'à la mer par un quadrige superbement paré[202].

LVII. 1. Comme il s'apprêtait à passer en Inde[203], Alexandre constata que la masse du butin surchargeait son armée et gênait ses mouvements. Au point du jour, alors que les chariots étaient déjà chargés, il mit le feu aux siens d'abord, ainsi qu'à ceux de ses Hétaires, puis donna l'ordre d'incendier également ceux des Macédoniens. 2. L'exécution de cet ordre fut moins pénible, semble-t-il, et moins redoutable que n'en avait été la décision. Peu de soldats s'en affligèrent ; la plupart, poussant des cris de joie et de victoire, partagèrent avec enthousiasme le nécessaire avec ceux qui en manquaient et, d'eux-mêmes, brûlèrent et détruisirent le superflu, ce qui emplit Alexandre d'ardeur et de fougue. 3. Il se montra désormais terrible et inexorable pour châtier les coupables. Ainsi, il fit périr Ménandros, un des Hétaires, qu'il avait nommé gouverneur d'un fort, parce qu'il ne voulait pas y rester, et, de sa propre main, il perça de flèches Orsodatès, un des Barbares qui avaient fait défection[204]. 4. Il se trouva qu'une brebis mit bas un agneau qui avait sur la tête une excroissance de la forme et de la couleur d'une tiare, avec des testicules de chaque côté. Ce présage emplit Alexandre d'horreur et il se fit purifier par les Babyloniens qu'il avait coutume d'emmener avec lui pour des cas de ce genre. Il déclara à ses amis que ce n'était pas pour lui mais pour eux qu'il s'inquiétait ; il craignait qu'après sa mort la divinité ne fît passer le pouvoir à un homme dépourvu de noblesse et de courage. 5. Mais un signe plus favorable dissipa son découragement. Le préposé à la garde du mobilier, un Macédonien nommé Proxénos, découvrit, au bord de l'Oxus, alors qu'il creusait un emplacement pour la tente du roi, une source pleine d'un liquide gras et onctueux[205]. 6. Lorsque la première nappe fut épuisée, on vit jaillir une substance pure et transparente qui, apparemment, ne se distinguait de l'huile ni par l'odeur ni par le goût et s'en rapprochait en tout point par l'éclat et par la consistance grasse, alors que pourtant le pays ne portait pas un seul olivier. 7. Certes, on dit que l'eau de l'Oxus est onctueuse et graisse la peau de ceux qui s'y baignent, 8. mais cela n'empêcha pas Alexandre de tirer de cet événement un plaisir extraor-

---

202. 80 coudées représentent un peu plus de 35 m. Il s'agissait d'un cénotaphe, puisque les restes de Démarate furent sans doute rapportés à Corinthe par mer.
203. C'est à la fin de 327 qu'Alexandre se dirigea vers l'Inde.
204. On a l'impression que cette remarque devait conclure le développement consacré aux oppositions rencontrées par Alexandre, et que ce qui précède, depuis LVI, 1, est mal placé dans le récit, d'autant que certains auteurs (Quinte Curce, en particulier) situent l'incendie des bagages en 330, avant l'entrée en Bactriane.
205. L'Oxus (Amou Daria) marque la frontière entre la Bactriane et la Sogdiane. On retrouve ici le pétrole.

dinaire, comme le montre une lettre à Antipatros, où il compte ce signe au nombre des plus importants qui lui furent envoyés par le dieu. 9. Les devins y virent le présage d'une campagne glorieuse mais laborieuse et difficile car, dirent-ils, c'est pour réparer leurs fatigues que l'huile a été donnée aux hommes par le dieu[206].

LVIII. 1. De fait, au cours des batailles, il fut en butte à de nombreux dangers et s'exposa, dans sa témérité, à beaucoup de blessures. Mais ce qui causa à l'armée les plus grandes pertes, ce fut la pénurie de vivres et les intempéries. 2. Cependant Alexandre se faisait fort de surmonter la Fortune par son audace, et la puissance des éléments par son courage; selon lui, il n'y avait rien d'imprenable pour les audacieux et rien de sûr pour ceux qui manquaient d'audace. 3. On raconte que lorsqu'il assiégeait la roche de Sisimithrès, qui était escarpée et inaccessible, comme ses soldats se décourageaient, il demanda à Oxyartès[207] quel était le caractère de Sisimithrès. 4. Oxyartès répondit que c'était le plus lâche des hommes. Alors Alexandre s'écria: «Tu me dis donc que la roche est facile à prendre, puisque le commandement n'en est pas solide.» Et de fait, il parvint à la prendre, en effrayant Sisimithrès. 5. Devant une autre falaise, pareillement escarpée, il exhorta les plus jeunes des Macédoniens et, s'adressant à l'un d'eux qui s'appelait Alexandre, il lui dit: «Toi au moins, tu dois combattre en brave, ne serait-ce qu'à cause de ton nom!» Le jeune homme combattit brillamment et succomba, ce qui affligea vivement le roi. 6. Comme les Macédoniens hésitaient à marcher contre la ville de Nysa, devant laquelle coulait un fleuve profond[208], il se planta sur la rive et s'écria: «Pourquoi donc, misérable que je suis, n'ai-je pas appris à nager?» Il avait déjà son bouclier à la main et essaya de traverser le fleuve. 7. Lorsqu'il eut arrêté le combat, des envoyés vinrent le trouver pour le solliciter de la part des assiégés. Ils furent d'abord stupéfaits de le voir en armes, dans une tenue négligée; ensuite, comme on lui apportait un coussin, il dit au plus âgé, qui s'appelait Acouphis, de le prendre et de s'asseoir. 8. Plein d'admiration pour la douceur et l'humanité du roi, Acouphis lui demanda ce qu'il exigeait d'eux pour en faire ses amis. 9. Alexandre répliqua: «Qu'ils te choisissent pour chef et nous envoient leurs cent meilleurs hommes.» Alors Acouphis se mit à rire et répliqua: «Je gouvernerai mieux, ô roi, si je t'envoie les pires et non les meilleurs.»

LIX. 1. Taxilès possédait en Inde un territoire[209] aussi étendu, dit-on, que l'Égypte, riche en pâturage et porteur de fruits particulièrement remarquables. Or c'était un homme sage. Après avoir salué Alexandre, il lui dit: 2. «À quoi bon nous faire la

---

206. Les athlètes se frottaient le corps d'huile. Mais on peut douter que le naphte ait eu les mêmes vertus que l'huile d'olive!
207. Oxyartès s'était rallié à Alexandre. C'était le père de Roxane, qui allait être la première épouse perse du conquérant. Sur cette partie de l'expédition, voir Goukowsky (1990), p. 283-292.
208. Le Choès.
209. En fait, Taxila est le nom d'une ville située entre l'Indus et l'Hydaspe. Le roi de cette ville deviendra satrape de la région.

guerre et nous combattre, Alexandre, si tu n'es pas venu nous ôter l'eau et la nourriture dont nous avons besoin, car ce sont les seuls biens qui méritent que des hommes sensés s'en disputent la possession ? 3. Quant au reste, ce qu'on nomme richesses et possessions, si j'en ai plus que toi, je suis prêt à te rendre service et, si j'en ai moins, je ne refuse pas d'être ton obligé.» 4. Alexandre, ravi, lui tendit la main et lui dit: «Penses-tu qu'après de telles paroles et une telle amabilité, notre rencontre se terminera sans combat? Non, tu n'auras pas l'avantage. Je veux lutter contre toi: je rivaliserai en bienfaits, afin de ne pas te laisser l'emporter en générosité.» 5. Il reçut de Taxilès de nombreux présents, lui en fit davantage encore et, pour finir, il lui offrit mille talents d'argent monnayé. Ses amis en furent violemment contrariés, mais cette libéralité lui concilia un grand nombre de Barbares. 6. Cependant les Indiens les plus combatifs parcouraient les cités où ils s'enrôlaient comme mercenaires. Ils les défendaient avec vigueur, infligeant à Alexandre de nombreuses pertes. Alors qu'il avait conclu une trêve avec eux dans l'une d'elles[210], il les surprit en chemin, alors qu'ils se retiraient, et les tua tous. 7. Cet acte fait comme une tache sur ses exploits guerriers, car le reste du temps, il respectait les lois de la guerre, comme doit le faire un roi. 8. Les philosophes lui créèrent tout autant de difficultés que ces mercenaires: ils décriaient les rois qui se ralliaient à lui et détachaient de lui les peuples libres. Aussi en fit-il pendre un grand nombre[211].

LX. 1. Quant à sa campagne contre Poros, il en a raconté lui-même le déroulement dans ses lettres[212]. L'Hydaspe coulait entre les deux camps et Poros tenait constamment ses éléphants rangés en face de lui, pour lui barrer le passage. 2. Chaque jour, Alexandre faisait beaucoup de vacarme et de tumulte dans son camp, pour habituer les Barbares à ne pas s'en effrayer. 3. Puis, par une nuit d'orage sans lune, prenant avec lui une partie de ses fantassins et les meilleurs de ses cavaliers, il s'avança loin des ennemis et passa dans une île de petite taille. 4. Là, des pluies torrentielles, accompagnées d'éclairs et de coups de tonnerre, s'abattirent sur son armée. Il vit succomber plusieurs soldats, consumés par la foudre, mais cela ne l'empêcha pas de quitter l'île et de gagner la rive opposée. 5. L'Hydaspe avait été grossi par l'orage et débordait par une large brèche où se portait la plus grande partie de ses eaux. Les soldats d'Alexandre ne parvenaient pas à prendre pied solidement au milieu des flots, car le sol était glissant et s'affaissait autour d'eux. 6. Alors Alexandre s'écria, dit-on: «Athéniens, pourriez-vous croire à quels périls je m'expose pour bénéficier chez vous d'une belle réputation?» C'est du moins ce que rapporte Onésicrite. 7. Alexandre lui-même dit que ses hommes abandonnèrent leurs radeaux

---

210. *Il s'agit de la ville de Massaga dont Alexandre s'empara en 326. Sur la conquête de l'Inde, voir Goukowsky (1990), p. 292-299.*
211. *Ici encore, Plutarque brouille la chronologie et anticipe sur les événements qu'il rapporte* infra *(LXIV, 1). Les philosophes dont il s'agit sont les brahmanes.*
212. *Poros, roi du pays, qui portait le nom de Paurava, occupait la rive gauche de l'Hydaspe. C'était le plus redoutable des souverains indiens. La bataille de l'Hydaspe se déroula en 326. C'est à la correspondance d'Alexandre que Plutarque dit avoir emprunté le récit de la bataille.*

et franchirent la brèche tout armés, avec de l'eau jusqu'à la poitrine. Après avoir traversé le fleuve, il s'avança à la tête de la cavalerie, à une distance de vingt stades des fantassins ; il se disait que si les ennemis attaquaient avec leurs chevaux, il aurait largement l'avantage et que s'ils mettaient en branle leur phalange, son infanterie aurait le temps de le rejoindre. Ce fut la première de ces hypothèses qui se réalisa. 8. Mille cavaliers et soixante chariots fondirent sur lui ; il les mit en déroute, s'empara de tous les chariots et tua quatre cents cavaliers. 9. Poros, ayant ainsi compris qu'Alexandre en personne avait franchi le fleuve, intervint avec toute son armée, sauf les troupes qu'il laissa derrière lui pour barrer le passage aux Macédoniens encore en train de traverser. 10. Alexandre, redoutant les animaux[213] et le grand nombre des ennemis, lança lui-même l'assaut à l'aile gauche et ordonna à Coenos d'attaquer de l'autre côté. 11. Les deux ailes furent mises en déroute ; comme les troupes refoulées battaient en retraite les unes après les autres et se regroupaient auprès des éléphants, la bataille devint générale et ce ne fut qu'à la huitième heure que les ennemis renoncèrent. Tel est du moins le récit que l'auteur de la victoire a fait lui-même dans ses lettres.
12. La plupart des historiens s'accordent pour affirmer que Poros mesurait quatre coudées et un empan[214], et qu'en hauteur, il y avait entre lui et l'éléphant qui le portait la même proportion qu'entre un cavalier et sa monture. Et pourtant cet éléphant était très grand 13. et fit preuve d'une intelligence admirable, ainsi que d'une grande sollicitude à l'égard du roi. Tant que celui-ci fut en pleine possession de ses moyens physiques, la bête repoussa et défit ses assaillants, mais lorsqu'elle sentit que son maître fléchissait sous le nombre des traits et des blessures qui l'accablaient, elle craignit de le voir glisser à terre et se mit doucement à genoux sur le sol, puis avec sa trompe lui retira délicatement tous les javelots, les uns après les autres. 14. Lorsque Poros fut capturé, Alexandre lui demanda comment il fallait le traiter. « En roi », répondit-il. Et comme Alexandre lui demandait s'il n'avait pas d'autre prière à formuler, il répondit : « Non. Ce mot roi veut tout dire ! » 15. Alors, Alexandre non content de le laisser gouverner son royaume en lui conférant le titre de satrape, soumit des nations indépendantes et lui donna un territoire qui comprenait, dit-on, quinze tribus, cinq mille cités importantes, et un grand nombre de villages. 16. Il désigna Philippe, un de ses Hétaires, comme satrape d'un autre territoire trois fois plus grand.

LXI. 1. Après cette bataille contre Poros, Bucéphale mourut, non pas immédiatement mais un peu plus tard, alors qu'on le soignait pour ses blessures. C'est du moins ce que disent la plupart des historiens mais, selon Onésicrite, il mourut d'épuisement et de vieillesse (il avait trente ans). 2. Alexandre en fut cruellement affligé, comme s'il avait perdu un proche ou un ami. Il fonda en son honneur, au bord de l'Hydaspe, une cité qu'il appela Bucéphalie. 3. On dit aussi qu'ayant perdu un chien, nommé Péritas, qu'il avait élevé lui-même et qu'il aimait, il fonda une

---

213. C'est-à-dire les éléphants.
214. Cela ferait presque 2 m.

cité à laquelle il donna le nom de l'animal. Sotion dit avoir appris cela de Potamon de Lesbos[215].

LXII. 1. Cependant la lutte contre Poros avait refroidi l'ardeur des Macédoniens et leur avait ôté tout désir de s'avancer davantage en Inde. 2. Ils avaient eu bien du mal à repousser Poros, qui n'avait rangé contre eux que vingt mille fantassins et deux mille cavaliers, et ils s'opposèrent de toutes leurs forces à Alexandre qui voulait les contraindre à franchir également le Gange, lorsqu'ils apprirent que ce fleuve avait trente-deux stades de large et cent brasses de profondeur[216], et que les falaises situées sur l'autre rive étaient couvertes d'une foule de soldats en armes, de chevaux et d'éléphants. 3. On disait que les rois des Gandarides et des Praesiens[217] les attendaient en face avec quatre-vingt mille cavaliers, deux cent mille fantassins, huit mille chars et six mille éléphants de guerre. 4. Et ces rapports n'avaient rien d'exagéré, car Sandrocottos[218], qui fut roi peu de temps après, offrit à Séleucos cinq cents éléphants : il envahit et soumit toute l'Inde à la tête d'une armée de six cent mille hommes. 5. Dans un premier temps, Alexandre, accablé par le désespoir et la douleur, s'enferma sous sa tente où il resta couché, déclarant que, s'il ne traversait pas le Gange, il n'éprouvait aucune reconnaissance pour les exploits accomplis jusque-là et qu'il considérait ce recul comme un aveu de défaite. 6. Mais ses amis lui adressèrent les paroles de réconfort dont il avait besoin, tandis que les soldats se présentaient à sa porte pour le supplier, avec des gémissements et des cris. Il se laissa donc fléchir et leva le camp, en inventant de nombreux faux-fuyants, dignes d'un sophiste, pour ménager sa réputation. 7. Il fit notamment fabriquer des armes, des mangeoires à chevaux et des mors d'une taille et d'un poids exceptionnels, et il les laissa un peu partout derrière lui. 8. Il éleva aussi en l'honneur des dieux des autels que, de nos jours encore, les rois des Praesiens honorent, quand ils passent le fleuve, et sur lesquels ils offrent des sacrifices grecs[219]. 9. Sandrocottos, alors tout jeune, vit Alexandre en personne et déclara souvent, dit-on, qu'il n'était pas passé loin du succès, car le roi du pays était haï et méprisé pour sa méchanceté et sa basse origine[220].

---

215. C'est la première fois que Plutarque fait allusion à ces fondations de cités qui allaient jalonner la conquête de l'Asie. Sotion est un philosophe péripatéticien, contemporain de Plutarque. Potamon de Lesbos est un rhéteur, auteur d'une Histoire d'Alexandre, *qui vivait au temps d'Auguste.*
216. Soit 5,5 km de large et 175 m de profondeur.
217. Les Gandarides et les Praesiens étaient les peuples qui vivaient sur les rives du Gange.
218. Ce Sandrocottos (Chandragupta) fut le fondateur de la dynastie Maurya. C'est sans doute l'aide qu'il apporta à Séleucos qui permit à ce dernier de vaincre Antigone et Démétrios à Ipsos en 301. Chandragupta soumit à sa domination une grande partie de l'Inde jusqu'au golfe du Bengale.
219. Arrien (Anabase, V, 29, 1-2) dit qu'Alexandre fit dresser 12 autels « aussi élevés et plus larges que les tours les plus hautes ». Le sacrifice dont il s'agit est la thysia, *le sacrifice sanglant traditionnel.*
220. Ce roi serait le dernier représentant de la dynastie Nanda ; selon Quinte Curce (IX, 2, 3-6), c'était en réalité le fils d'un barbier qui avait usurpé le trône en séduisant la reine.

LXIII. 1. Alexandre quitta cette région pour aller voir la mer Extérieure[221]. Il avait fait fabriquer un grand nombre de bateaux équipés de rames et des radeaux, et il descendit les fleuves en prenant tout son temps. 2. Cette navigation ne fut pas inactive ni pacifique : il attaquait les cités, débarquait et soumettait tout. Devant ceux qu'on appelle les Malles[222] et qui sont, dit-on, les Indiens les plus belliqueux, il faillit être mis en pièces. 3. Après avoir dispersé à coups de flèches les ennemis qui se trouvaient sur le rempart, il y avait pris position le premier, grâce à une échelle qu'on avait appliquée contre le mur, lorsque celle-ci se rompit. Alors les Barbares qui se trouvaient en bas, le long de la muraille, le criblèrent de coups. Il n'avait que quelques hommes avec lui, mais il se ramassa sur lui-même, se laissa tomber au milieu des ennemis et, par une heureuse fortune, retomba sur ses pieds. 4. Comme il agitait vigoureusement ses armes, les Barbares crurent voir bouger devant lui une sorte de lueur ou de spectre. 5. Aussi commencèrent-ils par fuir et par se disperser. Lorsqu'ils virent qu'il n'était accompagné que de deux écuyers, ils revinrent à la charge et, le frappant de près, avec leurs épées et leurs lances, ils le couvrirent de blessures, malgré sa résistance. 6. L'un d'eux, qui se tenait un peu plus loin, lui décocha une flèche avec tant de force et de violence qu'elle brisa sa cuirasse et se planta dans les os près du sein[223]. 7. Alexandre fléchit et se courba sous le coup ; celui qui avait tiré courut sur lui, le cimeterre à la main. Mais Peucestas et Limnaeos[224] lui firent un rempart de leur corps. 8. Ils furent tous deux blessés ; Limnaeos succomba, mais Peucestas tint bon, et Alexandre parvint à tuer le Barbare. 9. Après avoir reçu de nombreuses blessures, il fut, pour finir, frappé au cou par une massue, et s'appuya au mur, faisant face aux ennemis. 10. Alors les Macédoniens l'entourèrent, l'emportèrent, déjà inconscient de ce qui se passait autour de lui, et le ramenèrent sous sa tente. 11. Aussitôt, le bruit courut dans le camp qu'il était mort. On eut beaucoup de mal et de difficulté pour scier la hampe de la flèche, qui était en bois, et on lui enleva sa cuirasse à grand-peine. Après quoi, on s'occupa d'extraire la pointe qui s'était enfoncée dans un des os : 12. elle avait, dit-on, trois doigts de large et quatre de long. Au cours de cette extraction, Alexandre perdit connaissance à plusieurs reprises et fut près de mourir, mais il revint à lui. 13. Une fois hors de danger, il resta encore faible et dut pendant longtemps suivre un régime et recevoir des soins. Mais apprenant qu'au dehors les Macédoniens, impatients de le voir, menaient grand tapage, il prit un manteau et sortit. 14. Après avoir offert un sacrifice aux dieux, il se rembarqua et reprit son voyage, au cours duquel il conquit beaucoup de territoires et des cités importantes.

---

221. *C'est-à-dire l'océan Indien. C'est au début de novembre 326 que l'armée d'Alexandre se dirigea vers la mer.*
222. *Les Malles, ainsi que les Oxydraques, qui opposèrent une résistance acharnée à Alexandre, habitaient au sud du Pendjab. Ce n'est qu'en 325 qu'ils se soumirent et qu'Alexandre put atteindre la côte à Pattala.*
223. *C'est à la suite de cette blessure que le bruit de la mort d'Alexandre se répandit jusqu'en Grèce.*
224. *Ce sont les deux hypaspistes (membres de la garde royale) cités* supra, *en LI, 6. Peucestas a déjà été nommé en XLI, 4 et XLII, 1.*

LXIV. 1. Il s'empara de dix gymnosophistes, qui avaient été les principaux instigateurs de la révolte de Sabbas[225] et avaient infligé aux Macédoniens des maux considérables. Comme ils étaient renommés pour l'habileté et la brièveté de leurs réponses, il leur proposa des énigmes insolubles, déclarant qu'il ferait mourir le premier qui ne répondrait pas correctement, puis les autres, à tour de rôle, et il désigna comme juge le plus âgé. 2. Il demanda au premier qui étaient les plus nombreux à son avis, les vivants ou les morts. « Les vivants, répondit l'homme, car les morts n'existent plus. » 3. Au second, il demanda si c'était la terre ou la mer qui produisait les animaux les plus grands. « La terre, répondit-il, car la mer fait partie de la terre. » 4. Au troisième il demanda quel était l'être le plus rusé. « Celui que l'homme ne connaît pas encore. » 5. Au quatrième, il demanda en vertu de quel raisonnement il avait poussé Sabbas à la révolte. L'homme répondit : « Je voulais le voir bien vivre ou bien mourir. » 6. Il demanda au cinquième si, à son avis, c'était le jour qui avait précédé la nuit ou l'inverse. Il répondit : « Le jour, mais d'un jour seulement. » 7. Et il ajouta, en voyant la surprise du roi, qu'à des questions impossibles il fallait donner également des réponses impossibles. 8. Passant au sixième, Alexandre lui demanda quel était le meilleur moyen de se faire aimer. « En n'inspirant pas la crainte lorsqu'on est le plus fort », répondit l'homme. 9. Quant aux trois derniers, l'un dut répondre à la question suivante : « Comment un être humain peut-il devenir un dieu ? – En faisant, dit-il, ce qu'un être humain est incapable d'accomplir. » 10. Le suivant fut interrogé sur la vie et la mort : « Laquelle est la plus puissante ? – La vie, parce qu'elle supporte tant de maux. » 11. Enfin le dernier, à la question de savoir jusqu'à quel âge il est bon de vivre, répondit : « Tant qu'on ne considère pas que la mort est préférable à la vie. » 12. Alors Alexandre, se tournant vers le juge, lui demanda de rendre sa sentence. L'homme déclara qu'ils avaient tous répondu plus mal les uns que les autres. « Tu dois donc, dit Alexandre, mourir le premier, puisque tel est ton jugement. – Pas du tout, répondit l'autre, à moins que tu n'aies menti quand tu as dit que tu ferais mourir en premier celui qui t'aurait répondu le plus mal. »

LXV. 1. Alexandre les congédia, après les avoir comblés de présents. Il envoya ensuite Onésicrite chez ceux qui étaient les plus réputés et qui vivaient tranquillement entre eux, et il les pria de venir près de lui. 2. Cet Onésicrite était un philosophe de l'école de Diogène le Cynique[226]. Il rapporte que Calanos lui ordonna avec beaucoup d'insolence et de rudesse de quitter sa tunique et de se mettre nu[227] avant d'écouter ses paroles ; sinon, vînt-il même de la part de Zeus, il ne s'entretiendrait

---

225. Sabbas était un chef indien. Les gymnosophistes étaient sans doute les philosophes cités supra, LIX, 8, c'est-à-dire les brahmanes. Tout ce dialogue, rapporté dans les sources qu'a utilisées Plutarque, relève du mythe élaboré très tôt autour de la figure d'Alexandre.
226. Il a déjà été question plusieurs fois d'Onésicrite. Sur la tradition concernant les relations d'Alexandre avec Diogène, voir supra, XIV, 2-5.
227. Le terme « gymnosophiste » signifie « sage nu ». D'où l'ordre donné par l'un d'entre eux au Grec Onésicrite d'ôter sa tunique.

pas avec lui. 3. Dandamis se montra plus doux et, après l'avoir entendu parler de Socrate, de Pythagore et de Diogène, il lui dit que ces hommes lui semblaient avoir été fort bien doués par la nature, mais qu'ils avaient vécu dans un trop grand respect des lois[228]. 4. Selon d'autres cependant, Dandamis, pour toute réponse, posa la question suivante: «Qu'est-ce qui a poussé Alexandre à faire une si longue route pour venir ici?» 5. Cependant Taxilès convainquit Calanos de se rendre auprès d'Alexandre. Cet homme s'appelait en fait Sphinès, mais comme il s'adressait à ceux qu'il rencontrait en leur disant, dans la langue indienne, «Calè» au lieu de «Chaïrè» [«Salut!»], les Grecs le surnommèrent Calanos. 6. Cet homme, dit-on, proposa un jour à Alexandre une image du pouvoir. Il rassembla une peau de bœuf sèche et racornie et piétina l'un des bouts. Pressée sur un côté, la peau se redressa partout ailleurs. 7. Calanos fit ainsi tout le tour de la peau et il montra au roi que chaque fois qu'il pressait un côté, le même phénomène se produisait. Enfin, il se plaça au milieu de la peau et plus rien ne bougea. 8. Il voulait montrer par cette image qu'Alexandre devait peser surtout sur le centre de l'empire et ne pas s'égarer au loin.

LXVI. 1. La descente par les fleuves jusqu'à la mer prit sept mois[229]. Lorsqu'il fut parvenu avec ses navires dans l'océan, Alexandre fit voile jusqu'à une île qu'il nomme lui-même Scilloustis, mais que d'autres appellent Psiltoucis. 2. Là, après avoir débarqué, il offrit un sacrifice aux dieux puis observa la nature de la mer et du rivage, aussi loin qu'il put parvenir. Ensuite, ayant demandé aux dieux que jamais aucun homme après lui ne dépassât les bornes de son expédition, il revint sur ses pas. 3. Il ordonna à ses navires de longer les terres, en gardant toujours l'Inde à leur droite: il désigna Néarchos comme commandant de la flotte et Onésicrite comme chef des pilotes. 4. Pour lui, il fit route par voie de terre à travers le pays des Oreites, où il fut réduit à une détresse extrême et perdit beaucoup d'hommes[230]: ce fut au point qu'il ne ramena même pas de l'Inde le quart de son armée, 5. alors qu'il avait cent vingt mille fantassins et près de quinze mille cavaliers. 6. Ils furent victimes de graves maladies, d'un régime épuisant, de chaleurs brûlantes et surtout de la famine, car ils traversaient une région stérile, où les habitants menaient une vie difficile: ils n'avaient que quelques mauvais moutons, habitués à se nourrir de poissons de mer, et dont la chair était mauvaise et nauséabonde. 7. Il lui fallut soixante jours pour traverser ce pays, à grand-peine, et pour atteindre la Gédrosie: là, il disposa aussitôt de tout en abondance, car les satrapes du voisinage et les rois y avaient pourvu[231].

---

228. *Socrate, Pythagore et même Diogène deviennent ainsi symboliques du Grec, citoyen par excellence respectueux des lois.*
229. *Plutarque reprend ici, après l'intermède consacré aux gymnosophistes, le récit de l'expédition. C'est en juillet 325 qu'Alexandre atteignit la côte, à Pattala, au nord du delta de l'Indus.*
230. *En réalité, c'est dans le désert de Gédrosie et dans le pays des Ichthyophages (mangeurs de poissons) que l'armée d'Alexandre connut la disette. Sur ce retour le long de la côte, voir Goukowsky (1990), p. 299.*
231. *Alexandre arriva à Pura, capitale de la Gédrosie, en novembre 325. Parmi les satrapes qui fournirent des vivres, Quinte Curce (IX, 10, 17) nomme Phrataphernès, satrape de Parthienne, et Arrien (VI, 27, 6) Stasanore, satrape d'Arie. Voir également Diodore, XVII, 105, 7.*

LXVII. 1. Il donna donc du repos à son armée, puis il reprit sa marche, en un cortège bachique[232] qui mit sept jours à traverser la Carmanie. 2. Lui-même était transporté lentement, en compagnie des Hétaires, par huit chevaux, sur une estrade fixée à un socle rectangulaire, très haut et bien visible, et il festoyait continuellement, jour et nuit. 3. Ensuite venaient des chariots en très grand nombre, les uns couverts d'étoffes de pourpre ou de tissus bigarrés, les autres ombragés de rameaux toujours frais et verdoyants ; ils portaient le reste de ses amis et de ses officiers, qui arboraient des couronnes et buvaient. 4. On n'aurait pu voir un bouclier, ni un casque, ni une sarisse ; tout le long du chemin, les soldats puisaient du vin, avec des vases, des rhytons et des coupes théricléennes[233], à de grandes jarres et à des cratères ; ils buvaient à la santé les uns des autres, les uns tout en avançant et en marchant, les autres allongés. 5. Partout résonnaient des syrinx et des *auloï*, des chants, des lyres et des chœurs de bacchantes. 6. Au désordre et à la confusion de cette marche s'ajoutaient des jeux pleins d'une insolence bachique : on eût dit que le dieu lui-même était présent et accompagnait le joyeux cortège. 7. Lorsque Alexandre parvint au palais royal de Gédrosie, il entreprit de nouveau de réconforter son armée en organisant de grandes fêtes. 8. Lui-même, dit-on, assista étant ivre à un concours de chœurs auquel participait son éromène, Bagoas : celui-ci remporta le prix et, sans quitter son costume, il traversa le théâtre pour venir s'asseoir auprès du roi. À cette vue les Macédoniens applaudirent et crièrent à Alexandre de l'embrasser, ce qu'il finit par faire, en le serrant dans ses bras.

LXVIII. 1. Néarchos vint le rejoindre à cet endroit ; Alexandre s'en réjouit et, après avoir écouté le récit de sa navigation, il décida de descendre lui-même l'Euphrate avec une flotte importante et de longer l'Arabie et l'Afrique, pour entrer enfin, par les colonnes d'Héraclès, dans la mer Intérieure[234]. 2. Il fit construire à Thapsaque[235] des navires de toutes sortes, et venir de toutes parts des marins et des pilotes. 3. Mais son expédition pénible dans le haut pays, la blessure qu'il avait reçue chez les Malles, l'importance de ses pertes[236], qu'on disait considérables, avaient fait désespérer de son salut, ce qui avait incité à la révolte les peuples soumis et inspiré

---

232. *Alexandre entendait s'identifier ainsi à Dionysos, dont le mythe rapportait qu'il avait célébré, par un tel cortège (comos), sa victoire sur les Indiens. Tout le développement qui suit décrit un cortège dionysiaque, inattendu dans le contexte de ce pénible retour. D'où le scepticisme d'Arrien à son sujet (Anabase, VI, 28, 1-3).*
233. *Les coupes théricléennes tiraient leur nom d'un célèbre potier corinthien, Thériclès, qui vivait au Ve siècle.*
234. *C'est en décembre 325 que Néarchos rejoignit Alexandre. Sur le projet de conquête de l'Occident, voir Goukowsky (1978), p. 66-67. Les colonnes d'Héraclès est le nom que les Grecs donnaient au détroit de Gibraltar.*
235. *Thapsaque est une ville de Syrie, sur l'Euphrate.*
236. *Plutarque résume ici en une phrase ce qui précède : la campagne de Bactriane et de l'Inde (supra, LVII-LXII), la blessure reçue lors de la campagne contre les Malles (supra, LXIII, 2-14), les pertes subies au pays des Oreites (supra, LXVI, 4-7).*

aux généraux et aux satrapes beaucoup d'injustice, de convoitise et d'insolence. Partout l'on s'agitait et l'on rêvait de révolution. 4. Olympias et Cléopâtre elles-mêmes firent défection contre Antipatros et se partagèrent le pouvoir[237]. Olympias prit l'Épire et Cléopâtre la Macédoine. 5. Apprenant cela, Alexandre déclara que c'était sa mère qui avait fait le meilleur choix, car jamais les Macédoniens n'accepteraient d'être régentés par une femme. 6. Ces événements l'obligèrent à demander à Néarchos de reprendre la mer, car il avait décidé de couvrir de cités toute la côte[238] ; quant à lui il se rendit dans le bas pays, pour châtier les généraux criminels. 7. Il tua de sa propre main, en le transperçant d'une sarisse, Oxyartès, un des fils d'Aboulitès[239], car ce dernier n'avait fourni aucune des provisions nécessaires et s'était contenté de lui remettre trois mille talents monnayés. Alexandre ordonna de porter cet argent à ses chevaux et, comme ils n'y touchaient pas, il déclara : « À quoi donc peuvent me servir tes provisions ? » Et il fit arrêter Aboulitès.

LXIX. 1. En Perse, son premier acte fut de distribuer de l'argent aux femmes, selon l'usage des rois qui, chaque fois qu'ils se rendaient dans ce pays, offraient à chacune d'elles une pièce d'or. 2. C'était d'ailleurs la raison pour laquelle certains d'entre eux, dit-on, n'y allaient pas souvent : Ochos ne s'y rendit pas une seule fois et, par avarice, se bannit lui-même de sa patrie[240]. 3. Ensuite Alexandre, ayant découvert que le tombeau de Cyrus avait été violé, fit mettre à mort le coupable, bien qu'il fût originaire de Pella, où il était loin d'être un inconnu ; il s'appelait Poulamachos. 4. Après avoir lu l'épitaphe de Cyrus, Alexandre la fit graver au-dessous en grec. Voici quel était le texte : « Homme, qui que tu sois et d'où que tu viennes, car je sais que tu viendras, je suis Cyrus, celui qui a donné leur empire aux Perses. Ne m'envie donc pas ce peu de terre qui cache mon corps[241]. » 5. Ces mots causèrent une émotion violente à Alexandre, en lui remettant à l'esprit l'incertitude et la précarité des choses humaines.
6. Calanos, qui, depuis peu de temps, souffrait de l'intestin, demanda qu'on lui dressât un bûcher. Il s'y rendit à cheval puis, après avoir prié, après s'être consacré en répandant sur lui des libations et avoir offert en prémices une mèche de cheveux, il monta sur le bûcher, en saluant de la main les Macédoniens présents et en les invitant à passer la journée dans la joie et à s'enivrer avec le roi : il le reverrait bientôt à Babylone[242], déclara-t-il. 7. Cela dit, il se coucha et se voila le visage. À l'approche du

---

237. Olympias était la mère et Cléopâtre la sœur d'Alexandre. La destitution d'Antipatros de ses fonctions de régent de Macédoine et son remplacement par Cratère eurent lieu durant l'hiver 325-324.
238. Il s'agit de la seconde expédition de Néarchos qui devait longer le golfe Persique avant de remonter jusqu'à Suse. En fait, Alexandre remonta jusqu'à Pasargades.
239. Aboulitès était satrape de Susiane et son fils Oxathrès (et non Oxyartès), satrape de Paraetacène.
240. Plutarque évoque cette coutume dans son traité Sur la vertu des femmes, *246 A-B.*
241. Sur le tombeau de Cyrus à Pasargades, voir la description qu'en donne Arrien, Anabase, *VI, 29, 4-30, 2.*
242. Il a déjà été question de ce personnage supra, LXV, 2, 5-8. En annonçant à Alexandre qu'il le reverrait bientôt à Babylone, Calanos prédisait la mort prochaine du roi dans cette même ville.

feu, il ne bougea pas et garda la position qu'il avait adoptée en se couchant. Ce sacrifice était conforme à l'usage ancestral des sophistes de son pays. 8. Bien des années plus tard, un autre Indien qui accompagnait César agit de même à Athènes[243]; de nos jours encore on montre son tombeau qu'on surnomme la tombe de l'Indien.

LXX. 1. En revenant du bûcher, Alexandre invita à un banquet un grand nombre d'amis et d'officiers et il proposa un concours récompensant d'une couronne celui qui boirait le plus de vin pur. 2. Celui qui en but la plus grande quantité fut Promachos, qui parvint à boire quatre conges[244]. Il reçut le prix de la victoire, une couronne d'un talent, mais il ne survécut que trois jours. Parmi les autres convives, il y en eut quarante et un, selon Charès[245], qui moururent après avoir bu, surpris en pleine ivresse par un refroidissement glacial.
3. Alexandre célébra à Suse le mariage de ses Hétaires et prit lui-même pour épouse la fille de Darius, Stateira. Il attribua aux plus nobles de ses amis les femmes les plus nobles et invita à des noces collectives les Macédoniens qui s'étaient déjà mariés auparavant[246]. Il y eut, dit-on, neuf mille convives et il offrit à chacun une coupe à libations en or. Entre autres admirables munificences, il remboursa lui-même aux créanciers les emprunts contractés par ses amis, qui se montaient en tout à neuf mille huit cent soixante-dix talents. 4. Antigénès le borgne se fit inscrire faussement comme débiteur et amena au comptoir quelqu'un qui prétendait lui avoir prêté de l'argent: sa dette fut remboursée, mais ensuite, lorsqu'on découvrit qu'il avait menti, le roi se mit en colère, le chassa de sa cour et lui ôta son commandement. 5. Pourtant Antigénès brillait par ses faits d'armes. Tout jeune encore, à l'époque où Philippe assiégeait Périnthos[247], il avait reçu dans l'œil un trait lancé par une catapulte, mais il n'avait pas voulu se le laisser retirer et n'avait cessé de combattre qu'après avoir repoussé les ennemis et les avoir enfermés derrière leurs murs. 6. Aussi fut-il fort affecté de son déshonneur et l'on vit qu'il était prêt à se tuer de chagrin et de désespoir. Dans cette crainte, le roi calma sa colère et lui dit de garder l'argent.

LXXI. 1. Les trente mille enfants qu'Alexandre avait laissés derrière lui pour leur faire donner un entraînement militaire et une éducation[248] étaient devenus des

---

243. L'histoire est rapportée également par Strabon, XV, 686. Cet Indien nommé Zarmanochégas vint trouver Auguste (c'est lui que Plutarque appelle César) à Samos en 20 avant J.-C., puis se rendit à Athènes, où, après avoir été initié aux Mystères d'Éleusis, il s'immola par le feu.
244. Quatre conges représentent environ 13 l.
245. Charès de Mytilène a déjà été cité plusieurs fois par Plutarque.
246. Alexandre avait déjà épousé Roxane (voir supra, XLVII, 7-8), mais, en épousant Stateira (ou Barsinè), fille de Darius, il confirmait sa légitimité d'héritier du Grand Roi. Plutarque justifie ce double mariage – contraire à la monogamie grecque – par des nécessités politiques, mais le roi n'aurait aimé qu'une seule femme, Roxane (voir Sur la Fortune d'Alexandre, 338 E).
247. Philippe avait assiégé Périnthos en 340.
248. Il s'agit des jeunes nobles perses auxquels Alexandre avait fait donner une éducation militaire macédonienne, en même temps qu'il les obligeait à apprendre le grec (voir supra, XLVII, 6).

hommes au corps valeureux, d'une grande beauté ; de plus ils faisaient preuve, dans leurs exercices, d'une aisance et d'une souplesse remarquables. Alexandre en éprouva une grande joie, mais les Macédoniens en furent attristés et inquiets, s'imaginant que le roi les négligerait, eux. 2. C'est pourquoi, lorsqu'il renvoya vers la mer les faibles et les estropiés, ils déclarèrent que c'était une insulte et une humiliation, après les avoir employés à toutes les tâches possibles, de les écarter à présent honteusement, et de les rejeter dans leur patrie, chez leurs parents, dans un état bien différent de celui qui était le leur quand il les avait emmenés[249]. 3. Ils le prièrent donc de les congédier tous et de considérer comme inutiles tous les Macédoniens, maintenant qu'il disposait de ces jeunes danseurs de pyrrhique[250] avec lesquels il irait conquérir le monde. 4. Alexandre se fâcha ; dans sa colère il les injuria copieusement, puis les chassa ; il confia sa protection à des Perses et choisit parmi eux des gardes et des appariteurs. 5. Lorsqu'ils le virent escortés par ces gens-là, tandis qu'eux-mêmes étaient tenus à l'écart et humiliés, les Macédoniens baissèrent le ton et, en parlant entre eux, ils s'aperçurent que la jalousie et la colère les avaient rendus presque fous. 6. Pour finir, reprenant leurs esprits, ils se rendirent à pied, sans armes, vêtus d'une simple tunique, devant sa tente : en criant et en sanglotant, ils se remirent à lui, le priant de les traiter comme des criminels et des ingrats. 7. Il refusa de les recevoir, bien qu'il fût déjà attendri. Mais ils ne s'éloignèrent pas ; pendant deux jours et deux nuits, sans désemparer, ils continuèrent à l'assiéger, à se lamenter et à l'invoquer comme leur souverain. 8. Le troisième jour, il sortit et, les voyant pitoyables et humiliés, il pleura longtemps. Ensuite il leur adressa des reproches modérés et leur parla avec humanité, puis il donna leur congé à ceux qui ne pouvaient servir, après les avoir comblés de présents magnifiques et avoir écrit à Antipatros que, dans tous les concours et dans tous les théâtres, on devait les faire asseoir au premier rang, avec une couronne sur la tête. 9. Quant aux orphelins des soldats tombés à son service, il leur fit une pension.

LXXII. 1. Arrivé à Ecbatane en Médie[251], il régla les affaires urgentes puis s'occupa de nouveau de spectacles et de fêtes, car trois mille artistes étaient arrivés de Grèce pour le rejoindre. 2. Or il se trouva que ces jours-là, Héphaestion avait de la fièvre. C'était un homme jeune et un soldat : il ne put se résigner à suivre une diète rigoureuse. Pendant que son médecin, Glaucos, était allé au théâtre, il se mit à dîner, dévora un coq rôti et vida un grand pot de vin glacé[252]. Après quoi, il se sentit mal et mourut peu après. 3. Aucun raisonnement ne parvint à modérer la douleur d'Alexandre. Il fit aussitôt, en signe de deuil, raser tous les chevaux et tous les mulets, abattre les remparts des cités des environs et mettre en croix l'infortuné médecin ; il fit taire dans le camp, pendant longtemps, le son de l'aulos et toute

---

249. *Plutarque a déjà évoqué plusieurs fois le mécontentement des Macédoniens. L'affaire qu'il décrit est généralement appelée la « sédition d'Opis », ville située sur le Tigre, au nord de Babylone.*
250. *Une danse guerrière décrite dans* Numa, *XIII, 7-11.*
251. *Alexandre arriva à Ecbatane à la fin de l'été 324.*
252. *Le* psycter *était un vase dont la contenance était un peu supérieure à 2 l.*

musique, jusqu'au moment où il reçut un oracle d'Ammon, lui ordonnant d'honorer Héphaestion et de lui offrir des sacrifices comme à un héros[253]. 4. Il chercha alors une consolation dans la guerre et se lança dans une sorte de chasse à l'homme. Il écrasa la tribu des Cosséens et fit égorger tous ceux qui étaient en âge de porter les armes : il appela cela le sacrifice[254] funèbre d'Héphaestion. 5. Pour le tombeau, les funérailles et l'apparat de la cérémonie, il voulait dépenser dix mille talents et surpasser encore cette dépense par l'habileté et le raffinement de la décoration ; parmi tous les artistes, il choisit Stasicratès[255], qui se faisait fort de réaliser des créations inouïes pleines de magnificence, d'audace et de faste. 6. Il avait autrefois rencontré Alexandre et lui avait dit qu'entre toutes les montagnes, l'Athos, en Thrace, se prêtait le mieux à être façonné à l'image et à la ressemblance d'un être humain : 7. si Alexandre l'ordonnait, il ferait du mont Athos la statue du roi la plus durable et la plus spectaculaire, tenant dans sa main gauche une cité de dix mille habitants et versant en libation de sa main droite l'eau d'un fleuve abondant qui se jetterait dans la mer. 8. À l'époque, Alexandre avait écarté ces propositions, mais à présent il passait son temps à imaginer avec ses artistes des projets beaucoup plus étonnants et plus coûteux que celui-là[256].

LXXIII. 1. Comme il s'avançait vers Babylone, Néarchos, qui était revenu de son second voyage vers l'Euphrate à travers la grande mer, lui dit avoir rencontré des Chaldéens qui conseillaient à Alexandre de se tenir à l'écart de Babylone[257]. 2. Le roi n'en tint aucun compte et poursuivit sa route. Lorsqu'il se trouva devant les remparts de la ville, il vit des corbeaux en grand nombre se disputer et se frapper entre eux[258] ; certains tombèrent même à ses pieds. 3. Ensuite on lui dénonça Apollodoros, stratège de Babylone[259] : on l'accusait d'avoir offert un sacrifice pour connaître l'avenir réservé à Alexandre. Celui-ci convoqua le devin Pythagoras, 4. qui ne nia pas le fait. Le roi lui demanda comment il avait trouvé les victimes. Le devin déclara que leur foie était dépourvu de lobe[260]. « Hélas ! s'écria Alexandre, quel présage terrible ! » 5. Il ne fit aucun mal à Pythagoras mais il regretta de n'avoir pas écouté Néarchos et il passa la plupart de son temps à camper hors de Babylone ou à naviguer sur l'Euphrate. 6. Il

---

253. Héphaestion était le compagnon préféré d'Alexandre (voir supra, XLVII, 9-10). Son accession au rang de héros impliquait en effet que des sacrifices lui soient consacrés.
254. Plutarque emploie ici le terme énagismos qui désigne le sacrifice offert à un héros. Mais le massacre des Cosséens, une peuplade de Susiane, évoque aussi un sacrifice humain comme celui que, dans l'Iliade (XXIII, v. 110-257), Achille consacre à Patrocle en immolant sur sa tombe 12 jeunes Troyens.
255. En fait, l'architecte du tombeau d'Héphaestion fut Deinocratès de Rhodes.
256. L'anecdote est rapportée également dans le traité Sur la Fortune d'Alexandre, 335 C-E.
257. C'est au printemps 323 qu'Alexandre se dirige vers Babylone. Les Chaldéens passaient pour des astrologues capables de prédire l'avenir.
258. Les combats d'oiseaux, et surtout de corbeaux, étaient tenus pour de mauvais présages.
259. Apollodoros d'Amphipolis était le commandant des troupes de la satrapie de Babylone, confiée au Perse Mazaios.
260. Un foie sans lobe est un mauvais présage.

était en outre troublé par de nombreux présages. Le plus grand et le plus beau des lions qu'il nourrissait fut attaqué par un âne domestique qui le mit en pièces et le tua d'une ruade. 7. Une autre fois, comme il s'était déshabillé pour se faire frotter d'huile et jouait à la balle, les jeunes gens qui la lui renvoyaient virent sur son trône, au moment où il allait se rhabiller, un homme silencieux, qui portait le diadème et le costume royal. 8. On lui demanda qui il était et il resta longtemps sans parler; enfin, reprenant à grand-peine ses esprits, il déclara qu'il s'appelait Dionysios et qu'il était originaire de Messénie: accusé et inculpé, il avait été amené de la mer à Babylone et il était resté longtemps en prison. 9. Mais récemment Sarapis lui était apparu, avait brisé ses liens et l'avait conduit à cet endroit, lui ordonnant de revêtir le costume et le diadème, de s'asseoir et de rester silencieux[261].

LXXIV. 1. Ayant entendu ce récit, Alexandre, sur les conseils des devins, fit disparaître cet homme. Mais il était désormais découragé: il désespérait de la divinité et se mettait à soupçonner ses amis. 2. Il redoutait surtout Antipatros et ses enfants, dont l'un, Iolaos, était son grand échanson. Un autre, Cassandre, récemment arrivé, vit les Barbares se prosterner devant le roi: comme il avait reçu une éducation grecque et qu'il n'avait jamais assisté auparavant à une scène de ce genre, il éclata d'un rire insolent[262]. 3. Alexandre se mit en colère, le prit violemment par les cheveux, à deux mains, et lui frappa la tête contre le mur. 4. Un jour que Cassandre voulait répondre à des gens qui accusaient Antipatros, Alexandre s'écria: «Que dis-tu? Crois-tu qu'ils auraient fait une route aussi longue s'ils n'avaient pas été victimes, et s'ils voulaient seulement jouer les sycophantes?» 5. Cassandre déclara que c'était précisément un comportement de sycophante d'avoir mis une longue distance entre les preuves et eux. Alors Alexandre se mit à rire et déclara: «Voilà bien les sophismes des disciples d'Aristote qui sont capables de plaider le pour et le contre! En tout cas, vous vous en repentirez, s'il apparaît que vous avez fait le moindre tort à ces gens-là.» 6. Pour finir, dit-on, une terreur violente s'empara de l'âme de Cassandre et y resta si profondément gravée que beaucoup plus tard, alors qu'il était déjà roi de Macédoine et maître de la Grèce, comme il se promenait à Delphes et contemplait les statues, il aperçut une effigie d'Alexandre[263] et en fut sou-

---

261. Plutarque, une fois encore, se plaît à accumuler les signes annonciateurs de la mort du roi. L'évocation de Sarapis pose problème, car le culte de cette divinité gréco-égyptienne n'aurait été institué que plus tard, par Ptolémée, devenu roi d'Égypte.
262. On a déjà vu (supra, XXXIX, 13 et note) le conflit qui, en Macédoine, opposait Antipatros à Olympias et à sa fille Cléopâtre. Iolaos était le plus jeune des fils d'Antipatros, Cassandre, l'aîné. Ce dernier allait jouer un rôle très important après la mort d'Alexandre, et surtout après la mort d'Antipatros. C'est en 305 qu'il prit le titre de roi des Macédoniens. Dans le traité Sur la Fortune d'Alexandre, 329 B, Plutarque donne comme raison de la rupture entre le roi et Aristote le fait d'avoir traité les Barbares comme les égaux des Grecs, mais, plus vraisemblablement, c'est le caractère absolu du pouvoir d'Alexandre que dénonçait le philosophe. Voir sur ce point Goukowsky (1978), p. 50-56.
263. On a vu supra (XL, 5) qu'une statue d'Alexandre figurait sur le monument consacré à Delphes par Cratère pour commémorer une chasse au cours de laquelle le roi s'était particulièrement illustré.

dain paralysé d'effroi : il se mit à frissonner et à trembler de tout son corps, et ne se remit qu'à grand-peine du vertige que cette vue lui avait causé.

LXXV. 1. Dès qu'Alexandre s'adonna à l'observation des manifestations divines, son intelligence en fut troublée et il devint craintif. Il n'y avait pas d'événement insolite ou étrange, si mince fût-il, dont il ne tirât un prodige et un signe : le palais royal était plein de gens qui faisaient des sacrifices, des purifications ou des prophéties, et remplissaient Alexandre de sottises et de terreurs. 2. Tant il est vrai que si l'incrédulité et le mépris des choses divines sont redoutables, la superstition n'est pas moins dangereuse[264] : comme l'eau, elle se dirige toujours vers ce qui va vers le bas [...][265]. 3. Cependant, quand on lui eut rapporté les oracles envoyés par le dieu au sujet d'Héphaestion, il quitta le deuil et se consacra de nouveau aux sacrifices et aux beuveries[266]. 4. Après avoir offert un festin brillant à Néarchos, il prit son bain, selon son habitude, et il se disposait à aller dormir lorsque, sur les instances de Médios, il se rendit chez lui pour y faire la fête[267]. 5. Là, il passa toute la nuit à boire et, le jour suivant, il fut pris de fièvre. Il n'avait pas vidé la coupe d'Héraclès[268], et il ne ressentit pas soudain une douleur dans le dos comme s'il avait été frappé d'un coup de lance, comme certains auteurs ont jugé nécessaire de l'écrire, se croyant tenus d'inventer pour ce grand drame un dénouement pathétique. 6. Selon Aristobule[269], Alexandre fut saisi d'une fièvre violente et, comme il avait très soif, il but du vin ; là-dessus, il fut pris de délire et mourut le trente du mois de Daesios.

LXXVI. 1. Dans les Éphémérides, voici ce qui est écrit concernant sa maladie. Le dix-huit du mois de Daesios, il s'endormit dans sa salle de bains à cause de la fièvre. 2. Le jour suivant, après s'être baigné, il regagna sa chambre où il passa toute la journée à jouer aux dés avec Médios. Plus tard il prit un bain et, après avoir offert des sacrifices aux dieux, il mangea : au cours de la nuit il eut de la fièvre. 3. Le vingt du mois, après s'être de nouveau baigné, il offrit le sacrifice habituel et, couché dans la salle de bains, il passa son temps avec Néarchos et ses compagnons, à les écouter parler de la navigation et de la grande mer. 4. Le vingt et un, il fit de même, mais sa température était plus forte : il passa une mauvaise nuit et, le lendemain, il brûlait de fièvre. 5. On le changea de place et on l'installa près du grand réservoir ; là,

---

264. *On retrouve dans cette phrase lacunaire un thème cher à Plutarque qui, s'il récuse l'impiété, n'en condamne pas moins la superstition. Voir en particulier le traité* Sur la superstition, *164 E-71 F.*
265. *Lacune dans le manuscrit.*
266. *Il s'agit de la consultation de l'oracle d'Ammon évoquée supra, LXXII, 3. Le sacrifice était suivi d'un banquet : d'où le lien entre sacrifice et beuverie.*
267. *Médios était un Thessalien de Larissa, ami très proche d'Alexandre. Il l'invitait à un* comos *dionysiaque.*
268. *Boire dans le* scyphos *(coupe) d'Héraclès était une façon de commémorer la mort du héros – dont Alexandre se voulait le descendant – sur le mont Oeta.*
269. *Aristobule est cité plusieurs fois par Plutarque. Ingénieur et architecte, il participa à l'expédition dont il a laissé un récit. Plutarque semble attacher beaucoup d'importance à son témoignage.*

il s'entretint avec ses officiers sur les postes de commandement vacants et conseilla de n'y nommer que des hommes qu'on aurait préalablement mis à l'épreuve. 6. Le vingt-quatre il brûlait de fièvre et se fit transporter à l'endroit où il devait offrir un sacrifice; il ordonna à ses principaux officiers de passer la nuit au palais, et aux taxiarques et aux pentacosiarques[270] de rester dehors. 7. Le vingt-cinq, il se fit transporter dans le palais royal sur l'autre rive[271] et il dormit un peu, mais la fièvre ne céda pas; lorsque les officiers se présentèrent, il était sans voix. Il en fut de même le vingt-six. 8. Aussi les Macédoniens eux-mêmes le crurent-ils mort : en poussant de grands cris, ils se rendirent devant les portes et menacèrent les amis du roi, jusqu'au moment où ils eurent gain de cause. Les portes leur furent ouvertes et ils défilèrent un à un, en simple tunique, le long du lit. 9. Ce jour-là, Python et Séleucos furent envoyés au temple de Sérapis pour savoir si l'on devait y transporter Alexandre. Le dieu répondit de le laisser où il était. Le vingt-huit, vers le soir, il mourut.

LXXVII. 1. La plupart de ces détails sont inscrits textuellement dans les Éphémérides. 2. Quant au soupçon d'empoisonnement, personne n'en eut l'idée sur le moment. Ce fut cinq ans plus tard, dit-on, sur une dénonciation, qu'Olympias fit tuer de nombreuses personnes et disperser les restes d'Iolaos, sous prétexte qu'il aurait versé le poison[272]. 3. Quant à ceux qui prétendent qu'Aristote fut complice d'Antipatros et que le poison fut administré par son intermédiaire, ils disent en tenir le récit d'un certain Hagnothémis, qui l'aurait entendu du roi Antigone[273]. 4. Le poison aurait consisté en une eau froide et glacée, provenant d'une roche qui se trouve à Nonacris[274], où on le recueille, comme une rosée légère, dans le sabot d'un âne, car nul autre récipient ne peut la contenir : sa fraîcheur et son âpreté les font tous éclater. 5. Mais selon la plupart des auteurs, cette histoire de poison est pure invention ; la preuve, disent-ils, c'est qu'après la mort d'Alexandre, les généraux se querellèrent pendant plusieurs jours et laissèrent son corps sans aucun soin dans des lieux chauds et étouffants ; pourtant il ne porta pas le moindre signe d'une mort par le poison, et resta pur et frais[275].
6. Roxane se trouvait enceinte et, à ce titre, elle était honorée par les Macédoniens. Secrètement jalouse de Stateira, elle la trompa par une lettre falsifiée, la fit venir, avec sa sœur, les tua et jeta les cadavres dans un puits qu'elle fit combler, avec la

---

270. Les taxiarques et pentacosiarques étaient des officiers subalternes.
271. Il s'agit de l'autre rive de l'Euphrate.
272. En 317, Olympias fit périr Philippe Arrhidée, le demi-frère d'Alexandre, qu'une partie de l'armée avait acclamé comme roi, son épouse Eurydice et d'autres nobles macédoniens du parti de Cassandre. Iolaos, fils d'Antipatros et frère de Cassandre, a déjà été nommé supra, LXXIV, 3.
273. Il s'agit d'Antigone le Borgne, le premier des compagnons à avoir pris le titre royal en 306. Cette accusation visant Aristote et, à travers lui, Cassandre, s'inscrit dans le cadre des conflits entre diadoques, Cassandre étant, en Europe, le principal rival d'Antigone.
274. Hérodote (VI, 74) parle de cette eau qui serait l'eau du Styx. Nonacris se trouve en Arcadie.
275. Voir Eumène, III, 1, et, à propos de la conservation du corps d'Alexandre, Quinte Curce, X, 10, 9-13.

complicité et l'aide de Perdiccas[276]. 7. Cet homme obtint aussitôt le pouvoir le plus haut : il traînait à sa suite, comme pour arborer les insignes de sa royauté, Arrhidée, fils de Philinnè, une obscure femme publique. Arrhidée était devenu faible d'esprit à la suite d'une maladie physique, qui n'était pas naturelle et n'avait pas non plus été causée par le hasard. 8. Lorsqu'il était enfant, il avait, dit-on, un caractère aimable, qui ne manquait pas de noblesse, mais il fut victime de drogues administrées par Olympias et sa raison s'altéra.

---

276. *Perdiccas commandait alors la cavalerie des Hétaires. Il allait jouer un rôle important dans les mois qui suivirent la mort d'Alexandre, en faisant reconnaître comme roi par les soldats, Philippe Arrhidée, conjointement avec le fils que Roxane avait mis au monde deux mois après la mort du conquérant. Sur tous ces événements, voir Will (1979), p. 20-21.*

CÉSAR

I. 1. Cinna[1], qui exerça le pouvoir absolu, avait une fille, Cornélia, et Sylla, lorsqu'il devint à son tour le maître, eut beau employer les promesses et les menaces, il ne put décider César à la répudier : il confisqua donc sa dot[2]. 2. L'hostilité de César à l'égard de Sylla s'expliquait par ses liens de parenté avec Marius. En effet, Marius l'Ancien avait épousé Julia, sœur du père de César, qui lui avait donné le jeune Marius : ce dernier était donc cousin germain de César[3]. 3. Au début, en raison du nombre des assassinats et des affaires qui le retenaient, Sylla ne fit guère attention à César. Mais celui-ci, au lieu de s'en réjouir, se présenta devant le peuple pour briguer un sacerdoce[4], alors qu'il était à peine adolescent. Sylla s'opposa à lui en sous-main, le fit échouer 4. et songea même à l'éliminer[5]. Comme certains lui disaient que cela n'avait pas de sens de tuer un si jeune enfant, il rétorqua : « C'est vous qui manquez de raison si vous ne voyez pas qu'en cet enfant, il y a de nombreux Marius. » 5. Ce mot fut rapporté à César qui se déroba aux poursuites en errant longtemps à travers le pays des Sabins. 6. Un jour, comme il était malade et se faisait transporter de nuit dans une autre maison, il tomba sur des soldats de Sylla qui fouillaient la région et arrêtaient tous ceux qui se cachaient. 7. Il corrompit leur chef, Cornélius, qui le relâcha contre deux talents. César descendit aussitôt vers le rivage et embarqua pour la Bithynie, afin de rejoindre le roi Nicomède. 8. Il ne resta pas longtemps à sa cour ; il reprit la mer et fut capturé au large de l'île de Pharmacoussa par des pirates qui, dès cette époque, infestaient la mer avec des flottes importantes et d'innombrables navires[6].

---

1. *Lucius Cornelius Cinna, chef des* populares *après la mort de Marius, fut élu au consulat de 87 à 84 et commanda les armées marianistes lors du retour de Sylla et durant la guerre civile. Le tour brutal de cette introduction a laissé penser à certains commentateurs que les premiers paragraphes de la* Vie de César *étaient perdus.*
2. *Sylla brisa à son retour plusieurs mariages afin de recomposer à son gré le paysage des alliances politiques. Son partisan Pompée répudia ainsi sa femme Antistia pour épouser la belle-fille de Sylla (voir* Pompée, *IX, 2).*
3. *César était apparenté par sa mère aux Aurelii, ses trois oncles maternels avaient été consuls en 75, 74 et 65. Plutarque place délibérément ici les origines césariennes sous le triple sceau des* populares, *de la guerre civile et de la dictature.*
4. *Élu flamen dialis (flamine de Jupiter) en 84, César vit son élection cassée en 83 par Sylla.*
5. *Proscrit dans un premier temps, César dut son salut aux appuis que sa mère Aurélia avait dans le clan des* optimates.
6. *César fut envoyé en Orient dans l'état-major du gouverneur d'Asie, le syllanien Marcus Minucius Thermus, preuve que le temps des proscriptions était passé pour lui. Il fut chargé d'aller récupérer auprès de Nicomède, roi de Bithynie, une flotte pour mettre à la raison la ville de Mytilène dans l'île*

II. 1. Tout d'abord, comme ils lui réclamaient une rançon de vingt talents, il se mit à rire, leur déclarant qu'ils ne savaient pas qui ils avaient capturé, et leur en promit cinquante. 2. Ensuite, ayant envoyé chacun de ses compagnons dans différentes cités pour rassembler cette somme, il resta avec un seul ami et deux serviteurs au milieu de ces Ciliciens, les plus sanguinaires des hommes, et il les traita avec un tel mépris que, chaque fois qu'il voulait se reposer, il leur ordonnait de se taire[7]. 3. Pendant trente-huit jours, comme s'ils étaient non ses geôliers, mais ses gardes du corps, il se mêla en toute tranquillité à leurs jeux et à leurs exercices. 4. Il écrivit des poèmes et des discours et les prit pour auditeurs : lorsqu'ils n'admiraient pas ses productions, il les traitait sans détour d'hommes incultes et barbares, et souvent il les menaça, en riant, de les faire pendre. Ils s'en amusaient, prenant ce franc-parler pour un propos naïf et une plaisanterie. 5. Mais lorsque la rançon lui fut parvenue de Milet, qu'il l'eut versée et fut libéré, il équipa des navires dans le port de Milet et cingla contre ces pirates : il attaqua ceux qui étaient encore au mouillage dans l'île et s'empara de la plupart d'entre eux. 6. Il pilla toutes leurs richesses, jeta les hommes en prison à Pergame et alla lui-même trouver le gouverneur, Juncus, à qui il incombait, en tant que préteur, de châtier les prisonniers[8]. 7. Mais celui-ci n'avait d'yeux que pour leurs richesses, qui étaient considérables : il déclara qu'il examinerait le cas des prisonniers quand il en aurait le loisir. Alors César, sans plus s'occuper de lui, partit pour Pergame ; il rassembla tous les pirates et les fit mettre en croix, ainsi qu'il le leur avait souvent annoncé dans l'île en feignant de plaisanter.

III. 1. Sur ces entrefaites, comme la puissance de Sylla déclinait déjà et que ses amis de Rome l'appelaient, César fit voile vers Rhodes, pour y suivre les cours d'Apollonios, fils de Molon, dont Cicéron fut aussi l'auditeur : c'était un sophiste en renom qui passait également pour avoir un caractère mesuré. 2. César avait, dit-on, les meilleures dispositions pour l'éloquence politique et il cultivait ce don naturel avec beaucoup d'ardeur, si bien qu'il occupait, sans contredit, le second rang ; 3. il avait renoncé à la première place, qu'il essayait plutôt d'obtenir par la puissance et par les armes[9]. Sa nature le prédisposait à l'art oratoire, mais il s'en laissa détourner par ses campagnes et par la politique, qui le portèrent au pouvoir suprême.

---

de Lesbos. L'épisode des pirates, que Plutarque situe la même année, est plus tardif. César en effet revint à Rome en 78 pour trois années. Il repartit pour l'Orient en 75 suivre les leçons d'Apollonios à Rhodes, et fut, cette année-là, capturé par les pirates près d'un îlot côtier en face de Milet, Pharmacoussa.

7. Premier portrait de César dans l'action, où se révèlent les qualités qui firent plus tard de lui un brillant stratège : sérénité et foi dans sa Fortune, courage, valeur physique et intellectuelle, rapidité dans la décision et dans l'action.

8. César avait-il reçu une mission officielle du gouverneur Marcus Juncus ou menait-il déjà une politique personnelle en levant des forces armées et en les mettant autant à son service personnel qu'au service de l'État ? Les textes de Suétone (César, IV, 6) comme de Plutarque sont ambigus.

9. Alliance dans l'excellence, chez César, des deux qualités fondamentales de l'homme politique romain : l'éloquence politique et judiciaire et la science des armes.

4. Lui-même par la suite, dans la réponse qu'il fit au livre de Cicéron sur Caton[10], demande au lecteur de ne pas comparer le style d'un homme de guerre à l'habileté d'un orateur bien doué, qui dispose de beaucoup de temps pour écrire.

IV. 1. De retour à Rome, César accusa Dolabella de malversations dans sa province et de nombreuses cités grecques vinrent lui apporter leur témoignage[11]. 2. Dolabella fut acquitté, mais César, pour récompenser la Grèce de son soutien, se fit son avocat lors des poursuites qu'elle engagea contre Publius Antonius, qu'elle accusait de corruption devant Marcus Lucullus, préteur de Macédoine[12]: 3. il déploya tant de vigueur dans son plaidoyer qu'Antonius en appela aux tribuns de la plèbe, sous prétexte que la partie n'était pas égale pour lui en Grèce contre des Grecs. 4. À Rome, César s'illustra dans l'éloquence judiciaire qui lui valut un grand renom ; l'affabilité de son accueil lui gagna également une immense popularité, car il se montrait plus habile à flatter qu'on ne l'est ordinairement à cet âge. 5. Ses dîners, sa table et, d'une manière générale, l'éclat de son train de vie lui donnaient une influence politique qui grandissait insensiblement[13]. 6. Les envieux pensèrent d'abord qu'elle disparaîtrait bientôt, dès que ses ressources seraient épuisées, et ils ne s'inquiétèrent pas de la voir si brillante auprès de la foule. 7. Mais lorsqu'elle fut devenue immense, impossible à renverser, et qu'elle mena tout droit à une révolution totale, ils comprirent trop tard qu'il ne faut considérer comme négligeable aucune entreprise à son début, car il n'en est aucune que la persévérance ne puisse faire grandir, si ses adversaires la méprisent et négligent de la contrecarrer[14]. 8. Le premier à soupçonner et à redouter les sourires de cette politique, aussi trompeurs que ceux de la mer, le premier à deviner l'habileté qui se cachait sous l'humanité et l'amabilité de son caractère, fut Cicéron : il disait que dans toutes les entreprises et dans tous les actes politiques de César, il percevait des visées tyranniques. 9. « Cependant, ajoutait-il, quand je vois sa chevelure disposée avec tant de soin, quand je le vois se gratter le

---

10. César écrivit en 45 deux pamphlets intitulés Anti-Caton, *dont le souvenir est conservé chez Plutarque (infra, LIV, 5-6) et chez Suétone (César, LVI, 5-6).*
11. Débuter sa carrière judiciaire et politique en attaquant un personnage en vue était une tradition chez les jeunes Romains qui se destinaient à un avenir politique : Cicéron contre Chrysogonus, affranchi de Sylla (voir Cicéron, *III, 4) ; Lucullus contre l'augure Servilius (voir* Lucullus, *I, 2, etc.). César attaqua l'ancien partisan de Sylla, Cnaeus Cornelius Dolabella, consul en 81 et gouverneur de Macédoine de 81 à 78.*
12. L'acquittement de l'accusé n'enlevait rien à la gloire de l'accusateur qui avait fait preuve de son audace et de son talent. Sur le second procès, qui eut lieu en 76, Plutarque commet deux erreurs : il s'agissait de Caius Antonius Hybridas, et non d'un Publius Antonius, et Marcus Lucullus était préteur pérégrin à Rome, et non pas de Macédoine.
13. Cette note de Plutarque illustre le rôle essentiel des relations claniques dans la politique romaine, relations qui se nouaient et s'entretenaient dans le cadre d'une vie mondaine brillante.
14. Thème récurrent dans la description du destin de César : ses adversaires, tels Sylla ou Pompée, furent, par faiblesse ou aveuglement, à l'origine de sa fortune politique. Il s'agit naturellement d'une reconstruction historique a posteriori, *qui laisse imaginer au lecteur le déroulement d'une autre histoire possible.*

crâne avec un seul doigt, je n'arrive plus à croire qu'un tel homme puisse avoir décidé un crime aussi grand que la ruine de la République romaine.» Mais il ne tint ces propos que plus tard[15].

V. 1. Le peuple donna un premier témoignage de son affection à César lorsque celui-ci se trouva en compétition avec Caius Popilius pour être tribun militaire: il le choisit avant son concurrent[16]. 2. Il lui en donna un second, plus éclatant, à l'occasion de la mort de Julia, la femme de Marius[17]. César était son neveu et il prononça sur le forum un splendide éloge funèbre; il osa même faire porter dans le cortège des images de Marius[18]. C'était la première fois qu'on les revoyait depuis que Sylla s'était emparé du pouvoir et que les marianistes avaient été déclarés ennemis publics. 3. À cette occasion, quelques personnes poussèrent des cris contre César, mais le peuple répliqua vivement, en l'accueillant avec des applaudissements et des manifestations d'enthousiasme, comme si c'était de l'Hadès qu'il ramenait dans la cité, après si longtemps, les honneurs de Marius. 4. C'était chez les Romains un usage ancestral de prononcer l'éloge funèbre de femmes d'un certain âge, mais cela ne se faisait pas pour les jeunes femmes. César fut le premier à prononcer celui de sa propre épouse[19]: 5. cette innovation contribua, elle aussi, à le rendre populaire et lui gagna la sympathie de la foule qui, voyant son émotion, le jugea affectueux et plein de sensibilité. 6. Après les funérailles de sa femme, il partit en Espagne comme questeur auprès d'un des préteurs, Vétus, qu'il honora toujours et dont par la suite, lorsqu'il fut préteur à son tour, il prit le fils comme questeur[20]. 7. Au sortir de cette charge, il épousa en troisièmes noces Pompeia[21].

---

15. *Plutarque reconnaît que la clairvoyance qu'il prête à Cicéron fait partie, elle aussi, d'une reconstruction tardive, flatteuse pour l'orateur mais probablement trompeuse.*
16. *César fut élu tribun militaire en 73 et exerça sa charge en 72. Les sources antiques ne font aucune mention d'une participation du tribun César à la guerre contre Spartacus qui eut lieu cette année-là.*
17. *Julia mourut en 69, année où César était candidat à la questure, qu'il exerça en 68. Sur les funérailles aristocratiques, voir* Pompée, LIII, 6 et note.
18. *Les* imagines *étaient les masques de cire des ancêtres décédés, pieusement conservés dans les grandes maisons et portés en cortège lors des funérailles où ils témoignaient de la grandeur et de l'ancienneté de la lignée. Par son geste, César affichait ouvertement son appartenance au clan des* populares *et son attachement à la lignée de Marius. C'est également à cette occasion qu'il fit remonter son ascendance à Vénus par Jullus, le fils d'Énée, désigné comme l'ancêtre mythique des Julii, et au roi légendaire Ancus Marcius par sa grand-mère paternelle, Marcia, descendante des Marcii Reges (voir* Suétone, César, VI, 2).
19. *L'éloge de son épouse, insolite, renforçait son image de* popularis *puisque Cornélia était la fille du successeur de Marius, Lucius Cornelius Cinna.*
20. *Illustration des protections réciproques que se transmettaient les clans, de génération en génération. Caius Antistius Vetus était propréteur d'Espagne Ultérieure en 69-68 et son fils fut questeur de César dans la même province en 61.*
21. *Pompeia était la petite-fille de Sylla par sa mère Cornélia et la fille de Quintus Pompeius Rufus, consul en 88. César, avant d'épouser Cornélia, la fille de Cinna, avait été marié ou fiancé à Cossutia, fille d'un riche chevalier romain. Sur Julia, fille de César et de Cornélia, voir* Pompée, XLVII, 9 et LIII, 1-6.

Cornélia lui avait donné une fille qui épousa par la suite le Grand Pompée. 8. Il dépensait sans compter et donnait l'impression d'acheter bien cher une gloire courte et éphémère, mais en fait il achetait à bas prix les plus grands avantages. Avant d'avoir obtenu la moindre charge, il était déjà, dit-on, endetté de treize cents talents. 9. Nommé curateur de la via Appia, il consacra à son entretien de grosses sommes, prises sur sa fortune personnelle[22]. En qualité d'édile, il présenta trois cent vingt paires de gladiateurs et, par ses autres magnificences et prodigalités dans les théâtres, les processions ou les festins, il éclipsa le faste ambitieux de ses prédécesseurs et se concilia si bien le peuple que chacun cherchait de nouvelles charges et de nouveaux honneurs pour l'en récompenser.

VI. 1. Il y avait à Rome deux factions, celle de Sylla, qui était toute-puissante, et celle de Marius, qui était alors humiliée, dispersée et se faisait toute petite. César voulut la relever et se l'attacher. Au moment où ses libéralités d'édile étaient les plus éclatantes, il fit faire en secret des statues de Marius et des Victoires porte-trophées, qu'il apporta et dressa de nuit sur le Capitole[23]. 2. Au point du jour, ceux qui virent briller ces effigies en or, réalisées avec un art admirable, dont les inscriptions rappelaient les victoires sur les Cimbres, furent stupéfaits de l'audace de celui qui les avait consacrées et dont nul n'ignorait l'identité. Le bruit se répandit rapidement et tout le monde accourut au spectacle[24]. 3. Les uns criaient que César aspirait à la tyrannie, en exhumant des honneurs qui avaient été enterrés par des lois et des décrets publics, et qu'il cherchait ainsi à sonder le peuple, après l'avoir attendri, pour voir s'il était suffisamment apprivoisé par ses libéralités et s'il le laisserait se livrer à des jeux et à des innovations de ce genre. 4. Mais les marianistes, s'encourageant mutuellement, se montrèrent soudain, en nombre étonnant, et remplirent d'applaudissements le Capitole. 5. Beaucoup, en voyant l'image de Marius, versaient même des larmes de joie ; ils exaltaient César par leurs éloges, le jugeant, seul entre tous, digne d'appartenir à la famille de Marius[25]. 6. Le Sénat se réunit pour délibérer sur cette affaire. Lutatius Catulus, le plus estimé

---

22. *La curatèle des voies était une charge intermédiaire entre la questure et l'édilité ou la préture. Le candidat à une carrière politique devait manifester ses capacités et se concilier les faveurs populaires par l'investissement, dans le domaine public, de sa fortune personnelle (voir Veyne, 1976, p. 387-400 et notamment p. 394-395). C'est ce que fit César lors de sa curatèle de la via Appia (Rome-Naples) et lors de son édilité, en 65, où il ajouta aux jeux publics des jeux privés avec 320 paires de gladiateurs pour rendre les honneurs funèbres à son père, mort vingt ans plus tôt.*
23. *La décoration de la capitale faisait partie, comme l'organisation des jeux, des fonctions dévolues aux édiles. César donne ici à sa mission de magistrat une touche toute personnelle : l'installation des statues exaltant les victoires de Marius en un lieu aussi chargé de symboles que le Capitole constituait une mise en scène identique aux funérailles de Julia ou de Calpurnia.*
24. *Sûreté de la mise en scène, qui allie l'effet de surprise (statues installées en secret, de nuit, et découvertes au point du jour) au grandiose de l'évocation : l'invasion des Cimbres, image traditionnelle des grandes peurs méditerranéennes face au péril barbare venu du Nord.*
25. *Succès de l'opération médiatique montée par l'édile César : il apparaît comme l'espoir le plus sûr des populares.*

des Romains de ce temps-là, se leva pour accuser César et prononça cette phrase mémorable: «Tu n'en es plus à miner le terrain, César; ce sont désormais des machines de guerre que tu dresses contre la République[26]!» 7. César présenta sa défense et parvint à convaincre le Sénat. Ses admirateurs furent encore enhardis par ce succès; ils l'encouragèrent à ne rien rabattre de sa fierté devant personne, car la volonté du peuple lui assurerait la victoire sur tous et le premier rang.

VII. 1. Sur ces entrefaites, le grand pontife Métellus mourut et ce sacerdoce, fort recherché, fut brigué par Isauricus et par Catulus[27], deux personnages très en vue, qui avaient une très grande influence au Sénat. Mais César ne s'effaça pas devant eux; il se présenta au peuple[28] et se porta candidat lui aussi. 2. Comme les trois hommes semblaient soutenus par des partisans aussi zélés les uns que les autres, Catulus, qui à cause de son rang plus élevé redoutait d'autant plus l'incertitude du résultat, envoya un messager à César pour l'inviter à se désister, en échange de sommes considérables[29]. Mais César avait emprunté bien davantage et se déclara prêt à poursuivre la lutte jusqu'au bout. 3. Le jour venu, comme sa mère l'accompagnait jusqu'à la porte et ne pouvait retenir ses larmes, il l'embrassa et lui dit: «Mère, tu verras aujourd'hui ton fils grand pontife ou exilé[30].» 4. Les suffrages se partagèrent et la lutte fut vive: César l'emporta, ce qui fit craindre au Sénat et aux aristocrates de le voir pousser le peuple à toutes les audaces.
5. Aussi Pison[31] et Catulus reprochaient-ils à Cicéron d'avoir épargné César, qui avait pourtant, lors de la conjuration de Catilina, donné prise sur lui. 6. Catilina avait en effet médité non seulement de changer la constitution, mais encore de

---

26. Sur Quintus Lutatius Catulus, consul en 78, censeur en 65, princeps du Sénat et chef reconnu des optimates, voir Pompée, *XV, 2 et XVI, 2-3. La formule que lui prête Plutarque s'inscrit dans la construction de la légende d'un César méditant dès ses débuts la prise du pouvoir et le renversement de la* respublica *oligarchique.*
27. Personnage central du clan des Metelli, Quintus Caecilius Metellus Pius, avait été nommé grand pontife par Sylla en 81 avant de partager le consulat avec lui en 80 (voir Pompée, *VIII, 5). Les deux adversaires de César étaient de vieux routiers de la politique: Quintus Lutatius Catulus et Publius Servilius Vatia Isauricus, consul en 79 après Sylla et Métellus, puis gouverneur de Cilicie où il s'illustra contre les pirates et gagna son surnom d'Isauricus (l'Isaurie est située entre la Pisidie et la Cilicie).*
28. Le grand pontife était, depuis Sylla, choisi par ses pairs. Une loi proposée par Titus Labienus, tribun de la plèbe, venait de restituer cette élection aux comices tributes, ce qui ôtait aux optimates un avantage considérable.
29. L'achat des électeurs, ou de l'adversaire, était pratique courante à Rome chez les populares *comme chez les plus vénérables des* optimates.
30. L'élection de César le mit à l'abri de ses créanciers, qui pouvaient le faire exiler tant ses dettes étaient élevées, le confirma dans son rôle de chef charismatique et chanceux des populares *et lui octroya un pouvoir religieux et politique considérable par le contrôle qu'il exerçait sur le calendrier des cérémonies et l'analyse des* prodigia *(phénomènes insolites considérés comme présages menaçants).*
31. Caius Calpurnius Piso, consul en 67, gouverneur de Gaule Transalpine, que César accusa en 63 au sortir de sa charge et que Cicéron défendit.

détruire tout l'Empire romain et de bouleverser l'État de fond en comble[32]. Bien qu'on n'eût contre lui que des accusations assez minces[33], il fut chassé de la Ville, avant la découverte de ses dernières résolutions, mais il laissa à Rome Lentulus et Céthégus pour lui succéder à la tête de la conjuration[34]. 7. César les encouragea-t-il et les aida-t-il en secret? on l'ignore[35]. Ce qui est sûr, c'est que lorsqu'ils furent convaincus de crime et accablés devant le Sénat et que Cicéron, qui était consul, consulta chaque sénateur sur le châtiment à leur infliger, tous ceux qui parlèrent avant César réclamèrent la mort, 8. mais César se leva et prononça un discours soigneusement préparé dans lequel il déclarait que faire mourir sans jugement des hommes de rang et de naissance illustres ne lui semblait conforme ni à la tradition ni à la justice, à moins d'une extrême nécessité[36]; 9. en revanche, si on maintenait, dans les cités d'Italie que Cicéron choisirait, les accusés aux fers, jusqu'à la défaite totale de Catilina, le Sénat pourrait ensuite délibérer en paix et tout à loisir sur le sort de chacun d'eux.

VIII. 1. Cet avis parut si humain et fut soutenu par un discours si éloquent qu'il emporta l'adhésion des orateurs qui parlèrent après César; bien plus, beaucoup de ceux qui avaient parlé auparavant revinrent sur leur premier avis et se rangèrent au sien[37], jusqu'au moment où la parole fut donnée à Caton et à Catulus. 2. Tous deux combattirent énergiquement cette proposition et Caton alla, dans son discours, jusqu'à exprimer des soupçons contre César, qu'il attaqua vigoureusement. Les accusés furent donc condamnés à mort et, lorsque César sortit du Sénat, plusieurs des jeunes gens qui servaient alors de gardes du corps à Cicéron, coururent

---

32. Lucius Sergius Catilina, patricien ruiné qui avait échoué par trois fois à l'élection au consulat (il ne put se présenter en 66 et 65 et fut battu en 64), proposait, aux élections de 63 pour 62, un programme révolutionnaire, comportant entre autres la distribution de terres et l'abolition des dettes.

33. Les manœuvres du consul Cicéron firent échouer sa candidature et le forcèrent à se dévoiler. Catilina s'enfuit de Rome et rejoignit le soulèvement qu'il avait fomenté en Étrurie après un violent discours de Cicéron, où la rhétorique dissimula l'absence de preuves concrètes.

34. Publius Cornelius Lentulus, consul en 71 et chassé du Sénat en 70, s'était fait réélire préteur en 63 pour réintégrer le Sénat. Avec Caius Cornelius Cethegus, jeune questeur connu pour sa brutalité, ils furent découverts complices de la conjuration par des lettres imprudemment données aux Allobroges qu'ils incitaient à se soulever.

35. César comme Crassus aidèrent en 63 Cicéron à qui ils dénoncèrent la conjuration dont ils connaissaient l'existence. Leurs liens avec Catilina n'en étaient pas moins réels: en 65, un complot avait peut-être été ourdi par Crassus pour se faire nommer dictateur et octroyer à César une mission exceptionnelle en Égypte, complot dont Catilina aurait été complice (voir Salluste, Catilina, XVIII; Suétone, César, IX; Dion Cassius, Histoire romaine, XXXVI, 44).

36. César se pose en défenseur des principes. Son argumentation, reprise en 58 par le tribun Publius Clodius, permit le vote de la loi qui entraîna l'exil de Cicéron, accusé d'avoir fait mourir un citoyen sans jugement.

37. Le consul Decimus Junius Silanus changea d'avis après le discours de César et Quintus Cicéron, le frère du consul, avait également adopté son parti (voir Suétone, César, XIV, 2-3).

à lui, l'épée nue, et voulurent l'arrêter[38]. 3. Mais Curion[39], dit-on, le couvrit de sa toge et lui permit de s'échapper. Quant à Cicéron, lorsque les jeunes gens le consultèrent du regard, il leur fit un signe négatif, soit par crainte du peuple, soit parce qu'il jugeait ce meurtre totalement injuste et contraire aux lois. 4. Cependant, si la chose est vraie, j'ignore pourquoi Cicéron n'en a pas parlé dans son ouvrage *Sur mon consulat*. Par la suite, on lui reprocha de ne pas avoir exploité une occasion aussi favorable d'agir contre César et de s'être laissé impressionner par la sympathie extraordinaire que le peuple lui témoignait. 5. Quelques jours plus tard, César se présenta devant le Sénat pour se justifier des soupçons qui pesaient sur lui[40] et il se heurta à des mouvements hostiles; comme la séance se prolongeait plus que de coutume, le peuple accourut en criant et assiégea la Curie, réclamant César et demandant qu'on le laissât sortir. 6. Alors Caton, redoutant plus que tout une révolte des indigents, qui enflammaient la foule et plaçaient leurs espoirs en César, décida le Sénat à leur faire une distribution mensuelle de blé. 7. On ajouta ainsi aux frais de l'État une dépense de sept millions cinq cent mille drachmes par an mais, de toute évidence, cette mesure apaisa la grande terreur du moment, brisant et dissipant en grande partie l'influence de César. Il était temps, car il allait être préteur et sa magistrature allait le rendre plus redoutable.

IX. 1. Cette préture ne donna lieu à aucun trouble politique, mais un incident déplaisant se produisit dans la maison de César. 2. Publius Clodius[41] était un patricien, qui brillait par ses richesses comme par son éloquence, mais qui, par son insolence et son audace, ne le cédait à aucun des individus décriés pour leur dépravation. 3. Il était amoureux de Pompeia, l'épouse de César, qui elle-même ne le voyait pas d'un mauvais œil. Mais le gynécée était sévèrement gardé et la mère de César, Aurélia, une personne vertueuse, surveillait constamment la jeune femme et rendait toute rencontre difficile et dangereuse. 4. Or les Romains ont une divinité qu'ils nomment la Bonne Déesse[42], assez semblable à la Gynaeceia des Grecs. Les Phrygiens l'ont adoptée et voient en elle la mère du roi Midas; les

---

38. Suétone (César, XIV, 4) parle de chevaliers romains que Cicéron avait disposés autour de la Curie pour la garder sans doute d'éventuels assauts populaires.
39. Caius Scribonius Curio, consul en 76.
40. César fut accusé par un délateur, Lucius Vettius, devant le questeur Novius Niger et surtout au Sénat par Quintus Curius, qui avait le premier dénoncé la conjuration à Cicéron (voir Suétone, César, XVII). Il invoqua pour sa défense le témoignage de Cicéron, mais il est probable que la pression populaire, que suggèrent les mesures militaires de Cicéron autour de la Curie et la surprenante proposition frumentaire de Caton (§ 6), fut un élément décisif dans la décision du Sénat de blanchir César.
41. Fils d'Appius Claudius Pulcher et d'une Métella, adopté dans la gens plébéienne des Clodii (voir Pompée, XLVI, 8 et Lucullus, XXXIV, 1).
42. La Bonne Déesse (Bona Dea), fille ou femme de Faunus suivant les versions mythologiques, avait à Rome un sanctuaire sous l'Aventin où lui était voué un culte à Mystères exclusivement féminin. D'évidentes contaminations se produisirent avec les déesses phrygiennes de la fécondité ou avec les personnages du cycle dionysiaque. Elle apparaît comme une divinité féminine domestique très liée aux vertus traditionnelles de la matrona *romaine.*

CÉSAR

Romains prétendent qu'il s'agit d'une dryade qui fut l'épouse de Faunus; quant aux Grecs, ils en font une des mères de Dionysos, celle qu'il est interdit de nommer. 5. C'est pour cette dernière raison que l'on célèbre sa fête en dressant sur des tonnelles des sarments de vigne et en plaçant auprès de la déesse, conformément au mythe, un serpent sacré[43]. 6. Aucun homme n'a le droit d'entrer ni de se trouver dans la maison où l'on célèbre les Mystères; les femmes restent entre elles et accomplissent, dit-on, beaucoup de rites religieux analogues à ceux de l'orphisme[44]. 7. En conséquence, lorsque le moment de la fête est venu, le consul ou le préteur chez qui on la célèbre quitte sa maison avec tous les hommes; son épouse en prend possession et la décore. 8. Les principales cérémonies ont lieu la nuit; la veillée est mêlée de plaisanteries et l'on y joue beaucoup de musique.

X. 1. Cette année-là, c'était Pompeia qui célébrait la fête. Clodius, qui n'avait pas encore de barbe au menton et qui croyait que cela lui permettrait de passer inaperçu, prit le costume et l'attirail d'une joueuse de harpe, et se rendit dans sa maison, déguisé en jeune femme. 2. Il trouva la porte ouverte et fut introduit en toute sécurité par la servante, qui était complice. Elle courut avertir Pompeia mais, comme elle tardait à revenir, Clodius n'eut pas la patience d'attendre à l'endroit où il avait été laissé: il se mit à errer à l'aventure dans cette vaste demeure en évitant les lumières. Or une servante d'Aurélia le rencontra et, croyant parler à une femme comme elle, l'invita à jouer un morceau. Clodius ayant refusé, elle le traîna au milieu de la salle et lui demanda qui elle était et d'où elle venait. 3. Il répondit qu'il attendait la favorite *[habra]* de Pompeia qui portait précisément ce nom d'Habra. Mais sa voix le trahit. La servante se mit à hurler et s'élança aussitôt vers les lumières et vers l'assemblée, en criant qu'elle venait de voir un homme. Les femmes furent prises de terreur; Aurélia fit cesser les cérémonies et voiler les objets du culte, puis ordonna de fermer les portes et parcourut elle-même la maison, avec des torches, à la recherche de Clodius. 4. On le découvrit dans la chambre de la petite esclave qui l'avait introduit et chez laquelle il s'était réfugié. On le reconnut et les femmes le jetèrent dehors. 5. Elles sortirent aussitôt, alors qu'il faisait encore nuit, et racontèrent l'affaire à leurs maris. Le lendemain, le bruit s'était répandu dans toute la ville que Clodius avait commis un sacrilège dont il devait réparation, non seulement à ceux qu'il avait offensés, mais encore à la cité et aux dieux[45]. 6. Clodius fut

---

43. *La vigne et le serpent font partie des symboles dionysiaques traditionnels. Dans le récit mythologique, cependant, Faunus s'était uni à Bona Dea sous la forme d'un serpent et l'ivresse jouait un rôle dans la séduction (ou le refus) de Bona Dea.*

44. *L'exclusion rigoureuse des hommes avait, dans la légende, mécontenté Hercule qui, à Rome, avait fait élever, non loin du sanctuaire de Bona Dea, l'Ara Maxima pour lui vouer un culte dont les femmes étaient exclues.*

45. *Le sacrilège, à Rome où la religion était affaire collective, entraînait la souillure non seulement sur le coupable, mais sur l'ensemble de la cité qui devait payer collectivement pour le crime d'un seul de ses membres. Le scandale était d'autant plus choquant que la maison de César était celle du grand pontife sur le forum.*

donc poursuivi pour impiété par un des tribuns de la plèbe. De leur côté, les sénateurs les plus influents se liguèrent contre lui et l'accusèrent, entre autres turpitudes abominables, d'avoir eu des relations incestueuses avec sa sœur, qui était l'épouse de Lucullus[46]. 7. Cependant, leurs efforts furent combattus par la plèbe qui prit la défense de Clodius, ce qui lui fut fort utile, car les juges étaient intimidés et redoutaient la foule. 8. César avait aussitôt répudié Pompeia mais, lorsqu'il fut cité comme témoin au procès de Clodius, il déclara qu'il ne savait rien des faits reprochés à l'accusé. 9. Cette déclaration parut étrange. L'accusateur lui demanda : « Mais alors, pourquoi as-tu répudié ta femme ? – Parce que, répondit-il, j'ai jugé que mon épouse ne devait même pas être soupçonnée[47] ! » 10. Selon certains, cette réponse correspondait à ce qu'il pensait vraiment mais, selon d'autres, il voulait flatter le peuple, lequel désirait vivement sauver Clodius. 11. Celui-ci fut acquitté, car la plupart des juges écrivirent leur sentence de manière illisible, pour éviter à la fois la colère du peuple, s'ils le condamnaient, et le mépris des aristocrates, s'ils l'acquittaient[48].

XI. 1. Aussitôt après sa préture, César obtint la province d'Espagne[49]. Comme il n'arrivait pas à s'entendre avec ses créanciers, qui s'opposaient à son départ et s'ameutaient contre lui, il eut recours à Crassus, le plus riche des Romains, à qui la jeunesse et l'ardeur de César étaient nécessaires dans la lutte politique qui l'opposait à Pompée. 2. Crassus se chargea des créanciers les plus durs et les plus intransigeants, et se porta caution pour huit cent trente talents. César put donc rejoindre sa province.
3. Pendant la traversée des Alpes, dit-on, alors qu'il passait près d'une bourgade barbare qui comptait fort peu d'habitants et qui était très misérable, ses amis se mirent à rire et déclarèrent en plaisantant : « Il y a peut-être, même ici, des disputes pour les charges, des rivalités pour occuper les premiers rangs et des jalousies entre les notables. » 4. César répliqua sur un ton très sérieux : « Pour moi, je préfé-

---

46. *L'incident permit aux* optimates *de tenter d'éliminer Publius Clodius et d'inquiéter César, en confiant l'accusation à ceux des tribuns de la plèbe qui leur étaient dévoués. L'accusation d'inceste fait partie des ragots auxquels avaient régulièrement recours les accusateurs : Clodia, la sœur de Clodius, était l'épouse de Lucius Licinius Lucullus (voir* Lucullus, *XXXIV, 1-2), une autre des sœurs (la Lesbie de Catulle) ayant épousé Metellus Celer, signes des larges alliances de la famille des Claudii-Clodii.*
47. *Cette repartie de César, devenue proverbiale (elle est citée par Plutarque dans* Apophtegmes des rois et des empereurs, *206 A, et par Suétone dans* César, *74, 4), lui permit de justifier une attitude pour le moins douteuse : il préféra en la circonstance conserver ses appuis politiques auprès des* populares *et s'attirer la reconnaissance de Clodius plutôt que de défendre la réputation de sa maisonnée. Cicéron, qui, pour des motifs tout aussi peu avouables de manœuvres politiciennes, détruisit l'alibi de Clodius, s'en fit un ennemi éternel.*
48. *La remarque est révélatrice du poids de la plèbe romaine dans les affaires politiques et judiciaires de la cité : une influence liée, plus qu'à un réel enjeu électoral, à sa versatilité et à sa violence, toujours redoutables dans une ville où se concentrait, sans réelle protection, l'ensemble des pouvoirs.*
49. *L'Espagne Ultérieure, partie méridionale et occidentale de la péninsule.*

rerais être le premier personnage ici que le second à Rome[50] !» 5. On raconte aussi qu'une autre fois, en Espagne, comme il était de loisir et lisait un ouvrage sur Alexandre, il s'absorba dans une méditation profonde et versa des larmes. 6. Ses amis, surpris, lui en demandèrent la raison. «Ne pensez-vous pas que j'aie des raisons de pleurer? À l'âge où Alexandre régnait sur tant de peuples, je n'ai encore accompli aucune action d'éclat[51] !»

XII. 1. Dès son arrivée en Espagne, il se mit à l'ouvrage. Il lui fallut quelques jours seulement pour rassembler dix cohortes, qu'il ajouta aux vingt qui se trouvaient déjà sur place. Il fit campagne contre les Calaeciens et les Lusitaniens, les vainquit et, s'avançant jusqu'à la mer Extérieure, il soumit des nations qui jusque-là n'obéissaient pas aux Romains[52]. 2. Après avoir ainsi fort bien réglé les affaires militaires, il ne se montra pas moins habile pour arbitrer les questions intérieures: il rétablit la concorde dans les différentes cités et s'appliqua surtout à apaiser les conflits entre débiteurs et créanciers. 3. Il décida que chaque année le créancier prélèverait les deux tiers des revenus des débiteurs, le dernier tiers restant à la disposition de son possesseur jusqu'au remboursement intégral de la dette. 4. Ces mesures le rendirent populaire. Lorsqu'il quitta sa province, il avait lui-même fait fortune et avait enrichi ses soldats grâce à ses campagnes. Aussi le saluèrent-ils du titre d'*imperator*[53].

XIII. 1. Ceux qui sollicitaient le triomphe étaient obligés de rester hors de la Ville, mais les candidats au consulat devaient être présents dans Rome. Prisonnier d'une telle contradiction, César, qui était arrivé peu avant les élections au consulat, envoya demander au Sénat la permission de briguer le consulat par l'intermédiaire de ses amis, sans être présent lui-même[54]. 2. Caton commença par invoquer la loi pour s'opposer à cette requête; puis, voyant que beaucoup s'étaient laissés séduire par César, il chercha à gagner du temps et passa la journée entière à discourir. Alors César décida de renoncer au triomphe pour se consacrer au consulat[55]. 3. Il

---

50. Citation reprise dans Apophtegmes des rois et des empereurs, *206 B.*
51. Nouvelles anecdotes, sans doute forgées a posteriori, destinées à ciseler le portrait archétypique de César (la citation est reprise par Plutarque dans Apophtegmes des rois et des empereurs, *206 B). Suétone (*César, VII*) plaçait l'épisode de la référence inévitable à Alexandre au temps de la questure de César, en 68, dans un temple à Hercule de Gadès (Cadix), où était déposée une statue du conquérant hellénistique.*
52. Les Callaeci occupaient l'actuelle Galice et les Lusitaniens le centre de l'actuel Portugal. Comme Pompée, César atteint la mer Extérieure, borne du monde, ici l'océan Atlantique.
*53. C'est surtout en Gaule Chevelue que César fit fortune et devint, de débiteur de Crassus qu'il était, un des personnages les plus riches de Rome (voir infra, XXIX, 3). Le titre d'*imperator *ne peut lui avoir été décerné par les soldats que sur le champ de bataille, après la victoire, et non pas pour l'ensemble de son œuvre, même si la libéralité du chef à l'égard des soldats jouait en sa faveur.*
54. Sur cette pratique et son sens, voir Pompée, *XLIV, 1 et note.*
55. Par ce choix César renonçait à la mise en scène populaire, destinée à ancrer son image de chef charismatique dans la foule, au profit de l'accélération de sa carrière. Pompée, en 62, avait fait un choix inverse, tout comme Lucullus en 66, qui attendit trois années son triomphe aux portes de Rome.

entra donc à Rome et eut recours aussitôt à une manœuvre qui abusa tout le monde, sauf Caton : il travailla à réconcilier Pompée et Crassus, les deux personnages les plus influents de la cité[56]. 4. César les réunit, transforma leur rivalité en amitié[57] et acquit ainsi pour lui-même les forces dont disposait chacun des deux hommes : sous couvert d'un acte de bonté, il opéra en fait, à l'insu de tous, une révolution dans la vie politique. 5. En effet, contrairement à ce qu'on croit en général, la cause des guerres civiles ne fut pas la rivalité entre César et Pompée, mais bien plutôt leur amitié : ils se réunirent d'abord pour ruiner l'aristocratie, et ce ne fut qu'une fois ce résultat obtenu qu'ils s'opposèrent l'un à l'autre. 6. Caton avait souvent annoncé prophétiquement ce qui allait se produire, ce qui lui valut, sur le moment, la réputation d'un personnage revêche et querelleur et, par la suite, celle d'un conseiller avisé mais malchanceux[58].

XIV. 1. Cependant César, placé entre Crassus et Pompée, désormais amis, se trouvait comme protégé par deux gardes du corps. Il brigua le consulat, 2. auquel il fut brillamment élu avec Calpurnius Bibulus[59]. Dès son entrée en charge, il proposa des lois qui ne convenaient pas à un consul mais au plus éhonté des tribuns : il proposait, pour plaire à la foule, des fondations de colonies et des distributions de terres[60]. 3. Comme il rencontrait au Sénat l'opposition des gens de bien, il saisit ce prétexte, qu'il cherchait depuis longtemps, pour clamer et protester hautement qu'on le poussait malgré lui vers la plèbe et qu'il était obligé de la flatter, à cause de l'insolence et de la dureté du Sénat. Après quoi, il se précipita à l'assemblée du peuple[61]. 4. Entouré d'un côté par Crassus, de l'autre par Pompée, il demanda aux assistants s'ils approuvaient ces lois. Sur leur réponse affirmative, il réclama leur aide contre ceux qui le menaçaient, l'épée à la main. 5. Ils la lui promirent. Pompée alla même jusqu'à déclarer qu'il viendrait opposer aux épées non seulement son épée, mais encore son

---

56. Le rapprochement, plus que d'une manœuvre machiavélique de César, fut le résultat des maladresses des optimates *menés par Caton et de leur écho sonore, Cicéron : ils mécontentèrent Pompée à son retour d'Orient en lui faisant attendre l'octroi de son triomphe et la ratification de ses décisions et, surtout, en refusant de distribuer des terres à ses vétérans. Le seul recours de Pompée, dans cette situation, était de s'entendre avec les* populares, *dont Crassus et César étaient les représentants les plus en vue.*
57. La formule est naturellement excessive, il s'agissait plutôt d'une entente de circonstance.
58. Le talent prophétique prêté ici à Caton fait peu de cas de son entêtement aveugle à humilier Pompée en 62 puis en 57-56 : il fut en fait, sans s'en rendre compte, un des principaux artisans de l'entente entre César et Pompée (voir Caton le Jeune, *XXX, 9).*
59. En 59, le camp des «triumvirs» obtint un des consulats avec César, mais l'autre revint aux optimates *avec Calpurnius Bibulus, le gendre de Caton.*
60. La distribution de terres à des colons était certes, depuis les Gracques, une mesure essentielle du programme des populares, *mais elle ne profitait plus, depuis Marius, qu'aux vétérans des* imperatores. *Plus que d'une mesure des* populares, *il s'agissait donc d'une nécessité pour les généraux.*
61. Se heurtant au Sénat à l'opposition des optimates *et à celle de son collègue Bibulus, César se tourna vers les comices tributes, plus favorables et plus malléables, mais aussi plus impressionnés par la présence des vétérans de Pompée.*

bouclier. 6. Les aristocrates en furent contrariés, jugeant cette repartie indigne du respect dans lequel on tenait Pompée et des égards dus au Sénat : c'était, disaient-ils, une réponse folle et irréfléchie. Mais le peuple en fut ravi. 7. Pour augmenter encore son contrôle sur la puissance de Pompée, César lui donna sa fille, Julia, qui était fiancée à Servilius Caepio ; il promit à ce dernier la fille de Pompée, qui pourtant n'était pas libre, mais fiancée à Faustus, fils de Sylla[62]. 8. Peu après, César épousa lui-même Calpurnia, fille de Pison, qu'il fit élire consul pour l'année suivante[63]. Une fois de plus, Caton protesta vigoureusement, criant qu'il était scandaleux de prostituer l'Empire par des mariages et de se servir de faibles femmes pour se passer de mains en mains les provinces, les armées et les commandements[64]. 9. Quant au collègue de César, Bibulus, il s'efforça de combattre ces lois mais sans résultat ; à plusieurs reprises, il faillit être tué sur le forum, ainsi que Caton. Aussi passa-t-il le reste de son consulat enfermé chez lui. 10. Aussitôt après son mariage, Pompée emplit le forum d'hommes en armes ; il fit ratifier les lois par le peuple et attribuer à César la Gaule Cisalpine et toute la Gaule Transalpine, y ajoutant l'Illyrie avec quatre légions pour cinq ans[65]. 11. Comme Caton essayait de s'opposer à cette décision, César le fit traîner en prison, croyant qu'il en appellerait aux tribuns de la plèbe. 12. Mais Caton se laissa emmener sans rien dire. Alors César, voyant que les meilleurs citoyens en étaient indignés et que les plébéiens eux-mêmes, par respect pour le courage de Caton, le suivaient en silence dans un profond abattement, demanda lui-même en secret à l'un des tribuns de relâcher Caton. 13. Les sénateurs qui accompagnaient César au Sénat étaient très peu nombreux ; la plupart, mécontents, n'assistaient pas aux séances[66]. 14. Un des plus âgés, un certain Considius[67], lui dit qu'ils ne venaient plus parce qu'ils redoutaient les armes et les soldats. « Et toi, demanda César, pour-

---

62. *Sur le mariage de Pompée et de Julia, voir* Pompée, *XLVII, 10 et note. Quintus Servilius Caepio : il s'agit de Marcus Junius Brutus, le fils de Servilia et de Junius Brutus ; le mariage avec Pompeia ne se fit pas : elle épousa bien Publius Cornelius Faustus.*

63. *Lucius Calpurnius Piso Caesonianus était un sénateur de médiocre envergure mais de grande famille, élu au consulat en 58 grâce à l'appui des triumvirs, et contre qui se déchaîna Cicéron dans son* Contre Pison *prononcé en 56 à l'issue du gouvernement de Pison en Macédoine.*

64. *Les protestations vertueuses de Caton ne l'empêchaient pas d'user des mêmes armes : il s'était attaché par le mariage de sa fille Calpurnius Bibulus, qu'il fit élire au consulat en 59 en distribuant de fortes sommes aux électeurs.*

65. *La responsabilité de provinces à légions à l'issue de son consulat était le profit que César attendait de l'alliance avec Pompée et Crassus. Les* optimates, *au lieu de cette charge, lui avaient fait attribuer par le Sénat la surveillance des forêts et des sentiers (Suétone,* César, *XIX, 3), ce qui n'offrait guère de perspective militaire. L'affaire fut donc portée par l'intermédiaire du tribun de la plèbe Vatinius, inféodé à César, devant les comices tributes, qui furent convaincus par les soldats de Pompée autant que par leurs attaches traditionnelles avec les* populares.

66. *L'écœurement devant leur impuissance et la crainte des violences populaires expliquent l'attitude des sénateurs.*

67. *Sénateur connu pour sa fortune et sa droiture (l'épisode est rapporté par Cicéron,* Lettres à Atticus, *II, 24, 4).*

quoi n'as-tu pas peur, toi aussi, et ne restes-tu pas chez toi? 15. – Parce que la vieillesse m'empêche d'avoir peur, répondit Considius. Il me reste trop peu de temps à vivre pour que je sois obligé de prendre tant de précautions.» 16. De toutes les mesures politiques du consulat de César, celle qui parut la plus honteuse fut l'élection au tribunat de la plèbe de ce même Clodius qui avait outragé son foyer et les Mystères des cérémonies nocturnes[68]. 17. Cette élection visait à abattre Cicéron[69] : César ne partit pas pour ses campagnes avant d'avoir soulevé une faction contre lui avec l'aide de Clodius et avant de l'avoir fait chasser d'Italie.

XV. 1. Tels furent, dit-on, les événements qui précédèrent ses campagnes en Gaule. 2. Au cours des guerres qu'il livra ensuite et des campagnes qui lui permirent de soumettre la Gaule Celtique, il prit comme un nouveau départ et s'engagea sur une route qui devait le conduire à une vie et à des actions totalement différentes[70]. Il s'y révéla un homme de guerre et un stratège qui ne le cédait en rien à ceux dont on admire le plus le commandement et qui ont été les plus grands. 3. On peut le comparer aux Fabius, aux Scipion, aux Métellus[71], ou à ceux qui vécurent de son temps ou peu auparavant: Sylla, Marius, les deux Lucullus ou Pompée lui-même, dont la gloire s'élevait alors jusqu'au ciel en raison de la diversité de ses talents militaires. 4. On verra que par ses exploits, César l'emporte sur tous ces généraux: il surpasse l'un par la difficulté des lieux où il a combattu, l'autre par l'étendue du territoire conquis, l'autre par le nombre et la force des ennemis vaincus, l'autre par l'étrangeté et la perfidie des peuples soumis, l'autre encore par la clémence et la douceur dont il fit preuve à l'égard des prisonniers, l'autre par les présents et les bienfaits dont il combla ses compagnons d'armes[72], 5. et tous enfin par la quantité des

---

68. *L'élection de Publius Clodius au tribunat, redoutable arme politique par le droit de veto et le pouvoir de proposer des lois dont disposaient les tribuns, permettait à César de laisser dans Rome à un poste clé un homme à qui il avait rendu service dans l'affaire des Mystères de la Bonne Déesse (supra, X, 5-10).*
69. *L'opposition à Cicéron était plus le fruit de la farouche haine personnelle de Clodius qu'une manœuvre de César, qui ne devait cependant pas regretter les ennuis dont était victime l'ancien consul, porte-parole des optimates.*
70. *Curieuse analyse: certes, la guerre des Gaules servit de tremplin à la carrière politique ultérieure de César et à la guerre civile, mais elle ne marquait pas une rupture dans son cursus. C'est bien avec des ambitions militaires à finalité politique que César s'était fait donner des provinces frontalières pourvues de légions, même s'il ne faut pas lui prêter, dès 58, le projet du coup d'État et de la révolution institutionnelle. Pour la carte des campagnes de César en Gaule et durant la guerre civile, voir p. 2159.*
71. *Références aux grands classiques militaires: les Fabius Maximus font allusion au Cunctator, adversaire malheureux d'Hannibal, et surtout au vainqueur des Arvernes et des Allobroges en 120; Publius Cornelius Scipio Africanus est le vainqueur d'Hannibal, son frère Asiaticus le vainqueur d'Antiochos de Syrie. L'impressionnante série des surnoms des Metelli du IIe siècle illustre leur valeur de généraux: Macedonicus, son fils Baléaricus et son petit-fils Créticus, ses cousins Dalmaticus et Numidicus.*
72. *Série de topiques issus de thèmes véhiculés dans la* Guerre des Gaules *de César: la sauvagerie et l'hostilité du milieu, l'étendue géographique effectivement difficile à parcourir dans l'Antiquité, l'importance des forces adverses, la perfidie et l'instabilité des Celtes, la* clementia *et la* liberalitas *de César.*

batailles livrées et des adversaires tués. Ses campagnes en Gaule ne durèrent même pas dix ans, mais il prit de vive force plus de huit cents cités, soumit trois cents nations, affronta en plusieurs batailles rangées trois millions d'ennemis, fit un million de morts et autant de prisonniers[73].

XVI. 1. Il inspira à ses soldats un tel dévouement et une telle ardeur que ceux qui dans d'autres campagnes ne se distinguaient en rien de leurs camarades devenaient invincibles et irrésistibles, et affrontaient tous les périls pour la gloire de César. 2. Ce fut le cas d'Acilius[74] qui, dans la bataille navale livrée devant Massalia, monta sur un vaisseau ennemi et eut la main droite arrachée d'un coup d'épée : il ne lâcha pas le bouclier qu'il tenait de la main gauche, en frappa les ennemis au visage, les mit tous en fuite et s'empara du vaisseau. 3. Ce fut aussi le cas de Cassius Scaeva[75] qui, au cours de la bataille de Dyrrachium, eut l'œil crevé par une flèche, l'épaule et la cuisse transpercées d'un javelot et qui reçut sur son bouclier cent trente coups. Il appela les ennemis, feignant de vouloir se rendre. 4. Deux d'entre eux s'approchèrent ; il trancha l'épaule de l'un d'un coup d'épée, frappa l'autre au visage et le renversa. Il fut sauvé, car ses camarades accoururent autour de lui. 5. En Bretagne, comme les ennemis attaquaient les centurions, qui marchaient en tête, sur un terrain marécageux envahi par l'eau, un simple soldat, sous les yeux de César lui-même, se lança dans la mêlée, accomplit de nombreux exploits d'une audace spectaculaire, sauva les centurions et mit en fuite les Barbares ; 6. puis il traversa le marais à grand-peine après tout le monde, se jeta dans les eaux bourbeuses et, sans son bouclier, tantôt nageant, tantôt marchant, parvint difficilement à faire la traversée. 7. César, plein d'admiration, vint à sa rencontre avec des cris de joie, mais l'homme se jeta à ses pieds, la tête basse, en larmes, et lui demanda pardon d'avoir abandonné son bouclier. 8. En Afrique, Scipion s'était emparé d'un navire sur lequel avait embarqué Granius Pétro, questeur désigné ; il réduisit en esclavage tous les passagers, mais offrit la vie sauve au questeur. 9. Celui-ci déclara que les soldats de César n'avaient pas l'habitude de se voir offrir la vie sauve, mais de l'accorder ; il se tua d'un coup d'épée.

XVII. 1. De tels actes d'audace et d'émulation étaient inspirés et suscités par César lui-même. D'abord parce qu'il prodiguait sans compter sa faveur et les honneurs : il faisait bien voir que ce n'était pas pour son luxe ou pour ses plaisirs personnels qu'il amassait des richesses, mais qu'il les gardait en dépôt chez lui comme des prix destinés à l'ensemble des troupes pour récompenser la valeur, et qu'il ne s'intéres-

---

73. Ces chiffres figuraient sur les tituli *portés dans les triomphes et sur les trophées élevés par les* imperatores *en des lieux stratégiques (voir* Pompée, *XLV, 3).*

74. L'épisode se retrouve dans Suétone, César, *68, 7-9.*

75. L'épisode, narré dans César, Guerre civile, *III, 53, 4-5, devint un lieu commun de la littérature (Valère Maxime,* Faits et dits mémorables, *III, 2, 23 ; Suétone,* César, *LXVIII, 7-8 ; Dion Cassius, XXXVII, 53, 3). Deux inscriptions font référence à ce centurion (*Corpus d'inscriptions latines, *X, 5728 et 6011).*

sait à ces biens que pour pouvoir récompenser les soldats qui le méritaient. Ensuite parce qu'il s'exposait lui-même volontiers à tous les dangers et ne renâclait devant aucune fatigue. 2. Son mépris du danger ne surprenait pas ses soldats qui connaissaient son amour de la gloire, mais son endurance à la fatigue les stupéfiait, car elle semblait excéder ses capacités physiques. Il était en effet de constitution frêle, avait la peau blanche et délicate, souffrait de migraines et était sujet à des attaques d'épilepsie : il ressentit, dit-on, les premières atteintes de ce mal à Cordoue. 3. Mais loin de prendre prétexte de cette faiblesse pour vivre dans la mollesse, il cherchait au contraire à la soigner par la guerre : il combattait le mal et en préservait son corps par des marches forcées, un régime frugal, l'habitude de coucher en plein air et les privations. 4. Lorsqu'il dormait, c'était le plus souvent en voiture ou en litière, pour faire servir à l'action même le repos. Le jour, il se faisait transporter dans les forteresses, les cités et les camps : il avait pour seule escorte, assis à ses côtés, un des esclaves habitués à écrire sous sa dictée tandis qu'il voyageait et, debout derrière lui, un soldat armé d'une épée. 5. Il se déplaçait si rapidement que la première fois qu'il quitta Rome, il ne lui fallut que huit jours pour parvenir au bord du Rhône[76]. 6. Depuis l'enfance, il montait à cheval avec aisance : il s'était entraîné à lancer sa monture à toute allure, en ramenant les mains derrière la tête ou en les croisant dans son dos. 7. Au cours de cette campagne, il s'exerça en outre à dicter des lettres du haut de son cheval ; il employait à cette tâche deux secrétaires à la fois ou même plus, à en croire Oppius[77]. 8. On dit également qu'il fut le premier à consulter ses amis par lettres, lorsque l'urgence des affaires ou l'étendue de la Ville l'empêchaient de s'entretenir directement avec eux. 9. Quant à la simplicité de son mode de vie, on en donne encore la preuve suivante. Un jour qu'il était reçu à dîner à Médiolanum par son hôte, Valérius Léo, celui-ci servit un plat d'asperges assaisonnées avec du parfum au lieu d'huile. César mangea sans faire d'histoires et, comme ses amis se plaignaient, il les réprimanda en ces termes : 10. « Vous n'aviez qu'à ne pas en manger, si cela vous déplaisait. Celui qui souligne ce genre de bévue est lui-même un rustre[78]. » 11. Une autre fois, comme il était en voyage, le mauvais temps l'obligea à chercher refuge dans la cabane d'un miséreux. Voyant qu'il n'y avait qu'une pièce, laquelle pouvait à peine abriter une seule personne, il dit à ses amis : « Les meilleurs ont droit aux places d'honneur, mais les plus faibles doivent avoir celles dont ils ont besoin ! » Et il pria Oppius d'aller se reposer dans la maison ; quant à lui, il passa la nuit avec les autres, sous l'auvent de la porte.

XVIII. 1. La première campagne de la guerre des Gaules fut dirigée contre les Helvètes et les Tigurins qui avaient brûlé leurs douze cités et leurs quatre cents villages et avaient entrepris de traverser le territoire de la Gaule romaine, comme

---

76. *La rapidité* (celeritas) *est la principale qualité de César stratège. L'exemple donné ici suppose des journées de cheval de plus de 100 km chacune.*
77. *Caius Oppius, issu d'une riche famille de banquiers, ami, collaborateur et confident de César, correspondant apprécié de Cicéron, écrivit une biographie hagiographique de son protecteur.*
78. *La source de l'anecdote est attribuée par Suétone à Caius Oppius* (César, LIII, 2).

l'avaient fait autrefois les Cimbres et les Teutons[79]. Ils avaient, semblait-il, autant d'audace que ces anciens envahisseurs, et ils étaient aussi nombreux : ils étaient en tout trois cent mille, dont cent quatre-vingt-dix mille combattants[80]. 2. César ne marcha pas lui-même contre les Tigurins : il envoya Labiénus[81] qui les écrasa sur les bords de la Saône. Quant aux Helvètes, ils l'attaquèrent à l'improviste, alors qu'il faisait route vers une cité amie[82], mais il les devança et parvint à se réfugier sur une position solide. 3. Là, comme il avait rassemblé ses troupes et les avait rangées en ordre de bataille, on lui amena son cheval, mais il s'écria : « Je m'en servirai après la victoire, pour mener la poursuite, mais maintenant, marchons à l'ennemi ! » Et il s'élança à l'attaque, à pied[83]. 4. Il lui fallut beaucoup de temps et d'efforts pour repousser les combattants. Ce fut près des chariots et devant le retranchement qu'il eut le plus de mal. Il ne se heurta pas seulement à la résistance et aux armes des hommes ; les enfants et les femmes se défendirent eux aussi jusqu'à la mort[84] et se firent tailler en pièces avec eux, si bien que le combat ne se termina, à grand-peine, qu'au milieu de la nuit. 5. César couronna cette belle victoire par un acte plus glorieux encore : rassemblant les Barbares qui avaient réchappé de la bataille, il les força, alors qu'ils étaient encore plus de cent mille, à revenir dans le pays qu'ils avaient quitté et dans les cités qu'ils avaient détruites[85]. 6. Cette conduite lui fut dictée par le désir de ne pas laisser cette région déserte : il craignait de voir les Germains passer le Rhin et s'en emparer.

XIX. 1. Un deuxième conflit l'amena, pour défendre les Gaulois, à s'opposer directement aux Germains[86], alors qu'il avait pourtant précédemment, à Rome, donné à leur roi, Arioviste, le titre d'allié[87]. 2. Mais, pour les peuples qui étaient sous le contrôle de César[88], les Germains étaient des voisins insupportables : on voyait bien

---

79. La référence au cataclysme de l'invasion de 107-102 est régulièrement utilisée par César dans la Guerre des Gaules pour frapper les esprits et justifier ses interventions. Les Tigurins avaient accompagné en 107 la migration helvète.
80. La migration des Helvètes paraissait en fait un projet pacifique et mûrement préparé, dont César tira prétexte pour intervenir. Ses projets initiaux étaient peut-être orientés vers le Danube et les Daces de Burébista (voir Goudineau, 1990, p. 130-133).
81. Titus Labienus, originaire du Picenum, fut un des meilleurs généraux de César. Il rejoignit le camp de Pompée dans la guerre civile (voir infra, *XXXIV, 5).*
82. César se dirigeait vers Bibracte (mont Beuvray) pour s'approvisionner auprès de ses alliés éduens qui avaient demandé sa protection contre les Helvètes.
83. César (I, 25, 1) obligea ses officiers supérieurs à agir de même.
84. À propos des jugements portés par Plutarque sur la guerre, voir Dictionnaire, « Guerre ».
85. César (I, 29), selon son recensement, renvoya 110 000 survivants sur un total de 368 000 migrants.
86. Le terme est improprement appliqué par César (et par Plutarque) aux guerriers d'Arioviste, qui étaient des Celtes dont la culture matérielle s'apparentait à celle des Germains.
*87. Arioviste, en 59, durant le consulat de César, avait reçu du Sénat l'*amicitia *(amitié, alliance) du peuple romain (César, I, 44, 5).*
88. Éduens et Séquanes étaient, comme Arioviste, les alliés de Rome, mais non pas des peuples soumis.

qu'à l'occasion, au lieu de rester tranquillement dans leur territoire, ils envahiraient et occuperaient la Gaule. 3. César s'aperçut que ses officiers tremblaient[89], surtout les jeunes nobles qui l'avaient suivi dans l'espoir de vivre dans le luxe et de s'enrichir au cours de cette expédition; il les convoqua à une assemblée au cours de laquelle il les pria de partir et de ne pas s'exposer à contrecœur, puisqu'ils étaient si lâches et si mous. 4. Il leur dit: «Je ne prendrai avec moi que la dixième légion[90] pour marcher contre les Barbares. Les ennemis que je vais combattre ne sont pas supérieurs aux Cimbres, et moi, comme général, je ne suis pas inférieur à Marius.» 5. Après ce discours, la dixième légion lui envoya des délégués, afin de lui exprimer sa reconnaissance, et les autres couvrirent de reproches leurs officiers[91]. Tous les soldats, pleins d'ardeur et de zèle, accomplirent à sa suite une marche de plusieurs jours et installèrent enfin leur camp à deux cents stades des ennemis. 6. Leur arrivée, à elle seule, rabattit un peu l'audace d'Arioviste: 7. il ne s'attendait pas à voir les Romains, qu'il ne croyait même pas capables de résister à une attaque de sa part, se lancer contre les Germains. Il fut donc stupéfait de l'audace de César et se rendit compte que ses hommes en étaient profondément troublés. 8. Ils étaient en outre déprimés par les prédictions des prêtresses qui annonçaient l'avenir en observant l'eau des fleuves et en étudiant les tourbillons et le bruit du courant. Or ces femmes interdisaient de livrer bataille avant la nouvelle lune[92]. 9. César en fut informé et, voyant que les Germains refusaient de bouger, il se dit qu'il était avantageux de les attaquer au moment où ils étaient abattus, plutôt que de rester immobile à attendre leur bon plaisir. 10. Il lança des escarmouches contre leurs retranchements et contre les collines sur lesquelles ils avaient installé leur camp et, à force de les défier et de les provoquer, il les obligea à descendre, poussés par la colère, livrer un combat décisif. 11. Il les mit brillamment en déroute, les poursuivit sur quatre cents stades, jusqu'au Rhin[93], et remplit toute la plaine de cadavres et de dépouilles. 12. Arioviste parvint à lui échapper, avec quelques compagnons, et à passer le Rhin; il y eut, dit-on, quatre-vingt mille morts.

XX. 1. Après ces victoires, il laissa son armée chez les Séquanes pour les quartiers d'hiver[94]. Quant à lui, comme il voulait contrôler ce qui se passait à Rome, il des-

---

89. La panique de l'armée partit des officiers supérieurs inexpérimentés, dont César ridiculise l'attitude dans la Guerre des Gaules *(I, 39, 5): «Dans tout le camp on ne faisait que sceller des testaments.»*
90. Fer de lance de l'armée césarienne, durant la guerre des Gaules comme durant la guerre civile.
91. Opposition classique, dans les textes de César, entre un commandement supérieur composé de politiques ou de jeunes ambitieux incapables et un commandement subalterne et des soldats expérimentés et valeureux.
*92. L'anecdote fut rapportée à César par des prisonniers (*Guerre des Gaules, *L, 3, 4). Sur le rôle des prêtresses «germaines», voir Tacite,* Histoires, *IV, 61 et* Germanie, *10.*
93. La poursuite jusqu'au Rhin rend la localisation du combat en plaine d'Alsace plus vraisemblable que celle qui le situait en Franche-Comté (voir Constans, 1972, p. 35, note 2).
94. César avait installé ses légions hors de la province de Transalpine, chez des peuples alliés, mais non pas soumis, signe d'une volonté de poursuivre l'aventure.

cendit dans la Gaule Transpadane, qui faisait partie de la province qu'on lui avait attribuée : c'est en effet le cours d'eau nommé Rubicon qui marque la frontière entre la Gaule Cisalpine et le reste de l'Italie. 2. Il s'installa donc là et s'employa à se rendre populaire. Beaucoup venaient le trouver : il accordait à chacun ce qu'il demandait et les renvoyait tous, soit déjà satisfaits, soit emplis d'espérances[95]. 3. Pendant tout le reste de ses campagnes, il s'appliqua alternativement, à l'insu de Pompée, tantôt à abattre les ennemis avec les armes de ses concitoyens, tantôt à employer les richesses conquises sur les ennemis pour gagner et soumettre ses concitoyens[96].
4. Ayant appris que les Belges, qui étaient les plus puissants des Celtes et occupaient le tiers de la Gaule, avaient fait défection[97] et rassemblé des dizaines de milliers d'hommes en armes, il repartit aussitôt et marcha contre eux à toute vitesse. 5. Ces ennemis étaient en train de dévaster les terres des Gaulois alliés à Rome, quand il tomba sur eux. Ceux d'entre eux qui étaient rassemblés en plus grand nombre combattirent lâchement : il les mit en déroute et fit un si grand massacre que la quantité de cadavres qui emplissaient les marais et les profondeurs des rivières permit aux Romains de les traverser[98]. 6. Ceux des rebelles qui habitaient au bord de l'Océan se rendirent sans combat[99]. Il fit une expédition contre les Nerviens[100], les habitants les plus sauvages et les plus belliqueux de cette région. 7. Ils habitaient au fond de chênaies impénétrables et avaient installé leurs familles et leurs biens le plus loin possible des ennemis, dans les profondeurs de la forêt[101]. César était occupé à construire son camp et ne s'attendait pas à devoir combattre, lorsqu'ils fondirent soudain sur lui, mirent en déroute ses cavaliers et encerclèrent la douzième et la septième légion, dont ils tuèrent tous les centurions[102]. 8. Si César n'avait pas saisi un bouclier et si, fendant les rangs devant lui, il ne s'était pas jeté sur les

---

95. *César, durant l'hiver, prenait ses quartiers dans une de ses provinces (Transalpine ou Cisalpine), pour y remplir ses fonctions administratives de gouverneur tout autant que pour se rapprocher de Rome et en recevoir des nouvelles.*

96. *Cette formule de Plutarque éclaire le rapport entre aventure militaire et carrière politique à Rome : l'une n'allait pas sans l'autre.*

97. *Ni amis ni alliés, les Belges ne pouvaient faire défection. L'intervention de César se fit à l'appel des Rèmes, qui demandèrent son appui (qu'il s'empressa de leur accorder) contre leurs voisins.*

98. *La bataille se déroula sur les bords de l'Aisne, près d'une place forte rème appelée Bibrax (César, II, 8-12).*

99. *Les Bellovaques et les Ambiens, habitants des côtes de la mer du Nord, se rendirent après les Suessions situés sur les bords de l'Oise.*

100. *Peuple des bords de la Sambre.*

101. *Cliché trompeur de la forêt gauloise impénétrable, hérité des descriptions césariennes. Les études palynologiques récentes (étude des pollens fossilisés) montrent au contraire que l'essentiel du territoire celtique avait été, dès le deuxième âge du Fer, gagné sur la forêt et mis en culture. La forêt, souvent cantonnée aux limites entre peuplades, jouait cependant un rôle stratégique dans les combats.*

102. *Le combat se déroula près de Bavay, non loin de la Sambre.*

Barbares, si, de son côté, la dixième légion, voyant des hauteurs le danger où il était, n'était pas descendue en courant pour rompre les rangs ennemis, il n'y aurait eu, semble-t-il, aucun survivant[103]. 9. Mais, encouragés par l'audace de César, les soldats soutinrent un combat qui était, comme on dit, bien au-dessus de leurs forces. Et même ainsi, ils ne purent mettre en fuite les Nerviens : ceux-ci se défendirent et se firent tailler en pièces. 10. Sur soixante mille hommes, il n'y eut, dit-on, que cinq cents survivants et sur les quatre cents membres de leur conseil, il ne leur en resta que trois[104].

XXI. 1. Instruit de ces événements, le Sénat décréta quinze jours de sacrifices aux dieux, de congés et de fêtes : jamais auparavant il n'en avait voté autant pour aucune victoire[105]. 2. On avait pu mesurer la gravité du danger en voyant le nombre des nations qui s'étaient soulevées toutes ensemble et, d'autre part, dans la mesure où le vainqueur était César, la sympathie dont l'entourait la foule augmentait encore l'éclat de son succès. 3. Après avoir réglé au mieux la situation en Gaule, il retourna passer l'hiver en Transpadane, pour se concilier Rome. 4. Les candidats qui briguaient des magistratures trouvaient en lui un protecteur et recevaient de l'argent pour corrompre le peuple ; après quoi, une fois élus, ils mettaient tout en œuvre pour augmenter sa puissance. 5. Bien plus, César vit se rassembler auprès de lui, à Lucques, la plupart des hommes les plus illustres et les plus grands : Pompée, Crassus, Appius, gouverneur de Sardaigne, et Népos, proconsul d'Espagne[106] – ce fut au point qu'il y eut cent vingt licteurs et plus de deux cents sénateurs. 6. Ils tinrent conseil et se séparèrent après avoir adopté les décisions suivantes : Pompée et Crassus seraient élus consuls ; quant à César, il recevrait de l'argent et une prolongation de son commandement pour cinq autres années[107]. 7. Ces dernières mesures parurent particulièrement illogiques aux personnes sensées : des gens qui recevaient tant d'argent de César prétendaient qu'il n'en avait pas et priaient le Sénat de lui en fournir – ou plutôt, ils usaient de contrainte, le Sénat gémissant sur ce qu'il votait lui-même. 8. Caton était absent (on l'avait envoyé

---

103. Les deux épisodes figurent dans la Guerre des Gaules *(II, 25, 2 et 26, 4).*
104. Chiffres donnés par César (II, 28). Ils paraissent exagérés : les Nerviens constituèrent encore de puissants alliés des Arvernes, lors du soulèvement de 52.
105. Ces cérémonies, ordonnées sur avis des collèges religieux, duraient normalement cinq jours et consistaient en des processions d'actions de grâces organisées autour des temples et des sanctuaires. Pompée avait obtenu deux fois dix jours pour ses victoires sur Mithridate. Cicéron, qui, en 57, rentrait d'exil, dut défendre devant le Sénat ces mesures favorables à César.
106. Appius Claudius Pulcher, préteur en 57 et propréteur de Sardaigne en 56 ; Quintus Caecilius Metellus Nepos, consul en 57 et proconsul d'Espagne Ultérieure en 56.
107. L'entrevue de Lucques ressouda l'entente des trois hommes, menacée par les manœuvres des optimates. L'élection au consulat de Pompée et de Crassus leur donnait la maîtrise législative pour 55 et des commandements pour 54 (l'Espagne pour Pompée, la Syrie pour Crassus) ; elle assurait à César la prorogation de son commandement en Gaule, qui expirait en 54, et des subsides pour payer les quatre légions qu'il venait de lever à ses frais.

exprès à Chypre[108]); Favonius, son fidèle partisan, voyant que ses discours de protestation n'aboutissaient à rien, s'élança au-dehors et alla pousser les hauts cris devant l'assemblée du peuple. 9. Personne ne l'écouta. Les uns redoutaient Pompée et Crassus, la plupart désiraient complaire à César, en qui ils avaient placé tous les espoirs qui les faisaient vivre : ils ne bougèrent pas.

XXII. 1. Lorsqu'il revint auprès de ses armées en Gaule, César trouva le pays en proie à une grande guerre[109]. Deux grands peuples germaniques (les uns portent le nom d'Usipètes, les autres de Tenctères) venaient de passer le Rhin, à la recherche de terres où s'installer. 2. À propos de la bataille qu'il leur livra, César a écrit, dans ses *Commentaires*, que les Barbares, après lui avoir envoyé des délégués, l'attaquèrent sur la route, pendant une trêve – circonstance qui leur permit, avec huit cents cavaliers, de mettre en fuite les cinq mille cavaliers de son armée, qui ne s'attendaient pas à être attaqués. 3. Ensuite, ils lui envoyèrent de nouveaux délégués, pour essayer de l'abuser encore, mais il les retint prisonniers et lança son armée contre les Barbares, jugeant que ce serait sottise de faire preuve de loyauté face à des peuples aussi déloyaux et aussi peu respectueux des trêves. 4. Selon Tanusius[110], lorsque le Sénat décréta des fêtes et des sacrifices en l'honneur de cette victoire, Caton émit l'avis de livrer César aux Barbares, pour détourner de la cité la souillure que constituait cette violation de la trêve et faire retomber la malédiction sur celui qui en était responsable. 5. Parmi ceux qui avaient traversé le Rhin, quatre cent mille furent taillés en pièces ; un petit nombre repassa sur l'autre rive et fut recueilli par les Sugambres, un peuple de Germanie[111]. 6. César en tira prétexte pour les attaquer, mais en fait il ambitionnait la gloire d'être le premier à passer le Rhin avec une armée[112]. Il jeta un pont sur ce fleuve, qui est très large et qui, à cet endroit, était particulièrement gros, impétueux et violent : les troncs et les pièces de bois qu'y jetaient les Barbares venaient heurter et ébranler les assises du pont. 7. Pour les protéger, César enfonça dans le fleuve d'énormes pilotis. Ayant ainsi bridé comme par un joug la fougue du courant, il

---

108. Manœuvre habile de Publius Clodius qui s'était ainsi débarrassé du chef des optimates *(voir* Caton le Jeune, *XXXIV, 3-7). Sur Favonius, son remplaçant comme porte-parole des* optimates, *voir* Pompée, *LX, 7.*
109. Plutarque suit ici l'analyse césarienne, à l'évidence exagérée. Le déplacement des Usipètes et des Tenctères en 55, comme celui des Helvètes en 58, était une migration civile et non pas militaire (voir les demandes d'hospitalité formulées par ces peuples dans Guerre des Gaules, *IV, 7).*
110. Tanusius Geminus, historien connu pour avoir écrit une œuvre volumineuse à la fin de la République.
111. Malgré la justification invoquée (rupture de la trêve et traîtrise), le massacre des tribus tenctères et usipètes, qui tentèrent dans leur fuite de repasser le Rhin, fut une véritable boucherie dont les optimates *tentèrent de se servir contre César.*
112. Les raisons invoquées par César (IV, 16, 1 : multis de causis, *« pour bien des motifs ») n'ont pas abusé Plutarque, qui souligne avec raison le mirage du bout du monde que constituait le franchissement du Rhin comme, quelques semaines plus tard, celui de la Manche.*

accomplit un exploit qui dépassa tout ce qu'on peut croire : le pont fut achevé en dix jours[115].

XXIII. 1. Il fit traverser son armée, sans que personne osât s'opposer à lui. Les Suèves eux-mêmes, le peuple le plus dominateur de Germanie, s'étaient réfugiés dans des vallées profondes et boisées. Après avoir incendié le pays ennemi et encouragé ceux qui soutenaient avec constance la cause des Romains, César repartit en Gaule : il avait passé dix-huit jours en Germanie[114].
2. Son expédition contre les Bretons est restée célèbre pour son audace. Il fut le premier à engager une flotte sur l'Océan occidental et à naviguer à travers l'Atlantique avec une armée pour faire la guerre. 3. Ce pays, dont on ne croyait pas que c'était une île, en raison de son étendue, et qui était l'objet d'abondantes polémiques entre de nombreux écrivains (certains prétendaient que ce n'était qu'un nom, qu'une fiction, que la Bretagne n'existait pas et n'avait jamais existé), César entreprit de le conquérir, portant ainsi l'Empire romain au-delà du monde connu[115]. 4. Il fit deux fois la traversée vers cette île[116], en partant de la Gaule qui se trouve en face. Il y livra plusieurs batailles, où il infligea aux ennemis plus de mal qu'il ne procura de profit à ses hommes, car il n'y avait rien, chez ces peuples indigents et misérables, qui valût la peine d'être pris. Cette guerre ne se termina pas comme il l'avait souhaité : après avoir reçu des otages de leur roi et lui avoir imposé des tributs, il quitta l'île[117].
5. Comme il s'apprêtait à reprendre la mer, il reçut des lettres de ses amis de Rome, qui lui annonçaient le décès de sa fille, morte en couches chez Pompée. 6. C'était un grand deuil pour Pompée comme pour César, et leurs amis en étaient fort inquiets car ils voyaient briser l'alliance familiale qui maintenait la Ville, par ailleurs bien malade, dans la paix et la concorde : l'enfant mourut presque aussitôt, quelques jours après sa mère. 7. Quant à Julia, la foule, faisant violence aux tribuns de la plèbe, emporta son corps sur le Champ de Mars, où l'on célébra ses obsèques et où se trouve sa tombe[118].

---

113. Victoire, aux confins de l'univers, sur une nature impitoyable : même image que celle de Pompée affrontant les monstres en Afrique (voir Pompée, *XII, 8) ou les serpents et les Amazones dans les montagnes du Caucase (XXXV, 5).*
114. La brièveté du séjour témoigne de l'inutilité de l'expédition, dont le seul but était le franchissement du Rhin.
115. L'aventure militaire au-delà du monde connu s'accompagne d'une aventure intellectuelle, l'inventaire du monde, pour reprendre le titre de l'ouvrage de Nicolet (1988). Sur les polémiques à propos de l'insularité de la Bretagne, voir Dion Cassius, XXXIX, 50, 3-4.
116. En 55, parti trop tard, César vit son expédition navale décimée par la marée d'équinoxe et, en 54, le séjour fut plus long mais guère plus fructueux.
117. L'étain des Cassitérides (Cornouaille et îles Scilly ou Sorlingues) ne doit donc pas être invoqué comme une cause possible de l'intervention césarienne. Plutarque souligne avec raison la vanité de l'expédition et son relatif échec. Il fallut attendre le règne de l'empereur Claude, un siècle plus tard, pour voir à nouveau les Romains en Bretagne.
118. Sur les funérailles de Julia, voir Pompée, *LIII, 6.*

XXIV. 1. César avait été obligé de diviser son armée, qui était désormais considérable[119], entre plusieurs quartiers d'hiver, tandis que lui-même, comme d'habitude, se dirigeait vers l'Italie. Or, une fois de plus, toute la Gaule se souleva[120]; des armées nombreuses encerclèrent et attaquèrent les quartiers d'hiver et lancèrent l'assaut contre les camps romains[121]. 2. Les rebelles les plus nombreux et les plus puissants, conduits par Ambiorix, massacrèrent Cotta et Titurius, avec leur armée[122], 3. puis ils cernèrent et assiégèrent, avec soixante mille hommes, la légion commandée par Cicéron[123], qui faillit bien être prise d'assaut; tous les Romains furent blessés et se défendirent avec une ardeur bien supérieure à leurs forces. 4. Lorsque la nouvelle parvint à César, qui était déjà loin, il rebroussa chemin en hâte et, rassemblant en tout sept mille hommes, il s'empressa de venir dégager Cicéron. 5. Les assiégeants le virent venir et se portèrent à sa rencontre, dans l'espoir de se saisir de lui, car ils méprisaient ses faibles effectifs. 6. Mais il ne cessa de leur donner le change et de se dérober; puis, lorsqu'il se fut emparé de positions favorables pour combattre avec peu d'hommes contre une armée nombreuse, il y établit un camp fortifié[124]. Il empêcha ses soldats de livrer le moindre combat et les obligea à surélever le retranchement et à barrer les portes d'un mur comme s'ils avaient peur. Or c'était un stratagème pour inspirer du mépris aux ennemis. 7. Pour finir, ceux-ci vinrent l'attaquer, pleins d'audace, en ordre dispersé : alors il fit une sortie, les mit en déroute et les massacra en grand nombre.

XXV. 1. Les nombreuses révoltes des Gaulois de ces régions furent calmées par cette victoire, ainsi que par la présence de César qui pendant l'hiver se rendit de tous côtés et surveilla de près les soulèvements[125]. 2. Il avait reçu d'Italie trois légions pour remplacer celles qu'il avait perdues : deux appartenaient à Pompée, qui les lui prêtait, la troisième venait d'être levée en Gaule Transpadane.

---

119. *César disposait désormais de 8 légions, qu'il était obligé de disperser entre la Seine et le Rhin en raison de difficultés d'approvisionnement (César, V, 24).*
120. *Exagération de Plutarque, qui reflète un des procédés rhétoriques courants de César dans la Guerre des Gaules : accroître le danger pour donner plus de prix à la victoire ou expliquer la défaite (voir Rambaud, 1966). Les difficultés furent limitées à la Gaule Belgique, à l'instigation principalement des Trévires.*
121. *L'épisode se situe à l'automne 54 : les Éburons, peuple installé entre la Meuse et le Rhin, puis les Nerviens des bords de la Sambre se soulevèrent et attaquèrent les légions dans leurs quartiers d'hiver.*
122. *Ambiorix est le chef des Éburons. Quintus Titurius Sabinus et Lucius Aurunculeius Cotta avaient sous leurs ordres, près du Rhin, une légion et 5 cohortes auxiliaires (César, V, 24).*
123. *Quintus Tullius Cicero, frère de l'orateur, se fit assiéger dans son camp sur les bords de la Sambre.*
124. *La faculté de se fortifier rapidement en rase campagne par la construction du camp, à laquelle étaient entraînés les légionnaires, constituait un des principaux avantages tactiques des troupes romaines sur des ennemis dont la force principale résidait dans la mobilité des cavaliers.*
125. *Les peuples d'Armorique complotèrent sans passer à l'action ; les Sénons détrônèrent le chef que César leur avait imposé ; le camp de Labiénus, sur la Meuse, fut attaqué par le Trévire Indutiomaros.*

3. Mais, loin de ces régions, les hommes les plus puissants avaient depuis longtemps, en secret, semé et répandu parmi les nations les plus belliqueuses les germes de la plus importante et la plus dangereuse des guerres qui furent livrées dans ce pays. Ces germes commencèrent alors à éclore au grand jour, fortifiés par la jeunesse nombreuse qui se rassemblait de tous côtés en armes, par la quantité des richesses qu'on mettait en commun, par la solidité des cités, par la difficulté d'accès des campagnes[126]. 4. De plus, comme on était en hiver, les fleuves étaient gelés, les forêts couvertes de neiges, les plaines transformées en marécages par les torrents : ici, les chemins étaient effacés par l'épaisseur de la neige ; ailleurs, les marais et les rivières débordées faisaient qu'on avait bien du mal à repérer un passage. Tout semblait donc empêcher César de faire quoi que ce soit contre les tribus rebelles[127]. 5. Or elles étaient nombreuses. À leur tête étaient les Arvernes et les Carnutes[128] ; pour exercer le commandement suprême, ils avaient choisi Vercingétorix, dont les Gaulois avaient tué le père, le soupçonnant d'aspirer à la tyrannie.

XXVI. 1. Vercingétorix divisa son armée en plusieurs corps, plaça plusieurs chefs à leur tête, et rallia à sa cause toute la région environnante jusqu'aux peuples établis au bord de la Saône. Il avait l'intention de profiter du moment où à Rome les adversaires de César se liguaient déjà contre lui pour soulever toute la Gaule[129]. 2. De fait, s'il avait agi un peu plus tard, alors que César était engagé dans la guerre civile, l'Italie aurait pu connaître une terreur aussi violente que celle que lui avaient inspirée autrefois les Cimbres[130]. 3. Mais César était par nature habile à exploiter au mieux toutes les situations de la guerre, et notamment à saisir l'occasion favorable. Il n'eut pas plus tôt appris la révolte qu'il leva le camp et marcha sur l'ennemi, montrant bien aux Barbares, par les routes mêmes qu'il suivait et par la violence et la rapidité de sa marche, malgré la rigueur de l'hiver, que c'était une armée invincible et irrésistible qui se portait contre eux. 4. Là où il aurait semblé incroyable que même un messager ou un courrier envoyé par lui pût se glisser en y mettant beaucoup de temps, on le vit apparaître avec toute son armée, abattant les places fortes, détruisant des cités et accueillant ceux qui se ralliaient à lui[131]. 5. Finalement, le peuple des Éduens entra lui aussi en guerre contre lui : jusque-là, ils s'étaient donné

---

126. *Procédé rhétorique césarien repris par Plutarque : l'énumération des forces ennemies, d'autant plus impressionnante que les termes restent flous, fait monter la tension dramatique dans l'attente de l'épisode final.*
127. *Une correspondance s'établit entre le paysage inhospitalier, le climat rude et la sauvagerie des Barbares dans un univers aux extrémités de la terre. César affrontait donc et un ennemi farouche et une nature hostile.*
128. *La liste des tribus rebelles est donnée dans César (VII, 3-4).*
129. *Cette analyse stratégique paraît peu vraisemblable, mais le rapprochement des événements d'Italie et du soulèvement de la Gaule est avancé par César lui-même (VII, 1).*
130. *Voir supra, XVIII, 1 et note.*
131. *La guerre de mouvement de l'année 52 est de fait impressionnante : César traversa trois fois la Gaule entre la Seine et la Narbonnaise au Sud en moins de six mois.*

le nom de frères des Romains[132] et ils avaient reçu de grandes marques d'honneur, mais en la circonstance, ils rejoignirent les rebelles, ce qui plongea l'armée de César dans un profond découragement. 6. Il fut donc obligé de quitter leur pays et il traversa celui des Lingons, dans l'intention de rejoindre les Séquanes, peuple ami qui se trouve en avant de l'Italie, face au reste de la Gaule. 7. Là, pressé et cerné par les ennemis, qui avaient plusieurs dizaines de milliers d'hommes, il décida d'engager une bataille décisive dans laquelle il lança toutes ses troupes : il fut vainqueur et, au prix d'un combat long et sanglant, il écrasa les Barbares[133]. 8. Au début de l'action, il fut mis en difficulté, semble-t-il : les Arvernes montrent une épée courte, suspendue dans un sanctuaire, et affirment que c'est une dépouille conquise sur César. Celui-ci la vit par la suite : il sourit et comme ses amis lui demandaient de l'enlever, il s'y opposa, considérant qu'elle était consacrée.

XXVII. 1. Cependant, la plupart des Gaulois qui avaient pu s'échapper s'étaient réfugiés avec leur roi dans Alésia. 2. César l'assiégea, mais elle semblait imprenable, à cause de la hauteur de ses remparts et de la multitude de ses défenseurs, et il courut là un danger qui dépasse tout ce que l'on peut dire. Ce danger venait de l'extérieur. 3. En effet, l'élite de tous les peuples de Gaule se rassembla, prit les armes et marcha au secours d'Alésia[134]. Ils étaient trois cent mille 4. et, à l'intérieur, les combattants étaient au moins cent soixante-dix mille[135], de sorte que César, enfermé et assiégé entre deux armées si nombreuses, fut contraint de construire une double fortification[136], l'une face à la cité, l'autre tournée contre les nouveaux arrivants : si les deux armées opéraient leur jonction, il serait perdu sans remède. 5. On peut donc comprendre que le danger qu'il courut devant Alésia soit resté célèbre à plus d'un titre : jamais, dans aucun autre combat, il n'eut à déployer autant d'audace et d'habileté. On admire surtout la manière dont il parvint à cacher à ceux qui se trouvaient dans la cité qu'il avait engagé le combat contre tant de milliers de Gaulois venus du dehors et qu'il avait eu le dessus ; on s'étonne encore davantage que même les Romains qui gardaient la fortification face à la cité n'en aient rien su. 6. Ils n'apprirent la victoire que lorsqu'ils entendirent, venant d'Alésia, les gémissements des hommes et les sanglots des femmes, qui voyaient, de l'autre côté, l'immense quantité de boucliers rehaussés d'or et d'argent, de cuirasses trempées de sang, de coupes et de tentes gauloises que les Romains rappor-

---

132. Les Éduens, alliés de la première heure, avaient appelé César à leur secours en 58.
133. La défaite de la cavalerie gauloise par la cavalerie germaine qu'avait enrôlée César joua un rôle décisif.
134. Exagération probable : il ne se produisit pas de mouvement spontané, mais ce furent les cavaliers envoyés d'Alésia par Vercingétorix qui suscitèrent une coalition probablement assez hétéroclite.
135. César donne les chiffres de 240 000 fantassins et 8 000 cavaliers pour l'armée de secours (Guerre des Gaules, VII, 76) et de 80 000 guerriers pour les assiégés (VII, 71, 3), auxquels s'ajoutait la population civile mandubienne de la place forte (les Mandubiens étaient un peuple de la Séquanaise, la Franche-Comté actuelle).
136. Sur les recherches archéologiques récentes, voir Reddé, Schumbein, Sievers (1995).

taient dans leur camp. 7. On voit combien fut rapide la perte d'une armée si grande : elle s'évanouit et se dissipa comme un fantôme ou un songe[137], la plupart de ses hommes étant tombés dans la bataille. 8. Quant aux défenseurs d'Alésia, après avoir beaucoup souffert et donné à César beaucoup de mal, ils finirent par se rendre. 9. Le chef suprême de la guerre, Vercingétorix, prit ses plus belles armes, para son cheval et sortit de la ville[138]. 10. Il décrivit un cercle sur sa monture, autour de César, qui était assis, puis sauta à terre, jeta toutes ses armes, s'assit aux pieds de César, et ne bougea plus. Alors César le fit mettre sous bonne garde pour son triomphe.

XXVIII. 1. César avait décidé depuis longtemps d'abattre Pompée[139] et, de toute évidence, la réciproque était vraie. Crassus, le seul qui aurait pu, tel un athlète de réserve, relayer l'un des deux adversaires, était mort chez les Parthes : il ne restait donc plus à César, pour s'élever au premier rang, qu'à abattre celui qui l'occupait, et à Pompée, pour éviter d'être abattu, qu'à prendre les devants et à se débarrasser de celui qu'il craignait. 2. Pompée n'éprouvait cette crainte que depuis peu de temps : jusque-là, il méprisait César, jugeant qu'il ne lui serait pas difficile de rabaisser un homme qu'il avait lui-même élevé. 3. César, au contraire, s'était, dès le début, donné pour objectif la ruine de Pompée : il s'était écarté de ses adversaires pour s'entraîner au loin, tel un athlète, par les guerres des Gaules où il avait pu exercer son armée et accroître sa gloire, en s'élevant par ses exploits aussi haut que les succès de Pompée[140]. 4. Il saisit toutes les occasions que lui offrirent, soit Pompée lui-même, soit les circonstances et l'état déplorable de la vie politique romaine : c'était l'époque où ceux qui briguaient des magistratures installaient des comptoirs de banquiers sur la place publique, pour appâter sans vergogne la multitude[141] ; le peuple se laissait acheter et descendait ensuite soutenir, non par ses votes, mais avec des arcs, des épées et des frondes, celui qui l'avait payé. 5. À plusieurs reprises, on ne se sépara qu'après avoir souillé la tribune de sang et de cadavres[142]. La Ville

---

137. La rapidité de sa défaite souligne la faiblesse de l'armée de secours, nombreuse mais mal organisée.
138. Tableau épique appelé à une longue postérité, dans les livres d'histoire de l'école primaire de la IIIe République (voir Moisset, 1976).
139. Reconstruction a posteriori qui prête à César, dès ses débuts, une sorte de vision prophétique de sa destinée. Ce procédé se retrouve fréquemment même dans l'historiographie contemporaine, notamment dans l'hagiographique Jules César de Carcopino.
140. S'il est exact que la principale cause de la guerre des Gaules fut la nécessité où se trouvait César de se tailler une gloire militaire indispensable à la poursuite de toute carrière politique à Rome, s'il est vrai que l'armée des guerres civiles fut celle de la guerre des Gaules, il est abusif, en revanche, de prêter à César dès la guerre des Gaules le projet de la guerre civile (voir la même analyse dans Pompée, LI, 1).
141. La corruption fut particulièrement virulente dans les années 54 et 53 (voir Pompée, LIV, 3 et 5) et César lui-même en usa largement (Pompée, LI, 3).
142. Sur les violences de la fin de la République, notamment en 59, 55 et 53, voir Pompée, XLVIII, 1-2, LII, 2 et LIII, 3.

était livrée à l'anarchie, comme un navire sans pilote, ballotté par les flots. C'était au point que les gens sensés[143] jugeaient qu'ils auraient bien de la chance si tant de folie et d'agitation n'amenait rien de pire qu'une monarchie. 6. Ils étaient désormais nombreux à oser dire en public que la monarchie était l'unique remède qui pouvait encore guérir Rome et qu'il fallait recevoir ce remède du médecin le plus doux. Par ces mots, ils faisaient allusion à Pompée, 7. lequel affectait en paroles de refuser, mais dans les faits, mettait tout en œuvre pour être nommé dictateur. Caton le comprit et conseilla au Sénat de le désigner comme consul unique[144] : ainsi, il ne tenterait pas d'employer la force pour devenir dictateur, puisqu'il aurait en compensation un pouvoir monarchique plus conforme aux lois. 8. Les sénateurs le prorogèrent également dans ses provinces. Il en avait deux, l'Espagne et l'ensemble de l'Afrique : il les administrait en y envoyant des légats et en y entretenant des armées pour lesquelles, chaque année, il recevait mille talents du trésor public[145].

XXIX. 1. Là-dessus, César chargea des émissaires de solliciter pour lui le consulat et une prorogation identique de ses provinces[146]. Pompée garda d'abord le silence, mais Marcellus et Lentulus[147] s'opposèrent à cette demande et, comme par ailleurs ils haïssaient César, ils ajoutèrent à ce refus nécessaire des brimades qui ne l'étaient nullement, dans l'intention de l'humilier et de le bafouer. 2. Ils enlevèrent le droit de cité aux habitants de Novum Comum, que César venait d'établir en Gaule, et Marcellus, alors consul, fit battre de verges un des sénateurs de cette cité qui s'était rendu à Rome. « Ces marques, ajouta-t-il, je les imprime sur toi, pour bien prouver que tu n'es pas un Romain. Va donc les montrer à César[148] ! » 3. Après le consulat de Marcellus, César laissa désormais tous les hommes politiques puiser abondamment dans les trésors pris sur les Gaules ; il libéra le tribun de la plèbe, Curion[149],

---

143. *Plutarque désigne par là les* optimates, *qui vont à contrecœur offrir le consulat unique à Pompée (voir* Pompée, *LIV, 7-8).*
144. *La proposition, émise en 52 par Bibulus, le gendre de Caton, faisait pièce aux suggestions avancées en 53 par le tribun de la plèbe et cousin de Pompée, Lucilius Hirrus, qui avait proposé la dictature (voir* Pompée, *LIV, 3).*
145. *Pompée, par ces mesures, demeurait à Rome, centre du pouvoir, tout en faisant entretenir aux frais de l'État les armées qui constituaient la base militaire de sa puissance.*
146. *César, consul en 59, pouvait être réélu pour 49. Mais, pour échapper aux attaques de ses adversaires, il devait conserver jusque-là son* imperium, *ce qui l'empêchait de se rendre à Rome en 50 pour se porter candidat.*
147. *Marcus Claudius Marcellus, consul en 51, et Cornelius Lentulus Crus, consul en 49.*
148. *La punition des verges ne pouvait être infligée à un citoyen. Par la portée symbolique de son geste, le consul Marcus Claudius Marcellus marquait son opposition, comme celle des* optimates, *au large octroi de la citoyenneté dont César avait fait bénéficier plusieurs individus ou cités de Gaule Cisalpine, dont Novum Comum (Côme).*
149. *Caius Scribonius Curio, fils du consul de 76, considéré longtemps comme un partisan des* optimates *opposé aux « triumvirs », se révéla en 50, durant son tribunat de la plèbe, un farouche et habile partisan de César.*

de dettes considérables et remit mille cinq cents talents au consul Paulus[150], qui les employa à la décoration de la basilique, ce fameux monument qu'il avait fait bâtir sur le forum à la place de la basilique Fulvia. 4. Dans ces conditions, Pompée, redoutant de les voir se liguer contre lui, se décida à intervenir ouvertement lui-même et par l'intermédiaire de ses amis pour faire nommer un successeur à César dans son commandement; d'autre part, il lui fit redemander les soldats qu'il lui avait prêtés pour les guerres des Gaules[151]. César les lui renvoya, après avoir donné à chaque homme deux cent cinquante drachmes. 5. Ceux qui les ramenèrent à Pompée répandirent dans la foule des bruits défavorables et malveillants sur César[152] et firent également beaucoup de mal à Pompée, en lui inspirant de vaines espérances. Ils prétendaient que l'armée de César le désirait, lui, pour chef; il était en butte à Rome à l'envie sournoise qui travaillait la cité, mais les soldats de Gaule étaient prêts à se mettre à sa disposition : dès qu'ils auraient passé en Italie, ils se rallieraient à lui, tant César leur était devenu odieux, à cause du nombre des campagnes qu'il leur avait imposées, et suspect, car ils redoutaient de le voir aspirer à la monarchie. 6. Ces propos inspiraient à Pompée une immense vanité. Croyant n'avoir rien à craindre, il négligea de se procurer des troupes : il s'imaginait pouvoir abattre César par des discours et des motions[153], en faisant voter des mesures hostiles contre lui, 7. ce dont César ne se souciait nullement. On dit même qu'un des centurions qu'il avait envoyés à Rome, se tenant près de la Curie et apprenant que le Sénat refusait de proroger le commandement de César, frappa de sa main la poignée de son épée et s'écria : « Eh bien ! voilà qui le lui fera obtenir[154] ! »

XXX. 1. Cependant la requête de César avait, de manière éclatante, l'apparence de la justice[155]. Il proposait de déposer les armes, à condition que Pompée en fît autant : dans ces conditions, ils pourraient tous deux, redevenus simples particuliers, rechercher la faveur de leurs concitoyens ; en revanche, dépouiller l'un des deux rivaux de son armée et confirmer l'autre à la tête de celle qu'il possédait, c'était discréditer l'un pour faire de l'autre un tyran. 2. Curion présenta ces propositions, au nom de César, devant l'assemblée du peuple et il fut vivement applaudi ; certains lui lancèrent même des couronnes et des fleurs, comme à un athlète. 3. Antoine, alors tribun de la plèbe, apporta au peuple une lettre de César relative à ces ques-

---

150. *Lucius Aemilius Paulus, consul en 50 avec Caius Claudius Marcellus, avait, en 55, restauré en tant qu'édile et descendant de la gens Aemilia la basilica Aemilia du forum (voir* Pompée, LVIII, 2).
151. *Voir* Pompée, LVI, 4.
152. *Parmi eux, Appius Claudius Pulcher, neveu de Publius Clodius. Sur les fondements des rumeurs colportées par ces hommes, voir* Pompée, LVII, 7.
153. *Plutarque stigmatise indirectement l'entourage de Pompée, constitué des* optimates, *qui, à force de tergiversations et de discours, lui fait perdre sa clairvoyance de stratège.*
154. *L'épisode est également rapporté dans* Pompée, LVIII, 3.
155. *Plutarque adopte ici une version anticésarienne, qui présente les propositions de César comme un calcul machiavélique.*

tions et en donna lecture malgré l'opposition des consuls[156]. 4. Mais au Sénat, Scipion[157], le beau-père de Pompée, déposa une motion aux termes de laquelle si, à un jour fixé, César n'avait pas déposé les armes, il serait déclaré ennemi public. 5. Les consuls demandèrent aux sénateurs s'ils jugeaient que Pompée devait renvoyer ses soldats puis ils posèrent la même question à propos de César. Il y eut très peu de sénateurs pour appuyer la première proposition, mais tous, à quelques exceptions près, se rallièrent à la seconde. Cependant, comme Antoine proposait de nouveau d'obliger les deux adversaires à déposer leur commandement, les sénateurs se rangèrent à l'unanimité à cet avis[158]. 6. Mais Scipion s'y opposa avec violence et le consul Lentulus se mit à crier que contre un bandit il fallait des armes et non des votes : ils se séparèrent donc et, en signe de deuil, changèrent de vêtements à cause de la guerre civile.

XXXI. 1. Bientôt arrivèrent des lettres de César, dans lesquelles il faisait preuve de modération[159]. Renonçant à toutes ses autres exigences, il demandait seulement à conserver la Gaule Cisalpine et l'Illyrie, avec deux légions, jusqu'au moment où il briguerait son deuxième consulat. L'orateur Cicéron, qui venait d'arriver de Cilicie et cherchait à les réconcilier[160], tentait d'attendrir Pompée, lequel cédait sur tous les points, mais tenait à ôter ses soldats à César. 2. Alors Cicéron conseilla aux amis de César de se contenter des deux provinces en question et de six mille soldats seulement, afin de parvenir à un accord. Pompée fléchissait et allait céder, mais Lentulus, alors consul, s'y opposa et alla jusqu'à insulter Antoine et Curion qu'il chassa honteusement du Sénat. 3. Il donnait ainsi à César le plus spécieux des prétextes, celui qui lui permit le mieux d'exciter ses soldats, en leur montrant que des hommes importants, des magistrats, avaient été obligés de s'enfuir, sur des chariots de louage, dans des vêtements d'esclaves – c'était en effet dans ces conditions que, pris de peur, les tribuns s'étaient enfuis de Rome[161].

XXXII. 1. César n'avait alors auprès de lui que trois cents cavaliers et cinq mille fantassins[162]. Il avait envoyé des officiers chercher le reste de son armée, qu'il avait laissé de l'autre côté des Alpes. 2. Mais il se rendit compte que, pour entreprendre

---

156. César avait fait élire Antoine au tribunat de la plèbe pour 49, en remplacement de Curion. Les deux hommes essayaient d'impressionner le Sénat par l'appel au peuple, tentative combattue par les deux consuls, Lucius Cornelius Lentulus Crus et Caius Claudius Marcellus.
157. Quintus Metellus Scipio, consul avec Pompée à la fin de 52 (voir Pompée, *LV, 1 et 11).*
158. La faction favorable à César était menée par Antoine, Curion et Lucius Calpurnius Piso, le beau-père de César alors censeur.
159. Cette attitude de César est contradictoire avec l'analyse proposée supra *(§ 1) et démontre que la guerre civile n'était pas un plan mûri de longue date.*
160. Cicéron revint en 49 de son proconsulat de Cilicie et renonça à briguer le triomphe devant l'urgence de la situation. Sur ses bons offices, voir Cicéron, *XXXVII, 1 ;* Pompée, *LIX, 5.*
161. La fuite est décrite dans Antoine, *V, 9-10.*
162. C'est-à-dire moins d'une légion. Pompée en avait trois à sa disposition.

ce qu'il projetait et pour entrer en guerre, il n'avait pour l'heure nul besoin de nombreux effectifs ; il devait plutôt frapper les ennemis de stupeur par son audace et sa rapidité à saisir l'occasion : il lui serait plus facile de les terrifier par son arrivée imprévue que de les attaquer après s'être bien préparé[163]. 3. Il ordonna donc aux tribuns militaires et aux centurions de ne prendre pour armes que leurs épées et de s'emparer d'Ariminum, une grande cité de Gaule[164], en évitant autant que possible de verser le sang et de causer du désordre : il confia son armée à Hortensius[165]. 4. Pour lui, il passa la journée en public, à assister à des combats de gladiateurs. Vers le soir, il prit un bain, puis entra dans la salle à manger et resta quelque temps en compagnie des convives. Après quoi, dès que la nuit fut venue, il se leva, les salua aimablement et les pria de l'attendre, en disant qu'il allait revenir. Auparavant, il avait demandé à un petit nombre de ses amis de le rejoindre, non pas tous ensemble, mais chacun par un chemin différent. 5. Lui-même monta dans un des chariots de louage et prit d'abord une autre route, puis il fit demi-tour et se dirigea vers Ariminum. Quand il fut arrivé au bord du cours d'eau, nommé Rubicon, qui marque la frontière entre la Gaule Cisalpine et le reste de l'Italie, il se mit à réfléchir, mesurant mieux, à l'approche du danger, l'audace de son entreprise. Il suspendit sa course[166]. 6. Pendant cette halte, il s'absorba en silence dans de profondes réflexions, passant d'un parti à l'autre, et changeant d'avis à de nombreuses reprises. 7. Il confia même son incertitude aux amis qui l'accompagnaient, notamment à Asinius Pollion[167]. Il calculait tous les maux que le passage de ce cours d'eau allait infliger à l'humanité entière et tout ce qu'en dirait la postérité. 8. Pour finir, dans un mouvement de passion, comme s'il se détournait de la raison pour s'élancer dans l'avenir, il murmura le mot suivant, que prononcent souvent ceux qui tentent une Fortune incertaine et audacieuse : « Que le dé en soit jeté[168] ! » Puis il s'empressa de traverser le cours d'eau. Il avança dès lors au pas de course, tomba sur Ariminum avant le jour et s'en empara. 9. La nuit qui avait précédé le passage du Rubicon, il avait eu, dit-on, un songe abominable : il avait rêvé qu'il avait avec sa mère des rapports incestueux[169].

XXXIII. 1. Après la prise d'Ariminum, ce fut comme si les portes de la guerre avaient été largement ouvertes, sur terre et sur mer, et comme si, en même temps que les frontières de sa province, César avait aussi bouleversé les lois de la cité. On eût dit que ce n'étaient pas, comme en d'autres circonstances, des hommes et des femmes qui se répandaient en tous sens, mais les cités elles-mêmes qui se levaient

---

163. Belle illustration de la celeritas césarienne, qui lui conféra souvent l'avantage stratégique.
164. Rimini, sur la rive droite du Rubicon, était en fait en Ombrie, à la limite de la Cisalpine.
165. Quintus Hortensius Hortalus, fils du célèbre orateur Hortensius, rival de Cicéron.
166. Dramatisation de l'épisode, qui n'a pas peu contribué à la légende dorée de César.
167. Fidèle général césarien qui écrivit une histoire des guerres civiles (voir Pompée, LXXII, 4).
168. La citation se retrouve dans Pompée, LX, 4 ; Apophtegmes des rois et des empereurs, 206 B-C ; Appien, Guerres civiles, II, 35.
169. Image du viol de la patrie que constituait le franchissement du Rubicon.

et se dispersaient dans leur fuite. 2. Rome était comme inondée par l'afflux des peuples réfugiés en provenance des alentours ; elle n'était plus disposée à obéir aux magistrats ni accessible à la raison. Au milieu de tant d'orages et de tempêtes, elle faillit se détruire elle-même[170]. 3. Partout se déchaînaient des passions contraires et des mouvements violents. Même ceux qui se réjouissaient de la situation ne restaient pas tranquilles : comme ils se heurtaient sans cesse, dans cette grande cité, à des gens inquiets et affligés et qu'ils affichaient hardiment leur confiance dans l'avenir, ils provoquaient des querelles. 4. Quant à Pompée, il était frappé de stupeur et troublé par les discours que chacun lui tenait : les uns l'accusaient d'avoir fait grandir César pour sa propre perte[171] et celle de l'Empire romain, et lui en demandaient des comptes, les autres lui reprochaient d'avoir permis à Lentulus de bafouer César, alors que ce dernier cédait et proposait une réconciliation à des conditions généreuses. 5. Favonius[172] invitait Pompée à frapper la terre du pied, car un jour, emporté par la vanité, il avait lancé aux sénateurs qu'il ne voulait pas les voir s'occuper ni s'inquiéter des préparatifs de guerre : « Lorsque César attaquera, disait-il, je n'aurai qu'à frapper le sol du pied pour emplir d'armées l'Italie[173]. » 6. Cependant, Pompée l'emportait encore sur César par ses effectifs[174], mais personne ne le laissa se fier à ses propres raisonnements. Sous l'afflux des nouvelles, fausses et terrifiantes, selon lesquelles la guerre était déjà déclarée et s'étendait partout, il céda et se laissa ébranler, pour la perte de tous. Il proclama l'état de tumulte[175] et abandonna la Ville, ordonnant au Sénat de le suivre et demandant à tous ceux qui préféraient à la tyrannie la patrie et la liberté de ne pas rester.

XXXIV. 1. Les consuls prirent donc la fuite, sans même avoir offert les sacrifices en usage avant de quitter Rome[176]. La plupart des sénateurs s'enfuirent aussi, prenant dans leurs biens ce qui leur tombait sous la main : ils avaient l'air de les voler et l'on eût dit que ces biens ne leur appartenaient pas. 2. Certains même, qui avaient pourtant auparavant adopté avec énergie la cause de César, perdirent alors la tête sous l'effet de la terreur et se laissèrent alors, sans aucune nécessité, entraîner par le flot de cette panique. 3. Mais le spectacle le plus lamentable était celui qu'offrait la cité, sous l'assaut d'une telle tempête : elle ressemblait à un vaisseau abandonné par ses pilotes et emporté à l'aventure[177]. 4. Cependant, si pitoyable que fût ce départ, les citoyens avaient l'impression, à cause de Pompée, que l'exil était leur patrie[178] et ils

---

170. Même description dans Pompée, *LXI, 2-4.*

171. Cette analyse est en plusieurs passages prêtée à Caton (voir supra, XIII, 6 ; Caton le Jeune, *XXX, 9).*

172. Ardent partisan de Caton, préteur en 49 : voir Pompée, *LX, 7 et LXVII, 5.*

173. Cette présomption de Pompée devint manifeste quand César s'empara en quelques jours, et sans avoir à combattre, du Picenum, fief des Pompeii.

174. Voir supra, XXXII, 1-2.

175. Décret qui proclamait la patrie en danger et la levée en masse des citoyens en âge de porter les armes.

176. Ils en oublièrent même le trésor public dans le temple de Saturne.

177. Même description apocalyptique dans Pompée, *LX, 5 et LXI, 3-7.*

178. Voir Pompée, *LXXXIV, 4.*

considéraient Rome, qu'ils abandonnaient, comme le camp retranché de César. 5. Même Labiénus, un des meilleurs amis de César, qui avait été son légat et avait combattu à ses côtés avec la plus vive ardeur pendant toutes les guerres des Gaules, fit alors défection[179] et rejoignit Pompée. Cela n'empêcha pas César de lui renvoyer son argent et ses bagages. 6. Quant à Domitius[180], qui assiégeait Corfinium[181] à la tête de trente cohortes, César marcha contre lui et établit son camp près du sien. Domitius, désespérant de son sort, demanda du poison à son médecin, qui était un esclave. Il but ce qui lui fut donné, pensant qu'il allait en mourir. 7. Mais peu après, ayant appris avec quelle admirable humanité César traitait les prisonniers, il se lamenta sur son sort et s'en voulut d'avoir pris une décision si rapide. 8. Son médecin le rassura, en lui disant qu'il lui avait fait boire un narcotique et non un poison. Alors, plein de joie, Domitius se leva et s'en alla trouver César, qui lui tendit la main droite ; après quoi, Domitius retourna auprès de Pompée. 9. Ces nouvelles, rapportées à Rome, rassurèrent les habitants et certains des fuyards revinrent[182].

XXXV. 1. César s'empara des troupes de Domitius[183] et, prenant les devants, il s'adjoignit tous les soldats qu'on était en train d'enrôler pour Pompée dans les différentes cités. Désormais puissant et redoutable, il marcha contre Pompée lui-même. 2. Celui-ci ne voulut pas soutenir son attaque ; il s'enfuit à Brundisium, d'où il envoya d'abord les consuls à Dyrrachium[184], avec une armée. Quelques jours plus tard, lorsque César avança vers lui, il embarqua à son tour, comme je l'indiquerai en détail dans l'ouvrage que je vais lui consacrer[185]. 3. César voulait le poursuivre aussitôt, mais il manquait de navires. Il regagna donc Rome. Il lui avait fallu soixante jours pour se rendre maître de toute l'Italie, sans verser le sang.
4. Il trouva la Ville plus calme qu'il ne s'y attendait, et dans ses murs, un grand nombre de sénateurs. Il leur tint des propos pleins de clémence et dignes d'un démocrate, les exhortant même à envoyer une ambassade à Pompée pour conclure avec lui des accords acceptables[186]. 5. Mais personne ne voulut l'écouter, soit par crainte de Pompée, qu'ils avaient abandonné, soit parce qu'ils pensaient que César n'était pas sin-

---

179. Titus Labienus, meilleur officier de César en Gaule, restait simplement fidèle à ses liens de clientèle : originaire du Picenum, il était lié aux Pompeii, ce qui explique l'attitude de César à l'égard de son geste. Il mourut au combat à Munda en 45.
180. Lucius Domitius Ahenobarbus, vieil ennemi de César, consul en 54.
181. Place forte du sud des Abruzzes.
182. La clementia *de César, qui contrastait avec la violence des* optimates, *lui valut de nombreux ralliements.*
183. L'entêtement de Domitius à affronter César, alors que Pompée avait choisi de quitter l'Italie, puis sa couardise firent perdre aux pompéiens les 30 cohortes dont il avait le commandement.
184. Durazzo sur la côte dalmate.
185. Voir Pompée, *LXII, 2-LXIV.*
186. Tout autant que comme un geste de clémence, les propositions de César s'expliquent par la conscience de la précarité de son avantage, annihilé par la maîtrise de la mer dont disposait Pompée (voir Pompée, *LXIV, 1).*

cère et leur tenait un langage spécieux. 6. Le tribun de la plèbe Métellus[187], s'appuyant sur certaines lois, voulut l'empêcher de prendre de l'argent dans les fonds de réserve du trésor. César déclara qu'il y avait un temps pour les lois et un temps pour les armes. 7 « Quant à toi, ajouta-t-il, si tu es fâché de ce qui se passe, retire-toi tout de suite et laisse-nous. Le franc-parler ne sied pas en temps de guerre. Quand j'aurai déposé les armes et que des accords auront été conclus, tu pourras revenir et faire le démagogue[188]. 8. Et encore, en tenant ce langage, je n'use pas de mes droits. Car tu es en mon pouvoir, ainsi que tous ceux qui se sont soulevés contre moi et que j'ai faits prisonniers. » 9. Après avoir tenu ces propos à Métellus, il s'avança vers les portes du trésor public[189]. Comme on ne trouvait pas les clés, il envoya chercher des serruriers et leur ordonna de briser les serrures. 10. Métellus protesta de nouveau, approuvé par quelques citoyens. Alors César, haussant le ton, le menaça de mort s'il ne cessait pas de l'importuner. « Et tu n'ignores pas, jeune homme, déclara-t-il, que cela m'est plus difficile à dire qu'à faire. » 11. Ce mot terrifia Métellus et le décida à s'en aller; dès lors César obtint, facilement et rapidement, tout ce dont il avait besoin pour la guerre.

XXXVI. 1. Il fit campagne en Espagne, résolu à en chasser Afranius et Varron[190], légats de Pompée, et à se rendre maître de leurs troupes et de leurs provinces, avant de marcher contre Pompée : ainsi il ne laisserait derrière lui aucun ennemi. 2. À plusieurs occasions, sa vie fut menacée par des embuscades et son armée le fut surtout par la famine[191]; cependant, il ne cessa pas de poursuivre les ennemis, de les provoquer au combat et de les entourer de tranchées, jusqu'au moment où il se rendit, de vive force, maître de leurs camps et de leurs armées[192]. Les chefs s'enfuirent et se réfugièrent auprès de Pompée.

XXXVII. 1. Lorsque César revint à Rome[193], son beau-père Pison lui conseilla d'envoyer des délégués à Pompée pour proposer une réconciliation. Mais Isauricus, désireux de complaire à César, combattit cette proposition. 2. César fut nommé dictateur par le Sénat[194] : il rappela les exilés, rétablit dans leurs droits civiques les fils

---

187. Sur Lucius Caecilius Metellus, tribun en 49, voir Pompée, LXII, 1. L'épisode figure dans la correspondance de Cicéron (Lettres à Atticus, IX, 6, 3).
188. Allusion probable au célèbre « Que les armes cèdent à la toge » de Cicéron, ici parodié par César comme il l'avait été par Pompée (voir Pompée, X, 3).
189. L'aerarium se trouvait dans les caves du temple de Saturne, sur le forum. Cette situation explique que le bris des serrures ait constitué un sacrilège.
190. Lucius Afranius et Lucius Terentius Varro, voir Pompée, LXV, 3.
191. César connut des difficultés d'approvisionnement au début de la campagne, face à Lucius Afranius, près de Lérida (Guerre civile, I, 40-55).
192. Lucius Afranius, encerclé, dut capituler au sud de l'Èbre; Varron, devancé par César dans Gadès (Cadix), se rendit sans combattre.
193. César revint en décembre 49, après le difficile siège de Marseille et la répression de ses légions mutinées à Plaisance.
194. Ce sont les comices tributes qui, sur proposition du préteur Lépidus, l'avaient nommé dictateur.

des victimes de Sylla et soulagea les débiteurs en diminuant une partie des intérêts de leurs dettes[195]. Il prit quelques autres mesures analogues, mais en petit nombre car, au bout de dix jours, il abdiqua la dictature pour se nommer lui-même consul, avec pour collègue Servilius Isauricus[196]. Puis il se mit en campagne. 3. Il laissa en chemin, pour aller plus vite, le gros de ses troupes et, avec six cents cavaliers d'élite et cinq légions[197], au moment du solstice d'hiver, au début du mois de janvier (qui correspond au mois de Poseidéon des Athéniens), il prit la mer. 4. Il traversa la mer Ionienne, s'empara d'Oricos et d'Apollonie, puis renvoya ses vaisseaux à Brundisium pour y prendre les soldats qui étaient restés en arrière au cours de la marche. 5. Pendant toute la route, ces hommes, qui n'étaient déjà plus dans la force de l'âge et qui étaient découragés par le grand nombre des guerres[198], se plaignaient de César. 6. « Où donc et vers quel but cet homme veut-il nous mener avant de nous laisser en paix ? Il nous traîne partout et se sert de nous comme si nous étions des outils inusables et inanimés. Notre fer lui-même s'est émoussé à force de frapper et, après des guerres si longues, nous devons ménager cuirasses et boucliers. 7. César ne s'aperçoit-il pas, en voyant nos blessures, que ceux auxquels il commande sont de simples mortels, et que la nature ne nous permet d'endurer et de souffrir que des maux de mortels ? Même un dieu ne pourrait faire violence à ce temps d'hiver et à la saison où les vents se déchaînent sur la mer. Mais lui, il s'expose à ces dangers comme si, au lieu de poursuivre les ennemis, il était en train de les fuir. » 8. Tels étaient les propos que tenaient les hommes, tandis qu'ils marchaient vers Brundisium sans se hâter. Mais quand ils arrivèrent et découvrirent que César était déjà parti, ils changèrent aussitôt d'attitude : ils se reprochaient amèrement d'avoir été traîtres à leur *imperator* et reprochaient à leurs chefs[199] de n'avoir pas pressé la marche. 9. Assis sur les hauteurs, le regard tourné vers la mer et vers l'Épire, ils guettaient les navires qui devaient les transporter auprès de lui[200].

XXXVIII. 1. Cependant, à Apollonie, César, qui n'avait pas avec lui une armée suffisante pour combattre et que le retard de son armée d'Italie plongeait dans l'embarras et dans l'inquiétude, prit une résolution terrible, celle d'embarquer, à l'insu de tous, sur un bateau à douze rames, et de gagner Brundisium, malgré les nom-

---

195. *Le début de la guerre civile avait déclenché une panique financière : la thésaurisation avait entraîné la disparition du numéraire et la valeur des biens fonciers s'était effondrée. César appliquait en la matière les mesures traditionnelles des* popolares.
196. *Fils de Publius Servilius Vatia Isauricus, consul de 79 et censeur en 55, il apportait à César l'appui d'une famille réputée pour ses positions modérées.*
197. *7 légions dans César,* Guerre civile, *III, 6, 2.*
198. *Argument utilisé par Pompée pour justifier ses options stratégiques dans les Balkans (*Pompée, *LXVI, 1) et ses choix tactiques à Pharsale (*Pompée, *LXIX, 6-7 et infra, XLIV, 7).*
199. *Les troupes demeurées en Italie (4 légions) avaient été confiées à Antoine et à Fufius Calénus, renvoyé par César avec la flotte du premier débarquement.*
200. *Au mauvais temps (hiver 49-48) s'ajoutait la flotte pompéienne commandée par Bibulus, qui maîtrisait l'Adriatique.*

breuses escadres ennemies qui couvraient la mer. 2. Une nuit donc, se dissimulant sous un vêtement d'esclave, il monta à bord et prit place dans un coin, comme un passager ordinaire, sans rien dire[201]. 3. L'embarcation descendait le fleuve Aôos pour rejoindre la mer. Or la brise du matin, qui d'ordinaire assurait à cette heure le calme près de l'embouchure en repoussant au loin le flux marin, fut abattue par un fort vent de mer qui s'éleva durant la nuit. 4. Le fleuve, contrarié par la houle marine et par la résistance des vagues, se déchaîna et s'agita violemment, dans un grand vacarme, au milieu de tourbillons effrayants. Incapable de forcer le passage, le pilote ordonna aux matelots de virer de bord pour revenir au rivage. 5. En entendant cet ordre, César se fit connaître et, saisissant la main du pilote stupéfait de le voir, il lui dit : « Allons, mon brave, sois audacieux et ne crains rien. Tu portes César et sa Fortune qui navigue avec lui ! » 6. Aussitôt, les matelots, oubliant la tempête, firent force de rame et mirent toute leur ardeur à triompher du fleuve. Mais ils ne purent y parvenir : après avoir reçu de gros paquets de mer et risqué sa vie à l'embouchure, César autorisa, bien à contrecœur, le pilote à virer de bord. 7. À son retour, les soldats vinrent en foule à sa rencontre et lui adressèrent beaucoup de reproches et de plaintes : pourquoi n'avait-il pas voulu croire qu'il était capable de vaincre avec eux seuls ? pourquoi s'inquiétait-il et risquait-il sa vie pour les soldats qui étaient au loin, comme s'il n'avait pas confiance en ceux qui étaient près de lui ?

XXXIX. 1. Sur ces entrefaites, Antoine débarqua en amenant les troupes de Brundisium[202]. Reprenant courage, César se mit à provoquer Pompée. Celui-ci, installé dans une position avantageuse, était convenablement ravitaillé par terre et par mer[203], alors que César, qui au début n'était déjà pas dans l'abondance, fut ensuite victime d'une disette terrible. 2. Les soldats coupaient une racine qu'ils faisaient tremper dans du lait et qui leur servait de nourriture. Ils en fabriquaient même parfois des pains et, courant aux avant-postes ennemis, ils les lançaient à l'intérieur des retranchements, en criant que, tant que la terre produirait de semblables racines, ils ne cesseraient pas d'assiéger Pompée[204]. 3. Cependant, celui-ci ne laissait parvenir au gros de son armée ni ces pains ni ces paroles, car ses soldats se décourageaient : ils tremblaient devant la sauvagerie et l'insensibilité des ennemis, qui leur paraissaient semblables à des bêtes sauvages[205]. 4. Des escarmouches éclataient sans cesse près du camp de Pompée et César avait toujours l'avantage. Une seule fois pourtant, il essuya une déroute sévère et faillit perdre son camp, 5. car Pompée se lança à l'attaque et nul ne put résister ; les fossés se remplirent de morts et les soldats de César,

---

201. L'anecdote ne figure pas dans la Guerre civile, *où n'est évoquée que l'impatience de César qui presse ses officiers (II, 25, 1-2).*
202. Le débarquement d'Antoine eut lieu deux mois environ après la première traversée.
203. Les pompéiens, maîtres de la mer, s'approvisionnaient en Asie Mineure et par l'Adriatique. Le contrôle de la Thessalie leur offrait, par ailleurs, une solide base logistique en Grèce même.
204. L'anecdote est empruntée à César (Guerre civile, *III, 48).*
205. Autant qu'au mode alimentaire des soldats, la remarque fait référence aux origines barbares de ces troupes auxiliaires (César, Guerre civile, *III, 48, 1).*

refoulés et débandés, tombèrent près des retranchements et des fortifications de leur propre camp. 6. César se porta à la rencontre des ennemis et voulut obliger les fuyards à faire demi-tour, mais en vain : lorsqu'il saisissait les enseignes, ceux qui les portaient les jetaient. Les ennemis en enlevèrent trente-deux et César lui-même échappa de peu à la mort : 7. comme un homme robuste, de grande taille, passait près de lui en fuyant, il le somma de s'arrêter et de faire face aux ennemis ; le soldat, affolé par le danger, leva l'épée pour le frapper, mais l'écuyer de César le prit de vitesse et lui trancha l'épaule[206]. 8. César jugeait sa situation si désespérée que lorsque Pompée, soit par prudence, soit pour obéir à la Fortune, se refusa à couronner ce grand exploit et se contenta d'enfermer les fuyards dans leurs retranchements avant de se retirer, il déclara à ses amis, en s'en retournant : « Aujourd'hui la victoire serait aux ennemis, s'ils avaient avec eux le vainqueur[207] ! » 9. Puis il rentra dans sa tente, se coucha et passa une nuit amère entre toutes, à réfléchir sans trouver d'issue. Il se reprochait d'avoir mal manœuvré : alors qu'il avait devant lui le pays fertile et les cités opulentes de Macédoine et de Thessalie, il avait renoncé à attirer la guerre là-bas pour s'installer ici, au bord d'une mer tenue par la flotte ennemie, dans une région où, loin d'assiéger Pompée par les armes, il était lui-même assiégé par la disette[208]. 10. Ainsi agité, et tourmenté par les difficultés cruelles dans lesquelles il se débattait, il leva le camp, ayant décidé de mener son armée en Macédoine contre Scipion : 11. de cette manière, soit il attirerait Pompée sur un terrain où il n'aurait pas pour combattre les mêmes facilités de ravitaillement par mer, soit il écraserait Scipion, si celui-ci restait isolé.

XL. 1. Cette décision emplit d'audace l'armée de Pompée et les officiers de son état-major[209], convaincus que César était déjà vaincu et en fuite, et qu'ils le tenaient. 2. Pour sa part, Pompée évitait avec prudence de prendre le risque d'une bataille dont les enjeux étaient aussi importants. Comme il disposait de tout en abondance pour résister longtemps, il jugeait qu'il fallait user et affaiblir la vigueur de l'ennemi, laquelle était précaire. 3. En effet, si les troupes les plus combatives de l'armée de César avaient de l'expérience et une audace irrésistible quand il s'agissait de combattre, en revanche, lors des déplacements ou des travaux du camp, s'il fallait surveiller le retranchement ou monter la garde la nuit, ses hommes étaient accablés par la vieillesse et physiquement trop épuisés pour résister à ces fatigues ; la faiblesse leur enlevait leur ardeur[210]. 4. De plus, disait-on, une épidémie causée

---

206. L'anecdote ne figure pas dans la Guerre civile, *où sont narrées en détail les péripéties d'une journée fertile en rebondissements (III, 63-70).*
207. Les analyses de la Guerre civile *soulignent, au contraire, le rôle essentiel des accidents de la Fortune dans les revirements de situation et ne font pas allusion à une erreur de Pompée (III, 68, 1 ; 70, 2 ; 72, 4).*
208. Analyse stratégique judicieuse, qui va déplacer les opérations vers la Grèce centrale. La défaite de César lui rendait au demeurant l'approvisionnement encore plus difficile sur la côte d'Épire.
209. Voir César, Guerre civile, *III, 72.*
210. Voir supra, XXXVII, 5.

par les aliments étranges qu'ils absorbaient ravageait alors le camp de César. Enfin – et c'était le plus grave – César manquait d'argent et de nourriture et paraissait devoir en peu de temps se consumer de lui-même.

XLI. 1. Pour ces raisons, Pompée ne voulait pas combattre. Caton était le seul à l'approuver, afin d'épargner ses concitoyens. Même la vue des ennemis qui étaient tombés dans la bataille, au nombre de mille, lui avait été insupportable : il était parti en se voilant la face et en pleurant[211]. 2. Mais tous les autres accusaient Pompée de refuser le combat et cherchaient à l'exciter en le surnommant Agamemnon et roi des rois, insinuant qu'il ne voulait pas renoncer au pouvoir absolu et qu'il était flatté de voir tant de généraux dépendre de lui et fréquenter sa tente[212]. 3. Favonius, affectant le franc-parler de Caton[213], se répandait en folles lamentations, en disant que cette année encore, à cause de l'amour qu'avait Pompée pour le commandement, ils ne pourraient pas goûter aux figues de Tusculum. 4. Quant à Afranius, qui venait d'arriver d'Espagne où il avait mal conduit les opérations, et qu'on accusait d'avoir trahi son armée pour de l'argent, il demandait à Pompée : « Pourquoi ne livrons-nous pas bataille à ce trafiquant, puisqu'il m'a, dites-vous, acheté ma province[214] ? » 5. Tous ces hommes poussèrent donc Pompée, malgré lui, à marcher à la bataille et à se lancer à la poursuite de César. 6. Celui-ci avait d'abord éprouvé de grandes difficultés dans sa marche : nul ne le ravitaillait et tous le méprisaient à cause de sa récente défaite. 7. Mais lorsqu'il eut pris Gomphi[215], une ville de Thessalie, il parvint non seulement à nourrir son armée, mais encore à la guérir de la maladie qui l'accablait. Cela se fit d'une manière étrange : 8. les soldats trouvèrent du vin en abondance et en burent avec excès ; après quoi, ils firent la fête et se livrèrent à des orgies tout le long du chemin. Sous l'effet de l'ivresse, ils chassèrent le mal et guérirent, leur constitution physique s'étant modifiée.

XLII. 1. Lorsque les deux généraux parvinrent à Pharsale et y installèrent leur camp, Pompée revint à sa première tactique, d'autant plus qu'il y avait eu des apparitions de mauvais augure et qu'il avait fait un songe, au cours de son sommeil. Il avait rêvé qu'il était dans son théâtre et que les Romains l'applaudissaient [...][216]. 2. Mais ceux qui l'entouraient étaient hardis et, emportés par leurs espérances, ils considéraient la victoire comme acquise, à tel point que déjà Domitius, Spinther et

---

211. Dilemme classique de l'attentisme et de l'offensive. Les opposants à la tactique choisie par Pompée constituent autant de contre-exemples. Sur l'attitude de Caton, voir Caton le Jeune, *LIV, 11.*
212. L'auteur de cette remarque ironique est Lucius Domitius Ahenobarbus, le ridicule vaincu de Corfinium (voir Pompée, *LXVII, 5 et supra, XXXIV, 6-XXXV, 1).*
213. Le qualificatif témoigne du peu d'estime accordée au faux Caton Favonius (voir Pompée, *LX, 7 et supra, XXI, 8).*
214. Afranius avait pourtant habilement manœuvré entre Lérida et l'Èbre mais avait été enfermé par plus habile que lui. Sur l'accusation dont il avait été victime, voir César, Guerre civile, *III, 83, 2.*
215. Première ville de Thessalie en venant d'Épire.
216. Il y a ici une lacune dans les manuscrits.

Scipion se disputaient âprement la charge de grand pontife qu'occupait César[217], et qu'ils furent plusieurs à envoyer louer et retenir à Rome des maisons convenant à des consuls et à des préteurs, car ils étaient persuadés que ces charges leur reviendraient aussitôt la guerre finie. 3. Les plus impatients de combattre étaient les cavaliers qui étaient superbement équipés, avec des armes étincelantes, des chevaux bien nourris, et qui étaient eux-mêmes de toute beauté[218]. Ils étaient également fiers de leur nombre : ils étaient sept mille, contre mille du côté de César. 4. Les effectifs de l'infanterie étaient tout aussi disproportionnés : quarante-cinq mille hommes dans l'armée de Pompée contre vingt-deux mille en face[219].

XLIII. 1. César rassembla ses soldats et leur annonça que Cornificius[220], qui lui amenait deux légions, était proche et qu'en outre quinze cohortes, commandées par Calénus[221], étaient stationnées près de Mégare et d'Athènes. Il leur demanda s'ils souhaitaient les attendre ou s'ils préféraient risquer le combat à eux seuls. 2. Ils le supplièrent à grands cris de ne pas attendre et de manœuvrer plutôt par tous les moyens pour leur permettre d'en venir aux mains avec les ennemis. 3. Comme il procédait à la lustration de son armée[222] et qu'il avait immolé une première victime, le devin lui déclara aussitôt que d'ici trois jours il livrerait aux ennemis une bataille décisive. 4. César lui demanda si les victimes lui révélaient également quelque signe favorable concernant l'issue du combat. Le devin répondit : « C'est toi qui es le mieux placé pour répondre à ta propre question. Les dieux annoncent un grand changement et une modification complète de la situation actuelle. En conséquence, si tu juges que tes affaires vont bien en ce moment, attends-toi à voir ta Fortune empirer ; si tu penses au contraire qu'elles vont mal, dis-toi qu'elle va s'améliorer. » 5. La nuit qui précéda la bataille, comme César parcourait les postes de garde, vers minuit, on vit dans le ciel un éclair de feu qui brilla et flamboya en passant au-dessus du camp de César, puis sembla s'abattre sur celui de Pompée[223]. 6. Durant la veille qui précède l'aube, on remarqua également qu'une panique se produisait chez les ennemis. 7. Cependant

---

217. *César était grand pontife depuis 63 (voir* supra, *VII, 1-4). Sur Lucius Domitius Ahenobarbus, voir* supra, *XXIV, 6, XLI, 2 et* Pompée, *LX, 7. Sur Publius Cornelius Lentulus Spinther, consul en 57, une des têtes du parti pompéien, voir* Pompée, *XLIX, 9 et LXVII, 9. Quintus Metellus Scipio, beau-père de Pompée, est particulièrement ridiculisé dans la* Guerre civile *de César (III, 31) et dans* Pompée, *LXXXIV, 10. Les disputes des trois candidats sont rapportées par César (*Guerre civile, *III, 83, 1).*
218. *Ces brillants cavaliers, recrutés parmi les jeunes aristocrates italiens, se révélèrent de piètres combattants (voir* infra, *XLV, 2-5 et* Pompée, *LXIX, 5 ; LXXI, 8).*
219. *Mêmes effectifs dans* Pompée, *LXIX, 8 et* César, Guerre civile, *III, 88, 5 et 89, 2.*
220. *Quintus Cornificius avait reçu de César un* imperium *proprétorien en Illyrie.*
221. *Quintus Fufius Calenus, préteur en 59, devint légat de César en 51. Il avait été envoyé occuper l'Achaïe (César,* Guerre civile, *III, 56).*
222. *Cérémonie de purification de l'armée, qui comprenait une procession et un sacrifice* suovetaurile *(immolation d'un porc, d'un bélier et d'un taureau).*
223. *Ce présage, rapporté également dans* Pompée, *LXVIII, 4, ne figure pas dans la* Guerre civile *de César.*

César ne s'attendait pas à combattre ce jour-là et il commença à lever le camp, dans l'intention de faire route vers Scotoussa[224].

XLIV. 1. Les tentes avaient déjà été démontées lorsque les éclaireurs survinrent à cheval, annonçant que les ennemis descendaient pour combattre. Alors César, plein de joie, invoqua les dieux puis rangea son armée en ordre de bataille. Il la divisa en trois troupes. 2. Il chargea Calvinus Domitius de commander au centre, confia une des ailes à Antoine et prit lui-même l'aile droite, car il avait l'intention de combattre avec la dixième légion[225]. 3. Mais, voyant que les cavaliers ennemis se rangeaient en face de cette aile et redoutant leur éclat et leur nombre, il ordonna à six cohortes du dernier rang de contourner l'armée sans se faire remarquer et de venir le rejoindre ; il les plaça derrière son aile droite, après leur avoir expliqué ce qu'elles devraient faire lorsque les cavaliers ennemis attaqueraient. 4. Pompée commandait en personne une des ailes, Domitius l'aile gauche[226] et Scipion, beau-père de Pompée, le centre. 5. Tous les cavaliers se massèrent à l'aile gauche pour encercler l'aile droite des ennemis et infliger à leur chef une déroute cuisante. 6. Ils étaient convaincus que l'infanterie ne pourrait tenir, malgré la profondeur de ses rangs, et que toutes les forces de l'adversaire seraient écrasées et brisées par l'attaque simultanée de tant de cavaliers. 7. Au moment où les deux chefs s'apprêtaient à donner le signal de l'attaque, Pompée ordonna à ses fantassins de rester immobiles, en position défensive, et d'attendre de pied ferme la charge des ennemis, jusqu'au moment où ils seraient à portée de javelot[227]. 8. À en croire César, Pompée commit là une nouvelle faute : il ne vit pas combien la course et l'élan d'une charge initiale donnent de vigueur aux coups et enflamment le courage, qui est stimulé quand on se porte contre l'adversaire[228]. 9. César était déjà sur le point de lancer son infanterie et d'engager l'action. Le premier homme qu'il vit fut un centurion fidèle et habitué à la guerre, qui encourageait ses hommes et les exhortait à rivaliser de vaillance. 10. César l'appela par son nom. « Eh bien ! Caius Crastinus, lui demanda-t-il, que devons-nous attendre ? Pouvons-nous avoir confiance ? » Alors Crastinus, étendant la main droite, s'écria d'une voix forte : « Tu vaincras brillamment, César ; quant à moi, que je sois vivant ou mort, tu me loueras aujourd'hui ! » 11. Sur ces mots, il s'élança le premier, au pas de course, contre les ennemis, entraînant avec lui cent vingt hommes. 12. Il tailla en pièces les premiers qu'il rencontra, s'avança très loin en faisant un grand carnage et força le passage, jusqu'au moment où il fut arrêté par un coup d'épée à la bouche, si violent que la pointe de l'arme ressortit au-dessus de sa nuque[229].

---

224. Localité située au nord-ouest de Thèbes, en Thessalie, dans les monts Cynoscéphales.
225. César se trouvait ainsi face à Pompée et au fer de lance de son armée, notamment la cavalerie.
226. Selon César (Guerre civile, III, 88, 2), Pompée s'était personnellement placé à l'aile gauche, dont Lucius Domitius Ahenobarbus avait la responsabilité ; l'aile droite des pompéiens était confiée à Afranius. Mais Plutarque place Pompée à l'aile droite (voir Pompée, LXIX, 1).
227. Choix tactique dicté par l'appréciation que portait Pompée sur l'état des troupes césariennes (voir Pompée, LXVI, 1 et César, Guerre civile, III, 92, 1).
228. Même jugement porté dans Pompée, LXIX, 7 : il tire son origine de César, Guerre civile, III, 92, 4.
229. L'épisode est rapporté par César (Guerre civile, III, 91) et dans Pompée, LXXI, 1-4.

XLV. 1. Pendant que le combat entre les fantassins faisait ainsi rage au centre, sur l'aile les cavaliers de Pompée s'élancèrent violemment, en déployant partout leurs escadrons, pour encercler l'aile droite de César. 2. Sans leur laisser le temps de charger, les cohortes de César se portèrent contre eux. Contrairement à leur habitude, les hommes de César ne se servirent pas de leurs javelots comme de projectiles et ne frappèrent pas au corps à corps les cuisses ou les mollets des ennemis ; ils visaient leurs yeux et s'efforçaient de les blesser au visage. C'était ce que César leur avait recommandé de faire[230] ; 3. il se disait que ces hommes qui n'avaient pas beaucoup d'expérience des combats et des blessures et qui, par ailleurs, étaient jeunes et fiers de leur beauté, alors dans tout son éclat, redouteraient plus que tout de semblables blessures et n'opposeraient aucune résistance, craignant à la fois le danger immédiat et la perspective d'être défigurés. 4. Ses calculs se révélèrent exacts. Ils ne purent supporter les javelots dressés contre eux et n'eurent pas le courage de soutenir la vue du fer qu'on brandissait devant leurs yeux ; ils se détournaient et se couvraient la tête pour se protéger le visage. 5. Pour finir, ils rompirent eux-mêmes les rangs et prirent la fuite, causant ainsi honteusement la perte de toute l'armée. 6. Aussitôt, ceux qui les avaient vaincus encerclèrent les fantassins et, tombant sur leurs arrières, les mirent en pièces.

7. Lorsque Pompée, de l'autre aile, vit ses cavaliers se disperser et s'enfuir, il ne fut plus le même homme. Il ne se souvenait plus qu'il était le Grand Pompée. On aurait dit un homme dont la raison a été totalement troublée par la divinité, ou peut-être était-il paralysé d'effroi par une défaite d'origine divine. Il ne dit rien et se retira dans sa tente, où il s'assit, en attendant la suite des événements, jusqu'au moment où, la déroute étant devenue générale, les ennemis prirent d'assaut le retranchement et engagèrent le combat contre ceux qui le gardaient. 8. Alors, Pompée parut reprendre ses esprits. Il ne prononça, dit-on, que les mots suivants : « Quoi ? Même dans le camp ? » Puis il quitta sa tenue de combat et ses vêtements de général, pour prendre les habits qui convenaient à un fuyard, et partit à la dérobée[231]. 9. Quant aux malheurs qu'il subit par la suite : comment il se livra aux Égyptiens et fut assassiné par eux, nous en parlerons dans l'ouvrage que nous lui consacrerons.

XLVI. 1. Lorsque César entra dans le camp de Pompée, voyant les ennemis dont les cadavres étaient déjà à terre et ceux qu'on était encore en train de tuer, il se lamenta : « Ils l'ont voulu ; ils m'ont réduit à cette nécessité. Car moi, Caius César, qui ai gagné les plus grandes guerres, si j'avais licencié mes armées, j'aurais en outre été condamné. » 2. Asinius Pollion[232] déclare que César prononça ces paroles en grec et qu'il les a traduites, lui, en latin. 3. Selon le même Asinius Pollion, la plupart des morts étaient des valets d'armée qui furent tués lors de la prise du camp ;

---

230. Voir Pompée, *LXIX*, 4-5. Cette recommandation tactique ne figure pas dans le récit césarien de la guerre civile, où César signale simplement avoir entraîné les fantassins à combattre au milieu des cavaliers (*III*, 89, 3).
231. Récit repris dans Pompée, *LXXII*, 1-3. Même expression dans César, Guerre civile, *III*, 96, 3.
232. Voir supra, *XXXII*, 7 et Pompée, *LXXII*, 4.

parmi les soldats, il n'y eut pas plus de six mille morts[235]. 4. Quant aux prisonniers, César les incorpora pour la plupart dans ses légions. Il accorda l'impunité à beaucoup de pompéiens illustres, notamment à Brutus qui devait le tuer par la suite. On dit que, ne le voyant pas après la bataille, César fut très inquiet et que lorsque Brutus vint le rejoindre, sain et sauf, il en éprouva une joie extraordinaire[234].

XLVII. 1. Parmi les nombreux signes qui avaient annoncé la victoire, le plus remarquable, à ce que l'on raconte, se produisit à Tralles[235]. 2. Dans un temple de la Victoire se dressait une statue de César; le sol qui l'entourait était naturellement ferme et, de plus, pavé de pierres dures. Pourtant un palmier en sortit, dit-on, près du piédestal de la statue. 3. À Patabios, Caius Cornélius, un devin réputé, concitoyen et ami de l'historien Tite-Live, se trouvait assis, le jour de la bataille, pour observer le vol des oiseaux. 4. D'abord, selon Tite-Live, il connut le moment de la bataille et déclara aux assistants que la querelle était en train de se régler et que les hommes en étaient venus aux mains. 5. Puis il reprit ses observations, et après avoir examiné les signes, il bondit, possédé par le dieu, en s'écriant: «Tu es vainqueur, César!» 6. Devant la stupeur de l'assistance, il arracha la couronne de sa tête et jura qu'il ne la remettrait que lorsque les événements auraient prouvé la valeur de son art. Voilà du moins, à ce qu'affirme Tite-Live, comment les choses se passèrent[256].

XLVIII. 1. César accorda la liberté aux Thessaliens[237] en l'honneur de sa victoire, puis il se lança à la poursuite de Pompée. Lorsqu'il atteignit l'Asie, il libéra les Cnidiens, pour faire plaisir à Théopompos[238], auteur d'un recueil de *Mythes,* et il remit un tiers de leurs impôts à tous les habitants de l'Asie. 2. Il aborda à Alexandrie après la mort de Pompée. Comme Théodotos lui présentait la tête de son rival, il se détourna et, lorsqu'il reçut le sceau du héros, il se mit à pleurer[239]. 3. Quant aux amis et aux familiers de Pompée qui avaient été capturés par le roi alors qu'ils erraient dans le pays, il les combla tous de bienfaits et se les attacha. 4. Il écrivit à ses amis de Rome que le fruit le plus grand et le plus agréable de sa victoire, c'était de pouvoir sauver jour

---

233. César donnait des chiffres beaucoup plus considérables que ceux de Plutarque et d'Appien (III, 99), issus d'Asinius Pollion : 15 000 tués et 24 000 prisonniers chez les pompéiens et 200 morts dans ses rangs.
234. Marcus Junius Brutus était fils de Servilia, la sœur de Caton, avec qui César avait eu une liaison. D'aucuns attribuaient à César la paternité de Brutus.
235. Ville de Carie en Asie Mineure.
236. Patabios est l'actuelle Padoue. Aucun autre témoignage ne subsiste de ces passages perdus.
237. Cette mesure, qui les exemptait des charges imposées par la lex de provincia, n'intéressait que les habitants de Pharsale, l'immunité ayant été accordée dès l'époque de Flaminius aux Thessaliens.
238. Originaire de Cnide, Théopompos était un lettré de premier rang dans l'entourage de César qui lui accorda la citoyenneté (Caius Julius Theopompus) et exempta de charges sa cité d'origine. Une faveur similaire avait été accordée par Pompée à Mytilène, cité de son ami et historiographe Théophanès (Pompée, XXXVII, 4 et XLII, 8).
239. Sur les diverses versions de l'épisode, voir Pompée, LXXX, 7.

après jour quelques-uns des citoyens qui lui avaient fait la guerre. 5. En ce qui concerne la guerre d'Égypte[240], les uns soutiennent qu'elle n'était pas nécessaire et que cette entreprise sans gloire et dangereuse lui fut inspirée par son amour pour Cléopâtre. Les autres en rendent responsable l'entourage du roi, et surtout l'eunuque Pothin, qui était le personnage le plus influent de sa cour et qui venait de faire tuer Pompée[241], avait chassé Cléopâtre et complotait en secret contre César. 6. C'est pour cette raison, disent-ils, qu'à partir de ce moment, César se mit à passer toutes ses nuits à banqueter, afin de veiller sur sa personne. Du reste, même en public, Pothin se montrait insupportable; il multipliait les propos et les actes odieux, destinés à offenser César. 7. Il faisait distribuer à ses soldats du mauvais pain rassis, les engageant à ne pas se montrer difficiles et à s'estimer déjà heureux de manger le bien d'autrui. À table, il faisait présenter les aliments dans de la vaisselle de bois et de terre cuite, déclarant que César détenait toute la vaisselle d'or et d'argent en paiement d'une dette. 8. En effet, le père du roi actuel devait dix-sept millions cinq cent mille sesterces à César[242], qui avait remis précédemment à ses enfants une partie de cette dette mais réclamait à présent les dix millions restants pour l'entretien de son armée. 9. Comme Pothin l'invitait à partir et à s'occuper des affaires importantes, lui disant qu'il recevrait bientôt son dû avec des remerciements, César lui déclara qu'il n'avait nul besoin de conseillers égyptiens, et fit dire secrètement à Cléopâtre de revenir.

XLIX. 1. Cléopâtre, prenant avec elle un seul de ses amis, Apollodoros de Sicile, monta dans une petite barque et aborda au palais alors que la nuit était déjà tombée. 2. Comme elle n'avait pas d'autre moyen de se cacher, elle se glissa dans un sac destiné à envelopper des matelas où elle s'étendit de tout son long; Apollodoros ferma le sac avec une lanière, franchit la porte et la transporta devant César. 3. Celui-ci fut subjugué, dit-on, par cette première ruse de Cléopâtre: il admira sa hardiesse. Ensuite, séduit par sa compagnie et par son charme, il la réconcilia avec son frère pour l'associer au pouvoir royal. 4. Mais, au cours du banquet offert pour fêter cette réconciliation, un des esclaves de César, son barbier, un homme dont la lâcheté n'avait pas d'égale, qui ne laissait rien sans surveillance, avait l'œil partout et se préoccupait de tout, découvrit un complot tramé contre César par le stratège Achillas et l'eunuque Pothin. 5. César, les ayant pris sur le fait, mit une garde autour de la salle du festin et fit mettre à mort Pothin, mais Achillas parvint à s'enfuir dans le camp et déclencha une guerre dangereuse et difficile à conduire: César disposait en effet de bien peu d'hommes pour se défendre contre une cité et une armée aussi considérables[243]. 6. Le premier danger qu'il courut fut le manque d'eau, car les

---

240. *Ce conflit est raconté en détail par un des officiers de César (peut-être Hirtius) dans la* Guerre d'Alexandrie.
241. *Sur Pothin, commanditaire et exécutant du meurtre de Pompée, voir* Pompée, *LXXVII-LXXIX.*
242. *Ptolémée XIII Aulète avait été déclaré «ami du peuple romain» par le consul César en 59. Chassé par la révolte des Alexandrins, il avait été rétabli en 56 par le gouverneur de Syrie Aulus Gabinius (voir* Pompée, *XLIX, 9).*
243. *César ne disposait que de deux légions avec lesquelles il fut assiégé dans le palais d'Alexandrie.*

ennemis avaient coupé les conduites[244]. Ensuite, on voulut l'isoler de sa flotte et, pour échapper à ce danger, il fut obligé d'employer le feu, lequel, se propageant à partir des arsenaux, détruisit également la grande bibliothèque[245]. 7. En troisième lieu, au cours d'un combat qui se déroula à Pharos[246], il sauta de la jetée dans une barque pour se porter au secours de ses troupes mais, comme les navires égyptiens se dirigeaient vers lui de tous côtés, il dut se jeter à la mer et, à grand-peine, au prix de bien des difficultés, il se sauva à la nage[247]. 8. Il avait alors sur lui, dit-on, un grand nombre de papiers, et malgré les traits qui l'assaillaient et l'eau qui le submergeait, il ne les lâcha pas; il les tint constamment d'une main au-dessus de la mer, pendant qu'il nageait de l'autre: la barque avait coulé aussitôt. 9. Pour finir, le roi s'étant retiré pour rejoindre les ennemis, César marcha contre lui et engagea un combat dont il sortit vainqueur; les morts furent nombreux et le roi lui-même disparut[248]. 10. César laissa Cléopâtre régner sur l'Égypte; peu après, elle eut de lui un fils que les Alexandrins nommèrent Césarion. Ensuite, César partit pour la Syrie.

L. 1. De là, il passa en Asie. Il apprit que Domitius avait été battu par Pharnace[249], fils de Mithridate, et qu'il s'était enfui du Pont avec un petit nombre de soldats[250], tandis que Pharnace, profitant avec avidité de sa victoire, tenait déjà la Bithynie et la Cappadoce, et convoitait ce qu'on appelle la Petite Arménie, où il soulevait tous les rois et tous les tétrarques. 2. César marcha aussitôt contre lui avec trois légions et engagea une grande bataille près de la cité de Zéla[251]: il le mit en fuite et détruisit entièrement son armée. 3. Pour dépeindre la vivacité et la rapidité de cette bataille, il écrivit à Matius, un de ses amis de Rome, ces trois mots: «Je suis venu, j'ai vu, j'ai vaincu.» 4. En latin, ces mots ont la même désinence et sont d'une brièveté frappante.

---

244. L'eunuque Ganymède, qui avait remplacé Achillas à la tête des troupes, priva d'eau le palais où était assiégé César en alimentant les canaux en eau de mer avant de les couper (Guerre d'Alexandrie, V-VI).
245. La destruction de la bibliothèque des Ptolémées, véritable trésor de la littérature et de la science antique qui contenait 40000 volumes, constitua une perte irréparable (voir Dion Cassius, XLII, 38 et Lucain, Pharsale, X, 486-505).
246. L'occupation de l'îlot de Pharos permettait à César d'ouvrir un accès vers la mer: il reçut par là des renforts envoyés depuis l'Asie par Cnaeus Domitius Calvinus.
247. L'épisode, emprunté à la Guerre d'Alexandrie (XXI), est également évoqué par Lucain (X, 505-515).
248. La bataille se déroula entre Alexandrie et Le Caire, et les troupes césariennes furent renforcées d'alliés arabes et juifs menés par Mithridate de Pergame et Antipatros (Guerre d'Alexandrie, XXV-XXVI; Dion Cassius, XLII, 41, 1-2).
249. Pharnace, fils de Mithridate, avait été installé au nord du Pont-Euxin par Pompée (voir Pompée, XLI, 7). La guerre civile lui offrait l'opportunité de récupérer ses anciennes possessions du Pont et de Bithynie et de jeter le trouble dans l'organisation de princes et de rois clients, que Pompée avait mise en place en 62 (voir Pompée, XLII, 7).
250. Cnaeus Domitius Calvinus, à qui César avait confié la garde de l'Asie, s'était replié en bon ordre, sans perdre ses hommes, selon la Guerre d'Alexandrie (XL, 4).
251. Ville du sud du Pont.

LI. 1. Là-dessus, il repassa en Italie et arriva à Rome à la fin de l'année où devait se terminer sa seconde dictature : jamais auparavant cette magistrature n'avait été annuelle[252]. Il fut nommé consul pour l'année suivante. 2. Il était en butte à de nombreuses critiques, parce que, ses soldats s'étant révoltés et ayant massacré deux anciens préteurs, Cosconius et Galba[253], il s'était contenté, pour toute punition, de les appeler Quirites au lieu de soldats[254] ; de plus, il leur avait distribué à chacun mille drachmes et leur avait attribué d'importants lots de terres en Italie. 3. On lui reprochait aussi la folie de Dolabella, l'avarice de Matius et l'ivrognerie d'Antoine[255] qui inventoriait la maison de Pompée et la faisait transformer, ne la trouvant pas assez bonne pour lui[256]. Tout cela suscitait l'indignation des Romains. 4. César n'ignorait pas ces comportements, et il ne les approuvait pas, mais il était obligé, pour poser les bases de son action politique, de se servir de tels subordonnés.

LII. 1. Après la bataille de Pharsale, Caton et Scipion s'enfuirent en Libye[257] où, avec le secours du roi Juba, ils réunirent des armées importantes[258]. César décida de marcher contre eux. 2. Vers le solstice d'hiver, il passa en Sicile et, voulant enlever aussitôt aux officiers qui l'entouraient tout espoir de retard et de délai, il planta sa propre tente face à la mer : dès qu'il y eut du vent, il embarqua et leva l'ancre avec trois mille fantassins et un petit nombre de cavaliers. 3. Il les fit débarquer en cachette et repar-

---

252. *Sa première dictature avait été accordée à César en 49 après la fuite des pompéiens (voir supra, XXXVII, 2). Élu ensuite consul avec Servilius pour 48, il avait été nommé à nouveau dictateur par celui-ci en raison de l'agitation provoquée à Rome par ses soldats et certains de ses partisans (octobre 48). Il abdiqua cette seconde dictature en octobre 47, après un an d'exercice. L'antique dictature républicaine était limitée à six mois, mais la* lex Valeria *avait, en 82, octroyé à Sylla une dictature à vie.*
253. *Cosconius, ami de Cicéron, tribun de la plèbe en 59, édile en 57, préteur à une date inconnue. Galba est inconnu par ailleurs – l'identification avec Publius Sulpicius Galba, le candidat adversaire de Cicéron pour le consulat de 63, est peu vraisemblable, étant donné l'ancienneté de sa préture qui, en 47, remontait à près de vingt ans.*
254. *Commilitones était le terme traditionnel du général qui s'adressait à ses hommes ; César humilia à Rome sur le Champ de Mars ses troupes rebelles en les appelant* Quirites *(citoyens). Amenées en Afrique, elles furent plus exposées que les autres.*
255. *Publius Cornelius Dolabella, tribun issu d'une famille patricienne, partisan de César, gendre de Cicéron, faisait à Rome de la surenchère démagogique en promettant l'abolition des dettes. Caius Matius, homme d'affaires de l'ordre équestre, était un agent de César d'une fidélité sans faille (voir Cicéron,* Lettres à ses familiers, *XI, 28, 2). Sur le «parti césarien», voir Syme (1967), p. 68-81. Sur le comportement d'Antoine, voir* Antoine, *IX, 5-9 et XXI, 2.*
256. *Sur la maison de Pompée, voir* Pompée, *XL, 9 ;* Antoine, *X, 3 ; XXI, 2.*
257. *Réfugiés en Cyrénaïque, de nombreux chefs pompéiens, dont Caton, Afranius et Labiénus, gagnèrent l'Afrique (Tunisie actuelle), au prix d'une difficile traversée du désert des Syrtes (voir Lucain, IX, 371-949).*
258. *Juba, roi des Numides, avait fourni aux pompéiens, qui disposaient par eux-mêmes de 10 légions, l'équivalent de 4 légions et une excellente cavalerie.*

tit, car il craignait pour le gros de son armée[259]. Mais ses hommes avaient déjà pris la mer lorsqu'il les rencontra : il les fit tous aborder dans son camp. 4. Il apprit que les ennemis tiraient de l'assurance d'un ancien oracle selon lequel la famille des Scipions devait toujours être victorieuse en Afrique ; en conséquence (on ne sait si ce fut pour se moquer de Scipion[260], le général des ennemis, ou par désir de s'approprier l'oracle), voici ce qu'il imagina : 5. il y avait, dans son armée aussi, un homme, par ailleurs méprisable et obscur, qui appartenait à la maison des Africains (il s'appelait Scipion Salvito[261]) ; il le mit toujours au premier rang, comme s'il était le général, dans les différentes batailles. César était en effet souvent obligé d'en venir aux mains avec les ennemis et de chercher le combat, 6. car il manquait de vivres pour les soldats et de fourrage pour les bêtes ; on était contraint de nourrir les chevaux d'algues marines qu'on avait fait tremper pour en ôter la saumure et auxquelles on mêlait, en guise d'assaisonnement, un peu de chiendent[262]. 7. On voyait sans cesse surgir des Numides, nombreux et rapides, qui tenaient le pays. Un jour que les cavaliers de César n'avaient rien à faire, il se trouva qu'un Libyen offrit de les distraire en dansant et jouant de l'aulos de manière admirable : ils en furent charmés et s'assirent, confiant leurs chevaux aux esclaves. Or, soudain, les ennemis les encerclent et se jettent sur eux, massacrant les uns sur place, et poursuivant les autres en débandade jusque dans le camp. 8. Si César en personne, et avec lui Asinius Pollion, n'avaient pas quitté le retranchement pour venir à leur secours et arrêter la fuite, la guerre aurait été finie. 9. Les ennemis eurent encore l'avantage dans une autre bataille ; au cours de la mêlée, César, dit-on, voyant fuir le porte-enseigne, le saisit par le cou, le força à se retourner et lui lança : « Voilà où sont les ennemis ! »

LIII. 1. Ces premiers succès[263] encouragèrent donc Scipion à risquer une bataille décisive. Laissant Afranius et Juba camper, chacun de son côté, à peu de distance, il entreprit de fortifier son camp, qui se trouvait au-dessus d'un lac, près de la cité de Thapsus[264] : il voulait en faire une basse d'opérations militaires et un refuge pour toute l'armée. 2. Tandis qu'il y travaillait, César traversa avec une rapidité incroyable des régions boisées qui permettaient d'avancer sans être aperçu et, encerclant les uns, attaquant les autres de front, 3. il les mit en déroute. Puis, mettant à profit l'oc-

---

259. *César débarqua près d'Hadrumète (Sousse) mais dut se fortifier à Ruspina, dans la région de Monastir.*
260. *Dans la* Guerre civile, *César, avec une ironie acerbe, décrit Scipion se parant en Asie du titre d'*imperator *après plusieurs échecs (III, 31, 1). La référence implicite à Scipion l'Africain, le vainqueur d'Hannibal, ne pouvait qu'accentuer le contraste.*
261. *Anecdote rapportée également par Suétone (*César, *LIX, 2).*
262. *Les problèmes de logistique et les solutions adoptées sont identiques à celles de la campagne des Balkans en 48 (voir supra, XXXIX, 1-3).*
263. *César subit plusieurs échecs importants face à Labiénus, qui disposait d'une solide cavalerie numide (Guerre d'Afrique, XII-XIX).*
264. *Ras Dimass, en Tunisie actuelle. Le récit détaillé de la bataille figure dans la* Guerre d'Afrique *(80-86), récit écrit par un officier césarien non identifié.*

casion et le cours favorable de la Fortune, il s'empara, dès le premier assaut, du camp d'Afranius et, dès le premier assaut également, il ravagea le camp des Numides tandis que Juba prenait la fuite. 4. Ainsi, il lui avait suffi d'une petite partie d'une seule journée pour se rendre maître de trois camps et tuer cinq mille hommes à l'ennemi, sans en perdre même cinquante[265]. 5. Tel est le récit que certains font de cette bataille mais, selon quelques historiens, César n'intervint pas lui-même dans les opérations. Au moment où il rangeait son armée en ordre de bataille et lui donnait ses ordres, il fut pris de son mal habituel[266] ; 6. dès qu'il en sentit les premières atteintes, sans laisser à la maladie le temps de l'abattre et de lui ôter entièrement l'usage de ses sens, déjà ébranlés, il se fit transporter dans une des tours des environs et s'y reposa. 7. Parmi les anciens consuls et les anciens préteurs qui purent s'enfuir du champ de bataille, certains se tuèrent au moment où ils furent pris et César en fit mourir un grand nombre après leur capture[267].

LIV. 1. Comme il désirait vivement s'emparer de Caton vivant, il se dirigea en hâte vers Utique, cité que Caton, qui n'avait pas pris part au combat, était chargé de défendre. 2. Lorsqu'on lui annonça que le héros s'était tué, on vit qu'il en était contrarié ; mais pour quelle raison, on l'ignora. En tout cas, il s'écria : « Caton je t'en veux de ta mort : tu n'as pas voulu me laisser te sauver[268] ! » 3. Cependant, l'ouvrage qu'il écrivit par la suite contre Caton, après la mort de celui-ci, ne semble pas l'œuvre d'un homme disposé à la douceur et à la réconciliation. Comment l'aurait-il épargné vivant, alors qu'il a déversé tant de colère sur lui, après sa disparition ? 4. Il est vrai que la clémence dont il fit preuve à l'égard de Cicéron, de Brutus[269] et de tant d'autres qui l'avaient combattu laisse penser que ce discours ne fut pas inspiré par la haine, mais plutôt par une rivalité politique dont voici l'origine. 5. Cicéron avait écrit un éloge de Caton, intitulé précisément *Caton*. Ce discours eut

---

265. *L'auteur de la* Guerre d'Afrique *(LXXXVI, 3) donne le chiffre de 10 000 tués.*
266. *César était sujet à des crises d'épilepsie (voir* supra, *XVII, 2 et Suétone,* César, *XLV, 2). Sa présence à la tête de ses troupes à Thapsus est cependant confirmée par le témoignage direct de l'auteur de la* Guerre d'Afrique *(LXXXIII, 1).*
267. *Pétreius et Juba se suicidèrent dans un combat mutuel (*Guerre d'Afrique, *94, 1); Afranius et Cornélius Faustus, faits prisonniers, furent massacrés par les soldats (*Guerre d'Afrique, *95); Considius fut tué par ses cavaliers gétules ; Scipion, Licinius Crassus Damasippus périrent dans leur fuite (*Guerre d'Afrique, *96).*
268. *Cette citation (reprise dans* Caton, *LXXII, 2 et* Apophtegmes des rois et des empereurs, *206 E) témoigne du souci de propagande qui animait César et du caractère très politique de sa légendaire clémence, que Cicéron qualifiait d'« insidieuse » (*Lettres à Atticus, *VIII, 16, 2). Dans plusieurs lettres (à Oppius et Balbus, à Cicéron), César définit très clairement les objectifs de cette politique de clémence (voir Cicéron,* Lettres à Atticus, *IX, 7, 1 et IX, 16, 2).*
269. *L'attitude de Cicéron, attendant à Brindisi en 48 le pardon de César (voir* Cicéron, *XXXIX, 4-5), et celle de Brutus, pardonné sur le champ de bataille même de Pharsale (voir* supra, *XLVI, 4), contrastaient avec l'intransigeance de Caton : Cicéron et Brutus n'avaient su que discourir et faire l'éloge de leur modèle.*

beaucoup de succès, ce qui était naturel, puisque c'était l'œuvre du plus habile des orateurs et qu'il y traitait du plus beau des sujets. 6. Cela contraria César qui considérait comme une attaque personnelle l'éloge d'un homme qui était mort à cause de lui. Aussi écrivit-il un discours où il rassembla de nombreuses accusations contre Caton. Ce petit ouvrage a pour titre l'*Anti-Caton*[270]. Les deux discours ont chacun des admirateurs passionnés, à cause de César, de Cicéron et de Caton.

LV. 1. Lorsqu'il eut quitté l'Afrique et qu'il eut regagné Rome, son premier soin fut d'exalter sa victoire devant le peuple; il déclara qu'il avait conquis suffisamment de territoires pour fournir chaque année au trésor public vingt mille médimnes attiques de blé et trois millions de livres d'huile[271]. 2. Puis il célébra ses triomphes sur la Gaule, l'Égypte, le Pont et l'Afrique – ce dernier triomphe, bien évidemment, ne fut pas célébré sur Scipion mais sur le roi Juba[272]. 3. À cette occasion, le fils de ce roi, Juba, qui était alors tout enfant, figura dans le cortège: sa captivité fut pour lui une grande chance car, de Barbare et de Numide qu'il était, il put être compté parmi les historiens grecs les plus savants[273]. 4. Après ces triomphes, César offrit à ses soldats d'importantes gratifications et gagna la faveur du peuple par des banquets et des spectacles. Il fit dresser vingt-deux mille lits à trois places et régala au même moment tous les citoyens. Il offrit des spectacles de gladiateurs et des joutes navales en l'honneur de sa fille Julia, qui était morte depuis longtemps[274]. 5. Après les spectacles, on procéda à un recensement: au lieu des trois cent vingt mille citoyens que comptait Rome auparavant, on n'en trouva que cent trente mille[275], 6. tant les pertes causées par les guerres civiles avaient été cruelles, tant elles avaient réduit le nombre des citoyens – sans parler des malheurs qui avaient accablé le reste de l'Italie et les provinces.

---

270. Ces deux pamphlets, réponses à un éloge très politique de Cicéron, se présentaient comme un discours d'accusation, mêlant analyse juridique des actes de Caton et grossières attaques personnelles, comme il était de tradition dans le barreau romain (voir Ross-Taylor, 1977, p. 298-299).
271. 10400 hectolitres de blé et 1000 tonnes d'huile. La réduction au statut provincial (Provincia Nova) *des deux royaumes de Numidie, de Juba et Mastenissa, offrit à Rome un nouveau grenier particulièrement opulent.*
272. Célébrer un triomphe dans la guerre civile aurait été inconvenant (voir infra, *LVI, 7-8); sont donc commémorées les victoires sur les Gaulois (Vercingétorix fut égorgé après le triomphe), les Alexandrins, Pharnace et Juba (voir Appien, II, 101; Dion Cassius, XLIII, 19, 1). En 81, le triomphe de Sylla sur Mithridate avait de la même manière recouvert celui sur les marianistes dans la guerre civile.*
273. Il devint en 25 avant J.-C., à l'instigation d'Auguste, roi de Maurétanie, où il organisa pendant un demi-siècle un royaume inféodé à Rome et très marqué de culture hellénistique (voir Coltelloni-Trannoy, 1997). Voir Dictionnaire, «Ethnographie».
274. Les triomphes comme les funérailles constituaient des cérémonies propices aux grands rassemblements urbains, où les dynastes des gentes *aristocratiques faisaient étalage de leur* liberalitas, *condition de leur* popularitas *(Nicolet, 1976, p. 460-472).*
275. L'opération n'était pas un recensement de la population citoyenne, contrairement à ce qu'écrit Plutarque, mais une réduction de la liste des ayants droit au blé public, qui avait inconsidérément gonflé dans les derniers temps de la République.

LVI. 1. Cela fait, César fut nommé consul pour la quatrième fois[276] et se rendit en Espagne, afin de combattre les fils de Pompée[277]. Ceux-ci, malgré leur jeunesse, avaient rassemblé une armée étonnamment nombreuse et ils faisaient preuve d'une audace qui les rendait dignes du commandement. Ils parvinrent à mettre César dans un extrême danger[278]. 2. La grande bataille se déroula près de la cité de Munda[279]. César, voyant que ses troupes, serrées de près, résistaient mollement, courut à travers les formations en criant : « Si vous n'avez plus aucune pudeur, prenez-moi donc et livrez-moi à ces enfants. » 3. Ce fut à grand-peine qu'à force de courage, il parvint à repousser les ennemis : il leur tua plus de trente mille hommes et perdit mille de ses meilleurs soldats[280]. 4. Comme il s'en allait, après la bataille, il dit à ses amis : « J'ai souvent combattu pour la victoire, mais c'est aujourd'hui la première fois que je combats pour la vie[281] ! » 5. Il remporta cette victoire le jour des fêtes de Dionysos ; or c'était précisément ce jour-là, dit-on, que le Grand Pompée avait quitté Rome pour mener cette guerre, quatre ans auparavant[282]. 6. Quant aux fils de Pompée, le plus jeune parvint à s'enfuir et Didius apporta à César, quelques jours plus tard, la tête de l'aîné[283]. 7. Ce fut la dernière guerre de César. Le triomphe qu'il célébra à cette occasion choqua les Romains au plus haut point. 8. En effet, les vaincus n'étaient pas des chefs étrangers ni des rois barbares ; c'étaient les enfants et toute la lignée du plus valeureux des Romains, victime de la Fortune, qu'il avait anéantis. Il n'y avait rien de beau à organiser un cortège pour fêter les malheurs de la patrie 9. et à se glorifier d'actes dont la seule excuse, devant les dieux et devant les hommes, était la nécessité de les accomplir[284]. C'était d'autant plus révoltant que jusqu'alors César n'avait jamais envoyé de messager ni de lettre officielle pour annoncer une victoire dans les guerres civiles : il en avait toujours refusé la gloire, par honte.

LVII. 1. Cependant, les Romains s'inclinaient devant la Fortune de César et acceptaient le joug. Considérant que la monarchie leur permettrait de souffler, après les

---

276. César avait été consul en 59, 48 puis 46. Il avait reçu la dictature en 49 et à la fin de 48.
277. Cnaeus, l'aîné, et Sextus, tous deux fils de sa troisième femme, Mucia.
278. L'auteur inconnu de la Guerre d'Espagne *relate les nombreuses difficultés que rencontrèrent durant l'hiver 46-45 les troupes césariennes au siège de Cordoue (Guerre d'Espagne, IV-VI).*
279. Près d'Urso en Bétique, Munda est l'actuelle Montilla en Andalousie (44 km au sud de Cordoue). Un récit détaillé de la bataille figure dans Guerre d'Espagne, XXVII-XXXI.
280. Ces chiffres sont ceux fournis par l'auteur de la Guerre d'Espagne (XXXI, 9-10).
281. Velleius Paterculus (Histoire romaine, II, 55) et Suétone (César, XXXVI, 2) prêtaient même à César l'intention de se suicider à un moment difficile du combat.
282. La coïncidence souligne peut-être le parallèle des destinées : tous deux nouveaux Dionysos par leurs périples aux extrémités de l'univers, ils périrent tous deux de façon violente, au sommet de leur gloire.
283. Caius Didius était le commandant de la flotte césarienne à Gadès (Guerre d'Espagne, XXXII, 6-8 et XXXVII-XL). Sextus Pompée poursuivit la guérilla en Espagne et conserva jusqu'en 36, date de sa défaite près des côtes de Sicile face à Agrippa, la maîtrise de la mer.
284. Vision très fataliste d'un Plutarque pour qui les guerres civiles étaient le prélude sanglant de la pax romana, *qu'assurait depuis un siècle et demi le principat, monarchie issue des années troubles.*

guerres civiles et les malheurs qu'elles avaient entraînés, ils le nommèrent dictateur à vie[285]. C'était le reconnaître ouvertement comme tyran, puisque son pouvoir absolu, qui déjà n'était soumis à aucun contrôle, devenait perpétuel. 2. Les premiers honneurs que proposa Cicéron au Sénat restaient encore à peu près dans des bornes humaines, mais d'autres en rajoutèrent à l'envi[286], ce qui rendit César détestable et odieux même aux gens les plus doux, à cause du faste et de l'étrangeté des hommages qu'on lui vota. 3. Ses ennemis y travaillèrent, pense-t-on, autant que ses flatteurs : ils souhaitaient disposer contre lui du plus grand nombre de prétextes possible et avoir l'air de l'attaquer pour les motifs les plus élevés. 4. En effet, dans le reste de sa conduite, une fois les guerres civiles terminées, il se montra irréprochable, et ce ne fut pas sans raison, semble-t-il, qu'on vota l'érection d'un temple de la Clémence de César[287], pour reconnaître sa douceur. 5. Il relâcha beaucoup de ceux qui avaient combattu contre lui et donna même à certains des charges et des honneurs ; ce fut le cas notamment de Brutus et de Cassius, qui furent tous deux préteurs[288]. 6. Les statues de Pompée avaient été jetées à bas ; loin de s'en désintéresser, il les fit relever, ce qui amena Cicéron à dire : « En redressant les statues de Pompée, César a affermi les siennes[289]. » 7. Ses amis lui conseillaient de prendre des gardes du corps, et beaucoup se proposaient pour cet office, mais il ne voulut pas en entendre parler et déclara : « Il vaut mieux mourir, ce qui n'arrive qu'une fois, que de craindre sans cesse ! » 8. Convaincu que la sympathie était la plus belle et la plus sûre escorte dont il pût s'entourer, il entreprit, une fois de plus, de s'attacher le peuple par des banquets et des distributions de blé, et l'armée par des colonies. Les plus illustres furent Carthage et Corinthe : la Fortune fit donc que ces deux cités, qui avaient autrefois été prises en même temps, furent alors reconstruites en même temps[290].

LVIII. 1. Quant aux citoyens influents, il promettait aux uns des consulats et des prétures, encourageait les autres en leur conférant des fonctions et des honneurs diffé-

---

285. Cette nomination, datée du 14 février 44, n'est confirmée que sur une émission de monétaire de mars 44.
286. Ces honneurs sont énumérés dans Suétone, César, *LXXVI, 2 : prénom d'*imperator, *titre de Père de la Patrie, trône en or au Sénat et plusieurs manifestations de divinisation telles que l'installation de ses statues dans les temples et l'institution de flamines et de Luperques à son nom.*
287. Ce temple, évoqué par Appien (II, 106) et Dion Cassius (XLIV, 6, 4), n'est pas localisé précisément.
288. Brutus (voir supra, *XLVI, 4 et* infra, *LXII) et le mari de sa sœur Junia, Caius Cassius Longinus, militaire déterminé appartenant au camp pompéien, avaient été nommés respectivement préteur urbain et préteur pérégrin pour 44.*
289. Vision perspicace du vieux consulaire au sujet de la clémence de César (voir supra, *LIV, 2 et note). Les statues de Pompée avaient été enlevées après Pharsale (voir* Cicéron, *XL, 4-5 et* Suétone, César, *LXXV, 7).*
290. Carthage et Corinthe avaient été rasées en 146, et Corinthe venait d'être à nouveau pillée par les soldats de César. Carthage reçut 3 000 colons en 44 et 3 000 autres en 29, sous Octave.

rents, et leur donnait des espérances à tous, souhaitant les voir se soumettre de leur plein gré à sa domination. 2. Ainsi lorsque le consul Maximus[291] mourut, à la veille de sa sortie de charge, il nomma consul, pour le seul jour restant, Caninius Rébilus[292]. 3. Comme les gens étaient nombreux, paraît-il, à venir à sa rencontre et à lui faire cortège, Cicéron s'écria: «Hâtons-nous, de peur d'arriver après sa sortie de charge!»
4. César était naturellement fait[293] pour les grandes entreprises et les réalisations ambitieuses. Ses nombreux succès, loin de l'inciter à jouir du fruit de ses travaux, ne faisaient que l'enflammer et l'enhardir, lui inspirant, pour l'avenir, les projets d'actions plus hautes et le désir passionné d'une gloire nouvelle; on eût dit qu'il avait déjà épuisé celle qu'il possédait. 5. Cette passion qui le tourmentait était une sorte d'émulation dirigée non contre un autre, mais contre lui-même, une rivalité entre ce qu'il avait fait et ce qu'il allait accomplir. 6. Il avait projeté et préparé une expédition contre les Parthes[294] et il avait l'intention, après les avoir mis en déroute, de traverser l'Hyrcanie en longeant la mer Caspienne et le Caucase, puis de contourner le Pont pour envahir la Scythie; 7. ensuite, il attaquerait les pays voisins des Germains et la Germanie elle-même, avant de traverser la Gaule pour revenir en Italie[295]. Il aurait ainsi bouclé le cercle de l'Empire en lui donnant de tous côtés l'Océan pour frontière[296].
8. En attendant d'entreprendre cette expédition, il projetait de percer l'isthme de Corinthe: il confia cette tâche à Aniénus. Il voulait détourner le Tibre, juste au sortir de Rome, en déviant son cours vers le Circaeum, pour le faire se jeter dans la mer près de Terracine: il ménagerait ainsi une route à la fois sûre et facile à ceux qui se rendaient à Rome pour faire du commerce[297]. 9. Il avait en outre l'intention

---

291. Le consul de 45 Quintus Fabius Maximus, dont l'action avait été décisive à la bataille de Munda.
292. Légat de César à Alésia et pendant toute la guerre civile jusqu'aux campagnes d'Espagne. Cicéron écrivait que nul n'avait mangé sous son consulat et qu'il avait lui-même veillé pendant toute la durée de sa charge, de 14 h à minuit! (Lettres à ses familiers, VII, 30, 1).
293. Explication autant métaphysique (un destin fatal) que psychologique (passion du dépassement) d'une hybris *césarienne.*
294. Opération réellement préparée avec le rassemblement d'un corps expéditionnaire en Illyrie et des dispositions précises prises pour le contrôle de Rome en son absence (élection des magistrats pour les deux années à venir). Le départ était fixé au 18 mars 44 (Dion Cassius, XLIII, 51, 2).
295. À la différence de l'opération parthique, le grand dessein prêté ici à César fait partie du mythe de la domination universelle, attaché à de nombreux grands conquérants de l'Antiquité, et en particulier à Alexandre auquel furent attribués, sans doute à tort, des projets de conquête de l'Occident méditerranéen.
296. Sur la fonction de la mer Extérieure (ici l'Océan) comme borne de l'oïcoumenè, «la terre habitée», voir Pompée, *XXXVIII, 5-6.*
297. Percer l'Isthme et détourner le Tibre faisaient de César un nouvel Hercule, mais en même temps un homme qui, comme Xerxès sur l'Hellespont, défiait la nature. Le projet du percement de l'Isthme, qu'avaient eu Alexandre et Démétrios Poliorcète, fut repris par Caligula puis Néron; il ne fut réalisé qu'à la fin du XIXe siècle. Le détournement du Tibre avait pour but de lotir le Champ de Mars (rive gauche) en réservant le campus Vaticanus *de la rive droite à l'aménagement d'un nouveau Champ de Mars (sur la loi* De urbe augenda *de juin 45, voir Homo, 1971, p. 71).*

d'assécher les marais qui entouraient Pométium et Sétia[298], ce qui en ferait une plaine que des dizaines de milliers d'hommes pourraient cultiver, 10. de construire des digues le long du littoral le plus proche de Rome, et de nettoyer les passages obstrués et inabordables du rivage d'Ostie[299], pour y installer les ports et les arsenaux que réclamait une activité maritime aussi intense. Mais ces ouvrages restèrent à l'état de projet.

LIX. 1. En revanche, la réforme du calendrier, par laquelle il corrigeait l'inégalité qui faussait le calcul du temps[300], fut habilement étudiée par lui et menée à bonne fin, ce qui fut fort utile. 2. En effet, ce n'était pas seulement dans les temps très anciens que les Romains étaient en proie à la plus grande confusion quand ils voulaient adapter le calendrier lunaire au calendrier solaire (c'était au point que les sacrifices et les fêtes se décalaient peu à peu et finissaient par tomber à la saison opposée à celle qui était la leur); 3. même à l'époque de César, personne n'y comprenait rien, sauf les prêtres qui seuls connaissaient le comput et ajoutaient soudain, au moment où personne ne s'y attendait, un mois intercalaire, qu'ils nommaient Mercédonius[301]. 4. Numa fut le premier, dit-on, à introduire ce mois, et il avait inventé là un remède bien faible et de portée bien réduite aux erreurs que l'on commettait sur le retour des dates, comme je l'ai écrit dans sa *Vie*[302]. 5. César soumit le problème aux philosophes et aux mathématiciens[303] les plus savants et, partant des méthodes déjà proposées, il élabora une réforme personnelle, plus rigoureuse, dont les Romains se servent encore de nos jours : ils font ainsi moins d'erreurs que les autres peuples, semble-t-il, en ce qui concerne le déséquilibre entre les calendriers lunaire et solaire[304]. 6. Cependant, cette réforme suscita elle aussi les critiques des détracteurs de César et de ceux qui ne pouvaient supporter sa domination. Ce fut le cas, paraît-il, de l'orateur Cicéron ; comme on lui disait que la Constellation de la Lyre allait se lever, il s'écria : « Oui, par décret ! » Il voulait dire par là que même cette réforme n'était acceptée que sous l'effet de la contrainte.

---

298. *Les marais pontins, zone marécageuse sur le littoral au sud de Rome, qui fut asséchée sous Mussolini.*
299. *Les courants maritimes et l'important alluvionnement du Tibre engorgeaient régulièrement le port d'Ostie, qui fut réaménagé sous Claude puis sous Trajan pour ces raisons.*
300. *Le problème de la cohérence entre l'année lunaire, qui compte 354 jours, et l'année solaire, qui en compte 365 et quart, était résolu par l'ajout de jours, de mois ou même d'années intercalaires dans les différentes civilisations de l'Antiquité, qui comptaient en mois lunaires.*
301. *Ce mois supplémentaire de 22 jours était intercalé tous les deux ans entre les mois de février et de mars, respectivement dernier et premier mois de l'année lunaire.*
302. *Voir* Numa, *XVIII-XIX.*
303. *César fit venir pour cette difficile réforme des scientifiques et des philosophes d'Alexandrie (Pline l'Ancien,* Histoire naturelle, *XVIII, 211).*
304. *Suétone (César, XL) donne une analyse détaillée de la réforme julienne, qui supprimait les mois intercalaires, allongeait les mois lunaires, créait les années bissextiles et se mit en place avec l'ajout de deux mois supplémentaires.*

LX. 1. Mais ce qui, plus que tout, fit éclater au grand jour la haine et la volonté de le faire mourir fut son désir passionné de devenir roi[305]. Ce fut là le premier grief de la foule contre lui et, pour ceux qui le haïssaient en secret depuis longtemps, le prétexte le plus spécieux. 2. Ceux qui voulaient lui faire attribuer cet honneur avaient répandu dans le peuple l'opinion, soi-disant fondée sur les Livres Sibyllins[306], selon laquelle les Romains ne pourraient s'emparer de l'empire des Parthes que s'ils se mettaient en campagne contre eux avec un roi : sinon cet empire resterait hors d'atteinte[307]. 3. Un jour que César descendait d'Albe à Rome, ils s'enhardirent à le saluer du titre de roi. Mais devant l'émotion du peuple, César se fâcha et déclara qu'il ne s'appelait pas roi, mais César. Sur ce, tous gardèrent le silence et il poursuivit sa route, le visage sombre et chagrin. 4. Une autre fois, comme on lui avait voté au Sénat des honneurs extraordinaires et qu'il se trouvait assis à la tribune des Rostres[308], les consuls et les préteurs, suivis de tout le Sénat, s'approchèrent de lui. Alors, au lieu de se lever, il fit comme s'il avait affaire à de simples particuliers et leur déclara qu'il fallait réduire ses honneurs, plutôt que les augmenter. 5. Une telle attitude ne contraria pas seulement le Sénat mais aussi le peuple[309] qui jugea que, dans la personne des sénateurs, c'était Rome qui était humiliée ; tous ceux qui n'étaient pas obligés de rester se retirèrent aussitôt, en proie à un si terrible abattement 6. que César lui-même, s'en apercevant, rentra immédiatement chez lui et cria à ses amis, en écartant sa toge pour dénuder son cou : « Je suis prêt à tendre la gorge au premier qui voudra la trancher. » Plus tard, il s'excusa en invoquant sa maladie. 7. « Quand on est victime de ce mal, déclara-t-il, on est incapable, si l'on reste debout pour parler à la foule, de conserver l'usage de ses sens ; ceux-ci sont aussitôt secoués et troublés et le malade, pris de vertiges, perd connaissance. » 8. Mais en la circonstance, les choses ne s'étaient pas passées ainsi. César, dit-on, voulait absolument se lever devant le Sénat mais il en avait été empêché par un de ses amis, ou plutôt de ses flatteurs, Cornélius Balbus[310], qui lui avait dit : « Vas-tu

---

305. *Le terme de roi constituait une injure dans le vocabulaire des joutes politiques romaines. Plutarque est ici l'écho des campagnes malveillantes menées dans l'opinion publique romaine, qui, avant et après sa mort, accusèrent César d'avoir aspiré à la royauté (voir Suétone, César, LXXIX, 3).*
306. *Série de prophéties ésotériques conservées dans des livres que la sibylle de Cumes, inspirée par Apollon, avait vendus à Tarquin le Superbe et qui étaient conservés dans le temple de la triade capitoline.*
307. *L'examen de la prophétie était à l'ordre du jour de la séance des ides de mars 44, avant le départ de César pour l'expédition parthique, qui était fixé au 18 mars.*
308. *Suétone (César, LXXVIII, 2) et Dion Cassius (XLIV, 8, 1) situent l'épisode devant le temple de Vénus Génitrix, que César avait dédié à son ancêtre et protectrice au centre de son forum. Le symbole n'en avait là que plus de force (voir Sablayrolles, 1981, p. 59-77).*
309. *La désaffection du peuple vis-à-vis de César est sensible dans plusieurs passages de la correspondance de Cicéron dès 49 et les revendications populaires menées sous l'égide du préteur Caelius (49), puis du tribun de la plèbe Cornélius Dolabella (48), témoignaient de la déception de la plèbe devant le retard des réformes attendues.*
310. *Originaire de Gadès, en Espagne, Cornélius Balbus devait sa citoyenneté romaine à son attitude durant la guerre de Sertorius. Ami de Pompée, de Cicéron et de César, immensément riche, il devint*

enfin te souvenir que tu es César et te décider à accepter les honneurs qui sont dus à l'être supérieur que tu es ? »

LXI. 1. À ces humiliations s'ajouta l'outrage qu'il infligea aux tribuns de la plèbe. C'était la fête des Lupercales qui, selon plusieurs historiens, était autrefois une fête de bergers et qui n'est pas sans rapport avec la fête du Lycée d'Arcadie[311]. 2. Ce jour-là, beaucoup de jeunes garçons de nobles familles ainsi que de nombreux magistrats courent nus à travers la cité, cinglant tous les passants, par jeu, en riant, avec des lanières de peau garnies de leurs poils. 3. Beaucoup de femmes en âge d'être mères viennent exprès à leur rencontre, comme des élèves qui à l'école tendent les deux mains pour se faire frapper : elles sont convaincues que ces coups favoriseront l'accouchement si elles sont enceintes, et la conception si elles n'ont pas encore d'enfant. 4. César assistait à la fête, assis aux Rostres sur un siège d'or, vêtu de sa tenue de triomphateur[312]. 5. Antoine participait à la course sacrée, en sa qualité de consul. Lorsqu'il arriva sur le forum et que la foule s'écarta devant lui, il tendit à César le diadème qu'il portait, entouré d'une couronne de laurier. Il y eut de maigres applaudissements, qui n'étaient que de commande. 6. César repoussa le diadème. Alors tout le peuple se mit à applaudir. Antoine le lui offrit de nouveau et les applaudissements se firent plus rares ; César refusa de le prendre et, une fois de plus, les applaudissements furent généraux. 7. Après une épreuve aussi concluante, César se leva et ordonna de porter le diadème au Capitole[313]. 8. On vit alors que ses statues avaient été couronnées de diadèmes royaux. Deux des tribuns de la plèbe, Flavius et Marullus, survinrent et les arrachèrent, puis ayant découvert ceux qui avaient été les premiers à saluer César du titre de roi, ils les firent jeter en prison[314]. 9. Le peuple suivit les tribuns en les applaudissant et en les appelant des Brutus, parce que c'était Brutus qui avait renversé la succession des rois et aboli la monarchie pour donner le pouvoir au Sénat et au peuple. 10. Ces manifestations irritèrent César. Il confisqua leur charge à Marullus et à ses collègues et, mêlant aux accusa-

---

un des plus fidèles agents de César qui l'avait fait venir à Rome à l'issue de sa propréture en Espagne. Conseiller écouté, il avait la confiance de César et participa activement à toutes ses entreprises.

311. Le rituel de la fête est décrit longuement dans les Fastes d'Ovide *(II, 267-452). Sur son sens et sur la géographie du parcours rituel, voir A. K. Michels, « The Topography and Interpretation of the Lupercalia »,* TAPhA, *84, 1953, p. 35-59.*

312. Le siège et la tenue faisaient partie des honneurs permanents que le Sénat avait accordés à César.

313. Certaines monnaies du monétaire Mettius, datées de 44 (quatrième dictature de César), présentent, au lieu du lituus *(le bâton des augures) qui accompagne traditionnellement le portrait de César, une couronne accrochée à un clou, probable souvenir de l'épisode. La mise en scène sur les monnaies suggère une autre interprétation que celle de Plutarque : plus qu'un sondage politique grandeur nature, le geste de César était peut-être une manifestation ostensible de son refus de la royauté, à laquelle une opinion publique soigneusement manipulée lui reprochait d'aspirer.*

*314. Cet épisode est antérieur à l'affaire des Lupercales : Suétone (*César, LXXIX*) le situe au retour des* Feriae Latinae, *qui se tenaient à Albe le 26 janvier, alors que les Lupercales avaient lieu à Rome le 15 février. Les deux tribuns étaient Lucius Caesetius Flavius et Caius Epidius Marullus.*

tions qu'il portait contre eux des insultes contre le peuple, il les traita à plusieurs reprises de Brutes et de Cyméens[315].

LXII. 1. Ce fut ainsi que la multitude se tourna vers Marcus Brutus qui passait pour descendre du côté paternel du célèbre Brutus et, par sa mère, se rattachait aux Servilii, autre maison illustre : il était gendre et neveu de Caton[316]. 2. Entreprendre de lui-même de renverser la monarchie, il ne le pouvait pas, paralysé qu'il était par les honneurs et les faveurs qu'il avait reçus de César. 3. Celui-ci en effet lui avait laissé la vie sauve à Pharsale, après la fuite de Pompée, et avait épargné à sa demande beaucoup de ses compagnons ; qui plus est, il lui témoignait une extrême confiance[317]. 4. César lui avait conféré la préture la plus illustre de ce temps-là et il le destinait à être consul dans trois ans, lui ayant donné la préférence sur son concurrent Cassius[318]. 5. Il avait déclaré, dit-on : « Cassius a des titres plus justes, mais il ne saurait passer avant Brutus. » 6. Un jour qu'on accusait Brutus devant lui, alors que la conjuration était déjà formée, César, sans rien vouloir entendre, se désigna de la main et dit aux accusateurs : « Brutus attendra la fin de ce corps ! » Il voulait dire par là que la vertu de Brutus, qui le rendait digne du pouvoir, l'empêcherait également de devenir ingrat et criminel. 7. Ceux qui souhaitaient une révolution et voyaient en Brutus le seul chef possible, ou du moins le premier de tous, n'osaient s'adresser à lui ; mais, la nuit, ils couvraient la tribune et la chaise curule sur laquelle il s'asseyait pour remplir ses fonctions de préteur d'inscriptions, dont la plupart étaient ainsi conçues : « Tu dors, Brutus ? » ou : « Tu n'es pas un Brutus. » 8. Cassius, remarquant que ces inscriptions éveillaient insensiblement l'ardeur de Brutus, se mit à le presser et à l'aiguillonner, car il nourrissait lui-même contre César une haine personnelle, pour les raisons que nous avons exposées dans la *Vie de Brutus*[319]. 9. Du reste, César suspectait Cassius ; il dit un jour à ses amis : « À votre avis, quelles sont les intentions de Cassius ? Je n'aime pas trop le voir trop pâle. » 10. Une autre fois, dit-on, comme on accusait devant lui Antoine et Dolabella de préparer une révolution, il déclara : « Je ne crains pas du tout ces hommes gras et chevelus mais plutôt ceux qui sont pâles et maigres » (par ces mots, il désignait Brutus et Cassius)[320].

---

315. Brutes est un jeu de mots, le terme rappelant, en latin, le cognomen *de Brutus. Les Cyméens de Cymè en Éolide passaient pour particulièrement stupides (voir* Strabon, Géographie, *XIII, 622).*
316. La lignée légendaire des Junius Brutus faisait remonter leur ascendance au régicide fondateur de la République à Rome. Sur le père de Marcus Junius Brutus, voir Pompée, *XVI, 3-9. Sa mère Servilia était la sœur de Caton, dont Brutus était également le gendre, ayant épousé en secondes noces sa fille Porcia, veuve de Bibulus (voir* Brutus, *I-II).*
317. Sur les rapports de Brutus et de César, voir supra, XLVI, 4. Une lettre de Brutus à Cicéron (Lettres à Atticus, *XIII, 40) montre qu'il espéra un temps, en 45, que César organiserait après la guerre civile un retour aux institutions traditionnelles.*
318. Voir supra, LVII, 5 et note.
319. Brutus, *VIII, 6.*
320. Les mêmes citations sont rapportées dans Brutus, *VIII, 2 et dans* Apophtegmes des rois et des empereurs, *206 E. Sur les tentatives des conjurés auprès d'Antoine, voir* Antoine, *XIII.*

LXIII. 1. Il est plus facile, apparemment, de prévoir sa destinée que de l'éviter[321]. En effet, on assista alors, dit-on, à des présages et à des apparitions extraordinaires. 2. Lueurs dans le ciel, chocs d'armes dans la nuit qui furent entendus en divers endroits, oiseaux de proie qui s'abattirent sur le forum, cela, sans doute, ne vaut pas d'être mentionné à propos d'un événement d'une telle importance. 3. Mais selon le récit du philosophe Strabon[322], beaucoup de gens crurent voir des hommes en feu passer au-dessus d'eux ; le valet d'un soldat fit jaillir de sa main une flamme très vive, et les assistants crurent qu'il brûlait, mais, dès que le feu s'éteignit, on s'aperçut qu'il n'avait aucun mal. 4. Un jour que César offrait lui-même un sacrifice, on ne put trouver le cœur de la victime, ce qui était un prodige effrayant, puisque par nature aucun être vivant ne peut subsister sans cœur. 5. Nombreux sont également ceux qui racontent qu'un devin[323] avertit César de se garder d'un grand danger au jour de mars que les Romains appellent les ides. 6. Ce jour venu, César sortit pour se rendre au Sénat et, abordant le devin, lui dit en plaisantant : « Eh bien ! Les ides de mars sont venues. » L'homme répondit sans s'émouvoir : « Oui, mais elles ne sont pas encore passées ! » 7. La veille, comme il dînait chez Marcus Lépide[324] et scellait des lettres, comme à son habitude, allongé sur le lit de table, la conversation tomba sur la question de savoir quelle était la meilleure manière de mourir. César s'écria avant tous les autres : « Quand on ne s'y attend pas. » 8. Ensuite, il alla dormir aux côtés de sa femme, comme à son habitude. Soudain, les portes et les fenêtres de la pièce s'ouvrirent toutes en même temps. Éveillé en sursaut par le vacarme et par la clarté de la lune qui donnait sur lui, il remarqua que Calpurnia dormait profondément et que, dans son sommeil, elle faisait entendre des mots confus et des sanglots inarticulés : 9. elle rêvait qu'elle le pleurait et qu'elle le tenait dans ses bras, égorgé. Selon d'autres, Calpurnia eut un rêve différent. La maison de César était surmontée d'un acrotère, que le Sénat lui avait voté, comme le rapporte Tite-Live[325], dans l'intention de l'orner et de la rendre plus majestueuse. Calpurnia rêva que cet acrotère était brisé et qu'elle se lamentait et pleurait. 10. Quoi qu'il en soit, le jour venu, elle pria César de ne pas sortir, si possible, et de reporter la séance du Sénat. « Si tu n'attaches aucune importance à mes songes, lui dit-elle, examine au moins l'avenir par d'autres moyens de divination et par des sacrifices. » 11. Apparemment, César éprouva lui aussi des soupçons et des inquiétudes en la voyant aussi troublée, car jusqu'à présent il n'avait pas remarqué chez elle cette propension féminine à la superstition. 12. Comme de leur côté les devins, après avoir offert de nombreux

---

321. Cette introduction au classique catalogue des présages annonçant le crime accroît le dramatique en détaillant tous les événements anecdotiques qui auraient pu changer le cours de l'histoire.
322. Le « philosophe » est ici le géographe, qui avait également produit des écrits historiques aujourd'hui perdus. Voir Dictionnaire, « Stoïcisme ».
323. L'haruspice Spurinna selon Suétone (César, LXXXI, 5), qui souligne dans ce passage l'impiété de César.
324. Marcus Aemilius Lepidus, maître de cavalerie de César pendant sa dictature, le futur triumvir.
325. Élément décoratif, pourvu ou non de statues, l'acrotère couronne le sommet d'un fronton. L'anecdote se trouve également, mais résumée, dans Suétone (César, LXXXI, 7).

sacrifices, avaient annoncé que les présages étaient défavorables, il décida d'envoyer Antoine congédier le Sénat[326].

LXIV. 1. Mais alors, Décimus Brutus, surnommé Albinus[327], intervint. César avait en cet homme une telle confiance qu'il l'avait désigné comme son héritier en second. Or il faisait partie de la conjuration de l'autre Brutus et de Cassius. 2. Craignant la découverte du complot, si César en réchappait ce jour-là, il se moqua des devins et reprocha à César de fournir au Sénat des motifs de se plaindre et de l'accuser. « Les sénateurs, lui dit-il, se jugeront humiliés. 3. Ils sont venus sur ton ordre et ils désirent tous te proclamer par vote roi des provinces extérieures à l'Italie et t'autoriser à porter le diadème quand tu te rendras dans les autres terres et sur mer[328]. 4. Mais si, maintenant qu'ils sont assis, on vient leur dire de s'en aller et de revenir un autre jour, quand Calpurnia aura eu de meilleurs rêves, que vont dire les envieux ? 5. Et qui voudra écouter tes amis, s'ils expliquent que ce n'est pas là de l'esclavage et de la tyrannie ? Cependant, si tu es vraiment convaincu que cette journée est néfaste, il vaut mieux que tu te rendes en personne au Sénat, pour lui annoncer le report de la séance. » 6. Tout en parlant, Brutus l'avait pris par la main et l'entraînait. À peine César avait-il passé le seuil qu'un esclave étranger à la maison fit tous ses efforts pour le rencontrer ; ne pouvant parvenir jusqu'à lui à cause de la foule qui l'entourait, il força l'entrée de sa maison et se remit entre les mains de Calpurnia, la priant de le garder jusqu'au retour de César car il avait des nouvelles importantes à lui communiquer.

LXV. 1. Artémidoros, originaire de Cnide[329], enseignait les lettres grecques et pour cette raison était assez intime avec certains des amis de Brutus pour connaître l'essentiel de leurs agissements. Il alla trouver César avec un billet sur lequel il avait écrit les révélations qu'il avait l'intention de faire. 2. Voyant qu'au fur et à mesure qu'on lui donnait des billets, César les remettait aux serviteurs qui l'entouraient, il vint tout près de lui et lui dit : « Ce billet, César, lis-le seul et vite. Il concerne des affaires graves et importantes pour toi. » 3. César prit donc le billet, mais il ne put le lire en raison de la foule de ceux qui l'abordaient. Il essaya plusieurs fois et le tenait encore à la main, n'ayant gardé que lui, quand il entra au Sénat. 4. Cependant, selon quelques historiens, ce fut un autre qui remit le billet à César, car Artémidoros n'avait pu l'approcher, ayant été pressé par la foule tout le long du chemin.

---

326. *Même version dans Dion Cassius, XLIV, 18, 1.*
327. *Decimus Junius Brutus Albinus, fils du consul de 77 Decimus Junius Brutus, avait été un légat efficace de César en Gaule, prenant une part décisive dans la victoire contre les Vénètes en 56 et lors du siège de Marseille en 49.*
328. *Allusion à l'ordre du jour de la séance des ides de mars, où devait être examiné l'oracle sibyllin (voir supra, LX, 2 et Suétone, César, LXXXIX, 4).*
329. *Fils de Théopompos (voir supra, XLVIII, 1), qui était à Rome l'hôte de César (voir Appien, II, 116).*

LXVI. 1. Ce qui précède peut être l'effet du hasard, mais l'endroit qui vit se dérouler cette lutte meurtrière, celui où le Sénat était alors rassemblé, contenait une statue de Pompée : c'était un édifice dédié par Pompée, un des ornements ajoutés à son théâtre[330]. On put donc voir clairement qu'une divinité poussait les conjurés et désirait que l'action eût lieu à cet endroit. **2.** On dit d'ailleurs que Cassius, avant d'agir, jeta les yeux sur la statue de Pompée[331] et l'invoqua en silence. Il était pourtant familier de la doctrine d'Épicure[332], **3.** mais l'imminence de l'acte terrible lui inspira, semble-t-il, un mouvement d'enthousiasme et de passion qui se substitua à ses anciennes convictions. **4.** Antoine, qui était fidèle à César et robuste, fut retenu au dehors par Brutus Albinus[333], lequel engagea exprès avec lui une longue conversation. **5.** À l'entrée de César, le Sénat se leva pour lui faire honneur. Alors, certains des complices de Brutus se placèrent en cercle derrière son siège, tandis que les autres allaient à sa rencontre, sous prétexte de s'associer aux prières de Tillius Cimber[334] qui intercédait pour son frère exilé ; ils continuèrent à le prier tous ensemble et l'accompagnèrent jusqu'à son siège. **6.** Une fois assis, César voulut repousser leurs sollicitations et, comme ils insistaient, il adressa des reproches assez vifs à chacun d'entre eux. Alors Tillius saisit sa toge des deux mains et la lui fit glisser du cou, ce qui était le signal convenu pour l'attaque. **7.** Le premier, Casca[335] le frappa de son épée à la nuque ; la blessure ne fut ni mortelle ni profonde, car l'homme était troublé, comme on peut l'imaginer, de commencer un acte aussi audacieux. César se retourna, saisit le poignard et arrêta sa main. **8.** Ils s'écrièrent tous deux, en même temps, ou presque, le blessé en latin : « Misérable Casca, que fais-tu ? » et l'agresseur en grec à son frère : « Mon frère au secours ! » **9.** Tel fut le début de l'action. Ceux qui n'étaient au courant de rien furent épouvantés et saisis d'un frisson d'horreur en voyant ce qui se passait : ils n'osaient ni fuir, ni défendre César, ni même proférer un son. **10.** Quant à ceux qui avaient prémédité le meurtre, chacun d'eux brandissait une épée nue. César, entouré de tous côtés, ne rencontrait, où qu'il portât son regard, que des coups et des armes brandies contre

---

330. Cette pièce quadrangulaire, qui ouvrait sur le spectaculaire portique situé derrière la scène, à l'opposé du théâtre, portait le nom de Curie de Pompée, signe de la place que Pompée lui avait assignée dans sa réorganisation du Champ de Mars (voir Coarelli, 1977 ; Gros, 1987 et Sauron, 1987).

331. Cette statue, qui représente Pompée dans la nudité héroïque est la célèbre statue du palais Spada (identification due à Coarelli, 1977, p. 118-121 ; sur son symbolisme, voir Sauron, 1987, p. 459).

332. Dans Brutus (XXXVII, 1-7), Cassius fait à Brutus un exposé de la doctrine épicurienne de la perception.

333. Toutes les autres versions de l'épisode désignent Caius Trebonius, le consul de 45, comme l'homme qui retint Antoine (Brutus, XVII, 2 ; Cicéron, Lettres à ses familiers, X, 28, 1 ; Dion Cassius, XLIV, 19, 1-3 ; Appien, II, 117).

334. Ami de César, préteur en 45 et désigné pour la Bithynie en 44, dont Sénèque disait qu'il avait été « oublieux des bienfaits mais soucieux de la patrie » (De la colère, III, 30, 4).

335. Publius Servilius Casca Longus, qui avait été désigné tribun pour 43. César le blessa avec son stylet (voir Suétone, César, LXXXII, 2).

son visage et ses yeux; traqué comme une bête sauvage, il se débattait entre leurs mains à tous, 11. car tous devaient participer au sacrifice et goûter au meurtre. C'est pourquoi Brutus lui aussi lui porta un coup à l'aine. 12. Jusque-là, selon certains auteurs, César s'était défendu, se jetant de tous côtés et poussant de grands cris, mais lorsqu'il vit Brutus, l'épée dégainée, il se couvrit la tête de sa toge et s'abandonna[336]; il fut poussé par la Fortune ou par les meurtriers contre le piédestal sur lequel se dressait la statue de Pompée[337]. 13. Ce piédestal fut éclaboussé de sang, de sorte qu'on avait l'impression que Pompée présidait au châtiment de son ennemi, lequel était tombé à ses pieds et se tordait de douleur à cause du grand nombre de ses blessures. 14. Il en reçut vingt-trois, dit-on. Plusieurs conjurés se blessèrent entre eux, en infligeant tant de coups à un seul corps[338].

LXVII. 1. Quand on eut achevé César, Brutus s'avança au milieu de l'assemblée pour dire quelques mots sur ce qui venait de se passer, mais les sénateurs, sans attendre, se précipitèrent au-dehors[339]. Leur fuite plongea le peuple dans un trouble et une terreur désespérée : on fermait les maisons, on abandonnait comptoirs et commerces. Tous couraient : les uns vers l'endroit du malheur, pour le voir, les autres pour s'en éloigner, après avoir vu. 2. Antoine et Lépide, les meilleurs amis de César, s'esquivèrent et cherchèrent refuge hors de chez eux[340]. 3. Brutus et les conjurés, encore tout chauds du meurtre et brandissant leurs épées nues, se regroupèrent au sortir du Sénat et se dirigèrent vers le Capitole[341]. Ils ne ressemblaient nullement à des fuyards; rayonnants et pleins d'audace, ils appelaient le peuple à la liberté et invitaient les notables qu'ils rencontraient à les rejoindre. 4. Parmi ces derniers, il y en eut même qui montèrent avec eux et se mêlèrent à eux, pour faire croire qu'ils avaient participé à l'action, dont ils voulaient usurper la gloire. Ce fut le cas notamment de Caius Octavius et de Lentulus Spinther[342]. 5. Ces deux hommes furent par la suite châtiés de cette vantardise. Ils furent mis à mort par Antoine et par le jeune César, et ne profitèrent même pas de la gloire qui causa leur perte, car personne ne les crut : 6. même ceux qui les punirent ne tirèrent pas vengeance de l'acte mais de l'intention. 7. Le lendemain, Brutus et ses compagnons descendirent au forum et firent des discours. Le peuple

---

336. Suétone (César, LXXXII, 3) prête à César les paroles « Toi aussi, mon fils », adressées en grec à Brutus.
337. Auguste fit plus tard transférer cette statue sur un arc de marbre au-dessus de la regia *du théâtre.*
338. Brutus fut blessé à la main (voir Brutus, *XVII, 7).*
339. Cette panique témoigne de l'absence de projet politique cohérent d'une conjuration hétéroclite par ses membres comme par ses objectifs.
340. Lépide se réfugia auprès des armées qu'il avait rassemblées pour partir dans les provinces qui lui avaient été confiées (voir Appien, II, 118).
341. Geste symbolique des tyrannicides, qui a inspiré maintes représentations.
342. Caius Octavius Balbus périt avec son fils dans les proscriptions de 43 (voir Appien, IV, 21). Publius Cornelius Lentulus Spinther, consul en 57, fut tué en 42 après la bataille de Philippes. Appien (II, 119) donne le nom d'autres ralliés tardifs.

les écouta, sans blâmer ni louer ce qui s'était passé : son profond silence[343] montrait bien qu'il éprouvait de la pitié pour César et du respect pour Brutus. 8. Le Sénat essaya de ménager une amnistie et une réconciliation générale : d'une part, il décréta d'honorer César comme un dieu[344] et de ne pas toucher à la moindre des mesures qu'il avait prises quand il exerçait le pouvoir, 9. et de l'autre, il attribua à Brutus et à ses amis des provinces et des honneurs convenables[345]. Aussi tous pensèrent-ils que la situation était rétablie et qu'on était parvenu au meilleur équilibre possible.

LXVIII. 1. Mais lorsqu'on eut ouvert le testament de César et qu'on découvrit qu'il avait fait à chaque Romain un legs important, lorsque son corps fut porté sur le forum et qu'on le vit défiguré par les plaies, la foule ne garda plus ni ordre ni retenue[346]. Les gens amoncelèrent autour du cadavre des bancs, des palissades et des tables, y mirent le feu et brûlèrent le corps sur place[347]. 2. Puis, saisissant des torches enflammées, ils coururent aux maisons des conjurés pour les incendier, tandis que d'autres se répandaient de toutes parts dans Rome, cherchant à se saisir d'eux et à les mettre en pièces. Ils n'en rencontrèrent aucun ; tous s'étaient soigneusement barricadés. 3. Un certain Cinna[348], un des amis de César, se trouvait avoir eu cette nuit-là, dit-on, un songe étrange : il avait rêvé que César l'invitait à dîner et que, sur son refus, il le traînait par la main contre sa volonté, malgré sa résistance. 4. Apprenant qu'on brûlait sur le forum le corps de César, il se leva et alla lui rendre hommage, en dépit de l'inquiétude que lui inspirait son rêve et de la fièvre dont il souffrait. 5. À sa vue, quelqu'un dans la foule dit son nom à un autre qui le lui demandait, ce dernier le répéta à un troisième, si bien que le bruit se répandit dans la multitude que c'était un des assassins de César : 6. il y avait en effet parmi les conjurés un homonyme de ce Cinna[349]. Ils le prirent pour cet homme, se jetèrent sur lui et le mirent en pièces sur la place publique. 7. Cet acte épouvanta au plus haut point Brutus et Cassius, qui sortirent de la Ville quelques jours plus tard. Ce qu'ils firent et subirent avant de mourir, je l'ai écrit dans la *Vie de Brutus*.

---

343. Rôle essentiel de la foule de Rome, de l'attitude de qui dépendait le sort de la conjuration comme des césariens. C'est sa réaction incertaine qui explique le succès au Sénat des mesures d'apaisement, décrites plus longuement dans Brutus, *XIX.*
344. Le décret sénatorial proclamait César divus, *c'est-à-dire élevé au rang des dieux, et non pas dieu.*
345. Le détail en est donné dans Brutus, *XIX, 4-5.*
346. L'appât du gain et le recours au pathétique utilisé par Antoine (voir Brutus, *XX, 4) décidèrent du choix de la foule, qu'attendaient conjurés comme césariens.*
347. Le bûcher fut installé au pied des Rostres, au sud de l'esplanade du forum. La colonne qui signalait son emplacement fut ensuite incluse dans le pronaos du temple élevé au même endroit par Octave, en 29 avant J.-C., à Divus Julius. Les Rostres furent déplacées au nord du forum.
348. Helvius Cinna, tribun de la plèbe, ami de César (voir Suétone, César, *LII, 6).*
349. Le préteur Lucius Cornelius Cinna, membre de la conjuration, qui avait mécontenté la foule par un discours hostile à César après le meurtre (voir Brutus, *XVIII, 13).*

LXIX. 1. César avait cinquante-six ans quand il mourut ; il n'avait pas survécu à Pompée beaucoup plus de quatre ans. Du pouvoir et de la domination absolus qu'il avait recherchés toute sa vie, au prix de tant de dangers, et acquis si péniblement, il ne recueillit que le nom et une gloire qui attira l'envie de ses concitoyens[350]. 2. Cependant, le puissant *démon*, qui l'avait aidé au cours de sa vie, l'accompagna également après sa mort, pour venger son meurtre. Partout, sur terre et sur mer, il poursuivit ses assassins et leur donna la chasse, jusqu'à ce qu'il n'en restât plus aucun ; il s'en prit à tous ceux qui avaient, si peu que ce fût, en acte ou en intention, participé à l'entreprise. 3. Parmi les événements humains, le plus étonnant concerne Cassius qui, après sa défaite de Philippes, se tua avec l'épée même dont il s'était servi contre César. 4. Parmi les phénomènes divins, il y eut la grande comète[351] qui apparut, brillante, pendant les sept nuits qui suivirent le meurtre de César, puis disparut. Il y eut aussi l'obscurcissement de la lumière du soleil[352] : 5. toute cette année-là, en effet, son disque resta pâle ; il n'avait aucun rayonnement à son lever et ne produisait qu'une chaleur faible et languissante, l'air demeurait ténébreux et lourd parce que la chaleur qui le traversait était trop faible, et les fruits, à demi mûrs, se gâtaient et pourrissaient avant d'être parvenus à terme, à cause de la fraîcheur de l'atmosphère. 6. Mais, plus que tout, le fantôme qui apparut à Brutus fit bien voir que le meurtre de César avait déplu aux dieux. Voici ce qui se passa. 7. Au moment où il s'apprêtait à faire passer son armée d'Abydos sur l'autre continent[353], Brutus se reposait, la nuit, comme à son habitude, sous sa tente. Il ne dormait pas, et réfléchissait à l'avenir : 8. c'était de tous les généraux celui, dit-on, qui avait le moins besoin de sommeil et que la nature avait rendu capable de veiller le plus longtemps. 9. Il crut entendre un bruit près de la porte et, regardant à la lueur de sa lampe qui baissait déjà, il eut la vision effrayante d'un homme d'une taille extraordinaire et d'un aspect hideux. 10. Il fut d'abord épouvanté, puis, voyant que son visiteur ne faisait rien, ne disait rien, et se tenait en silence près de son lit, il lui demanda qui il était. 11. Le spectre répondit : « Je suis ton mauvais *démon*, Brutus ; tu me verras à Philippes. » Alors Brutus lança hardiment : « Je t'y verrai ! » Sur quoi, le *démon* s'en alla aussitôt. 12. Lorsque le moment fut venu, Brutus, qui affrontait Antoine et le jeune César, fut vainqueur lors d'un premier combat : il défit les ennemis qu'il avait en face de lui, les dispersa et ravagea le camp de César[354]. 13. Mais alors qu'il s'apprêtait à livrer le deuxième combat, le même spectre revint le trouver pendant la nuit ; il ne dit rien, mais

---

350. Jugement appuyé sur le peu de changements concrets qu'amena une aventure césarienne prématurément interrompue.

351. Le Julium Sidus, *« astre des Jules », qui figurait au-dessus des statues de* Divus Julius, *est évoqué par Horace (*Poème du siècle, *I, 12, 47), Virgile (*Églogues, *IX, 47) et Suétone (*César, *LXXXVIII, 2).*

352. Évocation poétique du phénomène dans Virgile, Géorgiques, *I, 466-468.*

353. Abydos, sur l'Hellespont, en Asie. Brutus se préparait à passer en Grèce pour affronter Antoine et Octave (voir Brutus, *XXXVI).*

354. Voir Brutus, *XLI-XLII.*

Brutus comprit l'arrêt du destin et se jeta résolument dans le danger[355]. 14. Pourtant, il ne tomba pas au cours du combat. Après la déroute, il se réfugia sur une falaise ; là, appuyant sa poitrine contre son épée nue, avec l'aide d'un ami qui, dit-on, renforçait le coup, il mourut[356].

---

355. Voir Brutus, *XLVIII-L.*
356. Voir Brutus, *LII.*

BIBLIOGRAPHIE

VIE D'ALEXANDRE

AYMARD A.
« Sur quelques vers d'Euripide qui poussèrent Alexandre au meurtre », *Études d'Histoire ancienne*, Paris, 1967, p. 51-72.

FINLEY M. I., PLEKET H. W.
The Olympic Games: The first thousand Years, Londres, 1976.

GOUKOWSKY P.
Essai sur les origines du mythe d'Alexandre, I, *Les origines politiques*, Nancy, 1978.

WILL E.
Histoire politique du monde hellénistique, I, Nancy, 2e éd., 1979.

WILL E., MOSSÉ CL., GOUKOWSKY P.
Le monde grec et l'Orient, II, *Le IVe siècle et l'époque hellénistique*, Paris, 2e éd., 1990.

VIE DE CÉSAR

BERNOULLI J.-J.
Caesar, Erträge der Forschung, Darmstadt, 1976.

CARCOPINO J.
Jules César, Paris, 1935.

COARELLI F.
« Il complesso pompeiano del campo Marzio e la sua decorazione scultorea », *Rendiconti della Pontificia Academia di Archeologia*, ser. III, XLIV, 1971-1972, p. 99-122.

COLTELLONI-TRANNOY M.
Le royaume de Maurétanie sous Juba II et Ptolémée, Paris, 1997.

CONSTANS L.-A.
César. La guerre des Gaules, Paris, 1972.

DAHLHEIM W.
Julius Cäsar. Die Ehre des Kriegers und der Untergang der Römischen Republik, Darmstadt, 1993.

GOUDINEAU C.
César et la Gaule, Paris, 1990.

GROS P.
« La fonction symbolique des édifices théâtraux dans le paysage urbain de la Rome augustéenne », *Urbs, espace urbain et histoire (Ier siècle avant J.-C.-IIIe siècle après J.-C.)*, Actes du colloque CNRS-École française de Rome (8-12 mai 1985), Rome, 1987, p. 319-346.

HOMO L.
Rome impériale et l'urbanisme dans l'Antiquité, Paris, 1971 [1951].

MENSCHING E.
Caesars Bellum Gallicum: eine Einführung, Francfort, 1988.

MOISSET M.
« L'iconographie de Vercingétorix à travers les Manuels d'Histoire », *Antiquités nationales*, 8, 1976, p. 84-90.

RAMBAUD M.
• *L'art de la déformation historique dans les Commentaires de César*, Paris, 1966 [1952].
• *César*, Paris, 1974.

REDDÉ M., SCHUMBEIN S. VON, SIEVERS S.
« Fouilles et recherches nouvelles sur les travaux de César devant Alésia », *Bericht der Römisch-Germanischen Kommission des Deutschen Archäologischen Instituts*, 1995, 76, p. 73-158.

ROSS-TAYLOR L.
La politique et les partis à Rome au temps de César, trad. E. et J.-C. Morin, Paris, 1977.

SABLAYROLLES R.
« Espace urbain et propagande politique : l'organisation du centre de Rome par Auguste », *Pallas*, 28, 1981.

SAURON G.
« Le complexe pompéien du Champ de Mars : nouveauté urbanistique à finalité idéologique », *Urbs, espace urbain et histoire (Ier siècle avant J.-C.-IIIe siècle après J.-C.)*, op.cit., p. 457-473.

SYME Sir R.
La révolution romaine, trad. fr., Paris, 1967.

VEYNE P.
Le Pain et le cirque, Paris, 1976.

YAVETZ Z.
César et son image: des limites du charisme en politique, trad. fr., Paris, 1990.

PHOCION-CATON LE JEUNE

*C*ontrairement à son habitude, Plutarque n'a pas fait suivre la Vie de Caton d'une comparaison entre ses deux héros. Il s'en explique au début de la Vie de Phocion : il y a chez l'un et l'autre un même caractère où il semble qu'on ait mêlé « l'humanité à l'austérité, le courage à la tranquillité, la sollicitude pour autrui à la sérénité personnelle, l'aversion pour le laid et la tension de l'âme vers la justice, en une même harmonie » (III, 8). Deux modèles de héros selon son cœur, dont la renommée tient plus à ce caractère qu'aux actions qu'ils ont pu l'un et l'autre mener.

De fait, et bien que Plutarque affirme qu'il fut réélu stratège 45 fois, les actions militaires occupent une place relativement modeste dans la vie de Phocion. Et, sans les quatre années où il fut le maître d'Athènes sous la domination macédonienne, entre 322 et sa mort, en 318, il n'y aurait pas grand-chose à dire de lui, hormis ces anecdotes destinées précisément à mettre en valeur ses qualités de caractère. Peu écouté du peuple, à la différence des grands orateurs contemporains, il ne put vraiment donner sa mesure que lorsque la défaite d'Athènes en eut fait une première fois après Chéronée (en 338) l'interlocuteur privilégié d'Alexandre, et, après la guerre lamiaque, celui du général macédonien Antipatros. Il accepta les conditions imposées par le vainqueur, l'occupation du Pirée par une garnison macédonienne, l'établissement d'un régime censitaire qui privait de leurs droits politiques plus de la moitié des Athéniens, contraignant les uns à l'exil, les autres à mener en Attique une vie misérable. La mort en 319 d'Antipatros, le conflit opposant à son fils Cassandre, Polyperchon, le gardien des rois impuissants (un débile et un enfant) qui avaient succédé à Alexandre, permirent aux Athéniens de retrouver pour un temps très bref une certaine liberté. Et c'est cette liberté retrouvée qui coûta la vie à Phocion, jugé pour trahison et condamné à quatre-vingt-quatre ans à boire la ciguë.

Bien que Plutarque ait fait du récit de cette mort le point d'orgue de la vie de son héros, n'hésitant pas à la comparer à celle de Socrate, elle ne saurait être mise sur le même plan que la mort héroïque et stoïcienne de Caton. Cet arrière petit-fils du célèbre censeur partageait avec son lointain aïeul une même force de caractère, un même goût pour une vie austère, mais s'en distinguait par l'intérêt qu'il éprouvait pour la philosophie des Grecs. S'il participa à des opérations militaires, il ne fut pas un grand capitaine. Mais il se trouva mêlé aux conflits qui déchiraient alors la République romaine. Contemporain de Crassus, César et Pompée, il ne se rallia à ce dernier que lorsqu'il fut évident qu'il était le seul capable de s'opposer à César et à la menace que ce dernier faisait peser sur la République. C'est sans enthousiasme qu'il le suivit et qu'il tenta, après la mort de Pompée en Égypte, de prolonger la résistance en Afrique. Quand il lui apparut que la Fortune était du côté de César, il se donna la mort volontairement à Utique. Plutarque ne dissimule pas l'admiration qu'il éprouve pour le dernier défenseur de la République romaine. La biographie qu'il lui a consacrée est un des témoignages les plus vivants, avec les discours de son contemporain Cicéron, qui nous soient parvenus sur la Rome des guerres civiles.

Fin de la démocratie athénienne, fin de la République romaine, tel est le tragique parallèle que ces deux Vies mettent en lumière.

Cl. M.

PHOCION

I. 1. L'orateur Démade, qui devait à sa politique de complaisance en faveur des Macédoniens et d'Antipatros sa puissance à Athènes[1] et qui était obligé de faire beaucoup de propositions de lois et de discours contraires à la dignité et aux habitudes morales de cette ville, disait qu'il fallait lui pardonner car il ne gouvernait que l'épave d'une cité naufragée. 2. Ce propos, bien arrogant dans la bouche de l'orateur, semble en revanche assez juste si on l'applique à la politique de Phocion. 3. En effet, Démade était lui-même une épave de la cité[2] : sa vie et sa politique étaient si impudentes que, sur ses vieux jours, il inspira à Antipatros la comparaison suivante : «Il ressemble à une victime dépecée à qui il ne resterait que la langue et le ventre.» 4. Mais le sort opposa à la vertu de Phocion, comme un athlète rival, une situation difficile et violente; les infortunes de la Grèce l'obscurcirent et en voilèrent la gloire. 5. On ne doit pas en effet croire Sophocle, lorsqu'il taxe la vertu de faiblesse, en disant :

> La raison la plus ferme, ô roi, ne peut tenir,
> Chez les infortunés : elle fuit aussitôt[3].

6. Le seul pouvoir qu'on peut reconnaître à la Fortune, quand elle s'en prend à des hommes de bien, c'est qu'au lieu des honneurs et du crédit qu'ils méritent, elle attire sur eux des critiques hargneuses et des accusations qui affaiblissent la confiance qu'on place en la vertu[4].

II. 1. On imagine que les peuples s'en prennent plus violemment aux hommes de bien en temps de prospérité, car les esprits sont exaltés par les succès et la puissance. Mais c'est l'inverse qui se produit. 2. Le malheur aigrit les caractères, il les rend irritables

---

1. Démade commence à jouer un rôle politique après la défaite subie par les Athéniens devant Philippe à Chéronée en 338. Il fut en particulier le négociateur de la paix avec le roi des Macédoniens. Après la mort de Philippe (en 336) et durant le règne d'Alexandre, il demeura influent, mais plus encore après la conclusion de la paix qui mit fin à la guerre lamiaque en 322. Sur Démade, voir en dernier lieu Brun (2000). Antipatros était le général macédonien auquel Alexandre avait confié le royaume et la surveillance des États grecs durant sa campagne asiatique. Après la mort du conquérant, il demeura l'homme le plus puissant d'Europe, jusqu'à sa fin en 319.
2. En évoquant le «naufrage» d'Athènes, Plutarque pense peut-être à Chéronée, mais surtout aux conditions de la paix de 322 qui imposaient la présence d'une garnison macédonienne au Pirée et l'adoption d'un régime censitaire (voir infra, XXVII-XXVIII).
3. Ces vers sont empruntés à Sophocle, Antigone, v. 563-564.
4. Il est vraisemblable que Phocion, qui avait non seulement accepté la défaite, mais aussi de collaborer avec le vainqueur, a dû dans les années suivantes faire l'objet de critiques au nom de la défense de la liberté grecque.

pour un rien et prompts à la colère ; les oreilles s'échauffent, se froissent et s'offensent du moindre mot, de la moindre expression dont le ton est un peu trop vif. Si l'on critique ceux que l'on prend en faute, on a l'air d'insulter à leurs malheurs, et le franc-parler passe pour du mépris. 3. Comme le miel irrite les blessures et les ulcères du corps, les propos sincères et raisonnables, à moins d'être caressants et conciliants, blessent les malheureux et les exaspèrent. Voilà sans doute pourquoi le poète déclare que la douceur « cède devant l'humeur » ; il veut dire qu'elle cède à ce qui, en l'âme, recherche le plaisir, sans lui opposer ni lutte ni résistance. 4. Un œil enflammé s'attarde plus volontiers sur les couleurs sombres ou peu brillantes, et se détourne de celles qui sont lumineuses et éclatantes. De la même manière, une cité plongée dans un malheur imprévu se montre craintive et fragile : elle est trop faible pour supporter le franc-parler au moment même où elle en aurait le plus besoin, car la situation ne lui permet pas de réparer ses fautes. 5. Aussi est-il très dangereux de faire de la politique dans ces circonstances : la cité entraîne dans sa perte celui qui parle par complaisance, après avoir fait périr celui qui refuse de lui complaire[5]. 6. Les mathématiciens disent que le soleil, sans pourtant suivre le même mouvement que la voûte céleste, ne prend pas non plus une direction totalement contraire et opposée : sa marche étant oblique et inclinée[6], il décrit une révolution souple, courbe et flexible, qui permet au monde entier de survivre et lui garantit le meilleur équilibre. 7. De la même manière, en politique, une attitude trop raide qui contrarie en tout point les volontés du peuple est sévère et inacceptable ; mais à l'inverse, on glisse sur une mauvaise pente lorsqu'on se laisse entraîner et emporter par les égarements de la foule. 8. En revanche, céder parfois à ceux qu'on veut persuader et leur faire des concessions pour leur plaire, puis exiger ensuite des services précieux (les hommes se montrent souvent serviables, et font preuve de beaucoup de douceur et d'efficacité, si on ne les conduit pas constamment d'une manière despotique et violente), voilà une méthode salutaire, mais difficile à appliquer car elle exige d'allier dignité et clémence, ce qui est malaisé[7]. 9. Si on y parvient, on obtient alors le mélange le plus musical et le plus équilibré de tous les rythmes, de toutes les harmonies ; c'est ainsi que le dieu, dit-on, gouverne le monde, sans violence, en usant de persuasion et de raison pour amener la nécessité.

III. 1. Ces réflexions valent également pour Caton le Jeune[8]. Lui non plus n'avait pas un caractère habile à convaincre et n'éprouvait aucune sympathie pour la foule ; il

---

5. En rendant les Athéniens responsables de la défaite qu'ils avaient subie, Phocion ne pouvait que se les aliéner. Mais le sort réservé à Démade par Cassandre, le fils d'Antipatros (voir infra, XXX, 10), montre que la démagogie ne fut pas plus profitable à l'orateur que la sévérité au stratège.
6. Plutarque fait ici allusion au mouvement apparent du soleil dont la « marche oblique » est à mettre en relation avec l'inclinaison de l'axe des pôles sur l'écliptique.
7. Plutarque se plaît à opposer la politique ferme de Phocion à la complaisance de Démade.
8. Plutarque amorce ici la comparaison avec Caton le Jeune, une comparaison qui se fonde sur une même rigueur morale et une même austérité, mais qui n'a pas grand-chose à voir avec deux situations politiques bien différentes : Athènes était aux prises avec un adversaire étranger et luttait pour son indépendance, alors que Caton se trouva impliqué dans une guerre civile, aux côtés de Pompée, contre César.

ne dut aucun succès politique à la complaisance. 2. Selon Cicéron, il se comportait comme s'il vivait dans la République de Platon et non dans la fange de Romulus[9], ce qui explique son échec au consulat. À mon avis, il ressemblait à ces fruits qui mûrissent hors de saison : 3. on les voit avec plaisir, on les admire, mais on n'y touche pas. De même, les mœurs antiques de Caton, survenant après tant de siècles où les vies avaient été corrompues et les mœurs dépravées, lui valurent beaucoup de renommée et de gloire, mais elles ne convenaient pas aux nécessités du moment : la gravité et la grandeur de sa vertu n'avaient aucun rapport avec l'époque qui était la sienne. 4. Sa patrie n'était pas sur le déclin comme celle de Phocion, mais elle était agitée par une violente tempête : Caton ne put que s'occuper des voiles et des cordages et se tenir à côté de ceux qui étaient plus puissants que lui ; il fut écarté du gouvernail et de la barre, ce qui ne l'empêcha pas de livrer un grand combat contre la Fortune. 5. Si celle-ci finit par vaincre et par ruiner la République, ce fut par la faute d'autres que lui, mais si cela se fit à grand-peine, lentement, s'il y fallut beaucoup de temps, et si la République ne fut pas loin de triompher, ce fut grâce à Caton et à sa vertu. 6. Cette vertu, nous allons la comparer avec celle de Phocion. Cette comparaison ne nous est pas inspirée par des ressemblances générales, sous prétexte qu'ils furent tous deux des hommes de bien et des personnages politiques : 7. le courage d'un homme ne ressemble pas forcément à celui d'un autre (voyons par exemple celui d'Alcibiade et celui d'Épaminondas), et il en va de même pour l'intelligence (comparons celle de Thémistocle et celle d'Aristide), et pour la justice (rapprochons celle de Numa et celle d'Agésilas)[10]. 8. Mais les vertus de nos deux héros révèlent jusque dans leurs nuances ultimes et infimes le même caractère, la même forme et un tempérament d'une couleur semblable : il semble qu'y aient été mêlés, à proportions égales, l'humanité à l'austérité, le courage à la tranquillité, la sollicitude pour autrui à la sérénité personnelle, l'aversion pour le laid et la tension de l'âme vers la justice, en une même harmonie[11]. 9. On aurait donc besoin de s'appuyer sur un raisonnement vraiment subtil, qui serve d'instrument pour déterminer et découvrir les différences entre ces deux caractères.

IV. 1. Caton, tout le monde s'accorde à le dire, était de brillante naissance : j'y reviendrai[12]. Quant à Phocion, je suppose que sa famille n'était pas totalement obscure et basse. 2. Si son père avait été, comme l'affirme Idoménée[13], un fabricant de

---

9. Plutarque reprend, en l'atténuant un peu, la formule de Cicéron (Lettres à Atticus, II, 1, 8) : in faece Romuli.
10. Plutarque révèle ici les notions autour desquelles il établit ses comparaisons : le courage, l'intelligence, le sens de la justice, ce qui lui permet d'opposer Alcibiade et le Thébain Épaminondas, Thémistocle et Aristide, et, de façon plus surprenante, le Romain Numa et le Spartiate Agésilas.
11. On voit bien ici que la justification du parallèle, même si le récit accorde une place importante au contexte historique, réside essentiellement dans la confrontation de deux «caractères».
12. Caton était l'arrière-petit-fils du célèbre censeur auquel Plutarque a consacré une Vie.
13. Il s'agit d'Idoménée de Lampsaque, disciple d'Épicure et auteur au IIIe siècle d'un traité Sur les démagogues.

pilons, Glaucippos, fils d'Hypéride[14], qui a rassemblé et prononcé tant de propos malveillants dans son discours contre lui, n'aurait pas passé sous silence cette basse extraction. D'autre part, Phocion n'aurait pu, dans ce cas, mener une vie digne d'un homme libre, ni recevoir l'éducation éclairée qui fut la sienne : alors qu'il était encore adolescent, il suivit l'enseignement de Platon et plus tard celui de Xénocrate à l'Académie[15] et il se prit aussitôt d'un amour passionné pour les activités les plus nobles. 3. À ce que rapporte Douris[16], aucun Athénien ne le vit guère rire, pleurer, ni fréquenter les bains publics, ni sortir la main de son manteau[17] – lorsque du moins il en portait un, 4. car à la campagne ou au cours des expéditions militaires, il marchait toujours pieds nus et peu couvert[18], sauf s'il faisait un froid exceptionnel et insupportable. Ses compagnons d'armes disaient souvent, en plaisantant, que voir Phocion vêtu était signe d'un hiver rigoureux.

V. 1. Il était d'un caractère très affable et humain, mais son visage le faisait paraître peu sociable et sévère. Aussi ne l'abordait-on pas volontiers en tête à tête, si l'on n'était pas de ses intimes. 2. Voilà pourquoi Charès[19] se moqua un jour de ses sourcils, ce qui provoqua les rires des Athéniens. « Mes sourcils, s'écria Phocion, ne vous ont fait aucun mal, alors que le rire de ces gens-là a coûté bien des larmes à la cité ! » 3. De même, l'éloquence de Phocion, pleine de trouvailles et d'idées excellentes, était salutaire, mais elle avait une concision impérieuse, austère et dépourvue d'agrément. 4. Zénon[20] disait que le philosophe doit imprégner son style de sens : or les discours de Phocion renfermaient le plus de sens possible dans le style le plus bref. 5. Voilà à quoi, semble-t-il, faisait allusion Polyeuctos de Sphettos[21], lorsqu'il disait : « Le meilleur orateur est Démosthène, mais le plus habile à parler est Phocion. » 6. En effet, la meilleure monnaie est celle qui a le plus de valeur sous le plus petit volume et, de même, l'habileté à parler est, semble-t-il, la capacité de

---

14. Hypéride fut surtout actif durant les années qui suivent Chéronée. Il fut, avec Léosthénès, l'un des initiateurs du soulèvement des Grecs à l'annonce de la mort d'Alexandre, cette guerre lamiaque qui devait s'achever en 322 par la défaite d'Athènes (voir infra, XXIII-XXVI).
15. Xénocrate de Chalcédoine fut, en 339, le successeur de Speusippe, lui-même successeur de Platon à la tête de l'Académie. Platon ne faisait certainement pas payer ses leçons, mais ses disciples se recrutaient parmi les jeunes gens des meilleures familles d'Athènes et d'ailleurs.
16. L'historien Douris de Samos, qui vivait à la fin du IVe siècle.
17. Plutarque entend par là que Phocion avait conservé le comportement des orateurs d'autrefois à la différence des démagogues de son temps. Sur cette attitude des orateurs populaires, voir Eschine, Contre Timarque, 26 et Sur l'ambassade, 251.
18. On voit ici s'annoncer la comparaison avec Socrate par laquelle s'achève le récit de la vie de Phocion (voir infra, XXXVIII, 5).
19. Charès, l'un des stratèges les plus célèbres du IVe siècle, ami de Démosthène, fut l'un des principaux artisans de la lutte contre Philippe.
20. Il s'agit de Zénon de Cition, fondateur de l'École stoïcienne. On voit ici s'annoncer une autre caractéristique de Phocion, son « laconisme », qui le rend digne d'un Spartiate. Voir Dictionnaire, « Stoïcisme ».
21. Polyeuctos de Sphettos est un orateur contemporain de Démosthène et de Phocion.

signifier beaucoup avec peu de mots. 7. Un jour, dit-on, pendant que le théâtre[22] se remplissait, Phocion marchait de long en large au pied de la scène, plongé dans ses pensées. 8. Un de ses amis lui dit : « Tu as l'air bien préoccupé, Phocion. – Oui, par Zeus ! répondit-il. Je me demande ce que je peux supprimer dans le discours que je dois prononcer devant les Athéniens. » 9. Démosthène, qui méprisait souverainement les autres orateurs, avait coutume de dire tout bas à ses amis, lorsque Phocion se levait : « Voici la hache de mes discours[25]. » 10. Mais peut-être ce mot faisait-il plutôt allusion au caractère de Phocion : en effet, une seule parole, un seul signe de tête d'un homme de bien ont autant de poids, pour entraîner l'adhésion, que des milliers de syllogismes et de périodes.

VI. 1. Dans sa jeunesse, il se lia avec le stratège Chabrias[24] qu'il accompagna dans ses campagnes. Cet homme lui fut très précieux, en lui donnant une expérience militaire et, de son côté, Phocion corrigea parfois le caractère de Chabrias qui était inégal et sans nuances. 2. Chabrias était en général lent et difficile à entraîner mais, pendant les combats, il s'animait, s'enflammait et se ruait à l'attaque trop hardiment, avec les hommes les plus audacieux. Ce fut d'ailleurs ce qui lui coûta la vie à Chios[25] : il s'élança le premier avec sa trière et tenta de débarquer de force. 3. Phocion, qui montrait autant de prudence que d'énergie, enflammait Chabrias quand il hésitait et, inversement, bridait la fougue intempestive de ses élans. 4. Aussi Chabrias, qui était bienveillant et bon, l'aimait-il et le mettait-il en avant dans les opérations militaires et les commandements. Il le fit connaître aux Grecs et l'employa pour les affaires qui exigeaient la plus grande énergie. 5. Ce fut le cas notamment lors de la bataille navale de Naxos : il permit à Phocion d'obtenir un renom et une réputation considérables en lui confiant le commandement de l'aile gauche, secteur où la bataille fut vive et la décision rapide. 6. C'était la première bataille navale que la cité livrait avec ses seules forces contre des Grecs, depuis qu'elle avait été prise[26]. Ce succès lui inspira une affection extraordinaire pour Chabrias et de l'estime pour Phocion qu'elle jugea capable d'exercer le commandement en chef. 7. La victoire fut remportée le jour des grands Mystères : en cet honneur, chaque année, le seize de Boédromion, Chabrias distribuait du vin aux Athéniens[27].

---

22. *Les assemblées extraordinaires se réunissaient parfois au théâtre de Dionysos et non sur la Pnyx.*
23. *On retrouve la même formule dans* Démosthène, *X, 4.*
24. *Chabrias fut, avec Iphicratès et Timothée, l'un des grands stratèges athéniens de la première moitié du IVe siècle. Démosthène a fait son éloge dans le* Contre Leptine, *76-86.*
25. *Chabrias trouva la mort en 357 en luttant contre les alliés révoltés d'Athènes.*
26. *La bataille de Naxos eut lieu en 376, alors qu'Athènes venait de reconstituer une alliance autour d'elle (voir Xénophon,* Helléniques, *V, 4, 61). Les rapports entre Chabrias et Phocion sont révélateurs de l'importance qu'avaient encore les relations de type « clientélaire » à Athènes.*
27. *Révélatrice est aussi la commémoration par Chabrias, chaque année, de sa victoire par des largesses en faveur du démos. Voir Gauthier (1985), p. 99-101. Les grands Mystères initiatiques étaient célébrés à Éleusis, et les petits Mystères à Agra, tout près d'Athènes. Voir aussi* Démétrios, *XXVI, 2. Boédromion correspond au début de l'automne.*

VII. 1. Ensuite, Chabrias envoya Phocion lever les contributions des îles[28]. Il lui proposa, dit-on, vingt navires. Phocion déclara que si on l'envoyait faire la guerre, il lui faudrait des forces plus importantes, mais que s'il allait chez des alliés, un seul navire lui suffisait. 2. Il embarqua donc avec sa seule trière : il engagea des pourparlers avec les cités et traita leurs chefs avec tant de douceur et de simplicité qu'il revint avec un grand nombre de navires que les alliés avaient équipés pour transporter l'argent destiné aux Athéniens.
3. Pendant toute la vie de Chabrias, Phocion ne cessa de l'entourer de soins et d'honneurs et, après sa mort, il s'occupa généreusement de sa famille. Il voulait faire de son fils, Ctésippos[29], un homme de bien. Il voyait qu'il était stupide et déréglé, mais il ne renonça pas pour autant à essayer de le corriger et de dissimuler ses fautes. 4. Une seule fois pourtant, comme le jeune homme l'importunait pendant une expédition en l'accablant de questions déplacées et de conseils, prétendant le corriger et commander avec lui, Phocion s'écria, dit-on : « Ô Chabrias, Chabrias, je te paie largement ma dette d'amitié en supportant ton fils ! »
5. Phocion voyait qu'à cette époque ceux qui s'occupaient des affaires publiques s'étaient réparti entre eux, comme s'ils avaient tiré des lots, les responsabilités militaires et celles de la tribune. Les uns se contentaient de haranguer le peuple et de proposer des décrets (c'était le cas d'Eubule, d'Aristophon, de Démosthène, de Lycurgue et d'Hypéride), tandis que les autres, comme Diopeithès, Ménesthée, Léosthénès et Charès, devaient leur ascension aux commandements militaires et à la guerre[30]. Phocion voulut rétablir et restaurer la politique qu'avaient pratiquée Périclès, Aristide et Solon dans ces deux domaines, et qui en faisait un tout, une unité harmonieuse. 6. Chacun de ces trois hommes s'était montré, pour reprendre l'expression d'Archiloque

> À la fois serviteur du dieu Ényalios
> Et connaissant le don désirable des Muses.

Il voyait d'ailleurs que la déesse est à la fois guerrière et politique, et qu'elle porte ces deux noms[31].

---

28. *Par le traité conclu en 378-377, les alliés s'étaient engagés à verser des contributions pour assurer la défense commune. Ces contributions* (syntaxeis) *étaient consenties par le conseil des alliés, et, par là même, différentes du tribut levé au Ve siècle.*
29. *Sur Ctésippos, voir* Démosthène, *XV, 3. C'est pour lui que Démosthène composa le* Contre Leptine.
30. *Plutarque met ici en évidence un trait caractéristique du IVe siècle athénien, la séparation des activités civiles et militaires, liée en partie au caractère de plus en plus technique de la guerre et de l'administration des finances publiques. Voir Mossé (1995), p. 131-153 et 190-204. Diopeithès, Ménesthée, qui était le fils d'Iphicratès et le gendre de Timothée, Léosthénès et Charès furent les grands stratèges de la seconde moitié du IVe siècle. Eubule et Lycurgue s'illustrèrent comme administrateurs financiers. Aristophon fut, avec Démosthène et Hypéride, un des grands orateurs de la même période.*
31. *Archiloque est un poète élégiaque du VIIe siècle, originaire de l'île de Paros. Il aurait participé à la colonisation de Thasos par les Pariens. La déesse est évidemment Athéna, à la fois Polias et Promachos, politique et guerrière, comme le furent en leur temps Solon, Aristide et Périclès.*

VIII. 1. S'étant ainsi déterminé, il orientait toujours sa politique dans le sens de la paix et de la tranquillité, mais il fut plus souvent stratège qu'aucun de ses contemporains et même de ses devanciers. Il ne briguait pas cette charge et ne la demandait pas, mais ne se dérobait pas et ne cherchait pas à s'y soustraire lorsque la cité faisait appel à lui[32]. 2. On s'accorde à dire qu'il fut quarante-cinq fois stratège, sans jamais avoir assisté aux élections: malgré son absence, on faisait chaque fois appel à lui et on l'élisait. 3. Les gens peu sensés ne comprenaient pas l'attitude du peuple, car Phocion s'opposait souvent à lui et n'avait jamais rien dit ni fait pour lui complaire. En fait, pareil aux rois auxquels on demande de ne consulter leurs flatteurs qu'après s'être lavé les mains, le peuple ne consultait les démagogues plus raffinés et enjoués que par jeu; pour les charges politiques en revanche, toujours sobre et sérieux, il faisait appel au plus austère et au plus sensé des citoyens, à celui qui était le seul, ou du moins un des plus résolus, à s'opposer à ses toquades et à ses caprices. 4. Un jour que l'on donnait lecture d'un oracle de Delphes déclarant que tous les Athéniens étaient d'accord entre eux, à l'exception d'un seul homme, dont l'opinion s'opposait à celle de la cité, Phocion se présenta à la tribune et déclara qu'il était inutile de chercher: c'était lui que désignait l'oracle, car il était le seul à qui rien ne plaisait de ce qui se faisait. 5. Une autre fois, alors qu'il exposait son point de vue devant le peuple, comme il avait du succès et voyait tout le monde approuver ce qu'il disait, il se tourna vers ses amis et leur demanda: «Aurais-je dit par inadvertance quelque sottise?»

IX. 1. Alors que les Athéniens réclamaient des contributions volontaires pour un sacrifice et que tous, sauf Phocion, en apportaient, ce dernier, sollicité à plusieurs reprises, déclara: «Adressez-vous à tous ces riches. Pour moi, j'aurais honte, si je vous donnais quelque chose, de ne pouvoir rembourser l'homme que voici[33]» (il désignait l'usurier Calliclès). 2. Comme ses concitoyens ne cessaient de l'accabler de leurs clameurs hostiles et de leurs huées, il leur fit le récit suivant: «Un lâche allait à la guerre, lorsqu'il entendit croasser des corbeaux. Effrayé, il posa les armes et ne bougea plus. Ensuite, il les reprit et se remit en marche. Comme les corbeaux croassaient de nouveau, il s'arrêta encore. Pour finir, il leur dit: "Vous aurez beau croasser le plus fort que vous pourrez, vous ne goûterez pas à ma chair!"» 3. Une autre fois, comme les Athéniens lui demandaient de les mener à l'ennemi et qu'il refusait, ils le traitèrent de lâche et de poltron. «Vous ne pouvez pas, leur dit-il, me rendre téméraire, et moi je ne peux vous rendre lâches. Pourtant, nous nous connaissons bien!» 4. Dans des circonstances critiques, le peuple, exaspéré contre

---

32. On ne sait pas grand-chose de l'activité proprement politique de Phocion qui, avant Chéronée, fut surtout un homme de guerre.

33. Cet argument avancé par Phocion n'est pas à son honneur. Il sous-entend sans doute que, à la différence des riches, il ne cherchait pas à se concilier le démos *par des contributions volontaires. Toutes les anecdotes qui suivent tendent à montrer l'indifférence de Phocion face aux engouements de la foule, mais aussi la faible influence politique qui était la sienne, et qui ressort des discours des orateurs contemporains, Démosthène et Eschine en premier lieu.*

lui, voulut lui demander des comptes de sa stratégie. «Heureux mortels, s'écria-t-il, assurez d'abord votre salut!» 5. Pendant la guerre, ils s'étaient montrés humbles et craintifs mais, une fois la paix conclue, ils devinrent insolents et l'accusèrent à grands cris de les avoir empêchés de vaincre. Il leur dit: «Vous avez de la chance d'avoir un stratège qui vous connaît bien. Sans cela, vous seriez perdus depuis longtemps!» 6. Comme ils refusaient de régler par un arbitrage un différend territorial qui les opposait aux Béotiens et voulaient faire la guerre, il leur conseilla de combattre par des discours, car en ce domaine, ils étaient les plus forts, et non par les armes, car là, ils étaient les plus faibles[34]. 7. Un jour qu'il parlait, comme ils n'étaient pas d'accord avec lui et refusaient même de l'écouter, il leur dit: «Vous pouvez me forcer à faire ce que je ne veux pas, mais quant à dire contre ma volonté ce qu'il ne faut pas dire, vous ne pourrez m'y contraindre!» 8. Parmi les orateurs opposés à sa politique, Démosthène lui dit: «Les Athéniens te tueront, Phocion, s'ils sont pris de folie!» À quoi Phocion répliqua: «Et ils te tueront, toi, s'ils recouvrent la raison!» 9. Un jour qu'il faisait très chaud, Polyeuctos de Sphettos conseillait aux Athéniens de faire la guerre à Philippe; il était essoufflé et transpirait, car il était très gros, et il fut obligé de boire de l'eau à plusieurs reprises. En le voyant, Phocion s'écria: «Cet homme mérite vraiment que vous lui fassiez confiance et que vous votiez la guerre! Que pensez-vous qu'il fera, sous la cuirasse et le bouclier, lorsque les ennemis seront proches, lui qui risque déjà d'étouffer en prononçant devant vous un discours tout préparé?» 10. Enfin, comme Lycurgue se répandait en accusations contre lui dans l'assemblée du peuple, lui reprochant surtout d'avoir conseillé de livrer à Alexandre les dix citoyens qu'il réclamait, Phocion déclara: «Je leur ai donné beaucoup de bons et utiles conseils, mais ils ne les suivent pas[35]!»

X. 1. Il y avait alors un certain Archibiadès, qui était surnommé le Laconisant: il avait la barbe très longue, portait toujours un manteau grossier et affichait un air sinistre. Un jour, Phocion, en butte à des clameurs hostiles à la Boulè, l'invita à confirmer ce qu'il disait et à le soutenir. 2. Mais l'autre, s'étant levé, ne donna aux Athéniens que des conseils qui visaient à leur plaire. Alors Phocion, le saisissant par sa barbe, lui cria: «Dis-moi, Archibiadès, pourquoi ne l'as-tu pas rasée?» 3. Le sycophante Aristogiton[36] s'était toujours montré partisan de la guerre au cours des assemblées du peuple et il excitait le peuple à l'action; mais lorsqu'on enrôla les troupes, il se présenta, appuyé sur un bâton et les jambes bandées. Du plus loin qu'il le vit, Phocion lança au greffier, du haut de la tribune: «Inscris aussi: "Aristogiton boiteux et lâche."»
4. On se demande donc comment et pourquoi un homme aussi rude et intraitable a pu être surnommé «bon». 5. À mon avis, il n'est pas impossible, même si c'est diffi-

---

34. Sur ce différend à propos d'Oropos, voir Démosthène, Sur la paix, 24.
35. Ces anecdotes sont révélatrices du climat politique qui régnait à Athènes face aux ambitions de Philippe, puis d'Alexandre, et du parti choisi par Phocion, puisque les trois orateurs cités leur étaient hostiles. Certains des 10 citoyens réclamés par Alexandre sont nommés infra, XVII, 1, 2-4, dont Lycurgue.
36. Cet Aristogiton est connu par deux plaidoyers démosthéniens et un plaidoyer de Deinarchos. Sa réputation de sycophante (accusateur) semble être bien établie.

cile à imaginer, qu'un même homme puisse, comme le vin, être à la fois doux et fort : on voit bien certaines personnes qui ont l'air aimables être particulièrement désagréables et nuisibles pour leur entourage. 6. Un jour, Hypéride lança au peuple : « Athéniens, ne regardez pas seulement si je suis sévère ; demandez-vous si je le suis gratuitement ! » Comme si la foule ne redoutait et ne rejetait que ceux qui se montrent odieux et importuns par avidité ! comme si elle ne détestait pas plus que tout ceux qui se servent du pouvoir pour assouvir leur orgueil, leur jalousie, leur colère ou leur esprit querelleur ! 7. Phocion ne fit jamais de mal, par animosité, à aucun de ses concitoyens et ne considéra jamais aucun d'eux comme un ennemi. C'était seulement lorsqu'il le fallait, contre ceux qui contrecarraient les mesures, qu'il prenait pour le bien de la patrie, qu'il se montrait rude, intraitable et inexorable ; le reste du temps, il était bienveillant avec tous, accessible et humain. 8. Il allait jusqu'à secourir ses adversaires quand ils étaient dans l'embarras et il les assistait en justice. Un jour que ses amis lui reprochaient d'avoir plaidé en justice pour un scélérat, il leur dit : « Les hommes de bien n'ont pas besoin d'assistance. » 9. Le sycophante Aristogiton l'ayant envoyé chercher après sa condamnation, Phocion accepta et se rendit à la prison. Comme ses amis voulaient l'en empêcher, il leur dit : « Laissez-moi faire, heureux mortels ! Où aurait-on plus de plaisir à rencontrer Aristogiton qu'en un tel lieu ? »

XI. 1. Les alliés et les habitants des îles considéraient comme des ennemis les envoyés d'Athènes si leur flotte était commandée par un autre stratège que Phocion : ils fortifiaient leurs remparts, fermaient leurs ports et ramenaient de la campagne dans les cités bêtes, esclaves, femmes et enfants. Mais lorsqu'une de ces ambassades était commandée par Phocion, ils s'avançaient au loin à sa rencontre, sur leurs propres bateaux et, des couronnes sur la tête, pleins de joie, ils le conduisaient chez eux[37].

XII. 1. Philippe tentait alors de s'insinuer en Eubée ; il y faisait passer des troupes qui venaient de Macédoine et cherchait à se concilier les cités par l'intermédiaire de tyrans. Ploutarchos d'Érétrie fit appel aux Athéniens et leur demanda de reprendre l'île[38], que le Macédonien occupait déjà. Phocion y fut envoyé comme stratège, avec des troupes peu nombreuses, car on croyait que les habitants de la région étaient prêts à le rejoindre. 2. Mais il trouva tout le pays rempli de traîtres, rongé et miné par la corruption, et il fut en grand danger. Il s'empara d'une hauteur séparée de la plaine de Tamynaï[39] par un ravin profond : il y rassembla en un groupe solide ses troupes les plus combatives. 3. Des soldats indisciplinés, fanfarons et lâches cherchaient à s'enfuir du camp et à déserter : il demanda aux officiers de les laisser faire car, sur place, ils seraient inutiles en raison de leur indiscipline et risqueraient

---

37. Cette affirmation renforce ce qui a été dit supra, VII, 1-2. Il est permis de douter qu'un tel accueil ait toujours été réservé à Phocion quand il venait percevoir les contributions en retard.
38. C'est en 349-348 que le tyran Ploutarchos d'Érétrie appela les Athéniens à son secours. Démosthène était hostile à cette intervention, considérant que la menace qui pesait sur Olynthe en Chalcidique était plus grave. Mais il ne fut pas écouté. Voir Carlier (1995), p. 98-100.
39. Tamynaï est située sur la côte sud de l'Eubée.

même de gêner les combattants, tandis qu'à Athènes, la conscience de leur culpabilité les obligerait à baisser le ton et les empêcherait de faire les sycophantes[40].

XIII. 1. Lorsque les ennemis attaquèrent, Phocion ordonna à ses hommes de rester immobiles, en armes, jusqu'au moment où il aurait fini d'offrir le sacrifice, ce qui lui prit plus de temps que d'habitude, soit parce que les présages n'étaient pas favorables, soit parce qu'il voulait inciter les ennemis à s'approcher davantage. 2. Aussi Ploutarchos, croyant qu'il avait peur et qu'il hésitait, fit-il une sortie au pas de charge avec ses mercenaires. Lorsque les cavaliers le virent, au lieu de rester à leur place, ils s'élancèrent aussitôt contre l'ennemi et sortirent du camp sans aucun ordre, dans la plus grande confusion. 3. Les premiers rangs ayant été vaincus, tous se dispersèrent et Ploutarchos prit la fuite. Quelques ennemis approchèrent de la palissade du camp et, se croyant déjà vainqueurs, tentèrent de la briser et de l'arracher. 4. À ce moment-là, le sacrifice étant achevé, les Athéniens sortirent aussitôt du camp, les mirent en déroute et en abattirent un grand nombre près du retranchement, alors qu'ils essayaient de fuir. Phocion ordonna à sa phalange de rester sur place, pour attendre et recueillir ceux qui, au début de l'action, avaient été dispersés par la déroute. Lui-même chargea les ennemis avec ses troupes d'élite[41]. 5. Un combat violent s'engagea, où tous luttèrent vaillamment, sans ménager leur vie. Thallos, fils de Cinéas, et Glaucos, fils de Polymédès, qui étaient placés près du général, firent des prodiges d'héroïsme. 6. Cléophanès se distingua lui aussi au cours de cette bataille : ralliant les cavaliers qui avaient pris la fuite, il leur cria de venir au secours du stratège qui était en danger et parvint à leur faire faire demi-tour, ce qui consolida la victoire de l'infanterie. 7. Après cette bataille, Phocion chassa Ploutarchos d'Érétrie et s'empara de Zarétra, une forteresse très bien située, à l'endroit où l'île se rétrécit le plus, pour former un petit isthme étranglé de part et d'autre par la mer. Phocion relâcha tous les Grecs qu'il avait faits prisonniers, car il redoutait les orateurs d'Athènes qui auraient pu forcer le peuple irrité à les malmener[42].

XIV. 1. Après ces exploits, Phocion reprit la mer. Il ne fallut pas longtemps aux alliés pour regretter sa bonté et sa justice, ni aux Athéniens pour reconnaître son expérience et sa vigueur, 2. car celui qui vint lui succéder à la tête des opérations, Molossos[43], mena si mal la guerre qu'il tomba lui-même vivant au pouvoir des ennemis.

---

40. *La dernière phrase permet de penser que ces soldats, qui étaient prêts à déserter, étaient des citoyens qui, au retour, n'oseraient pas accuser Phocion.*
41. *Eschine, qui faisait partie de ces* épilectοï, *évoque la bataille de Tamynaï dans le* Sur l'ambassade, *169-170.*
42. *Entre-temps, le tyran d'Érétrie avait changé de camp. La mansuétude de Phocion à l'égard des Grecs qui avaient trahi est ici soulignée par Plutarque pour l'opposer à ces orateurs prompts à réclamer la peine de mort. On ne peut pas ici ne pas songer à l'attitude de Cléon lors de l'affaire de Mytilène, pendant la guerre du Péloponnèse (voir Thucydide,* Guerre du Péloponnèse, *III, 36-41).*
43. *Molossos, qui avait succédé à Phocion, fut battu par les Eubéens, et l'île échappa définitivement à l'alliance athénienne (été 348). Voir Carlier (1995), p. 100.*

3. Cependant, Philippe avait formé de grandes espérances. Il se rendit dans l'Hellespont avec toutes ses troupes, dans l'intention de s'emparer à la fois de la Chersonèse, de Périnthos et de Byzance[44]. Les Athéniens se préparèrent à secourir ces cités et les orateurs rivalisèrent d'efforts pour que Charès fût envoyé comme stratège. 4. Celui-ci embarqua donc, mais n'obtint aucun résultat en rapport avec les forces dont il disposait. Les cités ne laissèrent même pas entrer sa flotte ; suspect à tous, il errait à l'aventure, en extorquant de l'argent aux alliés[45] et en s'attirant le mépris des ennemis. Aiguillonné par les orateurs, le peuple s'indignait et regrettait d'avoir envoyé des secours aux Byzantins. 5. Phocion se leva alors et déclara qu'il ne fallait pas en vouloir aux alliés qui manquaient de confiance, mais aux stratèges qui suscitaient cette défiance. «Ce sont eux, déclara-t-il, qui vous font craindre même de ceux qui ne peuvent se sauver sans vous !» 6. Ému et retourné par ce discours, le peuple chargea Phocion de rassembler lui-même de nouvelles troupes et d'aller secourir les alliés dans l'Hellespont, ce qui fut décisif pour le salut de Byzance. 7. La renommée de Phocion était déjà grande ; Léon, le premier des Byzantins par le mérite, qui avait été le condisciple de Phocion à l'Académie[46], s'étant porté garant pour lui devant sa cité, les Byzantins ne voulurent pas le laisser camper à l'extérieur de la ville, comme il le souhaitait : ils ouvrirent leurs portes, accueillirent les Athéniens et se mêlèrent à eux. Cette confiance toucha les Athéniens : non contents de se montrer irréprochables et modérés dans leurs cantonnements, ils déployèrent la plus grande ardeur au combat. 8. Philippe fut donc chassé de l'Hellespont[47] et lui qui passait pour invincible et sans rival devint un objet de mépris. Phocion lui prit des navires, reconquit des cités où Philippe avait installé des garnisons et, débarquant en plusieurs endroits du territoire, il le ravagea et le pilla, jusqu'au jour où, blessé par des ennemis venus soutenir Philippe, il dut rembarquer.

XV. 1. Comme les Mégariens l'appelaient secrètement à leur secours, Phocion, craignant d'être pris de vitesse par les Béotiens s'ils apprenaient ses intentions, réunit de grand matin une assemblée du peuple et communiqua la demande des Mégariens aux Athéniens. Ceux-ci votèrent l'expédition[48]. Dès que l'assemblée eut pris fin, Phocion fit sonner la trompette, demanda aux citoyens de s'armer et les emmena

---

44. *C'est seulement sept ans plus tard, au printemps 340, que Philippe s'attaqua à Périnthos et à Byzance, menaçant les positions athéniennes en Chersonèse de Thrace.*
45. *Athènes avait besoin d'argent pour recruter des mercenaires et soutenir la lutte sur différents fronts. D'où la nécessité de pressurer les alliés.*
46. *Plutarque a déjà évoqué (supra, IV, 2) les liens de Phocion avec l'Académie. On sait que les étrangers étaient nombreux parmi les disciples de Platon. Voir sur ce point Vidal-Naquet (1990), p. 95-120.*
47. *C'est à la fin de l'hiver 340-339 que Philippe leva le siège de Byzance.*
48. *On ne sait exactement quand se place cette intervention de Phocion à Mégare, vraisemblablement avant les campagnes dans la région de l'Hellespont évoquées au chapitre précédent. De toute manière, il est bien évident que les Mégariens avaient fait appel aux Athéniens et non au seul Phocion. C'est l'assemblée qui seule décidait de l'envoi d'une expédition.*

aussitôt à Mégare. 2. Les Mégariens l'accueillirent avec enthousiasme. Il fortifia Nisaia, et construisit deux longs murs qui menaient de la ville au port[49]. Il réunit ainsi la cité à la mer, si bien que Mégare, n'ayant presque plus à se soucier des ennemis qui viendraient par terre, se trouva sous l'entière dépendance des Athéniens.

XVI. 1. Déjà la guerre contre Philippe était engagée et, en l'absence de Phocion, on avait choisi d'autres stratèges pour la conduire[50]. Dès qu'il fut revenu des îles, il conseilla d'abord au peuple de profiter des dispositions pacifiques de Philippe, qui redoutait beaucoup le danger, pour accepter de traiter avec lui. 2. Mais un de ceux qui avaient l'habitude de rôder autour de l'Héliée[51] et de faire le sycophante s'opposa à lui en disant: «Comment oses-tu, Phocion, détourner de la guerre les Athéniens, qui ont déjà les armes à la main? – J'ai cette audace, répliqua Phocion, et pourtant je sais bien que si la guerre a lieu, c'est moi qui te commanderai, tandis que si l'on conclut la paix, ce sera toi.» 3. Il ne réussit pas à convaincre le peuple. Démosthène fit prévaloir son avis, qui était de livrer bataille le plus loin possible de l'Attique[52]. Phocion lui dit: «Mon ami, ne cherchons pas où combattre, mais comment vaincre. Ainsi la guerre restera loin de nous, tandis que, si nous sommes vaincus, tous les dangers seront près de nous pour toujours.» 4. Après la défaite, les agitateurs de la cité et ceux qui aspiraient à une révolution traînèrent Charidémos à la tribune et voulurent le faire nommer stratège[53]. Mais les meilleurs citoyens s'alarmèrent; accompagnés du conseil de l'Aréopage[54], ils se présentèrent devant le peuple, le supplièrent et, à force de larmes, le persuadèrent à grand-peine de confier la cité à Phocion. 5. Celui-ci était d'avis d'accepter toutes les mesures politiques et humaines de Philippe; cependant, lorsque Démade écrivit que la cité serait concernée par la paix générale et entrerait dans le conseil général des Grecs[55], Phocion voulut repousser cette mesure tant qu'on ne savait pas ce que Philippe allait exiger des Grecs. 6. Son avis fut rejeté en raison de la situation. Peu après,

---

49. *Les murs reliant Mégare à son port avaient été rasés en 424 (voir Thucydide, IV, 109).*

50. *Cette guerre avait été déclenchée par l'intervention de Philippe en Grèce centrale et la prise de la forteresse d'Élatée aux frontières de la Béotie. Selon Diodore (*Bibliothèque historique*, XVI, 85), ces stratèges étaient Charès et Lysiclès.*

51. *Nom du tribunal populaire d'Athènes.*

52. *C'est en effet Démosthène qui négocia l'alliance avec les Thébains, jusque-là alliés de Philippe. Il rassembla autour d'Athènes une coalition comprenant de nombreuses cités. Voir Carlier (1995), p. 125-127.*

53. *Il s'agit de la défaite de Chéronée, en septembre 338, qui mit fin à la guerre et fut suivie de la formation de la Ligue de Corinthe qui traduisait l'hégémonie de Philippe sur le monde grec. Ce Charidémos était un chef de mercenaires originaire d'Eubée, qui avait reçu la citoyenneté athénienne et jouissait de la confiance du petit peuple.*

54. *Ce conseil, le plus vieux tribunal d'Athènes, accueillait tous les archontes sortis de charge. Voir* Solon, *XIX, 1-5.*

55. *Démade, fait prisonnier à Chéronée, avait transmis à l'assemblée les propositions de paix de Philippe; celles-ci impliquaient, entre autres, l'acceptation de son alliance. Mais la Ligue de Corinthe ne fut constituée que l'année suivante, à l'occasion des concours Isthmiques.*

voyant les Athéniens se repentir de leur décision, parce qu'ils devaient fournir des trières et des cavaliers à Philippe[56], il leur dit : 7. « C'était ce que je craignais quand je me suis opposé à cette décision mais puisque vous l'avez acceptée, il vous faut la supporter sans vous révolter ni vous décourager. Souvenez-vous que nos ancêtres ont parfois été vainqueurs, parfois vaincus, et qu'ils ont fort bien tenu ces deux rôles, ce qui leur a permis de sauver à la fois la cité et les Grecs. » 8. À la mort de Philippe, il empêcha le peuple d'offrir un sacrifice d'action de grâces[57]. « Il serait vil, leur dit-il, de se réjouir : l'armée qui s'est rangée contre nous à Chéronée ne compte qu'un homme de moins. »

XVII. 1. Comme Démosthène se répandait en invectives contre Alexandre, qui marchait déjà contre Thèbes, Phocion s'écria :

« Pourquoi, ô malheureux, irriter ce sauvage[58] ?

Il est déjà tellement assoiffé de gloire ! Souhaites-tu, alors qu'un incendie aussi menaçant est à nos portes, y précipiter notre cité ? Pour moi, je ne laisserai pas les Athéniens courir à leur perte, même s'ils le veulent ; c'est pour cela que j'ai accepté d'être stratège. » 2. Après la destruction de Thèbes, Alexandre réclama qu'on lui livrât Démosthène, Lycurgue, Hypéride et Charidémos[59]. Les regards de toute l'assemblée se tournèrent vers Phocion ; on l'appela par son nom, à plusieurs reprises, et il finit par se lever. 3. Il fit venir à ses côtés un de ses amis, celui avec lequel il était le plus lié et pour qui il éprouvait le plus de confiance et d'affection. « Ces gens-là, déclara-t-il, ont plongé la cité dans une situation si critique que, pour ma part, même si on réclamait de livrer Nicoclès ici présent, je conseillerais de le livrer. En ce qui me concerne, je considérerais comme un bonheur de mourir pour vous tous[60]. 4. Certes, Athéniens, j'ai pitié des citoyens de Thèbes qui se sont réfugiés ici[61]. Mais c'est déjà bien assez pour les Grecs d'avoir à pleurer sur Thèbes : plutôt que de combattre les vainqueurs, il vaut mieux les persuader et leur demander la grâce des deux cités. » 5. On dit qu'Alexandre rejeta le premier décret ; il s'éloigna des ambassadeurs et leur tourna le dos. 6. Mais il accepta le deuxième, qui lui fut

---

56. Le but de l'alliance conclue entre Philippe et les Grecs était la guerre contre le roi des Perses, pour laquelle les Athéniens devaient fournir hommes et navires. L'acceptation de la paix proposée par Philippe montre bien que la décision dépendait de l'assemblée et non du seul Phocion.
57. Philippe fut assassiné en 336. C'est Démosthène qui aurait ainsi manifesté sa joie à l'annonce de la mort de Philippe. Voir Démosthène, *XXII, 1-3.*
58. Le vers est emprunté à Homère, Odyssée, *IX, v. 494 : les compagnons d'Ulysse tentent de l'empêcher de se moquer du Cyclope, alors qu'ils viennent grâce à lui d'échapper au monstre.*
59. Thèbes, à l'annonce de la mort de Philippe, avait chassé la garnison macédonienne installée depuis Chéronée à la Cadmée. Alexandre, qui avait succédé à son père, entreprit aussitôt d'écraser la révolte de Thèbes. La ville prise fut entièrement rasée et ses habitants réduits en esclavage.
60. Plutarque réussit le tour de force de faire apparaître Phocion comme un homme de bien alors qu'il consent à livrer les orateurs les plus en vue de la cité.
61. Sur la présence d'exilés thébains à Athènes, on a le témoignage d'Eschine, Contre Ctésiphon, *156.*

apporté par Phocion, lorsque les plus âgés de ses amis lui apprirent que Philippe lui-même admirait ce héros. Non seulement Alexandre accepta de rencontrer Phocion et d'entendre ses prières, mais il alla jusqu'à écouter ses conseils. 7. Or, ce que Phocion lui conseillait, c'était, s'il aspirait au repos, de mettre un terme à la guerre et, s'il désirait la gloire, de se détourner des Grecs et de passer chez les Barbares[62]. 8. Il tint beaucoup de propos calculés pour toucher la nature et l'ambition d'Alexandre; il le métamorphosa et l'adoucit à tel point que le prince lui dit: « Il faut que les Athéniens s'occupent des affaires de la Grèce car, s'il m'arrivait quelque chose, c'est à eux que reviendrait l'hégémonie. » 9. Il fit de Phocion, à titre privé, son ami et son hôte, et lui conféra des honneurs que ne recevaient que bien peu de ceux qui l'entouraient en permanence. 10. Selon Douris, lorsque Alexandre fut au faîte de sa gloire, après avoir vaincu Darius, il supprima le mot « Salut » dans toutes ses lettres, sauf dans celles qu'il envoyait à Phocion: celui-ci était le seul, avec Antipatros, à qui il adressait cette salutation. Charès fait le même récit[63].

XVIII. 1. Quant à l'argent, tout le monde s'accorde pour dire qu'Alexandre envoya deux cents talents à Phocion. Lorsque cette somme lui fut apportée à Athènes, Phocion demanda aux porteurs pourquoi Alexandre lui offrait, à lui seul entre tant d'Athéniens, une somme aussi considérable. 2. Ils répondirent: « C'est parce qu'il juge que tu es ici le seul homme de bien. – Alors, répliqua Phocion, qu'il me permette de le paraître et de l'être toujours! » 3. Les envoyés l'accompagnèrent dans sa maison; ils y virent une grande simplicité: sa femme était occupée à pétrir le pain et Phocion tirait lui-même de l'eau du puits pour se laver les pieds. Ils insistèrent encore davantage et s'indignèrent, disant qu'il était scandaleux que lui, un ami du roi, vécût aussi misérablement. 4. Alors Phocion, voyant passer un vieux pauvre vêtu d'un manteau râpé et crasseux, leur demanda: « Me jugez-vous inférieur à cet homme? » Comme ils se récriaient, il leur dit: « Pourtant, il a moins que moi pour vivre et cela lui suffit. » Puis il reprit: « Pour résumer, soit je ne toucherai pas à tout cet or, et alors, une telle quantité ne me servira à rien, soit, si j'y touche, je nous déconsidérerai tous deux, Alexandre et moi, devant la cité. » 5. L'argent fut donc renvoyé d'Athènes, et les Grecs purent voir que celui qui n'en voulait pas était plus riche que celui qui en offrait une telle quantité. 6. Alexandre fut très mécontent; il écrivit de nouveau à Phocion, en lui disant qu'il ne considérait pas comme ses amis des gens qui ne lui demandaient rien. Cependant, même alors, Phocion n'accepta pas l'argent; il se contenta de demander la liberté du sophiste Échécratide, d'Athénodoros d'Imbros et de deux Rhodiens, Démarate et Sparton, qui avaient été arrêtés sous une inculpation quelconque et qui étaient

---

62. *Plutarque fait intervenir Phocion comme s'il disposait d'un pouvoir personnel, mais évoque en même temps les décrets votés par l'assemblée qui était l'autorité souveraine. C'est là un trait qu'on retrouve très souvent dans les* Vies parallèles. *L'idée de porter la guerre en Asie s'était imposée dès la formation de la Ligue de Corinthe, et Phocion n'y était pour rien.*
63. *Ce Charès n'est pas le stratège athénien, mais un Grec de Mytilène qui accompagna Alexandre durant sa campagne en Orient.*

détenus à Sardes[64]. 7. Alexandre les fit aussitôt libérer et il envoya Cratère en Macédoine, avec ordre de donner à Phocion celle qu'il préférerait parmi les quatre cités suivantes d'Asie[65] : Cios, Gergithos, Mylasa ou Élaea, en lui répétant, avec plus d'insistance encore, qu'il le fâcherait s'il n'acceptait pas. 8. Cependant Phocion repoussa cette offre. Alexandre mourut bientôt. De nos jours encore, on montre la maison de Phocion à Mélitè[66] : elle est ornée de plaques de bronze mais par ailleurs simple et modeste.

XIX. 1. Phocion eut deux épouses. On ne sait rien de la première, sinon qu'elle était sœur du sculpteur Céphisodote[67]. Quant à la seconde, elle fut aussi célèbre auprès des Athéniens pour sa chasteté et sa simplicité que Phocion pour sa générosité. 2. Un jour que les Athéniens assistaient à la représentation de tragédies nouvelles[68], l'acteur, qui devait jouer le rôle d'une reine, avait demandé au chorège une suite de plusieurs servantes richement parées[69]. Comme le stratège ne voulait pas les lui donner, l'acteur se mit en colère, refusa de paraître et fit attendre les spectateurs. 3. Alors le chorège, Mélanthios, le poussa sur scène, en criant : « Ne vois-tu pas que l'épouse de Phocion sort toujours avec une seule servante ? Et toi, tu veux te donner des grands airs et corrompre nos femmes ! » Cette phrase fut entendue dans le théâtre, et accueillie par des applaudissements nourris et des acclamations. 4. Quant à l'épouse de Phocion, recevant une Ionienne qui lui montrait ses bijoux, des colliers et des bracelets tout en or et en pierres précieuses, elle lui dit : « Ma parure à moi, c'est Phocion, qui est depuis vingt ans stratège des Athéniens[70] ! »

XX. 1. Le fils de Phocion, Phocos, voulait concourir aux Panathénées[71]. Phocion lui permit de le faire comme *apobate*, non dans l'espoir d'une victoire, mais pour lui permettre de s'améliorer par l'entraînement et l'exercice physique, car le garçon était par ailleurs porté à la boisson et débauché. 2. Phocos ayant remporté le prix,

---

64. *Plutarque fait la même remarque dans* Alexandre, *XXXIX, 4. Échécratide est un philosophe de l'école péripatéticienne. Athénodoros d'Imbros est sans doute ce chef de mercenaires cité par Démosthène,* Contre Aristocratès, *12. Les deux Rhodiens devaient être au service du roi Darius.*
65. *Cratère était un des généraux d'Alexandre. Ce dernier, devenu le successeur du roi des Perses, reprenait la politique de celui-ci, qui consistait à offrir des places fortes à ceux qui le servaient. Voir le cas de Thémistocle (*Thémistocle, *XXIX, 11).*
66. *Mélitè est un dème de l'Attique, proche du centre urbain et de l'agora.*
67. *Ce Céphisodote est sans doute le père du sculpteur Praxitèle.*
68. *Il s'agit d'une tragédie nouvelle, et non de la reprise des grandes œuvres du siècle précédent. Du théâtre tragique du IVe siècle, on ne possède que des fragments, qui attestent le déclin du genre théâtral.*
69. *Le chorège était un citoyen riche qui assurait les frais d'entretien du chœur et des acteurs lors d'une représentation lyrique ou dramatique.*
70. *On retrouve ici l'opposition traditionnelle entre le luxe des Ioniens et l'austérité « laconienne » de Phocion.*
71. *Les fêtes en l'honneur d'Athéna comportaient des épreuves athlétiques. L'apobate est un écuyer qui pratique des exercices de haute voltige.*

plusieurs amis voulurent l'inviter à des festins pour célébrer sa victoire[72], mais Phocion le leur interdit à tous, sauf à un seul, auquel il accorda cet honneur. 3. Il se rendit lui-même au festin mais, voyant qu'entre autres raffinements, on apportait aux convives des bassins de vin aromatisé pour se laver les pieds, il appela son fils et lui dit : « Veux-tu bien, Phocos, empêcher ton camarade de gâcher ta victoire ! » 4. Comme il voulait arracher entièrement le garçon à ce genre de vie, il l'envoya à Lacédémone et le mêla aux jeunes gens qui recevaient la fameuse éducation qu'on donne là-bas[73]. 5. Cette décision contraria les Athéniens qui y virent du mépris et du dédain pour les institutions de son pays. 6. Démade lui demanda : « Pourquoi, Phocion, ne conseillons-nous pas aux Athéniens d'adopter la constitution de Sparte ? Si tu l'ordonnes, je suis prêt à présenter ce projet et à le soutenir. – En vérité, rétorqua Phocion, cela t'irait bien, parfumé comme tu l'es et vêtu d'une si belle chlamyde, de faire devant les Athéniens l'éloge des repas en commun et de Lycurgue[74] ! »

XXI. 1. Alexandre avait écrit aux Athéniens de lui envoyer des trières[75]. Comme les orateurs y étaient hostiles, le conseil invita Phocion à exposer son avis. « Mon avis, dit-il, le voici : il faut vaincre par les armes, ou être amis des vainqueurs. » 2. Comme Pythéas, qui faisait alors ses débuts devant les Athéniens, se montrait déjà bavard et insolent, Phocion lui lança : « Ne vas-tu pas te taire ? Le peuple vient à peine de t'acheter[76] ! » 3. Harpale, qui s'était enfui de la cour d'Alexandre avec de grandes richesses, passa d'Asie en Attique ; les orateurs habitués à monnayer leurs interventions à la tribune accoururent auprès de lui et rivalisèrent d'efforts pour se faire corrompre. Pour les appâter, Harpale sacrifia une faible partie de ses grandes richesses qu'il leur jeta en pâture, mais à Phocion, il fit envoyer sept cents talents et voulut en outre mettre en dépôt chez lui – et chez lui seul – le reste de ses biens, ainsi que sa personne[77]. 4. Phocion répondit brutalement à Harpale : « Tu t'en repentiras si tu ne cesses pas de corrompre la cité. » Sur le moment, Harpale n'insista pas et s'en alla. Mais quelque temps plus tard, comme les Athéniens délibéraient, il remarqua que les orateurs

---

72. *Les amis des athlètes vainqueurs commémoraient fréquemment leur victoire en offrant un banquet en leur honneur. Voir les deux dialogues intitulés* Le Banquet, *de Xénophon et de Platon.*
73. *L'éducation spartiate était tenue pour un modèle dans certains milieux laconophiles d'Athènes. Xénophon aurait également, selon Plutarque, envoyé ses fils à Sparte (voir* Agésilas, *XX, 2).*
74. *Démade, dont Plutarque a rappelé plus haut l'origine modeste, s'était, semble-t-il, rapidement enrichi. Il était alors un des orateurs les plus actifs dans la cité, depuis qu'il avait été le négociateur de la paix avec Philippe. Sur les repas en commun, voir* Lycurgue, *X, 1-5.*
75. *En application de l'alliance conclue avec Philippe, et renouvelée avec Alexandre.*
76. *Les démagogues étaient à la fois les maîtres et les serviteurs du* démos, *comme déjà l'affirmait Aristophane lorsqu'il présentait, dans les* Cavaliers, *Cléon sous les traits d'un esclave paphlagonien.*
77. *Harpale était le trésorier d'Alexandre. En 324, il s'enfuit avec une partie du trésor royal et vint demander asile à Athènes, dont il avait, semble-t-il, reçu la citoyenneté lors d'un précédent séjour. La chronologie de ce que l'on appelle « l'affaire d'Harpale » est extrêmement confuse. Parmi les orateurs qui se trouvèrent compromis figure Démosthène (voir* Démosthène, *XXV-XXVI). Sur les conséquences de l'affaire, voir Carlier (1990), p. 261-267 et Mossé (1994), p. 130-136.*

auxquels il avait donné de l'argent changeaient de camp et l'accusaient, pour ne pas être découverts, tandis que Phocion, qui n'avait rien accepté, faisait entrer en ligne de compte, non seulement l'intérêt public, mais aussi son salut à lui, Harpale. 5. Il essaya donc une nouvelle fois de lui faire sa cour, mais il eut beau l'assiéger, il le trouva, tel un rempart défendu de tous côtés, inaccessible à l'or. Cependant, Harpale se lia d'amitié avec le gendre de Phocion, Chariclès, ce qui attira à cet homme une fâcheuse réputation, car Harpale lui confiait tout et l'employait à tout.

XXII. 1. Ainsi, après la mort de l'hétaïre Pythonicè, dont il était épris et qui lui avait donné une fillette, Harpale voulut lui élever un monument à grands frais, et il en chargea Chariclès[78]. 2. Ce service, déjà indigne, fut rendu encore plus dégradant par la mesquinerie avec laquelle le tombeau fut réalisé. Il subsiste de nos jours, à Herméion, sur la route qui mène d'Athènes à Éleusis: il ne vaut vraiment pas les trente talents qu'Harpale avait, dit-on, comptés à Chariclès pour le réaliser. 3. En revanche, quand Harpale mourut à son tour[79], Chariclès et Phocion recueillirent son enfant et lui firent donner tous les soins nécessaires. 4. Lorsque Chariclès fut jugé pour l'affaire d'Harpale, il demanda à Phocion de l'assister et de l'accompagner devant le tribunal, mais Phocion refusa: «Si j'ai fait de toi mon gendre, lui dit-il, c'était seulement pour ce qui est juste.»
5. Asclépiade, fils d'Hipparchos, fut le premier à annoncer aux Athéniens la mort d'Alexandre[80]. Démade leur conseilla de n'en rien croire. «L'odeur de ce cadavre, disait-il, aurait déjà gagné la terre entière.» Quant à Phocion, voyant le peuple, exalté, prêt à se soulever, il essaya de l'apaiser et de le contenir. 6. Comme de nombreuses personnes bondissaient à la tribune, criant que la nouvelle apportée par Asclépiade était vraie et qu'Alexandre était bien mort, il s'écria: «Eh bien! s'il est mort aujourd'hui, il le sera encore demain et après-demain; nous pouvons donc délibérer en paix, ou plutôt en sécurité.»

XXIII. 1. Quand Léosthénès eut, dans sa précipitation, jeté la cité dans la guerre hellénique[81] et qu'il vit le mécontentement de Phocion, il lui demanda en riant quel bien il avait fait à Athènes depuis tant d'années qu'il était stratège. «Un bien qui n'est pas négligeable, répondit Phocion: nos concitoyens sont enterrés dans leurs tombeaux de famille[82].» 2. Comme Léosthénès se montrait insolent et fanfaron,

---

78. *Même en supposant que Pythonicè est morte en couches, il reste que le séjour d'Harpale a dû être suffisamment long pour que sa maîtresse ait mis au monde cet enfant que Phocion devait recueillir (§ 3) et que Chariclès ait eu le temps de lui élever un tombeau. On sait par ailleurs qu'Harpale fut emprisonné. Et c'est pour l'avoir laissé s'enfuir, cependant qu'une partie de l'argent qui lui avait été confisqué avait disparu, qu'un procès fut intenté à un certain nombre d'orateurs, dont Démosthène.*
79. *Harpale s'était enfui en Crète. C'est là qu'il fut assassiné par un de ses compagnons.*
80. *Alexandre mourut en juin 323 à Babylone.*
81. *Sur Léosthénès et Hypéride, voir* supra, *X, 6 et note.*
82. *Les restes des Athéniens morts au combat étaient déposés dans un tombeau commun, au cimetière du Céramique.*

Phocion lui dit : « Tes discours, mon jeune ami, ressemblent à des cyprès ; ils sont grands et élevés, mais ne portent pas de fruits. » 3. Hypéride se leva et demanda : « Quand donc, Phocion, conseilleras-tu aux Athéniens de faire la guerre ? – Le jour, répondit-il, où je verrai les jeunes gens décidés à ne pas abandonner leur poste, les riches à payer les frais de guerre, et les orateurs à s'abstenir de voler les biens publics. » 4. Beaucoup admiraient les forces rassemblées par Léosthénès et demandaient à Phocion ce qu'il pensait de ces préparatifs : « C'est parfait pour la course du stade, répondit-il, mais la guerre est une course de fond et je la redoute, car notre cité ne possède ni richesse, ni flotte, ni hoplites de réserve[83]. » 5. Les événements lui donnèrent raison. Dans un premier temps, Léosthénès s'illustra par ses succès ; il vainquit les Béotiens en bataille rangée et enferma Antipatros dans Lamia[84]. 6. Alors la cité, dit-on, animée de grandes espérances, ne cessa d'offrir des fêtes d'actions de grâces et des sacrifices aux dieux. Certains, croyant embarrasser Phocion, lui demandaient s'il n'aurait pas voulu avoir accompli lui-même ces exploits, mais il leur répondit : « Bien sûr, mais je ne regrette pas le conseil que j'ai donné. » 7. Une autre fois, comme les rapports écrits et les messages en provenance de l'armée apportaient bonnes nouvelles sur bonnes nouvelles, il s'écria : « Quand donc cesserons-nous de vaincre ? »

XXIV. 1. Après la mort de Léosthénès, ceux qui craignaient que Phocion ne mît fin à la guerre s'il était envoyé comme stratège[85] envoyèrent à l'assemblée du peuple un personnage obscur qui se leva et déclara qu'il était un ami de Phocion et qu'il avait été son condisciple : il leur demandait de ménager ce héros et de veiller sur lui, car on n'avait pas son pareil, et d'envoyer Antiphilos à l'armée. Les Athéniens allaient approuver cet avis 2. lorsque Phocion se présenta et déclara qu'il n'avait jamais été le condisciple de cet individu, et que par ailleurs il ne le connaissait pas et n'avait rien à voir avec lui. « Mais à présent, s'écria-t-il, à partir d'aujourd'hui, je fais de toi mon ami intime, car tes conseils vont dans le sens de mon intérêt ! » 3. Comme les Athéniens voulaient se mettre en campagne contre les Béotiens, Phocion commença par s'y opposer. Ses amis lui dirent qu'on le mettrait à mort s'il contrecarrait la volonté des Athéniens, mais il déclara : « Ce sera injuste, si je sers leurs intérêts ; si je leur nuis, ce sera juste. » 4. Ensuite, voyant que, loin de céder, ils poussaient les hauts cris, il ordonna au héraut de proclamer que les Athéniens, depuis les éphèbes jusqu'à ceux qui avaient soixante ans, devaient prendre cinq jours de vivres et l'ac-

---

83. *Les arguments de Phocion, même si la suite devait lui donner raison, étaient néanmoins fallacieux, car Athènes avait reconstitué une partie de ses forces maritimes et de ses finances pendant les années où Lycurgue, autre orateur antimacédonien, fut préposé à l'administration. Voir Mossé (1989), p. 25-36.*

84. *Léosthénès en effet réussit à enfermer Antipatros dans la ville thessalienne de Lamia. D'où le nom de « guerre lamiaque » que l'on donna à cette guerre dès l'Antiquité.*

85. *L'oraison funèbre que prononça Hypéride en hommage aux soldats morts durant la première année de la guerre contient un vibrant éloge de Léosthénès. Les sentiments promacédoniens de Phocion n'étaient pas ignorés des Athéniens.*

compagner aussitôt au sortir de l'assemblée[86]. 5. L'agitation fut considérable, et les plus âgés se récriaient et protestaient, mais Phocion leur dit : « Il n'y a là rien de terrible puisque moi, votre stratège, qui suis dans ma quatre-vingtième année, je serai avec vous. » Sur le moment, il parvint ainsi à les calmer et à les faire changer d'avis.

XXV. 1. Lorsque Micion, qui avait débarqué à Rhamnonte avec un grand nombre de Macédoniens et de mercenaires, se mit à ravager la Paralie[87] et à faire des incursions dans la campagne, Phocion conduisit les Athéniens contre lui. 2. Mais ceux-ci, accourant de tous côtés, se prenaient pour des stratèges et conseillaient ici de s'emparer d'une colline, là de lancer la cavalerie, ailleurs encore de faire une attaque de flanc. Alors Phocion s'écria : « Par Héraclès ! je vois ici beaucoup de stratèges, mais bien peu de soldats ! » 3. Quand il eut rangé ses hoplites en ordre de bataille, il vit l'un d'eux s'avancer bien en avant des autres, puis, pris de peur devant l'ennemi qui lui faisait face, rentrer dans le rang. « Mon jeune ami, lui dit Phocion, n'as-tu pas honte d'avoir abandonné ton poste à deux reprises : d'abord le poste où ton stratège t'avait placé, ensuite celui où tu t'étais placé toi-même ? » 4. Il attaqua les ennemis, les repoussa violemment et tua Micion ainsi que beaucoup d'autres. 5. Quant à l'armée grecque de Thessalie, elle vainquit en bataille rangée Léonnatos et les Macédoniens d'Asie, qui avaient fait leur jonction avec Antipatros. Léonnatos fut tué. La phalange était commandée par Antiphilos et la cavalerie par le Thessalien Ménon[88].

XXVI. 1. Peu de temps après, Cratère passa d'Asie en Grèce avec une armée nombreuse et livra devant Crannon une nouvelle bataille rangée[89]. Les Grecs furent vaincus, mais cette défaite ne fut pas grave et il n'y eut pas beaucoup de morts. Cependant, désobéissant à leurs chefs qui étaient jeunes et indulgents, et sensibles aux ouvertures qu'Antipatros faisait à leurs cités, ils se dispersèrent et sacrifièrent honteusement la liberté[90]. 2. Aussitôt, Antipatros conduisit son armée vers Athènes.

---

86. En principe, les Athéniens les plus âgés, de même que les éphèbes, c'est-à-dire les jeunes gens qui faisaient deux années de service militaire, ne partaient pas en campagne et assuraient seulement la défense des forteresses de l'Attique.

87. La Paralie était la région côtière de l'Attique, l'une des trois grandes divisions territoriales de la cité depuis les réformes de Clisthène à la fin du VIe siècle. Rhamnonte était une forteresse de l'Attique.

88. À l'annonce du soulèvement des Grecs, Antipatros avait demandé des renforts que lui avait amenés Léonnatos, un des Hétaires (compagnons) d'Alexandre. Dans la coalition formée autour d'Athènes, le commandement des hoplites avait été confié au stratège athénien Antiphilos, tandis que Ménon commandait la cavalerie, dont les effectifs étaient en majorité thessaliens.

89. La remarque de Plutarque est ici surprenante. Dans tout le développement qui précède, il a présenté Phocion comme l'homme sage qui aurait voulu détourner les Athéniens de la guerre. Or, la défaite allait renforcer sa position à Athènes, en tant qu'allié privilégié d'Antipatros. Et Plutarque ne peut pas dissimuler ce que signifia en réalité la défaite : la fin de la liberté grecque.

90. La situation d'Antipatros ayant empiré, c'est une armée beaucoup plus importante qui passa d'Asie en Europe sous le commandement de Cratère, autre Hétaire d'Alexandre dont il a déjà été question supra, XVIII, 7. La bataille de Crannon se déroula en août 322.

Démosthène et Hypéride abandonnèrent la cité[91]. 3. Quant à Démade, incapable de payer la moindre part de l'argent qu'il devait à la cité pour ses condamnations (il avait été condamné sept fois, suite à des assignations en illégalité, et frappé d'atimie, ce qui lui interdisait de prendre la parole), il fut alors amnistié et proposa un décret selon lequel on enverrait auprès d'Antipatros des ambassadeurs avec pleins pouvoirs pour traiter de la paix[92]. 4. Le peuple prit peur et appela Phocion, disant qu'il n'avait confiance qu'en lui. « Si seulement, s'écria Phocion, vous m'aviez fait confiance quand je vous donnais des conseils, nous n'aurions pas maintenant à délibérer sur de semblables questions. » 5. Le décret fut ratifié. On envoya Phocion à Antipatros qui campait dans la Cadmée et s'apprêtait à marcher aussitôt sur l'Attique. La première demande de Phocion fut de traiter sur place. 6. Cratère protesta : « Les exigences de Phocion ne sont pas justes : il veut que nous restions ici, à épuiser le territoire de nos alliés et de nos amis, alors que nous pourrions vivre sur celui des ennemis. » Mais Antipatros, lui prenant la main droite, déclara : « Il faut accorder cette faveur à Phocion. » 7. Pour le reste, il invita les Athéniens à s'en remettre à eux, comme Léosthénès l'avait fait pour lui à Lamia.

XXVII. 1. Phocion regagna donc Athènes et les Athéniens, contraints et forcés, acceptèrent ces mesures. Puis il repartit pour Thèbes avec les autres ambassadeurs, auxquels les Athéniens avaient adjoint le philosophe Xénocrate[93]. 2. Ce dernier était tellement estimé pour sa vertu, il était si célèbre et si apprécié de tous que l'on croyait qu'à sa seule vue, toute violence, toute cruauté, toute passion à laquelle pouvait s'abandonner une âme humaine, céderait forcément devant le respect et la vénération qu'il inspirait. 3. Pourtant ce fut le contraire qui se produisit, car Antipatros était impitoyable et haïssait le bien. Il commença par ne pas saluer Xénocrate, alors qu'il avait serré la main des autres, ce qui fit dire, paraît-il, au philosophe : « Antipatros a bien raison de rougir devant moi – et devant moi seul – du traitement cruel qu'il s'apprête à infliger à la cité. » 4. Ensuite, lorsque Xénocrate prit la parole, Antipatros ne voulut pas l'écouter : à force de l'interrompre et de s'impatienter, il le réduisit au silence. 5. Lorsque Phocion engagea la discussion, il répondit qu'il ferait amitié et alliance avec les Athéniens s'ils livraient Démosthène et Hypéride, s'ils rétablissaient la constitution de leurs pères, fondée sur le cens, s'ils acceptaient une garnison dans Mounychie et enfin s'ils s'acquittaient les frais de guerre et une amende[94].

---

91. *Ils avaient été, sur proposition de Démade, condamnés à mort (voir* Démosthène, *XXVIII, 2).*
92. *L'assignation en illégalité* (graphè para nomon) *pouvait entraîner une forte amende. Démade, condamné sept fois, n'avait pu, en dépit de sa fortune, s'acquitter de sa dette et avait été frappé d'atimie, c'est-à-dire de l'interdiction d'exercer ses droits de citoyen. Plutarque, pour ménager son héros, fait de Démade le traître prêt à servir l'ennemi vainqueur, mais c'est bien Phocion qui ira négocier la paix et la reddition d'Athènes.*
93. *Xénocrate de Chalcédoine était depuis 339 à la tête de l'Académie platonicienne. Il possédait le statut de métèque, comme nombre d'autres élèves de l'Académie (voir* infra, *XXIX, 6).*
94. *Les conditions imposées par Antipatros visaient à priver Athènes de toute velléité d'indépendance par l'occupation de la forteresse de Mounychie qui gardait l'entrée du Pirée, mais aussi et surtout par*

6. Les ambassadeurs acceptèrent, jugeant ces conditions humaines, sauf Xénocrate qui déclara : « Si Antipatros nous prend pour des esclaves, son attitude est modérée, mais s'il nous traite en hommes libres, il est trop dur. » 7. Comme Phocion priait et suppliait Antipatros de les exempter de la garnison, celui-ci répondit, dit-on : « Phocion, je souhaite te complaire en tous points, sauf en ce qui peut causer aussi bien ta perte que la mienne[95]. » 8. D'autres auteurs donnent une version différente de cette discussion. Selon eux, Antipatros aurait demandé à Phocion si, au cas où il exempterait les Athéniens de la garnison, il pouvait lui garantir que la cité resterait en paix et ne s'agiterait pas. 9. Comme Phocion gardait le silence et tardait à répondre, Callimédon le Crabe, un homme effronté et hostile à la démocratie bondit et s'écria : « Si cet homme te répond des sottises, vas-tu lui faire confiance, Antipatros, et ne pas accomplir ce que tu as décidé[96] ? »

XXVIII. 1. Les Athéniens durent donc recevoir une garnison macédonienne, commandée par Ményllos, un homme modéré qui était ami de Phocion. Cette condition fut jugée insultante : on y vit une démonstration d'orgueil fondée sur la violence et non une mesure dictée par les circonstances[97]. 2. La date de l'événement augmenta considérablement l'émotion : la garnison s'installa le vingt de Boédromion, pendant les Mystères, le jour où les Athéniens escortent Iacchos d'Athènes à Éleusis[98]. La cérémonie fut donc perturbée, et la plupart des citoyens comparaient les solennités du passé à celles qu'ils voyaient. 3. « Autrefois, disaient-ils, quand nous étions au faîte de notre prospérité, des visions et des voix mystiques frappaient les ennemis d'épouvante et de panique. Mais maintenant, au cours des mêmes fêtes, les dieux voient sans s'émouvoir la Grèce endurer les souffrances les plus cruelles ; ils laissent profaner les jours qui sont pour eux les plus saints et les plus agréables, et dont le nom sera désormais associé aux plus grands malheurs. » 4. Quelques années auparavant, les prêtresses de Dodone avaient rendu un oracle qui conseillait aux Athéniens de veiller sur les promontoires d'Artémis[99] et de ne pas les laisser

---

l'exclusion de la citoyenneté active de la masse des pauvres attachés à la démocratie. Par la constitution «fondée sur le cens», Antipatros entendait sans doute la «constitution» attribuée à Solon par les écrivains du IVe siècle, en particulier Isocrate.

95. On ne saurait mieux dire que la garnison macédonienne assurait la défense de Phocion contre les Athéniens.

96. Il est question de ce Callimédon dans Démosthène, XXVII, 2. Il n'est pas surprenant de trouver un misodémos (un «homme hostile à la démocratie») parmi les partisans d'Antipatros.

97. Ici encore, Plutarque ne peut dissimuler le caractère dramatique de cette occupation militaire acceptée par Phocion.

98. La coïncidence entre l'installation de la garnison macédonienne à Mounychie et le début des cérémonies en l'honneur de Déméter et de Corè témoignait du déclin d'Athènes. Cette procession d'Athènes à Éleusis était un des grands moments du calendrier religieux athénien. Le dieu Iacchos, fils de Déméter ou de Perséphone, ou autre incarnation de Dionysos, y était honoré.

99. Le sanctuaire de Dodone en Épire était un des grands sanctuaires oraculaires. Il était consacré à Zeus. Il y avait à Mounychie un sanctuaire d'Artémis.

prendre par d'autres. 5. Or pendant ces jours de fête, lorsque les bandelettes qu'on enroule autour des corbeilles mystiques furent plongées dans l'eau, elles perdirent leur pourpre pour prendre une teinte jaunâtre et cadavérique – et le plus inquiétant fut que tous les linges des particuliers, plongés dans l'eau à côté d'elles, gardèrent leur couleur d'origine. 6. Par ailleurs, alors qu'un initié baignait un porcelet dans le port de Cantharos[100], un gros poisson s'en saisit et dévora le bas de l'animal jusqu'au ventre : de toute évidence, le dieu indiquait par là que les Athéniens seraient privés des parties basses de leur ville, au bord de la mer, mais qu'ils garderaient leur ville haute[101]. 7. La garnison, grâce à Ményllos, ne fit aucun tort à la population, mais plus de douze mille citoyens furent privés de leurs droits politiques en raison de leur pauvreté. Ceux qui restèrent se trouvèrent dans une condition de toute évidence lamentable et indigne ; d'autres quittèrent Athènes pour cette raison et passèrent en Thrace, où Antipatros leur offrit un territoire et une cité, comme s'ils avaient été chassés de leur pays à la suite d'un siège[102].

XXIX. 1. La mort de Démosthène à Calaurie et celle d'Hypéride à Cléonaï, que nous avons rapportées dans un autre ouvrage[103], faillirent inspirer aux Athéniens de l'amour et du regret pour Alexandre et pour Philippe. 2. Plus tard, après la mort d'Antigone[104], lorsque ses vainqueurs se mirent à malmener et à brutaliser les populations, un paysan de Phrygie creusa un trou dans la terre. On lui demanda : « Que fais-tu là ? » Il répondit en sanglotant : « Je cherche Antigone. » 3. Ce mot, bien des gens auraient pu le prononcer à l'époque de Phocion, quand ils se rappelaient l'ardeur de ces deux rois, leur grandeur et leur noble clémence. Antipatros ne leur ressemblait guère : sous l'apparence d'un simple particulier, la pauvreté de sa

---

100. Plutarque évoque ici un rite qui consistait pour le futur initié aux Mystères à se plonger dans le bassin du Cantharos, au Pirée, avec un porcelet qui était ensuite sacrifié.
101. Priver Athènes de son accès à la mer signifiait la mettre à la merci de l'occupant macédonien.
102. Diodore (XVIII, 18, 4) précise que le cens exigé pour participer à la vie politique était la possession d'un bien évalué à 2000 drachmes. On n'a pas d'indication chiffrée précise sur le nombre total des citoyens athéniens en 322. Mais Diodore ajoute que seuls 9000 Athéniens conservèrent le droit de participer à la vie politique, ce qui donne un total de 21000, le chiffre même fourni par le recensement opéré cinq ans plus tard par Démétrios de Phalère. On peut s'interroger sur le statut de ceux qui furent privés des droits politiques. Il est difficile d'imaginer que ceux qui demeurèrent à Athènes ne continuèrent pas à faire partie de la communauté des Athéniens. On en trouve la preuve dans les recommandations que Plutarque prête à Phocion (infra, XXIX, 5), conseillant aux exclus de cultiver leurs champs : seuls des Athéniens pouvaient en effet posséder des biens fonciers. Mais la privation des droits politiques signifiait aussi la perte des salaires (misthoï), rétribuant la présence aux séances de l'assemblée et la participation aux tribunaux, et du théoricon, l'indemnité versée pour assister aux spectacles lors des grandes fêtes religieuses. Voir sur l'ensemble de ces questions, Mossé (1995), p. 109-120.
103. Voir Démosthène, XXVIII-XXX.
104. Il s'agit d'Antigone le Borgne, le plus important des diadoques, qui prit le premier le titre royal en 306 et mourut en 301, lors de la bataille d'Ipsos qui l'opposa à tous ses rivaux coalisés contre lui.

chlamyde et la simplicité de son mode de vie, il dissimulait une ambition arrogante, et ceux qu'il maltraitait trouvaient en lui un maître et un tyran particulièrement odieux[105]. 4. Cependant Phocion préserva de l'exil beaucoup de ses concitoyens en intervenant auprès de lui et obtint pour les exilés la grâce de ne pas être expulsés de Grèce, comme les autres, au-delà des monts Cérauniens et du Ténare, mais de pouvoir s'établir dans le Péloponnèse : ce fut notamment le cas du sycophante Hagnonidès[106]. 5. Phocion régla les affaires politiques avec douceur et dans le respect des lois : il maintenait en charge, année après année, les hommes honnêtes et généreux ; quant aux agitateurs et aux révolutionnaires, qui se désolaient de ne pouvoir ni gouverner ni fomenter des troubles, il leur apprit à aimer la campagne et à se contenter de cultiver les champs[107]. 6. Voyant Xénocrate acquitter la taxe des métèques[108], il voulut le faire inscrire comme citoyen, mais Xénocrate refusa, en disant qu'il ne saurait participer à un régime politique dont il était venu, en tant qu'ambassadeur, empêcher l'établissement.

XXX. 1. Comme Ményllos lui offrait de l'argent, Phocion lui répondit : « Tu n'es donc pas meilleur qu'Alexandre ! En ce qui me concerne, je n'ai pas aujourd'hui de motif plus valable pour accepter ce que j'ai refusé autrefois. » 2. Ményllos le pria d'accepter au moins pour son fils Phocos, mais Phocion répartit : « Si Phocos se range et devient raisonnable, les biens de son père lui suffiront, mais tel qu'il est maintenant, rien ne peut le satisfaire[109]. » 3. Il répondit plus rudement à Antipatros, qui voulait se servir de lui pour obtenir une faveur qu'il ne méritait pas : « Antipatros ne peut m'avoir à la fois pour ami et pour flatteur. » 4. Antipatros lui-même déclarait, dit-on, que des deux amis qu'il avait à Athènes, Phocion et Démade, il n'avait jamais pu persuader le premier d'accepter ses présents, ni en donner assez au second pour le combler. 5. Et de fait, Phocion affichait comme une vertu la pauvreté dans laquelle il passait ses vieux jours, après avoir été si souvent stratège des Athéniens et avoir eu des rois pour amis ; Démade, en revanche, étalait sa richesse, même au moment

---

105. Plutarque oppose ici Antipatros et son apparente simplicité à la générosité de Philippe et d'Alexandre. Sur les raisons de cette opposition, voir Bearzot (1993), p. 102-104.
106. Les monts Cérauniens se trouvaient en Épire et le cap Ténare, à l'extrémité méridionale du Péloponnèse. L'intervention de Phocion concernait non pas ceux qui étaient condamnés à prendre le chemin de l'exil du fait de leur situation misérable, mais les membres de la « classe politique » qui s'étaient compromis dans la lutte contre les Macédoniens, dont cet Hagnonidès qui réapparaît (infra, XXXIII, 4) comme orateur hostile à Phocion.
107. Il est intéressant de voir ici Plutarque reprendre à son compte l'opposition développée par les écrivains du IV siècle, entre ceux qui peuvent accéder aux charges publiques du fait de leur richesse, et la masse des pauvres qui, du fait de leur exclusion de la vie politique, étaient nécessairement des révolutionnaires en puissance.
108. À Athènes, les étrangers résidents étaient astreints au paiement d'une taxe, le metoïcion, dont le montant annuel s'élevait à 12 drachmes pour les hommes et à 6 drachmes pour les femmes.
109. L'éducation spartiate qu'il avait reçue n'avait donc pas détourné Phocos de son goût du luxe (voir supra, XX, 1-5).

où il violait les lois. 6. Il y avait à cette époque à Athènes une loi défendant de faire figurer dans un chœur un étranger, sous peine d'une amende de mille drachmes infligée au chorège[110]. Démade produisit un jour cent choreutes, tous étrangers et en même temps il déposa sur le théâtre le montant de l'amende, mille drachmes pour chacun. 7. Lorsqu'il maria son fils Déméas, il lui dit : « Quand j'ai épousé ta mère, mon enfant, le voisin lui-même ne s'en est pas aperçu ; mais des rois et des princes contribuent aux frais de tes noces. »
8. Les Athéniens pressaient Phocion de décider Antipatros à retirer la garnison. Mais, soit qu'il désespérât de le persuader, soit plutôt qu'il vît le peuple, assagi par la crainte, se laisser gouverner avec docilité, il refusait obstinément de s'acquitter de cette mission ; la seule chose qu'il obtint d'Antipatros, ce fut de ne pas exiger l'indemnité de guerre[111], mais de leur accorder un délai et un report. Les Athéniens se détournèrent donc de Phocion et s'adressèrent à Démade. 9. Celui-ci s'empressa d'accepter cette mission et partit pour la Macédoine avec son fils. Mais l'intervention de quelque *démon*, semble-t-il, fit que, lorsqu'il y arriva, Antipatros était déjà accablé par la maladie, et Cassandre, maître du pouvoir. Or, Cassandre avait trouvé une lettre adressée par Démade à Antigone en Asie[112], lui conseillant de se montrer aux Grecs et aux Macédoniens : ils ne tiennent plus, disait-il, qu'à un vieux fil pourri (par cette expression ironique, il désignait Antipatros). 10. Dès qu'il vit arriver Démade, Cassandre le fit arrêter. Il s'en prit d'abord à son fils, le fit avancer et l'égorgea, si près de Démade que le sang aspergea les vêtements du père qui en fut tout inondé. Puis, après lui avoir violemment reproché son ingratitude et sa trahison, et l'avoir couvert d'injures, il le fit tuer.

XXXI. 1. Avant de mourir, Antipatros avait désigné Polyperchon comme général de l'armée et Cassandre comme chiliarque. Cassandre se souleva aussitôt, s'empara du pouvoir et envoya en toute hâte Nicanor remplacer Ményllos à la tête de la garnison, avec ordre de s'emparer de Mounychie avant que la mort d'Antipatros ne fût connue[113]. 2. Ainsi fut fait. Quelques jours plus tard, lorsque les Athéniens apprirent qu'Antipatros était mort, ils soupçonnèrent Phocion, l'accusant d'avoir été informé de la nouvelle avant eux, et de n'avoir rien dit pour complaire à Nicanor. 3. Mais Phocion ne se souciait pas de ces attaques. Il rencontra Nicanor, s'entretint avec lui, et lui inspira de la douceur et de la bienveillance à l'égard des Athéniens :

---

110. *Cette loi est évoquée par Démosthène (*Contre Midias, *56).*
111. *Voir supra, XXVII, 5.*
112. *Cassandre était le fils d'Antipatros. Dans Démosthène, XXXI, 4-5, Plutarque ne mentionne pas Antigone mais Perdiccas, qui était alors le tuteur des « rois » successeurs d'Alexandre, comme destinataire de la lettre.*
113. *Le titre de stratège avait été attribué à Antipatros par Alexandre lorsqu'il avait quitté l'Europe pour entreprendre la conquête de l'Asie. La fonction de chiliarque, empruntée à l'administration de l'empire perse, avait été donnée d'abord à Héphaestion, l'ami d'Alexandre, puis à Perdiccas, alors le plus important parmi les Hétaires du roi. Perdiccas était mort en 321. Sur les événements qui se déroulent entre la mort d'Alexandre et celle d'Antipatros en 319, voir Will (1979), p. 19-48.*

il le persuada notamment d'accepter les honneurs et les dépenses de la charge d'agonothète[114].

XXXII. 1. Là-dessus, Polyperchon, qui avait la tutelle du roi[115] et s'opposait à Cassandre, écrivit aux Athéniens que le roi leur rendait la démocratie et invitait tous les Athéniens à participer à la vie politique selon l'usage de leurs pères. 2. C'était en fait une manœuvre dirigée contre Phocion. Polyperchon cherchait, comme les faits le montrèrent peu après, à se rendre maître de la cité et il n'avait aucun espoir d'y parvenir, s'il n'en chassait pas Phocion[116]. 3. Or celui-ci serait chassé, dès que les exilés se mêleraient à la vie politique, et que démagogues et sycophantes s'empareraient de nouveau de la tribune. 4. Ce message causa une grande émotion parmi les Athéniens. Nicanor voulut les rencontrer et se présenta devant la Boulè, réunie au Pirée[117], après avoir confié à Phocion sa sécurité personnelle. 5. Mais Dercylos, stratège du territoire[118], tenta de l'arrêter. Nicanor, averti à temps, s'enfuit précipitamment. Il était clair qu'il se vengerait aussitôt de la cité. 6. Phocion, accusé de l'avoir laissé partir au lieu de le retenir, déclara qu'il avait confiance en Nicanor et ne craignait rien de lui : s'il se trompait, mieux valait être vu en train de subir l'injustice que de la commettre[119]. 7. Cette phrase pourrait paraître vertueuse et noble de la part d'un individu qui est seul concerné ; mais quand un stratège doublé d'un magistrat met ainsi en danger le salut de la patrie, je me demande s'il ne trahit pas une obligation plus importante et plus ancienne, celle qui le lie à ses concitoyens. 8. On ne peut prétendre en effet qu'il ménagea Nicanor par crainte de jeter la cité dans la guerre et qu'il invoqua faussement la loyauté et le droit pour que Nicanor, pris de scrupules, se tînt tranquille et ne fît aucun tort aux Athéniens. 9. Phocion avait réellement, semble-t-il, une totale confiance en Nicanor. Pourtant, beaucoup se méfiaient de lui, l'accusant de vouloir attaquer le Pirée, de faire passer des mercenaires à Salamine et de corrompre cer-

---

114. Nicanor avait été l'élève d'Aristote. La charge d'agonothète consistait à organiser les concours athlétiques et musicaux lors des grandes fêtes religieuses.
115. Le roi en question est Philippe Arrhidée, demi-frère d'Alexandre et qu'on disait débile. En Asie, l'armée macédonienne avait proclamé roi le fils posthume d'Alexandre et de son épouse iranienne Roxane.
116. En réalité, Polyperchon voulait assurer son autorité en Europe contre Cassandre, et il avait pour cela besoin de s'appuyer sur les cités grecques, dont Athènes. Phocion s'étant apparemment rallié à Cassandre, il était évidemment l'homme à abattre. Il n'est pas sans intérêt de voir que la référence aux lois des ancêtres (ta patria) est ici utilisée pour justifier le rétablissement de la démocratie, alors qu'en 322, elle servait à justifier le régime censitaire (voir supra, XXVII, 5).
117. Le conseil se réunissait normalement au Bouleutérion, proche de l'agora. Mais ici, il se réunit sous la protection de la garnison macédonienne.
118. Ce Dercylos est connu par plusieurs inscriptions contemporaines. Dans les dernières décennies du IVe siècle, les fonctions des dix stratèges avaient été spécialisées. Le stratège épi tès choras s'occupait de la défense du territoire et contrôlait les forteresses de la frontière.
119. La formule est très « platonicienne » et annonce la comparaison finale entre le sort de Phocion et celui de Socrate.

tains habitants du Pirée, mais Phocion refusa d'écouter et de croire ces accusations. 10. Bien plus, lorsque Philomélos de Lamptres proposa un décret demandant à tous les Athéniens de se tenir sous les armes et d'obéir à Phocion, leur stratège, celui-ci ne bougea pas jusqu'au moment où Nicanor, amenant ses troupes de Mounychie, cerna le Pirée de tranchées[120].

XXXIII. 1. Alors Phocion se trouva en butte aux huées et au mépris des Athéniens, lorsqu'il voulut faire une sortie avec eux. Alexandros, fils de Polyperchon, se présenta avec une armée, soi-disant pour venir au secours des Athéniens contre Nicanor, mais en fait pour s'emparer, s'il le pouvait, de la cité pendant qu'elle se déchirait elle-même. 2. Les exilés, qui l'accompagnaient, entrèrent aussitôt dans la ville, tandis que les étrangers et les citoyens frappés d'atimie couraient les rejoindre. Une assemblée hétéroclite et indisciplinée se réunit: ils déposèrent Phocion et désignèrent d'autres stratèges[121]. 3. Si l'on n'avait pas vu Alexandros s'entretenir en tête à tête avec Nicanor près du rempart, ce qui se répéta à plusieurs reprises et éveilla les soupçons des Athéniens, la cité n'aurait pu échapper au danger qui la menaçait. 4. Comme l'orateur Hagnonidès s'en prenait aussitôt à Phocion et à ses partisans, les accusant de trahison, Callimédon et Chariclès, pris de peur, quittèrent la ville[122]. Phocion, accompagné de ceux de ses amis qui étaient restés, alla trouver Polyperchon. 5. Solon de Platées et Deinarchos de Corinthe[123], qui passaient pour être des proches et des familiers de Polyperchon, s'étaient joints à eux, par amitié pour Phocion. 6. Mais Deinarchos tomba malade et ils durent rester quelques jours à Élatée. Pendant ce temps, à l'instigation d'Hagnonidès et en vertu d'un décret présenté par Archestratos, le peuple envoya une ambassade pour mettre Phocion en accusation. 7. Les deux délégations arrivèrent en même temps auprès de Polyperchon, qui voyageait avec le roi, dans un village de Phocide nommé Pharyges, au pied du mont Acrourion qu'on appelle maintenant Galatè. 8. Là, Polyperchon fit dresser le dais d'or, sous lequel il fit asseoir le roi et ses amis. Dès que Deinarchos se présenta, il le fit arrêter, torturer et mettre à mort. Il donna ensuite la parole aux Athéniens. 9. Comme ils s'agitaient et faisaient grand bruit, s'accusant les uns les autres devant le conseil, Hagnonidès s'avança et déclara: «Faites-nous tous enfermer dans une même cage et envoyez-nous rendre nos comptes aux Athéniens!» Le roi se mit à rire, mais les Macédoniens qui se tenaient

---

120. *Dans tout ce développement, Plutarque a quelque difficulté à justifier les positions de Phocion face à une présence macédonienne de plus en plus pesante, et il est bien contraint de faire état de l'hostilité grandissante des Athéniens à son égard.*
121. *La présence d'étrangers dans l'assemblée témoigne du climat de désarroi qui régnait alors à Athènes, et qui risquait d'entraîner une guerre civile.*
122. *Hagnonidès a déjà été cité (supra, XXIX, 4) comme sycophante. Callimédon était de ceux qui, en 322, s'étaient ralliés à Antipatros (supra, XXVII, 9). Quant à Chariclès, gendre de Phocion, il avait été impliqué dans l'affaire d'Harpale (supra, XXI, 5; XXII, 1-4).*
123. *Ces deux personnages ne sont pas connus par ailleurs. Leur présence témoigne que, dans toutes les cités, il y avait des gens acquis à la présence macédonienne.*

autour du conseil et les étrangers qui n'avaient rien à faire et désiraient les entendre firent signe aux ambassadeurs d'exposer leurs accusations. 10. La partie ne fut pas égale : Phocion essaya de parler, mais Polyperchon l'interrompit à plusieurs reprises, si bien que pour finir Phocion, frappant le sol de son bâton, s'arrêta et garda le silence. 11. Comme Hégémon prenait Polyperchon à témoin de son dévouement au peuple, Polyperchon répondit avec colère : « Cesse de me calomnier devant le roi ! » Sur ces mots, le roi bondit et voulut percer Hégémon de sa lance, 12. mais Polyperchon le retint aussitôt en lui passant les bras autour du corps et le conseil fut levé[124].

XXXIV. 1. Phocion et ses compagnons furent entourés d'une garde. À cette vue, ceux de ses amis qui ne se trouvaient pas à proximité se cachèrent le visage et s'enfuirent, sauvant ainsi leur vie. 2. Cleitos[125] conduisit les autres à Athènes, sous prétexte de les faire passer en jugement, mais en fait leur condamnation à mort était déjà prononcée. 3. Le spectacle qu'ils offrirent ajouta encore à leur malheur : ils furent transportés sur des chariots à travers le Céramique jusqu'au théâtre. Là, Cleitos les fit descendre et mettre sous bonne garde, jusqu'au moment où les magistrats eurent réuni l'assemblée du peuple, dont ne furent exclus ni les esclaves, ni les étrangers, ni les citoyens frappés d'atimie : la tribune et le théâtre furent ouverts à tous et à toutes[126]. 4. On donna lecture de la lettre du roi qui déclarait avoir reconnu les accusés coupables de trahison et confier leur jugement aux Athéniens, puisque ceux-ci étaient libres et autonomes. Puis Cleitos introduisit les prisonniers. 5. À la vue de Phocion, les meilleurs des citoyens se voilèrent le visage, baissèrent la tête et se mirent à pleurer, mais il ne se trouva qu'un seul homme pour se lever et oser dire que, puisque le roi avait remis au peuple un jugement d'une telle importance, on devait exclure de l'assemblée les esclaves et les étrangers. 6. La foule s'y opposa et hurla qu'il fallait punir les oligarques et les ennemis de la démocratie. Personne d'autre n'osa parler en faveur de Phocion, 7. et lui-même parvint difficilement et à grand-peine à se faire entendre. « La décision de nous faire mourir est-elle juste ou injuste ? leur demanda-t-il – Juste, répondirent-ils. – Comment pouvez vous le savoir, si vous ne m'écoutez pas ? » 8. Ils ne l'écoutèrent pas davantage. Alors, se rapprochant de la foule, il déclara : « Pour moi, je me reconnais coupable et je veux bien que mon action politique mérite la peine de mort, mais ces gens-là, citoyens d'Athènes, pourquoi voulez-vous les faire mourir ? Ils n'ont rien fait de mal. » 9. À quoi, beaucoup répondirent : « Parce qu'ils sont tes amis. » Alors Phocion renonça et

---

124. Ce récit de l'ambassade athénienne auprès de Polyperchon traduit bien le déclin d'Athènes. Car les « démocrates » ne comptaient que sur le stratège macédonien, et accessoirement sur le roi Philippe Arrhidée, pour rétablir à Athènes la démocratie.
125. Ce Cleitos avait reçu en 321 la satrapie de Lydie, mais il en avait été chassé par Antigone, et était rentré en Europe, où il avait rejoint Polyperchon.
126. Le lieu de réunion de l'assemblée était normalement la colline de la Pnyx, qui avait été aménagée à cet effet. Mais l'assemblée pouvait aussi, dans des conditions exceptionnelles, se réunir au théâtre de Dionysos. On notera de nouveau la présence d'étrangers, et même d'esclaves (comme supra, XXXIII, 2).

ne dit plus rien. Hagnonidès lut un décret, rédigé à l'avance, stipulant que le peuple se prononcerait à main levée sur le sort des accusés; s'ils étaient reconnus coupables, ils seraient mis à mort[127].

XXXV. 1. Quand on eut donné lecture du décret, certains voulurent faire ajouter au texte que Phocion serait torturé avant de mourir, et ils ordonnaient déjà d'apporter la roue et d'appeler les bourreaux. 2. Mais Hagnonidès, voyant que même Cleitos était indigné, jugeant cette décision barbare et impie, déclara: «Citoyens d'Athènes, lorsque nous aurons arrêté Callimédon, ce gibier de potence, nous le torturerons, mais pour Phocion, je ne propose, moi, rien de tel.» 3. Là-dessus, un des modérés s'écria: «Tu as bien raison, car si nous torturons Phocion, que te ferons-nous, à toi?» 4. Le décret fut ratifié. Au moment du vote à main levée, personne ne resta assis; tous se levèrent et la plupart d'entre eux s'étaient même couronnés pour décider la mort. 5. Furent condamnés avec Phocion, Nicoclès, Thoudippos, Hégémon et Pythoclès. Quant à Démétrios de Phalère, Callimédon, Chariclès et quelques autres, ils furent condamnés à mort par contumace.

XXXVI. 1. La séance de l'assemblée ayant été levée, on emmena les condamnés à la prison. Ils s'y rendirent en gémissant et en se lamentant, étroitement embrassés par leurs amis et par leurs parents. Seul, Phocion gardait le même visage que lorsqu'il était stratège et qu'ils le raccompagnaient au sortir de l'assemblée: en le voyant, on admirait son calme et sa grandeur d'âme. 2. Ses adversaires couraient à ses côtés en l'insultant; il y en eut même un qui s'avança et lui cracha à la figure. Alors, dit-on, Phocion, se tournant vers les magistrats, leur demanda: «N'y a-t-il personne pour mettre fin à ce comportement indécent?» 3. Lorsque Thoudippos parvint à la prison et qu'il vit qu'on broyait la ciguë[128], il se révolta et pleura sur son sort, déclarant qu'il ne méritait pas d'être mis à mort avec Phocion. Celui-ci lui dit: «Eh quoi! n'es-tu pas heureux de mourir avec Phocion?» 4. Un de ses amis lui demanda s'il avait un message à faire transmettre à son fils Phocos: «Oùi, répondit Phocion, de ne pas garder rancune aux Athéniens.» 5. Nicoclès, le plus fidèle de ses amis, le pria de le laisser boire le poison avant lui. Phocion lui dit: «Ce que tu me demandes là, Nicoclès, est bien dur et me fait de la peine, mais comme, de toute ma vie, je ne t'ai jamais refusé aucune faveur, je t'accorde encore celle-là.» 6. Quand tous eurent bu sauf lui, le poison vint à manquer et l'exécuteur refusa d'en broyer davantage si on ne lui donnait pas douze drachmes, ce qui était le prix de la dose. 7. Comme le temps passait et qu'on prenait du retard, Phocion appela un de ses amis:

---

127. *La procédure de jugement par l'assemblée ne se justifiait que parce qu'il s'agissait d'une accusation de trahison pour laquelle la seule peine était la mort. Il fallait cependant que l'assemblée se prononce d'abord sur la validité du recours à cette procédure exceptionnelle. D'où le décret d'Hagnonidès. Voir* infra, *XXXV, 4, où l'approbation du décret précède le vote proprement dit sur la peine de mort. La couronne soulignait le caractère sacré de la procédure de vote.*

128. *L'empoisonnement par la ciguë était la façon la plus courante d'exécuter les condamnés à Athènes. C'est ainsi que mourut Socrate. Sur la mort de Phocion, voir Dictionnaire,* «*Mort*».

« Donne-lui cette petite somme, dit-il, puisqu'on ne peut même pas mourir gratuitement à Athènes. »

XXXVII. 1. C'était le dix-neuf du mois de Mounychion[129], et les cavaliers, qui faisaient leur procession en l'honneur de Zeus, passaient par là : les uns ôtèrent leur couronne, les autres, en pleurs, regardèrent la porte de la prison. 2. Ceux des Athéniens qui n'étaient pas totalement féroces, et dont l'âme n'avait pas été pervertie par la colère et la jalousie, jugèrent qu'il était d'une grande impiété de n'avoir même pas pu attendre le lendemain et de ne pas avoir épargné à la cité en fête la souillure de ce meurtre public. 3. Cependant, les adversaires de Phocion, comme s'il manquait encore quelque chose à leur triomphe, décidèrent de jeter son cadavre hors des frontières[130] et d'interdire à tout Athénien d'allumer du feu pour ses funérailles. 4. Aussi, aucun de ses amis n'osa-t-il toucher au corps. Un certain Conopion, habitué à faire ce genre de besogne moyennant salaire, transporta le cadavre au-delà d'Éleusis et le brûla avec du feu pris sur le territoire de Mégare[131]. 5. La femme de Phocion était là, avec de petites servantes ; elle éleva un cénotaphe à cet endroit et y versa les libations puis, recueillant les ossements dans les plis de son vêtement, elle les rapporta de nuit dans sa maison et les enterra près du foyer, en disant : « Cher foyer, je te confie ces restes d'un homme de bien. Tu les rendras aux tombeaux de ses pères, quand les Athéniens auront retrouvé la raison. »

XXXVIII. 1. Et de fait, il ne se passa pas beaucoup de temps avant que les événements fissent comprendre aux Athéniens quel chef, quel gardien de la sagesse et de la justice le peuple avait mis à mort. Ils élevèrent à Phocion une statue de bronze et ensevelirent ses ossements aux frais de l'État[132]. 2. Quant à ses adversaires, l'un d'eux, Hagnonidès, fut condamné à mort et exécuté ; Épicouros et Démophilos s'étaient enfuis de la cité, mais le fils de Phocion les retrouva et se vengea d'eux.
3. Par ailleurs, ce Phocos n'était pas, dit-on, un homme respectable ; il était amoureux d'une jeune esclave qui vivait dans un bordel, lorsqu'il entendit par hasard Théodoros l'Athée tenir au Lycée le raisonnement suivant : « S'il n'est pas honteux de délivrer un ami, il en va de même pour une amie ; s'il n'y a pas de honte de le faire pour un compagnon, il n'y en a pas non plus pour une compagne[133]. »

---

129. *Mounychion correspond au début du printemps.*
130. *C'était là le sort réservé à la dépouille des traîtres, celui qu'inflige Créon au corps de Polynice dans l'*Antigone *de Sophocle.*
131. *Le territoire de Mégare jouxtait celui d'Athènes.*
132. *En réalité, c'est lorsque Athènes tomba aux mains de Cassandre, en 317, que Phocion fut réhabilité. Athènes allait être pendant dix ans gouvernée par Démétrios de Phalère, l'un des coaccusés de Phocion qui avait pu s'enfuir (voir* supra, *XXXV, 5).*
133. *On a déjà vu, à plusieurs reprises, Plutarque exprimer ce jugement sévère sur le fils de Phocion. Théodoros de Cyrène, plus que par une profession d'athéisme, semble surtout avoir choqué en affirmant l'égalité des hommes et des femmes.*

4. Appliquant ce raisonnement à sa passion, Phocos en conclut qu'il avait le droit de racheter sa compagne.
5. Quant au sort de Phocion, il rappela aux Grecs celui qu'avait subi Socrate : ils jugeaient que la cité avait été aussi coupable et malheureuse dans un cas que dans l'autre[134].

---

134. *La comparaison entre la mort de Phocion et celle de Socrate était attendue depuis le début du récit. Il y a pourtant bien peu de rapport entre le philosophe et le stratège et homme politique que fut d'abord Phocion, même s'il avait dans sa jeunesse fréquenté l'Académie. Quant aux conséquences de ces deux condamnations, elles furent également bien différentes. La condamnation à mort de Socrate écarta Platon de la vie politique et l'amena à se consacrer à la philosophie. La condamnation à mort de Phocion fut un incident parmi d'autres dans cette époque troublée qui voit Athènes devenir le jouet des rivalités entre les successeurs d'Alexandre. Sur l'image de Phocion que retiendra la postérité, voir Dictionnaire, «Phocion».*

CATON LE JEUNE

I. 1. Pour en venir à Caton, ce fut avec son arrière-grand-père Caton que sa famille devint illustre et glorieuse : ce personnage acquit par sa vertu une gloire et une influence considérables à Rome, comme je l'ai écrit dans l'ouvrage qui lui est consacré[1]. Le Caton dont nous parlons resta orphelin de père et de mère, avec un frère, Caepio, et une sœur, Porcia. Il avait aussi une sœur utérine, Servilia[2]. 2. Ils furent tous nourris et hébergés par Livius Drusus, leur oncle maternel, qui participait alors activement à la vie politique : c'était un homme très éloquent qui dans l'ensemble de sa conduite montrait une grande sagesse et, pour la grandeur d'âme, ne le cédait à aucun Romain. 3. Dès l'enfance, dit-on, Caton révéla dans sa voix, sur son visage et jusque dans ses jeux un caractère inébranlable, inaccessible aux passions et ferme à tous égards. 4. Il mettait dans ses entreprises une force et une efficacité bien au-dessus de son âge ; rude et revêche avec les flatteurs, il résistait encore davantage à ceux qui tentaient de l'intimider. 5. Il était très difficile de l'amener à rire, et son visage ne se détendait que rarement en un sourire ; il n'était ni prompt ni porté à la colère, mais, une fois irrité, il était inflexible[3]. 6. Lorsqu'il aborda les études, il comprenait laborieusement et lentement, mais, dès qu'il avait compris, il retenait et se souvenait. 7. C'est d'ailleurs une loi de la nature ; les gens bien doués apprennent plus facilement, mais ceux qui n'acquièrent les connaissances qu'à force de travail et d'application retiennent mieux : chaque nouvelle acquisition est comme gravée au fer rouge dans leur âme[4]. 8. Il semble aussi que le

---

1. *Voir* Caton l'Ancien, *XXVII, 7, où est fait dans les mêmes termes l'éloge, non du bisaïeul, le censeur de 184, mais du héros de la présente biographie, né en 95. Sur le souvenir, soigneusement entretenu, du grand ancêtre, voir en particulier V ; VIII, 2 ; IX, 9 et note.*
2. *Marcus Porcius Cato le père, qui fut peut-être préteur en 92 et a dû être actif en Asie (voir* infra, *XII, 2-3), est mort avant 91 ; la mère de notre Caton, Livia, était fille de Marcus Livius Drusus, tribun de la plèbe en 122, censeur en 112, et sœur de Marcus Livius Drusus, tribun de la plèbe de 91 ; elle mourut vers la même époque que son mari. Le grand-père de Caton le Jeune a donc été l'adversaire acharné de Caius Gracchus, et son oncle est celui qui, ayant proposé d'étendre la citoyenneté romaine aux alliés italiens, fut assassiné sur l'ordre de ses adversaires politiques, à la fin de 91 ; ce fut l'origine de la guerre sociale. Son demi-frère Caepio était le fils d'un premier mariage de Livia. Sa sœur Porcia épousa Lucius Domitius Ahenobarbus, futur consul de 54 (voir* infra, *XLI, 3-8) ; Cicéron composa un* Éloge de Porcia *après sa mort, en 45. Servilia sera la maîtresse de César, et plus tard la mère de Brutus, l'assassin du dictateur (voir* infra, *XXIV, 3-5).*
3. *Traits caractéristiques d'un futur stoïcien.*
4. *Plutarque joint à un développement habituel sur la «bonne nature» et la «bonne éducation» (païdeia) de son héros, conditions de son «excellence» (arétè), des considérations plus générales, au second degré, qui concordent ici avec celles d'Aristote,* De la mémoire, *I (Petits Traités d'histoire naturelle, 449b).*

caractère méfiant de Caton lui rendait l'étude plus difficile. En effet, apprendre c'est vraiment recevoir une influence ; or ce sont ceux qui ont le moins de résistance qui se laissent rapidement persuader. 9. Voilà pourquoi on persuade plus aisément les jeunes gens que les vieillards et les malades que les gens en bonne santé ; de manière générale, plus l'esprit critique est faible, plus on emporte facilement l'adhésion. 10. Caton obéissait pourtant à son pédagogue, dit-on, et faisait tout ce qu'il lui ordonnait, mais il demandait la raison de chaque chose et cherchait à en connaître le pourquoi. Ce pédagogue était d'ailleurs aimable, et préférait le raisonnement aux coups de poing ; il se nommait Sarpédon[5].

II. 1. Lorsque Caton était encore enfant[6], les alliés de Rome cherchèrent à obtenir le droit de cité romain. 2. Un certain Pompédius Silo[7], homme habile à la guerre et très estimé, qui était l'ami de Drusus, séjourna chez celui-ci plusieurs jours. Quand il eut lié connaissance avec les enfants, il leur dit : « Allons, intercédez pour nous auprès de votre oncle, pour qu'il nous aide à obtenir le droit de cité. » 3. Caepio sourit et fit un signe affirmatif, mais Caton, sans rien répondre, jeta aux hôtes un regard dur et sévère. Pompédius reprit : « Et toi, mon garçon, que dis-tu ? N'es-tu pas capable d'assister tes hôtes auprès de ton oncle, comme ton frère ? » 4. Caton ne dit pas un mot, mais on voyait bien, à son silence et à son visage, qu'il repoussait cette demande. Alors Pompédius le souleva au-dessus de la fenêtre, comme s'il allait le lâcher, et lui ordonna d'accepter, sinon il le jetterait en bas ; il avait pris une grosse voix et, tenant l'enfant à bout de bras, il le pencha à plusieurs reprises au-dessus de la fenêtre. 5. Caton soutint l'épreuve longtemps, sans se laisser ébranler et sans montrer de crainte. Alors Pompédius, le reposant à terre, dit à ses amis : « Quelle chance pour l'Italie qu'il soit encore enfant ; s'il était adulte, je crois que nous n'obtiendrions pas un seul suffrage aux comices. »
6. Une autre fois, un membre de sa famille qui célébrait un anniversaire invita à dîner plusieurs enfants, dont Caton. Comme ils n'avaient rien à faire, ils se mirent à jouer entre eux dans une partie de la maison, petits et grands mêlés. Le jeu consistait à représenter des procès, des accusations et des arrestations de condamnés[8].
7. Un de ces condamnés, un enfant d'une grande beauté, fut entraîné et enfermé

---

5. *Le pédagogue (mot à mot « celui qui conduit l'enfant ») est l'esclave de confiance qui l'accompagne chez le maître et lui sert de répétiteur ; sa « pédagogie » était le plus souvent musclée (voir Dictionnaire, « Éducation »). On aimerait en savoir plus sur l'original Sarpédon (voir infra, III, 4-7).*
6. *En 91 ; voir Valère Maxime,* Faits et dits mémorables, *III, 1, 2.*
7. *Quintus Pompaedius Silo, un Marse d'Italie centrale, fut le principal général des révoltés italiens en 91-89 ; il fut finalement vaincu et tué à Asculum, dans le Picenum. Il est présenté ici comme « l'hôte » et le client de Livius Drusus. Plutarque le mentionne dans* Sur la Fortune des Romains, *321 F. Sur l'ensemble de la guerre sociale (guerre des alliés, socii, dite aussi guerre des Marses), voir Appien,* Guerres civiles, *I, 39-53.*
8. *Ce jeu est aussi révélateur des préoccupations d'enfants de l'aristocratie romaine, qui entreront notamment dans la carrière politique en prononçant devant les tribunaux des plaidoyers et des accusations concernant des hommes politiques en place.*

dans une chambre par un autre plus âgé. Il appela Caton à son aide. 8. Celui-ci comprit aussitôt ce qui se passait : il vint à la porte, repoussa ceux qui se tenaient devant et voulaient l'empêcher d'entrer, fit sortir l'enfant puis, plein de colère, rentra avec lui à la maison, escorté par d'autres garçons[9].

III. 1. Il était déjà populaire lorsque Sylla organisa la course sacrée d'enfants à cheval qu'on appelle jeu Troyen[10]. Sylla rassembla les enfants de bonne famille et leur donna deux chefs : les enfants acceptèrent l'un des deux, à cause de sa mère (c'était le fils de Métella, la femme de Sylla)[11], 2. mais ne voulurent pas de l'autre, Sextus, neveu de Pompée[12] : ils refusèrent de s'exercer avec lui et de le suivre. Sylla leur ayant demandé qui ils voulaient, ils s'écrièrent tous : « Caton ! » Sextus s'effaça de lui-même et céda cet honneur à Caton, le considérant comme supérieur à lui.
3. Il se trouva que Sylla avait été l'ami du père de Caepio et de Caton[13] ; de temps en temps il les faisait venir et s'entretenait avec eux, faveur qu'il n'accordait qu'à de très rares personnes, en raison de la dureté et de la morgue que lui inspiraient sa fonction et sa puissance. 4. Sarpédon attachait une grande importance à ces rencontres, y voyant à la fois un honneur et une garantie de sécurité ; il conduisait très souvent Caton saluer Sylla dans sa maison[14]. Or celle-ci, pleine de gens qu'on arrêtait et qu'on torturait, ne se distinguait alors en rien du séjour des Impies[15]. 5. Caton avait treize ans. Voyant qu'on emportait des têtes, dont on lui disait que c'étaient celles d'hommes

---

9. *Ce genre d'incident ne devait pas être rare. Les Romains traditionnels, comme l'étaient les membres de la gens Porcia, ne pouvaient qu'être indignés des relations d'« éraste » à « érômène » si fréquentes dans l'éducation empruntée aux Grecs (voir Marrou, 1965). Dans cette anecdote, le point étonnant pour un lecteur ancien est que l'initiative soit prise par l'adolescent lui-même.*
10. *Le ludus Trojae eut lieu pour la première fois en 81. Cette joute hippique opposant deux équipes de jeunes gens est décrite par Virgile,* Énéide, *V, 545 et suiv. À cette époque, Sylla était dictateur « constituant » depuis un an (voir* Sylla, *XXXIII, 1).*
11. *Métella, fille d'un consul de 119 (voir* Sylla, *VI, 14), fut la quatrième femme de Sylla. Le partenaire de Caton est sans doute le fils de cette femme et de Marcus Aemilius Scaurus, consul en 115, censeur en 109. Ce garçon sera édile en 58, préteur en 56, gouverneur de Sardaigne en 55. Il figurera parmi ceux à qui Caton intentera un procès (infra, XLIV, 2).*
12. *Sextus est sans doute le fils de Sextus Pompée « le philosophe », donc le neveu, non du Grand Pompée, mais du père de ce dernier, Cnaeus Pompeius Strabo. Celui-ci fut préteur en 92 et consul en 89, en même temps que l'oncle de Caton, Lucius Porcius Cato. Il prit une part décisive, à la tête de légions romaines, dans la guerre sociale.*
13. *En 89, Sylla a servi comme légat du consul Lucius Porcius Cato.*
14. *Le pédagogue joue normalement un certain rôle dans ce que nous nommerions la « socialisation » de l'enfant. Rôle notablement accru, dans le cas de Sarpédon, par la perte des parents de Caton et par l'extrême gravité de la situation, au temps des pires proscriptions.*
15. *Sur la terreur syllanienne, voir* Sylla, *XXVIII-XXXIV. Le même épisode est rapporté par Valère Maxime, III, 1, 2. Il faut peut-être rapprocher Appien, I, 104, 485 : « Un jour que Sylla rentrait chez lui, un jeune homme l'accabla de reproches et, comme personne ne le chassait, il eut le courage de l'insulter jusqu'à sa porte... » Caton poursuivra les exécutants (infra, XVII, 5-7).*

en vue, et que les assistants se lamentaient en secret, il demanda à son pédagogue pourquoi personne ne tuait Sylla. 6. Sarpédon répondit: « On le craint, mon enfant, plus encore qu'on ne le hait[16]. – Pourquoi donc, s'écria Caton, ne m'as-tu pas donné une épée ? Je l'aurais tué et j'aurais délivré ma patrie de cet esclavage. » 7. En entendant ces mots et en voyant les yeux et le visage de Caton pleins de colère et de fureur, Sarpédon eut si peur que par la suite il surveilla Caton avec attention et le tint sous bonne garde, pour l'empêcher de se porter à quelque acte téméraire.

8. Lorsque Caton était encore un petit enfant, on lui demanda quelle était la personne qu'il préférait. Il répondit: « Mon frère. – Et après lui ? – Mon frère » répéta-t-il. On lui demanda qui venait en troisième, il fit encore la même réponse, et ainsi de suite, à de nombreuses reprises, jusqu'à ce qu'on fût las de lui poser la question. 9. Quand il parvint à l'adolescence, cette affection fraternelle ne fit que se renforcer[17]. À vingt ans, il n'avait jamais dîné, ni voyagé, ni traversé le forum sans Caepio. Mais alors que celui-ci se parfumait, Caton n'en voulait rien faire et se montrait rigide et austère dans toute sa manière de vivre[18]. 10. On admirait Caepio pour sa retenue et sa modération, mais il déclarait qu'il ne possédait ces qualités que si on le comparait à d'autres que Caton: « Lorsque je mets en parallèle ma vie et la sienne, j'ai l'impression de ne pas être différent de Sittius » (c'était le nom d'un individu bien connu pour son luxe et sa mollesse)[19].

IV. 1. Mais lorsque Caton devint prêtre d'Apollon[20], il changea de domicile et prit sa part des biens paternels, qui se montait à cent vingt talents. Dès lors, il restreignit encore son train de vie[21]. 2. Il se lia étroitement avec Antipatros de Tyr, un philosophe du Portique, et s'attacha surtout aux doctrines morales et politiques[22]. Comme

---

16. *À cette formule fera écho la fameuse locution latine de Cicéron,* oderint, dum metuant *! («qu'ils me haïssent, pourvu qu'ils me craignent!»).*

17. *Plutarque médite sur ce type d'affection dans son traité* Sur l'amour fraternel, *notamment 16, 487c, où est mise en scène la dépendance future de Caepio envers son demi-frère.*

18. *Voir* infra, *VI, 5.*

19. *Ce personnage est un mercenaire campanien de Nocera, Publius Sittius, dont le fils homonyme s'installera en Afrique et, en 64, envahira avec Juba le royaume de Bocchus de Maurétanie.*

20. *Vers 75, Caton entra dans le collège des «quindécemvirs chargés des cérémonies sacrées». Ce collège de prêtres, dont Sylla a porté le nombre de 10 à 15, a pour fonction d'interpréter à la demande du Sénat et des pontifes, en cas de crise, le recueil archaïque des Livres Sibyllins (voir Tite-Live,* Histoire romaine, *X, 8, 2). L'appellation «prêtre d'Apollon» est ici anachronique: ce titre ne remonte qu'à 12 avant J.-C., date du transfert par Auguste des Livres dans le temple de son protecteur Apollon (voir Suétone,* Auguste, *31, 1; Tibulle, II, 5). Rappelons que Plutarque est prêtre d'Apollon à Delphes.*

21. *120 talents font 720 000 deniers, soit près de 3 millions de sesterces. La somme est nettement supérieure à la fortune exigée au moment du cens pour être sénateur (1 million de sesterces), mais reste modeste pour une famille comme celle de Caton (Valère Maxime, II, 10, 8 parle d'un* exiguum patrimonium*...).*

22. *Les maîtres stoïciens de Caton sont eux-mêmes les disciples de Panaïtios de Rhodes. Antipatros de Tyr nous est connu par les* Vies des philosophes *de Diogène Laërce: il aurait écrit un* De l'univers *(VII, 139), un* De l'essence *(VII, 150), un* De l'âme *(VII, 157).*

possédé par une inspiration divine, il aspirait à la vertu sous toutes ses formes ; le bien qu'il chérissait le plus, c'était la justice intransigeante, qui ne se laisse fléchir ni par la clémence ni par la complaisance. 3. Il s'exerçait également à l'éloquence, y voyant un instrument pour agir sur les foules[23] ; il considérait que dans la philosophie politique, comme dans une grande cité, il faut entretenir des armes de combat. 4. Cependant, il ne faisait pas ses exercices avec d'autres et nul ne l'avait encore entendu parler. Un de ses amis lui dit : « Les gens te reprochent ton silence, Caton. » Il répondit : « Tant mieux si ce n'est que cela et s'ils n'ont rien contre ma manière de vivre. Je commencerai à parler lorsque j'aurai à dire des choses qui ne doivent pas être tues. »

V. 1. La basilique dite Porcia avait été consacrée par Caton l'Ancien pendant sa censure[24]. Les tribuns de la plèbe avaient l'habitude d'y donner audience et, comme une colonne leur semblait gênante pour leurs sièges, ils décidèrent de la supprimer ou de la déplacer. 2. Ce fut ce qui amena Caton pour la première fois, malgré lui, sur le forum. Il s'opposa aux tribuns de la plèbe et fit la preuve à la fois de son éloquence et de son élévation morale, ce qui suscita l'admiration[25]. 3. Son éloquence n'avait rien de juvénile ni de recherché ; elle était directe, passionnée et âpre. Cependant, la rudesse de ses idées était recouverte par une grâce qui forçait l'attention, et le caractère de l'orateur qui alliait à la gravité une sorte de charme et de sourire ne manquait pas d'humanité. 4. Sa voix était assez forte pour être entendue d'une foule aussi considérable ; elle avait une puissance et une intensité qui ne se brisaient ni ne fléchissaient jamais ; souvent, il parla un jour entier sans montrer de fatigue. 5. Dans ce premier procès, il eut gain de cause, puis il retourna à son silence et à ses exercices[26]. 6. Il endurcissait également son corps par un entraînement physique énergique, s'habituant à supporter tête nue le froid et la neige et à marcher

---

23. *Sur l'éducation rhétorique de Caton, voir* Cicéron, Brutus, *118-119. Le thème de la* paideia *comme arme et comme outil d'entraînement des foules est cher à Plutarque. L'originalité de Caton est d'en retarder l'usage jusqu'au moment jugé par lui opportun. Plutarque, comme Cicéron, apprécie spécialement cette maîtrise de soi : voir* De l'éducation des enfants, *9, 6 A-7 B ; 14, 10 ;* Des progrès dans la vertu, *9-10, 80 B ;* Du bavardage, *I, 502 B.*

24. *Voir* Caton l'Ancien, *XIX, 3. La construction, décidée en 184, eut lieu en 182 ; le bâtiment allait être incendié en 52, pendant les funérailles de Clodius. Constructions basses sur colonnes, de forme rectangulaire, les basiliques sont des sortes d'annexes couvertes des forums, à usage de marché, de tribunal ou, comme ici, de salle d'audience de certains magistrats et hommes publics.*

25. *Ce procès donne l'occasion à Caton tout à la fois de découvrir en public ses talents, et de se situer dans la lignée de son ancêtre : une lignée doublement conservatrice, puisqu'il refuse qu'on touche à son œuvre.*

26. *Caton a obtenu du préteur urbain, juge en ces matières, une sentence interdisant toute intervention qui modifierait le bâtiment. Le mot* ascèsis, *traduit par « exercice », et qui désigne un entraînement incessant, est typique du vocabulaire et de la pratique des stoïciens, mais séduit bien au-delà de ce cercle doctrinal ; Plutarque fait de cette « ascèse » un chemin vers l'arétè (voir* Des progrès dans la vertu, *8, 79).*

sur les chemins en toute saison sans jamais emprunter de véhicule[27]. 7. Ceux de ses amis qui voyageaient avec lui allaient à cheval, et souvent Caton s'approchait tour à tour de chacun d'eux pour leur parler, à pied, tandis qu'ils avançaient sur leur monture[28]. 8. Quand il était malade, il montrait également une endurance admirable et beaucoup de maîtrise de soi. Lorsqu'il avait de la fièvre, il restait seul toute la journée, sans laisser entrer personne, jusqu'au moment où il se sentait nettement mieux et guéri de son mal.

VI. 1. Dans les dîners, les parts étaient tirées au sort. Si la chance n'avait pas favorisé Caton, ses amis le priaient quand même de se servir le premier, mais il leur disait qu'il n'était pas bon d'aller contre le gré de Vénus[29]. 2. Au commencement, il se contentait de ne boire qu'une fois, puis il quittait le repas, mais avec le temps, il y prit goût, au point qu'il lui arriva souvent de rester à prendre du vin jusqu'à l'aube[30]. 3. Pour expliquer cette attitude, ses amis invoquaient la politique et les affaires de l'État, qui l'absorbaient toute la journée et l'empêchaient de participer à de savantes discussions : ce n'était que la nuit, en buvant avec eux, qu'il pouvait rencontrer les philosophes[31]. 4. Voilà pourquoi, comme un certain Memmius[32] avait dit dans une réunion que Caton passait ses nuits entières à s'enivrer, Cicéron répliqua : « Et tu ne dis pas qu'il passe également ses journées entières à jouer aux dés ? » 5. D'une manière générale, Caton pensait qu'il devait prendre le contre-pied des mœurs et des coutumes de son temps qui, selon lui, étaient mauvaises et devaient être considérablement modifiées. Lorsqu'il vit que la pourpre d'un rouge soutenu et vif était à la mode, il se mit à porter lui-même de la pourpre sombre[33]. 6. Souvent, quand il sortait après le déjeuner pour s'occuper des affaires publiques, il était pieds nus et sans tunique[34]. S'il se comportait aussi bizarrement, ce n'était pas pour attirer l'attention de la foule : il voulait s'habituer à n'avoir honte que de ce qui est vraiment honteux et à ne tenir aucun compte de ce que la foule méprise. 7. Il hérita de son cousin Caton cent talents : il les convertit en argent qu'il prêtait

---

27. *On pense à la résistance au froid rudement cultivée par Socrate (voir Platon,* Le Banquet, *220a-b).*
28. *On retrouve cette précision infra, en IX, 4.*
29. *Au jeu de dés, le meilleur score obtenu d'un jet s'appelait «Vénus»; le pire, «chien» (canis); voir Isidore de Séville,* Origine des mots, *19, 66 et suiv.*
30. *Plutarque n'est certes pas un partisan des beuveries. Il trouve des excuses à Caton comme à Alexandre (voir* Alexandre, *XXIII, 1). On a expliqué cette indulgence par le fait que l'empereur régnant, Trajan, était grand buveur. Mais le contexte philosophique évoque surtout la tradition du banquet platonicien.*
31. *La source des attaques rapportées par Plutarque est peut-être l'*Anti-Caton *publié par César ; ce dernier a en effet critiqué le penchant de Caton pour la boisson (voir Pline le Jeune,* Lettres, *III, 12, 2 ; Sénèque,* De la tranquillité de l'âme, *17, 9).*
32. *Peut-être s'agit-il en fait de Caius Memmius, cité infra en XXIX, 7. L'épisode pourrait avoir été tiré du traité* Des jeux *de Cicéron, édité par son affranchi Tiron.*
33. *Le rouge pourpre était le symbole d'un luxe coûteux importé d'Orient (voir* Alexandre, *XXXVI, 2).*
34. *La même précision est donnée infra, en XLIV, 1.*

sans intérêt à ceux de ses amis qui en avaient besoin. Certains reçurent même de lui des terres et des esclaves, qu'ils mirent en gage, sous sa caution, auprès du trésor public[35].

VII. 1. Lorsque Caton se jugea en âge de se marier, il n'avait encore eu de rapports avec aucune femme. Il se fiança à Lépida[36], qui avait été auparavant promise à Métellus Scipion[37], lequel avait repris sa parole et rompu les fiançailles, la laissant libre. Mais, avant le mariage, Scipion changea une nouvelle fois d'avis et fit tant qu'il obtint la jeune fille. 2. Caton, violemment irrité et brûlant de colère, projeta d'abord de le poursuivre en justice. Ses amis l'en ayant dissuadé, la colère et la jeunesse lui inspirèrent des iambes où il couvrait d'insultes Scipion avec l'âpreté d'Archiloque, mais sans imiter l'indécence et la puérilité de ce poète[38]. 3. Il épousa Atilia, fille de Serranus[39] : elle fut sa première épouse, mais non la seule, à la différence de Laelius[40], l'ami de Scipion, qui fut plus heureux car, au cours de sa longue vie, il ne connut qu'une femme, celle qu'il avait épousée en premières noces.

VIII. 1. Quand éclata la guerre des esclaves, qu'on appelle guerre de Spartacus[41], Gellius dirigea les opérations et Caton participa à la campagne comme volontaire à cause de son frère (Caepio était en effet tribun militaire)[42]. 2. Il ne put montrer autant qu'il l'aurait voulu son ardeur et la vertu à laquelle il s'était exercé, car la guerre ne fut pas bien conduite, mais, alors que ceux qui participaient à cette expé-

---

35. Ces 100 talents sont à comparer aux 120 mentionnés supra (IV, 1); bientôt (XI, 6), Caton fera un troisième héritage; ces sommes ne sont pas négligeables, mais aucune n'approche, si peu que ce soit, des grandes fortunes de ce temps. Les usurae, *intérêts ordinaires des prêts, calculés mensuellement, étaient de l'ordre de 5 %: dans une lettre à Atticus du 15 juillet 54, Cicéron se plaint qu'ils soient passés de 4 à 8 %. Sous l'Empire, le taux maximum toléré sera de 12 %.*
36. En 73. Lépida est peut-être la fille de Mamurius Aemilius Lepidus, consul en 77, lui-même neveu de Marcus Livius Drusus, que nous connaissons comme l'oncle de Caton (voir supra, I, 1 et note).
37. Publius Cornelius Scipio Nasica, adopté par Quintus Caecilius Metellus Pius, prit le nom de Quintus Caecilius Metellus Pius Scipio.
38. On retrouvera Métellus Scipion dans la campagne africaine, et dans des écrits polémiques contre Caton (infra, LVII). En 51, devenu beau-père de Pompée, il partage avec lui le consulat. Archiloque de Paros et de Thasos (milieu du VIIe siècle) est un grand poète «iambique» réputé pour son réalisme et sa brutalité: Pindare l'appelait «l'insulteur». Il larda de sarcasmes cruels Néoboulè et son père Lycambès, lequel lui avait finalement refusé sa fille, après la lui avoir promise (Papyrus Oxyrhynchus, 2312, fr. 4a); tous deux, dirent la légende, se pendirent.
39. Cette Atilia n'est pas autrement connue: est-elle la fille d'Atilius Serranus, consul en 106?
40. Célèbre ami de Scipion Émilien, souvent mis en scène par Cicéron. Aux yeux de Plutarque, l'unité de la famille et l'unicité du mariage sont des valeurs essentielles et indissociables.
41. Cette guerre se déroula de 73 à 71. Après plusieurs victoires, Spartacus, chef des esclaves, fut vaincu et tué; voir Crassus, *VIII-XI;* Pompée, *XXI.*
42. Lucius Gellius Publicola, consul en 72, et son collègue Cnaeus Cornelius Lentulus Clodianus furent défaits par Spartacus. Caepio, tribun militaire, faisait partie de leur état-major.

dition vivaient dans la mollesse et le luxe, il montra une discipline, une bravoure, une hardiesse de tous les instants et une intelligence qui n'avaient rien à envier, semblait-il, à celles de Caton l'Ancien. 3. Gellius lui décerna le prix de la vaillance et des honneurs éclatants, mais il ne voulut pas les accepter, déclarant qu'il n'avait rien fait pour les mériter. 4. Cette attitude le fit passer pour un original. Une loi avait été portée, interdisant à ceux qui briguaient une magistrature de se faire accompagner par des nomenclateurs[45]. Caton, qui briguait alors le tribunat militaire, fut le seul à la respecter. 5. Il se fit un devoir de saluer, en les appelant par leur nom, tous ceux qu'il rencontrait. En agissant ainsi, il déplut même à ceux qui faisaient son éloge: plus ils jugeaient sa conduite belle, plus ils s'irritaient de ne pouvoir l'imiter[44].

IX. 1. Nommé tribun militaire, il fut envoyé en Macédoine auprès du préteur Rubrius. À cette occasion, dit-on, comme sa femme s'affligeait et pleurait, Munatius[45], un des amis de Caton, lui déclara: «Courage, Atilia. Je te le garderai. 2. – Bien dit!» s'écria Caton. Quand ils eurent fait un jour de marche, Caton déclara, aussitôt après le souper: «Eh bien, Munatius, tu dois tenir ta promesse à Atilia, et ne plus me quitter ni le jour ni la nuit.» 3. Puis il fit installer deux lits dans la même chambre et, pour plaisanter, pria Munatius de venir dormir chaque soir sous sa garde à lui, Caton. 4. Il était suivi de quinze esclaves, de deux affranchis et de quatre amis. Ces derniers étaient à cheval tandis que Caton allait toujours à pied et s'approchait de chacun d'eux à tour de rôle pour leur parler. 5. Lorsqu'il fut arrivé au camp où se trouvaient plusieurs légions, le préteur lui confia le commandement de l'une d'elles[46]. Caton jugeait que faire étalage de sa seule valeur personnelle était bien peu de chose et il ne voyait rien là de royal; ce qu'il souhaitait par-dessus tout, c'était rendre ses subordonnés semblables à lui. Il ne supprima pas la peur de l'autorité mais il y ajouta la raison: 6. en toute occasion, il faisait appel à elle pour les persuader et les instruire. Récompenses et châtiments ne venaient qu'après et il était difficile de dire s'il rendait ses hommes plus pacifiques ou plus combatifs, plus ardents ou plus justes, 7. tant on les voyait redoutables pour les ennemis, doux avec les alliés, peu portés à mal faire et avides de louanges! 8. Et ce dont Caton se souciait le moins fut ce qu'il obtint le plus: la renommée, la faveur, des honneurs exceptionnels et l'affection des soldats. 9. La tâche qu'il imposait aux autres, il l'exé-

---

43. Les nomenclateurs (en grec onomatologoï, «ceux qui disent les noms») sont des clients des candidats qui les accompagnent dans leurs campagnes et leur rappellent les noms des gens qu'ils rencontrent. La loi mentionnée est sans doute la loi Aurelia sur la brigue de 70. Caton fut élu en 67, avec 23 collègues, tribunus militum a populo (d'autres tribuns militaires étaient choisis chaque année par le général).

44. D'évidence, cette conduite répond à une mise en scène délibérée, là encore fidèle aux leçons du vieux censeur.

45. Le mémorialiste Munatius Rufus (voir Valère Maxime, IV, 3, 2), qui fut un proche de Caton pendant une vingtaine d'années, est très probablement, à travers Thraséa Paetus, une des sources importantes de cette Vie, où il est souvent cité. Les chapitres IX à XV lui doivent beaucoup (voir aussi infra, XXVI, 2-XXIX, 1; XXXVI-XXXVII).

46. Il était courant de voir les tribuns militaires prendre à tour de rôle le commandement d'une légion.

cutait lui-même de son plein gré. Qu'il s'agît de ses vêtements, de son mode de vie, de sa manière de voyager, c'était aux soldats qu'il ressemblait, plus qu'à leurs chefs[47]; pourtant, par son caractère, sa fierté et son discours, il surpassait tous les *imperators* et tous les généraux[48]. Il acquit ainsi insensiblement la sympathie des hommes. 10. En effet, on n'éprouve de véritable zèle pour la vertu que si l'on ressent une affection et un respect extrêmes pour ceux qui en donnent l'exemple. Ceux qui louent les gens de bien sans les aimer respectent leur gloire, mais n'admirent pas leur vertu et ne l'imitent pas[49].

X. 1. Caton apprit qu'Athénodoros, surnommé Cordylion [«le Bossu»], grand connaisseur de la doctrine stoïcienne, vivait à Pergame[50]; cet homme, déjà fort âgé, avait toujours refusé avec la dernière énergie de fréquenter les généraux et les rois, et de devenir leur ami. 2. Caton jugea qu'il n'obtiendrait aucun résultat s'il lui envoyait des messagers ou des lettres; comme la loi lui accordait un congé de deux mois, il embarqua pour l'Asie afin de le rencontrer, comptant sur ses qualités personnelles pour ne pas échouer dans cette véritable chasse[51]. 3. Il rencontra Athénodoros, discuta avec lui, parvint à le faire changer d'avis et l'emmena dans son camp. Ce succès le remplit de joie et d'orgueil : il jugeait qu'il avait fait là une conquête plus belle et plus brillante que celles de Pompée et de Lucullus, qui soumettaient par les armes, partout à la ronde, peuples et royaumes[52].

XI. 1. Comme il était encore à l'armée, son frère, qui se rendait en Asie, tomba malade en Thrace, à Aenos. 2. Caton reçut aussitôt une lettre et, alors que la mer était agitée par une violente tempête et qu'il ne disposait pas d'un navire assez grand, il embarqua à Thessalonique sur un petit bateau de marchandise, avec seulement deux amis[53] et

---

47. Cette proximité affichée avec les hommes «du terrain» est encore un trait qui situe Caton dans la même ligne que son glorieux ancêtre.

48. Voir Cicéron (Brutus, 118), où Caton est le seul stoïcien qui échappe à l'accusation d'être un pur «architecte de la parole».

49. Ce chapitre, comme le précédent, se termine par un éloge de cet exercice difficile, condition pour accéder à l'arété : l'imitation ; voir Des progrès dans la vertu, *14, 84 B-D. La thématique de l'exemplum nourrit l'ensemble des* Faits et dits mémorables *du Romain Valère Maxime (Ier siècle après J.-C.), dont Plutarque était grand lecteur.*

50. Né à Tarse, en Cilicie, Athénodoros dit Cordylion était devenu directeur de la somptueuse bibliothèque de Pergame (Strabon, Géographie, *XIV, 5, 14, 674).*

51. Caton s'impose un véritable défi... et propose à ses contemporains cultivés une mise en scène de la «chasse au sage».

52. Voir les Vies *de Lucullus et de Pompée. À l'inverse du propos tenu plus tard par Horace («la Grèce vaincue a vaincu son farouche vainqueur»), Caton aurait pu dire: «J'ai convaincu, moi Romain, un farouche vaincu.» Cette «conquête spirituelle» d'un Grec par un Romain ne pouvait que fasciner Plutarque (voir Nouilhan-Pailler-Payen, 1999, «Introduction»). Selon Strabon, Athénodoros serait mort durant son séjour auprès de Caton.*

53. L'un de ces amis est Munatius Rufus, déjà nommé. Ce récit repose certainement sur son témoignage.

trois serviteurs. 3. Il faillit faire naufrage et ne dut son salut qu'à une fortune inespérée. Lorsqu'il arriva, Caepio venait de mourir. Caton réagit, semble-t-il, à ce malheur en homme dominé par ses passions plutôt qu'en philosophe[54], comme le montrèrent ses pleurs, les étreintes passionnées qu'il prodigua au mort, la profondeur de son chagrin, et surtout les dépenses et l'organisation des funérailles : il déposa sur le bûcher funèbre des parfums et des vêtements précieux et fit élever sur l'agora d'Aenos un tombeau de marbre poli de Thasos qui coûta huit talents[55]. 4. Certains le lui reprochèrent, opposant cette attitude à sa simplicité habituelle : ils ne voyaient pas toute la douceur et l'affection qui s'alliaient en lui à l'intransigeance et à la fermeté face aux plaisirs, aux craintes ou aux sollicitations honteuses. 5. Des cités et des princes lui envoyèrent beaucoup de présents pour honorer le mort ; il n'accepta d'argent de personne, mais prit les aromates et les ornements, qu'il remboursa à ceux qui les lui envoyaient. 6. Il était héritier de son frère conjointement à la fille en bas âge de celui-ci, mais, lorsqu'on fit le partage des biens, il ne réclama pas le moindre dédommagement pour les dépenses qu'il avait engagées à l'occasion des obsèques. 7. Et pourtant, malgré ce qu'il avait fait et ce qu'il faisait pour son frère, il s'est trouvé quelqu'un pour écrire qu'il déplaça les cendres du mort et les tamisa pour rechercher l'or qui avait été brûlé avec lui. 8. On voit à quel point cet auteur croyait pouvoir tout se permettre, non seulement avec l'épée, mais encore avec le stylet, sans avoir à rendre de comptes ni à craindre la censure[56].

XII. 1. À l'expiration de sa charge, le départ de Caton fut l'occasion, non seulement de vœux – ce qui est habituel – et d'éloges, mais de pleurs et d'embrassements interminables ; partout où il passait, les soldats étendaient leurs manteaux devant ses pieds et lui baisaient les mains – marques d'honneurs que les Romains de ce temps n'accordaient que difficilement à quelques rares *imperatores*. 2. Avant de poursuivre sa carrière politique, il voulut parcourir l'Asie pour étudier ce pays et observer les mœurs, les coutumes et les forces de chaque province[57], tout en honorant l'invitation du Galate Déjotarus qui l'avait prié de venir le voir, à cause de ses liens d'hospitalité et d'amitié

---

54. Comme le montre le terme grec employé (empathestéron, « dominé par ses passions », par opposition à l'idéal d'apatheia), le mot « philosophe » est à entendre au sens de « stoïcien ». L'accusation est peut-être à attribuer au césarien Hirtius plutôt qu'à César lui-même (voir § 8).

55. 8 talents représentent près de 200 000 sesterces, près du dixième de l'héritage signalé plus haut. La dépense est donc considérable, même si le marbre de Thasos est moins précieux que celui de Paros. Le monument élevé à Caepio est resté fameux : voir Vitruve, De l'architecture, X, 2, 15 ; Pline l'Ancien, Histoire naturelle, 36, 44 ; Stace, Silves, I, 5, 34.

56. Cet auteur est César, dans son Anti-Caton. Munatius, relayé par Plutarque, prend vigoureusement la défense de son ami et héros face à une attaque caricaturale, bien caractéristique d'une époque.

57. Asie est ici à comprendre comme l'ensemble d'une vaste région, et non comme la seule « province d'Asie » ; Caton va notamment séjourner en Syrie (XIII, 1). La formulation des objectifs du voyage est intéressante : elle fait de Caton un mélange de politique et d'« ethnologue » avant la lettre, un peu à la manière d'un Posidonios, Grec de Syrie, en Occident.

avec son père[58]. Voici comment il organisa ce voyage. 3. Dès le matin, il envoyait en avant son boulanger et son cuisinier à l'endroit où il avait l'intention de faire halte. Les deux hommes entraient dans la cité, tranquillement et discrètement : s'il ne s'y trouvait aucun ami du père de Caton et aucune connaissance de Caton, ils préparaient sa venue dans une auberge sans déranger personne. 4. Faute d'auberge, ils s'adressaient aux magistrats pour leur demander l'hospitalité et ils se contentaient de ce qu'on leur proposait. 5. Souvent, comme ils sollicitaient les magistrats sans faire de bruit et sans les menacer, on se méfiait d'eux et on les négligeait : Caton, à son arrivée, ne trouvait rien de prêt. On le méprisait, lui, encore plus que ses serviteurs, lorsqu'on le voyait assis, sans rien dire, sur ses bagages, et on le prenait pour un personnage médiocre et craintif. 6. Cependant, il convoquait les magistrats et leur disait : « Misérables, cessez d'être si peu hospitaliers. Tous ceux qui viendront vers vous ne seront pas forcément des Caton. Vous devez, par vos attentions, désarmer l'autorité de ceux qui cherchent un prétexte pour s'emparer de force de ce que vous ne leur offrez pas spontanément[59]. »

XIII. 1. En Syrie, il lui arriva même, dit-on, une aventure amusante. Comme il se rendait à pied à Antioche, il vit devant la ville, près des portes, une foule d'hommes rangés de part et d'autre de la route : d'un côté les éphèbes en chlamyde, de l'autre les enfants en bon ordre, ainsi que quelques personnages en vêtements immaculés et porteurs de couronnes qui étaient des prêtres des dieux ou des magistrats. 2. Caton pensa aussitôt que c'était là un honneur et une réception que la cité lui réservait et il reprocha à ceux de ses gens qu'il avait envoyés en avant de n'avoir pas empêché de telles manifestations. Il demanda cependant à ses amis de descendre de leurs montures et s'avança à pied avec eux. 3. Lorsqu'ils furent tout près, l'ordonnateur de toute la cérémonie, celui qui rangeait la foule, un homme déjà assez âgé, qui tenait une baguette à la main et portait une couronne, devança tout le monde et se porta à la rencontre de Caton : sans même lui tendre la main, il lui demanda où ils avaient laissé Démétrius et quand il arriverait. 4. Ce Démétrius avait été l'esclave de Pompée et, comme tout le monde, ou presque, avait les yeux fixés sur Pompée, on le courtisait à cause du crédit considérable dont il jouissait, sans y avoir aucun titre, auprès de son maître. 5. Les amis de Caton éclatèrent de rire et ne parvinrent pas à reprendre leur sérieux, tandis qu'ils traversaient la foule. Quant à Caton, il fut profondément troublé sur le moment et s'écria : « Ô malheureuse cité ! », sans pouvoir rien dire de plus. Mais par la suite, il riait de cet épisode, qu'il se plaisait à raconter et à rappeler lui-même[60].

---

58. Déjotarus était donc le « client » lointain du père de Caton. Ce roitelet du pays galate, au centre de l'Asie Mineure, sera plus tard défendu auprès de César par Cicéron (Pour le roi Déjotarus, 27 : Pompée l'avait honoré du titre d'« allié et ami »). Sur ses rapports avec Caton, voir infra, XV, 1-3 ; voir aussi Cicéron, Lettres à ses familiers, XV, 4, 15.
59. Cette exhortation à l'exercice d'une hospitalité lucide vise peut-être Lucullus et Pompée. Plus largement, elle indique quelle était auprès des provinciaux et des populations soumises la réputation des généraux, gouverneurs et officiels romains.
60. Le même épisode, très au goût de Plutarque, est conté dans Pompée, *XL, 1-5. Le parallèle implicite tourne nettement à l'avantage de Caton, qui sut ensuite exploiter l'histoire aux dépens de Pompée.*

XIV. 1. Cependant, Pompée intervint en personne pour réprimander ceux qui, par ignorance, faisaient preuve d'un tel mépris à l'égard de Caton. **2.** Celui-ci, en arrivant à Éphèse, alla le saluer. Pompée était son aîné[61], il l'emportait de beaucoup par la gloire et commandait alors des troupes considérables, mais en voyant Caton, au lieu de rester immobile, assis sur son siège, en le laissant avancer, il se leva comme devant un supérieur, alla à sa rencontre et lui tendit la main droite. **3.** Il le couvrit aussitôt d'éloges et l'embrassa, et lorsque Caton fut parti, il loua encore davantage sa vertu, si bien que Caton devint le centre des regards et de l'attention générale ; on admirait en lui ce qui l'avait d'abord fait mépriser et on reconnaissait sa douceur et sa grandeur d'âme[62]. **4.** On voyait bien qu'en fait l'empressement de Pompée était celui d'un courtisan plus que d'un ami. On observa notamment que Pompée l'admirait quand il était présent, mais qu'il se réjouissait de le voir partir : **5.** lui qui s'ingéniait à retenir et à garder auprès de lui les jeunes gens qui venaient le voir, il ne demanda rien de tel à Caton ; au contraire, comme si sa présence l'obligeait à rendre des comptes de son commandement, il s'empressa de le congédier. Caton fut cependant presque le seul de ceux qui se rendaient à Rome auquel Pompée recommanda ses enfants et sa femme, lesquels lui étaient d'ailleurs unis par des liens de parenté. **6.** Désormais, sa gloire était établie, et les cités rivalisèrent d'empressement à son égard pour lui offrir des repas et l'inviter. Dans ces occasions, Caton priait ses amis de le surveiller, pour qu'il ne donnât pas raison, à son insu, au mot de Curion. **7.** Celui-ci, indisposé par l'austérité de Caton qui était son ami et son proche, lui avait demandé s'il comptait, après sa campagne, aller visiter l'Asie. **8.** Sur la réponse affirmative de Caton, Curion avait repris : « Tu fais bien ; tu en reviendras plus plaisant et plus sociable[63] ! » Tels sont à peu près les termes qu'il employa.

XV. 1. Le Galate Déjotarus envoya chercher Caton : il était déjà assez âgé et voulait lui confier ses enfants et sa maison. Dès l'arrivée de Caton, il lui proposa toutes sortes de cadeaux et fit tant d'efforts, insistant par tous les moyens, pour les lui faire accepter, que Caton se fâcha : il était arrivé dans l'après-midi, mais il ne passa auprès de Déjotarus que la nuit, et repartit le lendemain à la troisième heure. **2.** Cependant, après un jour de route, il trouva à Pessinonte[64] des cadeaux encore plus considérables qui l'attendaient et une lettre où le Galate le priait de les accepter ou, s'il n'en voulait pas lui-même, de permettre au moins à ses amis d'en profiter : « Ils méritent, lui dit-il, d'être bien traités en ton honneur, et tes biens

---

61. Pompée est né en 106 ; il a onze ans de plus que Caton.
62. Sur le contexte de l'épisode, voir Pompée, *XXX, 1. La notion de « douceur » (voir Dictionnaire) est une de celles auxquelles Plutarque est le plus attaché.*
63. Il s'agit sans doute de Caius Scribonius Curio père, consul en 76, proconsul de Macédoine en 75. Son goût des bons mots est signalé par Suétone, César, *49, 1. À l'arrière-plan, il faut naturellement situer le contraste entre l'austérité outrancière de Caton et le luxe cultivé par les cités d'Asie. Plutarque donne ici une traduction approximative du latin (voir Dictionnaire, « Bilinguisme »).*
64. Cette ancienne cité de Phrygie est le berceau du culte de Cybèle, la Grande Mère des dieux.

personnels n'y suffisent pas.» 3. Mais Caton ne se laissa pas même fléchir pour eux, bien qu'il vît que certains de ses amis étaient tentés et murmuraient. Il leur dit: «Dès qu'on veut se laisser corrompre, on trouve toujours de beaux prétextes. Pour moi, je ne partagerai avec mes amis que ce que j'aurai acquis par des voies honnêtes et justes!», et il renvoya ses présents à Déjotarus. 4. Quand il s'apprêta à lever l'ancre pour Brundisium, alors que ses amis pensaient qu'il devait transporter sur un autre navire les restes de Caepio, il déclara qu'il préférerait mourir plutôt que de s'en séparer, et il embarqua. Il courut, dit-on, les plus grands dangers au cours de cette traversée, alors que les autres la firent sans encombre[65].

XVI. 1. De retour à Rome[66], il passa tout son temps chez lui, avec Athénodoros, ou sur le forum, à assister ses amis. 2. Il devait briguer la questure, mais ne voulut pas le faire avant d'avoir lu les lois relatives à cette fonction, de s'être informé de chaque détail auprès des gens d'expérience et de s'être donné un modèle idéal du pouvoir lié à cette magistrature[67]. 3. Dès son entrée en charge, il opéra une grande révolution chez les agents et les scribes de la questure[68]. Ces employés, qui avaient toujours en main les textes officiels et les lois, voyaient d'ordinaire arriver de jeunes magistrats, réduits par leur inexpérience et leur ignorance à avoir absolument besoin de nouveaux maîtres d'école et de pédagogues. Aussi les greffiers, loin de se soumettre à leur autorité, étaient-ils, en fait, les vrais magistrats 4. Il en alla de la sorte jusqu'à l'arrivée de Caton. Celui-ci s'intéressa aux affaires avec une ardeur juvénile. Le nom et les honneurs de cette magistrature ne lui suffisaient pas: il voulut en avoir l'esprit, la hauteur de vue et le langage, et traita les secrétaires comme des subordonnés, ce qu'ils étaient en effet, réprimandant ceux qui étaient coupables et instruisant ceux dont les erreurs étaient dues à l'ignorance[69]. 5. Comme ils se montraient insolents et cherchaient à se mettre à l'abri en flattant les autres questeurs[70], tout en s'opposant à lui, Caton convainquit l'un d'eux de fraude dans une affaire d'héritage et le fit chasser de la questure. Il intenta un procès pour vol à un second en raison d'une négligence coupable. 6. Cet homme fut défendu par le censeur Lutatius Catulus, qui tirait de sa charge un

---

65. *Plutarque exprime la «superstition» (deisidaïmonia) répandue selon laquelle transporter sur un bateau les cendres ou le corps d'un mort rendait la traversée périlleuse; voir* De la superstition, *I, 164 E; 14, 171 E.*

66. *Après être sorti de charge, donc à titre d'«homme privé»* (privatus).

67. *Les questeurs sont au nombre de 20 depuis Sylla; César portera leur nombre à 40. La questure est la première étape du* cursus honorum. *Caton fut élu à cette fonction en 65 pour 64. Les questeurs urbains contrôlaient la tenue des comptes de l'*aerarium, *le trésor public.*

68. *Ces scribes, adjoints aux questeurs, sont au nombre de 36 depuis Sylla. Ils portent le nom de* scribae librarii *(«ceux qui tiennent les livres»)* quaestorii ab aerario.

69. *Caton assume ici trois rôles en un seul: celui d'un homme d'autorité, d'un organisateur efficace (voir* infra, *XVII, 1-4) et d'un partisan d'opérations «mains propres».*

70. *Nous connaissons les noms de Marcus Claudius Marcellus, sans doute le futur consul de 51, et de Marcus Lollius.*

grand prestige[71] et un plus grand encore de sa vertu : on jugeait qu'il l'emportait en justice et en sagesse sur tous les Romains. Il faisait d'ailleurs l'éloge de Caton, dont il était l'ami intime à cause de son mode de vie. 7. Se trouvant vaincu sur le terrain du droit, Catulus demanda ouvertement la grâce de l'accusé. Caton voulut s'y opposer et, comme l'autre insistait, il s'écria : « Il serait honteux que toi, Catulus, notre censeur, chargé d'examiner nos vies, tu sois chassé par nos serviteurs. » 8. Lorsque Caton eut lancé cette parole, Catulus le regarda longuement, comme s'il allait lui répondre, mais il ne dit rien ; soit colère soit honte, il s'en alla en silence, tout déconfit. 9. Cependant, l'accusé n'était pas encore condamné : les suffrages portés contre lui ne l'emportaient sur ceux qui l'absolvaient que d'une seule voix. Comme Marcus Lollius, un des collègues de Caton, n'avait pu assister au procès en raison d'une maladie, Caton l'envoya chercher et le pria de venir au secours de l'accusé ; Lollius se fit porter en litière et déposa, après le procès, un suffrage d'acquittement[72]. 10. Mais par la suite, Caton n'employa plus ce greffier, ne lui paya pas son salaire et ne tint absolument aucun compte du suffrage de Lollius.

XVII. 1. Ayant ainsi humilié les secrétaires et les ayant rendus dociles, il s'occupa des affaires comme il l'entendait et, en peu de temps, il rendit l'administration du trésor plus respectable que le Sénat lui-même : tous pensaient et disaient que Caton avait donné à la questure le prestige du consulat. 2. D'abord, constatant que beaucoup de gens avaient d'anciennes dettes auprès du trésor public, lequel de son côté était endetté envers de nombreux citoyens, il fit cesser en même temps l'injustice dont la cité était victime et celle dont elle était coupable, en réclamant leur dû aux uns, énergiquement, sans se laisser fléchir, et en payant les autres promptement et de bonne grâce. Le peuple se réjouit de voir ceux qui s'attendaient à léser le trésor forcés de payer, et les autres recevoir un paiement qu'ils n'espéraient plus. 3. Ensuite, alors que beaucoup de citoyens présentaient au trésor des titres irréguliers et de fausses ordonnances que ses prédécesseurs avaient pris l'habitude d'accepter en cédant au crédit et aux prières, il refusa de fermer les yeux sur les manœuvres de ce genre. 4. Une fois même, comme, en dépit de nombreux témoignages, il doutait de l'authenticité d'une ordonnance, il refusa de la tenir pour vraie et de la régler avant que les consuls ne vinssent la garantir sous serment. 5. Plusieurs hommes avaient reçu de Sylla, pour l'assassinat des citoyens proscrits,

---

71. *Plutarque éprouve beaucoup d'intérêt et de respect pour la fonction de censeur ; voir* Question romaine *98 : « Les censeurs sont les gardiens des intérêts suprêmes de l'État et il leur revient de veiller et d'être attentifs à la bonne marche des affaires sacrées et publiques, des conditions d'existence, des coutumes et des modes de vie... »* Quintus Lutatius Catulus a été consul en 78 et élu censeur en 65, en compagnie de Crassus – il quittera sa charge pour désaccord avec son collègue. Il est également princeps senatus. Leader des optimates, il sera vaincu deux ans plus tard par César lors de l'élection au grand pontificat. L'épisode se retrouve dans deux autres œuvres de Plutarque : De la fausse honte, *15, 534 D et* Préceptes politiques, *13, 808 E.*
72. *Marcus Lollius, questeur, est sans doute un des témoins à charge dans le procès de Verrès, en 70 (voir Cicéron,* Verrines, *II, 63).*

douze mille drachmes par tête. Tout le monde détestait ces assassins comme des maudits et des impurs, mais nul n'osait s'en prendre à eux[73]. 6. Caton les cita en justice l'un après l'autre, les accusant de détenir à tort de l'argent public, et les força à le rendre, en flétrissant avec autant d'ardeur que d'éloquence l'impiété et l'illégalité de leur conduite. 7. Dès qu'ils furent condamnés sous ce chef, ils furent inculpés de meurtre et, leur cause étant d'une certaine façon entendue d'avance, ils furent traînés devant les juges et subirent leur châtiment, à la grande joie de tous les citoyens qui avaient l'impression de voir la tyrannie d'autrefois effacée et Sylla lui-même puni[74].

XVIII. 1. Ce qui surprenait la foule, c'était son assiduité et son application à la tâche. Aucun de ses collègues ne montait jamais avant lui à la questure, aucun n'en partait après lui. 2. Il ne manqua aucune tenue des comices, aucune réunion du Sénat, car il craignait et surveillait ceux qui étaient prêts, par complaisance, à faire voter des remises d'amende ou d'impôts, ou des gratifications à n'importe qui. 3. En montrant que le trésor était intangible, en le purgeant des délateurs, et en le remplissant d'argent, il fit voir que la cité peut s'enrichir sans léser personne. 4. Au début, la plupart de ses collègues le jugeaient odieux et insupportable, mais ils finirent par l'aimer car, en refusant toute complaisance au détriment du trésor public et toute décision mauvaise, il s'exposait seul au mécontentement, à leur place à tous ; lorsqu'on les priait et qu'on essayait de leur forcer la main, ils pouvaient répondre : « C'est impossible ; Caton ne le veut pas. » 5. Le dernier jour de sa questure[75], comme presque tous les citoyens le reconduisaient en cortège chez lui, Caton apprit que Marcellus était assiégé par beaucoup d'amis et de gens influents qui s'étaient précipités à la questure et voulaient le forcer à enregistrer une reconnaissance de dette. 6. Marcellus était un ami d'enfance de Caton[76] et, avec son aide, il s'était montré un excellent magistrat mais, laissé à lui-même, il cédait par timidité à tous ceux qui lui demandaient quoi que ce soit et accordait facilement n'importe quelle faveur. 7. Caton fit aussitôt demi-tour et, trouvant que Marcellus avait déjà cédé et avalisé le paiement, il réclama les tablettes[77] et les effaça, en présence de Marcellus qui ne dit mot. 8. Cela fait, il le fit sortir de la questure et le reconduisit chez lui. Marcellus ne lui adressa jamais, ni sur le moment ni plus tard, le moindre reproche et resta

---

73. Sur Caton et les horreurs de la période syllanienne, voir supra, III, 3-7. Sur les compensations proposées, voir Sylla, XXXI, 7. À propos des persécutions menées plus tard par les triumvirs, Dion Cassius (Histoire romaine, XLVII, 6, 4) affirme que ceux-ci, pour éviter qu'un questeur ne fît restituer par le trésor les sommes encaissées pour les dénonciations, auraient fait savoir qu'on ne devait pas rendre compte publiquement de ces sommes.
74. Caton assure aux victimes la revanche qu'il s'était promise autrefois (voir supra, III, 5-6). D'autres sources, qui ne citent pas Caton, notamment Suétone (César, 11), mentionnent la condamnation à mort des syllaniens Lucius Annius Bellienus et Lucius Luscius.
75. Le 4 décembre 64.
76. Sans doute s'agit-il de Marcus Claudius Marcellus, le consul de 51, déjà nommé.
77. Sur l'usage de ce type de tablettes, c'est-à-dire de documents écrits, voir infra, XL, 1.

toujours son proche et son ami. 9. Même après avoir quitté la questure, Caton ne laissa pas le trésor sans surveillance ; des esclaves qui lui appartenaient y allaient chaque jour prendre note des actes administratifs[78]. Quant à lui, il avait acheté pour cinq talents des registres qui contenaient les comptes des finances publiques, depuis le temps de Sylla jusqu'à sa questure, et il les gardait toujours sur lui[79].

XIX. 1. Il était le premier à entrer au Sénat et le dernier à en partir. Souvent, pendant que ses collègues se rassemblaient en prenant leur temps, il était déjà assis à lire tranquillement, déployant sa toge devant son livre[80]. Il ne quittait jamais Rome quand il y avait une séance du Sénat[81]. 2. Lorsque par la suite Pompée et ses amis comprirent qu'ils ne pourraient jamais le convaincre ni forcer à participer à leurs entreprises injustes, ils mirent tout en œuvre pour l'attirer hors du Sénat : plaidoyers en faveur d'amis, arbitrages, ou autres affaires. Caton comprit vite la manœuvre : il renonça à toutes ces activités et se fit une règle, quand le Sénat se réunissait, de ne s'occuper de rien d'autre. 3. À la différence de beaucoup de ses collègues, ce n'était ni pour la gloire, ni par cupidité, ni accidentellement, ni par hasard qu'il avait décidé de s'occuper des affaires de la Ville : il s'était intéressé à la politique parce qu'il y voyait la tâche d'un homme de bien, et il se croyait plus tenu de s'occuper des affaires publiques que l'abeille de son rayon de cire[82]. 4. Il avait même pris soin de se faire envoyer, par les hôtes et les amis qu'il avait partout, l'état des affaires des provinces, les décrets, les jugements et les décisions les plus importantes.

5. Un jour, il se dressa contre le démagogue Clodius[83], un agitateur et un fauteur de troubles, qui cherchait à provoquer de grandes révolutions et calomniait devant le peuple les prêtres et les prêtresses : il accusait notamment Fabia, la sœur de Térentia, femme de Cicéron[84]. 6. Caton humilia Clodius et le força à quitter Rome. Lorsque Cicéron le remercia, Caton répondit : « C'est la cité que tu dois remercier :

---

78. *De tels agissements d'un homme redevenu* privatus *sont bien sûr spécifiques d'un Caton, mais caractérisent aussi, à la fin de la République, l'émergence d'initiatives individuelles, par-delà les cadres collectifs et statutaires – une émergence très perceptible, notamment dans le comportement de Cicéron.*
79. *Nouveau geste spectaculaire, médité pour servir de leçon et nourrir la propagande personnelle du héros. Une fois de plus, cette mise en évidence s'accompagne de la mention de sommes précises, destinée moins à respecter l'exactitude factuelle qu'à frapper les esprits. La mention de la durée qui sépare la dictature de Sylla de la questure de Caton veut symboliser le temps d'un renouveau, et d'un retour à l'ordre républicain authentique.*
80. *Pour Valère Maxime (VIII, 7, 2), il s'agissait de livres grecs. Voir Dictionnaire, « Écrit/Écriture ».*
81. *Aux yeux de Cicéron, l'assistance aux séances du Sénat est une politesse et un devoir (Sur sa maison, 8). Mais l'absentéisme était fréquent.*
82. *La comparaison apicole vient de Platon,* République, *VIII, 552c et 564c. L'activité politique comme devoir est une idée stoïcienne. Quant à la technique d'éloignement utilisée par Pompée et les siens, elle fait partie de l'arsenal traditionnel des groupes dirigeants de la République.*
83. *Publius Clodius Pulcher, l'adversaire acharné de Cicéron (voir la* Vie *de ce dernier), est tribun de la plèbe en 58, date plausible de l'événement rapporté.*
84. *Fabia, Vestale depuis 73, est la demi-sœur de Térentia par sa mère.*

c'est elle qui inspire toutes mes actions et ma politique. » 7. Cette intervention lui valut une gloire immense au point qu'un orateur, dans un procès où l'on n'apportait qu'un seul témoignage, déclara aux juges : « Il ne faut pas écouter un témoin unique, fût-ce Caton. » Et beaucoup de gens, lorsqu'ils parlaient de phénomènes incroyables et extraordinaires, disaient, comme s'il s'agissait d'une expression proverbiale : « Impossible de croire cela, même si Caton le disait. » 8. Un homme méchant et prodigue faisait au Sénat un discours en l'honneur de la simplicité et de la mesure. Amnaeus se leva et lui dit : « Eh, bonhomme, qui donc pourrait supporter que tu dînes comme Crassus, que tu fasses construire autant de bâtiments que Lucullus et que tu parles comme Caton[85] ? » 9. Ceux qui étaient par ailleurs vils et débauchés mais qui dans leurs discours se donnaient des airs solennels et austères, on les appelait par dérision des Caton.

XX. 1. Beaucoup l'invitaient à briguer le tribunat de la plèbe, mais il ne jugeait pas opportun, alors que la situation ne l'exigeait pas, de gaspiller, comme un remède puissant, la force d'un pouvoir et d'une magistrature aussi considérables[86]. 2. Profitant du loisir que lui laissaient les affaires publiques, il prit avec lui des livres et des philosophes, et se rendit en Lucanie, où il avait des propriétés qui lui permettaient de s'adonner à des occupations d'homme libre. 3. Mais en chemin, il croisa quantité de bêtes de somme, de bagages et de serviteurs ; apprenant que c'était là l'équipage de Métellus Népos[87], qui revenait à Rome pour briguer le tribunat de la plèbe, il fit halte sans mot dire puis, après quelques instants, il ordonna de rebrousser chemin. 4. Comme ses amis s'en étonnaient, il leur dit : « Ne savez-vous pas que la sottise de Métellus le rend déjà redoutable en lui-même ? Si maintenant il arrive avec l'appui de Pompée, il va s'abattre sur la vie politique comme la foudre et tout bouleverser. 5. Ce n'est pas le moment de se reposer ou de voyager. Il faut vaincre cet homme ou mourir noblement en combattant pour la liberté. » 6. Cependant, cédant aux prières de ses amis, il alla d'abord dans ses terres ; il n'y resta pas longtemps, et regagna rapidement Rome. 7. Il y arriva un soir et le lendemain, dès le point du jour, il descendit au forum poser sa candidature au tribunat de la plèbe. Son intention était surtout de s'opposer à Métellus : 8. en effet, cette magistrature a plus de force pour empêcher que pour agir ; même si tous les tribuns, à l'exception d'un seul, votent dans le même sens, la prépondérance appartient à celui qui refuse et exprime son opposition[88].

---

85. *Dans* Lucullus, *XL, 3, un apophtegme du même ordre est attribué à Caton lui-même. L'Amnaeus ici mentionné nous est inconnu.*

86. *Plutarque est d'autant plus sensible à cette attitude qu'il a une grande admiration pour la fonction de tribun, qu'il définit parfaitement comme un contre-pouvoir (§ 8) : voir* Question romaine *81.*

87. *Quintus Caecilius Metellus Nepos, consul en 60 et en 57. Beau-frère de Pompée, il le seconde dans les opérations d'Orient.*

88. *La circonstance et le caractère de Caton font de lui le tribun de la plèbe idéal, selon le cœur de Plutarque : un opposant.*

XXI. 1. Au début, Caton n'avait autour de lui qu'un petit nombre d'amis. Mais, lorsque ses intentions furent connues, tous les gens de bien et les notables accoururent bientôt à ses côtés, pour l'exhorter et l'encourager : « La patrie, disaient-ils, ne fait pas une faveur à Caton, c'est elle au contraire, ainsi que les citoyens les plus honnêtes, qui reçoit de lui un très grand service. Caton aurait pu sans difficulté, à de nombreuses reprises, obtenir cette charge et il n'en a pas voulu. Mais maintenant, au moment où cette lutte ne va pas sans périls, il vient combattre pour la liberté et pour la constitution. » 2. Un jour, dit-on, comme de nombreuses personnes, dans leur zèle et leur amitié, se pressaient autour de Caton, il se trouva en danger et eut beaucoup de mal à se dégager de la foule pour atteindre le forum[89]. 3. Il fut élu tribun de la plèbe avec Métellus et d'autres collègues. Voyant qu'on achetait les voix pour les élections au consulat, il adressa des reproches au peuple et conclut son discours en jurant qu'il mettrait en accusation tous ceux, quels qu'ils fussent, qui auraient distribué de l'argent. Il n'excepta que Silanus, parce qu'il était de sa famille, ayant épousé sa sœur Servilia[90], 4. mais il poursuivit Lucius Muréna[91], qui avait distribué de l'argent pour être nommé consul avec Silanus. 5. Une loi permettait à l'accusé de faire surveiller constamment son accusateur, pour ne rien ignorer de ses actes et de ses démarches en vue de l'accusation. Or l'homme que Muréna chargea d'accompagner et de surveiller Caton, voyant qu'il ne faisait rien de déloyal ni de malhonnête et que, pour son accusation, il suivait avec noblesse et humanité une voie simple et droite, 6. se prit d'une telle admiration pour sa grandeur d'âme et son caractère qu'il l'abordait sur le forum ou allait le trouver chez lui et lui demandait : « T'occuperas-tu aujourd'hui de quelque affaire relative à l'accusation ? » Si Caton répondait que non, il lui faisait confiance et s'en allait. 7. Au cours du procès, Cicéron, qui était alors consul et plaidait pour Muréna, se moqua abondamment, pour atteindre Caton, des philosophes stoïciens et de leurs principes qu'on appelle paradoxes. Il fit rire les juges[92]. 8. Caton sourit, dit-on, et déclara aux assistants : « Mes amis, nous avons un plaisant consul ! » 9. Muréna fut acquitté et son comportement à l'égard de Caton ne fut pas d'un homme méchant ou insensé : durant son consulat, il lui demanda conseil à propos des affaires les plus importantes et, par ailleurs, il lui témoigna toujours du respect et de la confiance. 10. Une telle conduite lui était inspirée par Caton lui-même qui, à la tribune et au Sénat, se montrait dur et redoutable quand il défendait la justice, mais faisait ensuite preuve de bienveillance et d'humanité envers tous.

XXII. 1. Avant son entrée en charge comme tribun de la plèbe[93], Caton soutint l'autorité de Cicéron, alors consul, dans beaucoup de ses luttes, et lui permit notam-

---

89. Ces élections – de juillet 63 – se sont probablement déroulées au Champ de Mars et non au forum.
90. *Decimus Junius Silanus*, beau-frère de Caton, consul en 62, eut avec Servilia trois filles (voir XXX, 3).
91. *Lucius Licinius Murena* fut accusé de corruption électorale par Caton et par un candidat au consulat de 62, *Servius Sulpicius*.
92. Voir Cicéron, Pour Muréna, 60-61 et 75. L'orateur a toujours modéré ce type de moquerie, dont il a même eu plus tard quelque remords (Des fins, *IV*, 74).
93. En 63.

ment de mener à bien ses grandes et belles actions contre Catilina[94]. 2. Ce dernier cherchait alors à introduire dans les affaires romaines une révolution funeste et radicale; il préparait des troubles politiques et des guerres: il fut démasqué par Cicéron et obligé de quitter Rome[95]. 3. Mais Lentulus, Céthégus[96] et un grand nombre de membres de cette conjuration accusaient Catilina de faiblesse et de pusillanimité dans ses coups d'audace. Ils avaient l'intention de détruire entièrement Rome par le feu et de bouleverser l'Empire, en soulevant des peuples et en déclenchant des guerres extérieures. 4. Leurs projets ayant été découverts, Cicéron, comme je l'ai écrit dans sa *Vie*[97], mit la question à l'ordre du jour du Sénat. Silanus parla le premier et déclara qu'à son avis les accusés méritaient les derniers supplices. Ceux qui parlèrent successivement après lui le suivirent, jusqu'au moment où vint le tour de César[98]. 5. Celui-ci se leva; c'était un orateur habile et, considérant tout changement et tout mouvement dans la cité comme un matériau favorable à ses desseins personnels[99], il préférait les voir se développer plutôt que les laisser s'éteindre. Il parla longuement, de manière persuasive, avec humanité, déclarant qu'il ne fallait pas exécuter les accusés sans jugement et conseillant de les garder en prison. 6. Il opéra un tel revirement dans le Sénat, qui craignait le peuple[100], que Silanus lui-même se déjugea et prétendit qu'il n'avait pas demandé la mort, mais la détention. «C'est cela, déclara-t-il, le dernier de tous les supplices pour un Romain.»

XXIII. 1. Après un tel retournement, tous se rallièrent au parti le plus doux et le plus humain. Mais Caton se leva pour donner son avis. Il prononça aussitôt un discours plein de colère et d'émotion, blâmant la volte-face de Silanus et s'en prenant vivement à César: «Sous tes airs démocratiques et tes propos pleins d'humanité, tu es en train de ruiner la cité et d'effrayer le Sénat. Pourtant, ce serait à toi de trembler et tu pourras t'estimer heureux si tu te tires de la situation sans être attaqué ni soupçonné[101].

---

94. L'autre consul, Caius Antonius Hybrida, était soupçonné de pencher du côté de Catilina (voir Cicéron, Pour Sestius, 12).

95. Sur la conjuration de Lucius Sergius Catilina et son dénouement, lors des séances du Sénat du 7 novembre, puis du 3 et du 5 décembre 63, voir Cicéron, XVI-XIX et passim.

96. Voir Cicéron, XVII. Publius Cornelius Lentulus Sura, ancien consul et préteur, aurait appuyé sa participation au complot sur une prophétie lui promettant le pouvoir après deux autres Cornelii, Sylla et Cinna. C'est lui, avec un complice, qui était chargé de tuer Cicéron, le premier jour des Saturnales (le 17 décembre). Caius Cornelius Cethegus, lui, était en 63 sénateur.

97. Ce passage confirme que la Vie *de Cicéron a été écrite avant celle de Caton. La paire Démosthène-Cicéron, de fait, arrive au cinquième rang (voir* Démosthène, III, 1*).*

98. Reproduction quasi littérale de Cicéron, XX, 5.

99. Voir Cicéron, XX, 6. *Le degré éventuel d'implication de César dans la conjuration est toujours discuté (voir infra, XXIII, 1 et* César, VII, 7*). Il s'exprime normalement ici, en tant que préteur désigné, juste après les 16 «consulaires» (consuls et anciens consuls).*

100. Voir César, V, 1: *ce rôle de chef «populaire» remonte à 69, quand le jeune César avait osé prononcer au forum l'éloge funèbre de sa tante Julia, veuve de Marius.*

101. Salluste (Catilina, LIV) confronte les deux caractères de Caton et de César.

2. En essayant si ouvertement, avec tant d'insolence, de soustraire à leur sort les ennemis publics, tu reconnais que tu n'as aucune pitié pour la patrie, si belle et si grande, qui a failli périr. Tu pleures sur des gens qui n'auraient jamais dû naître ni exister, et tu t'affliges à l'idée que leur mort pourra délivrer la cité de tant de meurtres et de dangers!» 3. C'est le seul discours de Caton qui ait été conservé, dit-on. Le consul Cicéron avait fait enseigner aux plus rapides des secrétaires des signes qui équivalaient, sous une forme courte et brève, à de nombreuses lettres[102], et il les avait dispersés de tous côtés dans la Curie. 4. À cette époque, on ne formait et on n'employait pas encore ceux qu'on appelle sténographes; c'est à cette occasion, dit-on, qu'on en trouve trace pour la première fois. 5. L'opinion de Caton prévalut et fit changer d'avis les autres sénateurs; ils votèrent la condamnation à mort des accusés[103].

XXIV. 1. S'il ne faut pas négliger le moindre indice susceptible de révéler un caractère, quand on esquisse ce qui est, peut-on dire, le portrait d'une âme[104], on raconte qu'alors que César livrait contre Caton une longue polémique et un dur combat et que le Sénat était suspendu à leurs lèvres, on apporta à César, du dehors, une petite tablette. 2. Cela parut suspect à Caton; il prétendit que César avait des complices qui communiquaient avec lui et lui ordonna de lire ce qui était écrit. César donna alors la tablette à Caton, qui était debout près de lui. 3. Caton la lut: c'était une lettre licencieuse que sa propre sœur, Servilia, adressait à César dont elle était amoureuse et qui l'avait séduite. Caton lança la tablette à César en lui disant: «Garde cela, ivrogne!» puis il reprit le fil de son discours[105]. 4. De toute évidence, Caton n'eut guère de chance avec les femmes de sa maison. Servilia fut accusée à cause de ses relations avec César, et son autre sœur, également prénommée Servilia, ne fut pas plus vertueuse: 5. elle avait épousé Lucullus, le premier des Romains par la gloire, et lui avait donné un enfant, mais elle fut chassée de sa maison pour inconduite[106]. 6. Et, comble de honte, même la femme de Caton, Atilia, ne fut pas exempte de semblables débordements; bien qu'il en eût deux enfants, il fut obligé de la répudier, à cause de sa conduite déréglée.

XXV. 1. Il épousa ensuite Marcia, fille de Philippus[107], qui fut, semble-t-il, une femme vertueuse. On parle beaucoup d'elle car, dans ce drame que fut la vie de Caton, elle joua un rôle ambigu et difficile à comprendre. 2. Voici ce qui se passa, selon le récit

---

102. Le système de «tachygraphie» aurait été inventé par Tiron, affranchi de Cicéron: on parlait de «notes tironiennes». Voir Marrou (1965), p. 448-450.
103. Version plus complète chez Salluste, Catilina, LII; sur les suites, voir Suétone, César, XIV, 2.
104. Cette importante affirmation de méthode est reprise infra, en XXXVII, 10. Elle confirme et explicite l'objectif plus biographique qu'historique de Plutarque (voir Dictionnaire, «Vies»).
105. Sur la liaison de César avec Servilia, voir Brutus, V, 3-4; Suétone, César, 50, 3.
106. Cette autre Servilia est en réalité la nièce de Caton: voir supra, XI, 6 et infra, XXIX, 6; LIV, 1. Voir aussi Lucullus, XXXVIII, 1. Ce fils devint, à la mort de son père, le pupille de Caton (voir infra, LIV, 1).
107. Lucius Marcius Philippus a été préteur en 62, consul en 56.

que fait Thraséa, sur la foi de Munatius[108], ami et proche de Caton. 3. Parmi tous ceux qui aimaient et admiraient passionnément Caton, il y en avait qui manifestaient leur attachement avec plus d'éclat que d'autres. C'était le cas notamment de Quintus Hortensius[109], un homme d'un mérite éclatant et d'un noble caractère. 4. Non content d'être son familier et son ami, il désirait vivement unir, d'une façon ou d'une autre, toute sa maison et sa lignée à celle de Caton, dans une alliance et une communauté étroites. Il essaya de convaincre Caton de lui donner sa fille Porcia, qui était l'épouse de Bibulus[110], auquel elle avait donné deux enfants; il voyait en elle une noble terre qui pourrait porter pour lui d'autres enfants. 5. «Au regard des hommes, dit-il, c'est là une proposition étrange, mais selon la loi de nature, il est beau et politique qu'une femme dans la force de l'âge ne reste pas inactive, et ne laisse pas s'éteindre sa fécondité, sans pour autant encombrer d'enfants une maison qui n'en a pas besoin et qui s'en trouverait affaiblie et réduite à la misère. 6. Si l'on établit une communauté de descendance entre les hommes qui en sont dignes, la vertu deviendra impérissable, se répandra dans les différentes familles et, par de telles alliances, assurera la cohésion étroite de toute la cité. 7. Cependant, si Bibulus tient absolument à sa femme, je la lui rendrai dès qu'elle aura eu des enfants, quand j'aurai tissé avec lui et Caton des liens plus étroits grâce à cette communauté d'enfants[111].» 8. Caton répondit qu'il aimait Hortensius et appréciait l'idée d'une alliance entre leurs familles, mais qu'il jugeait étrange de l'entendre parler d'épouser sa fille qui avait été donnée à un autre. 9. Alors, changeant de projet, Hortensius n'hésita pas, sans plus de détours, à demander la propre femme de Caton, qui était encore assez jeune pour avoir des enfants, Caton ayant lui-même une descendance suffisante[112]. 10. On ne peut soutenir qu'il fit cette démarche parce qu'il pensait que Caton ne s'intéressait pas à Marcia, 11. car on dit que celle-ci était alors enceinte[113]. Caton, voyant

---

108. *Importante mention de sources utilisées par Plutarque: Munatius Rufus (voir supra, IX, 1 et note) ne lui est connu que par Thraséa Paetus (de même infra, en XXXVII, 1), sénateur représentant de «l'opposition stoïcienne» à l'époque de Néron (voir Dictionnaire, «Stoïcisme»). Munatius était un ami personnel de Marcia; il a plusieurs fois joué un rôle de médiateur dans les relations familiales entre Caton et Pompée (voir infra, XXVI-XXX). Il avait sans doute écrit des* Mémorables *à la manière de Xénophon, qui furent, en ce qui concerne Caton, une des sources principales de Thraséa.*
109. *Le grand orateur Quintus Hortensius Hortalus fut consul en 69.*
110. *Porcia doit avoir épousé vers 60 Marcus Calpurnius Bibulus, le collègue malheureux de César au consulat en 59; leur second fils, Lucius, fut candidat à l'augurat en 43. Il est cité comme source de Plutarque dans* Brutus, *XXIII, 7.*
111. *Étranges pour nous, ces propositions sont très révélatrices des stratégies familiales suivies par les grandes familles de la République romaine finissante. Voir Andreau et Bruhns éd. (1990).*
112. *Caton avait eu trois enfants d'Atilia et deux de Marcia. Hortensius, qui a eu deux enfants de Lutatia, ne peut se réclamer de la règle romaine – exposée dans la* Comparaison de Lycurgue et de Numa, *XXV, 2 – selon laquelle un homme peut donner sa femme à un autre homme dépourvu de descendance.*
113. *Ce fait constituait certainement un obstacle dans l'opinion, pour des raisons en partie religieuses: lorsqu'en 38, Octave voudra épouser Livia enceinte de Drusus, il jugera bon de consulter les pontifes (voir Tacite,* Annales, *V, 1).*

l'ardeur et le désir d'Hortensius, ne refusa pas. Il dit seulement qu'il fallait que Philippus, le père de Marcia, soit également d'accord. 12. Philippus, sollicité, consentit à cette union ; il promit Marcia en présence de Caton, qui s'associa au contrat. 13. Ces événements se produisirent plus tard, mais j'ai jugé bon de les évoquer à l'avance, puisque j'étais en train de rappeler la question des femmes[114].

XXVI. 1. Lentulus et ses complices ayant été mis à mort, César voulut se mettre à l'abri des dénonciations et des accusations dont il avait été l'objet au Sénat : il chercha refuge auprès du peuple, agitant et attirant à lui les nombreux éléments malades et corrompus de la cité. Caton, inquiet, décida le Sénat à s'attacher la foule des misérables et des indigents par une distribution de blé : c'était une dépense annuelle de douze cent cinquante talents, mais, de toute évidence, la menace fut écartée par cette marque d'humanité et de bienveillance[115]. 2. Ensuite Métellus prit ses fonctions de tribun : il tint des assemblées houleuses et proposa une loi qui rappelait d'urgence en Italie le Grand Pompée avec ses armées pour reprendre et sauver la cité[116]. Métellus invoquait la menace de Catilina, 3. mais c'était là un prétexte spécieux ; la loi visait en fait à donner tout le pouvoir à Pompée et à lui livrer l'Empire romain[117]. 4. Le Sénat se réunit. Contrairement à son habitude, Caton, au lieu d'attaquer Métellus avec violence, lui adressa de nombreux conseils, pleins de bienveillance et de mesure ; pour finir, il recourut même aux prières tout en faisant l'éloge de la maison des Metelli, fidèle depuis toujours à l'aristocratie. L'exaltation de Métellus ne fit que croître et, méprisant Caton qu'il croyait voir plier et trembler d'effroi devant lui, il multiplia les menaces arrogantes et les discours insolents, déclarant qu'il ferait tout ce qu'il voudrait, en dépit du Sénat. 5. Alors Caton changea d'attitude, de voix et de langage ; il termina son discours en affirmant hautement que tant qu'il serait vivant, Pompée n'entrerait pas en armes dans Rome. Aussi le Sénat jugea-t-il qu'aucun des deux adversaires ne se possédait plus ni n'usait d'arguments solides, mais que la politique de Métellus était une folie qui, par excès de perversité, tendait à la perte et à la confusion générales, tandis que celle de Caton était l'enthousiasme d'une vertu qui luttait pour l'honneur et la justice[118].

---

114. Plutarque épuise ainsi le sujet «Caton et les femmes», quitte à bousculer la chronologie. La remarque sur la technique utilisée est aussi digne d'intérêt que la technique elle-même, dont Suétone fait pour sa part grand usage (voir son César, 50-52).
115. Décisions prises juste après la séance du Sénat du 5 décembre 63. Clodius ira plus loin, quelques années plus tard (en 58), en instaurant la gratuité.
116. La rogatio («proposition de loi») de Caecilius Métellus proposant le retour d'Asie de Pompée date des premiers jours de 62. Pompée reviendra après sa victoire sur Mithridate (voir infra, XXX, 1).
117. Il s'agit en fait d'une seconde proposition extraordinaire du même Métellus, tendant à faire conférer le consulat à Pompée en son absence.
118. Cette «comédie des échanges» a sûrement un fondement réel, mais Plutarque l'a recomposée pour défendre la thèse d'une «voie moyenne», face à l'hybris de Métellus, voie compatible avec la dévotion héroïque, quasi divine («l'enthousiasme d'une vertu»), de Caton envers le bien public.

XXVII. 1. Le jour où le peuple devait voter cette loi, des soldats, des mercenaires, des gladiateurs et des esclaves avaient été disposés par Métellus et occupaient le forum. Dans le peuple, le parti de ceux qui désiraient le retour de Pompée dans l'espoir d'une révolution était considérable et jouissait du soutien puissant de César, alors préteur[119]. 2. Les premiers citoyens partageaient la colère et l'indignation de Caton plus qu'ils ne s'associaient à son combat. Sa maison était profondément abattue et terrifiée : plusieurs de ses amis y passèrent la nuit sans manger, occupés à réfléchir ensemble sur son sort sans trouver d'issue ; sa femme et ses sœurs invoquaient les déesses et pleuraient. 3. Mais Caton, sans crainte, plein d'assurance, parlait à tous et les réconfortait ; il dîna comme d'habitude, puis dormit toute la nuit d'un profond sommeil dont il fut tiré par un de ses collègues, Minucius Thermus[120]. 4. Les deux hommes descendirent au forum avec une faible escorte. Beaucoup de gens venaient à leur rencontre et leur conseillaient de se tenir sur leurs gardes. 5. Lorsqu'il arriva sur le forum et qu'il vit le temple de Castor et Pollux entouré de soldats, les marches gardées par des gladiateurs et, en haut, Métellus lui-même assis avec César, Caton se retourna et dit à ses amis : « Quel insolent et quel lâche, d'avoir rassemblé une telle armée contre un homme seul et sans armes ! » 6. Tout en parlant, il s'avançait avec Thermus. Ceux qui gardaient les marches s'écartèrent devant eux et ne laissèrent passer personne d'autre, sauf Munatius que Caton fit monter à grand-peine en le tirant par la main. 7. Lui-même avança aussitôt sans se troubler et s'assit entre Métellus et César, de manière à les empêcher de parler entre eux. 8. Les deux hommes ne savaient quel parti prendre. Quant aux gens de bien[121], en voyant et en admirant le visage, la fierté et l'audace de Caton, ils se rapprochèrent et lui crièrent de garder courage, tout en s'exhortant entre eux à tenir bon, à se regrouper, à ne pas trahir la liberté ni l'homme qui luttait pour elle.

XXVIII. 1. Sur ces entrefaites, le greffier prit en main le projet de loi[122]. Mais Caton l'empêcha de lire. Alors Métellus saisit le document et commença à en donner lecture. Caton le lui arracha. Cependant Métellus savait le texte par cœur et se mit à le réciter, mais Thermus lui mit la main sur la bouche et étouffa sa voix. 2. Pour finir, Métellus, voyant qu'ils étaient tous deux résolus à combattre et que le peuple, subjugué, retrouvait le sens de l'intérêt général, fit venir de chez lui des hommes en armes qui chargèrent, au milieu de la terreur et des cris. 3. Tout le monde se dispersa. Seul Caton tint bon, malgré la grêle de pierres et de bâtons qui le frappaient. Mais Muréna, l'homme qu'il avait poursuivi en justice et accusé, ne l'abandonna

---

119. Ces comices tributes se tiennent le 1ᵉʳ mars 62. Des hommes politiques de cette époque recouraient parfois à des esclaves gladiateurs comme gardes du corps. Certains joueront un rôle important le jour de la mort de César, en 44.

120. Le pompéien Quintus Minucius Thermus, sénateur depuis 73, a eu quelques échanges épistolaires avec Cicéron.

121. Le groupe dont il s'agit est celui des boni, *c'est-à-dire, dans un langage commun à Caton et à Cicéron, des aristocrates opposés aux* populares ; *voir Hellegouarc'h (1972), p. 484-495.*

122. La lecture de la loi à haute voix revient au crieur public, le praeco.

pas. Il le couvrit de sa toge, cria aux assaillants de cesser et, pour finir, persuadant Caton et l'entourant de ses bras, il l'emmena dans le temple des Dioscures[123]. 4. Lorsque Métellus vit la tribune déserte[124] et ses adversaires s'enfuir à travers le forum, il se crut totalement maître de la situation et ordonna aux hommes en armes de se retirer; après quoi, il s'avança tranquillement et essaya de faire passer la loi. 5. Mais ses adversaires s'étaient vite ressaisis après leur déroute; ils s'élancèrent de nouveau, en poussant hardiment de grands cris, si bien que Métellus et ses partisans, troublés, furent pris de peur, convaincus que les autres avaient trouvé des armes quelque part pour les attaquer. Personne ne resta; ils s'enfuirent tous de la tribune. 6. Une fois qu'ils se furent ainsi dispersés, Caton sortit du temple, louant et réconfortant le peuple. La foule se rangea de son côté pour abattre Métellus par tous les moyens; le Sénat se rassembla et ordonna de soutenir Caton sans aucune réserve et de lutter contre la loi, jugeant qu'elle introduisait à Rome la sédition et la guerre civile[125].

XXIX. 1. Cependant Métellus lui-même restait inflexible et arrogant. Mais, voyant ses partisans trembler devant Caton, qu'ils pensaient invincible et irréductible, il bondit soudain sur le forum, assembla le peuple et proféra de nombreuses accusations contre lui. Il criait: «Je vais fuir la dictature de cet homme et le complot contre Pompée dont la cité, si elle outrage un tel héros, aura bientôt lieu de se repentir.» Il partit aussitôt en hâte pour l'Asie[126], dans l'intention de répéter ces accusations devant Pompée. 2. Caton retira de l'épisode une gloire immense: il avait débarrassé le tribunat d'un pesant fardeau et, en la personne de Métellus, c'était d'une certaine façon la puissance de Pompée qu'il avait affaiblie. 3. L'estime qu'on avait pour lui augmenta encore lorsqu'il empêcha les sénateurs de frapper Métellus d'infamie et de le déposer, comme ils en avaient l'intention; il s'opposa à ce projet et les en détourna. 4. La foule apprécia son humanité et sa mesure: il n'avait pas foulé aux pieds ni humilié son ennemi, alors qu'il l'avait vaincu de vive force. Quant aux gens sensés, ils jugeaient qu'il avait agi de manière judicieuse et utile, en évitant d'irriter Pompée[127].

---

123. *Caton a effectivement risqué sa vie en ces instants, selon Cicéron,* Pour Sestius, *62. Il s'y montre conforme à l'idéal du sage stoïcien, et au portrait psychologique et moral brossé de lui depuis le début de cette biographie. Sur Muréna, voir supra, XXI, 5-10.*

124. *La plate-forme du temple des Dioscures, au pied du Palatin, dans l'angle sud-est du forum, a été le théâtre de nombre de discours adressés au peuple (voir* Sylla, *VIII, 6).*

125. *Tournant brusquement casaque, les sénateurs votent un sénatus-consulte ultime et suspendent de leurs fonctions le tribun Métellus et le préteur César.*

126. *Plus précisément la Syrie, où se trouve alors Pompée. En quittant la ville, Métellus ne respecte pas les contraintes qui s'imposaient aux tribuns de la plèbe: motif probable du projet de déposition qui s'ensuit (§ 3).*

127. *La modération et l'humanité de Caton sont à nouveau mises en valeur par opposition aux excès de Métellus (voir supra, XXVI, 4). Sur cette valorisation morale de la conduite du héros se greffe l'appréciation réaliste du rapport de forces avec Pompée.*

5. Sur ces entrefaites, Lucullus revint de son expédition[128], dont Pompée semblait lui avoir ravi l'achèvement et la gloire. Il faillit être privé du triomphe, car Caius Memmius souleva dans le peuple une faction contre lui et le chargea d'accusations, plus pour plaire à Pompée que par haine personnelle[129]. 6. Caton, à la fois à cause de ses liens familiaux avec Lucullus, mari de sa sœur Servilia[130], et parce qu'il jugeait l'affaire scandaleuse, s'opposa à Memmius et se vit lui-même en butte à un grand nombre d'attaques et de calomnies. 7. Pour finir, on voulut même le démettre de sa charge sous prétexte de dictature, mais il remporta une victoire si éclatante qu'il contraignit Memmius à se désister de ses accusations et à abandonner la lutte. 8. Lucullus célébra donc son triomphe et s'attacha encore davantage à l'amitié de Caton, qui était pour lui un abri et un rempart considérables contre la puissance de Pompée[131].

XXX. 1. Le Grand Pompée revint de son expédition[132]. Voyant l'accueil brillant et empressé qu'on lui faisait, il fut convaincu que ses concitoyens ne repousseraient aucune de ses exigences. Il envoya donc demander au Sénat de reporter les comices consulaires afin de lui permettre d'être présent pour soutenir la candidature de Pison[133]. 2. La plupart des sénateurs allaient céder, mais Caton, qui, sans attacher beaucoup d'importance à l'ajournement, voulait mettre un terme à cette tentative et aux espérances de Pompée, s'y opposa et retourna le Sénat, qui vota contre la demande[134]. 3. Pompée en fut vivement troublé. Il se dit que Caton lui susciterait des obstacles considérables s'il ne devenait pas son ami, et il lui envoya Munatius, son ami intime : comme Caton avait deux nièces en âge de se marier, Pompée demandait en mariage l'aînée pour lui et la cadette pour son fils. Selon certains, il ne s'agissait pas des nièces, mais des filles de Caton. 4. Munatius transmit le message à Caton, à son épouse et à ses sœurs. Les femmes étaient ravies d'une alliance avec un

---

128. *Légère erreur de chronologie. En fait, Lucullus n'a triomphé qu'en 63 (voir* Lucullus, *XXXVII, 3-6). Or Caton et Métellus sont tribuns en 62...*

129. *Caius Memmius, gendre de Sylla, tribun de la plèbe en 58 ; c'est à lui que Lucrèce dédiera son* De la nature des choses. *Sur le détail de l'épisode, voir* Lucullus, *XXXVII, 1-2. Lucullus, revenu d'Asie en 66, a attendu trois ans pour pouvoir célébrer le triomphe.*

130. *Servilia est en réalité la nièce de Caton, que Lucullus, divorcé de Clodia, a épousée en 65 : mariage peu heureux (voir* Lucullus, *XXXVIII, 1) qui n'assombrit pourtant pas les relations avec Caton (*Lucullus, *XL, 3).*

131. *Ce passage, parmi tant d'autres, confirme la place centrale occupée alors par Pompée, même absent, sur l'échiquier politique de Rome.*

132. *Il débarque à Brindisi à la fin de 62 et licencie son armée, conformément aux traditions, avant de gagner Rome.*

133. *Ce Pison, Lucius Calpurnius Piso Frugi, adopté par Marcus Pupius, est ainsi devenu Marcus Pupius Piso Frugi Calpurnianus. Un général en attente du triomphe ne pouvait entrer dans Rome avant d'avoir reçu du Sénat l'autorisation de le célébrer.*

134. *Élu au consulat pour 61, Pison fut flanqué comme collègue de Marcus Messalla Niger, représentant du courant politique opposé.*

homme aussi grand et aussi estimé, mais Caton ne voulut ni hésiter ni réfléchir ; il avait été blessé par cette offre et déclara : 5. « Va trouver Pompée, Munatius, et dis-lui qu'on ne peut pas prendre Caton par les femmes de sa maison. Il se réjouit cependant de le voir aussi bien disposé. Si Pompée respecte la justice, il est prêt à lui offrir une amitié plus sûre que tout lien familial. Mais il ne livrera pas à la gloire de Pompée des otages contre sa patrie[135]. » 6. Les femmes furent contrariées de son refus, et ses amis lui reprochèrent la grossièreté et l'insolence de sa réponse. 7. Mais plus tard, Pompée distribua de l'argent aux tribus pour soutenir la candidature au consulat d'un de ses amis, et cette entreprise de corruption fit grand bruit, car on comptait l'argent dans les jardins de Pompée[136]. 8. Caton dit alors aux femmes que la honte de ces pratiques aurait forcément rejailli sur lui, s'il avait contracté une alliance familiale avec Pompée. Elles reconnurent qu'en refusant, il avait pris la meilleure décision. 9. Cependant, s'il faut juger son attitude à la lumière des événements qui suivirent, Caton fit une erreur grossière, semble-t-il, en repoussant cette union : il laissa Pompée se tourner vers César et contracter un mariage qui, en réunissant leurs forces à tous deux, faillit renverser l'Empire romain et causer la perte de la République[137]. 10. Rien de tout cela ne serait sans doute arrivé si Caton, par crainte des fautes légères de Pompée, ne l'avait pas laissé commettre la faute la plus grave, en renforçant la puissance d'un autre[138].

XXXI. 1. Mais tout cela était encore à venir. Pour l'heure, Lucullus s'opposait violemment à Pompée à propos des ordonnances qu'ils avaient prises dans le Pont[139], chacun des deux hommes jugeant que seules les siennes étaient valables. Caton soutint Lucullus, qui était manifestement victime d'une injustice. Vaincu au Sénat, Pompée se fit démagogue et proposa aux soldats un partage des terres[140]. 2. mais là

---

135. *Nouvelle illustration du caractère fondamentalement intéressé des alliances familiales, marquées surtout, ici, de valorisations politiques divergentes. Comparer, pour les faits, la version quelque peu différente de* Pompée, *XLIV, 2-3. Sur le rôle de l'officieux Munatius Rufus, voir supra, IX, 1 ; XI, 2 ; XI, 8 ; XXV, 2.*
136. *La manœuvre réussit, puisque Lucius Afranius sera consul en 60 avec un autre pompéien. Selon Cicéron (Lettres à Atticus, I, 16, 2), c'est Pison en personne qui a distribué l'argent. Sur les jardins de Pompée, voir* Pompée, *XL, 8. L'ensemble du présent chapitre dérive de* Pompée, *XLIV, écrit antérieurement, et sans doute cité de mémoire, puisque les correspondances ne sont pas littérales.*
137. *Ce fut le quatrième mariage de Pompée : il épousa Julia, fille de César, alors consul, en avril 59 (voir infra, XXXI, 6), tandis que César épousait Calpurnia, fille de Pison (voir* César, *XIV).*
138. *Jugement remarquable à un double titre : il comporte une des rares critiques de l'action idéale de Caton formulées dans cette biographie ; il implique, dans l'intérêt de la cité, la relégation au second plan de l'intérêt pour la stabilité d'un couple uni, une stabilité à laquelle l'auteur, dans la vie comme par l'idée, montre par ailleurs un vif attachement (voir supra, VII, 3).*
139. *En 60. Lucullus prétendait, non sans raison, avoir été le vrai vainqueur de Mithridate, et voulait que l'on respectât les dispositions qu'il avait prises en Asie. Sur son différend avec Pompée à cet égard, voir* Pompée, *XLVI. Crassus soutient à cette occasion Lucullus et Caton.*
140. *Pompée a célébré le triomphe le 28 septembre 61. Il a donc pu entrer dans la Ville et participer à la séance du Sénat.*

encore, Caton s'opposa à lui et empêcha le vote de cette loi. Aussi Pompée s'attacha-t-il à Clodius[141], qui était alors le plus hardi des démagogues, et se rapprocha-t-il de César. Ce fut en quelque sorte Caton lui-même qui lui en fournit l'occasion. 3. De retour de sa propréture en Espagne[142], César voulait en effet briguer le consulat tout en sollicitant le triomphe. 4. Or, selon la loi, les candidats à une magistrature devaient être présents à Rome, mais ceux qui s'apprêtaient à conduire la procession triomphale devaient rester hors des murs de la Ville. César demanda donc au Sénat la permission de briguer le consulat par l'intermédiaire d'autres personnes[143]. 5. Beaucoup y étaient favorables, mais Caton s'y opposa et, s'apercevant que ses collègues voulaient complaire à César, il garda la parole pendant toute la journée, empêchant ainsi le Sénat de voter[144]. 6. César renonça donc au triomphe, entra dans Rome et rechercha aussitôt les faveurs de Pompée et le consulat. Il fut élu consul et donna à Pompée sa fille Julia[145]. Ils étaient désormais ligués contre la cité : l'un proposait des lois qui accordaient aux indigents des colonies et des partages de terres, l'autre soutenait ces projets par sa présence[146]. 7. Lucullus, Cicéron et leurs partisans s'allièrent à Bibulus, l'autre consul, pour s'opposer à eux[147]. Ce fut le cas en particulier de Caton qui, dès cette époque, jugeait suspecte l'amitié de César et de Pompée et pensait que cette alliance ne visait à rien de juste : ce qu'il craignait, disait-il, ce n'était pas le partage des terres, mais le salaire que réclameraient en échange ceux qui flattaient ainsi la multitude et l'appâtaient[148].

XXXII. 1. Par de tels propos, Caton obtint les suffrages du Sénat ; des gens qui n'en faisaient pas partie furent également nombreux à se joindre à lui, mécontents des actes déplacés de César : 2. celui-ci, en vertu de son autorité de consul, appliquait les propositions que les tribuns les plus arrogants et les plus méprisants faisaient

---

141. Le démagogue Publius Clodius Pulcher est questeur en 61. Sur le procès qui lui est intenté, la même année, dans l'affaire de la Bona Dea, voir Cicéron, *XXVIII-XXIX.*
142. César est rentré d'Espagne à la fin de juin 60.
143. César demande donc une double exception aux règles que nous avons déjà rencontrées. L'une faisait attendre le postulant au triomphe hors du pomoerium, l'enceinte sacrée de Rome, l'autre obligeait tout candidat à une magistrature à être présent dans la Ville.
*144. Une coutume rapportée par Cicéron (*Lois, *III, 40) accordait à tout sénateur le droit de parler sans interruption jusqu'au coucher du soleil. Comparer* infra, *XLIII, 2.*
145. Née en 73 ou 72, Julia est la seule fille que César ait eue de Cornélia ; voir Pompée, *XLVII, 10. Noter, ici comme dans* Pompée, *XLVIII, l'absence de toute mention de Crassus ; l'information est à compléter, pour comprendre la formation du triumvirat, par* Crassus, *XIV, et* César, *XIII-XIV.*
146. Sur la lex Julia agraria, *voir* infra, *XXXII. Elle fut proposée par César en janvier 59, sous la forme d'un seul texte* (rogatio) *ou de deux textes différents : ce point est discuté.*
147. Marcus Calpurnius Bibulus, déjà nommé (supra, *XXV, 4), est le collègue de César au consulat en 59. Cicéron, de 61 à 59, a été proconsul en Cilicie. Son opposition aux lois agraires, exprimée notamment dans* Sur la loi agraire, *est sans réserve.*
148. Les motivations de Caton apparaissent, Plutarque le souligne, plus purement « politiques » que celles de Cicéron, dont les connotations sociales sont très marquées.

pour complaire à la foule, et circonvenait ainsi honteusement et bassement le peuple[149]. 3. L'opposition de Caton effraya César et Pompée, qui recoururent à la violence. D'abord, quand Bibulus descendit au forum, on répandit sur lui un panier d'ordures. 4. Ensuite, ses licteurs furent attaqués et leurs faisceaux brisés[150]. Pour finir, comme les javelots se mettaient à pleuvoir et qu'il y avait de nombreux blessés, tous s'enfuirent en courant du forum. Caton se retira le dernier, à pas lents, en se retournant et en maudissant ses concitoyens. 5. Le partage des terres fut ratifié et on décréta en outre que tout le Sénat devait prêter serment de soutenir et de défendre la loi, si quelqu'un voulait agir contre elle. On fixa des châtiments sévères contre ceux qui refuseraient de jurer[151]. 6. Tous s'engagèrent par serment, contraints et forcés, se remémorant ce qui était arrivé à Métellus l'Ancien qui avait refusé de jurer à propos d'une loi du même genre et que le peuple avait laissé exiler hors de l'Italie[152]. 7. Caton était donc pressé sans relâche par les femmes de sa maison[153], qui le suppliaient en pleurant de céder et de prêter ce serment; il l'était également par ses amis et ses familiers. 8. Celui qui le persuada le mieux et qui le décida à jurer fut l'orateur Cicéron, qui l'exhorta et lui fit les remontrances suivantes : « Il n'est déjà peut-être pas juste de considérer, quand on est seul, qu'on doit désobéir à des décisions prises par la communauté. À plus forte raison, lorsqu'il est impossible de rien changer à un fait accompli, c'est une sottise, une folie, de s'exposer sans ménagement. 9. Ce serait le pire des crimes d'abandonner une cité pour laquelle tu fais tant, et de la livrer à ceux qui lui veulent du mal : tu aurais l'air de renoncer de gaieté de cœur à lutter pour elle. 10. Si Caton n'a pas besoin de Rome, Rome a besoin de Caton, ainsi que tous tes amis, et moi tout le premier, car je suis en butte aux manœuvres de Clodius qui se sert de son pouvoir de tribun pour m'attaquer directement[154]. » 11. Ces propos, dit-on, et d'autres semblables, ainsi que les

---

149. *Caton et César se disputent le soutien, décisif en ces circonstances, des tribuns de la plèbe. Le meilleur appui de César est Vatinius (voir Cicéron,* Pour Sestius, 113 ; Contre Vatinius*).*

150. *Ces faisceaux, d'où émergeait une hache, étaient portés par les licteurs devant les magistrats à* imperium, *dont ils symbolisaient précisément le pouvoir. Ici commencent les malheurs de Bibulus, qui tente désespérément de dissoudre l'assemblée pour faire obstacle à César, puis s'enferme chez lui où il vit en reclus de mai à décembre. L'année, disait-on, était devenue « celle de Caius et de César » (voir* Suétone, César, 20, 3*).*

151. *Voir* Pompée, XLVIII, 2. *Selon Appien (I, 12), le sénateur qui ne prêtait pas serment était passible de la peine de mort.*

152. *Allusion à la mésaventure de Quintus Caecilius Metellus Numidicus, dont Plutarque avait envisagé d'écrire la biographie (voir* Marius, XXIX, 12*). Il fut le seul sénateur qui, en 100, refusa de prêter serment pour l'exécution de la loi agraire de Saturninus ; il fut donc expulsé du Sénat, dut s'exiler à Rhodes puis à Tralles, d'où il fut rappelé à Rome (voir Cicéron,* Pour Sestius, 101*).*

153. *« Les femmes » apparaissent décidément comme un « groupe de pression » qui tente en permanence de fléchir l'intransigeance du héros. D'après* Pompée, XLVIII, 6 *et Cicéron,* Pour Sestius, 61, *Caton aurait à cette occasion prononcé une malédiction contre Pompée et le Sénat.*

154. *Sur cet échange de vues entre Caton et Cicéron, Plutarque est notre unique source. La loi agraire fut adoptée (voir* Pompée, XLVIII, 1-3 ; Lucullus, XLII, 6*).*

prières qu'on lui adressait chez lui et sur le forum attendrirent Caton ; il se laissa forcer la main, mais difficilement, et alla prêter serment après tout le monde, exception faite de Favonius, un de ses amis et familiers[155].

XXXIII. 1. Exalté par cette victoire, César présenta une autre loi qui attribuait presque toute la Campanie aux indigents et aux pauvres. Nul ne s'y opposa, sauf Caton[156]. 2. César l'arracha à la tribune et le fit jeter en prison[157] sans qu'il rabattît rien de son franc-parler : tandis qu'il marchait, il continuait à parler de la loi et suppliait les gens de ne plus accepter une telle politique. 3. Le Sénat le suivit, en proie à un profond abattement, ainsi que la meilleure partie du peuple, qui s'indignait et s'affligeait en silence. Ce mécontentement n'échappa point à César. Cependant il s'obstina, attendant le moment où Caton en viendrait aux prières et aux supplications. 4. Lorsqu'il fut évident qu'il n'en avait même pas l'intention, vaincu par la honte et la crainte de l'opinion, César envoya lui-même en sous-main un des tribuns pour libérer Caton.
5. Quand ces lois et ces faveurs eurent amadoué la foule, les triumvirs firent voter à César le gouvernement de l'Illyrie et de toute la Gaule, avec quatre légions[158] pour cinq ans. Caton avertit les citoyens qu'ils installaient eux-mêmes, par leur propre vote, le dictateur dans la citadelle. 6. Ils firent également passer de manière illégale Publius Clodius du patriciat dans la plèbe[159], et on le nomma tribun : il obtint en échange l'exil de Cicéron[160], et toute sa politique visa à leur complaire. 7. On élut consuls Calpurnius Piso, père de la femme de César, et Aulus Gabinius, que Pompée réchauffait contre son sein, comme l'affirment ceux qui connaissent le caractère et la vie de cet homme[161].

---

155. Marcus Favonius, né en 90, était alors questeur. Fidèle entre les fidèles de Caton, il fut exécuté après la bataille de Philippes, en 42.
156. Sur la loi agraire de César, voir supra, XXXI, 6. Pour Plutarque, il y a eu deux lois différentes et successives.
157. Voir César, XIV, 10-11. Située près du temple de la Concorde, la prison dominait le forum. Le sénateur Marcus Pétreius aurait déclaré à César : « Je préfère aller en prison avec Caton que de rester ici en ta compagnie » (Dion Cassius, XXXVIII, 3, 2-3).
158. En fait, ces légions étaient au nombre de trois (voir César, Guerre des Gaules, I, 10, 3). L'affectation des provinces aux (pro)magistrats était en principe la prérogative du Sénat. À partir de ce moment, Caton ne va plus cesser de dénoncer l'aspiration de César à la tyrannie.
159. Cette opération compliquée fut réalisée, aux limites de la légalité, avec l'appui du grand pontife César ; voir infra, XL, 3.
160. La décision d'exiler Cicéron fut prise, à l'instigation de Clodius, le 25 mars 58 (voir Cicéron, Sur sa maison, 47). Le motif en était l'exécution, déclarée illégale, de Catilina et de ses partisans (voir supra, XXII-XXIII). Sur le contexte, et sur la haine grandissante entre les deux hommes depuis l'affaire de la Bona Dea, voir Cicéron, XXIX.
161. Les deux hommes avaient dû être préteurs en 61. Sur le premier, Lucius Calpurnius Piso Caesoninus, voir Cicéron, Contre Pison.

XXXIV. 1. Mais, alors que les triumvirs contrôlaient si étroitement les affaires et tenaient toute la cité en leur pouvoir par la faveur ou par la crainte, ils continuaient pourtant à redouter Caton. 2. Toutes les fois qu'ils avaient eu l'avantage sur lui, cela avait été difficile, laborieux et non sans honte; on savait qu'ils avaient usé de violence, ce qui était contrariant et fâcheux pour eux. 3. Quant à Clodius, il n'espérait même pas abattre Cicéron tant que Caton serait là. Voici donc ce qu'il machina, dès son entrée en charge. Il fit venir Caton et lui déclara qu'il le considérait comme le plus intègre des Romains, et qu'il était prêt à le lui prouver par des faits[162]. 4. Nombreux en effet, lui dit-il, étaient ceux qui sollicitaient une mission à Chypre auprès de Ptolémée, et qui demandaient à y être envoyés, mais Caton était le seul qu'il en jugeât digne, et il était tout heureux de lui accorder cette faveur[163]. 5. Caton se récria, déclarant que c'était là un piège et une humiliation, non une faveur, mais Clodius répondit avec hauteur et mépris: «Si tu n'es pas reconnaissant, tu partiras quand même, à ton corps défendant!» Il se présenta aussitôt devant le peuple et fit ratifier par une loi la mission de Caton[164]. 6. À son départ, il ne lui donna pas un navire, pas un soldat, pas un serviteur, mais seulement deux secrétaires, dont l'un était un voleur et un criminel, et l'autre un client de Clodius[165]. 7. Et comme s'il ne lui avait confié qu'une mince tâche avec Chypre et Ptolémée, il lui prescrivit encore de ramener les exilés de Byzance[166], car il voulait être débarrassé de lui le plus longtemps possible pendant son tribunat.

XXXV. 1. Soumis à une telle contrainte, Caton exhorta Cicéron que l'on chassait de sa patrie à ne pas se révolter, à ne pas plonger la cité dans les luttes armées et les massacres, mais à céder aux circonstances et à être une seconde fois le sauveur de la patrie[167]. 2. Il envoya Canidius[168], un de ses amis, en éclaireur à Chypre pour per-

---

162. «*Les deux hommes dont ces canailles ne peuvent supporter la vue se trouvent ainsi éloignés. L'un à la suite d'un acte honorifique plutôt que d'une agression; l'autre, par une mésaventure pleine de gloire*» (Cicéron, Sur sa maison, 65).

163. Contrairement à ce qu'indique Plutarque, Caton est parti pour Chypre après Cicéron (voir Pour Sestius, 60). C'est à Thraséa Paetus (d'après Munatius Rufus) que Plutarque emprunte le compte rendu de cette mission. Depuis 80, l'Égypte lagide contrôlée par Rome a été partagée en deux: l'Égypte a pour roi Ptolémée Aulète, Chypre son frère cadet. En 67, ce dernier avait refusé de payer la rançon de Clodius (alors Claudius), fait prisonnier par des pirates. Clodius se venge.

164. La loi de Clodius réduisait Chypre au statut de province romaine et en confiait le gouvernement à Caton (voir César, XXI; Pompée, XLVIII; Cicéron, Sur sa maison, 52-53 et 65).

165. La relation de Plutarque est à ce point unilatérale qu'elle doit défigurer passablement les événements. On peut penser que l'«équipement» et le «personnel» refusés à Caton ont été payés de ses deniers. La mission des deux «secrétaires» est, très normalement, de rédiger le compte rendu de la mission.

166. Byzance est alors une cité grecque alliée de Rome. Les exilés sont sans doute des victimes de la guerre de Mithridate.

167. Cicéron avait menacé de «recourir aux armes» (voir Cicéron, XXXI, 2). Il relate à plusieurs reprises (notamment dans Pour Sestius, 53) la démarche effectuée auprès de lui par Caton.

168. L'identité de ce Canidius (ou Caninius?), dont les rapports amicaux avec Caton sont attestés dans Brutus, III, 1, n'est pas assurée.

suader Ptolémée de céder sans résistance, en l'assurant que, sa vie durant, il ne manquerait ni de richesses ni d'honneurs, car le peuple romain lui conférerait le sacerdoce de la déesse de Paphos[169]. 3. Pour lui, il s'arrêta à Rhodes[170], où il fit ses préparatifs, tout en attendant la réponse de Ptolémée. 4. Là-dessus, Ptolémée, le roi d'Égypte, poussé par le ressentiment et la colère à l'égard de ses concitoyens[171], quitta Alexandrie et fit voile vers Rome, espérant que Pompée et César le ramèneraient dans son pays avec une armée. Il voulut avoir une entrevue avec Caton et l'envoya chercher, pensant que celui-ci viendrait le trouver. 5. Mais Caton était alors occupé à se purger et il pria Ptolémée de venir chez lui, s'il voulait. Lorsque Ptolémée se présenta, Caton, au lieu d'aller à sa rencontre et de se lever, le salua comme le premier venu et le pria de s'asseoir. Cette attitude troubla d'abord Ptolémée : il s'étonnait de trouver, jointes à cet abord démocratique et simple, tant de hauteur et de sévérité de caractère. 6. Mais lorsqu'il entretint Caton de ses affaires personnelles, il entendit des propos pleins de sens et de franchise : Caton lui adressa des reproches et lui fit comprendre quel bonheur il abandonnait pour se plier à des démarches serviles et à des fatigues, pour se soumettre à la corruption et à la cupidité des grands personnages de Rome, que la vente de l'Égypte entière aurait à peine rassasiés. Il lui conseilla de reprendre la mer et de faire la paix avec ses concitoyens, s'offrant même à faire le voyage avec lui pour aider à cette réconciliation. 7. En entendant ces paroles, le roi, comme au sortir d'une sorte de folie ou d'hébétude, retrouva la raison ; il comprit toute la sincérité et l'intelligence de Caton et voulut mettre à profit ses réflexions. Mais il s'en laissa détourner par ses amis. Dès qu'il parvint à Rome et qu'il se présenta aux portes d'un magistrat, il gémit sur son funeste entêtement qui lui avait fait mépriser les propos d'un homme de bien, ou plutôt l'oracle d'un dieu[172].

XXXVI. 1. Cependant, par une heureuse fortune pour Caton, Ptolémée de Chypre prit du poison et se donna la mort[173]. 2. Comme il laissait, disait-on, de grandes richesses, Caton, qui avait décidé de faire voile vers Byzance, envoya à Chypre son neveu Brutus[174], car il ne faisait pas pleine confiance à Canidius. 3. Il réconcilia les exilés et rétablit la concorde à Byzance. Après quoi, il fit voile vers Chypre. 4. Les richesses qui s'y trouvaient étaient considérables et vraiment royales : coupes,

---

169. *Aphrodite, déesse de Paphos, était vénérée en divers points de l'île de Chypre.*
170. *Rhodes était alliée de Rome depuis 306 (voir Polybe,* Histoires, *XXX, 5, 6). C'était une terre d'éloquence et de philosophie où Cicéron avait maints «contacts».*
171. *Ptolémée Aulète fut chassé par les Égyptiens et s'enfuit au début de 57. Les Alexandrins placèrent sur le trône sa fille aînée, sous le nom de Bérénice IV.*
172. *Arrivé à Rome à l'été 57, le roi fut quelque temps l'hôte de Pompée. Mais on lui refusa toute aide véritable. Que les «dits» de Caton, très tôt, aient été présentés comme paroles d'oracle, est à peine une métaphore.*
173. *Selon Velleius Paterculus (*Histoire romaine, *II, 45, 5), l'arrivée de Caton aurait été la cause de ce suicide de Ptolémée de Chypre.*
174. *En 58, Marcus Junius Brutus a 27 ans environ. Il semble qu'il passait un séjour de convalescence en Pamphylie (voir* Brutus, *III, 2).*

tables, pierreries, tissus de pourpre. Il fallut vendre tous ces biens pour les convertir en argent. Caton tint à faire un inventaire exact de tout, à faire monter chaque objet à sa plus haute valeur, à assister à chaque opération et à pousser les enchères au plus haut. Il ne se fiait même pas aux habitués de l'agora, et soupçonnait indistinctement tout le monde, esclaves, crieurs, acheteurs, amis. Pour finir, ce fut en s'adressant personnellement à ceux qui voulaient acheter et en faisant approcher chacun d'eux, qu'il vendit la plupart des marchandises. 5. En se défiant ainsi de ses amis, il les fâcha, notamment le plus intime de tous, Munatius, auquel il inspira un ressentiment presque sans remède : lorsque César écrivit son *Anti-Caton*, Munatius lui fournit, avec le récit de cette vente, la partie la plus violente de sa diatribe[175].

XXXVII. 1. À en croire Munatius toutefois, sa colère ne venait pas de la défiance de Caton mais du peu de cas qu'il faisait de lui. Munatius déclare en outre avoir éprouvé de la jalousie pour Canidius. Il a publié un ouvrage consacré à Caton qui est la principale source de Thraséa[176]. 2. Il y raconte qu'il arriva le dernier à Chypre et qu'on lui donna le logement dont les autres n'avaient pas voulu ; il se rendit alors à la porte de Caton, mais on ne voulut pas l'admettre, parce que Caton conférait à l'intérieur avec Canidius. 3. Munatius se plaignit en termes mesurés, mais la réponse qu'il reçut ne l'était guère ; Caton lui rappelait que, comme le dit Théophraste, l'affection exagérée risque de devenir source de haine[177]. 4. « C'est ton cas, lui disait-il ; ta grande affection pour moi fait croire que tu es moins honoré qu'il ne convient et tu te fâches. Pour ce qui est de Canidius, je l'emploie de préférence à d'autres à cause de son expérience et de sa loyauté : il est arrivé dès le début et se montre incorruptible. » 5. Or ces propos, qui n'avaient été adressés qu'à Munatius, Caton les répéta à Canidius. Munatius l'apprit. Il n'alla plus dîner chez Caton et ne se rendit plus au conseil quand on l'y appelait. 6. Caton le menaça de prendre chez lui des gages, comme on le faisait d'ordinaire à l'encontre des récalcitrants, mais Munatius ne s'en soucia nullement et reprit la mer. Il resta longtemps fâché avec Caton. 7. Par la suite, après un entretien avec Marcia, qui était encore l'épouse de Caton, ils se trouvèrent tous deux invités à dîner par Barca[178]. Caton arriva le dernier, alors que les autres convives avaient déjà pris place sur les lits, et demanda où il devait s'installer. 8. « Où tu veux » répondit Barca. Caton parcourut la pièce du regard et dit : « À côté de Munatius. » Il fit le tour et alla s'installer à côté de lui, mais pendant le repas ne lui donna aucune autre marque d'affection.

---

175. *Munatius, la suite le confirme, est la source de tout ce récit, notamment en ce qui concerne les jalousies internes du petit groupe d'amis de Caton. Le texte de César mentionné est le fameux* Anti-Caton, *perdu.*
176. *Voir supra, IX, 1 ; XXV, 2 ; XXXIV, 4 et notes.*
177. *Théophraste d'Éphèse, successeur d'Aristote à la tête du Lycée, est le philosophe le plus cité par Plutarque après Platon. Le mot recueilli est le fragment 82 de l'édition Wimmer. Caton compte, parmi ses amis proches qui l'accompagneront au moment de sa fin, un membre de cette école (voir* infra, LXV, 11).
178. *Ce nom désigne un Chypriote d'origine phénicienne (c'est le nom de famille du Punique Hannibal).*

9. Cependant, comme Marcia renouvelait ses prières, Caton écrivit à Munatius qu'il voulait le rencontrer. Munatius se rendit dès le point du jour chez Caton, et Marcia le retint jusqu'au moment où tout le monde fut parti. Alors Caton entra, le serra étroitement dans ses bras, l'étreignit et lui exprima toute son affection. 10. À mon avis, de tels épisodes ne sont pas moins utiles que les grandes actions publiques, pour révéler un caractère et le faire connaître avec précision. C'est pourquoi je les ai racontés plus longuement[179].

XXXVIII. 1. Caton avait recueilli près de sept mille talents d'argent[180]. Craignant la longueur de la traversée, il fit fabriquer un grand nombre de jarres, dont chacune contenait deux talents et cinq cents drachmes, et attacha à chaque jarre une longue corde, au bout de laquelle était fixé un gros morceau de liège. De cette manière, si le navire se brisait, le liège relié à la jarre signalerait l'endroit où elle se trouvait au fond de l'eau[181]. 2. Tout l'argent, ou presque, fut rapporté sans encombre, mais les deux registres sur lesquels Caton avait inscrit ses comptes avec un soin minutieux furent perdus l'un et l'autre[182]. 3. Le premier avait été confié à un affranchi nommé Philargyros, qui fit naufrage au sortir de Cenchrées[183] et perdit le registre ainsi que toute la cargaison. Caton s'était chargé lui-même du second, mais à Corcyre[184], où il campa sur l'agora, les matelots allumèrent pendant la nuit de grands feux pour se prémunir du froid : les tentes brûlèrent et le registre fut détruit. 4. Certes, les intendants royaux, qui étaient présents, auraient fermé la bouche aux ennemis de Caton et à ses détracteurs ; pourtant, l'affaire le contraria vivement, car s'il avait tenu ces registres, ce n'était pas pour prouver son intégrité personnelle, mais par désir de donner aux autres un exemple de rigueur. Cette satisfaction lui fut refusée par la Némésis[185].

---

179. Les «confessions» de Munatius ont fourni à Plutarque une occasion idéale d'illustrer le principe de méthode exposé supra, XXIII, 1 et au début de la Vie d'Alexandre (I, 2).
180. Cette somme équivaut à 40 millions de deniers, un chiffre important, mais qu'il faut relativiser (voir infra, XLV, 3). Plutarque est la seule source à fournir des données chiffrées sur ce trésor.
181. Ce dispositif ingénieux ne paraît pas autrement attesté.
182. Une loi de 59 stipulait que les gouverneurs de province devaient laisser copie de leurs registres de comptes en trois exemplaires : deux dans des cités différentes de leur province, le troisième au trésor public de Rome, l'aerarium. Caton, au titre de sa mission exceptionnelle, n'était peut-être pas soumis entièrement à ce règlement.
183. Philargyros porte, comme il est fréquent, un surnom caractéristique de ses fonctions, souvent dévolues à un affranchi de confiance («Qui aime l'argent») ; il part d'un des deux importants ports de commerce de Corinthe.
184. L'île de Corcyre, sur la côte illyrienne, porte aujourd'hui le nom de Corfou. Longtemps occupée par des pirates, elle avait été déclarée cité libre par Rome.
185. Informé de l'incident, Clodius, naturellement, demanda un état des comptes à Caton (voir Dion Cassius, XXXIX, 23, 3). Le témoin de celui-ci fut Nicias, trésorier du roi, dont Caton demandera un peu plus tard l'affranchissement.

XXXIX. 1. Son arrivée avec sa flotte ne passa pas inaperçue à Rome[186]. Tous les magistrats, tous les prêtres, tout le Sénat et une grande partie du peuple vinrent à sa rencontre au bord du fleuve. Les deux rives étaient noires de monde et il remonta le Tibre entouré d'autant de faste et de ferveur qu'un triomphateur. 2. Cependant, aux yeux de quelques-uns, il fit preuve de maladresse et d'arrogance, car alors que les consuls et les préteurs étaient présents, au lieu de débarquer pour les saluer, il n'arrêta même pas son navire et passa rapidement le long de la rive sur un vaisseau royal à six rangs de rameurs, dont il ne descendit que lorsque toute sa flotte fut mouillée dans le port[187]. 3. Cependant, quand on transporta ces richesses à travers le forum, le peuple fut émerveillé par leur quantité et le Sénat, s'étant réuni, lui vota, avec les éloges en usage, une préture extraordinaire et le droit d'assister aux spectacles en portant une toge bordée de pourpre[188]. 4. Caton déclina ces honneurs, mais il persuada le Sénat d'accorder la liberté à Nicias, l'intendant des biens royaux, dont il garantit la diligence et la loyauté. 5. Philippus, père de Marcia, était alors consul et, d'une certaine manière, le prestige et la puissance de sa charge rejaillirent sur Caton, car si Philippus l'honorait à cause de leurs liens familiaux, le collègue de Philippus en faisait autant à cause de sa vertu[189].

XL. 1. Cicéron revint de l'exil auquel Clodius l'avait fait condamner[190]. Étant devenu très puissant, il s'empara par la force des tablettes tribuniciennes que Clodius avait rédigées et déposées au Capitole : il les détruisit, en l'absence de Clodius. Le Sénat se rassembla pour délibérer de l'affaire. Cicéron répondit aux accusations de Clodius que celui-ci avait obtenu le tribunat de la plèbe de manière illégale et que par conséquent tous ses actes et tous ses décrets devaient être considérés comme nuls et non avenus[191].

---

186. *La date exacte de ce retour est discutée : sans doute à l'automne 56.*
187. *Ce navire royal à six rangs de rameurs est chose rare : peut-être faisait-il partie du butin. Sur l'arrivée directe à Rome, sans doute aux chantiers navals proches du Champ de Mars, voir Velleius Paterculus, II, 45, 5 : « On serait tenté de l'accuser d'insolence, en pensant au jour où il ne débarqua pas devant les consuls, le Sénat et les citoyens (venus l'accueillir), tandis qu'il remontait le Tibre avec ses navires, n'acceptant de débarquer que là où il devait remettre le butin. »*
188. *Voir Dion Cassius, XXXIX, 23, 1 : faute de lui accorder le triomphe qu'il demandait, les consuls auraient proposé d'accorder à Caton une préture avant l'année prévue par le* cursus honorum. *La toge prétexte bordée de pourpre était réservée en principe aux magistrats à* imperium, *consuls et préteurs.*
189. *Sur Philippus, voir supra, XXV, 1 et note. Son collègue au consulat en 56 est Cnaeus Cornelius Marcellinus, vivement opposé à Pompée.*
190. *Le rappel de Cicéron a été voté le 4 août 57 ; voir* Cicéron, *XXXIII, 5 et supra, XXXIII-XXXIV. Après l'accueil triomphal reçu à Brindisi, il est escorté par une foule en liesse (« toute l'Italie », écrira-t-il) à son retour à Rome, le 4 septembre. Clodius est alors édile, et son affrontement avec Milon vient de commencer.*
191. *Voir* Cicéron, *XXXIV, 2 : Cicéron a tendance, à partir de l'illégalité – proclamée par lui – de la transformation de Clodius en plébéien et donc de son tribunat, à frapper de nullité toutes les dispositions votées à son instigation. De son côté, Clodius le poursuit de sa vindicte, et fait attaquer par ses hommes de main la maison, puis la personne même de Cicéron.*

2. Mais, pendant qu'il parlait, Caton manifesta son désaccord ; il finit par se lever et déclara qu'à son avis, la politique de Clodius n'avait rien eu de sain ni de bon, mais que si on annulait tous les actes qu'il avait accomplis quand il était tribun, on annulait du même coup tout ce que lui, Caton, avait fait à Chypre : sa mission n'était plus régulière si c'était un magistrat irrégulier qui la lui avait fait voter. 3. D'ailleurs, poursuivit-il, l'élection de Clodius n'était pas illégale puisqu'une loi l'avait autorisé à passer d'une maison patricienne à une maison plébéienne. Si Clodius s'était montré mauvais magistrat, comme d'autres, il fallait exiger des comptes du coupable sans pour autant annuler une magistrature qui avait été victime elle aussi de ses fautes[192]. 4. Cette intervention provoqua la colère de Cicéron. Pendant longtemps il cessa toute relation amicale avec Caton ; puis les deux hommes se réconcilièrent.

XLI. 1. Sur ces entrefaites, César passa les Alpes ; Pompée et Crassus allèrent le rencontrer et décidèrent de briguer ensemble un second consulat[193] : une fois élus, ils feraient voter à César la prorogation de sa charge, pour la même durée que son premier commandement, et se feraient voter à eux-mêmes les provinces, les richesses et les armées les plus importantes[194]. 2. C'était là une véritable conjuration pour se partager le pouvoir et détruire la République. 3. Plusieurs hommes de bien s'apprêtaient alors à briguer le consulat mais, voyant Pompée et Crassus au nombre des candidats, ils y renoncèrent. Seul Lucius Domitius[195], époux de Porcia, sœur de Caton, se laissa convaincre par son beau-frère de ne pas se désister et de ne pas céder, car l'enjeu de cette lutte n'était pas une magistrature mais la liberté des Romains. 4. Du reste, dans la partie encore raisonnable de la cité, les gens commençaient à se dire qu'on ne devait pas laisser Crassus et Pompée unir leurs forces, et le consulat devenir totalement despotique et intolérable : il fallait donc en écarter un des deux. 5. Ils se regroupèrent autour de Domitius, l'incitant et l'encourageant à maintenir sa candidature contre eux ; on l'assurait que nombreux étaient les citoyens que la crainte réduisait au silence, mais qui voteraient pour lui. 6. Pompée et ses partisans prirent peur. Ils préparèrent un attentat contre Domitius tandis qu'il

---

192. Le texte est très proche de celui de Cicéron, XXXIV ; toutefois, plusieurs différences font penser que Plutarque se « cite » lui-même de mémoire.

193. Pendant sa campagne de Gaule, César a passé une partie de l'hiver 57-56 en Gaule Cisalpine (Italie du Nord) pour suivre de plus près la vie politique romaine. C'est en avril 56 que les triumvirs se réunirent à la conférence de Lucques (voir Pompée, LI, 4-6). Après une période de violences, Pompée et Crassus furent élus consuls au début de 55 pour la même année : les élections furent retardées pour les faire présider par un interrex *sympathisant et non par les consuls de l'année 56, hostiles aux triumvirs.*

194. Une loi votée en 55 confie à Pompée le commandement de l'Espagne pour cinq ans, et à Crassus celui de la Syrie pour une durée illimitée. Une autre loi, proposée par les deux consuls, ratifie le prolongement du commandement de César (voir infra, XLIII, 8).

195. Lucius Domitius Ahenobarbus sera consul en 54 et restera fidèle à la cause de la République jusqu'à sa fin, sur le champ de bataille de Pharsale (en 49). On trouve plus de détails sur les événements, sur son discours et sur celui de Caton dans Crassus, *XV, 4.*

descendait sur le Champ de Mars au point du jour, à la lueur des torches. 7. L'esclave qui le précédait pour l'éclairer fut frappé le premier et s'écroula mort ; après lui, les autres furent blessés et tous s'enfuirent, sauf Caton et Domitius. 8. Ce dernier était retenu par Caton qui, malgré une blessure au bras, l'exhortait à ne pas abandonner : ils devaient jusqu'à leur dernier souffle, lui dit-il, continuer à défendre la liberté contre les dictateurs qui montraient bien quel usage ils feraient du consulat, s'ils commettaient de tels crimes pour l'obtenir[196].

XLII. 1. Mais Domitius n'osa pas braver le danger et se réfugia dans sa maison. Pompée et Crassus furent élus consuls. Cependant Caton, loin de se décourager, se présenta à la préture, car il voulait avoir des moyens d'action pour lutter contre eux et s'opposer à ces magistrats autrement qu'en simple particulier[197]. 2. Ils s'alarmèrent, car ils pensaient que la préture, entre les mains de Caton, serait capable de tenir tête au consulat. En premier lieu, ils réunirent le Sénat, à l'improviste et à l'insu du plus grand nombre, et lui firent voter que les préteurs désignés entreraient immédiatement en charge, sans attendre la fin de la période légale où l'on pouvait leur intenter des procès pour corruption électorale[198]. 3. Ensuite, ayant assuré par ce décret l'impunité à tous ceux qui distribueraient de l'argent, ils présentèrent à la préture leurs hommes de main et leurs amis, tandis qu'eux mêmes fournissaient l'argent et présidaient au vote. 4. Mais la vertu et la gloire de Caton triomphèrent même de ces manœuvres : la foule, pleine de respect, jugeait honteux d'employer ses suffrages à vendre Caton, alors que la cité se serait honorée en l'achetant comme préteur[199]. La première tribu qui fut appelée à voter se déclara pour lui. Alors Pompée prétendit soudain qu'il avait entendu un coup de tonnerre, ce qui était un mensonge éhonté, et il congédia les comices, car en pareil cas les Romains ont l'habitude de faire des expiations et de ne prendre aucune décision officielle quand Jupiter s'est ainsi manifesté[200]. 5. Pompée et Crassus se remirent à appâter abondamment la foule, chassèrent les meilleurs citoyens du Champ de Mars et, à force de violence, firent élire Vatinius au lieu de Caton[201]. 6. Ce jour-là, dit-on, ceux

---

196. Le thème essentiel de la pensée et de l'action de Caton est désormais la lutte contre la tyrannie. Sur les irrégularités, les violences, les injustices signalées ici, voir Pompée, *LII, 2.*

197. Même en cette époque de troubles confinant parfois à l'anarchie, la vieille distinction romaine entre «homme privé» et «homme public» – c'est-à-dire titulaire d'une magistrature – joue encore un rôle décisif, qui rythme la carrière et les capacités d'action de tout homme politique.

198. Pour qu'une séance fût valide, la convocation de tous les membres du Sénat était obligatoire. Le délai normal pour l'entrée en fonction du magistrat était de soixante jours.

199. «Pour tout dire, ce ne fut pas la préture qui fut refusée à Caton, mais Caton qui se refusa à la préture» (Valère Maxime, VII, 5, 6). Ce mot, comme tant d'autres, a sans doute été forgé par Caton ou ses proches.

200. Voir Pompée, *LII, 3. Cette technique de manipulation «religieuse» des assemblées est bien attestée à cette époque. Caton répliquera par une de ses prédictions impressionnantes (§ 6), avant de recourir au même procédé que Pompée (infra, XLIII, 7).*

201. Publius Vatinius, ami de César, a été tribun de la plèbe en 59 ; il sera consul en 47.

qui avaient voté d'une manière aussi illégale et injuste s'en allèrent aussitôt, comme des esclaves en fuite, tandis que les autres se regroupaient pour exprimer leur indignation. Un tribun de la plèbe réunit aussitôt une assemblée[202] où Caton intervint ; tel un inspiré des dieux, il prophétisa tous les événements qui attendaient Rome et monta les citoyens contre Pompée et Crassus, qu'il accusait des plus grands crimes : « La politique qu'ils projettent est telle, dit-il, qu'ils ont eu peur de me voir, préteur, prendre le pas sur eux. » 7. Pour finir, quand il rentra chez lui, il fut accompagné par une foule bien plus nombreuse que celle que les préteurs élus avaient rassemblée à eux tous.

XLIII. 1. Caius Trébonius proposa une loi pour répartir les provinces entre les consuls : l'un aurait sous ses ordres l'Espagne et l'Afrique, l'autre la Syrie et l'Égypte[205] ; tous deux seraient libres de combattre et d'attaquer qui ils voudraient avec des forces terrestres et navales. 2. Les autres citoyens avaient renoncé à lutter et à protester, et même à parler contre cette loi ; seul Caton monta à la tribune avant le vote et demanda la parole. On ne lui accorda que deux heures, et encore à grand-peine. 3. Quand il eut épuisé son temps en multipliant les arguments, les remontrances, et les prophéties, on voulut lui couper la parole et, comme il refusait de bouger, un licteur s'avança et l'arracha à la tribune[204]. 4. Dès qu'il fut en bas, il se remit à crier, et les auditeurs s'associèrent à son indignation. Le licteur porta de nouveau la main sur lui et l'entraîna hors du forum. 5. Mais Caton ne fut pas plus tôt relâché qu'il fit demi-tour et s'élança vers la tribune, invitant à grands cris ses concitoyens à le défendre. 6. La scène s'étant reproduite à plusieurs reprises, Trébonius, exaspéré, ordonna de le conduire en prison, mais Caton continua à parler tout en marchant, tandis que la foule le suivait et l'écoutait. Alors, Trébonius prit peur et le relâcha. 7. Caton parvint ainsi à faire perdre cette journée à ses adversaires. Mais, les jours suivants, ils intimidèrent les uns, gagnèrent les autres par des faveurs et des distributions d'argent et empêchèrent par les armes un des tribuns de la plèbe, Aquilius, de sortir du Sénat. Comme Caton criait qu'il avait entendu lui aussi un coup de tonnerre, ils le chassèrent du forum, blessèrent un grand nombre de gens, et en tuèrent quelques-uns. Ils firent ainsi, de force, ratifier la loi. Alors beaucoup de citoyens en colère s'ameutèrent pour aller jeter à bas les statues de Pompée[205]. 8. Mais Caton survint et les en empêcha. Lorsqu'on proposa une nouvelle loi relative aux provinces et aux armées à attribuer à César, Caton, renonçant à intervenir

---

202. *Il s'agit d'une « assemblée du peuple », une* contio, *sans doute présidée par un tribun de la plèbe ami de Caton.*
203. *Pompée se voit en effet attribuer l'Espagne et Crassus la Syrie ; la mention de l'Égypte est un anachronisme : elle ne deviendra « province » romaine (avec un statut particulier) que sous Auguste.*
204. *Caton a trouvé des relais pour son entreprise d'obstruction, qui prolongea l'assemblée pendant deux jours (Dion Cassius, XXXIX, 33-35, donne des événements un récit complémentaire de celui-ci).*
205. *Nous connaissons au moins l'existence sur le forum d'une statue de Pompée, élevée cette année-là sur les Rostres. Après sa victoire sur Pompée à Pharsale, en 48, César la fera enlever en même temps que celle de Sylla (voir Suétone,* César, *65, 7).*

devant le peuple, se tourna vers Pompée lui-même ; il le conjura de l'écouter et lui annonça l'avenir en ces termes : 9. «Tu portes César sur tes épaules ; pour le moment tu ne t'en rends pas compte, mais quand tu commenceras à trouver ce fardeau lourd et accablant, tu ne pourras ni le déposer à terre, ni le supporter, et tu t'effondreras sur la cité avec lui. Alors, tu te souviendras des avertissements de Caton et tu comprendras qu'ils ne servaient pas moins l'intérêt de Pompée que l'honneur et la justice.» 10. Caton tint à plusieurs reprises ce langage à Pompée qui ne s'en soucia pas et passa outre : il avait trop confiance en sa bonne fortune et en sa puissance pour pouvoir croire à un revirement de César[206].

XLIV. 1. Caton fut élu préteur pour l'année suivante[207]. On estima que, s'il servait la dignité et la grandeur de cette charge par la qualité de son administration, il la diminuait et la ravalait davantage en se rendant souvent pieds nus et sans tunique à son tribunal et en jugeant dans cette tenue des procès capitaux qui concernaient des hommes en vue[208]. 2. Selon certains, il rendait même la justice après le déjeuner et après avoir bu du vin, mais cela n'est pas vrai[209].
3. Le peuple se laissait acheter par les distributions d'argent des ambitieux et beaucoup jugeaient que la corruption était une opération commerciale comme les autres. Caton voulut extirper de la cité cette maladie. Il poussa le Sénat à prendre un décret aux termes duquel les magistrats désignés, si nul ne les accusait, devaient se présenter spontanément devant un tribunal assermenté auquel ils devraient rendre leurs comptes. 4. Cette mesure mécontenta ceux qui briguaient des magistratures et davantage encore la foule qui se laissait acheter. Un matin de bonne heure, comme Caton gagnait le tribunal, des hommes se jetèrent sur lui en rangs serrés, criant, l'insultant et lui lançant des pierres : tout le monde s'enfuit du tribunal, et lui-même, pressé et entraîné par la foule, eut beaucoup de mal à parvenir aux Rostres[210]. 5. De là, il se dressa et, par l'expression courageuse et hardie de son visage, il domina aussitôt le tumulte et fit taire les clameurs. Il prononça les paroles qui convenaient ; elles furent écoutées dans le calme et apaisèrent complètement l'agitation. 6. Comme le Sénat le félicitait, il lança : «Pour moi, je ne vous félicite pas d'avoir abandonné un préteur et de ne pas l'avoir défendu dans le danger !»

---

206. *Nouvelle prédiction formulée par l'«oracle» Caton, mais cette fois directement adressée à Pompée.*
207. *L'année 54. Les consuls sont Appius Claudius Pulcher et Lucius Domitius Ahenobarbus.*
208. *Le sens de la bienséance de Plutarque, si favorable dans l'ensemble à Caton, est heurté par ce manque de retenue. Trois éléments peuvent expliquer l'attitude de Caton : l'indifférence à la mode (voir supra, VI, 5) ; la référence possible à d'anciennes coutumes (rapportées par Aulu-Gelle,* Nuits attiques, *VI, 12, 3) ; la chaleur torride de l'été 54 (voir Cicéron,* Lettres à son frère Quintus, *III, 1, 1)...*
209. *Calomnies colportées, entre autres, dans l'*Anti-Caton *de César.*
210. *Les Rostres tiennent leur nom des proues de navires d'Antium, pris et exhibés lors de la victoire de Rome sur les Latins en 338. Cette tribune aux harangues est située à l'extrémité du forum, qu'elle domine, près de la Curie où siège le Sénat et du Comitium où se tiennent les assemblées (voir Cicéron,* Pour Sestius, *76).*

7. Quant aux candidats, chacun se trouvait dans un grand embarras : ils avaient peur de distribuer de l'argent mais ils craignaient tout autant d'être supplantés par un candidat qui en distribuerait. 8. Ils se réunirent donc et décidèrent de déposer chacun en caution cent vingt-cinq mille drachmes d'argent, puis de briguer tous les charges de manière honnête et juste : quiconque enfreindrait ces conventions et tenterait de corrompre la foule perdrait l'argent déposé. 9. Cet accord conclu, ils choisirent Caton comme garant, arbitre et témoin, et lui apportèrent l'argent pour le mettre en dépôt chez lui ; ils rédigèrent le contrat devant lui, mais il ne voulut pas de l'argent et se contenta de prendre des garants à la place[211]. 10. Le jour de l'élection venu, Caton se plaça à côté du tribun qui arbitrait et surveilla le vote. Il signala qu'un de ceux qui avaient déposé de l'argent avait manqué à ses engagements et il lui ordonna de verser cette somme aux autres. 11. Mais ceux-ci, tout en louant et admirant la droiture de Caton, firent remise de l'amende au coupable, le jugeant assez puni. Quant aux autres citoyens, ils avaient été contrariés de voir Caton agir ainsi et ils lui en voulaient, lui reprochant de s'être arrogé l'autorité du Sénat, des tribunats et des magistrats[212]. 12. En vérité, il n'est pas de vertu dont la gloire et le crédit suscitent davantage d'envieux que la justice : c'est elle surtout qui donne de l'influence et permet d'obtenir la confiance de la multitude. 13. Non seulement on honore les hommes justes à l'égal des braves, non seulement on les admire à l'égal des hommes intelligents, mais en outre on les aime, on a confiance en eux, on les croit, 14. tandis que les braves font peur et que les hommes intelligents suscitent la méfiance. De plus, on attribue la bravoure et l'intelligence à une supériorité naturelle plutôt qu'à la volonté : on rapporte l'intelligence à une vivacité, le courage à une force de l'âme. En revanche, pour être juste, il suffit de le vouloir, et la honte la plus grande s'attache à l'injustice, que l'on considère comme un vice inexcusable[213].

XLV. 1. Voilà pourquoi tous les grands personnages s'en prenaient à Caton : sa conduite les condamnait. Pompée considérait même que la gloire de Caton ruinait sa propre puissance et suscitait sans cesse contre lui des gens pour l'insulter. 2. De ce nombre était le démagogue Clodius qui, s'étant abouché de nouveau en secret avec Pompée, clamait que Caton avait détourné beaucoup d'argent à Chypre[214] et qu'il combattait Pompée parce que celui-ci avait refusé d'épouser sa fille[215]. 3. Caton répondit que, sans avoir reçu un cheval ni un soldat, il avait recueilli à Chypre pour Rome plus

---

211. *Ces sommes retenues en caution seraient allées, en cas d'irrégularité constatée, aux adversaires des déposants. En ce qui concerne le montant indiqué, Plutarque doit s'inspirer directement de Cicéron,* Lettres à Atticus, *IV, 15, 7 («500000 sesterces»).*
212. *Rarement autant qu'ici se manifeste le paradoxe de la République finissante, par lequel ses meilleurs défenseurs, à cause de leur vertueux isolement, peuvent être perçus comme des partisans d'une orientation trop personnelle, quasi «monarchique».*
213. *Plutarque développe des considérations analogues sur la justice et l'injustice dans* De la vertu morale, *12, 451 E.*
214. *Voir supra, XXXVIII. La source est sans doute encore Munatius Rufus, via Thraséa Paetus.*
215. *Supra, XXX, 3.*

d'argent que Pompée n'en avait rapporté au prix de tant de guerres et de triomphes, en bouleversant le monde habité[216]. 4. Il déclarait n'avoir jamais voulu Pompée pour gendre, non qu'il le jugeât indigne de son alliance, mais parce qu'il se rendait compte de leur différend politique. 5. Il disait: «Quand on m'a offert une province après ma préture, je l'ai refusée, mais lui, il les accepte toutes, les unes pour lui, les autres pour les donner à d'autres[217]. 6. Et maintenant, c'est le comble! il a prêté à César six mille fantassins pour la Gaule[218]. Or ces troupes, César ne vous les a pas demandées et Pompée les a données sans vous consulter – tant d'armées, de soldats et de chevaux sont des faveurs et des échanges entre particuliers[219]! 7. Lui qui se fait appeler *imperator* et général, il a cédé à d'autres ses armées et ses provinces, et reste tranquillement à Rome, pour y organiser des séditions au moment des élections et fomenter des troubles. Tout cela fait bien voir que, par l'anarchie, c'est à la monarchie qu'il aspire!»

XLVI. 1. Voilà comment il se défendait contre Pompée. Il avait pour ami et pour disciple Marcus Favonius, qui éprouvait pour lui ce qu'éprouvait, dit-on, Apollodore de Phalère pour Socrate l'Ancien[220]: la parole du maître provoquait en lui de l'émotion et du trouble, et cela, non pas progressivement, ni doucement, mais comme si du vin pur lui montait à la tête et l'affolait. 2. Favonius brigua l'édilité et fut battu, mais Caton, qui se tenait à ses côtés, remarqua que les tablettes étaient toutes de la même écriture[221]. 3. Il fit constater la fraude, en appela aux tribuns de la plèbe et obtint l'annulation de l'élection. Ensuite, lorsque Favonius fut élu édile, Caton l'assista dans sa charge. Il organisa notamment les spectacles dans le théâtre[222]. 4. Il donna aux artistes des couronnes qui n'étaient pas d'or mais d'olivier sauvage, comme à Olympie et, au lieu de riches présents, il distribua aux Grecs des bettes, des laitues, des raves et des poires, aux Romains des cruches de vin, de la viande de porc, des figues, des concombres et des fagots[223]. 5. Les uns riaient de ces pré-

---

216. *Dans la réalité, bien entendu, le butin de Chypre, même s'il se montait réellement à 7000 talents (voir* supra, *XXXVIII, 1), atteignait à peine le tiers de celui de Pompée: 24500 talents. Mais l'exagération, voire la parodie, était la loi du genre.*
217. *Voir* supra, *XLI, 1.*
218. *C'est en effet au cours de l'hiver 54-53 que Pompée, d'Espagne, a cédé une légion à César, appliquant les règles de soutien mutuel que s'étaient fixées les triumvirs.*
219. *Retour du thème, particulièrement scandaleux pour Caton, de l'homme privé* (privatus) *prenant des décisions d'intérêt public (voir* supra, *XVI, 1; XLII, 1).*
220. *Favonius, déjà mentionné* supra *(XXXII, 11), apparaît comme un disciple imparfait de Caton. Apollodore, émule de Socrate, est cité par Platon dans le* Banquet, *172 et dans le* Phédon, *59a-b; 117d.*
221. *Cette biographie comporte décidément un irremplaçable recueil de tricheries électorales. Plutarque les y regroupe avec d'autant plus de jubilation qu'il fait le portrait d'un Caton vertueux.*
222. *Favonius, édile en 52, nomma Caton président des jeux. La fonction d'édile comportait traditionnellement, aux yeux du peuple, des dépenses fastueuses d'où dépendaient la popularité et la carrière future du magistrat.*
223. *Plus que le symbolisme d'ensemble de retour à la frugalité mythique des Anciens, ce qui frappe ici est la distinction entre «régime romain» et «régime grec».*

sents si bon marché, les autres se réjouissaient de voir l'austérité et la rudesse de Caton se changer peu à peu en bonne humeur[224]. 6. Pour finir, Favonius se mêla à la foule et, s'asseyant parmi les spectateurs, il se mit à applaudir Caton, à lui crier de donner aux vainqueurs des présents et des marques d'honneur, et à inviter le public à l'imiter car, disait-il, il avait délégué à Caton toute l'autorité de sa charge. 7. Dans l'autre théâtre, Curion[225], collègue de Favonius, donnait des fêtes somptueuses, mais le public les délaissait pour descendre dans ce théâtre: il s'amusait de bon cœur de voir Favonius jouer le simple citoyen et Caton l'agonothète[226]. 8. Caton faisait cela pour se moquer de ce genre de cérémonies et pour montrer qu'il faut traiter les jeux comme des jeux: à son idée, il valait mieux agrémenter le spectacle de plaisirs sans ostentation que de faire des dépenses et de grands préparatifs pour des bagatelles, en y consacrant beaucoup de soucis et d'efforts.

XLVII. 1. Scipion, Hypsaeus et Milon briguaient le consulat[227]. Non contents d'employer les procédés illégaux, déjà courants et entrés dans les mœurs politiques, la corruption et l'achat des suffrages, ils s'élançaient ouvertement vers la guerre civile, par les armes et le meurtre, avec une audace insensée. Quelques citoyens voulaient confier à Pompée la présidence des comices. Caton s'y opposa d'abord, en disant que les lois visaient à protéger Pompée et n'avaient pas à être protégées par lui. 2. Mais comme l'anarchie se prolongeait et que, chaque jour, trois armées cernaient le forum[228], le mal était presque irrémédiable. Dans ces conditions, Caton décida de ne pas attendre la dernière extrémité et de confier les affaires à Pompée, par une faveur volontaire du Sénat: il choisissait ainsi l'injustice la plus modérée pour guérir les maux les plus graves, et préférait accepter une monarchie plutôt que de laisser la sédition tourner à l'anarchie. 3. Bibulus, qui appartenait à la famille de Caton[229], déclara au Sénat qu'il était d'avis de désigner Pompée consul

---

224. À la moquerie des adversaires s'oppose la distanciation revendiquée avec humour par Caton. Une fois de plus, cependant, malgré la volonté pédagogique dont il se réclame (§ 8), l'incompréhension, qu'elle soit délibérée ou involontaire, prévaut dans le monde politique.
225. Curion était passé maître dans l'organisation des spectacles de théâtre. Selon Cicéron (Lettres à ses familiers, II, 3, 1), il a fait construire en 53, à titre privé, un théâtre pour y donner des jeux en l'honneur de son père défunt; par ailleurs, Pline l'Ancien (XXXVI, 116-120) lui attribue la construction à Rome de deux théâtres pivotants dont la réunion formait un amphithéâtre.
226. L'agonothète (de agôn, compétition) est, dans les cités grecques, l'organisateur des jeux et concours.
227. Le consulat de 52. L'année 53, après la mort de Crassus à Carrhes, lors d'un combat désastreux contre les Parthes, avait déjà vu la République frôler l'anarchie, dans un climat sans cesse plus tendu entre Pompée et César, tous deux proconsuls. Sur Métellus Scipion, voir supra, VII, 1; Publius Plautius Hypsaeus et Titus Annius Milo ont été préteurs en 55. En janvier 52, Clodius sera assassiné par les hommes de main de Milon. Cicéron défendra ce dernier en justice sans pouvoir lui éviter une condamnation (sur les assemblées houleuses dont il est question, voir Pour Milon, 41, 43).
228. Ces troupes sont celles de Pompée, stationnées à proximité du pomoerium (voir supra, XXX, 1-2).
229. Bibulus, consul en 59, est le gendre de Caton (voir supra, XXV, 4; XXXII, 3-4).

unique[230] : ainsi, ou la situation se rétablirait, si Pompée la redressait, ou la Ville serait l'esclave du meilleur. 4. Caton se leva et, à la surprise générale, il approuva cet avis, déclarant que n'importe quelle domination était préférable à l'anarchie[231] ; à son avis, si on faisait confiance à Pompée, celui-ci tirerait le meilleur parti de la situation présente et protégerait la cité.

XLVIII. 1. Désigné consul dans de telles conditions, Pompée pria Caton de venir le trouver dans un faubourg de Rome. 2. Caton s'y rendit et Pompée l'accueillit avec amabilité. Il l'embrassa, lui tendit la main et se déclara son obligé ; il le pria d'être son conseiller et de l'assister dans sa charge[232]. 3. Caton répondit que ses premiers discours ne lui avaient pas été inspirés par une hostilité personnelle, ni ses derniers par la complaisance : tous lui avaient été dictés par l'intérêt de la cité. 4. « À titre privé, lui dit-il, je serai ton conseiller, si tu le souhaites, mais en public, qu'on me demande ou non de parler, je dirai de toute manière ce qui me semblera bon[233]. » Et il fit exactement ce qu'il avait dit. 5. D'abord, lorsque Pompée proposa une loi frappant d'amendes exorbitantes et de lourdes peines ceux qui avaient autrefois corrompu le peuple, Caton lui conseilla de laisser le passé et de s'intéresser à l'avenir[234]. 6. « On ne sait pas, lui dit-il, où peut s'arrêter la recherche des fautes antérieures. Si on décrète des punitions bien postérieures aux crimes, ceux qui ont transgressé une loi qui n'existait pas au moment où ils se sont rendus coupables se trouveront dans une situation terrible, si on invoque cette loi pour les punir. » 7. Plus tard, comme on jugeait plusieurs personnages en vue, dont certains étaient des amis et des proches de Pompée, celui-ci se montra disposé à céder et à fléchir sur bien des points. Mais Caton lui fit de violents reproches et le rappela à la vigilance[235]. 8. Pompée avait interdit par une loi de faire, comme on le faisait d'ordinaire, des éloges des inculpés[236] ; il écrivit pourtant celui de Munatius Plancus et en donna lecture pendant le procès[237]. Caton, qui se trouvait juge de cette affaire, se

---

230. *Le Sénat se réunit près du théâtre de Pompée, hors du pomoerium, ce qui permit au proconsul d'assister à la séance. Pompée fut nommé consul unique (« consul sans collègue ») par l'interroi Servius Sulpicius Rufus ; voir* infra, *XLIX, 3 ;* Pompée, *LIV, 5-8 ;* César, *XXVIII, 7.*
231. *Théorie et pratique du moindre mal en politique, en fonction de l'image que l'on se fait de l'ennemi principal ; voir* Pompée, *LIV, 7.*
232. *Inflexion décisive dans le cours de cette* Vie *: désormais, Caton et Pompée font cause commune contre César et les siens.*
233. *Cette réponse, qui reprend le thème privé/public cher à Caton, se retrouve dans* Pompée, *LIV, 8-9.*
234. *La loi de Pompée sur la brigue aggravait celle que Cicéron avait fait voter en 63 ; son effet rétroactif, critiqué par Caton, remontait jusqu'à 70 (voir Appien, II, 23, 87).*
235. *La position de Caton apparaît équilibrée entre une volonté d'amnistie raisonnable et le souci de fermeté. Parmi les accusés figuraient les préteurs de 55, Milon et Publius Plautius Hypsaeus.*
236. *De tels éloges étaient traditionnels, et c'est sans doute la loi déjà citée qui prévoyait leur suppression.*
237. *Titus Munatius Plancus Bursa, tribun de la plèbe en 52, était un partisan acharné de Clodius et de Pompée (voir* Pompée, *LV, 8-9). Le procès eut lieu en décembre, dès sa sortie de charge, et il fut condamné à l'exil.*

boucha les oreilles avec les mains et s'opposa à la lecture de ce témoignage. Plancus le récusa, après les plaidoyers, mais n'en fut pas moins condamné. 9. De fait, Caton gênait et embarrassait les accusés : ils ne voulaient pas l'avoir comme juge et n'osaient pas non plus le récuser. 10. Plusieurs d'entre eux furent condamnés, parce qu'en fuyant le jugement de Caton, ils avaient l'air de ne pas être sûrs de leur bon droit ; certains se virent même reprocher par leurs adversaires, comme une grande honte, de n'avoir pas voulu de Caton, alors qu'on le leur proposait pour juge[238].

XLIX. 1. Cependant César, tout en continuant à s'absorber dans ses campagnes de Gaule et à s'occuper de ses armées, employait présents, richesses et amis dans le but principal de s'emparer du pouvoir à Rome[239]. Les avertissements de Caton revinrent alors à l'esprit de Pompée[240] ; renonçant à son ancienne incrédulité, il se mit à envisager le pire, mais pour barrer la route à César et agir contre lui, il était encore plein d'hésitations, de lenteurs et de timidités[241]. 2. Caton décida donc de briguer le consulat, ce qui lui permettrait, soit d'enlever aussitôt ses troupes à César, soit de le convaincre de complot[242]. 3. Les candidats qui lui furent opposés étaient l'un et l'autre des hommes en vue ; l'un d'eux, Sulpicius, avait même beaucoup profité de la gloire et de l'influence de Caton à Rome[243] : 4. en se portant candidat, il paraissait donc particulièrement malvenu et ingrat. Cependant, Caton ne lui en faisait pas reproche : « Pourquoi s'étonner, disait-il, que quelqu'un ne cède pas à un autre ce qu'il considère comme le plus grand des biens ? » 5. Caton fit décréter par le Sénat que les candidats à cette magistrature iraient en personne saluer le peuple, et qu'ils n'enverraient pas d'intermédiaires faire le tour des électeurs pour les solliciter et les rencontrer à leur place. Cela contraria encore davantage la foule : il lui enlevait non seulement son salaire, mais aussi la possibilité d'accorder sa faveur ; c'était priver le peuple à la fois de subsides et d'honneur[244]. 6. En outre, Caton n'était guère éloquent quand il plaidait sa propre cause : dans son comportement, il préférait conserver sa dignité personnelle plutôt que d'acquérir celle du consulat. Il alla saluer les gens lui-même et interdit à ses amis d'employer les procédés qui séduisent et flattent la foule. Il n'obtint pas le consulat[245].

---

238. *Cette remarque croise finement la pratique judiciaire si courante de la récusation et les effets perturbateurs induits depuis le début (voir supra, I, 3-4) par l'« image » personnelle de Caton.*
239. *Sur ce point abondamment attesté, voir* Pompée, *LVIII, 1. César fait tout pour obtenir le consulat en 49, immédiatement après la fin de son* imperium *proconsulaire ; voir aussi* César, *XXIX, 1.*
240. *Voir notamment le premier avertissement supra, XLIII, 9.*
241. *Les tergiversations de Pompée sont à cette époque un motif de tourment pour Cicéron.*
242. *Il s'agit du consulat pour 51. Voir* Pompée, *LVI, 2.*
243. *Le juriste Servius Sulpicius Rufus, préteur en 65, interroi pour le début de 52, avait été, avec Caton, l'accusateur de Muréna (voir supra, XXI, 4-9).*
244. *La finesse de l'analyse de psychologie collective revient sans doute en propre à Plutarque.*
245. *Sur le comportement désastreusement « non électoraliste » de Caton, voir supra, VIII, 5 ; sur le résultat du vote, voir* César, *XXIX, 1.*

L. 1. Un échec semblable inspire en général, non seulement aux candidats malheureux, mais aussi à leurs amis et à leur famille, un abattement mêlé de honte et une douleur qui durent bien des jours. Mais Caton prit la situation avec beaucoup de flegme : il alla même se faire frotter d'huile et jouer à la balle sur le Champ de Mars ; après son déjeuner, comme il en avait l'habitude, il descendit pieds nus et sans tunique sur le forum se promener avec ses amis[246]. 2. Cicéron lui reprocha de ne pas s'être vraiment intéressé à cette campagne, à un moment où les affaires avaient besoin d'un consul comme lui : loin d'essayer de séduire le peuple par une attitude plus humaine, il s'était découragé et s'était retiré définitivement de la compétition, alors qu'il avait brigué deux fois la préture. 3. Caton répondit que son échec à la préture ne tenait pas à la volonté de la foule, contre laquelle on avait usé de violence ou de corruption ; en revanche, dans les comices consulaires, il n'y avait pas eu de fraude et il savait bien que c'était sa conduite qui avait heurté le peuple : or un homme sensé ne devait ni changer de conduite pour plaire à autrui ni, gardant la même attitude, s'exposer à subir le même échec[247].

LI. 1. César avait envahi le territoire de peuples belliqueux et les avait vaincus en prenant de grands risques : il s'était jeté sur les Germains en violant, semble-t-il, une trêve, et il leur avait tué trois cent mille hommes[248]. On proposait que le peuple offrît à cette occasion un sacrifice d'action de grâces, mais Caton conseilla de livrer César à ceux qu'il avait trahis, pour éviter de faire retomber cette souillure sur les Romains et de la laisser entrer dans la cité[249]. 2. «Cependant, ajouta-t-il, sacrifions quand même aux dieux car, au lieu de faire payer aux soldats la folie et l'égarement de leur chef, ils épargnent Rome.» 3. Sur ces entrefaites, César envoya une lettre au Sénat. On en donna lecture ; elle contenait beaucoup d'attaques et d'accusations contre Caton. Celui-ci se leva, sans colère ni ressentiment, comme s'il avait préparé et mûrement pesé son discours. Il démontra d'abord que les reproches qui le visaient ressemblaient à des insultes et des railleries, et qu'il s'agissait d'enfantillages et de bouffonneries de la part de César. 4. Il s'intéressa ensuite aux projets que César avait formés dès l'origine et il révéla quelles avaient été toutes ses inten-

---

246. *Vaste esplanade en bordure du Tibre, le Champ de Mars accueillait de nombreux exercices hippiques et sportifs. Caton affiche son habituelle décontraction, à la limite de la provocation (voir supra, VI, 6 ; XLIV, 1) : cette attitude «stoïcienne» de l'homme pour qui l'éthique personnelle l'emporte sur le résultat politique est relevée par Sénèque,* Lettres à Lucilius, *104, 33.*
247. *Cette opinion donne l'impression d'être reprise de Cicéron, qui ne situe pas exactement de la même façon le point d'équilibre entre sagesse et politique.*
248. *Allusion à la campagne de 55 en Germanie : Plutarque opère ici un retour en arrière. Sur le contexte, voir* César, *XXII, où il est question de 400 000 tués, et supra, XLII. Voir aussi le récit de* César, Guerre des Gaules, *IV, 14-15.*
249. *La culpabilité d'un magistrat dans les relations avec les peuples étrangers est une impiété qui rejaillit sur toute la cité. Les juristes romains préconisaient de livrer à l'ennemi tout responsable romain qui aurait violé le «droit des nations» (jus gentium) ; voir pour un cas analogue, en Lusitanie, Cicéron,* Brutus, *80 et 89.*

tions, comme s'il était non l'adversaire de César, mais son complice et son associé. Il expliqua aux sénateurs que, s'ils réfléchissaient bien, ce n'étaient pas les fils des Bretons et des Celtes qu'ils devaient craindre, mais César lui-même. Il retourna le Sénat et le monta si bien contre César, 5. que les amis de celui-ci regrettèrent d'avoir lu cette lettre au Sénat et d'avoir ainsi donné à Caton l'occasion de prononcer des paroles justes et des accusations fondées[250]. 6. Cependant on ne prit aucune décision ; on se contenta de dire qu'il serait bon de donner un successeur à César. 7. Les amis de César déclarèrent que Pompée lui aussi devait déposer les armes et renoncer à ses provinces, sinon César n'en ferait rien. Alors Caton s'écria que ce qu'il leur avait prédit était maintenant arrivé : César usait de violence et employait désormais ouvertement la puissance qu'il avait acquise en trompant et en dupant la cité. Hors du Sénat, Caton ne parvint à rien car le peuple voulait toujours voir César occuper le premier rang. Cependant, il avait pour lui le Sénat qui lui faisait confiance et redoutait le peuple[251].

LII. 1. César s'empara d'Ariminum[252] et l'on annonça qu'il marchait sur Rome avec une armée. Tous – le peuple et Pompée lui-même – tournèrent alors les yeux vers Caton, voyant qu'il était le seul à avoir pressenti la situation dès le début et le premier à avoir prédit clairement ce que César projetait. 2. Caton déclara : « Si l'un de vous m'avait cru, mes amis, quand je ne cessais de vous mettre en garde et de vous conseiller, vous ne seriez pas maintenant réduits à tout craindre d'un seul homme et à mettre tous vos espoirs en un seul autre ! » 3. À quoi Pompée répliqua : « Tes propos étaient plus prophétiques, mais ma conduite plus amicale. » Caton conseilla au Sénat de confier les affaires à Pompée et à lui seul, en déclarant : « Ce sont les responsables des grands malheurs qui doivent y mettre fin[253]. » 4. Mais Pompée n'avait pas d'armée prête ; voyant que les soldats qu'il enrôlait alors manquaient d'enthousiasme, il abandonna Rome[254]. Caton résolut de le suivre et de partager son exil ; il mit à l'abri son plus jeune fils dans le Bruttium, auprès de Munatius, et emmena l'aîné[255]. 5. Comme sa maison et ses filles avaient besoin d'une tutelle, il reprit Marcia, laquelle était à présent veuve et fort riche, car Hortensius en mourant l'avait

---

250. Sur l'ensemble de l'épisode, voir Suétone, César, *XXIV, 3.*
251. Sur le débat et ses enjeux, voir César, *XXX ;* Pompée, *LIX, 6. Le schéma de l'affrontement politique interne est classique : il oppose* populares *et* optimates.
252. César, venu du Nord après avoir franchi le Rubicon, s'empare d'Ariminum (actuelle Rimini) le 12 janvier 49 ; voir César, *XXXII, 5-9 ;* Pompée, *LX, 3.*
253. Propos échangés au Sénat à la nouvelle que César a franchi le Rubicon, sans doute le 15 janvier. Caton a demandé que Pompée soit nommé commandant avec les pleins pouvoirs (voir Pompée, *LXI, 1).*
254. Pompée quitta Rome le 17 janvier 49, déclarant considérer comme « partisans de César » les sénateurs qui ne voudraient pas le suivre (voir Pompée, *LXI, 6 ;* César, *XXXIII, 6).*
255. On voit que l'amitié attentive de Munatius Rufus – à coup sûr la source première de cette information – ne s'est pas démentie. Caton avait eu deux enfants d'Atilia, dont son fils aîné Marcus, et trois de Porcia, dont un garçon.

instituée son héritière[256]. 6. C'est ce que César reproche le plus à Caton : il l'accuse de s'être montré cupide et d'avoir vendu son épouse. 7. Il écrit : « Quel besoin Caton avait-il de la céder, s'il voulait une femme ? Et, s'il n'en voulait pas, quel besoin avait-il de la reprendre ? Mais peut-être cette pauvre femme n'a-t-elle été, dès le début, qu'un appât lancé à Hortensius : il la lui a prêtée jeune pour la reprendre riche[257] ! » 8. À cette accusation répondent fort bien ces vers d'Euripide :

> En premier lieu, ce sont des propos sacrilèges !
> Car il est sacrilège à mes yeux, Héraclès,
> D'oser à ton propos parler de lâcheté[258].

Oui, c'est la même chose de reprocher à Héraclès d'être mou et d'accuser Caton d'une cupidité honteuse. Quant à savoir si, pour d'autres raisons, la conduite de Caton fut irréprochable ou non, en matière conjugale, la question mérite réflexion[259]. 9. En tout cas, dès qu'il se fut remarié avec Marcia et qu'il lui eut confié sa maison et ses filles, Caton suivit Pompée.

LIII. 1. À partir de ce jour-là, dit-on, Caton ne se fit plus raser les cheveux ni la barbe[260] et ne porta plus de couronne. Que son parti fût victorieux ou vaincu, il garda jusqu'à sa mort la même attitude de deuil, d'abattement et de tristesse devant les malheurs de sa patrie. 2. Le sort lui ayant attribué la Sicile comme province[261], il passa à Syracuse et, apprenant qu'Asinius Pollion[262], envoyé par les ennemis, était arrivé à Messine avec une armée, il envoya lui demander pour quelle raison il avait fait cette traversée. 3. Asinius Pollion répondit en lui demandant pour quelle raison les affaires de Rome étaient ainsi bouleversées. Caton apprit ainsi que Pompée avait abandonné toute l'Italie et qu'il avait établi son camp à Dyrrachium[263]. « Vraiment, s'écria-t-il, les

---

256. *Nouveau retour en arrière, pour des événements qui se sont déroulés en juin 50. Sur ces tribulations matrimoniales... et patrimoniales, voir* supra, *XXV, 1-2. En tout état de cause, en vertu de la loi Voconia, Marcia a hérité au maximum de la moitié des biens d'Hortensius.*
257. *Ces propos, visiblement extraits de l'*Anti-Caton *de César, donnent une idée de la tonalité de cette œuvre perdue. Voir Dictionnaire, « Sources ».*
258. *Euripide,* Hercule furieux, *v. 174-175. La citation avait certainement fait partie de l'arsenal des défenseurs de Caton, dès l'époque de celui-ci.*
259. *Cette remarque signe enfin, fût-ce à titre virtuel, une réticence de Plutarque à l'égard d'un comportement matrimonial bien éloigné du sien (comparer* supra, *XXX, 10 ; voir aussi VII, 3).*
260. *C'est, à Rome, un signe de deuil. Symboliquement, le deuil de l'ordre normal de la République.*
261. *On ne sait comment se sont faites les affectations des provinces aux promagistrats comme Caton. La Sicile, centre d'approvisionnement essentiel, est évidemment un point stratégique. Sur l'activité de Caton dans l'île, voir Cicéron,* Lettres à Atticus, *X, 12, 2.*
262. *Pollion est au côté de César lors du passage du Rubicon. Ses* Histoires *sont la source probable de ce passage.*
263. *De Rome, Pompée était passé par Capoue et Brindisi, où il s'était embarqué, à l'annonce de l'arrivée imminente de César, pour Dyrrachium (actuelle Durazzo), sur la côte dalmate, en Albanie actuelle. Voir pour le détail les livres VII à IX des* Lettres à Atticus *de Cicéron.*

affaires divines sont confuses et obscures! Lorsque Pompée ne faisait rien de sain ni de juste, il était invincible et, maintenant qu'il veut sauver la patrie et qu'il combat pour la liberté, il est abandonné par la Fortune!» 4. Caton déclara qu'il était capable de chasser Asinius de Sicile: cependant, comme une autre armée plus importante arrivait en renfort, il ne voulait pas ruiner l'île en y faisant la guerre. Il conseilla aux Syracusains de se rallier au vainqueur et d'assurer leur salut, et embarqua[264]. 5. Lorsqu'il arriva auprès de Pompée, il resta toujours fidèle à une même stratégie: faire traîner la guerre en longueur. Il espérait en effet une réconciliation et ne voulait pas voir la cité se combattre elle-même et se jeter dans les pires dangers en laissant le fer arbitrer le conflit. 6. Il persuada Pompée et ses conseillers de voter des résolutions conformes à ce dessein[265]: ne saccager aucune cité soumise à Rome, ne tuer aucun Romain, sauf en bataille rangée. Ces décisions rendirent le parti de Pompée très populaire et lui gagnèrent le soutien de beaucoup de gens qui appréciaient cette clémence et cette douceur.

LIV. 1. Envoyé en Asie pour aider ceux qui y rassemblaient des vaisseaux et une armée, Caton emmena sa sœur Servilia et l'enfant qu'elle avait eu de Lucullus. 2. Servilia était alors veuve[266] et, en suivant ainsi son frère, elle atténua considérablement les accusations qui couraient sur sa conduite déréglée: elle se plaça volontairement sous la garde de Caton, l'accompagna dans son errance et partagea son mode de vie; cela n'a pourtant pas empêché César de n'épargner à Caton aucune calomnie, même à propos de cette femme[267]. 3. Dans l'ensemble, les généraux de Pompée n'avaient, semble-t-il, aucun besoin de Caton. Cependant il gagna les Rhodiens par la persuasion et laissa chez eux Servilia et son enfant. Il revint ensuite auprès de Pompée, qui concentrait désormais autour de lui des forces terrestres et maritimes considérables[268]. 4. Ce fut alors que l'on vit mieux que jamais, semble-t-il, le fond de la pensée de Pompée. 5. Il avait d'abord voulu confier à Caton le commandement de la flotte – c'est-à-dire plus de cinq cents vaisseaux de guerre, sans compter les bâtiments légers, les navires de reconnaissance et les bateaux non pontés en nombre considérable. 6. Mais il comprit bien vite, instruit par ses amis, que toute la politique de Caton n'avait qu'un but: libérer la patrie. En conséquence, si on laissait Caton maître d'une force aussi considérable, il demanderait à Pompée, le jour même où il aurait vaincu César, de déposer les armes lui aussi, et d'obéir aux

---

264. Caton a compris que les troupes de Pollion ne sont qu'une avant-garde. Derrière lui arrive Curion avec le gros du contingent césarien destiné à la Sicile. Le héros manifeste déjà une certaine retenue patriotique: il tient à limiter les dégâts de la guerre civile. Il embarque le 24 avril et rejoint Pompée à Corcyre.
265. Voir Pompée, LXV, 1.
266. Lucullus est mort sans doute en 57. Sur Servilia, nièce et non sœur de Caton, voir supra, XI, 6; XXIV, 4-5; XXIX, 6 et note.
267. L'Anti-Caton, on l'a vu, regorgeait de ces attaques personnelles.
268. Pompée a installé son quartier général à Thessalonique, où il crée un Sénat. Il passera l'hiver suivant (49-48) à Dyrrachium.

lois. Pompée changea donc d'avis, bien qu'il eût déjà parlé à Caton de cette proposition ; il nomma amiral Bibulus[269]. 7. Cependant, il ne constata pas le moindre refroidissement du zèle de Caton à son égard. Au contraire, dit-on, lors d'un combat devant Dyrrachium[270], comme Pompée exhortait ses troupes et demandait à chacun de ses généraux de dire quelques mots d'encouragement, les différents orateurs ne furent écoutés que mollement et en silence par les soldats. 8. Mais Caton, qui parla après tous les autres, exposa les réflexions philosophiques que lui inspirait la situation ; il évoqua avec passion la liberté, la vertu, la mort et la gloire et, pour finir, il invoqua les dieux et déclara qu'ils étaient présents et contemplaient ce combat livré pour la patrie. 9. Il suscita tant d'acclamations et l'armée exaltée s'élança si vivement que tous les officiers, pleins d'espoir, coururent au-devant du danger : 10. ils mirent les ennemis en déroute et les vainquirent. Mais le *démon* de César[271] les empêcha de remporter une victoire complète ; César profita de la circonspection de Pompée et de son manque de foi dans le succès. J'ai raconté cet épisode dans la *Vie de Pompée*[272]. 11. Tandis que tout le monde se réjouissait et célébrait ce succès, Caton pleurait sur la patrie et déplorait cette ambition funeste et fatale, en voyant que tant de citoyens de valeur s'étaient entre-tués[273].

LV. 1. Lorsque Pompée se lança à la poursuite de César et leva le camp pour la Thessalie[274], il laissa derrière lui, près de Dyrrachium, beaucoup d'armes et de richesses, ainsi que des parents et des proches. Il en confia le commandement et la garde à Caton, avec quinze cohortes de soldats. Il éprouvait pour lui un mélange de confiance et de crainte : 2. il pensait que s'il était vaincu, Caton lui resterait plus fidèle que quiconque, mais qu'en cas de victoire, sa présence l'empêcherait de diriger les événements comme il le désirait. 3. Nombre d'autres personnages en vue furent également laissés à Dyrrachium avec Caton[275].
4. Après la défaite de Pharsale[276], voici les décisions que prit Caton : si Pompée était mort, il ferait passer en Italie ses compagnons, et lui-même irait vivre en exil, le

---

269. *Sur Bibulus, voir* supra, *XXV, 4 ; XXXI, 7 ; XLVII, 3.*
270. *Cette bataille eut lieu à la mi-juillet 48 ; voir* Pompée, *LXV ;* César, *XXXIX.*
271. *Plutarque emploie ici le nom* daïmon *et plus loin (§ 11) l'adjectif de sens contraire* cacodaïmon *pour désigner l'ambition «fatale» (littéralement : dictée par «le mauvais démon») de Pompée. Le problème de la nature exacte des* démons, *êtres situés entre les dieux et les hommes, s'est souvent posé à Plutarque ; voir* Dion, *II, 3-6 ;* Pélopidas, *XXI, 6... et ce propos de Cassius à Brutus, avant la bataille de Philippes : «Il est difficile de croire que des démons puissent exister ou, s'ils existent, qu'ils puissent avoir la figure ou la voix d'un être humain, ou la capacité d'entrer en rapport avec nous» (*Brutus, *XXXVII, 6).*
272. Pompée, *LXV, 8-9.*
273. *Voir* César, *XLI, 1.*
274. *La Thessalie où se trouve Pharsale. Pompée tombe dans le piège tendu par César (voir* César, *XLI, 1-5).*
275. *Parmi eux, Cicéron (voir* De la divination, *I, 68, 2).*
276. *La bataille qui vit la défaite finale de Pompée eut lieu aux ides d'août 48 ; voir* Pompée, *LXIX-LXXI ;* César, *XLIV-XLV.*

plus loin possible de la tyrannie[277]; si Pompée vivait encore, il lui garderait son armée par tous les moyens. 5. Il se rendit donc à Corcyre, où se trouvait la flotte, et voulut remettre le pouvoir à Cicéron, car celui-ci était un personnage consulaire, tandis que lui-même n'était qu'ancien préteur[278]. 6. Cicéron refusa et s'apprêta à partir pour l'Italie[279]. Voyant que le fils de Pompée[280], emporté par une audace et une fierté intempestives, avait l'intention de sévir contre ceux qui embarquaient et s'apprêtait en premier lieu à porter la main sur Cicéron, Caton le prit à part, le réprimanda et l'amena à plus de douceur[281] : il sauva ainsi, de toute évidence, la vie de Cicéron et assura la sécurité des autres.

LVI. 1. Conjecturant que le Grand Pompée chercherait à se réfugier en Égypte ou en Afrique[282], il était pressé de le rejoindre; il embarqua donc avec tous ses hommes, mais, avant de prendre la mer, il autorisa ceux qui ne désiraient pas participer à cette campagne à le quitter et à rester en arrière. 2. Une fois parvenu en Afrique, il rencontra, en longeant les côtes, Sextus, le fils cadet de Pompée, qui lui annonça que son père était mort en Égypte[283]. 3. Tous en furent accablés. Nul ne voulait entendre parler, après Pompée, d'un autre chef que Caton, qui se trouvait là. 4. Quant à lui, plein de respect et de pitié pour ces hommes de bien qui avaient prouvé leur loyauté, il ne voulut pas les abandonner, seuls et sans ressources, en terre étrangère; il accepta donc le commandement et se rendit à Cyrène[284]. Les habitants le reçurent volontiers, alors que, quelques jours plus tôt, ils avaient fermé leurs portes à Labiénus[285]. 5. Là, il apprit que Scipion, le beau-père de Pompée, avait été accueilli par le roi Juba et qu'Attius Varus, qui avait été nommé par Pompée gouverneur de Libye, se trouvait auprès d'eux avec une armée[286]. 6. Caton se mit donc en marche

---

277. *César, aux yeux de Caton, est plus que jamais assimilé à des pratiques et à un régime «tyranniques»; voir* infra, *LVIII-LIX; LXIV, 9; LXVI, 2. La liberté comme principe d'action et de conduite dans la vie publique et privée est un thème récurrent (voir Dictionnaire, «Liberté»).*
278. *Ce respect de la hiérarchie politico-militaire est normal pour un défenseur de la tradition républicaine. Caton s'y conforme scrupuleusement, d'une manière quasi ostentatoire.*
279. *Cicéron embarqua pour Brindisi (voir* Cicéron, *XXXIX, 3).*
280. *Il s'agit du fils aîné de Pompée, qui se nomme comme lui Cnaeus Pompeius Magnus.*
281. *Récit analogue dans* Cicéron, *XXXIX, 1-2.*
282. *«Afrique» traduit ici le grec «Libye», pour désigner la Cyrénaïque.*
283. *Pompée est assassiné le 16 août 48, à 59 ans, sur l'ordre d'Achillas, préfet du roi d'Égypte Ptolémée XIV; voir* Pompée, *LXXIX;* Lucain, Pharsale, *VIII, 467 et suiv. À partir d'ici, l'œuvre du grand poète stoïcien de l'époque de Néron fournit de précieuses indications complémentaires.*
284. *Cyrène est la grande et riche cité de tradition hellénistique qui contrôle ce territoire.*
285. *Titus Labiénus est un ancien légat de César en Gaule passé dans le camp de Pompée (voir* Pompée, *LXIV, 5). Il est parti avec Caton après Pharsale à la recherche de Pompée.*
286. *Scipion (Quintus Caecilius Metellus Pius Scipio), alors proconsul, a été consul en 52. Le roi de Numidie, Juba Ier, s'est déclaré en faveur de Pompée et a défait l'armée césarienne conduite par Curion; l'Afrique est alors devenue le centre de la résistance à César. Publius Attius Varus est le propréteur de la province d'Afrique.*

pour les rejoindre, par terre, pendant l'hiver[287]. Il avait rassemblé un grand nombre d'ânes pour transporter de l'eau et emmenait beaucoup de bétail; il avait aussi des chars et des hommes, nommés Psylles, qui guérissent les morsures de serpents en aspirant le venin avec la bouche et savent même engourdir et charmer les serpents[288]. 7. Le voyage dura sept jours, sans interruption. Caton allait en tête, à pied : jamais il ne montait un cheval ou une bête de somme. Il prenait ses repas assis, et non couché : depuis qu'il avait appris la défaite de Pharsale, il avait ajouté aux autres manifestations de son deuil la décision de ne plus se coucher que pour dormir[289]. 8. Il séjourna en Libye[290] toute la fin de l'hiver, puis il fit repartir son armée, qui comptait près de dix mille hommes.

LVII. 1. Du côté de Scipion et de Varus, la situation était fâcheuse : le différend qui les opposait les avait amenés à s'insinuer dans les bonnes grâces de Juba, un homme auquel ses richesses et sa puissance avaient inspiré une arrogance et un orgueil insupportables[291]. 2. Au moment de sa première rencontre avec Caton, il fit placer son propre siège entre ceux de Scipion et de Caton. 3. Dès que Caton vit cette disposition, il prit son siège et le mit de l'autre côté, donnant ainsi à Scipion la place centrale[292], alors que celui-ci était pourtant son adversaire et avait même publié contre lui un petit ouvrage rempli d'accusations violentes[293]. 4. Par la suite, on ne sut nul gré à Caton de son attitude, alors qu'on lui reproche d'avoir en Sicile, au cours d'une promenade, placé Philostrate au centre, en l'honneur de la philosophie[294]. 5. Pour en revenir à l'époque dont nous parlons, Caton empêcha désormais Juba de traiter Scipion et Varus comme s'ils étaient presque ses satrapes et il les réconcilia. 6. Tous désiraient voir Caton exercer le commandement; Scipion et Varus étaient les premiers à vouloir s'en démettre pour le lui céder, mais il déclara

---

287. *La version du poète Lucain (IX, 319 et suiv.) est plus complète : c'est après une tempête qui aurait détruit en grande partie sa flotte que Pompée aurait débarqué à Bérénicè (actuelle Benghazi), puis se serait dirigé vers Leptis Magna.*

288. *Les « Psylles » (décrits par Lucain, IX, 890-937) sont peut-être ces tribus d'abord sédentaires qui, selon Hérodote (Enquête, IV, 173), se seraient adonnées à la vie nomade par suite du manque d'eau. Strabon, puis Pline l'Ancien, se font l'écho de leur réputation de charmeurs de serpents.*

289. *Voir Lucain, IX, 398 et suiv.; 587 et suiv. Voir aussi infra, LXVII, 1.*

290. *Ou en Afrique : les avis sont très partagés.*

291. *En fait, le roi de Numidie utilisait à son profit, et avec morgue, la rivalité entre Scipion et Varus, lequel ne voulait pas céder le commandement à son collègue; voir Dion Cassius, XLII, 57, 1-3.*

292. *Chez les Numides, cette place avait une importance déterminante; voir Salluste,* Jugurtha, *11, 3, pour un épisode analogue mettant en présence trois aspirants à la monarchie – dont le père de Juba – après la mort de Micipsa, en 118.*

293. *Le motif initial de la mésentente était d'ordre privé (voir supra, VII) : Scipion avait épousé Lépida, fiancée de Caton. Dans cette autre version d'« Anti-Caton », Scipion accusait son adversaire de malversations au moment de la vente du butin de Chypre; voir supra XXXVI et Pline l'Ancien, VIII, 196.*

294. *Philostrate était un philosophe de l'école platonicienne connu à la cour de Cléopâtre; voir* Antoine, *LXXX, 3.*

qu'il ne violerait pas les lois, puisqu'on était précisément en guerre pour les défendre contre celui qui les violait, et que lui, un propréteur, ne chercherait pas à avoir la première place, alors qu'un proconsul était présent[295]. 7. Scipion avait en effet été nommé proconsul et son nom inspirait du courage aux troupes, qui s'attendaient à vaincre du moment qu'un Scipion commandait en Afrique[296].

LVIII. 1. Dès qu'il eut reçu le commandement, Scipion voulut, pour complaire à Juba, faire tuer tous les habitants d'Utique en âge de porter les armes et raser cette cité, sous prétexte qu'elle soutenait César[297]. Caton s'en indigna; il protesta, poussa les hauts cris devant le conseil, invoqua les dieux et, à grand-peine, parvint à soustraire les habitants à un traitement aussi cruel. 2. À leur prière et à la demande de Scipion lui-même, il se chargea de mettre la cité sous bonne garde pour l'empêcher de se rallier, de gré ou de force, à César[298]. 3. Utique était en effet une position avantageuse à tous points de vue, qui pouvait subvenir aux besoins de ceux qui la tenaient. Caton la renforça encore[299]. 4. Il y fit venir du blé en quantité extraordinaire et consolida les remparts, en élevant des tours et en traçant, devant la cité, des fossés profonds et des retranchements. 5. Ce fut là qu'il assigna à résidence les habitants d'Utique en âge de combattre, après s'être fait remettre leurs armes. Quant au reste des habitants, il les confina dans la cité, en veillant avec le plus grand soin à leur épargner toute violence et tout mauvais traitement de la part des Romains. 6. Il envoya beaucoup d'armes, d'argent et de vivres à l'armée; en un mot, il fit d'Utique le centre de ravitaillement de la guerre. 7. Il conseillait à Scipion, comme à Pompée autrefois, de ne pas engager de bataille contre un adversaire habile à la guerre et d'employer contre lui le temps, qui affaiblit la force de toute dictature. Mais dans sa présomption, Scipion méprisait ces avis. 8. Un jour, il écrivit même à Caton une lettre insultante, en le traitant de lâche : « Non content de rester sans bouger dans une cité, derrière les remparts, tu empêches les autres d'exécuter hardiment leurs plans en profitant de l'occasion favorable. » 9. À quoi Caton répondit par lettre : « Je suis prêt à repasser en Italie, en emmenant les fantassins et les cavaliers que j'ai amenés en Afrique, pour éloigner César de vous et l'attirer vers moi. » 10. Scipion se moqua aussi de cette proposition. On se rendit compte alors que Caton regrettait de

---

295. Caton, une fois de plus, affiche son respect du rang hiérarchique. Peut-être souhaite-t-il surtout éviter un conflit avec Scipion.

296. Sans doute se souvient-on, parmi les Romains, des exploits des deux grands Scipions « Africains » – le vainqueur d'Hannibal et le destructeur de Carthage –, mais Plutarque mentionne aussi un oracle selon lequel il revenait à un Scipion de l'emporter sur la terre d'Afrique (voir César, LIX, 2).

297. À Utique s'était reformé l'état-major de Pharsale. Juba avait reporté sur la cité son hostilité ardente envers César.

298. La clémence et l'humanité de Caton, une fois de plus soulignées, ne l'empêchent pas de se méfier, lui aussi, d'éventuelles accointances césariennes de la cité (voir § 5).

299. Polybe (XV, 2, 7) et Tite-Live (XXX, 25, 4-5) ont décrit la position clé de ce port situé au débouché du Bagradas, à 50 km au nord-ouest de Carthage. Pour tout ce qui suit, la source principale de Plutarque doit se trouver dans les chapitres 87 et 88 de la Guerre d'Afrique *de César.*

lui avoir cédé le commandement; il comprenait que Scipion ne saurait pas mener la guerre et que si, contre toute attente, la Fortune lui souriait, il ne montrerait aucune mesure dans son triomphe sur ses concitoyens[300]. 11. Caton pensait donc, et il le disait à ses familiers, qu'il n'avait pas bon espoir pour cette guerre, à cause de l'inexpérience et de la témérité des chefs: 12. si, par une heureuse fortune, César était renversé, il ne resterait pas lui-même à Rome et fuirait l'hostilité et l'acrimonie de Scipion, qui déjà proférait des menaces terribles et hautaines contre beaucoup de gens[301]. 13. Les événements dépassèrent toutes ses craintes. Un soir, très tard, un messager arriva du camp, qu'il avait quitté trois jours plus tôt; il annonçait qu'une grande bataille avait été livrée près de Thapsus, que tout était perdu, que César s'était emparé des camps, que Scipion et Juba avaient fui avec un petit nombre des leurs et que le reste de l'armée avait péri[302].

LIX. 1. Sous le choc de cette nouvelle, toute la cité – comme on peut l'imaginer, étant donné qu'il faisait nuit et que c'était la guerre – faillit perdre la raison. On eut bien du mal à contenir les habitants à l'intérieur des remparts. 2. Caton se montra alors: il abordait ceux qu'il rencontrait en train de courir de tous côtés et de pousser des cris, les réconfortait et ôtait à leur peur ce qu'elle avait de frénétique et d'égaré; il leur disait que les événements n'étaient peut-être pas si graves et qu'on les exagérait en les rapportant. Il parvint à calmer les esprits. 3. Au point du jour, il fit proclamer l'ordre aux trois cents qui formaient son conseil – il s'agissait de Romains fixés en Afrique pour y faire du commerce ou du prêt à intérêt – de se réunir dans le temple de Jupiter, avec tous les sénateurs présents et leurs enfants[303]. 4. Ils étaient encore en train de prendre place quand il s'avança, sans laisser paraître la moindre émotion, dans le plus grand calme, comme si rien d'exceptionnel ne s'était produit. Il lisait un livre qu'il avait à la main[304] et qui contenait la liste des ressources dont il disposait pour la guerre: armes, vivres, arcs, fantassins. 5. Quand tous furent réunis, il s'adressa aux trois cents et fit d'abord un long éloge du zèle et de la loyauté dont ils avaient fait preuve, en ne ménageant ni leurs

---

300. *La sagesse de Caton lui fait percevoir ici encore que le bon usage de la victoire – en quelque sorte l'art stoïcien de la surmonter – n'est pas à attendre de ses associés.*

301. *Ce passage et ce qui suit doivent sans doute beaucoup à Asinius Pollion, déjà mentionné (supra, LIII, 2), qui est aussi la source de César, XVIII-XXVII et LII, ainsi que du passage des* Guerres civiles *d'Appien correspondant à cet épisode (II, 87-98).*

302. *La défaite des pompéiens à Thapsus a eu lieu le 6 avril 46; voir César,* Guerre d'Afrique, *86-88, naturellement beaucoup plus défavorable à Caton.*

303. *Ces Romains, commerçants et hommes d'affaires (voir infra, LXI, 2) dont la présence est bien attestée depuis longtemps dans la province, étaient membres de la communauté, du* conventus *des citoyens romains d'Utique (voir* Guerre d'Afrique, *68, 4; 88, 1; 90, 1). Il est essentiel pour Caton de conserver à sa faction l'allure de la légitimité, d'où le recours à un «sénat». Dans ce contexte, la réunion de celui-ci dans le temple de Jupiter n'a rien que de conforme à la tradition romaine.*

304. *Il était dans les habitudes de Caton de lire lorsqu'il attendait l'ouverture des séances du Sénat; voir supra, XIX, 1. Une fois de plus, il tient à s'affirmer fidèle à l'image qu'il a imposée de lui-même.*

richesses, ni leurs personnes, ni leurs conseils. Il les conjura de ne pas renoncer à tout espoir, et de ne pas chercher à fuir ou à s'évader chacun de son côté : 6. en restant tous ensemble, ils inspireraient à César moins de mépris, s'ils choisissaient de combattre et, s'ils le suppliaient, plus de désir de les épargner. 7. Il les invita à délibérer sur leur propre sort. Quel que soit le parti qu'ils prendraient, il ne les en blâmerait pas. S'ils changeaient de sentiment en fonction de la Fortune, il imputerait ce revirement à la Nécessité[305]. 8. Mais s'ils faisaient face au danger et acceptaient de risquer leur vie pour la liberté, il les en louerait et, bien plus, plein d'admiration pour leur courage, il se mettrait à leur disposition comme chef et compagnon de lutte, jusqu'au moment où ils auraient soumis à l'épreuve ultime la Fortune de leur patrie – il ne s'agissait pas d'Utique, ni d'Hadrumète[306], mais de Rome que bien souvent sa grandeur avait relevée d'épreuves plus redoutables. 9. Parmi les nombreuses raisons qui leur permettaient d'espérer le salut et la sécurité, la principale était que l'ennemi était tiraillé en tous sens par les événements : l'Espagne s'était ralliée au jeune Pompée[307] et Rome elle-même, encore mal habituée au frein, ne l'avait pas encore tout à fait accepté ; elle s'indignait de son sort et renâclait contre tout changement. 10. Au lieu de fuir le danger, il fallait donc profiter des leçons que leur donnait l'ennemi, lui qui, pour commettre les pires injustices, ne ménageait pas sa vie – et pourtant, il n'avait pas, comme eux, la possibilité d'en finir avec l'incertitude de la guerre, de connaître en cas de succès la vie la plus heureuse ou, en cas d'échec, la mort la plus glorieuse. 11. Ils devaient délibérer de tout cela entre eux ; pour sa part, il priait les dieux qu'en récompense de leur vertu et de leur dévouement passé, leurs décisions tournent à leur profit.

LX. 1. Tel fut le discours de Caton. Certains furent séduits par son éloquence qui leur rendit confiance, mais la plupart, voyant son courage, sa noblesse et son humanité, oublièrent presque la situation dans laquelle ils se trouvaient : le considérant comme le seul chef invincible, qu'aucun coup de la Fortune ne pouvait abattre, ils lui demandèrent d'employer comme il le jugerait bon leurs personnes, leurs biens et leurs armes, 2. car ils préféraient mourir en lui obéissant que se sauver en trahissant une vertu comme la sienne. 3. On proposa d'accorder la liberté aux esclaves et la plupart approuvèrent cet avis, mais Caton refusa de le suivre, déclarant que cette mesure n'était ni légale ni juste ; cependant, si les maîtres affranchissaient eux-mêmes leurs esclaves, il admettrait dans l'armée ceux qui étaient en âge de combattre. 4. Beaucoup promirent d'affranchir leurs esclaves ; Caton fit enregistrer

---

305. Un peu emberlificotée, cette formule, comme celle qui suit, donne une idée du goût de Caton (et de Plutarque...) pour la réflexion sans fin sur les relations entre la Tychè *(«Fortune») et l'*Ananchè *(«Nécessité»). Le thème des relations avec la Fortune, plus nettement encore que dans les autres* Vies parallèles, *va dominer toute la fin de cette biographie. Caton est particulièrement préparé à cet affrontement.*
306. Hadrumète (actuelle Sousse) était une des principales cités du centre de la province d'Afrique.
307. Il s'agit du fils aîné de Pompée, Cnaeus, parti d'Utique pour le bastion pompéien d'Espagne à la fin de 47 (voir Cicéron, Lettres à Atticus, *XII, 2, 1 ; Dion Cassius, XLII, 56, 3-4).*

le nom des volontaires et se retira[308]. 5. Peu après, il reçut des lettres de Juba et de Scipion. Juba était caché dans la montagne avec quelques compagnons; il lui demandait ce qu'il avait l'intention de faire, et se déclarait prêt à l'attendre, s'il quittait Utique, et à venir à son secours avec une armée, si on l'assiégeait. Quant à Scipion, il était à l'ancre devant un promontoire non loin d'Utique[309] et lui aussi était dans l'expectative.

LXI. 1. Caton décida de retenir ceux qui avaient apporté les lettres jusqu'au moment où il serait sûr des intentions des trois cents. 2. Les sénateurs étaient pleins de zèle; ils avaient aussitôt libéré leurs esclaves et les avaient armés. Mais les trois cents, qui étaient des navigateurs et des financiers et dont les esclaves représentaient la principale richesse, ne se souvinrent pas longtemps des propos de Caton et les laissèrent échapper de leur esprit[310]. 3. Les corps mous reçoivent facilement la chaleur, mais à l'inverse, ils la perdent et se refroidissent dès qu'on les éloigne du feu. Il en fut de même pour ces gens-là. Quand ils voyaient Caton, ils étaient enflammés et embrasés, mais dès qu'ils se livraient à leurs propres réflexions, la peur que leur inspirait César leur enlevait le respect qu'ils éprouvaient pour Caton et pour l'honneur. 4. « Qui sommes-nous, se disaient-ils, et quel est celui dont nous refusons d'exécuter les ordres? César n'est-il pas l'homme en qui se trouve concentrée toute la puissance des Romains? Aucun de nous n'est un Scipion, ni un Pompée, ni un Caton, 5. et pourtant, alors que tous, sous l'effet de la peur, ont des sentiments plus bas qu'ils ne devraient, nous prenons, nous, la défense de la liberté romaine, et nous voulons combattre, depuis Utique, un homme à qui Caton, quand il a pris la fuite avec le Grand Pompée, a cédé l'Italie! 6. Quoi? Nous irons affranchir des esclaves pour lutter contre César, alors que nous ne disposons nous-mêmes que de la liberté que César veut bien nous laisser? Malheureux! il est encore temps de reprendre nos esprits. Supplions le vainqueur et envoyons-lui des messagers intercéder pour nous[311]! » 7. Tel était le langage des plus modérés des trois cents. La plupart d'entre eux conspiraient même contre les sénateurs; ils se disaient qu'en les faisant arrêter, ils apaiseraient la colère que César pouvait éprouver à leur égard.

---

308. *Le problème de l'affranchissement* (manumissio) *des esclaves – ici par les riches citoyens romains membres du* conventus *– aux fins de renforcer une armée de guerre civile s'est posé au Ier siècle dans plusieurs circonstances analogues. Une telle attitude est un objet classique de polémique, ce qui explique que Plutarque en exempte son héros, alors que la* Guerre d'Afrique *(88, 1; 36, 1) place Caton à l'origine de la proposition.*
309. *Le cap Bon? Il est difficile de rien affirmer.*
310. *La contradiction de ce passage avec LX, 3 pourrait confirmer que l'idée de libérer et d'enrôler les esclaves revient à Caton. Cette idée constitue pour les propriétaires un motif supplémentaire de faire défection.*
311. *Cette sorte de « monologue intérieur » pluriel résume les excellentes raisons qu'on peut se donner en pareilles circonstances pour justifier l'obéissance à la loi du plus fort: saisissante analyse d'une lâcheté collective.*

LXII. 1. Caton s'attendait à un tel revirement, mais il ne voulut pas mener l'enquête plus avant. Cependant, il écrivit à Scipion et à Juba de s'éloigner d'Utique, parce qu'il se défiait des trois cents, et il renvoya les messagers qui avaient apporté les lettres[312]. 2. Les cavaliers, qui avaient échappé à la bataille en grand nombre, s'approchèrent d'Utique ; ils envoyèrent à Caton trois hommes porteurs de messages différents. 3. Les uns désiraient se rendre auprès de Juba, les autres, rejoindre Caton, d'autres enfin avaient peur d'entrer dans Utique. 4. Après avoir entendu ces divers avis, Caton ordonna à Marcus Rubrius de surveiller les trois cents et de recevoir discrètement, sans contraindre personne, les déclarations écrites de ceux qui libéraient leurs esclaves. 5. Quant à lui, prenant avec lui les sénateurs, il sortit d'Utique et rencontra les chefs de la cavalerie. Il leur demanda de ne pas sacrifier tant de citoyens romains de rang sénatorial, et de ne pas choisir Juba comme général à la place de Caton, mais d'assurer leur salut et celui de tous en entrant dans une cité qu'on ne pouvait prendre de force et qui pouvait tenir pendant de nombreuses années, grâce à ses réserves de blé et à ses autres ressources. 6. Les sénateurs leur adressèrent les mêmes prières en pleurant. Les chefs de cavalerie allèrent en discuter avec leurs hommes. Assis sur un tertre avec les sénateurs, Caton attendait leur réponse[313].

LXIII. 1. Sur ces entrefaites survint Rubrius, qui accusait avec colère les trois cents de causer beaucoup de désordre et d'agitation ; il disait qu'ils faisaient défection et jetaient le trouble dans la cité. 2. Ces propos plongèrent tous les sénateurs dans le désespoir : ils se mirent à pleurer et à se lamenter. Caton essaya de leur rendre courage et envoya dire aux trois cents de l'attendre. 3. De leur côté, les porte-parole des cavaliers se présentèrent, porteurs d'exigences pleines d'excès : ils déclaraient qu'ils n'avaient pas besoin de Juba pour leur donner une solde et qu'ils ne craignaient pas César si Caton les commandait, 4. mais qu'ils trouvaient dangereux d'être enfermés avec les gens d'Utique, ces Carthaginois prompts aux revirements qui, même s'ils se tenaient tranquilles pour le moment, se rallieraient à César dès qu'il arriverait, attaqueraient avec lui et trahiraient[314]. 5. En conséquence, si on avait besoin de leur assistance et de leur présence, il fallait chasser ou massacrer tous les habitants d'Utique : cela fait, on pourrait les appeler à entrer dans la cité, une fois qu'elle serait purgée des ennemis et des Barbares[315]. 6. Caton jugea ces conditions terriblement sauvages et barbares, mais il répondit avec douceur qu'il en délibére-

---

312. Ni Scipion ni Juba n'ont dû recevoir ces lettres : Scipion est mort à Hippone peu de jours après l'envoi de son propre message ; Juba s'est donné la mort après une défaite face à Pétreius, près de Zama (voir Guerre d'Afrique, *94).*
313. La mise en scène ordonnée par Plutarque a pour but et pour effet de faire saisir la diversité des mobiles et des objectifs des protagonistes, en même temps que l'impasse devant laquelle se trouve Caton.
314. La « mauvaise foi punique » est un thème récurrent de la vision romaine des Carthaginois, thème particulièrement développé dans les récits de la guerre d'Hannibal (par exemple Tite-Live, XXV, 39, 1).
315. Selon la Guerre d'Afrique, *87, 3-7, les cavaliers auraient mis à exécution une partie de ces projets de terreur, avant d'être « désintéressés » par Caton, à raison de 100 sesterces par tête.*

rait avec les trois cents. 7. Il regagna Utique. Les hommes qu'il y trouva ne cherchaient plus de prétextes ni de faux-fuyants par respect pour lui; ils s'indignaient ouvertement qu'on voulût les forcer à combattre César, ce qu'ils ne pouvaient ni ne voulaient faire. 8. Certains disaient même tout bas que, puisque César approchait, il fallait retenir les sénateurs dans la cité. Caton feignit de n'avoir pas entendu cette dernière suggestion, et d'ailleurs il était un peu dur d'oreille[316]. 9. Mais quand on vint lui annoncer que les cavaliers s'en allaient, il craignit de voir les trois cents perdre complètement la tête et se retourner contre les sénateurs. Il se leva et partit avec ses amis. 10. Constatant que les cavaliers étaient déjà à quelque distance, il prit un cheval et se lança à leur poursuite. En le voyant arriver, ils l'accueillirent avec joie et l'engagèrent à se sauver avec eux. 11. Alors, dit-on, Caton se mit à pleurer. Il les supplia pour les sénateurs, les mains tendues; il faisait même tourner bride aux chevaux de certains d'entre eux et saisissait leurs armes. Il parvint enfin à les faire rester au moins ce jour-là pour assurer la fuite des sénateurs[317].

LXIV. 1. Lorsqu'il revint à Utique avec eux, il plaça les uns aux portes de la ville, et confia aux autres la garde de la citadelle. Alors les trois cents, craignant d'être châtiés pour leur volte-face, envoyèrent demander à Caton de venir les trouver à tout prix. 2. Mais les sénateurs l'entourèrent et l'empêchèrent d'y aller, déclarant qu'ils n'abandonneraient pas leur protecteur et leur sauveur à des perfides et à des traîtres. 3. À ce moment-là, semble-t-il, tous les habitants d'Utique sans distinction éprouvaient une très claire conscience de la vertu de Caton; ils l'aimaient et l'admiraient, car ils n'avaient jamais vu dans sa conduite la moindre trace d'artifice et de fausseté. 4. Cet homme, qui avait décidé depuis longtemps de se tuer, s'imposait pour les autres de terribles efforts; il s'infligeait des tracas et des tourments afin de mettre tout le monde en sûreté avant de renoncer à la vie. On n'ignorait pas en effet l'élan qui le portait vers la mort, même s'il n'en disait rien[318]. 5. Il obéit donc à l'invitation des trois cents, après avoir réconforté les sénateurs, et se rendit seul auprès d'eux. Ils lui exprimèrent leur reconnaissance et le prièrent de les employer à tout ce qu'il voudrait et de leur faire confiance, mais d'avoir pitié de leur faiblesse s'ils n'étaient pas des Caton et n'avaient pas la force d'âme d'un Caton[319]. 6. Ils lui dirent qu'ils avaient décidé de supplier César et de lui envoyer une délégation. Ce serait d'abord pour lui, Caton, qu'ils le solliciteraient; si César ne se laissait pas fléchir, ils n'accepteraient pas la grâce qui pourrait leur être offerte et combattraient pour

---

316. *Ce détail n'est pas autrement attesté, mais, restitué dans son contexte, il y a peu de chance qu'il ait été inventé. Il ajoute à l'isolement du héros, prisonnier de sa propre grandeur.*
317. *Devant la dégradation irréversible de la situation, la dernière ressource de Caton est d'obtenir des cavaliers numides, non plus la protection d'Utique, mais l'appui donné à la fuite des «sénateurs» romains vers la Sicile et l'Italie.*
318. *Annonce du thème de la mort volontaire, qui colore toute la fin de cette* Vie, *et que module ici l'humanité, la* philanthropia *de Caton.*
319. *L'héroïsation du personnage est en cours: dès avant sa disparition, Caton est devenu plus qu'un homme, un type – un* exemplum.

Caton jusqu'à leur dernier souffle. 7. Caton loua leur dévouement et répondit qu'ils devaient envoyer en toute hâte une délégation pour assurer leur propre salut, mais qu'il ne fallait rien demander pour lui. « C'est aux vaincus qu'il convient de prier, aux coupables de demander pardon. 8. Pour moi, de toute ma vie, je n'ai jamais connu la défaite, et je suis encore vainqueur, autant que je le veux[320] : j'ai sur César la supériorité de l'honneur et de la justice. 9. C'est lui, César, qui est l'accusé et le vaincu ; il niait autrefois qu'il agissait contre sa patrie, mais à présent sa culpabilité est reconnue, il est pris en flagrant délit. »

LXV. 1. Après s'être ainsi entretenu avec les trois cents, il s'en alla et, apprenant que César était déjà en route[321] et qu'il amenait toute l'armée, il s'écria : « Hélas ! Il nous traite comme si nous étions des hommes dignes de ce nom ! » 2. Puis, se tournant vers les sénateurs, il les pria d'assurer leur salut sans tarder, tant que les cavaliers étaient encore là. 3. Il fit fermer toutes les portes de la ville et, prenant celle qui menait vers la mer, il répartit les navires entre ses subordonnés et veilla au bon ordre, empêchant les injustices, apaisant les troubles et ravitaillant ceux qui n'avaient pas de ressources.
4. Marcus Octavius[322], qui avait deux légions, établit son camp près d'Utique et lui envoya un messager pour lui demander de régler avec lui le partage de leurs pouvoirs. Caton ne lui répondit rien, 5. mais dit à ses amis : « Et après cela, nous nous étonnons que notre cause soit perdue ! Nous voyons pourtant que l'ambition persiste, au moment même où nous courons au désastre ! » 6. Là-dessus, apprenant que les cavaliers, qui partaient déjà, pillaient les biens des habitants d'Utique comme si c'était des prises de guerre, il courut à eux et reprit leur butin aux premiers qu'il rencontra ; les autres se hâtèrent de jeter et de reposer ce qu'ils avaient pris, et tous, pleins de honte, s'en allèrent en silence, les yeux baissés[323]. 7. Caton rassembla les habitants d'Utique à l'intérieur de la cité et les pria de ne pas exciter César contre les trois cents et de travailler ensemble à leur salut commun. 8. Ensuite, il retourna vers la mer pour surveiller l'embarquement, embrassant et escortant tous les amis et les hôtes qu'il avait décidés à prendre la mer. 9. Il ne parvint pas à convaincre son fils d'embarquer et ne crut pas devoir le repousser, puisque le jeune homme s'attachait obstinément à son père.

---

320. La véritable victoire, pour Caton, est celle que l'on remporte sur soi-même et sur ses passions. De ce point de vue, il s'estime vainqueur de César. Il est le patriote intraitable parce que totalement désintéressé, invaincu et invincible (voir supra, I, 3 ; II, 5 ; XXIX, 1 ; LX, 1). Voir Horace, Chant séculaire, *II, 1, 23-24 : « La terre entière fut soumise, mais non l'âme indomptable de Caton » ; d'un autre point de vue, Lucain, I, 128 : « Victrix causa deis placuit, sed victa Catoni » : « Les dieux ont épousé la cause du vainqueur, mais Caton celle du vaincu. »*
321. D'après la Guerre d'Afrique, *César est parti de Thapsus le 7 avril ; il entrera dans Utique le 16 avril.*
322. Cet Octavius, partisan de Pompée, est sans doute légat propréteur de Varus en Afrique (voir Guerre d'Afrique, *44, 2).*
323. La Guerre d'Afrique *(87, 3-7) évoque non de simples vols, mais un véritable massacre.*

10. Il y avait là un certain Statyllius, qui était jeune, mais voulait être ferme et imiter l'impassibilité de Caton. 11. Celui-ci le priait de partir, car on le savait anticésarien. Comme Statyllius refusait, Caton se tourna vers le stoïcien Apollonidès et le péripatéticien Démétrios, et leur dit : « C'est à vous de calmer cet être enflé d'orgueil et de le diriger dans le sens de son intérêt. » 12. Il accompagna les autres et donna audience à ceux qui le lui demandaient. Il passa ainsi la nuit et la plus grande partie du lendemain[324].

LXVI. 1. Lucius César[325], parent de César, devait se rendre en ambassade au nom des trois cents. Il pria Caton de l'aider à composer un discours persuasif qu'il prononcerait en leur faveur. « Quand je le prierai pour toi, ajouta-t-il, je considérerai comme un honneur de saisir sa main et de tomber à ses genoux. » Caton lui défendit d'agir ainsi. 2. « Si je voulais devoir la vie à César, lui dit-il, j'irais le trouver en tête à tête. Mais je ne veux pas être redevable à un tyran de ses outrages à la loi. Oui, il outrage la loi en accordant la vie sauve, comme s'il était leur maître, à des gens sur lesquels il n'a aucun droit. Cependant, examinons ensemble, si tu veux, comment tu peux demander la grâce des trois cents. » 3. Il s'employa à cette tâche avec Lucius et, au départ de celui-ci, il lui recommanda son fils et ses compagnons. 4. Il l'escorta, lui tendit la main, puis rentra chez lui. Alors il réunit son fils et ses amis, et eut avec eux un long entretien, au cours duquel il défendit notamment au jeune homme de se mêler de politique. 5. « La situation, lui expliqua-t-il, ne permet plus de s'en occuper comme un Caton doit le faire, et s'en occuper autrement serait honteux. » 6. Vers le soir, il alla se baigner[326]. Pendant qu'il se lavait, il se souvint de Statyllius et s'écria d'une voix forte : « Dis-moi, Apollonidès, as-tu réussi à renvoyer Statyllius et à l'arracher à son orgueil ? A-t-il pris la mer sans même nous avoir embrassé ? 7. – Comment l'aurais-je pu ? dit Apollonidès. Nous avons pourtant longuement discuté ensemble, mais il est orgueilleux et inébranlable : il déclare qu'il ne bougera pas et qu'il fera tout ce que tu feras. » 8. À ces mots, Caton sourit, dit-on, et répondit : « C'est ce qu'on verra tout à l'heure. »

LXVII. 1. Après s'être baigné, il dîna avec un grand nombre de convives, en restant assis, comme il en avait l'habitude depuis la bataille de Pharsale, car il ne se couchait plus que pour dormir[327]. Tous ses compagnons participèrent à ce repas, ainsi

---

324. *Évocation un peu elliptique du cercle de «philosophes» d'âge et de tendances variés qui entourent Caton jusqu'à la fin (voir* infra, *LXVII, 2-3). «Statyllius» est un Statilius Taurus d'identification incertaine ; sa mort fait l'objet de la dernière phrase de cette* Vie *(voir aussi* Brutus, *XII, 3 ; LI, 5).*
325. *Lucius Julius Caesar, fils du consul de 64, a un rapport de parenté assez lointain avec le «grand César». Il a servi d'intermédiaire dès 49. Pour l'heure, il est placé, comme proquesteur, sous les ordres de Caton. César l'épargnera (voir* Guerre d'Afrique, *89, 4-5).*
326. *Le bain, comme le repas et avant lui, se prête particulièrement, dans la coutume des Anciens, à cette sorte d'échange familier, dans lequel se manifeste un rappel à l'essentiel.*
327. *En exécution de l'engagement pris après Pharsale (voir* supra, *LVI, 7). Une fois encore, le trait dominant de Caton est la fidélité à lui-même.*

que les magistrats d'Utique[328]. 2. Après manger, le moment réservé à la boisson fut l'occasion d'échanger nombre de propos savants et plaisants ; on évoqua tour à tour différentes questions philosophiques. Pour finir, on en vint à examiner ce qu'on appelle les paradoxes des stoïciens[329] ; on évoqua notamment celui selon lequel seul l'homme de bien est libre, tous les méchants étant esclaves. 3. Sur ce point, le péripatéticien[330] éleva les objections qu'on pouvait attendre, mais Caton s'en prit à lui avec violence et, haussant le ton, d'une voix âpre, il poussa très loin la discussion et débattit d'une manière admirable, si bien que nul ne pouvait plus ignorer qu'il avait décidé de renoncer à la vie pour se délivrer des maux présents[331]. 4. Aussi, quand il eut fini de parler, tous restèrent-ils silencieux et accablés. Pour les réconforter et dissiper leurs soupçons, Caton se remit à leur poser des questions sur la situation présente et à leur faire part de ses préoccupations : il leur dit qu'il était aussi inquiet pour ceux qui avaient pris la mer que pour ceux qui faisaient route à travers un désert barbare et sans eau[332].

LXVIII. 1. Ayant ainsi congédié les convives, il alla se promener avec ses amis comme il en avait l'habitude après le dîner. Il donna ensuite au chef des sentinelles les consignes qu'exigeaient les circonstances. Puis il se retira dans sa chambre, après avoir serré contre lui son fils et chacun de ses amis et leur avoir témoigné beaucoup plus d'affection que d'ordinaire, ce qui leur inspira de nouveaux soupçons sur ce qui allait se passer[333]. 2. Une fois dans sa chambre, il se coucha et prit en main celui des dialogues de Platon qui traite de l'âme[334]. Après avoir lu la plus grande partie de l'ouvrage, il leva les yeux et, ne voyant pas son épée suspendue au-dessus de sa tête, car son fils l'avait enlevée pendant qu'il dînait, il appela un esclave et lui demanda qui l'avait prise. 3. L'autre gardant le silence, il reprit sa lec-

---

328. *Plutarque est le seul à rapporter ces faits et les propos qui suivent, sans doute d'après un témoin oculaire.*
329. *Voir le traité de Cicéron qui porte ce titre (*Paradoxe des stoïciens*, V, 53-54) et son plaidoyer* Pour Muréna, *61. Voir* infra, *LXXI, 1 : Caton est le seul homme véritablement libre.*
330. *Ce tenant de l'école d'Aristote (le Lycée) est Démétrios, déjà nommé (supra, LXV, 11).*
331. *Les convives comprennent que Caton va s'appliquer à lui-même le principe philosophique qu'il formule ; voir* infra, *LXIX, 5.*
332. *Ceux qui ont pris la mer sont les Romains qui tentent de rejoindre l'Italie. Ceux qui traversent le désert sont les cavaliers partis rejoindre Juba (voir supra, LX, 5).*
333. *Version analogue d'Appien, II, 98, 408-409. Comme Plutarque, il s'appuie probablement sur la relation d'un témoin : Asinius Pollion ?*
334. *Le* Phédon, *mémorial des derniers instants de Socrate et des propos alors échangés avec ses compagnons. La source probable du rapprochement de la fin de Caton et de celle de Socrate est Thraséa Paetus, déjà cité, qui mettra en scène son propre suicide stoïcien sur le modèle de Caton, déjà suivi par Sénèque (voir Tacite, XVI, 34 et suiv. ; XVI, 21-22 pour la carrière de Thraséa sous Néron). La référence hautement revendiquée à Socrate et à Platon, dans un contexte aussi ardemment stoïcien, montre qu'il n'existait sur ce sujet aucune cloison étanche entre des doctrines par ailleurs vigoureusement opposées sur certains points.*

ture. Il laissa passer quelques instants, comme s'il n'était pas pressé ni impatient, mais seulement à la recherche de son épée, puis il ordonna à l'esclave de la lui apporter. 4. Comme le temps passait et que personne ne la lui apportait, il lut le livre jusqu'au bout puis appela tour à tour chacun de ses esclaves, en élevant la voix, pour leur réclamer son épée. 5. Il frappa même l'un d'eux sur la bouche d'un coup de poing, si fort qu'il se mit la main en sang. Alors il s'emporta et se mit à crier, d'une voix forte, que son fils et ses esclaves voulaient le livrer désarmé à son ennemi. Enfin son fils, tout en larmes, courut à lui avec ses amis et l'étreignit en gémissant et en le suppliant. 6. Caton se leva et lui lança un regard terrible : « Quand donc, lui demanda-t-il, et en quel lieu ai-je donné, sans m'en apercevoir, des signes de folie, pour qu'au lieu d'essayer de m'instruire ou de me dissuader d'une décision que l'on juge mauvaise, on m'empêche d'exécuter ma résolution et on me désarme? 7. Pourquoi, ô mon généreux fils, ne fais-tu pas également enchaîner ton père? Pourquoi ne lui attaches-tu pas les mains derrière le dos, jusqu'à ce que César arrive et me trouve incapable même de me défendre? 8. Car je n'ai pas besoin d'une épée pour me tuer ; il me suffit de retenir quelque temps mon souffle ou de me frapper une seule fois la tête contre le mur pour mourir.»

LXIX. 1. En entendant ces mots, le jeune homme sortit en pleurant et tous les autres le suivirent, sauf Démétrios et Apollonidès qui restèrent en arrière. Caton leur parla plus doucement. 2. « Avez-vous décidé vous aussi, leur demanda-t-il, de retenir en vie, de force, un homme de mon âge[335] et de vous asseoir ici en silence pour monter la garde? Ou bien voulez-vous argumenter et essayer de me convaincre qu'il n'y a rien de terrible ni de honteux pour Caton, s'il n'a pas d'autre moyen de sauver sa vie, à s'en remettre au vainqueur? 3. Pourquoi ne parlez-vous donc pas pour me persuader et me faire changer d'avis afin que nous rejettions les doctrines et les opinions avec lesquelles nous avons vécu et que nous devenions plus sages grâce à César, lui donnant ainsi un plus grand titre à notre reconnaissance? 4. Je n'ai pas encore pris de décision sur mon sort mais quand je l'aurai prise, je veux être maître d'exécuter ce que j'aurai résolu. 5. Cette décision, c'est avec vous, d'une certaine manière, que je la prendrai car, pour me décider, je consulte les discours dont vous vous servez vous-mêmes quand vous philosophez. Allez-vous en donc sans crainte et dites à mon fils de ne pas imposer à son père par la force ce qu'il ne peut obtenir de lui par la persuasion.»

LXX. 1. À cela Démétrios et Apollonidès ne répondirent rien ; ils sortirent en pleurant. On fit porter à Caton son épée par un petit esclave ; il la prit, la dégaina et l'examina. 2. Voyant que la pointe était bien droite et que l'arme avait gardé son tranchant, il s'écria : « Maintenant, je m'appartiens ! » Puis il reposa l'épée, reprit son livre et le parcourut deux fois en entier, dit-on. 3. Ensuite il s'endormit d'un sommeil si profond qu'on l'entendait ronfler du dehors. Vers minuit, il appela deux de ses affranchis, le médecin Cléanthe et Butas qu'il employait surtout dans les affaires

---

335. *Caton a 48 ans (voir* infra, *LXXIII, 1).*

politiques. 4. Il envoya Butas au bord de la mer, avec ordre de vérifier si tout le monde était bien parti et de revenir l'en informer ; quant au médecin, il lui montra sa main, toute contusionnée par le coup qu'il avait porté à son esclave, et lui demanda de la bander. Tous s'en réjouirent, croyant qu'il tenait encore à la vie. 5. Un peu plus tard, Butas revint, annonçant que tout le monde était parti, sauf Crassus[336] qui était retenu par quelque affaire et s'apprêtait, lui aussi, à embarquer, mais qu'il y avait une grande tempête et beaucoup de vent sur la mer. 6. À cette nouvelle, Caton soupira, plein de pitié pour ceux qui étaient en mer, et il envoya de nouveau Butas sur le rivage, pour voir si personne n'avait été rejeté à la côte et ne manquait du nécessaire, auquel cas il fallait l'avertir. Au moment où les oiseaux commençaient à chanter, il se rendormit un peu. 7. Butas revint et lui dit que tout était calme autour des ports. Caton le pria de fermer la porte et se recoucha, comme s'il avait l'intention de dormir encore pendant le reste de la nuit. 8. Mais dès que Butas fut sorti, il tira son épée et se l'enfonça dans la poitrine. Sa main blessée était plus faible que d'habitude, de sorte qu'il ne se tua pas sur le coup. Comme il n'arrivait pas à mourir, il tomba du lit et fit grand bruit en renversant une planche de géomètre qui se trouvait près de lui. Les esclaves l'entendirent et se mirent à crier ; son fils et ses amis entrèrent aussitôt. 9. En le voyant tout couvert de sang, les entrailles largement répandues, mais encore vivant et les yeux ouverts, tous furent horrifiés. Le médecin s'approcha et comme les entrailles n'avaient pas été touchées, il essaya de les remettre en place et de recoudre la blessure. 10. Mais lorsque Caton revint à lui et reprit conscience, il repoussa le médecin, déchira ses entrailles avec les mains, rouvrit la blessure et mourut[337].

LXXI. 1. En moins de temps qu'il n'aurait fallu, apparemment, pour que tout le monde dans la maison sût ce qui s'était passé, les trois cents étaient déjà devant la porte et, peu après, le peuple d'Utique se massait à cet endroit. D'une seule voix, tous reconnaissaient Caton pour leur bienfaiteur et leur sauveur, pour le seul homme libre, le seul qu'on n'avait pu vaincre[338]. 2. Pourtant, pendant qu'ils se livraient à ces démonstrations, on annonçait l'arrivée de César[339], mais ni la peur, ni le désir de flatter le vainqueur, ni les différends et les querelles qui les opposaient

---

336. *Publius Licinius Crassus Junianus (comme ce nom l'indique, fils d'un Junius adopté par un Crassus), partisan de Pompée, tribun de la plèbe en 53, légat propréteur sous les ordres de Scipion et de Caton.*
337. *Caton est sans doute mort le 13 avril 46. Récit identique chez Appien, II, 99, 410. Même si Plutarque a, sur le suicide, une opinion nuancée, il considère que cette mort fait de lui un «chef exemplaire» (voir Dictionnaire, «Mort»). Dans son ouvrage adressé À un prince mal éduqué, 4, 781 D, il estime qu'il a ainsi «enseigné de quoi un chef doit avoir peur et de quoi il doit faire peu de cas».*
338. *Il est plausible, comme certains l'ont suggéré, que cette phrase ait été apposée sur le monument funéraire de Caton à Utique. Le stoïcien Sénèque a mis en avant, notamment dans les* Lettres à Lucilius, *l'esprit de liberté exprimé par ce suicide, au point d'affirmer: «Caton n'existe pas sans la liberté, ni la liberté sans Caton» (Sénèque,* De la constance du sage, *2, 3).*
339. *Le matin du 16 avril (voir* Guerre d'Afrique, *90, 1).*

n'émoussèrent leur volonté de rendre hommage à Caton. 3. Ils parèrent son corps de manière splendide, lui firent un convoi magnifique et l'ensevelirent au bord de la mer, à l'endroit où maintenant se dresse une statue qui le représente, l'épée à la main[340]. Cela fait, ils s'occupèrent de leur salut et de celui de la cité.

LXXII. 1. César, ayant appris de ceux qui venaient le rejoindre que Caton restait à Utique, qu'il ne fuyait pas, qu'il faisait partir les autres mais que lui-même, ses compagnons et son fils vaquaient sans crainte à leurs activités, se dit que les intentions du héros étaient difficiles à deviner; comme il faisait de lui le plus grand cas, il avança en hâte avec son armée. 2. Quand il apprit sa mort, il ne prononça, dit-on, que les mots suivants : « Caton, je t'en veux de ta mort : tu n'as pas voulu me laisser te sauver[341] ! » 3. Et il est vrai que, si Caton avait accepté de devoir la vie sauve à César, il aurait rehaussé la gloire de César plus qu'il n'aurait terni la sienne. Quant à César, qu'aurait-il fait ? On l'ignore, mais on peut supposer qu'il aurait adopté le parti le plus clément[342].

LXXIII. 1. Caton mourut à l'âge de quarante-huit ans. 2. Son fils n'eut à souffrir aucun mauvais traitement de la part de César[343] mais on dit qu'il se montra peu énergique et se laissait facilement séduire par les femmes. 3. En Cappadoce, il avait pour hôte un certain Marphadatès, de famille royale, dont l'épouse était fort belle : il passa auprès d'eux plus de temps qu'il ne convenait, ce qui lui valut d'être l'objet de railleries de ce genre qu'on écrivit contre lui :

4. Demain Caton s'en va, au bout de trente jours,

Ou encore :

Porcius, Marphadatès, deux amis, mais une âme,

(la femme de Marphadatès s'appelait Psychè [« Âme »]).
Ou encore :

Noble et brillant, Caton a une âme royale[344].

5. Mais par sa mort, le jeune Caton effaça et détruisit ces mauvais bruits. Il combattit à Philippes pour la liberté, contre César et Antoine ; loin de vouloir fuir ou se

---

340. De plus, on lui décerna à titre honorifique la qualité d'Uticensis, « Caton d'Utique » (Dion Cassius, XLIII, 11, 6).
341. L'exclamation figure aussi dans César, LIV, 2 ; elle est également rapportée par Valère Maxime, Appien, Dion Cassius, et a toute chance d'être authentique.
342. Le cri du cœur qui vient d'être cité donne crédit à ce jugement. Toutefois, dans César, LIV, 3-4, avant de citer des exemples de la « clémence de César », Plutarque rappelle la violence des attaques de l'Anti-Caton, et exprime quelque doute.
343. César laissa même au fils de Caton la jouissance des biens de son père.
344. Sur ces événements, qui se sont déroulés entre 45 et 42, nous ne possédons aucune autre source. Les vers cités (des tétramètres trochaïques) illustrent une tradition satirique gréco-romaine.

cacher, il défia les ennemis, se plaça en évidence au premier rang, entraîna ceux qui tenaient bon avec lui et succomba en montrant à ses adversaires des prodiges de valeur[345]. 6. La fille de Caton fit plus encore. Elle ne le céda à son père ni en sagesse ni en vaillance. Elle était l'épouse de Brutus, le meurtrier de César ; elle participa personnellement à la conjuration et sacrifia sa vie d'une façon digne de sa belle naissance et de sa vertu, comme je l'ai écrit dans l'ouvrage consacré à Brutus[346].
7. Quant à Statyllius, celui qui avait prétendu imiter Caton, il en fut empêché sur le moment par les philosophes, alors qu'il voulait se tuer, mais par la suite, il se montra très fidèle et très utile à Brutus et mourut à Philippes[347].

---

345. *Voir* Brutus, *XLIX, 9.*
346. Brutus, *XIII ; LIII, 3-7. Porcia a épousé Brutus en juin 45. Elle est morte en juin 43, selon toute vraisemblance après le décès de son mari à Philippes.*
347. *Sur sa mort, voir* Brutus, *LI, 6-7.*

BIBLIOGRAPHIE

VIE DE PHOCION

BRUN P.
L'Orateur Démade: essai d'histoire et d'historiographie, Bordeaux, 2000.

CARLIER P.
• *Démosthène*, Paris, 1990.
• *Le IVe siècle grec jusqu'à la mort d'Alexandre*, Paris, 1995.

GAUTHIER PH.
Les cités grecques et leurs bienfaiteurs, (B.C.H. Supp. XII), Paris, 1985.

MOSSÉ CL.
• «Lycurgue l'Athénien: homme du passé ou précurseur de l'avenir?», *Quaderni di Storia*, 30, 1989, p. 25-36.
• *Démosthène ou les ambiguïtés de la politique*, Paris, 1994.
• *Politique et société en Grèce ancienne: le «modèle» athénien*, Paris 1995.

BEARZOT C.
Plutarco Vite paralleli. Focione, introduzione, traduzione e note di Cinzia Bearzot, Milan, 1993.

VIDAL-NAQUET P.
«La société platonicienne des dialogues», dans *La démocratie grecque vue d'ailleurs*, Paris, 1990.

WILL ED.
Histoire politique du monde hellénistique, I, 2e éd., Nancy, 1979.

VIE DE CATON LE JEUNE

ANDREAU J., BRUHNS H. ÉD.
Parenté et stratégies familiales dans l'Antiquité romaine, École Française de Rome, 1990.

HELLEGOUARC'H J.
Le vocabulaire latin des relations et des partis politiques sous la République, Paris, 1972 [1963].

MARROU H.
Histoire de l'éducation dans l'Antiquité, 6e éd., Paris, 1965.

AGIS ET CLÉOMÈNE
—
LES GRACQUES

C'est en grande partie à Plutarque que nous devons de connaître les deux grandes crises agraires qui affectèrent le monde antique.

La première eut lieu à Sparte à partir de la fin du IVe siècle. Une concentration de la propriété foncière avait dangereusement compromis le système égalitaire spartiate et affaibli considérablement les moyens militaires d'une cité qui, dans un monde grec plus ou moins contrôlé par les souverains hellénistiques, prétendait jouer encore un rôle politique. En 246, le jeune roi Agis IV entreprit de contraindre les riches à abandonner leurs biens afin de procéder à un nouveau partage des terres. Il entendait ainsi faire renaître la Sparte du légendaire législateur Lycurgue, mais se heurta à l'opposition de son collègue Léonidas. Malgré le soutien de la jeunesse spartiate et des femmes de sa famille, il échoua et périt assassiné. Quelques années plus tard, le fils de Léonidas, Cléomène, comprit qu'il lui fallait, pour réussir là où Agis avait échoué, se débarrasser des éphores, gardiens de la constitution, et ne pas hésiter à recourir à la force. Tentant de rétablir l'hégémonie spartiate dans le Péloponnèse, il entra en conflit avec la Ligue achéenne reconstituée par Aratos. Ses succès militaires et les espoirs que ses réformes suscitaient amenèrent Aratos, jusque-là ardent défenseur de l'indépendance grecque face à la Macédoine, à se rapprocher du roi Antigone Doson, dont l'intervention allait être fatale à Cléomène qui, vaincu en 222 à Sellasie, s'enfuit en Égypte, où, après avoir vainement tenté de soulever le peuple d'Alexandrie contre Ptolémée IV, il se donna volontairement la mort.

La seconde, celle que connut l'Italie au IIe siècle, concerne les terres publiques, confisquées par les Romains au cours de la conquête de l'Italie, et qui, divisées en lots de dimensions modestes, avaient été distribuées par l'État, moyennant une redevance, à ceux des citoyens romains qui en étaient dépourvus. Or, insensiblement, cet ager publicus *avait été accaparé par les puissants, aggravant ainsi la misère des paysans. Tibérius Gracchus, qui par sa naissance appartenait à l'aristocratie romaine, proposa, alors qu'il occupait la charge de tribun, que ces terres publiques soient restituées, afin qu'il fût procédé à un nouveau partage. Les riches suscitèrent contre son projet le* veto *de son collègue Octavius. Tibérius passa outre et fit voter sa loi. Mais ses adversaires n'avaient pas renoncé, et Tibérius périt assassiné au cours d'une émeute (en 133). Son jeune frère Caius, devenu tribun à son tour, allait proposer une véritable révolution «démocratique», en privant notamment les sénateurs de leurs privilèges exclusifs en matière judiciaire. Ses adversaires s'efforcèrent de détacher de lui la majorité du peuple en multipliant par la voix du tribun Livius Drusus les propositions démagogiques. Là encore, c'est au cours d'une bataille de rue qu'ils réussirent à le faire assassiner, ainsi que nombre de ses partisans (en 121).*

Dans la Comparaison finale, Plutarque laisse deviner sa préférence pour les rois réformateurs spartiates, dignes émules du grand Lycurgue – les deux Romains ne firent que «tracer des routes et fonder des cités» pour l'un, «partager les terres du domaine public» pour l'autre. S'il admire leur «vertu», l'importance des événements qui se déroulèrent alors à Rome, prélude aux guerres civiles du siècle suivant et à la future domination de Rome sur le monde méditerranéen, lui paraît moins grande que l'éphémère hégémonie spartiate que Cléomène rétablit pendant quelques années. On mesure par là les limites de la pensée «historienne» de Plutarque.

Cl. M.

AGIS ET CLÉOMÈNE

I. 1. Il n'est ni absurde ni stupide de supposer, comme le font certains, que le mythe d'Ixion s'adresse aux hommes épris de gloire : au lieu d'Héra, Ixion ne saisit que la Nuée et de cette union naissent les Centaures[1]. 2. De même, les ambitieux, en étreignant la gloire, laquelle n'est qu'un fantôme de vertu, produisent des actes qui n'ont rien de distinct ni de net, et comportent beaucoup de bâtardise et de mélange ; ils se laissent emporter en tous sens par des impulsions contraires, parce qu'ils suivent leurs désirs et leurs passions. 3. Les bergers de Sophocle disent, à propos de leurs troupeaux :

> Tout en étant leurs maîtres, nous sommes leurs esclaves,
> Et tout muets qu'ils sont, nous devons les entendre.

Or telle est, en vérité, la condition de ceux qui dans leur politique se plient aux désirs et aux élans de la foule : ils deviennent ses esclaves et la suivent, pour être appelés meneurs du peuple et chefs[2]. 4. Les vigies voient avant les pilotes ce qui se trouve devant le navire, mais gardent les yeux fixés sur les pilotes et obéissent à leurs ordres ; de la même manière, les hommes politiques qui ont les yeux tournés vers la gloire sont aux ordres de la multitude, même s'ils portent le nom de chefs.

II. 1. Un homme de bien accompli et parfait ne devrait avoir nul besoin de gloire – ou du moins seulement de celle qui lui est nécessaire pour inspirer confiance, ce qui lui permet d'agir. Mais il faut autoriser celui qui est encore jeune et ambitieux à tirer un peu d'orgueil et de fierté de la gloire de ses belles actions. 2. En effet, les vertus qui naissent et grandissent chez des gens de cet âge sont, au moment du succès, fortifiées par l'éloge, comme le dit Théophraste, et par la suite, grâce à cet encouragement, elles se développent en même temps que la fierté. 3. Cependant l'excès, toujours dangereux, est funeste dans le cas de l'ambition politique ; il conduit à la folie et à un délire manifeste ceux qui exercent une autorité importante, lorsque, au lieu de considérer que ce qui est beau est glorieux, ils prennent la gloire pour le bien[3]. 4. Phocion, un jour qu'Antipatros lui demandait un service malhon-

---

1. Le roi thessalien Ixion s'était épris d'Héra. Zeus, pour le confondre, fabriqua une nuée à l'image de la déesse. En s'unissant à elle, Ixion conçut les Centaures, des êtres hybrides.
2. Ces vers appartiennent à une tragédie qui ne nous est pas parvenue. Tout ce qui précède permet à Plutarque de formuler ce jugement, traditionnel dans la pensée politique grecque, à l'encontre de ceux qui flattent le peuple, les démagogues, qui se croient les dirigeants du démos, mais sont en fait ses serviteurs et ses esclaves.
3. On retrouve ici des considérations qui figurent également dans les Préceptes politiques (voir en particulier 798 E où il est question de Caius Gracchus, et 819 F et suiv.).

nête, répondit : « Tu ne peux avoir Phocion à la fois pour ami et pour flatteur ! » Voilà ce qu'il faut dire à la multitude ou, ce qui revient presque au même : « Vous ne pouvez pas demander au même homme de vous diriger et de vous suivre. » 5. Sinon, on se trouve dans la situation du serpent de la fable dont la queue se révolta contre la tête et exigea de conduire à son tour, au lieu de suivre constamment. Ayant obtenu la permission de diriger, la queue eut elle-même à en souffrir, car elle avançait sans rien voir, et elle écorcha la tête qui, contrairement à la loi de nature, était obligée de suivre des organes aveugles et sourds. 6. Nous constatons que beaucoup de ceux dont tous les actes politiques ne visaient qu'à plaire se sont retrouvés dans cette situation ; suspendus aux volontés de la multitude qui se laisse entraîner à l'aventure, ils n'ont plus été capables de se reprendre ni d'arrêter le désordre.
7. Ces réflexions sur le désir de gloire et de popularité me sont venues à l'esprit, car j'ai pu mesurer ses effets en observant les malheurs qui s'abattirent sur Tibérius et Caius Gracchus. Ils étaient d'excellente naissance, ils avaient reçu une excellente éducation et leurs principes politiques étaient excellents, mais ce qui les perdit fut moins un désir immodéré de popularité que la crainte de l'impopularité. L'origine de cette crainte ne manquait pas de noblesse. 8. Comme leurs concitoyens leur avaient montré d'emblée une grande bienveillance, ils auraient rougi d'être en reste, comme s'il s'agissait d'une dette ; ils ne cessèrent d'essayer de surpasser, par de bonnes décisions politiques, les honneurs qu'on leur donnait. Or cette politique complaisante leur valait de nouveaux honneurs et ainsi, ils se piquèrent d'une même émulation, le peuple et eux : ils s'échauffèrent et, sans s'en rendre compte, s'engagèrent dans une action où il n'était plus noble de persévérer et déjà honteux de s'arrêter. 9. Tu en jugeras toi-même par mon récit. Je vais mettre en parallèle avec eux un couple de démagogues de Sparte, les rois Agis et Cléomène. 10. Eux aussi, comme les Gracques, voulurent accroître le pouvoir du peuple et restaurer une constitution belle et juste qui avait subi une longue éclipse[4] ; comme les Gracques, ils s'attirèrent la haine des puissants qui ne voulaient pas renoncer à leur cupidité habituelle. 11. Les deux Lacédémoniens n'étaient pas frères, mais leurs politiques étaient proches et comme sœurs. Voici quel en fut le début.

AGIS

III. 1. Dès que l'amour de l'argent et de l'or se fut introduit à Sparte, la possession des richesses entraîna la cupidité et l'avarice, leur usage et leur jouissance le luxe, la mollesse et le goût de la dépense. Sparte perdit la plupart de ses qualités et vécut dans une bassesse indigne jusqu'aux temps où régnèrent Agis et Léonidas[5]. 2. Agis était un Eurypontide ; il était fils d'Eudamidas, et le sixième descendant d'Agésilas,

---

4. Il s'agit bien entendu de la constitution de Lycurgue, longuement développée dans la biographie que Plutarque a consacrée au législateur spartiate.
5. Plutarque a évoqué les conséquences désastreuses de la victoire de Sparte en 405 dans Lysandre, II, 6 et XVI-XVII.

AGIS

celui qui passa en Asie et fut le plus puissant des Grecs[6]. 3. Le fils d'Agésilas, Archidamos, fut tué par les Messapiens à Mandonion en Italie ; il avait lui-même deux fils, l'aîné, Agis, et le plus jeune Eudamidas. Agis ayant été tué par Antipatros près de Mégalopolis[7], sans laisser d'enfant, Eudamidas obtint la royauté. Il eut pour fils Archidamos, et celui-ci engendra un autre Eudamidas, le père de notre Agis, auquel est consacré le présent écrit.
4. Quant à Léonidas, fils de Cléonymos, il appartenait à l'autre maison royale, celle des Agiades ; il était le huitième descendant de Pausanias, celui qui vainquit Mardonios à Platées[8]. 5. Pausanias eut pour fils Pleistonax, et celui-ci Pausanias. Ce Pausanias s'exila de Lacédémone pour vivre à Tégée[9]. Son fils aîné, Agésipolis, devint roi et, comme il mourut sans enfants, son frère cadet Cléombrote lui succéda. 6. Cléombrote eut pour fils un autre Agésipolis et Cléomène. Agésipolis ne régna pas longtemps et n'eut pas d'enfant. Cléomène devint roi après lui ; de son vivant, il perdit son fils aîné, Acrotatos ; son fils cadet, Cléonymos, lui survécut mais ne régna pas, car le roi fut Areus, son neveu, fils d'Acrotatos. 7. Areus tomba devant Corinthe[10] et la royauté revint à son fils Acrotatos. Celui-ci mourut à son tour à la bataille de Mégalopolis, vaincu par le tyran Aristodémos. L'épouse d'Acrotatos était enceinte 8. et donna le jour à un enfant mâle dont Léonidas, fils de Cléonymos[11], eut la tutelle. L'enfant étant mort en bas âge, Léonidas devint roi, mais il ne sut pas du tout s'adapter à ses concitoyens : 9. même si tous étaient déjà atteints par la décadence de la cité, son rejet des mœurs ancestrales était trop manifeste : il avait longtemps traîné dans les palais des satrapes et fait sa cour à Séleucos, après quoi, il avait voulu importer, de façon discordante, le faste de là-bas dans le monde grec et dans un gouvernement contrôlé par les lois[12].

---

6. Les Eurypontides étaient l'une des deux dynasties royales de Sparte, l'autre étant celle des Agiades. Plutarque a consacré à Agésilas, qui fut roi au lendemain de la guerre du Péloponnèse, une biographie particulièrement élogieuse.

7. Archidamos avait été appelé par les Tarentins (Tarente était une colonie de Sparte) menacés par les populations indigènes du sud de l'Italie, Lucaniens et Messapiens. Agis III, qui lui succéda en 338, fut l'initiateur en 333 d'un soulèvement contre Antipatros, le stratège macédonien auquel Alexandre avait confié le soin de surveiller les Grecs durant sa campagne asiatique. Il fut tué en 331 en Arcadie, au cours d'un combat contre les Macédoniens. Mégalopolis était la principale cité de la Confédération arcadienne.

8. Il s'agit de la célèbre bataille qui mit fin en 479 à la seconde guerre médique. Mardonios était le commandant du contingent perse demeuré en Grèce après le départ de Xerxès.

9. Plutarque a exposé dans la Vie de Lysandre les raisons du procès qui contraignit Pausanias à s'exiler : il avait favorisé le rétablissement de la démocratie à Athènes en 403 et cédé devant les Béotiens en 395. Tégée est une cité arcadienne.

10. Areus devint roi en 309. Il participa aux côtés des Athéniens à la guerre de Chrémonidès et mourut en 265. Sur les événements de la première moitié du IIIe siècle, voir Will (1979), p. 219-233.

11. Il s'agit du Cléonymos cité supra (III, 6), et qui n'avait pas régné, étant le cadet des fils de Cléomène.

12. Il s'agit vraisemblablement de Séleucos Ier qui mourut en 281, ce qui suppose que Léonidas était fort jeune lorsque, à l'instar de nombreux Grecs, il fréquentait la cour du roi maître de l'Asie. On voit bien les raisons pour lesquelles Plutarque insiste sur ces relations : elles permettent d'opposer à l'austérité spartiate dont Agis va se vouloir le restaurateur, le luxe oriental auquel Léonidas était attaché.

IV. 1. Agis au contraire, par ses qualités naturelles et l'élévation de son âme, dépassait de beaucoup non seulement Léonidas mais presque tous les rois qui s'étaient succédé depuis le grand Agésilas. Bien qu'il n'eût pas encore vingt ans et qu'il eût été élevé dans la richesse et le luxe par deux femmes, sa mère, Agésistrata et sa grand-mère, Archidamia, qui possédaient la fortune la plus considérable de Lacédémone[13], 2. il se raidit aussitôt contre les plaisirs et, rejetant la parure qui attire tellement l'attention sur la beauté physique, se débarrassant et se gardant de toute forme de luxe, il arborait fièrement le manteau grossier des Spartiates, et recherchait leurs repas, leurs bains et leur mode de vie. Il disait qu'il n'avait nul désir de régner si la royauté ne lui servait pas à restaurer les lois et la discipline de ses pères.

V. 1. Le commencement de la corruption et de la maladie qui affectaient les affaires des Lacédémoniens coïncidait à peu près avec l'époque où ils avaient abattu l'hégémonie athénienne et s'étaient gorgés d'or et d'argent. 2. Cependant, tant qu'ils conservèrent dans les successions le nombre de domaines privés fixé par Lycurgue et tant que le père laissa son lot à son fils, l'ordre et l'égalité se maintinrent tant bien que mal, ce qui permit à la cité de se relever de ses autres fautes[14]. 3. Mais un homme influent, de caractère audacieux et pénible, devint éphore; il se nommait Épitadeus. À la suite d'une querelle avec son fils, il rédigea une *rhêtra* permettant de donner de son vivant, ou de léguer par testament, son domaine privé et son lot à la personne de son choix[15]. 4. L'homme avait fait passer la loi pour assouvir une rancune personnelle; les citoyens l'acceptèrent et la ratifièrent par avidité, et ce fut la ruine de la meilleure des institutions. 5. Désormais, les puissants s'enrichirent sans compter, écartant des successions les familles. Bien vite, la richesse se concentra entre quelques mains, et la pauvreté s'abattit sur la cité. Elle amenait avec elle la servilité et l'indifférence au bien, ainsi que la jalousie et la malveillance à l'égard des possédants. 6. Il ne resta pas plus de sept cents Spartiates et, sur ce nombre, il y en avait peut-être cent qui possédaient de la terre et un lot[16]; 7. la foule, privée de

---

13. *Cette richesse des femmes spartiates était attestée dès la fin du IVe siècle par Aristote qui voyait là un trait de la faiblesse des institutions lacédémoniennes* (Politique, *II, 1270a, 23-29). Voir* Dictionnaire, *«Femmes».*
14. *Voir supra, III, 1.*
15. *Plutarque a longuement évoqué dans* Lycurgue, *VIII, 5-9 ce système de répartition égalitaire de la terre attribué au législateur, mais dont on peut douter qu'il ait réellement existé sous cette forme. Cette loi d'Épitadeus n'est indiquée par aucune autre source. Dans la* Politique, *cependant, Aristote explique l'inégalité du régime foncier spartiate en évoquant le législateur qui «a désapprouvé qu'on achète ou vende sa terre, et il a eu raison; mais il a permis à qui le veut de la donner ou de la léguer; or, d'une manière ou de l'autre, le résultat est nécessairement le même» (II, 1270a, 19-22). Ce législateur est-il Épitadeus? Rien dans le texte du philosophe ne permet de répondre à cette question.*
16. *Il est intéressant que dans ce texte Plutarque distingue la terre (*gè*), et le lot (*cléros*). On peut se demander si, à côté des* cléroï, *lots pris peut-être sur la terre conquise en Messénie ou sur une partie de la terre civique, et qui rétribuaient le service auquel chaque Spartiate était astreint pour assurer la défense de la cité, il y aurait eu, distincts de ces lots, et «privés», en quelque sorte, les patrimoines. La*

ressources et d'honneurs, demeurait oisive dans la cité, repoussant les ennemis extérieurs sans énergie ni ardeur, et guettant toujours quelque occasion de changement et de révolution[17].

VI. 1. Voilà pourquoi Agis jugea beau – et ce l'était vraiment – de rétablir l'égalité dans la cité et de la repeupler. Il sonda les habitants. Les jeunes l'écoutèrent vite : contre toute attente, ils s'équipèrent pour défendre la vertu et changèrent de mode de vie, comme on change de vêtement, au nom de la liberté. 2. Mais les plus âgés, parce qu'ils étaient profondément corrompus, ressemblaient pour la plupart à des esclaves fugitifs qu'on ramène à leur maître : inquiets et tremblants dès qu'on parlait de Lycurgue, ils reprochaient à Agis de critiquer la situation présente et de regretter l'ancien prestige de Sparte[18]. 3. Pourtant Lysandre, fils de Libys, Mandrocleidas, fils d'Ecphanès, et Agésilas l'accueillirent favorablement et l'encouragèrent dans son ambition. 4. Lysandre était le plus estimé de ses concitoyens ; Mandrocleidas, le plus habile des Grecs pour conduire des intrigues, joignait à l'intelligence et à la ruse une grande audace ; 5. Agésilas enfin, l'oncle du roi, était éloquent, mais par ailleurs mou et cupide. En apparence, il était animé et entraîné par son fils Hippomédon, qui s'était illustré dans beaucoup de guerres et avait beaucoup de crédit et de popularité auprès des jeunes gens, 6. mais le véritable motif qui le poussait à participer à l'action, c'était l'importance de ses dettes, dont il espérait qu'un changement de constitution le délivrerait[19]. 7. Dès qu'il l'eut attiré à lui, Agis entreprit aussitôt avec son aide de persuader sa propre mère, qui était sœur d'Agésilas et qui, grâce à la foule de ses clients, de ses amis et de ses débiteurs, était très influente dans la cité et s'occupait beaucoup des affaires publiques[20].

VII. 1. Quand elle apprit les intentions d'Agis, elle fut d'abord épouvantée et voulut décourager le jeune homme, lui disant que ce qu'il recherchait n'était ni réalisable ni avantageux. 2. Mais Agésilas lui montra la beauté et l'utilité de l'entreprise ; quant au roi lui-même, il pria sa mère de consacrer sa fortune à la gloire et à l'am-

---

possession d'un cléros *était attachée à la qualité de Spartiate, et au moment de l'avènement d'Agis, il y aurait donc eu 700* cléroï. *Mais, sur les 700 Spartiates dotés d'un* cléros, *seuls une centaine d'entre eux auraient possédé en outre une terre à titre privé. D'où les inégalités décrites par Aristote qui aboutissaient à ce que, « dans ce pays capable de nourrir 1 500 cavaliers et 30 000 hoplites, on ne comptait même pas 1 000 combattants », c'est-à-dire détenteurs d'un* cléros (Politique, *II, 1270a, 29-31).*
17. Les autres, privés de cléroï, *étaient réduits à la condition d'inférieurs, un statut que nous connaissons par Xénophon qui l'évoque à propos de la conspiration de Cinadon (*Helléniques, *III, 3, 4-11).*
18. On retrouve ici un thème courant dans la pensée grecque de l'opposition entre jeunes et vieux, mais inversé en quelque sorte, puisque ici, ce sont les jeunes qui sont du côté de la sagesse et de la vertu, et les vieux du côté du vice et de la corruption.
19. Dans le monde grec du IVe et du IIIe siècle, un nouveau partage des terres est toujours associé à l'abolition des dettes. D'où les espérances d'Agésilas et son soutien aux projets de son neveu.
20. On retrouve ici une autre remarque d'Aristote dans la Politique *sur le pouvoir exorbitant des femmes spartiates (II, 1269b, 12-40). Sur la richesse d'Agésistrata, voir supra, IV, 1.*

bition de son fils. « Je ne pourrai jamais, lui dit-il, égaler la richesse des autres rois, car les serviteurs et les esclaves des intendants de Ptolémée et de Séleucos possèdent plus que n'ont jamais eu tous les rois de Sparte réunis[21]. 3. Mais si par la tempérance, la frugalité et la grandeur d'âme, je parviens à surpasser leur luxe et à rétablir entre les citoyens l'égalité et la communauté des biens, alors, je posséderai vraiment le nom et la gloire d'un grand roi. » 4. Les femmes de sa maison changèrent alors d'avis, exaltées par l'ambition du jeune homme, et se sentirent emportées vers le beau et comme inspirées. Ce fut au point qu'elles l'exhortèrent et le pressèrent d'agir ; elles firent venir leurs amis pour les persuader et s'adressèrent aux autres femmes, sachant que les Lacédémoniens sont toujours soumis à leurs épouses et leur permettent de tenir dans la vie publique une place plus grande qu'ils n'en ont eux-mêmes dans leur propre maison. 5. La plus grande part des richesses de Lacédémone était alors entre les mains des femmes[22], ce qui gêna et contraria beaucoup l'action d'Agis, 6. car elles s'opposèrent à lui, non seulement parce qu'elles risquaient de perdre le luxe que, dans leur ignorance du beau, elles considéraient comme le bonheur, mais aussi parce qu'elles se voyaient arracher les honneurs et l'influence qu'elles tiraient de la richesse. 7. Elles se tournèrent vers Léonidas et l'exhortèrent, lui qui était le plus âgé des deux rois[23], à retenir Agis et à l'empêcher d'agir. 8. Or, Léonidas voulait soutenir les riches, mais il craignait le peuple qui désirait un changement. Il ne s'opposa donc pas ouvertement à lui ; cependant, en cachette, il cherchait à contrecarrer et à ruiner l'action d'Agis, en rencontrant les magistrats et en le calomniant auprès d'eux. « Agis, disait-il, promet aux pauvres les biens des riches pour salaire de la tyrannie qu'il convoite ; les partages de terres et les remises de dettes lui servent à acheter beaucoup de gens qui deviendront ses gardes du corps, au lieu d'être des citoyens pour Sparte[24]. »

VIII. 1. Cependant, Agis parvint à faire nommer Lysandre éphore et proposa aussitôt aux gérontes, par son intermédiaire, une *rhétra*[25] qui pour l'essentiel remettait les dettes et proposait un nouveau partage des terres : la région comprise entre le ravin de Pellène et le Taygète, Malée et Sellasie, serait divisée en quatre mille cinq cents lots ; en dehors de ces limites, le reste du territoire fournirait quinze mille autres lots, 2. qui seraient attribués aux périèques capables de porter les armes.

---

21. *Agis fait allusion aux deux puissants rois hellénistiques que sont Ptolémée III et Séleucos II, le premier régnant sur l'Égypte, le second sur la Syrie et l'Asie Mineure.*
22. *C'est précisément ce que dit Aristote dans les passages de la* Politique *cités supra, IV, 1, VI, 7 et notes.*
23. *Agis n'avait pas 20 ans, alors que Léonidas en avait plus de 60.*
24. *Dans la* République *de Platon, le tyran s'impose en promettant aux pauvres un nouveau partage des terres, et la remise des dettes (565e-566a).*
25. *Il a été question de ce Lysandre supra, VI, 3-4. Les cinq éphores étaient désignés chaque année par l'assemblée spartiate. Ils assuraient la sauvegarde des lois de la cité. C'est pourquoi il était important qu'un ami d'Agis occupât cette charge. Les 28 gérontes formaient avec les deux rois le conseil (gérousia), qui élaborait les propositions de lois (rhétraï), soumises à l'approbation de l'assemblée. Sur le fonctionnement des institutions spartiates, voir Ruzé (1997), p. 129-240.*

Les lots de l'intérieur seraient réservés aux Spartiates eux-mêmes[26], 3. dont le nombre serait complété par tous les périèques et les étrangers qui auraient été élevés en hommes libres et qui par ailleurs seraient bien faits de leur personne et dans la fleur de l'âge[27]. 4. On les répartirait en quinze phidities[28] de quatre cents et de deux cents convives et ils adopteraient le mode de vie qu'avaient connu leurs ancêtres.

IX. 1. La *rhétra* une fois rédigée, comme les gérontes ne parvenaient pas à un accord, Lysandre réunit une assemblée du peuple et parla lui-même aux citoyens[29]. Mandrocleidas et Agésilas les conjurèrent de ne pas laisser quelques hommes, dont le luxe les narguait, fouler aux pieds le prestige de Sparte ; ils leur rappelèrent les anciens oracles ordonnant de se défier de la cupidité, qui causerait la perte de Sparte, et les oracles de Pasiphaé qu'on venait de leur rapporter. 2. Il y avait à Thalamaï un sanctuaire consacré à Pasiphaé et un oracle très vénéré. Selon certains historiens, cette Pasiphaé était une des filles d'Atlas, qui eut de Zeus un fils, Ammon ; d'autres l'identifient à Cassandre, fille de Priam, qui serait morte à cet endroit et qui aurait reçu le nom de Pasiphaé, étant celle qui faisait « briller » *[phaès]* ses oracles « à tous » *[pasi]*. 3. Selon Phylarque, il s'agissait d'une fille d'Amyclas, nommée Daphnè [« Laurier »] : fuyant Apollon qui voulait s'unir à elle, elle se métamorphosa en l'arbuste qui porte son nom, que le dieu honora et qui reçut le don de prophétie[30]. 4. Ils affirmaient donc que les oracles de Pasiphaé ordonnaient aux

---

26. *La région ainsi délimitée constituait le territoire propre de la cité, le reste formant la* periœicis, *d'où l'appellation de «périèques» donnée à ceux qui y possédaient des terres. Les nombres de lots donnés ici par Plutarque sont inférieurs de moitié à ceux qu'il donne dans* Lycurgue *(VIII, 5-9), au point qu'on peut se demander si ces derniers n'ont pas été imaginés au IIIe siècle à partir de l'expérience d'Agis.*

27. *Si le nombre des Spartiates possédant un* cléros *s'élevait seulement, comme le dit Plutarque (*supra*, V, 6), à 700, il est évident qu'il fallait, pour reconstituer un corps civique de 4500 Spartiates, y faire entrer des périèques, voire des étrangers, ce qui est plus surprenant mais peut s'expliquer dans le contexte de l'époque. On voit bien par là que le but d'Agis, en proposant ce nouveau partage, était de reconstituer une armée civique.*

28. *Les phidities sont plus généralement appelées syssities. Il s'agit de groupes de Spartiates qui prenaient leurs repas en commun (voir* Lycurgue, *XII, 1-14).*

29. *L'opposition de certains gérontes conduit Lysandre à faire appel contre eux à l'assemblée, ce qui était contraire à la règle, qui voulait que l'assemblée ne se prononce que sur une proposition des gérontes.*

30. *Les différentes biographies de cette Pasiphaé, qui n'est pas l'épouse du légendaire Minos, témoignent de l'embarras des mythographes devant les identifications diverses proposées par les récits mythiques. Atlas est un Géant appartenant à la génération divine antérieure aux Olympiens. Il aurait été changé en rocher par Persée à l'aide de la tête de Méduse. Cassandre est la célèbre prophétesse de l'Iliade, fille du roi Priam. Amyclas aurait été le fondateur d'Amyclées, un des bourgs qui furent annexés à Sparte après l'arrivée des Doriens dans le Péloponnèse. Le mythe de Daphnè, changée en laurier par Apollon, dieu oraculaire, est très célèbre.*

Spartiates d'établir l'égalité entre tous les citoyens, conformément à la loi que Lycurgue avait fixée à l'origine. 5. Après tous les autres, le roi Agis s'avança au milieu de l'assemblée et parla en quelques mots. «J'apporte à la constitution que j'établis les gages les plus sûrs: je donne à la communauté[31] ma fortune qui est considérable, composée de champs cultivés et de pâturages et, en outre, de six cents talents monnayés. 6. Ma mère et ma grand-mère font de même, ainsi que mes amis et mes parents, qui sont les plus riches des Spartiates.»

X. 1. Le peuple fut frappé par la grandeur d'âme du jeune homme et se réjouit de voir enfin, au bout de presque trois cents ans, un roi digne de Sparte[32]. Mais Léonidas se déchaîna alors violemment contre Agis. 2. Il comprenait qu'il serait contraint de l'imiter et n'obtiendrait pas pour autant la même reconnaissance de ses concitoyens; si chacun renonçait pareillement à ce qu'il possédait, l'honneur de cette démarche reviendrait à celui qui en avait pris l'initiative. Léonidas demanda donc à Agis s'il croyait que Lycurgue avait été un homme juste et généreux. Agis répondit affirmativement. 3. «Eh bien, reprit Léonidas, où donc vois-tu qu'il ait permis d'abolir les dettes et d'introduire des étrangers dans la cité, lui qui considérait que la cité n'était pas vraiment pure si l'on n'en expulsait pas les étrangers[33]?» 4. Agis répondit qu'il ne s'étonnait pas de voir Léonidas, qui avait été nourri en terre étrangère, avait épousé la fille d'un satrape et lui avait fait des enfants, ignorer que Lycurgue avait banni de la cité les dettes et les emprunts, en même temps que la monnaie. Quant aux étrangers des différentes cités, Lycurgue en voulait surtout à ceux qui ne pouvaient s'adapter aux coutumes et au mode de vie spartiates; 5. ceux-là, il les chassait, non par hostilité envers leurs personnes, mais parce qu'il redoutait de voir leur conduite et leur caractère contaminer les citoyens, en faisant naître en eux le désir du luxe, de la mollesse et de la cupidité. 6. Terpandre, Thalès et Phérécydès[34], tout étrangers qu'ils fussent, avaient reçu à Sparte des honneurs

---

31. Plutarque emploie pour désigner le geste d'Agis l'expression « placer au milieu » (eis méson tithenaï), c'est-à-dire « mettre à la disposition de la communauté que forme la cité ». On retrouve cette expression aussi bien en prélude au partage du butin que comme symbole du retour à la vie politique normale après un épisode tyrannique : c'est alors le pouvoir qui est « placé au milieu ».
32. On peut se demander à qui songe Plutarque lorsqu'il compte trois cents ans entre Agis et le dernier grand roi digne de Sparte. Agésilas, évoqué supra en III, 2 et IV, 1 ? Mais il accéda à la royauté en 401 et mourut en 360, un peu plus d'un siècle avant l'avènement d'Agis. On a pensé aussi à Léonidas, le héros des Thermopyles. Mais cela ne fait guère que deux siècles et demi. Force est d'avouer notre ignorance.
33. Dans Lycurgue, il n'est en effet pas question d'abolition des dettes. Quant à la xénélasie, l'hostilité à l'encontre des étrangers, elle était tenue pour caractéristique de Sparte. Mais les raisons de cette méfiance à l'égard de l'étranger exposées dans Lycurgue, XXVII, 7-9, et reprises par Agis (au § 5) sont de tonalité nettement platonicienne.
34. Terpandre de Lesbos serait, selon la tradition, venu à Sparte au temps de la seconde guerre de Messénie (milieu du VIIe siècle). Thalès, ou Thalétas, de Gortyne est cité dans Lycurgue, IV, 2-3. Phérécydès de Syros était un poète du VIe siècle.

exceptionnels parce que leurs chants et leur philosophie ne cessaient de célébrer les mêmes principes que Lycurgue. 7. « Or toi, tu loues Ecprépès qui, lorsqu'il était éphore, retrancha d'un coup de hache deux des neuf cordes de la lyre du musicien Phrynis et ceux qui en firent autant à Timothée[35], 8. et tu nous reproches, à nous, de vouloir retrancher de Sparte le luxe, la richesse et l'ostentation! Comme si Ecprépès et les autres, en se méfiant de l'outrance et de l'excès dans le domaine musical, n'avaient pas voulu empêcher la démesure et la dissonance de s'introduire dans les vies et les mœurs, ce qui aurait privé la cité de tout accord et de toute harmonie avec elle-même. »

XI. 1. La foule suivit Agis, mais les riches exhortaient Léonidas à ne pas les abandonner; ils supplièrent les gérontes, qui avaient tout pouvoir pour décider de la présentation des projets de lois et les persuadèrent; ils réussirent à leur faire rejeter la *rhêtra* à une seule voix de majorité[36]. 2. Alors Lysandre, qui était encore en charge, engagea des poursuites contre Léonidas, en vertu d'une loi ancienne qui interdisait à un Héraclide d'avoir des enfants d'une femme étrangère et condamnait à mort quiconque sortait de Sparte pour aller vivre ailleurs. 3. Il chargea d'autres citoyens de présenter ces accusations et lui-même alla, avec ses collègues, observer le « signe ». 4. Voici de quoi il s'agit. Tous les neuf ans, les éphores choisissent une nuit pure et sans lune et s'assoient en silence pour observer le ciel. 5. Si à ce moment-là une étoile filante le traverse, ils jugent que les rois sont coupables envers la divinité et ils les suspendent, tant qu'on n'a pas reçu de Delphes ou d'Olympie un oracle qui innocente les rois accusés. 6. Lysandre déclara que le signe s'était produit et mit Léonidas en accusation. Il présenta des témoins attestant que Léonidas avait eu deux enfants d'une femme d'Asie qui lui avait été donnée en mariage par un des gouverneurs de Séleucos; ensuite, s'étant attiré la colère et la haine de cette femme, il était rentré dans son pays à contrecœur et s'était emparé de la royauté qui était vacante, faute d'héritier[37]. 7. En même temps que cette action en justice, Lysandre poussait Cléombrote, gendre de Léonidas, qui était de naissance royale, à revendiquer la royauté. 8. Léonidas prit peur et se réfugia comme suppliant dans le temple de la déesse Chalcioïcos, tandis que sa fille quittait Cléombrote et se joignait aux

---

35. *Phrynis de Mytilène était un poète lyrique du Ve siècle. Timothée de Milet est un célèbre théoricien de la musique. Plutarque souligne ici l'opposition entre le monde dorien – considéré comme martial et viril par Platon et Aristote – et le monde ionien. En réduisant le nombre des cordes de la lyre, on donnait à la musique un caractère plus austère.*

36. *En dépit de l'appel de Lysandre à l'assemblée, Agis entendait sans doute que sa proposition fût ratifiée en respectant la loi, ce qui impliquait l'approbation préalable des gérontes. On peut se demander comment une majorité d'une voix pouvait se dégager d'une assemblée de 30 personnes – ou 28, si les deux rois ne prenaient pas part au vote. À moins de supposer que les cinq éphores, bien que n'étant pas membres de la gérousia, avaient aussi leur mot à dire.*

37. *Plutarque explicite ici ce à quoi il avait déjà fait allusion (supra, III, 9 et X, 4): la présence de Léonidas à la cour de Séleucos et son mariage avec une étrangère. Sur les conditions de l'avènement de Léonidas, voir supra, III, 7-8.*

supplications de son père[38]. 9. Comme Léonidas, cité en justice, ne condescendit pas à se présenter, on vota sa déchéance et l'on conféra la royauté à Cléombrote.

XII. 1. Sur ces entrefaites, Lysandre sortit de charge, le terme de sa charge étant venu. Les nouveaux éphores firent droit aux supplications de Léonidas et intentèrent un procès à Lysandre et à Mandrocleidas, les accusant d'avoir violé la loi, en faisant voter l'abolition des dettes et un nouveau partage des terres. 2. Les accusés poussèrent les rois à s'unir et à ne pas tenir compte de l'avis des éphores. « Ces magistrats, déclarèrent-ils, tirent leur force du désaccord entre les rois : quand l'un d'eux est en conflit avec son collège pour l'intérêt public, ils apportent leur voix à celui dont l'avis est le meilleur[39]. 3. Mais si les deux rois sont du même avis, leur pouvoir est infrangible et il est illégal de les combattre ; c'est seulement quand les rois s'affrontent que les éphores doivent jouer les conciliateurs et les arbitres ; lorsqu'ils sont d'accord, les éphores n'ont pas le droit d'intervenir. » 4. Les deux rois se laissèrent convaincre et descendirent sur l'agora avec leurs amis. Ils firent lever de leurs sièges les éphores et en désignèrent d'autres pour les remplacer, notamment Agésilas[40]. 5. Ils armèrent beaucoup de jeunes gens, libérèrent les prisonniers et semèrent la terreur chez leurs adversaires, qui s'attendaient à les voir tuer beaucoup de monde. 6. Mais ils ne tuèrent personne ; bien au contraire, comme Léonidas fuyait vers Tégée et qu'Agésilas, voulant le faire assassiner, avait disposé des tueurs sur la route pour l'attaquer, Agis, l'ayant appris, envoya des hommes de confiance, qui entourèrent Léonidas et l'escortèrent en sûreté jusqu'à Tégée.

XIII. 1. Leur entreprise était donc en bonne voie et ne rencontrait ni obstacle ni opposition. Mais un seul homme, Agésilas, suffit pour tout bouleverser et tout détruire ; il gâta le projet le plus beau, le plus digne d'un Lacédémonien, par son amour de la richesse, la maladie la plus honteuse. 2. Il possédait une des plus grandes et des plus belles terres du pays, mais il était criblé de dettes. Comme il ne pouvait pas les payer, et qu'il ne voulait pas non plus perdre son domaine, il persuada Agis qu'opérer les deux réformes en même temps serait un changement politique trop brutal ; en revanche, s'il flattait d'abord les propriétaires en remettant les dettes, ils accepteraient ensuite docilement et sans broncher le partage des terres[41].

---

38. Il s'agit d'Athéna qui avait reçu cette épithète d'après son sanctuaire. La fille de Léonidas, Chilonis, réapparaît infra, XVII, 2 et suiv., où elle choisit cette fois le parti de son époux Cléombrote, condamné après l'échec de la tentative d'Agis. Lysandre, en tant qu'éphore, pouvait traduire un roi en justice.
39. En faisant voter le projet d'Agis contre la volonté des gérontes, Lysandre et Mandrocleidas avaient commis un acte contraire à la loi.
40. En destituant les éphores élus par l'assemblée, Agis et Cléombrote agissent plus ouvertement encore de manière illégale. Plutarque – ou sa source – ne semble pas le moins du monde gêné par cette violation ouverte de la loi.
41. On a ici un exemple frappant des raisons pour lesquelles des riches s'endettaient. Propriétaires de domaines fonciers, ils empruntaient pour faire face à des dépenses de prestige. C'est un phénomène que l'on retrouve aussi à Athènes au IVe et au IIIe siècle.

3. Lysandre, abusé par Agésilas, était du même avis. On apporta donc sur l'agora les reconnaissances de dettes, que les Spartiates appellent *claria*, on les rassembla et on y mit le feu[42]. 4. Quand la flamme s'éleva, les riches et les créanciers[43] partirent bouleversés, tandis qu'Agésilas, comme pour insulter à leur malheur, disait qu'il n'avait jamais vu de flamme plus brillante ni de feu plus pur que celui-là. 5. Cependant, la foule réclamait qu'on procédât aussitôt au partage des terres et les rois ordonnaient de le faire, mais Agésilas ne cessait d'inventer quelque empêchement et d'invoquer toutes sortes de prétextes pour gagner du temps, jusqu'au moment où Agis dut partir en expédition. En effet, les Achéens, alliés des Lacédémoniens, leur demandaient du secours, 6. car on s'attendait à voir les Étoliens envahir le Péloponnèse par la Mégaride ; pour les en empêcher, Aratos, le stratège des Achéens, rassemblait une armée et avait écrit aux éphores[44].

XIV. 1. Ceux-ci envoyèrent aussitôt Agis, galvanisé par son ambition et par l'ardeur de ses compagnons d'armes. 2. Ceux-ci étaient jeunes pour la plupart et pauvres ; n'ayant désormais plus à s'inquiéter de leurs dettes, dont ils étaient libérés, et comptant bien recevoir des terres à leur retour d'expédition, ils témoignèrent à Agis un dévouement admirable. 3. Ce fut un beau spectacle pour les cités, de les voir traverser le Péloponnèse sans causer de dommage, doucement et presque sans bruit : les Grecs étaient dans l'admiration et se demandaient quelle pouvait être autrefois l'ordonnance d'une armée lacédémonienne, à l'époque où elle était commandée par Agésilas, par le fameux Lysandre ou par Léonidas l'Ancien[45], puisqu'un adolescent, qui était le plus jeune, ou presque, de toute l'armée, inspirait aux soldats tant de respect et de crainte. 4. Quant à l'adolescent en question, il était fier de sa vie frugale et laborieuse, de porter des vêtements et des armes qui n'avaient pas plus d'éclat que ceux d'un simple particulier. Il attirait donc à juste titre les regards et l'admiration de la foule. 5. Mais sa réforme ne plaisait pas aux riches[46], qui craignaient de la voir soulever les peuples, partout à la ronde, et leur servir de modèle.

---

42. *C'est là un détail intéressant qui révèle les progrès de l'usage de l'écrit au IIIe siècle, même dans une cité comme Sparte. Rappelons que, à l'époque de Solon à Athènes, c'est en arrachant les bornes placées sur les biens des propriétaires endettés que le législateur avait aboli les dettes.*

43. *Plutarque distingue les « riches » et les « créanciers ». Il est vraisemblable que les riches endettés, tel Agésilas, s'adressaient à d'autres riches pour trouver l'argent liquide dont ils avaient besoin. Mais y avait-il aussi des « prêteurs » professionnels ? On n'a pas d'autres occurrences de ce terme employé substantivement avant Plutarque.*

44. *Aratos avait alors reconstitué la Confédération achéenne en libérant les cités des tyrans promacédoniens. Plutarque lui a consacré une biographie. Sur cet appel aux Lacédémoniens, voir* Aratos, *XXXI, 1 et suiv.*

45. *Agésilas est le célèbre roi de la première moitié du IVe siècle (voir supra, III, 2), Lysandre, le vainqueur de la guerre du Péloponnèse, et Léonidas l'Ancien, le héros malheureux des Thermopyles. Ce sont là pour Plutarque les personnages les plus glorieux de l'histoire de Sparte.*

46. *Il s'agit bien entendu des riches des cités péloponnésiennes traversées par Agis et son armée. On retrouvera la même inquiétude face à Cléomène.*

XV. 1. À Corinthe, Agis opéra sa jonction avec Aratos qui hésitait encore sur l'opportunité d'affronter les ennemis en bataille rangée. Agis montra beaucoup d'ardeur et une audace qui n'avait rien de juvénile ni d'irréfléchi. 2. Il déclara qu'il était d'avis de combattre et de ne pas laisser entrer la guerre en abandonnant les portes du Péloponnèse, mais qu'il ferait ce qu'Aratos déciderait, 3. puisque celui-ci était plus âgé que lui et le stratège des Achéens : lui, Agis, n'était pas venu pour les diriger ni pour leur donner des ordres, mais pour combattre à leurs côtés et les secourir. 4. Baton de Sinope prétend qu'Agis refusa de combattre, alors qu'Aratos le lui ordonnait, mais il n'a pas pris connaissance de ce qu'Aratos a écrit à ce sujet, pour se justifier de n'avoir pas combattu : Aratos explique en effet que, puisque les paysans avaient déjà rentré presque toutes leurs récoltes, il jugea préférable de laisser passer les ennemis, plutôt que de tout risquer dans une bataille[47]. 5. Renonçant donc à combattre, Aratos renvoya les alliés après avoir fait leur éloge. Agis, entouré de l'admiration générale, repartit pour Sparte où déjà les affaires intérieures étaient profondément troublées et bouleversées.

XVI. 1. Agésilas était alors éphore : rien ne l'obligeait donc plus, comme auparavant, à se montrer humble. Il ne recula devant aucune malhonnêteté qui pouvait rapporter de l'argent. Alors que le comput ne l'exigeait pas, bouleversant le calendrier établi, il ajouta un treizième mois à l'année, ce qui lui permit de percevoir frauduleusement des impôts supplémentaires[48]. 2. Comme il craignait ceux qu'il lésait et que tous le haïssaient, il entretint des gardes du corps armés d'épées qui l'escortaient quand il descendait au lieu de réunion des magistrats. 3. Dans ses rapports avec les rois, il voulait paraître mépriser totalement l'un et tenir Agis en quelque estime à cause de leur parenté plutôt que du pouvoir royal. Il faisait également courir le bruit qu'il allait être éphore une seconde fois.
4. Pour échapper au danger, ses ennemis se liguèrent donc en hâte et demandèrent officiellement à Léonidas de revenir de Tégée pour reprendre la royauté. La foule vit cette démarche d'un bon œil : les gens étaient irrités d'avoir été dupés, puisque la terre n'avait pas été partagée. 5. Le fils d'Agésilas, Hippomédon, supplia ses concitoyens : comme il leur était cher à tous pour sa valeur, il parvint à soustraire son père du péril et à le sauver. 6. Quant aux rois, Agis se réfugia dans le sanctuaire de la déesse Chalcioïcos et Cléombrote se rendit comme suppliant dans le temple de Poséidon[49]. 7. C'était à lui que Léonidas en voulait le plus, semblait-il : sans s'oc-

---

47. Les Mémoires *d'Aratos* sont une des sources utilisées par Plutarque pour la rédaction des Vies *d'Agis et de Cléomène* comme pour celle *d'Aratos* lui-même. On était alors à la fin de l'été 241.
48. Les mois lunaires étant de 28 ou 29 jours, il fallait à intervalles réguliers établir un mois intercalaire pour retrouver le rythme des saisons. La remarque de Plutarque laisse supposer que les intérêts des dettes étaient perçus chaque mois.
49. Ce sanctuaire a déjà été mentionné supra, XI, 8. Se réfugier dans un sanctuaire était le moyen d'échapper à la mort, puisque les lieux sacrés étaient inviolables et jouissaient du droit d'asile. Il y avait un sanctuaire de Poséidon au cap Ténare. Mais peut-être s'agit-il ici d'un sanctuaire situé sur le territoire de Sparte.

cuper d'Agis, il monta avec des soldats vers Cléombrote et lui reprocha avec colère d'avoir, étant son gendre, conspiré contre lui, de lui avoir arraché la royauté, et d'avoir contribué à le chasser de sa patrie.

XVII. 1. Cléombrote ne pouvait rien répondre; il restait assis, désemparé et silencieux. 2. Mais alors intervint Chilonis, fille de Léonidas: elle s'était précédemment associée au sort injuste de son père et, lorsque Cléombrote était devenu roi, elle l'avait quitté pour assister Léonidas dans le malheur: tant que son père était resté à Sparte, elle avait été suppliante auprès de lui et quand il était parti en exil, elle avait continué à porter le deuil et à en vouloir à Cléombrote. 3. Or, lorsque la Fortune changea, elle changea une nouvelle fois de camp: on la vit assise en suppliante aux côtés de son mari, le tenant serré dans ses bras, avec leurs jeunes enfants à ses pieds, un de chaque côté[50]. 4. Tous les assistants, admiratifs, se mirent à pleurer en voyant la générosité et l'affection de cette femme. Désignant son voile et sa chevelure en désordre, 5. elle dit: «Mon père, ce n'est point par pitié pour Cléombrote que j'ai adopté ces vêtements et cette attitude: depuis tes malheurs et ton exil, la douleur m'a suivie et a vécu avec moi à chaque instant. 6. Maintenant que tu es vainqueur et que tu règnes à Sparte, dois-je continuer à être malheureuse, ou prendre les vêtements brillants d'une princesse, après t'avoir vu tuer l'époux auquel, sur ton ordre, j'ai donné ma virginité? 7. S'il ne peut te fléchir ni te persuader par les larmes de ses enfants et de son épouse, il sera puni de son malheureux dessein bien plus cruellement que tu ne le désires. Il me verra, moi qu'il aime tant, mourir avant lui. 8. Comment aurais-je l'audace de me montrer devant les autres femmes, si mes supplications ne réussissent à émouvoir ni mon époux ni mon père et si, en tant qu'épouse comme en tant que fille, je dois toujours partager l'infortune et le déshonneur des miens? 9. En imaginant même que mon époux ait pu invoquer autrefois quelque prétexte spécieux, je le lui ai ôté en me joignant à toi et en portant témoignage contre ses actes. 10. Mais c'est toi à présent qui lui permets de justifier son crime: tu montres que la royauté est un bien si grand et si disputé que pour elle il est juste de tuer ses gendres et de ne pas se soucier de ses enfants.»

XVIII. 1. Tout en se lamentant ainsi, Chilonis appuya son front contre le visage de Cléombrote, puis porta sur les assistants son regard affaibli et brouillé par le chagrin. 2. Après s'être entretenu avec ses amis, Léonidas pria Cléombrote de se relever et de partir en exil, mais il demanda à sa fille de rester et de ne pas l'abandonner, lui qui l'aimait tant et qui lui accordait la vie de son mari. 3. Il ne put la convaincre. Quand son mari se releva, elle lui mit dans les bras un de leurs jeunes enfants, prit l'autre et, après s'être prosternée devant l'autel du dieu, elle sortit avec lui du sanctuaire. Si Cléombrote n'avait pas été corrompu par la vaine

---

50. Chilonis avait suivi son père en exil. Cette fois, elle prend le parti de son mari. Le discours que lui prête Plutarque est destiné à exalter cette «vertu» des femmes spartiates que Plutarque a souvent évoquée, mais nulle part autant que dans les Vies d'Agis *et de* Cléomène. *Voir Dictionnaire, «Femmes».*

gloire, il aurait dû considérer son exil comme un bonheur plus grand que la royauté, à cause d'une telle femme.

4. Après avoir chassé Cléombrote et démis de leur charge les éphores précédents pour en nommer d'autres, Léonidas s'en prit aussitôt à Agis[51]. 5. Il voulut d'abord le persuader de se lever et de venir régner avec lui[52]; il l'assura que ses concitoyens lui avaient pardonné, eu égard à sa jeunesse et à son ambition, considérant qu'il s'était laissé abuser par Agésilas. 6. Mais Agis se méfia et ne bougea pas. Alors Léonidas renonça à l'appâter et à le duper lui-même. 7. Ampharès, Damocharès et Arcésilaos avaient l'habitude de monter au temple, pour s'entretenir avec Agis; parfois même, ils le faisaient sortir et l'emmenaient au bain puis, quand Agis s'était baigné, ils le ramenaient dans son asile, 8. car ils étaient tous trois ses amis intimes. Mais Ampharès venait d'emprunter à Agésistrata des manteaux et des coupes de grand prix[53]: pour ces objets qu'il voulait s'approprier, il complota contre le roi et contre les femmes de sa famille. 9. Ce fut lui, dit-on, qui fut le plus favorable à Léonidas et qui souleva les éphores, dont il faisait partie.

XIX. 1. Comme Agis passait tout son temps dans le temple et qu'il avait l'habitude de n'en descendre que pour aller au bain, s'il en avait l'occasion, ils décidèrent de mettre la main sur lui à ce moment-là, lorsqu'il serait hors du sanctuaire. 2. Ils le guettèrent donc au sortir du bain, se portèrent à sa rencontre, le saluèrent et l'escortèrent, en bavardant et en plaisantant avec lui, comme avec un jeune ami. 3. Mais à l'endroit où un embranchement de la route obliquait vers la prison, Ampharès, en vertu de sa charge, mit la main sur lui: «Agis, dit-il, je te conduis devant les éphores, pour que tu rendes compte de ta politique.» 4. Damocharès, qui était robuste et de grande taille, lui jeta son manteau autour du cou et l'entraîna, tandis que d'autres hommes, qui avaient été placés là exprès, le poussaient par-derrière. Nul ne vint à son secours; la route était déserte. Ils le jetèrent en prison. 5. Léonidas s'y rendit aussitôt, avec de nombreux mercenaires; il encercla le bâtiment de l'extérieur, tandis que les éphores entraient rejoindre Agis. Après avoir convoqué à la prison tous les gérontes qui étaient d'accord avec eux, ils demandèrent à Agis de se justifier, comme si on le jugeait dans un procès régulier[54]. 6. Le jeune homme s'étant mis à rire de leur hypocrisie, Ampharès lui dit qu'il s'en repentirait et qu'il serait puni de son insolence. Un autre éphore, comme pour l'aider et lui suggérer une échappatoire, lui demanda s'il avait agi ainsi parce que Lysandre et Agésilas l'y avaient contraint. 7. Agis répliqua qu'il n'avait subi aucune contrainte, mais que c'était son admiration pour Lycurgue et son désir de l'imiter

---

51. *Le retour de Léonidas ne rétablit pas pour autant la règle de l'élection des éphores par l'assemblée, puisque, à l'instar d'Agis, c'est lui qui nomme de nouveaux éphores.*

52. *Il s'agit d'amener Agis à quitter le sanctuaire de la déesse, car Léonidas ne veut pas commettre un sacrilège. D'où le stratagème décrit infra, en XIX.*

53. *Il a déjà été fait mention supra de la richesse d'Agésistrata, la mère d'Agis (IV, 1).*

54. *C'est la gérousia qui, en principe, s'érigeait en cour de justice lorsqu'il s'agissait de juger l'un ou l'autre des deux rois.*

qui l'avait poussé à revenir au même régime politique[55]. Le même éphore lui demanda alors s'il regrettait ce qu'il avait fait. 8. Le jeune homme déclara qu'il ne regrettait pas d'avoir pris des résolutions si belles, même s'il voyait qu'il allait subir les derniers supplices. Ils le condamnèrent à mort et ordonnèrent aux exécuteurs de le mener dans ce qu'on appelle le Céadas : il s'agit d'une pièce de la prison où les Spartiates mettent à mort les condamnés en les étranglant[56]. 9. Mais les exécuteurs n'osèrent pas toucher Agis, et pareillement, les mercenaires qui se trouvaient là se détournaient et cherchaient à se dérober à cette tâche, jugeant contraire à la justice et à la loi de porter la main sur la personne d'un roi. Voyant cela, Damocharès les menaça et les couvrit d'insultes, puis traîna lui-même Agis dans la pièce. 10. Déjà beaucoup de gens avaient appris l'arrestation, on s'agitait à la porte et il y avait beaucoup de lumières. La mère et la grand-mère d'Agis étaient là ; elles poussaient de grands cris et réclamaient au moins pour le roi des Spartiates le droit à la parole et à un procès régulier devant ses concitoyens. 11. Les éphores pressèrent encore l'exécution, de peur qu'on ne leur arrachât Agis pendant la nuit, s'il venait plus de monde.

XX. 1. Comme Agis se dirigeait vers l'endroit où on devait l'étrangler, il remarqua qu'un des exécuteurs pleurait et se lamentait. «Mon ami, lui dit-il, cesse de pleurer sur moi. J'ai beau périr ainsi, au mépris des lois et de la justice, je suis plus fort que ceux qui me tuent.» Et, sur ces mots, il présenta lui-même son cou au lacet. 2. Ampharès sortit alors sur le seuil de la prison. Agésistrata, qui était liée à lui par une amitié étroite, se jeta à ses pieds. Il la releva et lui dit qu'on n'infligerait pas à Agis une peine rigoureuse et irréparable. Il la pria même d'entrer, si elle voulait, pour rejoindre son fils. 3. Agésistrata demanda la permission de se faire accompagner de sa mère ; Ampharès répondit que rien ne s'y opposait. Il introduisit les deux femmes, puis fit refermer derrière elles les portes de la prison. Il livra d'abord au bourreau Archidamia, qui était déjà très âgée et avait vieilli entourée de plus d'honneurs que toutes les autres citoyennes de Sparte. Quand elle fut morte, il fit entrer Agésistrata. 4. Dès qu'elle fut dans la pièce, elle vit son fils étendu à terre et sa mère, morte, encore suspendue au lacet. Elle aida elle-même les exécuteurs à la déposer à terre, étendit son corps à côté d'Agis, l'enveloppa et le recouvrit. 5. Puis, se jetant sur son fils et lui embrassant le front, elle s'écria : «Ta grande piété, mon enfant, ta douceur et ton humanité ont causé ta perte et la nôtre.» 6. Ampharès qui se trouvait sur le seuil, voyant ce qui se passait et entendant ces mots, entra et lança avec colère à Agésistrata : «Eh bien ! puisque tu avais les mêmes idées que ton fils, tu subiras le même sort.» 7. Agésistrata se releva et s'approcha du lacet, en disant : «Puisse seulement cela être utile à Sparte[57] !»

---

55. La référence à Lycurgue a certainement contribué à renforcer l'image mythique du législateur qui achève de se construire à l'époque des rois réformateurs.
56. Cette pratique de mise à mort est nettement plus brutale que l'empoisonnement par la ciguë à Athènes.
57. La mort d'Agésistrata est un autre exemple de la «vertu» des Lacédémoniennes (voir Dictionnaire, «Femmes»).

XXI. 1. Lorsque le bruit de ce malheur se répandit dans la cité et que les trois cadavres furent emportés de la prison, la terreur ne fut pas assez forte pour empêcher les citoyens d'exprimer ouvertement leur douleur devant ces événements et leur haine pour Léonidas et Ampharès ; à leur avis, on n'avait jamais rien vu à Sparte de plus terrible et de plus impie depuis l'installation des Doriens dans le Péloponnèse[58]. 2. Même les ennemis, dans les batailles, quand ils trouvaient en face d'eux un roi des Lacédémoniens, osaient difficilement, semble-t-il, porter la main sur lui ; ils se détournaient, pleins de crainte et de respect pour sa dignité. 3. Voilà pourquoi, malgré le nombre de combats qui opposèrent les Lacédémoniens aux Grecs, il n'y eut, avant les guerres de Philippe, qu'un seul roi qui périt au combat, Cléombrote, frappé par une lance à Leuctres[59]. 4. Les Messéniens prétendent bien que Théopompos fut tué par Aristoménès, mais les Lacédémoniens le nient[60] ; ils affirment qu'il fut seulement blessé. Si ce dernier point est contesté, 5. ce qui est sûr, c'est qu'Agis fut le premier roi à mourir de la main des éphores, alors qu'il avait formé une entreprise noble et digne de Sparte et qu'il se trouvait à un âge où les coupables obtiennent leur pardon. Ses amis avaient d'ailleurs plus de droit que ses ennemis de le blâmer pour avoir sauvé Léonidas et s'être fié à autrui, car il était très bon et très doux[61].

CLÉOMÈNE

XXII. [I]. 1. Après la mort d'Agis, Léonidas n'eut pas le temps d'arrêter son frère Archidamos, qui prit aussitôt la fuite, mais il enleva sa femme, qui avait un enfant nouveau-né, et la força à épouser son fils Cléomène, qui n'avait pas encore tout à fait l'âge nubile. Il ne voulait pas qu'elle fût donnée à un autre, 2. car cette Agiatis était une fille épiclère, dépositaire de la grande fortune de son père[62], Gylippe : elle l'emportait de beaucoup en grâce et en beauté sur les autres femmes grecques et avait un

---

58. C'est de l'arrivée des Doriens dans le Péloponnèse qu'on datait les débuts de l'histoire de Sparte.
59. Il s'agit de la fameuse bataille de Leuctres qui mit fin, en 371, à l'hégémonie spartiate. Après l'époque de Philippe, d'autres rois spartiates trouvèrent la mort en combattant, mais, comme Plutarque le remarque plus loin, seul Agis fut condamné à mort par les éphores.
60. Il s'agit des guerres de Messénie qui au VIIe siècle permirent aux Spartiates de se rendre maîtres d'un riche territoire dont les habitants furent réduits à la condition d'hilotes. Mais, à l'époque d'Agis, la Messénie était redevenue indépendante depuis plus d'un siècle, grâce à l'intervention dans le Péloponnèse du général thébain Épaminondas.
61. Avoir laissé la vie à Léonidas était certes une preuve de la grandeur d'âme d'Agis, mais aussi une manifestation de faiblesse.
62. À Sparte, à la différence de ce qui était la règle à Athènes, la fille héritière (épiclère) pouvait disposer de la fortune paternelle. C'est précisément à cette possibilité qu'Aristote attribue le fait que les deux cinquièmes de la terre y étaient entre les mains des femmes (Politique, II, 1270a, 23-25). Voir Dictionnaire, «Femmes».

excellent caractère. 3. Elle fit tout son possible, dit-on, pour ne pas être contrainte à ce mariage mais, une fois unie à Cléomène, tout en continuant à haïr Léonidas elle se montra bonne et aimante avec son jeune époux ; de son côté, dès qu'il l'eut épousée, il devint éperdument amoureux d'elle et partagea même, d'une certaine manière, son affection et sa fidélité pour Agis : il l'interrogeait souvent sur le passé et l'écoutait attentivement tandis qu'elle lui racontait les projets et les décisions d'Agis.
4. Cléomène était ambitieux et plein de grandeur d'âme ; sa nature le disposait autant qu'Agis à la maîtrise de soi et à la simplicité, mais il ne possédait ni son excessive circonspection ni sa douceur ; il y avait en lui une sorte d'aiguillon de colère, un élan plein de violence qui l'entraînait vers tout ce qui lui paraissait beau. 5. Ce qu'il jugeait le plus beau, c'était de gouverner avec l'accord de ses sujets, mais il trouvait beau également de s'imposer à des sujets désobéissants et de les forcer à s'améliorer.

XXIII. [II]. 1. L'état de la cité ne lui plaisait guère ; les citoyens se laissaient séduire par l'oisiveté et le plaisir et le roi négligeait tout : la seule chose qu'il désirait, c'était que nul ne vînt le déranger tandis qu'il vivait, comme il le souhaitait, dans l'abondance et le luxe. Personne ne s'occupait des affaires publiques, chacun cherchait à tirer à soi les profits. En ce qui concerne l'entraînement et la tempérance des jeunes gens, l'endurance et l'égalité, depuis la mort d'Agis, il n'était même plus possible de mentionner ces mots sans danger. 2. Pendant son adolescence, Cléomène avait suivi, dit-on, des leçons de philosophie, quand Sphaïros de Borysthène se rendit à Lacédémone et prodigua aux jeunes garçons et aux éphèbes un enseignement attentif. 3. Ce Sphaïros avait été un des premiers disciples de Zénon de Cition[63] ; il se prit d'affection, semble-t-il pour ce que la nature de Cléomène avait de viril et il enflamma son ambition. 4. On demandait, dit-on, à Léonidas l'Ancien quel genre de poète était à ses yeux Tyrtée[64] ; il répondit : « Il est bon pour ôter la vie aux jeunes. » 5. Et, de fait, les jeunes gens, emplis d'enthousiasme par ses poèmes, ne s'épargnaient pas dans les combats. 6. La doctrine stoïcienne présente quelques dangers et quelques risques pour les âmes élevées et ardentes mais, si elle rencontre un caractère profond et doux, elle le fait considérablement progresser vers son bien propre[65].

XXIV. [III]. 1. Après la mort de Léonidas, Cléomène hérita de la royauté[66]. Il constata que les citoyens étaient totalement relâchés. Les riches, occupés par leurs plaisirs et leurs profits personnels, ne se souciaient pas de l'intérêt général, tandis que la

---

63. *Zénon était le fondateur de l'école du Portique (Stoa) ou stoïcisme.*
64. *Léonidas l'Ancien, c'est-à-dire le héros malheureux des Thermopyles. Tyrtée est un poète spartiate contemporain de la seconde guerre de Messénie (deuxième moitié du VIIe siècle), dont les chants exaltaient la valeur guerrière des jeunes Spartiates.*
65. *C'est le philosophe Plutarque qui juge ici la doctrine stoïcienne, qu'il semble avoir surtout admirée sous sa forme romaine (voir Dictionnaire, « Stoïcisme »).*
66. *En tant qu'Agiade. Mais l'Eurypontide Archidamos était alors en exil (voir infra, V, 2 et note). Sur la date de l'avènement de Cléomène, voir Will (1979), p. 371-374.*

foule, découragée par le mauvais état des affaires intérieures, manquait d'ardeur pour la guerre et de goût pour la discipline spartiate. Lui-même n'était roi que de nom : tout le pouvoir était entre les mains des éphores. Il décida aussitôt de changer et de réformer cet état de choses. 2. Il avait un ami, Xénarès, qui avait d'abord été son éraste[67] (les Lacédémoniens donnent à une telle relation le nom d'« inspiration ») ; il se mit à le sonder, lui demandant quel genre de roi avait été Agis, comment et avec quels hommes il s'était engagé dans la voie qu'il avait prise. 3. Au début, Xénarès avait du plaisir à rappeler ces événements ; il lui racontait et lui expliquait en détail comment tout s'était passé. 4. Mais lorsqu'il se rendit compte que Cléomène se passionnait et s'enthousiasmait excessivement pour les réformes d'Agis, voulant sans cesse lui entendre répéter le même récit, il lui adressa des reproches pleins de colère, lui disant qu'il avait perdu la raison. Pour finir il cessa de s'entretenir avec lui et de le rencontrer. Cependant il n'indiqua à personne le motif de leur brouille, déclarant seulement que le roi le connaissait. 5. Devant l'hostilité de Xénarès, Cléomène, pensant que les autres étaient dans les mêmes dispositions, se mit à la besogne tout seul. 6. Considérant qu'il lui serait plus facile de changer la situation en temps de guerre qu'en temps de paix, il souleva la cité contre les Achéens, qui d'ailleurs fournissaient eux-mêmes des motifs de plaintes. 7. Aratos, le plus influent d'entre eux, voulait depuis le début regrouper les Péloponnésiens en une seule Ligue : tel était le but de ses nombreuses expéditions et de sa longue activité politique ; il pensait que c'était le seul moyen de les protéger des ennemis extérieurs[68]. 8. Presque tous les peuples s'étaient ralliés à lui, sauf les Lacédémoniens, les Éléens et ceux des Arcadiens qui étaient soumis aux Lacédémoniens. Dès la mort de Léonidas, Aratos entreprit de harceler les Arcadiens et s'en prit surtout à ceux qui étaient limitrophes des Achéens, pour mettre à l'épreuve les Lacédémoniens et Cléomène, qu'il méprisait, le jugeant jeune et inexpérimenté.

XXV. [IV]. 1. En conséquence, les éphores envoyèrent d'abord Cléomène occuper l'Athénaion de Belbina[69]. Cette position garde l'entrée de la Laconie et les Lacédémoniens la disputaient alors aux Mégalopolitains. 2. Cléomène s'en empara et la fortifia. Aratos ne protesta pas mais il partit de nuit en expédition pour attaquer Tégée et Orchomène[70]. 3. Les traîtres ayant pris peur, il battit en retraite. Il croyait que sa tentative était passée inaperçue, mais Cléomène lui envoya une lettre ironique, dans laquelle, feignant l'amitié, il lui demandait où il était sorti pendant la nuit. 4. Aratos lui répondit qu'il avait appris que Cléomène s'apprêtait à fortifier Belbina

---

67. Plutarque a évoqué dans Lycurgue, *XVII*, 1, le rôle de la pédérastie dans l'éducation spartiate.
68. Plutarque, dans la Vie d'Aratos, décrit, à partir des Mémoires du stratège achéen, cette mainmise sur le Péloponnèse. Sur les événements qui précédèrent la guerre « cléoménique », voir Will (1979), p. 364-366.
69. À la frontière de la Laconie et du territoire de Mégalopolis.
70. Tégée et Orchomène, comme Mégalopolis, étaient des cités arcadiennes qui avaient adhéré à la Ligue achéenne que dirigeait Aratos. Cléomène, au témoignage de Polybe (Histoires, *II*, 46, 2) s'en était emparé.

et qu'il était descendu pour l'en empêcher. Cléomène lui envoya une nouvelle lettre, où il disait: «Je suis persuadé que tu dis vrai, mais les flambeaux et les échelles, écris-moi donc, si cela ne t'ennuie pas, pourquoi ils t'accompagnaient?» 5. Cette plaisanterie fit rire Aratos et il demanda qui était ce jeune homme. Alors Damocratès, un exilé de Lacédémone lui dit: «Si tu veux t'en prendre aux Lacédémoniens, il est temps de te hâter, avant que les ergots ne soient venus à ce poussin!» 6. Cléomène alla camper en Arcadie avec un petit nombre de cavaliers et trente fantassins. Les éphores, redoutant la guerre, lui ordonnèrent de se retirer mais, 7. dès qu'il eut obtempéré, Aratos prit Caphyaï. Les éphores envoyèrent donc de nouveau Cléomène en campagne[71]: 8. il s'empara de Méthydrion et fit des incursions à travers l'Argolide. Les Achéens marchèrent contre lui avec vingt mille fantassins et mille cavaliers, commandés par le stratège Aristomachos[72]. 9. Cléomène leur barra la route à Pallantion et voulut livrer bataille mais Aratos, effrayé d'une telle audace, interdit au stratège de courir ce risque; il battit en retraite, sous les insultes des Achéens, les railleries et le mépris des Lacédémoniens, qui étaient moins de cinq mille en tout. 10. Cléomène en conçut beaucoup d'orgueil et s'enhardit devant ses concitoyens. Il leur rappelait ce qu'avait dit, non sans raison, un de leurs anciens rois: «Les Lacédémoniens ne demandent pas le nombre des ennemis, mais l'endroit où ils sont.»

XXVI. [V]. 1. Il alla ensuite secourir les Éléens qui étaient attaqués par les Achéens et, rencontrant ces derniers près du mont Lycée, alors qu'ils revenaient déjà, il mit en déroute et terrifia toute leur armée; il leur infligea de lourdes pertes et fit de nombreux prisonniers, si bien que le bruit courut même en Grèce qu'Aratos était mort. Ce dernier exploita au mieux l'occasion; aussitôt après cette défaite, il marcha sur Mantinée et, alors que personne ne s'y serait attendu, il prit la cité et l'occupa. 2. Alors les Lacédémoniens, profondément découragés, s'opposèrent aux expéditions de Cléomène. Celui-ci entreprit donc de rappeler de Messène le frère d'Agis, Archidamos, avec qui il aurait dû partager la royauté puisqu'il était issu de l'autre maison royale. Il pensait que le pouvoir des éphores serait affaibli et que la royauté pourrait leur faire contrepoids si elle retrouvait ses deux titulaires[73]. 3. Mais ceux qui avaient fait périr Agis apprirent cette démarche. Craignant d'être châtiés si Archidamos revenait, ils allèrent en secret à sa rencontre quand il regagna la cité et le tuèrent aussitôt. Cléomène était-il opposé à ce meurtre, comme le pense

---

71. *Comme au § 1, Plutarque prend soin de souligner que ce sont les éphores qui donnent des ordres à Cléomène, alors qu'il a précédemment indiqué (supra, III, 6) que c'est Cléomène qui, pour faire passer plus facilement ses projets de réforme, aurait poussé à la guerre contre Aratos et la Confédération achéenne.*

72. *Aristomachos avait été tyran d'Argos avant d'adhérer à la Confédération achéenne. Voir* Aratos, *XXXV, 4-6.*

73. *Il ne semble pas en effet qu'après l'exécution d'Agis, un roi Eurypontide ait été désigné, à moins que l'enfant nouveau-né d'Agiatis (supra, I, 1) n'ait rempli ce rôle. Archidamos, frère d'Agis, s'était enfui à Messène. Cléomène aurait donc songé à le faire revenir pour équilibrer le pouvoir des éphores.*

Phylarque, ou s'était-il laissé convaincre par ses amis et leur avait-il abandonné Archidamos[74] ? 4. Ce fut sur eux surtout que retomba la responsabilité du crime : on pensa qu'ils avaient fait pression sur Cléomène.

XXVII. [VI]. 1. Celui-ci avait décidé de modifier sans attendre la situation politique de Sparte. Il corrompit les éphores pour se faire confier une expédition militaire. 2. Quant au reste des citoyens, il en avait gagné un grand nombre par sa mère Cratésicleia qui lui fournissait de l'argent sans compter et partageait son ambition. Par amour pour son fils, dit-on, elle accepta même pour époux, alors qu'elle ne souhaitait pas se remarier, un homme que sa gloire et son influence mettaient au premier rang dans la cité[75]. 3. Cléomène partit donc en expédition et s'empara de Leuctres, un fort du territoire de Mégalopolis. Une armée de secours achéenne marcha aussitôt contre lui et il dut livrer une bataille rangée sous les murs de la cité : il fut vaincu avec une partie de son armée. 4. Mais comme Aratos empêchait les Achéens de traverser un ravin profond et arrêtait la poursuite, le Mégalopolitain Lydiadas, indigné, entraîna les cavaliers qui l'entouraient et poursuivit l'ennemi : il se jeta dans un terrain plein de vignes, de fossés et de murs où ses hommes se dispersèrent et dont il se dégagea à grand-peine. Voyant cela, Cléomène lâcha sur lui les Tarentins et les Crétois[76]. Lydiadas se défendit vigoureusement et succomba. 5. Enhardis par ce succès, les Lacédémoniens s'élancèrent contre les Achéens et mirent en déroute toute leur armée. 6. Il y eut beaucoup de morts. Cléomène, en vertu d'une convention, rendit les corps ; quant au cadavre de Lydiadas, il se le fit apporter, le couvrit d'un vêtement de pourpre, lui mit une couronne et le fit déposer devant les portes de Mégalopolis. 7. C'était ce Lydiadas qui avait abdiqué la tyrannie, rendu la liberté à ses concitoyens et fait entrer sa cité dans la Confédération achéenne[77].

XXVIII. [VII]. 1. Cléomène était désormais plein d'orgueil et convaincu que, s'il faisait la guerre aux Achéens en menant les opérations comme il l'entendait, il aurait facilement le dessus. Il expliqua au mari de sa mère, Mégistonous, qu'il fallait se débarrasser des éphores, mettre en commun tous les biens des citoyens, réveiller Sparte en lui rendant l'égalité, et la pousser à revendiquer l'hégémonie sur la Grèce[78].

---

74. *Phylarque, historien athénien de la seconde moitié du IIIe siècle, a laissé un récit des événements qui se déroulèrent alors à Sparte. Polybe (II, 56-63) le juge sévèrement à cause de son goût pour le théâtral, mais aussi peut-être de son parti pris en faveur de Sparte. Il n'est donc pas surprenant qu'à l'inverse de Phylarque, il tienne Cléomène pour responsable de l'assassinat d'Archidamos (V, 37,5).*
75. *De nouveau, avec Cratésicleia, veuve de Léonidas et mère de Cléomène, on voit les femmes intervenir dans la vie politique de Sparte.*
76. *Il s'agit bien évidemment de mercenaires qui, comme dans toutes les armées hellénistiques, constituent l'essentiel de la force militaire, même à Sparte, où par ailleurs la crise sociale a fait fondre le nombre des hoplites citoyens (voir* Aristote, Politique, *II, 1270a, 29-31).*
77. *Sur ces ralliements de tyrans locaux à la Confédération achéenne, voir* Aratos, *XXX, 1-8.*
78. *C'est ce Mégistonous auquel il est fait allusion sans le nommer supra, VI, 2. Cléomène reprend le projet d'Agis mais en le complétant par une réforme institutionnelle importante : la suppression de l'éphorat.*

2. Mégistonous se laissa convaincre et attira à lui deux ou trois de ses amis. 3. Vers ce temps-là, l'un des éphores, couché dans le temple de Pasiphaé[79], eut un songe étonnant. Il rêva qu'à l'endroit où les éphores siègent habituellement pour régler les affaires, il n'y avait plus qu'une chaise, les quatre autres ayant été enlevées; comme il s'en étonnait, une voix qui venait du temple lui dit: «C'est préférable pour Sparte.» 4. L'éphore raconta cette vision à Cléomène qui en fut d'abord troublé, pensant que l'autre le soupçonnait et le mettait à l'épreuve; mais quand il fut sûr de la sincérité du récit, il en fut encouragé. 5. Emmenant ceux des citoyens qu'il soupçonnait le plus de s'opposer à ses projets, il s'empara d'Héraia et d'Aséa, cités qui s'étaient rangées sous les ordres des Achéens, puis ravitailla Orchomène et campa devant Mantinée. Enfin, après avoir épuisé les Lacédémoniens par de longues marches dans toutes les directions, il en laissa le plus grand nombre en Arcadie, sur leur demande, et regagna Sparte avec les mercenaires[80]. 6. En chemin il communiqua son projet à ceux qu'il croyait le mieux disposés à son égard et il s'avança lentement, pour surprendre les éphores pendant leur repas.

XXIX. [VIII]. 1. Quand il s'approcha de Sparte, il envoya dans la salle à manger des éphores Eurycleidas, sous prétexte de leur apporter de sa part des nouvelles de l'armée. Thérycion et Phoïbis, deux des jeunes gens qui avaient été élevés avec Cléomène et qu'on appelle des mothaces[81] l'accompagnaient, avec un petit nombre de soldats. 2. Eurycleidas était encore en train de parler avec les éphores quand ils entrèrent en courant, l'épée dégainée et les frappèrent. 3. Le premier qu'ils blessèrent, Agylaios, s'écroula aussitôt et on le crut mort, mais il reprit peu à peu connaissance et parvint à sortir de la pièce en rampant, sans se faire remarquer. Il se glissa dans un petit édifice qui était un sanctuaire de Phobos [«la Peur»][82]: le bâtiment était fermé en règle générale, mais ce jour-là, il se trouva qu'il était ouvert. Agylaios se glissa à l'intérieur et referma la porte. 4. Ses quatre collègues furent tués, ainsi qu'une bonne dizaine de personnes qui se portèrent à leur secours. Ceux qui ne bougèrent pas eurent la vie sauve et on n'empêcha personne de quitter la cité. On épargna même Agylaios le lendemain, quand il sortit du temple.

XXX. [IX]. 1. Les Lacédémoniens consacrent des sanctuaires non seulement à la Peur, mais aussi à la Mort, au Rire et à d'autres réalités de ce genre. 2. Ils honorent la Peur, non qu'ils la jugent néfaste, comme les *démons* dont ils se détournent, mais parce qu'à leur avis, c'est elle qui maintient le mieux la cohésion de

---

79. *Il a déjà été question de ce sanctuaire de Pasiphaé dans* Agis, *IX, 2-4.*

80. *La démarche de Cléomène se distingue de celle d'Agis en ce qu'il agit à la manière d'un tyran, en s'appuyant sur ses mercenaires, pour faire un véritable coup d'État.*

81. *Les «mothaces» étaient un de ces groupes intermédiaires entre la pleine citoyenneté et l'esclavage qui caractérisaient la société lacédémonienne. On pense généralement qu'il s'agissait d'hilotes ou de fils nés d'un Spartiate et d'une hilote, mais qui recevaient la traditionnelle éducation spartiate.*

82. *À propos de ce sanctuaire dédié à Phobos, voir* infra, *IX, 2.*

leur cité[83]. 3. Voilà pourquoi les éphores, comme le rapporte Aristote, proclamaient à leur entrée en charge que les citoyens devaient se raser la moustache et obéir aux lois, s'ils ne voulaient pas les voir sévir. À mon avis, cette allusion à la moustache visait seulement à habituer les jeunes gens à se montrer obéissants dans les plus petits détails. 4. Il me semble qu'aux yeux des Anciens, le courage était moins l'absence de peur que la peur du blâme et la crainte de l'infamie. 5. En effet, ceux qui tremblent le plus devant les lois sont les plus courageux pour affronter les ennemis ; ceux qui craignent le plus la mauvaise réputation sont ceux qui redoutent le moins la souffrance. 6. Aussi a-t-on eu raison de dire :

> Là où est la terreur est aussi le respect.

et Homère :

> Je te respecte, ô mon beau-père, et je te crains.

et aussi :

> Sans mot dire ils craignaient ceux qui les commandaient[84].

7. Ceux qui inspirent le plus de crainte à la foule sont également ceux qu'elle respecte le plus. Voilà pourquoi les Lacédémoniens placent le sanctuaire de Phobos à côté de la salle où les éphores se réunissent pour manger, considérant que leur magistrature est la plus proche du pouvoir royal.

XXXI. [X]. 1. Quand le jour fut venu, Cléomène proscrivit quatre-vingts citoyens, qui durent quitter la ville. Il fit enlever les sièges des éphores, à l'exception d'un seul qu'il avait l'intention d'occuper lui-même pour régler les affaires. 2. Il réunit une assemblée du peuple et se justifia de ce qu'il avait fait. «Lycurgue, déclara-t-il, a associé aux rois les gérontes, et la cité a longtemps été administrée ainsi, sans avoir aucun besoin d'une autre magistrature[85]. 3. Ce n'est que tardivement, lors de la longue guerre contre les Messéniens que les rois, occupés par les expéditions militaires, ont choisi certains de leurs amis pour rendre la justice et les ont laissés tenir leur place auprès des citoyens, avec le nom d'éphores[86]. 4. Ces éphores n'ont été d'abord que les ministres des rois, mais ensuite, peu à peu, ils ont tiré le pouvoir à eux et insensiblement ils ont formé une magistrature spécifique. 5. La preuve ; aujourd'hui encore, quand les éphores

---

83. *Cette conception de la peur qui n'est pas l'absence de courage mais le respect, se trouve chez Platon,* Lois, *647a. C'est d'ailleurs ce que rappelle le vers cité* infra, *§ 6, emprunté aux* Chants cypriens, *et auquel Platon fait allusion dans* Euthyphron, *12a-b.*
84. *Ces deux vers sont empruntés à l'*Iliade, *III, v. 172 et IV, v. 431.*
85. *Dans* Lycurgue, *V, 10-14, Plutarque justifie l'institution de la gérousia par la nécessité de contrebalancer le pouvoir des rois.*
86. *Dans* Lycurgue, *VII, 1, c'est au roi Théopompos qu'est attribuée la création de l'éphorat, pour limiter le caractère «oligarchique» de la constitution spartiate. Les éphores, élus annuellement, et pris parmi tous les citoyens, représentaient en quelque sorte l'élément «démocratique» de cette constitution «mixte» qu'était, aux yeux des théoriciens, la constitution spartiate.*

convoquent le roi, celui-ci refuse de se rendre à la première et à la deuxième sommation et ce n'est qu'à la troisième qu'il se lève et va les rejoindre. Astéropos a le premier renforcé et développé le pouvoir des éphores : or il ne fut éphore que bien des générations après l'institution de cette magistrature. 6. Tant que les éphores restaient modérés, il était préférable de les tolérer, mais depuis qu'en vertu d'une autorité usurpée ils ont détruit le pouvoir ancestral, allant jusqu'à chasser certains rois, à en tuer d'autres sans jugement et à menacer ceux qui souhaitaient la restauration de l'ancienne constitution de Sparte, si belle et si divine, ils sont devenus insupportables. 7. S'il avait été possible, sans verser le sang, de chasser les fléaux qui ont été importés dans Lacédémone, le luxe, les dépenses, les dettes, l'usure et, vices plus anciens que ceux-ci, la pauvreté et la richesse, je me serais considéré comme le plus heureux de tous les rois d'avoir soigné ainsi ma patrie, comme un médecin qui opère sans douleur. 8. Mais dans la nécessité présente, je peux invoquer pour ma défense l'exemple de Lycurgue qui, n'étant ni roi ni magistrat mais simple particulier, voulut agir en roi et se présenta en armes sur l'agora. Pris de peur en le voyant, le roi Charilaos s'enfuit auprès d'un autel, 9. mais comme il était honnête, et qu'il aimait sa patrie, il s'associa bientôt à l'action de Lycurgue et accepta sa réforme de la cité. L'exemple de Lycurgue prouve qu'il est bien difficile de changer un régime politique sans violence et sans terreur[87]. 10. Ces deux moyens, je les ai employés avec la plus grande modération, pour barrer la route à ceux qui s'opposent au salut de Lacédémone. 11. Quant à tous les autres citoyens, je mets en commun entre eux tout le territoire ; j'affranchis les débiteurs de leurs dettes et je vais soumettre les étrangers à une sélection et à un examen pour que les meilleurs d'entre eux, devenus spartiates, puissent sauver la cité par les armes, afin que nous cessions de voir la Laconie pillée par les Étoliens et les Illyriens, faute de défenseurs[88]. »

XXXII. [XI]. 1. Là-dessus, il commença par mettre lui-même ses biens en commun ; son beau-père Mégistonous et chacun de ses amis firent de même, puis tous les citoyens, et la terre fut partagée. 2. Il attribua même un lot à chacun de ceux qu'il avait exilés et promit de les faire tous revenir, dès que le pays aurait retrouvé son calme. 3. Il compléta le corps civique en lui adjoignant l'élite des périèques et forma un corps de quatre mille hoplites, auxquels il apprit à employer la sarisse au lieu de la lance, à la tenir des deux mains et à porter le bouclier par une courroie et non par un bandeau transversal[89]. Il s'intéressa également à la formation des jeunes et

---

87. *Comme Agis, Cléomène évoque le précédent de Lycurgue, mais c'est ici pour justifier le recours à la force. Sur les circonstances qui présidèrent aux réformes de Lycurgue, voir* Lycurgue, *V, 5-9.*
88. *Le but de la réforme et d'un nouveau partage des terres est clair : reconstituer l'armée civique spartiate. Illyriens et Étoliens passaient pour des pirates qui faisaient régulièrement des razzias sur les côtes péloponnésiennes.*
89. *C'était déjà le projet d'Agis. Les périèques n'étaient pas des étrangers, mais des Lacédémoniens de rang inférieur qui possédaient des lots dans la* perioïcis, *la périphérie du territoire civique. La sarisse était la longue lance dont étaient équipés les soldats macédoniens. Plus lourde que la lance grecque, elle devait être tenue à deux mains : d'où la nécessité de remplacer la poignée, par laquelle l'hoplite tenait son bouclier de la main gauche, par une courroie portée autour du cou.*

à ce qu'on appelle la discipline spartiate. 4. Sphaïros, qui se trouvait alors dans la cité, s'en chargea pour l'essentiel : les exercices du gymnase et les repas en commun retrouvèrent leur belle ordonnance. Si quelques citoyens ne se prêtaient à ces réformes que sous l'effet de la contrainte, la plupart revenaient volontiers à ce régime simple et digne de Lacédémone. 5. Pour remédier à l'impopularité du mot monarchie, Cléomène proclama roi avec lui son frère Eucleidas. Ce fut la seule occasion où les Spartiates eurent deux rois issus de la même maison.

XXXIII. [XII]. 1. Il se rendit compte que les Achéens et Aratos, le croyant dans une situation critique à cause de cette révolution, s'imaginaient qu'il ne sortirait pas de Lacédémone et qu'il ne quitterait pas sa cité dans l'état d'incertitude où la mettait une telle agitation. Il se dit qu'il ne serait pas sans noblesse ni sans utilité de montrer aux ennemis l'ardeur de son armée. 2. Il envahit donc le territoire de Mégalopolis, fit une quantité considérable de butin et infligea de grands dommages à cette terre. 3. Pour finir, ayant trouvé des artistes de Dionysos qui venaient de Messène, il fit dresser un théâtre[90] en territoire ennemi et organisa un concours qu'il dota d'un prix de quarante mines. Il resta assis toute une journée, à assister aux représentations, non par curiosité pour ces spectacles, mais parce qu'il voulait narguer les ennemis et leur donner par cette attitude méprisante une haute idée de sa supériorité. 4. Le reste du temps d'ailleurs, son armée était la seule, de celles des Grecs et des rois, à ne pas être accompagnée de mimes, de saltimbanques, de danseuses ou de joueuses de lyre : elle évitait absolument tout relâchement, toute bouffonnerie, toute fête collective. Les jeunes gens passaient la majeure partie de leur temps à s'entraîner et leurs aînés à les instruire ; quand ils n'avaient rien à faire, ils s'amusaient à se lancer les plaisanteries habituelles, en échangeant des traits d'esprit à la manière laconique. 5. J'ai montré l'intérêt de ce genre de jeu dans la *Vie de Lycurgue*[91].

XXXIV. [XIII]. 1. Cléomène se faisait leur maître à tous. Il leur mettait sous les yeux, comme un modèle de tempérance, sa vie simple, modeste, aussi dépourvue de vulgarité que d'arrogance. Cela lui permit même d'avoir un certain poids dans les affaires grecques. 2. Les gens qui allaient trouver les autres rois étaient moins éblouis par leur richesse et leur luxe que dégoûtés par leur dédain et leur morgue, car ils traitaient violemment et brutalement ceux qu'ils rencontraient. 3. Mais lorsqu'on approchait Cléomène, qui était roi pourtant et qui portait ce titre, on ne voyait autour de lui ni pourpre, ni manteau délicat, ni étalage de lits et de litières. Au lieu de régler les affaires de mauvaise grâce et à grand-peine, en s'entourant d'une foule de messagers et d'huissiers, ou par l'intermédiaire de secrétaires, il s'avançait en

---

90. Dionysos était le dieu du théâtre, puisque c'est à l'occasion de ses fêtes qu'avaient lieu les représentations dramatiques. Au IIIe siècle, les comédiens étaient groupés en associations placées sous le patronage du dieu. Voir Ghiron-Bistagne (1976).
91. Il s'agit une fois de plus d'opposer l'austérité laconienne à la légèreté des autres armées, aussi bien des cités que des rois hellénistiques. Ces plaisanteries et ces jeux sont exposés dans Lycurgue, XII, 6, et XIX, 1-5.

personne, vêtu du premier manteau venu, à la rencontre des visiteurs, leur tendait la main, s'entretenait avec eux et prenait tout son temps, écoutant leurs demandes avec enjouement et humanité. Tous étaient sous le charme et subjugués; on disait qu'il était le seul à descendre véritablement d'Héraclès[92]. 4. Quant aux repas, sa table ne se composait que de trois lits; elle était très simple et vraiment laconienne. S'il recevait des ambassadeurs ou des hôtes, il faisait apporter deux autres lits et les serviteurs amélioraient un peu l'ordinaire; il ne s'agissait pas d'ajouter des sauces ou des pâtisseries, mais la nourriture était plus abondante et le vin plus généreux. 5. Ayant appris qu'un de ses amis, qui recevait des hôtes, leur avait fait servir du brouet noir et du pain grossier, ce qui était l'ordinaire des phidities, il le réprimanda[93] : « Il ne faut pas dans de telles occasions, quand on reçoit des hôtes, se montrer trop scrupuleusement laconien. » 6. Une fois la table enlevée, on apportait un trépied sur lequel se trouvait un cratère de bronze rempli de vin, deux flacons d'une contenance de deux cotyles et un très petit nombre de coupes d'argent[94]. Y buvait qui voulait; nul ne forçait à boire quelqu'un qui n'en avait pas envie. 7. Il n'y avait pas de musique et on n'en demandait pas [95]. Cléomène animait lui-même la soirée, tantôt interrogeant, tantôt racontant. Quand il était sérieux, ses propos n'avaient rien d'ennuyeux et, lorsqu'il plaisantait, ils étaient pleins de grâce et dépourvus de toute grossièreté. 8. La manière dont les autres rois se livraient à une véritable chasse à l'homme, appâtant et corrompant les gens par des richesses et des récompenses, Cléomène la jugeait maladroite et immorale. 9. En revanche, se concilier ceux qu'il rencontrait, les séduire par sa compagnie et ses propos pleins de charme et de loyauté, voilà ce qui lui paraissait le plus beau, le plus digne d'un roi; la seule différence, selon lui, entre un ami et un mercenaire, c'est ce que l'on acquiert l'un par son caractère et ses paroles, l'autre par de l'argent.

XXXV. [XIV]. 1. Les Mantinéens furent les premiers à faire appel à lui. Il entra de nuit dans leur cité; ils l'aidèrent à chasser la garnison des Achéens et se remirent entre ses mains. Il leur rendit leurs lois et leur constitution politique, puis partit le jour même pour Tégée[96]. 2. Peu après, il fit un détour à travers l'Arcadie et descendit jusqu'à Pharaï d'Achaïe; son intention était d'engager le combat avec les Achéens, ou, sinon, de discréditer Aratos en le faisant passer pour un déserteur qui lui abandonnait le pays. 3. En effet, si le stratège des Achéens était alors Hyperbatas, toute l'autorité était entre les mains d'Aratos[97]. 4. Les Achéens firent une sortie en

---

92. *Les Héraclides étaient à l'origine des familles royales de Sparte. Voir* Lycurgue, I, 5-6.
93. *Cléomène était néanmoins un homme de son temps, et tenait à affirmer son rang devant les étrangers en ne leur servant pas l'antique brouet noir qui faisait l'ordinaire des repas pris en commun, dont l'importance dans le fonctionnement de la vie civique à Sparte est soulignée dans* Lycurgue, *XII, 1 et 12-13.*
94. *À Sparte, comme ailleurs en Grèce, le* symposion, *au cours duquel on buvait du vin, suivait le repas proprement dit ou* deipnon. *Deux cotyles représentent environ un demi-litre.*
95. *Contrairement à l'usage athénien tel que le décrivent Platon et Xénophon.*
96. *Mantinée était une cité d'Arcadie qui avait adhéré à la Confédération achéenne, de même que Tégée.*
97. *Le stratège, désigné annuellement, était le magistrat suprême de la Confédération achéenne. Mais Aratos, même sans fonction officielle, dirigeait en fait la politique de la Confédération.*

masse et installèrent leur camp sur le territoire de Dymè, près de l'Hécatombaion. Cléomène survint alors. On crut qu'il avait eu tort de bivouaquer entre la cité de Dymè, qui était ennemie, et le camp des Achéens 5. mais en fait, par cette provocation audacieuse, il força les Achéens à engager le combat. Il les vainquit de vive force et mit en déroute leur phalange, tuant beaucoup de monde au combat et faisant de nombreux prisonniers. Puis il marcha sur Lasion, chassa les Achéens qui y tenaient garnison et rendit cette bourgade aux Éléens[98].

XXXVI. [XV]. 1. Les Achéens ayant été écrasés de la sorte, Aratos qui d'ordinaire était stratège un an sur deux, abandonna cette charge et résista à leurs appels et à leurs prières; il manqua de noblesse, devant ce qui ressemblait à une tempête violente qui secouait les affaires, en laissant le gouvernail à un autre et en déposant l'autorité. 2. Quant à Cléomène, il parut d'abord n'imposer aux ambassadeurs achéens que des conditions modérées mais, quand il leur envoya à son tour une ambassade, il les somma de lui céder l'hégémonie, leur promettant que sur tous les autres points il ne leur ferait aucune difficulté et qu'il leur rendrait même aussitôt leurs prisonniers de guerre et leurs places fortes. 3. Les Achéens étaient disposés à accepter ces conditions et ils le firent venir à Lerne, où devait se tenir leur assemblée. Mais il se trouva que Cléomène, ayant bu malencontreusement de l'eau froide après une marche forcée, fut pris d'un abondant crachement de sang et d'une extinction de voix. 4. Après avoir renvoyé aux Achéens leurs prisonniers de guerre les plus en vue, il ajourna donc la rencontre et s'en retourna à Lacédémone.

XXXVII. [XVI]. 1. Ce contretemps ruina les affaires de la Grèce qui sinon aurait encore pu se relever, d'une manière ou d'une autre, et échapper à la violence et à la cupidité des Macédoniens. 2. Aratos se défiait-il de Cléomène et le craignait-il? Ou jalousait-il sa bonne fortune inespérée, jugeant inacceptable, lui qui occupait le premier rang depuis trente-trois ans[99], de voir un jeune homme surgir pour lui ravir la gloire et l'autorité, et prendre la direction d'une puissance qu'il avait accrue et tenue si longtemps sous sa domination? Il essaya d'abord de forcer la main aux Achéens et de s'opposer à eux. 3. Mais ils ne l'écoutèrent pas; ils étaient subjugués par la hardiesse de Cléomène et trouvaient même que les Lacédémoniens avaient raison de vouloir ramener le Péloponnèse à son organisation ancestrale[100]. Aratos forma alors un projet honteux pour un Grec et, de sa part, particulièrement scandaleux et indigne de ses actes et de sa politique passés : il appela Antigone en Grèce et emplit le Péloponnèse de Macédoniens. 4. C'était lui, pourtant, qui les en avait chassés dans son adolescence; il avait libéré l'Acrocorinthe; il s'était rendu suspect et odieux à tous les rois et notamment à cet Antigone, contre qui il avait multiplié les attaques dans les

---

98. *Les mêmes événements sont rapportés dans* Aratos, *XXXIX, 1. Ils se déroulèrent durant l'été et l'automne 226. Voir Will (1979), p. 375-380.*
99. *Même indication dans* Aratos, *XLI, 2. Plutarque se révèle ici encore peu soucieux de datation précise.*
100. *Pendant plus de deux siècles en effet, jusqu'à la défaite de Leuctres, Sparte avait dominé l'ensemble du Péloponnèse.*

Mémoires qu'il a laissés[101], 5. où il déclare avoir supporté de nombreuses épreuves et avoir risqué sa vie pour les Athéniens, afin de libérer leur cité de la garnison et des Macédoniens. Et après cela, il faisait venir les Macédoniens dans sa patrie, dans son propre foyer, jusque dans son gynécée[102]. 6. Cléomène était pourtant un descendant d'Héraclès, un roi de Sparte : il voulait ramener la constitution ancestrale, telle une harmonie altérée, au mode dorien[103] et au régime vertueux établi par Lycurgue. Mais Aratos ne le jugea pas digne d'être le chef des Sicyoniens et des Tritéens. 7. Il redoutait le pain grossier, le rude manteau et surtout, son pire grief contre Cléomène, la suppression de la richesse et la remise à l'honneur de la pauvreté. Il se prosterna avec l'Achaïe, devant le diadème et la pourpre, il accepta les ordres de Macédoniens et de satrapes pour ne pas avoir l'air d'exécuter ceux de Cléomène[104] ; il sacrifia à Antigone et chanta des péans, la tête couronnée, en l'honneur d'un homme rongé par la phtisie[105]. 8. Ces lignes ne sont pas destinées à accuser Aratos, qui s'est montré, en tant d'occasions, si digne de la Grèce et si grand ; mais nous déplorons la faiblesse de la nature humaine qui, même dans des caractères aussi remarquables et aussi doués pour la vertu, ne peut préserver le bien des attaques de la Némésis[106].

XXXVIII. [XVII]. 1. Lorsque les Achéens revinrent à Argos pour cette rencontre[107] et que Cléomène y descendit de Tégée, tous espéraient vivement une réconciliation. 2. Mais Aratos, qui s'était déjà entendu avec Antigone sur les principaux points, craignit de voir Cléomène parvenir à ses fins, en séduisant la foule ou en la contraignant. Il lui demanda donc de venir seul, après avoir reçu trois cents otages[108] ou, s'il avançait avec son armée, de rester hors de la cité, près du gymnase de Cylarabis. 3. En apprenant cela, Cléomène cria à l'injustice, protestant qu'on aurait dû lui annoncer ces conditions tout de suite, au lieu d'attendre de le voir aux portes de la

---

101. *Plutarque laisse ici parler ses sentiments devant le retournement d'Aratos, qui, après avoir libéré le Péloponnèse de la domination macédonienne, fait appel, pour lutter contre Cléomène, au roi de Macédoine, Antigone Doson. Sur le rapprochement d'Aratos avec Doson, voir Will (1979), p. 377.*

102. *Aratos avait aidé, en 229, les Athéniens à se débarrasser de la garnison macédonienne installée au Pirée. Le futur Philippe V, dont Doson était le tuteur, aurait séduit la femme du fils d'Aratos (Aratos, XLIX, 2).*

103. *Voir* Agis, *X, 7 et note.*

104. *Le revirement d'Aratos s'expliquerait en fait par la crainte de voir s'étendre le mouvement révolutionnaire qui avait triomphé à Sparte. Il ne faut pas oublier en effet que ce qui était présenté à Sparte comme une restauration de l'antique égalité établie par Lycurgue – le partage des terres et l'abolition des dettes – était tenu dans tout le monde grec pour un programme révolutionnaire propre à déstabiliser les cités.*

105. *Antigone devait mourir de cette maladie quelques années plus tard (voir* infra, *XXX, 2).*

106. *Sur la Némésis, voir* Dictionnaire, *« Fortune ».*

107. *L'assemblée fédérale des Achéens pouvait se réunir dans l'une des cités faisant partie de la Confédération. Voir Aymard (1938).*

108. *En livrant à Cléomène 300 otages, Aratos lui signifiait qu'il ne serait pas attenté à sa vie durant la conférence.*

ville pour se défier de lui et le repousser. 4. Il écrivit aux Achéens une lettre qui pour l'essentiel était un réquisitoire contre Aratos. Celui-ci de son côté se répandit en injures contre lui devant la foule. Cléomène repartit sans attendre et envoya un héraut déclarer la guerre aux Achéens, non pas à Argos mais à Aïgion, comme le dit Aratos, pour les prendre de court pendant qu'ils se préparaient[109]. 5. Aussitôt, il y eut parmi les Achéens une grande agitation et les cités se disposèrent à faire sécession – les gens du peuple, parce qu'ils espéraient le partage des terres et l'abolition des dettes, les premiers personnages de plusieurs endroits, parce qu'ils trouvaient trop lourde la domination d'Aratos, certains enfin parce qu'ils en voulaient à ce dernier d'avoir fait entrer les Macédoniens dans le Péloponnèse[110]. 6. Encouragé par cette situation, Cléomène envahit l'Achaïe. Il fondit d'abord à l'improviste sur Pellène, s'en empara et en chassa la garnison achéenne, puis soumit Phénéos et Pentéleion. 7. Les Achéens, inquiets d'une trahison qui se tramait à Corinthe et à Sicyone, firent partir d'Argos leurs cavaliers et leurs mercenaires pour surveiller ce qui se passait là-bas, et eux-mêmes descendirent à Argos afin de célébrer les concours Néméens[111]. Cléomène, espérant – ce qui se vérifia – causer plus de désordre dans la cité s'il se présentait inopinément, alors qu'elle était pleine d'une foule en fête et de spectateurs, conduisit de nuit son armée devant ses murailles 8. et s'empara d'un quartier proche de l'Aspis, au-dessus du théâtre, qui offrait une position solide et difficile d'accès. Il épouvanta si fort la population que personne n'essaya de lutter ; ils durent accepter une garnison, livrer en otages vingt citoyens et devenir alliés des Lacédémoniens, sous l'hégémonie de Cléomène.

XXXIX. [XVIII]. 1. Ce succès renforça considérablement sa gloire et son autorité. Malgré tous leurs efforts, les anciens rois de Lacédémone n'avaient pas réussi à s'attacher solidement Argos ; même Pyrrhos, le plus habile de tous les stratèges, qui était entré de force dans cette cité, n'avait pu la conserver : il y avait péri, avec une grande partie de son armée[112]. 2. On admirait donc la rapidité et l'intelligence de Cléomène ; ceux qui auparavant s'étaient moqués de lui quand il prétendait vouloir imiter Solon et Lycurgue en abolissant les dettes et en établissant l'égalité entre les fortunes[113] furent alors fermement convaincus que c'était lui qui avait transformé

---

109. Dans Aratos, *XXXIX, 8*, il est également question de cet échange de lettres injurieuses. Aïgion était le centre religieux de la Confédération achéenne.
110. Plutarque distingue ici, dans les raisons pour lesquelles les cités incorporées à la Confédération achéenne par Aratos sont prêtes à l'abandonner, celles qui animent les pauvres, l'espoir d'un nouveau partage des terres et de l'abolition des dettes, et celles des riches, le patriotisme face à l'alliance d'Aratos avec Antigone.
111. Les concours Néméens faisaient partie des quatre grandes fêtes panhelléniques. Ils se déroulaient la deuxième et la quatrième année de chaque olympiade. Le sanctuaire de Zeus Néméen était sous le contrôle d'Argos. Il s'agit sans doute des jeux de l'été 225. Voir Will (1979), p. 377-380.
112. Voir Pyrrhos, *XXXII-XXXIV*.
113. L'association de Lycurgue et de Solon est surprenante. Car, si Solon a bien arraché les bornes qui marquaient l'endettement des paysans de l'Attique, il s'est opposé au partage égalitaire des biens.

CLÉOMÈNE

les Spartiates. 3. Ces derniers s'étaient montrés jusque-là craintifs et incapables de se défendre ; c'était au point que lorsque les Étoliens avaient envahi la Laconie[114], ils en avaient ramené cinquante mille esclaves, ce qui avait fait dire, paraît-il, à un vieux Spartiate : « Les ennemis nous ont rendu service en nous soulageant de ce fardeau. » 4. Or peu après, alors qu'ils venaient à peine de revenir aux usages de leurs ancêtres et de reprendre le chemin de l'ancienne discipline, comme Lycurgue était de retour parmi eux et partageait leur vie politique, ils faisaient admirer leur bravoure et leur discipline, rendaient à Lacédémone l'hégémonie sur la Grèce et reprenaient le Péloponnèse.

XL. [XIX]. 1. Dès la prise d'Argos, Cléonaï et Phlionte se rallièrent à Cléomène. Aratos se trouvait alors à Corinthe, où il essayait de sonder ceux que l'on disait favorables à Sparte. 2. Quand la nouvelle lui parvint, il fut profondément troublé et, sentant bien que Corinthe penchait vers Cléomène et voulait se débarrasser des Achéens, il convoqua les citoyens au conseil. Pendant ce temps, sans attirer l'attention, il se glissa jusqu'à la porte de la ville 3. où on lui amena un cheval ; il l'enfourcha et s'enfuit à Sicyone[115]. 4. D'après le récit d'Aratos, les Corinthiens, rivalisant d'empressement, crevèrent tous leurs chevaux pour aller prévenir Cléomène à Argos ; celui-ci leur reprocha de ne pas s'être emparés d'Aratos et de l'avoir laissé fuir[116] ; 5. cependant, il envoya à Aratos Mégistonous pour lui demander de lui remettre l'Acrocorinthe, où se trouvait une garnison achéenne, et il lui offrit beaucoup d'argent ; Aratos répondit : « Je ne contrôle pas la situation ; c'est elle qui me contrôle. » Voilà du moins ce qu'Aratos a écrit. 6. Cléomène partit d'Argos, attira à lui les gens de Trézène, d'Épidaure et d'Hermionè, puis gagna Corinthe. 7. Il investit la citadelle, que les Achéens ne voulaient pas abandonner, et envoya chercher les amis et les intendants d'Aratos auxquels il ordonna de prendre soin de sa maison et de ses richesses, de les garder et de les administrer[117]. 8. Il envoya à Aratos un nouveau messager, Tritymallos de Messène, pour lui proposer de faire garder l'Acrocorinthe conjointement par des Achéens et des Lacédémoniens et lui promettre à titre privé une pension double de celle que lui faisait le roi Ptolémée[118]. 9. Mais, au lieu de l'écouter, Aratos envoya son fils avec les autres otages à Antigone

---

114. Cette expédition des Étoliens aurait eu lieu vers 240, au moment où Sparte traversait une période troublée, après la mort d'Agis.
115. Aratos était originaire de Sicyone. Il comptait donc y trouver des appuis contre les Corinthiens.
116. Les Mémoires *d'Aratos sont une des sources de Plutarque. Mais, ici, Aratos est l'ennemi, alors qu'il est le héros dans la* Vie *d'Aratos. D'où parfois des divergences de détail (voir* Aratos, *XL, 2-5).*
117. Corinthe s'était ralliée à Cléomène, mais la citadelle de l'Acrocorinthe était restée entre les mains des soldats d'Aratos. Le fait de confier aux amis d'Aratos les biens que celui-ci possédait à Corinthe témoigne de la grandeur d'âme de Cléomène.
118. On a là un exemple de ce qu'était la situation réelle des États grecs au IIIe siècle : ils ne pouvaient tenir qu'à condition d'entrer dans la « clientèle » de l'un ou l'autre des souverains hellénistiques. Ce Ptolémée est Ptolémée III Évergète, auprès duquel Cléomène se réfugiera après sa défaite (voir infra, XXXII, 2). Dans Aratos, *XLI, 5, le montant de la pension versée par Ptolémée à Aratos est de 6 talents.*

et persuada les Achéens de livrer à ce dernier l'Acrocorinthe. Alors Cléomène envahit et ravagea le territoire de Sicyone et reçut en présent les biens d'Aratos, par un vote des Corinthiens[119].

XLI. [XX]. 1. Comme Antigone franchissait la Géraneia avec une grande armée, Cléomène jugea que, plutôt que l'Isthme, c'était l'Oneion qu'il fallait défendre[120] par des tranchées et des murailles, qu'il valait mieux épuiser les Macédoniens par des escarmouches sur le terrain que d'en venir aux mains avec une phalange si bien exercée. 2. Cette tactique embarrassa Antigone, car il n'avait pas assez de blé en réserve et il n'était pas facile de forcer le passage que gardait Cléomène. 3. Il tenta néanmoins de se glisser de nuit par le Léchaion, mais échoua et perdit plusieurs soldats. Cléomène en fut vivement encouragé et ceux qui l'entouraient, exaltés par la victoire, allèrent dîner. Quant à Antigone, désespéré, il se voyait réduit par la nécessité à des entreprises difficiles à mettre en œuvre : 4. il avait l'intention de battre en retraite vers le promontoire de l'Héraion[121], d'où il ferait traverser son armée par mer jusqu'à Sicyone. Cette manœuvre aurait demandé beaucoup de temps et des préparatifs considérables 5. mais, alors que le soir tombait déjà, des amis d'Aratos arrivèrent d'Argos par mer : ils l'invitaient à les rejoindre et lui annonçaient que les Argiens s'étaient détachés de Cléomène. 6. Cette sécession avait été organisée par Aristotélès : il n'avait pas eu de peine à persuader la foule, indignée que Cléomène n'eût pas accordé l'abolition des dettes qu'elle espérait[122]. 7. Aratos prit donc avec lui quinze cents soldats que lui donna Antigone et se rendit par mer à Épidaure. 8. Mais Aristotélès, sans l'attendre, avait lancé ses concitoyens contre la garnison qui tenait la citadelle ; il avait avec lui Timoxénos qui était venu de Sicyone avec les Achéens pour le soutenir.

XLII. [XXI]. 1. Cléomène apprit ces événements au cours de la deuxième veille. Il convoqua Mégistonous et, plein de colère, lui ordonna de partir aussitôt secourir les siens à Argos : c'était en effet Mégistonous qui, plus que tout autre, s'était porté garant auprès de lui de la fidélité des Argiens et qui l'avait empêché de chasser les suspects[123]. 2. Il l'envoya donc à Argos avec deux mille soldats. Pendant ce temps, tout en continuant à surveiller Antigone, il essaya de rassurer les Corinthiens, leur

---

119. *Une fois la trahison d'Aratos avérée – il livre l'Acrocorinthe à Antigone – Cléomène n'a plus de scrupule à s'emparer de ses biens.*
120. *La Géraneia est une montagne qui sépare le territoire de Corinthe de celui de Mégare. Le mont Oneion ferme au Sud l'isthme de Corinthe.*
121. *Le sanctuaire d'Héra sur le promontoire de Pérachora.*
122. *Plutarque a expliqué* (supra, XVII, 5) *les raisons du ralliement du petit peuple des cités à Cléomène. Or, celui-ci n'a pas répondu à leur attente. Sur les limites de son action «révolutionnaire», voir Will (1979), p. 381.*
123. *À partir de ce moment, la situation évolue rapidement au détriment de Cléomène, qui perd à la fois la citadelle d'Argos et Corinthe, et qui évacue cette dernière par crainte d'une attaque sur la Laconie.*

déclarant qu'il ne se passait rien de grave à Argos, et qu'il n'y avait là qu'un peu de désordre, causé par un petit nombre d'individus. 3. Mégistonous se jeta sur Argos et fut tué au combat ; quant à la garnison, qui avait beaucoup de mal à résister, elle ne cessait d'envoyer des messages à Cléomène. Celui-ci craignit de voir les ennemis, après s'être emparés d'Argos, lui barrer le chemin du retour, ravager impunément la Laconie et assiéger Sparte, vide de défenseurs. Il retira donc son armée de Corinthe. 4. La cité lui échappa aussitôt ; Antigone y entra et y installa une garnison. 5. Dès que Cléomène atteignit Argos, il essaya d'escalader les murailles et regroupa ses troupes dispersées par la marche ; abattant les voûtes qui se trouvaient au-dessous de l'Aspis, il put monter et opérer sa jonction avec les hommes qui à l'intérieur résistaient encore aux Achéens. Ensuite, il appliqua des échelles et s'empara de quelques quartiers de la ville dont il vida d'ennemis les ruelles, ayant ordonné aux Crétois de faire usage de leurs flèches[124]. 6. Mais, quand il vit Antigone descendre des montagnes dans la plaine avec sa phalange, et ses cavaliers s'élancer déjà en foule vers la cité, il désespéra de pouvoir vaincre. 7. Réunissant tous ses hommes autour de lui, il descendit sans encombre et se retira en suivant le rempart. Il lui avait fallu très peu de temps pour remporter les plus grands succès et, en une seule expédition, il avait bien failli s'emparer de tout le Péloponnèse, mais il eut tôt fait de tout reperdre. 8. Parmi ses alliés, les uns l'abandonnèrent aussitôt et, peu après, les autres livrèrent leurs cités à Antigone[125].

XLIII. [XXII]. 1. Comme il ramenait ses troupes après cette malheureuse expédition, des messagers venus de Lacédémone arrivèrent un soir à Tégée et lui annoncèrent une nouvelle tout aussi douloureuse que son échec militaire : la mort de son épouse. Or même au cours de ses campagnes les plus heureuses, il se languissait de cette femme et descendait fréquemment à Sparte pour la voir : il était épris d'Agiatis et faisait d'elle le plus grand cas[126]. 2. Il fut donc profondément accablé et affligé, ce qui était bien naturel pour un homme jeune, qui se voyait privé d'une compagne très belle et très vertueuse. Cependant, sa douleur ne lui fit ni rabaisser ni perdre sa fierté et sa grandeur d'âme ; sans changer de voix, de visage et de contenance, il continua à donner ses ordres aux officiers et à veiller à la sécurité des Tégéates. 3. Le lendemain, au point du jour, il descendit à Lacédémone et, après s'être abandonné à son deuil chez lui, avec sa mère et ses enfants, il se remit aussitôt à réfléchir sur l'ensemble de la situation.
4. Le roi d'Égypte Ptolémée lui avait promis des renforts, mais réclamait en otages ses enfants et sa mère. Pendant assez longtemps, Cléomène n'osa pas en parler à sa mère ; il allait souvent la voir mais, au moment où il se disposait à mettre la conversation sur ce sujet, il se taisait brusquement. Elle finit par avoir des soupçons et demanda aux amis de son fils s'il n'avait pas quelque dessein qu'il hésitait

---

124. Les Crétois avaient la réputation d'être d'excellents archers.
125. On a là un retournement rapide de la fortune de Cléomène.
126. On a vu supra (I, 1-3) le rôle que la veuve d'Agis avait joué auprès du jeune roi. Au moment de la mort d'Agiatis (223), Cléomène devait avoir un peu plus de 35 ans.

à lui révéler[127]. 5. Cléomène trouva enfin le courage de parler. Alors elle éclata d'un grand rire et s'écria : « Voilà donc ce que tu as si souvent voulu me dire sans en avoir le courage ! Hâte-toi de me faire embarquer et de m'envoyer là où tu penses que ce corps que voici pourra être le plus utile, avant qu'il ne soit détruit par la vieillesse sans avoir bougé d'ici ! » 6. Lorsque tout fut prêt, ils gagnèrent le cap Ténare par voie de terre, escortés par les troupes en armes. Avant d'embarquer, Cratésicleia emmena Cléomène seul dans le temple de Poséidon, le serra dans ses bras et le couvrit de baisers. Puis, le voyant triste et bouleversé, elle lui dit : 7. « Allons, roi des Lacédémoniens, quand nous sortirons d'ici, personne ne doit nous voir pleurer ni avoir la moindre attitude indigne de Sparte. C'est là tout ce qui dépend de nous. Pour ce qui est de la Fortune, il en sera comme la divinité en décidera. » 8. Sur ces mots, composant son visage, elle monta sur le navire avec son petit-fils et ordonna au pilote de lever l'ancre en hâte. 9. À son arrivée en Égypte, elle apprit que Ptolémée recevait d'Antigone des messages et des ambassades et que Cléomène, invité par les Achéens à se réconcilier avec eux, n'osait pas, à cause d'elle, mettre fin à la guerre sans l'accord de Ptolémée. Elle lui écrivit de faire ce qui était convenable et utile pour Sparte et de cesser de craindre Ptolémée à cause d'une vieille femme et d'un bambin. 10. Telle fut sa conduite, dit-on, dans l'adversité.

XLIV. [XXIII]. 1. Antigone s'empara de Tégée et pilla Orchomène et Mantinée. Cléomène, qui avait dû se replier en Laconie proprement dite, affranchit tous ceux des hilotes qui versèrent cinq mines attiques et rassembla ainsi cinq cents talents. Il arma deux mille hommes à la manière macédonienne, pour les opposer aux Leucaspides d'Antigone, et conçut un projet grandiose auquel nul ne s'attendait[128]. 2. Mégalopolis n'était alors par elle-même ni moins grande ni moins puissante que Lacédémone, et disposait en outre de l'appui des Achéens et d'Antigone ; ce dernier était toujours campé près d'elle, ce qui faisait penser que les Achéens avaient fait appel à lui surtout à la requête pressante des Mégalopolitains. 3. Cette cité, Cléomène conçut le projet de la rafler (il n'y a pas de mot qui exprime mieux la rapidité et le caractère imprévu d'une telle action). Il ordonna à ses troupes de prendre cinq jours de vivres et les conduisit à Sellasie comme s'il avait l'intention de piller l'Argolide. 4. Mais de là, il descendit vers le territoire de Mégalopolis et,

---

127. *Sur le renversement des alliances que provoque le rapprochement entre Aratos et Antigone, voir Will (1979), p. 378-379. Le récit qui suit offre un nouvel exemple de la grandeur d'âme des femmes spartiates. On peut également voir dans cet épisode, comme dans le comportement de Cléomène à la mort de sa femme, un exemple d'attitude « stoïcienne », sans doute mise en valeur dans le récit de Phylarque.*
128. *La mainmise d'Antigone sur les cités arcadiennes menace directement la Laconie. D'où la nécessité pour Cléomène de recruter des hommes. Le nombre des hilotes qui avaient pu racheter leur liberté s'élevait à 6000 (une mine attique vaut 100 drachmes, et un talent, 6000 drachmes). L'argent ainsi recueilli servit-il à payer et à équiper des mercenaires, ou Cléomène prit-il les 2000 hommes qu'il arma « à la macédonienne » parmi les hilotes libérés ? On penchera pour cette dernière solution. Les Leucaspides (« Boucliers blancs ») formaient un corps d'élite dans l'armée macédonienne. Ces événements sont rapportés par Polybe (qui était mégalopolitain), en II, 54-55.*

après avoir fait dîner ses hommes près du Rhoïteion, il prit aussitôt le chemin d'Héliconte et se dirigea vers Mégalopolis. 5. Quand il arriva à proximité, il envoya Panteus à la tête de deux détachements de Lacédémoniens, avec ordre de s'emparer d'un secteur du rempart, situé entre deux tours, où il avait appris que les défenseurs mégalopolitains étaient les moins nombreux ; il le suivit sans se presser, avec le reste de ses troupes. 6. Panteus trouva sans défenseurs non seulement l'endroit en question mais la plus grande partie du rempart ; il en détruisit aussitôt un grand secteur et ailleurs, il pratiqua des brèches, tuant toutes les sentinelles qu'il rencontrait. Cléomène se hâta de faire sa jonction avec lui et, avant que les Mégalopolitains se fussent rendu compte de rien, il était à l'intérieur de la ville avec son armée.

XLV. [XXIV]. 1. Dès que les habitants, à grand-peine, s'aperçurent du désastre, les uns prirent aussitôt la fuite, en emportant ce qu'ils purent ; les autres se regroupèrent en armes pour s'opposer aux ennemis et les attaquer. Ils ne furent pas assez forts pour les repousser, mais ils permirent à leurs concitoyens de s'enfuir en sûreté si bien que les ennemis ne trouvèrent pas plus de mille personnes à l'intérieur de Mégalopolis : tous les autres parvinrent à s'enfuir à Messène avec femmes et enfants. 2. La plupart de ceux qui avaient défendu la cité en combattant réussirent également à se sauver : il n'y eut qu'un très petit nombre de prisonniers, parmi lesquels Lysandridas et Théaridas, les personnages les plus illustres et les plus influents de Mégalopolis. Dès qu'ils les eurent pris, les soldats les menèrent donc immédiatement à Cléomène. 3. Du plus loin que Lysandridas aperçut Cléomène, il lui cria : « Ô roi des Lacédémoniens, tu peux maintenant accomplir un exploit plus beau et plus royal que le précédent et te couvrir de gloire ! » 4. Cléomène, devinant ce qu'il allait lui proposer, lui demanda : « Que veux-tu dire, Lysandridas ? Tu ne vas quand même pas me prier de vous rendre votre cité ? » 5. Alors Lysandridas : « C'est justement ce que je veux te dire et te conseiller : ne détruis pas une cité aussi grande, mais remplis-la d'amis et d'alliés qui te seront loyaux et fidèles, en rendant leur patrie aux Mégalopolitains et en devenant ainsi le sauveur d'un peuple aussi considérable. » 6. Cléomène resta un moment silencieux. « Il est difficile, dit-il enfin, d'accorder sa confiance en pareille matière. Mais soit ! Le souci de la gloire doit toujours, chez nous, être plus fort que l'intérêt. » 7. Sur ces mots, il envoya les deux hommes à Messène, avec un héraut, pour offrir aux Mégalopolitains de leur rendre leur cité, s'ils acceptaient de devenir ses alliés et ses amis et de se séparer des Achéens. 8. Malgré la générosité et l'humanité de ces propositions, Philopoemen ne permit pas à ses concitoyens de trahir leur pacte avec les Achéens[129]. Il prétendit que Cléomène n'avait nullement l'intention de leur rendre la cité, mais qu'il cherchait à s'emparer en outre de ses habitants et il chassa de Messène Théaridas et Lysandridas. 9. Ce même Philopoemen devint par la suite le premier des Achéens et acquit en Grèce la plus grande gloire, comme je l'ai écrit dans l'ouvrage qui lui est consacré[130].

---

129. Sur ce refus des Mégalopolitains et de Philopoemen de céder aux demandes de Cléomène, voir Philopoemen *V, 1-5.*
130. Philopoemen est en effet le dernier Grec auquel Plutarque a consacré une Vie.

XLVI. [XXV]. 1. Lorsque ces nouvelles lui furent rapportées, Cléomène, qui avait mis tant de soin à garder la cité intacte et inviolée que personne, même en cachette, n'y avait enlevé le moindre objet, fut profondément irrité et indigné ; il livra les biens au pillage, envoya les statues et les tableaux à Sparte, rasa et détruisit la plus grande partie de la cité, puis il repartit dans sa patrie, car il craignait Antigone et les Achéens. Mais ceux-ci ne bougèrent pas[131]. 2. Ils se trouvaient alors à Aïgion, où ils tenaient conseil. Aratos monta à la tribune et se mit à pleurer longuement, sa chlamyde ramenée contre son visage. Comme les assistants s'étonnaient et le pressaient de parler, il dit : «Mégalopolis a été détruite par Cléomène.» Les Achéens mirent aussitôt fin à leur assemblée ; tous étaient frappés par la rapidité et l'importance du désastre. 3. Antigone voulait envoyer une armée de secours mais, comme les troupes tardaient à sortir de leurs quartiers d'hiver, il leur ordonna finalement de rester où elles étaient ; lui-même se rendit à Argos avec un petit nombre de soldats. 4. Aussi Cléomène risqua-t-il une seconde entreprise, qui semblait téméraire et folle, mais qui fut accomplie, comme le dit Polybe, avec une grande prévoyance[132]. 5. Sachant que les Macédoniens étaient dispersés dans différentes cités pour leurs quartiers d'hiver, et qu'Antigone avait peu de gardes du corps à Argos où il passait l'hiver avec ses amis, il entra sur le territoire d'Argos. Il se disait qu'Antigone serait vaincu si par fierté il se lançait à l'attaque, ou qu'il perdrait la face devant les Argiens s'il n'osait pas combattre. 6. Ce fut cette dernière hypothèse qui se réalisa. Alors les Argiens, voyant Cléomène détruire leur pays et piller tous leurs biens, se rassemblèrent, indignés, devant les portes du roi et le sommèrent à grands cris de combattre ou de céder le commandement à des chefs plus courageux. 7. Mais Antigone, comme devait le faire un général avisé, se dit que la véritable honte était de s'exposer à la légère et de compromettre sa sécurité, et non d'être critiqué par des étrangers. Il ne bougea donc pas et s'en tint aux plans qu'il avait adoptés. 8. Cléomène s'avança avec son armée jusqu'aux remparts, multiplia les provocations et pilla la région, puis se retira sans être inquiété.

XLVII. [XXVI]. 1. Peu après, ayant appris qu'Antigone s'avançait vers Tégée pour se jeter de là sur la Laconie, il ramena en hâte ses soldats et, repartant par un autre chemin, surgit au point du jour devant la cité des Argiens. Ses hommes se mirent à ravager la plaine ; au lieu de couper le blé avec des faucilles et des coutelas, comme les autres, ils le frappaient comme par jeu tout en avançant, avec de grands morceaux de bois en forme de sabre à deux tranchants : ils saccagèrent et détruisirent ainsi sans effort toute la récolte[133]. 2. Cependant, quand ils furent parvenus près du gymnase de Cylarabis et qu'ils voulurent y mettre le feu, Cléomène les en empêcha, en disant qu'à

---

131. *Polybe rapporte ainsi (II, 55) le sac de Mégalopolis : «Une fois maître de la place, il se mit à saccager avec tant d'acharnement et de haine que personne n'eût pu alors s'attendre à ce qu'elle redevînt jamais un centre habité.»*
132. *Plutarque emprunte l'essentiel de son information à Polybe, dont il suit le texte de très près (II, 64).*
133. *On a là une indication précieuse sur le comportement d'une armée en territoire ennemi : il s'agit non de s'emparer d'une région mais d'affamer les habitants en détruisant les récoltes.*

Mégalopolis il avait agi par colère plus que par souci du bien[134]. 3. Dans un premier temps, Antigone se retira aussitôt à Argos, puis il garnit de troupes les montagnes et tous les défilés. Cléomène, feignant l'indifférence et le mépris, envoya des hérauts lui réclamer les clés de l'Héraion pour sacrifier à la déesse[135] avant de partir. 4. Après avoir ainsi plaisanté en lui adressant cette requête ironique, il sacrifia à la déesse devant le temple fermé, puis conduisit son armée à Phlionte[136]. 5. De là, après avoir chassé la garnison d'Olygyrtos, il descendit en passant près d'Orchomène. Il inspira ainsi de la fierté et de l'audace à ses concitoyens et surtout, il se fit auprès des ennemis la réputation d'un chef habile, capable de grands exploits. 6. Et de fait, il fallait, semble-t-il, une habileté et une hauteur de vue peu communes pour oser, avec une seule cité, affronter les forces réunies des Macédoniens, de tous les Péloponnésiens et l'aide financière du roi – et cela non seulement en gardant la Laconie intacte mais en ravageant le pays des ennemis et en leur prenant des cités très importantes.

XLVIII. [XXVII]. 1. Le premier qui a dit que l'argent est le nerf de toutes choses songeait surtout à la guerre[137], semble-t-il. 2. Et Démade[138] dit aux Athéniens qui ordonnaient de mettre à flot les trières et de les équiper, alors qu'ils n'avaient pas d'argent : « Avant de le mettre au four, il faut pétrir le pain. » 3. Quant à Archidamos l'Ancien[139], comme les alliés, au commencement de la guerre du Péloponnèse, lui demandaient de fixer les différentes contributions financières, il leur dit : « La guerre ne se nourrit pas à forfait. » 4. Les athlètes dont le corps est bien exercé finissent avec le temps par écraser et par abattre leurs adversaires, même agiles et habiles. C'est ce qui arriva à Antigone qui disposait de grandes ressources pour mener cette guerre : il épuisa et terrassa Cléomène, qui ne fournissait que chichement et à grand-peine une solde à ses mercenaires et de la nourriture à ses concitoyens[140]. 5. Mais, par ailleurs, le temps travaillait en faveur de Cléomène, car Antigone était rappelé par les affaires intérieures de son pays. 6. En son absence, des Barbares avaient envahi la Macédoine et la parcouraient en tous sens ; une nombreuse armée d'Illyriens y était notamment descendue à ce moment-là. Victimes du pillage, les Macédoniens rappelèrent Antigone[141]. 7. Cette lettre faillit lui être remise

---

134. On devine les réserves que Plutarque ne peut dissimuler devant certains comportements de son héros.
135. L'Héraion d'Argos était le plus important sanctuaire de la cité. Il renfermait la statue de la déesse, œuvre du sculpteur Polyclète.
136. En ravageant l'Arcadie, Cléomène manifeste son assurance que la Laconie demeurera inviolée.
137. Sur cette expression, voir Crassus, II, 9 et note. Malgré les 6 000 talents rapportés par l'affranchissement des hilotes et ce que le sac de Mégalopolis lui avait procuré, Cléomène n'a pas les moyens financiers dont dispose le puissant roi de Macédoine.
138. Démade est l'orateur qui domine la vie politique d'Athènes après la défaite de Chéronée, en 338.
139. Il s'agit du roi qui régnait à Sparte au début de la guerre du Péloponnèse, et qui se montra d'abord fort réticent à déclencher les hostilités contre Athènes.
140. Plutarque distingue ici soigneusement le misthos (salaire), versé aux mercenaires, de la trophê (indemnité de nourriture) versée aux soldats citoyens.
141. Les menaces de leurs voisins illyriens étaient un souci constant pour les rois de Macédoine.

avant la bataille et, dans ce cas, il serait reparti aussitôt, renonçant pour longtemps à s'occuper des Achéens. 8. Mais la Fortune, qui décide en peu de temps des affaires les plus considérables, montra à cette occasion le poids et l'importance du moment favorable. La bataille de Sellasie venait d'être livrée et Cléomène avait perdu son armée et sa cité quand survinrent les messagers qui rappelaient Antigone. 9. Cette circonstance rendit encore plus pitoyable la mauvaise fortune de Cléomène[142]. 10. S'il avait attendu deux jours seulement et différé l'affrontement, il n'aurait pas eu besoin de combattre ; les Macédoniens seraient partis et il se serait réconcilié avec les Achéens aux conditions qu'il souhaitait. 11. Mais, comme je l'ai dit, le manque d'argent l'obligea à tout remettre au jugement des armes : il dut livrer une bataille rangée avec, selon Polybe, vingt mille hommes contre trente mille[143].

XLIX. [XXVIII]. 1. Dans le danger, il se montra pourtant un admirable stratège ; ses concitoyens le secondèrent avec ardeur et on n'eut pas non plus à se plaindre des mercenaires. Mais il fut écrasé par la supériorité de l'armement macédonien et le poids de la phalange[144]. 2. Selon Phylarque, une trahison fut même la principale cause de sa défaite. 3. Antigone avait ordonné aux Illyriens et aux Acarnaniens d'opérer en secret un mouvement tournant et d'aller encercler une des ailes, celle que commandait Eucleidas, le frère de Cléomène[145] ; cela fait, il rangea le reste de ses troupes en ordre de bataille. Cléomène, qui observait l'armée d'une hauteur, ne voyant nulle part les troupes des Illyriens et des Acarnaniens, craignit qu'Antigone ne les employât à quelque manœuvre de ce genre. 4. Il appela Damotélès, qui était préposé à la cryptie, et lui ordonna d'observer et d'examiner ce qui se passait à l'arrière et autour de l'armée[146]. 5. Or Damotélès, dit-on, avait été préalablement corrompu par Antigone. Il conseilla à Cléomène de ne pas s'inquiéter de ces secteurs, car tout allait bien, mais de s'occuper plutôt de repousser ceux qui attaquaient de face. Cléomène lui fit confiance et marcha contre Antigone. L'élan des Spartiates qui l'entouraient lui permit d'enfoncer la phalange des Macédoniens qui reculèrent sur environ cinq stades ; il les serra de près et les poursuivit victorieusement. 6. Mais ensuite, quand les soldats qui se trouvaient à l'autre aile autour d'Eucleidas furent encerclés, il s'arrêta et, voyant le danger, s'écria : « Tu t'en vas loin de moi, ô mon frère chéri, tu t'en vas, noble cœur, digne d'être imité par les enfants des Spartiates et chanté par les femmes. » 7. Les troupes d'Eucleidas furent donc massacrées, et leurs vainqueurs quittèrent ce secteur pour attaquer Cléomène. Celui-ci, voyant que ses soldats, frappés de terreur,

---

142. La Fortune (voir Dictionnaire) joue un rôle important dans la destinée des héros de Plutarque.
143. Plutarque reprend ici le jugement de Polybe (II, 70, 1-3), qui avait auparavant (II, 65, 1-7) évalué l'armée d'Antigone à 28 000 fantassins et 1 200 cavaliers, et celle de Cléomène à 20 000 hommes.
144. Polybe (II, 65-69) a laissé un long récit de la bataille de Sellasie, qui se déroula en 222. Sellasie se trouve en Laconie, sur un affluent de l'Eurotas.
145. Cet Eucleidas était associé à Cléomène dans la royauté (voir supra, XI, 5).
146. La cryptie était cette chasse nocturne aux hilotes à laquelle se livraient les jeunes Spartiates, et dont Plutarque se refuse à attribuer la paternité à Lycurgue (voir Lycurgue, XXVIII et note). Phylarque, admirateur de Cléomène, explique sa défaite par la trahison plutôt que par des erreurs tactiques.

n'osaient plus tenir, se sauva. 8. Beaucoup de mercenaires moururent, dit-on, ainsi que tous les Lacédémoniens, sauf deux cents : or, ils étaient six mille.

L. [XXIX]. 1. Lorsqu'il arriva à Sparte, Cléomène conseilla aux citoyens qui vinrent à sa rencontre d'accueillir Antigone ; pour sa part, leur dit-il, il veillerait, par sa vie ou par sa mort, à servir au mieux les intérêts de Sparte. 2. Voyant les femmes accourir vers ceux qui l'avaient suivi dans sa fuite, pour leur ôter leurs armes et leur apporter à boire, il entra dans sa maison. 3. La jeune fille de condition libre, qu'il avait prise à Mégare et qu'il gardait chez lui depuis la mort de sa femme, s'avança et voulut prendre soin de lui, comme elle le faisait d'habitude quand il revenait de campagne mais, malgré sa soif, il ne voulut pas boire et refusa de s'asseoir, malgré sa fatigue ; restant comme il était, sans ôter sa cuirasse, il posa de biais le bras sur une des colonnes et appuya le visage sur son coude. Après s'être ainsi reposé un bref instant et avoir envisagé tous les partis possibles, il partit avec ses amis pour Gythion. 4. Là, ils embarquèrent sur des navires préparés à cette fin et levèrent l'ancre[147].

LI. [XXX]. 1. Antigone s'empara de la cité dès son arrivée. Il traita les Lacédémoniens avec humanité : loin d'humilier ou de rabaisser la dignité de Sparte, il lui rendit ses lois et sa constitution, sacrifia aux dieux et se retira au bout de deux jours, car il avait appris que la guerre faisait rage en Macédoine et que le pays était dévasté par les Barbares[148]. 2. La maladie qui le tourmentait se changea bientôt en une phtisie violente, accompagnée d'un abondant écoulement d'humeurs. 3. Cependant, il ne baissa pas les bras et tint bon dans les combats qui se livrèrent dans son pays ; sa mort fut d'autant plus glorieuse qu'elle suivit une très grande victoire et un immense massacre de Barbares. Il est vraisemblable, comme l'affirment Phylarque et les auteurs qui le suivent, qu'à force de crier pendant le combat, il se déchira le corps. 4. Mais on entend raconter dans les écoles qu'après la bataille, au moment où il s'écriait, plein de joie : «Quelle belle journée ! », il vomit un flot de sang et fut pris d'une forte fièvre dont il mourut. Voilà pour ce qui concerne Antigone[149].

LII. [XXXI]. 1. Pour en revenir à Cléomène, il passa de Cythère dans une autre île, Aïgilia, où il fit escale[150]. 2. Comme il s'apprêtait à embarquer pour Cyrène, un de ses amis nommé Thérycion[151], qui avait fait preuve de beaucoup de courage dans

---

147. *Le comportement de Cléomène, qui ne cherche pas à organiser la résistance de Sparte, est assez surprenant, si l'on songe en outre qu'il avait à l'avance préparé sa fuite. Gythion est le port de Sparte.*
148. *Polybe formule le même jugement sur l'attitude d'Antigone (II, 70, 1). Qu'entendait l'historien achéen, dont Plutarque s'inspire ici, par la restauration de la constitution spartiate ? Sans doute rétablit-on l'éphorat et la double monarchie, mais il se peut que les réformes sociales n'aient pas été abolies. Voir Will (1979), p. 397-398.*
149. *La même version de la mort d'Antigone Doson, au printemps 221, se retrouve chez Polybe, qui s'inspire sans doute aussi de Phylarque.*
150. *Cythère est une île au sud du Péloponnèse. Aïgilia est sur la route maritime entre Cythère et la Crète.*
151. *Il a déjà été fait allusion à ce Thérycion (supra, XXIX, 1) à propos du meurtre des éphores.*

l'action et qui, dans ses propos, se montrait toujours orgueilleux et fier, le prit à part. 3. « Ô roi, lui dit-il, la plus belle des morts, la mort au combat, nous y avons renoncé, alors que pourtant tous nous avaient entendus dire qu'Antigone ne triompherait pas du roi des Spartiates avant de marcher sur son cadavre. 4. Mais il nous reste encore une autre façon de mourir, qui vient juste après la première pour la gloire et le mérite. Vers quel pays nous embarquons-nous, insensés que nous sommes ? Nous fuyons le danger qui est près de nous pour aller le chercher au loin. En effet, si nous ne jugeons pas honteux pour les descendants d'Héraclès de se faire esclaves des descendants de Philippe et d'Alexandre, nous nous épargnerons au moins une longue traversée en nous rendant à Antigone qui, de toute évidence, est aussi supérieur à Ptolémée que les Macédoniens aux Égyptiens[152]. 5. Mais si nous refusons d'être commandés par ceux qui ont triomphé de nous par les armes, pourquoi nous soumettre à un homme qui ne nous a pas vaincus ? Pourquoi nous avouer inférieurs à deux rois, au lieu d'un seul, en fuyant Antigone et en flattant Ptolémée ? 6. Prétendrons-nous par hasard que nous sommes venus en Égypte à cause de ta mère ? Quel spectacle admirable et digne d'envie tu seras pour elle, si elle doit montrer aux femmes de Ptolémée son fils qui, de roi qu'il était, est devenu prisonnier de guerre et exilé[153] ! 7. Tant que nous sommes encore maîtres de nos épées et en vue de la Laconie, pourquoi ne pas nous affranchir de la Fortune et nous justifier ainsi devant ceux qui, pour défendre Sparte, sont tombés à Sellasie ? Préférons-nous aller dormir en Égypte pour apprendre là-bas quel satrape Antigone a laissé à Lacédémone ? » 8. Telles furent les paroles de Thérycion. Cléomène répondit : « Misérable, rechercher la mort est ce qu'il y a de plus facile pour un être humain ; c'est à la portée de tout le monde. Tu te crois courageux, alors que ce serait une fuite plus honteuse que la précédente. 9. Des meilleurs que nous, victimes de la Fortune, ou écrasés par le nombre, ont déjà cédé aux ennemis. Mais se dérober devant les fatigues et les épreuves ou devant le blâme et l'opinion des hommes, c'est se laisser vaincre par sa propre lâcheté. 10. Le suicide ne doit pas être une fuite devant l'action, mais une action. S'il est honteux de vivre pour soi seul, il est aussi honteux de mourir en ne pensant qu'à soi[154]. Or c'est ce que tu nous conseilles, dans ta hâte d'échapper aux maux qui nous pressent, sans rien nous proposer de beau ni d'utile. 11. À mon avis, nous ne devons, ni toi ni moi, renoncer à nos espoirs de sauver la patrie. Si ces espoirs nous trahissent, il nous sera très facile de mourir dès que nous le voudrons. » 12. Thérycion ne répondit rien mais, dès qu'il eut l'occasion de s'éloigner de Cléomène, il s'en alla à l'écart, sur la plage, et se trancha la gorge.

---

152. On retrouve une fois encore l'opposition entre Grecs et Orientaux, d'autant plus étonnante ici que, si Antigone est bien le successeur de Philippe et d'Alexandre, dans la mesure où il s'est rendu maître de la Macédoine, Ptolémée est tout aussi macédonien que lui.
153. On a vu supra (XXII, 4-10) que, en contrepartie de son aide, Ptolémée avait exigé que la mère et le fils de Cléomène lui soient livrés en otages.
154. Dans cette réponse de Cléomène à son ami, on trouve l'écho des débats philosophiques sur le suicide, singulièrement au sein de l'École stoïcienne. Voir Dictionnaire, «Mort».

LIII. [XXXII]. 1. Cléomène partit d'Aïgilia et débarqua en Libye où les hommes du roi l'escortèrent et le conduisirent à Alexandrie. 2. En le voyant, Ptolémée lui fit d'abord l'accueil humain et réservé qu'il offrait aux gens ordinaires. 3. Mais Cléomène donna bien vite la preuve de son intelligence et révéla toute son intelligence. Ses conversations de chaque jour avaient une simplicité laconienne et la grâce d'un homme libre ; jamais il ne se montra indigne de sa haute naissance ni ne se courba devant la Fortune ; aussi fut-il plus convaincant que ceux qui parlaient par souci de plaire et de flatter. 4. Ptolémée conçut pour lui beaucoup de respect ; il regretta d'avoir négligé un tel homme et de l'avoir sacrifié à Antigone[155], qui avait acquis ainsi tant de gloire et d'influence. Il attira à lui Cléomène à force d'honneurs et d'amabilités et tenta de lui rendre courage, lui promettant de le ramener en Grèce avec des navires et des richesses et de lui faire retrouver le pouvoir royal. 5. Il lui accorda en outre une pension annuelle de vingt-quatre talents, que Cléomène employa, avec économie et modération, à son entretien et celui de ses amis ; il en dépensa la plus grande partie en œuvres humanitaires et en dons en faveur de ceux qui avaient été exilés de Grèce et qui arrivaient en Égypte.

LIV. [XXXIII]. 1. Mais Ptolémée l'Ancien mourut avant d'avoir assuré le retour de Cléomène. La royauté tomba aussitôt dans la plus grande débauche, dans l'ivrognerie et sous la domination des femmes, et nul ne s'occupa plus de Cléomène. 2. Le nouveau roi[156] avait l'âme tellement corrompue par les femmes et par la boisson qu'à ses meilleurs moments de sobriété et d'intelligence, il célébrait des rites d'initiation et, un tambour à la main[157], il convoquait les gens de son palais. Sa maîtresse Agathocleia et Oïnanthè, mère et maquerelle de cette femme, administraient les affaires les plus importantes. 3. Il semble néanmoins que, dans les premiers temps, il se servit un peu de Cléomène. Comme il craignait son frère Magas qui, à cause de sa mère[158], avait beaucoup d'ascendant sur l'armée, il prit Cléomène avec lui et le fit participer à des conseils secrets, où il projetait de tuer son frère. 4. Alors que tous encourageaient le roi à commettre ce crime, Cléomène fut le seul à l'en détourner, en disant qu'il aurait fallu plutôt donner, si possible, davantage de frères au roi pour assurer sa sécurité et la stabilité des affaires. 5. Sosibios, le plus influent des amis du roi, déclara que les mercenaires ne seraient jamais sûrs tant que Magas serait vivant, mais Cléomène lui conseilla de ne pas s'inquiéter. 6. « Plus de trois mille mercenaires, dit-il, sont péloponnésiens et me sont très attachés ; à mon premier signe de tête, ils s'empresseront de se ranger à mes côtés avec leurs armes. » 7. Sur le moment, ces propos renforcèrent considérablement la confiance du roi et l'idée qu'il se faisait de la puissance de Cléomène mais, par la suite, la faiblesse de Ptolémée aggrava sa lâcheté :

---

155. En cessant de verser des subsides à Cléomène, Ptolémée était partiellement responsable de la défaite du roi spartiate.
156. Il s'agit de Ptolémée IV Philopator, qui devint roi en 221, surnommé Tryphon (de tryphè, *vie molle et sensuelle), à cause de sa vie déréglée.*
157. Le tambourin renvoie au culte décrié de la déesse Cybèle.
158. Il s'agit de la veuve de Ptolémée III, Bérénice.

comme il arrive souvent quand on manque d'intelligence, il s'imagina que le parti le plus sûr était de tout craindre et de se défier de tous ; il amena les courtisans à redouter Cléomène, à cause de son ascendant sur les mercenaires. 8. On put entendre de nombreuses personnes déclarer : « Voici un lion qui s'agite au milieu de ces moutons ! » Et de fait, tel était le caractère que montrait Cléomène parmi les amis du roi : il levait les yeux vers eux sans trembler et surveillait ce qu'ils faisaient.

LV. [XXXIV]. 1. Il avait renoncé à réclamer des navires et une armée mais, lorsqu'il apprit qu'Antigone était mort, que les Achéens étaient engagés dans une guerre contre les Étoliens[159] et que les affaires réclamaient son retour à cause des troubles et des dissensions qui déchiraient le Péloponnèse, il demanda à être envoyé là-bas seul avec ses amis. 2. Mais il ne put convaincre personne. Le roi, qui se consacrait aux femmes, aux thiases[160] et aux beuveries, ne l'écouta pas. C'était Sosibios qui administrait tout et prenait les décisions ; or selon lui, Cléomène, retenu contre son gré, serait intraitable et redoutable, mais plus redoutable encore si on le laissait partir, car c'était un audacieux, un ambitieux, et il avait été témoin de la maladie dont souffrait la royauté. 3. Même les cadeaux ne parvenaient pas à adoucir Cléomène. Il ressemblait au bœuf Apis[161], dont l'existence se déroule apparemment dans l'abondance et le luxe, mais qui demeure possédé par le désir de vivre selon sa nature, de bondir et de courir en liberté, et qui, de toute évidence, n'apprécie guère de rester entre les mains des prêtres. De même Cléomène ne trouvait aucun plaisir dans une vie de mollesse.

Son cœur se languissait, tandis qu'il restait là,

tel Achille,

Regrettant le combat et les clameurs de guerre[162].

LVI. [XXXV]. 1. Telle était donc sa situation quand Nicagoras de Messène arriva à Alexandrie. Cet homme feignait d'être l'ami de Cléomène, mais il le haïssait car il lui avait vendu autrefois une belle propriété que Cléomène ne lui avait pas payée, faute d'argent je crois, faute de temps aussi, semble-t-il, à cause des guerres[163]. 2. Lorsqu'il débarqua de son navire de marchandise, Cléomène, qui se trouvait alors en train de se promener sur le quai, l'aperçut, le salua chaleureusement et lui

---

159. *En fait, c'est la Ligue constituée par Antigone Doson, qui était en guerre contre les Étoliens. D'où le nom de « guerre des alliés » donné à ce conflit.*
160. *Les thiases sont les associations qui célébraient le culte de Dionysos.*
161. *La comparaison avec le bœuf Apis s'impose, parce que Cléomène est en quelque sorte prisonnier en Égypte.*
162. *Les vers sont tirés de l'Iliade, I, v. 491-492. Voir Dictionnaire, « Homère ».*
163. *Cette histoire de dette est surprenante. En fait, si l'on en croit Polybe (V, 37), Nicagoras, qui avait accueilli Archidamos, le frère d'Agis, à Messène, en voulait à Cléomène d'avoir laissé faire (ou peut-être commandé) l'assassinat d'Archidamos.*

demanda quel motif l'amenait en Égypte. 3. Nicagoras, après lui avoir rendu aimablement son salut, répondit qu'il apportait au roi de beaux chevaux de guerre. Cléomène se mit à rire et déclara: «Tu ferais mieux, crois-moi, d'amener des joueuses de sambuque et des éromènes, car en ce moment, c'est cela surtout qui passionne le roi.» 4. Nicagoras se contenta sur le moment de sourire mais, quelques jours plus tard, il rappela à Cléomène sa propriété et lui demanda de la lui payer sans attendre, ajoutant qu'il ne l'aurait pas importuné, s'il n'avait fait des pertes considérables sur sa cargaison. 5. Cléomène répondit qu'il ne lui restait rien de l'argent qu'on lui avait versé. Alors Nicagoras, dépité, alla répéter sa plaisanterie à Sosibios. 6. Ce dernier fut fort aise d'entendre cette histoire mais, cherchant un motif plus important pour exciter la colère du roi, il demanda à Nicagoras d'écrire et de lui laisser une lettre contre Cléomène, selon laquelle ce dernier aurait décidé de s'emparer de Cyrène, si Ptolémée lui donnait des trières et des soldats[164]. 7. Nicagoras écrivit cette lettre puis rembarqua. Quatre jours plus tard, Sosibios fit porter la lettre à Ptolémée, prétendant qu'on venait de la lui remettre ; il excita ainsi la colère du jeune roi qui décida de conduire Cléomène dans une vaste maison, où l'on continuerait à lui fournir de quoi vivre, mais en l'empêchant de sortir.

LVII. [XXXVI]. 1. Un tel traitement était déjà affligeant pour Cléomène, mais ses perspectives d'avenir furent encore assombries par l'aventure suivante. 2. Ptolémée, fils de Chrysermos, qui était ami du roi, avait toujours eu de bonnes relations avec Cléomène; il s'était établi entre eux une certaine intimité et une franchise réciproque. 3. Cléomène le pria donc de venir le voir. Ptolémée vint et eut avec lui une conversation aimable, où il dissipa ses soupçons et justifia l'attitude du roi. 4. Mais quand il sortit de la maison, il ne s'aperçut pas que Cléomène l'avait accompagné jusqu'à la porte et se trouvait derrière lui ; il réprimanda violemment les gardiens, leur reprochant de surveiller avec négligence et mollesse une bête sauvage dangereuse et difficile à maîtriser. 5. Cléomène entendit ces mots et se retira avant que Ptolémée se fût aperçu de sa présence. Il en parla à ses amis. 6. Tous aussitôt, abandonnant les espérances qu'ils avaient formées, résolurent, dans leur colère, de châtier l'injustice et l'insolence de Ptolémée et de mourir d'une manière digne de Sparte, sans attendre, comme des victimes sacrificielles, d'être engraissés et dépecés. 7. «Ce serait un scandale disaient-ils, que Cléomène, après avoir refusé de s'entendre avec Antigone, un homme habile à la guerre et énergique, reste assis sans rien faire, à attendre le bon plaisir d'un roi saltimbanque qui, dès qu'il déposera son tambourin et interrompra le thiase, le fera mettre à mort[165].»

LVIII. [XXXVII]. 1. Cette décision prise, comme il se trouvait que Ptolémée était parti pour Canope[166], ils commencèrent par faire courir le bruit que le roi libérait

---

164. *Cyrène appartenait aux Lagides. Sur tout cela, voir Polybe, V, 37-38, que Plutarque suit fidèlement.*
165. *On retrouve ici encore l'opposition entre le Macédonien, presque digne d'être l'ami d'un Spartiate, et «l'Égyptien» débauché.*
166. *Canope est une ville située sur une des branches du delta du Nil.*

Cléomène de sa détention. 2. Puis, la coutume royale étant d'offrir un repas et des présents d'hospitalité aux détenus sur le point d'être élargis, ils préparèrent pour Cléomène nombre de cadeaux de ce genre et les lui expédièrent du dehors, trompant ainsi les gardiens, qui crurent que tout était envoyé par le roi. 3. Cléomène offrit un sacrifice et partagea généreusement avec ses geôliers ce qu'il avait reçu ; il leur distribua des couronnes, puis s'allongea à table et banqueta avec ses amis. 4. Il passa à l'action plus tôt, dit-on, qu'il ne l'avait décidé, car il avait appris qu'un serviteur, qui était instruit du complot, était sorti pour coucher avec une femme dont il était amoureux 5. et il craignait une dénonciation. Lorsqu'il fut midi et qu'il constata que les gardiens étaient ivres et dormaient, il enfila sa tunique, dont il déchira la couture sur l'épaule droite[167] et, l'épée nue, s'élança avec ses amis qui étaient équipés comme lui. Ils étaient treize. 6. Hippitas, qui était boiteux, se joignit d'abord vaillamment à eux, tandis qu'ils s'élançaient mais, voyant qu'il les retardait, il leur demanda de le tuer et de ne pas faire échouer l'entreprise en attendant un homme qui ne leur servirait à rien. 7. Or il se trouva qu'un habitant d'Alexandrie passait devant les portes en poussant un cheval ; ils saisirent l'animal, installèrent Hippitas sur son dos et se portèrent en courant à travers les ruelles, en appelant la foule à la liberté[168]. 8. Mais le courage de la population se bornait, semble-t-il, à louer et à admirer l'audace de Cléomène ; quant à l'accompagner et à lui prêter main-forte, nul n'osa le faire. 9. Comme Ptolémée, fils de Chrysermos, sortait du palais, trois des amis de Cléomène se jetèrent sur lui et le tuèrent. Un autre Ptolémée, qui gardait la cité, se lança en char à leur poursuite ; ils se portèrent à sa rencontre, dispersèrent ses esclaves et ses gardes, l'arrachèrent à son char et le tuèrent. 10. Ensuite ils se dirigèrent vers la citadelle, dans l'intention d'enfoncer les portes de la prison et de rallier à leur cause la foule de ceux qui y étaient enfermés. 11. Mais les geôliers avaient pris les devants et s'étaient soigneusement barricadés. Après l'échec de cette tentative, Cléomène se mit à errer en tous sens dans la cité. Nul ne s'approchait de lui ; tous fuyaient, saisis de terreur. 12. Alors il s'arrêta et dit à ses amis : « Ne nous étonnons plus qu'ici ce soient les femmes qui commandent, puisque les gens fuient la liberté. » Il les exhorta à mourir d'une manière digne de lui et de leurs actions passées[169]. 13. Hippitas, sur sa demande, fut frappé le premier par un des jeunes ; les autres se tranchèrent ensuite la gorge eux-mêmes, sans crainte, sauf Panteus, celui qui avait été le premier à entrer dans Mégalopolis[170]. 14. Celui-ci, alors dans tout l'éclat de sa jeunesse, était le plus doué des jeunes gens pour la discipline spartiate ; il avait été l'éromène du roi qui lui demanda de ne mourir que lorsqu'il l'aurait vu tomber, lui

---

167. *Afin de libérer son bras droit pour saisir l'épée.*
168. *Alexandrie était une cité grecque théoriquement autonome, bien qu'elle fût aussi la capitale de l'Égypte lagide. En tentant de soulever le peuple d'Alexandrie contre Ptolémée, Cléomène agissait en patriote grec, d'où la référence à l'éleuthéria,* la liberté.
169. *Allusion au rôle joué par les reines lagides, et singulièrement par Bérénice, la mère du roi. Désormais, Cléomène a choisi le suicide « stoïcien ».*
170. *Sur le rôle de Panteus, voir* supra, *XXIII, 5-6.*

et les autres. 15. Lorsque tous furent à terre, Panteus passa parmi eux, les effleurant de son épée l'un après l'autre, pour être sûr de ne pas en laisser un vivant. 16. Il piqua Cléomène à la cheville et vit une contraction sur son visage; alors il l'embrassa et s'assit près de lui. Quand Cléomène fut mort, il enlaça le cadavre et s'égorgea sur lui.

LIX. [XXXVIII]. 1. Cléomène avait été roi de Sparte pendant seize ans[171] et il s'était montré le héros que nous avons vu. Telle fut donc sa fin. 2. La nouvelle se répandit dans toute la cité et Cratésicleia, malgré sa noblesse, ne put conserver sa fierté devant l'importance du malheur. Prenant dans ses bras les jeunes enfants de Cléomène, elle se mit à se lamenter[172]. 3. L'aîné lui échappa d'un bond et, à la surprise générale, se jeta du toit la tête la première. On le releva fort mal en point, mais vivant : il poussait de hauts cris et s'indignait parce qu'on l'empêchait de mourir. 4. Quand Ptolémée apprit ce qui s'était passé, il ordonna de pendre le corps de Cléomène, après l'avoir cousu dans un sac de cuir, et de mettre à mort ses enfants, sa mère et les femmes qui l'entouraient. 5. Parmi ces dernières, il y avait notamment l'épouse de Panteus, qui était très belle et très noble d'allure. Au moment de ces malheurs, ils étaient encore jeunes mariés et dans toute l'ardeur de leurs amours. 6. Lorsque Panteus s'était embarqué, elle avait aussitôt voulu le suivre, mais ses parents l'en avaient empêchée et l'avaient enfermée de force, sous bonne garde. Cependant, presque aussitôt, ayant réussi à se procurer un cheval et un peu d'or, elle était parvenue à s'enfuir pendant la nuit, avait couru sans s'arrêter jusqu'à Ténare et de là elle s'était embarquée sur un navire qui faisait voile vers l'Égypte, 7. où elle avait rejoint son mari et partagé sereinement et joyeusement son exil. 8. Lorsque les soldats conduisirent Cratésicleia au supplice, cette femme la tint par la main, en rajustant sa robe et en l'invitant à garder courage. Du reste, Cratésicleia, elle non plus, ne tremblait nullement devant la mort ; elle ne demandait qu'une faveur, celle de mourir avant les petits enfants. 9. Mais lorsqu'on eut atteint l'endroit réservé aux exécutions, les bourreaux égorgèrent d'abord les petits enfants sous ses yeux et ne la firent mourir qu'après. Dans une telle souffrance, elle prononça seulement ces mots : «Mes enfants, dans quel pays êtes-vous venus ?» 10. La femme de Panteus, qui était forte et grande, retroussa son manteau à l'aide de sa ceinture et assista chaque mourante, en silence, calmement, puis les enveloppa dans les vêtements qu'elle put trouver. 11. Pour finir, après toutes les autres, elle se para elle-même et laissa retomber son vêtement jusqu'à ses pieds ; elle ne permit à personne de l'approcher et de la toucher, sauf à celui qui était chargé de l'égorger. Elle succomba héroïquement, sans avoir besoin de personne pour la parer et l'envelopper après sa fin. 12. Ainsi, jusque dans la mort, elle sut

---

171. C'est-à-dire de son avènement, en 265, à sa mort, en 219. Plutarque inclut donc dans son règne les trois années passées en Égypte.
172. Quand Cratésicleia était partie pour l'Égypte à titre d'otage, elle n'avait emmené qu'un seul des enfants de Cléomène, sans doute l'aîné de ses deux fils. L'autre avait dû suivre son père après Sellasie.

conserver la chasteté de son âme et garder la pudeur dont elle avait entouré son corps de son vivant[173].

LX. [XXXIX]. 1. Dans ce drame, Lacédémone fit donc rivaliser les femmes avec les hommes, au moment de leurs derniers instants, démontrant que la vertu ne peut être outragée par la Fortune. 2. Quelques jours plus tard, ceux qui gardaient le corps de Cléomène attaché à une croix virent un serpent énorme, enroulé autour de sa tête, qui lui cachait le visage, si bien qu'aucun oiseau charognard ne pouvait y toucher. 3. Le roi en conçut une crainte superstitieuse et la peur poussa les femmes à entreprendre de nombreux rites de purification, jugeant que l'homme qui avait été tué était ami des dieux et d'une nature supérieure. 4. Les habitants d'Alexandrie se rendaient souvent à cet endroit et saluaient Cléomène du titre de héros et de fils des dieux, 5. jusqu'au moment où des gens plus sages mirent un terme à ces pratiques, en expliquant que les bœufs en décomposition donnent naissance à des abeilles, les chevaux à des guêpes, que des scarabées vivants naissent du cadavre des ânes et que les corps humains, quand les humeurs de la moelle se figent et se coagulent, produisent des serpents[174]. 6. C'est d'ailleurs en observant ce phénomène que les Anciens ont considéré que le serpent était, de tous les êtres vivants, le plus proche des héros[175].

---

173. *L'épouse de Panteus est ici la réplique de Chilonis, la fille de Lysandre et la femme de Cléombrote, dans la* Vie *d'Agis. Le récit de Plutarque dans les biographies des deux rois réformateurs est un hommage à la «vertu» des femmes spartiates (voir Dictionnaire, «Femmes»).*
174. *On s'étonne que Plutarque qualifie de* sophotéroï, *de «plus sages», ceux qui colportent de telles croyances, mais elles sont répétées par d'autres écrivains contemporains.*
175. *L'association du serpent au héros a une tout autre signification. Il s'agit de l'identification à un animal à la fois redoutable et divin.*

LES GRACQUES

I. 1. Après avoir exposé la première histoire, nous devons à présent contempler des malheurs tout aussi grands avec le couple romain, puisque nous présentons, en parallèle des deux *Vies* précédentes[1], celles de Tibérius et de Caius. 2. Leur père, Tibérius Gracchus[2], fut censeur des Romains, deux fois consul et célébra deux triomphes, mais il dut encore plus d'éclat au prestige de sa vertu. 3. Ce fut d'ailleurs pour cette raison qu'après la mort de Scipion, le vainqueur d'Hannibal[3], il fut jugé digne d'épouser sa fille Cornélia[4], alors que pourtant il n'était pas l'ami de Scipion et avait même été son adversaire[5]. 4. Un jour, dit-on, il trouva sur son lit un couple de serpents. Les devins, ayant observé le prodige, déclarèrent qu'il ne fallait ni les tuer ni les relâcher tous les deux, mais les traiter chacun différemment : tuer le mâle entraînerait la mort de Tibérius, tuer la femelle, celle de Cornélia. 5. Or Tibérius aimait sa femme et il jugeait que c'était plutôt à lui de mourir, puisqu'il était plus âgé et qu'elle était encore jeune : il tua donc le serpent mâle et relâcha la femelle. Peu de temps après, il mourut, laissant douze enfants qu'il avait eus de Cornélia[6]. 6. Celle-ci assuma leur charge et celle de la maison et se montra si vertueuse, si maternelle et si noble qu'on jugea que Tibérius n'avait pas eu tort de choi-

---

1. *Voir* Agis, II, *pour l'originalité d'une double biographie.*
2. *Tiberius Sempronius Gracchus père (217-154), préteur en 180, consul en 177, censeur en 169, à nouveau consul en 163. Il célébra deux triomphes, l'un sur les Celtibères, comme préteur en 178, l'autre sur les Sardes en 175, comme proconsul (voir* Tite-Live, Histoire romaine, *XLI, 7 et 47). Représentant d'une des plus grandes familles de Rome, amateur de culture grecque après des séjours en Orient, il fut une figure de la cité, respecté et admiré pour son austérité. Cicéron l'oppose très souvent à ses fils « dégénérés ». Plutarque insiste au contraire sur la continuité, et associe ses vertus privées et publiques, entre lesquelles la fonction de censeur établit une étroite connexion.*
3. *Publius Cornelius Scipio Africanus Major (236-183) mit fin à la deuxième guerre punique (218-201) par sa victoire sur le chef carthaginois en Afrique, à Zama. Ce succès lui valut le cognomen d'Africanus, « Africain ».*
4. *Cornélia devint illustre à la fois comme mère des Gracques et parce qu'elle incarnait la mère romaine idéale, célébrée pour ses vertus et pour l'éducation donnée à ses fils. Son mariage avec Tibérius père, postérieur à la mort de Scipion (voir* infra, *IV, 4), peut dater de 176-175. Elle s'exilera de Rome en 131, après la mort de Tibérius, mais continuera à avoir autour d'elle une sorte de cour où se mêlaient princes et philosophes (voir* infra, *XL, 2-3).*
5. *L'alternance de phases de rapprochement et d'hostilité, parfois très vive, rythme, tout au long du IIe siècle, les relations entre les Scipions et les Gracques (voir Pailler, 1999).*
6. *Épisode relaté par divers auteurs. Selon Cicéron (*De la divination, *I, 18, 36), il aurait été rapporté en premier lieu par Caius Gracchus, dont nous savons le rôle qu'il a joué dans la constitution de la saga de son frère.*

sir de mourir à la place d'une telle femme. 7. Le roi Ptolémée[7] lui offrit même de partager le diadème et la demanda en mariage, mais elle refusa et resta veuve. Elle perdit tous ses enfants sauf une de ses filles[8], qui épousa Scipion le Jeune, et deux fils, Tibérius et Caius, auxquels est consacré le présent écrit. Elle les éleva avec tant de soin que s'ils furent, de l'avis unanime, les plus doués de tous les Romains, leur éducation joua, semble-t-il, un rôle encore plus important que leur nature pour les conduire à la vertu[9].

II. 1. Dans les sculptures et les peintures qui représentent les Dioscures[10], leur ressemblance n'empêche pas certaines différences entre le lutteur et le coureur. Il en allait de même pour ces jeunes gens. S'ils se ressemblaient beaucoup par le courage, la sagesse, et aussi la générosité, l'habileté oratoire et la grandeur d'âme, leur activité et leur politique révélèrent et mirent en lumière des différences qu'il me semble préférable d'évoquer tout de suite. 2. D'abord, en ce qui concerne l'expression du visage, le regard et les mouvements, Tibérius était doux et posé, Caius tendu et violent : l'un haranguait le peuple avec calme, sans bouger, l'autre fut le premier des Romains à aller et venir à la tribune et à arracher sa toge de son épaule, tandis qu'il parlait – tout comme, à ce que l'on raconte, l'Athénien Cléon fut le premier démagogue[11] à arracher son vêtement et à se frapper la cuisse. 3. Ensuite, l'éloquence de Caius inspirait la peur et était passionnée à l'excès ; celle de Tibérius était plus agréable et faisait davantage appel à la pitié ; son expression était pure et soigneusement travaillée, celle de Caius persuasive et brillante[12]. 4. Il en allait de même pour leur mode de vie et leur table : Tibérius était simple et sobre, Caius était tempérant et austère par rapport aux autres Romains, mais comparé à son frère, c'était un jeune prétentieux, un délicat :

---

7. *Rapportée par le seul Plutarque, cette anecdote est sans doute véridique (voir Carcopino, 1967). Ptolémée VIII Évergète II, surnommé le «bouffi», était venu à Rome en 154-153 réclamer la couronne du royaume de Chypre et intriguer contre son frère aîné ; voir Polybe,* Histoires, *XXXIII, 10. Il régna par la suite sur l'Égypte de 145 à 116.*

8. *Sempronia fut accusée, un siècle plus tard, par Cicéron et par Tite-Live d'avoir assassiné, avec l'aide de sa mère, son mari Scipion Émilien.*

9. *La double mention de l'«éducation» (païdeia) et de «la vertu» (arétè) rend les héros dignes d'appartenir à la civilisation grecque ; voir* infra, *X, 6 ; XL, 4 ;* Cléomène, *XI ;* Dictionnaire, *«Éducation» et «Femmes». Voir aussi Cicéron,* Brutus, *58, 210.*

10. *«Enfants de Zeus» et de Léda, les jumeaux Castor et Pollux, «cavaliers aux blanches montures», sont en Grèce les patrons des athlètes et des compétitions. Ils ont depuis 496 un temple sur le forum, après leur participation à la bataille du lac Régille aux côtés des Romains.*

11. *Le terme grec* démagogos, *«meneur du peuple», utilisé à Athènes depuis la fin du Ve siècle, a pris un sens péjoratif, désignant un orateur sans scrupule. Plutarque l'applique à celui qui s'oppose au «parti aristocratique» et au Sénat. Sur la gestuelle de Caius et le parallèle avec Cléon, «démagogue» grec fameux, voir* Nicias, *VIII.*

12. *Sur la rhétorique de Tibérius, voir* infra, *IX, 4-6 et XV. Cicéron et Aulu-Gelle (*Nuits attiques, *XI, 13, 1), parmi d'autres, se sont intéressés aux performances oratoires des Gracques.*

Drusus[13] lui reprocha d'avoir acheté des dauphins en argent au prix de douze cent cinquante drachmes la livre. 5. Leur caractère était aussi différent que leur langage. L'un était retenu et doux, l'autre si violent et si passionné que souvent, sans le vouloir, tandis qu'il parlait, il se laissait entraîner par la colère, haussait le ton, proférait des insultes et bouleversait tout son discours. 6. Pour éviter de s'emporter ainsi, il employa un esclave, nommé Licinius, qui ne manquait pas d'esprit. Muni d'un instrument de musique destiné à soutenir la voix, il se plaçait derrière Caius tandis qu'il parlait et, chaque fois qu'il remarquait que la voix de l'orateur devenait âpre et se brisait sous l'effet de la colère, il lui soufflait un ton doux. Aussitôt Caius relâchait ce qu'il y avait de violent dans son émotion comme dans sa voix; il s'adoucissait et se laissait ramener au calme[14].

III. 1. Telles étaient donc les différences entre eux. Mais leur bravoure face aux ennemis, la justice dont ils faisaient preuve à l'égard de leurs subordonnés, le soin avec lequel ils s'acquittèrent de leurs charges et leur tempérance face aux plaisirs étaient identiques. 2. Tibérius avait neuf ans de plus que son frère[15], ce qui mit un intervalle entre leurs deux carrières politiques et nuisit considérablement à leur action. En effet, comme ils ne parvinrent pas ensemble à l'âge adulte, ils ne purent unir leur puissance, qui aurait pu être grande et invincible s'ils l'avaient exercée tous deux simultanément. 3. Nous devons donc parler de chacun d'eux séparément. Commençons par l'aîné.

TIBÉRIUS GRACCHUS

IV. 1. À peine sorti de l'enfance, Tibérius était déjà si connu qu'il fut jugé digne du sacerdoce dit « des Augures[16] ». Ce choix était dû à sa vertu plus qu'à sa noble naissance, 2. comme le montra Appius Claudius[17]. Cet homme avait été consul et censeur; on le tenait en si haute estime qu'il avait été inscrit comme *princeps* du

---

13. *Livius Drusus, tribun de la plèbe en même temps que Caius Gracchus, s'opposera à lui en prenant le parti du Sénat (voir infra, XXIX, 5 et suiv.). Les accusations concernant l'excès de luxe deviennent courantes contre les adversaires politiques à la fin de la République.*
14. *Anecdotique, ce trait est révélateur de l'importance accordée aux modulations contrôlées de la voix dans l'*actio *oratoire. Il traduit un Caius plus «professionnel» que ne l'indique Plutarque.*
15. *Tibérius est né en 162, Caius en 154.*
16. *Le collège des augures, où l'on entrait par cooptation, a regroupé 3, 6, 15 puis 16 prêtres chargés d'interpréter la volonté des dieux lors de la prise des auspices par les magistrats, notamment les consuls en campagne. Cette fonction est particulièrement prisée, et l'origine familiale, contrairement au commentaire de Plutarque, joue un rôle décisif dans le choix. Tibérius a sans doute remplacé son père à sa mort (146?). Les jeunes gens prenaient la «toge virile» à 17 ans.*
17. *Appius Claudius Pulcher, consul en 143, fut censeur et prince du Sénat en 136. Il sera choisi par son gendre pour être l'un des trois commissaires (triumvirs) chargés du partage des terres (voir* infra, *XIII, 1).*

Sénat[18] de Rome et il l'emportait de beaucoup sur ses contemporains par sa grandeur d'âme. Un jour que les prêtres mangeaient ensemble[19], Appius Claudius s'adressa à Tibérius avec beaucoup de bienveillance et lui proposa la main de sa fille. 3. Tibérius accepta volontiers et l'accord se fit ainsi. Appius rentra chez lui et, de la porte, il appela sa femme, lui criant d'une voix forte : « Antistia, j'ai promis en mariage notre Claudia ! » Antistia s'étonna : « Quelle hâte ! s'écria-t-elle. Pourquoi tant de précipitation ? Si encore tu lui avais trouvé pour fiancé Tibérius Gracchus ! » 4. Je n'ignore pas que certains racontent cette histoire à propos de Tibérius, le père des Gracques et de Scipion l'Africain, mais la plupart la rapportent comme je l'ai écrite ; d'ailleurs, selon Polybe[20], ce ne fut qu'après la mort de Scipion l'Africain que sa famille choisit entre tous Tibérius pour lui donner Cornélia que son père, lorsqu'il mourut, n'avait ni mariée ni fiancée.

5. Pour revenir au jeune Tibérius, il fit campagne en Afrique[21] avec le second Scipion[22], qui avait épousé sa sœur ; vivant avec le général et partageant sa tente, il comprit vite sa nature, qui poussait les gens à accomplir beaucoup de grandes actions, par émulation et désir d'imiter sa vertu. Bien vite également, il se distingua parmi tous les autres jeunes gens par sa discipline et son courage. 6. Il fut le premier à escalader le rempart des ennemis[23], comme le rapporte Fannius[24] qui déclare être monté avec Tibérius et s'être associé à cet exploit. Tant qu'il fut à l'armée, il inspira à tous beaucoup d'affection et lorsqu'il partit, il laissa derrière lui de vifs regrets.

V. 1. Après cette campagne, il fut élu questeur[25] et le sort le désigna pour accompagner le consul Caius Mancinus[26] dans une expédition militaire contre les

---

18. Le princeps senatus *occupe le rang honorifique de « premier des sénateurs ». Son nom figure en tête de l'« album sénatorial » établi par les censeurs. Il donne son avis le premier au Sénat.*
19. *Probablement lors d'une* cena auguralis, *repas offert par un augure à son entrée en charge.*
20. *Polybe, XXXII, 13. Le mariage pourrait dater de 142.*
21. *En 147-146, lors de la troisième guerre punique, Scipion Émilien prit et détruisit Carthage, ce qui lui valut le* cognomen *de (second) « Africain ».*
22. *Ce fils de Paul-Émile (185-129) prit normalement, quand il fut adopté par un Scipion (voir Polybe, XVIII, 35), le nom de Publius Cornelius Scipio Aemilianus, devenant ainsi le petit-fils adoptif du vainqueur de Zama. Élu consul en 147, alors qu'il n'avait pas l'âge légal, il le fut une seconde fois en 133. Il obtint deux fois le triomphe. Orateur brillant, pénétré de culture grecque, il fut le proche du philosophe stoïcien Panaïtios de Rhodes, du poète comique latin Térence, et surtout de l'historien grec Polybe, son maître (Polybe, XXXI, 23-25). Sur le « cercle des Scipions », voir Grimal (1975).*
23. *S'agit-il du rempart même de Carthage, en 146, ou, en 147, de la prise du faubourg de Mégara (voir Appien,* Punica, *117) ? Voir* infra, *XLIII, 2 et le commentaire de Pailler (1999).*
24. *Caius Fannius, gendre de l'ami de Scipion, Laelius (voir* infra, *VIII, 5), fut l'élève du stoïcien Panaïtios de Rhodes et écrivit huit livres d'*Annales, *perdus.*
25. *Tibérius a au moins 25 ans. Sa charge, sans doute de questeur militaire, l'appelle à assister le consul pour les questions d'intendance et de trésorerie.*
26. *Caius Hostilius Mancinus fut consul en 137. Près de dix ans ont donc passé depuis la première illustration de Tibérius en Afrique.*

Numantins[27]. Ce Mancinus n'était pas sans valeur, mais c'était le plus malchanceux des généraux romains. 2. Or précisément ses revers de Fortune et ses échecs inattendus mirent en lumière non seulement l'intelligence et la bravoure de Tibérius, mais surtout, ce qui était encore plus admirable, ses égards et son profond respect pour son chef, lequel était si abattu par le malheur qu'il ne savait plus lui-même s'il était encore général. 3. Après avoir été vaincu dans de grandes batailles, il tenta de battre en retraite, en abandonnant le camp pendant la nuit, mais les Numantins s'en aperçurent et s'emparèrent aussitôt du camp ; puis, se jetant sur les fuyards, ils taillèrent en pièces les derniers rangs, encerclèrent toute l'armée et la repoussèrent dans des endroits difficiles qui ne permettaient pas de s'enfuir. Désespérant de se sauver par la force, Mancinus envoya un héraut demander une trêve et un accord. 4. Les Numantins répondirent qu'ils n'avaient confiance en personne, sauf en Tibérius, et réclamèrent qu'on le leur envoyât[28]. 5. Cette confiance leur était inspirée à la fois par la personne du jeune homme, dont on faisait le plus grand cas à l'armée, et par le souvenir de son père Tibérius qui, après avoir combattu contre les Ibères[29] et avoir soumis un grand nombre d'entre eux, avait conclu la paix avec les Numantins et forcé le peuple romain à respecter cette paix avec droiture et justice. 6. Tibérius leur fut donc envoyé ; il les rencontra et, à force de persuasion et de concessions, il obtint une trêve, ce qui, de toute évidence, sauva la vie de vingt mille citoyens romains, sans parler des serviteurs et de ceux qui suivaient l'armée hors des rangs.

VI. 1. Les Numantins enlevèrent et pillèrent tous les biens qui étaient restés dans le camp. Or il s'y trouvait notamment des tablettes de Tibérius qui contenaient ses écritures et ses comptes de questeur. Comme il tenait beaucoup à les récupérer, il fit demi-tour vers la cité, alors que l'armée avait déjà levé le camp, avec deux ou trois compagnons[30]. 2. Appelant les chefs des Numantins, il leur demanda de lui apporter ses tablettes, pour ne pas l'exposer aux calomnies de ses adversaires, s'il ne pouvait rendre des comptes de son administration. 3. Les Numantins, heureux de cette occasion de l'obliger, l'invitèrent à entrer dans la cité. Comme il restait

---

27. *Numance, en Espagne Tarraconaise, fut la dernière place forte des Ibères à résister à Rome jusqu'à sa chute en 133.*
28. *Défiance due au comportement du chef romain Quintus Pompeius, qui n'avait pas respecté la trêve signée par lui en 140.*
29. *Après la deuxième guerre punique, Rome a pris en main les possessions cédées par Carthage et créé les deux provinces d'Espagne Ultérieure et d'Espagne Citérieure. Tiberius père, préteur de Citérieure en 180-179, combattit les Ibères avant de conclure un accord amiable qui assura une paix relative en Espagne (voir Dictionnaire, «Fides»). Une immigration italienne fut alors attirée par l'exploitation des métaux précieux (l'argent au premier chef).*
30. *C'est très probablement le camp édifié pour le siège, puis abandonné. Les tablettes – couvertes d'une cire que l'on gravait à l'aide d'un stylet (voir infra, XXXIV, 4) – sont les tabulae quaestoriae, qui contenaient les comptes du questeur, lequel devait les déposer pour archivage et contrôle, à la fin de l'année, à l'*aerarium *de Rome.*

immobile à hésiter, ils s'approchèrent, lui saisirent les mains et le prièrent instamment de ne plus les considérer comme des ennemis mais de les traiter comme des amis et de leur faire confiance[31]. 4. Tibérius s'y résolut donc, car il tenait à ses tablettes et craignait de fâcher les Numantins en ayant l'air de se défier d'eux. 5. Dès qu'il fut entré dans la cité, ils commencèrent par lui servir un déjeuner et insistèrent vivement pour le faire asseoir et manger avec eux. Puis, ils lui rendirent les tablettes et lui dirent de prendre ce qu'il voulait dans le reste du butin. 6. Il accepta seulement de l'encens pour les sacrifices publics, et repartit, après les avoir amicalement salués.

VII. 1. Lorsqu'il regagna Rome, toute l'affaire donna lieu à des critiques et à des accusations violentes: on la jugeait scandaleuse et humiliante pour Rome. Mais les parents et les amis des soldats, qui représentaient une partie considérable du peuple, accoururent au secours de Tibérius : ils rejetaient sur le général la honte de ce qui s'était passé et affirmaient que c'était grâce à Tibérius que tant de citoyens avaient pu être sauvés[32]. 2. Cependant, ceux qui étaient mécontents de ce qui s'était produit conseillaient d'imiter les ancêtres : ceux-ci avaient renvoyé nus chez les Samnites[33] les généraux qui s'étaient tenus pour satisfaits d'être relâchés par eux et ils avaient chassé de la même manière tous ceux qui, d'une manière ou d'une autre, avaient eu part à ce traité, notamment les questeurs et les tribuns militaires, ce qui leur avait permis de faire retomber sur ces derniers le parjure et la violation des conventions. 3. Mais en la circonstance, le peuple montra plus que jamais sa sympathie et son affection pour Tibérius. 4. On décréta de livrer aux Numantins le consul, nu et enchaîné, mais on épargna tous les autres à cause de Tibérius[34]. 5. Celui-ci fut également soutenu, semble-t-il, par Scipion, alors le plus grand et le plus influent des Romains. Scipion fut néanmoins critiqué pour ne pas avoir secouru Mancinus et ne pas avoir mis tout en œuvre pour faire ratifier le traité conclu avec les Numantins par Tibérius, qui était son parent et son ami. 6. Cette mésentente entre les deux

---

31. *La tonalité élogieuse du récit est ici idéalisée, sinon légendaire.*
32. *Si un magistrat a signé de sa propre initiative un traité au nom de Rome, celui-ci doit être soumis pour ratification au Sénat et aux comices tributes; en cas de refus, on remet le magistrat responsable à l'ennemi.*
33. *Plutarque fait référence à l'épisode des Fourches Caudines, survenu en 321, lors de la grande guerre de Rome contre les Samnites montagnards d'Italie centro-méridionale (327-304). Surpris dans le défilé de Caudium, les Romains furent vaincus et capitulèrent. Ils durent, soldats et officiers, passer sous le joug, désarmés et à demi nus. Le Sénat, furieux, livra les consuls et officiers défaits aux Samnites, et reprit la guerre au bout de cinq ans (voir Tite-Live, IX, 1-11 ; Cicéron, Des devoirs, III, 30, 109). Cette déroute est souvent rapprochée dans les sources anciennes de la prise de Rome par les Gaulois en 390 et du désastre de Cannes en 216.*
34. *Selon Cicéron (République, III, 18, 28 et Des devoirs, III, 30, 109), le Sénat a confié aux consuls de 136 une enquête sur le traité. Celui-ci ne fut pas ratifié, et l'«ignominie» de sa signature fut lavée par la remise de Mancinus, consentant, aux Numantins. Tel était le contrôle rigoureux du Sénat sur la vie publique.*

hommes fut surtout causée par l'ambition[35] et par le cercle d'amis et de sophistes[36] qui aiguillonnaient Tibérius ; elle n'entraîna d'ailleurs aucun acte irrémédiable, aucune mesquinerie. 7. Tibérius, je crois, n'aurait pas connu le sort qui fut le sien par la suite, si au moment de ses combats politiques, Scipion l'Africain s'était trouvé à Rome, mais il était déjà près de Numance, où il menait la guerre[37], lorsque Tibérius entreprit son action politique à propos de ses lois. Voici quelle en fut la raison.

VIII. 1. Lorsque les Romains retranchaient par la guerre des terres à leurs voisins[38], ils en vendaient une partie et annexaient l'autre au domaine public, la donnant à exploiter aux citoyens sans patrimoine et sans ressources, moyennant une légère redevance au trésor public. 2. Mais les riches se mirent à proposer des redevances plus élevées et évincèrent les pauvres. On édicta alors une loi interdisant de posséder plus de cinq cents arpents de terre[39]. 3. Pendant quelque temps, cette mesure refréna la cupidité et soulagea les pauvres, qui purent rester sur leurs terres, aux conditions de fermage fixées, en cultivant la parcelle que chacun avait reçue à l'origine. 4. Mais par la suite, les riches du voisinage employèrent des hommes de paille pour acquérir ces fermages et finirent par occuper eux-mêmes ouvertement la plupart de ces propriétés. Les pauvres, ainsi expulsés, ne participèrent plus qu'à contrecœur aux campagnes militaires et ne se soucièrent plus d'élever des enfants. Aussi toute l'Italie se vit-elle bientôt presque dépourvue d'hommes libres ; elle se remplit de prisonniers barbares[40] que les riches employaient pour labourer la terre, après en avoir chassé leurs concitoyens. 5. Caius Laelius, l'ami de Scipion, essaya de redresser la situation, mais il se heurta à l'opposition des puissants et, craignant des

---

35. *Allusion probable au refus de Tibérius de se ranger parmi la clientèle de Scipion, au nom d'une voie originale située dans la tradition des Sempronii.*

36. *Il s'agit d'intellectuels grecs ou hellénisants : auprès des Scipions, Panaïtios, Polybe, Térence, Lucilius ; du côté des Gracques, Blossius de Cumes, Diophanès de Mytilène... (voir infra, VIII, 6). La discorde des deux beaux-frères – et des deux familles – ne peut que croître, malgré l'interprétation lénifiante de Plutarque (VIII, 7). En tout cas, il n'y eut pas d'affrontement direct, vu l'éloignement de Scipion.*

37. *Scipion a repris cette campagne en 134. La cité tomba l'année suivante, après un long siège. Dans l'état-major du consul figuraient Caius Gracchus (voir infra, XIII, 1), Polybe, le Numide Jugurtha, Marius, l'écrivain Lucilius.*

38. *Le domaine public a augmenté dans des proportions colossales après 200, du fait de la confiscation des terres des Italiens passés à Hannibal. L'occupation, en échange du paiement du* vectigal *(redevance), s'appelait la* possessio *(voir Appien, Guerres civiles, I, 7-8) : système diversifié et évolutif, dont Plutarque donne une image très simplifiée.*

39. *Loi antérieure à la* lex Licinia *(§ 5), mais difficile à situer avec exactitude. Le mot* pléthron *(arpent) traduit le latin* jugerum *(un quart d'hectare).*

40. *Ces prisonniers sont les esclaves toujours plus nombreux ramenés des différentes conquêtes. Appien (I, 7-8) explicite la vision schématique, allusive et évidemment excessive présentée par Plutarque. La deuxième guerre punique a causé la ruine de beaucoup de propriétés ; les conquêtes qui s'ensuivent éloignent de leur terre de nombreux hommes retenus à l'armée, accroissent les moyens des riches en argent et en main d'œuvre servile, et développent les perspectives de l'agriculture spéculative.*

troubles, il abandonna sa réforme, ce qui lui valut le surnom de Sage, ou de Prudent (le mot *sapiens* a les deux sens, semble-t-il)[41]. 6. Dès qu'il fut nommé tribun de la plèbe[42], Tibérius reprit ce projet. Selon la plupart des historiens, il y était poussé par le rhéteur Diophanès[43] et le philosophe Blossius. Diophanès était un exilé de Mytilène ; Blossius, originaire d'Italie même, de Cumes, avait été à Rome un proche d'Antipatros de Tarse[44] qui, pour l'honorer, lui dédia certains de ses écrits philosophiques. 7. Certains mettent également en cause la mère de Tibérius, Cornélia, qui se plaignait souvent à ses fils d'être appelée par les Romains belle-mère de Scipion, mais pas encore mère des Gracques[45]. 8. Selon d'autres encore, cette entreprise fut inspirée à Tibérius par un certain Spurius Postumius[46], qui avait le même âge que lui et qui lui disputait la gloire de l'éloquence judiciaire. Lorsque Tibérius revint de campagne, il découvrit que son rival avait beaucoup plus de renommée et d'influence que lui, et qu'on l'admirait ; ce fut donc, paraît-il, par désir de le surpasser qu'il entreprit cette politique audacieuse, qui suscita de grandes espérances. 9. Cependant son frère Caius a écrit dans un livre que, lorsque Tibérius traversa l'Étrurie pour se rendre à Numance, il vit beaucoup de terres à l'abandon et constata que les cultivateurs et les bergers étaient des esclaves étrangers et barbares ; ce fut alors que lui vint à l'esprit pour la première fois le projet de cette politique qui devait attirer sur eux tant de malheurs[47]. 10. Mais c'était surtout le peuple qui enflammait

---

41. Le projet de loi de 145 devait interdire de posséder plus de 500 jugères (jugera), *de faire paître plus de 100 têtes de bétail et d'employer plus d'un certain nombre d'esclaves pour cultiver ces terres (voir Appien, I, 8, 35 ; Tite-Live, VI, 35, 5 et XXV, 10, 11). Laelius, consul en 140, mena l'assaut décisif contre Carthage lors de la troisième guerre punique (149-146). Philhellène, il était membre du cercle des Scipions et ami personnel d'Émilien. Cicéron en fait le principal orateur du traité* Sur l'amitié. *Son surnom («le Sage») n'avait pas au départ le sens parodique qui lui est donné ici, traduisant la polémique née de sa reculade.*

42. Tibérius a été élu tribun en 134, pour 133.

43. Diophanès de Mytilène : Cicéron considère ce professeur de rhétorique comme le Grec le plus éloquent de son temps (voir Brutus, *27, 104).*

44. Ce philosophe stoïcien, maître de Blossius de Cumes, fait intervenir la notion d'équité et d'humanité dans l'interprétation de la loi, notamment en matière foncière. Il eut pour élève Panaïtios de Rhodes, qui adapta la doctrine stoïcienne aux idéaux de Rome. Tout deux se succédèrent à la tête de l'École stoïcienne.

45. Le propos n'est guère vraisemblable dans la bouche de Cornélia, mais a dû lui être prêté par la propagande gracchienne postérieure. Il trahit la violence de l'affrontement gentilice (voir supra, VII, 6-7).

46. De ce Postumius, consul en 110 (voir Cicéron, Brutus, *34, 128), l'histoire n'a guère retenu le nom.*

47. L'œuvre de Caius, sorte de Mémoires *de propagande, se confond sans doute avec le* Livre à Pomponius, *du même, que cite Cicéron,* De la divination, *II, 29, 62. Le nombre important d'esclaves et de dépendants sur les grands domaines d'Étrurie est bien attesté pour cette époque. Le contraste avec l'impuissance des troupes romaines devant Numance a dû choquer Tibérius, troublé par ailleurs par la révolte servile en Sicile, de 135 à 133. Cette version de ses mobiles s'inscrit en faux contre l'accusation d'avoir agi par intérêt personnel.*

son ardeur et son ambition, l'exhortant, par des inscriptions tracées sur des portiques, des murs et des tombeaux, à rendre aux pauvres les terres du domaine public[48].

IX. 1. Tibérius ne composa pas la loi tout seul[49] ; il prit pour conseillers les citoyens que leur vertu et leur réputation avaient élevés au premier rang, notamment le grand pontife Crassus[50], le juriste Mucius Scaevola[51], alors consul, et son propre beau-père Appius Claudius[52]. 2. Jamais ne fut votée, semble-t-il, loi plus douce et plus modérée pour remédier à tant d'injustice et de cupidité. Ceux qui auraient dû être punis de leur malhonnêteté et non seulement restituer les terres qu'ils occupaient contrairement aux lois mais en outre payer une amende, se voyaient offrir une indemnité pour sortir de ces propriétés injustement acquises et y faire entrer les citoyens dans le besoin[53]. 3. On voit combien la réforme était accommodante. Pourtant, si le peuple décida d'oublier le passé et se contenta de ne plus être lésé à l'avenir, les riches et les propriétaires furent poussés par la cupidité à s'opposer à sa loi, et par la colère et par l'esprit de querelle à s'en prendre au législateur : ils tentèrent de détourner le peuple de ce projet, en disant que si Tibérius proposait un partage des terres, c'était pour troubler la vie politique et bouleverser toutes les affaires. 4. Mais ils ne parvinrent à rien car, pour défendre un projet si beau et si juste, Tibérius lutta en déployant une éloquence qui aurait même embelli des entreprises moins nobles. Chaque fois qu'il montait à la tribune, entourée par l'affluence du peuple, et qu'il prenait la parole en faveur des pauvres, il était redoutable et

---

48. *Ce type de manifestation populaire est courant à Rome ; mais Plutarque a probablement antidaté celle-ci.*

49. *Selon Appien (I, 9-10), cette loi interdisait de posséder plus de 500 jugères, plus 250 par enfant. Ces possessions, dans la limite de la loi, étaient alors transformées en pleines propriétés. La terre ainsi récupérée devait être distribuée par lots, ou par la création de colonies, par trois citoyens chargés d'assigner les terres et de juger de leur statut. Voir Carcopino (1967), p. 125 et Nicolet (1967), p. 127. Appien ne dit rien d'une première loi, dont parle Plutarque au § 2, qui offrait des indemnités aux contrevenants afin qu'ils abandonnent les terres acquises dans l'illégalité, puis d'une deuxième loi supprimant ces indemnités (voir infra, X, 4).*

50. *Publius Licinius Crassus, beau-père de Caius Gracchus, frère du juriste Publius Mucius Scaevola, a été adopté par Publius Crassus Dives. Il est un adversaire déclaré de Scipion Émilien. Mais il n'était pas grand pontife en 133 : Plutarque lui-même, en accord avec Appien (I, 16), attribue avec raison ce titre à Scipion Nasica (voir infra, XXI, 6). Le grand pontife, rappelons-le, contrôle tous les autres prêtres de l'État.*

51. *Publius Mucius Scaevola, consul en 133, grand pontife en 130, est mort en 115. Annaliste, il achève l'édition en 80 livres des* Annales maximi *(les archives les plus importantes) présentées année par année, de la mythique période royale jusqu'à son temps. Il a probablement joué en 133 un rôle de conseiller juridique (voir Cicéron,* Academica priora, *II, 5, 13).*

52. *Voir supra, note à IV, 2.*

53. *Dans tout ce passage, Plutarque s'inspire visiblement d'une source favorable aux Gracques, qui devait souligner durement l'opposition frontale entre « les riches » et « les pauvres ». Voir l'analyse plus « historique » d'Appien (I, 10).*

invincible. 5. Il disait : « Même les animaux qui vivent en Italie ont une tanière ; chacun d'eux a un endroit où dormir et où se réfugier. Mais ceux qui combattent et meurent pour défendre l'Italie n'ont que l'air et la lumière, et rien d'autre[54]. Sans maison, sans résidence fixe, ils mènent une vie errante avec femmes et enfants. Quand les généraux invitent les soldats à lutter contre les ennemis pour défendre leurs tombeaux et leurs temples, ils leur mentent, 6. car, aucun de ces Romains si nombreux n'a d'autel pour y honorer ses pères, ni de sanctuaire consacré à ses ancêtres. C'est pour défendre le luxe et l'argent d'autrui qu'ils font la guerre et qu'ils meurent. On les appelle les maîtres du monde, mais ils n'ont même pas une motte de terre qui leur appartienne[55] ! »

X. 1. Ces paroles qui lui étaient dictées par sa grandeur d'âme et la sincérité de son émotion, se déversaient sur le peuple, le transportaient d'enthousiasme et le soulevaient. Aucun de ses adversaires n'osa lui répondre. Renonçant à le contredire, ils se tournèrent vers Marcus Octavius, un des tribuns de la plèbe[56], jeune homme de caractère sérieux et modéré. Il était l'ami et le familier de Tibérius[57] ; 2. aussi dans un premier temps, se déroba-t-il, pris de scrupules. Mais comme beaucoup de puissants le priaient avec insistance, il se laissa, pour ainsi dire, forcer la main : il s'opposa à Tibérius et empêcha sa loi de passer. 3. Or parmi les tribuns de la plèbe, celui qui l'emporte est celui qui fait obstruction[58] ; même si le plus grand nombre soutient

---

54. *Un débat important entoure la réforme agraire de Tibérius : les redistributions de terres allaient-elles aussi aux alliés italiens qui servaient dans l'armée romaine et qui pour une part occupaient également l'*ager publicus *? Plutarque n'en parle pas beaucoup. Appien (I, 11) insiste davantage : «Tibérius fit un discours solennel touchant la situation des peuples de l'Italie [qui] tenaient aux habitants de Rome par les liens du sang...» Voir Nicolet (1967), p. 104 et Brunt (1979).*
55. *Comme pour tout discours attribué à un Ancien par une source antique, la question de l'authenticité est posée (voir également* infra, *XV) ; il est tentant d'y répondre par l'affirmative. La source est sans doute ici la biographie, perdue, écrite par Cornélius Népos (vers 99-vers 24). Le discours, très novateur pour la Rome de l'époque, s'appuie dans la forme sur la tradition grecque. Recherchant l'émotion, il sert de toile de fond à l'argumentation politique et juridique qui sous-tend cette réforme agraire (voir Nicolet, 1967, p. 200 et 206).*
56. *Le paradoxe est souligné : pour faire pièce à l'ascendant acquis sur la plèbe par Tibérius, l'aristocratie fait appel à l'un de ses collègues tribuns ! L'épisode confirme qu'à cette époque l'aristocratie a «domestiqué» le contre-pouvoir que représentait le tribunat, magistrature hors normes (voir* Question romaine *81) à laquelle les Gracques vont rendre tout son lustre. Voir Appien, I, 12 et Cicéron,* Brutus, *25, 95.*
57. *Ni Plutarque ni aucune autre source ne nous en apprennent plus sur ce personnage, demeuré pour l'histoire «l'adversaire de Tibérius Gracchus». Il s'agit naturellement d'un riche propriétaire, qui défend aussi, solidairement, des intérêts personnels et «de classe» (voir* infra, *§ 7 ; XII, 4).*
58. *C'est l'*intercessio *des tribuns de la plèbe. Ils pouvaient faire obstruction contre tout magistrat, et même à un sénatus-consulte, et bien sûr aux propositions soumises aux comices tributes, comme dans le cas de la réforme agraire de Tibérius. Cas particulier : l'*intercessio *joue ici entre tribuns, au nom d'un autre principe fondamental : la collégialité (voir Appien, I, 12).*

un projet, il suffit qu'un seul lui soit hostile pour qu'ils n'arrivent à rien. 4. Exaspéré par cette opposition, Tibérius retira cette loi si humaine[59] pour en proposer une autre, plus agréable à la foule et plus dure pour les coupables : elle leur ordonnait de sortir immédiatement des terres qu'ils avaient acquises au mépris des lois antérieures. 5. On vit donc, presque chaque jour, Tibérius et Octavius s'affronter à la tribune, mais malgré l'extrême ardeur et l'opiniâtreté avec laquelle ils luttaient, jamais, dit-on, ils n'échangèrent la moindre insulte, ni ne se laissèrent pousser par la colère au moindre mot déplacé : 6. apparemment, un noble naturel et une éducation vertueuse retiennent et modèrent l'esprit non seulement dans les transports bachiques, mais aussi dans les rivalités et les disputes[60]. 7. Voyant qu'Octavius tombait sous le coup de la loi, car il détenait une part considérable du domaine public, Tibérius le pria de renoncer à sa querelle et s'engagea à lui rembourser lui-même la valeur de ses terres, sur sa fortune personnelle, qui n'était pourtant pas considérable[61]. 8. Octavius refusa. Alors Tibérius suspendit, par un édit, l'exercice de toutes les autres magistratures jusqu'à ce qu'on eût voté sur cette loi. Il apposa son sceau sur le temple de Saturne[62] pour empêcher les questeurs d'y prendre ou d'y apporter quoi que ce fût, et fit proclamer que les préteurs qui désobéiraient seraient frappés d'une amende. Alors tous, pris de peur, suspendirent l'exercice de leurs différentes charges. 9. Aussitôt les propriétaires revêtirent des habits de deuil et parcoururent le forum, dans une attitude humble et pitoyable. Mais en secret, ils conspiraient contre Tibérius et recrutaient des hommes pour l'assassiner. Aussi portait-il sous sa ceinture, au su et au vu de tout le monde, un poignard de brigand que les Romains appellent *dolon*[63].

---

59. Plutarque est le seul auteur à faire mention de deux lois successives (voir supra, IX, 1 et note).
60. Cette analogie surprenante souligne l'intention plus «moraliste» qu'«historique» du commentaire de Plutarque ; elle rappelle que pour lui un «bon naturel» – garanti par une bonne naissance – représente, lorsqu'il se double d'une vraie éducation, la clef de relations sociales harmonieuses ; elle indique, enfin, la valeur paradoxale qu'il accorde non pas au dionysisme subversif et incontrôlable des Bacchantes *d'Euripide ou des «Bacchanales» romaines, mais à celui, médiatisé et civilisé par la musique et la culture, que son expérience de prêtre de Delphes lui avait fait connaître.*
61. Si l'on traduit, en termes modernes, la proposition de Tibérius comme une tentative de corruption, on attribuera l'information à une source «optimate». La remarque sur les faibles moyens du héros est évidemment absurde : les Gracques sont richissimes (voir Polybe, XXXI, 27, 2).
62. Le recours au justitium (voir Cicéron, Sur la réponse des haruspices, XXVI, 55) avait permis jadis au Sénat ou à des magistrats supérieurs, en cas de circonstances exceptionnelles, de paralyser la vie publique. Appien ne fait pas mention d'un tel acte de la part de Tibérius. Voir les réserves de Carcopino (1967), p. 16-22 ; si on les rejette, il faut admettre que Tibérius a voulu redonner vie à une pratique tombée en désuétude (depuis 296 : voir Tite-Live, X, 21, 3), en l'exploitant au profit des tribuns. Plutarque s'intéresse ailleurs (Questions romaines 42, 43) au temple de Saturne comme dépôt du trésor public.
63. Le dolon (du latin dolo*) est un bâton creux armé d'une pointe (voir Virgile,* Énéide, *VII, v. 664).*

XI. 1. Le jour venu, Tibérius invita le peuple à voter mais les riches enlevèrent les urnes, ce qui entraîna une grande confusion[64]. 2. Cependant les partisans de Tibérius étaient assez nombreux pour l'emporter par la force et se regroupaient à cette fin, lorsque Manlius[65] et Fulvius, personnages consulaires, tombèrent aux genoux de Tibérius, lui saisirent les mains et, en pleurant, le prièrent de renoncer. 3. Tibérius, comprenant que la situation allait bientôt devenir terrible, et rempli de respect pour ces hommes, leur demanda ce qu'ils lui conseillaient de faire. Ils répondirent qu'ils n'étaient pas habilités à le conseiller sur une affaire si importante; ils l'invitèrent à s'en remettre au Sénat et, à force de prières, réussirent à le convaincre. 4. Le Sénat se réunit mais ne parvint à rien, car les riches y étaient influents. Alors Tibérius se résolut à un acte contraire aux lois et à la sagesse: ne voyant pas d'autre moyen de faire voter sa loi, il déposa Octavius de sa charge de tribun de la plèbe[66]. 5. Pour commencer, en lui adressant des paroles pleines d'humanité et en lui saisissant les mains, il le pria publiquement de s'incliner et d'accorder cette faveur au peuple, dont les demandes étaient légitimes et qui serait bien peu récompensé des grands efforts et des grands dangers qu'il avait acceptés. 6. Octavius repoussa cette requête. Alors Tibérius déclara: «Lorsque deux magistrats de même rang s'affrontent sur des matières aussi importantes, il est impossible qu'ils puissent passer tout le temps de leur charge sans se faire la guerre. Je ne vois qu'un remède à cette situation: déposer l'un des deux hommes[67].» 7. Il invita Octavius à faire d'abord voter le peuple sur son cas à lui, Tibérius, l'assurant que, si les citoyens le décidaient, il descendrait aussitôt de la tribune, pour redevenir un simple citoyen. 8. Octavius refusa. Tibérius déclara alors qu'il proposerait au peuple de voter sur le cas de son rival, si celui-ci ne changeait pas d'avis après réflexion.

XII. 1. Sur ces mots, il leva l'assemblée. Le lendemain[68], le peuple se réunit. Tibérius monta à la tribune et essaya une nouvelle fois de fléchir Octavius. Celui-ci resta

---

64. *Appien (I, 12) précise ce qu'omet Plutarque: l'enlèvement des urnes a été précédé de la lecture du texte de loi par le héraut, et Octavius a opposé son* intercessio. *Les urnes sont sans doute les vases pleins d'eau, à col étroit, où «le sort» repêchait les morceaux de bois portant les noms des tribus, dans l'ordre que cela imposait pour le vote (voir infra, XII, 2).*
65. *Il s'agit en fait de Marcus Manilius, consul en 149 et juriste fameux. L'autre personnage consulaire est un des deux Fulvius Flaccus, Servius ou Caius, consuls dans les années 130. Appien (I, 12) montre «les puissants», anonymes, s'adressant non à Tibérius seul, mais à tous les tribuns. C'est bien l'ensemble du Sénat qui cherche à reprendre la main.*
66. *Le problème de l'inconstitutionnalité de cette déposition est au cœur du chapitre XV (voir* Comparaison, *XLV, 1; Appien, I, 17). Dans tout ce qui suit, Plutarque souligne, beaucoup plus qu'Appien, les efforts acharnés de Tibérius pour éviter le pire.*
67. *Derrière la formulation de circonstance se perçoivent à la fois l'affirmation d'un principe grec de «souveraineté du peuple» et les signes d'effritement d'un système collégial sur lequel reposait la République romaine. Le refus répété d'Octavius (voir § 8) est celui de toute l'aristocratie gouvernante.*
68. *Ou peut-être plutôt «à la réunion suivante des comices tributes», après le délai légal de trois semaines* (trinundinum).

inébranlable. Tibérius déposa donc un projet de loi qui retirait à Octavius la charge de tribun de la plèbe[69], et appela aussitôt ses concitoyens à voter. 2. Il y avait trente-cinq tribus[70]. Lorsque dix-sept eurent voté en faveur de sa proposition et qu'il n'en manqua plus qu'une pour réduire Octavius à l'état de simple particulier, Tibérius suspendit le vote et se remit à supplier Octavius : sous les yeux de la foule, il le serrait dans ses bras et l'embrassait, le suppliant et le conjurant de ne pas se laisser infliger une pareille honte et de ne pas le contraindre, lui, Tibérius, à prendre une mesure si dure et si sévère. 3. Ces prières, dit-on, ne laissèrent pas Octavius totalement impassible ni indifférent ; ses yeux se remplirent de larmes et il resta longtemps silencieux. 4. Mais, jetant un regard vers les riches et les propriétaires qui s'étaient regroupés, il eut honte, semble-t-il, et, par crainte de leur mépris, il se résolut, non sans noblesse, à subir les pires traitements ; il invita Tibérius à agir comme il l'entendait[71]. 5. La loi fut donc ratifiée. Tibérius ordonna à un de ses affranchis d'arracher Octavius à la tribune ; il employait en effet comme appariteurs ses propres affranchis, ce qui rendit encore plus pitoyable le spectacle d'Octavius entraîné avec insolence. 6. Le peuple se jeta sur lui, mais les riches accoururent et étendirent les bras pour le protéger. Octavius fut sauvé à grand-peine : on parvint à le soustraire à la foule et il put s'enfuir. Mais un esclave fidèle, qui s'était placé devant lui et le couvrait de son corps, eut les yeux crevés, malgré l'intervention de Tibérius qui, voyant ce qui se passait, était accouru en toute hâte pour calmer l'agitation.

XIII. 1. Après quoi, la loi agraire fut ratifiée et on désigna trois hommes[72] pour recenser et répartir les terres : Tibérius lui-même, son beau-père Appius Claudius et son frère Caius Gracchus, lequel n'était pas à Rome, car il faisait campagne devant Numance, sous les ordres de Scipion. 2. Voyant que ces opérations s'étaient déroulées dans le calme, sans rencontrer l'opposition de personne et qu'en outre Tibérius n'avait pas fait élire comme tribun, à la place d'Octavius, un personnage en vue, mais un de ses clients, un certain Mucius[73], les puissants s'irritèrent ; ils

---

69. Cet acte est proprement révolutionnaire, voire séditieux (voir infra, XV, 1) : le tribun de la plèbe est considéré comme sacro-saint ; nul ne peut le toucher, sous peine d'être maudit. De même, un tribun ne pouvait être démis de ses fonctions ; voir Question romaine 81.

70. Les « tribus », ou circonscriptions territoriales entre lesquelles sont répartis les citoyens, sont depuis 241 au nombre de 35. Appien (I, 12) insiste sur l'importance du vote de la première tribu à s'exprimer, la praerogativa.

71. Le degré d'historicité de cette scène, d'un pathétique bien plutarquien (voir supra, X, 1-2), ne saurait être précisé.

72. Ce sont les triumvirs (voir supra, IX, 1). Appien (I, 13) explique que le peuple ne voulait faire confiance, dans ce rôle, qu'à des hommes de la même famille.

*73. Appien (I, 13) donne au remplaçant d'Octavius le nom de Quintus Mummius, Orose (*Histoire contre les païens*, V, 8, 3) celui de Minucius. Il ressort du récit que les Gracques, avec leurs alliés et clients, contrôlent les votes des comices tributes. Tibérius est à son apogée, mais dépend surtout du soutien des ruraux, dont la présence à Rome, par définition, est intermittente.*

redoutaient l'ascension de Tibérius et ne cessaient de le couvrir de boue au Sénat. 3. Comme Tibérius demandait, pour procéder au partage des terres, une tente aux frais de l'État, conformément à l'usage, on la lui refusa, alors que d'autres en avaient souvent obtenu pour des missions moins importantes. Son indemnité fut fixée à neuf oboles par jour[74], sur proposition de Publius Nasica[75], qui s'abandonnait sans aucune retenue à sa haine pour Tibérius, car il avait possédé beaucoup de terres du domaine public et s'indignait d'être contraint à en sortir. 4. Le peuple, de son côté, s'échauffait davantage encore. Un ami de Tibérius était mort subitement et, comme des taches suspectes apparaissaient sur son cadavre, on se mit à crier qu'il avait été empoisonné ; les gens coururent en foule se joindre à son cortège, portèrent le lit funèbre et assistèrent aux funérailles. Or ces soupçons d'empoisonnement ne parurent pas dénués de fondement : 5. le cadavre éclata et rendit un tel flot d'humeurs corrompues que le feu s'éteignit. On apporta une nouvelle flamme, mais on ne put faire brûler le corps avant de l'avoir transporté en un autre endroit – et même alors, il fallut bien des efforts pour enflammer à grand-peine le bûcher. 6. Pour exciter encore davantage la foule à ce sujet, Tibérius prit des vêtements de deuil et, poussant ses enfants devant lui, il pria le peuple de prendre soin d'eux et de sa mère, comme s'il désespérait de son propre salut[76].

XIV. 1. Après la mort d'Attale Philométor[77], Eudémos de Pergame apporta à Rome un testament qui faisait du peuple romain l'héritier du roi. Aussitôt Tibérius, par démagogie, proposa une loi aux termes de laquelle les richesses du roi seraient apportées à Rome et distribuées aux citoyens auxquels on avait attribué des terres, pour leur permettre de s'équiper et de commencer à travailler le sol[78] ; 2. quant aux cités qui appartenaient au royaume d'Attale, il déclara que ce n'était pas au Sénat

---

74. *Une petite somme. Le Sénat, en tout cas, est le maître des finances romaines : la demande est donc normale.*

75. *Publius Cornelius Scipio Nasica Serapio, consul en 138. Il est le fils d'une sœur aînée de Cornélia, donc le cousin par alliance des Gracques. Adversaire fanatique de ceux-ci, il prit la tête de ceux qui massacrèrent Tibérius et ses partisans. Plutarque et Appien le décrivent comme le grand pontife qu'il était alors (voir infra, XIX, 5 ; Appien, I, 16).*

76. *L'épisode, dramatique et pathétique, n'est pas vraisemblable dans le climat décrit plus haut de « victoire populaire » : il faut sûrement, comme le fait Appien (I, 14), le situer plus tard, au moment de la réélection de Tibérius, à la veille de la catastrophe.*

77. *Attale III Philométor, fils d'Eumène II, dernier souverain du royaume de Pergame, en Asie Mineure, mort en 133, après cinq ans de règne, lègue son royaume à Rome. Le royaume de Pergame était très riche grâce à ses mines d'argent et à son artisanat de la laine et du parchemin (le mot est dérivé du nom de Pergame). Pergame était l'une des plus belles cités grecques, célèbre pour sa bibliothèque et son école d'architecture. Le messager Eudémos n'est pas autrement connu.*

78. *Il est difficile de savoir si ce projet de loi fut réellement proposé ou non. Appien n'en fait pas mention ; voir les doutes de Carcopino (1967), p. 305-306. Il n'est pourtant pas invraisemblable que Tibérius ait profité du legs de Pergame pour surmonter les difficultés pratiques nées de l'application sur le terrain des mesures concernant l'ager publicus.*

d'en délibérer et qu'il en référerait lui-même au peuple[79]. 3. Cette attitude mécontenta le Sénat au plus haut point. Pompeius[80] se leva et déclara qu'étant voisin de Tibérius, il savait qu'Eudémos de Pergame, convaincu qu'il allait bientôt régner sur Rome, lui avait donné le diadème et la pourpre des rois[81]. 4. Quintus Métellus[82] adressa à Tibérius de violents reproches : « Quand ton père était censeur, lui dit-il, chaque fois qu'il rentrait chez lui après dîner, les citoyens éteignaient leurs lumières, pour ne pas avoir l'air de prolonger outre mesure les festins et les beuveries. Mais toi, tu te fais éclairer la nuit par la racaille[83] la plus impudente et la plus misérable ! » 5. Titus Annius, un homme dépourvu de modération et de sagesse, mais qui avait la réputation d'être imbattable dans les débats par questions et réponses, déposa une caution[84] et accusa Tibérius d'avoir destitué un collègue qui, aux termes des lois, était pourtant sacro-saint et inviolable[85]. 6. Cette démarche provoqua une grande agitation. Tibérius bondit, en appela au peuple et ordonna d'arrêter Annius et de le mettre en accusation. 7. Celui-ci, qui lui était très inférieur en éloquence et en gloire, eut recours à son habileté coutumière et pria Tibérius de répondre, avant les discussions, à quelques petites questions. 8. Tibérius y ayant consenti, le silence se fit. Alors Annius demanda : « Supposons que tu veuilles me dégrader et m'humilier, que moi j'en appelle à un de tes collègues, que cet homme monte à la tribune pour me prêter assistance et qu'alors, toi tu te mettes en colère, dis-moi, ôteras-tu sa charge à ce magistrat ? » 9. La question, dit-on, embarrassa beaucoup Tibérius qui était pourtant plus prompt à parler et plus assuré que quiconque : il garda le silence.

---

79. Nouvelle affirmation du principe de la souveraineté populaire, auquel Caius donnera toute son ampleur.

80. Quintus Pompeius Rufus fut consul en 141, censeur en 131. «Voisin de Tibérius», il habite donc sur le Palatin.

81. Dans la tradition aristocratique romaine, vouloir devenir roi, par adfectatio regni, c'était vouloir abattre la République. Cicéron reprendra cette accusation à son compte, par la voix de Laelius (De l'amitié, VIII, 28 ; XI, 36-37 ; XII, 41). L'exagération polémique ne fait peut-être que déformer un recours réel d'Eudémos, possible client de Tibérius père, au «patronage» du fils ; voir Badian (1958), p. 174.

82. Quintus Caecilius Metellus Macedonicus appartient à la famille des Metelli, une des plus représentatives du Sénat et des nobles. Quintus Métellus deviendra censeur en 131. La source probable est l'annaliste Fannius (voir Cicéron, Brutus, 21, 81).

83. Nous verrons (infra, XVI, 3) que Tibérius craignait pour sa vie. La «racaille» qui l'entoure est composée de sa clientèle et de ses partisans, pour la plupart des plébéiens. L'austérité de Tibérius père, démontrée notamment pendant sa censure (en 169), était devenue proverbiale (voir supra, I, 2) ; les défenseurs du fils faisaient de lui l'image de son père (voir supra, II, 4).

84. Titus Annius Luscus, consul en 153, orateur de talent, propose à Tibérius une joute rhétorique et judiciaire reconnue par dépôt d'une «caution» : la sponsio ; voir Appien, I, 13. Mais un tribun peut-il être soumis à une sponsio ? La réplique immédiate de Tibérius montre le caractère réversible de tous ces arguments «constitutionnels».

85. Les «lois» rappellent la «loi sacrée» (lex sacrata) qui, en 495, après la première sécession de la plèbe, avait reconnu le «pouvoir sacro-saint» des tribuns.

XV. 1. Il congédia donc l'assemblée. Mais il se rendait compte que le traitement qu'il avait infligé à Octavius était, de tous ses actes politiques, celui qui contrarierait le plus non seulement les puissants, mais la foule elle-même : il avait l'air d'avoir détruit et bafoué la dignité du tribunat de la plèbe, dont la grandeur et l'éclat avaient été préservés jusque-là[86]. Il prononça donc devant le peuple un discours dont il n'est pas déplacé de citer ici quelques arguments, pour donner un aperçu de l'éloquence et de la subtilité de Tibérius. 2. « Certes, dit-il, le tribun est sacro-saint et inviolable, mais c'est parce qu'il est consacré au peuple et qu'il le défend. Par conséquent, si un tribun change de camp pour faire du tort au peuple, pour amoindrir sa puissance et l'empêcher de voter, il se dépouille lui-même de sa charge, puisqu'il ne fait pas ce pour quoi il l'a reçue. 3. On devra laisser un tribun de la plèbe ruiner le Capitole[87] ou mettre le feu aux arsenaux : s'il agit ainsi, il a beau être un scélérat, il n'en reste pas moins tribun de la plèbe. Mais s'il détruit l'autorité de la plèbe, il cesse d'être son tribun. 4. Si un tribun peut arrêter un consul, comment ne serait-il pas scandaleux que le peuple ne puisse ôter sa charge à un tribun qui s'en servirait contre celui qui la lui a donnée ? Le tribun de la plèbe et le consul sont en effet pareillement désignés par le peuple. 5. La royauté concentre tous les pouvoirs et elle est consacrée à la divinité par les plus grands sacerdoces. Cela n'a pas empêché la cité de chasser Tarquin[88], quand il s'est montré coupable : il a suffi de l'insolence d'un seul homme pour faire abolir une magistrature ancestrale, qui avait fondé Rome. 6. Qu'y a-t-il à Rome d'aussi saint et d'aussi vénérable que les vierges[89] chargées d'entretenir et de garder le feu qui ne doit pas s'éteindre ? Pourtant si l'une d'elles est prise en faute, elle est enterrée vivante : quand elles sont impies envers les dieux, elles ne peuvent conserver l'inviolabilité qu'elles tiennent des dieux. 7. Il n'est donc pas juste non plus qu'un tribun qui lèse le peuple conserve l'inviolabilité qu'il tient du peuple : il s'en prend en effet à la puissance même qui fonde sa force. S'il est juste

---

86. *L'éloge du tribunat par Plutarque (Question romaine 81) mérite d'être confronté aux éléments de discours qui vont entrelacer, selon une dialectique subtile, les deux thèmes de la souveraineté populaire et du caractère hors normes, sacré, de la fonction du tribun ; voir Nicolet (1967), p. 197-202. Tibérius, élève des « sophistes » de son temps, et plus encore Plutarque, héritier de la philosophie grecque, trouvent dans cette forme de pensée un recours pour nous surprenant, mais souvent efficace, pour rendre compte d'archaïques traditions romaines : le plus bel exemple en est la présentation d'un Numa « pythagorisant » (voir Numa, I, 3-4).*

87. *Ces paroles seront exploitées contre les gracchiens (infra, XX, 6). De fait, si elles ont bien été prononcées, elles rappellent l'époque de la sécession de la plèbe, uniquement soucieuse de ses intérêts.*

88. *Tarquin le Superbe, septième et dernier roi de Rome, est décrit dans la légende comme un tyran à la mode grecque. Il fut chassé par Brutus en 509 (voir Publicola, XXVII, 2). La référence au « despote » Tarquin est à double tranchant ; ses adversaires la retourneront contre Tibérius.*

89. *Les Vestales devaient veiller nuit et jour sur le feu sacré du temple de Vesta. Ce collège aurait été créé par Numa, deuxième roi de Rome et successeur de Romulus. Les Vestales servaient pendant une période minimum de trente ans. Elles devaient alors rester vierges sous peine d'être ensevelies vivantes : voir Numa, IX, 9-15 ; sur les Vestales comme « porteuses de sacré », voir Dumézil (1974) ; Scheid (1986) ; Pailler (1994, 1997) – en réalité, même la faute et le châtiment ne leur retirent pas ce caractère.*

qu'un tribun soit élu lorsque la majorité des tribus vote en sa faveur, n'est-il pas encore plus juste qu'il perde cette charge si ces mêmes tribus votent à l'unanimité contre lui ? 8. Rien n'est plus sacré ni plus inviolable que les offrandes consacrées aux dieux. Pourtant personne n'a jamais empêché le peuple d'en disposer, de les déplacer et de les transférer d'un lieu à un autre comme il le souhaite[90]. Il lui est donc permis également de transférer le tribunat d'une personne à une autre, comme s'il s'agissait une offrande consacrée[91]. 9. Cette magistrature n'est pas inviolable ni inamovible ; la preuve, c'est que souvent des hommes qui l'exerçaient s'en sont démis et ont demandé à en être déchargés. »

XVI. 1. Tels furent les principaux arguments que présenta Tibérius pour se justifier. Ses amis, voyant que ses adversaires se faisaient menaçants et se liguaient contre lui, pensèrent qu'il devait briguer un second tribunat de la plèbe[92] pour l'année suivante. Il chercha donc à reconquérir la foule par d'autres lois qui abrégeaient la durée du service militaire[93], permettaient de faire appel des décisions de justice devant le peuple et adjoignaient aux sénateurs, qui rendaient alors la justice, un nombre égal de chevaliers[94]. Tibérius cherchait désormais, par tous les moyens, à affaiblir la puissance du Sénat ; ce désir lui était inspiré par le ressentiment et la colère plus que par le souci de la justice et de l'intérêt. 2. Au moment du vote, ses amis remarquèrent que ses adversaires allaient l'emporter, car le peuple n'était pas au complet[95]. Ils commencèrent, pour gagner du temps, par se répandre en accusations contre les autres tribuns, puis congédièrent l'assemblée, l'invitant à revenir le lendemain. 3. Tibérius descendit d'abord sur le forum, où il se mit à supplier les gens avec humilité, avec des pleurs. Puis il leur dit qu'il craignait de voir ses ennemis enfoncer sa porte au cours de la nuit et le tuer. Il suscita une telle émotion que beaucoup vinrent camper autour de sa maison et montèrent la garde devant elle toute la nuit[96].

---

90. *Voir* Sylla, *XII, 4-11*.

91. *Voir* Question romaine *81, avec le commentaire de Nouilhan-Pailler-Payen (1999)*.

92. *Ce qui aurait été contraire au droit romain, puisqu'on ne pouvait occuper la même charge deux fois et encore moins deux années de suite (dix années sont nécessaires). Mais des précédents avaient déjà eu lieu (sur Scipion Émilien, voir Appien, I, 14). L'idée est attribuée par Plutarque, véritable apologiste de Tibérius, aux amis de celui-ci, par Appien au tribun lui-même.*

93. *Le temps de service normal, pour les citoyens romains, à partir de 17 ans et jusqu'à 45, était de dix ans dans la cavalerie, de seize dans l'infanterie.*

94. *On ignore si Plutarque fait une confusion avec Caius ou si Tibérius est mort avant d'avoir pu mettre au vote ces trois trains de mesures. En tout cas, Caius les fera adopter par les comices. Voir* Caius Gracchus, *V, 2 et VIII, 3. Appien, quant à lui, n'attribue pas à Tibérius une telle proposition de loi.*

95. *Il manque, nous apprend Appien (I, 14), l'essentiel de la plèbe rurale retenue aux champs par la moisson. Les manœuvres de retardement auxquelles se livrent ensuite Tibérius et ses amis ont sans doute pour but d'avoir le temps de convaincre la plèbe urbaine.*

96. *Les supplications de Tibérius sont plus à leur place ici qu'en XIII, 6. Plutarque ne mentionne pas les préparatifs séditieux également rapportés par Appien (I, 15).*

XVII. 1. Le lendemain arriva l'homme qui apportait les oiseaux[97] dont les Romains se servent pour la divination. Il leur présenta de la nourriture, mais il eut beau remuer la cage, les oiseaux ne sortirent pas, sauf un, qui lui-même ne toucha pas à la nourriture : il leva l'aile gauche, tendit la patte puis rentra se réfugier dans la cage. 2. Ce comportement rappela à Tibérius un présage antérieur. Il avait un casque magnifiquement orné et de toute beauté dont il se servait au combat. Or des serpents qui s'y étaient glissés sans être vus, y avaient pondu des œufs et les avaient fait éclore. Aussi Tibérius était-il encore plus troublé par le présage des oiseaux. 3. Cependant, apprenant que le peuple s'était réuni en haut, près du Capitole[98], il se disposa à sortir. Mais avant même d'avoir mis le pied dehors, il heurta le seuil si violemment qu'il se brisa l'ongle du gros orteil et que le sang traversa sa chaussure. 4. Il fit quelques pas et, presque aussitôt, on aperçut sur un toit, à sa gauche, des corbeaux en train de se battre ; l'un des deux oiseaux détacha une pierre. Beaucoup de gens, comme on peut le penser, passaient par là, mais elle alla précisément tomber devant le pied de Tibérius[99]. 5. Ce signe arrêta même ses compagnons les plus hardis, mais Blossius de Cumes, qui assistait à la scène, déclara que ce serait une honte et une humiliation extrêmes si Tibérius, fils de Gracchus, petit-fils par sa mère de Scipion l'Africain et responsable du peuple romain, refusait de répondre à l'appel de ses concitoyens parce qu'il avait peur d'un corbeau : 6. ses ennemis ne prendraient pas la chose à la légère ; ils iraient aussitôt crier devant le peuple qu'il agissait en tyran, en homme plein de morgue[100]. En même temps, plusieurs messagers accouraient, envoyés par ses amis du Capitole, qui le priaient de se presser, car tout se passait bien là-haut. 7. On lui fit d'ailleurs, du moins au début, un accueil brillant. Son apparition suscitait des clameurs amicales et tandis qu'il montait, les gens s'empressaient de le saluer et se massaient autour de lui pour empêcher tout inconnu de l'approcher.

XVIII. 1. Mucius[101] appela de nouveau les tribus à voter, mais aucune des opérations habituelles ne put être menée à bonne fin à cause du désordre causé par les der-

---

97. *Le* pullarius *était chargé des auspices* ex pullaria. *On observait le comportement des poulets sacrés : si ces derniers mangeaient les grains, le présage était bon, sinon il était mauvais. Traitant des Gracques, Plutarque utilise moins qu'ailleurs les présages, uniquement en fait pour annoncer la mort des héros (voir infra, XXXII, 1 ; César, LXIII-LXIV, sur l'hésitation provoquée par des signes défavorables). Les poulets, les serpents, les corbeaux sont aussi là pour accroître l'intensité dramatique du récit. Appien n'en fait pas mention. On remarquera que normalement les tribuns n'ont pas le droit d'auspices (voir Denys d'Halicarnasse,* Antiquités romaines, *VI, 89, 2 ;* Question romaine *81).*
98. *Appien (I, 15-16) nous apprend que l'assemblée s'y tenait, et que les gracchiens, bien préparés, y étaient très actifs.*
99. *Émanant du seuil et du toit, ce double présage qui s'ajoute aux deux premiers est en effet très inquiétant, particulièrement pour l'augure qu'est Tibérius (voir supra, IV, 1).*
100. *Le discours habile du Grec Blossius est plus d'un politique et d'un psychologue que d'un philosophe.*
101. *Appien (I, 14) précise que la séance fut d'abord présidée par un tribun nommé Rubrius, qui, ne sachant que faire – ou manipulé –, céda la tribune à Mummius (Mucius, selon Plutarque ; voir supra, XIII, 2).*

niers rangs: les gens étaient poussés, et poussaient eux-mêmes ceux qu'ils avaient devant eux, lesquels à leur tour provoquaient bousculade et confusion. 2. Sur ces entrefaites, Fulvius Flaccus[102], membre du Sénat, se plaça bien en vue et, comme sa voix ne portait pas jusqu'à Tibérius, il lui fit signe de la main qu'il voulait lui dire quelque chose en particulier. 3. Tibérius pria la foule de s'écarter. Flaccus parvint à grand-peine à monter et à s'approcher de lui, et lui révéla que pendant la séance du Sénat les riches, n'ayant pas réussi à persuader le consul, s'étaient mis d'accord entre eux pour le tuer de leurs propres mains et qu'ils disposaient à cette fin d'un grand nombre d'esclaves et d'amis en armes.

XIX. 1. Lorsque Tibérius eut communiqué cette information à ceux qui l'entouraient, ces derniers serrèrent aussitôt leurs toges dans leurs ceintures et, brisant les piques dont se servent les appariteurs[103] pour repousser la foule, ils se les partagèrent pour se défendre contre les assaillants avec ces tronçons. 2. Comme ceux qui étaient plus loin s'étonnaient et cherchaient à comprendre, Tibérius porta la main à sa tête, pour leur expliquer le danger par cette mimique, puisqu'on n'entendait pas sa voix. 3. Mais, en voyant ce geste, ses adversaires coururent rapporter au Sénat que Tibérius réclamait un diadème et que c'était ce qu'il voulait dire en se touchant la tête[104]. Le trouble fut général. Nasica[105] ordonna au consul de secourir la cité et d'abattre le tyran. 4. Le consul répondit avec douceur qu'il ne prendrait pas l'initiative de la violence et qu'il ne tuerait aucun citoyen sans jugement, mais que si le peuple, persuadé ou contraint par Tibérius, votait une mesure illégale, il empêcherait sa ratification[106]. 5. Alors Nasica bondit: «Eh bien, s'écria-t-il, puisque le magistrat trahit la cité, que ceux qui veulent secourir les lois me suivent!» Sur ces mots, il rabattit un pan de sa toge sur sa tête[107] et se dirigea vers le Capitole. 6. Tous ceux qui le suivaient, la toge enroulée autour du bras, repoussèrent ceux qu'ils trouvaient sur leur chemin. Nul n'osait opposer de résistance à ces hommes d'un

---

102. *Marcus Fulvius Flaccus deviendra triumvir (voir infra, XXI, 2 et note), puis consul en 125; il s'illustrera (infra, XXI) en proposant le droit de cité pour les Italiens, proposition violemment rejetée par le Sénat; tribun en 122, il mourra aux côtés de Caius (infra, XXXVII, 5).*
103. *Les appariteurs (viatores) sont des officiers publics, citoyens ou affranchis, comme les scribes, les hérauts, ou encore les licteurs chargés d'escorter les magistrats à imperium. Appien (I, 15) décrit l'événement à peu près de la même façon.*
104. *Sur cette interprétation, voir supra, XIV, 3.*
105. *Scipion Nasica, grand pontife (voir supra, XIII, 3 et infra, XXI, 6), s'adresse au consul comme porte-parole du Sénat.*
106. *Le consul Publius Mucius Scaevola (voir supra, IX, 1) observe l'attitude légaliste du juste et du sage, au-dessus des partis.*
107. *Appien (I, 16) formule une hypothèse: «[...] il avait relevé sur sa tête l'extrémité de sa robe sacerdotale [...] soit afin que ce fût aux yeux des Romains comme une espèce de signal de ralliement de bataille [...]», proche de l'explication véritable. Il s'agit du rite guerrier du cinctus gabinus (Nicolet, 1967, p. 71). Que le Sénat ait ou non voté auparavant un «sénatus-consulte ultime», cette initiative d'un privatus témoigne du caractère extrême des mesures prises, le régime s'estimant en danger de mort.*

rang si élevé; les gens fuyaient et se piétinaient. 7. Certains venaient les rejoindre en apportant de chez eux des gourdins et des bâtons; quant à eux, ramassant les pieds et les morceaux des bancs que la foule avait brisés dans sa fuite, ils montèrent vers Tibérius, en frappant ceux qui s'étaient placés devant lui, 9. lesquels furent mis en déroute et massacrés. Quant à Tibérius, il essaya de fuir, mais quelqu'un le saisit par les vêtements. Alors, abandonnant sa toge, il prit la fuite en tunique mais il glissa et tomba sur certains de ceux qui étaient à terre devant lui. 10. Comme il se relevait, Publius Satureius, un de ces collègues, fut le premier à le frapper, à la vue de tous: il le blessa à la tête avec le pied d'un banc. Le second coup fut revendiqué par Lucius Rufus qui s'en vanta comme d'un bel exploit. Parmi les partisans de Tibérius, il y eut plus de trois cents morts[108] : tous furent frappés à coups de bâtons et de pierres, aucun par le fer.

XX. 1. Ce fut, d'après les historiens, la première sédition à Rome depuis la chute de la royauté à être réglée par le sang et le meurtre de citoyens[109]. Les autres révoltes, malgré leur importance et l'importance de leurs enjeux, avaient été apaisées par des concessions réciproques, les puissants cédant par peur de la foule, la plèbe par respect pour le Sénat. 2. Et d'ailleurs même alors, il semble que Tibérius aurait capitulé sans difficulté, si on le lui avait demandé; il aurait cédé encore plus facilement si ses assaillants s'étaient abstenus de blesser et de tuer, car il n'avait pas plus de trois mille personnes autour de lui. 3. Mais apparemment le complot dont il fut victime fut causé par la colère et la haine des riches plus que par les prétextes qu'ils invoquaient, comme le prouvent les outrages barbares et contraires aux lois qu'ils infligèrent à son cadavre. 4. Ils ne permirent pas à son frère, malgré ses prières, de le relever et de l'ensevelir de nuit; ils le jetèrent au Tibre avec les autres morts. On ne s'en tint pas là; certains de ses amis furent bannis sans jugement[110], d'autres arrêtés et mis à mort: de ce nombre fut notamment le rhéteur Diophanès[111]. 5. Ils enfermèrent un certain Caius Villius dans une jarre avec des vipères et d'autres serpents[112] et le firent mourir ainsi. Quant à Blossius de Cumes[113], il fut traduit devant les consuls. Interrogé sur les événements il reconnut avoir obéi en tout aux ordres de Tibérius. 6. Nasica lui demanda : « Et si Tibérius t'avait ordonné de mettre le feu au Capitole ? » Blossius se récria d'abord, déclarant que jamais Tibérius ne lui aurait donné un tel ordre puis, comme la même question lui était posée à plusieurs

---

108. Voir Appien, I, 16.
109. Voir Appien (I, 2 et I, 17), dont les considérations sur ce tournant décisif de l'histoire romaine ne se réduisent pas, comme celles de Plutarque, à l'apologie du héros, et Cicéron, République, I, 19, 31.
110. Caius Gracchus sanctionnera de tels agissements (infra, XXV, 1-2).
111. Voir supra, VIII, 6.
112. Ce châtiment était normalement réservé aux parricides; à Rome, ce chef d'inculpation pouvait s'étendre au meurtre de tout homme libre.
113. Voir supra, VIII, 6 et XVII, 5. Cicéron (De l'amitié, XI, 37) attribue les mêmes propos, sur le ton de l'éloge, non à Nasica, mais à Laelius. Même version chez Montaigne, par ailleurs grand lecteur de Plutarque (voir la note suivante).

reprises par plusieurs personnes, il répondit : « Eh bien, s'il me l'avait ordonné, j'aurai trouvé beau de lui obéir, car jamais Tibérius ne m'aurait donné un ordre contraire à l'intérêt du peuple[114]. » 7. Blossius parvint donc à se disculper. Il se rendit par la suite auprès d'Aristonicos[115], en Asie, et, lorsque ce prince se trouva dans une situation désespérée, il se tua.

XXI. 1. Le Sénat, pour flatter le peuple et lui faire oublier ces événements, ne s'opposa plus au partage des terres. Il pria la foule de désigner quelqu'un, à la place de Tibérius, pour délimiter les lots. 2. On vota et on élut Publius Crassus[116] qui était apparenté aux Gracques, sa fille Licinia étant la femme de Caius Gracchus. 3. Selon Cornélius Népos, Caius n'avait pas épousé la fille de Crassus mais celle de Brutus, celui qui célébra le triomphe sur les Lusitaniens[117] ; cependant, la plupart des historiens rapportent les choses comme nous les écrivons[118]. 4. Voyant que le peuple, affligé de la mort de Tibérius, attendait de toute évidence l'occasion de se venger et qu'on brandissait déjà la menace d'un procès contre Nasica, le Sénat, craignant pour celui-ci, décréta, sans aucune nécessité, de l'envoyer en Asie. 5. En effet, chaque fois que Nasica se montrait en public, les gens, loin de cacher leur mécontentement, se déchaînaient et le poursuivaient partout à grands cris, le traitant de maudit, de tyran, et lui reprochant d'avoir souillé, par le meurtre d'un personnage inviolable et sacro-saint, le temple le plus sacré et le plus vénérable de la cité[119].

---

114. *Voir* supra, *XV, 3 ; Cicéron,* De l'amitié, *XI, 37 ; Valère Maxime,* Faits et dits mémorables, *IV, 7, 1. L'obsession d'une attaque portée contre le Capitole peut être rattachée à un contexte plus large (voir Pailler, 1999). Montaigne commente : « Cette réponse ne sonne non plus que ferait la mienne, à qui s'enquerrait à moi de cette façon : "Si votre volonté vous commandait de tuer votre fille, la tueriez-vous ?" Et que je l'accordasse. Car cela ne porte aucun témoignage du consentement à ce faire, parce que je ne suis point en doute de ma volonté, et tout aussi peu de celle d'un ami »* (Essais, « De l'amitié », I, 28).
115. *Fils naturel d'Eumène II, Aristonicos refusa d'accepter le testament de son demi-frère Attale III en faveur de Rome (voir supra, XIV, 1) et se révolta. Il prit le nom d'Eumène III, fut battu et capturé en 129. Blossius a peut-être joué quelque temps auprès de lui, comme auprès de Tibérius, un rôle d'« idéologue » de la révolte.*
116. *Voir supra, IX, 1. Appien (I, 18) écrit de son côté que l'on remplaça Tibérius et Appius Claudius, qui était mort, par Fulvius Flaccus et Papirius Carbo (voir Carcopino, 1967, p. 136-137). Ce ne fut probablement le cas qu'en 130, après la mort de Publius Licinius Crassus lors des combats contre Aristonicos.*
117. *La Lusitanie est une région se trouvant au sud-ouest, sur la côte atlantique de l'Espagne. Voir notamment* Sertorius, *XII, 2.*
118. *On voit ici se confirmer que Plutarque avait lu, parmi bien d'autres, celle des* Vies illustres, *perdue, que Cornélius Népos avait dû consacrer à Caius Gracchus, et sans doute aussi à son frère (probablement dans la série des « orateurs »). Mais il ne semble pas lui accorder grand crédit. Le Brutus ici nommé est Decimus Junius Brutus Callaecus, consul en 138.*
119. *Tibérius a été assassiné dans l'enceinte sacrée du temple de Fides, sur le Capitole. C'était le temple gardien du trésor de Rome, de la durée de la cité et du respect des serments, entre autres ceux du Sénat. L'intention de Plutarque est sans doute plus symbolique et plus profonde encore : la* Question romaine *81 présente le tribun comme « un autel accessible à tous [...] saint, sacré et inviolable ».*

6. Nasica quitta donc l'Italie à la dérobée, au mépris des très grandes obligations religieuses qui le liaient, puisqu'il était le plus grand et le premier des pontifes. Il erra au loin sans gloire, à l'aventure, et peu après mourut à Pergame[120]. 7. On ne doit pas s'étonner que Nasica ait inspiré une telle haine au peuple, lorsqu'on sait que même Scipion l'Africain[121], l'homme, semble-t-il, le plus aimé des Romains et le plus digne de cette affection, faillit perdre sans recours la faveur du peuple parce que devant Numance, lorsqu'il apprit la mort de Tibérius, il fit cette citation d'Homère :

> Que meure ainsi quiconque agirait comme lui[122] !

8. Par la suite, dans une assemblée du peuple, lorsque Caius Gracchus et Fulvius lui demandèrent ce qu'il pensait de la mort de Tibérius, il fit une réponse montrant qu'il n'approuvait pas la politique qu'il avait menée. Dès lors, le peuple manifesta de l'hostilité à Scipion pendant ses discours, ce qu'il n'avait jamais fait jusque-là, tandis que, de son côté, Scipion se laissait entraîner à insulter le peuple. 9. Nous avons rapporté cela en détail dans la *Vie de Scipion*[123].

CAIUS GRACCHUS

XXII. [I]. 1. Quant à Caius Gracchus, au début[124], soit par crainte de ses adversaires, soit par désir de les rendre odieux, il évita le forum[125] et vécut tranquillement chez lui, comme un homme que les circonstances ont réduit à l'humilité et qui est décidé à passer le reste de la vie dans la même inaction : cette attitude lui valut les critiques de quelques citoyens, qui croyaient qu'il désapprouvait et avait rejeté l'action politique de Tibérius. 2. Il était encore tout jeune : il avait neuf ans de moins que son frère, lequel n'avait pas trente ans quand il mourut[126]. 3. Avec le temps, il révéla peu à peu son caractère, ennemi de la paresse, de la mollesse, de la boisson et du lucre. Il s'exerça à l'éloquence, dont les ailes, si l'on peut dire, le portèrent vers la politique

---

120. Dans le vocabulaire même du biographe, on pourrait juger que Scipion Nasica est victime d'une Némésis qu'il avait provoquée. Le bannissement de facto était pour un homme tel que lui, resté grand pontife en quelque sorte in partibus, *la pire des peines.*

121. Il s'agit naturellement de Scipion Émilien, le « second Africain » (voir supra, IV, 5).

122. Homère, Odyssée, *I, v. 47 (ainsi parle Athéna à Zeus, qui vient de lui raconter le châtiment infligé à Égisthe par Oreste).*

123. Cette Vie de Scipion Émilien *est perdue.*

124. Ce premier chapitre donne quelques indications sur la vie de Caius, de la mort de son frère (juillet 133) à sa questure (début 126).

125. Le « forum » (en grec, agora*) désigne, par métonymie, les affaires publiques. D'emblée sont soulignés à la fois la popularité de Caius et son art de conduire les foules. Sur cette attitude, voir Cicéron,* De l'amitié, *XII, 41 et, sur l'état d'esprit de Caius à ce moment, du même,* Sur la réponse des haruspices, *XX, 43.*

126. Tibérius serait donc né en 163 ou 162, Caius en 154 ou 153. Si Caius a 21 ans, c'est seulement à 27 ans, après dix années de service militaire, qu'on pouvait accéder à la questure.

et l'on comprit alors qu'il n'avait pas l'intention de rester inactif. Le plaidoyer qu'il prononça pour un de ses amis, Vettius[127], qui avait été cité en justice, réjouit le peuple qui fut pris d'enthousiasme et de transports bachiques[128]; à côté de lui, les autres orateurs semblaient n'être que des enfants. Les puissants se remirent donc à craindre et ils répétaient qu'ils l'empêcheraient d'obtenir le tribunat de la plèbe. 4. Caius fut désigné par le sort pour aller en Sardaigne comme questeur du consul Orestes[129]. Cette nomination réjouit ses adversaires et ne lui déplut pas, 5. car il aimait la guerre et il était aussi bien exercé aux campagnes militaires qu'aux procès; de plus, il redoutait la vie politique et la tribune, sans pouvoir se dérober à l'appel du peuple et de ses amis. Il fut donc très heureux de ce déplacement. 6. Pourtant on le tient généralement pour un démagogue effréné, qui rechercha de manière beaucoup plus manifeste que Tibérius la faveur du peuple. Or ce n'est pas la vérité. Ce fut, semble-t-il, plus par obligation que par choix qu'il se lança dans la politique. 7. L'orateur Cicéron[130] rapporte même qu'il repoussait toutes les charges publiques et qu'il avait décidé de vivre en repos, lorsque son frère lui apparut en songe et lui dit : « Pourquoi tardes-tu, Caius ? Il n'y a pas d'échappatoire. Nous devons avoir tous deux la même vie et la même mort, en défendant le peuple par notre politique. Tel est l'arrêt du destin. »

XXIII. [II]. 1. Arrivé en Sardaigne, Caius donna de nombreuses preuves de sa valeur; il surpassait de loin tous les jeunes gens par sa bravoure dans les combats contre les ennemis, par sa justice envers ses subordonnés, par son dévouement et ses égards pour le général, et, par la modération, la simplicité et l'endurance, il l'emportait même sur ses aînés[131]. 2. L'hiver étant rude et malsain en Sardaigne, le général réclama aux cités des vêtements pour les soldats, mais elles allèrent demander à Rome la levée de cette contribution[132] 3. et le Sénat leur donna satisfaction, invitant le général à chercher ailleurs de quoi habiller ses soldats. Comme il ne savait que faire et que les soldats souffraient cruellement du froid, Caius alla lui-même faire le tour des cités et les persuada de fournir spontanément des vêtements et de l'aide aux Romains. 4. Cette démarche fut rapportée à Rome; on y vit un com-

---

127. Nous n'en savons pas plus sur ce Vettius. Le procès est sans doute de 132.
128. Voir supra, X, 6. L'éloquence, l'esprit même de Caius n'ont pas la modération de son frère.
129. C'est Tibérius père qui, en 177, a pacifié la province romaine de Sardaigne, restée tranquille depuis lors. Lucius Aurelius Orestes allait rester dans l'île jusqu'en 122, et célébrer en décembre de la même année un «triomphe sur les Sardes». Après leur élection, les magistrats (questeurs, préteurs) se voient attribuer leur «province» par le sort; cet élément de la carrière de Caius est donc véridique.
130. Dans Sur la divination, I, 26, 56, Cicéron attribue la relation de ce songe à l'annaliste Coelius Antipater (voir aussi I, 66, 136 et Valère Maxime, I, 6, 7).
131. Durant la questure de Caius en Sardaigne, les Romains ont entrepris des actions contre des révoltés sardes à l'intérieur de l'île (voir Tite-Live, Abrégé, 60).
132. Recours normal de la population d'une province auprès du Sénat, qui a la haute main sur l'équipement et le financement des troupes. On notera que les «cités» rassemblent les populations côtières, souvent victimes des raids d'habitants de l'intérieur.

mencèment de démagogie, ce qui provoqua une vive émotion au Sénat[135]. 5. En premier lieu, lorsque des ambassadeurs envoyés par le roi Micipsa arrivèrent d'Afrique et déclarèrent que le roi, pour faire plaisir à Caius Gracchus, avait envoyé en Sardaigne du blé au général[134], les sénateurs se fâchèrent et les renvoyèrent. 6. Puis, ils prirent un sénatus-consulte ordonnant de relever les troupes de Sardaigne, mais d'y maintenir Orestes ; les sénateurs se disaient que Caius serait contraint par sa charge à rester lui aussi en Sardaigne[135]. 7. Or, dès qu'il apprit ces décisions, il embarqua, plein de colère, et se montra à Rome où nul ne l'attendait : ses ennemis le mirent en accusation et la foule elle-même jugea étrange qu'étant questeur il fût parti avant son chef. 8. Il fut donc accusé devant les censeurs[136], mais il réclama la parole et changea si bien les dispositions des auditeurs que lorsqu'il s'en alla, ils le jugèrent victime des plus grandes injustices. 9. Il avait fait, leur dit-il, douze ans de campagnes, alors que les autres se contentaient des dix années obligatoires, et il était resté trois ans auprès de son général comme questeur, alors que la loi lui permettait de revenir à Rome au bout d'un an[137]. 10. Il était le seul de toute l'armée à être parti avec une bourse pleine et à l'avoir rapportée vide ; les autres, après avoir bu le vin de leurs amphores, avaient rapporté à Rome ces amphores pleines d'argent et d'or.

XXIV. [III]. 1. Ensuite, on lui fit encore d'autres reproches et d'autres procès. On l'accusa notamment d'avoir poussé les alliés à faire sécession et d'avoir participé à la conjuration découverte à Frégelles[138]. 2. Il se lava de tout soupçon et, dès qu'il

---

133. *Caius a visiblement utilisé en Sardaigne les ressorts de « clientèles étrangères » forgées par son père, là comme en Espagne et en Orient (voir Badian, 1958, p. 166, 173 et suiv.). Ses adversaires manifestent une inquiétude qui croîtra sans cesse envers l'élargissement de son pouvoir de « patronage ».*
134. *Micipsa, fils de l'allié de Scipion l'Africain Massinissa, manifeste sa faveur au petit-fils de celui-ci. Les réseaux d'influence de Caius s'étendent ainsi tout autour de la Méditerranée.*
135. *Cette contrainte repose à leurs yeux sur le serment prêté au gouverneur provincial, au début de sa mission, par le questeur qui lui est attaché.*
136. *Les censeurs en fonction en 125 sont Cnaeus Servilius Caepio et Lucius Cassius Longinus Ravilla. Ce passage nous enseigne que le pouvoir, fondamental, de réprobation des censeurs – bien connu à propos de la vie privée – s'étendait à de tels cas d'entorse aux règles de fonctionnement collectif du système romain. La sanction* (nota) *allait jusqu'à l'exclusion de l'ordre auquel l'accusé appartenait, et donc à son élimination de la vie publique.*
137. *En réalité, il était fréquent pour un questeur de rester deux ans dans son poste provincial. Tel a dû être le cas pour Caius (127-125), comme l'indique Aulu-Gelle (XV, 12), reproduisant les propos de Caius devant ses juges, et pour finir la même allusion aux amphores qu'au § 10.*
138. *Frégelles (Fregellae), colonie latine de Rome, proche de la Campanie, était restée fidèle pendant la guerre d'Hannibal. Marcus Fulvius Flaccus, en 125, avait vainement tenté de faire accorder la citoyenneté romaine aux alliés et aux Latins. Déçus, les Frégellans se révoltèrent et furent écrasés. La ville fut rasée par le préteur Lucius Opimius (voir* infra, *XXXII, 4). Des procès furent engagés contre les chefs de la cité et leurs soutiens à Rome. La mise en cause de Caius, en 124, s'inscrit dans une série d'attaques contre une politique « italienne » et « coloniale » qui est en train de se préciser (voir Pailler, 1999).*

eut fait éclater son innocence, il brigua le tribunat de la plèbe[139]. Tous les notables, d'un seul mouvement, s'opposèrent à lui, mais une foule si nombreuse vint d'Italie[140] soutenir sa candidature à Rome, que beaucoup ne trouvèrent pas de logement; le Champ de Mars ne pouvait contenir cette multitude et les gens faisaient entendre leur voix du haut des toits, sur les tuiles. 3. La seule contrainte que les notables purent infliger au peuple, la seule brimade qu'ils purent imposer aux espoirs de Caius, ce fut qu'au lieu de la première place qu'il espérait, il fut élu le quatrième. 4. Mais, dès qu'il entra en charge[141], il occupa aussitôt le premier rang : il était plus éloquent qu'aucun autre et son malheur lui permettait une grande liberté de parole, quand il pleurait son frère[142]. 5. Désormais tous les prétextes lui étaient bons pour rappeler au peuple ces événements et les opposer à l'attitude des anciens Romains : ceux-ci avaient fait la guerre aux Falisques pour venger les offenses infligées à un certain Génucius, tribun de la plèbe, et ils avaient condamné à mort Caius Véturius, pour avoir été le seul à ne pas céder la place à un tribun de la plèbe qui traversait le forum[143]. 6. «Mais sous vos yeux, ces misérables ont assommé Tibérius à coups de bâtons; son cadavre a été traîné du Capitole à travers la ville, pour être jeté au fleuve, et ceux de ses amis qui ont été arrêtés ont été exécutés sans jugement. 7. Pourtant, lorsqu'un accusé qui risque sa tête ne se présente pas, une loi ancestrale chez nous veut que nous envoyions un trompette le convoquer à l'aurore : il est interdit de voter sur son sort avant cette démarche. Tant nos ancêtres étaient prudents et circonspects en matière de jugements!»

XXV. [IV] 1. Par de tels discours, il remua le peuple, car lorsqu'il parlait, sa voix était très forte et très puissante[144]. Il proposa deux lois : aux termes de la première, un magistrat dépouillé de sa charge par le peuple ne pourrait plus en exercer d'autre;

---

139. *C'est un tournant majeur de cette* Vie, *après les hésitations initiales. La mise en scène de Plutarque – peut-être, au demeurant, conforme à la réalité – établit un lien étroit entre l'agression subie à propos de Frégelles et cet engagement sans retour.*

140. *Passage ambigu: ces hommes venus «d'Italie» sont-ils seulement des citoyens romains, comme semblerait l'indiquer la proximité d'élections auxquelles ils peuvent seuls prendre part, ou également des Latins et des alliés enflammés par l'épisode de Frégelles, et venus faire pression (voir Appien, I, 21)? En tout cas, la popularité «italienne» de Caius dépasse celle de son frère.*

141. *Le 10 décembre 124, cinq mois après son élection, comme il était de règle.*

142. *Des deux légitimités qui cautionnaient l'autorité d'une charge publique, l'une, révélatrice des appuis recueillis chez les «faiseurs d'opinion» électorale, est aussitôt dévaluée au profit de l'autre, le pouvoir de la parole, que redouble ici, significativement, la situation personnelle et familiale de l'intéressé. Caius rappelle le sort de Tibérius et invoque, contre le traditionalisme affiché des aristocrates, des points importants de la tradition plébéienne.*

143. *Génucius fut tribun de la plèbe en 241; l'affront subi de la part des Falisques, sans doute à l'occasion d'une ambassade, coûta à ceux-ci la prise de leur ville, Faléries, et la déportation. Le second épisode n'a pas laissé d'autres traces dans nos sources.*

144. *Sur la véhémence oratoire de Caius, voir supra, II, 2-6 et Cicéron,* De l'orateur, *III, 56, 214.*

la seconde portait que si un magistrat avait banni un citoyen sans procès, le peuple aurait le droit de le juger[145]. 2. La première loi entraînait aussitôt la déchéance de Marcus Octavius, que Tibérius avait fait démettre du tribunat de la plèbe; l'autre visait Popilius qui, lorsqu'il était consul, avait banni les amis de Tibérius[146]. 3. Popilius n'osa pas affronter le jugement et s'enfuit d'Italie; quant à l'autre loi, Caius la retira lui-même, déclarant qu'à la prière de sa mère Cornélia, il faisait grâce à Octavius. 4. Le peuple en fut ravi et l'approuva vivement car il avait beaucoup de respect pour Cornélia, tant à cause de ses enfants que de son père: il lui éleva même plus tard une statue de bronze avec l'inscription: *Cornélia, mère des Gracques*[147]. 5. On rapporte également plusieurs propos de Caius, à la fois éloquents et triviaux, qu'il prononça pour la défendre contre un de ses adversaires. «Tu te permets d'offenser Cornélia, elle qui a mis au monde Tibérius?» 6. Comme le bruit courait que l'accusateur était un inverti, Caius lui lança: «Comment oses-tu te comparer à Cornélia? As-tu fait des enfants, comme elle? Et pourtant, tous les Romains savent qu'elle est restée plus longtemps sans homme, que toi, qui te prétends un homme!» Telle était la virulence de ses discours; dans ses écrits on peut trouver bien des traits comparables[148].

XXVI. [V]. 1. Parmi les lois qu'il présenta pour flatter le peuple et affaiblir le Sénat, la première portait sur les terres: elle distribuait aux pauvres le domaine public[149]. Une autre loi concernait l'armée: les soldats seraient habillés aux frais du trésor public, et l'on ne retrancherait rien pour cela de la solde des hommes en campagne; elle interdisait également d'enrôler un soldat de moins de dix-sept ans[150].

---

145. *Ces mesures destinées à venger Tibérius et à donner les coudées franches à son frère sont dans la droite ligne des discours évoqués plus haut. Sur le fond, elles se rattachent à l'ancienne tradition de l'appel au peuple* (provocatio ad populum).
146. *Sur la situation d'Octavius, voir* supra, X. *Les consuls de 132, Publius Popilius Laenas et Publius Rupilius Lupus, avaient déclenché des poursuites extraordinaires contre les compagnons de Tibérius (voir* supra, XX, 4-5 *et Cicéron,* De l'amitié, XI, 37).
147. *Pline l'Ancien* (Histoire naturelle, XXXIV, 31) *décrit cette statue: Cornélia était assise dans la position matronale, et chaussée de sandales sans brides. Une inscription retrouvée dans le portique d'Octavie* (Corpus des Inscriptions latines, VI, 10043) *porte les mots* Cornelia Africani f. Gracchorum *(«Cornélia, fille de l'Africain, mère des Gracques»). Au-delà de la personne de Cornélia (voir* supra, VIII, 7 *et* infra, XXXIV, 2 *et* LX), *le fait est révélateur de l'emprise grandissante de certaines mères sur la réalité et plus encore l'imaginaire de la vie publique de Rome.*
148. *Ces «écrits» peuvent aussi bien comporter les discours de Caius que ses* Mémoires *(voir* supra, VIII, 9 *et note).*
149. *Il s'agit probablement d'une confirmation de la loi agraire de Tibérius, dont l'exécution fut rendue à la commission triumvirale. La date doit se situer entre janvier et juin 123.*
150. *De cette loi, présentée à la même époque que la précédente, on ne sait si elle fut votée et appliquée. Elle visait à la fois à faciliter le recrutement de membres des classes inférieures, et à protéger les familles d'abus commis depuis la deuxième guerre punique. Les deux mesures traduisent les problèmes de plus en plus aigus du recrutement parmi les citoyens.*

2. Une loi sur les alliés donnait aux Italiens le même droit de vote qu'aux citoyens. Une loi sur le blé abaissait le prix des marchandises pour les pauvres[151]. Une loi sur la justice enlevait aux sénateurs la plus grande partie de leur autorité : 3. jusque-là ils étaient seuls à juger les procès, ce qui les faisait craindre du peuple et des chevaliers ; Caius adjoignit trois cents chevaliers aux trois cents sénateurs qui rendaient la justice et confia aux six cents juges tous les procès, sans distinction[152]. 4. En présentant cette loi, il déploya, dit-on, une ardeur extraordinaire et notamment, alors que tous les orateurs avant lui regardaient vers le Sénat et vers ce qu'on appelle le Comitium, il fut le premier, à cette occasion à haranguer le peuple en se tournant vers l'extérieur, en direction du forum ; c'est ce qui se fait désormais. Par cette légère modification de direction et d'attitude, il opéra une grande révolution et, d'une certaine manière, il fit passer la cité de l'aristocratie à la démocratie, en montrant que les orateurs devaient chercher à toucher la foule, et non le Sénat[153].

XXVII. [VI]. 1. Non seulement le peuple accepta cette loi, mais il alla jusqu'à charger Caius de choisir lui-même les juges pris parmi les chevaliers. Caius était donc revêtu d'une puissance presque monarchique[154], au point que le Sénat lui-même accepta ses conseils. Ceux-ci étaient d'ailleurs toujours dignes de cette assemblée. 2. Ce fut le cas notamment du décret aussi modéré que bon qu'il prit à propos du blé envoyé d'Espagne

---

151. La loi sur le droit de vote des alliés (et des Latins) paraît reprendre les termes de la proposition de Fulvius Flaccus deux ans plus tôt (voir supra, note à XXIV, 1). La loi sur le blé est en fait destinée à tous les citoyens romains vivant à Rome, et non aux seuls «pauvres» (voir Appien, I, 21 ; Cicéron, Tusculanes, III, 20, 48 ; sur le prix, voir Tite-Live, Abrégé, 60). Ainsi sont favorisés respectivement la plèbe rurale, les alliés, les citadins.

152. Peu à peu, au IIe siècle, des tribunaux permanents (quaestiones perpetuae) composés d'aristocrates s'étaient substitués à l'ancienne juridiction des assemblées populaires, lorsque les comices rendaient leur sentence après «appel au peuple». Ce monopole choque particulièrement les chevaliers qui font des affaires dans les provinces, quand des différends les opposent aux gouverneurs issus du Sénat. Sur l'atteinte portée aux pouvoirs du Sénat par la loi de Caius, voir Appien, I, 22. Les sources anciennes sont loin de s'accorder sur le détail de ces mesures, qui ne seront totalement abolies que par Sylla.

153. Le forum était le lieu d'activité marchande et judiciaire fréquenté par le peuple. En faisant face au Comitium et à la Curia Hostilia, où siégeait le Sénat, les orateurs, jusque-là, tournaient le dos à la masse des citoyens. L'innovation apparaît capitale lorsqu'on sait l'importance de la symbolique spatiale dans la vie politique de Rome. La curiosité de l'auteur des Questions romaines *envers les particularités des coutumes d'autrefois le conduit à ce genre d'observation significative. Selon Cicéron (*De l'amitié*, XXV, 96 ; et voir* Thémistocle*, XIX, 6), c'est un autre tribun, Caius Licinius Crassus, qui aurait en fait introduit le nouveau dispositif, dès 145.*

154. L'allusion faite quelques lignes plus haut à la «démocratie» montre que Plutarque songe à une forme de «tyrannie» appuyée sur le peuple. De fait, le cumul d'un tribunat dynamique, de la participation au triumvirat agraire et du suivi d'importantes réformes donnait à Caius un pouvoir débordant largement celui des magistrats ordinaires.

par le propréteur Fabius[155]. Caius conseilla au Sénat de vendre ce blé, d'en envoyer le prix aux cités, et d'adresser en outre des reproches à Fabius, pour avoir rendu la domination romaine détestable et insupportable aux populations[156]. Cette décision valut à Caius une grande gloire, ainsi que la sympathie des provinces. 3. Il proposa aussi des lois pour fonder des colonies, construire des routes[157] et bâtir des greniers publics, et se chargea lui-même de diriger et de contrôler l'exécution de tous ces travaux. Loin d'être accablé par tant de tâches si lourdes, il exécutait chacune d'elles avec une rapidité et une énergie étonnantes, comme si c'était la seule, de sorte que même ceux qui le haïssaient et le craignaient au plus haut point étaient frappés de stupeur à constater son énergie et son efficacité en toutes ses entreprises. 4. La masse admirait surtout le spectacle qu'il offrait. On voyait, suspendue à ses lèvres, une foule d'entrepreneurs, d'artisans, d'ambassadeurs, de magistrats, de soldats et d'hommes de lettres : il leur faisait à tous un accueil bienveillant, sans que son humanité lui fît rien perdre de sa dignité, et il accordait à chacun les égards qu'il méritait. Il montrait bien que ceux qui le dépeignaient comme un homme terrible, tout à fait grossier, ou violent, étaient de méchants sycophantes[158]. 5. On voit combien, dans ses conversations et ses actions, il était un démagogue encore plus habile que lorsqu'il parlait du haut de la tribune.

XXVIII. [VII]. 1. Il s'occupa avec un soin particulier de la construction des routes, recherchant à la fois l'utilité, l'agrément et la beauté[159]. Il les fit tracer en ligne droite à travers les terres, tantôt pavées de pierres polies, tantôt consolidées par des couches de sable battu. 2. Les dépressions furent comblées, les torrents ou les ravins enjambés par des ponts, les deux côtés de la route mis au même niveau et parallèles l'un à l'autre, de sorte que l'ouvrage présentait partout un bel aspect régulier[160]. 3. En outre, il mesura toutes les routes en milles (le mille équivaut à un peu moins de huit

---

155. *Quintus Fabius Maximus, futur Allobrogicus, neveu de Scipion Émilien (son père fut adopté par la gens* Fabia), *questeur à Numance, a pris part à la lutte contre les esclaves révoltés de Sicile. L'épisode a dû être mis d'autant plus en valeur par les partisans de Caius que ses mesures concernant le blé lui valaient des attaques (sur les provinces mécontentes, voir Diodore,* Bibliothèque historique, *XXXIV, 25).*
156. *Voir Dictionnaire, « Paix romaine ». La lutte d'influence entre grandes familles (ici, Caius contre les Scipions et les Fabii) est naturellement toujours présente.*
157. *Voir infra, XXIX, 3 et Appien, I, 23. La loi sur les routes* (lex viaria) *complète celle sur les colonies, comme celle-ci complétait la loi agraire. L'organisation de grands travaux publics a pu apporter à Caius de nouveaux appuis. Pour la première fois dans l'histoire romaine se fait jour une grande politique italienne, nourrie par l'énergie, la compétence et la capacité d'entraînement du* démagogos.
158. *Plutarque tout à la fois corrige le noir portrait fait de Caius par ses adversaires, et développe un idéal de l'homme d'État aux qualités multiples et complémentaires. Le « spectacle » décrit n'est pas sans évoquer les pratiques des monarques et évergètes hellénistiques.*
159. *C'est la double préoccupation traduite en latin par le couple* utilitas/decor. *Plutarque est assez séduit par ce thème pour lui consacrer un bref* excursus. *Le tribun, qui normalement ne peut quitter Rome, suivait-il les travaux sur le terrain ? Voir* infra, *XXXI, 1-2.*
160. *L'ensemble de cette description correspond à la vision idéalisée, et quelque peu faussée (voir Chevallier, 1988), que nous continuons à nous faire des routes romaines.*

stades) et il dressa des bornes de pierre pour indiquer les distances[161]. 4. Il disposa, à intervalles moins éloignés, d'autres pierres de chaque côté de la route, afin de permettre aux cavaliers de prendre appui sur elles pour monter facilement en selle sans avoir besoin de l'aide d'un écuyer.

XXIX. [VIII]. 1. Le peuple le portait donc aux nues et se montrait-il disposé à tout faire pour lui manifester son attachement. Un jour qu'il haranguait la foule, Caius déclara qu'il allait lui demander une faveur : s'il l'obtenait, il s'estimerait payé de tout et, si on la lui refusait, il n'adresserait aucun reproche à personne. On crut que, par ces mots, il réclamait le consulat, et tous s'attendirent à le voir briguer à la fois le consulat et le tribunat de la plèbe[162]. 2. Mais le jour des élections consulaires, alors que l'attente de tous était extrême, on le vit amener Caius Fannius sur le Champ de Mars[163] et appuyer avec ses amis la candidature de cet homme. Il apportait là un appui décisif à Fannius, qui fut élu consul ; quant à lui, il fut élu tribun de la plèbe pour la seconde fois, sans l'avoir demandé ni avoir fait campagne, par la seule faveur du peuple[164]. 3. Voyant que le Sénat lui était résolument hostile et Fannius peu empressé à le soutenir[165], il s'attacha la foule par de nouvelles lois ; il proposa l'envoi de colonies à Tarente et à Capoue[166] et appela les Latins à participer au droit de cité[167].

---

161. Le stade grec mesure 185 m, le mille romain 1478,80 m. Les bornes de pierre sont les milliaires, qui indiquent, outre les distances, le nom du magistrat qui a fait construire ou réparer la route (plus tard celui de l'empereur régnant).

162. Conjecture naturellement fausse : le cumul des magistratures était incompatible avec la tradition républicaine. et l'exercice de la plus haute magistrature aurait été contradictoire avec l'occupation du tribunat, symbole même du «contre-pouvoir» (voir Question romaine 81). Mais que l'idée ait pu germer dans certains esprits caractérise bien une époque.

163. Les réunions des comices électoraux avaient lieu au Champ de Mars. Caius Fannius est probablement l'ami de Tibérius mentionné supra (IV, 5). Son adversaire malheureux est Lucius Opimius (voir infra, XXXII, 4).

164. Le texte semble impliquer que les élections consulaires avaient lieu avant celle des tribuns ; en fait, ceux-ci sont élus en juillet, les consuls à l'automne. Le suspense entretenu par Caius ne se comprend que si l'on restitue l'ordre normal. Caius doit d'avoir été élu sans être candidat à une loi récente, qui donnait au peuple, au cas où les postes annuels n'étaient pas tous pourvus, la possibilité de choisir à sa guise le ou les tribuns complémentaires, y compris parmi ceux qui sortaient de charge.

165. Selon Cicéron (Brutus, 26, 99), Fannius s'écartait de lui à propos de la citoyenneté accordée aux alliés.

166. Les sources concordent au sujet de Tarente, non de Capoue (victimes l'une et l'autre des séquelles de la guerre d'Hannibal) ; il faut y ajouter le port de Scolacium (Squillace), en Calabre. Ces fondations coloniales sur des sites commerciaux font comprendre que Caius ait dès lors fait appel aussi à des riches pour animer ces centres (infra, XXX, 3). Les emplacements côtiers, désormais, n'abritent plus seulement des bastions militaires sur le modèle des anciennes colonies de citoyens romains. Pour Caius, l'Italie a cessé d'être un simple territoire à défendre, c'est une composante à part entière du système romain.

167. Mise en œuvre (limitée aux seuls Latins?) du projet déjà signalé (XXVII, 3), qui confirme le caractère révolutionnaire, «italien», du programme de Caius – projet redoutable, aux yeux des oligarques, pour des raisons de principe, et parce qu'il risque d'élargir encore le cercle des partisans du tribun.

4. Le Sénat, craignant de ne plus pouvoir le combattre, essaya un moyen inouï et sans précédent pour détourner de lui la foule : il fit à son tour de la démagogie et flatta le peuple au mépris de l'intérêt général. 5. Parmi les collègues de Caius, il y avait alors un certain Livius Drusus[168] qui ne le cédait en naissance et en éducation à aucun Romain et qui, par son caractère, son éloquence et sa richesse, pouvait rivaliser avec les citoyens les plus honorés et les plus influents. 6. Les hommes les plus en vue s'adressèrent à lui ; ils l'exhortèrent à s'en prendre à Caius et à se liguer avec eux contre lui sans faire violence à la multitude ni s'opposer à elle, mais au contraire, en gouvernant pour lui plaire et en lui accordant ce qu'il aurait été beau de lui refuser, au risque même de s'attirer sa haine.

XXX. [IX]. 1. Livius mit donc sa charge de tribun au service du Sénat pour agir en ce sens. Quand il proposait des lois, il ne cherchait ni le bien ni l'intérêt ; son seul but était de surpasser Caius en complaisances et en flatteries à l'égard de la foule : comme dans une comédie, il ne cessait de s'activer et de surenchérir sur son rival[169]. 2. Le Sénat montra par là très clairement que ce n'était pas la politique de Caius qu'il combattait ; il voulait se débarrasser de l'homme ou l'humilier par n'importe quel moyen[170]. 3. Lorsque Caius avait proposé de fonder deux colonies et y avait envoyé les citoyens les plus estimés, les sénateurs l'avaient accusé de démagogie, mais quand Livius voulut fonder douze colonies et envoyer dans chacune trois mille indigents, ils le soutinrent[171]. 4. Lorsque Caius avait divisé des terres entre les pauvres, en obligeant chacun d'eux à payer une redevance au trésor public, les sénateurs s'étaient indignés, l'accusant de flatter la multitude, mais Livius, qui alla jusqu'à supprimer cette redevance pour les bénéficiaires du partage, obtint leur approbation[172]. 5. Caius les avait mécontentés, en accordant aux Latins l'égalité de vote, mais quand Livius présenta une loi pour interdire de frapper de verges un Latin, même à l'armée, ils soutinrent cette loi[173].

---

168. *Drusus sera consul en 112, censeur en 109. C'est par Plutarque que nous en apprenons le plus sur lui, surtout comme orateur (voir* infra, *XXX, 6 ; XXXI, 2). « Son caractère, son éloquence [voir* Cicéron, Brutus, *28, 109] et sa richesse », qu'il doit à sa « naissance » et à son « éducation » le définissent comme un « homme de bien »,* optimus vir.

169. *Allusion possible aux* Cavaliers *d'Aristophane (v. 874 et suiv.), où des personnages luttent de promesses et de cadeaux pour gagner les faveurs de Démos, « le Peuple ».*

170. *Censé démystifier la manœuvre du Sénat, ce commentaire révèle aussi le peu d'estime de l'auteur – malgré son engagement en faveur des Gracques – pour les motivations et le comportement de la masse du peuple. Plutarque est et reste un notable, un aristocrate local.*

171. *Appien (I, 23) indique que Drusus avait commencé par opposer son veto aux mesures de Caius et que ses propres propositions ne furent jamais mises à exécution. On ne sait rien de la localisation de ses douze colonies. Ici encore se reflètent des sources favorables aux Gracques.*

172. *Plutarque ne remarque pas assez la cohérence d'une politique sénatoriale recherchant le soutien des pauvres, contre les faveurs accordées aux riches non sénateurs (colonies côtières, terres concédées contre* vectigal, *politique d'expansion, place des chevaliers dans les jurys).*

173. *Cette loi étendait aux Latins le privilège dont jouissaient les citoyens romains. Elle ne fut jamais appliquée (voir* Salluste, Jugurtha, *69 ;* Aulu-Gelle, *X, 3).*

6. Du reste, Livius lui-même disait toujours, lorsqu'il haranguait le peuple, qu'il présentait ces lois avec l'appui du Sénat qui avait souci de la multitude : c'était d'ailleurs la seule utilité de cette politique. 7. Et, de fait, le peuple se montra plus conciliant à l'égard du Sénat ; auparavant, il n'éprouvait que soupçons et que haine à l'égard des hommes les plus en vue, mais Livius relâcha et adoucit cette rancune et cette hostilité en lui faisant croire que c'était sur l'avis de ces gens-là qu'il prenait des mesures démagogiques et complaisantes en faveur du plus grand nombre.

XXXI. [X]. 1. La meilleure garantie du dévouement au peuple de Livius Drusus et de sa justice, c'était surtout que, de toute évidence, il ne prenait aucune mesure pour lui-même ou pour servir ses intérêts : il envoyait d'autres que lui fonder les colonies et ne se mêlait pas d'administrer les fonds publics. Caius, lui, s'attribuait la plupart de ces missions et les plus importantes[174]. 2. Lorsque Rubrius, un de ses collègues, proposa d'installer une colonie à Carthage, qui avait été détruite par Scipion, Caius fut désigné par le sort et embarqua pour l'Afrique afin de fonder cette colonie[175]. En son absence, Drusus redoubla ses attaques ; il parvint à circonvenir le peuple et à se le concilier, surtout par les accusations qu'il portait contre Fulvius. 3. Ce Fulvius était un ami de Caius et lui avait été donné comme collègue pour procéder à la répartition des terres[176] ; c'était un agitateur, que le Sénat haïssait ouvertement et que les autres soupçonnaient, eux aussi, de vouloir soulever les alliés et pousser en secret les Italiens à faire sécession. 4. Ces bruits n'étaient ni prouvés ni vérifiés, mais Fulvius les accréditait lui-même par sa politique qui n'était ni saine ni pacifique. Caius fut enveloppé dans la haine qu'on vouait à son ami et ce fut la principale cause de sa ruine. 5. Déjà, lorsque Scipion l'Africain était mort sans aucune cause visible et qu'on avait cru voir sur son corps des traces de coups et de violences, comme je l'ai écrit dans l'ouvrage qui lui est consacré[177], les soupçons s'étaient surtout portés sur Fulvius, qui était son adversaire et qui, le jour de sa mort, avait insulté Scipion

---

174. Drusus vise juste en dénonçant l'omniprésence de l'homme-orchestre, contraire aux règles de la vie politique.

175. En 146, Scipion Émilien, qui venait de prendre Carthage, avait décidé de raser la ville et de maudire son sol, y interdisant toute présence humaine. En fondant une colonie à cet emplacement, Caius et son ami Rubrius prennent le contre-pied de cette politique. Mais l'affaire n'oppose pas seulement deux familles dont les liens sont aussi puissants que leurs désaccords (voir Pailler, 1999). En faisant de Carthage une colonie, Caius intervient dans la stimulation du commerce en Méditerranée occidentale. La décision doit remonter à la mi-123, la colonisation proprement dite (deductio), au début de 122. Selon Appien (Guerres civiles, I, 24 ; Punica 136), 6 000 colons devaient recevoir chacun 200 jugères, soit 50 ha : en tout, 300 000 ha d'une terre réputée pour sa fertilité. César, puis, définitivement, Auguste, fonderont une nouvelle et brillante Carthage.

176. Sur Fulvius Flaccus compagnon des Gracques, voir supra, XVIII, 2 et XXI, 8. L'hostilité du Sénat et de la plèbe à son égard remonte à sa proposition, faite en 125, d'accorder la citoyenneté romaine aux alliés (voir supra, XXIV, 1 et note).

177. La Vie de Scipion Émilien est perdue. Le second Africain est mort en 129, donc au tout début de la carrière politique de Caius. Voir Appien, I, 20 ; sur une autre mort suspecte, voir supra, XIII, 4.

du haut de la tribune, mais la suspicion avait également atteint Caius. 6. Pourtant un crime aussi grave, commis contre un homme qui était le premier et le plus grand des Romains, ne fut pas poursuivi en justice et il n'y eut même pas d'enquête : la foule s'y opposa et empêcha tout jugement, craignant que Caius ne fût inculpé si l'on faisait des recherches sur ce meurtre[178]. Mais ces événements s'étaient passés plus tôt.

XXXII. [XI]. 1. En Afrique, lors de la colonisation de Carthage, que Caius appela Junonia – ce qui veut dire la cité d'Héra[179] – la divinité lui suscita, dit-on, de nombreux obstacles[180]. 2. La première enseigne fut arrachée par le vent, malgré la résistance vigoureuse de celui qui la portait, et mise en pièces[181]. Les entrailles des victimes qui se trouvaient sur l'autel furent dispersées par une violente bourrasque et emportées au-delà des limites tracées pour la fondation ; quant aux bornes elles-mêmes, elles furent enlevées par des loups qui surgirent et les emportèrent au loin[182]. 3. Pourtant Caius n'eut pas besoin de plus de soixante-dix jours pour tout régler et tout organiser[183]. Après quoi, il regagna Rome, car il avait appris que Fulvius était en butte aux attaques de Drusus et que la situation réclamait sa présence[184]. 4. Lucius Opimius, un homme du parti oligarchique, influent au Sénat, avait auparavant échoué au consu-

---

178. *Le biographe focalise sur son héros les effets d'une attitude qui visait d'abord à mettre hors de cause Fulvius Flaccus (entre autres).*

179. *Sur le choix de ce nom, voir Pailler, 1999. Hannibal avait reconnu en Junon-Héra, sur le sol italien qu'il envahissait, la grande déesse carthaginoise Tanit. De même, Scipion Émilien, en 146, a «évoqué» la «Junon» de Carthage détruite. Inversant le mouvement, Caius place sa colonie sous la protection de la déesse passée dans le camp de Rome. Junonia Carthago est la seconde colonie romaine du IIe siècle à porter un nom divin (après Saturnia fondée en 183, en Étrurie, par Tibérius père), et la première de toutes les fondations coloniales établies hors d'Italie, avant Narbo Martius, «Narbonne, ville de Mars», en 118. Caius s'inscrit à la fois dans une continuité familiale et religieuse, dans une volonté de «contrer» les Scipions, dans un nouveau cours méditerranéen de la politique romaine : Tarente prend le nom de Neptunia et Scolacium celui de Minervia. Voir Solin,* Collections de choses mémorables, *XXVII, 11 ; Virgile,* Énéide, *I, v. 15 et suiv.*

180. *En de telles circonstances, les Romains voient dans ces obstacles des «prodiges», des signes du désaccord des dieux. Ces signes exigent expiation* (procuratio), *et éventuellement abandon de l'entreprise.*

181. *Le* signifer *portait l'enseigne* (vexillum) *lors de la procession d'entrée des colons dans la ville une fois délimitée par le fondateur* (conditor) *et les arpenteurs* (agrimensores). *Appien (I, 24) a donc raison, contre Plutarque, lorsqu'il indique que Caius est déjà rentré à Rome à ce moment.*

182. *Les entrailles d'animaux sacrifiés servent à la prise des auspices par le fondateur, juste avant qu'il ne trace avec la charrue le sillon délimitant la ville, noyau de la colonie. Si des bêtes ont emporté des bornes (provisoires, en bois ?), ce ne purent être que des chacals. L'impression prévaut en fait d'une mise en scène des optimates : dans la perception en miroir de Rome et de Carthage, déjà sensible à travers le rôle de Junon, Caius apparaissait en Romulus raté, et les loups prenaient la forme, parodique et hostile, d'une caricature de la louve du Capitole (voir* Tibérius Gracchus, *XX, 6).*

183. *Vu le temps écoulé, au retour de Caius, avant les élections tribuniciennes de juillet (voir infra, XXXIII), cela date son séjour en Afrique entre fin mars et mi-juin 122.*

184. *En fait, selon Appien (I, 24), Caius revient pour enrôler les colons.*

lat à cause de Caius qui s'était rallié à Fannius et l'avait fait écarter[185], 5. mais à présent, fort du soutien d'un grand nombre de partisans, il allait, de toute évidence, être élu consul et, une fois consul, abattre Caius dont l'influence se flétrissait, peut-on dire, car le peuple était rassasié de ce genre de politique : en effet les démagogues qui cherchaient à lui plaire étaient nombreux et le Sénat leur cédait volontiers.

XXXIII. [XII]. 1. Dès qu'il fut de retour, Caius commença par quitter son logement du Palatin pour aller habiter au-dessous du forum, jugeant ce quartier plus démocratique, car c'étaient là que vivaient la plupart des petites gens et des pauvres[186]. 2. Ensuite, il exposa le reste de ses projets de lois[187] pour les soumettre au vote. Comme la foule accourait de tous côtés autour de lui, le Sénat persuada le consul Fannius d'expulser tous ceux qui n'étaient pas romains[188]. 3. On proclama donc un édit extraordinaire et inouï, interdisant à aucun des alliés ou des amis de Rome de paraître dans la Ville ces jours-là. Caius riposta en faisant placarder un texte où il attaquait le consul et promettait aux alliés de les soutenir s'ils restaient à Rome. 4. Cependant il ne les soutint pas : voyant un de ses hôtes et amis entraîné par les licteurs de Fannius, il passa son chemin sans lui prêter main-forte, soit par crainte de laisser voir que sa puissance déclinait déjà, soit, comme il le déclara, parce qu'il ne voulait pas donner à ses ennemis le prétexte qu'ils cherchaient pour provoquer des bagarres et des affrontement. 5. De plus, il en vint à se fâcher avec ses collègues eux-mêmes pour la raison suivante. Le peuple devait assister à des combats de gladiateurs sur le forum et la plupart des magistrats avaient entouré la place de tribunes qu'ils louaient[189]. 6. Caius leur demanda de les démolir pour permettre aux pauvres de s'installer à ces emplacements, d'où ils pourraient voir le spectacle sans payer. Comme personne ne l'écoutait, il attendit la nuit qui précédait le spectacle et,

---

185. Lucius Opimius est le préteur de 125 qui a pris et détruit Frégelles (voir supra, XXIV, 1 ; Velleius Paterculus, Histoire romaine, II, 6). Ses mauvaises relations avec Caius datent sans doute de là. Elles se sont aggravées lors des élections consulaires précédentes (supra, XXIX, 2). C'est par anticipation que Plutarque évoque les élections consulaires de fin d'année.
186. Le Palatin est alors le quartier le plus huppé de Rome. « Au-dessous du forum » peut indiquer le quartier populaire de Subure.
187. S'il s'agit bien de nouveaux projets, il faut penser à une mesure concernant la « confusion des votes » des diverses classes aux comices centuriates, et peut-être à une extension radicale du droit de vote aux Italiens.
188. Appien (I, 23) est plus précis : le consul a fait éloigner de 40 stades (7,5 km environ) les non-citoyens romains, pendant le vote des lois qui les intéressaient : tant ils étaient nombreux à être venus faire pression. Même les Latins présents à Rome furent empêchés de voter, comme cela leur était normalement possible. Plutarque semble introduire ici avec retard un épisode survenu trois mois plus tôt, et déjà évoqué (supra, XXIX, 3). En revanche, le contre-édit de Caius (§ 3) semble à sa place.
189. Les ludi gladiatorii se déroulaient en plein air, parfois, comme ici, au forum, où les édiles, sous le contrôle des censeurs, faisaient aménager des tribunes provisoires (il n'y a pas encore d'amphithéâtre ni de théâtre permanent à Rome). Ces spectacles étaient par excellence le lieu où se mesurait la popularité des hommes politiques.

engageant sous ses ordres tous les ouvriers qu'il put, il détruisit les tribunes et montra au peuple le lendemain la place dégagée. 7. Cette intervention le fit passer pour un héros aux yeux de la foule, mais elle contraria ses collègues[190] qui le jugèrent insolent et violent. Ce fut d'ailleurs, semble-t-il, la cause de son échec à un troisième tribunat de la plèbe : il avait obtenu la majorité des suffrages mais au mépris de la justice, de façon criminelle, ses collègues falsifièrent les résultats et la proclamation. La chose est cependant contestée. 8. Quoi qu'il en soit, Caius prit fort mal cet échec ; comme ses adversaires riaient de lui, il leur lança, dit-on, avec plus d'audace qu'il ne convenait : « Vous riez d'un rire sardonique[191], car vous ne savez pas dans quelles ténèbres ma politique vous a plongés ! »

XXXIV. [XIII]. 1. Après avoir fait élire Opimius au consulat[192], les ennemis de Caius s'efforcèrent d'abroger plusieurs de ses lois et de modifier les dispositions qu'il avait prises pour Carthage[193]. Ils cherchaient à le pousser à bout, se disant que, sous l'empire de la colère, il pourrait leur fournir lui-même un prétexte pour le tuer. Dans un premier temps, Caius se contint mais, excité par ses amis et surtout par Fulvius, il entreprit de rassembler de nouveau des partisans pour s'opposer au consul[194]. 2. À cette occasion, dit-on, sa mère elle-même se ligua avec lui, soudoyant secrètement des étrangers qu'elle faisait venir à Rome déguisés en moissonneurs : c'est ce qu'elle aurait écrit à mots couverts dans ses billets à son fils. Mais selon d'autres historiens, Cornélia était au contraire fort mécontente des activités de Caius[195]. 3. Quoi qu'il en soit, le jour où Opimius devait casser les lois, les deux partis occupèrent le Capitole dès l'aube[196]. Quand le consul eut procédé au

---

190. Les « collègues » mentionnés deux fois sont les autres tribuns, apparemment choqués des initiatives personnelles de Caius. Seul Plutarque relate, non sans réserve, l'échec dans ces circonstances de cette troisième candidature.

191. Rire forcé, plein d'amertume et d'incompréhension. Expression proverbiale attestée depuis Homère, Odyssée, *XX, v. 302 et 346, et dont l'étymologie est contestée chez les Anciens.*

192. Deuxième succès des optimates, en décembre 122, après celui de juillet. L'autre consul élu est Quintus Fabius Maximus, adversaire de Caius depuis l'affaire du blé d'Espagne (supra, XXVII, 2).

193. Visiblement, cette mesure était celle qui tenait le plus à cœur à Caius ; voir Appien, I, 24-25. Le tribun qui s'y attaqua fut Minucius Rufus ; les prodiges déjà rapportés (supra, XXXII, 1-2) ont dû être mis en avant à cette occasion.

194. Cette situation d'autodéfense, Caius, comme Tibérius, l'a déjà connue. Toutefois, en ce printemps 121, il n'est plus magistrat, mais simple privatus.

*195. L'incrimination de Cornélia provient de la source déjà mentionnée (supra, VIII, 7). Plutarque hésite, et nous ne pouvons pas trancher. Une chose est sûre : Cicéron (*Brutus*, 58, 211) et sans doute encore Quintilien (*Institution oratoire*, I, 1, 6) lisaient des lettres de Cornélia, sans doute réunies en un recueil. Son influence sur Caius, comme sur Tibérius, apparaît indéniable. Il n'était pas rare que des riches paient la participation de ruraux à des élections. La mention des moissonneurs permet de dater la fin de Caius au plus tard en juin 121.*

196. Selon Appien (I, 24), la loi visée était celle concernant Carthage. Les comices tributes se tenaient au forum, au Comitium ou sur l'esplanade du Capitole, devant le temple de la triade.

sacrifice[197], un de ses licteurs, Quintus Antyllius, qui emportait les entrailles des victimes, lança à Fulvius et à ses amis : « Cédez la place aux gens de bien, mauvais citoyens ! » 4. Selon certains, tout en parlant il tendit son bras nu, comme pour faire un geste d'insulte. Aussitôt Antyllius est tué sur place, transpercé par de grands stylets[198] qui, dit-on, avaient été confectionnés exprès pour cet usage. 5. Ce meurtre jeta la confusion dans la foule. Quant aux deux chefs, leurs sentiments ne se ressemblaient guère : Caius était affligé et reprochait à ceux qui l'entouraient d'avoir fourni à ses ennemis le prétexte qu'ils cherchaient depuis longtemps ; Opimius en revanche saisit cette occasion qui semblait lui être offerte et en fut exalté ; il excita le peuple à la vengeance.

XXXV. [XIV]. 1. Il se mit alors à pleuvoir et les gens se dispersèrent. Mais le lendemain, au point du jour, pendant que le consul réunissait le Sénat et réglait les affaires dans la Curie, des individus, ayant placé le corps nu d'Antyllius sur un lit funèbre, traversèrent le forum et le portèrent devant la Curie, exprès, en poussant des gémissements et des lamentations. Opimius savait fort bien ce qui se passait, mais il feignit de s'étonner. Les sénateurs sortirent donc 2. et, en apercevant le lit qui avait été déposé bien en vue, ils se répandirent en lamentations, comme devant un malheur terrible et immense[199]. La foule quant à elle sentait renaître sa haine et sa colère contre les oligarques : « Ces gens-là, disait-elle, ont assassiné Tibérius Gracchus sur le Capitole, alors qu'il était tribun de la plèbe, ils ont jeté son cadavre au fleuve. Et voilà que maintenant le licteur Antyllius, qui n'avait peut-être pas mérité son sort, mais qui en a tout de même été le principal responsable, est exposé sur le forum ! Le Sénat romain l'entoure et se lamente ; il suit le cortège funèbre d'un homme appointé pour faire périr le dernier protecteur qui reste encore au peuple[200] ! » 3. Les sénateurs regagnèrent alors la Curie et prirent le sénatus-consulte enjoignant au consul Opimius de sauver la cité par tous les moyens possibles et d'abattre les tyrans[201]. 4. Opimius ordonna aux sénateurs de prendre les armes et fit notifier aux chevaliers qu'ils devaient se présenter, dès l'aube, chacun avec deux esclaves armés[202]. Fulvius de son

---

197. Toute réunion des comices était précédée d'un sacrifice de prise d'auspices (auspicatio) effectué par le consul. La réunion ne se tenait qu'après avis favorable des dieux. Plutarque suit une source démocratique ; Appien (I, 25) accorde plus de place à la vision aristocratique. Les deux versions attribuent aux démocrates, plus ou moins après provocation, l'initiative de la violence.
198. Il s'agit de stylets de métal ou d'ivoire avec lesquels on écrivait sur des tablettes de cire.
199. Deuxième des trois journées décisives, où chacun fourbit ses armes. Du côté du consul et du Sénat, c'est une mise en scène soigneusement préparée.
200. Autre mise en scène, cette fois rhétorique, de l'opposition entre deux morts ; les propos prêtés au peuple doivent beaucoup au sens du parallèle propre à Plutarque.
201. Le senatus consultum ultimum, le premier assuré de l'histoire romaine, suspend toute garantie légale pour assurer le « salut de l'État ». Le temps des guerres civiles s'annonce. Voir Dictionnaire, « République romaine ».
202. On mesure à quel point Rome, comme les autres cités antiques, est à peu près dépourvue de « forces de l'ordre ».

côté fit ses préparatifs et rassembla une foule autour de lui. Quant à Caius, en quittant le forum, il s'arrêta devant la statue de son père et la regarda longtemps sans rien dire; puis, après avoir pleuré et gémi, il se retira[203]. 5. Ce spectacle émut beaucoup de ceux qui en furent témoins: se reprochant de l'abandonner et de le trahir, ils se rendirent devant chez lui et passèrent la nuit à sa porte, dans un tout autre état que ceux qui montaient la garde devant chez Fulvius, 6. lesquels employèrent leur temps à boire et à faire les bravaches, au milieu d'applaudissements et de cris de guerre. Fulvius lui-même fut le premier à s'enivrer et il se permit un grand nombre de mots et de gestes grossiers, indignes de son âge. Au contraire les partisans de Caius, comme si son malheur affectait la patrie tout entière, restaient tranquilles et attendaient la suite des événements en montant la garde et en se reposant à tour de rôle[204].

XXXVI. [XV]. 1. Au point du jour[205], ils eurent beaucoup de mal à tirer Fulvius du sommeil de l'ivresse. Ils s'armèrent des dépouilles de guerre qui se trouvaient dans sa maison et qu'il avait conquises lors de sa victoire sur les Gaulois, quand il était consul[206]. Puis, avec force menaces et clameurs, ils se mirent en marche, dans l'intention de s'emparer de la colline de l'Aventin[207]. 2. Caius, lui, ne voulut pas s'armer; il sortit en toge, comme s'il allait au forum, avec seulement un petit poignard à sa ceinture. Au moment où il sortait, sa femme tomba à ses pieds sur le seuil de sa porte et, l'enlaçant d'un bras, tandis que de l'autre, elle serrait leur jeune enfant, elle lui dit[208]: 3. «Caius, tu ne me quittes pas pour te rendre à la tribune, comme autrefois, quand tu étais tribun de la plèbe et législateur, ni pour mener une guerre illustre où, si tu devais subir le sort commun, tu me laisserais du moins la possibilité de te pleurer dans les honneurs. Non! Tu t'exposes aux coups des assassins de Tibérius et tu n'es pas armé, ce qui est beau, car tu préfères subir le mal plutôt que

---

203. *Cette scène de piété filiale n'est pas mentionnée par Appien: c'est probablement une création de Plutarque.*

204. *Le contraste entre la méditation patriotique et pleine de piété de Caius et les débordements bruyants de Fulvius Flaccus et de ses partisans rappelle le chapitre X et souligne le manque de dignité qui affecte en général, selon cette version, le groupe des démocrates. Absente chez Appien, cette confrontation est sans doute, elle aussi, l'œuvre de Plutarque.*

205. *Troisième jour de cette dramaturgie, qu'Appien, peut-être avec plus de vérité historique mais moins de sens littéraire, concentre sur deux journées (I, 25-26).*

206. *Marcus Fulvius Flaccus, consul en 125, était parti au secours de Marseille (Massalia), la colonie phocéenne alliée de Rome attaquée par ses voisins. Victorieux, il était resté sur place en 124 comme proconsul, et était rentré à Rome pour célébrer le triomphe en 123. Ces succès ouvraient la voie à la conquête de la Gaule du Sud, la future Narbonnaise: la colonie de Narbo Martius est fondée en 118.*

207. *L'Aventin, où se trouve le temple de Diane (voir infra, XXXVII, 5-6), est à la fois, à cette époque, un quartier peuplé surtout de plébéiens, et le lieu emblématique de la sécession de la plèbe au début de la République.*

208. *Plutarque se souvient des adieux d'Andromaque à Hector dans l'Iliade, VI, v. 390 et suiv. Mais il n'hésite pas à prêter à l'épouse romaine un degré de réflexion «politique» évidemment absent de l'épopée homérique, et qui, pour cette époque, ne manque pas de vraisemblance.*

le commettre. Mais ta mort ne servira pas la communauté : 4. le mal est déjà vainqueur ; c'est par la violence et le fer qu'on règle les procès. Si ton frère était tombé devant Numance, on nous aurait rendu son cadavre à la faveur d'une trêve, mais aujourd'hui, peut-être vais-je devoir, moi aussi, supplier un fleuve ou la mer de faire reparaître un jour ton corps gardé par les flots. En effet, comment, après le meurtre de Tibérius, se fier encore aux lois ou aux dieux ? » 5. Ainsi se lamentait Licinia. Caius se dégagea doucement de son étreinte et s'en alla en silence avec ses amis. Elle s'accrocha à son vêtement pour le retenir et glissa sur le sol où elle resta longtemps sans dire un mot ; pour finir ses serviteurs la relevèrent inanimée et la portèrent chez son frère Crassus[209].

XXXVII. [XVI]. 1. Dès que tous furent rassemblés[210], Fulvius se laissa persuader par Caius d'envoyer son fils cadet sur le forum avec un caducée de héraut[211]. C'était un très bel adolescent et il adopta alors une attitude modeste et réservée : les larmes aux yeux, il présenta au consul et au Sénat des propositions conciliantes. 2. La plupart des assistants n'étaient pas hostiles à une entente, mais Opimius déclara qu'il ne fallait pas persuader le Sénat par l'intermédiaire d'un messager : les citoyens qui avaient à rendre des comptes devaient descendre et se livrer pour être jugés : ce ne serait qu'ainsi qu'ils pourraient apaiser la colère. Opimius dit au jeune homme de ne revenir qu'à ces conditions. 3. Caius, dit-on, voulut obéir à cet appel et tenter de convaincre le Sénat, mais aucun de ses amis ne fut de cet avis[212]. Fulvius envoya de nouveau son fils présenter en leur nom des propositions semblables aux précédentes, 4. mais Opimius avait hâte d'engager le combat ; il arrêta aussitôt l'adolescent et le plaça sous bonne garde, puis marcha contre les hommes de Fulvius avec un grand nombre de fantassins et d'archers crétois[213] qui, en tirant sur eux et en les blessant, furent les principaux responsables de leur déroute. 5. Tous battirent en retraite. Fulvius se réfugia dans des thermes qui n'étaient pas gardés ; on l'y découvrit peu après et on l'égorgea ainsi que son fils aîné[214]. Quant à Caius, personne ne le vit combattre ; désespéré de ce qui se passait, il s'était retiré dans le temple de Diane 6. où il voulut se tuer ; il en fut empêché par ses compagnons les plus fidèles, Pomponius et Licinius qui, se trouvant à ses côtés, lui arrachèrent son épée et l'engagèrent à fuir de nouveau. 7. Alors, dit-on, Caius se mit à genoux et, tendant les mains vers la déesse, il la pria de maintenir le peuple romain dans un esclavage éternel pour le punir de son ingratitude et de sa trahison ; en

---

209. La femme de Caius appartient donc à la grande famille des Licinii Crassi.
210. Plutarque omet l'information, transmise par Appien (I, 25-26), selon laquelle le Sénat a convoqué les deux hommes pour s'expliquer devant lui.
211. Le héraut de paix est muni d'un caducée composé d'un rameau d'olivier qu'entourent des brins de laine ou des feuilles.
212. Selon Appien (I, 26), Caius et Fulvius sont restés sur la même ligne de bout en bout.
213. Les Crétois sont depuis des temps immémoriaux des maîtres du tir à l'arc. Rome a bien des fois eu recours à des contingents d'archers, souvent originaires de Crète.
214. Appien (I, 26) donne une version plus détaillée et un peu différente de la fin des deux hommes.

effet, dès que l'amnistie avait été proclamée, la plupart des citoyens avaient changé de camp ouvertement[215].

XXXVIII. [XVII]. 1. Caius prit donc la fuite; ses ennemis le poursuivirent et le rejoignirent près du pont de bois[216]. Ses deux amis lui dirent d'avancer et barrèrent la route aux poursuivants; ils combattirent devant le pont et ne laissèrent passer personne jusqu'au moment où ils furent tués[217]. 2. Caius n'était plus accompagné dans sa fuite que par un esclave nommé Philocratès: tous l'encourageaient comme dans une compétition, mais nul ne lui prêta secours et personne ne voulut même lui fournir le cheval qu'il demandait. Les poursuivants étaient tout près. 3. Caius parvint à prendre un peu d'avance et se réfugia dans un bois consacré aux Furies[218]. Ce fut là qu'il mourut: Philocratès le tua, puis se trancha la gorge. Cependant, selon quelques historiens, ils furent pris tous deux vivants par les ennemis; le serviteur serra son maître dans ses bras et nul ne put toucher Caius avant que Philocratès n'eût succombé à de nombreux coups. 4. La tête de Caius fut, dit-on, coupée et emportée par un homme à qui un ami d'Opimius, nommé Septimuleius, la prit ensuite: on avait en effet proclamé au début du combat que la tête de Caius et celle de Fulvius seraient payées leur pesant d'or à ceux qui les apporteraient. 5. Septimuleius rapporta donc à Opimius cette tête, fichée sur une lance; on la suspendit à une balance et on trouva un poids de dix-sept livres et demie, Septimuleius s'étant montré à la fois impie et malhonnête: il avait enlevé la cervelle et coulé du plomb fondu dans le crâne[219]. Ceux qui rapportèrent la tête de Fulvius étaient des gens obscurs; on ne leur donna rien. 6. Les corps de Caius, de Fulvius et de leurs compagnons furent jetés dans le fleuve: il y eut trois mille morts[220]. Quant à leurs biens, ils furent versés au trésor public. On défendit à leurs veuves de porter le deuil et l'on confisqua même la dot de Licinia, la veuve de

---

215. *Le décret d'amnistie avait dû suivre immédiatement le sénatus-consulte ultime.*
216. *Le pont Sublicius est le plus ancien pont de Rome. Un interdit religieux s'opposait à l'introduction dans cet ouvrage d'art du moindre élément métallique. Voir* Numa, *IX, 4-7.*
217. *L'épisode rappelle celui où Horatius Coclès, juste après la chute des rois, a tenu l'ennemi en respect devant le même pont. Voir* Publicola, *XVI, 6-9.*
218. *Ce bois est le* lucus Furinae, *sur la rive droite du Tibre. Furina n'a pas de rapport, en fait, avec les Furies, les Érinyes des Grecs (voir* Varron, De la langue latine, *VI, 19). Sur les circonstances de la mort de Caius, voir Valère Maxime, VI, 8, 3.*
219. *Selon Valère Maxime (IX, 4, 3), ce Lucius Septumuleius (ou Septimuleius), un Italien originaire d'Anagnia, était un ancien ami de Caius. La livre romaine vaut 327,5 g; le poids du sinistre trophée serait donc de 5,7 kg environ. Diodore (XXXIV, 29) attribue le haut fait à un autre ancien ami de Caius, Lucius Vitellius. Appien (I, 26) met en scène «quelques personnes», et indique que le Sénat a payé la récompense dans les deux cas.*
220. *Le chiffre, comme souvent, est exagéré et les victimes n'ont pas toutes été tuées dans les combats, mais dans la répression qui a suivi (voir* infra, *XXXIX, 1;* Appien, I, 26; Salluste, Jugurtha, *31, 7 et 42, 4;* Orose, *V, 12). Le cadavre de Caius aurait été jeté au fleuve, comme celui de son frère: cette mesure vaut expulsion d'une souillure.*

Caius[221]. 7. Le fils cadet de Fulvius fut traité avec la plus grande cruauté ; il n'avait pourtant levé les mains sur personne et n'avait pas pris place parmi les combattants : il était venu négocier. On l'arrêta avant la bataille et après la bataille on le tua[222]. 8. Ce qui indigna la foule, plus que cette mort et plus que tout le reste, ce fut de voir Opimius consacrer un temple à la Concorde[223] ; il avait l'air de se vanter, de s'enorgueillir et, d'une certaine manière, de célébrer un triomphe pour avoir massacré tant de citoyens. 9. Aussi certains inscrivirent-ils pendant la nuit, sous la dédicace du temple, le vers suivant :

La Discorde a dressé ce temple à la Concorde[224].

XXXIX. [XVIII]. 1. Cet Opimius[225] fut le premier à exercer, étant consul, le pouvoir d'un dictateur[226]. Il fit mourir trois mille citoyens sans jugement et, avec eux, Caius Gracchus et Fulvius Flaccus, alors que celui-ci était un ancien consul et un ancien triomphateur, et que celui-là était le premier des hommes de son temps par la vertu et par la gloire. Opimius ne put s'empêcher de détourner de l'argent ; envoyé comme ambassadeur auprès du Numide Jugurtha, il se laissa corrompre par lui[227]. 2. Condamné honteusement pour vénalité, il vieillit, privé de ses droits civiques, poursuivi par la haine et le mépris du peuple[228]. Celui-ci s'était montré veule et craintif pendant les événements, mais, peu après, il manifesta tout l'amour et tout

---

221. Cette répression, par-delà l'apparence de vengeance personnelle, a une résonance familiale et religieuse délibérée. Selon le Digeste (XXIV, 3, 66), Licinia aurait été tirée de ce mauvais pas par son oncle Titus Mucius Scaevola.
222. D'après Appien (I, 26), on l'aurait seulement laissé « choisir sa mort ».
223. Plusieurs fois déjà, on avait élevé à Rome un temple à Concordia, lorsqu'un conflit interne avait été apaisé ; le cas le plus célèbre est celui de Camille en 367, à la suite d'une lutte entre patriciens et plébéiens (voir Camille, XLII, 6).
224. La formule traduit la revanche symbolique prise par l'humour populaire. Elle annonce aussi la dernière phase de l'histoire de la République.
225. Selon une technique bien attestée dans la biographie, et qui se transmettra au roman moderne, Plutarque suit pour finir la destinée de « personnages secondaires ». La construction en diptyque joue ici sur le plus violent des contrastes, et apporte à la tragédie une conclusion morale.
226. Il ne s'agit ni de la fonction traditionnelle du dictateur pour six mois, ni de la dictature sur plusieurs années du siècle suivant (Sylla, César), supprimée définitivement par Auguste (voir Suétone, Auguste, 53). L'expression désigne l'« abus de pouvoir » (lubido, écrit Salluste, Jugurtha, 31, 42) commis par Opimius et ses partisans, au nom du sénatus-consulte ultime.
227. Lors d'une ambassade d'Opimius auprès de Jugurtha, en 117-116, Opimius, avant bien d'autres Romains, se serait laissé corrompre par l'argent du roi numide (voir Salluste, Jugurtha, 16).
228. En 109, un « jury extraordinaire » jugea et condamna ceux que Jugurtha avait achetés (voir Salluste, Jugurtha, 40 ; Cicéron, Brutus, 34, 128) ; parmi eux, Opimius finit ses jours misérablement à Dyrrachium (Durazzo), sur la côte dalmate (voir Cicéron, Pour Sestius, 67, 140). Le jugement abrupt reflète une source « populaire » ; il est peut-être à tempérer par l'avis favorable plusieurs fois émis par Cicéron (voir aussi Pour Plancius, 29, 70).

le regret qu'il avait des Gracques. 3. Il leur éleva des statues qui furent placées bien en vue ; les endroits où ils avaient été assassinés furent consacrés : on y apportait les prémices des saisons et beaucoup y offraient même des sacrifices quotidiens et se prosternaient, comme devant les sanctuaires des dieux[229].

XL. [XIX]. 1. Quant à Cornélia, elle supporta, dit-on, son malheur avec noblesse et grandeur d'âme. Elle disait notamment, à propos des cérémonies qui avaient lieu aux endroits où ses fils avaient été tués : « Les morts ont les tombeaux qu'ils méritent. » 2. Elle continua à vivre à l'endroit appelé Misène, sans rien changer à ses activités habituelles. Elle avait beaucoup d'amis et tenait table ouverte, car elle était hospitalière. Elle était toujours entourée de Grecs et d'hommes de lettres ; tous les rois recevaient d'elle des présents et lui en envoyaient[230]. 3. Elle était très aimable avec ceux qui venaient la voir et leur racontait la vie et les mœurs de son père, Scipion l'Africain. Mais elle était encore plus admirable quand elle rappelait, sans affliction et sans larmes, le sort et les actes de ses enfants : ceux qui lui posaient des questions avaient l'impression qu'elle leur parlait de héros d'autrefois. 4. Aussi certains crurent-ils que son grand âge ou la grandeur de ses maux lui avaient fait perdre la raison et qu'elle ne se rendait pas compte de ses infortunes. Mais c'étaient eux vraiment qui ne voyaient pas combien une heureuse nature, une bonne naissance et une bonne éducation aident les hommes à lutter contre l'affliction : si la Fortune a souvent le dessus sur la Vertu quand celle-ci cherche à éviter les maux, elle ne peut lui ôter, une fois l'échec consommé, la possibilité de les supporter comme le veut la raison[231].

---

229. *À l'occasion de cette vénération posthume a pu naître, ou du moins se développer la comparaison avec les Dioscures (voir supra, II, 1).*
230. *À Misène, ville côtière de Campanie, beaucoup de riches Romains possédaient de somptueuses « villas ». Cornélia, protectrice des lettres et des lettrés, était une philhellène comme son mari Tibérius père (voir Cicéron, Brutus, 30, 79, pour un discours que celui-ci avait prononcé en grec à Rhodes ; voir également Dictionnaire, « Acculturation »). Polybe montre à plusieurs reprises que les clientèles étrangères ont survécu au désastre des deux fils. Sur les rapports avec les rois, voir notamment supra, I, 7 ; XIV, 1-3 et XXIII, 5.*
231. *Une des variantes les plus frappantes du bilan dressé par Plutarque à la fin de mainte biographie : l'arétè de la sagesse méditative l'emporte sur l'aveugle Tychè, parfois baptisée Némésis. Voir Dictionnaire, « Fortune ».*

COMPARAISON
D'AGIS ET CLÉOMÈNE ET DES GRACQUES

XLI [I]. 1. Maintenant que notre second récit est lui aussi terminé, il nous reste à contempler ces vies en les mettant en parallèle. 2. Pour les Gracques, même ceux qui par ailleurs les attaquent violemment et les détestent n'ont jamais osé nier qu'ils furent, de tous les Romains, les mieux doués pour la vertu et qu'ils furent élevés et éduqués de manière remarquable. 3. Mais la nature d'Agis et de Cléomène était plus forte que celle des Gracques, dans la mesure où les deux Spartiates, au lieu de recevoir une éducation droite, grandirent parmi des mœurs et des activités qui avaient depuis longtemps corrompu leurs aînés; ils furent obligés d'être leurs propres guides sur le chemin de la frugalité et de la tempérance. 4. De plus, à l'époque des Gracques, le prestige de Rome était dans tout son éclat et à son apogée : ils auraient eu honte de renoncer à l'émulation pour les belles actions, qui était pour eux comme un héritage, transmis par la vertu de leur père et de leurs ancêtres. 5. Mais Agis et Cléomène, dont les pères avaient adopté des principes fort différents, héritèrent d'une patrie misérable et malade, ce qui n'affaiblit nullement leur élan vers le bien[1]. 6. Les Gracques se gardèrent purs de tous profits injustes dans les magistratures et les fonctions politiques, voilà la plus grande preuve qu'ils donnèrent de leur désintéressement et de leur indifférence à l'argent. 7. Mais Agis se serait indigné d'être loué parce qu'il n'avait rien pris à autrui, lui qui distribua à ses concitoyens son propre patrimoine, lequel comprenait, outre ses propriétés, six cents talents monnayés. 8. Quel grand crime n'aurait-il pas vu dans un enrichissement injuste, lui qui considérait comme une preuve d'avarice de posséder plus qu'un autre, même de façon juste?

XLII. [II]. 1. L'ambition et l'audace de leurs initiatives n'ont pas du tout la même élévation. L'action politique des Gracques consista pour l'un d'entre eux, à tracer des routes et à fonder des cités; la mesure la plus hardie de Tibérius fut de partager les terres du domaine public, celle de Caius, de rendre mixtes les tribunaux en leur ajoutant trois cents chevaliers. 2. Mais Agis et Cléomène se disaient que soigner et retrancher, l'une après l'autre, des fautes minimes, c'est, comme dit Platon, couper les têtes de l'hydre; leur révolution introduisit dans les affaires un changement capable de détruire d'un seul coup tous les maux et de restaurer la situation politique. 3. Peut-être est-il plus vrai de dire qu'en chassant le changement qui avait causé tout le mal, elle ramena et rétablit la cité dans son état propre. 4. On peut remarquer également que, si la politique des Gracques eut pour adversaires les plus grands des Romains, les entreprises d'Agis, qui furent réalisées par Cléomène, avaient le plus beau et le plus prestigieux des modèles, les *rhêtraï* ancestrales sur

---

1. Voir Dictionnaire, «Déclin/Décadence».

la tempérance et l'égalité, dont le garant était pour les unes Lycurgue, et pour les autres le dieu Pythien. 5. Enfin, et c'est le plus important, la politique des Gracques n'accrut en rien la puissance de Rome, tandis que, grâce aux entreprises de Cléomène, la Grèce vit Sparte dominer en peu de temps le Péloponnèse et disputer l'hégémonie à ceux qui alors étaient les plus puissants – le but de ce combat étant de délivrer la Grèce des armes illyriennes et gauloises et de la ranger de nouveau sous l'autorité des Héraclides.

XLIII. [III]. 1. Je pense également que la mort de ces hommes révèle une certaine différence entre leur vertu. Les Gracques moururent en combattant contre leurs concitoyens, puis en fuyant devant eux. Quant aux deux Spartiates, Agis mourut d'une mort presque volontaire pour ne tuer aucun de ses concitoyens; Cléomène, humilié et injustement traité, tenta de se défendre, mais, les circonstances l'en empêchant, il se tua avec un beau courage. 2. Cependant, à l'inverse, on observe qu'Agis mourut avant d'avoir accompli le moindre exploit militaire et, si Cléomène remporta beaucoup de belles victoires, on peut leur opposer la manière dont Tibérius s'empara du rempart de Carthage, ce qui ne fut pas un mince exploit, et la trêve de Numance, par laquelle il sauva la vie de vingt mille Romains qui n'avaient pas d'autre espoir de salut. 3. Caius, lui aussi, montra sa bravoure dans cette campagne et en Sardaigne: tous deux auraient pu rivaliser avec les plus grands généraux romains s'ils n'avaient pas connu une mort prématurée.

XLIV. [IV]. 1. Quant à leur action politique, Agis s'y prit, semble-t-il, avec trop de mollesse: il se laissa détourner de son dessein par Agésilas et frustra ses concitoyens du partage des terres; en somme, il ne sut accomplir et réaliser ce qu'il avait décidé et annoncé, parce qu'il manquait d'audace à cause de sa jeunesse. 2. À l'inverse, Cléomène mit trop de hardiesse et de violence dans sa recherche d'un changement politique: il tua les éphores au mépris de la loi, alors qu'ayant la supériorité des armes il pouvait facilement les vaincre ou les exiler, comme il le fit pour beaucoup d'autres qu'il chassa de la cité. 3. Employer le fer sans une extrême nécessité ne convient ni au médecin ni à l'homme politique; dans les deux cas, c'est une preuve d'incompétence et pour l'homme politique c'est ajouter l'injustice à la cruauté. 4. Aucun des Gracques ne prit l'initiative de massacrer des concitoyens. Caius, même attaqué, ne fit rien pour se défendre, dit-on: lui qui était si brillant à la guerre se montra tout à fait passif dans la sédition. 5. Il sortit même sans armes et quand on se battit il se retira: en un mot, on voyait qu'il cherchait davantage à ne pas commettre l'injustice qu'à ne pas la subir. 6. Aussi la fuite des Gracques n'est-elle pas un signe de lâcheté, mais de circonspection, car il leur fallait soit céder aux assaillants, soit, s'ils tenaient bon, infliger le mal pour éviter de le subir.

XLV. [V]. 1. Ce qu'on reproche surtout à Tibérius, c'est d'avoir dépouillé son collègue du tribunat de la plèbe et d'avoir brigué lui-même cette magistrature une seconde fois; pour Caius il est injuste et mensonger de l'accuser du meurtre d'Antyllius, car ce dernier fut tué contre sa volonté, et il en fut indigné. 2. Cléomène en revanche, sans parler du massacre des éphores, affranchit tous les esclaves et régna seul de fait, même s'il y avait un autre roi de nom, car il s'adjoignit son frère Eucleidas, qui appartenait à la même maison que lui. Archidamos, qui appartenait à l'autre maison, aurait dû régner avec lui : Cléomène le persuada de revenir de Messène et, quand il mourut, il ne fit pas enquêter sur le meurtre, ce qui confirma le soupçon qu'il en était responsable. 3. Et pourtant Lycurgue, qu'il prétendait imiter, avait cédé de son plein gré la royauté à Charillos[2], fils de son frère ; craignant d'être accusé si le jeune homme venait à mourir pour une raison ou une autre, il voyagea longtemps loin de sa patrie et ne revint que lorsqu'un fils fut né à Charillos pour hériter de sa fonction. 4. Mais il est vrai qu'aucun Grec ne peut être mis en parallèle avec Lycurgue ! Quant à la politique de Cléomène, qu'elle ait comporté des innovations et des illégalités trop grandes, nous l'avons montré. 5. Pour en venir aux reproches qui portent sur leur caractère, on accuse Agis et Cléomène d'avoir été dès le début tyranniques et belliqueux. Quant aux Gracques, les envieux ne peuvent reprocher à leur nature qu'un excès d'ambition ; ils reconnaissent que ce fut dans le feu de la lutte et sous le coup de la colère contre leurs adversaires que, contrairement à leur nature, ils se laissèrent porter, comme par un vent violent, aux pires extrémités. 6. Qu'y avait-il de plus beau et de plus juste que leur premier programme, si les riches, usant de violence et de despotisme, n'avaient entrepris de faire rejeter la loi et ne les avaient forcés tous deux à combattre, l'un pour défendre sa vie, l'autre pour venger son frère qui avait été tué sans procès, sans décision officielle, sans même l'ordre d'un magistrat ?

7. Tu vois donc toi-même, d'après ce que j'ai dit, les différences entre eux. S'il faut faire connaître son avis sur chacun d'eux, je donne pour la vertu la première place à Tibérius, j'estime que celui d'entre eux qui commit le moins de fautes fut le jeune Agis, et enfin je considère que, pour l'activité et l'audace, Caius fut de loin inférieur à Cléomène.

---

2. *Plutarque emploie ici la graphie Charillos pour le personnage nommé Charilaos dans* Lycurgue.

BIBLIOGRAPHIE

Vie d'Agis et Cléomène

Aymard A.
Les assemblées de la Confédération achéenne. Étude critique d'institutions et d'histoire, Bordeaux, 1938.

Ghiron-Bistagne P.
Recherche sur les acteurs dans la Grèce antique, Paris, 1976.

Will E.
Histoire politique du monde hellénistique, I, 2ᵉ éd., Nancy, 1979.

Vie des Gracques

Badian E.
Foreign Clientelae, Oxford, 1958.

Brunt P. A.
Conflits sociaux en République romaine, Paris, 1979.

Carcopino J.
Autour des Gracques, Paris, 1967 [1928].

Chevallier R.
Les voies romaines, Paris, 1988.

Grimal P.
Le Siècle des Scipions. Rome et l'hellénisme au temps des guerres puniques, Paris, 1975 [1953].

Nicolet Cl.
Les Gracques, Paris, 1967.

Pailler J.-M.
«Colonia Junonia Carthago. Une tentative éphémère mais significative de première colonisation romaine en Afrique»,
Cahiers de Tunisie (Colloque de Tunis, 1999).

Scheid J.
Religion et piété à Rome, Paris, 1986.

DÉMOSTHÈNE-CICÉRON

*A*u début de la Vie de Démosthène, Plutarque justifie le parallèle qu'il établit entre les deux plus grands orateurs de l'Antiquité par la similitude de leurs destins. Mais force lui est de constater, au terme de la Vie de Cicéron, des différences qui ne tiennent pas seulement à leur caractère. Si tous deux ont laissé des discours qui furent longtemps des modèles d'éloquence politique, les circonstances qui leur permirent de devenir des maîtres de la parole dans leurs cités respectives sont tout autres.

Démosthène naît à Athènes quelques années après la fin de la guerre du Péloponnèse, qui s'est achevée par la défaite de la cité et l'écroulement de son empire. Certes, il a été dans sa jeunesse témoin du redressement de la cité, mais un redressement fragile qui ne lui permettra pas d'affronter à armes égales le roi de Macédoine Philippe. C'est contre la menace que représente celui-ci pour la liberté des Grecs que Démosthène prononce devant l'assemblée ou le tribunal populaire ses plus célèbres discours, s'efforçant de convaincre le peuple d'accepter les sacrifices nécessaires pour reconstituer une force militaire capable de résister à Philippe. La défaite de Chéronée en 338 sanctionne l'échec de sa politique, et si Démosthène espère, à l'annonce de la mort du Macédonien, provoquer un soulèvement des Grecs, le sort réservé par le jeune Alexandre à Thèbes suffit à réduire à néant ses espoirs. Pendant les années qui voient le fils de Philippe devenir le maître de l'Orient, Démosthène se désintéresse des affaires de la cité. Il défend sa politique lors du procès qui l'oppose à son vieil adversaire Eschine, et les juges, en condamnant celui-ci, la justifient a posteriori. Après l'exil, conséquence de sa compromission dans la sombre «affaire d'Harpale», il revient sur le devant de la scène politique pour un ultime combat pour la liberté, et se donne la mort pour échapper aux sbires du Macédonien Antipatros.

La Rome de Cicéron, maîtresse d'une grande partie du monde méditerranéen, n'a pas à craindre de perdre sa liberté face à un ennemi extérieur. Si Plutarque peut faire de Cicéron un combattant de la liberté, c'est de liberté politique qu'il s'agit, contre les ambitieux qui, à la faveur de la crise que traverse la République romaine, luttent pour établir leur pouvoir personnel, cette «monarchie» à laquelle Marius, Sylla, Pompée, César, Antoine et «le jeune César», futur Auguste, aspirèrent tour à tour. Cicéron était un homme cultivé, nourri de philosophie grecque, et c'est assurément ce qui a séduit Plutarque. C'était aussi un homme politique qui accéda aux plus hautes charges, gouverna des provinces et prit part aux conflits qui divisaient la classe dirigeante de Rome. Traditionnellement modéré, il demeura le plus souvent proche de l'oligarchie sénatoriale contre les trublions qui, tels Catilina ou Clodius, étaient prêts à bouleverser la société romaine, voire à soulever les esclaves pour se rendre maîtres de la ville. Mais au moment crucial, il ne parvint pas à choisir entre Pompée et César. Très imbu de sa personne, comme en témoignent ses écrits, il comprit trop tard que ce sont «les toges qui cèdent aux armes» et non l'inverse. Et que le «jeune César» en qui il avait placé sa confiance le livrerait sans remords à Antoine. Cicéron admirait Démosthène, et ce n'est pas un hasard s'il appela Philippiques les discours qu'il composa contre Antoine. Mais le nom seul était commun aux deux combats : d'un côté le patriotisme grec face à la menace macédonienne, de l'autre le conservatisme républicain face à l'ambition démesurée d'un général romain.

Cl. M.

DÉMOSTHÈNE

I. 1. Celui qui a écrit l'éloge d'Alcibiade en l'honneur de sa victoire aux courses de chars à Olympie – qu'il s'agisse d'Euripide, comme on le dit en général, ou de quelque autre auteur – prétend, Sossius Sénécion, que la première condition du bonheur est d'appartenir à «une cité illustre»[1]. Mais, à mon avis, pour connaître le véritable bonheur, lequel dépend, pour l'essentiel, du caractère et des dispositions de l'âme, il est tout aussi indifférent d'avoir une patrie obscure et méprisée qu'une mère laide et chétive. **2.** Il serait ridicule, en effet, d'imaginer que Ioulis, qui n'est qu'une petite partie de l'île de Céos, laquelle n'est pas grande, ou qu'Égine, qu'un Athénien conseillait d'enlever comme une taie sur l'œil du Pirée, peuvent nourrir des acteurs et des poètes de valeur[2], mais ne pourraient jamais donner naissance à un homme juste, maître de lui, intelligent et magnanime. **3.** Certes, il est naturel que les activités qui ont pour but le profit et la gloire connaissent une certaine stagnation dans les cités obscures et méprisées, mais la vertu, telle une plante robuste et vivace, prend racine en n'importe quel lieu, à condition seulement qu'elle trouve une nature bien douée et une âme qui aime l'effort. **4.** En conséquence, nous n'accuserons pas, nous non plus, la petitesse de notre patrie, si nous ne réussissons pas à penser et à vivre comme il faut : nous ne nous en prendrons qu'à nous, à juste titre.

II. 1. Cependant, pour celui qui a entrepris de composer un ouvrage d'histoire à partir de documents qu'il n'a pas sous la main dans son pays, et qui sont pour la plupart étrangers et dispersés en d'autres lieux, alors en vérité la première condition et la plus importante serait d'appartenir à «une cité illustre», amie du beau et très peuplée, pour disposer d'une profusion de livres de toutes sortes, pour recueillir, en écoutant et en interrogeant, tous les événements qui ont échappé aux écrivains mais que la mémoire des hommes a sauvés et dotés d'une autorité plus éclatante, et pour produire ainsi un ouvrage auquel ne manque aucun élément essentiel. **2.** Pour nous, qui habitons une petite cité et qui aimons y rester, afin qu'elle ne devienne pas plus petite encore, nous n'avons pas eu le temps d'étudier la langue latine, lors de nos voyages à Rome et de nos séjours en Italie, à cause de nos obligations politiques et de ceux qui venaient à nous pour philosopher. Ce n'est qu'as-

---

1. Sossius Sénécion est le destinataire des Vies parallèles *et de plusieurs traités des* Œuvres morales. *C'était un familier de l'empereur Trajan. Plutarque mentionne cet éloge d'Alcibiade dans* Alcibiade, *XI, 1-3, et l'attribue sans hésiter à Euripide. Plutarque était citoyen de Chéronée, une petite cité béotienne.*
2. Plutarque fait ici allusion à Simonide et à son neveu Bacchylide, deux grands poètes lyriques originaires de Céos. Aristophane était fils d'un cléroque (colon militaire) athénien d'Égine, dont était originaire également l'acteur Polos (voir infra, *XXVIII, 3). Le jugement sur Égine est attribué à Périclès (voir* Périclès, *VIII, 7).*

sez tard, dans un âge avancé, que nous avons commencé à fréquenter les ouvrages latins. 3. Nous avons fait alors une expérience étonnante et pourtant bien réelle : au lieu de comprendre et de découvrir les faits à partir des mots, c'était à partir des faits, ceux du moins dont nous avions déjà quelque connaissance, que nous parvenions au sens des mots[3]. 4. Quant à sentir la beauté de la langue latine, sa concision, ses figures de style, son harmonie, et tous les autres ornements du discours, c'est, pensons-nous, un plaisir qui ne manque pas de charme, mais il exige un travail et des efforts considérables ; nous le laissons à ceux qui ont plus de loisir, et dont l'âge se prête encore à de telles ambitions.

III. 1. Dans le présent ouvrage, le cinquième des *Vies parallèles*[4], consacré à Démosthène et à Cicéron, nous nous fonderons donc sur les actions et la politique des deux hommes pour examiner, en les comparant, leur nature et leurs dispositions morales ; quant à confronter leurs discours pour décider lequel a été l'orateur le plus agréable ou le plus habile, nous devons y renoncer[5]. 2. En vérité, comme le dit Ion[6] :

La vigueur du dauphin ne vaut rien sur la terre.

Voilà une maxime que Caecilius[7], excessif en tout, a oubliée quand il a eu l'audace de publier une *Comparaison du style de Démosthène avec celui de Cicéron*. Mais, sans doute, si le précepte « connais-toi toi-même[8] » était à la portée de tous, il ne passerait pas pour divin. 3. Dès le début, semble-t-il, la divinité façonna Cicéron à l'identique de Démosthène : elle mit dans sa nature de nombreux traits semblables aux siens, notamment l'ambition et l'attachement à la liberté dans la vie politique, le manque d'audace dans les dangers et les guerres ; elle introduisit également de nombreuses similitudes dans les événements que leur réserva la Fortune. 4. On ne pourrait trouver, je crois, deux autres orateurs qui, avec des origines obscures et modestes, soient devenus forts et grands, qui aient tenu tête à des rois et à des tyrans, qui aient perdu l'un et l'autre une fille, qui, bannis de leur patrie, y aient été rappelés avec honneur, qui, obligés de fuir une seconde fois, soient tombés entre les mains de leurs ennemis, et dont la mort ait coïncidé avec la fin de la liberté de leurs concitoyens. 5. C'est pourquoi, si la Nature et la Fortune entraient en compétition,

---

3. *Plutarque a séjourné à plusieurs reprises, sous les règnes de Vespasien et de Domitien, à Rome où il donnait des leçons de philosophie. Par ailleurs, magistrat de Chéronée, il a plusieurs fois représenté sa cité auprès des autorités romaines. Cet aveu sur sa connaissance tardive du latin ne manque pas d'intérêt, non plus que ce qu'il dit sur la façon dont sa connaissance des faits l'aidait à comprendre les mots.*
4. *Sur la chronologie relative des 23 tomes conservés des* Vies parallèles, *voir Dictionnaire, « Composition ».*
5. *Plutarque prévient dès l'abord son lecteur que le parallèle entre les deux plus grands orateurs de l'Antiquité ne portera pas sur leur talent, sa faible connaissance du latin ne lui permettant pas de juger de l'éloquence de Cicéron.*
6. *Il s'agit de Ion de Chios, poète qui vécut à Athènes à l'époque de Cimon, auquel il était lié.*
7. *Caecilius était un rhéteur sicilien contemporain d'Auguste qui enseigna à Rome.*
8. *Le « connais-toi toi-même » était la célèbre devise inscrite sur le mur du temple d'Apollon à Delphes.*

comme des artistes, il serait difficile de décider si c'est la première qui les a rendus plus semblables par le caractère, ou la seconde par les événements de leur vie. Commençons par le plus ancien des deux.

IV. 1. Démosthène, le père de notre Démosthène, était de bonne famille, selon Théopompe. On le surnommait le coutelier, parce qu'il avait un grand atelier et des esclaves qu'il employait à ce travail[9]. 2. Quant aux propos de l'orateur Eschine au sujet de la mère de Démosthène, qui aurait été fille d'un certain Gylon, banni d'Athènes pour trahison, et d'une femme barbare, nous ne pouvons dire s'ils sont véridiques ou s'il s'agit de calomnies et de mensonges[10]. 3. À l'âge de sept ans, Démosthène perdit son père, qui le laissait dans l'abondance (son patrimoine fut estimé au total à près de quinze talents), mais il fut victime de ses tuteurs qui, à la fois voleurs et négligents, privèrent même ses maîtres de leur salaire[11]. 4. Ce fut pour cette raison, semble-t-il, qu'il ne reçut pas l'éducation harmonieuse qui convenait à un enfant de condition libre. La cause en fut aussi la faiblesse et la délicatesse de sa constitution : sa mère ne le poussait pas à travailler et ses pédagogues ne l'y obligeaient pas[12]. 5. Il fut dès l'origine maigre et maladif, ce qui lui valut, dit-on, le surnom humiliant de «Batalos» que lui donnaient ses camarades pour se moquer de son physique. 6. Batalos était, selon certains, un joueur d'aulos efféminé : Antiphanès a composé une petite comédie où il se moque de lui pour ce motif[13]. D'autres mentionnent Batalos comme un poète qui écrivait des vers licencieux et des chansons à boire. 7. Il paraît aussi que les Attiques donnaient à cette époque le nom de *batalos* à une partie du corps qu'il n'est pas convenable de nommer. 8. Quant au surnom d'Argas, qui fut également, dit-on, donné à Démosthène, il visait soit son caractère, jugé sauvage et violent (quelques poètes emploient le mot *argas* pour désigner le serpent), soit sa manière de parler, qui choquait les auditeurs (Argas était le nom d'un auteur de chansons médiocres et désagréables). Mais laissons cela.

---

9. Il s'agit de l'historien Théopompe de Chios, auteur d'une Histoire de Philippe, *dans laquelle il rapportait les étapes de la lutte entre Philippe et Athènes. Démosthène a donné dans les discours qu'il composa contre l'un de ses tuteurs, Aphobos, de précieux renseignements sur la fortune de son père qui comprenait, entre autres biens, un atelier d'esclaves armuriers* (Contre Aphobos, I, 9).
10. C'est dans le Contre Ctésiphon, *171-172, qu'Eschine porte cette accusation. Gylon avait dû prendre le chemin de l'exil pour n'avoir pas défendu la forteresse de Nymphée dans le Pont-Euxin. Réfugié dans le royaume du Bosphore, il aurait épousé une jeune fille scythe.*
11. Tous ces renseignements figurent dans le premier discours de Démosthène, Contre Aphobos.
12. Démosthène, en réponse aux attaques d'Eschine (Contre Ctésiphon, 255), *insiste au contraire sur l'éducation qu'il reçut étant enfant (*Sur la Couronne, 257).
13. Antiphanès est un poète comique de la première moitié du IVe siècle. Il est fait souvent allusion dans les discours d'Eschine à ce surnom (Contre Timarque, 126, 131, 164 ; Sur l'ambassade, 99). *Démosthène lui-même évoque ce surnom dans le discours* Sur la Couronne, 180. *Il semble bien que le sens en était « efféminé », « inverti », le mot* batalos *ou* battalos *désignant le derrière.*

V. 1. Quant à la passion de Démosthène pour l'éloquence, voici, dit-on, quelle en fut l'origine. L'orateur Callistratos devait plaider au tribunal à propos de l'affaire d'Oropos, et le procès suscitait une grande attente, tant en raison du talent de l'orateur, alors au sommet de sa gloire, que de l'affaire elle-même, dont on parlait beaucoup[14]. 2. Démosthène, ayant entendu les maîtres et les pédagogues convenir entre eux d'assister à ce procès, pria et supplia son pédagogue de l'emmener écouter les débats. 3. Cet homme, qui était lié avec les appariteurs publics chargés d'ouvrir les tribunaux, obtint une place où l'enfant pourrait s'asseoir sans être vu et entendre les orateurs. 4. Callistratos triompha et suscita une admiration extraordinaire : Démosthène envia sa gloire en le voyant escorté et félicité par la foule, mais il éprouva encore plus d'admiration et de respect pour la force de la parole, capable de tout soumettre et de tout apprivoiser. 5. Aussi, renonçant aux autres études et occupations de l'enfance, entreprit-il de s'entraîner lui-même et de s'imposer des exercices, dans la pensée qu'il serait un jour lui aussi au nombre des orateurs.
6. C'est à Isée qu'il fit appel, pour le guider vers l'éloquence, bien qu'Isocrate tînt alors école, peut-être, comme le disent certains, parce que sa condition d'orphelin ne lui permettait pas de payer le salaire de dix mines fixé par Isocrate, peut-être plutôt parce qu'il appréciait l'éloquence d'Isée qu'il jugeait énergique et adaptée aux nécessités pratiques[15]. 7. Hermippos[16] dit avoir trouvé des mémoires anonymes où il était écrit que Démosthène suivit les leçons de Platon qui lui furent fort utiles pour ses discours ; il cite aussi Ctésibios, selon qui Démosthène aurait reçu secrètement, par Callias de Syracuse et par quelques autres, les traités techniques d'Isocrate et d'Alcidamas et les aurait étudiés avec soin[17].

VI. 1. Dès qu'il eut l'âge requis[18], il commença par intenter un procès à ses tuteurs et à rédiger des plaidoiries contre eux[19]. Ils inventèrent beaucoup d'échappatoires et

---

14. La rivalité entre Athènes et Thèbes concernait notamment le contrôle du territoire d'Oropos. Ce procès eut lieu en 366. Callistratos était alors l'homme politique le plus en vue d'Athènes, qui avait réussi à reconstituer la puissance maritime de la cité grâce à une habile gestion des finances publiques.
15. Isée était un métèque, qui nous est surtout connu par des discours portant sur des affaires de succession. L'Athénien Isocrate avait lui aussi débuté en composant des discours pour des affaires privées. Mais l'école de rhétorique qu'il dirigea durant sa longue vie s'adressait surtout aux futurs hommes politiques, et les discours fictifs qu'il composa comme modèles d'art rhétorique portaient sur les relations entre cités et les affaires publiques. Sur la nature de son enseignement, voir ce qu'il en dit lui-même dans le discours Sur l'échange.
16. Hermippos de Smyrne, disciple de Callimaque, appartenait à l'école péripatéticienne. Il rédigea des Vies *d'orateurs et de législateurs que Plutarque a utilisées.*
17. On ne sait pas grand-chose de ce Ctésibios. Démosthène, trop pauvre pour suivre les leçons d'Isocrate, aurait eu connaissance de ses modèles de discours par les élèves du rhéteur. Alcidamas était aussi un rhéteur célèbre.
18. C'est-à-dire l'âge de la majorité civique, 20 ans.
19. Le procès se serait déroulé en 364-363. Cinq de ces plaidoiries ont été conservées, les trois discours Contre Aphobos *et les deux discours* Contre Onétor.

d'actions en révision : Démosthène, « s'entraînant », comme dit Thucydide, « par des exercices qui n'étaient pas dépourvus de dangers ni d'efforts[20] », finit par l'emporter. S'il ne put recouvrer la moindre parcelle de son patrimoine, il apprit à parler avec assurance et acquit suffisamment de pratique. Après avoir ainsi goûté à la passion et à la force des débats oratoires, il décida de parler devant le peuple et de s'occuper des affaires publiques. 2. Laomédon d'Orchomène[21], pour soigner une maladie de la rate, s'était, dit-on, entraîné, sur les conseils de ses médecins, à faire de longues courses ; quand il eut ainsi fortifié sa constitution, il participa aux compétitions où le prix est une couronne et devint un des meilleurs aux courses du long stade. Il en fut de même de Démosthène. Il se lança d'abord dans l'éloquence pour redresser ses affaires personnelles, puis, après avoir acquis ainsi de l'habileté et de la force, il participa aux luttes politiques, comme s'il s'agissait de ces compétitions où le prix est une couronne, et il obtint le premier rang parmi les citoyens qui rivalisaient du haut de la tribune.

3. Cependant, la première fois qu'il se présenta devant le peuple, il se heurta à des clameurs et on se moqua de lui pour l'étrangeté de son style : on le trouvait encombré de périodes et surchargé de sentences d'une manière trop rude et fastidieuse. 4. Il avait, paraît-il, une faiblesse dans la voix, un manque de clarté dans l'élocution et le souffle court, ce qui altérait le sens de ses paroles en le forçant à couper ses périodes. 5. Pour finir, il quitta l'assemblée du peuple et il errait au Pirée, en proie au désespoir, quand Eunomos de Thria[22], qui à cette époque était déjà très âgé, le vit et l'accabla de reproches : « Toi qui as une éloquence si semblable à celle de Périclès, pourquoi te laisses-tu aller, par timidité et mollesse, et n'affrontes-tu pas hardiment les foules ? Pourquoi n'exerces-tu pas ton corps à la lutte, au lieu de le laisser languir ainsi dans l'inaction ? »

VII. 1. Une autre fois, dit-on, comme il venait d'échouer et s'en retournait chez lui, confus et mortifié, l'acteur Satyros[23], qui était de ses proches, le raccompagna chez lui. 2. Démosthène se plaignit à lui : il était, lui dit-il, de tous les orateurs, celui qui se donnait le plus de peine, il y avait presque épuisé les forces de son corps et pourtant il ne plaisait pas au peuple ; des ivrognes, des matelots ignorants parvenaient à se faire écouter[24], ils tenaient la tribune, et lui, on le méprisait. 3. « Tu as raison, Démosthène, répondit Satyros, mais je guérirai vite la cause du mal, si tu acceptes de me réciter de mémoire quelque tirade d'Euripide

---

20. *La formule de Thucydide ne concerne évidemment pas Démosthène, né presque vingt ans après la mort de l'historien.*
21. *Ce Laomédon d'Orchomène est inconnu. La comparaison est amusante entre l'effort de l'athlète et celui de l'orateur pour parvenir au premier rang.*
22. *Cet Eunomos du dème de Thria aurait été un élève d'Isocrate.*
23. *Il est question de ce Satyros dans le discours* Sur l'ambassade infidèle, *192-195, où Démosthène le présente comme un interlocuteur courageux de Philippe, auquel il demanda la libération des filles d'un de ses amis, capturées lors de la prise d'Olynthe par le roi de Macédoine.*
24. *Allusion vraisemblable à l'orateur Démade (voir* Phocion, *I, 1-3).*

ou de Sophocle[25]. » 4. Démosthène le fit. Alors Satyros, reprenant la même tirade, la prononça si bien, l'adaptant au caractère et aux dispositions du personnage, que Démosthène la trouva aussitôt tout autre. 5. Il comprit alors combien le jeu de l'acteur ajoute de beauté et de grâce au discours et il se dit que l'exercice était bien peu de chose, et même rien, si l'on négligeait la prononciation et la présentation de ce que l'on disait. 6. Après cet entretien, il se fit construire une salle de travail souterraine, qui a été conservée jusqu'à notre époque. Il y descendait chaque jour sans faute exercer son jeu d'acteur et travailler sa voix. Il y passait souvent jusqu'à deux ou trois mois de suite, en se faisant raser la moitié de la tête ; ainsi, même s'il avait très envie de sortir, il en était empêché par la peur du ridicule.

VIII. 1. Du reste, même ses rencontres, ses conversations, ses affaires avec les gens du dehors devenaient pour lui autant de prétextes et d'occasions pour travailler. Dès qu'il avait quitté ses interlocuteurs, il descendait dans la salle de travail et examinait tour à tour les questions dont on avait parlé, et les arguments invoqués à leur propos. 2. De plus, reprenant à part lui les propos qu'il avait entendus, il les transformait en sentences et en périodes, et apportait toutes sortes de corrections et de modifications à ce que les autres lui avaient dit ou, inversement, à ce que lui-même avait dit aux autres. 3. Aussi passa-t-il pour un homme qui n'était pas doué par la nature et qui devait au travail son habileté et sa puissance oratoires. Ce qui semblait confirmer ce jugement, c'est qu'on ne l'entendait guère improviser : souvent même, alors qu'il était assis à l'assemblée du peuple et que le peuple l'invitait nommément à parler, il ne se présentait pas à la tribune, s'il n'avait pas réfléchi à la question et s'il ne s'était pas préparé. 4. Beaucoup de démagogues se moquaient de lui pour cela. Pythéas[26] lui dit un jour, par raillerie, que ses raisonnements sentaient la mèche de lampe. Démosthène lui répondit vertement : 5. « Ta lampe et la mienne, Pythéas, ne sont pas témoins des mêmes spectacles. » Avec les autres, il ne niait pas totalement ce qu'on lui reprochait : il reconnaissait que sans avoir écrit son texte, il ne s'était pas non plus complètement abstenu de l'écrire[27]. 6. C'était d'ailleurs, selon lui, le devoir d'un démocrate que de s'exercer à la parole, car une telle préparation était un signe de respect à l'égard du peuple ; ne pas se soucier de ce que la foule penserait de son discours était le fait d'un oligarque, d'un homme qui comptait sur la force plus que sur la persuasion. 7. Voici encore une autre preuve de sa timidité à improviser : souvent, lorsque Démosthène était interrompu par des clameurs, Démade se levait et parlait avec aisance pour le soutenir, ce que Démosthène ne fit jamais pour Démade[28].

---

25. *L'anecdote est doublement révélatrice, d'une part de la popularité au IVe siècle de l'œuvre des grands tragiques du siècle précédent, d'autre part du rôle de la mémoire dans une société encore dominée par la transmission orale.*
26. *Ce Pythéas est évoqué* infra *en XX, 2 et XXVII, 2-5. Il en est question également dans* Phocion, *XXI, 2.*
27. *Cela pourrait expliquer qu'un aussi grand nombre de discours de l'orateur aient été conservés. La publication a dû en être faite très tôt.*
28. *Démade est par excellence l'orateur démagogue capable de soutenir tout et son contraire. Cette alliance avec Démosthène paraît un peu suspecte, étant donné leur attitude respective face à Philippe.*

IX. 1. Mais dans ces conditions, dira-t-on, comment se fait-il qu'Eschine affirme que Démosthène est l'homme le plus admirable qui soit, par la hardiesse de ses discours[29] ? Et comment expliquer que, lorsque Python de Byzance, payant d'audace, se répandit en insultes contre les Athéniens[30], Démosthène fut le seul qui se leva pour lui répondre ? Et quand Lamachos de Smyrne, auteur d'un éloge des rois Alexandre et Philippe où il disait beaucoup de mal des Thébains et des Olynthiens, vint lire son texte pendant les concours Olympiques, comment Démosthène put-il se lever après lui, énumérer, preuves historiques et démonstrations à l'appui, tous les services que les Thébains et les Chalcidiens avaient rendus à la Grèce et inversement tous les maux causés par les flatteurs des Macédoniens[31], et retourner si bien les assistants, que le sophiste, effrayé du tumulte, se glissa hors de l'assemblée ?
2. C'est qu'apparemment, sans chercher à faire siennes les autres qualités de Périclès, il admirait et imitait sa déclamation, son attitude, et la manière dont il s'abstenait de parler précipitamment ou à l'improviste sur n'importe quel sujet. Démosthène était convaincu que c'était cela qui avait fait la grandeur de Périclès. Il ne voulait en aucune façon d'une gloire de circonstance et ne souhaitait pas voir son succès dépendre trop souvent de la Fortune. 3. Ses discours, tels qu'il les prononça, avaient en tout cas plus de vigueur et de hardiesse que leur texte écrit, s'il faut en croire Ératosthène, Démétrios de Phalère[32] et les poètes comiques. 4. Selon Ératosthène, Démosthène était souvent, au milieu de ses discours, comme transporté par le délire bachique. Selon l'homme de Phalère, Démosthène, saisi d'une sorte d'enthousiasme, prononça un jour devant le peuple ce serment, qui a le rythme d'un vers :

> Par la terre et les sources, les fleuves et les eaux.

5. Un poète comique l'appelle « camelot ». Un autre, se moquant de son goût pour les antithèses, dit :

> Il a repris comme il avait pris. – Démosthène
> Aurait été heureux de nous prendre ce mot.

---

29. *C'est dans le* Contre Ctésiphon, *152, qu'Eschine parle ainsi de Démosthène. Mais c'est pour opposer la hardiesse de ses discours à son manque de courage dans l'action.*
30. *Ce Python de Byzance était venu à Athènes proposer au nom de Philippe une révision de la paix conclue trois ans plus tôt. Démosthène fait référence à cette affaire et à son intervention dans le* Sur la Couronne, *136.*
31. *Le troisième exemple évoqué par Plutarque se rapporte à la rencontre d'Olympie en 324. Alexandre était alors au sommet de sa puissance et avait exigé des Grecs les honneurs divins et le retour des bannis dans leurs cités respectives. Démosthène accepta au nom des Athéniens la première requête, mais s'opposa à la seconde. Les Olynthiens, puis les Thébains avaient été les victimes des ambitions de Philippe. Olynthe était la principale cité chalcidienne.*
32. *Ératosthène de Cyrène, savant et mathématicien, dirigea la Bibliothèque d'Alexandrie à partir de 246. Démétrios de Phalère, élève de l'école péripatéticienne et auteur de nombreux ouvrages, gouverna Athènes de 317 à 307.*

6. À moins, par Zeus ! que ce ne soit encore une plaisanterie d'Antiphanès contre le discours sur l'Halonnèse, que Démosthène, jouant sur les mots, conseillait aux Athéniens de reprendre et non de prendre à Philippe[33].

X. 1. En ce qui concerne Démade toutefois, tous convenaient qu'avec ses seuls dons naturels, il était invincible et qu'il lui suffisait d'improviser pour surpasser les discours que Démosthène avait soigneusement médités et préparés. 2. Ariston de Chios rapporte aussi un jugement de Théophraste sur ces orateurs. Comme on lui demandait ce qu'il pensait de Démosthène en tant qu'orateur, il répondit : « Il est digne de la cité », mais pour Démade : « Il est au-dessus de la cité. » 3. Selon le même philosophe, Polyeuctos de Sphettos, un des hommes politiques athéniens de cette époque, déclarait que Démosthène était le plus grand orateur, mais Phocion le plus efficace, car il enfermait le plus de sens dans le plus petit nombre de mots[34]. 4. D'ailleurs Démosthène lui-même, toutes les fois que Phocion montait à la tribune pour parler contre lui, déclarait, dit-on, à ses amis : « Voici la hache de mes discours qui se lève. » 5. Cependant, on ignore s'il faisait allusion à l'éloquence de Phocion, ou à sa vie et à sa réputation, estimant qu'une seule parole, un seul signe de tête d'un homme qui inspire confiance ont plus d'effet que les périodes les plus nombreuses et les plus amples.

XI. 1. Pour corriger ses faiblesses physiques, voici les exercices qu'il pratiqua, comme le rapporte Démétrios de Phalère, qui dit l'avoir entendu de Démosthène lui-même sur ses vieux jours. Il triompha de son élocution confuse et de son défaut de prononciation en remplissant sa bouche de cailloux, tandis qu'il déclamait des tirades. Pour entraîner sa voix, il parlait et récitait, en retenant son souffle, des discours ou des vers, tout en courant et en gravissant des pentes. Il avait chez lui un grand miroir, devant lequel il se plaçait pour accomplir ses exercices. 2. Un homme, dit-on, vint lui demander de l'assister en justice et lui raconta qu'on l'avait frappé. « Toi ? s'étonna Démosthène. Allons donc ! Il ne t'est rien arrivé de ce que tu dis. » Alors l'autre, élevant la voix, se mit à crier : « Quoi, Démosthène ? Il ne m'est rien arrivé, à moi ? – Si, par Zeus ! reprit Démosthène, maintenant j'entends la voix d'un homme qui a été maltraité et brutalisé ! » 3. On voit combien il accordait d'importance, pour emporter l'adhésion, au ton et à l'expression de ceux qui parlent. Son

---

33. Sur Antiphanès, voir supra, IV, 6. Sur la proposition de Philippe de donner aux Athéniens la petite île d'Halonnèse, voir Eschine, Contre Ctésiphon, *83, où il cite la réplique de Démosthène jouant sur le sens respectif de* didonaï *et* apodidonaï *(donner et rendre) devenue dans le texte de Plutarque un jeu sur* lambanein *et* apolambanein *(prendre et reprendre).*

34. Ariston de Chios était un philosophe stoïcien. Théophraste, savant et philosophe, fut le successeur d'Aristote à la tête du Lycée. Il est intéressant de voir ici exprimée sur Démade une opinion qui contredit celle dont Plutarque se fait l'écho dans la Vie de Phocion. *Le jugement de Polyeuctos de Sphettos est repris dans* Phocion, *V, 9-10. Dans le développement qui suit, on entrevoit l'importance des débats relatifs aux hommes politiques athéniens au sein de l'école péripatéticienne dans les dernières décennies du IVe siècle.*

jeu d'acteur procurait à la foule un plaisir étonnant, mais les gens plus raffinés, notamment Démétrios de Phalère, trouvaient ses inflexions vulgaires, dépourvues de noblesse et molles[35]. 4. Selon Hermippos, Aïsion, à qui on demandait son avis sur les orateurs d'autrefois et ceux de son temps, répondit qu'à l'audition on ne pouvait qu'admirer les orateurs d'autrefois, qui haranguaient le peuple avec décence et majesté, mais qu'à la lecture, les discours de Démosthène étaient de loin supérieurs par leur composition et leur force[36]. 5. En ce qui concerne ses discours écrits, est-il d'ailleurs nécessaire de souligner leur vigueur et leur âpreté ? Mais, dans ses reparties improvisées, il employait également la plaisanterie. Ainsi, comme Démade disait : « Démosthène, me faire la leçon ? C'est la truie qui en remontre à Athéna ! – Cette Athéna dont tu parles, répliqua Démosthène, a été surprise l'autre jour en flagrant délit d'adultère à Collyte[37]. » 6. Un voleur, surnommé l'homme de bronze, prétendait se moquer lui aussi des veilles de l'orateur et des textes qu'il écrivait pendant la nuit. « Je sais bien, dit Démosthène, que je te gêne en faisant brûler ma lampe. Mais vous, Athéniens, ne vous étonnez pas s'il y a tant de vols : nous avons des voleurs de bronze et des murs de torchis. » 7. Sur ces plaisanteries et bien d'autres, nous aurions encore beaucoup à dire, mais nous nous en tiendrons là. Quant au reste de sa conduite et de son caractère, il est juste de se fonder sur ses actions et sa politique pour les étudier[38].

XII. 1. Il se lança dans la vie politique au moment où la guerre de Phocide venait d'éclater[39], comme il le dit lui-même et comme on peut aussi le conclure de ses harangues contre Philippe : 2. les unes ont été prononcées après la ruine des Phocidiens, et les plus anciennes parlent des événements qui la précédèrent de très peu[40]. 3. On sait également qu'il avait trente-deux ans lorsqu'il se prépara à plaider contre Midias[41] et qu'il

---

35. Il n'est pas surprenant de trouver ce jugement chez Démétrios de Phalère, qui appartenait comme Phocion au « parti macédonien ». Il allait d'ailleurs être condamné à mort par contumace comme coaccusé de Phocion, et ne revint à Athènes que lorsque Cassandre s'empara de la cité et lui en confia le gouvernement (voir infra, XIII, 4 et note).
36. Sur Hermippos de Smyrne, voir supra, V, 7 et note. Aïsion est un orateur contemporain de Démosthène. Une nouvelle fois, l'accent est mis sur le caractère « écrit » de l'éloquence de Démosthène.
37. Collyte est un dème de l'Attique.
38. On a déjà eu l'occasion de souligner l'importance des anecdotes dans les Vies *de Plutarque. Mais ici, ayant à sa disposition les discours de l'orateur, Plutarque considère qu'il dégagera mieux les traits de son caractère en étudiant ses actions, telles qu'il les justifie lui-même au chapitre suivant.*
39. Cette « guerre de Phocide » est plus généralement appelée « troisième guerre sacrée » (356-346), car elle eut pour origine, à l'été 356, le pillage par les Phocidiens du sanctuaire d'Apollon à Delphes.
40. Le plus ancien des discours contre Philippe, la première Philippique, *date de 351. Les trois autres ont été prononcées après la paix de 346 qui mit fin à la « guerre de Phocide ».*
41. Le discours Contre Midias *aurait été composé en 348-347 en vue du procès qui opposait Démosthène à ce riche Athénien qui l'avait, alors qu'il était chorège, giflé en plein théâtre. Ce qui placerait la naissance de Démosthène en 380-379. Mais d'autres témoignages incitent à placer cette naissance quelques années plus tôt, en 384-383.*

n'avait pas encore d'influence ni de réputation en politique : 4. ce fut d'ailleurs surtout cela, à mon avis, qui lui fit prendre peur et renoncer, moyennant un dédommagement, à son ressentiment contre Midias. Car

> Son cœur n'était pas doux ni son esprit clément[42] ;

au contraire, il était rude et violent lorsqu'il s'agissait de se défendre[43]. 5. Mais il voyait qu'il était difficile et au-dessus de ses forces d'abattre Midias, auquel sa richesse, son éloquence et ses amis fournissaient un rempart solide : il céda donc à ceux qui intercédaient pour lui. 6. À elles seules, les trois mille drachmes n'auraient pas suffi, je crois, à apaiser l'aigreur de Démosthène, s'il avait espéré et pu l'emporter.
7. Il prit comme beau principe de sa politique la défense des Grecs contre Philippe, et la lutte qu'il mena fut digne de cette cause. Il acquit bientôt du renom, s'éleva, et attira l'attention générale par son éloquence et sa franchise : on l'admirait en Grèce, il était courtisé par le Grand Roi et Philippe lui-même tenait compte de lui plus que de tous les autres démagogues[44]. Même ceux qui le haïssaient reconnaissaient qu'ils avaient en lui un brillant adversaire : 8. c'est ce qu'ont déclaré Eschine et Hypéride dans leurs accusations[45].

XIII. 1. Je ne sais donc pour quelle raison Théopompe soutient que Démosthène avait un caractère inconstant, et ne pouvait rester longtemps attaché aux mêmes affaires ni aux mêmes hommes[46]. 2. Il est évident au contraire qu'il demeura fidèle jusqu'au bout au parti et à l'attitude qu'il avait adoptés dès l'origine et que, loin de changer au cours de sa vie, il sacrifia cette vie même, pour ne pas être obligé de changer[47]. 3. Il ne ressemblait pas à Démade, qui se défendait de son revirement politique en disant : « J'ai souvent parlé contre mon sentiment, jamais contre l'intérêt de la cité » ; ni à Mélanopos, qui tout en étant l'adversaire politique de Callistratos, se laissait souvent acheter par lui, changeait de camp et avait coutume de dire au peuple : « Certes, Callistratos est mon adversaire, mais il faut que l'inté-

---

42. Homère, Iliade, XX, v. 467.
43. Eschine évoque cet « achat » de Démosthène par Midias dans le Contre Ctésiphon, 52. Il reste que le discours, l'un des plus virulents de l'orateur à l'encontre des riches qui se prétendaient au-dessus des lois, fut publié sans doute par ses soins.
44. Sur les relations de Démosthène avec le Grand Roi, voir infra, XX, 4-5. Sur l'importance que lui accordait Philippe, voir infra, XVI, 2.
45. Eschine fut l'adversaire acharné de Démosthène, qu'il attaque dans les trois discours de lui qui nous sont parvenus, le Contre Timarque, le Sur l'ambassade et le Contre Ctésiphon. Hypéride, en revanche, le soutint dans sa politique antimacédonienne et c'est seulement l'affaire d'Harpale (voir infra, XXV-XXVI) qui devait un moment les opposer, avant qu'ils ne se retrouvent unis lors de la guerre lamiaque (infra, XXVII-XXVIII).
46. Sur Théopompe, voir supra, IV, 1 et note. Admirateur de Philippe, l'historien de Chios n'est pas tendre pour Démosthène.
47. Plutarque est ici tributaire de sources favorables à Démosthène, dont l'attitude ne fut peut-être pas toujours aussi rigoureuse. Voir Mossé (1994), p. 121-122 et 128-130.

rêt public triomphe[48] » ; 4. ni à Nicodémos de Messène qui, ayant d'abord pris parti pour Cassandre puis mené une politique favorable à Démétrios[49], prétendit qu'il ne se contredisait pas, puisqu'on a toujours intérêt à écouter ceux qui sont les plus forts. Dans le cas de Démosthène, en revanche, on ne peut parler de lui comme d'un homme qui biaisait ou louvoyait dans ses paroles ou dans ses actes ; bien au contraire, comme si sa politique se fondait sur un mode musical unique et immuable, il fit toujours entendre le même ton dans la vie publique.

5. Selon le philosophe Panaïtios, la plupart des discours de Démosthène ont été écrits dans l'idée que seul le beau mérite, par lui-même, d'être choisi : c'est le cas du discours *Sur la Couronne*, du *Contre Aristocratès*, du *Sur les immunités* et des *Philippiques*[50]. 6. Dans tous ces discours, loin de pousser ses concitoyens vers la solution la plus agréable, la plus facile et la plus avantageuse, Démosthène estime souvent que la sécurité et le salut doivent passer au second plan, après l'honneur et la dignité. C'est pourquoi, si, à l'élévation de ses entreprises et à la noblesse de ses discours, il avait joint le courage militaire et une intégrité parfaite en toutes ses actions, au lieu d'être compté, avec Moïroclès, Polyeuctos et Hypéride, au nombre des orateurs, il mériterait d'être placé plus haut, avec Cimon, Thucydide et Périclès[51].

XIV. 1. Parmi ses contemporains, Phocion, en dépit du peu d'estime qu'on avait pour sa politique et malgré sa réputation de promacédonien, fut considéré, à cause de son courage et de son respect de la justice, comme n'étant nullement inférieur à Éphialtès, à Aristide et à Cimon[52]. 2. En revanche, comme le dit Démétrios, Démosthène n'inspirait aucune confiance sous les armes, et il n'était pas complètement à l'abri de la corruption : s'il refusa de se laisser acheter par l'or de Philippe et de la Macédoine, il se laissa gagner et inonder par celui qu'on envoyait de la Haute Asie, de Suse et d'Ecbatane ; il était très habile à louer les vertus des ancêtres, moins

---

48. Ces remarques sur les orateurs athéniens et leurs fréquents revirements sont un lieu commun des discours de l'époque. Mélanopos est connu pour avoir participé à diverses ambassades athéniennes à Sparte et en Égypte. Sur Callistratos, voir supra, V, 1 et note.

49. Cassandre, fils du Macédonien Antipatros, fut le maître de la Grèce et de la Macédoine durant quelques années. Il eut pour adversaires Antigone le Borgne et son fils Démétrios. Ce dernier se rendit maître d'Athènes en 307. Sur ces événements postérieurs à la mort d'Alexandre, voir Will (1979), p. 45-79.

50. Il s'agit du philosophe Panaïtios de Rhodes. On a l'impression que, si Plutarque a effectivement lu le Sur la Couronne *de Démosthène et le* Contre Ctésiphon *d'Eschine, pour les autres discours, il s'est contenté de rapporter les jugements qui avaient cours dans les écoles philosophiques.*

51. Pour Plutarque, l'infériorité de Démosthène par rapport aux grands orateurs du siècle précédent, Cimon, Périclès et l'adversaire de celui-ci, Thucydide d'Alopécè, tient à ce que ces derniers étaient aussi de grands stratèges, ce que ne furent ni Hypéride ni ce Moïroclès, connu pour être un orateur antimacédonien – ni bien entendu Démosthène.

52. La remarque concernant Phocion découle directement de ce qui précède, car Phocion fut le seul à être à la fois orateur et stratège. On sait l'admiration que vouait Plutarque à ce dernier, en dépit de son attitude promacédonienne. La comparaison avec Éphialtès surprend un peu. Mais on retrouve Cimon, déjà cité, et Aristide.

habile à les imiter[53]. 3. Cependant, même par ses actes, il surpassa les orateurs de son temps (j'excepte le seul Phocion). Il est clair notamment qu'il avait plus de franchise que les autres pour parler au peuple, pour s'opposer aux désirs de la foule et pour lui reprocher sévèrement ses fautes, comme le prouvent ses discours eux-mêmes[54]. 4. Théophraste raconte même ceci : un jour que les Athéniens voulaient le contraindre à accuser quelqu'un et protestaient bruyamment parce qu'il s'y refusait, il se leva et leur dit : « Athéniens, vous trouverez toujours en moi un conseiller, même si vous ne le souhaitez pas, mais jamais un sycophante, même si vous le souhaitez. » 5. Son attitude politique à l'égard d'Antiphon fut, elle aussi, tout à fait aristocratique. Antiphon avait été absous par l'assemblée du peuple ; Démosthène le fit arrêter, le traduisit devant le conseil de l'Aréopage et, sans se soucier du mécontentement du peuple, lui fit avouer qu'il avait promis à Philippe de brûler l'arsenal : l'homme fut condamné à mort par le conseil et exécuté[55]. 6. Démosthène accusa aussi la prêtresse Théoris, lui reprochant notamment d'enseigner aux esclaves l'art de tromper : il la fit condamner et mettre à mort[56].

XV. 1. On dit que le plaidoyer contre le stratège Timothée, qui permit à Apollodoros de faire condamner ce personnage pour dettes, fut écrit par Démosthène, et on lui attribue aussi les discours contre Phormion et contre Stéphanos, ce qui le discrédita à juste titre[57]. 2. En effet, Phormion se défendit contre Apollodoros avec un discours composé par Démosthène : c'était exactement comme si ce dernier avait vendu à deux adversaires, pour se battre, deux poignards provenant de la même coutellerie.

---

53. Démétrios de Phalère a dû, dans ses écrits, donner une image négative de Démosthène, en mettant en avant son manque de courage physique (voir infra, XX, 2 sur son comportement à Chéronée) et sa faiblesse face à l'argent (voir supra, XII, 4 à propos de Midias), en particulier celui du Grand Roi (voir infra, XX, 4-5).
54. Démosthène présente ici toutes les qualités qui sont généralement déniées aux orateurs par les adversaires de la démocratie.
55. L'affaire de cet Antiphon passé au service de Philippe de Macédoine, est évoquée dans le Sur la Couronne, *132-133.*
56. Il est question de cette Théoris, sans doute la prêtresse d'un culte non civique, dans le Contre Aristogiton, *I, 79-80.*
57. Cet Apollodoros était le fils du riche banquier d'origine servile Pasion. Il intenta un procès à son beau-père Phormion, lui-même ancien esclave de Pasion et époux de la veuve de celui-ci, dont Démosthène assura la défense. Après quoi, Apollodoros, condamné par les juges, intenta un procès pour faux témoignage à un certain Stéphanos et prit Démosthène comme logographe. Il allait par la suite s'attacher à lui. Il présenta en particulier en 348 la proposition d'affecter les excédents budgétaires à une caisse militaire et non plus à la caisse des spectacles, ce que Démosthène réclamait depuis longtemps. Cela lui valut un procès pour illégalité et la condamnation à une forte amende. Quatre des plaidoyers qui figurent parmi les plaidoyers civils de Démosthène sont attribués par Gernet à Apollodoros. Parmi eux, le plaidoyer contre le célèbre stratège Timothée, auquel Pasion avait prêté de l'argent. Voir Démosthène, Plaidoyers civils, *t. III, p. 11-13. Sur les relations entre Démosthène et Apollodoros, voir Mossé (1994), p. 85-89.*

3. Parmi ses plaidoyers politiques, le *Contre Androtion*, le *Contre Timocratès* et le *Contre Aristocratès* furent écrits pour être prononcés par d'autres, alors que lui-même n'avait pas encore abordé les affaires publiques : il avait, paraît-il, trente-deux ou trente-trois ans quand il les composa. Mais il prononça lui-même le *Contre Aristogiton*, et le *Sur les immunités*, à cause de Ctésippos, fils de Chabrias[58], à ce qu'il dit lui-même, ou, comme le prétendent certains, parce qu'il voulait épouser la mère de ce jeune homme. 4. Ce mariage n'eut pourtant pas lieu : Démosthène épousa une Samienne, comme le rapporte Démétrios de Magnésie dans son traité *Des synonymes*[59]. 5. Quant au discours contre Eschine, intitulé *Sur l'ambassade infidèle*, on ne sait pas s'il fut réellement prononcé. Selon Idoménée, Eschine ne fut absous qu'à une majorité de trente voix, mais cette assertion ne semble pas exacte, si l'on en juge par les discours que les deux orateurs composèrent *Sur la Couronne* : 6. aucun d'eux n'y mentionne, d'une manière claire et formelle, ce conflit comme ayant été porté devant un tribunal. Mais c'est une question que d'autres décideront mieux que moi[60].

XVI. 1. La politique de Démosthène était déjà très claire, même à l'époque où la paix durait encore. Il ne laissait passer aucun acte du Macédonien sans le critiquer : toutes les occasions lui étaient bonnes pour exciter et enflammer les Athéniens contre lui. 2. Aussi Philippe tenait-il de son côté le plus grand compte de Démosthène : lorsque celui-ci se rendit en Macédoine en qualité d'ambassadeur, avec neuf collègues, le roi écouta tout le monde, mais s'appliqua surtout à répondre au discours de Démosthène[61]. 3. Cependant pour les honneurs et les attentions, il ne le traita pas aussi bien que les autres et s'efforça surtout de gagner Eschine et Philocratès[62]. 4. Ceux-ci se mirent donc à louer Philippe, disant qu'il était, de tous les hommes, le plus habile à parler, le plus beau et même, par Zeus ! le meilleur buveur en compagnie. La jalousie poussa Démosthène à se moquer, en disant : « Le

---

58. *Les trois discours politiques cités par Plutarque furent composés entre 354 et 352. Le discours* Sur les immunités *est le* Contre Leptine *qu'il composa pour le fils de Chabrias, le grand stratège de la première moitié du* IV*ᵉ siècle, mort devant Naxos en 357.*
59. *Démétrios de Magnésie est un contemporain de Cicéron. Selon Diogène Laërce, le titre exact du traité serait* Sur les poètes et les écrivains homonymes. *Les Athéniens avaient installé à Samos une clérouquie (colonie militaire). La femme de Démosthène devait être la fille d'un de ces clérouques, donc une fille de citoyen.*
60. *Idoménée de Lampsaque, contemporain d'Épicure, était l'auteur d'un ouvrage sur les démagogues athéniens. Le discours d'Eschine auquel répond le* Sur la Couronne *est le* Contre Ctésiphon. *Ce Ctésiphon avait proposé au lendemain de Chéronée qu'une couronne soit accordée à Démosthène en récompense de son action au service de la cité. Le procès sur l'ambassade – il s'agit de l'ambassade envoyée auprès de Philippe et qui précéda la conclusion de la paix de 346 – se déroula en 343 ; le procès sur la couronne en 330. Eschine l'emporta en 343, mais fut condamné en 330 et dut s'exiler. Voir Mossé (1994), p. 93-96 ; 122-129.*
61. *C'est ce qu'affirme Démosthène, mais ce que nie Eschine (*Sur l'ambassade infidèle, *38).*
62. *Philocratès fut le principal négociateur de la paix de 346.*

premier de ces éloges est bon pour un sophiste, le second pour une femme, le troisième pour une éponge : aucun n'est digne d'un roi[63]. »

XVII. 1. Bientôt la guerre devint inévitable, car Philippe ne pouvait rester tranquille et les Athéniens étaient tenus en éveil par Démosthène. Celui-ci les lança d'abord sur l'Eubée, que les tyrans avaient asservie à Philippe : en vertu d'un décret rédigé par Démosthène, les Athéniens passèrent dans l'île et en chassèrent les Macédoniens[64]. 2. Il se porta ensuite au secours des Byzantins et des Périnthiens, contre lesquels le Macédonien était en guerre : il persuada le peuple de renoncer à sa rancune, d'oublier les fautes commises par ces deux cités dans la guerre des alliés, et de leur envoyer une armée qui les sauva[65]. 3. Ensuite, à force d'ambassades, de discussions avec les Grecs et d'exhortations, il les ligua presque tous contre Philippe. Ils réunirent une armée de quinze mille fantassins et de deux mille cavaliers, sans compter les contingents de citoyens, et ils fournirent avec enthousiasme l'argent et la solde des mercenaires[66]. 4. À cette occasion, comme les alliés demandaient de fixer les différentes contributions, l'orateur Crobylos[67] déclara, selon Théophraste : « La guerre ne se nourrit pas à forfait. » 5. La Grèce était donc suspendue dans l'attente des événements ; Eubéens, Achéens, Corinthiens, Mégariens, Leucadiens et Corcyréens s'étaient ligués par peuples et par cités. Mais il restait encore à Démosthène à livrer le combat le plus important : il lui fallait attirer dans cette alliance les Thébains, car leur contrée était limitrophe de l'Attique, ils avaient des troupes aguerries, et ils étaient alors les Grecs les plus réputés pour leurs capacités militaires. 6. Mais il n'était pas facile de les faire changer de camp : Philippe les avait amadoués par les services tout récents qu'il leur avait rendus dans la guerre de Phocide[68] et surtout les querelles de voisinage envenimaient sans cesse les conflits entre les deux cités.

---

63. *Les propos prêtés à Démosthène sont rapportés par Eschine (*Sur l'ambassade infidèle, *112).*
64. *Les campagnes d'Eubée se déroulèrent en 341 et 340. Phocion avait reçu le commandement des deux expéditions (voir* Phocion, *XII-XIII).*
65. *Périnthos et Byzance étaient sorties de l'alliance athénienne en 357 et s'étaient associées à la révolte des alliés qui mit fin à la tentative de rétablissement de l'hégémonie athénienne en mer Égée, après la défaite subie par la flotte athénienne à Embata en 356. L'attaque de Philippe contre Byzance et Périnthos eut lieu en 340, mais deux expéditions athéniennes contraignirent le roi à abandonner le siège de Byzance en 339.*
66. *Plutarque reprend ici presque textuellement les indications fournies par Démosthène,* Sur la Couronne, *237. Les alliés nommés par Démosthène sont ceux-là mêmes que cite Plutarque au § 5.*
67. *Crobylos était le surnom donné à l'orateur Hégésippos, qui soutenait la politique de Démosthène.*
68. *C'est depuis l'époque d'Épaminondas que les Thébains avaient acquis cette réputation. Ils avaient été longtemps les alliés de Philippe. Mais la paix de 346 avait fait entrer le roi au conseil amphictyonique de Delphes jusque-là contrôlé par les Thébains, ce qui représentait une menace pour eux. La rivalité entre Athènes et Thèbes était ancienne et concernait en particulier le contrôle du territoire d'Oropos, à la frontière entre les deux cités, dont les Thébains s'étaient emparés malgré les efforts de Callistratos (voir* supra, *V, 1).*

DÉMOSTHÈNE

XVIII. 1. Cependant, Philippe, exalté par son succès d'Amphissa, se jeta brusquement sur Élatée, et s'empara de la Phocide[69]. Les Athéniens étaient frappés de terreur : nul n'osait monter à la tribune, nul ne trouvait rien à dire, l'assemblée du peuple était plongée dans la perplexité et le silence. Démosthène fut le seul à s'avancer ; il conseilla de solliciter les Thébains. Ensuite, après avoir, comme à son habitude, rassuré le peuple et relevé son courage en lui rendant espoir, il fut envoyé en ambassade à Thèbes avec d'autres. 2. De son côté, Philippe envoya, selon Marsyas[70], les Macédoniens Amyntas, Cléandros et Cassandros, le Thessalien Daochos et Thrasydaios, pour parler contre les Athéniens. Les Thébains voyaient bien où était leur intérêt : chacun avait sous les yeux les maux de la guerre, car les blessures de la guerre de Phocide étaient encore fraîches. Mais, comme le dit Théopompe, la puissance de l'orateur ranima leur ardeur, enflamma leur ambition et rejeta tout le reste dans l'ombre : bannissant toute crainte, tout calcul, toute gratitude, ils se laissèrent transporter d'enthousiasme par son discours et choisirent l'honneur. 3. Le succès de l'orateur parut si grand et si éclatant que Philippe s'empressa d'envoyer des hérauts demander la paix, tandis que la Grèce se dressait et se liguait dans l'attente de l'avenir. Les ordres de Démosthène étaient suivis non seulement par les stratèges athéniens, mais même par les béotarques : il dirigeait toutes les assemblées, à Thèbes comme à Athènes, car il était aimé par les deux peuples et son autorité, contrairement à ce que dit Théopompe, n'avait rien d'injuste ni de déplacé mais était pleinement légitime[71].

XIX. 1. Mais il semble qu'une Fortune divine, ou peut-être le cours cyclique des événements, avait fixé pour cette époque la fin de la liberté de la Grèce et s'opposait à ces actions. De nombreux signes annoncèrent l'avenir. La Pythie proféra notamment des oracles effrayants et l'on chantait une ancienne prophétie, tirée des Livres Sibyllins :

> Que ne puis-je, loin du combat du Thermodon,
> Tel un aigle tout voir dans les airs et les nues !
> Il pleure, le vaincu ! le vainqueur est perdu[72] !

---

69. *En 339, une nouvelle guerre sacrée avait éclaté, dirigée contre les Locriens d'Amphissa, accusés d'avoir cultivé des terres appartenant au sanctuaire. Philippe reçut le commandement de l'expédition au grand dam des Thébains, et c'est pour les contraindre à accepter son alliance qu'il s'empara de la forteresse d'Élatée. Démosthène a longuement exposé cette affaire dans le discours* Sur la Couronne, *169-179, que Plutarque suit ici.*

70. *Il s'agit du Macédonien Marsyas de Pella, frère d'Antigone le Borgne et auteur d'une* Histoire de la Macédoine *depuis les origines jusqu'à la fondation d'Alexandrie.*

71. *En réalité, pour obtenir l'alliance des Thébains, Démosthène avait dû faire des concessions et leur accorder le commandement des forces terrestres de la coalition, ce qu'Eschine ne manque pas de lui reprocher* (Contre Ctésiphon, *147 et suiv.*) *en rappelant les conséquences désastreuses pour les Thébains de cette alliance.*

72. *Sur ces présages annonciateurs de la défaite, voir Eschine,* Contre Ctésiphon, *13.*

2. On dit que le Thermodon est une petite rivière de chez nous, Chéronée, qui se jette dans le Céphise. Pour notre part, nous ne connaissons aujourd'hui aucun cours d'eau de ce nom, mais nous pouvons supposer que celui qu'on appelle désormais Haïmon se nommait alors Thermodon : il passe précisément le long du temple d'Héraclès, où les Grecs avaient établi leur camp. J'imagine qu'après la bataille, cette rivière fut remplie de sang *[haïma]* et de cadavres, ce qui entraîna ce changement de nom. 3. Mais, selon Douris[73], le Thermodon n'était pas une rivière : des soldats qui creusaient la terre pour dresser une tente auraient trouvé une statuette de pierre, avec une inscription indiquant qu'elle représentait Thermodon portant dans ses bras une Amazone blessée[74]. Douris dit, en outre, que l'on chantait un autre oracle :

> Attends le combat du Thermodon, oiseau noir.
> Là te sera servie beaucoup de chair humaine.

XX. 1. Sur ce point, il est difficile d'établir la vérité. Quoi qu'il en soit, Démosthène, confiant dans les armes des Grecs, et encouragé par la force et l'ardeur de tant de troupes qui défiaient les ennemis, ne permit pas, dit-on, de tenir compte de ces oracles et d'écouter ces prophéties ; il soupçonnait même la Pythie de *philippiser*. Rappelant aux Thébains le souvenir d'Épaminondas et aux Athéniens celui de Périclès, il disait que ces grands hommes considéraient tous les signes de ce genre comme des prétextes pour couvrir la lâcheté, et qu'ils ne se fiaient qu'à leurs calculs[75]. 2. Jusque-là, Démosthène s'était montré valeureux, mais dans la bataille, son comportement n'eut rien d'honorable et ne correspondit nullement à ses discours : il abandonna son poste, s'enfuit honteusement et jeta ses armes. À en croire Pythéas, il ne respecta même pas la devise gravée en lettres d'or sur son bouclier : « À la bonne Fortune[76]. »
3. Aussitôt après sa victoire, Philippe, dans sa joie, se prit d'insolence. Il alla danser et faire la fête devant les cadavres ; dans son ivresse, il chanta le début du décret de Démosthène[77], en battant du pied et en scandant la mesure :

> Démosthène, du dème de Paiania
> Et fils de Démosthène, a proposé ceci.

Mais, quand il fut revenu de son ivresse, et qu'il mesura l'importance du combat qu'il avait dû soutenir, il frissonna devant l'habileté et la puissance de cet orateur qui l'avait obligé à risquer, en une petite partie d'une seule journée, son empire et

---

73. *Douris de Samos, disciple de Théophraste et auteur d'*Hellenica.
74. *La tradition rapportait que Thésée, roi d'Athènes, avait vaincu les Amazones près de Chéronée. Plutarque y fait référence dans* Thésée, *XXVII, 8.*
75. *C'est du moins ce que prétend Eschine dans le passage cité* supra *du* Contre Ctésiphon.
76. *C'est encore Eschine qui porte cette accusation contre Démosthène (*Contre Ctésiphon, *253).*
77. *C'est le décret que Démosthène avait proposé à la veille de la guerre (*Sur la Couronne, *179). La bataille de Chéronée se déroula en septembre 338.*

sa vie. 4. La gloire de Démosthène parvint jusqu'au roi de Perse, qui écrivit à ses satrapes du littoral de lui donner de l'argent et de s'intéresser à lui plus qu'à tous les autres Grecs, car il était capable de détourner le Macédonien et de le retenir en fomentant des troubles en Grèce. 5. Ces manœuvres furent découvertes plus tard par Alexandre : il trouva à Sardes des lettres de Démosthène et des écrits des généraux du roi révélant l'importance des richesses qui lui furent offertes[78].

XXI. 1. Cependant, pour l'heure, après le désastre essuyé par les Grecs, les orateurs hostiles à la politique de Démosthène s'acharnèrent sur lui et voulurent lui demander des comptes et le mettre en accusation. 2. Mais le peuple, non content de l'absoudre, continuait à l'honorer et à le rappeler, le considérant comme un homme dévoué à la cité[79] ; ce fut au point que, lorsque les ossements des morts furent rapportés de Chéronée pour être ensevelis, il fut désigné pour prononcer l'éloge funèbre des guerriers. Contrairement à ce qu'écrit Théopompe sur un ton tragique, le peuple n'était ni humilié ni avili par son malheur ; bien au contraire, en honorant et distinguant tout particulièrement celui qui l'avait conseillé, il montra qu'il ne regrettait pas d'avoir suivi ses conseils. 3. Démosthène prononça donc l'oraison funèbre. Cependant, quand il proposa des projets de loi, il n'inscrivit plus son nom mais tour à tour celui de chacun de ses amis[80], pour conjurer son mauvais *démon* et la Fortune, jusqu'au moment où il reprit courage après la mort de Philippe[81]. 4. Ce dernier ne survécut pas longtemps à sa victoire de Chéronée – et c'est également, semble-t-il, ce que prédisait le dernier vers de l'oracle :
«Il pleure, le vaincu ! le vainqueur est perdu !»

XXII. 1. Démosthène fut secrètement informé de la mort de Philippe. Pour préparer les Athéniens à retrouver confiance dans l'avenir, il se rendit d'un air joyeux à la Boulè et raconta qu'il avait eu un songe qui leur annonçait un grand bonheur ; or, peu après, on vit arriver des messagers qui apportaient la nouvelle de la mort de Philippe[82]. 2. Les

---

78. *Il a déjà été fait allusion* supra *(XII, 7) à ces relations de Démosthène avec le Grand Roi. On ne sait quand eut lieu cet échange de lettres, avant ou après la mort de Philippe. Le Perse avait en effet intérêt à ce qu'éclatent des troubles en Grèce qui retarderaient l'expédition prévue par Philippe et qu'Alexandre devait entreprendre après la mort de son père.*

79. *Démosthène fait allusion à ces attaques et à ces marques d'honneur dans le discours* Sur la Couronne, *248 et 285.*

80. *Démosthène a effectivement prononcé l'oraison funèbre des morts de Chéronée, mais on n'est pas sûr que le texte qui figure parmi ses œuvres soit authentique (voir Carlier, 1990, p. 312-313). À propos de l'absence de son nom sur les décrets, Eschine (*Contre Ctésiphon, *157-159) prétend que ce sont les Athéniens qui l'exigèrent.*

81. *Philippe fut assassiné en 336, deux ans après sa victoire. Entre-temps, il avait conclu avec les Grecs rassemblés à l'isthme de Corinthe une alliance dont il était l'hégémon, le chef, et qui avait pour but de mener la guerre en Asie contre le Grand Roi.*

82. *D'après Eschine (*Contre Ctésiphon, *77), Démosthène aurait été averti de la mort de Philippe par des amis du stratège Charidémos, mais aurait prétendu l'avoir apprise par un songe envoyé par les dieux.*

Athéniens firent aussitôt des sacrifices pour célébrer la bonne nouvelle, et votèrent une couronne à Pausanias[83]. 3. Démosthène sortit avec un manteau brillant et une couronne, alors que sa fille était morte depuis seulement six jours, comme le dit Eschine qui lui reproche cette attitude et le traite de père indigne[84]. Mais c'est Eschine qui est grossier et lâche de considérer le deuil et les plaintes comme les signes d'une âme tendre et affectueuse, et de blâmer celui qui supporte ses malheurs sans s'abandonner au chagrin, avec douceur. 4. Pour ma part, je ne dirais pas qu'il était beau de la part des Athéniens de se couronner et d'offrir des sacrifices à la mort d'un roi qui, vainqueur, les avait traités avec tant de clémence et d'humanité dans leur infortune : outre le fait qu'ils s'exposaient à la Némésis, c'était manquer de noblesse, après avoir honoré Philippe de son vivant et en avoir fait un citoyen d'Athènes, de ne pas modérer leur joie, maintenant qu'il avait succombé sans qu'ils y fussent pour rien, de bondir sur son cadavre et de chanter le péan, comme s'ils avaient eux-mêmes accompli un exploit[85]. 5. Cependant, je loue Démosthène d'avoir laissé aux femmes les malheurs domestiques, les larmes et les gémissements, pour s'occuper de ce qu'il croyait utile à la cité ; je considère comme la marque d'une âme pleine de sens politique et de courage de considérer toujours le bien public, et de faire passer les affaires et les passions privées après les intérêts du peuple [...][86], de conserver sa dignité encore mieux que les acteurs qui tiennent les rôles de rois et de tyrans, eux que nous ne voyons pas, dans les théâtres, pleurer ou rire au gré de leurs désirs mais en fonction de ce qu'exige l'action de la pièce. 6. En outre, s'il ne faut pas laisser sans consolation celui qui est plongé dans la souffrance, mais lui adresser des paroles qui le soulagent et diriger sa pensée vers des sujets plus plaisants (tout comme on conseille à ceux qui ont les yeux malades de détourner le regard des couleurs qui brillent et éblouissent vers celles qui sont vertes et douces), quelle meilleure consolation pourrait-on lui offrir, si sa patrie est heureuse, que de tempérer ses souffrances domestiques par la vue du bonheur public, en lui présentant un mélange harmonieux où le bien efface le mal ? 7. J'ai été amené à faire ces réflexions, parce que j'ai vu que, par ce discours, Eschine attendrit bien des gens et les incite à se comporter comme des femmes en cédant à la pitié.

XXIII. 1. Les cités, enflammées par Démosthène, se liguèrent de nouveau. Les Thébains attaquèrent la garnison et tuèrent beaucoup d'hommes, avec les armes que Démosthène leur avait fournies, et les Athéniens se préparèrent à combattre à

---

83. *Ce Pausanias était l'assassin de Philippe.*
84. *Contre Ctésiphon, 77.*
85. *La paix négociée par Démade, fait prisonnier à la bataille de Chéronée, s'était révélée bien moins dramatique pour Athènes que ne l'avaient laissé supposer Démosthène et Hypéride. Philippe avait rendu les prisonniers et laissé Athènes en possession de ses forces navales ainsi que des îles où elle avait installé des clérouquies. Philippe et son fils Alexandre avaient, par décret, reçu la citoyenneté athénienne.*
86. *Il y a ici une lacune dans les manuscrits.*

leurs côtés[87]. 2. Démosthène tenait la tribune et il écrivit aux généraux du Grand Roi en Asie, pour réveiller la guerre dans ce secteur contre Alexandre, qu'il traitait d'enfant et de Margitès[88]. Mais, lorsque Alexandre eut réglé les problèmes intérieurs de son pays et se présenta en personne en Béotie avec son armée, l'audace des Athéniens était retombée et l'ardeur de Démosthène s'était éteinte. Abandonnés par les Athéniens, les Thébains combattirent seuls et perdirent leur cité[89]. 3. Un grand trouble s'empara des Athéniens; Démosthène fut désigné avec d'autres pour être envoyé en ambassade auprès d'Alexandre mais, redoutant sa colère, il battit en retraite au Cithéron et abandonna l'ambassade[90]. 4. Alexandre envoya aussitôt demander qu'on lui livrât des orateurs: dix, selon Idoménée et Douris, ou, comme le racontent les historiens les plus nombreux et les plus dignes de foi, huit seulement, à savoir Démosthène, Polyeuctos, Éphialtès, Lycurgue, Moïroclès, Démon, Callisthène et Charidémos[91]. 5. Ce fut à cette occasion que Démosthène raconta aux Athéniens la fable des moutons qui livrèrent leurs chiens aux loups: il se compara, lui et ses compagnons, à des chiens qui luttaient pour défendre le peuple, et il surnomma Alexandre «le loup solitaire de Macédoine». 6. Il leur dit également: «Nous voyons les marchands, quand ils font circuler dans un bol des échantillons de leur blé, en vendre une grande quantité grâce à quelques grains seulement; de la même manière, en nous livrant, c'est vous tous que vous livrez sans vous en douter.» Tel est du moins le récit d'Aristobule de Cassandreia[92]. Comme les Athéniens hésitaient et ne savaient que faire, Démade se fit payer cinq talents par chacun des intéressés et accepta d'intercéder pour eux auprès du roi, soit parce qu'il se fiait à l'amitié d'Alexandre, soit parce qu'il espérait le trouver repu, tel un lion rassasié de carnage. En tout cas, Phocion réussit à le persuader, obtint la grâce des orateurs, et réconcilia la cité avec le roi[93].

---

87. L'annonce de la mort de Philippe provoqua un soulèvement en Grèce, mais Athènes n'y participa pas, du moins directement. L'attaque contre la garnison macédonienne installée à la Cadmée, la forteresse de Thèbes, au lendemain de Chéronée, eut lieu en 335.

88. Ce Margitès aurait été le héros d'un poème attribué à Homère, une sorte d'agité inefficace. Plutarque fait allusion à ces mêmes propos tenus par Démosthène dans Alexandre, *XI, 6.*

89. Alexandre, après avoir écrasé les Triballes et les Illyriens qui ménageaient la Macédoine, se tourna contre Thèbes qu'il détruisit complètement (voir Alexandre, *XI).*

*90. C'est de nouveau à Eschine que Plutarque emprunte cette information (*Contre Ctésiphon, *161).*

91. Sur Idoménée de Lampsaque, voir supra, *XV, 5. Douris de Samos (voir* supra, *XIX, 3 et note) n'est guère estimé de Plutarque. Cette liste est citée un peu différemment dans* Phocion, *XVII, 2. Il s'agissait d'orateurs connus pour leur hostilité à la Macédoine. À part Démosthène et Hypéride, qui n'est pas cité ici, le plus célèbre de ces orateurs est Lycurgue, qui domina la vie politique d'Athènes de 338 à 326. Voir Mossé (1989), p. 25-36.*

92. Aristobule de Cassandreia, qui accompagna Alexandre durant sa campagne en Asie, a laissé un récit qu'utilisent Plutarque et Arrien. La remarque est tout à fait intéressante sur la façon dont se négociaient les achats de grains au Pirée.

93. Plutarque, une fois de plus, oppose Démade, acheté par les orateurs, à Phocion, dont seule l'intervention en faveur d'adversaires politiques fut efficace (voir Phocion, *XVII, 2-9).*

XXIV. 1. Après le départ d'Alexandre, Phocion et Démade eurent un poids considérable à Athènes, tandis que Démosthène ne jouait plus qu'un rôle obscur. Lorsque le Spartiate Agis se souleva, il se joignit quelque temps à lui, mais ensuite il ne bougea plus, les Athéniens n'ayant pas soutenu cette révolte, Agis ayant été tué et les Lacédémoniens écrasés[94]. 2. Vers cette époque également eut lieu le procès contre Ctésiphon à propos de la Couronne : l'accusation avait été intentée sous l'archontat de Chaïrondas, peu avant Chéronée, et ne fut jugée que dix ans après sous l'archontat d'Aristophon. Ce procès fit plus de bruit qu'aucune autre cause publique, tant en raison du renom des orateurs que de la noble attitude des juges : malgré l'influence considérable dont jouissaient alors les accusateurs de Démosthène, favorables aux Macédoniens, les juges n'acceptèrent pas de voter contre lui et l'acquittèrent si brillamment qu'Eschine n'obtint pas le cinquième des suffrages. 3. Il quitta donc aussitôt la cité et alla passer le reste de ses jours à Rhodes et en Ionie, où il exerça le métier de sophiste[95].

XXV. 1. Peu après, Harpale vint d'Asie à Athènes[96]. Il avait fui Alexandre, car il s'était rendu coupable, par prodigalité, de malversations considérables et il craignait le roi qui, désormais, se montrait dur avec ses amis. 2. Il se réfugia auprès du peuple et se remit à sa discrétion, avec ses biens et ses navires. Les autres orateurs, éblouis par sa richesse, le soutinrent et poussèrent les Athéniens à accueillir et à sauver le suppliant. 3. Quant à Démosthène, il leur conseilla dans un premier temps de renvoyer Harpale et d'éviter d'engager la cité dans une guerre sans nécessité, pour un motif injuste. Mais, quelques jours plus tard, comme on faisait l'inventaire de ses biens, Harpale vit que Démosthène appréciait beaucoup une coupe barbare, dont il admirait la ciselure et la forme ; il le pria de la soupeser et d'estimer le poids de l'or. 4. Démosthène, étonné de la trouver si lourde, demanda combien elle valait. Harpale répondit en souriant : « Elle te vaudra, à toi, vingt talents ! » et, dès que la nuit fut venue, il lui envoya la coupe, avec les vingt talents. 5. Apparemment, Harpale était habile à découvrir, à l'expression qui se répandait sur son visage et à ses coups d'œil, l'amour d'un homme pour l'argent. Démosthène ne résista pas[97]. Vaincu par ce cadeau corrupteur, comme une place occupée par une garnison ennemie, il se rallia aux intérêts d'Harpale. Le lendemain, il s'enveloppa soigneusement le cou dans des lainages et des écharpes et se rendit à l'assemblée ; quand

---

94. C'est au printemps 334 que débute l'expédition d'Alexandre. Le soulèvement d'Agis débuta en 333 et s'acheva par sa défaite et sa mort en 331 (voir Agis, III, 3 et note).
95. Le procès sur la Couronne se déroula en 330. Mais la plainte contre Ctésiphon avait été déposée après, et non avant, Chéronée. L'accusateur qui dans un procès n'obtenait pas le cinquième des voix était condamné à une forte amende. C'est pour n'avoir pas pu la payer qu'Eschine dut s'exiler.
96. La chronologie de ce qu'on appelle « l'affaire d'Harpale » est extrêmement confuse. Harpale séjourna peut-être une première fois à Athènes dont il reçut la citoyenneté et où il eut une liaison avec la courtisane Pythonicè, dont il eut une fille. Plutarque a longuement exposé ces événements dans la Vie de Phocion, qui, après la mort d'Harpale, recueillit la petite fille.
97. Plutarque a déjà plusieurs fois fait allusion à cet « amour de l'or » chez Démosthène.

on l'invita à se lever et à parler, il fit signe qu'il avait une extinction de voix. 6. Les plaisants se moquèrent et déclarèrent que l'orateur avait été pris, pendant la nuit, non d'une angine mais d'une «argentine». Plus tard, le peuple apprit qu'il s'était laissé corrompre[98] et, quand Démosthène voulut se défendre et plaider sa cause, il l'empêcha de parler, s'indigna et fit grand bruit. Quelqu'un se leva, et lança par moquerie: «Athéniens, écoutez donc celui qui tient la coupe!» 7. Mais pour l'heure, ils renvoyèrent Harpale de la cité et, craignant de devoir rendre des comptes de l'argent sur lequel les orateurs avaient fait main basse, ils se livrèrent à une enquête sévère: on alla perquisitionner dans leurs maisons, sauf dans celle de Calliclès, fils d'Arrhénidès. 8. Ce fut la seule qu'ils ne voulurent pas fouiller, parce que Calliclès venait de se marier, et que la jeune mariée était à l'intérieur[99], comme le raconte Théophraste.

XXVI. 1. Démosthène suivit le mouvement et proposa un décret qui chargeait l'Aréopage d'enquêter sur cette affaire et de punir ceux qui seraient reconnus coupables. 2. Il fut un des premiers à être condamné par ce conseil: il comparut devant le tribunal qui le frappa d'une amende de cinquante talents, et il fut emprisonné[100]. La honte de cette accusation et sa faiblesse physique, qui ne lui permettait pas de supporter la prison, furent, dit-il, les motifs qui le poussèrent à s'évader, ce qu'il fit en trompant la surveillance des uns, tandis que les autres fermaient les yeux. 3. Il n'était pas encore loin de la ville, dit-on, quand il s'aperçut que quelques-uns de ses adversaires couraient derrière lui; il voulut se cacher, mais ils l'appelèrent par son nom, et, s'étant approchés, le prièrent d'accepter d'eux un viatique: ils lui apportaient à cette fin de l'argent pris sur leurs biens et c'était pour cela qu'ils l'avaient poursuivi. En même temps, ils l'engageaient à prendre courage et à supporter son sort sans amertume. Démosthène alors sanglota encore davantage et leur dit: 4. «Comment n'aurais-je pas le cœur lourd en quittant une cité où les ennemis sont tels qu'on aurait bien du mal à trouver ailleurs des amis qui leur ressemblent?» 5. Il supporta l'exil avec peu d'énergie; la plupart du temps, il restait abattu à Égine ou à Trézène, et regardait vers l'Attique, les yeux pleins de larmes. On rapporte des mots de lui dépourvus de noblesse et qui ne s'accordent pas avec la hardiesse de sa politique. 6. En sortant de la ville, dit-on, il tendit les mains vers

---

98. *En fait, il semble que les Athéniens avaient emprisonné Harpale et confisqué son argent qui fut déposé dans le temple de la déesse. C'est lorsqu'on s'aperçut qu'une partie de l'argent déposé avait disparu qu'une enquête fut confiée à l'Aréopage. Notre principale source sur l'affaire d'Harpale est le discours d'Hypéride contre Démosthène, dont le manuscrit présente de nombreuses lacunes. Voir Colin (1946), p. 221-239.*
99. *La jeune épousée ne pouvait être vue par les hommes qui auraient fouillé la maison de ce Calliclès.*
100. *L'Aréopage fut chargé de l'enquête, mais c'est devant le tribunal de l'Héliée que Démosthène comparut et fut condamné au paiement d'une forte amende, dont il ne put s'acquitter. D'où son emprisonnement. L'accusation devant l'Héliée fut portée par Hypéride. On possède des lettres attribuées à Démosthène, que Plutarque utilise ici, mais dont l'authenticité est douteuse. Voir Carlier (1990), p. 310-311.*

l'Acropole, en disant : « Ô souveraine protectrice de la cité, pourquoi donc chéris-tu les trois animaux les plus méchants, la chouette, le serpent et le peuple[101] ? » 7. Lorsque des jeunes gens venaient s'entretenir avec lui, il les détournait de la politique, en leur disant : « Si dès le début j'avais vu devant moi deux routes, l'une menant à la tribune et à l'assemblée, et l'autre directement à la mort, et si j'avais pu prévoir tous les maux que réserve la politique – craintes, jalousies, calomnies, luttes – je me serais élancé sans attendre dans celle qui conduit droit à la mort. »

XXVII. 1. Il était encore dans l'exil dont je viens de parler, lorsque Alexandre mourut. La Grèce se ligua de nouveau ; Léosthénès fit des prodiges de valeur et tint Antipatros assiégé dans Lamia[102]. 2. L'orateur Pythéas et Callimédon le Crabe[103], qui avaient été exilés d'Athènes, se rallièrent à Antipatros et parcoururent les cités avec les amis et les ambassadeurs de celui-ci pour empêcher les Grecs de faire défection et de rejoindre les Athéniens. 3. Démosthène se mêla aux ambassadeurs d'Athènes : il lutta et agit à leurs côtés pour pousser les cités à attaquer ensemble les Macédoniens et à les chasser de la Grèce[104]. 4. En Arcadie, Pythéas et Démosthène échangèrent, selon Phylarque[105], de violentes insultes à l'assemblée, l'un parlant pour les Macédoniens, l'autre pour les Grecs. 5. Pythéas déclara, dit-on : « Quand nous voyons qu'on apporte du lait d'ânesse dans une maison, nous en déduisons qu'elle souffre de quelque maladie. Il en va de même pour une cité où se présente une ambassade athénienne : elle est forcément malade. » Démosthène retourna la comparaison : « Le lait d'ânesse apporte la guérison, dit-il, et de même, c'est pour sauver les cités malades que les Athéniens s'y présentent. » 6. Le peuple athénien, ravi de la conduite de Démosthène, vota son retour ; le décret fut proposé par son cousin, Démon de Paiania[106], et une trière fut envoyée pour le chercher à Égine. 7. Quand il monta du Pirée à Athènes, aucun magistrat, aucun prêtre ne resta en arrière ; tous les citoyens au grand complet allèrent à sa rencontre et lui firent un accueil enthousiaste. Alors, selon Démétrios de Magnésie, Démosthène leva les mains au ciel et se félicita de cette journée qui le voyait rentrer dans sa patrie plus glorieusement qu'Alcibiade, car c'était de leur plein gré, et non

---

101. La chouette était l'oiseau d'Athéna, le serpent le gardien de l'Acropole qui représentait Érichtonios/Érechthée, le premier roi mythique d'Athènes. Et c'est sous la protection d'Athéna que le peuple exerçait le pouvoir dans la cité.

102. Alexandre mourut à Babylone en juin 323. Léosthénès, qui avait combattu en Asie comme chef de mercenaires, fut élu stratège cette même année et, avec Hypéride, il rassembla une coalition d'États grecs et réussit, à la tête de l'armée des coalisés, à enfermer le Macédonien Antipatros dans la forteresse de Lamia en Thessalie.

103. Il a été question de Pythéas supra, VIII, 4-5. Sur Callimédon, voir Phocion, *XXVII, 9.*

104. Démosthène, exilé à Trézène et à Égine, entreprit de rallier aux coalisés les États du Péloponnèse.

105. Phylarque est un historien athénien du IIIe siècle que Plutarque a utilisé en particulier pour les Vies d'Agis et de Cléomène.

106. Démon était le fils d'un cousin de Démosthène. Il est cité dans le Contre Aphobos, *I, 11 et dans le* Contre Zénothémis, *22.*

sous la contrainte que ses concitoyens le faisaient revenir[107]. 8. Cependant, l'amende à laquelle il avait été condamné restait encore à payer, car il n'était pas permis de faire grâce d'une condamnation. Un sophisme permit de tourner la loi. C'était l'usage, quand on sacrifiait à Zeus Soter, de donner de l'argent à ceux qui préparaient et ornaient l'autel: on chargea alors Démosthène de cette tâche et de ces préparatifs, pour lesquels on lui versa cinquante talents, ce qui était le montant de l'amende[108].

XXVIII. 1. Cependant, il ne profita pas longtemps de son retour dans sa patrie car les forces grecques furent bientôt écrasées: au mois de Métageitnion eut lieu la bataille de Crannon, au mois de Boédromion, une garnison s'installa à Mounychie et au mois de Pyanepsion, Démosthène mourut[109]. Voici de quelle manière. 2. Lorsqu'on annonça qu'Antipatros et Cratère marchaient sur Athènes, Démosthène et ses partisans se hâtèrent de quitter la cité à la dérobée. Le peuple les condamna à mort, sur proposition de Démade. 3. Ils se dispersèrent dans différentes directions. Antipatros envoya des hommes pour les arrêter, avec à leur tête Archias, surnommé «le chasseur de proscrits». On dit que ce dernier, originaire de Thourioï, avait été acteur tragique autrefois et que Polos d'Égine, qui surpassa par son art tous les autres acteurs, fut un de ses élèves, mais Hermippos cite Archias parmi les disciples du rhéteur Lacritos et Démétrios affirme qu'il appartient à l'école d'Anaximène[110]. 4. Cet Archias donc, ayant trouvé l'orateur Hypéride, Aristonicos de Marathon et Himéraios, frère de Démétrios de Phalère, qui s'étaient réfugiés à Égine dans le sanctuaire d'Éaque, les en arracha et les envoya auprès d'Antipatros à Cléonaï[111]; là, ils furent mis à mort: on coupa même, dit-on, la langue d'Hypéride alors qu'il vivait encore.

---

107. *Démétrios de Magnésie a déjà été cité* supra, *XV, 4. Démosthène faisait allusion au retour d'Alcibiade en 407 (voir* Alcibiade, *XXXII-XXXIV). Huit ans auparavant, il avait été rappelé à Athènes pour être jugé pour impiété et avait préféré s'enfuir.*

108. *Il s'agit effectivement d'un sophisme, car il est douteux que l'ornementation de l'autel de Zeus Soter ait représenté une telle dépense.*

109. *Métageitnion correspond approximativement au mois d'août, Boédromion à septembre et Pyanepsion à octobre. La bataille de Crannon, en Thessalie, se déroula en août 322. Antipatros, grâce aux renforts que Cratère lui avait amenés d'Asie, fut vainqueur et put dicter aux Athéniens ses conditions, parmi lesquelles figurait l'installation d'une garnison macédonienne à Mounychie, l'une des forteresses du Pirée.*

110. *Thourioï était une cité grecque du sud de l'Italie qui avait été fondée à l'initiative de Périclès en 443. Lacritos était un disciple d'Isocrate qui figure à titre d'accusé dans un des plaidoyers civils attribués à Démosthène. Anaximène de Lampsaque était un rhéteur célèbre.*

111. *Hypéride avait été avec Léosthénès, dont il fit un éloge dans son Oraison funèbre,* le principal initiateur de la guerre lamiaque. *Aristonicos de Marathon est peut-être cet Aristonicos qui est cité dans le* Sur la Couronne, *83 et 223, pour avoir proposé une couronne pour Démosthène après les expéditions d'Eubée. La présence du frère de Démétrios de Phalère parmi les adversaires de la Macédoine est plus surprenante. Cléonaï est une ville du Péloponnèse à la frontière entre le territoire de Corinthe et celui d'Argos. Éaque était le fils de Zeus et de la nymphe Égine qui donna son nom à l'île où elle le mit au monde. Il figure au nombre des trois juges des Enfers avec Minos et Rhadamanthe.*

XXIX. 1. Ayant appris que Démosthène était assis, dans la posture d'un suppliant à Calaurie[112] dans le temple de Poséidon, Archias passa la mer sur des embarcations légères, débarqua avec des gardes armés thraces et tenta de persuader Démosthène de se relever et de venir avec lui auprès d'Antipatros, affirmant qu'aucun mal ne lui serait fait. 2. Mais cette nuit-là, Démosthène avait eu, pendant son sommeil, un songe étrange. Il avait rêvé qu'il était opposé à Archias dans un concours tragique : il séduisait et captivait le public mais il était vaincu faute de décor et de dépenses pour son chœur. 3. C'est pourquoi, en dépit des nombreux propos pleins d'humanité d'Archias, il se contenta de lever les yeux sur lui, en restant assis comme il était. « Archias, dit-il, ton jeu d'acteur ne m'a jamais convaincu et aujourd'hui tes promesses ne me convaincront pas davantage. » Archias se mit alors à le menacer avec colère. Démosthène s'écria : « Maintenant, tu parles du haut du trépied de Macédoine ; tout à l'heure, tu jouais la comédie. Attends donc quelques instants, le temps que j'écrive une lettre à ma famille. » 4. Sur ces mots, il se retira dans le temple puis, ayant pris un feuillet comme pour écrire, il porta son calame à sa bouche et le mordit, en un geste qui lui était familier quand il réfléchissait et écrivait. Il le garda quelque temps ainsi, puis se voila le visage et baissa la tête. 5. Les gardes qui se tenaient à la porte du temple se mirent à rire, croyant qu'il avait peur, et le traitèrent de lâche et de poltron. Archias s'approcha, l'invita à se relever et, lui débitant les mêmes discours, lui promit de nouveau de le réconcilier avec Antipatros. 6. Mais Démosthène, sentant que déjà le poison avait pénétré en lui et le tuait, se découvrit et, regardant Archias, lui dit : « Hâte-toi de jouer le Créon de la tragédie, et de faire jeter sans sépulture le corps que voici. Pour moi, cher Poséidon, je sors de ton temple encore vivant, mais si cela n'avait dépendu que d'Antipatros et des Macédoniens, la pureté de ton sanctuaire n'aurait même pas été respectée[113]. » 7. Sur ces mots, il demanda à être soutenu, car déjà il tremblait et chancelait. Il venait de sortir et il avait dépassé l'autel, lorsqu'il tomba et, dans un gémissement, rendit l'âme[114].

XXX. 1. Quant au poison, Ariston rapporte qu'il le tira de son calame, comme nous venons de le dire. Mais selon un certain Pappos, dont Hermippos a repris le récit, lorsque Démosthène fut tombé près de l'autel, on trouva écrit sur le feuillet le début d'une lettre : « Démosthène à Antipatros », sans rien de plus. 2. Comme on s'étonnait de la rapidité de sa mort, les Thraces qui étaient près de la porte racontèrent qu'il avait pris le poison dans un linge, l'avait fait glisser dans sa main, l'avait porté à sa bouche et l'avait absorbé : ils avaient cru que c'était de l'or qu'il avalait. La petite esclave qui le servait, interrogée par Archias, déclara que Démosthène portait

---

112. Calaurie est une petite île située face à Trézène.
*113. Dans tout ce dialogue, l'accent est mis sur l'opposition entre le discours véridique de Démosthène et le discours fallacieux de l'ancien acteur qu'est Archias. L'allusion est claire à l'*Antigone *de Sophocle et à l'interdiction faite par Créon de donner une sépulture à Polynice.*
114. Le pieux Plutarque insiste ici sur la piété de Démosthène qui ne veut pas souiller le sanctuaire de Poséidon par sa mort.

depuis longtemps sur lui ce linge noué, pour se protéger. 3. Ératosthène assure lui aussi que Démosthène gardait toujours du poison sur lui dans un anneau creux, qu'il portait autour du bras[115]. 4. Il n'est pas nécessaire de passer en revue tous les auteurs – ils sont très nombreux – qui ont écrit à son sujet des récits différents ; parlons seulement de Démocharès, parent de Démosthène[116], qui se dit convaincu qu'il ne mourut pas du poison, mais qu'une faveur et une providence divines l'arrachèrent à la cruauté des Macédoniens, lui procurant une mort rapide et sans douleur. 5. Il mourut le seize du mois de Pyanepsion, au jour le plus triste des Thesmophories, celui où les femmes jeûnent près de la déesse[117].

Quelque temps plus tard, le peuple des Athéniens lui rendit les honneurs qu'il méritait : il lui éleva une statue de bronze[118] et décréta que l'aîné de ses descendants serait nourri au Prytanée et qu'on graverait sur le piédestal de sa statue cette inscription si connue :

> Si seulement ta force avait été semblable
> À ton discernement, jamais ô Démosthène,
> L'Arès macédonien n'aurait vaincu les Grecs.

6. Ceux qui prétendent que Démosthène composa lui-même ce texte à Calaurie, avant de prendre le poison, ne disent que des sottises.

XXXI. 1. Peu avant notre arrivée à Athènes, se produisit, dit-on, l'incident que voici. Un soldat, cité en justice par son chef, déposa le peu d'or qu'il possédait entre les mains de la statue de Démosthène, 2. qui avait les doigts serrés et près de laquelle avait poussé un platane de petite taille. De nombreuses feuilles de cet arbre, soit poussées au hasard par le vent, soit placées là exprès par le dépositaire, s'amoncelèrent autour de l'or, le recouvrirent et le cachèrent longtemps ; 3. quand l'homme revint, il retrouva son trésor. L'histoire se répandit et beaucoup de gens d'esprit en prirent prétexte pour composer, à l'envi, des épigrammes sur le désintéressement de Démosthène[119].

4. Démade ne profita pas longtemps de sa gloire détestable. La Justice, qui vengeait Démosthène, le conduisit en Macédoine, où ceux qu'il avait honteusement flattés

---

115. Les diverses versions que donne Plutarque sur la manière dont mourut Démosthène attestent l'importance que la postérité immédiate accorda à l'orateur.
116. Démocharès était le neveu de Démosthène. Il joua un rôle important après 307 quand la démocratie fut rétablie. En 280-279, il fit voter un décret en l'honneur de son oncle. Voir Carlier (1990), p. 277-281.
117. Les Thesmophories étaient dédiées à Déméter, et seules les femmes mariées participaient à cette fête dont les hommes étaient exclus.
118. Cette statue aurait été élevée à l'initiative de Démocharès. Elle existait encore à l'époque de Plutarque.
119. Au temps de Plutarque, on vantait l'incorruptibilité de Démosthène, présenté au contraire par ses contemporains comme un homme avide d'argent et facile à corrompre. Cela s'explique par le fait que dans l'Athènes du Ier siècle, il apparaissait comme l'incarnation même du patriotisme.

allaient le faire périr à bon droit. Il leur était déjà odieux auparavant, et il fut alors victime d'une accusation impossible à réfuter. 5. On surprit une lettre de lui, invitant Perdiccas à entrer en armes en Macédoine, et à sauver les Grecs qui, disait-il, ne tenaient plus qu'à un vieux fil pourri (il désignait ainsi Antipatros)[120]. 6. Deinarchos de Corinthe l'accusa, et Cassandre, fou de colère, égorgea le fils de Démade entre les bras de son père, avant de faire tuer Démade lui-même. Ce dernier apprit ainsi, dans son extrême infortune, que la première chose que vendent les traîtres, c'est leur propre personne : Démosthène le lui avait souvent dit, sans parvenir à le convaincre[121].

7. Tu as donc maintenant, mon cher Sossius, la *Vie* de Démosthène, d'après ce que j'ai lu ou entendu.

---

120. *Plutarque fait allusion à cette démarche de Démade dans* Phocion, *XXX, 8-9. Mais la lettre est adressée à Antigone le Borgne et non à Perdiccas qui était alors le tuteur des «rois» successeurs d'Alexandre.*

121. *Ce Deinarchos est un orateur dont on possède trois discours qui portent sur l'affaire d'Harpale. Cassandre est le fils d'Antipatros qui, après la mort de celui-ci, se rendit maître de la Grèce, puis de la Macédoine. La formule de Démosthène à laquelle Plutarque fait allusion se trouve dans le discours* Sur la Couronne, *46, et s'adresse à tous les partisans de Philippe et non au seul Démade.*

CICÉRON

I. 1. Quant à Cicéron, sa mère, Helvia, était, dit-on, aussi noble par sa naissance que par sa conduite[1]. Concernant son père[2], il n'y a pas de milieu entre les différentes traditions: 2. selon les unes, il serait né et aurait grandi dans la boutique d'un foulon, tandis que les autres font remonter sa famille à Tullus Attius, qui régna glorieusement sur les Volsques[3] et fit la guerre aux Romains non sans énergie. 3. Le premier membre de cette famille qui reçut le surnom[4] de Cicéron était, semble-t-il, un homme remarquable, ce qui explique que ses descendants, loin de rejeter ce surnom, s'y attachèrent, malgré les nombreuses railleries qu'il suscitait: 4. le mot latin *cicer* désigne en effet un pois chiche, et le premier Cicéron avait, apparemment, au bout du nez une petite fente pareille au sillon d'un pois chiche, qui lui valut ce surnom. 5. Quant à Cicéron, celui auquel est consacré le présent écrit, la première fois qu'il brigua une magistrature[5] et qu'il se lança dans la vie publique, ses amis lui conseillèrent d'éviter ce nom et d'en changer, mais il lança hardiment, dit-on: «Je ferai tous mes efforts pour rendre le nom de Cicéron plus célèbre que ceux des Scauri [«Pieds-bots»] et des Catuli[6] [«Chiots»]!» 6. Pendant sa questure en Sicile[7], il consacra aux dieux une offrande en argent, sur laquelle il fit graver ses deux premiers noms, Marcus et Tullius, mais, à la place du troisième, il demanda à l'artiste, par plaisanterie, de graver un pois chiche. Voilà ce qu'on rapporte à propos de son nom[8].

---

1. Cicéron ne dit rien de sa mère. La formule toute faite de Plutarque pour la qualifier pourrait renvoyer cependant à une réalité familiale: Helvia est un nom qui se rattache à la famille des Cinna.
2. Le père de l'orateur, Marcus Tullius Cicero, était un chevalier romain auquel une santé fragile ne permit pas de poursuivre une carrière romaine (voir Grimal, 1984, p. 10). Mais grâce à ses relations dans la noblesse romaine, il put mettre ses enfants en contact avec les maîtres de l'éloquence: Lucius Licinius Crassus, Marcus Antonius, Quintus Scaevola...
3. Tribu d'Italie centrale installée dans le Latium au VIe siècle autour des cités d'Antium, Arpinum (lieu de naissance de Cicéron) et Tarracina; elle est soumise par les Romains dès la fin du IVe siècle. Le chef des Volsques au temps de Coriolan s'appelait Tullius Autidius (voir Coriolan, *XXII, 1) ou Tullus Attius.*
*4. Des trois noms que portent les Romains, le surnom (*cognomen*) est le plus important. Il permet de différencier les membres d'une même famille et s'attache généralement à un trait physique ou de caractère.*
5. En 76, année de sa candidature à la questure.
6. Cicéron veut s'élever au rang des familles les plus prestigieuses de Rome. Scaurus est un des surnoms de la gens Aemilia et de la gens Aurelia; Catulus désigne une branche des Lutatii.
7. En 75 (voir infra, VI, 1-4).
8. L'origine des noms retient particulièrement l'attention de Plutarque: voir Romulus, *I et suiv.;* Publicola, *X;* Fabius, *I, 2;* Paul-Émile, *II, 2;* Marcellus, *I, 1-2;* Caton l'Ancien, *I, 3;* Marius, *I;* Sylla, *II, 1-2. Voir aussi Dictionnaire, «Étymologie».*

II. 1. La naissance de Cicéron ne coûta à sa mère, dit-on, ni douleur ni travail; elle accoucha le troisième jour des calendes nouvelles[9], date où les magistrats font maintenant des prières et des sacrifices pour l'empereur[10]. Sa nourrice vit, paraît-il, un fantôme qui lui annonça que l'enfant qu'elle allaitait serait un grand secours pour tous les Romains. 2. Ces prédictions passent d'ordinaire pour des rêveries et des sornettes, mais Cicéron en démontra la réalité prophétique dès qu'il fut en âge d'apprendre[11]. Il était si brillamment doué et se fit un tel nom et une telle réputation parmi ses camarades, que leurs pères se rendaient souvent dans les écoles afin de voir Cicéron de leurs propres yeux et d'observer sa rapidité à apprendre et son intelligence tant vantées, tandis que les plus grossiers se fâchaient contre leurs fils, en les voyant, dans les rues, placer Cicéron au milieu de leur groupe pour l'honorer[12]. 3. Il était né avec cette aptitude que Platon[13] exige d'une âme éprise de savoir et de sagesse, la capacité à embrasser toutes les sciences, sans dédaigner aucun genre d'étude ni de savoir[14], mais il se porta avec plus d'ardeur vers la poésie; on a conservé un petit poème en tétramètres, intitulé *Glaucus de la mer*[15], qu'il composa quand il était encore tout enfant. 4. Avec l'âge, il s'adonna à sa muse en variant les genres et il passa non seulement pour le meilleur orateur des Romains, mais aussi pour leur meilleur poète[16]. 5. Cependant, si la gloire de son éloquence subsiste encore de nos jours, malgré les changements considérables qui sont intervenus dans la rhétorique, ses vers, victimes du grand

---

9. *Le 3 janvier 106.*
10. *Cette cérémonie du 3 janvier, mentionnée dans les* Actes des Frères Arvales, *a vu le jour dans les années 30 après J.-C.*
11. *Les présages sont très présents tout au long du récit, marquant bien leur importance dans la mentalité romaine. Ils se manifestent souvent à travers un songe (XLIV, 2-7). Plutarque, comme à l'ordinaire, prend ses distances, sans toutefois disqualifier les signes qu'il mentionne (voir aussi* Dictionnaire, *«Dieux»).*
12. *Les épisodes de l'enfance permettent à Plutarque d'introduire les éléments caractéristiques de son personnage. Cette place du jeune Cicéron parmi la jeunesse dorée de Rome (sur la place centrale comme signe d'honneur, voir* Caton le Jeune, *LVII, 2-4) est une métaphore de sa future situation sociale et politique : une intelligence qui lui permet de s'élever, mais toujours la conscience aiguë de sa* novitas, *son statut d'homme nouveau.*
13. République, *V, 475b (voir aussi* Dictionnaire, *«Platon»).*
14. *Cicéron est en effet le premier intellectuel latin au sens moderne du terme, maîtrisant tous les domaines de la connaissance, particulièrement la philosophie, qui lui fournit la théorie de son engagement politique. Selon lui, l'orateur idéal ne doit négliger aucun domaine du savoir (voir* De l'orateur, *I, 23, 128; II, 16, 68).*
15. *Glaucos, pêcheur légendaire de Béotie, aurait été transformé par une herbe magique en un être marin, un devin immortel.*
16. *Allusion probable aux vers de Catulle (poème 49) : «Ô toi le plus éloquent des fils de Romulus […] M. Tullius […], Catulle te dit le plus grand des mercis, lui, le pire de tous les poètes, autant le pire de tous les poètes que toi tu es le meilleur de tous les avocats.» D'autres auteurs (Sénèque, Tacite, Quintilien, Martial, Juvénal) ont raillé Cicéron poète. Voir* Dictionnaire, *«Cicéron».*

nombre d'excellents poètes qui sont venus après lui, ont sombré entièrement dans l'obscurité et le discrédit.

III. 1. Quand il eut achevé les études de l'enfance, il suivit les leçons de Philon, philosophe de l'Académie, celui des disciples de Cleitomachos[17], qui inspirait aux Romains le plus d'admiration pour son éloquence et le plus d'affection pour son caractère. 2. Cicéron fréquentait en même temps les hommes politiques proches de Mucius[18], qui occupaient les premiers rangs au Sénat, ce qui lui donna une bonne connaissance des lois. Il servit quelque temps sous Sylla et participa à la guerre des Marses[19]. 3. Puis, voyant la cité tomber dans la sédition[20] puis, de la sédition, dans une monarchie absolue[21], il revint à la vie d'étude et de contemplation, fréquentant les lettrés grecs, et s'appliquant à s'instruire, jusqu'au moment où Sylla devint le maître et où la cité parut trouver une certaine stabilité.

4. À cette époque, Chrysogonus, affranchi de Sylla, ayant fait mettre en vente les biens d'un homme qui avait été tué à cause des proscriptions, s'en porta lui-même acquéreur pour deux mille drachmes[22]. 5. Roscius, fils et héritier du mort, s'indigna et démontra que ces biens valaient deux cent cinquante talents. Sylla, furieux d'être ainsi confondu, accusa Roscius de parricide[23], à l'instigation de Chrysogonus. Personne ne vint au secours de l'accusé: tous se détournaient de lui, craignant la cruauté de Sylla. Dans un tel désert, il chercha refuge auprès de Cicéron, que ses

---

17. Philon de Larissa (159-80), chef de file de la Moyenne Académie, successeur de Cleitomachos de Carthage (187-110), quitta Athènes pour Rome lors de la révolte de l'Asie orchestrée en 88 par Mithridate, roi du Pont. Il fut à la fois orateur et philosophe. Sa doctrine sur la probabilité eut une influence considérable sur le jeune Cicéron (voir Grimal, 1984, p. 23 et infra, IV, 1).

18. Quintus Mucius Scaevola l'Augure (170-87), consul en 117. La gens Mucia est une grande famille de juristes, à laquelle Cicéron indique son attachement en introduction de son Laelius *(I, 1).*

19. Plus connue sous le nom de guerre sociale, elle voit s'affronter de 91 à 89 Rome et ses alliés (socii) italiens à qui elle refusait d'étendre le droit de cité. Première expérience militaire de Cicéron qui y prend part, prudemment il est vrai, en 90-89 sous les ordres de Sylla, puis du père de Pompée, Pompeius Strabo, en Campanie.

20. Sur les horreurs déclenchées à Rome par Sylla en 88, voir Marius, *XXXII-XXXV ;* Sylla, *VII-X.*

21. Les termes de sédition et de monarchie font référence aux épisodes de la guerre civile qui oppose Marius, le champion du parti «démagogique» avec Cinna, à l'aristocrate Sylla, devenu «dictateur» en 82.

22. Erreur de Plutarque pour 2 000 sesterces; non pas 2 000 deniers («drachmes»), donc, mais 500. Voir Cicéron, Pour Roscius, *21.*

23. Ce procès est l'occasion de la première plaidoirie criminelle de Cicéron en 80 : le Pour Roscius d'Amérie. *Les assassins de Roscius, ses cousins, s'étaient entendus avec un puissant affranchi de Sylla, Lucius Cornelius Chrysogonus, pour le mettre sur la liste des proscrits et accaparer sa fortune. Pour se débarrasser de l'héritier, ils le firent accuser de parricide (Plutarque est le seul auteur à imputer directement le crime à Sylla). La personnalité de Chrysogonus durant la dictature de Sylla fit de ce procès un événement politique important, qui vit Cicéron se ranger du côté des chevaliers, dans une opposition mesurée au dictateur.*

amis[24] poussèrent à prendre la défense du jeune homme, en lui disant qu'il ne retrouverait jamais d'occasion plus éclatante ni plus belle de parvenir à la gloire.
6. Cicéron assuma donc la défense de Roscius et il gagna sa cause, ce qui suscita l'admiration[25]. Mais, craignant Sylla, il partit pour la Grèce, après avoir répandu le bruit que son état de santé l'obligeait à se soigner[26]. 7. De fait, il était de constitution maigre et décharnée; la faiblesse de son estomac faisait qu'il n'absorbait, à grand-peine, que quelques aliments légers, à une heure tardive[27]. Sa voix était forte et bien timbrée, mais dure et sans souplesse et, comme ses discours étaient violents et passionnés, elle s'élevait toujours jusqu'aux tons les plus hauts, ce qui faisait craindre pour sa santé.

IV. 1. Arrivé à Athènes[28], il suivit les cours d'Antiochos d'Ascalon : il fut envoûté par la facilité et la grâce de sa parole, mais il n'approuvait pas ses innovations en matière de doctrine[29]. 2. Antiochos se séparait déjà de ce qu'on appelle la Nouvelle Académie et il abandonnait le groupe de Carnéade, soit parce qu'il cédait à l'évidence des sens, soit, comme certains le disent, sous l'effet d'une rivalité et d'un différend avec les disciples de Cleitomachos et de Philon, qui le fit changer de vue et adopter la position stoïcienne sur la plupart des questions[30]. 3. Cicéron aimait ces études et s'y intéressait plus qu'à tout le reste ; s'il devait renoncer définitivement à s'occuper des affaires publiques, il avait l'intention de venir vivre à Athènes et

---

24. *Étape importante dans la carrière de Cicéron, ce procès marque son entrée dans le cercle de l'aristocratie la plus conservatrice, le clan des Metelli. Roscius s'était réfugié chez Caecilia, sœur de Métellus Népos, belle-sœur du consul de 79 Appius Claudius Pulcher. Ce sont là, sans doute, les «amis» dont parle Plutarque.*
25. *«Aussi mon premier plaidoyer dans une affaire criminelle, celle de Sextus Roscius, eut-il tant de succès que désormais il n'y eut pas une seule cause qui parût être au-dessus de mes capacités» (Cicéron,* Brutus, *90, 312).*
26. *Ce voyage couvre les années 79 à 77. Grimal (1984, p. 40) conteste les raisons invoquées par Plutarque, soulignant que Cicéron a encore plaidé du temps de Sylla, et retient les causes que Cicéron donne lui-même : «Mes amis et les médecins me conseillaient de ne plus plaider... Je résolus de changer de méthode et ce fut là le motif de mon départ pour l'Asie» (*Brutus, *91, 314).*
27. *La description physique de Cicéron est exactement celle du* Brutus *(91, 313). Cependant, Plutarque fait d'un simple voyage d'étude un élément politique, la fuite devant Sylla, sans doute pour ajouter une péripétie à son récit et insister sur la carrière de Cicéron.*
28. *En 79 (*Brutus, *91, 314-315).*
29. *Plutarque introduit une note explicative sur les courants philosophiques athéniens, marque de son intérêt et de ses connaissances. On distingue en effet l'Académie de Platon (Ancienne Académie), la Moyenne Académie, divisée en Seconde Académie d'Arcésilas et Troisième Académie de Carnéade, teintées assez largement de scepticisme, enfin, la Nouvelle Académie, dirigée par cet Antiochos d'Ascalon (voir* Lucullus, *XLII, 3) dont Cicéron a suivi l'enseignement, qui prétend réagir contre le scepticisme et revenir à la vraie doctrine platonicienne. Sur les aspects doctrinaux, voir Lévy (1992).*
30. *Plutarque est notre unique source concernant ces divergences. Voir Babut (1969), p. 198.*

d'abandonner le forum et la politique pour mener une existence paisible, dans la philosophie[31]. 4. Mais lorsqu'on lui annonça la mort de Sylla[32], comme son corps, fortifié par l'exercice, prenait de la vigueur, que sa voix se formait et devenait agréable à entendre, vigoureuse, et bien adaptée à sa constitution physique, comme ses amis de Rome multipliaient les lettres et les prières et qu'Antiochos l'exhortait vivement à se lancer dans les affaires publiques, il se remit à travailler son éloquence, comme un instrument, et développa ses facultés politiques en s'exerçant à la déclamation et en fréquentant les rhéteurs en renom. 5. C'est dans ce but qu'il embarqua pour l'Asie et pour Rhodes. Parmi les rhéteurs asiatiques[33], il suivit les leçons de Xénoclès d'Adramyttion, de Denys de Magnésie et de Ménippos le Carien, et, à Rhodes, celles du rhéteur Apollonios, fils de Molon, et celles du philosophe Posidonios[34]. 6. Ce dernier, qui ne savait pas le latin, lui demanda, dit-on, de déclamer en grec[35], ce que Cicéron accepta avec empressement, convaincu que ses fautes seraient ainsi mieux corrigées. 7. Quand il eut achevé, tous les auditeurs, stupéfaits, rivalisèrent d'éloges; seul, Apollonios ne s'était pas déridé en l'écoutant et, quand il eut fini, resta longtemps perdu dans ses pensées. Voyant Cicéron peiné de son attitude, il lui dit enfin: «Pour ce qui est de toi, Cicéron, je te loue et t'admire. C'est l'infortune de la Grèce qui m'afflige, quand je vois qu'avec toi, les seules qualités qui nous restaient, la culture et l'éloquence, passent elles aussi aux Romains[36].»

---

31. Contraste éminemment plutarquien entre Athènes, cœur de la philosophie, et Rome, centre de la politique active. Cicéron indique fréquemment dans sa correspondance cette hésitation fondamentale entre la gestion des affaires publiques et la réflexion philosophique (negotium et otium). Le renoncement à la politique n'est cependant jamais volontaire: Cicéron y songe chaque fois qu'il en est en difficulté politique (Lettres à Atticus, IV, 18; Lettres à son frère Quintus, II, 15 et III, 5). D'ailleurs, l'importante œuvre philosophique qu'il a laissée est tardive et date de la dictature de César. À 60 ans passés, Cicéron, endeuillé par la perte de sa fille, compose huit ouvrages philosophiques majeurs en vingt mois.
32. En 78. Le rapprochement des faits (mort de Sylla, décision de Cicéron) est inventé par Plutarque; comparer avec Cicéron, Brutus, 91, 316. Voir aussi supra, III, 6-7.
33. Encore une fois, Plutarque suit à la lettre le Brutus (91, 315-316): tous les rhéteurs cités sont inconnus par ailleurs, sauf Xénoclès, cité par Strabon comme ambassadeur à Rome. Il omet cependant de citer Démétrios de Syrie et Aeschylos de Cnide, que Cicéron indique parmi ses maîtres. En revanche, Cicéron ne cite que Molon (que Plutarque appelle Apollonios, fils de Molon) dans son étape rhodienne, passant Posidonios d'Apamée sous silence. On conclut cependant souvent avec Plutarque que Cicéron a été l'élève du philosophe, qu'il cite fréquemment (voir Des devoirs, I, 45, 159; III, 8, 34; Des fins, I, 6; Sur la nature des dieux, I, 3, 6; De la divination, I, 6).
34. Sur Posidonios d'Apamée, le philosophe stoïcien qui enseigna longtemps à Rhodes, et son influence sur Plutarque, voir Babut (1969), p. 214 et suiv. Voir aussi Dictionnaire, «Stoïcisme».
35. Cicéron, comme tous les jeunes Romains cultivés, maîtrise parfaitement le grec qui apparaît de plus en plus comme la langue maternelle de jeunes gens élevés par des esclaves et pédagogues grecs (voir Marrou, 1965, p. 350 et suiv.; voir aussi Brutus, 90, 310 et Des fins, I, 2, 6).
36. Plutarque reprend un topos faisant des Grecs les dépositaires de la culture et de l'éloquence, tout en insistant sur leur déclin face à la vigueur romaine, en même temps qu'il indique une ambition de Cicéron: constituer une philosophie, défendre et illustrer l'éloquence latine. Voir Dictionnaire, «Acculturation».

V. 1. Cicéron se portait donc, plein d'espérances, vers la carrière politique, quand un oracle ralentit son élan[37]. Il avait demandé au dieu de Delphes comment il pourrait acquérir le plus de gloire, et la Pythie lui répondit: « En prenant pour guide ta propre nature et non l'opinion de la foule[38]. » 2. Pour cette raison, de retour à Rome[39], il se montra, les premiers temps du moins, extrêmement réservé : il hésitait à briguer les magistratures, on le négligeait, et il s'entendait traiter de « pauvre Grec[40] » et d'« étudiant », qualificatifs que le petit peuple de Rome emploie souvent et volontiers[41]. 3. Mais comme il était naturellement ambitieux et que son père et ses amis l'y poussaient, il se consacra aux plaidoiries. Il ne mit pas longtemps à parvenir au premier rang : sa gloire éclata tout de suite, et il laissa loin derrière lui ses rivaux du forum.

4. Il souffrait pourtant, dit-on, des mêmes défauts que Démosthène[42] pour ce qui est du jeu oratoire, mais il suivit attentivement les leçons du comédien Roscius[43] et de l'acteur tragique Aesopus[44]. 5. À propos de cet Aesopus, on raconte qu'un jour qu'il tenait au théâtre le rôle d'Atrée, au moment où celui-ci médite sa vengeance contre Thyeste, un des serviteurs passa soudain près de lui en courant ; mis hors de lui-même par la passion, l'acteur le frappa de son sceptre et le tua. 6. L'action oratoire donna à Cicéron une force persuasive considérable. Il se moquait des orateurs qui poussent de grands cris. « C'est à cause de leur faiblesse qu'ils se jettent sur les cris, comme des boiteux sur un cheval. » Cette facilité à railler[45] et à plaisanter était considérée comme une qualité oratoire mais il en usait à satiété, ce qui blessait beaucoup de gens et lui valut une réputation de méchanceté.

---

37. On ne trouve pas trace chez Cicéron d'une consultation de l'oracle de Delphes. En fait, Plutarque, lui-même prêtre de Delphes, reprend ici le thème du destin, évoqué avec les présages, ainsi que les hésitations de Cicéron entre politique et réflexion.

38. Sur cette opposition, voir supra, I, 5 et infra, § 3 ; VI, 3-5 ; XLV, 6.

39. Cicéron est rentré à Rome en 77 : voir Brutus, 91, 316.

40. Plutarque transcrit le mot latin très méprisant, graeculus.

41. Ces surnoms (comparer avec Démosthène, IV, 5-8) témoignent de l'hostilité populaire envers l'étranger et envers celui qui se consacre à la culture désintéressée (en grec scholasticos, en latin otiosus).

42. Voir notamment Démosthène, VI-VII. Démosthène est pour Cicéron « l'orateur accompli » (voir Brutus, 9, 35).

43. Quintus Roscius, comédien célèbre, contemporain de Cicéron, nous est connu par le plaidoyer civil Pour Q. Roscius le comédien. On sait par l'affaire plaidée qu'il donnait des leçons de comédie. L'art oratoire devient ici un spectacle où le mouvement prend une importance considérable.

44. L'acteur Clodius Aesopus, souvent cité par Cicéron, est un de ses amis ; il est associé à Roscius le comédien.

45. Première introduction de ce trait de caractère que Plutarque, en possession d'apophtegmes de l'orateur, exploite de façon critique pour émailler son récit des bons mots de Cicéron (voir infra, XXIV-XXVII).

VI. 1. Nommé questeur[46] à un moment où le blé manquait, il tira au sort la province de Sicile. Au début, il indisposa les habitants, parce qu'il les forçait à envoyer du blé à Rome[47]; mais, plus tard, quand ils eurent fait l'expérience de son administration consciencieuse, de sa justice et de sa douceur, ils l'honorèrent, comme ils n'avaient jamais honoré magistrat avant lui[48]. 2. Plusieurs jeunes Romains, illustres et de nobles familles, étant accusés d'indiscipline et de lâcheté au combat et déférés devant le préteur de Sicile, Cicéron plaida leur cause avec éclat, et les fit acquitter. 3. Lorsqu'il retourna à Rome, tout fier de son succès, il lui arriva, dit-il, une aventure comique. Il rencontra en Campanie un personnage en vue qu'il considérait comme un ami, et lui demanda ce que les Romains disaient et pensaient de sa conduite, car il était convaincu d'avoir rempli de son nom et de la gloire de ses hauts faits la cité tout entière. Mais l'autre répondit: 4. «Où donc étais-tu, Cicéron, ces derniers temps?» Sur le moment, Cicéron perdit courage, en découvrant que le bruit de ses actions s'était abîmé dans Rome, comme dans une mer immense, sans le moindre résultat visible pour sa gloire. Mais plus tard, à la réflexion, il rabattit beaucoup de son ambition en se disant que la gloire pour laquelle il luttait était infinie et que son terme était hors d'atteinte[49]. 5. Cependant, jusqu'à la fin de sa vie il continua à éprouver un plaisir extraordinaire à s'entendre louer et une passion excessive pour la gloire, ce qui perturba souvent ses plans les plus raisonnables[50].

VII. 1. Lorsqu'il se consacra à la politique avec plus d'ardeur, il se dit que, puisque les artisans, qui emploient des outils et des instruments inanimés, n'ignorent ni le nom, ni la place, ni la fonction d'aucun d'eux, il est honteux qu'un homme politique,

---

46. Cicéron devient questeur de Lilybée (près de Palerme et de Marsala actuelles) le 5 décembre 76. Il est âgé de 29 ans, tout juste l'âge légal, et tire gloire d'avoir été élu à l'unanimité le premier d'entre les questeurs (Contre Pison, I, 2).

47. «J'ai convoyé une énorme quantité de blé, dont on manquait cruellement» (Pour Plancius, 6). L'envoi de blé à Rome en cas de besoin est une obligation pour les provinciaux, et la Sicile est un «grenier à blé» de Rome.

48. Cicéron, à l'épreuve de la magistrature, se montre parfaitement honnête, appliquant pour lui-même les conseils qu'il donne à son frère (Lettres à son frère Quintus, I, 1). C'est encore un comportement exceptionnel si l'on en croit de nombreux procès, tels ceux de Verrès et de Fonteius; voir infra, Comparaison, LII, 2-3. Les deux vertus mentionnées (dicaiosynè et praotès) sont celles du «gardien» de l'État platonicien (Timée, 17d); elles sont souvent appariées par Plutarque; voir Dictionnaire, «Douceur».

49. Cicéron, si satisfait de sa questure, la raconte plus longuement dans le Pour Plancius (65), où il finit par conclure que «les Romains n'ont pas d'oreilles, mais des yeux». Il décide donc de ne plus s'éloigner de Rome.

50. On reproche souvent son amour de la gloire à Cicéron, comme indigne du sage autant que du politique. Cicéron s'en confesse – et s'en défend – auprès de son ami Atticus. Reste à savoir, au regard de la conception antique de la gloria, si sa conduite, particulièrement auprès d'Octave, est dictée par la vanité ou par un amour sincère de la République, impliquant une politique retorse qui peut paraître incohérente. Sur le vocabulaire de la gloire et de l'ambition, voir Hellegouarc'h (1972), p. 380 et suiv.; voir infra, XLV, 1.

qui a besoin des hommes pour régler les affaires publiques, se montre paresseux et peu soucieux de connaître ses concitoyens. 2. Il s'habitua donc, non seulement à retenir leurs noms, mais encore à connaître l'endroit où habitait chacun des notables, les domaines qu'ils possédaient à la campagne, les amis qu'ils fréquentaient et leurs voisins; quand il voyageait sur n'importe quelle route d'Italie, il pouvait facilement nommer et montrer les terres et les villas de ses amis[51]. 3. Sa fortune était modeste[52], mais suffisait à sa dépense; on l'admirait de n'accepter ni honoraires ni cadeaux pour ses plaidoiries, surtout lorsqu'il se fit l'accusateur de Verrès[53]. 4. Celui-ci avait été préteur de Sicile, où il s'était livré à de nombreux abus, et il était poursuivi en justice par les Siciliens. Cicéron le fit condamner, non pas en parlant, mais, d'une certaine manière, en s'abstenant précisément de parler. 5. En effet, les préteurs, qui soutenaient Verrès, avaient fait traîner le procès, en multipliant les délais et les empêchements, jusqu'au dernier jour des audiences, car il était évident que la journée ne suffirait pas pour la plaidoirie, et que le procès ne pourrait aboutir. Mais, lorsque Cicéron se leva, il déclara qu'il n'y avait pas besoin de discours; il fit avancer les témoins et les interrogea, puis invita les juges à porter leurs sentences[54]. 6. On rapporte cependant plusieurs mots plaisants qu'il lança au cours de ce procès. Les Romains appellent *verres* le porc châtré[55]. Or un affranchi nommé Caecilius, qui appartenait à la religion juive, voulait se substituer aux Siciliens[56] pour accuser lui-

---

51. *Illustration du travail politique courant : il s'agit de connaître tous ses clients, tous les gens influents. C'est le rôle d'un esclave, le* nomenclator, *d'en tenir un registre et de les indiquer à son maître lorsqu'il les rencontre (voir* Pour Muréna, *77).*

52. *Affirmation contestable; Cicéron est un important propriétaire (voir infra, VIII, 3 et note), et le montant des réparations votées par le Sénat pour sa maison détruite illustre un train de vie élevé. On suppose par ailleurs qu'il avait, à l'image de son frère Quintus, quelques intérêts avec les publicains d'Asie. Plutarque oppose ce désintéressement, qu'il idéalise, à la «vénalité» de Démosthène (voir infra,* Comparaison de Démosthène et de Cicéron, *LII, 3-4).*

53. *Le procès contre Verrès est une autre étape importante de la carrière de Cicéron, dont témoigne un monument littéraire, les* Verrines. *Il met en cause un aristocrate disposant de solides appuis au Sénat, Caius Verrès, né vers 115, propréteur de Sicile de 73 à 71, au terme d'une carrière trouble durant les guerres civiles, le type même du magistrat corrompu.*

54. *Après cinq mois d'enquête (janvier-mai 70), Cicéron a réuni une somme incroyable de preuves de la culpabilité de Verrès. Le procès s'ouvre le 5 août 70 (voir* Verrines, *I, 31), alors que Cicéron vient d'être élu édile; celui-ci n'y prononce qu'une courte première action, produisant preuves et témoins si accablants que le procès devient le test de l'honnêteté des juges sénatoriaux. Verrès s'exile volontairement le lendemain; il est reconnu coupable le 14 août (voir infra, VIII, 1) et condamné à payer 40 millions de sesterces de dommage. Il mourra, deux semaines après Cicéron, dans les proscriptions de 43 : Antoine voulait récupérer les fameuses œuvres d'art extorquées aux Siciliens.*

55. *En réalité,* verres *signifie «porc mâle» (en français, «verrat»). Plutarque montre les limites de son latin, bien inférieur au grec de Cicéron.*

56. *C'est là encore une manœuvre des amis de Verrès pour remplacer Cicéron par un accusateur peu zélé, le Sicilien Quintus Caecilius Niger, ancien questeur de Verrès. Cicéron prononça pour être choisi comme accusateur un discours qui nous est resté, la* Divination contre Caecilius.

même Verrès. Cicéron demanda: «Comment un Juif peut-il avoir affaire avec un porc[57]?» 7. Verrès avait un fils adolescent, qui passait pour prostituer honteusement sa jeunesse. Comme Verrès insultait Cicéron en le traitant d'inverti[58], l'orateur s'écria: «Voilà des reproches qu'il faut faire à ses fils, à huis clos.» 8. L'orateur Hortensius[59] n'avait pas voulu plaider ouvertement pour Verrès, mais il se laissa persuader de l'assister au moment où l'on fixerait l'amende, et il reçut en échange un sphinx d'ivoire. Cicéron lui ayant adressé quelques mots peu clairs, Hortensius déclara qu'il ne savait pas résoudre les énigmes. «Et pourtant, s'écria Cicéron, tu as le Sphinx chez toi!»

VIII. 1. Verrès fut donc condamné, et Cicéron estima l'amende à sept cent cinquante mille drachmes, ce qui le fit accuser d'avoir touché de l'argent pour en abaisser le montant[60]. 2. Quoi qu'il en soit, les Siciliens se montrèrent reconnaissants et, pendant son édilité[61], ils lui envoyèrent de leur île ou lui apportèrent personnellement beaucoup de présents, dont il ne tira aucun bénéfice personnel[62]: il ne profita de leur générosité que pour faire baisser le prix des marchandises.
3. Il possédait une belle propriété à Arpinum, une terre près de Néapolis et une autre près de Pompéi[63], mais de petite taille. À cela s'ajouta la dot de cent vingt mille drachmes de son épouse, Térentia, et un héritage qui se montait à quatre-vingt-dix mille deniers[64]. 4. Ces ressources lui permettaient de mener une vie à la fois libérale et simple dans la société des lettrés grecs et romains[65]. Il se mettait

---

57. *La boutade de Cicéron fait évidemment allusion à l'interdit alimentaire du porc.*
58. *C'est là une constante de l'accusation; elle ne vise pas les mœurs de Cicéron mais l'accusation d'homosexualité apparaît comme un lieu commun (voir infra, XIX, 7 et Démosthène, IV, 5-6) que Cicéron retourne d'ailleurs et utilise très fréquemment dans ses discours (voir Gonfroy, 1978).*
59. *Lucius Hortensius Hortalus (114-50), consul en 69, était l'un des plus brillants orateurs de son époque et bien que son ami (encore faut-il nuancer ce jugement à la lecture des lettres d'exil de Cicéron), le principal adversaire de Cicéron pour l'éloquence.*
60. *Sur cette diminution, voir* Verrines, *II, 1, 27. Sur le financement de l'activité d'avocat, voir Grimal (1984), p. 42: «Une loi interdisait aux avocats de recevoir, pour leurs services, ni argent ni présents; mais elle était souvent tournée.»*
61. *L'édilité de Cicéron date de 69. Les édiles assurent la surveillance des marchés.*
62. *Les Siciliens se sont placés sous le patronage de Cicéron, dans sa «clientèle», et sont d'une aide précieuse durant son édilité; l'édile doit en effet faire preuve de sa munificence et acquérir une popularité nécessaire à la poursuite de sa carrière par des jeux du cirque ou tout autre cadeau à la plèbe. La Sicile, grenier à blé, lui a permis d'offrir des distributions gratuites.*
63. *Cicéron possède plusieurs propriétés, qu'il visite souvent (voir* Lettres à Atticus, *II, 9 et II, 3). Toutefois, Plutarque met sur le même plan des biens acquis à des époques différentes, et certains nettement plus tard – en Campanie notamment. Néapolis est l'actuelle Naples.*
64. *Selon Carcopino (1947, I, p. 91), les ressources de Cicéron (10 millions de sesterces environ) étaient dix fois supérieures à ce que laisse entendre Plutarque.*
65. *Parmi les Grecs, le stoïcien Diodore, installé à demeure et mort chez Cicéron, ainsi que le poète Archias; parmi les Romains, Atticus et Varron.*

rarement, sinon jamais, à table avant le coucher du soleil, moins à cause de ses occupations, que du mauvais état de son estomac. 5. Il se montrait tout aussi strict et minutieux pour les autres soins qu'il prenait de sa santé, au point de fixer avec précision le nombre de ses massages et de ses promenades. En disciplinant ainsi son organisme, il le maintint à l'abri des maladies et lui permit de résister à beaucoup de luttes et à des efforts considérables. 6. Il avait cédé à son frère la maison paternelle et logeait sur le Palatin[66], pour éviter à ses clients d'avoir à faire une trop longue marche. Il avait chaque jour à sa porte[67] autant de clients que Crassus[68] pour sa richesse et Pompée[69] pour son autorité militaire – ces deux personnages étant alors les Romains les plus admirés et les plus influents. 7. Pompée recherchait d'ailleurs l'amitié de Cicéron, dont l'action politique fit beaucoup pour sa puissance et sa gloire[70].

IX. 1. Quand Cicéron brigua la préture, malgré le nombre et la noblesse des candidats qui se présentaient en même temps que lui, il fut le premier de tous à être élu[71]. Les jugements qu'il rendit alors lui valurent la réputation d'un arbitre intègre et vertueux. 2. Licinius Macer[72], un homme qui par lui-même était déjà influent et qui

---

66. *Cicéron rapporte l'achat de sa maison du Palatin à Crassus (le consul de 95) pour 3,5 millions de sesterces dans une lettre à Sestius* (Lettres à ses familiers, *V, 6, datée d'après décembre 62). Cicéron y plaisante sur les soucis financiers qu'occasionne une transaction de prestige largement au-dessus de ses moyens. Plutarque fait intervenir l'achat après l'édilité (69), au mépris de la chronologie.*

67. *Parmi les pratiques clientélistes, la* salutatio matinale *au patron est essentielle. Voir Quintus Cicéron,* Manuel de campagne électorale.

68. *Sur le richissime Marcus Licinius Crassus (115-53), voir sa* Vie. *Ses rapports avec Cicéron sont complexes. Il est indéniablement son adversaire politique. C'est cependant lui qui, par une dénonciation, lui permet de démasquer Catilina. C'est encore lui qui corrompt les juges de Clodius lors de l'affaire de la* Bona Dea *(voir* Lettres à Atticus, *I, 16); enfin, il n'hésite pas à traiter Cicéron d'exilé en plein forum. Pourtant, les efforts conjugués de César et de Pompée feront se réconcilier les deux hommes. Cicéron éprouvera d'ailleurs le besoin de s'en justifier longuement auprès de ses amis politiques (À Lentulus,* Lettres à ses familiers, *I, 9).*

69. *Sur Cnaeus Pompeius Magnus (106-48), voir sa* Vie. *Cicéron exprime avec force sa fidélité au grand homme (voir* Lettres à ses familiers, *I, 9), mais sa correspondance est émaillée de sévères critiques : Pompée est mou (*Lettres à Atticus, *I, 18), versatile (I, 20; II, 1) et aveugle politiquement (II, 22); enfin, il aime le pouvoir, voire la tyrannie (II, 7, 14, 19).*

70. *Plutarque pense sans doute au discours de 66,* Pour la loi Manilia *(connu aussi sous le titre* Sur les pouvoirs de Pompée*), le premier discours politique de Cicéron, alors préteur, devant le peuple. Il s'agissait d'appuyer la proposition du tribun Manilius confiant à Pompée la guerre contre Mithridate, contre l'avis du Sénat mais avec le soutien de l'ordre équestre.*

71. *Après l'édilité en 69, Cicéron est élu préteur en 66; comme à chaque candidature, il est élu juste à l'âge légal et le premier parmi les concurrents, à l'unanimité des centuries. Il devient ainsi préteur urbain, premier magistrat judiciaire.*

72. *Tribun de la plèbe en 73, annaliste prolixe et orateur de tendance «populaire»; voir Salluste,* Histoires, *III, 48.*

bénéficiait de l'appui de Crassus, fut, dit-on, accusé de concussion devant Cicéron. Sa puissance et le zèle de ses partisans l'avaient empli d'une telle confiance qu'il rentra chez lui, alors que les juges étaient encore en train de voter, se fit raser et, prenant en hâte une toge blanche, comme s'il avait déjà gagné son procès, se disposa à se rendre au forum. Mais Crassus vint à sa rencontre dans sa cour et lui annonça qu'il avait été condamné à l'unanimité. Licinius fit demi-tour, alla se coucher et mourut. Cette affaire apporta de la gloire à Cicéron, car on jugea qu'il avait conduit les débats avec rigueur[73].

3. Vatinius[74], un personnage assez rogue et méprisant à l'égard des juges, avait le cou plein de ganglions[75] : il s'approcha un jour de Cicéron et lui présenta une requête. Comme celui-ci, au lieu de la lui accorder, hésitait longuement, Vatinius lui dit : « Si j'étais préteur, je n'hésiterais pas. – Oui, rétorqua Cicéron, mais moi, je n'ai pas la nuque aussi raide que toi[76] ! » 4. Deux ou trois jours avant la fin de sa charge, on cita devant lui Manilius[77], qui était accusé de concussion. Ce Manilius avait la faveur et la sympathie du peuple, qui le croyait attaqué à cause de Pompée dont il était l'ami. 5. L'accusé demanda quelques jours de délai, mais Cicéron ne lui en accorda qu'un, le lendemain, ce qui provoqua l'indignation du peuple, car d'habitude les préteurs donnaient au moins dix jours aux accusés. 6. Les tribuns de la plèbe firent venir Cicéron à la tribune et l'accusèrent. Il demanda à être entendu et dit : « J'ai toujours montré envers les accusés autant de clémence et d'humanité[78] que les lois me le permettaient. J'ai donc pensé qu'il serait cruel de ne pas avoir la même attitude avec Manilius et, comme je ne suis plus préteur que pour un jour, j'ai fixé exprès son procès ce jour-là, car renvoyer l'affaire à un autre tribun signifierait que je ne veux pas le soutenir. » 7. Ces paroles produisirent dans le peuple un

---

73. *Cicéron y revient dans sa correspondance : l'accusation de concussion portée contre le puissant Caius Licinius Macer le plaçait dans une position délicate : « Quant à moi, la façon dont j'ai réglé l'affaire de Caius Macer a rencontré dans le peuple une incroyable et exceptionnelle approbation. Je lui avais été favorable : mais je dois dire que sa condamnation m'a valu, du fait de l'opinion populaire, de plus grands avantages que je n'en eusse retiré, s'il avait été acquitté, de sa reconnaissance »* (Lettres à Atticus, I, 4). *Selon Valère Maxime* (Faits et dits mémorables, IX, 12, 7), *Macer s'est suicidé pour éviter la confiscation de ses biens et Cicéron n'a pas prononcé le jugement.*

74. *Publius Vatinius, tribun de la plèbe en 59 où il est l'auxiliaire zélé de César, consul en 46. Cicéron s'oppose souvent à lui avec violence, notamment lors du procès de Publius Sestius, dans une* Invective contre Vatinius *qui nous est parvenue. Mais il sera contraint par l'amitié pressante de César de le défendre en 56 alors qu'il est accusé de brigue.*

75. *Cicéron écrit* struma *en parlant de Vatinius* (Lettres à Atticus, II, 9), *soit scrofules, écrouelles. Ce sarcasme sera souvent repris par lui contre le même adversaire.*

76. *Littéralement : le cou aussi large (N.d.T.). Voir aussi infra, XXVI, 3.*

77. *Le tribun de 67-66, Caius Manilius Crispus, est l'auteur de la fameuse* lex Manilia *conférant à Pompée l'*imperium *sur toute l'Asie Mineure ; il était effectivement un agent de ce dernier.*

78. *Plutarque traduit ici les valeurs latines de* clementia *et d'*humanitas, *qui sont le socle de la classe dirigeante romaine – elles régissent les liens d'amitié autant que la conduite politique –, et auxquelles Cicéron proclame souvent son attachement (voir Boyancé, 1970).*

changement étonnant[79] ; Cicéron fut couvert de louanges et on le pria d'assumer la défense de Manilius, ce qu'il fit avec ardeur, surtout à cause de Pompée, alors absent. Reprenant toute l'affaire à son origine, il s'en prit hardiment aux partisans de l'oligarchie et à ceux qui jalousaient Pompée.

X. 1. Quant au consulat, il y fut porté tout autant par les aristocrates que par la foule[80]. Les deux groupes s'étaient réunis sur son nom dans l'intérêt de la cité pour la raison suivante. 2. Le changement politique opéré par Sylla avait d'abord paru choquant, mais le temps et l'habitude lui avaient conféré, semble-t-il, une sorte de stabilité qui n'était pas à dédaigner. Cependant, il y avait des gens qui cherchaient à ébranler et à modifier la situation, et ce, non par souci du bien mais pour satisfaire leurs ambitions personnelles. Pompée faisait encore la guerre aux rois du Pont et d'Arménie, et il n'y avait à Rome aucune force capable de s'opposer aux révolutionnaires. 3. Le coryphée de ces gens-là était Lucius Catilina[81], un homme audacieux, entreprenant et artificieux, qui était accusé de nombreux forfaits, notamment de relations incestueuses avec sa fille et du meurtre de son frère[82]. Craignant d'être poursuivi en justice pour ce dernier motif, Catilina avait poussé Sylla à faire figurer son frère sur les proscriptions, comme s'il était encore vivant, parmi ceux qu'on voulait faire mourir[83]. 4. Tel était donc le chef que s'étaient choisi ces misérables. Entre autres gages de fidélité qu'ils se donnèrent, ils sacrifièrent un homme et mangèrent de sa chair[84]. Catilina avait corrompu une grande partie de la jeunesse de

---

79. Voir Quintus Cicéron, Manuel du candidat, *51-53*.
80. *Cicéron est élu consul pour l'année 63 à l'unanimité des citoyens (voir infra, XII). Les mots grecs* aristocraticoï *et* hoïpolloï *(«la foule») s'opposent comme les mots latins* boni *et* multi *chez Cicéron (voir Hellegouarc'h, 1972, p. 492).*
81. *Lucius Sergius Catilina (108-62) est issu d'une grande famille aristocratique déchue et ruinée. Légat de Sylla, il est l'auxiliaire zélé des proscriptions ; préteur en 68 et propréteur d'Afrique en 67-66, il s'y illustre par un pillage effroyable. Candidat malheureux au consulat en 63 et 62, il met sur pied la fameuse conjuration qui permet à Cicéron de s'illustrer, en politique autant qu'en littérature.*
82. *Les crimes prêtés à Catilina sont sujets à polémiques, tant nous sommes dépendants de l'éloquent Cicéron ; plusieurs discours dressent le portrait de Catilina :* Pour sa candidature, Les Catilinaires, Pour Muréna, Pour Sylla, *que seul le récit de l'historien Salluste,* La Conjuration de Catilina, *permet de nuancer. Quant à l'inceste, ni Cicéron ni Salluste n'y font allusion. Cicéron ne parle pas du meurtre d'un frère mais d'un beau-frère, ce que le terme grec* adelphos *n'exclut pas. On a longtemps parlé d'un Caecilius, il s'agirait en fait d'un vieux notable d'Arpinum, Marcus Marius Graditanus. Plutarque omet de parler de la séduction de la Vestale Fabia (voici peut-être l'inceste) et du meurtre par Catilina de son propre fils, que Salluste tient pour avéré* (Catilina, *XV*), *mais auquel Cicéron ne fait qu'une allusion* (Catilinaires, *I, 14*).
83. *Dans son discours* Pour sa candidature, *Cicéron s'en prend violemment au passé de Catilina qui a effectivement été l'un des acteurs, à la tête d'une bande de gladiateurs gaulois, des proscriptions de Sylla, dont il a été le légat en 82. Voir notamment* Sylla, *XXXII, 3.*
84. *Cicéron ne parle pas de ce détail sordide, mais le bruit s'était répandu et Salluste le rapporte ainsi : «Certains ont prétendu qu'après son discours, Catilina, au moment où il faisait prêter le serment à*

Rome, en prodiguant sans cesse à chacun des plaisirs, des beuveries, des maîtresses, sans lésiner sur la dépense[85]. 5. Toute l'Étrurie et la plus grande partie de la Gaule Cisalpine s'étaient soulevées et s'apprêtaient à faire sécession[86]. Quant à Rome, elle était au bord de la révolution, à cause de l'inégalité des fortunes : les citoyens les plus renommés et les plus fiers avaient été réduits à la mendicité pour avoir dépensé leurs biens en spectacles, en banquets, en campagnes électorales et en constructions, tandis que les richesses passaient à des individus abjects et méprisables. C'était au point qu'il ne fallait plus qu'une légère impulsion : tout était à la merci de celui qui oserait renverser la cité, malade de ses propres maux[87].

XI. 1. Cependant Catilina, voulant disposer d'abord d'un solide point d'appui, brigua le consulat, où il espérait vivement avoir pour collègue Caius Antonius[88], un homme qui par lui-même était incapable d'aucune initiative, bonne ou mauvaise, mais qui pouvait devenir, sous la conduite d'un autre, une force d'appoint. 2. Tel était donc l'avenir qu'appréhendaient la plupart des hommes de bien et ils poussèrent Cicéron à briguer le consulat. Le peuple accueillit sa candidature avec enthousiasme : Catilina fut battu ; Cicéron et Caius Antonius furent élus consuls. 3. Pourtant, de tous les candidats, Cicéron était le seul à être fils d'un chevalier, et non d'un sénateur[89].

---

ses complices, aurait fait circuler des coupes pleines de sang humain mélangé à du vin ; tous y ayant goûté, après avoir prononcé la formule d'exécration, comme il est d'usage dans les sacrifices solennels, il leur aurait découvert son dessein... Il ne nous semble pas que la chose, étant donné sa gravité, ait été suffisamment démontrée» (Catilina, XXII). *Dion Cassius* (Histoire romaine, XXXVII, 30), *plus de deux siècles plus tard, en retient la cérémonie du serment avec immolation rituelle et prétend tenir son information de Cicéron.*
85. Reprise exacte des considérations de Cicéron (Catilinaires, II, 4, 7, 23) *et surtout de Salluste* (Catilina, XIV).
86. Référence aux hésitations des Allobroges, peuple gaulois de Cisalpine, sur la participation au complot, ainsi qu'à l'organisation d'une armée de vétérans de Sylla par Caius Manlius autour de Faesulae (Fiesole), en Étrurie.
87. Ce développement s'inspire directement de Salluste, qu'il s'agisse des causes de la conjuration (Catilina, XIII, XIV, XX) *ou du jugement moral sur Rome* (Catilina, VI-XIV). *Toutefois, en XVIII, 5, Salluste met plutôt en cause la «recherche du pouvoir» par ce groupe de nobles que son appauvrissement. Voir Ross-Taylor (1977), p. 118 et suiv.*
88. Caius Antonius Hybridas, le fils du grand orateur Marcus Antonius, s'est enrichi grâce aux proscriptions de Sylla ; ses dettes et son existence scandaleuse le font chasser du Sénat en 70 ; réintégré, il est préteur en 66 et brigue le consulat en 63. Champion des populares, *il est compromis avec Catilina. Cicéron l'invective dans* Pour sa candidature, *mais réussit à neutraliser ce collègue encombrant en lui offrant sa province de Macédoine, province lucrative et permettant de s'illustrer militairement. Voir aussi Salluste,* Catilina, *XXI, 3 et XXVI, 1.*
89. Cicéron commente lui-même : «[...] je suis le premier homme nouveau que vous avez fait consul ; ce poste que la noblesse avait entouré de tant de barrières et qu'elle gardait par tous les moyens, vous l'avez emporté avec moi, et vous avez voulu que désormais l'accès en fût ouvert au mérite» (Sur la loi agraire, II, 3 ; *voir Salluste,* Catilina, *XXIII, 6).*

XII. 1. La foule était encore dans l'ignorance des projets de Catilina, mais l'entrée en charge de Cicéron fut marquée par de grands combats[90], préludes des luttes à venir. 2. D'une part, les hommes que les lois de Sylla avaient exclus des magistratures, et qui étaient forts et nombreux, se présentèrent pour briguer les charges : si, dans leurs harangues au peuple, beaucoup de leurs accusations contre la tyrannie de Sylla étaient justes et fondées, ils avaient tort d'ébranler ainsi la cité et le moment était mal choisi. D'autre part, les tribuns de la plèbe proposaient des lois qui allaient dans le même sens : ils demandaient la création de décemvirs revêtus d'un pouvoir absolu qui, dans toute l'Italie, dans toute la Syrie et à l'intérieur des territoires récemment ajoutés à l'Empire par Pompée[91], auraient le droit de vendre les terres de l'État, de juger et d'exiler qui ils voudraient, de fonder des cités, de prendre de l'argent dans le trésor public, d'entretenir et d'enrôler autant de soldats qu'il leur en faudrait[92]. 3. Aussi, beaucoup de personnages en vue appuyaient-ils cette loi, et d'abord Antonius, le collègue de Cicéron, qui espérait devenir un des décemvirs. Antonius semblait également informé des projets révolutionnaires de Catilina et ne pas leur être hostile, à cause de l'importance de ses dettes, ce qui inquiétait particulièrement les aristocrates. 4. Cicéron commença par remédier à ce danger en lui faisant attribuer la province de Macédoine et en refusant pour lui-même la Gaule qu'on lui offrait. Par cette faveur, il amena Antonius à travailler pour lui, dans l'intérêt de la patrie, comme un acteur rémunéré qui joue les seconds rôles[93]. 5. L'ayant ainsi conquis et rendu docile, Cicéron eut désormais plus d'audace pour s'élever contre les révolutionnaires. Il se livra à une attaque en règle de la loi devant le Sénat et il impressionna si fort ceux qui la présentaient que nul n'osa le contredire. 6. Ils firent pourtant de nouvelles tentatives et, s'étant soigneusement préparés, ils citèrent les consuls devant le peuple.

---

90. Le piège des populares *pour ruiner l'autorité du consul est multiforme : outre la loi agraire, la question des fils des proscrits du temps de Sylla (en 82) – qui ne seront rétablis dans leurs droits qu'en 49 (voir* César, *XXXVII, 2) –, Plutarque passe sous silence le procès de haute trahison intenté à Rabirius pour avoir tué le tribun factieux Lucius Apuleius Saturninus en 100. Il s'agissait d'interdire le recours au sénatus-consulte ultime, moyen de la sauvegarde suprême de l'État. Cicéron, défenseur de l'accusé, défend surtout dans son* Pour Rabirius *le droit du consul à utiliser cette procédure.*

91. Cicéron (Sur la loi agraire, I, 10 et II, 38) donne des précisions sur cette tentative de limiter l'influence de Pompée.

92. Reprise de la loi agraire telle qu'on peut la reconstituer d'après les habiles discours prononcés par Cicéron, Sur la loi agraire. *La distribution de terre à la plèbe de Rome était depuis les Gracques une des réformes qui divisaient tenants de l'aristocratie et* populares. *La proposition du tribun Publius Servilius Rullus est directement inspirée par César et Crassus ; son contenu est complexe, mais son but principal est de ruiner la popularité d'un consul qui ne peut que s'élever contre cette rupture de l'équilibre romain.*

93. Cicéron a réussi à faire reconnaître l'année 63 comme celle de son seul consulat, ainsi qu'il le répète, notamment dans son poème Sur son consulat. *Antonius est réduit au rôle de faire-valoir. Voir* Salluste, Catilina, *XXVI, 4.*

Mais Cicéron, sans se laisser intimider, invita le Sénat à le suivre et se présenta devant l'assemblée : non seulement il fit rejeter la loi, mais encore il obligea les tribuns de la plèbe à renoncer à leurs autres projets, tant ils avaient été écrasés par son éloquence[94].

XIII. 1. C'est que, plus qu'aucun autre, Cicéron sut montrer aux Romains combien l'éloquence ajoute de plaisir au bien[95] ; il leur montra que la justice est invincible quand elle est habilement secondée par la parole et que, si dans ses actes l'homme politique scrupuleux doit toujours préférer le bien à la flatterie, il doit en revanche dans ses discours écarter tout ce que l'utile peut avoir de déplaisant. 2. Ce qui se passa sous son consulat au moment des spectacles prouve bien le charme de son éloquence. Les chevaliers romains étaient autrefois mêlés à la foule dans les théâtres et ils assistaient aux spectacles avec le peuple, à n'importe quelle place. Marcus Othon fut le premier, pendant sa préture, à les séparer des autres citoyens pour leur faire honneur et il leur assigna des places particulières – privilège qu'ils ont conservé de nos jours[96]. 3. Le peuple prit cette mesure pour une insulte et, lorsque Othon parut au théâtre[97], il fut hué et sifflé. Les chevaliers ripostèrent en l'applaudissant bruyamment. Là-dessus, nouveaux sifflets, plus forts, de la part du peuple, nouveaux applaudissements des chevaliers. 4. Puis les deux groupes, se tournant l'un contre l'autre, se mirent à s'injurier et le désordre régna dans le théâtre. Apprenant ce qui se passait, Cicéron arriva : il invita le peuple à le suivre au sanctuaire de Bellone[98] et lui adressa de tels reproches et de telles remontrances que les plébéiens, revenus au théâtre, applaudirent vivement Othon et rivalisèrent avec les chevaliers pour l'honorer et lui témoigner leur estime.

XIV. 1. Les conjurés que Catilina avait réunis autour de lui avaient été d'abord intimidés et craintifs. Mais, reprenant de l'audace, ils se regroupèrent et s'exhortèrent à se mettre à l'ouvrage plus hardiment, avant le retour de Pompée qui, disait-on, rega-

---

94. *Évoquant une victoire totale de l'éloquence, Plutarque est sans doute victime du fameux* cedant arma togae *(«que les armes cèdent devant la toge»), mais il souligne avec raison l'exercice périlleux duquel Cicéron s'est brillamment tiré.*

95. *Digression sur le rapport entre la beauté du langage et la beauté de l'âme, idée platonicienne largement reprise par Cicéron, notamment dans son traité* De l'orateur *(II, 333-336 ; voir* infra*, Comparaison de Démosthène et de Cicéron, LII, 4, avec la citation de Platon,* République*, V, 18, 473d).*

96. *Le théâtre romain, composé de la scène, de l'*orchestra *et de l'*auditorium*, reproduit la hiérarchie sociale : les sénateurs, prêtres et personnages officiels prennent place sur l'*orchestra*, tandis que les chevaliers occupent les 14 premiers rangs de l'*auditorium*. Plutarque attribue par erreur cette mesure à un préteur de 63 nommé Marcus Othon ; la loi en question, la* lex Roscia*, fut portée en 67 par le tribun de la plèbe Lucius Roscius Fabatus.*

97. *Il s'agit encore d'une structure de bois démontable. Le premier théâtre permanent de pierre ne sera construit à Rome qu'en 55, par Pompée.*

98. *Le temple de cette déesse guerrière était un de ceux où se réunissait le Sénat, particulièrement lorsqu'il accueillait un général victorieux (voir* Sylla*, VII, 12 ; XXX, 3).*

gnait alors Rome avec son armée[99]. 2. Ceux qui excitaient le plus Catilina étaient les anciens soldats de Sylla, implantés dans toute l'Italie, dont les plus nombreux et les plus combatifs étaient disséminés dans les cités étrusques : ils rêvaient de se livrer à de nouveaux pillages et de faire main basse sur les richesses qui les attendaient[100]. 3. Leur chef était Mallius, un de ceux qui avaient fait brillamment campagne sous les ordres de Sylla ; ils se rallièrent à Catilina et se rendirent à Rome pour appuyer sa candidature, car il briguait une seconde fois le consulat et il avait l'intention de profiter de l'agitation des comices pour supprimer Cicéron. 4. La divinité elle-même, semblait-il, annonçait ce qui se préparait par des tremblements de terre, des coups de tonnerre et des apparitions. Quant aux dénonciations venant des hommes, elles étaient véridiques, mais ne suffisaient pas encore à confondre un homme aussi en vue et influent que Catilina[101]. 5. C'est pourquoi Cicéron reporta la date des comices et convoqua Catilina devant le Sénat, pour l'interroger sur les bruits qui couraient. 6. Catilina, qui pensait que beaucoup de sénateurs souhaitaient une révolution et qui cherchait aussi à se mettre en vedette aux yeux des conjurés, fit à Cicéron cette réponse délirante : « Qu'est-ce que je fais de mal, si voyant deux corps, l'un maigre et exténué, mais pourvu d'une tête, l'autre sans tête mais robuste et de grande taille, je veux, moi, donner une tête au second[102] ? » 7. Cette manière de faire allusion, à mots couverts, au Sénat et au peuple augmenta les craintes de Cicéron et il revêtit une cuirasse. Tous les notables et beaucoup de jeunes gens l'escortaient quand il descendait de chez lui au Champ de Mars. 8. Il laissait apercevoir exprès un bout de sa cuirasse, ayant détaché sa toge de ses épaules, pour faire comprendre le danger aux spectateurs[103]. Ceux-ci, indignés, se pressèrent autour de lui. Finalement, ils rejetèrent de nouveau Catilina par leur vote et désignèrent comme consuls Silanus et Muréna[104].

---

99. Sur l'importance psychologique de l'éloignement de Pompée à ce moment, voir Salluste, Catilina, XVI, 5 et supra, IX, 7 et X, 2.

100. Les colons (anciens vétérans) de Sylla sont nombreux dans les rangs catiliniens ; le chef de l'armée réunie par Catilina est Caius Manlius (et non Mallius comme l'écrit Plutarque au § 3), centurion de Sylla ayant largement bénéficié des proscriptions ; voir Salluste, Catilina, XXVIII.

101. Nouvelle intervention des présages dans le récit, largement attestée par les sources : Cicéron, Catilinaires, II, 29 ; III, 18-21 ; Sur son consulat, II, 23 ; De la divination, I, 18 ; suivi par Dion Cassius, XXXVII, 9. Mais Salluste n'en dit rien.

102. Discours et métaphore rapportés par Cicéron dans le plaidoyer Pour Muréna, XXV, 50-51, dont Plutarque semble ici s'inspirer directement.

103. Véritable mise en scène de Cicéron : sa descente au Champ de Mars lui a permis de repousser l'élection de Catilina au consulat pour l'année 62. L'inexistence d'un corps de police quelconque laisse le champ libre à une escorte privée.

104. Decimus Junius Silanus, candidat des optimates ; sa vaste fortune lui permit de donner des jeux magnifiques durant son édilité ; préteur vers 67. Lucius Licinius Murena, issu d'une famille plébéienne sans éclat, légat de Lucullus contre Mithridate en 74, préteur en 65, puis propréteur de Gaule Narbonnaise, accusé de brigue par un concurrent malheureux au consulat, Servius Sulpicius Rufus, ainsi que par Marcus Porcius Cato (Caton le Jeune, dont Plutarque ignore ici le rôle), fut défendu avec succès par Cicéron (Pour Muréna).

XV. 1. Peu après, comme les soldats de Catilina se rassemblaient déjà en Étrurie et s'organisaient en cohortes et que le jour fixé pour l'attaque se rapprochait, trois des premiers et des plus puissants Romains, Marcus Crassus, Marcus Marcellus et Scipion Métellus, se rendirent chez Cicéron au milieu de la nuit. Ils frappèrent à la porte, appelèrent le portier et lui dirent de réveiller Cicéron et de les annoncer[105]. 2. Voici de quoi il s'agissait. Le portier de Crassus lui avait remis, après le dîner, des lettres apportées par un inconnu, et adressées à différentes personnes : une seule était pour lui et elle n'était pas signée. 3. Crassus ne lut que cette lettre ; elle lui annonçait que Catilina allait se livrer à un grand massacre et lui conseillait de sortir de la Ville. Il n'ouvrit pas les autres lettres ; épouvanté par le danger et voulant aussi dissiper les soupçons qui pesaient sur lui à cause de son amitié avec Catilina, il se rendit tout droit chez Cicéron[106]. 4. Celui-ci, après en avoir délibéré, réunit le Sénat au point du jour : il avait apporté les lettres, qu'il remit à leurs destinataires, les priant de les lire à haute voix. Toutes, de la même manière, révélaient le complot. 5. Là-dessus Quintus Arrius[107], ancien préteur, fit un rapport sur les cohortes de soldats qui se formaient en Étrurie et annonça que Mallius, avec des troupes importantes, tournait autour des cités de cette région, attendant d'un instant à l'autre une nouvelle décisive de Rome. Le Sénat prit alors un sénatus-consulte remettant les affaires entre les mains des consuls qui devaient en assumer la charge et faire tout ce qu'ils pouvaient pour administrer et sauver la cité. Ce sénatus-consulte est rare ; le Sénat n'y a recours que lorsqu'il redoute un grand malheur[108].

XVI. 1. Investi de ce pouvoir, Cicéron confia à Quintus Métellus[109] les affaires extérieures et garda sous son contrôle celles de la cité. Chaque jour quand il sortait, il

---

105. Marcus Claudius Marcellus Crassus, consul en 51, et Quintus Caecilius Metellus Pius Scipio, fils de Scipion Nasica, consul en 52, sont alors parmi les plus puissants à Rome. De ces trois aristocrates de vieille souche, le premier est un chef des populares, *les autres sont les champions des* optimates ; *leur démarche commune du 21 octobre 63 indique l'inquiétude que faisait peser la conjuration sur toutes les factions de la vie politique romaine. L'attaque était prévue pour le 27 octobre (Cicéron,* Catilinaires, *I, 7 ; Salluste,* Catilina, *XXX, 1).*
106. Crassus a sans aucun doute été le financier de la conjuration avant de renoncer à ce projet et de « lâcher » Catilina. Salluste le cite comme acteur de la « première conjuration » en 65 (voir Catilina, *XVIII-XIX), et reprend les forts soupçons pesant sur lui (et sur César) à propos de la conjuration de 63 (voir* Catilina, *XLVIII). Comparer avec* Crassus, *XIII, 3-4.*
*107. Sans doute le personnage (préteur en 64) que Cicéron (*Brutus, *248) campe en médiocre parvenu.*
108. Le sénatus-consulte ultime a été voté par le Sénat le 22 octobre 63, suite aux révélations de la nuit. C'est une procédure rare (employée pour la première fois en 121, contre Caius Gracchus) et sujette à polémiques entre populares *et* optimates *(voir supra, XII, 1 et Salluste,* Catilina, *XXIX). Arme d'utilisation dangereuse, elle vaudra à Cicéron son exil de 58.*
109. Quintus Caecilius Metellus Celer, ancien lieutenant de Pompée, consul en 60, mort subitement en 59, empoisonné dit-on par sa femme Clodia. Élu préteur en 63, il seconde activement Cicéron pour les opérations de police et, envoyé dans le Picenum, c'est lui qui taille en pièces l'armée de Catilina ; voir Cicéron, Catilinaires, *II, 5-6 et XXVI ; Salluste,* Catilina, *XXX, 5.*

était entouré de tant de gardes du corps que, lorsqu'il entrait sur le forum, son escorte occupait une grande partie de la place[110]. Catilina, qui ne pouvait plus supporter l'attente, décida de rejoindre le camp de Mallius et demanda à Marcius et à Céthégus de se munir d'épées, de se rendre au point du jour à la porte de Cicéron comme pour le saluer, de se jeter sur lui et de le tuer[111]. 2. Ce projet fut révélé à Cicéron par Fulvia[112], une femme de la haute société : elle vint le trouver pendant la nuit et lui recommanda de se garder de Céthégus et de ses complices. 3. Ceux-ci se présentèrent au lever du jour ; comme on leur refusait l'entrée, ils s'indignèrent à grands cris devant la porte, ce qui augmenta les soupçons. Cicéron sortit et convoqua le Sénat dans le temple de Jupiter *Stésios* [« Qui arrête »] ou, en latin, *Stator*[113], situé à l'entrée de la via Sacra en montant vers le Palatin. 4. Catilina s'y rendit avec les autres, dans l'espoir de se justifier, mais aucun sénateur ne voulut s'asseoir près de lui ; tous s'écartèrent de son banc[114]. 5. Il commença à parler, mais on le hua. Finalement, Cicéron, se leva et lui ordonna de quitter la cité. « Ma politique, lui dit-il, est fondée sur la parole, la tienne sur les armes ; il faut donc qu'il y ait entre nous le rempart de Rome[115]. » 6. Catilina sortit aussitôt de la Ville, avec trois cents hommes armés, entouré de faisceaux et de haches comme un magistrat[116] ; il fit lever les enseignes et partit rejoindre Mallius. Il avait déjà rassemblé près de vingt

---

110. Cette utilisation systématique de la force et de troupes armées par Cicéron, bien étudiée par Lintott (1968), met à mal l'image du consul en toge résistant à Catilina par la seule parole (voir § 5).

111. Dans la nuit du 6 au 7 novembre 63. Les historiens latins divergent sur les noms des assassins : Salluste (Catilina, *XXVIII) nomme Caius Cornélius, chevalier romain, et Lucius Vargunteius, sénateur ; Appien* (Guerres civiles, *II, 3) mentionne Lentulus et Céthégus. Les noms donnés par Plutarque, Marcius et Céthégus, ne sont pas non plus confirmés par Cicéron* (Catilinaires, *I, 8), qui indique simplement deux chevaliers et nomme ensuite Caius Cornélius dans son plaidoyer* Pour Sylla *(XVIII, 52).*

112. Fulvia est la femme du conjuré Quintus Curius (voir Salluste, Catilina, *XXIII, 1-4). Est-elle apparentée au chevalier Marcus Fulvius Nobilior, cité par Salluste comme conjuré (*Catilina, *XVII), ou au sénateur Fulvius (*Catilina, *XXXIX) ? Il ne faut pas la confondre avec l'ennemie personnelle de Cicéron, Fulvia, qui fut successivement l'épouse de Clodius, de Curion et de Marc Antoine.*

113. La première Catilinaire est prononcée le 8 novembre 63 devant le Sénat, réuni dans ce lieu. La symbolique des lieux est très bien exploitée par Cicéron qui réunit ensuite le Sénat dans le temple de la Concorde (il y prononce la quatrième Catilinaire *le 5 décembre 63). Sur* Stésios *pour* Stator *au sens de « qui arrête l'ennemi », voir l'épisode fondateur de* Romulus, *XVIII, 2.*

*114. Plutarque est encore tributaire de Cicéron : « Et que dire de ce qu'à ton arrivée, ton banc s'est vidé ? de ce que tu étais à peine assis que tous les consulaires, dont tu as si souvent décidé la mort, ont laissé vide et déserte cette partie du banc où tu te trouvais ? » (*Catilinaires, *I, 16 ; voir II, 12-13).*

115. Voir supra, VIII, 6 ; infra, XXII, 6-7 ; Comparaison de Démosthène et de Cicéron, *LI, 1.*

*116. Catilina use autant que Cicéron du symbole ; par l'emploi des licteurs, ces personnages qui précèdent tout magistrat titulaire de l'*imperium *avec sur l'épaule gauche les* fasces *(faisceaux) ornés de haches, il s'approprie les symboles du pouvoir et fonde une nouvelle légalité ; la symbolique est la même dans l'appropriation de l'enseigne militaire, considérée comme sacrée. Voir Cicéron,* Catilinaires, *II, 13 ; Salluste,* Catilina, *XXXVI, 1.*

mille hommes, et il parcourut les cités, pour les pousser à faire sécession et les attirer à lui. La guerre était donc déclarée, et Antoine fut envoyé pour le combattre[117].

XVII. 1. Ceux des individus corrompus par Catilina qui étaient restés à Rome furent réunis et enflammés par Cornélius Lentulus, surnommé Sura[118], un homme de haute naissance mais qui menait une vie honteuse et qui avait été exclu du Sénat pour débauche : il était alors préteur pour la seconde fois, comme c'est l'usage pour ceux qui veulent retrouver le rang sénatorial. 2. Quant à son surnom de Sura, en voici, dit-on, l'origine. À l'époque de Sylla, comme il était questeur et qu'il avait gaspillé et dilapidé une grande quantité de deniers publics, 3. Sylla, indigné, lui en demanda compte au Sénat. Lentulus, s'avançant avec une désinvolture et un mépris total, déclara qu'il n'avait pas de compte à rendre et tendit la jambe, comme le font les enfants quand ils ont commis une faute au jeu de balle. 4. On le surnomma donc Sura, mot qui signifie «jambe» en latin[119]. Une autre fois, comme il était cité en justice, il acheta certains des juges et fut acquitté à une majorité de deux voix seulement. «J'ai fait une dépense inutile, dit-il. J'ai payé un juge de trop puisqu'il me suffisait d'une voix pour être acquitté.» 5. Tel était donc son caractère. Il se laissa entraîner par Catilina. De faux devins et des charlatans achevèrent de le corrompre en lui faisant miroiter de vaines espérances : ils lui chantaient des vers et des oracles, forgés de toutes pièces mais soi-disant tirés des Livres Sibyllins[120], annonçant que trois Cornelii étaient destinés à être monarques à Rome : deux d'entre eux, Cinna et Sylla, avaient déjà accompli leur destinée ; il était, lui, le troisième Cornélius à qui la divinité offrait la monarchie ; il devait à tout prix l'accepter et ne pas laisser perdre les occasions favorables en tardant trop, comme Catilina[121].

---

*117. Salluste (*Catilina, XXXVI, 2-3*) rapporte la déclaration faisant de Catilina et de Manlius des* hostes, *des ennemis publics, ainsi que le décret du Sénat chargeant Cicéron de la défense de Rome et Antoine de la guerre.*
118. Publius Cornelius Lentulus Sura, consul en 71 à l'issue d'une carrière peu recommandable commencée comme questeur sous Sylla en 81, corrupteur lors d'un procès de brigue, débauché, est exclu du Sénat en 70 par les censeurs lors de la révision de l'album sénatorial. En 63, il est préteur pour la seconde fois, comme le veut l'usage pour qui souhaite être réintégré après une exclusion. Il fera partie des exécutés du 5 décembre 63.
119. Sura *signifie plus précisément «mollet».*
120. Rome conservait précieusement au temple de Jupiter Capitolin trois livres de prophéties rédigés en vers grecs obscurs, achetés par Tarquin le Superbe, dernier roi de Rome, à la Sibylle de Cumes (identifiée parfois à la Sibylle d'Érythrée). Ils étaient conservés par un collège de prêtres, au nombre de 15 depuis Sylla, les quindecemviri *; on les consultait en cas de calamité publique (voir* Publicola, *XXI, 3 et note), sur ordre du Sénat. Ils avaient été détruits lors de l'incendie du Capitole du 6 juillet 83, mais remplacés aussitôt par de nouveaux recueils ; à cette occasion de nombreux ouvrages de pseudo-prophétie avaient été mis en circulation.*
121. Sur les ambitions de Lentulus, lire Cicéron, Catilinaires, *III, 9 ou Salluste,* Catilina, *XLVII, qui convergent sur la foi accordée par Lentulus à ces prophéties.*

XVIII. 1. Lentulus prémédita donc un crime abominable : il avait résolu de massacrer le Sénat tout entier et le plus grand nombre de citoyens possible, de mettre le feu à Rome et de n'épargner personne, sauf les enfants de Pompée, qu'il se proposait d'enlever et de garder comme otages, pour pouvoir négocier avec leur père, car une rumeur insistante et fondée annonçait que Pompée revenait de sa grande expédition[122]. 2. La date fixée pour l'attentat était une des nuits des Saturnales[123]. Les conjurés avaient apporté et caché dans la maison de Céthégus[124] des épées, de l'étoupe et du soufre ; 3. ils avaient désigné cent hommes et divisé Rome en autant de secteurs, qu'ils avaient attribués par le sort à chacun d'entre eux : ainsi, avec autant d'incendiaires, la Ville prendrait feu en un instant de tous côtés. D'autres étaient chargés d'obstruer les conduites d'eau et d'égorger ceux qui essaieraient d'y puiser[125].

4. Or, pendant ces préparatifs, il se trouva que séjournaient à Rome deux ambassadeurs des Allobroges, peuple alors très misérable, qui trouvait trop lourde la domination romaine[126]. 5. Lentulus et ses amis, persuadés que ces hommes pourraient leur être utiles pour agiter la Gaule et la gagner à leur cause, les firent entrer dans la conjuration ; ils leur remirent une lettre pour le Sénat de leur pays et une autre pour Catilina : dans la première, ils promettaient la liberté aux Allobroges, dans la seconde, ils pressaient Catilina de libérer les esclaves[127] et de marcher sur Rome. 6. Avec les Allobroges, ils envoyaient à Catilina un certain

---

122. *L'idée de ces destructions est-elle une initiative de Lentulus ? Ou une consigne de Catilina (voir César, VII, 6 ; Salluste, Catilina, XXXII, 2 et XLIII, 2) ? Sur la situation de Pompée, père de deux fils et d'une fille, voir supra, X, 2 et XIV, 1.*

123. *La date est indiquée par Cicéron (Catilinaires, III, 10). La fête des Saturnales est célébrée du 17 au 19 décembre ; un sacrifice public à Saturne était suivi d'une sorte de carnaval, durant lequel l'agitation était importante et les maisons laissées ouvertes : la date est donc bien choisie.*

124. *Caius Cornelius Cethegus, membre comme Lentulus de la gens Cornelia, est l'un des principaux artisans de la conjuration ; Salluste (Catilina, XLIII) le cite parmi les volontaires pour l'assassinat du consul lors de l'insurrection.*

125. *Le plan de l'insurrection est celui indiqué par Salluste (Catilina, XLII). La menace de destruction de la ville par le feu est un thème sur lequel Cicéron joue habilement ; Salluste (Catilina, XLVIII) attribue à cette menace le changement d'opinion de la plèbe, jusque-là plutôt favorable aux conjurés. La peur de l'incendie traverse l'histoire romaine, depuis l'incendie du Capitole de 83, encore dans toutes les mémoires en 63, jusqu'à l'incendie de Rome sous Néron.*

126. *Peuple gaulois installé entre l'Isère et le Rhône, soumis à Rome en 121. Venus à Rome se plaindre, sans succès, des exactions du gouverneur Caius Licinius Murena, frère du client de Cicéron consul de 62, ils sont approchés par les conjurés. Sur les conseils de leur patron à Rome, Quintus Fabius Sanga, ils deviennent des auxiliaires précieux de Cicéron qui obtient grâce à eux la preuve de la culpabilité de Lentulus. Voir Salluste, Catilina, XL-XLII.*

127. *Salluste (Catilina, XLIV, 3-6) et Cicéron (Catilinaires, III, 8-12) donnent exactement le même texte pour la lettre de Lentulus : «Lève des recrues partout, même parmi les plus humbles.» Cicéron exploite largement cet autre fantasme romain, la révolte des esclaves, ravivé par le soulèvement de Spartacus de 71 ; voir Annequin (1972), p. 193 et suiv.*

Titus de Crotone[128], qui portait les lettres. 7. Mais les conjurés étaient des gens instables qui se rencontraient le plus souvent pour boire avec des femmes, alors que Cicéron épiait leurs desseins avec beaucoup de soin, un esprit sobre et une intelligence exceptionnelle. Il avait beaucoup d'agents qui surveillaient du dehors ce qu'ils faisaient et les suivaient à la trace pour lui, beaucoup d'autres aussi qui feignaient de participer à la conjuration, mais avec qui il avait des entretiens secrets et en qui il avait confiance. Il apprit ainsi les relations des conjurés avec les étrangers. Il fit donc tendre de nuit une embuscade et se saisit du Crotoniate et de ses lettres, avec l'aide des deux Allobroges qui travaillaient pour lui en sous-main[129].

XIX. 1. Au point du jour, il réunit le Sénat dans le temple de la Concorde[130], donna lecture des lettres et fit entendre les dénonciateurs. Junius Silanus déclara lui aussi qu'on avait entendu Céthégus annoncer que trois consuls et quatre préteurs allaient être assassinés. Pison[131], personnage consulaire, rapporta d'autres propos analogues. 2. Caius Sulpicius[132], l'un des préteurs, fut envoyé à la maison de Céthégus, où il découvrit une grande quantité de javelots et de boucliers et surtout des épées et des poignards, tous fraîchement aiguisés. 3. Enfin, le Sénat ayant voté l'impunité au Crotoniate s'il faisait des révélations, Lentulus fut confondu; il se démit aussitôt de sa charge (il était préteur) quitta sa toge prétexte[133] en plein Sénat, et prit un habit plus conforme à sa situation. 4. Il fut livré aux préteurs, ainsi que ses complices, pour être gardé à vue. Le soir était déjà venu et le peuple attendait en foule à la porte. Cicéron sortit, expliqua l'affaire à ses concitoyens[134]: ceux-ci l'escortèrent jusqu'à la maison d'un de ses voisins et amis, la sienne étant occupée par les femmes qui y célébraient les Mystères sacrés de la déesse qu'on appelle à Rome la Bonne Déesse[135] et en Grèce Gynaeceia: 5. tous les ans, un sacrifice lui est offert dans la maison du consul par la femme ou la mère de celui-

---

128. Cicéron (Catilinaires, *III, 9 et IV, 5) le nomme Titus Volturcius; Salluste (*Catilina, *XLIV, 3) précise qu'il était de Crotone, sans doute un membre influent de l'aristocratie locale.*
129. L'embuscade dont il est question eut lieu la nuit du 3 décembre, au pont Mulvius (ou Milvius), à la sortie de la ville.
130. Voir supra, *XVI, 3 et Cicéron,* Catilinaires, *III, 21; Salluste,* Catilina, *XLVI, 5.*
131. Caius Calpurnius Piso, puissant aristocrate, consul de 67, ennemi personnel de César. Sur Silanus, voir supra, *XIV, 8 et note.*
*132. Préteur de 63, mentionné par Cicéron pour la même mission (*Catilinaires, *III, 8); on ne sait rien de lui, pas même son cognomen.*
133. La toge virile, entièrement blanche, est l'habit distinctif du citoyen romain; la toge ourlée de pourpre, appelée toge prétexte, caractérise magistrats et sénateurs.
134. C'est l'objet de la troisième Catilinaire, *prononcée devant le peuple le 3 décembre 63; son succès est attesté par Salluste,* Catilina, *XLVIII, 1 et par lui-même,* Catilinaires, *III, 29.*
135. La Bonne Déesse, Bona Dea, est une divinité romaine dont le culte est lié à Faunus, un très ancien dieu protecteur de la Ville; il comporte un culte à Mystère dont les hommes sont exclus, culte célébré chaque année dans la maison d'un consul ou d'un préteur. Voir infra, *XXVIII et César, IX, 4-8.*

ci, en présence des Vestales[136]. Cicéron entra donc chez son ami et quand il se retrouva livré à lui-même, avec un très petit nombre de personnes, il réfléchit au traitement qu'il devait infliger aux conjurés. 6. Le châtiment suprême, que méritaient de si grands crimes, le faisait reculer et hésiter, à la fois à cause de la modération de son caractère et parce qu'il ne voulait pas avoir l'air de se laisser emporter trop loin par son autorité, en écrasant sans pitié des hommes que leur naissance mettait au premier rang et qui avaient dans la cité des amis puissants. Mais d'un autre côté, s'il se montrait trop faible, il frémissait à la pensée des dangers qu'ils pourraient susciter[137] 7. car, loin de s'estimer heureux d'avoir subi une peine plus modérée que la mort, ils se porteraient à toutes les audaces, leur ancienne méchanceté se renforçant d'un nouveau sujet de ressentiment, tandis que lui-même passerait pour un lâche et un mou aux yeux de la foule, qui déjà ne le tenait pas pour très hardi[138].

XX. 1. Tandis qu'il se débattait dans cette incertitude, un signe fut donné aux femmes qui offraient le sacrifice. L'autel, dont le feu semblait déjà endormi, jeta tout à coup, du milieu de la cendre et des écorces brûlées, une flamme haute et brillante[139]. 2. Cette vue les effraya toutes, sauf les vierges consacrées qui ordonnèrent à Térentia, l'épouse de Cicéron, d'aller aussitôt dire à son mari d'accomplir ce qu'il avait décidé dans l'intérêt de la patrie, car la déesse lui envoyait cette grande lumière en signe de salut et de gloire[140]. 3. Térentia n'était pas, même en temps normal, d'un naturel doux et craintif; c'était une femme ambitieuse, qui, comme le dit Cicéron lui-même, prenait plus de part aux soucis politiques de son mari qu'elle ne le faisait participer aux affaires domestiques. Elle lui transmit le message des Vestales et l'excita contre les coupables. Quintus[141], le frère de Cicéron, et Publius

---

136. Sur les Vestales, voir Numa, IX-X et notes.

137. Voir Salluste, Catilina, XLVI. Cicéron est enfermé dans le piège tendu par les amis qui ont soutenu sa candidature : il fallait quelqu'un pour effectuer le travail de répression à la place des optimates, quelqu'un qui en assumerait seul les conséquences. Cicéron n'est pas dupe et manœuvre pour tenter de faire de l'exécution des conjurés à la fois une volonté divine (rôle du présage) et une décision collective (délibération du Sénat).

138. Cicéron sentait sans doute la forte pression populaire qui lui imposait d'agir, mais Plutarque en profite pour alimenter le poncif du Cicéron peu téméraire (sur sa douceur ou sa faiblesse, voir supra, VII, 6 et Cicéron, Catilinaires, I, 28 ; IV, 10).

139. Passage repris par Dion Cassius, XXXVII, 35. Une haute flamme valait présage favorable : voir Thémistocle, XIII, 3.

140. Nouvelle intrusion des présages (voir supra, II, 1). L'interprétation et l'initiative concernant le salut de l'État sont logiquement attribuées aux Vestales.

141. Quintus Tullius Cicero, frère cadet du consul, né en 103, préteur en 62, propréteur d'Asie durant trois ans, sert sous Pompée en Sardaigne, sous César en Gaule, puis sous les ordres de son frère, proconsul de Cilicie. Il meurt victime des proscriptions avec son fils. Sa correspondance avec son frère évoque ses créations littéraires, dont il ne nous reste qu'un Manuel de campagne adressé à son frère et quelques lettres.

Nigidius[142], un de ses compagnons dans l'étude de la philosophie, qu'il consultait souvent en politique sur les questions les plus importantes, firent de même. 4. Le lendemain[143], on délibéra au Sénat sur le châtiment des conjurés. Silanus, invité à donner son avis en premier, dit qu'il fallait les jeter en prison et leur infliger le dernier supplice. 5. Tous, les uns après les autres, se rangèrent à cette opinion, jusqu'au moment où vint le tour de Caius César[144], le futur dictateur. 6. Il était jeune encore et n'était qu'au début de son ascension, mais sa politique et ses espérances l'avaient déjà engagé sur la voie qui le conduisit à transformer le régime de Rome en monarchie. Personne ne s'en doutait alors, sauf Cicéron, qui avait beaucoup de soupçons[145], mais César ne lui offrait aucune prise pour le confondre : on put même entendre dire que César, sur le point d'être pris, réussit à lui échapper[146]. 7. Cependant, selon d'autres, ce fut délibérément que Cicéron négligea et abandonna les dénonciations qui mettaient en cause César, par crainte de ses amis et de son influence, car, chacun le voyait clairement, si César était associé aux conjurés, cela contribuerait plutôt à les sauver qu'à l'entraîner dans leur châtiment[147].

XXI. 1. Donc, quand ce fut au tour de César de donner son avis, il se leva et déclara qu'il ne fallait pas condamner à mort les accusés mais confisquer leurs biens, les conduire dans les villes d'Italie que choisirait Cicéron et les y tenir prisonniers jusqu'à la défaite militaire de Catilina. 2. À cet avis indulgent, venant d'un orateur très

---

142. Publius Nigidius Figulus, préteur en 59, pompéien mort en exil en 44 ; il était philosophe pythagoricien, auteur de nombreux ouvrages perdus. Il a la confiance de Cicéron, qui le consulte (voir Lettres à ses familiers, IV, 13 ; Pour Sylla, 42). Comme pythagoricien et « conseiller du prince », il intéresse Plutarque (voir Si la politique est l'affaire des vieillards, 797 D).
143. Le 5 décembre. Silanus s'exprime le premier en tant que « consul désigné » (voir supra, XIV, 8).
144. Voir sa Vie. Ses relations avec Cicéron sont complexes et tumultueuses. Ils furent de farouches adversaires lors de la conjuration : César, préteur en 62, proposera de rappeler Pompée d'Asie pour mettre un terme à la tyrannie de Cicéron (voir infra, XXIII, 4), ce qui lui vaudra d'être suspendu par le Sénat (voir Caton le Jeune, XXVII et suiv.). César est derrière Clodius lorsque ce dernier provoque l'exil de Cicéron, après avoir tenté de se le concilier. À son retour, Cicéron se rapproche du futur dictateur. Malgré ses grandes déclarations d'amitié, politiquement forcées mais sans doute sincères, Cicéron prend parti pour Pompée avant de revenir en Italie, ayant obtenu le pardon de César. Il se réjouit cependant de sa mort et expose, dans Des devoirs notamment, la nécessité de tuer les tyrans.
145. Ces soupçons paraissent fondés. Suétone (César, IX) rapporte la participation active de César à la première conjuration. De même, Catilina, accusé en 64 pour un meurtre commis sous les proscriptions, est absous contre toute attente par un tribunal présidé par César. Leurs liens sont nombreux, mais César est plus ambitieux et plus prudent. Plutarque (César, VII, 7) ne se prononce pas.
146. Si Cicéron épargne le préteur désigné, déjà très puissant, dans sa quatrième Catilinaire, Salluste (Catilina, XLIX) et Suétone (César, XIV) rapportent la menace des chevaliers. Suétone précise plus loin (XVI) que César fut cité en justice comme complice de Catilina par un délateur, Lucius Vettius, et par Quintus Curius, l'informateur de Fulvia, mais réussit à se justifier, peut-être aidé par Cicéron.
147. Cicéron prend la mesure de l'influence et de la popularité de César (voir Catilinaires, IV, 5-7).

habile à parler, Cicéron apporta un soutien considérable[148], 3. car, quand il se leva, il argumenta dans les deux sens, soutenant tantôt le premier avis, tantôt le second. Tous ses amis, pensant que la proposition de César était avantageuse pour Cicéron et qu'il serait moins exposé aux accusations s'il ne faisait pas mourir les coupables, adoptèrent le dernier avis de préférence à l'autre, et Silanus lui-même changea d'opinion, et s'excusa en déclarant que lui non plus n'avait pas proposé la peine de mort : dans son esprit, le dernier supplice pour un sénateur romain, c'était la prison[149]. 4. Une fois cet avis exprimé, le premier à s'y opposer fut Lutatius Catulus, suivi de Caton[150] qui insista violemment, dans son discours, sur les soupçons qui pesaient sur César ; il inspira aux sénateurs tant de colère et de fierté qu'ils votèrent la mort des coupables. 5. Quant à la confiscation des biens, César s'y opposa, déclarant qu'il n'était pas juste de rejeter les dispositions humaines de son avis, pour n'adopter que la plus rigoureuse. Comme beaucoup de sénateurs s'opposaient à lui avec violence, il en appela aux tribuns, mais ceux-ci refusèrent d'intercéder. Cependant, Cicéron céda de lui-même et abandonna la proposition de confiscation[151].

XXII. 1. Il alla, avec le Sénat, chercher les condamnés. Ils n'étaient pas tous au même endroit, mais gardés séparément par différents préteurs[152]. 2. Il se rendit d'abord au Palatin pour prendre Lentulus et le conduisit par la via Sacra et au milieu du forum. Les personnages qui avaient le plus d'autorité à Rome se pressaient autour de lui et

---

148. *En fait, dans cette quatrième* Catilinaire, *Cicéron s'élève, un peu mollement certes, contre une décision dont il mesure bien l'intérêt pour sa carrière : « Si vous suiviez l'avis de Caius César, comme ce dernier a toujours suivi ce courant politique qu'on appelle populaire et qu'il a proposé et défendu cette mesure, j'aurais peut-être moins à craindre un soulèvement populaire... Mais que l'intérêt de l'État passe néanmoins avant la considération des dangers que j'encours... »* (Catilinaires, *IV, 9*). *Plutarque fait remarquer ailleurs la force de persuasion du discours de César :* César, *VIII, 1 ;* Caton le Jeune, *XXII, 5*.
149. *La peine de mort ne peut effectivement pas être prononcée par le Sénat ; de plus, la loi Porcia punissait qui avait frappé ou mis à mort un citoyen romain, et la loi Valeria interdisait de mettre à mort un citoyen qui faisait appel au peuple. Quintus Cicéron est sans doute un des « amis » favorables à la proposition de César (voir Suétone,* César, *XIV, 2).*
150. *Lucius Lutatius Catulus, préteur en 81, consul en 78, censeur en 65*, princeps senatus, *surnommé* Capitolinus *pour avoir dédié le Capitole après sa reconstruction à la suite de l'incendie de 83, est un aristocrate modéré, très respecté ; sur Caton le Jeune, voir sa* Vie. *Sur les relations entre Caton et César, voir* César, *VIII, 2 et* Caton le Jeune, *XXIII, 1-2. D'après Salluste,* Catilina, *LII-LIII, le discours de Caton fut décisif.*
151. *Ni Salluste ni Cicéron ne mentionnent ce point, mais cette anecdote illustre bien la position délicate de Cicéron, qui endosse déjà la responsabilité de la mise à mort.*
152. *Non pas aux préteurs (comme l'écrit Plutarque* supra, *XIX, 4), mais à d'autres magistrats ou hommes politiques influents (voir Salluste,* Catilina, *XLVIII). Si les préteurs Lucius Flaccus et Caius Pomptinus ont joué un grand rôle dans la résolution de la crise, le choix des gardiens est très habile de la part de Cicéron : s'il se sert d'hommes de confiance pour la tête de la conjuration (Lentulus Spinther), il honore son concurrent malheureux Cornificius, tenant de l'aristocratie, et tente de dissiper les soupçons pesant sur César et Crassus, et de se les concilier.*

lui servaient de gardes du corps tandis que le peuple frissonnait en voyant ce qui se passait et l'escortait en silence, surtout les jeunes gens qui avaient l'impression d'être initiés, dans la crainte et le tremblement, aux mystères ancestraux du pouvoir aristocratique. 3. Quand Cicéron eut traversé la place et se trouva devant la prison, il livra Lentulus au bourreau et ordonna de le faire mourir[153]. Puis il amena successivement Céthégus et chacun des autres, et les fit exécuter[154]. 4. Voyant qu'il restait encore beaucoup de membres de la conjuration, regroupés en rangs serrés sur le forum, qui ignoraient ce qui s'était passé et attendaient la nuit, croyant les prisonniers encore en vie et susceptibles d'être délivrés, il leur cria d'une voix forte : «Ils ont vécu!», euphémisme qu'emploient les Romains pour désigner la mort[155]. 5. Le soir était déjà venu et Cicéron traversa le forum pour remonter chez lui. Les citoyens qui lui firent cortège n'étaient plus silencieux ni bien rangés ; des acclamations et des applaudissements saluaient partout son passage ; on l'appelait sauveur et fondateur de la patrie[156]. Les rues étaient illuminées ; on avait dressé des flambeaux et des torches devant les portes, 6. et les femmes l'éclairaient du haut des terrasses, pour lui faire honneur et pour le contempler, tandis qu'il remontait en grande pompe, escorté par les meilleurs citoyens, dont la plupart avaient mené des guerres importantes, étaient rentrés à Rome en triomphateurs et avaient ajouté à l'Empire romain une vaste étendue de terres et de mers[157]. Tout en marchant, ils s'avouaient les uns aux autres que, si le peuple romain était reconnaissant à beaucoup de chefs et de généraux de cette époque de lui avoir procuré des richesses, du butin et de la puissance, Cicéron était le seul à avoir assuré sa sécurité et son salut, en écartant un danger aussi grand et aussi terrible[158]. 7. Ce qu'on admirait en lui, c'était moins d'avoir empêché le complot et châtié les coupables que d'avoir étouffé

---

153. Lentulus périt étranglé avec un lacet le 5 décembre 63, de la main du bourreau (le carnifex est un esclave public), dans un cachot humide de la prison Mamertine, le Tullianum. Voir Salluste, Catilina, LV, 1-6.

154. D'après Salluste, ce sont les préteurs qui amenèrent les conjurés, et non Cicéron. La liste des conjurés exécutés est donnée par Salluste (Catilina, XLVII) et Cicéron (Catilinaires, III, 14).

155. L'euphémisme cultivé par les Romains tient à des motifs religieux.

156. «On a de plus décrété des prières solennelles (supplicatio) aux dieux immortels en remerciement de leur aide insigne ; elles seront faites en mon nom, honneur accordé à un civil pour la première fois depuis la fondation de Rome» (Cicéron, Catilinaires, III, 15). Cicéron reprend dans ses lettres et discours cette même image du sauveur, mais aussi du fondateur puisqu'il a sauvé la Ville (Catilinaires, IV, 20 ; Lettres à ses familiers, V, 2 ; Pour Sylla, IX, 26 ; Philippiques, II, 12, etc.).

157. Tout ce paragraphe est une reprise du thème développé par Cicéron dans sa quatrième Catilinaire (21-22), où il énumère les grands conquérants (Scipion, Paul-Émile, Marius, Pompée) et affirme l'égalité en dignité avec ces derniers de celui qui sauve la patrie.

158. Cicéron écrira en 44 : « Un homme qui s'illustra en bien des guerres, Cn. Pompée, reconnut devant un grand nombre d'assistants qu'il lui aurait fallu sans moi renoncer à son troisième triomphe, parce qu'il n'aurait plus eu de ville où triompher si je n'avais sauvé l'État » (Des devoirs, I, 78). Cependant, la lettre de Cicéron à Pompée (Lettres à ses familiers, V, 7) témoigne des réticences du conquérant à accepter Cicéron dans le cercle des grands hommes d'État.

la plus grande révolution qu'on eût jamais vue en infligeant le moins de souffrances possible, sans sédition et sans troubles[159]. 8. Et de fait, la plupart de ceux qui avaient afflué autour de Catilina l'abandonnèrent dès qu'ils apprirent le sort de Lentulus et de Céthégus et se retirèrent. Avec ceux qui restèrent à ses côtés, il livra bataille contre Antonius et périt lui-même ainsi que son armée[160].

XXIII. 1. Cependant, certains étaient disposés à attaquer Cicéron pour ces actions et à lui faire du mal. Ils avaient à leur tête quelques-uns des magistrats désignés pour l'année suivante : César qui allait être préteur, ainsi que Métellus et Bestia[161], futurs tribuns de la plèbe. 2. Lorsque ces hommes entrèrent en charge, Cicéron n'avait plus que quelques jours à exercer la sienne. Ils l'empêchèrent de parler au peuple et, plaçant des bancs sur la tribune, lui interdirent le passage et la parole, lui laissant seulement la liberté d'y monter, s'il le voulait, pour prêter le serment qui accompagnait sa sortie de charge[162], après quoi il devrait descendre aussitôt. 3. Cicéron y consentit et s'avança, comme s'il s'apprêtait à prêter serment. Le silence se fit mais, au lieu du serment traditionnel, il prononça une formule personnelle et toute nouvelle : « Je jure que j'ai sauvé la patrie et préservé l'Empire[163]. » Le peuple tout entier répéta ce serment après lui[164]. 4. Cet incident augmenta encore le mécontentement de César et des tribuns de la plèbe : ils cherchèrent d'autres moyens pour nuire à Cicéron. Ils proposèrent notamment une loi qui rappelait Pompée avec son armée pour abattre le pouvoir absolu de Cicéron[165]. 5. Mais, fort heureusement pour celui-ci et pour toute la cité, Caton était alors tribun de la plèbe, avec les mêmes pouvoirs que ses collègues mais une gloire plus grande, et il s'opposa à leurs menées poli-

---

159. Cicéron (Catilinaires, II, 28) : « La guerre civile et intérieure, de mémoire d'homme la plus cruelle et la plus grave, [est] apaisée par moi seul, un chef, un général qui n'aurait pas quitté la toge. » Il développe ainsi dans Des devoirs la supériorité de l'orateur sur le général. Voir supra, VIII, 6 ; XVI, 5 et infra, XXXVI, 2 ; Comparaison de Démosthène et de Cicéron, LI, 1.

160. Catilina périt à la bataille de Pistoia, en Étrurie, près de Florence, fin janvier 62, dans un affrontement avec les armées d'Antonius et de Métellus Céler. Voir Salluste, Catilina, LIX-LXI et Dion Cassius, XXXVII, 39-40.

161. Il s'agit de Quintus Caecilius Metellus Nepos, frère de Métellus Céler, tribun de 62, et de Lucius Calpurnius Bestia, tribun de 63 et non 62 comme dit Plutarque. Sur les rapports tendus entre Cicéron et Métellus Nepos (qui sera préteur en 60, consul en 57), voir l'échange de lettres entre Cicéron et Métellus Céler (Lettres à ses familiers, V, 1 ; V, 2).

162. Le 29 décembre 63 ; les préteurs n'entrant en charge que le 1er janvier, César n'était pas encore magistrat.

163. La formule traditionnelle, nihil contra leges fecisse, « je jure de n'avoir rien fait de contraire à la loi », était prononcée par les magistrats à leur sortie de charge, accompagnée d'un discours. L'affront fait à Cicéron est très grave, mais le consul, d'une phrase, réussit à retourner l'incident à sa gloire.

164. Dans son discours Contre Pison, III, 6-7, Cicéron écrit : « [...] le peuple romain tout entier, au cours de cette assemblée, m'offrit non pas un remerciement d'un jour mais une immortalité éternelle en reprenant lui-même mon serment, tel quel et dans toute sa force » (voir Lettres à ses familiers, V, 2, 7).

165. Voir supra, XX, 5 et note. Sur le contre-pouvoir des tribuns, voir aussi Question romaine 81, 283b.

tiques. 6. Il brisa facilement toutes leurs intrigues et, dans ses discours au peuple, il exalta tellement le consulat de Cicéron, qu'on vota à ce dernier les plus grands honneurs jamais décernés et qu'on le proclama «père de la patrie». Cicéron fut le premier, semble-t-il, à obtenir ce titre, que Caton lui donna devant le peuple[166].

XXIV. 1. Cicéron eut alors un très grand pouvoir à Rome, mais il se rendit lui-même odieux à bien des gens : bien qu'il ne fît rien de répréhensible, il les indisposait à force de se louer lui-même et de se vanter sans cesse. 2. On ne pouvait se rendre au Sénat, à une assemblée du peuple ou devant un tribunal sans être obligé d'entendre ressasser l'histoire de Catilina et de Lentulus. 3. Pour finir, il remplit ses livres et ses écrits de ses propres louanges[167] et il rendit ainsi son éloquence, qui était si plaisante et si pleine de charme, ennuyeuse et insupportable à ses auditeurs : cette vanité importune était comme une fatalité qui s'attachait à lui. 4. Toutefois, malgré ce désir de gloire immodéré, il était exempt de toute jalousie et prodiguait les louanges à ses prédécesseurs et à ses contemporains, comme on peut le voir dans ses écrits. 5. Beaucoup de ces éloges sont même restés célèbres, notamment ce qu'il dit d'Aristote : «C'est un fleuve qui charrie de l'or[168] !» ou des dialogues de Platon : «Si Jupiter pouvait parler, il parlerait ainsi[169] !» 6. Il avait coutume de surnommer Théophraste «mes délices à moi». On lui demandait un jour quel était le discours de Démosthène qu'il trouvait le plus beau ; il répondit : «Le plus long.» Pourtant, certains de ceux qui se prétendent démosthéniens reprochent à Cicéron d'avoir écrit, dans une lettre à un de ses amis : «Démosthène s'endort parfois dans ses discours[170].» Ils oublient, apparemment, les grands et merveilleux éloges qu'il lui décerne si souvent ; ils oublient qu'il a donné à ses discours contre Antoine – ceux qu'il a le plus travaillés – le nom de *Philippiques*[171]. 7. Quant à ses contemporains, il n'est pas un seul de ceux qui s'illustrèrent par l'éloquence ou la philosophie, dont Cicéron n'ait encore augmenté l'éclat en portant sur lui un jugement bienveillant, de vive voix ou par écrit[172]. Pour le péripatéticien Cratippos[173], par exemple, il obtint

---

166. Anecdote reprise de Pline l'Ancien (Histoire naturelle, VII, 117). Cicéron rapporte que ce titre lui a été donné devant le Sénat par Quintus Catulus, alors prince du Sénat (Contre Pison, III, 6).
167. On a beaucoup critiqué, non sans sévérité, cette «vanité maladive» de Cicéron (Carcopino, 1947, I, p. 399). L'histoire de son consulat, en forme d'auto-glorification, est effectivement un thème omniprésent dans ses œuvres politiques. Mais s'il confesse dans ses lettres un désir de gloire et une grande vanité, défendre son consulat est aussi une obligation politique.
168. Académiques, II, 38-119.
169. Voir Brutus, 31, 121.
170. Rapporté par Quintilien, Institution oratoire, X, 1, 24.
171. C'est aussi le nom qu'il donne, dans sa correspondance (Lettres à Atticus, II, 1), à ses harangues consulaires, alors ses plus importants discours, nouvelle preuve de son admiration pour Démosthène.
172. C'est le projet du Brutus que de faire un large tour des orateurs romains passés et présents, auxquels Cicéron ne ménage ni les critiques ni les éloges.
173. Cratippos de Pergame, qui donne des cours au fils de Cicéron, Marcus, à Athènes, est «un maître très savant» (Brutus, 71, 250) que Cicéron protège. Cratippos prendra le nom gentilice de Cicéron, Tullius.

de César, déjà au pouvoir, le droit de cité romain et fit voter par l'Aréopage un décret lui demandant de rester à Athènes pour s'entretenir avec les jeunes gens, sa présence étant considérée comme un honneur pour la cité ; 8. on a des lettres de Cicéron à ce sujet, adressées à Hérodès, et d'autres à son fils, où il lui recommande d'étudier la philosophie avec Cratippos. En revanche, il accuse le rhéteur Gorgias de pousser le jeune homme à la débauche et à la boisson et il lui interdit de le fréquenter[174]. 9. C'est presque la seule des lettres de Cicéron écrites en grec, avec une autre adressée à Pélops de Byzance, qui soit inspirée par un mouvement de colère. Pour Gorgias, il avait raison de s'en prendre à lui, si du moins ce personnage était vil et débauché, comme il en avait la réputation. Mais avec Pélops, il se montre mesquin et acrimonieux, quand il lui reproche sa négligence à lui procurer, de la part des Byzantins, certains décrets honorifiques[175].

XXV. 1. Ces reproches lui étaient sans doute dictés par son ambition, et l'orgueil que lui inspirait son habileté oratoire l'amena souvent à abandonner toute décence[176]. Un jour par exemple, comme Munatius[177], qu'il avait défendu et fait acquitter, poursuivait en justice Sabinus, un des amis de Cicéron, ce dernier, emporté par la colère, lui lança : « Crois-tu donc que ce soit à toi, Munatius, que tu doives ton acquittement, et non à moi, qui ai répandu sur le tribunal, en plein jour, une nuit épaisse ? » 2. Il avait fait à la tribune un éloge de Marcus Crassus, qui avait été applaudi, mais il le critiqua violemment, quelques jours après. « Ne m'as-tu pas loué, ici même, voici peu ? lui demanda Crassus. – Oui répondit Cicéron ; c'était pour m'entraîner, en m'exerçant à parler sur un sujet ingrat. » 3. Une autre fois, Crassus déclara qu'aucun Crassus à Rome n'avait dépassé la soixantaine, puis il se reprit : « Qu'est-ce qui m'a pris, dit-il, de parler ainsi ? – C'est que tu savais, dit Cicéron, que les Romains auraient plaisir à l'apprendre et tu cherchais à te rendre populaire. » 4. Comme Crassus déclarait qu'il aimait les stoïciens parce qu'ils déclarent que l'homme de bien est riche[178], Cicéron s'écria : « Attention ! N'est-ce pas plutôt parce qu'ils disent que tout appartient au sage ? » On reprochait en effet à Crassus

---

174. Le jeune Cicéron écrit ainsi à Tiron, affranchi et confident de son père : « Sache que je suis uni à Cratippos non comme un élève, mais comme un fils... Quant à Gorgias, il m'était, à vrai dire, utile dans mes déclamations quotidiennes ; mais j'ai tout sacrifié à l'obéissance envers mon père qui m'avait prescrit formellement de le renvoyer tout de suite » (Lettres à ses familiers, XVI, 21). *Les lettres de Cicéron à son fils sont perdues.*

175. On pense aux lettres de Cicéron à ses amis à Rome en 50, les pressant d'obtenir pour lui le triomphe (voir À Caton, Lettres à ses familiers, XV, 4).

176. C'est l'hybris, la démesure, qui s'empare régulièrement des héros choisis par Plutarque. Cicéron n'est pas épargné ; mais il a souvent médité sur les limites de la « décence » (en grec prépon, *en latin* decorum) : *voir* De l'orateur, 70.

177. Sans doute Titus Munatius Plancus Bursa, tribun de la plèbe en 52 et allié de Clodius, condamné pour violence après une accusation de Cicéron (voir Lettres à ses familiers, VII, 2, 2-3).

178. Riche de toutes les vertus, évidemment. Sur Crassus et la richesse, voir Crassus, II, 1. *Les rapports de Cicéron avec Crassus ont toujours été difficiles : voir infra,* XXX, 3.

son amour de l'argent. 5. Un des deux fils de Crassus ressemblait, disait-on, à un certain Axios [«Digne»], ce qui faisait soupçonner sa mère d'avoir eu des relations coupables avec cet individu. Le jeune homme ayant prononcé devant le Sénat un discours qui fut fort applaudi, on demanda à Cicéron ce qu'il en pensait. «Il est digne *[axios]* de Crassus», répondit-il[179].

XXVI. 1. Lorsque Crassus s'apprêta à partir pour la Syrie, jugeant préférable d'avoir Cicéron pour ami que pour adversaire, il lui dit aimablement qu'il voulait dîner chez lui. Cicéron s'empressa de le recevoir[180], 2. mais, quelques jours plus tard, comme des amis venaient le solliciter en faveur de Vatinius[181], déclarant que cet homme, qui était son adversaire, désirait se réconcilier avec lui et devenir son ami, Cicéron s'écria: «J'espère que Vatinius ne veut pas lui aussi venir dîner chez moi?» Voilà comment il se comportait avec Crassus. 3. Quant à Vatinius, qui avait des ganglions dans le cou, Cicéron le traita, un jour qu'il plaidait, d'orateur «enflé». On avait annoncé à Cicéron la mort de Vatinius; peu après, apprenant de source certaine que Vatinius était bien vivant, il s'écria: «Périsse de male mort celui qui, pour notre malheur, a menti!» 4. Lorsque César fit décréter qu'on partagerait entre ses soldats les terres de Campanie[182], beaucoup de sénateurs en furent mécontents et Lucius Gellius, le plus âgé d'entre eux, ou presque, déclara que ce partage ne se ferait pas tant qu'il serait en vie. «Eh bien, attendons! lança Cicéron. Gellius ne nous impose pas un long délai[183].» 5. Un certain Octavius, à qui l'on reprochait son origine africaine, dit un jour à Cicéron, au cours d'un procès, qu'il ne l'entendait pas. «Ce n'est pourtant pas faute d'avoir l'oreille percée[184]», répliqua Cicéron. 6. Métellus Népos l'accusait d'avoir fait périr plus de citoyens en témoignant contre eux qu'il n'en avait sauvés en plaidant pour eux. «Je reconnais, dit Cicéron, que ma bonne foi est plus grande que mon habileté.» 7. Un adolescent, accusé d'avoir donné du poison à son père dans un gâteau, se montrait insolent et menaçait Cicéron de l'accabler d'injures. «Venant de toi, dit Cicéron, je préfère cela à un gâteau.» 8. Publius Sestius[185] l'avait pris pour défenseur, ainsi que quelques autres, mais il voulait tout dire lui-même et ne laissait parler personne. Lorsque son acquittement fut certain, Cicéron lui dit, alors que les juges

---

179. *Cicéron, on le voit, ne se contente pas de la raillerie blessante.*
180. *En décembre 54 (la digression qui s'achève autorise l'anticipation); voir* Lettres à ses familiers, *I, 9.*
181. *Voir supra, IX, 3; Caton le Jeune, XLII, 5.*
182. *Il peut s'agir de la loi agraire de 45, et non de celle de 59 (voir Caton le Jeune, XXXII-XXXIII).*
183. *Lucius Gellius Publicola, censeur en 70, était né en 136.*
184. *C'était la marque des esclaves africains, selon Macrobe,* Saturnales, *7, 3, 7. Mais peut-être y a-t-il eu confusion entre Libye et Lydie, en Asie Mineure (voir Xénophon,* Anabase, *3, 1, 31; Juvénal,* Satires, *I, 102-105).*
185. *Sestius, tribun de la plèbe de 58, fut l'un des ardents partisans du rappel de Cicéron. Il utilisa contre Clodius les mêmes moyens que Milon, ce qui lui valut une attaque en justice pour violence, en février 56. Cicéron fut tout naturellement son défenseur* (Pour Sestius), *et obtint brillamment son acquittement à l'unanimité. Sestius est aussi l'intermédiaire de toutes les opérations financières troubles de Cicéron.*

étaient déjà en train de voter : « Profite bien de cette journée, Sestius ; demain tu seras un homme comme les autres. » 9. Publius Cotta, qui se prétendait juriste, mais était stupide et ignorant, fut un jour cité comme témoin par Cicéron. Il déclara qu'il ne savait rien. Alors Cicéron : « Tu crois peut-être que je t'interroge sur le droit. » Comme Métellus Népos, au cours d'une dispute, lui disait à plusieurs reprises : « Qui est ton père[186], Cicéron ? – Ta mère, répliqua Cicéron, t'a rendu la réponse plus difficile qu'à moi. » La mère de Népos passait en effet pour une débauchée et Népos lui-même pour un instable : 10. un jour, il abandonna soudain sa charge de tribun et embarqua pour rejoindre Pompée en Syrie, puis il en repartit, avec moins de raison encore. 11. À la mort de son maître Philagros, il veilla avec un soin particulier à ses funérailles et fit dresser sur son tombeau un corbeau de marbre[187]. « Tu as très bien fait, lui dit Cicéron ; il t'a mieux appris à voler qu'à parler. » 12. Marcus Appius ayant dit, dans l'exorde d'un plaidoyer, que son ami lui avait demandé d'apporter à sa cause du soin, de l'éloquence et de la bonne foi, Cicéron s'écria : « Et après cela, tu as eu le cœur assez dur pour ne rien apporter à ton ami de ce qu'il te demandait ! »

XXVII. 1. C'est, semble-t-il, une des qualités de l'orateur de savoir lancer des plaisanteries mordantes contre des ennemis ou contre la partie adverse, mais cette façon de s'en prendre à n'importe qui pour faire rire rendit Cicéron odieux à beaucoup[188]. 2. Je citerai quelques exemples de ces plaisanteries. Marcus Aquilius avait deux de ses gendres en exil : Cicéron le surnommait Adraste[189]. 3. Lucius Cotta, qui occupait la charge de censeur, aimait beaucoup le vin ; Cicéron, alors candidat au consulat, eut soif et, comme ses amis faisaient cercle autour de lui pendant qu'il buvait, il leur dit : « Vous avez raison de craindre que le censeur ne se fâche contre moi, s'il me voit boire de l'eau. » 4. Rencontrant dans les rues Voconius, avec ses trois filles, toutes très laides, il se mit à déclamer :

> En dépit de Phoïbos, il a fait des enfants[190] !

5. Marcus Gellius, qui passait pour n'être pas né de parents libres, lisait une lettre devant le Sénat d'une voix forte et claire. « Ne vous étonnez pas, dit Cicéron : il est

---

186. Nouvelle illustration de la lutte entre Cicéron et Métellus Népos, qui prit de telles proportions que Cicéron prononça un Discours contre Métellus, aujourd'hui perdu. Elle met le doigt sur la novitas *de Cicéron, une insulte à laquelle il doit souvent faire face et qui le touche particulièrement (voir Marrou, 1936).*
*187. Le corbeau (*corax *en grec), consacré à Apollon, est souvent représenté becquetant du laurier. Ici, Métellus a pu vouloir faire allusion à Corax, père de la rhétorique selon Quintilien (III, 1, 8).*
188. Pour éviter un effet catalogue, Plutarque introduit une considération rhétorique, soulignant une qualité de l'orateur (voir Cicéron, De l'orateur, *II, 58). Si la maîtrise du rire est précieuse à celui-ci, son utilisation irréfléchie constitue un grave défaut.*
189. Ce roi d'Argos, lié au cycle de Thèbes, avait marié ses filles à Tydée, banni de Calydon, et à Polynice, fils d'Œdipe, banni de Thèbes.
190. Allusion à Laïos, qui devint père d'Œdipe en dépit d'un oracle de Phoïbos Apollon. Ce vers est peut-être d'Euripide.

de ceux qui ont crié pour leur liberté[191]. » 6. Faustus, fils du fameux Sylla qui avait détenu le pouvoir monarchique à Rome et fait afficher le nom de tant de citoyens promis à la mort, s'était endetté et avait dissipé une grande partie de sa fortune; il fit annoncer par affiches la vente aux enchères de ses biens. « J'aime mieux ses affiches, dit Cicéron, que celles de son père. »

XXVIII. 1. Tout cela le rendit odieux à bien des gens. Quant à Clodius[192] et ses partisans, ils se liguèrent contre lui pour la raison suivante. Clodius était un Romain de noble naissance, jeune mais déjà audacieux et impudent. 2. Il s'éprit de Pompeia[193], l'épouse de César, et s'introduisit en secret dans sa maison, avec le costume et l'attirail d'une joueuse de lyre; les femmes y célébraient le sacrifice secret que les hommes n'ont pas le droit de voir. Aucun homme ne se trouvait donc là, mais Clodius, qui était encore tout jeune et n'avait pas de barbe au menton, espérait qu'il pourrait se glisser parmi les femmes, sans se faire remarquer, et rejoindre Pompeia[194]. 3. Il faisait nuit, et la maison était vaste; il se perdit. Une des servantes d'Aurélia, mère de César, le voyant errer à l'aventure, lui demanda son nom. Forcé de répondre, il dit qu'il cherchait une suivante de Pompeia, nommée Habra. La servante, constatant que sa voix n'était pas une voix féminine, se mit à crier et appela les femmes. 4. Celles-ci fermèrent les portes, fouillèrent partout, et trouvèrent Clodius réfugié dans la chambre d'une petite esclave qui l'avait fait entrer. L'affaire fit grand bruit: César répudia Pompeia et l'on intenta à Clodius un procès pour impiété[195].

XXIX. 1. Cicéron était ami de Clodius et, dans l'affaire de Catilina, il avait trouvé en lui un allié et un garde du corps particulièrement dévoué[196]. Mais, lorsque Clodius affirma

---

191. Allusion aux crieurs publics. Cette insulte cinglante, faite en plein Sénat pour le seul plaisir d'un bon mot, justifie à elle seule le jugement de Plutarque.
192. Publius Clodius Pulcher (vers 92-52), dans son affrontement violent avec Milon, rencontre l'opposition résolue de Cicéron. Membre de la puissante et arrogante gens Claudia, *il utilise la forme plébéienne (Clodius et non Claudius) de ce nom. Responsable de l'exil de Cicéron, c'est un agitateur politique, nouveau champion des* populares *et agent incontrôlable servant tour à tour César, Crassus et même les* optimates, *suivant son propre intérêt. Plutarque dresse son portrait dans* César, IX, 2. *À la fin de 62, il est questeur désigné.*
193. Fille de Quintus Pompeius, petite-fille du dictateur Sylla, seconde épouse de César.
194. C'est la fête de la Bona Dea *(voir supra, XIX, 4). Pour plus de détail sur l'épisode, voir* César, IX-X.
195. Cicéron (Lettres à Atticus, I, 12) rapporte l'histoire sur le mode badin : « Tu as su, je crois, que P. Clodius, fils d'Appius, a été surpris déguisé en femme dans la maison de César pendant qu'on offrait un sacrifice officiel et qu'il a pu se sauver grâce à une petite esclave ; le scandale, on te l'a dit, est considérable. » La correspondance de Cicéron permet de comprendre comment une faction du Sénat a tenté d'utiliser cette affaire de mœurs pour abattre Clodius, déjà turbulent. Sur ce scandale, devenu un événement politique majeur, voir Moreau (1982).
196. Clodius avait intenté un procès à Catilina, soit pour « inceste » dans l'affaire de la Vestale Fabia (belle-sœur de Cicéron) en 73, soit pour concussion en 64 (les sources divergent et le texte ici, discuté, diffère de César, X, 6).

pour sa défense qu'il n'était même pas à Rome ce jour-là et qu'il était resté sur ses terres, très loin, Cicéron déposa contre lui : il déclara que Clodius était venu chez lui et l'avait entretenu de certaines affaires. C'était vrai, 2. mais le témoignage de Cicéron semblait moins inspiré par le souci de la vérité que par le désir de se justifier auprès de sa femme, Térentia[197]. 3. Cette dernière haïssait Clodius, à cause de la sœur de celui-ci, Clodia[198], qu'elle soupçonnait de vouloir épouser Cicéron et de manigancer l'affaire par l'intermédiaire d'un certain Tullus de Tarente, un des plus proches amis de l'orateur. Tullus allait tous les jours chez Clodia, qui habitait dans le voisinage, et l'entourait de prévenances, ce qui éveilla les soupçons de Térentia. 4. Comme elle avait mauvais caractère et qu'elle régentait Cicéron[199], elle l'excita contre Clodius[200], le poussant à se joindre à ses ennemis et à témoigner contre lui. Les gens de bien furent d'ailleurs nombreux à témoigner contre Clodius, l'accusant d'être un parjure, un homme sans scrupule, qui achetait les foules et séduisait les femmes. Lucullus produisit même des servantes qui soutenaient que Clodius avait eu des rapports incestueux avec la plus jeune de ses sœurs, alors qu'elle était mariée à Lucullus. 5. Le bruit courait aussi que Clodius couchait avec ses deux autres sœurs, Tertia, l'épouse de Marcius Rex, et Clodia, celle de Métellus Céler, qui était surnommée Quadrantaria [« la Femme au quart d'as »], parce qu'un de ses amants lui avait envoyé dans une bourse des pièces de bronze au lieu d'argent (les Romains appellent *quadrans* la plus petite de leurs monnaies de bronze). C'était surtout à propos de cette sœur que l'on accusait Clodius[201].

---

197. Sur les raisons de la déposition de Cicéron et le rôle de Térentia (supra, VIII, 3 et XX, 3), voir la polémique entre Epstein (1986) et Tatum (1990). Personne ne retient cependant le motif fantaisiste de la jalousie.

198. La seconde des trois sœurs de Clodius, née vers 95, utilisa comme lui la forme populaire de son nom. Épouse du consul de 60, Quintus Metellus Celer (voir supra, XVI, 1), elle serait la Lesbie immortalisée par le poète Catulle. Cicéron l'invective en 56 avec un bonheur véritable et un grand humour dans son plaidoyer Pour Caelius, *un de ses amants accusé d'avoir voulu l'empoisonner. Le soupçon de Térentia est donc tout à fait irréaliste.*

199. On notera que Térentia recevait de nombreuses sollicitations pour influer sur son mari ; elle tenait donc une place importante à ses côtés.

200. Le témoignage de Cicéron est capital : il ruine l'alibi de Clodius qui prétendait ne pas être à Rome alors qu'il était venu rendre visite à Cicéron le matin même. Les raisons de ce témoignage ont dû être très politiques, Cicéron voulant rentrer dans le cercle de l'aristocratie conservatrice décidée à abattre Clodius. S'il continue à badiner à ce propos avec Atticus le 25 janvier 61 – « Les bons citoyens cèdent aux prières de Clodius et se tiennent à l'écart ; on recrute des bandes ; moi-même, qui, au début, avais eu la rigueur d'un Lycurgue, chaque jour je me radoucis » (Lettres à Atticus, I, 13) –, la conclusion du procès (l'acquittement) lui semble très lourde politiquement : « Cet affermissement politique [...] qui paraissait solidement assuré par l'union de tous les honnêtes gens et par l'exemple de mon consulat [...] il nous échappe ; et ce qui nous l'enlève, ce n'est rien d'autre que ce jugement » (I, 16).

201. L'accusation d'inceste est classique et récurrente. Chez Cicéron, à propos de Clodius, voir Pour Sestius, *16, 39 ;* Pour Caelius, *32 ;* Pour Milon, *73 ;* Sur la réponse des Haruspices, *9, 39 ;* Sur sa maison, *92... On trouve même une accusation d'inceste avec ses frères (*Pour Sestius, *16), réunissant sous un seul chef le double scandale de l'inceste et de l'homosexualité.*

6. En la circonstance, cependant, le peuple prit le parti de Clodius contre ceux qui s'étaient ligués pour témoigner contre lui. Les juges, inquiets, s'entourèrent d'une garde et la plupart d'entre eux, en rendant leur sentence, mirent dans l'urne des tablettes dont les lettres étaient illisibles. Malgré tout, les partisans de l'acquittement parurent les plus nombreux et l'on raconte aussi que la corruption joua son rôle dans l'affaire[202], 7. ce qui fit dire à Catulus, lorsqu'il rencontra les juges : « C'est vraiment pour votre sécurité que vous avez réclamé une garde ; vous aviez peur de vous faire voler votre argent. » 8. Quant à Cicéron, comme Clodius lui disait que les juges n'avaient pas ajouté foi à son témoignage, il répliqua : « Au contraire, il y en a vingt-cinq qui m'ont cru, puisque c'est le nombre de ceux qui t'ont condamné. Les trente autres ne t'ont pas cru, puisqu'ils ne t'ont pas acquitté avant d'avoir touché de l'argent[203]. » 9. César, cité au procès, refusa de témoigner contre Clodius ; il déclara qu'il n'accusait pas sa femme d'adultère et que, s'il l'avait répudiée, c'était parce qu'il fallait que le foyer de César fût pur non seulement de tout acte honteux, mais encore de tout soupçon[204].

XXX. 1. Clodius, ayant échappé à ce péril, fut élu tribun de la plèbe[205]. Il s'en prit aussitôt à Cicéron, lui suscitant à la fois toutes les difficultés possibles et liguant toutes sortes d'individus contre lui. 2. Clodius se concilia le peuple par des lois généreuses[206] et fit voter à chacun des deux consuls des provinces importantes, à Pison, la Macédoine, et à Gabinius, la Syrie[207] ; il fit participer beaucoup d'indigents à la vie politique et s'entoura d'esclaves armés[208]. 3. Quant aux trois personnages alors les plus puissants, Crassus était l'ennemi déclaré de Cicéron, Pompée se laissait courti-

---

202. Cicéron la tient pour certaine, orchestrée par Crassus : « Tu connais ce Nannéen chauve [Crassus...] ; en deux jours, sans autre aide que celle d'un seul esclave [...] il a réglé toute l'affaire, convoquant chez lui, promettant, cautionnant, donnant » (Lettres à Atticus, I, 16).
203. Les deux anecdotes sont reprises de la lettre I, 16 adressée à Atticus par Cicéron ; le vote fut en réalité acquis par 31 voix contre 25.
204. Voir Suétone, César, LXXIV et Plutarque, César, X, 9. Ne participant pas à la curée contre Clodius, César se ménage un allié politique important.
205. Plutarque passe de juin 61, date du procès de Clodius, à octobre 59, son élection au tribunat pour 58, négligeant ici le passage à la plèbe de Clodius qui, en tant que patricien, ne pouvait prétendre au tribunat. Ce passage avait été organisé par César avec la bienveillante complicité de Pompée en mars 59, quelques heures à peine après un discours de Cicéron qui avait froissé César.
206. La loi sur les collèges rétablissait la liberté d'association et la loi frumentaire décidait de nouvelles distributions de blé à la plèbe (Pour Sestius, 55). *La gratuité complète est une innovation de Clodius.*
207. Plutarque passe très vite sur cette corruption manifeste des consuls de 58, Lucius Calpurnius Piso Caesoninus, beau-père de César, et Aulus Gabinius, partisan de Pompée, que Cicéron dénonce avec violence (Contre Pison), *les provinces étant normalement tirées au sort entre tous les magistrats. L'un et l'autre devaient être des hommes de paille des triumvirs* (voir Caton le Jeune, XXXIII, 6-7).
208. Clodius est le premier à avoir introduit la violence organisée au forum avec ces bandes. Troupe armée, popularité et neutralisation des consuls par la corruption, le dispositif politique de Clodius est en place, lui laissant le champ libre à Rome pour quelques années. Sur les « bandes de Clodius », voir Pour Sestius, 78 et suiv.

ser par les deux autres, et César était sur le point de partir pour la Gaule avec son armée[209]. Cicéron essaya de gagner les bonnes grâces de César qui, pourtant, loin d'être son ami, lui était suspect depuis l'affaire de Catilina, et il le pria de l'emmener avec lui en qualité de légat[210]. 4. César accepta. Alors Clodius, voyant Cicéron échapper ainsi à sa puissance tribunicienne, feignit de vouloir se réconcilier avec lui : rejetant sur Térentia la plupart des torts, il ne parlait de Cicéron[211] qu'en termes modérés et tenait sur son compte des propos bienveillants, comme quelqu'un qui n'éprouverait ni haine ni rancune, se bornant à lui adresser des reproches mesurés et amicaux. Il dissipa si bien toutes les craintes de Cicéron que celui-ci renonça à être légat de César, et se consacra de nouveau à la politique. 5. César, exaspéré par cette attitude, excita Clodius contre Cicéron[212], le brouilla complètement avec Pompée et attesta lui-même devant le peuple qu'à son avis Cicéron avait agi contrairement à l'honneur et aux lois en faisant mourir sans jugement Lentulus, Céthégus et leurs complices. 6. Telle était l'accusation intentée à Cicéron, et on le traduisit en justice pour ce motif[213]. Se voyant accusé et poursuivi, Cicéron prit des vêtements de deuil, laissa ses cheveux en désordre et parcourut la ville en suppliant le peuple[214]. 7. Partout dans les ruelles, Clodius se portait à sa rencontre, entouré d'hommes violents et audacieux qui se moquaient sans retenue du changement d'habit de Cicéron et de son apparence ; souvent même, ils lui jetaient de la boue et des pierres et l'empêchaient de présenter ses supplications.

XXXI. 1. Cependant dès le début, l'ordre équestre presque tout entier prit, comme lui, l'habit de deuil, et il n'y avait pas moins de vingt mille jeunes gens qui l'accompagnaient, les cheveux en désordre, pour supplier le peuple avec lui. Ensuite,

---

209. César a obtenu les provinces de Cisalpine et d'Illyrie, auxquelles le Sénat a ajouté la Gaule Transalpine, en lui accordant trois légions. Il retarde son départ pour appuyer Clodius à l'assemblée (contio) : voir César, XIV, 17.
*210. C'est César, et non Cicéron, qui est à l'origine de la proposition de légation (*Lettres à Atticus, II, 18 et 19*).*
*211. Cicéron, en exil, regrette amèrement de s'être laissé endormir et persuader, notamment par Pompée, qu'il n'avait rien à craindre de Clodius (*Lettres à Atticus, III, 15*). Clodius avait même réussi, selon Dion Cassius (XXXVIII, 14), à faire croire à Cicéron qu'il ne le mettrait pas en accusation. Ce dernier ne recourt donc pas à l'intercession d'un tribun dévoué, Lucius Ninnius Quadratus, contre les lois de son ennemi.*
212. L'analyse de Plutarque est contestable. César est peut-être vexé du second refus de Cicéron, après le refus d'entrer dans la commission instituée par sa loi agraire, mais il ne peut surtout pas laisser à Rome, après son départ pour la Gaule, quelqu'un qui pourrait remettre en cause son consulat de 59, entaché de nombreuses illégalités. Le Pour Sestius *(39) montre un Cicéron conscient de l'hostilité commune des triumvirs ; voir* Lettres à Atticus, *II, 22, 2-6 et II, 25, 2.*
213. En vertu de la lex de capite civis Romani, *loi sur la mise à mort de citoyens romains, proposée par Clodius dès février 58 et votée le 20 mars. Habile, le tribun ne traduit pas Cicéron en justice, mais le contraint à l'exil volontaire par toutes sortes de pressions, sans l'avoir nommément mis en accusation.*
214. Attitude classique de la personne mise en accusation qui prend l'habit de deuil, met sa chevelure en désordre, produit ses enfants suppliants et se jette aux pieds de ses juges, aidé en cela de ses amis ; voir infra, XXXI, 1.

le Sénat se réunit pour décréter que le peuple changerait de vêtement en signe de deuil et, comme les consuls s'y opposaient tandis que Clodius rassemblait des hommes en armes autour de la Curie, un bon nombre de sénateurs sortirent en déchirant leurs vêtements et en poussant des cris[215]. 2. Ce spectacle n'inspira ni compassion ni honte : Cicéron se vit contraint à s'exiler, ou à régler par la violence et le fer sa querelle avec Clodius[216]. Il sollicita l'aide de Pompée, qui s'était éloigné à dessein et séjournait dans sa propriété près d'Albe. Cicéron lui envoya d'abord son gendre Pison[217] pour l'implorer, puis il y monta lui-même. 3. Prévenu de son arrivée, Pompée n'osa soutenir sa vue, car il était envahi d'une terrible honte devant cet homme qui avait livré pour lui de grands combats et pris de nombreuses mesures politiques en sa faveur. Mais, comme il était le gendre de César, il sacrifia ses vieilles dettes de reconnaissance, sortit de chez lui discrètement par une autre porte et se déroba à l'entrevue[218]. 4. Cicéron, ainsi trahi par Pompée et abandonné de tous, chercha refuge auprès des consuls. Gabinius resta inflexible, mais Pison lui parla avec plus de douceur, l'engageant à se retirer, à céder à la violence de Clodius, à supporter patiemment ce revers de Fortune, et à être une seconde fois le sauveur de la patrie, que Clodius entraînait dans les dissensions et les malheurs[219]. 5. Après une pareille réponse, Cicéron délibéra avec ses amis : Lucullus le poussait à rester, l'assurant qu'il aurait le dessus, mais d'autres lui conseillèrent de s'exiler[220], car le peuple le regretterait bien vite, dès qu'il serait lassé par la folie et la sottise de Clodius. 6. Cicéron adopta ce dernier parti. Il avait depuis longtemps, dans sa maison, une statue de Minerve qu'il entourait d'une vénération particulière : il la porta au Capitole, où il la consacra, avec cette inscription : « À Minerve, gardienne de Rome[221]. » Puis,

---

215. Cicéron insiste largement dans ses discours de remerciement sur les manifestations de soutien : Au peuple, *8, 13 ;* Au Sénat, *12, 16, 31-32 ;* Sur sa maison, *54-55, 99, 113...*
216. Cicéron, pour justifier une fuite peu glorieuse, explique : « Je n'ai pas voulu, après avoir, comme consul, défendu la cause commune sans tirer l'épée, défendre la mienne, comme particulier, les armes à la main » (Au Sénat, *14, 34).*
217. Caius Calpurnius Piso Frugi, premier époux de Tullia.
218. Voir Pompée, *XLVI, 8-9. Selon Cicéron lui-même (*Lettres à Atticus, *10, 4, 3 et 3, 15, 3), l'entrevue a eu lieu. De son exil, Cicéron se plaindra à Quintus de « la soudaine trahison de Pompée », en fustigeant sa lâcheté : « Quant à Pompée, j'estime qu'il fera semblant une fois de plus »* (Lettres à son frère Quintus, *I, 3 et 4). Réduit au silence par son alliance avec César et Crassus (le premier triumvirat), Pompée fut effectivement incapable de s'opposer à Clodius et préféra se dérober.*
219. Ce passage étonnant marque la duplicité de celui qui se montre un allié de Clodius et l'adversaire acharné de Cicéron, lequel prononce contre lui une harangue sévère, Contre Pison. *Mais peut-être le propos doit-il être attribué à Caton (Caton le Jeune, XXXV, 1).*
220. En premier lieu, Hortensius (voir Lettres à Atticus, *III, 8) et ceux qu'il nomme les envieux : « Ce ne sont pas mes ennemis, ce sont mes envieux qui m'ont perdu »* (Lettres à son frère Quintus, *I, 3).*
221. Cet acte symbolique marque sa présence à Rome et sa vocation à protéger la ville, même s'il doit, pour ne pas verser le sang, le payer de son exil ; la date est sans doute le 19 mars 58, jour de la fête de la déesse. La dévotion privée et publique de Cicéron envers Athéna-Minerve est amplement attestée. Son départ est daté du 20 mars.

s'étant fait donner une escorte par ses amis, il quitta la cité au milieu de la nuit et traversa la Lucanie par voie de terre, dans l'intention de se rendre en Sicile.

XXXII. 1. Dès qu'on sut qu'il s'était enfui, Clodius fit voter son bannissement, et afficher un décret interdisant de lui donner l'eau et le feu, et de le recevoir sous un toit à moins de cinq cents milles de l'Italie[222]. 2. La plupart des gens, pleins de respect pour Cicéron, ne tinrent pas le moindre compte de cette défense : ils lui faisaient cortège et lui témoignaient toute l'affection possible. Mais à Hipponium, une cité de Lucanie qui porte aujourd'hui le nom de Vibo[223], Vibius Sicca qui, entre autres avantages qu'il devait à l'amitié de Cicéron, était devenu sous son consulat préfet des ouvriers, refusa de le recevoir dans sa maison et lui fit savoir qu'il lui assignait pour résidence son domaine à la campagne. De son côté, Caius Vergilius, préteur de Sicile, qui avait eu avec Cicéron les relations les plus étroites, lui écrivit de se tenir à l'écart de la Sicile[224]. 3. Découragé par ces rebuffades, Cicéron gagna Brundisium[225], d'où il embarqua pour Dyrrachium par un vent favorable, mais un vent de mer contraire se leva au point du jour et le ramena à son point de départ ; il put ensuite reprendre la mer. 4. Quand il arriva devant Dyrrachium, il y eut, dit-on, au moment où il allait débarquer, un tremblement de terre, accompagné d'un raz de marée, et les devins en conclurent que son exil ne serait pas long, ces phénomènes présageant un changement[226]. 5. Beaucoup de gens venaient le voir par sympathie et les cités grecques ne cessaient de rivaliser entre elles pour lui envoyer des ambassades, mais il passait presque tout son temps dans le désespoir et le chagrin[227], à regarder vers l'Italie comme un amoureux éconduit : il avait été trop rabaissé dans sa fierté et humilié par

---

222. *Une seconde loi, précise celle-ci*, rogatio de exsilio Ciceronis, *est votée vers le 25 avril (voir* Caton le Jeune, *XXXV ;* Cicéron, Sur sa maison, *47, 50-51, 83 ;* Pour Plancius, *97). Plutarque ne mentionne pas la clause de confiscation des biens, ni celle interdisant au Sénat ou au peuple d'infirmer la loi et de rappeler l'exilé. Le décret des 500 milles (736 km) stipule que les hôtes de Cicéron pourront être mis à mort impunément.*

223. *La ville de Vibo Valentia est située non en Lucanie mais plus au sud, dans le Bruttium.*

224. *Concernant Sicca, Cicéron écrit : « Je me suis empressé de faire route vers Brundisium [Brindisi] avant le vote de la loi, parce que je ne voulais pas causer la perte de Sicca, chez qui j'étais, et parce que le séjour de Malte m'était refusé »* (Lettres à Atticus, *III, 6). Sicca se montra donc bienveillant, au contraire de Vergilius (voir* Pour Plancius, *40, 95-96). Cicéron gardera son amitié à ce dernier (*Lettres à ses familiers, *II, 19, 2), et aura des relations avec Sicca jusqu'en 44 (*Lettres à Atticus, *XVI, 6, 1 ; XVI, 11, 1).*

225. *Cicéron arrive le 17 avril à Brindisi, où il séjourne treize jours (*Lettres à Atticus, *III, 7, 1-2). L'ensemble de l'itinéraire n'est pas le fait du hasard : Cicéron a des relations de clientèle dans la plupart des villes où il fait halte (voir Deniaux, 1993, p. 194 et suiv.).*

226. *Nulle trace de cet aspect chez Cicéron : apport propre de Plutarque sur ce thème qui lui est cher.*

227. *« Il n'est pas une heure de ma vie qui ne soit misérable ; et puis, quand je vous écris ou que je lis vos lettres, j'entre dans des crises de larmes à n'y plus pouvoir tenir. Ah que n'ai-je moins aimé la vie ! Je n'aurais rien connu de ses maux, ou peu de chose »* (À sa femme et à ses enfants, Lettres à ses familiers, *XIV, 4). L'amour et le regret de l'Italie sont comparables aux sentiments d'autres exilés : voir* Périclès, *XX, 4 et* Démosthène, *XXVI, 5.*

le malheur, et il était plus abattu qu'on ne s'y serait attendu, de la part d'un homme dont l'immense culture avait été la compagne de chaque instant[228]. 6. Il demandait souvent à ses amis de ne pas l'appeler orateur, mais philosophe car, disait-il, il avait choisi la philosophie comme véritable tâche et l'éloquence n'était pour lui qu'un instrument dont il se servait pour les besoins de la politique. 7. Mais l'opinion a une force terrible : tel un liquide qui délave une teinture, elle efface de l'âme la raison et communique aux hommes politiques les passions de la foule, par suite de leur contact étroit avec celle-ci, sauf s'ils veillent soigneusement, dans leurs rapports avec les biens extérieurs, à ne participer qu'aux affaires elles-mêmes, non aux passions qu'elles suscitent[229].

XXXIII. 1. Après avoir chassé Cicéron, Clodius incendia ses villas ainsi que sa maison de Rome, sur l'emplacement de laquelle il éleva un temple de la Liberté[230]. Quant à ses autres biens, il essaya de les vendre et il faisait annoncer tous les jours les enchères, mais personne n'acheta rien. 2. Son attitude inquiéta beaucoup les aristocrates ; entraînant le peuple, auquel il autorisait beaucoup de violence et d'audace, il essaya de s'attaquer à Pompée[231], dont il critiqua violemment certaines mesures, prises au cours de sa campagne militaire. 3. La réputation de Pompée souffrit de ces attaques et, se reprochant d'avoir abandonné Cicéron, il fit de nouveau une volte-face complète et mit tout en œuvre avec ses amis pour obtenir son rappel. Clodius y fit opposition, mais le Sénat décida de ne plus ratifier ni traiter aucune affaire publique tant qu'on refuserait de rappeler Cicéron[232]. 4. Sous le consulat de Lentulus, la sédition alla si loin que des tribuns de la plèbe furent blessés sur le forum et que Quintus, frère de Cicéron, fut laissé pour mort au milieu des cadavres[233]. Le peuple commençait à changer de sentiment et Annius Milo, un des tribuns de la plèbe, osa

---

228. Reprise des reproches que lui faisait sans doute Atticus : « Tu me blâmes souvent de si mal supporter mon malheur présent : il faut me pardonner... » (Lettres à Atticus, III. 13) ; voir infra, XLI, 8.
229. Considération philosophique d'inspiration platonicienne rejetant l'opinion (doxa) pour la vérité et considérant les passions, même celles de l'exilé (voir Sur l'exil, 599d-602b : Plutarque aimerait mieux être l'exilé Cicéron que celui qui l'a exilé, Clodius), comme indignes du sage (voir De l'éducation des enfants, 10, 7 D-E).
230. Gabinius dépouille et incendie sa villa de Tusculum, Pison sa domus du Palatin le jour même du vote de la loi, avant que Clodius ne la récupère. Elle jouxtait en effet la villa de la gens Claudia et Clodius ne tarde pas à mettre la main sur l'ensemble des bâtiments alentour ; il se fait bâtir une grande villa, aménage un promenoir à la place du portique de Catulus, voisin de la propriété de Cicéron, y place une statue de la Liberté et fait consacrer l'ensemble par son beau-frère, le pontife Lucius Pinarius Natta.
231. Pompée, menacé physiquement, se terre chez lui. L'ascendant qu'exerce alors Clodius donne à celui-ci l'impression d'être tout proche d'un pouvoir absolu (voir Pompée, XLVIII, 8-9 et XLIX, 1-3).
232. La volte-face de Pompée n'intervient pas avant la fin 58. Le consul Publius Cornelius Lentulus Spinther ouvre l'année 57 en proposant le rappel de Cicéron et en lui subordonnant toute autre décision. Le consul Quintus Caecilius Metellus Nepos, son adversaire politique (voir supra, XXIII, 1 et note) passe outre ses griefs. La situation est également bloquée par les affrontements sur le forum entre les bandes de Clodius et celles de Milon et Sestius.
233. Voir Pour Sestius (35, 76) qui décrit le massacre.

le premier citer Clodius en justice pour violences[234]. Alors Pompée vit se joindre à lui beaucoup de partisans, issus du peuple romain et des cités environnantes. 5. Prenant l'offensive avec eux, il chassa Clodius du forum, et appela les citoyens à voter le retour de Cicéron[235]. Jamais, dit-on, le peuple ne vota une mesure avec une telle unanimité[236]. 6. Rivalisant avec lui, le Sénat décréta que toutes les cités qui avaient fait bon accueil à Cicéron durant son exil recevraient des éloges officiels, et que sa maison et ses villas, détruites par Clodius, seraient reconstruites aux frais du trésor public[237].
7. Le retour de Cicéron eut lieu le seizième mois qui suivit son exil[238]. La joie des cités et l'empressement de la population à venir à sa rencontre furent tels que Cicéron était encore au-dessous de la vérité, 8. lorsqu'il déclara par la suite que l'Italie l'avait porté sur ses épaules pour le ramener à Rome. Quand il y entra, Crassus lui-même qui, avant son exil, était son ennemi, vint à sa rencontre avec empressement et se réconcilia avec lui, pour faire plaisir, disait-il, à son fils Publius, qui était un admirateur passionné de Cicéron.

XXXIV. 1. Cicéron laissa passer quelque temps. Ayant attendu un moment où Clodius était absent, il se rendit au Capitole avec de nombreux partisans, arracha les tablettes tribuniciennes sur lesquelles étaient inscrits les actes du tribunat de Clodius, et les détruisit[239]. 2. Celui-ci le lui reprocha, mais Cicéron répondit que Clodius était passé illégalement des rangs des patriciens au tribunat de la plèbe et qu'aucune des mesures qu'il avait prises n'était valide[240]. Caton s'en indigna et parla

---

234. Titus Annius Milo Papianus, tribun de la plèbe en 57. Futur meurtrier de Clodius, il est le premier à utiliser les mêmes armes que lui pour s'en protéger (voir Pour Sestius, *86 et suiv.). L'action judiciaire en question fut empêchée par le préteur Appius Claudius Pulcher, frère de Clodius, par un tribun de la plèbe, Sextus Atilius Serranus, et par le consul Métellus Népos.*
235. Pompée a organisé en sous-main un véritable consensus Italiae *pour le retour de l'exilé, notamment par une tournée en Italie où il comptait de nombreux clients (voir Grenade, 1961).*
*236. Fin juillet, le Sénat vote une proposition demandant aux consuls de présenter au peuple une loi pour le retour de Cicéron, par 416 voix contre 1 (celle de Clodius). Vote unanime et enthousiaste des comices centuriates le 4 août 57 (*Lettres à Atticus, *IV, 1, 4).*
237. Le décret concernant la maison n'est prononcé qu'après son retour, le 2 octobre, à l'issue de son discours Pour sa maison, *daté du 30 septembre 57. Le Sénat accorde 2 millions de sesterces pour reconstruire sa* domus *du Palatin, 500 000 pour sa villa de Tusculum, 250 000 pour celle de Formies (*Lettres à Atticus, *IV, 2, 5).*
238. L'exil a duré du 20 mars 57 au 4 août 56 ; Cicéron débarqua à Brindisi le 5 août et effectua son retour solennel à Rome le 4 septembre.
239. Les archives de l'État étaient conservées dans le Tabularium ; selon Dion Cassius (XXXIX, 21), Cicéron n'aurait détruit, en septembre 56, que les tablettes traitant de son bannissement. Sur l'épisode, voir Caton le Jeune, *XL (Caton est alors tribun, Clodius édile).*
240. Dans Sur sa maison, *Cicéron indique quatre causes de nullité : la jeunesse de Fonteius (20 ans, son fils adoptif Clodius en ayant 40), l'intention frauduleuse (attestée par une émancipation immédiate), l'*obnuntiatio *(opposition pour signes défavorables) du consul Bibulus, et la suppression du délai légal de vingt-quatre jours. Sur l'épisode, voir* César, *XIV, 16 ;* Pompée, *XLVI, 7-8 ;* Caton le Jeune, *XXXIII, 6.*

contre Cicéron, non pour approuver Clodius, dont il critiquait vivement la politique, mais en déclarant que le Sénat agissait de manière terrible et violente, s'il abrogeait tant de décrets et d'actes officiels, dont sa propre mission à Chypre et à Byzance[241]. 3. Cette intervention froissa Cicéron ; sans amener pour autant une rupture ouverte, elle entraîna un refroidissement de leurs relations[242].

XXXV. 1. Sur ces entrefaites, Milon tua Clodius[243] et, poursuivi pour meurtre, il se fit assister par Cicéron. Le Sénat, voyant que Milon, l'accusé, était un personnage en vue et passionné, craignit que ce procès n'entraînât des troubles[244], et il chargea Pompée d'arbitrer ces débats, ainsi que les autres procès, et de veiller à la sécurité dans la cité et dans les tribunaux[245]. 2. Pompée disposa pendant la nuit des soldats sur les hauteurs autour du forum, et Milon, craignant que Cicéron, troublé par ce spectacle inhabituel, plaidât moins bien, lui conseilla de se faire porter en litière sur le forum et d'y rester tranquillement jusqu'au moment où les juges seraient arrivés et le tribunal au grand complet. 3. Cicéron manquait apparemment de hardiesse non seulement à la guerre[246], mais aussi quand il s'agissait de parler : il était ému en commençant un discours et, dans de nombreux procès, il ne cessait, à grand-peine, de frissonner et de trembler que lorsque son discours avait pris de la hauteur et de la fermeté. 4. Quand il défendit Licinius Muréna[247], accusé par Caton, il se fit un point d'honneur de surpasser Hortensius, qui avait eu un grand succès : il ne s'accorda aucun repos de toute la nuit, si bien que l'excès de réflexion et l'insomnie le firent paraître inférieur à lui-même. 5. Pour en revenir au procès de Milon, lorsque Cicéron, en sortant de sa litière, vit Pompée assis en haut, comme dans un camp militaire, tandis que des armes brillaient tout autour du forum, il se troubla et ne commença son discours qu'à grand-peine, tremblant de tout son corps et la voix

---

241. Ces missions avaient pour but d'éloigner Caton, alors questeur. Il s'agissait de confisquer les biens du roi de Chypre Ptolémée, frère du roi d'Égypte, pourtant reconnu roi par le Sénat en 80, et d'annexer l'île à la province de Cilicie.

242 Sur la brouille entre Cicéron et Caton et leur réconciliation ultérieure, voir Caton le Jeune, XL, 4.

243. Les années 57-52 sont marquées par le resserrement de l'alliance politique de César, Crassus et Pompée et par l'affrontement des bandes armées de Milon et de Clodius, lequel trouve la mort sur la via Appia. Ce saut dans le temps jusqu'au 19 janvier 52 permet à Plutarque de présenter de façon continue l'affrontement Clodius-Milon.

244. Le rapatriement du corps de Clodius à Rome avait déjà suscité des émeutes. Son bûcher funéraire, dressé à la hâte, provoqua l'incendie de la Curie et de la basilique Porcia.

245. L'année 52 s'était déjà ouverte sans consuls ni préteurs, et les interrois se succèdent sans pouvoir mettre fin aux troubles. Après un « sénatus-consulte ultime » destiné à rétablir l'ordre, le Sénat proclame Pompée consul unique le 25 février (voir Caton le Jeune, XLVII-XLVIII).

246. Dans le Pour Milon, *1-4, en formulant sa crainte de parler devant des hommes en armes, Cicéron présente une affirmation de dignité plus qu'un aveu de couardise. L'information qu'il donne sur sa campagne de Cilicie évoque un général passable.*

247. Lors de la deuxième quinzaine de novembre 63, dans une affaire de corruption électorale. Hortensius et Crassus étaient co-défenseurs avec Cicéron.

étranglée[248]. Milon, lui, assistait aux débats avec assurance, sans rien craindre : il avait refusé de laisser pousser ses cheveux et de prendre un habit sombre, ce qui fut, semble-t-il, la principale cause de sa condamnation. Quant à l'attitude de Cicéron, on y vit de l'attachement pour son ami plus que de la lâcheté.

XXXVI. 1. Il devint également l'un des prêtres que les Romains appellent augures[249], à la place de Crassus le Jeune, après la mort de celui-ci chez les Parthes[250]. Lors du tirage au sort des provinces, il obtint la Cilicie[251], avec une armée de douze mille fantassins et de deux mille six cents cavaliers. Il embarqua donc, avec pour autre mission d'assurer au roi Ariobarzane[252] l'amitié et l'obéissance de la Cappadoce. 2. Il y parvint et régla l'affaire à la perfection, sans recourir aux armes. Voyant que le désastre infligé aux Romains par les Parthes et le soulèvement de Syrie avaient exalté les Ciliciens, il les calma par la douceur de son gouvernement[253]. 3. Il n'accepta aucun cadeau, même venant de rois et dispensa ses administrés de lui offrir des banquets[254], mais lui-même

---

248. Il faut imaginer les clameurs des partisans de Clodius, les hommes en armes, un état d'exception avec un consul unique, une affluence considérable au forum et la présence de Pompée, mal disposé envers Milon. Le discours en notre possession, un des grands plaidoyers de Cicéron, a été réécrit après coup, et Dion Cassius (XL, 54) rapporte ces mots de Milon en exil à la lecture du plaidoyer : « Ô Cicéron ! si tu avais parlé ainsi, je ne mangerais pas de si bon poisson à Marseille. » Milon a été condamné par 38 voix contre 13.

249. Les augures forment un collège composé de 15 membres (anciennement 3, puis 9) et chargé de prendre les auspices, c'est-à-dire, entre autres, de déclarer des événements conformes ou non à la volonté des dieux. Cicéron est élu augure en 53. Voir Romulus, IX, 4-7 et Questions romaines 72, 73, 78, 93.

250. En juin 53, lors du désastre de Carrhes, sous le commandement de son père, Marcus Licinius Crassus, qui y perdit lui aussi la vie.

251. Cicéron, en 62, avait décliné le commandement de la province de Macédoine pour rester à Rome et régler la crise catilinienne. Une loi de Pompée (52) a établi un délai de 5 ans entre le consulat ou la préture et le gouvernement d'une province. Des magistrats qui n'ont pas exercé de commandement à leur sortie de charge assureront entre-temps la continuité du pouvoir ; à Cicéron est confiée la Cilicie, province d'Asie Mineure comprenant Chypre, la Lycie, la Lycaonie, le sud de la Phrygie (districts de Laodicée, Apamée et Synade), la Pisidie, la Pamphylie et la Cilicie proprement dite. Elle est bornée au Sud par la Syrie, à l'Est par la Commagène, au Nord par la province d'Asie et la Cappadoce. Il dispose de « deux légions squelettiques » (Lettres à Atticus, V, 15), soit 12 000 hommes, plus la cavalerie alliée.

252. Ariobarzane III Eusèbe Philorhoméos, dont le surnom marque bien l'inféodation aux Romains, était roi de Cappadoce. Le Sénat l'avait placé sous la protection de Cicéron qui se vante d'avoir, par son autorité et sans intervention armée (voir infra), empêché un coup d'État contre sa personne et d'avoir raffermi son pouvoir (Au Sénat, XV, 2).

253. Dans toutes ses lettres de cette époque, Cicéron se présente en modèle de modération, en même temps que de dévouement au bien public. Voir Comparaison, LII, 3.

254. Cicéron (Lettres à Atticus, V, 16) écrit avec fierté : « [les cités] ne font aucune dépense pour moi ni pour mes légats ni pour mon questeur ni pour personne [...]. C'est une résurrection que provoque notre approche, grâce à l'esprit de justice, au désintéressement, à la clémence de ton Cicéron, et la chose a dépassé l'attente de tous. »

recevait chaque jour des gens distingués à sa table, sans luxe excessif, mais avec libéralité. 4. Sa demeure n'avait pas de portier et jamais personne ne le vit au lit : dès l'aube, il était debout ou se promenait devant sa maison, et il accueillait lui-même ceux qui venaient le saluer[255]. 5. Jamais, dit-on, il ne fit donner les verges ni déchirer un vêtement ; jamais il ne proféra d'insultes sous l'effet de la colère, ou n'aggrava une pénalité en lui ajoutant des procédés violents. Ayant découvert qu'une grande partie des fonds publics avait été détournée, il rendit leurs richesses aux cités[256], mais n'infligea pas aux coupables d'autre châtiment que de les forcer à restituer les sommes dérobées et ne les marqua pas d'infamie. 6. Il s'occupa même de guerre et mit en déroute des pirates qui habitaient autour de l'Amanus ; à la suite de cette victoire, ses soldats le proclamèrent *imperator*[257]. Comme l'orateur Caelius[258] lui demandait d'envoyer de Cilicie à Rome des panthères destinées à un spectacle, Cicéron, pour ses exploits, lui écrivit : « Il n'y a pas de panthères en Cilicie ; elles ont fui en Carie, furieuses d'être les seules à qui on fait la guerre, alors que tout le pays est en paix[259]. » 7. En revenant de sa province, il s'arrêta d'abord à Rhodes, puis il séjourna à Athènes, se souvenant avec plaisir de ses anciennes études. Il fréquenta les hommes les plus cultivés, salua ses amis et ses familiers et, après avoir reçu de la Grèce[260] les témoignages d'admiration qu'il méritait, il revint à Rome, où la vie politique, sous l'effet d'une sorte de poussée inflammatoire, tournait déjà à la guerre civile[261].

XXXVII. 1. Le Sénat lui vota le triomphe[262], mais il déclara qu'il aurait plus de plaisir à suivre le cortège triomphal de César si l'on parvenait avec lui à un accord auquel

---

255. *Reproduction, dans la province, de la cérémonie de la* salutatio. *L'ambiance est celle des clientèles étrangères.*

256. *Cicéron se plaint des exactions de son prédécesseur, Appius Claudius Pulcher (le frère de Clodius), auprès d'Atticus (« J'évite de rouvrir les blessures qu'a faites Appius : mais elles sont bien visibles, et on ne peut les cacher »,* Lettres à Atticus, *V, 15) ; il dispense effectivement les cités de dépenses honorifiques pour Appius, d'où un échange de lettres sévères (*Lettres à ses familiers, *III, 8). Il veut corriger l'image d'arrogance et d'exploitation qui s'attachait souvent aux magistrats romains dans ces régions. Voir Dictionnaire, « Domination romaine ».*

257. *Le 13 octobre 51, après une campagne rapide de trois jours dans l'Amanus, dans les montagnes du Taurus.*

258. *Marcus Caelius Rufus (82-48) est un correspondant fidèle de Cicéron durant son édilité, période durant laquelle il devait donner des jeux et sollicitait pour cela l'aide de Cicéron.*

259. Lettres à ses familiers, *II, 11.*

260. *Le rappel des souvenirs de jeunesse (*supra, *IV) et de la formation hellénisante de Cicéron donne à Plutarque l'occasion d'un parallèle entre cette sérénité intellectuelle et les désordres politiques de Rome.*

261. *Annonce brutale de la tension entre Pompée, allié à l'aristocratie conservatrice, et César, qui, victorieux, refusait de déposer son commandement en Gaule sans la garantie d'être consul l'année suivante.*

262. *Le Sénat a voté le 17 décembre des actions de grâces* (supplicatio) *à Cicéron pour la prise de Pindénissus, mais, contrairement à ses espérances et malgré les pressions de ses amis et les promesses de soutien de Pompée (*Lettres à ses familiers, *XVI, 11), le triomphe lui échappe, devant l'urgence de la situation.*

il poussait en son nom personnel, multipliant les lettres à César et les démarches auprès de Pompée, dans l'espoir de les adoucir tous deux et de les calmer[263]. 2. Mais le mal était sans remède. César marcha sur Rome[264] et Pompée ne l'attendit pas ; suivi d'un grand nombre d'hommes de bien, il abandonna la Ville. Cicéron ne l'accompagna pas dans cette fuite et donna l'impression de se rallier à César. De toute évidence, sa volonté fut longtemps déchirée et tiraillée entre les deux camps[265]. 3. Il écrit dans ses *Lettres* qu'il ne sait de quel côté se tourner : « Pompée a, pour faire la guerre, un motif glorieux et beau, mais César connaît mieux les affaires et assure mieux son salut et celui de ses amis. J'ai quelqu'un à fuir, mais je n'ai personne vers qui fuir[266]. » 4. Trébatius[267], un des amis de César, écrivit à Cicéron que le mieux pour lui était, selon César, de se joindre à lui et de partager ses espérances ; mais, s'il se retirait de la lutte à cause de sa vieillesse[268], il pouvait partir en Grèce et y vivre tranquille, à l'écart des deux partis. Cicéron, étonné que César ne lui eût pas écrit lui-même[269], répondit avec colère qu'il ne ferait rien qui fût indigne de sa politique passée. Voilà ce qu'on trouve écrit dans ses *Lettres*.

XXXVIII. 1. César étant parti pour l'Espagne, Cicéron embarqua aussitôt[270] pour aller rejoindre Pompée. Tous furent heureux de le voir arriver, sauf Caton qui le prit à part et lui reprocha vivement de s'être rallié à Pompée. « Pour moi, lui dit-il, l'honneur m'interdisait d'abandonner une cause à laquelle je me suis attaché dès le début, mais toi, tu aurais été plus utile à ta patrie et à tes amis si tu étais resté neutre à Rome, en t'adaptant aux événements, au lieu de te faire l'ennemi de César, sans motif et sans nécessité, et de venir ici partager un si grand danger[271]. » 2. Ces propos ébranlèrent d'autant plus la résolution de Cicéron que Pompée ne l'employait à rien d'impor-

---

263. *Sur les tentatives de conciliation de Cicéron, voir* César, *XXIX-XXX et Béranger (1973).*

264. *Le 12 janvier 49, César franchit la limite de sa province de Gaule Cisalpine, le Rubicon, à la suite du vote du 7 janvier, qui avait décidé sa destitution et son remplacement. Il pénètre donc illégalement en Italie ; voir* Pompée, *LX, 3 ;* César, *XXXII, 5.*

265. *Voir* Pompée, *LIX, 5-6 ;* César, *XXXI, 2. Tiraillement à la fois politique et personnel dont Béranger (1973, p. 108-109) souligne bien la difficile résolution.*

266. Lettres à Atticus, *VIII. 7. Sur les faiblesses de Cicéron au moment de la décision, voir* supra, *XIX, 5-7 ; XXXI-XXXII ;* infra, *XLVII, 6.*

267. *Caius Trebatius Testa, chevalier, intermédiaire à plusieurs reprises de César auprès de Cicéron.*

268. *Cicéron a 57 ans.*

269. *César lui a pourtant écrit en personne le 16 avril 49 pour le prier de rester neutre (*Lettres à Atticus, *X, 8 ; sur leur correspondance à cette époque, voir Carcopino, 1947, I, p. 357 et suiv.) ; on sait aussi que les deux hommes se sont rencontrés le 28 mars à Formies, rencontre qui a décidé Cicéron à rejoindre Pompée.*

270. *Le 7 juin, soit deux mois, en fait, après le départ de César. Voir* César, *XXXVI. Cicéron a beaucoup hésité sur l'itinéraire à suivre.*

271. *Caton, pompéien alors très actif en Orient, souligne que Cicéron aurait pu et dû, par son autorité, infléchir la politique de César, plutôt que de prendre parti et de s'enfermer dans un rôle militaire qui ne lui convient pas ; voir* Caton le Jeune, *XXXXV, 1 ; LII-LIII.*

tant[272]. Il est vrai qu'il ne pouvait s'en prendre qu'à lui-même, car il ne cachait pas qu'il regrettait d'être venu : il se moquait des préparatifs de Pompée, dénigrait en sous-main ses projets, et ne pouvait s'empêcher de lancer contre ses compagnons d'armes des railleries et des bons mots. Lui-même ne riait jamais et se promenait dans le camp d'un air sombre, mais il faisait rire les autres, même quand ils n'en avaient aucune envie. 3. Mieux vaut donner encore quelques exemples de ces plaisanteries. Domitius[273] voulait confier un commandement à un homme qui ne connaissait rien à la guerre, et il vantait sa douceur de caractère et sa tempérance. « Pourquoi donc, demanda Cicéron, ne le gardes-tu pas pour élever tes enfants ? » 4. Théophanès de Lesbos était préfet des pionniers dans le camp ; comme on le louait d'avoir su consoler les Rhodiens après la perte de leur flotte, Cicéron s'écria : « Quel bonheur d'avoir un Grec pour préfet[274] ! » 5. César l'emportait presque toujours et tenait, en quelque sorte, les pompéiens assiégés, mais Lentulus[275] prétendait savoir que ses amis étaient tristes. « Veux-tu dire, demanda Cicéron, qu'ils sont mécontents de César ? » 6. Un certain Marcius, qui venait d'arriver d'Italie, disait que le bruit courait à Rome que Pompée était assiégé : « Et alors, dit Cicéron, tu t'es embarqué pour t'en assurer de tes propres yeux ? » 7. Après la défaite de Pompée[276], comme Nonius disait qu'il fallait garder bon espoir puisqu'il restait sept aigles[277] dans le camp de Pompée, Cicéron lança : « Ce serait un grand réconfort, si nous étions en guerre contre des geais. » 8. Labiénus, s'appuyant sur certaines prédictions, soutenait que Pompée allait l'emporter ; alors Cicéron : « C'est donc une ruse de guerre que la perte de notre camp ? »

XXXIX. 1. Après la bataille de Pharsale, à laquelle une maladie empêcha Cicéron de participer, Pompée prit la fuite[278]. Caton, qui avait à Dyrrachium[279] une armée nom-

---

272. *Sans doute Pompée est-il échaudé par la désinvolture de Cicéron quant à la mission de commandement qu'il lui avait donnée sur Capoue, comprenant la levée de troupes et la surveillance des côtes.*

273. *Lucius Domitius Ahenobarbus, consul de 54, beau-frère de Caton, commandant l'armée lors du premier désastre républicain, le siège de Corfinium, en 49, et mort à Pharsale.*

274. *Théophanès de Mytilène est un ami de Pompée, dont il fut l'historiographe, contribuant largement à sa légende, particulièrement en ce qui concerne l'expédition dans le Caucase. Plutarque ne tient pas son œuvre en haute estime (voir* Pompée, *XLIX, 14). La flotte rhodienne est détruite par une tempête alors qu'elle allait défendre Dyrrachium contre César.*

275. *Le consul de l'année 49, Lucius Cornelius Lentulus Crus.*

276. *On pense à la défaite de Pharsale, le 9 août 48, voyant difficilement de quelle autre défaite il pourrait s'agir. Pourtant Labiénus y a trouvé la mort, alors que Plutarque le met en scène (§ 8), mais il ne construit pas son récit de façon rigoureusement chronologique.*

277. *Sept étendards de légions.*

278. *L'excuse de la santé déficiente paraît plausible. Pompée fuit vers l'Asie puis vers l'Égypte, où il possède de solides appuis, mais il est assassiné en débarquant à Péluse par les agents du roi Ptolémée XIV ; voir* Pompée, *LXXII, 3 ;* César, *XLV, 7-8.*

279. *Caton semble avoir disposé de 15 cohortes et de 300 vaisseaux ; voir* Pompée, *LXII, 3 ;* Caton le Jeune, *LV, 1. Dyrrachium, sur la côte d'Illyrie, est l'actuelle Durazzo.*

breuse et une flotte considérable, demanda à Cicéron d'en prendre le commandement en vertu de la loi, puisque sa dignité consulaire le mettait au-dessus des autres. 2. Cicéron refusa cette charge et, de manière générale, se déroba à toute activité militaire, ce qui faillit lui être fatal : le jeune Pompée[280] et ses amis le traitèrent de traître et tirèrent l'épée contre lui. Caton s'interposa, le leur arracha à grand-peine et le fit sortir du camp. 3. Cicéron débarqua à Brundisium[281], où il séjourna quelque temps en attendant César, qui était retardé par ses campagnes en Asie et en Égypte. 4. Dès qu'il apprit que César avait abordé à Tarente et qu'il gagnait Brundisium par voie de terre, Cicéron courut à sa rencontre. Il ne désespérait pas totalement de l'avenir, mais était gêné de devoir mettre à l'épreuve, en présence de tant de témoins, les intentions d'un ennemi victorieux. 5. Or il n'eut rien à faire ni à dire de contraire à sa dignité, car César ne l'eut pas plutôt vu venir à sa rencontre, bien en avant des autres, qu'il descendit de cheval, l'embrassa et s'entretint avec lui seul[282] pendant plusieurs stades. Il ne cessa par la suite de l'honorer et de se montrer aimable avec lui. Ce fut au point que, Cicéron ayant écrit un éloge de Caton, César répliqua en louant l'éloquence et la vie de Cicéron, qu'il comparait à celles de Périclès et de Théramène. 6. Le discours de Cicéron est intitulé *Caton*, celui de César *Anti-Caton*[283]. Lorsque Quintus Ligarius fut poursuivi en justice pour avoir été l'un des ennemis de César et que Cicéron le défendit, César déclara, dit-on, à ses amis : « Pourquoi ne pas écouter Cicéron, après un si long silence ? Quant à son client, c'est un misérable et un ennemi ; l'affaire est entendue depuis longtemps. » 7. Mais dès que Cicéron commença à parler, il émut singulièrement César et, tout au long de son discours, qui était plein de toutes les nuances du pathétique et d'un charme étonnant, le visage de César changea plusieurs fois de couleur et laissa voir toutes les passions dont son âme était agitée. Pour finir, quand l'orateur évoqua la bataille de Pharsale, César, bouleversé, se mit à trembler de tout son corps et laissa tomber quelques-uns des écrits qu'il tenait à la main. Il se vit donc contraint de renoncer à son accusation[284].

---

280. Cnaeus Pompée, fils aîné du Grand Pompée, animateur de la lutte anticésarienne jusqu'à sa défaite en Espagne, à Munda, et sa mise à mort le 17 mars 45 ; sur son arrogance, voir Caton le Jeune, *LV, 6.*
281. En octobre ou novembre 48, où il est condamné à séjourner jusqu'au pardon total de César, le 25 septembre 47.
282. Sur l'issue de la guerre civile, ici présentée sous un aspect très favorable, Grimal (1984, p. 96) souligne : « Plus encore que n'avait fait l'exil, l'équipée morose de Cicéron dans le camp des pompéiens l'éloigne des siens et de presque tout ce qui était pour lui la vie même. Certes, il avait conservé ses biens, il avait sauvé sa vie, mais il avait perdu sinon son prestige d'orateur, du moins la possibilité d'en user au service d'une République qui, à ses yeux, n'existe plus. »
283. Les deux ouvrages, très lus à l'époque de Plutarque, sont perdus ; voir César, *LIV, 6.*
284. Cicéron prononce sur le forum, début 45, son plaidoyer riche et varié (voir infra, Comparaison de Démosthène et de Cicéron, L, 3) Pour Quintus Ligarius, presque 6 ans après son dernier discours public en faveur de Milon. Ligarius, chevalier pompéien, ami de Brutus, est gracié par César en 46, après la bataille de Thapsus, sans doute moins par l'effet de l'éloquence de Cicéron que par la volonté de rassembler, au nom du pardon politique.

XL. 1. Après quoi, le régime politique s'étant transformé en une monarchie[285], Cicéron renonça à s'occuper des affaires publiques et consacra son loisir aux jeunes gens qui voulaient étudier la philosophie : ils étaient de noble famille et de premier rang, et leur fréquentation fit une nouvelle fois de lui un des plus puissants personnages, ou presque, de la cité[286]. 2. Il entreprit de composer et de traduire des dialogues philosophiques[287], et de faire passer dans la langue latine tous les mots de la dialectique ou de la physique : c'est lui, dit-on, qui le premier, ou du moins avec le plus de succès, exprima en latin les notions d'imagination, de suspension du jugement, d'assentiment et de compréhension, et aussi celles d'atome, d'indivisible, de vide, et beaucoup d'autres du même genre, qu'il rendit intelligibles et abordables pour les Romains, en usant de métaphores ou de termes proches[288]. 3. Quant à sa facilité pour la poésie, c'était un jeu pour lui. Chaque fois qu'il s'y abandonnait, il pouvait composer, dit-on, cinq cents vers en une nuit. Il passait la plus grande partie de son temps à Tusculum, dans ses domaines, d'où il écrivait à ses amis qu'il menait la vie d'un Laërte[289], soit pour plaisanter, comme à son habitude, soit parce que son ambition lui inspirait le désir de jouer un rôle politique et qu'il était découragé par la situation. 4. Il allait rarement à Rome, pour faire sa cour à César, et il était le premier à approuver les honneurs qu'on lui décernait et à se flatter de dire toujours quelque chose de nouveau sur sa personne ou sur ses actions[290], comme le montre son mot à propos des statues de Pompée qu'on avait abattues et renversées et que César ordonna de relever, ce qui fut fait. 5. Cicéron déclara : « Par cet acte d'humanité, César restaure les statues de Pompée et affermit les siennes[291]. »

---

285. En 46, César est nommé dictateur pour 10 ans. En 45, le Sénat lui accorde la dictature perpétuelle. La République est morte.

286. Création d'un nouveau cercle autour du vieil orateur, alliant curieusement élite césarienne (Hirtius et Pansa, les consuls de 43) et républicaine (Brutus et Cassius, les libérateurs). Ce cercle est particulièrement connu par les conversations tenues à Tusculum en 45, et mises en forme en 44 : les Tusculanes.

287. Entre 46 et 44, Cicéron compose tout son corpus philosophique, République *et* Lois *mis à part. Ces ouvrages nombreux et variés traitent aussi bien de questions religieuses (*Sur la nature des dieux, Du destin, De la divination...*) que de questions philosophiques (*Tusculanes, Académiques...*) ou de philosophie morale (*De l'amitié, Sur la vieillesse, *mais surtout* Des devoirs, *son dernier ouvrage).*

288. Cicéron, excellent helléniste, est le premier à s'efforcer de créer une langue philosophique latine, notamment à partir de ses lectures et de ses traductions (et parfois, pour les termes techniques, de ses transpositions) de Platon.

289. Le père d'Ulysse, Laërte, a abandonné le palais aux prétendants de Pénélope, gagnant en tranquillité ce qu'il perdait en pouvoir politique.

290. Cette image d'un Cicéron courtisan est peu conforme à son retrait des affaires dans le recueillement philosophique et à la haine du régime césarien qui s'exprime dans Des devoirs *ou les* Philippiques.

291. Au lendemain de Pharsale (48), les statues de Pompée avaient été enlevées par la plèbe de la tribune des Rostres, sur le forum, en même temps que celles de Sylla ; voir César, *LVII, 6.*

XLI. 1. Il songeait, dit-on, à relater par écrit toute l'histoire de sa patrie, à y mêler une bonne partie de l'histoire grecque et, de manière générale, à rapporter dans cet ouvrage les traditions et les mythes qu'il avait recueillis, mais il en fut empêché par une foule d'affaires privées et publiques, où sa volonté n'avait aucune part, ainsi que par des malheurs dont il fut en grande partie responsable, semble-t-il. 2. Tout d'abord, il répudia sa femme Térentia, qui l'avait négligé pendant la guerre, le laissant partir sans le munir du nécessaire pour le voyage et qui, à son retour en Italie, ne lui avait pas non plus manifesté d'affection[292]; 3. elle n'était pas venue à Brundisium, où il était pourtant resté longtemps et, lorsque sa fille, encore enfant[293], avait entrepris ce long voyage, elle ne lui avait donné ni l'escorte nécessaire ni suffisamment d'argent. Bien plus, elle avait complètement dépouillé et vidé sa maison, après avoir contracté beaucoup de dettes importantes. Tels sont les prétextes les plus honorables que l'on donne de ce divorce. 4. Mais Térentia les niait, et Cicéron lui-même lui apporta une éclatante justification, en épousant peu après une jeune fille[294]: selon la version malveillante de Térentia, il s'était laissé séduire par sa beauté mais, si l'on en croit ce qu'a écrit Tiron, l'affranchi de Cicéron, il l'épousa pour son argent, afin de pouvoir payer ses dettes[295]. 5. L'adolescente était en effet très riche et Cicéron, désigné comme héritier fiduciaire, eut la garde de sa fortune. Comme il devait des dizaines de milliers de drachmes, il se laissa persuader par ses amis et sa famille d'épouser cette enfant, malgré la différence d'âge, et de se servir de ses biens pour se libérer de ses créanciers[296]. 6. Antoine mentionne ce mariage dans ses discours en réponse aux *Philippiques*; il accuse Cicéron d'avoir chassé la femme près de laquelle il avait vieilli, ce qui lui permet du même coup de se moquer de la vie sédentaire de Cicéron, qu'il présente comme un homme inactif, incapable de faire la guerre. 7. Peu après son mariage, sa fille mourut en couches dans la maison de Lentulus, qu'elle avait épousé après la mort de Pison, son premier mari[297]. 8. Les

---

292. *Térentia n'est plus l'objet des tendres lettres de 57, et la correspondance des époux n'est plus que technique. Il semble que Térentia, qui n'est pas venue rejoindre Cicéron dans sa résidence forcée à Brindisi, ait très mal géré le patrimoine de Cicéron lorsqu'il était au camp de Pompée (voir Carcopino, 1947, I, p. 231 et suiv.). Ils divorcent fin 47 ou début 46.*
293. *Elle avait pourtant 30 ans passés...*
294. *Cicéron (60 ans) épouse en décembre 46 sa riche pupille Publilia (15 ans). Le mariage durera six mois.*
295. *Affranchi et éditeur de Cicéron, Tiron a écrit une biographie (perdue) de Cicéron; voir Tacite, Dialogue des orateurs, 17.*
296. *En tant qu'héritier fiduciaire, Cicéron devait servir de simple prête-nom pour permettre à la jeune fille d'hériter de son père. Si l'on en croit Tiron, il aurait profité de ce statut pour la dépouiller avant de la répudier. Voir Carcopino (1947), I, p. 243-248.*
297. *Plutarque se perd dans le compte des maris de Tullia: mariée en 64 avec Caius Calpurnius Piso Frugi, elle se remarie après un veuvage en 56 avec Furius Crassipès. Elle en divorce en 50 pour se marier avec un jeune officier césarien, Publius Cornelius Lentulus Dolabella, consul en 44. C'est lui que mentionne Plutarque, bien qu'elle en ait divorcé en 46, alors qu'elle était enceinte. Elle meurt en février 45 des suites d'un accouchement difficile.*

amis de Cicéron vinrent de tous côtés pour le consoler[298], car ce malheur l'avait trop durement affecté, au point qu'il répudia celle qu'il venait d'épouser, parce qu'elle lui avait semblé se réjouir de la mort de Tullia.

XLII. 1. Voilà pour les affaires domestiques de Cicéron. Quant à la conjuration contre César, il ne s'y joignit pas. Il était pourtant un des plus proches amis de Brutus et paraissait, plus que personne, réprouver la situation présente et regretter celle d'autrefois. 2. Mais les conjurés se défiaient de son caractère, le jugeant dépourvu d'audace, et de son âge, auquel la hardiesse abandonne même les caractères les plus énergiques[299]. 3. Quoi qu'il en soit, lorsque Brutus, Cassius et leurs complices[300] eurent accompli leur acte et que les amis de César se liguèrent contre eux, on put craindre de voir la cité retomber dans les guerres civiles. Antoine[301], alors consul, réunit le Sénat[302] et parla brièvement de concorde, puis Cicéron fit un long discours adapté aux circonstances et persuada le Sénat de décréter, à l'exemple des Athéniens, une amnistie générale pour l'attentat contre César et d'attribuer des provinces à Cassius et à Brutus[303]. 4. Ces conseils ne furent pas suivis. Lorsque le peuple, déjà naturellement enclin à plaindre César, vit son cadavre qu'on portait à travers le forum, tandis qu'Antoine montrait ses vêtements couverts de sang et percés de toutes parts de coups d'épée, la fureur s'empara de tous ; ils se mirent à rechercher les meurtriers sur le forum et, des torches à la main, ils coururent vers leurs maisons pour les incendier. 5. Mais les conjurés avaient prévu ce danger et parvinrent à s'y soustraire ; comme ils s'attendaient à beaucoup d'autres menaces, tout aussi graves, ils abandonnèrent Rome[304].

---

298. *Voir* Lettres à ses familiers, *IV, 5.*
299. *Il a 63 ans ; sur l'attitude à ce propos des conjurés, voir* Brutus, *XII, 2.*
300. *Le meurtre de César eut lieu le 15 mars 44 (voir* César, *LXVI-LXVII ;* Brutus, *XVI-XVIII ;* Antoine, *XIII-XIV). Les principaux conjurés sont Marcus Junius Brutus (85-42), gendre de Caton, et Caius Cassius Longinus (mort en 42), tous les deux préteurs nommés par César. Citons encore Decimus Junius Brutus, Caius Trebonius.*
301. *Marcus Antonius (82-30), consul en 44 avec César : voir sa Vie. Ses rapports avec Cicéron sont particulièrement tendus puisque c'est Antoine, chargé de surveiller l'Italie, qui assigne Cicéron à résidence à Brindisi en attendant le retour de César. Après l'assassinat de César, Cicéron déchaîne son éloquence à son encontre dans une série de discours, ses* Philippiques *dont il ne nous reste que les 14 premiers. Leur antagonisme marque la dernière crise de la République : en faisant mettre à mort Cicéron dans les proscriptions, Antoine abat le dernier défenseur de la légalité.*
302. *Unique consul après la mort de César, Antoine manœuvre habilement dans cette réunion du 17 mars 44. Il obtient, avec l'aide de Cicéron, un accord politique de réconciliation qui entérine les actes de César tout en amnistiant ses assassins. L'allusion aux Athéniens évoque l'amnistie décrétée après la chute des Trente, en 403.*
303. *Étant préteurs, il est normal qu'ils obtiennent des provinces (sur leur répartition, voir* Brutus, *XIX, 4-5).*
304. *Les conjurés se montrent incapables de dépasser le tyrannicide et d'organiser la République. Ils montent sur le Capitole le 15 mars (voir* César, *LXVII, 3 ;* Brutus, *XIX, 7).*

XLIII. 1. Aussitôt Antoine se dressa[305]. À la pensée qu'il allait être seul maître, tous prirent peur, et Cicéron plus que personne, car Antoine, voyant l'autorité de l'orateur se renforcer dans la cité et le sachant lié avec Brutus et ses amis, supportait mal sa présence. 2. Du reste, il y avait déjà entre eux de la défiance, à cause de leurs modes de vie différents et opposés. 3. Inquiet de cette situation, Cicéron voulut d'abord embarquer pour la Syrie, en tant que légat de Dolabella, mais les consuls qui devaient succéder à Antoine, Hirtius et Pansa, deux hommes de bien qui soutenaient Cicéron, le prièrent de ne pas les abandonner, promettant d'abattre Antoine s'il restait à leurs côtés[306]. Cicéron, sans se montrer complètement sceptique, mais sans non plus les croire vraiment, laissa partir Dolabella[307] et convint avec Hirtius[308] qu'il irait passer l'été à Athènes : il reviendrait à Rome dès qu'ils seraient entrés en charge. Il embarqua seul pour la Grèce. 4. Mais, sa traversée ayant subi des retards, des nouvelles surprenantes, comme il s'en répand souvent, lui parvinrent de Rome : Antoine, disait-on, avait étonnamment changé et conformait tous ses actes et toute sa politique aux désirs du Sénat ; pour que tout allât au mieux, il ne manquait plus que la présence de Cicéron. Ce dernier, se reprochant son excès de prudence, fit demi-tour et regagna Rome[309]. 5. Au début, ses espérances ne furent pas déçues, tant fut nombreuse la foule qui se porta à sa rencontre, joyeuse et impatiente de le revoir : il passa presque toute la journée devant les portes de la ville ou à l'entrée de sa maison, à recevoir des saluts et des témoignages de sympathie[310]. 6. Le lendemain[311], Antoine, ayant réuni le Sénat, convoqua Cicéron, qui ne vint pas et resta couché, alléguant la fatigue du voyage, mais son vrai motif était, semble-t-il, la crainte d'un guet-apens dont il avait eu vent pendant son voyage par une dénonciation. 7. Antoine prit fort mal cette défiance et envoya des soldats avec ordre de l'amener ou d'incendier sa maison, mais, sur les instances et les prières de nom-

---

305. *Le récit des prémices de l'affrontement entre Cicéron et Antoine est conforme à celui de Cicéron dans sa première et sa seconde* Philippique.

306. *Sur la vie dissolue de l'adversaire de Cicéron, voir* Antoine, *XXIV, 2-4*.

307. *Publius Cornelius Lentulus Dolabella (80-43) devait, à la suite de son consulat, gouverner la Syrie en 43. Il y est vaincu par Cassius et s'y suicide. Cicéron fut son beau-père et crut un temps voir en lui le «sauveur de la République»* (Lettres à ses familiers, *IX, 14), avant de s'en prendre violemment à lui dans ses* Philippiques.

308. *Aulus Hirtius et Caius Vibius Pansa Cetronianus, consuls en 43, césariens modérés, lieutenants du dictateur en Gaule. Hirtius a rédigé le VIIIe livre de la* Guerre des Gaules *et écrit la* Guerre d'Alexandrie. *C'est un proche de Cicéron, mort à Mutine le 20 avril 43 dans la guerre contre Antoine.*

309. *Cicéron quitte Rome le 7 avril 44 et embarque de Pompéi pour son voyage en Grèce le 17 juillet. Des vents contraires le forcent à rebrousser chemin le 6 août, et les nouvelles qu'il reçoit de Rome l'incitent à revenir. Il entre à Rome le 31 août.*

310. *Le thème du retour triomphal, que Cicéron met en scène dans ses* Philippiques (II, 76), *rythme la vie de Cicéron : premier retour après sa questure (VI, 3), retour triomphal chez lui après l'exécution des catiliniens (XXII, 5), retour d'exil (XXXIII, 7-8), et enfin cet ultime retour.*

311. *Soit le 1er septembre, pour une séance qui devait rendre à César les honneurs divins. On comprend dès lors l'absence de Cicéron, sans recourir à une histoire de dénonciation.*

breux sénateurs, il se contenta de prendre des gages[312]. 8. Dès lors, les deux hommes passèrent leur temps à s'affronter sourdement et à se méfier l'un de l'autre, jusqu'au moment où le jeune César[313], arrivé d'Apollonie, réclama l'héritage de César et entra en conflit avec Antoine à propos des vingt-cinq millions de drachmes que celui-ci avait retenus de la succession.

XLIV. 1. Sur ces entrefaites, Philippus, qui avait épousé la mère du jeune César, et Marcellus[314], le mari de sa sœur, allèrent avec l'adolescent trouver Cicéron et convinrent que celui-ci l'appuierait du crédit qu'il devait à son éloquence et à sa politique, tandis que le jeune César, de son côté, emploierait son argent et ses armes à garantir la sécurité de Cicéron[315]; en effet, il avait déjà auprès de lui un nombre considérable de soldats qui avaient servi sous César. 2. Cicéron avait en outre, semble-t-il, une meilleure raison d'accueillir avec empressement l'amitié du jeune César[316]. 3. Du temps où Pompée et César vivaient encore, il avait rêvé[317], paraît-il, qu'on invitait les fils des sénateurs à se rendre au Capitole, car Jupiter devait désigner l'un d'entre eux pour être le chef de Rome : les citoyens, pleins d'impatience, couraient se placer autour du temple, tandis que les enfants, vêtus de leurs toges prétexte, s'asseyaient en silence. 4. Soudain les portes s'ouvrirent et les enfants, l'un après l'autre, passèrent autour du dieu, qui les examina tous et les renvoya tout contrits. Mais, lorsque le jeune César arriva à sa hauteur, le dieu étendit la main et

---

312. *Discours de Cicéron au Sénat le lendemain, 2 septembre, en l'absence d'Antoine : « Le voyage m'avait fatigué et je ne me sentais pas bien ; j'envoyai donc, par égard pour notre amitié, quelqu'un l'en avertir. Mais lui (vous l'avez entendu), il dit qu'il se rendrait chez moi avec des ouvriers. Voilà bien de la colère et fort peu de retenue ! »* (Philippiques, I, 12).
313. *Caius Octavius (63 avant J.-C.-14 après J.-C.), le futur Auguste. Fils de Caius Octavius et d'Atia, la nièce de César, il est l'héritier adopté par testament par ce dernier et prend son nom, avec le surnom normal d'Octavianus. Revenu d'Apollonie en Illyrie où il faisait ses études, il veut obtenir l'héritage de son grand-oncle, héritage financier mais aussi politique. César avait prévu de laisser à chaque citoyen de la ville de Rome 75 drachmes (300 sesterces). Octave voulait tenir cet engagement, mais Antoine s'y opposa.*
314. *Le césarien Lucius Marcius Philippus, consul de 56, second mari d'Atia, et Caius Claudius Marcellus, le mari de la sœur d'Octave, Octavie, patronnent l'entrée en politique de l'héritier du dictateur. Syme (1967, chap. VIII et IX) étudie leur réseau de relations et leur importance dans la carrière d'Octave. Sur la rencontre entre Cicéron et Octave, à Pouzzoles, en Campanie, voir le compte rendu dans* Lettres à Atticus, *XIV, 11. Cicéron s'y montre aveugle : « Il m'est tout dévoué. »*
315. *Même version dans* Antoine, *XVI, 6. Syme (1967, p. 133) semble croire à cet accord de sécurité contraire pourtant à la rigueur morale de l'orateur, soumis aux finances d'un jeune aventurier et à la protection d'une armée illégale.*
316. *Les nombreuses lettres à Atticus conservées pour cette période montrent en réalité que les relations entre Octave et Cicéron furent alors complexes, se détériorant progressivement.*
317. *Le thème du rêve prémonitoire de Cicéron est particulièrement analysé par Grenade (1961), qui en tire les enseignements politiques et de propagande. Ce même songe est rapporté par Dion Cassius (LIII, 2) et par Suétone (*Auguste, *XCIV), chez qui c'est l'ami politique de Cicéron, Quintus Catulus, qui a la révélation divine.*

dit : « Romains, voici celui qui, devenu votre chef, mettra fin aux guerres civiles[318]. »
5. Tel fut, dit-on, le songe qu'avait eu Cicéron, et l'image de l'enfant resta gravée en lui avec beaucoup de netteté, alors qu'il ne le connaissait pas. Le lendemain, il descendit au Champ de Mars, au moment où les enfants revenaient de leurs exercices[319], et le premier qu'il aperçut fut le jeune César, tel qu'il l'avait vu dans le songe. Stupéfait, il s'informa du nom de ses parents. 6. Son père, Octavius[320], ne faisait pas partie des gens très en vue, mais sa mère, Atia, était nièce de César, ce qui explique que ce dernier, qui n'avait pas d'enfants, lui légua par testament sa fortune et sa maison. 7. De ce jour, dit-on, chaque fois que Cicéron rencontrait l'enfant, il prenait le temps de s'entretenir avec lui et celui-ci recevait avec plaisir ces marques d'affection ; de plus, la Fortune l'avait fait naître sous le consulat de Cicéron[321].

XLV. 1. Tels étaient, sans doute, les prétextes qu'on invoquait, mais ce qui attacha surtout Cicéron au jeune César, ce fut d'abord sa haine pour Antoine, et ensuite sa nature, qui ne savait résister aux honneurs : il espérait mettre la puissance du jeune homme au service de sa politique, 2. car l'adolescent s'insinuait dans ses bonnes grâces, au point de l'appeler son père[322]. Brutus fut très contrarié de ce rapprochement et, dans ses lettres à Atticus, il critique violemment Cicéron : « En courtisant César par peur d'Antoine, il montre bien qu'au lieu de travailler à la liberté de la patrie, il désire se donner un maître plus humain[323]. » 3. Cela n'empêcha pourtant pas Brutus de prendre avec lui le fils de Cicéron, qui suivait à Athènes les leçons des philosophes : il lui confia des commandements et lui dut plusieurs de ses succès. 4. La puissance de Cicéron à Rome était alors à son apogée : disposant de tout à son gré, il évinça Antoine, forma

---

318. La phrase du dieu reprend mot pour mot l'édit d'août 28 avant J.-C., lors du sixième consulat d'Octave, proclamant la fin du régime d'exception et le triomphe des lois (Grenade, 1961, p. 101). La fin des guerres civiles est l'un des thèmes majeurs de la propagande augustéenne telle qu'on la trouve chez Virgile ou dans les Odes *d'Horace.*
319. Le Champ de Mars, sur un terrain plat bordé par le Tibre, est le lieu des exercices guerriers (équitation, gymnastique, escrime).
320. Caius Octavius, chevalier, homo novus *(« homme nouveau ») qui, par son accès à la préture en 61, donne un rang sénatorial à sa famille. Propréteur en Macédoine, il meurt jeune. Cicéron l'estime et le cite en modèle à son frère (*Lettres à son frère Quintus*, I, 2).*
321. « Auguste naquit sous le consulat de M. Tullius Cicéron et d'Antoine, le 9 des calendes d'octobre » (Suétone, Auguste, *V), soit le 23 septembre 63. La coïncidence des dates sert bien la légende augustéenne et lui donne une onction républicaine. On ne trouve chez Cicéron aucune trace dans la* Correspondance, *ni dans les* Philippiques, *où il défend pourtant le jeune homme, de relations étroites entre eux. Suétone n'en parle pas non plus. Plutarque reprend des éléments de la propagande d'Auguste. C'est en fait Octave qui, au début, a recherché l'appui de Cicéron.*
322. Octave a l'habileté de donner à Cicéron l'impression de ne pouvoir se passer de ses conseils. Cicéron, dupé par un enfant du fait de son caractère : c'est là un poncif repris par nombre d'historiens, Syme et Carcopino en tête. D'autres, Grenade mais surtout Lepore (1954, chap. IV), analysent le fondement politique et la logique de cette étonnante alliance, que Cicéron ne réussit pas à contrôler.
323. Voir Brutus, *1, 17.*

une coalition contre lui, envoya les deux consuls Hirtius et Pansa lui faire la guerre et persuada le Sénat de voter des licteurs et les ornements de la préture à César qui, disait-il, combattait pour la patrie[324]. 5. Mais, après la défaite d'Antoine et la mort des deux consuls dans la bataille[325], les armées se réunirent autour de César, et le Sénat se mit à craindre ce jeune homme, dont la Fortune était si brillante ; à force d'honneurs et de récompenses, il tenta de détacher de lui les soldats et de disperser ses troupes, pensant ne plus avoir besoin de défenseurs, puisque Antoine s'était enfui[326]. Alors César, fort inquiet, envoya en sous-main des émissaires à Cicéron pour l'inciter à briguer le consulat pour eux deux : ces hommes l'assurèrent qu'une fois en possession de cette charge, il pourrait régler les affaires à son gré et gouverner le jeune homme, qui ne désirait que le titre et la gloire du consulat. 6. César reconnaît lui-même que, craignant le licenciement de son armée et risquant d'être isolé, il exploita à propos le goût de Cicéron pour le pouvoir, en l'engageant à briguer le consulat, tandis que lui-même le soutiendrait et participerait à sa campagne.

XLVI. 1. Alors, plus que jamais, Cicéron se laissa entraîner : malgré son âge, il fut dupé par un enfant. Il appuya la candidature de César et lui concilia le Sénat. Il en fut aussitôt blâmé par ses amis et ne tarda pas lui-même à se rendre compte qu'il avait causé sa propre perte et sacrifié la liberté du peuple[327]. 2. Dès que le jeune homme, devenu puissant, se trouva investi du consulat, il ne s'embarrassa plus de Cicéron et se lia avec Antoine et Lépide[328] ; ils réunirent leurs forces, se partagèrent l'Empire comme s'il s'agissait de n'importe quelle propriété et dressèrent une liste de plus de deux cents citoyens qu'il fallait mettre à mort[329]. 3. La discussion la plus

---

324. *Plutarque rassemble les événements décrits dans les* Philippiques *et bouscule la chronologie. Les honneurs rendus à Octave datent du 4 janvier, juste après la cinquième* Philippique. *Hirtius lève des troupes durant le mois de janvier, encouragé par la septième* Philippique *; l'état d'alerte et les pleins pouvoirs sont votés aux consuls le 2 février. La guerre n'est réellement déclarée qu'après la bataille de Modène.*
325. *Bataille de Mutinè (actuelle Modène), le 16 avril 43.*
326. *Le Sénat, à l'initiative de Cicéron, fait montre d'une grande maladresse, multipliant les honneurs rendus aux pompéiens (dont Sextus Pompée lui-même, le fils du Grand Pompée) et négligeant Octave, provoquant ainsi l'alliance entre Antoine et Octave.*
327. *Voir supra, XLV, 2. Cicéron n'a pas appuyé la proposition d'Octave au Sénat, en juillet 43, et Brutus lui reproche amèrement son silence. C'est par la force, et une marche sur Rome, qu'Octave a revêtu le consulat le 19 août, non par l'appui de Cicéron auquel il témoigna alors, selon Appien (III, 92), son mépris : «Voici le dernier de mes amis.»*
328. *Marcus Aemilius Lepidus (13 après J.-C.), césarien important puisqu'il fut consul en 46 et maître de la cavalerie avec le dictateur de 46 à 44, s'éclipse peu à peu du triumvirat devant Antoine et Octave. L'accord en question est le second triumvirat, conclu fin octobre.*
329. *L'Empire est partagé ainsi : pour Octave l'Afrique, la Sicile, la Sardaigne. Pour Antoine la Gaule Cisalpine et Transalpine, pour Lépide, la Narbonnaise et l'Espagne. Pour les proscriptions, seuls 17 noms sont donnés dès octobre, dont celui de Cicéron. D'autres listes de proscrits sont affichées à Rome après l'entrée des triumvirs en ville : une liste de 130 noms et une de 150, soit au total 297 noms (300 dans* Antoine, *XX, 2). Et d'autres suivirent.*

vive porta sur la proscription de Cicéron, car Antoine se refusait à tout accord si son adversaire n'était pas le premier à périr ; Lépide appuyait Antoine, et César leur résistait à tous deux[330]. 4. Leurs pourparlers secrets, en tête à tête, près de la cité de Bononia, se prolongèrent trois jours ; ils se rencontraient dans un endroit situé en avant des camps et entouré d'une rivière. 5. Les deux premiers jours, dit-on, César lutta pour sauver Cicéron, mais le troisième jour, il céda et l'abandonna. Voici les concessions mutuelles qu'ils se firent : César dut sacrifier Cicéron, Lépide, son frère Paulus, et Antoine, Lucius César, qui était son oncle maternel[331]. 6. Tant la colère et la rage leur firent abandonner toute raison humaine, ou plutôt, tant ils prouvèrent qu'il n'y a pas de fauve plus cruel que l'homme, quand il joint le pouvoir à la passion[332] !

XLVII. 1. Pendant ce temps, Cicéron était à la campagne, dans son domaine de Tusculum avec son frère. À la nouvelle des proscriptions, ils décidèrent de gagner Astura, une propriété de Cicéron au bord de la mer, d'où ils pourraient embarquer pour la Macédoine et rejoindre Brutus qui, disait-on, était déjà vainqueur[333]. 2. Accablés par le chagrin, ils se firent transporter dans des litières, et parfois, au cours du voyage, ils s'arrêtaient, faisaient rapprocher leurs litières et gémissaient ensemble. 3. Quintus était le plus abattu et s'inquiétait de son dénuement, car il n'avait rien eu le temps d'emporter de chez lui, tandis que Cicéron avait pris quelques maigres provisions : mieux valait, disait-il, que Cicéron allât de l'avant dans sa fuite ; il le rejoindrait lui-même en courant quand il aurait pris chez lui le nécessaire. 4. Ils s'arrêtèrent à cette décision et, après s'être embrassés en pleurant, ils se séparèrent. Quelques jours plus tard, Quintus fut livré par ses serviteurs à ceux qui le cherchaient et massacré avec son fils. 5. Cicéron parvint à Astura, y trouva un bateau sur lequel il embarqua aussitôt et longea la côte jusqu'au Circaeum. 5. Les pilotes voulaient repartir sans attendre, mais Cicéron, soit qu'il craignît la mer, soit qu'il ne désespérât pas encore complètement de la loyauté de César, débarqua et suivit la route de terre sur une distance de cent stades en direction de Rome. 6. Puis l'inquiétude le reprit, il changea de sentiment, redescendit vers la mer et gagna Astura[334], où il passa la nuit, en proie à des réflexions terribles et désespérées : il songea même à entrer en secret dans la maison de César et à s'y

---

330. *Thème de propagande sur l'humanité d'Octave qui tente de sauver le vieil orateur : ce motif remonte peut-être aux* Mémoires *d'Auguste.*
331. *Bononia est l'actuelle Bologne. Lucius Aemilius Paulus, frère de Lépide, consul en 50, et Lucius Julius Caesar, consul en 64, l'oncle d'Antoine, ont échappé tous les deux aux proscriptions.*
332. *Voir aussi* Antoine, *XIX, 4.*
333. *Brutus, qui avait vaincu Caius Antonius, le frère d'Antoine, fin janvier 43, et pris le pouvoir en Grèce, en Macédoine et en Illyrie, s'occupait à recruter une armée et marchait vers l'est pour faire sa jonction avec l'armée de Cassius en Asie (voir* Brutus, *XXV et suiv.).*
334. *100 stades font environ 18 km. Si l'on sait que Cicéron s'est attardé alors qu'il aurait pu, à l'exemple de Paulus ou de Lucius César, échapper aux proscriptions, rien ne permet d'en donner la cause, ni d'accorder foi à cette fin pathétique et un peu dérisoire.*

égorger sur le foyer, dans le but d'attacher à César un *démon* vengeur[335]. 7. Mais la crainte des tortures le détourna aussi de ce projet et, prenant tour à tour de nombreuses résolutions contraires, il s'abandonna à ses serviteurs, leur demandant de le conduire à Caiète[336], où il avait un domaine qui était un refuge accueillant en été, lorsque les vents étésiens sont les plus agréables. 8. Il y a aussi, à cet endroit, un petit temple d'Apollon, au-dessus de la mer. Or une nuée de corbeaux s'éleva soudain de ce temple et se porta, avec de grands cris, sur le navire de Cicéron qui faisait force de rames vers la terre. Les corbeaux se posèrent sur la vergue, des deux côtés : les uns croassaient, les autres becquetaient les extrémités des cordages. Tout le monde vit là un sinistre présage[337]. 9. Cicéron débarqua, entra dans sa villa, et se coucha pour prendre du repos. Mais la plupart des corbeaux vinrent se percher sur sa fenêtre, en poussant des croassements effrayants ; l'un d'eux se posa même sur son lit et retira peu à peu, avec son bec, le manteau dont Cicéron s'était couvert le visage. 10. À cette vue, les serviteurs se reprochèrent leur lâcheté : pourquoi restaient-ils là, à attendre d'être témoins du meurtre de leur maître, sans rien faire pour le défendre, alors que des bêtes sauvages venaient lui porter secours et prenaient soin de lui dans son malheur injuste ? Le priant et lui forçant la main tour à tour, ils l'emportèrent en litière vers la mer.

XLVIII. 1. Sur ces entrefaites survinrent les assassins, un centurion, Hérennius, et Popilius, un tribun militaire qui avait autrefois été accusé de parricide et défendu par Cicéron ; ils étaient accompagnés d'hommes de main. 2. Ayant trouvé les portes fermées, ils les enfoncèrent, mais ne virent aucune trace de Cicéron, et les gens de la maison prétendirent ne pas savoir où il était. Alors, dit-on, un adolescent qui avait été élevé par Cicéron dans les lettres et les sciences libérales, un affranchi de son frère Quintus nommé Philologus, révéla au tribun qu'on portait la litière vers la mer, en suivant les allées couvertes, plantées d'arbres. 3. Prenant avec lui quelques hommes, le tribun fit le tour du bosquet en courant et se posta au bout de ces allées, tandis qu'Hérennius s'y engageait au pas de course. Cicéron l'entendit venir ; il ordonna à ses serviteurs de déposer la litière et, 4. portant la main gauche à son menton, en un geste qui lui était familier, il regarda fixement les assassins : son visage était couvert de poussière et de cheveux en désordre, et si crispé par l'angoisse, que la plupart des assistants se voilèrent la face pendant qu'Hérennius l'égorgeait[338]. 5. Il se laissa égorger, en tendant le cou hors de la litière. Il était alors dans sa soixante-quatrième année[339]. 6. Ils lui coupèrent la tête et les mains, sur

---

335. Comparer les échos vengeurs de la dernière nuit de Démosthène : Démosthène, *XXIX, 2-7 ; voir également* Marius, *VIII, 5.*
336. Sur la maison de Cicéron à Gaète, voir Carcopino (1947), I, p. 82-83.
337 Sur le corbeau comme oiseau d'Apollon et symbole prémonitoire de la mort, voir supra, XXVI, 11.
338. Aux yeux de Plutarque, cette mort est visiblement pitoyable, et non pas héroïque comme celle de Démosthène (voir Comparaison de Démosthène et de Cicéron, *LIV, 1-2).*
339. La mort de Cicéron date du 7 décembre.

ordre d'Antoine – ces mains avec lesquelles il avait écrit les *Philippiques*[340], car c'est ainsi qu'il avait intitulé ses discours contre Antoine qui ont conservé ce nom jusqu'à nos jours.

XLIX. 1. Lorsque ces dépouilles furent apportées à Rome, il se trouvait qu'Antoine était en train de tenir des comices. Lorsqu'il entendit la nouvelle et qu'il vit ces trophées, il s'écria : «Maintenant les proscriptions ont atteint leur fin!» 2. Il fit placer la tête et les mains au-dessus des Rostres, sur la tribune, et ce spectacle fit frissonner les Romains qui croyaient voir non le visage de Cicéron, mais l'image de l'âme d'Antoine[341]. Cependant, au milieu de tant de cruautés, Antoine fit un geste raisonnable, un seul : il livra Philologus à Pomponia, l'épouse de Quintus[342]. 3. Celle-ci, devenue maîtresse absolue de sa personne, lui infligea des châtiments terribles et l'obligea notamment à se couper lui-même les chairs, peu à peu, à les faire rôtir et à les manger. 4. Tel est du moins le récit de quelques historiens, mais Tiron, l'affranchi de Cicéron, ne fait pas la moindre mention de la trahison de Philologus. 5. On m'a raconté que César, longtemps après, entra un jour chez un des fils de sa fille ; celui-ci, qui avait à la main un livre de Cicéron, prit peur et le cacha sous son manteau, mais César, qui l'avait vu, s'empara du livre, en parcourut debout une bonne partie, puis le rendit à l'adolescent en disant : «C'était un homme éloquent, mon enfant, éloquent, et il aimait sa patrie.» 6. Du reste, dès que César eut vaincu Antoine, il prit pour collègue au consulat le fils de Cicéron[343] et, sous leur magistrature, le Sénat fit abattre les statues d'Antoine, annula tous ses autres honneurs et décréta en outre qu'aucun des Antonii n'aurait le droit de porter le prénom de Marcus. Ainsi la divinité permit-elle à la maison de Cicéron de mener à son terme le châtiment d'Antoine[344].

---

340. Antoine aussi sait manier les symboles avec cette représentation symbolique et particulièrement cruelle de l'orateur. Voir Dictionnaire, «Écrit/Écriture» et «Mort».
341. Plutarque reprend, plus explicitement, la même scène dans Antoine, *XX, 4.*
342. Les historiens divergent sur le divorce ou non du couple formé par Quintus Cicéron et Pomponia, sœur d'Atticus, dont le mariage en 68 ne fut jamais une réussite.
343. Marcus Tullius Cicero fils fut effectivement consul avec Octave en 30, un an après la défaite d'Antoine à Actium, le 2 septembre 31, et peu de temps après le suicide de ce dernier en Égypte.
344. La morale ainsi que la justice sont sauves, Antoine étant châtié, par-delà la mort, par le propre fils de son ennemi assassiné. Sur la condamnation de sa mémoire, voir Antoine, *LXXXVI, 9.*

COMPARAISON
DE DÉMOSTHÈNE ET DE CICÉRON

L. [I]. 1 Voilà donc les faits dignes de mémoire dans les récits des historiens concernant Démosthène et Cicéron qui sont parvenus à notre connaissance. 2. Je me suis abstenu de comparer le style de leurs discours, mais je ne dois pas, me semble-t-il, passer sous silence le fait que Démosthène consacra à l'éloquence toute l'habileté à parler qu'il tenait de la nature ou de l'exercice; il surpassa ses rivaux dans les débats politiques et les procès, par son énergie et son adresse, l'emporta sur les spécialistes des discours d'apparat par son élévation et sa majesté et domina les sophistes par sa précision et sa technique. 3. Cicéron, dont les connaissances étaient très étendues et dont la passion pour les lettres revêtait mille nuances, a laissé un nombre considérable d'ouvrages proprement philosophiques à la manière de l'Académie et, même dans les textes écrits de ses plaidoyers et de ses harangues politiques, on voit qu'il tient à montrer une certaine pratique de la littérature. 4. L'éloquence de chacun reflète en quelque sorte son caractère. Démosthène, étranger à toutes fioritures et à toute plaisanterie, recherche l'habileté et le sérieux; son style ne sent pas la lampe, comme Pythéas lui en fit le reproche railleur, mais le buveur d'eau, les méditations, l'âpreté si célèbre de son caractère et la tristesse. Cicéron, lui, se laisse souvent emporter par son esprit railleur jusqu'à la bouffonnerie : dans ses plaidoyers, il tourne en dérision et en plaisanterie des sujets sérieux et, pour les besoins de sa cause, il néglige parfois les bienséances. Ainsi, dans la défense de Caelius, il dit : « Rien d'étonnant que, vivant au milieu de tant de luxe et de richesses, il se livre aux plaisirs; c'est folie de ne pas profiter de ce qu'on peut avoir, alors que les philosophes les plus illustres placent le bonheur dans le plaisir. » 5. Lorsque Caton accusa Muréna, Cicéron, alors consul, prit sa défense et, pour atteindre Caton, lança mille traits comiques sur l'école stoïcienne, à propos de l'étrangeté de ces opinions qu'on nomme paradoxes. De violents éclats de rires s'élevèrent de l'auditoire et gagnèrent les juges, et Caton, souriant doucement, dit à ceux qui étaient assis à côté de lui : « Comme il est plaisant, le consul que nous avons ! » 6. Cicéron, semble-t-il, était naturellement porté à rire et aimait plaisanter ; son visage était souriant et paisible. Celui de Démosthène, au contraire, était toujours grave et ne quittait pas facilement cette expression soucieuse et pensive ; c'est pourquoi ses ennemis le surnommaient, comme il le dit lui-même, le bourru et le grincheux.

LI. [II]. 1. On voit aussi dans leurs écrits que l'un n'entreprenait son propre éloge qu'avec retenue, sans se rendre importun, et seulement si un intérêt supérieur l'exigeait ; le reste du temps, il était réservé et modéré. Mais les éloges démesurés que se décernait Cicéron dans ses discours trahissaient un désir intempestif de gloire ; c'est lui qui s'écria : « Que les armes le cèdent à la toge et le laurier triomphal à l'éloquence ! » 2. Non content de louer ses propres actions et ses entreprises, il finit même par faire l'éloge des discours qu'il avait prononcés et écrits ; on aurait dit un jeune élève qui cherchait à rivaliser avec les sophistes Isocrate et Anaximène, non un homme qui prétendait diriger et redresser le peuple romain,

> Ce lutteur vigoureux et lourdement armé,
> Funeste aux ennemis[1].

3. Certes l'homme politique est obligé d'assurer sa puissance par l'éloquence, mais il est mesquin de sa part de rechercher et de convoiter avec avidité la gloire qu'elle procure. Aussi, sous ce rapport, Démosthène fait-il preuve de plus d'équilibre et d'élévation, quand il déclare que son talent, fruit de l'expérience, a besoin de beaucoup d'indulgence de la part des auditeurs, et quand il considère comme des êtres serviles et vulgaires, ce qu'ils sont en effet, ceux que leur éloquence enfle d'orgueil.

LII. [III]. 1. Ils furent aussi efficaces l'un que l'autre dans leurs harangues au peuple et dans leur politique, à tel point que même les maîtres absolus des armées et des camps ne pouvaient se passer d'eux : Démosthène fut sollicité par Charès, Diopeithès et Léosthénès ; Cicéron par Pompée et le jeune César, comme ce dernier le dit lui-même, dans ses *Mémoires* dédiés à Agrippa et à Mécène. 2. Mais ce qui, comme on le croit et comme on le dit, révèle le mieux et met le mieux à l'épreuve un caractère, à savoir l'exercice du pouvoir et l'autorité, qui éveille toutes les passions et dévoile tous les vices, voilà ce que Démosthène n'a pas connu : il ne put donner sa mesure sous ce rapport, n'ayant jamais exercé de charge importante, lui qui ne commanda même pas l'armée qu'il avait rassemblée contre Philippe. 3. Cicéron, lui, fut envoyé comme questeur en Sicile, comme proconsul en Cilicie et en Cappadoce, à une époque où la cupidité était à son comble, où les préteurs et les gouverneurs en mission, jugeant le simple vol indigne d'eux, s'adonnaient au brigandage, où prendre n'était plus une honte, et où l'on savait gré à ceux qui le faisaient avec quelque modération : or, à une telle époque, Cicéron donna de nombreuses preuves de son mépris des richesses, de nombreuses preuves aussi de son humanité et de sa générosité. 4. À Rome même où, sous le titre de consul, il eut en fait le pouvoir d'un maître absolu et d'un dictateur pour lutter contre Catilina et ses complices, il vérifia la prophétie de Platon qui déclarait : « Les cités verront la fin de leurs maux quand, par une faveur de la Fortune, un grand pouvoir et une grande intelligence se rencontreront, accompagnées de la justice[2]. » 5. On reproche à Démosthène, en revanche, d'avoir fait commerce de son éloquence, en rédigeant en secret des plaidoyers pour Phormion et pour Apollodoros, les deux parties adverses d'un procès ; il fut accusé d'avoir reçu de l'argent du Grand Roi et condamné pour l'affaire d'Harpale. 6. Même si nous traitions de menteurs ceux qui écrivent cela – et ils sont nombreux –, il est impossible de nier que Démosthène n'aurait jamais eu la force de résister aux présents que lui faisaient les rois pour lui plaire et l'honorer ; un tel dédain ne serait guère pensable, de la part de quelqu'un qui prêtait de

---

1. Vers d'Eschyle, qui appartient à une tragédie perdue.
2. Citation légèrement modifiée par Plutarque de République, *V, 473d.*

l'argent sur des navires de commerce[3]. 7. Au contraire Cicéron, auquel les Siciliens durant son édilité, le roi de Cappadoce quand il était proconsul et ses amis lorsqu'il fut exilé de la Ville, offrirent de nombreuses richesses en le priant de les accepter, refusa toujours, nous l'avons dit.

LIII. [IV], 1. Quant à l'exil, l'un en fut frappé à cause d'une condamnation honteuse pour vol, l'autre pour l'action la plus glorieuse : avoir débarrassé sa patrie de criminels. 2. Aussi le départ de l'un ne fit-il aucun bruit, tandis que pour l'autre le Sénat changea de vêtements, prit le deuil et refusa d'émettre le moindre avis avant d'avoir voté le retour de Cicéron. En ce qui concerne pourtant l'exil lui-même, Cicéron le passa dans l'inaction, sans bouger de Macédoine, tandis que pour Démosthène ce fut une période importante dans sa carrière politique : 3. il parcourut les cités, nous l'avons dit, en luttant aux côtés des Grecs et en chassant les ambassadeurs macédoniens, se montrant ainsi un bien meilleur citoyen que ne l'avaient été, dans des situations semblables, Thémistocle et Alcibiade. Revenu dans sa patrie, il se consacra à cette même politique et ne cessa de lutter contre Antipatros et les Macédoniens. 4. Cicéron, au contraire, fut violemment pris à partie au Sénat par Laelius pour être resté assis sans rien dire, lorsque le jeune César, qui n'avait pas encore de barbe au menton, brigua le consulat de manière illégale. Brutus lui écrivit même pour lui reprocher d'avoir guidé les premiers pas d'une tyrannie plus grande et plus pesante que celle qu'il avait lui-même abattue.

LIV. [V]. 1. Enfin, si l'on considère leur fin, on peut avoir pitié d'un vieillard qui, par manque de courage, se fait transporter de tous côtés par ses serviteurs, qui cherche à fuir la mort et se cache de ceux qui, devançant de peu la nature, viennent la lui apporter, puis qui se laisse égorger. 2. Quant à Démosthène, même s'il s'abaissa un peu en adoptant l'attitude d'un suppliant, on admire la manière dont il se procura du poison et le garda sur lui, on admire l'usage qu'il en fit : le dieu ne lui assurant pas un asile, il se réfugia, si l'on peut dire, devant un plus grand autel et, s'arrachant lui-même aux armes et aux gardes, il s'en alla, se riant de la cruauté d'Antipatros.

---

3. Ces prêts, très risqués, rapportaient d'énormes intérêts.

BIBLIOGRAPHIE

Vie de Démosthène

Carlier P.
Démosthène, Paris, 1990.

Colin G.
Hypéride, *Discours*, Paris, 1946.

Mossé Cl.
• «Lycurgue l'Athénien», *Quaderni di Storia*, 30, 1989, p. 25-36.
• *Démosthène ou les ambiguïtés de la politique*, Paris, 1994.

Will E.
Histoire politique du monde hellénistique, I, 2ᵉ éd., Nancy, 1979.

Vie de Cicéron

Annequin J.
Esclaves et affranchis dans la conjuration de Catilina, Paris, 1972.

Babut D.
Plutarque et le stoïcisme, Paris, 1969.

Béranger J.
Principatus, Études de notions et d'histoire politique dans l'Antiquité gréco-romaine, Genève, 1973.

Boyancé P.
Études sur l'humanisme cicéronien, Bruxelles, 1970.

Carcopino J.
• *Les secrets de la correspondance de Cicéron*, Paris, 1947.
• *Sylla ou la monarchie manquée*, Paris, 1950.

Deniaux E.
Clientèles et pouvoir à l'époque de Cicéron, Rome, 1993.

Epstein D. F.
«Cicero's Testimony at the Bona Dea Trial», *Classical Philology*, 81, 1986.

Gonfroy F.
Homosexualité et idéologie esclavagiste chez Cicéron, Paris, 1978.

Grenade P.
Essai sur les origines du Principat, Paris, 1961.

Grimal P.
Cicéron, Paris, 1984.

Hellegouarc'h J.
Le vocabulaire latin des relations et des partis politiques, Paris, 1972.

Lepore E.
Il principe ciceroniano, Naples, 1954.

Lévy C.
Cicero Academicus. Recherches sur les Académiques et sur la philosophie cicéronienne, Rome, 1992.

Lintott A. W.
Violence in Republican Rome, Oxford, 1968.

Marrou H.-I.
• «Défense de Cicéron», *Revue historique*, 1936.
• *Histoire de l'éducation dans l'Antiquité*, Paris, 5ᵉ éd., 1965 [1948].

Moreau Ph.
Clodiana religio. Un procès politique en 61 avant J.-C., Paris, 1982.

Nicolet Cl., Michel A.
Cicéron, Paris, 1961.

Ross-Taylor L.
La politique et les partis à Rome au temps de César, trad. fr., Paris, 1977 [1949].

Sommer E.
Vie de Cicéron, Paris, 1988.

Syme R.
La révolution romaine, Paris, 1967.

Tatum W. J.
«Cicero and the Bona Dea Scandal», *Classical Philology*, 85, 1990, p. 202 et suiv.

DÉMÉTRIOS-ANTOINE

Dans la galerie des grands hommes qu'offrent les Vies parallèles, Démétrios et Antoine font figure d'anti-héros, de contre-modèles. Pour l'admirateur de Platon qu'était Plutarque, leurs qualités d'hommes de guerre et de politiques pesaient d'un faible poids face à un mode de vie dominé par les passions, le goût immodéré des plaisirs, et plus précisément des femmes.

Démétrios, le Preneur de ville (le «Poliorcète»), était le fils d'un des compagnons d'Alexandre, Antigone le Borgne, habile politique qui, dès la mort du conquérant, s'assura en Asie des positions stratégiques de première importance, avec l'ambition de se rendre maître de tout l'empire. Pour ce faire, il avait besoin de soutiens en Grèce et dans les îles, et c'est à son fils Démétrios qu'il confia le soin de les obtenir. Dans la biographie que Plutarque a consacrée à celui-ci, les trois séjours que le Poliorcète fit à Athènes occupent une place importante, occasion pour le moraliste de Chéronée de souligner le déclin des valeurs civiques et les méfaits d'une démagogie qui conduisit les Athéniens, ce peuple que Plutarque admirait tant, à multiplier les bassesses envers le Macédonien, élevé au rang des dieux. Ce serait, à la limite, ces manifestations de basse démagogie qui auraient gâté le caractère de Démétrios, par ailleurs doté des qualités d'un homme de guerre et plus précisément d'un habile «mécanicien», qualités qu'il révéla lors du fameux siège de Rhodes (305-304). La défaite et la mort d'Antigone à Ipsos en 301 face à la coalition des autres diadoques qui, à son imitation, avaient pris le titre royal, marqua le début des infortunes de Démétrios qui, un moment maître de la Macédoine, ne put s'y maintenir et finit par se livrer à Séleucos. Il mourut en 283 sans avoir pu recouvrer la liberté, lui qui avait rêvé d'être un nouvel Alexandre.

La Vie d'Antoine s'inscrit dans un contexte différent : celui des guerres civiles du Ier siècle qui allaient précipiter la fin de la République romaine. Ami de César, il prit son parti dans la lutte qui l'opposa à Pompée puis aux pompéiens. À la mort du dictateur, en 44, il apparut comme l'homme fort du moment, mais vit bientôt se dresser en face de lui le petit neveu de César, celui que Plutarque appelle le jeune César, le futur Auguste. S'il y eut d'abord tentative d'entente, bien vite, malgré le mariage d'Antoine avec Octavie, la sœur de son adversaire, les relations s'envenimèrent. Maître de la partie occidentale de l'empire et de l'Italie, Octave se posa en défenseur de la tradition romaine face à Antoine que sa rencontre avec Cléopâtre, la dernière reine lagide, allait transformer insensiblement en souverain oriental. Cléopâtre apparaît très tôt dans le récit de Plutarque, et les amours d'Antoine et de la reine d'Égypte transforment la biographie du général romain en une histoire romanesque dont on comprend qu'elle ait pu inspirer à Shakespeare une de ses plus belles œuvres dramatiques, et faire rêver les cinéastes d'Hollywood. La défaite de la flotte d'Antoine à Actium en 31 marque un tournant essentiel de l'histoire de Rome. Car le vainqueur, sous l'apparence d'un restaurateur de l'ordre républicain, allait en fait mettre en place un nouveau type de monarchie, le Principat. Plutarque néglige dans son récit cet aspect essentiel pour céder au plaisir de narrer la fin romanesque des deux amants, avec (in cauda venenum) le rappel en conclusion que, parmi les descendants d'Antoine, figurait le plus sinistre des empereurs romains, Néron.

Cl. M.

DÉMÉTRIOS

I. 1. Les premiers à avoir posé en principe l'existence d'une ressemblance entre les arts et les sens pensaient surtout, me semble-t-il, à la capacité de discernement qui, dans les deux cas, nous permet de saisir pareillement les contraires. Cette capacité, les sens et les arts l'ont en commun, mais ils diffèrent par la fin à laquelle ils appliquent ce discernement. 2. En effet, les sens se bornent à distinguer le blanc du noir, le doux de l'amer, le mou et le souple du ferme et du résistant : pour chaque objet qu'ils rencontrent, leur fonction est d'en être touchés et, une fois touchés, de transmettre à l'intelligence l'impression reçue. 3. Mais les arts, qui ont été établis avec l'aide de la raison, doivent choisir et saisir ce qui leur est propre, fuir et repousser ce qui leur est étranger : ils considèrent la première catégorie avec prédilection, en fonction d'eux, et la seconde pour s'en garder le cas échéant. Ainsi la médecine est-elle amenée à étudier la nature de la maladie et l'harmonie celle de la dissonance, pour produire le contraire. 4. Les arts les plus parfaits de tous, la tempérance, la justice et la prudence, ne se contentent pas de juger du beau, du juste et de l'utile ; ils examinent aussi ce qui est nuisible, honteux et injuste ; ils n'approuvent pas l'innocence qui se vante de ne rien savoir du mal mais la considèrent comme une sotte ignorance de ce qu'il est le plus important de connaître si l'on veut vivre droitement[1]. 5. Les jours de fête, les anciens Spartiates forçaient les hilotes à boire beaucoup de vin pur et ils les conduisaient dans les banquets, pour montrer aux jeunes gens ce que c'est que l'ivresse[2]. Quant à moi, si je considère que cette manière de redresser les uns en rendant les autres difformes est absolument incompatible avec l'humanité et le sens politique, je me dis qu'il n'est peut-être pas mauvais de présenter un ou deux couples de personnages qui se sont conduits de manière irréfléchie et se sont illustrés par leurs vices alors qu'ils exerçaient le pouvoir ou avaient de hautes responsabilités. Nous le ferons en vue de l'édification du lecteur, et non, par Zeus ! pour le charmer ou le distraire en introduisant de la variété dans notre écrit. 6. Le Thébain Isménias avait coutume de montrer à ses élèves de bons et de mauvais aulètes, en leur disant : « C'est ainsi qu'il faut jouer ! » ou, au contraire : « C'est ainsi qu'il ne faut pas jouer ! » et Antigénidas pensait même que les jeunes gens écoutaient avec plus de plaisir les bons aulètes s'ils avaient aussi quelque expérience des mauvais. De même, nous mettrons plus d'ardeur, je le crois, pour contempler

---

1. *Dans cette longue Préface, Plutarque oppose deux types de savoir, celui qu'apportent les sens et celui qu'on acquiert par une* technè. *Il va de soi que le second est pour lui supérieur au premier. Et cela est particulièrement vrai pour les* technaï *qu'il tient pour les plus parfaites, la sagesse* (sophrosynè), *la justice* (dicaiosynè) *et la prudence* (phronésis).
2. *Voir* Lycurgue, *XXVIII, 8.*

et imiter les vies les meilleures si nous ne restons pas dans l'ignorance de celles qui sont méprisables et blâmables[3].

7. Ce livre présentera donc la *Vie* de Démétrios Poliorcète et celle de l'*imperator* Antoine, des hommes qui ont confirmé au plus haut point l'opinion de Platon selon laquelle les grandes natures sont aussi capables de grands vices que de grandes vertus[4]. 8. Ils s'adonnèrent l'un et l'autre à l'amour, au vin, à la guerre, se montrèrent généreux, prodigues, insolents. Ces ressemblances s'accompagnèrent de nombreuses similitudes dans les événements que leur réserva la Fortune. Non seulement leurs vies furent marquées par de grands succès et de grands revers, par de très nombreuses conquêtes et de très nombreuses pertes, par des chutes inattendues et des remontées inespérées, mais de plus, lorsqu'ils succombèrent, l'un était prisonnier de ses ennemis et l'autre tout près de connaître le même sort.

II. 1. Antigone eut deux fils de Stratonice, fille de Corragos, l'un qu'il nomma Démétrios comme son frère, et l'autre Philippe, comme son père. Telle est la version de la plupart des historiens. Cependant, selon certains, Démétrios n'était pas le fils, mais le neveu d'Antigone : son père mourut quand il était encore tout enfant et sa mère se remaria aussitôt avec Antigone ; c'est pourquoi on le crut fils de celui-ci. 2. Philippe, son cadet de quelques années à peine, mourut[5]. Quant à Démétrios, quoique de grande taille, il était plus petit que son père, mais son allure et la beauté de son visage étaient si admirables, tellement hors du commun qu'aucun sculpteur et aucun peintre ne parvint à attraper sa ressemblance. Il était à la fois gracieux et sérieux, intimidant et plein d'un charme juvénile, et il alliait à la fougue et à la vivacité de son âge l'éclat inimitable d'un héros et la dignité d'un roi. 3. Le même contraste se retrouvait, d'une certaine manière, dans son caractère, qui impressionnait les gens et en même temps les charmait. Il était de commerce très agréable ; quand il n'avait rien à faire, il se montrait, par ses beuveries, son luxe et sa manière de vivre, le plus voluptueux des rois. Dans l'action en revanche, il faisait preuve de la plus grande énergie et de la plus grande fermeté et se montrait persévérant et efficace. Aussi le dieu qu'il souhaitait imiter, de préférence à tous les autres, était-il Dionysos, comme étant à la fois le plus habile à la guerre et le plus heureusement doué pour, après la guerre, se tourner vers la paix et se consacrer à la joie et au plaisir[6].

III. 1. Il éprouvait beaucoup d'amour pour son père, et sa tendresse à l'égard de sa mère montrait bien que les honneurs dont il entourait également son père lui étaient dictés par une affection véritable, non par le souci de flatter sa puissance.

---

3. Cette comparaison est destinée à justifier l'introduction dans les Vies parallèles *des deux antihéros que sont aux yeux de Plutarque Démétrios et Antoine. Isménias est cité dans* Périclès, *I, 5 ; Antigénidas, contemporain d'Alexandre, dans le traité* Sur la Fortune d'Alexandre, *II, 335 A.*
4. Idée exprimée dans la République, *VI, 491e.*
5. En fait, il semble que Philippe mourut en 306, alors que Démétrios avait déjà une grande renommée.
6. Cette image d'un Dionysos dieu des plaisirs est propre à l'époque hellénistique. Une séquence du mythe faisait du dieu le conquérant de l'Inde.

2. Un jour qu'Antigone était retenu par une ambassade, Démétrios, qui revenait de la chasse, s'avança vers son père, l'embrassa et s'assit à côté de lui, en gardant ses flèches. Les ambassadeurs s'en allaient déjà avec leurs réponses, mais Antigone leur cria : « Indiquez aussi dans votre rapport, Messieurs, comment nous nous comportons l'un avec l'autre, mon fils et moi ! » C'était en effet, selon lui, une force et une garantie de puissance pour les affaires royales que de s'entendre avec son fils et d'avoir confiance en lui. 3. On voit combien le pouvoir est difficile à partager, plein de défiance et de soupçons, puisque le plus grand et le plus âgé des successeurs d'Alexandre se glorifiait de ne pas avoir peur de son fils et de l'admettre en armes auprès de lui[7]. 4. D'ailleurs, cette maison est la seule, ou presque, à être restée, pendant de nombreuses générations, pure de ce genre de crimes, ou plutôt, il n'y eut qu'un seul descendant d'Antigone, Philippe, qui tua son fils[8]. 5. Presque toutes les autres dynasties comptent beaucoup de princes qui tuèrent leurs enfants, leur mère ou leur épouse ; quant au fratricide, on le tenait, comme les postulats des géomètres, pour une règle communément admise, nécessaire aux rois pour leur sécurité[9].

IV. 1. Au début, Démétrios était humain et attaché à ses amis, comme le montre le fait suivant. Mithridate[10], fils d'Ariobarzane, qui était son compagnon d'âge et son ami, faisait sa cour à Antigone ; ce n'était pas un scélérat et il ne passait pas pour tel, mais il inspira des soupçons au roi à la suite d'un songe. 2. Antigone avait rêvé qu'il parcourait une grande et belle plaine et qu'il y semait des paillettes d'or : elles donnèrent d'abord une moisson d'or mais, un peu plus tard, quand il revint, il ne vit plus que de la paille coupée. Affligé et inquiet, il entendit des gens dire que Mithridate était parti pour le Pont-Euxin, après avoir moissonné la récolte d'or. 3. Antigone en fut troublé ; il fit jurer le secret à son fils et lui raconta son rêve, ajoutant qu'il avait décidé de se débarrasser de Mithridate par tous les moyens et de le faire mourir. 4. À ces mots, Démétrios fut très malheureux. Quand le jeune homme vint le trouver, comme d'habitude, pour partager ses loisirs avec lui, il n'osa rien lui dire de vive voix, à cause de son serment, mais il l'attira un peu à l'écart de ses amis et, quand ils furent en tête à tête, il écrivit sur le sol avec la pointe de sa lance, tandis que l'autre le regardait : « Enfuis-toi, Mithridate ! » Celui-ci comprit le message et prit la fuite pendant la nuit vers la Cappadoce. Bientôt, le destin réalisa le songe d'Antigone. 5. Mithridate s'empara d'un territoire vaste et riche ; il fonda la dynastie des rois du Pont que les Romains détruisirent à la huitième génération[11]. Voilà donc une preuve des bonnes dispositions de Démétrios pour la clémence et la justice.

---

7. *Antigone avait rêvé de reconstituer à son profit l'empire d'Alexandre. Il fut aussi le premier des diadoques à se proclamer roi en 306 et à associer son fils à cette proclamation.*
8. *Sur l'assassinat sur ordre de Philippe V de son fils Démétrios, voir* Aratos, *LIV, 7.*
9. *Plutarque s'est souvent plu à opposer la dynastie des Antigonides de Macédoine aux autres dynasties hellénistiques, et surtout aux Lagides d'Égypte (voir en particulier* Cléomène, *LII, 4).*
10. *Ce Mithridate est le fondateur du royaume du Pont en 281 (voir § 5).*
11. *Le dernier roi de la dynastie, Mithridate VI Eupator, fut l'ennemi de Rome dont il tint en échec les généraux durant de longues années. Voir* Pompée, *XXX-XLI.*

V. 1. C'est surtout lorsqu'ils se touchent et qu'ils sont proches que les éléments d'Empédocle s'opposent les uns aux autres et se font la guerre sous l'effet de la Discorde[12]. De la même manière, si tous les successeurs d'Alexandre étaient constamment en guerre les uns contre les autres, le conflit fut plus visible et plus exacerbé entre certains d'entre eux à cause de la proximité des intérêts et des territoires. C'était alors le cas entre Antigone et Ptolémée. Antigone, qui se trouvait en Phrygie, apprit que Ptolémée, parti de Chypre, avait passé la mer et ravageait la Syrie dont il soumettait les cités, de gré ou de force[13]. 2. Il envoya contre lui son fils Démétrios, âgé de vingt-deux ans, qui dirigeait alors pour la première fois avec les pleins pouvoirs une expédition aux enjeux aussi importants. 3. Comme il fallait s'y attendre de la part d'un jeune homme sans expérience, confronté à un athlète issu de la palestre d'Alexandre, qui avait déjà soutenu seul beaucoup de grands combats, il échoua et fut vaincu devant Gaza[14] : huit mille de ses hommes furent faits prisonniers et cinq mille tués. 4. Il perdit aussi sa tente, son argent et tous ses effets personnels, mais Ptolémée les lui renvoya avec ses amis, et lui adressa ce message plein de bienveillance et d'humanité : « Nous ne devons pas nous faire la guerre pour tous les biens, indistinctement, mais seulement pour la gloire et le pouvoir. » 5. En recevant ce message, Démétrios demanda aux dieux la faveur de ne pas rester longtemps le débiteur de Ptolémée et de lui rendre bien vite la pareille. 6. Son attitude ne fut pas celle d'un jeune homme abattu par une catastrophe alors qu'il commence à peine à agir, mais celle d'un général solide, habitué aux retournements de situation : il s'appliqua à lever des soldats et à rassembler des armes, tint les cités bien en main et entraîna les hommes qu'il avait rassemblés.

VI. 1. Informé de la bataille, Antigone déclara que Ptolémée, après avoir vaincu des adolescents qui n'avaient pas encore de barbe au menton, allait à présent se mesurer à des adultes. Mais, comme il ne voulait pas rabaisser et humilier la fierté de son fils, il ne lui opposa pas de refus, quand Démétrios demanda la permission de combattre seul de nouveau, et il le laissa partir. 2. Peu après, Cillès, général de Ptolémée, se présenta avec une armée brillante. Il s'imaginait qu'il allait chasser de toute la Syrie Démétrios, qu'il méprisait à cause de sa précédente défaite. 3. Mais Démétrios tomba sur lui à l'improviste, effraya ses troupes et s'empara du camp et du général lui-même. Il fit sept mille prisonniers et enleva de nombreuses richesses[15]. 4. Il se réjouissait de sa victoire, non pour ce qu'il allait posséder, mais pour ce qu'il allait

---

12. *Empédocle d'Agrigente, philosophe et savant qui vécut au V* siècle. Sa théorie des Éléments et de leur perpétuel conflit était célèbre dans l'Antiquité.*
13. *Alexandre mourut en 323 sans héritier direct, et ses compagnons (diadoques) se disputèrent son empire, même après que la royauté avait été théoriquement partagée entre son demi-frère, Philippe Arrhidée, et son fils posthume, Alexandre. Antigone s'était très tôt emparé de l'Asie Mineure, tandis que Ptolémée était maître de l'Égypte, et Séleucos de la Syrie et de la Mésopotamie.*
14. *La bataille de Gaza eut lieu en 312. Sur les événements qui précédèrent cet affrontement, voir Will (1979), p. 58-61.*
15. *Cette victoire de Démétrios est également rapportée par Diodore,* Bibliothèque historique, *XIX, 93, 1-3. La chronologie des événements de cette période est extrêmement confuse.*

rendre, et il appréciait moins la richesse et la gloire qu'elle lui valait que la possibilité de s'acquitter du bienfait reçu et d'exprimer sa reconnaissance. Cependant, il ne le fit pas de sa propre initiative; il écrivit à son père. 5. Celui-ci lui ayant donné la permission d'agir comme il l'entendait, il renvoya Cillès et ses amis après les avoir comblés de présents. Cette défaite chassa Ptolémée de Syrie et fit venir de Célaenes[16] Antigone, joyeux de la victoire et impatient de voir son fils.

VII. 1. Sur ces entrefaites, Démétrios fut envoyé combattre les Arabes qu'on appelle Nabatéens[17] et il se trouva en grand danger, car il s'était engagé dans des régions sans eau. Cependant, son intrépidité et son sang-froid intimidèrent les Barbares, et il se retira, après leur avoir pris beaucoup de butin et sept cents chameaux. 2. Séleucos, qui avait été chassé auparavant de Babylonie par Antigone, reprit le pouvoir par ses propres moyens et, désormais maître absolu, s'enfonça à l'intérieur des terres avec une armée dans l'intention d'annexer les nations limitrophes des Indiens et les provinces voisines du Caucase. 3. Alors Démétrios, espérant trouver la Mésopotamie vide de défenseurs, passa soudain l'Euphrate et, devançant Séleucos, fondit sur Babylone. Il chassa la garnison de Séleucos de l'une des citadelles (il y en avait deux) et, devenu maître de la place, il y installa sept mille hommes à lui. 4. Mais, après avoir ordonné aux soldats d'emporter tout le butin qui pourrait leur être utile, il se retira vers la mer, ce qui affermit la domination de Séleucos car, en ravageant ce territoire comme s'il ne lui appartenait plus, Démétrios avait l'air d'y renoncer[18]. 5. Cependant, comme Ptolémée assiégeait Halicarnasse, Démétrios se porta rapidement au secours de cette cité et la lui arracha[19].

VIII. 1. Son ambition l'avait rendu célèbre et il conçut avec son père le projet admirable de libérer toute la Grèce, qui était alors asservie par Cassandre et par Ptolémée[20]. 2. Aucun roi n'entreprit jamais guerre plus belle ni plus juste. Les richesses qu'ils avaient réunies en humiliant les Barbares, ils les dépensèrent pour

---

16. *Célaenes est une ville de Phrygie.*
17. *On ne sait quelles raisons poussèrent Antigone à envoyer Démétrios contre les Arabes Nabatéens: sans doute le souci de contrôler les communications entre l'Égypte ptolémaïque et la Mésopotamie séleucide.*
18. *Plutarque ne mentionne pas ici la paix qui fut conclue en 311 et mit fin provisoirement au conflit entre Antigone et Ptolémée, à laquelle s'associèrent Cassandre et Lysimaque. Elle reconnaissait à Antigone la possession de « toute l'Asie », ce qui laisse penser que Séleucos, maître de la Mésopotamie, n'était pas associé à cette paix. Voir Will (1979), p. 61-62. C'est sans doute en 309 qu'eut lieu l'expédition de Démétrios en Mésopotamie.*
19. *Halicarnasse était une cité grecque. Or la paix de 311 affirmait le droit à l'autonomie des cités grecques. Sur la politique d'Antigone se posant en défenseur des libertés grecques, voir Will (1979), p. 63.*
20. *Cassandre contrôlait une partie de la Grèce depuis la mort d'Antipatros en 319, et c'est en 317 qu'il avait installé Démétrios de Phalère comme gouverneur d'Athènes sous la protection d'une garnison macédonienne (voir § 4). Quant à Ptolémée, il avait en 308 envoyé une expédition dans le Péloponnèse et établi des garnisons à Corinthe, Sicyone et Mégare.*

les Grecs au nom de la gloire et de l'honneur[21]. 3. Ils décidèrent de cingler d'abord vers Athènes. Un de leurs amis dit alors à Antigone : « Si vous prenez cette cité, il faut la garder pour vous, car c'est la tête de pont de la Grèce. » Antigone ne voulut pas l'écouter. « La plus belle et la plus solide des têtes de pont, dit-il, c'est l'affection ; Athènes, qui est comme l'observatoire du monde habité, fera bientôt briller aux yeux de tous les hommes la gloire sur nos actions[22] ! » 4. Démétrios embarqua pour Athènes, avec cinq mille talents d'argent et une flotte de deux cent cinquante navires. La ville était alors administrée par Démétrios de Phalère pour le compte de Cassandre et une garnison avait été installée à Mounychie. 5. Par un effet de la bonne Fortune autant que de sa prévoyance, Démétrios apparut devant le Pirée le vingt-cinq du mois Thargélion[23], alors que personne ne l'avait vu venir. Quand ils aperçurent cette flotte qui approchait, tous pensèrent qu'il s'agissait des navires de Ptolémée et ils se disposèrent à les accueillir. Comprenant trop tard la situation, les stratèges se mirent en état de défense et le trouble fut général, comme il est naturel quand on doit repousser à l'improviste un débarquement ennemi. 6. Ayant trouvé ouvertes les passes des ports, Démétrios y entra. Il était déjà à l'intérieur, bien en vue de tous, quand, de son navire, il fit un signe, pour réclamer le calme et le silence. 7. Dès qu'il les eut obtenus, il plaça un héraut à ses côtés et déclara que son père l'avait envoyé avec l'aide de la bonne Fortune, pour libérer les Athéniens, chasser la garnison et leur rendre leurs lois et la constitution de leurs pères[24].

IX. 1. Dès qu'ils eurent entendu cette proclamation, la plupart des Athéniens déposèrent aussitôt leurs boucliers à leurs pieds, se mirent à applaudir et invitèrent à grands cris Démétrios à débarquer, lui donnant les noms de Bienfaiteur et de Sauveur. 2. Démétrios de Phalère pensait que, de toute manière, ils étaient obligés d'accueillir le vainqueur, même s'il ne devait tenir aucune de ses promesses ; il lui envoya néanmoins des ambassadeurs pour l'implorer. Démétrios leur réserva un accueil plein d'humanité et les fit raccompagner par un des amis de son père, Aristodémos de Milet[25]. 3. Comme Démétrios de Phalère craignait ses concitoyens plus que ses ennemis, à cause du changement de constitution, Démétrios, loin de se désintéresser de son sort, se montra plein de respect pour sa gloire et sa vertu, et l'envoya à Thèbes en toute

---

21. *Plutarque laisse une fois encore percer son admiration pour Antigone et Démétrios « libérateurs » de la Grèce. En fait, il s'agissait pour Antigone de veiller à ce que la Grèce ne tombe pas sous la coupe de Ptolémée.*
22. *Plus encore que de la Grèce en général, c'est la libération d'Athènes qui est mise au crédit d'Antigone et de son fils.*
23. *Au début du mois de juin 307.*
24. *En parlant de restituer aux Athéniens la* patrios politeia, *la constitution ancestrale, Démétrios faisait référence à la démocratie qui avait été une première fois remplacée en 322 par un régime censitaire imposé par Antipatros, puis, après une brève restauration, de nouveau remplacée en 317 par un régime censitaire moins étroit, mais qui n'en excluait pas moins de la vie politique les citoyens les plus pauvres.*
25. *Sur Aristodémos de Milet, voir* infra, *XVII, 2-6.*

sécurité, conformément à son désir[26]. 4. Pour lui, il déclara que, malgré son impatience de voir Athènes, il ne le ferait pas avant de l'avoir entièrement libérée en la débarrassant de sa garnison. Il fit entourer Mounychie d'un retranchement et d'un fossé et, entre-temps, il cingla vers Mégare où Cassandre avait établi une garnison.
5. Il apprit que Cratésipolis, veuve d'Alexandre fils de Polyperchon[27], séjournait à Patras et que cette femme, célèbre pour sa beauté, serait heureuse de le voir. Laissant son armée en Mégaride, il alla à sa rencontre, accompagné de troupes armées à la légère, 6. auxquelles il demanda ensuite de faire demi-tour. Il planta sa tente à l'écart, pour permettre à la femme de venir le rejoindre sans attirer l'attention. Quelques ennemis en furent avertis et fondirent aussitôt sur lui. 7. Démétrios prit peur; s'emparant d'une petite chlamyde sans valeur, il prit la fuite en courant et parvint à leur échapper. Il faillit donc être capturé de la manière la plus honteuse, à cause de sa débauche. Les ennemis se retirèrent en emportant sa tente et les richesses qu'elle contenait[28].
8. Après la prise de Mégare, les soldats se disposaient à la piller, mais, à force de prières, les Athéniens obtinrent la grâce des Mégariens, Démétrios chassa la garnison[29] et libéra la cité. 9. Ce faisant, il se souvint du philosophe Stilpon, qui avait la réputation d'avoir en quelque sorte opté pour une vie paisible[30]. Il l'envoya chercher et lui demanda si on lui avait pris quelque chose. «Rien du tout, répondit Stilpon. Je n'ai vu personne emporter ma science.» 10. Presque tous les esclaves avaient été volés. Comme Démétrios, dans un nouvel entretien, se montrait amical avec Stilpon et pour finir lui disait en le quittant: «Je laisse votre cité entièrement libre.» «Exact, répliqua le philosophe, tu ne nous as pas laissé un seul esclave.»

X. 1. De retour à Mounychie, Démétrios y établit son camp, chassa la garnison et rasa le fort. Il put alors se rendre à l'invitation des Athéniens qui l'appelaient: il entra dans la ville, réunit le peuple et lui rendit la constitution de ses pères. Il promit en outre que son père enverrait à Athènes cent cinquante mille médimnes de blé et

---

26. *Démétrios de Phalère avait gouverné Athènes pendant dix ans. Il pouvait craindre que les Athéniens qui avaient été privés de leurs droits politiques ne cherchent à se venger, une fois la démocratie restaurée. Il ne resta que peu de temps à Thèbes et partit pour Alexandrie où il allait jouer un rôle important auprès de Ptolémée, l'incitant à créer le Musée et la fameuse Bibliothèque. Voir Mossé (1992), p. 83-92.*
27. *Polyperchon avait été chargé de la protection des «rois» après la mort d'Alexandre. Son fils Alexandre avait participé à la «libération» d'Athènes en 319 et avait trouvé la mort en luttant contre Cassandre en 315.*
28. *Il semble que la veuve d'Alexandre ait joué ou tenté de jouer un rôle politique (voir Diodore, XIX, 67), ce qui peut expliquer le désir de Démétrios de s'entendre avec elle. Mais Plutarque préfère ici mettre l'accent sur ce qui va réapparaître comme un leitmotiv dans la biographie du Poliorcète: son amour immodéré des femmes.*
29. *Il s'agit de la garnison qu'y avait établie Cassandre.*
30. *Il existait à Mégare une école philosophique célèbre depuis que certains disciples de Socrate s'y étaient établis après la mort du philosophe.*

assez de bois de construction pour fabriquer cent trières[31]. 2. Les Athéniens retrouvaient ainsi la démocratie après avoir vécu pendant quinze ans, depuis la guerre lamiaque et la bataille de Crannon, sous un régime soi-disant oligarchique, mais que la puissance de Démétrios de Phalère avait en fait transformé en monarchie[32]. Quant à Démétrios, qui s'était montré tellement illustre et grand dans ses bienfaits, les Athéniens le rendirent odieux et insupportable par l'excès des honneurs qu'ils lui votèrent. 3. Ils furent les premiers de tous les hommes à proclamer rois Démétrios et Antigone, qui avaient scrupule à prendre un tel nom, considérant que de toutes les prérogatives royales qui restaient encore aux descendants de Philippe et d'Alexandre, celle-là était la seule à laquelle les autres n'avaient pas le droit de toucher et qu'ils ne pouvaient s'approprier[33]. 4. Les Athéniens furent également les seuls à les inscrire comme Dieux Sauveurs ; supprimant l'archonte éponyme traditionnel, ils élurent chaque année un prêtre des Sauveurs dont ils inscrivirent le nom en tête des décrets et des traités[34]. 5. Ils décrétèrent aussi que l'on tisserait sur le péplos sacré[35] leur portrait parmi ceux des dieux ; ils consacrèrent l'endroit où Démétrios était descendu de son char et y élevèrent un autel qu'ils appelèrent autel de Démétrios Cataïbatès [« Qui met pied à terre »]. 6. Ils créèrent deux nouvelles tribus, la Démétrias et l'Antigonis, et durent porter à six cents l'effectif de la Boulè, autrefois de cinq cents, puisque chaque tribu devait fournir cinquante bouleutes[36].

---

31. Démétrios avait différé son entrée dans la ville (supra, IX, 4), donc n'avait pu encore tenir sa promesse de rétablir la démocratie. 150 000 médimnes de blé équivalent approximativement à 75 000 hectolitres. En livrant du blé aux Athéniens et en leur promettant du bois de construction pour reconstituer une flotte de 100 trières, Démétrios donnait au rétablissement de la démocratie sa pleine signification.
32. Plutarque, en comptant quinze ans de régime oligarchique, fait l'impasse sur la brève restauration démocratique imposée par Polyperchon en 319-318 et qui entraîna le procès et la condamnation à mort de Phocion.
33. En réalité, Antigone et Démétrios ne prirent le titre royal qu'en 306 (voir infra, XVII, 6-XVIII, 1), après la victoire remportée par Démétrios à Chypre. Les « rois » qui avaient succédé nominalement à Alexandre avaient été l'un et l'autre assassinés, Philippe Arrhidée en 317 et le jeune Alexandre en 310-309. Voir Will (1979), p. 51-52 et 62.
34. Plutarque a déjà évoqué (supra, IX, 1) l'octroi à Démétrios des épithètes de Sauveur et de Bienfaiteur. Mais il s'agit cette fois d'un culte officiel, premier exemple de ce culte royal qui allait caractériser la monarchie hellénistique. C'était normalement l'un des trois archontes tirés au sort annuellement, l'archonte éponyme, qui donnait son nom à l'année, nom par lequel étaient datés les documents officiels, en particulier les décrets de l'assemblée. En fait, les décrets postérieurs à la prise d'Athènes par Démétrios qui nous sont parvenus sont toujours datés du nom de l'archonte.
35. Il s'agit du vêtement brodé qui était offert chaque année à Athéna à l'occasion de la fête des Panathénées.
36. Depuis les réformes de Clisthène en 508, il y avait à Athènes 10 tribus entre lesquelles étaient répartis tous les citoyens. Chaque tribu désignait 50 bouleutes. Il est donc normal que l'adjonction de deux nouvelles tribus, dont les inscriptions confirment l'existence, ait porté à 600 le nombre des membres de la Boulè.

XI. 1. Mais l'idée la plus extraordinaire de Stratoclès (c'était lui qui imaginait ces flagorneries habiles et extravagantes), fut de proposer que les délégués qui seraient envoyés par un décret du peuple auprès d'Antigone ou de Démétrios ne seraient plus appelés ambassadeurs mais théores, comme ceux qui, lors des fêtes helléniques, conduisent au nom des cités les sacrifices ancestraux à Pythô et à Olympie[37]. 2. Ce Stratoclès était par ailleurs d'une impudence extrême ; il menait une vie de débauche et semblait vouloir imiter par sa bouffonnerie et son insolence la désinvolture de l'ancien Cléon à l'égard du peuple[38]. 3. Il avait pris chez lui l'hétaïre Phylacion ; un jour qu'elle avait acheté au marché pour le dîner des cervelles et des cous, il lui dit : « Oh ! oh ! voilà tes achats ! C'est avec cela que nous autres, hommes politiques, nous jouons à la balle ! » 4. Lorsque les Athéniens essuyèrent la défaite navale d'Amorgos[39], il devança les messagers et, traversant le Céramique en courant, une couronne sur la tête, il annonça que les Athéniens étaient vainqueurs, proposa d'offrir des sacrifices pour la bonne nouvelle et fit distribuer de la viande à chaque tribu. 5. Peu après, lorsque ceux qui ramenaient les épaves réchappées de cette bataille se présentèrent, le peuple, plein de colère, cita Stratoclès devant lui. L'homme affronta hardiment le tumulte et lança : « Et alors, quel mal vous ai-je fait en vous permettant de passer deux jours agréables ? » Telle était l'audace de Stratoclès.

XII. 1. Il y eut même « encore plus brûlant que le feu », pour reprendre l'expression d'Aristophane[40]. Un autre orateur, enchérissant sur la servilité de Stratoclès, proposa d'accueillir Démétrios, toutes les fois qu'il viendrait à Athènes, en lui offrant les présents d'hospitalité qu'on offre à Déméter et à Dionysos, et de récompenser celui dont l'accueil serait le plus brillant et le plus somptueux en lui remettant, aux frais de l'État, une somme d'argent destinée à une offrande aux dieux. 2. Enfin on donna au mois de Mounychion le nom de Démétrion et au premier et au dernier jour de chaque mois celui de Démétrias. Quant aux fêtes des Dionysies, elles devinrent les Démétria[41].
3. Cependant, la divinité se manifesta lors de la plupart de ces initiatives. Le péplos sur lequel on avait décrété de tisser le portrait de Démétrios et d'Antigone à côté

---

37. *Ce Stratoclès est connu comme l'initiateur de plusieurs décrets qui nous sont parvenus. À partir du moment où Antigone et Démétrios étaient élevés par la cité au rang de Dieux Sauveurs, les ambassadeurs qui leur étaient envoyés devenaient des ambassadeurs sacrés comme ceux qu'on déléguait à Delphes ou à Olympie.*
38. *Cléon est le célèbre démagogue du dernier quart du Ve siècle, cible préférée des poètes comiques et notamment d'Aristophane.*
39. *La défaite d'Amorgos eut lieu durant l'été 322 et précéda de peu la fin de la guerre lamiaque.*
40. *La formule est empruntée aux* Cavaliers *d'Aristophane, v. 382.*
41. *Plutarque accumule ici les manifestations du culte rendu à Démétrios, qui ne sont pas toutes confirmées par les documents épigraphiques, en particulier en ce qui concerne les Dionysies qui conservèrent leur nom, et le mois de Mounychion qui figure sur des documents contemporains. Une fête des Démétria est attestée, mais plus tard seulement, lors du dernier séjour de Démétrios à Athènes (voir infra, XXXIV-XXXV).*

des images de Zeus et d'Athéna se déchira par le milieu, une tempête s'étant levée tandis qu'on le portait en procession à travers le Céramique. 4. Autour des autels des rois, la terre produisit une grande quantité de ciguë, alors que d'ordinaire cette plante ne pousse qu'en de rares endroits du pays. 5. Le jour des Dionysies, on interrompit la procession, à cause de fortes gelées, anormales pour la saison[42]; un givre rigoureux s'abattit sur la campagne; le froid brûla les vignes et tous les figuiers, et détruisit même la plus grande partie du blé en herbe. 6. Aussi Philippidès, qui était l'adversaire de Stratoclès, écrivit-il contre lui, dans une comédie, les vers suivants:

> 7. Par sa faute le gel a brûlé nos vignobles,
> Pour son impiété le péplos s'est fendu,
> Il a donné aux hommes les honneurs des dieux.
> Ce sont de tels forfaits, et non la comédie
> Qui détruisent un peuple.

8. Philippidès était l'ami de Lysimaque, ce qui valut au peuple de nombreux bienfaits de ce roi[43]. Celui-ci considérait même comme un signe favorable, lorsqu'il préparait quelque entreprise ou quelque expédition, d'aller trouver Philippidès et de se présenter devant lui. De manière générale, Philippidès était apprécié pour son caractère, car il n'était ni importun ni rempli de la curiosité déplacée des courtisans. 9. Un jour que Lysimaque lui demandait aimablement: «Philippidès, que puis-je partager avec toi de ce qui m'appartient?», il répondit, «Tout, roi, sauf tes secrets.» Nous avons donc volontairement opposé Philippidès à Stratoclès, l'homme de la scène à l'homme de la tribune.

XIII. 1. L'honneur le plus outré et le plus déplacé de tous fut le suivant: Dromocleidès de Sphettos[44] décréta que l'on demanderait à Démétrios de rendre un oracle au sujet de la consécration des boucliers à Delphes. 2. Je vais transcrire le texte de ce décret dans ses termes exacts: «À la bonne Fortune! Le peuple a décidé d'élire à main levée un citoyen qui se rendra auprès du Sauveur et, après avoir offert un sacrifice favorable, demandera au Sauveur quelle est pour le peuple la manière la plus religieuse, la plus belle et la plus rapide de disposer ses offrandes. Quel que soit l'oracle qu'il rendra, le peuple l'exécutera.» 3. En se moquant ainsi de Démétrios, ils achevèrent de gâter son esprit, qui par ailleurs n'était pas entièrement sain.

XIV. 1. Il·séjournait alors à Athènes où il épousa une veuve, Eurydice, qui descendait de Miltiade l'Ancien; elle avait d'abord été la femme d'Ophellas, gouverneur de

---

42. Les Grandes Dionysies étaient célébrées à la fin de l'hiver, en mars.
43. Philippidès est un poète de la Comédie nouvelle. Lysimaque était l'un des diadoques qui régna en Thrace et un temps en Macédoine. Un décret en l'honneur de Philippidès évoque les bienfaits que cette amitié avec Lysimaque valut au peuple d'Athènes.
44. Sur cet orateur athénien, voir infra, XXXIV, 6.

Cyrène, et elle était revenue à Athènes après la mort de son mari[45]. 2. Les Athéniens virent dans cette union une faveur et un honneur pour leur cité. Du reste, Démétrios était porté au mariage et vivait avec plusieurs femmes à la fois. La plus estimée et la plus honorée était Phila, à cause de son père Antipatros et de sa précédente union avec Cratère, celui des successeurs d'Alexandre qui avait laissé aux Macédoniens le meilleur souvenir[46]. 3. Démétrios était encore très jeune, semble-t-il, lorsque son père le poussa à épouser cette femme, dont l'âge plus avancé ne correspondait pas au sien. Comme il se montrait peu empressé, Antigone lui chuchota à l'oreille, dit-on, cette citation d'Euripide :

> Quand il y a profit, fût-ce contre nature,
> On doit se marier[47] !

(il avait remplacé « être asservi » par « se marier », un mot de même quantité). 4. Cependant, les honneurs dont Démétrios entourait Phila et ses autres épouses légitimes[48] ne l'empêchaient pas de fréquenter, au gré de sa fantaisie, beaucoup d'hétaïres et de femmes libres. Son goût pour le plaisir lui valut d'être le plus critiqué des rois de son époque.

XV. 1. Lorsque son père l'appela pour faire la guerre contre Ptolémée à Chypre, il fut obligé d'obéir, mais il regrettait d'abandonner la guerre plus belle et plus brillante qu'il avait entreprise en faveur de la Grèce. Aussi envoya-t-il proposer de l'argent à Léonidès, stratège de Ptolémée, qui tenait garnison à Sicyone et à Corinthe[49], s'il laissait libres ces cités. 2. Sur le refus de Léonidès, il embarqua en hâte et, après avoir réuni une armée, il fit voile vers Chypre. Il engagea aussitôt le combat contre Ménélaos, frère de Ptolémée, et fut vainqueur. 3. Mais Ptolémée apparut en personne avec des forces considérables, maritimes et terrestres, et ils échangèrent des menaces et des vantardises : Ptolémée invitait Démétrios à reprendre la mer avant d'être foulé aux pieds par toutes ses troupes réunies ; quant

---

45. Plutarque songe sans doute au vainqueur de Marathon plutôt qu'au colonisateur de la Chersonèse de Thrace. Ophellas avait été gouverneur de Cyrénaïque au nom de Ptolémée. On mesure avec l'exemple d'Eurydice les bouleversements qu'avaient introduits dans le monde des cités grecques les conquêtes d'Alexandre. Une femme appartenant à l'une des plus anciennes familles d'Athènes pouvait être mariée successivement à deux Macédoniens, alors qu'était apparemment toujours en vigueur la loi de Périclès qui ne reconnaissait que le mariage d'une fille de citoyen avec un citoyen.
46. Ici encore, on mesure la distance qui sépare les pratiques matrimoniales de ces souverains hellénistiques de celles des cités grecques. Seuls en effet des tyrans, comme Denys l'Ancien, avaient plusieurs épouses. Il est clair que ces unions répondaient à des objectifs politiques : Démétrios avait épousé Phila, bien qu'elle fût plus âgée, parce qu'Antigone avait besoin de l'alliance d'Antipatros, alors maître de la Macédoine. Sur Cratère, voir Eumène, *VI, 1-4.*
47. Phéniciennes, v. 395.
48. Parmi ces autres épouses, Plutarque cite ici Deidameia, la sœur de Pyrrhos (XXV, 2), et Ptolémaïs, la fille de Ptolémée (XXXII, 6), auxquelles il faut ajouter Lanassa, mentionnée dans Pyrrhos, *X, 7.*
49. Sur l'occupation par Ptolémée de ces deux cités, voir supra, VIII, 1 et note.

à Démétrios, il déclarait à Ptolémée qu'il le laisserait partir s'il promettait de délivrer Sicyone et Corinthe de leurs garnisons. 4. Le conflit, dont l'issue était indécise et en suspens, suscitait une grande attente, non seulement chez les adversaires eux-mêmes, mais aussi chez tous les autres princes, car l'enjeu de la victoire n'était pas uniquement Chypre et la Syrie : celui qui l'emporterait deviendrait aussitôt le plus grand de tous.

XVI. 1. Ptolémée faisait donc voile en personne, avec cent soixante navires ; il ordonna à Ménélaos de quitter Salamine avec soixante bateaux au moment où le combat serait le plus acharné, de se porter par-derrière contre ceux de Démétrios, de les enfoncer et de rompre leur ligne de bataille. 2. À ces soixante navires, Démétrios en opposa dix : il n'en fallait pas davantage pour bloquer l'issue du port, qui était étroite. Puis, après avoir rangé en ordre de bataille son armée de terre et l'avoir déployée sur les promontoires qui s'avançaient dans la mer, il leva l'ancre avec cent quatre-vingts navires 3. et, lançant une attaque violente et vigoureuse, il mit Ptolémée en déroute. Celui-ci, vaincu, prit la fuite avec huit navires seulement – c'était tout ce qui avait réchappé de l'ensemble de sa flotte : les autres avaient été détruits dans la bataille navale ou, pour soixante-dix d'entre eux, capturés avec leur équipage[50]. 4. De la foule de serviteurs, d'amis et de femmes qui se trouvaient sur les navires de transport au mouillage, de tant d'armes, de richesses et de machines de guerre, absolument rien n'échappa à Démétrios ; il prit et ramena tout dans son camp. 5. Parmi ces prises de guerre se trouvait notamment la fameuse Lamia[51]. Elle avait d'abord été réputée pour son art (elle passait pour jouer fort bien de l'aulos) et devint célèbre ensuite pour ses amours. 6. Elle n'était déjà plus à la fleur de l'âge et Démétrios était beaucoup plus jeune qu'elle ; pourtant, elle le conquit, le subjugua et parvint si bien à le retenir que c'est la seule femme dont il ait été amoureux ; il se laissait aimer par les autres. 7. Après la bataille navale, Ménélaos n'essaya même pas de résister. Il livra à Démétrios Salamine, ses navires et son armée de terre, qui comptait douze cents cavaliers et douze mille hoplites.

XVII. 1. Cette victoire, si éclatante et si belle, fut encore rehaussée par la bienveillance et l'humanité de Démétrios. Il fit des funérailles magnifiques aux morts des ennemis, libéra leurs prisonniers de guerre et préleva sur le butin douze cents armures complètes qu'il offrit aux Athéniens[52]. 2. Il envoya Aristodémos de Milet annoncer en personne la victoire à son père. Cet homme était, de tous les courtisans, celui qui s'entendait le mieux à la flatterie et, en la circonstance, il s'était préparé à rehausser l'événement par l'adulation la plus poussée. 3. À son arrivée de Chypre, au lieu de laisser accoster les navires, il les fit mettre à l'ancre et ordonna

---

50. Diodore a laissé de cette bataille au large de Salamine de Chypre, en 306, un récit beaucoup plus détaillé (XIX, 42-52).
51. Cette courtisane célèbre qui séduisit Démétrios était athénienne.
52. C'est peut-être à cette occasion que les Athéniens firent la consécration à Delphes dont il est question supra en XIII, 1.

à chacun de rester à bord sans bouger. Lui-même passa dans la chaloupe, débarqua seul, et monta rejoindre Antigone, qui attendait anxieusement l'issue de la bataille et se trouvait dans l'état d'esprit qu'on peut imaginer, étant donné l'importance des enjeux. 4. Quand il apprit l'arrivée du messager, son trouble augmenta encore; ne se retenant de sortir qu'à grand-peine, il envoya successivement plusieurs de ses serviteurs et de ses amis questionner Aristodémos sur les événements. 5. Celui-ci ne répondit rien à personne et poursuivit son chemin à pied, le visage fermé, en gardant un silence obstiné. Antigone prit peur; incapable de se contenir, il alla à sa rencontre jusqu'à la porte, tandis que la foule nombreuse qui escortait le messager accourait déjà devant le palais[53]. 6. Quand Aristodémos se trouva près de lui, il tendit la main droite et cria d'une voix forte: «Salut, ô roi Antigone! Nous avons vaincu Ptolémée en combat naval, nous tenons Chypre et nous avons fait prisonniers seize mille huit cents soldats.» Antigone répondit: «Salut à toi aussi, par Zeus! Cependant, tu seras puni pour nous avoir ainsi torturé: tu tarderas à recevoir la récompense de cette bonne nouvelle!»

XVIII. 1. Ce fut en cette circonstance que, pour la première fois, la foule proclama rois Antigone et Démétrios. Antigone fut aussitôt couronné par ses amis; quant à Démétrios, son père lui envoya un diadème et lui écrivit une lettre dans laquelle il lui donnait le titre de roi[54]. 2. À cette nouvelle, les gens d'Égypte, pour ne pas avoir l'air humiliés dans leur orgueil par la défaite, saluèrent eux aussi Ptolémée du titre de roi[55]. 3. On fit de même, par émulation, pour les autres successeurs d'Alexandre. Lysimaque se mit à porter un diadème et Séleucos l'imita quand il rencontrait les Grecs, alors qu'auparavant ce n'était qu'en présence des Barbares qu'il se faisait appeler roi[56]. 4. Seul Cassandre, que tous pourtant appelaient roi, dans leurs lettres ou de vive voix, continua à employer dans ses lettres les mêmes formules qu'auparavant. 5. Cette innovation ne se limita pas à l'ajout d'un titre ou à un changement de tenue; elle enfla l'orgueil de ces personnages, exalta leur esprit et introduisit dans leur vie et dans leurs relations avec autrui de la morgue et de la dureté; ils ressemblaient à des acteurs tragiques qui, en même temps qu'ils changent de costume,

---

53. Plutarque ne précise pas où se trouvait ce «palais». Antigone résidait alors en Asie, sans doute à Célaenes en Phrygie.

54. C'est en effet après la victoire de Salamine de Chypre en 306 qu'Antigone prit le titre royal. En associant Démétrios à sa royauté, il manifestait son intention de fonder une dynastie. Le diadème était un simple ruban noué autour de la tête.

55. En réalité, Ptolémée ne prit à son tour le titre royal qu'après l'échec de l'expédition contre l'Égypte, en 305-304, que Plutarque rapporte au chapitre suivant. Dans le cas d'Antigone comme dans celui de Ptolémée, il s'agit bien entendu de la «foule» des soldats macédoniens.

56. Ptolémée en Égypte comme Séleucos en Asie se conduisaient en souverains avec leurs sujets indigènes. Mais la prise du titre royal avait un sens différent: il s'agissait pour chacun des diadoques de se poser en successeur d'Alexandre, même si seul Cassandre fit suivre le titre de basileus *(roi) de l'ethnique* Macédonon *(des Macédoniens), dans la mesure où il était effectivement maître de la Macédoine à ce moment. Sur la signification et la portée de cet événement, voir Will (1979), p. 74-77.*

changent aussi de démarche, de voix, de maintien et de langage. 6. Ils devinrent également plus violents dans leurs exigences, en renonçant à la fausse modestie qui masquait leur pouvoir et les rendait à bien des égards plus légers et plus faciles à supporter pour leurs sujets. 7. On voit quel fut le poids d'un seul mot, prononcé par un flatteur, et les changements qu'il entraîna dans le monde habité.

XIX. 1. Exalté par les succès de Démétrios à Chypre, Antigone se mit aussitôt en campagne contre Ptolémée. Il conduisait lui-même l'armée de terre, tandis que Démétrios longeait les côtes avec une flotte considérable[57]. 2. Cependant, Médios, un ami d'Antigone, vit en songe quelle serait l'issue du conflit. Il rêva qu'Antigone, accompagné de toute son armée, disputait l'épreuve de la double course[58] : il s'y montrait d'abord vigoureux et rapide mais, peu à peu, ses forces l'abandonnaient et, pour finir, une fois la borne tournée, il était si épuisé et si essoufflé qu'il ne parvenait que difficilement à se remettre. 3. Et de fait, Antigone se heurta sur terre à beaucoup de difficultés, tandis que Démétrios, pris dans une violente tempête et ballotté sur les flots, fut en grand danger d'être jeté sur des rivages dépourvus de ports et d'accès difficile et perdit beaucoup de navires. Il s'en retourna sans avoir rien fait[59].

4. Antigone avait alors près de quatre-vingts ans et, plus encore que la vieillesse, son corps, trop imposant et trop lourd, lui rendait pénibles les déplacements des expéditions. Il avait donc recours à son fils qui, grâce à sa bonne Fortune et à l'expérience qu'il possédait déjà, s'acquittait très bien des tâches les plus importantes. Antigone ne se fâchait pas de ses débauches, de ses prodigalités et de ses beuveries 5. car, si en temps de paix Démétrios se laissait aller à ces excès et consacrait son loisir aux plaisirs, sans retenue et jusqu'à satiété, il faisait preuve en temps de guerre d'autant de sobriété que les gens qui sont tempérants par nature. 6. À l'époque où il était déjà de notoriété publique que Lamia régnait sur son cœur, comme il rentrait de l'étranger et embrassait son père, celui-ci, dit-on, lui lança en riant : « Crois-tu donc embrasser Lamia, mon fils ? » 7. Une autre fois, alors que Démétrios avait passé plusieurs jours à boire et prétendait avoir été retenu par un rhume : « Je le savais, dit Antigone, mais était-ce un rhume de Thasos ou de Chios[60] ? » 8. Une autre fois encore, apprenant que Démétrios était malade, Antigone alla le voir et rencontra sur le seuil un de ses éromènes. Il entra, s'assit au chevet de son fils et lui prit la main. Démétrios lui dit que la fièvre venait de le quitter. « Ne t'en fais pas, mon petit, s'écria Antigone. Je viens de la rencontrer à la porte qui s'en allait ! » 9. Telle était la douceur avec laquelle il supportait les écarts de Démétrios, à cause du reste de sa conduite. 10. Lorsque les Scythes boivent et s'enivrent, ils font résonner les cordes de leurs arcs, comme pour ranimer leur ardeur relâchée par le

---

57. *L'expédition d'Égypte eut lieu en 306.*
58. *Il s'agit de la course à pied qui comportait un aller et retour sur toute la longueur du stade. C'était une des épreuves classiques des concours athlétiques.*
59. *C'est sans doute à la suite de cet échec d'Antigone et de son fils que Ptolémée se proclama roi.*
60. *Allusion aux vins célèbres de ces deux îles.*

plaisir. Mais Démétrios, lui, se donnait entièrement soit au plaisir, soit au travail, sans jamais mélanger les deux, et il n'était pas pour autant moins redoutable dans ses préparatifs militaires.

XX. 1. Il était même, apparemment, un général plus doué pour préparer une armée à la guerre que pour s'en servir. Il voulait disposer de tout à profusion en cas de nécessité, et ne se lassait pas de faire construire des navires et des machines de guerre qu'il prenait plaisir à étudier. 2. D'un naturel bien doué et porté à l'observation, il n'appliquait pas son goût pour les arts à des jeux ou à des divertissements inutiles, comme le font d'autres rois, qui jouent de l'aulos, peignent ou cisèlent. 3. Aéropos de Macédoine[61], par exemple, passait son temps libre à fabriquer de petites tables et de petites lampes; Attale Philométor[62] cultivait les plantes pharmaceutiques, la jusquiame et l'ellébore, et même la ciguë, l'aconit et le dorycnion, qu'il semait ou plantait lui-même dans les jardins royaux; il s'appliquait à connaître leurs sucs et leurs fruits, et à les récolter à la saison favorable. 4. Les rois des Parthes étaient fiers de forger et d'aiguiser eux-mêmes les pointes de leurs flèches. 5. Mais, chez Démétrios, l'artisanat lui-même devenait un art royal et la méthode avait de la grandeur: ses ouvrages, outre leur singularité et leur ingéniosité, révélaient une telle hauteur de pensée et de sentiment qu'ils paraissaient dignes, non seulement de l'intelligence et des richesses d'un roi, mais aussi de sa main. 6. Leur taille frappait d'effroi même ses amis, et leur beauté charmait même ses ennemis. Ce que je dis là n'est pas une figure de style, mais la vérité. 7. Devant ses navires à seize et à quinze rangs de rameurs, les ennemis s'immobilisaient, admiratifs, quand ils les voyaient longer leur rivage et ses hélépoles [« preneuses de villes »] étaient un véritable spectacle pour ceux qu'il assiégeait, comme le prouvent les faits eux-mêmes[63]. 8. Lysimaque, le roi le plus hostile à Démétrios, qui s'était rangé contre lui tandis qu'il assiégeait Soles de Cilicie[64], lui fit envoya des messagers pour le prier de lui montrer ses machines et ses navires sur l'eau. Démétrios les lui montra et Lysimaque repartit plein d'admiration. 9. Quant aux Rhodiens, qu'il avait soumis à un siège très long[65], ils lui demandèrent, une fois la guerre finie, quelques-unes de ses machines, pour garder un souvenir de sa puissance comme de leur courage.

XXI. 1. Il avait fait la guerre aux Rhodiens, alliés de Ptolémée, et amené sous leur rempart sa plus grande hélépole, dont la base était un carré de quarante-huit coudées

---

61. *Aéropos de Macédoine régna brièvement au début du IVe siècle.*
62. *Attale III Philométor fut le dernier roi de Pergame. À sa mort, en 133, il légua son royaume à Rome dont il était l'allié fidèle.*
63. *La fin du IVe siècle est marquée par de considérables progrès dans les pratiques de la guerre, notamment en ce qui concerne les machines de siège. Voir Garlan (1974), p. 201-278.*
64. *L'occupation de la Cilicie se place en 299. Voir* infra, XXXII, 4.
65. *Le siège de Rhodes, un des plus grands exploits du Poliorcète, eut lieu en 305-304 et s'acheva par une paix de compromis (voir* infra, *XXIII, 8). Voir Garlan (1986), p. 254-269.*

de côté; elle était haute de soixante-six coudées[66] et devenait de plus en plus étroite jusqu'au plateau supérieur, dont les côtés étaient plus petits que ceux de la base. 2. À l'intérieur, elle était divisée en plusieurs étages et en différents secteurs; la façade qui regardait les ennemis était, à chaque étage, percée de fenêtres d'où partaient des projectiles de toutes sortes, l'hélépole étant remplie d'hommes entraînés à toutes les formes de combat. 3. Quand on la déplaçait, elle ne se penchait pas et n'oscillait pas; elle avançait, bien droite sur sa base, sans secousse, en parfait équilibre, avec des sifflements et un bruit violent, terrifiant l'âme des spectateurs, non sans procurer à leurs regards un certain plaisir. 4. Pour cette guerre, on avait également apporté à Démétrios deux cuirasses de fer qui venaient de Chypre et dont chacune pesait quarante mines[67]. 5. Pour lui montrer leur résistance et leur force, Zoïle, qui les avait fabriquées, fit lancer sur l'une d'elles, à vingt pas, un trait de catapulte : le fer resta intact, avec à peine une mince rayure, comme celle qu'aurait pu faire un stylet à écrire. 6. C'était cette cuirasse que portait Démétrios; l'autre était portée par Alcimos d'Épire qui, de tous les compagnons du roi, était le plus combatif et le plus fort : il était le seul à utiliser une armure complète qui pesait deux talents, alors que celles des autres ne pesaient qu'un talent. Il fut tué au combat à Rhodes, près du théâtre.

XXII. 1. Les Rhodiens opposèrent une résistance vigoureuse et Démétrios n'obtenait aucun résultat valable. Il s'acharnait pourtant parce que les Rhodiens s'étaient emparés du navire dans lequel Phila, sa femme, lui faisait parvenir des lettres, des couvertures et des vêtements; ils avaient envoyé à Ptolémée ce navire avec tout ce qu'il contenait, 2. sans imiter la générosité des Athéniens qui, ayant intercepté des courriers de Philippe, alors en guerre contre eux, avaient lu toutes ses lettres, mais n'avaient pas ouvert celle d'Olympias[68] et la lui avaient renvoyée intacte, avec son cachet. 3. Cependant, bien que profondément blessé par l'attitude des Rhodiens, Démétrios ne voulut pas saisir l'occasion, qu'ils lui offrirent bientôt, de leur rendre la pareille. 4. Il se trouvait que Protogène de Caunos peignait pour eux un tableau qui représentait Ialysos[69]; il était presque terminé, lorsque Démétrios s'en empara dans un des faubourgs de la ville. 5. Les Rhodiens lui envoyèrent un héraut pour lui demander d'épargner cet ouvrage et de ne pas le détruire; il leur répondit qu'il préférerait brûler les portraits de son père plutôt qu'un tel chef-d'œuvre. Protogène avait passé sept ans, dit-on, à peindre ce tableau. 6. Apelle[70] déclare avoir été tellement saisi en le contemplant que la voix lui manqua; au bout d'un long moment, il dit : « Le grand travail et l'admirable ouvrage »; il ajouta cependant que l'œuvre n'avait pas les grâces qui permettaient à ses propres peintures de toucher le ciel.

---

66. *Soit environ 21 m de côté et 30 m de hauteur.*
67. *Environ 17 kg.*
68. *Il s'agit de Philippe II et de son épouse Olympias, la mère d'Alexandre.*
69. *Ialysos était un héros local.*
70. *Apelle est le grand peintre contemporain d'Alexandre. La peinture grecque de cette époque a presque entièrement disparu.*

7. Ce tableau, entassé avec les autres à Rome, fut brûlé par un incendie[71]. 8. Comme les Rhodiens continuaient à lui tenir tête et que Démétrios cherchait un prétexte pour en finir, les Athéniens intervinrent et les réconcilièrent, en posant pour condition que les Rhodiens s'allieraient avec Antigone et Démétrios, sauf s'il s'agissait de combattre Ptolémée[72].

XXIII. 1. Les Athéniens appelaient Démétrios à leur secours car Cassandre assiégeait leur ville. 2. Démétrios embarqua avec trois cent trente navires et un grand nombre d'hoplites ; non content de chasser Cassandre d'Attique, il le poursuivit jusqu'aux Thermopyles, le mit en déroute et s'empara d'Héraclée qui se rallia à lui spontanément ; six mille Macédoniens passèrent dans son camp. 3. Au retour, il libéra les Grecs qui habitaient en deçà des Thermopyles, s'allia avec les Béotiens et prit Cenchrées[73]. Il soumit également Phylè et Panacton, citadelles de l'Attique où Cassandre avait établi des garnisons, et les rendit aux Athéniens.
4. Ceux-ci, qui avaient déjà prodigué et épuisé pour Démétrios tous les honneurs possibles, parvinrent pourtant en la circonstance à faire encore preuve d'invention et d'ingéniosité pour le flatter. 5. Ils lui donnèrent pour logement l'opisthodome du Parthénon[74] : c'était là qu'il habitait et Athéna, disait-on, l'y recevait et lui offrait l'hospitalité. Cet hôte n'avait cependant pas la moindre décence et, quand il résidait chez elle, il ne se comportait pas avec la douceur qu'on doit à une vierge. 6. Et pourtant autrefois, apprenant que Philippe, son frère, était descendu dans une maison où se trouvaient trois jeunes femmes, leur père, sans lui faire directement aucun reproche, avait demandé en sa présence à celui qui attribuait les logements : « Dis-moi, ne peux-tu faire sortir mon fils de ce logement étroit ? »

XXIV. 1. Démétrios aurait dû respecter Athéna au moins comme une sœur aînée, puisque tel était le nom qu'il prétendait lui donner, mais il souilla l'Acropole en infligeant à des garçons de naissance libre et à des Athéniennes tant d'outrages que l'endroit ne semblait jamais si pur que lorsqu'il s'y livrait à la débauche avec Chrysis, Lamia, Démô et Anticyra, ces prostituées célèbres. 2. Par respect pour la cité, il ne convient pas de rapporter en détail tous ces scandales ; toutefois, la vertu et la chasteté de Démoclès méritent de ne pas être passées sous silence. 3. C'était un

---

71. On a là un exemple de ces pillages d'œuvres d'art grecques par les Romains. Ce tableau de Protogène était encore à Rhodes à l'époque de Cicéron, mais se trouvait à Rome dans le temple de la Paix au temps de Pline l'Ancien, c'est-à-dire au Ier siècle après J.-C.
72. Cet accord fut conclu en 304. Le siège avait duré une année entière. Rhodes était une importante escale sur la route des navires qui se dirigeaient vers Alexandrie. Les Rhodiens tenaient donc à ne pas rompre leur alliance avec Ptolémée.
73. Héraclée Trachinienne est une ville proche des Thermopyles. Cenchrées est sur le golfe saronique l'un des deux ports de Corinthe.
74. C'est-à-dire la partie arrière du temple d'Athéna, dont Démétrios comme dieu Soter devenait le parèdre, nom que l'on donne aux divinités de second rang, qui « siègent auprès » de la divinité principale.

jeune garçon qui n'avait pas encore atteint la puberté ; il attira l'attention de Démétrios par son surnom, qui révélait son charme physique (on l'appelait le beau Démoclès). 4. Ce Démoclès ne se laissait prendre par aucune des nombreuses propositions, promesses ou menaces dont il était l'objet ; pour finir, fuyant les palestres et le gymnase[75], il alla se baigner dans un établissement privé. Démétrios, ayant guetté l'occasion favorable, s'y introduisit alors que Démoclès y était seul. 5. Voyant qu'il n'y avait personne auprès de lui et qu'il était obligé de céder, l'enfant souleva le couvercle de la chaudière, sauta dans l'eau bouillante et se tua ainsi : son sort était immérité, mais sa résolution bien digne de sa patrie et de sa beauté. 6. L'attitude de Cléaïnétos, fils de Cléomédon, fut fort différente. Son père devait cinquante talents : le garçon fit ce qu'il fallait pour en obtenir remise et apporta au peuple une lettre de Démétrios, ce qui jeta sur lui le déshonneur et, de plus, troubla profondément la cité[76] : 7. tout en faisant remise à Cléomédon de son amende, les Athéniens décrétèrent qu'aucun citoyen ne devait plus apporter de lettre émanant de Démétrios. 8. Apprenant cette décision, Démétrios réagit fort mal et se fâcha. Alors les Athéniens prirent peur : ils abrogèrent le décret, et condamnèrent même à mort ou à l'exil ceux qui l'avaient proposé ou soutenu. 9. Ils prirent en outre le décret suivant : « Tout ce que le roi Démétrios pourra ordonner sera saint aux yeux des dieux et juste aux yeux des hommes. » 10. Comme un des citoyens estimés déclarait que Stratoclès était fou de proposer de tels décrets, Démocharès de Leuconoè s'écria : « Il serait fou s'il ne faisait pas cette folie[77] ! » 11. Stratoclès tirait en effet beaucoup de profit de la flatterie. Démocharès fut mis en accusation pour cette repartie et envoyé en exil. 12. Telle était l'attitude des Athéniens, alors même qu'ils semblaient délivrés de la garnison et avoir leur liberté.

XXV. 1. Démétrios gagna le Péloponnèse où aucun de ses ennemis ne lui résista : ils prirent la fuite et abandonnèrent les cités. Il s'empara de la région qui porte le nom d'Acté et de l'Arcadie, à l'exception de Mantinée, et libéra Argos, Sicyone et Corinthe, en donnant cent talents à ceux qui y tenaient garnison. 2. À Argos, où on célébrait la fête des Héraia, il fut agonothète, présida à la panégyrie des Grecs et épousa Deidameia, fille d'Éacide, roi des Molosses et sœur de Pyrrhos[78]. 3. Déclarant que la cité où habitaient les Sicyoniens se trouvait à côté de leur véritable cité, il les persuada de s'installer à l'endroit où ils habitent maintenant ; en même temps que l'emplacement de la cité, il en changea aussi le nom : elle s'appelait Sicyone et devint Démétrias. 4. Dans l'Isthme se tint une assemblée commune

---

75. Les palestres et les gymnases étaient les lieux où se déroulaient les cours érotiques entre érastes et éromènes.

76. Plutarque insinue avec précaution que le jeune homme s'était prêté au désir de Démétrios pour obtenir de lui le retrait de l'amende infligée à son père.

77. Il a déjà été fait allusion à cette servilité de Stratoclès. Démocharès de Leuconoè est le neveu de Démosthène. Il reviendra sur le devant de la scène politique athénienne en 287.

78. En s'alliant à la famille des Éacides, Démétrios entendait neutraliser Pyrrhos dans la lutte qu'il menait contre Cassandre en Grèce.

qui réunit une foule nombreuse. Démétrios fut proclamé chef de la Grèce, comme l'avaient été auparavant Philippe et Alexandre[79] 5. auxquels il se croyait largement supérieur, exalté comme il l'était par sa Fortune présente et par le succès de ses entreprises. 6. Mais Alexandre, lui, n'avait empêché aucun des autres rois de porter le même titre que lui et ne s'était pas proclamé lui-même roi des rois, alors qu'il avait pourtant accordé à beaucoup le titre et le pouvoir royal. 7. Mais Démétrios se moquait et riait de ceux qui appelaient roi tout autre que son père et lui ; il aimait entendre les convives boire à la santé du roi Démétrios, du cornac en chef Séleucos, de l'amiral Ptolémée, du gardien du trésor Lysimaque et du gouverneur des îles Agathoclès de Sicile[80]. 8. Les rois à qui on rapportait ces plaisanteries ne faisaient qu'en rire ; seul Lysimaque s'indignait d'être considéré par Démétrios comme un eunuque (ce qu'étaient en général les gardiens du trésor). 9. Du reste, Lysimaque était, de tous, le plus hostile à Démétrios ; pour se moquer de son amour pour Lamia, il disait que c'était la première fois qu'il voyait une prostituée s'avancer sur la scène tragique. Mais Démétrios répliquait que sa prostituée était plus vertueuse que la Pénélope de Lysimaque[81].

XXVI. 1. Pour reprendre notre récit, quand il retourna vers Athènes, il écrivit qu'il voulait, dès qu'il arriverait, recevoir aussitôt l'initiation et parcourir tout le cycle des Petits Mystères jusqu'à l'époptie. 2. Or ce n'était pas permis et cela ne s'était jamais fait auparavant : les Petits Mystères étaient célébrés au mois d'Anthestérion, les Grands au mois de Boédromion ; quant à l'époptie, elle exigeait un intervalle d'un an au moins après les Grands Mystères[82]. 3. À la lecture de cette lettre, le dadouque Pythodoros fut le seul à oser s'y opposer, mais en vain ; sur proposition de Stratoclès, on vota que le mois de Mounychion s'appellerait Anthestérion et serait considéré comme tel, et l'on initia Démétrios aux Mystères d'Agra[83]. 4. Puis Mounychion, après être devenu Anthestérion, changea une nouvelle fois de nom pour devenir

---

79. *Il s'agit de la reconstitution de la Ligue de Corinthe que Philippe avait organisée après sa victoire de Chéronée en vue d'entreprendre la conquête de l'Asie. Mais ici, il s'agit de faire de l'alliance avec les Grecs un instrument en vue de la conquête de la Macédoine. Voir Will (1979), p. 77-79.*
80. *Plutarque attribue au seul Démétrios une politique qui avait été certainement conçue par son père. Agathoclès s'était emparé de la tyrannie à Syracuse en 317, mais il avait pris le titre royal à l'imitation des diadoques. Voir Mossé (1969), p. 167-178.*
81. *Lysimaque était l'époux de la fille de Ptolémée, Arsinoé. D'après une anecdote que l'on connaît par Athénée (*Deipnosophistes*, XIV, 614e-615a), Démétrios aurait remarqué que les courtisans de Lysimaque portaient des noms de personnages de comédie et les siens de personnages tragiques. En comparant Arsinoé à Pénélope, Démétrios faisait allusion à la fidélité proclamée de l'épouse de Lysimaque.*
82. *Boédromion correspond approximativement à septembre-octobre et Anthestérion à février-mars. Les Grands Mystères étaient célébrés à Éleusis et les Petits Mystères à Agra, dans la banlieue d'Athènes. L'époptie était le terme de l'initiation. Voir Bruit, Schmitt (1989), p. 95-100.*
83. *Le dadouque ou porte-flambeau était l'un des principaux acteurs de la cérémonie des Mystères. Il était choisi dans le génos des Céryces. Mounychion correspond à peu près au mois d'avril.*

Boédromion le temps du reste de l'initiation, pendant que Démétrios recevait également l'époptie. 5. Voilà pourquoi Philippidès, pour attaquer Stratoclès[84], fait de lui

> Celui qui a réduit l'année à un seul mois.

et, à propos de l'installation de Démétrios dans le Parthénon,

> Celui qui transforma l'Acropole en auberge
> Et qui près de la vierge installa les hétaïres.

XXVII. 1. De tous les abus et de toutes les illégalités que l'on commit alors dans la cité, voici, dit-on, ce qui affligea le plus les Athéniens : on leur ordonna de fournir et de verser aussitôt deux cent cinquante talents, et cette collecte fut faite durement et sans pitié. Dès que Démétrios vit l'argent rassemblé, il le fit verser à Lamia et aux hétaïres de son entourage pour payer leur savon. 2. La honte choqua les gens plus encore que l'amende elle-même, et le mot plus que la chose, mais selon certains, ce fut aux Thessaliens, non aux Athéniens, que Démétrios infligea ce traitement. 3. En outre, Lamia, de sa propre initiative, leva des contributions sur un grand nombre de personnes pour préparer au roi un festin dont les dépenses furent si fameuses qu'il a été décrit par Lyncée de Samos[85]. 4. Voilà pourquoi un des auteurs comiques donne à Lamia, non sans esprit, le surnom d'hélépole [«preneuse de villes»]. Quant à Démocharès de Soles, il appelait Démétrios le Mythe, puisqu'il avait lui aussi sa Lamia[86]. 5. Le bonheur et l'amour dont jouissait cette femme suscitaient l'envie et la jalousie des épouses de Démétrios et même de ses amis. 6. Certains d'entre eux avaient été envoyés en ambassade auprès de Lysimaque, lequel leur montra, dans un moment de loisir, les cicatrices profondes laissées par des griffes de lion sur ses cuisses et sur ses bras : il leur raconta le combat qui l'avait opposé au fauve quand il avait été enfermé avec lui par le roi Alexandre. 7. Les amis de Démétrios se mirent à rire. «Notre roi lui aussi, dirent-ils, porte au cou des morsures faites par une bête redoutable, Lamia.» 8. On s'étonnait de voir Démétrios, qui au début avait eu du mal à s'entendre avec Phila à cause de leur différence d'âge, se montrer aussi soumis à Lamia et aussi épris d'elle, alors que la jeunesse de cette femme était déjà passée. 9. Un jour que Lamia jouait de l'aulos pendant un dîner, Démétrios demanda à Démô[87], surnommée Mania : «Qu'en penses-tu? – Ô roi, répondit-elle, c'est une vieille.» 10. Une autre fois, comme on passait des friandises, Démétrios dit à Démô : «Tu vois tout ce que Lamia m'envoie? – Ma mère, répliqua Démô, t'en enverra davantage si tu acceptes aussi de coucher avec elle.» 11. À propos de Lamia, on rappelle également comment elle s'opposa au célèbre jugement de Bocchoris[88]. 12. Voici de quoi il s'agissait. En Égypte, un homme était tombé amou-

---

84. Le poète Philippidès a déjà été cité en XII, 6 comme l'adversaire de Stratoclès.
85. Lyncée, poète comique, était le frère de l'historien Douris de Samos.
86. Dans la mythologie, Lamia était un monstre qui s'attaquait aux enfants.
87. Cette Démô a déjà été citée supra, en XXIV, 1.
88. Bocchoris, roi légendaire d'Égypte, aurait régné vers la fin du VIIIe siècle.

reux de l'hétaïre Thonis ; celle-ci lui réclamait une somme considérable ; or ensuite, pendant son sommeil, il rêva qu'il s'unissait à elle, ce qui calma son désir. Thonis lui intenta alors un procès, exigeant d'être payée. 13. Bocchoris, instruit de l'affaire, demanda à l'homme d'apporter dans un récipient la somme d'or qu'on lui demandait et de l'agiter en tous sens avec la main ; l'hétaïre en aurait ainsi l'apparence illusoire puisque le songe est l'apparence illusoire, l'ombre de la réalité. 14. Lamia trouvait que cette sentence n'était pas équitable, car l'apparence de l'argent n'avait pas délivré l'hétaïre de son désir pour l'argent, tandis que le songe avait fait cesser l'amour du jeune homme. Voilà pour ce qui concerne Lamia.

XXVIII. 1. Maintenant, la Fortune et les actions de l'homme dont nous racontons la vie font, en quelque sorte, passer notre récit de la scène comique à la tragédie. 2. Tous les autres rois s'étant ligués contre Antigone[89] et ayant réuni leurs armées, Démétrios quitta la Grèce et, quand il eut rejoint son père qui, malgré son âge, était plein d'ardeur pour la guerre, il se trouva lui-même plus fort. 3. Si Antigone avait fait de petites concessions et s'il avait contenu son ambition excessive, il aurait pu, semble-t-il, conserver jusqu'au bout le premier rang et le transmettre à son fils. 4. Mais étant d'un naturel dur et méprisant, aussi violent dans ses paroles que dans ses actes, il exaspérait et poussait à bout beaucoup de jeunes souverains. 5. Il affirmait que leur ligue et leur coalition ressemblaient à une volée d'oiseaux qui picorent des grains, et que pour les disperser, il lui suffirait de lancer une seule pierre et de faire un peu de bruit. 6. Il avait sous ses ordres plus de soixante-dix mille fantassins, dix mille cavaliers et soixante-quinze éléphants[90]. Ses adversaires avaient soixante-quatre mille fantassins, cinq cents cavaliers de plus que lui, quatre cents éléphants et cent vingt chars. 7. Lorsqu'il se trouva près d'eux, un changement s'opéra en lui, entamant ses espérances plus que sa résolution. 8. D'ordinaire, il était hautain et fier au combat ; il parlait d'une voix forte et tenait des propos arrogants ; il aimait à plaisanter et à railler quand les ennemis en venaient aux mains, pour afficher sa tranquillité et son mépris. Mais en la circonstance, on le vit le plus souvent songeur et silencieux ; il montra son fils à la foule des soldats et le proclama son successeur[91]. 9. Ce qui surprit le plus tout le monde, c'est qu'il s'entretint en tête à tête avec Démétrios sous sa tente, alors que d'ordinaire, il ne communiquait ses secrets à personne, pas même à son fils ; il réfléchissait seul puis donnait ses ordres en public et exécutait les décisions qu'il avait prises en son for intérieur. 10. On rapporte qu'un jour, comme Démétrios, encore tout jeune, lui demandait quand on allait faire retraite, Antigone lui répondit avec colère : « Tu crains donc d'être le seul à ne pas entendre la trompette ? »

---

89. *Cassandre, Lysimaque, Ptolémée et Séleucos s'étaient alliés contre les ambitions d'Antigone.*
90. *Les éléphants occupent à partir de ce moment une place de première importance dans les armées hellénistiques.*
91. *Selon la coutume macédonienne dont Antigone se voulait le défenseur, le roi devait être acclamé par les soldats.*

XXIX. 1. Cette fois, il y eut en outre des signes funestes qui affaiblirent leurs résolutions. 2. Démétrios rêva durant son sommeil qu'Alexandre magnifiquement armé lui demandait quel mot d'ordre ils allaient donner pour la bataille; Démétrios répondit: «Zeus et la victoire! – Alors je m'en vais chez les ennemis, dit Alexandre, car eux, ils m'accueillent.» 3. Quant à Antigone, au moment où la phalange se rangeait déjà en ordre de bataille, il fit un faux pas en sortant, tomba de tout son long sur le visage et se trouva mal. Lorsqu'il se releva, il tendit les mains vers le ciel et demanda aux dieux de lui envoyer la victoire, ou une mort sans douleur avant la défaite. 4. Une fois la bataille engagée, Démétrios, à la tête des plus nombreux et des meilleurs de ses cavaliers, attaqua Antiochos, fils de Séleucos, et combattit brillamment jusqu'à la déroute des ennemis. Mais durant la poursuite, qui fut plus impétueuse et ardente que les circonstances ne le permettaient, il gâcha sa victoire. 5. Il ne put faire demi-tour pour rejoindre les fantassins, dont il était séparé par les éléphants. Séleucos vit la phalange dépourvue de cavaliers; sans l'attaquer vraiment, il lui fit craindre une attaque et tourna autour d'elle, pour permettre aux soldats de le rejoindre, 6. ce qu'ils firent effectivement: une grande partie d'entre eux, coupés du reste de l'armée, passa volontairement de son côté, tandis que les autres prenaient la fuite. 7. Comme beaucoup d'ennemis se portaient contre Antigone, un de ceux qui l'entouraient lui dit: «C'est contre toi qu'ils viennent, roi! – Et quelle autre cible auraient-ils? répondit-il. Mais Démétrios va venir à la rescousse.» 8. Jusqu'au bout, il conserva cette espérance et chercha des yeux son fils. Puis une grêle de traits s'abattit sur lui et il tomba. Tous ses compagnons et ses amis l'abandonnèrent, sauf Thorax de Larissa qui fut le seul à rester près de son cadavre[92].

XXX. 1. Telle fut donc l'issue de la bataille. Les rois vainqueurs démembrèrent tout l'empire d'Antigone et de Démétrios, comme une grande carcasse dont ils emportèrent les morceaux; ils se répartirent leurs provinces pour les ajouter à celles qu'ils possédaient déjà. 2. Démétrios prit la fuite avec cinq mille fantassins et quatre mille cavaliers et parvint d'une traite à Éphèse. Tous s'imaginaient que le dénuement l'amènerait à violer le temple[93], mais bien au contraire, craignant de voir ses soldats agir ainsi, il sortit rapidement de la cité et embarqua pour la Grèce, car c'était dans les Athéniens qu'il plaçait les plus grands des espoirs qui lui restaient. 3. Il avait laissé là-bas des navires, des richesses et sa femme Deidameia et, dans la situation où il se trouvait, il ne croyait pas avoir de refuge plus sûr que l'affection des Athéniens. 4. Mais quand il arriva près des Cyclades, il vit venir à lui des ambassadeurs athéniens qui le prièrent de se tenir éloigné de leur cité, car le peuple avait voté qu'il n'accueillerait aucun des rois dans la cité et avait renvoyé Deidameia à Mégare avec les honneurs et l'escorte dus à son rang. Alors Démétrios se laissa emporter par la colère; il avait pourtant supporté avec sérénité ses autres

---

92. *La mort d'Antigone clôt un chapitre important de l'histoire des successeurs d'Alexandre. La bataille d'Ipsos se déroula en 301 en Phrygie. Elle fut suivie du partage entre les vainqueurs de l'immense empire qu'avait constitué Antigone. Voir Will (1979), p. 79-83.*
93. *Il s'agit du célèbre Artémision, l'un des plus grands temples du monde grec.*

infortunes et, dans un tel retournement de situation, n'avait montré ni bassesse ni indignité[94]. 5. Mais les Athéniens avaient déçu ses espérances et leur prétendue affection se révélait dans les faits vaine et fausse : voilà ce qui l'affectait profondément. 6. L'excès d'honneur est, semble-t-il, la preuve la moins sûre de l'affection que les foules vouent aux rois et aux princes, car les honneurs n'ont de valeur que par le libre choix de ceux qui les décernent, et la crainte leur ôte toute crédibilité, dans la mesure où les mêmes décrets peuvent être inspirés par la peur et par l'affection. 7. Les hommes sensés ne doivent donc pas considérer les statues, les peintures et les apothéoses, mais bien plutôt les faits, et les actions qu'ils ont accomplies, pour savoir si les honneurs sont véritables et s'ils peuvent s'y fier, ou s'il s'agit de manifestations imposées dont ils doivent se méfier. 8. Souvent les peuples, alors même qu'ils leur attribuent les plus grands honneurs, détestent ceux qui sont l'objet de ces hommages excessifs, démesurés et décernés à contrecœur.

XXXI. 1. Pour en revenir à Démétrios, il jugea qu'on le traitait de manière odieuse mais, incapable de se défendre, il envoya un messager aux Athéniens pour leur adresser des reproches modérés et redemander ses navires, au nombre desquels se trouvait celui qui avait treize rangs de rameurs. 2. Quand il les eut reçus, il longea la côte jusqu'à l'Isthme. Comme il était en fâcheuse posture, car partout on chassait ses garnisons et tout passait aux ennemis, il laissa Pyrrhos en Grèce[95] et lui-même embarqua pour la Chersonèse 3. où, tout en faisant du tort à Lysimaque, il enrichit l'armée qui l'accompagnait et en assura la cohésion ; elle commença à se reprendre et à redevenir une force qu'il ne fallait pas négliger. 4. Quant à Lysimaque, son sort laissa les autres rois indifférents ; ils jugeaient qu'il n'était pas plus modéré que Démétrios et qu'il était même plus redoutable que lui, dans la mesure où il était plus fort.
5. Peu après, Séleucos envoya demander en mariage Stratonice, fille de Démétrios et de Phila. Il avait déjà un fils, Antiochos, de la Persane Apama, mais il pensait que ses possessions pouvaient suffire à plusieurs héritiers et que cette alliance avec Démétrios lui était nécessaire, car il voyait Lysimaque, de son côté, épouser une des filles de Ptolémée et prendre l'autre pour son fils Agathoclès[96]. 6. C'était pour Démétrios un bonheur inespéré de devenir parent par alliance de Séleucos. Prenant donc sa fille avec lui, il fit voile avec tous ses navires vers la Syrie. Forcé à plusieurs reprises de toucher terre, il aborda notamment en Cilicie, pays occupé alors par Pleistarchos, qui l'avait reçu des rois après la défaite d'Antigone. Or Pleistarchos était frère de Cassandre. 7. Considérant comme une violation de territoire les incursions de Démétrios et voulant se plaindre de Séleucos, qui se réconciliait avec

---

94. *La défaite subie par Démétrios à Ipsos avait entraîné à Athènes un changement de politique. C'est de cette époque que date le décret en l'honneur de Philippidès évoqué* supra, *XII, 7. Le retournement des Athéniens permet à Plutarque de se livrer à des considérations générales sur la versatilité du peuple.*
95. *Pyrrhos était son allié depuis qu'il avait épousé sa sœur Deidameia.*
96. *On a là un exemple de ces pratiques matrimoniales qui avaient pour but de renforcer une alliance momentanée. Pour Démétrios, c'était là le moyen de rompre l'alliance entre ses adversaires.*

l'ennemi commun sans tenir compte des autres rois, il monta trouver Cassandre lui-même.

XXXII. 1. À cette nouvelle, Démétrios s'éloigna de la mer et gagna Cyinda où il trouva douze cents talents qui lui restaient de ses trésors[97]; il les prit, se hâta de les mettre à bord et leva l'ancre au plus vite. 2. Sa femme Phila était déjà avec lui et Séleucos vint à sa rencontre à Rhosos[98]. Ils eurent aussitôt une entrevue loyale, sincère et vraiment royale. Séleucos invita d'abord Démétrios sous sa tente, dans son camp; Démétrios le reçut à son tour sur son navire à treize rangs de rameurs. 3. Ils partagèrent leurs loisirs, eurent de longs entretiens et passèrent des journées ensemble, sans escorte et sans armes, jusqu'au moment où Séleucos, prenant Stratonice avec lui, partit en brillant équipage pour Antioche[99]. 4. Démétrios occupa la Cilicie et envoya sa femme Phila auprès de Cassandre, dont elle était la sœur, avec mission de présenter sa défense contre les accusations de Pleistarchos. 5. Pendant ce temps, Deidameia, qui était venue par mer de Grèce rejoindre Démétrios, mourut de maladie après avoir passé peu de temps avec lui. 6. Démétrios se réconcilia avec Ptolémée grâce à l'intervention de Séleucos et il fut convenu qu'il épouserait Ptolémaïs, fille de Ptolémée[100]. 7. Sur tous ces points, Séleucos s'était montré aimable, mais ensuite il demanda à Démétrios de lui céder la Syrie en échange d'une somme d'argent et, ne parvenant pas à le convaincre, il se fâcha et lui réclama Sidon et Tyr. Cette attitude fut jugée violente et injuste: Séleucos, qui avait soumis tout le pays, des Indes jusqu'à la mer de Syrie, était-il encore à ce point démuni et misérable qu'il lui faille chasser, pour deux cités, un homme qui était son beau-père et qui avait été victime d'un revers de Fortune? 8. En agissant ainsi, il donnait une éclatante confirmation à Platon selon qui, pour être vraiment riche, il ne faut pas augmenter son bien mais réduire sa cupidité, car celui qui ne sait pas mettre un frein à son avidité n'est jamais délivré de la pauvreté ni du besoin[101].

XXXIII. 1. Cependant, Démétrios ne se laissa pas abattre. Il déclara que, dût-il subir encore dix mille défaites d'Ipsos, il n'accepterait pas de payer pour avoir Séleucos comme gendre. Il fortifia les cités en y installant des garnisons. Puis, ayant appris que Lacharès profitait des dissensions entre les Athéniens pour établir sa tyrannie sur eux[102], il se dit qu'il lui suffirait de se montrer pour s'emparer facilement de la cité. 2. Il

---

97. *Cyinda est une place forte de Cilicie, où avait été placé le trésor de Suse. Antigone s'en était emparé après la mort d'Eumène.*
98. *Rhosos est une ville de Syrie du Nord.*
99. *Antioche était une des capitales des Séleucides.*
100. *La mort de Deidameia vient à propos pour sceller l'alliance avec Ptolémée.*
101. *« L'appauvrissement consiste moins dans une diminution de richesse que dans un accroissement de convoitise », Lois, 736e.*
102. *C'est surtout par des inscriptions que l'on peut reconstituer l'histoire d'Athènes durant les premières décennies du IIIe siècle. Pausanias (Description de la Grèce, I, 25, 7) fait allusion à la tyrannie de ce Lacharès.*

passa la mer sans encombre avec une flotte considérable mais, tandis qu'il longeait les côtes de l'Attique, il essuya une tempête où il perdit la plupart de ses navires et où périrent une grande partie de ses hommes. 3. Lui-même en réchappa et se lança dans une guerre contre les Athéniens ; mais, ne parvenant à rien, il envoya des officiers rassembler une nouvelle flotte. Il passa dans le Péloponnèse et mit le siège devant Messène. 4. Comme il lançait l'assaut contre ses remparts, il se trouva en grand danger : un trait de catapulte le frappa au visage et à la bouche, lui traversant la joue. 5. Mais il se remit et, après avoir repris quelques cités qui avaient fait sécession, il envahit de nouveau l'Attique, se rendit maître d'Éleusis et de Rhamnonte et ravagea la campagne. Il s'empara d'un navire qui portait du blé aux Athéniens et fit pendre le commerçant et le pilote, ce qui effraya les autres négociants et les détourna d'Athènes. Une famine sévère s'abattit sur la ville, accompagnée d'une pénurie générale. 6. Le médimne de sel se vendait quarante drachmes et le médimne de blé trois cents drachmes[103]. 7. Les Athéniens respirèrent un peu en apercevant au large d'Égine cent cinquante navires envoyés à leur secours par Ptolémée ; 8. mais bientôt beaucoup de vaisseaux en provenance du Péloponnèse et de Chypre rejoignirent Démétrios, dont la flotte se monta à trois cents unités. Alors les troupes de Ptolémée levèrent l'ancre et prirent la fuite, tandis que le tyran Lacharès s'échappait en abandonnant la cité.

XXXIV. 1. Les Athéniens avaient voté la peine de mort contre quiconque parlerait de paix et de réconciliation avec Démétrios. Mais ils ouvrirent aussitôt les portes proches de son camp et lui envoyèrent des ambassadeurs ; ils n'espéraient aucune marque de bonté de sa part, mais la disette les pressait. 2. Parmi toutes les atrocités qu'elle occasionna, on rapporte notamment la scène suivante. Un père et son fils étaient assis dans une pièce, désespérant de leur sort, lorsqu'une souris morte tomba du plafond ; dès qu'ils l'aperçurent, ils bondirent tous les deux et se battirent pour l'avoir. 3. On raconte aussi, qu'en la circonstance, le philosophe Épicure nourrit ses disciples en distribuant à chacun d'entre eux un nombre limité de fèves[104]. 4. Telle était donc la situation de la cité lorsque Démétrios y fit son entrée[105]. Il ordonna à tous les habitants de se rassembler dans le théâtre, entoura la scène de soldats en armes, plaça des gardes sur l'estrade des acteurs et descendit lui-même, comme un acteur tragique, par les accès du haut, ce qui augmenta encore la terreur des Athéniens. Mais, dès le début de son discours, il mit fin à leurs craintes. 5. Sans élever la voix ni prononcer de paroles amères, il se contenta de reproches légers et amicaux, puis se réconcilia avec eux, leur fit distribuer cent mille médimnes de blé et rétablit les magistratures auxquelles le peuple était le plus attaché[106]. 6. L'orateur Dromocleidès,

---

103. Athènes avait toujours dépendu pour son ravitaillement des importations de blé. L'en priver en bloquant le Pirée et en mettant la main sur les navires marchands était le plus sûr moyen de la réduire à merci. Le prix du médimne de blé paraît extravagant. En période de disette, le médimne de blé n'avait atteint que le prix de 16 drachmes (Démosthène, Contre Phormion, 39).
104. Épicure avait fondé à Athènes à la fin du IVe siècle l'école du Jardin. Voir Dictionnaire, « Épicure ».
105. En 294.
106. Sans doute les magistratures démocratiques abolies par Lacharès pendant sa tyrannie.

voyant que, dans sa joie, le peuple poussait toutes sortes de clameurs et rivalisait d'éloges avec les démagogues de la tribune, proposa un décret qui remettait au roi Démétrios le Pirée et Mounychie. 7. Ces propositions furent adoptées et Démétrios, de son propre chef, plaça également une garnison au Mouséion pour empêcher le peuple de ruer de nouveau dans les brancards et de lui créer d'autres soucis[107].

XXXV. 1. Dès que les Athéniens furent en son pouvoir, il décida aussitôt de s'en prendre à Lacédémone. Le roi Archidamos marcha contre lui jusqu'à Mantinée : Démétrios le vainquit au combat, le mit en déroute et envahit la Laconie. 2. Au terme d'une nouvelle bataille rangée devant Sparte même, il fit cinq cents prisonniers et deux cents morts et parut sur le point de s'emparer de cette cité, qui jusque-là n'avait pas été prise[108]. 3. Mais jamais, semble-t-il, la Fortune ne fit connaître à aucun autre roi des retournements aussi grands et aussi rapides ; jamais elle ne passa aussi souvent de la petitesse à la grandeur, puis de l'éclat à l'obscurité et, de nouveau, de l'humilité à la puissance. 4. Voilà pourquoi, dans ses pires vicissitudes, Démétrios lançait, dit-on, à la Fortune ces mots d'Eschyle :

> Tu gonfles ma voile et c'est toi aussi, je crois,
> Qui me consumes[109].

5. En cette circonstance notamment, alors que sa situation était si prospère et lui faisait espérer l'empire et la puissance, on annonça d'abord que Lysimaque lui avait pris ses cités d'Asie, puis que Ptolémée s'était emparé de Chypre à l'exception d'une seule cité, Salamine, dans laquelle il tenait assiégés les enfants et la mère de Démétrios. 6. Cependant la Fortune ressemblait à la femme que peint Archiloque[110],

> Qui traîtresse apportait de l'eau dans une main
> Et dans l'autre du feu.

Après l'avoir écarté de Lacédémone en lui annonçant des événements si graves et si inquiétants, elle lui fit aussitôt espérer des succès inattendus et importants. Voici à quelle occasion.

XXXVI. 1. Après la mort de Cassandre[111], Philippe, son fils aîné, mourut lui aussi, n'ayant régné que peu de temps sur les Macédoniens. Ses deux autres fils s'af-

---

107. Ce Dromocleidès avait déjà fait passer un décret honorant Démétrios lors du premier séjour de celui-ci à Athènes (supra, XIII, 1). La présence de garnisons au Pirée et à Mounychie n'était pas un fait nouveau. Mais en plaçant une garnison au Mouséion, à proximité de l'Acropole, Démétrios renforçait son contrôle sur la ville.
108. Sparte n'avait en effet jamais été prise. Mais au début du IIIe siècle, la ville, qui se vantait de ne pas avoir de murailles, avait néanmoins mis en place un système de défense. Selon Pausanias (VII, 8, 5), c'est précisément pour résister à Démétrios que des murs auraient été élevés.
109. On ne sait à quelle tragédie d'Eschyle est emprunté ce vers.
110. Archiloque est un poète originaire de Paros qui vivait au VIIe siècle.
111. Cassandre mourut au printemps 297.

frontèrent alors dans une guerre civile. L'un d'eux, Antipatros, tua leur mère Thessalonicè, et l'autre fit venir à son secours Pyrrhos d'Épire et Démétrios du Péloponnèse. 2. Pyrrhos arriva le premier et, en échange de son intervention, il annexa une grande partie de la Macédoine, ce qui en fit un voisin redoutable pour Alexandre[112]. 3. Quant à Démétrios, dès qu'il reçut la lettre, il se mit en marche avec son armée. Le jeune prince, qui le craignait encore plus que Pyrrhos, en raison de son prestige et de sa gloire, alla à sa rencontre à Dion[113], le salua et se montra fort aimable, mais lui déclara que la situation n'exigeait plus sa présence. 4. Dès lors, ils se soupçonnèrent mutuellement. Un jour que Démétrios se rendait à un repas auquel l'avait invité le jeune homme, on lui dénonça un complot : on s'apprêtait à le tuer pendant la partie de boisson. 5. Démétrios ne se troubla pas ; ralentissant un peu sa marche, il ordonna à ses officiers de tenir son armée en état d'alerte, et demanda à son escorte et à tous les esclaves qui l'entouraient (ils étaient beaucoup plus nombreux que ceux d'Alexandre) d'entrer avec lui dans la salle du festin et d'y rester jusqu'au moment où il se lèverait. 6. Alexandre et ses amis prirent peur et n'osèrent passer à l'acte. Démétrios, prétendant que sa santé lui interdisait de boire, se retira très vite. 7. Le lendemain, il se prépara à lever le camp, déclarant que des événements imprévus étaient survenus, et pria Alexandre de l'excuser s'il partait plus tôt qu'il ne l'avait dit : il le rencontrerait plus à loisir une autre fois. 8. Alexandre, heureux de le voir quitter le pays sans intention hostile et de son plein gré, l'escorta jusqu'en Thessalie. 9. Quand ils arrivèrent à Larissa, ils recommencèrent à comploter l'un contre l'autre, tandis qu'ils s'invitaient réciproquement à dîner. Ce qui rendit Alexandre plus vulnérable aux attaques de Démétrios, 10. ce fut surtout qu'il n'osait pas se protéger, de peur de donner l'idée à son adversaire de faire de même ; il fut donc victime le premier du sort qu'il avait l'intention de lui infliger car il tarda à agir, de peur de le voir s'enfuir. 11. Invité à dîner, il se rendit chez Démétrios. Celui-ci se leva brusquement au milieu du repas. Alexandre prit peur, se leva aussi et le suivit pas à pas jusqu'à la porte. 12. Là, Démétrios se contenta de dire à ses gardes du corps : « Frappez l'homme qui me suit », puis il sortit. Ils abattirent Alexandre et ceux de ses amis qui s'approchaient pour le défendre : l'un d'entre eux déclara, dit-on, au moment où on l'égorgeait, que Démétrios ne les avait devancés que d'un jour.

XXXVII. 1. La nuit se passa dans le trouble, comme on peut l'imaginer. Au point du jour, les Macédoniens, très inquiets, redoutaient la puissance de Démétrios, mais personne ne vint les inquiéter et Démétrios leur fit dire qu'il souhaitait les rencontrer pour se justifier de ce qu'il avait fait. Ils reprirent donc confiance et lui firent bon accueil. 2. Quand il entra, il n'eut pas besoin de longs discours ; comme ils détestaient Antipatros, meurtrier de sa mère, et n'avaient pas de meilleur candidat que Démétrios, ils le proclamèrent roi des Macédoniens et l'emmenèrent aussitôt

---

112. Plutarque a narré ces événements dans Pyrrhos, VI, 4-5.
113. Dion est une ville de Macédoine, à la frontière avec la Thessalie.

avec eux en Macédoine[114]. 3. Les Macédoniens qui étaient restés dans leur pays ne virent pas, eux non plus, ce changement d'un mauvais œil, car ils n'avaient pas oublié comment Cassandre avait outragé Alexandre après sa mort et ils lui en voulaient toujours[115]. 4. Le souvenir qu'ils gardaient encore de la modération d'Antipatros l'Ancien, profitait également à Démétrios, puisqu'il était l'époux de Phila et avait d'elle un fils qui hériterait du pouvoir ; celui-ci, déjà adolescent, servait sous les ordres de son père[116].

XXXVIII. 1. Après un succès aussi brillant, Démétrios apprend que ses enfants et sa mère ont été relâchés et qu'ils ont reçu de Ptolémée des présents et des marques d'honneur. Il apprend également que sa fille, mariée à Séleucos, épouse Antiochos, le fils de ce roi, et qu'elle a été proclamée reine des Barbares du haut pays[117]. 2. Voici ce qui s'était passé, paraît-il. Antiochos était tombé amoureux de Stratonice, qui était jeune mais avait déjà de Séleucos un enfant en bas âge[118]. Antiochos souffrait beaucoup de cette passion et faisait de grands efforts pour la combattre. Pour finir, se condamnant lui-même pour ce désir interdit, pour cette maladie incurable et la déroute de sa raison, il chercha un moyen de se défaire de la vie et décida de se donner la mort sans attirer l'attention, en privant son corps de soins et de nourriture. Il feignit d'être malade, 3. mais son médecin Érasistratos comprit sans peine qu'il était amoureux. Comme il était difficile de découvrir l'objet de cet amour, il passait toutes ses journées dans la chambre du malade : chaque fois qu'entrait une personne jeune, garçon ou femme, il regardait le visage d'Antiochos, surveillait les parties du corps qui, par nature, sont les plus affectées par les émotions de l'âme et observait ses mouvements. 4. Or Antiochos restait imperturbable à l'entrée de chacun, sauf lorsque Stratonice venait le voir, seule ou avec Séleucos ; alors il était en proie, la plupart du temps, à tous les symptômes décrits par Sapphô : perte de la voix, rougeur enflammée, défaillance de la vue, sueurs brutales, pouls troublé et désordonné, et pour finir, quand son âme était entièrement subjuguée, détresse, angoisse et pâleur[119]. 5. En outre, Érasistratos se disait que, s'il s'agissait d'une autre femme, il était peu vraisemblable qu'un fils de

---

114. *On retrouve ici la procédure d'acclamation du roi par l'armée des Macédoniens. On notera d'ailleurs que Démétrios, comme autrefois Cassandre, est désigné par le titre* basileus Macédonon.
115. *Cassandre aurait fait périr Olympias, la mère d'Alexandre, en 316, le jeune Alexandre, fils de Roxane en 310 et Héraclès, le fils qu'Alexandre aurait eu de Barsinè.*
116. *Antipatros l'Ancien était le père de Cassandre et de Phila, le vainqueur d'Athènes en 322. Le fils de Démétrios et de Phila qui s'appelait Antigone comme son grand-père régna sur la Macédoine de 272 à sa mort en 230.*
117. *Plutarque a rappelé* (supra, *XXXV, 5) la prise de Salamine par Ptolémée et la capture de la mère et des enfants de Démétrios et le mariage de Stratonice avec Séleucos* (supra, *XXXI, 5 et suiv.). Le domaine réservé à Antiochos était composé des satrapies situées à l'est de l'Euphrate.*
118. *Ce mariage arrangé pour des raisons politiques avait uni l'un des diadoques à la petite-fille de l'autre, ce qui laisse supposer une importante différence d'âge.*
119. *La poétesse Sapphô de Lesbos a décrit dans ses vers et, en particulier dans une ode célèbre qui a été conservée, les affres de l'amour qu'elle éprouvait pour certaines de ses jeunes compagnes.*

roi s'obstinât à garder le silence jusqu'à la mort. Il était difficile d'expliquer tout cela et de révéler la vérité; cependant, se fiant à l'affection de Séleucos pour son fils, le médecin se risqua un jour à lui dire que ce dont souffrait le jeune homme était l'amour, mais un amour impossible et incurable. 6. Le roi fut stupéfait et lui demanda: «Et pourquoi incurable? – Parce que, par Zeus! c'est de ma femme qu'il est amoureux, répondit Érasistratos. 7. – Et alors, Érasistratos, reprit Séleucos, ne peux-tu lui céder ton épouse, toi qui es l'ami de mon fils, puisque tu vois que c'est notre seul recours dans la tourmente?» Érasistratos répliqua: «Mais toi, tu ne le ferais pas non plus, si c'était Stratonice qu'il désirait, et pourtant, tu es son père. 8. – Mon ami, s'écria Séleucos, si seulement un dieu ou un homme pouvait orienter sa passion dans ce sens et la faire changer d'objet! En ce qui me concerne, je trouverais beau de renoncer même à la royauté, tant je tiens à Antiochos!» 9. Séleucos prononça ces mots avec une émotion profonde, en versant un flot de larmes. Alors Érasistratos lui prit la main et lui dit: «Tu n'as pas besoin d'Érasistratos; puisque tu es à la fois père, époux et roi, tu peux être aussi le meilleur médecin de ta maison.» 10. Séleucos réunit alors une assemblée de tous ses peuples et déclara qu'il avait la volonté et l'intention de proclamer Antiochos et Stratonice roi et reine de tout le haut pays, en les mariant. 11. «Je pense, dit-il, que mon fils, qui a l'habitude de m'obéir en tout et qui est docile, ne présentera aucune objection à ce mariage; mais si ma femme répugne à ce manquement à la coutume, je demande à mes amis de lui expliquer et de lui démontrer qu'elle doit juger belles, justes et conformes à l'intérêt toutes les décisions du roi.» 12. Telle fut, dit-on, l'origine du mariage d'Antiochos et de Stratonice.

XXXIX. 1. Après s'être emparé de la Macédoine, Démétrios prit la Thessalie; il tenait également la plus grande partie du Péloponnèse et, en dehors de l'Isthme, Mégare et Athènes. Il se mit en campagne contre les Béotiens. 2. Dans un premier temps, ils lui adressèrent des propositions d'amitié raisonnables, mais ensuite, le Spartiate Cléonymos s'étant jeté sur Thèbes avec une armée, ils se soulevèrent et, enflammés par Peisis de Thespies, qui était alors chez eux le personnage le plus illustre et le plus influent, ils firent sécession. 3. Démétrios fit alors avancer ses machines de guerre et assiégea Thèbes; pris de peur, Cléonymos s'enfuit et les Béotiens, épouvantés, se rendirent[120]. 4. Démétrios installa une garnison dans leurs cités, se fit payer une forte somme d'argent et partit, en leur laissant comme gouverneur et harmoste l'historien Hiéronymos[121]. Cette attitude fut jugée clémente, surtout dans le cas de Peisis, 5. dont il s'empara, mais à qui il ne fit aucun mal: bien au contraire, après lui avoir adressé des paroles aimables, il le nomma polémarque à Thespies[122].

---

120. La possession de Thèbes et de la Béotie permettait à Démétrios de contrôler le passage entre ses possessions du nord de la Grèce et le Péloponnèse. Sur Cléonymos, voir Agis, III, 6.
121. Il s'agit de Hiéronymos de Cardia que Plutarque a souvent utilisé. L'harmoste commandait la garnison. Le titre d'épimélétès (gouverneur) impliquait que Démétrios confiait aussi à Hiéronymos l'administration de la cité.
122. Thespies est une cité de la Confédération béotienne. Démétrios, maître du pays, nomme lui-même les magistrats.

6. Peu après, Lysimaque fut fait prisonnier par Dromichaïtès[123], ce qui poussa Démétrios à marcher en toute hâte sur la Thrace, croyant la trouver vide de défenseurs et s'en emparer. Mais les Béotiens firent de nouveau sécession et, en même temps, on annonça que Lysimaque avait été libéré. 7. Démétrios, plein de colère, revint rapidement sur ses pas; il trouva les Béotiens soumis par son fils Antigone, qui les avait vaincus au combat, et il remit le siège devant Thèbes[124].

XL. 1. Cependant, Pyrrhos faisait des incursions en Thessalie et on l'avait vu surgir jusqu'aux Thermopyles. Démétrios, laissant Antigone continuer le siège, se porta contre lui[125]. 2. Pyrrhos prit vite la fuite. Démétrios installa en Thessalie dix mille hoplites et mille cavaliers, puis revint presser le siège de Thèbes. Il fit approcher sa fameuse hélépole qu'on ne déplaçait que difficilement et sur de courtes distances à cause de son poids et de sa taille : en deux mois, elle avança à peine de deux stades[126]. 3. Comme les Béotiens se défendaient vaillamment et que Démétrios, plus par ambition que par nécessité, obligeait ses soldats à combattre et à risquer leur vie, Antigone, les voyant tomber en grand nombre, s'écria fort ému : « Pourquoi, mon père, voyons-nous avec indifférence toutes ces vies gaspillées sans nécessité ? » 4. Démétrios répondit avec colère : « Pourquoi t'en inquiéter ? Est-ce que tu dois verser une ration à ceux qui meurent ? » 5. Cependant, pour ne pas avoir l'air de n'être prodigue que de la vie des autres, il s'exposa avec les combattants et fut atteint par un javelot qui lui transperça le cou. Il fut grièvement blessé mais, loin de relâcher ses efforts, il prit Thèbes pour la seconde fois[127]. 6. Quand il y entra, tous les habitants étaient tendus et inquiets, s'attendant à subir les derniers supplices, mais il tua treize personnes, en exila quelques autres et fit grâce aux autres. Il n'y avait pas encore dix ans que Thèbes était de nouveau habitée : dans ce laps de temps, elle fut prise deux fois[128]. 7. La date des concours Pythiques étant venue, Démétrios osa une grande innovation. 8. Comme les Étoliens occupaient les défilés qui entourent Delphes, il transporta les compétitions et la panégyrie à Athènes, déclarant qu'il n'y avait pas de meilleur endroit pour y honorer le dieu qui était le protecteur ancestral de la cité et passait pour être à l'origine de ses habitants[129].

---

123. Dromichaïtès était roi des Gètes qui vivaient au nord du Danube. Lysimaque était alors en Thrace.
124. Une fois de plus, la Fortune change de camp, mais Démétrios réussit à reprendre l'initiative.
125. Pyrrhos occupait une partie de la Macédoine (voir supra, XXXI, 2). C'est contre lui que Démétrios va devoir lutter pour rendre effectif son titre de roi des Macédoniens.
126. Sur l'hélépole, voir supra, XX, 7 et XXI, 1-4. 2 stades correspondent à peu près à 360 m.
127. Démétrios s'était emparé une première fois de Thèbes (supra, XXXIX, 3). Mais la cité s'était libérée à la faveur de son absence.
128. Thèbes avait été détruite par Alexandre en 335, reconstruite par Cassandre en 316. Le deuxième siège de Thèbes a lieu en 291, donc plus de vingt ans après sa reconstruction.
129. Les Étoliens s'étaient alliés aux Béotiens contre Démétrios. Les concours Pythiques en l'honneur d'Apollon se déroulaient tous les quatre ans à Delphes. Apollon était le père de Ion qui, par sa mère Créuse, appartenait à la dynastie des rois d'Athènes. C'est le sujet de la tragédie d'Euripide, Ion. Apollon était honoré à Athènes sous l'épithète de Patroos, « protecteur ancestral ».

XLI. 1. De là, il retourna en Macédoine. La nature ne l'avait pas fait pour le repos, et il voyait que les gens le respectaient davantage quand il était en campagne, alors qu'en temps de paix ils étaient agités et séditieux : il partit donc en expédition contre les Étoliens. 2. Il ravagea leur pays et y laissa Pantauchos avec une partie considérable de son armée. Quant à lui, il marcha contre Pyrrhos qui lui-même s'avançait à sa rencontre. 3. Mais ils se manquèrent : Démétrios se mit à ravager l'Épire tandis que Pyrrhos tombait sur Pantauchos et engageait le combat contre lui. Pyrrhos et Pantauchos en vinrent même aux mains et se blessèrent mutuellement ; pour finir, Pyrrhos mit Pantauchos en déroute, tua beaucoup de ses hommes et en captura cinq mille[130]. 4. Cet événement fit le plus grand tort à Démétrios, car Pyrrhos fut moins détesté pour ses actes qu'admiré parce qu'il avait accompli la plupart de ses exploits de sa propre main : cette bataille lui valut auprès des Macédoniens une grande et brillante renommée. 5. Beaucoup d'entre eux disaient même que de tous les rois, il était le seul en qui on apercevait une image de l'audace d'Alexandre ; les autres, et surtout Démétrios, n'étaient que des acteurs qui imitaient, comme s'ils étaient sur scène, la dureté et la morgue du héros. 6. Et en vérité, Démétrios s'entourait de tout un décor de tragédie ; non seulement il portait des vêtements et un diadème extraordinaires, des *causiaï* à double mitre et des tissus de pourpre bordés d'or, mais encore, aux pieds, des chaussures qu'il s'était fait faire avec de la pourpre pure incorporée au feutre et qui étaient brodées d'or[131]. 7. On tissait également pour lui depuis longtemps une chlamyde, un ouvrage superbe qui représentait l'univers et les phénomènes célestes ; 8. elle resta inachevée à cause du retournement de sa situation et, malgré le nombre des rois arrogants qu'on vit par la suite en Macédoine, nul n'osa la porter.

XLII. 1. Les gens étaient choqués par de tels spectacles, dont ils n'avaient pas l'habitude[132]. De plus, ils avaient du mal à supporter la vie fastueuse et débauchée de Démétrios, et surtout la difficulté de l'approcher et de l'aborder : soit il ne donnait pas l'occasion aux gens de le rencontrer soit, s'il les rencontrait, il se montrait désagréable et rogue. 2. Les Athéniens étaient les Grecs qu'il appréciait le plus : pourtant il retint pendant deux ans une ambassade qu'ils lui avaient adressée. Lacédémone ne lui avait envoyé qu'un seul ambassadeur : il se crut méprisé et se fâcha. 3. Mais l'ambassadeur réagit avec esprit, d'une manière bien laconienne. Démétrios s'étant récrié : « Que dis-tu ? Les Lacédémoniens n'ont envoyé qu'un seul ambassadeur ? » Il répondit : « Oui, roi, à un seul homme. » 4. Un jour qu'il sortait, l'air plus simple et plus abordable que d'habitude, plusieurs personnes coururent à lui et lui remirent des suppliques écrites. 5. Il les prit toutes et les mit dans sa chlamyde. Les gens lui firent cortège, tout joyeux. Mais, lorsqu'il parvint sur le pont de l'Axios, il ouvrit sa

---

130. Ce combat est longuement évoqué dans Pyrrhos, *VII, 4-10.*
131. La comparaison entre le faste vestimentaire des rois hellénistiques et la fausse majesté des acteurs est un thème qu'on retrouve plusieurs fois chez Plutarque. La causia *est un chapeau à large bord.*
132. Tout ce développement oppose le pouvoir absolu de Démétrios à la vieille tradition de la monarchie macédonienne incarnée par Philippe II.

chlamyde et jeta toutes les suppliques dans le fleuve. 6. Cette attitude peina profondément les Macédoniens : ils avaient l'impression d'avoir en lui, non un roi, mais quelqu'un qui cherchait à les humilier. Ils se rappelaient et se plaisaient à entendre rappeler combien Philippe à cet égard était modéré et accueillant. 7. Un jour, par exemple, comme il était importuné par une femme âgée qui l'arrêtait au passage et lui demandait avec insistance de l'écouter, il lui dit qu'il n'avait pas le temps. Alors elle poussa les hauts cris et lui lança : « Alors, ne sois pas roi ! » Ce reproche mordit Philippe au cœur et le fit réfléchir : de retour chez lui, il reporta toutes ses affaires pour se consacrer à ceux qui voulaient le rencontrer, à commencer par cette vieille femme, et il y passa plusieurs jours. 8. En vérité, rien n'est plus digne d'un roi que de rendre la justice. Arès est un tyran, comme le dit Timothée, mais ce qui exerce le pouvoir royal sur l'univers, selon Pindare, c'est la loi[133]. 9. Quant à Homère, il affirme que les rois reçoivent de Zeus, non des hélépoles ou des navires aux éperons de bronze, mais les décrets de la justice divine qu'ils ont pour mission de protéger et de garder ; c'est le roi le plus juste, et non le plus belliqueux, le plus injuste ou le plus sanguinaire, qu'il a surnommé « familier et disciple de Zeus »[134]. 10. Pourtant, Démétrios se réjouissait de porter le titre le plus opposé à ceux du roi des dieux : alors que Zeus était surnommé Polieus [« Protecteur de la cité »] ou Poliouchos [« Celui qui tient la cité »], il reçut, lui, le surnom de Poliorcète [« Assiégeur de cités »][135]. 11. On voit combien, sous l'effet d'une puissance ignorante, le mal prenait la place du bien et mêlait l'injustice à la gloire.

XLIII. 1. Démétrios tomba très dangereusement malade à Pella, ce qui faillit lui faire perdre la Macédoine car Pyrrhos accourut en toute hâte et s'avança jusqu'à Édessa[136]. 2. Mais, dès qu'il fut un peu rétabli, Démétrios le repoussa sans peine, puis conclut avec lui des accords, car il ne voulait pas, à force d'escarmouches et d'affrontements avec cet ennemi qu'il avait constamment dans les jambes, se trouver affaibli pour l'exécution de ses projets. 3. Or il ne projetait rien moins que de reconquérir tout l'empire qui avait été soumis à son père, et ses préparatifs étaient à la hauteur de ses espoirs et de son ambition[137]. Il avait déjà réuni une armée de

---

133. Il s'agit du poète Timothée de Milet, né vers le milieu du Ve siècle. La formule attribuée à Pindare est citée dans le Gorgias *de Platon, 484b.*
*134. Plutarque évoque ici une conception du pouvoir royal développée dans les écoles philosophiques et qui se référait volontiers à des traditions anciennes remontant à Homère (*Iliade*, I, v. 238 et suiv. ;* Odyssée, *XIX, v. 178 et suiv.) qui qualifiaient le roi comme celui qui rend la justice et en est le garant.*
135. Les épithètes Polieus ou Poliouchos accolées au nom de Zeus impliquaient que le dieu étendait sa protection sur la cité, alors que celle que les Grecs donnaient à Démétrios, le Poliorcète, le preneur de ville, en faisait au contraire un adversaire. Plutarque joue ici sur les mots pour dénigrer Démétrios qui devient, au fur et à mesure que s'accroît son pouvoir, de plus en plus odieux.
136. Édessa, anciennement Aïgaï, se trouvait un peu au nord de Pella, la capitale de la Macédoine.
137. Sur ces projets que Plutarque attribue à Démétrios, voir Will (1979), p. 94-96. Démétrios n'avait pas réalisé, semble-t-il, qu'après Ipsos un nouvel ordre s'était mis en place qui rendait vaine toute tentative de reconstituer l'empire d'Alexandre.

quatre-vingt-dix-huit mille fantassins ainsi que près de douze mille cavaliers. 4. Quant à la flotte, il faisait construire cinq cents navires en même temps, dont on fabriquait les carènes les unes au Pirée, les autres à Corinthe, les autres à Chalcis, les autres près de Pella. Il se rendait lui-même dans ces différents endroits, expliquait aux ouvriers ce qu'il lui fallait, et participait aux travaux[138]. Tous étaient frappés par le nombre de ces bâtiments et surtout par leur taille, 5. car personne n'avait jamais vu jusque-là de navire à quinze ou seize rangs de rameurs. Par la suite, Ptolémée Philopator en fit construire un qui avait quarante rangs de rameurs, qui était long de deux cent quatre-vingts coudées, et haut de quarante-huit[139], jusqu'au sommet de la poupe; il était équipé de quatre cents matelots, sans compter les rameurs, au nombre de quatre mille, et il pouvait accueillir en outre, sur les coursives et sur le pont, près de trois mille hoplites. 6. Mais ce navire ne fut jamais qu'une curiosité : il ne différait guère des bâtiments construits sur la terre ferme et semblait n'être fait que pour être exposé, non pour être utilisé, tant il était dangereux et difficile à déplacer. 7. Mais la beauté des navires de Démétrios ne les empêchait pas de combattre et la perfection de leur agencement n'enlevait rien à leur utilité ; au contraire, leur vitesse et leur efficacité étaient encore plus spectaculaires que leur taille.

XLIV. 1. Pendant que se dressait contre l'Asie une force telle que personne n'en avait jamais eue auparavant, depuis Alexandre, les trois rois Séleucos, Ptolémée et Lysimaque se liguèrent contre Démétrios, 2. puis envoyèrent à Pyrrhos une ambassade commune pour lui demander d'attaquer la Macédoine sans tenir compte d'un traité où Démétrios ne lui avait pas promis de ne pas l'attaquer, mais s'était réservé à lui-même la possibilité d'attaquer le premier celui qu'il voudrait[140]. 3. Pyrrhos accueillit favorablement leur requête et Démétrios, qui était encore au stade des préparatifs, se trouva encerclé par une grande guerre. En effet, au même moment, Ptolémée, qui avait fait voile avec une flotte considérable, détachait de lui la Grèce, tandis que Lysimaque, parti de Thrace, et Pyrrhos, venu du pays limitrophe, envahissaient la Macédoine et la mettaient au pillage. 4. Démétrios laissa son fils en Grèce et vola lui-même au secours de la Macédoine. Il se porta d'abord contre Lysimaque, 5. mais on lui annonça que Pyrrhos avait pris la cité de Béroia. La nouvelle se répandit rapidement parmi les Macédoniens et il n'y eut plus aucune discipline dans l'armée de Démétrios ; son camp était empli de lamentations, de pleurs, de cris de colère et d'insultes à son égard ; les soldats ne voulaient plus rester et cherchaient à partir, soi-disant pour rentrer chez eux, en réalité pour rejoindre Lysimaque. 6. Démétrios décida donc de se tenir le plus loin possible de ce prince et de se tourner contre Pyrrhos, car Lysimaque était le compatriote de

---

138. Plutarque a déjà évoqué le goût de Démétrios pour la mécanique, tenue pour une technè digne d'un roi (supra, XX, 5-7).
139. Il s'agit de Ptolémée IV qui régna de 221 à 204. Le célèbre navire qui mesurait 124 m de long et 21 m de haut ne sortit jamais du port d'Alexandrie.
140. Ce traité a été cité supra en XLIII, 2.

ses soldats et beaucoup le connaissaient, à cause d'Alexandre, tandis que Pyrrhos était un envahisseur, un étranger que les Macédoniens, se disait-il, ne lui préféreraient jamais. 7. Il se trompait lourdement dans ses calculs. Il se rapprocha de Pyrrhos et établit son camp à côté du sien. Or ses soldats admiraient les brillants exploits militaires de Pyrrhos, et ils étaient habitués de tout temps à considérer que le meilleur à la guerre était aussi le plus digne de régner; de plus, en la circonstance, on leur disait que Pyrrhos traitait les prisonniers avec douceur; enfin, ils désiraient quitter Démétrios à tout prix pour rejoindre l'un ou l'autre de ses adversaires. 8. Ils commencèrent donc par se retirer discrètement et par petits groupes, puis l'agitation et le désordre gagnèrent ouvertement tout le camp et, finalement, certains osèrent aller trouver Démétrios pour lui conseiller de s'en aller et de sauver sa vie, car désormais les Macédoniens en avaient assez de se battre pour protéger son luxe. 9. Ces paroles parurent très modérées à Démétrios, par contraste avec la rudesse des autres propos. Il se retira sous sa tente, en acteur plutôt qu'en roi, revêtit une chlamyde sombre au lieu de la chlamyde de théâtre qu'il portait auparavant et partit sans attirer l'attention. 10. La plupart des Macédoniens se ruèrent aussitôt au pillage; pendant qu'ils se battaient entre eux et déchiraient sa tente, Pyrrhos parut, remporta la victoire au premier assaut et s'empara du camp. 11. Il partagea avec Lysimaque toute la Macédoine que Démétrios avait tenue solidement pendant sept ans[141].

XLV. 1. Voilà comment Démétrios fut chassé du pouvoir. Il s'enfuit à Cassandreia[142]. Sa femme Phila, bouleversée, n'eut pas le courage de voir le plus malheureux des rois devenu simple particulier et fugitif[143]. Renonçant à toute espérance, pleine de haine pour la Fortune de Démétrios qui se montrait plus constante dans le malheur que dans le bonheur, elle but du poison et mourut. 2. Quant à Démétrios, résolu à se cramponner aux dernières épaves qui lui restaient, il embarqua pour la Grèce et rassembla les généraux et les amis qu'il avait là-bas. 3. Le *Ménélas* de Sophocle[144] donne de sa Fortune l'image suivante :

> Agité par la roue de la divinité,
> Mon destin toujours tourne et change de nature.
> Il ressemble à la lune qu'on ne voit jamais
> Garder deux nuits de suite une forme identique.
> Invisible d'abord, elle arrive, nouvelle,
> Ensuite elle embellit et remplit son visage
> Puis, quand elle a brillé dans sa pleine splendeur,
> Elle décline alors et retourne au néant.

---

141. Démétrios avait régné en Macédoine de 294 à 287. Sur ces événements, voir Pyrrhos, *XI, 8-14 et XII, 1.*
142. Cassandreia, refondée par Cassandre à l'emplacement de l'ancienne Potidée.
143. Il semble qu'en dépit des nombreuses unions qu'il avait contractées, Démétrios ait toujours considéré Phila comme son épouse légitime.
144. On ne connaît pas cette tragédie de Sophocle.

4. Cette image s'appliquerait encore mieux à la vie de Démétrios, avec ses ascensions et ses déclins, ses alternances de plénitude et d'obscurité car, même à cette époque, sa puissance, qui paraissait totalement éclipsée et éteinte, lança de nouveaux feux, tandis que des troupes qui affluaient peu à peu autour de lui venaient combler ses espérances. 5. Au début pourtant, il parcourut les cités comme un simple particulier, dépouillé des ornements royaux, et quelqu'un, le voyant à Thèbes dans cette situation, cita, fort à propos, ces vers d'Euripide :

> Quittant l'aspect d'un dieu pour celui d'un mortel,
> Le voici maintenant aux sources de Dircè,
> Au bord de l'Isménos[145].

XLVI. 1. Dès qu'il se fut engagé dans la voie royale de l'espérance et qu'il eut réuni de nouveau autour de lui une forme et une apparence de pouvoir, il rendit aux Thébains leur constitution[146]. 2. Mais les Athéniens firent sécession, rayèrent de la liste des éponymes Diphilos, qui était inscrit comme prêtre des Sauveurs, et décrétèrent que ce seraient de nouveau les archontes qui seraient choisis pour l'éponymie, selon l'usage ancestral[147]. Puis, voyant que Démétrios était plus fort qu'ils ne s'y étaient attendus, ils envoyèrent chercher Pyrrhos en Macédoine. 3. Plein de colère, Démétrios marcha contre eux et soumit la cité à un siège rigoureux. Le peuple lui envoya le philosophe Cratès[148], un homme illustre et influent, et Démétrios, ébranlé par ses prières en faveur des Athéniens et convaincu par les conseils qu'il lui donnait sur ses propres intérêts, leva le siège. 4. Rassemblant tous ses navires, il fit monter à bord onze mille soldats, des cavaliers, et fit voile vers l'Asie, dans l'intention de détacher de Lysimaque la Carie et la Lydie. 5. À Milet, il est accueilli par Eurydice, sœur de Phila, qui lui amène Ptolémaïs, une des filles qu'elle a eues de Ptolémée, et qui avait été promise en mariage à Démétrios par l'entremise de Séleucos[149]. Démétrios l'épouse donc, avec le consentement d'Eurydice. 6. Après le mariage, il se tourne aussitôt contre les cités : beaucoup se donnant à lui spontanément, beaucoup aussi étant prises de force. Il s'empara même de Sardes et certains des généraux de Lysimaque passèrent dans son camp, lui apportant de l'argent et des renforts. 7. Mais comme Agathoclès, fils de Lysimaque, marchait contre lui avec une armée, il monta en Phrygie, bien décidé, s'il mettait la main sur l'Arménie, à soulever la Médie et à s'emparer du haut pays qui lui offrait de nombreuses possibilités de refuges et de retraites au cas où il serait repoussé. 8. Agathoclès le poursuivit : dans les engagements, Démétrios avait le des-

---

145. Les vers d'Euripide, Les Bacchantes, *v. 4-5, sont prononcés par Dionysos. La femme de Lycos, Dircè, changée en ruisseau après sa mort violente, était devenue un symbole de Thèbes.*

146. C'est en 288-287 que Démétrios avait rétabli les libertés de Thèbes et reconstitué l'ancienne Confédération béotienne.

147. Un décret permet de dater cette défection athénienne de 287-286. Les archontes seraient de nouveau tirés au sort et non plus nommés.

148. Cratès était alors à la tête de l'Académie.

149. Il a été fait allusion à ce projet de mariage supra *en XXXII, 6.*

sus, mais il ne parvenait pas à se procurer du ravitaillement et du fourrage et se trouvait dans une grande détresse, d'autant plus que ses soldats se doutaient qu'il avait l'intention de les emmener en Arménie et en Médie. 9. La faim les pressait de plus en plus et, au passage du Lycos[150], il manqua le gué, ce qui lui fit perdre un grand nombre d'hommes, emportés par le courant. 10. On ne se privait pas de le railler. Un soldat écrivit devant sa tente le début d'*Œdipe*, en modifiant légèrement le texte :

> Enfant du vieil aveugle Antigone, dis-moi,
> En quel lieu sommes-nous[151] ?

XLVII. 1. Pour finir, comme il arrive souvent quand on en est réduit à manger n'importe quoi, une épidémie s'ajouta à la famine ; il ne perdit pas moins de huit mille hommes et ramena ceux qui restaient en arrière. 2. Il descendit à Tarse. Il ne voulait pas toucher au pays, qui était alors sous la domination de Séleucos, afin de ne fournir à ce prince aucun prétexte pour engager les hostilités, mais ce fut impossible, à cause de l'extrême dénuement des soldats. Comme Agathoclès avait fortifié les passages du Taurus, 3. Démétrios écrivit à Séleucos une lettre où, après s'être longuement plaint de sa Fortune, il lui adressait beaucoup de supplications et de prières, l'invitant à prendre pitié d'un homme qui lui était apparenté[152] et dont les malheurs méritaient la compassion de ses ennemis eux-mêmes. 4. Séleucos se laissa un peu attendrir ; il écrivit à ses généraux qui se trouvaient sur place d'assurer à Démétrios des ressources dignes d'un roi et à ses troupes de la nourriture en abondance. Mais Patroclès, qui passait pour un homme intelligent et un ami loyal de Séleucos, intervint alors ; il déclara que le plus grave n'était pas la dépense occasionnée par l'entretien de l'armée, mais qu'il n'était pas bon de laisser Démétrios séjourner dans le pays : il avait toujours été le plus violent et le plus remuant des rois, et il se trouvait maintenant dans l'infortune, ce qui pousse à l'audace et au crime même les natures modérées. 5. Il excita la colère de Séleucos qui se jeta en Cilicie avec une armée nombreuse. 6. Démétrios, stupéfait d'un retournement aussi rapide, prit peur : il se replia dans les positions les plus sûres du Taurus et envoya demander à Séleucos de le laisser s'emparer d'un territoire chez les Barbares autonomes où il pourrait finir sa vie en cessant d'errer et de fuir, ou, sinon, de nourrir au moins son armée sur place pendant l'hiver et de ne pas le chasser, dans une misère et un dénuement total, en le livrant à ses ennemis.

XLVIII. 1. Séleucos, se méfiant de tout cela, lui permit de prendre ses quartiers d'hiver en Cataonie[153], s'il le voulait, pendant deux mois, après avoir livré comme otages

---

150. *Le Lycos est un fleuve au nord de la Cappadoce.*
151. *Il s'agit des deux premiers vers de l'*Œdipe à Colone *de Sophocle. Le vocatif féminin,* Antigone, *est ici remplacé par un génitif masculin et fait allusion au fait qu'Antigone, père de Démétrios, était borgne.*
152. *Séleucos avait épousé la fille de Démétrios, Stratonice, qu'il avait ensuite cédée à son propre fils Antiochos (voir* supra, *XXXVIII).*
153. *La Cataonie se situe au nord de la Cilicie.*

les premiers de ses amis ; en même temps, il fit barrer les cols qui menaient en Syrie. Démétrios, enfermé et encerclé comme une bête fauve, fut obligé de recourir à la force ; il parcourut le pays, engagea le combat contre Séleucos, qui l'attaquait, et fut toujours vainqueur. 2. Une fois même, alors qu'on avait lancé sur lui des chars armés de faux[154], il tint bon, les mit en déroute, chassa les troupes qui barraient les cols menant en Syrie, et s'en empara. 3. Ce succès l'exalta ; voyant que ses soldats avaient repris courage, il se prépara à livrer une lutte décisive contre Séleucos qui lui-même était dans un grand embarras ; 4. par défiance et par crainte, il avait renvoyé les renforts que lui adressait Lysimaque et, maintenant qu'il était seul, il hésitait à s'en prendre à Démétrios, craignant son désespoir et les retournements de Fortune qui le portaient si souvent de la pire détresse aux plus grands succès. 5. Mais Démétrios fut alors victime d'une maladie grave, qui affaiblit beaucoup son corps et ruina complètement sa situation. Certains de ses soldats passèrent à l'ennemi, les autres se débandèrent. 6. Il se remit à grand-peine, au bout de quarante jours. Emmenant les hommes qui lui restaient, il avança vers la Cilicie. Mais c'était pour abuser les ennemis et leur donner le change : il leva le camp sans trompette pendant la nuit et, prenant la direction opposée, il passa l'Amanus[155] et ravagea le bas pays jusqu'à la Cyrrhestique.

XLIX. 1. Séleucos se montra alors et installa son camp à proximité. Démétrios fit partir son armée pendant la nuit et marcha contre Séleucos qui resta longtemps dans l'ignorance de son approche, car il dormait. 2. Mais quelques déserteurs le rejoignirent et lui révélèrent le danger. Alors, frappé de terreur, il se leva d'un bond et, tout en attachant ses chaussures, il fit sonner le signal du combat, en criant à ses compagnons qu'il était aux prises avec un fauve redoutable. 3. Démétrios, comprenant au vacarme des ennemis que son approche était découverte, se retira en toute hâte. Au point du jour, talonné par Séleucos, il envoya un de ses officiers à l'autre aile et infligea une déroute aux ennemis qu'il avait en face de lui. 4. Alors Séleucos abandonna son cheval, ôta son casque et, saisissant un bouclier, s'avança vers les mercenaires ; se faisant reconnaître, il les invita à passer dans son camp et à comprendre enfin que c'était pour les épargner eux[156], et non Démétrios, qu'il avait attendu si longtemps. Sur quoi, tous le saluèrent, le proclamèrent roi et passèrent à lui. 5. Démétrios, comprenant que, de toutes ses vicissitudes, celle-ci était la dernière et lui portait le coup de grâce, se déroba et s'enfuit vers les Portes Amanides. Il se jeta dans un bois épais avec quelques amis et une très petite escorte et là, il attendit la nuit. Il avait l'intention de prendre, si possible, la route de Caunos[157] et de descendre jusqu'à

---

154. Les chars à faux étaient utilisés dans l'armée perse (voir Xénophon, Anabase, I, 7, 10-12). Séleucos, héritier en Asie de l'empire perse, avait donc adopté cet usage.

155. La chaîne de l'Amanus sépare la Cilicie de la Syrie qui était le centre de la puissance de Séleucos.

156. C'est là une pratique traditionnelle qui consiste à débaucher les mercenaires de l'adversaire contre des promesses comme celle qu'évoque Plutarque (les épargner), mais peut-être aussi d'une solde plus élevée.

157. C'est-à-dire les défilés qui, à travers l'Amanus, permettent de passer de Cilicie en Syrie.

la mer où il espérait trouver sa flotte au mouillage ; 6. cependant, apprenant qu'ils n'avaient même pas de vivres pour cette journée, il envisagea d'autres plans. 7. Sur ces entrefaites survint Sosigénès, un de ses compagnons, qui avait quatre cents pièces d'or dans sa ceinture. Espérant que cette somme leur permettrait de parvenir jusqu'à la mer, ils se mirent en marche dans les ténèbres, en direction des cols. 8. Mais les ennemis y avaient allumé des feux. Alors, renonçant à cette route, ils revinrent à leur point de départ. Mais ils n'étaient plus aussi nombreux, quelques-uns ayant pris la fuite, et ceux qui restaient n'avaient plus la même ardeur. 9. L'un d'eux ayant osé dire que Démétrios devait se rendre à Séleucos, le roi tira son épée et voulut se tuer, mais ses amis l'entourèrent, le consolèrent et le persuadèrent de suivre ce conseil. Il envoya dire à Séleucos qu'il se livrait à lui[158].

L. 1. À cette nouvelle, Séleucos déclara : « Ce n'est pas la Fortune de Démétrios qui le sauve ; c'est la mienne qui, après m'avoir accordé tant de belles faveurs, me permet de montrer mon humanité et ma clémence. » 2. Il appela ses intendants et leur ordonna de dresser une tente royale et, par ailleurs, de tout faire et de tout préparer pour offrir à Démétrios un accueil et des honneurs magnifiques. 3. Séleucos avait auprès de lui un certain Apollonidès, qui avait été un proche de Démétrios ; Séleucos le lui envoya aussitôt, pour le réconforter et lui rendre courage, en lui rappelant que celui qu'il allait rencontrer était un homme de sa famille, un parent par alliance. 4. Dès que ces dispositions furent connues, les amis de Démétrios, d'abord en petit nombre, puis presque tous, se précipitèrent à la rencontre du vaincu, se disputant l'honneur d'arriver les premiers, car ils espéraient qu'il serait bientôt très influent auprès de Séleucos. 5. Mais cet empressement changea la pitié du roi en jalousie. Il laissa les malveillants et les envieux pervertir et gâter ses sentiments humains ; ils l'inquiétèrent en lui disant que, dès que Démétrios serait en vue, de grands mouvements de révolte éclateraient aussitôt dans le camp. 6. Apollonidès venait d'arriver tout joyeux auprès de Démétrios ; les autres le suivaient, porteurs de nouvelles admirables concernant Séleucos. Démétrios qui, après une infortune et un échec si graves, avait d'abord cru honteux de s'être livré, commençait à changer d'avis ; il reprenait courage et se fiait de nouveau à ses espérances. Mais Pausanias surgit, avec près de mille soldats, tant fantassins que cavaliers ; 7. il encercla soudain Démétrios, le sépara des autres et, au lieu de le conduire en présence de Séleucos, il l'emmena à Chersonésos en Syrie[159], 8. où il resta dès lors sous bonne garde. Séleucos lui assura un entretien convenable, de l'argent et un train de vie qui ne laissait rien à désirer ; on lui donna des terrains d'exercice, des promenades royales et des parcs pleins de gibiers. 9. On autorisa même ceux de ses amis qui l'avaient suivi dans sa fuite à habiter avec lui s'ils le désiraient. Il recevait également la visite de messagers envoyés par Séleucos, porteurs de propos conciliants : ils l'encourageaient à garder confiance et l'assuraient que, dès qu'Antiochos arriverait avec Stratonice, il serait libéré.

---

158. *C'est à la fin de l'année 286 ou au début de l'année suivante que Démétrios se rendit à Séleucos.*
159. *Chersonésos de Syrie est sans doute l'endroit où fut élevée la cité d'Apamée sur l'Oronte.*

LI. 1. Dans une telle infortune, Démétrios écrivit à son fils, ainsi qu'aux officiers et aux amis qu'il avait à Athènes et à Corinthe, de ne pas se fier à ses lettres et à son sceau, de le tenir désormais pour mort et de veiller pour Antigone sur les cités et les possessions qui lui restaient. 2. Quant à Antigone, lorsqu'il apprit la captivité de son père, il fut profondément affligé et prit des vêtements de deuil; il écrivit aux autres rois et à Séleucos lui-même, pour les supplier et leur offrir tout ce qu'il possédait encore; il se déclarait même prêt à s'offrir comme otage à la place de son père. 3. De nombreuses cités se joignirent à ses prières, ainsi que de nombreux princes, sauf Lysimaque qui envoya au contraire un message à Séleucos lui promettant beaucoup d'argent s'il tuait Démétrios[160]. 4. Après une telle démarche, Séleucos, déjà mal disposé à l'égard de Lysimaque, le jugea plus impie et barbare encore: s'il gardait aussi longtemps Démétrios, c'était pour son fils Antiochos et pour Stratonice, afin de leur permettre de lui faire grâce eux-mêmes.

LII. 1. Quant à Démétrios, il avait, dès le début, su accepter l'infortune qui s'abattait sur lui et il s'habitua bientôt à supporter sa situation avec plus de sérénité. Dans un premier temps, il se donna du mouvement, si l'on peut dire, en s'adonnant le plus possible à la chasse et à la course; 2. mais ensuite, il se laissa gagner insensiblement par la paresse à l'égard de ces activités et par l'indolence; il s'adonna à la boisson et au jeu de dés, et y consacra la plus grande partie de son temps. 3. Peut-être cherchait-il ainsi à fuir les réflexions que lui inspirait sa situation, quand il était sobre, et à jeter sur ses pensées le voile de l'ivresse. Peut-être aussi avait-il compris que c'était là l'existence qu'il désirait et poursuivait depuis toujours, tandis qu'il errait, égaré par l'irréflexion et par la vaine gloire, se donnant et infligeant aux autres beaucoup de mal pour chercher dans les armes, les flottes et les camps un bonheur qu'il avait maintenant trouvé, contre toute attente, dans l'inaction, le loisir et le repos. 4. Quel autre but, en vérité, les mauvais rois attendent-ils des guerres et des périls? Leurs pensées sont malfaisantes et folles, car non seulement·ils recherchent le luxe et le plaisir au lieu de la vertu et de l'honneur, mais en outre ils ne savent même pas s'en réjouir ni en profiter vraiment. 5. Pour en revenir à Démétrios, il y avait plus de deux ans qu'il était détenu à Chersonésos quand il mourut, malade d'inaction, d'excès de nourriture et de vin[161]. 6. On critiqua Séleucos, lequel se repentit lui-même vivement d'avoir alors considéré Démétrios comme un suspect, au lieu d'imiter Dromichaïtès, un Barbare pourtant et un Thrace, qui après avoir fait prisonnier Lysimaque, l'avait traité de manière aussi humaine et royale[162].

LIII. 1. Même ses funérailles eurent, dans leur pompe, quelque chose de tragique et de théâtral. 2. Dès qu'Antigone, son fils, apprit qu'on lui apportait sa dépouille, il se porta à sa rencontre jusqu'aux îles avec tous ses navires. Ayant reçu l'urne, qui était

---

160. *Lysimaque était le principal rival de Démétrios pour la possession de la Macédoine.*
161. *Démétrios mourut en 283.*
162. *Sur Lysimaque et le roi des Gètes Dromichaïtès, voir supra, XXXIX, 6.*

en or, il la plaça sur son plus grand navire de commandement[163]. 3. Les cités dont s'approchaient les navires déposaient des couronnes sur l'urne ou envoyaient des hommes en vêtements de deuil participer aux funérailles et au cortège. 4. Lorsque la flotte aborda à Corinthe, on vit briller à la poupe l'urne qui contenait les cendres, parée de la pourpre royale et du diadème; autour d'elle se tenaient de jeunes lanciers en armes. 5. L'aulète le plus célèbre de cette époque, Xénophantos, assis auprès de l'urne, jouait sur son instrument la mélodie la plus sacrée; le bruit des rames répondait aux inflexions de l'aulos en un mouvement rythmé, comme lorsque des pleureurs se frappent la poitrine. 6. Ce qui inspira le plus de pitié et de gémissements à ceux qui s'étaient rassemblés au bord de la mer, ce fut la vue d'Antigone, prostré, en larmes[164]. 7. À Corinthe, l'urne fut couverte d'honneurs et de couronnes, puis Antigone transporta les restes à Démétrias où il les déposa: cette cité portait le nom de son père et avait été formée du synœcisme des petites bourgades qui entouraient Iolcos[165].
8. Démétrios laissa plusieurs descendants: Antigone et Stratonice, qu'il avait eus de Phila, deux Démétrios, l'un surnommé Leptos [« le Grêle »], dont la mère était une femme d'Illyrie, et l'autre, fils de Ptolémaïs, qui gouverna Cyrène, et enfin Alexandros, fils de Deidameia, qui vécut en Égypte. 9. On dit aussi qu'il avait eu d'Eurydice un fils, Corragos. Sa postérité se transmit le pouvoir royal jusqu'à Persée, qui fut le dernier: sous son règne, les Romains conquirent la Macédoine[166].
10. Le drame macédonien a été joué. Il est temps d'introduire le drame romain.

---

163. *Démétrios avait confié à son fils ses possessions en Grèce et dans les îles.*
164. *Plutarque a déjà souligné cette affection qui unissait les membres de la famille des Antigonides* (supra, *III, 1-4*).
165. *Iolcos, en Thessalie, était la patrie du héros de la Toison d'Or, Jason. Cette Démétrias avait été fondée par Démétrios en 290. Une autre cité portait le nom de Démétrias, à l'emplacement de l'ancienne Sicyone (voir* supra, *XXV, 3). Sur le synœcisme, rassemblement de bourgades pour former une seule cité, voir* Thésée, *II, 2 et note.*
166. *Persée fut vaincu par Paul-Émile à Pydna en 168 (voir* Paul-Émile, *XII-XXII) et la Macédoine cessa d'être indépendante.*

ANTOINE

I. 1. Le grand-père d'Antoine était l'orateur Antonius qui appartenait au parti de Sylla et qui fut tué par Marius[1]. Son père, Antonius, surnommé le Crétois[2], ne fut pas aussi célèbre ni aussi brillant en politique, mais c'était un homme bienveillant et bon, qui se montrait particulièrement généreux quand il faisait des cadeaux. Il suffit d'un exemple pour s'en rendre compte. 2. Il n'était pas riche et, pour cette raison, sa femme s'opposait à ses libéralités. Un jour, un de ses familiers vint le trouver pour lui demander de l'argent. Antonius n'en avait pas, mais il ordonna à un esclave de remplir d'eau un bassin d'argent et de le lui apporter; cela fait, il se mouilla les joues comme s'il allait se raser. 3. Ensuite, s'étant débarrassé de l'esclave sous un autre prétexte, il donna le bassin à son ami en le priant d'en disposer à son gré. On chercha longuement l'objet auprès des esclaves; Antonius, voyant sa femme, en colère, prête à les soumettre l'un après l'autre à la question, avoua son acte et lui demanda pardon.

II. 1. Son épouse, Julia[3], était issue de la maison des Césars et pouvait rivaliser avec les femmes les meilleures et les plus vertueuses de son temps. Ce fut elle qui, après la mort de son mari, éleva leur fils Antoine; elle se remaria avec Cornélius Lentulus, que Cicéron fit mettre à mort parmi les complices de Catilina[4]. 2. Ce fut là, semble-t-il, le motif et l'origine de la haine violente qu'Antoine voua à Cicéron[5]. Antoine affirme en tout cas que le corps de Lentulus ne leur fut rendu que lorsque sa mère eut supplié la femme de Cicéron. 3. Mais, de l'avis général, cette histoire est un mensonge car aucun des condamnés que Cicéron fit alors exécuter ne fut privé de sépulture.

---

1. Marcus Antonius était, avec Marcus Licinius Crassus, le plus célèbre orateur du début du Ier siècle avant J.-C. (voir Pompée, *XXIV, 10 et note). Sur sa mort, voir* Marius, *XLIV, 1-7.*
2. Pourvu d'un imperium infinitum (commandement illimité) contre les pirates en 74 par le Sénat, il commit des exactions qui provoquèrent la révolte de la Crète. Il mourut prisonnier en 71 (voir Pompée, *XXIV, 10).*
3. Fille d'un ancien consul, Lucius Julius Caesar, assassiné par Marius en 87, elle appartenait à une branche des Julii différente de celle de Caius Julius Caesar. Comme beaucoup de femmes de l'aristocratie romaine, elle eut une influence décisive sur ses trois fils (voir Chamoux, 1986, p. 16).
4. Publius Cornelius Lentulus Sura, consul en 71, avait été expulsé du Sénat. Réintégré comme préteur, il était une des têtes de la conjuration de Catilina (voir Münzer, Real-Encyclopädie, *IV, 1, Cornelius 240).*
5. Comme dans toute reconstruction historique, Plutarque prête sans doute trop tôt à Antoine une attitude qu'il n'eut que plus tard. Certes, l'exécution de son beau-père en 63 et, auparavant, les attaques contre son père dans les Verrines *(voir Rossi, 1959, p. 8) orientèrent Antoine vers des clans différents de ceux de Cicéron, mais Antoine avait eu recours à l'aide de Cicéron lors d'affaires financières de sa tumultueuse jeunesse (voir* Cicéron, Philippiques, *II, 46).*

4. Antoine était, dit-on, dans tout l'éclat de sa jeunesse quand il se lia d'amitié avec Curion et se mit à le fréquenter, ce qui fut pour lui comme une malédiction[6]. Curion se livrait sans retenue aux plaisirs et, pour mieux dominer Antoine, il l'entraîna à boire, à rencontrer des femmes et à faire des dépenses fastueuses et déréglées. 5. Antoine contracta donc la dette énorme, impensable pour son âge, de deux cent cinquante talents[7]. Curion se porta caution du tout mais le père d'Antoine, apprenant la chose, chassa son fils de la maison. 6. Le jeune homme se lia pendant quelque temps à Clodius[8], le plus insolent et le plus répugnant des démagogues de l'époque, 7. mais il se lassa bientôt de la folie de cet homme et, redoutant ceux qui se liguaient contre lui, il quitta l'Italie et embarqua pour la Grèce, où il passa son temps à entraîner son corps aux luttes militaires et à étudier l'éloquence. 8. Il pratiquait le style qu'on appelle asiatique, particulièrement en vogue à cette époque et qui ressemblait beaucoup à sa manière de vivre: pompeux, prétentieux, plein d'une vaine suffisance et d'un désordre arrogant[9].

III. 1. Le consulaire Gabinius[10], qui embarquait pour la Syrie, l'invita à se joindre à son expédition. Antoine déclara qu'il ne saurait l'accompagner comme simple particulier mais, lorsque Gabinius l'eut nommé préfet de la cavalerie, il partit avec lui. 2. Il fut d'abord envoyé contre Aristoboulos[11], qui poussait les Juifs à faire sécession. Antoine fut le premier à mettre le pied sur le rempart de leur plus grande place forte et il chassa Aristoboulos de toutes les autres. 3. Ensuite il engagea le combat, mit en déroute, avec les quelques hommes qui l'accompagnaient, les soldats d'Aristoboulos, dont la supériorité numérique était écrasante, et les tua presque tous. Aristoboulos fut fait prisonnier avec son fils[12].

---

6. La liaison d'Antoine avec Caius Scribonius Curio, qui fut reprochée en termes crus par Cicéron à Antoine (Philippiques, II, 18, 44-45), le plaçait dans le camp des agitateurs aux convictions politiques changeantes. L'invective calomnieuse sur la vie privée, dont Plutarque se fait ici l'écho, était une arme ordinaire de la vie politique romaine (voir Syme, 1967, p. 147-150).
7. La somme est confirmée dans Cicéron et équivaut à 6 millions de sesterces (Philippiques, II, 18, 45).
8. Tribun de la plèbe, agitateur des populares et ennemi acharné de Cicéron entre 60 et 52, Publius Clodius est partiellement victime, dans l'historiographie antique, des invectives dont l'accabla Cicéron (voir Lucullus, XXXIV, 1; Pompée, XLVI, 8; César, IX-X; Cicéron, XXVIII-XXXIII*).*
9. Le style asiatique, ample, fleuri, volontiers emphatique et enflammé, était propre aux discours des tribuns populaires, même si le maître en la matière était l'honorable Hortensius, grand rival de Cicéron. Symptomatiquement, Plutarque porte sur cette forme d'éloquence le même jugement que sur Curion et Clodius.
10. Homme de Pompée, consul en 58, Gabinius avait obtenu pour l'année 57 la province de Syrie, commandement qui lui fut confirmé en 56.
11. En 63, Pompée s'était emparé de Jérusalem où résistaient les partisans du roi Aristoboulos II. Il supprima la royauté et mit à la tête de la communauté juive le grand prêtre Hyrcan II, frère du roi, lequel fut emmené à Rome pour figurer dans le triomphe de Pompée. Revenu en Judée, Aristoboulos, avec son fils Alexandre, souleva le peuple contre Hyrcan et le chassa, suscitant l'intervention du gouverneur Gabinius.
12. Le récit détaillé de ces événements est donné par Flavius Josèphe, Antiquités juives, XIV, 82-89 *et* Guerre des Juifs, I, 160-168, 175-178, 194.

4. Après ces événements, Ptolémée proposa dix mille talents à Gabinius s'il envahissait l'Égypte avec lui et s'il lui rendait son royaume[13]. La plupart des officiers étaient hostiles à cette intervention et Gabinius lui-même hésitait, malgré l'attraction puissante qu'exerçaient sur lui ces dix mille talents. 5. Mais Antoine, qui souhaitait accomplir de grands exploits et voulait par ailleurs faire plaisir à Ptolémée, se joignit à ses instances pour décider Gabinius à s'engager dans cette expédition. 6. Or, plus encore que la guerre, on redoutait la route de Péluse, qui obligeait à cheminer à travers des sables profonds dépourvus d'eau, en longeant la faille et les marais de Serbonis que les Égyptiens appellent les exhalaisons de Python : il s'agit en fait, semble-t-il, d'un écoulement souterrain qui prolonge la mer Rouge, laquelle n'est séparée de la mer Intérieure que par un isthme étroit[14]. 7. Antoine y fut envoyé avec la cavalerie : non content d'occuper les défilés, il s'empara même de Péluse, une cité importante, et soumit la garnison qui s'y trouvait, ce qui permit à la fois à l'armée d'avancer sans rien craindre, et au général d'espérer fermement la victoire. 8. Son désir de gloire profita même aux ennemis : quand Ptolémée entra à Péluse, il était si furieux et si plein de haine qu'il voulut faire périr les Égyptiens, mais Antoine s'y opposa et l'en empêcha[15]. 9. Au cours des combats et des affrontements, qui furent importants et rapprochés, Antoine accomplit beaucoup d'exploits qui montraient son audace et une prévoyance digne d'un général ; ces qualités éclatèrent surtout lorsqu'il encercla et enveloppa l'ennemi par-derrière, ce qui assura la victoire à ceux qui attaquaient de front : aussi reçut-il le prix de la valeur et des honneurs bien mérités. 10. La foule remarqua également son humanité après la mort d'Archélaos[16]. Antoine avait été son familier et son hôte : il avait été obligé de le combattre de son vivant mais, dès qu'Archélaos eut succombé, il fit rechercher son corps et lui offrit des funérailles royales. 11. Par tous ces actes, il laissa aux Alexandrins un souvenir admiratif, et les Romains qui participaient à l'expédition le considérèrent comme un homme particulièrement brillant.

IV. 1. À cela s'ajoutait son allure pleine de noblesse : sa barbe majestueuse, son large front et son nez aquilin lui donnaient un aspect viril qui rappelait le visage d'Héraclès, tel que le représentent les peintres et les sculpteurs[17]. 2. Il existait d'ailleurs

---

13. *Sur les manœuvres menées à Rome par Ptolémée XII Aulète pour recouvrer son royaume d'Égypte, d'où l'avaient chassé les Alexandrins, et sur les appétits suscités par cette perspective dans l'aristocratie romaine, voir* Pompée, XLIX, 9-13.

14. *La voie militaire de Palestine en Égypte, stratégiquement essentielle, partait de Gaza, suivait la côte au nord du désert du Sinaï, empruntait l'étroite langue de terre entre le lac salé de Serbonis et la mer et aboutissait à Péluse, sur la branche orientale du delta du Nil.*

15. *La magnanimité d'Antoine vis-à-vis de l'ennemi vaincu est une image récurrente du récit de Plutarque, où cette générosité accompagne les qualités militaires de l'homme de guerre : habileté stratégique et rapidité de la décision et de l'exécution (voir* infra, *III, 10 ; XVIII, 5-6 et XXII, 6-8).*

16. *Ancien général de Mithridate VI, Archélaos avait épousé Bérénice IV, fille de Ptolémée XII qui avait été portée au trône d'Égypte à la place de son père par la révolte des Alexandrins.*

17. *Première assimilation d'Antoine à un héros bienfaiteur, précédant les références à Dionysos et Osiris (voir* infra, *IX, 8 ; XXIV, 4 ; LIV, 9 ; voir également note à XXXIII, 7).*

une tradition ancienne selon laquelle les Antonii étaient des Héraclides, issus d'Anton, fils d'Héraclès[18]. 3. Antoine pensait lui donner plus de poids par son aspect physique, comme je l'ai dit, et par son habillement: chaque fois qu'il devait paraître en public, il relevait sa tunique jusqu'à la cuisse, se ceignait d'une longue épée et revêtait une casaque grossière[19]. 4. Même ce que les civils jugeaient vulgaire, sa forfanterie, son esprit railleur, son habitude de vider des coupes en public, de s'asseoir à côté des dîneurs et de prendre ses repas à la table des soldats, tout cela inspirait à ses hommes une affection et un attachement étonnants[20]. 5. Quant à sa vie amoureuse, elle n'était pas indigne d'Aphrodite et lui valait même une grande popularité, car il favorisait les amours d'autrui et se laissait volontiers plaisanter sur les siennes. 6. Sa libéralité et les largesses qu'il faisait à pleines mains, sans compter, à ses soldats et à ses amis, lui permirent de débuter brillamment dans sa conquête du pouvoir et, lorsqu'il fut devenu un grand personnage, elles renforcèrent encore sa puissance, que par ailleurs d'innombrables fautes risquaient de ruiner. 7. Je ne rapporterai qu'un exemple de cette générosité. Il avait demandé de verser à un de ses amis deux cent cinquante mille drachmes, ce que les Romains appellent un *decies* [un million de sesterces]. 8. Son intendant s'étonna et, pour lui montrer l'importance de cette somme, il déposa tout l'argent bien en vue. «Qu'est-ce donc que cela?» demanda Antoine en passant. 9. «La somme que tu m'as demandé de donner», répondit l'intendant. Alors Antoine, comprenant la mauvaise volonté de cet homme, lui dit: «Je croyais qu'un *decies*, c'était davantage. Ce n'est vraiment pas grand-chose. Ajoutes-en donc encore autant.»

V. 1. Mais cela se passa plus tard. Pour l'heure, la vie politique romaine était déchirée entre les aristocrates, qui s'étaient ralliés à Pompée, alors présent à Rome, et les démocrates, qui voulaient faire revenir César de Gaule où il faisait la guerre. 2. Curion, qui était ami d'Antoine, se rallia à César, attira Antoine dans ce camp[21] et, comme son éloquence lui donnait beaucoup d'influence sur la masse et qu'il dépensait sans compter l'argent que César lui fournissait, fit nommer Antoine tribun de la plèbe puis le mit au nombre de ces prêtres chargés d'observer les oiseaux que les Romains appellent augures. 3. Dès qu'Antoine eut pris ses fonctions, il apporta une aide considérable au parti de César[22]. 4. D'abord, alors que le

---

18. *Plutarque est seul à rapporter cette tradition probablement gentilice.*
19. *Pour les commentateurs de la* Vie *dans l'édition Mondadori (Santi Amantini, Careda, Manfredini, 1995, p. 379), cette anecdote est invraisemblable et forgée de toutes pièces par Plutarque.*
20. *La popularité d'Antoine auprès du peuple comme auprès des soldats est souvent accompagnée du contrepoint constitué par l'opinion des «gens de bien» (voir infra, VI, 5; XVIII, 3 et 5; XLIII, 2-6).*
21. *Sur les revirements de Curion, voir* Pompée, *LVIII, 2. Antoine appartenait de fait au camp césarien: il avait rejoint César en Gaule et servi sous ses ordres à partir de 54.*
22. *Élu tribun de la plèbe en décembre 50, après avoir été élu augure, Antoine constituait à Rome un appui essentiel aux plans césariens: le droit de veto du tribun permettait de surseoir à l'exécution de toute décision contraire aux intérêts de César et les auspices pris par l'augure offraient facilement le prétexte de présages défavorables pour repousser la date d'une assemblée malveillante (sur l'utilisation de ces armes politiques, voir Ross Taylor, 1977, p. 153-154 et 164-186).*

consul Marcellus[23] promettait à Pompée de lui remettre les troupes déjà levées et l'autorisait à en lever d'autres, Antoine s'y opposa et fit décréter que l'armée qui avait été rassemblée embarquerait pour la Syrie et prêterait main-forte à Bibulus qui combattait les Parthes[24]; quant aux soldats que Pompée était en train de recruter, ils ne devaient pas se rendre à son appel. 5. En second lieu, comme les sénateurs refusaient de recevoir les lettres de César et empêchaient d'en donner lecture, Antoine passa outre, en vertu de sa charge, et les lut lui-même en public, ce qui amena beaucoup de gens à changer d'opinion : se fondant sur ce qu'écrivait César, ils jugèrent que ses demandes étaient justes et modérées[25]. 6. Pour finir, deux questions furent posées au Sénat : Pompée doit-il renvoyer ses troupes ? César doit-il renvoyer les siennes ? Il n'y eut que peu de sénateurs à juger que Pompée devait déposer les armes ; tous ou presque estimaient que c'était à César de le faire. Mais Antoine, se levant, demanda : «Ne pensez-vous pas que Pompée et César devraient tous les deux à la fois déposer les armes et licencier leurs troupes ?» 7. Tous accueillirent avec enthousiasme cette proposition ; acclamant Antoine, ils décidèrent de la mettre aux voix[26]. 8. Mais les consuls s'y opposèrent. Les amis de César présentèrent d'autres propositions, qui paraissaient modérées ; Caton les combattit et le consul Lentulus chassa Antoine du Sénat[27]. 9. Il sortit en couvrant les sénateurs de malédictions, puis prit un vêtement d'esclave, loua une voiture avec Quintus Cassius[28] et courut rejoindre César. 10. Dès qu'ils furent en sa présence, ils s'écrièrent qu'il n'y avait plus aucun ordre à Rome puisque même les tribuns n'avaient pas le droit de parler librement et que toute personne qui élevait la voix pour défendre la justice se voyait chassée et menacée[29].

VI. 1. En conséquence, César emmena son armée et envahit l'Italie. Voilà pourquoi Cicéron a écrit dans ses *Philippiques* que si Hélène a causé la guerre de Troie, Antoine, lui, causa la guerre civile. C'était de toute évidence un mensonge, 2. car Caius César n'était pas influençable, ni homme à se laisser détourner de ses plans par la colère : si sa décision n'avait pas été prise depuis longtemps, il n'aurait jamais engagé à l'improviste la guerre contre sa patrie pour avoir vu Antoine et Cassius,

---

23. *Caius Claudius Marcellus, acquis à Pompée (voir* Pompée, *LIX, 1-2).*
24. *Marcus Calpurnius Bibulus, collègue de César au consulat en 59, avait été envoyé en 51-50 en Syrie, la débâcle de Crassus ayant réveillé chez les Parthes une politique offensive.*
25. *Cette analyse de Plutarque montre le rôle de l'opinion publique dans les luttes de la République finissante : c'est dans ce cadre qu'il faut situer la rédaction de la* Guerre des Gaules *de César, ouvrage de propagande destiné à justifier son auteur aux yeux de l'opinion romaine.*
26. *Plutarque occulte ici au profit du seul Antoine le rôle de Curion et du beau-père de César, Lucius Calpurnius Piso (voir* Pompée, *LVIII, 4-LIX et* César, *XXX).*
27. *Les consuls étaient Caius Claudius Marcellus et Lucius Cornelius Lentulus Crus. Sur l'intervention de Caton, voir* Caton le Jeune, *LI, 7.*
28. *Quintus Cassius Longinus, ancien questeur de Pompée en Espagne, avait choisi le camp césarien et fut un collègue efficace d'Antoine durant le difficile tribunat de la plèbe de 49. César lui confia ensuite la garde de l'Espagne durant la guerre civile (voir Münzer,* Real-Encyclopädie, *III, 2, Cassius 70).*
29. *Ces propos sont attribués par Plutarque à César dans* César, *XXX, 3.*

vêtus d'un habit misérable, se réfugier auprès de lui dans une voiture de louage. En fait, cet incident lui fournit ce qu'il cherchait depuis longtemps : un semblant de prétexte et un motif spécieux pour faire la guerre[30]. 3. Ce qui le poussait à s'en prendre à tous les hommes, c'était le sentiment qui avait animé avant lui Alexandre et autrefois Cyrus : l'amour irrépressible du pouvoir et un désir insensé d'être le premier et le plus grand, ce qu'il ne pouvait obtenir sans abattre Pompée.
4. Dès qu'il se mit en marche, il se rendit maître de Rome, chassa Pompée d'Italie et décida de se porter d'abord contre les troupes pompéiennes qui se trouvaient en Espagne, puis, s'étant ainsi procuré une flotte, de passer la mer pour rejoindre Pompée. Il confia Rome à Lépide, qui était préteur, et à Antoine, qui était tribun du peuple, ses armées et l'Italie[31]. 5. Antoine gagna aussitôt l'affection des soldats en partageant leurs exercices et la plupart de leurs activités, et en leur faisant le plus de cadeaux possible, mais il se rendit insupportable aux civils[32] 6. car, par indolence, il les négligeait quand ils étaient victimes d'injustices et écoutait avec colère ceux qui venaient le trouver ; de plus, sa conduite avec les femmes d'autrui lui valait une fâcheuse réputation. 7. En un mot, si César avait été seul en cause, sa domination aurait paru bien différente d'une tyrannie : elle fut discréditée par ses amis, et en premier lieu par Antoine qui, dans la mesure où il avait le plus de pouvoir, paraissait le plus fautif[33].

VII. 1. Cependant, lorsque César revint d'Espagne, il ne tint pas compte des plaintes contre Antoine et l'employa pour faire la guerre, voyant en lui un homme énergique, courageux et habile à commander, ce en quoi il ne se trompait pas. 2. Lui-même partit de Brundisium avec des troupes peu nombreuses, traversa la mer Ionienne et renvoya ses navires à Gabinius et à Antoine, auxquels il ordonna de faire embarquer ses troupes et de passer rapidement en Macédoine[34]. 3. Gabinius

---

30. Plutarque adopte résolument une version anticésarienne des événements en accusant César d'avoir prémédité la guerre civile par ambition obsessionnelle (voir en VI, 3 les références à Cyrus et Alexandre). Une présentation détaillée des points de vue sur les motivations césariennes lors du franchissement du Rubicon se trouve dans Suétone, César, XXX (voir Syme, 1967, p. 56-58). Sur un plan strictement juridique, avoir bafoué le droit de veto des tribuns Antoine et Cassius constituait, de la part des adversaires de César, une violation des lois fondamentales de la respublica *et la formule de Plutarque (« semblant de prétexte et motifs spécieux ») est, de ce point de vue, erronée ou excessive.*

31. Préteur urbain, Marcus Aemilius Lepidus était normalement responsable de Rome en l'absence des consuls. La promotion d'Antoine qui, tribun de la plèbe, devenait en même temps propréteur avec pouvoir sur l'Italie (Appien, Guerres civiles, *II, 41 ; Dion Cassius,* Histoire romaine, *XLI, 18, 3), était en revanche sans précédent et soulignait la place que sa valeur militaire avait octroyée à Antoine dans le camp césarien (voir César,* Guerre civile, *I, 11, 4 et 18, 2-3).*

32. Voir supra, IV, 4.

33. Même jugement dans César, LI, 3-4. Plutarque est sans doute l'écho de la propagande augustéenne, très hostile à Antoine : elle imputait les excès de César à ses mauvaises fréquentations, parmi lesquelles Antoine tenait une place de choix.

34. Sur le détail de ces opérations, rendues difficiles par la mauvaise saison (janvier 48) et les flottes pompéiennes, voir César, XXXVII.

n'osa pas entreprendre cette traversée, que l'hiver rendait difficile ; imposant à son armée un long détour, il la conduisit par voie de terre[35]. Mais Antoine, inquiet pour César que menaçaient de nombreux ennemis, repoussa Libon qui était mouillé à l'entrée du port, en entourant ses trirèmes d'un grand nombre d'embarcations légères[36] ; après quoi, faisant embarquer huit cents cavaliers et vingt mille fantassins, il leva l'ancre. 4. Les ennemis l'avaient vu et lui donnèrent la chasse. Il échappa à ce danger grâce à un fort vent du Sud qui souleva de grandes vagues et une mer houleuse autour de leurs trirèmes, mais fut emporté lui-même avec ses navires vers des côtes abruptes et des falaises escarpées. Il ne lui restait plus le moindre espoir de salut 5. lorsque, soudain, un vent de Sud-Ouest se leva du fond du golfe et fit refluer les flots de la terre vers la haute mer. Ainsi rejeté loin de la terre, Antoine naviguait fièrement, quand il remarqua que le rivage était couvert d'épaves : 6. le vent y avait jeté les trirèmes qui le poursuivaient et la plupart avaient été détruites[37]. Antoine s'empara de beaucoup de prisonniers et de richesses, prit Lissos et inspira à César une grande audace en arrivant à propos avec des forces aussi considérables.

VIII. 1. Les combats furent nombreux et se succédèrent sans interruption. Antoine se distingua constamment[38]. À deux reprises, alors que les troupes de César fuyaient, il se porta à leur rencontre, leur fit faire demi-tour, les obligea à tenir bon et à reprendre la lutte contre leurs poursuivants, et fut vainqueur. 2. Aussi était-ce lui, après César, qu'on estimait le plus dans le camp. César lui-même fit bien voir ce qu'il pensait de lui : 3. au moment où il s'apprêta à livrer la dernière bataille, celle de Pharsale, qui fut décisive, il prit lui-même l'aile droite et confia à Antoine le commandement de l'aile gauche, car il le considérait comme le plus habile à la guerre de tous ses lieutenants.
4. Après la victoire, César fut proclamé dictateur et se lança à la poursuite de Pompée ; il choisit Antoine comme maître de cavalerie et l'envoya à Rome[39]. 5. Cette charge est la deuxième lorsque le dictateur est présent ; en son absence, c'est la première et presque la seule car, à l'exception du tribunat de la plèbe, toutes les magistratures sont suspendues quand un dictateur est désigné.

---

35. Selon certains, Plutarque aurait pu, pour cette traversée de l'Illyrie par Gabinius, commettre une confusion dans l'utilisation de ses sources (voir Santi Amantini, Careda, Manfredini, 1995, p. 384-385).
36. Lucius Scribonius Libo, légat de Pompée qui avait été chassé d'Étrurie par Antoine en 49, commandait la flotte de l'Adriatique avec Marcus Calpurnius Bibulus. Sur le détail des opérations, voir César, Guerre civile, III, 26-30.
37. L'épisode illustre une nouvelle qualité du stratège Antoine, essentielle aux yeux des généraux de l'Antiquité : la felicitas *(voir Sylla, VI, 4 et note). Elle explique la confiance de César, qui sert de conclusion à l'anecdote.*
38. Plutarque insiste sur la valeur militaire d'Antoine dans cette campagne d'Illyrie. Si Chamoux (1986, p. 68) adopte totalement la version plutarquienne, Rossi (1959, p. 18) pensait que l'aide d'Antoine à César, dans ces premiers mois de guerre civile, avait été plutôt politique que militaire.
39. Cicéron prétendait malignement que l'élection d'Antoine à cette charge s'était faite sans l'assentiment de César (voir Philippiques, *II, 25, 62).*

IX. 1. Cependant Dolabella[40], alors tribun de la plèbe, un homme jeune qui aspirait à la révolution, proposa une remise des dettes. Comme Antoine était son ami et cherchait toujours à plaire à la multitude, il voulut le persuader d'agir avec lui et de s'associer à cette mesure politique. 2. Mais Asinius et Trébellius[41] lui conseillaient le contraire et il se trouva qu'Antoine fut pris d'un soupçon terrible : il crut que Dolabella avait séduit sa femme. 3. Indigné, il chassa de chez lui son épouse qui était sa cousine germaine (c'était la fille de Caius Antonius qui avait été consul avec Cicéron), rejoignit Asinius et ses amis, et combattit Dolabella[42]. 4. Celui-ci s'empara du forum pour faire passer sa loi de force mais, le Sénat ayant voté qu'il fallait prendre les armes contre Dolabella, Antoine marcha sur lui, engagea le combat, tua certains de ses partisans et perdit lui-même quelques-uns des siens. 5. Ces violences le rendirent odieux à la multitude[43]; quant aux gens honnêtes et sensés, comme le dit Cicéron[44], loin d'apprécier le reste de sa conduite, ils l'avaient en horreur; ils étaient écœurés par ses beuveries intempestives, ses dépenses scandaleuses, ses coucheries avec des filles, ses journées qu'il passait à dormir, à se promener sans rien faire ou à s'enivrer, et ses nuits qu'il consacrait à courir les fêtes, les théâtres et les noces de mimes et de bouffons. 6. Une fois, dit-on, invité au mariage du mime Hippias, il but pendant toute la nuit et le lendemain, quand le peuple l'appela au forum, il sortit si gorgé de nourriture qu'il vomit sur le manteau qu'un de ses amis lui avait tendu[45]. 7. Parmi ceux qui avaient le plus d'influence sur lui, il y avait notamment le mime Sergius et Cythéris[46], une fille de la même troupe dont il était amoureux. Dans toutes les cités où il se rendait, elle le suivait en litière,

---

40. *Publius Cornelius Lentulus Dolabella, gendre de Cicéron, devait avoir, en 48, 35 ans. Dans une Rome bouleversée par la guerre civile, il pratiquait la surenchère démagogique en proposant l'abolition des dettes, attitude qui n'était pas sans rappeler celle de Catilina.*

41. *Asinius Pollion, lieutenant de César dans la guerre des Gaules puis la guerre civile (voir* César, XXXII, 7 *et* Pompée, LXXII, 4*), demeura un proche d'Antoine jusqu'en 39, avant de se retirer de la vie politique pour se consacrer à l'écriture de l'histoire. Il constitua une source d'inspiration républicaine à laquelle puisèrent largement tous les historiens d'époque impériale (voir Zecchini, 1982). Lucius Trebellius était tribun de la plèbe en 48.*

42. *La version de Dion Cassius, qui attribue le revirement d'Antoine à la crainte suscitée par la popularité croissante de Dolabella (XLII, 31, 1-2), est plus vraisemblable que l'affaire privée évoquée par Plutarque. Antonia, cousine germaine et première épouse d'Antoine, était la fille de Caius Antonius Hybridas, collègue de Cicéron au consulat en 63.*

43. *La répression qui accompagna le rétablissement de l'ordre dans Rome fut particulièrement sanglante (Dion Cassius, XLII, 33).*

44. *L'essentiel du portrait d'Antoine tracé par Plutarque dans ce paragraphe est emprunté aux* Philippiques *de Cicéron, « un monument éternel d'éloquence, de haine et de déformation des faits » (Syme, 1967, p. 105). De fait, les excès reprochés à Antoine appartenaient plus au registre des injures traditionnelles du discours politique romain qu'à la réalité (voir Rossi, 1958, p. 19-20).*

45. *Anecdote empruntée à Cicéron,* Philippiques, *II, 25, 63.*

46. *Affranchie d'un Volumnius Eutrapelus, elle fut l'amante de Cornélius Gallus, futur compagnon d'Auguste et premier préfet d'Égypte qui lui dédia certaines de ses élégies.*

entourée d'une escorte aussi nombreuse que la mère d'Antoine. 8. Les gens étaient également choqués par le spectacle des coupes d'or qu'on transportait, comme en procession, quand il voyageait, des tentes dressées sur son chemin, des repas somptueux servis au bord des bois sacrés et des fleuves, des lions attelés à ses chars[47], des maisons d'hommes et de femmes honnêtes réquisitionnées pour loger des prostituées et des joueuses de sambuques[48]. 9. On trouvait scandaleux, alors que César campait en plein air, hors d'Italie, et s'imposait des peines et des dangers considérables pour nettoyer le monde des restes de la guerre, de voir que d'autres, grâce à lui, vivaient dans le luxe en humiliant leurs concitoyens[49].

X. 1. Cette attitude aggrava, semble-t-il, la discorde de la cité et encouragea la soldatesque à se laisser aller à des violences et des convoitises terribles[50]. 2. Aussi César, à son retour, pardonna-t-il à Dolabella et, nommé consul pour la troisième fois, il choisit comme collègue Lépide et non Antoine[51]. 3. Quand la maison de Pompée fut mise en vente, Antoine l'acheta, mais lorsqu'on lui demanda de la payer, il se fâcha. Selon ses propres dires, ce fut pour cette raison qu'il n'accompagna pas César dans son expédition en Afrique : il jugeait qu'il n'avait pas été récompensé de ses précédents succès[52]. 4. Mais César, qui n'était pas resté indifférent en apprenant ses dérèglements, le corrigea en grande partie, semble-t-il, de sa grossièreté et de ses débauches. 5. Antoine abandonna donc ce genre de vie et décida de se marier. Il épousa Fulvia, qui avait été l'épouse du démagogue Clodius[53]. Cette

---

47. L'anecdote est confirmée par Pline l'Ancien (Histoire naturelle, VIII, 55). Il pourrait s'agir d'une référence implicite à Dionysos, dont Antoine, selon Plutarque, utilisa largement l'image par la suite (voir infra, XXIV, 4 et LV, 6).
48. Un des noms de la harpe gréco-romaine, d'origine orientale.
49. Reproche tiré de Cicéron, Philippiques, II, 29, 71 et 75. Mais Cicéron faisait, dans ces passages, explicitement allusion aux campagnes d'Afrique et d'Espagne de César en 46 et 45. En 48, César était en Égypte, où il ne campait pas en plein air mais dans le palais d'Alexandrie (voir César, XLVIII, 6).
50. Les légions préparées pour l'expédition d'Afrique, les vétérans et les vaincus de Pharsale, ramenés par Antoine en Campanie, réclamaient leur dû de façon menaçante, marchant même sur Rome après avoir chassé le préteur Salluste (voir César, LI, 2 et Dion Cassius, XLII, 52, 1-2).
51. En 46, César fut élu consul avec Lépide. Nommé ensuite dictateur, il choisit Lépide comme maître de cavalerie. Les avis sont partagés sur l'hypothèse d'un refroidissement des relations entre César et Antoine de 47 à 45 : Rossi (1959, p. 21) et Syme (1967, p. 104-105) ne sont guère convaincus par l'analyse de Plutarque, alors que Pelling (1988, p. 140), Chamoux (1986, p. 84) et les commentateurs de l'édition Mondadori (Santi Amantini, Careda, Manfredini, 1995, p. 389) soulignent qu'Antoine avait bel et bien perdu sa place de principal lieutenant de César au profit de Lépide.
52. Sur la maison de Pompée au Champ de Mars, voir Pompée, XL, 9 et note. Confisquée par l'État, elle fut mise aux enchères, alors qu'Antoine aurait voulu l'obtenir gratuitement, comme un bien de proscrit.
53. Fulvia, après la mort de Clodius en 52, avait épousé l'autre tribun populaire compagnon d'Antoine, Scribonius Curion, qui périt en Afrique en 47 (voir César, Guerre civile, III, 10, 5). Elle apparaît ainsi comme l'égérie des grands démagogues de la République finissante, rôle qui culmine avec les outrages infligés à la tête coupée de Cicéron (voir infra, XX, 4 et Dion Cassius, XLVII, 8, 3).

créature ne pensait guère à filer la laine ou à veiller sur la maison ; ce qui l'intéressait, ce n'était pas de gouverner un simple particulier mais d'exercer sa puissance sur un homme puissant et de commander à un commandant d'armée[54]. 6. Cléopâtre devait profiter par la suite des leçons de soumission aux femmes que Fulvia donna à Antoine : quand elle le rencontra, il était d'une docilité absolue, ayant été dressé dès l'origine à obéir aux femmes[55]. 7. Antoine essayait pourtant de rendre Fulvia plus souriante, et se livrait à toutes sortes de plaisanteries et de gamineries. Ainsi, après la victoire de César en Espagne, beaucoup de gens se portèrent à sa rencontre et Antoine quitta Rome lui aussi ; mais, le bruit s'étant répandu soudain en Italie que les ennemis envahissaient le pays et que César était mort, il regagna la Ville. 8. Là, se déguisant en esclave, il se rendit de nuit dans sa maison, déclarant qu'il apportait à Fulvia une lettre de la part d'Antoine. Il fut introduit devant elle, la tête voilée. 9. Fulvia, bouleversée, demanda, avant de prendre la missive, si Antoine était vivant. Il lui tendit la lettre sans dire un mot. Comme elle commençait à la décacheter et à la lire, Antoine prit Fulvia dans ses bras et la couvrit de baisers. 10. Voilà une anecdote parmi beaucoup d'autres que j'ai rapportée à titre d'exemple[56].

XI. 1. Lorsque César revint d'Espagne, les premiers citoyens se portèrent tous à sa rencontre à plusieurs jours de marche de Rome[57]. César accorda à Antoine des honneurs exceptionnels. 2. Ainsi, lorsqu'il traversa l'Italie en char, Antoine était placé à côté de lui, tandis qu'à l'arrière se trouvaient Brutus Albinus et Octavien, le fils de sa nièce, qui par la suite prit le nom de César et gouverna très longtemps les Romains[58]. 3. Désigné consul pour la cinquième fois, César choisit aussitôt Antoine comme collègue, puis voulut renoncer à sa charge et la céder à Dolabella. Il fit part de cette intention au Sénat[59], 4. mais Antoine s'y opposa avec violence et proféra de nombreuses injures contre Dolabella, qui lui en adressa tout autant. Sur le moment, honteux d'un tel scandale, César se retira, 5. mais plus tard, il revint pour proclamer consul Dolabella ; alors Antoine se mit à crier que les auspices

---

54. Formule piquante qui traduit la réalité du pouvoir des grandes aristocrates romaines, mères, épouses ou maîtresses des principaux acteurs de la vie politique à Rome, comme Caecilia Metella, Servilia ou, plus tard, Livie ou Agrippine.
55. Plutarque, qui explique le destin d'Antoine par sa faiblesse coupable face aux femmes, reprenait là une analyse issue d'une propagande virulente orchestrée par Octavien dès les dernières années du triumvirat et poursuivie ensuite par le princeps *Auguste.*
56. L'anecdote est empruntée à Cicéron, Philippiques, *II, 30, 77-31, 78.*
57. La rencontre de César et d'Antoine s'effectua à Narbonne.
58. Decimus Junius Brutus Albinus, lieutenant de César en Gaule, notamment dans la campagne contre les Vénètes en 56, fut inscrit parmi ses héritiers testamentaires, mais participa à la conjuration des ides de mars. Caius Octavius était fils d'Atia, nièce de César, et il avait été adopté par le dictateur, devenant, de ce fait, Caius Julius Octavianus.
59. César fut désigné consul en 45 pour 44. Le renoncement à sa charge s'explique par le projet d'expédition contre les Parthes, qui devait le tenir éloigné de Rome.

étaient contraires[60] et César finit par céder, abandonnant Dolabella qui en fut très affligé. 6. César éprouvait, semble-t-il, autant de dégoût pour Dolabella que pour Antoine[61]. Un jour que quelqu'un les accusait tous deux devant lui, il s'écria, dit-on : « Ce ne sont pas ces hommes gras et chevelus que je redoute, mais ceux qui sont pâles et maigres[62]. » Il désignait ainsi Brutus et Cassius, qui devaient conspirer contre lui et le tuer.

XII. 1. Antoine leur fournit sans le vouloir le prétexte le plus spécieux[63]. Les Romains célébraient la fête des Lycaia qu'ils appellent Lupercales et César, en tenue de triomphateur, assis à la tribune sur le forum, regardait ceux qui couraient. 2. Ces coureurs sont nombreux ; ce sont de jeunes gens, choisis parmi les nobles et les magistrats : après s'être frottés d'huile, ils frappent les passants par jeu, avec des lanières de peau garnies de leurs poils[64]. 3. Parmi eux figurait Antoine. Au mépris des traditions ancestrales, il entoura un diadème d'une couronne de laurier, courut à la tribune et, soulevé par les autres coureurs, il le posa sur la tête de César, pour indiquer que le pouvoir royal lui revenait. 4. César voulut se faire prier et déclina cet honneur. Aussitôt le peuple, tout joyeux, se mit à applaudir. Antoine revint à la charge. De nouveau César repoussa la couronne. 5. Ils luttèrent ainsi longtemps : chaque fois qu'Antoine voulait forcer la main à César, il n'était applaudi que par un petit nombre d'amis, mais lorsque César refusait la couronne, tout le peuple éclatait en applaudissements et poussait de grands cris. Par une étrange contradiction, les Romains supportaient dans les faits le pouvoir d'un roi, mais refusaient ce mot de roi, comme une atteinte à leur liberté. 6. César, dépité, se retira de la tribune ; écartant sa toge de son cou, il cria qu'il tendait la gorge à qui voulait la lui trancher[65]. 7. Quant à la couronne, on la plaça sur une de ses statues ; les tribuns l'en arrachèrent ; le peuple les en félicita et les reconduisit en les applaudissant, mais César les démit de leur charge[66].

XIII. 1. Cet événement confirma Brutus et Cassius dans leur dessein. Quand ils dressèrent la liste de leurs amis les plus sûrs, ils s'interrogèrent au sujet

---

60. Antoine utilisait en la circonstance sa fonction d'augure, retournant ainsi contre César le pouvoir que celui-ci lui avait confié pour le servir en 49 (voir supra, V, 2).

61. L'assimilation d'Antoine aux démagogues séditieux, Clodius ou Dolabella, est un autre trait de la propagande anti-antonienne, dont Plutarque se fait l'écho (voir supra, II, 4-6 ; X, 5-6).

62. Même citation dans César, LXII, 10 et Brutus, VIII, 2.

63. Cette accusation est proférée par Cicéron, Philippiques, XIII, 19, 41. Pour une abondante bibliographie sur l'épisode, voir Santi Amantini, Careda, Manfredini (1995), p. 392.

64. Cette course des Lupercalia *le long de la voie Sacrée, qui se tenait le 15 février, deux jours après les* Parentalia, *est longuement décrite dans César, LXI et par Ovide (*Fastes, *II, 358-448). Elle remontait vraisemblablement à un très ancien rituel pastoral lié à la fête des morts, la course traçant une ligne magique entre les nécropoles du forum et l'habitat primitif du Palatin (voir Michels, 1953, p. 35-59).*

65. Pour une autre interprétation de cette mise en scène, voir César, LXI, 7 et note.

66. Plutarque, comme dans César, LXI, 8, confond deux épisodes différents, distingués par Suétone (voir César, LXXIX).

d'Antoine[67]. 2. Ils voulaient l'attirer dans leur conjuration, mais Trébonius[68] s'y opposa; il leur raconta que lorsqu'ils étaient allés au-devant de César qui revenait d'Espagne, Antoine avait partagé sa tente et voyagé avec lui: il avait essayé de le sonder, discrètement, avec prudence, et Antoine, tout en comprenant ce qu'il avait en tête, n'avait pas accueilli sa proposition mais ne l'avait pas non plus dénoncée à César et avait loyalement gardé le silence[69]. 3. Ce récit les fit changer d'avis; ils se demandèrent si, après avoir tué César, ils ne devaient pas aussi égorger Antoine, mais Brutus s'y opposa; selon lui, l'acte d'audace qu'ils posaient pour défendre les lois et la justice devait rester pur, exempt de toute injustice[70]. 4. Cependant, comme ils craignaient à la fois la force physique d'Antoine et l'autorité de sa charge, ils chargèrent quelques conjurés de s'occuper de lui: lorsque César serait entré dans le Sénat et qu'on serait sur le point de passer à l'acte, ils devaient retenir Antoine à l'extérieur en engageant avec lui une conversation passionnée[71].

XIV. 1. Ils exécutèrent leur plan et César fut tué dans le Sénat. Aussitôt, Antoine prit un vêtement d'esclave et se cacha. 2. Mais, apprenant que les conjurés ne s'en prenaient à personne et s'étaient réunis sur le Capitole, il les persuada d'en descendre, leur donnant pour otage son propre fils; il invita Cassius à dîner, tandis que, de son côté, Lépide invitait Brutus[72]. 3. Ayant réuni le Sénat, il parla en faveur d'une amnistie et proposa d'attribuer des provinces à Cassius et à Brutus; le Sénat ratifia ces propositions et décréta que rien ne serait changé aux mesures prises par César[73]. 4. Quand il sortit du Sénat, Antoine était au faîte de la gloire: on jugeait qu'il avait empêché une guerre civile et que, dans une situation pleine de confusion et de troubles peu communs, il avait agi de la manière la plus sensée et la plus

---

67. *Allégation de Cicéron (Philippiques, II, 14, 34), sans doute reprise plus tard par la propagande octavienne.*
68. *Légat de César en Gaule dès 54, fidèle compagnon durant la guerre civile où César lui confia l'Espagne en 46-45, il fut consul suffect en 45. Il prit dans la conjuration des ides de mars une part prépondérante (Brutus, XVII, 2), obtint ensuite la province d'Asie, où il mourut en 42.*
69. *L'attitude d'Antoine, stigmatisée par la propagande hostile, peut s'expliquer par les relations claniques qu'il entretenait avec divers membres de l'aristocratie et par une incertitude politique.*
70. *Voir Brutus, XVIII, 3. Les liens entre Brutus et Antoine, liens de classe autant que d'amitié (voir Syme, 1967, p. 106-107), expliquent l'attitude d'Antoine après Pharsale (voir infra, XXII, 6-8 et Brutus, LIII, 4).*
71. *Decimus Junius Brutus Albinus ou, plus vraisemblablement, Caius Trebonius furent chargés de cette mission (voir César, LXVI, 4 et note).*
72. *Sur les incertitudes des conjurés comme des césariens ou de la foule après le meurtre, voir César, LXVII. L'otage donné aux conjurés était Marcus Antonius Antyllus, fils aîné d'Antoine et de Fulvia.*
73. *Cicéron, comme Antoine et Munatius Plancus, prêcha pour l'amnistie (Cicéron, XLII, 3 et Brutus, XIX, 1). Le statu quo choisi par le Sénat est une autre preuve de l'incertitude de tous les participants: à Trébonius fut attribué l'Asie, à Tillius Cimber la Bithynie et à Decimus Junius Brutus la Gaule Cisalpine, conformément aux dispositions de César. Brutus et Cassius, qui étaient préteurs en 44, reçurent la Crète et la Libye. Ces distinctions étaient autant de moyens d'éloigner de Rome les protagonistes du complot, et donc les risques de guerre civile.*

politique[74]. 5. Mais bientôt, la faveur de la multitude lui fit abandonner cette conduite réfléchie et il conçut le ferme espoir de devenir le premier personnage à Rome, si Brutus était abattu[75]. 6. Il se trouva que, lors des obsèques de César, il eut à prononcer sur le forum, comme le voulait l'usage, l'éloge funèbre du défunt : 7. voyant le peuple extraordinairement séduit et envoûté, il mêla à ses louanges des paroles qui suscitèrent la pitié et l'indignation devant ce meurtre ; à la fin de son discours, il agita les vêtements de dessous du mort, tous couverts de sang et percés de coups d'épée, en déclarant que ceux qui avaient fait cela étaient des scélérats et des assassins[76]. Il inspira aux assistants une telle colère 8. qu'ils brûlèrent le corps de César sur le forum, en entassant des bancs et des tables ; après quoi, prenant dans le bûcher des tisons enflammés, ils coururent à l'assaut des maisons des meurtriers[77].

XV. 1. Brutus et ses partisans furent donc obligés de quitter Rome, tandis que les amis de César se regroupaient autour d'Antoine. Calpurnia, la veuve de César, lui confia la plus grande partie des richesses qu'elle avait dans sa maison et les mit en dépôt chez lui : la somme s'élevait à un total de quatre mille talents. 2. Antoine reçut aussi les registres sur lesquels César avait consigné ses choix et ses intentions[78] ; 3. il y ajouta les noms de ceux qu'il voulait, ce qui lui permit de désigner beaucoup de magistrats, beaucoup de sénateurs, et même de rappeler quelques exilés et de libérer certains prisonniers, en prétendant que telles avaient été les décisions de César[79]. 4. Par plaisanterie, les Romains surnommèrent tous les bénéficiaires de ces mesures des Charonites, car si on examinait leur cas, ils alléguaient pour leur défense les Mémoires du mort. 5. Pour tout le reste, Antoine agissait en maître absolu : il était lui-même consul et se faisait assister de ses frères, Caius en qualité de préteur et Lucius comme tribun de la plèbe.

XVI. 1. Les choses en étaient là quand le jeune César arriva à Rome[80]. Il était, je l'ai dit, le fils de la nièce du défunt et il avait été désigné comme héritier de sa maison.

---

74. *L'habileté d'Antoine est unanimement reconnue en la circonstance : « le consul était résolu mais conciliant » (Syme, 1967, p. 106 ; voir Chamoux, 1986, p. 106-107).*
75. *Exagération de Plutarque, qui prête à Antoine une ambition qu'il n'avait vraisemblablement pas à ce moment-là (voir Syme, 1967, p. 108-109 ; Chamoux, 1986, p. 120).*
76. *Plutarque prête à Antoine un discours pathétique et une attitude théâtrale caractéristiques du style asiatique qu'il lui a attribué (supra, II, 7). Cette version issue des* Philippiques *est sujette à caution : Suétone ne parle que d'un discours bref (*César, 84, 4) *et une lettre de Cicéron, probablement du 17 mars, ne montre pas un Antoine très vindicatif (*Lettres à ses familiers, XI, 1). *Voir Syme (1967), p. 99 et notes 3-4.*
77. *Plutarque, dans cette version anti-antonienne, ne fait pas référence, comme en* César, LXVIII, 1 *et* Brutus, XX.1, *à l'influence exercée sur la foule par les libéralités du testament de César. Il omet également le rôle joué par les soldats que Lépide avait disposés sur le forum.*
78. *Ces* acta Caesaris *prirent, à l'initiative d'Antoine, force de loi par décret sénatorial du 1ᵉʳ juin 44 (lex de actis Caesaris confirmandis).*
79. *Ces accusations se retrouvent dans les* Philippiques *(II, 37, 93-XXXIX, 100), Appien (III, 5) et Dion Cassius (XLIV, 53, 2-3). Voir cependant un jugement plus nuancé dans Syme (1967), p. 108.*
80. *Entrée en scène du véritable adversaire d'Antoine, ce qu'aucun politique romain ne pouvait imaginer.*

Il séjournait à Apollonie[81] au moment de l'assassinat de César. 2. Il alla aussitôt saluer Antoine, en qui il voyait l'ami de son père, et il lui rappela les biens mis en dépôt chez lui : en vertu des dispositions testamentaires de César, il devait verser à chaque Romain soixante-quinze drachmes[82]. 3. Dans un premier temps, Antoine, méprisant sa jeunesse, lui dit qu'il était fou, lui qui n'avait ni compétences ni amis, de se charger d'un fardeau aussi lourd que la succession de César. 4. Mais, comme il ne parvenait pas à le convaincre et que le jeune César s'obstinait à lui réclamer cet argent, il multiplia les paroles et les actes destinés à l'humilier[83]. 5. Il s'opposa à lui quand il brigua le tribunat de la plèbe et, quand il voulut faire installer le siège d'or qui avait été voté à son père, il menaça de le faire conduire en prison s'il ne cessait pas ses menées démagogiques. 6. Cependant, le jeune homme avait confié sa cause à Cicéron et à tous ceux qui haïssaient Antoine : grâce à eux, il parvint à se concilier le Sénat tandis que lui-même gagnait la faveur du peuple et rassemblait les soldats venus des colonies[84]. Alors Antoine prit peur : il engagea des pourparlers avec César sur le Capitole et les deux hommes se réconcilièrent. 7. La nuit suivante, Antoine eut dans son sommeil un rêve étrange : il lui sembla que la foudre était tombée sur sa main droite. Quelques jours plus tard, on l'avertit que le jeune César conspirait contre lui[85]. 8. César s'en défendit, mais sans parvenir à le convaincre, et leur haine se raviva : ils parcoururent tous deux l'Italie, pour s'attacher, en leur offrant de fortes récompenses, les soldats qui étaient déjà installés dans les colonies et pour attirer, chacun avant son rival, ceux qui étaient encore sous les armes[86].

XVII. 1. Cicéron était alors le personnage le plus influent de la cité[87]. Il excita tout le monde contre Antoine et, pour finir, il persuada le Sénat de le déclarer ennemi

---

81. Ville de la côte illyrienne où Octave attendait, avec l'armée, le départ de l'expédition de César contre les Parthes.

82. Cette distribution testamentaire s'effectuait sur la base des listes des bénéficiaires du frumentum publicum *(voir Virlouvet, 1995, p. 184-187).*

83. Antoine chercha à gagner du temps, faisant retarder par les tribuns de la plèbe à sa solde le vote de la lex curiata *officialisant l'adoption d'Octave (voir Dion Cassius, XLV, 5, 3).*

84. Se conciliant, à travers Cicéron qu'il rencontra à Cumes, le Sénat conservateur, Octavien, habilement, s'attacha par ailleurs les deux clefs essentielles du pouvoir : la plèbe de Rome, pour laquelle il fit verser le legs césarien et organisa des jeux, et les soldats de César, venus à Rome réclamer leur dû. Antoine avait dès lors face à lui la coalition « d'un démagogue extrémiste et... d'estimables conservateurs » (Syme, 1967, p. 116).

85. Épisode douteux : voir Appien (III, 39) ; Dion Cassius (XLV, 8, 2). Chamoux, cependant, s'appuyant sur des interprétations de Suétone et de Sénèque, croit à la réalité du complot (1986, p. 132).

86. Description de cette course aux vétérans dans Dion Cassius (XLV, 12, 1-2).

87. Le « vieil homme d'État » (Syme, 1967, p. 134-147) se voyait le plus sûr appui d'une restauration de la respublica, *comme lors de son consulat en 63. La première* Philippique, *prononcée le 2 juin 44, était « une déclaration de guerre sous forme courtoise » (Chamoux, 1986, p. 128-129). La deuxième, au mois de septembre, fut un torrent éloquent d'injures et de calomnies.*

public, de conférer à César les faisceaux et les insignes de la préture, et d'envoyer Pansa et Hirtius chasser Antoine d'Italie[88]. 2. Les deux hommes, alors consuls, engagèrent le combat contre Antoine près de la cité de Mutinè, en présence de César qui combattait à leurs côtés ; ils vainquirent les ennemis mais furent tués l'un et l'autre. 3. Antoine prit la fuite. Il se heurta à de nombreux obstacles dont le pire fut la faim. 4. Mais sa nature le poussait à se surpasser dans l'adversité et c'était dans l'infortune qu'il ressemblait le plus à un homme de bien[89]. Il arrive souvent à ceux qui trébuchent sur un obstacle de sentir où est la vertu, mais il n'est pas donné à tous les hommes, dans les revers de Fortune, d'avoir la force d'imiter ce qu'ils admirent et d'éviter ce qu'ils réprouvent ; au contraire, certains, par faiblesse, s'abandonnent encore davantage à leurs travers habituels et laissent fléchir leur raison. 5. Antoine fut en la circonstance un exemple admirable pour ses soldats. Lui qui avait mené une vie si luxueuse et somptueuse, il buvait de bon cœur de l'eau croupie et portait à ses lèvres des fruits sauvages et des racines. 6. Les soldats se nourrirent même d'écorces, dit-on, et, en passant les Alpes, ils mangèrent des animaux dont personne n'avait auparavant goûté la chair.

XVIII. 1. Son intention était de rejoindre les armées stationnées de l'autre côté des Alpes, qui étaient commandées par Lépide, lequel passait pour être l'ami d'Antoine, grâce à qui il avait pu profiter largement de l'amitié de César[90]. 2. Antoine alla donc camper près de lui, mais, ne recevant aucun signe encourageant, il décida de risquer le tout pour le tout. Il avait les cheveux négligés et une barbe épaisse, qu'il avait laissée pousser aussitôt après sa défaite ; prenant un vêtement sombre, il s'approcha du camp de Lépide et se mit à parler[91]. 3. Comme beaucoup de soldats se

---

88. Cicéron, pourtant symbole de la légalité républicaine, défendit un coup d'État qui consistait à légaliser l'armée privée levée par Octavien par l'octroi d'un imperium *pro-prétorien, auquel ni son âge ni ses antécédents ne donnaient droit. Aulus Hirtius, légat de César pendant la guerre des Gaules et la guerre civile et probable auteur de la fin des* Commentaires, *et Caius Vibius Pansa avaient été, dès 44, nommés par César consuls pour 43. Ils furent envoyés pour engager Antoine à lever le siège de Modène (Mutinè), où il bloquait Decimus Junius Brutus, dont il s'était fait octroyer la province de Gaule Cisalpine pour d'évidentes raisons d'intérêt stratégique.*

89. Ici, comme lors de la retraite de Mésopotamie (voir infra, *XL-LI), c'est effectivement dans une situation militaire difficile qu'Antoine donna la pleine mesure de son courage physique, mais aussi, ce que ne dit pas Plutarque, de son sens stratégique. Conscient en effet de son infériorité face aux armées consulaires de Modène appuyées par les vétérans d'Octavien, il se replia, aidé par Publius Ventidius Bassus, vers la Narbonnaise où il savait trouver, auprès de Lépide et de Munatius Plancus, des renforts potentiels.*

90. Lépide (voir supra, *VI, 4 et X, 2) avait obtenu dans le partage des provinces de 44 l'Espagne Citérieure et la Narbonnaise et adoptait, entre le Sénat et Antoine, une conduite ambiguë (voir Dion Cassius, XLVI, 38, 6).*

91. Antoine use à nouveau du style asiatique et de la mise en scène pathétique, près de Forum Julii (Fréjus), où il a rejoint le camp de Lépide. Comme souvent durant les guerres civiles de la République moribonde, ce furent les soldats, conscients de leurs intérêts, qui forcèrent les chefs à s'entendre.

laissaient attendrir par son aspect et séduire par ses discours, Lépide prit peur et fit sonner toutes les trompettes en même temps, pour couvrir la voix d'Antoine. 4. Mais les soldats n'en éprouvèrent que plus de pitié ; ils parlementèrent secrètement avec Antoine et lui envoyèrent Laelius et Clodius, déguisés en prostituées, pour lui dire d'attaquer sans crainte le camp : il y trouverait beaucoup de partisans prêts à lui faire bon accueil et même, s'il le voulait, à tuer Lépide. 5. Antoine leur interdit de toucher à Lépide mais, le lendemain, il entreprit de traverser le fleuve avec son armée. Il se jeta à l'eau le premier et parvint sur la rive opposée où il voyait déjà de nombreux soldats de Lépide lui tendre les mains et arracher les palissades du camp. 6. Il y entra, se rendit maître de tout et traita Lépide avec une grande douceur : il le salua en l'appelant son père et, tout en exerçant de fait l'autorité absolue, lui laissa jusqu'au bout le nom et les honneurs d'un *imperator*[92]. 7. Cette attitude décida Munatius Plancus, qui était campé aux environs avec des troupes importantes, à se rallier aussi à lui[93]. 8. S'étant ainsi renforcé, Antoine repassa les Alpes et amena en Italie dix-sept légions et dix mille cavaliers ; il disposait en outre de six autres légions qu'il avait laissées pour garder la Gaule, sous les ordres d'un certain Varius, surnommé Cotylon [« la Coupe »], un de ses amis et compagnons de beuverie[94].

XIX. 1. Quant à César, il n'écoutait plus Cicéron car il le voyait entièrement attaché à la liberté[95]. Par l'intermédiaire de ses amis, il invita Antoine et Lépide à une réconciliation. Les trois hommes se réunirent dans une petite île au milieu d'une rivière. Leurs entretiens durèrent trois jours[96]. 2. Sur la plupart des points, ils parvinrent à une entente satisfaisante et se partagèrent tout l'Empire comme s'il s'agissait d'un héritage de famille[97]. Mais ce qui leur causa le plus de difficultés, ce fut la discussion sur les hommes qu'ils voulaient faire mourir : chacun voulait tuer ses ennemis et sauver ses proches. 3. Pour finir, ils sacrifièrent la piété familiale et les sentiments d'amitié à leur colère contre ceux qu'ils haïssaient. César abandonna Cicéron à Antoine qui, de son côté, abandonna à César son oncle maternel, Lucius

---

92. *Autant que par son caractère, cette attitude était dictée à Antoine par la conscience de la solidarité de classe avec les représentants de la vieille aristocratie romaine (voir* supra, *III, 8).*
93. *Lucius Munatius Plancus, que le Sénat avait chargé de fonder la colonie de Lugdunum (Lyon) pour le détourner d'intervenir dans le conflit (voir Dion Cassius, XLVI, 50), adopta une prudente position attentiste, ne se ralliant à Antoine qu'après le choix d'Asinius Pollion, gouverneur d'Espagne Ultérieure, en septembre 43 (voir Appien, III, 97).*
94. *Jeu de mots gratuit qui relève de la déformation systématique de l'image d'Antoine :* le *cognomen, en effet, avait naturellement perdu toute la force de son sens étymologique.*
95. *« Berné par un enfant »* (Cicéron, *XLVI, 1-2), Cicéron fut abandonné par Octavien, qui marcha sur Rome et arracha au Sénat l'octroi du pouvoir consulaire en octobre 43 (voir Syme, 1967, p. 177-181).*
96. *L'entrevue eut lieu sur une île du Reno, petit fleuve proche de Bologne.*
97. *Confusion du* publicus *et du* privatus, *caractéristique de cette entrevue, qui offrit aux protagonistes le titre de* triumviri reipublicae constituendae *et sanctionna le partage du monde occidental : à Antoine les Gaules Cisalpine et Chevelue, à Lépide la Narbonnaise et les Espagnes, à Octavien l'Afrique et les îles (Corse, Sardaigne, Sicile).*

Caesar ; quant à Lépide, on lui permit de tuer son frère Paulus. Cependant, selon certains, ce furent Antoine et César qui exigèrent la vie de Paulus, et Lépide le leur sacrifia. 4. On ne vit jamais, je crois, rien de plus cruel ni de plus sauvage que ce marché. En achetant le meurtre par le meurtre, ils assassinaient à la fois les victimes qu'on leur permettait de tuer et celles qu'ils abandonnaient, et c'était à l'égard de leurs amis qu'ils étaient les plus coupables, puisqu'ils les faisaient mourir sans même les haïr[98].

XX. 1. À l'occasion de ces accords, les soldats qui les entouraient demandèrent à César de sceller cette amitié par un mariage en épousant Clodia, fille de Fulvia, la femme d'Antoine[99]. 2. Après s'être entendus également sur ce point, ils proscrivirent et firent mourir trois cents citoyens[100]. 3. Cicéron fut égorgé : Antoine ordonna de lui couper la tête ainsi que la main droite avec laquelle l'orateur avait écrit ses discours contre lui. 4. Lorsque ces dépouilles lui furent apportées, il les contempla avec plaisir et, dans sa joie, éclata de rire à plusieurs reprises ; ensuite, quand il se fut repu de ce spectacle, il les fit placer au-dessus de la tribune, sur le forum, comme si c'était le mort qu'il outrageait[101] ! comme s'il ne jetait pas lui-même, aux yeux de tous, l'opprobre sur sa propre Fortune, et la honte sur son pouvoir ! 5. Son oncle César, se voyant recherché et poursuivi, se réfugia chez sa sœur[102]. Les assassins se présentèrent chez elle et voulurent enfoncer la porte de sa chambre mais, se plaçant sur le seuil, elle écarta les bras et cria à plusieurs reprises : « Vous ne tuerez pas Lucius Caesar si vous ne me tuez pas d'abord, moi, la mère de votre *imperator* ! » 6. Par une telle attitude, elle parvint à leur soustraire son frère et à le sauver[103].

XXI. 1. La domination des trois hommes était, dans l'ensemble, insupportable aux Romains, mais c'était surtout à Antoine qu'ils en voulaient : il était plus âgé que César, plus puissant que Lépide et, dès qu'il avait secoué le joug des affaires, il

---

98. Si la conclusion sur la sauvagerie de la nature humaine est à peu près identique, la version donnée par Plutarque dans Cicéron *(XLVI, 3-5) diffère légèrement : Octavien y défend jusqu'au bout le sort de Cicéron. Les deux versions plutarquiennes pourraient correspondre à un travail différent sur les sources (voir Santi Amantini, Careda, Manfredini, 1995, p. 402, les références aux travaux de Pelling).*
99. Pratique courante à Rome, où le mariage scellait les alliances politiques. Sur le rôle des soldats en cette matière voir supra, *XVIII, 2-4.*
100. Le chiffre de 200 est donné dans Brutus, *XXVII, 6 et de plus de 200 dans* Cicéron, *XLVI, 2. Appien (IV, 5) parlait de 300 sénateurs et de 2 000 chevaliers.*
*101. Un récit circonstancié des outrages infligés aux restes de Cicéron par Fulvia est rapporté par Sénèque le Père (*Déclamations, *VI, 17-24) et par Dion Cassius (XLVII, 8, 3), qui l'avait emprunté à Tite-Live. Sur la mort de l'orateur, voir Dictionnaire, « Écrit/Écriture ».*
102. Julia, mère d'Antoine (voir supra, *II, 1).*
103. Les anecdotes individuelles développées par Plutarque masquent l'importance des bouleversements économiques et sociaux constitués par les proscriptions. Il s'agissait bien d'une Révolution romaine : une attaque en règle de la propriété nobiliaire, nécessitée par les exigences des soldats et des vétérans, qu'il fallait satisfaire (voir Syme, 1967, notamment p. 188-189, et Chamoux, 1986, p. 185).

s'était replongé dans sa vie de naguère, sensuelle et débauchée[104]. 2. À cette réprobation générale s'ajoutait la haine violente que suscitait la maison qu'il habitait : elle avait appartenu au Grand Pompée, un homme aussi admiré pour sa modération, pour sa vie réglée et populaire que pour ses trois triomphes. 3. On s'indignait de la voir presque toujours fermée aux chefs, aux généraux et aux ambassadeurs[105], qui étaient écartés brutalement des portes, et remplie de mimes, de prestidigitateurs et de flatteurs avinés pour lesquels Antoine dépensait la majeure partie de l'argent qu'il se procurait par les procédés les plus violents et les plus odieux. 4. En effet, il ne suffisait pas aux triumvirs de vendre les biens de ceux qu'ils assassinaient, d'en déposséder, à force de calomnies, les familles et les épouses, et d'inventer toutes sortes d'impôts[106] ; ils firent pire encore : apprenant que les Vestales gardaient des dépôts qui leur avaient été confiés par des étrangers et par des citoyens, ils allèrent saisir ces fonds. 5. Comme rien ne rassasiait Antoine, César exigea de partager avec lui les deniers publics. Ils se partagèrent aussi l'armée ; laissant Rome à Lépide, ils partirent tous deux en Macédoine contre Brutus et Cassius[107].

XXII. 1. Dès qu'ils eurent passé la mer, ils engagèrent les hostilités et établirent leur armée près de celle des ennemis[108]. Antoine prit position en face de Cassius, César en face de Brutus. César ne fit rien de remarquable ; ce fut Antoine qui remporta toutes les victoires et tous les succès. 2. Dans la première bataille, César, vaincu de vive force par Brutus, perdit son camp et échappa de justesse à ses poursuivants ; mais, à en croire ce qu'il écrit lui-même dans ses *Mémoires*, il se retira avant la bataille, à cause d'un songe qu'avait eu un de ses amis[109]. 3. Antoine, lui, fut vainqueur de Cassius ; selon certains récits, pourtant, il n'assista pas à la bataille et n'arriva qu'après la victoire, alors que la poursuite était déjà engagée. 4. Cassius, qui ignorait la victoire de Brutus, se fit égorger, à sa demande et sur son ordre, par Pindarus, un de ses fidèles affranchis. 5. Quelques jours plus tard, on livra une nouvelle bataille et Brutus, vaincu, se tua. Ce fut Antoine qui retira le plus de gloire de

---

104. Thème récurrent du portrait d'Antoine, héritée de la propagande octavienne, qui avait elle-même puisé sa matière à la source des Philippiques *de Cicéron.*
105. Sur l'achat de la demeure de Pompée et sa fonction à la fin de la République, voir supra, X, 3 et Pompée, *XL, 9 et note.*
106. L'impôt sur le sol, le tributum, *dont les citoyens se trouvaient exemptés depuis 167 avant J.-C., avait été rétabli durant la guerre de Modène.*
107. Les triumvirs disposaient de 43 légions, dont plus de la moitié partirent en Orient affronter les 19 légions que Brutus et Cassius avaient réunies dans les années 43-42.
108. Malgré une traversée rendue difficile par la flotte de Statius Murcus, Antoine, plus rapide, établit le contact avec les libérateurs près de Philippes en Macédoine.
109. Probable justification a posteriori *d'une attitude peu glorieuse, l'opinion publique contemporaine attribuant à l'évidence tout le mérite de la victoire à Antoine. Le sort indécis de la bataille dut beaucoup, semble-t-il, aux erreurs causées chez les conjurés par les fausses nouvelles et les mauvaises interprétations (voir* Brutus, *XLII-XLIII).*

la victoire, car César était alors malade. 6. Antoine s'arrêta devant le cadavre de Brutus, auquel il reprocha en quelques mots la mort de son frère Caius, que Brutus avait fait tuer en Macédoine pour venger Cicéron[110]; mais, déclarant que c'était Hortensius[111] plus que Brutus qu'il tenait pour responsable de cette mort, il fit égorger Hortensius sur le tombeau de Caius. 7. Il jeta sur le corps de Brutus son manteau de pourpre, qui était d'un grand prix et chargea un de ses affranchis de s'occuper des funérailles[112]. 8. Apprenant par la suite que cet homme n'avait pas brûlé le manteau de pourpre avec le corps et qu'il avait détourné une grande partie de la somme destinée aux funérailles, il le fit mourir.

XXIII. 1. Là-dessus, César se fit transporter à Rome[113]: on pensait qu'il ne survivrait pas longtemps à sa maladie. Quant à Antoine, il passa en Grèce pour lever des contributions dans toutes les provinces d'Orient, car on avait promis cinq mille drachmes à chaque soldat et il fallait rentrer de l'argent et lever des impôts avec plus de rigueur[114]. 2. À l'égard des Grecs, il ne se montra ni insolent ni grossier, du moins au début; au contraire, il prenait plaisir à écouter les savants, à assister aux concours et aux initiations. Quand il rendait la justice, il était modéré; il aimait s'entendre appeler ami des Grecs et, plus encore être salué du titre d'ami des Athéniens et il fit à leur cité de nombreux présents[115]. 3. Les Mégariens, voulant rivaliser avec les Athéniens et lui montrer eux aussi un bel édifice, l'invitèrent à venir voir leur Bouleutérion; il y monta, le visita et, quand ils lui demandèrent ce qu'il en pensait, il répondit: «Il est petit et délabré.» 4. Il fit également mesurer le temple du dieu Pythien dans l'intention de l'achever, comme il en avait fait la promesse au Sénat[116].

---

110. Caius Antonius, envoyé en éclaireur en Illyrie, avait été capturé et traité avec égards par Brutus, qui ne le laissa exécuter qu'après le meurtre de Cicéron (voir Brutus, *XXVI, 3-8 et XXVIII, 1).*
111. Quintus Hortensius Hortalus, fils du célèbre orateur Hortensius, proconsul de Macédoine en 44-43.
112. Sur l'attitude magnanime d'Antoine en la circonstance, voir supra, *III, 8 et XIII, 3.*
113. La bataille de Philippes entraîna une redistribution des responsabilités: Antoine ajouta l'Orient conquis à Philippes à ses responsabilités et Lépide, absent du conflit, céda à Octavien l'Espagne et l'Italie, où se posait le difficile problème du lotissement des vétérans.
114. En Orient comme en Occident, les exigences des soldats, à qui étaient promis 5 000 deniers (5 000 drachmes), soit plus de vingt ans de solde d'un coup, dictaient la politique économique des triumvirs.
*115. Comme nombre d'*imperatores *romains depuis le IIe siècle avant J.-C., Antoine vivait à la grecque dans les cités où il séjournait, adoptant la conduite des grands souverains hellénistiques qui cherchaient à mériter le titre d'«évergètes», de bienfaiteurs. Dans cette observation réside une des bases de l'analyse de Chamoux (1986). Sur la réserve émise par Plutarque («du moins au début»), voir* infra, *LXVIII, 6-8.*
116. Probablement le temple d'Apollon à Delphes. La promesse faite au Sénat ne se comprend guère dans ce contexte et le terme employé (sugcleton) *pourrait désigner, malgré son sens traditionnel de Sénat romain, l'assemblée d'une des villes grecques (Mégare?). Voir Santi Amantini, Careda, Manfredini (1995), p. 406-407.*

XXIV. 1. Mais ensuite, laissant Lucius Censorinus[117] en Grèce, il passa en Asie et fit main basse sur les richesses de ce pays : des rois vinrent à sa porte et des épouses de rois, rivalisant de présents et de charmes, se laissèrent séduire par lui. Tandis qu'à Rome, César s'épuisait dans les séditions et les guerres, 2. il vivait, lui, dans le loisir et la paix et, sous l'influence des passions, il retomba dans son existence habituelle. Des joueurs de cithare comme Anaxénor, des aulètes de chœurs comme Xouthos, un danseur comme Métrodoros et une troupe d'artistes asiatiques de la même espèce, qui surpassaient en effronterie et en vulgarité les pestes qu'il avait amenées d'Italie, affluèrent à sa cour et la régentèrent. La situation devint absolument intolérable, car tous se laissaient entraîner dans cette voie. 3. L'Asie entière, telle la cité que dépeint Sophocle, était pleine d'encens,

> Mais aussi de péans et de lamentations.

4. Lorsque Antoine entra dans Éphèse, il était précédé de femmes en costumes de Bacchantes, et d'hommes et d'enfants déguisés en Satyres et en Pans ; la cité était remplie de lierre, de thyrses, de psaltérions, de syrinx et d'*auloï* et on l'acclamait sous les noms de Dionysos Charidotès [« Donneur de grâce »] et Meilichios [« Doux comme le miel »][118]. 5. Il se montrait sans doute tel avec quelques personnes, mais pour la plupart il était Dionysos Omestès [« Mangeur de chair crue »] et Agrionios [« Sauvage »]. Il dépouillait des hommes de noble naissance de leur fortune pour la donner à des gibets de potence et à des flatteurs. 6. Certains allaient jusqu'à déclarer mortes des personnes encore en vie ; ils réclamaient leurs biens et les obtenaient. Il donna la maison d'un homme de Magnésie à un cuisinier, en remerciement, dit-on, d'un seul repas, où cet homme s'était distingué. 7. Pour finir, il imposa aux cités un second tribut[119]. Alors Hybréas[120], parlant au nom de l'Asie, osa dire, avec une éloquence déclamatoire qui ne déplaisait pas au goût d'Antoine : « Si tu peux recevoir deux fois le tribut d'une seule année, ne peux-tu nous donner aussi deux étés et deux automnes ? » 8. Puis résumant les faits de façon énergique et frappante, il rappela que l'Asie avait payé deux cent mille talents et ajouta : « Cette somme, si tu ne l'as pas reçue, réclame-la à ceux qui l'ont perçue ; mais si tu l'as reçue et si tu ne l'as plus, nous sommes perdus. » 9. Ce mot boule-

---

117. *Originaire d'une vieille famille marianiste, césarien, Lucius Marcius Censorinus fut préteur en 43 avec Publius Ventidius Bassus et se vit confier par Antoine, après Philippes, la province de Macédoine, qu'il conserva jusqu'en 40, avant un consulat partagé en 39 avec Calvisius Sabinus (voir Münzer,* Real-Encyclopädie, *XIV, 2, Marcius 48).*

118. *La conclusion logique de la description de Plutarque est l'assimilation d'Antoine à Dionysos, concrètement illustrée par le cortège bachique de l'entrée à Éphèse. Si l'anecdote n'est pas invraisemblable (voir le précédent de Flamininus dans* Flamininus, *XVI, 5-7), Plutarque n'en est pas moins le seul à s'en faire l'écho et il pourrait s'agir de la transcription anachronique de calomnies que la propagande octavienne répandit à l'égard d'Antoine quelques années plus tard.*

119. *Après avoir réclamé aux cités d'Asie dix ans d'impôts en une seule fois (autant que Brutus et Cassius), Antoine réduisit ses exigences à deux années de contribution. Appien (V, 4-6) prête à Antoine en la circonstance un discours plein d'à-propos et de sobriété.*

120. *Orateur connu de Milasa (voir Strabon,* Géographie, *XIV, 660).*

versa profondément Antoine. Il ignorait la plupart des exactions qui se commettaient, ce qui venait moins de sa négligence que de la confiance qu'il accordait, par naïveté, à ceux qui l'entouraient[121]. 10. Cette naïveté était dans sa nature et il était assez lent à se rendre compte de ce qui se passait mais, une fois qu'il en prenait conscience, il éprouvait de violents remords et reconnaissait ses torts devant ceux qui en avaient été victimes. Il mettait de la grandeur à récompenser comme à punir mais, apparemment, il dépassait la mesure pour accorder des faveurs plus que pour sévir. 11. Quant à l'insolence de ses plaisanteries et de ses railleries, elle portait son remède en elle-même ; en effet, Antoine permettait aux gens de lui renvoyer ses railleries et de se rire de lui à leur tour, et il prenait autant de plaisir à être moqué qu'à se moquer. 12. Cette attitude ruina souvent ses affaires, car il n'imaginait pas que ceux qui avaient leur franc-parler quand ils plaisantaient pouvaient le flatter quand ils étaient sérieux ; il se laissait donc facilement prendre aux louanges, ignorant que certains mêlent la franchise à la flatterie, comme un assaisonnement un peu âpre, pour éviter la satiété ; leur hardiesse et leurs joyeux bavardages autour d'une coupe lui faisaient croire que leur complaisance et leur approbation de sa conduite ne leur étaient pas dictées par le désir de lui complaire mais par la conscience de leur infériorité intellectuelle[122].

XXV. 1. Tel était donc le caractère d'Antoine. L'amour de Cléopâtre vint mettre le comble à ses maux ; il éveilla et déchaîna en lui beaucoup de passions encore cachées et endormies, étouffant et détruisant ce qui, malgré tout, pouvait encore lui rester de bon et de salutaire[123]. Voici comment Antoine fut pris. 2. Au moment d'entreprendre la guerre contre les Parthes, il envoya demander à Cléopâtre de venir à sa rencontre en Cilicie pour se justifier de deux griefs : les sommes importantes qu'elle avait données à Cassius et son alliance avec lui dans la guerre[124]. 3. Mais dès que l'envoyé, Dellius[125], vit la beauté de Cléopâtre et découvrit l'adresse et la subtilité de sa conversation, il comprit aussitôt qu'Antoine ne ferait jamais le moindre mal à une telle femme, et qu'elle aurait beaucoup d'influence sur lui. Il se mit donc à flatter l'Égyptienne et, pour parler comme Homère, il lui conseilla de

Venir en Cilicie dans ses plus beaux atours[126]

---

121. *L'épisode sert de prétexte à une digression sur la naïveté et la faiblesse de caractère d'Antoine, qui offrent une transition naturelle vers la rencontre avec Cléopâtre.*
122. *Voir Dictionnaire, «Amis/Amitié».*
123. *L'introduction de Plutarque annonce sans ambages son adhésion à la version octavo-augustéenne de l'histoire : la passion pour Cléopâtre détruisit ce qui pouvait subsister chez Antoine de l'aristocrate et du citoyen romain. Voir aussi Dictionnaire, «Shakespeare».*
124. *Comme tous les rois orientaux, Cléopâtre, reine d'Égypte, avait été mise à contribution par Brutus et Cassius. Selon Appien (V, 8), elle était cependant restée fidèle aux césariens, mais aurait été trahie par ses généraux.*
125. *Il s'agit probablement de Quintus Dellius, auteur d'une histoire de l'expédition d'Antoine contre les Parthes (voir infra, LIX, 6-8). Passé de Dolabella à Cassius puis à Antoine et plus tard à Octavien, il était appelé par Messala Corvinus «l'acrobate des guerres civiles» (voir Sénèque le Père, Déclamations, I, 7).*
126. *Vers transposé de l'*Iliade *(XIV, v. 162).*

sans redouter Antoine qui était le plus charmant et le plus humain des généraux. 4. Elle se laissa convaincre par Dellius et, comme elle avait éprouvé par sa liaison avec César puis avec Cnaeus, le fils de Pompée[127], le pouvoir de sa beauté, elle se dit qu'il lui serait encore plus facile de séduire Antoine. 5. En effet, elle était encore une toute jeune fille, sans expérience des affaires, quand César et Cnaeus l'avaient connue, alors qu'elle allait rencontrer Antoine à l'âge où la beauté des femmes est la plus éclatante et leur intelligence dans toute sa vigueur[128]. 6. Elle prépara donc beaucoup de présents et d'argent et toutes les parures dont pouvait disposer une reine dont la puissance était grande et le royaume florissant. Mais c'était en elle-même et dans ses sortilèges et ses philtres qu'elle plaçait ses plus grandes espérances.

XXVI. 1. Elle recevait beaucoup de lettres d'Antoine et de ses amis qui l'invitaient à venir, mais, pour afficher son dédain et se moquer de lui, elle remonta le Cydnos[129] sur un navire à la poupe d'or, aux voiles de pourpres largement déployées ; le mouvement des rames, qui étaient d'argent, se faisait au son de l'aulos mêlé à celui des syrinx et des cithares. 2. Cléopâtre était allongée sous un dais brodé d'or, parée comme Aphrodite telle que les peintres la représentent ; des enfants qui ressemblaient aux Éros des tableaux se tenaient debout, de part et d'autre, et l'éventaient[130]. 3. De même, ses petites servantes, parées de robes de Néréides et de Charites, se tenaient les unes au gouvernail, les autres aux cordages. Des parfums merveilleux, exhalés par de nombreux aromates, embaumaient les rives. 4. Depuis l'embouchure du fleuve, sur les deux rives, les gens du pays l'accompagnaient ou descendaient de la cité pour contempler ce spectacle. La foule qui emplissait l'agora en sortit précipitamment si bien que, pour finir, Antoine, qui était assis sur une estrade, se retrouva seul. 5. Le bruit courait sur toutes les lèvres qu'Aphrodite venait festoyer avec Dionysos pour le bonheur de l'Asie[131]. 6. Antoine envoya donc inviter Cléopâtre à dîner mais elle lui demanda de venir plutôt chez elle. Pour montrer sa bonne volonté et sa complaisance, il obéit aussitôt et se rendit auprès d'elle. La réception qu'on lui fit dépassa tout ce qu'on peut en dire. Antoine fut surtout frappé par le nombre des lumières : 7. elles étaient si nombreuses, dit-on, descendant ou montant de tous les côtés à la fois, et elles étaient disposées avec tant de recherche,

---

127. *Plutarque est le seul garant de cette liaison, peut-être inventée pour noircir le portrait de la reine d'Égypte, même s'il est probable que Pompée, avant ou après Pharsale, avait cherché à nouer des contacts avec les diverses coteries égyptiennes.*
128. *Fille de Ptolémée XII Aulète, Cléopâtre VII, qui régnait depuis 51, était née en 69 et avait donc 28 ans en 41.*
129. *Fleuve de Cilicie, de cours nord-sud, qui traversait la ville de Tarse (actuel Tarsus Çayi).*
130. *L'assimilation à Aphrodite, classique pour les reines lagides et utilisée sur certaines monnaies de Cléopâtre (voir Santi Amantini, Careda, Manfredini, 1995, p. 411), prend un relief particulier dans ce décor fluvial au luxe et au raffinement complaisamment décrits par Plutarque.*
131. *Analyse ambiguë, qui, tout à la fois, stigmatise la fête orientale de divinités décadentes et souligne le consensus populaire autour d'une alliance sacralisée entre l'Orient et l'Occident, ce qui fut peut-être, plus tard, le projet d'Antoine (voir Chamoux, 1986, p. 315-322).*

penchées les unes vers les autres, ou verticales, regroupées en rectangles ou en cercles, que ce spectacle fut un de ceux, si rares, qui méritent d'être contemplés et qui sont vraiment beaux.

XXVII. 1. Le lendemain, Antoine lui rendit son invitation. Il se piquait de surpasser l'éclat et le raffinement de cette fête, mais sur ces deux points il eut le dessous et dut s'avouer vaincu ; il fut d'ailleurs le premier à se moquer de la mesquinerie et de la grossièreté de ce qu'il lui offrait. 2. Cléopâtre, voyant dans les plaisanteries d'Antoine le soldat et le rustre qu'il était, lui répondit sur le même ton, en se comportant désormais avec sans-gêne et effronterie. 3. De fait, on dit que sa beauté n'était pas, à elle seule, incomparable ni susceptible de fasciner ceux qui la voyaient, mais sa compagnie avait un charme irrésistible et son apparence, jointe à la séduction de sa conversation et à son caractère qui se répandait, si l'on peut dire, dans toute sa manière d'être, laissait un aiguillon dans les cœurs. 4. On avait du plaisir à entendre le son de sa voix ; sa langue était comme un instrument à plusieurs cordes qu'elle adaptait sans effort au dialecte qu'elle voulait. Il n'y avait que peu de Barbares avec qui elle avait besoin d'un interprète : elle donnait elle-même ses réponses à la plupart d'entre eux, Éthiopiens, Troglodytes, Hébreux, Arabes, Syriens, Mèdes, Parthes[132]. 5. Elle connaissait beaucoup d'autres langues, dit-on, alors que les rois qui l'avaient précédée n'avaient même pas daigné apprendre l'égyptien et que certains ne savaient même plus le macédonien.

XXVIII. 1. Cléopâtre subjugua totalement Antoine. À Rome, son épouse Fulvia luttait contre César pour défendre ses intérêts, tandis qu'en Mésopotamie, une armée parthe, dont les généraux du roi avaient proclamé Labiénus chef suprême, le menaçait et s'apprêtait à envahir la Syrie, mais il se laissa entraîner par cette femme à Alexandrie[133]. Là, comme un adolescent en vacances, il passait ses journées dans les amusements et les jeux, gaspillant ainsi en plaisirs ce qui est, selon Antiphon, le bien le plus précieux, le temps. 2. Ils avaient formé une association dite des Vies inimitables[134] ;

---

132. Des Troglodytes, Hérodote (Enquête, IV, 183) dit qu'ils parlent «un langage qui ne ressemble à aucun autre : ce sont des cris aigus comme en poussent les chauves-souris». Tout ceci est probablement une exagération des capacités de linguiste de Cléopâtre. Le portrait dressé par Plutarque n'en est pas moins fin et nuancé, comme celui d'Antoine en XXIV, 9, insistant moins sur la beauté de la reine, élevée à la dimension du mythe par la tradition, que sur son charme spirituel et la séduction de sa personnalité.

133. Plutarque revient au portrait-caricaturé d'Antoine ensorcelé par Cléopâtre et abandonnant pour elle ses affaires essentielles : en Italie, où sa femme Fulvia et son frère Lucius Antonius tentaient de soulever contre Octavien vétérans insatisfaits et civils mécontents des spoliations (guerre de Pérouse) ; en Orient, où Quintus Labienus, le fils de Titus Labienus mort à Munda en 45 (voir Pompée, LXIV, 5 et César, XXXIV, 5), avait, après la défaite de Philippes, pris le commandement des armées du roi Orodès et cherchait à profiter de la désertion d'Antoine (Dion Cassius, XLVIII, 24, 4-8).

134. Ce nom évoque les thiases dionysiaques – sorte d'associations secrètes – qui étaient fréquents à la cour des Lagides (voir Tondriau, 1946, p. 160-167).

chaque jour ils s'invitaient l'un l'autre, en dépensant avec une prodigalité incroyable.
3. Le médecin Philotas d'Amphissa racontait à mon grand-père Lamprias[135] qu'il séjournait alors à Alexandrie, où il étudiait son art ; il se lia avec un des cuisiniers royaux et, comme il était jeune, il se laissa persuader par lui de venir contempler les somptueux préparatifs du dîner. 4. Introduit dans la cuisine, il vit, parmi une multitude d'autres mets, huit sangliers sauvages qu'on faisait rôtir, et il s'étonna du grand nombre des convives. 5. Le cuisinier se mit à rire et lui dit : « Les dîneurs ne sont pas nombreux ; ils doivent être une douzaine, mais chaque pièce doit être servie juste à point, et cette perfection, il suffit d'un instant pour la détruire. 6. Or il se peut qu'Antoine réclame son dîner tout de suite, ou dans peu de temps ; mais, si cela se trouve, il peut demander à boire ou engager une conversation. Nous ne préparons donc pas un seul repas, mais plusieurs, car il est difficile de deviner le moment où il faudra servir. » 7. Voilà donc ce que racontait Philotas. Par la suite, il fut l'un des médecins du fils aîné qu'Antoine avait eu de Fulvia[136] ; quand l'enfant ne dînait pas avec son père, il invitait aimablement Philotas à s'asseoir à sa table avec ses amis. 8. Un jour qu'un médecin prétentieux ennuyait les dîneurs, Philotas lui ferma la bouche avec le sophisme suivant : « À celui qui a un peu de fièvre, il faut donner de l'eau glacée ; or toute personne qui a de la fièvre a au moins un peu de fièvre ; il faut donc donner de l'eau glacée à toute personne qui a de la fièvre. » 9. L'homme, abasourdi, resta sans voix et l'enfant, tout joyeux, se mit à rire ; désignant une table couverte de beaucoup de grandes coupes, il dit : « Philotas, je te donne tout cela. » 10. Philotas accueillit aimablement cette attention, mais il était bien loin de croire qu'un enfant de cet âge eût la permission de faire de si grands cadeaux. Pourtant, peu après, un des esclaves de la maison prit les coupes, les lui apporta dans une corbeille et l'invita à y mettre son sceau. 11. Comme Philotas repoussait le cadeau et n'osait pas le prendre, l'homme lui dit : « Pourquoi hésiter, malheureux ? Ne sais-tu pas que celui qui te les donne est le fils d'Antoine et qu'il peut t'en offrir autant en or ? Pourtant, si tu m'en crois, échange-moi tout cela contre de l'argent, car le père pourrait regretter une de ces pièces qui sont anciennes et fort recherchées pour leur travail. » 12. D'après mon grand-père, Philotas racontait cette histoire à tout propos.

XXIX. 1. Quant à Cléopâtre, elle ne divisa pas la flatterie en quatre catégories, comme Platon[137], mais elle lui donna mille formes. Qu'Antoine fût occupé à des activités sérieuses ou futiles, elle lui apportait toujours un plaisir ou un agrément inattendus. Elle l'accompagnait, comme un enfant, et ne le lâchait ni la nuit ni le jour. 2. Elle jouait aux dés avec lui, buvait avec lui, chassait avec lui et le regardait s'entraîner aux armes ; la nuit, quand il s'arrêtait aux portes et aux fenêtres des gens du

---

135. Source directe de Plutarque, son grand-père Lamprias avait peut-être rencontré Philotas à Delphes, où il est attesté sur une inscription comme hôte public des Delphiens (voir Oldfather, Real-Encyclopädie, XX, 1, Philotas, 12). Voir aussi Dictionnaire, « Plutarque par lui-même ».
136. Marcus Antonius Antyllus (voir supra, XIV, 2), qui avait accompagné son père en Orient.
137. Probable allusion à la division proposée dans Gorgias, 462e-466a.

pays pour se moquer de ceux qui étaient à l'intérieur, elle rôdait à l'aventure avec lui, déguisée en servante. 3. Il essayait lui aussi de revêtir un déguisement analogue, ce qui lui valait de récolter, avant de rentrer, des quolibets et souvent même des coups, mais la plupart des gens devinaient qui il était. 4. Cependant les Alexandrins se réjouissaient de ses farces et s'amusaient avec lui, d'une manière qui ne manquait ni d'à-propos ni d'esprit. La situation leur plaisait; «Antoine, disaient-ils, prend avec les Romains le masque tragique et avec nous le masque comique.» 5. Il serait long et inutile de raconter toutes les plaisanteries auxquelles il se livra à cette époque, mais en voici un exemple. Un jour qu'il pêchait et qu'il ne prenait rien, ce qui le contrariait, car Cléopâtre se trouvait à côté de lui, il demanda aux pêcheurs de plonger sans attirer l'attention et d'attacher à son hameçon des poissons qu'ils avaient pris auparavant; cela fait, il ramena deux ou trois fois sa ligne avec succès. Mais son manège n'avait pas échappé à l'Égyptienne. 6. Feignant l'admiration, elle en parla à ses amis et les convia à la partie de pêche du lendemain. Ils furent nombreux à monter dans des barques de pêcheurs. Dès qu'Antoine eut jeté sa ligne, Cléopâtre ordonna à un de ses serviteurs de plonger sans attendre et d'attacher à l'hameçon un poisson salé du Pont. 7. Quand Antoine, qui croyait tenir quelque chose, ramena sa ligne, le rire fut général, comme on peut l'imaginer. Cléopâtre lui dit: «Laisse-nous la canne à pêche, *imperator*, à nous qui régnons sur les habitants de Pharos et de Canope. Ce que tu dois pêcher, toi, ce sont les cités, les royaumes et les continents[138]!»

XXX. 1. Pendant qu'Antoine s'occupait à ces sottises et à ces gamineries, deux messages lui parvinrent. L'un venait de Rome et lui apprenait que son frère Lucius et sa femme Fulvia, d'abord en conflit l'un contre l'autre, avaient ensuite engagé la guerre contre César, qu'ils avaient tout perdu et qu'ils s'enfuyaient d'Italie[139]. 2. Le second message n'était pas plus favorable; il informait Antoine que Labiénus, à la tête des Parthes, envahissait l'Asie, de l'Euphrate et de la Syrie jusqu'à la Lydie et à l'Ionie. 3. À grand-peine, comme arraché au sommeil de l'ivresse, Antoine se mit en marche contre les Parthes et avança jusqu'en Phénicie mais, recevant de Fulvia des lettres pleines de lamentations, il rebroussa chemin et se dirigea vers l'Italie avec deux cents navires[140]. 4. Pendant la traversée, il recueillit à son bord ceux de ses amis qui

---

138. Les sources de Plutarque pour ce genre d'anecdotes pourraient être Philotas, par l'intermédiaire de son grand-père Lamprias, ou Quintus Dellius, le compagnon d'Antoine historien de la période (voir supra, *XXV, 3).*

139. La «guerre de Pérouse», dernière guerre de l'Italie contre Rome selon R. Syme (1967, p. 200-201), vit Antoine perdre, en raison de l'activisme de son frère et de son épouse, ses derniers appuis dans la péninsule et en Gaule.

140. La présentation plutarquienne des événements caricature la réalité: l'avancée de Quintus Labienus jusqu'en Lydie et en Ionie, sur la côte méridionale de la Turquie actuelle, ne fut effective qu'à la fin de l'année 40 et le danger n'était donc pas aussi pressant quand Antoine se détourna vers l'Italie, moins pour céder aux objurgations de Fulvia que pour assurer sa place au milieu des intrigues menées par Octavien, Agrippa et Sextus Pompée.

avaient fui, et apprit que Fulvia était responsable de la guerre[141] : cette femme, au naturel intrigant et hardi, espérait éloigner Antoine de Cléopâtre, s'il se produisait des troubles en Italie. 5. Mais il se trouva que Fulvia, qui s'était embarquée pour le rejoindre, mourut de maladie à Sicyone, ce qui favorisa la réconciliation avec César. 6. Dès qu'Antoine aborda l'Italie, comme il était clair que César ne lui reprochait rien et que, de son côté, il rejetait sur Fulvia la responsabilité de ce qu'on lui reprochait, leurs amis[142] ne leur permirent pas d'approfondir leurs motifs de querelle et les réconcilièrent. Ils partagèrent l'Empire entre eux, en prenant pour frontière la mer Ionienne : ils attribuèrent l'Orient à Antoine, l'Occident à César et laissèrent l'Afrique à Lépide. On décida également que les amis de chacun des deux hommes exerceraient à tour de rôle le consulat lorsque eux-mêmes ne voudraient pas exercer cette charge.

XXXI. 1. De telles conditions semblaient satisfaisantes, mais il leur fallait une garantie plus forte. La Fortune la leur offrit. César avait une sœur aînée, Octavie, qui n'avait pas la même mère que lui : elle était fille d'Ancharia, alors que lui-même, son cadet, était né d'Atia[143]. 2. César éprouvait pour cette sœur une affection extraordinaire et c'était d'ailleurs, dit-on, une merveille de femme. Or elle était veuve, Caius Marcellus, son époux, venant de mourir[144]. 3. Antoine passait lui aussi pour veuf, depuis le décès de Fulvia : s'il ne niait pas sa liaison avec Cléopâtre, il ne se déclarait pas marié avec elle et, sur ce point du moins, sa raison combattait encore son amour pour l'Égyptienne[145]. 4. Tout le monde poussait donc à ce mariage ; outre sa grande beauté, Octavie avait beaucoup de sérieux et d'intelligence, et l'on espérait que, dès qu'elle serait unie à Antoine, elle en serait aimée, comme le méritait une telle femme, et qu'elle assurerait ainsi le salut et la fusion de leurs intérêts. 5. Les deux partis se rallièrent donc à ce projet ; ils remontèrent à Rome où ils célé-

---

141. Nombre des appuis occidentaux d'Antoine avaient fui après Pérouse : sa mère Julia et son beau-père Scribonius Libo, Tiberius Claudius Nero, Munatius Plancus, entre autres. Les éclaircissements qu'ils fournirent à Antoine suggèrent une explication à la passivité de celui-ci face aux événements d'Italie : elle aurait été la conséquence, non pas de sa passion pour Cléopâtre, mais, comme le laisse entendre Appien, de la difficulté de communication entre l'Italie et l'Égypte (voir Syme, 1967, p. 208 ; Chamoux, 1986, p. 258-259).

142. Une fois encore, ce furent les vétérans qui obligèrent les chefs à s'entendre lors de l'entrevue de Brindisi, laquelle avait débuté par des manœuvres hostiles, notamment de la flotte de Cnaeus Domitius Ahenobarbus qui s'était rallié à Antoine. Sur l'ensemble des accords, qui orientaient définitivement vers l'Orient les intérêts d'Antoine et faisaient d'Octavien le maître de l'Occident face à Sextus Pompée, voir Appien (V, 65).

143. Erreur de Plutarque : l'Octavie gage de l'alliance entre Octavien et Antoine était sa véritable sœur, née d'Atia et de Caius Octavius, alors qu'une demi-sœur aînée, Octavia Major, était née de Caius Octavius et d'Ancharia.

144. Deux ans auparavant, elle avait eu de ce mariage un fils, Claudius Marcellus, qui, marié en 24 à sa cousine Julie, fille d'Auguste, fut le premier héritier présomptif du princeps *(voir* infra, *LXXXVII, 3-5).*

145. Antoine eut en 40 des enfants jumeaux de Cléopâtre, dont la reconnaissance officielle (voir infra, *XXXVI, 5) n'avait cependant pas de valeur en droit romain (voir Huzar, 1986, p. 107).*

brèrent le mariage d'Octavie. La loi interdisait à une femme de se remarier avant dix mois de veuvage mais le Sénat, par décret, les dispensa de ce délai.

XXXII. 1. Cependant Sextus Pompée tenait la Sicile, ravageait l'Italie et, avec un grand nombre de navires de pillards commandés par le pirate Ménas et par Ménécratès, il empêchait toute navigation sur la mer[146]. Mais comme il passait pour s'être comporté avec humanité à l'égard d'Antoine, dont il avait recueilli la mère, quand elle avait pris la fuite avec Fulvia, on décida de se réconcilier aussi avec lui[147]. 2. Ils se rencontrèrent au cap Misène : la flotte de Pompée était au mouillage près du môle, tandis que les armées de terre d'Antoine et de César étaient rangées en face[148]. 3. Il fut convenu que Pompée garderait la Sardaigne et la Sicile, qu'il nettoierait la mer des pirates et qu'il enverrait à Rome une certaine quantité de blé. L'accord conclu, ils s'invitèrent à dîner. On tira au sort pour savoir lequel serait le premier à recevoir les autres ; le sort désigna Pompée. 4. Comme Antoine lui demandait où se déroulerait le dîner, il répondit, en montrant son navire amiral, qui avait six rangs de rameurs : « Ici, puisque c'est la maison paternelle qu'on a laissée à Pompée. » Ces mots visaient Antoine qui occupait la maison de Pompée, le père de Sextus[149]. 5. Ce dernier mit son navire à l'ancre, fit jeter du promontoire une espèce de passerelle et accueillit ses hôtes avec empressement. 6. Pendant que la réunion battait son plein et que les plaisanteries sur Cléopâtre et Antoine fusaient de tous côtés, le pirate Ménas s'approcha de Pompée et lui dit, assez bas pour ne pas être entendu des autres : « Veux-tu que je détache les ancres qui retiennent ton navire et que je te rende maître, non seulement de la Sicile et de la Sardaigne, mais de l'Empire romain ? » 7. À ces mots Pompée, après avoir réfléchi quelques instants, répondit : « Il fallait le faire, Ménas, sans me prévenir ; maintenant, je dois me contenter de ma situation, car le parjure n'est pas mon fait. » 8. Après avoir été invité à son tour par les deux autres, Sextus reprit la mer pour gagner la Sicile.

XXXIII. 1. Après ces accords, Antoine envoya devant lui Ventidius[150] en Asie pour arrêter l'avance des Parthes. Quant à lui, pour complaire à César, il se fit nommer

---

146. *La position de Sextus Pompée, qui avait reçu en 43 du Sénat le titre de* praefectus classis et orae maritimae *(commandant de la flotte et des côtes), était stratégiquement essentielle : la maîtrise de la mer lui permettait de contrôler le ravitaillement de Rome, levier politique essentiel (voir Sablayrolles, 1999, p. 357-361).*

147. *Voir* supra, *XXX, 4.*

148. *Symbole évocateur des rapports de force respectifs.*

149. *Voir* supra, *X, 3 et note.*

150. *Caractéristique de la « révolution romaine », la carrière de Publius Ventidius Bassus avait amené ce soldat picénien aux origines obscures à la responsabilité du ravitaillement des armées césariennes – ce qui lui valut le sobriquet de muletier –, puis à la préture et au consulat (en 43), et enfin au proconsulat, titre que lui fit accorder Antoine pour l'expédition contre les Parthes (voir Grundel,* Real-Encyclopädie, *VIII A, 1,* Ventidius *5). Il avait déjà pris une part décisive dans la guerre de Modène, apportant à Antoine dans sa retraite stratégique un appui essentiel de corps picéniens (voir* supra, *XVII, 2-6).*

prêtre du premier César[151]. Les deux hommes réglaient ensemble, en bonne amitié, les affaires politiques les plus importantes, 2. mais quand ils s'affrontaient dans leurs jeux, César avait toujours le dessus sur Antoine, ce dont celui-ci était vivement contrarié. Il était accompagné d'un devin venu d'Égypte, un de ceux qui examinent les horoscopes, et cet homme, soit pour complaire à Cléopâtre, soit sincèrement convaincu de ce qu'il disait, déclarait sans ambages à Antoine que sa Fortune, pourtant si brillante et si grande, était éclipsée par celle de César. Il lui conseillait de se tenir le plus loin possible du jeune homme. 3. «Ton *démon*, lui disait-il, redoute le *démon* de César; fier et hautain quand il est seul, il est rabaissé et humilié dès que l'autre s'approche.» 4. Et de fait, les événements semblaient donner raison à l'Égyptien. Ainsi, lorsque par plaisanterie ils tiraient quelque chose au sort ou qu'ils jouaient aux dés, Antoine en sortait toujours vaincu. Souvent aussi, ils mettaient aux prises des coqs ou des cailles de combat, et les oiseaux de César étaient vainqueurs. 5. Antoine était secrètement mortifié par ces échecs, ce qui le rendait plus attentif aux avis de l'Égyptien; il quitta donc l'Italie, en remettant ses affaires privées entre les mains de César. Il emmena jusqu'en Grèce Octavie; une fillette leur était née[152]. 6. Il passa l'hiver à Athènes, où on lui annonça les premiers succès de Ventidius, qui avait vaincu les Parthes en bataille rangée et tué Labiénus et Phranipatès, le meilleur des généraux du roi Orodès[153]. 7. En cet honneur, Antoine offrit des banquets aux Grecs et se chargea à Athènes de la fonction de gymnasiarque: laissant chez lui les insignes de son commandement, il sortait en manteau et en chaussures blanches, avec les baguettes de gymnasiarque, et il séparait les jeunes gens en les prenant par le cou[154].

XXXIV. 1. Au moment de partir pour la guerre, il se fit une couronne avec un rameau de l'olivier sacré et, pour se conformer à un oracle, il emporta une amphore pleine d'eau de la Clepsydre[155]. 2. Cependant Pacoros, fils du roi des

---

151. Antoine avait hésité à accepter ce flaminat, qui le subordonnait indirectement à Octavien (voir Fischwick, 1987, I, p. 74-76), et il semble qu'il n'y montra guère d'assiduité (voir Cicéron, Philippiques, XIII et XIX, 41).
152. Le départ d'Antoine eut lieu en 39. Sur la première fille d'Antoine et d'Octavie, Antonia Major, voir infra, LXXXVII, 1, 8 et 9.
153. Voir Dion Cassius (XLVIII, 39, 3-41): Ventidius a repoussé les Parthes d'Asie Mineure en deux batailles, aux Portes de Cilicie et au mont Amman. Phranipatès (Pharnapatès dans Dion Cassius, XLVIII, 41, 3) avait été nommé par Orodès satrape de Syrie (Flavius Josèphe, Antiquités judaïques, XIV, 13, 3 et Guerre des Juifs, I, 13, 1). Sur Labiénus, voir supra, XXVIII, 1.
154. La lutte était l'un des principaux exercices du gymnase. Plutarque montre un Antoine hellénisant durant l'hiver passé à Athènes avec Octavie: costume grec substitué à la tenue militaire romaine, préoccupations de gymnase. Même version dans Dion Cassius (XLVIII, 39, 2), qui évoque le titre de Néos Dionysos pris par Antoine, confirmé par plusieurs inscriptions et émissions monétaires. Une justification de l'attitude d'Antoine à Athènes est donnée dans Chamoux (1986, p. 273-275).
155. Dévotions à Athéna avant le départ au combat: l'olivier sacré est celui de la déesse sur l'Acropole et la fontaine probablement une source proche de l'Acropole, et non pas la célèbre fontaine du Péloponnèse (voir Pelling, 1988, p. 210).

Parthes, s'élançait de nouveau contre la Syrie à la tête d'une grande armée ; Ventidius engagea le combat contre lui, le mit en déroute dans la Cyrrhestique, et tua beaucoup d'ennemis, au premier rang desquels Pacoros[156]. 3. Cet exploit, parmi les plus dignes d'être chantés, vengea entièrement les Romains des malheurs qu'ils avaient essuyés à l'époque de Crassus[157] ; les Parthes furent obligés de se replier à l'intérieur de la Médie et de la Mésopotamie, après avoir été défaits de vive force dans trois batailles consécutives. 4. Ventidius renonça à les poursuivre plus avant, car il craignait la jalousie d'Antoine[158] ; il alla soumettre les peuples qui avaient fait défection et assiégea Antiochos de Commagène dans la cité de Samosate[159]. 5. Antiochos proposa de verser mille talents et d'exécuter les ordres d'Antoine, mais Ventidius lui demanda d'envoyer une ambassade à Antoine lui-même, 6. lequel approchait déjà et ne voulait pas laisser Ventidius conclure un traité avec Antiochos ; il souhaitait que, parmi tant d'exploits, celui-ci au moins portât son nom et que tous les succès ne fussent pas l'œuvre de Ventidius. 7. Mais comme le siège traînait en longueur et que les assiégés, désespérant de parvenir à une entente, opposaient désormais une vive résistance, Antoine ne parvint à rien ; honteux et repentant, il dut se contenter de trois cents talents pour conclure un traité avec Antiochos. 8. Après quelques maigres succès en Syrie, il regagna Athènes. Il honora Ventidius comme il le méritait et l'envoya célébrer son triomphe à Rome[160]. 9. Ventidius est le seul, jusqu'à nos jours, à avoir triomphé des Parthes[161]. Cet homme de naissance obscure mit à profit l'amitié d'Antoine pour se lancer dans de grandes entreprises où il remporta les plus beaux succès, confirmant ainsi ce que l'on disait d'Antoine et de César, qu'ils étaient plus heu-

---

156. Sur Pacoros, fils d'Orodès, voir Crassus, *XXXIII, 1 et 8. L'engagement eut lieu à Gindaros, au nord-ouest de la Syrie, le 9 juillet 38, jour anniversaire de la bataille de Carrhes.*

157. Sur la défaite de Crassus à Carrhes, voir Crassus, *XXIV-XXXIII. La récupération des enseignes légionnaires perdues par Crassus n'intervint cependant qu'en 20 avant J.-C. (voir* Auguste, Res Gestae, *V, 29) et fit l'objet d'une large propagande augustéenne. Plutarque valorise ici la victoire de Ventidius, peut-être pour faire contraste avec les résultats mitigés obtenus ensuite par Antoine.*

158. Encore une interprétation malveillante vis-à-vis d'Antoine : les Parthes rejetés au-delà de l'Euphrate, la Cilicie, la Syrie et la Palestine récupérées, Ventidius avait rempli sa mission en rétablissant l'Empire dans ses frontières et l'expérience militaire d'Antoine lui montrait clairement les risques d'une expédition insuffisamment préparée au-delà de l'Euphrate.

159. Le royaume de Commagène, au sud de l'Arménie, s'étendait de part et d'autre de l'Euphrate. Antiochos Ier avait traité avec Lucullus (voir Dion Cassius, XXXVI, 2, 5) et était devenu l'allié de Pompée en Orient, après l'avoir affronté (Appien, Guerres mithridatiques, *106 et* Guerres civiles, *II, 49). Il avait cependant des attaches avec les Parthes, sa fille ayant épousé Orodès, le roi des Parthes.*

160. Ce triomphe, célébré en novembre 38 (Corpus d'inscriptions latines, I², p. 50), témoigne de l'absence de fondement des allégations de Plutarque (§ 4), héritières de la propagande d'Octave.

161. L'expression de Plutarque montre que la Vie d'Antoine *fut écrite avant le titre de* Parthicus *obtenu par Trajan lors des campagnes de 114-117. Sur une éventuelle composition en 116, après la mort de Quintus Sosius Senecio, ami et protecteur de Plutarque et dédicataire des* Vies, *voir Santi Amantini, Careda, Manfredini (1995), p. XX.*

reux dans les campagnes qu'ils menaient par personne interposée que dans celles qu'ils dirigeaient eux-mêmes[162]. 10. Et de fait Sossius, général d'Antoine, remporta beaucoup de succès en Syrie, et Canidius[163], qu'il avait laissé en Arménie, vainquit les Arméniens, ainsi que les rois des Ibériens et des Albans, et s'avança jusqu'au Caucase. Ces victoires augmentèrent le renom et la gloire de la puissance d'Antoine chez les Barbares.

XXXV. 1. Cependant des calomnies ravivèrent la colère d'Antoine contre César : il fit voile vers l'Italie avec trois cents navires[164]. Comme les habitants de Brundisium refusaient à sa flotte l'entrée du port, il alla mouiller à Tarente. 2. Là, Octavie, qui était revenue de Grèce avec lui, le pria de l'envoyer auprès de son frère. Elle était alors enceinte, après avoir déjà eu d'Antoine une deuxième fille[165]. 3. Elle alla à la rencontre de César et, prenant avec elle deux amis de celui-ci, Agrippa et Mécène[166], elle multiplia, au cours de leur entrevue, les supplications et les prières, lui demandant de ne pas la laisser, elle, la plus heureuse des femmes, devenir la plus misérable de toutes. 4. « Maintenant, dit-elle, tous les hommes ont les yeux tournés vers moi, car il y a deux maîtres absolus, et je suis l'épouse de l'un, la sœur de l'autre. Si le mal l'emporte et si la guerre éclate, nul ne sait auquel de vous deux le destin a réservé la victoire ou la défaite. Mais, dans un cas comme dans l'autre, ce sera un

---

162. Écho probable de la guerre de propagande que se livraient Octavien et Antoine auprès de l'opinion publique.

163. Caius Sossius, d'origine obscure, fut questeur d'Antoine en 40, désigné en 39 consul pour 32 et gouverneur de Syrie et Cilicie de 38 à 36. Il s'illustra alors dans les guerres contre les Juifs (voir Dion Cassius, XLIX, 22, 3), obtenant le triomphe à Rome en 34 (voir CIL, F, p. 76). Il mourut dans un engagement naval peu avant Actium (Fluss, Real-Encyclopädie, III A, 1, Sossius 2). Publius Canidius Crassus, consul suffect en 40, prépara brillamment la campagne d'Antoine contre les Parthes (voir Dion Cassius, XLIV, 24). La victoire de ses armées contre les peuples du Caucase dut procurer à Antoine la même aura que celle que valurent à Pompée ses expéditions dans la région (voir Pompée, XXXV-XXXVI). Il fut jusqu'au bout fidèle à Antoine (voir infra, LXVIII, 3-5 et LXXI, 1 ; voir aussi Münzer, Real-Encyclopädie, III, 2, Canidius 2).

164. Même version anti-antonienne dans Dion Cassius, XLVIII, 54, 1. Appien (V, 93), en revanche, explique le retour d'Antoine par la nécessité d'aider Octavien contre Sextus Pompée. Antoine avait également l'intention de recruter des soldats pour l'expédition parthique qu'il projetait (voir Chamoux, 1986, p. 280-282).

165. Octavie était en fait enceinte d'Antonia Minor (voir supra, XXXIII, 5), et non pas d'un troisième enfant.

166. Les deux principaux personnages de l'entourage d'Octavien : Marcus Vipsanius Agrippa, son compagnon d'enfance, fut son bras militaire pendant les guerres civiles et un administrateur avisé après la victoire, avant de devenir son gendre et son successeur désigné (voir Roddaz, 1984). Cilnius Maecenas, chevalier originaire d'une vieille famille équestre d'Étrurie, son fidèle compagnon dès sa prime jeunesse, renonça de propos délibéré au rang sénatorial, mais assuma la responsabilité de Rome et de l'Italie pendant les absences d'Octavien (voir Tacite, Annales, VI, 11, 1. Voir aussi Demougin, 1992, n°77, p. 86-87).

malheur pour moi[167].» 5. Ces mots fléchirent César et il se rendit à Tarente avec des intentions pacifiques. Les assistants purent alors jouir du plus beau des spectacles : une armée de terre nombreuse, qui restait immobile, de nombreux navires au repos le long du rivage, et enfin, la rencontre et les salutations amicales des deux hommes et de leurs amis. 6. Antoine fut le premier à recevoir à sa table César qui avait encore accordé cette faveur à sa sœur. 7. On convint que César donnerait à Antoine deux légions pour la guerre contre les Parthes et qu'Antoine remettrait à César cent navires à éperons d'airain. Outre ces concessions, Octavie demanda à son époux vingt navires légers pour son frère et à son frère mille soldats pour son époux[168]. 8. Cela fait, ils se séparèrent : César s'occupa aussitôt de faire la guerre à Pompée et gagna la Sicile ; Antoine lui confia Octavie, avec leurs enfants et ceux qu'il avait eus de Fulvia, et il passa en Asie[169].

XXXVI. 1. Mais le terrible fléau, qui sommeillait depuis longtemps, l'amour d'Antoine pour Cléopâtre, que des pensées plus raisonnables semblaient avoir endormi et dompté, se ralluma et reprit toute sa force lorsqu'il approcha de la Syrie. 2. Finalement, Antoine, tel le cheval rétif et indiscipliné qui entraîne l'âme, selon Platon, regimba violemment contre tout ce qui était bon et salutaire, et envoya Fonteius Capito amener Cléopâtre en Syrie[170]. 3. Dès l'arrivée de cette femme, il chercha à lui faire plaisir en ajoutant à ses possessions des territoires dont la taille et le nombre étaient loin d'être méprisables : la Phénicie, la Coelé-Syrie, Chypre, une grande partie de la Cilicie et, en outre, la région de la Judée qui produit le baume et toute la partie de l'Arabie des Nabatéens qui descend vers la mer Extérieure[171]. 4. Ces

---

167. Plutarque, en bon biographe, met en relief le tragique de la condition d'Octavie, dont l'intervention entre les deux hommes joue, dans la version plutarquienne, un rôle décisif. Antoine et Octavien, aux prises le premier avec les Parthes, le second avec Sextus Pompée, étaient, de toute façon, condamnés à s'entendre provisoirement et à se prêter assistance militaire.

168. En dehors de ces accords militaires, dont les chiffres varient entre les diverses sources, le triumvirat fut renouvelé pour cinq ans, Sextus Pompée fut privé des avantages que lui avaient accordés les accords de Brindisi (voir supra, XXX, 6 et note) et les enfants d'Octavien et d'Antoine furent fiancés. Antoine donna ses vaisseaux, mais Octavien n'envoya jamais de légionnaires.

169. Antoine avait eu deux fils avec Fulvia : Antonius Antyllus, qui le rejoignit plus tard en Orient, et Antonius Jullus (voir infra, LXXXVII, 5).

170. Plutarque place d'emblée les événements d'Orient sous l'angle de la passion dévastatrice (référence à Platon, Phèdre, 253b-254d). Fonteius Capito, qualifié de meilleur ami d'Antoine lors de l'entrevue de Tarente (Horace, Satires, I, 5, 32), gouverna une province orientale et fut consul suffect en 33 (voir Münzer, Real-Encyclopädie, VI, 2, Fonteius 20).

171. Version héritée de la propagande octavienne, répandue avant Actium pour justifier la guerre. Antoine, dont c'était la mission en tant que triumvir, menait en fait une politique de délégation de pouvoir aux dynastes locaux, qui avait été celle de Pompée puis de César. Voir Syme (1967), p. 258-259 : «Une large décentralisation était inévitable dans les pays orientaux. Les agents ou les bénéficiaires en furent des rois ou des cités» (voir aussi Chamoux, 1986, p. 286-288). Les dons faits à Cléopâtre s'étendaient à une partie côtière de l'Asie Mineure.

cadeaux contrarièrent les Romains au plus haut point[172]. Pourtant Antoine offrait la tétrarchie ou la royauté sur de grands peuples à beaucoup d'hommes qui n'étaient que de simples particuliers, tandis qu'il dépouillait beaucoup de princes de leurs royaumes (ce fut le cas notamment du Juif Antigonos, qu'il fit même décapiter en public, alors qu'auparavant jamais roi n'avait subi semblable châtiment[173]). Mais les Romains furent surtout contrariés par les honneurs scandaleux accordés à Cléopâtre. 5. Antoine aggrava encore leur mécontentement en reconnaissant les jumeaux qu'il avait eus d'elle: il appela le garçon Alexandre et la fille Cléopâtre, et donna au premier le surnom d'Hélios [«Soleil»], à la seconde celui de Sélénè [«Lune»]. 6. Cependant, comme il excellait à donner aux actions honteuses de belles apparences, il disait que la grandeur de l'Empire des Romains ne se voyait pas dans leurs conquêtes, mais dans leurs libéralités et que les nobles lignées se développaient, si l'on assurait sa succession en engendrant beaucoup de rois[174]. 7. C'était ainsi en tout cas que l'ancêtre de sa famille avait été engendré par Héraclès, qui ne confiait pas à un seul ventre le soin d'assurer sa succession et qui, sans craindre les lois de Solon ni le contrôle des grossesses, s'en était remis à la nature pour laisser derrière lui les germes et les principes de nombreuses lignées[175].

XXXVII. 1. Lorsque Phraate eut tué son père Orodès et se fut emparé de la royauté, beaucoup de Parthes prirent la fuite, notamment Monaïsès, personnage illustre et puissant, qui vint se réfugier auprès d'Antoine[176]. Celui-ci, comparant les malheurs de cet homme à ceux de Thémistocle et voulant égaler par sa munificence et sa grandeur d'âme celles des rois des Perses, lui donna trois cités, Larissa, Aréthuse et Hiérapolis qui s'appelait autrefois Bambycè[177]. 2. Mais le roi des Parthes envoya à

---

172. *Aucune réaction particulière n'est notable dans l'opinion romaine en 36-34. Ce n'est qu'à partir de 32 que les libelles et discours de la propagande octavienne répandirent le thème de la trahison d'Antoine et de l'abandon de l'Orient romain.*

173. *Antoine s'assurait des royaumes orientaux, souvent peu fiables (voir infra, XXXIX, 1), par des hommes dont il avait éprouvé la fidélité, menant une politique romaine traditionnelle d'entente avec les aristocraties locales (voir Syme, 1967, p. 248-251 et 258-259). Furent ainsi intronisés Amyntas en Galatie, Archélaos en Cappadoce, Polémon dans le Pont (voir infra, XXXVIII, 6). Antigonos fils d'Aristoboulos II, que les Parthes avaient installé à Jérusalem, fut remplacé par Hérode, que les Parthes avaient chassé.*

174. *Plutarque caricature l'attitude d'Antoine, qui soulignait, par sa libéralité et sa fusion dans le monde oriental, la parenté de sa politique avec celle de ses prédécesseurs, de Flaminius à Pompée.*

175. *Même caricature de la propagande antonienne, qui visait à héroïser le maître de l'Orient par un rattachement aux Héraclides. Sur les législations répressives de Solon concernant les femmes, voir* Solon, *XX, 6; XXII, 4; XXIII, 1.*

176. *Sur la mort d'Orodès, voir* Crassus, *XXXIII, 8-9. Monaïsès était un aristocrate parthe qui joua un rôle ambigu entre Phraate et Antoine (voir Dion Cassius, XLIX, 23, 5 et 24, 5).*

177. *Exilé d'Athènes, Thémistocle s'était réfugié auprès du roi de Perse Artaxerxès, dont il devint le conseiller militaire et qui lui donna trois cités (voir* Thémistocle, *XXIX, 11). Larissa et Aréthuse étaient des villes de Syrie situées sur l'Oronte, Hiérapolis, plus au nord, était proche de l'Euphrate.*

Monaïsès l'assurance solennelle d'une réconciliation et Antoine le laissa partir avec joie, car il avait décidé de tromper Phraate en lui faisant miroiter des espoirs de paix ; il lui demandait seulement les enseignes conquises sur Crassus et les soldats romains survivants[178]. 3. Renvoyant Cléopâtre en Égypte, il se mit en route à travers l'Arabie et l'Arménie, où son armée fit sa jonction avec celles des rois alliés[179] : ils étaient très nombreux et le plus puissant de tous, Artavasdès, roi d'Arménie, fournissait six mille cavaliers et sept mille fantassins. Antoine passa ses troupes en revue. 4. Les Romains eux-mêmes avaient soixante mille fantassins, auxquels était associée une cavalerie de dix mille Ibères et Celtes. Quant aux autres peuples, ils avaient trente mille hommes, y compris les cavaliers et les troupes légères. 5. De tels préparatifs et de si nombreux effectifs inquiétèrent même les Indiens au-delà de Bactres et firent trembler toute l'Asie, mais Antoine n'en tira aucun avantage à cause, dit-on, de Cléopâtre. 6. Dans sa hâte d'aller passer l'hiver avec elle, il n'attendit pas le moment favorable pour engager la guerre et mena toutes les opérations dans le plus grand désordre : il n'était plus guidé par ses propres réflexions mais, sous l'effet de philtres ou de sortilèges, il gardait les yeux toujours tournés vers cette femme, plus désireux de venir la rejoindre sans attendre que de vaincre les ennemis.

XXXVIII. 1. D'abord, il aurait dû hiverner en Arménie pour reposer son armée, épuisée par une marche de huit mille stades[180], puis occuper la Médie au début du printemps, avant que les Parthes n'eussent bougé de leurs quartiers d'hiver. Mais il ne supporta pas d'attendre et partit aussitôt ; laissant l'Arménie à sa gauche, il attaqua l'Atropatène[181] et ravagea le pays. 2. Ensuite, comme aucune des machines de siège qu'il emmenait avec lui sur trois cents chariots (il y avait notamment un bélier de quatre-vingts pieds de long) ne pouvait être réparée en temps utile en cas d'avarie, le haut pays ne produisant que du bois trop souple, de longueur insuffisante, 3. il les abandonna, dans sa hâte, jugeant qu'elles retardaient sa marche[182]. Il confia la garde des chariots à un détachement commandé par

---

178. *La restitution des aigles de Crassus était un objectif symboliquement important (voir supra, XXXIV, 3).*

179. *La mention de l'Arabie est une erreur de Plutarque. Tirant les leçons de l'échec de Crassus et reprenant probablement le plan de César, Antoine accepta l'alliance de l'Arménien Artavasdès et fit route vers la Médie par les montagnes du nord, évitant les plaines centrales désertiques de la Mésopotamie. Pour la carte des campagnes d'Antoine contre les Parthes, voir p. 2161.*

180. *1 500 km : la distance paraît exagérée, il n'y a guère plus de 1 000 km entre la côte méditerranéenne ou la Syrie et l'Arménie.*

181. *La Médie Atropatène (actuel Azerbaïdjan) était une province riveraine de la Caspienne, à l'est de l'Arménie.*

182. *Dion Cassius (XLIX, 25, 2) rapporte qu'il les faisait suivre plus lentement, cherchant à surprendre, grâce à la rapidité de sa cavalerie, le Mède Artavasdès ; quoi qu'il en soit, cet étirement de la colonne d'invasion témoigne des difficultés logistiques rencontrées par Antoine, difficultés traditionnelles de toutes les expéditions romaines menées contre le royaume parthe.*

Statianus[183] et assiégea Phraata[184], une grande cité où se trouvaient les enfants et les femmes du roi de Médie. 4. Mais la nécessité lui fit bientôt comprendre à quel point il avait eu tort d'abandonner les machines ; quand il se rapprocha de la cité, il dut dresser contre elle une levée de terre dont la construction lui coûta beaucoup de temps et d'efforts. 5. Pendant ce temps, Phraate, qui descendait avec une grande armée, apprit que les chariots qui portaient les machines avaient été laissés en arrière ; il envoya contre eux un grand nombre de cavaliers. Statianus fut encerclé et tué, ainsi que dix mille de ses hommes[185]. 6. Les Barbares s'emparèrent des machines et les détruisirent. Ils firent aussi un très grand nombre de prisonniers, parmi lesquels le roi Polémon[186].

XXXIX. 1. Cette défaite, comme on peut l'imaginer, affligea tous les hommes d'Antoine : ils ne s'attendaient pas à être ainsi frappés dès le début. Quant à l'Arménien Artavasdès, jugeant la situation des Romains désespérée, il repartit avec son armée, lui qui était pourtant le principal responsable de la guerre[187]. 2. Les Parthes se présentèrent fièrement devant les assiégeants et les menacèrent avec insolence. Antoine ne voulut pas laisser le découragement et l'abattement de ses troupes se prolonger et s'accroître, si elles restaient inactives ; prenant avec lui dix légions, trois cohortes prétoriennes d'infanterie et tous ses cavaliers, il les emmena chercher du ravitaillement, pensant que les ennemis seraient ainsi attirés plus facilement et livreraient une bataille rangée[188]. 3. Il n'avait fait qu'une journée de marche, quand il vit les Parthes se répandre autour de lui et l'encercler, se préparant à l'attaquer quand il se mettrait en route. Aussitôt, il déploya le signal de la bataille à l'intérieur du camp, mais il fit replier les tentes, comme s'il avait l'intention de se retirer, non de combattre. Il passa devant l'armée des Barbares, qui était déployée en forme de croissant ; il avait ordonné aux cavaliers de charger dès qu'ils verraient les premiers fantassins ennemis à leur portée. 4. Aux yeux des Parthes, alignés en face, l'ordre de marche des Romains semblait prodigieux ; ils les regardaient défiler, calmes et silencieux, en gardant leurs distances, le javelot levé. 5. Mais dès que le signal de la bataille fut hissé, les cavaliers firent demi-tour et chargèrent à grands cris. Les Parthes, bien que trop proches des Romains pour

---

183. *Caius Oppius Statianus était légat d'Antoine (voir Dion Cassius, XLIX, 25, 2-26, 1).*
184. *Une des capitales de la Médie, dont la localisation exacte est inconnue.*
185. *Phraate venait vraisemblablement du Sud, à la rencontre d'Antoine. Sa mobilité supérieure, liée à la présence d'une cavalerie plus nombreuse, lui permit de profiter de la lenteur du convoi d'arrière-garde.*
186. *Polémon, fidèle allié d'Antoine et de Rome, qui avait combattu les Parthes dès 40, avait été placé par Antoine à la tête de la Cilicie et de la Lycaonie puis, à la mort de Darius, nommé roi du Pont.*
187. *La versatilité des rois orientaux alliés montre la fragilité de la construction romaine, qui cherchait à s'appuyer sur les dynastes locaux.*
188. *Malgré l'échec initial, Antoine gardait sa lucidité par une analyse à la fois stratégique (forcer l'ennemi à la bataille rangée pour achever en un seul combat une guerre mal engagée), tactique (annihiler la force des archers et des cavaliers parthes) et humaine (éviter de démoraliser ses troupes par l'inaction).*

lancer des flèches, soutinrent l'assaut mais, lorsque les fantassins se joignirent à l'attaque en hurlant et en entrechoquant leurs armes, les chevaux des Parthes prirent peur et se débandèrent, et les Parthes eux-mêmes s'enfuirent sans en venir aux mains. 6. Antoine pressa la poursuite ; il espérait vivement que ce combat lui permettrait de terminer toute la guerre, ou du moins d'en régler l'essentiel. 7. Les fantassins poursuivirent les ennemis jusqu'à cinquante stades[189] et les cavaliers trois fois plus loin mais, quand ils firent le compte des morts et des prisonniers, ils ne trouvèrent que trente prisonniers et quatre-vingts morts, ce qui les plongea tous dans le désespoir et le découragement ; ils étaient mortifiés de constater que leur victoire avait coûté si peu de pertes aux ennemis, alors qu'eux-mêmes perdraient, en cas de défaite, autant d'hommes que lors de la prise des chariots[190]. 8. Le lendemain, ils plièrent bagage et s'avancèrent vers Phraata pour rejoindre leur camp. En route, ils rencontrèrent des ennemis, d'abord une poignée, puis davantage et, pour finir, l'armée tout entière : comme s'ils n'avaient pas été vaincus et marchaient pour la première fois au combat, les Parthes les provoquaient et les attaquaient de tous côtés. Les Romains parvinrent laborieusement, au prix de nombreux efforts, à regagner leur camp. 9. Les Mèdes firent même un assaut contre la levée de terre et mirent en fuite ceux qui étaient chargés de la défendre[191]. Antoine, dans sa colère, infligea à ceux qui s'étaient comportés en lâches le châtiment qu'on appelle décimation : il divisa la troupe en dizaines et, dans chacune, il fit mettre à mort un homme désigné par le sort ; quant aux autres, il leur fit distribuer de l'orge au lieu de blé[192].

XL. 1. La guerre était éprouvante pour les deux camps et l'avenir plus terrible encore[193]. Antoine redoutait la famine, car il n'était plus possible de se ravitailler sans risquer d'avoir beaucoup de blessés et de morts. 2. Phraate, sachant les Parthes prêts à tout plutôt qu'à s'exposer dehors aux rigueurs de l'hiver et à dormir en plein air, craignit d'être abandonné de ses soldats si les Romains tenaient bon et restaient dans le pays. Or l'équinoxe d'automne était passé et l'air se refroidissait déjà. 3. Il imagina donc la ruse suivante. Les Parthes les plus brillants attaquèrent avec plus de mollesse les Romains quand ceux-ci allaient se ravitailler en blé ou lorsqu'ils les affrontaient à d'autres occasions ; ils les laissaient s'emparer de quelques vivres et louaient leur valeur, déclarant qu'ils étaient d'excellents soldats et que leur roi les admirait à juste titre. 4. Puis ils se rapprochaient et, mettant leurs chevaux au pas à côté d'eux, ils se répandaient en critiques contre Antoine : « Phraate, disaient-ils, veut conclure un accord et épargner tant de braves, mais Antoine ne lui en donne pas la possibilité ; il

---

189. 9 km.
190. Les difficultés logistiques (notamment de communication) et l'infériorité de la cavalerie romaine (en termes d'effectif comme de qualité) expliquent la vanité du succès tactique d'Antoine.
191. Situation identique à celle de César devant Alésia : Antoine est pris entre les Mèdes assiégés dans Phraata et l'armée de Phraate.
192. La décimation, mesure extrêmement rigoureuse, n'était que rarement utilisée (voir Crassus, X, 4-5*).*
193. L'approche de l'hiver, dans un pays au climat rigoureux (l'actuel Azerbaïdjan), rendait aux deux armées la guerre difficile.

attend sans rien faire deux ennemis redoutables et terribles, auxquels il est difficile d'échapper, même avec l'escorte des Parthes : la famine et l'hiver. » 5. Beaucoup rapportèrent ces propos à Antoine, qui se laissa bercer par l'espérance[194]. Mais il n'envoya pas de héraut au Parthe avant d'avoir demandé à ces Barbares tellement attentionnés si leurs paroles reflétaient bien la pensée de leur roi. 6. Ils le lui affirmèrent et l'engagèrent à n'avoir ni crainte ni défiance. Alors Antoine, pour ne pas avoir l'air de se contenter d'avoir la vie sauve et d'en réchapper, envoya certains de ses compagnons réclamer de nouveau les enseignes et les prisonniers[195]. 7. Le Parthe lui demanda de renoncer à ces exigences, mais lui promit que s'il partait tout de suite, la paix et la sécurité lui seraient acquises. Antoine fit donc ses préparatifs quelques jours et leva le camp. 8. La nature lui avait donné plus d'éloquence qu'à aucun de ses contemporains pour s'adresser à un peuple et entraîner une armée par sa parole[196], mais il était si humilié et si abattu qu'il renonça à encourager ses troupes et confia ce soin à Domitius Ahénobarbus[197]. 9. Certains soldats s'en indignèrent, se croyant méprisés, mais la plupart en furent émus et, comprenant la raison de sa conduite, ils jugèrent qu'ils devaient montrer d'autant plus de respect et d'obéissance à leur général.

XLI. 1. Antoine allait ramener ses troupes par la même route, qui traversait une plaine sans arbres, quand un homme d'origine marde, qui avait une longue pratique des habitudes des Parthes et s'était déjà montré loyal avec les Romains lors du combat autour des machines de guerre, alla trouver Antoine et lui conseilla de fuir en prenant à droite par les montagnes, au lieu d'engager son infanterie lourde sur des pistes nues et découvertes, où elle serait exposée à une cavalerie si nombreuse et à ses flèches[198]. « C'est ce que cherche Phraate, lui dit-il, en te laissant lever le siège dans des conditions humaines. 2. Mais je te guiderai sur une route plus courte, qui offre plus de facilité pour se ravitailler. » 3. Ces mots plongèrent Antoine dans la perplexité : d'un côté, il ne voulait pas avoir l'air de se méfier des Parthes après avoir conclu un accord avec eux, mais de l'autre, il trouvait avantageux d'abréger la route et de passer près de villages habités. Il demanda une garantie au Marde. 4. Celui-ci s'offrit à être enchaîné jusqu'au moment où il aurait amené l'armée en Arménie. On l'enchaîna

---

194. La ruse de la fausse négociation est souvent prêtée aux Parthes : voir Crassus, *XXVIII, 6-XXIX, 1.*
195. Sur la symbolique de cette restitution, qui aurait servi de victoire à Antoine, voir supra, XXXIV, 3 et note ; XXXVII, 2.
196. Sur l'éloquence d'Antoine, voir supra II, 7 ; XIV, 7 ; XVIII, 2.
197. Fils du vaincu de Corfinium (voir Pompée, *X, 1 ; XI, 1), correspondant régulier de Cicéron, cet ancien pompéien, meurtrier de César et rescapé de Philippes, rejoignit, comme beaucoup de ses compagnons après Pérouse, le camp d'Antoine qui avait été « un ami loyal de César, mais non un césarien fanatique » (voir Syme, 1967, p. 255-256). Désigné en 39 comme consul pour 32, il accompagna Antoine en Orient et le trahit juste avant Actium* (infra, *LXIII, 3-4).*
*198. Le Marde (peuple du sud de la mer Caspienne) est ici l'antithèse d'Abgar et d'Andriscos, qui avaient engagé pour sa perte Crassus dans les plaines désertiques de Mésopotamie (*Crassus, *XXI-XXII et XXIX, 2-5). Plutarque est la seule source à détailler cet épisode, sans doute par souci de symétrie avec la* Vie de Crassus.

donc et, pendant deux jours, il conduisit l'armée sans encombre. 5. Le troisième jour, alors qu'Antoine ne se souciait plus du tout des Parthes et s'avançait avec assurance sans se garder, le Marde remarqua qu'une digue du fleuve[199] venait d'être détruite et que les eaux inondaient la route qu'ils devaient prendre. Comprenant que c'était l'œuvre des Parthes qui leur opposaient le fleuve pour entraver leur marche et pour les retarder, il invita Antoine à ouvrir l'œil et à faire attention, car les ennemis étaient proches. 6. Antoine venait à peine de ranger l'armée en bataille et s'apprêtait à lancer une charge, en disposant entre les lignes, les lanceurs de javelots et les frondeurs, que les Parthes surgirent et s'élancèrent à cheval autour d'eux, dans l'intention d'encercler l'armée de tous côtés et de la plonger dans la confusion. 7. Mais les troupes légères d'Antoine coururent contre eux, et les Parthes, après avoir infligé beaucoup de blessures avec leurs flèches et en avoir essuyé tout autant des balles de plomb et des javelots, se retirèrent[200]. 8. Ensuite ils revinrent à la charge, jusqu'au moment où les Celtes, tournant tous ensemble leurs chevaux contre eux, les repoussèrent et les dispersèrent, si bien qu'on ne les vit plus de toute la journée.

XLII. 1. Cette attaque montra à Antoine ce qu'il devait faire: il renforça non seulement son arrière-garde, mais encore ses deux flancs avec beaucoup de lanceurs de javelots et de frondeurs, et il donna à la colonne en marche la forme d'un rectangle; il ordonna aux cavaliers de repousser les ennemis qui attaqueraient mais, cela fait, de ne pas les poursuivre plus loin[201]. Aussi, les quatre jours suivants, les Parthes ne réussirent-ils pas à infliger aux Romains plus de mal qu'ils n'en subissaient eux-mêmes, et ils perdirent de leur ardeur; prétextant l'hiver, ils pensaient à se retirer. 2. Le cinquième jour, Flavius Gallus, un homme combatif et énergique qui avait un poste de commandement, vint demander à Antoine de lui confier plus de troupes légères de l'arrière-garde et quelques cavaliers de l'avant-garde, l'assurant qu'il allait remporter un grand succès. 3. Antoine les lui donna. Gallus repoussa les ennemis qui attaquaient mais, au lieu de ramener ses hommes près des fantassins et de se replier, comme les jours précédents, il s'obstina et poursuivit l'engagement avec plus d'audace. 4. Les officiers de l'arrière-garde, voyant qu'il était en train de se couper de l'armée, lui firent dire de revenir, mais il ne les écouta pas. On dit que le questeur Titius[202] mit la main sur les enseignes pour les retourner et couvrit Gallus d'insultes, lui reprochant de conduire tant de

---

199. Un affluent de l'Amardos, fleuve se jetant dans la Caspienne, qu'Antoine devait franchir dans sa route vers le Nord et l'Arménie.
200. L'usage conjoint des troupes légères, des armes de jet et de la cavalerie témoigne du génie tactique d'Antoine, même dans des situations difficiles: «Comme dans la retraite de Modène, Antoine montra ses meilleures qualités dans les revers» (Syme, 1967, p. 253).
201. Cette disposition avait déjà été adoptée par Crassus en situation difficile (Crassus, XXIII, 3-4). Elle permettait de progresser en groupe compact, en repoussant les assauts ennemis sans se diviser.
202. Marcus Titius, fils d'un proscrit et neveu de Lucius Munatius Plancus, avait été, en 43, épargné et recueilli par Sextus Pompée, dans la flotte duquel il servit. Ayant rejoint Antoine en Orient, il fut son questeur en 36 et, à titre de praefectus classis, *poursuivit et tua en 35 son ancien bienfaiteur Sextus Pompée (voir Hanslik,* Real-Encyclopädie, *VI A, 2, Titius 18).*

braves à leur perte. 5. L'autre riposta en l'insultant à son tour et ordonna à ses hommes de ne pas bouger. Titius se retira. Gallus continua à repousser ceux qu'il avait en face de lui, sans s'apercevoir que beaucoup d'ennemis l'encerclaient par-derrière. 6. Assailli de tous côtés, il envoya demander du secours. Alors, les chefs de l'infanterie, et notamment Canidius[205], qui avait beaucoup d'influence sur Antoine, commirent, semble-t-il, une faute très grave. 7. Ils auraient dû lancer l'infanterie en masse, mais ils n'envoyèrent les renforts que par petits groupes, attendant la défaite des premiers pour en détacher d'autres. Ils auraient ainsi, sans s'en rendre compte, causé la défaite et la déroute de l'armée tout entière, 8. si Antoine n'était venu rapidement de l'avant-garde avec ses troupes se porter en personne à leur secours et si, tout aussi rapidement, il n'avait lancé la troisième légion à travers les fuyards pour repousser les ennemis, les empêchant ainsi de prolonger la poursuite.

XLIII. 1. Il y eut près de trois mille morts et l'on rapporta sous les tentes cinq mille blessés, au nombre desquels Gallus, qui avait été transpercé par quatre flèches reçues de face. 2. Il ne se releva pas de ses blessures. Antoine alla voir les autres blessés et les réconforta en pleurant, profondément ému. Mais eux, le visage radieux, lui prenaient la main droite et le conjuraient de se retirer, de prendre soin de lui et de ne pas s'inquiéter; ils l'appelaient *imperator*[204] et l'assuraient qu'ils guériraient s'il restait, lui, en bonne santé.
3. Aucun général de ce temps-là ne réunit, semble-t-il, une armée dont la vaillance, l'endurance et la jeunesse furent plus éclatantes. 4. Par le respect qu'elle portait à son chef, par son obéissance mêlée d'affection, par la manière dont tous indistinctement, illustres ou obscurs, officiers ou hommes de rang, préféraient à leur propre salut et à leur sécurité l'estime et la faveur d'Antoine, elle ne le cédait pas même aux anciens Romains. 5. Il y avait à cela de nombreuses raisons, comme nous l'avons dit plus haut: la noble naissance d'Antoine, la force de son éloquence, sa simplicité, les cadeaux nombreux et somptueux qu'il aimait faire, sa bonne humeur quand il plaisantait et rencontrait les gens[205]. 6. En cette occasion notamment, en partageant les fatigues et les souffrances des soldats mal en point et en subvenant à leurs besoins, il parvint à rendre les malades et les blessés encore plus enthousiastes que les hommes valides.

XLIV. 1. Quant aux ennemis, que gagnaient déjà le découragement et la fatigue, leur victoire les exalta si fort et ils se prirent d'un tel mépris pour les Romains qu'ils bivouaquèrent près du camp cette nuit-là, dans l'espoir de piller bientôt les tentes abandonnées et les biens des Romains en fuite[206]. 2. Au point du jour, ils furent encore

---

203. *Général antonien de talent: voir supra, XXXIV, 10.*
204. *Titre par lequel les soldats acclamaient le général victorieux sur le champ de bataille. Cléopâtre appelle ainsi Antoine supra, en XXIX, 7.*
205. *Sur sa libéralité et sa simplicité, voir supra, IV, 4; sur son éloquence populaire, II, 7; XIV, 7; XVII, 2.*
206. *Attitude inhabituelle pour les Parthes, qui ne combattaient pas la nuit, pendant laquelle leurs archers et leurs cavaliers devenaient inefficaces. Comme lors de la défaite de Crassus, elle illustre l'excessive confiance des Parthes dans une victoire toute proche (Crassus, XXVII, 4).*

plus nombreux à se rassembler : il y avait, dit-on, au moins quarante mille cavaliers, le roi ayant même envoyé au combat l'escorte qu'il avait toujours autour de lui, car il s'attendait à un succès décisif et facile ; lui-même ne participa à aucune bataille. 3. Antoine voulut haranguer les soldats et réclama un habit sombre[207], pour inspirer par cette vue plus de compassion, mais ses amis s'y opposèrent et il sortit avec sa pourpre de général. Dans sa harangue, il fit l'éloge de ceux qui avaient vaincu et blâma ceux qui avaient fui ; 4. les premiers l'invitèrent à avoir confiance ; les seconds, pour se justifier, se mirent à sa disposition, acceptant d'être décimés s'il le voulait, ou de subir tout autre châtiment, et ils le prièrent de calmer sa colère et son chagrin. 5. À ces mots, levant les mains au ciel, Antoine demanda solennellement aux dieux, au cas où son heureuse Fortune passée aurait suscité quelque Némésis, de la faire retomber sur lui seul et d'accorder au reste de l'armée le salut et la victoire[208].

XLV. 1. Le lendemain, ils avancèrent en se protégeant mieux, et les tentatives des Parthes rencontrèrent une résistance à laquelle ils étaient loin de s'attendre. 2. Ils croyaient courir au butin et au pillage, non au combat ; quand ils se heurtèrent à une grêle de traits, quand ils virent que les Romains étaient forts et montraient l'ardeur de troupes fraîches, ils perdirent de nouveau courage. 3. Cependant, comme les Romains descendaient des pentes escarpées, ils les attaquèrent et, profitant de la lenteur de leur marche, ils les couvrirent de flèches. Alors les légionnaires, qui portaient des boucliers longs, firent demi-tour, refermèrent leurs rangs sur les troupes légères qu'ils couvrirent de leurs armes et mirent un genou en terre, en tenant devant eux leurs boucliers. Les hommes du second rang élevèrent les leurs par-dessus, et ainsi de suite pour les autres rangs. 4. Cette disposition en forme de toit offre un aspect spectaculaire et constitue la protection la plus solide contre les flèches qui glissent sur les boucliers[209]. 5. Mais les Parthes crurent que si les Romains s'étaient agenouillés, c'était parce qu'ils étaient découragés et fatigués ; déposant leurs arcs, ils saisirent leurs piques et se rapprochèrent pour engager le combat. 6. Alors les Romains, poussant tous ensemble le cri de guerre, se relevèrent brusquement et, les frappant de près avec leurs javelots, ils tuèrent les premiers rangs et mirent tous les autres en déroute[210]. 7. La même scène se reproduisit les jours suivants et les Romains n'avançaient que lentement. De plus, la famine se répandit dans l'armée : le blé était rare, il fallait combattre pour s'en procurer et on ne disposait pas de meules, la plupart ayant été laissées en arrière parce que les bêtes de somme qui les transportaient étaient mortes ou chargées de malades et de blessés[211].

---

207. *Même attitude théâtrale supra, XVIII, 2, typique de l'éloquence pathétique asiatique. Le manteau noir était cependant un sinistre présage qui avait porté malchance à Crassus (Crassus, XXIII, 1).*
208. *Antoine prononça probablement les formules de la* devotio, *par laquelle il donnait sa vie aux dieux infernaux pour le salut de l'armée. Sur Fortune et jalousie divine, voir Dictionnaire, «Fortune».*
209. *Dion Cassius (XLIV, 29, 2-30, 4) décrit avec les mêmes détails cette formation de la* testudo, *la tortue légionnaire (voir également Frontin,* Stratégies, *II, 15).*
210. *Illustration de la supériorité romaine dans l'engagement corps à corps.*
211. *La tactique de harcèlement des Parthes, en revanche, se révéla efficace malgré leur infériorité dans le combat de près.*

8. Le boisseau attique de blé se vendait, dit-on, cinquante drachmes et les pains d'orge coûtaient leur poids en argent. 9. Ils se tournèrent donc vers les légumes et les racines, mais ils n'en trouvaient pas beaucoup qu'ils connaissaient et ils étaient obligés d'essayer des plantes qu'ils n'avaient jamais goûtées auparavant; ils prirent notamment une herbe qui rendait fou et menait à la mort[212]. 10. Celui qui en avait mangé ne se souvenait de rien, ne reconnaissait rien, et ne faisait plus qu'une chose: remuer et retourner toutes les pierres, comme s'il accomplissait là un travail très important. 11. La plaine était remplie d'hommes courbés vers le sol, qui déterraient des pierres et les changeaient de place. Pour finir, ils vomissaient de la bile et mouraient, car on manquait aussi de vin, le seul antidote à ce mal. 12. Comme beaucoup périssaient ainsi et que les Parthes ne s'éloignaient pas, Antoine, à ce que l'on raconte, s'écria à plusieurs reprises: «Oh! Les Dix Mille!», plein d'admiration pour les compagnons de Xénophon qui, après avoir fait une route plus longue que lui pour descendre de la Babylonie et avoir affronté au combat des ennemis bien plus nombreux, avaient réussi à se sauver[213].

XLVI. 1. Les Parthes, incapables de couper l'armée et d'en rompre l'ordre de marche, ayant déjà été vaincus et mis en fuite à de nombreuses reprises, recommencèrent à se mêler pacifiquement aux Romains qui allaient en avant chercher du fourrage ou du blé. 2. Ils leur montraient les cordes de leurs arcs relâchées, leur disant qu'ils s'en retournaient et mettaient un terme à la lutte; quant aux Mèdes, un petit groupe les suivrait encore pendant un ou deux jours, sans les gêner en rien, pour protéger les villages les plus éloignés. 3. Ces propos, qu'ils accompagnaient de saluts et de marques d'amitié, rendirent confiance aux Romains et incitèrent Antoine, quand il les apprit, à préférer la route de plaine car on lui disait que celle qui passait par les montagnes était dépourvue d'eau[214]. 4. Il allait s'y engager, quand arriva dans le camp un homme qui venait de chez les ennemis: il s'appelait Mithridatès et il était cousin de ce Monaïsès qui était venu trouver Antoine et avait reçu de lui trois cités en présent[215]. Cet homme demandait à être mis en rapport avec quelqu'un qui parlait le parthe ou le syrien. 5. Alexandre d'Antioche, un familier d'Antoine, s'étant avancé, Mithridatès lui révéla son identité et, invoquant la dette de reconnaissance de Monaïsès, il demanda à Alexandre s'il voyait la chaîne de collines élevées qui s'étendait au loin. 6. «Je la vois, dit Alexandre. – Eh bien, reprit Mithridatès, les Parthes vous tendent une embuscade avec toute leur armée au pied

---

212. *Plutarque raconte une anecdote analogue à propos des soldats de César en Illyrie (*César, XL, 4 *et* XLI, 7-8*). Diverses hypothèses ont été proposées pour expliquer le phénomène: consommation de seigle ergoté ou de champignons vénéneux, intoxication au magnésium (voir Santi Amantini, Careda, Manfredini, 1995, p. 430).*
213. *Référence culturelle grecque à l'expédition des Dix Mille, au cours de laquelle Xénophon ramena les Grecs mercenaires de Cyrus depuis Cunaxa à la Méditerranée, après un périple de quelque 6 000 km effectués en quinze mois.*
214. *Nouvel épisode mettant en scène la fourberie parthe (voir* supra, XL, 5 *et* XLI, 1*).*
215. *Voir* supra, XXXVII, 1.

de ces collines qui surplombent de grandes plaines ; ils pensent vous avoir trompés et espèrent que vous allez vous diriger de ce côté en abandonnant la route des montagnes. 7. Celle-ci vous impose sans doute la soif et la fatigue, mais vous en avez l'habitude ; en revanche, si Antoine prend l'autre route, qu'il sache que le sort de Crassus l'y attend[216]. »

XLVII. 1. Cela dit, il s'en alla. Après avoir entendu cet avis, Antoine, fort troublé, convoqua ses amis et le guide marde. Celui-ci partageait l'opinion de Mithridatès, 2. car il savait que, même en l'absence d'ennemis, la route qui traversait la plaine comportait, elle aussi, des passages pénibles et difficiles à repérer, tandis que la route escarpée, déclarait-il, n'avait d'autre inconvénient que de leur imposer une journée sans eau. 3. Antoine prit donc cette direction et partit de nuit, après avoir ordonné d'emporter de l'eau. La plupart des soldats n'ayant pas de récipients, certains remplirent leurs casques, d'autres se munirent d'outres. 4. Il était déjà en route, lorsque les Parthes apprirent son départ ; contrairement à leur habitude, ils se lancèrent à sa poursuite alors qu'il faisait encore nuit. Au lever du soleil, ils rejoignirent les derniers rangs qui étaient épuisés par le manque de sommeil et la fatigue, 5. car ils avaient parcouru dans la nuit deux cent quarante stades[217]. L'arrivée des ennemis, qu'ils n'attendaient pas si tôt, les plongea dans le désespoir et le combat aviva encore leur soif, car ils devaient à la fois avancer et se défendre. 6. Ceux qui marchaient en tête trouvèrent un fleuve, dont l'eau était fraîche et limpide, mais salée et toxique ; dès qu'on en buvait, elle provoquait des douleurs et des crampes intestinales et la soif n'en était que plus ardente[218]. 7. Le Marde avait beau les prévenir de ces dangers, ils repoussaient ceux qui voulaient les écarter de l'eau et ils buvaient. Antoine parcourait les rangs, les conjurant de tenir encore un peu, car il y avait non loin de là un autre fleuve[219], potable celui-là, et ensuite, le reste du chemin était impraticable à la cavalerie et très raide, ce qui obligerait les ennemis à s'éloigner définitivement. 8. En même temps, il rappelait ceux qui étaient en train de combattre et donnait le signal d'installer le camp pour permettre aux soldats de profiter au moins de l'ombre.

XLVIII. 1. Alors qu'ils plantaient les tentes et que les Parthes s'éloignaient aussitôt, selon leur habitude, Mithridatès revint ; dès qu'Alexandre se fut avancé, il lui

---

216. *Le choix était de fait identique à celui qui s'était proposé à Crassus (*Crassus*, XXIX, 2-4).*
217. *45 km environ.*
218. *L'armée d'Antoine suivait la rive orientale du lac de Reza Iyeh (ou lac d'Ourmia), dont les eaux sont plus salées que celles de la mer Morte et impropres à la consommation. Plusieurs des fleuves qui se jettent dans ce grand lac présentent également un fort taux de salinité.*
219. *Situé à cinq jours de marche de l'Araxe (voir infra, XLIX, 4), ce fleuve a été diversement identifié : Shiah Chai pour les uns, Talkheh pour les autres (voir Santi Amantini, Careda, Manfredini, 1995, p. 431 ; voir aussi Pelling, 1988, p. 238). À une centaine de kilomètres au sud de l'Araxe, il s'agit vraisemblablement du Talkheh, suffisamment important pour marquer la limite à laquelle les Parthes s'arrêteraient (voir infra, XLVIII, 1).*

conseilla de donner un peu de repos à l'armée, puis de la faire repartir et de gagner le fleuve en hâte, car les Parthes ne le passeraient pas et arrêteraient là leur poursuite. 2. Alexandre transmit ce conseil à Antoine et rapporta de sa part à Mithridatès une grande quantité de coupes et de flacons d'or; Mithridatès prit tout ce qu'il pouvait cacher dans ses vêtements et tourna bride. 3. Il faisait encore jour, quand les Romains levèrent le camp et se mirent en marche. Ils ne furent pas inquiétés par les ennemis, mais firent eux-mêmes de cette nuit la plus difficile et la plus effrayante de toutes : 4. ils tuèrent et dépouillèrent ceux qui avaient de l'argent et de l'or, pillèrent les richesses que transportaient les bêtes de somme et, pour finir, s'en prirent aux porteurs d'Antoine, auxquels ils arrachèrent des coupes et des tables précieuses qu'ils se disputèrent[220]. 5. Toute l'armée s'emplit d'un trouble et d'une confusion immenses, car ils croyaient que les ennemis les avaient attaqués et les avaient mis en déroute et débandés. Antoine appela un des affranchis qui lui servaient de gardes du corps, un nommé Rhamnus[221], et lui fit jurer que, dès qu'il lui en donnerait l'ordre, il lui passerait son épée au travers du corps et lui couperait la tête, pour lui éviter à la fois d'être pris vivant par les ennemis et d'être reconnu après sa mort[222]. 6. Les amis d'Antoine se mirent à pleurer, mais le Marde s'efforça de le rassurer en l'assurant que le fleuve était proche (de fait une brise humide s'en exhalait et l'air, plus frais à mesure qu'ils avançaient, rendait la respiration plus facile) et en lui déclarant que le temps qu'avait duré leur marche correspondait à la distance à couvrir, puisque la nuit était presque finie. 7. En même temps, on annonçait par ailleurs à Antoine que le désordre avait été causé par la violence et la cupidité des soldats qui s'étaient battus entre eux. Aussi, pour ramener la troupe au calme après tant d'errance et de débandade, il fit sonner le signal du campement.

XLIX. 1. Le jour commençait déjà à poindre et l'armée à retrouver un peu d'ordre et de calme quand les derniers rangs furent assaillis par les flèches des Parthes. On donna aux troupes légères le signal du combat. Quant aux fantassins, reprenant la même formation que précédemment, ils se couvrirent mutuellement de leurs boucliers, et tinrent bon face aux ennemis qui tiraient sur eux mais n'osaient engager un combat rapproché. 2. Les premiers rangs avancèrent ainsi peu à peu et l'on parvint en vue du fleuve. Antoine disposa les cavaliers sur la rive, face aux ennemis et fit d'abord traverser les malades. Mais bientôt, les combattants eux-mêmes purent boire sans crainte et à leur aise 3. car, dès que les Parthes virent le fleuve, ils détendirent les cordes de leurs arcs et, tout en décernant force louanges à la valeur des Romains, ils les invitèrent à traverser hardiment. Ils passèrent donc le fleuve en toute tranquillité et se reposèrent, puis reprirent leur route, sans se fier complètement aux Parthes[223]. 4. Le sixième jour après ce dernier combat, ils parvinrent au

---

220. *Cet épisode s'explique probablement par l'absence de butin, qui indisposait les soldats, frustrés de toute récompense après une campagne rigoureuse.*
221. *Selon Florus (*Histoire du peuple romain, *II, 20, 10), il s'agissait d'un gladiateur.*
222. *Le même souci d'échapper aux outrages* post mortem *est manifesté par Othon (*Othon, *XV, 4-8).*
223. *Sur l'identification du fleuve, voir* supra, *XLVII, 7.*

bord de l'Araxe qui marque la frontière entre la Médie et l'Arménie. Ce fleuve leur paraissait dangereux à cause de sa profondeur et de la force de son courant ; de plus, le bruit courait que les ennemis s'étaient postés là en embuscade, pour les attaquer pendant qu'ils traverseraient. 5. Ils passèrent pourtant de l'autre côté sans encombre et, quand ils eurent pris pied en Arménie, ce fut comme si, en la voyant, ils venaient de retrouver la terre après avoir été ballottés sur la haute mer : ils se prosternèrent et, dans leur joie, se mirent à pleurer et à s'embrasser[224]. 6. Mais, en traversant un pays prospère où, après leur terrible disette, ils disposaient de tout en abondance, ils tombèrent malades, victimes d'hydropisie et de violentes coliques.

L. 1. Là, Antoine les passa en revue et constata qu'il avait perdu dix mille fantassins et quatre mille cavaliers[225] : ils n'avaient pas tous été tués par l'ennemi : plus de la moitié avaient succombé à des maladies. 2. Ils avaient marché pendant vingt-sept jours, à partir de Phraata[226], et vaincu les Parthes en dix-huit combats, mais ces victoires n'avaient ni valeur ni solidité, les poursuites étant brèves et sans résultat. 3. On comprit donc que c'était surtout par la faute de l'Arménien Artavasdès qu'Antoine n'avait pu mener cette guerre à bonne fin. 4. Si les seize mille cavaliers qu'Artavasdès avait amenés de Médie étaient restés avec les Romains, ces hommes, dont l'armement ressemblait beaucoup à celui des Parthes et qui avaient l'habitude de combattre contre eux, se seraient chargés des fuyards pendant que les Romains repoussaient les combattants ; dans ces conditions, il aurait été impossible aux Parthes vaincus de se ressaisir et de reprendre courage aussi souvent[227]. 5. Tous les Romains étaient donc pleins de colère contre l'Arménien et poussaient Antoine à se venger de lui. Antoine se montra prudent ; il ne lui reprocha pas sa trahison et ne diminua en rien l'amabilité et les honneurs qu'il lui témoignait d'habitude, car son armée était affaiblie et sans ressources[228]. 6. Mais, plus tard, il envahit de nouveau l'Arménie et, à force de promesses et de sollicitations, il décida Artavasdès à se

---

*224. La description plutarquienne renvoie évidemment à la célèbre scène de l'*Anabase *de Xénophon, où les survivants des Dix Mille se prosternent devant la mer retrouvée (IV, 7, 10).*

225. Ce chiffre représente une perte de 20 % par rapport aux effectifs mentionnés en XXXVII, 4, à laquelle s'ajoutèrent les 8 000 hommes morts durant le trajet en Arménie (voir infra, *LI, 1). Des évaluations semblables sont données par Velleius Paterculus (*Histoire romaine, *II, 82, 2-3 : un quart de l'effectif) et Florus (II, 20, 10 : un tiers). Le luxe de détails donnés par Plutarque pour cette campagne suppose une source contemporaine de l'événement (peut-être Quintus Dellius, voir* supra, *XXV, 3), ce qui donne du poids à ses évaluations chiffrées.*

*226. L'abréviateur de Tite-Live (*Abrégé, *130) parle de 300 milles (480 km) parcourus en vingt et un jours, soit des étapes moyennes de 25 km par jour, ce qui n'aurait rien d'exceptionnel pour une marche ordinaire, mais prend une tout autre valeur pour une retraite entrecoupée de combats et effectuée dans un relief difficile.*

227. L'analyse tactique de Plutarque, fine et avisée, permet de rejeter sur Artavasdès la responsabilité de l'échec d'Antoine et des Romains.

228. La rigueur de la retraite hivernale (voir infra, *LI, 1) témoigne de la justesse des analyses stratégiques d'Antoine.*

remettre entre ses mains; alors, il l'arrêta et l'emmena enchaîné à Alexandrie où il célébra sur lui un triomphe[229]. 7. Ce fut pour les Romains une grande tristesse de voir Antoine gratifier les Égyptiens, à cause de Cléopâtre, d'une cérémonie qui faisait l'honneur et la grandeur de sa patrie[230]. Mais cela se passa plus tard.

LI. 1. Pour l'heure, malgré l'hiver qui était déjà dans toute sa rigueur et la neige qui tombait sans relâche, il était si pressé qu'il perdit huit mille hommes en chemin. 2. Il avait bien peu de monde auprès de lui quand il parvint au bord de la mer; il s'arrêta dans une bourgade nommée Leucè Comè [«Village blanc»], entre Bérytos et Sidon[231], et là, il attendit Cléopâtre. 3. Mais elle tardait à venir, ce qui le plongea dans une folle inquiétude; bientôt, il se mit à boire et à s'enivrer, mais il ne supportait pas de rester allongé: il se levait sans cesse du milieu des buveurs et courait guetter son arrivée. Elle débarqua enfin, apportant beaucoup de vêtements et d'argent pour les soldats. 4. Mais selon certains, elle ne lui donna que les vêtements; il prit l'argent sur ses biens personnels et le distribua en disant que c'était elle qui le leur offrait[232].

LII. 1. Un différend s'éleva entre le roi des Mèdes[233] et le Parthe Phraate; ils avaient commencé, dit-on, par se disputer les dépouilles romaines, mais bientôt le Mède devint soupçonneux et craignit de se voir arracher son royaume. 2. Il envoya donc à Antoine des appels à l'aide, s'engageant à faire la guerre à ses côtés avec son armée. 3. Antoine en conçut de grandes espérances car, s'il n'avait pu écraser les Parthes, c'était uniquement, semblait-il, parce qu'il était venu sans beaucoup de cavaliers et d'archers; or il se voyait offrir ce renfort comme s'il accordait une faveur au lieu de la solliciter. Il s'apprêta donc à remonter à travers l'Arménie et, une fois opérée sa jonction avec le Mède sur les bords de l'Araxe, à reprendre la guerre dans ces conditions[234].

---

229. En 34, Antoine s'empara par ruse d'Artavasdès et de son fils, qu'il avait invités dans son camp après les avoir trompés sur ses intentions (voir Dion Cassius, XLIX, 39, 2-40, 1).
230. Narré en détail par Velleius Paterculus (II, 82, 4) et Dion Cassius (XLIX, 40, 3-4), ce triomphe choquait d'un double point de vue: il avait pris l'allure d'une procession dionysiaque et se déroulait à Alexandrie, et non à Rome. Chamoux (1986, p. 312-313) voit dans l'épisode le symbole de la réorganisation de l'Orient, définitivement et délibérément centrée à Alexandrie par Antoine, après la répudiation d'Octavie.
231. Beyrouth et Sidon, à l'actuelle frontière entre Liban et Israël.
232. Selon Dion Cassius (XLIX, 31, 4), Cléopâtre apporta effectivement de l'argent à Antoine.
233. Il s'appelait, comme le roi d'Arménie, Artavasdès et avait été l'allié de Phraate pendant la campagne de 36.
234. Artavasdès de Médie tenta, dès 35, de s'assurer l'alliance d'Antoine (voir Dion Cassius, XLIX, 33-34). Antoine, alors en Égypte puis en négociation avec Octavie (infra, LIII), remit à plus tard l'entrevue (infra, LIII, 7 et 11). La rencontre (infra LIII, 12) est à dater de 34 et le projet d'attaque contre les Parthes fut élaboré pour 33.

LIII. 1. Cependant à Rome, Octavie voulait embarquer pour rejoindre Antoine. César l'y autorisa; d'après la plupart des historiens, ce n'était pas pour lui faire plaisir mais parce qu'il espérait que les humiliations et l'indifférence dont elle serait l'objet lui fourniraient un motif honorable pour faire la guerre[235]. 2. À son arrivée à Athènes, elle reçut une lettre d'Antoine qui lui demandait de l'attendre dans cette ville et lui annonçait son expédition vers le haut pays[236]. Octavie fut affligée et devina qu'il ne s'agissait que d'un prétexte, mais elle lui écrivit pour lui demander où elle devait envoyer ce qu'elle lui apportait, 3. à savoir une grande quantité de tenues militaires, de bêtes de somme, de richesses et de cadeaux pour ses officiers et ses amis et, en outre, deux mille soldats d'élite, équipés d'armes splendides, destinés à servir de cohortes prétoriennes[237]. 4. Elle chargea un certain Niger, ami d'Antoine, de porter ce message et il y joignit les éloges bien sentis qu'elle méritait. 5. Mais Cléopâtre se rendait compte qu'Octavie venait pour la combattre, elle, ce qui l'inquiétait : si Octavie, déjà forte de la noblesse de son caractère et de la puissance de César, offrait en outre à Antoine le plaisir de sa compagnie et de ses attentions, elle risquait d'être invincible et de dominer entièrement son mari[238]. Cléopâtre feignit donc d'être elle-même follement amoureuse d'Antoine et affaiblit son corps en ne mangeant que très peu. 6. Son regard exprimait le ravissement quand il venait la voir et, quand il la quittait, l'affliction et l'abattement. 7. Souvent, elle s'arrangeait pour être vue en larmes, puis se hâtait d'essuyer ces pleurs et de les cacher, feignant de vouloir les lui dissimuler. Elle procédait à ces manèges alors qu'il s'apprêtait à monter de Syrie pour rejoindre le Mède. 8. Ses flatteurs, empressés à la soutenir, accablaient Antoine de reproches, l'accusant d'être dur, insensible, et de causer la mort d'une pauvre femme dont la vie ne dépendait que de lui. 9. C'était, disaient-ils, pour des raisons politiques et à cause de son frère qu'Octavie s'était unie à lui et jouissait du titre d'épouse, 10. tandis que Cléopâtre, qui régnait sur tant d'hommes, ne refusait pas d'être appelée l'amante d'Antoine et ne jugeait pas ce nom indigne d'elle tant qu'elle pouvait le voir et vivre avec lui ; si on la chassait loin de lui, elle ne survivrait pas. 11. Antoine finit par se laisser attendrir et par perdre toute dignité virile : ce fut au point que, craignant le suicide de Cléopâtre, il retourna à Alexandrie et renvoya le Mède à la saison d'été, alors qu'on annonçait pourtant que les Parthes étaient en pleine sédition. 12. Il monta cependant trouver le roi et renouvela ses liens d'amitié avec lui en fiançant une des filles de ce prince, encore toute petite, à un des fils qu'il avait

---

235. César (Octavien), en 35, avait éliminé Sextus Pompée, vaincu par Agrippa à la bataille navale de Naulogue, et Lépide, écarté de toute fonction, à l'exception du grand pontificat (Velleius Paterculus, II, 80, 3-4 ; voir Syme, 1967, p. 223-224).
236. Probablement le projet d'invasion de l'Arménie d'Artavasdès.
237. Malgré le caractère d'élite de ces cohortes prétoriennes, on était loin des deux légions promises par Octavien à Tarente (voir supra, XXXV, 7).
238. Comme dans toute la Vie *d'Antoine, Plutarque réduit aux dimensions passionnelles de l'aventure amoureuse le conflit politique entre Octavien et Antoine. Sur la rationalité des choix d'Antoine et ses perspectives politiques orientales, voir Chamoux (1986), p. 308-309.*

eus de Cléopâtre. Puis il s'en retourna, tournant désormais toute son attention vers la guerre civile[239].

LIV. 1. Octavie avait été humiliée publiquement et, dès qu'elle revint d'Athènes, César lui demanda d'habiter désormais seule. 2. Mais elle refusa d'abandonner le domicile conjugal et supplia son frère, s'il n'avait pas d'autres motifs pour faire la guerre à Antoine, de ne pas se soucier de son sort à elle, car ce serait une honte qu'on puisse dire que les deux chefs suprêmes entraînaient les Romains dans la guerre civile, l'un pour l'amour d'une femme, l'autre à cause de la jalousie d'une épouse. 3. Elle conforma ses actes à ses paroles. Elle continua à habiter la maison d'Antoine comme s'il était là, donna des soins dévoués et généreux aux enfants qu'il lui avait donnés et même à ceux qu'il avait eus avec Fulvia; 4. lorsque Antoine envoyait certains de ses amis briguer une magistrature ou traiter quelque affaire, elle les accueillait et les aidait à obtenir de César ce qu'ils sollicitaient[240]. 5. Sans le vouloir, elle faisait ainsi du tort à son mari, car on en voulait à Antoine de traiter aussi mal une telle femme. On lui en voulait aussi du partage qu'il fit à Alexandrie entre ses enfants: les gens y virent une exhibition théâtrale, arrogante et antiromaine[241]. 6. Antoine avait rempli le gymnase[242] d'une foule immense et placé sur une estrade d'argent deux trônes d'or, l'un pour lui, l'autre pour Cléopâtre, ainsi que d'autres trônes plus petits pour leurs enfants. Il proclama d'abord Cléopâtre reine d'Égypte, de Chypre, d'Afrique et de Coelé-Syrie et déclara roi avec elle Césarion, le fils présumé du premier César qui avait laissé Cléopâtre enceinte[243]. 7. En second lieu, il donna aux fils qu'il avait eus avec Cléopâtre le nom de rois des rois[244]; il attri-

---

239. L'entrevue de 34, après la prise de l'Arménie, scella l'alliance d'Artavasdès et d'Antoine par la restitution des enseignes prises à Oppius Statianus (voir supra, XXXVIII, 3) et par les fiançailles de Iotapè, fille du roi, à Alexandre Hélios, fils d'Antoine et Cléopâtre. La jeune princesse fut amenée par Antoine à Alexandrie en 33 (voir Dion Cassius, XLIX, 40, 2, et 44, 1-2).

240. En contrepoint de la déraison orientale de Cléopâtre, le portrait d'une Octavie stoïcienne est celui de la parfaite matrone romaine: épouse, mère, maîtresse de sa maison d'où elle veillait aux intérêts de son mari, privés (éducation des enfants de Fulvia) comme publics (accueil des amis d'Antoine). Comme toute matrone de l'aristocratie, elle remplissait également les fonctions politiques à l'origine de son mariage: servir de négociateur naturel entre les clans familiaux.

241. Les trois qualificatifs résument le fond de la propagande anti-antonienne menée à Rome par le clan d'Octavien. L'épisode est probablement contemporain du triomphe sur Artavasdès (voir supra, L, 7).

242. Le lieu choisi pour la cérémonie est culturellement symbolique des desseins résolument orientaux d'Antoine.

243. La mise en scène et l'intervention des enfants étaient plus significatives que les mesures en elles-mêmes: tous les territoires énumérés étaient depuis plus ou moins longtemps attribués à Cléopâtre (Égypte, Afrique et Chypre depuis sa montée sur le trône, Cilicie, Coelé-Syrie et Phénicie depuis 36), et, seules, la solennité de la proclamation et la volonté affirmée de fonder une dynastie donnaient un cachet nouveau aux projets orientaux d'Antoine.

244. Le titre est attesté sur une inscription de Délos pour Césarion (voir Corpus d'inscriptions latines, III, 7232) et sur des émissions monétaires pour Cléopâtre.

bua à Alexandre l'Arménie, la Médie et le pays des Parthes, quand il serait soumis, à Ptolémée la Phénicie, la Syrie et la Cilicie[245]. 8. En même temps, il fit avancer les enfants : Alexandre portait un costume de Mède, avec une tiare et une citaris droite[246], Ptolémée des sandales, une chlamyde et une *causia*[247] surmonté d'un diadème. Cette tenue était celle des rois successeurs d'Alexandre, l'autre celle des Mèdes et des Arméniens. 9. Les enfants embrassèrent leurs parents, puis une garde d'Arméniens vint se placer autour de l'un, une garde de Macédoniens autour de l'autre. Quant à Cléopâtre, elle était vêtue ce jour-là de la robe sacrée d'Isis ; elle la porta désormais toutes les fois qu'elle sortait en public et elle rendit ses audiences en tant que Nouvelle Isis[248].

LV. 1. César raconta cette scène au Sénat et en accusa souvent Antoine devant le peuple, excitant la foule contre lui. 2. De son côté, Antoine envoyait des gens à Rome riposter à César en l'attaquant à son tour[249]. Voici quels étaient les reproches les plus graves qu'il lui faisait : premièrement, après avoir enlevé la Sicile à Pompée, César n'avait pas partagé cette île avec Antoine ; deuxièmement, il lui avait emprunté des navires pour cette guerre et ne les lui avait pas rendus ; 3. troisièmement, après avoir chassé son collègue Lépide du pouvoir et lui avoir ôté ses honneurs, il conservait pour lui seul l'armée, les territoires et les revenus qui avaient auparavant été attribués à Lépide ; enfin, il avait distribué à ses soldats toute l'Italie, ou presque, sans rien laisser pour les soldats d'Antoine[250]. 4. César se justifiait de ces accusations : c'était, disait-il, à cause des abus insolents de Lépide qu'il avait mis un terme à ses fonctions ; ce qu'il avait conquis par la guerre, il le partagerait avec Antoine quand celui-ci partagerait l'Arménie avec lui ; quant aux soldats d'Antoine, ils n'avaient aucun droit sur l'Italie puisqu'ils avaient la Médie et la Parthie, qu'ils avaient conquises pour les Romains en combattant vaillamment avec leur *imperator*[251].

---

245. La victoire sur Artavasdès l'Arménien, les fiançailles avec Iotapè et le projet commun d'Antoine et d'Artavasdès le Mède (voir supra, LII, 3 et LIII, 12) autorisaient Antoine à attribuer ces titres à Alexandre Hélios. Ptolémée, appelé Philadelphe, était le troisième enfant d'Antoine et Cléopâtre, né en 36 (voir Dion Cassius, XLIX, 32, 4).
246. Sur cette coiffure des souverains perses, voir Artaxerxès, *XXVI, 4 et note.*
247. Voir Démétrios, *XLI, 6 et note.*
248. L'assimilation n'avait, en soi, rien d'exceptionnel : toutes les reines d'Égypte s'identifiaient à la déesse. La Nouvelle Isis faisait écho au Nouveau Dionysos, titre que s'était fait décerner Antoine (voir supra, XXIV, 4 et XXVI, 5 et infra, LX, 5).
249. De ces campagnes d'opinion naquit la tradition anti-antonienne des événements, largement répandue ensuite par les historiens augustéens et reprise par Plutarque.
250. Ce dernier grief était le plus important, avec celui de n'avoir pu lever des soldats en Italie, contrairement à ce qui avait été décidé à Tarente (voir Dion Cassius, L, 1, 3).
251. Ironie sarcastique de la propagande : ni la Parthie ni la Médie n'étaient conquises, malgré les titres qu'Antoine avait octroyés à ses enfants.

LVI. 1. Ces réponses parvinrent à Antoine alors qu'il séjournait en Arménie[252]. Il ordonna aussitôt à Canidius de prendre seize légions et de descendre vers la mer. Quant à lui, il emmena Cléopâtre et se rendit à Éphèse. 2. Sa flotte s'y rassemblait de toutes parts : huit cents vaisseaux au total, avec les navires de transport[253]. Cléopâtre en fournissait deux cents ; elle apportait en outre vingt mille talents et se chargeait de la nourriture de toute l'armée pendant la guerre. 3. Sur les conseils de Domitius et de quelques autres[254], Antoine lui demanda d'embarquer pour l'Égypte et d'y attendre l'issue de la guerre. 4. Mais elle craignit qu'Octavie ne réconciliât de nouveau les deux adversaires et persuada Canidius, à force d'argent, de parler pour elle ; il déclara à Antoine qu'il était injuste d'écarter de la guerre une femme qui donnait de tels gages et contraire à l'intérêt de décourager les Égyptiens qui constituaient une grande partie de ses forces navales. 5. Canidius ajouta qu'il ne voyait pas auquel des rois alliés Cléopâtre le cédait en intelligence : depuis longtemps, elle gouvernait seule un si vaste royaume et, depuis longtemps aussi, elle vivait avec lui et apprenait à traiter les affaires importantes[255]. 6. Ces arguments triomphèrent car il fallait que tout passât à César. Les forces firent leur jonction et ils embarquèrent pour Samos. Là, ils vécurent dans les plaisirs. 7. En effet, si les rois, les dynastes, les tétrarques, tous les peuples et toutes les cités situés entre la Syrie, le Palus Méotis[256], l'Arménie et l'Illyrie avaient reçu ordre d'envoyer ou d'apporter ce qui était nécessaire pour la guerre, tous les artistes de Dionysos se virent, de leur côté, contraints de se rendre à Samos[257]. 8. Alors que, presque partout à la ronde, le monde habité poussait des lamentations et des sanglots, une seule île fit résonner, pendant bien des jours, l'aulos et la lyre : les théâtres étaient pleins et des chœurs se disputaient les prix. 9. Chaque cité envoyait un bœuf pour les sacrifices et les rois offraient à l'envi de belles réceptions et des cadeaux somptueux. 10. Ce fut au point qu'on se demandait ce qu'ils feraient, s'ils étaient vainqueurs, pour rendre grâces de leur victoire, puisqu'ils fêtaient avec tant de magnificence les préparatifs de la guerre.

LVII. 1. À l'issue de ces fêtes, Antoine donna pour résidence aux artistes dionysiaques la ville de Priène[258]. Quant à lui, il embarqua pour Athènes où il vécut de

---

252. À l'automne 33, Antoine y préparait, avec Canidius (voir supra, XXXIV, 10), l'expédition contre les Parthes, qu'il avait projetée avec le roi de Médie.
253. La flotte d'Antoine comptait 500 navires de guerre (voir infra, LXI, 1-2).
254. Consul en 32, Cnaeus Domitius Ahenobarbus avait rejoint le camp d'Antoine, avec nombre de sénateurs anciens pompéiens, qui préféraient un soldat, homme d'honneur et aristocrate, à l'aventurier révolutionnaire Octavien (voir Syme, 1967, p. 216, 255-257 et 268-269 ; supra, XXX, 6 et XL, 8).
255. L'argument de Canidius n'était pas pure rhétorique : Cléopâtre représentait le plus important des alliés orientaux d'Antoine, et sa présence était donc justifiée.
256. L'actuelle mer d'Azov.
257. La guerre et ses préparatifs sont décrits comme une cérémonie dionysiaque. Par cet artifice, Plutarque jette le discrédit sur les projets d'Antoine, qui apparaissent comme un asservissement de l'univers à une religion aux traits décadents.
258. Ville de la côte ionienne, proche de Samos.

nouveau dans les jeux et les spectacles. 2. Cléopâtre était jalouse des honneurs décernés par cette cité à Octavie, qui avait inspiré aux Athéniens une très grande affection[259]; elle chercha à gagner le peuple par de grandes largesses. 3. Les Athéniens lui votèrent des honneurs et envoyèrent des ambassadeurs lui porter le décret chez elle; l'un d'eux était Antoine, en sa qualité de citoyen athénien[260]; se plaçant devant la reine, il prononça un discours au nom de la cité. 4. Il envoya des gens à Rome chasser Octavie de chez lui. Quand elle en sortit, dit-on, elle emmena avec elle tous les enfants d'Antoine, sauf l'aîné des fils de Fulvia, qui se trouvait auprès de son père; elle pleurait et s'affligeait à la pensée qu'elle passerait elle aussi pour une des causes de la guerre. 5. Mais les Romains ne la plaignaient pas; c'était Antoine qu'ils plaignaient, surtout ceux qui avaient vu que Cléopâtre n'était ni plus belle ni plus jeune qu'Octavie[261].

LVIII. 1. Apprenant la rapidité et l'importance des préparatifs d'Antoine, César en fut troublé, craignant d'être obligé de faire la guerre dès cet été-là. 2. Il avait de grands besoins et les levées d'argent indisposaient la population; les gens étaient forcés de verser un quart de leurs revenus, et les fils d'affranchis un huitième, ce qui provoquait des clameurs hostiles à César et des troubles dans toute l'Italie[262]. 3. Aussi considère-t-on comme une des plus grandes fautes d'Antoine d'avoir reporté la guerre[263]. Il donna du temps à César pour se préparer et permit aux troubles de s'apaiser car, si les gens étaient exaspérés au moment de payer, ils se calmaient une fois que c'était fait et qu'ils étaient quittes. 4. Titius et Plancus[264], amis d'Antoine et personnages consulaires, qui avaient été traînés dans la boue par Cléopâtre, parce qu'ils s'étaient vivement opposés à sa présence dans l'armée, s'enfuirent auprès de César, auquel ils firent des révélations sur le testament d'Antoine, dont ils connaissaient la teneur. 5. Ce testament était déposé chez les Vestales. César le leur demanda, mais elles refusèrent de le lui donner, ajoutant que s'il vou-

---

259. *Voir* supra, *XXXIII, 5.*

260. *Voir* supra, *XXIII, 2 et XXXIII, 7. Des statues à Cléopâtre et Antoine furent érigées sur l'Acropole (voir Dion Cassius, L, 15, 2 ; Roddaz, 1984, p. 439-440 et note 117).*

261. *Comme souvent, Plutarque réduit à une aventure psychologique ce qui était le signe d'un changement d'alliances et de perspectives politiques : ayant définitivement fait le choix de l'Orient, Antoine rompait avec ses alliances italiennes.*

262. *Une dure répression accompagna cette levée d'impôts (voir Dion Cassius, L, 10, 4-5) et c'est alors qu'Octavien se fit jurer fidélité par l'«Italie tout entière»,* tota Italia *(voir Auguste,* Res Gestae, *XXV).*

263. *Antoine n'avait probablement pas les moyens d'un débarquement en Italie et cherchait plutôt à entraîner Octavien loin de ses bases, en Grèce (voir Syme, 1967, p. 280-281).*

264. *Lucius Munatius Plancus, légat de César en Gaule puis général de confiance dans la guerre civile, notamment en Afrique et à Rome en 47 et 46, fut préteur en 45, et, après avoir prêché l'amnistie en 44, il obtint la surveillance de la Gaule. Consul en 42 avec Lépide, il rejoignit Antoine après Pérouse, participa à l'entrevue de Brindisi fut proconsul d'Asie et prit part à la guerre parthique. C'était un personnage de poids, qui avait toujours choisi le camp du vainqueur (voir Syme, 1967, p. 269), et il servit Octavien à qui il fit proposer, en 27, le titre d'Auguste. Sur son neveu Titius, voir supra, XLII, 4.*

lait l'avoir, il devait venir lui-même. 6. Il alla donc le chercher. Il parcourut d'abord le texte à part lui, en marquant les passages qui se prêtaient à accuser Antoine, puis, ayant réuni le Sénat, il en donna lecture publiquement, ce qui mécontenta la plupart des assistants[265]. 7. Ils jugeaient étrange et scandaleux de demander des comptes à un homme encore en vie pour des volontés qui devaient être exécutées après sa mort. 8. César insista surtout sur les clauses relatives à la sépulture d'Antoine. Celui-ci demandait que, même s'il mourait à Rome, son corps, après avoir été porté en cortège à travers le forum, fût envoyé à Alexandrie auprès de Cléopâtre. 9. Calvisius[266], un ami de César, formula également contre Antoine les accusations suivantes, relatives à Cléopâtre : il lui avait donné la bibliothèque de Pergame qui contenait à peu près deux cent mille rouleaux[267] ; 10. au cours d'un festin, il s'était levé, sous les yeux de nombreux assistants, et lui avait caressé les pieds, ce qui était un signal convenu entre eux ; 11. il avait laissé les Éphésiens, en sa présence, la saluer comme leur souveraine ; souvent, pendant que, sur son tribunal, il rendait la justice à des tétrarques et à des rois, il avait reçu et lu des lettres d'amour qu'elle lui écrivait sur des tablettes d'onyx ou de cristal ; durant un discours de Furnius[268], un personnage très estimé, le plus éloquent des Romains, Cléopâtre avait traversé la place publique en litière ; en la voyant, Antoine s'était levé d'un bond et avait quitté le procès, pour l'accompagner, suspendu à sa litière.

LIX. 1. Cependant, les propos de Calvisius semblaient pour la plupart des calomnies mensongères[269]. 2. Les amis d'Antoine firent le tour de Rome, pour supplier le peuple, et ils envoyèrent l'un d'entre eux, Géminius, prier Antoine de ne pas se laisser dépouiller de sa charge et déclarer ennemi public des Romains. 3. Géminius embarqua pour la Grèce, mais Cléopâtre le soupçonnait de servir les intérêts d'Octavie ; il était, à table, la cible de railleries incessantes et on l'humiliait en lui attribuant des places indignes de lui. Il supportait tout, en attendant l'occasion de

---

265. *Plutarque, en soulignant la violation du droit par Octavien, adopte une attitude moins anti-antonienne que Dion Cassius (L, 3, 5), qui détaille les clauses propres à scandaliser les Romains (reconnaissance de la paternité de César pour Césarion, legs aux enfants de Cléopâtre). Une abondante bibliographie existe sur la question de l'authenticité du testament ou de sa falsification, totale ou partielle, par Octavien (voir Santi Amantini, Careda, Manfredini, 1995, p. 439-440).*
266. *Caius Calvisius Sabinus, consul en 39, avait été l'amiral d'Octavien dans la guerre de Sicile (voir Münzer,* Real-Encyclopädie, *III, 1, Calvisius 13). Il faisait partie des «nouveaux maréchaux» de l'entourage du futur princeps (voir Syme, 1967, p. 193).*
267. *Fondée par Eumène II, c'était la plus grande bibliothèque d'Orient, avec celle d'Alexandrie qui avait brûlé en 46. Voir Dictionnaire, «Écrit/Écriture».*
268. *Tribun de la plèbe en 51, légat en 44-43, préteur en 42, Furnius rejoignit Antoine après Pérouse et fut promagistrat en Asie, où il participa, en 36-35 avec Titius, à la poursuite de Sextus Pompée (voir Kappelmacher,* Real-Encyclopädie, *VII, 1, Furnius 3). Ses talents d'orateur étaient reconnus (voir Cicéron,* Lettres à ses familiers, *X, 26, 2 ; Tacite,* Dialogue des orateurs, *21).*
269. *Comme précédemment, l'analyse de Plutarque est ici plus indépendante de la propagande augustéenne.*

rencontrer Antoine. 4. Au cours d'un repas, on le pria d'exposer les raisons de sa venue; il répondit que pour tout expliquer, il lui fallait être sobre mais qu'il y avait une chose que, sobre ou ivre, il savait parfaitement : tout irait bien si Cléopâtre partait pour l'Égypte. 5. Cette phrase exaspéra Antoine; Cléopâtre s'écria : « Tu as eu raison, Géminius, d'avouer la vérité sans subir la torture. » Géminius prit la fuite quelques jours plus tard et revint à Rome. 6. Beaucoup d'autres amis d'Antoine, incapables de supporter les propos d'ivrognes et les plaisanteries grossières des flatteurs de Cléopâtre, furent également chassés : de ce nombre furent notamment Marcus Silanus et l'historien Dellius[270]. 7. Ce dernier eut même à craindre, dit-il, un attentat préparé par Cléopâtre qui lui fut révélé par le médecin Glaucos. 8. Il avait offensé Cléopâtre pour avoir déclaré, au cours d'un dîner, qu'on leur versait de la piquette alors que Sarmentus buvait du Falerne à Rome. Ce Sarmentus était un des éromènes de César, ses « délices », comme disent les Romains[271].

LX. 1. Dès que César fut suffisamment prêt, il fit voter la guerre contre Cléopâtre et enlever à Antoine une charge que celui-ci avait abandonnée pour une femme[272]. César fit déclarer en outre qu'Antoine était victime de philtres et ne se possédait plus : les véritables ennemis des Romains étaient l'eunuque Mardion, Pothin, Iras, la coiffeuse de Cléopâtre, et Charmion, car c'étaient eux qui administraient les affaires les plus importantes de l'Empire[273].
2. La guerre fut précédée, dit-on, des signes suivants. À Pisaurum[274], colonie fondée par Antoine près de la mer Adriatique, la terre s'entrouvrit et engloutit la cité. 3. Une des statues de marbre d'Antoine, à Albe, fut durant plusieurs jours inondée d'une sueur qui ne disparut pas, malgré les efforts que l'on fit pour l'éponger. 4. Pendant qu'il séjournait à Patras, le temple d'Héraclès fut incendié par la foudre et, à Athènes, les vents arrachèrent la statue de Dionysos de la Gigantomachie et la firent

---

270. Marcus Junius Silanus avait successivement été partisan de Lépide, dont il fut tribun militaire en 44, d'Antoine, de Sextus Pompée, qu'il servit en Sicile, puis à nouveau d'Antoine, dont il fut questeur en Grèce en 34-33, avant de rejoindre, définitivement, le camp d'Octavien : il fut consul en 25 et participa aux Jeux Séculaires de 17 (voir Münzer, Real-Encyclopädie, XI, 1, Junius 172). L'historien Quintus Dellius n'avait pas été moins versatile que lui (voir supra, XXV, 3). Sa défection est cependant placée ici anachroniquement par Plutarque : elle n'intervint, de fait, qu'en 31, juste avant Actium (voir Dion Cassius, L, 13, 8 ; 23, 1 et 3).
271. C'était un affranchi de Mécène, d'origine étrusque.
272. La déclaration de guerre faite à Cléopâtre évitait au conflit le qualificatif de guerre civile et la « trahison » d'Antoine, qui avait livré à une Orientale (« Aegyptia conjux » de Virgile, Énéide, VIII, v. 688 ; « fatale monstrum » d'Horace, Odes I, 37, 21) la charge que le Sénat et le peuple lui avaient confiée, permettait de le déchoir et de le déclarer ennemi public. La guerre était ainsi juste juridiquement.
273. L'énumération sert à montrer que la guerre, juridiquement juste, était aussi moralement justifiée. C'est par erreur que l'eunuque Pothin, assassin de Pompée, fait partie de la liste : il avait été exécuté en 48 (voir César, XLIX, 4-5).
274. Ville ombrienne (Pesaro) de la côte adriatique, où Antoine avait installé des vétérans de Philippes.

tomber dans le théâtre[275] ; 5. or Antoine se prétendait apparenté à Héraclès et, comme il désirait imiter, nous l'avons dit, la vie de Dionysos, il se faisait appeler Nouveau Dionysos[276]. 6. Le même orage s'abattit à Athènes sur les colosses d'Eumène et d'Attale, sur lesquels était inscrit le nom d'Antoine : ce furent les seuls qu'il renversa, alors qu'il y en avait beaucoup d'autres[277]. 7. Enfin sur le navire de Cléopâtre, qui s'appelait Antonias, se produisit un signe effrayant ; des hirondelles avaient fait leur nid sous la poupe, mais d'autres survinrent, chassèrent les premières et tuèrent leurs petits.

LXI. 1. Les deux ennemis s'approchèrent pour combattre. Antoine n'avait pas moins de cinq cents navires de guerre, dont beaucoup à huit ou dix rangs de rameurs, magnifiquement ornés comme pour une fête[278] ; quant à son armée de terre, elle comptait cent mille fantassins et douze mille cavaliers 2. Des rois sujets combattaient à ses côtés : Bocchus[279], roi des Libyens, Tarcondémos, roi de Haute-Cilicie, Archélaos de Cappadoce, Philadelphe de Paphlagonie, Mithridate de Commagène, Sadalas de Thrace[280]. 3. Outre ces rois, qui étaient venus en personne, d'autres lui avaient envoyé des troupes : Polémon du Pont, Malchos d'Arabie, le Juif Hérode, et Amyntas, roi des Lycaoniens et des Galates. Antoine disposait également de renforts adressés par le roi des Mèdes[281]. 4. César, lui, avait deux cent cinquante navires de guerre, une infanterie de quatre-vingt mille hommes et à peu près le même nombre de cavaliers que ses ennemis. 5. Quant à leur empire, celui d'Antoine s'étendait de l'Euphrate et de

---

275. *La frise de la Gigantomachie, don d'Attale Ier de Pergame, était insérée dans le mur méridional de l'Acropole, au-dessus du théâtre de Dionysos.*
276. *Pour Héraclès, voir supra, IV, 1 et XXXVI, 7 ; pour Dionysos, voir supra, IX, 8 ; XXIV, 4 ; LIV, 9 ; voir également supra, XXXIII, 7 et note.*
277. *Eumène Ier (263-241) et Attale Ier (241-197), rois de Pergame, avaient fait bénéficier Athènes de largesses à l'issue de victoires militaires, contre les Galates notamment.*
278. *Cette remarque péjorative prélude à la description technique contrastée des vaisseaux d'Antoine et d'Octavien (voir infra, LXII, 2).*
279. *Confusion de Plutarque : Bocchus de Maurétanie était mort en 33 et son frère Bogude lui avait succédé à la tête du royaume.*
280. *Tarcondémos régnait sur une principauté de Haute-Cilicie, près du mont Amman ; Archélaos avait été installé sur le trône de Cappadoce par Antoine en 41 (voir Appien, V, 37, 150 et suiv.) ; Déjotarus Philadelphe était roi en Paphlagonie depuis 37 ; Mithridate était le fils d'Antiochos, vaincu par Antoine en 38 (voir supra, XXXIV, 4-8).*
281. *Installé sur le trône du Pont par Antoine, Polémon l'avait fidèlement servi lors de l'expédition parthique (voir supra, XXXVIII, 6) ; Malchos, roi des Nabatéens, avait vu son territoire amputé au profit de Cléopâtre (voir supra, XXXVI, 3) ; Hérode avait récupéré grâce à Antoine sa souveraineté sur la Judée en 40 et Amyntas avait été intronisé en Galatie (voir supra, XXXVI, 4 et note) ; sur les relations d'Antoine et d'Artavasdès de Médie, voir supra, LII et LIII, 12. La présence de ces renforts, comme celle des différents princes énumérés précédemment, illustre le bien-fondé de la politique de gestion indirecte des territoires orientaux, qu'Antoine avait héritée de ses prédécesseurs, Lucullus, Pompée et César.*

l'Arménie jusqu'à la mer Ionienne et à l'Illyrie, celui de César de l'Illyrie à l'océan Occidental et de cet océan à la mer Tyrrhénienne et à la mer de Sicile. 6. En Afrique, la région située en face de l'Italie, de la Gaule et de l'Espagne jusqu'aux colonnes d'Hercule appartenait à César; celle qui s'étend de Cyrène à l'Éthiopie à Antoine[282].

LXII. 1. Celui-ci était tellement subjugué par Cléopâtre que, malgré sa supériorité écrasante sur terre, il voulut, à cause d'elle, devoir sa victoire à la flotte[283]; il voyait pourtant que ses triérarques, faute d'équipage, enlevaient à la Grèce,

> Qui avait tant souffert[284],

des voyageurs, des âniers, des moissonneurs, des éphèbes et que, même dans ses conditions, ils ne parvenaient pas à remplir leurs navires, dont la plupart, faute de matelots, ne naviguaient que difficilement. 2. Les navires de César n'avaient pas été construits de manière ostentatoire, en recherchant la hauteur et le faste ; ils étaient faciles à manœuvrer, rapides, et leurs équipages étaient au grand complet. Il avait réuni sa flotte qui se tenait prête à Tarente et à Brundisium, et il envoya dire à Antoine de venir avec ses armées, sans plus perdre de temps : 3. il assurerait à sa flotte des mouillages et des ports où aborder sans obstacle et il se retirerait avec son armée de terre à une journée à cheval de la mer, pour laisser à Antoine le temps de débarquer et d'installer son camp sans encombre[285]. 4. Antoine répondit à cette provocation en le provoquant à son tour : bien qu'il fût le plus âgé, il défia César en combat singulier et lui proposa, s'il se dérobait, de faire combattre les deux armées près de Pharsale, comme autrefois César et Pompée. 5. César fut plus rapide qu'Antoine, qui était mouillé près d'Actium, à l'endroit où se dresse maintenant Nicopolis[286]; il traversa la mer Ionienne et s'empara d'une place forte d'Épire nommée Torynè [«Cuiller en bois»]. 6. Comme Antoine et ses partisans s'inquiétaient, car leur armée de terre tardait, Cléopâtre lança en plaisantant : « Qu'y a-t-il de terrible à voir César perché sur une cuiller en bois ? »

---

282. L'affrontement d'Actium est ainsi campé comme celui de deux univers, l'Orient et l'Occident.
283. La supériorité des forces terrestres d'Antoine n'était pas une évidence : il avait perdu beaucoup d'hommes dans la retraite de Parthie et, n'ayant pu recruter en Italie pour combler les vides, il avait été contraint d'engager des recrues orientales. Numériquement, sa flotte avait été plus puissante et l'Illyrie, la Grèce ou la Macédoine constituaient, dans ce contexte, un terrain favorable où il espérait, par ses navires, couper Octavien de ses bases. Au moment d'Actium, cependant, le rapport des forces navales ne lui était plus favorable (voir Roddaz, 1984, p. 170-171).
*284. Citation adaptée d'*Hercule furieux *d'Euripide (v. 1250).*
285. L'expérience acquise par Agrippa dans la guerre contre Sextus Pompée et la confiance gagnée dans la victoire de Nauloque, en 36, compensaient largement l'infériorité numérique des navires d'Octavien.
286. Le cap d'Actium ferme, au Sud, le golfe d'Ambracie, où était concentré l'essentiel des forces navales d'Antoine. Ayant débarqué au Nord, en Épire, Octavien va occuper le cap septentrional du golfe d'Ambracie, face à Antoine. En 30, c'est là qu'il fonde la colonie romaine de Nicopolis, en souvenir de sa victoire.

LXIII. 1. Au point du jour, les vaisseaux ennemis se mirent en mouvement. Antoine, craignant de perdre ses navires, dépourvus de combattants, donna des armes aux rameurs et les disposa, pour faire illusion, sur les ponts des bateaux, dont les rames furent levées bien haut, à bâbord comme à tribord, et la proue tournée vers l'ennemi, à l'entrée du port d'Actium, comme s'ils étaient équipés de rameurs et prêts à se défendre. 2. César se laissa prendre à ce stratagème et se retira. Antoine manœuvra également fort bien, semble-t-il, en coupant les ennemis des réserves d'eau douce, qu'il entoura de retranchements : en effet, on ne trouvait dans les environs que peu d'eau, et de mauvaise qualité. 3. De plus, contre l'avis de Cléopâtre, il se montra généreux avec Domitius lorsque celui-ci, déjà brûlé par la fièvre, monta à bord d'une petite barque pour rejoindre César; malgré son dépit, il lui renvoya tous ses bagages, ainsi que ses amis et ses serviteurs[287]. 4. Domitius, comme accablé par la révélation de sa déloyauté et de sa trahison, mourut aussitôt après avoir changé de camp. 5. Des rois firent également défection : Amyntas et Déjotarus[288] passèrent à César. La flotte d'Antoine était sans cesse en difficulté et arrivait en retard partout où l'on avait besoin de son secours, ce qui l'obligea à songer de nouveau à son armée de terre[289]. 6. Celle-ci était commandée par Canidius qui, changeant d'avis devant le danger, conseilla à Antoine de renvoyer Cléopâtre et de se retirer en Thrace ou en Macédoine pour livrer sur terre une bataille décisive, 7. car Dicomès, roi des Gètes, promettait de le soutenir avec une armée importante. « Il n'y a pas de honte, déclara Canidius, à céder la mer à César, que la guerre de Sicile a entraîné à ce type de combat, mais il serait désastreux pour toi, Antoine, avec ta grande expérience des combats sur terre, de ne pas utiliser la force et l'équipement de tant de fantassins, et d'aller disperser et gaspiller tes forces sur des navires[290]. » 8. Ce fut cependant l'avis de Cléopâtre qui prévalut : on décida de livrer une bataille décisive sur mer. Cléopâtre songeait déjà à fuir et au lieu de se placer là où elle aurait pu aider à la victoire, elle choisit l'endroit d'où il lui serait le plus facile de se retirer si la situation était perdue[291].

9. Il y avait une longue chaussée, qui descendait du camp jusqu'au mouillage de la flotte : Antoine avait l'habitude de passer par là sans se méfier de rien. 10. César

---

287. *La défection de Cnaeus Domitius Ahenobarbus (voir supra, XL, 8) était due à sa mésentente avec Cléopâtre (voir Dion Cassius, L, 13, 6 ; Suétone, Néron, 3, 2). Sur la fragilité du groupe sénatorial hétéroclite qui entourait Antoine, voir Syme (1967), p. 257.*
288. *Cela valut à ces rois de conserver leurs possessions, Octavien menant en Orient, après la victoire, exactement la même politique qu'Antoine, malgré les critiques virulentes que sa propagande antiantonienne avait répandues là-dessus (voir Syme, 1967, p. 286-287).*
289. *Dans plusieurs affrontements, notamment face à Sossius, l'amiral d'Antoine, Agrippa, eut le dessus, bloquant Antoine dans le golfe d'Ambracie : voir Dion Cassius, L, 13, 5 et 14, 2 (voir aussi Roddaz, 1984, p. 159-164).*
290. *L'analyse de Canidius s'appuyait sur les revers successifs subis par la flotte d'Antoine face à Agrippa.*
291. *Présentation délibérément hostile à la reine d'Égypte, héritée de la propagande octavienne et sans doute sans fondement ; voir infra, LXVI, 5 et note.*

apprit d'un serviteur qu'il était possible d'enlever Antoine au moment où il descendait par cette chaussée. Il envoya des hommes en embuscade. 11. Ils manquèrent Antoine de si peu qu'ils se saisirent de celui qui marchait devant lui mais, comme ils s'étaient dressés trop tôt, Antoine s'enfuit en courant et leur échappa à grand-peine.

LXIV. 1. Une fois prise la décision de combattre sur mer, Antoine fit brûler tous les vaisseaux égyptiens[292], sauf soixante; il équipa les meilleurs et les plus grands de ses navires, depuis ceux qui avaient trois rangs de rameurs jusqu'à ceux qui en avaient dix, et y fit embarquer vingt mille fantassins et deux mille archers. 2. Alors, un officier d'infanterie qui avait livré un très grand nombre de combats pour Antoine et dont le corps était criblé de blessures, se mit à pleurer, dit-on, quand Antoine passa près de lui, et s'écria : 3. « *Imperator*, pourquoi méprises-tu les blessures et l'épée que voici pour placer tes espérances sur de mauvaises planches ? Que les Égyptiens et les Phéniciens combattent sur mer, mais à nous, donne-nous la terre sur laquelle nous avons l'habitude de tenir ferme, pour mourir ou pour vaincre les ennemis[293]. » 4. Antoine ne répondit rien ; il lui fit seulement un signe d'encouragement de la main et de la tête et passa son chemin. Lui-même n'avait pas bon espoir : ses pilotes voulaient laisser les voiles à terre, mais il les obligea à les prendre à bord, en leur disant qu'aucun des ennemis ne devait échapper à la poursuite[294].

LXV. 1. Ce jour-là et les trois jours suivants, un grand vent souleva la mer et empêcha le combat. Le cinquième jour, le vent étant tombé et le calme s'étant établi sur les flots, ils s'élancèrent l'un contre l'autre. Antoine commandait l'aile droite avec Publicola, Coelius l'aile gauche, Marcus Octavius et Marcus Insteius le centre[295]. 2. César, lui, avait placé Agrippa à son aile gauche et s'était réservé l'aile droite[296]. 3. Les deux armées de terre, celle d'Antoine commandée par Canidius, celle de César par Taurus[297], étaient rangées en ordre de bataille au bord de la mer et ne bougeaient pas. 4. Quant aux chefs, Antoine circulait de tous côtés sur une barque : il exhortait

---

292. *Cette mesure était peut-être destinée à récupérer des rameurs, dont les imposants vaisseaux d'Antoine manquaient (voir supra, LXII, 1).*
293. *Version pathétique de l'analyse faite supra, en LXIII, 7, par Canidius.*
294. *Antoine est campé comme un personnage de tragédie courant à son destin, que ne devine pas le commun des mortels : les voiles sont embarquées pour fuir, et non pour poursuivre les ennemis.*
295. *Lucius Gellius Publicola, consul en 36, était un des derniers sénateurs de haut rang encore fidèles à Antoine. Originaire de Pisaurum, après avoir suivi les meurtriers de César, il avait participé sous les ordres d'Antoine à la guerre de Modène (voir Münzer,* Real-Encyclopädie, *VII, 1, Gellius 18). Coelius et Marcus Octavius ne sont pas autrement connus. Marcus Insteius est qualifié par Cicéron de «valeureux brigand» dans les* Philippiques *(XIII, 12, 26).*
296. *Laissant Agrippa à l'aile gauche, face à Antoine, Octavien lui confiait de fait l'essentiel du commandement (voir Roddaz, 1984, p. 173).*
297. *Lucius Statilius Taurus, consul en 36, gouverneur de l'Afrique depuis 34, était le principal général d'Octavien, après Agrippa.*

les soldats à combattre de pied ferme, comme s'ils étaient sur terre[298], puisque la lourdeur des navires le leur permettait, et ordonnait aux pilotes de soutenir les assauts des ennemis sans bouger, en évitant la passe dangereuse du port. 5. Quant à César, il sortait de sa tente alors qu'il faisait encore nuit pour aller inspecter ses navires, lorsqu'il rencontra, dit-on, un homme qui menait un âne. Il lui demanda son nom. L'homme, qui l'avait reconnu, répondit : « Mon nom est Eutychos [« Fortuné »] et mon âne s'appelle Nicon [« Vainqueur »]. » C'est pour cette raison que plus tard, quand César orna l'endroit avec les rostres de navires, il fit dresser une statue de bronze représentant un âne et un homme[299]. 6. Après avoir examiné l'ordre de combat de l'ensemble de sa flotte, César se fit conduire à l'aile droite dans une embarcation. Il était surpris de voir que les ennemis restaient dans le détroit sans bouger ; leurs navires semblaient à l'ancre et il crut pendant longtemps que tel était le cas : c'est pourquoi il maintint ses vaisseaux à environ huit stades des ennemis[300]. 7. À la sixième heure, un vent de mer se leva ; les soldats d'Antoine, impatients du retard et confiants dans la hauteur et la grandeur de leurs navires qu'ils jugeaient inexpugnables, mirent en mouvement l'aile gauche. 8. À cette vue, César, plein de joie, ramena en arrière son aile droite. Il voulait attirer les ennemis encore plus loin du golfe et des détroits et encercler, avec ses bâtiments faciles à manœuvrer, les navires d'Antoine qui étaient inefficaces et lents en raison de leur masse et du manque de rameurs.

LXVI. 1. Au début de l'engagement, les navires ne parvinrent pas à s'entrechoquer ni à se briser : ceux d'Antoine étaient trop lourds pour atteindre la vitesse qui rend efficaces les coups d'éperon ; quant à ceux de César, non seulement ils évitaient de s'engager, la proue en avant, contre des rostres d'airain solides et massifs, mais ils n'osaient même pas les attaquer de flanc, 2. car leurs éperons se brisaient facilement, quel que fût leur point d'impact sur ces navires, qui étaient construits avec de grandes poutres carrées liées les unes aux autres par du fer. 3. La lutte ressemblait donc à un combat d'infanterie ou, plus exactement, à l'assaut d'un rempart. Trois ou quatre navires de César se rassemblaient autour d'un de ceux d'Antoine et l'attaquaient avec des javelines, des lances, des crocs et des traits enflammés tandis que, du haut de leurs tours de bois, les soldats d'Antoine les bombardaient avec des catapultes. 4. Comme Agrippa étirait son aile gauche pour les encercler, Publicola fut obligé de riposter par la même manœuvre et se coupa du centre[301], 5. qui était plongé dans la confusion et aux prises avec Arruntius[302]. Le combat était encore

---

298. La transformation du combat naval en combat terrestre fut, dans l'Antiquité romaine, une tactique fréquemment adoptée par les généraux, conscients de leur infériorité dans la mobilité des navires.
299. L'anecdote est rapportée par Suétone (Auguste, XCVI, 2).
300. Environ 1 500 m.
301. Laissant des espaces vides en s'étirant, la flotte d'Antoine permettait aux vaisseaux légers d'Octavien de manœuvrer et perdait ce qui faisait l'essentiel de sa supériorité.
302. Ancien proscrit de 43 qui avait rejoint le camp de Sextus Pompée et avait été réhabilité en 39 lors des accords de Misène, il suivit fidèlement Octavien et fut plus tard consul en 22 (voir Velleius Paterculus, II, 86, 2 ; van Rohden, Real-Encyclopädie, II, 2, Arruntius 7).

indécis et douteux quand soudain on vit les soixante navires de Cléopâtre hisser leurs voiles pour se retirer et s'enfuir au milieu des combattants ; comme ils avaient été placés derrière les grands navires, ils causèrent beaucoup de désordre en traversant leurs lignes pour se dégager[303]. 6. Leurs adversaires, stupéfaits, les virent se diriger à pleines voiles vers le Péloponnèse. 7. Antoine montra alors qu'il ne raisonnait pas en chef ni même en homme, et, pour tout dire, qu'il ne contrôlait plus sa propre pensée ; illustrant le mot plaisant selon lequel « l'âme d'un amoureux vit dans le corps d'une autre personne », il se laissa entraîner par cette femme comme s'il était attaché à elle et devait suivre tous ses mouvements[304]. 8. Il n'eut pas plus tôt vu s'éloigner le navire de Cléopâtre qu'oubliant tout, trahissant et abandonnant ceux qui combattaient et mouraient pour lui, il monta sur un navire à cinq rangs de rameurs, avec pour seuls compagnons le Syrien Alexas et Scellius[305], et se lança à la poursuite de celle qui avait déjà causé sa perte et qui allait la consommer.

LXVII. 1. Dès que Cléopâtre le reconnut, elle fit hisser un signal sur son navire. Antoine s'approcha et fut reçu à bord, mais il ne voulut ni la voir ni être vu d'elle ; il s'avança seul jusqu'à la proue où il s'assit en silence, se tenant la tête entre les mains. 2. On vit alors paraître des liburnes[306] que César avait envoyées à sa poursuite. Antoine fit tourner contre elles la proue du vaisseau et les repoussa toutes, sauf celle d'Euryclès de Laconie[307], qui s'obstinait avec acharnement, brandissant un javelot du haut du pont pour le lancer sur lui. 3. Debout à la proue, Antoine demanda : « Qui es-tu, toi qui poursuis Antoine ? – Je suis Euryclès, fils de Lacharès,

---

303. À l'instar de tous les auteurs anciens, notamment Dion Cassius (L, 33, 1-3), Plutarque décrit la manœuvre comme la fuite honteuse de Cléopâtre, qui va entraîner Antoine à sa suite. Nombre de commentateurs contemporains y voient plutôt la réalisation d'un plan concerté pour forcer le blocus qui enfermait Antoine dans le golfe d'Ambracie (voir Chamoux, 1986, p. 360-362 ; Roddaz, 1991, p. 81, note 236). Les voiles embarquées sur les vaisseaux, qui permettaient de distancer les vaisseaux d'Octavien, sont un argument en faveur de cette hypothèse. L'échec de la manœuvre serait venu de l'engluement des vaisseaux d'Antoine dans la bataille, incapables de suivre le mouvement (voir cependant infra, LXVII, 7 et note).

304. La passion déraisonnable et destructrice, dans la version plutarquienne comme dans la plupart des textes anciens, explique et donc excuse partiellement l'attitude d'Antoine. La citation est attribuée par Plutarque à Caton (voir Caton l'Ancien, IX, 8 et Dialogue sur l'Amour, 759 c).

305. Sur Alexas de Laodicée, voir infra, LXXII, 3. Le personnage de Scellius est inconnu. Münzer (Real-Encyclopädie, II A, 1, Scellius, col. 367) propose de corriger le texte en Gellius, pour Gellius Publicola (voir supra, LXV, 1).

306. Embarcations légères et rapides, pourvues d'un ou deux rangs de rameurs et d'une grande voile latine. Les Liburniens vivaient sur les côtes d'Illyrie.

307. Roi de Sparte, il reçut plus tard d'Auguste la citoyenneté romaine, devenant Caius Julius Euryclès. À un de ses descendants, Caius Julius Euryclès Herculanus, est dédié le Comment se louer soi-même de Plutarque (539 A). La source de l'anecdote est donc peut-être ce personnage, descendant du roi de Sparte et ami de Plutarque.

répondit l'autre ; la Fortune de César me permet de venger la mort de mon père. »
Lacharès avait été accusé de piraterie et décapité sur ordre d'Antoine. 4. Toutefois Euryclès ne put atteindre le navire d'Antoine ; frappant de son éperon de bronze l'autre navire amiral (il y en avait deux), il le fit tournoyer, le jeta sur le flanc et le captura, ainsi qu'un autre navire qui contenait de la vaisselle précieuse. 5. Quand il se fut éloigné, Antoine reprit la même attitude que précédemment et ne bougea plus ; pendant trois jours, il resta seul à la proue, soit par colère, soit parce qu'il avait honte devant la reine[308]. On atteignit le Ténare[309]. 6. Là, les suivantes de Cléopâtre les amenèrent d'abord à se parler, puis les persuadèrent de dîner et de dormir ensemble.
7. Déjà, des navires de transport en nombre considérable et certains de ses amis, échappés à la déroute, se rassemblaient autour d'eux ; ils annonçaient que la flotte était perdue, mais qu'à leur avis, l'armée de terre tenait encore[310]. 8. Antoine envoya des messagers à Canidius, lui ordonnant de se retirer le plus vite possible en Asie, en passant par la Macédoine. Lui-même se disposa à passer du Ténare en Afrique ; il mit de côté un navire de transport, qui contenait des sommes considérables ainsi que de l'argenterie et de l'orfèvrerie précieuses provenant des trésors royaux, et donna le tout à ses amis, en les priant de se partager ces richesses et de se sauver[311]. 9. Ils refusèrent en pleurant. Il les consola avec beaucoup de bienveillance et d'affection, et les pressa de partir ; il écrivit à Théophilos, son intendant à Corinthe, de veiller à leur sécurité et de les cacher jusqu'au moment où ils auraient réussi à apaiser César. 10. Ce Théophilos était le père d'Hipparchos qui, après avoir été très influent auprès d'Antoine, fut le premier de ses affranchis à passer à César et s'établit par la suite à Corinthe[312].

LXVIII. 1. Voilà donc ce qui se passait du côté d'Antoine. À Actium, sa flotte résista longtemps à César mais elle eut beaucoup à souffrir de vagues violentes qui déferlèrent sur les proues et finit par capituler, à grand-peine, à la dixième heure. 2. Il n'y eut pas plus de cinq mille morts, mais trois cents vaisseaux furent capturés, comme l'a

---

308. La prostration d'Antoine, qui n'est pas sans rappeler celle de Pompée après Pharsale (voir Pompée, LXXII, 1-3), donne corps à l'hypothèse de la fuite honteuse et excuse en même temps le Romain, conscient de sa déchéance, mais victime de son entourage oriental.
309. Promontoire de l'extrême sud du Péloponnèse.
310. Cette indication conforte l'hypothèse présentée supra *(LXVI, 5) : la défaite d'Actium pouvait n'être perçue que comme un demi-échec, avec la perte d'une grande partie de la flotte de combat, qui n'avait pu, comme le reste des navires, forcer le blocus ; des espoirs subsistaient donc de poursuivre la lutte.*
311. Plutarque présente un Antoine conforme au caractère qu'il lui prête : libéral, généreux avec ses amis dans la défaite comme dans les victoires (voir supra, *III, 8 ; IV, 6-9). Dion Cassius (LI, 5, 3), plus tributaire de la propagande augustéenne, explique son attitude par le désir de se débarrasser d'une partie peu sûre de son entourage romain.*
312. Antonius Hipparchus était un affranchi d'Antoine enrichi lors des proscriptions (voir Pline l'Ancien, XXXV, 200).

écrit César lui-même[313]. 3. Peu de gens s'étaient aperçus de la fuite d'Antoine et ceux qui l'apprirent refusèrent d'abord de croire qu'il était parti en abandonnant dix-neuf légions de fantassins qui n'avaient pas été vaincus et douze mille cavaliers, comme s'il n'avait pas souvent éprouvé les hauts et les bas de la Fortune, comme si les vicissitudes de tant de combats et de guerres ne lui avaient rien appris[314]. 4. Les soldats le regrettaient et s'attendaient, d'un instant à l'autre, à le voir surgir de quelque part; ils montrèrent tant de loyauté et de courage que, même quand sa fuite fut connue, ils tinrent bon pendant sept jours, méprisant les ambassades que César leur envoyait[315]. 5. Mais pour finir, lorsque leur général Canidius s'échappa de nuit et abandonna le camp, se voyant privés de tout et trahis par leurs chefs, ils se rallièrent au vainqueur[316]. 6. Ensuite, César fit voile vers Athènes où il se réconcilia avec les Grecs[317]; il distribua ce qui restait du blé amassé pour la guerre aux cités, lesquelles étaient dans un état lamentable, ayant été dépouillées de leur argent, de leurs esclaves et de leurs bêtes de somme. 7. Mon arrière-grand-père Nicarchos racontait qu'on obligeait chaque citoyen à porter sur ses épaules une quantité déterminée de blé jusqu'à la mer d'Anticyre et qu'on les fouettait pour les faire aller plus vite[318]; 8. ils avaient porté dans ces conditions une première charge; on avait déjà mesuré la seconde et ils s'apprêtaient à la soulever, lorsqu'on annonça la défaite d'Antoine, ce qui sauva la cité; aussitôt les intendants et les soldats d'Antoine s'enfuirent et les habitants se partagèrent le blé.

LXIX. 1. Antoine atteignit l'Afrique et envoya de Paraetonium[319] Cléopâtre en Égypte. Lui-même jouit alors d'une solitude profonde; il errait à l'aventure avec

---

313. Les chiffres fournis par Plutarque présentent des pertes modérées (seulement la moitié de la flotte d'Antoine était détruite). Dans Res Gestae, I, 3, Auguste compte 600 navires capturés pendant toute la guerre civile (contre Sextus Pompée puis Antoine).
314. L'armée de terre avait cependant été amoindrie par les défections des rois alliés (voir supra, LXIII, 5) et par les pertes probables des fantassins et archers embarqués sur les navires d'Actium (voir supra, LXIV, 1).
315. Plutarque, soucieux de grandir son héros dans l'adversité, adopte, ici encore, une version plus favorable à Antoine que Dion Cassius (LI, 1, 4) qui, plus proche des sources augustéennes, décrit un ralliement massif des soldats à Octavien.
316. Présentation des faits contradictoire avec LXXI, 1, où il est patent que Canidius n'a pas trahi, mais rejoint Antoine.
317. Il se fit notamment initier aux Mystères d'Éleusis (voir Dion Cassius, LI, 4, 1; Suétone, Auguste, XCIII, 1).
318. Plutarque utilise comme source des souvenirs familiaux directs, comme en XXVIII, 3. Anticyre, cité côtière du golfe de Corinthe, était à 30 km au sud de Chéronée, ville d'où était originaire la famille de Plutarque. L'anecdote explique la réserve que Plutarque émet en XXIII, 2 et nuance la générosité d'Antoine: Plutarque adopte en la circonstance une attitude typique des historiens grecs face à la présence romaine, mélange d'admiration et de défiance.
319. Port égyptien proche de la Cyrénaïque, à 300 km environ à l'ouest d'Alexandrie, pendant occidental de Péluse, à l'autre extrémité du delta du Nil.

deux amis, un Grec, le rhéteur Aristocratès, et un Romain, Lucilius, 2. dont nous avons écrit ailleurs comment, à Philippes, pour permettre à Brutus de s'échapper, il feignit d'être lui-même Brutus et se rendit à ceux qui le poursuivaient ; il fut sauvé par Antoine et, pour cette raison, lui resta fidèle et fermement attaché jusqu'à ses derniers instants[320]. 3. Lorsque le général auquel il avait confié son armée d'Afrique[321] fit défection à son tour, Antoine voulut se tuer. Ses amis l'en empêchèrent et le conduisirent à Alexandrie, où il trouva Cléopâtre s'attaquant avec audace à une entreprise étonnante et gigantesque. 4. L'isthme qui sépare la mer Rouge de la mer d'Égypte marque, semble-t-il, la frontière entre l'Asie et l'Afrique ; à l'endroit où il est le plus étranglé par ces deux mers et où sa largeur ne dépasse pas trois cents stades[322], elle avait décidé de tirer sa flotte à terre, de la transporter pardessus l'isthme, de faire ainsi descendre ses navires dans le golfe d'Arabie, avec de grandes richesses et une armée, et d'aller habiter au loin, pour échapper à l'esclavage et à la guerre[323]. 5. Mais les premiers navires qu'on remorqua furent incendiés par les Arabes des environs de Pétra et, comme Antoine croyait que son armée d'Actium tenait encore, elle renonça à ce projet et fit garder les accès de l'Égypte. 6. Antoine abandonna la cité et la compagnie de ses amis. Il fit jeter une digue dans la mer et se construisit une maison maritime au large de Pharos, 7. où il vécut, fuyant la société des hommes ; il déclarait aimer et vouloir imiter la vie de Timon[324], dont le sort était semblable au sien : lui aussi avait été maltraité et payé d'ingratitude par ses amis et, pour cette raison, il se défiait des hommes et leur en voulait à tous.

LXX. 1. Ce Timon était un Athénien qui atteignit l'âge adulte au moment de la guerre du Péloponnèse, comme on peut le déduire des pièces d'Aristophane et de Platon[325]. 2. Ils le décrivent dans leurs comédies comme un bourru et un misanthrope. Ce personnage, qui fuyait et repoussait tout commerce avec les autres hommes, saluait et embrassait chaleureusement Alcibiade, alors jeune et hardi.

---

320. *Sur Lucilius, voir* Brutus, *L. Dans le récit plutarquien,* Antoine, *après* Actium, *est dépeint de façon récurrente comme l'aristocrate qui se réfugie dans l'*otium, *fuyant le monde pour la spéculation philosophique. Voir infra, LXIX, 6-LXX.*

321. *Antoine avait confié à Lucius Pinarius Scarpus, petit-neveu de César qui avait combattu pour lui lors de la guerre de Pérouse, quatre légions pour protéger la Cyrénaïque d'une éventuelle attaque occidentale des troupes octaviennes (voir* Dion Cassius, LI, 5, 6).

322. *55 km. En fait l'isthme de Suez mesure plus de 160 km.*

323. *Ce projet rappelle celui de Sertorius, désireux de trouver dans les îles des Bienheureux un paradis terrestre éloigné des turpitudes du monde romain (voir* Sertorius, *VIII-IX). Selon Dion Cassius (LI, 6, 3), il était alternatif à une tentative de soulèvement de l'Espagne, comparable à l'ultime résistance des pompéiens après Pharsale. Les vaisseaux, selon le même Dion Cassius, n'auraient pas été transportés à travers l'isthme mais construits sur place dans le golfe de Suez (LI, 7, 1).*

324. *Misanthrope athénien dont le caractère acariâtre et le goût de la solitude étaient proverbiaux (voir, entre autres,* Cicéron, Tusculanes, *IV, 2, 25 ;* Laelius, *87 et* Lucien, Timon ou le Misanthrope).

325. *Auteur de théâtre comique, contemporain d'Aristophane.*

Comme Apémantos, étonné, lui en demandait la raison, il répondit : « J'aime ce petit jeune homme parce que je sais qu'il fera beaucoup de mal aux Athéniens[326]. » 3. Apémantos était le seul qu'il accueillît parfois, parce qu'il lui ressemblait et imitait son mode de vie. Un jour pourtant, pendant la fête des Conges[327], comme ils banquetaient seuls tous les deux et qu'Apémantos déclarait : « Le beau festin que nous faisons là, Timon ! », il s'écria : « Il le serait, oui, si tu n'étais pas là ! » 4. Une autre fois, dit-on, alors que les Athéniens tenaient une assemblée du peuple, il monta à la tribune ; le silence se fit et la curiosité fut grande devant une démarche aussi inhabituelle de sa part. 5. « Athéniens, dit-il, j'ai un petit terrain à bâtir, où a poussé un figuier auquel beaucoup de citoyens se sont déjà pendus. J'ai l'intention de construire à cet endroit et j'ai voulu vous en informer publiquement ; si d'aventure certains d'entre vous ont l'intention de se pendre, qu'ils le fassent avant que le figuier soit abattu ! » 6. Après sa mort, il fut enterré à Halaï, près de la mer ; le promontoire s'éboula et le flot entoura son tombeau, le rendant inaccessible et impossible à approcher. 7. Il portait l'inscription suivante :

> Depuis que j'ai brisé ma vie infortunée
> Je gis ici. Mon nom, vous ne le saurez pas.
> Périssez ô méchants d'une méchante mort.

8. On dit qu'il avait composé cette épitaphe lui-même, de son vivant. Il y en a une autre qui circule et qui est l'œuvre de Callimaque[328] :

> Timon le misanthrope habite ici. Va-t'en !
> Maudis-moi si tu veux, pourvu que tu t'en ailles !

LXXI. 1. Voilà, concernant Timon, quelques traits parmi bien d'autres. Pour en revenir à Antoine, Canidius vint lui annoncer lui-même que ses armées d'Actium étaient perdues ; il lui apprit que le Juif Hérode[329], qui avait des légions et des cohortes, était passé à César, que les autres dynastes faisaient pareillement défection et qu'il ne lui restait plus rien en dehors de l'Égypte[330]. 2. Cependant Antoine ne fut troublé par aucune de ces nouvelles ; il semblait au contraire joyeux d'avoir renoncé à ses espérances et, du même coup, à ses inquiétudes[331]. Il abandonna sa

---

326. Voir Alcibiade, XVI, 9.

327. Deuxième jour de la fête des Anthestéries, où se déroulait, outre la hiérogamie de Dionysos avec l'épouse de l'archonte-roi, un banquet qui comportait un concours de buveurs et donnait son nom à la fête (les conges étaient des cruches d'une contenance de 3 litres, qu'il fallait avaler d'un trait).

328. Dans l'Anthologie palatine, cette épigramme n'est pas attribuée au poète hellénistique du IIIᵉ siècle, mais à Hégésippos.

329. Sur Hérode, le grand allié d'Antoine, voir supra, LXI, 3 et note.

330. La défection des dynastes orientaux, qui avait commencé avant Actium (supra, LXIII, 5), permit à Octavien de conserver en Orient le même système de contrôle et les mêmes appuis qu'Antoine (voir Syme, 1967, p. 286-287).

331. Image de l'ataraxie épicurienne.

résidence sur mer qu'il appelait Timoneion 3. et il fut reçu de nouveau par Cléopâtre dans les palais royaux. Il remplit la cité de festins, de beuveries et de prodigalités, inscrivit parmi les éphèbes le fils de Cléopâtre et de César et fit prendre la toge sans pourpre des adultes à Antyllus, le fils qu'il avait eu de Fulvia[332]. En cet honneur, Alexandrie fut remplie pendant plusieurs jours de banquets, de beuveries et de fêtes. 4. Antoine et Cléopâtre rompirent leur ancienne association des Vies inimitables et en créèrent une autre qui, par son raffinement, son luxe et sa magnificence, ne le cédait en rien à la première; ils l'appelèrent la Compagnie de ceux qui vont mourir ensemble[333]. 5. Leurs amis s'y firent inscrire, s'engageant à mourir avec eux, et ils passaient leur temps à faire bonne chère et à s'inviter tour à tour à des banquets. 6. Cependant, Cléopâtre rassemblait des poisons mortels de toutes sortes et, pour apprécier leur capacité à causer le moins de souffrance, elle les essayait sur des prisonniers condamnés à mort. 7. Elle se rendit compte que les poisons qui tuaient vite faisaient payer la rapidité de la mort par de violentes souffrances et qu'en revanche les poisons plus doux étaient lents. Elle essaya donc les animaux venimeux et observa les effets de chacun d'eux sur un condamné différent. 8. Elle se livrait quotidiennement à ces expériences et elle découvrit que la morsure de l'aspic était presque la seule à entraîner, sans convulsion ni gémissement, une torpeur et un engourdissement comparables au sommeil, accompagnés d'une légère sueur sur le visage et d'un affaiblissement des sensations; les gens mouraient facilement et, tels des dormeurs profondément assoupis, ils protestaient si on essayait de les réveiller et de les rappeler à la vie.

LXXII. 1. Dans le même temps, ils envoyaient en Asie des ambassadeurs à César, Cléopâtre pour le prier de laisser à ses enfants le royaume d'Égypte, Antoine pour demander à finir ses jours en tant que simple particulier à Athènes, si on ne lui permettait pas de rester en Égypte[334]. 2. Comme ils avaient peu d'amis et se défiaient d'eux à cause des défections, ils envoyèrent en ambassade Euphronios, le précepteur de leurs enfants. 3. Alexas de Laodicée, dont Antoine avait fait la connaissance à Rome par l'entremise de Timagénès[335] et qui avait eu sur lui plus d'influence que tous les Grecs, était devenu l'instrument le plus efficace de Cléopâtre pour agir sur Antoine et détruire les réflexions favorables à Octavie qui pouvaient lui venir. Mais cet homme, envoyé au roi Hérode pour l'empêcher de changer de camp, était resté auprès de lui, et, après avoir trahi Antoine, il avait osé se présenter devant César, se fiant aux assurances d'Hérode. 4. Celui-ci ne lui servit de rien: Alexas fut aussi-

---

332. *La solennité et la convivialité de la cérémonie témoignent de la permanence chez Antoine d'un projet oriental structuré: l'éphébie pour Césarion et la toge virile pour Antonius Antyllus montraient la volonté de perpétuer, à travers les héritiers désignés, cette fusion des traditions occidentales et orientales, caractéristique du «dernier prince de l'Orient grec».*
333. *Sur le sens de ces associations voir supra, XXVIII, 2 et note.*
334. *Trois ambassades au moins furent envoyées à Octavien, destinées autant à assurer l'avenir qu'à gagner du temps (voir Dion Cassius, LI, 6, 4; 8, 1-2 et 8, 4).*
335. *Sur Timagénès d'Alexandrie, voir Pompée, XLIX, 13.*

tôt arrêté, enchaîné et renvoyé dans sa patrie, où il fut exécuté sur l'ordre de César. Alexas expia ainsi, du vivant d'Antoine, sa déloyauté à son égard.

LXXIII. 1. César ne voulut pas entendre les messages qui lui furent adressés au nom d'Antoine et il répondit à Cléopâtre qu'elle serait traitée avec toute la bienveillance possible si elle tuait Antoine ou si elle le chassait. 2. Il lui envoya même un de ses affranchis, Thyrsus, qui ne manquait pas d'intelligence et qui avait assez d'éloquence pour parler de la part d'un jeune chef à une femme orgueilleuse et extraordinairement fière de sa beauté[336]. 3. Elle accorda à cet homme des entretiens plus longs qu'aux autres et des honneurs exceptionnels, ce qui provoqua les soupçons d'Antoine[337] ; il le fit arrêter et fouetter, puis le renvoya à César, auquel il écrivit que Thyrsus l'avait irrité en se montrant insolent et méprisant, à un moment où ses malheurs le rendaient irritable. 4. « Si mon attitude te déplaît, ajouta-t-il, tu as mon affranchi Hipparchos[338]. Prends-le donc et fouette-le ! Ainsi, nous serons quittes. » 5. Après cet incident, Cléopâtre, pour se défendre des accusations et des soupçons d'Antoine, eut pour lui des attentions extraordinaires ; alors qu'elle avait célébré son propre anniversaire avec simplicité, comme il convenait à son infortune, elle fêta celui d'Antoine avec un éclat et un faste inouïs : plusieurs invités qui étaient venus pauvres à ce festin en repartirent riches. 6. Quant à César, Agrippa le rappelait à Rome d'où il lui écrivait fréquemment que la situation là-bas exigeait sa présence[339].

LXXIV. 1. La guerre fut donc remise pour le moment mais dès que l'hiver fut passé, César attaqua par la Syrie et ses généraux par l'Afrique[340]. Péluse fut prise, et le bruit courut que Séleucos l'avait livrée avec l'accord de Cléopâtre[341], 2. mais celle-ci chargea Antoine de tuer la femme et les enfants de Séleucos. Elle disposait de caveaux et de tombeaux d'une beauté et d'une hauteur extraordinaires, qu'elle avait fait édifier près du temple d'Isis[342] ; elle y fit porter ce qu'il y avait de plus précieux dans les

---

336. Selon Dion Cassius (LI, 8, 6 et 9, 5), l'affranchi réussit à convaincre Cléopâtre qu'Octavien était amoureux d'elle et à l'amener à négocier.
337. Dion Cassius (LI, 10, 4-6) parle de trahison effective de Cléopâtre, version que Plutarque ne suit pas.
338. Sur la personnalité et la trahison de cet affranchi, voir supra, LXVII, 9.
339. Le soulèvement à Brindisi des vétérans, qui n'obtenaient pas assez rapidement ce qui leur avait été promis, rendait difficile le contrôle de l'Italie, centre du pouvoir (voir Suétone, Auguste, XVII, 5-6 ; Dion Cassius, LI, 4, 2-3). Selon Suétone, Octavien ne demeura que vingt-sept jours à Brindisi.
340. Les légions d'Afrique et de Cyrénaïque avaient été confiées à Cornélius Gallus, futur premier préfet d'Égypte (sur le personnage, poète élégiaque, compagnon d'Octavien, préfet d'Égypte puis conspirateur, voir supra, IX, 7 et note ; Boucher, 1966 ; Demougin, 1992, n°40, p. 54-55).
341. Sur la route de Syrie à l'Égypte et la position de Péluse, voir supra, III, 6. La trahison de Séleucos à Péluse aurait été, selon Dion Cassius (LI, 9, 5), la conséquence des entrevues de Thyrsus et de Cléopâtre, version que ne suit pas Plutarque.
342. Si la localisation de ce temple d'Isis est inconnue (voir Fraser, 1972, II, note 81, p. 33-34), la symbolique du voisinage n'en est pas moins évidente : la demeure finale de la reine était contiguë à celle de la déesse à laquelle la propagande officielle comme la foi populaire l'identifiaient (voir supra, LIV, 9).

trésors royaux – or, argent, émeraudes, perles, ébène, ivoire, cinnamome – ajoutant à l'ensemble beaucoup de torches et d'étoupe. 3. César était inquiet pour ces richesses que Cléopâtre risquait de détruire et d'incendier si elle était réduite au désespoir; aussi lui envoyait-il sans cesse des promesses pleines d'humanité, tout en marchant sur la cité avec son armée. 4. Il prit position près de l'Hippodrome[343]. Antoine fit une sortie, combattit brillamment, mit en déroute les cavaliers de César et les poursuivit jusqu'au camp. 5. Énorgueilli par sa victoire, il regagna le palais royal et embrassa Cléopâtre sans quitter ses armes, puis il lui présenta le soldat qui avait combattu le plus vaillamment. 6. Elle lui donna pour prix de valeur une cuirasse et un casque en or. L'homme les prit et déserta pendant la nuit pour rejoindre César.

LXXV. 1. Antoine envoya un message à César le provoquant de nouveau à un combat singulier[344], mais César répondit qu'Antoine ne manquait pas de chemins pour mourir. Antoine se dit alors que le plus honorable pour lui était de mourir en combattant et il décida de lancer une attaque simultanée sur terre et sur mer. 2. Au cours du repas, il ordonna, dit-on, aux serviteurs, de verser du vin en abondance et d'offrir une nourriture plus riche. «Nul ne sait, leur déclara-t-il, si demain, vous pourrez encore le faire et si vous ne servirez pas d'autres maîtres tandis que moi, je serai à terre, squelette réduit au néant[345].» 3. Mais voyant ses amis pleurer à ces mots, il ajouta: «Je ne vous mènerais pas au combat si c'était une mort glorieuse que je cherchais, plutôt que le salut et la victoire.»
4. Cette nuit-là, dit-on, vers minuit, alors que la cité, pleine de crainte dans l'attente des événements, était plongée dans le silence et l'accablement, on entendit soudain les sons harmonieux de toutes sortes d'instruments et les cris d'une foule, accompagnés d'«Évoés» et de danses de satyres. On aurait dit un thiase qui s'éloignait bruyamment en courant. 5. Le cortège traversa la cité jusqu'à la porte extérieure qui regardait les ennemis; là le vacarme, après avoir été plus fort que jamais, s'éteignit. 6. Ceux qui interprétèrent ce signe jugèrent que le dieu qu'Antoine avait imité avec tant d'ardeur et auquel il avait conformé sa vie l'abandonnait[346].

---

343. *Situé à l'extérieur de la ville, vers l'est, au-delà de la Porte de Canope (voir Fraser, 1972, II, note 213, p. 95-96).*
344. *Une provocation identique avait été lancée avant Actium: voir supra, LXII, 4.*
345. *La scène évoque la* cena libera *des gladiateurs, repas public abondant et joyeux, qui précédait le jour du combat.*
346. *L'abandon par les dieux d'une ville sur le point de tomber était un thème traditionnel de l'historiographie romaine, l'exemple le plus fameux étant celui de* Juno Regina *quittant Véies pour les armées de Camille en 396 avant J.-C. Le thème fut repris à propos d'Actium, où Apollon, dans la propagande poétique augustéenne, délaissa le camp de l'Orient pour percer de ses flèches les vaisseaux d'Antoine et Cléopâtre (voir Virgile, Énéide, VIII, v. 704-706; Properce, Élégies, IV, 6, v. 29-30). Ici, les cris («Évoés») et l'évocation d'un cortège dionysiaque (thiase) poursuivent l'assimilation d'Antoine à un dieu venu d'Orient. Sur l'assimilation d'Antoine à Dionysos, voir supra, IX, 8; XXIV, 4; LIV, 9; XXXIII, 7 et note.*

LXXVI. 1. Au point du jour, Antoine disposa lui-même son armée de terre sur les collines en avant de la cité et il regarda ses navires qui avaient levé l'ancre et se portaient contre ceux des ennemis; il attendit sans bouger de les voir passer à l'action. 2. Dès qu'ils furent près des vaisseaux de César, ils les saluèrent de leurs rames et, les autres leur ayant rendu leur salut, ils se rallièrent à eux; tous les bâtiments se réunirent et ne formèrent plus qu'une flotte qui cingla vers la cité, la proue tournée contre elle[347]. 3. Aussitôt après avoir assisté à cette scène, Antoine fut abandonné par ses cavaliers qui passèrent à l'ennemi et il fut vaincu avec son infanterie. Il se replia dans la cité, criant que Cléopâtre l'avait livré à ceux à qui il avait fait la guerre à cause d'elle. 4. Craignant sa colère et son désespoir, Cléopâtre se réfugia dans le tombeau, dont elle fit baisser les herses, qui étaient renforcées par des leviers et de grosses pièces de bois; puis elle envoya annoncer à Antoine qu'elle était morte[348]. 5. Il crut ce message et se dit: «Qu'attends-tu encore, Antoine? La Fortune t'a enlevé la seule raison qui te restait pour aimer la vie.» Il entra dans sa chambre 6. et, détachant et ouvrant sa cuirasse, il s'écria: «Cléopâtre, ce qui m'attriste, ce n'est pas d'être privé de toi, car je vais te rejoindre à l'instant, c'est de m'être montré, moi, un si grand général, inférieur en courage à une femme.» 7. Il avait un serviteur fidèle, nommé Éros, qu'il avait supplié depuis longtemps de le tuer s'il le lui demandait. Il lui ordonna de tenir sa promesse. 8. Éros tira son épée et la brandit comme pour frapper son maître mais, quand celui-ci détourna la tête, il se tua. 9. Il tomba aux pieds d'Antoine qui s'écria: «C'est bien, Éros; tu n'as pas été capable d'agir toi-même, mais tu m'enseignes ce que je dois faire.» Il se frappa au ventre et se laissa tomber sur le lit. 10. Sa blessure ne causa pas aussitôt sa mort; dès qu'il fut couché, le sang s'arrêta de couler. Quand il eut repris conscience, il supplia les assistants de lui trancher la gorge, 11. mais ils s'enfuirent de la chambre, le laissant crier et se débattre jusqu'à l'arrivée du secrétaire Diomède, que Cléopâtre avait chargé de transporter Antoine auprès d'elle dans le tombeau.

LXXVII. 1. Apprenant que la reine était vivante, Antoine pria instamment ses serviteurs de le soulever et de le porter dans leurs bras jusqu'à l'entrée du tombeau. 2. Cléopâtre n'ouvrit pas les portes; elle se montra à une fenêtre d'où elle jeta des cordes et des chaînes. On y attacha Antoine et elle le hissa, avec l'aide de deux femmes, les seules personnes qu'elle avait admises avec elle dans le tombeau[349]. 3. On ne vit jamais, d'après les témoins[350], spectacle plus pitoyable que celui-là. Antoine fut hissé, inondé de sang et agonisant: il tendait les bras vers Cléopâtre tandis qu'il était suspendu en l'air. 4. Ce n'était pas une tâche facile pour des femmes; Cléopâtre s'agrip-

---

347. Selon Dion Cassius (LI, 10. 4), Cléopâtre aurait elle-même commandité la trahison de la flotte.
348. Dans la version hostile de Dion Cassius, ce subterfuge de la reine aurait été destiné à pousser Antoine au suicide (LI, 10, 5-6).
349. Il s'agissait de ses deux suivantes, Iras et Charmion (voir supra, LX, 1 et infra, LXXXV, 7).
350. Plutarque eut-il accès à une source directe, comme le médecin Olympos (hypothèse de Santi Amantini, Careda, Manfredini, 1995, p. 456)? Dans la mise en scène pathétique et tragique «d'un habile dramaturge, le grand Plutarque» (Chamoux, 1986, p. 364-365), il est clair que l'artifice rhétorique l'emportait sur l'authenticité du détail.

pait des deux mains à la corde, le visage crispé, pour le faire remonter à grand-peine, tandis que ceux qui étaient en bas l'encourageaient et partageaient son angoisse. 5. Elle parvint ainsi à l'introduire dans le tombeau. Alors elle le coucha, déchira ses vêtements sur lui, puis, se frappant la poitrine et la meurtrissant de ses mains, elle essuya avec son visage le sang du blessé qu'elle appelait son maître, son époux, son *imperator*; dans sa pitié pour les malheurs d'Antoine, elle en oubliait presque les siens. 6. Antoine fit taire ses lamentations et demanda à boire du vin, soit qu'il eût soif, soit parce qu'il espérait en finir ainsi plus rapidement. 7. Après avoir bu, il conjura Cléopâtre de veiller à son salut, si cela lui était possible sans déshonneur et, parmi les amis de César, à se fier surtout à Proculeius[351]. Quant à lui, elle ne devait pas le pleurer, dans cette ultime vicissitude, mais l'estimer heureux pour les biens qu'il avait obtenus, puisqu'il avait été le plus illustre et le plus puissant des hommes et que la défaite qu'il subissait à présent, lui Romain, d'un autre Romain, ne manquait pas de noblesse[352].

LXXVIII. 1. Il était presque mort quand survint Proculeius, envoyé par César. Dès qu'Antoine avait été porté auprès de Cléopâtre après s'être frappé, Dercétaeus, un de ses gardes du corps, s'était emparé de l'épée et, la dissimulant, il était sorti en secret; il avait couru rejoindre César auquel il fut le premier à annoncer la mort d'Antoine en lui montrant l'arme couverte de sang[353]. 2. À cette nouvelle, César se retira au fond de sa tente et pleura un homme qui avait été son parent par alliance, son collègue et son associé dans beaucoup de combats et d'entreprises[354]. 3. Ensuite, il prit les lettres qu'Antoine lui avait envoyées; appelant ses amis, il leur en donna lecture pour leur montrer qu'alors qu'il écrivait, lui, des lettres conciliantes et justes, Antoine s'était toujours montré grossier et arrogant dans ses réponses. 4. Ensuite il envoya Proculeius avec ordre de faire tout son possible pour prendre Cléopâtre vivante: il craignait pour ses trésors et se disait que, si elle était traînée dans son triomphe, elle en rehausserait beaucoup l'éclat[355]. 5. Cléopâtre ne voulut pas se remettre entre les mains de Proculeius, mais ils s'entretinrent ensemble:

---

351. Caius Proculeius faisait partie du cercle de chevaliers qui entourèrent Octavien puis Auguste. Apparenté à Mécène et peut-être à Sejus Strabo, il fut pressenti pour devenir le gendre du princeps *en 23, avant de se voir préférer Agrippa (voir Demougin, 1992, n°177, p. 161-162).*

352. La grandeur stoïcienne d'Antoine dans l'acceptation du destin s'oppose à la douleur ostentatoire de Cléopâtre, prolongeant jusque dans les derniers instants des personnages le contraste voulu par Plutarque entre la dignité pleine de retenue du Romain et la passion orientale de l'Égyptienne.

353. Scène classique destinée à opposer à la grandeur tragique du mourant la bassesse de la vie qui continue (voir Pompée, *LXXXX, 7-9;* César, *LXVII, 3-6;* Galba, *XXVI, 2 et XXVII, 4-5).*

354. Cette attitude était celle du privatus, *beau-frère, collègue dans le triumvirat et allié d'Antoine contre les tyrannicides. Elle contraste avec celle de l'homme public, pour qui il était nécessaire de ruiner la mémoire d'Antoine, tâche à laquelle il s'attela avec énergie et ténacité dès la mort de celui-ci (au § 3).*

355. Plutarque résume les deux priorités d'Octavien: tenir ses promesses auprès des soldats et des vétérans, ce pour quoi il avait un impérieux besoin des trésors de Cléopâtre, et célébrer un triomphe sur l'Orient, qui lui donnait, à Rome, l'image du conquérant de l'univers, raison pour laquelle Cléopâtre devait être prise vivante (voir cependant Syme, 1967, p. 284: «Pour Octave, la reine, vivante, était un embarras»).

Proculeius resta à l'extérieur et s'approcha de la porte du tombeau, qui était au niveau du sol et qui, bien que solidement fermée, laissait passer les voix. 6. Au cours de cet entretien, elle demanda la royauté pour ses enfants, et Proculeius l'invita à prendre courage et à se fier en tout à César[356].

LXXIX 1. Après avoir examiné les lieux, Proculeius fit un rapport à César, et Gallus[357] fut envoyé pour avoir un nouvel entretien avec Cléopâtre. Une fois devant la porte, il prolongea exprès la conversation, 2. pendant que Proculeius approchait une échelle de la paroi et se glissait à l'intérieur par la fenêtre par laquelle les femmes avaient fait entrer Antoine. Il avait deux serviteurs avec lui et il descendit aussitôt à la porte où se tenait Cléopâtre, qui écoutait attentivement les propos de Gallus. 3. Une des deux femmes enfermées avec Cléopâtre lui cria: «Pauvre Cléopâtre, tu es prise vivante!» La reine se retourna, aperçut Proculeius et tenta de se frapper avec un poignard de pirate qu'elle portait à sa ceinture. 4. Proculeius s'élança aussitôt vers elle et, l'entourant de ses bras, il lui dit: «Tu es coupable, Cléopâtre envers toi-même et envers César: tu veux l'empêcher de donner un grand témoignage de sa bonté et faire passer le plus doux des chefs pour un être déloyal et intraitable[358].» 5. En même temps, il lui enleva son épée et secoua son vêtement, pour s'assurer qu'elle n'y cachait pas quelque poison. 6. César envoya également Épaphrodite, un de ses affranchis, avec ordre de la garder vivante en la surveillant étroitement mais de lui accorder par ailleurs toutes les facilités et tous les agréments possibles.

LXXX. 1. César entra dans la cité en s'entretenant avec le philosophe Areios[359], auquel il donnait la main, afin de lui attirer aussitôt, par cette marque éclatante d'estime, la considération et l'admiration des citoyens. 2. Il se rendit au gymnase[360], où il monta sur une estrade qui avait été dressée là. Comme les habitants, frappés de terreur, se jetaient à ses pieds, il les pria de se relever et déclara qu'il tenait le peuple quitte de toute faute, d'abord en l'honneur d'Alexandre[361], leur fondateur, en second lieu parce qu'il admirait la beauté et la grandeur de la cité, troisièmement pour faire plaisir à son ami Areios. 3. Tel est l'honneur qu'Areios reçut de César; il obtint aussi la grâce de plusieurs citoyens, notamment de Philostrate, le plus habile

---

356. Selon Dion Cassius (LI, 11, 1), Cléopâtre aurait tenté de négocier sa vie contre le trésor.
357. Sur Cornélius Gallus, voir supra, LXXIV, 1.
358. Fidèle ami d'Octavien, Proculeius est ici, dans la restitution plutarquienne du discours, le premier instrument de la future propagande augustéenne sur la «clémence d'Auguste».
359. Areios Didymos d'Alexandrie fut un des maîtres de philosophie d'Octavien, pratiquant un stoïcisme qui n'était pas sectaire, puisqu'il était ouvert aux idées platoniciennes et à certaines analyses de l'Académie (voir von Arnim, Real-Encyclopädie, II, 1, col. 626).
360. Le choix du lieu montre que, comme Antoine (voir supra, LIV, 6), Octavien avait le sens de la mise en scène politique.
361. La référence au modèle de tous les conquérants de l'Antiquité était inévitable, et Octavien rendit visite au tombeau du roi, dont il couronna la dépouille (voir Suétone, Auguste, XVIII, 1; Dion Cassius, LI, 16, 5).

des sophistes de son temps pour improviser un discours[362]. Cet homme prétendait mensongèrement appartenir à l'Académie, ce qui inspirait à César un grand dégoût pour son caractère. Aussi refusait-il d'accéder à ses prières. 4. Mais Philostrate, ayant laissé pousser sa barbe grisonnante et pris un vêtement de deuil, s'attachait aux pas d'Areios en lui répétant constamment le vers suivant :

> Les sages, s'ils sont sages, sauveront les sages.

5. César l'apprit et pardonna à Philostrate, moins pour apaiser ses craintes que pour libérer Areios de la malveillance.

LXXXI. 1. Quant aux enfants d'Antoine, Antyllus, qu'il avait eu de Fulvia, fut livré par son pédagogue Théodoros et mis à mort ; 2. les soldats lui coupèrent la tête[363]. Le pédagogue s'empara d'une pierre très précieuse que le jeune homme portait au cou et la cousit dans sa ceinture. Malgré ses dénégations, il fut convaincu de vol et mis en croix. 3. Les jeunes enfants de Cléopâtre furent placés sous bonne garde avec ceux qui les élevaient, mais ils purent mener une existence honorable[364]. 4. Quant à Césarion, que l'on disait fils de César, il avait été envoyé par sa mère avec de grandes richesses en Inde en passant par l'Éthiopie. Mais Rhodon, un autre pédagogue qui ne valait pas mieux que Théodoros, le persuada de revenir, prétendant que César l'appelait à régner. 5. Comme César se demandait ce qu'il devait en faire, Areios lui déclara, dit-on :

> Il n'est pas bon de voir des Césars en grand nombre[365].

LXXXII. 1. César fit mourir Césarion plus tard, après la mort de Cléopâtre. 2. Beaucoup de rois et de généraux voulaient ensevelir Antoine, mais César ne priva pas Cléopâtre de son corps ; elle l'enterra de ses propres mains, à grands frais, de manière royale, et on lui donna pour cela tout ce qu'elle voulut. 3. La violence de son chagrin et ses souffrances physiques (à force de se frapper la poitrine, elle l'avait enflammée et les plaies suppuraient) lui donnèrent la fièvre ; elle saisit ce prétexte pour refuser la nourriture et se délivrer de la vie sans en être empêchée. 4. Son médecin habituel, Olympos, auquel elle révéla son projet, la conseilla et l'aida à se détruire, comme il l'a raconté lui-même quand il a publié l'histoire de ces événements[366]. 5. Mais César,

---

362. *Von Fritz (Real-Encyclopädie, XX, 1, col. 123-124) propose d'identifier ce sophiste avec le Philostrate honoré à mauvais escient par Caton le Jeune en Sicile (voir* Caton le Jeune, *LVII, 4).*

363. *Il s'était réfugié au pied de la statue de César selon Suétone (*Auguste, *XVII, 5), dans le sanctuaire que Cléopâtre avait fait élever à Antoine selon Dion Cassius (LI, 15, 5).*

364. *Même appréciation dans Suétone,* Auguste, *XVII, 12. Voir* infra, *LXXXVII, 1-2.*

365. *Citation déformée d'un vers de l'*Iliade *(I, v. 104), où Ulysse rappelle aux Grecs que l'excès de chefs leur est nuisible.*

366. *Cette publication d'un témoin direct a probablement servi de source à Plutarque pour le récit des dernières heures d'Antoine et Cléopâtre. On ne saurait pour autant exclure une reconstruction romanesque de certains passages par Plutarque lui-même : la théâtrale mise en scène du chapitre LXXXIII pourrait en être un bon exemple.*

devinant ses intentions, la menaça et lui inspira des craintes pour ses enfants; c'étaient là des manœuvres d'intimidation, auxquelles elle céda, abandonnant son corps à ceux qui voulaient le soigner et le nourrir.

LXXXIII. 1. Après avoir laissé passer quelques jours, César vint la trouver lui-même, pour s'entretenir avec elle et la réconforter[367]. Elle se trouvait allongée misérablement sur une paillasse; à son entrée, elle se leva d'un bond, vêtue seulement d'une tunique. Sa tête et son visage étaient horriblement ravagés, sa voix tremblait et elle avait les yeux battus. 2. Sa poitrine portait les marques de tous les coups qu'elle s'était donnés; en un mot, son corps ne semblait pas en meilleur état que son âme. 3. Pourtant, sa grâce d'autrefois et la fierté de sa beauté n'étaient pas encore totalement éteintes; même dans son état, elles brillaient encore d'un éclat intérieur et transparaissaient dans les mouvements de son visage. 4. César la pria de se coucher et s'assit à son chevet. Elle entreprit de se justifier, rejetant la responsabilité de ses actes sur la fatalité et sur la crainte que lui inspirait Antoine, mais César réfuta ses arguments, l'un après l'autre, et la perça à jour. Alors, elle changea rapidement d'attitude: elle fit appel à sa pitié et l'implora, comme si elle était très attachée à la vie[368]. 5. Pour finir, elle lui remit un inventaire écrit de l'ensemble de ses biens et, comme Séleucos, un de ses intendants, l'accusait de cacher et de dérober certains objets, elle se leva d'un bond, saisit cet homme par les cheveux et lui porta plusieurs coups au visage. 6. César, souriant, chercha à l'apaiser, mais elle lui lança: «La situation n'est-elle pas scandaleuse? Alors que toi, César, tu as daigné venir me voir et me parler dans le malheur où je me trouve, mes esclaves, eux, m'accusent d'avoir mis de côté quelques bijoux de femme! Assurément, ce n'était pas pour m'en parer, malheureuse que je suis, mais je voulais offrir ces modestes présents à Octavie et à ta chère Livie, pour t'inspirer ainsi plus de bienveillance et de douceur à mon égard.» 7. César fut ravi d'entendre ces paroles, croyant qu'elles dénotaient un désir de vivre. Il déclara donc qu'il lui laissait ces bijoux et que par ailleurs il lui assurerait une existence beaucoup plus brillante qu'elle ne l'espérait. Puis il s'en alla, croyant l'avoir abusée, alors que c'était plutôt lui qui était abusé.

LXXXIV. 1. Parmi les amis de César se trouvait un jeune homme en vue, Cornélius Dolabella[369], 2. qui était bien disposé à l'égard de Cléopâtre; pour lui plaire et à sa

---

367. Dans la version de Dion Cassius (LI, 12-13), beaucoup plus hostile à Cléopâtre, c'est la reine qui aurait sollicité l'entrevue pour tenter de séduire Octavien.

368. Subtile construction plutarquienne: l'appel à la raison puis l'appel au pathétique, qui paraissent faiblesses de Cléopâtre, sont autant de ruses pour endormir la méfiance d'Octavien et rendre crédibles les allégations sur les cadeaux à Livie et Octavie (au § 6). L'insistance aux § 4 et 6 sur l'attachement à la vie indique au lecteur qu'Octavien est le trompeur trompé. Les subterfuges de Cléopâtre prennent ici une connotation héroïque, comme le souligne la description de son attitude (§ 3), et ne sont plus dépeints sous les classiques couleurs de la perfidie orientale.

369. Groag (Real-Encyclopädie, IV, 1, Cornelius 130) identifie ce jeune homme comme le fils du gendre de Cicéron (voir supra, IX, 1).

demande, il la fit alors avertir en secret que César s'apprêtait à quitter le pays par voie de terre en traversant la Syrie et qu'il avait décidé de la faire partir pour Rome avec ses enfants trois jours plus tard. 3. En apprenant cette nouvelle, Cléopâtre demanda d'abord à César la permission d'apporter des libations à Antoine; il y consentit et elle se fit transporter devant le tombeau. Là, se jetant sur la sépulture avec ses suivantes, elle s'écria: 4. «Cher Antoine, quand je t'ai enseveli, voici peu, mes mains étaient encore libres, mais aujourd'hui, en t'offrant ces libations, je suis prisonnière, entourée de gardes destinés à m'empêcher d'abîmer par mes coups et mes lamentations ce corps esclave, qu'on réserve pour célébrer un triomphe sur toi[370]. 5. N'attends plus d'autres honneurs ni d'autres libations; ce sont les dernières que t'offre Cléopâtre qu'on emmène. 6. Vivants, rien ne nous a séparés l'un de l'autre mais, dans la mort, nous risquons d'échanger nos patries: toi, le Romain, tu es couché ici et moi, infortunée, je le serai en Italie – une tombe, voilà tout ce que j'aurai de ton pays. 7. Mais, si les dieux de là-bas ont quelque force et quelque puissance, car ceux d'ici nous ont trahis, ne laisse pas partir vivante ta femme, ne permets pas qu'on triomphe de toi en ma personne; enterre-moi ici avec toi, ensevelis-moi à tes côtés, car, de tous les maux innombrables qui m'accablent, aucun n'est aussi grand ni aussi cruel que ce peu de temps que j'ai vécu sans toi.»

LXXXV. 1. Après avoir exhalé ces lamentations, elle couronna le tombeau et l'embrassa, puis se fit préparer un bain. Elle se baigna, s'allongea et prit un déjeuner magnifique. 2. Alors un homme arriva de la campagne avec un panier. Les gardes lui demandèrent ce qu'il contenait: il l'ouvrit, écarta les feuilles et leur fit voir que la corbeille était pleine de figues. 3. Comme ils en admiraient la beauté et la taille, il sourit et les pria d'en prendre; mis en confiance, ils le laissèrent porter ce panier à l'intérieur. 4. Après le déjeuner, Cléopâtre, qui avait sur elle une tablette écrite et scellée, l'envoya à César, puis elle fit sortir tout le monde, sauf les deux femmes dont j'ai parlé[371], et ferma la porte. 5. Dès que César eut ouvert la tablette et qu'il vit que Cléopâtre demandait, avec des supplications et des lamentations, à être enterrée avec Antoine, il comprit ce qu'elle avait fait. Son premier mouvement fut de se porter lui-même à son secours, puis il envoya en hâte des gens aux nouvelles. Tout s'était passé très vite. 6. Les envoyés arrivèrent en courant, surprirent les gardes qui ne s'étaient aperçus de rien, ouvrirent les portes et trouvèrent Cléopâtre morte, allongée sur un lit d'or, avec des habits royaux. 7. Quant aux deux femmes, l'une, nommée Iras, était en train de mourir à ses pieds, l'autre, Charmion, déjà vacillante et chancelante, arrangeait le diadème autour de la tête de la reine. 8. Quelqu'un lui lança avec colère: «Voilà qui est beau, Charmion! – Très beau,

---

370. *Héroïque dans son choix de la mort et sa résolution à le mettre en œuvre, Cléopâtre apparaît, dans cette prière, tragique (objet et symbole du triomphe sur Antoine) et grandiose dans sa fidélité amoureuse. Le portrait de Plutarque contraste avec celui de Dion Cassius, reflet fidèle de la propagande augustéenne relative au «fatale monstrum» (Horace, Odes, I, 37, 21) et à l'«Aegyptia conjux» (Virgile, Énéide, VIII, v. 688); voir supra, LX, 1.*
371. *Voir supra, LX, 1 et LXXVII, 2.*

répondit-elle, et digne de la descendance de tant de rois.» Elle n'en dit pas plus et tomba là, au bord du lit.

LXXXVI. 1. L'aspic, dit-on, avait été apporté avec les figues et caché sous les feuilles ; tel était l'ordre de Cléopâtre qui voulait que l'animal l'attaquât sans même qu'elle le sût. 2. Mais en enlevant les figues, elle le vit et s'écria : « Il était donc là », puis elle dénuda son bras et l'exposa à la morsure. 3. Selon d'autres, elle gardait l'aspic dans un vase ; elle l'agaça et l'excita avec un fuseau d'or, si bien qu'il sauta sur elle et se planta dans son bras. 4. La vérité, personne ne la connaît[372], car on dit aussi que Cléopâtre gardait du poison dans une épingle creuse, dissimulée dans ses cheveux. Du reste, on ne vit paraître sur son corps aucune tache ni aucune autre marque de poison. 5. On ne vit pas non plus de serpent dans la pièce, mais on affirma avoir aperçu des traces de son passage au bord de la mer ; or la chambre et les fenêtres de Cléopâtre donnaient de ce côté. Certains disent également qu'on observa sur le bras de Cléopâtre deux piqûres légères, à peine visibles ; ce fut à cette dernière version, semble-t-il, que se rangea César, 6. car, dans son triomphe, il fit porter une statue de Cléopâtre, avec l'aspic planté dans son bras[373]. Voilà donc les différents récits qu'on fait de cette mort.

7. César, bien que vivement contrarié par la mort de cette femme, admira sa noblesse et fit enterrer son corps avec Antoine ; les obsèques furent brillantes et royales. Les suivantes eurent aussi, sur son ordre, des funérailles honorables. 8. Cléopâtre avait trente-neuf ans ; elle avait régné vingt-deux ans, dont plus de quatorze avec Antoine[374]. Ce dernier avait, selon les uns, cinquante-six ans, selon d'autres, cinquante-trois ans[375]. 9. Ses statues furent abattues, mais celles de Cléopâtre restèrent sur place car un des amis de la reine, Acribios, donna deux mille talents à César pour leur éviter de subir le sort des statues d'Antoine[376].

---

372. *Même remarque chez Dion Cassius (LI, 14, 1-2). Les versions antiques furent effectivement multiples, sur le nombre des serpents (un ou deux), sur la façon dont ils furent introduits (cachés dans un panier de fruits, un bouquet de fleurs, un vase), sur des poisons différents. Les versions modernes ne le sont pas moins, qui parlent de mort rituelle ou de suicide. Pour une analyse des différentes sources et hypothèses, voir Becher (1966), p. 151-173.*
373. *Mise en scène caractéristique du côté carnavalesque que présentaient certains aspects du triomphe (voir Nicolet, 1976, p. 468-469).*
374. *Le chiffre donné par Plutarque ferait remonter le «règne conjoint» d'Antoine et Cléopâtre à 44, alors que leur première rencontre ne date que de 41. Les commentateurs de l'édition Mondadori suggèrent, sans doute avec raison, une correction du manuscrit ID en IA, ce qui donnerait une durée de onze ans, plus conforme aux réalités de la chronologie, à l'alliance d'Antoine et Cléopâtre, Antoine n'ayant jamais reçu de façon formelle le titre de roi d'Égypte (Santi Amantini, Careda, Manfredini, 1995, p. 461).*
375. *La seconde version est la plus probable (voir Chamoux, 1986, p. 13-14).*
376. *Cléopâtre échappait ainsi à la damnatio memoriae d'Antoine, dont le jour de naissance (le 14 janvier) fut déclaré néfaste. La raison en était les besoins financiers d'Octavien, qui devait tenir les promesses faites aux soldats, et la crainte de soulèvements à Alexandrie, où il allait installer le premier préfet d'Égypte, Cornélius Gallus.*

LXXXVII. 1. Antoine laissait sept enfants, qu'il avait eus de trois femmes différentes[377]. Seul l'aîné, Antyllus, fut tué par César ; tous les autres furent recueillis par Octavie qui les éleva avec les siens. 2. Elle maria Cléopâtre, fille de Cléopâtre, à Juba, le plus aimable des rois[378], et rendit si puissant Antoine, fils de Fulvia, qu'il passa, à juste titre, pour avoir la troisième place auprès de César, après Agrippa qui avait la première et les enfants de Livie qui avaient la seconde[379]. 3. Octavie avait eu de Marcellus deux filles et un fils, Marcellus, dont César fit à la fois son fils adoptif et son gendre ; elle donna une de ses deux filles en mariage à Agrippa[380]. 4. Mais Marcellus mourut alors qu'il venait à peine de se marier et, César ne parvenant pas à choisir un gendre digne de confiance parmi ses autres amis, Octavie déclara qu'Agrippa devait répudier sa fille à elle pour épouser celle de César. 5. César, puis Agrippa, se laissèrent convaincre ; Octavie reprit sa fille et la maria au jeune Antoine, tandis qu'Agrippa épousait la fille de César[381]. 6. Il restait encore deux filles d'Antoine et d'Octavie : Domitius Ahénobarbus[382] épousa l'une ; l'autre, Antonia, qui était célèbre pour sa vertu et sa beauté, devint l'épouse de Drusus, fils de Livie et beau-fils de César[383]. 7. Ils eurent deux enfants, Germanicus et Claude ; Claude régna par la suite[384] ;

---

377. De Fulvia étaient nés Marcus Antonius Antyllus et Antonius Jullus, d'Octavie Antonia Major et Antonia Minor, de Cléopâtre les jumeaux Alexandre Hélios et Cléopâtre Sélénè, et Ptolémée Philadelphe.
378. Fidèle exécutant de la politique romaine, homme de culture hellénistique et historien, Juba II de Maurétanie régna de 25 avant J.-C. à 24 après J.-C. (voir César, LV, 3 et note). Le mariage avec Cléopâtre Sélénè eut lieu en 20 avant J.-C.
379. Antonius Jullus fut préteur en 13, consul en 10 puis proconsul d'Asie. Marié à Marcella Major, fille d'Octavie et de Marcellus, en 21, il fut condamné à mort en 2 pour adultère avec Julia, fille d'Auguste, alors épouse de Tibère (voir Groebe, Real-Encyclopädie, I, 2, Antonius, 22). Sur Agrippa, marié en 21 à Julia, fille d'Auguste, et associé à la tribunicia potestas à partir de 18, voir Roddaz (1984). Les enfants que Livie avaient eus de son premier mariage avec Tiberius Claudius Nero étaient le futur empereur Tibère, époux de Julia après la mort d'Agrippa en 12, et Drusus, marié en 16 à Antonia Minor.
380. Marcus Claudius Marcellus, fils d'Octavie et de Caius Claudius Marcellus, né en 42, fut le premier mari de sa cousine Julia, en 24. Héritier présomptif du pouvoir, il mourut en 23 (voir Gaheis, Real-Encyclopädie, III, 2, Claudius 230). Marcus Vipsanius Agrippa épousa Marcella Major en 28.
381. Du mariage d'Agrippa et Julia, en 21, après la mort de Marcellus, naquirent Caius César (20 avant J.-C.-4 après J.-C.), Lucius César (17 avant J.-C.-2 après J.-C.), Julia, mariée à Aemilius Paulus, Agrippina Major, mariée à Germanicus, et Agrippa Postumus (11 avant J.-C.-15 après J.-C.).
382. Lucius Domitius Ahenobarbus, fils de Cnaeus (voir supra, LVI, 3 et LXIII, 3) fut marié à Antonia Major, à laquelle il avait été fiancé dès l'âge de 2 ans. Il fut consul en 16 et proconsul d'Afrique en 12 (voir Groag, Real-Encyclopädie, V, 1, Domitius 28).
383. Nero Claudius Drusus, fils cadet de Livie et de Tiberius Claudius Nero, né après le mariage de sa mère avec Octavien (ce qui suscita quelques quolibets au futur princeps : voir Suétone, Claude, I, 1), épousa Antonia Minor en 16.
384. Germanicus, qu'Auguste fit adopter par Tibère comme héritier du pouvoir en 14 après J.-C., mourut en 19, vraisemblablement empoisonné. Claude, son frère, régna de 41 à 54, après son neveu Caligula, le fils de Germanicus. Une fille, Livia Julia, était également née du mariage de Drusus et d'Antonia Minor.

8. quant aux enfants de Germanicus, l'un, Caius[385], après un règne tapageur, qui ne dura pas longtemps, fut assassiné avec son enfant et sa femme; l'autre, Agrippine, qui avait d'Ahénobarbus un fils, Lucius Domitius, épousa Claude César lequel adopta son fils et lui donna le nom de Claude Néron Germanicus[386]. 9. Celui-ci a régné de notre temps : il a tué sa mère et a bien failli, par son aveuglement et sa folie, causer la perte de l'Empire romain; il était, si l'on compte les générations, le cinquième descendant d'Antoine[387].

---

385. *Caligula, fils de Germanicus et d'Agrippina Major, la fille d'Agrippa et de Julia, régna de 37 à 41. Plusieurs autres enfants étaient nés du mariage de Germanicus et Agrippina Major : deux garçons (Nero Caesar et Drusus Caesar, morts durant le règne de Tibère) et deux filles, Drusilla et Agrippina Minor.*

386. *En 28, Agrippina Minor, fille de Germanicus et d'Agrippina Major, avait épousé en premières noces Cnaeus Domitius Ahenobarbus, fils de Lucius Domitius Ahenobarbus et d'Antonia Major. Après l'exécution de Messaline en 48, elle épousa l'empereur Claude, son oncle, auquel elle fit adopter son fils du premier lit qui, de Lucius Domitius Ahenobarbus, devint Tiberius Claudius Nero, le futur empereur Néron.*

387. *Néron descendait d'Antoine et par son père, fils d'Antonia Major, et par sa mère, fille de Germanicus et petite-fille d'Antonia Minor. Plutarque clôt de façon sinistre la* Vie *d'Antoine, suggérant que cinq générations plus tard coulait encore dans le sang des Julio-Antoniens la malédiction d'une destruction de Rome par un souverain philhellène et orientalisant.*

COMPARAISON
DE DÉMÉTRIOS ET D'ANTOINE

LXXXVIII. [I]. 1. Puisque la vie de ces deux personnages fut marquée par de grands retournements de situation, examinons d'abord ce qui fit leur puissance et leur éclat. L'un les devait à son père qui les avait conquis avant lui : Antigone était le plus puissant des héritiers d'Alexandre et, avant que Démétrios n'atteignît l'âge adulte, il avait envahi et soumis la plus grande partie de l'Asie. 2. Antoine au contraire avait un père par ailleurs charmant mais dépourvu de talent militaire[1], qui ne lui laissa aucun moyen de parvenir à la gloire. Il osa pourtant aspirer à la puissance de César, à laquelle sa famille ne lui permettait nullement de prétendre, et se déclara lui-même héritier d'un pouvoir que César avait conquis par ses travaux[2]. 3. Par ses seuls moyens, il se rendit si puissant qu'il partagea l'univers en deux parties, dont il choisit et obtint la plus brillante ; sans être présent lui-même, il remporta, par l'intermédiaire de ses subordonnés et de ses officiers, plusieurs victoires sur les Parthes et repoussa les peuples barbares du Caucase jusqu'à la mer Caspienne[3]. 4. Même les actes qu'on lui reproche prouvent sa grandeur. 5. Alors que le père de Démétrios s'était contenté de faire épouser à son fils Phila, fille d'Antipatros, qu'il jugeait supérieure à lui en dépit de la différence d'âge, on jugea qu'Antoine s'était déshonoré en s'unissant avec Cléopâtre, une femme qui dépassait pourtant en puissance et en éclat tous les rois de son temps, sauf Arsace[4]. 6. C'est qu'Antoine s'était rendu si grand que les autres le jugeaient digne d'une situation encore plus haute que ce à quoi il aspirait.

LXXXIX. [II] 1. Quant aux motifs qui les poussèrent à rechercher le pouvoir, ceux de Démétrios n'ont rien de répréhensible ; il voulait devenir maître et roi de peuples habitués à avoir des maîtres et des rois. Mais les motifs d'Antoine étaient cruels et tyranniques ; il voulait asservir le peuple romain qui venait à peine d'échapper au

---

1. *Voir* supra, *I, 1*.
2. *Voir* supra, *XV*.
3. *Allusion aux victoires de Publius Ventidius Bassus contre les Parthes en 39-37 (voir* supra, *XXXIII-XXXIV), de Sosius en Syrie et de Publius Canidius en Arménie (voir* supra, *XXXIV, 10). La formule de Plutarque fait écho à la propagande anti-antonienne d'Auguste, qui soulignait le contraste entre les échecs d'Antoine et les victoires de ses généraux. C'était oublier, cependant, que les retraites d'Antoine, de Modène comme de Médie, mirent en exergue son courage et son sens stratégique.*
4. *Au-delà de la volonté rhétorique d'accentuer le caractère contrasté de l'image de Cléopâtre, le jugement de Plutarque met justement en valeur la puissance égyptienne en Orient, qui n'avait d'égale que celle des Parthes arsacides. L'alliance d'Antoine et de Cléopâtre s'appuyait sur cette réalité incontestable, plus que sur une aventure personnelle.*

pouvoir absolu de César[5]. 2. Son exploit le plus grand et le plus brillant, la guerre contre Cassius et Brutus, il l'accomplit pour ôter la liberté à sa patrie et à ses concitoyens. 3. En revanche Démétrios, avant de subir les coups de la Fortune, ne cessa de libérer la Grèce et de chasser les garnisons des cités. Il était bien différent d'Antoine qui tirait gloire d'avoir tué en Macédoine ceux qui avaient libéré Rome. 4. Une des qualités qu'on louait chez Antoine, son immense générosité, fut encore surpassée par Démétrios qui alla jusqu'à accorder à ses ennemis des faveurs qu'Antoine n'accorda même pas à ses amis. 5. Certes Antoine fut estimé pour avoir fait couvrir et ensevelir le corps de Brutus ; mais Démétrios rendit les honneurs funèbres à tous les ennemis tués et renvoya à Ptolémée ses prisonniers avec de l'argent et des cadeaux.

XC. [III]. 1. Tous deux se montrèrent orgueilleux dans le bonheur et s'abandonnèrent au luxe et à la volupté. 2. Mais lorsque Démétrios faisait la fête et se trouvait en joyeuse compagnie, on ne peut dire qu'il négligea une occasion d'agir. Il ne se consacrait aux plaisirs que lorsqu'il avait abondance de loisirs, et sa Lamia, exactement comme celle du mythe, ne lui servait de passe-temps que pour jouer et s'endormir. 3. Quand il se préparait à la guerre, sa lance ne portait pas de lierre et son casque ne sentait pas les parfums ; lorsqu'il marchait au combat, il ne sortait pas du gynécée, brillant et couvert de fleurs ; il mettait les thiases en sommeil et faisait cesser les fêtes bachiques, pour devenir, selon le mot d'Euripide,

Le ministre zélé du sacrilège Arès,

Jamais son goût pour les plaisirs ni la paresse ne lui firent subir le moindre échec. 4. Antoine, en revanche, ressemblait à Héraclès tel que les tableaux nous le montrent, privé de sa massue et dépouillé de sa peau de lion par Omphale[6]. Comme Héraclès, Antoine fut à plusieurs reprises désarmé et envoûté par Cléopâtre, laissant échapper de ses mains de grandes entreprises et des expéditions indispensables pour vagabonder et folâtrer avec elle sur les rivages de Canope et de Taphosiris[7]. 5. Pour finir, tel Pâris, il s'enfuit de la bataille pour se réfugier dans les bras de cette femme ; bien plus, alors que Pâris avait été vaincu quand il s'enfuit dans la chambre d'Hélène, c'était la victoire qu'Antoine fuyait et qu'il abandonna, lorsqu'il se lança à la poursuite de Cléopâtre.

---

5. *Cliché hérité de la propagande d'Octavien-Auguste. Si Antoine fut bien en Orient un souverain hellénistique autant qu'un* imperator *romain (voir Syme, 1967, p. 252 ; Chamoux, 1986), ses intentions politiques vis-à-vis de l'État romain étaient sans doute moins «révolutionnaires» que ne le furent les réalisations d'Auguste (Syme, 1967, p. 268-269).*

6. *Cliché de la soumission d'Antoine aux femmes (voir* supra, *X, 5-6), qui sert à dissimuler «dans les romans érotiques» (voir Syme, 1967, p. 258) la réalité de l'affrontement politique. L'image prend ici d'autant plus de force qu'Héraclès était une des références gentilices et personnelles d'Antoine (voir* supra, *IV, 1-2 et XXXVI, 7).*

7. *Canope est une ville située sur la branche occidentale du delta du Nil, dont les plaisirs et la douceur de vivre étaient passés à l'état de proverbe (voir Juvénal,* Satires, *VI, 84). Taphosiris est probablement Taphosiris Minor, au nord-est d'Alexandrie (voir Strabon, XVII, 799).*

XCI. [IV]. 1. Par ailleurs, si Démétrios eut plusieurs épouses, comme Lysimaque et Ptolémée, ce fut en vertu d'une pratique qui n'était pas interdite et qui était entrée dans l'usage chez les rois de Macédoine depuis Philippe et Alexandre ; il traita de manière honorable toutes les femmes qu'il épousa. 2. Antoine, lui, commença par avoir deux épouses à la fois, ce qu'aucun Romain n'avait osé faire ; puis il chassa sa concitoyenne, qu'il avait épousée en justes noces, pour complaire à l'étrangère avec laquelle il avait une liaison illégitime[8]. Le mariage ne causa donc aucun tort à Démétrios mais plongea Antoine dans les plus grands malheurs. 3. Cependant, on ne trouve dans les actes d'Antoine aucun sacrilège comparable à ceux que la débauche fit commettre à Démétrios. Au dire des historiens, on interdisait toute l'Acropole aux chiens parce que ces animaux, plus que tous les autres, ont tendance à s'accoupler en public. 4. Mais à l'intérieur même du Parthénon, Démétrios s'unit à des prostituées et traita en prostituées de nombreuses citoyennes. 5. La cruauté, le vice qu'on croirait le plus incompatible avec une existence aussi raffinée et voluptueuse, s'associait chez Démétrios à son goût des plaisirs : il laissa mourir, ou plutôt il poussa à une mort lamentable le plus beau et le plus vertueux des Athéniens qui fuyait ses violences. 6. Pour résumer, les débauches d'Antoine lui firent du tort à lui, celles de Démétrios en firent aux autres.

XCII. [V]. 1. À l'égard de ses parents, Démétrios se montra irréprochable en tout. 2. Antoine, lui, sacrifia le frère de sa mère pour obtenir le meurtre de Cicéron, un acte en soi si détestable et si cruel qu'on le pardonnerait à peine à Antoine si la mort de Cicéron avait été le prix du salut de son oncle[9]. 3. Tous deux furent parjures et violèrent les traités, l'un en arrêtant Artavasdès, l'autre en tuant Alexandre. Cependant Antoine a une excuse qu'on peut admettre, car Artavasdès l'avait abandonné chez les Mèdes et l'avait trahi. 4. Mais, selon beaucoup de récits, Démétrios inventa des accusations mensongères pour justifier son acte, se présentant comme l'agressé, qui s'était défendu, non comme l'agresseur. 5. D'un autre côté, Démétrios ne dut ses succès qu'à lui-même, à l'inverse d'Antoine, dont les plus belles et les plus grandes victoires furent remportées en son absence par ses généraux.

XCIII. [VI]. 1. Tous deux perdirent le pouvoir par leur propre faute, mais dans des circonstances bien différentes : l'un fut abandonné par les Macédoniens qui firent défection ; l'autre abandonna ceux qui risquaient leur vie pour lui et s'enfuit loin d'eux. 2. On peut donc reprocher à l'un d'avoir rendu ses soldats si hostiles à son égard, à l'autre d'avoir abandonné les soldats si affectionnés et si loyaux qu'il s'était acquis. 3. Quant à leur mort, aucune des deux ne peut être louée, mais celle de Démétrios est plus blâmable. Il accepta d'être fait prisonnier et, une fois détenu, il

---

8. *Plutarque oublie en la circonstance que le mariage était à Rome un acte politique scellant l'alliance, souvent momentanée, de deux clans (voir, entre autres,* Pompée, *IV, 4 ; IX, 2-3 ; XLII, 13 ; XLVII, 9 et LV, 1). Voir aussi Dictionnaire, «Femmes».*

9. *Lucius César, frère de Julia, la mère d'Antoine (voir* supra, *XIX, 3 et XX, 5-6).*

s'estima heureux de gagner trois ans de vie, au cours desquels, pour avoir du vin et satisfaire son ventre comme les animaux, il se laissa domestiquer. 4. La mort d'Antoine fut lâche, pitoyable et déshonorante, mais, du moins s'en alla-t-il avant de laisser son ennemi devenir maître de son corps.

BIBLIOGRAPHIE

VIE DE DÉMÉTRIOS

BRUIT ZAIDMAN L., SCHMITT-PANTEL P.
La religion grecque, Paris, 1989.

GARLAN Y.
• *Recherches de poliorcétique grecque*,
Paris-Athènes, 1974.
• «Le siège de Rhodes», *La Grèce ancienne*,
Cl. Mossé éd., Paris, 1986, p. 254-269.

MOSSÉ CL.
• *La tyrannie dans la Grèce antique*,
Paris, 1969.
• «Démétrios de Phalère, un philosophe au
pouvoir», *Alexandrie. IIIe siècle avant J.-C.*,
C. Jacob et F. de Polignac éd., Paris, 1992.

WILL E.
Histoire politique du monde hellénistique, I,
2e éd., Nancy, 1979.

VIE D'ANTOINE

BECHER I.
*Das Bild der Kleopatra in der griechischen und
lateinischen Literatur*, Berlin, 1966.

BENGSTON
*Marcus Antonius Triumvir und Herrscher des
Orients*, Munich, 1977.

BOUCHER J.-P.
Caius Cornelius Gallus, Paris, 1966.

CHAMOUX F.
Marc Antoine, dernier prince de l'Orient grec,
Paris, 1986.

CRAWFORD M. H.
Roma Republican Coinage, Cambridge, 1974.

DEMOUGIN S.
*Prosopographie des chevaliers romains
julio-claudiens*, EFR 153, Rome, 1992.

FISHWICK D.
The Imperial Cult in the Latin West, Leyde,
1987-1992.

FRASER P. M.
Ptolemaic Alexandria, Oxford, 1972.

FREYBURGER E., RODDAZ J.-M.
Dion Cassius, Livres L et LI, coll. Budé,
Les Belles Lettres, Paris, 1991.

HUZAR E. G.
«Mark Antony: Marriages versus Careers»,
The Classical Journal, LXXXI, 1986, p. 97-111.

MICHELS A. K.
«The Topography and Interpretation of the
Lupercalia», *Transactions of the American
Philological Association*, 84, 1953, p. 35-59.

NICOLET Cl.
Le métier de citoyen dans la Rome républicaine,
Paris, 1976.

PELLING C. B. R.
• «Plutarch's Methods of Work in the Roman
Lives», *Journal of Hellenic Studies*, XCIC, 1979.
• *Plutarch. Life of Antony*, Cambridge, 1988.

RODDAZ J.-M.
Marcus Agrippa, Rome, 1984.

ROSSI R. F.
*Antonio nella lotta politica della tarde
repubblica romana*, Trieste, 1959.

SABLAYROLLES R.
Fastigium equestre. Les grandes préfectures
équestres, *L'ordre équestre. Histoire d'une
aristocratie (IIe siècle avant J.-C.-IIIe siècle après
J.-C.)*, Actes du colloque organisé à Bruxelles-
Leuven (5-7 octobre 1995), Rome, 1999,
p. 351-389.

SANTI AMANTINI L., CARENA C., MANFREDINI M.
Plutarco. Le vite di Demetrio e di Antonio,
Fondation Lorenzo Valla, Vérone, 1995.

SYME Sir R.
La révolution romaine, trad. fr., Paris, 1967.

TONDRIAU J.
«Les thiases dionysiaques royaux de la cour
ptolémaïque», *Chronique d'Égypte*, XLI, 1946,
p. 160-167.

VIRLOUVET C.
*Tessera frumentaria. Les procédures de la
distribution du blé public à Rome*, BEFAR 286,
Rome, 1995.

DION-BRUTUS

Si ces deux vies sont exemplaires aux yeux de Plutarque, c'est que Dion et Brutus, à trois siècles de distance, furent formés par l'enseignement de Platon, le premier directement, le second dans le milieu de l'Ancienne Académie à Athènes.
Dion, beau-frère de Denys l'Ancien, le tyran de Syracuse, et oncle de Denys le Jeune qui lui succéda, s'efforça de gagner à la philosophie l'un et l'autre. La fameuse Lettre VII, attribuée à Platon, rapporte les trois séjours que le philosophe aurait faits dans cette intention à Syracuse et est la principale source des premiers chapitres du récit de Plutarque. L'échec de la troisième tentative en 361 aurait été le signal de l'expédition menée par Dion, depuis la Grèce où il avait dû s'exiler, pour libérer la cité et chasser Denys le Jeune. Il réussit à s'emparer de la ville, mais la citadelle d'Ortygie demeura entre les mains des mercenaires du tyran. C'est alors que commencèrent les difficultés, la majorité du peuple syracusain soutenant contre lui le démagogue Héraclidès. Dion, en effet, s'il entendait rétablir la liberté des Syracusains, n'était pas, en bon disciple de Platon, favorable au rétablissement de la démocratie. Il fut donc contraint d'abandonner Syracuse, avant d'y revenir pour défendre la cité contre les mercenaires de Denys qui tentaient de la reconquérir. Sa victoire fut de courte durée : il fut assassiné sur l'ordre de l'un de ses compagnons, l'Athénien Callippos.
Il était naturel de comparer Dion au dernier défenseur de la République romaine. C'est pour la préserver et assurer la liberté des Romains que Brutus, en dépit des liens qui l'unissaient à César, dont Plutarque laisse entendre qu'il était peut-être son père naturel, fut l'initiateur du complot qui aboutit aux ides de mars 44 à l'assassinat du dictateur. Mais cet acte n'eut pas le résultat escompté. Antoine sut s'emparer de l'opinion pour la retourner en faveur du mort, cependant qu'un autre prétendant, le jeune Octavien, petit-neveu de César, apparaissait sur la scène politique. Le « jeune César » allait s'entendre avec Antoine pour lutter contre les derniers défenseurs de la République. Brutus et son ami Cassius s'enfuirent en Grèce puis en Asie, rassemblèrent une flotte et une armée, et repassèrent en Europe où ils affrontèrent leurs adversaires à Philippes en 42. Cassius se donna la mort après un premier engagement, et Brutus fit de même lorsqu'il s'avéra que tout espoir était perdu.
Plutarque ne dissimule pas l'estime qu'il avait pour Brutus, non seulement parce qu'il appartenait à ce milieu romain épris de culture grecque, mais parce qu'il s'efforça toujours de faire prévaloir la justice et la modération. Même l'assassinat de César est justifié, dans la mesure où celui-ci représentait un grave danger pour la liberté des Romains. La seule réserve que Plutarque formule à son égard, c'est d'avoir, pour retenir ses soldats, promis de leur livrer Thessalonique et Sparte. Mais c'était là promesse dictée par l'urgence d'une situation qui ne pouvait qu'aboutir à un désastre.
La Vie de Brutus eut au cours des siècles un retentissement particulier. L'assassin de César, modèle de héros républicain, devint, parfois confondu avec son ancêtre l'adversaire du dernier roi de Rome, la référence des députés de la Convention en 1793. Camille Desmoulins, non sans ironie, remarquait, évoquant les débats sur le sort qu'il fallait réserver à Louis XVI : « Différents entre nous d'opinions, nous nous accordons tous à nous disputer à l'envi le surnom de Brutus, et voilà quatre mois que sept cent quarante Brutus délibèrent gravement si un tyran n'est pas inviolable. »

Cl. M.

DION

I. 1. S'il est vrai, Sossius Sénécion, que, comme le dit Simonide, les habitants d'Ilion n'en voulurent pas aux Corinthiens de s'être joints à l'expédition des Achéens contre eux parce que Glaucos, originaire de Corinthe, combattait avec ardeur pour défendre leur cité, il est naturel que, de la même manière, l'Académie ne soit accusée ni par les Romains ni par les Grecs[1]. Elle leur apporte en effet autant aux uns qu'aux autres, comme le montre le présent écrit, qui contient la vie de Brutus et celle de Dion. 2. Tous deux, l'un disciple de Platon lui-même, l'autre nourri des textes de Platon, sortirent, si l'on peut dire, de la même palestre pour livrer les plus grands combats[2]. 3. Il ne faut donc pas s'étonner de la ressemblance quasi fraternelle de beaucoup de leurs actes par lesquels ils ont confirmé le mot de celui qui les guida vers la vertu : pour que les actions politiques soient à la fois belles et grandes, la puissance et la Fortune doivent se rencontrer avec l'intelligence et la justice. 4. Le masseur Hippomachos prétendait reconnaître de loin, rien qu'en les voyant rapporter de la viande du marché, ceux qui s'étaient entraînés avec lui. De même, il est naturel que la raison accompagne les gens qui ont reçu la même éducation et communique à leurs actes, avec le sens du devoir, une sorte d'harmonie et de rythme.

II. 1. De plus, les événements que leur réserva la Fortune furent similaires, moins à cause de leurs choix personnels que des circonstances, ce qui établit une similitude entre leurs vies. 2. Ils périrent tous deux avant d'avoir atteint le but qu'ils s'étaient proposé pour leurs entreprises et sans avoir pu déposer les armes après tant de grands combats. 3. Le plus étonnant de tout, ce fut que la divinité leur montra quelle serait leur fin, à l'un comme à l'autre, de la même manière : ils aperçurent à leurs côtés un spectre malveillant[3]. 4. Il est vrai que certaines personnes, qui nient ce genre de phénomènes, affirment que nul homme dans son bon sens ne sau-

---

1. Simonide de Céos est un poète lyrique de la fin du VIe et de la première moitié du Ve siècle. Sossius Sénécion est le destinataire des Vies parallèles. *C'était un haut personnage de l'entourage de l'empereur Trajan (voir Dictionnaire). Dans l'*Iliade, *les Corinthiens sont cités en II, v. 70. Quant à Glaucos, descendant de Sisyphe et de Bellérophon, il apparaît au chant VI, v. 142-211. L'Académie était l'école fondée par Platon.*

2. Les liens de Dion avec l'Académie sont évoqués dans les Lettres, *attribuées au philosophe, qui sont une des sources de Plutarque (voir Dictionnaire, «Platon»). L'école platonicienne attirait encore les jeunes Romains au Ier siècle avant J.-C. comme l'atteste l'exemple de Brutus (*Brutus, *II, 2-3). La palestre est le lieu où l'on s'exerce à la lutte.*

3. Il est surprenant qu'après avoir justifié le parallèle entre Dion et Brutus par leur commune éducation philosophique, Plutarque croie bon de le compléter par cet aspect à la fois anecdotique et irrationnel (voir infra, LV et Brutus, *XXXVI-XXXVII pour l'apparition de ces fantômes).*

rait voir le fantôme ou le spectre d'un *démon* ; ce sont, disent-ils, les enfants, les femmes et les gens dérangés par la maladie, à la suite d'un désordre de l'âme ou d'un déséquilibre du corps, qui attirent ces apparences vaines et étranges parce qu'ils portent en eux le mauvais *démon* de la superstition. 5. Mais Dion et Brutus étaient des hommes équilibrés, des philosophes, qui ne se laissèrent jamais entraîner ni séduire par la moindre passion ; s'ils ont été troublés par une apparition au point d'en faire part à d'autres personnes, je me demande si nous ne devons pas admettre une tradition très étonnante, qui remonte à la plus haute Antiquité : 6. les *démons* mauvais et envieux, jaloux des hommes de bien et désireux de contrarier leurs actions, susciteraient en eux des troubles et des peurs propres à ébranler leur vertu et à la faire chanceler, pour les empêcher de rester purs et fermement attachés au bien et d'obtenir après leur mort une condition supérieure à celle de ces *démons*[4]. 7. Mais réservons ces réflexions pour un autre ouvrage. Dans celui-ci, le douzième des *Vies parallèles,* commençons par le plus ancien des deux personnages.

III. 1. Dès que Denys l'Ancien parvint au pouvoir, il épousa la fille du Syracusain Hermocratès[5]. 2. Comme sa tyrannie n'était pas encore solidement installée, les Syracusains se révoltèrent et infligèrent à cette femme des violences physiques si terribles et si cruelles qu'elle se suicida[6]. 3. Denys rétablit son autorité et la renforça, puis il prit deux nouvelles épouses en même temps : l'une était originaire de Locride et se nommait Doris ; l'autre, Aristomachè, était originaire de la région et son père, Hipparinos, un des premiers personnages de Syracuse, avait été collègue de Denys la première fois que celui-ci avait été nommé général en chef pour conduire la guerre. 4. Denys épousa ces deux femmes le même jour, dit-on, et personne ne sut quelle fut la première avec laquelle il coucha. Il se partagea ensuite également entre elles deux ; elles avaient l'habitude de dîner ensemble en sa compagnie et passaient la nuit avec lui à tour de rôle. 5. La foule des Syracusains aurait voulu que la femme du pays l'emportât sur l'étrangère, mais celle-ci fut la première à mettre au monde un fils[7], l'aîné de la lignée de Denys, ce qui lui permit de se défendre contre les préventions liées à son origine. 6. Quant à Aristomachè, elle resta longtemps avec Denys sans lui donner d'enfant. Il désirait pourtant vivement en avoir d'elle puisqu'il alla jusqu'à accuser la mère de la Locrienne d'employer des philtres contre Aristomachè et il la fit mourir.

IV. 1. Dion était le frère d'Aristomachè. Au début, il fut honoré à cause de sa sœur, mais ensuite, il donna des preuves de son intelligence et fut désormais apprécié du

---

4. Plutarque évoque cette croyance aux mauvais démons *dans certains traités des* Œuvres morales, *en particulier le* Sur Isis et Osiris, *369 D.*

5. Denys l'Ancien s'empare du pouvoir à Syracuse en 405. Voir Dictionnaire, « Tyran/Tyrannie ». Hermocratès avait été le principal organisateur de la résistance syracusaine lors de l'expédition des Athéniens en Sicile (415-413).

*6. Sur ces événements, voir le récit de Diodore de Sicile (*Bibliothèque historique, *XIII, 112,4 et XIV, 44,5). Sur la tyrannie de Denys, voir Mossé (1969), p. 99-120.*

7. Ce fils est le futur Denys le Jeune.

tyran pour lui-même. 2. En plus de tous les privilèges qu'il lui accorda, Denys dit à ses intendants de donner à Dion tout ce qu'il demanderait, à condition, la chose faite, de lui en rendre compte le jour même. 3. Dion avait déjà un caractère altier, fier et viril, et il développa encore ces qualités lorsque, par une Fortune divine, Platon aborda en Sicile[8]. Aucun calcul humain ne causa sa venue; 4. ce fut, semble-t-il, quelque *démon* qui, jetant de loin les fondements de la liberté pour les Syracusains et préparant la destruction de la tyrannie, le fit venir d'Italie à Syracuse et permit à Dion de s'entretenir avec lui. 5. Dion était alors tout jeune mais, de tous les disciples de Platon, il fut, de loin, celui qui eut le plus de facilité pour apprendre et qui fut le plus prompt à suivre ses conseils afin de parvenir à la vertu, comme l'a écrit Platon lui-même et comme ses actes en témoignent. 6. Il avait pourtant été élevé dans des mœurs dégradées par la tyrannie ; une vie dominée par l'injustice et la crainte, un faste de nouveau riche, un luxe de mauvais goût, une existence où l'on plaçait le beau dans les plaisirs et les convoitises, voilà ce dont il avait l'habitude et ce qui emplissait sa vie[9]. 7. Mais il n'eut pas plus tôt goûté à ce discours et à cette philosophie qui le guidaient vers la vertu que son âme s'enflamma. Dans sa joie de découvrir le bien, il s'imagina avec une candeur juvénile que les mêmes discours inspireraient à Denys des sentiments semblables aux siens. Il fit donc tous ses efforts pour l'amener à prendre le temps d'aller trouver Platon et de l'écouter.

V. 1. Denys et Platon se rencontrèrent donc. L'ensemble de l'entretien porta sur la vertu et la plus grande partie de la discussion sur le courage. Platon démontra qu'il n'y avait rien de plus lâche qu'un tyran. Après quoi, en venant à la justice, il expliqua que la vie des hommes justes est bienheureuse, celle des hommes injustes misérable. 2. Se croyant visé, le tyran ne supporta pas ces propos : il se fâcha de voir les assistants accueillir Platon avec admiration et se laisser envoûter par ses paroles. 3. Pour finir, dans sa colère et son exaspération, il lui demanda : « Que voulais-tu donc en venant en Sicile ? 4. – Chercher un homme de bien » répondit Platon. Alors Denys : « Par les dieux, il est clair que tu ne l'as pas encore trouvé ! » 5. Dion pensa que la colère de Denys ne s'arrêterait pas là et il se hâta de faire repartir Platon sur une trière qui ramenait en Grèce le Spartiate Pollis. 6. Mais Denys demanda en secret à Pollis de tuer Platon pendant la traversée, sinon, à tout le moins, de le vendre. « Cela ne lui fera pas de mal, s'écria-t-il ; puisque c'est un homme juste, il sera tout aussi heureux, même s'il devient esclave. » 7. En conséquence, Pollis, dit-on, conduisit Platon à Égine où il le vendit, car les Éginètes étaient alors en guerre contre les Athéniens et avaient pris un décret stipulant que tout Athénien qui serait pris à Égine serait vendu[10].

---

8. *Le premier voyage de Platon en Sicile aurait eu lieu en 388-387. Sur les circonstances de ce voyage, voir* Lettre VII, *326e-327b. Sur la réalité des séjours de Platon à Syracuse, voir la critique de Finley (1986), pour lequel il s'agit d'une légende.*
9. *Plutarque s'inspire ici directement de la* Lettre VII, *326b.*
10. *Cet épisode célèbre ne figure cependant pas dans la* Lettre VII *et on a pu à juste titre mettre en doute son authenticité. Les Éginètes étaient alors en guerre avec Athènes (voir Xénophon,* Helléniques, *V, 1, 1).*

8. Dion ne vit pas pour autant diminuer les honneurs ni la confiance que lui accordait Denys. Il fut chargé des ambassades les plus importantes et envoyé à Carthage, où il suscita une admiration exceptionnelle. Il était à peu près le seul dont Denys supportait le franc-parler et qui lui exposait sans crainte ce qui lui venait à l'esprit, comme le montre notamment sa remontrance à propos de Gélon[11] : 9. un jour où, paraît-il, on se moquait du gouvernement de celui-ci, Denys s'écria : « Avec Gélon, nous rigolions[12] en Sicile. » Les autres feignirent d'admirer le bon mot, mais Dion s'indigna : « Si tu es tyran, lança-t-il à Denys, c'est parce qu'on t'a fait confiance à cause de Gélon ; mais à cause de toi, personne n'aura plus confiance en un autre tyran. » 10. Et de fait, il est évident que Gélon fit d'une cité gouvernée par un monarque le plus beau des spectacles, et que Denys en fit le plus honteux[13].

VI. 1. Denys avait trois enfants de la Locrienne et quatre d'Aristomachè dont deux filles, Sophrosynè [Sagesse] et Arétè [Vertu]. Il maria Sophrosynè à son fils Denys et Arétè à son frère Théaridès ; ce dernier mourut et Dion épousa Arétè, qui était sa nièce[14]. 2. Lorsque Denys tomba malade et qu'on le vit proche de sa fin, Dion essaya de lui parler des enfants d'Aristomachè, mais les médecins, pour complaire au futur héritier du pouvoir, ne lui en laissèrent pas l'occasion 3. et même, selon Timée, comme le malade réclamait un somnifère, ils lui donnèrent une drogue qui lui fit perdre connaissance et le conduisit sans transition du sommeil à la mort[15].
4. Cependant, la première fois que Denys le Jeune réunit ses amis en conseil[16], Dion parla si bien des mesures exigées par la situation qu'il fit apparaître tous les autres comme des enfants pour ce qui est de l'intelligence et, pour la franchise, comme des esclaves de la tyrannie : par lâcheté et par crainte, ils ne cherchaient, en conseillant le jeune homme, qu'à lui faire plaisir. 5. Comme ils redoutaient la menace carthaginoise suspendue au-dessus de leur empire, ils furent très frappés par l'engagement que prit Dion, si Denys désirait la paix, d'embarquer aussitôt pour la Libye, afin de terminer le conflit aux meilleures conditions et, s'il préférait la guerre, de fournir et d'entretenir à ses frais pour cette guerre cinquante trières prêtes à partir[17].

---

11. C'est à la faveur des guerres contre les Carthaginois que Denys avait pu s'emparer du pouvoir. À plusieurs reprises, il tenta de négocier avec un adversaire qui était maître de la partie occidentale de la Sicile, où les Phéniciens avaient établi des colonies dès le VIIIe siècle. Gélon fut tyran de Syracuse à partir de 484 et remporta en 480 une importante victoire sur les Carthaginois à Himère.
12. Il y a ici un jeu de mots sur gélos *(«plaisanterie») et* Gélon, *le nom du tyran.*
13. La tyrannie de Gélon était tenue pour un grand moment dans l'histoire de Syracuse. Lorsque Timoléon chassera définitivement les tyrans et fera détruire leurs statues, seule celle de Gélon sera épargnée.
14. Le mariage entre un oncle et une nièce était tout à fait admis et ne relevait pas de l'inceste.
15. Denys l'Ancien mourut en 367. Timée de Tauroménion est un historien sicilien de la seconde moitié du IVe siècle, qui s'exila à Athènes pour fuir la tyrannie d'Agathoclès en 317.
16. Denys le Jeune devait avoir alors 29 ans.
17. La guerre avait repris contre les Carthaginois peu avant la mort de Denys. Dion avait déjà négocié avec les adversaires de Syracuse (voir supra, V, 8).

VII. 1. Denys admira vivement sa grandeur d'âme et apprécia son dévouement. 2. Mais les autres, voyant dans son prestige un affront personnel et dans son influence une humiliation, en tirèrent aussitôt prétexte pour l'attaquer ; n'épargnant aucune parole susceptible d'aigrir le jeune tyran contre Dion, ils prétendirent que celui-ci avait l'intention de se frayer par la mer un chemin secret vers la tyrannie : avec ses navires, il allait arracher le pouvoir et le transmettre aux fils d'Aristomachè, ses neveux. 3. Les motifs principaux et les plus évidents de leur jalousie et de leur haine venaient de la différence entre la vie de Dion et la leur, et de son refus de se mêler à eux. 4. Dès l'origine, à force de plaisirs et de flatteries ils s'étaient assuré l'amitié et la compagnie du tyran qui était jeune et avait été fort mal élevé ; ils s'étaient arrangés pour lui procurer sans cesse des amours et des distractions superficielles – beuveries, femmes et autres plaisirs indécents. 5. Sous leur influence, on eut l'impression que la tyrannie s'émoussait, comme il arrive au fer, et les sujets la jugèrent humaine parce qu'elle perdait ce qu'elle avait de par trop inhumain. Mais cet adoucissement venait en fait moins de la modération du maître que de son indolence. 6. Dans ces conditions, comme le relâchement du jeune homme augmentait et s'étendait peu à peu, les chaînes d'acier dans lesquelles Denys l'Ancien prétendait avoir laissé la monarchie enfermée fondirent et se brisèrent. 7. Quand Denys le Jeune commençait à boire, il y passait parfois, dit-on, quatre-vingt-dix jours de suite ; pendant ce temps, la cour était interdite et inaccessible aux gens ou aux propos sérieux ; c'était le domaine de l'ivresse, des plaisanteries, des lyres, des danses, des bouffons.

VIII. 1. Dion était donc détesté, comme on peut l'imaginer, car il ne se livrait à aucun plaisir et à aucun débordement. On le calomniait donc en donnant à ses vertus, de manière convaincante, des noms de vices : son sérieux était, disait-on, du dédain et son franc-parler de l'arrogance ; ses remontrances passaient pour des accusations et son refus de s'associer aux fautes des autres pour du mépris. 2. Il est certain qu'il y avait, dans le caractère de Dion, de l'orgueil et une rudesse qui rendaient son abord et son commerce difficiles. 3. Ce n'était pas seulement avec un jeune homme dont les oreilles étaient gâtées par les flatteries que son ton était désagréable et rogue ; beaucoup de ses amis les plus proches, qui aimaient la simplicité et la noblesse de sa conduite, blâmaient ses manières et jugeaient qu'il se montait trop grossier et sévère avec ceux qui le sollicitaient pour des raisons politiques. 4. Sur ce point Platon lui-même, comme par une inspiration prophétique, lui écrivit plus tard de se méfier de « l'arrogance, car la solitude est sa compagne »[18]. 5. Cependant, pour en revenir à cette époque, on faisait, semble-t-il, le plus grand cas de Dion en raison de la situation : il paraissait seul, ou presque, à pouvoir redresser et maintenir la tyrannie dans la tourmente. Il savait bien pourtant que, s'il était le premier et le plus grand, le tyran n'y consentait pas de bonne grâce mais à contrecœur et par nécessité.

---

18. *Plutarque fait ici référence à la* Lettre IV, *321c. Sur l'authenticité des* Lettres *platoniciennes, voir* Brisson (1987), *p. 10-21 et p. 72.*

IX. 1. Considérant que cette situation venait du manque d'éducation de Denys, Dion conçut l'ambition de le tourner vers les études libérales et de lui faire goûter les lettres et les connaissances propres à former le caractère : il apprendrait ainsi à ne plus craindre la vertu et s'habituerait à prendre plaisir au bien. **2.** Par nature, Denys n'appartenait pas à la catégorie des tyrans les plus vils, mais son père avait craint de le voir comploter contre lui pour lui arracher le pouvoir s'il concevait de l'orgueil et s'il rencontrait des hommes intelligents ; il l'avait donc enfermé à la maison où le jeune homme, privé de toute compagnie et sans expérience des affaires, s'occupait, dit-on, à fabriquer des petits chariots, des petites lampes, des sièges et des tables en bois. **3.** Denys l'Ancien était si défiant, si soupçonneux envers tout le monde et, sous l'effet de la peur, il prenait tant de précautions qu'il ne se laissait même pas couper les cheveux avec un rasoir de barbier ; un coiffeur venait les brûler avec un charbon ardent. **4.** Personne, pas même un frère ou un fils, ne pouvait venir le voir dans sa chambre en gardant ses vêtements ; avant d'entrer, tous devaient quitter leurs habits et en revêtir d'autres, après s'être montrés nus aux gardes. **5.** Un jour, son frère Leptinès, qui voulait lui décrire le site d'une place forte, saisit la lance d'un des gardes du corps pour en tracer le plan ; Denys entra dans une violente colère contre lui et fit tuer celui qui lui avait donné la lance. **6.** Il disait qu'il se gardait de ses amis, parce qu'il savait qu'ils étaient intelligents et qu'ils préféraient exercer la tyrannie plutôt que la subir. **7.** Il fit mourir Marsyas, un des officiers qu'il avait lui-même promu et affecté à un commandement, parce qu'il avait rêvé que cet homme l'égorgeait ; Denys pensa que s'il avait fait un tel rêve, c'était à la suite d'une observation et d'une réflexion qui lui étaient venues pendant la journée. **8.** Et pourtant, Denys s'était fâché contre Platon[19] parce que celui-ci ne l'avait pas déclaré le plus courageux de tous les hommes, lui dont l'âme était si craintive et pleine de tant de maux causés par la lâcheté.

X. 1. Pour en revenir à son fils, Dion le voyant, comme je l'ai dit, gâté et brisé moralement par son manque d'éducation, l'exhortait à se tourner vers l'étude et à adresser au premier des philosophes toutes les prières possibles pour le faire venir en Sicile. **2.** « Dès que Platon sera là, disait-il, tu lui laisseras régler ton caractère sur les principes de la vertu et te rendre semblable au plus divin et au plus beau modèle des êtres, au guide à qui obéit tout l'univers, se transformant de chaos désordonné en un monde ordonné. **3.** Il te donnera beaucoup de bonheur et en donnera autant à tes concitoyens, car tout ce qu'ils t'accordent maintenant sans enthousiasme, sous la contrainte du pouvoir, tu pourras l'obtenir grâce à la sagesse et à la justice tempérée de bienveillance ; tu exerceras une autorité paternelle et, de tyran, tu deviendras roi[20]. **4.** Les chaînes d'acier, dont parlait ton père, ne sont pas la peur, la violence, l'abondance des navires, une garde composée de dix mille Barbares, mais l'affection, le dévouement et la gratitude qu'inspirent la vertu et la justice ; ces liens,

---

19. Pour les relations entre Denys l'Ancien et Platon, voir supra, *V, 1-4.*
20. On retrouve ici un thème de la littérature politique du IVe *siècle : l'opposition entre le roi et le tyran (voir Platon,* Lois, *680e). Alors que le roi est accepté par ses sujets, le tyran appuie son autorité sur une garde de mercenaires.*

tout en étant plus doux que les autres, qui sont étroits et durs, sont plus forts qu'eux pour garantir la stabilité du pouvoir. 5. Sans ces qualités, celui qui gouverne ignore l'ambition et l'émulation : son corps peut être revêtu d'habits magnifiques, il peut briller par le luxe et le mobilier de sa maison, mais dans sa conversation et son discours, il n'a pas plus de majesté que le premier venu, s'il dédaigne d'orner le palais de son âme d'une façon royale et digne d'elle. »

XI. 1. Dion répétait souvent ses exhortations en y insérant des paroles de Platon. Denys se prit alors d'un désir violent et passionné d'entendre le philosophe et de le fréquenter. 2. En conséquence, on reçut bientôt à Athènes de nombreuses lettres de Denys, de nombreuses requêtes de Dion et d'autres sollicitations, envoyées d'Italie par les pythagoriciens[21] qui invitaient Platon à se rendre auprès de Denys, à s'emparer de cette jeune âme, égarée par la grandeur de son autorité et de sa puissance, et à la subjuguer par des arguments plus forts. 3. Platon, comme il le dit lui-même, eut surtout honte de passer pour quelqu'un qui se contentait de parler et n'entreprenait jamais la moindre action de son plein gré ; il espérait également, s'il purgeait de ses maux un seul homme qui était, en quelque sorte, l'organe prépondérant du pays, guérir de sa maladie toute la Sicile. Il accepta donc[22].
4. Mais les ennemis de Dion, craignant de voir Denys changer du tout au tout, le persuadèrent de rappeler d'exil Philistos[23], un homme formé à l'éloquence, qui avait une grande expérience du caractère des tyrans. Ils espéraient trouver en lui un rempart contre Platon et la philosophie. 5. Philistos s'était montré dès le début très ardent à soutenir l'établissement de la tyrannie et il avait longtemps gardé la citadelle[24], dont il commandait la garnison. Le bruit courait même qu'il était l'amant de la mère de Denys l'Ancien, ce que le tyran n'ignorait pas complètement. 6. Mais lorsque Leptinès, qui avait eu deux filles d'une femme mariée qu'il avait séduite, donna l'une d'elles à Philistos sans même en informer Denys, celui-ci se fâcha ; il fit arrêter et jeter en prison la femme de Leptinès et chassa Philistos de Sicile. Celui-ci alla se réfugier chez des hôtes qu'il avait au bord de la mer Adriatique ; ce fut là, semble-t-il, que, profitant de son loisir, il composa la plus grande partie de son *Histoire*. 7. Il ne regagna pas la Sicile du vivant de Denys l'Ancien mais après sa mort, comme je l'ai dit, ceux qui jalousaient Dion le firent rappeler : ils jugeaient qu'il pouvait leur être plus utile et soutenir plus fermement la tyrannie.

---

21. L'école pythagoricienne était alors en honneur dans les cités grecques d'Italie du Sud, et plus précisément à Tarente sous le gouvernement éclairé du philosophe et mathématicien Archytas, dont il est question infra, *en XVIII, 5. Voir Dictionnaire, « Pythagore ».*
22. Plutarque reprend ici la Lettre VII, *328a-c et singulièrement ce passage où, après avoir évoqué ses hésitations, le philosophe conclut : « Si jamais on devait entreprendre de réaliser mes conceptions en matière de loi et de régime politique, c'était le moment d'essayer : en effet, je n'avais qu'un seul homme à convaincre pour assurer en tout l'avènement du bien. »*
23. Il s'agit de l'historien Philistos, ami de Denys l'Ancien et auteur d'une Histoire de la Sicile.
24. La citadelle en question est celle d'Ortygie, construite par le tyran.

XII. 1. Dès son retour, Philistos s'attacha donc à la cause de la tyrannie, tandis que d'autres se répandaient en calomnies et en accusations contre Dion auprès du tyran, prétendant qu'il s'était entendu avec Théodotès et Héraclidès[25] pour abattre le régime. 2. Et de fait, Dion espérait, semble-t-il, grâce à la présence de Platon, enlever à la tyrannie ce qu'elle avait de despotique et de trop absolu, et faire de Denys un dirigeant modéré et soucieux des lois; 3. mais, s'il résistait et ne se laissait pas attendrir, il avait décidé de l'abattre et de rendre aux Syracusains leur constitution, non qu'il approuvât la démocratie mais parce qu'il croyait qu'à tout prendre, à défaut d'une saine aristocratie, elle valait mieux que la tyrannie[26].

XIII. 1. Telle était la situation lorsque Platon arriva en Sicile[27]. Au cours des premières rencontres, il fut l'objet d'attentions et d'honneurs étonnants. 2. Un des chars royaux, magnifiquement orné, l'attendait à sa descente de la trière et le tyran offrit un sacrifice comme si son empire recevait une grande faveur de la Fortune. 3. La pudeur qui régna dans les banquets, la bonne tenue de la cour et la douceur que montra le tyran lui-même dans chacune des affaires qu'il traita inspirèrent aux citoyens de merveilleux espoirs de changement. 4. On assista à un engouement général pour les lettres et la philosophie; le palais du tyran fut, dit-on, envahi par un nuage de poussière, tant il y avait de gens qui traçaient des figures de géométrie[28]. 5. Quelques jours plus tard, comme on offrait au palais un sacrifice traditionnel et que le héraut, suivant l'usage, priait les dieux de maintenir longtemps la tyrannie à l'abri des tempêtes, Denys, qui assistait à la cérémonie, s'écria, dit-on: « Ne vas-tu pas cesser de nous maudire!» 6. Philistos et ses amis en furent profondément affligés: ils se disaient qu'avec le temps et une fréquentation régulière, il deviendrait impossible de combattre l'influence de Platon, si, dès maintenant, après une aussi courte rencontre, il avait déjà tellement modifié et transformé la pensée du jeune homme.

XIV. 1. Ils ne se contentèrent donc plus d'attaques individuelles et voilées contre Dion; ils s'en prirent tous à lui ouvertement. « De toute évidence, disaient-ils, il envoûte et ensorcelle Denys avec les discours de Platon pour l'amener à abdiquer de son plein gré; il veut s'emparer du pouvoir et le faire passer aux fils d'Aristomachè dont il est l'oncle[29].» 2. Quelques-uns feignaient de s'indigner: « Autrefois les Athéniens, qui étaient venus avec de grandes forces maritimes et ter-

---

25. *Cet Héraclidès va jouer un rôle important dans les événements qui sont rapportés* infra, *XXXII et suiv.*
26. *Il s'agit du régime démocratique antérieur à l'établissement de la tyrannie de Denys et qui présentait des similitudes avec le régime athénien. Pour le platonicien qu'était Dion, c'était un pis-aller.*
27. *On date habituellement le second séjour de Platon à Syracuse de l'année 367-366, c'est-à-dire des débuts de la tyrannie de Denys le Jeune.*
28. *Référence à la célèbre formule qui aurait figuré au fronton de l'Académie: « Nul n'entre ici s'il n'est géomètre. »*
29. *Il a déjà été fait allusion à cette intention qu'aurait eue Dion de remettre le pouvoir à ses neveux, les fils que Denys l'Ancien avait eus de sa sœur Aristomachè (voir* supra, *VII, 2).*

restres, ont été anéantis et détruits avant d'avoir pu prendre Syracuse, 3. et maintenant un seul sophiste[30] leur suffit pour détruire la tyrannie de Denys en lui conseillant d'échapper à ses dix mille gardes du corps, d'abandonner ses quatre cents trières, ses dix mille cavaliers et ses hoplites, tellement plus nombreux encore, pour chercher à l'Académie le bien ineffable et trouver le bonheur dans la géométrie, en abandonnant à Dion et aux neveux de Dion le bonheur que procurent le pouvoir, les richesses et le luxe!» 4. Ces propos inspirèrent d'abord à Denys des soupçons, puis une colère et une animosité plus manifestes. On lui apporta en secret une lettre de Dion aux responsables des Carthaginois, où il les engageait, quand ils traiteraient de paix avec Denys, à ne pas négocier sans qu'il fût lui-même présent, car ils pourraient grâce à lui tout régler sans risque d'échec[31]. 5. Selon Timée, Denys, après avoir lu cette lettre à Philistos et en avoir délibéré avec lui, trompa Dion en feignant une réconciliation. 6. Il lui adressa des reproches modérés et déclara qu'il se raccommodait avec lui; après quoi, il l'emmena seul, sous la citadelle, au bord de la mer, lui montra la lettre et l'accusa de conspirer avec les Carthaginois contre lui. 7. Dion voulut se défendre, mais Denys ne le laissa pas faire: il le fit monter aussitôt, comme il était, dans une petite embarcation, ordonnant aux marins de le mener en Italie et de l'y déposer[32].

XV. 1. Cet acte était cruel et fut jugé tel: les femmes[33] remplirent de lamentations la maison du tyran et la cité de Syracuse fut en émoi: les troubles provoqués par le sort de Dion et la méfiance que le tyran inspirait aux autres allaient, pensait-on, provoquer une révolution et un prompt bouleversement. 2. Denys s'en aperçut et il prit peur. Il consola les amis de Dion et les femmes, en déclarant qu'il ne l'avait pas envoyé en exil, mais en voyage parce qu'il craignait, si Dion restait, de se laisser emporter par la colère et de sévir plus rigoureusement contre son insolence[34]. 3. Il donna deux navires aux proches parents de Dion, en leur disant d'y embarquer tout ce qu'ils voulaient de ses biens et des serviteurs et de les lui amener dans le Péloponnèse[35]. 4. Dion avait une grande fortune, un train de maison et un mobilier presque aussi somptueux que ceux d'un tyran; ses amis rassemblèrent tout cela et le lui firent parvenir. 5. Beaucoup d'autres présents lui furent envoyés par les femmes et par ses compagnons, de sorte que ses biens et sa richesse le firent briller parmi les Grecs: l'opulence de l'exilé leur fit entrevoir la puissance de la tyrannie.

---

30. Le «sophiste» en question est évidemment Platon. Sur cette idée du bien développée par le philosophe, voir Lettre VII, *341b-e.*
31. Il a déjà été fait allusion, supra, *V, 8, aux relations de Dion avec Carthage.*
32. Voir Lettre VII, *329c: Denys accusant Dion de complot contre la tyrannie, «le fit embarquer sur un petit bateau et le chassa ignominieusement».*
33. Sans doute s'agit-il de la sœur et de la femme de Dion, restées à Syracuse.
34. Ici encore, Plutarque s'inspire directement de la Lettre VII, *338a.*
35. C'est sans doute durant ce séjour dans le Péloponnèse que Dion reçut à titre honorifique la citoyenneté spartiate (voir infra, *XVII, 8).*

XVI. 1. Quant à Platon, Denys le fit aussitôt transférer dans l'acropole : sous couleur de lui offrir une hospitalité généreuse, il le plaçait en fait, tout en l'honorant, sous bonne garde, pour l'empêcher d'embarquer avec Dion et de porter témoignage de l'injustice dont celui-ci était victime[36]. 2. Mais avec le temps et la vie commune, tel un animal sauvage qui s'habitue au contact de l'homme, Denys prit l'habitude de supporter sa compagnie et sa conversation et se prit pour lui d'un amour tyrannique : il exigeait qu'en retour Platon n'aimât que lui et l'admirât plus que tout le monde ; il était prêt à lui abandonner les affaires et la tyrannie, à condition que le philosophe ne préférât pas l'amitié de Dion à la sienne[37]. 3. C'était donc un malheur pour Platon que cette passion. Denys délirait, comme le font les amants malheureux, sous l'effet de la jalousie, et multipliait à son endroit les crises de colère, les réconciliations et les prières en peu de temps. Il désirait vivement entendre les paroles de Platon et s'associer à ses recherches philosophiques, mais il rougissait devant ceux qui cherchaient à l'en détourner et qui lui disaient que cette étude causerait sa perte. 4. Sur ces entrefaites, une guerre éclata et il renvoya Platon, après lui avoir promis de rappeler Dion au printemps[38]. 5. Il manqua aussitôt à cette promesse. Il envoya à Dion le revenu de ses propriétés et pria Platon d'excuser ce retard dû à la guerre : 6. dès que la paix serait conclue, il rappellerait Dion au plus vite ; en attendant, il lui demandait de se tenir tranquille, sans susciter de révolution ni le calomnier auprès des Grecs.

XVII. 1. Platon s'efforça d'agir en ce sens ; il tourna Dion vers la philosophie et le retint à l'Académie. 2. Dion habitait à Athènes chez Callippos, un de ses familiers, et il acheta pour y séjourner une propriété à la campagne ; par la suite, quand il embarqua pour la Sicile, il en fit présent à Speusippe[39], 3. son ami d'Athènes le plus proche, avec qui il passait tout son temps. Platon voulait en effet tempérer et adoucir le caractère de Dion[40] en lui faisant fréquenter des gens charmants, capables à l'occasion de plaisanteries de bon ton ; 4. or tel était à peu près le caractère de Speusippe et c'est pour cela que dans ses *Silles*, Timon[41] l'a surnommé « l'habile railleur ». 5. En tant que chorège, Platon devait présenter un chœur

---

36. Cette information figure dans la Lettre III, *315e*.
37. Voir Lettre VII, *330a* : « *À mesure que le temps passait, son affection ne cessait de croître, parce qu'il s'habituait à mes manières et à mon caractère ; mais il souhaitait que je le loue plus que Dion et que je le considère comme un ami bien plus grand que Dion.* »
38. Dans la Lettre VII, *338a*, il est fait mention de cette guerre qui se serait déroulée en Sicile, mais on ne sait contre quel adversaire.
39. Dion n'est donc resté que peu de temps dans le Péloponnèse et s'est installé à Athènes. Il sera longuement question de ce Callippos (voir infra, XVIII, 3 et LIV-LV). L'achat d'une propriété impliquait que Dion avait dû recevoir, sinon la citoyenneté, du moins le privilège accordé à certains étrangers d'être propriétaires en Attique. Speusippe fut le successeur de Platon à la tête de l'Académie.
40. Plutarque a déjà souligné (supra, VIII, 2) la rudesse du caractère de Dion.
41. Il s'agit de Timon de Phlionte qui vivait au IIIe siècle et écrivit des poèmes satiriques dans lesquels il se moquait des philosophes.

d'enfants[42], mais ce fut Dion qui se chargea d'entraîner ce chœur et qui en assuma personnellement toute la dépense : Platon lui céda cette occasion de montrer sa générosité aux Athéniens, jugeant qu'elle vaudrait à Dion plus de bienveillance qu'il n'en aurait retiré, lui, de gloire. 6. Dion fréquenta aussi les autres cités ; il partagea ses loisirs et se mêla, au cours des panégyries, aux hommes les meilleurs et aux plus habiles politiques. Dans la vie quotidienne, sa conduite n'avait jamais rien de grossier, de tyrannique ou d'efféminé : il montrait de la tempérance, de la vertu, du courage et une belle application aux lettres et à la philosophie. 7. Ces qualités lui valurent la sympathie et l'admiration de tous ainsi que des honneurs publics que lui votèrent les cités. 8. Les Lacédémoniens allèrent jusqu'à le faire citoyen de Sparte, sans s'inquiéter de la colère de Denys, qui les soutenait pourtant avec énergie contre les Thébains[43]. 9. Un jour, dit-on, Dion, qui désirait voir Ptoiodoros de Mégare, se rendit chez lui. Ce Ptoiodoros était, apparemment, un personnage riche et influent ; 10. Dion s'aperçut qu'il y avait foule à sa porte et que la multitude des affaires dont il s'occupait empêchait de l'aborder et de le rencontrer ; voyant que ses amis s'irritaient et s'indignaient, il leur dit : « Pourquoi le blâmer ? Nous aussi, à Syracuse, nous agissions tout comme lui. »

XVIII. 1. Avec le temps, Denys, tourmenté par la jalousie et redoutant la sympathie que Dion inspirait aux Grecs, cessa de lui envoyer ses revenus et confia ses biens à des administrateurs privés[44]. 2. Par ailleurs, pour combattre la mauvaise opinion que les philosophes avaient de lui à cause de sa conduite avec Platon, il réunit autour de lui beaucoup d'hommes qui passaient pour cultivés. 3. Son ambition était de surpasser tout le monde dans la discussion mais, comme il avait mal compris les notions platoniciennes, il les employait forcément de travers[45]. 4. Il se mit donc à regretter Platon, se reprochant de n'avoir pas su profiter de sa présence et de ne pas avoir bien entendu tout ce qu'il disait de beau. 5. En tyran qu'il était, toujours emporté par ses désirs et prompt à se laisser entraîner par ses différents emballements, il décida aussitôt de revoir Platon et mit tout en œuvre pour persuader le pythagoricien Archytas de se porter garant de ses promesses et d'appeler Platon : c'était en effet par l'intermédiaire d'Archytas que Denys et Platon avaient noué leurs premiers liens d'amitié et d'hospitalité[46]. 6. Archytas envoya donc Archédémos à

---

42. *La chorégie était une liturgie, une charge qui retombait sur les citoyens riches et consistait à financer, lors des grandes fêtes religieuses, le recrutement et l'entraînement d'un chœur.*
43. *Depuis la bataille de Leuctres de 371, la guerre était quasi permanente entre Spartiates et Thébains.*
44. *Ici encore Plutarque emprunte cette information à la* Lettre VII, *345c ; mais il est question des* épitropoï *chargés d'administrer les biens de Dion et auxquels il fut interdit de lui en envoyer les revenus dans le Péloponnèse où il résidait alors.*
45. *Dans la* Lettre VII, *338d, il est fait allusion à des gens qui « avaient reçu de Dion un enseignement sur tel ou tel point, et parmi eux, certains qui avaient la tête remplie de doctrines philosophiques mal comprises ».*
46. *Dans la* Lettre VII, *338c, c'est Platon qui a établi des liens d'amitié entre Archytas et Denys.*

Platon[47], tandis que, de son côté, Denys lui adressait une trière et des amis pour le prier de venir. 7. Il lui écrivit[48] lui-même, clairement et nettement, que s'il refusait de se rendre en Sicile, Dion serait traité sans la moindre modération mais que, dans le cas contraire, il obtiendrait tout. 8. Quant à Dion, il recevait de nombreux messages de sa sœur et de sa femme ; elles insistaient pour qu'il demandât à Platon d'obéir à Denys sans chercher de faux-fuyant. 9. C'est ainsi que Platon, comme il le dit lui-même, « alla pour la troisième fois dans le détroit de Scylla,

> Se mesurer encore à la triste Charybde[49]. »

XIX. 1. Son arrivée emplit Denys d'une grande joie et la Sicile, de nouveau, d'une grande espérance ; elle faisait des vœux ardents pour que Platon l'emportât sur Philistos et la philosophie sur la tyrannie. 2. Beaucoup de femmes s'empressaient autour de Platon 3. Denys avait en lui une confiance exceptionnelle, dont personne d'autre ne bénéficiait : quand il venait le voir, le philosophe n'était pas fouillé. Denys lui offrit à plusieurs reprises de nombreuses richesses, que Platon refusa, ce qui fit dire à Aristippe de Cyrène[50] qui était présent : « Denys ne risque rien à se montrer généreux ; il nous donne peu, alors que nous voudrions davantage, et il donne beaucoup à Platon qui n'accepte rien. »
4. Après ces premières effusions, Platon commença à l'entretenir de Dion. Ce furent d'abord des atermoiements, 5. puis des reproches et des disputes qui ne transpirèrent pas au dehors car Denys les cachait et prodiguait par ailleurs à Platon attentions et honneurs, dans l'espoir de le détacher de Dion. De son côté, Platon, du moins dans les premiers temps, ne révéla pas, lui non plus, la mauvaise foi et les mensonges du tyran ; il restait patient et sauvait les apparences. 6. Tels étaient donc leurs sentiments l'un envers à l'autre et ils croyaient que personne n'en savait rien. Mais un jour Hélicon de Cyzique, un des amis intimes de Platon, annonça une éclipse de soleil qui se produisit conformément à ses prévisions[51] : le tyran, admiratif, lui offrit un talent d'argent. 7. Alors Aristippe dit en plaisantant aux autres philosophes qu'il pouvait lui aussi prédire un événement auquel on ne s'attendait pas. On le pria de s'expliquer. « Eh bien ! dit-il, j'annonce que dans peu de temps Platon et Denys seront ennemis. » 8. Pour finir, Denys fit vendre les biens de Dion et garda l'argent. Quant à Platon, jusque-là logé dans le jardin voisin du palais, il l'installa au milieu des mercenaires. Or ceux-ci le détestaient depuis longtemps et cher-

---

47. *Cet Archédémos est cité dans la* Lettre VII, *339a comme un disciple d'Archytas, mais c'est Denys qui décide de l'envoyer à Platon.*
48. *Il est fait allusion à cette missive de Denys dans la* Lettre VII, *339b-c.*
49. *Le troisième séjour de Platon à Syracuse se placerait en 361. La citation d'Homère,* Odyssée, *XII, v. 428 figure dans la* Lettre VII, *345e.*
50. *Aristippe de Cyrène, disciple de Socrate. Sans doute un de ces philosophes qui fréquentaient la cour du tyran, auxquels il est fait allusion supra, XVIII, 2.*
51. *Hélicon de Cyzique était un disciple d'Eudoxe de Cnide, célèbre astronome contemporain de Platon. Cette éclipse eut lieu le 12 mai 361.*

chaient à le tuer, croyant qu'il poussait Denys à renoncer à la tyrannie et à vivre sans gardes du corps[52].

XX. 1. Apprenant le danger que courait Platon, Archytas envoya en hâte une ambassade et une triacontère, pour réclamer le philosophe à Denys et lui rappeler que si Platon s'était embarqué pour Syracuse, c'était parce que lui, Archytas, lui avait garanti la sécurité. 2. Pour cacher sa haine, Denys offrit des banquets à Platon et le couvrit d'attentions au moment du départ. Il se permit seulement de lui dire : « Sans doute, Platon, vas-tu proférer beaucoup d'accusations terribles contre moi devant tes amis philosophes. » 3. Platon répondit en souriant : « J'espère qu'à l'Académie nous ne manquerons jamais de sujets de conversation, au point d'être obligés de faire mention de toi. » 4. Voilà comment se fit, dit-on, le départ de Platon ; mais le récit de Platon lui-même ne s'accorde pas tout à fait avec celui-là[53].

XXI. 1. Quant à Dion, cette histoire le révolta et, peu après, il entra en guerre ouverte contre le tyran en apprenant comment il avait traité sa femme. Platon a fait à ce sujet une allusion voilée dans une lettre à Denys. 2. Voici de quoi il s'agissait. Après avoir chassé Dion, Denys avait chargé Platon, en le renvoyant, de sonder Dion secrètement pour savoir si rien n'empêchait de donner sa femme en mariage à quelqu'un autre. 3. En effet, selon une rumeur exacte ou forgée de toutes pièces par ses ennemis, ce mariage déplaisait à Dion et sa vie conjugale manquait d'harmonie. 4. En conséquence, quand Platon fut arrivé à Athènes et qu'il eut abordé avec Dion toutes sortes de questions, il écrivit au tyran une lettre, dont le sens général était clair pour tout le monde, sauf sur un point que Denys était seul à pouvoir comprendre : Platon expliquait qu'il avait parlé de l'affaire en question avec Dion et que celui-ci serait, de toute évidence, fort contrarié si Denys exécutait ce projet[54]. 5. Sur le moment, comme il y avait encore beaucoup d'espoirs de réconciliation, Denys ne changea rien à la situation de sa sœur et la laissa vivre avec le jeune enfant qu'elle avait de Dion. 6. Mais quand il n'y eut plus aucun accord possible et que Platon, revenu en Sicile, en eut été renvoyé de manière odieuse, Denys donna Arétè[55], contre la volonté de cette femme, à Timocratès, un de ses amis. Il n'imitait pas la modération dont, en ce domaine du moins, son père avait fait preuve. 7. Apparemment, Denys l'Ancien avait vu, lui aussi, le mari de sa sœur, Thestè, devenir son ennemi ; cet homme, pris de peur, s'était enfui et avait quitté la Sicile. Denys fit venir sa sœur et lui reprocha d'avoir su que son mari allait fuir et de pas l'en avoir informé. 8. Elle répondit sans trouble et, par Zeus ! sans crainte : « Et alors,

---

52. Ici encore, Plutarque suit de très près la Lettre VII, *347a- 350a, dans laquelle le philosophe fait allusion aux menaces de mort proférées contre lui par les mercenaires de Denys.*
53. En effet, il n'est nullement question dans la Lettre VII *d'une telle conversation. Au contraire, en 349e, le philosophe rappelle qu'après que Denys l'avait contraint à quitter le palais, il ne le fit jamais plus revenir.*
54. C'est dans la Lettre XIII, *dont l'authenticité est plus que douteuse, que figurait cette allusion.*
55. Arétè était la demi-sœur de Denys, puisque fille de la Syracusaine Aristomachè.

Denys, me crois-tu femme assez vile et lâche pour ne pas m'être embarquée avec mon mari afin de partager son sort, si j'avais été prévenue de sa fuite ? Je n'en ai pas été prévenue. Et pourtant, je trouvais plus beau d'être appelée l'épouse de l'exilé Polyxénos que la sœur du tyran que tu es. » 9. Ce franc-parler de Thestè suscita, dit-on, l'admiration du tyran, et les Syracusains, eux aussi, admirèrent la vertu de cette femme, à tel point que, même après la chute de la tyrannie, ils lui conservèrent les honneurs et le train de vie d'une reine ; quand elle mourut, les citoyens l'accompagnèrent en cortège officiel jusqu'à sa sépulture. Voilà une digression qui n'était pas inutile.

XXII. 1. Dion se tourna désormais vers la guerre. Platon se tint à l'écart du conflit, par respect pour ses liens d'hospitalité avec Denys et à cause de sa vieillesse, mais Speusippe et les autres compagnons de Dion se rallièrent à lui : ils l'exhortèrent à libérer la Sicile, qui lui tendait les bras et l'attendait avec enthousiasme[56]. 2. Pendant le séjour de Platon à Syracuse, Speusippe, semble-t-il, s'était davantage mêlé aux habitants et il avait cherché à connaître leurs sentiments[57]. 3. Au début, son franc-parler les avait inquiétés, car ils croyaient que le tyran cherchait à les mettre à l'épreuve, mais avec le temps, Speusippe avait gagné leur confiance. Or tous tenaient le même discours : ils priaient, ils suppliaient Dion de venir, même s'il n'avait ni navires, ni hoplites, ni chevaux, d'embarquer seul sur un bateau de marchandises et de prêter aux Siciliens sa personne et son nom pour lutter contre Denys. 4. Ce rapport de Speusippe encouragea Dion : il se mit à recruter des mercenaires en secret et par personne interposée, en cachant ses intentions[58]. 5. Il était soutenu par un grand nombre d'hommes politiques et de philosophes, notamment par Eudémos de Chypre, dont la mort a inspiré à Aristote son dialogue *Sur l'âme*, et par Timonidès de Leucade. 6. Ils gagnèrent aussi le Thessalien Miltas, un devin qui avait participé aux entretiens de l'Académie. 7. Quant aux hommes qui avaient été bannis par le tyran, ils étaient au moins un millier mais ils ne furent que vingt-cinq à prendre part à l'expédition ; les autres trahirent par lâcheté. 8. La base de départ était l'île de Zacynthos[59], où les soldats s'étaient rassemblés : ils étaient moins de huit cents, mais tous s'étaient illustrés dans de nombreuses campagnes importantes et leur entraînement physique était remarquable ; leur expérience et leur audace leur assuraient une supériorité écrasante, et ils étaient capables d'enflammer et d'exciter au combat la foule de partisans que Dion espérait rallier en Sicile.

XXIII. 1. Quand ces soldats apprirent que la flotte levait l'ancre contre Denys et la Sicile, ils furent d'abord frappés d'effroi et condamnèrent le projet, se disant que la colère égarait et affolait Dion ou qu'il devait manquer d'espérances solides pour se

---

56. Voir Lettre VII, *350b-e. Platon devait avoir alors (en 357) 70 ans.*
57. Speusippe avait donc accompagné Platon à Syracuse.
58. En recrutant des mercenaires, Dion donne à son expédition un tout autre caractère que celui souhaité par ses amis de l'Académie.
59. Zacynthos est une île de la mer Ionienne.

lancer ainsi dans une entreprise vouée à l'échec. Ils en voulaient à leurs officiers et à leurs recruteurs de ne pas leur avoir annoncé tout de suite de quelle guerre il s'agissait[60]. 2. Mais lorsque Dion, dans un discours, eut énuméré les faiblesses de la tyrannie et leur eut déclaré qu'il ne les emmenait pas comme soldats mais plutôt pour servir de chefs aux Syracusains et aux autres Siciliens, depuis longtemps prêts à se soulever, lorsque, après Dion, ils eurent entendu Alciménès, qui était le premier des Achéens par la gloire et la naissance et qui faisait partie de l'expédition, ils se laissèrent convaincre. 3. On était alors au plus fort de l'été, les vents étésiens dominaient la mer et la lune était pleine. Dion fit préparer un magnifique sacrifice à Apollon et se rendit en procession au temple du dieu, avec les soldats parés de leurs armures complètes. 4. Après le sacrifice, il leur offrit un repas dans le stade de Zacynthos. En admirant les coupes d'argent et d'or et les tables, dont la splendeur dépassait les moyens d'un simple particulier, ils se dirent qu'un homme d'âge déjà mûr[61], qui possédait une telle fortune, ne se lancerait pas dans une entreprise hasardeuse s'il n'avait pas des espérances solides et des amis qui lui envoyaient de Sicile des forces nombreuses et importantes.

XXIV. 1. Après les libations et les prières rituelles, il y eut une éclipse de lune. Le phénomène n'avait rien d'étonnant pour Dion, qui savait calculer les périodes écliptiques, la projection de l'ombre sur la lune et l'écran que la terre oppose au soleil[62]. 2. Mais les soldats terrifiés avaient besoin de réconfort. Alors le devin Miltas[63] s'avança au milieu des troupes et leur dit d'avoir courage et de s'attendre à l'emporter : 3. « La divinité annonce l'éclipse d'une des lumières qui brillent maintenant. Or il n'y a rien de plus brillant que la tyrannie de Denys. Vous en éteindrez donc l'éclat dès que vous aurez touché la Sicile. » 4. Voilà ce que Miltas déclara publiquement à tous. Quant aux abeilles qu'on vit près des bateaux de Dion et qui se posèrent en essaim à la poupe, le devin déclara en privé à Dion et à ses amis : « Je crains que malgré sa noblesse, votre entreprise ne soit florissante que peu de temps et ne se flétrisse bientôt. »
5. Quant à Denys, la divinité, dit-on, lui envoya à lui aussi plusieurs présages pour l'avertir. 6. Un aigle saisit la javeline d'un de ses gardes du corps, l'éleva dans les airs et la laissa tomber dans les profondeurs des flots. 7. L'eau de la mer qui baigne l'acropole fut pendant un jour douce et potable, comme purent le constater tous ceux qui en burent. 8. Des porcelets naquirent chez Denys, pourvus de tous leurs organes, mais privés d'oreilles. 9. Les devins déclarèrent que c'était là un signe de

---

60. *Il y a là une indication intéressante. Les mercenaires espéraient une expédition fructueuse et craignaient de se trouver entraînés dans une guerre civile. La plupart d'entre eux étaient des Péloponnésiens, comme le révèle la mention des Achéens et de leur chef Alciménès (§ 2).*
61. *En 357, Dion avait 52 ans.*
62. *L'éclipse de lune eut lieu le 9 août 357. Dans* Nicias, *XXIII, 6, Plutarque oppose ce raisonnement de Dion à la crédulité du stratège athénien.*
63. *Il a été question de ce Miltas supra, XXII, 6. Dion, bien que disciple de Platon, n'en éprouvait pas moins le besoin d'amener avec lui un devin.*

révolte et de désobéissance, indiquant que les citoyens n'écouteraient plus le tyran. Quant à la douceur de l'eau de mer, elle annonçait que les Syracusains passeraient d'une situation malsaine et mauvaise à un état meilleur. 10. Enfin, l'aigle étant le serviteur de Zeus et la lance symbolisant le commandement et la puissance, le plus grand des dieux annonçait la disparition et la destruction de la tyrannie. Tel est du moins le récit de Théopompe[64].

XXV. 1. Les soldats de Dion embarquèrent sur deux navires de transport, escortés d'un troisième bâtiment, qui n'était pas grand, et de deux triacontères. 2. Quant aux armes, outre celles que portaient les soldats, on transportait deux mille boucliers et beaucoup de javelots et de lances. Ils avaient également des vivres en abondance pour ne manquer de rien pendant la traversée. En effet, ils allaient être constamment livrés aux vents et à la mer, puisqu'ils redoutaient la terre, sachant que Philistos tenait sa flotte au mouillage en Iapygie et les guettait au passage[65]. 3. Pendant douze jours, ils furent poussés par un vent faible et doux et, le treizième, ils atteignirent le Pachynos, un cap de Sicile[66]. 4. Le pilote Protos leur conseilla de débarquer rapidement, car s'ils s'écartaient de la terre et s'éloignaient volontairement du promontoire, ils perdraient en haute mer beaucoup de jours et de nuits à attendre le vent du Sud en cette saison d'été. 5. Mais Dion, qui craignait de débarquer à proximité des ennemis et préférait aborder plus loin, ordonna de doubler le cap Pachynos. 6. Alors un violent vent du Nord s'abattit sur eux et, dans une grande houle, il entraîna les navires loin de la Sicile. Au lever d'Arctouros[67], des éclairs et des coups de tonnerre éclatèrent et déversèrent du ciel une violente tempête et une pluie torrentielle. 7. Les marins, terrifiés, voguaient à l'aventure lorsqu'ils virent soudain que leurs navires étaient entraînés par les flots vers Cercina, en face de l'Afrique, du côté le plus escarpé et le plus dangereux à aborder de l'île. 8. Ils faillirent être jetés et broyés sur les récifs et furent forcés de manœuvrer avec des gaffes pour les éviter à grand-peine. Enfin, la tempête mollit; rencontrant un bateau, ils apprirent qu'ils se trouvaient près du lieu-dit les Têtes de la Grande Syrte. 9. Découragés devant le calme plat de la mer, ils se laissaient entraîner, lorsque s'éleva de la terre une petite brise du Sud; ils ne s'attendaient pas du tout à un vent du Sud et ne crurent d'abord pas à ce changement. 10. Mais peu à peu, le vent forcit et prit de la vigueur; alors ils déployèrent toutes les voiles qu'ils avaient et, après avoir prié les dieux, gagnèrent la haute mer, fuyant l'Afrique pour rejoindre la Sicile. 11. Leur course fut rapide, et le cinquième jour, ils mouillèrent au large de Minoa, petite cité de Sicile[68], dans le secteur qui était soumis aux Carthaginois.

---

64. *Théopompe de Chios est un historien du IVe siècle, disciple du rhéteur Isocrate.*
65. *Philistos commandait la flotte syracusaine qui avait mouillé au sud de l'Italie afin d'intercepter les navires de Dion.*
66. *Le cap Pachynos se trouve au sud-est de la Sicile, ce qui explique que la tempête ait pu détourner la flotte de Dion jusqu'aux côtes de la Libye (§ 7).*
67. *Étoile, en face de la Grande Ourse.*
68. *Héracléa Minoa est située entre Acragas (Agrigente) et Sélinonte, dans la partie occidentale de l'île.*

12. Le gouverneur carthaginois, Synalos, se trouvait alors présent. C'était l'hôte et l'ami de Dion mais, comme il ignorait que Dion était là et qu'il s'agissait de sa flotte, il essaya d'empêcher les soldats de débarquer. 13. Ils sortirent des navires en courant avec leurs armes ; ils ne tuèrent personne, Dion le leur ayant interdit à cause de son amitié avec le Carthaginois, mais ils entrèrent à la suite des fuyards dans la place et s'en emparèrent. 14. Quand les chefs se furent rencontrés et salués, Dion rendit la cité à Synalos sans lui avoir fait aucun mal ; quant à Synalos, il donna l'hospitalité aux soldats et fournit à Dion ce dont il avait besoin.

XXVI. 1. Ce qui les encouragea le plus, ce fut la coïncidence fortuite de leur arrivée avec l'absence de Denys qui venait précisément de partir pour l'Italie avec quatre-vingts navires. 2. Aussi, alors que Dion les invitait à rester à Minoa pour se reposer après avoir été si longtemps malmenés sur la mer, ils ne supportèrent pas d'attendre ; impatients de saisir l'occasion, ils lui demandèrent de les mener à Syracuse. 3. Il laissa donc à Minoa le surplus des armes et des bagages, priant Synalos de les lui faire parvenir en temps utile, et il marcha contre Syracuse. 4. En chemin, il fut rejoint d'abord par deux cents cavaliers d'Acragas, stationnés près d'Ecnomos, puis par des gens de Géla.
5. La nouvelle se répandit rapidement jusqu'à Syracuse. Timocratès, qui avait épousé la femme de Dion, sœur de Denys, et qui commandait les amis que le tyran avait laissés dans la cité, envoya en toute hâte un messager à Denys, porteur d'une lettre annonçant l'arrivée de Dion. 6. Lui-même cherchait à prévenir les troubles et l'agitation dans la cité : les gens étaient tous en émoi, mais ne bougeaient pas, car ils n'avaient pas encore confiance et avaient peur. 7. Quant au messager qui avait été envoyé, il lui arriva une aventure extraordinaire. Il était passé en Italie, il avait traversé le territoire de Rhégium et se hâtait vers Caulonia, où se trouvait Denys, quand il rencontra un de ses amis qui portait une victime récemment sacrifiée. L'homme lui donna une part de cette viande et le messager repartit en hâte. 8. Après avoir cheminé une partie de la nuit, il était si fatigué qu'il fut obligé de dormir un peu et il s'allongea, comme il était, au bord de la route, dans une forêt. 9. Attiré par l'odeur, un loup survint, se saisit de la viande que renfermait le sac et s'en alla, emportant du même coup le sac où l'homme gardait les lettres. 10. Quand il s'éveilla et s'aperçut de cette perte, il parcourut vainement l'endroit en tous sens et chercha sans rien trouver. Alors il décida de ne pas rejoindre le tyran sans la lettre, mais de s'enfuir et de se mettre à l'abri[69].

XXVII. 1. Ce fut donc tardivement et par d'autres que Denys devait apprendre la guerre de Sicile. Dion poursuivit sa marche. Les gens de Camarina le rejoignirent et une foule considérable de Syracusains des campagnes se souleva et afflua autour de lui[70].

---

69. *Plutarque ne résiste pas au plaisir de raconter cette anecdote, même si elle ne fut inventée que pour expliquer le retard de Dion, retenu en Italie, où il semble qu'il préférait vivre.*
70. *Après les Agrigentins et les Géloens, ce sont les gens de Camarina qui se rallient à Dion. Il ne faut pas oublier, pour comprendre ces ralliements, que Syracuse exerçait depuis Denys l'Ancien une véritable hégémonie sur les cités grecques de l'île.*

2. Les Léontins et les Campaniens qui gardaient les Épipoles[71] avec Timocratès furent abusés par un faux bruit qu'il avait répandu : croyant qu'il attaquerait d'abord leurs cités, ils abandonnèrent Timocratès et s'en furent défendre leurs concitoyens. 3. Lorsque la nouvelle fut rapportée à Dion, qui campait près d'Acraï, il fit partir ses soldats pendant la nuit et parvint au bord de l'Anapos[72], à dix stades de la cité. 4. Là, il arrêta sa marche, offrit un sacrifice au fleuve et pria le soleil levant, tandis que, de leur côté, les devins annonçaient que les dieux lui donnaient la victoire. En voyant Dion couronné pour le sacrifice, les assistants, d'un seul élan, se couronnèrent tous. 5. Cinq mille hommes au moins l'avaient rejoint en route ; ils étaient médiocrement équipés, avec des armes de fortune, mais leur enthousiasme compensait l'insuffisance de leur matériel : dès que Dion leur donna le signal, ils s'élancèrent en courant, avec des cris de joie, s'exhortant mutuellement à conquérir la liberté.

XXVIII. 1. Parmi les Syracusains qui étaient restés dans la cité, les notables et les gens en vue se vêtirent de blanc et allèrent à la rencontre de Dion aux portes de la ville, tandis que la multitude s'en prenait aux amis du tyran et déchirait ceux qu'on appelait les «rapporteurs», des gens impies et ennemis des dieux qui circulaient dans la cité, se mêlaient aux Syracusains, s'immisçaient dans leurs affaires et dénonçaient au tyran les opinions et les propos de chacun. 2. Ces individus furent donc les premiers à être punis : les passants les assommèrent à coups de bâton. Timocratès, n'ayant pu rejoindre la garnison qui gardait l'acropole, prit un cheval et s'échappa de la ville ; tout en fuyant, il répandait partout la peur et le trouble, car il exagérait les forces de Dion pour ne pas avoir l'air d'avoir perdu la cité pour un danger minime. 3. Pendant ce temps, Dion s'avançait déjà. On le vit apparaître à la tête de ses troupes, avec des armes brillantes, entouré d'un côté par son frère Mégaclès et de l'autre par l'Athénien Callippos ; ils portaient des couronnes. 4. Derrière eux venaient les mercenaires : la garde de Dion, composée de cent hommes, et les autres, en bon ordre, conduits par leurs officiers. Les Syracusains les contemplaient et les accueillaient comme s'il s'agissait d'un cortège religieux et sacré escortant la liberté et la démocratie qui, après une absence de quarante-huit ans, revenaient dans la cité[73].

XXIX. 1. Lorsque Dion fut entré par les portes Téménitides[74], il ordonna de sonner la trompette pour calmer le tumulte et de faire la proclamation suivante : «Dion et Mégaclès, venus pour abattre la tyrannie, libèrent les Syracusains et les autres habitants de Sicile du tyran.» 2. Puis, comme il voulait s'adresser en personne à la popu-

---

71. *Les Épipoles étaient un quartier fortifié de Syracuse. Ces Campaniens étaient sans doute des mercenaires recrutés par le tyran en Italie.*
72. *L'Anapos est une rivière située un peu au Sud de Syracuse.*
73. *Cet enthousiasme pour la démocratie et la liberté vient sans doute de ce que Plutarque ne parle plus du Dion platonicien, mais de celui de l'historien Timée.*
74. *Cette porte est citée par Thucydide,* Guerre du Péloponnèse, *VI, 75,1.*

lation, il monta à travers l'Achradine[75]. De chaque côté de la rue, les Syracusains disposaient des victimes, des tables et des cratères et, dès qu'il arrivait à leur hauteur, ils lui lançaient des fleurs et se tournaient vers lui en l'invoquant comme un dieu. 3. Il y avait au pied de l'acropole et des Pentapyles[76], un cadran solaire bien en vue et très haut que Denys avait fait construire. Dion y monta pour haranguer le peuple et exhorter les citoyens à défendre la liberté. 4. Ceux-ci, pleins de joie et d'affection pour les deux frères, les nommèrent stratèges avec les pleins pouvoirs et, sur leur désir et à leur demande, ils leur donnèrent vingt collègues dont la moitié furent choisis parmi ceux qui étaient rentrés d'exil avec Dion. 5. Cette fois encore, les devins jugèrent la situation ambiguë : en haranguant le peuple, Dion avait sous ses pieds l'orgueilleux monument du tyran, ce qui était un signe favorable mais, comme il s'agissait d'un cadran solaire et que Dion se tenait dessus quand il avait été élu stratège, ils craignaient de voir ses entreprises bientôt victimes d'un retour de Fortune. 6. Ensuite Dion s'empara des Épipoles, libéra les citoyens qui y étaient enfermés et entoura l'acropole d'une fortification. 7. Le septième jour, Denys regagna l'acropole par mer, pendant que des chariots apportaient à Dion les armes qu'il avait laissées à Synalos[77]. 8. Il les distribua entre les citoyens ; les autres s'équipèrent comme ils le purent et se montrèrent des hoplites pleins d'ardeur.

XXX. 1. Denys envoya d'abord à Dion des émissaires à titre privé pour le sonder mais Dion le pria de traiter officiellement avec les Syracusains puisqu'ils étaient désormais libres. Les ambassadeurs rapportèrent alors des propositions pleines d'humanité de la part du tyran : il leur promettait une réduction d'impôts et un allégement des campagnes militaires qu'ils n'auraient pas approuvées par leur vote. Les Syracusains ne firent qu'en rire 2. et Dion répondit aux ambassadeurs que Denys ne pouvait négocier avec les Syracusains s'il ne renonçait pas à son pouvoir ; s'il le faisait, il lui garantissait la sécurité et les conditions les plus raisonnables possible en souvenir de leur lien de parenté. 3. Denys accepta ces propositions et lui adressa une nouvelle ambassade pour demander qu'on lui envoyât quelques Syracusains sur l'acropole : si l'on faisait de part et d'autre des concessions réciproques, il traiterait avec eux des intérêts communs. 4. On lui envoya donc des hommes qui furent choisis par Dion. Une rumeur insistante, venue de la citadelle, se répandit parmi les Syracusains : Denys allait se démettre de la tyrannie, de son propre mouvement plus que pour complaire à Dion. 5. Mais cette feinte du tyran n'était que ruse et machination contre les Syracusains. Denys retint prisonniers les envoyés de la cité ; au point du jour, ayant gorgé de vin pur ses mercenaires, il les lança au pas de course contre les fortifications des Syracusains. 6. L'attaque était inattendue ; pleins d'audace, les Barbares, dans un grand tumulte, se mirent à détruire le retranchement et se jetèrent sur les Syracusains. Nul n'osait tenir

---

75. L'Achradine est un autre quartier de Syracuse, sans doute la partie la plus ancienne de la ville où se trouvaient l'agora, le Bouleutérion et le sanctuaire de Zeus Olympien.
76. Sans doute les portes qui, à l'instar des Propylées d'Athènes, marquaient l'entrée de l'acropole.
77. Les mercenaires de Denys étaient restés maîtres de la citadelle. Il a été fait mention de ces armes supra, XXVI, 3.

bon ni se défendre, sauf les soldats étrangers de Dion qui vinrent à leur secours dès qu'ils s'aperçurent de cette agitation[78]. 7. Mais ils ne savaient pas, eux non plus, comment les aider et ils n'entendaient pas les commandements, à cause des cris et du désordre des fuyards syracusains qui s'étaient mêlés à eux et traversaient leurs rangs en courant. Enfin Dion, voyant que personne n'entendait ce qu'il disait, voulut montrer ce qu'il fallait faire en agissant lui-même : il se jeta le premier contre les Barbares. 8. Une mêlée violente et terrible s'engagea autour de lui car ennemis et amis le reconnaissaient, et tous s'élancèrent ensemble en criant. 9. Dion était déjà trop alourdi par l'âge pour livrer de tels combats mais il résista vaillamment et courageusement aux assaillants ; comme il essayait de les repousser, il fut blessé à la main par une lance. Quant aux autres traits et aux coups qu'on lui portait de près, sa cuirasse suffisait à peine à l'en protéger : elle fut frappée par quantité de piques et de lances qui avaient traversé son bouclier ; cuirasse et bouclier finirent par se briser et Dion s'écroula. 10. Les soldats le relevèrent. Il confia alors le commandement à Timonidès[79], tandis que lui-même parcourait la ville à cheval. Il arrêta la fuite des Syracusains puis, appelant les soldats étrangers qui gardaient l'Achradine, il les mena contre les Barbares. C'étaient des troupes fraîches qui fondaient sur des hommes épuisés, des combattants pleins d'ardeur lancés contre des ennemis qui désespéraient déjà du succès de leur tentative. 11. Les Barbares avaient cru que cette attaque leur permettrait de s'emparer de la cité entière dès le premier assaut ; lorsqu'ils se trouvèrent, contre leur attente, aux prises avec des hommes menaçants et combatifs, ils se retirèrent sur l'acropole. 12. Dès qu'ils lâchèrent pied, les Grecs les pressèrent encore davantage : ils furent mis en déroute et durent se renfermer derrière le rempart. Ils avaient tué soixante-quatorze hommes de Dion et avaient perdu beaucoup des leurs.

XXXI. 1. Après cette éclatante victoire, les Syracusains offrirent cent mines aux soldats étrangers, et ceux-ci offrirent à Dion une couronne en or. 2. Des hérauts envoyés par Denys descendirent apporter à Dion des lettres envoyées par des femmes de sa famille. L'une d'elles portait la suscription suivante : « À mon père de la part d'Hipparinos ». 3. C'était le nom du fils de Dion. Selon Timée, ce fils s'appelait Arétaios, du nom de sa mère Arétè[80], mais à mon avis il vaut mieux, sur ce point tout au moins, se fier à Timonidès qui était l'ami et le compagnon d'armes de Dion[81]. 4. On donna lecture des autres lettres aux Syracusains : elles contenaient des supplications et des prières des femmes. Quant à la lettre qui était censée venir de son fils, les

---

78. *Ici, comme dans tout le récit qui suit, Plutarque appelle Barbares les mercenaires de Denys, alors que ceux de Dion sont désignés par le terme* xénoï, étrangers. *On sait par ce qui précède qu'il s'agissait essentiellement de Péloponnésiens, alors que Denys avait à son service des Campaniens. Mais il est intéressant que l'opposition entre le libérateur et le tyran recoupe l'opposition Grec/Barbare. Voir aussi au § 12, où les soldats de Dion sont appelés* hellènes.
79. *Il a été question de ce Timonidès supra, en XXII, 5.*
80. *Denys avait gardé auprès de lui la mère, la femme et les enfants de Dion.*
81. *Timonidès n'était donc pas seulement le compagnon de Dion. Il avait laissé un récit des événements que Plutarque (ou sa source) a pu consulter.*

Syracusains ne voulaient pas qu'on l'ouvrît en public mais Dion le fit malgré eux. 5. Or c'était une lettre de Denys, adressée en apparence à Dion mais destinée en fait aux Syracusains : sous l'apparence d'une prière et d'une justification, elle visait en réalité à discréditer Dion. 6. Elle rappelait le soutien ardent qu'il avait apporté à la tyrannie, proférait des menaces contre les êtres qui lui étaient le plus chers, sa sœur, son enfant, son épouse, et des adjurations terribles, mêlées de lamentations [...]. Ce qui le troubla le plus, c'est que Denys lui demandait de ne pas supprimer la tyrannie, mais de la garder pour lui, de ne pas rendre la liberté à des hommes haineux et rancuniers mais de gouverner lui-même, en assurant la sécurité de ses amis et de sa famille.

XXXII. 1. À la lecture de cette lettre, les Syracusains, ne furent pas frappés, comme ils l'auraient dû, par la fermeté et la grandeur d'âme de Dion qui, au nom de l'honneur et de la justice, luttait contre des liens familiaux aussi étroits. 2. Bien au contraire, ils se mirent à le soupçonner et à le craindre, se disant qu'il était bien forcé d'épargner le tyran, et tournèrent désormais les yeux vers d'autres chefs. La nouvelle qu'Héraclidès revenait par mer mit le comble à leur désarroi[82]. 3. Cet Héraclidès était un des exilés ; c'était un général habile qui s'était fait connaître par un commandement qu'il avait exercé sous les tyrans, mais il manquait de stabilité dans ses résolutions, était superficiel en toutes circonstances et particulièrement peu sûr lorsqu'il fallait partager le pouvoir et la gloire. 4. Cet homme s'était révolté contre Dion dans le Péloponnèse et il avait décidé d'équiper une flotte par ses propres moyens pour lutter de son côté contre le tyran. Il arriva avec sept trières et trois navires de transport à Syracuse où il trouva Denys de nouveau assiégé et les Syracusains soulevés. 5. Il s'insinua aussitôt dans les bonnes grâces de la multitude, car il avait un don naturel pour persuader et émouvoir une foule avide de flatteries. Il gagnait et séduisait les gens d'autant plus facilement qu'ils étaient rebutés par la gravité de Dion, la jugeant insupportable et déplacée chez un homme politique : dans le relâchement et l'audace que leur inspirait leur victoire, ils voulaient des démagogues, avant même d'être une démocratie[83].

XXXIII. 1. Pour commencer, ils coururent de leur propre initiative se réunir en assemblée[84] et nommèrent Héraclidès commandant de la flotte. 2. Dion s'avança et leur adressa des reproches : en donnant cette charge à Héraclidès, ils annulaient celle qu'ils lui avaient précédemment accordée à lui, car il ne disposait plus des pleins pouvoirs si un autre commandait les forces maritimes[85]. À contrecœur, les

---

82. *Alors que jusqu'ici Plutarque a présenté le retour de Dion comme la réalisation des souhaits de tout le peuple syracusain, il apparaît qu'en fait la situation était plus complexe : le petit peuple attendait le rétablissement de la démocratie, alors que les notables et les amis de Dion souhaitaient établir un régime assurant à ce dernier une position éminente dans la cité.*
83. *Héraclidès va être présenté dans la suite du récit comme un démagogue.*
84. *Normalement, l'assemblée aurait dû être convoquée par des magistrats, sans doute les stratèges.*
85. *En fait, Dion et Mégaclès avaient été élus stratèges* autocratores, *c'est-à-dire dotés de pleins pouvoirs. L'argument de Dion était donc spécieux.*

Syracusains annulèrent la nomination d'Héraclidès. 3. Cela fait, Dion convoqua Héraclidès chez lui et lui adressa quelques reproches sans gravité, lui expliquant qu'il était contraire à l'honneur et à l'intérêt de rivaliser avec lui pour la gloire en une circonstance où il en fallait peu pour faire basculer la situation et causer leur perte. Puis, ayant réuni lui-même une nouvelle assemblée, il désigna Héraclidès commandant de la flotte et poussa ses concitoyens à lui donner des gardes du corps comme il en avait lui-même[86]. 4. En paroles et en apparence, Héraclidès se montrait dévoué à Dion, se disait plein de gratitude, l'escortait humblement et exécutait ses ordres, mais en sous-main il corrompait la foule et les révolutionnaires et fomentait des troubles. Il enveloppait Dion et l'acculait à une alternative sans issue : 5. s'il proposait de laisser sortir Denys de la citadelle en traitant avec lui, il était accusé de vouloir ménager et sauver le tyran ; si au contraire, pour ne pas contrarier les gens, il continuait tranquillement le siège, il avait l'air de faire traîner la guerre en longueur pour avoir plus de pouvoir et terrifier ses concitoyens.

XXXIV. 1. Il y avait un certain Sosis, un individu qui devait à sa méchanceté et à son insolence une certaine réputation auprès des Syracusains ; ils considéraient que la franchise poussée à ce point était le comble de la liberté. 2. Cet homme médita la perte de Dion. Pour commencer, en pleine assemblée, il se leva et couvrit les Syracusains d'injures, leur reprochant de ne pas comprendre qu'ils s'étaient débarrassés de la tyrannie d'un homme abruti, d'un ivrogne, pour se donner un maître bien réveillé et sobre. 3. Après s'être ainsi déclaré ouvertement l'ennemi de Dion il quitta l'agora ce jour-là. Le lendemain, on le vit courir nu à travers la cité, la tête et le front couverts de sang, comme s'il fuyait des gens lancés à sa poursuite. 4. S'étant précipité dans cet état sur l'agora, il déclara que les mercenaires de Dion lui avaient tendu une embuscade et il leur montra sa tête blessée. Beaucoup de Syracusains partagèrent son indignation et sa colère contre Dion, déclarant que c'était agir en homme cruel, en vrai tyran, que d'ôter ainsi la liberté de parole aux citoyens en les tuant et en les menaçant. 5. Cependant, malgré le désordre et l'agitation de l'assemblée, Dion s'avança pour se justifier. Il révéla que Sosis était le frère d'un des gardes du corps de Denys : c'était à l'instigation de celui-ci qu'il agitait et troublait la cité, car Denys ne pouvait espérer se sauver qu'en semant la défiance et la mésentente entre les citoyens. 6. En même temps, les médecins qui examinaient la blessure de Sosis la trouvaient trop superficielle pour avoir été faite par le tranchant d'une épée : 7. les plaies causées par une épée sont surtout profondes en leur milieu, à cause du poids de l'arme, tandis que la blessure de Sosis était légère d'un bout à l'autre et présentait plusieurs entailles car, comme on l'imagine aisément, la souffrance l'avait forcé à s'arrêter puis à recommencer. 8. De plus, quelques-uns des notables vinrent apporter un rasoir à l'assemblée, expliquant qu'ils avaient rencontré sur la route Sosis couvert de sang ; il leur avait dit qu'il fuyait les mercenaires de Dion qui venaient de le blesser ; 9. ils s'étaient

---

86. *En agissant ainsi, Dion révèle son intention de gouverner seul la cité : c'est lui qui convoque l'assemblée et c'est lui qui attribue le titre de navarque à Héraclidès. C'est donc de lui et non du peuple assemblé que procède toute autorité.*

lancés aussitôt à leur poursuite, mais n'avaient trouvé personne. En revanche, ils avaient découvert un rasoir déposé dans une grotte d'où ils avaient vu sortir Sosis.

XXXV. 1. Le cas de Sosis était déjà mal engagé quand à ces preuves s'ajoutèrent les dépositions de ses serviteurs qui attestèrent qu'alors qu'il faisait encore nuit, il était sorti seul, ce rasoir à la main. Les accusateurs de Dion se retirèrent alors. Le peuple condamna Sosis à mort et se réconcilia avec Dion.
2. Cependant, ses mercenaires continuaient à être mal vus, surtout depuis que la plupart des combats contre le tyran avaient lieu sur mer, Philistos étant venu d'Iapygie soutenir Denys avec un grand nombre de trières. Comme les mercenaires étaient des hoplites, les Syracusains jugeaient qu'ils ne servaient plus à rien pour cette guerre; ils prétendaient même leur commander, puisqu'ils étaient, eux, des marins et tiraient leur force de leurs navires[87]. 3. Leur exaltation augmenta encore quand ils remportèrent une victoire navale sur Philistos[88] qu'ils traitèrent de manière cruelle et barbare. 4. Selon Éphore, Philistos se tua lorsque son navire fut pris, mais Timonidès, qui avait participé dès le début à ces opérations, aux côtés de Dion, raconte dans une lettre au philosophe Speusippe que Philistos fut capturé vivant, sa trière s'étant échouée[89]; 5. les Syracusains commencèrent par lui arracher sa cuirasse et l'exposèrent nu, lui infligeant cette humiliation alors qu'il était déjà fort âgé; ensuite, ils lui coupèrent la tête et livrèrent son corps aux enfants en leur demandant de le traîner à travers l'Achradine et de le jeter dans les Latomies[90]. 6. Timée en rajoute encore dans l'horreur: selon lui, les enfants saisirent le cadavre par sa jambe boiteuse et le traînèrent à travers la cité, sous les railleries de tous les Syracusains qui voyaient tiré par la jambe l'homme qui avait dit: «Denys ne doit pas s'enfuir de la tyrannie sur un cheval rapide, mais en traînant la jambe[91].» 7. Et pourtant, Philistos n'avait jamais prétendu être l'auteur de cette phrase contre Denys; il l'avait rapportée comme ayant été proférée par quelqu'un d'autre.

XXXVI. 1. Timée invoque un prétexte qui n'est pas sans fondement, le zèle et la fidélité de Philistos envers la tyrannie, pour se répandre en accusations contre lui. On peut sans doute excuser ceux qui avaient été à cette époque les victimes de Philistos

---

87. Il est certain que la présence des mercenaires de Dion ne pouvait que renforcer les Syracusains dans la conviction qu'ils n'avaient fait que changer de maîtres. Sur la présence de Philistos en Iapygie, voir supra, XXV, 2.
88. Cette victoire eut lieu au printemps ou au début de l'été 356.
89. Éphore est un historien du IVe siècle. Timonidès a été déjà cité. On apprend ici qu'il fit le récit des événements dans une lettre adressée à Speusippe, rentré à Athènes avec Platon.
90. Célèbres carrières proches de Syracuse, où avaient été enfermés les prisonniers athéniens après le désastre de 413, voir Nicias, XXVIII, 2.
91. Plutarque reprend le grief souvent formulé à l'encontre de Timée de dramatiser les événements (voir aussi infra, XXXVI, 1-2). Timée n'avait pas souffert personnellement de la tyrannie de Denys, puisqu'il vivait à Tauroménion sous le gouvernement éclairé de son père, et avait 13 ans quand Timoléon débarqua en Sicile en 343.

de s'être montrés intraitables au point de se déchaîner sur un corps insensible, 2. mais les historiens qui ont rapporté ces événements après coup, sans avoir souffert de lui de son vivant, et qui ne l'ont connu que par ouï-dire, devraient, par souci de leur réputation, éviter d'insulter, avec des injures et des plaisanteries vulgaires, à des malheurs dont rien n'empêche même le meilleur des hommes d'être frappé par la Fortune. 3. Cependant Éphore n'est pas plus sensé quand il fait l'éloge de Philistos : celui-ci, malgré son extrême habileté pour couvrir des actes injustes et des mœurs dépravées sous des prétextes spécieux et pour inventer des discours élégants, ne peut, en dépit de tous ses artifices, se dérober à l'accusation d'avoir été l'homme le plus attaché à la tyrannie, celui qui, plus que tous, n'a cessé de louer et d'admirer le luxe, la puissance, les richesses et les mariages des tyrans. 4. En vérité, quand on parle de Philistos, il faut éviter à la fois de louer ses actions et d'insulter à sa mauvaise fortune, si l'on veut garder le ton le plus juste[92].

XXXVII. 1. Après la mort de Philistos, Denys envoya proposer à Dion de lui livrer la citadelle, les armes et ses mercenaires, avec leur solde complète pour cinq mois ; 2. lui-même demandait la protection d'un traité pour se rendre en Italie où il s'établirait et percevrait les revenus de Gyarta, un territoire syracusain vaste et riche qui s'étend de la mer au milieu des terres. 3. Dion rejeta cette proposition et lui dit de s'adresser aux Syracusains ; ceux-ci, qui espéraient prendre Denys vivant, chassèrent ses ambassadeurs[95]. 4. Denys remit alors la citadelle à Apollocratès, l'aîné de ses deux fils ; quant à lui, il attendit un vent favorable, fit embarquer sur ses navires les personnes et les biens auxquels il tenait le plus et prit la mer, sans attirer l'attention d'Héraclidès qui commandait la flotte. 5. Héraclidès, blâmé et hué par ses concitoyens, fit alors intervenir Hippon, un démagogue, qui appela le peuple à un partage des terres, déclarant que l'égalité était le début de la liberté et la pauvreté celui de l'esclavage pour les indigents[94]. 6. Héraclidès l'appuya ; ils formèrent une faction contre Dion qui s'opposait à eux, et poussèrent les Syracusains à voter cette mesure, à supprimer la solde des mercenaires et à choisir d'autres stratèges, pour se délivrer de l'autorité sévère de Dion. 7. Les Syracusains sortaient de la tyrannie comme d'une longue maladie : ils essayaient de se relever tout de suite et d'agir en peuple autonome, ce qui était prématuré ; ils causaient leur propre chute par leurs décisions et prenaient en haine Dion qui, tel un médecin, voulait maintenir la cité dans un régime strict et modéré.

XXXVIII. 1. Ils étaient réunis en assemblée pour désigner de nouveaux magistrats, au milieu de l'été, lorsque, pendant quinze jours de suite, des coups de tonnerre et

---

92. *On retrouve dans ce jugement de Plutarque le moraliste ennemi de tous les excès.*
93. *Les scrupules de Dion, qui n'hésite pas à agir en maître absolu, sont surprenants. En fait, derrière ce récit se devinent les oppositions qui vont éclater au grand jour après le départ de Denys pour l'Italie.*
94. *On retrouve ici la revendication d'un partage égalitaire des terres qui semble avoir été, dans le monde grec du IVe siècle, le mot d'ordre des paysans pauvres. Mais on sait aussi que Platon présentait cette revendication comme celle que le tyran promettait de satisfaire pour s'emparer du pouvoir. Plutarque dans tout ce développement reprend implicitement les traditionnels griefs des adversaires de la démocratie.*

des signes effrayants se produisirent dans le ciel : le peuple suspendit les séances et une peur superstitieuse l'empêcha de désigner d'autres stratèges. 2. Les démagogues attendirent le retour du beau fixe et voulurent alors procéder aux élections. Mais un bœuf attelé à un chariot, qui avait pourtant l'habitude et l'expérience des foules, s'emporta, pour une raison qu'on ignore, contre son conducteur, rejeta le joug et s'élança au galop vers le théâtre ; 3. le peuple leva aussitôt la séance, prit la fuite dans le plus grand désordre et se dispersa, tandis que le bœuf courait, en bondissant et en semant la terreur dans le reste de la cité, à travers tout le secteur que les ennemis devaient occuper par la suite. 4. Les Syracusains ne tinrent aucun compte de ces signes ; ils élurent vingt-cinq stratèges, dont Héraclidès, et envoyèrent en secret des émissaires aux mercenaires pour les détacher de Dion et les appeler à leurs côtés, leur promettant même l'égalité des droits civiques[95]. 5. Mais ils n'acceptèrent pas ces propositions ; ils restèrent loyaux et fidèles à Dion, le prirent avec eux, lui firent un rempart de leurs armes et le conduisirent hors de la cité, sans faire de mal à personne mais en reprochant violemment à ceux qu'ils rencontraient leur ingratitude et leur méchanceté. 6. Les Siciliens, qui méprisaient leur petit nombre et leur refus d'attaquer, et qui étaient eux-mêmes beaucoup plus nombreux, se jetèrent sur eux, croyant qu'ils auraient facilement le dessus à l'intérieur de la cité et qu'ils les tueraient tous.

XXXIX. 1. Se voyant forcé par la Nécessité et par la Fortune de combattre ses concitoyens ou de mourir avec les soldats étrangers, Dion adressa aux Syracusains de nombreuses supplications, les bras tendus vers eux, leur montrant l'acropole pleine d'ennemis qui surgissaient sur les remparts et regardaient la scène. 2. Mais voyant que l'élan de la multitude était irrésistible et que la cité, comme un navire en haute mer, était entraînée par le souffle des démagogues, il ordonna aux mercenaires de ne pas attaquer[96] mais de se contenter de courir en poussant des cris et en agitant leurs armes. Parmi les Syracusains, personne ne tint bon ; tous battirent en retraite et se mirent à fuir à travers les rues, alors que pourtant nul ne les poursuivait, car Dion avait aussitôt fait faire demi-tour à ses mercenaires et les conduisait à Léontinoï[97]. 3. Les chefs des Syracusains, devenus la risée des femmes, essayèrent d'effacer leur honte ; ils armèrent de nouveau les citoyens et se lancèrent à la poursuite de Dion. 4. Ils le rejoignirent au passage d'un cours d'eau et engagèrent une escarmouche de cavalerie ; mais, quand ils virent qu'il ne supportait plus leurs fautes avec la douceur d'un père et que, plein de colère, il tournait ses soldats contre eux et les rangeait en ordre de bataille, ils prirent la fuite, encore plus honteusement que la première fois et se replièrent dans la cité, sans avoir perdu beaucoup d'hommes.

---

95. *Les Syracusains cherchent à détacher de Dion les mercenaires sur la force desquels il fonde son autorité, en leur promettant la citoyenneté. Denys l'Ancien n'avait pas agi autrement pour s'emparer de la tyrannie. Voir Mossé (1969), p. 107.*
96. *Tandis que partisans et adversaires de Dion s'affrontent dans la ville, la citadelle est toujours aux mains des mercenaires de Denys.*
97. *Léontinoï était une cité grecque, au nord-ouest de Syracuse.*

XL. 1. Les Léontins accueillirent Dion avec des honneurs éclatants et ils engagèrent les mercenaires en leur offrant une solde et le droit de cité; puis ils envoyèrent une ambassade aux Syracusains pour leur demander de s'acquitter de ce qu'ils devaient à ces soldats[98]. 2. De leur côté, les Syracusains leur dépêchèrent des ambassadeurs pour accuser Dion. Tous les alliés se réunirent à Léontinoï et discutèrent de la question: ils conclurent que les Syracusains étaient dans leur tort[99]. 3. Mais ceux-ci n'acceptèrent pas le jugement des alliés: ils étaient désormais pleins d'orgueil et d'arrogance parce qu'ils n'obéissaient plus à personne, leurs stratèges étant asservis au peuple et tremblant devant lui.

XLI. 1. Là-dessus arrivèrent à Syracuse des trières envoyées par Denys, avec à leur bord Nypsios de Néapolis qui apportait du blé et de l'argent aux assiégés. 2. Une bataille navale fut livrée: les Syracusains furent vainqueurs et s'emparèrent de quatre des navires du tyran. Mais, dans l'orgueil de leur victoire et à cause de l'anarchie dans laquelle ils vivaient, ils manifestèrent leur joie en se livrant à la boisson et aux orgies les plus folles, et ils négligèrent les précautions nécessaires. En conséquence, alors qu'ils croyaient déjà tenir l'acropole, ils perdirent même la ville. 3. Nypsios vit en effet qu'aucune partie de la cité ne gardait son bon sens, que, du matin aux heures les plus avancées de la nuit, la foule passait son temps à s'enivrer au son de l'aulos et que les stratèges, ravis de cette fête collective, hésitaient à sévir contre des ivrognes[100]. 4. Il sut fort bien profiter de l'occasion et attaqua le retranchement. Il s'en empara, y fit une brèche et lâcha ses Barbares, leur disant de traiter comme ils le voudraient et comme ils le pourraient ceux qu'ils rencontreraient. 5. Les Syracusains s'aperçurent bien vite du désastre, mais ce fut avec lenteur et à grand-peine qu'ils se rassemblèrent pour se défendre, tant ils étaient frappés de stupeur. 6. Ils assistaient en effet au pillage de leur cité: on massacrait les hommes, on abattait les remparts, on emmenait des femmes et des enfants vers l'acropole au milieu des gémissements, les stratèges désespéraient de la situation et ne parvenaient pas à entraîner les citoyens contre les ennemis, qui se pressaient dans leurs rangs et se mêlaient à eux de tous côtés.

XLII. 1. Telle était la situation dans la cité et le danger approchait de l'Achradine. Il ne restait qu'un homme sur lequel on pût encore fonder quelque espérance: tous pensaient à lui, mais personne ne prononçait son nom, tant ils avaient honte de leur ingratitude et de leur conduite irréfléchie à son égard. 2. Cependant la nécessité était si pressante qu'une voix s'éleva des rangs des alliés et des cavaliers, disant qu'il fal-

---

98. Alors qu'à la même époque, dans une cité comme Athènes, le droit de cité est accordé avec parcimonie, en Sicile, comme déjà Alcibiade en faisait la remarque dans le discours que lui prête Thucydide (VI, 17,2), « changements ou nouvelles admissions de citoyens s'y opèrent facilement ».
99. Depuis l'époque de Denys l'Ancien, il existait entre Syracuse et les autres cités grecques de l'île une alliance destinée à assurer la défense commune contre la menace carthaginoise.
100. Cette description du mode de vie des Syracusains rappelle le passage de la Lettre VII *dans lequel le philosophe dénonce la manière dont « ils s'empiffraient deux fois par jour » (326b).*

lait appeler Dion et faire revenir les Péloponnésiens[101] de Léontinoï. 3. Les Syracusains n'eurent pas plus tôt entendu ce conseil audacieux qu'ils se mirent à crier, à se réjouir, à pleurer. Ils priaient les dieux de le faire paraître, regrettaient de ne plus le voir et se rappelaient sa force et son ardeur dans le danger où, non content de se montrer intrépide, il les rendait eux aussi courageux et capables d'affronter l'ennemi sans avoir peur. 4. Ils lui envoyèrent donc aussitôt Archonidès et Télésidès de la part des alliés, Hellanicos et quatre autres de la part des cavaliers. 5. Les envoyés chevauchèrent à bride abattue et parvinrent à Léontinoï à la tombée du jour. 6. Sautant à bas de leurs chevaux, ils se jetèrent d'abord aux pieds de Dion et lui expliquèrent en pleurant les malheurs des Syracusains. 7. Déjà quelques Léontins accouraient et beaucoup de Péloponnésiens se rassemblaient auprès de lui car, en voyant l'insistance et les prières des envoyés, ils se doutaient qu'il y avait du nouveau. 8. Dion les conduisit aussitôt devant l'assemblée du peuple où tous accoururent en hâte. Archonidès, Hellanicos et leurs compagnons se présentèrent, exposèrent en quelques mots la gravité de leurs malheurs et supplièrent les mercenaires d'oublier leur rancune pour se porter au secours des Syracusains, lesquels avaient été punis plus cruellement que ne pouvaient le souhaiter ceux qu'ils avaient maltraités.

XLIII. 1. Ils se turent et un grand silence se fit dans le théâtre[102]. Puis Dion se leva. Dès qu'il commença à parler, sa voix fut étouffée par un flot de larmes. Les mercenaires l'invitaient à garder courage et s'associaient à sa douleur. 2. Quand il se fut un peu remis de son émotion, il dit : « Péloponnésiens et alliés, je vous ai réunis en ce lieu pour que vous délibériez sur ce que vous devez faire. 3. En ce qui me concerne, l'honneur ne me permet pas d'hésiter quand Syracuse est en train de périr ; si je ne peux la sauver, je chercherai un tombeau dans l'incendie et la ruine de ma patrie. 4. Pour vous, si vous voulez encore nous secourir aujourd'hui, bien que nous soyons les plus irréfléchis et les plus infortunés des hommes, venez relever la cité de Syracuse qui est votre œuvre[105]. 5. Mais si, dans votre ressentiment, vous vous désintéressez du sort des Syracusains, puissiez-vous recevoir des dieux la juste récompense du courage et du dévouement dont vous avez précédemment fait preuve à mon égard. Souvenez-vous de Dion, qui ne vous a pas abandonnés autrefois, quand on vous traitait injustement, et qui, plus tard, n'a pas non plus abandonné ses concitoyens dans l'infortune ! » 6. Comme il parlait encore, les mercenaires s'élancèrent vers lui en poussant de grands cris et lui demandèrent de les emmener au plus vite au secours de la cité. Les ambassadeurs des Syracusains le serraient dans leurs bras et l'embrassaient, priant les dieux de le combler de bienfaits, lui et les mercenaires. 7. Le tumulte apaisé, Dion donna l'ordre à ses hommes d'aller aussitôt se préparer et de revenir en armes au même endroit après avoir dîné car il avait décidé de secourir la ville pendant la nuit.

---

101. *C'est-à-dire les mercenaires de Dion.*
102. *L'assemblée des alliés devait se tenir au théâtre, seul lieu susceptible dans une ville comme Léontinoï d'accueillir un grand nombre de personnes.*
103. *Dion évoque-t-il les origines corinthiennes de Syracuse ? Peut-être songe-t-il seulement au rôle joué par ses mercenaires péloponnésiens dans la libération de la cité.*

XLIV. 1. À Syracuse, les généraux de Denys firent beaucoup de mal à la cité tant qu'il fit jour. Mais, la nuit venue, ils se retirèrent sur l'acropole et, comme ils avaient perdu quelques-uns de leurs hommes, 2. les démagogues syracusains reprirent courage en espérant que les ennemis s'en tiendraient là et ne bougeraient plus. Ils conseillèrent aux citoyens de renvoyer Dion une seconde fois s'il arrivait avec ses mercenaires : il ne fallait pas les accueillir ni leur permettre d'étaler leur vertu, comme s'ils étaient supérieurs aux Syracusains, lesquels devaient sauver la cité et la liberté par leurs propres moyens. 3. On envoya donc de nouveaux messages à Dion – les stratèges pour l'empêcher de venir, les cavaliers et les notables de la cité pour lui dire de hâter sa marche. 4. Aussi avançait-il à la fois lentement et en se hâtant. 5. Vers la fin de la nuit, les adversaires de Dion occupèrent les portes de Syracuse pour l'empêcher d'entrer, mais Nypsios, de la citadelle, lança de nouveau ses mercenaires. Ils étaient beaucoup plus agressifs et plus nombreux que précédemment ; ils abattirent aussitôt tout le mur de défense, parcoururent la cité en tous sens et la mirent à sac. 6. On ne tuait plus seulement des hommes, mais aussi des femmes et des enfants ; on ne pillait guère, mais on détruisait tout de fond en comble. 7. En effet, le fils de Denys jugeait sa situation désespérée et il haïssait profondément les Syracusains : aussi voulait-il ensevelir, en quelque sorte, la tyrannie chancelante sous les ruines de la cité[104]. 8. Pour prévenir l'arrivée des renforts de Dion, ils employèrent le moyen de destruction et d'anéantissement le plus rapide, le feu : ils incendièrent avec des torches et des flambeaux les édifices qui se trouvaient proches et, avec des arcs, ils lancèrent des traits enflammés sur ceux qui étaient plus loin. 9. Les Syracusains essayèrent de fuir, mais ceux qui se trouvaient dans les rues étaient arrêtés et massacrés, et si l'on cherchait refuge dans les maisons, on en était chassé par le feu, car beaucoup de bâtiments brûlaient déjà et s'effondraient sur les gens qui couraient en tous sens.

XLV. 1. Ce fut cette situation surtout qui les poussa, d'un commun accord, à ouvrir les portes de la cité à Dion. 2. Celui-ci ne se pressait plus depuis qu'il avait appris que les ennemis s'étaient enfermés dans l'acropole mais, comme le jour avançait, des cavaliers se portèrent d'abord à sa rencontre pour lui apprendre la deuxième attaque ; ensuite il y eut même quelques-uns de ses adversaires qui vinrent le trouver pour lui demander de se hâter. 3. Comme le danger était de plus en plus pressant, Héraclidès envoya son frère puis son oncle Théodotès[105] le supplier de venir à leur aide, car personne ne résistait aux ennemis, lui-même était blessé et la cité était sur le point d'être entièrement détruite et incendiée. 4. Ces messages parvinrent à Dion alors qu'il était encore à soixante stades[106] des portes. Il expliqua le danger aux mercenaires et les exhorta, puis fit avancer l'armée non plus au pas mais à la course, alors que sur la route, il rencontrait sans cesse de nouveaux messagers le priant de se hâter. 5. Les mercenaires avancèrent avec une vitesse et une ardeur

---

104. *Le fils de Denys était Apollocratès à qui le tyran avait remis la garde de la citadelle avant de s'enfuir en Italie.*
105. *Il a été question de ce Théodotès supra, XII.*
106. *Soit environ 12 km.*

étonnantes, et Dion entra par les portes qui donnent sur le quartier appelé Hécatompédos[107]. 6. Dès son arrivée, il lança aussitôt ses troupes légères contre les ennemis pour rendre courage, par cette vue, aux Syracusains; quant aux hoplites, il les rangea en ordre de bataille, ainsi que les citoyens qui affluaient et se regroupaient autour de lui : il les forma en colonnes et partagea les commandements, de manière à lancer l'assaut sur plusieurs secteurs à la fois, ce qui inspirerait plus d'effroi.

XLVI. 1. Quand il eut pris ces dispositions et supplié les dieux, et qu'on le vit, à travers la cité, mener son armée contre les ennemis, les Syracusains se mirent à crier, à se réjouir et à pousser de vives acclamations, mêlées de prières et d'encouragements : ils appelaient Dion leur sauveur et leur dieu, et les mercenaires leurs frères et leurs concitoyens. 2. En cette circonstance, chacun, même le plus égoïste et le plus attaché à sa propre vie, se tourmentait davantage pour Dion seul que pour tous les autres réunis, en le voyant marcher le premier au danger, au milieu du sang, de l'incendie et des nombreux cadavres qui gisaient sur les places. 3. Le spectacle qu'offraient les ennemis était terrifiant : pleins de rage, ils étaient rangés en ordre de bataille le long du rempart, dont l'accès était rendu malaisé et dangereux. Mais c'était surtout le péril du feu qui menaçait les mercenaires et entravait leur marche : 4. ils voyaient briller autour d'eux les flammes qui dévoraient les maisons; ils enjambaient des ruines brûlantes, couraient au péril de leur vie sous d'énormes blocs qui risquaient de s'abattre et traversaient de grands nuages de fumée, tout en essayant de rester groupés et de ne pas rompre les rangs. 5. Quand ils rejoignirent les ennemis, le corps à corps n'opposa qu'un petit nombre de combattants de part et d'autre, à cause de l'étroitesse et de l'irrégularité du terrain; encouragés par les clameurs enthousiastes des Syracusains, ils enfoncèrent les hommes de Nypsios 6. dont la plupart se réfugièrent dans l'acropole toute proche et purent se sauver; ceux qui restèrent dehors et se dispersèrent furent poursuivis et tués par les mercenaires. 7. La situation ne leur permettait pas de savourer aussitôt cette victoire, de manifester leur joie et de se livrer aux effusions que méritait un si grand exploit; les Syracusains retournèrent vers les maisons et parvinrent à grand-peine à éteindre l'incendie pendant la nuit.

XLVII. 1. Quand le jour se leva, il ne restait plus à Syracuse aucun des démagogues; ils s'étaient tous condamnés eux-mêmes à l'exil. Seuls, Héraclidès et Théodotès vinrent trouver Dion et se remirent à lui, reconnaissant leurs torts et le priant de les traiter mieux qu'ils ne l'avaient traité, lui[108]. 2. Ils déclaraient que Dion, dont toutes les autres vertus étaient incomparables, se devait de dominer sa colère pour montrer à quel point il était supérieur à des ingrats qui venaient à présent s'avouer vaincus par sa vertu, alors que c'était précisément leur émulation en ce domaine qui les avait poussés à se révolter contre lui. 3. En entendant ces prières d'Héraclidès, les amis de Dion lui conseillèrent de ne pas épargner des méchants et des envieux, de livrer Héraclidès

---

107. *Sans doute une voie menant vers le centre de la ville.*
108. *La victoire remportée par Dion l'a été autant contre les démagogues et le parti populaire que contre les mercenaires de Denys.*

aux soldats et d'extirper de la cité les menées démagogiques, cette maladie délirante qui n'est pas moins dangereuse que la tyrannie. 4. Mais Dion les apaisa en leur disant : « Les autres généraux s'exercent surtout aux armes et à la guerre, mais moi, à l'Académie, je me suis longtemps entraîné à maîtriser le courroux, l'envie et tout esprit de querelle. 5. Cette maîtrise, ce n'est pas en étant modéré avec ses amis et les gens de bien qu'on la montre, mais en se laissant fléchir quand on subit des torts et en faisant preuve de douceur à l'égard des coupables. 6. Je veux qu'on me voie l'emporter sur Héraclidès moins par la puissance et l'intelligence que par la bonté et la justice : 7. c'est en cela que réside la véritable supériorité, car les succès militaires, même s'ils ne sont contestés par personne, peuvent encore l'être par la Fortune. 8. Si Héraclidès s'est montré perfide et vil par envie, Dion ne doit pas, lui, laisser le courroux détruire sa vertu. Selon la loi, il est plus juste de se venger d'une injustice que d'être injuste le premier, mais selon la nature, ces deux fautes proviennent d'une même faiblesse. 9. Si pénible que soit la méchanceté humaine, elle ne peut être sauvage et intraitable au point de ne pouvoir changer à force de bienfaits, vaincue par la reconnaissance[109]. »

XLVIII. 1. Tels furent les raisonnements qui amenèrent Dion à relâcher Héraclidès. 2. Il s'occupa du retranchement[110] : il ordonna à chaque Syracusain de tailler un pieu et de l'apporter près de la citadelle, puis il fit lever les mercenaires dans la nuit, pendant que les Syracusains dormaient et, sans attirer leur attention, il entoura l'acropole d'une palissade. Au point du jour, en voyant la rapidité avec laquelle le travail avait été réalisé, les ennemis furent aussi admiratifs que les citoyens. 3. Dion fit ensevelir les morts des Syracusains, délivra leurs prisonniers, qui étaient au moins deux mille, puis il réunit une assemblée. 4. Héraclidès s'avança et proposa de nommer Dion stratège avec les pleins pouvoirs sur terre et sur mer. 5. Les meilleurs citoyens approuvaient cette proposition et demandaient qu'on la votât, mais la foule des marins et des artisans s'y opposa bruyamment : ils étaient mécontents de voir Héraclidès perdre le commandement sur mer, estimant que, même si par ailleurs il ne valait rien, il était du moins plus soucieux du peuple que Dion et plus soumis à la multitude. 6. Dion leur fit cette concession et rendit à Héraclidès le commandement de la flotte, mais il s'opposa à leurs réclamations concernant le partage des terres et des maisons et invalida les mesures qu'ils avaient déjà votées en ce sens, ce qui les contraria vivement[111]. 7. Héraclidès, alors à Messine, en tira un nouveau prétexte pour faire de la démagogie auprès des soldats et des marins qui s'étaient embarqués avec lui ; il les excita contre Dion qu'il accusait d'aspirer à la tyrannie, tandis que de son côté, il négociait secrètement avec Denys par l'intermédiaire du Spartiate Pharax. 8. Les principaux notables de Syracuse soupçonnèrent ces menées et une sédition s'éleva dans l'ar-

---

109. Ce discours de Dion est nettement d'inspiration platonicienne. Voir Dictionnaire, « Douceur ».
110. Il s'agit du retranchement élevé contre la citadelle qui était toujours aux mains du fils de Denys et de ses mercenaires.
111. On peut supposer que le décret ordonnant le partage des terres avait été voté, mais n'avait pas encore été mis en application, étant donné la situation. Comme à Athènes, c'est sur le nauticos ochlos, la foule des marins, que repose la démocratie.

mée, plongeant les Syracusains dans le dénuement et la disette[112]. 9. Dion ne savait absolument plus que faire et ses amis lui reprochaient d'avoir favorisé, pour sa perte, l'ascension d'un homme aussi intraitable et aussi corrompu par la jalousie et la méchanceté que l'était Héraclidès.

XLIX. 1. Comme Pharax campait à Néapolis sur le territoire d'Acragas, Dion emmena les Syracusains contre lui. Il aurait voulu livrer la bataille décisive à un autre moment, mais Héraclidès et les marins se récriaient, prétendant qu'il ne voulait pas terminer la guerre par un combat mais la faire durer toujours afin de garder le pouvoir. Il fut donc forcé de combattre et il fut vaincu[113]. 2. Comme la défaite n'était pas grave, et qu'elle était due surtout à leurs troubles internes et à leur dissension, Dion se prépara à livrer un nouveau combat et il rangea ses troupes en ordre de bataille, en leur prodiguant conseils et encouragements. 3. Mais, au début de la nuit, on lui annonça qu'Héraclidès avait levé l'ancre et cinglait avec la flotte vers Syracuse, car il avait décidé de s'emparer de la cité et d'en interdire l'accès à Dion et à son armée. 4. Dion prit aussitôt avec lui ses hommes les plus solides et les plus courageux et il chevaucha toute la nuit. Vers la troisième heure du jour, il était devant les portes de Syracuse, après avoir parcouru sept cents stades[114]. 5. Héraclidès, gagné de vitesse, s'éloigna avec ses navires. Il errait sur mer sans savoir que faire, quand il rencontra le Spartiate Gaïsylos qui déclara être envoyé de Lacédémone pour prendre la tête des Siciliens, comme autrefois Gylippe[115]. 6. Héraclidès l'accueillit avec joie, comme s'il recevait, dans sa lutte contre Dion, une de ces amulettes qu'on s'attache autour du cou. Il le présenta aux alliés puis il envoya un héraut à Syracuse et ordonna aux citoyens de prendre le Spartiate pour chef. 7. Dion répondit que les Syracusains avaient assez de chefs et que si la situation exigeait absolument un Spartiate, il convenait fort bien lui-même puisqu'il avait été fait citoyen de Sparte[116]. Gaïsylos renonça au commandement, alla trouver Dion par mer et le réconcilia avec Héraclidès, qui prononça les serments et prit les engagements les plus sacrés. De son côté, Gaïsylos jura qu'il serait le vengeur de Dion et le justicier d'Héraclidès si celui-ci tramait des desseins malfaisants.

L. 1. Sur ces entrefaites, les Syracusains licencièrent leur flotte : ils n'en avaient plus besoin, les marins coûtaient cher et les officiers provoquaient des séditions. Puis, après avoir achevé le mur de défense, ils assiégèrent la citadelle. 2. Comme personne ne venait au secours des assiégés, que le blé manquait et que les mercenaires

---

112. *On peut penser, bien que le texte soit peu clair, que la révolte des soldats et des marins d'Héraclidès eut pour effet de bloquer les navires de commerce qui assuraient le ravitaillement de Syracuse.*
113. *On ne comprend pas très bien la position respective des adversaires. Comment Pharax peut-il servir d'intermédiaire entre Héraclidès et Denys, l'un à Messine l'autre dans le sud de l'Italie, si lui-même se trouve sur le territoire d'Acragas (actuelle Agrigente), sur la côte méridionale de la Sicile ?*
114. *Environ 130 km.*
115. *Le Spartiate Gylippe avait été envoyé à Syracuse en 413, et c'est à lui que les Syracusains durent la victoire qu'ils remportèrent sur le corps expéditionnaire athénien commandé par Nicias.*
116. *Sur cette attribution à Dion de la citoyenneté spartiate, voir supra, XVII, 8.*

devenaient menaçants, le fils de Denys, jugeant la situation désespérée, conclut un accord avec Dion. Il lui livra l'acropole avec les armes et le reste du matériel ; quant à lui, emmenant sa mère et ses sœurs, il équipa cinq trières et rejoignit son père par mer. 3. Dion le laissa partir sans l'inquiéter. Personne à Syracuse ne manqua ce spectacle ; si certains voulaient s'y dérober, on leur reprochait à grands cris de ne pas venir voir cette journée et le soleil qui se levait sur Syracuse libre. 4. De nos jours encore, quand on évoque les exemples célèbres des retournements de la Fortune, on cite l'exil de Denys comme le plus illustre et le plus grand. On peut donc imaginer quelle dut être alors la joie des Syracusains et leur orgueil d'avoir renversé avec de si faibles moyens la plus grande tyrannie de tous les temps[117].

LI. 1. Lorsque Apollocratès eut pris la mer, Dion se dirigea vers la citadelle. Mais les femmes, n'y tenant plus, n'eurent pas la patience d'attendre son arrivée et accoururent aux portes. Aristomachè amenait le fils de Dion et Arétè marchait derrière, en larmes, ne sachant comment saluer son mari ni quel nom lui donner après avoir été unie à un autre homme[118]. 2. Dion embrassa d'abord sa sœur puis son jeune enfant. Alors Aristomachè fit avancer Arétè : « Dion, lui dit-elle, nous avons été malheureux pendant ton exil, 3. mais ton retour et ta victoire nous ont délivrés de notre désespoir – nous tous, sauf cette femme que voici : je l'ai vue, pour mon malheur, forcée à vivre, de ton vivant, avec un autre homme. 4. Puisque la Fortune t'a rendu maître de notre sort, comment vas-tu juger la contrainte dont elle a été victime ? Doit-elle t'embrasser comme son oncle ou aussi comme son époux[119] ? » 5. À ces mots d'Aristomachè, Dion se mit à pleurer et attira tendrement à lui sa femme. Il lui confia leur fils et la pria de se rendre dans sa maison où il alla vivre lui-même, après avoir remis la citadelle aux Syracusains.

LII. 1. Après avoir connu de tels succès, Dion ne voulut pas profiter du bonheur présent avant d'avoir distribué des faveurs à ses amis, des cadeaux aux alliés et surtout des marques de bonté et d'honneur aux amis qu'il avait dans la ville et aux mercenaires étrangers : sa générosité était encore plus grande que sa puissance. 2. Quant à lui, il menait une vie frugale et simple, se contentant de ce qui se présentait à lui. Alors que non seulement la Sicile et Carthage mais aussi la Grèce tout entière avaient les regards tournés vers lui et vers sa brillante réussite, alors que ses contemporains ne voyaient rien d'aussi grand que lui et qu'aucun autre général ne paraissait avoir eu une audace et une Fortune plus éclatantes, 3. on l'admirait de montrer, dans ses vêtements, son train de maison et sa table, autant de simplicité que s'il se trouvait encore à l'Académie en train de prendre ses repas avec Platon, et non au milieu d'officiers étrangers et de mercenaires pour qui les ripailles et les jouissances de chaque jour sont une compensation aux fatigues et aux dangers. 4. Platon

---

117. *Ce jugement vaut pour la tyrannie de Denys l'Ancien, mais étonne pour celle du faible adversaire de Dion.*
118. *Denys l'avait en effet mariée à Timocratès (voir supra, XXI, 6).*
119. *Arétè était en effet la fille d'Aristomachè et la nièce de Dion (voir supra, VI, 1).*

lui écrivait que, dans le monde entier, tous les hommes n'avaient d'yeux que pour lui, mais lui-même, apparemment, ne regardait que vers un seul endroit d'une seule cité, l'Académie. Il savait que les spectateurs et les juges qui se trouvaient là-bas n'admiraient ni les exploits, ni l'audace, ni la victoire, mais qu'ils cherchaient seulement à savoir s'il usait de sa Fortune avec mesure et sagesse et s'il se montrait modéré dans de si grands succès[120]. 5. Toutefois il se faisait un point d'honneur de ne rien retrancher ni relâcher de sa hauteur dans les relations sociales et de sa raideur devant le peuple, alors que la situation exigeait de la bonne grâce et que Platon le reprenait sur ce point, nous l'avons dit, en lui écrivant : « l'arrogance a pour compagne la solitude[121] ». 6. Mais, de toute évidence, la nature de Dion était peu faite pour la persuasion, et il désirait arracher les Syracusains à leur relâchement et à leur mollesse.

LIII. 1. Héraclidès en effet revenait à la charge. D'abord, convoqué au conseil, il refusa de s'y rendre, sous prétexte qu'étant un simple particulier, il devait participer à l'assemblée du peuple avec les autres citoyens[122]. 2. Ensuite, il reprocha à Dion de ne pas avoir rasé la citadelle, de ne pas avoir laissé le peuple briser le tombeau de Denys, comme il le désirait, pour en arracher le cadavre, et enfin de faire venir de Corinthe des hommes pour le conseiller et l'aider à gouverner, bafouant ainsi ses concitoyens[123]. 3. En réalité, si Dion faisait venir des Corinthiens, c'était parce qu'il espérait établir plus facilement avec leur assistance la constitution à laquelle il pensait. 4. Il souhaitait éviter une démocratie pure qui, à ses yeux, n'était pas une constitution politique mais, selon le mot de Platon, « une foire aux constitutions », pour instituer et organiser un système proche de ceux de Lacédémone et de Crète, en mêlant la démocratie et la royauté, avec une aristocratie prépondérante, chargée d'arbitrer les questions les plus importantes. Or il voyait que les Corinthiens avaient un régime plutôt aristocratique et ne traitaient guère d'affaires publiques devant le peuple[124]. 5. En conséquence, comme il se doutait qu'Héraclidès s'opposerait plus que tout autre à ce projet et que par ailleurs le personnage était turbulent, instable et séditieux, il céda

---

120. Voir Lettre IV, 320d.

121. Formule déjà citée supra, VIII, 4 et également tirée de la Lettre IV, 321c.

122. Héraclidès était redevenu un idiotès, un simple particulier depuis que la flotte qu'il commandait avait été dissoute (supra, L, 3).

123. La citadelle fortifiée d'Ortygie était le symbole du pouvoir tyrannique. Or Plutarque a dit plus haut qu'il l'avait « remise aux Syracusains » (supra, LI, 5) Elle n'avait donc pas été détruite. Le tombeau est évidemment celui de Denys l'Ancien. C'est de Corinthe qu'étaient venus les colons qui fondèrent Syracuse vers le milieu du VIIIe siècle. Mais les liens entre les deux cités s'étaient distendus. L'idée de faire venir des conseillers de Corinthe annonce l'entreprise du Corinthien Timoléon.

124. On a bien compris par ce qui précède que Dion n'était pas un démocrate, en dépit de la restauration formelle de la démocratie au lendemain de sa première entrée dans Syracuse. Le jugement de Platon sur la démocratie se trouve dans la République, VIII, 557d. Mais les remarques de Plutarque sont inspirées du projet que la Lettre VIII prête à Dion, avec l'instauration d'une triple royauté s'inspirant de la double royauté spartiate (355b-357a). L'authenticité de la Lettre VIII est douteuse. Et cela en tout cas n'a que peu de rapport avec l'oligarchie corinthienne, de type traditionnel.

alors à ceux qu'il empêchait, depuis longtemps, de supprimer cet homme, comme ils le désiraient. Ils se présentèrent chez Héraclidès et le tuèrent[125]. 6. Cette mort affligea profondément les Syracusains. Cependant, comme Dion organisa des funérailles magnifiques et accompagna le corps, suivi de son armée, ils lui pardonnèrent en se disant qu'il était impossible d'espérer la fin des troubles de la cité tant qu'Héraclidès et Dion y faisaient ensemble de la politique.

LIV. 1. Dion avait un ami originaire d'Athènes, Callippos. À ce que dit Platon, ce n'était pas pendant ses études que Dion avait fait sa connaissance et s'était lié avec lui, mais à la suite d'initiations aux Mystères et de relations courantes[126]. Callippos avait participé à la campagne et avait été comblé d'honneurs, au point même qu'il entra à Syracuse avec Dion, en tête de tous ses amis, une couronne sur la tête; il s'était d'ailleurs brillamment distingué dans les combats. 2. Mais lorsque Dion eut perdu à la guerre ses amis les plus proches et les meilleurs, et qu'Héraclidès fut mort, Callippos vit que le parti populaire n'avait plus de chef à Syracuse et que c'était vers lui que les soldats de Dion tournaient les yeux de préférence. 3. Il devint alors le plus criminel des hommes. Il espérait vivement obtenir la Sicile en récompense du meurtre de son hôte; selon certains, il reçut même des ennemis vingt talents pour prix de cet assassinat. Il corrompit et souleva contre Dion quelques-uns des mercenaires, préparant avec eux l'entreprise la plus criminelle et la plus fourbe. 4. Il rapportait sans cesse à Dion des propos que ses soldats avaient vraiment tenus ou qu'il avait inventés, et la confiance que lui accordait son ami lui permit d'avoir une telle liberté d'action qu'il pouvait avoir des entrevues secrètes avec qui il voulait et parler librement contre Dion, sur ordre de ce dernier qui souhaitait connaître tous ceux qui lui en voulaient secrètement. 5. Callippos parvint ainsi à découvrir rapidement les criminels et les esprits malades et à les grouper autour de lui; si quelqu'un repoussait ses propositions et révélait à Dion ses ouvertures, celui-ci n'éprouvait ni inquiétude ni indignation, car il croyait que Callippos exécutait ses ordres.

LV. 1. Alors que ce complot se tramait, Dion vit un fantôme gigantesque et monstrueux. C'était la fin de la journée, il était assis chez lui, dans une galerie, seul et plongé dans ses pensées, 2. quand soudain il entendit un bruit à l'autre bout du portique. Il tourna les yeux et, comme il faisait encore jour, il vit une femme de grande taille, dont le vêtement et le visage évoquaient tout à fait l'Érinye des tragédies[127]: elle nettoyait la maison avec un balai. 3. Frappé de terreur et d'épouvante, il fit venir ses amis, leur raconta sa vision et les pria de rester avec lui et de passer la nuit à ses côtés, car il était

---

125. *On peut sourire de la manière dont Plutarque absout son héros de sa responsabilité dans l'assassinat d'Héraclidès.*
126. *Il a été question de l'Athénien Callippos supra, XVII, 2. Plutarque tient à souligner qu'il ne faisait pas partie du cercle des Académiciens.*
127. *C'est-à-dire l'une de ces Furies qui poursuivaient Oreste après son crime et qui devaient être représentées sur la scène tragique.*

profondément bouleversé et, s'il restait seul, il craignait de revoir cet être monstrueux. Le phénomène ne se reproduisit pas 4. mais, quelques jours plus tard, son fils[128], qui était à peine sorti de l'enfance, fut pris, pour une raison futile et puérile, d'un accès de désespoir et de colère : il se jeta du toit la tête la première et se tua.

LVI. 1. Dion étant plongé dans un si grand malheur, Callippos n'en pressa que davantage l'exécution du complot. Il fit courir parmi les Syracusains le bruit que Dion, désormais sans enfant, avait décidé d'appeler Apollocratès, le fils de Denys, et de faire de lui son successeur, puisqu'il était le neveu de son épouse et le petit-fils de sa sœur. 2. Cependant Dion et les femmes commençaient déjà à soupçonner ce qui se préparait, et des dénonciations leur parvenaient de tous côtés. 3. Mais Dion s'en voulait, semble-t-il, de sa conduite à l'égard d'Héraclidès ; il regrettait et déplorait ce meurtre qui était comme une tache sur sa vie et sur ses actes. Il déclara qu'il était prêt désormais à subir mille morts et à tendre la gorge à qui voudrait le frapper, plutôt que de vivre en se gardant non seulement de ses ennemis, mais même de ses amis. 4. Callippos, voyant les femmes mener une enquête approfondie, prit peur ; il alla les trouver, nia tout en pleurant et promit de leur fournir la garantie qu'elles voudraient. 5. Elles lui demandèrent de prêter le grand serment. Voici de quoi il s'agit. Celui qui engage sa parole descend dans le sanctuaire des Thesmophores ; après certains sacrifices, il s'enveloppe du manteau de pourpre de la déesse et, tenant une torche enflammée, il prononce le serment[129]. 6. Callippos accomplit tout cela et prêta le serment, mais il se moquait tellement des déesses qu'il attendit la fête de la divinité par laquelle il avait juré : il accomplit le meurtre pendant les fêtes de Corè. Peut-être lui était-il indifférent que ce fût le jour de la déesse puisque, de toute manière, c'est un sacrilège envers elle, même à une autre date, que le mystagogue égorge celui qu'il a initié[130].

LVII. 1. Les conjurés étaient nombreux. Comme Dion se trouvait avec ses amis dans une salle à plusieurs lits, certains des complices cernèrent la maison à l'extérieur, tandis que les autres se plaçaient devant les portes et les fenêtres. 2. Quant à ceux qui devaient porter la main sur lui, des Zacynthiens[131], ils entrèrent sans épée, en tunique. Pendant que les autres, au-dehors, tiraient les portes et les maintenaient fermées, les Zacynthiens, se jetant sur Dion, essayèrent de l'étrangler et de l'assommer. 3. Comme ils ne parvenaient à rien, ils demandèrent une épée, mais personne n'osait ouvrir les portes. Bien qu'il y eût beaucoup de monde à l'intérieur avec Dion, chacun pensait pouvoir se sauver en l'abandonnant et personne n'osa lui prêter main-forte. 4. Au bout d'un certain temps, le Syracusain Lycon tendit par la fenêtre à un des Zacynthiens un

---

128. Il s'agit sans doute de ce fils nommé supra, *XXXI, 2-3.*

129. Les Thesmophores étaient Déméter et sa fille Corè. La torche était un attribut des deux déesses.

*130. Plutarque a rappelé (*supra, *LIV, 1) que Callippos avait connu Dion « à l'occasion d'initiations aux Mystères ». Il avait été son mystagogue, son initiateur. D'où l'aspect particulièrement sacrilège de son crime.*

131. Dion avait rassemblé sa flotte à Zacynthos (voir supra, *XXII, 8) et sans doute recruté sur place des mercenaires.*

poignard avec lequel Dion, depuis longtemps maîtrisé et terrifié, fut immolé comme une victime sacrificielle. 5. On jeta aussitôt en prison sa sœur et sa femme qui était enceinte. Elle accoucha en prison, dans des conditions misérables, d'un enfant mâle que les femmes se risquèrent à nourrir, d'autant plus qu'elles s'étaient assuré la complicité des gardiens et que la situation de Callippos était déjà chancelante.

LVIII. 1. Dans les premiers temps qui suivirent le meurtre de Dion, Callippos fut illustre et domina Syracuse ; il écrivit même à la cité d'Athènes, qui aurait dû, après les dieux, lui inspirer le plus de respect et de crainte, en raison de la grave souillure qu'il avait contractée[132]. 2. Mais on a raison, semble-t-il, de dire que cette cité fait naître à la fois des hommes d'une vertu exceptionnelle et les pires scélérats, de même que sa campagne produit le miel le plus délicieux et la ciguë la plus foudroyante[133]. 3. Cependant on ne put pas longtemps reprocher à la Fortune et aux dieux de laisser un homme obtenir par un si grand sacrilège le pouvoir et la direction des affaires. Callippos fut bientôt puni comme il le méritait. 4. Il voulut s'emparer de Catane et perdit aussitôt Syracuse ; il déclara, dit-on, à cette occasion : « J'ai perdu une cité pour conquérir une râpe à fromage[134]. » 5. Ensuite il attaqua Messine où il vit périr presque tous ses soldats et notamment ceux qui avaient tué Dion. Aucune cité de Sicile ne voulut l'accueillir ; tous le détestaient et le repoussaient. Il s'empara de Rhégium. 6. Là, dans une situation misérable, incapable de nourrir ses mercenaires, il fut tué par Leptinès et Polyperchon. La Fortune fit, dit-on, qu'ils employèrent le poignard avec lequel Dion avait été frappé. 7. On le reconnut à ses dimensions (il était court, comme ceux de Laconie) et à la qualité de son travail : il avait été ciselé de manière remarquable. Ce fut donc ainsi que Callippos expia son crime.

8. Quant à Aristomachè et Arétè, dès qu'elles furent tirées de prison, elles furent recueillies par Hicétas de Syracuse qui avait été un des amis de Dion et qui semblait plein de loyauté et de bonté à leur égard. 9. Mais ensuite, persuadé par les ennemis de Dion, Hicétas fit équiper un navire, sous prétexte de les envoyer dans le Péloponnèse, et ordonna de les égorger pendant la traversée et de les jeter à la mer. Selon certains, elles furent noyées encore vivantes et le petit enfant avec elles. Mais le coupable subit, lui aussi, le juste châtiment de son crime. 10. Hicétas fut capturé par Timoléon et mis à mort et les Syracusains tuèrent ses deux filles pour venger Dion, comme je l'ai écrit en détail dans la *Vie de Timoléon*[135].

---

132. *Ici encore Plutarque s'inspire de la* Lettre *VII, 334b, où le philosophe rapporte les propos selon lesquels Callippos et son frère, qui n'est pas nommé ici, « ont couvert notre cité d'infamie », mais oppose son propre exemple pour réfuter une telle accusation et laver Athènes de cette honte. Ce que fait aussi Plutarque dans le développement qui suit.*
133. *La ciguë fait évidemment allusion à la mort de Socrate. Le miel de l'Attique était réputé.*
134. *Cette plaisanterie rapportée par Diodore (XVI, 36, 5) s'expliquerait par le sens du mot* catané *en dialecte sicilien. C'est en 353 que Callippos aurait perdu Syracuse. Il aurait exercé la tyrannie pendant treize mois.*
135. *Sur ces événements voir* Timoléon, *XXXIII, 1-4.*

BRUTUS

I. 1. Quant à Marcus Brutus[1], il avait pour ancêtre Junius Brutus, dont les anciens Romains dressèrent au Capitole une statue de bronze au milieu de celles des rois, l'épée nue à la main, afin de montrer qu'il avait renversé définitivement les Tarquins[2]. 2. Mais ce héros du passé, semblable aux épées les mieux trempées, avait un caractère naturellement rigide, qui ne se laissa pas adoucir par la raison: il poussa si loin la haine des tyrans qu'il tua ses propres enfants[3]. 3. En revanche, le Brutus auquel est consacré le présent écrit sut, grâce à la philosophie, tempérer son caractère par la culture et la raison; il éveilla au désir passionné de l'action sa nature, qui était grave et douce, et il réalisa ainsi, semble-t-il, une harmonie parfaite, dirigée vers le beau[4]. 4. C'est pourquoi même ceux qui lui en veulent à cause de la conjuration contre César attribuent à Brutus ce que cette entreprise a pu avoir de noble et rejettent les traits plus odieux de cet acte sur Cassius, qui était le familier et l'ami de Brutus mais dont le caractère n'était pas aussi simple ni aussi pur[5]. 5. La mère de Brutus, Servilia, faisait remonter leur famille à Servilius Ahala: à l'époque où Spurius Moelius aspirait à la tyrannie et soulevait le peuple, cet homme se rendit au forum, un poignard sous l'aisselle, s'approcha de Spurius comme pour l'aborder et lui parler et, au moment où l'autre penchait la tête, le frappa et le tua[6]. 6. Cette ascendance est bien établie. Quant à la famille paternelle de Brutus, ceux qui le haïssent et lui sont hostiles à cause du meurtre de César affirment qu'elle ne remonte pas au Brutus qui chassa les Tarquins, lequel n'aurait laissé aucune postérité, puisqu'il fit mourir ses fils, mais à un plébéien, qui portait le même nom de

---

1. Le héros est né vers 85 et mort en 42.

2. Marcus Junius Brutus était, selon la tradition, celui qui avait chassé Tarquin le Superbe et interdit le retour des rois – donc, aux côtés de Publicola, le fondateur de la République: voir Publicola, *I, 3. Sur sa statue, voir* infra, *IX, 6.*

3. Les fils de Brutus avaient failli à la discipline. Cet épisode, et le jugement très réservé qu'il inspire à Plutarque, est conté dans Publicola, *VI.*

4. Cette «harmonie» de raison et de passion, de culture et d'action, dont l'équilibre compose l'homme idéal selon Plutarque, contraste avec la démesure légendaire du tempérament du premier Brutus. Le héros du Ier siècle est d'emblée présenté comme supérieur à son modèle.

5. La comparaison entre les deux «césaricides», Brutus et Cassius, est un motif récurrent de cette biographie.

6. Le meurtre de Spurius Moelius, ou Maelius, au début de la République, est connu par Tite-Live, Histoire romaine, *IV, 13, et par plusieurs allusions de Cicéron. Son rappel, ici, a surtout pour objet de mettre en place le thème du tyrannicide; l'«aspiration à la tyrannie» est une tradition de l'histoire grecque adaptée au contexte de la République romaine. Brutus aurait donc une ascendance «antityrannique» des deux côtés.*

Brutus et n'était parvenu aux honneurs que très récemment[7]. 7. Mais, selon le philosophe Posidonios, s'il est vrai que les fils de Brutus parvenus à l'âge adulte périrent comme on le raconte, il en restait un troisième, en bas âge, dont est issue cette lignée; 8. il ajoute que, parmi les hommes de cette maison qui vivaient de son temps, certains ressemblaient physiquement à la statue de Brutus. Mais en voilà assez sur ce sujet[8].

II. 1. Servilia, sa mère, était la sœur du philosophe Caton, le Romain que Brutus désira le plus imiter: il était son oncle et devint ensuite son beau-père[9]. 2. Parmi les philosophes grecs, aucun, en vérité, ne lui était inconnu ou étranger, mais il avait un culte particulier pour les platoniciens[10]. 3. Il n'appréciait guère ce qu'on appelle la Nouvelle Académie et la Moyenne Académie; il restait attaché à l'Ancienne Académie: il ne cessa d'admirer Antiochos d'Ascalon[11] et prit pour ami et pour compagnon son frère Aristos, un homme dont la rhétorique était peut-être inférieure à celle de beaucoup de philosophes mais qui, par sa conduite rangée et par sa douceur, pouvait rivaliser avec les premiers d'entre eux[12]. 4. Quant à Empylos, que Brutus mentionne dans ses lettres, et que ses amis évoquent à plusieurs reprises comme son commensal, c'était un rhéteur qui a laissé sur le meurtre de César un écrit court, mais non sans valeur, intitulé *Brutus*[13]. 5. En latin, Brutus était bien entraîné aux exposés et aux débats; en grec, il pratiquait la brièveté sentencieuse et laconique, comme le prouvent certains passages de ses lettres[14]. 6. Ainsi, alors qu'il

---

7. *Argument logique, les textes ne faisant état que de ces deux fils. Argument polémique surtout, qui nous avertit qu'à propos d'un tel personnage, les nombreuses sources consultées par le biographe ne pouvaient être que partiales.*

8. *Posidonios (Posidonius en latin), philosophe et voyageur grec de la première moitié du I*[*er*] *siècle avant J.-C. dont les œuvres ne nous ont pas été conservées, est souvent utilisé par Plutarque – et plus d'une fois, comme ici, avec une pointe d'esprit critique.*

9. *Caton, oncle, beau-père, éducateur et modèle de Brutus, est évidemment Caton d'Utique; à propos de Servilia, voir* Caton le Jeune, *en particulier I, 1 et XXI, 3. Brutus épousera Porcia, fille de Caton, en 45 (voir infra, XIII; LIII, 5).*

10. *Comme Caton, Brutus vit entouré d'un petit groupe de philosophes de tendances diverses. À la différence de son modèle stoïcien, il se réfère avant tout au platonisme. Voir infra, XXIV, 1.*

11. *Les courants internes de l'École platonicienne, l'Académie, sont évoqués dans* Lucullus, *XLII, 3. Antiochos d'Ascalon, de tendance stoïcisante, fut le maître et l'ami de Cicéron (voir* Cicéron, *IV, 1).*

12. *Malgré son admiration pour la «rhétorique» inséparable de la maîtrise des doctrines philosophiques, il arrive au biographe de comparer à cette technique la «conduite» de l'existence – comparaison qui tourne, par souci d'authenticité, au profit de la seconde. De tels débats entre la culture et la vie ont été fréquents à Rome à la fin du I*[*er*] *siècle après J.-C. Sénèque s'en fait plus d'une fois l'écho, et Plutarque a dû en rester marqué.*

13. *En quelques lignes, Plutarque évoque deux de ses sources, aujourd'hui perdues, qui confirment la richesse de son information : la correspondance de Brutus, le traité du «rhéteur» (au nom grec) Empylos.*

14. *Plutarque, qui avoue lui-même posséder imparfaitement le latin, admire le bilinguisme aisé des Romains cultivés de la fin de la République (voir Marrou, 1965, p. 374-375, 379-380). Suit une série de ces apophtegmes que Plutarque, on le sait, recueillait précieusement.*

était déjà engagé dans la guerre, il écrivit aux habitants de Pergame: «J'apprends que vous avez versé de l'argent à Dolabella[15]; si c'était de bon gré, reconnaissez que vous avez eu tort; si c'était malgré vous, prouvez-le, en me donnant de l'argent de bon gré.» 7. Une autre fois, il écrivit aux Samiens: «Vos délibérations ne valent rien et vos secours sont lents. Quelle fin imaginez-vous à cela?» 8. Et, à propos des Pataréens, une autre lettre: «Les Xanthiens, qui ont méprisé mes bienfaits, ont fait de leur patrie le tombeau de leur désespoir. Les Pataréens, qui se sont confiés à moi, n'ont rien perdu de leur liberté pour administrer leurs différentes affaires. À vous maintenant de choisir entre le jugement des Pataréens et la Fortune des Xanthiens[16].» Tel est le style de ses remarquables billets.

III. 1. Brutus était encore adolescent lorsqu'il accompagna son oncle Caton à Chypre, où il était envoyé contre Ptolémée[17]. 2. Ce dernier se suicida[18]. Caton, qui était obligé de rester à Rhodes, avait déjà envoyé Canidius, un de ses amis[19], veiller sur les biens du roi mais, craignant qu'il ne pût s'empêcher d'en dérober, il écrivit à Brutus de quitter la Pamphylie, où il se remettait alors d'une maladie, et de faire voile le plus vite possible vers Chypre[20]. 3. Brutus embarqua, mais à contrecœur: il était gêné vis-à-vis de Canidius[21], qu'il jugeait ignominieusement écarté par Caton, et de manière générale, en jeune étudiant qu'il était, il trouvait ce genre de surveillance et d'administration indigne de lui et d'un homme libre. 4. Cependant il s'appliqua à cette tâche et reçut les éloges de Caton: il convertit en argent la fortune de Ptolémée et en rapporta la plus grande partie à Rome, par mer[22].

IV. 1. Lorsque la division se mit dans la cité, que Pompée et César prirent les armes et que l'Empire romain se trouva plongé dans la confusion[23], on pensait que Brutus embrasserait le parti de César, puisque Pompée avait autrefois fait tuer son

---

15. *Publius Cornelius Dolabella, souvent qualifié de «corrompu», était en tout cas «jeune, sans scrupule et ambitieux» (Syme, 1967, p. 110; voir p. 148-149 et 168). Consul suffect en 44, il reçut la province de Syrie après les ides de mars et s'y suicida en 43 après la défaite que lui infligea Cassius (*infra XXV, 1).
16. *Sur Xanthos et Patara, villes d'Asie Mineure ralliées par Brutus à sa cause, de gré ou de force, voir* infra, *XXXI-XXXII.*
17. *Cela se passe en 58. Ptolémée est le frère de Ptolémée Aulète, souverain d'Égypte dont le royaume, comprenant l'île, a été partagé par Rome. Voir le récit détaillé dans* Caton le Jeune, *XXXIII-XXXVIII.*
18. *Suicide par le poison (*Caton le Jeune, *XXXVI, 1).*
19. *Sur Canidius, ou Caninius, voir* Caton le Jeune, *XXXV, 2; XXXVI, 2; XXXVII, 1-5. Nous ne savons rien de plus de cet ami soumis au soupçon.*
20. *La Pamphylie, située sur la côte Sud de l'Asie Mineure, n'est pas éloignée de Chypre. Il semble que son climat se soit prêté à des séjours de convalescence pour notables fortunés.*
21. *Un climat délétère a entouré les relations de Caton et de Canidius: voir l'attitude de Munatius Rufus selon* Caton le Jeune, *XXXVII.*
22. *Sur le retour de cet argent à Rome, voir* Caton le Jeune, *XXXVIII-XXXIX, où Brutus n'est pas mentionné; c'est en tout cas, semble-t-il, sa première participation aux affaires publiques.*
23. *À la fin des années 50.*

père[24]. 2. Mais il estimait qu'il devait faire passer l'intérêt public avant ses intérêts privés et, selon lui, Pompée avait de meilleures raisons pour faire la guerre que César. Il se rallia donc à Pompée[25]. 3. Jusque-là pourtant, quand il le rencontrait, il ne le saluait même pas, considérant comme une grande souillure de parler avec le meurtrier de son père. Mais, en la circonstance, le considérant comme le chef de la patrie, il se rangea sous ses ordres et embarqua pour la Cilicie en qualité de légat avec Sestius qui avait tiré au sort cette province[26]. 4. Comme il n'y avait là-bas rien à faire de grand, et que déjà Pompée et César se trouvaient face à face et livraient la bataille décisive, il se rendit en Macédoine afin de prendre sa part du danger comme volontaire[27]. 5. Alors Pompée, plein de joie et d'admiration, se leva de son siège, dit-on, en le voyant arriver et l'embrassa devant tout le monde, pour montrer qu'il le considérait comme un homme exceptionnel. 6. Au cours de cette campagne, Brutus consacra à l'étude et aux livres tous les moments de la journée où il n'était pas avec Pompée – et cela non seulement en temps ordinaire mais même à la veille de la grande bataille[28]. 7. On était au plus fort de l'été, il faisait très chaud, le camp était installé dans un terrain marécageux et ceux qui apportaient sa tente à Brutus ne se pressaient guère. 8. Cependant, malgré son épuisement, ce fut à peine si, vers midi, il se fit frotter d'huile et absorba quelques aliments ; ensuite, alors que les autres dormaient ou se tourmentaient en pensant à l'avenir, il s'occupa jusqu'au soir à composer un abrégé de Polybe[29].

V. 1. Quant à César, loin de se désintéresser de Brutus, il avait, dit-on, ordonné à ses officiers de ne pas le tuer au cours de la bataille : ils devaient l'épargner, le lui amener s'il se rendait de son plein gré et le laisser aller sans user de violence, s'il résistait à ceux qui voulaient s'emparer de lui[30]. Il agissait ainsi, dit-on, pour faire plaisir à Servilia, la mère de Brutus. 2. Lorsqu'il était encore très jeune, César avait eu, paraît-il, une liaison avec cette femme qui était folle d'amour pour lui et Brutus était né à l'époque où leur passion était la plus ardente : aussi César était-il presque convaincu que l'enfant était de lui[31]. 3. Lorsque le Sénat eut à débattre de la grave

---

24. *Sur la mort du père de Brutus, voir* Pompée, *XVI, 4-8.*
25. *Tout au long de cette* Vie, *comme de celle de* Caton le Jeune, *Plutarque campe un héros qui préfère l'intérêt public à son avantage privé, en opposition à un César ou à un Antoine.*
26. *Sestius avait reçu en partage la Cilicie en 49. Il est habituel pour un jeune aristocrate de seconder comme « légat » un gouverneur de province.*
27. *À la veille de la bataille de Pharsale (48).*
28. *Comme son modèle Caton (*Caton le Jeune, *XIX, 1 ; LIX, 4), Brutus consacre ostensiblement à la lecture tous ses moments libres.*
29. *On comprend que Brutus, en ces circonstances, ait médité sur une œuvre, les* Histoires *de Polybe, écrite (en grec) au IIe siècle avant J.-C., qui se veut pleine de « leçons » politico-militaires. Plutarque n'indique pas si l'« abrégé » en question était rédigé en latin ou en grec.*
30. *Cette attitude préméditée sera mise en œuvre efficacement, selon* César, *LXII, 2-3.*
31. *La liaison de César et de Servilia est bien attestée, mais nettement plus ancienne, puisque l'affaire du billet a lieu en 63, alors que Brutus avait plus de 20 ans : malgré le « toi aussi, mon fils ! » (prononcé en grec, selon Suétone,* César, *82, 3), il ne peut en aucune façon être le fils de César.*

affaire de Catilina, qui faillit renverser la République, Caton et César, qui différaient d'opinion, se tenaient, dit-on, l'un près de l'autre, lorsqu'on apporta du dehors un petit billet à César. Il le lut en silence. Alors Caton s'écria qu'il était scandaleux que César pût recevoir des communications et des lettres des ennemis. 4. Comme beaucoup de sénateurs s'indignaient à grand bruit, César tendit le billet, tel qu'il était, à Caton qui lut une lettre passionnée de sa sœur Servilia. Caton lança la tablette à César en lui disant : « Garde cela, ivrogne ! », puis il reprit, depuis le commencement, l'exposé de son point de vue. On voit à quel point la passion de Servilia pour César était connue de tous[32].

VI. 1. Après la défaite de Pharsale et la fuite de Pompée vers la mer, alors que le camp était assiégé, Brutus en sortit sans attirer l'attention par une porte qui donnait sur un endroit marécageux, plein d'eau et de roseaux. Puis, à la faveur de la nuit, il se réfugia à Larissa, 2. d'où il écrivit à César qui, heureux de le savoir sain et sauf, l'invita à le rejoindre et, non content de lui pardonner, le couvrit d'honneurs plus qu'aucun autre et le garda à ses côtés[33]. 3. Comme personne ne pouvait dire dans quelle direction s'enfuyait Pompée et que tous étaient perplexes, César, un jour qu'il faisait route seul avec Brutus, lui demanda ce qu'il en pensait. 4. Estimant à la réflexion que les conjectures de Brutus sur la fuite de Pompée étaient les mieux fondées, il abandonna les autres pistes pour se diriger vers l'Égypte. 5. Et en effet, Pompée avait bien débarqué en Égypte, comme l'avait supposé Brutus : il y avait accompli son destin[34]. 6. Brutus adoucit César en faveur de Cassius et plaida pour Déjotarus, le roi des Galates : la gravité des accusations l'empêcha d'avoir gain de cause, mais il parvint, à force de prières et de supplications, à conserver au roi une grande partie de son royaume[35]. 7. La première fois que César entendit parler Brutus, il déclara à ses amis, dit-on : « Je ne sais ce que veut ce jeune homme, mais tout ce qu'il veut, il le veut avec énergie[36]. » 8. Et de fait sa gravité, son refus de céder facilement à n'importe quel solliciteur pour lui complaire, son énergie, fondée sur la réflexion et le choix délibéré du bien, donnaient à Brutus, quelque parti qu'il prît, un élan passionné qui lui permettait d'atteindre son but[37]. 9. Devant les requêtes injustes, il était insensible à la flatterie ; céder à

---

32. *Même récit, à quelques détails près, dans* Caton le Jeune, *XXIV, 1-3. Symboliquement, César mêle le public et le privé là où Caton les distingue, comme fera Brutus.*

33. *L'attitude de César (dictée par sa fameuse et très politique « clémence ») est plus facile à expliquer que le retournement de Brutus. La mémoire du sort de son père (voir* supra, *IV, 1-3) a-t-elle incité le vaincu ostensiblement épargné à déserter un camp pompéien privé de son chef et d'une grande part de ses forces, et qui ne semble pas avoir fait grand cas de lui ?*

34. *Pompée a été tué en Égypte, lors de son débarquement, le 16 août 48, sur l'ordre d'Achillas, préfet du roi d'Égypte Ptolémée XIV ; voir* Pompée, *LXXIX ;* Caton le Jeune, *LVI, 2 ;* Lucain, Pharsale, *VIII, 467 et suiv.*

35. *Voir la plaidoirie de Cicéron,* Pour le roi Déjotarus, *datée de 45.*

36. *Version un peu différente du propos de César chez Cicéron : voir* Lettres à Atticus, *XIV, 1, 2.*

37. *Ce portrait est difficile à concilier avec le ralliement à César qui précède.*

une insistance éhontée (attitude à laquelle certains donnent le nom de timidité) lui paraissait la pire des indignités pour un grand homme: il avait coutume de dire que ceux qui ne savaient rien refuser n'avaient pas dû faire un usage honorable de la fleur de leur jeunesse.
10. Comme César s'apprêtait à passer en Libye pour combattre Caton[38] et Scipion, il confia la Gaule Cisalpine à Brutus. Ce fut une chance pour cette province: 11. alors que les autres étaient mises à sac, comme des prises de guerre, du fait de la violence et de la cupidité de ceux à qui elles avaient été confiées, Brutus fit cesser les malheurs dont elle avait été victime jusque-là et il l'en consola. 12. De plus, il s'arrangea pour reporter sur César la reconnaissance de tous, si bien que lorsque celui-ci parcourut l'Italie à son retour, il eut grand plaisir à contempler les cités administrées par Brutus, ainsi que Brutus lui-même, qui rehaussait sa gloire et dont la compagnie était pleine de charme[39].

VII. 1. Parmi les différentes prétures, la plus prestigieuse, qu'on nomme préture urbaine, devait revenir, pensait-on, soit à Brutus soit à Cassius. Selon certains historiens[40], il existait déjà entre les deux hommes un conflit latent, dû à des griefs antérieurs, qui s'aggrava à cette occasion, malgré le lien de parenté qui les unissait, Cassius ayant épousé Junia, sœur de Brutus[41]; 2. mais selon d'autres, cette rivalité fut l'œuvre de César qui donna en secret des espérances à chacun d'eux, jusqu'au moment où, ainsi poussés à bout et exaspérés, ils finirent par s'affronter. 3. Brutus opposait sa gloire et sa vertu à tous les exploits brillants que Cassius était fier d'avoir accomplis chez les Parthes[42]. 4. César, les ayant entendus, délibéra avec ses amis et leur dit: «Cassius a des titres plus justes, mais il faut donner la première place à Brutus[43].» 5. Cassius fut donc nommé à une préture secondaire et il fut moins reconnaissant d'avoir obtenu celle-ci que fâché de n'avoir pas eu la première. 6. Par ailleurs, Brutus disposait à son gré de la puissance de César. S'il l'avait voulu, il aurait été le premier de ses amis et le plus influent, 7. mais la faction de Cassius l'entraînait et le détournait de César. Il n'avait pas encore mis un terme au différend qui l'opposait à Cassius lui-même, mais il écoutait ses amis qui l'exhortaient à ne pas se laisser amollir et envoûter par César, à fuir les marques de bienveillance et les faveurs que le dictateur lui

---

38. Non seulement Brutus appuie César, et se voit confier (en 47; il avait été questeur en 53) une des «provinces» les plus riches et les plus stratégiques, mais il se trouve combattre son mentor Caton! Sur le contexte africain, voir Caton le Jeune, *LVI et suiv.*
39. Sur les relations de Brutus avec César, voir Syme (1967) p. 64-65.
40. Malgré l'absence de précision, nous n'avons aucune raison de mettre en doute que, sur ce point aussi, Plutarque a consulté des sources diverses. Nous ignorons lesquelles.
41. Alliance familiale très classique à Rome. Les relations entre Brutus et Cassius ont subi et subiront bien des traverses. Elles connaissent alors leur pire moment.
42. Cassius avait été le questeur de Crassus lors de la guerre contre les Parthes; voir Crassus, *XVIII, 4 et note.*
43. Même formule dans César, *LXII, 5.*

prodiguait non pour honorer sa vertu, mais pour briser son courage et saper sa bravoure[44].

VIII. 1. César lui-même n'était pas totalement exempt de soupçons à l'égard de Brutus ni insensible aux accusations qu'on portait contre lui. Il craignait la fierté, le prestige et les amis du héros, mais son caractère lui inspirait confiance. 2. Une première fois, quand on lui dit qu'Antoine et Dolabella préparaient une révolution, il déclara: «Je ne crains pas les hommes gras et chevelus, mais ceux qui sont pâles et maigres» (par ces mots, il désignait Brutus et Cassius)[45]. 3. Ensuite, comme certains accusaient Brutus et lui disaient de s'en méfier, il se désigna de la main en disant: «Ne croyez-vous pas que Brutus attendra la fin de cette pauvre carcasse?» Il voulait dire qu'après lui, un aussi grand pouvoir ne pouvait revenir qu'à Brutus[46]. 4. Et en vérité, celui-ci serait devenu, sans conteste, le premier dans Rome, semble-t-il, s'il avait supporté d'être quelque temps le second après César, en laissant la puissance du dictateur décliner et la gloire de ses succès se flétrir[47]. 5. Mais Cassius, un homme passionné, qui haïssait davantage César à titre privé que le tyran pour des raisons politiques, enflamma et pressa Brutus. 6. On dit que Brutus refusait la dictature et que Cassius haïssait le dictateur: entre autres griefs, il lui en voulait de lui avoir pris les lions qu'il s'était procurés avant de devenir édile[48]; César s'en empara à Mégare, lorsque Calénus conquit pour lui cette cité. 7. Ces animaux furent l'occasion, dit-on, d'un terrible malheur pour les Mégariens. Voyant leur cité déjà aux mains des ennemis, ils ouvrirent les cages et les détachèrent: ils croyaient que les lions s'en prendraient aux assaillants, mais les bêtes se jetèrent sur eux, alors qu'ils couraient çà et là sans armes, et ce fut un spectacle pitoyable, même pour les ennemis.

IX. 1. On prétend que tel fut le principal motif qui poussa Cassius à conspirer contre César, mais on a tort, car dès l'origine, il y avait dans la nature de Cassius de l'hos-

---

44. *Plutarque n'a rien dit jusqu'ici de l'influence des entourages (voir Dictionnaire «Amis/Amitié»). Le récit donne l'impression que celui de Cassius est alors beaucoup plus anticésarien que celui de Brutus, pour des raisons que Plutarque attribuera (infra, VIII, 5-6) à des mobiles privés plutôt que strictement politiques. On a vu (supra, VI, 6) qu'à la différence de Brutus, Cassius n'a pas rejoint spontanément César. Sur la diversité du «parti républicain», voir Syme (1967), p. 96-97.*
45. *La même formule figure dans César, LXII, 10. Soupçonnant Cassius, il aurait déclaré, sur le même registre: «À votre avis, quelles sont les intentions de Cassius? Je n'aime pas trop le voir trop pâle» (LXII, 9). Shakespeare (voir Dictionnaire) reprendra l'expression dans Jules César (1599).*
46. *Le mot figure dans César, LXII, 6, avec ce commentaire: «Il voulait dire par là que la vertu de Brutus, qui le rendait digne du pouvoir, l'empêcherait également de devenir ingrat et criminel.»*
47. *C'est sans aucun doute en ce sens qu'il faut comprendre la relation de César à Brutus, relation que le premier concevait comme «filiale».*
48. *Les fonctions d'édile conduisaient à donner des jeux, dont la richesse et l'originalité étaient à cette époque garantes de popularité. Parmi ces spectacles de choix figuraient les combats et exhibitions de bêtes sauvages; celles-ci fascinaient les foules, en même temps qu'elles symbolisaient la chance et la générosité des conquérants.*

tilité et de la haine pour l'engeance des tyrans[49]. Il le montra dès son enfance, quand il allait à la même école que Faustus, fils de Sylla[50]. 2. Comme celui-ci se vantait avec arrogance devant les autres enfants du pouvoir absolu de son père, Cassius se leva et le bourra de coups de poing. 3. Les tuteurs et les proches de Faustus voulurent poursuivre Cassius en justice, mais Pompée s'y opposa ; il convoqua les deux enfants et les interrogea sur l'incident. 4. Alors Cassius s'écria, dit-on : «Allons, Faustus, ose répéter devant lui la phrase qui m'a mis en colère, pour que je puisse de nouveau te casser la figure.» 5. Tel était Cassius. Quant à Brutus, il était invité et poussé à agir par tous les discours que lui tenaient ses amis et par toutes les rumeurs et les inscriptions de ses concitoyens. 6. Ainsi, sur la statue de son aïeul Brutus[51], celui qui abattit le pouvoir des rois, on écrivait : «Ah! si tu vivais de nos jours Brutus!» et: «Quel bonheur si Brutus était vivant!» 7. Chaque jour, on trouvait la tribune sur laquelle il siégeait en tant que préteur couverte d'inscriptions comme celles-ci : «Tu dors, Brutus?» ou : «Tu n'es pas vraiment un Brutus[52].» 8. Ceux qui flattaient César étaient responsables de cette situation : ils inventèrent pour le dictateur de nombreux honneurs qui le rendirent odieux, et notamment ils placèrent de nuit des diadèmes sur ses statues, afin d'inciter la masse à le proclamer roi au lieu de dictateur[53]. 9. Ils obtinrent le résultat inverse, comme je l'ai écrit avec précision dans l'ouvrage consacré à César[54].

X. 1. Cassius sonda ses amis, et tous furent d'accord pour agir contre César si Brutus se mettait à leur tête. «Pour une telle entreprise, disaient-ils, on a moins besoin de bras et d'audace que de la réputation d'un homme tel que lui. Sa présence sera une promesse et une garantie de justice ; 2. sans lui, nous aurons moins d'ardeur au moment de l'action et, celle-ci accomplie, nous serons davantage suspects car les

---

49. *Plutarque ne paraît pas prendre conscience de la contradiction entre ce jugement et celui qu'il a émis supra (I, 4 ; VIII, 5-6). Ces incohérences paraissent tenir aux divergences difficilement surmontables de ses sources, et à une composition imparfaitement dominée. Dans le cas présent, le rappel d'un épisode d'enfance situé à l'époque de Sylla lui paraît faire preuve, comme dans le cas de* Caton d'Utique *(*Caton le Jeune, *III, 3-7).*
50. *Sur Cornelius Sulla Faustus, voir* Sylla, *XXXIV, 5 et note, et* Lucullus, *IV, 6.*
51. *Il a été question de cette statue supra, I, 1.*
52. *Les inscriptions de ce type étaient conformes à la tradition politique romaine. Celles-ci témoignent évidemment d'une campagne organisée – par les amis de Cassius ? – et ancrent définitivement Brutus dans la lignée du fondateur de la République. Voir* César, *LXII, 7.*
53. *Il s'agit là des bruits constamment colportés contre César par ses adversaires (la haine du «pouvoir d'un seul» était au fondement même de la République), mais dont il est malaisé d'établir la véracité ; voir Syme (1967), p. 61-64.*
54. *Voir* César, *LXI. Ce passage est de ceux qui paraissent livrer une chronologie relative de la rédaction des* Vies *:* César *serait antérieur à* Brutus *; mais on retire l'impression inverse de* César, *LXII, 8 où Plutarque mentionne la* Vie de Brutus *comme déjà écrite. Les deux biographies, sans doute rédigées à la même époque, ont dû faire l'objet d'une relecture «croisée» (voir* Dictionnaire, *«Composition»).*

gens se diront que Brutus ne serait pas resté à l'écart de l'entreprise si elle avait eu un motif honorable. » 3. Cassius se rallia à ce point de vue : il fit le premier pas et alla trouver Brutus pour mettre fin à leur différend. Quand les deux hommes se furent réconciliés et eurent échangé des marques d'amitié, Cassius demanda à Brutus s'il comptait venir au Sénat le jour de la nouvelle lune de mars[55]. « J'ai appris, lui dit-il, que les amis de César présenteront une proposition pour le nommer roi[56]. » 4. Brutus déclara qu'il n'assisterait pas à la séance. « Que feras-tu si on nous convoque? demanda Cassius. – Mon devoir, répondit Brutus, sera alors de ne pas me taire, mais de défendre la liberté et de mourir pour elle. » 5. Exalté par cette réponse, Cassius s'écria : « Mais qui donc parmi les Romains supporterait de te voir mourir? 6. Ignores-tu donc qui tu es, Brutus? Ou bien crois-tu que les inscriptions qui couvrent ta tribune soient l'œuvre de tisserands et de cabaretiers et non des premiers et des plus puissants des citoyens[57]? Aux autres préteurs, on réclame des distributions, des spectacles et des combats de gladiateurs, mais de toi on exige, comme une dette héréditaire, que tu abattes la tyrannie[58]. Les gens sont prêts à tout souffrir pour toi, si tu te montres tel qu'ils le demandent et qu'ils l'attendent. » 7. Sur ces mots, il étreignit Brutus et l'embrassa. Puis ils se séparèrent et allèrent trouver leurs amis.

XI. 1. Il y avait un certain Caius Ligarius, un des amis de Pompée, qui avait été accusé à ce titre puis absous par César[59]. 2. Loin de se montrer reconnaissant de cet acquittement, cet homme en voulait au pouvoir qui l'avait menacé et restait hostile à César. C'était un des amis les plus proches de Brutus. 3. Celui-ci lui rendit visite, alors qu'il était indisposé : « Ligarius, lui dit-il, quel moment choisis-tu pour être malade? » Aussitôt Ligarius, se soulevant sur un coude, lui saisit la main droite en disant : « Si tes projets sont dignes de toi, Brutus, me voici en bonne santé. »

XII. 1. Dès lors, ils sondèrent en secret les notables en qui ils avaient confiance, leur communiquèrent leur projet et les gagnèrent à leur cause. Ils ne se limitaient pas à leurs proches mais s'adressaient à tous les hommes de bien[60] dont ils connaissaient la hardiesse et le mépris de la mort. 2. C'est pourquoi ils se cachèrent de Cicéron, qui pourtant, par sa loyauté et son dévouement, tenait la première place parmi eux.

---

55. La mention de la « nouvelle lune de mars » annonce celle des ides.
56. La campagne présentant César comme prétendant à la monarchie est l'œuvre de Cassius et des siens, ou du moins se mène avec leur aval. Tout le dialogue est à l'initiative de Cassius, et n'est pas loin de faire penser à la manipulation d'un idéologue par un politique habile.
57. Ce demi-aveu permet de vérifier ce qu'un passage précédent laissait pressentir : Cassius et les siens étaient derrière la campagne exhortant Brutus à l'action.
58. Habileté de Cassius, qui parle à Brutus le langage qu'il peut entendre et apprécier. Plutarque situait précisément l'origine de l'hostilité du premier envers César dans un conflit né à propos de « spectacles » publics (voir supra, VIII, 6).
59. Ce Ligarius ne se prénommait pas Caius, mais Quintus.
60. C'est-à-dire à tous les aristocrates (optimi viri).

Mais il manquait naturellement de hardiesse et, avec l'âge, il s'était mis à nourrir des inquiétudes de vieillard ; ils craignirent donc qu'il n'examinât toute chose en détail pour être sûr d'avoir les plus grandes garanties de sécurité et qu'il n'émoussât l'ardeur de leur enthousiasme, alors qu'ils devaient agir vite[61]. 3. Parmi ses autres compagnons, Brutus tint aussi à l'écart l'épicurien Statyllius et Favonius, qui était un partisan passionné de Caton. En effet, un jour qu'ils s'entretenaient et philosophaient ensemble, il avait essayé de les sonder, de loin, en les questionnant sans en avoir l'air : Favonius avait répondu qu'une monarchie illégale était moins dangereuse qu'une guerre civile et Statyllius avait déclaré que l'homme sage et sensé ne devait pas s'exposer ni se troubler pour des êtres vils et insensés[62]. 4. Labéo, qui assistait à l'entretien, les contredit l'un et l'autre. Sur le moment, Brutus garda le silence, comme s'il se trouvait confronté à une question ardue et difficile à trancher, mais par la suite, il révéla ses projets à Labéo[63], 5. qui s'empressa de l'approuver. Il y avait un autre Brutus, surnommé Albinus, qui était par ailleurs dépourvu d'énergie et d'audace, mais qui était influent à cause de la foule de gladiateurs qu'il entretenait pour les spectacles des Romains et parce qu'il avait la confiance de César[64] : ils décidèrent de se l'adjoindre. 6. Cassius et Labéo lui parlèrent sans obtenir de réponse mais, lorsqu'il rencontra Brutus en tête à tête et apprit qu'il était le chef du complot, il accepta avec enthousiasme de le soutenir. 7. Quant aux autres conspirateurs, les plus nombreux et les meilleurs d'entre eux furent attirés par la réputation de Brutus. 8. Ils ne prêtèrent pas serment, et n'engagèrent pas mutuellement leur foi devant des victimes[65] ; tous renfermèrent le secret en eux-mêmes et gardèrent le silence avec tant de fermeté que, malgré les prédictions, les apparitions et les signes sacrés par lesquels les dieux révélaient le complot, personne ne voulut y croire[66].

XIII. 1. Brutus voyait que les personnages les plus intelligents, les mieux nés et les plus valeureux de Rome se reposaient sur lui et il réalisait toute l'importance du danger. Quand il était à l'extérieur, il essayait de garder ses inquiétudes pour lui et de les déguiser, 2. mais chez lui, la nuit, il n'était plus le même : tantôt l'angoisse l'arrachait malgré lui au sommeil, tantôt il s'absorbait dans ses pensées et passait

---

61. *La même remarque désobligeante pour Cicéron figure dans sa biographie, XLII, 1-2. Voir Dictionnaire, «Cicéron».*
62. *Deux réponses bien dignes de «catoniens» fervents. Sur Favonius (édile en 52, préteur en 49), voir* Caton le Jeune, *XXXII, 11 et XLVI, 1-3, et infra, XXXIV ; sur Statyllius, voir* Caton le Jeune, *LXV, 10-11 et LXXIII, 7, et infra, LI, 5-6.*
63. *Antistius Labeo trouvera la mort à Philippes, comme légat de Brutus (voir infra, LI, 2).*
64. *Decimus Junius Brutus Albinus avait été mis par César sur la liste de ses héritiers, aux côtés d'Antoine et d'Octave (voir* César, *LXIV, 1 ;* Antoine, *XI, 2).*
65. *Cette précision négative est une manière pour Plutarque de conserver à ce complot sa «dignité» en le distinguant par exemple de la conjuration de Catilina où, disait-on, de tels serments criminels avaient été prêtés sur le corps d'un esclave sacrifié (voir* Cicéron, *X, 4 ;* Salluste, Catilina, *XXII).*
66. *Les signes annonciateurs du meurtre sont récapitulés dans* César, *LXIII-LXV, où Brutus Albinus joue un rôle décisif pour dissuader César d'y prêter attention (LXIV).*

son temps à réfléchir aux difficultés de l'entreprise[67]. Il ne put cacher à sa femme, qui dormait à ses côtés, qu'il était en proie à un trouble inhabituel et qu'il roulait en son esprit un projet difficile à porter et à démêler. 3. Porcia était, je l'ai dit, fille de Caton, et Brutus était son cousin; lorsqu'il l'avait épousée, elle n'était pas vierge, mais veuve d'un premier mari qu'elle avait perdu alors qu'elle était encore toute jeune et qui lui avait donné un petit garçon, nommé Bibulus, dont on a conservé un opuscule intitulé *Mémoires sur Brutus*[68]. 4. Porcia était affectueuse, elle aimait son époux, elle était pleine de fierté et d'intelligence. Elle n'essaya pas de l'interroger sur ses secrets avant d'avoir fait sur elle-même l'expérience suivante. 5. Elle prit un des ciseaux dont les coiffeurs se servent pour tailler les ongles, fit sortir de sa chambre toutes les servantes et s'entailla la cuisse si profondément qu'un flot de sang se mit à couler et que, peu après, sa blessure entraîna de violentes souffrances et des frissons de fièvre. 6. Comme Brutus s'inquiétait et se tourmentait, elle lui dit, malgré l'extrême douleur qui la torturait : 7. « Brutus, je suis fille de Caton. Si j'ai été donnée à ta maison, ce n'est pas seulement pour partager ton lit et ta table, comme les concubines, mais aussi pour être associée à tes bonheurs et à tes chagrins. 8. Ta conduite conjugale est irréprochable mais, de mon côté, quelle preuve d'amour puis-je te donner, quelle marque de reconnaissance, si je ne porte pas avec toi ton secret douloureux et ton souci qu'il te faut confier à une oreille sûre. 9. Je le sais, la nature féminine semble trop faible pour garder un secret mais, crois-moi, Brutus, une bonne éducation et la fréquentation des gens de bien confèrent au caractère une sorte de force. 10. J'ai le privilège, de plus, d'être la fille de Caton et l'épouse de Brutus. Jusqu'ici, je n'en tirais que peu d'assurance, mais à présent, je me connais et je sais que la souffrance ne peut me vaincre[69]. » 11. Sur ces mots, elle lui montre sa blessure et lui explique l'épreuve à laquelle elle s'est soumise. Brutus, stupéfait, tendit les mains vers le ciel et pria les dieux de lui permettre de réussir dans son entreprise et de se montrer le digne époux de Porcia. Puis il fit soigner sa femme.

XIV. 1. Comme on annonçait une séance du Sénat à laquelle il était probable que César assisterait, ils décidèrent de passer à l'action : ils pourraient ainsi se regrouper à cette occasion sans attirer les soupçons et ils seraient entourés des hommes les meilleurs et les plus éminents qui, dès l'accomplissement de ce grand exploit,

---

67. Le récit de Plutarque crée à partir d'ici un suspense psychologique, qu'il est intéressant de comparer à celui qu'il met en scène pour le même moment, mais d'un point de vue différent, dans la Vie de César.

68. Porcia, avant de devenir en 45 la femme de Brutus, avait épousé vers 60 Marcus Calpurnius Bibulus, consul en 59 (voir Caton le Jeune, *XXV, 4; XXXI, 7; XLVII, 3). Les* Mémoires sur Brutus *de leur fils Lucius sont utilisés* infra, *XXIII, 7.*

69. Synthèse caractéristique de trois éléments : une formulation banale chez Plutarque (pouvoir de l'éducation, rôle du milieu familial et social); un de ces « exercices » par lesquels les stoïciens apprenaient à maîtriser leurs sentiments et à se préparer à la mort; l'élévation au niveau héroïque d'une femme capable de réunir en sa personne les vertus précédentes, pour être digne de son époux et de son père. Sur la place des femmes dans les Vies, *voir* Dictionnaire, *« Femmes ».*

réclameraient aussitôt la liberté. 2. Le lieu lui-même leur semblait choisi par la divinité pour le succès de leur entreprise. C'était un des portiques qui entourent le théâtre et il s'y trouvait une salle garnie de sièges où se dressait une statue de Pompée que la cité lui avait élevée lorsqu'il avait orné ce quartier avec ses portiques et son théâtre[70]. 3. C'était là que le Sénat était convoqué, juste au milieu du mois de mars, jour que les Romains appellent les ides: on avait l'impression qu'un *démon* voulait livrer César à Pompée pour le faire expier[71]. 4. Le jour venu, Brutus sortit avec un poignard dans sa ceinture, ce que sa femme était seule à savoir. Les autres s'étaient rassemblés chez Cassius, dont le fils devait revêtir ce qu'on appelle la toge virile[72], et ils accompagnèrent l'adolescent sur le forum. 5. De là, ils pénétrèrent tous sous le portique de Pompée et attendirent, en pensant que César allait bientôt venir au Sénat. 6. En cette occasion plus que jamais, un observateur qui aurait su ce qu'ils s'apprêtaient à faire aurait admiré leur sang-froid et leur calme devant le danger; obligés par leur charge de préteurs[73] à rendre la justice à une foule de gens, non seulement ils écoutaient avec douceur, comme s'ils avaient tout leur temps, les plaideurs en litige qui comparaissaient devant eux, mais encore ils mettaient tous leurs soins à rendre, dans chaque cas, une sentence qu'ils déterminaient avec rigueur, en y réfléchissant bien. 7. Comme quelqu'un refusait de se soumettre au jugement et en appelait à César, en poussant les hauts cris et en prenant tout le monde à témoin, Brutus se tourna vers les assistants et déclara: «César ne m'empêche pas d'agir conformément aux lois et il ne m'en empêchera pas[74].»

XV. 1. Pourtant, il y eut plusieurs incidents fortuits de nature à les troubler. D'abord, et surtout, le retard de César: la journée était déjà fort avancée mais, comme les sacrifices étaient défavorables, sa femme le retenait au logis et les devins l'empêchaient de sortir[75]. 2. En second lieu, quelqu'un s'approcha de Casca, l'un des conspirateurs, lui prit la main droite et lui dit: «Tu nous as caché ton secret, Casca, mais Brutus m'a tout révélé.» 3. Comme Casca[76] restait interdit,

---

70. *Sur le lieu (dans le périmètre du théâtre de Pompée, ensemble de type hellénistique construit en 56) et les circonstances, ce passage complète la mise en place de* César, *LXVI, 1-2.*

71. *Formule analogue dans* César, *LXVI, 1. Elle revient sans doute en propre à Plutarque, comme l'indique l'emploi caractéristique du mot* démon *(voir* infra, *XXXVII, 6).*

72. *La prise de la toge virile marquait pour les fils de citoyens, à 17 ans, l'entrée dans l'âge adulte.*

73. *Brutus et Cassius sont tous les deux préteurs (voir* supra, *VII, 1-5). Ils exercent donc des fonctions judiciaires.*

74. *Encore une formule et une leçon catoniennes: le primat du principe civique sur l'individu, et du public sur le privé (voir* infra, *XV, 9). Ce passage et quelques autres justifient ce jugement de Syme (1967), p. 64: «Il est vraiment trop facile de qualifier les assassins [de César] d'adeptes fanatiques des théories grecques sur la valeur supérieure du tyrannicide, aveugles à la vraie nature des mots d'ordre politiques et aux besoins pressants de l'État romain [...]; la* virtus *sur laquelle Brutus composa un volume était une qualité romaine, non une importation étrangère.»*

75. *Sur le rôle de Calpurnia, voir* César, *LXIII, 8-LXIV, 6.*

76. *Sur Casca, voir* infra, *XVII, 5 et* César, *LXVI, 7-8 et note.*

l'autre poursuivit en riant : « Comment as-tu fait, heureux mortel, pour t'enrichir aussi vite et pouvoir briguer l'édilité ? » Abusé par ce malentendu, Casca avait été sur le point de révéler le complot. 4. Quant à Brutus et à Cassius, le sénateur Popilius Laenas[77] les salua avec beaucoup d'empressement et leur chuchota : « Je prie les dieux que vous puissiez mener à bien ce que vous avez dans l'esprit et je vous conseille vivement de ne pas tarder car l'affaire est en train de s'ébruiter. » Sur ces mots, il les quitta, leur ayant inspiré de sérieux soupçons que l'entreprise était découverte.

5. Au même moment, quelqu'un arriva en courant de la maison de Brutus pour lui annoncer que sa femme était mourante. 6. En effet Porcia, bouleversée à la pensée de ce qui allait s'accomplir et incapable de supporter le poids de son angoisse, parvenait à grand-peine à rester chez elle. Le moindre bruit, le moindre cri la faisait bondir, comme les femmes saisies de transports bachiques ; chaque fois que quelqu'un revenait du forum, elle lui demandait ce que faisait Brutus, et envoyait continuellement d'autres personnes aux nouvelles. 7. À la fin, comme l'attente se prolongeait, ses forces physiques l'abandonnèrent ; l'âme affolée par l'incertitude, elle défaillit et chancela. Elle n'eut pas le temps de gagner sa chambre ; à l'endroit où elle se trouvait assise, au milieu de sa maison, elle perdit connaissance et resta plongée dans une prostration à laquelle on ne pouvait l'arracher ; elle avait changé de couleur et elle était totalement incapable de parler[78]. 8. À cette vue, les servantes poussèrent de grands cris et, les voisins s'étant précipités sur le seuil, le bruit de sa mort courut au-dehors et se répandit rapidement. 9. Cependant, elle se ranima bientôt et revint à elle ; ses servantes la soignèrent. Lorsque la nouvelle lui parvint, Brutus fut bouleversé, comme on peut l'imaginer, mais il n'abandonna pas pour autant l'intérêt public et l'émotion ne le poussa pas à courir s'occuper de ses affaires privées.

XVI. 1. Déjà on annonçait que César arrivait en litière. Alarmé par les sacrifices, il avait décidé de ne ratifier ce jour-là aucune mesure importante et de reporter la séance en prétextant une indisposition. 2. Dès qu'il descendit de la litière, Popilius Laenas, celui qui venait de souhaiter à Brutus et à ses amis bonne chance et réussite, se précipita à sa rencontre et s'entretint assez longtemps avec lui ; César s'arrêta et l'écouta attentivement[79]. 3. Les conjurés (donnons-leur ce nom) ne pouvaient entendre ce qu'il disait mais, comme ils soupçonnaient Laenas, ils s'imaginèrent que l'entretien avait pour objet la dénonciation de leur entreprise. Perdant courage, ils échangèrent des regards et convinrent, par un jeu de physionomies, de ne pas attendre d'être arrêtés et de se donner aussitôt la mort. 4. Déjà Cassius et quelques

---

77. Sur Popilius Laenas, sénateur qui était secrètement en accord avec les conjurés, voir infra, XVI, 2-5.
78. Sans que Plutarque y insiste, on perçoit qu'en Porcia, à ses yeux, la femme n'a pas été tout à fait à la hauteur de la fille, de l'épouse et de la philosophe… Voir infra, XXIII, 2-7.
79. Voir supra, XV, 4. L'épisode et le personnage sont absents de la Vie de César, LXVI, 4-5. De manière générale, la biographie du dictateur en arrive nettement plus vite à son exécution. On trouvera une reconstitution et une confrontation des sources dans Étienne (1973).

autres avaient glissé la main sous leurs vêtements pour saisir la garde de leurs poignards et ils s'apprêtaient à les tirer, lorsque Brutus, comprit à l'attitude de Laenas que celui-ci était en train de présenter une requête passionnée et non de les dénoncer ; il ne dit rien, à cause de toutes les personnes étrangères au complot qui s'étaient mêlées à eux, mais son visage joyeux rassura Cassius et ses amis. 5. Peu après, Laenas baisa la main de César et s'éloigna, ce qui montra bien que l'entretien n'avait porté que sur lui-même et sur ses affaires privées.

XVII. 1. Le Sénat était entré dans la salle avant César. La plupart des conjurés se placèrent autour de son siège, comme s'ils s'apprêtaient à l'entretenir de quelque affaire. 2. Cassius, dit-on, tourna le visage vers la statue de Pompée et l'invoqua comme s'il pouvait l'entendre[80]. Trébonius attira Antoine sur le seuil, se mit à bavarder avec lui et le retint à l'extérieur[81]. 3. À l'arrivée de César, les sénateurs se levèrent. Dès qu'il se fut assis, les conjurés se pressèrent en grand nombre autour de lui, en faisant avancer l'un d'eux, Tillius Cimber, qui le priait pour son frère exilé. Tous, joignant leurs prières aux siennes, saisirent les mains de César et lui couvrirent de baisers la poitrine et la tête. 4. César essaya d'abord de se soustraire à ces sollicitations puis, comme ils ne lâchaient pas, il se leva pour se dégager de force. Alors Tillius saisit des deux mains la toge de César et la lui arracha des épaules. Casca, qui se tenait derrière lui, fut le premier à tirer son épée et à lui porter un coup peu profond, près de l'épaule. 5. César saisit la poignée de l'épée et lui cria d'une voix forte en latin : « Maudit Casca, que fais-tu ? » tandis que Casca appelait son frère, en grec, à son secours. 6. César, bientôt frappé par plusieurs conjurés, tournait ses regards de tous côtés et essayait de s'enfuir, mais lorsqu'il vit Brutus tirer l'épée contre lui, il lâcha la main de Casca qu'il retenait, se couvrit la tête de sa toge et abandonna son corps aux coups. 7. Comme les conjurés, agglutinés autour du corps, lui portaient de nombreux coups d'épée sans aucune retenue, ils se blessèrent entre eux : Brutus lui-même fut frappé à la main au moment où il prenait part au meurtre et tous furent couverts de sang[82].

XVIII. 1. Ainsi mourut César. Alors Brutus s'avança au milieu de la salle ; il voulait parler pour retenir le Sénat et le rassurer, mais l'assemblée, saisie d'effroi, s'enfuit dans le plus grand désordre : les sénateurs se poussaient et se bousculaient aux

---

80. Sur la statue de Pompée, voir supra, XIV, 2. Ce geste est également mentionné dans César, LXVI, 2-3, et commenté avec ironie par l'anti-épicurien Plutarque, qui sait que dans la philosophie du Jardin les êtres divins sont insensibles aux intérêts humains : « Il était pourtant familier de la doctrine d'Épicure, mais l'imminence de l'acte terrible lui inspira, semble-t-il, un mouvement d'enthousiasme et de passion qui se substitua à ses anciennes convictions. » Seconde infidélité, celle qui consiste à obéir à une « passion ».
81. César avait fait élire Caius Trébonius consul suffect en 45. Sur l'ensemble des conjurés, voir Étienne (1973), p. 152-160. Dans Antoine, XIII, 2, c'est Trébonius qui a dissuadé les conjurés de faire appel à Antoine, comme ils l'envisageaient. Toutes les sources attribuent au personnage le rôle qui lui est donné ici, sauf César, LXVI, 4 (Brutus Albinus y est certainement mentionné par erreur).
82. Voir le récit plus détaillé mais concordant dans César, LXVI ; voir également Antoine, XIII.

portes. Pourtant, nul ne les poursuivait ni ne les pressait, 2. les conjurés ayant pris la ferme résolution de ne tuer personne d'autre et d'appeler tout le monde à la liberté. 3. Au moment où ils avaient dressé leurs plans, tous, sauf Brutus, avaient souhaité ajouter au meurtre de César celui d'Antoine, à cause de son goût pour la monarchie, de sa violence, de la puissance qu'il s'était acquise à force de fréquenter et de côtoyer la soldatesque, et surtout parce qu'il joignait à un naturel audacieux et entreprenant l'autorité du consulat, qu'il partageait alors avec César. 4. Seul, Brutus s'était opposé à ce projet, d'abord au nom de la justice, ensuite parce qu'il supposait qu'Antoine se transformerait[83]. 5. Il ne désespérait pas de voir, après l'élimination de César, un homme aussi doué, aussi ambitieux et épris de gloire qu'Antoine défendre avec eux la liberté de la patrie et se laisser entraîner par eux à rechercher avec ardeur le beau. 6. Brutus épargna donc Antoine, mais celui-ci, dans la frayeur du moment, se déguisa en plébéien et prit la fuite[84].
7. Brutus et ses amis se retirèrent sur le Capitole, les mains couvertes de sang, montrant leurs épées nues et appelant leurs concitoyens à la liberté. 8. Il y eut d'abord des lamentations et, dans l'émotion générale, des courses en tous sens qui augmentèrent le désordre. 9. Mais comme il ne se produisait pas d'autres meurtres et qu'on ne pillait rien de ce qui était exposé au public, les sénateurs et beaucoup de plébéiens reprirent courage et montèrent rejoindre les conjurés sur le Capitole. 10. La foule s'étant rassemblée, Brutus prononça un discours propre à séduire le peuple et adapté aux circonstances. 11. On l'approuva et on lui cria de descendre. Alors les conjurés, rassurés, regagnèrent le forum, la plupart regroupés ensemble, et Brutus entouré de nombreux personnages en vue qui descendirent avec lui de la citadelle, en un brillant cortège, et le conduisirent aux Rostres. 12. À sa vue, la foule, bien que fort mêlée et prête à s'agiter, prit peur et attendit dans le calme, en silence. 13. Brutus s'avança et tous écoutèrent son discours sans broncher. Cependant le meurtre était loin d'avoir l'agrément général, comme on le constata lorsque Cinna prit la parole et accusa César: la multitude laissa éclater sa colère et adressa de tels reproches à Cinna que les conjurés durent retourner sur le Capitole. 14. Là, craignant d'être assiégé, Brutus renvoya les personnages les plus importants de ceux qui étaient montés avec lui, car il ne voulait pas entraîner dans le danger des hommes qui n'avaient pas participé à ce qu'on lui reprochait[85].

XIX. 1. Cependant, le lendemain, le Sénat s'étant réuni dans le sanctuaire de Tellus[86], Antoine, Plancus[87] et Cicéron parlèrent d'amnistie et de concorde, et l'on décida non

---

83. Voir Antoine, *XIII, 3. Cette décision sera bientôt présentée comme la première faute politique de Brutus.*
84. Voir César, *LXVII, 2;* Antoine, *XIV, 1-2.*
85. La Vie de César, *LXVII, donne des faits une version légèrement différente, répartie sur deux journées.*
86. Le temple de Tellus se trouvait sur l'Esquilin, près des demeures d'Antoine et de Cicéron; il servait parfois aux réunions du Sénat. Une carte d'Italie ornait ses murs.
87. Lucius Munatius Plancus, proconsul de Gaule Transalpine en 44-43, finira par se ranger dans le camp d'Antoine (voir Antoine, *XVIII, 7). Il est clair que, dans un premier temps, c'est la prudence qui domine chez beaucoup et le souci de ne pas aggraver la situation.*

seulement d'accorder l'impunité aux conjurés, mais encore de leur faire décerner des honneurs par les consuls. Après avoir voté ces mesures, l'assemblée se sépara. 2. Antoine ayant envoyé son fils comme otage au Capitole, Brutus et ses partisans en descendirent[88]; les gens s'embrassaient, se prenaient les mains, tous fraternisaient en fonction de leurs fréquentations et de leurs amitiés. 3. Cassius fut prié à dîner par Antoine, Brutus par Lépide, et les autres de même, par leurs proches ou par leurs amis. 4. Au point du jour, les sénateurs se réunirent de nouveau. Ils commencèrent par féliciter Antoine d'avoir apaisé un commencement de guerre civile; puis on décerna des éloges aux partisans de Brutus qui se trouvaient présents et, pour finir, on distribua des provinces. 5. On vota à Brutus la Crète, à Cassius l'Afrique, à Trébonius l'Asie, à Cimber la Bithynie et à l'autre Brutus la Gaule Cisalpine[89].

XX. 1. Après quoi, on discuta du testament de César et de ses funérailles. Antoine exigeait une lecture publique du testament et s'opposait à un enterrement clandestin et sans honneurs, pour ne pas donner au peuple un nouveau sujet d'irritation. Cassius parla contre lui avec énergie, mais Brutus céda et accepta ses conditions. Ce fut, semble-t-il, sa seconde faute[90] : 2. la première avait été d'épargner Antoine et de dresser contre la conjuration un ennemi dangereux et difficile à combattre. En laissant les funérailles se dérouler comme le souhaitait Antoine, Brutus se trompa du tout au tout. 3. D'abord on découvrit dans le testament que César avait donné soixante-quinze drachmes à chaque Romain et qu'il avait légué au peuple les jardins qu'il possédait au-delà du Tibre, à l'endroit où se trouve de nos jours le temple de la Fortune, ce qui inspira aux citoyens, à l'égard de César, une affection et un regret étonnants[91]. 4. Ensuite, quand le corps fut porté sur le forum, Antoine, qui prononçait son éloge funèbre selon l'usage, remarqua que son discours bouleversait les foules. Il fit alors appel à la pitié; saisissant le vêtement ensanglanté de César, il le déploya, montrant les coups dont il était percé et le nombre des blessures. 5. Ce fut alors un désordre général : les uns criaient de tuer les meurtriers, les autres, comme autrefois pour le démagogue Clodius, arrachaient des boutiques

---

88. *Descendre du Capitole (supra, XVIII, 7), c'est signifier que s'éloigne la perspective d'une guerre civile à Rome même; c'est aussi, d'une certaine manière, en rabattre sur les prétentions émises primitivement.*

89. *Ce sont les cinq conjurés mentionnés plus haut. Dans* César *(LXVII, 8-9), Plutarque donne une idée sans doute plus exacte de l'«équilibre» recherché par le Sénat : «D'une part, il décréta d'honorer César comme un dieu et de ne pas toucher à la moindre des mesures qu'il avait prises quand il exerçait le pouvoir, et de l'autre, il attribua à Brutus et à ses amis des provinces et des honneurs convenables.»*

90. *Une fois encore, Cassius se montre plus ferme et plus avisé que Brutus.*

91. *Voir* César, *LXVIII, 1, qui est beaucoup moins précis; selon* Antoine, *XVI, 2, c'est Octave, autre héritier de César, qui aurait contraint Antoine à honorer cette dette, avec l'argent que Calpurnia avait mis en dépôt auprès de lui. Dans ses* Res Gestae, *3, 15 (voir 15, 1), Auguste parle de 300 sesterces, qui équivalent à ces 75 drachmes ou deniers. Combien de Romains étaient-ils concernés? D'après des témoignages difficiles à harmoniser, entre 150 000 et 250 000.*

les bancs et les tables et les entassaient pour en faire un énorme bûcher[92]. 6. Ils y placèrent le cadavre et le brûlèrent solennellement, malgré tous les temples et tous les lieux d'asile inviolables qui l'entouraient. 7. Dès que la flamme se mit à briller, ils s'en approchèrent de tous côtés, saisirent des tisons à demi consumés et coururent aux maisons des meurtriers de César pour y mettre le feu. Mais ceux-ci, prenant les devants, s'étaient barricadés soigneusement et parvinrent à écarter le danger[93].
8. Il y avait un certain Cinna, qui n'avait eu aucune part aux événements en question et qui était même l'ami de César. 9. Il avait rêvé que celui-ci l'invitait à dîner, qu'il refusait, mais que César insistait, l'entraînait de force et, pour finir, lui saisissant la main, le conduisait vers un gouffre béant et sombre où il le suivait malgré lui, frappé de terreur. 10. Après cette vision, il eut de la fièvre toute la nuit mais, au petit matin, comme on emportait le corps de César, il eut honte de ne pas assister à la cérémonie et s'avança vers la foule qui était déjà surexcitée. 11. Quand on l'aperçut, on le prit pour un autre Cinna, celui qui avait récemment insulté César devant l'assemblée, et il fut mis en pièces[94].

XXI. 1. Effrayés par cet événement, surtout après le revirement d'Antoine, Brutus et ses amis quittèrent la Ville. Ils passèrent d'abord quelque temps à Antium[95]. Ils avaient l'intention de revenir à Rome dès que le paroxysme de la colère serait retombé, 2. ce qui ne manquerait pas de se produire, pensaient-ils, les emballements des foules étant instables et courts ; ils avaient par ailleurs la sympathie du Sénat qui n'avait pas inquiété ceux qui avaient déchiré le corps de Cinna, mais recherchait et arrêtait ceux qui avaient attaqué leurs maisons. 3. Déjà le peuple lui-même, contrarié de voir Antoine s'arroger des droits qui étaient presque ceux d'un monarque, regrettait l'absence de Brutus. On pensait qu'il reviendrait célébrer en personne les jeux qu'il devait donner en tant que préteur 4. mais, averti que beaucoup d'anciens soldats de César, auxquels le dictateur avait distribué des terres et des villes[96], conspiraient contre lui et s'infiltraient par petits groupes dans Rome, il n'osa pas y entrer. Le peuple assista donc sans lui aux spectacles auxquels Brutus avait pourvu avec une prodigalité exceptionnelle. 5. Il avait acheté un très grand nombre de fauves et avait défendu de vendre ou d'épargner aucun de ces animaux :

---

92. À une mise en scène de démagogue «populaire» répond un déchaînement collectif caractéristique du petit peuple de Rome, notamment le monde de la «boutique», jadis soutien principal de Clodius.
93. Voir Antoine, XIV, 7-8.
94. Tout ce récit se retrouve, à peu près identique, dans César, LXVIII, 1-6, et Plutarque précise (§ 7) : «Ce qu'ils [Brutus et Cassius] firent et subirent avant de mourir, je l'ai écrit dans la Vie de Brutus.» Une fois de plus, la rédaction des deux Vies apparaît conduite en «parallèle».
95. Antium (Anzio) est une ville du Latium située sur la côte, au sud de Rome. Ce séjour est également mentionné dans César (LXVIII, 7) et Cicéron (XLII, 5). Il dut être bref : Brutus et Cassius sont dès le début avril à Rome, qu'ils quittent au milieu du mois. Sur ces événements, voir Cicéron, Lettres à Atticus, XIV, 6-8. Voir aussi Syme (1967), p. 102.
96. Ces récompenses en terres pour les vétérans procèdent notamment de la loi agraire (lex Julia agraria) *que César a fait voter en 59; voir Cicéron, XXVI, 4 et note.*

tous devaient être tués. Quant aux artistes dionysiaques, il était descendu lui-même à Néapolis et en avait rencontré beaucoup[97] ; 6. à propos d'un certain Canutius qui était très en vogue dans les théâtres, il écrivit à ses amis : « Usez de persuasion pour qu'il vienne, car aucun Grec ne doit être contraint par la force[98]. » Il écrivit aussi à Cicéron pour le prier d'assister à tout prix à ces spectacles.

XXII. 1. Telle était la situation lorsque se produisit un nouveau changement, avec l'arrivée du jeune César. C'était le fils d'une nièce du dictateur et celui-ci, par testament, l'avait adopté pour fils et institué son héritier[99]. 2. Au moment du meurtre de César, il séjournait à Apollonie[100] où il étudiait et attendait son oncle qui avait décidé de se lancer aussitôt contre les Parthes[101]. 3. Dès qu'il apprit sa mort, il se rendit à Rome où, comme premier acte de démagogue, il prit le nom de César et distribua aux citoyens l'argent que le dictateur leur avait légué ; il créa une faction contre Antoine et, par ses largesses, rallia et regroupa autour de lui beaucoup d'anciens soldats de César[102]. 4. Dans sa haine d'Antoine, Cicéron servit les intérêts du jeune César[103], ce que Brutus lui reprocha avec violence : « L'idée d'avoir un maître ne déplaît pas à Cicéron, écrivait-il[104] ; ce qu'il redoute seulement, c'est un maître qui le hait. Sa politique est de choisir un esclavage à visage humain ; c'est pour cela qu'il écrit et qu'il déclare que le jeune César est excellent. Mais nos ancêtres, eux, ne sup-

---

97. Les « technitaï de Dionysos » ont formé des corporations de professionnels du spectacle, nées dans le monde hellénistique, au service desquelles cités et princes recourent à l'occasion des fêtes ; voir Question romaine 107 et, entre autres, Sylla, XXVI, 5 et note.
98. Cette attention manifestée envers un Grec qui est aussi homme de culture n'a rien de surprenant de la part de Brutus (voir supra, II) ; elle va naturellement droit au cœur de Plutarque.
99. Le « jeune César » est celui que nous appelons Octave et qui prendra plus tard le nom d'Auguste, premier « empereur » romain. Il fait son apparition dans l'Histoire à l'âge de 18 ans, avec son arrivée à Rome le 6 ou le 7 mai 44. Il est fils de Caius Octavius, « homme nouveau », proconsul de Macédoine en 60, et de la fille de Julia, sœur de César, nommée Atia. Cet Octavius est donc le petit-neveu de César ; adopté par celui-ci dans son testament, il prend normalement le nom de Caius Julius Caesar Octavianus (Octavien). Voir Antoine, XI, 2 ; XVI-XVII.
100. Apollonie est l'actuelle ville côtière albanaise de Valona. Octave, à son débarquement en Italie, apprit qu'il était devenu le fils adoptif de Jules César et l'héritier des trois quarts de sa fortune.
101. Sur ce projet grandiose, première étape d'un tour d'Europe permettant de prendre les Germains à revers et de « boucler le cercle de l'Empire », voir César, LVIII, 6-7.
102. Premier geste caractéristique d'un jeune homme intelligent et ambitieux : il fait fructifier les « clientèles militaires » de son père adoptif.
103. Sur les relations entre Cicéron et Octave, voir Cicéron, XLIII-XLVI ; Antoine, XVI, 6 et Lettres à Atticus, XIV, 11. On a du mal à démêler ce qui, dans l'attitude de Cicéron, est dû à un réalisme politique du « moindre mal », à une trop grande sensibilité aux flatteries dispensées par Octave, à des intérêts qu'aurait préservés un marché passé avec lui. Pour une vue d'ensemble, voir Nicolet et Michel (1967), p. 91-102.
104. Dans une lettre (infra, XXIII, 1), par la suite éditée dans un recueil que Plutarque, en biographe « historien », a dû consulter (voir supra, II, 4), prêtant attention aux signes de l'évolution de son héros.

portaient aucun maître, même doux. 5. Pour ma part, dans les circonstances où nous nous trouvons, je ne me suis pas encore décidé fermement entre faire la guerre ou rester tranquille; j'ai pris une seule résolution, celle de ne pas être esclave. 6. Cicéron prétend craindre les dangers d'une guerre civile; je m'étonne qu'il ne redoute pas une paix honteuse et sans gloire, et que, pour salaire d'avoir renversé la tyrannie d'Antoine, il demande qu'on établisse le jeune César comme tyran[105].»

XXIII. 1. Telle était l'attitude de Brutus dans ses premières lettres. Mais voyant que les Romains se partageaient déjà entre César et Antoine et que les armées se vendaient comme à l'encan au plus offrant, il désespéra totalement de la situation : il décida de quitter l'Italie, traversa la Lucanie par voie de terre et se rendit à Vélia au bord de la mer[106]. 2. C'était là que Porcia devait le quitter pour regagner Rome[107]. Elle essayait de cacher sa profonde émotion mais, malgré tout son courage, elle fut trahie par un tableau. 3. Le sujet était tiré de la littérature grecque : il s'agissait du moment où Andromaque raccompagne Hector et lui prend des mains leur petit enfant, tout en gardant les yeux fixés sur son époux[108]. 4. En voyant cette peinture qui lui présentait l'image de son malheur, Porcia fondit en larmes et, à plusieurs reprises dans la journée, elle revint le voir en pleurant. 5. Comme Acilius, un des amis de Brutus, récitait les vers d'Andromaque à Hector :

> Tu es pour moi un père et une auguste mère,
> Un frère et le vaillant compagnon de ma couche,

6. Brutus répliqua en souriant : « Il ne me viendrait pas à l'idée, à moi, d'adresser à Porcia les paroles d'Hector :

> Surveille la navette et le fuseau des femmes.

7. En effet, si sa faiblesse physique l'empêche d'accomplir les mêmes exploits que les hommes, son attachement à la patrie est aussi noble que le nôtre. » Tel est du moins le récit de Bibulus, le fils de Porcia[109].

---

105. Brutus est doublement fidèle à lui-même : critique de Cicéron (voir supra, XII, 2), dont les tergiversations et la mollesse l'exaspèrent, il reste aussi au premier plan de la lutte contre tous les aspirants à la « tyrannie » (voir supra, I, 5 ; IX, 1).
106. Vélia (Élée) est une fondation de Phocée, située sur la côte tyrrhénienne, au sud de Paestum. La tradition de culture philosophique et littéraire grecque y est forte : Parménide et Zénon sont des Éléates. Un tableau à sujet homérique y a donc toute sa place.
107. C'est la faible constitution physique de Porcia qui semble lui avoir interdit la traversée.
108. Voir Iliade, *VI, v. 482-484 : « Il dit, et met l'enfant dans les bras de sa mère. Elle, en le recevant sur son sein parfumé, pleure et rit à la fois. Son époux, à la voir, ressent une grande pitié. » Les vers cités ensuite appartiennent à cette même scène célèbre. Ce passage est de ceux qui témoignent de l'existence d'une « grande peinture » grecque, pour nous presque entièrement perdue.*
109. Dans les Mémoires sur Brutus *rédigés par son beau-fils (voir supra, XIII, 3 et note). Cicéron nous apprend par ailleurs qu'avant son départ, Brutus a eu avec Bibulus une entrevue cordiale à Vélia, le 17 août (*Lettres à Atticus, *XVI, 7).*

XXIV. 1. De là, Brutus embarqua pour Athènes où le peuple le reçut avec enthousiasme, lui prodiguant acclamations et décrets honorifiques[110]. Il séjourna chez un de ses hôtes et alla écouter l'Académicien Théomnestos et le péripatéticien Cratippos ; il philosophait avec eux et menait en apparence une vie totalement oisive et inactive[111]. 2. Mais en fait, sans éveiller les soupçons, il préparait la guerre[112]. Il envoya Hérostratos en Macédoine gagner à sa cause ceux qui commandaient les armées de cette région, pendant que lui-même rassemblait autour de lui les jeunes Romains qui étudiaient à Athènes. 3. Il y avait notamment parmi eux le fils de Cicéron, dont il fait un éloge exceptionnel : « Ce jeune homme, dit-il, force l'admiration par sa noblesse et par la haine qu'il voue aux tyrans, qu'il veille ou qu'il dorme[113]. » 4. Ensuite, il entreprit de passer à l'action ouvertement. Apprenant que des navires romains chargés de richesses arrivaient d'Asie, commandés par le préteur Apuleius, un homme éminent et fort connu, il alla à sa rencontre à Carystos[114] ; 5. il eut une entrevue avec lui, le persuada, reçut sa flotte et lui offrit une réception somptueuse. C'était justement l'anniversaire de Brutus. 6. Quand on se mit à boire, on fit des libations pour sa victoire et pour la liberté des Romains ; voulant encore affermir les esprits, Brutus demanda une coupe plus grande. Mais lorsqu'on la lui donna, il déclama, sans raison, le vers suivant :

> Un funeste destin et le fils de Létô
> Ont provoqué ma mort[115].

7. On ajoute qu'au moment de livrer à Philippes le dernier combat, Brutus donna comme mot d'ordre à ses soldats « Apollon » ; aussi considère-t-on que la citation qu'il avait faite était un signe annonçant ce désastre[116].

---

110. *« Les Athéniens décidèrent d'ériger des statues de bronze à Brutus et à Cassius, à côté de celles d'Harmodios et d'Aristogiton, comme à des émules de ces héros »* (Dion Cassius, Histoire romaine, XLVII, 20, 4). *En assimilant les meurtriers de César à ceux d'Hipparchos le Pisistratide (en 514), les Athéniens révèlent la diffusion que connaissait alors le thème du tyrannicide.*
111. *Nouvelle démonstration du goût profond de Brutus pour l'activité intellectuelle. Cratippos de Pergame est plus célèbre que son collègue. Il a eu un entretien avec Pompée peu avant la mort de celui-ci* (Pompée, LXXV, 4-5) *et il est le maître de Marcus Tullius, fils de Cicéron* (Cicéron, XXIV, 7-8). *Où l'on voit que le stoïcien Brutus et le platonicien Cicéron ont les meilleures relations avec un membre de l'école d'Aristote.*
112. *La correspondance de Cicéron semble s'inscrire en faux contre ce jugement :* « Les lettres de Cicéron prouvent au contraire que c'est la guerre qui l'alla chercher » *(Boissier, 1879, p. 370).*
113. *Voir Cicéron, Brutus, 2, 3, 6. Le jeune Marcus Tullius sera un commandant efficace dans l'armée de Brutus (voir* infra, *XXVI, 4).*
114. *Carystos est un port de la côte sud de l'île d'Eubée.*
115. *Homère,* Iliade, *XVI, v. 849.*
116. *Ce type d'observation est fréquent chez Plutarque, amateur de « signes » du ciel (voir* infra, *XXXVI-XXXVII) et de rapprochements verbaux à valeur oraculaire. Il emprunte ici à une source qui reste pour nous énigmatique.*

XXV. 1. Ensuite, Antistius lui donna, sur l'argent qu'il transportait lui-même en Italie, cinq cent mille drachmes, et tous les soldats de l'armée de Pompée qui erraient encore en Thessalie affluèrent auprès de lui avec enthousiasme[117]. Il enleva cinq cents cavaliers à Cinna qui les conduisait en Asie auprès de Dolabella[118]. 2. S'étant rendu par mer à Démétrias[119], d'où l'on expédiait à Antoine une grande quantité d'armes que le premier César avait fait faire pour la guerre contre les Parthes, il s'en empara. 3. Le préteur Hortensius lui remit la Macédoine[120]; les rois et les princes des alentours le rejoignirent et se rallièrent à lui. On annonça alors que Caius, le frère d'Antoine, arrivait d'Italie et qu'à peine débarqué, il s'était lancé contre les troupes que Vatinius avait réunies à Épidamne et à Apollonie[121]. 4. Brutus décida de le prendre de vitesse et d'enlever ces troupes avant son arrivée; il partit aussitôt avec ceux qui l'entouraient. Il traversa sous la neige des régions difficiles, laissant loin derrière lui ceux qui transportaient le ravitaillement: quand il approcha d'Épidamne, la fatigue et le froid provoquèrent en lui une crise de boulimie. 5. Ce mal frappe surtout en temps de neige les bêtes et les hommes épuisés: il provient soit du refroidissement et de la rétraction de la chaleur qui, tout entière enfermée à l'intérieur du corps, consomme d'un seul coup la nourriture, soit de la vapeur piquante et subtile dégagée par la fonte de la neige, qui entame le corps et détruit sa chaleur en la dispersant au-dehors. 6. En effet, les sueurs qui surviennent alors sont causées, semble-t-il, par la chaleur interne, quand elle s'éteint à la surface de la peau au contact du froid. J'ai évoqué ces problèmes plus en détail dans un autre ouvrage[122].

XXVI. 1. Comme Brutus défaillait et que personne dans le camp n'avait rien à manger, ses amis furent contraints de chercher de l'aide auprès des ennemis. Ils s'approchèrent des portes de la cité et demandèrent du pain aux gardes. 2. Ceux-ci, en apprenant la maladie de Brutus, vinrent eux-mêmes lui apporter à manger et à

---

117. Ce sont les rescapés de la bataille de Pharsale (48). Plutarque met l'accent sur la vénalité des soldats, à une époque où le patriotisme compte moins que l'attachement intéressé au chef.
118. Lucius Cornelius Cinna, beau-frère de César, était préteur en 44; il avait approuvé le meurtre du dictateur. Publius Cornelius Lentulus Dolabella (voir supra, II, 6) était alors proconsul de Syrie.
119. Ville de Thessalie, sur la côte ouest de la Magnésie.
120. Quintus Hortensius Hortalus est le fils du grand orateur Lucius Hortensius, rival de Cicéron (voir Cicéron, VII, 8; XXXV, 4); il a été adopté par Brutus. Il semble qu'en janvier 43, à l'instigation de Cicéron, le Sénat ait confié par décret à Brutus la défense de l'Illyrie, de la Grèce et de la Macédoine, tout en conservant à Hortensius, proconsul de Macédoine, la charge formelle de cette province; voir Cicéron, Philippiques, X, 25 et suiv.; Brutus, 2, 3, 4 et 2, 4, 4.
121. Plutarque note ailleurs (Antoine, XV, 5) l'illégalité par laquelle le consul Antoine avait à ses côtés deux frères en charge de magistratures: Caius comme préteur, Lucius comme tribun de la plèbe.
122. Ces explications de la «boulimie» de Brutus correspondent à celles que Plutarque propose dans ses Propos de table, 693 E-694 C.

boire. En retour, lorsque Brutus prit la cité, il traita avec humanité non seulement ces hommes mais encore la population tout entière, par égard pour eux[125]. 3. Caius Antonius se jeta sur Apollonie et y appela tous les soldats des environs. Mais ceux-ci allèrent rejoindre Brutus, et Caius Antonius, s'apercevant que les Apolloniates étaient également favorables à Brutus, quitta cette cité pour se rendre à Buthrote[124]. 4. Il perdit d'abord en route trois cohortes qui furent taillées en pièces par Brutus. Puis il essaya, près de Byllis, de forcer quelques postes dont l'ennemi s'était emparé avant lui; il engagea la bataille et fut vaincu par le jeune Cicéron, que Brutus employait comme général et qui lui assura de nombreux succès. 5. Enfin Brutus, ayant surpris les troupes de Caius dispersées de tous côtés dans une région marécageuse, s'opposa à une attaque et se contenta de les cerner avec sa cavalerie, ordonnant d'épargner des soldats qui, dans un instant, allaient être des leurs. C'est ce qui se produisit: ils se livrèrent avec leur général, si bien que Brutus disposa désormais de forces considérables[125]. 6. Il traita longtemps Caius avec honneur, sans lui enlever les insignes de son commandement, en dépit des nombreuses lettres que lui envoyaient ses amis de Rome, notamment Cicéron, qui lui demandait de le faire mourir[126]. 7. Mais comme Caius se mettait à intriguer en secret avec les officiers et préparait une mutinerie, Brutus le fit embarquer sur un navire où il le fit garder[127]. 8. Les soldats corrompus par Antonius s'étaient retirés à Apollonie. Ils y appelèrent Brutus, mais il leur répondit qu'une telle démarche était contraire à la tradition romaine: c'était à eux de venir trouver leur chef pour fléchir la colère que lui avaient inspirée leurs fautes. Ils vinrent donc, le supplièrent, et il leur pardonna.

XXVII. 1. Comme il s'apprêtait à passer en Asie, on lui annonça que la situation avait changé à Rome. Le jeune César avait vu ses pouvoirs renforcés par le Sénat pour combattre Antoine et l'avait chassé d'Italie. Il était désormais redoutable: il briguait le consulat en dépit de la loi et entretenait de grandes armées dont la Ville n'avait aucun besoin[128]. 2. Mais, voyant que le Sénat supportait mal cette situation et tournait les yeux au-dehors vers Brutus, auquel il votait ou confirmait des provinces, il prit peur. 3. Il envoya à Antoine des offres d'amitié, rassembla ses troupes

---

123. L'«humanité» est un trait de la personnalité de Brutus, comme de Caton le Jeune, souvent relevé par Plutarque. Plus loin (§ 5), on verra que ce comportement n'est pas totalement désintéressé.
124. Cette ville, comme Byllis, mentionnée un peu plus loin, est située en Illyrie.
125. L'auteur rend une fois de plus sensible la fragilité de l'attachement des soldats des guerres civiles à un camp et à une cause. Voir Syme (1967), p. 156 et 176-177.
126. Cette demande de Cicéron traduit un renversement des positions: jadis, c'est Brutus qui trouvait Cicéron modéré et hésitant... Le climat romain est devenu celui des Philippiques, où l'orateur donne libre cours à sa haine sans mesure pour Antoine. Voir Nicolet et Michel (1967), p. 94-99.
127. En fait, selon Appien (Guerres civiles, III, 79), c'est ce comportement du frère d'Antoine qui a poussé Brutus à le faire mettre à mort (comparer infra, XXVIII, 1).
128. Sur la rapide évolution des événements, voir Cicéron, XLIV-XLV; Antoine, XVI, 6-XVII, 2; Cicéron, Lettres à Atticus, XV, 12, 2; Dion Cassius, XLV, 8, 1-2; 11-12...

autour de Rome et obtint le consulat[129], alors qu'il n'était pas encore tout à fait un jeune homme, puisqu'il était dans sa vingtième année, comme il l'a écrit lui-même dans ses *Mémoires*[130]. 4. Aussitôt il intenta contre Brutus et ses amis une action en justice pour meurtre, les déclarant coupables d'avoir exécuté sans jugement le premier personnage de Rome, qui exerçait les plus hautes magistratures. Il désigna comme accusateurs Lucius Cornificius contre Brutus et Marcus Agrippa contre Cassius. Cassius et Brutus furent jugés par contumace et les juges votèrent sous la contrainte. 5. Lorsque, selon l'usage, le héraut appela, du haut de la tribune, Brutus à comparaître, la foule, dit-on, laissa éclater ses sanglots tandis que les meilleurs citoyens restaient silencieux, la tête baissée vers le sol. On vit pleurer Publius Silicius et, pour cette raison, il figura peu après au nombre de ceux que les proscriptions condamnaient à mort. 6. Ensuite les trois hommes, César, Antoine et Lépide, se réconcilièrent, se répartirent les provinces, et firent massacrer et proscrire deux cents hommes[131], notamment Cicéron, qui mourut alors[132].

XXVIII. 1. Quand ces nouvelles parvinrent en Macédoine, Brutus fut obligé d'écrire à Hortensius de tuer Caius Antonius[133], pour venger Brutus et le jeune Cicéron, dont l'un avait perdu un ami et l'autre un membre de sa famille. Voilà pourquoi, par la suite, Antoine, ayant pris Hortensius à Philippes, l'égorgea sur le tombeau de son frère[134]. 2. Brutus déclare qu'il éprouvait encore plus de honte en pensant à ce qui avait causé la mort de Cicéron que de chagrin devant l'événement lui-même : « J'en veux, dit-il, à mes amis de Rome ; s'ils sont asservis, c'est leur faute, plus que celle de leurs tyrans, puisqu'ils acceptent de voir se dérouler sous leurs yeux des scènes dont ils ne devraient même pas supporter d'entendre le récit[135]. »
3. Il fit passer en Asie son armée, qui était désormais impressionnante, équipa une flotte en Bithynie et dans la région de Cyzique et parcourut les cités par voie de

---

129. Octave est « élu » consul le 19 août 43, après une menace de marche sur Rome ; voir Cicéron, *XLVI, 1 ;* Appien, *III, 92. Sa rupture avec Cicéron est alors consommée.*

130. Ces Mémoires, *qu'Auguste « a poursuivis jusqu'à la guerre des Cantabres », en 25 avant J.-C., sont le* De vita sua (Sur sa vie) *évoqué par Suétone (*Auguste, *85). Octave est né le 23 septembre 63.*

131. Sur l'entente qui a conduit au « second triumvirat », voir Antoine, *XIX, 1 ;* Cicéron, *XLVI, 2-6. Plutarque, horrifié, signale que les trois hommes eurent plus de mal à se partager les proscrits que les provinces...*

132. Cicéron est égorgé par les hommes de main d'Antoine le 7 décembre 43 ; voir Cicéron, *XLVIII.*

133. Le frère d'Antoine était gardé sur un bateau (supra, XXVI, 7) sous la responsabilité du proconsul de Macédoine qu'était alors Brutus (voir supra, XXV, 3).

134. Sur ces vengeances en série, voir Antoine, *XXII, 6. La source du récit se trouve sans doute dans les* Mémoires sur Brutus *de Bibulus. Plusieurs auteurs, avant et après Plutarque, se font l'écho d'un épisode resté dans les mémoires :* Tite-Live, Abrégé, *121 ;* Sénèque, À Polybe, *16, 2 ;* Appien, *III, 323 ;* Dion Cassius, *XLVII, 24, 4.*

135. L'information vient du recueil de lettres de Brutus consulté par Plutarque. Elle apporte confirmation de ce principe commun à Brutus et à Caton : plus qu'au tyran, c'est à la tyrannie qu'ils en veulent ; voir supra, I, 5 ; IX, 1 ; XXII, 6 ; infra, § 4 ; XXIX, 7.

terre, les apaisant et donnant audience aux princes. Il fit dire à Cassius de quitter l'Égypte pour la Syrie : 4. Il lui écrivit : « Ce n'est pas pour conquérir le pouvoir mais pour libérer la patrie que nous allons de tous côtés rassembler une armée afin d'abattre les tyrans. 5. Souvenons-nous de ce projet et restons-lui fidèles ; ne nous éloignons pas trop de l'Italie ; hâtons-nous au contraire de nous y rendre pour secourir nos concitoyens. » 6. Cassius entendit son appel et descendit le rejoindre ; Brutus vint au-devant de lui. Ils se rencontrèrent près de Smyrne. C'était la première fois qu'ils se revoyaient depuis qu'ils s'étaient séparés au Pirée d'où ils étaient partis, l'un pour la Syrie, l'autre pour la Macédoine[136]. 7. En voyant les forces dont ils disposaient, chacun de leur côté, ils se sentirent pleins de joie et de confiance. Ils étaient partis d'Italie comme les plus méprisables des exilés, sans argent, sans armes, sans navire équipé, sans un seul soldat, sans cité – et au bout de très peu de temps, ils se trouvaient réunis, avec des navires, des fantassins, des cavaliers et des richesses qui leur permettaient de combattre pour la domination sur Rome à armes égales avec leurs adversaires.

XXIX. 1. Cassius aurait voulu que les honneurs fussent égaux entre eux, mais c'était le plus souvent Brutus qui, par prévenance, allait le voir car Cassius était plus âgé que lui et incapable de fournir les mêmes efforts physiques[137]. 2. Cassius avait la réputation d'être habile à la guerre, mais de s'emporter fréquemment, de commander surtout par la crainte et d'être trop enclin à la raillerie et aux sarcasmes avec son entourage[138]. 3. Brutus, lui, devait à sa vertu, dit-on, d'être aimé par la foule, chéri par ses amis, admiré par les meilleurs citoyens ; les ennemis eux-mêmes ne le haïssaient pas, car c'était un homme d'une douceur exceptionnelle, magnanime, inaccessible à toute forme de colère, de plaisir ou de convoitise ; sa pensée, droite et inflexible, restait fermement attachée à l'honneur et à la justice. 4. La sympathie et la gloire qui l'entouraient venaient surtout de la confiance qu'inspiraient ses intentions. En effet, le Grand Pompée lui-même n'avait pas inspiré d'espoirs bien solides : s'il avait vaincu César, il n'aurait sans doute pas soumis sa puissance aux lois ; il aurait gardé le pouvoir à jamais, tout en employant, pour apaiser le peuple, les noms de consulat, de dictature ou de quelque autre magistrature plus douce[139]. 5. Quant à Cassius, cet homme emporté, au caractère bouillant que l'intérêt égarait

---

136. La cité grecque de Smyrne, dans la partie sud-ouest de l'Asie Mineure, est à peu près à mi-chemin de la Syrie et de la Macédoine. La rencontre eut lieu à la fin de l'année 43.
137. Les précautions de Brutus tiennent sans doute à l'expérience de la précédente rivalité des deux hommes auprès de César (voir supra, VII).
138. La plus grande « sagesse » de Brutus dans les relations humaines, sa générosité supérieure (voir infra, XXXII, 4) ont pour contrepartie une fragilité politique certaine ; le caractère épars des notations de Plutarque ne lui permet pas un « parallèle » systématique, qui reste sous-jacent.
139. Un jugement de même nature avait été émis par Cicéron, à ses moments de grande lucidité à l'égard de Pompée (Lettres à Atticus, II, 7, 14, 19). Le cumul des magistratures évoqué par Plutarque, ainsi que le décorum républicain préservé sous une monarchie de fait, décrivent assez exactement le régime mis en place, un peu plus tard, par Octave-Auguste.

souvent loin de la justice, on pensait que, s'il combattait, s'il errait à l'aventure et exposait sa vie, c'était surtout pour obtenir le pouvoir personnel et non pour la liberté des citoyens. 6. En des temps encore plus éloignés, les Cinna, les Marius, les Carbo, avaient fait de la patrie l'enjeu de leurs luttes et une proie à piller ; ils déclaraient presque ouvertement qu'ils combattaient pour la tyrannie[140]. 7. Mais Brutus, lui, n'encourut jamais, dit-on, une telle accusation, même de la part de ses ennemis ; au contraire, on entendit souvent Antoine déclarer qu'à son avis, Brutus était le seul à avoir attaqué César pour la gloire et la beauté qu'il voyait dans cet acte ; les autres s'étaient ligués contre le dictateur parce qu'ils le haïssaient et le jalousaient[141]. 8. C'est pourquoi Brutus comptait sur sa valeur plus que sur les forces dont il disposait[142], comme l'indique clairement dans ses lettres. 9. Il écrit à Atticus : « À présent que le danger est proche, je suis au plus beau moment de ma Fortune : soit je vaincrai et je libérerai le peuple romain, soit je mourrai et j'échapperai à l'esclavage. Notre assurance et notre fermeté sont complètes, sauf sur un point qui reste encore incertain : serons-nous libres vivants ou morts[143] ? » 10. Il ajoute : « Marc Antoine est bien puni de sa folie ; il aurait pu figurer parmi les Brutus, les Cassius et les Caton, mais il a préféré se donner à Octave comme une force d'appoint ; 11. s'il n'est pas vaincu maintenant avec lui, il combattra bientôt contre lui[144]. » Sur ce point, il était apparemment bon prophète.

XXX. 1. Mais pour l'heure, à Smyrne, il réclama une part des sommes importantes que Cassius avait rassemblées, car il avait dépensé tout ce qu'il avait pour équiper une flotte capable de leur assurer le contrôle de toute la Méditerranée. 2. Les amis de Cassius voulurent l'empêcher de faire ce versement : « Il n'est pas juste, disaient-ils, que l'argent que tu mets de côté à force d'économies et que tu réunis en te rendant odieux passe entre les mains d'un homme qui fait le démagogue et cherche à plaire aux soldats[145]. » Cassius lui donna cependant le tiers de tout ce qu'il avait[146].

---

140. La mention groupée de trois éminents représentants du courant populaire (voir la Vie de Marius) *comme d'«aspirants à la tyrannie» trahit ici l'usage d'une source «optimate».*
141. Antoine – qui sait sans doute que son adversaire s'est opposé à sa liquidation – marquera son respect envers la dépouille mortelle de Brutus : voir infra, LIII, 4 et Antoine, *XXII, 7. Mais la référence à un éloge répété de Brutus ne figure qu'ici.*
142. Comparer avec Appien, IV, 276. Il est tentant de supposer que l'impératif catégorique de Kant, lecteur de Plutarque comme les hommes de son temps, doit quelque chose (en dehors d'une tradition piétiste dont l'influence sur le philosophe est bien attestée) à cette description insistante de la vertu désintéressée dont Brutus est l'emblème, après son maître Caton le Jeune.
143. Cette déclaration célèbre figure chez Valère Maxime, Faits et dits mémorables, *VI, 4, 5. Voir infra, XL, 8.*
144. Nouvelle utilisation des lettres de Brutus ; mais celle-ci est trop belle peut-être, trop didactique pour n'être pas apocryphe. Elle a pu appartenir à un recueil de «dits» stoïcisants composé après coup.
145. Deuxième mention des «amis de Cassius» (voir supra, X, 1-3), cercle beaucoup moins philosophique, beaucoup plus politique que celui de Brutus, et qui semble exercer sur son chef de file une réelle influence.
146. Voir Dion Cassius, XLVII, 32.

3. Ils se séparèrent de nouveau pour exécuter chacun les tâches qui leur revenaient. Cassius prit Rhodes où il se comporta sans aucune modération. Et pourtant, en entrant dans la cité, comme on le saluait des noms de roi et de seigneur, il avait répondu : « Ni roi ni seigneur, mais meurtrier et justicier d'un seigneur et d'un roi[147]. » Brutus alla demander aux Lyciens de l'argent et des troupes[148]. 4. Mais le démagogue Naucratès avait persuadé les cités de faire défection, et les Lyciens occupèrent des collines pour l'empêcher de passer. Brutus lança d'abord contre eux des cavaliers qui les surprirent pendant leur déjeuner et leur tuèrent six cents hommes. 5. Puis, s'emparant de places fortes et de bourgades, il libéra sans rançon tous les prisonniers pour se concilier la population par sa bienveillance. 6. Mais les Lyciens étaient des gens insolents, exaspérés par les mauvais traitements qu'ils subissaient, pleins de mépris pour la clémence et l'humanité. Pour finir, Brutus refoula les plus agressifs à Xanthos et les y assiégea[149]. 7. Comme cette cité est entourée par un fleuve, les Lyciens essayèrent de s'enfuir en nageant sous l'eau mais ils étaient capturés par des filets qu'on avait jetés dans les profondeurs en travers du courant ; des clochettes, attachées aux extrémités, signalaient aussitôt celui qui s'y était pris. 8. Les Xanthiens tentèrent une sortie de nuit et mirent le feu à quelques machines de guerre, mais les Romains s'en aperçurent et les acculèrent contre le rempart. Cependant, comme le feu, poussé par un vent violent, se mettait aux créneaux et gagnait les maisons voisines, Brutus, inquiet pour la cité, ordonna d'éteindre l'incendie et de secourir les habitants.

XXXI. 1. Mais les Lyciens furent pris soudain d'un terrible accès de désespoir, plus fort que toute raison, et l'on ne saurait mieux définir ce sentiment qu'en parlant d'un désir passionné de la mort[150]. 2. Avec leurs femmes et leurs enfants, hommes libres et esclaves de tous âges écartèrent des remparts les ennemis qui venaient les aider à lutter contre le feu ; apportant eux-mêmes des roseaux, du bois et tous les combustibles qu'ils trouvent, ils attirèrent le feu vers la cité, en lui fournissant tous les aliments possibles, en l'attisant et en le nourrissant par tous les moyens. 3. Les flammes nombreuses se répandirent et entourèrent de toute part la cité d'une brillante ceinture de feu. Bouleversé en voyant la tournure que prenaient les événements, Brutus faisait à cheval le tour de la ville, de l'extérieur : il espérait vivement la secourir et tendait les mains vers les Xanthiens, les priant d'épargner et de sauver leur cité. Mais personne ne l'écoutait. 4. Ils cherchaient à se détruire par tous les moyens, non seulement les hommes et les femmes mais même les petits enfants qui, poussant des cris et des hurlements, se jetaient dans le feu, ou se brisaient le crâne

---

147. Même pour un « républicain » proclamé, il est difficile d'éviter les hommages monarchisants et divinisants auxquels est habitué l'Orient hellénistique.
148. Les exigences posées aux Lyciens et aux Rhodiens ont été décidées en commun au terme de l'entrevue de Smyrne (Appien, IV, 415). L'ultimatum de Brutus date du printemps 42.
149. Sur ces opérations, voir les « Lettres de Brutus » 11, 25, 27, 43 ; Appien, IV, 321-338 ; Dion Cassius, XLVII, 34, 1-3.
150. D'évidence, Plutarque place cette rage suicidaire au rang des aberrations suscitées par l'hybris ; elle est, comme telle, aux antipodes de toute conduite « philosophique ».

en se précipitant du haut des remparts; certains tendaient leurs gorges nues aux épées de leurs pères et leur demandaient de frapper. 5. Lorsque la cité fut entièrement détruite, on vit une femme qui s'était accrochée à un lacet pour se pendre, un petit enfant mort attaché à son cou, essayer de mettre le feu à sa maison avec un flambeau allumé. 6. Le spectacle était tragique; Brutus ne put en soutenir la vue et il pleura lorsqu'il en entendit le récit. Il fit proclamer par le héraut que tout soldat qui parviendrait à sauver un Lycien recevrait une récompense. Mais ils ne furent, dit-on, que cent cinquante à ne pas refuser d'être sauvés. 7. Les Xanthiens renouvelèrent ainsi avec audace, bien longtemps plus tard, comme s'il s'agissait d'un cycle fixé par le destin, le malheur de leurs ancêtres qui, à l'époque des guerres médiques, avaient incendié leur cité de la même manière et s'étaient donné la mort[151].

XXXII. 1. Brutus, voyant que la cité de Patara[152] s'apprêtait à lui résister, hésitait à l'attaquer et ne savait que faire, craignant de provoquer le même désespoir. Comme il avait fait prisonnières quelques femmes de Patara, il les relâcha sans rançon. 2. Or elles étaient les épouses et les filles de personnages en vue, à qui elles racontèrent que Brutus était le plus modéré et le plus juste des hommes; elles les persuadèrent de céder et de lui livrer la cité. 3. Alors, tous les autres les imitèrent et se rendirent à Brutus qu'ils trouvèrent plus généreux et plus clément qu'ils n'auraient osé l'espérer. 4. Alors qu'à la même époque, Cassius forçait les Rhodiens à lui remettre tout l'or et tout l'argent qu'ils possédaient à titre privé (ce qui lui permit de réunir une somme d'environ huit mille talents), et qu'il infligeait en outre une amende collective de cinq cents talents à leur cité[153], Brutus n'exigea des Lyciens que cent cinquante talents et il repartit pour l'Ionie sans leur avoir fait d'autre mal[154].

XXXIII. 1. Brutus accomplit beaucoup d'actes mémorables, en honorant ou en punissant ceux qui le méritaient. Je vais raconter ce qui lui fit le plus de plaisir, à lui ainsi qu'aux meilleurs des Romains[155]. 2. Lorsque le Grand Pompée, après avoir été vaincu par César dans la bataille décisive, avait pris la fuite et abordé en Égypte, à Péluse, les tuteurs du roi, qui était encore un enfant, tinrent un conseil avec leurs amis. Les avis étaient partagés: les uns voulaient accueillir Pompée, les autres l'éloigner de l'Égypte. 3. Or un certain Théodotos de Chios, qui touchait un salaire

---

151. Ce type d'autodestruction collective a été notamment étudié par Voisin (1984).

152. Patara, proche de Xanthos, est située à l'est de l'embouchure du fleuve Xanthos, au sud de l'actuelle Turquie.

153. Plutarque a déjà indiqué supra (XXX, 3) que Cassius avait dû s'emparer de Rhodes. Cela, ajouté à la prospérité bien connue de la cité, peut suffire à expliquer une sanction financière plus rude.

154. Cette comparaison, tout à l'avantage de Brutus, complète et confirme celle présentée supra (XXIX, 2-3). L'historien doit rester réservé à ce propos: l'opposition des deux comportements a visiblement pour source un éloge philosophique de Brutus, qui fait de Cassius un contre-exemple.

155. Plus explicitement que parfois, Plutarque annonce qu'il abandonne la logique du récit pour celle du portrait par petites touches. On se rappelle la distinction qu'il établit entre biographie et histoire. Voir Dictionnaire, «Vie».

pour enseigner la rhétorique au roi et qu'on avait admis ce jour-là au conseil faute de personnages plus compétents, déclara que les deux partis étaient dans l'erreur, ceux qui voulaient accueillir Pompée et ceux qui voulaient le renvoyer[156]; 4. compte tenu des circonstances, il n'y avait qu'une décision profitable: l'accueillir et le tuer. Théodotos termina son discours en déclarant: «Un cadavre ne mord pas!» 5. Le conseil se rangea à son avis, et, si le Grand Pompée devint un exemple des malheurs incroyables et inattendus qui peuvent s'abattre sur un homme, ce fut l'œuvre de la rhétorique et de l'habileté de Théodotos, comme ce sophiste le disait lui-même en se rengorgeant[157]. 6. Peu de temps après, César arriva en Égypte et les misérables expièrent leur forfait par une mort misérable, sauf Théodotos qui obtint de la Fortune un délai qu'il gaspilla à mener une vie obscure, indigente et errante. Mais à l'époque dont nous parlons, lorsque Brutus parcourut l'Asie, il ne put lui échapper; il fut arrêté, châtié et sa mort fut plus fameuse que sa vie[158].

XXXIV. 1. Cassius appela Brutus à Sardes et, dès qu'il s'approcha, se porta à sa rencontre avec ses amis. Toute l'armée en armes les salua l'un et l'autre du titre d'*imperator*[159]. 2. Mais, comme il arrive souvent aux hommes qui ont des responsabilités importantes et qui sont entourés de beaucoup d'amis et d'officiers, chacun d'eux avait entendu des plaintes et des calomnies sur l'autre. Aussi, dès leur arrivée, eurent-ils, toutes affaires cessantes, un entretien en tête à tête dans une pièce dont ils fermèrent les portes et où ils n'admirent personne. Ils s'adressèrent d'abord des remontrances, puis de violentes critiques et des accusations[160]. 3. Après quoi, ils s'abandonnèrent aux larmes et, sous le coup de l'émotion, à une franchise brutale. Étonnés de la violence et de l'intensité de leur colère, leurs amis craignaient de voir cette dispute tourner très mal, mais ils n'avaient pas le droit d'entrer dans la pièce. 4. Cependant Marcus Favonius[161], qui s'était épris de Caton et dont la philosophie était moins guidée par la raison qu'inspirée par une sorte d'emportement et de passion frénétique, voulut aller les trouver, malgré les efforts des esclaves pour l'en empêcher. 5. Il était difficile d'arrêter Favonius quand il se précipitait quelque part, car il se montrait en toutes circonstances violent et téméraire. Comme il ne se souciait nullement de son rang de sénateur romain[162] et que

---

156. Sur cet épisode, voir Pompée, LXXVII.
157. Plutarque, qui fait le plus grand cas de l'éducation et des éducateurs, fait une exception pour les ruses trop habiles des «sophistes» (voir son traité De l'éducation des enfants); par la violence de son option et de ses propos, celui-ci apparaît comme un anti-modèle (sa condition de «salarié» est soulignée au § 3). Voir Dictionnaire, «Éducation».
158. Selon Appien (II, 90), c'est Cassius qui a condamné et fait pendre Théodotos.
159. Ceci se passe au milieu de l'année 42.
160. Dion Cassius (XLVII, 35) donne de ces événements une version très voisine.
161. Sur ce personnage, voir supra, XII, 3.
162. Ni vraiment philosophe stoïcien (voir cependant le § 8), ni aristocrate romain digne de son rang, Favonius apparaît comme une sorte de bouffon à qui Plutarque, pas plus que Brutus, n'accorde grand crédit.

le cynisme de son franc-parler en diminuait souvent la rudesse, on accueillait ses incongruités avec bonne humeur. 6. Ce jour-là, il enfonça la porte malgré ceux qui la gardaient et, d'une voix affectée, il déclama les vers qu'Homère a mis dans la bouche de Nestor :

> Allons écoutez-moi ; car vous êtes tous deux
> Bien plus jeunes que moi[163],

et la suite. 7. Cassius se mit à rire, mais Brutus chassa Favonius en le traitant de vrai chien et de faux cynique[164]. Cependant cette scène mit alors fin à leur querelle et ils se séparèrent aussitôt. 8. Cassius offrit un dîner auquel Brutus invita ses amis. Ils étaient déjà allongés à table, lorsque Favonius se présenta, au sortir du bain. Brutus se récria en le prenant à témoin qu'il ne l'avait pas invité, et voulut le reléguer au lit du haut, mais Favonius s'installa de force sur le lit du milieu et le banquet fut égayé par des plaisanteries qui ne manquaient ni de grâce ni de philosophie.

XXXV. 1. Le lendemain, Brutus jugea un citoyen romain qui avait été préteur et à qui il avait accordé sa confiance, Lucius Ocella, que les gens de Sardes accusaient de concussion ; il le condamna et le nota d'infamie, 2. ce qui contraria vivement Cassius, car lui-même, quelques jours plus tôt, avait eu à juger deux de ses amis accusés des mêmes fautes : or il s'était contenté de les réprimander en privé, les avait acquittés publiquement et continuait à les employer. 3. Aussi reprochait-il à Brutus d'être trop légaliste et trop soucieux du droit alors que les circonstances exigeaient du sens politique et de l'humanité. 4. Mais Brutus l'invitait à se souvenir des ides de mars où ils avaient tué César qui ne pillait pas lui-même tout le monde mais laissait d'autres libres d'agir ainsi. 5. « Si un beau prétexte peut permettre de négliger la justice, dit-il, nous aurions mieux fait de supporter l'injustice des amis de César que de tolérer celle des nôtres. 6. Dans le premier cas, nous passions pour des lâches, mais à présent, nous sommes taxés d'injustice, avec les dangers et les peines que cela comporte. » Tels étaient les principes de Brutus[165].

XXXVI. 1. Comme ils s'apprêtaient à quitter l'Asie, Brutus reçut, dit-on, un grand signe. 2. C'était par nature un homme qui veillait beaucoup et qui, par ascèse et par tempérance[166], ne consacrait que peu de temps au sommeil : il ne dormait jamais pendant la journée, et la nuit, seulement lorsqu'il n'avait plus rien à faire ni personne avec qui parler, quand tout le monde se reposait. 3. Depuis que la guerre était

---

163. Homère, Iliade, I, v. 259.
164. *Nouveau contraste entre le réaliste et l'idéologue ; le chapitre suivant va mettre en relief cette opposition.*
165. *Voir* supra, *XXIX, 8. Le maître mot de ces « principes », après celui de liberté, paraît bien être celui de justice ; Brutus agit vraiment en disciple de Caton le Jeune.*
166. *Ce goût et cette pratique de l'ascèse font de Brutus le « digne époux de Porcia » qu'il s'est promis d'être (voir* supra, *XIII, 11).*

engagée, comme il avait en main la conduite de toutes les opérations et que l'inquiétude de l'avenir le tourmentait, il prenait un peu de sommeil le soir, après dîner, puis consacrait le reste de la nuit aux affaires urgentes. 4. S'il avait fini de régler toutes les questions dont il devait s'occuper, il lisait un livre jusqu'à la troisième veille, heure à laquelle les centurions et tribuns militaires avaient l'habitude de venir le trouver[167]. 5. Donc, comme il s'apprêtait à faire partir son armée d'Asie, par une nuit profonde, sa tente n'étant éclairée que par une faible lumière et le silence régnant dans tout le camp, 6. il réfléchissait, plongé dans ses pensées, lorsqu'il eut l'impression de voir entrer quelqu'un. Il se retourna vers la porte et eut la vision terrible et étrange d'un être extraordinaire, effrayant, qui se tenait debout près de lui sans rien dire. 7. Brutus osa lui demander: «Qui donc es-tu? homme ou dieu? Et pourquoi es-tu venu vers moi?» Le spectre lui répondit: «Je suis ton mauvais *démon*, Brutus; tu me verras à Philippes.» Alors Brutus, sans se troubler, répliqua: «Je te verrai[168].»

XXXVII. 1. Dès que la vision eut disparu, Brutus appela ses esclaves qui lui dirent qu'ils n'avaient pas entendu de voix ni vu quoi que ce soit. Il resta éveillé toute la nuit et, au point du jour, il alla trouver Cassius et lui raconta sa vision. 2. Cassius, qui professait la philosophie d'Épicure et qui avait l'habitude de discuter de ces questions avec Brutus, lui dit: «Selon notre doctrine[169], Brutus, ce que nous éprouvons et ce que nous voyons n'est pas toujours réel. La perception a quelque chose de flou et de trompeur, et notre pensée est encore plus prompte à la mouvoir et à la tourner, sans aucun fondement, vers n'importe quelle représentation. 3. L'impression des sens ressemble à de la cire, et l'âme humaine, contenant à la fois ce qui est modelé et ce qui modèle, peut très facilement se diversifier et se façonner par elle-même. 4. On en a pour preuve les différentes formes des songes pendant le sommeil: la faculté imaginative, mise en branle par une légère impulsion, se porte vers toutes sortes d'émotions et d'images. 5. Par nature, cette faculté est sans cesse en mouvement et ce mouvement est une sorte d'imagination ou de réflexion. De plus, dans ton cas, ton corps durement éprouvé tient naturellement ta pensée en suspens et l'égare. 6. On ne peut croire que des *démons* puissent exister ou, s'ils existent, qu'ils puissent avoir la figure ou la voix d'un être humain, ou la capacité d'entrer en rapport avec nous. J'aimerais pourtant qu'ils existent car, sans parler de tant d'armes, de cavaliers et de navires, nous pourrions encore compter sur l'appui des dieux, puisque nous dirigeons la plus sainte et la plus belle des

---

167. *La troisième «veille»* (tertia vigilia) *allait de minuit à trois heures du matin.*

168. *Cette apparition, qui aurait eu lieu à Abydos, est également mentionnée dans* César, *LXIX, 6-11, ainsi que par Florus,* Histoire du peuple romain, *II, 17, 8 et Appien, IV, 134, 565.*

169. *La doctrine épicurienne, que Plutarque expose ensuite – assez confusément – par la voix de Cassius, expose les illusions des sens et de l'imagination; elle enseigne surtout que les dieux ne sauraient s'intéresser aux hommes. Il y a là de quoi rassurer les âmes impressionnables, et Lucrèce, comme Cassius (§ 6), a retenu la leçon. Sur l'attitude de Plutarque, voir Flacelière (1959), p. 203. Voir aussi* Dictionnaire, *«Épicurisme».*

entreprises.» Tels furent les propos par lesquels Cassius tenta d'apaiser Brutus. 7. Au moment où les soldats embarquaient[170], deux aigles s'abattirent ensemble sur les premières enseignes et firent la traversée avec eux: nourris par les soldats, ils les accompagnèrent jusqu'à Philippes. Mais à la veille de la bataille, ils s'envolèrent[171].

XXXVIII. 1. Brutus se trouvait avoir soumis la plupart des peuples voisins[172]. Quant aux cités et aux princes qui avaient été laissés de côté, ils se les adjoignirent tous alors, en avançant jusqu'à la mer de Thasos[173]. 2. Là, comme l'armée de Norbanus[174] campait au lieu-dit des Défilés près du mont Symbolon, ils l'encerclèrent, l'obligèrent à partir et à abandonner ses positions. 3. Ils faillirent même s'emparer de toute son armée, César étant retenu en arrière par une maladie[175]; ils y seraient parvenus si Antoine n'était accouru à la rescousse avec une rapidité si extraordinaire que Brutus ne parvenait pas à y croire[176]. 4. De son côté, César arriva dix jours plus tard et établit son camp en face de Brutus, tandis qu'Antoine s'installait en face de Cassius. Entre les deux camps s'étendaient les plaines que les Romains appellent les champs de Philippes. 5. Les plus grandes armées que les Romains possédaient en ce temps-là se trouvaient donc l'une en face de l'autre. L'armée de Brutus était largement inférieure en nombre à celle de César, mais elle forçait l'admiration par la beauté et l'éclat des armes[177] 6. qui, pour la plupart, étaient couvertes d'or et d'argent, prodigués en abondance. Brutus habituait par ailleurs ses officiers à un mode de vie simple et strict, 7. mais il pensait que la richesse qu'on a entre les mains et sur le corps inspire encore plus de fierté aux hommes épris de gloire et rend plus combatifs même ceux qui sont cupides, car ils s'attachent à leurs armes comme à des trésors[178].

XXXIX. 1. César fit une lustration dans son camp et distribua à chaque soldat un peu de blé et cinq drachmes pour le sacrifice. 2. Brutus, méprisant la pauvreté ou

---

170. Pour gagner l'Europe en franchissant l'Hellespont.
171. Deuxième présage défavorable; voir Appien, IV, 101.
172. Voir supra, XXV, 1-3; XXVIII, 3; XXXII, 3.
173. La distance à vol d'oiseau séparant Sardes de Philippes dépasse 500 km. La marche de l'armée a dû prendre environ deux mois.
174. Il s'agit de l'avant-garde des triumvirs, huit légions commandées par Norbanus Flaccus et Decidius Saxa. Ces troupes ont traversé la Macédoine par la voie Egnatia.
175. Selon Dion Cassius (XLVII, 37), Octave est tombé malade à Dyrrachium; il arriva à Philippes porté sur une litière (Appien, IV, 109; voir infra, XLI, 7-8).
176. Cette rapidité est, dans la construction dramatique de Plutarque, comme un troisième signe qui trouble la confiance de Brutus.
177. Les effectifs des troupes sont récapitulés par Appien (IV, 108) et par Dion Cassius (XLVII, 39).
178. Comparer Pline l'Ancien, Histoire naturelle, XXXIII, 39: «Le goût du luxe s'accrut même à l'armée, au point que Marcus Brutus, dans une lettre envoyée des champs de Philippes, s'indigne que des tribuns [militaires] portent des fibules en or.» À cette interprétation moralisante, bien dans la ligne de ce que Plutarque nous a dit de Brutus, s'oppose une manière très réaliste de diriger ses hommes.

la ladrerie de son adversaire, fit d'abord la lustration de son armée en plein air, comme c'est l'usage, puis il distribua à chaque cohorte un grand nombre de victimes et cinquante drachmes par homme, ce qui accrut le dévouement et l'ardeur de son armée[179]. 3. Cependant, au moment de la lustration se produisit un signe qui parut néfaste pour Cassius : le licteur lui présenta la couronne à l'envers. 4. On dit aussi qu'auparavant, lors d'un spectacle et d'une procession où l'on promenait une Victoire en or de Cassius, celle-ci était tombée à terre, le porteur ayant fait un faux pas. 5. Par ailleurs, on apercevait chaque jour de nombreux oiseaux charognards dans le camp et l'on vit des essaims d'abeilles se rassembler à l'intérieur du retranchement, à un endroit que 6. les devins firent enclore pour conjurer la superstition qui éloignait insensiblement Cassius des préceptes d'Épicure[180] et tenait les soldats totalement asservis. 7. Cassius ne souhaitait donc pas livrer la bataille décisive pour le moment ; il estimait qu'il fallait traîner la guerre en longueur, puisqu'ils avaient plus d'argent que les ennemis et leur étaient inférieurs en armes et en effectifs. 8. Mais depuis longtemps déjà[181], Brutus avait hâte de trancher au plus vite le conflit pour rendre la liberté à sa patrie, ou libérer de leurs maux les hommes accablés par les dépenses, les campagnes et les ordres de leurs généraux ; en la circonstance, constatant que ses cavaliers l'emportaient dans les combats préliminaires et les escarmouches, il se prit d'une grande audace. 9. Comme quelques déserteurs passaient à l'ennemi et qu'on soupçonnait et accusait d'autres soldats de vouloir en faire autant[182], de nombreux amis de Cassius se rangèrent à l'avis de Brutus dans le conseil. 10. Un seul des amis de Brutus, Atillius, s'y opposait et conseillait de laisser passer au moins l'hiver. Comme Brutus lui demandait quel avantage il voyait à attendre un an, il répondit : « À défaut d'autre chose, j'aurai au moins vécu plus longtemps. » 11. Cette réponse indigna Cassius et choqua vivement les autres. On décida donc de combattre le lendemain[183].

XL. 1. Pendant le dîner, Brutus parla de belles espérances et de raisonnements philosophiques, puis il alla se reposer. Quant à Cassius, Messala[184] raconte qu'il dîna

---

179. Encore une illustration de la libéralité très politique de Brutus.
180. Cassius, une seconde fois (supra, XVII, 2), contredit par son comportement son attachement proclamé à la doctrine du Jardin (supra, XXXVII, 2).
181. L'impatience de Brutus s'est déjà manifestée, selon Plutarque et d'autres sources, lors des entrevues de Smyrne (voir supra, XXVIII, 6 et XXX, 1-3) et de Sardes (supra, XXXIV). Elle sera une cause majeure de l'échec (Comparaison, LVI, 2 ; voir cependant les nuances introduites par Plutarque en XLIV, 5-6).
182. Une des sources d'inquiétude des « libérateurs » était que bon nombre des soldats de Cassius avaient fait partie des troupes de César (voir Fronton, Stratagèmes, IV, 2, 1 ; Appien, IV, 374-375 ; infra, XLVI, 5).
183. La première bataille de Philippes eut lieu au début d'octobre 42 avant J.-C.
184. Valerius Messala Corvinus, un proche de Cassius, doit alors avoir 22 ans ; il va se voir confier une légion par Brutus (§ 11). Après Philippes, il se ralliera à Antoine, puis à Octave (voir infra, LIII, 1 et 3). Parmi d'autres œuvres, il a laissé des Mémoires consultés par Plutarque.

de son côté, avec un petit nombre de ses proches, et qu'on le vit pensif et silencieux, ce qui n'était pas dans sa nature. 2. Le repas terminé, il serra fortement la main de Messala et se contenta de lui dire, en grec, selon son habitude quand il voulait se montrer amical : 3. « Je te prends à témoin, Messala, que je suis dans la même situation que le Grand Pompée : on me force à jouer aux dés, en une seule bataille, le sort de ma patrie. Cependant, gardons bon courage et fixons nos regards sur la Fortune ; il n'est pas juste de nous défier d'elle, même si nous avons pris une mauvaise décision[185]. » 4. Ces mots furent, selon Messala, les derniers qu'il lui adressa, avant de l'embrasser ; il l'avait invité à dîner pour le lendemain, qui était son anniversaire.

5. Au point du jour, on éleva devant le camp de Brutus et devant celui de Cassius le signal du combat, une tunique de pourpre. Les chefs se rencontrèrent à mi-chemin entre les deux camps. Cassius dit : 6. « Puissions-nous vaincre, Brutus, et, après le succès, rester toujours l'un près de l'autre. Mais les affaires humaines les plus importantes sont aussi les plus incertaines ; si la bataille ne tourne pas comme nous le voulons, il ne nous sera pas facile de nous revoir : dans ces conditions, que décides-tu concernant la fuite ou la mort ? » 7. Brutus répondit : « Lorsque j'étais jeune, Cassius, et sans expérience des affaires, je laissai échapper, je ne sais comment, au cours d'une discussion philosophique une parole hautaine. Je blâmai Caton de s'être tué, déclarant qu'il n'était ni pieux ni digne d'un homme de céder à la destinée et de prendre la fuite, au lieu d'accueillir sans crainte l'événement qui s'abat sur lui[186]. 8. Mais à présent, en voyant les événements que nous envoie la Fortune, je change d'attitude : si l'arbitrage de la divinité nous est contraire, je ne souhaite pas tenter encore d'autres espérances ni faire d'autres préparatifs ; je me délivrerai, en louant la Fortune grâce à laquelle, après avoir donné ma vie à la patrie aux ides de mars, j'ai vécu une nouvelle vie, libre et glorieuse. » 9. En entendant ces mots, Cassius sourit et embrassa Brutus : « Puisque nos sentiments sont identiques, marchons à l'ennemi. Ou nous serons vainqueurs, ou nous ne craindrons pas les vainqueurs[187]. » 10. Après quoi, ils discutèrent de l'ordre de bataille en présence de leurs amis. Brutus demanda à Cassius le commandement de l'aile droite, poste qui, semblait-il, devait plutôt revenir à Cassius en raison de son expérience et de son âge[188]. 11. Cependant, Cassius lui accorda cette faveur et il plaça également à l'aile droite Messala, qui commandait la légion la plus combative. 12. Brutus fit aussitôt sortir les cavaliers brillamment équipés et, sans plus tarder, il rangea son infanterie en ordre de bataille à côté d'eux.

---

185. Ces mots placés dans la bouche de Cassius ont un air d'authenticité. Mais Plutarque, qui ne cesse de méditer sur la Fortune (voir Dictionnaire), doit particulièrement se satisfaire de les rapporter ici. Il en va de même pour l'épisode qui suit.
186. Ce propos confirme que la mort de Caton a été un thème de réflexion majeur pour tout un milieu intellectuel et politique.
187. Reprise du motif développé quelque temps auparavant par Brutus (voir supra, XXIX, 8-9).
188. La direction des opérations sur l'aile droite revient en principe au commandant en chef.

XLI. 1. Les soldats d'Antoine étaient alors en train de creuser des tranchées, depuis les marais près desquels ils campaient jusqu'à la plaine, pour couper à Cassius le chemin vers la mer. 2. César s'était installé là, ou plutôt son armée, car il n'était pas présent lui-même, étant malade[189]. Ses hommes ne s'attendaient pas du tout à voir les ennemis combattre ; ils pensaient qu'ils se contenteraient de lancer des escarmouches contre les chantiers et de déranger ceux qui creusaient, en les couvrant de traits légers et en semant le désordre parmi eux ; 3. ils ne prêtaient aucune attention aux hommes rangés en face d'eux et s'étonnaient des cris confus et nombreux qui s'élevaient autour des fossés. 4. Pendant ce temps, on transmettait aux officiers, de la part de Brutus, des tablettes sur lesquelles se trouvait inscrit le mot d'ordre[190], et Brutus lui-même faisait le tour des légions à cheval en les encourageant. Seuls quelques soldats prirent le temps d'entendre le mot d'ordre qu'on transmettait ; la plupart, sans attendre, d'un seul élan et à grands cris, se portèrent contre les ennemis. 5. Ce manque de discipline fit que les légions avancèrent de manière irrégulière, en ordre dispersé ; celle de Messala d'abord, puis celles qui lui étaient jointes, dépassèrent l'aile gauche de César, 6. effleurèrent ses derniers rangs, où elles tuèrent peu de monde, la débordèrent et se jetèrent sur le camp. 7. Quant à César, comme il le raconte lui-même dans ses *Mémoires*[191], un de ses amis, Marcus Artorius, avait eu dans son sommeil une apparition qui avertissait César de sortir du retranchement et de s'en éloigner[192] : il venait à peine de se faire transporter un peu plus loin et on le croyait mort 8. car sa litière, qui était vide, avait été transpercée de javelots et de traits. On massacra ceux qui furent pris dans le camp et deux mille Lacédémoniens qui venaient à peine d'arriver en renfort furent taillés en pièces.

XLII. 1. Les hommes qui n'avaient pas encerclé les troupes de César mais les avaient attaquées de front les mirent facilement en déroute, après avoir semé le désordre dans leurs rangs et massacrèrent au corps à corps trois légions. Puis, emportés par l'élan de la victoire, ils entrèrent dans le camp avec les fuyards ; Brutus les accompagnait. 2. Mais les vainqueurs n'avaient pas vu ce que l'occasion montra aux vaincus : ceux-ci, en effet, observant que les rangs de la phalange ennemie, à l'endroit où l'aile droite s'était détachée pour la poursuite, étaient découverts et disloqués, se jetèrent dessus. S'ils ne purent enfoncer le centre, qui résista au prix d'un combat acharné, ils mirent en déroute l'aile gauche qui était en désordre et ignorait ce qui s'était passé, et ils la poursuivirent jusqu'au camp

---

189. Sur cette maladie d'Octave, voir supra, XXXVIII, 3 et infra, § 7-8.
190. Les mots d'ordre circulaient sous forme écrite, sur le même type de tablettes d'argile qui servaient dans les écoles ou pour les transactions commerciales. Ce genre d'épisode atteste le degré de diffusion de la connaissance de l'écriture dans le monde romain.
191. Cet ouvrage en 13 livres, déjà mentionné (supra, XXVII, 3), était dédié aux deux piliers intellectuels du régime augustéen, Agrippa et Mécène.
192. Octave ne néglige pas de s'attribuer le bénéfice d'un avertissement aussi favorable, que l'on comparera à celui du « mauvais démon » (daïmon) de Brutus (voir supra, XXXVI-XXXVII).

qu'ils pillèrent. Pourtant, ils n'avaient avec eux aucun de leurs deux généraux en chef: 3. Antoine, dit-on, avait esquivé le premier choc et s'était replié dans les marais; quant à César, qui avait quitté le camp, on ne le voyait nulle part; certains soldats prétendaient même l'avoir tué et montraient à Brutus leur épée couverte de sang, en lui décrivant sa figure et son âge[193]. 4. Déjà le centre, dans un grand carnage, avait repoussé les adversaires qu'il avait en face de lui, et la victoire de Brutus semblait complète, comme la défaite de Cassius. 5. Leur échec ne tint qu'au malentendu suivant: Brutus, croyant Cassius vainqueur, ne se porta pas à son secours et Cassius, croyant Brutus perdu, ne l'attendit pas. Car, pour ce qui est du moins de la victoire, Messala en donne pour preuve décisive la prise de trois aigles et de plusieurs enseignes aux ennemis, lesquels ne leur prirent rien[194]. 6. Brutus, qui se repliait déjà après avoir entièrement pillé le camp de César, s'étonna de ne pas apercevoir la tente de général de Cassius, qui était haute et qui, d'ordinaire, attirait les regards, et de ne pas voir non plus les autres tentes à leur place; la plupart d'entre elles avaient été arrachées et déchirées dès que les ennemis avaient fait irruption dans le camp. 7. Ceux de ses compagnons dont la vue était, semblait-il, plus perçante que la sienne lui disaient qu'ils voyaient briller dans le camp de Cassius beaucoup de casques et se mouvoir beaucoup de boucliers en argent, 8. mais que ni le nombre ni l'armement ne leur paraissaient être ceux des gardes qu'on y avait laissés; cependant, on ne voyait pas non plus la quantité de morts qui aurait dû s'y trouver, si tant de légions avaient été vaincues de vive force. 9. Ces indications inspirèrent à Brutus les premiers soupçons de la catastrophe qui s'était produite; laissant une garde dans le camp des ennemis, il rappela les poursuivants et les rassembla dans l'intention de porter secours à Cassius.

XLIII. 1. Or voici comment les choses s'étaient passées de son côté. Cassius avait été mécontent de voir la première charge des soldats de Brutus lancée sans mot d'ordre ni commandement, et quand, après leur victoire, ils s'étaient aussitôt élancés pour piller et emporter du butin, en négligeant de cerner et d'envelopper les ennemis, il en avait été profondément contrarié. 2. Tandis qu'il hésitait et tergiversait au lieu de diriger les opérations avec ardeur et prévoyance, il fut enveloppé par l'aile droite des ennemis. Ses cavaliers se débandèrent aussitôt et s'enfuirent vers la mer. Voyant ses fantassins céder à leur tour, il essaya de les retenir et de les encourager; 3. il arracha l'étendard d'un porte-enseigne qui fuyait et le planta en terre à ses pieds, mais ses gardes du corps eux-mêmes n'avaient plus le courage de rester avec lui. 4. Il fut donc forcé de se replier avec quelques hommes sur

---

193. Dans Antoine *(XXII, 2), Plutarque évoque également la fuite d'Octave, mais aussi sa tentative de la dissimuler dans ses* Mémoires, *où il expliquait son départ «avant la bataille» par l'avertissement reçu.*
*194. On se rappelle que Messala «commandait la légion la plus combative» à l'aile droite (*supra, *XL, 11). Son témoignage est donc facile à comprendre: il a réellement vu la victoire, et il exalte son propre succès.*

une éminence d'où l'on pouvait observer la plaine. Pour lui, il ne voyait rien, sinon, à grand-peine, le pillage de son camp, car il avait la vue faible ; cependant les cavaliers qui l'entouraient aperçurent un grand nombre de soldats qui s'avançaient à cheval. Il s'agissait des renforts envoyés par Brutus ; 5. or, Cassius supposa que c'étaient les ennemis et qu'ils étaient lancés à sa poursuite. Il envoya néanmoins en reconnaissance un de ceux qui se trouvaient près de lui, Titinius. 6. Les cavaliers le virent approcher ; dès qu'ils reconnurent en lui un ami et un fidèle de Cassius, ils poussèrent de grands cris de joie ; ses proches sautèrent à bas de leurs montures pour l'embrasser et lui saisir la main, tandis que les autres caracolaient autour de lui en chantant le péan et en faisant grand bruit dans l'excès de leur joie. Ces manifestations provoquèrent le pire des malheurs. 7. Cassius crut qu'en réalité Titinius était tombé aux mains des ennemis. Il déclara : « J'ai trop aimé la vie puisque j'ai attendu de voir un homme qui m'est cher enlevé par les ennemis. » Puis il se retira sous une tente abandonnée, entraînant avec lui un de ses affranchis, Pindarus, auquel, dès l'époque des malheurs de Crassus, il avait donné des instructions en prévision d'une semblable nécessité. 8. Il avait échappé aux Parthes[195] mais, alors, il ramena sa chlamyde sur sa tête et, dénudant son cou, il le lui donna à trancher : on trouva sa tête séparée de son corps. Personne ne revit Pindarus après le meurtre, ce qui fit supposer à certains qu'il avait tué Cassius sans en avoir reçu l'ordre[196]. 9. Peu après apparurent les cavaliers, et Titinius, qu'ils avaient couronné, monta rejoindre Cassius. Quand il comprit, aux gémissements et aux cris de ses amis affligés et désespérés, le malheur de son général et le malentendu dont il avait été victime, il tira son épée et, après s'être vivement reproché sa lenteur, il se trancha la gorge[197].

XLIV. 1. Brutus, informé de la défaite de Cassius, se dirigeait à cheval vers lui ; il était déjà proche du retranchement quand il apprit sa mort. 2. Il pleura sur son corps et appela Cassius « le dernier des Romains », déclarant que la Ville ne verrait plus naître de cœur aussi noble. Puis il enveloppa le corps et l'envoya à Thasos, pour éviter les troubles que risquaient de provoquer ses funérailles, si on les célébrait sur place. 3. Il réunit lui-même les soldats et les réconforta ; les voyant privés de tout le nécessaire, il leur promit deux mille drachmes par personne en compensation de ce qu'ils avaient perdu[198]. 4. Ces paroles leur rendirent courage et ils

---

195. Voir supra, VII, 3.
196. « Ce ne fut pas le spectre de César, mais un hasard imprévisible, la perte de Cassius, qui condamna la République. Brutus pouvait être le vainqueur d'une bataille, mais non d'une campagne » (Syme, 1967, p. 198).
197. Ce récit comporte de nombreux éléments d'analyse de ce qu'un euphémisme à la mode appellerait des « dysfonctionnements » : carence de communication et absence d'harmonisation, indiscipline des uns, exaspération aboutissant à l'aveuglement des autres, perception défectueuse des faits et mauvaise analyse de la situation... Mais Plutarque donne à cet ensemble un agencement en forme d'engrenage qui est le propre du tragique, et le signe de la Fatalité.
198. Cette perte est due au pillage de leur camp.

s'émerveillèrent de l'importance de la somme[199] ; ils l'escortèrent à grands cris quand il s'en alla, le félicitant d'avoir été, des quatre généraux, le seul à n'avoir pas essuyé de défaite dans la bataille. 5. Les faits prouvaient qu'il avait eu raison de compter sur la victoire puisqu'il lui avait suffi d'un petit nombre de légions pour mettre en déroute tous ses adversaires. 6. S'il avait pu les employer toutes dans cette bataille et si la plupart de ses soldats n'avaient pas dépassé les ennemis afin de se ruer sur leurs biens, il semble qu'aucune partie de l'armée ennemie ne serait restée invaincue[200].

XLV. 1. Ils avaient perdu huit mille hommes, y compris les valets d'armes que Brutus surnommait les Briges. D'après les estimations de Messala, les pertes de leurs adversaires se montèrent à plus du double[201] 2. et ils étaient beaucoup plus découragés qu'eux, mais, le soir même, un esclave de Cassius, nommé Démétrius, vint trouver Antoine, avec les vêtements et l'épée dont il s'était emparé sur le cadavre de son maître. En recevant ces objets, ils reprirent confiance. Au point du jour, ils firent sortir leurs soldats en armes pour livrer bataille. 3. Or, Brutus remarquait une agitation dangereuse dans les deux camps qui étaient sous ses ordres : le sien, rempli de prisonniers, exigeait une étroite surveillance et celui de Cassius supportait mal le changement de chef ; les vaincus éprouvaient même à l'égard du vainqueur de la jalousie et de la haine. Brutus décida donc d'armer ses troupes mais il s'abstint de combattre[202]. 4. Quant aux prisonniers, il fit mettre à mort la foule des esclaves, qui se mêlaient de manière suspecte à ses soldats, mais il libéra certains des hommes libres en leur disant : « Ce sont les ennemis qui vous ont capturés, bien plus que moi ; chez eux vous étiez des prisonniers de guerre et des esclaves, tandis que chez moi vous êtes des hommes libres et des citoyens[203] » ; 5. ceux auxquels il voyait que ses amis et ses officiers vouaient une haine mortelle, il les cacha et les fit partir, assurant ainsi leur salut. 6. Il y avait parmi les prisonniers un mime, Volumnius, et un bouffon, Sacculion. Brutus ne s'intéressait pas à eux mais ses amis les lui amenèrent, les accusant de ne pas cesser, maintenant encore, de parler et se moquer d'eux avec insolence. 7. Comme Brutus, qui avait d'autres sujets d'inquiétude, ne répondait rien, Messala Corvinus proposa de les battre de verges sur une scène de théâtre, puis de les renvoyer nus aux généraux ennemis pour leur montrer de quels compagnons de beuveries et de quels camarades ils avaient besoin dans cette campagne. Certains des assistants se mirent à rire, 8. mais Publius Casca, celui qui avait été le premier à frapper

---

199. Confirmation du comportement de mercenaires des troupes de Brutus. Dion Cassius (XLVII, 47) ne précise pas le montant de la somme ; Appien (IV, 118) parle de « dix mille drachmes » par soldat.

200. Ce paragraphe très favorable à Brutus le dédouane, aux dépens de ses troupes, des erreurs d'analyse qu'il a incontestablement commises.

201. Évaluation identique chez Appien (IV, 112). La formulation de Plutarque peut laisser entendre que Messala exagère les pertes des triumvirs (voir supra, XLII, 5).

202. Voir Appien, IV, 114 et 119 ; Dion Cassius, XLVII, 48.

203. Nouvelle façon pour Brutus, adaptée aux circonstances, d'exalter le thème de la liberté.

César[204], déclara : « Il n'est pas beau d'offrir en hommage funèbre à Cassius des plaisanteries et des bouffonneries. » Il ajouta : « Quant à toi, Brutus, montre-nous donc quel cas tu fais de la mémoire de ce général : vas-tu punir ou épargner ceux qui le railleront et parleront mal de lui ? » 9. À ces mots, Brutus, exaspéré, lança : « Pourquoi donc me consultez-vous, Casca, et n'agissez-vous pas comme vous l'entendez ? » Jugeant que cette réponse signifiait qu'il consentait au châtiment de ces malheureux, ils les emmenèrent et les firent périr.

XLVI. 1. Après quoi, Brutus donna aux soldats la gratification promise ; leur ayant reproché en quelques mots de s'être élancés sur les ennemis de manière indisciplinée, sans avoir reçu le mot d'ordre et sans commandement, il leur promit, s'ils se battaient bien, de leur abandonner deux cités à piller et à saccager, Thessalonique et Lacédémone. 2. C'est dans la vie de Brutus la seule accusation dont on ne peut le disculper. Il est vrai qu'Antoine et César offrirent à leurs soldats, pour prix de leur victoire, une récompense beaucoup plus cruelle que celle-là, en chassant de presque toute l'Italie ses anciens habitants, pour leur donner des terres et des cités sur lesquelles ils n'avaient aucun droit[205]. 3. Mais pour eux, le but de la guerre était la conquête et le pouvoir ; le cas de Brutus était bien différent : à cause de sa réputation de vertu, la foule ne lui permettait de vaincre ou de chercher son salut que dans l'honneur et la justice, surtout depuis la mort de Cassius qu'on accusait de l'entraîner à certains actes trop violents. 4. Or, lorsqu'on voyage en mer et que le gouvernail se brise, on essaie de clouer et d'adapter à sa place d'autres morceaux de bois, pour faire face à l'urgence, tant bien que mal, car la nécessité fait loi. Il en allait de même pour Brutus : à la tête d'une armée si grande et dans une situation si critique, n'ayant plus de général pour contrebalancer ses décisions, il était forcé de consulter les interlocuteurs dont il disposait, et de conformer souvent ses actes et ses paroles à leurs avis. 5. Or, ils estimaient qu'il fallait employer tous les moyens imaginables pour améliorer l'esprit des soldats de Cassius, qui étaient difficiles à manier : ils étaient insolents dans le camp, faute de chef, et lâches face aux ennemis, en raison de leur défaite.

XLVII. 1. La situation de César et d'Antoine n'était pas meilleure ; leur ravitaillement était réduit au strict nécessaire et comme leur camp se trouvait dans un endroit encaissé, ils s'attendaient à un hiver éprouvant. 2. Ils s'étaient repliés à côté des marais, et les pluies d'automne, tombées après la bataille, avaient rempli leurs tentes de boue et d'une eau que le froid gelait aussitôt. 3. Telle était leur situation quand ils apprirent que leurs troupes avaient essuyé une défaite navale : un grand convoi, envoyé d'Italie à César, avait été attaqué et détruit par les navires de

---

204. Sur Casca, voir supra, *XV, 2-3 et XVII, 4-6.*
205. Allusion aux proscriptions et confiscations de terres au profit des vétérans des deux généraux ; voir Syme (1967), p. 189-190, 200. Le Grec Plutarque – peut-être parce qu'il reproduit ici une source latine – trouve ces crimes plus graves que ceux qui visaient des cités grecques... Surtout, il cherche à relativiser le grief pesant sur son héros.

Brutus et les très rares hommes qui avaient échappé aux ennemis avaient été réduits par la faim à manger leurs voiles et leurs cordages[206]. 4. En apprenant cela, César et Antoine se hâtèrent de livrer une bataille décisive sans laisser le temps à Brutus de découvrir l'étendue de son succès. 5. Il se trouvait en effet que le combat sur terre et la bataille navale avaient eu lieu le même jour. Par un caprice de la Fortune plus que par la faute des commandants de la flotte, Brutus resta dans l'ignorance de cette victoire pendant vingt jours[207]. 6. Il ne se serait pas lancé dans une seconde bataille, alors qu'il s'était procuré tout ce dont son armée avait besoin pour tenir longtemps et qu'il avait pris position dans un excellent secteur du pays, où son camp n'avait rien à craindre de l'hiver et pouvait difficilement être forcé par les ennemis ; tenant solidement la mer et ayant remporté personnellement une victoire sur terre, il aurait eu de grands sujets d'espoir et de fierté[208]. 7. Mais la situation ne pouvait plus supporter, semble-t-il, le gouvernement de plusieurs hommes ; elle exigeait une monarchie. Aussi le dieu, désireux d'écarter et d'éliminer le seul homme qui s'opposait à un maître éventuel, l'empêcha-t-il d'être informé de cette heureuse Fortune[209]. Pourtant il fut bien près de l'apprendre. 8. La veille du jour où il devait combattre, tard dans la soirée, un déserteur nommé Clodius arriva du camp ennemi ; il annonçait que César et ses partisans, sachant leur flotte entièrement détruite, étaient pressés de livrer la bataille décisive. 9. Mais on ne le crut pas et il ne parvint pas à voir Brutus : on méprisa complètement ses avis, croyant qu'il n'avait rien entendu de sûr ou qu'il cherchait à se faire bien voir en rapportant des mensonges[210].

XLVIII. 1. Cette nuit-là, Brutus vit de nouveau le spectre, dit-on, sous la même forme : l'apparition ne prononça pas un mot et s'en alla. 2. Mais Publius Volumnius[211], un philosophe qui accompagnait Brutus dans cette campagne depuis le début, ne mentionne pas ce signe. Il déclare en revanche que l'aigle de la première légion fut couverte d'abeilles 3. et que le bras d'un des centurions se mit soudain à répandre de l'essence de rose : on eut beau le frotter et l'essuyer, on ne put

---

206. C'est le jour du premier affrontement de Philippes (§ 5) que la flotte de Statius Murcus et de Domitius Ahénobarbus, partisans de Brutus et maîtres depuis quelque temps de la mer Ionienne, détruisit celle de Domitius Calvinus, qui amenait à Octave le renfort de deux légions ; voir Appien, IV, 115-116.
207. Comme Appien (IV, 479), Plutarque indique que trois semaines ont séparé les deux batailles de Philippes ; la seconde est sans doute à placer au début de novembre.
208. Situation tout opposée à celle des triumvirs (supra § 1-2).
209. Importante mutation de l'analyse, de la part d'un écrivain d'époque impériale, dans le sens d'un providentialisme monarchisant ; on peut en rapprocher les premiers chapitres du livre I des Guerres civiles *d'Appien, historien grec postérieur d'un demi-siècle à Plutarque.*
210. Cette dernière manifestation d'un leitmotiv, celui du manque d'information, conduit Brutus à sa fin.
211. Plutarque a décidément consulté et confronté entre elles de nombreuses sources ; sur Volumnius, voir infra, LI, 1-4 ; LII, 2-3. À la différence du chef militaire Messala, ce «philosophe» paraît s'intéresser plus aux présages qu'au déroulement des opérations.

arrêter cet épanchement. 4. Il ajoute qu'avant la bataille, deux aigles se jetèrent l'un sur l'autre et combattirent entre les deux armées. Un silence extraordinaire régna alors sur la plaine ; tout le monde regardait ; enfin l'aigle qui se trouvait du côté de Brutus céda et prit la fuite. 5. On a beaucoup raconté aussi l'histoire de cet Éthiopien qui, lorsqu'on ouvrit la porte du camp, se trouva en face du porte-enseigne : les soldats virent en lui un mauvais présage et le massacrèrent avec leurs épées[212].

XLIX. 1. Brutus fit avancer sa phalange et la rangea face aux ennemis, puis il attendit assez longtemps car il avait conçu des soupçons et reçu des dénonciations concernant certains de ses hommes et il observait l'armée ; 2. de plus, il voyait que les cavaliers ne montraient guère d'ardeur pour engager le combat et qu'ils attendaient toujours l'action des fantassins. 3. Soudain, un très bon soldat, particulièrement estimé pour son courage, sortit à cheval des rangs, passa devant Brutus lui-même et alla rejoindre les ennemis. Il s'appelait Camulatus[213]. 4. Cette vue affligea vivement Brutus ; en partie par colère, en partie par crainte de voir s'étendre la défection et la trahison, il mena aussitôt ses troupes à l'ennemi[214]. C'était la neuvième heure[215] ; le soleil déclinait. 5. Avec la partie de l'armée qu'il commandait lui-même, il fut vainqueur et avança en pressant l'aile gauche des ennemis qui se replia ; ses cavaliers soutinrent son action et attaquèrent en même temps que les fantassins l'ennemi en désordre. 6. Mais l'autre aile, dont les chefs avaient étiré les rangs pour ne pas être encerclés, était inférieure en nombre et se laissa rompre par le milieu ; ainsi affaiblie, elle ne put résister à ses adversaires et fut la première à prendre la fuite. 7. Ceux qui l'avaient coupée en deux encerclèrent aussitôt Brutus qui, pour s'assurer la victoire, opposant au danger son bras et son intelligence, accomplit tous les exploits d'un général et d'un soldat valeureux. Mais ce qui avait fait sa supériorité dans la bataille précédente le perdit alors. 8. La première fois, ceux des ennemis qui avaient été vaincus avaient aussitôt été tués, tandis qu'il n'y avait eu que peu de pertes dans les troupes de Cassius mises en déroute, mais, cette fois, ceux qui avaient survécu à la défaite précédente, pleins d'inquiétude, répandirent dans la plus grande partie de l'armée le découragement et le trouble[216]. 9. À cette occasion, Marcus le fils de Caton[217], qui combattait parmi les jeunes gens les plus braves et les plus nobles, refusa de s'enfuir et de céder, malgré son épuisement ; les armes à la main, déclarant qui il était et rappelant qu'il portait le nom de son père, il tomba sur un monceau de

---

212. Ce qui importe ici est certainement moins la signification de chacun des signes que leur accumulation, qui annonce le pire.
213. Ce soldat est d'origine gauloise (Camulus est un nom celtique de Mars) ; peut-être est-ce une recrue de César en Gaule.
214. Une dernière fois, Brutus agit avec une hâte bien peu philosophique.
215. 15 heures ; voir Appien, IV, 128.
216. Comportement fâcheusement cohérent des troupes de Cassius : voir supra, XLVI, 5.
217. Voir Caton le Jeune, LXXIII, 5.

cadavres ennemis. 10. Les plus vaillants tombèrent aussi, en s'exposant pour défendre Brutus[218].

L. 1. Il y avait parmi les compagnons de Brutus un certain Lucilius, qui était un homme de bien. Voyant que des cavaliers barbares, lancés à leur poursuite, ne s'inquiétaient pas des autres fuyards et se portaient en masse contre Brutus, il décida de risquer sa vie pour les arrêter. 2. Il resta donc un peu en arrière et leur dit qu'il était Brutus. Ces hommes le crurent car il demanda à être conduit vers Antoine, prétendant avoir confiance en ce dernier mais redouter César. 3. Ravis de cette aubaine et convaincus d'être favorisés par une Fortune admirable, ils l'emmenèrent, alors que la nuit tombait déjà, et envoyèrent certains d'entre eux annoncer la nouvelle à Antoine. 4. Celui-ci s'en réjouit vivement ; il s'avança à la rencontre de ceux qui conduisaient le prisonnier, et tous ceux qui apprirent qu'on amenait Brutus vivant accoururent aussi : les uns prenaient en pitié son infortune, les autres le jugeaient indigne de sa gloire pour être devenu, par amour de la vie, la proie de Barbares. 5. Lorsqu'ils furent près de lui, Antoine s'arrêta, ne sachant comment il devait accueillir Brutus. Alors Lucilius, conduit devant lui, déclara avec une grande audace : « Antoine, aucun ennemi n'a pris ni ne saurait prendre Marcus Brutus. J'espère que jamais la Fortune ne pourra triompher à ce point de la vertu[219]. 6. Qu'il soit vivant, ou mort peut-être, on le trouvera digne de lui-même. Pour moi, je suis ici parce que j'ai trompé tes soldats et, pour ce mensonge, je suis prêt à subir les supplices les plus cruels. » 7. Ces paroles de Lucilius plongèrent tout le monde dans la stupeur. Antoine, se tournant vers ceux qui l'avaient amené, leur dit : « Camarades, vous êtes sans doute mécontents car vous avez l'impression d'avoir été humiliés par cette supercherie. 8. Mais sachez bien que vous avez fait là une prise meilleure que celle que vous cherchiez. Vous cherchiez un ennemi et vous nous avez amené un ami. J'en atteste les dieux, je ne sais comment j'aurais traité Brutus vivant[220], mais des hommes comme celui-ci, je souhaite les avoir pour amis plutôt que pour ennemis. » 9. Sur ces mots, il embrassa Lucilius. Il le remit alors à un de ses amis et, par la suite, il le trouva fidèle et sûr en toutes circonstances[221].

LI. 1. Brutus traversa une rivière entourée de forêts et dont les rives étaient escarpées. La nuit était déjà venue. Il n'alla pas beaucoup plus loin et s'assit dans un

---

218. Deux d'entre eux sont cités infra, LI, 2 ; Appien et Dion Cassius mentionnent d'autres noms. « Aucune autre bataille de la guerre civile ne fut aussi meurtrière pour l'aristocratie » (Syme, 1967, p. 198).
219. La confrontation de la Fortune (Tychè) et de la « vertu » (arétè) fait l'objet de fréquentes variations dans l'œuvre de Plutarque. Selon Dion Cassius (XLVII, 49, 2), Brutus aurait cité ces vers d'une tragédie perdue : « Ô vertu infortunée, tu n'es qu'un mot ; je t'ai pratiquée comme si tu étais réelle ; maintenant tu es esclave de la Fortune. »
220. Infra (LIII, 4), il traitera sa dépouille avec humanité.
221. Plutarque rappelle cette amitié dans Antoine, LXIX, 1-2 ; sur le présent épisode, voir Appien, IV, 129, 542-545.

endroit creux, surplombé par une grande falaise. Il avait près de lui un petit nombre d'officiers et d'amis. Il leva d'abord les yeux vers le ciel, qui était plein d'étoiles, et prononça deux vers dont l'un a été transcrit par Volumnius :

> Que l'auteur de ces maux, Zeus, ne t'échappe point !

Quant à l'autre vers, Volumnius dit l'avoir oublié[222]. 2. Peu après, Brutus prononça, l'un après l'autre, les noms de ses compagnons qui étaient tombés dans la bataille pour le défendre, et il gémit surtout sur la mémoire de Flavius et de Labéo : Labéo était son légat, et Flavius son préfet des ouvriers[223]. 3. Sur ces entrefaites, quelqu'un qui avait soif et qui voyait Brutus altéré comme lui, prit un casque et descendit en courant jusqu'à la rivière. On entendit alors du bruit sur l'autre rive et Volumnius partit en reconnaissance avec l'écuyer Dardanus. 4. Ils revinrent peu après et demandèrent s'il y avait à boire. Brutus répondit à Volumnius avec un sourire très éloquent : « Tout est bu, mais on va vous en apporter encore. » On envoya le même homme, mais il faillit être pris par les ennemis ; il fut blessé et ne se sauva qu'à grand-peine. 5. Comme Brutus supposait qu'il n'y avait pas eu beaucoup de morts dans la bataille, Statyllius[224] se chargea de traverser les rangs ennemis (il n'y avait pas d'autre moyen) pour aller observer le camp ; il dit qu'il élèverait une torche allumée s'il trouvait que tout allait bien là-bas, et reviendrait aussitôt le rejoindre. 6. Statyllius éleva bien la torche, dès qu'il fut arrivé dans le camp, mais on l'attendit longtemps sans le voir revenir. « Si Statyllius est vivant, dit Brutus, il reviendra ». Mais en revenant, Statyllius était tombé sur les ennemis et avait été tué.

LII. 1. La nuit avançait lorsque Brutus, qui était assis, se pencha vers Cleitos, un de ses esclaves, et lui dit quelques mots. Cleitos ne répondit pas et se mit à pleurer. Alors Brutus attira à lui l'écuyer Dardanus et lui parla en particulier. 2. Pour finir il s'adressa à Volumnius lui-même, auquel il rappela, en grec, leurs études et leurs exercices[225] ; il le pria de l'aider à tenir son épée et à enfoncer le coup. 3. Volumnius refusa et les autres firent de même. Comme quelqu'un déclarait : « Il ne faut pas rester ici : fuyons », Brutus se leva et dit : « C'est très juste : il faut fuir[226], mais pas avec les pieds. Servons-nous plutôt de nos bras. » 4. Puis, d'un air vraiment radieux, il serra la main de chacun : « Je suis très content, dit-il, de voir qu'aucun de mes amis ne m'a trahi, mais j'ai des reproches à adresser à la Fortune au nom de ma patrie. 5. Pour ma part – et je ne parle pas d'hier ni de ces derniers jours, mais d'aujour-

---

222. *Divers indices donnent à penser que Volumnius, un proche de l'entourage philosophique de Brutus, est le témoin majeur et la source essentielle, sinon unique, de ce qui suit.*
223. *Sur Antistius Labeo, voir* supra, *XII, 4-6 ; Cornélius Népos,* Atticus, *VIII, 3, cite un Caius Flavius, « proche de Brutus ».*
224. *Voir* supra, *XII, 3 et note.*
225. *Sa dernière heure venue, Brutus parle grec à un compagnon romain d'études philosophiques, puis à un Grec familier, comme lui, des exercices rhétoriques : une mort toute stoïcienne.*
226. *Ce jeu de mots, qui annonce le suicide philosophique, est fidèle au dernier dialogue avec Cassius (*supra, *XL, 6-9).*

d'hui encore – je pense être plus heureux que les vainqueurs. Je laisse une réputation de vertu que ni leurs armes ni leur argent ne pourront effacer; ils n'empêcheront pas les gens de penser que des injustes et des méchants ont tué des justes et des hommes de bien, et qu'ils exercent un pouvoir auquel ils n'ont pas droit[227].»
6. Après les avoir priés et suppliés de se sauver, il s'écarta un peu plus loin, avec deux ou trois de ses amis, notamment Straton, qui était lié avec lui depuis leurs études de rhétorique. 7. Brutus le fit avancer tout près de lui et, prenant appui des deux mains sur la garde de son épée nue, il se jeta sur elle et mourut. 8. Selon certains, ce ne fut pas Brutus, mais Straton qui, sur les nombreuses instances de Brutus, tint l'épée sous lui, en détournant les yeux; Brutus se jeta violemment dessus, se transperça la poitrine et mourut rapidement[228].

LIII. 1. Messala, qui était l'ami de Brutus, se réconcilia par la suite avec César; un jour où celui-ci avait du loisir, il lui amena ce Straton et lui dit en pleurant: «Voici, César, l'homme qui a rendu à mon cher Brutus le dernier service.» 2. César accueillit Straton et trouva en lui, dans ses différentes campagnes et au moment de la bataille d'Actium, un des Grecs de son entourage qui lui fut le plus fidèle. 3. Quant à Messala, César le loua plus tard, dit-on, de lui avoir montré tant de dévouement à Actium, alors qu'il avait été son pire ennemi à Philippes, à cause de Brutus. Messala répondit: «Je me suis toujours attaché, César, au parti le meilleur et le plus juste[229].»
4. Antoine trouva Brutus mort et fit envelopper son corps dans le plus précieux de ses manteaux de pourpre; lorsqu'il apprit par la suite que cette pourpre avait été volée, il fit tuer celui qui l'avait dérobée. Il renvoya les restes de Brutus à sa mère Servilia[230].
5. Quant à Porcia, l'épouse de Brutus, Nicolas le Philosophe et Valère Maxime[231] racontent qu'elle voulut mourir: comme aucun de ses amis ne la laissait faire, qu'ils la surveillaient et montaient bonne garde, elle tira du feu des charbons ardents, les avala, garda la bouche résolument close et mourut ainsi. 6. On cite pourtant une lettre de Brutus à ses amis, où il leur adresse des reproches et se lamente sur

---

227. *Ce retournement spirituel du sort des armes, au nom de la justice, rappelle celui opéré par Caton le Jeune.*

228. *La défaite de Philippes et la mort de Brutus marquent «la dernière bataille de l'État républicain. Désormais, il n'y aura plus que l'affrontement de despotes autour du cadavre de la liberté» (Syme, 1967, p. 198).*

229. *Cette mise en scène complaisante est très probablement tirée des* Mémoires *de Messala. L'information la plus intéressante réside dans le contact intellectuel et personnel conservé avec Straton, par-delà les aléas de la politique.*

230. *Récit plus détaillé, mais substantiellement analogue, dans* Antoine, *XXII, 6-8.*

231. *Nicolas de Damas, né en 64, que Plutarque nomme ailleurs (*Propos de table, *8, 4, 723d), a vécu à la cour d'Hérode le Grand, puis à celle d'Auguste; il est l'auteur de plusieurs ouvrages historiques. Valère Maxime est, à l'époque de Tibère, l'auteur de neuf livres de* Faits et dits mémorables, *plusieurs fois utilisés par Plutarque et mentionnés une autre fois (voir* Marcellus, *XXX, 5).*

Porcia : il écrit qu'ils n'ont pas pris soin d'elle et qu'elle s'est tuée à cause d'une maladie dont elle était affligée. 7. Nicolas a donc fait, semble-t-il, une erreur de chronologie ; cependant, ce billet, si toutefois il est authentique, permet au moins de se faire une idée de la souffrance et de l'amour de cette femme, ainsi que de la manière dont elle mourut[232].

---

232. *Plutarque se montre à la fois historien, soucieux de critique des sources (un auteur négligent, une lettre à l'authenticité douteuse) et biographe, intéressé au premier chef par la vérité des caractères, et des gestes qui en témoignent ; sur Porcia, voir* supra, *XIII, 3 ; XV, 7 ; XXIII, 2-7.*

COMPARAISON
DE DION ET DE BRUTUS

LIV. [I]. 1. Ces héros ont eu beaucoup de belles qualités et, en premier lieu, celle d'être devenus très grands malgré des débuts très modestes. Sur ce point, Dion est particulièrement remarquable : 2. il ne trouva pas de concurrent, comme ce fut le cas pour Brutus avec Cassius, homme qui, sous le rapport de la vertu et de la gloire, n'inspirait pas autant de confiance que lui, mais qui fit bien voir qu'il n'avait pas moins d'audace, d'habileté et d'énergie ; 3. quelques historiens lui attribuent même l'initiative de toute l'entreprise et affirment qu'il fut l'instigateur du complot contre César alors que Brutus ne bougeait pas. 4. Dion, lui, se procura par ses propres moyens, de toute évidence, des armes, des navires et des soldats et, de la même manière, des amis et des associés pour son entreprise. 5. Pourtant cette action et cette guerre ne lui rapportèrent même pas, comme à Brutus, de l'argent et de la puissance ; bien au contraire, il dépensa pour la guerre sa fortune personnelle et consacra à la liberté de ses concitoyens les sommes destinées à l'entretenir pendant son exil. 6. Il y a plus. Il était dangereux pour Brutus et Cassius, exilés de Rome, de rester inactifs, car ils étaient condamnés à mort et poursuivis ; ils furent donc contraints de chercher refuge dans la guerre ; ils se firent un rempart de leurs armes pour protéger leurs personnes, et ce fut plus pour eux-mêmes que pour leurs concitoyens qu'ils risquèrent leur vie. 7. Dion, lui, menait en exil une vie plus tranquille et plus douce que le tyran qui l'avait exilé ; ce fut volontairement, pour sauver la Sicile, qu'il se jeta dans un si grand danger.

LV. [II]. 1. D'ailleurs, ce n'était pas la même chose pour les Syracusains d'être délivrés de Denys et pour les Romains de l'être de César. Denys ne prenait même pas la peine de nier qu'il était un tyran et il avait empli la Sicile d'innombrables maux. 2. En revanche, si la domination de César avait causé bien des embarras à ses opposants au moment où elle s'établissait, on s'aperçut, dès qu'ils l'eurent acceptée et se furent soumis, qu'il s'agissait seulement d'un mot et d'une apparence ; il ne fit aucun acte cruel ni tyrannique ; la situation exigeait une monarchie, semble-t-il, et César lui fut donné par le dieu lui même comme un médecin très doux. 3. Aussi le peuple romain le regretta-t-il aussitôt si vivement qu'il se montra sévère et implacable pour ses meurtriers. Au contraire, ce que ses concitoyens reprochèrent le plus à Dion, ce fut d'avoir laissé Denys partir de Syracuse et de ne pas avoir détruit la tombe du tyran précédent.

LVI. [III]. 1. Si l'on considère les opérations militaires en elles-mêmes, Dion fut un général irréprochable ; il exécuta au mieux les plans qu'il avait lui-même formés ; quant aux échecs dont d'autres étaient responsables, il sut les réparer et les tourner à son avantage. 2. Brutus, lui, manqua de prudence, semble-t-il, en risquant tout dans le dernier combat, et il ne sut pas se relever après ce revers ; il renonça et

abandonna toute espérance, sans même tenter les quelques efforts qu'avait faits Pompée pour braver la Fortune; 3. pourtant, il pouvait encore largement compter sur ses armes à Philippes, et sa flotte lui assurait fermement la maîtrise de la mer. 4. Mais le plus grave reproche qu'on fait à Brutus est le suivant: après avoir été sauvé par la grâce de César, après avoir sauvé tous ceux qu'il voulait parmi ceux qui avaient été faits prisonniers avec lui, après avoir été considéré comme un ami et honoré plus que beaucoup d'autres, il tua de sa main celui qui l'avait sauvé. Un tel reproche ne peut être adressé à Dion. 5. Bien au contraire, étant le parent et l'ami de Denys, il redressait les affaires et veillait sur elles avec lui; ce ne fut que lorsqu'il eut été chassé de sa patrie, outragé en la personne de sa femme et dépouillé de ses biens qu'il se lança ouvertement dans une guerre légitime et juste.
6. Mais cet argument ne peut-il être le premier à se retourner? Ce qui fait le principal mérite de ces héros, c'est leur horreur des tyrans et leur haine pour le mal. Or ce sentiment est pur et sans mélange chez Brutus: quand il exposa sa vie pour la liberté de tous, il n'avait aucun grief privé contre César. 7. En revanche, si Dion n'avait pas eu à souffrir personnellement de Denys, il n'aurait pas fait la guerre. On le voit bien dans les lettres de Platon: il est clair qu'il abattit Denys parce qu'il avait été chassé par le tyran et non parce qu'il s'était séparé volontairement de lui. 8. Mais Brutus, qui était hostile à Pompée, devint son ami et l'adversaire de César à cause de l'intérêt public; ses haines et ses amitiés n'obéissaient qu'à une seule règle, la justice. 9. Dion, lui, redressa souvent les erreurs de Denys pour lui complaire, à l'époque où il pouvait compter sur lui; il lui fit la guerre par ressentiment, quand il eut perdu sa confiance. 10. Aussi, même ses amis ne savaient pas tous vraiment si, une fois Denys chassé, Dion ne renforcerait pas son propre pouvoir en séduisant ses concitoyens par un mot plus doux que celui de tyrannie. 11. Pour Brutus au contraire, on entendait même ses adversaires déclarer que, de tous ceux qui s'étaient ligués contre César, il était le seul à ne s'être proposé qu'un unique but, du début à la fin: rendre aux Romains la constitution de leurs ancêtres.

LVII. [IV]. 1. En dehors même de ces considérations, la lutte contre Denys ne ressemblait guère, en vérité, à la lutte contre César. 2. De tous les familiers de Denys, il n'y en avait aucun qui ne le méprisât de passer son temps à boire, à jouer aux dés et à rencontrer des femmes. 3. En revanche, s'être mis en tête de renverser César et ne pas avoir redouté l'intelligence, la puissance et la Fortune d'un homme dont le seul nom empêchait de dormir les rois des Parthes et des Indiens, c'était la marque d'une âme exceptionnelle, incapable de rien relâcher de sa fierté par peur. 4. C'est pourquoi, Dion ne se fut pas plus tôt montré en Sicile qu'il rallia contre Denys plusieurs dizaines de milliers de personnes; mais la gloire de César soutint ses amis même après sa chute, et son nom porta si haut celui qui le prit que cet enfant, dépourvu de tout, devint aussitôt le premier des Romains, comme s'il avait trouvé là, dans sa lutte contre la haine et la puissance d'Antoine, une de ces amulettes qu'on s'attache autour du cou. 5. On me dira peut-être que Dion livra de grands combats pour chasser le tyran, alors que César était nu et sans défense quand Brutus le tua, mais c'est précisément la preuve d'une habileté stratégique extrême que d'avoir pu surprendre sans garde et nu un homme entouré d'une si grande puissance. 6. Brutus ne se jeta pas sur lui à l'improviste; il n'était pas seul ou avec quelques rares compagnons quand il le tua; il avait arrêté son plan depuis longtemps, avec un grand nombre de complices. Aucun d'eux ne le trahit: avait-il d'emblée choisi les meilleurs ou, par le seul fait de les choisir, transforma-t-il en hommes de bien ceux en qui il mit sa confiance? 7. Pour Dion, ce fut le contraire: il fit une erreur de jugement en se fiant à des méchants, ou il les rendit méchants à l'usage, alors qu'ils étaient au départ des hommes de bien, ce qui, dans les deux cas, n'est pas le fait d'un homme avisé. 8. Platon lui reproche d'ailleurs d'avoir choisi des amis tels qu'ils causèrent sa perte.

LVIII. [V]. 1. Lorsque Dion succomba, personne ne se montra pour le venger. Brutus, lui, fut honoré même par les ennemis: Antoine lui fit des funérailles splendides et César lui conserva ses honneurs. 2. Il avait une statue en bronze à Médiolanum, en Gaule Cisalpine. Par la suite, César la vit: elle était fort ressemblante et d'une jolie facture, Il passa d'abord son chemin, puis s'arrêta un peu plus loin, appela les magistrats et leur dit, en présence d'un grand nombre d'auditeurs, qu'il avait pris leur cité en flagrant délit de rupture de traité, puisqu'elle gardait chez elle un ennemi. 3. Ils nièrent d'abord, comme on peut l'imaginer, et se regardèrent les uns les autres sans savoir de qui il parlait. Alors César se retourna vers la statue et demanda, les sourcils froncés: «N'est-ce pas notre ennemi qui se dresse là?» Leur trouble augmenta encore et ils gardèrent le silence. 4. Alors César sourit et félicita les Gaulois de rester fidèles à leurs amis, même dans l'infortune, et il ordonna de laisser la statue à sa place.

BIBLIOGRAPHIE

VIE DE DION

FINLEY M. I.
La Sicile antique, Paris, 1986.

MOSSÉ Cl.
La tyrannie dans la Grèce antique, Paris, 1969.

PLATON
Lettres, trad. et notes par L. Brisson, Paris, 1984, 2ᵉ éd., 1994.

VIE DE BRUTUS

BOISSIER G.
Cicéron et ses amis, Paris, 1879.

ÉTIENNE R.
Les ides de mars, Paris, 1973.

FLACELIÈRE R.
« Plutarque et l'épicurisme », *Mél. Bignone*, 1959, p. 197-215.

NICOLET CL., MICHEL A.
Cicéron, Paris, 1967 [1961].

SYME R.
La révolution romaine, tr. fr., Paris, 1967.

VOISIN J.-L.
« Tite-Live, Capoue et les Bacchanales », *MEFRA*, 96, 1984, p. 601-665.

ARTAXERXÈS

La Vie d'Artaxerxès II, qui régna de 405 à 359, est doublement étrangère aux Vies parallèles. D'une part, elle est isolée. D'autre part, elle concerne un souverain «barbare». Quelles raisons ont conduit Plutarque à entreprendre une telle biographie ? Ce ne saurait être seulement les qualités morales qu'il prête au roi des Perses. On ne voit comme explication possible que la place tenue par ce personnage dans les affaires grecques durant la première moitié du IV° siècle. C'est en effet à l'extrême fin du V° siècle que le nouveau roi dut affronter une guerre menée par son frère Cyrus à l'aide d'une armée de mercenaires recrutés en Grèce, la fameuse expédition des Dix Mille. L'Athénien Xénophon, qui y participa, a longuement narré dans l'Anabase le retour en Grèce de ces mercenaires, après l'échec et la mort de Cyrus. C'est aussi dans les premières années du règne d'Artaxerxès que se déroule la campagne du Spartiate Agésilas en Asie qui est au centre de la Vie que Plutarque a consacrée à ce roi. C'est enfin ce même Artaxerxès qui prétendit imposer aux cités grecques son arbitrage à plusieurs reprises au cours des premières décennies du IV° siècle. En ce sens, le règne d'Artaxerxès II appartient à l'histoire grecque. Mais la Vie d'Artaxerxès est aussi pour Plutarque l'occasion de décrire certaines coutumes de ces «Barbares» auxquels les Grecs étaient confrontés depuis les guerres médiques. À cet égard, aussi bien les supplices infligés par le roi à ses adversaires que les intrigues familiales de la cour de Suse offrent au biographe l'occasion d'insérer dans son récit des descriptions imagées qui donnent à cette Vie singulière son originalité.

Cl. M.

ARTAXERXÈS

I. 1. Le premier Artaxerxès, qui surpassa tous les rois de Perse par sa douceur et sa grandeur d'âme, était surnommé Longue-Main, parce qu'il avait la main droite plus grande que l'autre; il était fils de Xerxès[1]. Le second, auquel est consacré le présent écrit, fut surnommé Mnémon [«Bonne Mémoire»]; sa mère était la fille du premier Artaxerxès. 2. Darius[2] et Parysatis avaient eu quatre enfants: Artaxerxès, l'aîné, puis Cyrus, et deux autres, plus jeunes, Ostanès et Oxathrès. 3. Cyrus portait le nom de Cyrus l'Ancien, qu'on avait lui-même appelé ainsi à cause du soleil, car dans la langue des Perses le soleil se dit Cyrus[3]. 4. Artaxerxès fut d'abord appelé Arsicas; Deinon soutient qu'on le nommait Oarsès, mais Ctésias a beau avoir par ailleurs rempli ses livres d'un ramassis disparate de mythes incroyables et extravagants, il n'est pas vraisemblable qu'il ait ignoré le nom du roi à la cour duquel il vivait et qu'il soignait, ainsi que sa femme, sa mère et ses enfants[4].

II. 1. Dès son plus jeune âge, Cyrus se montra énergique et vigoureux, tandis que son frère semblait d'un naturel plus doux à tous égards et moins emporté dans ses élans. 2. Sur l'ordre de ses parents, il épousa une femme belle et bonne, et il la garda malgré leur volonté: le roi avait tué le frère de cette femme et avait l'intention de la supprimer elle aussi, mais Arsicas supplia sa mère et, à force de larmes, il obtint à grand-peine qu'on ne la ferait pas mourir et qu'on ne la séparerait pas de lui. 3. Sa mère lui préférait Cyrus qu'elle souhaitait voir régner. Lorsque leur père tomba malade, elle rappela aussitôt Cyrus du bord de la mer; il revint plein d'espoir, croyant qu'elle avait réussi à le faire désigner comme héritier du pouvoir[5]. 4. Parysatis invoquait un argument spécieux, dont s'était déjà servi Xerxès l'Ancien sur les conseils de Démarate; elle disait que Darius était encore un simple particulier quand elle avait

---

1. Il s'agit du roi qui entreprit en 480 la conquête du monde grec et échoua lorsque sa flotte fut vaincue par la flotte grecque de Salamine. Artaxerxès Ier, son fils, régna de 465 à 424. Voir Briant (1996), p. 586-605.
2. Darius II régna de 424 à 419. Voir Briant (1996), p. 605-630.
3. Le premier Cyrus fut le fondateur de l'empire perse au VIe siècle.
4. Deinon et Ctésias sont deux historiens grecs auteurs, l'un et l'autre, d'une Histoire de la Perse. Ctésias de Cnide était également médecin, et c'est à ce titre qu'il vécut à la cour d'Artaxerxès II. Deinon de Colophon appartient à la seconde moitié du IVe siècle. Il est le père de Cleitarchos, l'historien d'Alexandre. Sur les sources du règne d'Artaxerxès II, voir Briant (1996), p. 631-633.
5. Plutarque emprunte cette interprétation à l'Anabase de Xénophon, une des sources de cette première partie de la Vie. On sait que l'Athénien Xénophon participa à la guerre conduite par Cyrus le Jeune contre son frère. L'Anabase est le récit du retour des mercenaires grecs engagés par Cyrus après la défaite et la mort de celui-ci à Cunaxa.

mis au monde Arsicas, alors qu'il était roi à la naissance de Cyrus[6]. 5. Mais elle ne parvint pas à le persuader ; l'aîné fut proclamé roi et prit le nom d'Artaxerxès ; Cyrus fut nommé satrape de Lydie et stratège des provinces maritimes[7].

III. 1. Peu après la mort de Darius, le roi se rendit à Pasargades pour y recevoir des prêtres de Perse l'initiation royale[8]. 2. Il y a là le sanctuaire d'une déesse de la guerre qu'on peut assimiler à Athéna. Celui qui reçoit l'initiation doit, en entrant dans le sanctuaire, déposer son vêtement, prendre celui que portait Cyrus l'Ancien avant de devenir roi, puis manger un gâteau de figues, mâcher du térébinthe et vider une coupe de petit lait. Il existe peut-être d'autres rites, mais seuls les intéressés les connaissent. 3. Comme Artaxerxès se préparait à cette initiation, Tissapherne[9] vint le trouver ; il lui amenait un des prêtres, lequel, alors que Cyrus était enfant, avait dirigé son éducation, dans le respect des traditions, et lui avait appris l'art des mages. Cet homme devait donc être, semblait-il, plus que tout autre Perse, contrarié que Cyrus n'ait pas été désigné comme roi. C'est pourquoi on le crut quand il accusa Cyrus. 4. Il l'accusait de préparer un guet-apens dans le temple et d'avoir l'intention de se jeter sur le roi, dès que celui-ci aurait quitté son vêtement, pour le tuer. 5. Selon certains, Cyrus fut arrêté à la suite de cette dénonciation ; selon d'autres, il se rendit dans le temple et fut livré par le prêtre au moment où il se cachait. 6. On était sur le point de le mettre à mort, quand sa mère l'entoura de ses bras, l'enveloppa dans les boucles de ses cheveux et attira son cou contre le sien, en multipliant les lamentations et les prières : elle obtint sa grâce et le renvoya vers la côte. Mais au lieu de se contenter de ce gouvernement et de se souvenir de sa libération, Cyrus ne gardait en mémoire que son arrestation et, dans son ressentiment, il aspirait encore plus violemment qu'auparavant au pouvoir royal.

IV. 1. Selon certains, il se révolta contre le roi parce que les sommes qu'on lui donnait pour sa nourriture quotidienne ne lui suffisaient pas. C'est là une explication naïve car, même s'il n'avait pas eu d'autre ressource, il pouvait toujours compter sur sa mère qui lui fournissait et lui donnait sur ses propres biens tout ce qu'il voulait. 2. Mais il était riche, comme le prouvent notamment les troupes de mercenaires qu'il entretenait en de nombreux endroits par l'intermédiaire de ses amis et de ses hôtes, ainsi que Xénophon l'a rapporté[10]. 3. Il ne rassemblait pas tous ces hommes en masse,

---

6. *Allusion au conseil que Démarate, le roi spartiate en exil, aurait donné à Xerxès pour faire valoir ses droits à la succession de Darius aux dépens de son frère aîné Ariobarzane, né avant que Darius ne soit devenu roi (Hérodote,* Enquête, *VII, 3).*

7. *Les provinces maritimes étaient celles de la partie occidentale de l'Asie Mineure, en relations étroites avec les cités grecques de la côte.*

8. *Pasargades était une des capitales royales de l'empire, où se déroulait le rituel du sacre.*

9. *Ce Tissapherne, satrape d'Ionie, avait joué un rôle important dans les relations avec le monde grec. C'est auprès de lui qu'Alcibiade s'était réfugié en 411. Ce qui suit est directement emprunté à Xénophon,* Anabase, *I, 1, 3.*

10. Anabase, *I, 1, 6-11.*

car il cachait encore ses préparatifs ; il avait des recruteurs qui travaillaient partout pour lui sous des prétextes variés. Sa mère, qui vivait près du roi, dissipait les soupçons de celui-ci, et Cyrus lui-même écrivait toujours à Artaxerxès avec déférence, tantôt pour présenter quelque demande, tantôt pour accuser à son tour Tissapherne, comme si c'était ce satrape qu'il jalousait et combattait.

4. Il y avait dans la nature du roi une certaine lenteur, que la foule prenait pour de l'indulgence. Au début, il donna l'impression de vouloir rivaliser en tous points avec la douceur de son homonyme ; il se montrait particulièrement affable lorsqu'il rencontrait les gens, décernait des honneurs et des faveurs en exagérant les mérites, supprimait de toutes les punitions ce qu'elles pouvaient avoir d'humiliant ; quand il s'agissait de recevoir des cadeaux, il était aussi joyeux d'en accorder que d'en obtenir, et quand il donnait, on le voyait plein de bonne grâce et d'humanité. 5. Si petit que fût un cadeau, il l'accueillait toujours avec empressement. Ainsi, lorsqu'un certain Omisos lui apporta une grenade d'une grosseur exceptionnelle, il s'écria : « Par Mithra, si l'on confiait à cet homme une petite cité, il aurait tôt fait de l'agrandir. »

V. 1. Lorsqu'il voyageait, les gens lui apportaient toutes sortes de cadeaux. Un petit paysan, qui n'avait pas eu le temps de trouver quoi que ce soit, courut au fleuve, prit de l'eau dans ses deux mains et la lui apporta. Artaxerxès, ravi, lui envoya une coupe en or et mille dariques[11]. 2. Comme Eucleidas de Lacédémone tenait sur lui de nombreux propos pleins d'une franchise insolente, il lui fit dire par le chiliarque[12] : « Tu as le droit de dire ce que tu veux, mais ce que je veux, moi je peux le dire et le faire. » 3. Pendant une partie de chasse, Tiribaze lui fit remarquer que sa robe était déchirée. Le roi lui demanda ce qu'il devait faire. Tiribaze répondit : « Mets-en une autre et donne-moi celle-là. » Artaxerxès suivit son conseil, en ajoutant : « Je te la donne, Tiribaze, mais je t'interdis de la porter. » 4. Tiribaze n'écouta pas ; ce n'était pas un méchant homme, mais il était étourdi et insouciant ; il revêtit aussitôt ce vêtement et se para même de colliers en or appartenant aux femmes de la famille royale. Tous en furent indignés, car il n'avait pas le droit de les porter, mais le roi se mit à rire et lui dit : « Je t'autorise à porter ces bijoux, car tu es une femme, et cette robe, car tu es un fou. » 5. Nul n'avait le droit de manger à la même table que le roi sauf sa mère et sa femme légitime : cette dernière s'asseyait au-dessous de lui et sa mère au-dessus ; or Artaxerxès invita aussi ses frères cadets Ostanès et Oxathrès à s'y asseoir. 6. Mais le spectacle le plus agréable pour les Perses était de voir Stateira, son épouse[13], se faire transporter dans un char qui n'avait jamais de rideaux et permettre aux femmes du peuple de la saluer et de l'approcher. Aussi la foule chérissait-elle la reine.

---

11. La darique était une monnaie d'or à l'effigie de Darius Ier.
12. Le chiliarque était dans l'empire perse une sorte de vizir, commandant de la garde royale des Mille (Chilioï).
13. Stateira est cette femme « belle et bonne » évoquée supra, II, 2.

VI. 1. Cependant, les agitateurs et les intrigants pensaient que la situation réclamait Cyrus, en qui ils voyaient un homme au courage éclatant, habile à la guerre et fidèle à ses amis : à leur avis, la grandeur de l'empire exigeait un roi fier et ambitieux. **2.** Cyrus, qui pouvait donc compter tout autant sur les Perses du haut pays que sur ceux qui l'entouraient, se lança dans la guerre. **3.** Il écrivit aux Lacédémoniens de venir à son aide et de lui envoyer des hommes, promettant de leur donner des chevaux, s'ils étaient à pied, des chars attelés s'ils étaient à cheval, des villages s'ils possédaient des terres, et des cités s'ils avaient des villages ; quant à la solde, on ne la compterait pas, on la mesurerait[14]. **4.** Il multipliait les vantardises, affirmant qu'il avait le cœur plus valeureux que son frère, qu'il était plus instruit que lui en philosophie et dans l'art des mages[15] et qu'il savait mieux boire et tenir le vin ; quant à Artaxerxès, à l'entendre, il était si lâche et si mou qu'il ne pouvait même pas se tenir sur un cheval quand on chassait et sur son trône quand il y avait du danger. **5.** Les Lacédémoniens envoyèrent donc une scytale à Cléarchos, lui ordonnant de se mettre à l'entière disposition de Cyrus[16]. Celui-ci monta attaquer le roi à la tête d'une armée barbare nombreuse et de près de treize mille mercenaires grecs[17]. Il invoquait différents prétextes pour cette expédition, **6.** mais son véritable dessein ne resta pas longtemps caché, car Tissapherne vint en personne en porter la nouvelle au roi, ce qui provoqua une émotion considérable à la cour. On voyait en Parysatis la principale responsable du conflit, et ses amis étaient en butte aux soupçons et aux accusations. **7.** Parysatis fut particulièrement contrariée par l'attitude de Stateira qui, bouleversée par cet affrontement, lui criait : « Où sont à présent les belles promesses que tu nous as faites ? Et les prières par lesquelles tu as arraché à la mort celui qui avait conspiré contre son frère, nous entraînant dans la guerre et dans le malheur ? » **8.** Ces paroles de Stateira excitèrent la haine de Parysatis, qui était naturellement cruelle et barbare dans ses colères et ses rancunes. Elle décida de la faire disparaître. **9.** D'après Deinon, le crime fut perpétré pendant la guerre, mais Ctésias le situe plus tard et il n'est pas vraisemblable qu'il ait ignoré la date d'événements auxquels il avait assisté ; on ne peut l'accuser non plus d'avoir modi-

---

14. Cyrus, en tant que gouverneur des provinces maritimes, avait aidé financièrement les Spartiates à la fin de la guerre du Péloponnèse. C'est à ce titre qu'il réclama leur aide lorsqu'il décida d'entamer la guerre contre son frère en 402 (voir Xénophon, Helléniques, III, 1, 1). Sur la rétribution promise aux mercenaires qui le serviraient, Xénophon (Anabase, I, 9, 17-18) laisse entendre que Cyrus était prêt à donner plus que la solde normale en fonction des services rendus.

15. Les mages occupaient une place importante dans la hiérarchie de l'empire perse, comme détenteurs de la sagesse inspirée de l'enseignement de Zoroastre (Zarathoustra).

16. La scytale était le bâton autour duquel les magistrats de Sparte enroulaient les messages qu'ils voulaient transmettre secrètement. Cléarchos de Lacédémone était l'un de ceux auxquels Cyrus avait confié le recrutement de son armée de mercenaires. Mais ce n'était pas sur ordre de Sparte qu'il s'était mis au service de Cyrus. Exilé de Sparte à la suite d'une condamnation, il fut attiré par Cyrus qui lui offrit 10000 dariques pour lever une armée (Xénophon, Anabase, I, 1, 9).

17. Le chiffre de 13000 se trouve également chez Xénophon (Anabase, I, 2, 9). Mais le nom d'expédition des Dix Mille reste lié à cette aventure.

fié volontairement la chronologie dans sa relation des faits, comme cela lui arrive souvent dans son récit qui a tendance à s'éloigner de la vérité pour affabuler et dramatiser[18]. Nous laisserons donc cet événement à l'époque où il l'a situé.

VII. 1. Tandis que Cyrus avançait, des rumeurs et des informations lui parvenaient, selon lesquelles le roi avait décidé de ne pas combattre tout de suite et, peu pressé d'en venir aux mains avec lui, attendait en Perse la concentration des troupes qu'il y rassemblait de tous côtés. 2. Et, de fait, Artaxerxès qui avait pourtant fait creuser une tranchée, large et profonde de dix toises, traversant la plaine sur une longueur de quatre cents stades, laissa Cyrus dépasser cet ouvrage et avancer tout près de Babylone[19]. 3. Tiribaze fut le premier, dit-on, à oser dire au roi qu'il ne devait pas refuser le combat ni évacuer la Médie, Babylone et Suse pour se replier en Perse alors que son armée était plusieurs fois plus nombreuse que celle des ennemis et qu'il disposait d'une foule de satrapes et de généraux qui étaient supérieurs à Cyrus dans la délibération comme dans l'action. Le roi décida donc de livrer bataille le plus vite possible. 4. Dès le début[20], son apparition soudaine, à la tête de neuf cent mille hommes splendidement équipés, sema la terreur et le trouble parmi les ennemis qui, pleins d'audace et de mépris, cheminaient en désordre, sans armes : au milieu du tumulte et des cris, Cyrus eut beaucoup de mal à ranger son armée en ordre de bataille. 5. Ensuite, quand le roi fit avancer ses troupes en silence et au pas, les Grecs furent emplis d'admiration en voyant cette belle ordonnance ; ils s'attendaient, dans une si grande multitude, à des cris désordonnés, à des courses en tous sens, à beaucoup d'agitation et de dispersion. 6. De plus, Artaxerxès avait disposé fort judicieusement devant sa propre phalange, en face des Grecs, ses chars à faux[21] les plus puissants, pour rompre les rangs ennemis, avant même l'engagement, par la violence de leur charge.

VIII. 1. De nombreux auteurs ont raconté cette bataille, et Xénophon nous la met pratiquement sous les yeux, comme si l'événement n'appartenait pas au passé mais était en train de s'accomplir ; il passionne sans cesse son auditeur et lui fait vivre le danger grâce à la clarté de son récit. Ce serait folie de vouloir raconter cette bataille après lui ; on peut seulement ajouter quelques éléments dignes d'intérêt qu'il a laissés de côté. 2. L'endroit où les armées s'affrontèrent se nomme Cunaxa et se trouve à cinq cents stades de Babylone. Avant le combat, dit-on, Cléarchos supplia Cyrus de rester derrière les combattants et de ne pas risquer sa vie, mais le prince se récria : « Que dis-tu là, Cléarchos ? Tu veux que moi, qui aspire à la royauté, je me

---

18. Il est assez rare que Plutarque se livre ainsi à un commentaire de ses sources. Le jugement qu'il porte sur Ctésias réapparaît à plusieurs reprises au cours de son récit. Voir Dictionnaire, « Sources ».
19. Soit 17,76 m de largeur et de profondeur sur une longueur de 74 km. Xénophon (Anabase, I, 7, 14) donne des mesures inférieures. Cette tranchée s'étendait dans la plaine entre le Tigre et l'Euphrate. Elle avait pour but de défendre l'approche de Babylone.
20. Pour tout ce qui suit, Plutarque résume Xénophon, I, 8, 1 et suiv.
21. Ces chars à faux sont décrits par Xénophon, I, 8, 10.

montre indigne d'être roi ? » 3. Cyrus fit une grave erreur en se jetant avec impétuosité au milieu du danger, sans se garder, mais Cléarchos se trompa tout aussi lourdement, et peut-être encore plus, en refusant de placer les Grecs en face du roi et en appuyant son aile droite au fleuve pour éviter d'être encerclé. 4. S'il recherchait la sécurité à tout prix et si son but principal était de ne subir aucune perte, il aurait mieux fait de rester chez lui. Après être remonté en armes dans l'intérieur des terres, à dix mille stades de la mer alors que personne ne l'y forçait, pour établir Cyrus sur le trône royal[22], ne pas rechercher un emplacement et une position qui lui permettraient de sauver le chef qui le payait, mais examiner où il pourrait se placer pour combattre lui-même tranquillement, en toute sécurité, c'était sacrifier, par peur du danger présent, le souci de l'intérêt général et renoncer au but de l'expédition. 5. En effet, aucun des soldats placés autour du roi n'aurait supporté la charge des Grecs, ils auraient été enfoncés, le roi aurait fui ou serait mort, et Cyrus, vainqueur, aurait été sauvé et serait devenu roi : les faits le prouvent clairement. 6. Aussi faut-il attribuer à la pusillanimité de Cléarchos plus qu'à l'audace de Cyrus la ruine de l'expédition et la mort de Cyrus. 7. Si le roi avait lui-même cherché l'endroit où placer les Grecs pour les rendre le moins dangereux possible, il n'aurait rien trouvé de meilleur que le secteur qui était le plus éloigné de lui et de ceux qui l'entouraient. Ce fut à cause de cet ordre de bataille qu'Artaxerxès ne sentit pas sa défaite et que Cyrus tomba avant d'avoir pu tirer le moindre profit de la victoire de Cléarchos. 8. Et pourtant, Cyrus avait bien vu où était son intérêt, puisqu'il avait ordonné à Cléarchos de se placer au centre. Celui-ci répliqua qu'il se chargeait de tout faire pour le mieux, et il perdit tout[23].

IX. 1. En effet, alors que la victoire des Grecs sur les Barbares était aussi complète qu'ils pouvaient le souhaiter et qu'ils poussaient très loin leur poursuite, Cyrus, qui montait un cheval de race rétif et farouche nommé Pasacas, selon Ctésias, fut attaqué par le chef des Cadusiens, Artagersès[24], qui lui cria d'une voix forte : 2. « Ô toi qui déshonores le plus beau nom qui soit en Perse, celui de Cyrus, ô toi le plus injuste et le plus insensé des hommes, tu conduis ces Grecs de malheur sur une route de malheur contre les biens des Perses. Tu espères tuer celui qui est ton maître et ton frère, mais il a une foule infinie d'esclaves qui te sont infiniment supérieurs, et tu t'en rendras compte dans un instant, car tu vas perdre ici ta propre tête avant d'avoir pu voir le visage du roi. » 3. Sur ces mots, Artagersès lança sur lui un javelot. La cuirasse solide de Cyrus l'arrêta, et le prince ne fut pas blessé, même s'il chancela sous le coup violent qui s'abattit sur lui. Artagersès ayant tourné bride, Cyrus lui lança un javelot qui l'atteignit et dont la pointe pénétra le long de sa cla-

---

22. Plutarque ici se contredit en affirmant que Cléarchos avait de son plein gré parcouru 10 000 stades (environ 1 900 km), alors qu'il avait d'abord dit que le Spartiate avait agi sur ordre de sa cité (voir supra, VI, 5). Plutarque fait d'ailleurs allusion à sa condition de mercenaire.
23. Ici encore Plutarque s'inspire de Xénophon (I, 8, 12-13) qu'il reproduit presque littéralement.
24. Les Cadusiens étaient un peuple des rives de la mer Caspienne. Artagersès commandait la cavalerie royale.

vicule, lui transperçant le cou. 4. Artagersès mourut donc de la main de Cyrus, presque tous les auteurs sont d'accord sur ce point. Quant à la mort de Cyrus, comme Xénophon en a fait un récit sommaire et succinct, n'en ayant pas été témoin lui-même, rien n'empêche, sans doute, de consacrer un développement particulier au récit de Deinon puis à celui de Ctésias[25].

X. 1. Selon Deinon, dès qu'Artagersès fut tombé, Cyrus chargea violemment les soldats placés devant le roi et blessa son cheval. Artaxerxès glissa à terre, mais Tiribaze le fit remonter en hâte sur un autre cheval en lui disant : « Ô roi, souviens-toi de cette journée ; elle mérite de ne pas sombrer dans l'oubli. » Cyrus lança de nouveau son cheval contre Artaxerxès et le renversa. 2. Au troisième assaut, le roi, exaspéré, dit aux assistants : « Mieux vaut perdre la vie », et il s'élança à son tour contre Cyrus qui s'exposait aux traits ennemis avec témérité, sans se garder. Artaxerxès le frappa d'un javelot et les soldats qui l'entouraient le frappèrent aussi. 3. Cyrus s'écroula. Selon les uns, le coup fatal fut porté par le roi, mais selon d'autres, Cyrus fut atteint par un Carien auquel, en récompense de cet exploit, le roi donna le droit de porter toujours en tête de l'armée, dans les expéditions, un coq en or sur sa lance, car les Cariens étaient surnommés « les coqs » par les Perses, à cause des crêtes dont ils ornent leurs casques.

XI. 1. Quant au récit de Ctésias, que je vais largement abréger pour en donner un compte rendu succinct, voici ce qu'il en est. Après avoir tué Artagersès, Cyrus poussa son cheval contre le roi lui-même qui, de son côté, s'avança contre lui. Les deux hommes étaient silencieux. Ariaeos, l'ami de Cyrus, fut le premier à lancer un trait contre Artaxerxès, mais il ne le blessa pas. 2. Le roi lança son javelot ; il n'atteignit pas Cyrus, mais frappa mortellement Satiphernès, un homme fidèle à Cyrus et valeureux. Cyrus lança sur le roi un javelot qui traversa sa cuirasse et lui fit à la poitrine une blessure profonde de deux doigts. Sous la violence du coup, le roi tomba de cheval. 3. Ceux qui l'entouraient prirent la fuite et se débandèrent. Le roi se releva ; avec quelques compagnons, au nombre desquels se trouvait Ctésias, il gagna une colline voisine dont il ne bougea plus. Quant à Cyrus, il était enveloppé par les ennemis et la fougue de son cheval l'emportait au loin. Comme la nuit tombait déjà, les ennemis ne le reconnaissaient pas et ses amis le cherchaient. 4. Exalté par la victoire, plein de fougue et d'audace, il traversa les rangs en criant : « Écartez-vous, misérables ! » En entendant cet ordre, qu'il cria à plusieurs reprises en langue perse, la plupart des gens s'écartèrent et se prosternèrent. Mais sa tiare tomba de sa tête. 5. Alors un jeune Perse nommé Mithridatès, qui passait près de lui en courant, sans savoir qui il était, le frappa de son javelot à la tempe, près de l'œil. Un flot de sang s'échappa de la blessure : Cyrus, pris de vertige et vacillant, s'écroula. 6. Son cheval

---

25. *En effet, Xénophon (I, 8, 27) rapporte seulement que « Cyrus fut tué, et sur son cadavre tombèrent huit des principaux personnages de sa suite ». Plutarque s'attarde en revanche sur les récits de Deinon et de Ctésias, plus dramatiques et dans lesquels Artaxerxès est, sinon l'auteur, du moins l'instigateur de la mort de son frère.*

s'échappa et partit à l'aventure, mais la housse qui le couvrait tomba à terre et un serviteur de celui qui avait frappé Cyrus la ramassa, couverte de sang. 7. Cyrus se remit difficilement de cette blessure. Des eunuques qui se trouvaient là tentèrent à grand-peine de le hisser sur un autre cheval afin de le sauver. 8. Comme il était incapable d'un tel effort, il essaya d'avancer à pied : ils le soutinrent et le guidèrent, mais il laissait retomber sa tête et chancelait. Cependant, il se croyait vainqueur, car il entendait les fuyards invoquer « le roi Cyrus » et le prier de les épargner. 9. Sur ces entrefaites, des Cauniens[26] misérables et indigents, qui accompagnaient l'armée du roi pour y exécuter de basses besognes, se trouvèrent mêlés à ceux qui entouraient Cyrus. Les Cauniens les prirent d'abord pour des amis, mais ils finirent par apercevoir leurs cuirasses, qui étaient couvertes de tissus de pourpre, alors que tous les hommes du roi étaient vêtus de blanc, et ils comprirent qu'il s'agissait d'ennemis. 10. Alors, l'un d'eux osa frapper Cyrus d'un coup de javelot par-derrière sans savoir de qui il s'agissait. La veine du jarret se rompit ; Cyrus tomba, heurtant dans sa chute sa tempe blessée contre une pierre. Il en mourut. 11. Tel est du moins le récit de Ctésias, qui a bien du mal à achever son homme, comme s'il ne disposait que d'un poignard émoussé.

XII. 1. Cyrus était déjà mort quand Artasyras, l'œil du roi[27], vint à passer par là à cheval. Reconnaissant les eunuques qui se lamentaient, il interrogea le plus fidèle d'entre eux : « Quel est cet homme près de qui tu es assis, Pariscas, et que tu pleures ? » Pariscas répondit : « Ne le vois-tu pas, Artasyras ? C'est Cyrus qui est mort. » 2. Stupéfait, Artasyras engagea l'eunuque à prendre courage et à garder le corps. Lui-même se rendit en hâte auprès d'Artaxerxès qui désespérait déjà de la situation et qui était physiquement mal en point à cause de la soif et de sa blessure. Plein de joie, Artasyras lui annonça qu'il avait vu de ses yeux Cyrus mort. 3. Le roi voulut d'abord aller s'en assurer en personne et demanda à Artasyras de le conduire sur les lieux. Mais comme on ne cessait de dire avec terreur que les Grecs continuaient la poursuite et qu'ils avaient partout le dessus et l'avantage, il décida d'envoyer plusieurs hommes en reconnaissance : trente partirent avec des flambeaux. 4. L'eunuque Satibarzanès, voyant Artaxerxès presque mort de soif, courut de tous côtés lui chercher à boire, car il n'y avait pas d'eau à cet endroit et le camp était loin. 5. Il finit par rencontrer un des misérables Cauniens dont j'ai parlé, qui portait une méchante petite outre contenant à peine huit cotyles[28] d'une eau mauvaise et croupie. Satibarzanès la prit et l'apporta au roi 6. qui la vida entièrement. Comme l'eunuque lui demandait s'il ne trouvait pas cette eau trop mauvaise, Artaxerxès jura ses grands dieux qu'il n'avait jamais bu avec autant de plaisir ni du vin ni l'eau la plus légère et la plus pure. « C'est au point, dit-il, que si je ne parviens pas à retrouver et à récompenser celui qui te l'a donnée, je prie les dieux de lui accorder bonheur et richesse. »

---

26. Caunos est une ville du sud de l'Asie Mineure.
27. C'était le nom qui désignait celui ou ceux qui étaient chargés de surveiller le personnel de l'administration royale.
28. Soit un peu plus de 2 litres.

XIII. 1. Sur ces entrefaites, les trente envoyés le rejoignirent en hâte, rayonnants de joie, et lui annoncèrent son bonheur inespéré. Déjà une foule d'hommes revenait en courant se rassembler autour de lui. Artaxerxès reprit courage et descendit de la colline à la lumière d'un grand nombre de flambeaux. 2. Quand il s'arrêta près du corps, auquel, selon une loi en usage chez les Perses, on coupa la main droite et la tête, il ordonna qu'on lui remît la tête. La saisissant par les cheveux, qui étaient épais et touffus, il la montra à ceux qui hésitaient encore et qui fuyaient[29]. 3. Pleins d'étonnement, ils se prosternèrent, si bien que le roi eut bientôt auprès de lui soixante-dix mille hommes qu'il ramena dans le camp. Selon Ctésias, il avait mené à la bataille quatre cent mille hommes mais, selon Deinon et Xénophon, ses effectifs étaient beaucoup plus importants. 4. Quant au nombre des morts, Ctésias dit que les rapports faits à Artaxerxès en mentionnèrent neuf mille mais que lui-même eut l'impression qu'ils étaient au moins vingt mille. Ce point est donc contesté ; 5. en revanche, il est clair que Ctésias ment quand il déclare avoir été envoyé auprès des Grecs avec Phallynos de Zacynthos et quelques autres. 6. En effet, Xénophon savait que Ctésias vivait dans l'intimité du roi ; il fait mention de lui et, de toute évidence, il a eu connaissance de ses ouvrages. Si donc Ctésias était parti pour servir d'interprète dans des négociations si importantes, Xénophon n'aurait pas passé son nom sous silence alors qu'il nomme Phallynos de Zacynthos[30]. 7. Mais apparemment Ctésias éprouvait un amour extraordinaire pour les honneurs et un amour tout aussi grand pour les Lacédémoniens et pour Cléarchos : il se réserve donc toujours dans son récit des passages où il rappelle longuement, en termes flatteurs, l'action de Cléarchos et de Lacédémone[31].

XIV. 1. Après la bataille, le roi fit envoyer des cadeaux splendides et considérables au fils d'Artagersès, qui était mort de la main de Cyrus, et il honora également Ctésias et les autres. 2. Il retrouva le Caunien qui lui avait donné la petite outre et fit de cet homme obscur et misérable un personnage honoré et riche. 3. Il s'attacha aussi à punir les coupables. Arbacès, un Mède, avait fui auprès de Cyrus pendant la bataille puis, après la mort de celui-ci, il avait de nouveau changé de camp. Artaxerxès ne l'accusa pas de trahison ni de méchanceté mais de lâcheté et de mollesse : il le condamna à circuler sur la place publique pendant toute une journée en portant sur ses épaules une prostituée nue. 4. Un autre homme, non content d'avoir déserté, prétendait mensongèrement avoir abattu deux ennemis : le roi lui fit transpercer la langue avec trois épingles. 5. Artaxerxès pensait avoir tué Cyrus de sa main et voulait que tout le monde le crût et le dît. Il envoya donc des présents à Mithridatès, le premier qui avait frappé Cyrus, en ordonnant à ceux qui les lui

---

29. C'est aussi ce que rapporte Xénophon, I, 10, 1.

30. Xénophon (I, 8, 26-27) mentionne Ctésias comme médecin du roi, mais ne parle que de Phallynos lors des négociations entre le roi et les mercenaires grecs (II, 1, 7).

31. Que Ctésias ait prétendu avoir fait partie de la délégation envoyée par le roi auprès des mercenaires peut s'expliquer par son désir de se mettre en avant. Mais cela n'a rien à voir avec son amour pour les Spartiates et son admiration pour Cléarchos contre lequel il avait combattu.

apportaient de dire : « Le roi t'honore ainsi parce que tu as trouvé la housse du cheval de Cyrus et que tu la lui as apportée. » 6. Le Carien[32] qui avait frappé Cyrus au jarret et l'avait fait tomber réclamait lui aussi une récompense. Artaxerxès chargea ceux qui la lui apportèrent de lui dire : « Le roi te donne ceci parce que tu as été le second à lui annoncer la bonne nouvelle. Le premier a été Artasyras, et toi, après lui, tu lui as annoncé la mort de Cyrus. » 7. Mithridatès s'en alla en silence, malgré son dépit. Quant au malheureux Carien, il fut, comme bien des gens, victime de sa sottise. 8. Son bonheur présent lui fit perdre la tête, semble-t-il, et il se persuada qu'il pouvait prétendre aussitôt à une situation bien supérieure à la sienne. Il refusa donc de considérer ce qu'on lui donnait comme la récompense de la bonne nouvelle qu'il avait apportée ; plein d'indignation, il prit tout le monde à témoin, criant que c'était lui, et personne d'autre, qui avait tué Cyrus et qu'on le privait injustement de sa gloire. 9. En apprenant cela, le roi fut vivement irrité et ordonna de lui couper la tête. Mais sa mère qui était présente lui dit : « Ô roi, ce n'est pas ainsi que tu dois te débarrasser de ce funeste Carien. Il recevra de moi le juste salaire des propos qu'il ose tenir. » 10. Le roi le lui remit et Parysatis le livra aux bourreaux, leur ordonnant de le torturer pendant dix jours, puis de lui arracher les yeux et de lui couler du plomb fondu dans les oreilles jusqu'à ce que mort s'ensuive[33].

XV. 1. Peu après, Mithridatès périt lui aussi misérablement, victime de la même sottise. Invité à un dîner auquel assistaient des eunuques du roi et de sa mère, il s'y rendit paré d'un habit et de bijoux en or qu'il avait reçus du roi. 2. Quand on se mit à boire, le plus influent des eunuques de Parysatis lui dit : « Quel beau vêtement le roi t'a donné là, Mithridatès ! Et quels beaux bracelets ! Quels beaux colliers ! Et ce cimeterre, comme il est précieux ! Vraiment, le roi a fait de toi un homme heureux qui attire tous les regards. » 3. Mithridatès, qui était déjà ivre, répliqua : « Qu'est-ce que tout cela, Sparamizès ? J'ai mérité du roi ce jour-là des récompenses plus importantes et plus belles. » 4. Alors Sparamizès, avec un sourire : « Je ne suis pas jaloux, Mithridatès, mais, puisque la vérité est dans le vin, comme le disent les Grecs, dis-moi, mon bon ami, qu'y a-t-il de brillant et de remarquable à trouver une housse de cheval qui a glissé à terre et à la rapporter ? » 5. Il parlait ainsi, non qu'il ignorât la vérité, mais parce qu'il voulait obliger Mithridatès à se découvrir devant les assistants : il aiguillonnait sans en avoir l'air cet homme superficiel que le vin avait rendu bavard et incapable de se contrôler. 6. Mithridatès n'y tint plus. Il lança : « Vous pouvez parler autant que vous voulez de housse ou d'autres fariboles, mais moi, je vous déclare sans ambages que Cyrus a été tué par la main que voici. Mon coup de javelot n'a pas été vain et sans effet, comme celui d'Artagersès : j'ai manqué de peu l'œil de Cyrus, mais j'ai touché et

---

32. En XI, 10, il est question d'un Caunien, mais Caunos était une ville de Carie.
33. Il ne faut pas oublier que Cyrus était le fils préféré de Parysatis. Ce qui explique le supplice auquel elle condamne son meurtrier. Il est certain que dans tout ce passage Plutarque suit le récit de Ctésias dont il a souligné le goût pour le théâtral (voir supra, VI, 9, à propos de la mort de Stateira).

transpercé sa tempe ; je l'ai renversé et il est mort de cette blessure. » 7. Tous les assistants, prévoyant déjà la fin de Mithridatès et sa triste destinée, baissèrent les yeux vers le sol, mais celui qui leur offrait le repas déclara : « Mon bon Mithridatès, contentons-nous pour le moment de boire et de manger en adorant le *démon* du roi et laissons des sujets qui nous dépassent. »

XVI. 1. Aussitôt l'eunuque rapporta les paroles de Mithridatès à Parysatis, et celle-ci au roi qui s'indigna, comme s'il était pris en faute et se voyait privé de la plus belle et de la plus agréable part de sa victoire. 2. Il voulait en effet faire croire à tous, Barbares et Grecs, qu'au cours des assauts et de la mêlée, il avait donné et reçu un coup, qu'il avait été blessé lui-même, mais qu'il avait tué son frère. Il ordonna donc de faire mourir Mithridatès par le supplice des auges. 3. Voici de quoi il s'agit. On prend deux auges, faites pour s'ajuster l'une sur l'autre. Dans l'une, on allonge le condamné sur le dos, 4. puis on place la seconde auge sur lui, en la disposant de manière que seuls la tête, les mains et les pieds restent à l'extérieur, tout le reste du corps étant couvert. On donne à manger à l'homme et, s'il refuse d'avaler, on l'y force en lui piquant les yeux. Quand il a mangé, on lui fait boire un mélange de miel et de lait qu'on lui verse dans la bouche et qu'on répand sur son visage. 5. Ensuite, on lui tourne constamment les yeux face au soleil. Une multitude de mouches s'abat sur son visage et le couvre entièrement. 6. Comme il fait à l'intérieur de l'auge tout ce qu'on est obligé de faire quand on mange et qu'on boit, des vers et des larves se mettent à pulluler, par suite de la décomposition et de la putréfaction des excréments, puis s'introduisent dans les entrailles et dévorent le corps. 7. Quand on est sûr que l'homme est bien mort, on enlève l'auge du dessus. On voit alors la chair complètement rongée et des essaims de ces animaux qui rongent les viscères et y restent attachés. Mithridatès mit dix-sept jours à mourir ainsi, à grand-peine, en se décomposant.

XVII. 1. Parysatis avait encore une cible à atteindre, Masabatès, l'eunuque du roi, qui avait coupé la tête et la main de Cyrus[34]. 2. Comme il ne donnait sur lui aucune prise, voici comment elle manœuvra pour le perdre. 3. Entre autres talents, cette femme était particulièrement redoutable au jeu de dés ; aussi, avant la guerre, y jouait-elle souvent avec le roi. 4. Après la guerre, quand elle se fut réconciliée avec son fils, loin d'éviter ses marques d'affection, elle partagea ses divertissements et fut même dans la confidence de ses amours, qu'elle favorisait et secondait. Bref, elle ne laissait à Stateira que bien peu de temps pour voir Artaxerxès et pour être avec lui, car elle la détestait plus que personne et voulait être elle-même la plus puissante. 5. Un jour, trouvant Artaxerxès en proie à l'ennui, car il n'avait rien à faire, elle le défia à une partie de dés avec un enjeu de

---

34. Dans tout ce récit, on ne sait si l'initiative de ces supplices vient de Parysatis ou d'Artaxerxès. Plutarque semble se complaire dans la description de ces tortures (voir Dictionnaire, «Ethnographie»). Mais il ne faut pas oublier qu'il s'agit de mœurs barbares, ce que souligne aussi la présence des eunuques dans l'entourage du roi et de sa mère.

mille dariques. Elle le laissa gagner et lui versa cet or puis, feignant d'être contrariée et de souhaiter une revanche, elle lui demanda de faire une nouvelle partie en prenant un eunuque pour enjeu. Il accepta. 6. Ils arrêtèrent donc les conventions suivantes : chacun aurait le droit d'excepter ses cinq eunuques les plus dévoués mais, parmi les autres, le perdant devrait donner celui que choisirait le gagnant. Ils engagèrent la partie avec cet enjeu. 7. La reine s'appliqua beaucoup et mit tout son sérieux dans le jeu; peut-être aussi les dés la favorisèrent-ils. Elle gagna et se fit remettre Masabatès, qui ne faisait pas partie des eunuques qu'Artaxerxès avait exceptés. Sans laisser au roi le temps de soupçonner son intention, elle le remit aux bourreaux avec ordre de l'écorcher vivant, d'étendre son corps en travers sur trois pieux et de clouer sa peau à part. 8. Ces ordres furent exécutés. Comme le roi s'indignait et s'emportait violemment contre elle, Parysatis lui dit ironiquement, en riant : « Vraiment, tu es charmant et admirable, de te fâcher pour un méchant vieillard, pour un eunuque, quand moi, qui ai perdu mille dariques aux dés, je ne dis rien et je me résigne. » 9. Malgré son regret d'avoir été ainsi trompé, le roi se tint tranquille, mais Stateira, qui par ailleurs s'opposait ouvertement à Parysatis, s'irrita vivement de ce qui s'était passé, lui reprochant d'avoir fait mourir de manière cruelle et criminelle, à cause de Cyrus, des eunuques fidèles au roi.

XVIII. 1. Lorsque Tissapherne, trompant Cléarchos et les autres stratèges, viola la trêve au mépris des serments et les fit arrêter et envoyer au roi chargés de chaînes, Ctésias raconte que Cléarchos lui demanda de lui procurer un peigne[35]; 2. quand Cléarchos l'eut obtenu et qu'il eut coiffé sa chevelure, il fut si heureux de ce service qu'il donna à Ctésias son anneau comme signe de reconnaissance pour ses parents et ses proches de Lacédémone : sur le sceau de cet anneau étaient représentées des Caryatides en train de danser[36]. 3. Toujours selon Ctésias, les soldats emprisonnés avec Cléarchos lui prenaient les provisions qu'on lui envoyait, les consommaient et ne lui en laissaient que très peu : Ctésias raconte qu'il remédia aussi à cela, en s'arrangeant pour faire envoyer davantage de nourriture à Cléarchos et pour fournir aux soldats d'autres aliments à part; ces services et cette assistance auraient été possibles grâce à la sympathie de Parysatis et à son initiative. 4. Comme, en plus des autres provisions, on envoyait chaque jour du jambon à Cléarchos, celui-ci aurait fait appel à Ctésias, en lui demandant de cacher un petit poignard dans la viande, pour ne pas laisser sa fin dépendre de la cruauté du roi; mais Ctésias eut peur et refusa. 5. Ctésias rapporte encore que le roi, sur les instances de sa mère, accepta de ne pas tuer Cléarchos et s'y engagea par serment, mais qu'il changea d'avis sous l'influence de Stateira et fit tuer tous les prisonniers

---

35. Sur cette « trahison » du satrape Tissapherne, voir Xénophon, Anabase, II, 5, 31-32. Ici encore, Plutarque est tributaire du récit de Ctésias, et c'est ici aussi que se justifie ce qu'il affirmait plus haut sur l'admiration que vouait le médecin historiographe du roi aux Lacédémoniens.
36. Selon Pausanias (Description de la Grèce, III, 10, 7), c'est auprès du sanctuaire d'Artémis Caryatis que les jeunes filles de Sparte formaient des chœurs et dansaient.

sauf Ménon[37]. 6. Ce serait à la suite de cet événement que Parysatis aurait décidé la perte de Statéira et préparé son empoisonnement. Mais ces allégations de Ctésias ne sont pas vraisemblables et le mobile qu'il propose pour ce meurtre est bien absurde : ce serait pour Cléarchos, selon lui, que Parysatis aurait accompli une action aussi terrible et pris de tels risques, en osant tuer l'épouse légitime du roi, qui lui avait donné des enfants destinés à régner. 7. De toute évidence, Ctésias invente des péripéties tragiques pour honorer la mémoire de Cléarchos. Il dit également que, lorsque les stratèges eurent été exécutés, tous les cadavres furent mis en pièces par les chiens et les oiseaux, sauf celui de Cléarchos sur lequel un tourbillon de vent avait projeté une grande quantité de terre qui s'amoncela sur lui et l'ensevelit ; 8. ensuite, comme des dattes s'étaient répandues à cet endroit, il y aurait poussé, en peu de temps, un merveilleux bosquet qui l'ombragea, ce qui aurait inspiré au roi un violent repentir, car il se disait qu'en tuant Cléarchos il avait fait mourir un homme chéri des dieux.

XIX. 1. Pour en revenir à Parysatis, qui nourrissait secrètement, depuis le début, de la haine et de la jalousie contre Statéira[38], elle s'aperçut que sa propre influence ne tenait qu'au respect et à la déférence du roi, tandis que celle de Statéira était solidement affermie par l'amour et la confiance. Pour ces motifs, qu'elle jugeait de la plus haute importance, elle se risqua à préparer le meurtre. 2. Elle avait une servante dévouée, fort influente auprès d'elle, qui se nommait Gigis et qui, selon Deinon, l'aida dans cet empoisonnement, mais qui, d'après Ctésias, se contenta d'être malgré elle dans la confidence. Celui qui fournit le poison s'appelait Bélitaras, selon Ctésias, et Mélantas, selon Deinon. 3. Après les soupçons et les conflits qui les avaient précédemment opposées, les deux femmes s'étaient remises à se fréquenter et à dîner l'une avec l'autre mais, comme elles avaient peur et se tenaient sur leurs gardes, elles mangeaient les mêmes aliments, servis par les mêmes mains. 4. Or il existe en Perse un tout petit oiseau qu'il n'est pas nécessaire de vider, car ses entrailles ne contiennent que de la graisse, c'est pourquoi les Perses sont convaincus que cette créature se nourrit de vent et de rosée : on l'appelle rhyntacès. 5. Selon Ctésias, Parysatis coupa en deux un de ces oiseaux avec un petit couteau dont un côté était enduit de poison et dont l'autre avait été nettoyé par ses soins : elle porta à sa bouche la moitié intacte et inoffensive, et donna à Statéira la moitié empoisonnée. 6. Selon Deinon, ce ne fut pas Parysatis mais Mélantas qui découpa l'oiseau avec le couteau et plaça la viande empoisonnée devant Statéira. 7. Celle-ci mourut dans de grandes souffrances, avec des convulsions ; elle eut le temps de comprendre d'où venait le mal et communiqua ses soupçons au roi, qui connaissait le caractère sauvage et implacable de sa mère. 8. Il entreprit aussitôt une enquête ; il fit arrêter et torturer les esclaves et ceux qui servaient à la table de Parysatis. Celle-

---

37. *Xénophon (II, 6, 29) dit en effet que Ménon échappa à la décapitation, mais que, mutilé sur ordre du roi, il vécut encore un an misérablement.*
38. *Voir supra, VI, 8, où cette hostilité est expliquée par l'accusation portée par Statéira contre Parysatis d'être responsable de la guerre entre les deux frères.*

ci garda longtemps Gigis à l'intérieur du palais auprès d'elle et, malgré les demandes du roi, elle refusa de la lui livrer. Mais par la suite, Gigis demanda la permission de se rendre de nuit dans sa propre maison. Le roi en fut averti; il plaça des hommes en embuscade, l'enleva et la condamna à mort. 9. Voici comment on a coutume de faire mourir les empoisonneurs en Perse. On pose leur tête sur une pierre large et plate, puis, avec une autre pierre, on la frappe et on l'écrase jusqu'à ce que le visage et la tête soient réduits en bouillie. 10. Telle fut donc la mort de Gigis. Quant à Parysatis, le roi n'eut pas une parole et ne fit pas un geste contre elle; il se contenta de la reléguer à Babylone, avec son consentement, en déclarant que, tant qu'elle serait vivante, lui-même ne reverrait pas Babylone. Voilà donc ce qui se passait dans sa maison.

XX. 1. Le roi était aussi désireux de s'emparer des Grecs qui étaient montés en Asie avec Cyrus qu'il l'avait été de l'emporter sur Cyrus et de conserver son trône. Mais il n'y parvint pas. Alors qu'ils avaient perdu leur chef, Cyrus, et leurs stratèges, ils parvinrent quand même à s'échapper de l'intérieur, ou presque, du palais royal, prouvant ainsi de manière éclatante que le pouvoir des Perses et du roi se résumait à l'abondance de l'or, au luxe et aux femmes, et que tout le reste n'était qu'aveuglement et forfanterie. 2. La Grèce entière s'enhardit et se mit à mépriser les Barbares; les Lacédémoniens, notamment, jugèrent qu'il serait vraiment scandaleux de ne pas arracher maintenant à l'esclavage les Grecs installés en Asie et de ne pas mettre un terme aux humiliations que leur infligeaient les Perses. 3. Ils confièrent d'abord la guerre à Thimbron puis à Dercyllidas mais, comme ils n'obtenaient aucun résultat appréciable, ils en chargèrent le roi Agésilas[39]. Celui-ci passa en Asie où il se montra aussitôt très actif et se couvrit de gloire: il vainquit Tissapherne en bataille rangée et poussa les cités à faire sécession. 4. Ces événements firent comprendre à Artaxerxès comment il devait mener la guerre. Il envoya en Grèce Timocratès de Rhodes avec de grandes quantités d'or qu'il avait ordre de distribuer aux personnages les plus influents des cités pour les corrompre et pousser les Grecs à faire la guerre à Lacédémone. 5. Timocratès y réussit: les cités les plus importantes se liguèrent et le Péloponnèse fut bouleversé, si bien que les magistrats rappelèrent Agésilas d'Asie[40]. 6. En s'en allant, celui-ci déclara, dit-on, à ses amis: «Le roi a envoyé trente mille archers pour me chasser d'Asie», car la monnaie perse était frappée d'un archer.

XXI. 1. Artaxerxès chassa aussi les Lacédémoniens de la mer, en employant l'Athénien Conon comme stratège avec Pharnabaze. Conon séjournait à Chypre

---

39. *En réalité, le roi s'inquiétait des conséquences de la politique menée par Lysandre en Asie Mineure. D'où l'envoi en Asie d'abord de Thimbron qui recueillit les survivants de l'expédition des Dix Mille (voir Xénophon,* Anabase, *VII, 8, 24;* Helléniques, *III, 1, 6), puis de Dercyllidas (*Helléniques, *III, 1, 8) et enfin d'Agésilas (*Helléniques, *III, 4, 3).*

40. *Sur la formation de cette coalition et la mission de Timocratès de Rhodes, voir Xénophon,* Helléniques, *III, 5, 1-4. Ces cités étaient d'abord Thèbes, Argos, Corinthe et Athènes.*

depuis la bataille navale d'Aïgos Potamoï[41], non par souci de sa sécurité, mais parce qu'il attendait un retournement de situation, comme on attend en mer que le vent tourne. **2.** Voyant que ses plans exigeaient de la puissance et que la puissance du roi exigeait un homme intelligent, il envoya à Artaxerxès une lettre où il lui révélait ses intentions. **3.** Il chargea celui qui la portait de la faire passer de préférence par Zénon de Crète ou par Polycritos de Mendè (Zénon était un danseur et Polycritos un médecin) ou, s'ils n'étaient pas là, par le médecin Ctésias. **4.** On dit que ce fut Ctésias qui reçut cette lettre et qu'il ajouta au message que Conon priait le roi de lui envoyer Ctésias, le jugeant utile pour les opérations maritimes. Cependant Ctésias soutient que le roi lui confia cette charge de son propre mouvement. **5.** La victoire navale de Cnide, que le roi remporta par l'intermédiaire de Pharnabaze et de Conon, enleva aux Lacédémoniens la maîtrise de la mer et attira à lui toute la Grèce, si bien qu'il put dicter aux Grecs la fameuse paix dite «paix d'Antalcidas»[42]. **6.** Antalcidas était un Spartiate, fils de Léon; dans son zèle pour le roi, il obligea les Lacédémoniens à lui céder toutes les cités grecques d'Asie et toutes les îles proches de l'Asie, avec les tributs qu'on pouvait en tirer. La paix fut ainsi conclue avec les Grecs, s'il faut appeler paix un traité qui humiliait et trahissait la Grèce: jamais aucune guerre n'avait imposé aux vaincus des conditions aussi déshonorantes[43].

XXII. 1. Pour cette raison, Artaxerxès, qui avait toujours détesté les Spartiates et qui, selon Deinon, les considérait comme les plus impudents de tous les hommes, se montra particulièrement aimable avec Antalcidas, lorsque celui-ci monta en Perse. **2.** Un jour, au cours d'un festin, il prit une des couronnes de fleurs, la plongea dans le parfum le plus précieux et l'envoya à Antalcidas: cette attention émerveilla tous les convives. **3.** Antalcidas était d'ailleurs, semble-t-il, fait pour vivre dans le luxe et pour recevoir ce genre de couronne, lui qui avait parodié, en dansant devant des Perses, Léonidas et Callicratidas[44]. **4.** Quelqu'un, paraît-il, dit à Agésilas: «Quel mal-

---

41. La bataille d'Aïgos Potamoï en 405 avait mis fin à la guerre du Péloponnèse. Athènes vaincue avait dû accepter les dures conditions de paix exigées par les Péloponnésiens et leurs alliés. Voir Xénophon, Helléniques, *II, 1, 21 et suiv.; II, 2, 20-23. Sur la fuite de Conon à Chypre,* Helléniques, *II, 1, 29.*
42. La bataille de Cnide eut lieu en 394. Elle marque le début de la restauration de la puissance navale d'Athènes (voir Xénophon, Helléniques, *IV, 3, 11-12). En réalité, huit années s'écoulèrent avant la conclusion de la paix du roi ou paix d'Antalcidas. Entre-temps, les Spartiates s'étaient rapprochés du roi, et ce sont surtout les Athéniens et les Thébains qui étaient visés par les dispositions que rappelle Plutarque. Voir Will, Mossé, Goukowsky, 1990, p. 22-23.*
*43. Le jugement de Plutarque sur la paix du roi s'inspire davantage d'Isocrate que de Xénophon. Le premier (*Panégyrique, *175-180) dénonçait cette paix qui mettait les Grecs à la merci du roi, alors que le second (*Helléniques, *V, 1, 36) mettait surtout l'accent sur les avantages que les Lacédémoniens retireraient de la fin des hostilités.*
44. Ainsi, Antalcidas, ami du roi, révèle qu'il n'est pas digne d'être un Spartiate. Léonidas est le roi spartiate vaincu aux Thermopyles en 480 et Callicratidas, le général qui commandait la flotte spartiate à la bataille des Arginuses en 406, bataille au cours de laquelle il trouva la mort.

heur pour la Grèce de voir les Lacédémoniens prendre le parti des Mèdes!»; Agésilas répliqua: «Ne voyons-nous pas plutôt les Mèdes prendre celui des Lacédémoniens?» 5. Mais l'élégance de cette repartie n'enleva rien à la honte des faits : si les Lacédémoniens ne perdirent leur hégémonie qu'après le combat désastreux de Leuctres, la gloire de Sparte avait été ruinée auparavant par ces accords[45].
6. Tant que Sparte occupa le premier rang, Artaxerxès fit d'Antalcidas son hôte et l'appela son ami mais, lorsque les Lacédémoniens furent vaincus à Leuctres et que leur situation misérable les contraignit à demander de l'argent et à envoyer Agésilas en Égypte, Antalcidas monta trouver Artaxerxès pour le prier de les secourir[46]. 7. Mais le roi se désintéressa de lui, ne lui accorda pas la moindre attention et le jeta dehors, de sorte que, revenu chez lui, Antalcidas, méprisé par ses ennemis et redoutant même les éphores, se laissa mourir de faim.
8. Le Thébain Isménias et Pélopidas, qui avait déjà remporté la bataille de Leuctres, montèrent également trouver le roi[47]. Pélopidas ne fit rien de honteux, mais Isménias, auquel on ordonnait de se prosterner, jeta son anneau à terre devant lui, puis se pencha pour le ramasser, faisant croire ainsi qu'il se prosternait.
9. L'Athénien Timagoras envoya au roi, par l'intermédiaire du secrétaire Bélouris, un billet confidentiel[48]. Artaxerxès en fut si heureux qu'il lui donna dix mille dariques et, comme Timagoras avait besoin de lait de vache, à cause d'une maladie, il le fit suivre de quatre-vingts vaches laitières. 10. Il lui envoya aussi un lit, des couvertures, des serviteurs pour dresser ce lit, car il pensait que les Grecs n'y connaissaient rien, et des porteurs qui conduisirent jusqu'à la mer cet homme délicat. 11. Tant qu'il fut à la cour, on lui envoya des repas splendides, si bien que le frère du roi, Ostanès, lui dit un jour: «Timagoras, souviens-toi de cette table; ce n'est pas pour rien qu'on te la sert avec tant de profusion.» 12. Par ces mots, il voulait moins l'engager à se souvenir du bienfait que lui reprocher sa trahison. Timagoras fut condamné à mort par les Athéniens pour vénalité[49].

---

45. Lors de la bataille de Leuctres en 371, les Spartiates furent battus par l'armée du Thébain Épaminondas. Voir Agésilas, XXVIII, 5 et suiv. et Pélopidas, XX-XXIII. Sur ses conséquences, voir Will, Mossé, Goukowsky (1990), p. 24-26.
46. Sur l'expédition d'Agésilas en Égypte, voir Agésilas, XXXVI-XL. Il est question dans les Helléniques de Xénophon d'une ambassade d'Antalcidas, mais elle se situe à la veille de la bataille de Leuctres, bien avant le départ d'Agésilas pour l'Égypte. On sait que Plutarque ne s'embarrasse guère de chronologie.
47. Il s'agit de l'ambassade thébaine au congrès de Suse, en 367. Voir Xénophon, VII, 1, 33-38. Ce congrès avait été réuni à la demande des Thébains.
48. Timagoras était le représentant d'Athènes à ce même congrès. Il s'agissait de rétablir la paix entre Thébains d'une part, Athéniens et Lacédémoniens d'autre part.
49. En fait, si l'on en croit Xénophon (Helléniques, VII, 1, 38), c'est pour avoir fait cause commune avec Pélopidas que Timagoras fut mis en accusation par son collègue Léon. Plutarque dissimule ici le fait que ce furent les Thébains qui sollicitèrent l'intervention du roi dans les affaires grecques et qui dictèrent les conditions de la paix.

XXIII. 1. En échange de toutes les souffrances qu'il infligea aux Grecs, Artaxerxès leur procura un seul plaisir en faisant tuer Tissapherne, leur pire ennemi, le plus acharné à leur nuire. Il le fit mourir à cause des accusations que Parysatis porta contre lui[50]. 2. En effet la colère du roi contre sa mère n'avait pas duré ; il s'était réconcilié avec elle et l'avait rappelée, voyant en elle une intelligence et une fierté royales ; il n'y avait d'ailleurs plus d'obstacle entre eux, et leur entente ne risquait pas d'être troublée par des soupçons ou des chagrins. 3. Parysatis rendit désormais au roi tous les services possibles pour lui complaire et, comme elle ne critiquait rien de ce qu'il faisait, elle acquit de l'influence sur lui et obtint tout ce qu'elle voulait. Elle s'aperçut qu'il était terriblement amoureux d'Atossa, une de ses propres filles : selon certains auteurs, c'était surtout à cause de sa mère qu'il cachait cette passion et tentait de la réprimer, alors qu'il avait déjà eu des relations secrètes avec la jeune fille. 4. Quand Parysatis devina ses sentiments, elle se montra plus affectueuse qu'auparavant avec cette enfant dont elle louait devant Artaxerxès la beauté et la conduite, les déclarant d'une élévation royale. 5. Pour finir, elle lui conseilla d'épouser la jeune fille et d'en faire sa femme légitime sans s'inquiéter des opinions et des lois des Grecs[51], puisque la divinité l'avait désigné pour être lui-même auprès des Perses la loi et l'arbitre du bien et du mal. 6. Selon quelques auteurs, notamment Héraclide de Cymè[52], Artaxerxès ne se contenta pas d'épouser une de ses filles ; il s'unit également à une autre, Amestris, dont nous parlerons un peu plus bas[53]. 7. Quant à Atossa, son père l'aima tellement quand elle fut devenue sa compagne, que lorsque son corps se couvrit d'une lèpre, il n'en fut pas dégoûté le moins du monde ; il pria pour elle Héra, la seule des divinités devant laquelle il se prosternait en touchant le sol de ses mains, et il chargea ses satrapes et ses amis d'envoyer à cette déesse tant de présents que les seize stades qui se trouvaient entre son temple et le palais[54] furent remplis d'or, d'argent, de pourpre et de chevaux.

XXIV. 1. Artaxerxès voulut faire la guerre aux Égyptiens, et il en chargea Pharnabaze et Iphicratès[55], mais il échoua à cause des conflits qui opposèrent ces deux hommes. 2. Il marcha lui-même contre les Cadusiens[56] avec trois cent mille

---

50. Après avoir rappelé, en recourant aux récits de Ctésias et de Xénophon, les événements marquants du règne d'Artaxerxès, Plutarque revient en arrière, puisque la condamnation de Tissapherne a lieu en 396-395 (voir Xénophon, Helléniques, *III, 4, 25), c'est-à-dire au moment où Agésilas était en Asie.*
51. Plutarque fait ici allusion à l'inceste qu'était le mariage entre un père et sa fille, nouvel exemple de la «barbarie» des Perses.
52. On ne sait rien de cet Héraclide que Plutarque cite également dans Thémistocle, *XXVII, 1.*
53. Il est question d'Amestris infra, XXVII, 7.
54. Ce sanctuaire consacré à une divinité que les Grecs assimilaient à Héra se trouvait peut-être dans la région de Persépolis.
55. Cette expédition d'Égypte eut lieu en 373. Le stratège athénien Iphicratès commandait une armée de mercenaires au service du roi.
56. Sur cette expédition contre les Cadusiens, voir Diodore, Bibliothèque historique, *XV, 8, 5 ; 10, 1. Elle aurait eu lieu en 385.*

fantassins et dix mille cavaliers. Le pays dans lequel il entra était âpre et rude, couvert de brouillards et impropre aux semailles ; il ne nourrissait ses habitants, qui étaient belliqueux et fougueux, que de poires, de pommes et d'autres fruits sauvages. Artaxerxès se trouva donc, sans l'avoir prévu, dans une détresse et un danger très graves. 3. On ne trouvait rien à manger et on ne pouvait rien importer du dehors ; il fallut se contenter des bêtes de somme qu'on dépeça ; on pouvait à peine acheter une tête d'âne pour soixante drachmes. Même la table du roi cessa d'être approvisionnée ; il ne restait que quelques rares chevaux, les autres ayant été mangés. 4. À cette occasion, Tiribaze[57], un homme que sa bravoure avait souvent élevé au premier rang mais que sa légèreté en avait souvent fait redescendre et qui menait alors une vie misérable et méprisée, sauva le roi et son armée. 5. Les Cadusiens avaient deux rois qui campaient séparément. Tiribaze alla trouver Artaxerxès et lui expliqua ses intentions, puis il se rendit auprès de l'un des rois cadusiens tandis qu'il envoyait en secret son fils auprès de l'autre. 6. Les deux hommes trompèrent chacun l'un des deux Cadusiens, en lui disant que l'autre envoyait une ambassade à Artaxerxès afin d'obtenir pour lui seul son amitié et son alliance : « Si tu es raisonnable, disaient-ils, tu dois être le premier à rencontrer le roi ; je t'aiderai par tous les moyens. » 7. Les Cadusiens se laissèrent tous deux convaincre et, chacun croyant devancer l'autre, ils envoyèrent des ambassadeurs, l'un à Tiribaze, l'autre à son fils. 8. Comme les négociations traînaient en longueur, Tiribaze était soupçonné et calomnié auprès d'Artaxerxès qui, de son côté, se décourageait, regrettait de lui avoir fait confiance et permettait aux envieux de l'accuser. 9. Mais lorsque Tiribaze et son fils revinrent en amenant les Cadusiens, et qu'on eut conclu un traité de paix avec les deux rois, Tiribaze devint alors un grand et brillant personnage ; il repartit aux côtés du roi. Celui-ci montra à cette occasion que la lâcheté et la mollesse ne sont pas toujours engendrées par le luxe et la richesse, comme le croient la plupart des gens, mais proviennent d'une nature dépravée et vile, qui suit des opinions mauvaises. 10. Ni l'or, ni la robe royale, ni les parures, dont le corps du roi était toujours couvert et qui valaient douze mille talents[38], ne l'empêchèrent de se donner du mal et de peiner comme le premier venu. Ceint de son carquois et portant lui-même son bouclier, il marchait en tête sur des routes escarpées de montagne, ayant renoncé à son cheval, si bien qu'en voyant son ardeur et sa vigueur, les soldats avaient des ailes et se sentaient plus légers, 11. car il couvrait chaque jour une distance de plus de deux cents stades[59].

XXV. 1. On fit étape dans une résidence royale qui avait des « paradis[60] » admirables, superbement aménagés, alors que le pays alentour était nu et sans arbres. Il faisait

---

57. Tiribaze a déjà été nommé supra, V, 3-4 ; VII, 3 ; X, 1.
58. Un talent représente 6 000 drachmes.
59. 200 stades font environ 38 km. C'est ici seulement qu'est affirmé le courage d'Artaxerxès, jusque-là présenté comme un être plutôt faible et lâche (voir aussi infra, XXV, 4).
60. Ces « paradis » étaient célèbres. Voir Alcibiade, XXIV, 7 et note, et la description que fait Xénophon de celui de Cyrus le Jeune dans l'Anabase, I, 2, 7.

très froid : Artaxerxès permit aux soldats de prendre du bois dans le parc et d'abattre les arbres, sans épargner les pins et les cyprès. 2. Comme ils hésitaient à y toucher à cause de leur beauté et de leur haute taille, il saisit lui-même une hache et en frappa le plus grand et le plus beau des arbres. Alors les soldats coupèrent du bois, allumèrent de nombreux feux et passèrent une bonne nuit. 3. Cependant quand il regagna son pays, le roi avait perdu beaucoup d'hommes de valeur et presque tous ses chevaux. Se croyant méprisé à cause de sa mauvaise Fortune et de l'échec de son expédition, il se mit à soupçonner les premiers personnages de sa cour ; il en fit mourir beaucoup par colère, un plus grand nombre encore par peur. 4. En effet, la lâcheté est dans une tyrannie ce qui fait couler le plus de sang, tandis que le courage est bienveillant, doux et confiant. Pour la même raison, les animaux difficiles à domestiquer et à apprivoiser craignent le bruit et sont lâches, tandis que ceux qui ont du cœur et que leur bravoure rend plus confiants ne se dérobent pas aux caresses.

XXVI. 1. Artaxerxès était déjà avancé en âge. Il s'aperçut que ses fils se disputaient la succession devant ses amis et les personnages influents. Les gens sensés pensaient qu'il devait laisser le pouvoir à Darius, par droit d'aînesse, puisque c'était ainsi qu'il l'avait lui-même reçu. 2. Mais le plus jeune de ses fils, Ochos, qui était vif et violent, avait jusque dans le palais royal un nombre considérable de partisans et il espérait surtout gagner son père par l'intermédiaire d'Atossa, 3. qu'il courtisait, lui promettant de l'épouser et de la faire régner avec lui après la mort de leur père. Le bruit courait que, sans même attendre cette mort, il avait déjà une liaison secrète avec elle. De cela, Artaxerxès ne sut rien, 4. mais il voulut aussitôt ôter à Ochos toute espérance, pour l'empêcher de renouveler la tentative audacieuse de Cyrus et de plonger de nouveau le royaume dans les guerres et les conflits. Il proclama donc roi Darius, qui avait cinquante ans, et il lui permit de porter droite la coiffure appelée citaris[61]. 5. Or c'était l'usage en Perse que l'héritier désigné demandât une faveur et que celui qui l'avait désigné lui accordât tout ce qu'il demandait, si du moins c'était possible. Darius demanda Aspasie, une femme que Cyrus avait aimée autrefois plus qu'aucune autre et qui était alors concubine du roi[62]. Elle était phocéenne, originaire d'Ionie, née de parents libres et avait reçu une éducation honorable. 6. Un soir que Cyrus dînait, elle lui fut amenée avec d'autres femmes : celles-ci s'assirent à côté de lui, le laissèrent s'amuser avec elles, les caresser et les lutiner, en accueillant ces privautés sans déplaisir, 7. mais Aspasie resta debout près du lit en silence et, quand Cyrus l'appela, elle n'obéit pas. Comme les serviteurs voulaient la faire avancer, elle s'écria : « Il s'en repentira celui qui portera la main sur moi. » Les

---

61. *Cette coiffure est la tiare que seul le roi portait (Xénophon, II, 5, 23). Darius étant (infra, XXVIII, 1) qualifié de neaniscos, «jeune homme», on s'est demandé s'il n'y avait pas là une erreur dans le manuscrit. Mais il arrive à Plutarque de se contredire.*
62. *Plutarque évoque cette Aspasie dans* Périclès, *XXIV, 11. Ce nom lui aurait été donné par Cyrus par admiration pour celle qui avait été la compagne de Périclès. Elle est citée par Xénophon dans l'*Anabase *(I, 10, 2), qui rappelle qu'on la disait «sage et belle».*

assistants la jugèrent déplaisante et grossière, 8. mais Cyrus, ravi, se mit à rire et dit à celui qui les avait amenées : « Ne vois-tu pas maintenant que c'est la seule femme libre et pure que tu m'aies présentée ? » 9. Dès lors il commença à s'attacher à elle ; il la chérit plus que toutes les autres et lui donna le surnom de Sage. Elle fut faite prisonnière après la mort de Cyrus au combat, lorsque son camp fut pillé.

XXVII. 1. Cette demande de Darius contraria son père car les Barbares sont d'une jalousie terrible et ne tolèrent pas la licence des mœurs : ils vont jusqu'à punir de mort non seulement celui qui s'est approché d'une concubine du roi et qui l'a touchée, mais même celui qui a dépassé et frôlé en chemin les chariots qui transportent ces femmes. 2. Artaxerxès possédait Atossa, dont il avait fait sa femme par amour, au mépris de la loi, et il entretenait en outre trois cent soixante concubines d'une beauté remarquable : 3. néanmoins, lorsque Darius lui demanda Aspasie, il déclara qu'elle était libre et qu'il l'autorisait à la prendre si elle le voulait, mais qu'il ne devait pas la contraindre si elle refusait. On fit venir Aspasie et, contrairement à ce qu'espérait le roi, elle choisit Darius. Il la donna donc à son fils, car la coutume l'y obligeait, mais, peu après la lui avoir accordée, il la reprit, 4. en la désignant comme prêtresse d'Artémis d'Ecbatane, déesse que les Perses appellent Anaïtis[63] : il voulait l'obliger ainsi à rester chaste le reste de sa vie. Dans son esprit, la vengeance qu'il allait tirer ainsi de son fils n'aurait rien de cruel ; elle serait modérée et plaisante. 5. Mais Darius ne se montra pas modéré pour la subir, soit qu'il fût follement amoureux d'Aspasie, soit qu'il s'estimât offensé et bafoué par son père.
6. Tiribaze, s'apercevant de son état d'esprit, augmenta encore sa colère car il s'était trouvé dans la même situation. 7. Voici ce qui s'était passé[64]. Le roi avait plusieurs filles ; il avait promis de donner en mariage Apama à Pharnabaze, Rodogune à Orontès et Amestris à Tiribaze. 8. Il tint parole aux deux premiers, mais déçut Tiribaze en épousant lui-même Amestris. Il lui promit à la place sa fille cadette Atossa, 9. mais par la suite, il s'éprit également de cette dernière et l'épousa, comme je l'ai dit, ce qui mit un comble à l'hostilité de Tiribaze dont par ailleurs le caractère, loin d'être équilibré, était instable et emporté. 10. Pour cette raison, cet homme qui se voyait tantôt comblé des mêmes honneurs que les premiers personnages, tantôt ravalé et bafoué, ne supportait aucun de ces changements avec sérénité : quand on l'honorait, la vanité le rendait odieux ; quand on le rabaissait, au lieu d'être humble et de se tenir tranquille, il se montrait rude et arrogant.

XXVIII. 1. Tiribaze ne cessait donc d'attiser le feu. Il harcelait le jeune homme, lui répétant qu'il ne servait à rien d'avoir la citaris posée bien droite sur sa tête si l'on

---

63. Cette Anaïtis, assimilée par les Grecs à Artémis, apparaît sous le nom d'Anahita dans des inscriptions datant du règne d'Artaxerxès II. C'était, semble-t-il, une divinité de la fécondité. Mais l'assimilation à Artémis s'explique par le vœu de chasteté auquel ses prêtresses étaient astreintes.
64. On peut s'interroger sur le moment où se placent ces intrigues, probablement bien avant la désignation de Darius comme héritier.

ne cherchait pas à redresser par soi-même sa situation. «Tu es bien sot, lui disait-il, de t'imaginer qu'avec un frère qui se sert du gynécée pour s'insinuer dans les affaires[65], et un père au caractère si léger et instable, la succession t'est fermement acquise. 2. Comment croire que celui qui, pour une petite femme grecque, a pu violer la loi inviolable des Perses[66] tiendra fidèlement ses promesses quand il s'agit des intérêts les plus hauts? 3. Ce n'est pas la même chose pour Ochos de ne pas obtenir la royauté et pour toi d'en être privé. Rien n'empêchera Ochos d'être heureux en menant la vie d'un simple particulier, tandis que toi, qui a été désigné roi, tu n'as pas le choix: il te faut ou régner, ou cesser de vivre.» 4. En somme, Sophocle avait sans doute raison de dire:

> Qui conseille le mal prend un chemin rapide[67].

En effet la voie qui conduit les hommes vers l'accomplissement de leurs désirs est lisse et en pente favorable, car la plupart des gens désirent le mal faute d'avoir l'expérience et la connaissance du bien. 5. Du reste, la grandeur de l'empire et la peur qu'Ochos inspirait à Darius donnaient de solides arguments à Tiribaze; en outre, «la déesse de Chypre[68] n'était pas tout à fait innocente» du fait qu'Aspasie lui avait été enlevée.

XXIX. 1. Darius s'abandonna donc à Tiribaze. Les conjurés étaient déjà nombreux lorsqu'un eunuque dénonça au roi le complot et son plan, qu'il connaissait dans tous ses détails: ils avaient décidé de pénétrer de nuit dans la chambre d'Artaxerxès et de le tuer dans son lit. 2. Après l'avoir écouté, Artaxerxès se dit qu'il serait grave de mépriser un si grand danger et de ne pas tenir compte de cette accusation, mais plus grave encore d'y ajouter foi alors qu'il n'avait aucune preuve. 3. Voici donc ce qu'il fit. Il ordonna à l'eunuque de rester avec les conjurés et de s'attacher à leurs pas; quant à lui, il fit percer dans le mur de sa chambre, derrière le lit, une porte qu'il dissimula par une tenture. 4. Quand l'heure fut venue, au moment que lui indiqua l'eunuque, Artaxerxès attendit sur son lit. Il ne se leva pas avant d'avoir observé les visages de ses assaillants et identifié chacun d'eux avec précision. 5. Quand il les vit tirer leurs poignards et s'avancer vers lui, il souleva en hâte la tenture et se réfugia dans la pièce intérieure, dont il ferma la porte à grand bruit, en criant. 6. Les assassins, qui avaient été vus et qui n'avaient rien pu faire, gagnèrent les portes et s'enfuirent; ils dirent à Tiribaze de battre en retraite lui aussi, puisqu'il était découvert. 7. Ils se dispersèrent tous et parvinrent à s'enfuir, sauf Tiribaze qui, au moment où il fut arrêté, tua plusieurs gardes du roi; on finit par l'abattre, à grand-peine, en le frappant de loin avec un javelot.

---

65. Allusion à la cour que faisait Ochos à Atossa (voir supra, XXVI, 2-3).
66. C'est-à-dire l'habitude de satisfaire les demandes de l'héritier désigné (voir supra, XXVI, 5).
*67. Ce vers provient d'une tragédie perdue du grand poète tragique du V*ᵉ *siècle. Le commentaire de Plutarque a une tonalité platonicienne évidente: le méchant est ignorant.*
68. La déesse de Chypre est Aphrodite, déesse de l'amour. L'amour de Darius pour Atossa était un argument aussi fort que ceux qu'avait développés Tiribaze.

8. Darius fut arrêté avec ses enfants. Artaxerxès convoqua les juges royaux, mais n'assista pas lui-même aux débats : d'autres portèrent l'accusation, et il ordonna aux appariteurs de noter par écrit la sentence de chaque juge pour la lui apporter. 9. Tous prononcèrent le même jugement : ils condamnèrent Darius à mort. Les appariteurs se saisirent de lui et l'entraînèrent dans une pièce voisine, où le bourreau, qu'on avait appelé, se présenta avec le rasoir qui sert à trancher la tête aux condamnés. À la vue de Darius, il fut frappé de terreur et recula vers la porte en détournant les yeux, car il ne se sentait ni la force ni le courage de tuer le roi de sa propre main. 10. Mais du dehors, les juges le menaçaient et lui ordonnaient d'agir. Il fit donc demi-tour, saisit d'une main Darius par les cheveux, lui abaissa la tête et lui trancha la gorge avec son rasoir. 11. Cependant, selon quelques auteurs, le roi assista au procès et Darius, se voyant confondu, se jeta la face contre terre pour prier et supplier son père, mais celui-ci, dans un mouvement de colère, se leva, tira son cimeterre et l'en frappa jusqu'à ce que mort s'ensuivît ; 12. ensuite il sortit dans la cour, se prosterna devant le Soleil et déclara : « Partez dans la joie, ô Perses, et allez dire aux autres que le grand Oromasdès[69] a puni ceux qui avaient projeté un acte impie et criminel. »

XXX. 1. Telle fut donc la fin du complot. Ochos nourrissait désormais les espoirs les plus brillants et il y était encouragé par Atossa. Cependant, il craignait encore le dernier des fils légitimes d'Artaxerxès, Ariaspès, et, parmi ses bâtards, Arsamès. 2. Ariaspès était celui que les Perses voulaient voir régner, moins parce qu'il était plus âgé qu'Ochos qu'en raison de sa douceur, de sa simplicité et de son humanité. Quant à Arsamès, il passait pour un homme intelligent et Ochos se rendait compte que son père le chérissait particulièrement. 3. Il décida donc la perte de ces deux hommes. Comme il était à la fois rusé et sanguinaire, il employa sa cruauté naturelle contre Arsamès et, contre Ariaspès, sa fourberie et son habileté. 4. Il envoya en secret à Ariaspès des eunuques et des amis du roi qui lui rapportèrent, les uns après les autres, des menaces et des paroles effrayantes : son père, disaient-ils, avait décidé de le faire mourir d'une mort cruelle et ignominieuse. 5. Ils feignaient de lui faire ces rapports quotidiens sous le sceau du secret ; tantôt ils annonçaient que le roi hésitait, tantôt qu'il était sur le point d'agir. Ils le plongèrent dans une telle terreur, ils firent naître en son esprit tant d'effroi, de trouble et de désespoir qu'il se procura un poison mortel et le but pour se délivrer de la vie. 6. Lorsque le roi apprit comment il était mort, il le pleura et soupçonna la cause de ce suicide. 7. Mais il était désormais trop âgé pour pouvoir enquêter et rechercher les coupables. Il chérit encore davantage Arsamès et, de toute évidence, il avait en lui la plus grande confiance et lui parlait à cœur ouvert. 8. Aussi Ochos ne différa-t-il plus l'exécution de son projet ; il gagna Arpatès, fils de Tiribaze, et se servit de lui pour tuer Arsamès. 9. Artaxerxès était déjà si âgé qu'il était alors à la merci du moindre choc : la mort d'Arsamès le terrassa ; il n'offrit pas la moindre résistance et s'éteignit aussitôt, vaincu par le chagrin et le déses-

---

69. *Oromasdès, c'est-à-dire Ahura Mazda, le dieu suprême du panthéon iranien.*

poir. Il avait vécu quatre-vingt-quatorze ans et régné soixante-deux ans[70]. Il laissa la réputation d'un prince doux et attaché à ses sujets, surtout par comparaison avec son fils Ochos, qui surpassa tous les tyrans par sa cruauté et son goût pour le sang[71].

---

70. *En réalité, Artaxerxès II régna de 405 à 359, soit quarante-six ans.*
71. *Ochos régna de 359 à 338. Le jugement final de Plutarque sur Artaxerxès laisse un peu rêveur, après tout ce qui a été dit des supplices qu'il infligea à ses adversaires.*

BIBLIOGRAPHIE

Vie d'Artaxerxès

Briant P.
Histoire de l'empire perse de Cyrus à Alexandre,
Paris, 1996.

Will E., Mossé Cl., Goukowsky P.
*Le monde grec et l'Orient. II. Le IVe siècle et
l'époque hellénistique*, Paris, 3e éd., 1990.

ARATOS

*E*st-ce pour complaire à son ami Polycratès de Sicyone auquel elle est dédiée que Plutarque écrivit une Vie d'Aratos qui ne figure pas dans les Vies parallèles ? Cela est vraisemblable. Mais on peut supposer que Plutarque tenait aussi à rendre hommage à l'un des derniers grands hommes politiques grecs, dont il avait de plus utilisé les Mémoires pour composer la biographie du Spartiate Cléomène.

Aratos naquit vers 271/270. À l'âge de 7 ans, après l'assassinat de son père Clinias, il dut quitter Sicyone et fut envoyé à Argos où il demeura jusqu'à ce qu'il réussisse à libérer sa cité de la tyrannie de Nicoclès, l'un des successeurs de l'assassin de son père. Désormais, il allait apparaître comme le libérateur des cités grecques tombées sous la coupe de tyrans, s'inscrivant ainsi dans une lignée de héros de Plutarque, le Thébain Pélopidas, le Syracusain Dion, le Corinthien Timoléon. Mais cette action libératrice présentait par rapport aux entreprises de ces derniers une dimension supplémentaire, car la plupart de ces tyrans étaient soutenus par le roi de Macédoine, Antigone Gonatas. En rassemblant les cités libérées au sein de la Confédération achéenne, dont il allait être élu stratège une année sur deux, Aratos soustrayait ainsi à la domination macédonienne une grande partie du Péloponnèse et la puissante forteresse de l'Acrocorinthe. Mais cette politique allait se heurter à l'ambition du roi spartiate Cléomène. Ambition doublement dangereuse, car elle visait non seulement à prendre le contrôle de la Confédération achéenne, mais s'accompagnait, de plus, d'une propagande « révolutionnaire », Cléomène promettant de réaliser dans les cités qui entreraient dans son alliance des réformes comparables à celles qu'il avait imposées à Sparte, en particulier le partage égalitaire de la terre civique. Face à cette menace, Aratos allait se tourner vers la puissance contre laquelle il avait longtemps lutté, la Macédoine, en la personne du roi Antigone Doson. Renversement des alliances qui embarrasse un peu Plutarque, contraint de reconnaître à son héros une certaine faiblesse de caractère, mais qui entraîna la chute de Cléomène, suivie peu de temps après de la mort de Doson. Et c'est comme conseiller du neveu et héritier de celui-ci, Philippe V, qu'Aratos termina sa vie, assistant impuissant à l'évolution du Macédonien qui fut peut-être l'instigateur de sa mort.

Plutarque, certes, ne ménage pas ses éloges à la personne du Sicyonien. Mais son récit ne peut dissimuler le fait que, dans la Grèce du IIIe siècle, toute velléité d'indépendance était limitée par l'existence des grands États nés de l'empire d'Alexandre. Car c'est en s'appuyant d'abord sur le Lagide d'Égypte, puis sur le souverain macédonien, qu'Aratos put sauvegarder l'apparente indépendance de la Confédération achéenne. Et sa mort, en 213/212, coïncide avec l'entrée sur la scène méditerranéenne orientale d'une nouvelle puissance, Rome, qui absorbera l'une après l'autre les monarchies hellénistiques. Et d'abord celle des Antigonides de Macédoine, comme Plutarque le rappelle dans sa conclusion.

Cl. M.

ARATOS

I. 1. Il y a un vieux proverbe, Polycratès[1], dont la formulation choquante a fait peur, semble-t-il, au philosophe Chrysippe : au lieu de le citer tel qu'il est, il l'a transformé de la manière suivante, qu'il jugeait préférable :

> Qui, sauf un fils heureux, pourra louer son père ?

2. Mais Dionysodoros de Trézène[2] le corrige et rétablit le texte authentique, qui est celui-ci :

> Qui, sauf un malheureux, pourra louer son père ?

Selon lui, ce proverbe est destiné à fermer la bouche à ceux qui, ne valant rien par eux-mêmes, se parent des vertus de certains de leurs ancêtres, dont ils exagèrent les mérites dans leurs éloges. **3.** Mais, à coup sûr, un homme en qui l'on voit, selon l'expression de Pindare,

> Par nature éclater la valeur de ses pères[3],

comme c'est ton cas, toi qui conformes ta vie aux plus beaux modèles issus de ta maison, cet homme doit éprouver du bonheur à se souvenir des plus grands héros de sa famille, à écouter sans cesse parler d'eux et à en parler lui-même. **4.** En effet, loin de vouloir, faute de mérites personnels, faire dépendre sa gloire de louanges décernées à d'autres, on rattache ses propres actions à celles de ses ancêtres, qu'on célèbre à la fois comme les auteurs de sa famille et comme les guides de sa vie. **5.** Voilà pourquoi, pour ma part, j'ai composé à ton intention et je t'envoie la *Vie* d'Aratos, ton concitoyen et ton aïeul, dont tu n'es indigne ni par ta réputation ni par ton influence. Certes, je n'ignore pas que tu t'es appliqué dès ta jeunesse à connaître les actions de ce grand homme de la manière la plus précise possible, mais je souhaite que tes enfants, Polycratès et Pythoclès, soient élevés au milieu de ces exemples familiaux, en écoutant et en lisant le récit de ce qu'ils doivent imiter. **6.** Car c'est être épris de soi-même et non du bien que de se croire toujours le plus parfait de tous.

---

1. Ce Polycratès est sans doute le Sicyonien qui apparaît dans les Propos de table, *667 E et dans* Sur les oracles de la Pythie, *409 B. Chrysippe est le philosophe stoïcien, successeur de Zénon à la tête de l'École du Portique. Il vécut de 280 à 206 (voir Dictionnaire, «Stoïcisme»).*
2. Dionysodoros de Trézène est un grammairien alexandrin du IIIe siècle.
3. Le vers est emprunté à la Huitième Pythique, *v. 43, de Pindare, le célèbre poète lyrique du Ve siècle.*

II. 1. Dès que la cité de Sicyone abandonna la pure aristocratie dorienne[4], comme une harmonie qui aurait été brouillée, pour être en butte aux dissensions et aux ambitions des démagogues, elle ne cessa d'être malade, troublée et de passer d'un tyran à l'autre, jusqu'au moment où, après le meurtre de Cléon, elle choisit pour magistrats Timocleidas et Clinias, les plus illustres et les plus influents des citoyens. 2. Mais, alors que le régime semblait déjà avoir quelque solidité, Timocleidas mourut et Abantidas, fils de Paséas, qui voulait s'emparer de la tyrannie, assassina Clinias dont il chassa ou fit mourir les amis et les proches[5]. Il essaya même de tuer son fils Aratos, qui était resté orphelin à sept ans, 3. mais, dans le désordre de la maison, l'enfant s'était échappé avec ceux qui fuyaient. Il errait dans la cité, effrayé et sans secours, lorsqu'il entra par hasard, sans être vu, dans la maison d'une femme qui était la sœur d'Abantidas et qui avait épousé Prophantos, le frère de Clinias ; elle se nommait Sosô. 4. Elle avait le cœur généreux : pensant que c'était avec l'appui d'un dieu que ce petit enfant s'était réfugié auprès d'elle, elle le cacha dans sa maison puis l'envoya de nuit, secrètement, à Argos.

III. 1. Aratos fut ainsi dérobé au danger et parvint à s'enfuir. Il conçut aussitôt et nourrit une haine violente et ardente contre les tyrans. Il fut élevé à Argos chez des hôtes et des amis de son père, qui lui donnèrent une éducation libérale. Voyant son corps se développer en force et en taille, il s'appliqua si bien aux exercices de la palestre qu'il concourut pour le pentathlon[6] et remporta des couronnes. 2. On reconnaît d'ailleurs dans ses statues, de toute évidence, l'allure d'un athlète ; l'intelligence du visage et son caractère royal ne masquent pas entièrement le gros mangeur qui maniait la pioche[7]. 3. Aussi consacra-t-il peut-être à l'éloquence moins de soin qu'il ne convenait à un homme politique ; cependant, sa parole était vraisemblablement plus élégante qu'on ne le croit parfois, en se fondant sur les *Mémoires*[8] qu'il a laissés après ses luttes : cet ouvrage a été écrit en passant, au pied levé, avec les premiers mots venus.

---

4. C'est au VIe siècle que le tyran Clisthène de Sicyone, le grand-père du fondateur de la démocratie athénienne, mena, aux dires d'Hérodote, une politique antidorienne en affublant de noms grotesques les trois tribus entre lesquelles se répartissaient les fondateurs de la cité. Plutarque se livre donc à un survol rapide de l'histoire de Sicyone puisque la tyrannie de Cléon doit se placer dans les premières décennies du IIIe siècle.
5. Le meurtre de Clinias aurait eu lieu en 264, ce qui ferait naître Aratos en 271. Sur les problèmes posés par cette date, voir Aymard (1967), p. 47, note 1.
6. Le pentathlon comportait, comme son nom l'indique, cinq épreuves : le saut, le lancer du javelot, le lancer du disque, la course à pied et la lutte.
7. À propos de la statue d'Aratos, voir infra, *XIV, 3-4. Les athlètes avaient la réputation d'être de gros mangeurs. Quant à la pioche, elle est fréquemment représentée sur les vases peints où figurent des scènes de gymnase.*
8. Les Mémoires *d'Aratos sont une des principales sources de Plutarque, non seulement pour cette* Vie, *mais également pour la* Vie de Cléomène. *Voir Dictionnaire, « Sources ».*

4. Le temps passa. Abantidas avait l'habitude d'assister sur l'agora à chacun des entretiens de Deinias avec le dialecticien Aristotélès[9] et de participer à leurs débats; ils l'entraînèrent dans une dispute de ce genre, l'attirèrent dans un guet-apens et le tuèrent. Paséas, père d'Abantidas, s'empara du pouvoir, mais Nicoclès l'assassina par traîtrise et se proclama tyran. 5. Ce Nicoclès ressemblait physiquement, dit-on, à Périandre, fils de Cypsélos, de manière aussi frappante que le Perse Orontès à Alcméon, fils d'Amphiaraos, ou qu'à Hector, ce jeune Lacédémonien qui, comme le raconte Myrsilos, fut piétiné par la foule des curieux quand ils apprirent cette ressemblance[10].

IV. 1. Nicoclès exerçait la tyrannie depuis quatre mois: il avait fait beaucoup de mal à la cité et avait failli perdre le pouvoir à cause des manœuvres des Étoliens. Aratos, qui était alors adolescent, jouissait déjà d'un prestige éclatant, à cause de sa noblesse et de sa fierté: on ne voyait en lui aucune mesquinerie, aucune indolence, mais une gravité tempérée d'une intelligence très sûre, exceptionnelle pour son âge. 2. Aussi les exilés tournaient-ils surtout les yeux vers lui. Quant à Nicoclès, loin de négliger ce qu'il faisait, il le faisait surveiller secrètement et observait toutes ses entreprises. Il ne redoutait pas de le voir se lancer dans une tentative aussi audacieuse et aussi risquée, mais il le soupçonnait de s'entretenir avec les rois, amis et hôtes de son père. 3. Et de fait, Aratos avait réellement tenté de s'engager dans cette voie[11]. Mais comme Antigone, malgré ses promesses, ne se souciait guère de lui et laissait le temps passer, et que les espoirs qu'on pouvait fonder sur l'Égypte et le secours de Ptolémée étaient bien lointains, il décida de renverser le tyran par ses propres moyens.

V. 1. Aratos communiqua d'abord ses intentions à Aristomachos et à Ecdélos[12]: le premier était un exilé de Sicyone et Ecdélos un Arcadien de Mégalopolis, philosophe et homme d'action, qui avait fréquenté l'Académicien Arcésilas à Athènes. 2. Ils l'accueillirent avec enthousiasme. Alors, il s'en ouvrit aux autres exilés: quelques-uns, qui auraient eu honte d'abandonner l'espoir, se joignirent à l'entreprise mais la plupart tentèrent même de l'empêcher d'agir, déclarant que sa hardiesse venait de son inexpérience. 3. Comme il réfléchissait aux moyens de s'emparer de quelque place forte, sur le territoire de Sicyone, pour en faire sa base

---

9. Il se peut que ce Deinias et cet Aristotélès soient les Argiens cités infra, *XXIX, 5 et XLIV, 2.*
10. Périandre, fils de Cypsélos, fut tyran de Corinthe au VIe *siècle. Myrsilos de Lesbos vivait au III*[e] *siècle. Amphiaraos est l'un des héros qui prirent part à l'expédition des Sept contre Thèbes. Son fils Alcméon commanda la seconde expédition contre la ville. Quant à Hector, c'est le valeureux chef troyen, fils de Priam.*
11. C'est-à-dire vers 250 (ou 254), selon la chronologie adoptée. Voir supra, *II, 2. Les rois en question sont nommés ensuite. Il s'agit d'Antigone Gonatas, roi de Macédoine, et de Ptolémée II Philadelphe, roi d'Égypte. On entrevoit l'importance des relations avec les souverains hellénistiques dans la vie des cités grecques.*
12. Ecdélos de Mégalopolis est cité dans Philopoemen, *I, 3-4, comme disciple d'Arcésilas, le philosophe qui dirigea l'Académie platonicienne vers le milieu du III*[e] *siècle, et comme libérateur de la cité.*

d'opération dans sa lutte contre le tyran, un Sicyonien arriva à Argos. Il s'était évadé de prison ; c'était le frère de Xénoclès, un des exilés. Xénoclès le présenta à Aratos auquel il dit que le rempart, à l'endroit où il l'avait franchi pour s'échapper, était, à l'intérieur, presque de plain-pied avec la ville, à côté de hautes falaises, et que de l'extérieur il n'était pas impossible de l'escalader avec des échelles. 4. À la suite de ce rapport, Aratos envoya avec Xénoclès deux de ses serviteurs, Seuthas et Technon, pour observer le rempart. Il avait décidé de risquer en une seule fois, s'il pouvait, le tout pour le tout, en agissant secrètement et rapidement, plutôt que de se lancer dans une longue guerre et de combattre ouvertement le tyran, lui, un simple particulier. 5. Quand Xénoclès et les esclaves revinrent, après avoir mesuré la hauteur du mur, ils lui rapportèrent que la configuration naturelle du lieu ne comportait rien d'inaccessible ni de difficile, mais qu'il était malaisé d'en approcher sans être découvert, à cause des chiens d'un jardinier, qui étaient de petite taille, mais extraordinairement agressifs et impossibles à faire taire. Aratos passa aussitôt à l'action.

VI. 1. Se procurer des armes était une pratique courante car, à cette époque, tout le monde, pour ainsi dire, se livrait au brigandage et faisait des incursions chez ses voisins. Quant aux échelles, le charpentier Euphranor les fabriqua sans se cacher, son métier le mettant à l'abri des soupçons, bien qu'il fût lui-même un des exilés[13]. 2. Les amis qu'Aratos avait dans Argos lui fournirent chacun dix hommes sur le peu de serviteurs qu'ils avaient, et il arma trente des siens. Il prit aussi à sa solde un petit nombre de mercenaires, par l'intermédiaire des chefs de bande Protos et Xénophilos, répandant parmi eux le bruit qu'on allait faire une incursion sur le territoire de Sicyone pour enlever les juments du roi[14]. La plupart furent envoyés en avant, par petits groupes, à la tour de Polygnote, avec ordre de l'y attendre. 3. Caphisias fut également envoyé en éclaireur, en tenue de voyage, avec quatre compagnons : ils étaient chargés d'entrer de nuit chez le jardinier, en prétendant être des voyageurs, de s'installer chez lui et de l'enfermer, ainsi que ses chiens, car il n'y avait pas d'autre manière de passer. Quant aux échelles, qui étaient démontées, ils les mirent dans des paniers, au fond desquels ils les cachèrent et ils les expédièrent à l'avance sur des chariots. 4. Là-dessus, des espions de Nicoclès se montrèrent à Argos : ils circulaient secrètement partout, disait-on, et observaient Aratos. Celui-ci sortit au point du jour et se montra sur l'agora où il bavarda avec ses amis ; ensuite il se fit frotter d'huile au gymnase puis, au sortir de la palestre, il prit avec lui quelques-uns des jeunes gens qui avaient l'habitude de boire et de flâner avec lui et les conduisit chez lui. Un peu plus tard, on vit paraître sur l'agora certains de ses serviteurs : l'un portait des couronnes, l'autre achetait des flambeaux, un autre entrait en conversation avec les filles qui ont l'habitude de jouer de la lyre et de l'aulos au cours des banquets. 5. Voyant tout cela, les espions se laissè-

---

13. Cette description de la situation du monde grec et singulièrement du Péloponnèse vers le milieu du IIIe siècle se retrouve chez Polybe (Histoires, IV, 3, 1).
14. Sans doute s'agit-il d'un haras où le roi Antigone faisait élever des chevaux pour son armée. La tour de Polygnote est citée de nouveau infra en VII, 1. Elle devait se trouver sur la route d'Argos à Sicyone.

rent abuser et se dirent les uns aux autres en riant : « En vérité, il n'y a rien de plus craintif qu'un tyran puisque Nicoclès lui-même, maître d'une si grande cité et d'une armée si nombreuse, tremble devant un petit jeune homme qui gaspille en plaisirs et en beuveries, sans même attendre la nuit, les sommes destinées à sa subsistance pendant l'exil. »

VII. 1. Sur ce faux raisonnement, ils repartirent. Aussitôt après le déjeuner, Aratos sortit, rejoignit ses soldats devant la tour de Polygnote et les conduisit à Némée. Là, il dévoila son projet pour la première fois à la plupart d'entre eux, en leur adressant des promesses et des encouragements. 2. Il leur donna pour mot d'ordre « Apollon Hyperdexios[15] », et les conduisit à Sicyone. Il se régla sur le mouvement de la lune, pressant d'abord la marche, puis ralentissant, pour profiter de la clarté de l'astre pendant le chemin et arriver au jardin, près du rempart, au moment de son coucher. 3. Là, Caphisias vint à sa rencontre. Il n'avait pu s'emparer des petits chiens, qui s'étaient échappés trop vite, mais il avait enfermé le jardinier. La plupart des hommes, découragés, pensaient qu'il fallait repartir, mais Aratos les rassura, promettant de les ramener en arrière si les chiens devenaient trop gênants. 4. En même temps, il envoya en avant, sous la conduite d'Ecdélos et de Mnasithéos, ceux qui portaient les échelles, et les suivit lui-même en prenant son temps. Aussitôt les petits chiens se mirent à aboyer à pleine voix et à courir après Ecdélos et ses compagnons. Ceux-ci parvinrent pourtant au rempart, contre lequel ils dressèrent sans encombre leurs échelles. 5. Pendant que les premiers montaient, l'officier qui devait transmettre à un autre la garde du matin fit sa ronde avec une clochette, accompagné de soldats qui portaient de nombreuses lumières et faisaient grand bruit. Ecdélos et ses compagnons se tapirent sur leurs échelles sans bouger et parvinrent facilement à échapper à leurs regards. Mais la garde montante arriva en sens opposé et ils se trouvèrent en grand danger. 6. Cependant, elle passa elle aussi sans les voir. Aussitôt Mnasithéos et Ecdélos escaladèrent les premiers la muraille, s'emparèrent des deux côtés du chemin de ronde et envoyèrent Technon à Aratos, pour lui demander de se hâter.

VIII. 1. La distance n'était pas longue du jardin au rempart et à la tour dans laquelle un grand chien de chasse montait la garde. L'animal ne s'aperçut pas de l'approche d'Aratos, soit qu'il fût naturellement paresseux, soit qu'il se fût trop dépensé pendant le jour. Mais comme les petits chiens du jardinier l'appelaient d'en bas, il poussa d'abord un grondement sourd et indistinct, puis donna davantage de la voix quand les hommes passèrent. 2. Bientôt des aboiements incessants retentirent dans tout le voisinage, de sorte que la sentinelle qui était postée de l'autre côté demanda à grands cris au maître du chien contre qui sa bête aboyait si fort et s'il ne se passait rien d'anormal. 3. L'autre répondit de la tour qu'il n'y avait rien à craindre et que son chien avait été excité par les lumières de la ronde et par le bruit de la clo-

---

15. *« Très secourable »*, cette épiclèse d'Apollon (nom ajouté à un autre, qualificatif) était sans doute caractéristique du culte du dieu à Sicyone.

chette. Cette réponse encouragea vivement les soldats d'Aratos; ils crurent que le maître du chien les cachait parce qu'il était complice et qu'ils avaient dans la cité beaucoup d'autres partisans. 4. Mais, quand ils s'approchèrent du rempart, ils se trouvèrent en grand danger: l'ascension traînait en longueur, car les échelles risquaient de plier s'ils ne montaient pas un à un, lentement. Or le temps pressait; les coqs chantaient déjà et les paysans qui apportaient leurs denrées au marché allaient bientôt arriver. 5. Aratos se hâta donc de monter; quarante de ses hommes l'avaient précédé. Il attendit encore quelques-uns de ceux qui étaient en bas, puis il se dirigea vers la maison du tyran et le quartier général, car c'était là que les mercenaires passaient la nuit. Il tomba soudain sur eux et les arrêta tous, sans en tuer un seul. Il envoya aussitôt dire à chacun de ses amis de sortir de leurs maisons. 6. Ils accoururent de toutes parts. Le jour commençait déjà à poindre; le théâtre était plein d'une foule de gens qui étaient encore inquiets devant la rumeur incertaine et qui ne savaient rien de précis sur ce qui se passait[16]. Enfin le héraut s'avança et proclama qu'Aratos, fils de Clinias, appelait les citoyens à la liberté.

IX. 1. Alors, persuadés que l'événement qu'ils attendaient depuis longtemps était arrivé, ils se précipitèrent en foule vers la demeure du tyran pour y mettre le feu. Quand elle s'embrasa, les flammes s'élevèrent si haut qu'on put les voir jusqu'à Corinthe et que les Corinthiens, étonnés, faillirent se porter au secours des Sicyoniens[17]. 2. Nicoclès parvint à se glisser dans un souterrain sans être vu et à s'enfuir de la cité. Les soldats, après avoir éteint l'incendie avec l'aide des habitants, pillèrent sa demeure. Aratos ne les en empêcha pas et il partagea entre les citoyens ce qui restait des richesses des tyrans. 3. Il n'y eut pas un seul mort ni un seul blessé parmi les assaillants ni parmi les ennemis: la Fortune garda cet événement pur, sans le souiller du sang des citoyens.
4. Aratos rappela les exilés qui avaient été bannis par Nicoclès (ils étaient quatre-vingts) et ceux qui avaient été chassés sous les tyrans précédents: ils n'étaient pas moins de cinq cents et leur exil avait duré près de cinquante ans. 5. Comme la plupart de ceux qui revenaient étaient pauvres, ils voulurent rentrer en possession des biens qui leur avaient appartenu autrefois[18]. En revendiquant leurs terres et leurs maisons, ils plongèrent Aratos dans un terrible embarras: la cité, il le voyait bien, était menacée de l'extérieur par Antigone, qui la jalousait à cause de sa liberté, et en même temps, elle se plongeait elle-même dans le trouble et la sédition. 6. Il adopta donc le meilleur parti possible, étant donné les circonstances: il la rattacha aux Achéens. Comme les Sicyoniens étaient doriens, ils adoptèrent volontiers le nom et le régime politique des Achéens qui n'avaient pas alors beaucoup d'éclat ni une grande influence. La plupart d'entre eux appartenaient à de

---

16. *Le théâtre servait dans de nombreuses cités de lieu de réunion de l'assemblée.*
17. *26 km séparent Sicyone de Corinthe, dont la citadelle était alors aux mains d'Antigone.*
18. *C'était là une situation fréquente dans le monde grec de l'époque: le retour des bannis s'accompagnait du difficile problème de la restitution de leurs biens. Antigone était alors sans doute à Corinthe.*

petites cités[19]; les terres qu'ils possédaient n'étaient ni bonnes ni vastes; leur littoral était dépourvu de port et, en de nombreux endroits, la mer se lançait à travers les brisants à l'assaut du continent. 7. Mais ils firent bien voir que la force grecque était invincible, toutes les fois qu'elle agissait dans l'ordre, d'une volonté unanime, et qu'elle avait un chef avisé. Ils n'étaient rien, ou presque, à peine une infime parcelle de la puissance grecque d'autrefois; pris tous ensemble, ils ne valaient pas une seule des cités de quelque importance de ce temps-là, et pourtant, par leur bonne volonté, par leur entente, parce qu'au lieu de jalouser celui que sa valeur mettait au premier rang, ils acceptaient de lui obéir et de le suivre, non seulement ils restèrent libres au milieu de cités, de puissances et de tyrannies si considérables, mais ils ne cessèrent de libérer et de sauver le plus grand nombre possible des autres Grecs.

X. 1. Le caractère d'Aratos faisait de lui un homme politique : il était généreux, plus soucieux des intérêts publics que des siens propres, violemment hostile aux tyrans, et il réglait toujours ses haines et ses amitiés sur l'utilité générale. 2. Pour cette raison, il fut semble-t-il, moins scrupuleux comme ami que clément et doux comme ennemi ; la politique le faisait passer d'une attitude à l'autre en fonction des circonstances. D'une seule voix, les peuples unanimes, la communauté des cités, le conseil et le théâtre déclaraient qu'il n'était épris que du bien et que s'il se montrait timide et craintif, dans la guerre et les combats qui se livraient au grand jour, il était en revanche particulièrement habile pour cacher ses intentions et pour s'emparer secrètement des cités et des tyrans. 3. Pour cette raison, semble-t-il, alors qu'il remporta beaucoup de succès inespérés quand il se montra audacieux, il essuya tout autant d'échecs par excès de prudence, dans des circonstances où la réussite était possible. 4. Il existe des animaux qui voient clair dans l'obscurité et qui sont aveugles pendant le jour, parce que leurs yeux sont secs et que la couche humide qui les recouvre est trop fine pour supporter le contact de la lumière. Un tel phénomène, apparemment, n'est pas seulement vrai pour les animaux : chez l'homme aussi, il y a une forme d'habileté et d'intelligence qui a naturellement tendance à se troubler quand il faut agir au grand jour, en public, mais qui retrouve de l'assurance dans les entreprises secrètes et cachées. 5. Chez les natures bien douées, ces variations proviennent de l'insuffisance de la réflexion philosophique : leur vertu ressemble à un fruit qui vient spontanément, sans avoir été cultivé ; la science n'y a pas de part. C'est ce qu'il nous faut vérifier par des exemples[20].

---

19. *La Confédération achéenne s'était formée au IVe siècle. Elle n'était alors qu'un rassemblement de petites cités autour du sanctuaire fédéral d'Aïgion. Plutarque s'inspire ici étroitement des réflexions de l'historien achéen Polybe (II, 38, 2 et suiv.), l'un des plus grands historiens grecs, qui vécut au IIe siècle avant J.-C (voir Dictionnaire). La Confédération, sous la conduite d'Aratos, allait en effet devenir l'une des principales puissances du monde grec dans la seconde moitié du IIIe siècle.*
20. *On retrouve ici le fidèle de la pensée de Platon, qui tient la valeur physique pour insuffisante si elle ne s'accompagne pas de la connaissance, fruit d'une éducation philosophique.*

XI. 1. Quand Aratos se fut associé, lui et sa cité, avec les Achéens, il participa dans la cavalerie à leurs expéditions militaires. Il se fit aimer des chefs pour sa docilité : lui qui avait apporté de tels gages à la cause commune – sa propre renommée et la puissance de sa patrie –, il se mit, comme le premier venu, à la disposition de chacun de ceux qui, tour à tour, furent stratèges[21] des Achéens, des hommes originaires de Dymè, de Tritaia ou de cités plus petites encore. 2. Il reçut du roi vingt-cinq talents en cadeau[22]. Il les accepta et les consacra à secourir ses concitoyens dans le besoin et notamment à racheter les prisonniers.

XII. 1. Comme les anciens exilés ne voulaient rien entendre et ne cessaient d'importuner ceux qui détenaient à présent leurs biens, la cité risquait une guerre civile. Aratos, ne voyant plus d'espoir que dans la générosité de Ptolémée, décida d'embarquer pour demander à ce roi de l'argent afin de réconcilier ses concitoyens. 2. Il prit donc la mer à Méthonè, au-dessus du cap Malée[23], croyant faire la traversée d'une traite. Mais la violence du vent et la houle qui déferlait du large forcèrent le pilote à s'abandonner aux flots et à s'écarter de sa route ; il gagna à grand-peine Hydria, une cité ennemie, 3. au pouvoir d'Antigone qui y avait une garnison. Aratos se hâta de débarquer avant d'y arriver : abandonnant le navire, il s'éloigna de la mer, accompagné d'un seul de ses amis, Timanthès. Ils se réfugièrent dans une contrée boisée où ils passèrent une nuit pénible. 4. Peu après, le commandant de la place survint, à la recherche d'Aratos, mais il se laissa abuser par les serviteurs de celui-ci qui avaient ordre de dire qu'il s'était enfui aussitôt et s'était embarqué pour l'Eubée. Le commandant déclara que la cargaison, le navire et les esclaves étaient des prises de guerre et confisqua le tout. 5. Quelques jours plus tard, Aratos fut, dans sa détresse, favorisé par la Fortune : un navire romain fit relâche près de l'endroit où il passait son temps à scruter la mer du haut d'un observatoire ou à se tenir caché. Le navire se rendait en Syrie ; il embarqua, après avoir persuadé le pilote de le transporter jusqu'en Carie[24]. Cette traversée fut tout aussi dangereuse que la première. 6. De Carie, il mit longtemps pour arriver en Égypte. Là, il trouva le roi bien disposé à son égard, car il lui avait fait sa cour en lui envoyant de Grèce des dessins et des tableaux ; comme Aratos avait un goût raffiné en ce domaine, il rassemblait et achetait toujours des œuvres des maîtres les plus remarquables, surtout de Pamphilos et de Mélanthos[25], et il les lui faisait parvenir.

---

21. *Le stratège, principal magistrat de la Confédération, était élu chaque année et pouvait être originaire de l'une ou l'autre des cités qui faisaient partie du coïnon des Achéens.*
22. *Le roi en question est selon toute vraisemblance Antigone Gonatas.*
23. *Le cap Malée se trouve à l'extrémité méridionale de la Laconie. Il était tenu pour particulièrement redoutable par les marins. Hydria est peut-être l'île d'Hydra au sud de l'Argolide.*
24. *On comprend mal pourquoi Aratos voulait débarquer en Carie plutôt qu'en Syrie. Il est vrai que cette dernière région était aux mains de Séleucos alors en guerre contre Ptolémée. Voir Will (1979), p. 234 et suiv.*
25. *Pamphilos de Sicyone fut un peintre réputé au IVe siècle, de même que son disciple Mélanthos.*

XIII. 1. Le renom de l'école de Sicyone et de son excellente peinture était encore florissant: elle était la seule, pensait-on, qui gardait à la beauté un éclat inaltérable. Ce fut au point que le célèbre Apelle, déjà fort admiré, s'y rendit et paya un talent pour assister aux leçons de ces maîtres, dans le désir de s'associer à leur gloire plus encore qu'à leur art[26]. 2. Quand Aratos, aussitôt après avoir libéré la cité, détruisit les portraits des tyrans, il hésita longtemps devant celui d'Aristratos[27], dont l'apogée datait de l'époque de Philippe, car ce tableau qui représentait Aristratos debout sur un char de victoire était une œuvre de l'atelier de Mélanthos, et Apelle y avait collaboré, comme l'a raconté Polémon le Périégète[28]. 3. Le travail en était si admirable qu'Aratos se laissa fléchir par la perfection de cet art; puis, repris par sa haine des tyrans, il ordonna de le détruire. 4. Alors, dit-on, le peintre Néalcès, qui était son ami, le supplia en pleurant d'épargner ce tableau; comme il ne parvenait pas à le convaincre, il dit qu'il fallait faire la guerre aux tyrans et non à leurs portraits. «Laissons donc, dit-il, le char et la Victoire; quant à Aristratos, je m'arrangerai, si tu veux, pour le faire disparaître du tableau.» 5. Aratos lui confia donc cette besogne. Néalcès effaça Aristratos et peignit à la place une simple palme, sans oser rien ajouter d'autre. Mais il oublia, dit-on, les pieds d'Aristratos sous le char, alors que le personnage lui-même avait été effacé.
6. Ces envois avaient valu à Aratos l'affection du roi et celui-ci, en faisant sa connaissance, s'attacha encore davantage à lui. Il offrit à sa cité cent cinquante talents. Aratos en prit aussitôt quarante avec lui et embarqua pour le Péloponnèse; le roi lui envoya le reste par la suite, en plusieurs versements.

XIV. 1. Aratos avait accompli un grand exploit, en procurant de telles sommes à ses concitoyens, alors que d'autres stratèges et des démagogues, auxquels les rois donnaient beaucoup moins, trompaient leur patrie, l'asservissaient et la leur livraient. Mais plus noble encore fut l'emploi qu'il fit de cet argent pour réconcilier les pauvres avec les riches, rétablir la concorde entre eux et assurer le salut et la sécurité de tout le peuple. Enfin, la modération de cet homme, qui était investi d'un tel pouvoir, fut admirable. 2. Nommé médiateur avec pleins pouvoirs pour régler la situation des exilés, il ne voulut pas agir seul et s'adjoignit quinze citoyens avec lesquels, au prix de grands efforts et de longues négociations, il parvint à établir l'amitié et la paix entre ses concitoyens[29]. 3. En reconnaissance, non seulement tous les citoyens lui décernèrent à titre officiel les honneurs qu'il méritait, mais en outre les exilés, en leur nom personnel, lui élevèrent une statue de bronze avec cette inscription, en vers élégiaques:

---

26. *Apelle est le plus célèbre peintre grec du IV*[e] *siècle. Contemporain d'Alexandre, il en fut le portraitiste mais son œuvre a conplètement disparu. Voir* Alexandre, *IV, 3.*
27. *Ce tyran est cité par Démosthène,* Sur la Couronne, *48, 295.*
28. *Polémon le Périégète vécut au II*[e] *siècle.*
29. *Ces informations, que Plutarque tire sans doute des* Mémoires d'Aratos, *sont révélatrices des problèmes qui se posent alors dans les cités grecques et qui devaient prendre à Sparte un caractère révolutionnaire sous le règne de Cléomène.*

> 4. Les desseins du héros, les combats qu'il livra,
> La lutte qu'il soutint pour défendre la Grèce,
> Sont parvenus jusqu'aux colonnes d'Héraclès,
> Et nous qui te devons le retour, Aratos,
> Pour louer ta vertu, pour louer ta justice
> Nous avons en ce lieu érigé ta statue,
> Offerte aux dieux sauveurs, ô toi notre sauveur,
> Toi qui pour ta patrie as su réaliser
> L'égalité du peuple et de divines lois.

XV. 1. En agissant ainsi, Aratos s'était élevé par ses bienfaits au-dessus de l'envie de ses concitoyens. Le roi Antigone en fut contrarié ; il voulut soit le gagner entièrement à son amitié, soit le calomnier auprès de Ptolémée[30]. Il lui prodiguait toutes sortes d'attentions, qu'Aratos ne recherchait pas du tout : ainsi, un jour à Corinthe, comme il sacrifiait aux dieux, il lui envoya à Sicyone des portions des victimes. 2. Au cours du dîner[31], auquel prenaient part de nombreux convives, il dit devant tout le monde, d'une voix forte : « Je croyais que ce jeune Sicyonien avait seulement une nature généreuse et de l'amour pour ses concitoyens ; mais il est aussi, apparemment, fort bon juge de la vie et de la conduite des rois. 3. Auparavant, il nous regardait de haut car il tournait ses espérances au-dehors et admirait la richesse de l'Égypte, dont il entendait vanter les éléphants, les flottes et la cour ; mais à présent qu'il est allé dans les coulisses et qu'il a vu que tout ce qui se passe là-bas n'est que décor de théâtre et mise en scène, il s'est entièrement rallié à nous[32]. J'accueille donc moi-même ce jeune homme : j'ai l'intention de l'employer en toute occasion et je vous demande de le considérer comme un Ami[33]. » 4. Les envieux et les méchants prirent prétexte de ces propos et écrivirent à Ptolémée, en multipliant à l'envi les accusations contre Aratos : ce fut au point que Ptolémée envoya quelqu'un lui faire des reproches. 5. Tant l'amitié des rois et des tyrans, si disputée et cible de désirs si brûlants, se mêlait de jalousie et de malveillance.

XVI. 1. Quand Aratos fut élu stratège pour la première fois par les Achéens, il ravagea la Locride et la Calydonie, en face de l'Achaïe. Il se porta avec dix mille soldats au secours des Béotiens, mais il arriva après la bataille : ceux-ci furent vaincus à Chéronée, où tombèrent le béotarque Abaiocritos et mille de ses hommes[34].

---

30. Antigone avait déjà cherché à s'attirer les bonnes grâces d'Aratos (voir supra, XI, 2). La Grèce représentait, en effet, pour les souverains hellénistiques, une position stratégique de première importance, ce qui explique la rivalité entre Lagides et Antigonides pour s'attacher les principales cités.
31. Il s'agit du banquet qui suit le sacrifice. Les fêtes seraient celles de l'Isthme en l'honneur de Poséidon.
32. Plutarque revient à plusieurs reprises sur cette différence entre les rois lagides et antigonides, comme si les uns et les autres n'étaient pas des Macédoniens.
33. Sur l'institution hellénistique des Amis (Philoï), qui formaient le conseil permanent du roi, dans les dynasties qui ont régné en Asie après la mort d'Alexandre, voir Savalli-Lestrade (1998).
34. Cette première stratégie d'Aratos date de 245-244. Sur l'alliance des Achéens et des Béotiens contre la menace étolienne, voir Will (1979), p. 320-321. Sur Chéronée, voir Dictionnaire.

2. Un an plus tard, étant de nouveau stratège[35], il s'engagea dans l'affaire de l'Acrocorinthe, non dans le seul souci des Sicyoniens ou des Achéens, mais parce que la garnison macédonienne qu'il avait l'intention de chasser de là exerçait sa tyrannie sur la Grèce tout entière. 3. L'Athénien Charès[36], après avoir été vainqueur dans une bataille contre les stratèges du Grand Roi, écrivit au peuple athénien qu'il avait remporté une victoire « sœur de celle de Marathon ». 4. On ne se tromperait pas en disant, de la même manière, que l'entreprise d'Aratos était « sœur » de celle du Thébain Pélopidas et de l'Athénien Thrasybule quand ils firent périr les tyrans, avec cette différence qu'Aratos ne s'attaquait pas à des Grecs, mais à une puissance étrangère et intruse[37]. 5. L'isthme de Corinthe, qui sépare les deux mers, réunit et relie notre continent au Péloponnèse ; si l'Acrocorinthe, ce site montagneux qui s'élève au milieu de la Grèce, est occupée par une garnison, elle contrôle et bloque toute activité en deçà de l'Isthme : communications, passages, expéditions, transactions sur terre et sur mer. 6. Celui qui tient la place avec une garnison devient maître absolu de tout. Philippe le Jeune[38] ne plaisantait donc pas, semble-t-il, mais il était dans le vrai quand il répétait si souvent que la cité de Corinthe « tenait la Grèce pieds et poings liés ».

XVII. 1. Tous les rois et tous les princes se disputaient donc la possession de cette place. Antigone notamment la convoitait avec une passion qui n'avait rien à envier à l'amour le plus fou ; toutes ses pensées n'avaient qu'un seul objet : trouver le moyen d'enlever la citadelle par ruse à ceux qui l'occupaient, puisqu'il ne pouvait espérer s'en emparer en attaquant ouvertement[39]. 2. Alexandros, qui en était le maître, mourut, empoisonné sur son ordre dit-on, mais la veuve de ce dernier, Nicaia, prit le contrôle des affaires et de la citadelle. Antigone lui envoya aussitôt son propre fils, Démétrios, en lui faisant miroiter le doux espoir d'épouser un roi et de vivre avec un jeune homme qui ne pouvait déplaire à une femme vieillissante. Il parvint ainsi à la circonvenir, en se servant de son fils comme de n'importe quel autre appât pour l'attirer. 3. Mais, loin d'abandonner la citadelle, Nicaia la maintenait sous bonne garde. Antigone feignit de n'y attacher aucune importance et offrit

---

35. En réalité, on ne pouvait être stratège deux années consécutives (voir infra, XXIV, 5) : c'est donc en 243-242 qu'Aratos fut réélu stratège des Achéens. L'Acrocorinthe était la citadelle de Corinthe.
36. Charès, célèbre stratège athénien et chef de mercenaires, avait loué ses services au satrape Artabaze, révolté contre le Grand Roi, et vaincu les armées de ce dernier en 356.
37. Sur la libération de Thèbes par Pélopidas, voir Pélopidas, *VII-XIV, où Plutarque compare l'action du Thébain à celle de l'Athénien Thrasybule, libérant Athènes de la tyrannie des Trente, en 403 (Xénophon,* Helléniques, *II, 4, 2 et suiv.). La « puissance étrangère et intruse » est la Macédoine.*
38. Il s'agit de Philippe V, roi de Macédoine de 220 à 173. D'après Polybe (XVIII, 11, 4-5), il désignait de la même manière, outre Corinthe, Chalcis et Démétrias.
39. L'Acrocorinthe avait longtemps été entre les mains d'Antigone qui en avait confié la garde à son frère Cratère. C'est seulement la révolte d'Alexandros, fils de Cratère, contre son oncle qui priva Antigone de cette position importante. Sur ces événements et leurs conséquences, voir Will (1979), p. 324-325.

des sacrifices à Corinthe en l'honneur de ce mariage : il donnait chaque jour des spectacles et des banquets, comme si, emporté par le plaisir et par la bonne rumeur, il ne pensait qu'à s'amuser et à prendre du bon temps. 4. Le moment venu, comme Amoïbeus devait chanter au théâtre, il accompagna lui-même Nicaia à la représentation dans une litière aux ornements royaux. Elle était ravie de cet honneur et bien loin de pressentir ce qui allait se passer. 5. Au moment où la route croisa un chemin de traverse qui montait à l'acropole, Antigone ordonna aux porteurs de conduire Nicaia avant lui au théâtre, et lui-même, sans plus se soucier d'Amoïbeus ni du mariage, il s'élança vers l'Acrocorinthe avec une rapidité surprenante pour son âge. Trouvant la porte fermée, il la frappa de son bâton, en ordonnant d'ouvrir. Ceux qui se trouvaient à l'intérieur, frappés d'effroi, obéirent. 6. S'étant ainsi emparé de la place, il ne put se contenir : dans l'excès de sa joie, il se mit à boire et à folâtrer dans les ruelles, puis, couvert de couronnes, il traversa l'agora en compagnie de joueuses d'aulos ; ce vieillard, qui avait connu de si grands retournements de situation, s'en alla faire la fête, en saluant et en apostrophant les passants[40]. 7. Tant il est vrai que, plus encore que le chagrin et la crainte, la joie secoue violemment l'âme quand elle n'est pas accompagnée par la raison.

XVIII. 1. Après s'être emparé de l'Acrocorinthe comme je viens de le dire, Antigone la fit garder par ceux auxquels il se fiait le plus, et il mit à leur tête le philosophe Persaios[41]. 2. Aratos avait déjà songé à cette entreprise du vivant d'Alexandros, mais lorsqu'une alliance était intervenue entre celui-ci et les Achéens[42], il y avait renoncé. Il reprit alors son projet, en profitant de la circonstance suivante. 3. Il y avait à Corinthe quatre frères d'origine syrienne, dont l'un, nommé Dioclès, était mercenaire dans la citadelle. 4. Les trois autres, ayant volé de l'or au roi, se rendirent à Sicyone auprès d'un banquier nommé Égias qu'Aratos employait pour ses affaires. Ils déposèrent aussitôt chez lui une partie de l'or et l'un d'eux, Erginos, revint régulièrement, pour changer le reste peu à peu[43]. 5. Il devint ainsi le familier du banquier. Un jour que celui-ci avait amené la conversation sur la citadelle, Erginos lui dit qu'en y montant pour aller voir son frère, il avait aperçu le long de la falaise une faille oblique qui conduisait à un endroit où le rempart était particulièrement bas. 6. Égias lui dit en plaisantant : « Alors, mon bon ami, vous mettez à mal les richesses du roi pour en tirer si peu d'or[44] alors que vous pourriez vendre très cher une heure de votre temps. Les perce-murailles et les traîtres, s'ils sont pris, ne risquent-ils pas une seule et même peine, la mort ? » 7. Erginos se mit à rire

---

40. Antigone Gonatas était le fils de Démétrios Poliorcète auquel Plutarque a consacré une Vie. C'est en effet difficilement qu'il avait réussi à s'emparer de la Macédoine que son fils dut reconquérir.
41. Persaios de Cition était un philosophe stoïcien qu'Antigone avait fait venir à sa cour.
42. Cette alliance avec Alexandros aurait précédé le voyage d'Aratos en Égypte (voir supra, XII-XIII).
43. On a là une indication précieuse sur ce qu'était l'activité principale des banquiers : ils recevaient des dépôts et faisaient le change des monnaies. Erginos changeait chez Égias l'or qu'il avait dérobé au trésor royal contre des monnaies d'argent.
44. Sens conjectural, le texte étant douteux.

et il promit alors de sonder Dioclès, car il n'avait pas une totale confiance en ses autres frères. Quelques jours plus tard, il revint et s'engagea à conduire Aratos à un endroit où le rempart n'avait pas plus de quinze pieds de haut[45], et à le seconder avec Dioclès pour le reste des opérations.

XIX. 1. Aratos promit de leur donner soixante talents s'il réussissait et, s'il échouait mais parvenait à se sauver avec eux, une maison et un talent à chacun des deux. 2. Les soixante talents destinés à Erginos et à son frère devaient être déposés chez Égias; Aratos ne les avait pas et il ne voulait pas, en les empruntant, faire soupçonner son entreprise à quiconque: il prit donc la plupart de ses coupes et les bijoux de sa femme et les mit en gage chez Égias pour garantir la somme[46]. 3. Tant son âme était élevée et tel était son amour du beau! Sachant que Phocion et Épaminondas[47] avaient été considérés comme les plus justes et les meilleurs des Grecs parce qu'ils avaient repoussé de grands présents et refusé de sacrifier l'honneur à l'argent, il choisit de dépenser sa fortune en secret et d'avancer les fonds destinés à une entreprise dans laquelle il s'exposait seul pour tous ses concitoyens qui ne savaient même pas ce qui se passait. 4. Qui n'admirerait une telle grandeur d'âme? Qui, maintenant encore, ne prendrait fait et cause pour ce héros? Il achetait très cher le droit de courir un danger si grand et mettait en gage les biens que l'on considère comme les plus précieux pour se faire conduire de nuit auprès des ennemis et combattre en risquant sa vie, sans recevoir, lui, d'autre gage que l'espoir d'accomplir une belle action.

XX. 1. L'entreprise, déjà dangereuse en elle-même, le devint encore davantage à cause d'une méprise initiale due à l'ignorance. 2. Technon, un serviteur d'Aratos, avait été envoyé pour inspecter le rempart avec Dioclès[48], qu'il n'avait jamais rencontré auparavant. Il pensait s'être fait une idée de sa figure et de son aspect grâce au signalement qu'Erginos lui en avait donné: cheveux crépus, peau sombre, menton imberbe. 3. Arrivé au lieu du rendez-vous, pensant qu'Erginos arriverait avec Dioclès, il attendit devant la cité au lieu-dit Ornis [«Oiseau»]. 4. Or sur ces entrefaites, un frère d'Erginos et de Dioclès nommé Denys vint à passer par là, avant eux: il ne savait rien de l'affaire et n'était pas dans la confidence. Comme il ressemblait à Dioclès, Technon, frappé de la similitude avec le signalement qu'on lui avait donné, lui demanda s'il avait quelque lien avec Erginos. 5. L'autre répondit qu'il était son frère. Alors Technon, absolument convaincu qu'il parlait à Dioclès, sans lui demander son nom, sans attendre aucune autre preuve, lui tendit la main droite et se mit à parler du marché conclu avec Erginos et à lui poser des questions.

---

45. *La muraille, à cet endroit, mesurait donc un peu moins de 4,5 m de haut.*
46. *Nouvel exemple de la fonction principale de la banque d'Égias. Mais ici, il se fait également prêteur, puisqu'il prend en gage les coupes et les bijoux de la femme d'Aratos.*
47. *Sur le peu d'intérêt pour l'argent du Thébain Épaminondas, voir* Philopoemen, *III, 2. Sur Phocion, le stratège athénien du IVe siècle dont Plutarque a composé la biographie, voir* Phocion, *XVIII, 1-5; XXI, 3-4; XXX, 1-5.*
48. *Le Syrien Dioclès est identifiable par son physique, caractéristique d'un Oriental.*

6. Denys, tirant habilement parti de cette méprise, se déclara d'accord sur tout puis, rebroussant chemin, il l'entraîna insensiblement en direction de la cité, tout en bavardant sans éveiller ses soupçons. 7. Comme ils se rapprochaient et que Denys s'apprêtait à se saisir de Technon, un nouveau hasard fit qu'ils croisèrent Erginos. Celui-ci, comprenant la tromperie et le danger, fit signe à Technon de s'enfuir. Tous deux coururent rejoindre Aratos et parvinrent à se sauver. 8. Aratos ne renonça pas pour autant aux espoirs qu'il avait formés. Il envoya aussitôt Erginos porter de l'or à Denys pour acheter son silence. Erginos s'acquitta de sa mission et fit même plus: il revint avec Denys. 9. Quand celui-ci fut là, au lieu de le laisser repartir, ils le ligotèrent et l'enfermèrent dans une petite pièce. Puis ils se préparèrent à exécuter leur dessein.

XXI. 1. Lorsque tout fut prêt, Aratos ordonna au reste de ses troupes de passer la nuit en armes. Prenant avec lui quatre cents soldats d'élite qui, à de rares exceptions près, ne savaient pas ce qui se préparait, il les conduisit aux portes de Corinthe en longeant le temple d'Héra. 2. On était alors au plus fort de l'été; la lune était pleine, la nuit sans nuages et claire, ce qui leur fit craindre d'être repérés par les sentinelles, car les armes brillaient à la clarté de la lune. Mais au moment où les premiers soldats approchaient déjà, des nuages s'élevèrent de la mer, couvrirent la cité et ses environs et les plongèrent dans l'obscurité[49]. 3. Alors les hommes s'assirent pour ôter leurs chaussures, car pieds nus, on fait moins de bruit et on ne risque pas de glisser en montant aux échelles. Erginos, prenant avec lui sept jeunes gens vêtus en voyageurs, s'approcha de la porte sans attirer l'attention: ils tuèrent le chef de poste et les gardes qui étaient avec lui. 4. Pendant ce temps, on appliquait les échelles et Aratos faisait monter en hâte cent hommes, ordonnant aux autres de les rejoindre le plus vite possible. Les échelles retirées, il traversa Corinthe avec ses cent hommes pour gagner la citadelle; il se réjouissait déjà parce qu'on ne l'avait pas vu et qu'il croyait le succès assuré. 5. Cependant, une patrouille de quatre hommes qui portaient une lanterne s'avança d'assez loin dans leur direction: la patrouille ne les apercevait pas, car ils n'étaient pas éclairés par la lune, mais ils la voyaient s'avancer droit sur eux. 6. Ils reculèrent un peu derrière des murets et des maisons et se mirent en embuscade, puis se lancèrent à l'attaque: ils tuèrent trois hommes, mais le quatrième, frappé d'un coup d'épée à la tête, parvint à s'enfuir en criant: «Les ennemis sont dans nos murs!» 7. Quelques instants plus tard, les trompettes sonnaient l'alarme, et la cité était sur pied pour parer au danger: les ruelles se remplissaient de gens qui couraient en tous sens, tandis que de nombreuses lumières se mettaient à briller, d'abord en bas, puis en haut dans la citadelle. De toutes parts, des cris confus déchiraient le silence.

XXII. 1. Cependant, Aratos continuait obstinément sa marche le long de la falaise escarpée. Il avança d'abord lentement et péniblement: il ne se repérait pas et s'était

---

49. La prise de l'Acrocorinthe par Aratos aurait eu lieu dans l'été 243. Tout le récit qui suit est emprunté par Plutarque aux Mémoires d'Aratos.

égaré, car le sentier était entièrement caché par les escarpements de la roche, qui le plongeait dans l'ombre, et il faisait bien des lacets et des détours avant de parvenir au rempart. 2. Mais ensuite, comme par miracle, dit-on, la lune brilla à travers les nuages et lui découvrit la partie la plus difficile de la route, jusqu'au moment où il atteignit le rempart à l'endroit voulu. Alors les nuages se rapprochèrent; l'ombre revint et le dissimula. 3. Quant aux trois cents soldats qu'il avait laissés dehors devant les portes, près du temple d'Héra, ils entrèrent dans la cité, qui était pleine de tumulte et de lumière, mais ils ne purent repérer le sentier ni retrouver la trace de ceux qui les avaient précédés. Ils se blottirent tous dans une cavité de la falaise dont l'ombre les dissimulait, se serrèrent les uns contre les autres et attendirent là, pleins d'angoisse et d'inquiétude 4. car, de la citadelle, les ennemis lançaient déjà des projectiles sur Aratos et sur les siens et engageaient le combat contre eux: des cris de guerre parvenaient en bas, ainsi qu'une clameur confuse, répétée par l'écho des montagnes, sans qu'on pût savoir où elle avait pris naissance. 5. Comme ils se demandaient de quel côté se tourner, Archélaos, le chef des troupes du roi, monta avec de nombreux soldats, au milieu des clameurs et des appels des trompettes, pour attaquer Aratos. Il passa devant les trois cents. 6. Ceux-ci, comme s'ils s'étaient placés là en embuscade, se dressèrent, se jetèrent sur lui et tuèrent les premiers qu'ils rencontrèrent; ils effrayèrent les autres ainsi qu'Archélaos, les forcèrent à faire demi-tour et les poursuivirent, les obligeant à se disperser et à se débander à travers la cité. 7. Ils venaient à peine de remporter cette victoire quand Erginos arriva, envoyé par ceux qui combattaient en haut. Il annonçait qu'Aratos avait engagé le corps à corps avec les ennemis qui se défendaient vigoureusement, qu'un rude combat se livrait autour du rempart lui-même et qu'il avait besoin de renforts rapides. 8. Ils lui demandèrent de les conduire au plus vite et, tout en montant, ils signalaient leur approche par des cris pour encourager leurs amis. La pleine lune faisait briller leurs armes qui paraissaient, en raison de la longueur du chemin, plus nombreuses aux ennemis, tandis que les échos de la nuit qui répercutaient les cris de guerre faisaient croire à une troupe beaucoup plus importante. 9. Pour finir, les deux groupes, joignant leurs efforts, repoussèrent les ennemis, se rendirent maîtres de la citadelle et s'emparèrent de la garnison au moment où déjà le jour commençait à poindre. Aussitôt le soleil éclaira leur exploit. Le reste de l'armée d'Aratos arriva de Sicyone; les Corinthiens s'empressèrent de lui ouvrir les portes et aidèrent à arrêter les hommes du roi.

XXIII. 1. Quand tout sembla tranquille, Aratos descendit de la citadelle au théâtre, où affluait une foule immense, impatiente de le voir et d'entendre ce qu'il allait dire aux Corinthiens. 2. Il plaça les Achéens aux deux entrées de la scène et lui-même, venant du fond, s'avança jusqu'au milieu. Il avait gardé sa cuirasse; la fatigue et l'insomnie avaient altéré ses traits au point que la fierté et la joie de son âme étaient masquées par son épuisement physique. 3. Dès qu'il entra, tous poussèrent des cris de joie. Alors, faisant passer sa lance dans sa main droite, il inclina légèrement le genou et le corps, s'appuya sur son arme, et resta longtemps immobile, à recevoir en silence les applaudissements et les acclamations de ceux qui louaient sa valeur et enviaient sa Fortune. 4. Quand ils eurent fini et que le calme se fut rétabli, il rassembla ses forces et prononça, au nom des Achéens, le discours que réclamait la situation. Il persuada les Corinthiens de devenir des Achéens[50] et leur rendit les clés de leur cité : c'était la première fois qu'ils les reprenaient depuis l'époque de Philippe. 5. En ce qui concerne les stratèges d'Antigone, il relâcha Archélaos dont il s'était emparé, mais fit mourir Théophraste qui refusait de partir. Persaios, lui, s'était réfugié à Cenchrées[51] après la prise de la citadelle. 6. Plus tard, dit-on, un jour qu'il avait du loisir, quelqu'un lui déclara qu'à son avis, seul le sage pouvait faire un bon stratège. Il répliqua : « Par les dieux, c'était aussi la maxime de Zénon que je préférais autrefois ; mais maintenant je suis d'un autre avis, après la leçon que m'a donnée le jeune homme de Sicyone. » Ce mot de Persaios est rapporté par plusieurs historiens.

XXIV. 1. Aratos prit aussitôt l'Héraion[52] et le Léchaion, s'empara de vingt-cinq vaisseaux du roi et vendit cinq cents chevaux et quatre cents Syriens. Les Achéens installèrent sur l'Acrocorinthe une garde de quatre cents hoplites, avec cinquante chiens et autant de maîtres nourris dans la place.
2. Dans leur admiration pour Philopoemen, les Romains l'avaient surnommé « le dernier des Grecs », pour indiquer qu'après lui on ne vit plus en Grèce aucun grand homme. Pour moi, je dirais volontiers que l'exploit d'Aratos fut le dernier qu'accomplirent les Grecs et que, par son audace et son heureuse Fortune, il peut rivaliser avec les plus grands. Les événements le montrèrent aussitôt. 3. Les Mégariens se détachèrent d'Antigone pour rejoindre Aratos, et les Trézéniens ainsi que les Épidauriens se rallièrent aux Achéens. La première expédition d'Aratos en dehors du Péloponnèse fut dirigée contre l'Attique qu'il envahit ; il passa à Salamine qu'il pilla, se servant à son gré de la puissance des Achéens, qui semblait comme libérée d'une prison[53]. 4. Il renvoya aux Athéniens leurs hommes libres sans rançon, afin de susciter chez eux un début de sécession, et il fit de Ptolémée l'allié des Achéens en lui donnant le commandement sur terre et sur mer. 5. Aratos était si influent auprès des Achéens qu'ils l'élisaient stratège un an sur deux : ils n'avaient pas le droit de le nommer chaque année, mais dans les faits et pour les décisions, c'était lui qui commandait tout le temps, car ils voyaient qu'il ne préférait rien au développement de la puissance achéenne, ni la richesse, ni la gloire, ni l'amitié du roi, ni même l'intérêt de sa propre patrie. 6. À son avis, les cités, qui sont faibles si elles restent iso-

---

50. C'est-à-dire d'adhérer à la Confédération achéenne. Philippe, après sa victoire de Chéronée en 338, avait fait de Corinthe le centre de l'alliance conclue avec les cités grecques, et la ville était depuis demeurée sous contrôle macédonien.
51. Cenchrées était l'un des deux ports de Corinthe, sur le golfe Saronique.
52. Il s'agit sans doute de l'Héraion de Pérachora, distinct du temple d'Héra mentionné supra, en XXI, 1. Quant au Léchaion, c'était le second port de Corinthe. Les Syriens dont il est question étaient sûrement des mercenaires.
53. Dans ce développement, Plutarque, à son habitude, ne s'embarrasse pas de la chronologie. Cette première expédition contre Athènes eut sans doute lieu au printemps 242. Athènes était alors, depuis sa défaite dans la guerre chermonidéenne, sous le contrôle étroit des garnisons macédoniennes installées au Pirée, à Salamine et au cap Sounion.

lées, se sauvent les unes les autres quand elles sont comme attachées ensemble par l'intérêt commun. Les différentes parties du corps vivent et respirent ensemble grâce à leur cohésion naturelle mais s'atrophient et pourrissent si elles sont détachées et séparées des autres. De la même façon, les cités sont perdues par ceux qui brisent leur communauté, tandis qu'elles s'aident mutuellement à grandir quand elles deviennent les parties d'un grand tout et adoptent un projet collectif.

XXV. 1. Voyant que les meilleurs des peuples voisins se gouvernaient par leurs propres lois, Aratos était indigné de l'esclavage où se trouvaient les Argiens. Il entreprit de faire disparaître leur tyran Aristomachos. Il voulait à la fois montrer sa reconnaissance à cette cité, qui l'avait nourri, en lui donnant la liberté, et l'adjoindre aux Achéens[54]. 2. On trouva pour exécuter ce projet des gens hardis, à la tête desquels étaient Aïschylos et le devin Chariménès. Mais ils n'avaient pas d'épées, car il était interdit aux Argiens d'en posséder et le tyran infligeait de très lourdes peines à ceux qui en avaient. Aratos fit donc fabriquer pour eux à Corinthe de petits poignards qu'on cousit dans des bâts, lesquels furent placés sur des bêtes de somme qui transportaient à Argos des objets sans valeur. 3. Mais, le devin Chariménès ayant associé un homme indigne[55] à cette entreprise, Aïschylos se fâcha et décida d'agir de son côté, sans tenir compte de Chariménès. Celui-ci l'apprit et, sous le coup de la colère, il dénonça ses complices qui marchaient déjà contre le tyran ; la plupart d'entre eux eurent le temps de s'enfuir de l'agora et de se réfugier à Corinthe. 4. Néanmoins, peu de temps après, Aristomachos fut tué par des esclaves. Aristippos s'empara aussitôt du pouvoir et se montra un tyran encore plus funeste que le précédent. Prenant avec lui tous les Achéens en âge de porter les armes, Aratos se porta en toute hâte au secours d'Argos, croyant que les Argiens l'accueilleraient avec enthousiasme. 5. Mais l'habitude avait fait de la plupart d'entre eux des esclaves consentants ; personne ne vint le rejoindre. Il se retira donc, attirant sur les Achéens le reproche d'avoir déclenché une guerre en temps de paix : ils furent accusés par les Mantinéens ; en l'absence d'Aratos, Aristippos, qui présenta l'accusation, les fit condamner à une amende de trente mines[56]. 6. Aristippos éprouvait à l'égard d'Aratos un mélange de haine et de peur, et il cherchait à le supprimer ; le roi Antigone secondait ses efforts et presque partout ils avaient des hommes de main prêts à agir qui attendaient l'occasion favorable. 7. Mais, pour protéger celui qui exerce l'autorité, rien ne vaut l'affection sincère et solide d'un peuple. Lorsque la multitude et les gens influents se sont habitués à ne plus craindre leur chef mais à craindre pour lui, il dispose de nombreux yeux, de nombreuses oreilles et il est prévenu de ce qui se passe. 8. Je vais suspendre mon récit quelques instants pour raconter le mode de vie auquel Aristippos était réduit par cette tyrannie que tant de gens convoitent et par ce faste de la monarchie dont on vante partout le bonheur.

---

54. Aratos s'était réfugié à Argos après la mort de son père (voir supra, *II, 3).*
55. Là encore, le texte est douteux.
56. Les Mantinéens servirent d'arbitres entre le tyran d'Argos et la Confédération achéenne. L'amende de 3 000 drachmes paraît relativement modeste.

XXVI. 1. Ce fameux Aristippos avait Antigone pour allié, il entretenait beaucoup de soldats pour sa sûreté personnelle et n'avait pas laissé dans la cité un seul de ses adversaires en vie. Pourtant, il obligeait ses gardes du corps à rester dehors, dans le péristyle ; 2. quant à ses serviteurs, dès qu'il avait pris son dîner, il les chassait tous, puis il fermait la cour intérieure et allait se cacher avec sa maîtresse à l'étage supérieur, dans une petite chambre, fermée par une trappe sur laquelle il plaçait son lit. C'était là qu'il dormait, comme peut dormir un homme dans une telle situation, d'un sommeil agité et plein d'épouvante. 3. La mère de sa maîtresse retirait l'échelle qu'elle enfermait dans une autre pièce ; le lendemain, elle la remettait en place et invitait à descendre cet admirable tyran qui sortait de son trou comme un serpent. 4. La vie d'Aratos était bien différente. Lui qui s'était acquis une autorité perpétuelle, non par les armes et la violence, mais par sa vertu, dans le respect des lois, il s'habillait d'un manteau et d'une chlamyde ordinaires, et cet homme, l'ennemi juré de tous les tyrans, a laissé une postérité qui, de nos jours encore, est illustre chez les Grecs. 5. Mais parmi tous ces tyrans qui confisquaient les citadelles, qui entretenaient des gardes du corps, qui s'abritaient derrière des armes, des portes et des trappes pour assurer la sécurité de leur personne, bien peu ont échappé, en s'enfuyant comme des lièvres, à la mort violente. Aucun d'eux n'a laissé ni maison, ni postérité, ni tombeau pour honorer sa mémoire.

XXVII. 1. Pour en revenir à Aristippos, Aratos, soit secrètement à plusieurs reprises, soit ouvertement, essaya en vain de lui enlever Argos[57]. Une fois, avec un petit nombre de compagnons, il fit appliquer des échelles contre le rempart et monta hardiment ; parvenu en haut, il tua les gardes qui venaient à la rescousse. 2. Lorsque le jour parut, le tyran l'attaqua de tous côtés. Quant aux Argiens, on aurait dit que la bataille ne se livrait pas pour leur liberté mais qu'ils étaient en train d'arbitrer les concours Néméens[58] : ils restèrent tranquilles, comme des spectateurs impartiaux et justes, sans faire le moindre mouvement. 3. Aratos se défendit vigoureusement et fut blessé de près par un javelot qui lui traversa la cuisse, mais il parvint à se rendre maître de la position qu'il occupait et, malgré les ennemis qui le harcelaient, il n'en fut pas chassé jusqu'à la nuit. 4. S'il avait réussi à tenir encore pendant la nuit, il n'aurait pas échoué : le tyran préparait déjà sa fuite et avait envoyé à l'avance en mer la plus grande partie de ses biens personnels. Mais, comme personne n'en avertit Aratos, que l'eau manquait et que sa blessure l'empêchait d'agir, il ramena ses soldats en arrière.

XXVIII. 1. Renonçant à cette méthode, il envahit ouvertement l'Argolide avec son armée et la ravagea. Sur les bords du Charès, une bataille violente l'opposa à

---

57. Plutarque abandonne ici l'ordre chronologique pour centrer son récit sur les relations avec Argos. Voir, sur ce point, Will (1979), p. 337.
58. Les concours Néméens faisaient partie des grands jeux panhelléniques. Ils se déroulaient tous les deux ans, la deuxième et la quatrième année de chaque olympiade. Ils étaient présidés par les Argiens depuis 460.

Aristippos : on l'accusa d'avoir abandonné le combat et laissé échapper la victoire. 2. Alors que le reste de son armée l'emportait sans conteste et menait très loin la poursuite, lui-même, peut-être pressé par ceux qu'il avait en face de lui, mais désespérant surtout du succès et pris de peur, se retira, profondément troublé, dans son camp. 3. Quand les autres revinrent de la poursuite, ils s'indignèrent, après avoir mis en déroute les ennemis et leur avoir infligé beaucoup plus de pertes qu'ils n'en avaient essuyées eux-mêmes, de voir qu'on avait permis à ces vaincus d'élever un trophée. Pris de honte, Aratos décida de livrer un nouveau combat pour le trophée ; il laissa passer une journée et rangea de nouveau son armée en ordre de bataille. 4. Mais, quand il s'aperçut que les hommes du tyran étaient plus nombreux que la première fois et prenaient position avec plus d'audace, il perdit courage et se retira, après avoir enlevé les morts à la faveur d'une trêve. 5. Cependant grâce à son expérience des négociations et de la politique et grâce à son crédit, il put réparer cette faute ; il gagna Cléonaï aux Achéens et célébra les concours Néméens dans cette cité, en déclarant que c'était un droit ancestral et que Cléonaï y avait plus de titre qu'Argos[59]. 6. Les Argiens célébrèrent ces concours de leur côté. À cette occasion, on viola pour la première fois l'immunité et la sûreté qu'on garantissait aux concurrents[60] : les Achéens firent vendre comme ennemis tous ceux qui avaient concouru à Argos et qui furent pris à traverser leur territoire. Tant Aratos était violent et implacable dans sa haine des tyrans.

XXIX. 1. Peu après[61], Aratos apprit qu'Aristippos méditait une expédition contre Cléonaï mais avait peur de lui, qui se trouvait alors basé à Corinthe. Il fit une proclamation, rassembla son armée, 2. ordonna aux soldats de prendre des vivres pour plusieurs jours et descendit vers Cenchrées. C'était une ruse pour pousser Aristippos, le croyant au loin, à attaquer Cléonaï, ce qu'il fit en effet : il arriva aussitôt d'Argos avec son armée. 3. Mais Aratos était déjà revenu, à la faveur de l'obscurité, de Cenchrées à Corinthe ; ayant disposé des postes de garde sur les routes, il emmena les Achéens, qui le suivirent avec tant de discipline, de vitesse et d'ardeur, que non seulement ils parcoururent toute la route, mais qu'ils parvinrent même à entrer à Cléonaï pendant la nuit et à se préparer pour la bataille, sans avoir attiré l'attention d'Aristippos, qui ignorait tout. 4. Au point du jour, on ouvrit les portes de la ville et la trompette lança le signal. Aratos fondit sur les ennemis en courant et en poussant le cri de guerre, les mit aussitôt en déroute et les poursuivit sans désemparer par la route qu'il supposait qu'Aristippos avait choisie pour s'enfuir, le terrain comportant plusieurs issues. 5. La poursuite se prolongea jusqu'à Mycènes[62]. Le tyran fut arrêté et égorgé, à ce que raconte Deinias, par un Crétois nommé Tragiscos ; plus de quinze cents ennemis tombèrent à cette occasion. 6. Cependant,

---

59. *Némée faisait partie du territoire de Cléonaï, et jusqu'en 460, c'étaient les gens de Cléonaï qui les présidaient. Cette double célébration des concours Néméens dut avoir lieu en 235.*
60. *Avant chacun des concours panhelléniques, on proclamait la trêve sacrée, afin de permettre aux athlètes et aux spectateurs de se déplacer sans crainte.*
61. *Sans doute durant l'automne 235.*
62. *Mycènes est située entre Cléonaï et Argos, à peu près à égale distance de l'une et de l'autre.*

malgré un succès si éclatant, qui ne lui avait coûté aucun de ses hommes, Aratos ne parvint pas à prendre et à libérer Argos; Agias et Aristomachos le Jeune tombèrent sur cette cité avec des troupes du roi[63] et s'emparèrent du pouvoir.

7: Aratos fit ainsi taire en grande partie la calomnie, les propos malveillants, les sarcasmes et les railleries de ceux qui flattaient les tyrans et qui racontaient, pour leur complaire, que les entrailles du général des Achéens se troublaient pendant les batailles, qu'il était pris d'étourdissements et de vertiges dès que retentissait la trompette, et que, lorsqu'il avait rangé son armée en bataille et donné le mot d'ordre, il s'assurait auprès de ses officiers et de ses lochages[64] que sa présence n'était désormais plus nécessaire – les dés en étaient jetés, disait-il – et il allait attendre plus loin le résultat de l'action. 8. Ces racontars trouvèrent tant de crédit que les philosophes eux-mêmes, lorsqu'ils se demandent dans les écoles si les battements de cœur, le changement de teint et les coliques à l'apparition du danger sont des signes de lâcheté ou d'un mauvais équilibre du corps et d'un tempérament froid, citent toujours Aratos, comme l'exemple d'un général de valeur constamment en proie à ces troubles au moment du combat.

XXX. 1. Quand il eut fait tuer Aristippos, il s'en prit aussitôt à Lydiadas, qui était le tyran de sa propre patrie, Mégalopolis[65]. 2. Cet homme, dont la nature ne manquait ni de noblesse ni de générosité, exerçait cette domination injuste, non par dérèglement et cupidité, comme la plupart des monarques, mais parce qu'il était exalté par l'amour de la gloire: il était encore jeune, et avait étourdiment ajouté foi aux discours mensongers et vains qui représentaient la tyrannie comme un bonheur admirable et qui lui avaient inspiré un grand orgueil. Il s'était donc fait tyran mais il avait vite été dégoûté par la cruauté du pouvoir absolu. 3. Comme il éprouvait à la fois le désir d'imiter les succès d'Aratos et la crainte de voir celui-ci s'en prendre à lui, il prit la très belle décision de changer de condition, pour se libérer d'abord lui-même de la haine, de la crainte, et de ses gardes du corps, et pour devenir ensuite le bienfaiteur de sa patrie. 4. Ayant fait venir Aratos, il renonça au pouvoir et rallia sa cité à la Ligue des Achéens qui, en échange, le couvrirent d'éloges et l'élurent stratège[66]. 5. Aussitôt, désireux de surpasser la gloire d'Aratos, il décida un grand nombre d'opérations qui ne semblaient pas nécessaires, notamment une expédition contre les Lacédémoniens. 6. Aratos s'y opposa, mais sa position parut inspirée par la jalousie, et Lydiadas fut élu stratège pour la deuxième fois, malgré l'hostilité déclarée d'Aratos qui essayait de faire confier cette charge à un autre puisque lui-même, comme je l'ai dit, ne l'exerçait qu'un an sur deux. 7. Lydiadas resta populaire jus-

---

63. Il s'agit du roi Démétrios II qui avait succédé à son père Antigone mort en 239.
64. Officiers qui commandaient des subdivisions de la phalange.
65. On ne peut pas ne pas songer ici aux propos de Calliclès dans le Gorgias *de Platon (481b et suiv.) vantant la supériorité de l'homme fort qui impose sa loi aux faibles, ou de Thrasymaque dans la* République *(343b-e).*
66. C'est vraisemblablement en 234-233 que Lydiadas fut élu stratège. Sa seconde stratégie (voir § 6) se placerait en 232-231 et la troisième en 230-229.

qu'à sa troisième élection en qualité de stratège, charge qu'il exerçait un an sur deux, en alternance avec Aratos[67]. Mais, comme il laissait éclater ouvertement sa haine et qu'il avait accusé à plusieurs reprises Aratos devant les Achéens, il finit par être rejeté et méprisé : on jugea qu'il opposait une attitude hypocrite à une vertu véritable et sans mélange. 8. Le coucou, dit Ésope, demanda aux petits oiseaux pourquoi ils le fuyaient. « C'est parce qu'un jour tu seras un faucon », répondirent-ils[68]. De la même manière, semble-t-il, Lydiadas traînait après lui, pour avoir été tyran, un soupçon qui empêchait de croire à la sincérité de son changement.

XXXI. 1. Aratos s'illustra également par sa conduite à l'égard des Étoliens. Les Achéens avaient décidé de les attaquer devant la Mégaride, et Agis, le roi des Lacédémoniens, qui était arrivé avec son armée, les excitait à combattre. 2. Aratos s'y opposa et, malgré toutes les insultes, tous les sarcasmes et toutes les railleries qu'on put lui adresser pour sa mollesse et son manque d'audace, il tint bon ; il ne sacrifia pas le souci de l'intérêt à la peur de passer pour lâche et laissa les ennemis passer la Géraneia et entrer sans coup férir dans le Péloponnèse[69]. 3. Mais, quand ils s'y trouvèrent et qu'ils se furent emparés soudain de Pellène, il changea d'attitude[70] ; il ne voulut même pas gagner du temps, en attendant que ses troupes se fussent rassemblées et concentrées de tous côtés ; il s'élança aussitôt, avec les forces dont il disposait, contre les ennemis que leur victoire avait considérablement affaiblis, les rendant indisciplinés et insolents. 4. Dès qu'ils étaient entrés dans la cité, les soldats s'étaient dispersés dans les maisons, se bousculant et se disputant les richesses. Quant aux officiers et aux lochages, ils parcouraient la ville pour enlever les femmes et les filles des Pelléniens ; ils ôtaient leurs casques et les en coiffaient, pour empêcher les autres de s'en emparer et marquer ainsi à qui elles appartenaient. 5. Tel était leur état d'esprit, telles étaient leurs occupations, quand soudain on annonça qu'Aratos attaquait. Ils furent frappés de terreur, comme on peut l'imaginer, dans un pareil désordre ; tous n'étaient pas encore avertis du danger que déjà les premiers qui s'étaient heurtés aux Achéens près des portes et dans les faubourgs prenaient la fuite, vaincus, et, par leurs courses désordonnées, plongeaient dans la détresse ceux qui se rassemblaient pour leur prêter main-forte.

XXXII. 1. Pendant qu'ils s'agitaient ainsi, une des prisonnières, fille d'un homme en vue, Épigéthès, et remarquable elle-même par sa beauté et sa haute taille, se trouvait assise dans le temple d'Artémis où l'avait installée son ravisseur, un officier de corps d'élite qui l'avait coiffée de son casque à triple aigrette. 2. En entendant le

---

67. *Plutarque a déjà rappelé que l'on ne pouvait être élu stratège deux années consécutives. D'où l'alternance entre Lydiadas et Aratos. Lydiadas aurait accusé Aratos devant l'assemblée fédérale des Achéens.*
68. *La citation d'Ésope est reprise par Aristote,* Histoire des animaux, *563b.*
69. *Plutarque fait allusion à ces événements qui se déroulèrent vers 241-240 et à l'attitude d'Aratos dans Agis, XV, 4. Les monts Géraneia sont au sud-ouest du territoire de Mégare.*
70. *Pellène se trouvait à la limite du territoire de Sicyone, d'où l'inquiétude d'Aratos.*

vacarme, elle courut aussitôt au-dehors et, debout devant la porte du temple, avec sur la tête le casque à trois aigrettes, elle regarda d'en haut les combattants. Ses concitoyens eux-mêmes crurent qu'une apparition aussi majestueuse ne pouvait être humaine, et les ennemis se mirent à frissonner et à trembler, pensant voir une apparition divine : nul ne songea plus à combattre. 3. Les Pelléniens, eux, disent qu'il s'agissait de la statue de la déesse, qui reste la plupart du temps enfermée, à l'écart de tout contact ; lorsqu'on la déplace et que la prêtresse la transporte, personne ne la regarde en face, tous se détournent car sa vue n'est pas seulement redoutable et funeste pour les hommes ; même les arbres deviennent stériles et elle fait pourrir les fruits partout où on la promène. 4. Ils disent donc que ce jour-là, la prêtresse emporta cette statue au-dehors et lui tourna sans cesse le visage vers les Étoliens, ce qui les rendit fous et leur ôta la possibilité de réfléchir. 5. Cependant, Aratos n'a rien raconté de tel dans ses *Mémoires* ; il dit seulement qu'il mit en déroute les Étoliens, entra dans la cité avec les fuyards, les chassa de vive force et tua sept cents hommes[71]. 6. Cet exploit fut célébré comme un des plus grands et le peintre Timanthès a rendu cette bataille avec une précision frappante.

XXXIII. 1. Cependant, comme beaucoup de peuples et de dynastes se liguaient contre les Achéens, Aratos fit aussitôt amitié avec les Étoliens par l'entremise de Pantaléon, le plus influent d'entre eux, et conclut non seulement la paix, mais même un traité d'alliance entre les Achéens et les Étoliens[72].
2. Il désirait vivement libérer Athènes. Il fut en butte aux accusations et aux blâmes des Achéens pour avoir essayé de s'emparer du Pirée alors qu'ils avaient conclu une trêve et une suspension d'armes avec les Macédoniens[73]. 3. Il s'en défend dans les *Mémoires* qu'il a laissés et met en cause Erginos, avec lequel il avait mené les opérations de l'Acrocorinthe. À l'en croire, Erginos aurait attaqué le Pirée de son propre mouvement mais son échelle se brisa et on le poursuivit : il se mit alors à lancer le nom d'Aratos et à l'appeler à plusieurs reprises, comme s'il était présent, ce qui lui permit de s'enfuir en trompant les ennemis. 4. Mais cette histoire qu'Aratos raconte pour se défendre paraît peu crédible[74]. Erginos était un simple particulier, un Syrien : on ne peut imaginer qu'il aurait pu se mettre en tête une telle entreprise, s'il n'avait eu Aratos pour chef et n'avait reçu de lui les moyens de cette attaque et l'indication du moment favorable. 5. Du reste, l'attitude d'Aratos lui-même le prouva bien : il ne se contenta pas d'attaquer le Pirée deux ou trois fois, il renouvela ses tentatives à de

---

71. *Il est intéressant de constater la différence entre les traditions populaires des Pelléniens (l'intervention d'Artémis Sotéria) et les faits rapportés par Aratos. Polybe (IV, 8, 4) considère cette victoire d'Aratos comme un de ses plus hauts faits d'armes. Timanthès a déjà été cité supra, en XII, 3, lorsqu'il avait accompagné Aratos en Égypte.*
72. *L'alliance avec les Étoliens se place vers 240-239.*
73. *Plutarque a déjà évoqué une tentative infructueuse supra, en XXIV, 3-4.*
74. *Il est intéressant de voir comment Aratos, lorsqu'il subissait un échec, le faisait, dans ses Mémoires, retomber sur un autre. Il y a là un trait de psychologie qui ne lui est pas propre... On retrouve ce même jugement, moins catégoriquement exprimé, dans* Cléomène *(XVI, 5).*

nombreuses reprises, comme les amants malheureux, sans se laisser rebuter par les échecs, reprenant toujours courage parce qu'il ne manquait jamais que de très peu le but qu'il espérait atteindre. 6. Une fois même, il se cassa la jambe, en s'enfuyant à travers la plaine de Thria[75]; il dut subir plusieurs incisions au cours de son traitement et pendant longtemps, il se fit porter en litière dans les expéditions.

XXXIV. 1. Après la mort d'Antigone[76], Démétrios hérita de lui le pouvoir royal, et Aratos s'intéressa encore davantage à Athènes. Il éprouvait pour les Macédoniens un mépris si total 2. qu'il fut vaincu au combat près de Phylacia[77] par Bithys, stratège de Démétrios. Le bruit courut avec insistance qu'il était prisonnier et même qu'il était mort. Diogénès, qui commandait la garnison du Pirée, écrivit à Corinthe pour ordonner aux Achéens de sortir de cette cité puisque Aratos avait péri. 3. Or il se trouva que, lorsqu'on apporta cette lettre, Aratos était justement à Corinthe : les envoyés de Diogénès repartirent après avoir été la cible de beaucoup de plaisanteries et de risées. Le roi lui-même envoya de Macédoine un navire sur lequel on devait lui amener Aratos enchaîné. 4. Les Athéniens se montrèrent plus légers que jamais dans leur désir de flatter les Macédoniens : ils arborèrent des couronnes à la première nouvelle de la mort d'Aratos. Celui-ci, sous le coup de la colère, lança aussitôt une expédition contre eux : il avança jusqu'à l'Académie, puis se laissa fléchir et ne leur fit aucun mal. 5. Les Athéniens reconnurent par la suite la vertu d'Aratos : après la mort de Démétrios[78], quand ils voulurent recouvrer leur liberté, ils l'appelèrent. 6. C'était un autre qui était alors stratège des Achéens[79] et lui-même était alité à cause d'une longue maladie, mais il se fit porter en litière à Athènes pour aider la cité et il décida Diogénès, qui commandait la garnison, à rendre aux Athéniens le Pirée, Mounychie, Salamine et Sounion, en échange de cent cinquante talents, dont il fournit lui-même vingt à la cité. 7. Les Éginètes et les Hermionéens se joignirent aussitôt aux Achéens et la plus grande partie de l'Arcadie leur versa contribution. Comme les Macédoniens étaient alors occupés par des guerres contre certains de leurs voisins limitrophes, et que les Étoliens étaient devenus leurs alliés, la puissance des Achéens prit une extension considérable[80].

XXXV. 1. Mais Aratos cherchait toujours à réaliser son ancien projet, car il supportait mal le voisinage de la tyrannie d'Argos. Il envoya une ambassade à Aristomachos pour le persuader de faire entrer sa cité dans leur communauté, de l'associer aux Achéens,

---

75. *La plaine de Thria est voisine d'Éleusis.*
76. *Antigone est mort en 239.*
77. *La localisation de Phylacia n'est pas certaine. Une garnison macédonienne occupait le Pirée depuis la fin de la guerre de Chrémonidès.*
78. *Démétrios II mourut en 229. Son fils Philippe étant encore un enfant, c'est le tuteur du jeune prince, Antigone Doson qui fut proclamé roi.*
79. *C'était alors Lydiadas. Voir supra, la note en XXX, 4.*
80. *Sur ces ralliements à la Confédération achéenne, voir Polybe, II, 44, 6 ; 46, 2. Les cités arcadiennes qui n'adhèrent pas à la Confédération sont Tégée, Mantinée et Orchomène.*

et de devenir, à l'exemple de Lydiadas, le stratège respecté et honoré d'un peuple si nombreux, plutôt que le tyran menacé et haï d'une seule cité[81]. 2. Aristomachos accepta et le pria de lui envoyer cinquante talents pour lui permettre de congédier les soldats qui l'entouraient. Cet argent fut fourni. 3. Mais Lydiadas, qui était encore stratège et désirait être considéré comme l'auteur de ce ralliement, accusa Aratos devant Aristomachos, prétendant qu'il était depuis toujours l'ennemi acharné et irréconciliable des tyrans; il le persuada de négocier par son intermédiaire à lui, et le fit venir devant les Achéens. 4. Les membres du conseil des Achéens montrèrent plus que jamais, en la circonstance, leur affection et leur fidélité à l'égard d'Aratos. Comme celui-ci s'était d'abord opposé avec colère à ces négociations, ils repoussèrent Aristomachos 5. mais, lorsque Aratos, s'étant ravisé, se présenta et se mit à parler lui-même en faveur d'Aristomachos, ils votèrent rapidement et avec empressement toutes les mesures, accueillirent les Argiens et les gens de Phlionte dans leur Confédération et choisirent même Aristomachos comme stratège l'année suivante[82]. 6. Celui-ci, fort de ses succès auprès des Achéens, voulut envahir la Laconie et invita Aratos à quitter Athènes pour le rejoindre. Aratos lui écrivit pour le dissuader de cette expédition, car il ne voulait pas mettre les Achéens aux prises avec Cléomène qui était plein d'ardeur et augmentait ses forces de manière inquiétante. Mais Aristomachos s'étant mis en campagne, Aratos lui obéit en tout et participa à l'expédition avec lui. 7. Il l'empêcha pourtant d'engager la bataille, quand Cléomène se montra près de Pallantion[83], et pour cette raison il fut accusé par Lydiadas, qui se porta même candidat contre lui et lui disputa la charge de stratège. Cependant Aratos obtint la majorité au vote à main levée et fut élu stratège pour la douzième fois.

XXXVI. 1. Pendant qu'il exerçait cette charge, il fut vaincu par Cléomène près du mont Lycée[84], et s'enfuit. Il s'égara pendant la nuit, de sorte qu'on le crut mort et que ce bruit se répandit une seconde fois avec insistance parmi les Grecs. 2. Mais il était sain et sauf; il rallia ses soldats et, non content de s'être retiré en sécurité, il sut tirer un excellent parti des circonstances: alors que nul ne s'y attendait ni n'avait la moindre idée de ce qui allait se passer, il tomba soudain sur les Mantinéens, alliés de Cléomène, 3. prit leur cité, y installa une garnison, et donna aux métèques le rang de citoyens[85]. À lui seul, il avait procuré aux Achéens vaincus ce que même

---

81. Voir supra, XXV, 1 et suiv. pour les tentatives sur Argos et XXX, 1 et suiv. pour l'adhésion de Lydiadas à la Confédération achéenne. Cet Aristomachos est celui que Plutarque appelle Aristomachos le Jeune supra, en XXIX, 6.
82. Aristomachos fut élu stratège pour 228-227.
83. Pallantion est une cité arcadienne, à l'ouest de Tégée. Sur cette affaire, voir Cléomène, *IV, 8-9. Aratos fut élu stratège pour l'année 227-226. Il s'agissait en réalité de sa dixième stratégie.*
84. Dans une région montagneuse, au sud-ouest de l'Arcadie.
85. Par «métèques», Plutarque entend sans doute l'équivalent de ce qu'étaient les périèques à Sparte: des hommes libres qui ne possédaient pas la pleine citoyenneté, et non des étrangers résidents, comme à Athènes. En agissant ainsi, Cléomène «exportait» les mesures révolutionnaires qu'il avait fait triompher à Sparte (voir Cléomène, *XI, 3).*

une victoire ne leur aurait pas permis facilement d'obtenir. 4. Les Lacédémoniens firent une nouvelle expédition contre Mégalopolis. Il se porta à son secours, mais il hésitait à donner prise à Cléomène qui le harcelait avec des escarmouches et il résista aux Mégalopolitains qui voulaient l'obliger à combattre. 5. De manière générale, il n'avait jamais été bien doué pour les combats de front et, en la circonstance, il se voyait inférieur en nombre, face à un homme audacieux et jeune, alors que son ardeur à lui déclinait déjà et qu'il avait dû rabattre de son ambition. Si Cléomène cherchait à conquérir par l'audace une gloire qu'il ne possédait pas encore, Aratos pensait qu'il devait, lui, conserver par la prudence celle qu'il avait acquise.

XXXVII. 1. Néanmoins les troupes légères firent une sortie au pas de charge, repoussèrent les Spartiates jusque dans leur camp et se dispersèrent autour des tentes. Pourtant, même dans ces conditions, Aratos ne fit pas avancer son armée ; s'emparant d'un ravin qui se trouvait entre les deux camps, il empêcha les hoplites de le traverser. 2. Lydiadas, indigné de cette attitude, adressa de violents reproches à Aratos ; il invita les cavaliers à le rejoindre, les conjurant de se montrer à ceux qui menaient la poursuite, de ne pas laisser échapper la victoire et de ne pas l'abandonner, lui, dans la lutte qu'il soutenait pour sa patrie[86]. 3. Beaucoup de braves le rejoignirent. Il se jeta, avec ce renfort, sur l'aile droite des ennemis, les mit en déroute et se lança à leur poursuite. Mais il se laissa entraîner inconsidérément par son ardeur et son ambition dans des endroits en pente, couverts de plantations et parcourus par de larges fossés, où il fut pressé par Cléomène. Il tomba ainsi, après avoir livré brillamment, aux portes de sa patrie, le plus beau des combats. 4. Les autres cavaliers s'enfuirent vers la phalange et mirent le désordre parmi les hoplites, entraînant toute l'armée dans leur défaite. 5. Aratos fut violemment critiqué car on jugea qu'il avait abandonné Lydiadas. Les Achéens se retirèrent, pleins de colère, et l'obligèrent à les accompagner jusqu'à Aïgion[87]. Là, s'étant réunis, ils décrétèrent de ne plus lui donner d'argent et de ne plus entretenir ses mercenaires : s'il voulait faire la guerre, il n'avait qu'à la financer lui-même.

XXXVIII. 1. Après une telle humiliation, Aratos voulut rendre aussitôt le sceau officiel et se démettre de sa charge de stratège mais, à la réflexion, il décida de patienter pour le moment et conduisit les Achéens à Orchomène, où il livra bataille à Mégistonous, le beau-père de Cléomène[88] : il fut vainqueur, tua trois cents ennemis et prit Mégistonous vivant. 2. Mais ensuite, alors que d'ordinaire, il était stratège un an sur deux, quand son tour revint, il refusa d'être élu, et Timoxénos fut choisi comme stratège[89]. 3. Le prétexte

---

86. Lydiadas était en effet mégalopolitain, et c'est lui qui avait fait adhérer sa cité à la Confédération achéenne (voir supra, XXX, 1 et suiv.).
87. Aïgion était la capitale fédérale des Achéens, et c'est là que se tenaient les assemblées de la Confédération. Voir Aymard (1938), p. 273-317.
88. Ce Mégistonous avait épousé Cratésicleia, la mère de Cléomène, et fut ainsi amené à jouer un rôle important. Voir Cléomène, VII, 1 ; XI, 1 ; XIX, 4 ; XXI, 1-3.
89. En 225-224.

apparent de ce refus était son ressentiment contre la foule, mais il était peu crédible ; la véritable raison tenait à la situation des Achéens. 4. Cléomène ne progressait plus lentement et petit à petit, comme auparavant, et ne se laissait plus entraver par les magistrats de la cité ; depuis qu'il avait tué les éphores, partagé les terres et admis beaucoup de métèques dans le corps des citoyens, il n'avait plus de comptes à rendre de sa puissance ; il menaça aussitôt les Achéens et réclama l'hégémonie[90]. 5. Aussi reproche-t-on à Aratos, alors que les affaires publiques étaient entraînées dans une agitation et une tempête si grandes, de s'être comporté comme un pilote qui lâcherait le gouvernail et l'abandonnerait à quelqu'un d'autre. Il aurait été beau de se mettre à la tête des Achéens, même contre leur gré, pour sauver leur communauté. 6. Et, s'il désespérait des affaires et de la puissance des Achéens, mieux valait encore céder à Cléomène que livrer de nouveau le Péloponnèse à la barbarie en recevant des garnisons macédoniennes, remplir l'Acrocorinthe d'armes illyriennes et gauloises, et introduire dans les cités, comme maîtres absolus, auxquels on donnait le nom d'alliés par euphémisme, des gens contre lesquels il avait combattu lui-même, militairement et politiquement, et qu'il ne cesse d'injurier dans ses *Mémoires*[91]. 7. Si Cléomène était – car il faut bien le dire – un homme tyrannique qui méprisait les lois, du moins descendait-il des Héraclides ; il avait pour patrie Sparte dont le citoyen le plus obscur méritait d'être choisi pour chef, de préférence au premier des Macédoniens, par ceux qui faisaient quelque cas de la noblesse grecque. 8. D'ailleurs Cléomène, en réclamant le pouvoir aux Achéens, promettait de rendre aux cités de grands services en échange de cet honneur et de ce titre. 9. Antigone au contraire n'accepta pas d'être proclamé maître absolu sur terre et sur mer avant d'avoir reçu l'Acrocorinthe pour salaire de son hégémonie. En vérité il imitait le chasseur dont parle Ésope[92] : 10. il refusa de monter sur le dos des Achéens, qui le lui demandaient et se soumettaient à lui par des ambassades et des décrets, tant qu'il ne les aurait pas bridés et domptés, si l'on peut dire, en leur imposant une garnison et en prenant des otages. 11. Certes, Aratos invoque à grands cris pour sa défense la nécessité à laquelle il était réduit[93]. Mais selon Polybe, avant même de se trouver dans une telle nécessité, il se défiait depuis longtemps de l'audace de Cléomène : il avait engagé des pourparlers secrets avec Antigone et avait envoyé en avant les Mégalopolitains demander aux Achéens de faire appel au roi car ils étaient particulièrement éprouvés par la guerre, Cléomène pillant constamment leur territoire. 12. Phylarque a fait le même récit de ces événements[94], mais il ne serait

---

90. *Ce sont les mesures qui sont exposées dans* Cléomène, *VIII-XIII et qui furent prises en 227.*
91. *Il y avait, comme Plutarque le rappelle ensuite, de nombreux mercenaires «barbares» dans les armées du roi de Macédoine. Mais Plutarque n'était pas loin de tenir les Macédoniens eux-mêmes pour des Barbares.*
92. *Il s'agit d'Antigone Doson, roi depuis la mort de Démétrios II (voir* supra, *XXXIV, 5 et note). Plutarque fait allusion à la fable d'Ésope* Le Sanglier, le cheval et le chasseur, *qui inspira La Fontaine («Le Cheval s'étant voulu venger du cerf»,* Fables, *IV, 13).*
93. *Sans doute Aratos se justifiait-il dans ses* Mémoires *de ce retournement inattendu : s'allier à Antigone pour lutter contre Cléomène. Ces négociations auraient commencé dès 227, voir Will (1979), p. 375-377.*
94. *Phylarque est la source, favorable au roi de Sparte, qu'utilise Plutarque dans* Cléomène.

pas tout à fait digne de foi si Polybe ne confirmait ses dires, car chaque fois qu'il parle de Cléomène, son affection le pousse à des élans d'enthousiasme et son histoire ressemble à un procès : Phylarque ne cesse de requérir contre Aratos et de plaider pour Cléomène.

XXXIX 1. Les Achéens perdirent donc Mantinée que Cléomène leur reprit. Vaincus dans une grande bataille près de l'Hécatombaion, ils en furent si abattus qu'ils envoyèrent aussitôt une ambassade à Cléomène et l'appelèrent à Argos pour prendre le commandement[95]. 2. Quand Aratos apprit que Cléomène était en marche et se trouvait déjà dans la région de Lerne avec son armée, il prit peur et lui envoya des ambassadeurs pour lui demander de venir avec trois cents hommes seulement, puisqu'il était en territoire ami et allié, et, s'il n'avait pas confiance, de prendre des otages. 3. Cléomène déclara que c'était l'insulter et se moquer de lui, et il leva le camp, après avoir écrit aux Achéens une lettre pleine de doléances et d'accusations contre Aratos. Celui-ci écrivit de son côté des lettres contre Cléomène ; les deux hommes échangèrent des invectives et de graves insultes, au point de s'en prendre au mariage et à la femme de leur adversaire[96]. 4. Sur ces entrefaites, Cléomène envoya un héraut déclarer la guerre aux Achéens et il faillit leur arracher par surprise la cité de Sicyone à la faveur d'une trahison ; il s'en approcha, puis se détourna et se jeta sur Pellène. Le stratège des Achéens s'étant enfui, il s'empara de cette cité. Peu après, il prit également Phénéos et Pentéleion. 5. Aussitôt les Argiens se rallièrent à lui et les Phliasiens acceptèrent une garnison. Bref, les Achéens ne gardaient plus solidement aucune de leurs conquêtes. Aratos fut soudain envahi d'un grand trouble en voyant le Péloponnèse chanceler et les agitateurs pousser de tous côtés les cités à faire sécession[97].

XL. 1. Personne en effet ne se tenait tranquille ni n'acceptait la situation présente. Même à Sicyone et à Corinthe, on découvrit beaucoup de gens qui avaient été en pourparlers avec Cléomène ; ils étaient depuis longtemps secrètement hostiles à la Confédération parce qu'ils désiraient gouverner eux-mêmes. 2. Pour lutter contre eux, Aratos fut investi d'une autorité absolue, sans avoir de comptes à rendre ; il fit mourir ceux de Sicyone qui s'étaient laissés corrompre mais, quand il essaya de rechercher ceux de Corinthe pour les punir, la foule qui était déjà gagnée par le mal et ne supportait plus la Confédération des Achéens, s'emporta violemment[98]. 3. Les Corinthiens se réunirent dans le temple d'Apollon et envoyèrent chercher Aratos,

---

95. *Cette bataille se déroula en 226. Sur l'invitation faite à Cléomène de se rendre à Lerne (et non à Argos) où se tenait leur assemblée exceptionnelle, voir* Cléomène, *XV, 3-4.*
96. *Sur ces accusations réciproques, voir* Cléomène, *XVII, 4.*
97. *Cléomène s'emparait ainsi de toutes les positions dont Aratos s'était rendu maître. Plutarque, qui s'inspire ici des* Mémoires *d'Aratos, met en avant l'aspect révolutionnaire de la politique de Cléomène.*
98. *Les institutions de la Confédération achéenne étaient relativement conservatrices. Tout naturellement, les Achéens s'inquiétaient des mouvements révolutionnaires suscités par la politique de Cléomène. Aratos fut nommé stratège* autocrator *(c'est-à-dire doté de pleins pouvoirs) en 225-224. Sur ces événements et les problèmes que pose leur chronologie, voir Will (1979), p. 380-389.*

décidés à le tuer ou à l'arrêter, avant de faire sécession. 4. Il arriva, en tirant lui-même son cheval par la bride, comme s'il n'éprouvait ni défiance ni soupçons. Ils furent nombreux à s'élancer sur lui, en l'insultant et en l'accusant, mais lui, maîtrisant fort bien l'expression de son visage et ses paroles, les invita doucement à s'asseoir, au lieu de rester debout en désordre et de crier, et leur demanda de faire entrer ceux qui se tenaient devant les portes. Cependant, tout en leur parlant, il reculait pas à pas, comme s'il voulait confier son cheval à quelqu'un. 5. Il parvint ainsi à se glisser au-dehors : il s'entretenait sans se troubler avec les Corinthiens qu'il rencontrait et leur demandait de se rendre au temple d'Apollon[99]. Il arriva ainsi, sans éveiller les soupçons, tout près de la citadelle. Là, il sauta sur son cheval, en ordonnant à Cléopatros, le chef de la garnison, de garder fermement la place. Il chevaucha jusqu'à Sicyone, suivi de trente soldats, les autres l'ayant abandonné et s'étant dispersés. 6. Les Corinthiens s'aperçurent bientôt de sa fuite et se lancèrent à sa poursuite ; comme ils ne purent le rejoindre, ils envoyèrent chercher Cléomène et lui livrèrent leur cité. Cléomène jugea que ce qu'ils lui donnaient là ne valait pas ce qu'ils lui avaient fait perdre en laissant échapper Aratos. 7. Lorsque les habitants du lieu-dit Acté [« Falaise »] se furent ralliés à lui et lui eurent remis leurs cités, il entoura l'Acrocorinthe[100] d'une palissade et d'un rempart.

XLI. 1. Quant à Aratos, la plupart des Achéens le rejoignirent à Sicyone. Une assemblée du peuple fut réunie et il fut élu stratège avec les pleins pouvoirs. 2. Il s'entoura d'une garde composée de ses propres concitoyens. Cet homme, qui avait pendant trente-trois ans participé à la vie politique des Achéens, qui avait été le premier des Grecs en influence et en gloire, se retrouvait alors seul et sans ressource, broyé comme une épave dans le naufrage de sa patrie, ballotté dans une tempête et un danger aussi terribles[101]. 3. Il demanda du secours aux Étoliens, qui le lui refusèrent, et la cité des Athéniens, malgré son désir de lui manifester sa reconnaissance, en fut empêchée par Eurycleidès et Micion. 4. Aratos avait de l'argent et une maison à Corinthe ; Cléomène ne toucha à rien et ne laissa personne y toucher ; il convoqua les amis et les intendants d'Aratos et leur recommanda de faire tout leur possible pour garder ces biens car ils en rendraient compte à Aratos. 5. Il lui envoya à titre privé Tripylos, puis son beau-père Mégistonous, pour lui adresser de nombreuses promesses et notamment lui garantir une pension annuelle de douze talents (le double de ce que lui donnait Ptolémée qui lui envoyait chaque année six talents)[102].

---

99. Dans Cléomène, *XIX, 2, Plutarque, qui suit une autre source, fait d'Aratos l'initiateur de cette assemblée des Corinthiens, qui se tient au Bouleutérion et non au sanctuaire d'Apollon.*
100. Côte orientale de l'Argolide, avec les cités d'Épidaure, Trézène et Hermionè, qui sont citées dans Cléomène, *XIX, 6. L'Acrocorinthe, elle, demeurait entre les mains de la garnison installée par Aratos.*
101. Une fois de plus, la chronologie de Plutarque se révèle approximative car entre la libération de Sicyone, en 251, et 224, il ne s'est écoulé que vingt-sept ans (et non trente-trois).
102. En XXXVIII, 1, Plutarque avait évoqué le sort de Mégistonous, fait prisonnier à la suite de la défaite subie par Cléomène à Orchomène. Il faut donc supposer qu'il avait été libéré. Cette « rente », versée par Ptolémée, a été mentionnée supra, *en XXIV, 4.*

6. En échange, Cléomène demandait à être proclamé chef des Achéens et à être associé à eux pour garder l'Acrocorinthe. 7. Aratos répondit : « Je ne contrôle pas la situation ; c'est elle qui me contrôle. » Cléomène vit dans cette réponse une ironie déplacée et envahit aussitôt le territoire de Sicyone qu'il ravagea et détruisit, gardant la cité bloquée pendant trois mois. Aratos ne broncha pas ; il se demandait s'il accueillerait Antigone et s'il lui livrerait l'Acrocorinthe, car sinon le roi refusait de le secourir[103].

XLII. 1. Les Achéens, s'étant réunis à Aïgion, y appelèrent Aratos. Le trajet était dangereux, car Cléomène campait devant Sicyone. Les concitoyens d'Aratos cherchèrent à le retenir par leurs prières ; ils lui disaient qu'ils ne le laisseraient pas risquer sa vie alors que les ennemis étaient si proches. Les femmes et les enfants, comme s'il était leur père et leur sauveur à tous, se suspendaient même à lui en l'embrassant et en pleurant. 2. Néanmoins, après les avoir encouragés et consolés, il partit à cheval avec dix amis et son fils, qui était déjà un jeune homme, et gagna le rivage. Là, des navires étaient à l'ancre : ils y montèrent et passèrent à Aïgion pour assister à l'assemblée, au cours de laquelle il fut décidé d'appeler Antigone et de lui livrer l'Acrocorinthe. 3. Aratos lui envoya même son fils avec les autres otages[104]. Les Corinthiens, indignés de ces décisions, pillèrent ses biens et donnèrent sa maison à Cléomène.

XLIII. 1. Comme Antigone avançait déjà avec son armée (il amenait vingt mille fantassins macédoniens et treize cents cavaliers), accompagné des démiurges, Aratos s'avança par mer à sa rencontre jusqu'à Pégaï, à l'insu des ennemis[105]. Il ne comptait pas vraiment sur Antigone et ne se fiait pas aux Macédoniens, 2. sachant qu'il devait son ascension au mal qu'il leur avait fait et que le premier et le plus grand principe de sa politique avait été la haine d'Antigone l'Ancien[106]. Mais, se voyant pressé par une nécessité implacable et par les circonstances dont sont esclaves ceux qu'on prend pour des maîtres, il se porta au-devant du danger. 3. Quand on annonça son arrivée à Antigone, celui-ci ne fit aux autres qu'un accueil poli et banal, mais dès la première rencontre, il entoura Aratos d'honneurs exceptionnels et, découvrant en lui toutes les qualités d'un homme valeureux et intelligent, il l'admit plus avant dans son intimité. 4. Le roi ne l'employait pas seulement pour les affaires importantes ; quand il avait du loisir, il trouvait sa compagnie plus plaisante que toute autre. 5. Malgré sa jeunesse, Antigone comprit la nature de cet homme, que rien ne rendait indigne de l'amitié d'un roi : le préférant non seulement aux Achéens mais même aux Macédoniens qui l'accompagnaient, il recourut constam-

---

103. *Ces négociations sont également évoquées dans* Cléomène, *XIX, 5-9.*
104. *La pratique, qui consiste à livrer des otages comme garants de la bonne foi des négociateurs, est courante à partir du III*e *siècle. Cléomène avait tenu à protéger les biens d'Aratos à Corinthe (voir supra, XLI, 4). Mais l'alliance du chef achéen avec Antigone rendait caduque aux yeux des Corinthiens cette protection.*
105. *Les démiurges sont les magistrats fédéraux, au nombre de dix, élus chaque année comme le stratège. Voir Aymard (1938), p. 322 et suiv. Pégaï est située en Mégaride, sur le golfe de Corinthe.*
106. *Antigone Gonatas, dont il a été longuement question au début du récit de Plutarque.*

ment à lui[107]. 6. Ainsi se réalisait le signe que le dieu avait manifesté par les entrailles des victimes. Peu auparavant, dit-on, comme Aratos offrait un sacrifice, on avait vu dans le foie deux vésicules entourées d'une seule couche de graisse, et le devin lui avait annoncé que bientôt il se lierait d'une étroite amitié avec ce qu'il détestait et combattait le plus. 7. Sur le moment, Aratos n'avait pas prêté attention à cette prédiction ; de manière générale, il ne se fiait guère aux sacrifices et aux oracles et ne consultait que sa raison. 8. Mais par la suite, Antigone, qui menait la guerre avec succès, offrit un banquet à Corinthe auquel il convia beaucoup de monde, et il fit placer Aratos au-dessus de lui. Au bout d'un moment, il réclama une couverture et lui demanda : « Ne trouves-tu pas toi aussi qu'il fait froid ? – Je suis gelé, répondit Aratos. – Eh bien, rapproche-toi. » On apporta un tapis et les esclaves les en recouvrirent tous deux à la fois. 9. Alors Aratos, se souvenant du sacrifice, se mit à rire et raconta au roi le présage et la prédiction. Mais cela se passa plus tard.

XLIV. 1. Pour l'heure, à Pégaï, ils échangèrent des serments puis marchèrent aussitôt contre les ennemis. On combattit autour de Corinthe, car Cléomène s'était solidement retranché et les Corinthiens se défendaient avec vigueur. 2. Sur ces entrefaites, l'Argien Aristotélès, qui était un ami d'Aratos, lui envoya dire en secret qu'il pousserait sa cité à faire sécession si Aratos y venait avec des soldats[108]. 3. Aratos en parla à Antigone, et se rendit en hâte par mer de l'Isthme à Épidaure avec mille cinq cents hommes. Mais les Argiens se soulevèrent avant son arrivée, attaquèrent les troupes de Cléomène et les enfermèrent dans l'acropole. À cette nouvelle, Cléomène craignit de voir les ennemis s'emparer d'Argos et lui couper la retraite vers son pays ; il abandonna l'Acrocorinthe et se porta au secours des siens alors qu'il faisait encore nuit. 4. Il parvint à Argos avant Aratos et mit les ennemis en déroute mais, peu après, comme Aratos approchait et que le roi se montrait avec son armée, il se retira à Mantinée. 5. Alors toutes les cités se rallièrent de nouveau aux Achéens ; Antigone occupa l'Acrocorinthe, et Aratos, élu stratège par les Argiens, les persuada d'offrir au roi les biens des tyrans et des traîtres. 6. Quant à Aristomachos, ils le torturèrent à Cenchrées puis le jetèrent à la mer, ce qui fut vivement reproché à Aratos : on l'accusait d'avoir laissé périr au mépris des lois un homme qui n'était pas un scélérat, qui avait été très lié avec lui et qui s'était laissé convaincre de renoncer au pouvoir et de joindre sa cité à celles des Achéens[109].

XLV. 1. Déjà on rejetait également sur lui la responsabilité des autres erreurs, par exemple le don qu'avaient fait les Achéens à Antigone de la cité de Corinthe, comme s'il s'agissait du premier village venu, la permission qu'ils lui avaient donnée de

---

107. *Antigone Doson devait avoir une quarantaine d'années. Les souverains hellénistiques aimaient à s'entourer d'un groupe de Philoï, d'Amis qui étaient leurs conseillers, voir supra, XV, 3 et note.*
108. *Argos était à ce moment-là aux mains de Cléomène (voir supra, XXXIX, 5).*
109. *C'est cet Aristomachos qui avait livré Argos à Aratos et fait entrer la cité dans la Confédération achéenne (voir supra, XXXV, 1-5). Polybe (II, 59-60) prétend que le châtiment infligé à Aristomachos était justifié et dénonce le récit qu'en fait Phylarque dont s'inspire ici Plutarque.*

piller Orchomène et d'y installer une garnison macédonienne[110], 2. leur décision de ne pas écrire à un autre roi et de n'envoyer d'ambassade à personne contre la volonté d'Antigone, l'obligation où ils se trouvaient de nourrir les Macédoniens et de leur payer une solde, 3. les sacrifices, les processions et les concours qu'ils organisaient en l'honneur d'Antigone, les concitoyens d'Aratos en ayant pris l'initiative et ayant reçu dans leur cité le roi dont Aratos avait fait son hôte. 4. Ils accusaient Aratos de tout, sans comprendre que, du moment qu'il avait abandonné les rênes à Antigone, il était emporté par le courant impétueux de la puissance royale et n'était plus maître de rien, sauf de sa voix, dont la franchise était dangereuse. 5. Aratos afficha le mécontentement que lui inspiraient de nombreux actes du roi. Ce fut le cas notamment à propos des statues : Antigone releva celles des tyrans d'Argos qui avaient été abattues et renversa celles qu'on avait élevées en l'honneur des conquérants de l'Acrocorinthe, sauf une seule, celle d'Aratos ; ce dernier eut beau multiplier les prières, il ne parvint pas à le persuader[111]. 6. On jugeait aussi qu'à Mantinée[112] les Achéens ne s'étaient pas comportés comme des Grecs dignes de ce nom. Après s'être emparés de cette cité grâce à Antigone, ils tuèrent les premiers et les plus illustres des citoyens ; les autres furent soit vendus, soit envoyés enchaînés en Macédoine ; les enfants et les femmes furent réduits en esclavage. Les Achéens se partagèrent le tiers de l'argent ainsi rassemblé et remirent les deux autres tiers aux Macédoniens. 7. Du moins étaient-ils alors poussés par la loi des représailles : certes, il est terrible de s'en prendre ainsi, par colère, à des hommes de même sang et de même origine, mais lorsqu'on y est obligé, même ce qui est dur devient doux, comme dit Simonide, apportant réconfort et satisfaction au cœur affligé et brûlant. 8. En revanche, pour le traitement qui fut ensuite infligé à la cité, on ne peut excuser Aratos en invoquant l'honneur ou la nécessité. Antigone ayant fait don de Mantinée aux Achéens[113], ils décidèrent de la coloniser et Aratos fut choisi comme fondateur ; il fit voter, en sa qualité de stratège, qu'on ne l'appellerait plus Mantinée mais Antigoneia, nom qu'elle a conservé jusqu'à nos jours[114]. 9. C'est donc, semble-t-il, à cause d'Aratos que « l'aimable Mantinée » a été totalement rayée de la carte et que la cité garde le nom de ceux qui détruisirent et tuèrent ses citoyens[115].

---

110. Il s'agit d'Orchomène d'Arcadie qui n'avait pas adhéré à la Confédération achéenne. Voir supra, XXXIV, 7 et note.
111. Cette desctruction des statues avait valeur à la fois religieuse et symbolique.
112. Mantinée, comme Orchomène, n'avait pas adhéré à la Confédération achéenne, mais avait servi de refuge à Cléomène (voir supra, XLIV, 4).
113. D'après Polybe (II, 57-58), le châtiment infligé aux Mantinéens était justifié par leur comportement. Simonide de Céos est un poète lyrique du VIe siècle.
114. Aratos était stratège pour la onzième fois en 224-223. Sa politique avait favorisé la constitution, autour du roi de Macédoine, d'une nouvelle Ligue hellénique (voir Will, 1979, p. 389-396) dont Antigone était l'hégémon, le chef. Il était donc normal que le nom de la nouvelle cité soit Antigoneia.
115. L'expression est empruntée à Homère, Iliade, II, v. 607. Dans tout ce développement, Plutarque s'inspire de Phylarque, dont le récit est férocement critiqué par l'Achéen Polybe.

XLVI. 1. Ensuite, vaincu dans une grande bataille près de Sellasie[116], Cléomène quitta Sparte et embarqua pour l'Égypte. Quant à Antigone, après avoir traité Aratos avec toute la justice et tous les honneurs possibles, il retourna en Macédoine, 2. où il tomba bientôt malade. Il envoya dans le Péloponnèse Philippe, qui devait hériter de la royauté et qui était alors à peine adolescent[117], en lui recommandant de faire le plus grand cas d'Aratos et de recourir à lui pour traiter avec les cités et se faire connaître des Achéens. 3. Aratos l'accueillit et lui inspira des sentiments si favorables que, lorsqu'il repartit pour la Macédoine, Philippe était plein d'affection pour lui, plein d'énergie et d'ardeur pour défendre les intérêts de la Grèce.

XLVII. 1. Après la mort d'Antigone, les Étoliens conçurent un grand mépris pour l'indolence des Achéens qui, s'étant habitués à devoir leur salut à des mains étrangères et à s'abriter derrière les armes des Macédoniens, vivaient dans l'inertie et l'indiscipline les plus totales[118]. Ils entrèrent dans le Péloponnèse, 2. pillèrent au passage Patraï et Dymè puis envahirent la Messénie qu'ils ravagèrent. 3. Aratos s'en indigna. Il s'aperçut que Timoxénos, le stratège des Achéens alors en exercice, hésitait et cherchait à gagner du temps parce que son mandat allait bientôt expirer. Ayant lui-même été élu pour lui succéder, il entra en charge cinq jours plus tôt afin de secourir les Messéniens. 4. Il rassembla les Achéens mais, comme ils manquaient d'entraînement physique et avaient perdu leur ardeur au combat, il fut vaincu à Caphyaï. 5. On jugea qu'il avait mené la campagne avec trop de fougue, mais ensuite, son énergie retomba et il renonça à agir et à espérer ; ce fut au point qu'en plusieurs occasions, alors que les Étoliens lui donnaient pourtant prise sur lui, il les laissa sans réagir s'en donner à cœur joie, si l'on peut dire, dans le Péloponnèse avec beaucoup d'insolence et d'audace. 6. Les Achéens tendirent donc une fois encore les mains vers la Macédoine pour amener Philippe à s'occuper des affaires de la Grèce. Ils comptaient surtout sur son affection et sa confiance envers Aratos pour le trouver accommodant et maniable en toutes circonstances.

XLVIII. 1. Dans un premier temps, le roi se laissa convaincre par Apellès, Mégaléas et d'autres courtisans qui calomniaient Aratos[119] ; il soutint la faction opposée et poussa les Achéens à élire stratège Épératos. 2. Mais, comme cet homme était profondément méprisé par les Achéens et qu'Aratos ne s'occupait plus de rien, il ne se fit rien d'utile et Philippe comprit qu'il se trompait du tout au tout. 3. Il revint à

---

116. *La bataille eut lieu en 222, en Laconie, sur un affluent de l'Eurotas. Cléomène, vaincu par le roi de Macédoine, se réfugia auprès du roi d'Égypte, Ptolémée III, nouvel exemple de la place que tenaient les Grecs dans les rivalités entre souverains hellénistiques.*
117. *Philippe devait alors avoir 16 ans.*
118. *Antigone mourut au cours de l'été 221. En réalité, les Étoliens s'étaient déjà manifestés à plusieurs reprises dans le Péloponnèse. Sur les événements qui vont donner naissance à ce que l'on appelle la « guerre des alliés », voir Will (1982), p. 69-75.*
119. *Il s'agit des conseillers que Doson avait placés auprès du jeune roi. Plutarque, dans ce qui suit, attribue à Aratos le mérite des succès remportés par Philippe.*

Aratos et s'en remit entièrement à lui. Ses affaires y gagnèrent en puissance et en gloire : il s'attacha donc à Aratos, considérant que c'était à lui qu'il devait son renom et sa grandeur. 4. Tous voyaient en Aratos un excellent pédagogue non seulement pour une démocratie mais même pour une royauté, 5. car on voyait transparaître, si l'on peut dire, ses intentions et son caractère dans les actions du roi. La modération du jeune homme à l'égard des Lacédémoniens, malgré leurs torts, ses négociations avec les Crétois qui lui permirent de se concilier l'île entière en quelques jours, sa campagne contre les Étoliens, menée avec une énergie admirable, valurent à Philippe la réputation d'élève docile, à Aratos celle de maître avisé[120]. 6. Ces succès aigrirent la jalousie des courtisans. Voyant qu'il ne servait à rien de calomnier Aratos en secret, ils l'insultèrent publiquement et s'en prirent à lui pendant les banquets avec beaucoup d'insolence et de grossièreté ; un jour, ils le poursuivirent même à coups de pierres tandis qu'il regagnait sa tente après un repas[121]. 7. Philippe en fut si fâché qu'il les condamna aussitôt à une amende de vingt talents et, par la suite, jugeant qu'ils ruinaient et troublaient ses affaires, il les fit périr[122].

XLIX. 1. Mais ensuite, exalté par le cours favorable de sa Fortune, il laissa se développer en lui une foule de violentes passions ; sa méchanceté innée, rejetant et brisant le masque contraire à sa nature qu'il avait adopté, montra son caractère à nu et révéla peu à peu ce qu'il était. 2. Il commença par un outrage privé : il séduisit la femme d'Aratos le Jeune, et poursuivit longtemps cette liaison en secret, alors qu'il était reçu à leur foyer et traité comme un hôte. Ensuite, il se montra plus dur avec les cités grecques et l'on vit bien alors qu'il essayait de secouer la tutelle d'Aratos[123]. 3. On conçut les premiers soupçons à l'occasion des troubles de Messène[124]. Des dissensions ayant éclaté dans cette cité, Aratos se porta à son secours, mais trop lentement : le roi y entra un jour avant lui et se mit aussitôt, comme un taon, à aiguillonner les esprits les uns contre les autres. 4. Il prit à part les stratèges des Messéniens et leur demanda : «N'avez-vous pas des lois pour sévir contre la multitude?» Puis, de la même manière,

---

120. *L'intervention de Philippe en Crète fut la conséquence de l'appel des gens de Cnossos aux Étoliens. Venu au secours de leurs adversaires, il réussit à rétablir la paix et la Crète passa sous protectorat macédonien. Voir Will (1982), p. 74-75.*

121. *La «guerre des alliés» contre les Étoliens prit fin en 217 par la conclusion de la paix de Naupacte. Ce ne fut pas réellement une victoire pour Philippe, puisque les Étoliens conservèrent la plupart de leurs positions.*

122. *En réalité, Philippe s'était débarrassé de la plupart de ses conseillers avant même la fin de la guerre. Voir Polybe (V, 25-29) où les sanctions contre Mégaléas, Apellès et les autres conseillers ne semblent pas dues seulement à leurs relations avec Aratos, mais à la menace qu'ils représentaient pour Philippe lui-même.*

123. *Aratos le Jeune, fils d'Aratos, a déjà été mentionné supra, en XLII, 2-3. Polybe fait allusion à ce séjour de Philippe dans la maison d'Aratos à Sicyone (V, 27, 3). Mais c'était avant les sanctions prises contre ses conseillers.*

124. *Ces affaires de Messénie sont évoquées par Polybe (VII, 14, 2-3), qui les met en relation avec le changement de comportement de Philippe. Mais elles auraient eu lieu plus tard, en 215-214.*

il prit à part les chefs de la multitude et leur demanda : « N'avez-vous pas des bras pour agir contre les tyrans ? » 5. Ces propos les rendirent audacieux : les magistrats s'en prirent aux démagogues, et ces derniers, se jetant sur eux avec la foule, tuèrent les magistrats et près de deux cents personnes.

L. 1. Quand Philippe eut accompli un acte aussi terrible, qui aggravait encore l'hostilité mutuelle des Messéniens, Aratos arriva. Il laissa éclater son mécontentement et n'empêcha pas son fils d'adresser à Philippe de violents reproches et des insultes. 2. L'adolescent passait pour aimer passionnément Philippe, mais il lui dit alors : « Après ce que tu as fait, je ne te trouve même plus beau : pour moi, tu es le plus vilain de tous les hommes[125]. » 3. Philippe ne lui répondit rien, contrairement à ce qu'on imaginait après les cris de colère qu'il avait poussés à plusieurs reprises en entendant ces mots. Feignant d'accueillir ces paroles avec douceur, comme un homme naturellement modéré et plein de sens politique, il prit Aratos l'Ancien par la main, le fit sortir du théâtre et monta avec lui au sanctuaire de l'Ithomè, pour offrir un sacrifice à Zeus et examiner la place[126]. 4. Celle-ci n'est pas moins bien défendue que l'Acrocorinthe ; si on y met une garnison, elle devient redoutable et presque inexpugnable pour ses voisins. 5. Philippe y monta donc et offrit un sacrifice. Quand le devin lui présenta les entrailles du bœuf, il les prit des deux mains et les montra à Aratos et à Démétrios de Pharos, en se penchant tour à tour vers chacun d'eux et en leur demandant ce qu'ils voyaient dans les entrailles de la victime : devait-il s'emparer de la citadelle ou la rendre aux Messéniens[127] ? 6. Démétrios se mit à rire : « Si tu as une âme de devin, lui dit-il, tu lâcheras cette position, mais si tu as l'âme d'un roi, tu saisiras le bœuf par ses deux cornes. » Il faisait allusion au Péloponnèse qui lui serait entièrement soumis et asservi si, après l'Acrocorinthe, il prenait également l'Ithomè. 7. Aratos resta longtemps silencieux ; enfin, prié par Philippe de donner son avis, il dit : « Il y a en Crète, Philippe, beaucoup de grandes montagnes ; il y en a beaucoup d'autres sur la terre des Béotiens et des Phocidiens ; on trouve sans doute aussi chez les Acarnaniens des positions admirablement fortifiées, sur terre et sur mer. 8. Or tu ne t'es emparé d'aucune d'entre elles, et pourtant tout le monde accepte d'exécuter tes ordres. Ce sont les brigands qui s'attachent aux falaises et s'entourent de précipices ; pour un roi, il n'y a rien de plus fort ni de plus sûr que la confiance et la faveur des peuples. 9. C'est ce qui t'ouvre la mer de Crète, c'est ce qui t'ouvre le Péloponnèse ; ce sont ces débuts qui t'ont permis de devenir déjà, malgré ton jeune âge, le chef des uns et le maître des

---

125. Il faut supposer que c'est au cours d'une assemblée tenue au théâtre que le fils d'Aratos s'était ainsi adressé à Philippe.
126. Le mont Ithomè était la place forte où s'étaient réfugiés les hilotes de Messénie lors de la grande révolte de 461. La Messénie ayant retrouvé son indépendance après les victoires d'Épaminondas sur les Spartiates, le mont Ithomè était devenu un lieu sacré mais qui demeurait une position fortifiée.
127. L'Illyrien Démétrios de Pharos était devenu le conseiller de Philippe et son influence sur le roi est jugée particulièrement néfaste par Polybe (VII, 12-14), singulièrement en ce qui concerne les événements de Messénie (voir supra, XLIX, 3 et note).

autres[128]. » 10. Comme il parlait encore, Philippe rendit les entrailles au devin et entraîna Aratos en le prenant par la main. « Repartons donc par le même chemin » s'écria-t-il, comme si Aratos lui avait fait violence et lui avait enlevé la cité[129].

LI. 1. Aratos se retira bientôt de la cour et renonça peu à peu à son intimité avec Philippe. Quand celui-ci passa en Épire et lui demanda de l'accompagner dans cette expédition, il refusa et resta en arrière, de peur d'être éclaboussé d'une fâcheuse réputation par les actes de Philippe[130]. 2. Vaincu par les Romains, celui-ci perdit honteusement ses navires et regagna le Péloponnèse après avoir entièrement échoué dans son entreprise; il essaya une nouvelle fois de tromper les Messéniens mais, ne parvenant pas à dissimuler ses intentions, il leur fit tort ouvertement et ravagea leur pays. 3. Aratos se détourna alors totalement de lui et le prit en haine: il connaissait à présent les outrages infligés par Philippe à son gynécée et il en était violemment contrarié, tout en dissimulant l'affaire à son fils, à qui il n'aurait servi à rien de connaître son infortune, puisqu'il ne pouvait se venger. 4. En apparence, Philippe avait subi une métamorphose très grande et surprenante: le roi plein de douceur, le jeune homme rangé de naguère était devenu un homme débauché et un tyran funeste. Mais en fait sa nature n'avait pas changé: sa méchanceté, longtemps dissimulée par peur, éclatait maintenant qu'il n'avait rien à craindre[131].

LII. 1. Dès le début, les sentiments qu'il portait à Aratos avaient été mêlés de honte et de crainte, et il le fit bien voir par sa manière d'agir envers lui. 2. Il désirait le tuer, car il se disait que, tant qu'Aratos serait vivant, il ne pourrait pas être libre, et encore moins agir en tyran ou en roi, mais il n'osa pas employer la force. Il demanda à Taurion, un des généraux et des Amis, d'agir en secret, de préférence par le poison, en son absence. 3. Taurion se lia avec Aratos et lui administra un poison qui n'était ni rapide ni violent; c'était une de ces drogues qui provoquent d'abord dans le corps des bouffées de chaleur épuisantes et une faible toux, puis font dépérir insensiblement jusqu'à la mort. 4. Aratos comprit ce qui lui arrivait mais il ne servait à rien de dénoncer le crime: il supporta donc son mal doucement et en silence, comme s'il souffrait d'une maladie banale et ordinaire. Une fois cependant, il cracha du sang devant un de ses proches, qui se trouvait dans sa chambre; celui-ci s'étonnant à cette vue, il lui dit: « Voilà, Céphalon, le prix de l'amitié d'un roi. »

---

128. Les événements de Crète sont rapportés supra, en XLVIII, 5.
129. Tout ce récit est directement inspiré de Polybe (VII, 12, 1-10).
130. Il s'agit en fait des débuts de ce que l'on appelle la première guerre de Macédoine, puisque c'est sur les conseils d'Hannibal que Philippe entreprit cette expédition en Illyrie dirigée contre Rome, et qui s'acheva de façon désastreuse. Sur ces événements, voir Will (1982), p. 77-100.
131. Plutarque reprend ici encore le jugement de Polybe (X, 26) avec toutefois cette différence que pour lui, la mauvaise nature de Philippe était innée, mais avait été longtemps dissimulée, alors que pour l'historien achéen, les qualités naturelles du roi avaient été altérées au fur et à mesure qu'il avançait en âge.

LIII. 1. Il mourut ainsi à Aïgion, alors qu'il était stratège pour la dix-septième fois[132]. Les Achéens voulaient l'enterrer dans cette cité et y élever un tombeau digne de sa vie, mais les Sicyoniens considéraient comme un malheur que son corps ne fût pas déposé chez eux. 2. Ils persuadèrent les Achéens de le leur laisser. Cependant, une loi ancienne, renforcée par une peur superstitieuse, leur interdisait d'enterrer personne à l'intérieur de leurs murs. Ils envoyèrent une ambassade à Delphes interroger la Pythie sur ce point. Elle leur rendit l'oracle suivant :

> 3. Tu hésites toujours, Sicyone, à payer
> Le prix de ton salut par des fêtes sacrées
> En l'honneur d'Aratos, le prince qui n'est plus ?
> Le rejet qui l'accable est une impiété
> Qui accable la terre et le ciel et la mer.

4. Lorsque cet oracle leur parvint, tous les Achéens furent remplis de joie, et particulièrement les Sicyoniens. Ils changèrent aussitôt leur deuil en fête : couronnés et vêtus de blanc, au milieu des péans et des chœurs, ils ramenèrent d'Aïgion le corps dans leur cité. Ils choisirent un lieu bien en vue et l'y enterrèrent comme le fondateur et le sauveur de leur cité[133]. 5. Cet endroit s'appelle encore aujourd'hui l'Arateion ; on y offre des sacrifices en l'honneur d'Aratos le jour où il délivra sa cité de la tyrannie, le cinq du mois de Daesios, que les Athéniens nomment Anthestérion[134] : ce sacrifice est appelé Sotéria [« Sacrifice du salut »] ; ils en offrent un autre au jour anniversaire de sa naissance. 6. Le premier sacrifice fut inauguré par le responsable du culte de Zeus Soter [« Sauveur »], le second par le prêtre d'Aratos, ceint d'une bandelette qui n'était pas entièrement blanche mais mêlée de pourpre. Les artistes de Dionysos chantèrent des hymnes accompagnés à la cithare ; le gymnasiarque conduisit la procession, à la tête des enfants et des éphèbes ; venaient ensuite les membres du conseil, avec des couronnes sur la tête, puis les simples citoyens[135]. 7. On a conservé encore aujourd'hui, par piété, quelques traces des cérémonies d'autrefois, mais la plupart de ces honneurs ont disparu, effacés par le temps et par d'autres événements[136].

---

132. En 213-212.
133. C'était en effet un interdit. Seuls les fondateurs plus ou moins mythiques d'une cité pouvaient avoir leur tombeau sur l'agora. C'est précisément ce que va permettre la réponse de l'oracle en faisant d'Aratos le refondateur de Sicyone et en l'élevant au rang de héros. D'où les honneurs particuliers qui lui sont rendus : sacrifices et concours musicaux et athlétiques.
134. Le mois attique d'Anthestérion correspond approximativement à février.
135. Le premier sacrifice était consacré à Zeus Soter (c'est-à-dire Sauveur), d'où le nom de Sotéria, alors que le second était consacré à Aratos. Les corporations d'artistes dionysiaques étaient formées de musiciens professionnels (ici des citharèdes). Le gymnasiarque était le magistrat préposé au gymnase où s'entraînaient les jeunes athlètes.
136. On conçoit aisément que dans la province romaine d'Achaïe, de telles cérémonies en l'honneur d'un héros « politique » n'aient pas survécu.

LIV. 1. Telle fut donc la vie d'Aratos l'Ancien et telle fut sa nature, d'après les historiens. 2. Philippe qui était naturellement pervers et qui mêlait l'insolence à la cruauté, fit administrer à son fils des drogues qui n'étaient pas mortelles mais qui rendaient fou : il lui ôta ainsi la raison. 3. Le malade s'abandonna à des transports terribles et étranges, se livrant à des actes absurdes, à des passions déshonorantes et funestes. Aussi, bien qu'il fût jeune et dans la fleur de l'âge, sa mort ne fut pas un malheur, mais une délivrance à ses maux et un salut.
4. Philippe paya à Zeus, protecteur des hôtes et des amis, le juste salaire de son impiété[137]. 5. Il fut battu par les Romains et dut se rendre : il perdit son empire, abandonna tous ses navires, sauf cinq, s'engagea à verser mille talents et livra son fils comme otage. On lui laissa par pitié la Macédoine et ses dépendances. 6. Mais, comme il continuait à tuer les meilleurs citoyens et ses plus proches parents, il emplit d'horreur et de haine tout son royaume. 7. Le seul bonheur qui lui restait, au milieu de tant de malheurs, était un fils d'une vertu remarquable ; mais les honneurs que les Romains accordaient à ce fils suscitèrent la malveillance et la jalousie du père : Philippe le fit périr. Il laissa le pouvoir à son autre fils, Persée, qui n'était pas, dit-on, un enfant légitime, mais un fils supposé, né d'une couturière nommée Gnathaenion[138]. 8. C'est de ce Persée que triompha Paul-Émile ; avec lui s'éteignit la dynastie royale des Antigonides[139]. En revanche, la postérité d'Aratos subsiste encore de nos jours à Sicyone et à Pellène.

---

137. Philippe mourut en 179. Il avait subi une écrasante défaite en 197 à Cynoscéphales et était demeuré l'allié de Rome jusqu'à sa mort.
138. Il s'agit de Démétrios qui avait été otage à Rome. Les Romains comptaient bien qu'une fois devenu roi, il demeurât leur allié. Sur la naissance illégitime de Persée, voir Paul-Émile, *VIII, 11.*
139. Persée fut vaincu par Paul-Émile en 168 à Pydna, et la Macédoine fut proclamée «libre» et divisée en quatre districts autonomes (voir Will, 1982, p. 279-280). C'est à l'un des descendants du stratège achéen qu'est dédiée la Vie d'Aratos *(voir supra, I, 5 et XXVI, 4).*

BIBLIOGRAPHIE

Vie d'Aratos

Aymard A.
• *Les assemblées de la Confédération achaienne. Étude critique d'institutions et d'histoire,* Bordeaux, 1938.
• *Études d'histoire ancienne,* Paris, 1967.

Savalli-Lestrade I.
Les Philoi *royaux dans l'Asie hellénistique. Recherche de prosopographie et d'histoire,* Genève, 1998.

Will E.
Histoire politique du monde hellénistique (323-30 avant J.-C.), Nancy, 2ᵉ éd., t. I, 1979 ; t. II, 1982.

GALBA-OTHON

Les Vies de *Galba* et d'*Othon*, éphémères empereurs romains de l'année 69, ne faisaient pas partie des Vies parallèles, dans lesquelles le propos de Plutarque a toujours été d'associer un Romain et un Grec, pour susciter une comparaison morale destinée à rapprocher, dans l'esprit du lecteur, les deux parties, grecque et latine, de l'Empire. Les Vies des deux empereurs appartenaient vraisemblablement à une série de biographies impériales, dont toutes les autres Vies ont été perdues, et ces deux seules pièces conservées ont toujours été jointes par les éditeurs aux Vies parallèles. Aucune comparaison finale ne venait donc clore ces deux biographies, et il peut paraître illégitime d'en esquisser une. On ne peut cependant manquer d'être frappé par le destin croisé et antithétique des deux personnages. Héritier d'une longue lignée républicaine, allié aux plus grandes et plus anciennes familles de Rome, Sulpicius Galba connut une brillante carrière sénatoriale, qui le mena au faîte des honneurs, le proconsulat d'Afrique, et lui valut nombre de missions de confiance de la part des empereurs. Marqué par les vieux principes républicains, il accéda à un pouvoir qui n'était plus fait pour lui : sa rigueur financière passait pour de l'avarice dans un monde dispendieux, sa fermeté militaire pour de la morgue déplacée auprès de soldats habitués à d'autres chefs. Ballotté entre ses certitudes d'un autre temps et les conseils néfastes d'un entourage calculateur et ambitieux, trahi physiquement et intellectuellement par son âge, il se laissa entraîner à une série de décisions contradictoires et catastrophiques, qui s'achevèrent en tragédie sordide sur le forum, sous les yeux d'un peuple romain monté sur les terrasses pour jouir du spectacle.

Othon, à l'inverse de son prédécesseur, était de fraîche noblesse : sa famille, comme celle des futurs empereurs flaviens, appartenait à ces aristocraties italiennes qui avaient accédé au Sénat lors de la «révolution romaine» pour avoir été les principaux soutiens d'Auguste dans sa marche au pouvoir. Il avait gagné par ses débauches et ses complaisances envers le mode de vie nouveau la confiance et l'amitié de Néron, à qui il devait l'essentiel de sa carrière. S'emparant du pouvoir par la trahison et le meurtre de Galba, il s'y révèle dès le premier abord comme un diplomate à la fois habile et ferme, sachant négocier et user à bon escient de la clémence et de la rigueur tant vis-à-vis des soldats que vis-à-vis du Sénat. L'attachement indéfectible des soldats à ce chef aux piètres qualités militaires et la grandeur de son attitude dans la défaite à Betriacum, dont témoigne un discours inattendu dans la bouche d'un compagnon dissolu de Néron, illustrent le changement du personnage, transformé par un pouvoir pour lequel il était visiblement fait. Sans doute Plutarque, comme Tacite, cède-t-il dans son portrait au goût du sublime, tant la rédemption d'Othon par le pouvoir paraît incroyable.

Tacite disait de Galba qu'il était apte au pouvoir s'il n'avait pas eu à l'exercer. Othon apparaît en revanche, chez les deux historiens, comme transformé par le pouvoir pour l'avoir exercé sans avoir eu à le conserver. Ce qui est chez Tacite vision tragique d'un monde où tout, vice comme vertu, ainsi qu'il l'écrit, est insupportable et porteur de catastrophes, prend chez Plutarque une tournure moins sombre, où la grandeur d'âme se révèle à travers l'adversité, l'analyse politique s'effaçant chez le biographe derrière les considérations morales du portrait.

R. S.

GALBA

I. 1. Selon l'Athénien Iphicratès[1], un mercenaire doit aimer la richesse et le plaisir car il sera plus hardi au combat s'il a besoin d'argent pour satisfaire ses désirs. Mais la plupart des gens préfèrent que la troupe ne s'abandonne jamais à une impulsion individuelle et obéisse, comme un seul homme, à celle de son général. 2. Voilà pourquoi, lorsque Paul-Émile prit le commandement de l'armée de Macédoine, pleine de bavards et d'indiscrets qui semblaient vouloir commander à sa place, il leur demanda, dit-on, d'avoir chacun la main prompte et le fer aiguisé, et de le laisser s'occuper du reste[2]. 3. Quant à Platon, observant qu'une armée ne peut rien faire d'un chef et d'un général de valeur, si elle manque de retenue et de cohésion, il pense que la vertu d'obéissance, comme la vertu royale, exige une nature généreuse et une éducation philosophique, capables surtout d'allier harmonieusement la douceur et l'humanité à la fougue et à l'énergie. 4. De nombreux malheurs, notamment ceux qui s'abattirent sur les Romains après la mort de Néron, confirment et illustrent cette idée : rien n'est plus terrible dans un Empire qu'une troupe de soldats qui s'abandonne à ses élans irréfléchis et irrationnels. 5. Après la mort d'Alexandre, Démade comparait l'armée macédonienne, qu'il voyait agitée de nombreux mouvements désordonnés et incontrôlés, au Cyclope aveugle[3]. 6. L'Empire romain fut en proie, comme elle, à des passions et à des troubles qu'on appelle titaniques : il se déchirait en différentes factions et en même temps rassemblait ses forces de tous côtés contre lui-même. Cette situation venait moins de l'ambition de ceux qu'on proclamait empereurs que de la cupidité et de l'indiscipline des soldats qui se servaient d'un chef pour chasser le précédent, comme un clou chasse l'autre[4]. 7. Denys avait donné à Polyphron de Phères[5], qui commanda dix mois en Thessalie et fut aussitôt assassiné, le surnom de «tyran de tragédie», pour se moquer de la rapidité de ce changement. 8. Mais en moins de temps encore le Palatium, la mai-

---

1. *Stratège athénien du IV*^{e} *siècle, réformateur de l'armée hoplitique où il imposa l'usage de troupes légères, les peltastes.*
2. *Plutarque prête cette conception de l'autorité et de l'obéissance à Paul-Émile (*Paul-Émile, *XI, 1-4 ; XIII, 6).*
3. *Comparaison citée dans* Apophtegmes des rois et des empereurs, *181 F et dans* Sur la Fortune et sur la Vertu d'Alexandre, *336 F.*
4. *L'année 69 a été souvent décrite comme la découverte du pouvoir des armées aux frontières, voir* Tacite, Histoires, *I, 4, 2. Le lien économique, social et politique, qui liait soldats et généraux, remontait en fait au dernier siècle de la République et aux guerres civiles : l'empereur, dès Auguste, était prisonnier de ses soldats, comme l'avaient été avant lui les* imperatores *républicains, de Marius à César.*
5. *Tyran éphémère de Phères, qui avait assassiné son frère Polydoros pour lui succéder et avait été tué par son neveu Alexandre (voir* Pélopidas *XXVI, 1 et XXIX, 5 ; voir aussi Dictionnaire, «Tyran/Tyrannie»).*

son des Césars, reçut quatre empereurs. On se serait cru au théâtre: l'un montait sur scène et l'autre en sortait[6]. 9. Cependant les victimes avaient au moins une consolation: on n'avait pas besoin de chercher un autre châtiment pour les coupables, car on les voyait se massacrer entre eux. Le premier à périr, et ce fut justice, fut celui qui les avait appâtés en leur faisant espérer que le changement de César leur apporterait tout ce qu'il leur promettait lui-même. Il jeta ainsi le discrédit sur une entreprise très belle, la révolte contre Néron: en lui donnant un salaire, il en fit une trahison.

II. 1. Nymphidius Sabinus, était, je l'ai dit, préfet du prétoire avec Tigellin[7]. Comme Néron était dans une situation tout à fait désespérée et s'apprêtait, de toute évidence, à s'enfuir en Égypte, Nymphidius Sabinus fit croire aux soldats qu'il n'était plus à Rome et s'était déjà enfui, et il les poussa à proclamer empereur Galba. 2. Il promit aux gardes du palais et à ceux qu'on appelle prétoriens une prime de sept mille cinq cents drachmes par homme et une gratification de douze cent cinquante drachmes aux soldats du dehors. Il était impossible de réunir une telle somme sans infliger à toute la population mille fois plus de maux que Néron lui-même ne l'avait fait[8]. 3. Cette promesse causa aussitôt la perte de Néron et peu après celle de Galba: les soldats abandonnèrent le premier pour toucher cet argent, et tuèrent le second parce qu'ils ne le touchaient pas. 4. Ensuite, cherchant quelqu'un qui leur donnerait une telle somme, ils s'épuisèrent en défections et en trahisons, avant d'obtenir ce qu'ils espéraient. 5. Rapporter chaque détail avec précision relèverait de l'histoire événementielle; mais les faits dignes de mémoire qui sont liés aux actes et aux passions des Césars, je ne dois pas, moi non plus, les passer sous silence[9].

III. 1. Sulpicius Galba fut, de l'avis général, le plus riche particulier qui s'introduisit jamais dans la maison des Césars[10]. Sa noblesse lui conférait un grand prestige, car il appartenait à la famille des Servii, mais il était plus fier de sa parenté avec Catulus

---

6. *Cette comparaison annonce la sinistre théâtralisation du meurtre de Galba (voir* infra, *XXVI, 6).*
7. *On ne connaît pas la carrière de Nymphidius Sabinus avant la préfecture du prétoire (voir* Demougin, 1992, p. 542). *Sur ses origines, voir* infra, *IX. Tigellin, d'origine obscure, né à Agrigente, devait sa promotion aux préfectures des vigiles et du prétoire à la passion des chevaux qu'il partageait avec Néron (voir* Sablayrolles, 1996, p. 480-481).
8. *Le* donativum *promis par Nymphidius représentait 150 millions de sesterces pour un prétoire de 5 000 soldats (chiffre de Durry, 1938, p. 81-89) et 750 millions de sesterces pour les quelque 150 000 légionnaires (chiffre de Jacques, Scheid, 1990, p. 130). Ces chiffres représentaient respectivement 10 et 5 années de solde par soldat pour les prétoriens et les légionnaires.*
9. *Plutarque oppose la biographie (les grands événements liés aux passions des hommes) à l'histoire (l'enchaînement des causes et des effets), voir* Dictionnaire, *«Histoire» et «Vie». La même distinction est développée dans* Alexandre, *I, 1-2.*
10. *Témoignent, entre autres, de la richesse des Sulpicii, les gigantesques entrepôts à blé qu'ils entretenaient à Rome près du Tibre (sur les* horrea Galbana, *les «greniers de Galba», voir* Rodriguez Almeida, 1981, p. 102-103 et pl. XVI et Rickman, 1971, p. 120-121).

qui, par sa valeur et sa gloire, avait été le premier des hommes de son temps, même s'il avait abandonné volontairement le pouvoir à d'autres[11]. 2. Galba était aussi apparenté à Livie, la femme de César, et c'est pourquoi, quand il revêtit sa charge de consul, elle le fit sortir du Palatium[12]. 3. Il commanda brillamment, dit-on, une expédition en Germanie et, proconsul d'Afrique, il fut un des rares magistrats dignes d'éloge[13]. 4. La simplicité de son train de vie, la modicité de ses dépenses et son refus du superflu le firent accuser d'avarice, quand il devint empereur, car la réputation de retenue et de tempérance qu'il s'était acquise n'était plus à la mode. 5. Il fut envoyé en Espagne comme gouverneur par Néron qui n'avait pas encore appris à craindre les citoyens de grand renom[14]. Du reste, Galba semblait d'un naturel doux et, de plus, sa vieillesse était une garantie de prudence.

IV. 1. En Espagne, les abominables procurateurs[15] pillaient cruellement et sauvagement les provinces pour Néron. Galba ne pouvait secourir la population, sinon en compatissant publiquement aux souffrances et aux mauvais traitements qu'elle subissait, ce qui lui permit, dans une certaine mesure, d'apporter un peu de soulagement et de réconfort à ceux qui étaient condamnés et vendus. 2. On composait contre Néron des couplets qu'on faisait circuler et qu'on chantait partout[16] ; Galba ne

---

11. La gens Sulpicia (et non Servia, comme l'écrit Plutarque, puisque Servius est le prénom de nombreux Sulpicii) remontait à un Publius Sulpicius Galba consul en 211 et 200 ; elle comptait plusieurs pontifes, un orateur célèbre adversaire de Caton l'Ancien et un consul en 108 avant J.-C. (Sancery, 1983, p. 177-179). La mère de Galba, Mummia Achaïca, était la petite-fille de Quintus Lutatius Catulus, princeps du Sénat dans les années 70 avant J.-C. (voir Pompée, XV-XVI, XXV ; César, VI-VII ; Crassus, XIII, 1), et descendait de Mummius Achaïcus, le vainqueur de Corinthe en 146 avant J.-C. (voir Suétone, Galba, III, 7-8).
12. Si Livie favorisa bien la carrière de Galba, qu'elle avait couché sur son testament (voir Suétone, Galba, V, 3), elle n'avait aucune parenté avec lui et l'homonymie de la belle-mère de Galba, Livia Ocellina, et de l'impératrice n'était que pure coïncidence. En 33, année du consulat de Galba, Livie était décédée depuis quatre ans.
13. Nommé en 39 à la tête de la Germanie Supérieure par Caligula, Galba s'y fit remarquer par une discipline de fer imposée aux soldats et par de probants succès au-delà du Rhin (voir Suétone, Galba, VI). À la mort de Caligula, les officiers des légions du Rhin le pressèrent de prendre le pouvoir, ce qu'il refusa (Suétone, Galba, VII, 1). En 44-46, Claude lui confia en Afrique une mission exceptionnelle puisqu'il fut, contre la règle, nommé proconsul par l'empereur dans une province sénatoriale, avec un pouvoir peut-être étendu aux Maurétanies (voir Sancery, 1983, p. 27-29).
14. En nommant, en 61, Galba à la tête de la Tarraconaise, Néron éloignait de Rome un personnage que son ascendance, ses relations, sa carrière et ses compétences désignaient comme un redoutable opposant virtuel (voir Picard, 1962, p. 241).
15. Les conflits des procurateurs équestres et des gouverneurs sénatoriaux, tous nommés par l'empereur dans les provinces impériales, n'étaient pas rares. L'empereur en tirait souvent profit pour surveiller les uns grâce aux autres (voir Pflaum, 1948, p. 157-160).
16. L'opposition croissante à Néron s'explique peut-être, dans la péninsule Ibérique, par l'origine espagnole de plusieurs membres de la conjuration de Pison, condamnés à mort en 65 (Sénèque et Lucain notamment). Voir Picard (1962), p. 247.

sévit pas et ne partagea pas l'indignation des procurateurs, ce qui le rendit encore plus cher aux habitants. 3. Il exerçait cette charge depuis sept ans et il avait déjà tissé des liens étroits avec eux, lorsque Julius Vindex[17], propréteur de Gaule, se souleva contre Néron. 4. Avant même de se révolter ouvertement, il envoya, dit-on, une lettre à Galba qui ne s'y fia pas, mais refusa de dénoncer et d'accuser Vindex, à la différence d'autres gouverneurs[18] qui envoyèrent à Néron les lettres qu'ils avaient reçues et firent tout leur possible pour ruiner une entreprise à laquelle ils finirent par s'associer, avouant bien ainsi qu'ils s'étaient trahis eux-mêmes tout autant que Vindex. 5. Lorsque la guerre fut ouvertement déclarée, Vindex écrivit à Galba, l'invitant à accepter l'Empire et à se mettre à la disposition d'un corps vigoureux qui cherchait une tête[19] : il parlait des Gaules, qui avaient cent mille soldats en armes et pouvaient en armer bien davantage. Galba exposa cette proposition à ses amis. 6. Certains lui conseillaient d'attendre de voir si Rome allait bouger et tenter une révolution, 7. mais Titus Vinius[20], le chef de la cohorte prétorienne, leur dit: «Galba, que signifie cette délibération? Examiner si nous allons rester fidèles à Néron, c'est déjà ne plus l'être. Nous devons soit considérer Néron comme notre ennemi et ne pas sacrifier l'amitié de Vindex, soit l'accuser et le combattre aussitôt puisqu'il veut que les Romains t'aient pour chef plutôt que Néron pour tyran.»

V. 1. Alors, Galba annonça par affiches qu'à une date fixée, il affranchirait l'un après l'autre tous ceux qui le lui demanderaient[21]. La rumeur se répandit et une foule d'hommes, impatients de faire la révolution, se rassemblèrent. Galba ne se fut pas plus tôt montré sur son tribunal que tous, d'une seule voix, le proclamèrent empereur. 2. Il n'accepta pas tout de suite ce titre; après avoir accusé Néron et déploré la mort des plus illustres de ses victimes, il s'engagea à consacrer tous ses soins à la patrie, sans se faire appeler César ni empereur, mais légat du Sénat et du peuple

---

17. *Issu d'une famille princière aquitaine (voir Dion Cassius,* Histoire romaine, *LXIII, 22, 1), Julius Vindex faisait partie de ces Julii gaulois dont la citoyenneté remontait à César ou Auguste pour services rendus dans la guerre des Gaules, la guerre civile ou les opérations de pacification (voir Drinkwater, 1983, p. 53 et suiv.). Son père avait accédé au Sénat sous Claude et lui-même avait été, après sa préture, nommé probablement gouverneur de Lyonnaise (voir Suétone,* Néron, *XL, 1 et Brunt, 1959, p. 531-532).*

18. *Peut-être faut-il compter dans le nombre Valérius Asiaticus, légat gouverneur de Belgique (sur son attitude, voir Tacite,* Histoires, *II, 94).*

19. *La fraîche noblesse de Vindex le forçait à chercher un prétendant digne du pouvoir, ce qui explique sa démarche auprès de Galba (voir infra, V, 3). Son évaluation des forces disponibles est largement exagérée: seuls, les Séquanes, les Arvernes, les Éduens et les Viennois répondront favorablement à ses avances, et les troupes massacrées à Vesontio (Besançon) n'excédaient pas 20 000 guerriers (voir Pline l'Ancien,* Histoire naturelle, *IV, 33; Tacite,* Histoires, *I, 51, 7; IV, 17, 6; I, 65, 2-4 et infra, VI, 4).*

20. *Sur sa carrière antérieure, voir Tacite,* Histoires, *I, 48, 3-7 et infra, XII-XIII. Issu d'une vieille famille sénatoriale, il avait atteint la préture, commandé une légion, et était devenu proconsul de Narbonnaise. Il était en Espagne* legatus *de Galba (voir Suétone,* Galba, *XIV, 3).*

21. *Curieuse mesure qui laisse penser que Galba était prêt à enrôler même des esclaves.*

romain[22]. 3. Vindex avait fort bien manœuvré appelant Galba à l'Empire, comme le montra la réaction de Néron. Celui-ci affectait de mépriser Vindex et de ne tenir aucun compte de ce qui se passait en Gaule mais, dès qu'il apprit l'attitude de Galba (il venait de prendre un bain et déjeunait), il renversa la table. 4. Cependant, comme le Sénat avait déclaré Galba ennemi public[23], il voulut plaisanter et se montrer intrépide devant ses amis : il déclara qu'il tenait là un bon prétexte pour se procurer l'argent dont il avait besoin[24] : 5. quand les Gaules seraient soumises, il les mettrait au pillage, et il pouvait d'ores et déjà disposer des possessions de Galba et les vendre, maintenant que celui-ci était ennemi public. 6. Il mit donc en vente les biens de Galba. À cette nouvelle, celui-ci fit proclamer que toutes les propriétés de Néron en Espagne étaient à vendre, et il trouva des acquéreurs plus empressés que son rival[25].

VI. 1. Beaucoup de gens se soulevèrent contre Néron et tous se rallièrent volontiers à Galba. Seuls, Clodius Macer[26] en Afrique et Verginius Rufus qui commandait en Gaule l'armée de Germanie[27], agirent isolément, mais pour des raisons différentes. 2. Clodius, poussé par la cupidité et la cruauté, s'était rendu coupable de vols et de meurtres ; il était manifestement indécis, aussi incapable de conserver sa charge que d'y renoncer. 3. Quant à Verginius, les légions très puissantes qu'il commandait l'avaient proclamé empereur à plusieurs reprises et voulaient lui donner ce titre de force, mais il affirmait qu'il n'accepterait jamais l'Empire et qu'il ne le laisserait pas donner à quelqu'un que le Sénat n'aurait pas choisi[28]. 4. Galba s'en émut d'abord vivement. Quand les armées de Verginius et de Vindex, faisant pour ainsi dire violence à leurs chefs[29], les entraînèrent, tels des cochers incapables de tenir les rênes, dans une grande bataille et que Vindex se fut tué sur les corps de vingt mille

---

22. *Habile message politique de Galba qui, par ce geste, se cantonnait à une stricte légalité républicaine (être le représentant du* Senatus PopulusQue Romanus*) et refusait les titres de* Caesar *et d'*imperator, *qui auraient fait de lui un usurpateur. Suétone (*Galba, X, 1*) décrit la scène dans les mêmes termes.*
23. *À la merci de Néron, le Sénat, à Rome, n'a pu se montrer sensible au geste diplomatique de Galba.*
24. *La fin du règne de Néron, avec la construction de la* Nova Urbs, *« Ville nouvelle », après l'incendie de 64, les jeux somptueux et les expéditions d'Orient, fut marquée par de sérieuses difficultés financières.*
25. *Le succès de l'opération témoigne de l'ampleur de l'opposition à Néron dans la péninsule Ibérique.*
26. *Lucius Clodius Macer était en 68 légat de la* legio III Augusta *et chef des cohortes auxiliaires d'Afrique.*
27. *Les Germanies Supérieure et Inférieure ne furent organisées en provinces que sous Domitien, en 85, et ne constituèrent, de Tibère à Domitien, que des districts autonomes confiés à des légats consulaires (voir Eck, 1985).*
28. *Le loyalisme de Verginius Rufus, à la différence de celui de Galba, ne se démentit pas. Il était issu d'une famille équestre de Médiolanum (Milan) et avait atteint, comme beaucoup d'aristocrates italiens du Ier siècle, les plus hautes dignités sénatoriales : consulat et commandement en Germanie (voir Demougin, 1992, p. 183-184).*
29. *Les soldats engagèrent le combat malgré les négociations de Vindex et de Verginius Rufus (voir Dion Cassius, LXIII, 24).*

Gaulois, le bruit se répandit que, pour prix d'une si grande victoire, tous voulaient que Verginius acceptât l'Empire, sinon ils se rallieraient de nouveau à Néron. 5. Alors Galba fut épouvanté. Il écrivit à Verginius, l'invitant à s'entendre avec lui et à conserver aux Romains leur Empire et leur liberté. 6. Puis il retourna avec ses amis à Clunia[30], une cité espagnole, où il passa son temps à se repentir de ce qui s'était passé et à regretter son inaction familière et coutumière, au lieu de faire ce qui était nécessaire.

VII. 1. On était déjà en été. Un jour, peu avant le soir, un affranchi, Icélus arriva de Rome dont il était parti sept jours plus tôt[31]. 2. Apprenant que Galba s'était retiré pour se reposer, il se rendit aussitôt à sa chambre, dont il força l'entrée malgré ceux qui gardaient les portes. Quand il fut devant Galba, il lui annonça que, Néron vivant encore mais ne se montrant plus nulle part, l'armée puis le peuple et le Sénat avaient proclamé Galba empereur, et que, peu après, on avait annoncé la mort de Néron. 3. « Je n'ai pas voulu y croire, ajouta-t-il ; je suis allé devant le cadavre. Quand je l'ai vu à terre, je suis parti. » 4. À cette nouvelle, Galba fut transporté et rayonna de joie ; la foule accourut à sa porte et il l'encouragea avec assurance. 5. La rapidité du messager inspirait des doutes[32], mais, deux jours plus tard, Titus Vinius arriva du camp avec d'autres [...] et lui rapporta en détail les décisions du Sénat. 6. Vinius fut aussitôt promu à un poste honorifique ; quant à l'affranchi, il reçut de Galba des anneaux d'or[33] : il se nommait Icélus, mais se fit désormais appeler Marcianus et devint le plus influent de ses affranchis.

VIII. 1. Cependant, à Rome, Nymphidius Sabinus avait pris le contrôle de presque toutes les affaires, non pas lentement et insensiblement mais d'un seul coup. Il se disait que Galba était âgé et qu'il aurait à peine la force, à cause de sa vieillesse (il avait soixante-treize ans), de faire en litière le trajet jusqu'à Rome[34]. 2. Quant aux troupes qui se trouvaient dans la Ville, elles lui étaient dévouées depuis longtemps et dépendaient maintenant de lui seul[35] : vu l'importance de la gratification promise, elles le considéraient comme leur bienfaiteur et Galba comme leur débiteur.

---

30. *Coruña del Conde sur les rives du Duero. Les regrets de Galba étaient à la mesure de ses hésitations à se lancer dans l'usurpation (voir supra, I, 5-6).*
31. *Icélus, comme souvent les affranchis, représentait à Rome les intérêts de son ancien maître en l'absence de celui-ci.*
32. *Les 7 jours de voyage paraissent en effet surprenants pour la traversée maritime et les quelque 350 km qui séparaient Clunia de la côte méditerranéenne.*
33. *L'anneau d'or était l'insigne de l'ordre équestre, auquel désormais se trouvait associé Icélus qui troqua son surnom grec, trop caractéristique de son ancienne condition servile, pour Marcianus, plus latin et plus noble (voir Demougin, 1984, p. 223).*
34. *Galba était de surcroît atteint de la goutte, qui lui avait déformé les pieds et les mains.*
35. *L'élimination de Tigellin laissait Nymphidius seul à la tête des prétoriens. Son commandement ne s'étendait cependant ni aux trois cohortes urbaines, subordonnées au préfet sénatorial de la ville, ni aux sept cohortes de vigiles, subordonnées au préfet des vigiles (Sablayrolles, 1996, p. 96-97).*

3. Nymphidius ordonna aussitôt à son collègue Tigellin de déposer son épée ; il offrit des réceptions et pria à dîner les anciens consuls et les anciens préteurs, en ajoutant le nom de Galba sur les invitations. En même temps, dans le camp il poussait beaucoup de soldats à dire qu'il fallait envoyer demander à Galba Nymphidius comme préfet du prétoire à perpétuité, sans collègue[36]. 4. Le Sénat l'honora et renforça sa puissance ; il le proclama bienfaiteur et, chaque jour, il courait à sa porte pour le prier de proposer et de ratifier tous les décrets[37]. L'audace de Nymphidius s'en accrut ; en peu de temps il inspira aux courtisans non seulement de la jalousie, mais même de la peur. 5. Les consuls[38] avaient chargé des esclaves publics de porter les décrets à l'empereur et leur avaient donné ce qu'on appelle des « courriers diplomatiques » scellés, au vu desquels, aux différents relais, les magistrats de chaque cité accéléraient le passage de ces messagers. Nymphidius se mit dans une violente colère parce que les consuls n'avaient pas accepté son sceau et ses soldats pour ces courriers. 6. Il hésita même, dit-on, à prendre des sanctions contre eux, mais ensuite, devant leurs excuses et leurs prières, il apaisa sa colère. Pour complaire aux gens du peuple, il ne les empêcha pas de torturer tous les amis de Néron qui lui tombèrent sous la main. 7. Ils tuèrent le gladiateur Spiculus[39] en le jetant sous les statues de Néron qu'on traînait sur le forum ; ils renversèrent Aponius, un délateur, et firent passer sur son corps des chariots qui transportaient un chargement de pierres ; ils mirent en pièces beaucoup d'autres personnes, dont certaines n'avaient rien fait de mal. 8. Aussi Mauricus[40], un homme que l'on considérait comme un des meilleurs et qui l'était réellement, déclara-t-il au Sénat : « Je crains que bientôt on ne regrette Néron. »

IX. 1. Se rapprochant ainsi du but qu'il espérait atteindre, Nymphidius n'hésitait pas à se dire fils de Caius César, l'empereur qui avait succédé à Tibère. 2. Caius avait eu apparemment dans son adolescence une liaison avec la mère de Nymphidius, une personne assez agréable à regarder, fille d'un affranchi de César, Callistos, et d'une couturière à la journée. 3. Mais, apparemment, Caius n'avait eu de relations avec elle qu'après la naissance de Nymphidius : ce dernier passait pour être le fils du gladiateur Martianus, dont Nymphidia avait été amoureuse à cause de sa célé-

---

36. *La collégialité des préfets n'était pas de règle, mais c'était une précaution généralement suivie depuis la tentative de coup d'État de Séjan contre Tibère en 31. La révocation d'un préfet ne dépendait que de l'empereur (voir Durry, 1938, p. 163-164).*

37. *Nymphidius recevait du Sénat les égards dus à l'empereur :* salutatio *à domicile, attente des décisions et du sceau.*

38. *Néron, en avril 68, s'était proclamé consul sans collègue pour faire face à la révolte (voir Suétone,* Néron, *XLIII, 2). Les consuls de 68, Publius Galerius Trachalus et Tiberius Catius Silius Italicus, avaient probablement repris leurs fonctions après le suicide de l'empereur.*

39. *Ce gladiateur avait reçu de larges gratifications de Néron (voir Suétone,* Néron, *XXX, 5).*

40. *Junius Mauricus, issu d'une famille italienne qui avait accédé au Sénat sous Tibère, faisait partie, avec son frère l'historien Arulénus Rusticus, du groupe des sénateurs stoïciens persécutés par Néron puis Domitien (voir Pline,* Lettres, *I, 5, 16).*

brité, et cette origine paraissait plus plausible à cause de la ressemblance physique entre les deux hommes[41]. 4. Nymphidius reconnaissait en tout cas avoir Nymphidia pour mère. Se considérant comme le seul responsable de la chute de Néron, il ne se jugeait pas suffisamment récompensé par ce qu'il en avait retiré : honneurs, richesses, liaison avec le Sporus[42] de Néron qu'il avait aussitôt envoyé chercher devant le bûcher où le corps de l'empereur brûlait encore, qu'il traitait comme une épouse et qu'il surnommait Poppée[43]. Il essayait de s'insinuer dans la succession de l'Empire[44]. 5. Il y travaillait lui-même à Rome, en faisant agir ses amis, des femmes et des sénateurs qui l'appuyaient en secret, et il envoya en Espagne comme observateur un de ses amis, Gellianus.

X. 1. Quant à Galba, depuis la mort de Néron, tout lui réussissait. Seul, Verginius Rufus, encore indécis, lui inspirait des inquiétudes : il craignait que cet homme qui commandait une armée nombreuse et belliqueuse, et qui, de plus, avait vaincu Vindex et soumis une grande partie de l'Empire romain secouée par la révolte, à savoir toute la Gaule, n'écoutât ceux qui l'invitaient à prendre le pouvoir. 2. Personne n'avait de plus grand renom que Verginius ni une gloire comparable à la sienne : son influence avait été décisive pour les Romains qu'il avait délivrés à la fois d'une tyrannie cruelle et des guerres en Gaule. 3. Mais ce grand homme resta alors fidèle aux décisions qu'il avait adoptées dès le début : il réservait au Sénat le choix de l'empereur[45]. 4. Pourtant, dès que la mort de Néron fut connue, la foule des soldats le pressa de nouveau ; un des tribuns de sa garde tira même son épée et le somma de choisir entre recevoir l'Empire ou le fer[46]. 5. Lorsque Fabius Valens, qui commandait une légion, eut, le premier, prêté serment à Galba et qu'une lettre de Rome lui apprit les décrets du Sénat, il décida, difficilement et à grand-peine, ses soldats à proclamer Galba empereur[47]. 6. Galba lui

---

41. Une version analogue est donnée par Tacite (Annales, XV, 72). Les passions partagées par les princes et les gladiateurs sont un des lieux communs des biographies impériales : on prêtait ainsi à Commode un père gladiateur à la place de Marc Aurèle.

42. Émasculé sur ordre de Néron, alors qu'il était encore enfant, il avait été métamorphosé en femme par l'empereur qui avait organisé pour lui un simulacre de mariage (voir Suétone, Néron, XXVIII, 1-4 et Dion Cassius, LXIV, 8).

43. Épouse de Néron après qu'il se fut débarrassé d'Octavie, sa sœur par adoption et première épouse (voir Suétone, Néron, XXXV, 1 et Othon, III, 1 ; voir aussi infra, XIX, 2-3).

44. Le précédent de Séjan contre Tibère, en 31, avait montré que le préfet du prétoire disposait de la puissance nécessaire pour accéder au pouvoir suprême, mais, durant les deux premiers siècles de notre ère, il demeura impensable qu'un chevalier pût devenir empereur.

45. Tacite (Histoires, I, 8, 6 et 52, 6) offre de ce respect scrupuleux de la légalité une autre explication : la conscience qu'avait Verginius Rufus de l'impossibilité pour un fils de chevalier (voir supra, VI, 3) d'accéder à la pourpre impériale.

46. Image concrète de la servitude dans laquelle les soldats tenaient les généraux, souvent contraints plus que désireux de disputer le pouvoir.

47. Autant que les décrets sénatoriaux, ce fut la décision de Fabius Valens, légat de la première légion stationnée à Bonna (actuelle Bonn), qui entraîna le choix de Verginius, prisonnier de ses soldats.

envoya Flaccus Hordéonius[48] pour lui succéder : Verginius lui fit bon accueil, lui remit son armée, se porta à la rencontre de Galba qui approchait et regagna Rome en sa compagnie. Galba ne lui témoigna ni colère ni marque d'honneur 7. – pas de colère parce qu'il respectait Verginius, pas d'honneur à cause de ses amis, et notamment de Titus Vinius qui jalousait Verginius et pensait le rabaisser : il ignorait qu'il aidait au contraire le bon *démon* de Verginius, lequel l'écartait à présent des guerres et de tous les malheurs qui étaient le lot des autres généraux, pour lui faire mener une vie sans orage et une vieillesse pleine de paix et de tranquillité[49].

XI. 1. Galba se trouvait près de Narbo Martius, une cité de Gaule, quand il rencontra les envoyés du Sénat. Ils le saluèrent et l'invitèrent à se montrer au plus vite au peuple qui était impatient de le voir[50]. 2. Dans toutes les rencontres et dans toutes les réunions, il fit preuve avec eux d'humanité et de simplicité ; quant aux repas, alors qu'il avait à sa disposition beaucoup de vaisselle et un service royal appartenant à Néron, que Nymphidius lui avait envoyé, il n'en fit aucun usage, et n'employa que ce qui était à lui. Cette attitude le fit apprécier : on vit en lui un homme généreux, qui méprisait ce luxe de mauvais goût. 3. Mais bientôt Vinius lui fit croire que ces manières nobles, modestes et politiques étaient de la démagogie, la délicatesse de quelqu'un qui s'avouait indigne de la grandeur : il le persuada de se servir des richesses de Néron et de ne pas hésiter à déployer dans les réceptions le luxe d'un roi. 4. Finalement, on eut l'impression que peu à peu le vieillard allait tomber sous la coupe de Vinius[51].

XII. 1. Or ce Vinius était, au dernier degré, et plus que tout autre, dominé par l'argent ; il était également porté à nouer des relations coupables avec les femmes. 2. Quand il était encore jeune et faisait sa première campagne sous les ordres de Calvisius Sabinus[52], il introduisit de nuit dans le camp, déguisée en soldat, l'épouse de son chef, une femme débauchée, et coucha avec elle au quartier général que les Romains appellent *principia*. 3. À la suite de cette affaire, l'empereur Caius le fit arrêter, mais après la mort de celui-ci, Vinius eut de la chance et fut libéré. 4. Comme il dînait chez l'empereur Claude, il déroba une coupe d'argent. L'empereur, apprenant ce larcin,

---

*48. Originaire d'une famille campanienne de Pouzzoles (voir d'Arms, 1974), âgé et infirme, Flaccus Hordéonius était décrit par Tacite (*Histoires, I, 9, 1 et 56, 1*) comme incapable, même de trahison.*

49. Il fut une troisième fois consul en 97, à 83 ans, année de sa mort, et il fit graver sur sa tombe l'épitaphe : « Ici repose Rufus, qui abattit autrefois Vindex et sauva l'Empire non pour lui-même mais pour la patrie » (Pline, Lettres, *VI, 10 et IX, 19).*

*50. Tacite évoque cependant la lenteur du voyage de Galba (*Histoires, I, 6, 2*), qui s'expliquait autant par la santé du vieil empereur que par la nécessité politique de régler la situation gauloise (voir Sancery, 1983, p. 86). Narbo Martius est l'actuelle Narbonne.*

51. Tacite emploie presque les mêmes mots (invalidum senem) *pour évoquer la soumission de Galba aux intérêts de Titus Vinius et Cornélius Laco (*Histoires, I, 6, 1*).*

52. Gouverneur de Pannonie en 39, année où Titus Vinius était tribun militaire (voir Tacite, Histoires, *I, 48, 5 et Dion Cassius, LIX, 18, 4).*

l'invita de nouveau le lendemain ; quand Vinius arriva, Claude ordonna aux serviteurs de ne mettre devant lui aucun objet en argent mais seulement de la vaisselle en terre cuite[53]. 5. Grâce à la modération de l'empereur, l'affaire parut donc comique et mériter plus de rires que de colère, mais ce que Vinius fit pour de l'argent, quand il eut subjugué Galba et qu'il disposa d'une très grande influence, fut pour les uns la cause, pour les autres le prétexte, de souffrances tragiques et de grands malheurs.

XIII. 1. Dès que Gellianus, qu'il avait envoyé auprès de Galba pour être, en quelque sorte, son espion, revint le trouver, Nymphidius apprit que Cornélius Laco[54] avait été nommé préfet du palais et de la garde prétorienne, que toute l'autorité appartenait à Vinius et que Gellianus n'avait jamais pu approcher Galba ni le rencontrer en privé, car tous le soupçonnaient et se défiaient de lui. Nymphidius en fut troublé. 2. Il réunit les chefs de l'armée[55] et leur dit : « Galba lui-même est un vieillard raisonnable et modéré mais, au lieu de se fier à son propre jugement, il se laisse gouverner, et fort mal, par Vinius et Laco. 3. Avant que ces deux hommes ne parviennent insensiblement à exercer sur les affaires l'influence qui était celle de Tigellin, il faut envoyer des ambassadeurs à l'empereur pour lui expliquer, de la part de l'armée, qu'il lui suffit d'écarter deux de ses amis pour être davantage apprécié et aimé de tous. » 4. Ce discours ne les persuada pas ; il leur paraissait absurde et déplacé de régenter un vieil empereur, comme à un jeune homme qui viendrait tout juste de goûter au pouvoir, sur les amis qu'il devait avoir ou non. Nymphidius choisit donc une autre méthode. Il envoya des lettres à Galba pour l'effrayer : tantôt, il lui écrivait qu'il y avait dans la ville beaucoup de troubles latents et menaçants, tantôt que Clodius Macer[56] bloquait en Afrique les approvisionnements de blé, que les légions de Germanie se soulevaient de nouveau et qu'on recevait les mêmes informations à propos des armées de Syrie et de Judée[57]. 5. Comme Galba ne l'écoutait pas du tout et se défiait de lui, il décida de passer à l'action, malgré les mises en garde de Clodius Celsus d'Antioche, un homme de bon sens, qui lui était dévoué et fidèle, et qui lui disait : « Je ne crois pas qu'il y aurait à Rome une seule maison pour saluer Nymphidius du titre d'empereur. » 6. Cependant beaucoup de gens se moquaient de Galba ; Mithridate du Pont[58], raillant sa calvitie et ses rides, déclarait :

---

53. L'anecdote est rapportée par Tacite (Histoires, I, 48, 6) et Suétone (Claude, XXXII, 4).

54. Ce chevalier était assesseur juridique de Galba en Espagne quand il fut élevé par celui-ci au prétoire.

55. Vraisemblablement les chefs désignés pour l'expédition contre les Albaniens, dont les légions ou les détachements avaient été rappelés à Rome (voir infra, XXV, 9) et, peut-être, les responsables de la garnison urbaine, préfets de la ville et des vigiles.

56. Voir supra, VI, 1.

57. Les menaces brandies par Nymphidius touchaient habilement trois domaines essentiels à la stabilité du pouvoir : la sécurité urbaine à Rome, l'approvisionnement de la ville, la fidélité des armées aux frontières du Rhin et de l'Orient. « Néron fut renversé par des messages et des rumeurs plutôt que par les armes », selon l'analyse de Tacite (Histoires, I, 89, 2).

58. Mithridate VII avait été remplacé sur le trône du Pont par son frère Cotys sur ordre de Claude, en 45-46, et il vivait depuis lors à Rome (voir Tacite, Annales, XII, 18).

« Les Romains croient maintenant que Galba est quelqu'un, mais quand ils le verront, ils rougiront en pensant aux jours où on l'aura appelé César. »

XIV. 1. On décida donc de conduire Nymphidius, vers le milieu de la nuit, dans le camp des prétoriens et de le proclamer empereur. 2. Mais, le soir venu, Antonius Honoratus, le premier des tribuns militaires[59], ayant réuni les soldats qu'il avait sous ses ordres, leur adressa de violents reproches, sans s'épargner lui-même : « Pourquoi avons-nous fait en si peu de temps de si nombreuses volte-face, qui n'étaient inspirées ni par la réflexion ni par le souci de choisir des chefs meilleurs, mais par un mauvais *démon* qui nous entraînait de trahison en trahison ? 3. La première fois, nous pouvions invoquer nos griefs contre Néron, mais maintenant, pour trahir Galba, avons-nous à lui reprocher le meurtre d'une mère, l'assassinat d'une épouse, la honte de voir un empereur se produire sur la scène et jouer la tragédie ? 4. D'ailleurs, ce n'est même pas pour ces raisons que nous avons osé abandonner Néron ; nous nous sommes laissés persuader par Nymphidius que Néron nous avait abandonnés le premier et qu'il s'était enfui en Égypte[60]. 5. Allons-nous immoler Galba après Néron et choisir pour empereur le fils de Nymphidia après avoir tué le fils de Livie[61], comme nous avons tué celui d'Agrippine ? N'allons-nous pas plutôt punir Nymphidius de ses crimes, vengeant ainsi Néron et nous montrant les gardes honnêtes et fidèles de Galba ? » 6. Ces paroles du tribun militaire emportèrent l'adhésion de tous les soldats ; ils allèrent trouver leurs camarades, les exhortèrent à rester fidèles à leur empereur et en gagnèrent un grand nombre[62]. 7. Une clameur s'éleva. Selon certains, Nymphidius crut que les soldats l'appelaient déjà ; selon d'autres, il voulut se hâter pour prendre de vitesse l'agitation ainsi que l'incertitude. Il s'avança, éclairé par de nombreuses lumières, en apportant le manuscrit d'un discours rédigé par Cingonius Varron[63] qu'il avait appris par cœur pour le réciter aux soldats. 8. En voyant les portes du camp fermées et beaucoup d'hommes en armes sur les murs, il prit peur. Il s'approcha et leur demanda ce qu'ils voulaient et qui leur avait ordonné de s'armer. 9. Ils répondirent tous d'une seule voix qu'ils reconnaissaient Galba comme empereur[64]. Se joignant à eux, Nymphidius poussa les mêmes clameurs et ordonna à ceux qui le suivaient de l'imiter. 10. Les sentinelles qui se tenaient près des portes l'ayant laissé entrer avec quelques hommes,

---

59. *Commandant de la première cohorte prétorienne.*
60. *Voir* supra, II, 1. *L'expression d'Antonius Honoratus met en évidence le lien direct et personnel qui unissait les cohortes prétoriennes et l'empereur.*
61. *Sur l'improbable parenté de Galba et Livie, voir* supra, III, 2.
62. *Le succès du discours d'Antonius Honoratus montre l'influence essentielle des tribuns sur une garnison urbaine clef du pouvoir à Rome, et donc l'importance de leur rôle politique (voir Tacite,* Histoires, *I, 20, 6 et Sablayrolles, 1996, p. 161-162 et 544).*
63. *Sénateur néronien qui avait été désigné consul pour l'année 69 (Tacite,* Annales, *XIV, 45, 3 et* Histoires, *I, 6, 1).*
64. *Le discours du tribun a eu raison de l'influence du préfet. L'unanimité des soldats n'était cependant pas aussi solide que le dit Plutarque (voir Tacite,* Histoires, *I, 6, 2).*

on tira sur lui un javelot que Septimius, placé devant lui, reçut sur son bouclier. D'autres l'attaquèrent avec des épées nues : il prit la fuite, on le poursuivit et il fut égorgé dans la chambre d'un soldat. 11. Son cadavre fut traîné au milieu du camp ; on l'entoura d'une palissade et, le jour suivant, tous ceux qui le voulaient purent contempler ce spectacle[65].

XV. 1. Ainsi fut abattu Nymphidius. Apprenant ce qui s'était passé, Galba ordonna de faire mourir tous ceux des conjurés qui n'avaient pas été tués aussitôt auprès de lui : ce fut le cas de Cingonius, qui avait écrit le discours, et de Mithridate du Pont. On trouva que, même si la décision de Galba était juste, il avait agi contrairement aux lois et au droit des gens en faisant mourir sans jugement des hommes en vue. 2. Tous s'attendaient en effet à une autre manière de gouverner : ils s'étaient laissés tromper, comme d'habitude, par les propos qui furent tenus au début[66]. Ils furent encore plus contrariés quand Galba ordonna à Pétronius Turpilianus[67], un personnage consulaire fidèle à Néron, de se donner la mort. 3. Lorsqu'il avait fait tuer en Afrique Macer par Trébonius et en Germanie Fonteius par Valens[68], il pouvait prétexter la crainte que lui inspiraient ces généraux avec leurs armes et leurs camps. 4. Mais Turpilianus était un vieillard sans défense et sans armes : rien n'empêchait de parlementer avec lui, si l'on voulait conserver dans les faits la modération qu'on promettait par écrit.
5. Voilà ce qu'on reprocha à ses actes. Lorsqu'il ne fut plus qu'à environ vingt-cinq stades[69] de Rome, il rencontra une bande désordonnée et agitée de rameurs qui lui barrèrent la route et l'entourèrent de tous côtés. 6. Il s'agissait de gens que Néron avait nommés soldats et réunis en une légion[70] ; ils étaient là pour demander la confirmation de leur statut militaire et ils empêchaient ceux qui étaient venus à la rencontre de l'empereur de le voir et de l'entendre : ils réclamaient à grands cris des enseignes et un stationnement pour leur légion. 7. Galba reporta sa réponse et leur

---

65. *L'assassinat donné en spectacle à la foule des soldats ou du peuple est un signe récurrent de la déchéance du corps civique dans le récit des événements de 68-69 (voir infra, XXVI, 6 ; XXVII, 4 et 5-9).*
66. *La formule rappelle le jugement prêté par Tacite à l'orateur Curtius Montanus : «Le meilleur jour après un mauvais prince, c'est le premier»* (Histoires, IV, 42,14).
67. *Consul en 61, il avait commandé l'armée de Bretagne et reçu de Néron, en 65, après la conjuration de Pison, les ornements triomphaux (voir Tacite,* Annales, *XIV, 39 et XV, 72, 2). Il avait été désigné pour diriger contre Galba les forces stationnées en Italie (voir Dion Cassius, LXIII, 27, 1).*
68. *Le procurateur équestre Trébonius Garutianus avait assassiné en Afrique le séditieux légat de la legio III Augusta* Clodius Macer *et Fabius Valens, légat de la legio I à Bonna (Bonn), avait tué le gouverneur du district de Germanie Supérieure dont il dépendait, Fonteius Capito (voir Tacite,* Histoires, *I, 7, 2). Le meurtre commandité, ou exécuté avant même l'ordre impérial dans le cas de Capito, réglait ainsi le problème des soulèvements frontaliers (voir supra, XIII, 4).*
69. *4 km, à proximité du pont Milvius sur la via Aurelia.*
70. *Dans la perspective d'une expédition vers le Caucase, Néron avait recruté une* legio I Adjutrix *(première légion Adjutrix, «la Secourable») chez les marins de la flotte de Misène, considérés comme des soldats de second ordre (Reddé, 1986, p. 510).*

demanda de revenir lui parler, mais ils s'écrièrent que ce délai était un refus déguisé et, pleins de colère, ils le suivirent, sans épargner les cris ; quelques-uns tirèrent même leurs épées. Galba les fit charger par la cavalerie. 8. Aucun d'eux ne put tenir : ils furent tous massacrés, les uns renversés aussitôt, les autres pendant qu'ils fuyaient[71]. Ce ne fut pas un présage favorable ni heureux pour Galba d'entrer dans Rome au milieu d'un grand carnage et de tant de morts. 9. Mais si on l'avait méprisé jusque-là, en le voyant fragile et âgé, il inspira alors de l'effroi et de la crainte à tous.

XVI. 1. Dans son désir de se démarquer avec éclat des libéralités et des dépenses excessives de Néron, il parut manquer aux convenances. 2. Ainsi, lorsque Canus, un musicien renommé, vint jouer de l'aulos devant lui pendant un repas, Galba le complimenta et le félicita, puis il se fit apporter sa cassette et prit quelques pièces d'or qu'il donna à Canus, en déclarant que c'était sur ses propres deniers et non sur ceux de l'État qu'il lui faisait cette largesse[72]. 3. Il fit redemander avec la plus grande fermeté les neuf dixièmes des gratifications que Néron avait accordées aux gens de la scène et de la palestre[73] ; comme il ne récoltait que des sommes dérisoires, car la plupart des bénéficiaires, qui vivaient au jour le jour et dans la débauche, avaient tout dépensé, il fit rechercher ceux qui leur avaient acheté ou avaient reçu d'eux le moindre objet et en exigea le remboursement[74]. 4. On n'en finissait plus ; l'enquête s'étendait loin et concernait beaucoup de personnes. Elle attira le discrédit sur l'empereur, tandis que la jalousie et la haine retombaient sur Vinius, qu'on accusait de rendre le prince mesquin et grossier envers tout le monde pour profiter lui-même sans vergogne de la situation, en prenant et en vendant tout. 5. À en croire Hésiode, il faut :

> En entamant la jarre et en la terminant,
> Puiser à satiété[75].

Vinius, lui, voyant Galba faible et âgé, se rassasiait de sa Fortune dont le commencement, pensait-il, coïncidait avec la fin.

XVII. 1. Le vieil empereur avait injustement à pâtir, d'abord de la mauvaise administration de Vinius, ensuite des accusations et des obstacles que cet homme opposait aux bonnes décisions qu'il prenait lui-même 2. Ce fut le cas par exemple pour le châtiment

---

71. Tacite (Histoires, I, 6, 3) parle de milliers de morts, Dion Cassius (LXIV, 3) de 7 000 et Suétone (Galba, XII, 3) de décimation (decimatio).

72. Suétone met en relief l'avarice de Galba en donnant le montant de la récompense : 5 deniers, somme dérisoire.

73. Néron, l'empereur philhellène par excellence, avait largement accordé ses faveurs aux comédiens et aux athlètes, qui offraient des divertissements prisés des Grecs : le montant des dons s'élevait à 2,2 milliards de sesterces (Tacite, Histoires, I, 20, 1).

74. Une commission de 30 (Tacite, Histoires, I, 20, 4) ou 50 (Suétone, Galba, XV, 2) chevaliers fut nommée pour s'acquitter de cette tâche fort malaisée à accomplir.

75. Hésiode, Les Travaux et les Jours, v. 368.

des néroniens. Galba avait fait tuer les criminels, notamment Hélius, Polycleitus, Pétinus et Patrobius[76]. 3. Le peuple applaudit : quand on les mena à travers le forum, les gens s'écrièrent que c'était une belle procession, agréable aux dieux, mais que les dieux et les hommes réclamaient aussi Tigellin[77], le maître et le précepteur de la tyrannie. Or ce noble personnage avait pris les devants et gagné Vinius en lui versant des arrhes considérables. 4. Et après cela, Turpilianus[78], qu'on détestait parce qu'il avait refusé de trahir et de détester un empereur tel que Néron, mais qui par ailleurs n'avait été complice d'aucun grand crime, fut mis à mort, alors que Tigellin, qui avait fait de Néron un criminel passible de mort et l'avait ensuite abandonné et trahi quand il était devenu tel, était toujours vivant, preuve manifeste qu'il n'y avait rien qu'on ne pût obtenir ou espérer de Vinius si on y mettait le prix. 5. Le peuple romain ne désirait rien avec autant d'ardeur que de voir Tigellin conduit au supplice ; il ne cessait de le réclamer dans tous les théâtres et dans tous les jeux du cirque. Les gens furent atterrés par une pancarte de l'empereur[79] qui déclarait que Tigellin était miné par la phtisie et n'avait plus longtemps à vivre, et qui leur demandait de ne pas donner à l'Empire un caractère cruel et tyrannique. 6. Le peuple fut indigné. Les deux hommes se moquèrent de lui : Tigellin offrit un sacrifice pour son salut et donna un festin brillant, tandis que Vinius quittait la table de l'empereur après le repas pour aller faire la fête chez Tigellin, en lui amenant sa fille, qui était veuve[80]. 7. Tigellin but à la santé de cette femme, lui offrit deux cent cinquante mille drachmes d'argent et demanda à celle qui avait le premier rang dans son troupeau de concubines d'ôter son collier et de le lui mettre au cou : ce bijou valait, dit-on, cent cinquante mille drachmes.

XVIII. 1. Dès lors, même les décisions modérées de Galba furent critiquées. Ce fut le cas par exemple de son attitude en faveur des Gaulois qui s'étaient soulevés avec Vindex[81]. 2. On eut l'impression que s'ils étaient exemptés d'impôts et recevaient le droit de cité, ce n'était pas à la bonté de l'empereur qu'ils le devaient mais qu'ils avaient acheté ces faveurs à Vinius. 3. La foule devint donc hostile à l'empereur. Quant aux soldats, qui ne recevaient pas la gratification promise, l'espoir les fit d'abord patienter : ils se disaient que si Galba ne leur donnait pas tout ce qu'il avait

---

76. *Ce sont les principaux affranchis impériaux, notamment Hélius, exécuteur des crimes de Néron (voir Tacite,* Annales, *XIII, 1, 3-4) et maître de Rome pendant le voyage en Grèce de l'empereur (voir Suétone,* Néron, *XXIII, 1).*
77. *Voir supra, II, 1. Il avait été, entre autres, accusé par la rumeur publique de complicité dans l'incendie de la Ville en 64 (voir Tacite,* Annales, *XV, 40, 3).*
78. *Voir supra, XV, 2.*
79. *Les lieux de spectacle, seuls endroits de Rome où l'ensemble du peuple rencontrait physiquement l'empereur, étaient par excellence les lieux où s'exprimait, parfois violemment, une opinion publique. L'empereur faisait souvent connaître sa réponse par un panneau écrit transporté autour de l'arène ou de la scène.*
80. *Tigellin avait sauvé Crispina, fille de Vinius, des purges de Néron (voir Tacite,* Histoires, *I, 72, 2).*
81. *Galba avait accordé aux Gaulois alliés de Vindex la citoyenneté romaine et l'exemption de l'impôt foncier, le* tributum *(voir Tacite,* Histoires, *I, 8, 3).*

promis, il leur donnerait au moins autant que leur donnait Néron. 4. Mais lorsque Galba apprit qu'ils se plaignaient, il prononça ce mot, digne d'un grand chef: «J'ai l'habitude d'enrôler les soldats, non de les acheter[82].» Quand on leur rapporta cette phrase, ils en conçurent une haine terrible et farouche contre Galba. 5. Ils avaient l'impression que ce n'était pas seulement lui qui les privait de leur dû, mais qu'il allait faire de cette attitude une loi qu'il transmettrait à ses successeurs. 6. Cependant l'agitation à Rome[83] était encore sourde. Une sorte de honte qu'ils éprouvaient en présence de Galba émoussait et retardait la révolte et, comme ils ne voyaient aucune occasion de changement, les soldats contenaient et cachaient tant bien que mal leur hostilité. 7. Mais ceux qui avaient servi auparavant sous Verginius et qui étaient alors sous les ordres de Flaccus en Germanie, jugeaient avoir mérité de grandes récompenses à cause de la bataille qu'ils avaient livrée contre Vindex; comme ils n'obtenaient rien, ils se montrèrent intraitables avec leurs chefs[84]. 8. Flaccus était handicapé par une goutte persistante et n'avait aucune expérience des affaires: ils ne tenaient absolument aucun compte de lui. 9. Un jour, à l'occasion d'un spectacle, comme les tribuns militaires et les centurions priaient, conformément à la coutume romaine, pour le bonheur de l'empereur Galba, la foule des soldats commença par s'agiter puis, les officiers continuant leurs prières, ils répliquèrent: «S'il en est digne.»

XIX. 1. Les légions commandées par Vitellius se livrèrent elles aussi, à plusieurs reprises, à des insolences du même genre, et Galba reçut des lettres des procurateurs[85]. Il en fut effrayé. Se sentant méprisé non seulement à cause de sa vieillesse, mais aussi parce qu'il n'avait pas d'enfant, il décida d'adopter un jeune homme pris dans une famille en vue et de le désigner comme héritier de l'Empire. 2. Or il y avait Marcus Othon, dont la naissance n'était pas obscure[86], mais qui avait été corrompu dès l'enfance, comme peu de Romains, par le luxe et le goût des plaisirs. Homère décrit Alexandre comme étant

Le compagnon d'Hélène aux cheveux ravissants[87];

---

82. La formule est reprise exactement dans les mêmes termes par Tacite (Histoires, I, 5, 4) et Suétone (Galba, XVI, 2).

83. La garnison de la Ville, essentiellement composée de la garde prétorienne, constituait, dans une Rome centre du pouvoir, un levier politique essentiel.

84. La révolte naquit non pas de la garnison urbaine, pourtant prompte à la sédition, mais des légions de Haute Germanie, où Flaccus Hordéonius avait remplacé Verginius Rufus (voir supra, X, 6).

85. Les procurateurs équestres étaient pour les empereurs des informateurs plus sûrs que les gouverneurs sénatoriaux, parfois tentés par une politique personnelle. Aulus Vitellius (voir infra, XXII, 7) avait été placé par Galba à la tête du district de Germanie Inférieure après le meurtre de Fonteius Capito (voir supra, XV, 3).

86. Les Salvii, grande famille équestre d'Étrurie (voir Demougin, 1992, p. 43), avaient accédé à l'ordre sénatorial sous Auguste, le grand-père d'Othon atteignant la préture. Son père, favori de Tibère, s'était élevé jusqu'au proconsulat d'Afrique, la plus haute dignité sénatoriale.

87. Iliade, VII, v. 355. Il s'agit de Pâris.

ne lui trouvant pas d'autres titres de gloire, il le désigne à plusieurs reprises par le nom de sa femme. De la même manière, c'est par son mariage avec Poppée qu'Othon se fit connaître à Rome. 3. Néron était tombé amoureux de cette femme quand elle était mariée à Crispinus[88], mais, comme il respectait encore sa propre épouse et redoutait sa mère, il chargea Othon de séduire Poppée. 4. Il était ami et intime d'Othon à cause de son goût pour la débauche : il aimait s'entendre railler souvent par lui pour sa mesquinerie et son manque de générosité. 5. Un jour, dit-on, Néron se parfuma d'une essence précieuse et en versa quelques gouttes sur Othon. Le lendemain, celui-ci reçut l'empereur à son tour : il mit soudain en action des tuyaux d'or et d'argent qui répandaient du parfum comme si c'était de l'eau et en inondaient les convives. 6. Othon séduisit donc Poppée pour le compte de Néron et, lui faisant miroiter l'espoir d'être unie au prince, il la poussa à quitter son mari. 7. Quand elle devint sa femme légitime, non content d'avoir part à ses faveurs, il se montra réticent à les partager, et Poppée elle-même, dit-on, n'était pas fâchée de cette jalousie. 8. On raconte qu'elle fermait sa porte à Néron quand Othon n'était pas là, soit pour éviter la satiété du plaisir, soit, comme le disent certains, parce qu'elle redoutait le fardeau que serait un mariage avec l'empereur, tout en l'acceptant comme amant par dépravation. 9. Othon se trouva donc en danger de mort et il est surprenant qu'il ait été épargné, alors que, pour épouser Poppée, Néron n'avait pas hésité à faire mourir celle qui était son épouse et sa sœur adoptive[89].

XX. 1. Mais Othon avait la faveur de Sénèque[90]. Sur les prières et les instances du philosophe, Néron l'envoya au bord de l'Océan, comme propréteur de Lusitanie[91]. 2. Othon ne se montra ni déplaisant ni odieux à ses administrés, car il savait que cette charge ne lui avait été donnée que pour dissimuler l'exil sous un mot plus aimable. 3. Quand Galba fit sécession, Othon fut le premier des gouverneurs à le rejoindre ; il lui apporta tout l'or et tout l'argent qu'il avait, en vaisselle et en tables d'or, et le lui remit pour le fondre et battre monnaie. Il lui donna ceux de ses serviteurs qui étaient habitués à tenir convenablement la maison d'un grand personnage, 4. il lui fut fidèle en tout et, quand il fit ses preuves, il montra plus d'habileté que quiconque pour s'occuper des affaires[92]. Il fit tout le voyage avec Galba et, pendant plusieurs jours, dans la même voiture. 5. Au cours de cette route commune et

---

88. Rufius Crispinus, ancien préfet du prétoire de Claude, que Néron avait exilé en 65 puis contraint au suicide (voir Demougin, 1992, p. 485).

89. Octavie, fille de Claude et de Messaline (voir supra, IX, 4).

90. Choisi par Agrippine comme précepteur de Néron, Sénèque partagea, pendant les premières années de règne, les secrets du pouvoir.

91. Othon, qui n'avait que le rang de questeur, fut en Lusitanie questeur investi des fonctions de gouverneur (quaestor propraetore).

92. Apportant son appui économique (la vaisselle d'or et d'argent) et logistique (sa maisonnée) à Galba, Othon est paré par Plutarque des qualités manœuvrières du politique : il utilisait un naturel affable (§ 5 : « abordable et humain ») pour s'assurer des leviers du pouvoir (l'empereur, Titus Vinius, les soldats – et surtout l'encadrement supérieur –, les affranchis, les prétoriens).

de l'intimité qui s'ensuivit, il fit sa cour à Vinius, à force d'assiduités et de présents, et surtout en lui cédant la première place, excellent moyen de s'assurer au moins la seconde après lui et grâce à lui. Mais il avait sur lui l'avantage de ne pas inspirer l'envie, car il rendait service gratuitement à tous ceux qui le lui demandaient et se montrait abordable et humain avec tout le monde. 6. Il favorisait surtout les soldats, et il permit à beaucoup d'entre eux d'accéder à des commandements, soit en le demandant personnellement à l'empereur, soit en faisant intervenir Vinius et les affranchis Icélus et Asiaticus[93], les personnages les plus influents à la cour. 7. Chaque fois qu'il invitait Galba, il distribuait toujours une pièce d'or à chacun des gardes prétoriens qui étaient là : il avait l'air d'honorer le prince, alors qu'il manœuvrait contre lui en faisant le démagogue auprès des soldats.

XXI. 1. Comme Galba hésitait sur le choix de son successeur, Vinius lui proposa Othon. Cette démarche n'était pas désintéressée : Vinius pensait au mariage de sa fille, car il était convenu qu'Othon l'épouserait s'il était désigné par Galba comme fils adoptif et comme héritier de l'Empire. 2. Mais, de toute évidence, Galba faisait toujours passer l'intérêt public avant le sien propre et il cherchait à adopter, non l'homme qui lui plaisait le plus, mais celui qui serait le plus utile aux Romains[94]. 3. Or même pour sa fortune privée, il n'aurait pas, semble-t-il, choisi Othon pour intendant, car il le savait débauché, dépensier et écrasé par une dette de cinquante millions de drachmes[95]. Il écouta donc Vinius sans rien dire, avec douceur, puis différa sa décision. 4. Comme il s'était nommé lui-même consul, avec Vinius pour collègue, on pensait qu'il désignerait son successeur au début de l'année suivante. Les soldats désiraient la proclamation d'Othon, qu'ils préféraient à tout autre candidat[96].

XXII. 1. Comme Galba hésitait et délibérait encore, la révolte de Germanie éclata et le prit par surprise. 2. Si tous les soldats détestaient unanimement Galba, parce qu'il ne leur donnait pas la gratification promise, ceux de Germanie invoquaient en outre des griefs particuliers : on avait chassé Verginius de manière humiliante, on récompensait les Gaulois qui avaient combattu contre eux et l'on punissait tous ceux qui ne s'étaient pas ralliés à Vindex. Ce dernier était le seul auquel Galba eût marqué sa reconnaissance : il l'honorait depuis sa mort par des sacrifices publics comme si c'était Vindex qui l'avait désigné empereur des Romains[97]. 3. De tels griefs circulaient

---

93. Si Icélus était bien le principal agent de Galba (voir supra, VII, 1), Asiaticus n'est pas connu par ailleurs. Peut-être s'agit-il d'une confusion avec l'affranchi de Vitellius du même nom (voir Suétone, Vitellius, XII).
94. Tacite (Histoires, I, 13, 3-4), qui présente l'affaire comme une lutte d'influence entre le clan de Titus Vinius et celui d'Icélus et Cornélius Laco, accorde le même crédit que Plutarque au choix de Galba.
95. Suétone (Othon, V, 3, 4) prête à Othon une fuite vers le pouvoir pour éviter ses créanciers.
96. Le choix de l'héritier paraissait remis à janvier 70, après le consulat de Galba et Vinius. Les soldats sont ici les prétoriens de Rome, soudoyés par Othon (voir supra, XX, 7).
97. Cette dernière remarque révèle l'exacte signification de la révolte et de ses enjeux : qui donnait le pouvoir à Rome ? Les milices de Vindex, le Sénat, les prétoriens de Rome ou les légions des frontières ?

déjà ouvertement dans le camp quand arriva le premier jour du premier mois de l'année, que les Romains appellent calendes de janvier. 4. Flaccus réunit ses soldats pour leur faire prêter le serment traditionnel à l'empereur mais ceux-ci, se dirigeant vers les statues de Galba, les renversèrent et les mirent en pièces, puis, de leur propre mouvement, ils prêtèrent serment au Sénat et au peuple romain, après quoi ils rompirent les rangs[98]. 5. Les officiers se mirent à redouter l'anarchie autant que la désertion. L'un d'eux dit aux soldats : 6. «Que nous arrive-t-il, compagnons d'armes, pour que nous ne voulions ni proclamer un autre empereur, ni garder celui que nous avons? On dirait que ce n'est pas Galba que nous fuyons mais les chefs et les ordres, quels qu'ils soient. 7. Flaccus Hordéonius n'est que l'ombre et le fantôme de Galba : laissons-le. Mais à un jour de marche, nous avons Vitellius, le gouverneur de l'autre Germanie, dont le père a été censeur, trois fois consul, et qui a été en quelque sorte le collègue de l'empereur Claude[99]. Quant à Vitellius lui-même, la pauvreté que certains lui reprochent est la preuve éclatante de son honnêteté et de sa grandeur d'âme. 8. Allons, choisissons-le et montrons à toute l'humanité que nous valons mieux que les Ibères et les Lusitaniens pour élire un empereur[100].» 9. Cette proposition fut aussitôt adoptée par certains des soldats et rejetée par les autres. Un porte-enseigne sortit en secret du camp et alla de nuit annoncer ce qui se passait à Vitellius, qui recevait à sa table un grand nombre de convives. 10. La nouvelle se répandit dans le camp et, le lendemain, Fabius Valens, chef d'une légion, vint le premier, avec un petit nombre de cavaliers, saluer Vitellius empereur[101]. 11. Les jours précédents, Vitellius semblait vouloir écarter et repousser ce titre, craignant la grandeur de la charge, mais alors, dit-on, s'étant gorgé de vin et de nourriture dès midi, il s'avança devant les soldats et accepta le nom de Germanicus qu'ils lui donnèrent, tout en refusant celui de César[102]. 12. Aussitôt l'armée de Flaccus, oubliant les beaux serments démocratiques qu'ils avaient prêtés au Sénat, jurèrent d'exécuter les ordres de l'empereur Vitellius.

XXIII. 1. C'est ainsi que Vitellius fut proclamé empereur en Germanie. Apprenant cette révolte, Galba ne différa plus l'adoption de son successeur. 2. Il savait que certains de

---

98. *Plutarque oppose un serment «républicain» de la troupe à l'attitude séditieuse des officiers qui, par crainte de l'anarchie, proposèrent l'usurpation. Le récit détaillé de l'épisode a une tonalité différente chez Tacite (*Histoires, I, 55, 4-5*) : le choix des soldats fut celui de l'indécision et aucune voix ne s'éleva pour leur désigner une direction à suivre.*

99. *Lucius Vitellius avait reçu de Claude la responsabilité de l'Empire pendant que lui-même menait l'expédition de Bretagne (voir Suétone,* Vitellius, *II, 7).*

100. *À l'opposition régionale se joignent, dans les propos prêtés par Plutarque à l'officier, l'opposition militaires-civils et l'opposition citoyens-pérégrins.*

101. *Fabius Valens commandait la première légion qui, casernée à Bonna (Bonn), n'était qu'à quelque 30 km de Colonia Agrippinensis (Cologne) où se trouvait l'état-major de Vitellius. Selon Tacite (*Histoires, I, 56, 6*), Vitellius et son entourage utilisèrent sciemment l'acte d'indiscipline des légions de Germanie Supérieure pour solliciter des légats de Germanie Inférieure la proclamation de l'empereur.*

102. *Selon Tacite (*Histoires, I, 62, 4*), la bonne chère engourdissait plutôt Vitellius, que l'enthousiasme des soldats obligea à accepter le titre de Germanicus et à marcher sur Rome.*

ses amis soutenaient Dolabella[103] et que la plupart d'entre eux étaient favorables à Othon mais il ne jugeait aucun des deux hommes digne de cette charge. Soudain, sans avoir rien annoncé, il envoya chercher Pison, fils de Crassus et de Scribonia, que Néron avait fait périr l'un et l'autre[104]. Ce jeune homme, naturellement doué pour toutes les vertus, était d'une modestie et d'une austérité remarquables[105]. Galba descendit dans le camp des prétoriens pour le proclamer César et héritier. 3. Dès qu'il sortit, de grands signes se manifestèrent dans le ciel et accompagnèrent sa marche. Une fois dans le camp, dès qu'il commença à prononcer son discours dont il lisait certains passages, tant de coups de tonnerre et d'éclairs éclatèrent, une telle pluie et une telle obscurité se répandirent sur le camp et sur la cité, qu'il fut évident que la divinité n'acceptait ni n'approuvait cette adoption, qui tournerait mal. 4. Les soldats étaient, eux aussi, menaçants et sombres car, même en cette circonstance, on ne leur avait pas donné de gratification[106]. 5. Quant à Pison, les assistants, qui étudiaient sa voix et son visage, furent étonnés de ne pas le voir troublé devant une si grande faveur, alors qu'il était pourtant conscient de ce qu'elle représentait. L'attitude d'Othon était bien différente : on se rendait compte à de nombreux signes que la ruine de ses espoirs lui inspirait de l'amertume et de la colère : ayant été le premier jugé digne de cet honneur et ayant été tout près de l'obtenir, il voyait dans son échec la preuve de la haine et de la malveillance de Galba à son égard. 6. Il n'était pas même exempt de crainte pour l'avenir : redoutant Pison, accusant Galba et mécontent de Vinius, il s'en alla, agité de nombreuses passions. 7. En effet, les devins et les Chaldéens, qui étaient toujours à ses côtés, ne le laissaient en aucune manière abandonner ses espérances et renoncer entièrement. Ptolémée, notamment, se flattait de lui avoir souvent prédit que Néron ne le tuerait pas mais mourrait le premier, qu'Othon lui survivrait et gouvernerait les Romains ; lui remontrant que la première partie de sa prédiction s'était vérifiée, il l'engageait à ne pas désespérer non plus de la seconde[107]. 8. Il était

---

103. De vieille famille patricienne, Cornélius Dolabella représentait les gentes *traditionnelles face à la fraîche noblesse des Salvii d'où était issu Othon.*

104. Lucius Calpurnius Piso Frugi Licinianus, fils de Marcus Licinius Crassus Frugi (un descendant des Calpurnii Pisones adopté par l'arrière-petit-fils du triumvir) et de Scribonia, arrière-petite-fille de Pompée, avait été adopté par Lucius Calpurnius Piso Frugi. Fils du consul de 27, frère du consul de 64, beau-frère du consul de 57, Pison était, comme Dolabella, issu des plus vieilles familles républicaines qui avaient survécu aux purges des empereurs julio-claudiens. Ses parents et un de ses frères avaient été tués par Claude et son autre frère, consul en 64, par Néron.

105. Même jugement de Tacite : « un caractère de l'ancien temps » (Histoires, *I, 14, 2). Par cette adoption, Galba refusait les pressions des coteries qui l'entouraient et effectuait un choix politique personnel, sans doute lié à ses origines sénatoriales républicaines. Moralement justifié, idéaliste, comme le révèle le plaidoyer que Tacite prête alors à Galba (I, 15-16), ce choix n'en était pas moins politiquement erroné.*

106. Le choix du camp prétorien pour proclamer l'adoption était révélateur du poids politique des soldats de la garnison urbaine (voir Tacite, Histoires, *I, 17, 4), mais la maladresse de Galba en termes de communication et la rigidité de sa discipline rendirent le geste totalement inefficace.*

107. Tacite insistait lui aussi sur le rôle prépondérant des astrologues dans la décision d'Othon, tel ce Ptolémée, par ailleurs inconnu, « détestable ameublement du ménage impérial » (Histoires, *I, 22, 3).*

surtout poussé par ceux qui compatissaient en secret et gémissaient avec lui sur l'ingratitude de Galba. Enfin la plupart des amis de Tigellin et de Nymphidius, qui, après avoir été honorés, se voyaient à présent rejetés et humiliés, se laissaient gagner par Othon, partageaient son indignation et l'excitaient[108].

XXIV. 1. De ce nombre étaient Véturius et Barbius, l'un *optio*, l'autre *tesserarius* (c'est ainsi que les Romains appellent ceux qui font office de messagers et d'éclaireurs[109]). 2. Un affranchi d'Othon, Onomastus, se joignit à eux, et ils achetèrent, soit avec de l'argent, soit avec des promesses, des hommes qui étaient déjà corrompus et n'avaient besoin que d'un prétexte pour agir. 3. Si l'armée avait été saine, quatre jours n'auraient pas suffi à détruire sa loyauté et à la faire changer de camp. Or il ne s'écoula pas davantage de temps entre l'adoption et le meurtre : Galba et Pison furent tués le sixième jour après l'adoption, ce qui correspond dans le calendrier romain au dix-huitième jour avant les calendes de février[110].
4. Ce jour-là, à l'aurore, Galba offrit un sacrifice au Palatium[111] en présence de ses amis. Dès que le sacrificateur, Umbricius, eut pris entre ses mains les entrailles de la victime, il déclara, directement et sans ambages, qu'il voyait les signes d'un grand bouleversement et que le danger d'une trahison était suspendu sur la tête de l'empereur. Le dieu livrait presque Othon entre les mains de Galba : il était facile de s'emparer de lui, 5. car il se tenait derrière l'empereur, attentif à ce que disait et montrait Umbricius. 6. Il se troubla et, pris de peur, il changea plusieurs fois de couleur, mais son affranchi Onomastus lui dit alors que les architectes étaient arrivés et l'attendaient chez lui. C'était le signal convenu pour annoncer qu'il était temps d'aller à la rencontre des soldats. 7. Othon déclara donc qu'il avait acheté une vieille maison, dont il voulait montrer aux vendeurs des parties qu'il suspectait d'être en mauvais état, et il partit. Il descendit du Palatin en traversant ce qu'on appelle la maison de Tibère, et se rendit sur le forum, à l'endroit où se dresse le milliaire d'or auquel aboutissent toutes les routes qui ont été tracées en Italie[112].

XXV. 1. Là, les premiers soldats l'accueillirent et le proclamèrent empereur. Ils n'étaient pas plus de vingt-trois[113], dit-on. 2. Othon n'avait pas l'âme aussi timide que pouvait le faire penser son physique mou et efféminé ; il était ferme et inébran-

---

108. Othon réunissait autour de sa candidature la coalition des mécontents : les déçus de l'avènement de Galba et les nostalgiques du règne de Néron.
*109. Les grades d'*optio *et de* tesserarius *sont ceux de sous-officiers, subordonnés des centurions.*
110. L'adoption de Pison se fit le 10 janvier 69, le meurtre de l'empereur fut perpétré le 15 janvier.
*111. Devant le temple d'Apollon Palatin, selon Tacite (*Histoires, *I, 27, 1).*
112. Othon, du temple d'Apollon situé à l'ouest du Palatin, a traversé en diagonale « le palais tibérien » pour descendre par le Vélabre vers le milliaire d'or, érigé en 20 avant J.-C. par Auguste à l'extrémité méridionale des rostres de César. Les prétoriens arrivaient vers le forum depuis leur camp, situé au nord-est de la ville, à travers le quartier de Suburre.
113. Même chiffre dans Tacite, Histoires, *I, 27, 4.*

lable devant le danger[114], mais il prit peur et voulut renoncer. 3. Les assistants l'en empêchèrent; dégainant leurs épées, ils entourèrent sa litière et ordonnèrent aux porteurs de la soulever, pendant qu'Othon lui-même s'écriait à plusieurs reprises qu'il était perdu et les priait de se hâter[115]. Quelques personnes qui l'entendirent furent plus surprises qu'inquiètes, à cause du petit nombre de ceux qui risquaient ce coup de force. 4. Mais tandis qu'on le portait à travers le forum, de nouveaux soldats, en nombre égal aux premiers, vinrent à sa rencontre, puis d'autres encore se joignirent à eux, par groupes de trois ou quatre. Ensuite, ils revinrent tous avec lui dans le camp, en le proclamant César et en brandissant devant lui leurs épées nues. 5. Martialis, le tribun militaire qui avait la garde du camp, n'était pas du complot, dit-on, mais, stupéfait de cette irruption inattendue et pris de peur, il les laissa entrer. 6. Quand Othon fut à l'intérieur, il ne rencontra aucune résistance : ceux qui ignoraient l'entreprise furent enveloppés par ceux qui la connaissaient et s'étaient regroupés exprès, et ils se trouvèrent isolés, ou deux à deux; ils se joignirent aux autres, d'abord par peur, puis parce qu'ils se laissèrent persuader.
7. La nouvelle parvint aussitôt à Galba dans le Palatium. Le sacrificateur était encore auprès de lui, tenant dans ses mains les entrailles de la victime, ce qui inspira même à ceux qui refusaient avec le plus d'obstination de se fier à ce genre de signes, de l'effroi et de l'admiration pour la divinité[116]. 8. Comme une foule mélangée affluait du forum, Vinius, Laco et quelques-uns des affranchis se placèrent autour de l'empereur, en brandissant devant eux leurs épées nues, tandis que Pison sortait pour s'adresser aux gardes du palais[117]. 9. Marius Celsus, un homme de bien, fut envoyé auprès de la légion d'Illyrie, qui était stationnée sous le portique dit de Vipsanius, pour prévenir sa défection[118].

XXVI. 1. Galba se demandait s'il devait sortir du palais : Vinius s'y opposait, mais Celsius et Laco l'y poussaient et s'en prenaient assez violemment à Vinius. Or le bruit courut avec insistance qu'Othon avait été tué dans le camp. 2. Peu après parut Julius Atticus, un soldat de la garde assez connu : il s'avançait, l'épée nue, en criant qu'il avait tué l'ennemi de l'empereur. Repoussant ceux qui se tenaient devant lui,

---

*114. Tacite dresse d'Othon le même portrait (*Histoires, I, 22, 1*) et l'illustre par sa mort pleine de dignité à Betriacum, l'actuelle Bédriac (*Histoires, I, 47-50*).*
115. Image concrète du prétendant prisonnier des soldats et contraint à l'action.
116. Rares devaient être ceux des Romains qui négligeaient les présages, si l'on en juge par le retentissement qu'eut chez les contemporains le mépris de Crassus pour les sinistres auspices qui précédèrent son départ vers la Syrie (voir Crassus, XVI, 3-8; XIX, 6; XXIII, 2*).*
117. Tacite prête en la circonstance à Pison un discours où se mêlent noblesse stoïcienne et virtus militaire *(*Histoires, I, XXIX, 3-XXX*).*
118. En vue d'une expédition contre les Albaniens du Caucase, Néron avait réuni à Rome des détachements de diverses légions d'Illyrie, de Germanie et de Bretagne (voir Tacite, Histoires, I, 6, 4*). C'est un de ces détachements, et non pas une légion entière, qui avait pris ses quartiers au Champ de Mars, près du portique d'Agrippa (*Tacite, Histoires, I, 31, 6*). Marius Celsus avait commandé en Orient, en 63, la* legio XV Apollinaris *de Dalmatie; il avait été, en 69, désigné consul pour la fin de l'année.*

il montra à Galba son épée ensanglantée. 3. L'empereur le regarda et lui demanda : « Qui te l'a ordonné ? – Ma loyauté et le serment que j'ai prêté », répondit l'homme. « Très bien », cria la foule, qui se mit à applaudir. Alors Galba monta dans sa litière pour sacrifier à Jupiter et se montrer à ses concitoyens.
4. Mais quand il fut arrivé sur le forum, on eût dit que le vent avait tourné : la rumeur lui parvint qu'Othon était maître du camp. 5. Alors, comme on peut l'imaginer dans une si grande foule, les uns lui crièrent de revenir sur ses pas, les autres d'avancer, les autres d'avoir confiance, les autres de se méfier. On se serait cru dans une tempête, sa litière était ballottée en tous sens, quand apparurent d'abord des cavaliers, puis des fantassins qui arrivaient par la basilique de Paul[119] et criaient d'une seule voix que ce simple particulier devait dégager le passage. 6. La foule se mit à courir, non pour s'enfuir et se disperser, mais pour occuper les portiques et les lieux élevés du forum, comme si elle assistait à un spectacle[120]. 7. Atilius Vergilio[121] jeta à terre l'enseigne impériale de Galba, ce qui fut le signal des hostilités. Les soldats lancèrent des javelots sur la litière ; n'ayant pas atteint l'empereur, ils l'attaquèrent avec leurs épées nues. 8. Personne ne défendit Galba, personne ne résista, sauf un homme, le seul, sur tant de dizaines de milliers, que le soleil vit digne de l'Empire romain, le centurion Sempronius Densus : il n'avait reçu de Galba aucune faveur à titre privé, mais il vint au secours de l'honneur et de la loi. Il se plaça devant la litière et, 9. levant d'abord le cep de vigne avec lequel les centurions frappent ceux qui doivent être châtiés, il leur cria et leur ordonna d'épargner l'empereur. 10. On se jeta sur lui ; il tira son épée et se défendit longtemps, avant de s'écrouler, frappé aux jarrets[122].

XXVII. 1. La litière de Galba fut renversée à l'endroit qu'on appelle le lac Curtius[123]. Il roula à terre avec sa cuirasse ; les soldats coururent sur lui et le frappèrent. Il tendit la gorge en disant : « Faites, si cela vaut mieux pour le peuple romain[124]. » 2. Il reçut plusieurs blessures aux jambes et aux bras puis il fut égorgé, selon la plupart des historiens, par un certain Camurius, de la quinzième légion. 3. D'après quelques auteurs, ce soldat s'appelait Térentius, d'après d'autres, Lécanius, d'après d'autres encore, Fabius Fabullus. Après avoir coupé la tête de Galba, l'homme l'emporta, dit-on, dans

---

119. Venus du camp prétorien, cavaliers puis fantassins avaient traversé Subure et débouchaient sur le forum par l'Argilète, qui longe la basilique Aemilia, construite en 179 avant J.-C. par Aemilius Paulus.
120. Les portiques des basiliques (Aemilia et Julia) servirent à la foule de cavea *pour assister, en spectateur de théâtre, à la tragédie sanglante qui se déroulait à même le forum.*
*121. Tacite le qualifie de porte-enseigne (*Histoires*, I, 41, 1), c'est donc le portrait impérial accroché aux enseignes militaires qu'il jette à terre.*
*122. L'anecdote est rapportée par Tacite, qui attribue à l'acte de courage du centurion le répit dont profita Pison pour se réfugier dans le temple de Vesta tout proche (*Histoires*, I, 43, 1-3).*
123. L'endroit a une valeur symbolique : plusieurs légendes liaient ce puits du forum aux divinités infernales et à des épisodes de la guerre romano-sabine mettant en scène un sauvetage miraculeux ou un sacrifice volontaire (devotio). *Voir* Romulus, *XVIII, 6.*
*124. Tacite fait état de deux versions contradictoires des dernières paroles de Galba : il aurait supplié ses assassins ou prononcé les mots que lui prête Plutarque (*Histoires*, I, 41, 3-4).*

son manteau, car elle était difficile à saisir à cause de sa calvitie. 4. Ensuite, comme ses compagnons l'empêchaient de la cacher et lui demandaient de montrer à tous son exploit, il la planta sur une pique et brandit cette tête, qui était celle d'un vieillard, d'un prince modéré, d'un grand pontife et d'un consul, en courant comme une bacchante, en se retournant souvent et en secouant sa lance ruisselante de sang[125].
5. Quand on apporta cette tête à Othon, ce dernier s'écria, dit-on : « Ce n'est rien, camarades ; montrez-moi celle de Pison. » 6. Peu après, on vint la lui apporter. Le jeune homme, qui avait été blessé, avait essayé de fuir ; il avait été poursuivi et égorgé par un certain Murcus[126] devant le temple de Vesta. 7. Vinius fut égorgé lui aussi, bien qu'il affirmât avoir fait partie de la conjuration contre Galba : il criait qu'il mourait contre la volonté d'Othon. 8. Les soldats lui coupèrent quand même la tête, ainsi que celle de Laco, et ils les apportèrent à Othon, en réclamant une récompense[127]. 9. Comme dit Archiloque :

> Sept morts ont succombé, rattrapés à la course,
> Mais à présent nous sommes mille meurtriers[128].

De la même manière, en cette circonstance, beaucoup d'hommes, qui n'avaient pas pris part au meurtre, trempèrent de sang leurs mains et leurs épées, et les montrèrent à Othon, réclamant des récompenses et lui remettant des demandes écrites à ce sujet. 10. Par la suite on trouva cent vingt de ces lettres : Vitellius fit rechercher leurs auteurs et les fit tous exécuter[129]. 11. Marius Celsus était venu lui aussi dans le camp. Beaucoup l'accusaient d'avoir demandé aux soldats de secourir Galba et la foule criait de le tuer, mais Othon refusa ; 12. craignant de s'opposer à la populace, il prétendit qu'il ne voulait pas l'exécuter si vite, car il avait auparavant des renseignements à tirer de lui. Il le fit donc charger de chaînes et garder, le confiant aux hommes en qui il se fiait le plus[130].

XXVIII. 1. Le Sénat fut aussitôt convoqué. On eût dit qu'ils n'étaient plus les mêmes ou que les dieux avaient changé, car dès qu'ils furent réunis, ils prêtèrent à Othon le serment que lui-même avait prêté et n'avait pas tenu. Ils le proclamèrent César et Auguste, alors que les cadavres décapités, revêtus des ornements consulaires, gisaient à l'abandon sur le forum. 2. Quant aux têtes, qui ne pouvaient plus servir à

---

125. La scène rappelle Les Bacchantes *d'Euripide, jouées devant les rois des Parthes et d'Arménie avec la tête de Crassus à la place de celle de Penthée (voir* Crassus, *XXXIII, 3-7).*
126. Statius Murcus était speculator *et reçut l'aide d'un soldat des cohortes auxiliaires de Bretagne, Sulpicius Florus (voir Tacite,* Histoires, *I, 43, 3).*
*127. Tacite rapporte la même version de la mort de Titus Vinius (*Histoires, *I, 42). Le préfet Laco, par contre, fut, selon lui, éloigné par Othon sous prétexte d'exil et exécuté en route par un prétorien, sur ordre d'Othon.*
128. Fragment 99 de l'édition d'Archiloque par F. Lasserre et A. Bonnard, Paris, 1958.
129. Cette mesure de Vitellius n'était pas un hommage à Galba, mais l'acte d'un prince désireux d'affermir le respect dû au pouvoir (voir Tacite, Histoires, *I, 44, 3).*
130. Othon sauva ainsi Marius Celsus, avec qui il se réconcilia et à qui il confia un commandement contre Vitellius (voir Tacite, Histoires, *I, 71, 2-5 et 87, 5).*

rien, on vendit celle de Vinius à sa fille, pour deux mille cinq cents drachmes, on remit celle de Pison à sa femme Vérania qui la demandait, et on donna celle de Galba aux esclaves de Patrobius[131]. 3. Après l'avoir obtenue, ils lui infligèrent toutes les insultes et tous les outrages possibles, puis la jetèrent à l'endroit où l'on exécute ceux qui sont condamnés par les Césars : ce lieu s'appelle Sessorium. 4. Quant au corps de Galba, Helvidius Priscus[132] l'enleva avec l'autorisation d'Othon, et un affranchi, Argius, l'ensevelit pendant la nuit.

XXIX. 1. Tel fut donc le sort de Galba, un homme qui, par sa naissance ou par sa richesse[133], ne le cédait qu'à peu de Romains et qui, par sa richesse et sa naissance réunies, avait été le premier de tous les Romains de son temps. 2. Il vécut dans les honneurs et la gloire, sous cinq empereurs[134] et ce fut sa gloire plus que sa puissance qui lui permit de renverser Néron [...]. Parmi ceux qui complotaient alors contre Néron, les uns ne furent jugés dignes de l'Empire par personne, les autres s'en jugèrent eux-mêmes indignes. 3. Galba, lui, fut appelé empereur et il céda ; soutenant de son nom l'audace de Vindex, il transforma un mouvement de révolte qu'on prenait pour une simple rébellion en une guerre civile, parce que ce mouvement avait trouvé un chef digne de commander[135]. 4. Décidé, non à prendre l'Empire pour lui mais à se donner, lui, à l'Empire il crut pouvoir gouverner des gens abâtardis par Tigellin et par Nymphidius de la même manière que Scipion, Fabricius et Camille avaient gouverné les Romains d'autrefois[136]. 5. Malgré le poids de la vieillesse, il fut, en ce qui concerne les campagnes militaires, un empereur invincible, et digne des anciens généraux[137]. Mais il se laissa dominer par Vinius, par Laco et par les affranchis qui faisaient commerce de tout, de même que Néron s'était laissé dominer par les personnages les plus insatiables. Personne ne regretta son règne mais beaucoup eurent pitié de sa mort[138].

---

131. Affranchi de Néron, que Galba avait fait exécuter (voir supra, XVII, 2).
132. Sénateur stoïcien, gendre de Thrasea Paetus que Galba avait fait revenir à Rome après son exil par Néron.
133. Voir supra, III, 1.
134. Né probablement en 5 avant J.-C. (voir Sancery, 1983, p. 181-183), Galba avait connu le règne de tous les julio-claudiens, d'Auguste à Néron.
135. Dans la première catégorie se rangeaient Clodius Macer (voir supra, VI, 2) et Nymphidius Sabinus (supra, VIII-IX). À la seconde catégorie appartinrent Julius Vindex (supra, IV, 3-6) et Verginius Rufus (supra VI, 3-6).
136. Homme de l'ancien temps, comme Pison qu'il choisit pour successeur, Galba menait une politique inadaptée, notamment vis-à-vis des soldats, maîtres de fait du pouvoir à Rome.
137. Tacite rappelle son comportement en Germanie et vante sa modération et sa justice dans les gouvernements de l'Afrique et de l'Espagne (Histoires, I, 44, 7-8).
138. Le jugement de Tacite (Histoires, I, XLIV, 4, 6 et 8) est plus sévère, qui dépeint Galba comme exempt de vices plus qu'orné de vertus, qui parle d'inertie prise pour sagesse et qui conclut « digne de l'Empire, s'il n'avait été empereur » (capax imperii nisi imperasset).

OTHON

I. 1. Le nouvel empereur[1] sortit au point du jour pour aller offrir un sacrifice au Capitole. Puis, s'étant fait amener Marius Celsus[2], il le salua, lui parla avec humanité et lui conseilla d'oublier son inculpation plutôt que de se souvenir de sa libération. 2. La réponse de Celsus ne fut pas dépourvue de noblesse et de sensibilité ; il déclara que les reproches qu'on lui adressait prouvaient la loyauté de son caractère, puisqu'on l'accusait d'être resté fidèle à Galba, dont il n'avait reçu aucune faveur[5]. L'attitude des deux hommes plut aux assistants et fut approuvée par les soldats. 3. Othon parla devant le Sénat avec beaucoup de simplicité et d'humanité. Il partagea son consulat, pour le reste de l'année, avec Verginius Rufus et il conserva leur fonction à tous les consuls qui avaient été désignés par Néron et Galba[4]. 4. Il accorda des sacerdoces à ceux auxquels leur âge ou leur réputation permettaient d'y prétendre. Quant aux sénateurs qui avaient été exilés sous Néron et qui étaient revenus sous Galba, il rendit à chacun d'entre eux les biens qui n'avaient pas été vendus et qu'il put retrouver. 5. Les premiers et les plus puissants citoyens, qui avaient d'abord frissonné d'effroi, comme si Othon n'était pas un homme mais le Châtiment personnifié ou un *démon* vengeur s'abattant soudain sur les affaires, furent donc rassérénés et se mirent à espérer en voyant l'apparence presque souriante de ce gouvernement[5].

II. 1. En même temps, rien ne fit plus plaisir à tous les Romains et rien ne lui attira plus de sympathies que sa conduite à l'égard de Tigellin[6]. 2. Celui-ci était déjà – mais

---

1. Plutarque rattache directement son récit à la fin de la Vie précédente, sans référence aucune à ce nouvel empereur. La famille d'Othon était issue d'une lignée équestre illustre à Férentinum (voir Tacite, Histoires, II, 50, 1 ; Gasperini, 1977 ; Demougin, 1993, p. 43). Grâce à la protection de Livie, le grand-père d'Othon avait atteint le Sénat et la préture et, grâce à celle de Tibère, son père avait atteint le consulat et les plus hautes dignités sénatoriales (sur le proconsulat d'Afrique et les fonctions en Illyricum, voir Suétone, Othon, I, 1). Comme celle des Flaviens, la famille d'Othon était une illustration de la montée des aristocraties italiennes face aux vieilles gentes *patriciennes d'où étaient issus les Galba, Pison et Vitellius.*
2. Voir Galba, XXV, 9 et XXVII, 11-12.
3. Il avait peut-être été cependant désigné consul par Galba pour la deuxième partie de l'année (voir Tacite, Histoires, *I, 71, 2 et I, 77, 3).*
*4. La liste détaillée des consuls de 69 est donnée par Tacite (*Histoires, *I, 77, 3). Le choix de Verginius Rufus s'expliquait par ses anciennes fonctions à la tête des légions de Germanie Supérieure (voir* Galba, *VI, 3-4 et X, 3-5) : il constituait un intermédiaire éventuel pour négocier avec les troupes de Vitellius, qu'il avait naguère commandées (voir cependant* infra, *XVIII, 6).*
*5. Cette appréciation sur la gestion du pouvoir par Othon, déjà portée au § 3, se retrouve dans Tacite (*Histoires, *I, 71, 1 ; 85, 1) : « Contrairement à toute attente, Othon adopta une attitude conciliante ».*
6. Sur Tigellin, voir Galba, II, 1 et note.

ils ne s'en rendaient pas compte – châtié par la peur même du châtiment que la cité réclamait comme une dette publique et par les maladies incurables dont son corps était atteint. Les débauches impies et abominables dans lesquelles il se vautrait avec des prostituées immondes pour lesquelles sa lubricité insatiable vibrait encore, alors qu'il était à l'agonie, étaient considérées par les gens sensés comme le pire des châtiments, une peine qui valait mille morts. 3. Mais la foule était contrariée à l'idée qu'il voyait encore le soleil, alors que, par sa faute, tant de si grands hommes ne le voyaient plus[7]. Othon lui envoya un émissaire dans sa propriété de Sinuessa, où il vivait à proximité de navires au mouillage afin de pouvoir s'enfuir plus loin. 4. Tigellin essaya de convaincre l'envoyé de l'épargner, en lui offrant beaucoup d'or ; n'y étant pas parvenu, il lui donna quand même des cadeaux et lui demanda de lui laisser le temps de se raser la barbe : la permission lui fut donnée et il se trancha la gorge[8].

III. 1. Après avoir accordé au peuple cette satisfaction très juste, l'empereur ne chercha lui-même à assouvir aucune rancune personnelle contre personne. Pour complaire à la foule il ne refusa pas, au début, d'être salué du nom de Néron dans les théâtres, et, lorsqu'on exposa de nouveau en public des statues de Néron, il ne s'y opposa pas[9]. 2. Selon Cluvius Rufus[10], des «courriers diplomatiques» qui furent envoyés en Espagne portaient le nom de Néron à côté de celui d'Othon. Cependant, remarquant que les premiers et les plus puissants citoyens s'en irritaient, il mit un terme à cette pratique.
3. Mais alors que les assises de son pouvoir se renforçaient ainsi, les prétoriens lui créèrent des difficultés. Ils lui conseillaient de se méfier, de se tenir sur ses gardes et de rabaisser les personnages en vue : était-ce une inquiétude réelle, née de leur affection pour lui, ou un prétexte pour provoquer des troubles et des hostilités ? 4. Othon avait envoyé Crispinus à Ostie pour en ramener la dix-septième cohorte urbaine[11]. Comme il faisait encore nuit quand Crispinus fit préparer les bagages et déposer les armes sur les chariots, les plus audacieux se mirent tous à crier que Crispinus était venu avec de mauvaises intentions, que le Sénat préparait une révolution et que ce n'était pas pour l'empereur mais contre lui qu'on transportait ces armes. 5. Cette rumeur toucha et excita beaucoup d'hommes : les uns s'emparèrent des chariots, les autres tuèrent deux centurions qui essayaient de les retenir et Crispinus lui-même. Ils s'équipèrent tous et, s'exhortant mutuellement à secourir l'empereur, s'élancèrent vers Rome. 6. Apprenant que quatre-vingts sénateurs dînaient avec Othon, ils se précipitèrent au palais, en décla-

---

7. *Voir* Galba, *XVII, 3*.
8. *Tacite décrit un suicide infâme au milieu de la débauche* (Histoires, *I, 72, 4*).
9. *La popularité dont jouissait Néron auprès de la plèbe de Rome et des prétoriens expliquait peut-être l'attitude d'Othon (voir Tacite,* Histoires, *I, 78, 3-4 et Suétone,* Othon, *VII, 2*).
10. *Gouverneur de Tarraconnaise, il écrivit une histoire du règne de Néron, dont il avait été un ardent partisan. Sur les «courriers diplomatiques», voir Galba, VIII, 5.*
11. *Ramenée de Lyon par Galba, la dix-septième cohorte urbaine avait été installée à Ostie où elle assurait la sécurité (voir Bérard, 1993 et Sablayrolles, 1996, p. 45-46). Le tribun prétorien Varius Crispinus était chargé de la ramener à Rome pour grossir les effectifs destinés à la guerre contre Vitellius. Un récit détaillé de l'épisode figure dans Tacite* (Histoires, *I, 80-82*).

OTHON

rant que c'était l'occasion de supprimer d'un seul coup tous les ennemis de César[12]. 7. La cité, s'attendant à être mise au pillage d'un instant à l'autre, fut en proie à un grand trouble; on courait de tous côtés dans le palais et Othon était plongé dans une terrible détresse. 8. Il craignait pour les sénateurs, qui eux-mêmes le craignaient[13]; il les voyait, les yeux fixés sur lui, muets de terreur, d'autant plus que certains étaient venus à ce dîner avec leurs femmes. 9. Othon envoya les préfets[14] aux soldats, avec ordre de leur parler et de chercher à les calmer; pendant ce temps, il pria ses invités de se lever et les fit sortir par une autre porte. 10. Ils eurent tout juste le temps de s'échapper, car les soldats forcèrent le passage jusqu'à la salle, en demandant ce qu'étaient devenus les ennemis de l'empereur. 11. Othon, se redressant sur son lit, leur adressa de nombreuses exhortations et de nombreuses prières, sans même épargner les larmes; pour finir, il parvint à grand-peine à les renvoyer. 12. Le lendemain, après avoir donné mille deux cent cinquante drachmes[15] à chacun d'entre eux, il se rendit dans le camp, où il loua la masse des soldats pour leur zèle et leur dévouement: cependant, ajouta-t-il, quelques-uns cherchaient à pervertir les autres, pour leur malheur, en dénigrant sa modération et leur obéissance; il leur demanda de partager son indignation et de l'aider à les punir[16]. 13. Tous l'approuvèrent et lui demandèrent de sévir. Othon ne fit arrêter que deux hommes, dont le châtiment ne fâcherait personne, puis il s'en alla.

IV. 1. Ceux qui éprouvaient déjà pour lui de l'affection et de la confiance furent surpris de ce changement; les autres se dirent qu'il était obligé de gouverner en fonction des circonstances et de se montrer démagogue avec les soldats en prévision de la guerre[17]. 2. En effet, on rapportait déjà de source sûre que Vitellius avait pris le titre et le pouvoir d'un empereur, et les courriers annonçaient sans cesse de nouveaux ralliements à sa personne. Mais d'autres rapportaient que les armées de Pannonie, de Dalmatie et de Mésie avaient choisi, avec leurs chefs, le parti d'Othon[18]. 3. Celui-ci reçut bientôt des lettres amicales de Mucianus et de Vespasien, qui commandaient des troupes importantes, l'un en Syrie, l'autre en

---

12. Cette note est révélatrice des rapports que les troupes de la garnison urbaine entretenaient avec l'aristocratie sénatoriale.
*13. Ce règne sans partage de la peur est rapporté dans les mêmes termes par Tacite (*Histoires*, I, 81, 1-2).*
14. Les deux préfets du prétoire, choisis par les soldats pour Othon, étaient Plotius Firmus, ancien simple soldat, et Licinius Proculus, un intime de l'empereur (voir Tacite, Histoires, *I, 46, 1).*
*15. La somme correspond aux 5 000 sesterces du texte de Tacite (*Histoires*, I, 82, 4) et représentait plus de trois ans de salaire.*
*16. Tacite (*Histoires*, I, 83, 2-84) prête à Othon un long discours, vibrant plaidoyer pour les soldats comme pour le Sénat. Othon révélait en la circonstance sa modération et son habileté manœuvrière.*
17. L'ambiguïté du jugement naissait du contraste entre la personnalité excessive et débauchée d'Othon sous Néron et son affabilité mesurée après la prise de pouvoir.
*18. En 69, la Pannonie comptait deux légions, la Dalmatie une et la Mésie trois. Cinq de ces six légions envoyèrent des contingents à Othon ou firent route vers l'Italie sans arriver à temps pour la bataille de Betriacum (Bédriac): les légions de Mésie (*III* Gallica,* VII *Claudia,* VIII *Augusta), la* XIII *Gemina de Pannonie et la* XI *Claudia de Dalmatie.*

Judée[19]. 4. Encouragé par ces messages, Othon écrivit à Vitellius, l'invitant à la conciliation et promettant de lui donner beaucoup d'argent et une cité où il pourrait mener en paix la vie la plus facile et la plus agréable. Vitellius lui répondit d'abord avec une humilité feinte, sans se fâcher, 5. puis ils s'aigrirent et multiplièrent dans leurs lettres les sarcasmes et les insultes grossières : leurs reproches étaient fondés, mais ils étaient bien fous et bien ridicules de s'accuser réciproquement de torts dont ils étaient coupables tous deux. 6. Pour ce qui est en effet de l'intempérance, de la mollesse, de l'inexpérience de la guerre et de la quantité des dettes auxquelles la pauvreté les avait réduits autrefois, il était difficile de dire lequel des deux était inférieur à l'autre[20].

7. Cependant, on rapportait beaucoup de présages et de visions. Il s'agissait en général de rumeurs anonymes et douteuses, 8. mais tous virent sur le Capitole une Victoire, debout sur un char, laisser échapper les rênes de ses mains, comme si elle était incapable de les retenir ; d'autre part, dans l'île qui se trouve au milieu du Tibre, alors qu'il n'y avait eu ni tremblement de terre ni coup de vent, la statue de Caius César[21] se tourna de l'occident vers l'orient : 9. le phénomène se produisit, dit-on, au moment où Vespasien s'efforçait déjà ouvertement de s'emparer du pouvoir. 10. La crue du Tibre, enfin, fut considérée par la plupart des gens comme un signe funeste. On était certes à la saison où les fleuves grossissent, mais jamais auparavant le Tibre n'avait été si haut et n'avait causé autant de dégâts et de dommages : il déborda et inonda une grande partie de Rome, surtout l'endroit où se trouve le marché au blé, ce qui entraîna, pendant plusieurs jours de suite, une terrible disette[22].

V. 1. Cependant on annonça que Caecina[23] et Valens[24], généraux de Vitellius, tenaient déjà les Alpes, tandis qu'à Rome les prétoriens soupçonnaient Dolabella[25], qui appar-

---

19. Licinius Mucianus, légat gouverneur de Syrie, disposait de quatre légions. Néron avait confié à Flavius Vespasianus la tâche de réprimer la révolte des Juifs, commencée en 66 ; il disposait de trois légions. L'Afrique avait également embrassé la cause d'Othon (voir Tacite, Histoires, I, 76, 8). Cluvius Rufus en Tarraconaise, qui s'était d'abord déclaré pour Othon, et les gouverneurs d'Aquitaine et de Narbonnaise avaient, en revanche, choisi le camp de Vitellius, plus redoutable parce que plus proche (LXXVI, 2-5).
20. Tacite (Histoires, I, 50, 5) décrivait dans les mêmes termes l'opinion publique à Rome : « La guerre apprendrait seulement ceci : que le vainqueur des deux serait le plus détestable. »
21. C'était une statue de Caius Julius Caesar comme le confirment Tacite (Histoires, I, 86, 1) et Suétone (Vespasien, V, 10), et non de Caligula, que Plutarque désigne ailleurs sous ce nom.
22. Les entrepôts du blé public (horrea Aemiliana) étaient situés sur le forum Boarium, au bord du Tibre. Ils constituaient un point névralgique de la Ville où étaient concentrés les stocks de l'approvisionnement de la plèbe citoyenne (voir Virlouvet, 1995, p. 98-99 et Sablayrolles, 1996, p. 785 et 787).
23. Questeur en Bétique, Aulus Caecina Alienus avait, en 68, pris le parti de Galba qui l'avait récompensé en le nommant à la tête de la légion IV Macedonica de Mayence. Convaincu de malversations, il avait été poursuivi sur l'ordre de Galba qu'il avait abandonné pour Vitellius (voir Tacite, Histoires, I, 53, 1-3).
24. Fabius Valens, légat de la première légion, était également un militaire décidé et énergique : c'est lui qui avait entraîné les légions de Verginius Rufus à proclamer Galba (voir Galba, X, 5) et il avait été le premier à saluer Vitellius empereur (voir Galba, XXII, 10).
25. Voir Galba, XXIII, 2.

OTHON

tenait à une famille patricienne, de préparer une révolution. Othon, craignant cet homme, ou en redoutant d'autres à cause de lui, le fit conduire dans la cité d'Aquinum, tout en le rassurant[26]. 2. Quand il dressa la liste des magistrats qui partiraient en expédition avec lui, il y inscrivit aussi Lucius, frère de Vitellius[27], sans rien ajouter ni enlever aux honneurs dont il jouissait. 3. Il veilla également avec le plus grand soin à ce que la mère et la femme de Vitellius n'eussent rien à craindre pour leurs personnes[28]. 4. Il nomma préfet de Rome Flavius Sabinus, frère de Vespasien, soit pour honorer encore la mémoire de Néron, qui avait confié cette charge à Sabinus auquel Galba l'ôta ensuite, soit plutôt pour montrer à Vespasien sa bienveillance et sa confiance en élevant son frère[29]. 5. Lui-même s'arrêta à Brixellum, cité d'Italie sur le Pô, et il envoya en avant, pour commander ses armées, Marius Celsus et Suétonius Paulinus, ainsi que Gallus et Spurinna: c'étaient des hommes brillants, mais les circonstances les empêchèrent d'appliquer les plans de campagne qu'ils avaient arrêtés, en raison de l'indiscipline et de l'arrogance des soldats[30] 6. qui ne daignaient obéir à personne, sinon à l'empereur, sous prétexte que celui-ci leur devait son pouvoir. 7. Les troupes des ennemis n'étaient du reste pas plus saines ni plus dociles à leurs chefs: elles étaient, pour la même raison, brutales et insolentes. 8. Cependant, ces hommes avaient au moins l'expérience du combat, ils étaient habitués à la fatigue et ne s'y dérobaient pas, tandis que ceux d'Othon étaient amollis par le loisir[31]: ils avaient vécu loin de la guerre, dans les théâtres, les fêtes et les spectacles. Pleins d'orgueil et de suffisance, ils voulaient dissimuler leur paresse: ils refusaient les obligations du service sous prétexte qu'elles étaient indignes d'eux, et non parce qu'ils étaient incapables de les supporter. 9. Spurinna, qui essaya de les y contraindre, faillit être tué. Ils ne lui épargnèrent

---

26. Comme supra, I et II, 1-4, Othon épargnait un représentant du Sénat sans mécontenter les soldats.
27. Consul suffect en 48, puis proconsul d'Afrique, le frère de l'empereur avait atteint les sommets de la carrière sénatoriale. Tacite dresse un portrait sinistre du «digne pendant de son frère» (Histoires, IV, 2, 3).
28. Tacite donnait une explication moins noble de l'attitude d'Othon: Vitellius l'aurait menacé de représailles contre sa propre famille (Histoires, I, 75, 4-5).
29. Comme l'élévation de Verginius Rufus au consulat pour les légions de Germanie Supérieure (voir supra, I, 3), la nomination de Flavius Sabinus était un gage vis-à-vis de la puissante armée de Judée et de son chef Vespasien.
30. Sur Marius Celsus, voir supra, I, 1. Caius Suetonius Paulinus avait une solide réputation d'homme de guerre, gagnée à la tête des troupes de Maurétanie en 41 et surtout dans la répression de la révolte de Boudicca en Bretagne en 59-61, où Tacite (Annales, XIV, 29-39) le présente comme l'émule de Corbulon, ce qui lui avait valu un second consulat en 66. Annius Gallus, consul suffect en 66, fut, en 70, légat de Germanie Supérieure. Vestricius Spurinna, légat d'Annius Gallus durant la guerre civile, poursuivit sa carrière sous Vespasien (consulat), Domitien (légat de Germanie en 83) et Trajan (deuxième consulat et statue triomphale en 98, troisième consulat en 100). Pline a laissé de lui un portrait particulièrement flatteur (Lettres, II, 7, 1-2).
31. Opposition traditionnelle entre les armées des frontières, habituées aux dures réalités de la guerre avec les Barbares, et la garnison de Rome, amollie par la vie urbaine et les intrigues de la cour. Reprise par les historiens, cette opposition était profondément ancrée dans les mentalités des soldats (voir notamment les récriminations des légions de Pannonie dans Tacite, Annales, I, 17).

aucune insolence, aucune insulte, le traitant de traître et de fléau, qui gâchait les occasions favorables à César et ruinait ses affaires[32]. 10. Certains même, pris de vin, se rendirent la nuit à sa tente pour lui demander des provisions de route : ils devaient partir, disaient-ils, pour l'accuser auprès de l'empereur.

VI. 1. Mais ce qui servit les intérêts d'Othon et profita sur le moment à Spurinna, ce furent les insultes qu'essuyèrent ses soldats à Placentia. 2. Les vitelliens qui attaquaient les remparts se moquèrent des hommes d'Othon qui se tenaient aux créneaux ; ils les traitèrent d'acteurs, de danseurs de pyrrhique[33], de spectateurs de concours Pythiques et Olympiques, qui ne connaissaient rien à la guerre et n'avaient jamais vu de campagnes militaires, qui se vantaient d'avoir coupé la tête à un vieillard désarmé (ils faisaient allusion à Galba), mais seraient bien incapables de descendre se battre ouvertement contre des hommes. 3. Les soldats furent tellement troublés et échauffés par ces injures qu'ils se jetèrent aux pieds de Spurinna, en le priant de les employer et de leur donner des ordres, l'assurant qu'ils ne reculeraient devant aucun danger et aucune fatigue. 4. Un combat violent fut livré devant le rempart et l'on fit avancer beaucoup de machines de siège. Les soldats de Spurinna eurent le dessus ; ils repoussèrent leurs adversaires, les massacrèrent en grand nombre et conservèrent une cité illustre, qui était l'une des plus florissantes d'Italie[34].
5. Les généraux d'Othon faisaient dans l'ensemble moins de mal aux cités et aux particuliers que ceux de Vitellius[35]. 6. Parmi ces derniers, Caecina n'avait, dans ses paroles comme dans son allure, rien qui puisse plaire au peuple. Il était repoussant et bizarre, avec un corps gigantesque ; lorsqu'il s'adressait aux peuples et aux magistrats romains, c'était affublé de braies et de mitaines gauloises[36] ; des cavaliers d'élite escortaient sa femme, qui allait à cheval, splendidement parée. 7. Quant à Fabius Valens, l'autre général de Vitellius, ni le butin pris aux ennemis, ni les rapines et les exactions commises sur les alliés ne parvenaient à assouvir sa cupidité ; ce fut même pour ce motif, semble-t-il, qu'il chemina lentement et arriva après la première bataille. 8. Cependant certains historiens[37] accusent Caecina de s'être hâté de combattre, dans l'espoir d'être vainqueur avant l'arrivée de Valens : entre autres fautes moins graves dont il se rendit coupable, il aurait engagé la bataille à contretemps et sans vigueur, ce qui faillit ruiner entièrement la cause des vitelliens[38].

---

32. Spurinna fut contraint par les soldats à des manœuvres contradictoires près de Placentia (Plaisance), colonie romaine des bords du Pô choisie comme base d'opérations (voir Tacite, Histoires, *II, 18-19).*
33. Insulte traditionnelle du vocabulaire militaire, dont les soldats de César usaient à l'égard de ceux de Pompée (voir Pompée, *LXIX, 5). Sur la danse elle-même, voir* Numa, *XIII, 11 et note.*
*34. Tacite fournit un récit détaillé du combat, décrivant l'incendie de l'amphithéâtre (*Histoires, *II, 21).*
35. Les armées de Vitellius ont en particulier rançonné la colonie de Vienne et ravagé le territoire helvète dans leur marche vers l'Italie (voir Tacite, Histoires, *I, 67-68).*
36. Caecina faisait ainsi subir aux colonies de citoyens de l'Italie du Nord l'humiliation d'un simulacre d'invasion celtique.
37. Voir Tacite, Histoires, *II, 24, 3.*
*38. Tacite (*Histoires, *I, 22, 5) dépeint Caecina « honteux d'une attaque imprudemment menée ».*

VII. 1. Après avoir été repoussé de Placentia, Caecina marcha sur Cremona, autre cité prospère et puissante. Annius Gallus se dirigeait vers Placentia pour secourir Spurinna. Apprenant en chemin que les défenseurs de Placentia avaient eu le dessus mais que ceux de Cremona étaient en danger, il fut le premier à conduire son armée dans cette direction : il établit son camp près des ennemis. Ensuite, les autres vinrent prêter main-forte au général. 2. Caecina avait placé en embuscade de nombreux fantassins dans un endroit couvert d'épaisses forêts ; il fit avancer des cavaliers auxquels il avait ordonné, dès que les ennemis auraient engagé le combat, de reculer et de fuir insensiblement devant eux, jusqu'au moment où ils les auraient attirés dans l'embuscade. Mais des déserteurs avertirent Celsus de cette manœuvre[39]. 3. Il repoussa l'attaque, avec des cavaliers de valeur, puis mena la poursuite avec prudence, encercla l'endroit où les hommes se trouvaient en embuscade, jeta le trouble parmi eux et appela ses fantassins à sortir du camp. 4. S'ils étaient arrivés à temps, ils n'auraient pas laissé, semble-t-il, un seul ennemi debout ; en épaulant l'action des cavaliers, ils auraient écrasé et détruit toute l'armée de Caecina. Mais Paulinus ne vint à la rescousse que tard, en prenant son temps, ce qui le fit accuser d'avoir, par excès de prudence, démenti son renom de bon général. 5. La foule des soldats l'accusa même de trahison et excita Othon contre lui ; ils affirmaient haut et fort qu'ils avaient remporté la victoire et que c'était par la faute des généraux qu'elle n'avait pas été totale. 6. Mais il avait moins confiance en eux qu'il ne cherchait à dissimuler sa défiance. Il envoya donc aux armées son frère Titianus et le préfet du prétoire Proculus, qui exerçait en fait tout le pouvoir, Titianus n'en ayant que l'apparence. 7. Quant à Celsus et à Paulinus, s'ils étaient affublés par ailleurs des noms de conseillers et d'amis, ils n'avaient aucune autorité et aucune influence sur les opérations[40]. 8. Des troubles se produisaient aussi chez les ennemis, surtout dans les troupes de Valens : en apprenant le combat qui s'était livré autour de l'embuscade, ils s'indignèrent de n'avoir pas été là pour arracher à la mort tant de soldats[41]. 9. Ils étaient prêts à se jeter sur Valens qui parvint à grand-peine à les persuader et à les fléchir : il fit lever le camp et rejoignit l'armée de Caecina.

VIII. 1. Othon se rendit au camp de Betriacum (une bourgade près de Cremona) et tint conseil pour décider s'il livrerait bataille. 2. Proculus et Titianus, voyant les armées exaltées par leur récente victoire, étaient d'avis d'engager un combat décisif et de ne pas rester inactifs, ce qui ferait retomber l'ardeur des soldats et laisserait à

---

39. *Le rôle des déserteurs, dans cette guerre civile où les changements de camp furent nombreux, explique les rumeurs perpétuelles de trahison qui entouraient les états-majors. Annius Gallus avait ainsi eu du mal à convaincre ses soldats de marcher sur Crémone et non pas sur Plaisance (voir* Tacite, Histoires, *II, 23, 3), et la prudence militaire de Suétonius Paulinus était prise pour traîtrise (voir infra, VII, 4-5 et* Tacite, Histoires, *II, 23, 7-8).*
40. *Tacite (*Histoires, *I, 88, 5-6 et II, 39, 1) donne la même analyse des rapports entre les chefs othoniens : la réalité comme l'apparence du commandement étaient aux mains des plus inexpérimentés ; les consulaires Paulinus et Celsus, militaires d'expérience, se trouvaient réduits au rôle de comparses.*
41. *Tacite donne de l'épisode un récit détaillé (*Histoires, *II, 27, 2 et 29-30).*

Vitellius le temps de revenir de Gaule. 3. Mais Paulinus fit remarquer que les troupes des ennemis étaient au complet et qu'il ne leur manquait plus personne, alors qu'Othon, s'il attendait l'occasion favorable pour lui au lieu de choisir celle qui avantageait les ennemis, pouvait compter sur le renfort de l'armée de Mésie et de Pannonie, qui n'était pas moins nombreuse que celle qu'il avait déjà[42]. 4. L'ardeur des soldats, déjà si confiants avec leurs faibles effectifs, ne s'émousserait pas quand ils verraient se joindre à eux des troupes plus nombreuses ; ils combattraient sans aucun risque. 5. De plus, le temps travaillait en leur faveur : ils avaient tout en abondance, tandis que leurs adversaires, campés en pays ennemi, seraient bientôt réduits à manquer de vivres. Tels furent les propos de Paulinus ; Marius Celsus se rallia à son avis. 6. Annius Gallus n'était pas là : il se faisait soigner, à la suite d'une chute de cheval, mais il répondit à une lettre d'Othon qu'il conseillait de ne pas se hâter et d'attendre l'armée de Mésie qui était déjà en route. Cependant Othon ne les écouta pas ; l'avis de ceux qui le pressaient de combattre prévalut[43].

IX. 1. On donne à cette décision diverses explications. De toute évidence, les soldats appelés prétoriens, qui servent de gardes du corps de l'empereur, faisaient alors pour la première fois l'expérience d'une véritable campagne et regrettaient les distractions, la vie paisible et les fêtes de Rome : ils avaient hâte de combattre et on ne pouvait les retenir, car ils étaient convaincus de renverser leurs adversaires dès le premier choc[44]. 2. Quant à Othon, il ne parvenait pas lui non plus, semble-t-il, à garder son sang-froid devant l'incertitude ; son inexpérience et sa mollesse l'empêchaient d'envisager calmement le danger ; tourmenté par ses inquiétudes, il avait hâte de s'en délivrer et, se voilant la face, il se lança au hasard, comme s'il se jetait du haut d'une falaise. 3. C'est du moins ce qu'expliqua l'orateur Secundus, qui avait été son secrétaire[45]. 4. Mais on put entendre d'autres personnes affirmer que les deux armées émirent à plusieurs reprises le désir de se réunir pour, si possible, choisir d'un commun accord le meilleur des personnages consulaires présents et, si l'on n'y parvenait pas, de faire convoquer le Sénat et de le charger de désigner l'empereur. 5. Et il n'est pas invraisemblable, étant donné qu'aucun des deux empereurs proclamés alors n'avait une bonne réputation, que des soldats valeureux, endurants et sensés aient pu juger odieux et terrible de se retrouver dans la situa-

---

42. Tacite (Histoires, II, 32) prête à Paulinus, « le plus habile homme de guerre de son temps », un véritable discours de géostratégie, qui incluait dans l'argumentation non seulement la situation tactique des belligérants mais également des considérations sur l'Orient, l'Afrique et Rome.
43. Le conseil de guerre a illustré concrètement les oppositions dessinées supra, VII, 6.
44. Plutarque, ici comme au moment de la bataille (voir infra, XII, 9), porte un jugement particulièrement sévère sur les prétoriens qui, s'ils étaient bien des soldats de la garnison urbaine avec tout ce que ce statut comportait d'avantages et de risques, n'en étaient pas moins également le vivier dans lequel se recrutait une bonne partie des cadres moyens de l'armée.
45. Julius Secundus, chevalier d'origine gauloise, était un orateur réputé, que Quintilien considérait comme son égal et dont Tacite fit un des principaux personnages du Dialogue des orateurs. Ses enfants, protégés de Pline, accédèrent au Sénat (voir Demougin, 1993, p. 606-607).

tion pitoyable des citoyens qui, autrefois, s'étaient infligé mutuellement tant de mal à cause de Sylla et de Marius puis de César et de Pompée – et ce, pour décider si l'Empire financerait la voracité et l'ivrognerie de Vitellius ou le luxe et la débauche d'Othon. 6. On suppose donc que Celsus était informé de cet état d'esprit et que, pour cette raison, il voulut différer l'action, espérant que la question serait tranchée sans combat ni souffrance, tandis qu'Othon, par crainte, pressa la bataille[46].

X. 1. Othon repartit à Brixellum, et ce fut une faute supplémentaire car non seulement il priva ses hommes des sentiments d'honneur et d'ambition que sa présence leur aurait inspirés, s'ils avaient combattu sous ses yeux, mais surtout il emmena avec lui comme gardes du corps les cavaliers et les fantassins les plus robustes et les plus valeureux : c'était comme s'il avait brisé la pointe de son armée[47]. 2. Ces jours-là on livra un combat au bord du Pô : Caecina voulait jeter un pont sur le fleuve et les othoniens se battirent pour l'en empêcher[48]. 3. Comme ils n'arrivaient à rien, ils chargèrent leurs embarcations de torches enduites de soufre et de poix. Or, pendant la traversée, le vent s'éleva soudain et mit le feu à ces matériaux qu'ils avaient l'intention de jeter sur les ennemis. 4. Il s'en éleva d'abord de la fumée, puis une flamme brillante ; alors, prenant peur, ils sautèrent dans le fleuve, retournèrent leurs barques et se trouvèrent à la merci des ennemis qui se moquèrent d'eux. 5. Les Germains, qui avaient engagé le combat contre les gladiateurs d'Othon près d'une petite île du fleuve, les vainquirent et en tuèrent un nombre considérable.

XI. 1. Après ces affrontements, les soldats d'Othon qui se trouvaient à Betriacum réclamèrent le combat avec colère. Proculus les fit sortir de la ville et installa leur camp à cinquante stades de là, mais avec si peu d'expérience et d'une manière si ridicule que, malgré la saison (on était au printemps), et le nombre de ruisseaux et de rivières intarissables qui arrosaient les plaines partout à la ronde, ils eurent à souffrir du manque d'eau[49]. 2. Le lendemain, Proculus voulut mener ses troupes contre les ennemis, qui étaient à cent stades au moins. Paulinus s'y opposa : à son avis, ils devaient attendre, éviter de se fatiguer avant le combat et d'être obligés de combattre, aussitôt après la marche, des hommes qui auraient eu tout le loisir de s'armer et de se ranger, pendant qu'eux-mêmes parcouraient une aussi longue route, mêlés aux bêtes de somme et aux

---

46. *Tacite refuse d'accorder crédit à la rumeur qui expliquait la prudence stratégique des consulaires, et notamment de Suétonius Paulinus, par le dessein d'exploiter à leur profit les dispositions des soldats (voir* Histoires, *II, 37). Plutarque, lui non plus, ne dénigre pas l'attitude de Celsus et ne lui prête que le désir d'éviter l'effusion de sang.*
47. *Cette remarque est contradictoire avec le jugement porté sur le prétoire (supra, IX, 1) : c'étaient en effet des effectifs des cohortes prétoriennes que l'empereur emmenait avec lui (voir Tacite,* Histoires, *II, 33, 5).*
48. *Selon Tacite, la construction d'un pont de bateaux était tout à la fois, de la part de Caecina, une ruse pour fixer l'ennemi et un moyen de ne pas laisser ses soldats dans l'oisiveté (voir* Histoires, *II, 34, 2-3).*
49. *Tacite donne exactement la même version des événements, sauf sur la distance par rapport à Betriacum (Bédriac) : 6 km (4 milles) au lieu de 9 ici (50 stades).*

valets d'armée[50]. 3. Les généraux étaient en désaccord sur ce point, lorsqu'un cavalier, de ceux qu'on appelle Numides, leur apporta une lettre d'Othon ordonnant de se porter aussitôt contre les ennemis, sans attendre et sans différer[51]. 4. Ils levèrent donc le camp et se mirent en marche. Caecina, apprenant leur approche, prit peur, abandonna en hâte les travaux et le fleuve, et regagna son camp 5. où la foule des soldats était déjà sous les armes et recevait de Valens le mot d'ordre. Pendant que les troupes prenaient position, on envoya en avant les meilleurs des cavaliers.

XII. 1. Soudain, dans les premiers rangs d'Othon, on ne sait pour quelle raison, le bruit courut[52] que les généraux de Vitellius s'apprêtaient à passer de leur côté. En conséquence, quand les deux armées furent proches, les othoniens saluèrent amicalement les vitelliens du nom de camarades. 2. Mais les autres leur rendirent leur salut de mauvaise grâce, avec colère, d'une voix hostile. Ceux qui les avaient salués en furent découragés et le reste de l'armée les soupçonna de trahison. Ils furent d'abord troublés par cet incident au moment où déjà les ennemis engageaient le corps à corps. 3. Ensuite, le désordre fut général. Les bêtes de somme s'égarèrent au milieu des combattants et provoquèrent une grande confusion. Le terrain obligeait souvent les hommes à rompre leurs rangs : il était parcouru de fossés et de ravins que les soldats, de peur d'y tomber, devaient contourner, ce qui les amena à engager en désordre, par groupes dispersés, le corps à corps avec les ennemis[53]. 4. Seules deux légions (c'est le nom que les Romains donnent à leurs corps d'armée), l'une de Vitellius surnommée la *Rapace*, l'autre d'Othon appelée la *Secourable*, se dégagèrent pour gagner une plaine nue et découverte où elles livrèrent une bataille en règle et gardèrent longtemps leurs positions[54]. 5. Les soldats d'Othon étaient robustes et valeureux, mais ils faisaient alors pour la première fois l'expérience de la guerre et de la bataille ; ceux de Vitellius, aguerris par bien des luttes, étaient déjà vieux et n'avaient plus toute leur vigueur. 6. Les othoniens s'élancèrent contre eux, les repoussèrent, leur enlevèrent leur aigle, et tuèrent presque tous les soldats des premiers rangs. Alors les vitelliens, remplis de honte et de colère, se jetèrent sur eux, tuèrent Orfidius[55], le légat de la légion, et enle-

---

50. Distinction classique, rappelée par l'expérimenté Paulinus, entre acies, *l'armée en formation de combat, et* agmen, *l'armée en marche encombrée de ses bagages.*
51. Même schéma que précédemment : l'impatience d'Othon lui faisait choisir le parti des chefs sans expérience en dépit des conseils des militaires de carrière.
*52. Tacite (*Histoires, *II, 42, 1-2) s'interrogeait sur la nature du* rumor *: manœuvre ou hasard ? Suétone, dont le père, Suétonius Laetus, avait été, en tant que tribun de la treizième légion Gemina, témoin direct des événements, donnait une version quelque peu différente de ce qu'il considérait comme une traîtrise délibérée (voir* Othon, *IX, 3, qu'il faut peut-être rapprocher de Tacite,* Histoires, *XLI, 1 : les deux événements – rumor et manœuvre – seraient alors à dissocier).*
*53. Tacite (*Histoires, *II, 42, 5) évoque également, parmi les obstacles au combat, les arbres et les vignes, éléments naturels du paysage de la plaine padane.*
54. La legio XXI Rapax *venait de Germanie Supérieure, où elle était casernée à Vindonissa (Windisch, en Suisse). La* legio I Adjutrix *était composée avec les rameurs de la flotte (voir* Galba, *XV, 6 et note).*
55. Caius Orfidius Benignus (voir Tacite, Histoires, *II, 43).*

vèrent beaucoup d'enseignes. 7. Comme les gladiateurs passaient pour avoir de l'expérience et de l'audace au corps à corps, Alfénus Varus[56] lança contre eux ceux qu'on appelle les Bataves, les meilleurs cavaliers des Germains, qui habitent une île au milieu du Rhin[57]. 8. Un petit nombre de gladiateurs tinrent bon mais la plupart prirent la fuite en direction du fleuve et tombèrent sur les cohortes ennemies, rangées en ordre de bataille à cet endroit, qui les massacrèrent tous sans distinction, malgré leur résistance. 9. Ceux qui combattirent le plus lâchement furent les prétoriens : sans même attendre d'en venir aux mains avec les ennemis, ils prirent la fuite et semèrent la panique et le trouble parmi ceux qui tenaient encore[58]. 10. Cependant, beaucoup de soldats d'Othon vainquirent ceux qu'ils avaient en face d'eux, se frayèrent de force un passage à travers les rangs des ennemis vainqueurs, et parvinrent à regagner leur camp.

XIII. 1. Quant aux généraux, ni Proculus ni Paulinus n'osèrent rentrer dans le camp avec eux ; ils se dérobèrent, craignant les soldats qui rejetaient déjà sur les chefs la responsabilité de ce qui s'était passé[59]. 2. Annius Gallus recueillit dans le bourg ceux qui se regroupèrent après la bataille et s'efforça de les consoler en leur disant que l'avantage avait été presque égal de part et d'autre et que sur plusieurs secteurs ils avaient vaincu les ennemis. 3. Marius Celsus rassembla les officiers et leur ordonna de penser à l'intérêt général. « Après un tel désastre, leur dit-il, et le massacre de tant de citoyens, Othon lui-même, si du moins il est un homme de bien, ne voudra pas tenter de nouveau la Fortune. 4. Caton et Scipion qui refusèrent de céder à César, après sa victoire de Pharsale, furent accusés d'avoir sacrifié sans nécessité beaucoup de braves en Afrique[60], et pourtant ils luttaient pour la liberté de Rome. 5. Si la Fortune est commune pour tous, il y a un avantage qu'elle ne peut enlever aux hommes de bien : la possibilité, même dans l'adversité, de faire usage de leur raison pour réfléchir à la situation. » Ce discours persuada les officiers. 6. Ils sondèrent les soldats et virent qu'ils désiraient la paix. Titianus proposa d'envoyer une ambassade pour conclure un accord, et il fut décidé que Celsus et Gallus iraient parlementer avec Caecina et Valens. 7. Ils rencontrèrent en chemin des centurions ennemis qui leur apprirent que l'armée des vitelliens était déjà en train de partir pour Betriacum et qu'eux-mêmes avaient été envoyés par

---

56. Ancien sous-officier du prétoire, Publius Alfenus Varus était préfet de camp dans l'armée de Fabius Valens. Il fut par la suite nommé préfet du prétoire par Vitellius (voir Demougin, 1993, p. 572-573).
57. Ces cohortes auxiliaires de Bataves, appelées à Rome par Néron pour l'expédition vers le Caucase, avaient été renvoyées en Bretagne par Galba et s'étaient en route ralliées à Vitellius (voir Tacite, Histoires, II, 27, 2). Les gladiateurs engagés dans l'armée d'Othon par Martius Macer, ancien légat de Claude en Mésie et proconsul d'Achaïe sous Néron, s'étaient illustrés dans une escarmouche sur le Pô (Tacite, Histoires, II, 23, 5).
58. Sur le jugement de Plutarque, voir supra, IX, 1. Tacite (Histoires, II, 46, 5-6) souligne au contraire l'ardeur des prétoriens, qui souhaitaient reprendre la lutte après la défaite.
59. Védius Aquila, légat de la treizième légion Gemina, n'eut pas la même prudence et fut assailli par les soldats (voir Tacite, Histoires, II, 44, 4).
60. Il y aurait eu 10 000 tués à Thapsus selon l'auteur de la Guerre d'Afrique (LXXXVI, 3). Sur les attitudes divergentes de Caton et Scipion en Afrique, voir Caton le Jeune, LVII-LVIII.

leurs chefs pour conclure un accord. 8. Celsus et ses compagnons, ayant approuvé leur démarche, leur demandèrent de faire demi-tour et de les conduire auprès de Caecina. 9. Lorsqu'ils s'approchèrent des vitelliens, Celsus fut en grand danger, car il se trouva que les cavaliers qu'il avait vaincus dans l'embuscade[61] ouvraient la marche de l'armée. Quand ils virent s'avancer Celsus, ils se mirent aussitôt à crier et s'élancèrent sur lui. 10. Les centurions se placèrent devant lui et les arrêtèrent tandis que les autres officiers leur criaient de l'épargner. Caecina, apprenant la situation, accourut et calma aussitôt l'agitation des cavaliers. Il accueillit Celsus amicalement et se rendit avec lui à Betriacum. 11. Or, entre-temps, Titianus s'était repenti d'avoir envoyé une ambassade : il avait fait remonter sur les remparts les soldats les plus hardis et invité les autres à leur prêter main-forte. 12. Pourtant, lorsque Caecina s'avança à cheval, la main tendue, personne ne lui opposa de résistance : les uns saluèrent les soldats du haut des remparts, les autres leur ouvrirent les portes et sortirent se mêler à ceux qui arrivaient. 13. Nul ne se livra à la moindre violence : ils s'embrassaient, ils se prenaient la main[62]. Tous jurèrent fidélité à Vitellius et se rallièrent à lui.

XIV. 1. C'est ainsi que se déroula cette bataille, selon le récit de la plupart de ceux qui y assistèrent, bien qu'ils reconnaissent eux-mêmes qu'ils ne purent en connaître tous les détails, à cause du désordre des troupes et de l'irrégularité du terrain[63]. 2. Quant à moi, comme je voyageais plus tard à travers cette plaine, Mestrius Florus[64], un personnage consulaire, un de ceux qui avaient alors suivi Othon non par conviction mais par nécessité, me montra un vieux temple et me raconta que, lorsqu'il était arrivé sur les lieux, après la bataille, il avait vu à cet endroit un si grand tas de cadavres que ceux qui se trouvaient en haut touchaient les frontons. 3. Il ajouta qu'il avait cherché à en connaître la raison, sans rien trouver lui-même et sans rien pouvoir apprendre de personne. Certes, il est naturel que, dans les guerres civiles, une déroute cause davantage de morts car on ne fait pas de prisonniers, puisqu'ils ne peuvent servir à rien à ceux qui les capturent. Cependant, un tel monceau de cadavres en un même endroit n'est pas facile à expliquer[65].

XV. 1. Quant à Othon, comme il arrive souvent quand les événements sont aussi graves, il reçut d'abord des nouvelles confuses. Lorsque des blessés revinrent de la bataille et la lui racontèrent, non seulement ses amis l'empêchèrent de s'abandonner

---

61. *Voir* supra, *VII, 2-4.*
62. *Même scène de fraternisation dans Tacite,* Histoires, *II, 45, 5.*
63. *Les récits de Tacite et Plutarque concordent cependant dans leurs grandes lignes. Comme Suétone, dont le père avait combattu à Betriacum, actuelle Bédriac (voir Suétone,* Othon, *X, 1), ils avaient rencontré des témoins directs de la bataille, dont, probablement, Mestrius Florus.*
64. *Consul suffect sous Néron puis sous Vespasien, proconsul d'Asie sous Domitien, il était à Rome le protecteur et l'ami de Plutarque, qui lui devait sa citoyenneté romaine et son nom latin de Mestrius Plutarchus (voir Dictionnaire, «Plutarque par lui-même»). Il est fréquemment mis en scène dans les* Propos de table *(I, 9; III, 3, 4, 5; V, 7, 10, etc.).*
65. *Sur les excès entraînés par les affrontements, voir Dictionnaire, «Guerre(s)».*

au désespoir et l'invitèrent à garder confiance mais, chose plus étonnante, l'affection des soldats dépassa tout ce qu'on aurait pu imaginer. 2. Aucun d'eux ne le quitta pour passer dans le camp du vainqueur ; on n'en vit aucun chercher son intérêt personnel, à présent que la cause de leur général était perdue. Tous coururent en masse à sa porte, l'appelant leur empereur et, quand il sortit, ils se tournèrent vers lui en criant et en le suppliant, lui saisirent les mains, se jetèrent à terre, se mirent à pleurer et le prièrent de ne pas les abandonner et de ne pas les livrer aux ennemis mais d'employer leurs âmes et leurs corps à son service jusqu'à leur dernier souffle. Tous lui adressaient ces prières en même temps. 3. Un des soldats les plus obscurs tira son épée et s'écria : « Sache, César, que nous sommes tous décidés à agir pour toi comme je vais le faire », et il se trancha la gorge[66]. 4. Othon ne se laissa attendrir par aucune de ces manifestations. Le visage serein et tranquille, il porta ses regards tout autour de lui puis déclara : « Cette journée, compagnons, est pour moi plus heureuse que celle où vous m'avez fait empereur, puisque je vous vois dans de tels sentiments et que je suis l'objet de si grandes marques d'estime de votre part[67]. 5. Mais ne me privez pas d'une faveur plus grande encore : laissez-moi mourir glorieusement pour tant de si bons citoyens. Si j'ai été digne de l'Empire romain, je ne dois pas hésiter à donner ma vie pour ma patrie[68]. 6. Je sais que la victoire de nos adversaires n'est ni solide ni durable : on annonce que notre armée de Mésie n'est qu'à quelques jours de marche et qu'elle descend déjà vers la mer Adriatique ; l'Asie, la Syrie, l'Égypte et les armées qui font la guerre aux Juifs sont avec nous ; le Sénat est en notre pouvoir ainsi que les enfants et les femmes de nos adversaires[69]. 7. Mais nous ne faisons pas la guerre contre Hannibal, contre Pyrrhos ou contre les Cimbres pour défendre l'Italie ; ce sont des Romains qui combattent contre des Romains. Vainqueurs ou vaincus, nous sommes tous pareillement coupables envers notre patrie, car le bonheur de celui qui l'emporte est un malheur pour elle[70]. 8. Croyez-le bien, j'y ai souvent réfléchi : ma mort peut être plus belle que ne le serait mon règne. Je ne vois pas en effet comment, si j'étais vainqueur, je pourrais être plus utile aux Romains que je ne le serai en me sacrifiant pour la paix, pour la concorde et pour empêcher l'Italie de revoir jamais une journée comme celle-ci[71]. »

---

*66. Cette attitude courageuse des prétoriens restés avec Othon, que confirme le récit de Tacite (*Histoires, *II, 46, 3-5), contraste avec le jugement porté plus haut par Plutarque (voir supra, XII, 9).*
*67. Plutarque, comme Tacite (*Histoires, *II, 47), a prêté à Othon un discours destiné à grandir sa mort en contraste avec sa vie dissolue. Si l'impression d'ensemble laissée par les deux discours est identique, la tonalité diffère sur les détails. Plus que sur le bonheur d'Othon devant les dispositions des soldats, Tacite (II, 47, 1) insiste sur l'évaluation résignée mais réaliste qu'il fait de sa rencontre avec sa Fortune.*
68. L'Othon tacitéen tient un discours moins héroïque et moins exalté mais plus philosophique et plus serein, soulignant que le courage consiste à accepter son destin (voir Histoires, *II, 47, 4, 7 et 12).*
69. Cette évaluation exacte de la situation ne figure pas chez Tacite dans le discours, mais, prêtée aux prétoriens, elle est reprise à son propre compte par l'historien (voir Histoires, *II, 46, 8).*
*70. Même remarque chez Tacite (*Histoires, *II, 46, 8), mais faite par l'historien lui-même et non par Othon.*
71. Épargner le sang des citoyens est un thème qui revient en termes identiques chez Tacite, Histoires, *II, 47, 8.*

XVI. 1. Après avoir ainsi parlé, il repoussa fermement les instances de ceux qui essayaient de le détourner de son dessein et de lui rendre courage, et il pria ses amis et les sénateurs présents de s'en aller. Il envoya des lettres aux cités pour leur recommander ceux qui partaient, les priant de les accueillir avec honneur et de veiller à leur sécurité. 2. Puis il fit approcher son neveu Cocceianus, qui était encore adolescent, et l'exhorta à prendre courage et à ne pas avoir peur de Vitellius : « J'ai protégé sa mère, ses enfants et sa femme, comme s'ils appartenaient à ma propre famille[72]. 3. Quant à toi, si je ne t'ai pas adopté, malgré le désir que j'en avais, et si j'ai reporté cette démarche, c'était pour pouvoir te faire régner avec moi si j'étais vainqueur, sans t'entraîner dans ma perte en cas de défaite. 4. La dernière recommandation que je t'adresse, mon enfant, c'est de ne pas oublier complètement mais de ne pas non plus trop te souvenir que ton oncle a été empereur[73]. » 5. Peu après, il entendit du bruit et des cris à la porte. C'étaient les soldats : ils menaçaient d'égorger ceux des sénateurs qui s'en allaient s'ils refusaient de rester et partaient en abandonnant l'empereur[74]. 6. Inquiet pour eux, Othon sortit donc de nouveau. Cette fois il n'était plus suppliant ni doux ; il regarda d'un air sévère et plein de colère les soldats les plus excités et les congédia, dociles et tremblants.

XVII. 1. Le soir venu, il eut soif et but un peu d'eau. Il avait deux épées et il essaya longuement le fil de chacune d'elles, puis il en rendit une et mit l'autre sous son bras[75]. Ensuite il appela ses serviteurs. 2. Il leur distribua ses biens avec bonté, donnant plus à l'un, moins à l'autre, sans se montrer prodigue, comme si cet argent appartenait déjà à d'autres, mais en veillant avec soin à récompenser chacun avec mesure, en fonction de ses mérites. 3. Puis il les renvoya et se reposa le reste de la nuit : ceux qui gardaient sa chambre purent constater qu'il dormait profondément. 4. Au point du jour, il appela un affranchi qu'il avait chargé de s'occuper des sénateurs et il lui demanda d'aller aux nouvelles ; apprenant que chacun était parti avec ce dont il avait besoin, il lui dit : « Va maintenant te montrer aux soldats, si tu ne veux pas qu'ils te tuent misérablement en croyant que tu m'as aidé à mourir. » 5. Quand l'homme fut sorti, il plaça son épée sous lui en la tenant des deux mains, bien droite, et il se jeta dessus de toute sa hauteur. Sa souffrance ne se traduisit que par un seul soupir qui apprit ce qui se passait à ceux qui se trouvaient à l'extérieur. 6. Les esclaves poussèrent des lamentations, et aussitôt, les gémissements emplirent le camp et la cité. 7. Les soldats se précipitèrent à sa porte en poussant de grands cris : ils étaient bouleversés et se reprochaient amèrement de n'avoir pas veillé sur leur

---

72. Voir supra, V, 3. Cette remarque est incluse par Tacite (Histoires, II, 47, 6) dans le discours d'Othon aux soldats, où elle exalte la clementia d'Othon.
73. L'expression se retrouve exactement dans les mêmes termes chez Tacite (Histoires, II, 48, 6). Salvius Cocceianus fut, de fait, condamné à mort par Domitien pour avoir célébré le jour anniversaire de la naissance de son oncle (voir Suétone, Vespasien, X, 5).
74. Parmi eux se trouva particulièrement en danger Verginius Rufus, ancien chef des légions de Germanie qu'Othon avait promu à un nouveau consulat (voir Tacite, Histoires, II, 49, 3).
75. Mêmes détails dans Tacite, Histoires, II, 49, 4-5 et Suétone, Othon, XI, 2.

empereur et de ne pas l'avoir empêché de mourir pour eux. 8. Aucun des siens ne s'éloigna, malgré l'approche des ennemis ; ils parèrent le corps, lui dressèrent un bûcher et suivirent son convoi en armes. Ceux qui avaient devancé les autres pour se charger du lit funèbre et le porter rayonnaient de fierté. 9. Quant au reste du cortège, les uns se jetaient sur le cadavre et couvraient de baisers sa blessure, d'autres lui prenaient les mains, d'autres se prosternaient de loin. 10. Certains jetèrent leurs torches sous le bûcher et se tranchèrent la gorge. Pourtant, ils n'avaient apparemment reçu aucune faveur particulière du mort et ne redoutaient pas non plus d'être maltraités par le vainqueur[76], 11. mais aucun tyran, aucun roi, n'éprouva jamais, semble-t-il, un désir aussi violent et aussi fou de commander que ces soldats n'en eurent d'être commandés par Othon et de lui obéir. 12. Même après sa mort, leur regret ne les quitta pas et finit par se transformer en une haine implacable contre Vitellius.

XVIII. 1. Quant au reste des événements, j'en parlerai en temps utile. Les soldats cachèrent dans la terre les restes d'Othon et lui élevèrent un tombeau qui ne pouvait exciter l'envie, ni par la taille du monument ni par l'orgueil de l'inscription[77]. 2. Je l'ai vu quand j'étais à Brixellum : c'est un monument modeste dont on peut traduire l'inscription ainsi : « Pour signaler Marcus Othon. » 3. Othon mourut à l'âge de trente-sept ans, après avoir régné trois mois. Il laissa après lui autant de gens estimables pour louer sa mort que pour blâmer sa vie. En effet, s'il ne vécut pas de manière plus modérée que Néron, il mourut plus noblement[78].
4. Ses soldats furent invités aussitôt par Plotius[79], un des deux préfets du prétoire, à prêter serment à Vitellius. Ils s'en indignèrent. 5. Apprenant que quelques-uns des sénateurs étaient encore là, ils allèrent trouver Verginius Rufus[80], sans se soucier des autres, et ils l'embarrassèrent beaucoup en entrant chez lui en armes pour le prier et le sommer une fois de plus de se mettre à leur tête ou de négocier en leur nom. 6. Verginius pensa que ce serait folie d'accepter d'eux, après leur défaite, un pouvoir dont il n'avait pas voulu auparavant, quand ils étaient vainqueurs ; quant à négocier avec les Germains, cette démarche lui faisait peur car il se disait qu'il les avait souvent forcés à agir contre leur gré. Il se déroba donc et disparut par une autre porte. 7. Quand ils l'apprirent, les soldats acceptèrent de prêter serment et se joignirent aux troupes de Caecina dès qu'ils eurent obtenu leur pardon[81].

---

*76. Ces diverses attitudes des soldats, y compris les suicides sur le bûcher, sont rapportées également par Tacite (*Histoires*, II, 49, 9-10) et Suétone (*Othon*, XII, 4).*
77. Dans le récit plutarquien, la modestie du tombeau correspond à la sérénité du suicide d'Othon. Elle pouvait s'expliquer aussi par la crainte qu'avait eue l'empereur de voir sa dépouille outragée par l'ennemi, crainte qui avait entraîné, selon Tacite, la rapidité des funérailles (Tacite, Histoires, *II, 49, 8).*
*78. Le contraste entre la vie et la mort d'Othon est un topique qui se retrouve chez Tacite (*Histoires, *II, 50, 3) et chez Suétone (*Othon, *XII, 5).*
79. Sur Plotius Firmus, voir supra, III, 9 et note.
80. Voir Galba, *VI, 3 et X, 3-5 et supra, XVI, 5.*
81. Ils furent congédiés par Vitellius mais se réengagèrent au côté de Vespasien (Tacite, Histoires, *II, 67, 1).*

BIBLIOGRAPHIE

VIE DE GALBA

BRUNT P. A.
«The Revolt of Vindex and the Fall of Nero»,
Latomus, 18, 1959, p. 531-559.

D'ARMS J. H.
«Tacitus, *Hist.* IV, 13 and the Municipal Origin of Hordeonius Flaccus», *Historia*, XIII, 1974, p. 497-504.

DEMOUGIN S.
• «L'anneau d'or, de l'esclavage à l'anneau d'or du chevalier», *Des ordres à Rome*, Paris, 1984, p. 217-242.
• *Prosopographie des chevaliers romains julio-claudiens*, coll. EFR 153, Rome, 1992.

DRINKWATER J. F.
Roman Gaul. The Three Provinces, 58 BC-260 AD, Londres, 1983.

ECK W.
Die Statthlater der germanischen Provinzen vom 1-3 Jahrundert, Bonn, 1985 [1979].

PICARD G.-Ch.
Auguste et Néron, le secret de l'Empire, Paris, 1962.

RAOSS M.
«La rivolta di Vindice ed il successo di Galba», *Epigrafica*, 1960, p. 37-151.

REDDÉ M.
Mare nostrum, Rome, 1986.

RICKMAN G.
Roman Granaries and Store Buildings, Cambridge, 1971.

RODRIGUEZ ALMEIDA E.
Forma Urbis Marmorea. Aggiornamento generale 1980, Rome, 1981.

SABLAYROLLES R.
Libertinus miles. Les cohortes de vigiles, coll. EFR n°224, Rome, 1996.

SANCERY J.
Galba ou l'armée face au pouvoir, Paris, 1983.

VIE D'OTHON

BÉRARD F.
«La garnison de Lyon à l'époque julio-claudienne», *Militaires romains en Gaule civile. Actes de la table ronde de mai 1991 organisée au CERGR*, Lyon, 1993, p. 9-22.

DREXLER H.
«Zur Geschichte Kaiser Othos bei Tacitus und Plutarch», *Klio*, 1959, p. 153-178.

GASPERINI L.
«L'epitafo ferentiense di Aulo Saluio Crispo», *Archeologia Classica*, 29, 1977, p. 114-127.

SABLAYROLLES R.
Libertinus miles. Les cohortes de vigiles, coll. EFR 224, Rome, 1996.

VIRLOUVET C.
Tessera frumentaria. Les procédures de la distribution du blé public à Rome, BEFAR 286, Rome, 1995.

DICTIONNAIRE PLUTARQUE

SOUS LA DIRECTION DE PASCAL PAYEN

PRÉSENTATION

Tel qu'il a été conçu, le Dictionnaire Plutarque *n'est pas un lexique des données historiques ou des noms propres contenus dans les* Vies. *Le lecteur trouvera tous les éclaircissements nécessaires sur ces points dans les notes qui accompagnent le texte. Il se présente bien plutôt comme un dictionnaire culturel, qui recouvre trois fonctions principales :*
1. Il s'agit, tout d'abord, dans le contexte des Ier-IIe siècles, d'éclairer le sens du projet de Plutarque, considéré comme un homme entre deux cultures, un médiateur entre les Grecs vaincus et les Romains en position de dominants, selon un clivage qu'il s'efforce de dépasser. L'accent est mis sur le double processus d'acculturation qui mêle reconnaissance de la domination romaine et hellénisation des vainqueurs et de leur histoire.
2. Un tel contexte culturel est indissociable d'un travail d'écriture dont la singularité est analysée selon trois modalités : un effort de lecture et d'appropriation de tout l'héritage grec, depuis Homère, et, dans une moindre proportion, de son homologue latin ; une élaboration du genre propre de la Vie, *qui n'est ni biographie, ni histoire, ni roman ; une esthétisation morale autour de la construction du héros.*
3. Enfin, le Dictionnaire a pour fonction de situer Plutarque dans le temps long de l'histoire culturelle. Quand et comment les Vies *furent-elles recopiées, éditées et traduites ? Quels furent leurs grands lecteurs, de Machiavel et Montaigne à Rousseau ? Quelles furent les vicissitudes de Plutarque dans l'histoire, la réflexion politique, la littérature et les arts ?*

Les entrées sont pourvues d'indications bibliographiques, lorsque cela a paru nécessaire. Les unes, au fil du texte, concernent les problèmes – historiques, littéraires, philosophiques – en rapport avec le thème abordé ; les autres, en fin d'article, traitent directement du sujet, sans toujours recouper la bibliographie générale située à la fin du volume.
Les corrélats mettent en rapport les articles entre eux et suggèrent au lecteur, par-delà l'ordre alphabétique, des croisements et des chemins de lecture.

PASCAL PAYEN

Ont contribué à ce dictionnaire :

CLAUDE AZIZA est directeur du département de médiation culturelle de la Sorbonne Nouvelle. Ses publications sur l'Antiquité comprennent entre autres trois dictionnaires en collaboration avec C. Olivieri et R. Sctrick : *Dictionnaire des types et caractères* (Nathan, 1978) ; *Dictionnaire des thèmes et symboles littéraires* (Nathan, 1978) ; *Dictionnaire des figures et des personnages* (Garnier, 1984). Des recueils de textes choisis présentés et commentés : *Pompéi, le rêve sous les ruines* (Omnibus, 1992) ; *Carthage, le rêve en flammes* (Omnibus, 1993) ; *Jérusalem* (Omnibus, 1994) ; *La Crète, les romans du labyrinthe* (Omnibus, 1995) ; *Jésus* (Omnibus, 1998). Il est l'éditeur de *L'Antiquité au cinéma, CinémAction*, septembre 1999.

JACQUES BOULOGNE est professeur de littérature grecque à l'Université Charles de Gaulle-Lille 3. Spécialiste de Galien et de Plutarque, il est membre de l'International Plutarch Society. Auteur d'une vingtaine d'articles sur Plutarque, ainsi que d'un essai intitulé *Plutarque. Un aristocrate grec sous l'occupation romaine* (Presses Universitaires de Lille, 1994), il aborde l'œuvre de ce dernier sous l'angle de l'anthropologie culturelle.

LOUISE BRUIT ZAIDMAN est professeur d'histoire grecque à l'Université de Paris VII-Denis Diderot. Elle travaille sur l'histoire du polythéisme et de la religion grecque et sur l'histoire du genre en Grèce ancienne. Elle a participé à *L'Histoire des femmes en Occident*, éditée par G. Duby et M. Perrot (Plon, 1991) et à *Constructions du temps dans le monde grec antique*, C. Darbo-Peschanski éd. (éd. du CNRS, 2000). Elle a publié notamment *La Religion grecque* (avec P. Schmitt-Pantel, Armand Colin, 1999, 3ᵉ éd.), *Le Commerce des dieux. Essai sur la piété en Grèce ancienne* (La Découverte, 2001) et *Le Corps des jeunes filles de l'Antiquité à nos jours*, en collaboration avec G. Houbre, C. Klapisch-Zuber, P. Schmitt-Pantel (Perrin, 2001).

JEAN-CLAUDE CARRIÈRE est professeur de langue et littérature à l'Université de Toulouse II-Le Mirail. Ses recherches portent sur les idées politiques et morales grecques à travers les genres littéraires, depuis la naissance de la Cité jusqu'au Haut Empire romain. Il a publié notamment *Le Carnaval et la politique* (Les Belles Lettres, 1979) sur la comédie grecque ancienne, *Les Préceptes politiques* de Plutarque (Les Belles Lettres, 1984), *La Bibliothèque d'Apollodore*, en collaboration avec Bertrand Massonie (Les Belles Lettres, 1991), divers textes sur Homère, Hérodote, Aristophane, Xénophon et Platon, Plutarque, la mythologie… ainsi que des opuscules ou des parties d'ouvrages de valorisation de la recherche ou de pédagogie.

MARIE-DOMINIQUE COUZINET est maître de conférences en histoire de la philosophie à l'Université de Paris I-Panthéon-Sorbonne. Ses travaux portent sur l'articulation entre théorie et pratique dans les théories du savoir à la Renaissance, en particulier dans les domaines de l'histoire, du droit, de la morale et de la politique, ainsi que sur l'œuvre de Jean Bodin. Elle est l'auteur de *Méthode et histoire à la Renaissance. Une lecture de la* Methodus ad facilem historiarum cognitionem *de Jean Bodin*, préface de C. Vasoli (Librairie Vrin, 1996). Elle a co-dirigé avec Marc Crépon le numéro spécial *Géographies et philosophies* de la revue *Corpus*, 34, 1998.

ÉLIANE CUVELIER, professeur émérite à l'Université de Paris-Sorbonne (Paris IV), est l'auteur d'une thèse, *Thomas Lodge, témoin de son temps. c. 1558-1625* (Didier Érudition, Publications de la Sorbonne, 1984), ainsi que d'une vingtaine d'articles sur Shakespeare et sur la littérature et la civilisation anglaises de la Renaissance. Elle a édité *Macbeth* (Le Livre de Poche, 1994) et publié une traduction française, avec introduction et notes, du *Theatise of Melancholy* (1586) de Timothy Bright (Grenoble, Jérôme Millon, 1996). Elle a également collaboré au *Dictionnaire universel des littératures* dirigé par B. Didier (3 vol., PUF, 1994) et à l'*Histoire de la littérature anglaise* dirigée par F. Laroque, A. Morvan et F. Regard (PUF, 1997).

CATHERINE DARBO-PESCHANSKI, chargée de recherche au CNRS, est spécialiste de l'historiographie grecque ancienne. Elle a publié le *Discours du particulier* (Le Seuil, 1987) consacré aux *Histoires* d'Hérodote, coordonné *Constructions du temps dans le monde grec ancien* (CNRS Éditions, 2000), contribué à des ouvrages collectifs dont *I Greci II* (Turin, Enaudi, 1997) et *Figures de l'intellectuel en Grèce ancienne* (Belin, 1998) et écrit de très nombreux articles consacrés aux catégories grecques en œuvre dans la représentation, la connaissance et le récit historiques.

MARIE-LAURENCE DESCLOS est professeur d'histoire de la philosophie ancienne à l'Université Pierre Mendès France-Grenoble II. Ses travaux portent sur les rapports de la philosophie ancienne à d'autres faits discursifs (historiographie, rhapsodie et poésie, récits de vie, fables, discours médical, rhétorique de tribunal, etc.), sur la mise en acte et en discours d'une histoire grecque de la philosophie, ainsi que sur le caractère dialogique de la philosophie platonicienne. Elle a notamment publié *Réflexions contemporaines sur l'Antiquité classique* (Groupe de recherches PLC, 1996), *Biographie des hommes, biographie des dieux* (Groupe de recherches PLC, 2000) et *Le Rire des Grecs. Anthropologie du rire en Grèce ancienne* (Jérôme Millon, 2000).

FRANÇOISE DUNAND, ancien membre de l'Institut Français d'Archéologie Orientale du Caire, est professeur d'histoire des religions à l'Université Marc-Bloch de Strasbourg. Elle est chargée depuis vingt ans de l'exploration archéologique de plusieurs nécropoles égyptiennes d'époque gréco-romaine de l'oasis de Kharga. Ses travaux portent sur les religions de l'Égypte tardive et les contacts culturels entre l'Égypte et la Grèce. Dernières publications : *Dieux et hommes en Égypte, 3 000 avant J.-C.-395 après J.-C.* (Armand Colin, 1991, en collaboration avec C. Zivie-Coche), *La Nécropole de Douch* (Le Caire, IFAO, 1992, en collaboration avec J.-L. Heim, N. Henein, R. Lichtenberg), *Le Comparatisme en histoire des religions* (Cerf, 1997, éd. avec F. Boespflug), *Les Momies et la mort en Égypte* (Errance, 1998, en collaboration avec R. Lichtenberg), *Isis, mère des dieux* (Errance, 2000).

ÉDITH FLAMARION est maître de conférences de latin à l'Université de Paris III-Sorbonne Nouvelle. Ses travaux portent sur la référence à l'Antiquité à l'époque moderne et, en particulier, aux discours mythiques élaborés à partir des sources latines et grecques. Elle a notamment publié un *Cléopâtre* (Gallimard, 1994), *L'Antiquité au XVIIIe siècle* (en codirection avec C. Volpilhac-Auger, Presses universitaires de Saint-Étienne, 1995), *Observations sur les antiquités de la ville d'Herculanum de Cochin et Bellicard* (en collaboration avec C. Volpihac-Auger, Presses universitaires de Saint-Étienne, 1996), *Le De Theatro (1733) de Charles Porée avec la traduction du P. Brumoy* (Toulouse, Société de Littératures Classiques, 2000) et *Le* Brutus *de Charles Porée, 1708* (École française de Rome, sous presse).

FRANÇOISE FRAZIER, ancienne élève de l'École normale supérieure, est professeur de littérature grecque à l'Université Paul-Valéry (Montpellier III) et représentante de la section française de l'International Plutarch Society. Sa thèse d'habilitation, *Histoire et Morale dans les* Vies parallèles *de Plutarque*, a été publiée dans la Collection des Études anciennes (Paris, Les Belles Lettres, 1996) ; elle a aussi édité et traduit plusieurs traités de Plutarque : *Sur la gloire des Athéniens* et *Sur la fortune des Romains* (*Œuvres morales*, t. V-1, CUF, 1990) ; livres VII-IX des *Propos de Table* en collaboration avec Jean Sirinelli (*Œuvres morales*, t. IX-3, CUF, 1996) ; elle travaille actuellement sur les dialogues philosophiques de Plutarque.

CHRISTIAN JACOB est directeur de recherche au CNRS (Centre Louis Gernet). Son travail porte sur la culture hellénistique et impériale, sur l'histoire des pratiques lettrées et des bibliothèques et sur l'histoire de la cartographie. Il anime le réseau de recherche «Les Mondes lettrés» (CNRS), qui réunit des chercheurs de différentes disciplines dans une perspective comparatiste. Parmi ses principales publications : *L'Empire des cartes. Approche théorique de la cartographie à travers l'histoire* (Albin Michel, 1992), *Le Pouvoir des Bibliothèques. La mémoire des livres en Occident* (Albin Michel, 1996), *Du livre au texte. Des Alexandries* I (en codirection avec L. Giard, Bibliothèque nationale de France, 2001, sous presse).

François Lissarrague est directeur d'études à l'École des Hautes Études en Sciences Sociales. Ses recherches portent sur l'image en Grèce ancienne, ses contenus et ses usages ainsi que sur la réception de l'Antiquité dans la production artistique. Il a notamment publié *Un flot d'images, une esthétique du banquet grec* (Adam Biro, 1987), *L'Autre guerrier* (La Découverte-École de Rome, 1991), *Vases grecs; les Athéniens et leurs images* (Hazan, 1999), *Héros et dieux de l'Antiquité; guide iconographique* (en collaboration avec I. Aghion et C. Barbillon, Flammarion, 1994). Il est avec Jean-Claude Schmitt directeur de la collection «Le Temps des Images», chez Gallimard.

Claude Mossé, voir p. 5.

Jean-Marie Pailler, voir p. 5-6.

Pascal Payen, voir p. 6.

Yves Touchefeu est professeur en classes préparatoires littéraires au lycée Gabriel-Guist'hau, à Nantes. Il a publié un certain nombre d'articles sur la présence de l'Antiquité dans la culture du XVIIIe siècle, et un livre issu d'une thèse de doctorat: *L'Antiquité et le christianisme dans la pensée de Jean-Jacques Rousseau* (*Studies on Voltaire and the Eigthteenth Century*, Voltaire Foundation, 1999).

Catherine Volpilhac-Auger est professeur de littérature française à l'École normale supérieure de Lettres et Sciences humaines (Lyon). Elle travaille sur Montesquieu (édition de manuscrits, codirection de l'édition des *Œuvres complètes* en cours à la Voltaire Foundation, Oxford) et sur la présence de l'Antiquité au XVIIIe siècle. Elle a publié *Tacite en France de Montesquieu à Chateaubriand* (Oxford, Voltaire Foundation, 1993), *Rousseau traducteur de Tacite* (Presses universitaires de Saint-Etienne, 1995), *La Collection* Ad usum Delphini*: l'Antiquité au miroir du Grand Siècle* (Grenoble, ELLUG, 2000); en collaboration avec É. Flamarion, *Observations sur les antiquités de la ville d'Herculanum de Cochin et Bellicard, 1752* (Presses universitaires de Saint-Étienne, 1996) et *L'Antiquité au XVIIIe siècle* (numéro spécial de la revue *Dix-huitième siècle*, 1995); en collaboration avec Françoise Létoublon, *Homère en France après la Querelle, 1715-1900* (colloque de Grenoble, Champion, 1999).

ACCULTURATION

Les écrits, les choix politiques et le comportement social de Plutarque montrent qu'il s'inscrit à la rencontre de deux mondes, dans la conscience que l'héritage hellène est lié à l'action de Rome. L'hellénisation de la péninsule, d'abord limitée à la Grande Grèce, au sud, et à la Sicile, deux régions de forte colonisation grecque depuis les années 775 avant J.-C., change d'échelle au cours du IIe siècle après J.-C., le «Siècle des Scipions»: à la suite des guerres de Macédoine, les Romains s'assimilent les traditions culturelles et la langue des Grecs. Si l'on peut donc parler à bon droit d'acculturation, pour désigner «tous les phénomènes d'interaction qui résultent du contact de deux cultures» (N. Wachtel, «L'acculturation», *in* J. Le Goff et P. Nora dir., *Faire de l'histoire, I. Nouveaux problèmes*, Paris, Gallimard, 1974, éd. Folio-Histoire, 1986, p. 174), la situation est ici tout à fait singulière, car celui qui triomphe par les armes reconnaît au vaincu une supériorité culturelle, et les Grecs eux-mêmes renoncent à considérer une fois pour toutes les Romains comme des Barbares. L'acculturation emprunte ainsi deux cheminements complémentaires, l'acceptation de la domination romaine et une forme d'hellénisation des vainqueurs qu'expriment les vers célèbres du poète Horace: «La Grèce conquise a conquis son farouche vainqueur et introduit les arts dans le rustique Latium» (*Épîtres*, II, 1, v. 156-157). De ce double phénomène, Plutarque est à la fois un témoin, un acteur et un historien privilégié; il apparaît comme une figure d'intermédiaire entre Rome et la Grèce.

Aux yeux des Grecs, tout d'abord, les Romains feront toujours figure de vainqueurs hors norme, dont les succès et la domination ne peuvent être remis en cause, au-delà de soulèvements sporadiques. Pour le Grec Polybe (I, 2, 7) comme pour le Latin Tite-Live (IV, 17, 2), l'«Empire romain» est en quelque sorte au-delà de tout parallèle, car Rome est seule à avoir soumis «la totalité du monde habité» et imposé une domination à laquelle nul ne saurait résister, ni dans le présent ni dans l'avenir. L'évocation obligée de l'action d'Alexandre conduit les deux historiens à la même conclusion: la puissance romaine n'aurait pas cédé face aux Macédoniens, non seulement en raison de sa tradition militaire, mais aussi grâce à l'intelligence de ses magistrats et à la cohérence de ses institutions. L'exposé des rapports entre Rome et la Grèce repose ainsi d'emblée sur le constat que les légions sont sans égale et sur la reconnaissance d'un comportement commun, dans l'ordre politique et culturel, qui fonde l'analyse et introduit l'analogie. Le problème de l'acculturation rencontre alors celui de l'éloge de Rome, autrement dit, du sens des louanges adressées au vainqueur. Notre surprise ou nos réticences doivent permettre du moins d'appréhender l'étrangeté et la complexité de ce phénomène et de cerner l'originalité de Plutarque. Bien que Polybe ait été emmené comme otage à Rome de 167 à 150, l'introduction à son œuvre ne laisse aucun doute: c'est grâce aux conquêtes romaines que «l'histoire du monde s'est mise à former comme un tout organique. Les affaires d'Italie et d'Afrique se sont trouvées désormais liées aux affaires de Grèce et d'Asie, et il y a eu convergence de toutes choses vers un aboutissement unique» (I, 3, 4), analyse que n'eût pas désavouée le stoïcien Posidonios, voyageur, philosophe et ethnologue grec (vers 135-50 avant J.-C.), dont l'influence, que nous ne pouvons plus saisir que dans des fragments, fut immense.

Dans un contexte similaire, Flavius Josèphe (vers 35-95), Juif à la triple culture hébraïque, grecque et latine, suit la cause du parti pro-romain pendant le soulèvement de la province de Judée (66-70), écrit en araméen l'histoire du conflit, puis, une fois réfugié à Rome et pensionné par les empereurs, la traduit en grec. Au siècle suivant, le rhéteur grec Aelius Aristide, dans un discours prononcé à Rome, en 144, très certainement en présence de l'empereur Antonin, s'adresse en ces termes au public romain: «Parce que vous saviez gouverner, l'Empire s'est accru, de manière à la fois juste et normale.» Lire dans ces propos une soumission obséquieuse du vaincu serait un contresens. La suite du discours d'Aelius Aristide mérite d'être prise en compte, pour mieux revenir à Plutarque: «Ni mer ni distance terrestre n'excluent de la citoyenneté, et entre l'Asie et l'Europe il n'y a pas de différence sur ce point. Tout est mis à la portée de tous; nul n'est étranger s'il mérite une charge ou la confiance. Une démocratie commune à la terre est instaurée sous l'autorité unique du meilleur gouvernant et ordonnateur, et tous convergent ici, comme vers une commune agora. Ce qu'est une cité pour ses propres frontières et pour ses territoires, celle-ci l'est pour la totalité du monde habité, comme si elle en avait été proclamée le commun centre urbain: on dirait que tous les périèques ou tous les habitants dispersés des dèmes convergent vers cette seule ville comme vers une acropole» (*En l'honneur de Rome*, § 59-61). Rome et l'Empire sont objet de la description, mais tout le substrat de l'analyse est grec: la langue, l'univers politique de référence – la cité, Athènes, Sparte –, les régimes, les allusions à Thucydide et à Platon, si bien que Rome apparaît comme une immense cité grecque qui se serait étendue aux dimensions de la Méditerranée. Sans le modèle grec, Rome n'aurait pu construire une unité politique; sans l'action de Rome, les cités grecques de l'Empire auraient vu leur héritage se perdre et leur existence menacée. Accepter la domination des Romains n'est donc pas seulement synonyme, pour les Grecs, de soumission, car Rome est devenue le relais privilégié de l'hellénisme.

Les *Préceptes politiques* composés par Plutarque entre 100 et 109, au moment où la rédaction des *Vies parallèles* est très active, révèlent parfaitement les nuances de cette double acculturation: il faut accepter toutes les magistratures, les plus hautes comme les plus modestes; il faut «toujours se ménager l'amitié d'un Romain très puissant et haut placé» (814 C); il faut ne pas recourir sans cesse, pour les moindres litiges, au pouvoir romain (814 D-816 A). Une telle attitude parvient à concilier le réalisme qu'impose la domination romaine (*Flamininus*, II, 5) et l'idéal platonicien du dirigeant philosophe, élément cardinal, pour Plutarque, de l'héritage et de la culture politique grecs.

Le second aspect de ce vaste processus d'acculturation, dont témoigne Plutarque dans les *Vies parallèles* et auquel il imprime sa marque, concerne l'hellénisation de la société et de l'histoire romaines. D'un sujet presque inépuisable, on retiendra quatre traits essentiels.

Les héros romains des *Vies*, tout d'abord, sont présentés le plus souvent comme des «amoureux du savoir» grec, des «hommes de lettres» *(philologoï)*, éduqués au contact des Grecs et imprégnés de toute l'histoire, la littérature et la philosophie grecques. Lucullus accueille librement dans sa riche bibliothèque des lettrés grecs, partage leurs conversations à la manière des philosophes de l'ancienne Académie dont il est un adepte (*Lucullus*, XLII, 1-2), et se montre capable d'écrire en grec, indifféremment en prose ou en vers (*ibid.*, I, 7-8). Ce sont de puissantes lignées qui, depuis le IIe siècle avant J.-C., accueillent la culture hellène et en assurent la transmission : le consul Flamininus, «libérateur» des cités grecques en 196 avant J.-C.; Paul-Émile, qui rapporte à Rome la bibliothèque du roi Persée, à l'issue de la troisième guerre de Macédoine, et éduque ses fils, parmi lesquels Scipion Émilien, à la manière grecque; Cornélia, fille de Scipion l'Africain et mère des Gracques, qui vivait «toujours entourée de Grecs et d'hommes de lettres» (*Caius Gracchus*, XL, 2). Les dernières paroles de Pompée à ses proches sont deux vers de Sophocle et, près de débarquer à Alexandrie, quelques instants avant d'être assassiné, «[il] prit, sur un petit rouleau, un discours qu'il avait écrit en grec et qu'il se proposait d'adresser à Ptolémée» (*Pompée*, LXXIX, 2; voir aussi LXXVIII, 7). Mais le modèle achevé de cette éducation reste Cicéron, lui qui, «né avec cette aptitude que Platon exige d'une âme éprise de savoir et de sagesse» (*Cicéron*, II, 3), suit à Athènes, à Rhodes, les leçons des philosophes de l'Académie, Philon, Antiochos d'Ascalon, et fréquente sans cesse les «lettrés» grecs (*Cicéron*, III-IV et VIII, 4).

Ensuite, dans l'ethnographie de Plutarque, Rome est une cité grecque. Déjà l'historien Denys d'Halicarnasse (Ier siècle avant J.-C.) s'était efforcé de démontrer que les fondateurs de Rome étaient des Grecs, non «des hommes sans feu ni lieu, des Barbares» (*Antiquités romaines*, I, 4). Grecque, la ville l'est, parce qu'elle a reçu «le nom de Rome à cause de la force *[romè]* de [ses] armes» (*Romulus*, I, 1); grecque, elle l'est encore, parce qu'Évandre, originaire d'Arcadie, serait arrivé avant le Troyen Énée; grecque elle le restera toujours, car «la langue latine était pleine de mots grecs» à l'origine (*Romulus*, XV, 4; voir aussi *Numa*, VII, 10 et *Marcellus*, VIII, 7). Éduqués au cours de leur histoire par les Grecs, les Romains ne pouvaient donc être pris pour des Barbares.

Nous n'assistons pas pour autant à un renversement simpliste. Certes l'homme accompli réunit en lui la «douceur», «l'humanité», qualités éminemment grecques qui prolongent l'antique «vertu» *(arétè)*. Mais précisément, cette grécité apparaît comme un attribut universel, une forme d'élévation morale qui embrasse tous les registres de l'action humaine, celui de l'homme de guerre comme celui du législateur. De la sorte, non seulement un Romain tel que Pompée et tant d'autres généraux peuvent être dotés d'attributs grecs – et en ce sens leur acculturation est manifeste –, mais il arrive aussi que le prix de la grécité revienne au Romain : «Et s'il nous faut mettre au nombre des réformes de Lycurgue le traitement réservé aux hilotes, œuvre d'une cruauté et d'une injustice extrêmes, nous dirons que Numa se montra plus grec dans sa législation : il permit même à ceux qui étaient sans conteste des esclaves de goûter aux honneurs des hommes libres» (*Comparaison de Lycurgue et de Numa*, XXIII, 10). De même, lorsque le jeune Cicéron déclame en grec, à Rhodes, à la demande de Posidonios, il se montre plus grec que les Grecs et force l'admiration d'Apollonios : « C'est l'infortune de la Grèce qui m'afflige, quand je vois qu'avec toi, les seules qualités qui nous restaient, la culture et l'éloquence, passent elles aussi aux Romains » (*Cicéron*, IV, 7). L'ethnocentrisme propre à la tradition ethnographique grecque se trouve ici décalé pour rapprocher les Romains et les Grecs, à l'intérieur du « grand partage » culturel qui oppose, pour Plutarque encore, les Barbares aux Gréco-Romains (*Pompée*, LXXVII, 2-4). Il se trouve décalé, mais non effacé, car les valeurs qui servent de référence et de refuge demeurent grecques, sans l'ombre d'une hésitation.

En effet, l'hellénisation des Romains est aussi une contribution du travail de réflexion et d'écriture de Plutarque – c'est le quatrième et dernier fait que l'on relèvera. Rome est tout d'abord une cité du « mélange des coutumes », un creuset culturel où se sont fondues des influences troyennes, étrusques, sabines et arcadiennes. Or dans la reconstitution des origines et filiations culturelles auxquelles les Anciens pensaient pouvoir parvenir, en particulier depuis le IIIe siècle avant J.-C., le point commun à ces traditions était d'avoir été en contact avec la culture grecque. Même les Sabins n'échappent pas à cette ascendance, eux qui « prétendent descendre de colons lacédémoniens » (*Numa*, I, 5). Lorsque Plutarque remonte dans la généalogie des cultures qui, au cours de l'histoire, se sont sédimentées pour constituer le mixte romain, son érudition rencontre toujours l'élément grec.

Les diverses facettes de cette acculturation des vainqueurs ne se présentent pas, néanmoins, comme une revanche des vaincus. La pensée de Plutarque est trop attentive à saisir la singularité des situations et des hommes qui, selon lui, font l'histoire, pour ne pas souligner que l'héritage le plus grec qui soit, d'Homère à Solon et à Platon, a aussi entretenu une grande « familiarité [...] avec le monde barbare » (*Solon*, II, 6-7). En ce sens, l'apport majeur de Plutarque en son temps fut peut-être d'avoir développé l'idée que les cultures s'inscrivent dans une histoire complexe d'échanges, de relais et de transmissions.

Pascal PAYEN

Voir aussi • Ethnographie • Grèce • Liberté • Paix romaine •

AMIS/AMITIÉ

« Tu ne peux avoir Phocion à la fois pour ami et pour flatteur ! »
Le propos de l'Athénien, cité par deux fois (dans *Agis*, II, 4 et dans *Phocion*, XXX, 3 : « Antipatros ne peut m'avoir à la fois pour ami et pour flatteur »), donne le ton : la façon dont la relation entre amis est abordée dans les *Vies* fait indéniablement penser à l'un des quatre traités – *Comment distinguer le flatteur et l'ami* – que Plutarque consacre à l'amitié dans les *Moralia*. Associer la flatterie et l'amitié pour mieux les séparer l'une de l'autre, telle est en effet l'entreprise à laquelle se livrent, par exemple, la *Vie d'Antoine* ou la *Vie d'Alexandre*. Qu'il faille voir là, comme le fait remarquer Cicéron (*De l'orateur*, III, 29, 117), un lieu commun de la rhétorique, n'est

guère contestable. Mais en rester à ce constat ne nous éclaire en rien sur la raison d'être et la portée d'une opération de différenciation et de démarcation qui est, quant à elle, pleinement platonicienne. Car le flatteur, comme le sophiste dont il est l'analogue (Platon, *Gorgias*, 463a-466a), excelle, «plus vite que le caméléon ne change de couleur» (*Alcibiade*, XXIII, 4), à se faire passer pour ce qu'il n'est pas : le voici frugal et austère à Sparte, efféminé et voluptueux chez les Ioniens, grand buveur en Thrace, dispendieux chez les Perses (*Alcibiade*, XXIII, 5). Habile à mimer ses victimes jusque dans leurs comportements, leurs mœurs, leurs genres de vie, il moule son attitude sur la leur, sachant que dans cette similitude – contrefaite – des goûts et des dégoûts réside «la source essentielle de l'amitié» (*Comment distinguer le flatteur et l'ami*, 51 B). Celui auquel il s'attache change-t-il? Il change à son tour, délaisse «les délices grossières» pour s'adonner à la géométrie, et cherche dans la poussière où il trace ses figures les plaisirs qu'il trouvait dans le vin (*Dion*, IV, 6 et XIII, 4). Pense-t-on le reconnaître à ses paroles de complaisance, «lui qui n'est dur avec personne, pas même avec les méchants» (*Lycurgue*, V, 9) ? Le voici qui affecte ce franc-parler qui est le propre de l'amitié, mêlant la franchise à ses flatteries «comme un assaisonnement un peu âpre, pour éviter la satiété» (*Antoine*, XXIV, 12). Faux-semblant d'autant plus efficace que l'ami doit, dans le blâme aussi, éviter tout excès, du moins s'il veut convaincre. Trop de brutalité, ou une brutalité à contretemps qui ne tiendrait compte ni des circonstances – les paroles mordantes ne sont pas de mise dans l'adversité (*Dion*, VIII, 4 ; LII, 5 ; *Paul-Émile*, XXIII, 6 ; *Coriolan*, XV, 4 ; XLII, 3) –, ni d'une indispensable discrétion – les remontrances publiques ne font qu'exaspérer les passions (*Alexandre*, XLII, 4 ; L-LI) –, aurait l'effet inverse à celui escompté. Dès lors, comment distinguer l'indulgence coupable de la délicatesse et de la modération ? Comment démêler la sincérité véritable et son affectation ? L'amitié de surcroît, outre qu'elle est bonne et utile, peut aussi être agréable (comparer Aristote, *Éthique à Nicomaque*, VIII, 4 et *Comment distinguer le flatteur et l'ami*, 49 E-50 B). On ne pourra donc pas confondre le flatteur en invoquant le plaisir que procure sa compagnie. Changeant, multiple, divers, le démasquer n'est pas tâche facile. S'en prémunir non plus. Croit-on en être suffisamment protégé par la présence d'amis véritables? Le flatteur les écarte et, s'il n'y peut réussir, les calomnie (*Alexandre*, LIII, 1 ; LXXIV, 1-3). Les «caractères généreux, honnêtes et bons» seront-ils plus que d'autres à l'abri de ses assiduités importunes? C'est tout le contraire : le flatteur dédaigne les «natures vulgaires et basses», ce qui le rend particulièrement redoutable (*Comment distinguer le flatteur et l'ami*, 49 B). Plutarque, comme avant lui Platon (*République*, VI, 491e), considère en effet que «les grandes natures sont aussi capables de grands vices que de grandes vertus» (*Démétrios*, I, 7 ; voir également *Thémistocle*, II, 7 ; *Nicias*, IX, 1 ; *Coriolan*, I, 3). Les âmes bien douées, dès lors que la valeur va sans la science, constituent donc des proies faciles pour le flatteur (*Aratos*, X, 5). Au bout du compte, c'est l'ignorance, laquelle est d'abord méconnaissance de soi, qui lui donne carrière. Faute de se connaître, c'est-à-dire faute de connaître «les mille défaillances de notre nature», on nourrit «les plus hautes idées sur soi», fournissant ainsi à l'adulateur «des raisons d'être cru et de l'audace». Le «connais-toi toi-même» doit donc être «pour chacun l'idéal absolu» (*Comment distinguer le flatteur et l'ami*, 65 D). L'ami véritable, en ce qu'il «se présente toujours comme conseiller et avocat de la meilleure partie » de l'âme (*Comment distinguer le flatteur et l'ami*, 61 D), participe à la poursuite de cet idéal. On le reconnaît à son « aversion pour le laid » et à la « tension de l'âme vers la justice » qui le caractérise (*Phocion*, III, 8). Le flatteur, en revanche, « attis[ant] le feu » (*Artaxerxès*, XXVIII, 1), excite la jalousie, embrase les désirs, enfle l'orgueil, obscurcit la raison (*Antoine*, LIII, 8-10). Ses reproches en trompe-l'œil, comme ses paroles de louange, n'ont pour but que le plaisir et ne visent qu'à séduire « l'élément passionnel et déraisonnable » (*Comment distinguer le flatteur et l'ami*, 61 D). Au bout du compte, c'est le dualisme psychologique, hérité – aux dires de Plutarque – de Platon et d'Aristote, qui fonde l'existence conjointe de l'amitié et de la flatterie et leur nécessaire distinction. On concevra par ailleurs cette distinction comme une « purification », en donnant à ce mot le sens qui est le sien dans le *Sophiste* de Platon : « la séparation qui conserve le meilleur et rejette le pire » (226d). Tel est, en effet, le « double risque » auquel chacun se trouve confronté : « Chasser l'utile en même temps que le mauvais ou, en épargnant ce qui nous touche de près, nous exposer à ce qui nous nuit » (*Comment distinguer le flatteur et l'ami*, 51 A). « Double risque » dont, plus que tout autre, doit se garder celui qui a non seulement le vouloir mais aussi le pouvoir de mal faire : un Denys, un Alexandre ou un Antoine. Dans le bonheur et la prospérité, en effet, l'ami véritable réprimera les excès et la démesure que le flatteur, trop souvent, encourage ou auxquels il prête la main (*Solon*, XXVII, 8-9). Dans l'adversité, l'adulateur ayant quitté la place, l'ami apportera réconfort et consolation (*Pompée*, LXXIII, 10-11). On comprend ainsi, la réflexion sur l'amitié dans les *Moralia* débordant très largement le domaine privé, que les corrélations établies avec les *Vies* aient pu être si abondantes.

Marie-Laurence Desclos

Voir aussi • Bilinguisme • Domitien • Platon • Sossius Sénécion • Trajan •

AMYOT (1513-1593)

La place singulière qu'occupe Plutarque dans la redécouverte des Anciens au XVIe siècle est due à l'immense fortune de la traduction intégrale que l'humaniste Jacques Amyot propose aussi bien des *Vies* (1559) que des *Œuvres morales* (1572). La version, aussitôt admirée, du « sçavant translateur » (Du Bellay) diffuse une image de Plutarque et des modèles héroïques dont les influences s'imposent pour plusieurs siècles.

Amyot naît à Melun dans une famille modeste de mégissiers. Il fréquente à Paris le collège du Cardinal Lemoine (1530-1532) où il se perfectionne dans la connaissance du latin et, chose plus rare, étudie très jeune le grec auprès de Jehan Bonchamps, dit Évagrias (selon la coutume des érudits de gréciser leur nom), dont la classe est appelée « l'eschole des Grecs » parce qu'on n'y lit que du grec. Reçu maître ès-arts alors qu'il n'a que dix-neuf ans (1532), il suit, au Collège des Lecteurs royaux (le futur Collège de

France), fondé par François Ier en 1530, les leçons du plus grand helléniste du temps, Pierre Danès, qui fut aussi le maître de Jean Calvin, de Jean Dorat, d'Henri Estienne. C'est en effet l'époque où, à partir des premiers ouvrages imprimés en grec, venus d'Italie, se multiplient des éditions de petit format et moins coûteuses. La tâche n'est pas pour autant aisée, car les étudiants, placés d'emblée face à de courts textes, n'ont à leur disposition ni grammaire (la priorité est donnée au commentaire), ni vrai dictionnaire (le *Thesaurus Linguae Graecae* d'Henri Estienne paraît en 1572), ni textes sûrs. C'est donc avec la réputation d'un homme qui avait «fort estudié en la langue grecque» (Théodore de Bèze, *Histoire ecclésiastique*, 1580) qu'il parvient à Bourges, en 1534, quelques semaines avant l'affaire des Placards, et non pour avoir été inquiété à la suite du scandale, comme on le pense parfois. Précepteur des neveux de Jacques Colin, lecteur ordinaire du roi, puis des enfants de Guillaume Bochetel, notaire et secrétaire de François Ier, il obtient, grâce à l'appui de Marguerite de Navarre, la chaire de grec et de latin à l'université de Bourges, alors réputée en Europe. Ce temps, qu'il considéra bien après comme «le meilleur et le plus tranquille de sa vie», fut celui des premières traductions des *Vies*, qu'il présente à François Ier. Est-ce le pressentiment de la réussite ou le désir d'ascension qui le fait quitter Bourges en 1546? Dès l'année suivante, plus proche de la Cour, il reçoit le dernier bénéfice accordé par François Ier avant sa mort, l'abbaye de Bellozane, et il publie à Paris sa traduction du roman d'Héliodore, les *Amours de Théagène et Chariclée*. L'avènement d'Henri II (1547-1559) ne change rien à la faveur royale: de 1548 à 1552, sous la protection de Jean de Morvilliers et du cardinal de Tournon, il séjourne presque continuellement à Venise et à Rome, collationnant d'après les manuscrits de la bibliothèque de Saint-Marc, puis ceux de la Vaticane, son texte de Plutarque, recueillant les conjectures des érudits italiens. Les vingt-cinq années comprises entre les traductions d'Héliodore (1547) et des *Œuvres morales* (1572) sont celles d'une pleine réussite. D'une part, les honneurs se succèdent: Amyot devient, en 1557, précepteur des deux plus jeunes fils d'Henri II (les futurs Charles IX et Henri III); en 1560, à l'avènement de Charles IX, il est nommé Grand aumônier de France et entre au Conseil privé; en 1570 surtout, il reçoit l'évêché d'Auxerre. D'autre part, cette période est celle de toutes les grandes traductions; après les essais manuscrits de quelques *Vies parallèles* (voir *infra*) et de deux tragédies d'Euripide, *Iphigénie à Aulis* et *Les Troyennes*, il publie la traduction des *Amours de Théagène et Chariclée*, déjà signalée, *Sept livres des Histoires* de Diodore Sicilien (livres XI à XVII, 1554), les *Amours de Daphnis et Chloé* de Longus, la même année que les *Vies des hommes illustres* (1559), et l'ensemble des *Œuvres morales* ou *Œuvres meslées* (1572). Les traductions auxquelles Amyot tenait le plus (Diodore et les deux Plutarque) paraissent chez Michel de Vascosan, imprimeur du roi, aussi bien pour l'édition princeps in-folio, que pour les rééditions en petits volumes in-8°, format de plus grande diffusion, dès 1565 pour les *Vies* et 1574 pour les *Œuvres morales*. Dans la dernière période de sa vie, Amyot ne cesse de remanier son Plutarque et se consacre aux tâches de son diocèse. Mais après qu'Auxerre eut adhéré à la Ligue, le moine cordelier Claude Trahy l'excommunie pour avoir «su, conseillé et consenti», en tant que Grand aumônier, l'assassinat du duc de Guise et de son frère, en décembre 1588, à Blois. La fin de sa vie est assombrie par les conséquences de cet événement, et il meurt ruiné et abandonné.

Lorsque Amyot s'attache à ce qui deviendra son grand œuvre – la traduction des *Vies* –, l'entreprise, à laquelle s'intéresse vivement François Ier, n'est pas neuve. Dès les années 1530, le roi charge Lazare de Baïf, dont le style lui paraît « trop rude », puis Georges de Selve, ambassadeur à Venise, de translater les *Vies*. Mais ce dernier, bien qu'aidé par Danès, avoue, dans la préface de son édition posthume de huit *Vies* (1543), que la tâche est longue et difficile et qu'« à la vérité il y a aucuns passages très obscurs et par foys corrompus ». Arnaud Chanson, qui avait déjà traduit le traité de Plutarque *De la fortune des Romains*, prit la suite et présenta quatre *Vies* entre 1542 et 1547. Mais il semble que ce soit la protection de Guillaume Bochetel qui vaut à Amyot d'être chargé de reprendre le projet à la mort de Georges de Selve, en 1542. De fait, une première traduction manuscrite, la *Vie de Démétrios*, est dédiée à François Ier. Jusqu'en 1546, suivent, toujours sous forme manuscrite, *Sertorius-Eumène*, *Philopoemen-Flamininus* et *Thésée-Romulus*. Ces traductions détachées enchantent le roi qui lui demande de poursuivre et lui en offre, on l'a vu, les moyens matériels, ce qu'atteste Amyot dans la dédicace des *Œuvres morales* à Charles IX : « Je me suis mis à revoir ce que j'en avais commencé à traduire en nostre langue par le commandement du feu grand Roy François mon premier bienfaicteur. » Pour mener à bien sa tâche, Amyot utilise avant tout la première édition complète du texte grec des *Vies*, parue chez Junte, à Florence, en 1517, qui sert de référence à l'aldine de Venise (1519) et à l'édition bâloise de Bebel (1533), également consultées. C'est donc en 1559 que paraissent, précédées d'une épître dédicatoire à Henri II, les *Vies des hommes illustres grecs et romains comparées l'une avec l'autre par Plutarque de Chéronée translatées du grec en français*. Au milieu des nombreuses contrefaçons, en France et à l'étranger, seules doivent être retenues les éditions de Vascosan, revues et corrigées par l'auteur, en 1565 et 1567. Jacques Amyot continue à remanier sa traduction entre 1580 et 1583, et Frédéric Morel, fils du collaborateur de Vascosan, publie en 1619, une quatrième édition où il affirme suivre l'exemplaire même « revu et corrigé par feu M. Amyot peu auparavant son décès », scrupule que contredisent ses interventions personnelles nombreuses.

Cette brève histoire de la traduction ne rend pas compte du travail d'Amyot en tant que traducteur. Il s'est tout d'abord appliqué à amender le texte de Plutarque par la collation de manuscrits, par le recours aux recueils de *Variae lectiones*, par des conjectures personnelles, initiatives rarissimes en un temps où plus d'un traducteur d'ouvrages grecs se contentait d'une version latine, souvent inexacte. Il témoigne de ce labeur dans *l'Épître à Henri II* où il avoue avoir recueilli « ès principales librairies de Venise et de Rome [...] plusieurs diversités de leçons et plusieurs corrections, en conférant les vieux livres escrits à la main avec ceux qui sont imprimés, qui m'ont grandement servi à l'intelligence de plusieurs difficiles passages ; et plusieurs y en a aussi que j'ai restitués par conjecture avec le jugement et l'aide de quelques-uns des plus sçavants hommes de cet âge en lettres humaines ». À cet aveu fait écho Montaigne, le premier à comprendre l'originalité et la force du vrai travail de traduction, lorsqu'il reconnaît à propos de cette édition des *Vies*, « la constance d'un si long travail » et « la profondeur de son sçavoir » (*Essais*, II, 4). L'effort d'Amyot a porté, d'autre part, sur l'adaptation du style de Plutarque à la langue française, car « l'office d'un propre traducteur ne gît pas seulement à rendre fidèlement la sentence de son auteur, mais à représenter aucunement et à adombrer la forme du style et manière de parler d'iceluy» (*Épître au roi*, 1559). Ce qui explique, pour chaque édition, un constant souci d'exactitude, un effort d'assouplissement pour être compris des lecteurs, et la recherche de l'euphonie et du rythme. De cette modernisation, qui assura pour une large part le succès de la prose d'Amyot, les noms propres et les réalités institutionnelles des Grecs sont le meilleur exemple: des premiers essais manuscrits à l'édition de 1559, *Delphy* et *Pireus* deviennent Delphes et le Pirée, les Hetruriens les Thoscans; le grec *hipparchos* est traduit par «capitaine général de la gendarmerie», *oligarchicos* par «homme méprisant l'autorité du peuple». Refusant les tours savants, les néologismes et les hellénismes, il recrée Plutarque en l'enlevant à son temps. Lorsque Romulus est entouré de «gentilshommes», ou lorsque la chlamyde devient un «manteau ducal», l'aristocratie lectrice de Plutarque puise dans les *Vies* des modèles pour l'héroïsme qu'elle érige en valeur dominante de 1560 à 1660.

La traduction des *Vies des hommes illustres*, parfaitement neuve par ses exigences «scientifiques» et sa modernité, connaît dès lors une exceptionnelle fortune. Selon les époques et les domaines, c'est autant d'Amyot prosateur que de Plutarque lui-même – en fait Plutarque traduit (trahi?) par Amyot – que l'on fait usage. Rééditions et contrefaçons se multiplient jusqu'à la parution de l'*Histoire romaine* de Coeffeteau, en 1621. Elles s'espacent ensuite pour reprendre surtout à la veille de la Révolution française (éditions de Brottier et Vauvilliers en 1783-1787, réimprimée en 1818-1821; de Bastien en 1784). La plus étonnante est celle que publie le pasteur calviniste Simon Goulart, en 1583. En ajoutant les *Vies d'Hannibal et de Scipion* traduites de l'italien par Charles de l'Escluse, il se comporte en continuateur de Plutarque et d'Amyot, qu'il admire. Dans la seconde édition, procurée en 1587, ses annotations imposent une lecture moralisante et providentielle: dans les faits et discours, il discerne la vanité des grands et les désordres du monde. Cette interprétation, qui connut une quinzaine de rééditions, fut-elle favorisée par la traduction? Il semble en tout cas que le travail d'Amyot fut aussitôt perçu comme le premier grand monument de la prose française. Montaigne estime que «pour la naïveté et pureté du langage [...] il surpasse tous les autres» (*Essais*, II, 4), et Vaugelas, dans ses *Remarques sur la langue française* (1647), qu'il n'y a «jamais eu personne qui [de notre langue] ait mieux su le génie et le caractère que lui, ni qui ait usé de mots et de phrases si naturellement françaises». À la fin du siècle, La Bruyère reconnaît qu'«on lit encore Amyot et Coeffeteau». Quant à l'influence des modèles d'un idéal héroïque, puisés dans les *Vies*, elle se diffuse et dans la littérature et sur le terrain de l'histoire. Brantôme (1540?-1614) y aurait trouvé l'idée d'écrire ses *Vies des hommes illustres et des grands capitaines*. C'est dans une libre adaptation anglaise par Sir Thomas North (1579) que Shakespeare trouve la matière de *Coriolan*, de *Jules César*, d'*Antoine et Cléopâtre*. Racine goûte la «grâce claire» du «vieux style de ce traducteur» et, pour distraire Louis XIV alité, lui fait lecture des *Vies parallèles* dans la version d'Amyot. Corneille lui emprunte le sujet d'*Agésilas* et de *Sertorius*. Au XVIIIe siècle, Rousseau ne ménage pas ses éloges à Plutarque dont il lit les *Vies* et les *Œuvres morales* dans la traduction d'Amyot: «Ce fut la première lecture de mon enfance, ce sera la dernière de ma vieillesse, c'est presque le seul auteur que je n'aie jamais lu sans en tirer quelque fruit.» Sur le terrain de l'histoire, l'image du héros à l'antique, forgée par cette traduction, connut deux périodes

de grande faveur. Tout d'abord, pendant le siècle qui commence avec les guerres de Religion et s'achève avec les Frondes (1648-1653), années propices aux coups d'éclat, y compris contre le roi; la figure la plus représentative de ce type héroïque est sûrement le Grand Condé, qui fait emporter le Plutarque d'Amyot dans ses bagages, se forgeant ainsi sur les champs de bataille une stature cornélienne sur le modèle antique. Les hommes de la Révolution, nourris de Plutarque dans la traduction de Dacier et dans les rééditions de celle d'Amyot, prennent la pose de héros affrontés aux tyrans, trouvent chez Publicola, les Gracques, Caton et Brutus les défenseurs ardents d'une république dont le conservatisme peut rassurer, et s'inspirent d'une rhétorique patriotique contre les ennemis de l'intérieur et de l'extérieur.
La version d'Amyot impose pour longtemps une vision néostoïcienne des *Vies* qui, en héroïsant les personnages, en substituant aux Grecs et aux Romains des parallèles des hommes illustres du XVIe siècle, nous éloigne du projet même de Plutarque, pour qui, à l'inverse, «ce n'est pas toujours par les actions les plus illustres que l'on peut mettre en lumière une vertu ou un vice; souvent un petit fait, un mot, une bagatelle, révèlent mieux un caractère que les combats meurtriers, les affrontements les plus importants et les sièges des cités» (*Alexandre*, I, 2). Entre Plutarque et les Modernes, Amyot.

PASCAL PAYEN

Bibliographie
Fortunes de Jacques Amyot, Actes du colloque international de Melun (18-20 avril 1985), présentés par M. BALARD, Paris, Nizet, 1986.

Voir aussi • Lecteurs/Lectures • Montaigne • Révolution française • Shakespeare • Traducteurs •

ANTIQUAIRE

Les multiples curiosités de Plutarque et son érudition indéniable, qu'un moderne pourrait cependant juger éclectique, lui ont parfois porté préjudice en faisant de lui un polygraphe, un collectionneur avant tout préoccupé d'anecdotes relatives au passé religieux des Grecs ou en rapport avec ses «hommes illustres», un amateur d'«antiquités» en somme. Plus d'un traité des *Œuvres morales*, pris isolément ou découpé en notices indépendantes, pourrait, il est vrai, illustrer cette tendance: les *Questions romaines* et *Questions grecques*, les deux recueils d'*Apophtegmes des rois et des empereurs* et d'*Apophtegmes de Laconie*, les *Parallèles grecs et romains*, et bien des propos érudits réunis dans les *Propos de table*, pour s'en tenir à quelques ouvrages conservés. On songe alors aux «antiquaires» des XVIIe et XVIIIe siècles, à ceux que passionne «tout ce qui peut donner connaissance des coutumes de l'Antiquité», selon le *Dictionnaire de Trévoux*, et qui «s'occupe[nt] de la recherche et de l'étude des monuments de l'Antiquité, comme les anciennes médailles, les livres, les statues, les sculptures, les inscriptions», dans la définition de l'*Encyclopédie* (1751).

Les *Vies parallèles*, parce qu'elles explorent tous les aspects du passé, y compris les zones où la légende recouvre l'histoire, avec Thésée, Romulus, Lycurgue, Numa et Publicola, ne sont pas dépourvues de cette forme de savoir. La préface de la *Vie de Nicias* affirme même que les «actions rapportées par Thucydide et Philistos», deux grands historiens de la guerre du Péloponnèse et en particulier de l'expédition conduite par les Athéniens en Sicile (415-413 avant J.-C.), seront mentionnées «rapidement», tandis que tout l'effort de recherche portera sur «des éléments ignorés du plus grand nombre, évoqués sporadiquement par d'autres écrivains, ou découverts sur des offrandes ou des décrets anciens» (*Nicias*, I, 5). De fait, ce que l'on peut appeler l'érudition antiquaire de Plutarque est d'abord visible dans les citations de nombreux décrets, traités et documents officiels qu'il consulte dans le *Recueil des décrets* du Macédonien Cratère (*Aristide*, XXVI, 4), réunis au début du IIIe siècle avant J.-C., où «figure une copie de ces conventions qui prouve qu'elles auraient été réellement conclues» (*Cimon*, XIII, 5); de même pour les décrets de Périclès, sa seule œuvre écrite (*Périclès*, VIII, 7): «décret» rappelant d'exil Cimon en 457 (*Périclès*, X, 4), «décret mégarien», à l'origine de la guerre du Péloponnèse (*Périclès*, XXX, 1-3)... Se trouve encore cité en entier l'acte d'accusation contre Alcibiade, pour avoir révélé et parodié les Mystères d'Éleusis (*Alcibiade*, XXII, 4). Plutarque se met aussi en quête des inscriptions à Lacédémone, à Platées (*Aristide*, XIX, 7; XX, 6), à Athènes, où il consulte sur la pierre les originaux des comptes relatifs à la statue d'Athéna Parthénos (*Périclès*, XIII, 14). L'intéressent encore les problèmes de chronologie, à propos de Romulus, de Lycurgue, de la rencontre supposée entre Crésus et Solon (*Solon*, XXVII, 1); il consulte aussi des «tables chronologiques» pour savoir si Thémistocle se réfugia auprès de Xerxès ou de son fils (*Thémistocle*, XXVII, 1-2); il se fie aux *Études critiques de chronologie* d'un certain Clodius pour cerner la difficile question de la date du roi Numa, le successeur de Romulus (*Numa*, I, 1-6); il recourt à la liste des archontes d'Athènes (*Aristide*, V, 9-10) ou à celle des vainqueurs aux concours Olympiques, établie par le sophiste Hippias (*Numa*, I, 6). L'archéologie et les monuments retiennent enfin son attention, à Delphes et à Platées, à Délos, à Athènes et à Rome, parce qu'ils «témoignent» eux aussi du passé.

Doit-on alors ranger Plutarque au nombre des collectionneurs érudits, par analogie avec une certaine image des «antiquaires» de la Renaissance et de l'époque moderne? Déjà les Grecs du Ve siècle appelaient «archéologie» les recherches sur les généalogies de héros ou de grandes familles, sur les fondations de cités, les listes de magistrats, de coutumes, de peuples (Platon, *Hippias majeur*, 285 d). Dans les cités de l'époque hellénistique, des historiens et érudits locaux écrivaient des ouvrages sur les institutions, la langue, la géographie locales, en réunissant tous les faits possibles, sans se soucier d'une logique chronologique ou d'une argumentation comme en proposent Thucydide ou Polybe. À Rome, à partir du IIe siècle avant J.-C., se multiplient ces experts en choses anciennes, dont la figure principale, bien connue de Plutarque, est Varron (116-27 avant J.-C.), «le plus érudit des historiens romains» (*Romulus*, XII, 3), qui, entre 56 et 46 avant J.-C., publie quarante-trois livres d'*Antiquités divines et humaines* et se trouve peut-être à l'origine du nom nouveau donné à cette science de la collecte et de l'énumération des sources écrites et matérielles. Caton l'Ancien, Valérius Messala, Verrius Flaccus, compilateurs des traditions civiques, des pratiques religieuses, grammairiens et juristes, sont considérés, au temps de Plutarque et de Tacite, comme des «antiquaires» (*antiquarii*; voir le *Dialogue des orateurs*, XXXVII, 2). Ils apparaissent donc comme les précurseurs des Scaliger (1540-1609), Juste Lipse (1547-1606) et Casaubon (1559-1614), qui rassemblent avec passion tout ce qui touche au monde antique, mais sans faire œuvre d'historien, puisque cette histoire avait déjà été écrite par Tite-Live, Tacite ou Suétone (voir A. Momigliano, «L'histoire ancienne et l'Antiquaire», *in Problèmes d'historiographie ancienne et moderne*, Paris, Gallimard, 1983, p. 244-293, éd. orig. anglaise 1950). Dans la seconde moitié du XVIIe et au XVIIIe siècle, les antiquaires entretiennent des relations conflictuelles avec l'histoire et les historiens. D'un côté, leur contribution à la critique des sources (chartes, inscriptions, monnaies) est considérable : les travaux de Jean Mabillon (*De re diplomatica*, 1681) fournissent des critères sûrs pour juger de l'authenticité d'un document ; Bernard de Montfaucon applique ses résultats à l'écriture grecque (*Paleographia graeca*, 1708) et réunit ensemble pour la première fois toute l'Antiquité grecque et romaine dans les quinze volumes in-folio de son *Antiquité expliquée et représentée en figures* (1719-1724). D'un autre côté, leurs descriptions d'un monde ancien figé font oublier que le passé n'a de sens que dans sa relation avec le présent.

Plutarque fut peut-être un des premiers à poser ce dilemme et à le résoudre. Chez lui, la passion du savoir antiquaire n'est, en effet, jamais cultivée pour elle-même ou pour «accumuler des documents inutiles» à la compréhension de l'histoire (*Nicias*, I, 5). Ce savoir ne prend sens qu'à l'intérieur du parallèle entre la Grèce et Rome, explicite dans les *Vies* et dans les traités les plus antiquaires de toute son œuvre conservée : les *Questions romaines* et les *Questions grecques*. Or ces deux «parallèles» ont été pensés conjointement, après 95. Deux passages des *Vies* renvoient explicitement aux «Étiologies romaines», qui traitent «plus longuement» de telle coutume et d'un problème de calendrier (*Romulus*, XV, 7 et *Camille*, XIX, 12), et l'on a pu montrer que les plus anciennes *Vies* romaines (*Romulus, Numa, Publicola, Coriolan, Camille*) comportaient, intégrées dans le fil de la narration, de nombreuses «Questions», qui permettaient à Plutarque d'insérer sa méditation sur les monuments, les sites, les coutumes, les noms, à l'intérieur des phénomènes de fondation dont la problématique historique est commune aux Romains et aux Grecs (l'analyse vaut aussi, du côté des Grecs, pour les *Vies* de *Thésée* et de *Lycurgue*). Les recherches érudites de Plutarque ne sont donc pas des brouillons des *Vies*, et le témoignage antiquaire est alors un lieu de mémoire, dont il est avant tout essentiel qu'on puisse le voir «encore de nos jours» : la formule est récurrente aussi bien dans les *Questions* que dans les *Vies* (*Aristide*, XX, 3 ; *Nicias*, XXVIII, 6 ; *Agésilas*, XIX, 11...). Ces traces sont la preuve non seulement de la continuité historique entre le passé et le présent, mais aussi de l'unité de culture entre Romains et Grecs. Ce n'est pas en admirateur du temps passé que Plutarque regarde les monuments de l'Acropole construits par Périclès, mais parce que «la beauté de chacun d'entre eux leur conféra, dès cette époque, une allure antique, tandis que leur vigueur leur assure une fraîcheur et une jeunesse qui durent encore de nos jours» (*Périclès*, XIII, 5) : l'ancien est toujours présent, parce que le présent d'alors avait déjà les traits de l'ancien. Le regard de Plutarque réactive sans cesse le présent du passé. Son érudition antiquaire, qui n'a rien de statique, doit ainsi être replacée dans le contexte des hommes de culture du Haut-Empire, en un temps où la spécialisation des savoirs n'était pas un dogme. Elle est aussi inséparable d'une des lignes principales de sa réflexion : le savoir sur le passé contribue à construire une civilisation commune où les Grecs et les Romains préservent néanmoins l'apport qui leur est propre. Plutarque, en ce sens, n'est pas seulement un collectionneur, mais un passeur.

Pascal PAYEN

Bibliographie
PAILLER, J.-M., « Les *Questions* dans les plus anciennes *Vies* romaines. Art du récit et rhétorique de la fondation », *in Plutarque. Grecs et Romains en* Questions (textes rassemblés par Pascal Payen), *Entretiens d'archéologie et d'histoire* (EAHSBC, 4), Saint-Bertrand-de-Comminges, 1998, p. 77-94.

Voir aussi • Étymologie • Histoire • *Questions romaines/Questions grecques* • Sources • Varron •

ARISTOTE

Si les stoïciens peuvent à bon droit être considérés comme les « adversaires privilégiés » de Plutarque (D. Babut, *Plutarque et le stoïcisme*, Paris, PUF, 1969, p. 270), Aristote, quant à lui, fait figure d'« allié naturel » de Platon contre le stoïcisme (D. Babut, « Plutarque, Aristote et l'aristotélisme », *in Parerga. Choix d'articles de Daniel Babut (1974-1994)*, Lyon, Maison de l'Orient méditerranéen, 1994, p. 523). Indéniable dans les œuvres polémiques, cette « alliance » se manifeste également dans les *Vies*.
Elle est particulièrement sensible lorsqu'il s'agit de statuer sur l'attitude qu'il convient d'adopter à l'égard du phénomène passionnel. Faudra-t-il, avec les stoïciens, prôner l'apathie, c'est-à-dire, selon le mot de Cicéron, « retrancher de l'homme cette perturbation de l'âme » (*Académie*, I, 10, 38) ? Certes, un Fabius Maximus – tout comme un Coriolan à l'égard des plaisirs et des richesses (*Coriolan*, I, 4) – peut faire preuve d'*apatheia* face aux railleries des Romains (*Fabius Maximus*, X, 2). Mais cette *impassibilité* n'est pas totale éradication des passions, puisqu'elle peut aller de pair avec la mauvaise foi et la cruauté (*Fabius Maximus*, XXII, 5), l'emportement, l'orgueil et l'arrogance (*Coriolan*, I, 4 et XLIII, 7). Il est vrai que, à la différence des philosophes du Portique, Plutarque soutient qu'on ne saurait « trouver un caractère pur de toute passion » (*La vertu peut-elle s'enseigner ?*, 439 B). Reste à savoir, cependant, si l'on est en présence d'un idéal que l'homme ne saurait atteindre en raison de sa nature même, mais auquel il doit néanmoins aspirer, ou si l'entreprise est tout à la fois illusoire et dangereuse.
Plutarque paraît adopter tour à tour l'une et l'autre conception, affirmant ici que « l'absence complète de passions est quelque chose de grand, de divin » (*Des progrès dans la vertu*, 13, 83 E), et soutenant là qu'elle n'est « ni possible, ni même ce qui vaut le mieux » (*De la vertu morale*, 4, 443 C). De cette hésitation, la *Vie de Publicola* semble

se faire l'écho : la conduite de Brutus assistant au supplice de ses propres enfants est-elle le fruit d'une élévation de la vertu exhaussant l'âme jusqu'à l'apathie, ou d'une outrance de la passion la jetant dans l'insensibilité (*Publicola*, VI, 4-5) ? La contradiction toutefois, comme l'hésitation, ne sont qu'apparentes et, dans l'un et l'autre cas, l'opposition aux stoïciens est totale. Certes, il est peut-être « divin » de n'être jamais sous l'emprise de la passion mais, précisément, l'homme n'est pas un dieu, et son âme, à la semblance de l'âme du Monde, n'est « ni simple ni homogène, mais a deux facultés, l'une intelligente et rationnelle [...] ; l'autre passionnelle et irrationnelle » (*De la vertu morale*, 3, 442 A). Un Philopœmen, par exemple, tire les conséquences de ce dualisme psychologique hérité de Platon, et adopté par Aristote, lorsqu'il entreprend de réformer le mode de vie des Achéens. Il serait vain de chercher à « supprimer totalement » leur penchant pour « les vêtements coûteux, les couvertures teintes de pourpre » et leur habitude de « rivaliser en dépenses dans leurs tables et leurs banquets ». Mieux vaut les « détourner » vers « des réalités utiles et belles » et, substituant la splendeur des armes au « spectacle du luxe », troquer « la mollesse et l'indolence » contre l'ardeur courageuse et le désir de se distinguer (*Philopoemen*, IX, 7-14). Autrement dit, il ne faut pas opter pour une destruction et une abolition des passions, ce qui serait une entreprise *in-humaine*, au sens strict du terme ; on doit, en revanche, œuvrer à leur « mise en ordre et en valeur » en les « ramen[ant] à la mesure », la vertu consistant précisément en un « juste milieu entre le défaut et l'excès » (*De la vertu morale*, 5, 444 C-D et 6, 444 F-445 A ; comparer avec Aristote, *Éthique à Nicomaque*, II, 5-6). C'est ainsi qu'Agésilas se grandit bien plus à combattre la violente inclination qui le pousse vers le jeune Mégabatès, qu'à n'éprouver pour lui aucun désir. Encore est-il nécessaire de préciser que cette inclination fut moins combattue pour elle-même qu'en raison des tourments immodérés qu'elle suscitait en lui (*Agésilas*, XI, 2 et 6-10). En effet, pour Plutarque, un homme moralement vertueux n'est pas un homme sans passions, un *apathique*, mais un homme chez qui « la partie qui est le siège des passions », bien que « privée d'une raison propre », est naturellement capable d'écouter la partie « intelligente et rationnelle » et de lui obéir (*De la vertu morale*, 3, 442 B-C ; comparer avec Aristote, *Éthique à Nicomaque*, I, 13). Certains – lorsque l'éducation fait défaut, qu'elle est défectueuse ou qu'elle est gâtée par un environnement dépravé – y échouent : ainsi de Thémistocle ou de Coriolan, d'Alcibiade ou d'Aratos. « [Leurs] comportement[s] étai[en]t donc sujet[s] à de grands écarts, passant d'un extrême à l'autre, et s'égarai[en]t souvent dans la pire direction » (*Thémistocle*, II, 7), et cela d'autant plus – on reconnaîtra là encore un thème platonicien – que leur nature est « généreuse et bonne » (*Coriolan*, I, 3 ; voir également *Démétrios*, I, 7). C'est cette interférence entre les dispositions naturelles de chacun et le poids de l'habitude (c'est-à-dire de l'éducation et du mode de vie) que nous donnent à lire les premiers chapitres des *Vies*, en articulant la présentation de la nature du héros et la peinture des traits de caractère de ses parents, et parfois même de ses ancêtres, à la description de sa formation et de son entourage. Car il n'est « pas de peu d'importance [...] de contracter telle ou telle habitude dès l'âge le plus tendre : c'est chose capitale, ou plutôt, tout est là » (Aristote, *Éthique à Nicomaque*, III, 1, 1103b 23-25). « Chose capitale » à laquelle les législateurs doivent contribuer s'ils veulent rendre bons les citoyens, l'éthique rejoignant ici la politique.

Ainsi s'explique sans doute la place accordée aux *Constitutions*, dont bien des *Vies* conservent la trace : la *Constitution des Trézéniens* par exemple (*Thésée*, III, 2-4), la *Constitution des Bottiéens* également (*Thésée*, XVI, 2-3), ou encore la *Constitution des Samiens* (*Périclès*, XXVI, 3-4). Mais c'est sans contredit à la *Constitution des Athéniens* et à la *Constitution des Lacédémoniens* qu'il revient d'être le plus souvent sollicitées : pour la première, dans les *Vies de Thésée* (XXV, 3), *de Périclès* (IX, 2), *de Cimon* (X, 2), *de Nicias* (II, 1) et *de Thémistocle* (X, 6) ; dans la *Vie de Cléomène* (IX, 3), en ce qui concerne la seconde et, surtout, dans la *Vie de Lycurgue* à laquelle, avec *Politique* (II, 9), elle sert de source (voir, par exemple : I, 2 ; V, 12 ; VI, 4 ; XXVIII, 2 ; XXXI, 4). Très souvent, leur rôle se limite à ne constituer qu'un riche matériau documentaire où Plutarque vient puiser des informations ponctuelles sur telle sentence attribuée à Pitthée (*Thésée*, III, 4 = *Constitution des Trézéniens*), sur les proclamations des hérauts à Lacédémone lors de l'entrée en charge des éphores (*Cléomène*, IX, 3 = *Constitution des Lacédémoniens*), ou sur les largesses de Périclès (*Périclès*, IX, 2 = *Constitution des Athéniens*, XXVII, 3-4). Il serait cependant erroné de croire que leur apport se borne à ces données purement factuelles. Elles contribuent en effet, au même titre que les *Politiques*, à dessiner les contours de ce qu'est, ou de ce que doit être, le « mode de vie », le *bios*, d'une cité bien gouvernée permettant le développement harmonieux de ceux qui en seront les citoyens. Or il apparaît clairement que, pour Plutarque comme pour Aristote, il est pour une cité au moins deux manières de vivre sa vie de cité : en visant l'utilité publique, ou en visant le seul intérêt des gouvernants. Voilà qui permet, certes, de dégager des types constitutionnels : aristocratie ou démocratie (*Périclès*, XI, 3), royauté ou tyrannie (*Publicola*, I, 3) ; de louer une constitution ou une action politique parce qu'elles permettent d'instaurer ou de conserver un bon gouvernement (*Lycurgue*, V, 11 ; *Périclès*, XI, 2. Comparer avec Aristote, *Politique*, II, 9, 22) ; mais également de juger des qualités des hommes (*Cimon*, X, 8 ; *Nicias*, II, 1). Voilà qui permet peut-être aussi d'expliquer la forme – romanesque, diront certains – que prennent quelques-unes de ces biographies (*Démétrios, Antoine*) : c'est lorsque l'intérêt privé l'emporte sur le bien public que le récit de la vie privée prendrait le pas sur la chronique de l'œuvre accomplie.

Pour autant, et là encore Plutarque se révèle bon lecteur d'Aristote, les dispositions naturelles, l'éducation reçue, l'hérédité familiale, le cadre constitutionnel ne déterminent qu'une *puissance* d'agir en bien ou en mal, une *susceptibilité* de choisir tel ou tel *bios*, tel ou tel genre de vie, tel ou tel devenir. C'est *en agissant* comme ils l'ont fait qu'Alcibiade et Numa, Antoine et Démétrios sont devenus ce qu'ils furent. L'homme de Plutarque, comme celui d'Aristote, est responsable de ses choix et de ses actes : il est, pour reprendre le mot de l'*Éthique à Nicomaque* (III, 7, 1114*b* 2) fort justement traduit par S. Vergnières (*Éthique et politique chez Aristote. Physis, ethos, nomos*, Paris, PUF, 1995, p. 99), l'« auteur » *(aïtios)* de son caractère. C'est sans doute dans l'occupation de cet espace de liberté que se fait sentir avec le plus de force l'influence de l'éthique aristotélicienne sur le sage de Chéronée.

Marie-Laurence Desclos

Voir aussi • Grèce • Platon • Sources •

ART/ARTISTES

Illustrer les *Vies des Hommes illustres*, ou bien se servir de ces mêmes vies pour illustrer la vertu des grands hommes : le texte de Plutarque a été mis à contribution par les artistes de bien des manières, du XVe au XIXe siècle.
Parler des images tirées de Plutarque ne permet pas de se limiter à la simple question iconographique : il faut éviter d'isoler Plutarque des autres historiens dont les œuvres se recoupent parfois (Tite-Live, Valère Maxime, Quinte Curce), éviter également d'isoler telle fresque ou tel tableau des pratiques artistiques contemporaines qui font place à la peinture d'histoire et aux vies exemplaires. Selon les moments et les lieux, l'usage des artistes ont fait de Plutarque n'est pas le même et l'on ne peut ici que baliser l'essentiel d'une histoire qui reste encore largement à explorer.
Distinguons d'abord les illustrations qui, accompagnant le texte manuscrit ou imprimé, font partie intégrante d'un objet singulier – le livre –, de celles qui, inspirées plus ou moins directement par le texte, prennent la forme d'œuvres graphiques autonomes, régies par leurs propres règles de visibilité et d'insertion dans un espace particulier, public ou privé.
Plutarque est quasiment inconnu du Moyen Âge occidental et ne fait son apparition qu'à la fin du XIVe, dans des traductions aragonaises, italiennes et latines. Les manuscrits ne contiennent pas toujours l'ensemble des *Vies* connues. Certains opèrent des groupements et des choix guidés par les intérêts et le goût du commanditaire. Les traductions humanistes de la Renaissance sont rarement illustrées, mais on connaît une demi-douzaine de manuscrits italiens du XVe siècle qui comportent des enluminures. En général ce sont des portraits qui figurent en tête de chaque biographie, figures en pied ou plus souvent en médaillon. Cette dernière formule, inspirée de la numismatique, s'impose dans les éditions imprimées. L'historicité des *Vies* est alors renforcée par la présence de ces portraits quasi monétaires. Le choix du portrait en médaillon est influencé par la série des *Vies des Douze Césars* de Suétone, pour laquelle on peut, sans difficulté, utiliser les monnaies impériales. Aux yeux des humanistes, numismates et épigraphistes, la monnaie est un témoin direct, non soumis à transcriptions et déformations, et porteur d'une légende qui a valeur textuelle. Pour les *Vies* de Plutarque, la numismatique ne fournit pas les modèles nécessaires, mais en inventant des médaillons appropriés, les enlumineurs, puis les imprimeurs donnent à ces présences visuelles un caractère d'authenticité qui s'imposera longtemps dans les éditions de Plutarque, en écho à la vogue des grands livres illustrés de numismatique (Andrea Fulvio, *Illustrium Imagines*, 1517; Fulvio Orsini, *Imagines et Elogia virorum illustrium*, 1570, cités par Haskell, 1995).
Deux manuscrits italiens présentent des choix différents. Le premier (Sienne, bibliothèque communale) réunit la traduction italienne de deux *Vies* d'Alexandre, celle de Plutarque et celle de Quinte Curce, accompagnées d'une douzaine d'illustrations narratives, dans le style des romans de chevalerie. L'autre, à Londres (Mitchell, 1961), groupe les traductions latines de dix *Vies* (dont huit romaines) dans une belle écriture humaniste, imitant l'onciale carolingienne (écriture qui sera reprise par les premiers imprimeurs et qui contraste avec l'écriture gothique),

mais orné d'une initiale historiée et d'une image finale évoquant la mort ou le triomphe du personnage principal. Ces illustrations, que l'on peut rattacher à des ateliers du Nord de l'Italie (Padoue, Milan) sont elles aussi dans le style chevaleresque et font de ce livre un manuscrit de cour, plus qu'un livre d'érudit.
Mais c'est avant tout dans les décors à fresque que Plutarque, avec d'autres, sert de source d'inspiration. Il est souvent difficile de préciser la nature du texte historique suivi par le peintre ou ses commanditaires, et seuls les documents d'archive ou les didascalies latines permettent quelque certitude: quel texte de quel Plutarque, traduit, réécrit, est utilisé? Les variantes sont nombreuses dans cette histoire complexe. Le décor peint par Beccafumi, en 1525, au palais Bindi Sergardi à Sienne est un bon exemple de cette diversité. Il mélange histoire ancienne, mythe et allégorie: Deucalion, Prométhée, Zeuxis, Scipion, le jugement de Pâris, etc.; Tite-Live, Valère Maxime, Ovide, mais aussi Plutarque, avec le suicide de Caton d'Utique. Comme l'a bien montré R. Guerrini (1981), ce type de décor repose sur un travail complexe de relecture et d'appropriation des textes grecs, et surtout latins, qui donne à l'histoire ancienne un statut d'exemplarité; dans l'espace public des palais communaux ou princiers, les modèles de vertu politique sont tirés des auteurs anciens, dont Plutarque fait à l'occasion partie.
Dans le palais Vitelli, à Città di Castello en Ombrie, le salon est décoré, en 1543, d'amples fresques dues à Cola dell'Amatrice et à ses aides (Guerrini, 1985); on y voit les exploits militaires d'Hannibal, Scipion, César et Alexandre. Vertu toute conquérante qui dit la gloire du maître des lieux, le duc Alessandro Vitelli, dont le prénom justifie une partie du programme iconographique. La mode vient de Rome, où l'on retrouve, à la Farnésine, la vie d'Alexandre, au palais Santoro, celles de César et Trajan, au palais des Conservateurs, celle d'Hannibal. Il est très souvent difficile de repérer avec précision ce qui vient de Plutarque, en l'absence de référence particulière au texte lui-même.
La peinture de chevalet s'inspire elle aussi de ces textes, mais selon des logiques différentes. La peinture d'histoire, qui se développe en France sous le contrôle de l'Académie, occupe la première place dans la hiérarchie des genres, et l'histoire ancienne fait, au XVIIIe siècle, partie de l'enseignement théorique donné aux jeunes élèves (Locquin, 1912). « Le peintre historien est le seul peintre de l'âme, les autres ne peignent que pour les yeux », écrit en 1747 La Font de Saint-Yenne. La supériorité morale de la peinture d'histoire justifie son rang: la peinture enseigne la vertu et l'histoire prend une valeur exemplaire. D'où le développement des grandes scènes destinées à marquer les moments majeurs de ces vies exemplaires: triomphe et mort du héros (musée des Beaux-Arts de Lyon, 1988).
Plutarque n'est pas la seule source, mais il est souvent mis à contribution. Poussin y puise des sujets neufs et rares: *Le Jeune Pyrrhus sauvé* (1634), *Les Funérailles de Phocion* (1640), par exemple. La tradition classique travaille inlassablement cette histoire héroïque, cherchant à renouveler son répertoire. David joue un rôle essentiel dans le développement du genre, bien avant la Révolution, qui lui fournit en fait l'occasion d'illustrer une histoire qui se veut à la hauteur de l'antique. Au moment de peindre *Le Serment du Jeu de Paume* (1792), il écrit: « Vos sages lois, vos vertus, vos actions vont multiplier sous nos yeux les sujets dignes [...] nous ne

serons plus obligés d'aller chercher dans l'histoire des peuples anciens de quoi exercer nos pinceaux.» Les grands moments de l'histoire ancienne continuent cependant à occuper les peintres, en particulier à travers les épreuves des grands prix de Rome, où les sujets imposés font maintes fois appel à Plutarque. Parfois, le sujet n'est pas directement tiré de Plutarque, mais de l'*Histoire ancienne* de Rollin, qui s'en inspire, comme en 1793 où l'on devait traiter *La Mort de Brutus*. De même A.-L. Girodet, en 1792, lorsqu'il représente *Hippocrate refusant les présents d'Artaxerxès* – un bel exemple de patriotisme – utilise, plus que l'allusion qui figure dans la *Vie de Caton l'Ancien* (XXIII, 4), le récit qu'en donne l'abbé Barthélemy dans son *Voyage du jeune Anacharsis*. Si de tels épisodes, au moment de la Révolution, prennent souvent un sens nouveau à travers l'actualité, on peut dire que le genre se fige et se sclérose au cours du XIXe siècle, dans le rituel du prix de Rome, où Plutarque est sollicité une douzaine de fois entre 1797 et 1859 (Grunchec, 1986).

On pourrait clore cette rapide revue en évoquant, à la fin du XIXe siècle, une œuvre d'un esprit tout différent. Alma-Tadema, avec son *Phidias au Parthénon* (1868, libre invention à partir de la *Vie de Périclès*) et *Les Femmes d'Amphissa* (1887, inspiré des *Exploits de femmes*, 249), privilégie un point de vue bourgeois et anecdotique pour évoquer une Antiquité toujours exemplaire mais qui a bien perdu de son héroïsme : l'intérêt pour la vie quotidienne et le détail archéologique minutieux a pris le dessus. Plutarque est devenu une simple curiosité.

François L<small>ISSARRAGUE</small>

Bibliographie
G<small>UERRINI</small>, R., *Studi su Valerio Massimo*, Pise, Giardini, 1981.
Id., «Plutarco e l'iconografia umanistica a Roma nel Cinquecento», in *Roma e l'Antico nell'arte e nella cultura del Cinquecento*, M. Fagiolo éd., Rome, Istituto della Enciclopedia italiana, 1985, p. 87-108.
Id., «Dal testo all'immagine. La "pittura di storia" nel Rinascimento», in *Memoria dell'Antico nell'arte italiana*, II, S. Settis éd., Turin, G. Einaudi, 1985, p. 43-93.
Id., in *Pinacoteca Communale di Città di Castello, 1*. Pérouse, 1987, p. 84-112.
G<small>RUNCHEC</small>, P., *Les Concours des prix de Rome : 1797-1863*, Paris, École nationale supérieure des Beaux-Arts, 1986.
H<small>ASKELL</small>, F., *L'Historien et les images*, tr. fr., Paris, Gallimard, 1995.
L<small>OCQUIN</small>, J., *La Peinture d'histoire en France de 1747 à 1785*, Paris, Henri Laurens éd., 1912.
M<small>ITCHELL</small>, C., *A fifteenth Century Italian Plutarch*, Londres, Faber and Faber, 1961.
Triomphe et mort du héros, exposition musée des Beaux-Arts de Lyon, 1988.

Voir aussi • Antiquaire • Classique/Classicisme • Théâtre •

ATHÈNES

Athènes est à la fois une des nombreuses cités grecques du monde méditerranéen, et celle qui a tenu dans l'histoire de l'Antiquité une place exceptionnelle. D'abord, parce qu'elle a imposé pendant presque deux siècles son hégémonie au monde égéen, au lendemain de ces guerres médiques (490, 480-478) qui allaient devenir pour la postérité le symbole de la lutte entre la civilisation et la barbarie. Ensuite, parce qu'elle a «inventé» un système politique, la démocratie, qui serait adopté, de gré ou de force, par un grand nombre de cités grecques. Enfin et surtout, parce que cette hégémonie et ce système politique ont favorisé un extraordinaire développement culturel, aussi bien dans le domaine de l'art que dans celui du théâtre tragique et comique, de l'histoire, de la philosophie, de la rhétorique. On pourrait sans peine accumuler les noms des artistes, des poètes, des philosophes, des orateurs qui illustrent le nom d'Athènes durant les deux siècles de son apogée. Il n'est donc pas surprenant que, sur les vingt et une biographies consacrées par Plutarque à des Grecs, si l'on n'inclut pas parmi les Grecs proprement dits Alexandre, Pyrrhos et Démétrios, dix concernent des Athéniens. Et que, sur ces dix Athéniens, six d'entre eux appartiennent au Ve siècle avant J.-C., tenu pour le grand siècle de l'histoire d'Athènes.

Avant le Ve siècle, il y a Thésée, le héros mythique auquel on attribuait le synœcisme, le rassemblement des bourgs de l'Attique en une seule cité, et l'instauration d'un régime politique qui était déjà la démocratie. Il y a aussi Solon, le législateur qui, au début du VIe siècle, mit fin à une grave crise sociale, en interdisant la servitude pour dettes et en établissant des lois écrites semblables pour tous. Plutarque a ignoré celui qu'Aristote tenait pour le vrai fondateur de la démocratie, l'Alcméonide Clisthène qui, en 508, au lendemain de la chute de la tyrannie, s'était appuyé sur le *démos*, le petit peuple, pour organiser sur des bases nouvelles l'espace de la cité, et avait instauré l'égalité de tous les membres de la communauté civique devant et par la loi. Plutarque évoque brièvement la tyrannie de Pisistrate à la fin de la *Vie de Solon*, mais ce sont les guerres médiques qui lui permettent de retenir deux figures de héros de ce combat pour la liberté grecque: Thémistocle et Aristide. Le premier sut orienter Athènes vers la mer en faisant construire les navires qui allaient écraser la flotte de Xerxès à Salamine. Quant au second, paré des vertus de l'homme juste, il sut tirer parti de cette victoire en organisant autour d'Athènes l'alliance des cités égéennes pour libérer du joug perse les cités grecques des îles et des côtes occidentales de l'Asie Mineure. C'est à Cimon, le fils de Miltiade, le vainqueur de Marathon, et à Périclès, que revint le mérite d'étendre l'hégémonie d'Athènes et de consolider l'œuvre de Thémistocle et d'Aristide. Cimon, vainqueur de l'Eurymédon, en 467, fut, en dépit de ses victoires et de ses largesses envers le *démos*, désavoué par le peuple pour avoir peut-être manifesté trop de partialité en faveur de Sparte, l'ancienne alliée devenue la rivale. C'est en tout cas ce qui permit à Périclès de le faire ostraciser, c'est-à-dire condamner à un exil temporaire, et de devenir pendant près de trente ans, jusqu'à sa mort en 429, le véritable maître de la cité. La *Vie de Périclès* de Plutarque est assurément, plus encore que le récit de Thucydide, à l'origine de cette désignation du Ve siècle comme «siècle de Périclès». Non qu'il ait dissimulé les faiblesses du personnage et certains aspects «démagogiques» de sa politique, mais Plutarque ne pouvait qu'admirer un homme qui aimait à s'entourer de savants et de philosophes et qui couvrit Athènes de monuments qui faisaient encore l'admiration de ses contemporains. Et même le fait qu'il eut répudié son épouse légitime pour vivre avec Aspasie, qui était peut-être une courtisane, trouvait grâce à ses yeux parce qu'il s'agissait d'un amour véritable. Mais Périclès eut aussi le tort d'avoir lancé Athènes dans une guerre qui allait lui être fatale et au cours de laquelle s'illustrèrent deux personnages aussi dissemblables l'un de l'autre qu'il était possible, Nicias et Alcibiade. Le premier, stratège de valeur mais homme d'un caractère timoré et superstitieux, fut l'heureux négociateur de la paix qui mit fin, en 421, à dix années de guerre contre Sparte et ses alliés, mais le malheureux vaincu de l'expédition de Sicile où il trouva la mort, en 413. Le second avait été, contre Nicias, l'instigateur de cette expédition. Beau, séduisant, riche et aimé du peuple, il avait été l'élève de Socrate, mais, infidèle à l'enseignement de son maître, menait une vie dissolue qui le conduisit peut-être à ces actes sacrilèges qui, alors qu'il était parti avec Nicias à la tête de l'expédition de Sicile, lui valurent d'être rappelé pour répondre de ses actes. Il préféra s'enfuir plutôt que d'affronter les juges et ne revint à Athènes que huit ans plus tard pour, après quelques brillantes victoires, être à nouveau contraint à prendre le chemin de l'exil. Nicias et Alcibiade, chacun de leur côté, illustrent et annoncent l'échec qui mettra fin à l'hégémonie maritime d'Athènes en 405. Une fin toute provisoire d'ailleurs, puisque, dès 378-377, Athènes réussit à reconstituer autour d'elle une alliance comparable à ce qu'avait été la Ligue attico-délienne un siècle plus tôt.

Plutarque n'a pourtant trouvé aucun homme digne de faire l'objet d'une *Vie* pendant cette première moitié du IVe siècle à Athènes. Et ce sont deux Spartiates, Lysandre et Agésilas, et un Thébain, Pélopidas, qui, seuls à ses yeux, avec l'autre Thébain Épaminondas, dont la biographie a disparu, méritent d'être comparés à d'illustres Romains. Les Athéniens ne réapparaîtront qu'avec Démosthène et Phocion. Tous deux furent les contemporains du duel qui opposa Athènes au roi de Macédoine Philippe et qui devait s'achever par la défaite de la première à Chéronée en 338. Démosthène n'était pas un homme de guerre, mais un orateur, c'est-à-dire un homme politique, un familier de la tribune. Dans le traité qu'il a consacré à *La Gloire des Athéniens*, Plutarque affirme que la grandeur de la cité n'a tenu ni aux artistes, ni aux écrivains qui l'illustrèrent, non plus qu'aux orateurs, mais aux stratèges, aux hommes de guerre, qui permirent aux Athéniens d'être les défenseurs de la liberté de tous les Grecs. Si pourtant la vie de Démosthène mérite d'être racontée, ce n'est pas tant parce qu'il fut un grand orateur que parce qu'il mit son talent au service de la défense de la liberté grecque, invitant sans relâche ses concitoyens à se mobiliser contre la menace que représentait Philippe. Et si son rôle après Chéronée ne fut pas toujours très net, du moins fut-il racheté par sa mort héroïque et volontaire pour échapper aux sbires du Macédonien Antipatros. Phocion, lui, fut d'abord un soldat, puisqu'il fut réélu stratège plus de quarante fois. Et l'austérité de sa vie, digne de celle d'un Spartiate, lui vaudrait les éloges sans retenue de Plutarque s'il n'avait cédé trop facilement aux exigences d'Antipatros. Mais sa mort héroïque, lorsqu'il fut condamné par ceux qui, privés de la citoyenneté par ordre d'Antipatros parce que trop pauvres, avaient repris le pouvoir dans la cité, fut digne de celle de Socrate. Plutarque n'a pas peu contribué à faire de ce personnage, au nom duquel n'est rattachée aucune grande victoire militaire, un héros qui, à la veille de la Révolution française, inspirera à l'abbé Mably un dialogue «socratique». Mais, avec lui, c'est le crépuscule d'Athènes que Plutarque met en scène.

Athènes réapparaîtra cependant dans la *Vie de Démétrios*. Celui-ci, fils d'Antigone le Borgne qui fut un compagnon d'Alexandre, allait participer à la lutte pour le pouvoir et la mainmise sur une partie de l'héritage d'Alexandre, d'abord aux côtés de son père, puis pour son propre compte après la mort de celui-ci en 301. Dans cette lutte, Athènes, avec son port du Pirée, lui apparut comme un atout précieux. Il s'en empara une première fois en 307, y rétablit un semblant de démocratie après le régime censitaire qu'avait mis en place Démétrios de Phalère avec l'appui du Macédonien Cassandre. Plutarque n'a pas de mots trop sévères pour dénoncer la flagornerie de certains orateurs athéniens à l'égard de Démétrios, devenu l'objet d'un véritable culte, et qu'on autorisa à résider sur l'Acropole. C'était là le signe incontestable d'un déclin qui n'allait que s'affirmer au siècle suivant, après un dernier sursaut pour échapper à la tutelle macédonienne en 266.

Mais, dans le même temps qu'Athènes cessait d'être une puissance politique, elle s'affirmait de plus en plus comme le foyer intellectuel du monde grec. Certes, il y avait désormais Alexandrie, capitale des plus puissants parmi les souverains hellénistiques, les Lagides d'Égypte. Mais Alexandrie attirait surtout les savants, les physiciens, les philologues grâce à ces deux instruments incomparables qu'étaient la Bibliothèque et le Musée créés par le premier Ptolémée sur les conseils de Démétrios de Phalère, après qu'il eut été chassé d'Athènes par le fils d'Antigone. À Athènes, en revanche, c'étaient les écoles philosophiques qui attiraient de toutes les parties du monde grec les jeunes gens avides de s'instruire. À l'Académie platonicienne et à l'École péripatéticienne des disciples d'Aristote s'étaient ajoutés le Jardin d'Épicure, le Portique *(Stoa)* de Zénon, l'École cynique des disciples d'Antisthène et de Diogène. Athènes conservait ainsi la suprématie dans le domaine de la pensée abstraite et cette suprématie était toujours intacte lorsque le jeune Plutarque y vint pour la première fois. C'est là qu'il avait acquis la formation philosophique qui allait profondément marquer sa pensée, aussi bien dans les *Vies parallèles* que dans les *Œuvres morales*. Ce n'est donc pas un hasard si Athènes occupe une place aussi importante dans ses écrits et s'il a ainsi contribué à la construction de la centralité d'Athènes dans l'histoire de la Grèce antique. Certes, il ne goûtait que modérément la démocratie et n'avait que sarcasmes pour les démagogues, ces orateurs qui flattaient le peuple. En cela, comme sur bien d'autres points, il se montrait fidèle à la pensée de Platon. Mais, Grec vivant au sein de l'Empire romain, il ne pouvait pas ne pas admirer la cité qui avait su résister aux armées perses et se battre pour la liberté des Grecs. Et, bien qu'il s'en défendît, il ne pouvait pas ne pas évoquer avec émotion les grandes œuvres qu'Athènes avait transmises à la postérité. Le sage de Chéronée tenait certainement autant à son titre de citoyen athénien qu'à celui de citoyen de sa ville natale.

Claude Mossé

Voir aussi • Citoyen/Citoyenneté • Éducation • Grèce • Platon • Rome •

BILINGUISME

À l'inverse des Grecs, qui n'ont toujours parlé qu'une seule langue, sans chercher à masquer leur ignorance du latin, les Romains, du moins les élites, cherchèrent à assimiler la culture et la langue grecques à partir du milieu du IIIe siècle avant J.-C. Non seulement Fabius Pictor, le plus ancien historien romain, écrivit, vers 220-210, son *Histoire de Rome* en grec – et les premiers annalistes firent de même à sa suite –, mais les Romains s'adressaient aux Grecs dans la langue de ceux-ci : Flamininus, Paul-Émile, Scipion Émilien (qui eut pour précepteur Polybe) et même Caton l'Ancien (*Caton l'Ancien*, XII, 5), en dépit de ses diatribes contre l'hellénisme, s'exprimaient avec aisance dans la langue commune du monde méditerranéen à l'époque hellénistique. À Rome, tout homme cultivé se devait de maîtriser «l'une et l'autre langue». C'est Cicéron, à l'origine de cette expression, qui contribua le plus, au Ier siècle avant J.-C., à créer une civilisation bilingue, à la fois par ses traductions des grandes œuvres de l'hellénisme, Xénophon et Platon en particulier, et par son travail pour doter le latin des formes et des concepts capables de rendre les abstractions de la philosophie grecque. Depuis le IIe siècle avant J.-C., l'aristocratie romaine dispense à ses fils un enseignement en grec, et Quintilien (vers 30-95) estime que «c'est par le grec que [...] l'enfant doit commencer» (*Institution oratoire*, I, 1, 12). Dans un tel contexte, il n'est pas surprenant que se soit développée la théorie de l'origine grecque du peuple romain et de la langue latine, chez les grammairiens grecs qui enseignent à Rome aux Ier siècle avant J.-C. et Ier siècle après J.-C. De même, pour l'historien Denys d'Halicarnasse (présent à Rome à partir des années 30 avant J.-C.), les Romains parlent une langue comportant de nombreux «traits qui indiquent une origine grecque» (I, 90, 1). Comme le grand érudit Varron (116-27 avant J.-C.), auteur d'un ouvrage *Sur la langue latine*, Plutarque a le goût des étymologies grecques (*Marcellus*, VIII, 7). En son temps, le latin et le grec sont donc les deux grandes langues de culture de l'Empire. Mais bien qu'ils soient parfaitement bilingues, les intellectuels latins, comme Sénèque ou Pline le Jeune, ne se sont jamais départis d'un sentiment d'infériorité de leur langue par rapport aux «nuances de Platon» (Sénèque, *Lettres à Lucilius*, 58, 1), alors que des historiens et ethnographes grecs aussi importants que Polybe, Posidonios ou Strabon ne prêtent aucune attention à la naissance d'une littérature et d'une science en langue latine.

La position de Plutarque est beaucoup plus nuancée. Il regrette tout d'abord de ne pas avoir eu tout «le temps d'étudier la langue latine» lors de son premier séjour à Rome, mais il en sait assez pour «fréquenter les ouvrages latins», et – chose rare pour un Grec – il reconnaît «la beauté de la langue latine, sa concision», le plaisir qu'il y a à goûter «[les] figures de style, [l']harmonie, et tous les autres ornements du discours» de cette langue difficile (*Démosthène*, II, 2 et 4). Cette connaissance, qu'il juge imparfaite (*Caton l'Ancien*, VII, 3), lui permet néanmoins, pour écrire ses *Vies*, d'avoir accès directement aux plus grands auteurs : il lit les traités de Caton l'Ancien, les discours et la correspondance de Cicéron (*Pompée*, LXIV, 6 ; *Cicéron*, XXXVII, 3), les historiens Salluste et Tite-Live (*Lucullus*, XI, 6 ; XXVIII, 8), César (*Pompée*, LXIX, 7), le biographe Cornélius Népos (*Marcellus*, XXX, 5), Valère

Maxime, pour ne retenir que quelques références. Les *Questions romaines* montrent par ailleurs qu'il était grand connaisseur de Varron et de Verrius Flaccus, un spécialiste de la langue latine, auteur d'un ouvrage *Sur le sens des mots*. Plutarque ne fut assurément pas un grand latiniste. Comme tous les anciens Grecs et Romains, sa recherche des étymologies repose sur l'analogie phonétique, très souvent source d'erreur. Il lui arrive aussi de traduire approximativement (*Camille*, V, 6; *Caton le Jeune*, XIV, 8) et de commettre des barbarismes (*Question romaine* 70). Mais son attitude est celle d'un érudit et, plus encore, d'un homme de culture qui perçoit que la richesse de l'héritage grec s'est transmise par la langue aux Latins, qui en sont désormais aussi les détenteurs.

Les héros des *Vies* apportent la preuve que le bilinguisme est une donnée de fait dans la Méditerranée des IIe siècle avant J.-C.-Ier siècle après J.-C. C'est en grec que César prononce le mot célèbre «Que le dé en soit jeté», lorsqu'il franchit le Rubicon (*Pompée*, LX, 4); au moment critique de son assassinat, dans la Curie, à Rome, les paroles sont échangées indifféremment en grec et en latin (*César*, LXVI, 7-8). Lucullus, comme tous les aristocrates, «était entraîné à parler fort bien les deux langues», et Sylla lui confia peut-être d'établir une version grecque de ses *Mémoires* (*Lucullus*, I, 4). Mieux encore, il releva le défi d'écrire l'histoire de la guerre sociale, de 91-88 avant J.-C., «en vers ou en prose, en grec ou en latin, selon ce que le sort déciderait», et ce fut dans la prose grecque qu'il dut s'exécuter (*ibid.*, I, 7-8). Dans l'armée que Crassus conduit contre les Parthes, le latin et le grec semblent utilisés indifféremment (*Crassus*, XXVII, 9; XXXI, 1). Il est vrai que l'on se trouve dans l'Orient grec. Du temps de Cicéron (lui-même parfaitement bilingue), dans les rues de Rome, se faire traiter de «Grec» est une marque de mépris et le voyage d'Athènes n'est réservé qu'à un petit nombre (*Cicéron*, IV, 1-3; V, 2). Il n'en reste pas moins que le bilinguisme est romain, non grec. Contrairement à la plupart de ses compatriotes, Plutarque comprit que la maîtrise des deux langues était devenue, pour les Latins, une richesse et un facteur de supériorité dans les registres politique et culturel. Comme en chaque domaine, il s'efforça de montrer, à partir de son propre exemple, que l'intérêt des Grecs voulait que le bilinguisme ne restât pas seulement romain.

Pascal P<small>AYEN</small>

Bibliographie

D<small>E</small> R<small>OSALIA</small>, A., «Il latino di Plutarco», *Strutture formali dei Moralia de Plutarco*: atti del III convegno plutarcheo, Palerme, 3-5 mai 1989, éd. D'Ippolito Gennaro et Gallo Italo, Naples, D'Auria, 1991, p. 445-459.

D<small>UBUISSON</small>, M., «Le Grec à Rome à l'époque de Cicéron, extension et qualité du bilinguisme», *Annales (ESC)*, 47, 1, 1992, p. 178-206.

Voir aussi• Acculturation • Cicéron • Éducation • Plutarque par lui-même • Varron •

BYZANCE

Après la chute de l'Empire romain d'Occident, à la fin du Ve siècle, la tradition littéraire grecque est centrée sur Byzance, et l'Orient grec devient le refuge des classiques lorsque Justinien ferme l'école platonicienne d'Athènes, en 529. Jusqu'au XVe siècle, Plutarque y est lu, recopié, résumé, admiré, peut-être parce qu'il est à l'image des grands érudits polygraphes, caractéristiques des lettres byzantines. Cette faveur toucha plus particulièrement les *Vies*.

Au VIe siècle, une épigramme d'Agathias, historien du règne de Justinien, poète et compilateur dont l'œuvre constitue le cœur de l'*Anthologie palatine*, loue Plutarque d'avoir composé les *Vies parallèles*, mais, ajoute-t-il, « toi-même tu ne pourrais écrire une vie parallèle à la tienne, car tu es sans égal » (*Anthologie grecque*, XVI, 33, 1). Contrairement à une affirmation souvent reprise, sa connaissance ne se perdit pas au cours de la crise du VIIe siècle et de la longue querelle de l'iconoclasme, mais les traces en sont plus rares dans les sources. L'historien Théophylactos Simocattès (590-vers 650) fait de Plutarque, par un jeu étymologique sur son nom, l'homme « riche en savoir ». La chronique du VIIe siècle rattachée au nom de Jean d'Antioche mentionne Plutarque à plusieurs reprises, à propos d'un récit sur Sylla. Dans un poème en l'honneur d'Héraclius, Georges de Pisidie apostrophe Plutarque et compare la Fortune de l'empereur à celle d'Alexandre ; dans le même passage, il le rapproche de Scipion, preuve qu'il pouvait lire les *Vies* d'*Épaminondas* et de *Scipion*, maintenant perdues.

La renaissance macédonienne des IXe-Xe siècles est marquée, dans le domaine culturel, par la personnalité et l'œuvre de Photios (vers 810-893), patriarche de Constantinople à deux reprises. Il compose notamment une *Bibliothèque*, encyclopédie littéraire où sont réunis deux cent soixante-dix-neuf notes ou dossiers de lecture sur des auteurs chrétiens et profanes, dont un grand nombre ne sont connus que par ce qu'il nous a transmis. Dans le cas de Plutarque, il recense longuement le second volume d'une édition en deux tomes des *Vies*, classées selon l'ordre chronologique des héros grecs ; le tome I est connu par un manuscrit de la fin du Xe siècle ; le tome II correspond au travail de Photios (*codex* 245, Éd. Henry, Paris, Les Belles Lettres, 1971, t. VI, p. 174-194). Les extraits qu'il retient concernent dix-neuf personnages et sont empruntés à onze couples : Dion/Brutus, Paul-Émile, Démosthène/Cicéron, Phocion/Caton le Jeune, Alexandre/César, Eumène/Sertorius, Démétrios/Antoine, Pyrrhos/Marius, Aratos, Artaxerxès, Cléomène, Flamininus. Certains, très brefs, ne dépassent pas quelques lignes (Paul-Émile, César, Artaxerxès) ; d'autres s'étendent à plusieurs pages (Démosthène, Alexandre, Sertorius, Marius) et constituent une anthologie de scènes célèbres ou émouvantes du classicisme grec profane. L'empereur Constantin VII Porphyrogénète (913-959), lui aussi érudit et encyclopédiste, recourt abondamment à Plutarque pour le portrait qu'il trace de Michel III dans sa *Vie de Basile Ier* et en particulier à la *Vie de Néron* (ouvrage perdu qui faisait partie de la *Vie des Césars*, dont ne sont conservées que les *Vies de Galba* et d'*Othon*). La *Souda*, grand lexique alphabétique compilé à la fin du Xe siècle, lui consacre une brève notice, précisant notamment qu'il aurait reçu de Trajan les honneurs consulaires. Jamais Plutarque ne semble tomber en disgrâce. La généralisation de l'écriture minuscule, à la place de l'onciale majuscule, au cours du IXe siècle, qui conduit à des choix dans le travail de translittération, paraît lui avoir moins porté préjudice qu'à d'autres auteurs. Au siècle suivant, Michel Psellos (1018-1078), «consul des philosophes», chargé de l'Université par Constantin IX, reconnaît en lui un des grands classiques, et Jean Mauropos (vers 1000-1078 après J.-C.) implore dans une épigramme la délivrance de la damnation éternelle pour Plutarque et son maître, le «divin Platon». Jean Tzétzès (vers 1120-1180), contraint de vendre sa bibliothèque, ne voulut pas se séparer des *Vies*, bien qu'il se fût distingué par des commentaires d'Aristophane, d'Hésiode et d'Homère. La dernière renaissance, celle des Paléologues, après 1282, voit se multiplier les éditions «critiques» des textes grecs qui ont survécu. Un des meilleurs exemples en est le travail du moine érudit Maxime Planude (vers 1255-1305), dans la dernière décennie du XIIIe siècle, pour les œuvres de Plutarque: il révise et retranscrit (aidé de copistes) tous les manuscrits disponibles, puis confie ce premier état à un copiste de métier. Le manuscrit définitif comporte les *Vies parallèles*, suivies de soixante-neuf traités dont les *Vies de Galba* et d'*Othon*. Son contemporain Théodore Métochite (1269-1332) loue les qualités d'immense savant de Plutarque et voit en lui «l'homme qui atteint en tout la perfection». Georges Gémiste Pléthon (vers 1355-1451), fondateur de l'Académie platonicienne de Florence et grand connaisseur de Plutarque, a pour élève à Mistra, dans le Péloponnèse, le futur cardinal Bessarion (1400-1472), «le plus grec des Latins, le plus latin des Grecs», selon Valla. De fait, les contacts nombreux entre Constantinople et le nord de l'Italie, depuis la fin du XIIIe siècle, et l'afflux de réfugiés byzantins après 1453 assurent la redécouverte des classiques grecs. Quittant les libraires et les bibliothèques de Constantinople, les manuscrits de Plutarque parviennent au cours du XVe siècle à Venise, Florence et Rome.

Pascal PAYEN

Bibliographie
BALDWIN, B., «Plutarch in Byzantium», *Byzantium*, 65, 2, 1995, p. 525-526.
HIRZEL, R., *Plutarch*, Leipzig, Theodor Weicher, 1912, p. 98-101.
IRIGOIN, J., «La formation d'un corpus. Un problème d'histoire des textes dans la tradition des *Vies parallèles* de Plutarque», *Revue d'histoire des textes*, 12-13, 1982-1983, p. 1-13.
SCHAMP, J., «Le Plutarque de Photios», *L'Antiquité classique*, 64, 1995, p. 155-184.

Voir aussi • Lecteurs/lectures • Manuscrits •

CHATEAUBRIAND

«Plutarque n'a souvent que le bon esprit d'être simple; il court volontiers après la pensée: ce n'est qu'un agréable imposteur en tours naïfs.» Ce jugement péremptoire est formulé par Chateaubriand dans le *Génie du christianisme*, lorsque, développant une réflexion sur l'écriture de l'Histoire, il compare Plutarque à Philippe de Commynes, reconnaissant au premier une érudition plus grande, mais au second la supériorité d'être chrétien. Pourtant, quelques années auparavant, il avait publié à Londres, où il avait émigré en 1793, un ouvrage dans lequel abondaient les références à l'auteur des *Vies*. Chateaubriand avait intitulé son livre *Essai historique politique et moral sur les révolutions anciennes et modernes considérées dans leurs rapports avec la Révolution française*. Dans cet ouvrage, il était surtout question de la Grèce et des «révolutions» qui avaient donné naissance aux «républiques» d'Athènes et de Sparte. Curieusement, quand on sait l'importance que le «modèle» romain eut sur les hommes de la Révolution, Chateaubriand n'évoquait que très brièvement l'histoire de Rome. Portant sur cette œuvre de jeunesse un regard critique, il écrivait dans la Préface à l'édition de ses *Œuvres complètes* en 1826 : «Qu'ai-je prétendu prouver dans l'*Essai*? Qu'il n'y a rien de nouveau sous le soleil, et qu'on retrouve dans les révolutions anciennes et modernes les personnages et les principaux traits de la Révolution française. On sait combien cette idée poussée trop loin, a dû produire de rapprochements forcés, ridicules ou bizarres.»

De fait, il en est qui font sourire, comme lorsqu'il compare les «Montagnards» de Pisistrate à ceux de la Convention, ou Critias, l'oligarque de 405, à Robespierre. Beaucoup moins ridicule en revanche est la comparaison entre le dernier couplet de la *Marseillaise* et les vers cités par Plutarque dans la *Vie de Lycurgue*, lorsqu'il traite de l'éducation des jeunes gens. On sait en effet quelle influence ce texte eut sur les programmes d'«instruction publique» élaborés par les conventionnels. Si les plus lucides d'entre eux convenaient qu'on ne pouvait faire abstraction des différences qui séparaient les sociétés anciennes et la France du XVIIIe siècle, la majorité n'en rêvait pas moins d'appliquer à l'éducation nouvelle les «lois de Lycurgue», dont le buste surmontait la tribune de la salle où se tenaient les réunions de la Convention, à côté de celui de Solon. Chateaubriand, pour être dans le camp adverse, n'en avait pas moins été nourri, comme eux, de la lecture de Plutarque. Et, soucieux d'interpréter la Révolution française à la lumière des «révolutions anciennes», c'est tout naturellement qu'il consacrait aux deux législateurs, vénérés par les révolutionnaires français, d'importants développements dans son *Essai*, tout naturellement par conséquent que, dans les notes, abondaient les références aux deux *Vies* que Plutarque leur avait consacrées.

Des références, il faut l'avouer, fort vagues. Au point qu'on s'est interrogé sur la manière dont Chateaubriand s'était informé. Il est apparu très vite que deux livres lui avaient fourni l'essentiel de ses informations, le *Voyage du jeune Anacharsis* de l'abbé Barthélemy, et l'*Histoire ancienne* de Rollin. Faut-il cependant suivre ceux des critiques qui lui dénient toute connaissance directe des sources? Chateaubriand se piquait de savoir le grec et, dans les *Mémoires d'outre-tombe*, il affirme avoir traduit l'*Odyssée* et la *Cyropédie*. Il est certes douteux qu'il ait lu directement dans le texte original toutes les sources qu'il cite dans ses notes de bas de page. Comme la plupart de ses contemporains, il utilisait les traductions latines des auteurs grecs et, pour Plutarque, la traduction d'Amyot. Il reste que l'interprétation qu'il donne des lois de Solon et des réformes de Lycurgue s'inspire directement des *Vies*, comme aussi la description des partis en lutte à la veille de la tyrannie de Pisistrate. Et cela est vrai également des deux chapitres qu'il consacre à la Sicile, directement empruntés aux *Vies de Dion* et de *Timoléon*, comme des deux chapitres sur les tentatives d'Agis au IIIe siècle pour rétablir à Sparte les «lois de Lycurgue». Chateaubriand cite même textuellement les chapitres XX-XXIII de la *Vie d'Agis*, dans la traduction d'Amyot, dont il prend soin de donner la référence en note. Si donc on peut à juste titre supposer que les nombreuses notes en bas de page viennent en grande partie de l'*Anacharsis*, les références à Plutarque en revanche semblent bien provenir d'une lecture directe, non seulement des *Vies*, mais de l'ensemble de l'œuvre. Encore une fois, cela n'est pas pour surprendre, tant la lecture de Plutarque faisait partie de la culture de tout honnête homme au XVIIIe siècle.

Claude Mossé

Bibliographie
CHATEAUBRIAND, *Essai sur les Révolutions*, Bibliothèque de la Pléiade, Paris, Gallimard, 1978.
HARTOG, F., «Les Anciens, les Modernes, les Sauvages ou le "temps" des Sauvages», dans *Chateaubriand. Le tremblement du temps*, Toulouse, Presses universitaires du Mirail, 1995, p. 177-200.

Voir aussi • Lecteurs/Lectures • Révolution française •

CHÉRONÉE

La petite cité de Chéronée, située à l'ouest de la Béotie, entre Thèbes et Delphes, est pour Plutarque à la fois sa patrie d'origine et un lieu chargé d'histoire. C'est à ce double titre qu'il y fait souvent référence. Fondée, selon la tradition locale, par des migrants de Thessalie (*Cimon*, I, 1; *Sylla*, XVII, 8), Chéronée doit sa renommée à deux illustres batailles. La première se déroule lorsque le conflit qui oppose le royaume de Macédoine aux cités grecques devient guerre ouverte avec Athènes, en 340 avant J.-C. Démosthène parvient à nouer une alliance avec Thèbes, et l'affrontement a lieu dans la plaine de Chéronée, un jour néfaste d'août 338 avant J.-C. (*Camille*, XIX, 8). L'habileté tactique de Philippe et le courage de son fils Alexandre qui, à la tête de la cavalerie, «fut le premier, dit-on, à se jeter contre le bataillon sacré des Thébains» (*Alexandre*, IX, 2), donnèrent à la phalange macédonienne une large victoire, considérée comme «la fin de la liberté de la Grèce»: Plutarque évoque le Thermodon «rempli de sang et de cadavres», le «désastre essuyé par les Grecs», mais il se fait aussi l'écho d'une tradition peu favorable à Démosthène, qui aurait abandonné son poste et ses armes avant de fuir (*Démosthène*, XIX-XXI), et mentionne qu'on peut voir «de nos jours encore [...] un vieux chêne, surnommé le chêne d'Alexandre, près duquel il dressa sa tente ce jour-là; non loin se trouve la tombe collective des Macédoniens» (*Alexandre*, IX, 3).

Quatre siècles après l'événement, la bataille de Chéronée appartient à l'héritage commun des Grecs, à un moment où vainqueurs et vaincus se trouvent réunis sous la même domination romaine. La seconde bataille qui contribua à la célébrité de

Chéronée eut lieu en 86 avant J.-C., au cours de la guerre contre Mithridate, le dernier souverain hellénistique dont les armées pouvaient tenir tête à Rome. Sylla prend et pille Athènes, qui s'était ralliée au roi du Pont, puis passe en Béotie pour éviter la disette. À Chéronée, il l'emporte à deux reprises (*Sylla*, XV-XIX), et Plutarque se plaît à souligner que sa cité «échappa de bien peu au danger», grâce à l'action conjointe d'un Romain illustre et de deux Chéronéens: deux trophées commémorent séparément une victoire presque commune contre des Barbares (*Sylla*, XIX, 10). En cela, Chéronée réunit les contradictions de la Grèce devenue province romaine: elle porte partout les stigmates des guerres que Rome y a conduites («de nos jours, on trouve encore, enfoncés dans la boue, beaucoup d'arcs barbares, de casques, de bouts de fer provenant des cuirasses et de poignards», *Sylla*, XXI, 8), mais souvent les Grecs se sont efforcés de composer avec les Romains, dont le philhellénisme est une réalité depuis le IIIe siècle avant J.-C.
C'est pourquoi, dans l'administration de sa patrie, Plutarque s'efforce de rendre concrète une forme de participation et de conciliation qui tienne compte et des leçons de l'histoire et des contraintes du présent. Issu d'une famille de vieille aristocratie locale, il est chargé très jeune, semble-t-il, d'une députation auprès du proconsul (*Préceptes politiques*, 816 D). Il se fixe définitivement dans sa cité vers 93-94, après deux longs séjours à Rome, et se fait un honneur d'exercer toutes les fonctions, même les plus modestes: «pour nous, qui habitons une petite cité et qui aimons y rester, afin qu'elle ne devienne pas plus petite encore» (*Démosthène*, II, 2). Il fut archonte éponyme, administrateur des travaux publics, qui ne dédaignait pas «d'assister à un comptage de tuiles, à un arrivage de ciment et de pierres» (*Préceptes politiques*, 811 B-C), et peut-être béotarque pour l'ensemble de la Béotie. En insistant à mainte reprise sur la «petitesse» de Chéronée, «obscure» cité de l'Empire (*Cimon*, I, 3; *Démosthène*, I, 1; I, 4 et II, 2), en soulignant qu'il est urgent de «donner de la considération et de la dignité aux charges les plus humbles» (*Préceptes politiques*, 813 D), en rappelant aux notables grecs qu'ils commandent désormais «dans une cité soumise aux proconsuls, aux procurateurs de César» (*ibid.*, 813 D-E), Plutarque définit les conditions et les limites d'une gestion des cités par les Grecs eux-mêmes, à l'intérieur des cadres de l'administration romaine: il en donne l'exemple à partir de Chéronée, suivant par là la leçon de ses concitoyens qui, en 88-87 avant J.-C., tuèrent un des leurs, responsable de l'assassinat de Romains et de magistrats locaux. Lucullus intervint en faveur de la cité, qui avait su régler d'elle-même une affaire où les victimes étaient à la fois grecques et romaines. Et Plutarque de conclure, en reliant passé et présent: «Pour nous, bien que de nombreuses générations nous séparent [de ce temps-là], nous considérons que cette dette de reconnaissance nous concerne encore aujourd'hui» (*Cimon*, II, 2). Pour Chéronée comme pour la Grèce, le passé est le plus sûr appui pour le présent, à condition de prendre en compte, dans les deux cas, les complexités induites par la présence romaine.

Pascal PAYEN

Voir aussi • Citoyen/Citoyenneté • Paix romaine • Plutarque par lui-même • *Préceptes politiques* •

CICÉRON

Cicéron (106-43 avant J.-C.) avait bien des titres à retenir l'attention de Plutarque. Avocat, philosophe, lettré, « homme nouveau », consul de Rome, Cicéron appartient au groupe restreint des « intellectuels en politique » à qui est consacrée une *Vie*. En ce sens, son cas ne se peut comparer qu'à celui de trois Grecs: Solon, Périclès et, évidemment, son « parallèle » Démosthène. En outre, Cicéron fut, comme Plutarque, un écrivain prolixe, et comme lui s'essaya et réussit dans des genres très divers. Leur commune référence à Platon et aux écoles qui se réclamaient de lui ne pouvait elle aussi que les rapprocher. On aura achevé d'énumérer les traits originaux du Romain vu par Plutarque – et par là même on aura tenté de justifier que lui soit consacré, seul de tous les héros de *Vies*, une rubrique de ce Dictionnaire – en ajoutant qu'il est de loin, dans tout le recueil, celui qui apparaît dans le plus grand nombre de biographies: les *Vies* de Sylla, Lucullus, Crassus, Pompée, César, Brutus, Caton d'Utique, Antoine, sans compter... la *Vie de Cicéron*. Ce phénomène de rayonnement en « réseau », joint à la prolixité du personnage sur lui-même et sur sa carrière, a pour conséquence qu'il est sans doute pour nous le moins inconnu des Anciens.

Plutarque multiplie les approches, d'un point de vue à la fois distancié et sympathique. Distancié lorsqu'il note que sont bien oubliées désormais les qualités de poète de Cicéron, tant prisées de son temps – et d'abord par lui-même (*Cicéron*, II, 3-5) – lorsqu'il signale son amour excessif de la louange (*Cicéron*, VI, 5; XXIV, 1-3) ou le tort que lui ont causé les manifestations incontrôlées de son esprit caustique (*Cicéron*, V, 6; XXV-XXVII), ou encore lorsqu'il se fait l'écho de Brutus tonnant contre le manque naturel de « hardiesse » et les tergiversations de l'homme politique (*Brutus*, XII, 2), avant de noter (en XXXVI, 6) le renversement des rôles intervenu plus tard, quand Cicéron pourfendit Antoine dans ses *Philippiques*. Il ne manque pas non plus de signaler sa naïveté persistante à l'égard d'Octave, à la fin de sa vie (*Cicéron*, XLIV-XLVI)...

Toutefois, c'est le préjugé favorable qui éclate le plus souvent pour le surdoué en tous domaines (*Cicéron*, II, 3; éloge suprême: « il était né avec cette aptitude que Platon exige »), pour le philosophe de tendance « nouvelle Académie », mais éclectique, élève à Athènes du fameux Antiochos d'Ascalon (voir *Cicéron*, IV, 1; voir également *Brutus*, II, 3 et *Lucullus*, XLII, 3). D'une manière générale, Plutarque sait gré à Cicéron d'avoir contribué à l'hellénisation de la pensée romaine, en se mettant à l'école des philosophes à Athènes, des rhéteurs à Rhodes, en leur confiant l'éducation de son fils et en transposant lui-même en latin leurs idées, leurs concepts, leurs manières même d'appréhender le réel et de réfléchir sur lui. En un mot, Cicéron, platonisant comme Plutarque, a pu apparaître à ce dernier comme un emblème complémentaire, symétrique, de ce que le biographe représentait à ses propres yeux au cœur de la synthèse gréco-romaine.

Retenons quelques indices de la *sympathie* (au sens fort du grec *sym-patheia*: communauté profonde d'idées et de sentiments) de Plutarque à l'égard de la vie et de l'action conjuguée à la pensée de Cicéron. Il consacre à la conjuration de Catilina, qui fut la grande affaire de la vie du Romain (63, année du complot et de son propre consulat, a toujours représenté pour celui-ci une date majeure) pas moins de quinze chapitres (X à XXIV) sur quarante-huit. Jamais il ne l'exalte plus que dans les moments où, écœuré par les bassesses ou découragé par les dangers de l'action publique, il aurait envisagé, selon le biographe, de se consacrer totalement à l'étude... en Grèce (*Cicéron*, III, 3-6, etc.). Si Plutarque comprend la fermeté de sa politique en certaines circonstances, contre les corrompus et les démagogues : Verrès, Vatinius, Clodius... (voir à propos de ce dernier *Cicéron*, XXVIII-XXXV, mais aussi *Lucullus*, XXXIV, 1 et XXXVIII, 1), il approuve tout spécialement son attitude équilibrée en faveur du maintien de la paix civile, fût-ce au prix de l'oubli de graves injustices passées (*Cicéron*, X, 2 et XII, 2 ; *Question romaine* 37). Plutarque se range aussi spontanément du côté de qui, comme Cicéron, unifie son comportement en sachant prendre, dans le domaine de l'action civique, le conseil de penseurs amis, tel ce « Publius Nigidius, un de ses compagnons dans l'étude de la philosophie, qu'il consultait souvent en politique » (*Cicéron*, XX, 3). Publius Nigidius (Figulus) était, au temps de Cicéron, un des représentants du courant pythagoricien à Rome : c'était là un titre supplémentaire à l'adhésion de Plutarque. Ajoutons que l'orateur possède la qualité maîtresse aux yeux du biographe, l'art d'entraîner les foules par une éloquence magique, et qu'en même temps la Fortune, ou une secrète faiblesse, l'a détourné du succès final. Notre auteur a donc vu dans le consul mieux qu'un double, ou qu'un modèle idéal : une illustration en acte des épreuves du grand homme qui se jette dans les tourments du monde et les aléas de la destinée, et se montre capable de réfléchir sur les uns et les autres, pas assez sans doute pour les maîtriser lui-même, mais suffisamment pour aider les autres à leur faire face.

Qu'en est-il, enfin, des citations avouées ou repérables de Cicéron chez Plutarque ? Au nombre des premières, l'allusion au traité *Des lois* dans la *Question romaine* 34 fait plus que suggérer que Plutarque avait présente à l'esprit cette œuvre, ainsi que la *République*, lorsqu'il rédigeait les *Vies* des fondateurs. Les citations du second type sont beaucoup plus incertaines. On retiendra les références répétées et évidentes au *Sur la vieillesse* dans la *Vie de Caton l'Ancien*, et plus encore la manière dont Plutarque suit pas à pas le *Brutus*, le grand traité de Cicéron sur l'art oratoire, lorsqu'il reconstitue la formation de ce dernier (*Cicéron*, IV, 4-7 ; XXIV, 7). Pareille familiarité avec des aspects aussi divers de cette œuvre incite à conclure que Plutarque en était, de manière générale, encore plus intimement imprégné qu'on ne l'a dit plus haut.

Jean-Marie Pailler

Bibliographie
Marrou, H.-I., « Défense de Cicéron », *Revue Historique*, 1936, p. 51-73.
Michel, A., Nicolet, C., *Cicéron*, Paris, Le Seuil, 1961.
Rawson, E., *Cicero. A Portrait*, Oxford, Bristol Classical Press, 1983.

Voir aussi • Acculturation • Platon • Pythagore • République romaine • Tite-Live •

CINÉMA

Le film à l'antique est l'héritier, pervers et polymorphe, du Mystère médiéval, de la tragédie classique, du roman «sulpicien», de l'opéra et de la peinture pompier. Mais ces filtres fictionnels ne le cantonnent pas dans une médiation culturelle adaptée à ses publics successifs : il s'entoure parfois de garants antiques. Fellini retrouve Pétrone à travers ses propres fantasmes, Cecil B. De Mille cite Flavius Josèphe. La plupart de ces emprunts restent discrets. On met ainsi à contribution parfois Tite-Live (Romulus, Hannibal), rarement Polybe (la chute de Carthage) ou Appien (Spartacus), le plus souvent Suétone (les Césars). Plutarque, lui, présente un double avantage : il lui arrive de mêler la légende et l'Histoire et, surtout, il insiste plus sur le vécu humain que sur la trame historique.

Mythes de fondation

Deux héros fondateurs, mis en parallèle par Plutarque, ont connu des fortunes cinématographiques inégales : Thésée et Romulus.

Le premier est senti, tout comme Hercule, Jason ou Persée, comme appartenant à la mythologie. Sa geste se résume la plupart du temps aux épisodes canoniques du récit crétois : le Minotaure, le labyrinthe, le fil d'Ariane. C'est ainsi que le voit le cinéma muet depuis 1910 (*Thésée et le Minotaure* de Stuart Blackton, mais aussi *Le Fil d'Ariane* de Mario Caserini en 1920 et le film du même nom d'Eugenio Perego en 1928). Le renouveau du film à l'antique des années 60 nous vaudra une nouvelle version de la légende (*Thésée et le Minotaure*, Silvio Amado, 1960), où le héros est interprété par le champion olympique Bob Mathias. Mais ses exploits tourneront court : deux autres films rappelleront sa descente aux Enfers pour séduire Perséphone (*Hercule contre les vampires,* Mario Bava, 1961 – notons que le scénariste, par un curieux souci de décence, fait de l'héroïne la fille d'Hadès) et ses exploits contre les Amazones (*Les Amazones,* Terence Young, 1973).

Romulus, à la frontière de la légende et de l'Histoire, aura plus de bonheur. Sans remonter à la mythique et muette *Rhea Silvia*, d'Enrico Novelli (1908), l'épisode qui a le plus inspiré le cinéma est celui de *L'Enlèvement des Sabines* (Mario Bonnard, 1945 ; Alberto Gout, 1958 ; Richard Pottier, 1961). Mais le film emblématique de la fondation de Rome reste le *Romulus et Rémus* de Sergio Corbucci (1961), où les deux frères sont interprétés par Steve-Hercule-Reeves et Gordon-Tarzan-Scott, au milieu d'une intrigue qui mêle allégrement les structures du western et celles du film catastrophe.

Héros républicains

Passons rapidement sur quelques héros qui combattent pour la liberté de leur cité. Thémistocle, chez les Grecs, fait une apparition dans *La Bataille des Thermopyles* (Rudolph Maté, 1962). Chez les Romains, les premiers temps de la République abondent en héros : Camille *(Brennus le tyran,* Giacomo Gentilomo, 1963), Publicola *(Les Vierges de Rome,* Vittorio Cattafavi, 1960). Mais le traitement cinématographique le plus intéressant est celui que subit Coriolan. Dans *La Terreur des gladiateurs,* film de Giorgio Ferroni (1963), Coriolan devient un patriote qui démasque un parti popu-

laire allié aux Volsques. Il faut voir dans cette réécriture de l'histoire une attaque contre le Parti communiste italien contemporain et ses liens avec le «grand frère» soviétique, senti comme une menace contre l'Europe de l'Ouest.
Rangeons avec un peu d'indulgence, dans la catégorie des «champions de la liberté», les orateurs Démosthène et Cicéron. Le premier apparaît, face à Eschine, au début de *Alexandre le Grand* (Robert Rossen, 1956); on peut apercevoir le second dans *Cléopâtre* de Joseph Mankiewicz (1963) et, en amoureux éconduit et jaloux, dans *Les Nuits chaudes de Cléopâtre* (César Tod, 1985) sur lequel nous jetterons un voile pudique...
Mentionnons encore très vite d'autres défenseurs de la liberté, Pélopidas (*I Sette a Tebe*, Roy Fergusson, 1963), les Gracques (*Caio Gracco*, production italienne anonyme de 1911) pour arriver aux hommes de pouvoir.

Hommes d'État et généraux

Si Périclès n'apparaît que dans la version cinématographique et muette de *Phi-Phi*, opérette de Willemetz et Sollar, musique de Christiné (film français de 1927), les Romains sont mieux traités. Lucullus, entrevu en Arménie (*Rome contre Rome*, Giuseppe Vari, 1963), donne des cours de gastronomie chez son ami Crassus, dans le *Spartacus* de Riccardo Freda (1953). Lequel Crassus a les honneurs d'une production muette (*Marcus Licinius*, 1907) et se montre sous un jour bien noir dans *Spartacus* (Stanley Kubrick, 1960) et, surtout, dans *Le Fils de Spartacus* (Sergio Corbucci, 1962). Reste Pompée qui sera l'un des héros de *Cléopâtre, une reine pour César* (Piero Pierotti et Victor Tourjanski, 1962).
Entre Alexandre et César, que Plutarque met en parallèle, quel contraste! Rien ou presque pour le premier au cinéma, tant de films pour l'autre qu'on s'épuiserait à les énumérer tous, une bonne quinzaine, sans compter ceux où le dictateur apparaît avec Cléopâtre, une quinzaine de plus. Sans oublier les films où il disparaît pour laisser la place à Antoine, une demi-douzaine, ou à Brutus, au moins un. Bref, une quarantaine de films. Quant à Alexandre, si le conquérant apparaît brièvement dans *Goliath et l'Hercule noir* (Mario Caiano, 1963) ou, en filigrane, dans *Dr Faustus* (Richard Burton, 1967) et dans *Alexandrie encore et toujours* (Youssef Chahine, 1959), le seul film qui lui ait été consacré est celui de Robert Rossen, déjà cité à propos de Démosthène: magnifique réflexion sur le pouvoir et les compromissions qu'il exige avec, dans le rôle-titre, Richard Burton, interprète inspiré.
La saga cinématographique de César (et accessoirement Antoine, puis Cléopâtre) commence avec Méliès en 1907 (on compte neuf *César* entre 1907 et 1917!); on l'oppose souvent à Cléopâtre (G. Pascal, 1945; Mankiewicz, 1963). Laquelle se trouve unie à Antoine, grâce à Shakespeare, dès 1908 jusqu'à la dernière mouture de 1970. Retenons seulement que dans cette abondante filmographie, la guerre des Gaules fait un peu figure de parente pauvre, si l'on excepte les *Astérix* et *Jules César conquérant des Gaules* (Amerigo Anton, 1963). Quant au reste de son existence, hormis l'épisode contre les pirates mis en images par Sergio Grieco (*Jules César contre les pirates*, 1962), seul le drame des ides de mars, toujours d'après Shakespeare, fit les délices du muet en attendant que Mankiewicz en donne une version définitive (*Jules César*, 1953).

On comprend qu'à l'aune des salles obscures, les amours célèbres et les morts tragiques l'emportent sur les conquêtes lointaines et les rêves de gloire. En cela, on peut se demander si le cinéma a ou non trahi Plutarque qui déclarait : « Nous n'écrivons pas des *Histoires* mais des *Vies* » (*Alexandre*, I, 2).

Claude AZIZA

Voir aussi • Classique/Classicisme • *Vie* •

CITOYEN/CITOYENNETÉ

Les Anciens ont « inventé » la notion de « citoyen », *politès* en grec, *civis* en latin. Le terme désigne ceux qui font partie de la cité, cette forme originale d'État qui est apparue en Grèce au début du VIIIe siècle et a essaimé tout autour de la Méditerranée. Il ne concerne que les hommes adultes qui participent, réunis en assemblée, aux prises de décision et peuvent accéder, selon des critères variés, aux magistratures, fonctions généralement collégiales et annuelles. Le « métier de citoyen », pour reprendre une formule de Claude Nicolet, implique non seulement la participation aux assemblées, mais aussi aux différentes manifestations religieuses par lesquelles la cité honore ses dieux, et à la défense de son territoire. Il va de soi cependant que des nuances sensibles distinguent l'exercice de la citoyenneté, non seulement au sein de l'espace méditerranéen, mais également dans le temps. Le « modèle » théorique du citoyen, tel qu'il est élaboré par Aristote dans la *Politique*, s'inspire en grande partie de ce qu'était la citoyenneté à Athènes à l'époque classique. Le citoyen est défini d'abord par sa naissance : il est fils d'un citoyen et d'une femme elle-même fille de citoyen, cela depuis la loi de Périclès de 451, qui a exclu de la citoyenneté les enfants nés d'un Athénien et d'une femme étrangère. Certes, il y a eu parfois des accommodements avec la loi, à tel point qu'il fallut la remettre en vigueur au lendemain de la guerre du Péloponnèse, après l'échec de la révolution oligarchique qui prévoyait en particulier de ne réserver la citoyenneté qu'à trois mille Athéniens sur les trente mille que comptait alors la cité. De fait, dans les cités oligarchiques, au critère de la naissance s'ajoutaient d'autres conditions d'accès à la citoyenneté : la possession d'un lot de terres comme à Sparte, et le plus souvent d'un minimum de fortune, foncière ou mobilière. Si tous les citoyens étaient juridiquement égaux, il n'en existait pas moins entre eux des différences que soulignait généralement un classement censitaire. Dans l'Athènes démocratique, les citoyens étaient, depuis Solon, répartis en quatre classes en fonction de leurs revenus. Ce classement déterminait l'accès à certaines magistratures et surtout les charges militaires et financières. Seuls les citoyens des trois premières classes servaient dans la cavalerie ou l'infanterie des hoplites, tandis que les citoyens les plus pauvres, qui étaient aussi les plus nombreux, étaient mobilisés sur la flotte, ce qui amenait Aristote à définir Athènes comme une démocratie navale. À Rome, le classement censitaire déterminait également l'accès à la légion. Mais en outre, au sein des Comices centuriates, les assemblées les plus importantes, le vote par centuries

avait pour conséquence que la décision était le plus souvent acquise avant même que les citoyens des dernières classes aient pu se prononcer.
La citoyenneté n'en demeurait pas moins, pour ceux qui la possédaient, un privilège qui les distinguait des hommes libres non-citoyens. Dans l'Athènes démocratique, le citoyen le plus pauvre avait le même droit à la parole que l'homme le plus en vue. C'était un privilège jalousement gardé que l'étranger, même installé comme résident, n'obtenait qu'exceptionnellement. Les métèques, même s'ils étaient riches et influents, ne pouvaient acquérir de biens fonds en Attique, et, s'ils participaient à la défense de la cité et au financement des opérations militaires, ils étaient tenus à l'écart des assemblées où se prenaient les décisions et devaient se faire représenter devant les tribunaux.
Le cas de la citoyenneté romaine est plus complexe. Dès l'origine, en effet, avec la mainmise d'abord sur le Latium, puis, par étapes successives, sur toute l'Italie, les Romains inventèrent des statuts intermédiaires entre la citoyenneté pleine et entière et la condition de pérégrin, d'étranger, ne réservant la première qu'à quelques notables. L'achèvement de la conquête de l'Italie, le soulèvement des Italiens au début du Ier siècle avant J.-C. firent disparaître ces différences de statut entre les habitants de la péninsule, désormais tous *cives romani*. Mais on voit bien que si les Italiens possédaient désormais les mêmes droits que les habitants de Rome, sur le plan juridique et fiscal en particulier, politiquement, il leur était plus difficile d'exercer effectivement leur « métier de citoyen », les assemblées se tenant à Rome.
Et il en ira de même pour ceux qui, dans les cités provinciales, recevront la citoyenneté romaine pour prix de leurs services ou en récompense de leur notoriété. Plutarque en est un bon exemple. Citoyen de Chéronée, il possède également la citoyenneté romaine. Mais c'est d'abord dans sa petite cité béotienne qu'il exerce son « métier » de citoyen, et la citoyenneté romaine est pour lui essentiellement un privilège qui lui permet, lors de ses séjours à Rome, de fréquenter les milieux proches de l'empereur. L'établissement de l'Empire et le découpage en provinces n'ont pas fait disparaître les cités anciennes. Bien plus, si, en Orient, la cité comme cadre de vie s'était généralisée à l'époque hellénistique, en Occident il avait fallu en quelque sorte l'inventer dans les régions où subsistaient des organisations de type tribal. La cité était donc devenue la cellule de base du système impérial, et le développement de l'urbanisme, d'une extrémité à l'autre du monde méditerranéen, révélait la généralisation de pratiques sociales héritées de la cité de l'époque classique : thermes, gymnases, théâtres, amphithéâtres, sanctuaires, marchés à proximité de l'agora ou du forum exprimaient cette unité de la civilisation gréco-romaine que Plutarque mettait en avant lorsqu'il avait entrepris de rédiger des biographies parallèles des grands hommes de l'histoire de la Grèce et de Rome. Mais il était bien conscient que le monde dans lequel il vivait n'était plus celui de ses héros. Dans ses *Préceptes politiques*, adressés à un jeune citoyen de Sardes désireux de faire une carrière politique, Plutarque, tout en faisant référence aux personnages des *Vies* pour illustrer ses conseils, constate avec lucidité les limites de l'exercice du « métier » de citoyen dans le monde romain du début du IIe siècle après J.-C. : « Aujourd'hui que les affaires des cités n'offrent plus de guerres à diriger, de tyrannies à abattre, de grandes alliances à conclure, où trouver le principe d'une carrière politique illustre et brillante ? Il reste les procès publics et les ambas-

sades auprès de l'empereur, qui demandent des hommes ardents doués à la fois de hardiesse et d'intelligence» (805 A-B). Certes, il y a toujours des assemblées où l'on procède chaque année à la désignation des magistrats, mais en fait, la vie politique est confisquée par un petit nombre de notables qui cherchent à s'attirer la reconnaissance des citoyens par des manifestations de générosité. L'homme politique ne doit cependant ni refuser de remplir des magistratures ni considérer que, puisque tout se décide à Rome, il faut se contenter de soumettre toutes les affaires aux gouverneurs romains. Les difficultés, s'il y en a, doivent être résolues «dans le cadre de la cité» (815 A). Et s'il est bon d'avoir des amis dans l'entourage de l'empereur, il faut surtout, lorsqu'on est investi d'une charge dans sa cité, s'efforcer de maintenir la paix et la concorde entre les citoyens: «Car, quelle suprématie, quelle gloire sont réservées aux vainqueurs? Et quelle sorte de pouvoir? Le moindre édit du proconsul l'anéantit ou le transfère à quelqu'un d'autre, et de toute façon, même si on vous le laisse, il n'en vaut pas la peine» (824 E). Il faut donc modestement remplir son «métier de citoyen», en protégeant sa cité des discordes qui ne peuvent que l'affaiblir et garder présent à l'esprit le souvenir des grands hommes du temps passé, pour s'inspirer de leur exemple, tout en sachant que, dans la Grèce de l'époque de Trajan, on n'est plus au temps de Thémistocle, de Périclès ou d'Épaminondas.

Claude Mossé

Bibliographie
PLUTARQUE, *Œuvres morales*, t. XI, 2ᵉ partie: «Préceptes politiques», texte établi et traduit par J.-Cl. Carrière, Paris, Les Belles Lettres, 1984.
NICOLET, Cl., *Le Métier de citoyen dans la Rome républicaine*, Paris, Gallimard, 1976 (1ᵉ éd.) 1993.
MOSSÉ, Cl., *Le Citoyen dans la Grèce Antique*, Paris, Nathan, 1993.

Voir aussi • Aristote • Athènes • Chéronée • *Préceptes politiques* • Rome •

CLASSIQUE/CLASSICISME

Aux nombreuses éditions et traductions de l'œuvre de Plutarque au XVIᵉ siècle correspond l'entrée rapide de celle-ci dans les établissements d'enseignement: elle va peu à peu faire partie du bagage indispensable de la formation scolaire des humanistes et, à ce titre, acquérir la qualité de texte «classique». La tradition pédagogique de la Renaissance, qui se fonde sur la connaissance directe et la fréquentation intensive des textes antiques, continue une pratique médiévale qui a sa source chez Aristote, relayé par Cicéron: les textes anciens qu'on désire désormais retrouver en eux-mêmes, sans erreur ni glose, sont en effet considérés comme un miroir qui permet d'offrir des clés toujours valables à l'époque contemporaine tant pour l'analyse et la conduite de la politique que, d'une façon générale, pour toutes les dimensions de l'action et de la connaissance. Ces textes, perçus comme un réservoir de sagesse, paraissent susceptibles de fournir aux lecteurs des *exempla*, situations ou personnages historiques, qui peuvent les amener à s'interroger, selon le premier principe reconnu comme fondamental, celui de la comparaison entre les différentes facettes de l'humanité, sur leur propre existence ou sur celle des Grands qui gouvernent les cités ; selon le second principe tout aussi essentiel d'imitation, ils sont également susceptibles de proposer un modèle moral ou un « anti-modèle », sur le plan individuel comme dans le registre collectif : une vertu – ou un défaut – s'incarne dans un personnage et cette vertu – ou ce défaut – est indissociable des actions accomplies par ce dernier ; nous retrouvons ici la permanence du vieux couple aristotélicien, *arétaï/praxeis*. D'autre part, la littérature du XVIe siècle, qui s'adresse essentiellement aux Grands et aux princes, est particulièrement sensible aux retournements du sort, aux passages de la grandeur à la misère, aux variations et incertitudes de la « Fortune ». On se sert de la grille antique pour analyser et mieux comprendre l'environnement contemporain : les guerres de Religion sont ainsi fréquemment associées aux guerres civiles de Rome. On cherche également dans les textes anciens une consolation. Pour toutes ces raisons, la Renaissance, dans son profond désir de connaître la variété de « l'humaine condition », toujours semblable dans sa nature profonde malgré l'aléatoire et la gratuité du sort de chacun, s'engoue pour Plutarque ; le principe même du parallélisme qui régit l'écriture des *Vies* aide, de plus, à faire passer du particulier au général.

Dans cette optique, les *Vies*, envisagées autant comme un ouvrage historique que comme un ouvrage de morale qui met l'accent sur les ressorts secrets qui animent les héros – Plutarque est « l'homme » de Montaigne, car il s'intéresse « plus à ce qui part du dedans que ce qui arrive au dehors » (*Essais*, II, 10) –, sont une source privilégiée d'étude pour les collèges, dont le réseau se met en place à cette époque et qui n'envisagent la formation intellectuelle qu'intimement mêlée à la formation morale. Plutarque entre peu à peu dans la liste canonique d'auteurs au programme, occupant pour une bonne part l'espace de lieux communs partagé par les collégiens, pour une valeur qu'on lui reconnaît intemporelle et universelle. Les vertus nécessaires qu'on prône sont alors étroitement liées à la théologie et l'anthropologie chrétiennes, mais peuvent aisément se glisser dans le moule antique : maîtrise de soi, énergie, mépris des richesses et de la gloire, conduite raisonnée du cœur humain mis à mal par les forces destructrices des passions, ambition, désir de gloire ou amour.

La vulgarisation de Plutarque auprès des collégiens bénéficie d'un outil de médiation privilégié : le vaste réseau d'établissements de la Compagnie de Jésus, qui va implanter peu à peu un large ensemble international de collèges dans le dernier tiers du XVIe, quoique ce ne soit pas le vœu initial de son fondateur Ignace de Loyola ; la pédagogie qui y est mise en œuvre repose sur l'idée essentielle du progrès, de la perfectibilité de l'homme, dont la formation scolaire est partie prenante. Plutarque offre aux yeux des régents jésuites plusieurs qualités : c'est un auteur ancien qui traite de l'histoire grecque et romaine ; sa manière anecdotique et son goût du détail se prêtent à susciter l'intérêt des adolescents ; il met l'accent sur des personnalités fortes ; il jette enfin la lumière sur les ressorts psychologiques qui les animent et sur la portée morale de leurs actes. C'est pourquoi, dans la première charte pédagogique jésuite, la *Ratio studiorum* fixée en 1586 et publiée en 1599, Plutarque trouve une place officielle dans les programmes : il fait partie de la liste réduite d'auteurs proposés pour la classe de seconde, dite «d'humanités», lors de l'exercice soigneusement codifié de la «prélection» ou explication de texte, alors qu'il est absent à la même époque des statuts de l'Université de Paris réformée (1598). Chez les jésuites, dès la fin du XVIe siècle, les écoliers étudient donc des extraits des *Vies* ainsi que des *Moralia*, selon une méthode qui s'attache à commenter attentivement le texte: étude de la langue et de la grammaire, éclaircissement du contexte historique, analyse des structures narratives et mise en évidence de la portée morale. Pendant tout le XVIIe siècle, Plutarque est maintenu à la même place dans le programme d'études; c'est dans la classe d'humanités que Corneille et, plus tard, Fontenelle étudieront Plutarque au collège des Pères de Rouen. À la même époque, le jésuite espagnol Baltasar Gracian, dans son *Criticon* de 1651, exprime une vive admiration pour Plutarque, à qui il reconnaît une grande portée morale. L'écrivain grec s'insère parfaitement dans ce climat héroïque et romanesque qui caractérise une large part des productions littéraires des règnes de Louis XIII et Louis XIV: les précieuses, comme Mme de Scudéry, seront des lectrices assidues de Plutarque. Au siècle des Lumières, même si l'étude du grec connaît chez les jésuites un net recul puisque la place prépondérante est réservée au latin et que le français entre peu à peu dans les classes, Plutarque se maintient dans leurs programmes: à l'aube du siècle, dans la nouvelle charte établie en 1703 à l'usage de tous les collèges par le Père Joseph de Jouvancy, le *De ratione docendi et discendi...*, l'auteur des *Vies* est désigné comme l'un des «meilleurs auteurs grecs»: «C'est un très habile et très sage écrivain», affirme le jésuite qui déplore, malgré tout, «que son style soit un peu dur». En conséquence, les œuvres de Plutarque sont maintenues au programme des études mais on les étudie plus tard: elles sont désormais repoussées à la classe de rhétorique, qui clôt généralement le cursus scolaire chez les jésuites.

Si les collèges jésuites sont les premiers chronologiquement à considérer Plutarque comme un auteur scolaire, cette décision sera suivie par les autres congrégations enseignantes, dont l'expansion marque la première moitié du XVIIe siècle: il y a une réelle circulation des modèles et des pratiques d'enseignement entre les différents groupes qui ont en charge l'enseignement d'Ancien Régime (oratoriens, clergé séculier de l'Université, jansénistes, etc.). À la fin du XVIIe, le *Règlement des études*, élaboré par Arnauld à l'usage des écoles jansénistes de Port-Royal, place Plutarque au programme de seconde. Quant aux oratoriens, dont Bérulle crée l'ordre en 1611, ils le font entrer assez tard dans leurs programmes: la *Ratio studiorum* du Père Morin de 1645 ne retient pas l'auteur grec, mais celle du Père Houbigant de 1720 le cite en bonne place, certes largement après Virgile et Homère, mais devant César et Démosthène. De même, Plutarque entre peu à peu à l'Université: s'il en est absent à la fin du XVIe siècle, il commence à y être étudié au siècle suivant et, au début du XVIIIe siècle, le *Traité des études* (1726-1728) de Rollin, qui fut recteur de sympathie janséniste de l'Université de Paris, reconnaît à Plutarque un rôle essentiel. Il l'envisage comme un historien, puisqu'il place son œuvre dans la partie de ses remarques consacrées à l'étude de l'histoire dont la fonction est avant tout morale, toujours selon la vision de l'époque. Comme ses prédécesseurs, Rollin reconnaît à Plutarque l'avantage de présenter les grands personnages «dans le particulier, dans l'intérieur, dans le cabinet, dans le domestique [où] ils se montrent tels qu'ils sont, sans déguisement et sans apprêt». De plus, le talent d'écriture de Plutarque rend la lecture de son œuvre vivante et «animée»: elle «rend présents les grands hommes, qui ont vécu autrefois». Et, pour illustrer son propos, l'auteur du *Traité* cite la *Vie d'Alexandre*. Dans le grand mouvement d'hostilité à la Compagnie de Jésus qui se manifeste dans les années 1760, bien des méthodes des collèges jésuites sont condamnées, mais Plutarque échappe à ce rejet : le procureur du Parlement de Bretagne, La Chalotais, dans son *Plan d'éducation nationale* de 1762, qui se présente avant tout comme une critique de la pédagogie jésuite, conçoit toujours l'histoire adressée aux élèves jusqu'à dix ans comme une méthode à «former le cœur et l'esprit des enfants»; dans cette optique, il recommande la lecture de Plutarque. Pour les plus âgés, toujours dans le même but, mais parce que La Chalotais insiste sur l'importance de la culture nationale, il réclame un «Plutarque français»; ce sera peut-être d'Auvigny, qui fait paraître à Amsterdam les *Vies des hommes illustres de France*, en 1739. Quant à Roland d'Erceville, qui publie un *Plan d'éducation pour l'Université*, la même année que le *Plan* de La Chalotais, il place l'étude d'extraits de Plutarque en seconde. Les philosophes des Lumières ne sont pas insensibles à Plutarque : on connaît l'enthousiasme du jeune Rousseau à la lecture des *Vies*, que Diderot admire : «Quand je remue les cendres du vieux Plutarque, c'est un brasier qui m'échauffe doucement»; dans son *Plan d'une Université* à l'usage de Catherine II, il le place au programme de la «huitième classe». Après que l'ordre des jésuites est supprimé et ses collèges fermés, les oratoriens prennent la relève : Plutarque continue donc à être lu et étudié dans les classes. La plupart des révolutionnaires, formés dans les collèges d'Ancien Régime, ont été nourris par les lectures de Plutarque : leur culte des grands hommes y trouve, aussi bien que chez Tite-Live, matière à s'alimenter : ils y puisent nombre de leurs héros, dont les vertus, le goût de la liberté, la condamnation de la tyrannie leur semblent convenir à ce temps de «régénération républicaine». Les femmes éprouvent le même engouement : Charlotte Corday ou Mme Roland sont grandes lectrices de ses œuvres. Cette réinterprétation politique sera reprise à son compte au XIXe siècle par un Michelet, qui consacrera sa thèse en 1819 à l'auteur grec.

Édith FLAMARION

Voir aussi • Montaigne • Révolution française • Théâtre •

COMPOSITION

Quand Plutarque a-t-il rédigé les *Vies*? Quelle conception se faisait-il de cette œuvre? Pour répondre à ces deux questions, essentielles pour cerner la composition des *Vies*, on ne dispose que des rares indications données dans des remarques incidentes ou dans les préfaces : c'est peu, et d'autant moins que ces textes initiaux ne valent pas nécessairement pour l'ensemble de l'œuvre. Ainsi le fameux texte de la *Vie d'Alexandre* distinguant «Histoire» et «Vie» et exaltant la valeur révélatrice du «petit fait» est d'abord appelé par la personnalité même du héros, qui a suscité une floraison d'*Histoires d'Alexandre* dont Plutarque doit se démarquer et il ne se prive pas, par ailleurs, de détailler batailles et grandes actions.

COMPOSITION

Les *Vies parallèles*, dédiées à Sossius Sénécion qui mourut probablement vers 117, ont occupé la fin de la vie de Plutarque et se situent dans le premier quart du IIe siècle, comme l'indique le seul élément chronologique donné par Plutarque : la bataille de Chéronée remportée par Sylla en 86 avant J.-C. remonterait à environ deux cents ans. Les *Vies des Césars*, dont nous avons conservé *Galba* et *Othon*, alors que, selon le catalogue de Lamprias, elles allaient d'Auguste à Vitellius, doivent être antérieures, « coup d'essai » dans la biographie rédigée sous les Flaviens, peut-être plus proche de l'histoire. Quant aux deux autres *Vies* isolées, *Aratos* et *Artaxerxès*, rien ne permet de les situer par rapport aux *Vies parallèles*.

Pour établir la chronologie relative des vingt-trois tomes conservés des *Vies* – qui devaient commencer par le tome perdu *Épaminondas-Scipion* – on dispose d'abord de trois indications de Plutarque : *Démosthène-Cicéron* forment le cinquième tome, *Périclès-Fabius* le dixième et *Dion-Brutus* le douzième. Pourquoi donner un chiffre dans ces trois cas et non pas dans les autres ? S'agirait-il de marquer le début – ou la fin, selon une hypothèse qui paraît moins vraisemblable – d'une « livraison », Plutarque envoyant plusieurs tomes à la fois à Sossius ? L'examen du second élément de datation, les renvois, qui sont parfois réciproques (par exemple, *Dion*, LVIII, 10 renvoie à *Timoléon*; *Timoléon*, XIII, 10 et XXXIII, 4 renvoient à *Dion*; *Brutus*, IX, 9 cite *César*; *César*, LXII, 8 et LXVIII, 7 citent *Brutus*), a également conduit à cette hypothèse de publications simultanées, ou, du moins, à l'idée que Plutarque travaillait par « séries ». Ainsi, *Brutus* aurait appelé *César* qui lui-même entraînait *Pompée* et *Crassus*, puis *Caton d'Utique*, tandis que *Dion* et *Timoléon*, évoluant dans le même cadre sicilien, se complétaient. On voit se dessiner un bloc central, autour du douzième tome.

Les renvois permettent encore de reconstituer, au moins partiellement, un bloc initial : dans *Périclès-Fabius* sont cités *Cimon*, *Lysandre* et *Marcellus*. Il semblerait donc que Plutarque – qui choisit d'abord un héros, puis lui cherche un partenaire, comme le montre *Thésée*, I, 4 – ait commencé par ses compatriotes béotiens, Épaminondas et Pélopidas, et poursuivi avec des Romains liés, d'une manière ou d'une autre, à Chéronée : Lucullus et Sylla ; d'après les renvois, il faudrait aussi ajouter à cette première dizaine *Lycurgue-Numa*, cité dans de nombreuses *Vies*, dont *César* et *Agésilas* (groupe central), et, du même coup, *Thémistocle-Camille*, cité dans *Numa*. *Solon-Publicola* compléterait bien cette évocation de la Rome ancienne, de même que *Thésée-Romulus* – si l'on admet l'authenticité, contestée, du renvoi de *Camille* à *Romulus*.

Avec ce tome, Plutarque ajoute à la période historique les temps mythiques. Plus important est l'ajout d'anti-modèles présenté dans la préface de *Démétrios*, qui permet de dessiner le bloc final. On peut sans grand risque d'erreur ranger aussi dans cette catégorie Pyrrhos – dont la vie croise celle de Démétrios – et Marius ; peut-être aussi Alcibiade, que Nicias avait pu suggérer à Plutarque (on a des renvois réciproques) ; ainsi, si l'on relève que déjà Nicias et Crassus passent malaisément pour des modèles, on peut imaginer que les héros du groupe central ont attiré l'attention de Plutarque, du côté romain avec Antoine comme du côté grec avec Alcibiade, vers des héros plus contestables.

Les difficultés mêmes de ce classement qui laisse dans l'incertitude plusieurs tomes montrent qu'aucun plan d'ensemble n'a présidé à l'élaboration des *Vies parallèles*.

Plutarque, en se documentant, a sans doute découvert certains personnages – il faut comparer avec les *exempla* utilisés ailleurs – et affiné sa connaissance des autres : on songe en particulier à la peinture si nuancée d'Alexandre. De fait, la préface de *Timoléon-Paul-Émile* explique comment il s'est peu à peu approprié ce monde des hommes illustres, ayant commencé «pour autrui», il s'est mis, pour son propre plaisir, à «vivre avec eux», et ce verbe exprime bien toute sa sympathie pour ses héros. Pourquoi, à l'origine, les sollicitations d'autrui ? Il n'est guère probable que les Romains cultivés de son cercle aient eu besoin d'apprendre la grandeur grecque passée. Les *Vies parallèles* témoignent plutôt de l'existence d'un monde gréco-romain partageant les mêmes valeurs et il faut souligner que Plutarque ne justifie nulle part ce parallélisme systématique, comme s'il allait de soi, et part indistinctement d'un Grec ou d'un Romain pour constituer ses couples.

L'important est, chaque fois, de scruter un *bios practicos,* une vie consacrée à l'action politique, et ce sont les éléments de la vie publique qui semblent déterminants dans l'appariement des héros – par exemple Nicias et Crassus sont les deux généraux d'une campagne désastreuse ; Paul-Émile et Timoléon ont vu la Fortune beaucoup intervenir dans leur carrière. Pour extérieurs qu'ils nous paraissent, ces éléments s'accordent avec la démarche du biographe, attaché à peindre «la vertu aux prises avec la Fortune» (*Sur le Démon de Socrate*, 575 C) et lui permettent de mettre toute sa finesse psychologique au service du genre moral qu'est le *bios,* analyse et peinture d'un mode de vie, sans jamais verser dans la moralisation édifiante.

Les préfaces permettent de voir évoluer l'intérêt qu'il prend à son travail. Dès *Cimon*, Plutarque récuse idéalisation flatteuse et réalisme déplaisant, conscient qu'il est des imperfections de la nature humaine, et si dans *Périclès*, il insiste sur la valeur exemplaire des personnages, dont le spectacle suscite l'émulation, dans *Paul-Émile* il introduit l'image, plus complexe, du miroir, où il se contemple pour tout à la fois embellir et ordonner *(cosmein)* sa propre conduite (*Timoléon*, Préface, 1). Un échange se crée et si l'insertion d'anti-modèles est moralement justifiée, dans un esprit tout platonicien, par la nécessité de connaître le mal comme le bien pour pouvoir choisir celui-ci volontairement, on voit l'analyse psychologique s'affiner. Ainsi la préface d'*Alexandre* met sur le même plan manifestation du vice ou de la vertu et mise en lumière du caractère : sans doute le caractère *(ethos)* est-il un concept moral, ensemble des vices et des vertus formés par l'habitude, selon l'analyse aristotélicienne, mais le mettre au premier plan, c'est être sensible à la diversité humaine, à la singularité de chacun et l'on peut douter que Plutarque ait, comme on le lit souvent, voulu peindre des «types». Cette individualisation des héros est plus nette encore dans la préface de *Phocion*, où il se veut attentif aux mille nuances que prend une même vertu, observateur curieux et bienveillant de la nature humaine, et non moralisateur. Le philosophe, si soucieux d'ancrer la pensée dans la vie qu'il entrelace dans ses dialogues, actions et discussions, a ainsi trouvé dans la matière biographique ce qui convenait le mieux à son génie.

Françoise FRAZIER

Voir aussi • Manuscrits • Sources • Traducteurs • *Vie* •

DÉCLIN/DÉCADENCE

Plutarque est-il l'interprète du déclin de la «civilisation grecque», et son œuvre une «synthèse éclectique» et peu originale qui témoignerait de la décadence des lettres et de la culture hellènes? La réponse ne réside pas en un simple renversement, qui réhabiliterait, avec un égal manque de nuance, le travail d'analyse mené dans les *Vies parallèles* et dans ce qu'il est convenu d'appeler les *Œuvres morales (Moralia)*. Parce qu'il ne concerne pas seulement Plutarque *stricto sensu*, le problème du «déclin» et de la «décadence» peut être envisagé selon trois approches: par rapport à la riche historiographie de la question; puis en fonction de l'évolution historique d'ensemble que propose Plutarque dans les *Vies*; compte tenu, enfin, des jugements portés sur son œuvre par les Modernes.

Le déclin – ou la fin – du monde antique sert traditionnellement à désigner la dissolution politique que connut l'Empire romain entre la fin du IVe siècle (la défaite et la mort de l'empereur Valens, à Andrinople, contre les Goths, en 378, constituent un repère commode) et la conquête arabe du VIIe siècle. Mais avant d'être privilégiées par les Modernes, les idées de décadence et de ruine apparaissent dès le IIe siècle avant J.-C., au moment où Rome s'impose par ses conquêtes en Méditerranée. L'historien Polybe, prolongeant une réflexion amère de Scipion Émilien, le vainqueur de Carthage en 146 avant J.-C., explique que la ruine de tout grand État survient toujours, soit sous l'effet d'une crise interne due à la prospérité et au luxe qui conduisent à «la décadence», soit sous la poussée, plus difficile à prévoir, de l'extérieur. Les thèmes du «déclin de l'État» *(inclinata Res publica)* et de la «mort de Rome» sont ainsi en place. Ils sont formulés et développés par Cicéron, Salluste et Horace, au temps des guerres civiles du Ier siècle avant J.-C. Sous le principat, Sénèque l'Ancien regrette la jeunesse vigoureuse de la République; l'agronome Columelle déplore la décadence de l'agriculture italienne, et Tacite «une époque féconde en catastrophes [...], cruelle même durant la paix» (*Histoires*, I, 2). Dans les jugements portés par les Anciens, seule la période qui va du règne de Nerva à celui de Marc Aurèle (96-180) voit s'éloigner la fin de Rome. L'historien Dion Cassius (150-235) adopte une périodisation de nature hésiodique pour souligner qu'avec l'empereur Commode (180-192), «l'histoire est passée d'un règne d'or à un règne de fer» (cité par S. Mazzarino, *La Fin du monde antique*, 1959, trad. fr. Paris, Gallimard, 1973, p. 35). Pour les penseurs chrétiens des IVe et Ve siècles (saint Augustin, Orose), les malheurs de Rome, au rang desquels le sac de la ville par Alaric (410) et les incursions des Barbares, annoncent la fin d'un monde jugé par Dieu.

Lorsque, parmi les Modernes, les humanistes du XVe siècle (Leonardo Bruni, Flavio Biondo) s'interrogent sur le déclin de la civilisation antique – et, corrélativement, sur l'époque de «Renaissance» qu'ils vivent –, leur réflexion emprunte tout naturellement aux Anciens. L'*inclinatio* de Rome résulte du châtiment divin qui renverse les royaumes et «assujettit des peuples» (*Psaumes*, 45, 6; 47, 4), mais il s'agit aussi de la reprise du point de vue de Cicéron, alors redécouvert avec enthousiasme et point d'appui essentiel des analyses qui associent l'Empire à la perte de la liberté républicaine. Depuis le XVe siècle, les théories et les ouvrages sur la «fin du monde antique» se comptent par dizaines et l'on ne peut mentionner ici que les principaux de ceux qui offrent un minimum de garanties historiques (on négligera en particulier tous les prophètes annonçant, avec la fin de Rome, celle de l'histoire ou du monde). Pour Montesquieu, dont les *Considérations sur les causes de la grandeur des Romains et de leur décadence* paraissent en 1734, c'est l'« épouvantable tyrannie des empereurs » qui met fin au régime de liberté que garantissait, sous la République, « la sagesse du Sénat », et que rétablirent en partie, pour un temps seulement, les Antonins jusqu'à Marc Aurèle. Chez Edward Gibbon, son contemporain (1737-1794), auteur du monumental *Decline and Fall of the Roman Empire* (publié à partir de 1776), la dégénérescence est avant tout associée au triomphe du christianisme qui, après Marc Aurèle, met fin à la monarchie éclairée du Haut-Empire. Cette périodisation et la notion de Bas-Empire, forgée au même moment, sont promises à une longue fortune, que justifient pour une part l'érudition et la force d'analyse de Gibbon. Ainsi Renan, tout en analysant par ailleurs la puissance créatrice du christianisme, met lui aussi en parallèle les deux phénomènes (« à mesure que l'empire baisse, le christianisme s'élève ») et place la césure au même moment : « La mort de Marc Aurèle peut [...] être considérée comme marquant la fin de la civilisation antique. Ce qui se fait de bien après ne se fait plus par le principe hellénico-romain », et « durant le IIIe siècle, le christianisme suce comme un vampire la société antique » (*Histoire des origines du christianisme, Marc Aurèle*, 1882).

Depuis la fin du XIXe siècle, les notions de déclin et de décadence sont relativisées et mises en perspective de deux manières : d'une part l'esthétique « décadentiste » jouit d'une certaine faveur dans les années 1880-1895 : « Je suis l'Empire à la fin de la décadence, Qui regarde passer les grands Barbares blancs », lance l'orgueilleuse mélancolie de Verlaine au début du sonnet intitulé *Langueur* (1883), juste avant que les historiens de l'art allemands ne réhabilitent les créations du Bas-Empire ; d'autre part, les historiens de l'Antiquité repoussent « la notion simpliste de décadence » et lui préfèrent celle d'« Antiquité tardive » *(Spätantike, Tardoantico)* pour montrer la vitalité des IIIe-VIe siècles : on ne peut faire « comme si, sur tous les plans, tout, dans la vie des hommes d'Occident, s'était effondré en même temps que la structure politique et sociale de l'Empire », selon la thèse défendue avec passion par H.-I. Marrou (*Décadence romaine ou antiquité tardive ?*, Paris, Seuil, 1977).

Néanmoins, l'idée de déclin et le pessimisme historique qui la sous-tend sont éloignés de la pensée grecque, celle des historiens de l'époque classique (Hérodote, Thucydide, Xénophon), aussi bien que des philosophes (Platon, Aristote), et l'on peut ainsi se demander si les différentes phases historiques que Plutarque, Grec citoyen de l'Empire romain, est conduit à évoquer dans les *Vies* – du temps de fondateurs, Thésée et Romulus, jusqu'aux règnes éphémères de Galba et Othon, en 68-69 – ont pour principe explicatif l'idée de décadence. Bien que le problème soit complexe, puisque non seulement le Grec et le Romain mis en parallèle appartiennent rarement à la même époque, mais que, de surcroît, la Grèce passe sous domination romaine officiellement à partir de 146 avant J.-C., il est clair que Plutarque distingue plusieurs périodes qui font alterner heur et malheur, déclin et renaissance.

Trois grandes phases apparaissent nettement. La première, d'Homère à Alexandre, est tout entière occupée par la grandeur de la Grèce des cités et d'Athènes : plus encore que Thésée, l'auteur du synœcisme, Thémistocle, le vainqueur de Salamine, ou Alexandre, l'unificateur du genre humain, ce sont les figures de Solon et de Périclès qui modèlent la période, pour avoir su imposer des lois justes et façonné un ordre politique et moral, pour avoir conduit leur cité au sommet de la puissance, sans «avoir jamais considéré aucun de ses ennemis comme définitivement perdu pour lui» (*Périclès*, XXXIX, 1). La deuxième phase, les IIIe et IIe siècles, est pour la Grèce un moment de déclin ; les rois réformateurs spartiates, Agis et Cléomène, sont, à titre personnel, des exceptions dans leur temps ou des vestiges de la Sparte vertueuse de Lycurgue, car «au lieu de recevoir une éducation droite, [ils] grandirent parmi des mœurs et des activités qui avaient depuis longtemps corrompu leurs aînés ; ils furent obligés d'être leurs propres guides sur le chemin de la frugalité et de la tempérance», et ils avaient hérité «d'une patrie misérable et malade» (*Comparaison d'Agis et Cléomène avec les Gracques*, XLI, 3 et 5). C'est en fait Rome qui assure le relais et parvient à «son apogée au moment précis où elle acqu[iert] une familiarité avec les sciences et toute la culture de la Grèce» (*Caton l'Ancien*, XXIII, 3). De Flamininus aux Gracques, la perte de puissance de la Grèce des cités est compensée par le «grand siècle» républicain, lorsque «le prestige de Rome était dans tout son éclat et à son apogée» (*Comparaison d'Agis et de Cléomène avec les Gracques*, XLI, 4). Qu'advient-il ensuite ? La troisième phase est avant tout marquée par la décadence morale de Rome au cours des guerres civiles du Ier siècle avant J.-C., et la Grèce est entraînée dans cette chute par les destructions et la déchéance matérielles qu'elle subit. Sylla pille ce que l'Hellade comporte de plus précieux, aux yeux de Plutarque, les trésors des sanctuaires d'Épidaure, d'Olympie et de Delphes, que Flamininus et Paul-Émile, eux, avaient non seulement épargnés, mais enrichis et vénérés (*Sylla*, XII, 5-10). La cité est désormais malade, et son médecin Pompée – un héros qui a la faveur de Plutarque – n'y peut rien. En 86 avant J.-C., juste avant que Sylla ne se livre au sac d'Athènes, la cité n'est plus «qu'une ombre» (*ibid.*, XIII, 1), et, comme le géographe Strabon (64 avant J.-C.-25 ? après J.-C.), Plutarque déplore pour l'ensemble de la Grèce «la dépopulation due aux guerres, civiles et étrangères», de sorte que les cités de son temps pourraient à peine réunir trois mille hoplites, soit l'équivalent des forces de la seule cité de Mégare, à Platées, lors de la seconde guerre médique, en 479 (*Le Déclin des oracles*, 413 F-414 A).

Cet indéniable déclin matériel de la Grèce propre ne repose pas, toutefois, sur une vision pessimiste de l'histoire. D'une part, la prospérité des cités grecques d'Asie constitue le cadre d'une forme de participation à l'administration politique de l'Empire : c'est la grande leçon des *Préceptes politiques* rédigés en même temps que les *Vies*, entre 100 et 109. D'autre part, le prestige et la vitalité de la culture grecque demeurent intacts, notamment auprès des élites grecques et romaines, qui construisent de plus en plus un système unifié de valeurs ainsi qu'en témoignent les conversations rapportées dans les *Propos de table*. Ainsi donc, Plutarque, sans refuser de voir les facteurs de déclin, paraît plus attentif à analyser les processus d'échanges et de recomposition à l'intérieur d'une civilisation mixte.

Est-ce une des raisons pour lesquelles les Modernes, en refusant à son œuvre toute originalité, l'ont associée à la notion de décadence ? Dans une volumineuse et célèbre *Histoire de la littérature grecque*, Maurice Croiset est sans appel : Plutarque «a, pour ainsi dire, résumé dans son œuvre l'image complète de l'antiquité hellénique, au moment où celle-ci touchait à sa fin [...]. Il est donc, pour la postérité, un des représentants de l'hellénisme, d'un hellénisme un peu dilué» et de l'«épanouissement final des vieilles traditions grecques dans la grande lumière de l'empire romain» (Paris, E. de Boccard, 1928, t. V, p. 484). Cette appréciation, reprise par tous les ouvrages généraux sur la littérature grecque, mêle pessimisme historique teinté de nostalgie et jugement esthétique dévalorisant, le tout reposant sur un modèle biologique, exprimé par la métaphore organiciste: les civilisations, comme les individus, vieillissent et meurent. Cependant, même si l'on admet que la Grèce de Plutarque connaît une forme de déclin – ce que suggère, tout compte fait, plus d'une réalité du début du IIe siècle –, peut-on en déduire, par un glissement analogique, que les œuvres qui, comme les *Vies*, interrogent ce phénomène et le mettent en perspective historique sont elles aussi sans éclat et participent de la décadence?

Pascal PAYEN

Voir aussi • Acculturation • Grèce • Liberté • République romaine •

DELPHES

Le vieux sanctuaire, qui avait connu son heure de gloire et son rôle le plus considérable à l'époque de la colonisation archaïque, aux VIIIe et VIIe siècles, qui avait fait entendre sa voix lors des guerres médiques, restait, sous l'Empire, une référence du monde gréco-romain, même si, depuis longtemps, il avait perdu toute influence politique. Apollon continuait à être consulté, près de l'*omphalos*, en ce lieu qui avait été désigné comme le centre du monde, d'après une tradition mythologique que rappelle Plutarque au début du dialogue *Le Déclin des oracles*. Si la Pythie, sa prophétesse, ne dicte plus les constitutions comme elle promet à Lycurgue de le faire (*Lycurgue*, V), si on ne tente plus de la corrompre pour obtenir la royauté (*Lysandre*, XXV), elle continue à répondre à ceux qui viennent la consulter, même si leur nombre a singulièrement diminué, et si les questions posées ne relèvent plus de problèmes mettant en jeu la vie des cités, mais concernent les intérêts privés d'individus qui l'interrogent sur «les petites préoccupations de chacun» (*Sur les oracles de la Pythie*, 408 C).

Ainsi, entre les consultations rapportées par l'auteur des *Vies*, qui mettent en évidence le rôle du sanctuaire dans l'histoire plus ou moins mythique des héros de Plutarque et des cités, et l'expérience du prêtre d'Apollon, rôle que remplit Plutarque des alentours de 85 (ou de 90?) à sa mort autour de 125, l'hiatus paraît important.

En effet, comme Plutarque lui-même nous l'apprend, le sanctuaire n'est plus, à son époque, ce lieu où affluaient les consultants au point que jusqu'à trois Pythies y officiaient à tour de rôle pour répondre aux exigences des cités et des particuliers, y compris des rois barbares. Il a subi la désaffection des autres lieux oraculaires dont la plupart ont disparu, à la suite, nous dit Plutarque, de la dépopulation de la Grèce de son époque (*Le Déclin des oracles*, 413-414).

Il reste cependant, malgré les pillages successifs, un lieu de référence de la culture gréco-romaine, et c'est à ce titre qu'il voit l'empereur Hadrien s'intéresser à sa restauration. Plutarque s'en réjouit dans le dialogue *Sur les oracles de la Pythie* (409 B-C), en précisant qu'il a lui-même participé à son renouveau. Dans le même dialogue, Plutarque célèbre les bienfaits de la paix revenue, célébration qui sonne comme un éloge du règne de l'empereur philhellène. «Il règne une grande paix et un grand calme; toute guerre a cessé; on ne voit plus d'émigrations ni de révoltes, plus de tyrannies, plus de ces autres maladies et fléaux de la Grèce qui réclamaient en quelque sorte l'action de remèdes nombreux et extraordinaires» (408 C).

Dans ce contexte de paix retrouvée, le prêtre d'Apollon peut se consacrer à la fois au culte de son dieu et à la réflexion philosophique autour de la notion de divinité. Les trois *Dialogues pythiques*, écrits par Plutarque au cours de sa longue prêtrise, sont autant d'étapes dans cette réflexion et reflètent l'effort de leur auteur pour concilier, autour d'Apollon, philosophie et théologie, piété et rationalité.

Dans le dialogue *Sur l'E de Delphes*, le personnage qui porte le nom de Plutarque rappelle la place tenue par Dionysos à Delphes, aux côtés d'Apollon. Il propose une interprétation du partage du sanctuaire entre les deux divinités, qui s'appuie sur les thèses stoïciennes de l'*ecpurosis*: l'embrasement cyclique de l'univers et son renouvellement périodique. Dionysos serait la forme prise par Apollon lors des transformations accompagnant l'émergence d'un nouveau cycle. L'alternance du dithyrambe, poésie consacrée «à l'expression de sentiments violents» réservée au culte de Dionysos, et du péan, «poème ordonné et paisible», au culte d'Apollon, semble illustrer cette conception.

Mais le Plutarque du *Sur l'E de Delphes* n'est pas le prêtre septuagénaire qui écrit le dialogue, c'est une figure fictive du «jeune» Plutarque, convoquée par l'auteur. Celui qui conclut le *Sur l'E de Delphes* et porte ici la parole de Plutarque est Ammonios, son maître, qui s'empresse de réfuter la théorie stoïcienne: «Quant à ces prétendues dégénérescences ou transformations de l'être divin, qui se résoudraient en feu, dit-on, en même temps que toutes les substances de l'univers... voilà ce que l'on ne peut même écouter sans impiété... Le dieu ne connaît ni dégénérescence ni transformations» (393-394). Dans le dialogue *Le Déclin des oracles*, Cléombrote reprend cette condamnation des thèses stoïciennes. Pour lui, l'explication de ces rites, de même que des pratiques qui entourent Dionysos sont à chercher dans l'existence de *démons* «ministres des dieux... qui parcourent sans cesse le monde, les uns inspectant les sacrifices offerts aux dieux et participant à la célébration des Mystères, d'autres punissant l'orgueil et les grands crimes des hommes». L'existence de démons, intermédiaires entre les hommes et les dieux, tient une place importante dans la réflexion de Plutarque. Elle lui permet notamment d'affirmer la transcendance de la divinité, tout en préservant le principe de leur intervention bienveillante et médiatisée dans le monde des hommes. Elle permet aussi de dégager la responsabilité des dieux dans les exigences et pratiques choquantes, comme les sacrifices humains, en supposant l'existence transitoire de «mauvais démons». Enfin, ils interviennent dans le processus de l'inspiration prophétique, dans une mesure que précise Lamprias, le frère de Plutarque, et le narrateur du dialogue. Cette fois, c'est l'autorité de Platon qui est convoquée. Après avoir longuement évoqué les pratiques delphiques de divination, et le comportement de la Pythie, Lamprias en vient à proposer une théorie des « deux ordres de causes », qui permet de concilier les causes « naturelles » et les « principes supérieurs ». Platon, selon lui, est le premier, ou du moins celui qui a le mieux étudié ces deux sortes de causes parmi les philosophes : « tout en rapportant à la divinité l'origine de tout ce qui procède de la raison, il ne prive pourtant pas la matière de son action nécessaire sur le devenir ». Ainsi l'âme humaine est la matière dans laquelle s'inscrit le phénomène religieux et spirituel de la divination, le souffle ou l'exhalaison qui produit l'enthousiasme prophétique en est l'instrument, et les démons interviennent « en qualité de régulateurs du phénomène », en assurant « la bonne proportion de ce mélange ».

Mais le dieu de Delphes « n'est pas moins philosophe que devin » (*Sur l'E de Delphes*, 385 B), il est le dialecticien par excellence *(dialecticotatos)*, « celui qui sait aussi bien résoudre les énigmes que les proposer ». Il est surtout la divinité par excellence, car il est « un », « immuable et éternel », « hors du temps et de toute vicissitude » (393 A). On reconnaît ici les caractères qui définissent ailleurs Zeus, l'universalité du divin s'affirmant au-delà des noms particuliers.

Louise BRUIT

Voir aussi • Dieux • *Moralia* • Paix romaine • Plutarque par lui-même • Rites •

DENYS D'HALICARNASSE

Cet historien et rhéteur grec d'Asie Mineure a passé la majeure partie de son existence à Rome, à partir des années 30 avant J.-C. Le versant de son œuvre consacré à la critique littéraire (évaluation comparée des orateurs attiques du Ve et du IVe siècle) nous est assez bien conservé et témoigne de jugements solides. Thucydide a également retenu son attention. Denys a lui-même composé un précieux traité sur *La composition stylistique*, seule œuvre de l'Antiquité concernant l'arrangement, l'ordre et l'harmonie sonore des mots, qui nous soit parvenue.

L'œuvre historique de Denys est considérable : vingt livres d'*Antiquités romaines*, dont les neuf premiers nous sont conservés, traitaient de l'histoire de Rome des origines à 264 avant J.-C., début de la première guerre punique et du récit de Polybe. Ce qui nous reste s'achève en 441. Trois caractères essentiels marquent ces pages :
– Denys, comme son contemporain latin Tite-Live, a largement puisé aux sources annalistiques et « antiquaires », de Fabius Pictor à Caton l'Ancien et à Varron, auxquels il emprunte dates des événements et noms des acteurs ;
– en rhéteur confirmé, il a enrichi son œuvre de très nombreux discours, ainsi que de détails pittoresques que les historiens modernes, après les avoir longtemps considérés comme de pures affabulations, commencent à prendre plus au sérieux ;
– Grec tout entier acquis à la Rome d'Auguste, il argumente, parfois jusqu'à l'absurde, en faveur de l'origine grecque de la cité latine : les Grecs, dans leur ignorance

malveillante, croient trop souvent qu'elle a été fondée par des Barbares, mais «tout ce qui concerne les fondateurs de cette cité, je le révélerai dans ce livre où je promets de démontrer que ces hommes étaient des Grecs» (*Antiquités romaines*, I, 4). Il rend grâces à une cité qui lui a offert l'héritage de la culture qu'elle avait elle-même reçue des Grecs, la *païdeia*. Il s'appuie sur des étymologies, souvent fantaisistes, qui font dériver le latin du grec, et que reprend parfois Plutarque (*Numa*, VII, 10; *Marcellus*, XXII, 7; etc.).

Plutarque fait aux *Antiquités romaines* de fréquents emprunts – la plupart inavoués – dans ses *Vies* romaines «archaïques»: *Romulus, Numa, Publicola, Coriolan, Camille*. Il y a surtout trouvé, d'une part, des informations précises et vivantes susceptibles de nourrir ses biographies, d'autre part, des éléments d'interprétation hellénisants de coutumes et de rituels anciens de Rome, dont les Romains ne parvenaient plus eux-mêmes à rendre compte. L'exemple le plus frappant est celui de la longue digression de la *Vie de Numa* sur les Vestales (de IX, 9 à XI, 3; *Antiquités romaines*, II, 64-69). Denys s'inscrit ainsi, après Polybe et avant Flavius Josèphe... puis Plutarque lui-même, dans la lignée de ces historiens médiateurs, qui ont aidé les Grecs à penser autrement Rome, les Romains à penser autrement les Grecs, Grecs et Romains à se penser les uns et les autres comme gréco-romains.

Jean-Marie PAILLER

Bibliographie
Denys d'HALICARNASSE, *Les Origines de Rome, Antiquités romaines*, Livres I et II, trad. et comm. de Valérie Fromentin, Jacques Schnäbele et François Hartog, Paris, Les Belles Lettres, 1990.

Voir aussi • Cicéron • Étymologies • Mythologie et histoire des origines • Rome • Tite-Live • Varron •

DIEUX

Il suffit de parcourir les *Vies* pour que sautent aux yeux le rôle et l'importance, dans la conception plutarquéenne de l'histoire, des interventions divines dans les affaires humaines. Pas une vie qui ne soit encombrée de prédictions, de prodiges et de présages. La tentation est grande d'en conclure à la crédulité naïve de l'auteur. Pourtant, la critique rationalisante des traditions rapportées apparaît aussi à maintes reprises, et on peut être tenté de résoudre la question en soulignant les contradictions de Plutarque.

En fait, qui sont les dieux de Plutarque, et comment se manifeste leur pouvoir sur le monde et sur les hommes? L'examen de cette question peut aider à éclairer cette apparente contradiction.

Dans la *Vie de Fabius Maximus* (XVII, 1), Hannibal, que tous encouragent à marcher sur Rome, y renonce, et Plutarque en conclut que «ce fut peut-être [...] l'œuvre d'un *démon* ou d'un dieu qui entrava ses succès». Dans la *Comparaison de Cimon et de Lucullus* (XLVI, 6), Plutarque précise : « La divinité elle-même *[to daïmonion]* se montra, semble-t-il, aussi bienveillante avec l'un qu'avec l'autre, révélant à l'un ce qu'il devait faire pour réussir, à l'autre de quoi il devait se garder. Le suffrage des dieux leur est donc favorable à tous deux, les déclarant l'un et l'autre dotés d'une nature bonne et divine.»

Les termes de *theos* et de *daïmon* (ou *daïmonion*) paraissent souvent interchangeables, comme dans les exemples qui précèdent. Ce qu'ils recouvrent, c'est la notion de divinité comme principe transcendant d'action, désigné ailleurs par *to theion* (voir par exemple *Aristide*, VI, 3). D'autre part, les *Vies* conjuguent sans cesse le singulier et le pluriel et il n'est pas rare de voir convoquer, dans la même page, dieu et les dieux, comme dans le paragraphe qui évoque l'investiture de Numa (*Numa*, VII).

Plutôt que flottement ou incohérence, il faut sans doute voir dans cette alternance le reflet d'une conception du divin qui est clairement développée dans d'autres œuvres de Plutarque. Lamprias, dans le dialogue *Le Déclin des oracles*, affirme : « Un seul Dieu est le guide suprême, et le chef commun de tout l'ensemble grâce à son intelligence et à sa raison, tel celui que nous appelons le souverain et le père de toutes choses », et Ammonios, le philosophe maître de Plutarque, confirme dans le dialogue *Sur l'E de Delphes* : « Le divin ne peut être multiple. » Le Dieu unique, incorruptible et pur qui exprime la transcendance du divin, suppose l'existence d'intermédiaires qui assurent le lien entre les hommes et cet être qui est « au-delà de ce qui est visible ». Ainsi sont suggérés plusieurs niveaux dans les manifestations de la nature divine, et réintroduits les dieux du panthéon traditionnel, mais aussi les démons, « qui, après avoir été de simples mortels engendrés, sont devenus des immortels par suite d'un changement de nature, comme c'est le cas d'Héraclès ou de Dionysos » et différents « des dieux éternels, qui n'ont pas été engendrés », qu'évoquent à la fois la *Vie de Pélopidas* (XVI, 8) et le traité *Sur le Démon de Socrate*. Ce qui affleure dans les *Vies*, c'est en effet une conception religieuse systématiquement développée dans certains traités moraux ou philosophiques qui permettent d'en restituer la cohérence sous-jacente. Ainsi en va-t-il d'une vision syncrétique et universalisante, sensible par exemple dans la *Vie de Numa*, et qu'expose longuement le traité *Sur Isis et Osiris*. L'objectif de ce traité est de rendre les dieux égyptiens conciliables avec les dieux grecs et de proposer chemin faisant des identifications : entre Osiris et Dionysos, Anubis et Hécate, Horus et Apollon, ou Isis et Athéna. La *Vie de Crassus*, sur cet arrière-plan, peut évoquer « cette déesse, que les uns croient être Aphrodite, les autres Héra » (*Crassus*, XVII, 10). L'idée est que seuls les noms varient et qu'il n'y a «qu'une seule raison».

C'est la puissance des dieux et leur bonté à l'égard des hommes qui les conduisent à intervenir dans leurs affaires, par des moyens divers, pour les avertir de leur destin. Et pourtant, ces interventions n'ont souvent pour effet que de souligner ce destin sans le modifier. Ainsi, des présages et des signes annoncent et accompagnent la dernière journée de Tibérius Gracchus et semblent vouloir le détourner d'aller au Capitole où le peuple l'attend et où il trouvera la mort. En même temps est affirmé à maintes reprises le pouvoir des dieux de modifier le cours normal des événements. Un seul exemple : l'affirmation dans la *Vie de Périclès* (XXXIV, 4) que les ennemis des Athéniens dans la guerre du Péloponnèse auraient vite renoncé, comme Périclès l'avait prédit, «si quelque puissance divine *[ti daïmonion]* n'était venue contrarier les calculs humains». C'est à la fois le libre-arbitre des hommes et la causalité naturelle qui sont ainsi mis en question par cette intervention toujours possible de la divinité.

Si, très souvent, Plutarque rapporte, sans le prendre à son compte, ni nécessairement éprouver le besoin de le discuter, tel ou tel prodige puisé dans la tradition, son souci de rationalité le conduit d'autres fois à en examiner les différentes interprétations possibles. Deux exemples sont particulièrement instructifs, parce qu'ils touchent aux fondements mêmes de Rome: l'enfance de Romulus et les conditions de l'établissement par Numa, des institutions religieuses romaines.

À propos des récits relatifs à l'enfance de Romulus et Rémus, il en admet l'«aspect dramatique et fabuleux», mais il ajoute: «Cependant, nous ne devons pas être incrédules: observons les grandes œuvres dont la Fortune *[Tychè]* est l'auteur, et pensons à l'empire de Rome, qui ne serait jamais parvenu à sa puissance actuelle, si son origine, au lieu d'être divine, avait été dépourvue de toute grandeur et de tout merveilleux» (*Romulus*, VIII, 9). Il fait la même réflexion dans *Camille* (VI, 3).

L'autre passage concerne les rapports privilégiés entre Numa et la Nymphe Égérie, source de son inspiration. Plutarque rapproche cette tradition d'autres légendes sur les rapports entre les dieux et les hommes. Après avoir rejeté l'idée d'une union physique entre un dieu ou un *démon* et un humain, il admet qu'il puisse y avoir chez un dieu de l'affection pour un homme et que les dieux aient montré de l'intérêt pour des hommes «qui dirigeaient des royaumes et organisaient des constitutions» et les aient fréquentés «pour les instruire et les encourager au bien». Après quoi il envisage comme possible l'opinion contraire: que Numa, Lycurgue et d'autres aient pu feindre, pour le bien de leurs peuples, de «tenir [...] de la divinité» le principe des nouveautés qu'ils souhaitaient leur imposer (*Numa*, IV, 11-12).

Ainsi Plutarque, tout en défendant les dieux de la tradition et en reconnaissant leur intervention dans les affaires humaines, ne renonce pas à appliquer sa raison aux traditions qu'il rapporte. De là vient la «tension consciente» dont parle à son propos Daniel Babut (*Plutarque et le stoïcisme*, Paris, PUF, 1969), entre «le désir de sauver la liberté humaine et de préserver les droits de la raison et l'affirmation de la toute-puissance et de la Providence de Dieu». Dans la *Vie de Camille* (VI, 6) encore, Plutarque affirme, à propos d'une statue de Junon qui parle: «En de telles matières, toutefois, l'excès de crédulité est aussi dangereux que la défiance exagérée, en raison de la faiblesse humaine qui [...] se laisse emporter, tantôt vers la superstition et ses égarements, tantôt au contraire vers la négligence et le mépris des choses divines.»

Louise Bruit

Voir aussi • Delphes • Rites • Zeus •

DOMITIEN

Plutarque a passé à Rome une partie de son âge mûr (entre 35 et 50 ans environ) sous le règne de l'empereur Domitien (81-96 après J.-C.). Cette époque vit naître le double projet des *Questions romaines* et *Questions grecques* et des *Vies parallèles*. Or, Domitien n'apparaît dans les *Vies* qu'à l'occasion de deux digressions qui s'inscrivent dans le courant de la *damnatio memoriae*. Cette «liquidation de la mémoire» suivit le complot qui aboutit à l'assassinat de l'empereur, et se poursuivit activement sous Trajan. Ces passages, qui évoquent le dernier Flavien au passé, fournissent un *terminus post quem* pour leur rédaction. On peut les rapprocher de cette remarque du traité *Sur la curiosité*, 522 E : «[...] ce célèbre Rusticus, que Domitien depuis fit mourir, parce qu'il était jaloux de sa renommée».

La *Vie de Numa* consacre tout un chapitre (XIX) aux noms des mois, sujet qui a toujours passionné Plutarque (voir par exemple *Questions romaines* 19, 24-25, 34, 38, 77, 86 et 100; *Question grecque* 9). Il note que l'innovation de Domitien (*Germanicus* pour *September*, *Domitianus* pour *October*) n'a pas survécu à sa disparition. Il le fait sans insister, sans mentionner la *damnatio* à laquelle, de fait, son texte participe. L'autre excursus, plus explicite, reprend un des griefs faits au «Néron chauve» : le goût immodéré des constructions fastueuses, des arcs, des décorations en métaux précieux. Les chapitres XV et XVI de la *Vie de Publicola* présentent une rétrospective des reconstructions après des incendies successifs du temple de Jupiter Capitolin. Plutarque s'y exprime en témoin direct des entreprises de Vespasien (en 70) et surtout de Domitien (en 82), à l'adresse posthume de qui il compose un petit poème satirique imité d'Épicharme (*Publicola*, XV, 6) : forme d'expression insolite dans les *Vies*... Surtout, il y mentionne la provenance athénienne des colonnes du temple. Malencontreusement retaillées, celles-ci donnent aux édifices de Domitien l'allure d'une imitation manquée des modèles attiques : véritable péché contre l'esprit, dans le contexte général des *Vies parallèles*. Les sources latines reprochaient à Domitien de singer ridiculement Auguste ; Plutarque l'accuse de fausser l'héritage du classicisme grec.

Le même passage incrimine les dépenses faites pour le palais du Palatin et les «appartements des concubines». Allusion aux mœurs sexuelles dissolues prêtées à Domitien, et à ses mesures laxistes en la matière. On rapprochera la *Question romaine* 50 qui expose que le divorce était interdit au flamine de Jupiter : «c'est, semble-t-il, toujours le cas, encore que Domitien ait rendu la chose possible sur requête adressée à l'empereur» : cette réforme d'une tradition sacerdotale intouchable s'est accompagnée de «rites horribles, inouïs et sinistres». Cette participation du biographe à la curée *post mortem* procède d'un retournement d'attitude comparable à celui de Pline le Jeune : prêtre de Delphes, Plutarque n'avait pas manqué, à propos de Delphes même, de faire jadis l'éloge des bienfaits de l'empereur : «J'applaudis celui qui a été notre guide dans la conduite de ces affaires [une faveur faite à la cité, faveur à laquelle lui-même a participé], et qui lui-même en médite et en prépare presque tous les détails...» (*Sur les oracles de la Pythie*, 409 B-C) : le blanc du manuscrit correspond au nom de l'intéressé (auto?)censuré postérieurement...

Jean-Marie Pailler

Bibliographie
GSELL, S., *Essai sur le règne de l'empereur Domitien*, Paris, Thorin et fils, 1893.
JONES, B. W., *The Emperor Domitian*, Londres, Routledge, 1992.
Pallas, 40, 1994, « Les années Domitien » (J.-M. Pailler, R. Sablayrolles éd.).

Voir aussi • Delphes • Plutarque par lui-même • Rome • Trajan •

DOUCEUR *(PRAOTÈS)*

On est souvent tenté d'associer héroïsme et raideur : rien n'est plus éloigné pourtant de l'image que Plutarque donne de ses héros et de la prédilection qu'il marque pour les vertus de douceur, de bonté, d'indulgence ou d'humanité, toutes les vertus qui poussent à bien traiter les autres. C'est sans doute que le platonicien qu'il est attache le plus grand prix à la justice, vertu rare qu'Aristide « le Juste » lui donne l'occasion d'exalter (*Aristide*, VI, 5). Mais cet éloge même montre tout ce qui le sépare de l'analyse conceptuelle de la *République* : la justice est, de toutes les vertus, « la plus commune » *(koïnotatè)*. Il faut entendre par là, la plus dans l'esprit de la communauté, celle dont profitent le plus de gens. Elle est aussi, des trois attributs de la divinité, celui qui nous la fait « aimer, honorer et révérer ». La justice a pris une coloration affective et s'est rapprochée de la *philanthropia*, la vertu d'humanité ; cette évolution, amorcée dès l'époque classique, comme l'a montré J. de Romilly (*La Douceur dans la pensée grecque*, Paris, Les Belles Lettres, 1979), s'est affirmée à l'époque hellénistique, quand la rigueur des temps a exigé – au moins dans l'idéal – des conquérants, de la clémence, et des rois, de la sollicitude pour leurs sujets (« Alors, ne sois pas roi ! », dit une vieille femme à Philippe, qui refuse de l'écouter, *Démétrios*, XLII, 7).

Plus que toute autre, ce sont donc ces vertus douces, caractéristiques de la civilisation, qui importent dans la vie humaine : intervenant aussi bien dans la vie publique que dans l'âme de l'individu, elles préviennent, dans un cas comme dans l'autre, les effets volontiers néfastes du pouvoir.

Elles répondent d'abord à une certaine conception de la vie politique : pour Plutarque, celle-ci est faite essentiellement des rapports qui s'établissent entre le puissant conquérant – roi ou magistrat – et les gouvernés. Qu'on relise la *Vie de Périclès* : le biographe s'y attache plus à la manière dont le stratège s'efforce de maîtriser l'impulsivité athénienne qu'à son analyse de la situation et des rapports de force – ce qui définirait pour nous le politique – et le grand homme proclame sur son lit de mort son plus beau titre de gloire : « Aucun Athénien [...] ne s'est vêtu d'un manteau noir par ma faute » (*Périclès*, XXXVIII, 4). C'est qu'en effet il ne faut jamais mettre derrière l'adjectif *politicos* la notion d'habileté machiavélienne que recèle notre « politique » : désignant ce qui « appartient au citoyen » ou « à la cité », recouvrant le domaine social comme le domaine politique, elle évoque des qualités de sociabilité, de civilité, d'urbanité, de maîtrise de soi. Ainsi le vieux Romain qu'est Coriolan, si facilement emporté par la colère, manque des « principales vertus de l'homme politique », à

savoir « la pondération et la douceur, qui viennent de la raison et de l'éducation » (*Coriolan*, XV, 4) ; le même reproche est aussi fait à Marius (II, 4).
À nouveau il importe de bien cerner le concept grec de douceur : la *praotès* est, selon la définition d'Aristote, le juste milieu entre irascibilité et apathie ; elle est d'abord maîtrise intérieure qui freine les passions et les emportements inhérents à la compétition politique et au heurt des ambitions et évite les abus de pouvoir. Elle est opposée, dans le portrait de Coriolan déjà cité, à l'infatuation de soi *(authadeia)*, « compagne de la solitude », contre laquelle Platon déjà mettait en garde Dion. Le pouvoir ne doit donc pas isoler, et tout dans l'homme d'État doit marquer une attention aux autres qui, loin d'exclure la fermeté, est pour lui le meilleur moyen d'imposer ses bonnes décisions. Plutarque insiste ainsi sur son physique avenant, son sourire, le bon accueil qu'il réserve à ceux qui se présentent – il n'est jusqu'à l'austère roi de Sparte, Cléomène, qui n'adoucisse l'ordinaire des syssities [*syssitia* : repas communs] pour ses invités –, le charme de sa conversation – un autre des avantages du Spartiate (*Cléomène*, XIII, 9). La « grâce », la *charis*, qui embrasse « tout le domaine de la largesse, de la prévenance et de la réciprocité, ainsi que la façon agréable, amène et gracieuse de se comporter entre donateur et bénéficiaire » (Ch. Meier, *La Politique et la grâce*, Paris, Seuil, 1987, p. 37) imprègne tout son comportement et exige un subtil équilibre : qu'on l'exagère et l'on risque de tomber dans la démagogie mais, si on l'oublie, c'est le spectre, infiniment plus menaçant, du despotisme qui surgit (*Pyrrhos*, XXIII, 3).
C'est pourquoi Plutarque *a contrario* dénonce tout ce qui éloigne le puissant du gouverné : la morgue, l'arrogance et le faste ostentatoire qui en est à la fois la traduction matérielle et l'aliment constant. Nulle part, cette griserie du pouvoir n'apparaît mieux que dans la si fine analyse des ravages que fit dans l'âme des diadoques le titre de roi (*Démétrios*, XVIII) : elle conduit à la dureté et, quand les luttes se font plus âpres, à la cruauté, que Plutarque flétrit avec véhémence – ce sont cette fois les proscriptions du second triumvirat qui donnent lieu aux plus beaux passages. Dans leur déchaînement sauvage, Octave, Antoine et Lépide oublient l'humanité, oublient cette douceur qui fait aussi le ciment de l'Empire : c'est elle qui a permis à Romulus, dès l'origine, d'intégrer les peuples vaincus et à Flamininus et Paul-Émile, lors de la conquête, de séduire les Grecs.

Françoise FRAZIER

Voir aussi • Amis/Amitié • Éducation • Éloge/Blâme •

ÉCRIT/ÉCRITURE

L'œuvre de Plutarque reflète la bibliothèque d'un lettré de la fin du Ier siècle après J.-C. et l'usage documentaire des livres, grecs et latins, dans ses différents projets d'écrivain, comme la connaissance intime des grandes œuvres littéraires, perceptible dans la fréquence et la diversité des citations. Plutarque évoque fréquemment ses lectures, et parfois la nécessité où il est de se procurer des livres dans une grande ville

(*Démosthène*, II, 1 ; *Sur l'E de Delphes*, 384 E) ; il confie ses difficultés à lire le latin, et sa méthode pour les contourner (*Cicéron*, II, 2). Il explicite à plusieurs reprises sa relation aux lecteurs, à travers son projet général d'édification éthique et d'instruction, comme dans les renvois très fréquents d'une vie à l'autre, tissant un réseau de liens et d'échos entre les rouleaux de papyrus qui composaient cette collection.
Plutarque a aussi accordé dans les *Vies* une certaine importance à l'activité lettrée – acquisition de livres, lecture, mais aussi activité d'écriture des sujets des biographies et des personnages secondaires.
Par la fréquence des notations relatives au livre et à l'écrit, Plutarque apparaît comme l'un des témoins majeurs pour l'histoire des bibliothèques et de la culture lettrée dans le monde gréco-romain. Que l'on pense en particulier à la description de la bibliothèque de Lucullus (*Lucullus*, XLII, 1-2), au don de la bibliothèque de Pergame par Antoine à Cléopâtre (*Antoine*, LVIII, 9), à la captation par les fils de Paul-Émile de la bibliothèque de Persée (*Paul-Émile*, XXVIII, 11), à la fondation de la bibliothèque du Portique d'Octavie (*Marcellus*, XXX, 11), au transfert à Rome de la bibliothèque d'Apellicon, contenant les textes d'Aristote et de Théophraste (*Sylla*, XXVI, 1-3) ou encore aux indications sur la circulation des livres (un exemplaire des *Milésiaques* d'Aristide trouvés dans les bagages de Rustius, *Crassus*, XXXII, 4). Plutarque s'avère une source précieuse pour éclairer le sens de termes techniques, comme celui d'*ecdosis*, processus par lequel un auteur permet la diffusion de son œuvre à un cercle de lecteurs plus ou moins large (voir notamment *Alexandre*, VII, 5-9, sur l'*ecdosis* des traités acroamatiques « donnés oralement » et épeptiques « relevant de l'initiation » d'Aristote), et il relaie des traditions et des anecdotes, par exemple sur le rôle des maîtres d'école athéniens dans la correction d'exemplaires de l'épopée homérique (*Alcibiade*, VII, 1), le rôle de Lycurgue dans la réunion des poèmes homériques et leur première recension (*Lycurgue*, IV, 4-5) ou encore l'intervention des scribes sténographes de Cicéron pour saisir à la volée un discours de Caton le Jeune au Sénat, selon la technique mise au point par son affranchi Tiron (*Caton le Jeune*, XXIII-XXIV).
L'étude de l'apport documentaire de Plutarque à l'histoire du livre antique, toutefois, doit aussi s'attacher à la place de l'activité lettrée dans les *Vies*, en tant que l'une des composantes du portrait des personnages mais aussi comme ressort narratif et dramatique. L'écriture occupe une place considérable dans le récit – échanges de correspondances, écriture des lois, écriture des registres et des comptes. Il ne fait aucun doute que Plutarque, ou les sources qu'il suit, a utilisé ces correspondances. La *Vie d'Alexandre* cite à vingt-cinq reprises des lettres du conquérant macédonien et il est hors de doute que cette correspondance était accessible sous la forme d'une collection, dans laquelle des faux ont d'ailleurs pu se glisser. Plutarque a eu accès aussi à la correspondance de Cicéron. Sertorius témoigne du fait qu'un homme politique de premier plan pouvait garder les lettres autographes de ses correspondants et divers « papiers personnels » – véritable bombe à retardement que Pompée a la sagesse de faire détruire (*Sertorius*, XXVII, 3-5 ; *Pompée*, XX, 6-7). Pompée s'était d'ailleurs lui même emparé des archives personnelles de Mithridate, où se trouvaient des *Mémoires*, des interprétations de rêves, des lettres d'amour et, selon Théophanès, une harangue de Rutilius (*Pompée*, XXXVII, 1-3). Les papiers personnels de

Lysandre (en XXX, 3) et de César (*Antoine*, XV, 2-3) sont consultés et exploités après leur mort. Eumène, quant à lui, détruisit toutes les lettres qu'il conservait pour éviter des utilisations malveillantes après sa mort (*Eumène*, XVI, 4). La rédaction, l'envoi et la lecture de ces lettres, comme des billets et notes de toutes sortes, sont parfois fortement dramatisés – ainsi le billet glissé dans la main de César, mais qu'il ne lit pas, l'avertissant de la conjuration de Brutus (*César*, LXV, 1) ou, « scène admirable, digne du théâtre », Alexandre faisant lire à son médecin Philippe une lettre qui l'accuse (*Alexandre*, XIX, 7).

Sur un plan plus général, Plutarque utilise comme des sources privilégiées les écrits de ses héros, en particulier leurs mémoires (Pyrrhus – cités de seconde main, Aratos, Auguste, Sylla). Ces textes peuvent d'ailleurs jouer un rôle dans le récit même, ainsi les *Mémoires* de Sylla, en vingt-deux livres, dédicacés à Lucullus, afin que celui-ci en soit en quelque sorte l'éditeur et le réviseur (*Lucullus*, I, 4 ; IV, 5 ; XXIII, 6). Le style des écrits est parfois révélateur d'un trait de caractère de leur auteur (*Caius Gracchus*, IV, 6). Plutarque avait une bonne connaissance des discours de Démosthène (et d'Eschine) et de l'œuvre de Cicéron, qui va au-delà des citations explicites et inspire à la fois le contenu et parfois la forme même des *Vies*.

Le rappel de l'activité littéraire des personnages est une étape obligée des *Vies*, même si Plutarque ne dresse pas des bibliographies à proprement parler. Si César est évoqué dictant à ses scribes et secrétaires, même en voyage et à cheval (XVII, 4 et 7), si Eumène, à la tête de la chancellerie d'Alexandre, suit son roi tablette et stylet en main pour la rédaction des *Éphémérides* (*Eumène*, I, 6), Plutarque évoque aussi l'acte d'écrire dans sa dimension personnelle et individuelle : César lit ses poèmes et discours aux pirates qui le gardent prisonnier (*César*, II, 4), Caton l'Ancien écrit pour son fils un livre d'histoire de sa main, et en gros caractères (*Caton l'Ancien*, XX, 7), Antoine fait couper la main droite de Cicéron, qui avait écrit les *Philippiques* (*Antoine*, XX, 3 ; *Cicéron*, XLVIII, 6, où il s'agit des deux mains). Démosthène, sans doute, offre l'incarnation la plus dramatique de l'homme de lettres, papyrus en main, qui mordille machinalement le calame, « en un geste qui lui était familier quand il réfléchissait et écrivait ». Mais le calame de cette dernière lettre était empoisonné, et lui permit d'être le maître de sa mort (*Démosthène*, XXIX, 4).

Deux figures d'écrivains se dégagent plus particulièrement : Caton l'Ancien, exemple d'un latin au savoir encyclopédique, qui passe de l'histoire à la médecine et à l'agriculture, sans négliger les recettes de pâtisserie (*Caton l'Ancien*, II, 6 ; XX, 7 ; XXIII, 5 ; XXIV, 10 ; XXV, 1 et 2), et Cicéron, qui compose poésies et dialogues philosophiques (*Cicéron*, II, 3 ; XL, 2-3 ; XLI, 1). L'un et l'autre sont romains, illustrent une certaine conception de la retraite studieuse (*otium*), sont des traducteurs du grec, et ont un vilain défaut : ils se décernent force louanges dans leurs ouvrages et se rendent ainsi insupportables au lecteur.

Le roi Numa constitue un cas particulier, puisqu'il ordonna d'enterrer les livres sacrés qu'il avait écrits dans un cercueil de pierre à côté de son corps. Il témoignait ainsi de sa méfiance pour l'écrit et de son choix d'une transmission par la mémoire des prêtres. Plutarque raconte comment, quatre cents ans plus tard, les cercueils revinrent à la lumière et les livres furent retrouvés et brûlés sur l'ordre d'un préteur qui les trouva contraires aux lois humaines (*Numa*, XXII, 2-8).

Parfois écrivains, les personnages de Plutarque sont souvent aussi des lecteurs. La *Vie d'Alexandre* dresse même le portrait d'un lecteur passionné, porté par nature *(physis)* vers les livres, qui emporte dans son expédition l'*Iliade* corrigée par Aristote (*Alexandre*, VIII, 2-3 ; XXVI, 1-2) et demande à Harpale de lui faire parvenir en haute Asie une bibliothèque de campagne, composée notamment de dithyrambes et d'«un grand nombre de tragédies d'Euripide, de Sophocle et d'Eschyle» (*ibid.*, VIII, 3). La lecture de l'*Iliade* inspire à Alexandre le désir d'imiter Achille, peut-être pour être chanté par un futur Homère (*Alexandre*, XIV, 9 ; XV, 9). De même, Philopoemen (en IV, 8) et César (en XI, 5) lisent des livres sur Alexandre, modèle et idéal d'action. La valeur exemplaire et édificatrice des *Vies* de Plutarque se trouve ainsi mise en scène à l'intérieur même du récit (*Timoléon*, I, 1 : «l'histoire est à mes yeux comme un miroir, à l'aide duquel j'essaie, en quelque sorte, d'embellir ma vie», un miroir dans lequel se reflète également le lecteur). Si sont évoqués les esclaves lecteurs des riches Romains (*Crassus*, II, 7), Plutarque décrit aussi la lecture solitaire et individuelle : outre Alexandre, César, qui surprend son petit-fils avec un livre de Cicéron et en lit debout un long passage (*Cicéron*, XLIX, 5), Caton le Jeune qui lit tranquillement au Sénat en attendant ses collègues (*Caton le Jeune*, XIX, 1 ; Valère Maxime précise qu'il s'agit de livres grecs) et part pour la Lucanie, avec ses livres et ses amis philosophes, dès qu'il en a le loisir (*Caton le Jeune*, XX, 2). Plutarque nous donne quelques précieuses indications sur des femmes lettrées et lectrices, telle l'épouse de Pompée, qui lit les philosophes grecs (*Pompée*, LV, 2) ou la mère des Gracques qui, après la mort de ses fils, s'entoure «d'hommes de lettres» (*Caius Gracchus*, XL, 2).

La lecture fournit à Plutarque de belles scènes dramatiques et recueillies, tel Pompée relisant sur un rouleau un discours en grec qu'il a écrit pour Ptolémée, au moment où sa barque se dirige vers le rivage d'Égypte où il trouvera la mort (*Pompée*, LXXIX, 2), et surtout Caton le Jeune, se préparant au suicide en lisant et relisant le *Phédon* de Platon (*Caton le Jeune*, LXVIII, 2-4 ; LXX, 2).

Tout ce qui se joue autour de l'écrit et du livre est l'une des composantes majeures de la culture des personnages de Plutarque, à côté de la formation rhétorique, des arts de la gymnastique, de la musique et du théâtre. Si l'on excepte Alexandre, qui unit l'homme d'action et l'homme de lettres, il est remarquable que presque tous les grands lecteurs de Plutarque soient des Romains, mais que leurs lectures comme leur production lettrée soient souvent des œuvres grecques ou traduites du grec. Aux notations psychologiques et à l'observation pertinente de l'*otium*, cette forme de loisir vouée aux activités de l'esprit, Plutarque ne pouvait manquer d'ajouter le constat implicite de la suprématie culturelle des Grecs, dont la langue et la littérature participèrent si fortement à la formation intellectuelle de leurs vainqueurs – ce qu'un Marius, du reste, avait bien compris, puisqu'il «jugeait ridicule d'apprendre des lettres enseignées par des gens asservis à autrui» (*Marius*, II, 2).

Christian JACOB

Voir aussi • Bilinguisme • Histoire • Sources • *Vie* •

ÉDUCATION

Il suffit presque de parcourir une *Vie*, quelle qu'elle soit, pour se persuader que l'éducation - mieux, la *païdeia*, au double sens propre au grec d'«éducation» et de «culture» - est une préoccupation dominante de Plutarque. Les indications sur la formation et les influences scolaires - au sens large - font partie du canevas ordinaire des premiers chapitres de chaque biographie. Réciproquement, une place importante est accordée à la capacité pédagogique des entraîneurs de peuples et des «leaders d'opinion» que sont la plupart des héros des *Vies*. Enfin, le rang que chacun d'eux vient occuper dans la hiérarchie des valeurs humaines qui se dégage de l'ensemble de l'œuvre est étroitement lié à la qualité de leur *païdeia*: plus qu'un souverain tout-puissant, qu'un grand homme de guerre ou qu'un privilégié de la beauté ou de la richesse, le véritable héros de Plutarque est *un homme cultivé et un éducateur.*

La place de l'éducation dans le «canevas biographique» est aussi imposante que récurrente. Entre tant d'exemples, celui du Spartiate Agésilas est d'autant plus frappant qu'il est inattendu, s'agissant d'une forme d'éducation éloignée de la tradition classique... et donc, en principe, des faveurs de Plutarque: «Agésilas [...] reçut l'éducation ordinaire à Lacédémone, qui imposait un mode de vie rude et pénible et formait les jeunes à l'obéissance [...]. Aussi de tous les rois fut-il de loin celui qui vécut dans la meilleure harmonie avec ses sujets car, à une nature de chef et de roi, il joignait, en raison de son éducation, la simplicité d'un homme du peuple et l'humanité» (*Agésilas*, I, 2 et 5). Dans beaucoup d'autres cas, grecs et romains, la référence se fait implicitement au modèle de *païdeia* qui s'est dégagé peu à peu à Athènes au Ve et au IVe siècle, s'est constitué en corpus et répandu dans l'Orient méditerranéen à l'époque hellénistique, s'est enfin diffusé à Rome et dans l'Occident en voie de romanisation à la fin de la République. Il s'agit d'un authentique système scolaire divisé en trois degrés: chez le «pédotribe» *(magister ludi)*, l'enfant de sept à dix ans apprend à lire, à écrire, à compter; chez le «grammatiste» (terme significativement transposé dans le latin *grammaticus*), il s'initie, entre onze et seize ans, à l'étude des grands textes de la tradition (les «lettres», en latin *litterae*) commentés, sans aucune distinction de disciplines, de tous les points de vue possibles: historique, littéraire, religieux, naturaliste, voire arithmétique. Enfin, à partir de dix-sept ans, une élite intellectuelle et surtout sociale parachève ses études auprès du *rhetor* (ici le latin a calqué le grec), c'est-à-dire du professeur d'art oratoire. Éducation où dominent l'écrit, la vénération des textes canoniques (en premier lieu, et de loin, Homère), un climat d'émulation perpétuelle entre les élèves, mais aussi entre des maîtres qui sont des salariés (voir l'épisode si diffusé de *Thémistocle*, X, 5), donc, dans les mentalités anciennes, inévitablement des «dépendants» (voir *Question romaine* 59). Toute cette éducation aristocratique d'esprit «personnaliste» (Marrou) est orientée vers la formation de l'«homme accompli», auquel la rhétorique a fait acquérir non seulement une capacité de persuasion personnelle et politique, mais aussi une forme distinctive de «beauté morale».

De cet arrière-plan se dégagent quatre traits spécifiques, parce qu'ils ont retenu l'attention de Plutarque ou exercé une influence notable sur son œuvre. Le goût et la pratique systématique de la comparaison font partie des exercices obligés de la vie scolaire, à tous les niveaux. En ce sens, les *Vies parallèles*, dans leur ensemble, ne constituent pas autre chose qu'un immense « exercice d'école », plus particulièrement les Comparaisons, avec leur manière de mettre systématiquement en compétition *(agon)* les deux héros qu'elles confrontent. En deuxième lieu, la tradition grecque de la nudité athlétique (de *gymnos*, « nu », vient *gymnasion*, « gymnase », l'édifice « scolaire » des cités grecques, où le sport a gardé plus de place dans l'éducation qu'à Rome), cette tradition qui vaut identification (les Grecs sont ceux « qui font du sport entièrement nus »), fait scandale à Rome, et Plutarque livre à plusieurs reprises un témoignage perplexe sur cette situation (*Caton l'Ancien*, XX, 8 ; voir aussi les *Questions romaines* 40, 101, etc.). Troisième aspect : le rôle du père comme éducateur est nettement plus affirmé à Rome qu'en Grèce, et retient maintes fois l'attention du biographe : la *Vie de Caton l'Ancien* en est l'illustration exemplaire, dans le riche passage consacré à la formation qu'il donne à son fils (XX, 5-11) ; le traité *De l'éducation des enfants*, écrit par Plutarque ou par un proche, développe l'idée que père et fils « doivent être l'un pour l'autre un miroir » (XX ; *Questions romaines* 28 et 33). Observons encore la place du « pédagogue » (grec *païdagogos*, voir *Alexandre*, V, 7-8 ; latin *paedagogus*), cet accompagnateur répétiteur de l'enfant, en général un esclave – une place qui devient décisive lorsque le père vient à manquer (voir *Caton le Jeune*, I-III). En dernier lieu, Plutarque ne pouvait qu'être sensible à l'ouverture de l'élite romaine, dès le IIe siècle avant J.-C. (et chez *Caton l'Ancien* lui-même ! comparer II, 6 et XII, 5), à la pratique du grec, en même temps qu'à la part prise dans l'instruction supérieure de ces jeunes gens, à côté de la rhétorique héritière d'Isocrate, par la philosophie, donc, directement ou indirectement, par la pensée de Platon : on allait s'instruire en la matière auprès des maîtres grecs, de préférence à Athènes – et l'expulsion de Rome des philosophes obtenue par Caton l'Ancien (voir sa *Vie*, XXII-XXIII) est difficile à accepter... Pour Plutarque, la philosophie couronne l'édifice éducatif (voir *De l'éducation des enfants*, 10). Une large place est faite dans les *Vies*, notamment celles des conquérants, à cet aspect de leur formation. Ainsi du Macédonien Alexandre, élevé à la grecque : « Naturellement, de nombreuses personnes étaient chargées de s'occuper de lui ; on les appelait parents nourriciers, pédagogues et maîtres » (*Alexandre*, V, 7 ; voir également VII-VIII : Aristote choisi par Philippe comme précepteur de son fils). Ainsi encore de Lucullus : il « était entraîné à parler fort bien les deux langues [...]. Dès son adolescence, Lucullus se flattait de posséder cette culture harmonieuse, que l'on dit libérale, tournée vers la beauté. Sur ses vieux jours, il offrit à son esprit, au sortir de tant de combats, une sorte de détente et de délassement dans la philosophie [...], réprimant et contenant fort à propos son ambition, exaspérée par son différend avec Pompée » (*Lucullus*, I, 4-6). Pompée encore : Plutarque – c'est une rareté – ne nous dit presque rien de son éducation ; fait non moins exceptionnel, il s'attarde, en LV, 2 sur celle de sa dernière femme Cornélia Métella : « Elle avait reçu une belle éducation, étudié la littérature, la musique et la géométrie, et elle était accoutumée à écouter avec profit les discours des philosophes. » Mais voici le vaincu de Pharsale au dernier jour de sa vie, dans la barque qui l'emporte vers une fin sinistre : « Pompée prit, sur un petit rouleau [un *volumen* sur papyrus], un discours qu'il avait écrit en grec et qu'il se proposait d'adresser à Ptolémée ; il se mit à le lire » (*Pompée*, LXXIX, 2).

Laissons la conclusion au traité *De l'éducation des enfants*, 8 : « L'éducation, elle, de tous les biens qui sont en nous, est le seul immortel et divin. »

Jean-Marie PAILLER

Bibliographie
HOUPERT-MERLY, D., éd., *Plutarque, Traités sur l'éducation*, Paris, L'Harmattan, 1995.
MARROU, H.-I., *Histoire de l'éducation dans l'Antiquité*, Paris, 1ᵉ éd., Le Seuil, 1948 ; rééd. Points-Seuil, 1975.

Voir aussi • Acculturation • Cicéron • Grèce • *Moralia* •

ÉGYPTE/ÉGYPTIENS

L'un des exposés les plus intéressants et les plus rigoureusement documentés que des auteurs anciens nous aient laissés sur la religion égyptienne, le *Sur Isis et Osiris*, s'avère paradoxalement avoir été écrit presque entièrement de seconde main. Plutarque a fait le voyage d'Égypte ; mais s'il mentionne en passant, au livre V des *Propos de table*, son « retour d'Alexandrie », il ne dit rien de ce qu'il a pu voir ou apprendre au cours de son séjour. Ce qui est clair, c'est que, tout en s'étant passionnément attaché à décrypter la religion égyptienne, il n'a guère manifesté d'intérêt à l'égard du pays, de ses habitants, de leurs usages et coutumes. Plutarque n'est pas Hérodote ; bien plus, il attaque ce dernier, dans un traité au titre parlant, *De la malignité d'Hérodote*, lui reprochant une trop grande complaisance à l'égard des Égyptiens. Alexandrie – sinon l'Égypte – est pourtant à l'arrière-plan de plusieurs de ses écrits. C'est dans la *Vie d'Alexandre* (XXVI, 7-8) qu'on trouve le fameux récit de la fondation de la ville qui avait « la forme d'une chlamyde », avec l'heureux présage de sa future prospérité apporté par les nuées d'oiseaux qui dévorent la farine employée, à défaut de craie, pour tracer son enceinte ; mais l'image de la chlamyde et le présage se trouvent déjà chez Strabon (sans l'histoire des oiseaux). L'évocation du site, cette « bande de terre » qui sépare le « grand lac » (le lac Mariout) de la mer, est certes juste, mais sommaire. Dans la *Vie d'Antoine* figurent des notations curieuses sur le « milieu » alexandrin. Les vagabondages nocturnes d'Antoine et de Cléopâtre à travers les rues de la ville, leurs parties de pêche au bord du lac Mariout sont évoqués de façon brève, mais vivante ; or la mémoire de ce monde disparu avait survécu. Le grand-père de Plutarque, Lamprias, avait pour ami un médecin d'Amphissa, Philotas, qui avait passé sa jeunesse à Alexandrie pour se former dans son art ; attaché à la personne du jeune Antyllus, fils aîné d'Antoine et de sa première femme, Fulvia, il avait fréquenté la cour et été témoin de son luxe extravagant. Philotas ne perdait pas une occasion de raconter ses souvenirs, nous dit Plutarque, qui en rapporte quelques-uns d'assez savoureux (*Antoine*, XVIII, 3-12).
Par ailleurs, il n'a sans doute guère eu de contacts directs avec des Égyptiens. Bien que, dans le *Sur Isis et Osiris*, il cite bon nombre de termes égyptiens, il ne connaît

évidemment pas la langue ; il ne paraît pas savoir qu'il existe d'autres écritures (hiératique et démotique) que l'écriture hiéroglyphique. Pourtant, sa présentation de la religion égyptienne est souvent remarquable d'exactitude. Il lui arrive d'évoquer des mythes et des rites peu connus, mais dont un document nouveau a permis d'attester l'authenticité.
Parmi les auteurs qu'il cite dans le *Sur Isis et Osiris*, il y a de bons connaisseurs des choses d'Égypte, en particulier Hécatée d'Abdère et Manéthon de Sébennytos, auteurs d'*Aegyptiaca* célèbres dans l'Antiquité, ainsi qu'Eudoxe de Cnide. Hécatée et Eudoxe avaient vécu en Égypte et probablement eu des contacts avec des prêtres égyptiens ; quant à Manéthon, Égyptien et prêtre lui-même, conseiller de Ptolémée Philadelphe, il disposait évidemment de connaissances de premier ordre sur la religion traditionnelle.
Mais le vif intérêt que Plutarque manifeste pour les croyances et les dieux de l'Égypte a peut-être des motivations plus profondes que la curiosité intellectuelle. Dans sa ville de Chéronée, les dieux égyptiens étaient l'objet d'un culte au moins depuis le IIe siècle avant J.-C. ; son amie Cléa, à qui le *Sur Isis et Osiris* est dédié, était probablement prêtresse d'Isis ; on s'est demandé s'il n'avait pas été lui-même initié aux Mystères égyptiens, développés à l'époque impériale sur le modèle des Mystères grecs. Ce qui est en tout cas manifeste chez lui, c'est la conviction que la religion égyptienne recèle un savoir dont la valeur est universelle. Les dieux de l'Égypte « appartiennent à tous les hommes », et non aux seuls Égyptiens. À la lumière de l'exégèse allégorique, le mythe du combat d'Osiris contre Seth-Typhon se présente comme une réponse au problème du mal ; l'image d'Isis est à la fois celle de la terre nourricière, qu'inonde et féconde Osiris incarné dans le Nil, et celle de la sagesse, qui « désire et poursuit » le souverain bien, c'est-à-dire Osiris, et, s'unissant à lui, « produit tout ce qui est bon et beau dans notre monde ». Les dieux et les mythes égyptiens sont vus à travers une grille de lecture relevant du moyen platonisme (courant des Ier-IIe siècles, par lequel seule l'âme permet d'accéder aux Formes et au Divin, et auquel adhère Plutarque) et d'idées stoïciennes – exégèse autorisée puisque, nous dit Plutarque, « les plus sages des Grecs » sont allés en Égypte recueillir l'enseignement de ses prêtres savants et « amis de la sagesse »... On a là, indéniablement, un aspect du « mirage égyptien » (C. Froidefond, *Le Mirage égyptien dans la littérature grecque d'Homère à Aristote*, Aix-en-Provence, Ophrys, 1971), si présent dans la littérature grecque. Cependant, une manière typiquement égyptienne de prier, de solliciter la vision, la « présence » du dieu, semble bien avoir marqué l'expérience religieuse de Plutarque. Son Égypte, à la « sagesse énigmatique », témoigne en tout cas d'une fascination qui a traversé les siècles.

Françoise Dunand

Voir aussi • Dieux • Ethnographie • *Moralia* • Plutarque par lui-même •

ÉLOGE/BLÂME

L'antique tradition de l'éloge et du blâme remonte à Homère, dont les deux épopées ne cessent de commenter, par des jugements positifs ou négatifs, la valeur du comportement de leurs héros. Elle connaît ensuite un développement constant à travers des genres littéraires aussi différents que la poésie lyrique (voir les *Épinicies* de Pindare), la poésie tragique (notamment dans les *agones*) ou les oraisons funèbres, avant de donner naissance, tout au moins pour les louanges, à un genre spécifique, pratiqué à la fois à des fins rhétoriques (voir les *Éloges d'Hélène* de Gorgias et d'Isocrate) et à des fins philosophiques (voir les éloges d'Éros de Platon et de Plutarque), pour finir par trouver dans l'œuvre de Plutarque un mode d'expression nouveau. Reprenant les schèmes classiques, qui disposent les affirmations selon un ordre qui mène de la naissance à la mort en passant par les divers actes accomplis dans les secteurs privé et public – axe des regroupements chronologiques –, et qui envisagent tant les caractéristiques physiques et morales de l'individu considéré que les effets de son action sur le plan de l'utilité collective – axe des jugements de valeur –, l'auteur des *Vies parallèles* et des *Moralia* les intègre dans le cadre de la technique du parallèle, tel qu'il le définit, en particulier, dans la préface de son recueil apologétique, *Exploits de femmes*, où, à propos de l'égalité en excellence des hommes et des femmes, il explique que placer côte à côte leurs mérites respectifs met en évidence l'appartenance de ceux-ci à un même ensemble de qualités, sans pour autant les réduire à l'identité. La communauté de nature du point de vue de l'essence interdit, à cet égard, de juger un sexe supérieur à l'autre. Pour s'accorder au féminin, le courage ne se révèle pas moins courage. Mais il se manifeste autrement. Ainsi la comparaison a pour résultat de faire ressortir, sur le fond des ressemblances, les différences les plus fines. Loin de conduire à une confusion généralisée, la méthode débouche sur des distinctions plus précieuses et plus rigoureuses. Deux conséquences surgissent immédiatement. L'éloge et le blâme portent nécessairement, du coup, sur des couples de personnages. Quand l'un des deux éléments du couple n'est pas elliptique, comme dans les *Exploits de femmes*, le discours, au lieu d'être univoque soit dans le sens laudateur, soit dans le sens critique, conjugue tour à tour les deux sens, chacun pour son objet propre. D'autre part, la dualité du parallélisme entraîne que la pesée séparée des vices et des vertus se double d'une évaluation duelle, qui sert de bilan comparatif global, où les constatations se rassemblent ou se croisent sous forme de chiasmes en chaîne. Le procédé n'a plus guère à voir avec la seule rhétorique. Il relève du dialogue propre au parallèle et, se traduisant par un jeu complexe d'oppositions dont la construction vise à les dépasser par une synthèse, il se transforme en une véritable dialectique. Le crible qui sert d'instrument à cette opération de tri, dont le travail produit virtuellement l'apparition d'un troisième être, qui condense les seules vertus des deux sujets comparés, reçoit le nom de *syncrisis* («entrecroisement»). Le terme, utilisé aussi par Épicure pour désigner les agrégats atomiques, signifie littéralement réunir par la séparation, c'est-à-dire combiner en des ensembles nouveaux ce qui a été séparé d'ensembles antérieurs. Une telle démarche présente deux propriétés intéressantes : elle favorise les découvertes, car elle multiplie les nuances ; elle incite à une imitation innovante, car elle crée un objet idéal dont la réalisation reste possible.

ÉLOGE/BLÂME

Pour mieux en observer le fonctionnement, prenons comme exemples deux cas extrêmes, la *syncrisis* de Périclès et Fabius Maximus, Périclès demeurant sans conteste celui des hommes illustres que Plutarque préfère, et la *syncrisis* de Démétrios et Antoine, une paire choisie, en tant que négatif, à titre dissuasif.

PÉRICLÈS-FABIUS MAXIMUS

La préface de la paire Périclès-Fabius Maximus spécifie que les vertus qui ont déterminé leur appariement sont principalement la douceur, la justice et la patience.

La *syncrisis*, structurée en un diptyque, dont le premier volet reprend les talents militaires, alors que le second parle des talents politiques, fait apparaître la prééminence de Périclès en ce qui concerne l'intelligence : il a réussi à rendre docile à ses conseils un peuple grisé par le succès et il parvenait, non seulement à éviter les pièges de ses ennemis, mais encore à empêcher les autres de commettre des fautes ; il a été capable également de déduire l'avenir du présent ; enfin, l'embellissement que lui doit Athènes, grâce aux monuments dont il a paré l'Acropole, dépasse toute comparaison. En revanche, si, en ce qui regarde l'incorruptibilité, les deux chefs d'État se valent, Fabius Maximus, pour la prudence, le courage, la bonté, l'indulgence et la douceur, l'emporte nettement.

L'alliage virtuel découlant de la fusion des seules supériorités des deux personnages réunit donc, sur la base commune d'une intégrité inaltérable, les qualités intellectuelles hors pair de l'un et l'exceptionnelle bienveillance de l'autre.

DÉMÉTRIOS-ANTOINE

La préface du couple de biographies que Plutarque consacre à ces deux vaincus de l'histoire justifie leur rapprochement par leur débauche, leur intempérance, leur goût des activités militaires, leur prodigalité, leur insolence et la ressemblance de leur destin, marqué d'une alternance de revers et de succès, avant de se clore sur un échec lamentable.

La *syncrisis* insiste sur les différences. Si Démétrios supplante Antoine en munificence, il l'éclipse aussi par sa cruauté et, plus encore, par l'audace de ses sacrilèges en souillant l'enceinte sacrée de l'Acropole de sa luxure. Quant à la fin de sa vie, elle est indigne d'un homme libre, puisqu'il a préféré la captivité à la mort. Antoine surpasse son analogue grec pour ce qui est du manque de loyauté envers les siens, qu'il s'agisse de ses compatriotes ou de sa famille. Mais surtout il subordonne totalement son sort et celui de son armée à une femme, Cléopâtre, une étrangère pour laquelle il n'hésite pas à répudier son épouse légitime.

Le croisement des deux portraits fait apparaître en filigrane les traits d'une espèce de monstre moral qui, totalement asservi à sa sensualité, ne respecte rien, ni la parenté, ni la patrie, ni l'humanité, ni les dieux.

Ces bilans comparatifs remplissent donc la galerie des hommes illustres d'une série de modèles, ou de contre-modèles virtuels dont le caractère est soit proposé à l'imitation, soit présenté pour provoquer une réaction d'horreur. En distribuant ainsi l'éloge et le blâme, Plutarque ne fait pas œuvre de juge, et encore moins de justicier. L'anime dans cette entreprise un triple dessein, de réflexion spéculative, d'exhortations et de conciliation.

Comme le confesse le début de la préface de la *Vie de Timoléon*, l'écriture biographique comporte un aspect narcissique. La vie des autres permet par la comparaison de se regarder soi-même. Mais, loin de conduire à un narcissisme statique, ce «miroir» particulier produit un effet dynamique grâce à l'émulation qu'il déclenche. Il ne s'agit pas de se complaire dans l'admiration de soi, mais d'imiter les vertus qu'on ne possède pas et, par là même, d'opérer un travail de transformation sur soi-même.

Incitation au dépassement de soi par le désir de rivaliser qu'inspire à l'âme le spectacle de belles actions, les *Vies parallèles* deviennent une exhortation à la réalisation de ce qu'il y a de plus divin en nous de manière à ce que nous transcendions l'animal humain pour accéder pleinement à l'humanité, caractérisée essentiellement aux yeux de Plutarque, indépendamment des autres qualités intellectuelles et morales, par la capacité à faire preuve envers autrui, au-delà de la fermeté, de douceur et, au-delà de la rigueur, d'indulgence.

Enfin, cet idéal d'humanité, à l'aune duquel Plutarque mesure la valeur des vies accomplies et soupèse les vices et les vertus, n'échappe pas à la sphère du politique. Dédicacées à un haut dignitaire de l'Empire romain, les *Vies parallèles* visent à rappeler aux maîtres du monde de l'époque que les Grecs, pour avoir été vaincus, n'en restent pas moins les maîtres de la civilisation et, réciproquement, à montrer aux Hellènes qu'il ne faut pas confondre les Romains avec les autres Barbares, et que, d'origine grecque et formés par la culture grecque, ils surpassent parfois leurs propres éducateurs, tel Numa qui parvient à un degré de grécité supérieur aux Grecs eux-mêmes. Comment peut-on être plus grec qu'un Grec, sinon en allant plus loin que lui sur le chemin qu'il a ouvert? Ce dernier se définissant par le culte de la raison et de l'universel, il suffit d'additionner ce que les deux peuples font de mieux en la matière pour s'affranchir des ethnocentrismes, sans trahir l'esprit hellénique. C'est ce à quoi s'emploie Plutarque dans ses *Vies parallèles* et, à cet égard, il joue le rôle d'un médiateur culturel, qui essaie d'abolir les clivages et les rapports de force politiques en adoptant un point de vue anthropologique unificateur.

Jacques BOULOGNE

Voir aussi • Douceur • Écrit-écriture • Éducation • *Vie* •

ÉPICURISME

Tout comme en ce qui concerne les stoïciens, les critiques que Plutarque adresse à l'épicurisme n'englobent pas tout uniment les hommes et les idées. C'est ainsi qu'il entretient des relations cordiales voire amicales avec Boethos, Xénoclès, Alexandre et Zopyros. Épicure lui-même, que les *Propos de table* (612 E) rangent, aux côtés de Platon, Xénophon et Aristote, parmi les philosophes «les plus illustres», est par deux fois l'objet d'un jugement élogieux. En raison de l'amour que lui portent ses frères, d'abord: quel qu'en soit le bien-fondé, on ne peut qu'admirer celui qui est capable de susciter une telle dévotion (*Sur l'amour fraternel*, 487 C-D). Pour son attitude lors de la famine d'Athènes, ensuite : la situation était à ce point extrême qu'un père et son fils n'hésitèrent pas à en venir aux mains pour la possession d'un rat mort ; Épicure, quant à lui, « nourrit ses disciples en distribuant à chacun d'entre eux un nombre limité de fèves » (*Démétrios*, XXXIV, 1-3). Le ton ne sera pas toujours aussi bienveillant à l'égard du fondateur du Jardin. L'attaque se fera même mordante dans les trois traités anti-épicuriens qui nous sont parvenus *(Contre Colotès, De l'impossibilité de vivre agréablement en suivant Épicure, Est-il juste de dire qu'il faut vivre caché ?).* Qu'on doive en relativiser la portée en raison du caractère polémique des écrits dans lesquels elle s'insère, la chose est indéniable. Mais, pour être topiques, les reproches formulés envers la personne même d'Épicure n'en renvoient pas moins à un désaccord profond avec la doctrine dont il est le fondateur. Ce désaccord porte essentiellement sur trois points : l'affirmation que le souverain bien consiste dans le plaisir des sens, le primat accordé à la tranquillité sur l'action politique, la négation du rôle de la Providence dans les affaires humaines. De cela, les *Vies* aussi se font l'écho, montrant de surcroît qu'il est impossible de conduire son existence conformément à de tels préceptes.

Ainsi du Thessalien Cinéas, qui défend auprès de Pyrrhos l'idéal épicurien de l'ataraxie, l'exhortant à abandonner ses projets de conquête pour jouir de ses biens et passer sa vie « un gobelet à la main » (*Pyrrhos*, XIV, 12). S'il est vrai, comme il l'affirme, que le plaisir est la fin de l'homme et qu'il faut fuir la politique « qui gât[e] et troubl[e] le bonheur » (*Pyrrhos*, XX, 6), pourquoi se donne-t-il tant de mal à mener les ambassades que le roi lui confie, à glaner des informations qui serviront ses desseins, à prendre la tête de ses troupes ? La réaction de Fabricius, qui souhaite voir les ennemis de Rome « s'attacher à ces doctrines », ou le jugement de Plutarque sur Nicias, trop timoré pour exercer le pouvoir qui lui a été confié (*Crassus*, XXXV, 4-6), apporte une réponse sans ambiguïté à cette question : ceux qui préfèrent « s'y tresser la couronne de l'ataraxie » – expression que l'on retrouve dans le *Contre Colotès* (1125 C), où elle sert à désigner les épicuriens – causent la ruine de leurs cités. Brutus l'a bien compris, qui préféra tenir à l'écart de son entreprise son ami Statyllius l'Épicurien parce qu'il soutenait « que l'homme sage et sensé ne devait pas s'exposer ni se troubler pour des êtres vils et insensés » (*Brutus*, XII, 3).

Pourtant, dans un autre domaine, Cassius fait preuve de la même inconséquence que Cinéas. Le voici invoquant Pompée quand les circonstances et le lieu même du meurtre de César ont montré qu'à l'évidence « une divinité poussait les conjurés et désirait que l'action eût lieu à cet endroit » (*César*, LXVI, 1). De même, lorsque avant la bataille de Philippes les signes néfastes se multiplient, il se laisse gagner par la superstition (*Brutus*, XXXIX, 6). Et pourtant ce sectateur de l'épicurisme, habitué à disputer de démonologie, n'avait pas hésité à déclarer à Brutus lui racontant sa vision qu'« on ne peut croire que les *démons* puissent exister ou, s'ils existent, qu'ils puissent avoir la figure ou la voix d'un être humain, ou la capacité d'entrer en rapport avec nous » (*Brutus*, XXXVII, 6). S'il en est ainsi, du moins s'il faut l'en croire, c'est parce qu'on ne peut escompter l'aide des dieux que les épicuriens « reléguaient dans une vie insouciante et comblée de plaisirs, très éloignée de toute bienveillance, de toute colère et même de tout intérêt pour les hommes » (*Pyrrhos*, XX, 6). Or les *Vies* nous donnent de nombreux exemples du contraire. C'est la piété et l'espoir du secours des dieux qui fortifient le courage des Romains après une défaite due au «mépris» et à la «négligence» de Flamininus «à l'égard de la divinité» (*Fabius Maximus*, IV, 4). On ne doit pas, en effet, ignorer tout ce que la fortune de Rome doit à l'assistance des dieux, ni «mépriser à la légère» ces prodiges qui manifestent leur intervention en de nombreuses occasions (*Camille*, VI, 3-5). Pour autant il ne faut pas se laisser aller à la superstition qui naît dans l'esprit des femmes, des enfants et des malades. Le défaut des épicuriens, qui prétendent – sans y parvenir, comme le montre à l'envi la conduite de Cassius – éradiquer ces «apparences vaines et étranges» (*Dion*, II, 4), consiste précisément à laisser le champ libre à la défiance excessive, réduisant à rien le rôle de la Providence (*Alexandre*, LXXV, 2; *Camille*, VI, 6), interdisant toute communication entre les hommes et les dieux. Les *démons* plutarquéens auront pour rôle de rétablir cette communication tout en évitant d'introduire, à la façon des stoïciens, «la divinité dans les vicissitudes et les affaires humaines» (*Le Déclin des oracles*, 416 F; voir également *Romulus*, XXVIII, 7-10). Aussi bien est-ce pour cela que Dion et Brutus, «hommes équilibrés [et] philosophes», leur accordent créance (*Dion*, II, 5).

Le reproche que Plutarque adresse à la philosophie du Jardin est donc double. Par ses excès mêmes, elle rend ses partisans incapables d'accorder leur vie avec leur doctrine, et il y a là correspondance parfaite entre les *Vies* et les traités polémiques qui font grief à Colotès, Métrodoros ou Épicure de cette incapacité. Par les préceptes qui sont les siens, elle les incite à «mener une vie grossière et animale», selon le mot du *Contre Colotès*, où l'assouvissement des désirs et la recherche du plaisir l'emportent sur la piété, la vertu et l'intérêt de la cité.

Marie-Laurence Desclos

Voir aussi • Éducation • Platon • Plutarque par lui-même • Stoïcisme •

ETHNOGRAPHIE

Les Grecs furent peut-être les premiers à *décrire* et à étudier les modes de vie, les coutumes de peuples (*ethnè*) étrangers. Mais cette «description de peuples», cette «ethnographie», au sens propre et originel, semble avoir été accompagnée très tôt d'une analyse de ses enjeux et de ses moyens. D'une part, inventorier et classer les particularités des autres, c'est aussi une manière de circonscrire sa propre identité. Le savoir sur l'autre – souvent lointain et menaçant, plus rarement bienveillant et accessible – et la connaissance de soi se construisent en parallèle. Cette invention et cette forme de connaissance furent associées, d'autre part, à une réflexion sur le sens et la variabilité de ce qu'il fallait entendre par «coutumes» (*nomoï*), et sur la manière de dire, d'écrire ces formes multiples d'altérité. L'ethnographie des Grecs et des Romains n'est pas celle que donnent à lire les explorateurs des XVIe-XVIIIe siècles ou les ethnologues du XIXe siècle, parce que – sans qu'il y ait là contradiction – Anciens et Modernes ont pris conscience de façon commune que décrire et analyser autrui ne peut être dissocié du contexte historique et culturel de celui qui écrit, et que ce dernier ne peut se soustraire à l'épreuve, ou au problème, de l'écriture: il est «à la fois savant et écrivain» (Clifford Geertz). De ce point de vue, l'œuvre de Plutarque est à la croisée des chemins, particulièrement dans les *Vies parallèles*: en tant que Grec, il assume l'héritage d'une longue tradition de confrontation avec l'autre, défini par la catégorie englobante de Barbare, mais il s'impose d'analyser conjointement la singularité des Romains, autres, certes, mais non Barbares, à moins de déplacer le sens des catégories.

La tradition qu'assume Plutarque commence avec Ulysse. L'*Odyssée* n'est pas un texte de nature ethnographique: il est impossible de circuler en Méditerranée en prenant ce long poème épique pour guide de voyage ou manuel d'instructions nautiques, dans l'intention de faire escale sur l'île d'Éole ou de rencontrer les Lestrygons. Il peut néanmoins faire l'objet d'une lecture de type ethnographique ou anthropologique: la quête du héros délimite l'espace civilisé des hommes mangeurs de pain et définit leur humanité, à égale distance des dieux (la nymphe Calypso promet l'immortalité) et des bêtes (les pourceaux de Circé). C'est surtout à partir du VIe siècle avant J.-C., dans le contexte de la science ionienne, qu'apparaissent les premières œuvres de nature ethnographique. Anaximandre de Milet (vers 611-547 avant J.-C.), disciple de Thalès, met au point la première carte représentant l'ensemble du monde habité, selon le modèle géométrique du cylindre. Hécatée, originaire lui aussi de Milet, s'en inspira peut-être dans son *Périple* ou *Description de la terre* (vers 500 avant J.-C.): l'ouvrage se présente sous la forme d'une carte, accompagnée d'une nomenclature en deux livres des peuples de la terre. Parmi de très nombreux écrits ethnographiques que favorise la multiplication des échanges à partir du pourtour méditerranéen, on retiendra surtout une large part de l'œuvre d'Hérodote, qui mentionne et décrit dans son *Enquête* (sens premier de *Historiè*) plus d'une centaine de peuples, composant notamment deux monographies irremplaçables sur les Égyptiens (livre II) et les Scythes (livre IV). Ses informations proviennent de ses propres voyages et de l'œuvre de ses devanciers, dont il critique le modèle cartographique, jugé trop abstrait (IV, 36).

De plus en plus, en effet, c'est la diversité des peuples et de leurs coutumes qui retient l'attention, pour mieux appréhender la nature du rapport entretenu avec le milieu géographique et physique. Ainsi l'auteur du traité hippocratique *Airs, eaux, lieux* (vers 430-420) se livre à une ethnographie comparative des habitants de l'Europe et de l'Asie, en mesurant l'influence du climat sur leur genre de vie (XVII-XXIII). Les conquêtes d'Alexandre (334-323 avant J.-C.) ouvrent aux Grecs l'univers des «sagesses barbares», que l'historiographie hellénistique, en l'état où elle nous est parvenue, ne laisse qu'entrevoir. C'est surtout le choc de la conquête romaine, à partir du IIIe siècle avant J.-C., qui bouleverse l'écriture ethnographique grecque. Les Romains ne seront jamais, aux yeux des Grecs, des Barbares comme les autres, on le voit très clairement avec Polybe. Exégète et admirateur de la supériorité militaire romaine, il ne parvient pas à contempler à distance la religion, les rituels, les usages politiques et sociaux de Rome, comme il y réussit pour les Gaulois, les Carthaginois ou les Ibères. Rome impose de repenser à la fois le contenu de chacun des termes de «Grec» et de «Barbare», et la nature de leur rapport. Avant Plutarque, s'y essaient Denys d'Halicarnasse et Strabon, historien et géographe de la domination romaine.

Pour le citoyen de Chéronée, qui vit dans une Grèce ayant statut de province romaine depuis 146 avant J.-C. (lors de la réorganisation des provinces par Auguste, en 27 avant J.-C., la Grèce propre est détachée de la Macédoine et devient la province sénatoriale d'Achaïe), la question se pose en ces termes : quelle place accorder aux Romains dans la hiérarchie des peuples qui occupent « la terre habitée », et comment dire leurs singularités par rapport aux usages grecs ?

Tout au long des *Vies*, le parallèle concerne explicitement les Grecs et les Romains, mais les nombreux conflits qui sont rapportés les mettent aux prises avec des Barbares, ceux qui ne parlent pas la même langue et ne partagent pas les mêmes coutumes. En dresser la liste complète serait trop long. On rencontre, il va de soi, les Perses, paradigme de l'ennemi barbare, au cours des guerres médiques, des Thraces et des Gaulois, lors de la révolte de Spartacus, les peuples d'Orient – Arméniens, Cappadociens et surtout Parthes – que doivent affronter Crassus et Pompée, les Ibères, les Égyptiens, Cyrénéens et Africains lors des guerres civiles, après Pharsale, au moment où Caton le Jeune prend le commandement des pompéiens. L'ethnographie de Plutarque se nourrit alors des lieux communs qui figurent dans ses sources – ainsi des Barbares « qui, par nature, sont [les] ennemis » des Grecs, selon Aristide (*Aristide*, XVI, 3) –, ou qui s'étaient figés dans l'imaginaire grec, par exemple « le désert barbare et sans eau », « les Carthaginois prompts aux revirements et perfides », « la cruauté barbare », l'association entre « faste barbare, luxe et vanité ». Il ne fait pas de doute qu'il existe encore pour Plutarque une « nature barbare » (*Artaxerxès*, VI, 8), héritée de la tradition ethnographique.

Quelle est alors la place exacte des Romains ? Plutarque doit leur reconnaître une situation particulière, mais pour cela le mieux est encore de les soumettre au même examen ethnographique que les autres peuples. La meilleure preuve que ce problème préoccupe l'auteur des *Vies* est l'existence des *Questions romaines* et des *Questions grecques*, très certainement complétées par un troisième recueil de *Questions barbares*, dont seul le titre nous est conservé dans le catalogue de Lamprias, liste de ses œuvres issue d'une bibliothèque des IIIe-IVe siècles. Les *Questions romaines*, composées en même temps que les *Vies* (celles-ci y font allusion à deux reprises : voir *Romulus*, XV, 7 et *Camille*, XIX, 12), accumulent un savoir précis sur la religion, l'histoire, les pratiques sociales et l'organisation politique romaine, dont le destinataire est le public grec, peu familier du monde latin. L'univers de référence est en effet toujours le « chez nous », « à Chéronée », « en Béotie ». Or le « portrait ethnique » des Romains, tel qu'il ressort dans ce recueil, tend à les rendre dignes de figurer aux côtés des Grecs. Mais l'ethnographie de Plutarque se heurte dans les *Vies* au problème historique de la conquête romaine. Parce qu'ils sont les vainqueurs en Méditerranée depuis plus de trois siècles, les Romains échappent-ils à la catégorie de Barbares ? Ou encore, à l'inverse, tous les peuples conquis, si l'on suit la tradition grecque, sont-ils des Barbares, y compris les Hellènes ? Le phénomène et le contexte de la conquête romaine obligent donc Plutarque à déplacer la nature du rapport entre « Grec » et « Barbare ». Quelle que soit l'origine ethnique des conquérants, les mêmes mots et le concept englobant de « Barbare » décrivent leur comportement et leurs actes : Alexandre peut se conduire en « despote » et se complaire dans « une arrogance de Barbares » (*Pélopidas*, XXXIV,

3), Mithridate et Sylla se livrer au même « pillage » des cités de Béotie (*Sylla*, XVI, 7). Caton le Jeune n'hésite pas à qualifier de « barbare » l'intention de son allié Scipion de massacrer tous les habitants d'Utique sous le prétexte qu'ils ont pris le parti de César pendant la guerre civile, et « à grand-peine, [il] parvint à soustraire les habitants à un traitement aussi cruel », celui de Scipion et de Juba (*Caton le Jeune*, LVIII, 1) : la « barbarie » n'est plus une dénomination ethnique ; elle devient un concept à la disposition de tous (ici un Romain, Caton) pour désigner un comportement général, où peuvent fort bien se rencontrer un Romain et un Numide.

De même, par le biais de la conquête, la diffusion de l'hellénisme est désormais le fait des Romains : à l'issue de la campagne victorieuse de César en Afrique (46 avant J.-C.), le fils du roi Juba figure, à Rome, dans la cérémonie du triomphe, et ce fut « pour lui une grande chance car, de Barbare et de Numide qu'il était, il put être compté parmi les historiens grecs les plus savants » (*César*, LV, 3). Si les Grecs participent au bon fonctionnement de l'ordre imposé par les vainqueurs et se font donc romains sur ce point, ainsi que les y invitent les *Préceptes politiques*, les Romains, eux, non seulement diffusent, mais adoptent les modèles culturels grecs : Marcus Favonius est un « ami et [...] disciple » de Caton le Jeune, il « éprouvait pour lui ce qu'éprouvait [...] Apollodore de Phalère pour Socrate l'Ancien » (*Caton le Jeune*, XLVI, 1). On ne peut donc plus superposer les polarités Grecs/Barbares et vainqueurs/vaincus, en raison du fait que les Romains sont devenus des vainqueurs incontestés ; ce serait faire des Grecs les Barbares. Les Romains constituent en eux-mêmes un troisième terme dont la position d'entre-deux et le rôle historique ont des conséquences importantes sur l'écriture ethnographique de Plutarque : l'opposition entre vainqueurs et vaincus n'est plus un critère décisif pour classer les peuples, et l'idée de Barbare devient mobile face à celle de civilisation, que recouvrent, dans la redéfinition des termes à laquelle contribuent les *Vies*, les notions de « douceur » (*Caton le Jeune*, LXIII, 6), d'« humanité » et d'« intelligence » (*Crassus*, VIII, 3). La visée universelle de Plutarque renonce au cloisonnement de la typologie ethnographique traditionnelle. Mais à trop vouloir rechercher des traits communs et intégrer tous les peuples dans une unité gréco-romaine, elle efface aussi très certainement les particularités et l'identité propres de chaque peuple.

Pascal Payen

Bibliographie
Müller, K. E., *Geschichte der antiken Ethnographie und ethnologischen Theoriebildung*, IIe partie, Wiesbaden, Franz Steiner Verlag, 1980, p. 198-218.
Nikolaidis, A. G., « *Hellènikos/barbarikos*. Plutarch on Greek and Barbarian Characteristics », *Wiener Studien*, 20, 1986, p. 229-244.

Voir aussi • Acculturation • Douceur • Hérodote • Histoire • Polybe • *Questions romaines/Questions grecques* •

ÉTYMOLOGIES

Plutarque épargne rarement au lecteur ses hypothèses concernant l'origine d'une expression ou d'un mot latins. Qu'il s'agisse d'institutions politiques, comme «dictateur» (*Marcellus*, XXIV, 11-12), «comices» (*Romulus*, XIX, 10), «*Quirites*» (*Numa*, III, 6), «licteurs» (*Romulus*, XXVI, 1-3), «triomphe» (*Marcellus*, XXII, 7), d'institutions religieuses, telles que les «flamines» (*Numa*, VII, 10), les «pontifes» (*Numa*, IX, 2-5), les «féciaux» (*Numa*, XII, 4-6), le *«Consus»* (*Romulus*, XIV, 3-4), «Jupiter Élicius» (*Numa*, XV, 10), les *«anciles»* (*Numa*, XIII, 9-10), de pratiques sociales, telles que l'affranchissement «par vindicte» (*Publicola*, VII), les coutumes du mariage (*Romulus*, XV; *Pompée*, IV), de coutumes anciennes, comme les dépouilles *opimes* (*Romulus*, XVI, 4-6) ou de dénominations calendaires (*Numa*, XIX, 3-5), le moteur de cette recherche est d'abord la curiosité de l'étranger, du Grec qui comprend «en gros» la langue des Romains, mais la maîtrise imparfaitement et souhaite, par sa démarche, la faire mieux entendre à ses lecteurs hellénophones. Mais cet intérêt s'explique aussi par le goût de Plutarque pour l'archaïsme. La majorité des références données plus haut figurent dans les *Vies* des deux premiers rois de Rome, qui sont aussi celles qui ont été rédigées en dernier; comme si, de manière après tout logique, l'intérêt mais aussi l'expérience et les compétences linguistiques de l'auteur s'étaient développés avec le temps. Le caractère religieux de beaucoup de ces étymologies n'est pas davantage fortuit: là encore, puisque «l'Antiquité est voisine des dieux» (Cicéron), c'est dans les premiers temps de Rome, donc dans les traces de son primitif langage, que la solution doit être recherchée.

À cet attrait pour le bizarre, l'originel et le rituel est associée une conviction qui est à l'arrière-plan du projet d'ensemble des *Vies parallèles*, comme d'une grande partie de l'œuvre du Gréco-Romain qu'est Plutarque. Cette conviction, c'est que «le latin vient du grec», comme la civilisation romaine, dans ce qu'elle a de meilleur, dérive de la civilisation grecque. Considérons la méditation sinueuse et elliptique sur les prêtres féciaux, qui dans la tradition romaine étaient ceux par l'intermédiaire de qui pouvait être déclarée une «guerre juste». Plutarque, comme ses sources, ignore naturellement le comparatisme indo-européen qui explique l'origine du mot: «celui qui fonde» (les bases religieuses de l'action, sur un territoire donné). Plutarque présente les prêtres comme des «protecteurs de la paix» qui «par la parole, [...] arrêtaient les conflits», en livrant ce double commentaire: «le nom qu'ils portent vient de leur manière d'agir»; «les Grecs appellent paix les circonstances où l'on met fin à un différend en usant de paroles, non de violence» (*Numa*, XII, 5-8). Double raisonnement implicite: de même que le grec *eirênè* vient du verbe *eirô*, «parler», de même le latin *fetialis*, «fécial», dériverait du verbe *for*, *fari*: «parler». Si l'auteur ne développe pas la comparaison, c'est, doit-il penser, qu'elle ne comporte rien d'assuré; mais la beauté et la valeur significative du rapprochement lui paraissent en imposer la vérité profonde. La même prudence (un «peut-être» inaugural; la manipulation prêtée à Romulus) préside à un parallèle encore plus hasardeux, qui assimile le dieu Consus (divinité des garde-manger souterrains, de *condere*: «enfouir») à un «dieu du conseil»! (*Romulus*, XIV, 3). La paix obtenue grâce à la parole, la communauté fondée sur le dialogue: l'importance de ces convictions éthico-politiques de Plutarque fait comprendre le poids qu'il attache à la *dénomination* de prêtres et d'un dieu censés permettre la diffusion et la mise en pratique de ces convictions.

D'autres passages sont hélas plus affirmatifs. Il en va ainsi des développements groupés concernant Jupiter « Férétrien » et les dépouilles *opimes* (*Romulus*, XVI, 6) : ici, c'est une connaissance réelle, mais insuffisante du latin qui cause la double erreur : Plutarque préfère à tort *ferire*, « frapper », à *ferre*, « emporter », et *opus*, « activité », à *ops*, « ressource », « richesse ». Un exemple plus complexe est fourni par les explications à propos du licteur, *lictor* (*Romulus*, XXVI, 3-4 ; *Question Romaine* 67) : Plutarque commence par rapporter, très justement, ce mot au verbe *ligare*, « lier » (les courroies des faisceaux) ; puis il ajoute une étymologie grecque aberrante, supposant un primitif « liteur », rapproché du grec « liturge », chargé d'une fonction publique ou « liturgie »... D'une manière générale, le biographe prend appui sur l'extraordinaire ensemble d'informations et de spéculations rassemblées un siècle plus tôt par des auteurs latins (Varron, le lexicographe Verrius Flaccus) ou hellénophones (Denys d'Halicarnasse, Juba II). Varron n'est pas avare d'étymologies grecques, et s'en explique (*Sur la langue latine*, V, 21, dont paraît s'inspirer *Romulus*, XV, 4 : « à cette époque la langue latine était pleine de mots grecs »). Mais c'est aux deux derniers auteurs cités qu'il faut le plus souvent imputer les choix de Plutarque, même s'il est rare que, comme en *Romulus*, XV, 4, il déclare ouvertement sa source (ici, Juba – mais on sait que le roi lettré démarquait souvent Varron).

Au total, si Plutarque accorde tant de place aux dérivations et rapprochements onomastiques (*Questions romaines* 31, 51, 62, 67, 78 ; *Questions grecques* 5, 8, 9, 15, 39, 43, etc.), c'est qu'il met ainsi en valeur des données historiques, culturelles et éthiques pour lui fondamentales : ampleur et cohérence d'un héritage (ce qui l'amène, dans les *Questions grecques*, à sauvegarder des « mots dialectaux » du grec), signes de proximité et d'harmonie entre des hommes que tout paraît éloigner, occasion enfin d'ouvrir la comparaison sur un champ des possibles si vaste qu'il peut faire réfléchir, et parfois rêver : c'est ce qu'il fait à propos des pontifes (voir *Numa* IX, 1-8), et c'est là la fonction propre de ces *Questions* ou quasi-*Questions* parfois insérées au cœur même des *Vies*, où elles introduisent une prise de hauteur et une mise à distance.

Jean-Marie PAILLER

Bibliographie
Plutarque. Grecs et Romains en parallèle, introduction, traduction et commentaires des *Questions romaines* et des *Questions grecques* par M. NOUILHAN, J.-M. PAILLER et P. PAYEN, Paris, Hachette, Le Livre de Poche, « Bibliothèque classique », 1999.

Voir aussi • Antiquaire • Bilinguisme • Denys d'Halicarnasse • *Questions romaines/Questions grecques* • Varron •

FEMMES

Parmi les *Œuvres morales* de Plutarque figure un traité intitulé *Préceptes de mariage*. Plutarque y développe une conception de la place de la femme dans la société, proche de celle qu'exposait l'Athénien Xénophon au IVe siècle dans l'*Économique*. Le rôle de la femme est double : garder la maison de son époux et lui donner des enfants. C'est évidemment l'homme qui détient les biens, qui sont sa propriété exclusive, même si la contribution de la femme par sa dot est la plus importante (140 F). C'est le mari qui doit former sa femme, faire naître en elle la sagesse et la modestie (140 D). Il doit être un guide et un maître (145 C). La femme ne doit pas trop se farder sous peine de passer pour une courtisane (142 B). Elle doit rester le plus souvent chez elle et demeurer silencieuse en public (142 D). Comme déjà Xénophon, Plutarque considère que la tendresse est un élément essentiel dans le mariage (142 E). Par ailleurs, on retrouve l'équivalent de la fameuse profession de foi d'un orateur du IVe siècle sur la nécessaire distinction entre l'usage que l'homme fait de la courtisane, de la concubine et de l'épouse légitime, lorsque Plutarque affirme que, si un particulier commet une faute avec une courtisane ou une petite servante, son épouse ne doit en concevoir ni indignation ni chagrin, en songeant que c'est par respect pour elle qu'il associe une autre femme à ses débauches (140 B). Il y a toutefois une différence entre Plutarque et les Athéniens du IVe siècle ; à ses yeux en effet, les rapports avec une courtisane relèvent de la débauche et ne sont donc pas un fait social reconnu. Et ce que les Athéniens n'admettaient que sur la scène théâtrale, la relation érotique entre mari et femme, Plutarque, lui, en fait un élément propre à consolider le mariage, et n'hésite pas à écrire qu'Aphrodite, c'est-à-dire l'amour physique, est la meilleure médecine en cas de querelle (143 D). À cela près – qui révèle une réelle évolution des mœurs –, c'est donc l'image traditionnelle de la femme et de sa place dans la société, telle que l'avaient élaborée les Grecs de l'époque classique, qui se retrouve dans les *Préceptes de mariage*.

On ne saurait dès lors s'étonner qu'aucune femme ne figure dans la galerie de héros que présentent les *Vies parallèles*. Elles n'en sont pourtant pas absentes, les unes incarnant cette «vertu» que Plutarque prise si fort, les autres présentant au contraire soit l'image de la bonne épouse, soit les défauts traditionnellement attribués aux femmes : le goût pour le mensonge, pour la débauche, la vénalité. Parmi les premières figurent les femmes spartiates. Rien de surprenant à cela, puisqu'elles ont reçu cette éducation que Plutarque décrit dans la *Vie de Lycurgue*, et qui les prépare à être des épouses et des mères exemplaires. À cet égard, les *Vies d'Agis et de Cléomène*, les deux rois réformateurs du IIIe siècle, sont particulièrement riches en portraits de femmes incarnant les vertus spartiates : Agésistrata et Archidamia, mère et grand-mère d'Agis, qui soutinrent ses projets de réforme et mirent leur fortune, qui était considérable, à la disposition de la cité (*Agis*, IV, 2) et qui acceptèrent de mourir pour être «utile[s] à Sparte» (*Agis*, XX) ; Agiatis, épouse d'Agis, qui, après la mort de celui-ci, épousa Cléomène et lui transmit la volonté de reprendre les réformes entreprises par son prédécesseur (*Cléomène*, XXII, 2) ; Chilonis, la fille de Léonidas, qui suivit successivement en exil son père et son époux (*Agis*, XVII-XVIII, 3), d'autres encore. Ces héroïnes spartiates ont leur réplique dans quelques grandes dames romaines, dont la plus célèbre est assurément Cornélia, la mère des Gracques qui, devenue veuve, éleva seule ses enfants. Et c'est l'éducation qu'elle donna aux deux seuls de ses fils qui survécurent, Tibérius et Caius, qui en fit «les plus doués de tous les Romains» (*Les Gracques*, I, 7).

En opposition à ces héroïnes vertueuses, il y a celles qui se comportèrent en courtisanes, et dont l'archétype est sans doute Cléopâtre, qui se livra à César enveloppée dans un tapis, puis, César mort, mit la main sur Antoine, dont elle fit le jouet de ses plaisirs et de son ambition. D'autres trompèrent et trahirent leurs époux. Mais la plupart se contentèrent d'être l'épouse ou la fille de tel ou tel grand homme de l'Histoire, et ne sont mentionnées que parce qu'elles s'inscrivent dans des pratiques matrimoniales destinées à renforcer les liens entre deux hommes politiques : ainsi Elpinice, la sœur de Cimon, mariée au riche Callias, qui s'acquitta de l'amende infligée à Miltiade (*Cimon*, IV, 8) ; ou l'Alcméonide Isodicè, mariée au même Cimon pour resserrer l'alliance entre deux grandes familles athéniennes (*Cimon*, XVI, 1) ; ou encore Julia, la fille de César, unie à Pompée alors qu'elle était promise à un autre, pour permettre la constitution du premier triumvirat (*Pompée*, XLVII, 9).

De toutes ces femmes, il en est une cependant qui occupe une place à part, c'est Aspasie. La Milésienne dont Périclès s'éprit et avec laquelle il vécut jusqu'à sa mort était pour les poètes comiques une courtisane, voire une entremetteuse qui livrait à son amant les jeunes femmes dont il était friand. Plutarque insiste sur la relation amoureuse *(erotikè)* qui l'unissait à l'homme alors le plus puissant d'Athènes, qui ne manquait jamais de lui manifester sa tendresse chaque jour au retour de l'agora (*Périclès*, XXIV). Mais cette femme était aussi l'amie des philosophes, et singulièrement de Socrate. Plutarque prend à la lettre ce que dit d'elle Socrate dans le *Ménéxène* de Platon, à savoir qu'elle était capable de composer une oraison funèbre, et qu'elle aurait été l'auteur de celle que prononça Périclès pour les morts de la première année de la guerre du Péloponnèse. L'oraison funèbre du *Ménéxène* est une parodie de ce genre de discours, et il n'est pas sûr que Platon ait eu pour la maîtresse de Périclès les sentiments que Plutarque prête à Socrate. Mais d'autres disciples de Socrate, Eschine et Antisthène, ont composé des dialogues qui portent le nom de la Milésienne. Il faut donc bien admettre qu'elle jouissait, dans le milieu intellectuel d'Athènes, d'une certaine renommée. Plutarque, qui se fait l'écho des ragots colportés par les poètes comiques et de l'accusation portée contre elle d'avoir été responsable de l'expédition contre Samos et du déclenchement de la guerre du Péloponnèse, n'en témoigne pas moins d'une réelle admiration pour la compagne de Périclès. Certes, elle n'incarnait pas ces vertus spartiates ou romaines que Plutarque trouvait chez une Chilonis ou une Sempronia. Mais sa «vertu» se situait sur un autre plan, celui de la pensée, essentiel aux yeux du philosophe de Chéronée.

Claude MOSSÉ

Bibliographie
SCHMITT-PANTEL, P. (sous la direction de), *Histoire des femmes*, I : *L'Antiquité*, (G. Duby et M. Perrot éd.), Paris, Plon, 1991.
MOSSÉ, Cl., *La Femme dans la Grèce antique*, Paris, Albin Michel, 1983.

Voir aussi • Citoyen/Citoyenneté • Éducation • *Moralia* •

FIDES

Tout en exprimant toujours la notion par le mot grec *Pistis*, Plutarque se fait la plus haute idée de la «Bonne Foi» divinisée des Romains, la *Fides*, à la fois par vénération personnelle (et hellénique) pour les valeurs religieuses et éthiques qu'elle représente et parce qu'il est persuadé que ce peuple, en la respectant, a acquis et mérité sa grandeur. La mise en scène du geste inaugural de Numa en acquiert un grand poids: «Il fut le premier, dit-on, à bâtir un sanctuaire à la Bonne Foi» (*Numa*, XVI, 1). C'est au nom de la *Fides* que se prononcent et grâce à elle que sont respectés les serments, et le rayonnement de cette divinité se prouve par le fait que ce «grand serment, [...] ils s'en servent de nos jours encore» (*ibid.*). Ce maintien jusqu'à son époque d'une très ancienne tradition constitue pour Plutarque le critère du bien-fondé et de l'efficacité de cette tradition. Autre élément de preuve: l'association étroite, dès l'origine, des dieux *Fides* et *Terminus* (Terme). Sur ce point, l'auteur indique que Numa a fait fructifier l'héritage de Romulus en lui apportant un correctif essentiel: le bornage du territoire romain («la borne, si on la respecte, est un lien qui retient la puissance; mais dans le cas contraire, elle rend visible l'injustice», *Numa*, XVI, 3). La conjonction originelle de Bonne Foi et de Terme, c'est l'enracinement dans l'espace d'une puissance dont la durée repose sur le respect de l'engagement primitif.

Ce type d'engagement, pris par serment, vaut dans tous les registres de la vie sociale de Rome. D'où le nombre et la variété des allusions faites au serment dans les *Questions romaines*. Elles concernent le domaine militaire (Caton l'Ancien et son fils: *Question romaine* 39), familial («où tu es, toi, Gaius, je suis, moi, Gaia»: *Question romaine* 30), politico-social (un serment sanctionne le premier interdit que se voient imposer les patriciens: *Question romaine* 91), et la vie quotidienne: ainsi, il ne faut pas «abuser» du serment «par Hercule» (*Question romaine* 28). Mais c'est en matière religieuse que cet engagement a le plus de portée: le prêtre de Delphes met l'accent, dans la *Question romaine* 44, sur l'interdiction de jurer faite au flamine de Jupiter, soulignant «le danger représenté par le parjure [...], si un homme impie et parjure vient à conduire les prières et les sacrifices effectués pour le bien de la cité». L'interdit personnel est donc d'intérêt «public», et Plutarque fait le parallèle, ici et dans *Alcibiade* (XXII), avec celui qui pèse, à Athènes, sur la prêtresse d'Athéna Polias. La *Question romaine* 99, elle, montre l'augure romain «tenu par un serment de ne révéler à personne ce qui concerne les rites». Ce sens de la continuité dans la durée transparaît à propos des prêtres féciaux: «[peut-être] est-il nécessaire que celui qui préside aux serments et à la conclusion de la paix soit quelqu'un qui "voit à la fois devant et derrière lui", selon la formule d'Homère» (*Question romaine* 62).

Que cette valeur du serment ne soit pas moins forte en pays grec, Plutarque en témoigne lorsqu'il mentionne, dans la *Question grecque* 20, le serment prêté, à Priène, «par les ténèbres du Chêne», sur les lieux mêmes d'un ancien massacre, à la fois pour ne pas l'oublier et pour donner tout son sens au geste collectif: la conjonction des ressources de l'espace et du temps évoque l'association *Fides-Terminus*. Et si le serment assure dans la durée la cohérence d'une société, le respect de la parole donnée garantit aussi le maintien des relations de paix avec l'étranger (*Question grecque* 17 : le prisonnier de guerre, dans ce contexte, devient « Hôte de la Lance » et non « Captif de la Lance »).

Plutarque perçoit et fait percevoir qu'à Rome la *fides* est le ciment des rapports de clientèle, si importants à tous les niveaux, notamment quand il s'agit d'« hommes nouveaux » (*Caton l'Ancien*, I, 2 et *Marius*, V, 7-9, etc.). Il sait reconnaître la *fides ibérica* à l'œuvre dans les liens de confiance que Sertorius parvient à nouer avec les chefs hispaniques (*Sertorius*, XIV, 5). Il se distingue des autres sources à propos des relations de Porsenna et de Publicola, lorsqu'il décrit entre eux une sorte de contagion et de concurrence dans la loyauté qui prend idéalement le relais de l'épisode où Mucius Scaevola sacrifie la « main du serment » (*Publicola*, XVII-XIX). Mais le passage le plus important est sans doute celui où les Grecs, conquis, dans tous les sens du terme, par la libéralité et la loyauté – la *pistis* – de Flamininus, lui offrent à leur tour leur *fides*, entrant ainsi dans l'« amitié » de Rome (*Flamininus*, II, 5 ; XI, 4-5 ; XII, 8 ; XVI, 6-7).

Jean-Marie PAILLER

Voir aussi • République romaine • Rome • Zeus •

FORTUNE

Cette abstraction divinisée recouvre chez Plutarque une notion complexe, dont la polysémie (chance, aléas, hasard, destin) s'est enrichie du croisement du concept hellénique de *Tychè* et de la divinité romaine Fortuna. Ce croisement a donné lieu à une assimilation quasi totale de l'une à l'autre, si bien que les deux mots se traduisent mutuellement dans les deux langues, latine et grecque, comme s'ils désignaient exactement la même réalité. Originellement force productrice de rencontres plus ou moins favorables, vite déifiée par les habitants du Latium, la Fortune est l'objet d'un culte particulièrement développé à Rome, comme le souligne Plutarque dans ses *Questions romaines* (36, 74 et 106) et son ouvrage *Sur la Fortune des Romains* (chapitre V). Absente des théogonies archaïques qui nous sont parvenues, la divinisation de l'idée d'un mouvement qui atteint son objectif contre toute attente apparaît néanmoins assez vite en Grèce. Elle se manifeste en tout cas avec éclat dans le théâtre de Sophocle, où Œdipe revendique pour mère *Tychè*, se proclamant ainsi à la fois fruit des impondérables de l'existence et fils de ses propres œuvres, puisque enfant trouvé, il ne doit rien à personne d'autre que lui-même. Cette revendication contient en germe tous les développements philosophiques dont la notion se charge ensuite, impression d'une puissance mystérieuse, qui provoque des concours de circonstances que ni les hommes ni les dieux ne maîtrisent, et d'un sort attaché à chaque individu ou groupe d'individus et caractérisé par le contingent. Si certains philosophes, tel Aristote, éprouvent le besoin de distinguer la Fortune du hasard, ce dernier, d'extension plus large, ne concernant pas, selon le Stagirite comme selon Platon, les faits extérieurs au domaine de l'activité pratique et dépourvus de détermination délibérative, tous rangent le concept de fortuit dans la catégorie des causes accidentelles, capricieuses et obscures pour la raison humaine. D'après les stoïciens, elle fait donc partie de l'enchevêtrement impossible à transgresser des causes qui constituent le destin. Mais, dans l'ensemble, ce qui retient le plus souvent l'attention des Anciens, c'est l'extrême inconstance de ce type de causalité et, par suite, le sentiment angoissant d'une insécurité permanente. D'où l'institution convergente, en Grèce et à Rome, de cultes apotropaïques, privés ou publics, ce qui, renforcé par le syncrétisme religieux général, a entraîné la fusion de *Fortuna* et de *Tychè*. D'où également une spéculation philosophique, notamment chez les épicuriens, qui se traduit par la recherche d'une sagesse n'offrant aucune prise aux atteintes de la Fortune. D'où encore l'utilisation chez les historiographes, en particulier Polybe, de ce concept causal pour penser les péripéties de l'histoire et expliquer l'imprévisibilité des événements. D'où enfin la place importante de cette divinité dans le système narratif du genre romanesque, si sensible à la déréliction politique des simples particuliers dans un monde où les cités ne les associent plus au choix de leur devenir.

Telle est la tradition religieuse, philosophique et littéraire dont relève Plutarque, qui en nourrit sa réflexion de façon diffuse dans l'ensemble de ses biographies et d'une manière plus concentrée dans ses *Moralia* (*De la Fortune, Sur la Fortune des Romains, Sur la Fortune et sur la vertu d'Alexandre*). Son appropriation personnelle de cette partie de l'héritage culturel se caractérise par une organisation de la réflexion autour principalement de trois problèmes majeurs soulevés par les trois couples suivants de relation entre Fortune et Providence, Fortune et Jalousie divine, Fortune et mérite.

FORTUNE ET PROVIDENCE
Comment concilier l'affirmation de la toute-puissance de la Fortune, capable de produire les événements les plus inattendus à partir de circonstances fortuites, et le postulat d'une Providence qui ne laisse rien au hasard?

Plutarque s'inscrit en faux contre les épicuriens, même s'il reconnaît (*Sertorius*, I, 1-7; *Parallèles grecs et romains*, préface) que, dans le déroulement sans limite du temps, l'instabilité des affaires humaines peut provoquer fortuitement le retour de certains accidents et même produire des doublets. Il demeure intimement convaincu que la marche du monde est conduite par une divinité bienveillante. Il ne se représente pas l'univers comme le lieu d'un nombre infini de possibilités, où tout finit par arriver du seul fait des coïncidences. Son idée est que s'entremêlent trois types de causes, le destin, le hasard et le libre arbitre (*Propos de table*, IX, 5, 2, 740 D), et que, si l'on peut parler d'une prédétermination par la Fortune qui opère des rencontres (*Question romaine* 106), celle-ci reste subordonnée à la Providence qui soit provoque les processus d'une inconstance capricieuse (*Propos de table*, IX, 5, 2, 740 D), soit utilise à ses fins, en y introduisant un ordre, les circonstances ou les éléments matériels réunis fortuitement (*Question romaine* 106). Le choix des termes dépend de la hauteur de vue adoptée. Si l'on se place au niveau le plus élevé, force est de reconnaître que la Fortune apparaît comme l'instrument de la volonté divine. En tant que telle, elle finit par être qualifiée elle-même de divine (*Sur la*

Fortune des Romains, 9, 322 A) et, lorsqu'un individu ou une catégorie d'individus, ou même tout un peuple, se trouve longuement favorisé par la constitution de situations propices au point de fournir l'impression d'être aidé par un *démon* secourable, c'est toujours parce qu'ainsi il sert, le temps nécessaire, à la réalisation des desseins de la Providence (*Sur la Fortune des Romains*, 11, 324 A).

Fortune et jalousie divine

Autre difficulté : la mauvaise Fortune, quand elle frappe injustement, n'est-elle pas incompatible avec la bonté de la Providence ?

Les dieux ne sauraient être tenus pour les auteurs du mal dans le monde (*Périclès*, XXXIX, 2). Néanmoins, Plutarque croit à l'existence d'une Némésis, c'est-à-dire d'une puissance redoutable qui voudrait que le bonheur soit toujours suivi de malheur. Il admire les propos prêtés par la tradition romaine à Paul-Émile sur l'instabilité de la Fortune, qui fait souvent payer cher ses faveurs (*Paul-Émile*, XXXVI, 5-9 ; XXXVII, 1). L'expérience montre, en effet, que dans une même existence les joies et les peines s'entremêlent et que les chutes succèdent aux élévations, les revers aux succès, comme, sur le plan de la santé, les moments de pleine forme aux périodes de méforme, voire de maladie. Il en naît l'impression d'une loi métaphysique, personnifiée par la figure mythologique de Némésis, fille de Nuit et justicière implacable de toutes les formes de démesure, en fait abstraction déifiée, symbole de la puissance distributive suprême. Plutarque hésite pour la dénommer. Il suggère (dans *Marius*, XXIII, 1) que c'est un autre nom et une autre manifestation de la *Tychè* ou de la Nécessité naturelle. Cette hésitation, loin d'introduire de la confusion, montre au contraire que la terminologie dépend du point de vue retenu et que, dans tous les cas, l'on a affaire à l'expression de la sagesse, et non pas de la jalousie, des dieux, dont le souci reste de continuellement mêler les bonnes et les mauvaises Fortunes (*Pompée*, XLII, 12), afin que les hommes gardent le sens de leurs limites (*Paul-Émile*, XXXIV, 8). La divinité, aux yeux de Plutarque comme à ceux de Platon (*Lois*, IV, 70b), contrôle tout au moyen de la variabilité des situations.

Fortune et mérite

Si la Fortune, comme instrument de la volonté divine, est souveraine, vaut-il encore la peine de s'imposer des efforts ? Les succès ne sont-ils pas dus à la chance de celui qui les remporte (*Timoléon*, préface, 6) ? Ne convient-il pas de considérer les vertus et les vices comme, eux aussi, le résultat du caprice des circonstances (*Sur la Fortune et sur la vertu d'Alexandre* I, 1, 326 D) ?

Nullement, répond Plutarque dans *Sur la Fortune et sur la vertu d'Alexandre* (II, 4, 336 E). Les dieux peuvent créer des conjonctures plus ou moins favorables, ils peuvent même exercer une influence sur notre volonté par l'inspiration ou l'imagination ; mais leur action s'arrête là : il revient aux hommes ensuite d'entreprendre et de faire face aux difficultés avec leur courage et leur intelligence (*Coriolan*, XXXII, 7-8). Certes, la générosité de la bonne Fortune diminue les mérites (*Sylla*, VI, 4-5) et ce n'est pas sans quelque malignité que Plutarque souligne l'importance de la Fortune dans le destin de Rome (*Sur la Fortune des Romains*, 2, 377 C) et la valeur dont Alexandre dut faire preuve pour surmonter les obstacles qu'il a rencontrés (*Sur la Fortune et sur la vertu d'Alexandre* I, 23, 327 A-E et II, 10, 341 C-F). Néanmoins, il reconnaît que les plus grandes œuvres politiques exigent de leurs acteurs qu'ils présentent nécessairement des qualités morales exceptionnelles, mais qu'ils soient aussi chanceux (*Dion*, I, 3). Toutefois, l'infortune ne condamne pas à l'échec. Non seulement elle n'enlève rien aux titres de gloire acquis (*Paul-Émile*, XXVI, 10), mais elle peut largement se compenser par des efforts dépensés avec intelligence et opiniâtreté (*Paul-Émile*, XII, 1-2). Bref, si le cours des événements fluctue au gré de la Fortune, celle-ci possède peu de pouvoir sur la nature humaine (*Pompée*, LIII, 10), qui dépend surtout de ses désirs et de leur contrôle par la raison. En fait, la Fortune n'a aucune prise sur les hommes de valeur, dont les biens demeurent purement rationnels (*Othon*, XIII, 5). Le sens de la bonne décision et la prévoyance ne lui laissent guère de place (*De la Fortune*, 3, 98 F). Comme l'affirme l'ensemble de l'opuscule, si le vice suffit à rendre l'homme malheureux *(passim)*, sans le vice pour allié, elle demeure impuissante. Inversement, la bonne Fortune devient parfois pour les idiots une source de malheur (*De la Fortune*, 5, 100 A).

Au total, grâce à la pensée et à la force de caractère, les hommes ont la possibilité d'échapper aux atteintes de la Fortune. Cependant la ligne générale du cours de l'histoire ne dépend pas d'eux. C'est la Providence qui en décide et en assure le déroulement par le truchement des coups du sort, qui ponctuent l'existence humaine et permettent l'éclosion des personnalités d'exception. Quelle que soit la réaction des individus concernés, son plan se réalise paradoxalement en prenant appui sur leur irréductible liberté.

Jacques BOULOGNE

Voir aussi • Acculturation • Dieux • Épicurisme • Platon • Stoïcisme •

GRÈCE

La Grèce tient une place importante dans l'œuvre du Béotien Plutarque. En rédigeant les *Vies parallèles*, il tenait à montrer que, bien que vaincue, la Grèce avait compté des héros comparables à ceux dont Rome se glorifiait, et qu'au moins quatre cités grecques, Athènes, Sparte, Thèbes et Syracuse avaient connu de grands moments dans leur histoire. Pour quelles raisons choisit-il la légende de Thésée plutôt qu'un autre de ces grands cycles que les mythographes de l'époque hellénistique avaient reconstitués à partir de traditions variées? Sans doute parce que le héros athénien, en dépit des réserves que Plutarque pouvait faire sur certains épisodes de sa vie tumultueuse, présentait l'image d'un homme politique, ce qui le faisait plus aisément entrer dans l'un des objectifs assignés aux *Vies parallèles*: montrer la richesse de l'expérience civique des Grecs. C'est ce même objectif qui amenait également Plutarque à choisir les deux grandes figures de législateur qui, grâce à lui, connaîtront une longue postérité : Lycurgue, le Spartiate, et Solon, l'Athénien. Deux figures légendaires auprès desquelles pâlira le pieux Numa. Par ce choix aussi, Plutarque, d'entrée de jeu, privilégiait les deux grandes cités antagonistes dont le conflit domine l'histoire du Ve siècle, le grand siècle de la Grèce : Sparte et Athènes. Mais, s'il admirait, comme Platon, dont il vénérait la mémoire, la Sparte de Lycurgue, c'est pourtant Athènes qui allait occuper la première place. Et d'abord, du fait du rôle qu'elle joua dans ce moment essentiel de l'histoire des Grecs : les guerres médiques, ce conflit qui mit aux prises, à partir de 490, les petites cités égéennes et l'immense empire perse. Lecteur d'Hérodote, Plutarque ne pouvait pas ne pas faire entrer dans sa galerie de portraits certains de ceux qui s'étaient illustrés dans cet affrontement entre la civilisation et la barbarie, les Athéniens : Thémistocle, le vainqueur de Salamine, Aristide, le fondateur de la Ligue attico-délienne, dont le but était, au lendemain de la victoire commune, de libérer du joug perse les cités grecques d'Asie, et Cimon, dont les victoires permirent la réalisation de ce projet. Mais un projet qui allait perdre son caractère initial quand d'alliance il deviendrait empire, un empire aux ambitions démesurées, puisqu'il ne s'agissait plus seulement de « libérer » les cités grecques d'Asie, mais de les contrôler étroitement tout en étendant vers l'Occident une domination de plus en plus exigeante. Tout naturellement, les auteurs de ces projets ambitieux, Périclès, Alcibiade, prenaient place parmi les grands hommes de l'histoire grecque. Le premier concentrait en sa personne tout ce que Plutarque tenait pour l'héritage de la Grèce : la science, la philosophie, l'art, et ce génie politique capable de contrôler le peuple tout en respectant la démocratie. Plutarque, au moins autant que Thucydide, a contribué à faire du Ve siècle, le « siècle de Périclès », le moment d'apogée de la civilisation grecque. Quant à Alcibiade, il était l'incarnation de ces ambitions démesurées qui allaient entraîner Athènes à sa perte. Il était surtout, pour Plutarque le disciple indiscipliné de Socrate, le héros de deux dialogues de Platon. Il lui permettait en outre d'introduire dans le genre biographique le romanesque auquel il aimait parfois sacrifier. Quant au malheureux Nicias, on peut penser qu'il figure dans cette galerie de grands hommes à la fois parce qu'il tenta de régler le contentieux entre Athènes et Sparte en négociant la paix de 421, et parce que Plutarque disposait du récit de Thucydide sur l'expédition de Sicile qui lui offrait une exceptionnelle documentation.

À la fin du Ve siècle, c'est désormais Sparte qui passait au premier plan. De cette situation nouvelle, Plutarque allait rendre compte à travers les *Vies* de deux héros spartiates, Lysandre et Agésilas. Le premier avait su renverser la situation qui prévalait lorsque avait débuté la guerre du Péloponnèse en 431. Alors, la flotte athénienne dominait les mers et c'est sur elle que comptait Périclès pour remporter une facile victoire sur la cité continentale qu'était Sparte. Mais les Péloponnésiens avaient résisté aux attaques des Athéniens et de leurs alliés, et, après un quart de siècle de conflits quasi ininterrompus, c'est sur mer, et grâce à la flotte recrutée par Lysandre, que les Spartiates allaient remporter la victoire définitive en 405 à Aïgos Potamoï. Cette victoire allait fonder pour quelques décennies l'hégémonie de Sparte, non seulement sur le continent, mais, même en Asie où, après Lysandre, Agésilas, le roi spartiate, allait imposer aux cités grecques, détachées de l'alliance athénienne, d'entrer dans celle de Sparte. Mais le même Agésilas allait être aussi l'artisan du déclin de Sparte, en menant délibérément une politique hostile à Thèbes. Et c'est le Thébain Épaminondas qui devait porter le coup décisif à l'hégémonie spartiate en remportant la victoire de Leuctres en 371. Désormais, pendant quelques années, Thèbes allait à son tour

manifester des tendances hégémoniques. Thèbes était la cité la plus importante de la Confédération béotienne dont faisait partie Chéronée, ville dont Plutarque était originaire. Il aurait consacré à Épaminondas une *Vie* qui ne nous est pas parvenue. En revanche, la *Vie de Pélopidas* figure parmi les *Vies parallèles*. Celui-ci avait, en 379, libéré Thèbes de la domination exercée par les partisans de Sparte, et il fut l'organisateur de la Confédération béotienne reconstituée. Il apparaît dans le récit de Plutarque étroitement associé à Épaminondas dans la renaissance de la puissance thébaine comme dans l'admiration que leur voue le biographe. Mais cette puissance thébaine allait être de courte durée, et s'effondrer après la mort d'Épaminondas à Mantinée, en 362. Xénophon, qui achève les *Helléniques*, notre principale source pour les événements de la première moitié du IVe siècle, par la description de cette bataille, conclut en remarquant que «l'incertitude et la confusion furent plus grandes après qu'avant dans toute la Grèce», aucune cité ne pouvant se prévaloir d'une quelconque autorité sur les autres. Trois ans plus tard, Philippe devenait roi de Macédoine. Et c'est à deux acteurs de la période qui vit s'opposer le roi et des cités grecques, au premier rang desquelles Athènes, que Plutarque consacre des biographies qui seront parmi les plus célèbres et les plus lues, celle de Démosthène et celle de Phocion. Plutarque n'ignorait pas les opinions contradictoires qui s'exprimaient à Athènes sur Démosthène. Il connaissait par ailleurs les nombreux discours prononcés et publiés par l'orateur. Sur Phocion en revanche, il ne disposait que d'informations concernant surtout son rôle après la victoire de Philippe à Chéronée, les relations amicales qu'il entretenait avec Alexandre, puis, après la mort du roi et l'échec du soulèvement des Grecs, avec Antipatros, dont il accepta les conditions imposées aux Athéniens en 322, en particulier l'établissement d'un régime censitaire et l'installation d'une garnison macédonienne au Pirée. Singulièrement, Plutarque, qui admire le «patriotisme» de Démosthène, tout en ne passant pas sous silence ses faiblesses, fait de Phocion une sorte de sage, et compare sa mort à celle de Socrate.
La fin des deux derniers grands Athéniens intervenait en un moment où le monde grec sortait bouleversé de l'aventure d'Alexandre. L'Alexandre de Plutarque ne pouvait être comparé qu'au seul César. C'est assez dire l'écho que ce texte eut au cours des siècles. C'est aussi en préface à la *Vie d'Alexandre* que Plutarque définissait le plus clairement son objet, qui n'était pas de faire métier d'historien, mais de mettre en valeur des caractères, en laissant à d'autres le soin de rappeler les combats, ce qui d'ailleurs ne l'empêcha pas de faire néanmoins le récit des campagnes du Macédonien, mais en l'entrecoupant d'anecdotes nombreuses qui contribuèrent à dessiner pour la postérité la physionomie du conquérant. Son empire cependant n'allait pas survivre à sa mort, et trois des héros de Plutarque furent les acteurs des troubles et des désordres qui suivirent: Eumène, le Grec de Cardia qui participa à la campagne d'Alexandre et aux luttes pour sa succession; Démétrios, fils d'Antigone le Borgne, l'un de ceux qui aspirèrent à cette succession et qui lui-même réussit un temps à se faire acclamer roi de Macédoine, et l'Épirote Pyrrhos, qui disputa le royaume à Démétrios, et dont Plutarque a fait un véritable héros épique, dont la vie romanesque et la mort dans des circonstances ridicules devaient nourrir l'imagination des poètes. Pendant que ces personnages hauts en couleur se disputaient l'héritage du conquérant, la Grèce exsangue tentait de préserver une partie de ses libertés.

Athènes n'était plus que l'ombre d'elle-même et honorait Démétrios comme un dieu, dont Plutarque se plaît à souligner la vie de débauche à l'intérieur même de l'espace sacré du Parthénon. Mais les Achéens d'une part, les Spartiates de l'autre témoignaient d'un reste de grandeur qui allait s'épuiser dans les conflits qui les opposèrent pour la mainmise sur le Péloponnèse. Aratos et Philopoemen du côté des Achéens, Agis et Cléomène du côté des Spartiates, incarnent ce rêve impossible d'une Grèce redevenue indépendante, alors que déjà se faisait de plus en plus présente la puissance de Rome qui, en la personne de Flamininus, allait proclamer au début du IIe siècle la liberté des Grecs, au moment même où elle s'apprêtait à se rendre maîtresse du monde méditerranéen oriental.

Les *Vies parallèles* de Plutarque offrent donc un aperçu de ce qu'a été l'histoire du monde grec depuis les temps mythiques jusqu'à la conquête romaine. Les choix opérés par lui reflètent dans une certaine mesure les différentes étapes de cette histoire. Mais le but qu'il poursuivait n'était pas de faire une histoire de la Grèce. Ce qu'il voulait montrer, en plaçant ses héros face aux grands hommes de l'histoire de Rome, c'est que la Grèce, réduite aux dimensions d'une province de l'Empire, n'en était pas moins digne d'être comparée à la maîtresse du monde, et n'en avait pas moins produit des hommes de caractère. Les comparaisons dont il fait suivre le récit de la vie de chaque paire sont éloquentes à cet égard. Car, si l'ampleur des campagnes que livrèrent un Marius, un Pompée, un César, est sans commune mesure avec l'importance de celles que conduisirent les grands stratèges de la Grèce, un Thémistocle, un Cimon, un Agésilas, ces derniers furent néanmoins les défenseurs d'une certaine idée de l'indépendance et de la liberté face aux Barbares d'abord, aux Macédoniens ensuite (Aratos, Cléomène), aux Romains enfin (Philopoemen). Et ce sont ces valeurs civiques qui, aux yeux de Plutarque, justifiaient qu'on les mît en parallèle avec les grands généraux de Rome. Le citoyen de Chéronée rappelait ainsi à ses concitoyens romains que la Grèce avait été le creuset où s'étaient élaborées une civilisation et une culture dont Rome était l'héritière.

Claude Mossé

Voir aussi • Acculturation •. Athènes • Citoyen/citoyenneté • Paix romaine • Sparte •

GUERRE(S)

La plupart des héros des *Vies* sont des rois, des stratèges et des magistrats dont l'activité principale et les compétences s'expriment dans le registre de la guerre. Tel est du moins le choix opéré par Plutarque, auquel échappent seulement les législateurs (Lycurgue, Numa et Solon) et dans une moindre mesure les orateurs (Démosthène et Cicéron). La guerre serait ainsi le mode normal des relations entre les cités et les peuples anciens. On a cru pouvoir montrer, en effet, qu'Athènes est engagée dans un conflit deux années sur trois au cours du Ve siècle (mais les combats n'avaient lieu qu'à la belle saison), et que le citoyen n'exprime jamais une adhésion plus entière aux valeurs de la cité que lorsqu'il lutte pour sa défense en tant qu'hoplite : la guerre est au service de la politique et peut même se confondre avec le politique.

Cette perspective est un héritage des Anciens qui, depuis l'épopée homérique et avec les historiens, ont souvent privilégié descriptions et analyses de la guerre. L'*Iliade* raconte longuement les péripéties qui conduisent les Achéens (les Grecs) à entreprendre le siège de Troie et décrit en détail quelques-uns des combats de la dixième et dernière année. Hérodote rapporte dans son *Enquête* les entreprises de sujétion et les guerres qui forment la trame des rapports entre Grecs et Barbares de la fin du VIIe siècle au premier quart du Ve siècle. L'affrontement entre les cités coalisées derrière Athènes et Sparte (431-404 avant J.-C.) est l'unique objet de la *Guerre du Péloponnèse* de Thucydide. Son œuvre, restée inachevée (le récit s'arrête en 411) en raison de la mort de l'auteur, est poursuivie par Xénophon, qui conduit l'analyse des rapports de force entre l'empire perse, Sparte, Thèbes et Athènes jusqu'en 362 avant J.-C., dans *Les Helléniques*. Parmi les historiens dont une part suffisante de l'œuvre nous est parvenue, Polybe expose comment Rome en est venue à dominer tout le bassin occidental de la Méditerranée, de 264 à 146 avant J.-C. Les historiens grecs du Ier siècle avant J.-C. (Diodore de Sicile, Denys d'Halicarnasse) et l'historiographie romaine (Tite-Live, Salluste) ne dérogent pas à cette tradition.

Plutarque connaît parfaitement tous ces auteurs, qui constituent ses sources parmi les plus importantes pour la rédaction des *Vies* (ainsi Thucydide pour les *Vies de Périclès* et *de Nicias*; Polybe, Posidonios et Tite-Live pour la *Vie de Marcellus*), mais il ne compose pas pour autant une forme d'«histoire-bataille», et on ne trouve dans son œuvre pas la moindre complaisance envers les réalités les plus sordides de la guerre. Cela vient en particulier de ce que cette tradition est infiniment plus complexe qu'une lecture rapide le laisse penser. Certes, dès l'*Iliade*, la guerre a partie liée avec la politique, que l'on songe au «conseil» des «Vieillards», qui convoque «l'assemblée» de tous les combattants, au chant II ; elle est source de revenus importants et joue un rôle économique ; elle est associée également aux valeurs les plus hautes qui ont cours dans la société homérique, en conférant une «gloire impérissable» au héros qui aura connu dans la bataille une «belle mort». Mais la guerre est aussi un fléau, ce dont les hommes ont conscience aussi bien que les dieux. Le vieux Priam supplie son fils Hector de ne pas affronter Achille (XXII, v. 38 et suiv.), et Zeus condamne sans détour Arès, dieu de la guerre : «Je te hais plus qu'aucun des dieux qui vivent sur l'Olympe, car tu ne rêves que discordes, guerres et combats» (V, v. 890-891). Chez les historiens de même, la guerre n'est jamais une valeur en soi. Pour Hérodote, les maux des Grecs ne viennent pas seulement des Barbares, mais des «principaux d'entre les Grecs eux-mêmes, faisant la guerre pour la suprématie» (VI, 98), souvent «dans les conditions les plus irréfléchies». La guerre est une «entrave», un «joug» posé sur autrui. Thucydide voit en elle «un maître violent», et, dans le cas d'Athènes, elle est assimilée à l'épidémie qui détruit une partie de sa population au début de la guerre. Xénophon clôt *Les Helléniques* sur l'idée que l'affrontement entre les cités grecques est un non-sens : à l'issue de la bataille de Mantinée, en 362, en dépit de la victoire de Thèbes sur Sparte, chacun se comporte comme s'il était à la fois le vainqueur et le vaincu, et «l'incertitude et la confusion furent plus grandes après qu'avant dans toute la Grèce» (VII, 5, 26).

Les récits de Plutarque portent en eux cette tradition réflexive, à laquelle se mêlent les relations particulières qu'entretient la Grèce avec Rome dans le domaine de la guerre depuis trois siècles. D'où une hésitation dans son écriture, qui n'est pas exempte de contradiction : tantôt la guerre est considérée comme la trame unique du récit, et si cette matière vient à manquer, la *Vie* s'arrête (*Flamininus*, XXI, 15) ; tantôt, à l'inverse, « les combats meurtriers, les affrontements les plus importants et les sièges des cités » ne méritent qu'un simple « résumé », parce qu'ils ne sont pas le meilleur révélateur d'un caractère (*Alexandre*, I, 2). À s'en tenir au premier de ces deux aspects, les *Vies parallèles* offrent une vaste fresque des grands conflits qui, en remontant jusqu'aux exploits de Thésée et au comportement belliqueux de Romulus, ont marqué l'histoire intérieure et extérieure des cités grecques et de Rome : la lutte conduite par Athènes contre les Perses (*Aristide, Thémistocle, Cimon*), la guerre du Péloponnèse (*Nicias, Alcibiade*), les rivalités des cités grecques pour l'hégémonie au cours de la première moitié du IVe siècle (*Pélopidas, Agésilas*), les interventions de Philippe II et les conquêtes de son fils Alexandre (*Démosthène, Alexandre, Phocion*), la deuxième guerre punique, où Rome vacille avant d'affermir sa puissance (*Fabius Maximus, Marcellus*), les luttes que Rome doit conduire contre Philippe V de Macédoine et son fils Persée (*Flamininus, Paul-Émile*), contre Mithridate, le dernier souverain hellénistique à pouvoir affronter les légions romaines (*Sylla, Lucullus*) ; sans oublier les guerres civiles du Ier siècle avant J.-C. qui mirent à mal la République (*Pompée, César, Antoine, Brutus, Caton le Jeune*). Ce rappel très incomplet suggère que Plutarque ne s'éloigne pas d'une tradition et d'un schéma narratif hérités, pour l'essentiel, de l'*Iliade* et de Thucydide. Deux exemples peuvent en donner la preuve. Lorsque Marcellus trouve la mort au combat (208 avant J.-C.), Hannibal se comporte en héros de l'épopée : « [...] il accourut en personne sur les lieux et, debout devant son cadavre, il examina longuement sa vigueur et sa beauté, sans laisser échapper une parole insolente ni montrer le moindre signe de joie à ce spectacle » (*Marcellus*, XXX, 1) ; ainsi agissent les Argiens qui « vinrent en courant admirer la taille d'Hector et sa rare beauté », après qu'il eut été tué par Achille (*Iliade*, XXII, v. 369-370). De même, tout comme chez Thucydide et Euripide, une cité en guerre est toujours pour Plutarque une cité « malade », « rongée » par un mal « pernicieux » (*Marius*, XXXV, 1 ; *Sylla*, IV, 6 et XIII, 2 ; *César*, XXIII, 5-6 et XXVIII, 6), et la guerre est un « orage », une « tempête » à laquelle aucune communauté ne peut résister (*Périclès*, XXIX, 1).

L'héritage du récit de guerre permet ainsi à Plutarque d'engager et d'amplifier une réflexion critique sur l'histoire de ce phénomène. Il sait tout d'abord ne rien omettre des atrocités de la guerre, sans complaisance pour le sordide, mais avec une précision ramassée, qui est la marque de son indignation, c'est-à-dire d'un souci de rapporter avant tout pour comprendre, qu'il s'agisse des violences commises sur les victimes civiles, des extrémités auxquelles les conduisent le désespoir et le désir d'éviter le pire – tomber vivantes aux mains du vainqueur –, de l'extermination et des pillages conduits sans raison par les soldats, « jusqu'au moment où les Romains se lassèrent » (*Lucullus*, XXXI, 8-9 ; voir aussi *Marius*, XXVII, 2-5 ; *Sertorius*, V, 7 et XXV, 6 ; *César*, XVIII, 4, etc.). Les scènes d'anthropophagie, l'amoncellement des cadavres font aussi partie de toutes les guerres.

Plus encore, Plutarque propose une histoire comparée de l'évolution de la guerre en Grèce et à Rome. Sur ce point, comme pour tant d'autres, Rome est à l'école de la Grèce. Pour les Romains, point de doute, «leur constitution était à l'origine de type militaire», «leurs premières épouses [les Sabines] ont été enlevées par la force et par la guerre», et «tout leur appartenait de ce que pouvait atteindre leur lance» (*Questions romaines*, 15, 84 et 87). En dépit du règne de Numa, roi philosophe qui sut gouverner en faisant prévaloir la paix et l'amitié avec les voisins (*Numa*, VI, 1; XVI, 2-6; XX, 3-9), Rome fut, jusqu'à la deuxième guerre punique, «pleine de dépouilles barbares et sanglantes, couronnée de monuments de triomphe et de trophées» (*Marcellus*, XXI, 2). Or précisément, Marcellus (257-208 avant J.-C.) «fut, semble-t-il, le premier à montrer aux Grecs que les Romains étaient plus respectueux de la justice» (*ibid.*, XX, 1). Comme Alexandre avait épargné la maison de Pindare à Thèbes, Marcellus protège la famille d'Archimède, tué contre son ordre par un légionnaire, lors de la prise de Syracuse (*Marcellus*, XIX, 12). L'hellénisme pénètre à Rome à partir de la seconde moitié du IIIe siècle, et Marcellus est un des responsables de cette lente acculturation. Il renonce à voir dans les Romains «[un] peuple [...] habitué à faire la guerre ou à labourer», et préfère les rendre aptes à «honorer et admirer les beautés et les merveilles de la Grèce» (*ibid.*, XXI, 6-7). L'hellénisation est une image inversée de la guerre et les Romains pourront à leur tour éduquer d'autres peuples, comme Sertorius qui ôte aux peuples espagnols leur «manière sauvage et bestiale de combattre» (*Sertorius*, XIV, 1-4). Même chez les Grecs, les seules guerres qui trouvent grâce aux yeux de Plutarque sont les guerres médiques (*Flamininus*, XI, 6), encore convient-il de ne point trop en faire état (*Préceptes politiques*, 814 B-C); et Nicias a sa faveur parce qu'en dépit de ses qualités de stratège, il voulait renoncer à l'expédition de Sicile. Néanmoins, Plutarque sait que guerre il y a et il y aura toujours; il faut seulement s'efforcer, comme les Spartiates, de la conduire et de la contrôler «par la parole et l'intelligence plutôt que par la violence et la bravoure» (*Marcellus*, XXII, 10), et de lui donner pour fin la paix, comme Timoléon (*Timoléon*, XXXV). C'est à ces deux conditions que furent garanties la liberté des cités grecques au Ve siècle avant J.-C. et leur autonomie au sein de l'Empire romain aux Ier et IIe siècles après J.-C. La Grèce de Plutarque tient en ces deux moments.

Pascal PAYEN

Voir aussi• Acculturation • Chéronée • Histoire • Paix romaine • Thucydide •

HÉRODOTE

Dans les *Vies*, Hérodote (vers 484-420 avant J.-C.) est peu souvent nommé (cinq fois) mais assez largement utilisé (W. C. Helmbold et E. N. O'Neil, *Plutarch's Quotations, Philological Monographs* 19, 1959, comptent 55 passages inspirés ou cités de l'*Enquête*). C'est dire qu'il occupe une place apparemment paradoxale.

Comment, en effet, cet auteur dont la « malignité » est dénoncée sans ambages dans le *De la malignité d'Hérodote*, peut-il constituer la source principale de certaines *Vies*, essentiellement celles de Solon (8 références repérables), de Thémistocle (18) et d'Aristide (18) et une des sources pour quantité d'autres ?

Dans le *De la malignité d'Hérodote*, Plutarque procède à une typologie des procédés par lesquels l'auteur de l'*Enquête* ferait preuve de la dernière injustice tout en revendiquant la justice et exerce sa « malignité » sous les dehors de la douceur et de la franchise, autrement dit, prend le visage de Persuasion pour flatter ou dénigrer faussement ceux dont ils parlent, notamment les Béotiens et les Corinthiens. Suit alors l'examen des passages de l'œuvre qui ont servi à constituer cette typologie et qui, du même coup, l'illustrent.

Or, parmi eux, les récits qui fondent en partie les *Vies* consacrées à Solon, Thémistocle et Aristide, ne sont guère épargnés. Dans l'*Enquête*, s'indigne Plutarque, Solon, l'un des Sept Sages est présenté, à travers les heurs et malheurs de Crésus, comme un contempteur des dieux qui ne voit en eux que jalousie (857 F-858 A) ; Thémistocle, qui originellement partageait avec les Péloponnésiens l'avis de se replier au sud de l'isthme de Corinthe pour combattre les Perses, aurait été convaincu par un certain Mnésiphilos que les Grecs devaient attendre l'ennemi à Salamine et aurait fait passer cette idée pour la sienne (869 C-D) ; enfin, il se serait enrichi malhonnêtement aux dépens des alliés et à l'insu des autres stratèges (871 C-D). Plus largement, c'est le tableau d'ensemble des rapports entre les Grecs qui est contesté : les Spartiates, les Argiens, les Corinthiens, les Thessaliens, les Thébains n'ont pas eu l'attitude qu'Hérodote leur prête et la noblesse d'Athènes ne souffre pas les réticences qu'il manifeste parfois. Du coup c'est le regard porté sur Marathon, sur les Thermopyles, sur Salamine, sur Platées qui s'en trouve changé.

Ainsi toute l'œuvre d'Hérodote serait si mensongère et artificieuse qu'il faudrait des livres entiers pour en démonter les *pseusmata* (« mensonges ») et les *plasmata* (« falsifications ») (*De la malignité d'Hérodote*, 854 F), et, dans les *Vies*, Plutarque ne se prive pas de s'écarter d'Hérodote chaque fois qu'il le juge nécessaire, voire d'en diverger, au point que jusque dans les années 60 (A. W. Gomme, *A Commentary on Thucydides*, I, Oxford, 1959, p. 81-84) les critiques (d'E. Meyer à K. Ziegler en passant par K. J. Bloch) croyaient volontiers que Plutarque n'avait eu accès à l'*Enquête* qu'indirectement à travers une source hellénistique : une idée désormais abandonnée. On ne peut donc faire critique plus radicale que celle de Plutarque à l'égard d'Hérodote.

Pourtant de Marathon à Salamine et Platées, la trame événementielle sur laquelle se détachent les figures de Thémistocle et d'Aristide est intégralement hérodotéenne et la visite de Solon à Crésus demeure un des épisodes importants de la *Vie de Solon*.

C'est que Plutarque partage avec ses prédécesseurs dits « historiens » de considérer que la trame événementielle est une donnée de fait et un savoir partagé. Elle ne constitue donc pas un objet de recherche, encore moins un objet d'étude à construire. Ainsi, avant lui, Thucydide pouvait bien juger que tous les logographes, dont Hérodote, et tous les poètes, dont Homère, embellissaient la réalité et la travestissaient d'une certaine manière ; il n'en restait pas moins que le cours général de leur récit constituait un acquis sur lequel l'auteur de la *Guerre du Péloponnèse* pouvait s'appuyer pour construire une suite, les principes de recherche et de composition des uns et des autres fussent-ils parfaitement étrangers. Ainsi, Plutarque ne se prive pas non plus d'étayer son récit sur des historiens qu'il réprouve ou sur des auteurs que les modernes regardent comme des philosophes ou des poètes.

Mais il y a plus. La notion même d'*historia* s'est, chez lui, à la fois spécialisée et diluée. Enquête livresque et non plus, comme chez Hérodote, réalité ou fiction d'une enquête de terrain (J. Buckler, «Plutarch and Autopsy», *ANRW* 33, 6, 1992, p. 4788-4830); composition *(syntaxis)* organisant le plus vaste matériau possible mais faisant ressortir l'essentiel (*Démosthène*, II, 1), elle est donc désormais incapable d'admettre les ressorts, notamment judiciaires, de la confrontation d'avis divers telle que l'organise l'auteur de l'*Enquête*, de même que sa propension à la digression. Il en résulte que si Hérodote ne choisit pas entre plusieurs thèses ou glisse son avis parmi d'autres, c'est pour semer le trouble et introduire la suspicion sur les acteurs des événements. S'il semble s'écarter du droit fil de son récit c'est pour y faire entrer à toute force quelque calomnie ou quelque accusation. Plus spécialisée encore, l'*historia* devient, dans la conception plutarquéenne de l'acte moralement beau, l'équivalent de la *bouleusis* chez Aristote, laquelle constitue la «délibération» préalable au choix préférentiel *(proaïresis)* de telle ou telle forme d'acte: «Car la beauté morale nous attire à elle de manière active: elle suscite aussitôt en nous un élan qui pousse à l'action. Il ne s'agit pas seulement d'une imitation passive, qui forme le caractère du spectateur; la narration des faits entraîne en lui la volonté d'agir» (*Périclès*, II, 4). Inversement l'*historia* semble avoir en grande partie perdu ses caractères distinctifs. Certes il s'agit encore d'un mode d'appréhension du réel chronologiquement accessible et qui s'efforce d'épurer par le *logos* la «raison», les traditions fabuleuses. Mais là où elle ne pourra pas aller, le *bios*, la *Vie*, ira quand même (*Thésée*, I, 5) en sorte que souvent le verbe *historousi*, «on raconte», a chez Plutarque la même platitude et la même indistinction qu'un *legousi* ou un *phasi*, «on dit», (*Thésée*, XX, 8; *Romulus*, XVI, 8; etc.). Hérodote, que Plutarque place ainsi à très grande distance de lui, constitue donc pour l'auteur des *Vies* un objet privilégié de critiques et un indispensable outil de travail, sans que l'un empêche l'autre.

Catherine D<small>ARBO</small>-P<small>ESCHANSKI</small>

Voir aussi • Écrit/Écriture • Histoire • *Moralia* • Sources • Thucydide •

HISTOIRE

Pour se justifier de ne pas entrer dans le détail des grandes actions accomplies par Alexandre et par César, Plutarque, au début de la *Vie d'Alexandre*, souligne ce qui distingue la biographie de l'Histoire: «nous n'écrivons pas des *Histoires* mais des *Vies*, et ce n'est pas toujours par les actions les plus illustres que l'on peut mettre en lumière une vertu ou un vice; souvent un petit fait, un mot, une bagatelle, révèlent mieux un caractère que les combats meurtriers, les affrontements les plus importants et les sièges des cités» (*Alexandre*, I, 2).

Et cependant, parce qu'il avait choisi comme héros de ses *Vies parallèles* des hommes qui avaient joué un rôle politique, que ce soit dans les cités grecques ou à Rome, et qui souvent furent aussi de grands hommes de guerre, force lui fut de recourir au témoignage des historiens anciens : Hérodote, Thucydide, Xénophon, Éphore, Théopompe, Timée, Phylarque, Polybe, d'autres encore moins connus et surtout que nous ne connaissons le plus souvent qu'à travers ce qu'il nous en dit, pour les Grecs ; Denys d'Halicarnasse, Tite-Live, Salluste et certains annalistes pour les Romains. Certes, le plus souvent, il résume les récits des historiens qu'il utilise. Souvent aussi, il modifie leur témoignage, pour mieux mettre en valeur l'action de son héros. Ainsi, là où Thucydide ou Xénophon disent «les Athéniens» ou «les Lacédémoniens», il préfère attribuer leurs mérites au seul Alcibiade ou au seul Agésilas. Mais cette personnalisation qu'impose le genre biographique ne fait pas pour autant disparaître du récit les actions elles-mêmes, y compris les campagnes militaires.

Plutarque fait aussi œuvre d'historien en utilisant d'autres sources auxquelles il a pu avoir accès directement : les termes d'un décret ou d'un sénatus-consulte, une inscription figurant sur la base d'une statue qu'il a vue de ses propres yeux. Et bien évidemment, il ne limite pas ses lectures aux historiens. Il cite abondamment les Comiques, il a lu Platon, les discours de Démosthène et ceux de Cicéron, les Mémoires d'Aratos, les écrits de César.

De ce fait, les *Vies parallèles* présentent, à travers les figures des grands hommes dont Plutarque a composé la biographie, une histoire de la Grèce antique jusqu'à la conquête romaine, et de la République romaine jusqu'à la bataille d'Actium. Le choix même de ces figures mises en parallèle donne de cette histoire une vision d'ensemble. Si l'on met à part les *Vies de Thésée* et *de Lycurgue* d'une part, *de Romulus* et *de Numa* d'autre part, où Plutarque s'efforce de rationaliser un passé mythique pour le faire entrer dans l'histoire, on a un tableau presque complet des événements d'une période qui va du début du VIe siècle à la fin du Ier siècle. Athènes, sortie grâce à Solon d'une grave crise intérieure, atteint son apogée au Ve siècle avec *Aristide* et *Thémistocle, Cimon* et *Périclès, Nicias* et *Alcibiade*.

Mais déjà, avec ces deux derniers, s'annonce le déclin. C'est ensuite l'hégémonie de Sparte avec *Lysandre* et *Agésilas*, celle de Thèbes avec *Pélopidas*, puis l'affrontement avec la Macédoine *(Démosthène* et *Phocion)*, cependant qu'en Occident la Sicile grecque résiste aux Carthaginois et se débarrasse des tyrans *(Dion* et *Timoléon)*. Puis c'est l'aventure d'Alexandre, les luttes qui suivent sa mort *(Eumène, Démétrios, Pyrrhos)* et les dernières manifestations de l'indépendance grecque *(Agis et Cléomène, Aratos, Philopoemen)*.

Pour Rome, ce sont d'abord les difficiles débuts de la République, aux prises avec les luttes internes et la menace de puissants voisins *(Publicola, Coriolan, Camille)*, puis la période des conquêtes *(Fabius Maximus, Marcellus, Flamininus, Caton l'Ancien, Paul-Émile)* et leurs conséquences sur les transformations de la société *(Les Gracques)*, qui donnent naissance aux guerres civiles et à l'importance grandissante des généraux *(Marius, Sylla, Sertorius, Lucullus, Crassus, Pompée, César, Antoine)* auxquels s'opposent en vain les défenseurs de la tradition républicaine *(Brutus, Cicéron, Caton le Jeune)*.

On ne s'étonnera pas dès lors de la place importante qu'ont tenue les *Vies parallèles* dans l'historiographie. Aujourd'hui, on a tendance à les lire d'une manière plus critique, de tenir compte davantage de ce que Plutarque voulait démontrer en rédigeant son œuvre, dans un contexte précis, celui d'un Empire romain qui retrouvait après une période de troubles une paix nouvelle, et au sein duquel le Grec Plutarque entendait servir de «médiateur» (*Plutarque. Grecs et Romains en parallèle*, introduction, traduction et commentaires des *Questions romaines* et des *Questions grecques* par M. Nouilhan, J.-M. Pailler et P. Payen, Paris, Hachette, 1999, p. 45-47) entre un passé qui avait connu de grands moments de gloire et ses contemporains, l'objet de cette médiation étant de présenter à ses lecteurs et de se donner à lui-même des modèles de vertu, comme il le rappelle au début de la *Vie de Timoléon*: «L'histoire est à mes yeux comme un miroir, à l'aide duquel j'essaie, en quelque sorte, d'embellir ma vie, et de la conformer aux vertus de ces grands hommes» (*Timoléon*, Préface, 1).

Claude MOSSÉ

Bibliographie
L'Histoire d'Homère à Augustin. Préface des historiens et textes sur l'Histoire, réunis et commentés par F. HARTOG, traduits par M. CASEVITZ, Paris, Seuil, 1999.
BOULOGNE, J., *Plutarque. Un aristocrate grec sous l'occupation romaine*, Lille, PUL, 1994.
FRAZIER, F., *Histoire et morale dans les* Vies parallèles *de Plutarque*, Paris, Les Belles Lettres, 1996.
STADTER, Ph.A. (éd.), *Plutarch and the historical Tradition*, Londres-New York, Routledge, 1992.

Voir aussi • Écrit/Écriture • Ethnographie • Hérodote • Polybe • Sources • Thucydide • Tite-Live •

HOMÈRE

L'abondance des références à Homère dans l'ensemble de l'œuvre de Plutarque, et notamment dans les *Vies* (où seul Platon bénéficie d'une présence comparable parmi les auteurs cités), témoigne de la place toujours prépondérante de l'épopée dans la culture et l'éducation aux premiers siècles de l'ère chrétienne, dans le monde romain hellénisé où vit Plutarque. À côté de leur nombre, la nature des références est également instructive. Il peut s'agir d'un mot, d'une épithète sans référence explicite mais dont on sait qu'elle sera saisie par le lecteur cultivé qui sert d'interlocuteur. Ainsi «l'aimable Mantinée», dont le nom est changé par Aratos pour celui d'Antigoneia, c'est-à-dire pour le nom du bourreau de la ville (*Aratos*, XLV).
Souvent, une citation d'un ou deux vers introduit ou justifie une comparaison entre un des personnages de la biographie et un héros d'Homère. «Cléomène ne trouvait aucun plaisir dans une vie de mollesse», dit Plutarque,

l'étranger (*Question grecque* 17 : le prisonnier de guerre, dans ce contexte, devient « Hôte de la Lance » et non « Captif de la Lance »).

Plutarque perçoit et fait percevoir qu'à Rome la *fides* est le ciment des rapports de clientèle, si importants à tous les niveaux, notamment quand il s'agit d'« hommes nouveaux » (*Caton l'Ancien*, I, 2 et *Marius*, V, 7-9, etc.). Il sait reconnaître la *fides ibérica* à l'œuvre dans les liens de confiance que Sertorius parvient à nouer avec les chefs hispaniques (*Sertorius*, XIV, 5). Il se distingue des autres sources à propos des relations de Porsenna et de Publicola, lorsqu'il décrit entre eux une sorte de contagion et de concurrence dans la loyauté qui prend idéalement le relais de l'épisode où Mucius Scaevola sacrifie la « main du serment » (*Publicola*, XVII-XIX). Mais le passage le plus important est sans doute celui où les Grecs, conquis, dans tous les sens du terme, par la libéralité et la loyauté – la *pistis* – de Flamininus, lui offrent à leur tour leur *fides*, entrant ainsi dans l'« amitié » de Rome (*Flamininus*, II, 5 ; XI, 4-5 ; XII, 8 ; XVI, 6-7).

Jean-Marie PAILLER

Voir aussi • République romaine • Rome • Zeus •

FORTUNE

Cette abstraction divinisée recouvre chez Plutarque une notion complexe, dont la polysémie (chance, aléas, hasard, destin) s'est enrichie du croisement du concept hellénique de *Tychè* et de la divinité romaine Fortuna. Ce croisement a donné lieu à une assimilation quasi totale de l'une à l'autre, si bien que les deux mots se traduisent mutuellement dans les deux langues, latine et grecque, comme s'ils désignaient exactement la même réalité. Originellement force productrice de rencontres plus ou moins favorables, vite déifiée par les habitants du Latium, la Fortune est l'objet d'un culte particulièrement développé à Rome, comme le souligne Plutarque dans ses *Questions romaines* (36, 74 et 106) et son ouvrage *Sur la Fortune des Romains* (chapitre V). Absente des théogonies archaïques qui nous sont parvenues, la divinisation de l'idée d'un mouvement qui atteint son objectif contre toute attente apparaît néanmoins assez vite en Grèce. Elle se manifeste en tout cas avec éclat dans le théâtre de Sophocle, où Œdipe revendique pour mère *Tychè*, se proclamant ainsi à la fois fruit des impondérables de l'existence et fils de ses propres œuvres, puisque enfant trouvé, il ne doit rien à personne d'autre que lui-même. Cette revendication contient en germe tous les développements philosophiques dont la notion se charge ensuite, impression d'une puissance mystérieuse, qui provoque des concours de circonstances que ni les hommes ni les dieux ne maîtrisent, et d'un sort attaché à chaque individu ou groupe d'individus et caractérisé par le contingent. Si certains philosophes, tel Aristote, éprouvent le besoin de distinguer la Fortune du hasard, ce dernier, d'extension plus large, ne concernant pas, selon le Stagirite comme selon Platon, les faits extérieurs au domaine de l'activité pratique et dépourvus de détermination délibérative, tous rangent le concept de fortuit dans la catégorie des causes accidentelles, capricieuses et obscures pour la raison humaine. D'après les stoïciens, elle fait donc partie de l'enchevêtrement impossible à transgresser des causes qui constituent le destin. Mais, dans l'ensemble, ce qui retient le plus souvent l'attention des Anciens, c'est l'extrême inconstance de ce type de causalité et, par suite, le sentiment angoissant d'une insécurité permanente. D'où l'institution convergente, en Grèce et à Rome, de cultes apotropaïques, privés ou publics, ce qui, renforcé par le syncrétisme religieux général, a entraîné la fusion de *Fortuna* et de *Tychè*. D'où également une spéculation philosophique, notamment chez les épicuriens, qui se traduit par la recherche d'une sagesse n'offrant aucune prise aux atteintes de la Fortune. D'où encore l'utilisation chez les historiographes, en particulier Polybe, de ce concept causal pour penser les péripéties de l'histoire et expliquer l'imprévisibilité des événements. D'où enfin la place importante de cette divinité dans le système narratif du genre romanesque, si sensible à la déréliction politique des simples particuliers dans un monde où les cités ne les associent plus au choix de leur devenir.

Telle est la tradition religieuse, philosophique et littéraire dont relève Plutarque, qui en nourrit sa réflexion de façon diffuse dans l'ensemble de ses biographies et d'une manière plus concentrée dans ses *Moralia* (*De la Fortune, Sur la Fortune des Romains, Sur la Fortune et sur la vertu d'Alexandre*). Son appropriation personnelle de cette partie de l'héritage culturel se caractérise par une organisation de la réflexion autour principalement de trois problèmes majeurs soulevés par les trois couples suivants de relation entre Fortune et Providence, Fortune et Jalousie divine, Fortune et mérite.

Fortune et Providence

Comment concilier l'affirmation de la toute-puissance de la Fortune, capable de produire les événements les plus inattendus à partir de circonstances fortuites, et le postulat d'une Providence qui ne laisse rien au hasard ?

Plutarque s'inscrit en faux contre les épicuriens, même s'il reconnaît (*Sertorius*, I, 1-7 ; *Parallèles grecs et romains*, préface) que, dans le déroulement sans limite du temps, l'instabilité des affaires humaines peut provoquer fortuitement le retour de certains accidents et même produire des doublets. Il demeure intimement convaincu que la marche du monde est conduite par une divinité bienveillante. Il ne se représente pas l'univers comme le lieu d'un nombre infini de possibilités, où tout finit par arriver du seul fait des coïncidences. Son idée est que s'entremêlent trois types de causes, le destin, le hasard et le libre arbitre (*Propos de table*, IX, 5, 2, 740 D), et que, si l'on peut parler d'une prédétermination par la Fortune qui opère des rencontres (*Question romaine* 106), celle-ci reste subordonnée à la Providence qui soit provoque les processus d'une inconstance capricieuse (*Propos de table*, IX, 5, 2, 740 D), soit utilise à ses fins, en y introduisant un ordre, les circonstances ou les éléments matériels réunis fortuitement (*Question romaine* 106). Le choix des termes dépend de la hauteur de vue adoptée. Si l'on se place au niveau le plus élevé, force est de reconnaître que la Fortune apparaît comme l'instrument de la volonté divine. En tant que telle, elle finit par être qualifiée elle-même de divine (*Sur la*

« "Son cœur se languissait, tandis qu'il restait là",
tel Achille,
"Regrettant le combat et les clameurs de guerre." » (*Cléomène*, LV, 3).

Ici, la référence permet d'éclairer la psychologie d'un personnage, comme dans un passage de la *Vie de Pompée*, où le général romain est comparé à Achille « totalement fasciné et possédé par le désir de gloire » (*Pompée*, XXIX, 5). Le jugement de Plutarque passe à travers celui d'Homère et est comme autorisé par lui, tandis que son personnage se trouve bénéficier du reflet du héros homérique, même si une ombre de dérision l'accompagne. Un peu plus loin dans la *Vie de Pompée* (LXXII, 2), une autre citation, plus longue, renforce ce sentiment de dérision en même temps que la dimension tragique du moment. L'ensemble du comportement de Pompée regagnant sa tente après la défaite de sa cavalerie à Pharsale est suggéré à travers celui du héros grec Ajax. « Son attitude correspondait tout à fait à celle que décrivent les vers suivants :

"Et alors Zeus le père, assis dans les hauteurs,
Fit lever la terreur sur Ajax qui soudain :
S'arrêta stupéfait, rejetant en arrière
Son bouclier cousu avec sept peaux de bœufs.
Il parcourut des yeux la foule et il trembla." »

Homère est d'ailleurs la référence commune de tous ceux qui partagent la culture grecque et elle crée un lien entre eux. Ainsi, Plutarque cite Scipion l'Africain qui cite lui-même Homère en apprenant la mort de Tibérius Gracchus : « Que meure ainsi quiconque agirait comme lui ! » (*Les Gracques*, XXI, 7). La condamnation implacable et le mépris distant de l'aristocrate romain passent tout entiers à travers ce simple vers que Plutarque ne commente pas.

Quant à la place qu'Homère tient dans cette culture partagée, elle est définie par Plutarque au moment où il parle de la découverte d'Homère par Lycurgue, qu'il présente comme son introducteur en Grèce : « Il comprit que s'ils [les poèmes d'Homère] invitaient parfois aux plaisirs et à la licence, ils contenaient un enseignement politique et pédagogique bien plus digne d'intérêt ; il s'empressa de les copier et de les rassembler pour les rapporter dans son pays » (*Lycurgue*, IV, 5-6).

Plus encore : Homère peut introduire à la seule vraie science, celle du divin. Il est, par exemple, cité plusieurs fois dans le traité *Sur Isis et Osiris* où Plutarque se propose, à travers les dieux et les croyances des Égyptiens, de définir « la vérité qui touche à ce qui concerne les dieux ». Dès le premier paragraphe, Homère est convoqué pour attester que ce sont la science et la sagesse qui établissent la puissance de dieu : « Jamais Homère, dans tout ce qu'il dit des dieux, n'a mieux parlé que quand il s'écrie : "Ils ont tous deux [il s'agit ici de Zeus et de Poséidon] une même origine et une même patrie ; mais Zeus est né le premier et sa science est plus grande." Ce poète nous fait ainsi connaître, que si la prééminence de Zeus est plus auguste, c'est qu'elle se fonde sur une plus vaste science et une plus vénérable sagesse. »

Plutôt que de condamner comme d'autres avant lui (de Xénophane à Platon) le discours des poètes sur les dieux, Plutarque s'efforce de concilier les enseignements qu'ils peuvent apporter sur eux avec les exigences de la morale et de la philosophie.

Certes, il proteste lui aussi, à l'occasion, contre les «poètes, qui troublent les esprits avec leurs inventions trompeuses, et se contredisent eux-mêmes dans leurs récits mythologiques», lorsqu'ils «peignent les dieux eux-mêmes, ils les montrent pleins de trouble, de malveillance, de colère et d'autres passions qui ne conviennent même pas à des hommes doués de raison» (*Périclès*, XXXIX, 2-3). Mais le mythe peut aussi contenir un enseignement. Il s'agit de savoir le lire: «Il ne faut pas considérer les mythes comme des récits véritables, jusque dans le détail, mais y prendre ce qui nous convient, là où le permet la vraisemblance» (*Sur Isis et Osiris*, 374 E). C'est à quoi s'emploie largement le traité d'où est tirée cette formule. À ce compte, et dûment interprétés, les poètes en général, et Homère le premier, peuvent devenir des sources de connaissance précieuses, si l'on sait «épurer» et «moraliser» ce que peut avoir de choquant la tradition (*Sur Isis et Osiris*, 358 E).

Plutarque en vient ainsi à défendre Homère contre ses détracteurs dans un passage de la *Vie de Coriolan* (XXXII, 5) où le philosophe s'appuie sur le poète pour analyser les rapports entre providence divine et libre arbitre. Loin de dépouiller ses héros de leur libre choix «par ses fictions impossibles et ses fables incroyables», comme certains le lui reprochent, «Homère fait intervenir la divinité, non pour supprimer notre libre arbitre, mais pour le susciter, pour créer en nous, non des élans, mais les images qui font naître ces élans: par ce moyen, loin de rendre notre action involontaire, elle rend possible une action volontaire en nous inspirant courage et espoir» (*Coriolan*, XXXII, 7). Ainsi sont sauvés à la fois la crédibilité du poète, la providence divine et le libre arbitre...

L'épopée fonctionne donc comme un réservoir inépuisable de modèles d'actions et de comportements, mais aussi de références philosophiques et religieuses, qui permettent de rendre compte de situations et de caractères échelonnés sur la longue période légendaire et historique que couvrent les biographies, contribuant à donner aux *Vies* une homogénéité au-delà de leur diversité. Référence pour les héros grecs et romains de Plutarque, l'épopée l'est encore pour les lecteurs contemporains de son œuvre, avec lesquels elle crée une complicité qui puise ses racines dans une culture commune.

Louise Bruit

Voir aussi • Dieux • Éducation • Grèce •

LECTEURS/LECTURES

L'histoire de l'influence et de la réception des *Vies parallèles* depuis l'Antiquité reste un chapitre de l'histoire culturelle difficile à traiter, avant tout parce que le nom de Plutarque fut longtemps associé à la diversité de contenu et à la nature philosophique des traités réunis en une même collection sous le titre de *Moralia (Œuvres morales)*, en particulier grâce au travail d'édition et de copie du moine byzantin Maxime Planude, dans la dernière décennie du XIIIe siècle. On s'efforcera donc de repérer la trace et de rappeler le nom de quelques-uns des lecteurs passés de l'œuvre de Plutarque, et surtout de souligner la constitution progressive de traditions interprétatives dont hérite le lecteur moderne et qui forment écran, parfois à son insu, entre Plutarque et lui.

La réputation de science et de sagesse du citoyen de Chéronée, de Delphes, de Rome et d'Athènes est établie dès le IIe siècle après J.-C. Aulu-Gelle, dont les *Nuits attiques* rassemblent en vingt livres de brèves notes de lecture, le tient pour «l'homme le plus savant et le plus sage» qui soit, dont «l'autorité est d'un grand poids en matière d'érudition» (I, 26, 4 et IV, 11, 11). Il puise dans «l'admirable» traité *Comment maîtriser la colère?* et dans les *Propos de table*, pour parler d'Homère, de Pythagore ou d'Épicure. Il est dès lors possible de distinguer, pour l'Antiquité, trois figures de Plutarque. L'érudit polygraphe, tout d'abord : c'est celui que distingue le plus grand savant de son temps, le médecin de Marc Aurèle, Galien de Pergame (vers 129-199), qui lit, par exemple, les *Études sur Homère*. Le philosophe platonicien, ensuite : les néo-platoniciens des IIIe-Ve siècles (Porphyre, Proclus, Damascius) voient dans son œuvre le premier effort de synthèse des traditions philosophiques grecques. Le moraliste, enfin, auprès de qui les Pères grecs de l'Église (Clément d'Alexandrie, Jean Chrysostome, Grégoire de Nazianze et Grégoire de Nysse) trouvent le moyen de concilier foi chrétienne et lettres païennes. Les *Vies* ne paraissent pas avoir fait l'objet d'une lecture aussi constante. Pausanias a utilisé pour sa *Description de la Grèce* les *Vies d'Épaminondas* et *de Philopoemen*, mais Arrien ne le mentionne pas parmi les sources de son *Histoire d'Alexandre*. Il ne semble pas que la brève comparaison de César avec Alexandre chez Appien (*Guerres civiles*, II, 149) provienne d'une lecture de Plutarque, car les deux versions du même épisode sont trop divergentes, de même pour le parallèle esquissé entre Démosthène et Cicéron (*ibid.*, II, 15). Dans l'Occident médiéval, les *Vies* semblent tomber dans l'oubli, alors qu'elles connaissent à Byzance une grande faveur, dont témoignent notamment les longs extraits que Photios rassemble dans sa *Bibliothèque*.

À la fin du XIVe siècle, grâce à quelques mécènes italiens et aux premiers émigrés byzantins, des manuscrits de Plutarque gagnent le Nord de l'Italie. En deux siècles, la transmission des textes, les modifications de la forme éditoriale, la multiplication des traductions en latin et dans les langues vernaculaires font naître d'autres interprétations de Plutarque. Ce sont d'abord des traductions latines de quelques traités moraux qui le font redécouvrir (*Comment maîtriser la colère?*, 1373 ; *De l'éducation des enfants*, 1410 ; *Le Banquet des Sept Sages*, entre 1447 et 1455...). Entre 1502 et 1505, Guillaume Budé, qui avoue la difficulté de la tâche, donne en latin quatre opuscules dont *Sur la Fortune des Romains* et *Sur la Fortune et sur la Vertu d'Alexandre*. Il est vrai qu'il ne disposait pas encore d'une édition imprimée du texte grec, dont la première paraît en 1509, à Venise, chez Alde Manuce. Érasme traduit, toujours en latin, huit traités, dès 1514. En quelques décennies, le travail éditorial présente les *Œuvres morales* comme un corpus dont l'unité va de soi et remonterait à Plutarque : en 1572, paraissent l'édition grecque intégrale de Henri Estienne accompagnée d'une traduction latine, ainsi que la traduction en français d'Amyot. Il semble toutefois que les *Vies* aient rencontré une faveur grandissante parmi les humanistes et les princes. Dès 1470, l'éditeur allemand Ulrich Han publie à Rome plusieurs d'entre elles. Le texte grec paraît chez Junte à Florence, en 1517. François Ier donne l'impulsion à leur traduction complète dans les années 1530, avant de confier la charge à Jacques Amyot, qui achève en 1559 les *Vies des hommes illustres grecs et romains comparées l'une avec l'autre*. Ce monument est aussitôt admiré et imité, en France et en Europe (Thomas North en propose, en 1579, sans recourir au grec, une adaptation anglaise, dont Shakespeare s'inspirera). Désormais, et jusqu'à la Révolution française, les *Vies* de Plutarque, constamment rééditées, soit dans le texte grec (vingt-sept éditions pour la période 1450-1700), soit dans les traductions d'Amyot et de Dacier (1720-1721), les deux plus importantes, offrent l'image d'ensemble d'une Antiquité où, selon les générations et les milieux sociaux, les lecteurs retiennent des modèles d'héroïsme ou le goût du devoir au service de grands idéaux.

Du XVIe au XVIIIe siècle, Plutarque est ainsi l'objet d'au moins quatre lectures, sans qu'il soit toujours possible de distinguer l'influence respective des *Œuvres morales* et des *Vies*. Les références à Plutarque sont pour Rabelais (qui le lit en grec) et Montaigne (qui le découvre par la médiation d'Amyot) un moyen de subversion critique : rapporter l'opinion des Anciens sert de paravent aux thèses modernes les plus hardies. Il apparaît d'autre part comme un éducateur dont les traités et les héros fournissent principes pédagogiques, règles morales et éducation civique. L'opuscule *De l'éducation des enfants* est maintes fois traduit et commenté entre 1410 et 1589. Madame de Sévigné est une lectrice familière des *Œuvres morales* qu'elle juge « admirables » dans la traduction d'Amyot, et Rousseau en fait une des sources, peut-être dès le titre, de son roman *Émile ou De l'Éducation*. Plutarque offre ensuite des modèles d'héroïsme aussi bien à la noblesse des années 1560-1650 (le Grand Condé fait emporter les *Vies* au cours de ses campagnes) qu'aux révolutionnaires qui réinventent la politique et proposent des réformes en songeant à Solon, Lycurgue, Agis et Cléomène, et souhaitent mourir pour la République comme Caton à Utique ou Brutus à Philippes. Enfin, Plutarque devient peu à peu un classique, dont « tous les ouvrages ont reçu l'approbation de tous les siècles » (Dacier) : sortis de leur contexte, les récits des *Vies* deviennent un réservoir de grandes scènes et de principes qui peuvent « convenir à tout le monde ». De la même manière Voltaire, dans *Le Siècle de Louis XIV*, considère les *Vies* comme « un recueil d'anecdotes plus agréables que certaines ou comme sujets de tragédies ». Ainsi dépourvues de leur valeur historique, les *Vies* ne pouvaient plus mal entrer dans le XIXe siècle.

Le patriotisme jusqu'au sacrifice de certains de ses héros (Léonidas, Caton, Brutus) et le dévouement à la cause de la liberté, chez Thémistocle, inspirent encore les revendications pour constituer des États-nations forts et indépendants, en Prusse, en Italie, tandis que Napoléon, lui, se voit plutôt sous les traits d'un nouvel Alexandre. Mais l'intérêt pour Plutarque évolue peu à peu, et il réunit désormais autour de son œuvre deux catégories de lecteurs : les uns, surtout de langue allemande, participent à la construction des « Sciences de l'Antiquité » et lisent les *Vies* en philologues ; les autres, hommes politiques et intellectuels formés à la lecture des classiques, de Flaubert à Dumas (les héros de *La San Felice* sont tous des « hommes de Plutarque », qui évoluent dans une Italie héritée de Tite-Live, Tacite et Suétone), de Tocqueville à Jaurès et Gramsci, tous voient en Plutarque un témoin des mouvements profonds, politiques, culturels et sociaux, qui ont animé les sociétés anciennes. De là un ensemble de jugements, parfois contradictoires – en apparence –, qui reflètent les aléas de l'héritage classique en Europe. Un premier mouvement rabaisse l'apport et la valeur de ses œuvres : lancés dans la «recherche des sources», les philologues de la seconde moitié du XIXe et du début du XXe siècle concluent que les *Vies*, comme les *Œuvres morales*, sont pour l'essentiel de faible valeur historique, car leur auteur compile, en une «synthèse éclectique», des œuvres de seconde main et fait preuve d'un sens critique insuffisant. L'étude que lui consacre en France Maurice Croiset dans la vaste *Histoire de la littérature grecque* (Paris, De Boccard, 1928, t. V, p. 484-538) est un condensé de jugements de valeurs négatifs, et à bien des égards une charge dont l'œuvre de Plutarque ne s'est pas encore tout à fait remise en France : «il écrivit beaucoup», «vite» et «ne composa jamais un grand ouvrage». Homme «simple», «ingénu», il était toutefois un grand lecteur, «de sorte qu'arrivé à un certain âge, il avait sur chaque sujet une provision toute prête de faits et d'idées». Les *Vies*, quant à elles, ne possèdent que des «qualités moyennes, mélangées d'ailleurs d'assez graves défauts», et on lui reproche, au nom du positivisme, de n'avoir «jamais songé à ces recherches laborieuses [...] qui lui auraient permis d'apporter à l'histoire des faits nouveaux». En vertu du reflet entre l'homme et l'œuvre, autre vulgate de l'histoire littéraire, ce jugement dépréciatif est logiquement adapté à sa personnalité, celle d'un «brave homme», parfait représentant d'une Grèce qui a perdu ses grands génies. Plutarque devient un auteur inoffensif, idéal pour les programmes scolaires : au XIXe siècle, partout en Europe, apparaissent des dizaines d'éditions séparées des *Vies* et d'anthologies à l'usage des classes.

Un autre mouvement conduit, parfois parallèlement dans le cas de la science philologique et historique, à l'élaboration de grandes éditions critiques du texte grec, grâce auxquelles l'œuvre garde une place éminente parmi la tradition antique : éditions de D. Wyttenbach pour les *Œuvres morales* (Oxford, 1795-1820 ; Leipzig, 1796-1834), de Lindskog et Ziegler pour les *Vies* (Leipzig, 1914-1939). Ces éditions constituent l'instrument indispensable qui permet de saisir l'œuvre comme une totalité. Tel est déjà le projet d'un très jeune historien, Michelet, qui consacre sa thèse principale de doctorat ès-lettres à un *Examen des* Vies *des hommes illustres de Plutarque* (1819). Loin de reprocher à Plutarque ses «digressions», il loue «sa vaste mémoire», et voit dans les *Vies* l'histoire comme il souhaite lui-même l'écrire, une histoire totale : «Toute l'Antiquité est là, non seulement avec ses héros, ses vertus et ses vices, mais aussi avec sa religion, ses coutumes, ses opinions, ses préjugés, sa science, son ignorance.»

Un bref aperçu sur les lectures interprétations de Plutarque montre qu'elles empruntent souvent la voie ouverte par Michelet. La recherche des sources prend en compte l'importance et les déformations du travail de la mémoire, lorsque sont ainsi utilisées des œuvres considérables consultées sur rouleaux de papyrus. Les travaux sur l'écriture de l'histoire permettent de comprendre comment peuvent tenir ensemble en une même «intrigue», des «faits» de nature très diverse et des analyses de comportements plus sociaux qu'individuels. Enfin, les anthropologues et les historiens de la culture nous invitent à revenir sur le parallèle entre les Grecs et les Romains en termes d'acculturation réciproque. Plutarque, ferment d'une renaissance de l'hellénisme dans l'Empire romain, ou bien dernier feu d'une culture prestigieuse ? À la veille de la Première Guerre mondiale, O. Wilde (*Les Origines de la critique historique*, in *Œuvres complètes*, Bibliothèque de la Pléiade, Paris, Gallimard, 1996, p. 766-767) résumait à sa manière, sous une forme distanciée, ces deux «lectures» : «Chéronée et la plaine de Lion où avec une vaine chevalerie les Grecs essayèrent de repousser la Macédoine d'abord et ensuite Rome. Chéronée où, dans l'été de la Saint-Martin de la civilisation grecque, Plutarque s'éleva des lugubres ruines d'une religion agonisante comme le regain se lève quand les faucheurs croient qu'ils ont mis le champ à nu.»

Pascal PAYEN

Bibliographie
CRINITI, J., «Per una storia del plutarchismo occidentale», *Nuova rivista storica*, 69, 1979, p. 187-207.
HIRZEL, R., *Plutarch*, Leipzig, Theodor Weicher, 1912.
PAYEN, P., «Plutarque, les Modernes et l'identité des Anciens», in *Plutarque. Grecs et Romains en* Questions (textes rassemblés par Pascal Payen), *Entretiens d'Archéologie et d'Histoire* (EAHSBC, 4), Saint-Bertrand-de-Comminges, 1998, p. 5-18.

Voir aussi • Amyot • Byzance • Classique/classicisme • Montaigne • Rousseau • Shakespeare •

LIBERTÉ

Pour les anciens Grecs, le mode de vie en cité était le propre d'hommes accomplis, dont la condition première et l'idéal pouvaient se résumer dans l'attachement à la liberté. Dans l'*Iliade*, Hector sait qu'en cas de défaite Andromaque sera privée du «jour de la liberté» et connaîtra le «jour de l'esclavage» (*Iliade*, VI, v. 455 et 463). À l'époque classique, les guerres médiques entre Grecs et Perses (490-479) ont favorisé l'essor de l'opposition liberté/esclavage, dont Hérodote montre bien qu'elle ne recouvre pas le clivage entre Grecs et Barbares : en dépit des proclamations officielles ou de la langue de bois des relations internationales (voir *Enquête*, V, 49 ; VII, 157 et VIII, 143 ; voir aussi Eschyle, *Les Perses*, v. 403-405), la liberté n'est pas une valeur innée, même pour les Grecs, qui doivent la partager avec d'autres, Perses ou Scythes, par exemple. Au IVe siècle, Isocrate s'efforce de ranimer sous la bannière de la liberté le combat contre les Perses, «foule [...] mieux instruite pour l'esclavage que les serviteurs de chez nous» (*Panégyrique*, 150). Démosthène estime que la défaite devant Philippe de Macédoine, en 338 avant J.-C., à Chéronée, met fin à la liberté des cités grecques, et Plutarque fait sien ce point de vue (voir *Démosthène*, III, 4 et XIX, 1).

Néanmoins, les vicissitudes de cet idéal ne doivent pas faire oublier la complexité des situations historiques qui rendent possible l'exercice concret de la liberté et qui en modifient, selon les époques, la définition et la teneur. Polybe, haut responsable de la Confédération achaïenne, emmené en otage à Rome après la défaite de Pydna, en 167 avant J.-C., entreprend une *Histoire* des vainqueurs où, un des premiers, il se demande quelles sont les conséquences de la conquête romaine sur la liberté des

Grecs, maintenant que «les Romains ont soumis [...] la totalité du monde habité» (I, 2, 7); selon lui mieux vaut admettre que la liberté grecque n'est pas une figure abstraite, un «acquis pour toujours», eût dit Thucydide, et considérer au contraire que Rome peut en être le garant. On peut être vaincu et rester libre – chose impensable dans l'esprit des Grecs des Ve et IVe siècles –, à condition de reconnaître l'originalité de l'ordre romain, notamment à l'égard des cités grecques. Pourtant, après la destruction de Corinthe en 146 avant J.-C., conséquence du soulèvement de l'Achaïe, la Grèce propre est remise, sous le nom de province d'Achaïe, au gouverneur romain de Macédoine. Elle sera dotée d'un statut particulier lors de la réorganisation des provinces par Auguste, en 27 avant J.-C.

Dans un tel contexte, la position de Plutarque concilie, comme très souvent, la mémoire idéalisée des grands moments de la liberté grecque et une lucidité imposée par l'actualité. D'un côté, par conséquent, le magistrat d'une cité grecque des années 100 après J.-C. peut se remémorer l'exhortation que s'adressait Périclès: «Penses-y, Périclès: tu commandes à des hommes libres, tu commandes à des Grecs, et à des citoyens d'Athènes»; mais de l'autre, il doit aussi se rappeler impérieusement cette règle: «Toi qui commandes, tu es un sujet; tu commandes dans une cité soumise aux proconsuls, aux procurateurs de César [de l'empereur]» (*Préceptes politiques*, 813 D-E). De même, dans les *Vies parallèles*, toute l'histoire de la liberté des Grecs est repensée en fonction des rapports qui se sont noués avec Rome par l'action du consul Titus Quinctius Flamininus. À l'issue de la deuxième guerre de Macédoine (200-197 avant J.-C.), contre Philippe V, le général romain fait proclamer à Corinthe la liberté et l'autonomie de nombreuses cités. Pour Plutarque, ce geste est l'acte de naissance des «contacts avec les Romains» (*Flamininus*, II, 5), placé sous le signe de la liberté, non de la guerre. Autant que des Grecs, il marque la mémoire des Romains, dans la longue durée, puisque Néron renouvelle cette proclamation en 67 après J.-C., lors de son voyage en Grèce, et il offre à Plutarque l'occasion d'un bilan historique qui tient en trois idées-forces: seuls les combats des guerres médiques (Marathon, les Thermopyles, Salamine, Platées), auxquels il faut ajouter «les succès de Cimon sur l'Eurymédon et près de Chypre», ont apporté aux Grecs une liberté sans mélange; ensuite, la guerre conduite pour elle-même n'apporte que l'«esclavage», même si elle est victorieuse: ainsi est fustigée l'action des Lysandre, Agésilas, Nicias, Alcibiade; enfin, si la liberté accordée par les Romains est infiniment précieuse, c'est parce qu'elle apporte la paix: grâce à eux, la Grèce «sans verser, ou presque, une goutte de sang, et sans avoir à prendre le deuil, [...] remportait le plus beau et le plus convoité des prix» (*Flamininus*, XI, 3-6). La paix et la liberté font partie «des plus grands biens dont peuvent jouir les cités» (*Préceptes politiques*, 824 C), et il importe peu qu'elles soient dues aux Grecs eux-mêmes ou aux Romains, qu'on aurait tort de considérer comme des «étrangers» n'ayant que «de vagues traces de leur parenté avec l'ancienne race grecque» (*Flamininus*, XI, 7), puisqu'ils sont capables de faire leurs et de mettre en pratique les valeurs les plus hautes, dont les Grecs ne sont plus les détenteurs uniques. Flamininus peut donc à bon droit être qualifié de «juste», comme Aristide, le sauveur de la liberté des Grecs avec Thémistocle, en 481-480 avant J.-C. (*Aristide*, VI, 1).

De nombreux héros de Plutarque érigent ainsi la liberté en principe qui règle leur action publique: Solon âgé s'oppose à la tyrannie de Pisistrate (*Solon*, XXX); le

Corinthien Timoléon parvient à «chasser la tyrannie de la Sicile tout entière» (*Timoléon*, XXIV, 1); Dion se propose d'abattre la tyrannie de Denys de Syracuse. Dans tous les cas, il s'agit de rétablir la liberté du citoyen. Mais ce principe donne aussi sens à leur vie privée et trouve un écho dans une culture historique et philosophique commune. Nul plus que Caton le Jeune n'illustre ces interférences: l'enjeu de toute son action politique est «la liberté des Romains» (*Caton le Jeune*, XXI, 1; voir aussi XXVIII, 1; XLI, 3, etc.); il préfère pour lui-même la liberté en exil à la tyrannie de César (*Caton le Jeune*, LV, 4), ou mieux: la mort librement consentie (*ibid.*, LXVI, 2); enfin, cet exercice suprême de la liberté n'acquiert tout son prix que dans le souvenir de Socrate, c'est-à-dire dans une triple relecture du *Phédon* avant de mourir (*ibid.*, LXVIII, 2).

Pascal PAYEN

Voir aussi • Acculturation • Paix romaine • *Préceptes politiques* •

MACHIAVEL

Le 21 octobre 1502, Biagio Buonaccorsi répond à une lettre de Machiavel, alors en ambassade auprès de César Borgia: «Nous avons fait rechercher les *Vies* de Plutarque; il n'y en a pas à vendre à Florence. Prenez patience, il faut écrire à Venise; et à vrai dire, vous êtes casse-pieds de demander tout ça.» Aux prises avec César Borgia lui-même, c'est chez les héros de Plutarque que Machiavel cherche des clés de lecture et d'action pour le présent.

Plutarque appartient, avec Tite-Live, Aristote, Cicéron, Diodore de Sicile, Hérodien, Procope, Quinte Curce, Salluste, Tacite, Thucydide, Xénophon, Virgile et Juvénal, aux auteurs anciens cités nommément par Machiavel (Walker), mais il fait l'objet d'une seule référence explicite. Contrairement à son ami Vettori (lettre du 23 novembre 1513 à Machiavel), Machiavel ne fait pas étalage d'érudition. On doit donc s'en tenir aux conjectures sur les références probables aux *Vies* et aux opuscules dont il a pu disposer dans des traductions latines.

Les œuvres de Plutarque interviennent d'abord à titre de sources non exclusives de l'histoire ancienne. Les *Vies* sont sans doute aussi un modèle littéraire, pour un auteur qui s'est lui-même exercé au genre avec la *Vie de Castruccio Castracani de Lucques* (1520), utilise à sa manière le parallélisme (cruauté inhumaine d'Hannibal supérieure à la pitié excessive de Scipion; Pyrrhos supérieur à Alexandre) et consacre un chapitre du *Prince* aux «plus excellents hommes», les héros fondateurs (chapitre 6). Mais elles sont surtout l'une des deux sources du savoir de Machiavel, défini comme «la connaissance des actions des grands hommes qu'[il a] apprise par une longue expérience des choses modernes et une lecture continuelle des antiques» (*Le Prince*, épître dédicatoire).

Dans une éthique politique centrée sur l'individualité héroïque, les «grands hommes» sont des modèles à imiter (Timoléon, Aratos), de la même façon qu'ils s'imitaient entre eux (Alexandre Achille, César Alexandre); des exemples de *virtu* (Thésée; Romulus, auteur d'un fratricide, mais excusé par Machiavel comme Plutarque excuse Timoléon ; Pélopidas et Épaminondas) ; de *virtu* associée à la prudence chez les «bons capitaines» (Épaminondas et Tibérius Gracchus). Pour distribuer la louange et le blâme, Machiavel se dote d'un critère : «sont louables les fondateurs d'une république ou d'une royauté et blâmables les fondateurs d'une tyrannie», ce qui lui permet de constituer un véritable tableau de gloire et d'infamie, utile à la mémoire : mieux vaut être Scipion que César, plutôt Agésilas, Timoléon, Dion, que Nabis, Phalaris ou Denys, etc. (*Discours sur la première décade de Tite-Live*, I, 10).

Mais les héros anciens les plus marquants pour Machiavel ne sont pas ceux de Plutarque : Hannibal, supérieur à Scipion pour son adaptation à la conjoncture ; Hiéron II de Syracuse, modèle de *virtu* ; Septime Sévère, exemple de rencontre entre la Fortune et la *virtu*, mais aussi prince cruel, capable de bien user du rôle du renard et du lion – une image (*Le Prince*, XVIII) dont le Lysandre de Plutarque est sans doute l'inspirateur, en opposition directe à Cicéron et à l'éthique humaniste. On peut en dire autant d'un contre-exemple comme Agathoclès, tyran de Syracuse, modèle de scélératesse.

C'est que Plutarque n'est pas une source inerte ou intouchable. À la façon très libre qui est la sienne, Machiavel lui demande des leçons d'histoire et de politique qu'il interprète à la lumière de ses propres catégories : les deux Caton, mais surtout Caton d'Utique, furent impuissants à rendre les citoyens meilleurs du fait du degré de corruption de la cité ; quant à l'action des Gracques, elle doit être lue, en termes machiavéliens, comme un «tumulte» causé par la désunion entre les deux «humeurs» opposées des grands et du peuple et représente la fin de la liberté pour Rome. Et si Machiavel envisage la politique dans les mêmes termes que Plutarque, comme le combat de l'homme contre la Fortune, la seule fois où il se confronte explicitement au «gravissimo scrittore», sur ce point associé à Tite-Live, c'est pour objecter au traité *Sur la Fortune des Romains* que c'est à la *virtu* et non à la Fortune qu'il faut attribuer la grandeur de Rome (*Discours*, II, 1).

Plutarque est donc un véritable interlocuteur, abordé par Machiavel sur des bases théoriques communes : la place centrale de la vie politique, le primat de la vie active sur la vie contemplative, une approche souvent empirique de la politique. Il est peut-être à l'origine de l'identification de l'art du prince à l'art de la guerre, fondamentale chez Machiavel (*Pyrrhos* ; *Le Prince*, XIV). Enfin, on a pu retrouver, dans les *Préceptes politiques*, plusieurs maximes du prince machiavélien : connaissance du naturel du peuple, considération exclusive du paraître, dissimulation de ses vices comme pis-aller, emploi de la ruse et sens du salut du peuple. Mais ce qui vaut, chez Plutarque, dans une situation historique spécifique, celle des cités grecques soumises à l'impérialisme romain, devient, chez Machiavel, la «nécessité» qui dicte ses règles à la politique (Desideri). Plutarque fait ainsi son entrée dans la généalogie sulfureuse des inspirateurs de Machiavel, qui le place avec Platon et Tacite, dans un rêve rapporté par Paolo Giovio *(Elogia)*, au nombre des damnés de l'Enfer qui discutent de politique et dont il préfère la compagnie à celle des Élus.

Marie-Dominique COUZINET

Bibliographie

DESIDERI, P., «Plutarco e Machiavelli», dans *Teoria e prassi politica nelle opere di Plutarco*. Atti del convegno plutarcheo (Certosa di Pontignano, 7-9 juin 1993), Italo Gallo et Barbara Scardigli éd., Naples, M. d'Auria Editore, 1995, p. 107-122 (voir bibliographie).

STOLLEIS, M., «Löwe und Fuchs. Eine politische Maxime im Frühabsolutismus», dans Id., *Staat und Staatsräson in der frühen Neuzeit. Studien zur Geschichte des öffentlichen Rechts*, Francfort-sur-Main, Suhrkamp, 1990, p. 21-36.

WALKER, L. J., éd. et trad., *The Discourses of Niccolò Machiavelli*, Londres, Routledge and Keagan Paul, 1950 (vol. I, p. 10-11 : bibliographie ; vol. II, p. 280-282 et 302-304).

Voir aussi • Lecteurs/Lectures • Montaigne • *Préceptes politiques* •

MANUSCRITS

Les *Vies* de Plutarque nous sont transmises par une centaine de manuscrits, dont les plus anciens remontent au Xe siècle, mais il faut attendre le XIIIe siècle et le travail de collation du moine érudit Maxime Planude pour trouver des manuscrits contenant le corpus entier, ce qui ne signifie pas qu'il n'y avait pas eu d'édition intégrale dès l'Antiquité.

En effet, les manuscrits anciens conservés permettent de déceler l'existence de deux éditions antiques complètes, caractérisées par un classement et des leçons différentes, et dont la genèse a été retracée par J. Irigoin («La formation d'un corpus. Un problème d'histoire des textes dans la tradition des *Vies parallèles* de Plutarque», *Revue d'Histoire des Textes*, 12, 1982-1983, p. 1-12). L'ordre – ou le désordre – des tomes montre qu'il n'y avait pas encore de corpus constitué et classé à l'époque où fut rédigé le catalogue de Lamprias que la tradition a attribué au fils de Plutarque, mais qui est en réalité un catalogue de bibliothèque établi au IIIe ou IVe siècle ; on tire la même conclusion des extraits des *Vies* grecques réalisés dans le premier tiers du IVe siècle par Sopatros, et qui reflètent bien la dispersion de textes édités séparément dans des *volumina*. C'est avec l'adoption du *codex* qu'a dû se constituer la première édition, en deux tomes («tradition bipartite»), peut-être aux environs du VIe siècle. Cette édition nous est connue, pour le premier tome, par un manuscrit de la seconde moitié du Xe siècle, le *Seitenstettensis 34* – qui a perdu ses premiers cahiers –, et pour le second tome, par le *codex 245* de la *Bibliothèque* de Photios (IXe siècle). Le classement des *Vies* repose sur l'ordre chronologique des héros grecs, de Thésée à Philopoemen ; chaque tome contenait soit douze paires, soit, étant donné la longueur de la paire *Alexandre-César* et compte tenu du texte de Photios, qui ne mentionne que onze paires, treize et onze paires.

Une autre édition, en trois tomes («tradition tripartite» avec répartition 9 juillet/7), beaucoup plus largement représentée dans le Moyen Âge byzantin, s'appuie toujours, pour son classement, sur les héros grecs, mais en combinant avec plus ou moins de bonheur chronologie et origine géographique (c'est l'ordre suivi par l'édition Teubner) : si l'on commence sans problème avec les Athéniens (1-10) pour finir avec les Lacédémoniens (21-23), l'entre-deux est plus incertain, et l'insertion d'Agis et Cléomène dans le groupe des rois (16-20) aboutit à les placer avant Lycurgue (21). Dans la dizaine de manuscrits des Xe et XIe siècles qui donnent l'un des tomes, et pour chacun d'entre eux, on trouve un manuscrit à 32 lignes. Cette mise en page est identique à celle des *Extraits historiques* de Constantin VII Porphyrogénète († 959), dans lesquels Plutarque est curieusement absent (y figurent des fragments de *Sylla*, mais attribués à Dion Cassius). Cette absence s'explique s'il a été l'objet d'une édition particulière : l'édition tripartite a donc été composée à la bibliothèque impériale de Constantinople, d'où sa prééminence ultérieure.

Le problème le plus épineux réside dans l'articulation des deux traditions : à l'évidence, elles remontent à deux translittérations, mais sont-elles pour autant totalement indépendantes ? Ou l'édition tripartite s'est-elle appuyée sur l'édition bipartite qu'elle lisait dans une translittération différente de celle que conserve le *Seitenstettensis* ? Cette hypothèse expliquerait la disparition des *Vies* d'Épaminondas et de Scipion, qui devaient être soit à la fin du premier tome (dans une répartition 13/11) soit au début du second (12/12), sans exclure que l'auteur de la recension constantinienne ait aussi recouru à des témoins partiels d'origine différente. Il y a en tout cas eu ultérieurement contamination des deux traditions, si bien qu'un même manuscrit peut suivre l'une ou l'autre selon les paires ; chaque paire a ainsi une tradition particulière que l'éditeur moderne doit étudier.

Les éditions complètes dérivent toutes de la recension planudéenne, fondée sur la tradition tripartite – Planude a dû consulter l'exemplaire de la bibliothèque impériale. Elle se scinde en deux familles principales – là encore d'autres familles mineures peuvent être distinguées selon les paires : la première a pour « chef de file » le *Parisinus graecus* 1671, achevé le 11 juillet 1296 à Constantinople, au couvent de la Chôra, supervisé par Planude en personne et contenant les *Vies* et les 69 premiers traités moraux. Le travail pour réunir tout le corpus continua après sa mort et aboutit à une édition complète avec les 77 traités moraux, qui constitue la seconde famille : nous n'avons conservé de l'exemplaire de l'empereur que le premier tome (c'est le *Vaticanus Palatinus* 2), mais on trouve le texte intégral dans le superbe *Parisinus graecus* 1672, « meuble royal » qui doit dater de la seconde moitié du XIVe siècle et dont la première partie semble de la même main que le *Vaticanus*. Enfin l'éditeur moderne doit aussi tenir compte des premières éditions, l'édition princeps de Florence (1517), l'Aldine (1519) et l'édition d'Estienne (1572), qui peuvent conserver des leçons de manuscrits aujourd'hui perdues, soit dans le texte, soit dans les annotations des érudits dont nous possédons les exemplaires de travail.

Françoise Frazier

Voir aussi • Amyot • Byzance • Composition • Traducteurs •

MICHELET

Voir p. 37-38, 40, l'introduction de François Hartog.
Voir aussi • Histoire • Lecteurs/Lectures • Révolution française •

MONTAIGNE

« Je donne [...] la palme à Jacques Amyot sur tous nos écrivains français [...] ; mais surtout je lui sais bon gré d'avoir su trier et choisir un livre si digne et si à propos pour en faire présent à son pays. Nous autres ignorants étions perdus, si ce livre ne nous eût relevés du bourbier : sa merci, nous osons à cette heure et parler et écrire ; les dames en régentent les maîtres d'école ; c'est notre bréviaire » (*Essais*, II, 4). « Plutarque, depuis qu'il est Français » (II, 10) occupe, dans les *Essais*, une place exceptionnelle qui se traduit matériellement par plus de cinq cents emprunts directs dont plus de la moitié vient des *Œuvres morales* (Villey) : citations, anecdotes, exemples, formules, paraphrases désignées ou non comme telles, font de Plutarque un véritable « coauteur » des *Essais*, « figure gémellaire de l'écrivain qui permet d'écrire » (Mathieu-Castellani, 1994).
Plutarque intervient, en effet, moins comme source d'information historique que comme déclencheur de la pensée, *locus amoenus*, source de « richesses et d'embellissements » du discours (III, 5). Plusieurs *Essais* semblent suscités par des exemples empruntés aux *Vies* (voir Villey, 1920) et c'est « ce sien mot, que les habitants d'Asie servaient à un seul, pour ne savoir prononcer une seule syllabe, qui est non, [qui] donna peut-être la matière et l'occasion à La Boétie de sa *Servitude Volontaire* » (I, 26).
Le caractère séminal de l'écriture de Plutarque vient d'un trait de style : « la brièveté » (I, 26). Liée à l'intérêt pour le détail, elle est un trait marquant de l'écriture de Plutarque historien ; il s'en explique au début de la *Vie d'Alexandre* (I, 2) : « souvent un petit fait, un mot, une bagatelle, révèlent mieux un caractère que [...] les affrontements les plus importants ». Sur ce point s'opposent l'écriture de la vie et celle de l'histoire, qui expose « dans leur intégralité [et] en détail [...] les événements grandioses et les combats ». Montaigne reprend l'opposition à son compte (II, 32) et définit « ceux qui écrivent les vies » comme des hommes qui « s'amusent plus aux conseils qu'aux événements, plus à ce qui part du dedans qu'à ce qui arrive au dehors » (II, 10), plus à ce qui « peut advenir » qu'à ce qui est effectivement advenu (I, 21). S'il les préfère, c'est que « l'homme en général, de qui [il] cherche la connaissance, y apparaît plus vif et plus entier qu'en nul autre lieu » (II, 10) ; c'est aussi parce que la liberté et la vertu humaines s'y manifestent plus clairement, « les mouvements publics dépend[a]nt plus de la conduite de la fortune, les privés de la nôtre » (II, 8). Avec le genre historique des *Vies*, l'écriture du détail devient celle de l'anthropologie et de la philosophie morale.
Montaigne recherche donc moins dans les *Vies* la science de l'historien que les jugements du moraliste (II, 31), qu'il défend longuement contre les critiques de Jean Bodin (II, 32). Les comparaisons – la partie des *Vies* selon lui la plus admirable et

la plus aimée de Plutarque (II, 32), celle qui se rapproche le plus des préceptes de sagesse des *Œuvres morales* (Tournon, 1988) – représentent pour lui un modèle qu'il reprend dans le droit fil de la pratique plutarquienne, en faisant apparaître les différences entre les personnages comparés, dans le respect de sa propre logique dont «le plus universel membre» est «*distingo*» (II, 1; II, 32). Il applique la comparaison aux auteurs eux-mêmes: Sénèque et Tacite (III, 8), Sénèque et Plutarque (II, 10; III, 12), presque invariablement associés. Mais quand il l'applique aux «plus excellents hommes» (II, 36), il dépasse l'éloge convenu pour énoncer ses propres critères d'évaluation d'un héros «à [son] gré», jusqu'à contredire Plutarque en élargissant son panthéon à Alcibiade (Tournon, 1988).

Mais les jugements en apprennent autant sur le juge que sur le jugé. Dans les écrits de Plutarque, Montaigne «recherche curieusement» des traces de leur auteur (II, 31), «car [il] ne considère pas moins curieusement la fortune et la vie de ces grands précepteurs du monde que la diversité de leurs dogmes et fantaisies» (II, 10). Il déplace ainsi l'objet de la curiosité du domaine de la nature et du surnaturel à celui de l'âme humaine, la recherche qu'il poursuit sur «l'homme en général» passant autant par la connaissance des grands hommes que par la réflexion sur soi et par le dialogue avec les morts, réseau souterrain qui le relie peut-être aussi, par l'intermédiaire d'un auteur qu'il «pense [...] connaître jusque dans l'âme» (II, 31), à La Boétie, son autre traducteur.

Dès lors, ce n'est pas seulement au Plutarque historien, au témoin auquel on peut se fier quel que soit le caractère incroyable de l'information (I, 27), mais au Plutarque philosophe de la nature, à la recherche des causes (I, 55), attentif à tout ce qui concerne le monde animal (II, 12), dont il respecte ou critique les opinions (II, 11; III, 6), que Montaigne demande des arguments sceptiques sur les limites de la connaissance humaine, le «cousinage d'entre nous et les bêtes» et le caractère inaccessible de la divinité, dans l'*Apologie de Raymond Sebond* (II, 12). Il n'en reste pas moins attentif à la personnalité de Plutarque jusque dans ses variations, lorsqu'il abandonne «une forme d'écrire douteuse en substance et un dessein enquérant plutôt qu'instruisant» pour les «cadences dogmatiques» et qu'il «nous conte ses miracles» sur la destinée des âmes ou sur le peuplement de la lune (II, 12) – des savoirs liés sans doute à l'appartenance de Plutarque à l'école platonicienne (II, 10), mais qui dépassent, pour Montaigne, la portée de l'entendement humain.

Ces analyses lucides n'empêchent pas Montaigne de pousser la sympathie jusqu'à l'identification; une identification par le style, essentielle pour un auteur qui éprouve son identité dans l'œuvre une fois écrite (III, 9). Chez ce personnage changeant, rarement dogmatique, capable de parler des mêmes choses sous plusieurs formes et de produire diverses raisons sans en choisir une (II, 12; III, 12), délivrant une «science [...] traitée à pièces décousues» (II, 10) qui s'accommode d'une forme brève et anticipe le style de l'essai, Montaigne trouve un modèle. Dans les «ouvrages de Plutarque où il oublie son thème», comme dans le traité «Du Démon esprit familier de Socrate» (III, 9), il reconnaît «un procédé de composition analogue au sien» (Tournon, 1983). Il va parfois jusqu'à «dérober [...] les mots mêmes de Plutarque, qui valent mieux que les [s]iens» (I, 47). L'identification se fait aussi par les idées. Elle va de préoccupations communes, comme celle de la part de la

Fortune dans les actions humaines (I, 24 ; I, 47), de rencontres sur des thèmes communs comme « la force de l'imagination » (I, 26), à l'appropriation par Montaigne des opinions de Plutarque : ainsi, « Plutarque dit en quelque lieu qu'il ne trouve point si grande distance de bête à bête, comme il trouve d'homme à homme » (I, 42). Montaigne reprend l'idée à son compte, en l'étendant et en la radicalisant : « [...] ce que je maintiens ordinairement, qu'il se trouve plus de différence de tel homme à tel homme que de tel animal à tel homme » (II, 12). Ces emprunts plus ou moins dissimulés font l'objet d'une pratique consciente qu'il définit sur le modèle de la « transplantation » (II, 10). Et il se livre encore à ce jeu de masques lorsqu'avec le long développement sur la distinction entre l'être et le devenir et sur le caractère inaccessible de la divinité, il offre à l'*Apologie de Raymond Sebond* « cette conclusion si religieuse d'un homme païen ».

Marie-Dominique COUZINET

Bibliographie
MATHIEU-CASTELLANI, G., « Portrait de l'artiste en historien : Montaigne et Plutarque », *Montaigne Studies*, IV, 1-2, oct. 1994, p. 7-15.
TOURNON, A., « Le traité *Du Démon de Socrate* », dans André TOURNON, *Montaigne : la glose et l'essai*, Lyon, Presses Universitaires de Lyon, 1983, p. 143-144.
TOURNON, A., « De l'éloge à l'*Essai* : le philosophe et les grands hommes », dans *Prose et prosateurs de la Renaissance*. Mélanges offerts à Robert Aulotte, Paris, S.E.D.E.S., 1988, p. 187-194.
VILLEY, P., *Les sources des* Essais, *annotations et éclaircissements*, dans Michel de MONTAIGNE, *Les Essais*, publiés d'après l'exemplaire de Bordeaux par Fortunat Strowski, tome IV, Bordeaux, Imprimerie nouvelle F. Pech et Cie, 1920.

Voir aussi • Amyot • Lecteurs/Lectures • Plutarque par lui-même •

MORALIA (ŒUVRES MORALES)

En dehors de ses biographies, Plutarque a beaucoup écrit. Sur les 235 titres attachés à son nom, nous ont été conservés, mis à part les fragments et quelques apocryphes, 78 ouvrages, parmi lesquels figurent, notamment, les *Questions romaines* et les *Questions grecques*, mais aussi *Comment distinguer le flatteur et l'ami, Sur Isis et Osiris, Sur l'E de Delphes, La vertu peut-elle s'enseigner ?*, les *Préceptes politiques* ou encore le *Contre Colotès*.
On a improprement pris l'habitude d'appeler *Moralia*, autrement dit *Œuvres morales*, cet ensemble très disparate, dont l'ordre a été établi par Henri Estienne dans son édition de 1572. En réalité, on peut distinguer plusieurs sortes d'écrits, que Konrat Ziegler propose de classer dans les subdivisions suivantes :
- 33 ouvrages à caractère éthico-pédagogique *(De l'éducation des enfants, Comment se louer soi-même...)* ;

- 5 ouvrages politiques *(À un chef mal éduqué...)* ;
- 9 ouvrages d'exégèse philosophique *(Résumé du traité sur la création de l'âme dans le* Timée*...)* ;
- 7 ouvrages théologiques *(Le Déclin des oracles, Sur l'E de Delphes...)* ;
- 4 ouvrages de psychologie animale *(De l'intelligence des animaux...)* ;
- 3 ouvrages de sciences naturelles *(Questions naturelles...)* ;
- 4 ouvrages rhétoriques *(Sur la Fortune des Romains, De l'eau et du feu, lequel est le plus utile?...)* ;
- 1 ouvrage biographique *(Vie des dix orateurs)* ;
- 7 ouvrages d'érudition antiquaire *(Exploits de femmes...)* ;
- 2 ouvrages de critique littéraire *(Résumé d'une comparaison entre Aristophane et Ménandre...)* ;
- 3 ouvrages bâtards *(Le Banquet des Sept Sages, Propos de table, De l'amour).*

D'autres catégories pourraient être utilisées, qui notamment mettraient en évidence le genre formel des textes plutôt que la nature du sujet, comme par exemple celles du dialogue *(Le Banquet des Sept Sages, Sur l'E de Delphes, Propos de table...)*, des *problemata (Questions romaines, Questions grecques, Questions platoniciennes...)*, de la thérapeutique morale *(Comment maîtriser la colère?, De la passion de l'argent...)*, de la consolation *(Consolation à Apollonios, Consolation à sa femme)*, de l'aide-mémoire *(De la vertu et du vice, Sur la tranquillité de l'âme...)*, des préceptes *(Préceptes de santé, Préceptes de mariage...)*, des parallèles *(De la superstition, De l'envie et de la haine...)*. Mais, quelles que soient les limites de la classification de K. Ziegler, flagrantes dans le fourre-tout de son dernier groupe, elle offre l'avantage de montrer les multiples facettes de ce polygraphe, moraliste, directeur de conscience, antiquaire, théologien, maître à penser, critique littéraire, pédagogue, historien, rhéteur, conseiller politique.

Toutefois, cette diversité ne doit pas empêcher de voir l'unité de l'œuvre, qui tient à la cohérence d'une même vision de l'homme. Plutarque a écrit toute la série de ces ouvrages sur environ un demi-siècle, approximativement de 72, sous Vespasien, à 126, sous Hadrien, et même si la majeure partie date des trois dernières décennies de son existence, ses positions ont pu varier. On constate, entre autres, une évolution de l'appréciation portée sur la gravité relative de la superstition et de l'athéisme. Dans une conférence de jeunesse sur la superstition (voir *De la superstition*, 1), il juge la première plus condamnable que la seconde ; plus tard, au cours de sa maturité, il renverse complètement cette position en professant dans son enseignement philosophique que l'athéisme est plus fâcheux *(De l'impossibilité de vivre agréablement en suivant Épicure*, 20) ; entré dans la vieillesse, il estime qu'il s'agit de deux maux équivalents *(Sur Isis et Osiris*, 11). Mais globalement, en dépit de ce genre de variations, nous retrouvons partout les mêmes préoccupations et le même système de valeurs.

Pour essayer de présenter aussi brièvement que possible les principes organisateurs de la pensée de Plutarque, nous dirions qu'ils s'unifient autour de ce qu'on pourrait appeler un anthropocentrisme de la transcendance, qui se caractérise par le devoir pour l'homme de dépasser sa dimension matérielle pour actualiser ses virtualités les plus divines.

Sur la base de postulats principalement platoniciens et aristotéliciens, Plutarque construit ses représentations à partir d'une psychologie de type solaire, où la partie la plus élevée du composé que nous sommes, celle à laquelle revient le rôle hégémonique dans la hiérarchie des éléments constitutifs de la personne humaine, à savoir l'esprit, procède de la même substance que le soleil (*Sur le visage qui est dans la lune*, 30). Dès lors que l'humanité se trouve fondamentalement en affinité avec cet astre, forme visible d'Apollon, seul être de rang absolument divin (*Sur l'E de Delphes*, 21), chaque individu ne peut s'accomplir et connaître ainsi le bonheur qu'en essayant de s'illustrer d'une manière ou d'une autre en faisant briller ses talents dans la pleine lumière du jour (*Est-il juste de dire qu'il faut vivre caché?*, 6). D'où une conséquence de poids : le primat de l'action sur la contemplation. Les rayons du soleil incitent l'essence lumineuse des hommes à ne pas rester inactive (*Propos de table*, III, 6, 4 et VIII, 3, 5). C'est pourquoi, curieusement pour nous, Plutarque n'hésite pas à soutenir que les entreprises politiques de ses plus grands responsables contribuent plus à la gloire d'Athènes que les chefs-d'œuvre de ses artistes (*La Gloire des Athéniens, passim*; *Si la politique est l'affaire des vieillards*, 5). Il convient cependant que l'activité ne débouche pas sur une vaine agitation individuelle. En vertu de la divinité de sa source, elle ne reste conforme à sa nature authentique qu'à la condition de devenir utile aux autres et de concourir à l'harmonie du monde en obéissant aux préceptes de la rationalité universelle.

Cette métaphysique de l'action entraîne sur le plan du comportement au moins cinq déterminations. 1. L'*euthymia* (« allégresse ») : vivant dans un univers gouverné par une providence nécessairement bienveillante, nous devons vivre, sans inquiétude, chacun de nos jours comme une fête dans le temple du cosmos (*Sur la tranquillité de l'âme*, 20). 2. La modération des passions : l'ennemi de tout un chacun n'est autre que les pulsions irrationnelles, capables d'empêcher le rationnel de régner ; mais leur éradication étant impossible et même peu souhaitable vu l'entrée de l'esprit dans l'âme (*Sur le visage qui est dans la lune*, 30), l'attitude adaptée consiste à maintenir le passionnel dans une juste mesure, qui mette la dynamique des émotions au service de la raison (*De la vertu morale, passim*). 3. La douceur : l'idéal du contrôle de soi se traduit par le respect des autres êtres vivants, notamment de ses ennemis (*Comment tirer profit de ses ennemis? passim*), mais également de la différence féminine, la valeur des mérites des femmes n'ayant rien à envier à celle du sexe fort (*Exploits de femmes, passim*), ou encore de l'intelligence des animaux (*De l'intelligence des animaux, passim*; *Gryllos, passim*). 4. La générosité : sur le plan de la politique, les relations avec autrui doivent manifester le sens de l'humain et de la compréhension, même pour des ennemis (*Préceptes politiques*, 3, 799 C-D). 5. La concorde : l'entente dans les familles (*Sur l'amour fraternel, passim* et *De l'amour de sa progéniture, passim*), dans les cités, dans le monde hellénique, entre Grecs (voir *Préceptes politiques*, 32), comme dans l'ensemble de la terre habitée, en particulier entre la Grèce et Rome (*ibid.*, 18-19), doit prévaloir sur les dissentiments, car en deçà des particularités séparatrices nées des contingences locales et des idiosyncrasies accidentelles, l'être humain est partout et depuis toujours le même (*Parallèles grecs et romains*, préambule). Il importe donc de dépasser tout ce qui le tire vers le bas, afin de retrouver, au-delà des multiples clivages, notamment ethnocentriques, l'unité de l'être humain. C'est pourquoi Plutarque s'intéresse tant au passé. Bien loin de correspondre à une quelconque nostalgie de conservateur, ce goût relève, au contraire, chez lui du désir d'aller plus loin dans la réalisation de l'universel en l'homme. À cette fin, la mémoire des époques antérieures n'a pas de prix, car elle préserve le trésor des paradigmes (voir *Apophtegmes de Laconie*, 239 F-240 B), dont les générations présentes et à venir peuvent s'inspirer pour tenter les meilleures synthèses.

Au total, il apparaît que, dans les *Moralia* comme dans les *Vies parallèles*, le dessein ultime de l'auteur participe, dans les deux cas, de la même poétique morale. Plutarque entreprend de sculpter un comportement humain idéal et imitable à la fois. De ce point de vue, force est de conclure à la grande cohésion de son œuvre. Le jeu, au sein de cette dernière, des échos thématiques montre que non seulement les divers écrits rangés dans le groupe des *Œuvres morales* entretiennent entre eux des rapports de corrélation étroite, mais encore qu'étudier séparément, comme s'ils étaient indépendants, ces deux vastes ensembles littéraires que sont les biographies des hommes illustres et les miscellanées du reste de sa production d'écrivain, tiendrait du non-sens.

Jacques BOULOGNE

Voir aussi• Platon • Plutarque par lui-même • *Préceptes politiques* • *Questions romaines/Questions grecques* •

MORT

Presque tous les héros de Plutarque sont conduits, depuis l'éducation reçue dans l'enfance, jusqu'à la mort (à l'exception, notamment, de Flamininus). Celle-ci n'est pas seulement et banalement le terme obligé d'une vie, ainsi qu'une nécessité narrative qui réunit des épisodes divers et leur confère le sens d'une destinée. La mort réelle est certes toujours présente, et il n'y a pas lieu de récuser les données fournies par Plutarque, d'autant qu'il n'hésite pas, en cas de doute, à indiquer plusieurs versions (voir *Thémistocle*, *Alcibiade*, etc.). Pour l'essentiel, Grecs et Romains connaissent les mêmes formes de la mort : la maladie très souvent (Périclès, Fabius Maximus, Timoléon, Paul-Émile, Marius...), dans une proportion égale la mort violente au combat (Coriolan, Pélopidas, Marcellus, Pyrrhos, Lysandre...) ou en d'autres circonstances (César, Cicéron), le suicide (Lycurgue, Thémistocle, Démosthène, Caton le Jeune), ou une fin naturelle, plus douce, due au grand âge (Solon, Numa, Camille, Aristide, Caton l'Ancien...). Toutefois, ces moments ultimes qui indiquent le sens d'une vie - et de la *Vie* qui la relate - font tous l'objet d'un travail d'analyse, de construction à l'intérieur des *Vies parallèles*, et d'écriture.

La fin dont Plutarque dote ses héros est tout d'abord liée aux traditions narratives et à l'idéologie de la mort qu'il rencontre dans ses sources, depuis Homère. Trois modèles s'offrent à lui. Le premier est celui de la mort épique : dans l'*Iliade*, tous les

guerriers font de la mort au combat l'idéal de la vie héroïque; en échange d'une vie brève, ils acquièrent la «gloire impérissable» que leur confère l'aède qui chante leurs exploits, et obtiennent la survie à jamais dans la mémoire des hommes. Ainsi la grandeur héroïque du Thébain Pélopidas touche autant ses compatriotes que ses adversaires thessaliens qui réclament, comme pour les funérailles d'un Patrocle, de pouvoir «toucher son corps, le parer de [leurs] mains et l'ensevelir», puis de l'escorter (*Pélopidas*, XXXIII, 8). Plus fréquemment, Plutarque laisse place au modèle de la mort civique, au service de la collectivité, tel qu'il est formulé dans les *Élégies* guerrières de Callinos et de Tyrtée, et dans les discours prononcés chaque automne, à Athènes en particulier, en l'honneur des soldats tombés pour la cité, selon un rituel que décrit Thucydide (II, 34). La «belle mort» prend alors une valeur avant tout éthique et politique, non plus esthétique, comme dans l'épopée. Cimon, mort au siège de Cition, ordonne aux siens de cacher sa mort (*Cimon*, XIX, 2); Pélopidas est animé, au moment de mourir, par le seul souci d'agir en faveur de la liberté des cités (*Pélopidas*, XXXI, 6); Marcellus, l'«épée» de Rome, selon Posidonios, se sacrifie au service de sa cité, lors de la guerre contre Hannibal, en 208. Le troisième modèle que reprend volontiers Plutarque est celui de la mort philosophique, empruntée à une tradition qui remonte au *Phédon* de Platon : Socrate «accepte» la mort comme le citoyen-soldat a su mourir, et à partir du IVe siècle le citoyen accompli est celui qui se pare des vertus philosophiques (voir N. Loraux, *Les Expériences de Tyrésias*, Paris, Gallimard, 1990, p. 179-186). C'est ainsi que chez Plutarque meurt Périclès, anticipant sur le modèle, entouré, comme Socrate dans sa prison, de ses amis, et en proie au poison de la peste qui ravage Athènes en 430-429 (*Périclès*, XXXVIII, 3-4). De même, Philopoemen, lui aussi dans sa prison, accepte le poison que lui font parvenir ses amis (*Philopoemen*, XX); Phocion partage la ciguë avec ses compagnons d'infortune (*Phocion*, XXXVI, 3-7); Caton le Jeune, lui, relit trois fois le *Phédon* avant de se donner la mort (*Caton le Jeune*, LXVII-LXX).
Plutarque ne s'en tient pas à ces trois modèles grecs. Caton le Jeune, en effet, dans le récit le plus développé des *Vies parallèles* concernant la mort d'un personnage, obéit aux formulations de la philosophie stoïcienne («seul l'homme de bien est libre, tous les méchants étant esclaves»), ayant «décidé de renoncer à la vie pour se délivrer des maux présents» (*ibid.*, LXVII, 2-4), après une existence tout entière placée au service de l'État et du bien commun. La tradition civique grecque se trouve associée au moyen stoïcisme de Panaïtios et de Posidonios pour tracer l'image de fins héroïques imprégnées du sens du devoir. Point n'est besoin d'être un Romain de naissance pour mourir ainsi : le légendaire Lycurgue se laisse mourir de faim parce qu'il est persuadé que «la mort des hommes politiques doit encore servir leur politique» (*Lycurgue*, XXIX, 8); Publicola meurt satisfait après avoir «remis la cité aux mains des consuls élus pour lui succéder» (*Publicola*, XXIII, 3); Camille «était parvenu à son heure» après une vie bien remplie (*Camille*, XLIII, 2); à Syracuse, Timoléon prend congé de ses concitoyens, une fois que «les affaires étaient parvenues à la fin la plus heureuse» et ayant offert à sa cité les meilleures lois (*Timoléon*, XXXVII, 10; XXXIX, 7). Cet idéal culturel et politique, que Plutarque contribue à fixer sous sa forme syncrétique, jouira d'une longue fortune qui se lit encore chez les orateurs de la Révolution française et dans la peinture de David.

Sur ce fonds d'héritages et d'innovations, la mort du héros apparaît ensuite comme un élément essentiel dans la construction du personnage, au point que sa vie se présente largement comme une préparation à la mort (*Sylla*, XXXVII, 1). Celle-ci rassemble, éclaire et condense les traits retenus par le biographe. C'est pourquoi elle est l'objet d'une mise en scène, souvent vécue et pensée comme telle par le personnage, en même temps que construite ainsi par l'écrivain. Démosthène rêve d'abord sa mort, sous la forme d'une tragédie, avant de succomber, calame en main, face à une feuille vierge de papyrus (*Démosthène*, XXIX). Lycurgue, ayant choisi de mourir pour laisser vivre ses lois, convoque tous les citoyens en assemblée et le scénario de sa mort devient son ultime legs (*Lycurgue*, XXIX, 2), tandis que Caton le Jeune révoque ses proches, mais pour se donner à lui-même – et à la postérité – un spectacle plus grand encore, celui d'un nouveau Socrate, stoïcien et à la mesure de Rome. La mort apparaît aussi, dans la *Vie*, comme une scène obligée et attendue certes, mais davantage encore peut-être comme un élément surprenant et déroutant par lequel le héros doit prouver une dernière fois, et plus que dans toute son action, qu'il est un être exemplaire et exceptionnel, digne en particulier de la pompe et des honneurs que lui réservent la collectivité, les siens, voire les ennemis (*Paul-Émile*, XXXIX, 6-9 et *Caton le Jeune*, LXXI, 3). C'est dans ses derniers instants qu'il mérite le plus d'être appelé « leur père à tous » (*Timoléon*, XXXIX, 1) : « le peuple avait l'impression d'ensevelir un père » (*Fabius Maximus*, XXVII, 4), « leur père, leur sauveur et leur maître » (*Pélopidas*, XXXIII, 1).

Enfin, cet art de mourir est le lieu d'un rapprochement entre les héros dans l'économie générale des *Vies* et, par là, entre la Grèce et Rome. En dépit de l'éloignement chronologique et des différences de comportement, Solon et Publicola, Aristide et Caton l'Ancien connaissent la même fin, sage ; Nicias et Crassus les mêmes tourments et l'infamie ; Phocion et Caton le Jeune choisissent le modèle socratique ; Pélopidas et Marcellus trouvent pareillement la mort au combat, au point qu'il est permis de se demander si l'une des raisons des choix de Plutarque dans la formation des couples n'est pas la nature de la mort, qui aurait servi, rétrospectivement, à unifier les deux intrigues. Le rapprochement vaut aussi, plus largement, pour la Grèce et Rome. La mort est pour Plutarque l'occasion d'un face à face entre deux civilisations, deux héritages, et d'une réflexion sur la destinée des cités, des institutions et de ceux qui, à ses yeux, font l'histoire. Il ne fait aucun doute que le modèle est grec : « Platon, sur le point de mourir, remerciait son *démon* et sa Fortune d'avoir fait de lui, d'abord un homme, ensuite un Grec, [...] et enfin d'avoir placé sa naissance au temps de Socrate » (*Marius*, XLVI, 1). Cette façon grecque de mourir se transmet, se transforme et s'adapte à Rome non seulement sous l'influence du stoïcisme et d'un art romain de gouverner, mais aussi parce que les traces encore visibles « de nos jours » de ces glorieux morts rendent perceptibles les renversements de fortune et les aléas qui ont contribué à l'effacement des cités grecques et qui invitent à rechercher et à construire de nouveaux fondements communs. Dans cet univers gréco-romain, Cicéron meurt pour avoir écrit de sa main droite, contre Antoine, des *Philippiques*, selon une inspiration démosthénienne revendiquée (*Cicéron*, XXIV, 6 ; XLVIII, 6), comme l'orateur du IVe siècle, feignant de rechercher le mot juste, avait mordu le calame empoisonné qui lui permettait de ne pas être pris vivant (*Démosthène*, XXIX, 4). La mort du Grec s'achève pleinement dans celle du Romain, parce que ce dernier éclaire l'héritage de son devancier. Des variations sur la mort réelle de ses personnages, Plutarque fait un élément de pérennité d'une même civilisation.

Pascal PAYEN

Bibliographie
BOULOGNE, J., «Plutarque et la mort», in *La Vie et la mort dans l'Antiquité*, Actes du colloque organisé en janvier 1990 par l'Association Guillaume Budé, Dijon, Association Guillaume Budé, s.d., p. 17-28.
PELLING, Chr., «Is Death the End? Closure in Plutarch's *Lives*», in D. H. Fowler, *Reading the End in Greek and Latin Literature*, Princeton, Princeton University Press, 1997, p. 228-250.

Voir aussi • Phocion • Socrate • Sources • *Vie* •

MYTHOLOGIE ET HISTOIRE DES ORIGINES

Les premiers héros grecs et romains des *Vies parallèles* appartiennent-ils au mythe ou à l'histoire? Cette question que les exégètes se posent depuis plusieurs siècles – et qu'ils tendent, avec des nuances diverses (et parfois des intuitions de génie, Dumézil) à résoudre dans le premier sens –, Plutarque n'y était pas insensible. Mais il se la posait, il l'a posée ici et là dans son œuvre, et il l'a résolue, pratiquement plutôt que théoriquement, en des termes assez différents des nôtres.
Un rappel étymologique. Si les mots «mythe» et «histoire» viennent du grec (*mythos* et *historia*), ils ont pris un sens assez différent de leur signification première de «parole organisée», «récit suivi et structuré», «intrigue» d'une part, et d'«enquête», «investigation» de l'autre (chez Hérodote, *historia* a le sens d'«*enquête*»). Les termes grecs distinguent moins des *contenus* que des *points de vue*, des manières différentes d'aborder un sujet qui peut être identique. Un *mythos* peut concerner une matière «historique», une *historia* se concentrer sur des données «mythiques». Mais le *mythos* sera plus tourné vers la beauté, la signification, l'intérêt «en soi» de l'histoire qu'il raconte, alors que l'*historia*, à partir de témoignages, de confrontations et de recoupements, s'intéressera au degré de cohérence, de consistance et/ou de réalité du «référent» visé.
Ouvrant la *Vie de Romulus*, le lecteur ne peut qu'être désarçonné par cette cascade d'hypothèses contradictoires ou complémentaires, d'étymologies divergentes du nom de Rome, de mentions d'auteurs dont beaucoup sont obscurs, de perplexités et de remords qui ne dessinent pas une progression véritable: «Même ceux qui suivent la tradition la plus juste, selon laquelle Romulus donna son nom à la cité, ne s'accordent pas sur l'origine de ce héros» (*Romulus*, II, 2). Le même lecteur, face à l'entrée en matière de Tite-Live, sera probablement plus séduit – ou «sécurisé» –

par une approche qui, sans cacher ses doutes sur l'historicité de ce qu'elle rapporte, présente des événements une version simple, linéaire, canonique. Peu importe à l'historien latin que la réalité des faits ou des personnages soit sujette à caution, dès lors que le récit fait sens, un sens homogène, refermé sur lui-même et sur le développement glorieux de Rome. Paradoxalement, Tite-Live se situerait plutôt du côté du *mythos*, et Plutarque, par le sérieux d'une démarche problématique soucieuse de vérité, dans le camp de l'*historia*.

Non que les deux auteurs se séparent quant à la grandeur nécessaire d'un début dont la fonction est d'annoncer un destin prodigieux. Ainsi commence la *Vie de Romulus* : « Ce grand nom de Rome dont la gloire s'est répandue chez tous les hommes... » Mais pour Tite-Live, le problème de vérité « factuelle » est mis entre parenthèses au profit d'une version de référence qui nourrit et justifie son propre patriotisme et celui de ses lecteurs – un patriotisme qui le conduit à passer rapidement sur Énée et les origines troyennes, comme il « gommera » plus tard le rôle de la dynastie étrusque, et à faire toute sa place à la période proto-romaine, italique, qui va d'Énée à Romulus. Plutarque a d'autres soucis : son silence sur le dernier point le montre attaché à une genèse *gréco-troyenne* dans toutes les variantes qu'il reproduit. En second lieu, nous avons affaire à deux « providentialismes » bien différents : celui de Tite-Live est strictement romain, celui de Plutarque fait de Rome l'agent d'une volonté divine *universelle* qui prend appui d'abord sur l'hellénisme. Enfin, l'approche biographique, par contraste avec la narration continue *ab urbe condita*, conduit à multiplier les recoupements et les points de vue ; elle a pour corollaire, dans la structure des *Vies* « primitives » (celles qui ont été rédigées en dernier lieu), la liberté du recours aux digressions « problématisantes », sur le modèle des *Questions romaines*. D'où le paradoxe d'un grand récit qui s'ouvre sur une interminable digression... Et si, par la suite, Plutarque se tient à une version unifiée et cohérente, les chapitres III et IV de cette *Vie*, qui concernent la naissance et l'enfance des jumeaux royaux, regorgent d'incises qui mettent à distance, sinon en question, l'historicité des faits rapportés : « elle s'appelait Ilia, ou selon d'autres Rhéa, ou encore Silvia » (III, 3) ; « c'est là, d'après les récits, que les bébés furent déposés » (IV, 2) ; « selon certains auteurs, le nom de la nourrice aurait, en raison d'un double sens, permis à l'histoire de se changer en fable » (IV, 3).

Ce même mélange caractérise la première *Vie* grecque, celle de Thésée, créateur du synœcisme athénien, dont le philosophe Plutarque reconnaît le caractère légendaire : « Je souhaite que la légende, épurée par la raison, se soumette à elle et prenne l'aspect de l'histoire. Mais si parfois, dans son orgueil, elle [...] refuse de s'accorder avec la vraisemblance, je solliciterai l'indulgence des lecteurs, et les prierai d'accueillir de bonne grâce ces vieux récits » (*Thésée*, I, 5). Ce côte à côte du légendaire et du réel est perceptible ailleurs. Publicola, à qui Plutarque prête nombre de traits constitutifs du législateur « mythique », est un peu étouffé sous le poids de héros encore plus légendaires, de Brutus à Horatius Coclès et à Mucius Scaevola. Caton l'Ancien, dans l'auto-mise en scène complaisamment relayée par le biographe, se réclame de figures tutélaires comme le sage Nestor (*Caton l'Ancien*, XV, 5) ou de gestes fondateurs qui réitèrent un choix primordial de la frugalité (II, 2 ; XXV, 1). Le début de la *Vie de Sertorius* (I, 4 et suiv.) – une vie où le réel se situera souvent aux confins du rêve –, place l'exilé romain sous le patronage de personnages à nos yeux bien disparates : quoi de commun entre le dieu-berger phrygien Attis et Scipion l'Africain, le vainqueur d'Hannibal ? Réponse de Plutarque, fruit d'une réflexion récurrente : la Fortune, dont, comme les lointains ancêtres des Grecs et des Romains, ils sont l'un et l'autre les agents.

Jean-Marie PAILLER

Bibliographie
DEREMETZ, A., « Plutarque : histoire de l'origine et genèse du récit », *Revue des Études grecques*, 103, 1990, p. 54-78.
PAILLER, J.-M., « Les *Questions* dans les plus anciennes *Vies* romaines. Art du récit et rhétorique de la fondation », in *Plutarque. Grecs et Romains en* Questions (textes rassemblés par Pascal Payen), *Entretiens d'archéologie et d'histoire* (EAHSBC, 4), Saint-Bertrand-de-Comminges, 1998, p. 77-94.

Voir aussi • Denys d'Halicarnasse • Hérodote • Histoire • Homère • Tite-Live • Varron •

NAPOLÉON

Voir p. 35-37, 41, 48, l'introduction de François Hartog.
Voir aussi • Guerre(s) • Révolution française •

ORACLES

Voir • Delphes •

PAIX ROMAINE

Depuis le règne d'Auguste (27 avant J.-C.-14 après J.-C.) la notion de « Paix romaine » *(Pax romana)* est un mot d'ordre qui résume la politique extérieure des empereurs. Cette conception de l'ordre romain en Méditerranée, de nature à la fois idéologique et géographique, est très clairement définie par le philosophe stoïcien Sénèque (4-65 après J.-C.) qui, pour avoir été le précepteur, puis le principal conseiller de Néron en tant qu'« ami du prince » jusqu'en 62, s'est trouvé au cœur du pouvoir et de ses tensions. Incarnée en la personne du prince, la « Paix romaine » garantit « la prospérité d'un peuple si grand » et constitue « le pacte » sur lequel repose « cette unité, cette forte charpente qui maintient un si vaste empire ». À l'intérieur de cette fiction idéologique, l'obéissance est présentée comme garante de la liberté et source de toute puissance: «cette unité [...] cessera de commander au monde le jour même où elle aura cessé d'obéir» (*La Clémence*, I, 4, 1); quant à la diversité, celle des hommes et des provinces, elle est rejetée à l'extérieur des frontières géographiques de l'Empire, lorsque Sénèque invite Lucilius à «observ[er] toutes les nations qui marquent la limite de la paix romaine», ainsi des Germains et des peuples nomades qu'on rencontre dans les régions du Danube (*La Providence*, IV, 14). Plutarque, qui aurait pu connaître Sénèque dans sa jeunesse, contribue à l'architecture de la «Paix romaine» en proposant aux notables grecs un mode de participation qui préserve, sinon la liberté, du moins une forme d'indépendance des cités grecques et de reconnaissance de leur prestige culturel au sein de l'aristocratie romaine. Tel est, très certainement, l'objet principal des *Préceptes politiques*, adressés au jeune et riche Ménémachos de Sardes. Les Grecs d'Asie et des autres provinces se doivent d'assumer magistratures et responsabilités, afin de contribuer à maintenir eux-mêmes la paix dans l'Empire romain.

Or ce manuel du parfait dirigeant grec dans des provinces que dominent à leur gré les proconsuls réunit des conseils dont le substrat historique se trouve tout entier dans les *Vies parallèles*. Quelle que soit, en effet, l'époque à laquelle appartiennent les héros de Plutarque, leur action paraît contribuer, souvent, à la construction de la «Paix romaine» telle qu'elle se met en place aux Ier et IIe siècles après J.-C. Cette réduction de la perspective historique est pour Plutarque un des moyens de penser l'unité de la Méditerranée gréco-romaine. Depuis l'enlèvement des Sabines, dès le temps du fondateur Romulus par conséquent, «rien n'a davantage favorisé la croissance de Rome que cette manière de faire: elle s'est toujours adjoint et associé les peuples qu'elle avait vaincus» (*Romulus*, XVI, 3). La «Paix romaine» repose donc sur la répétition de l'histoire; elle est une forme d'invariant digne d'admiration qui tout à la fois nie l'histoire et l'emplit dans la très longue durée, de Romulus à Trajan et Hadrien. C'est ainsi que, de 196 avant J.-C., sous la République et le consulat de Flamininus, au voyage de l'empereur Néron, en 67 après J.-C., «la cité de Corinthe a assisté à deux reprises au même événement en faveur des Grecs. C'est en effet à Corinthe que Titus [Flamininus] en ce temps-là et Néron de nos jours, dans les deux cas lors de la célébration des concours Isthmiques, rendirent aux Grecs la liberté et l'usage de leurs propres lois» (*Flamininus*, XII, 13). L'attention portée sous l'Empire à l'administration des provinces et le souci de limiter les effets les plus visibles et les plus destructeurs de la domination militaire sont déjà à l'œuvre au temps de Caius Gracchus (en 121 avant J.-C.) qui, «revêtu d'une puissance presque monarchique», tel un Auguste, prend un décret pour faire vendre le blé expédié d'Espagne par un propréteur et «en envoyer le prix aux cités», afin de rendre «la domination romaine [moins] détestable et insupportable aux populations», ce qui lui valut «la sympathie des provinces» (*Caius Gracchus*, XXVII, 1-2). Plutarque n'hésite donc pas à faire l'éloge en bonne et due forme de la «Paix romaine», puisqu'elle ne repose pas sur le principe d'une expansion sans bornes et de guerres menées sans autre justification qu'elles-mêmes. Dans les premiers affrontements entre Grecs et Romains (en 198 avant J.-C.), Flamininus recourt «aux paroles plus qu'à la guerre» et déploie «une immense énergie au service de la justice»; sans cela, comment Plutarque plus à l'adresse de ses contemporains qu'en historien, «la Grèce n'aurait

pas accepté aussi facilement une domination étrangère à la place de celle à laquelle elle était accoutumée» (*Flamininus*, II, 5). Sur ce point très délicat, son analyse ne va pas sans habileté. Dans ce processus, les Grecs montrent une fois de plus l'exemple, ce qui leur vaut de se retrouver aux côtés des Romains: «Dans le cas de Titus et des Romains, leur générosité à l'égard des Grecs ne leur valut pas seulement des éloges, mais encore, et c'était justice, la confiance de tous et une puissance considérable» (*Flamininus*, XII, 8). Le bénéfice est double: les Grecs conservent, même dans la défaite, une place à part, et les Romains traduisent parfois leur philhellénisme par une indulgence sur le terrain des armes, comme Lucullus qui «n'entra pas une seule fois dans une cité grecque ou alliée avec son armée» (*Lucullus*, XXXIII, 4). Le point d'orgue de ce processus se situe au temps de Plutarque, sous le règne d'Hadrien (117-138 après J.-C.), où «il règne une grande paix, un grand calme; toute guerre a cessé» (*Sur les oracles de la Pythie*, 408 C).
La construction d'un ordre durable est la grande réussite de Rome, et la participation au maintien de cette paix est le moyen de faire durer les valeurs et les œuvres de la culture grecque en leur offrant le cadre plus vaste de l'Empire. C'est en effet «la Divinité» qui a donné à Rome «le soin de l'essaim politique» (*Préceptes politiques*, 823 E-F): la paix romaine participe donc d'un ordre cosmique auquel il est impossible de contrevenir. À cet ordre les Grecs contribuent, non en se soumettant, mais en apportant leur héritage culturel et politique. Contrairement à Polybe et Flavius Josèphe, Plutarque n'explique pas aux Grecs la puissance et la victoire romaines; contrairement à Dion de Pruse et Aelius Aristide, il ne limite pas l'expérience romaine à l'art de gouverner et d'administrer dans le présent. La «Paix romaine» s'est déployée dans l'histoire depuis Romulus, parallèlement à la diffusion du legs des Grecs, qui commence, à peu près au même moment, avec Homère, «le poète».

Pascal PAYEN

Bibliographie
FLACELIÈRE, R., «Rome et ses empereurs vus par Plutarque», *L'Antiquité classique*, 32, 1963, p. 28-47.

Voir aussi• Acculturation • Citoyen/citoyenneté • Guerre(s) •Liberté • *Préceptes politiques* •

PHOCION

Si Plutarque n'avait pas rédigé une *Vie de Phocion*, nous ne saurions presque rien de ce stratège et homme politique athénien qui vécut de 402 à 318, et fut ainsi le contemporain et l'un des acteurs des événements qui marquèrent l'histoire d'Athènes au IVe siècle et virent la fin de son indépendance. Comme Démosthène, il fut mêlé aux conflits qui opposèrent la cité au roi de Macédoine, Philippe II, mais, à l'inverse du célèbre orateur, il ne fit pas preuve d'hostilité à l'égard de celui-ci, puis de son fils Alexandre, bien au contraire. Et, s'il fut élu quarante-cinq fois stratège, c'est seulement après Chéronée et la victoire remportée par Philippe sur les Grecs qu'il commença à jouer un rôle politique. La tradition, dont Plutarque se fait l'écho, rapporte qu'il refusa, à l'annonce de la mort de Philippe, de suivre ceux qui rêvaient de rompre la paix conclue avec le roi à Corinthe, et qu'il intervint pour que ne soient pas livrés à Alexandre les orateurs antimacédoniens, dont Démosthène, Lycurgue et Hypéride.

Mais son activité politique ne devint vraiment importante qu'après la guerre lamiaque. Cette guerre, déclenchée par les Athéniens à l'annonce de la mort d'Alexandre en 323, s'acheva par une double défaite des Grecs sur terre et sur mer. Et, alors que Philippe, après Chéronée, n'avait pas cherché à s'emparer d'Athènes, non plus qu'à lui infliger un changement de régime politique, le vainqueur, le général macédonien Antipatros, imposa à Athènes non seulement la présence d'une garnison macédonienne au Pirée, mais de surcroît l'exclusion de la citoyenneté active de plus de la moitié des Athéniens, les plus pauvres, dont un grand nombre durent s'exiler en Thrace où Antipatros leur avait proposé des terres. Phocion accepta ces conditions, en dépit de ce qu'elles pouvaient avoir de honteux pour la cité qui avait, pendant près de deux siècles, dominé le monde égéen, et, durant les quatre années qui suivirent la défaite, il fut, avec le démagogue Démade, le véritable maître de la cité. Mais la mort d'Alexandre avait fait naître des ambitions chez les compagnons du conquérant, chacun d'eux rêvant de reconstituer l'Empire à son profit, en l'absence d'un héritier légitime capable de gouverner, les seuls prétendants à la succession étant Philippe Arrhidée, un demi-frère débile d'Alexandre, et le fils qu'attendait Roxane, l'épouse perse d'Alexandre. C'est l'un d'eux, Polyperchon, qui, après la mort d'Antipatros en 319, allait s'efforcer de rallier à sa cause les cités grecques en leur promettant la liberté. Polyperchon avait été désigné comme tuteur des «rois». Fort de cette autorité légitime, il adressa aux Athéniens une lettre les invitant à rétablir le régime démocratique et à faire rentrer les exilés, puis il envoya à Athènes une armée destinée à chasser la garnison que Cassandre, le fils d'Antipatros, avait renforcée. Ce fut le signal du soulèvement du petit peuple athénien, qui s'en prit à Phocion. Celui-ci tenta en vain de négocier avec Polyperchon qui se trouvait alors en Phocide, et, ramené à Athènes, il fut traîné devant une assemblée houleuse qui décréta sa mort. Conduit à la prison, en compagnie de ceux qui avaient été condamnés avec lui comme traîtres à la cité, il but la ciguë, dont il dut lui-même payer la dose nécessaire, détail que Plutarque ne manque pas de rappeler. En décrivant les derniers instants de son héros, dont il n'a cessé au cours de son récit de souligner les qualités de douceur, d'humanité, de désintéressement, Plutarque songe évidemment à la mort de Socrate, condamné lui aussi injustement à boire la ciguë. Et c'est cette image de Phocion que retiendra la postérité. À la veille de la Révolution française, l'abbé Mably publia des *Entretiens de Phocion*, qui se présentent sous la forme d'un dialogue socratique au cours duquel le stratège athénien, nouveau Socrate, porte sur Sparte et sur la démocratie corrompue d'Athènes des jugements dont l'influence se fera sentir chez les orateurs révolutionnaires. Le personnage de Phocion continuera à susciter des polémiques parmi les modernes, les tentatives de «réhabilitation» du stratège répondant aux attaques portées contre lui par les admirateurs du «patriote» Démosthène. Polémiques vaines, mais qui renaissent jusque sous la plume des historiens les plus éminents. Qu'on en juge par ce passage de l'*Histoire politique du monde hellénistique* d'Edouard Will (t. I, p. 31): «Athènes connaissait une nouvelle fois, mais cette fois de façon plus durable, l'oligarchie de la défaite, présidée par le stratège octogénaire et vertueux Phocion et par le politicien véreux qui avait fait carrière (avec conviction, semble-t-il) au service de l'ennemi, Démade, oligarchie protégée par les lances de l'occupant.» Ce n'est plus à Socrate que fait ici penser Phocion, mais à Pétain, tandis que Démade est la réplique du sinistre Pierre Laval.

Claude MOSSÉ

Voir aussi • Athènes • Mort • Révolution française • Socrate •

PLATON

Outre les *Questions platoniciennes* et le *Résumé du traité sur la création de l'âme dans le «Timée»*, qui nous sont parvenus, le catalogue de Lamprias mentionne onze autres ouvrages consacrés à la philosophie de Platon et des «Académiciens». À cela il faut ajouter l'interprétation, au moins platonisante, du mythe osirien (*Sur Isis et Osiris*), l'exégèse du *Phédon* dans la *Consolation à Apollonios*, ainsi que les nombreuses références à tel ou tel point de doctrine: on pense, par exemple, à la question du délire prophétique et de l'amour dans le *De l'amour*, ou à la mention des deux ordres de cause dans le traité *Le Déclin des oracles*. Par ailleurs, il ne faut pas oublier la présence d'Ammonios, membre et peut-être même scholarque de l'Académie, dont Plutarque a suivi l'enseignement à Athènes (*Thémistocle*, XXXII, 6): il est le «maître du jeu» dans *L'E de Delphes*; il est présent dans le traité *Le Déclin des oracles* et dans plusieurs *Propos de table*; un dialogue, aujourd'hui perdu, lui aurait même été consacré (n°84 du catalogue de Lamprias). Enfin, et si l'on en croit Konrat Ziegler (*Plutarchos von Chaironeia*, Stuttgart, A. Druckenmüller, 1949, coll. 113), ce ne sont pas moins de six cent cinquante passages – citations ou simples allusions – qui, dans l'œuvre de l'homme de Chéronée, renverraient à la pensée de Platon. Cent trente-sept d'entre eux se trouvent dans les *Vies*. Ici comme là, par conséquent, l'influence du «divin Platon» (*Périclès*, VIII, 2) ne se dément pas.

S'agit-il cependant, dans l'un et l'autre cas, du même Platon? On pourrait être tenté de croire que ce sont des dialogues différents qui, dans les *Vies* et dans les *Moralia*, sont cités à comparaître. Les textes biographiques auraient ainsi surtout recours au «Platon psychologue, moraliste et éducateur» de la *République* et des *Lois*, tandis que les traités philosophiques, où Plutarque se fait tout à la fois théologien et métaphysicien, renverraient plus volontiers au *Phédon*, au *Phèdre*, au *Philèbe* ou au *Timée* (voir C. Froidefond, «Plutarque et le platonisme», *ANRW* II, 36. 1 [1987], p. 187). C'est ainsi que la *Vie de Lycurgue* et la *Vie de Numa* semblent répondre au

vœu formulé par Socrate dans le *Timée* (19b) : mettre en mouvement, c'est-à-dire faire entrer dans l'histoire, la cité décrite dans la *République*. N'est-ce pas d'ailleurs ce que sous-entend Plutarque lorsqu'il loue Lycurgue d'avoir « dans la *réalité* » créé « une constitution inimitable », observant « aussi le principe politique » qu'a suivi « Platon [...] et tous ceux qui ont entrepris de traiter de ces questions [...] *mais ils n'ont laissé que des écrits et des discours* » (*Lycurgue*, XXXI, 2-3) ? Il est vrai que dans le cas du législateur lacédémonien, comme, du reste, dans celui du légendaire roi de Rome, on assiste à la rencontre du « pouvoir royal et [de] l'esprit philosophique » (*Numa*, XX, 9). Rien d'étonnant, dès lors, à ce que l'un et l'autre, par leur nature, leur caractère, leur comportement et les réformes législatives et constitutionnelles qu'ils initient, nous donnent une image parfaite du philosophe-roi de la *République* ou du législateur des *Lois*. Encore n'est-ce pas tout. « Quand l'essentiel de ses réformes fut entré dans les mœurs et que sa constitution fut désormais assez forte pour se soutenir et se conserver par elle-même, alors, pareil à la divinité qui, selon Platon, se réjouit d'avoir formé le monde, et de lui avoir imprimé le premier mouvement, Lycurgue fut pris d'admiration et de joie devant la beauté et la grandeur de sa législation qu'il voyait réalisée, capable de poursuivre sa route : il désira, autant que le permettait la prévoyance humaine, la laisser après lui immortelle et immuable dans l'avenir » (*Lycurgue*, XXIX, 1). N'y a-t-il là, comme certains l'ont cru, que simple métaphore ? Ou l'affirmation – conforme, il faut le noter, à la « configuration » des récits de *Critias* et du discours de *Timée* – que du monde à la cité, du Démiurge divin à ce démiurge humain qu'est le législateur, de la cosmologie à la politique, « il existe une sorte de *continuum* ontologique » (C. Froidefond, *art. cit.*, p. 205, à propos des livres VI et VII de la *République*). Si tel est bien le cas, on doit renoncer à dissocier les *Vies* des traités philosophiques présents dans les *Moralia*, sous prétexte qu'on ne pourrait y trouver qu'une heureuse peinture des caractères fort éloignée des préoccupations métaphysiques de leur auteur. Certes, il est indéniable que la *République* (*Cicéron*, LII, 4 ; *Démétrios*, I, 7 ; *Dion*, LIII, 4 ; *Galba*, I, 3 ; *Lucullus*, XLIV, 2 ; *Lycurgue*, XV, 1 ; *Numa*, VIII, 2 et XX, 8-11 ; *Caius Gracchus*, XXI, 2) et les *Lois* (*Démétrios*, XXXII, 8 ; *Lycurgue*, V, 10 et VII, 1 ; *Numa*, XX, 8-11 ; *Philopoemen*, XIV, 3 ; *Thémistocle*, IV, 4) arrivent largement en tête au palmarès des écrits du maître de l'Académie dont les *Vies* font mention. Pour autant, le *Phèdre* (*Antoine*, XXXVI, 2 ; *Pélopidas*, XVIII, 6 ; *Périclès*, XV, 3), le *Phédon* (*Romulus*, XXX, 1) et, comme on vient de le voir, le *Timée* (*Lycurgue*, XXIX, 1) n'en sont pas totalement absents. De surcroît, n'est-ce pas une étrange conception de l'exercice de la pensée que de considérer qu'un Platon ou un Plutarque, lorsqu'ils deviennent « psychologue(s), moraliste(s) et éducateur(s) » – quel que soit le sens que l'on doive ou que l'on puisse accorder à ces mots – cessent d'être ou oublient qu'ils sont, aussi, métaphysiciens ?
Ainsi, lorsque la *Vie de Démétrios* (I, 7-8) met l'accent sur l'instabilité des choses humaines – les plus pénibles revers suivent souvent de près les grandes réussites – ou lorsque la *Vie de Fabius Maximus* nous rappelle qu'il ne saurait y avoir de vertu sans mélange – « l'homme vertueux et honnête » (X, 2) peut également faire preuve « de félonie et de cruauté » (XXII, 5) – il est toujours possible de ne voir là que les remarques de bon sens du « moraliste » et du « psychologue ». Mais ce serait négliger

les analyses du *Résumé du traité sur la création de l'âme dans le «Timée»* et de *Sur Isis et Osiris* qui, s'appuyant sur le *Timée*, le *Philèbe* et les *Lois*, leur servent de fondement. Si le mélange est «inhérent à la vie, inséparable du monde», c'est parce que «tout nous advient de deux principes opposés, de deux forces contraires» (*Sur Isis et Osiris*, 369c). Peu importe ici que le principe négatif, aux côtés de «l'âme la meilleure», soit identifié dans *Sur Isis et Osiris* avec «l'âme mauvaise» du livre X des *Lois* (897b-d), et par le *Résumé du traité sur la création de l'âme dans le «Timée»* avec cette partie de l'âme du monde qui «n'est pas [...] l'œuvre de Dieu, mais [...] porte en elle, innée, la part du mal» (1027 A). Ce qui compte c'est que, «l'âme de l'homme» étant «une partie ou une copie de l'âme de l'Univers» (*De la vertu morale*, 441 F), le dualisme cosmologique fonde le dualisme psychologique et rende raison de «la commune faiblesse humaine» (*Lois*, IX, 854a).

Tel est l'arrière-plan métaphysique qu'il faut garder en mémoire pour comprendre qu'«Aratos, qui s'est montré, en tant d'occasions, si digne de la Grèce et si grand», ait pu accepter «les ordres des Macédoniens et des satrapes». Car, à travers son comportement, c'est précisément cette «faiblesse de la nature humaine» qui s'exprime, une nature humaine «qui, même dans des caractères aussi remarquables et aussi doués pour la vertu, ne peut préserver le bien des attaques de la Némésis» (*Cléomène*, XXXVII, 8). On pourrait en dire autant de la *Vie de Cimon*, lors même que Plutarque se présente sous les traits du peintre et de l'observateur des conduites et des caractères. Ce n'est pas le souci du trait saillant, le désir d'embellir, ou la description complaisante des erreurs et des vices qui guident la rédaction des *Vies parallèles*, mais la volonté de «montrer» qu'on ne peut concevoir «aucun caractère dont la vertu soit pure et indiscutable» (*Cimon*, II, 2-5) ou une vie humaine «pure et exempte de maux» (*Paul-Émile*, XXXIV, 8). À l'échelle de l'individu également le principe négatif est à l'œuvre, qu'on le nomme «Fortune, [...] Némésis ou [...] Nécessité naturelle» (*Marius*, XXIII, 1). En d'autres termes, c'est la relation mimétique de l'homme au monde et de l'âme humaine à l'âme cosmique qui, abstraction faite de leur matière événementielle, constitue l'armature des *Vies* et permet de penser leur relation, elle aussi mimétique, aux *Moralia*. Dès lors, on ne pourra pas apprécier l'importance du platonisme dans les écrits biographiques de Plutarque en se contentant de pointer les références directes qui y sont faites, mais en étant sensible à «la cohérence et à la continuité, souvent méconnue, qui existe entre les principes métaphysiques [de *Sur Isis et Osiris*] ou [du *Résumé du traité sur la création de l'âme dans le «Timée»*], et la philosophie qui se dégage des *Vies*» (D. Babut, *Plutarque et le stoïcisme*, Paris, PUF, 1969, p. 307).

Marie-Laurence Desclos

Voir aussi • Aristote • Athènes • *Moralia* • Socrate • Sources •

PLUTARQUE PAR LUI-MÊME

Dans quelle mesure Plutarque transpose-t-il une part de son expérience personnelle de citoyen, d'homme public, de penseur dans les récits des *Vies parallèles*? S'il se raconte à maintes reprises dans les *Œuvres morales* (en particulier dans les *Préceptes politiques*, dans *Sur les oracles de la Pythie*, les *Propos de table*, le *Contre Colotès*), le problème se pose différemment dans les *Vies*, où le «je» du biographe, parce qu'il se mesure à la personnalité de ses héros, n'offre au lecteur qu'une image dispersée, fragmentaire et déformée du sujet Plutarque: l'homme et l'œuvre – c'est maintenant chose reconnue – ne se recouvrent pas. La difficulté est ici redoublée par la présence conjointe de Grecs et de Romains. Sont-ils porteurs d'une commune expérience de l'histoire et de valeurs identiques? Pour Plutarque sont-ils à égalité des «miroirs» dans lesquels il se reconnaîtrait?

Des allusions à sa famille, à sa carrière, à ses relations figurent dans les *Vies*. Il rapporte le témoignage de son arrière-grand-père Nicarchos sur la misère des cités grecques, théâtre des guerres civiles entre Romains (*Antoine*, LXVIII, 7-8), et celui de son grand-père Lamprias sur les débauches d'Antoine à Alexandrie (*ibid.*, XXVIII, 3). Plutarque se montre profondément attaché à Chéronée, sa cité natale, et à la Béotie: les fréquentes mentions de «chez nous», «dans mon pays», «à Chéronée», sont autant de fragments autobiographiques (*Thésée*, XXVII, 8; *Cimon*, I, 8 et II, 3; *Démosthène*, XIX, 2; *Alexandre*, IX, 3; etc.) qui se traduisent par le récit développé de la libération de Thèbes et de la Cadmée, occupées par les Spartiates, en 379 (*Pélopidas*, VII-XIII). De sa jeunesse il mentionne un long séjour à Athènes (*Démosthène*, XXXI, 1), au cours des années 65-67, où il assista en compagnie d'un descendant de Thémistocle aux cours du philosophe platonicien Ammonios (*Thémistocle*, XXXII, 6). Dans son esprit, Athènes est à la fois le lieu dont il regrette «l'abondance des livres et les conférences de toutes sortes» (*Sur l'E de Delphes*, 384 E), et la cité qui fournit «encore de nombreuses preuves de son humanité et de sa générosité» (*Aristide*, XXVII, 7). Au cours de ses «séjours en Italie» et à Rome, vers 75-79, il se dit accaparé par des missions d'ordre politique et par les cours de philosophie qu'il dispense (*Démosthène*, II, 2). Sous le règne de Domitien, il retourne à Rome dont il admire les monuments, notamment la reconstruction du temple de Jupiter Capitolin, consacré en 82 après J.-C. (*Publicola*, XV, 3-5). C'est dans la Ville qu'il se constitue un réseau d'amis influents: il doit à Lucius Mestrius Florus sa citoyenneté romaine et visite avec lui le champ de bataille de Bédriac, en Gaule Cisalpine, où s'affrontèrent les armées d'Othon et de Vitellius, en 69 (*Othon*, XIV, 2), ainsi que le monument funéraire d'Othon (*ibid.*, XVIII, 2); il dédie à Sossius Sénécion l'ensemble des *Vies parallèles* (*Thésée*, I, 1).

Chéronée, Athènes, Rome: si l'on s'en tient aux indices explicites que fournissent les *Vies*, tels sont les lieux où se concentrent quelques-unes des activités de Plutarque. Mais il ne nous dit rien de son mariage heureux et de ses enfants, de son installation à Chéronée à partir du début des années 90, de ses nombreux déplacements en Grèce (excepté un voyage à Sparte pour y recueillir des informations: *Lycurgue*, XVIII, 2; *Agésilas*, XIX, 10-11), des multiples charges qu'il assume au service de sa patrie, de Delphes, de la Béotie, de l'Achaïe peut-être même, à la demande d'Hadrien; des honneurs dont il est gratifié sous le règne de Trajan. L'essentiel de sa biographie est passé sous silence.

Pour autant, Plutarque n'est ni absent de son œuvre, ni tourné uniquement vers le passé de la Grèce, celle de Solon, d'Aristide, de Thémistocle et de Périclès. On pourrait certes suggérer qu'il voit en certains héros une part de lui-même – l'idéal de retenue d'Aristide, l'amour de la lecture chez Caton le Jeune (XIX, 1), par exemple –, ou que l'insistance à relever chez tous les marques de «douceur» et d'«humanité», sans parler de leur propension à se faire plus platonicien qu'ils ne le sont sûrement (*Lucullus*, II, 4-5), viennent directement de ses propres idéaux. L'autobiographie dont Plutarque nous livre des fragments est bien plutôt celle d'un homme qui s'est voulu le reflet et le creuset de «la nature humaine», dans sa part grecque et romaine: «J'offre l'hospitalité, si l'on peut dire, à chacun [de mes héros] tour à tour [...] je contemple "Comme il fut grand et beau" [*Iliade*, XXIV, v. 630], et je choisis les plus nobles et les plus belles de ses actions.» Plutarque accueille toute la tradition des Grecs et des Romains, mais choisit en fonction des valeurs héroïques du monde homérique, patrimoine et référence ultime. Puis, s'étant ainsi fabriqué ses héros, et l'histoire devenant «à [ses] yeux comme un miroir», il s'efforce «d'embellir [sa] vie, et de la conformer aux vertus de ces grands hommes» (*Timoléon*, Préface, 1-2).

Le «je» est donc double: point d'équilibre de toute l'analyse, ce qui est banal, et objet d'une construction dont il prend progressivement conscience: «Lorsque j'ai entrepris d'écrire ces *Vies*, c'était pour autrui; mais si je persévère et me complais dans cette tâche, c'est à présent pour moi-même» (*ibid.*, 1). Les récits de vie de Plutarque sont d'autant plus convaincants qu'ils sont lestés de sa propre expérience (il est Grec, il vécut à Rome, il fut prêtre, magistrat...), elle-même inscrite, comme celle de tous ses héros, dans l'histoire. Rien d'abstrait dans cette implication de soi, qui donne son unité aux *Vies* et qui est sous-tendue par deux idées-forces. D'une part, la nécessité impérieuse de mettre en application les principes de la philosophie au service de la politique des cités: ainsi, à choisir entre ceux qui théorisent par l'écrit, sans agir, et ceux qui agissent, mais ne laissent aucun écrit, Plutarque choisit les seconds, c'est-à-dire Lycurgue au détriment de Platon s'il le faut (*Lycurgue*, XXXI, 2-3)! Ce qui peut surprendre, mais se révèle conforme à sa pratique et à l'image de lui-même que livrent ses écrits. D'autre part, l'affirmation que l'unité des *Vies* repose aussi sur la recherche patiemment conduite d'une part de *soi*, non pas en tant que sujet biographique, mais comme porteur de valeurs culturelles et d'un héritage historique où se rencontrent des Grecs et des Romains.

Pascal PAYEN

Voir aussi • Amis/Amitié • Chéronée • Grèce • Sossius Sénécion •

POLYBE

Polybe (vers 200-120 avant J.-C.) partage avec Plutarque l'expérience de la domination romaine. Certes, plusieurs siècles séparent les deux auteurs mais, frappés tous deux que soit enfin réalisé ce en quoi les précédents empires avaient échoué : la réunion sous une même autorité de « (presque) toute la terre habitée » (Polybe, I, 3, 10 ; III, 1, 4 ; etc.), ils font de cette quasi-totalisation de l'espace le moyen de penser sous des formes diverses – cycle des régimes politiques (Polybe, VI), avènement des ressemblances qui permettent l'établissement de parallélismes à des siècles d'écart (*Sertorius* I, 1-2) – une sorte de clôture de l'histoire.

Dans cette clôture, tous deux accordent également un rôle prépondérant à la Fortune : c'est elle, en effet, qui, articulée, chez l'un sur la justice et le destin (Polybe, XV, 20), chez l'autre sur la providence divine avec laquelle elle confond parfois ses réalisations (*Sertorius*, I, 2), est intervenue dans les vies individuelles comme dans celle des peuples pour en produire l'effet (comparons Plutarque, *Pélopidas*, XVII, 2 et Polybe, I, 1,4 ; Polybe, II, 70, 2 et *Cléomène*, XXVII, 8).

Par ailleurs, tous deux animés d'un solide attachement à la Grèce comme d'une grande admiration pour la puissance somme toute pacificatrice de Rome qui, de surcroît, leur laisse la possibilité de faire valoir les acquis culturels grecs, ils occupent, dans leur vie comme dans leur œuvre, une position de conciliateurs entre les deux mondes ; même si, pour certains historiens, l'attitude de Polybe, acteur et témoin au moment particulièrement brûlant où Rome fait passer la Grèce sous sa domination, relève plus de la collaboration que de la conciliation.

Le nom de Polybe apparaît vingt-cinq fois dans les *Vies* tandis qu'on peut repérer onze autres passages qui sont inspirés de lui sans qu'il soit cité. Toutefois, on prendra soin de relativiser ces chiffres en songeant que l'œuvre de Polybe ne nous est pas parvenue dans son intégralité, alors que Plutarque peut avoir eu en main une version complète ou plus complète et, surtout, que cette œuvre se présente sous forme de fragments précisément quand il s'agit de périodes prises en compte dans certaines *Vies*, ce qui nous met dans l'impossibilité de savoir dans quelle mesure celles-ci s'en inspirent. C'est le cas pour l'expédition en Espagne de Caton, en 195 *(Caton l'Ancien)*, pour le Livre X des *Histoires* qui a pu étayer une part de la *Vie de Philopoemen* et plus encore pour la période couverte par la *Vie de Flamininus*. On ajoutera que Polybe était aussi l'auteur d'un *Éloge de Philopoemen* qui ne nous est pas parvenu et qui semble avoir été largement exploité au début de la *Vie* de Plutarque consacrée à ce personnage.

Quoi qu'il en soit, Polybe ne fait jamais l'objet d'attaques et si quelques nuances de détail apparaissent entre son œuvre et les *Vies*, c'est sans doute que Plutarque, selon son habitude, multiplie les sources à la recherche des signes des dispositions éthiques qui nourrissent ses portraits. Parfois *(Paul-Émile)*, Plutarque suit la structure du récit de Polybe, parfois *(Aratos)*, il s'en écarte en optant pour un parcours plus thématique que chronologique et sollicite beaucoup les *Mémoires* d'Aratos, qui ne nous sont pas parvenus, aux côtés des *Histoires* de Polybe. On notera cependant que Plutarque qui utilise beaucoup Phylarque de concert avec Polybe, ne semble pas partager les critiques acerbes qu'à travers lui ce dernier fait à l'histoire tragique

(Polybe II, 58-63), ce en quoi on peut reconnaître le goût de l'auteur des *Vies* pour les récits détaillés et la dramatisation des renversements *métabolaï, (Périclès; Nicias).* Avec Polybe, Plutarque donne donc l'impression d'être en terrain d'entente. Ni objet de réprobation comme Hérodote, ni objet d'une admiration un peu intimidée comme Thucydide, l'auteur des *Histoires* semble constituer pour celui des *Vies* une référence à la fois sûre et proche.

Catherine DARBO-PESCHANSKI

Voir aussi • Acculturation • Hérodote • Histoire • Rome • Thucydide •

LES *PRÉCEPTES POLITIQUES*

Les *Préceptes politiques* ou *Conseils politiques (Politica paraggelmata)* font partie, dans les *Moralia*, du groupe d'opuscules qui traitent de sujets politiques et politico-moraux : *Comment distinguer le flatteur et l'ami* (traité 4), *Comment tirer profit de ses ennemis* (6), *De l'exil* (44), *Le Philosophe doit surtout s'entretenir avec les grands* (49), *À un chef mal éduqué* (50), *Si la politique est l'affaire des vieillards* (51), le fragment *Sur la monarchie, la démocratie et l'oligarchie* (53) – auxquels s'ajoutaient peut-être deux ouvrages perdus que mentionne le catalogue de Lamprias, le *Protreptique à un jeune homme riche* (n° 207) et *Deux livres de Politica* (n° 52).

Divers par l'importance et le niveau d'achèvement, ces opuscules, qui reflètent manifestement l'enseignement du maître, paraissent avoir été rédigés sans dessein de construire une œuvre politique d'ensemble, dans le désordre, au gré des circonstances ou à la demande. Les *Préceptes* et le *Si la politique*, qui sont les plus élaborés, n'ont aucun caractère théorique : adressés pour le premier à un jeune homme riche de Sardes, pour le second à un vieil ami d'Athènes, ils indiquent aux notables riches qui dominent la société de l'époque ce que doit être leur conduite politique dans les cités de Grèce et d'Asie soumises à Rome. Les *Préceptes* constituent un petit manuel complet de politique pratique (environ 70 pages), illustré par une foule d'exemples historiques tirés de la vie des grands hommes grecs et romains. L'importance de l'opuscule vient notamment de sa date : publiée dans la première moitié du règne de Trajan, probablement au tout début du IIe siècle après J.-C., l'œuvre a été rédigée à un moment où le pouvoir impérial évolue dans le sens de la « modération » et d'une plus grande confiance accordée aux élites provinciales.

Le traité, fait de développements divers secondairement harmonisés, est soigneusement composé. L'auteur se propose de montrer au jeune Ménémachos ce qu'est la vie d'un philosophe engagé dans la politique.

En premier lieu sont exposées les conditions générales d'entrée dans la vie politique : choix raisonné du bien, rejet des motivations passionnelles ; éloquence soigneusement étudiée ; décision d'opter pour des débuts éclatants et risqués, ou bien pour un progrès lent et sûr, aux côtés d'un patron bien choisi ; attitude politique méditée vis-à-vis de ses amis et de ses ennemis.

En second lieu, est étudié l'exercice des magistratures dans les cités de l'époque. Les principes de l'homme d'État doivent être les suivants :
a) tout contrôler, en tant que « chef naturel », mais sans négliger les magistratures légales et en sachant s'effacer derrière des collaborateurs ou s'entendre avec d'autres pour organiser des débats factices destinés à entraîner l'adhésion du peuple ;
b) ne jamais oublier la tutelle romaine, sous peine d'exil ou de mort, et ne pas enflammer les cités grecques en agitant leurs grandes entreprises d'autrefois ; en revanche savoir s'appuyer sur des protecteurs romains de haut rang et éviter plus que tout de détruire ce que les cités conservent de liberté, en faisant continuellement intervenir les Romains ;
c) à l'intérieur des cités, d'une part éviter les querelles des dirigeants et respecter les magistrats, même pauvres, d'autre part savoir manœuvrer le peuple par des concessions peu coûteuses et faire échouer par divers procédés les propositions démagogiques.
En troisième lieu, l'opuscule traite des buts et moyens de l'action politique. L'amour de l'argent et des honneurs est fortement condamné. L'évergétisme, qui permet d'acheter la faveur populaire, doit être limité et les spectacles sanglants ou grossiers sont à proscrire – c'est-à-dire les gladiateurs et les « chasses », ainsi que les pantomimes. Suit un portrait du magistrat idéal. La concorde, enfin, est l'objectif suprême : la principale tâche de l'homme d'État est d'empêcher le désordre et les luttes de factions.
Le caractère général de ces conseils et l'éloignement dans le temps des exemples historiques qui les appuient pourraient faire croire que l'opuscule est un tissu de lieux communs de morale et de rhétorique. Mais quand on connaît la situation politique de l'Orient grec au tournant du Ier siècle, on mesure que le traité ne cesse d'apporter des réponses à deux problèmes précis et urgents : dans des cités où les formes démocratiques anciennes sont conservées, même vidées de leur sens, et où le peuple est toujours prêt à s'agiter, comment les aristocraties municipales peuvent-elles maintenir leur suprématie politique et sociale ; dans le cadre d'un Empire étroitement surveillé, quelle liberté de manœuvre leur reste-t-il et quelle doit être leur attitude en face des autorités romaines ? Plutarque, maître à penser qui se réclame de Platon tout en étant très éclectique – l'utilisation d'un traité perdu de Théophraste, les *Politica pros tous kaïrous*, expliquerait entre autres un certain machiavélisme des *Préceptes* au nom du bien –, mais aussi homme public fortement engagé dans la vie politique de son temps, cherche à rapprocher la réalité « romaine » du IIe siècle après J.-C. des idéaux platoniciens, en travaillant à la mise en place dans les cités et les provinces d'une sorte de « principat » philosophique des notables. Persuadé que la vraie source du pouvoir est la supériorité morale du chef (son *auctoritas*, diraient les Romains) et que le pouvoir est *naturel* avant d'être *légal et juridique*, il cherche à convaincre les notables qu'ils doivent dominer « la foule » par leur mérite, leurs vertus et leur souci du bien public. Il moralise donc fortement le contrat entre les gouvernants-évergètes, appelés à renoncer à la démagogie des distributions matérielles et des spectacles offerts, et le peuple, qui ne leur décernerait plus, en retour, que des honneurs abstraits, signe de son amour. La troisième source du pouvoir, *la force*

armée, n'est pas ignorée, mais elle n'apparaît que dans de rares et fulgurants rappels des châtiments que Rome réserve aux révoltés.

C'est que la domination romaine est désormais le fait politique essentiel. Rome garantit le pouvoir des élites en échange de leur soumission. De son côté, Plutarque – qui n'a aucune illusion sur la liberté que les proconsuls laissent aux cités (824 C) – trace, entre la démission et la révolte, la voie de la collaboration avec le pouvoir romain. Mais on aurait tort sans doute de croire que c'est par pur *réalisme* qu'il conseille aux notables grecs de collaborer avec les Romains, en leur proposant comme modèles Polybe et Panaïtios. À un moment où la nouvelle dynastie impériale (Nerva et Trajan) se montre décidée à s'appuyer sur les élites des provinces, à recruter dans leurs rangs les administrateurs de l'Empire, l'humble traité des *Préceptes*, dont le contenu est transposable dans les plus hautes sphères du pouvoir, repose nécessairement sur une image *idéale* de la cité romaine, appelée à se transformer en cité universelle.

Ce choix de Rome va manifestement pour Plutarque dans le sens de l'histoire. Les *Préceptes* sont nourris d'une foule d'exemples historiques, qui reprennent la documentation rassemblée pour les *Vies parallèles*. Ce réemploi thématique est révélateur d'une conception rhétorique de l'histoire : le philosophe en dégage la signification morale profonde en choisissant, en rapprochant et en interprétant les petites actions et les petits «mots» des grands hommes appartenant aux grands siècles de la vertu grecque et de la vertu romaine. La portée de ces exemples lointains est éclairée par quelques exemples contemporains : l'exemple foudroyant d'une récente insurrection de Sardes, deux exemples familiers où Plutarque se met modestement en scène. De plus, intégrées aux phrases du discours, des citations nombreuses, des images et comparaisons naturelles suggèrent que toute la pensée grecque converge vers l'attitude «mesurée» de l'auteur et que cette mesure est conforme à l'ordre du monde. En se présentant comme l'aboutissement d'une longue tradition historique et philosophique, le petit opuscule modélise dans l'éternel les comportements «philosophiques» que l'auteur propose aux aristocrates de son temps.

Jean-Claude CARRIÈRE

Bibliographie

Parmi les éditions qui comportent introduction et notes ou commentaire, on retiendra celles de :

CARRIÈRE, J.-C., *Préceptes politiques*, in Plutarque, *Œuvres morales*, t. XI, 2ᵉ partie, Paris, Les Belles Lettres, CUF, 1984.

GASCO, F., *Consejos politicos Plutarco*, Madrid, Centro de Estudios constitutionales, 1991.

TZANNETATOS, Th. St., *Ploutarkhou politika paraggelmata*, Athènes, Papyros, 2 vol., 1940 et 1950.

VALGIGLIO, E., *Plutarco, Praecepta gerendae reipublicae*, Milan, Istituto editoriale cisalpino – Lagoliardica, 1976.

Voir aussi • Acculturation • Aristote • *Moralia* • Paix romaine • Platon •

PYTHAGORE

Comme son maître Platon, comme sa source l'érudit Varron, Plutarque se montre tout au long de son œuvre féru des enseignements «pythagoriciens». À vrai dire, son intérêt ne le porte guère vers la *personne* du sage de Samos émigré en Italie du Sud, à Crotone, où il aurait fondé dans la seconde moitié du VIe siècle avant J.-C. une communauté de gouvernants-philosophes finalement chassée des affaires par la violence. Du mathématicien qui présentait les nombres comme des dieux, parce qu'ils gouvernaient le mouvement des astres comme les lois de la musique, les *Vies* de Plutarque, ni le reste de son œuvre, ne disent à peu près rien. Guère plus du «magicien» porteur des traditions les plus archaïques, moins encore du probable fondateur d'une «secte» d'initiés très fermée sur elle-même. Pythagore (vers 570-480 avant J.-C.) n'est donc évoqué en personne qu'au début de la *Vie de Numa*, où Plutarque retrouve et reprend, avec prudence, le problème classique d'une éventuelle éducation du deuxième roi de Rome par le sage grec. Il a bien conscience, comme ses sources et les textes parallèles (notamment Tite-Live), de l'invraisemblance de l'hypothèse. Ses réticences (I, 3-6; XXII, 5) l'empêchent même d'ajouter foi aux informations qu'il a recueillies à Rome sur l'érection au forum, au VIe siècle sans doute, de deux statues d'Alcibiade et de Pythagore, pourtant bien attestée (VIII, 20-21). Ce qui l'intéresse est de montrer que Numa, en roi législateur, a agi selon *l'esprit* pythagoricien. Il l'a fait en mettant en scène sa propre autorité d'«inspiré» par une puissance divine (IV, 12; VIII, 5-10), en apprenant aux Romains à vénérer le silence (VIII, 11; XXII, 2-4), en leur interdisant de représenter les dieux (VIII, 12-14), en les habituant à des sacrifices non sanglants (VIII, 15; XVI, 2) et à une participation recueillie, concentrée, aux cérémonies du culte (XI, 3-5); enfin, c'est un symbolisme pythagoricien, repris par Platon, qui explique la forme circulaire du temple de Vesta, «image du monde» (XI). Le lecteur de la *Vie de Pythagore* recueillie au IIIe siècle après J.-C. par Diogène Laërce se persuadera aisément de la pertinence de ces rapprochements.

La vie du roi religieux et pédagogue fut donc, à en croire Plutarque, tout entière pénétrée d'esprit pythagoricien. Or, il s'agit, avec *Romulus*, de la biographie rédigée en dernier lieu, d'un texte qui prend figure de bilan à la fois des *Vies parallèles* et des *Questions romaines*, où le «pythagorisme» est omniprésent (*Questions romaines* 2, 10, 15, 21, 25, 72, 76, 93, 102, 112...). On pourra donc déceler des traces de la «doctrine» dans des passages des deux œuvres où le biographe s'intéresse à des animaux sacrés: pivert et loup pour Romulus et Rémus (*Romulus*, IV, 2; VII, 7; voir *Question romaine* 21), vautour (*Romulus*, IX, 5-7; voir *Question romaine* 93); dans les spéculations sur les jours et les nombres (*Camille*, XIX, 4-6; voir *Question romaine* 25, mais aussi 2, 102); dans les remarques sur la nécessité selon les moments de se couvrir et de se découvrir la tête (*Crassus*, VI; *Pompée*, VIII; voir *Question romaine* 10). Enfin, les interprétations symboliques des rites et surtout des sacerdoces, l'insistance sur les purifications spirituelles sont également pythagorisantes.

Ce pythagorisme un peu vague est une des manières dont Plutarque rend compte de la progressive mais profonde hellénisation de Rome. Cependant, ce cadre de référence reste lâche et n'enferme l'auteur dans aucun dogmatisme. Cette liberté ressort de la *Question romaine* 76 : pourquoi des chaussures ornées d'un croissant de lune chez les membres des grandes familles ? Plutarque répudie explicitement l'interprétation éthérée des pythagoriciens, qui évoquent un séjour de l'âme sur la lune ; il préfère l'attitude du moraliste qui prône l'humilité devant l'incertitude des choses humaines, aussi cycliques que le cours de la lune : ce point de vue s'accorde parfaitement avec les innombrables développements que les *Vies* grecques et romaines consacrent à la Némésis.

Jean-Marie PAILLER

Bibliographie
BOYANCÉ, P., *Études sur la religion romaine*, École française de Rome, 1972, p. 253-282 («Sur la théologie de Varron»).
BURKERT, W., *The Pythagorean Lore and Science*, Cambridge (Mass.), Harvard University Press, 1972.
DETIENNE, M., *La Notion de* daïmon *dans le pythagorisme ancien*, Paris, Les Belles Lettres, 1963.
FERRERO, L., *Storia del pitagorismo nel mondo romano*, Turin, Université de Turin, 1955.
Plutarque. Grecs et Romains en parallèle, introduction, traduction et commentaires des *Questions romaines* et des *Questions grecques* par M. NOUILHAN, J.-M. PAILLER et P. PAYEN, Paris, Hachette, Le Livre de Poche, «Bibliothèque classique», 1999.
Les Présocratiques, J.-P. Dumont éd., Paris, Gallimard, «Bibliothèque de la Pléiade», 1988, p. 51-87 : Pythagore et les «Pythagoriciens anciens»; p. 215-230 : les «Pythagoriciens moyens»; p. 441-612 : les «Pythagoriciens récents»; p. 1198-1215, 1253-1261, 1331-1417 : notes.

Voir aussi • Dieux • Éducation • Grèce • Varron •

QUESTIONS ROMAINES – QUESTIONS GRECQUES

Les deux recueils connus sous les titres traditionnels de *Questions romaines* et *Questions grecques*, issus des manuscrits, constituent avec les *Vies* la forme la plus achevée des recherches de Plutarque pour instruire le parallèle entre Grecs et Romains. Certes, une telle réflexion n'est pas neuve : l'étude des coutumes et des comportements institutionnels des hommes relève d'une longue tradition ethnographique illustrée en Grèce notamment par Hérodote (Ve SIÈCLE); et l'historien Polybe, otage à Rome de 167 à 150, s'est efforcé de mettre en parallèle «l'Empire romain» avec «les plus célèbres puissances du passé» (I, 2, 1). Il faut ajouter que la comparaison, chez Plutarque et ses devanciers, d'Hécatée de Milet (VIe SIÈCLE) à Posidonios (vers 135-50 avant J.-C.), pouvait s'établir aussi avec les Barbares ; ainsi le Catalogue dit de Lamprias, qui conserve le titre des œuvres attribuées à Plutarque, mentionne-t-il un recueil de *Questions barbares* (n° 139) perdu.

Ainsi que l'indique le titre grec – *Aïtiaï rhomaïcaï* et *Aïtiaï Hellénon* –, rendu en latin par *Quaestiones*, les deux ouvrages sont de nature étiologique. À la manière des recueils de *Problèmes* illustrés par l'École d'Aristote pour les sujets touchant à la médecine et à la physique, leur objet est de proposer une série de «causes» (*aïtiaï* ou *aïtia*, en grec), en réponse à des incertitudes ou à des interrogations. Les recueils de Plutarque se présentent donc sous la forme d'une série de notices (cent treize pour les *Questions romaines*, cinquante-neuf pour les *Questions grecques*), composées pour chacune d'entre elles d'une question, parfois redoublée, suivie d'une réponse proposant le plus souvent, surtout pour les *Questions romaines*, plusieurs explications ou hypothèses (jusqu'à six). Cette particularité est la marque d'un effort pour comprendre chacun des deux peuples dans la diversité et la complexité de ses institutions, résultat d'une longue histoire. En ce sens, les *Questions romaines* et les *Questions grecques* ne sont pas des brouillons ou des fiches préparatoires aux *Vies*. Dans la *Vie de Camille* (XIX, 12) et dans la *Vie de Romulus* (XV, 7), Plutarque renvoie ainsi aux *Questions romaines* comme à un ouvrage où le thème abordé reçoit un traitement plus approfondi. Les *Questions romaines* et la suite qui leur est donnée avec les *Questions grecques* ont été conçues à la fin du Ier SIÈCLE ou peu après (la *Question romaine* 50 mentionne le règne de Domitien, assassiné en 96) et correspondent à la pleine maturité de Plutarque, au moment où il entreprend, semble-t-il, la rédaction des *Vies parallèles*.

D'un recueil à l'autre les différences sont sensibles. Bien sûr par la longueur: le double pour les *Questions romaines*, mais davantage encore dans la rhétorique et en fonction des thèmes privilégiés. Dans le premier recueil, l'interrogation se présente presque toujours sous la même forme: «Pour quelle raison...?» (*dia ti*: cent onze fois) et les réponses proposent plusieurs solutions, signe des hésitations de Plutarque lui-même face à l'Autre. À l'inverse, les *Questions grecques* présentent neuf variations dans la formule interrogative, et surtout les réponses n'offrent presque toujours qu'une seule hypothèse ou bien adoptent la forme d'un petit récit; en milieu grec, Plutarque est sûr de ce qu'il avance. Les grands thèmes abordés concernent, pour Rome, tout ce qui touche aux rituels (*Questions romaines* 3, 4, 10-13, 15-18...), à la parenté (*Questions romaines* 1-2, 5-10, 29-31...) et aux institutions (*Questions romaines* 37, 39, 49, 53...). Un des exemples les plus caractéristiques de la manière dont Plutarque expose ses recherches sur les Romains est la *Question* qui ouvre le recueil:

> 1. *Pour quelle raison ordonnent-ils à la mariée de toucher le feu et l'eau?*
> [263e] *Est-ce que le feu et l'eau, considérés comme des éléments et des principes, sont, l'un masculin, et l'autre féminin, et que le feu imprime le principe du mouvement et l'eau la puissance du substrat matériel?*
> *Ou est-ce parce que le feu purifie et que l'eau nettoie, que la femme mariée doit rester pure et sans tache?*
> *Ou est-ce parce que, comme le feu sans humidité n'a pas le pouvoir nourrissant et reste sec, et que l'eau sans chaleur est improductive et stérile, de la même façon le mâle et la femelle l'un sans l'autre ne peuvent rien, alors que la réunion des deux assure pour les mariés l'intimité d'une vie commune?*
> *Ou bien ne doivent-ils pas se quitter, mais partager tout coup du sort,* [263f] *même s'ils ne doivent partager rien d'autre que le feu et l'eau?*

Dans les *Questions grecques*, plus disparates en apparence seulement, Plutarque a mis en valeur les grands facteurs d'unité des mondes grecs, depuis l'époque archaïque jusqu'à son temps. Il s'agit avant tout de la langue (fait déjà noté par Hérodote, VIII, 144) et de l'organisation en cités *(poleis)*. Mais ces deux composantes de longue durée se vivent pour les Grecs, tout au long de leur histoire, dans trois phénomènes qui représentent, aux yeux de Plutarque, la marque propre de l'hellénisme au sein de l'aire méditerranéenne : tout d'abord, l'ampleur des grands mouvements de colonisation (vers 775-550), qui ont donné lieu à d'innombrables traditions sous la forme de récits de «fondation» (*Questions grecques* 11, 13-15, 19, 21-23...); ensuite, la diversité des institutions des cités (*Questions grecques* 1, 2, 4, 5, 18, 20...); enfin, les pratiques religieuses, dont les sanctuaires, panhelléniques et locaux, sont le cadre le plus vivant (*Questions grecques* 3, 6, 9, 12, 14, 21, 23-25...). La *Question grecque* 35, qui associe plusieurs de ces registres thématiques, peut illustrer la tonalité différente du second recueil :

> 35. *Pourquoi donc les jeunes filles de Bottie avaient-elles coutume de dire, lorsqu'elles dansaient : «Allons à Athènes»?*
> *On raconte que les Crétois, à la suite d'un vœu, firent partir des hommes comme prémices d'offrande à Delphes. Mais, lorsque ceux qu'on avait envoyés* [299a] *se rendirent compte qu'il n'y avait en ce lieu aucune ressource, ils le quittèrent pour fonder une colonie. Ils s'établirent d'abord en Iapygie, puis occupèrent cette région de Thrace. Des Athéniens s'étaient mêlés à eux. Selon toute vraisemblance, en effet, Minos ne tuait pas les jeunes gens que lui envoyaient en tribut les Athéniens, mais les gardait pour lui comme serviteurs. Certains de leurs descendants, considérés comme crétois, furent envoyés en même temps à Delphes. De là vient que les filles des Bottiéens, en souvenir de leur origine, chantaient dans les fêtes : «Allons à Athènes.»*

Par-delà les différences, qui tiennent à la qualité de l'observateur, un Grec entre deux cultures, et aux destinataires des recueils – les milieux cultivés de l'aristocratie grecque et les Romains philhellènes que les neuf livres des *Propos de table* mettent en scène –, l'unité de pensée provient de la volonté de redonner sens au passé, à partir de ce qui frappe l'esprit d'étonnement, dans le dessein de dégager en quoi Grecs et Romains contribuent, dans le temps présent, sans rien renier de la singularité de leur héritage propre, à créer une communauté de civilisation. Ainsi Plutarque invite-t-il ses lecteurs à ne plus penser les rapports entre Romains et Grecs en termes de vainqueurs et de vaincus.

Pascal PAYEN

Bibliographie
BOULOGNE, J., «Les étiologies romaines : une herméneutique des mœurs de Rome», in *Plutarque. Grecs et Romains en* Questions (textes rassemblés par Pascal Payen), *Entretiens d'archéologie et d'histoire* (EAHSBC, 4), Saint-Bertrand-de-Comminges, 1998, p. 31-38.

Plutarque. Grecs et Romains en parallèle, introduction, traduction et commentaires des *Questions romaines* et des *Questions grecques* par M. NOUILHAN, J.-M. PAILLER et P. PAYEN, Paris, Hachette, Le Livre de Poche, «Bibliothèque classique», 1999.

Voir aussi• Antiquaire • Ethnographie • Étymologies • *Moralia* • Paix romaine • Pythagore •

RÉPUBLIQUE ROMAINE

Grec d'origine, de langue et de culture, biographe, philosophe et «moraliste» de l'époque impériale, Plutarque n'a jamais développé de réflexion d'ensemble sur la République romaine. Ce régime s'est pourtant perpétué au long de près d'un demi-millénaire, de 509 à 27 avant J.-C., couvrant ainsi les trois cinquièmes environ de la durée qui sépare Plutarque de la naissance officielle de Rome, en 754. Ce constat appelle plusieurs explications, qui jettent une certaine lumière sur l'approche de l'histoire propre aux *Vies parallèles* : contraintes du genre biographique et du souci de comparaison individualisée entre Grecs et Romains, désintérêt (qu'il ne convient pas de majorer) pour les aspects institutionnels et, plus gravement, pour la continuité du développement historique, mais aussi bénéfices retirés d'une riche information factuelle et d'observations pénétrantes dans un domaine qu'on pourrait qualifier d'ethno-politique.

Reprenons la chronologie. Selon cet ordre – qui ne fut certes pas celui de la composition – après les deux biographies royales de Romulus et de Numa, deux *Vies* sont consacrées à des hommes du tout début du Ve siècle, donc de la République à ses commencements : un fondateur, Publicola, un héros dévoyé, Coriolan. Camille, postérieur d'un siècle, est un nouveau fondateur légendaire. Puis il faut attendre près de deux siècles pour retrouver des personnages, pleinement historiques ceux-là, qui ont marqué l'histoire de Rome au temps de la deuxième guerre punique : Fabius Maximus, Marcellus, Caton l'Ancien, Scipion l'Africain (biographie perdue) et, pour l'immédiat après-guerre, Flamininus. Le IIe siècle est scandé par les évocations de Paul-Émile, de Scipion Émilien (perdue), des Gracques. Marius opère à nos yeux la transition vers un Ier siècle riche de héros plutarquiens : Sylla, Sertorius, Lucullus, Pompée, César, Cicéron, Caton d'Utique, Brutus, Antoine.

Il est de cette façon possible de cerner les centres d'intérêt «républicains» de Plutarque : fondateurs plus ou moins mythiques (Publicola et les institutions, Camille et la ville de Rome), acteurs de la crise majeure que fut la guerre d'Hannibal (218-201), premiers conquérants du monde grec (Flamininus, Paul-Émile retiennent l'intérêt privilégié du Grec Plutarque), protagonistes de la mutation et des difficultés du IIe siècle (de Caton l'Ancien aux Gracques), mais surtout témoins et participants des guerres civiles du Ier siècle avant J.-C. : ces derniers ne sont pas moins de dix, soit exactement la moitié des personnages antérieurs à l'Empire ayant fait l'objet de biographies. Les croisements et recoupements que le lecteur est libre d'opérer, chemin faisant, entre les *Vies* des grands hommes de la fin de la République permettent, mieux que n'importe quelle autre œuvre – excepté l'immense production de Cicéron, contemporain et acteur des faits –, de se faire une idée concrète et précise de l'agonie d'un régime. Pour illustrer cette dernière, on est tenté de regrouper deux *Comparaisons*, en faisant apparaître, à côté des parallèles Alexandre-César et Démosthène-Cicéron, une double confrontation, bien réelle celle-là, entre Démosthène et Alexandre d'une part, entre Cicéron et César de l'autre. Dans les deux cas, c'est l'orateur – l'intellectuel, dirions-nous – qui exalte vainement un monde qui se meurt sous les coups de l'homme d'action, porteur de ce que nous aurions peut-être appelé il y a quelques années le « sens de l'Histoire », et que Plutarque nomme la « Fortune ».

On perçoit par là même, en creux, ce qui, aux yeux de l'historien d'aujourd'hui, condamne cette série de portraits à n'évoquer que très imparfaitement et très partiellement l'ensemble de la période républicaine. Plutarque passe en particulier sous silence, sauf à leur consacrer des rappels de circonstance, deux éléments capitaux de l'histoire « intermédiaire » :

– les transformations d'un régime s'ouvrant progressivement et à travers bien des luttes internes, dans un mouvement qui commence au IVe siècle (un siècle où ne trouve place aucune *Vie*), à la participation, voire à l'égalité civique des plébéiens ;

– la lente expansion de Rome, laquelle aboutit au IIIe siècle à la prise de contrôle de l'Italie péninsulaire par la cité : cette période, elle aussi, n'est abordée que rétrospectivement, et indirectement. Ainsi ne sont guère mentionnés des traits caractéristiques du régime « médio-républicain », comme la mise sur pied d'un ordre juridique, politique et militaire, l'institution du contre-pouvoir des tribuns de la plèbe (si bien analysé par ailleurs dans la *Question romaine* 81) ou le développement à travers l'Italie, à partir de 338, des colonies de contrôle et de peuplement (les colonies latines, à l'intérieur des terres) et des bastions de défense côtière (les « colonies de citoyens romains »). Sont encore passées sous silence les relations de la Rome d'alors avec des voisins plus ou moins lointains, grecs, étrusques ou italiques. Plus largement, le paysage d'une Italie largement ignorée de Plutarque est le grand absent de cette partie de son œuvre ; l'épisode capital de la guerre sociale de 91-89, qui intègre définitivement l'Italie à la cité romaine et Rome à l'Italie, n'est évoqué directement que par les prodromes signalés par les *Vies des Gracques* et dans la *Vie de Marius*, où elle n'occupe pas une place essentielle.

Inversement, le lecteur curieux des choses de la *Res publica* peut retirer de la *Vie de Publicola* une image suggestive (une fois dépouillée de ses anachronismes) de ce qui fait de Rome après 509, d'emblée, une « République ». Il dégagera des premiers chapitres de la *Vie de Marius* un tableau saisissant de la nature et du rôle des clientèles, qu'il pourra enrichir des données fournies par le début des biographies de deux autres « hommes nouveaux » : Caton l'Ancien et Cicéron. La *Vie de Paul-Émile* l'informera sur la fonction du prêtre romain, idéalisé par le prêtre de Delphes qu'était Plutarque (*Paul-Émile*, III, 2-4), et sur celle, à nulle autre pareille, de la *religio*. Il y trouvera encore des renseignements et des réflexions irremplaçables sur deux institutions qui ont fasciné le biographe, à la fois parce qu'elles furent spécifiques de la République romaine et qu'elles contribuèrent à son durable succès : le triomphe (*ibid.*, XXXIV-XXXV), la censure (*ibid.*, XXXVIII, 3 et 7 ; voir *Camille*, XIV, 1 ; *Caton l'Ancien*, XVI, 1-4 ; *Question romaine* 98).

Plutarque avait pour informateurs les auteurs de la fin de la République et du tout début de l'Empire, profondément marqués par la tradition républicaine : des annalistes, Varron, Cicéron, Tite-Live, Denys d'Halicarnasse, voire Juba II... Ce commerce ininterrompu lui a fait prendre conscience qu'un des traits originaux de la République romaine a été le refus obstiné de toute monarchie de droit (royauté) ou de fait («tyrannie», au sens grec). Ayant indiqué le thème de la collégialité dans les magistratures dès la *Vie de Publicola* (XL), il souligne que même lorsque Rome recourt à la dictature, l'élément personnel reste subordonné aux décisions collectives (*Marcellus*, IV, 6 ; XXIV, 11-12). C'est cette tradition et cette exigence que son Brutus, son Caton d'Utique tentent désespérément de sauvegarder face au dernier des *imperatores*. Mais déjà Sertorius (*Sertorius*, VI, 4 ; XXII, 5 ; XXV, 3) avait rencontré le dilemme du républicain condamné par les circonstances à mettre en question la République ; on ne saurait oublier que ces passages ont inspiré à Corneille une des plus belles méditations du théâtre occidental sur ce thème : «Rome n'est plus dans Rome, elle est toute où je suis»...

Jean-Marie PAILLER

Voir aussi • Cicéron • Déclin/Décadence • Guerre(s) • Rome • Tite-Live •

RÉVOLUTION FRANÇAISE

Plutarque a été l'un des maîtres à penser des hommes de la Révolution française. Une telle affirmation peut surprendre, car la relation n'est pas immédiate entre le sage de Chéronée, attaché à concilier deux cultures, celle de la Grèce et celle de Rome, dont il se réclamait également, et les hommes, juristes, avocats, publicistes qui, après avoir renversé la monarchie absolue de droit divin, tentèrent pendant quelques années de construire une société nouvelle fondée sur la liberté et l'égalité. Et pourtant cette relation existe, née de l'enseignement qu'ils avaient reçu dans les collèges de l'Ancien Régime. Le XVIIIe siècle, le siècle des Lumières, avait «redécouvert» l'Antiquité. Non plus celle des écrivains et des poètes comme au temps de la Querelle des Anciens et des Modernes, mais celle des penseurs politiques, de Platon et Aristote en premier lieu, et de leurs continuateurs romains, Cicéron ou Sénèque. Ce que ces penseurs apportaient à la réflexion des Encyclopédistes comme de ceux qui rêvaient d'une transformation des institutions, c'étaient des «modèles», ces «républiques anciennes» qui avaient su inventer des systèmes politiques qui avaient fait leur grandeur. Ces systèmes politiques étaient l'œuvre de législateurs inspirés, tel Lycurgue, dont l'article qui lui était consacré dans l'*Encyclopédie* disait qu'il fallait voir en lui «l'esprit le plus profond et le plus conséquent qui ait peut-être jamais été, et qui a formé le système de législation le mieux combiné, le mieux né qu'on a connu jusqu'à présent». L'enseignement dans les collèges manifestait ce même engouement pour l'Antiquité. Certes, la connaissance des langues anciennes, et surtout du grec, avait décliné au cours du siècle, et c'est le plus souvent traduits qu'on lisait les auteurs anciens. Parmi eux, Plutarque occupait une place de premier plan. Il offrait en effet, en particulier avec les *Vies parallèles*, des modèles de héros qui répondaient à la manière dont on concevait l'enseignement de l'Histoire : une école de morale, comme le soulignait Rollin, ancien recteur de l'Université de Paris et auteur d'une monumentale *Histoire ancienne des Égyptiens, des Carthaginois, des Assyriens, des Mèdes et des Perses, des Macédoniens et des Grecs* en 13 volumes, publiés entre 1730 et 1738. Les héros de Plutarque apportaient en outre à cette conception morale de l'Histoire des exemples susceptibles d'illustrer une analyse de l'évolution des sociétés qui permettait d'opposer la Sparte dégénérée de Lysandre à celle de Lycurgue, l'Athènes démagogique condamnée à périr sous les coups de Philippe de Macédoine à celle de Solon et d'Aristide, la Rome des guerres civiles à celle de Numa, de Camille et de Publicola.

La Révolution allait permettre à ces jeunes gens formés dans les collèges de l'Ancien Régime de tenter de mettre en pratique les leçons tirées de l'Histoire ancienne. Très vite, la tentation fut grande chez les orateurs de s'identifier eux-mêmes ou d'identifier leurs adversaires aux héros de Plutarque. Dans les discours prononcés devant les assemblées qui se succédèrent de 1789 à 1795 reviennent sans cesse les mêmes noms : Lycurgue, Solon, Aristide, Thémistocle, Phocion, Agis et Cléomène pour les Grecs, Numa, Camille, Publicola, les Gracques, les deux Brutus et les deux Caton pour les Romains, quand il s'agit de héros « positifs », tandis que, pour dénigrer l'adversaire, on le compare à Alcibiade ou à Lysandre du côté des Grecs, à Marius, Sylla, Catilina, Antoine et même César du côté des Romains. Périclès est rarement évoqué, même par ceux qui se veulent « démocrates », non plus que Démosthène, malgré son « patriotisme » face à Philippe. On préfère, au moment où la France est attaquée par l'Europe coalisée, comparer les vainqueurs de Valmy aux Athéniens de Marathon et de Salamine, aux Spartiates des Thermopyles.

Au fur et à mesure que s'accentuent les luttes de partis, sous la Législative et plus encore après le 10 août, sous la Convention, ces références servent à rendre compte des conflits qui divisent les révolutionnaires. Les guerres civiles à Rome, telles que Plutarque les a décrites dans les *Vies de Marius, de Sylla, de Pompée, de César*, offrent aux orateurs des comparaisons souvent hasardeuses. Ainsi, à propos des massacres de Septembre, évoquent-ils les proscriptions de Marius en ces termes : « Il marcha au milieu du sang, des tombeaux, des ruines. Ce tigre s'était appelé l'ami du peuple » – allusion transparente à Marat et au titre de son journal. Mais ce même Marat devenait dans la bouche du peintre David un héros qu'il n'hésitait pas à comparer à Caton le Jeune, à Timoléon, à Phocion !

Caton est en effet avec Brutus le héros « républicain » par excellence, encore que ce dernier soit parfois confondu avec son lointain ancêtre, l'adversaire de Tarquin, figure admirée de Plutarque dans la *Vie de Publicola*. À la veille du procès du roi, Camille Desmoulins remarquait, non sans ironie : « Différents entre nous d'opinion, nous nous accordons tous à nous disputer à l'envi le surnom de Brutus, et voilà quatre mois que sept cent quarante Brutus délibèrent gravement si un tyran n'est pas inviolable. » Quelques mois plus tard, dans un discours prononcé le 11 octobre 1793, Robespierre invitait les députés à se comporter en dignes émules de Caton :

«Citoyens, s'écriait-il, attendez-vous à trouver dans vos représentants un entier dévouement au bien de la patrie. Ils sont décidés, comme Caton, à se déchirer les entrailles plutôt que de se rendre.»

Les *Vies parallèles* n'offraient pas seulement aux orateurs révolutionnaires des modèles auxquels s'identifier ou des contre-modèles pour dénoncer leurs adversaires. Ils y puisaient également des anecdotes et n'hésitaient pas à citer littéralement Plutarque lorsqu'ils voulaient frapper leur auditoire. Ainsi, de nouveau, Robespierre, pour obtenir des députés de la Convention qu'ils prêtent leur attention à son discours, évoquait-il la réponse de Thémistocle au Spartiate Eurybiade qui se refusait à l'entendre et était prêt à le battre : «Frappe, mais écoute» (*Thémistocle*, XI, 3). Et il les invitait à «s'élever à la hauteur des vertus républicaines et des exemples antiques».

Mais Plutarque n'était pas seulement la source où puiser pour illustrer par des exemples ou des anecdotes les débats des assemblées et les querelles personnelles. Dans la mesure où, après l'établissement de la République, il s'agissait de construire une société nouvelle, les législateurs antiques dont il avait exposé les lois étaient, à travers son témoignage, mis à contribution. Dès les premiers mois qui suivirent la chute de la royauté, lorsqu'il fallut établir une nouvelle Constitution, c'est à eux que les orateurs firent référence. On ne saurait résister au plaisir de citer le début d'un discours du député de la Corrèze, un certain Brival : «Citoyens, contemplons les images des législateurs des nations policées – on en a orné ce sanctuaire – non seulement pour nous rappeler et faire revivre leurs traits, mais pour nous pénétrer de leur esprit et en faire nos modèles. C'est du fond de leurs tombeaux qu'ils peuvent nous donner encore des leçons : la sagesse de leurs institutions mérita les suffrages de leur siècle et la reconnaissance de la postérité. Interrogeons Lycurgue pour savoir par quelle route il parvint à rendre les Spartiates le peuple le plus vertueux et le plus sage de la Grèce : il nous répondra que ce fut en rendant tous les citoyens égaux. Interrogeons Solon : il nous répondra que ce fut en établissant le principe de l'égalité qu'il rendit sa patrie triomphante sur les deux éléments et qu'elle devint l'école des nations. Interrogeons le religieux Numa : il nous répondra qu'en respectant le principe de l'égalité dans les assemblées du peuple il entretint le feu du patriotisme qui prépara la Ville éternelle à la conquête du monde. Législateurs, la route nous est tracée par ces grands hommes : avec des guides aussi éclairés, on peut marcher sans crainte de s'égarer ; leurs exemples sont des leçons.» Le député de la Corrèze s'égarait bien un peu dans ses références, mais les bustes des trois législateurs dont Plutarque avait composé les biographies se trouvaient bien au-dessus de la tribune de la Convention. Et c'est à eux que notre député faisait référence pour faire triompher le principe de l'égalité.

Il n'était cependant pas possible d'aller au-delà, et même si apparurent quelques projets d'institutions imitées des Anciens, les Conventionnels ne les retinrent pas. Ils étaient bien conscients que les lois de Lycurgue, de Solon ou de Numa n'étaient pas applicables à la France du XVIIIe siècle finissant. Quand la Convention thermidorienne élabora la Constitution de l'an V, elle mit en place un Conseil des anciens et un Conseil des Cinq-Cents. Mais l'un et l'autre n'avaient que peu de rapport, sinon le nom, avec la gérousia spartiate et avec la Boulè athénienne.

C'est sur un autre plan que Plutarque fut mis à contribution, quand fut créé le Comité d'Instruction publique qui avait pour mission d'élaborer des projets de réforme de l'éducation. C'est bien évidemment la *Vie de Lycurgue* qui servit de modèle à ceux qui souhaitaient ainsi «régénérer» la France. L'instruction deviendrait, comme à Sparte, l'affaire de la Nation, et ce serait d'abord, comme à Sparte, une éducation morale et civique. On vit alors fleurir quantité de projets plus ou moins inspirés du texte de Plutarque. Les traits communs à tous ces projets étaient une éducation publique pour tous, comportant des exercices physiques pour les filles comme pour les garçons, une nourriture saine et frugale, des leçons de morale patriotique. Certains allaient plus loin, préconisaient l'établissement d'un système de classes d'âge, voire admettaient des relations entre enfants et adolescents, une sorte de pédérastie asexuée comme celle que décrivait Plutarque. Pour diffuser la morale civique, on envisageait la rédaction de manuels d'enseignement comportant «un recueil des faits les plus propres à exciter et échauffer l'amour de la patrie. Ces faits se trouveront dans les *Vies* de Plutarque et chez les historiens des peuples libres de l'Antiquité». Et un accompagnement musical était prévu avec la lecture de la *Vie de Lycurgue*, «une marche guerrière au son des flûtes».

Ces projets qui, dès avant Thermidor, avaient suscité l'opposition de nombreux députés, ne virent jamais le jour. Mais leur lecture est instructive, qui montre à quel point l'imaginaire des hommes de la période révolutionnaire fut façonné par les *Vies parallèles* de Plutarque. La réaction n'allait cependant pas tarder à se manifester contre cette identification aux modèles antiques lus à travers l'œuvre du biographe. De Volney à Benjamin Constant, le mythe d'une Révolution antique, spartiate ou romaine, allait être mis à mal. Mais, pendant ces quelques années qui allaient bouleverser le cours ultérieur de l'histoire de la France, les *Vies parallèles* de Plutarque avaient servi de référence à ces hommes qui découvraient que les Anciens avaient «inventé» la politique.

Claude Mossé

Bibliographie

Hartog, F., «La Révolution française et l'Antiquité», *La Pensée politique*, 1, 1993, p. 30-61.
Mossé, Cl., *L'Antiquité dans la Révolution française*, Paris, Albin Michel, 1989.
Vidal-Naquet, P., «La Place de la Grèce dans l'imaginaire des hommes de la Révolution», *La Démocratie grecque vue d'ailleurs*, Paris, Flammarion, 1990, p. 162-211.

Voir aussi• Chateaubriand • Cicéron • Classique/Classicisme • Éducation• Phocion •

RITES

Les *Vies* sont une source inépuisable de références aux pratiques rituelles de la religion traditionnelle, auxquelles se livrent, aux moments décisifs, les héros mis en scène par Plutarque. Sacrifices propitiatoires ou d'action de grâces, prises d'auspices au moment des combats, accomplissement d'un vœu, rites de purification, etc. Le culte des dieux y tient en effet une place en relation avec la conception historique de l'auteur et l'importance qu'il attribue à l'intervention divine dans les affaires humaines. La réussite y est fréquemment liée à la piété et à la vertu des héros évoqués, même si elle n'est pas un effet mécanique de ces qualités, et si elle peut manquer à ceux qui les pratiquent. D'autre part, la piété formelle et traditionnelle liée à l'observation et à la pratique exacte des rites doit s'accompagner d'une piété « du cœur », liée à la vertu et à la pureté intérieure, exigence qui reflète, chez Plutarque, le souci d'une moralisation et d'une spiritualisation de la religion traditionnelle, particulièrement sensible dans les *Dialogues pythiques*.

Numa, « l'homme le plus religieux et le plus aimé des dieux », est rapproché de Pythagore pour la place qu'il accorde « dans sa politique » aux relations avec la divinité et aux actes rituels. Il est, pour Rome, le fondateur de la vie religieuse, celui qui « appela [...] les dieux à l'aide » (*Numa*, VII, 7 ; VIII, 3) pour dompter le peuple des Quirites et l'incliner vers la paix. L'importance politique des rites dans la *civitas* romaine est ainsi fortement soulignée par Plutarque. C'est encore à Numa que Plutarque attribue l'institution des principaux collèges de prêtres, notamment celui des pontifes, gardiens de tous les rites immuables et traditionnels.

Mais Plutarque voit aussi dans certaines de ses actions un usage plus manipulateur des pratiques religieuses (*Numa*, VIII, 4) : « Parfois, il leur parlait de prodiges terrifiants envoyés par les dieux, d'apparitions étranges de *démons*, de voix menaçantes. Il les domptait ainsi et rabaissait leur fierté, en leur inspirant la crainte des dieux *[deisidaïmonia]*. » La crédulité, exploitée ici à des fins honorables, par un roi pieux, peut être utilisée ailleurs par un personnage moins scrupuleux. Un exemple en est donné par le cas de Lysandre, qui « composa ou arrangea des oracles pythiques et des prophéties, convaincu que tout le talent de Cléon ne servirait à rien s'il ne frappait et ne subjuguait auparavant ses concitoyens par la crainte du dieu et la superstition, pour leur imposer son point de vue » (*Lysandre*, XXV, 2).

À ce comportement s'oppose celui d'Agésilas qui, prêt à embarquer à Aulis avec une expédition, « durant son sommeil, [...] crut entendre une voix » réclamer pour Artémis le même sacrifice qu'Agamemnon lui avait autrefois consacré. Agésilas, sans s'émouvoir, consacre une biche pour « honorer la déesse d'une offrande susceptible de plaire à une divinité, sans pour autant imiter l'insensibilité de l'ancien général » (*Agésilas*, VI, 6-8). Ainsi la tradition est épurée sans être niée, et la déesse déchargée d'une exigence qui cadre mal avec la bienveillance envers les hommes, dont Plutarque crédite les dieux.

Si l'attitude d'Agésilas est conforme à une piété vraie, qui respecte le rite en sachant l'interpréter, l'obéissance aveugle à une exigence déraisonnable ne peut correspondre qu'au réflexe d'une « multitude, comme souvent dans les grands dangers et les situations difficiles, [qui espère] son salut de l'irrationnel plus que de voies raisonnables». C'est en ces termes que Plutarque juge le sacrifice de trois prisonniers perses à Dionysos Omestès à la veille de la bataille de Salamine, sacrifice réclamé par le devin Euphrantidès et qui «frapp[e] d'horreur» Thémistocle (*Thémistocle*, XIII, 4). Plutarque fait en effet nettement le partage, au fil des *Vies*, entre l'observation scrupuleuse de la tradition *(acribeia)*, éclairée par la piété intérieure, et l'application littérale et aveugle de prescriptions rituelles, qui est une forme de superstition *(deisidaïmonia)* et suppose la croyance en des dieux à la fois mystérieux et capricieux. Le même phénomène – une éclipse de lune – conduit Nicias, le stratège athénien, à céder à la terreur sous l'effet de l'ignorance et mener à sa perte la flotte athénienne (*Nicias*, IV, 1 ; XXIII, 1), et illustre la piété éclairée de Paul-Émile (*Paul-Émile*, III, 7). L'*imperator* romain, à la veille de la bataille de Pydna, sait faire la part du phénomène naturel sans négliger l'avertissement divin ; il procède, dès la fin de l'éclipse, à un sacrifice qu'il renouvelle jusqu'à ce que les présages deviennent favorables, comportement responsable d'un magistrat romain et attitude conforme à l'idéal de piété de Plutarque, pour qui, respect de la tradition et recherche rationnelle de la vérité doivent aller de pair. Nous voici renvoyés à Numa qui «consacrait ses loisirs [...] à honorer les dieux et à contempler, par la raison, leur nature et leur puissance» (*Numa*, III, 8), formule qui résume, pour Plutarque, le mérite de son personnage et pourrait définir les plus hautes qualités que se partagent ses héros grecs et romains.

Louise BRUIT

Voir aussi • Delphes • Dieux • *Questions romaines/Questions grecques* • Zeus •

ROME

Plutarque connaissait bien Rome, où il a longtemps vécu. La ville constitue naturellement pour ses héros romains le cadre de référence, au moins pour ce qui est des bases de leur carrière politique et religieuse. Beaucoup d'événements de cette longue histoire se déroulent au cœur de la cité, où certains d'entre eux ont laissé des traces sous forme de statues, de temples, d'inscriptions, de basiliques et autres édifices publics. Plutarque est parfaitement conscient de cet état de fait. Il faut cependant avouer que le lecteur qui rechercherait dans les *Vies* un guide de la Rome républicaine, sinon impériale, serait cruellement déçu. Des réalités pour nous aussi fondamentales, aussi structurantes que le forum, le Tibre, les collines, le rempart servien, les principales voies, les portes de la ville sont à peine mentionnées au long des *Vies*. Et quand elles le sont, c'est en général au passage, sous la forme d'une simple allusion. Qui ignorerait que Rome est la «Ville aux sept collines», que c'est un site de «premier pont» sur le Tibre, qu'elle a disposé à partir du IVe siècle d'un port maritime à Ostie, qu'elle s'est couverte à partir du siècle suivant d'édifices comportant, à la grecque, colonnes et portiques, qu'elle s'est considérablement développée à la fin de la République, au point de déborder de très loin les limites du rempart ancien... ne l'apprendra pas à la lecture de Plutarque. Rien non plus sur les modes et les matériaux de construction, sur les décors, sur la taille des édifices, bref sur ce qui donne son aspect concret à la ville située au centre de cet ensemble d'évocations biographiques de Romains.

L'explication de cette apparente indifférence est simple. D'une part, en s'intéressant aux hauts faits de ses personnages, Plutarque les suit en priorité sur le terrain de leurs exploits: nous voyons un Fabius Maximus en Italie, un Flamininus en Grèce, bien plus que sur le forum ou à la Curie – pour ne retenir que deux *Vies* où la présence de Rome est traitée par prétérition. Au demeurant, le contexte urbain est implicitement considéré par le biographe comme assez connu de son lecteur, Romain ou Grec distingué, donc familier de Rome, pour qu'il puisse se dispenser de le décrire. Un exemple frappant peut être tiré de la période des guerres civiles qui ont ensanglanté la ville dans les années 80 avant J.-C.: que ce soit dans la *Vie de Marius* ou dans la *Vie de Sylla*, protagonistes principaux et rivaux de l'épisode, la topographie est quasi absente du récit de Plutarque, au point que le commentateur, pour situer les événements, est contraint de procéder par recoupement avec d'autres sources. Il constate alors que c'est en général la relation d'Appien, auteur grec postérieur d'un demi-siècle à Plutarque, qui permet de combler les carences de celui-ci (voir, par exemple, *Marius*, XXX, 4; voir aussi les *Vies des Gracques*). Dans le même sens, Plutarque n'éprouve pas le besoin d'expliquer le sinistre «mot de la fin» de Jugurtha comparant sa prison à l'étuve d'un bain (*Marius*, XII, 4; comparer *Paul-Émile*, XXXVII, 2), parce que la prison de Rome, creusée dans la roche du Quirinal, avait la forme en «coupole» d'un *laconicum*. À moins d'incriminer une négligence de l'auteur, nous trouvons là confirmation de la familiarité de ses lecteurs avec ce genre d'allusions, qui ne gardaient leur sel que dépourvues de commentaire explicatif.

Il arrive cependant – rarement – qu'une *Vie* s'ouvre sur l'évocation directe d'un monument ou d'une statue évoquant le héros qu'elle présente, comme dans le cas de Flamininus (*Flamininus*, I, 1): Plutarque retire alors de son propre témoignage, pour une fois concret et localisé, un effet de contact en quelque sorte immédiat avec le passé; c'est une des occasions où il fait saisir au lecteur à quel point le centre de la ville était demeuré à son époque ce qu'il était depuis la fin de la République, un lieu de mémoire, une sorte de conservatoire muséographique de la grande histoire. À l'inverse du cas précédent, le fait de n'avoir pu contempler le portrait de Marius que loin de Rome (*Marius*, II, 1) suggère le souvenir de la *damnatio memoriae* que Sylla victorieux avait fait subir à son adversaire. Rome, ici, n'était plus le lieu de la préservation, mais bien celui de la liquidation de l'histoire. Une relecture des toutes premières *Vies* mériterait d'être croisée avec celle des *Questions Romaines* (*Questions romaines* 4, 13, 15, 16, 18, 20, 23, 27, 32, 42, 45, 47, 48, 59, 60, 63, 66, 91, 94, 96, 97, 106: presque tous ces hauts lieux sont au moins mentionnés dans les *Vies*) pour nous faire assister progressivement à la naissance d'une topographie symbolique et mémorielle: rempart de Romulus (X, 1-2; mais l'absence d'une *Vie de Servius Tullius* nous prive de toute évocation du *rempart* réel de la Rome républicaine); temples du Capitole (*Numa*, XVI, 2; *Publicola*, XIV-XV, où la récapitulation des reconstructions successives jusqu'à Domitien, impressionnante, constitue un cas isolé); pont Sublicius (*Numa*, IX, 6-7, avec une brève discussion sur la date; *Publicola*, XVI, 6-8: pour l'exploit de Coclès); île Tibérine: tout le chapitre VIII de *Publicola* décrit l'émergence légendaire de cette île, qui «aujourd'hui [...] porte des temples eds dieux et des promenades»...

Plutarque, sans placer ces questions au centre de son exposé, a parfaitement saisi le rôle politique et social de certains pôles de la vie publique: s'il passe sous silence les incendies, les crues et les famines qui jalonnent tristement l'histoire de la Rome républicaine, il n'ignore pas le rôle déterminant des aqueducs (l'Aqua Marcia est évoquée dès la *Vie de Coriolan*, I, 1) ni l'intérêt d'interdire leur «piratage» par des particuliers (*Caton l'Ancien*, XIX, 1); il évoque les clients faisant cortège à leur patron de sa demeure jusqu'au forum (*ibid.*, XXIV, 3; *Cicéron*, VIII, 6: «Il [...] logeait sur le Palatin, pour éviter à ses clients d'avoir à faire une trop longue marche»); il voit très bien que les théâtres de Rome (dont il n'ignore pas qu'ils furent longtemps des constructions provisoires de bois) sont, comme les cirques, d'extraordinaires lieux de mesure de la popularité des dirigeants politiques (*Caton l'Ancien*, XVII, 6; *Paul-Émile*, XXIV, 4; *Marius*, II, 2; *Lucullus*, XXXVII, 3...); il restitue non sans vraisemblance le «climat» dans lequel les nouvelles d'une bataille lointaine se répandaient dans Rome: ainsi de l'annonce de la victoire décisive de Pydna (*Paul-Émile*, XXXI, 6). Un dernier exemple touche un thème entre tous cher à Plutarque, celui de la diffusion de la culture grecque à Rome. Il s'intéresse ainsi au transfert dans la ville de la bibliothèque de Persée de Macédoine (*ibid.*, XXVIII, 11), et il est reconnaissant à Lucullus d'avoir installé une bibliothèque de haute culture non loin de Rome, dans sa villa de Tusculum (*Lucullus*, XLII, 1).

Au total, on le voit, de la masse de données rassemblées par le biographe se dégage malgré tout une foule d'informations et surtout d'impressions. La Rome de Plutarque doit se déchiffrer avec un guide et un plan à portée de la main; réciproquement, la lecture des *Vies* donnera sens et redonnera vie, ici et là, aux reconstitutions sans paroles, sinon sans âme, de l'archéologie et de la muséographie.

Jean-Marie Pailler

Bibliographie
Coarelli, F., *Guide archéologique de Rome*, trad. fr., Hachette, Paris, 1994.
Dudley, D. R., *Urbs Roma. A Sourcebook of Classical Texts on the City and his Monuments*, Aberdeen, 1962.
Plutarque. Grecs et Romains en parallèle, introduction, traduction et commentaires des *Questions romaines* et des *Questions grecques* par M. Nouilhan, J.-M. Pailler et P. Payen, Paris, Hachette, Le Livre de Poche, «Bibliothèque classique», 1999.

Voir aussi • Acculturation • Cicéron • Déclin/Décadence • Paix romaine • Plutarque par lui-même • Varron •

ROUSSEAU

Les œuvres de Plutarque constituèrent pour Jean-Jacques Rousseau une référence déterminante, authentiquement fondatrice. Deux textes, en effet, accompagnèrent Rousseau tout au long de son existence, deux textes vers lesquels il ne cessa de se tourner pour définir sa réflexion et orienter sa propre existence: le texte biblique et les écrits de Plutarque.

En 1754, Jean-Jacques prête le tome IV des *Vies des hommes illustres* à Mme d'Épinay, en lui adressant cette confidence et cette recommandation: «Voilà mon maître et consolateur Plutarque. Gardez-le sans scrupule aussi longtemps que vous le lirez mais ne le gardez pas pour n'en rien faire, et surtout ne le prêtez à personne, car je ne veux m'en passer que pour vous» (*Correspondance complète*, éd. par R.A. Leigh, lettre 225). À la fin de sa vie, Rousseau, qui s'était séparé de presque tous ses livres, avait précieusement conservé son Plutarque (dans la traduction d'Amyot). La troisième *Promenade* trouve son incipit dans une citation extraite de la *Vie de Solon*, la neuvième évoque les fêtes spartiates en mentionnant deux vers rapportés dans la *Vie de Lycurgue* et la quatrième s'ouvre sur cette réflexion: «Dans le petit nombre de Livres que je lis quelquefois encore, Plutarque est celui qui m'attache et me profite le plus. Ce fut la première lecture de mon enfance, ce sera la dernière de ma vieillesse; c'est presque le seul auteur que je n'ai jamais lu sans en tirer quelque fruit» (*Œuvres complètes*, Paris, Gallimard, «Bibliothèque de la Pléiade», t. I, 1981, p. 1024).

Dans ses écrits autobiographiques, Rousseau s'est plu à évoquer ces moments où les *Hommes illustres* de Plutarque l'avaient introduit dans l'univers exaltant de la citoyenneté antique. Dans l'atelier de son père, à l'âge de sept ans environ, le jeune Jean-Jacques avait fait de Plutarque sa «lecture favorite» et, si l'on en croit les *Confessions*, cette rencontre lui donna «son esprit libre et républicain», son «caractère indomptable et fier»: «Sans cesse occupé de Rome et d'Athènes; vivant, pour ainsi dire, avec leurs grands hommes, né moi-même Citoyen d'une République, et fils d'un père dont l'amour de la patrie étoit la plus forte passion, je m'en enflamois à son exemple; je me croyois Grec ou Romain» (*ibid.*, t. I, p. 9). Jean-Jacques voulut voir dans cette lecture d'enfance une expérience inaugurale qui devait marquer définitivement sa sensibilité la plus profonde, comme il l'écrit encore, à la fin de sa vie, dans le second des *Dialogues*: «Les *Hommes illustres* de Plutarque furent sa première lecture dans un âge où rarement les enfans savent lire. Les traces de ces hommes antiques firent en lui des impressions qui jamais n'ont pu s'effacer» (*Confessions, ibid.*, I, p. 819).

On ne saurait trop insister sur le contexte genevois de cette lecture d'enfance. Ce n'est pas en écoutant sur les bancs d'une école, dans une France monarchique, l'enseignement des pères jésuites ou oratoriens que Jean-Jacques avait découvert ces *Hommes illustres* de l'Antiquité classique: c'est dans la cité de Calvin, au côté de son père, artisan horloger de son état, *Citoyen* de la République de Genève et, à ce titre, membre du Conseil général qui était dépositaire en droit de la souveraineté. Cette identité genevoise permettait à Jean-Jacques de se dire qu'il était «lui aussi» citoyen et l'invitait en quelque manière à percevoir l'actualité de cette vertu civique si souvent célébrée dans les biographies de Plutarque.

Lorsque Rousseau apprit, en 1750, que les académiciens de Dijon avaient couronné son *Discours sur les sciences et les arts*, il eut l'impression, si l'on en croit le livre VIII des *Confessions*, de sentir éclore en son cœur «ce premier levain d'héroïsme et de vertu que [son] Père et [sa] patrie et Plutarque y avoient mis dans [son] enfance» (*Œuvres complètes*, I, p. 356) : la formulation associe à nouveau de façon très remarquable la présence du Père, le grand souvenir des *Hommes illustres* de Plutarque et l'immédiateté vécue d'une identité civique.

En conséquence, Plutarque n'invitait pas Jean-Jacques seulement à la nostalgie civique : il donnait aussi la force de ne pas désespérer absolument de l'histoire. Les «précieux monumens» légués par l'Antiquité donnaient à voir «ce que les hommes peuvent être en nous montrant ce qu'ils ont été» (*Histoire de Lacédémone, ibid.*, III, p. 544). Jusqu'à la fin de sa vie, l'auteur du *Contrat social* et des *Considérations sur le gouvernement de Pologne* demeura fidèle à cette exigence républicaine à laquelle les *Hommes illustres* de Plutarque conféraient pour lui une intensité en effet ineffaçable.

Cet appel à la vertu civique retentit avec un accent particulier dans l'*Émile*. Dans cette vaste méditation anthropologique qui prend l'allure d'une fiction pédagogique, Rousseau ne cesse de convoquer le souvenir des *Hommes illustres* de Plutarque. Ces multiples références installent un décor symbolique qui fait remarquablement revivre le souvenir des républiques antiques autour d'une éducation solitaire, «selon la nature», et longtemps étrangère à tout espace social. Quand vient pour l'adolescent le temps de «commencer l'étude du cœur humain», il n'aura de meilleur maître que Plutarque, qui «avait une grace inimitable à peindre les grands hommes dans les petites choses» (*ibid.*, IV, p. 530-531). Émile n'avait eu longtemps qu'un livre unique dans sa bibliothèque : *Robinson Crusoé*, mais il apprendra désormais à explorer le monde des *Hommes illustres*. À distance sans doute de la Cité républicaine, l'adolescent trouvera dans les *Vies parallèles* une irremplaçable lumière intérieure, comme Julie et Saint-Preux, les deux amants de *La Nouvelle Héloïse*, s'enflammaient «au récit de ces vies héroïques qui rendent le vice inexcusable et font l'honneur de l'humanité» (*ibid.*, II, p. 223).

Émile, Julie et Saint-Preux n'empruntaient guère eux-mêmes les chemins de la citoyenneté, mais au fond de leur cœur, ils demeuraient fidèles à la leçon de Plutarque. Il en allait de même pour ce Citoyen de Genève dont la vie avait fait un «promeneur solitaire» : dans les angoisses mêmes, dans les tensions et les tourments, Plutarque demeurait un maître de vertu morale et d'espérance civique.

Yves TOUCHEFEU

Bibliographie
PIRE, G., «Du bon Plutarque au citoyen de Genève», *Revue de littérature comparée*, XXXII, 1958, n° 4, p. 510-547.

Voir aussi • Classique/Classicisme • Éducation • Lecteurs/Lecture •

SHAKESPEARE

Les Élisabéthains éprouvaient un vif intérêt pour l'histoire romaine. Outre ses leçons de politique, de morale et d'héroïsme, elle présentait pour eux une analogie singulière : la fin troublée de la République romaine, l'assassinat de César et la rivalité entre Antoine et Octave, suivis du règne bénéfique d'Auguste, préfiguraient la guerre des Deux-Roses et les sanglants bouleversements religieux sous les premiers Tudors, suivis de l'âge d'or d'Élisabeth. Les contemporains de Shakespeare s'intéressaient moins au sort de la République romaine, dont les idéaux civiques leur restaient étrangers, qu'à la théorie et à l'exercice du pouvoir monarchique, à la tyrannie, à la sédition et au problème du régicide. Concevant les personnages antiques comme semblables à eux-mêmes et se souciant peu des anachronismes, ils se passionnaient pour les figures de César, Brutus, Antoine, et pour les questions éthiques soulevées par leur conduite, notamment celle du suicide. Des sujets romains avaient ainsi figuré dans le théâtre anglais, tant universitaire (en latin) que populaire, avant même que s'ouvre la grande période du drame élisabéthain.

En lisant Plutarque, Shakespeare put renforcer sa conviction, déjà exprimée dans ses deux tétralogies sur l'histoire médiévale anglaise, d'une étroite parenté entre les discours politique et théâtral. Il fut surtout attiré par la conception même des *Vies* d'hommes illustres, impliquant le lien entre la personnalité d'un héros et les circonstances d'une action publique révélatrice d'une solitude et de faiblesses également tragiques. Aussi choisit-il Plutarque, plutôt que Suétone ou Tacite, afin de traiter, dans *Jules César, Antoine et Cléopâtre, Coriolan*, des moments de crise où la République, divisée contre elle-même, soumettait ses élites à l'épreuve du dilemme. Il consulta l'une des deux premières éditions (1579, 1595) de la traduction produite, à partir de celle d'Amyot, par Sir Thomas North, *The Lives of the Noble Grecians and Romanes*. Tout en procurant une histoire débarrassée des variantes fantaisistes introduites au Moyen Âge, North, comme la plupart des traducteurs élisabéthains, avait ajouté des éléments de son cru, insistant sur la vertu et l'héroïsme des personnages. Son art du récit, son style alerte permettaient la conversion de nombreux passages en tirades de *blank verse* dramatique (pentamètres iambiques non rimés). On a repéré quelques traces de Plutarque dans *Le Songe d'une nuit d'été* et *Timon d'Athènes*, mais c'est évidemment pour ses trois «tragédies romaines» que Shakespeare est le plus redevable à l'historien grec, source à laquelle il ajoute divers compléments tirés de Tite-Live *(Coriolan)*, Appien *(Jules César, Antoine et Cléopâtre)*, Ovide et Virgile *(Jules César)*. Les sources respectives de *Coriolan* et *Antoine et Cléopâtre* sont les *Vies* des deux héros, tandis que dans *Jules César*, Shakespeare opère une synthèse des *Vies de Brutus, César* et *Antoine* pour construire son intrigue et varier les perspectives aux trois premiers actes, jusqu'à la mort de César, recourant seulement à celle de Brutus pour les deux derniers. Il suit fidèlement le texte de North, tant pour la nature des événements que pour les caractères physiques et moraux des personnages, n'hésitant pas à reproduire des passages qu'il transmue en poésie (par exemple, la description de l'embarcation de Cléopâtre). Cependant, pour répondre aux exigences de l'action scénique, il fait subir au récit compressions et accélérations, concentrant le calendrier et résumant en un seul les événements répétés : il ne conserve qu'une ambassade des Romains auprès de Coriolan au lieu de trois et, au troisième acte de *Jules César*, n'attribue à Brutus qu'un discours au lieu de deux, le faisant suivre immédiatement de celui d'Antoine (les deux harangues sont l'invention de Shakespeare), afin de produire un puissant effet de renversement. Le souci d'économie de la mise en scène apparaît lorsque des épisodes de foule sont seulement rapportés par des témoins. Dans *Jules César*, Shakespeare retient quatre grands moments : la conjuration, les présages et l'assassinat de César, les discours au forum, la bataille de Philippes. À la veille de celle-ci, le «mauvais *démon*» évoqué par Plutarque se présente à Brutus comme le spectre de César, incarnation théâtrale de la vengeance conforme à la culture contemporaine.

Le respect des données historiques n'empêche pas Shakespeare de conférer à ses personnages une efficacité proprement dramatique. Il en accentue les traits caractéristiques, rendant Brutus plus humain (par la création du personnage de l'esclave Lucius), mais aussi plus doctrinaire et irréaliste. César devient à la fois plus noble et plus faible, et coupable, ainsi qu'on l'estimait au temps de l'auteur, d'un péché d'orgueil qui se trahit dans son langage et son comportement. De même, le futur Auguste apparaît comme le prince idéal de la Renaissance, sachant dominer ses passions, restaurateur de la paix civile et fondateur d'une monarchie prestigieuse : sa prudence et son autorité se font jour dès *Jules César* pour s'épanouir en profond sens politique dans *Antoine et Cléopâtre*. Shakespeare veille également à effacer les aspects négatifs des caractères, comme la froideur calculatrice d'Octave ou les scandales de la vie de César. Pour ne pas diminuer Antoine dans l'esprit des spectateurs, il passe sous silence le fiasco de la campagne contre les Parthes, et présente comme une grande passion – et non une faiblesse comme chez Plutarque – l'amour qui l'unit à Cléopâtre. Il ne tient pas compte de l'hypothèse selon laquelle Brutus aurait été le fils de César, et se contente, à l'instant du meurtre, d'un «*Et tu, Brute ?*» non explicite, afin de conserver au héros la sympathie du public. Mais c'est peut-être dans son interprétation du personnage de Coriolan qu'il s'écarte le plus de sa source : au soldat éloquent de Plutarque, il substitue un combattant glorieux mais incapable de manier la parole à des fins politiques, de solliciter des voix, en raison d'une éducation déficiente en affabilité, entièrement orientée par Volumnia vers la carrière militaire : son arrogance manifeste, qui le confine dans un isolement tragique, ne lui est donc pas entièrement imputable. Shakespeare étoffe aussi considérablement l'importance de certains personnages secondaires : ainsi de Ménénius, qui apparaissait seulement pour son apologue chez Plutarque, et qui devient, dans *Coriolan*, le porte-parole modéré de la caste aristocratique et le mentor du héros dans l'art oratoire ; ainsi d'Aufidius, dont le rôle plus développé en fait un adversaire digne de Coriolan, auquel le lie un étrange rapport d'amitié-haine ; ainsi d'Ahènobarbus, personnage à part entière dans *Antoine et Cléopâtre*, construit à partir de quatre lignes de Plutarque ; ainsi surtout de Volumnia, mentionnée assez tard dans le récit de l'historien, et qui reçoit la stature dramatique d'une femme douée de compétence oratoire et politique autant que de finesse psychologique, et dont le comportement scelle le renoncement et la mort de son fils.

Dans *Jules César*, Shakespeare aborde, sans la trancher, la question, si controversée à son époque, de la «mort romaine» (le suicide) essentiellement par le biais de la position philosophique de Brutus. L'attitude apparemment contradictoire de ce dernier trouve en partie son origine dans le texte de North, qui avait traduit Amyot dans une perspective chrétienne. Il faut noter que les critiques de la pièce ont presque tous fait à tort de Brutus un stoïcien, alors que c'est de l'Académie qu'il se réclame.

Éliane CUVELIER

Bibliographie
SPENCER, T. B. J. (éd.), *Shakespeare's Plutarch*, Penguin Books, 1964.
MAGUIN, J-M., «Preface to a Critical Approach to *Julius Caesar*: Renaissance Interests in Caesar. Shakespeare and North's Plutarch», *Cahiers élisabéthains* (Université de Montpellier III-Centre d'Études et de Recherches sur la Renaissance Anglaise), n° 4, octobre 1973, p. 15-49.
Mc CALLUM, M. W., *Shakespeare's Roman Plays*, Londres, 1910; repr. New York, 1967.
BARROLL, J. L., «Shakespeare and Roman History», *Modern Language Review*, 53, 1958, p. 327-343.

Voir aussi • Amyot • République romaine • Théâtre • Traducteurs •

SOCRATE

De ce personnage énigmatique, nous ne saurions rien ou presque si deux de ses disciples n'en avaient fait le héros de tout ou partie de leur œuvre. Platon et Xénophon, tous deux Athéniens, le premier issu d'une famille aristocratique, le second d'un milieu aisé, nous ont laissé de leur maître une image sinon opposée, du moins présentant, autour de traits communs, de sensibles nuances. Le Socrate de Platon est un philosophe qui conduit ses disciples par une méthode qu'on a dite empruntée à sa mère sage-femme, la maïeutique, à prendre conscience que ce qu'ils tiennent pour vrai est sujet à continuelles remises en question si l'on souhaite parvenir à la connaissance du Juste. À la différence d'un Anaxagore, il ne cherche pas à comprendre le mouvement des astres ou l'origine du monde, et, contrairement à ce que prétend Aristophane qui le caricature dans *Les Nuées*, il n'a rien de commun avec les Hippias, Gorgias et autres sophistes venus à Athènes enseigner aux jeunes gens l'art de parler sur tout et n'importe quoi. Mais, questionneur infatigable, il est, comme le lui fait dire Platon dans l'*Apologie*, «le taon qui, de tout le jour, ne cesse jamais de vous réveiller, de vous conseiller, de morigéner chacun de vous et que vous trouvez partout posé près de vous» (31a). Le Socrate de Xénophon, celui qu'il met en scène dans l'*Apologie de Socrate*, dans les *Mémorables*, dans l'*Économique*, est aussi un questionneur infatigable. Mais il est beaucoup plus proche des réalités quotidiennes, il apparaît surtout, face à ses interlocuteurs, comme un homme de bon sens, respectueux des dieux et des lois, non dénué d'ironie, mais sans grande originalité.

Nous savons qu'il naquit vers 469. Son père, Sophronisque, du dème d'Alopécè, était un sculpteur, sa mère, Phaïnarétè, une sage-femme. Un milieu modeste donc, et aussi bien Platon que Xénophon insistent sur la pauvreté de leur maître, la simplicité de sa vie, son mépris pour la richesse et le luxe. Il avait cependant une maison, une épouse et des fils. Il servit comme hoplite pendant la guerre du Péloponnèse, ce qui implique qu'il n'était pas complètement dépourvu de biens, même s'il trouvait souvent chez des disciples, auxquels, à la différence des sophistes, il ne faisait pas payer ses leçons, le gîte et le couvert. Bien qu'il affirme dans l'*Apologie* de Platon n'avoir eu que peu d'intérêt pour la vie politique, il n'en remplit pas moins la charge de bouleute à laquelle le sort l'avait désigné et il était à ce titre prytane en 406 au moment du célèbre procès des généraux accusés de n'avoir pas recueilli les équipages des navires coulés lors de la bataille des Arginuses. C'est là que, seul de ses collègues – les cinquante bouleutes qui exerçaient alors la prytanie et présidaient les séances de l'assemblée –, il s'opposa à la motion qui condamnait de façon illégale les généraux. Platon et Xénophon insistent aussi sur le courage avec lequel il refusa, durant la tyrannie des Trente, parmi lesquels figuraient plusieurs de ses disciples, de participer à l'arrestation purement arbitraire d'un certain Léon de Salamine.
Par ailleurs, à travers les propos que lui prêtent aussi bien Platon que Xénophon, Socrate se montre généralement critique à l'encontre de la démocratie athénienne, même s'il reconnaît, comme le lui rappellent les Lois de la cité dans la célèbre Prosopopée du *Criton*, avoir délibérément choisi de vivre à Athènes. D'autre part, tant Platon que Xénophon lui font faire l'éloge de Sparte et du régime mis en place par Lycurgue. Or, Sparte était alors l'adversaire principal d'Athènes, la cité contre laquelle les Athéniens étaient en guerre depuis 431. Ce sont les Spartiates vainqueurs qui, à l'initiative de Lysandre, avaient imposé la tyrannie des Trente, la destruction des murs d'Athènes, l'abandon de l'hégémonie maritime sur laquelle reposait la puissance de la cité depuis les guerres médiques. C'est dans ce contexte que la démocratie restaurée intenta à Socrate un procès pour impiété. Socrate n'était pas le premier «sage» auquel était intenté ce genre de procès. Anaxagore sans doute avait été l'objet d'une telle accusation, d'autres peut-être comme Protagoras. La religion de la cité impliquait de la part de tous les citoyens une adhésion au culte des dieux qui la protégeaient. Mais il s'agissait d'une adhésion à des rites plus qu'à une croyance au sens où nous l'entendons aujourd'hui. Aux dires de Xénophon, Socrate se conformait à ces rites et l'accusation d'impiété était vide de sens. Mais elle visait, en l'occurrence, plus que la croyance en un *démon*, auquel Plutarque allait consacrer un traité, l'enseignement d'un homme qui avait eu pour élève Alcibiade, compromis dans l'affaire des hermès et de la parodie des Mystères d'Éleusis, et plus encore Critias et Charmide qui avaient fait partie des Trente. L'accusation d'impiété se doublait en effet de l'accusation de corrompre la jeunesse et l'on peut admettre qu'au lendemain d'une guerre civile (404-403 avant J.-C.) qui avait opposé démocrates et oligarques, le fait d'avoir été proche de ceux qui avaient fait régner pendant quelques mois la terreur à Athènes ne parlait pas en faveur de Socrate. On sait comment, condamné à mort à une faible majorité, il refusa d'échapper par la fuite à sa condamnation, et mourut au milieu de ses disciples, en dissertant sur l'âme et sur la mort.

Cette mort devint très vite dans les milieux philosophiques d'Athènes le symbole de la grandeur du Sage. Plutarque, initié à la philosophie dans un milieu athénien qui conservait cette image de la mort exemplaire de Socrate, ne pouvait pas ne pas en être imprégné. La mort de certains des héros des *Vies parallèles* – on pense en particulier à Phocion et à Caton le Jeune qui relit trois fois le *Phédon* – en est comme la réplique. Mais Plutarque était surtout attaché à la philosophie de Platon. C'est à elle plus qu'à celle de Socrate, si tant est qu'on puisse les séparer, qu'il se référait le plus souvent, aussi bien pour apprécier la valeur morale de ses héros que pour dresser dans la *Vie de Lycurgue* une image idéale de la constitution des Lacédémoniens, qui devait plus à Platon qu'à Xénophon. À la différence d'Aristote qui attribuait à Socrate la cité de la *République*, Plutarque n'ignorait pas qu'elle était l'œuvre du seul Platon. Mais la figure de Socrate n'en demeurait pas moins pour lui exemplaire de cette éthique de vie à l'aune de laquelle il jugeait les héros de ses *Vies parallèles*.

Claude Mossé

Voir aussi • Athènes • Mort • Phocion • Platon •

SOSSIUS SÉNÉCION

Parmi les cercles d'interlocuteurs et de protecteurs que Plutarque sut se constituer en Grèce et à Rome, Quintus Sosius Senecio (60? avant J.-C.-117? après J.-C.) occupe une place à part non seulement parce qu'il est le plus haut dignitaire, de rang consulaire sous le règne de Trajan (98-117 après J.-C.), qu'il fréquenta, mais aussi parce que cet ami fut le dédicataire du plus grand nombre d'ouvrages, et notamment de l'ensemble des *Vies parallèles*.

La date assurée de son premier consulat, en 99, permet de faire remonter sa naissance sûrement entre 55 et 59. Plus jeune que Plutarque d'une dizaine d'années, par conséquent, il le rencontre, selon toute vraisemblance, lorsqu'il est questeur d'Achaïe, vers 85-90. Sénécion gravit en effet, principalement sous Domitien (81-96) et Trajan, tous les degrés de la carrière militaire. Après la questure, il devient tribun de la plèbe en 90-91 et préteur vers 92-94. Il est impossible de préciser quelle fut son attitude lorsqu'en 93 Domitien bannit de Rome les philosophes. Agit-il à l'image de l'Agricola de Tacite, son contemporain, «s'interdisant toutes ces hauteurs et ce vain étalage de liberté qui appellent la mort en même temps que la renommée» (Tacite, *Agricola*, 42, 6)? Ou bien intervint-il pour que Plutarque ne fût pas chassé de Rome comme le stoïcien Épictète? Il est vraisemblable que le citoyen de Chéronée dut cette faveur à de puissantes protections et à l'habileté de son ami. À la mort de Domitien, assassiné en 96, Sénécion commande une légion en Germanie Inférieure, puis gouverne l'importante province de Gaule Belgique pendant le temps où Trajan s'élève jusqu'au pouvoir suprême. Il apparaît d'emblée comme un appui et un ami personnel du prince qui fait de lui et de Cornélius Palma les premiers consuls ordinaires éponymes du nouveau régime (99), fonction réservée aux plus grands personnages de l'État, et à laquelle nombre de sénateurs mêmes n'accédaient pas. Chargé ensuite du commandement militaire d'une province, il participe de façon décisive, semble-t-il, aux campagnes contre les Daces (actuelle Roumanie) en 101-102, et aux victoires de 105-106. Il fut gratifié du triomphe, mais aussi d'un second consulat ordinaire et surtout, privilège rarissime, d'une statue aux frais de l'État. Ces honneurs, que le succès ne peut à lui seul expliquer, montrent que Sénécion appartient au petit cercle des intimes dont Trajan, selon le témoignage de Dion de Pruse, recherche les conseils et apprécie le goût pour la philosophie. Après son second consulat de 107, il n'est plus mentionné et, dans les œuvres de Plutarque, ne figure aucune allusion certaine après 115. Il semble donc avoir disparu vers 117, peu après Trajan lui-même.

C'est à ce personnage influent que Plutarque, pense-t-on, dut les honneurs qu'il reçut, notamment la dignité consulaire, distinction honorifique qui l'élevait au rang de conseiller du prince et faisait de lui un des plus puissants personnages de la Grèce romaine. Peut-être dut-il aussi à Sénécion de rencontrer un jeune homme qui servit avec lui contre les Daces et partageait ses goûts philhellènes, un certain Hadrien, auquel Trajan songea pour lui succéder. Cet homme parfaitement introduit dans la haute société cultivée de Rome (Pline lui destine deux lettres – I, 13 ; IV, 4 – et s'enquiert, dans l'une, des lectures publiques qui tombent en disgrâce) est aussi féru de poésie et de philosophie grecques, fin connaisseur des manières de table et de la sociabilité hellènes, si l'on en croit Plutarque dans le portrait par touches successives qu'il laisse de lui. Autant que l'amitié, et avec elle si on lui adjoint sa coloration philosophique, ces traits expliquent que lui aient été dédiés, outre le petit traité *Des progrès dans la vertu*, où il acquiesce aux attaques contre le stoïcisme, deux œuvres majeures : les neuf livres de *Propos de table* et les *Vies parallèles*, dont la rédaction paraît active surtout à partir de 105.

Dans cette commensalité culturelle qui réunit les buveurs du banquet grec, la mention de Sossius en tête de chaque livre n'équivaut pas à une marque de déférence distante. Lui-même présent au banquet, prenant part aux discussions (du moins dans les quatre premiers livres), hôte à son tour à Patras (II, 1) et à Chéronée (II, 3), il se trouve intégré à la société «des plus illustres philosophes : Platon, Xénophon, Aristote, Speusippe, Épicure […], qui ont regardé comme une œuvre digne de quelque intérêt de consigner par écrit des propos tenus dans des banquets», société qui perdure dans «toutes les discussions qui ont pu avoir lieu tant chez vous à Rome que chez nous en Grèce» (*Propos de table*, I, Préface = *Œuvres morales*, 612 D-C), et dont Plutarque assure la transmission. Ce Romain philosophe est bien un élément essentiel de l'inévitable horizon qu'est la Ville pour le citoyen de Chéronée et de Delphes qui reçut encore la citoyenneté d'Athènes et de Rome.

Sossius est également le dédicataire explicite de trois couples de *Vies*, mais l'ensemble du projet semble lui être consacré. Après l'avoir mentionné à l'ouverture du couple *Thésée-Romulus*, Plutarque recourt à la première personne dans toute la préface, ce qui suppose la présence d'un interlocuteur : c'est le dialogue littéraire avec Sénécion qu'il prolonge ainsi. Or cette préface est capitale. Plutarque y expose sa conception des «récits sur les temps anciens» *(archaiologia)*, qu'il entend écrire avec *Thésée* et *Romulus*. Pour ce temps des «fondateurs», l'intervention des «légendes» et des «mythographes» risque de ne conférer au récit que «l'apparence de l'histoire», et l'ensemble du recueil, partagé entre les figures qui jouxtent le temps du mythe et les personnages historiques, pourrait en pâtir. Mais cette distinction est finalement secondaire, car seul compte de poursuivre la recherche des parallèles entre Rome et la Grèce; c'est pourquoi Plutarque mentionne aussi bien un couple déjà écrit, *Lycurgue-Numa* (*Thésée*, I, 4), que le titre général, les *Vies parallèles*, (*Thésée*, I, 2), juste après le dédicataire romain. La présence de Sénécion, par-delà la Grèce et Rome, par-delà les catégories du genre historique, est donc parfaitement concertée. De même, le couple *Dion-Brutus*, qui est «le douzième des *Vies parallèles*» (*Dion*, II, 7) est placé sous la double protection de Sénécion et de Platon, dont «l'Académie [...] apporte en effet autant aux [Romains] qu'aux [Grecs], comme le montre le présent écrit» (*Dion*, I, 1). Le même souci de mettre en valeur les conciliateurs des deux peuples se retrouve dans la *Vie de Démosthène* où, à l'adresse initiale, fait écho le rappel *in fine* de l'ami: «Tu as donc maintenant, mon cher Sossius, la *Vie* de Démosthène, d'après ce que j'ai lu ou entendu» (*Démosthène*, XXXI, 7). De la première à la dernière phrase, la présence du Romain et de l'ami accompagne celui qui écrit. Quant aux lectures et conversations, elles précisent le contexte de ces dédicaces: Plutarque converse avec des vivants, mais aussi avec tout le passé des Grecs et des Romains. Ce double registre est celui de Sossius Sénécion, ami romain et banqueteur philosophe dans la tradition grecque.

Pascal PAYEN

Voir aussi • Amis/Amitié • Grèce • *Moralia* • Paix romaine • Trajan •

SOURCES (*QUELLENFORSCHUNG*, PHILOLOGIE, CRITIQUE)

Plutarque est un familier des livres et des bibliothèques: il le reconnaît (*Démosthène*, II, 1), il nomme des dizaines d'auteurs, il est imprégné de leurs œuvres. Pour preuve de son immense érudition, on a pu relever, dans l'ensemble de ses écrits, plus de dix mille références. Cependant, d'une part, ses habitudes de travail, comme pour tous les auteurs anciens, ne sont pas celles des savants modernes; d'autre part, son œuvre conservée – soixante-dix-huit traités rassemblés après lui sous le titre d'*Œuvres morales* et cinquante *Vies* –, est aussi étendue que la culture qui l'a rendue possible. Si bien que le problème de la «recherche des sources» (*Quellenforschung*) est, dans le cas de Plutarque, particulièrement difficile et constitue à lui seul un chapitre dans l'histoire de l'érudition.

Depuis les années 1850, quelques-uns des maîtres de la philologie allemande ont exercé leur sagacité pour retrouver les sources des *Vies parallèles*. H. Peter conclut que, pour chaque biographie de Romain, Plutarque retient une seule source à laquelle il se reporte de mémoire (1865). Pour E. Meyer, il travaillerait surtout de seconde main, à partir de recueils de résumés ou de biographies élaborées depuis l'époque hellénistique (1899). Selon F. Leo, spécialiste de la biographie, Plutarque n'aurait lu aucun historien latin et aurait puisé dans des compilations grecques du Ier siècle après J.-C. (1901). En réaction, et pour débarrasser Plutarque de l'image peu à peu construite – image encore vivante – de compilateur sans originalité, A. Klotz s'est attaché à montrer, dans les années 1930, que s'il diverge parfois de Tite-Live, c'est parce qu'il connaît aussi les annalistes des IIe-Ier siècles, notamment Valérius Antias. Réaction amplifiée par les travaux des chercheurs anglo-saxons, italiens et français qui, tout autant que la défense de son travail éminent, visaient, dans un débat où la sérénité prêtée aux travaux érudits n'était pas toujours de mise, « les lieux communs d'une certaine *Quellenforschung* aujourd'hui bien périmée » et « discréditée, autant que l'école allemande qui la pratiquait » (R. Flacelière).

L'érudition que Plutarque laisse deviner à ses lecteurs est bien plutôt à replacer dans le contexte matériel du « livre » antique. Les œuvres sont disposées sur des rouleaux *(volumen)* de plusieurs mètres, où le texte est écrit en colonnes ; la main droite découvre le texte à lire, tandis que la gauche fait disparaître une à une les colonnes lues. Retrouver un passage est donc une tâche malaisée, si bien que le travail de la mémoire, étroitement associé à celui du déchiffrement et de la lecture, est beaucoup plus actif qu'il ne le deviendra avec les cahiers cousus et réunis en un *codex* (surtout à partir des IIe-IIIe siècles), ou avec le livre imprimé. Plutarque et les Anciens n'ont pas le culte de la citation exacte, car il leur est impossible de manipuler simultanément plusieurs rouleaux d'une même œuvre ou d'auteurs différents. Par ailleurs, il se plaint d'être éloigné des grandes bibliothèques et regrette la « dispersion » des ouvrages ; sa collection personnelle n'offre pas les richesses des établissements d'Athènes et, plus encore, de Rome ou d'Alexandrie. Ses connaissances, soutenues par des lectures dont on entrevoit l'ampleur par comparaison avec l'aveu de Pline l'Ancien qui, dans la « Préface » à son *Histoire naturelle,* parle de « la lecture d'environ deux mille volumes », et entretenues par les fréquentes conversations érudites avec ses amis grecs et romains, que révèlent les neuf livres de *Propos de table,* sont constamment à sa disposition sous la forme d'une mémoire vive, dont le souci d'exactitude littérale n'est pas le trait dominant. Enfin, contrairement aux historiens grecs classiques (Hérodote, Thucydide, Xénophon) et à une habitude qui prévaut encore au IIIe siècle, Plutarque juge que c'est « une attitude mesquine » de polémiquer avec ses devanciers *(Nicias,* I, 4) et n'hésite pas à nommer les auteurs qu'il utilise. Depuis les grands travaux de critique et d'édition initiés au Musée, à Alexandrie, depuis le IIIe siècle, on est entré dans l'ère de l'érudition et du commentaire : le travail intellectuel consiste, pour une part, à expliquer ce que les Anciens, d'Homère à Aristote en particulier, ont laissé. Et, au moment où Plutarque compose les *Vies parallèles,* entre 95 et 120-125 environ, nommer la tradition littéraire grecque et s'y référer, c'est aussi manière de conforter un héritage qui devient le patrimoine commun d'une Méditerranée dont Rome continue d'assumer l'hellénisation.

Dans l'ensemble des *Vies,* Plutarque cite environ cent cinquante auteurs, grecs et latins. Les plus nombreux sont évidemment les premiers, qu'on ne saurait tous reprendre ici. L'*Iliade* et l'*Odyssée,* source de toute éducation, lui sont familières, il va de soi : Homère est toujours « le poète » ; de la vaste littérature épique, il connaît au moins une *Théséide* (*Thésée,* XXVIII, 1). Il est plus difficile de savoir si les vers des poètes lyriques (Archiloque, Tyrtée, Pindare, Simonide) proviennent d'une lecture directe ou d'anthologies. La manière, différente, dont il cite deux élégiaques, «le poète Simylos» et «un certain Boutas», à propos des légendes de la Rome primitive, montre bien que Plutarque avait recours à ces deux modes d'enquête (*Romulus*, XVII, 6-7; XXI, 8). Des trois grands tragiques du Ve siècle, Eschyle, Sophocle et Euripide, il ne connaît pas seulement le petit nombre de pièces que nous pouvons lire, mais bien des drames perdus, notamment pour Euripide, qui lui semble le plus familier (*Cimon*, IV, 7; *Nicias*, IX, 7, etc.). Il en va de même pour des dramaturges ou des œuvres connus par ses seules mentions (*Alcibiade*, XXIII, 6). Les comédies d'Aristophane et les œuvres des poètes de l'Ancienne comédie, contemporaines de la guerre du Péloponnèse, lui ont servi pour les *Vies de Périclès* (XXVI, 4; XXX, 4) et *de Nicias* (IV, 4-8; VIII, 3-4). Autant qu'Homère, Platon fut pour lui l'éducateur de la Grèce. La *Lettre VII* est une source importante pour la *Vie de Dion*, et la formation de plus d'un héros (Caton le Jeune, Brutus) est rapportée à l'aune des principes platoniciens, comme Cicéron qui avait «cette aptitude que Platon exige d'une âme éprise de savoir et de sagesse, la capacité à embrasser toutes les sciences, sans dédaigner aucun genre d'étude ni de savoir» (*Cicéron*, II, 3). Plus que les citations littérales, c'est une forme d'idéal et de culture qui informe la réflexion de Plutarque, grand lecteur également des écrits de l'école d'Aristote (la *Constitution d'Athènes* est présente dans la *Vie de Solon* et dans les biographies des Grecs du Ve siècle, Aristide, Thémistocle, Cimon, Périclès, Nicias). Ce sont toutefois les historiens, au sens le plus large, qui constituent ses sources essentielles. Il connaît de première main Hérodote, Thucydide, Xénophon (voir en particulier les *Vies d'Agésilas* et *d'Artaxerxès*), Timée *(Timoléon)*, Polybe, historien des guerres puniques et de la conquête romaine (*Paul-Émile*, XV, 5; *Caton l'Ancien*, IX, 2-3; X, 3; *Tibérius Gracchus*, IV, 4). Pour chaque ensemble de biographies, il possède une connaissance approfondie des historiens correspondants, le plus souvent contemporains des faits: Stésimbrote de Thasos pour *Thémistocle, Cimon* et *Périclès;* Théopompe et Éphore pour *Dion, Timoléon* et *Pélopidas;* les historiens d'Alexandre: Callisthène, Aristobule, Charès, Onésicritos. Pour d'autres auteurs grecs majeurs, enfin, tels Posidonios, Denys d'Halicarnasse et Strabon, le lecteur devine qu'il s'agit de sources importantes, bien que leur nom apparaisse peu. Comme s'ils étaient trop familiers de Plutarque pour qu'il mentionne sans cesse sa dette, ou en ait toujours conscience.

Les mêmes problèmes se posent avec les sources latines. Plutarque avait appris le latin assez tard, mais le maîtrisait et en appréciait suffisamment les richesses (*Démosthène*, II, 2) pour lire, si on l'en croit, Cicéron, Salluste, Tite-Live, l'encyclopédiste Varron, Asinius Pollion (76-74 avant J.-C.), historien des guerres civiles entre César et Pompée (*Pompée*, LXXII, 4). On a parfois mis en doute, à tort, semble-t-il, qu'il ait consulté *La Guerre civile* et *La Guerre des Gaules* de César, pourtant mentionnées, de même qu'un *anti-Caton* du même auteur, pamphlet dirigé contre Caton le Jeune (*Cicéron*, II, 4; XXXIX, 5-6; *César*, LIV, 5-6) en réponse à un éloge écrit par Cicéron et cité assez longuement (*Caton le Jeune*, LII, 6-7).

C'est donc une large part de la littérature grecque et latine qui a rendez-vous dans les *Vies*. Toutefois, une liste ne peut donner qu'une idée approximative de la manière dont les œuvres sont consultées. Par ailleurs, certaines, sans qu'il soit toujours possible de préciser lesquelles, ne sont connues que par des intermédiaires. On a songé à l'historien Timagénès (Ier siècle), à l'annaliste Fénestella, à Tiron, l'affranchi biographe et éditeur de Cicéron, sans compter de nombreux recueils d'anthologies et des résumés. Mais excepté pour le poète Horace (*Lucullus*, XXXIX, 5), on ne peut guère affirmer que Plutarque n'a pas lu tel auteur. Sans nier la précision et l'étendue de son savoir, une autre approche est donc nécessaire. Plutarque décrit la vie de chaque héros à travers les catégories de la philosophie, de la morale et de la politique sédimentées dans ses sources. La citation directe du «document» importe moins que l'allusion, la réminiscence, l'écho laissés par ces «monuments» dans la mémoire gréco-romaine. Dans ce contexte, tous les degrés de reprise sont possibles, depuis l'emprunt littéral, toujours pour de brèves formules (*Périclès*, XXXIV, 5 = Thucydide, II, 52, 2), jusqu'au détournement d'une œuvre ou d'un schéma narratif: la fuite et les errances de Sertorius entre l'Espagne et l'Afrique, «luttant contre l'hostilité des flots et la violence de la houle», «ballotté pendant dix jours», sont longuement développées sur le modèle odysséen (*Sertorius*, VII-VIII). C'est sur l'ensemble de ce processus de déplacement et de «transformation» des sources, étendu à tant de personnages, que reposent la création d'un genre propre à Plutarque, la *Vie*, et la constitution d'un patrimoine littéraire gréco-romain.

Pascal PAYEN

Bibliographie
HELMBOLD, W. C., O'NEIL, E. N., *Plutarch's Quotations*, Philological Monographs published by the American Philological Association, n° XIX, Oxford, B. H. Blackwell, 1959.
HOMEYER, H., «Beobachtungen zu den hellenistischen Quellen der Plutarch-*Viten*», *Klio*, 41, 1963, p. 145-157.
PELLING, C. B. R., «Plutarch's Adaptation of his Source – Material», *Journal of Hellenic Studies*, 100, 1980, p. 127-141, repris in B. SCARDIGLI, éd., *Plutarch's Lives*, Oxford, Clarendon Press, 1995, p. 125-154.

Voir aussi • Antiquaire • Aristote • Bilinguisme • Hérodote • Polybe • Thucydide •

SPARTE

Plutarque a consacré cinq *Vies* à des Spartiates: Lycurgue, Lysandre, Agésilas, Agis et Cléomène, ces deux derniers jumelés dans un parallèle avec les Gracques. On lui attribue par ailleurs un recueil d'*Apophtegmes des Lacédémoniennes*, et nombreuses sont les allusions dans son œuvre à cette cité quasi mythique que fut la Sparte de l'Antiquité dont l'ancien nom grec, Lacédémone, était devenu usuel pour désigner à la fois la ville et l'État. Plutarque a contribué plus que tout autre à la diffusion de ce qu'un historien a appelé «le mirage spartiate». Ce «mirage» a pris naissance vers le milieu du Ve siècle. Déjà Hérodote présentait le législateur Lycurgue comme l'auteur de l'*eunomia*, de la bonne organisation qui allait permettre à la cité lacédémonienne d'occuper la première place dans l'histoire du monde grec, du moins jusqu'à ce qu'Athènes lui dispute l'hégémonie au lendemain des guerres médiques. Ce fut ensuite dans le milieu socratique que Sparte devint la cité modèle aux yeux des adversaires de la démocratie athénienne. Et Platon, bien que réservé sur certains aspects de l'éducation spartiate, n'en fit pas moins dans son œuvre un éloge répété de la cité de Lycurgue. Plutarque, lecteur fidèle de Platon, mit beaucoup des programmes éducatifs de celui-ci dans l'image qu'il élabora de l'œuvre du législateur spartiate. N'ignorant pas que de nombreuses incertitudes subsistaient quant à l'époque où il aurait vécu, il n'en composa pas moins sa biographie, parachevant ainsi la construction d'un mythe qui s'était enrichi au cours des siècles. C'est essentiellement à Plutarque que l'on doit de connaître la célèbre *Rhétra*, cet oracle qui aurait été dicté à Lycurgue par le dieu de Delphes et qui aurait fixé les attributions des différents organes de gouvernement de la cité : les deux rois pris dans les deux dynasties des Agiades et des Eurypontides, la gérousia, conseil de vingt-huit vieillards désignés à vie, et l'assemblée des citoyens, qui n'aurait eu que le droit d'approuver les propositions que lui soumettaient les rois et les gérontes. C'est Plutarque également qui donne le nom du roi Théopompos, qui aurait créé le collège des cinq éphores, élus chaque année parmi tous les Spartiates pour contrôler le pouvoir des rois et éviter qu'il ne se transforme en tyrannie. C'est lui aussi qui a décrit le fameux partage du sol de Laconie en lots égaux, destinés à assurer à chaque Spartiate sa contribution aux repas publics. C'est lui enfin qui, développant les indications données par Xénophon dans la *Constitution des Lacédémoniens*, a fait le tableau de cette éducation spartiate qui devait tant impressionner les générations futures. Les historiens qui ont tenté de reconstituer l'histoire de Sparte doutent généralement que les institutions spartiates aient été l'œuvre d'un seul et unique législateur, dont l'existence même est sujette à discussion et les dates à tout le moins incertaines. Le partage égalitaire du sol n'aurait peut-être concerné que la terre conquise en Messénie dans la seconde moitié du VIIe siècle et n'aurait été attribué à Lycurgue que par les rois réformateurs du IIIe siècle, en un moment où, comme le souligne Plutarque dans sa *Vie d'Agis*, l'inégalité du régime de la propriété se traduisait par une dramatique diminution du nombre des Spartiates.

Si Plutarque donne dans la *Vie de Lycurgue* une description enthousiaste de l'œuvre du législateur, allant jusqu'à lui dénier les aspects sombres de cette législation, comme la fameuse cryptie, cette chasse à l'hilote imposée aux jeunes gens comme rite initiatique, en revanche, dans les autres *Vies* spartiates, il fait davantage œuvre d'historien. Lysandre était un personnage historique, le grand vainqueur de la guerre du Péloponnèse qui avait opposé la puissance continentale qu'était Sparte, maîtresse du Péloponnèse, à la puissance maritime d'Athènes, maîtresse des îles de l'Égée et des côtes de l'Asie Mineure. Grâce aux subsides du roi des Perses, il avait su doter Sparte d'une flotte qui, en 405, à Aïgos Potamoï, détruisit la flotte athénienne et entraîna l'écroulement de son empire. Mais ce faisant, Lysandre avait introduit à Sparte ce qui allait entraîner la perte de la cité, l'or et l'argent dont Lycurgue avait interdit l'usage. Plutarque, qui admire chez Lysandre le talent militaire, lui reproche cette faiblesse, dont, en digne Spartiate, il ne tira aucun profit personnel, mais qui détruisit les bases sur lesquelles reposait l'équilibre de la cité. Quant à Agésilas, le roi boiteux que Lysandre imposa contre l'héritier légitime, accusé d'être un bâtard, s'il est également responsable du déclin de Sparte, c'est, en dépit de ses qualités de rigueur et d'austérité, pour avoir rompu l'alliance qui unissait Sparte à Thèbes pendant la guerre du Péloponnèse et avoir fait preuve d'hostilité à l'encontre de la cité béotienne. Et c'est précisément de Thèbes que viendra le coup fatal, la défaite des Lacédémoniens à Leuctres en 371, qui sera suivie de la perte de la Messénie reconstituée en État indépendant par le Thébain Épaminondas. Les décennies suivantes virent le roi de Macédoine Philippe II imposer son hégémonie aux Grecs, et son fils Alexandre conquérir l'empire perse. Sparte pourtant conserva son indépendance, à la différence d'Athènes, contrainte de recevoir une garnison macédonienne. Et c'est pour maintenir cette indépendance et reconstituer sa force militaire que les rois Agis d'abord, puis Cléomène, entreprirent une véritable «révolution», préconisant un partage égalitaire de la terre civique, assorti de mesures d'intégration des périèques, voire des hilotes, à la cité. Agis échoua du fait de la résistance des puissants, Cléomène réussit partiellement en passant outre la légalité, mais se heurta à l'Achéen Aratos, allié au roi de Macédoine, et dut s'enfuir en Égypte. Plutarque, tributaire du récit de l'historien Phylarque, a donné de cette double tentative une vision dramatique. Les femmes tiennent dans son récit une place essentielle, ces femmes spartiates dont Aristote disait que, gouvernant les hommes, elles étaient en fait les véritables maîtres de la cité.

Lue ainsi à travers les *Vies* de Plutarque, l'histoire de Sparte, de sa grandeur et de son déclin, a connu une extraordinaire postérité, singulièrement à partir de la Renaissance. L'éducation spartiate, les vertus des femmes et des mères spartiates ont nourri l'imagination des moralistes, les «lois de Lycurgue» ont inspiré les théoriciens politiques. Au XVIIIe siècle, les références à Sparte se multiplient dans les écrits des philosophes des Lumières et le buste de Lycurgue présidera, aux côtés de celui de Solon, les séances de la Convention. Le théâtre, la peinture emprunteront aux *Vies* de Plutarque les thèmes héroïques dont elles sont le support. Encore aujourd'hui, nul ne peut parler de Sparte sans faire référence au sage de Chéronée.

Claude Mossé

Bibliographie
Rawson, E., *The Spartan Tradition in European Thought*, Oxford, Clarendon Press, 1969.

Voir aussi • Femmes • Grèce • Révolution française •

STOÏCISME

Les emprunts au stoïcisme y sont à ce point fréquents, et les jugements portés sur ses représentants – des plus anciens aux plus récents – y sont si souvent élogieux qu'«un lecteur qui ne connaîtrait que les *Vies* ignorerait complètement que Plutarque a consacré une notable partie de sa carrière de philosophe à polémiquer contre la philosophie du Portique» (D. Babut, *Plutarque et le stoïcisme*, Paris, PUF, 1969, p. 179). C'est ainsi que, de Blossius, ce stoïcien conseiller de Tibérius Gracchus, on retiendra le courage et la fermeté morale (*Tibérius Gracchus*, XX, 5-7), et de Marcus Favonius, ce disciple exalté de Caton que bien des traits rapprochent de l'Apollodore mis en scène par Platon dans le *Banquet*, le *Phédon* ou l'*Apologie*, la passion de la philosophie et la générosité (*Brutus*, XXXIV, 4-5; *Pompée*, LXXIII, 10-11). Quant à la *Vie de Caton le Jeune*, elle brosse le portrait d'une des grandes figures du stoïcisme, véritable incarnation du sage. Enfin, il n'est pas inutile de rappeler que dans ces biographies «qui révèlent l'âme» (*Alexandre*, I, 3), où les vertus des uns et les vices des autres sont destinés tour à tour à servir de modèle (*Timoléon*, I, 5) ou bien de repoussoir (*Démétrios*, I, 5), on découvre bien souvent des valeurs qui sont celles des stoïciens.

Il serait par ailleurs trop long de citer tous les représentants de la *Stoa* auxquels, de Zénon de Cition, le fondateur de l'École (*Cléomène*, XXIII, 3; *Phocion*, V, 4; *Lycurgue*, XXXI, 2), à Thémistocle d'Athènes, contemporain et ami de Plutarque (*Thémistocle*, XXXII, 6), les *Vies* ménagent une place. On a même formulé l'hypothèse que des historiens stoïciens – P. Rutilius Rufus (*Pompée* XXXVII, 4; *Marius*, XXVIII, 8), Strabon (*Lucullus*, XXVIII, 8; *César*, LXIII, 3; *Sylla*, XXVI, 4), Paetus Thraséa (*Caton le Jeune*, XXV, 1; XXXVII, 1), Posidonios d'Apamée (*Cicéron*, IV, 5; *Brutus*, I, 7-8; *Fabius Maximus*, XIX, 4; *Marcellus*, I, 1; IX, 7; XX, 11; XXX, 7-8) – auraient pu servir de source à Plutarque dans la rédaction de certaines de ses *Vies*.

Doit-on, par conséquent, considérer que l'on ne retrouvera pas dans les *Vies parallèles* les intentions polémiques qui sont celles, par exemple, des *Contradictions des stoïciens* ou des *Notions communes contre les stoïciens* et, plus généralement, des *Moralia*? Pour répondre à cette question, il convient tout d'abord de remarquer que la critique des positions philosophiques du Portique ne saurait se manifester de la même manière dans des écrits dont c'est directement l'objet, et dans des ouvrages visant à simplement *montrer* les «vies les meilleures» et d'autres «qui sont méprisables et blâmables» (*Démétrios*, I, 6). En outre, il ne faut pas oublier la place considérable du stoïcisme et l'ampleur de sa propagation dans les milieux intellectuels de l'époque impériale. L'appréciation portée sur la piété de Paul-Émile (*Paul-Émile*, III, 2-4) ou sur l'indifférence manifestée par Fabius Maximus devant les railleries des Romains (*Fabius Maximus*, X, 2) relève de l'une comme de l'autre. On doit donc faire la part de ce qui, dans les mots, les concepts ou les images utilisés, ressortit au lieu commun, ou, à l'inverse, dénote une réelle influence. Et, dans ce dernier cas, encore faut-il relativiser, si ce n'est la sympathie que Plutarque semble manifester aux hommes, du moins son adhésion aux idées qu'ils sont censés représenter. Le courage d'un Blossius, sa fidélité à ses convictions, sa constance en amitié peuvent certes, comme on l'a vu, susciter l'admiration. On aurait garde d'oublier, cependant, que ce sont ces convictions qui poussèrent Tibérius Gracchus à ignorer les présages néfastes et à se rendre au Capitole, où il devait trouver la mort (*Tibérius Gracchus*, XVII, 5-6). On pourrait en dire autant du personnage de Caton qui n'est jamais aussi attachant que lorsqu'il se départit de cette indifférence toute philosophique que l'on attend du sage pour laisser libre cours à son chagrin (*Caton le Jeune*, XI, 3-4).

Il faut de surcroît comprendre que cette ambivalence du jugement n'est ni marginale ni anecdotique. On la retrouve, en effet, dans les *Moralia*, où Plutarque distingue nettement l'estime en laquelle il tient un Arulénus Rusticus ou un Minucius Fundanus, voire l'amitié qui le lie à Démétrios de Tarse ou à Sérapion d'Athènes, des divergences philosophiques qui peuvent l'opposer à eux. Plus profondément, cette ambivalence renvoie au désaccord fondamental de l'homme de Chéronée avec le «monisme» stoïcien, et l'on trouve maints échos dans les *Vies* de l'affirmation : «[...] rien, pour ainsi dire, de tout ce que produit ici-bas la nature n'est exempt de mélange» (*Sur Isis et Osiris*, 369 C). Il en sera ainsi de la vertu et du vice, nul n'étant tout uniment sage ou scélérat : s'il arrive à Caton de se comporter «en homme dominé par ses passions plutôt qu'en philosophe» (*Caton le Jeune*, XI, 3), un Démétrios peut sacrifier gloire et butin au plaisir «de s'acquitter du bienfait reçu et d'exprimer sa reconnaissance» (*Démétrios*, VI) ; un Fabius Maximus peut être convaincu «de félonie et de cruauté» (*Fabius Maximus*, XXII, 5), lors même qu'on reconnaît à Antoine assez de force d'âme pour être de ceux qui, «dans les revers de Fortune», savent «imiter ce qu'ils admirent et [...] éviter ce qu'ils réprouvent» (*Antoine*, XVII, 4). Il en sera ainsi, également, des grands bonheurs et des grands malheurs, des réussites et des échecs, des ascensions et des déclins : dans le monde des choses humaines, ni les uns ni les autres ne sauraient être absolus, c'est-à-dire définitivement acquis ou irrévocablement consommés. Que l'on songe, une fois encore, à Antoine et Démétrios, dont «[les] vies furent marquées par de grands succès et de grands revers, par de très nombreuses conquêtes et de très nombreuses pertes, par des chutes inattendues et des remontées inespérées» (*Démétrios*, I, 7). La liberté humaine trouve ici sa place : non que le destin (*César*, LXIII, 1 ; *Aratos*, XLIII, 2) ou le hasard (*Nicias*, XVII, 4) n'aient aucun rôle à jouer, mais il est toujours possible à une bonne nature de triompher des coups du sort ou d'une éducation relâchée. À l'inverse, il convient de ne pas accuser la fatalité des effets de la passion ou des conséquences d'une erreur de jugement (*Crassus*, XXVII, 6). Faut-il voir là une opposition au «fatalisme» stoïcien ? Ce serait oublier que l'éthique du Portique ménage également un espace à la liberté humaine, laquelle consiste à savoir assentir aux décrets du destin. Si opposition il y a, ce ne saurait être, par conséquent, qu'à un stoïcisme vulgarisé.

Les *Vies* portent donc la trace d'une indéniable influence de la *Stoa* sur leur auteur. Encore faut-il en déterminer strictement la portée. La figure du sage stoïcien, dont les «gestes, et au besoin [le] suicide [...] sculptent de lui-même» une «admirable statue» (J. Brunschwig, «La philosophie à l'époque hellénistique. Les stoïciens», *in* M. Canto-Sperber [dir.], 1997, p. 560), est une pièce essentielle du processus d'esthétisation morale du héros plutarquéen. L'utilisation de sa grandeur morale, de sa fermeté devant les renversements imprévus de situation et l'inconstance des hommes, donne à la caractérisation des «hommes de Plutarque», selon qu'ils s'en écartent ou s'en approchent, toute sa force esthétique. De même, c'est une certaine conception de l'inéluctable auquel la volonté se plie ou, lorsqu'elle est pervertie, contre lequel elle se rebelle, qui procure à la *peinture* (voir *Alexandre*, I, 2) de leur vie sa charge dramatique. Pour autant, il convient de ne pas oublier que le dessin ne prend tout son relief que pour s'inscrire sur un arrière-plan métaphysique (le dualisme cosmologique et psychologique) et éthique (la métriopathie) qui doit plus à Platon et à Aristote qu'au Portique. Peut-on dès lors conclure à un «éclectisme» qui se manifesterait jusque dans les œuvres biographiques ? Tout dépend du sens que l'on donne à ce mot. Il revient à Pierluigi Donini («The History of the Concept of Eclectism», *in* J. M. Dillon et A. A. Long, 1988, p. 15-33) d'avoir définitivement montré que l'acception négative du terme, historiquement marquée, devait être abandonnée. Il semble par ailleurs peu probable que le sage de Chéronée ait opté pour une approche faisant de l'antidogmatisme et du rejet de l'autorité un idéal philosophique. Rien dans ses écrits ne permet d'aller dans ce sens: Plutarque n'est pas Galien. Il est, en revanche, beaucoup plus proche de certains de ces «orthodoxes» qui, selon P. Moraux (1984, p. XXI-XXVIII, 429-434), n'hésitent pas à intégrer dans la doctrine de leur école – ici, le platonisme – des éléments qui leur paraissent propres à l'éclairer, à la compléter ou à mieux la défendre. Telle est sans doute la fonction qu'il faut attribuer au stoïcisme dans les *Vies parallèles*.

Marie-Laurence Desclos

Bibliographie
Canto-Sperber, M., (dir.), *Philosophie grecque*, Paris, PUF, 1997.
Moraux, P., *Der Aristotelismus bei den Griechen*, vol. 2, Berlin, W. de Gruyter, 1984.
Dillon, J. M., Long, A. A. (éd.), *The Question of «Eclectism». Studies in Later Greek Philosophy*, Berkeley-Los Angeles-Londres, University of California Press, 1988.
Nutton, V. (éd.), *Galen: Problems and Prospects*, Londres, Welcome Institute for the History of Medecine, 1981.

Voir aussi • Épicurisme • Plutarque par lui-même • Sources •

THÉÂTRE

Les récits de Plutarque se prêtent admirablement à une réécriture dramaturgique selon les canons de l'époque moderne: on est sensible, aux XVIe, XVIIe et XVIIIe siècles, à la mise en relief de fortes personnalités, à l'abondance d'anecdotes, à l'attention accordée aux notations psychologiques et aux passions, à l'accent mis sur les moments de crise de la vie des héros, enfin à une écriture souvent mimétique, qui accorde une large place aux descriptions, aux «scènes», voire aux dialogues. Ce sont essentiellement les dramaturges tragiques qui vont s'inspirer de Plutarque: la tragédie «à l'antique» de la Renaissance est soucieuse de présenter à son public lettré des personnages «exemplaires» (héros et antihéros), issus de l'histoire ancienne et dont le sort illustre les cruels revirements de la Fortune et les soubresauts de l'âme aux prises avec le malheur, ainsi que la question centrale du pouvoir des Grands. Elle va puiser inlassablement des motifs dans l'œuvre de Plutarque, devenue familière aux lettrés grâce aux multiples traductions contemporaines, celle d'Amyot en particulier. Les dramaturges de l'époque sont confortés dans ce choix par les théories exprimées par Horace dans l'*Épître aux Pisons* et plus tard, par Aristote dans sa *Poétique*, dont l'influence se marque nettement à partir des années 1570 : ils y trouvent la justification d'un théâtre «utile», porteur de finalité morale, invitant le spectateur à la modération dans les désirs et à l'acceptation des coups du sort. De plus, la nécessité de construire l'unité du texte dramatique autour de personnages historiques de condition élevée est satisfaite par le recours au texte grec. C'est à Plutarque que revient la gloire de fournir le sujet de la première tragédie profane d'expression française, fondée sur la rhétorique du pathétique : aux marges des années 1552-1553, É. Jodelle, après les Italiens Cinthio (1543), Spinelli (1550) et Cesari (1552) et avant Shakespeare, retient le personnage de Cléopâtre, qu'il emprunte à la *Vie d'Antoine* pour présenter au public lettré de la cour et des collèges sa *Cléopâtre captive*, dont le grand succès lui vaut d'être intégré dans le groupe de La Brigade. Robert Garnier, encore proche de cette tragédie rhétorique, continue cette veine, mais en créant la mode du genre tragique à sujet romain : empruntant lui aussi au texte grec retenu par Jodelle, il lui donne une inflexion différente, en mettant dans son *Marc-Antoine* de 1578 la lumière sur le héros masculin, l'année même où Grévin donne son *César* ; il s'inspire de la *Vie de Pompée* pour écrire une *Cornélie*.

Au XVIIe siècle, les théoriciens de l'art dramatique, dont un des soucis majeurs est désormais l'exploitation du ressort de l'admiration, invitent les auteurs à se référer à Plutarque : le P. Donati le cite dans son *Art poétique* de 1630. Les théoriciens jésuites participent activement à ce mouvement : les PP. Del Rio et Caussin se réfèrent également à Plutarque comme à un modèle, le premier dans ses *Commentaires* des tragédies de Sénèque, le second dans son *De sacrae et humanae eloquentiae paralleli* (1617), dans lequel il qualifie l'auteur grec d'«auteur jamais assez loué, qui ne présente jamais un vain fard d'éloquence mais une grande lumière de raisonnement dialectique, une construction rationnelle soignée et une vaste forêt de choses excellentes». C'est pourquoi les régents dramaturges de la Compagnie de Jésus offrent à leurs élèves d'interpréter de nombreuses tragédies qu'ils ont composées à partir de Plutarque : *La Victoire d'Alexandre sur Darius* est jouée au collège de Pont-à-Mousson en 1601, *Pompée* à celui de La Flèche en 1610 ; à Louis-Le-Grand on donne *Cyrus* et *Coriolan* en 1683, *Alexandre le Grand* en 1690. Formé par les jésuites de Rouen, Pierre Corneille composera une *Mort de Pompée* ; l'influence de Plutarque se fait plus forte à la fin de sa vie, quand il écrit *Sertorius* et *Agésilas*. Fontenelle, formé au même collège, puise également dans Plutarque pour écrire son *Tyran*, inspiré de la *Vie de Cléomène*, qui lui sert de prétexte à la satire du despotisme, de l'avarice et de l'ambition.

À l'époque classique, où d'innombrables personnages de Plutarque deviennent les centres de tragédies (Cyrus, Crésus, Xerxès, Démétrios, Persée, Stratonice, etc.), se développent de véritables cycles autour de quelques héros isolés : celui d'Antoine et Cléopâtre, lancé par Jodelle et repris par Nicolas de Montreux (1575), sera continué par Mairet (1636) et par Quinault au XVIIe siècle. Si ce dernier puise abondamment chez Plutarque pour créer ses personnages d'Alcibiade, Agésilas, Mithridate,

Suréna, Pompée, Stratonice, il a également nourri un second cycle de vaste dimension : celui d'Alexandre le Grand, qui a pris, lui aussi, naissance au XVIe siècle ; Jacques de La Taille, respectueux du principe aristotélicien du théâtre comme action, avait composé en ce sens un *Daire* ainsi qu'un *Alexandre* en 1573. Alexandre Hardy reprend le thème dans *La Mort d'Alexandre* et *La Mort de Daire* en 1626, Desmarets de Saint-Sorlin dans *Roxane* en 1640, Claude Boyer dans *Porus ou la générosité d'Alexandre* en 1648 et Racine, en 1665, dans *Alexandre le Grand*, héros associé officiellement à Louis XIV jusque dans les années 1670. Racine, qui lisait au roi l'œuvre de Plutarque, se réclame explicitement de ses *Moralia* dans la préface de 1666 : « On a disputé chez les Anciens si la Fortune n'avait pas eu plus de part que la vertu dans les conquêtes d'Alexandre » ; Saint-Évremond souligne, en effet, dans sa *Dissertation sur la tragédie de M. Racine...* (1666), que le personnage est largement effacé par celui de Poros. C'est encore de l'auteur grec que se réclame Racine dans sa préface de l'édition originale de *Mithridate* (1673), déjà traité par La Calprenède en 1636 : soucieux de justifier son intrigue, il évoque les *Vies de Lucullus, Sylla* et *Pompée*. Cette démarche est encore plus nette dans l'édition de la seconde préface de 1676 : il s'explique du personnage de Monime, dont Plutarque, « qui semble avoir pris plaisir à décrire le malheur et les sentiments de cette princesse », « lui a donné l'idée ». Peu importe que cette dernière soit morte depuis plusieurs années au moment de l'action représentée ! À côté de ces héros prestigieux des *Vies*, comme Coriolan traité par Montreux (1595), Hardy (1626), Chevreau et Chapoton (1638), d'autres personnages moins grandioses vont alimenter la veine tragique comme Agis et Cléomène, dont Guérin du Bouscal va tirer une double exploitation, ou d'autres encore, nettement plus modestes, comme Camma, cette héroïne gauloise deux fois évoquée dans les *Moralia*, qui va inspirer une longue suite de tragédies, de Montreux en 1581 à Thomas Corneille en 1661. Le genre tragique classique retient fréquemment la thématique de la mort glorieuse, comme moment privilégié : Guérin du Bouscal compose une *Mort de Brute et de Porcie* (1636), ainsi qu'une *Mort d'Agis* (1642), Scudéry une *Mort de César* (1636), La Calprenède *La Mort de Mithridate* (1635), Auger *La Mort de Caton* (1647) et Quinault *La Mort de Cyrus* (1658). Le théâtre de l'époque classique va rendre familiers les héros de Plutarque au public aristocratique ou bourgeois : le Chrysale de Molière, pourtant hostile au fatras des livres anciens, jugera bon de le faire conserver par sa « femme savante », même si ce n'est que pour y « mettre [ses] rabats » !

À la fin du siècle, les héros de Plutarque, essentiellement issus de la République romaine, alimentent l'enthousiasme des spectateurs révolutionnaires : on porte plusieurs fois sur scène deux tragédies de Voltaire : *La Mort de César* (1731), où triomphent Marcus Brutus et Cicéron, ainsi que *Brutus* (1730), qui présente le prétendu ancêtre du précédent, Lucius Junius Brutus, fondateur de la République romaine ; en 1792, le *Caius Gracchus* de Chénier remporte un grand succès. Les héros de Plutarque n'apparaîtront plus que de façon effacée sur la scène des siècles suivants.

Édith Flamarion

Voir aussi • Classique/Classicisme • République romaine • Shakespeare •

THUCYDIDE

Contrairement à Hérodote, Thucydide (vers 460-395 avant J.-C.) jouit chez Plutarque de la plus haute estime. Il est d'abord apprécié pour les qualités de son style, déjà louées auparavant, par Denys d'Halicarnasse notamment. Ses récits, affirme Plutarque au début de la *Vie de Nicias* (I, 1), sont proprement inimitables tant il y met de force d'émotion *(pathéticotatos)*, de vie *(enargestatos)* et de variété *(poïkilotatos)*.

Thucydide occupe aussi le premier rang pour ses dispositions éthiques. Ainsi, dans le *De la malignité d'Hérodote*, quand Plutarque entreprend de faire la typologie des procédés déloyaux, mensongers et diffamatoires auxquels recourt Hérodote et avant de les illustrer par des exemples à charge pris dans l'œuvre de celui-ci, il n'est pas rare qu'il cite Thucydide comme modèle à suivre. Lorsqu'on a à sa disposition des mots plus doux, pourquoi recourir au langage le plus dur ? Pourquoi, par exemple, appeler Nicias bigot quand, comme Thucydide, on peut s'en tenir à dire qu'il était trop préoccupé de pratiques religieuses ? (855 B). Pourquoi parler de la rage et de la folie de Cléon, lorsque, comme l'auteur de la *Guerre du Péloponnèse*, on peut se contenter d'évoquer ses propos peu avisés ? On ne saurait prendre plaisir à dénigrer ses personnages au point de faire des digressions qui perturbent le cours du récit dans la seule intention d'introduire des perfidies. Ainsi Thucydide ne raconte pas par le menu les innombrables fautes et erreurs de Cléon et un seul adjectif, «pervers» *(mochthéros)*, lui suffit à caractériser le démagogue Hyperbolos (855 C).

Par ailleurs, Plutarque, comme Polybe avant lui, intègre désormais l'œuvre de Thucydide dans l'*historia*, ce que celui-ci se gardait bien de faire lorsqu'il marquait vigoureusement ses distances avec Hérodote, inclus pour l'occasion parmi «les faiseurs de récits» *(logographoï)*. C'est que la notion a perdu le sens technique précis qu'elle avait chez Hérodote, s'est considérablement élargie et, en englobant toutes les formes de récits qui prétendent dire quelque chose de ce qui est advenu, cela fût-il une simple clause de style et même une convention dans certains récits de fiction, a rattrapé et englobé l'auteur qui s'en était soigneusement écarté.

Ainsi Thucydide se trouve promu chez Plutarque au rang «d'historien» modèle, non pas au nom d'une méthode historienne rigoureuse, mais pour les qualités de force et de retenue de son propos qui traduisent autant de qualités personnelles.

Thucydide est cité nommément trente-trois fois dans les *Vies*, utilisé bien plus largement encore dans quelque cinquante-deux passages et l'on peut considérer qu'il offre le meilleur exemple de la manière dont Plutarque traite une source jugée fiable. Dans les *Vies* de Cimon, de Thémistocle et de Nicias, Thucydide fournit la trame événementielle sur laquelle sont tissés les itinéraires historique et psychologique des personnages, sans que, pour autant, comme dans le cas de Cimon, l'auteur de la *Guerre du Péloponnèse* accorde une grande place dans son récit à ce personnage. Parfois *(Nicias, Périclès)*, c'est le jugement fondamental porté sur le personnage qui prend des tonalités thucydidéennes.

Pourtant la fidélité de Plutarque ne va pas sans quelques prises de distance qui ne sont pas toutes, comme le veut l'analyse des exemples choisis par J. de Romilly

(« Plutarch and Thucydides or the free use of quotations », *Phoenix*, 42, 1, 1988, p. 22-34), des occasions de manquer le sens des profondes interprétations politiques de Thucydide. Par refus de répéter ce que sa source a déjà dit (*Nicias*, I, 5), Plutarque procède à des résumés ou à des raccourcis.

Par ailleurs, la spécificité du genre qu'est la *Vie* dicte ses lois. Il s'agit moins alors de viser à l'exhaustivité ou, à défaut, à une composition d'ensemble *(syntaxis)* de l'essentiel, comme dans l'*historia*, que de faire œuvre sémiologique en relevant, de préférence dans les détails, les signes propres à révéler les dispositions de caractère d'un personnage et le sens de son évolution psychologique et morale (*Démosthène*, II, 1 ; *Alexandre*, I, 1-3). Une telle exigence implique que le sobre récit de Thucydide soit complété par d'autres dont il importe peu qu'ils soient moins estimables pourvu qu'ils fournissent ces fameux petits mots ou petits actes, infimes mais révélateurs pour qui sait les interpréter.

Plutarque n'hésite pas non plus à développer des thèmes qui entrent dans ses propres préoccupations philosophiques. Telle éclipse de lune, dans *Nicias* (XXIII), renvoie à ses études physiques, elles-mêmes articulées sur une métaphysique. La Fortune qui, certes, ne manque pas d'apparaître dans le livre VII de Thucydide, prend toutefois dans certaines *Vies*, notamment dans celle de Nicias, une place bien plus grande, en écho au rôle que Plutarque lui accorde par ailleurs dans l'organisation du devenir (*Sertorius*, I, 1-3). Les présages, les songes et tous les signes prémonitoires que Thucydide dédaigne, constituent chez Plutarque un objet d'intérêt, un mode de lecture du réel et un ressort narratif d'une telle importance qu'il va chercher chez d'autres auteurs de quoi en faire état.

On notera enfin qu'il n'hésite même pas à contredire Thucydide. Pour lui, par exemple, Périclès n'est pas d'emblée l'homme désintéressé qui incarne Athènes au besoin contre les Athéniens eux-mêmes. C'est, dans un premier temps, un démagogue qui s'efforce d'acquérir de l'ascendant sur le peuple. Et ce qui se lit dans cette divergence n'est peut-être pas, comme le veut de façon un peu méprisante A. W. Gomme (*A Commentary on Thucydides*, I, Oxford, Clarendon Press, 1959, p. 65-66), une manière de résoudre en termes d'évolution psychologique du personnage la contradiction entre les interprétations qu'en font Platon d'une part, Thucydide de l'autre. Plutarque, en effet, guette chez ses héros les renversements et bouleversements qu'opère la dialectique des dispositions de leur caractère et des circonstances.

Dès lors, si Thucydide est bien aux yeux de Plutarque un modèle en matière d'*historia*, l'utilisation qu'il en fait n'en souligne que mieux combien les *Vies* ne peuvent entièrement s'asservir à celle-ci quelle que soit la qualité qu'il lui reconnaît.

Catherine DARBO-PESCHANSKI

Voir aussi • Athènes • Écrit/Écriture • Guerre(s) • Hérodote • Histoire • Sources •

TITE-LIVE

Plutarque connaissait l'œuvre historique du Latin Tite-Live (59 avant J.-C.-12 ou 17 après J.-C.). La *Question romaine* 25 fait allusion à son récit de la bataille de l'Allia, perdue contre les Gaulois le 18 juillet 390 (Tite-Live, V, 37 et VI, 1-11 ; *Camille*, XIX). La *Vie de Lucullus* (XXVIII, 8 ; XXXI, 9) évoque sa relation de la victoire du Romain sur Tigrane d'Arménie, trois siècles plus tard. On voit par là l'intérêt et la difficulté de la confrontation. Les livres de Tite-Live, comme les *Vies* romaines de Plutarque, vont de la fondation de Rome à l'époque impériale, et les notes les ont comparés point par point, sans pouvoir en général établir une filiation sûre. Plutarque mentionne très peu ses sources, et quand il le fait, c'est pour des motifs qui nous laisseraient indifférents. Pour l'Allia, le texte de Tite-Live n'est évoqué – et critiqué – qu'à propos du «jour néfaste» qui allait suivre l'anniversaire de cette défaite dans le calendrier romain ; cette référence est absente de la *Vie de Camille*, et pourtant la *Question romaine* prouve que Plutarque a consulté Tite-Live pour rédiger cette biographie. Les deux citations du *Lucullus*, elles, ne s'intéressent qu'à une évaluation chiffrée des pertes en hommes, évaluation que Plutarque, comparant Tite-Live à d'autres sources, estime exagérée. Or, nous ne possédons que l'Abrégé du livre 98 de Tite-Live, comme de la plupart de ceux qui traitent d'événements postérieurs à 167, et ne pouvons comparer sur ce point les deux textes.

Continuité probable de la consultation de l'historien par Plutarque, rareté avérée des références explicites, caractère critique de celles-ci : faut-il en conclure que, lorsque Plutarque ne mentionne pas Tite-Live, il le suit en somme assez fidèlement, ou qu'au contraire il se défie de lui systématiquement ? Ni l'un ni l'autre. Il est habituel chez les Anciens de ne pas nommer leurs sources, sauf pour prendre leurs distances envers elles ou pour les mettre en concurrence avec d'autres. En outre, Plutarque, ainsi qu'il l'indique, ne maîtrise qu'imparfaitement le latin : sa lecture a pu parfois être cursive, fautive, ou limitée à des extraits. Dans l'ensemble, cependant, on ne décèle pas d'une œuvre à l'autre de fortes divergences ou de contradictions : plutôt un décalage dans l'esprit et dans le climat d'ensemble.

Le «parallèle» peut se résumer ainsi : l'œuvre du Romain est une narration continue, patriotique et morale, de tendance philosophique stoïcienne ; il met de longs discours dans la bouche de ses héros, qu'il juge en fonction de leur conformité à un idéal romain et du service qu'ils rendent à la cause de Rome ; il fait une grande place à la religion, essentiellement dans ses rapports avec le destin de la cité. Plutarque est biographe, «gréco-romain» et psychologue, platonisant ; il juge ses personnages à partir de leur «réussite» humaine et par comparaison entre eux ; plus qu'aux discours, il se plaît aux anecdotes et aux reparties ; la religion lui importe beaucoup, en tant qu'elle donne de l'influence sur les foules et autorise la communication avec le divin. Si l'on admet que, dans bien des cas, Plutarque disposait (entre autres) du «corpus» livien, on mesure son labeur de confrontation, de transposition et de réélaboration.

Trois exemples serviront d'illustration. *Numa* : le pythagorisant Plutarque fait au thème Numa-Pythagore une place beaucoup plus insistante (et récurrente) que Tite-Live, qui se contente d'une mention sceptique initiale ; l'«alliance» familiale des rois sabins Titus Tatius et Numa, chère au psychologue de la famille qu'est Plutarque

(*Numa*, III, 8), est absente chez Tite-Live (et Denys) ; sur les Vestales et les pontifes, Plutarque est beaucoup plus riche, car intrigué comme «philosophe» et intéressé par le pittoresque, voire le pathétique individuel ; en revanche, sur le temple de Janus (*Ibid.*, XX, 1-2), le Romain Tite-Live est nettement plus précis. *Marcellus*: la citation de Tite-Live en XI, 8 montre qu'il a été soigneusement consulté ; ses nombreux discours sont fidèlement abrégés ; plusieurs fois, Plutarque bouscule, télescope ou même fausse (*Marcellus*, XIII, 6-7) une chronologie bien plus claire chez Tite-Live ; l'éloge de Marcellus (XXI, 7) est plus inconditionnel de la part de Plutarque, qui néglige ses erreurs finales et le crédite d'avoir converti Rome à l'hellénisme ! *Paul-Émile*: très souvent (notamment en IX, 1, etc.), Plutarque paraît résumer simplement Tite-Live, quelquefois en le dépouillant d'aspects «merveilleux» (*Paul-Émile*, XIV, 1) ; en revanche, en XXII, 3, l'amateur de parallèles développe un beau contraste là où l'historien reste sec ; et l'insistance sur Delphes (*Ibid.*, XXXVI, 4) est bien d'un prêtre local d'Apollon.

Jean-Marie PAILLER

Bibliographie
WALSH, P. G., *Livy. His Historical Aims and Methods*, Cambridge, Cambridge University Press, 1970.

Voir aussi • Denys d'Halicarnasse • Mythologie et histoire des origines • Pythagore • République romaine • Rome •

TRADUCTEURS

Traduire Plutarque après Amyot: gageure ou nécessité? Mais d'abord traduire *d'après* Amyot, comme on le fait en Angleterre: en 1579, c'est l'Amyot des *Vies*, et non Plutarque, que Thomas North donne en anglais (Londres, T. Vautroullier et J. Wight) ; de ce fait, Coriolan, Jules César, Antoine, deviennent partie du patrimoine anglais à titre de sources de Shakespeare ; et la version que celui-ci a pu lire perdurera jusqu'en 1928 (Oxford, Basil Blackwell, après un reprint berlinois de l'édition de 1595, en 1878). C'est dire le rôle majeur d'Amyot *«englished»*, concurrencé cependant par le *Drydens's Plutarch*, nom sous lequel sont connues les *Vies* données entre 1683 et 1686 par une équipe de quarante traducteurs choisis par le libraire J. Tonson (Londres, 5 vol.), comportant en tête une *Vie de Plutarque* composée par le poète. Cette fois, c'est bien le grec de Plutarque, auteur conçu comme «école de sagesse», que l'on traduit ; l'ouvrage survivra jusqu'en 1934, avec pour concurrence la traduction des Langhorne, en 6 volumes, à Londres (1770). Il est donc prouvé qu'on peut traduire sans Amyot, ou à côté d'Amyot.
En France, il faut traduire contre Amyot: dès 1635, dans un *Discours sur la traduction* envoyé à l'Académie française, l'académicien Bachet de Méziriac en avait suggéré les moyens, recensant les quelque deux mille fautes qu'il déclarait avoir trouvées chez l'illustre humaniste, et laissant en manuscrit (il devait mourir en 1638) la traduction

de cinq des *Vies* (*Romulus* et *César* sans notes, *Thésée, Numa, Fabius Maximus* avec notes). Si l'idée était lancée, la réalisation devait se faire attendre ; l'œuvre de l'abbé François Tallemant (Paris, J. Guignard, 1663-1665) et celle de La Serre (Paris, Veuve Bobin, 1681) devaient rapidement tomber dans l'oubli. En fait, c'est André Dacier (1651-1722) qui s'affirme comme le successeur d'Amyot en donnant les six premières *Vies* en 1694 – c'est alors un philologue reconnu, grâce à son édition de Festus dans la collection *Ad usum Delphini* (1681), mais aussi un traducteur expérimenté (quoique critiqué) par les dix tomes de ses *Remarques sur les œuvres d'Horace* (1681-1689), la *Poétique* d'Aristote (1692), *Œdipe* et *Électre* de Sophocle (1692). Pour ce protestant converti à grand bruit en 1685, la traduction est un moyen de se faire un nom (l'année 1694 le voit aussi obtenir la place de garde de la bibliothèque du roi, avant qu'en 1695 il n'entre à l'Académie des inscriptions et à l'Académie française, dont il deviendra le secrétaire perpétuel). Admirateur inconditionnel de l'Antiquité, il se targue d'en faire connaître les œuvres majeures au public qui n'y a pas accès, et d'abord aux dames. Sa position officielle de traducteur patenté est encore plus solide en 1721, quand il dédie au futur Louis XV l'intégralité de sa traduction des *Vies* : il traduit ouvertement « contre » Amyot, dédaignant Méziriac dont il reprend les notes (à lui transmises par l'abbé Bignon), mais non la traduction, qui lui paraît sentir la province et dater d'une époque où la langue n'était pas encore perfectionnée, sans qu'elle marque un progrès réel par rapport à celle d'Amyot : « Il a raison quelquefois contre Amyot, et souvent tort. » C'est donc bien toujours à ce dernier qu'il faut revenir, pour lui reprocher, outre ses inexactitudes qui seront redressées, un « vieux langage », « obscur et désagréable », « dangereux pour les mœurs » car trop libre ou désormais chargé d'un sens déshonnête (éd. de 1721, Préface, p. VIII). Il était donc bien nécessaire, après un siècle et demi, de remplacer cette traduction.
En 1694, et plus encore en 1721, on n'est plus à l'âge des Belles infidèles : la traduction n'est plus une œuvre d'art, une séduisante créature, mais une servante appliquée à défaut d'être scrupuleuse, même si parfois elle devient une servante maîtresse ; il s'agit d'adapter l'auteur au goût du temps et au génie du français, d'autant que Plutarque écrit mal, et qu'il a « plus de sens que d'élégance ». Le traducteur doit donc intervenir pour remédier à des défauts propres au grec ou à l'auteur : « Je sépare, et je renverse même ses périodes quand elles sont trop embarrassées, ou que le génie de notre langue ne s'accommode pas de l'ordre qu'il a suivi. [...] J'adoucis des images trop fortes ou trop libres, que la chasteté de notre langue ne pourrait souffrir » (*ibid.*, p. XXVIII). Et Dacier d'affirmer un principe d'économie : « ce n'est pas un vice que d'ajouter au texte ce qui est nécessaire, soit pour la clarté, soit pour la grâce, ou pour la force ; mais c'en est un que d'y ajouter sans nécessité et mal à propos, comme Amyot l'a fait très souvent » (*ibid.*, p. XXIX). Dacier, qui par ailleurs ne voue pas un respect superstitieux aux manuscrits et préfère se fier à son jugement, trouve avec Plutarque l'occasion d'un véritable manifeste de l'art de traduire. Ses contemporains ont surtout vu en lui un traducteur plat, voire balourd : « Son style est celui d'un savant sans chaleur et sans vie » (Chaudon, *Nouveau Dictionnaire historique*, 4e édition, 1779, art. « Dacier »).
Quel est le public visé par Dacier ? Essentiellement la jeunesse (même s'il déclare avoir fait œuvre utile pour les savants eux-mêmes, qui y trouveront des éclaircisse-

ments ou des compléments d'information), et c'est affirmer d'emblée la portée morale de l'ouvrage, qui éclatait aussi dans la dédicace au jeune prince : il convient de « donner les raisons de beaucoup de principes de morale et de politique qui [...] sont proposés » par Plutarque (*ibid.*, p. XLVI), mais sans suivre aveuglément ce païen ignorant des vrais principes, qu'il faut exposer dans toute leur vérité : « Surtout je m'attache à expliquer ses sentiments pour en faire sentir la beauté, ou pour en faire connaître le défaut, lorsqu'ils ne sont point conformes aux véritables règles qui nous sont aujourd'hui mieux connues, et je prends la liberté de le combattre dans tous les endroits où il paraît qu'il s'est trompé » (*ibid.*, p. XLII). Si le Plutarque d'Amyot était héroïsé, celui de Dacier, soigneusement revu et corrigé, est hautement moralisé.

La traduction de Dacier, plusieurs fois rééditée jusqu'en 1778, règne quasi fatalement dans les bibliothèques durant tout le XVIIIe siècle, mais elle est remplacée en 1798 par un travail qui sera régulièrement réédité ou réimprimé pendant plus d'un demi-siècle, celui d'un pédagogue, l'abbé Dominique Ricard (Paris, C. Pougens), qui ne devait jamais entrer à l'Académie des inscriptions, bien qu'il ait traduit les *Œuvres morales* dès 1783. Ricard se définit par rapport à Dacier (Amyot, dont on rappelle toujours les « grâces du style », appartient cependant désormais à la préhistoire) et se vante d'être plus exact, et surtout plus fidèle. Dacier s'était distingué d'Amyot en conservant « les anciens noms des peuples, des dignités, des charges, parce que les noms d'aujourd'hui n'y répondent point du tout, et que c'est travestir les Anciens que de les habiller ainsi à la moderne » (Préface, p. XXXVII), ce qui constituait en effet une nouveauté majeure, mais il n'avait pu se résoudre à transcrire tels quels les noms des mois grecs ou les dates romaines ; Ricard affirme modestement son originalité en les conservant, ainsi qu'en actualisant les évaluations financières ou les mesures. Il indique ainsi que sa lecture de Plutarque est d'ordre historique, ce qui apparaît à un autre niveau puisque les *Vies* révèlent le plus intime des personnages : « On connaît souvent mieux un homme par un trait, par un mot qui lui échappe, que par un grand nombre de faits de sa vie publique » (Préface). Avec ce Plutarque, le XVIIIe siècle finissant concilie harmonieusement histoire secrète et histoire édifiante, traditionnellement opposées l'une à l'autre. Sa traduction, qui se veut plus proche du texte, est sans doute celle d'un homme marqué par la Révolution (sur ce point, voir l'article de J.-L. Quantin, « Traduire Plutarque d'Amyot à Ricard. Contribution à l'étude du mythe de Sparte au XVIIIe siècle », *Histoire, Économie et Société*, 1988, 2, p. 243-259), mais surtout elle répond à d'autres exigences du traducteur ; l'interventionnisme caractéristique de Dacier, présent dans le texte ou dans des notes particulièrement envahissantes, n'est plus de mise, mais il est plus sournois : les « amants » d'Alcibiade deviennent des « amis » ou des « adorateurs », et les liens instaurés par Lycurgue entre les jeunes Spartiates n'ont rien que d'innocent. En ce domaine, et quoi qu'on en ait dit, Dacier est infiniment moins timoré que l'abbé Ricard.

Cette tendance n'est évidemment pas propre à Ricard, d'autant que se multiplient bientôt les éditions destinées à la jeunesse. Mais le XIXe siècle se caractérise surtout par une préférence marquée pour l'anthologie, au détriment de l'œuvre complète, ce qui autorise notamment la reprise des traductions de Ricard, qui perdurent sous cette forme jusqu'à l'extrême fin du siècle : on sépare les Grecs des Romains (alors que Dacier aimait tant les comparaisons qu'il avait composé celles qui manquaient), on en donne des extraits, de «beaux traits», comme dans ce *Plutarque de l'enfance, ou Maximes et traits historiques* (Lyon, 1812), ou on publie chaque vie séparément, ce qui permet un palmarès: Alcibiade et Flamininus loin derrière Aristide, Solon, Démosthène, César et Cicéron... Plutarque disparaît alors derrière son sujet, réduit à une figure pieusement élevée sur son piédestal.

L'époque de Ricard, c'est-à-dire le tournant du XVIIIe et du XIXe siècle, coïncide avec une multiplication des traductions européennes des *Vies*, avec celle de Girolamo Pompei en Italie (1772-1773), tandis qu'on voit paraître les premières traductions en néerlandais et en danois, et qu'en Allemagne celle de Kaltwasser succède enfin à celle de Boner (1541); il faudra encore attendre le milieu du XIXe siècle pour voir renouvelées les traductions en espagnol, et pour que voie le jour (essentiellement en extraits) un Plutarque croate, tchèque, et même islandais (*Saga Scipions*, 1858).

Ainsi, avant l'âge de la traduction «scientifique» et universitaire et le retour d'Amyot, consacré par la «Bibliothèque de la Pléiade», la France est le pays qui aura connu la plus belle floraison de traductions. Celles-ci se distinguent évidemment par leur degré de précision, d'exactitude ou de fidélité (chaque époque prétendant à la fidélité mais par des voies chaque fois différentes, définissant ainsi un art de traduire qui lui est spécifique), mais surtout par une vision particulière de l'écrivain, lui assignant ainsi chaque fois une fonction nouvelle.

Catherine VOLPILHAC-AUGÉ

L'apport des traductions plus récentes est signalé dans la «Note sur ma traduction» due à Anne-Marie Ozanam (*supra*, p. 51 et suiv.).

Voir aussi• Amyot • Lecteurs/Lectures • Théâtre •

TRAJAN

Mort vers 120-125 après J.-C., Plutarque n'a survécu que de peu à Trajan, sous le règne de qui (98-117) il a, pour l'essentiel, rédigé et publié ses *Vies parallèles*. Il est d'autant plus frappant de noter que le souverain en place, le dernier empereur conquérant de l'histoire romaine, n'est pas nommé une seule fois au long de cette somme. Pourtant, Plutarque lui doit, par l'intermédiaire de son ami Quintus Sosius Senecio (sous sa forme latine), familier de l'empereur, d'avoir obtenu les ornements consulaires, la plus haute distinction à laquelle il pût aspirer, et qui a dû accroître son rayonnement dans sa région de Béotie. On comprend qu'il ait dédié à l'empereur, dans une lettre préface, ses *Apophtegmes des rois et des empereurs*.

Deux autres indices au moins font apercevoir en Plutarque un sujet du premier des grands Antonins, après le bref règne de Nerva (96-98): le premier est son indiscutable participation à la campagne poursuivie *a posteriori* contre la mémoire condamnée de Domitien; aux passages commentés dans l'article consacré ici même à cet empereur, il faut peut-être ajouter, dans le même esprit, les considérations présentées dans la

Vie de Périclès, I-II et dans la *Vie de Caton l'Ancien*, XIX, 5. Y sont opposées, à l'avantage de la première, les conduites respectives des «modestes» et des «superbes». C'est précisément sur ce diptyque que repose pour l'essentiel la construction du *Panégyrique de Trajan*, de Pline le Jeune, parfaitement accordé à la propagande du moment: les hommes de ce temps devaient nécessairement lire dans l'éloge de «l'humble» Trajan l'anti-éloge du «présomptueux» Domitien – et réciproquement –, mais aussi, dans l'évocation contrastée de ces deux *types* d'hommes, la glorification implicite du monarque régnant.

Un autre indice est peut-être à découvrir dans le portrait étonnamment flatteur que Plutarque dresse de Sertorius. L'exilé, partisan de Marius, avait tout pour lui déplaire, et il est difficile d'admettre que l'admiration du biographe pour Salluste, sa source principale, elle-même très philo-sertorienne, ait suffi à lui valoir un préjugé aussi favorable. On peut émettre l'hypothèse que cet éloge, ainsi que la reconstitution des pérégrinations du chef romain à travers une Espagne présentée comme se prêtant idéalement à la romanisation, soient également un hommage rendu à la région d'origine de Marcus Ulpius Trajan. On rappellera à ce sujet que la tradition espagnole du Siècle d'or faisait de Plutarque «l'éducateur de Trajan»!

N'oublions pas enfin que Plutarque, certes favorable au contrôle par Rome de l'univers civilisé, est avant tout attiré par les aspects pacifiques de cette mainmise. Les *Apophtegmes* déjà cités s'adressaient, dans leur brièveté, à un monarque trop occupé à guerroyer pour consacrer beaucoup de temps à la lecture. On comprend par là cet ultime éloge décerné non à Trajan le belliqueux, mais au restaurateur de la paix, Hadrien (117-138), dont la politique était assurément plus conforme aux attentes de Plutarque: «Il règne une grande paix, un grand calme; toute guerre a cessé» (*Sur les oracles de la Pythie*, 408c).

Jean-Marie PAILLER

Bibliographie

FLACELIÈRE, R., «Rome et ses empereurs vus par Plutarque», *L'Antiquité classique*, 32, 1963, p. 28-47.

FLACELIÈRE, R., «Trajan, Delphes et Plutarque», *Recueil Plassart*, Paris, Les Belles Lettres, 1976, p. 102-111.

Voir aussi • Domitien • Éducation • Paix romaine • Plutarque par lui-même • Sossius Sénécion •

TYRAN/TYRANNIE

La tyrannie est un système politique qui est apparu dans le monde grec à partir du VIIe siècle. Thucydide mettait cette apparition en relation avec le développement de la richesse, et citait à l'appui de son opinion les exemples de Corinthe et de Samos. Corinthe avait en effet connu dans son histoire un long épisode tyrannique avec l'établissement de la dynastie des Cypsélides durant le dernier tiers du VIIe siècle, dont le représentant le plus marquant fut le célèbre Périandre. C'est à Corinthe aussi qu'avaient été construites les premières trières, signes de la puissance maritime de la cité, qui contrôlait le passage des navires de l'Égée à la mer Tyrrhénienne. À Samos, c'est Polycratès qui, devenu maître de la cité, exerça au cours du VIe siècle une véritable domination sur les îles voisines en même temps que Samos devenait un foyer artistique dont la renommée atteignait tout le monde grec. C'est à Hérodote que nous devons l'essentiel de nos connaissances sur ces tyrannies de l'époque archaïque. Pour l'historien d'Halicarnasse, ces tyrans avaient établi leur pouvoir aux dépens des aristocraties locales, en s'appuyant sur le *démos*, sur le petit peuple des campagnes et sur les mécontents. C'est d'ailleurs parce qu'il se refusait à agir en tyran que Solon avait, à Athènes, au début du VIe siècle, tenu la balance égale entre le peuple et les notables, ce qui n'empêcha pas Pisistrate de s'emparer de la cité quelques décennies plus tard et de se présenter, lui aussi, en protecteur du *démos*. Les tyrannies archaïques disparurent à la fin du VIe siècle, sauf en Sicile et dans le Sud de l'Italie, où la situation était un peu particulière du fait de la présence d'importantes populations indigènes dépendantes, et, pour la Sicile, de la menace carthaginoise. Et c'est aussi en Sicile que la tyrannie réapparut à la fin du Ve siècle, avec Denys l'Ancien. La figure de celui-ci, qui n'hésita pas à libérer des esclaves et à promettre un partage des terres pour asseoir son autorité à Syracuse, allait parachever la construction de l'image du tyran que le théâtre grec avait popularisée au Ve siècle. Le tyran est présenté comme un être qui se place hors de la norme civique, et qui se manifeste par la démesure *(hybris)*, l'impiété, le mépris de la loi commune. Comme Euripide le fait dire à Thésée dans *Les Suppliantes*: «Pour un peuple il n'est rien de pire qu'un tyran. Sous ce régime, pas de lois faites pour tous. Un seul homme gouverne, et la loi, c'est sa chose.» Platon, dans le *Gorgias* et dans la *République*, Xénophon dans le *Hiéron*, Aristote dans la *Politique* reprennent pour l'essentiel cette représentation de la tyrannie, en la précisant à partir des expériences tyranniques contemporaines, le tyran devenant celui qui promet le partage des terres et l'abolition des dettes, qui libère les esclaves comme le fit Denys à Syracuse, qui s'entoure d'une garde de mercenaires et fait régner la terreur depuis le palais où il vit enfermé, interdisant toute réelle vie sociale dans la cité où toutes les valeurs sont inversées.

On comprend aisément que Plutarque, qui a hérité de cette image du tyran, n'ait inclus aucun d'entre eux dans ses *Vies parallèles*. Pisistrate apparaît toutefois dans la *Vie de Solon*, et les deux Denys de Syracuse sont présents dans les *Vies de Dion* et *de Timoléon*, le second surtout, que Platon avait cru pouvoir convertir à la philosophie. La *Vie de Dion* est d'ailleurs fortement inspirée des *Lettres*, authentiques ou non, de Platon, singulièrement de la *Lettre VII* dans laquelle le philosophe rapporte les mauvais traitements qu'il endura de la part des deux tyrans de Syracuse, tandis que pour écrire la *Vie de Timoléon*, Plutarque a utilisé le récit de l'historien Timée de Tauroménion, lui-même contraint de fuir la Sicile à l'avènement, en 317, du tyran Agathoclès.

Mais, s'il y a peu de tyrans dans les *Vies parallèles*, en revanche les «hommes tyranniques» ne manquent pas. Plutarque se souvenait évidemment du long développement que Platon consacre dans la *République* (571a-580c) à l'homme tyrannique qui, insatiable, ne parvient jamais à satisfaire tous ses désirs, et, véritable esclave de ses passions, rassemble en sa personne les maux que le pouvoir développe encore davantage, «l'envie, la perfidie, l'injustice, le manque d'amis, l'impiété et les vices de toute sorte dont il est l'hôte et le nourricier». Or, l'histoire du monde gréco-romain ne manque pas de tels hommes. Et Plutarque n'hésite pas à mettre en valeur cet aspect «tyrannique» de leur personne lorsqu'il le rencontre chez l'un ou l'autre de ses héros: ainsi l'*hybris* d'Alcibiade et les actes d'impiété auxquels il se livre en parodiant les Mystères ou en ayant des relations coupables avec la femme d'Agis, ainsi la manière dont Lysandre traite les cités grecques d'Asie et dont il se débarrasse de ses adversaires, ainsi les actes sacrilèges de Démétrios recevant ses maîtresses dans l'enceinte du Parthénon. C'est aussi à l'*hybris* que cède Coriolan quand il se dresse contre Rome, de même que Marius ou Sylla quand, en dépit de leurs immenses qualités de soldats, ils recourent aux proscriptions et au massacre de leurs adversaires. Même des hommes d'une stature exceptionnelle comme Alexandre ou César cèdent à la magie du pouvoir absolu et n'hésitent pas à franchir la limite qui sépare l'homme des dieux en se faisant adorer de leurs semblables. Et l'on pourrait multiplier les exemples de comportements «tyranniques» qui, pour n'être pas nécessairement liés à l'exercice du pouvoir absolu, révèlent, sous le grand capitaine ou sous le politique, l'homme avide et insatiable. Cela, par ailleurs, permet à Plutarque de leur opposer ceux qui précisément possèdent cette vertu qu'est la capacité à dominer ses désirs, un Aristide, un Périclès, un Phocion chez les Grecs, un Camille, un Caton, un Pompée, un Cicéron chez les Romains. L'image du tyran devient ainsi la référence qui permet de situer les grands hommes de l'histoire de la Grèce et de Rome par rapport aux exigences morales qui sont au cœur de la démarche de Plutarque lorsqu'il compose les *Vies parallèles*.

Claude Mossé

Bibliographie
Lanza, D., *Le Tyran et son public*, Paris, Belin, 1997.
Mossé, Cl., *La Tyrannie dans la Grèce antique*, Paris, PUF, 2ᵉ éd., 1989.

Voir aussi• Grèce • Liberté • Machiavel • *Préceptes politiques* • Rome • *Vie* •

VARRON

Né à Reate, en Sabine, en 116 avant J.-C., mort à Rome en 27 avant J.-C. – l'année de l'avènement d'Auguste –, Varron fut le plus grand érudit latin. Quintilien, contemporain de Plutarque, l'a appelé «le plus savant des Romains»: pour les hommes de ce temps, il était devenu *la* référence. Il avait publié soixante-quatorze ouvrages portant sur les sujets les plus divers: histoire nationale, philosophie morale ou populaire, religion, grammaire et linguistique, agronomie. Nous sont parvenus son *Économie rurale*, six des vingt-cinq livres du traité *Sur la langue latine*, en partie dédié à son ami Cicéron, des fragments d'autres œuvres, dont les *Antiquités humaines* (25 livres) *et divines* (16 livres). Partout il mêle intérêt pour le passé, voire pour les origines, et engagement dans l'actualité la plus brûlante, une actualité politique (les guerres civiles, où il fut du côté de Pompée avant de se rallier à César et d'échapper de justesse à Antoine), économique (la crise, dont son traité d'agriculture reflète certains aspects), littéraire (les courants et les genres nouveaux, le poids croissant de l'hellénisme). Dans ces œuvres règne un esprit de classement, d'inventaire rigoureux, de récapitulation du passé, qui annonce l'œuvre d'Auguste.

Pour Plutarque, qui le connaît parfois à travers l'œuvre, écrite en grec, du roi de Maurétanie, Juba II (*Sertorius*, IX, 10), Varron est une des principales sources d'information concernant la période la plus ancienne de Rome, en quelque sorte son relais privilégié en direction des origines. Il lui transmet (notamment par les livres V et VI de *Sur la langue latine*) bon nombre des étymologies – plus ou moins fantaisistes – dont le biographe de Chéronée fait son miel ; il éclaire pour lui des problèmes posés par une langue que ce Grec de l'Empire domine mal ; pythagoricien et platonisant comme lui, il lui fournit un cadre d'explication pour rendre compte de traditions et de rites devenus, à l'époque impériale, de plus en plus obscurs ; les problèmes de l'éducation et ceux de la religion sont pour l'un et l'autre le cœur et le ciment de la vie civique ; par ses tirades, enfin, contre les excès du luxe et les ridicules d'une société corrompue, il a aidé le biographe à composer une image de la grandeur frugale des premiers siècles de Rome.

Plutarque cite plusieurs fois Varron – à vrai dire moins souvent dans les *Vies* (*Romulus*, XII, 3 et *Numa*, XIII, 11 sont des exceptions : mais on a vu qu'il n'y faisait pas étalage de ses sources) que, par exemple, dans les *Questions romaines*, où il le mentionne sept fois, mais où il ne recourt pas à lui moins de cinquante-trois fois. Le biographe grec aurait pu reprendre le magnifique éloge que le Latin Cicéron fit un jour de Varron, cet «étranger» plus romain que les Romains : «Nous errions dans notre ville comme des voyageurs et des étrangers : tes livres nous ont conduits comme par la main à nos demeures. Nous reconnaissons enfin qui et où nous sommes» (*Académiques*, I, 3, 9).

Jean-Marie PAILLER

Voir aussi• Bilinguisme • Denys d'Halicarnasse • Étymologies • Pythagore • République romaine •

VERTU

Voir •Douceur • Fortune •

VIE *(BIOS)*

Plutarque affirme à plusieurs reprises qu'il compose des *Vies parallèles* (*Thésée*, I, 2 ; *Cimon*, II, 2 ; *Pélopidas*, II, 12, etc.). Cependant, bien que « vie » traduise le grec *bios*, une *Vie* n'est pas à proprement parler une « biographie » (le mot n'est attesté pour la première fois qu'au VIe siècle, chez le philosophe néo-platonicien Damascius) ; Plutarque n'y explore pas une intériorité et n'analyse pas non plus une « vision du monde » qui se donnerait prise dans l'action. Quelles sont alors les intentions qui commandent à l'écriture d'une *Vie*, quel supplément de sens lui apporte le fait d'être mise en parallèle avec une autre *Vie* et intégrée à un projet plus vaste, conçu comme tel et désigné par le titre englobant de *Vies parallèles* ?

Les Grecs se sont appliqués très tôt à distinguer et à classer leurs récits. Hécatée, dans le prologue de ses *Généalogies*, le sophiste Hippias, Platon (*Hippias majeur*, 285d ; *République*, 392c-394d) et Aristote, dans la *Poétique*, ont voulu préciser les critères propres qu'ils attribuent au mythe, à la fable, à l'épopée, à la tragédie, à l'histoire, et les modalités de ces narrations. Ils ont défini ce que nous appelons une poétique des genres, que Plutarque connaît en théorie et en pratique (*Thésée*, I, 1-4). Mais nulle part, chez eux ou chez les théoriciens postérieurs comme Denys d'Halicarnasse, n'est indiqué ce que serait ou devrait être une *Vie*. Lorsqu'il compose son œuvre, à partir des années 95 après J.-C., Plutarque ne s'appuie donc pas sur une doctrine constituée ; tout au plus existe-t-il, on le verra, certaines pratiques narratives qui ont pour objet l'étude d'un personnage du passé ou contemporain. Plutarque précise certes, ici et là, ce qu'il entend par une *Vie*, mais un genre ne réside pas tout entier dans les règles, prescriptions ou interdits énoncés par son auteur, d'autant qu'elles sont toujours brèves et qu'il ne semble pas s'être imposé de les fixer *ne varietur*. Destiné à un public déterminé, inscrit en un temps et un lieu précis, le genre apparaît aussi comme un acte de communication, qu'il vise l'agrément ou l'efficacité, le plaire ou l'instruire. C'est pourquoi on adoptera trois approches, parmi d'autres possibles, pour décrire quelques-uns des caractères d'une *Vie*.

Tout d'abord, Plutarque fixe pour lui-même, par touches successives, en de brefs passages, des règles et des thèmes, parfois précisés par des rapprochements avec d'autres formes d'écriture ou des arts différents. Dans ce registre prescriptif, l'impératif qui commande tous les autres est le choix du personnage. La marque qui les distingue sans exception est d'avoir atteint la gloire et « laissé tant de beaux exemples de vertu [*arétè*] politique et militaire » (*Comparaison de Périclès et de Fabius Maximus*, XXVIII, 1). La vertu qui conduit aux « exploits militaires » est l'apanage des « grands hommes ». Leurs victoires à la guerre, face à « des adversaires illustres » suscitent une admiration raisonnée et toujours renouvelée. Il en va de même pour l'excellence politique d'un Lycurgue, d'un Solon ou d'un Démosthène, « homme juste, maître de lui, intelligent et magnanime » (*Démosthène*, I, 2). Toujours, la « vertu » (l'*arétè* des Grecs, la *virtus* des Romains) s'incarne en eux. Par là, l'auteur de la *Vie* est contraint de faire des choix : la concision est la deuxième règle, qui découle de la sélection initiale. Concision souvent affirmée et qui dément bien des accusations portées contre Plutarque compilateur prolixe. Elle prend deux formes : d'une part, on ne rapportera pas « dans leur intégralité ni en détail chacune des actions célèbres de ces héros » (*Alexandre*, I, 1), mais on «choisi[ra] les plus nobles et les plus belles» d'entre elles (*Timoléon*, Préface, 2; *Nicias*, I, 3); d'autre part – et cette prescription ne va pas sans contradiction avec la précédente –, le choix doit aussi se porter non sur «les actions les plus illustres», mais sur «un petit fait, un mot, une bagatelle», plus révélateur que les «combats meurtriers» (*Alexandre*, I, 2): «de tels épisodes ne sont pas moins utiles que les grandes actions publiques, pour révéler un caractère et le faire connaître avec précision» (*Caton le Jeune*, XXXVII, 10). Entre formulations négatives et injonctions lancées à lui-même, entre tradition héroïque et nouveauté, Plutarque est à la recherche d'une voie originale. C'est en situant son propre travail par rapport à l'historiographie – troisième aspect de sa réflexion théorique – qu'il parvient le mieux à préciser peu à peu ses intentions. Il paraît s'en éloigner franchement dans un passage célèbre de la *Vie d'Alexandre*: l'affirmation selon laquelle «nous n'écrivons pas des *Histoires*, mais des *Vies*» (I, 2), associée à la recherche d'une narration resserrée, on vient de le noter, semble s'inscrire en écho à la définition d'Aristote, dans la *Poétique*, pour qui «les *Histoires* sont l'exposé […] d'une période unique avec tous les événements qui se sont produits dans son cours» (23, 1459a). Pourtant c'est des historiens, Thucydide, Philistos, Timée, Polybe, en particulier, que Plutarque se sent le plus proche, non seulement parce que les ouvrages historiques sont la source principale des *Vies* – il marque sa dette à maintes reprises –, mais parce que l'histoire est un mode de «connaissance» qui conduit à la «vérité», par opposition aux poètes et aux auteurs de mythologie (*Thésée*, I, 1-5), vérité qui est celle du «vraisemblable». Parce qu'il «pratique l'histoire», Plutarque en vient donc à reconnaître qu'une *Vie*, dans son écriture même, n'est que peu éloignée de l'enquête historique (*Timoléon*, Préface 1 et 5). Histoire partielle, ramassée, dont la vérité est un précipité de la condition humaine dans ses variantes grecque et romaine. On comprend ainsi qu'il soit très difficile d'indiquer s'il eut des précurseurs. Pourtant, les recherches en paternité n'ont pas manqué. Depuis l'*Enquête* d'Hérodote, l'histoire restitue de larges fragments de *Vies* (Crésus, Cyrus, Polycrate, Thémistocle) Thucydide a fixé les traits définitifs, pour nous, de Périclès. Au Ve siècle, plusieurs écrits de Stésimbrote de Thasos et Ion de Chios sont de caractère biographique; au IVe, l'éloge qu'Isocrate consacre au roi de Salamine, Évagoras, et celui que Xénophon écrit pour le roi de Sparte, Agésilas, ont été tenus pour les précurseurs du genre biographique, qui s'est développé à l'époque hellénistique, peut-être sous l'influence des recherches d'Aristote et de son école (Aristoxène, Hermippos, Satyros: voir A. Momigliano, *Les Origines de la biographie en Grèce ancienne*, Strasbourg, Cirée, s. d. [1991], éd. orig. 1971, p. 67-127). Mais ni les vingt-cinq brefs récits conservés de Cornélius Népos (environ 100-25 après J.-C.) – qui s'étendent de Miltiade, le vainqueur de Marathon, à Atticus, l'ami et correspondant de Cicéron – ni les sept cents portraits ou courtes notices composés au même moment par le grand érudit Varron n'annoncent Plutarque.

Plus que la recherche des origines, ce sont les rapprochements métaphoriques avec d'autres arts qui permettent de dégager comme une dernière «règle» que Plutarque se fixe à lui-même. Sans qu'il soit alors possible de savoir si le mot «vie» désigne l'œuvre écrite ou renvoie aux événements réels, Plutarque précise qu'«on peut lire la vie de Lucullus comme une comédie ancienne» (*Lucullus*, XXXIX, 1) ou que telle partie de la *Vie de Caton le Jeune* tient du «drame» (*Caton le Jeune*, XXV, 1). Le plus souvent, il assimile son travail d'écriture à celui d'un peintre (la peinture était peut-être le plus grand art à l'époque classique, *Caton le Jeune*, XXV, 1) ou d'un poète, qui seuls parviennent au degré de précision et de raffinement qu'il vise (*Comparaison d'Aristide et de Caton l'Ancien*, XXVIII, 2). La vie de ces hommes est, pour les meilleurs, en elle-même une œuvre d'art, dont la perfection passe dans le récit de *Vie*, à la manière «[des] tableaux de Nicomaque et [des] vers d'Homère [qui], outre leur puissance et leur grâce, donnent l'impression d'avoir été faits naturellement et facilement» (*Timoléon*, XXXVI, 3; *Alexandre*, I, 3). La *Vie* repose sur le principe d'une esthétisation de la «vertu» du héros. Plutarque ne ménage pas qualités et défauts, pour composer un portrait de l'homme gréco-romain moyen. Puisque la perfection humaine n'existe pas, «de la même manière [qu'en peinture], il faut, dans ce qu'elle a de beau, rendre la vérité comme à l'identique. Mais lorsque [...] des erreurs et des fautes entachent [l]es actions», il faut éviter de «les signaler avec trop de zèle et de précision dans notre histoire» (*Cimon*, II, 4-5). L'écriture des *Vies* ne doit rien à un éclectisme moral ou moralisant; les choix de Plutarque relèvent d'une esthétique consciente.

Toutefois, les *Vies parallèles* ne sont pas un texte refermé sur lui-même; elles portent la marque du public, des lecteurs auxquels elles sont destinées, et du contexte historique et culturel dans lequel Plutarque a travaillé et a mûri son entreprise. Les *Vies*, avec les traits qui viennent d'être soulignés, sont l'œuvre d'un homme pour qui la Grèce des Ier et IIe siècles après J.-C., réduite politiquement à l'état de province de l'Empire romain depuis 146 avant J.-C., éprouve le besoin de rassembler ses «héros» et d'instruire le parallèle avec ceux de Rome. La comparaison n'a de sens que parce que les Grecs sont encore, pour peu de temps (un grand siècle environ), en mesure de l'assumer, c'est-à-dire de faire jeu égal avec Rome, entre le passé et le présent, dans les registres linguistique, culturel et politique. Une deuxième approche permet aussi d'envisager les *Vies* comme un acte de communication, un engagement. L'ensemble est en effet dédié à un Romain, Sossius Sénécion (*Thésée*, I, 1; *Démosthène*, I, 1, etc.), représentant, comme Lucius Mestrius Florus et d'autres, de cette aristocratie philhellène, lectrice d'Homère et de Platon autant que de Cicéron et de Virgile, et que Plutarque met en scène, avec ses amis grecs, dans les neuf livres de *Propos de table*. Ils élaborent et mettent en pratique une communauté de culture et de valeurs. Les «lecteurs», auxquels s'adressent Plutarque et dont il réclame l'indulgence (*Thésée*, I, 5; *Périclès*, II, 5; *Nicias*, I, 1; *Alexandre*, I, 1, etc.) ou oriente le jugement (*Périclès*, XXXIX, 1), sont invités à faire leur la vision élaborée en particulier au long des parallèles qui concluent dix-huit des vingt-deux couples de *Vies*.

Ces quelques pages de bilan fixent la lecture de l'ensemble: approbations et reproches s'équilibrent toujours; à partir d'un fait d'importance secondaire ou d'une aventure singulière, la comparaison s'étend à l'ensemble des Grecs et des Romains (*Comparaison de Thésée et de Romulus*, XXXV, 5; *Comparaison de Lycurgue et de Numa*, XXV, 12-13); les formulations prennent un tour généralisant pour dégager ce qui «rapproche» Grecs et Romains: «la sagesse, la piété, le sens politique, le souci de l'éducation, leur désir à tous deux de ne rapporter leurs lois qu'aux dieux» (*ibid.*, XXIII, 2). La configuration d'ensemble des *Vies* apparaît dans ce vigoureux effort de synthèse pour dépasser l'apparence biographique: les «différences» ne sont que des accidents de l'histoire; le travail de Plutarque consiste à mettre en valeur les «ressemblances» (*Comparaison d'Aristide et de Caton l'Ancien*, XXVIII, 1) qui sont une «vérité» d'ordre supérieur, applicable à la civilisation gréco-romaine comprise comme un tout. C'est dans ce contexte que se comprennent les injonctions et formules générales destinées à l'aristocratie lectrice des *Vies*, telles que celle-ci: «La vertu politique *[politikè arétè]* est, de l'avis général, la plus parfaite qu'un être humain puisse posséder» (*ibid.*, XXX, 1). Les *Vies parallèles* font du dialogue de Plutarque avec les grands hommes («Je demanderais volontiers à Caton...», *ibid.*, XXXI, 4) le modèle d'un échange entre Grecs et Romains.

La dernière approche qui permet de cerner les caractères des *Vies* (le singulier *Vie* n'a d'ailleurs guère de sens, on le voit, dans la réflexion que conduit Plutarque) est l'histoire de leur réception, confrontée à celle du genre biographique. Là où Plutarque insiste sur le terme «parallèle», les modernes, à la suite de la traduction d'Amyot (1559), préfèrent retenir les «hommes illustres» (ainsi Michelet dans sa thèse de 1819) et cristallisent autour de quelques figures un ensemble d'images et de représentations: les personnages de Plutarque quittent alors l'histoire, la leur, pour rejoindre le temps des Frondes, la Révolution française ou les ambitions napoléoniennes. En ce sens, les *Vies* font l'objet d'une approche biographique, qui atomise chacune d'entre elles, et parfois, en chacune, isole tel épisode (la mort de Phocion, celle de Pompée ou de Caton le Jeune, la rencontre entre Solon et Crésus, Coriolan supplié par sa mère et sa femme, Flamininus accordant la liberté aux cités grecques...). Le discrédit de la biographie historique, jusqu'au début des années 1970, qui accompagne le déclin de l'histoire des grands hommes, au profit de nouveaux héros, la «Méditerranée» (F. Braudel), le «climat» (E. Le Roy Ladurie) ou le prix des céréales, affecte aussi les *Vies* de Plutarque. Le renouveau du genre, depuis le *Louis XI* de P. M. Kendall (1974), a permis de montrer que le sujet d'une biographie, qu'il soit Guillaume le Maréchal (G. Duby), Pétain (M. Ferro) ou Saint-Louis (J. Le Goff), est le révélateur des contrastes de la société dans laquelle il reçoit son éducation, vit et meurt. Lorsque la postérité s'empare de lui, sous la forme d'une *Vie* ou d'une biographie moderne, il devient un individu producteur de mémoire (les héros de Plutarque accomplissent tous «des faits dignes de mémoire») dont la trajectoire acquiert une cohérence *a posteriori*. Sans jamais leur retirer cette cohérence, le «parallèle», systématisé, confère aux *Vies* un sens qui dépasse chacune d'entre elles et lui fait ainsi échapper au risque de «l'illusion biographique» (P. Bourdieu).

Pascal PAYEN

Voir aussi • Écrit/Écriture • Éloge/Blâme • Histoire •

ZEUS

«Zeus est principe et centre de tout, et de Zeus tout procède.» Cet hexamètre d'un hymne orphique à Zeus est cité par Lamprias (frère de Plutarque et narrateur du dialogue *Le Déclin des oracles*) dans son exposé sur «les deux ordres de causes» naturelles et divines : « Les stoïciens... parmi toute la multitude des dieux, n'en admettent qu'un seul, incorruptible et éternel, et pensent que les autres ont eu un commencement et auront une fin » (420 A). Ce dieu unique et éternel est Zeus. La pensée religieuse de Plutarque rencontre ici la théologie stoïcienne et, d'une manière générale, le souci de la plupart des philosophes de l'Antiquité de concilier la religion traditionnelle avec leurs conceptions plus abstraites de la divinité. C'est encore Lamprias qui, prenant ses distances avec la tradition épique et la vision anthropocentrique de Zeus, oppose au « Zeus d'Homère qui ne porte pas ses regards bien loin quand il les détourne de Troie vers la Thrace et les nomades des bords du Danube »... « le véritable Zeus » *(alethinos)* qui « embrasse du regard l'activité multiple des dieux et des hommes ainsi que les mouvements et les révolutions périodiques des astres » (426 C). Même réticence vis-à-vis des traditions qui mettent en scène le Jupiter romain dialoguant avec Numa dans une conversation célèbre sur l'Aventin, au cours de laquelle le roi obtient du dieu, « contraint de descendre du ciel par des conjurations », un rituel de purification contre la foudre. Mais, irrité, le dieu commence par exiger un sacrifice humain, avant de se contenter d'oignons, de cheveux et de poissons. Pour Plutarque, il s'agit là de « contes ridicules » qu'il rapporte du bout des lèvres. L'anecdote met en évidence plusieurs aspects : la répugnance de Plutarque à accepter l'image d'un Jupiter irrité exigeant un sacrifice humain, ou capricieux et inconstant ; l'incompréhension devant des rites qui paraissent pratiques superstitieuses et purement formelles ; le refus de l'idée même d'un dialogue-marchandage entre Jupiter, le dieu souverain, et un homme, si pieux fût-il (*Numa*, XV, 3-11).

Mais la puissance souveraine de Zeus ne signifie pas la négation des autres dieux qui sont chacun pourvus d'un domaine et d'une fonction particuliers et qui donnent un sens concret à cette notion abstraite de divinité, en assurant un lien entre elle et les hommes. Car « les dieux sont les premiers et les plus grands amis de l'homme », selon une formule empruntée, elle aussi, à Homère, et citée par Plutarque.

Tendance au syncrétisme, qui tend à réunir toutes les figures du divin en une figure unique, mais non monothéisme ; à moins de donner à ce terme une valeur différente de celle qu'il a acquise et qui l'oppose à polythéisme. Ainsi, Zeus est au-dessus, mais il n'est pas tout. « Cette unique raison qui règle l'univers, cette providence, une aussi, qui le gouverne, ces puissances, destinées à l'assister en tout, sont l'objet d'hommages et de dénominations qui varient avec les diverses coutumes. » Ainsi Apollon, dans le dialogue *Sur l'E de Delphes*, peut-il être défini par les mêmes caractères d'unicité et d'immuabilité qu'ailleurs Zeus, et les hommes peuvent honorer, sous des noms différents et à travers des cultes variés une divinité unique. L'unité divine peut ainsi se concilier avec la multiplicité des dieux, et la pensée religieuse de Plutarque s'accommoder des formes traditionnelles de la religion.

Louise BRUIT

Voir aussi • Dieux • Rites •

BIBLIOGRAPHIE

Cette bibliographie a été établie par Franz Regnot, que nous remercions.

I. PLUTARQUE

INTRODUCTION : OUVRAGES BIBLIOGRAPHIQUES

ALSINA, J., «Ensayo de una bibliografia de Plutarco», *Estudios Clásicos*, 6, 1962, p. 515-533.
BRENK, Fr. E., «Notice of 25 recent books on Plutarch or with reference to Plutarch», *Ploutarchos. Journal of the International Plutarch Society*, 5, 1989, p. 17-21.
BRENK, Fr. E., «Notizie su 15 recenti libri su Plutarco o con riferimenti alle opere di Plutarco», *Ploutarchos. Journal of the International Plutarch Society*, 11 (1) et 11 (2), 1994.
FLACELIÈRE, R., «État présent des études sur Plutarque», in *Association Guillaume Budé, Actes du VIIIe congrès (Paris [...] 1968)*, Paris, Les Belles Lettres, 1969, p. 483-506.
GÄRTNER, H., «Conspectus librorum», in *Plutarchi vitae parallelae, IV. Indices*, Leipzig, B. G. Teubner, 1998, p. X-XXXV.
GARZETTI, A., «Plutarco e le sue *Vite parallele*. Rassegna di studi 1934-1952», *Rivista storica italiana*, 65, 1953, p. 76-104.
LEDOS, E. G., *Bibliothèque nationale. Catalogue des ouvrages de Plutarque conservés au Département des imprimés et dans les bibliothèques Mazarine, Sainte-Geneviève, de l'Arsenal et de l'Université de Paris*, Paris, Imprimerie Nationale, 1938.
PODLECKI, A. J. et DUANE, S., «A survey of work on Plutarch's Greek *Lives*, 1951-1988», in W. Haase (éd.), *Aufstieg und Niedergang der römischen Welt*, II, 33, 6, Berlin et New York, De Gruyter, 1992, p. 4053-4127.
SCARDIGLI, B., «Scritti recenti sulle *Vite* di Plutarco (1974-1986), con Appendice bibliografica», in Fr. E. Brenk et I. Gallo (éd.), *Miscellanea Plutarchea. Atti del Io Convegno di studi su Plutarco (Roma [...] 1985)*, Ferrare, *Giornale filologico ferrarese*, 1986, p. 83-96.
TITCHENER, Fr. B., «Critical trends in Plutarch's Roman *Lives*, 1975-1990», in W. Haase (éd.), *Aufstieg und Niedergang der römischen Welt*, II, 33, 6, Berlin et New York, De Gruyter, 1992, p. 4128-4153.
TSAGAS, N., *Mise à jour bibliographique des* Vies parallèles *de Plutarque*, Athènes, Éd. Pelekanos, 1990.

BIBLIOGRAPHIE

ÉDITIONS TRADUCTIONS

Éditions, traductions complètes de 1840 à nos jours

Vies des hommes illustres de Plutarque, trad. nouv. par A. Pierron, Paris, Charpentier, 1843, 4 vol.
Plutarchus, *Bioi*, éd. par Th. Döhner, Paris, Didot, 1846-1847, 2 vol. [texte grec et trad. latine de W. Xylander].
Plutarchus, *Vitae inter se comparatae*, Leipzig, B. Tauchnitz, 1855-1857, 5 vol. [éd. par I. Bekker].
Plutarque, *Les Vies des hommes illustres*, trad. en français par E. Talbot, Paris, Librairie Hachette, 1865, 4 vol.; 5e éd. 1912.
Plutarchus, *Vitae parallelae*, iterum recog. Carolus Sintenis [...], Leipzig, B. G. Teubner, 1881-1902 [texte grec].
Plutarch's Lives, with an English transl. by B. Perrin, Cambridge (Ma), Harvard Univ. Press et Londres, W. Heinemann, 1914-1926 et 1954-1962, 11 vol. (Loeb classical library) [texte grec avec trad. angl.].
Plutarque, *Les Vies des hommes illustres*, trad. de Jacques Amyot, texte établi et annoté par G. Walter, Paris, Gallimard, La Pléiade, 1937. Nouvelle édition 1951.
Plutarque, *Vies parallèles*, trad. nouv. avec notes par B. Latzarus, Paris, Garnier, 1950-1955, 5 vol.
Plutarque, *Vies*, texte établi et trad. par R. Flacelière et É. Chambry (avec le concours de M. Juneaux pour les tomes I et II), Paris, Les Belles Lettres, 1957-1993, 16 vol., dont 1 vol. d'index par Éd. Simon (Collection des universités de France).
Plutarchi vitae parallelae, ed. K. Ziegler et H. Gärtner, 8 vol., Leipzig, B. G. Teubner, 1960-1972 (Bibliotheca scriptorum Graecorum et Romanorum Teubneriana); 1re éd. 1914-1939 [texte grec].
Plutarco, *Vite parallele*, a cura di M. Manfredini, L. Piccirilli *et al.*, Milan, Fondazione Lorenzo Valla/Arnoldo Mondadori (Scrittori greci e latini), 1977-; 14 vol. parus [texte grec avec trad. ital.].
Plutarco, *Vite parallele*, a cura di L. Canfora, D. Magnani *et al.*, Milan, Rizzoli - (Biblioteca universale Rizzoli), 1987; 17 vol. parus [texte grec avec trad. ital.].
Plutarco, *Las vidas paralelas*, ed., introd. y notas de J. Alsina; trad. de A. Ranz Romanillos, Barcelone, Planeta, 1990 (trad. esp.).
Plutarco, *Vite*, a cura di A. Barigazzi et al., 6 vol., Turin, UTET, 1992-1998 [texte grec avec trad. ital.].
Plutarque, *Vies parallèles*, trad. par R. Flacelière et É. Chambry, introduction de J. Sirinelli, Paris, Robert Laffont, coll. «Bouquins», 2 vol., 2001.

Éditions, traductions partielles, commentaires

DIHLE, A., *Die Entstehung der historischen Biographie*, Heidelberg, Sitzungsberichte der Heidelberger Akademie der Wissenschaften, Philos.-Hist. Klasse, 1986.
FROST, Fr. J., *Plutarch's Themistocles. A historical commentary*, Princeton, Princeton Univ. Press, 1980; 2e éd. revue Chicago, Ares Publishers, 1998.

BIBLIOGRAPHIE

GEORGIADOU, A., *Plutarch's «Pelopidas»: a historical and philological commentary*, Stuttgart et Leipzig, B. G. Teubner, 1997.

HAMILTON, Ch. D., «Plutarch's *Life of Agesilaos*», in W. Haase (éd.), *Aufstieg und Niedergang der römischen Welt*, II, 33, 6, Berlin et New York, De Gruyter, 1992, p. 4201-4221.

HAMILTON, J. R., *Plutarch's Alexander. A historical commentary*, Oxford, Clarendon Press, 1969.

HEFTNER, H., *Plutarch und der Aufstieg des Pompeius: ein historischer Kommentar zu Plutarchs Pompeiusvita*, Francfort et New York, P. Lang, 1995.

KONRAD, Chr. F., *Plutarch's Sertorius: a historical commentary*, Chapel Hill, Univ. of North Carolina Press, 1994.

MARASCO, G., *Commento alle biografie plutarchee di Agide e di Cleomene*, Rome, Ed. dell'Ateneo, 1983.

Plutarchos, *Tiberius und Gaius Gracchus*, mit Einleitung, kritischem Apparat und Sachkommentar von K. Ziegler, Heidelberg, C. Winter, 1911.

Plutarchi *Vitam Arati*, éd. A. J. Koster, Leyde, E. J. Brill, 1937.

Plutarch's Life of Aratus, with introd., notes, and appendix by W. H. Porter, Dublin et Cork, Cork Univ. Press, 1937; 2ᵉ éd. New York, Arno Press, 1979.

Plutarco, *Vita di Dione*, éd. R. Del Re, Florence, Le Monnier, 1946.

Plutarco, *Detti e vita di Catone Maggiore*, introd., testo e comm. a cura di A. Pastorino, Turin, Gheroni, 1951.

Plutarch, *Life of Dion*, with introd. and notes by W. H. Porter, Dublin, Hodges, Figgis, 1952; 2ᵉ éd. New York, Arno Press, 1979.

Plutarco, *Detti e vita di Catone*, éd. F. Della Corte, Turin, Lattes, 1952.

Plutarco, *Vita di Flaminino*, introd., testo, trad. e comm. a cura di S. Gerevini, Milan, Marzorati, 1952.

Plutarco, *Vita Demetri Poliorcetis*, introd., comm. e appendice a cura di E. Manni, Florence, La Nuova Italia, 1953.

Plutarco, *Vita Caesaris*, introd., testo critico e comm. con trad. e indici a cura di A. Garzetti, Florence, La Nuova Italia, 1954.

Plutarco, *Vita di Silla*, introd., testo e comm. a cura di E. Valgiglio, Turin, Lattes 1954; 2ᵉ éd. 1960.

Plutarco, *Vita dei Gracchi*, introd. e comm. di E. Valgiglio, Rome, Signorelli, 1957; 2ᵉ éd. 1963.

Plutarco, *Vita di Mario*, introd., testo e comm. a cura di E. Valgiglio, Florence, La Nuova Italia, 1956; 3ᵉ éd. 1967.

Plutarch, *The rise and fall of Athens: nine Greek lives*, transl. with an introd. and comm. by I. Scott-Kilvert, Harmondsworth, Penguin Books, 1960.

Plutarco, *Agide e Cleomene*, rev. del testo, introd. et comm. di R. Del Re, Rome, Signorelli, 1960.

Plutarque, *Vie d'Alcibiade*, texte et annot. par H. Mounard, Liège, Dessain, 1962.

Plutarco, *Vita Ciceronis*, introd., comm. e trad. a cura di D. Magnino, Florence, La Nuova Italia, 1963.

Plutarco, *Vita Aristidis*, introd., teste, comm., trad. e appendice a cura di I. Calabi Limentani, Florence, La Nuova Italia, 1964.

Plutarch, *Makers of Rome: nine lives by Plutarch*, transl. with an introd. by I. Scott-Kilvert, Baltimore, Penguin Books, 1965; 2ᵉ éd. 1977 [avec les *Vies de Coriolan, Fabius Maximus, Marcellus, Caton l'Ancien, Tiberius Gracchus, Gaius Gracchus, Sertorius, Brutus, Antoine*].
Plutarque, *Vie de Thémistocle*, éd., introd. et comm. de R. Flacelière, Paris, PUF, 1972.
Plutarch, *The age of Alexander: nine Greek lives*, transl. and annotated by I. Scott-Kilvert, introd. by G. T. Griffith, Harmondsworth, Penguin Books, 1973 [avec les *Vies d'Agésilas, Pélopidas, Dion, Timoléon, Démosthène, Phocion, Alexandre, Démétrios, Pyrrhos*].
Plutarch, *Fall of the Roman Republic: Marius, Sulla, Crassus, Pompey, Caesar, Cicero: six lives*, transl. by R. Warner, revised ed. with introd. and notes by R. Seager, Harmondsworth, Penguin Books, 1974; 1ʳᵉ éd. 1958.
Plutarco, *Vita di Nicia*, introd., comm. e appendice di G. Marasco, Rome, Edizioni dell'Ateneo & Bizzarri, 1977.
Plutarco, *Vidas paralelas. 1. Teseo-Rómulo; Licurgo-Numa*, introd. general, trad. y notas por A. Pérez Jiménez, Madrid, Gredos, 1985.
Plutarco, *Sertorio*, a cura di P. Martino, con una nota di L. Canfora, Palerme, Sellerio, 1986.
Plutarco de Queronea, *Vidas de Agis y Cleómenes*, éd. R. Martínez Lacy, Mexico, Univ. Nacional Autónoma de México, 1987.
Plutarch, *Life of Antony*, ed. by Chr. B. R. Pelling, Cambridge, Cambridge Univ. Press, 1988.
Plutarch on Sparta, transl. with introd. and notes by R. J. A. Talbert, Londres et New York, Penguin Books, 1988 [avec les *Vies de Lycurgue* et *d'Agis et Cléomène*].
Plutarch, *The life of Cicero*, with an introd., transl. and comm. by J. L. Moles, Warminster, Aris & Phillips, 1988.
Plutarch, *Life of Kimon*, with transl. and comm. by A. Blamire, Londres, Institute of Classical Studies, 1989.
Plutarch, *Lives of Galba and Othon: a companion*, transl. and comm. by Chr. T. H. R. Ehrardt and D. Little, Londres, Bristol Classical Press, 1994.
Plutarco, *Vita di Demostene. Vita di Cicerone*, introd., trad. e note di A. Burlando, Milan, Garzanti, 1995.
Plutarco, *Vita di Mario*, trad. inedita di P. Sgroj, a cura di A. Grillo, in A. Grillo (éd.), Atti del convegno su La figura e l'opera del grecista Piero Sgroj (Messina [...] 1993), Milazzo, Spes, 1995.
Plutarque, *Vies parallèles. I. Vie d'Alexandre-Vie de César; Vie d'Alcibiade-Vie de Coriolan; Vie de Démétrios-Vie d'Antoine*, trad. J. A. Pierron, rev. et corr. par Fr. Frazier, Paris, Flammarion, 1995.
Plutarque, *Vies parallèles. II. Vie de Démosthène-Vie de Cicéron; Vie de Thésée-Vie de Romulus; Vie de Dion-Vie de Brutus; Vie d'Artaxerxès*, trad. J. A. Pierron, rev. et corr. par Fr. Frazier, Paris, Flammarion, 1996.
Plutarco, *Vidas paralelas. 2. Solón-Publícola; Temístocles-Camilo; Pericles-Fabio Máximo*, trad. y notas por A. Pérez Jiménez, Madrid, Gredos, 1996.
Plutarco, *Vita di Coriolano. Vita di Alcibiade*, introd., trad. e note di F. Albini, pref. di Chr. B. R. Pelling, Milan, Garzanti, 1996.

Plutarco, *Alejandro y César; Pericles y Fabio Máximo*, trad. y notas de J. Bergua y A. Pérez Jiménez, prólogo de A. Pérez Jiménez, nota preliminar de C. García Gual, Barcelone, Círculo de Lectores, 1997.

Plutarch, *Greek Lives: a selection of nine Greek Lives*, transl. by R. Waterfield, with introd. and notes by Ph. A. Stadter, Oxford et New York, Oxford Univ. Press, 1998.

Plutarque, *Les Vies parallèles. Alcibiade-Coriolan*, texte établi et trad. par R. Flacelière et É. Chambry, introd. et notes par Cl. Mossé, Paris, Les Belles Lettres, 1999.

PODLECKI, A. J., *Plutarch. Life of Pericles. A companion to the Penguin translation*, Bristol, Bristol Classical Press, 1987.

SANSONE, D. (éd.), *Plutarch. The lives of Aristeides and Cato*, Warminster, Aris & Phillips, 1989.

SCUDERI, R., *Commento a Plutarco, «Vita di Antonio»*, Florence, La Nuova Italia, 1984.

SHIPLEY, D. R., *A commentary on Plutarch's life of Agesilaos: response to sources in the presentation of character*, Oxford, Clarendon Press, 1997.

STADTER, Ph. A., *A commentary on Plutarch's Pericles*, Chapel Hill, Univ. of North Carolina Press, 1989.

OUVRAGES GÉNÉRAUX

CALAME, Cl., *Thésée et l'imaginaire athénien. Légende et culte en Grèce antique*, Lausanne, Payot, 1996; 1re éd. 1990.

CARLIER, P., *Démosthène*, Paris, Fayard, 1990.

CARTLEDGE, P., *Agesilaos and the crisis of Sparta*, Londres, Duckworth, 1987.

EDWARDS, M. J. et SWAIN, S. C. R. (éd.), *Portraits. Biographical representation in the Greek and Latin literature of the Roman Empire*, Oxford, Clarendon Press, 1997.

FERRARY, J.-L., *Philhellénisme et impérialisme. Aspects idéologiques de la conquête romaine du monde hellénistique, de la seconde guerre de Macédoine à la guerre contre Mithridate*, Rome, École française de Rome, 1988.

GENTILI, B. et CERRI, G., *Storia e biografia nel pensiero antico*, Rome et Bari, Laterza, 1983.

GOUKOWSKY, P., *Essai sur les origines du mythe d'Alexandre (336-270 av. J.-C.). I. Les origines politiques*, Nancy, Annales de l'Est, 1978.

GRAINDOR, P., *Athènes sous Auguste*, Le Caire, Recueil des travaux publ. par la fac. des lettres de l'Univ. égypt., 1er fasc., 1927.

GRAINDOR, P., *Athènes de Tibère à Trajan*, Le Caire, Recueil des travaux publ. par la fac. des lettres de l'Univ. égypt., 8e fasc., 1931.

HANSEN, M. H., *La démocratie athénienne à l'époque de Démosthène. Structure, principes et idéologie*, Paris, Les Belles Lettres, 1993 (trad. franç. par S. Bardet et Ph. Gauthier de *The Athenian democracy in the age of Demosthenes. Structures, principles and ideology*, Oxford, Blackwell, 1991).

HARTOG, Fr., *Mémoire d'Ulysse. Récits sur la frontière en Grèce ancienne*, Paris, Gallimard, 1996.

LORAUX, N., *Les enfants d'Athéna. Idées athéniennes sur la citoyenneté et la division des sexes*, 2e éd. augm., Paris, Seuil, 1990; 1re éd. Paris, Fr. Maspero, 1981.

LORAUX, N., *La citée divisée. L'oubli dans la mémoire d'Athènes*, Paris, Payot, 1997.

MARROU, H.-I., *Histoire de l'éducation dans l'Antiquité*, Paris, Seuil, 1964; 1ʳᵉ éd. 1948.
MOMIGLIANO, A. D., *The development of Greek biography*, Cambridge (Ma.), Harvard Univ. Press, 1971; trad. franç. E. Oudot, *La naissance de la biographie en Grèce ancienne*, Strasbourg, Circé, 1991.
MOMIGLIANO, A. D., *Sagesses barbares. Les limites de l'hellénisation*, Paris, Fr. Maspero, 1979 (trad. fr. Marie-Claude Roussel *Alien Wisdom*, Cambridge University Press, 1976); nouv. éd. Gallimard, 1991.
MURRAY, O. et PRICE, S. (éd.), *La cité grecque d'Homère à Alexandre*, Paris, La Découverte, 1992 (trad. franç. Fr. Regnot de *The Greek city from Homer to Alexander*, Oxford, Oxford Univ. Press, 1990).
NICOLET, Cl., *L'inventaire du monde. Géographie et politique aux origines de l'Empire romain*, Paris, Fayard, 1988.
ROMILLY, J. de, *Thucydide et l'impérialisme athénien. La pensée de l'historien et la genèse de l'œuvre*, Paris, 1947; 2ᵉ éd. 1951.
ROUX, G., *Delphes, son oracle et ses dieux*, Paris, Les Belles Lettres, 1976.
SARTRE, M. et TRANOY, A., *La Méditerranée antique: IVᵉ siècle avant J.-C.-IIIᵉ siècle après J.-C.*, Paris, Armand Colin, 1990.
SCHMITT-PANTEL, P., *La cité au banquet: histoire des repas publics dans la cité grecque*, Rome et Paris, École française de Rome, 1992.
SIRINELLI, J., *Les enfants d'Alexandre. La littérature et la pensée grecques (334 avant J.-C.-519 après J.-C.)*, Paris, Fayard, 1993.
SWAIN, S. C. R., *Hellenism and Empire. Language, classicism and power in the Greek world A.D. 50-250*, Oxford, Clarendon Press, 1996.
VIDAL-NAQUET, P., *Le chasseur noir. Formes de pensée et formes de société dans le monde grec*, Paris, La Découverte, 1981; 3ᵉ éd. 1991.
VIDAL-NAQUET, P., «Flavius Arrien entre deux mondes», *in* Arrien, *Histoire d'Alexandre*, trad. du grec par P. Savinel, Paris, Minuit, 1984, p. 309-394.
WILL, Éd., *Histoire politique du monde hellénistique (323-30 avant J.-C.). I. De la mort d'Alexandre aux avènements d'Antiochos III et de Philippe V*, Nancy, Faculté des lettres et sciences humaines de l'Univ. de Nancy, 1979; 1ʳᵉ éd. 1966.
WILL, Éd., *Histoire politique du monde hellénistique (323-30 av. J.-C.). II. Des avènements d'Antiochos III et de Philippe V à la fin des Lagides*, Nancy, Faculté des lettres et sciences humaines de l'Univ. de Nancy, 1982; 1ʳᵉ éd. 1967.
WILL, Éd., *Le monde grec et l'Orient. I. Le Vᵉ siècle (510-403)*, Paris, PUF, 1992; 1ʳᵉ éd. 1972.
WILL, Éd., MOSSÉ, Cl., GOUKOWSKY, P., *Le monde grec et l'Orient. II. Le IVᵉ siècle et l'époque hellénistique*, Paris, PUF, 1990; 1ʳᵉ éd. 1975.

OUVRAGES SUR PLUTARQUE

AALDERS, G.J.D., *Plutarch's political thought*, Amsterdam, Noord-Holl. Uitg. Maats, 1982.
BABUT, D., *Plutarque et le stoïcisme*, Paris, PUF, 1969.
BARBU, N. I., *Les procédés de la peinture des caractères et la vérité historique dans les Biographies de Plutarque*, Paris, Nizet et Bastard, 1933; 2ᵉ éd. Rome, L'Erma di Bretschneider, 1976.

BARIGAZZI, A., *Studi su Plutarco*, Florence, Univ. di Firenze, Dipartimento di scienze dell'antichità Giorgio Pasquali, 1994.
BARROW, R. H., *Plutarch and his times*, Bloomington, Indiana Univ. Press, 1967.
BOULOGNE, J., *Plutarque. Un aristocrate grec sous l'occupation romaine*, Villeneuve d'Ascq, Presses univ. de Lille, 1994.
BOULOGNE J., «L'utilisation du mythe de l'enlèvement des Sabines chez Plutarque», *Bulletin de l'Association Guillaume Budé*, 2000, 4, p. 353-363.
BRENK, Fr. E., *In mist apparelled. Religious themes in Plutarch's Moralia and Lives*, Leyde, E. J. Brill, 1977.
BRENK, Fr. E. et GALLO, I. (éd.), *Miscellanea Plutarchea. Atti del Io Convegno di studi su Plutarco (Roma, 23 novembre 1985)*, Ferrare, Giornale filologico ferrarese, 1986.
BUCHER-ISLER, B., *Norm und Individualität in den Biographien Plutarchs. Untersuchungen zu seiner Charakterdarstellung*, Berne, Paul Haupt, 1972.
CEREZO, M., *Plutarco: virtudes y vicios de sus héroes biográficos*, Lérida, Ed. de la Univ. de Lleida, 1996.
DUFF, T., *Plutarch's Lives: exploring virtue and vice*, Oxford, Clarendon Press, 1999.
FRAZIER, Fr., *Histoire et morale dans les Vies parallèles de Plutarque*, Paris, Les Belles Lettres, 1996.
FUHRMANN, Fr., *Les Images de Plutarque*, Paris, Klincksieck, 1964.
GALLO, I. (éd.), *Ricerche plutarchee*, Naples, Arte tipografica, 1992.
GALLO, I. et SCARDIGLI, B. (éd.), *Teoria e prassi politica nelle opere di Plutarco. Atti del V Convegno plutarcheo (Certosa di Pontignano [...] 1993)*, Naples, M. D'Auria, 1995.
GARCÍA LÓPEZ, J. et CALDERÓN DORDA, E. (éd.), *Estudios sobre Plutarco: paisaje y naturaleza. Actas del II Simposio español sobre Plutarco*, Murcia, 1990, Madrid, Ed. Clásicas, 1991.
GIANAKARIS, C. J., *Plutarch*, New York, Twayne Publ., 1970.
HELMBOLD, W. C. et O'NEIL, Ed. N. (éd.), *Plutarch's quotations*, Baltimore, American Philological Association, 1959.
JONES, Chr. P., *Plutarch and Rome*, Oxford, Clarendon Press, 1972.
LEVI, M. A., *Plutarco e il quinto secolo*, Milan, Ist. Ed. Cisalpino, 1955.
MOSSMAN, J. (éd.), *Plutarch and his intellectual world. Essays on Plutarch*, Londres, Duckworth, 1997.
PÉREZ JIMÉNEZ, A. et DEL CERRO CALDERON, G. (éd.), *Estudios sobre Plutarco: obra y tradicion. Actas del I Symposion español sobre Plutarco*, Fuengirola 1988, Málaga, Univ. de Málaga, 1990.
PETER, H. W. G., *Die Quellen Plutarchs in den Biographien der Römer*, Halle, 1865; 2ᵉ éd. Amsterdam, A. M. Hakkert, 1965.
RAMÓN PALERM, V., *Plutarco y Nepote: fuentes e interpretación del modelo biográfico plutarqueo*, Saragosse, Univ. de Zaragoza, Departamento de Ciencias de la Antigüedad, 1992.
RUSSELL, D. A., *Plutarch*, Londres, Duckworth, 1973; nouv. éd. 1981.
SCARDIGLI, B. (éd.), *Essays on Plutarch's Lives*, Oxford, Clarendon Press, 1995.
SCARDIGLI, B., «Scritti recenti sulle *Vite* di Plutarco (1974-1986), con Appendice bibliografica», in Fr. E. Brenk et I. Gallo (éd.), *Miscellanea Plutarchea. Atti del Io Convegno di studi su Plutarco (Roma [...] 1985)*, Ferrare, *Giornale filologico ferrarese*, 1986, p. 83-96.

SCARDIGLI B., *Die Römerbiographien Plutarchs. Ein Forschungsbericht*, Munich, Beck, 1979.
SCARDIGLI, B. et AFFORTUNATI, M., «Der gewaltsame Tod plutarchischer Helden», *in* B. Kühnert, V. Riedel et R. Gordesiani (éd.), *Prinzipat und Kultur im 1. und 2. Jahrhundert. Wissenschaftliche Tagung [...] 1972 in Jena*, Bonn, Rudolf Habelt, 1995, p. 229-250.
SCHMIDT, Th. S., *Plutarque et les Barbares. La rhétorique d'une image*, Louvain et Namur, Éditions Peeters/Société des études classiques.
SCHRADER, C., RAMÓN, V., et VELA, J. (éd.), *Plutarco y la historia. Actas del V Simposio español sobre Plutarco, Zaragoza [...] 1996*, Saragosse, Univ. de Zaragoza, Departamento de Ciencias de la Antigüedad, 1997.
SIRINELLI J., *Plutarque*, Paris, Fayard, 2000.
STADTER, Ph. A. (éd.), *Plutarch and the historical tradition*, Londres et New York, Routledge, 1992.
UXKULL-GYLLENBAND, W. von, *Plutarch und die griechische Biographie. Studien zu plutarchischen Lebensbeschreibungen des V. Jahrhunderts*, Stuttgart, W. Kohlhammer, 1927.
VAN DER STOCKT, L. ed, *Rhetorical Theory and Praxis in Plutarch*, Acta of the IVth International Congress of the international Plutarch Society (Leuven, July 3-6, 1996), Louvain et Namur, Éditions Peeters/Société des études classiques.
VAN DER STOCKT, L., *Twinkling and twilight: Plutarch's reflections on literature*, Bruxelles, Koninklijke Academie voor Wetenschappen, Letteren en Schone Kunsten van Belgie, 1992.
VAN DER STOCKT, L. (éd.), *Plutarchea Lovaniensia: a miscellany of essays on Plutarch*, Louvain, Faculteit van de Letteren en de Wijsbegeerte, Katholieke Universiteit te Leuven, 1996.
VERNIÈRE, Y., *Symboles et mythes dans la pensée de Plutarque. Essai d'interprétation philosophique et religieuse des* Moralia, Paris, Les Belles Lettres, 1977.
WARDMAN, A. E., *Plutarch's* Lives, Londres, Paul Elek, 1974.
ZIEGLER, K. J. F., «Plutarchos», *in* A. Pauly, G. Wissowa, W. Kroll (éd.), *Real Encyclopädie der klassischen Welt*, Stuttgart et Munich, XXI, 1, 1951, col. 636-962 (article paru à l'origine sous le titre *Plutarchos von Chaironea*, Stuttgart, A. Druckenmueller, 1949; 2e éd. augmentée 1964).

ÉTUDES SUR PLUTARQUE ET SUR CERTAINES *VIES*

AGUILAR, R. M., «Plutarco, el teatro y la política», *Estudios Clásicos*, 26, 1984, p. 421-426.
BABUT, D., «Plutarque, Aristote et l'aristotélisme», *in Parerga. Choix d'articles de Daniel Babut (1974-1994)*, Lyon, Maison de l'Orient méditerranéen, 1994, p. 505-529.
BALDWIN, B., «Biography at Rome», *in* C. Deroux (éd.), *Studies in Latin literature and Roman history*, Bruxelles, Latomus, 1979, t. I, p. 100-118.
BARIGAZZI, A., «Plutarco e il corso futuro della storia», *Prometheus*, 10, 1984, p. 264-286.
BARZANÒ, A., «Biografia pagana come agiografia: il caso della Vita plutarchea di Lucio Emilio Paolo», *Rendiconti dell'Istituto lombardo, Classe di lettere, scienze morali e storiche*, 128 (2), 1994, p. 403-424.

BAUER, A. (éd.), *Plutarch, Themistokles; literary, epigraphical and archaeological testimonia*, Chicago, Argonaut, 1967, 2ᵉ éd. rev. et augm. par Fr. J. Frost; 1ʳᵉ éd., *Plutarchs Themistokles für quellenkritische Übungen*, Leipzig, B. G. Teubner, 1884.

BOULOGNE, J., « L'utilisation du mythe de l'enlèvement des Sabines chez Plutarque », *Bulletin de l'Association Guillaume Budé*, 2000, 4, p. 353-363.

BRAVO-GARCÍA, A., « El pensamiento de Plutarco acerca de la paz y de la guerra », *Cuadernos de Filología Clásica*, 5, 1973, p. 141-191.

BRENK, Fr. E., « The dreams of Plutarch's *Lives* », *Latomus*, 34, 1975, p. 336-349.

BROZEK, M., « Noch über die Selbstzitate als chronologischen Wegweiser in Plutarchs Parallelbiographien », *Eos*, 53, 1963, p. 68-80.

BRUGNOLI, G., « La rappresentazione della storia nella tradizione biografica romana », *in* A. Ceresa-Gastaldo (éd.), *Il protagonismo nella storiografia classica*, Gênes, Dipartimento di archeologia, filologia classica e loro tradizioni, 1987, p. 37-69.

BUCKLER, J., « Plutarch and autopsy », *in* W. Haase (éd.), *Aufstieg und Niedergang der römischen Welt*, II, 33, 6, Berlin et New York, De Gruyter, 1992, p. 4788-4830.

BUCKLER, J., « Some thoughts on Ploutarkhos' approach to history », *in* J. M. Fossey (éd.), *Boeotica Antiqua. Papers in Boiotian history, institutions and epigraphy in honor of Paul Roesch*, Amsterdam, J. C. Gieben, 1993, vol. III, p. 69-72.

CANDAU, J. M., « Los silencios de Plutarco: consideraciones sobre la composición de las *Vidas paralelas* a propósito de un libro reciente », *Habis*, 26, 1995, p. 133-143.

CANFORA, L., « Il Pericle di Plutarco: forme del potere personale », *in* I. Gallo et B. Scardigli (éd.), *Teoria e prassi politica nelle opere di Plutarco. Atti del V Convegno plutarcheo (Certosa di Pontignano [...] 1993)*, Naples, M. D'Auria, 1995, p. 83-90.

CEREZO MAGÁN, M., « Algunas observaciones en torno a la orginalidad de la técnica biográfica plutarquea », *in* J. A. Fernández Delgado et Fr. Pordomingo Pardo (éd.), *Estudios sobre Plutarco: aspectos formales. Actas del IV Simposio español sobre Plutarco, Salamanca [...] 1994*, Madrid, Ed. Clásicas, 1996, p. 267-280.

COSTANZA, S., « La synkrisis nello schema biografico di Plutarco », *Messana*, 4, 1955, p. 127-156.

DE BLOIS, L., « The perception of politics in Plutarch's Roman *Lives* », *in* W. Haase (éd.), *Aufstieg und Niedergang der römischen Welt*, II, 33, 6, Berlin et New York, De Gruyter, 1992, p. 4568-4615.

DE LACY, Ph., « Biography and tragedy in Plutarch », *American Journal of Philology*, 73, 1952, p. 159-171.

DELVAUX, G., « Plutarque: chronologie relative des *Vies parallèles* », *Les Études classiques*, 63, 1995, p. 97-113.

DELVAUX, G., « Panétius, le pseudo-Théopompe, une source des *Vies parallèles* des Grecs de Plutarque », *L'Antiquité classique*, 65, 1996, p. 91-105.

DEREMETZ, P., « Plutarque: histoire de l'origine et genèse du récit », *Revue des études grecques*, 103, 1990, p. 54-78 [sur la *Vie de Romulus*].

DESIDERI, P., « Richezza e vita politica nel pensiero di Plutarco », *Index*, 13, 1985, p. 391-405.

DESIDERI, P., « Teoria e prassi storiografica di Plutarco: una proposta di lettura della coppia Emilio Paolo-Timoleonte », *Maia*, 41, 1989, p. 199-215.

DESIDERI, P., « I documenti di Plutarco », *in* W. Haase (éd.), *Aufstieg und Niedergang der römischen Welt*, II, 33, 6, Berlin et New York, De Gruyter, 1992, p. 4536-4567.

DESIDERI, P., «La formazione delle coppie nelle *Vite plutarchee*», *in* W. Haase (éd.), *Aufstieg und Niedergang der römischen Welt*, II, 33, 6, Berlin et New York, De Gruyter, 1992, p. 4470-4486.

DESIDERI, P., «Scienza nelle *Vite* di Plutarco», *in* I. Gallo (éd.), *Plutarco e le scienze. Atti del IV Convegno internazionale plutarcheo*, Genova-Bocca di Magra [...] 1991, Gênes, Sagep, 1992, p. 73-90.

DILLON, J., «Plutarch and the end of history», *in* J. Mossman (éd.), *Plutarch and his intellectual world. Essays on Plutarch*, Londres, Duckworth, 1997, p. 235-240.

ERBSE, H., «Die Bedeutung der *Synkrisis* in den Parallelbiographien Plutarch», *Hermes*, 84, 1956, p. 398-424; repris dans H. Erbse, *Ausgewählte Schriften zur klassischen Philologie*, Berlin, De Gruyter, 1979, p. 478-505.

FLACELIÈRE, R., «Rome et ses empereurs vus par Plutarque», *L'Antiquité classique*, 32, 1963, p. 28-47.

FLACELIÈRE, R., «Trajan, Delphes et Plutarque», *in Recueil André Plassart. Études sur l'Antiquité grecque [...]*, Paris, Les Belles Lettres, 1976, p. 97-103.

FLACELIÈRE, R., «Tacite et Plutarque», *in Mélanges de littérature et d'épigraphie latines, d'histoire ancienne et d'archéologie. Hommage à la mémoire de Pierre Wuilleumier*, Paris, Les Belles Lettres, 1980, p. 113-119.

FRAZIER, Fr., «À propos de la composition des couples dans les *Vies parallèles* de Plutarque», *Revue de philologie*, 61 (1), 1987, p. 65-75.

FRAZIER, Fr., «Plutarque», *in* J. Brunschwig, G. Lloyd, P. Pellegrin (éd.), *Le savoir grec. Dictionnaire critique*, Paris, Flammarion, 1996, p. 768-774.

FRAZIER, Fr., «Remarques à propos de l'usage des citations en matière de chronologie dans les *Vies*», *Illinois Classical Studies*, 1988, 13 (2), p. 297-309.

FRAZIER, Fr., «Contribution à l'étude de la composition des *Vies* de Plutarque: l'élaboration des grandes scènes», *in* W. Haase (éd.), *Aufstieg und Niedergang der römischen Welt*, II, 33, 6, Berlin et New York, De Gruyter, 1992, p. 4487-4535.

FRAZIER, Fr., «Remarques autour du vocabulaire du pouvoir personnel dans les *Vies parallèles* de Plutarque», *Ktèma*, 18, 1993, p. 49-66.

FROIDEFOND, C., «Plutarque et le platonisme», *in* H. Temporini et W. Haase (éd.), *Aufstieg und Niedergang der römischen Welt*, II, 6, 1, Berlin et New York, De Gruyter, 1987, p. 184-233.

FROST, Fr. J., «Plutarch and Clio», *in* S. M. Burstein et L. A. Okin (éd.), *Panhellenica. Essays in ancient history and historiography in honor of Truesdale S. Brown*, Lawrence, KS, Coronado Press, p. 155-170.

GABBA, E., «Studi su Filarco. Le biografie plutarchee di Agide e di Cleomene», *Athenaeum*, 35, 1957, p. 3-55 et 193-239.

GALLO, I., «L'origine e lo sviluppo della biografia greca», *Studi urbinati di storia, filosofia e letteratura*, 18, 1974, p. 173-186.

GALLO, I., «Problemi vecchi e nuovi della biografia graeca», *Quaderni del Liceo classico «Plinio Seniore» di Castellammare di Stabia*, 13, Naples, Loffredo, 1990, p. 9-27.

GARCÍA LÓPEZ, J., «Plutarco», *in* J. A. López Férez (éd.), *Historia de la literatura griega*, Madrid, Cátedra, 1988, p. 1024-1038.

GARCÍA MORENO, L., «Roma y los protagonistas de la dominación romana en Grecia en las *Vidas Paralelas* de Plutarco», *in* E. Falque, F. Gascó (éd.), *Graecia Capta. De la conquista de Grecia a la helenización de Roma*, Huelva, Univ. de Huelva, 1996, p. 129-148.

GEIGER, J., «Plutarch's *Parallel Lives*: the choice of heroes», *Hermes*, 109, 1981, p. 85-104 (repris dans B. Scardigli [éd.], *Essays on Plutarch's Lives*, Oxford, Clarendon Press, 1995, p. 165-190).

GEORGIADOU, A., «The *Lives of the Caesars* and Plutarch's other *Lives*», *Illinois Classical Studies*, 13 (2), 1988, p. 349-356.

GEIGER, J., «Plutarch and Rome», *Scripta Classica Israelica*, 1, 1974, p. 137-144.

GEIGER, J., «Nepos and Plutarch: from Latin to Greek political biography», *Illinois Classical Studies*, 13 (2), 1988, p. 245-256.

GENTILI, B. et CERRI, G., «L'idea di biografia nel pensiero greco», *Quaderni urbinati di cultura classica*, 18, 1978, p. 7-27.

GEORGIADOU, A., «Idealistic and realistic portraiture in the *Lives* of Plutarch», *in* W. Haase (éd.), *Aufstieg und Niedergang der römischen Welt*, II, 33, 6, Berlin et New York, De Gruyter, 1992, p. 4616-4623.

GÓMEZ, P., MESTRE, Fr., «Historia en Plutarco: los griegos y los romanos», *in* C. Schrader, V. Ramón, J. Vela (éd.), *Plutarco y la historia. Actas del V Simposio español sobre Plutarco, Zaragoza [...] 1996*, Saragosse, Univ. de Zaragoza, Departamento de Ciencias de la Antigüedad, 1997, p. 209-222.

HAMILTON, Ch. D., «Plutarch's *Life of Agesilaos*», *in* W. Haase (éd.), *Aufstieg und Niedergang der römischen Welt*, II, 33, 6, Berlin et New York, De Gruyter, 1992, p. 4201-4221.

HARRIS, B. F., «The portrayal of autocratic power in Plutarch's *Lives*», *in* B. F. Harris (éd.), *Auckland classical essays presented to E. Blaikstock*, Auckland Univ. Press, 1970, p. 185-202.

HARRISON, G. W. M., «Rhetoric, writing and Plutarch», *Ancient Society*, 18, 1987, p. 271-279.

HERSHBELL, J. P., «Plutarch and Herodotus – The beetle in the rose», *Rheinisches Museum für Philologie*, 136, 1993, p. 143-163.

HILLARD, T. W., «Plutarch's late Republican *Lives*: between the lines», *Antichthon*, 21, 1987, p. 19-48.

HOMEYER, H., «Beobachtungen zu den hellenistischen Quellen der Plutarch-*Viten*», *Klio*, 41, 1963, p. 145-157.

INGENKAMP, H. G., «Plutarch's *Leben der Gracchen*. Eine Analyse», *in* W. Haase (éd.), *Aufstieg und Niedergang der römischen Welt*, II, 33, 6, Berlin et New York, De Gruyter, 1992, p. 4298-4346.

INGENKAMP, H. G., «Plutarch und die konservative Verhaltensnorm», *in* W. Haase (éd.), *Aufstieg und Niedergang der römischen Welt*, II, 33, 6, Berlin et New York, De Gruyter, 1992, p. 4624-4644.

JONES, Chr. P., «Plutarch», *in* T. James Luce (éd.), *Ancient writers: Greece and Rome*, New York, Scribner, 1982, vol. 2, p. 961-983.

IWANEK, M., «Plutarch's *Lives*: its idea and purpose», *Eos*, 83 (2), 1995, p. 273-283.

JONES, Chr. P., «Towards a chronology of Plutarch's works», *Journal of Roman Studies*, 56, 1966, p. 61-74.

LAMBERTON, R., «Plutarch and the romanization of Athens», *in* M. C. Hoff et S. I. Rotroff (éd.), *The Romanization of Athens*, Oxford, Oxbow Books, 1997, p. 151-160.

LARMOUR, D. H. J., «Making parallels: *Synkrisis* and Plutarch's Themistocles and Camillus», *in* W. Haase (éd.), *Aufstieg und Niedergang der römischen Welt*, II, 33, 6, Berlin et New York, De Gruyter, 1992, p. 4154-4200.

LEVI, M. A. et VALGIGLIO, E., «Plutarco», *in Dizionario degli scrittori greci e latini*, Milan, Marzorati, 1988, p. 1727-1755.

LOMBARDI, M., «Il principio dell'eikos nel racconto biografico plutarcheo», *Rivista di cultuta classica e medioevale*, 38, 1996, p. 91-102.

MARASCO, G., «Introduzione alla biografia plutarchea di Demetrio, I-II», *Sileno*, 7, 1981, p. 35-70.

MARASCO, G., «Introduzione alla biografia plutarchea di Demetrio, III», *Sileno*, 9, 1983, p. 35-54.

MARSONER, A., «La prospettiva storico-politica delle *Vite parallele*», *Annali dell'Istituto italiano per gli studi storici*, 13, 1995-1996, p. 31-65.

MARTIN, H., J.-R., «The character of Plutarch's Themistocles», *Transactions and Proceedings of the American Philological Association*, 92, 1961, p. 326-339.

MARTIN, H., J.-R., «The concept of philanthropia in Plutarch's Lives», *American Journal of Philology*, 326, 1961, p. 164-175.

MORA, F., «L'immagine dell'uomo politico romano di tarda età repubblicana nelle *Vite* di Plutarco», *in* M. Sordi (éd.), *L'immagine dell'uomo politico: vita pubblica e morale nell'antichità*, Milan, Vita e Pensiero, 1991, p. 169-194.

MOSSÉ, Cl., «Plutarque, historien du IVe siècle», *in* P. Carlier (éd.), *Le IVe siècle av. J.-C.: approches historiographiques*, Nancy, Association pour la diffusion de la recherche sur l'Antiquité, 1996, p. 57-62.

NIKOLAIDIS, A. G., «Plutarch's contradictions», *Classica et mediaevalia*, 42, 1991, p. 153-186.

PAVIS D'ESCURAC, H., «Périls et chances du régime civique selon Plutarque», *Ktèma*, 6, 1981, p. 287-300.

PAILLER, J.-M., «Les *Questions* dans les plus anciennes *Vies* romaines. Art du récit et rhétorique de la fondation», *in* Plutarque: *Grecs et Romains en* Questions, *Entretiens d'archéologie et d'histoire*, Saint-Bertrand-de-Comminges, Musée archéologique, 1998, p. 77-94.

PELLING, Chr. B. R., «Plutarch's method of work in the Roman *Lives*», *Journal of Hellenic Studies*, 99, 1979, p. 74-96 (repris, avec une postface, dans B. Scardigli [éd.], *Essays on Plutarch's* Lives, Oxford, Clarendon Press, 1995, p. 265-318).

PELLING, Chr. B. R., «Plutarch's adaptation of his source material», *Journal of Hellenic Studies*, 100, 1980, p. 127-141 (repris dans B. Scardigli [éd.], *Essays on Plutarch's Lives*, Oxford, Clarendon Press, 1995, p. 125-154).

PELLING, Chr. B. R., «Synkrisis in Plutarch's *Lives*», *in* Fr. E. Brenk et I. Gallo (éd.), *Miscellanea Plutarchea. Atti del Io Convegno di studi su Plutarco (Roma [...] 1985)*, Ferrare, Giornale filologico ferrarese, 1986, p. 83-96.

PELLING, Chr. B. R., «Truth and fiction in Plutarch's *Lives*», *in* D. A. Russell (éd.), *Antonine literature*, Oxford, Clarendon Press, 1990, p. 19-51.

PELLING, Chr. B. R., «Plutarch and Catiline», *Hermes*, 113, 1985, p. 311-329.

PELLING, Chr. B. R., «Plutarch and Roman politics», *in* I. S. Moxon, J. D. Smart, A. J. Woodman (éd.), *Past perspectives. Studies in Greek and Roman historical writing. Papers [...] Leeds [...] 1983*, Cambridge, Cambridge Univ. Press, 1986, p. 153-187.

PELLING, Chr. B. R., «Plutarch: Roman heroes and Greek culture», *in* M. Giffin et J. Barnes (éd.), *Philosophia togata. Essays on philosophy and Roman society*, Oxford, Clarendon Press, 1989, p 199-232.

PELLING, Chr. B. R., «Plutarch and Thucydides», *in* Ph. A. Stadter (éd.), *Plutarch and the historical tradition*, Londres et New York, Routledge, 1992, p. 10-40.

PENNACINI, A., «Strutture retoriche nelle biografie di Plutarco e di Suetonio», *Sigma*, 17 (1-2), 1984, p. 103-111.

PICÓN, V., «La concepción biográfica de Plutarco: el relato de los bella en sus *Vida de Otón*», *in* A. Pérez Jiménez et G. Del Cerro Calderón (éd.), *Estudios sobre Plutarco: obra y tradición. Actas del I Symposion español sobre Plutarco*, Fuengirola, 1988, Málaga, Univ. de Málaga, 1990, p. 47-62.

PODLECKI, A. J., «Plutarch and Athens», *Illinois Classical Studies*, 13 (2), 1988, p. 231-243.

POLMAN, G. H., «Chronological biography and akmè in Plutarch», *Classical Philology*, 69, 1974, p. 169-177.

PUECH, B., «Prosopographie des amis de Plutarque», *in* W. Haase (éd.), *Aufstieg und Niedergang der römischen Welt*, II, 33, 6, Berlin et New York, De Gruyter, 1992, p. 4831-4893.

RAMÓN PALERM, V., «Sobre tradición y orginalidad en el model biográfico de Plutarco», *in* J. García López et E. Calderón Dorda (éd.), *Estudios sobre Plutarco: paisaje y naturaleza. Actas del II Simposio español sobre Plutarco*, Murcia, 1990, Madrid, Ed. Clásicas, 1991, p. 107-113.

ROMILLY, J. de, «Plutarch and Thucydides, or the free use of quotations», *Phoenix*, 42, 1988, p. 22-34.

ROSENMEYER, Th. G., «Beginnings in Plutarch's *Lives*», *Yale Classical Studies*, 29, 1992, p. 205-230.

RUSCHENBUSCH, E., «Plutarchs Solonbiographie», *Zeitschrift für Papyrologie und Epigraphik*, 100, 1994, p. 351-380.

RUSSELL, D. A., «Plutarch's *Life of Coriolanus*», *Journal of Roman Studies*, 53, 1963, p. 21-28.

SCARDIGLI, B. et AFFORTUNATI, M., «Der gewaltsame Tod plutarchischer Helden», *in* B. Kühnert, V. Riedel et R. Gordesiani (éd.), *Prinzipat und Kultur im 1. und 2. Jahrhundert. Wissenschaftliche Tagung [...] 1972 in Jena*, Bonn, Rudolf Habelt, 1995, p. 229-250.

SCHMIDT, E. G., «Plutarchs Athenerbiographien», *in* B. Kühnert, V. Riedel et R. Gordesiani (éd.), *Prinzipat und Kultur im 1. und 2. Jahrhundert. Wissenschaftliche Tagung [...] 1972 in Jena*, Bonn, Rudolf Habelt, 1995, p. 251-266.

SCHNEEWEISS, C., «History and philosophy in Plutarch. Observations on Plutarch's Lycurgus», *in* G. W. Bowersock, W. Burkert, C. J. Putnam (éd.), *Arktouros: Hellenic studies presented to Bernard M. W. Knox [...]*, Berlin, De Gruyter, 1979, p. 376-382.

SCUDERI, R., «L'incontro fra Grecia e Roma nelle biografie plutarchee di Filopemene e Flaminino», *in* E. Gabba, P. Desideri, S. Roda (éd.), *Italia sul Baetis. Studi di storia romana in memoria di Fernando Gascó*, Turin, Scriptorium, 1996, p. 65-89.

STADTER, Ph. A., «Anecdotes and the thematic structure of Plutarchean biography», *in* J. A. Fernández Delgado et F. Pordomingo Pardo (éd.), *Estudios sobre Plutarco: aspectos formales. Actas del IV Simposio español sobre Plutarco, Salamanca [...] 1994*, Madrid, Ed. Clásicas, 1996, p. 291-304.

STADTER, Ph. A., «Thucydidean orators in Plutarch», *in* Ph. A. Stadter (éd.), *The speeches in Thucydides. A collection of original studies with a bibliography*, Chapel Hill, Univ. of North Carolina Press, 1973, p. 109-123.
STADTER, Ph. A., «Plutarch's comparison of Pericles and Fabius Maximus», *Greek, Roman and Byzantine Studies*, 16, 1975, p. 77-85.
STADTER, Ph. A., «The proems of Plutarch's *Lives*», *Illinois Classical Studies*, 13 (2), 1988, p. 275-295.
STEIDLE, W., «Zu Plutarchs Biographien des Cicero und Pompeius», *Grazer Beiträge*, 17, 1990, p. 163-186.
SWAIN, S. C. R., «Character change in Plutarch», *Phoenix*, 43, 1989, p. 62-68.
SWAIN, S. C. R., «Plutarch: chance, providence, and history», *American Journal of Philology*, 110, 1989, p. 272-302.
SWAIN, S. C. R., «Plutarch's Philopoemen and Flaminius», *Illinois Classical Studies*, 13 (2), 1988, p. 335-348.
SWAIN, S. C. R., «Plutarch's Aemilius and Timoleon», *Historia*, 39, 1989, p. 314-334.
SWAIN, S. C. R., «Cultural interchange in Plutarch's Antony», *Quaderni urbinati di cultura classica*, 60, 1990, p. 151-157.
SWAIN, S. C. R., «Hellenic culture and the Roman heroes in Plutarch», *Journal of Hellenic Studies*, 110, 1990, p. 126-145 (repris dans B. Scardigli [éd.], *Essays on Plutarch's Lives*, Oxford, Clarendon Press, 1995, p. 229-264).
SWAIN, S. C. R., «Plutarch's *Lives of Cicero, Cato*, and *Brutus*», *Hermes*, 118, 1990, p. 192-203.
SWAIN, S. C. R., «Plutarchean *synkrisis*», *Eranos*, 90, 1992, p. 101-111.
SWAIN, S. C. R., «Plutarch's characterization of Lucullus», *Rheinisches Museum für Philologie*, 135, 1992, p. 307-316.
TATUM, W. J., «The regal image in Plutarch's *Lives*», *Journal of Hellenic Studies*, 116, 1996, p. 135-151.
THEANDER, C., «Plutarch und die Geschichte», *Bulletin de la Société royale de lettres*, Lund, 1950-1951, I, 1951, p. 1-86.
THEANDER, C., «Zur Zeitfolge der Biographien Plutarchs», *Eranos*, 56, 1958, p. 12-20.
THEANDER, C., «Plutarchs Forschungen in Rom. Zur mündlichen Überlieferung as Quelle der Biographien», *Eranos*, 57, 1959, p. 99-131.
THOME, G., «Konstanz, Wandel, Entwicklung. Beobachtungen zur Charakterdarstellung Plutarchs in den Viten», in J. Holzhausen (éd.), Psyche – Seele – Anima. Festschrift für Karin Alt [...], Stuttgart et Leipzig, B. G. Teubner, 1998, p. 170-193.
TRITLE, L. A., «Plutarch's *Life of Phocion*: an analysis and critical report», *in* W. Haase (éd.), *Aufstieg und Niedergang der römischen Welt*, II, 33, 6, Berlin et New York, De Gruyter, 1992, p. 4258-4297.
VALGIGLIO, E., «Dagli *Ethica* ai *Bioi* in Plutarco», *in* W. Haase (éd.), *Aufstieg und Niedergang der römischen Welt*, II, 33, 6, Berlin et New York, De Gruyter, 1992, p. 3963-4051.
VALGIGLIO, E., «Varrone in Plutarco», *in Atti Congresso internazionale di studi varroniani, Rieti, settembre 1974*, Rieti, Centro di studi varroniani, 1976, vol. 2, p. 571-595.
VALGIGLIO, E., «Historia e bios in Plutarco», *Orpheus*, N.S., Anno VIII, fasc. 1, 1987, p. 50-70.

VALGIGLIO, E., «Dall'istòr omerico al bios plutarcheo», in *Studi di filologia classica in onore di Giusto Monaco*, Palerme, Univ. di Palermo, Fac. di Lettere e Filosofia, 1991, vol. I, p. 17-35.

VAN DER VALK, M., «Notes on the composition and arrangement of the biographies of Plutarch», in *Studi in onore di Aristide Colonna*, Pérouse, Ist. di Filol. Class., 1982, p. 301-337.

WALSH, J. J., «Syzygy, theme and history. A study in Plutarch's Philopoemen and Flaminius», *Philologus*, 136, 1992, p. 208-233.

WARDMAN, A. E., «Plutarch's methods in the *Lives*», *Classical Quarterly*, 21, 1971, p. 254-261.

WILAMOWITZ-MOELLENDORF, U. von, «Plutarch als Biograph», in *U. von Wilamowitz-Moellendorf, Reden und Vorträge*, II, 4, Berlin, Weidmann, p. 247-279 (repris en trad. angl. dans B. Scardigli [éd.], *Essays on Plutarch's Lives*, Oxford, Clarendon Press, 1995, p. 47-74).

WOLMAN, H. B., «The philosophical intentions of Plutarch's Roman *Lives*», in *Studi classici in onore di Quintino Cataudella*, Catane, Fac. di Lett. e Filos., 1972, vol. II, p. 645-678.

YAGINUMA, S., «Plutarch's language and style», in W. Haase (éd.), *Aufstieg und Niedergang der römischen Welt*, II, 33, 6, Berlin et New York, De Gruyter, 1992, p. 4726-4742.

ZUCCHELLI, B., «Temi plutarchei dai *Moralia* e dalle *Vitae*», in A. Fr. Bellezza (éd.), *Lettura di classici in ricordo di Ernesto Valgiglio. Atti [...] 1993*, Gênes, Dipartimento di archeologia, Filologia Classica e Loro Tradizioni, 1994, p. 71-82.

II. LE PLUTARQUISME

ÉDITIONS ET TRADUCTIONS ANCIENNES (AVANT 1840)

Sapientissimi Plutarchi Parallelum vitae Romanorum & Graecorum quadraginta novem, Florence, Ph. Junta, 1517, in f°.
Ploutarchou Parallela en viois hellenon te kai romaion = Plutarchi quae vocantur Parallela: hoc est, vitae illustrium virorum Graeci nominis ac Latini, prout quaeque alteri convenire videbatur, digestae, Venise, In aedibus Aldi et Andreae Soceri, ed. Fr. Asulanus [Jean-François d'Asola].
Les Vies Des Hommes Illustres Grecs & Romains, Comparees l'une avec l'autre par Plutarque de Chæronee. Translatees de Grec en François par Jacques Amyot, Paris, Michel de Vascosan, 1559, 2 vol., in f°.
Plutarchi Chaeronei, grauissimi et philosophi et historici, Vitae comparatae illustrium virorum, Graecorum & Romanorum [...], Hermanno Cruserio [...] interprete [...], Bâle, T. Guarinus, 1564 (trad. latine).
Ploutchou Chaironeos ta sozomena sungrammata. Plvtarchi Chaeronensis quae extant opera, cum latina interpretatione [...] vt ex Henr. Stephani annotationibus intelliges [...], Genève, 1572.

BIBLIOGRAPHIE

The Lives Of The Noble Grecians And Romanes, compared together by that graue learned Philosopher and Historiographer, Plutarke of Chaeronea, translated out of Greeke into French by Iames Amyot [...] and out of French into Englishe, by Thomas North, Londres, Th. Vautroullier, 1579.

Summi et philosophi et historici parallela, id est, vitae illustrium virorum graecorum et romanorum, utilissima historia expositae, atque inter se comparatae. Guilielmo Xylandro Augustano interprete, Francfort, S. Feyerabendt, 1580.

Plutarchi Chæronensis quæ exstant omnia. Cum latina interpretatione Hermanni Cruserij, Gulielmi Xylandri, et doctorvm virorvm notis [...], Francfort, A. Wechel, 1599.

Les Vies des hommes illustres grecs et romains. Comparées l'une avec l'autre par Plutarque de Chæronée: translatees par M. Jacques Amyot [...] Par luy reveuës & corrigées. Avec les vies d'Annibal & de Scipion l'Africain, traduites de latin en françois par Charles de l'Ecluse. Plus les vies d'Epaminondas, de Philippus de Macedoine, de Dyonisius l'aisné [...] d'Auguste Cæsar, de Plutarque & de Senecque. Item les vies des excellens chefs de guerre, escrites par Æmilius Probus. Avec amples sommaires sur chacune vie: annotations morales en marge, chronologie, divers indices, & les vives effigies des hommes illustres. Le tout recueilly & disposé par S.G.S., Paris, Fr. Gueffier, 1609, 2 vol., in 8°.

Plutarchs Lives. Translated from the Greek by several hands. To which is prefixt the Life of Plutarch, Londres, J. Tonson, 1683 [trad. dite de Dryden].

Les vies des hommes illustres de Plutarque, trad. en françois, avec des remarques historiques et critiques [...] par M. Dacier, Paris, M. Clousier, N. Gosselin, A. U. Coustelier, 1721.

Plutarchi chaeronensis vitae parallelae, recensuit Augustinus Bryanus, Londres, J. Tonson & J. Watts, 1723-1729, 5 vol.

Plutarch's Lives, translated from the original Greek, with notes critical and historical, and a new life of Plutarch. By John Langhorne, William Langhorne [...], Londres, E. and C. Dilly, 1770.

Plutarchi Chaeronensis, quae supersunt, omnia, Graece et Latine [...] instruxit Io. Iacobus Reiske, Leipzig, 1774-1782.

Plutarque, *Les Vies parallèles*, trad. en français par l'abbé Dominique Ricard, Paris, C. Dargens, 1798-1803.

Les Vies des hommes illustres, trad. du grec de Plutarque par J. Amyot, nouv. éd. [...] par M. Coray, Paris, P. Dupont, 1825-1826, 12 vol.

Vies parallèles, in Œuvres de Plutarque, trad. du grec et accompagnées de notes par D. Ricard, Paris, J. L. J. Brière, 1827.

Plutarch's lives: the translation called Dryden's corrected from the Greek and revised by A. H. Clough, Boston et New York, Little, Brown, 1909, 5 vol.

Plutarch: the lives of the noble Grecians and Romans, the Dryden translation, edited and revised by A. H. Clough, New York, Modern Library, 1992, 2 vol.

ÉTUDES SUR L'INFLUENCE ET LA RÉCEPTION DE PLUTARQUE

AFFORTUNATI, M. et SCARDIGLI, B., «La Vita "Plutarchea" di Annibale. Un'imitazione di Donato Acciaiuoli», *Atene e Roma*, 37, 1992, p. 88-105.

AULOTTE, R., «Études sur l'influence de Plutarque au seizième siècle», *Bibliothèque d'humanisme et Renaissance*, 21, 1959, p. 606-612.

AULOTTE, R., «Plutarque et l'humanisme en France et en Italie», in M. Ishigami-Iagolnitzer (éd.), *Les humanistes et l'Antiquité grecque*, Paris, Éd. du CNRS, 1989, p. 99-104.

AULOTTE, R., *Amyot et Plutarque. La tradition des* Moralia *au XVIe siècle*, Genève, Droz, 1965.

AULOTTE-LEGAY, R., «Plutarque et l'humanisme en France aux temps renaissants», in *Validità perenne dell'Umanesimo. Angelo Cini de' Ambrogini e la universalità del suo umanesimo. Atti del XXV Convegno internazionale (1983). L'Umanesimo nel passato e nel presente. Atti del XXVI Convegno internazionale (1984)*, Centro di studi umanistici Angelo Poliziano, Florence, Olschki, 1986, p. 15-20.

BALARD, M. (éd.), *Fortunes de Jacques Amyot. Actes du colloque international (Melun [...] 1985)*, Paris, A.-G. Nizet, 1986.

BERGUA CAVERO, J., *Estudios sobre la tradición de Plutarco en España (siglos XIII-XVII)*, Saragosse, Univ. de Zaragoza, Departamento de Ciencias de la Antigüedad, 1995.

BERRY, Ed. G., *Emerson's Plutarch*, Cambridge, (Ma.), Harvard Univ. Press, 1961.

BERRY, Ed. G., «Plutarque dans l'Amérique du XIXe siècle», in *Association Guillaume Budé, Actes du VIIIe congrès (Paris [...] 1968)*, Paris, Les Belles Lettres, 1969, p. 578-588.

BLIGNIÈRES, A. de, *Essai sur Amyot et les traducteurs français au XVIe siècle, précédé d'un éloge d'Amyot qui a obtenu l'accessit du prix d'éloquence décerné par l'Académie Française dans sa séance du 5 juillet 1849*, Paris, 1851.

BRENK, Fr. E., «L'eredità culturale di Plutarco», *Gnomon*, 70 (3), 1998, p. 285.

BUSH, D., *Classical influences in Renaissance literature*, Cambridge, (Ma.), Harvard Univ. Press, 1952.

CAROTENUTO, G., «L'eroe di Plutarco, oggi», in E. Amato, G. Lazzaro, D. Viscido (éd.), *Semeion charitos. Scritti e memorie offerti al Liceo Classico «F. de Sanctis» nel XXXV anniversario della fondazione*, Salerne, Liceoginnaso statale «F. de Sanctis», 1998, p. 13-17.

CASADESÚS, F., «Plutarco en Montaigne», in C. Schrader, V. Ramón, J. Vela (éd.), *Plutarco y la historia. Actas del V Simposio español sobre Plutarco, Zaragoza [...] 1996*, Saragosse, Univ. de Zaragoza, Departamento de Ciencias de la Antigüedad, 1997, p. 117-126.

CELENZA, Chr., «*Parallel Lives*: Plutarch's *Lives*, Lapo da Castiglionchio the Younger (1405-1438) and the art of Italian Renaissance translation», *Illinois Classical Studies*, 22, 1997, p. 121-155.

CLARE, L., «La première traduction en Occident des *Vies parallèles* de Plutarque», *Bulletin de l'Association Guillaume Budé*, 4, suppl. «Lettres d'humanité», XXVII, décembre 1968, p. 405-426.

CRINITI, N., « Per una storia del plutarchismo occidentale », *Nuova Rivista Storica*, 63, 1979, p. 187-207.
DESIDERI, P., « Barigazzi lettore di Plutarco », *Prometheus*, 22, 1996, p. 3-10.
DI STEFANO, G., « La découverte de Plutarque en France au début du XVe siècle », *Romania*, 86, 1965, p. 463-519.
DI STEFANO, G., « La découverte de Plutarque en France au XIVe siècle », *Relazione*, 10, 1968, p. 1-24.
DI STEFANO, G., *La découverte de Plutarque en Occident: aspects de la vie intellectuelle en Avignon au XIVe siècle*, Turin, Accademia delle scienze, 1968.
DITT, E., *Pier Candido Decembrio. Contributo alla storia dell'umanesimo italiano*, Milan, Hoepli, 1931.
ERNST, G., *Der Wortschatz der französischen Übersetzungen von Plutarchs* Vies parallèles *(1559-1694): lexikologische Untersuchungen zur Herausbildung des français littéraire vom 16. zum 17. Jahrhundert*, Tübingen, Niemeyer, 1977.
GALLO, I., « Plutarco nell'età della Rivoluzione francese », *in* Ph. Boutry et al. (éd.), *La Grecia antica mito e simbolo per l'età della Grande Rivoluzione. Genesi e crisi di un modello nella cultura del settecento*, Milan, Guerini, 1991, p. 442-443.
GALLO, I (éd.), *L'Eredità di Plutarco dall'Antichità al Rinascimento. Atti del VII Convegno plutarcheo, Milano-Gargnano [...] 1997*, Naples, M. D'Auria, 998.
GIGANTE, M., « Moravia e Plutarco », *Atene e Roma*, 35, 1990, p. 204.
GIUSTINIANI, V. R., « Sulle traduzioni latine delle *Vite* di Plutarco nel Quattrocento », *Rinascimento*, 1, 1961, p. 3-62.
GIUSTINIANI, V. R., « Plutarch und die humanistiche Ethik », *in* W. Rüegg et D. Wuttke (éd.), *Ethik im Humanismus*, Boppard, Boldt, 1979, p. 45 et suiv.
GREEN, D. C., *Plutarch revisited: a study of Shakespeare's last Roman tragedies and their source*, Salzbourg, Institut für Anglistik und Amerikanistik, Univ. Salzburg, 1979.
GRELL, Ch., *Le dix-huitième siècle et l'Antiquité en France, 1680-1789*, Oxford, Voltaire Foundation, 1995, 2 vol.
GUERRINI, R., « Plutarco e l'iconografia umanistica a Roma nel Cinquecento », *in* M. Fagiolo (éd.), *Roma e l'antico nell'arte e nella cultura del Cinquecento*, Rome, Istituto della Enciclopedia italiana, 1985, p. 87-108.
GUERRINI, R., « Plutarco e la biografia. Personaggi, episodi, modeli compositivi in alcuni cicli romani 1540-1550 », *in* S. Settis (éd.), *Memoria dell'antico nell'arte italiana, 2. I generi e i temi ritrovati*, Turin, Einaudi, 1985, p. 83 et suiv.
HOWARD, M. W., *The influence of Plutarch in the major European literatures of the eighteenth century*, Chapel Hill, Univ. of North Carolina Press, 1970.
IRIGOIN, J., « La formation d'un corpus. Un problème d'histoire des textes dans la tradition des *Vies parallèles* de Plutarque », *Revue d'histoire des textes*, 12/13, 1982-1983, p. 1-13.
JONES, W. H. S., « Quintilian, Plutarch, and the early humanists », *The Classical Review*, 21, 1907, p. 33-43.
KONSTANTINOVIC, I., *Montaigne et Plutarque*, Genève, Droz, 1989.
LINDSKOG, Cl., « Zur Überlieferungsgeschichte der Biographien Plutarchs », *Hermes*, 49, 1914, p. 369-381.

MANFREDINI, M., «Su alcune Aldine di Plutarco», *Annali della Scuola normale superiore di Pisa*, 14,2, 1984, p. 1 sqq.
MESTRE, Fr., «Plutarc i Montaigne», *Anuari de filologia*, 17, 5, 1994, p. 59-72.
MOREL, J.-E., «Jean-Jacques Rouseau lit Plutarque», *Revue d'histoire moderne*, 1, 1926, p. 81-102.
MOSSÉ, Cl., *L'Antiquité dans la Révolution française*, Paris, Albin Michel, 1989.
NORTON, G. (éd.), *Le Plutarque de Montaigne. Selections from Amyot's translation of Plutarch arranged to illustrate Montaigne's Essays*, Boston et New York, Houghton, Mifflin, 1906.
PADE, M., «Revisions of translations, corrections and criticisms. Some examples from the fifteenth century Latin translations of Plutarch's *Lives*», *in* Ch. M. Ternes et M. Mund-Dopchie (éd.), *Actes du colloque Méthodologie de la traduction: de l'Antiquité à la Renaissance*, Luxembourg, Études classiques, fasc. IV, 1994, p. 177-198.
PADE, M., «The Latin translations of Plutarch's *Lives* in fifteenth-century Italy and their manuscript diffusion», *in* Cl. Leonardi et B. M. Olsen (éd.), *The reception of classical texts. The classical tradition in the Middle Ages and the Renaissance. Proceedings of the first European Science Foundation Workshop*, Spolète, 1995, p. 169-183.
PAYEN, P., «Plutarque, les Modernes et l'identité des Anciens», *in* Plutarque: *Grecs et Romains en Questions, Entretiens d'archéologie et d'histoire*, Saint-Bertrand-de-Comminges, Musée archéologique, 1998, p. 5-18.
PFEIFFER, R., *History of classical scholarship from 1300 to 1850*, Oxford, Clarendon Press, 1976.
QUANTIN, J.-L., «Traduire Plutarque d'Amyot à Ricard: contribution à l'étude du mythe de Sparte au dix-huitième siècle», *Histoire, Économie, Société*, 7, 1988, p. 243-259.
RESTA, G., *Le epitomi di Plutarco nel quattrocento*, Padoue, Antenore, 1962.
REYNOLDS, L. D. et WILSON, N. G., *D'Homère à Érasme. La transmission des classiques grecs et latins*, Paris, Éd. du CNRS, 1984 (trad. franç. par C. Bertrand de *Scribes and scholars. A guide to the transmission of Greek and Latin literature*, Oxford, Oxford Univ. Press, 1974).
ROWE, Th., *The lives of several ancient and illustrious men, omitted by Plutarch: viz, Æneas, Tullus Hostilius, Aristomenes, Tarquin the elder, L. Junius Brutus, Gelo, Cyrus, Jason, faithfully extracted from the Greek and Latin historians*, Londres, J. Grey, 1728.
SCAZZOSO, P., «Plutarque interprète du baroque ancien», *in Association Guillaume Budé, Actes du VIIIe congrès (Paris [...] 1968)*, Paris, Les Belles Lettres, 1969, p. 569-578.
SCHOELL, Fr. L., *Études sur l'humanisme continental en Angleterre à la fin de la Renaissance: M. Ficinus, L. Gyraldus, N. Comes, D. Erasmus, G. Xylander, H. Wolfius, H. Stephanus, J. Spondanus*, Paris, Champion, 1926.
SCHOTTLAENDER, R., «Montaignes Verhältnis zu Plutarch. Anregungen und Affinitäten», *Antike und Abendland*, 32, 1986, p. 159-172.
SHACKFORD, M. H., *Plutarch in Renaissance England, with special reference to Shakespeare*, Chapel Hill, Univ. of North Carolina Press, 1970; 1re éd. 1929.
SPENCER, T. J. B. (éd.), *Shakespeare's Plutarch: the Lives of Julius Caesar, Brutus, Marcus Antonius, and Coriolanus in the translation of Sir Thomas North, ed. with an introduction, glossary and parallel passages from Shakespeare's plays*, Harmondsworth, Penguin Books, 1968.

STUREL, R., *Jacques Amyot traducteur des* Vies parallèles *de Plutarque*, Paris, Honoré Champion, 1908.
TRITLE, L. A., «Plutarch in Germany: The Stefan George *Kreis*», *International Journal of Classical Tradition*, 1, 1995, p. 109-121.
TUCKER BROOKE, C. F. (éd.), *Shakespeare's Plutarch*, New York, Haskell House, 1966.
VILLEY, P., «Amyot et Montaigne», *Revue d'histoire littéraire de la France*, 14, 1907, p. 713-727.
WEGEHAUPT, H., *Plutarchstudien in italienischen Bibliotheken*, Cuxhaven, 1906.
WEINREICH, O., «Zur Schätzung Plutarchs in Frankreich des 17. Jahrhunderts», *Wiener Studien*, 58, 1940, p. 131 et suiv.
WEISS, R., «Lo studio di Plutarco nel trecento», *La parola del passato*, 8, 1953, p. 321-342.
WIJNAENDTS FRANCKEN, C. J., *Vier moralisten: Confucius, Plutarchus, Montaigne, Coornhert*, Amsterdam, Wereldbibliotheek, 1946.

CHRONOLOGIE SOMMAIRE

Les faits d'ordre culturel et politique, les événements marquants de l'existence des personnages qui ont fait l'objet d'une Vie *et la biographie de Plutarque lui-même ont été privilégiés.*

	GRÈCE	ROME
	Légendes de fondation : **Thésée** (Athènes) et **Lycurgue** (Sparte)	
776	Premiers concours Olympiques.	
775-675	Premier mouvement de colonisation vers la Sicile, l'Italie du Sud, la Thrace. Grands sanctuaires et cultes héroïques (Delphes, Délos, Éphèse...).	
754-753		Fondation de Rome.
750-700 ?	L'*Iliade*, l'*Odyssée*. Hésiode, *La Théogonie, Les Travaux et les Jours*.	Règnes de **Romulus** et de **Numa** (chronologie légendaire).
747-657	Oligarchie des Bacchiades à Corinthe.	
725-675	Apparition de l'équipement hoplitique.	
vers 708	Sparte fonde Tarente.	
680-640	Activité du poète Archiloque de Paros.	
675-550	Deuxième mouvement de colonisation vers le nord de l'Égée, l'Hellespont, le Pont-Euxin, l'Afrique et l'Occident.	
vers 660	Mégare fonde Byzance.	
657-585	Cypsélos et Périandre, tyrans à Corinthe.	
616-509		Des rois étrusques gouvernent Rome, qui devient une cité (forum, rempart de Servius Tullius, Grand Cirque...).
594/593	**Solon** archonte à Athènes. Premiers concours Pythiques à Delphes.	
580-570 ?	Anaximandre compose la première carte et le premier « globe » terrestre.	

CHRONOLOGIE

580-540?	Activité du poète Théognis de Mégare.	
566/565	Organisation des Grandes Panathénées à Athènes.	
561-528	Pisistrate tyran à Athènes à trois reprises.	
540-520?	Pythagore à Crotone (Italie du Sud)	
534	Premier concours tragique à Athènes, aux Grandes Dionysies.	
vers 525-475	Hécatée de Milet écrit une *Description de la terre*, comportant une carte et deux livres.	
525-456	Eschyle.	
518-après 446	Pindare.	
509		Chute du dernier roi étrusque, Tarquin le Superbe. Institution de la République (deux consuls élus tous les ans). Rôle de **Publicola**. Achèvement de la construction du temple Capitolin.
508/507	Réformes démocratiques de Clisthène à Athènes.	
495-405	Sophocle.	
495?-429	**Périclès**.	
494		Création des tribuns de la plèbe.
493		Le Romain Cnaeus Marcius prend la ville volsque de Corioli, et gagne son surnom de **Coriolan**.
493-480	Influence de **Thémistocle** à Athènes.	
490	Première guerre médique contre les Perses : bataille de Marathon.	
485	Premier concours comique aux Grandes Dionysies.	
vers 485-425	Hérodote.	
480-478	Seconde guerre médique : batailles des Thermopyles, de Salamine, Platées, Mycale, Sestos.	
480-406	Euripide.	

2140

CHRONOLOGIE

478	Formation, sous l'impulsion du stratège **Aristide**, de la Ligue de Délos, autour d'Athènes.	
472	*Les Perses* d'Eschyle. Premières œuvres de Phidias (sculpteur) et Polygnote (peintre).	
470-399	Socrate.	
466?	Victoire contre les Perses du stratège athénien **Cimon** à l'embouchure de l'Eurymédon.	
461	Ostracisme de **Cimon**, début de la carrière de **Périclès**.	
vers 460-après 399	Thucydide.	
458	*L'Orestie* d'Eschyle, seule trilogie conservée.	
454	Transfert du trésor de la Ligue de Délos à Athènes.	
451-449		Loi des Douze Tables rédigée par les décemvirs.
450-445	Début de l'influence des sophistes.	
447-438	Construction du Parthénon.	
445		Loi *Canuleia* autorisant les mariages entre patriciens et plébéiens.
444/443	Fondation de la colonie panhellénique de Thourioï (Italie du Sud) : Protagoras, Hippodamos et Hérodote y participent, à l'initiative de **Périclès**.	
444/443 et 430	Séjours de Protagoras à Athènes.	
443-429	**Périclès** stratège.	
431-404	Guerre du Péloponnèse entre Athènes et Sparte. En 405, victoire du Spartiate **Lysandre**, commandant de la flotte, à Aïgos Potamoï.	
428/427-347	Platon.	
427	Présence de Gorgias à Athènes.	
423	*Les Nuées* d'Aristophane (445-386).	

2141

CHRONOLOGIE

421	Paix de **Nicias**, qui suspend les hostilités entre Athènes et Sparte.
415-413	Désastreuse expédition des Athéniens en Sicile, promue par **Alcibiade** et conduite par **Nicias** qui y trouve la mort.
404-403	Tyrannie des Trente à Athènes, soutenue par **Lysandre**, puis restauration de la démocratie.
401	Lors de la bataille de Cunaxa, le roi perse **Artaxerxès** II défait l'armée des Dix Mille emmenée par Cyrus.
399	Procès et mort de Socrate.
396		Siège et prise de la cité étrusque de Véies, auxquels, selon Plutarque, participe Camille.
394	**Agésilas**, roi de Sparte, remporte à Chéronée une victoire sur les Athéniens et les Béotiens.
393/392	Isocrate (436-338) fonde son école de rhétorique.
390 (386 ?)		Les Gaulois pillent Rome, excepté le Capitole.
387	Platon fonde l'Académie.
384-322	**Démosthène**. Aristote.
379	**Pélopidas** délivre Thèbes de l'emprise spartiate.
356	**Dion**, beau-frère de Denys l'Ancien et disciple de Platon, parvient à s'emparer de Syracuse.
351	Première *Philippique* de **Démosthène**.
346-339	Le Corinthien **Timoléon** chasse de Syracuse le tyran Denys le Jeune et vainc les Carthaginois à Crimisos.
343-290		Guerres contre les Samnites.
342-292 ?	Ménandre (la comédie nouvelle).
342-270	Épicure.
338	Victoire de Philippe II sur les Grecs à Chéronée ; l'Athénien **Phocion** devient l'interlocuteur privilégié d'Alexandre.	Rome victorieuse de la Ligue latine et maîtresse du Latium.

2142

CHRONOLOGIE

vers 335	Aristote fonde le Lycée.	
334-323	Conquêtes d'**Alexandre** (fondation d'Alexandrie en 331).	
316	**Eumène** de Cardia, fidèle à la famille d'Alexandre, trahi, périt aux mains d'Antigone le Borgne.	
312		Censure d'Appius Claudius Caecus. La voie Appienne.
305-304	**Démétrios**, roi de Macédoine, acquiert son surnom de «Preneur de ville» (Poliorcète) en assiégeant Rhodes.	
fin IVᵉ-début IIIᵉ		Nombreuses colonies latines en Italie.
290-280	Création du Musée et de la Bibliothèque à Alexandrie.	
287		Loi *Hortensia* autorisant les plébiscites.
286	Apogée de la puissance de **Pyrrhos**, roi d'Épire.	
285-246	Règne de Ptolémée II Philadelphe.	
280-275		**Pyrrhos**, roi d'Épire, guerroie en Italie et en Sicile.
280-194	Ératosthène de Cyrène, directeur de la Bibliothèque d'Alexandrie, calcule la circonférence de la terre.	
272		Prise de Tarente par les Romains.
vers 270	Début de la traduction en grec du *Pentateuque*: la Septante. Le poète et savant Callimaque (310-240) réalise les *Tables*, ou *Catalogue*, de la Bibliothèque d'Alexandrie.	
264		Prise de Volsinii, capitale fédérale des Étrusques. Premiers combats de gladiateurs lors de jeux funéraires.
264-241		Première guerre punique contre Carthage.
254-184		Plaute (comédies).
246	**Agis** IV de Sparte entreprend un nouveau partage des terres.	
246-221	Règne de Ptolémée III Évergète.	

2143

CHRONOLOGIE

245-213	Sous la conduite d'**Aratos**, la Confédération achéenne, fondée en 280, devient la principale puissance du Péloponnèse.	
vers 240 et après		Livius Andronicus traduit l'*Odyssée* en vers saturniens et présente aux concours romains une tragédie et une comédie adaptées de pièces grecques.
239-169		Ennius (théâtre et *Annales*).
vers 234		Selon Plutarque, un certain Spurius Carvilius ouvre à Rome la première école payante.
vers 225-201		Fabius Pictor compose en grec et en prose la première *Histoire* de Rome (depuis 784).
224	Pour faire aboutir les réformes d'Agis et faire renaître la Sparte de Lycurgue, **Cléomène** III de Sparte organise le massacre des cinq éphores.	
219-202		Deuxième guerre punique.
217		**Fabius Maximus** est nommé dictateur au moment où Hannibal envahit l'Italie.
215-205		Première guerre de Macédoine contre Philippe V.
211		Le général romain **Marcellus** s'empare de Syracuse, malgré les machines de guerre inventées par le savant grec Archimède.
202-120?	Polybe.	
200-197		Deuxième guerre de Macédoine.
196		**Flamininus** proclame la «liberté des Grecs».
vers 190-167	Apogée de la puissance de Rhodes.	
190-159		Térence (comédies).
184		**Caton l'Ancien** est élu censeur.
182	Mort de **Philopoemen**, «le dernier des Grecs», ancien général de la Confédération achéenne tombé aux mains des Messéniens.	
180-145	Aristarque, directeur de la Bibliothèque d'Alexandrie, réalise une édition critique d'Homère et d'auteurs classiques.	

CHRONOLOGIE

171-168		Troisième guerre de Macédoine.
167		**Paul-Émile** remporte à Pydna une victoire contre Persée, dernier roi de Macédoine.
167-150		Polybe, otage à Rome, fréquente le cercle des Scipions.
166	Les Romains font de Délos un port franc aux dépens de Rhodes.	
165 ? ou avant	Création de la Bibliothèque de Pergame.	
155		Le philosophe Carnéade (213-129), au cours d'une ambassade à Rome, met en cause l'impérialisme romain.
149-146		Troisième guerre punique et destruction de Carthage par Scipion Émilien (185-129).
148		La Macédoine province romaine.
146	Corinthe pillée et détruite par le consul Mummius. L'Achaïe rattachée à la province de Macédoine.	
144 et après		Le stoïcien Panaïtios de Rhodes entre dans le cercle des Scipions.
135-50	Posidonios, historien, ethnologue, savant et philosophe, maître de Cicéron.	
133-129		Attale III de Pergame lègue son royaume à Rome. Création de la province d'Asie.
122		Le tribun **Tibérius Gracchus** propose, sans succès, une loi donnant la citoyenneté romaine à tous les Latins.
106-43		**Cicéron.**
102-101		Le consul **Marius** repousse à Aix et Borgo Vercelli les Cimbres et les Teutons qui envahissent la Gaule.
100-44		**César.**
89		Droit de cité romain accordé aux alliés.
88-85	Guerre de Rome contre Mithridate, roi du Pont, conduite par **Sylla**.	
86	**Sylla** pille Athènes, qui a pris le parti de Mithridate.	

CHRONOLOGIE

81-79		Dictature, puis retrait, de **Sylla**.
80-70		Le général romain **Sertorius** prend la tête de la révolte des Lusitaniens contre Rome. Il est assassiné en 73/72. Œuvres de Varron (116-27).
69	**Lucullus** envahit l'Arménie de Tigrane et s'empare de la capitale.	
63		Consulat de Cicéron.
60		Le premier triumvirat réunit au pouvoir **César**, **Pompée** et **Crassus**. **Caton le Jeune** est leur principal adversaire.
vers 60-30	Diodore de Sicile (90-20) compose sa *Bibliothèque historique*.	
58-51		Campagnes de **César** en Gaule.
vers 55 avant - 23 après J.-C.	Juba II, historien et roi de Maurétanie.	
vers 50		Publication posthume de l'œuvre de Lucrèce (98-55), *De natura rerum*, qui s'appuie sur Démocrite et Épicure.
49-45		Guerre civile entre césariens et pompéiens.
46		Suicide de **Caton le Jeune**, après le triomphe de **César** en Afrique.
44	**César** refonde Corinthe.	**César** est poignardé au Sénat par une conjuration menée par **Brutus** et Cassius.
31		Octave triomphe d'**Antoine** et Cléopâtre à Actium. L'Égypte devient romaine.
30-8 avant J.-C.	Denys d'Halicarnasse compose ses *Antiquités romaines*.	
à partir de 29		Tite-Live (59-17 après J.-C.) commence son *Histoire romaine* en 142 livres.
29-19		Virgile (70-19) compose l'*Énéide*.
27	La Grèce propre devient province sénatoriale d'Achaïe.	Octave reçoit le nom d'Auguste. Réorganisation des provinces.
après 25	Strabon (64 avant-25 après J.-C.) écrit sa *Géographie*.	
14 après J.-C.		Mort d'Auguste.

CHRONOLOGIE

30-33		Prédication et mort de Jésus, sous le règne de l'empereur Tibère (14-37).
35-95		Quintilien, *Institution oratoire*, définit un système d'éducation gréco-romain.
37-95		Flavius Josèphe, historien de la révolte des Juifs et de la destruction du Temple (66-70) dans *La Guerre des Juifs*.
vers 45-après 120	PLUTARQUE	
49		Claude (41-54) bannit de Rome les Juifs. Sénèque précepteur de Néron.
49-51	Prédication de Paul à Corinthe.	
54-68		Règne de Néron. Martyres de Pierre et de Paul.
55-120		Tacite.
61-113		Pline le Jeune.
65		Sénèque contraint au suicide par Néron.
66-67	Plutarque étudie à Athènes auprès du platonicien Ammonios. Voyage de Néron en Grèce : pillage des œuvres d'art et proclamation de la « liberté des Hellènes » (28 novembre 67).	
68-69		À la mort de Néron, **Galba** devient empereur pour un règne de six mois.
69		**Othon**, éphémère empereur de Rome.
70	Vespasien rétablit la province d'Achaïe.	
70-96		Dynastie flavienne.
vers 75-79 ?		Plutarque enseigne à Rome.
23-24 août 79		Destruction de Pompéi lors de l'éruption du Vésuve et mort de Pline l'Ancien (23-79), auteur d'une vaste *Histoire naturelle*.
vers 81-82	Second séjour de Plutarque à Athènes.	
81-96		Règne de Domitien. Nombreuses constructions publiques à Rome. Faveurs envers Athènes et Athéna.
à partir de 90	Plutarque prêtre d'Apollon à Delphes.	

CHRONOLOGIE

93-94 ?		Plutarque à Rome.
après 96	Plutarque travaille aux *Vies parallèles* jusqu'en 120 environ. Il rédige dans le même temps les *Questions romaines* et les *Questions grecques*, ainsi que les *Préceptes politiques*.	
98-117		Règne de Trajan. Œuvres de Tacite : *Agricola*, *Germanie*, *Histoires*, *Annales*.
117-138		Règne d'Hadrien, empereur philhellène.
124-125 128-129 131-132	Séjours d'Hadrien à Athènes : Bibliothèque et Arc (124) ; achèvement du temple de Zeus Olympien (129), commencé sous Pisistrate.	

OCCIDENT GREC

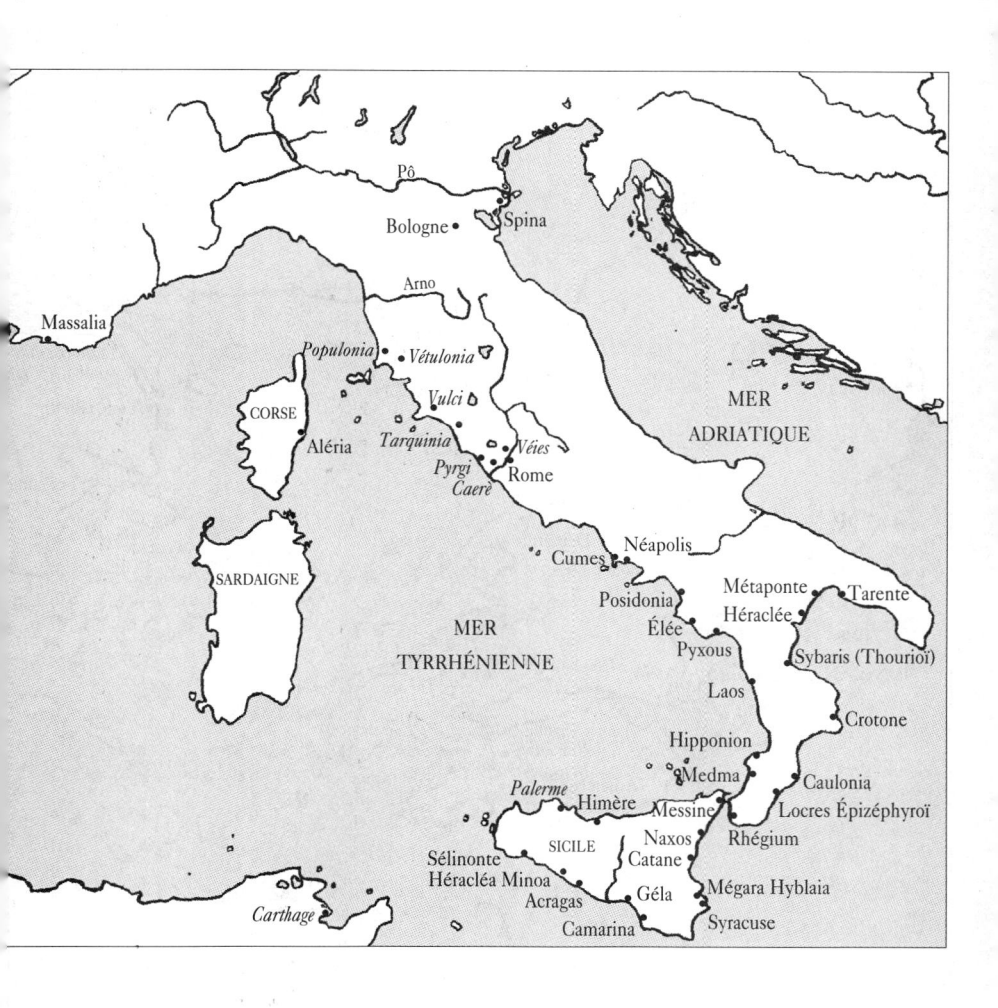

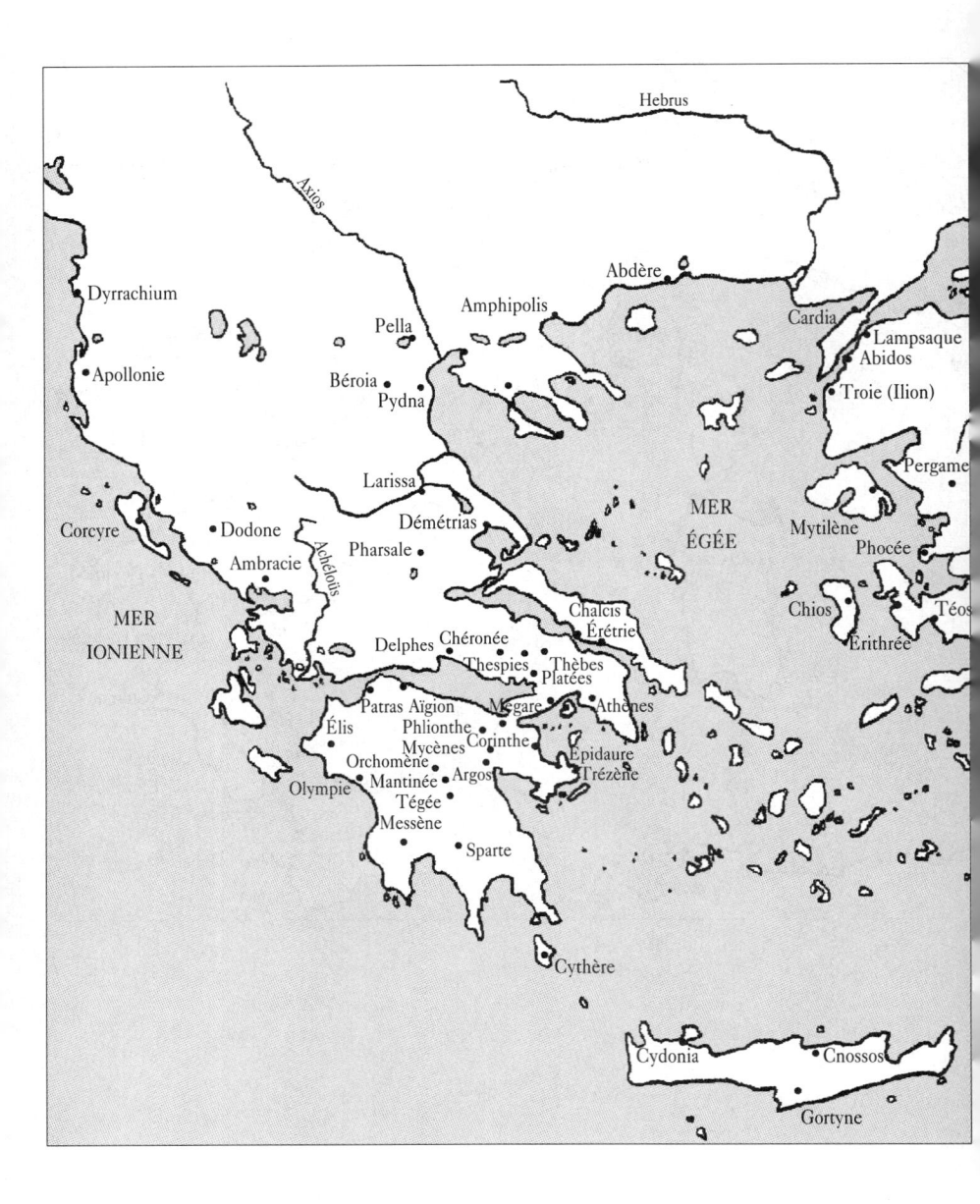

GRÈCE

GRÈCE

ASIE MINEURE

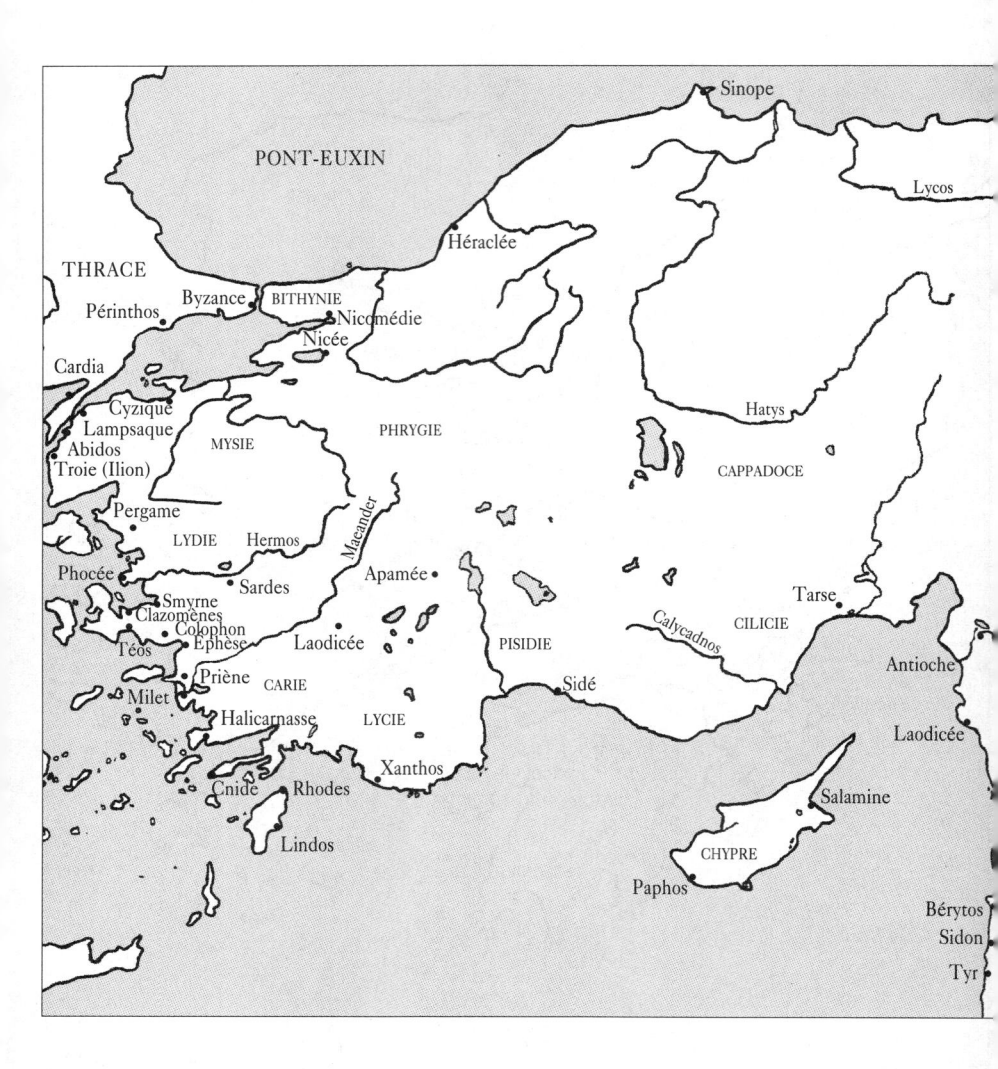

ITALIE

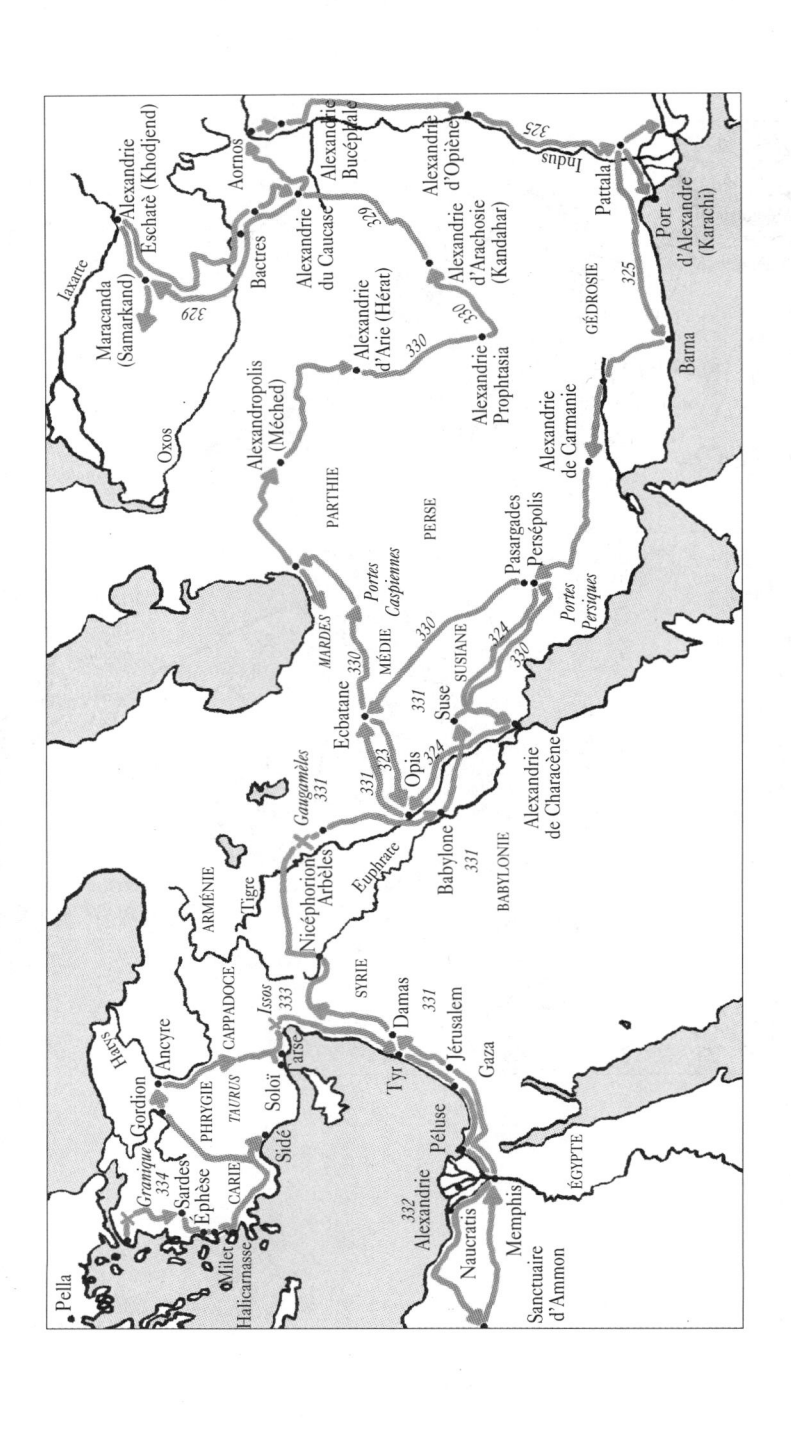

CONQUÊTES D'ALEXANDRE (334-323 AVANT J.-C.)

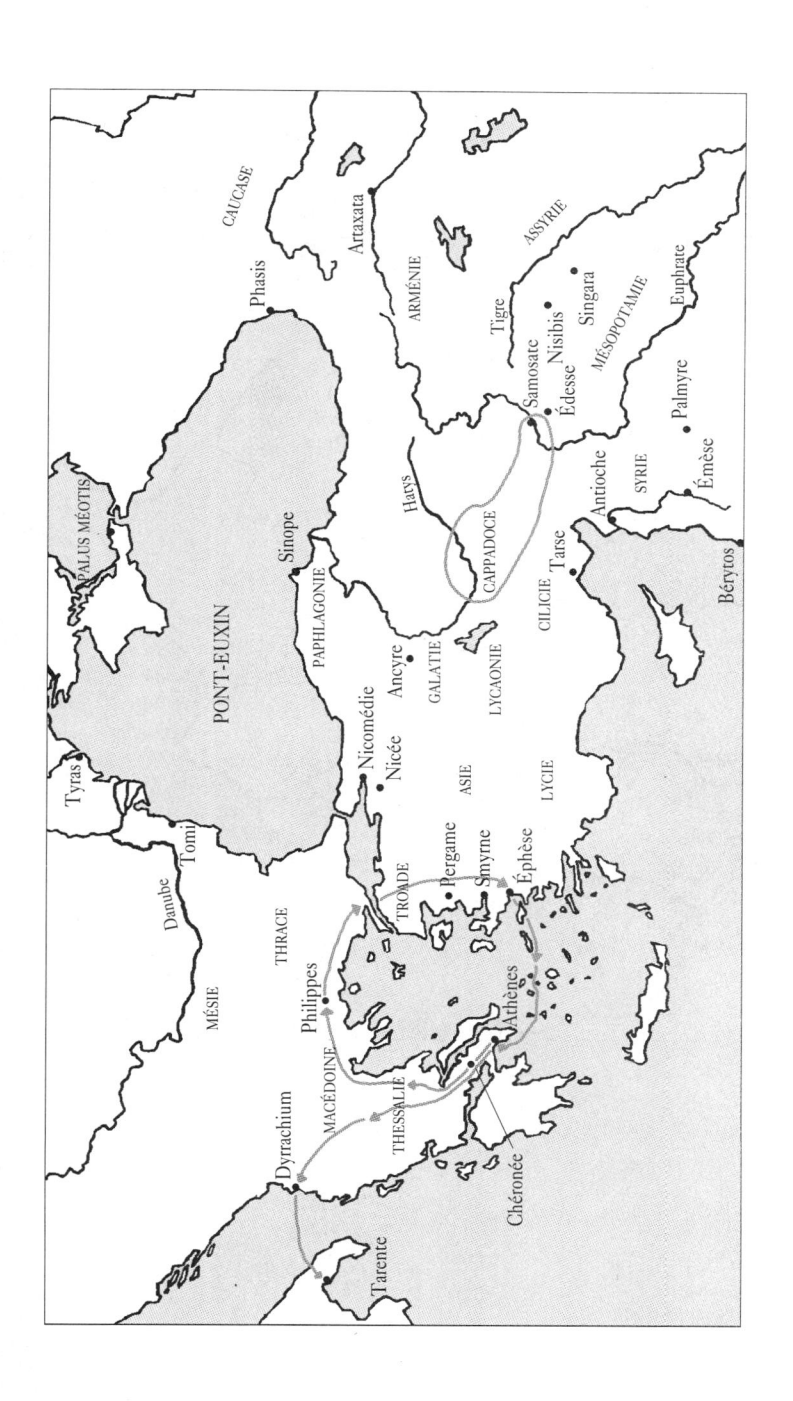

Premier séjour de Sylla en Asie et guerre contre Mithridate à partir de la prise d'Athènes (86-85 avant J.-C.)

ESPAGNE DE SERTORIUS

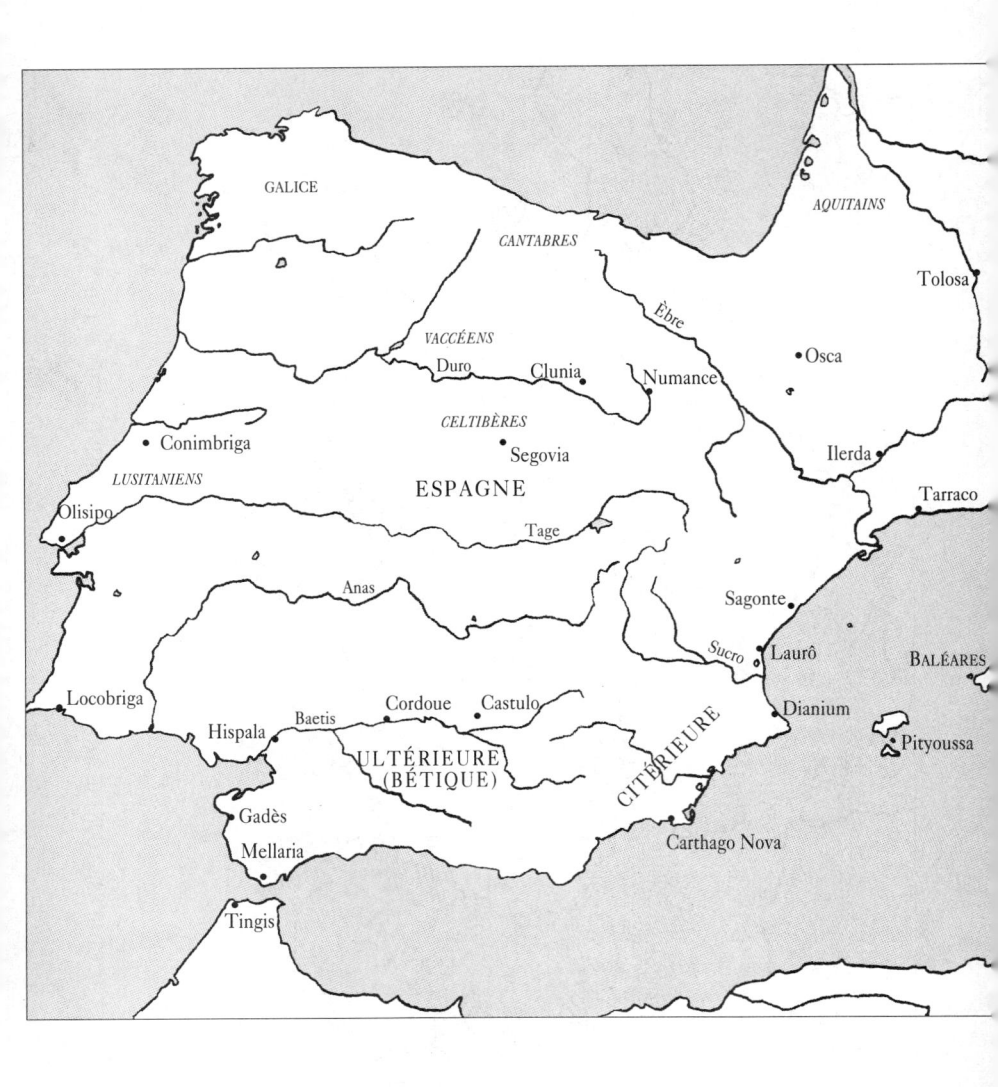

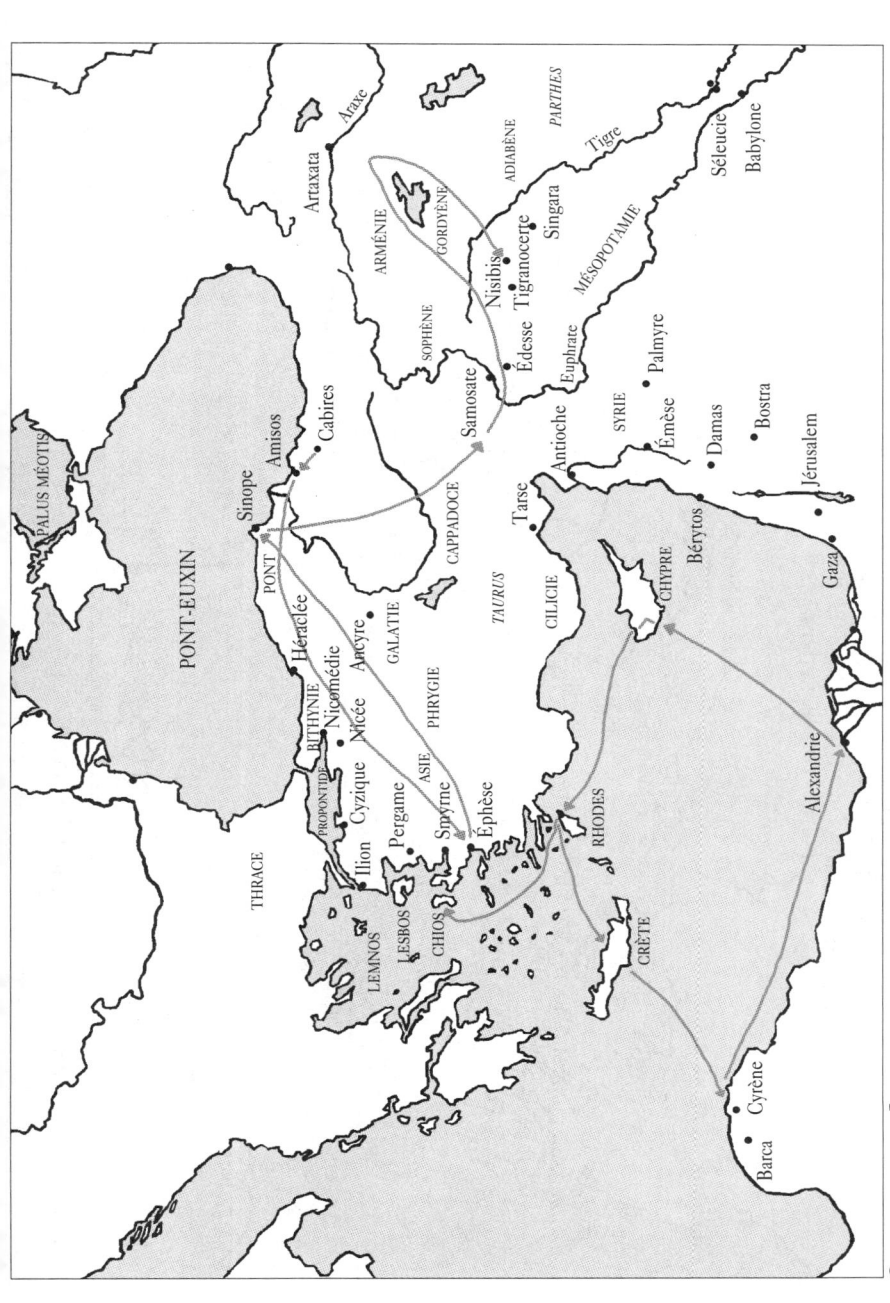

CAMPAGNES DE LUCULLUS

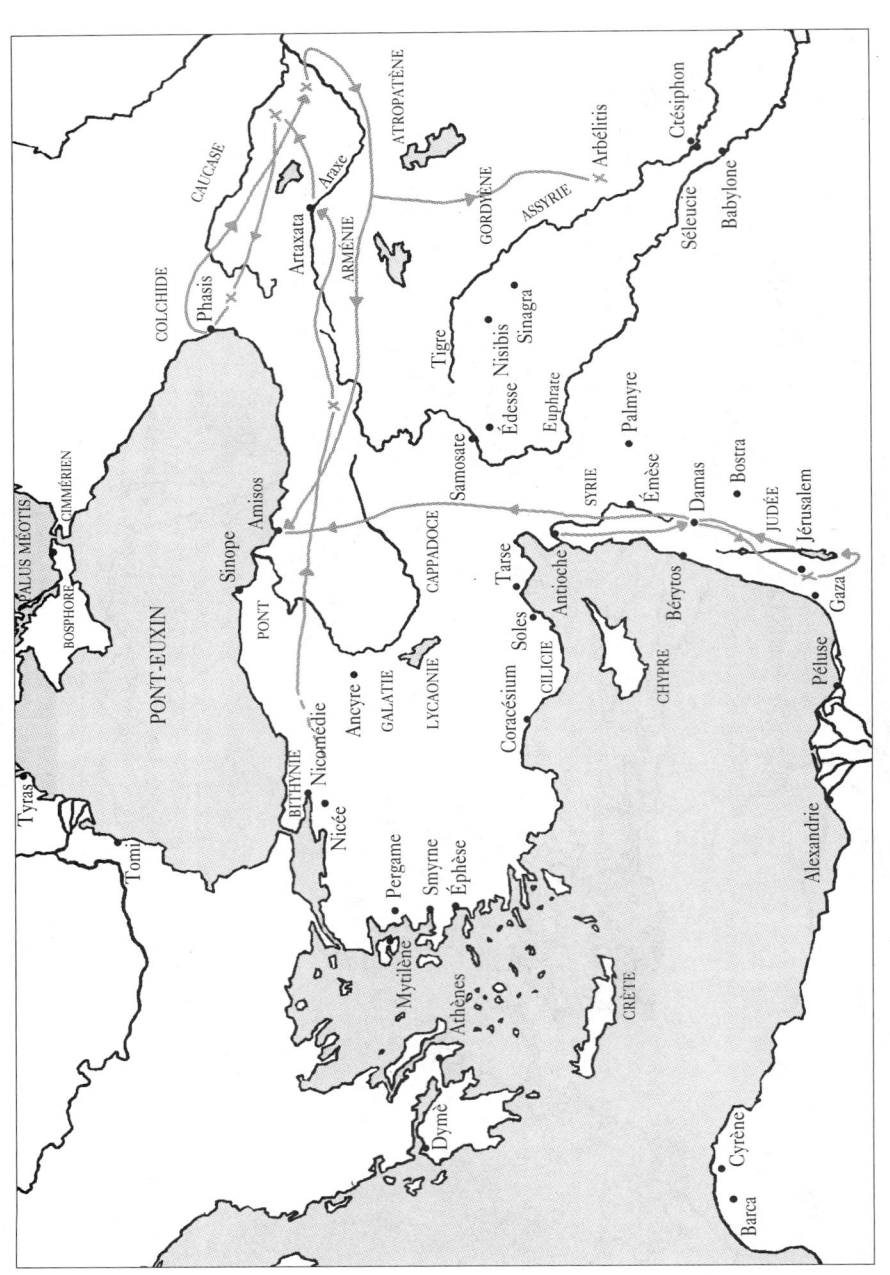

CAMPAGNES DE POMPÉE EN ORIENT (66-63 AVANT J.-C.)

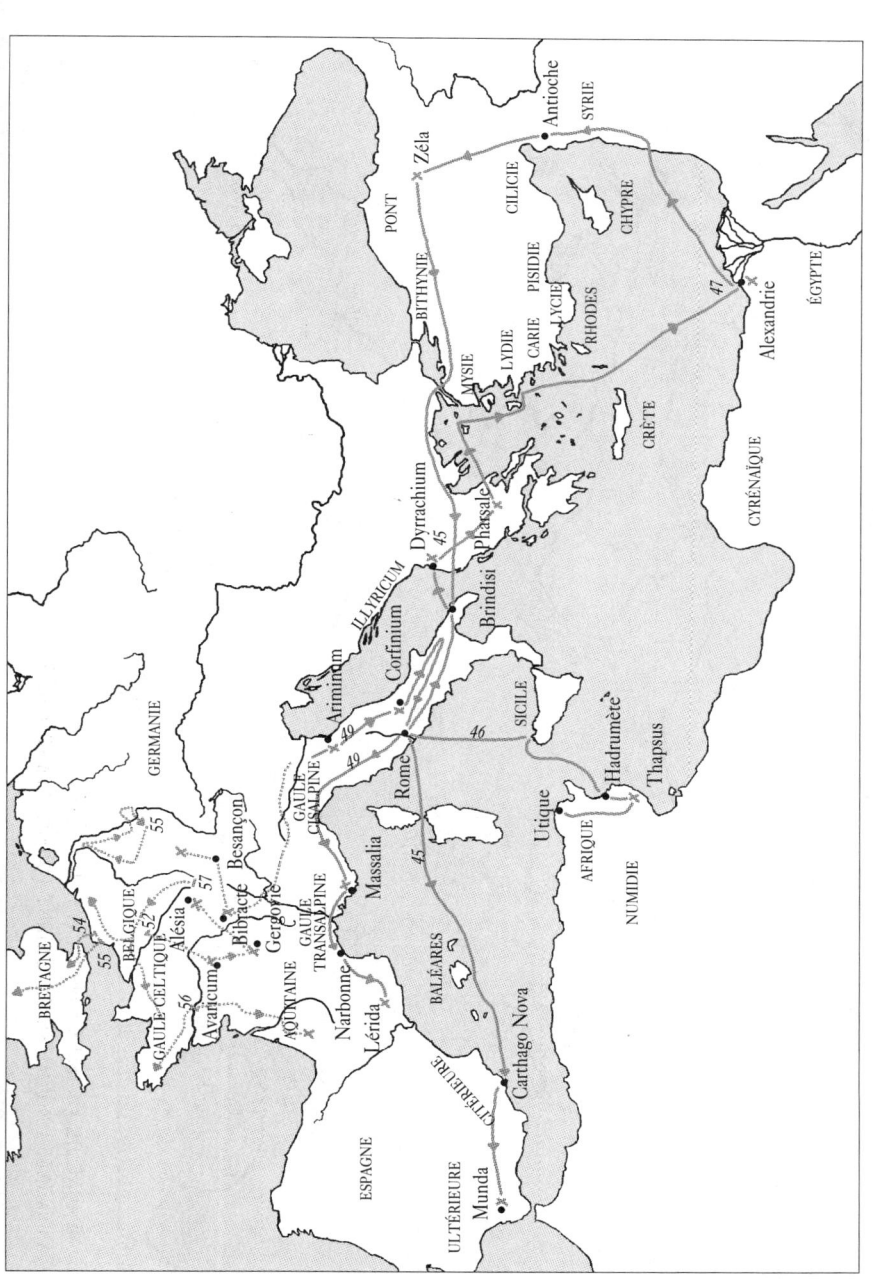

Campagnes de César en Gaule (58-51 avant J.-C.) et durant la guerre civile (49-45 avant J.-C.)

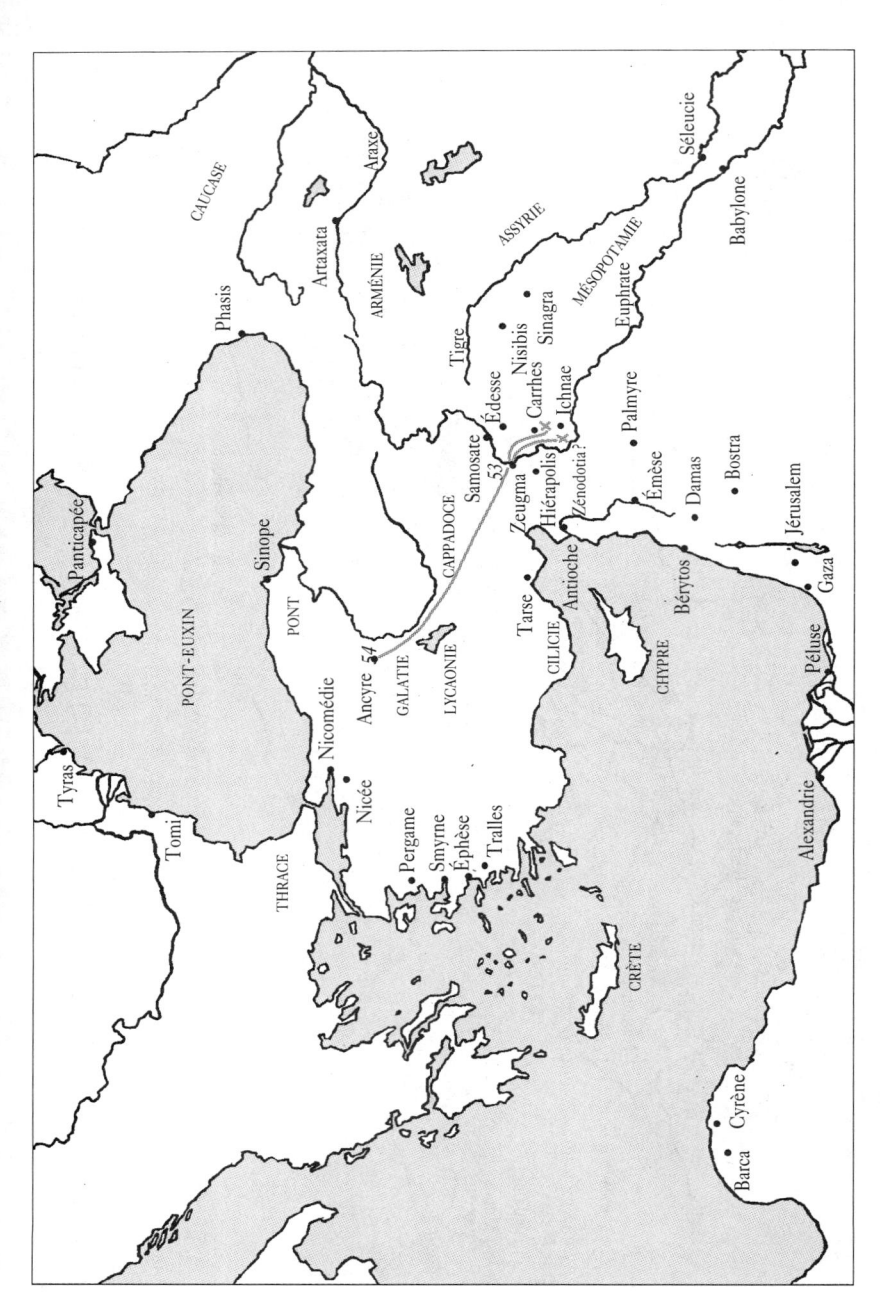

CAMPAGNE DE CRASSUS (54-53 avant J.-C.)

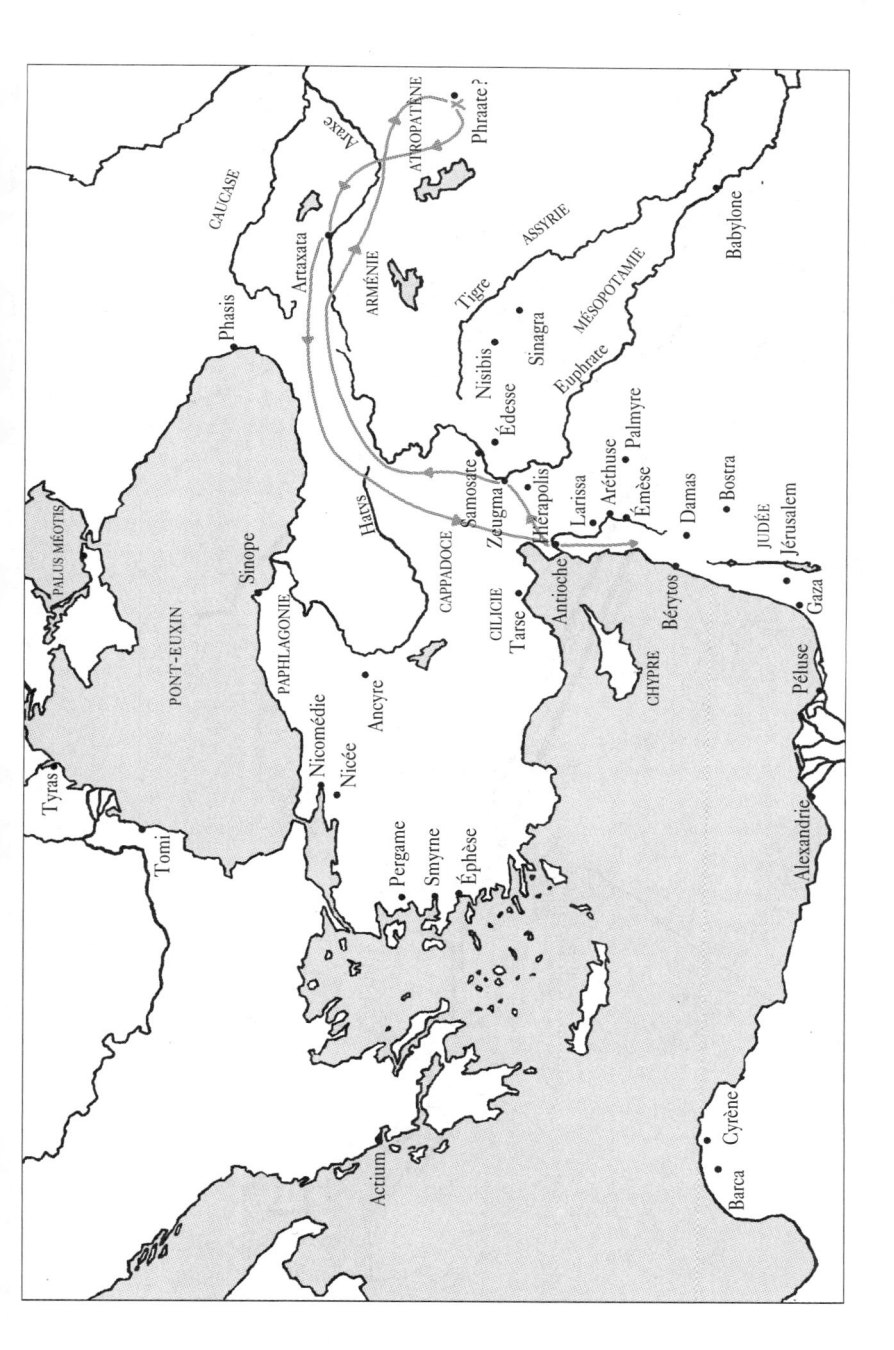

CAMPAGNES D'ANTOINE CONTRE LES PARTHES

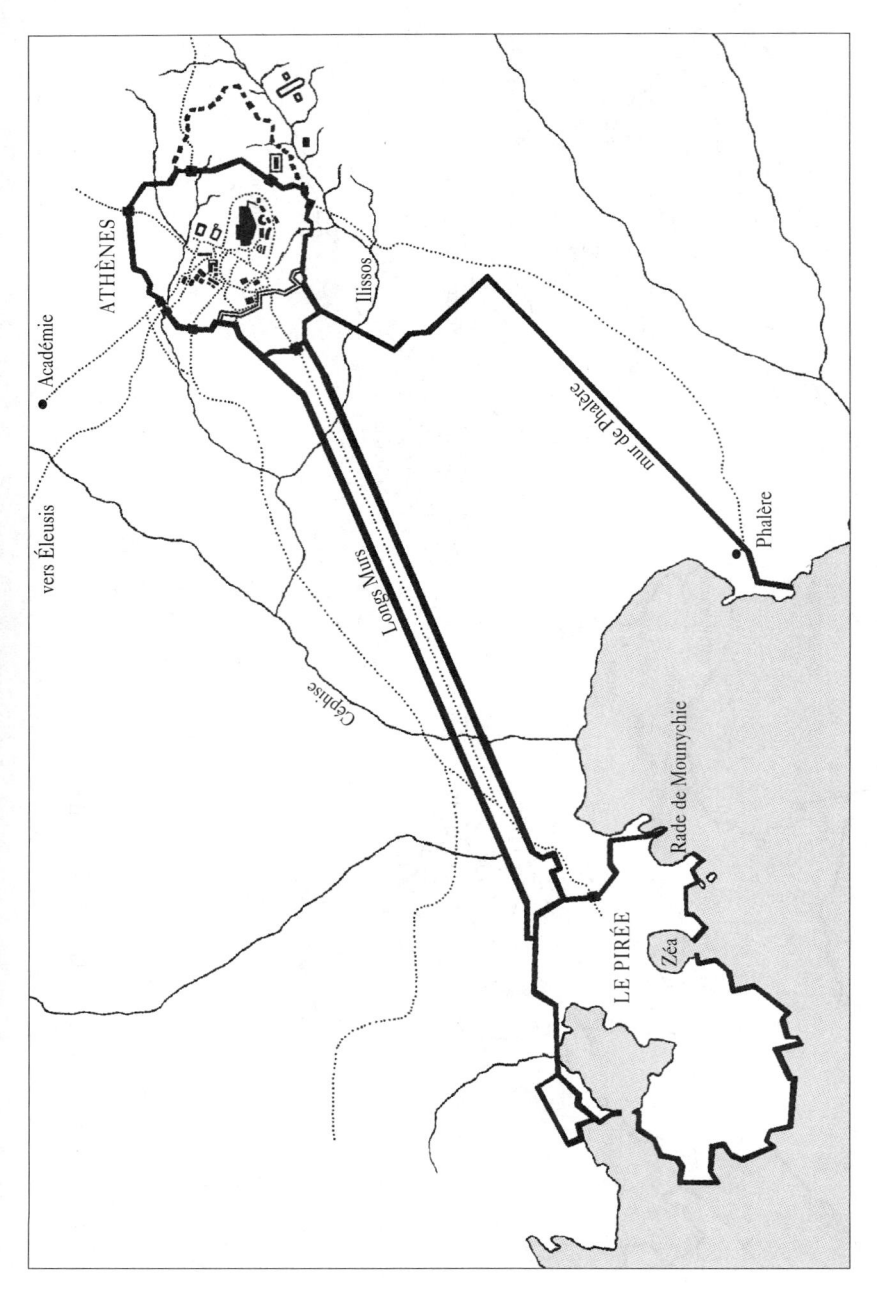

VUE GÉNÉRALE D'ATHÈNES-LE PIRÉE

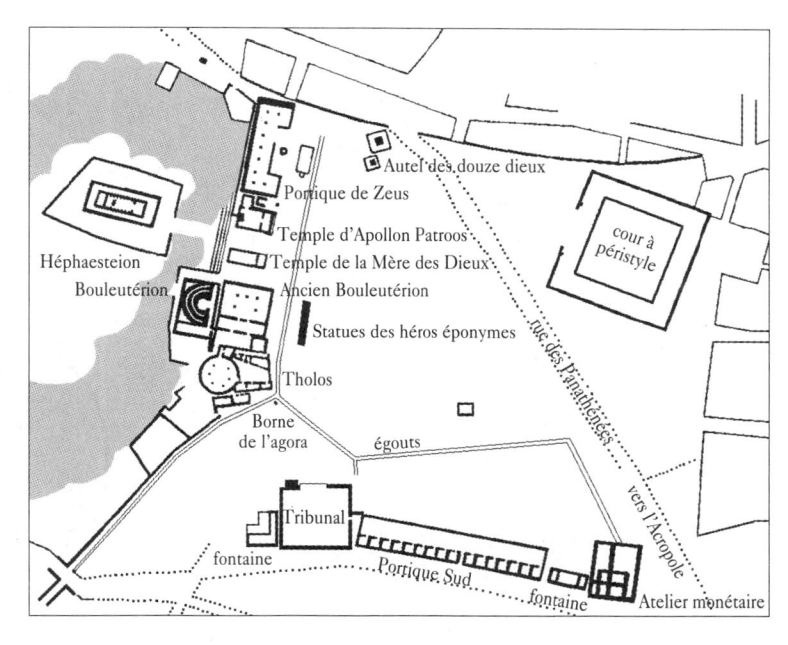

CI-DESSUS L'AGORA   CI-DESSOUS L'ACROPOLE

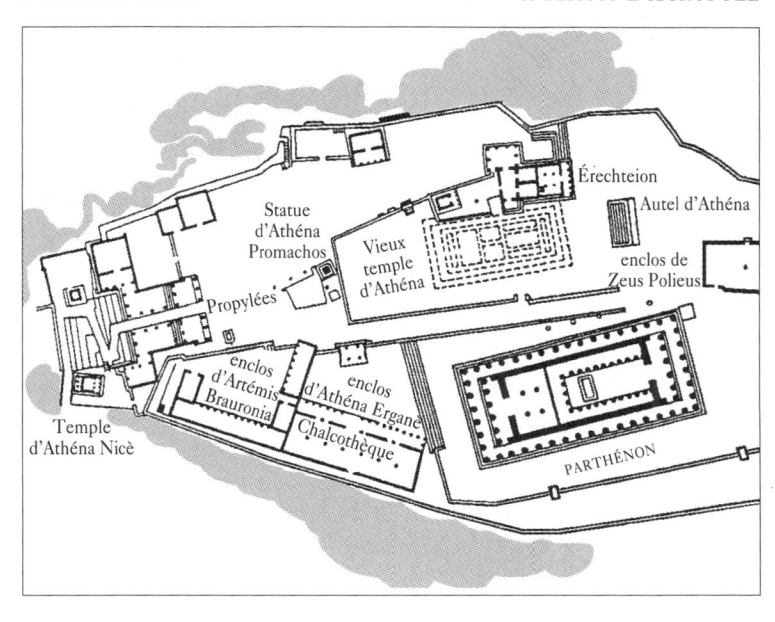

VUE GÉNÉRALE DE ROME

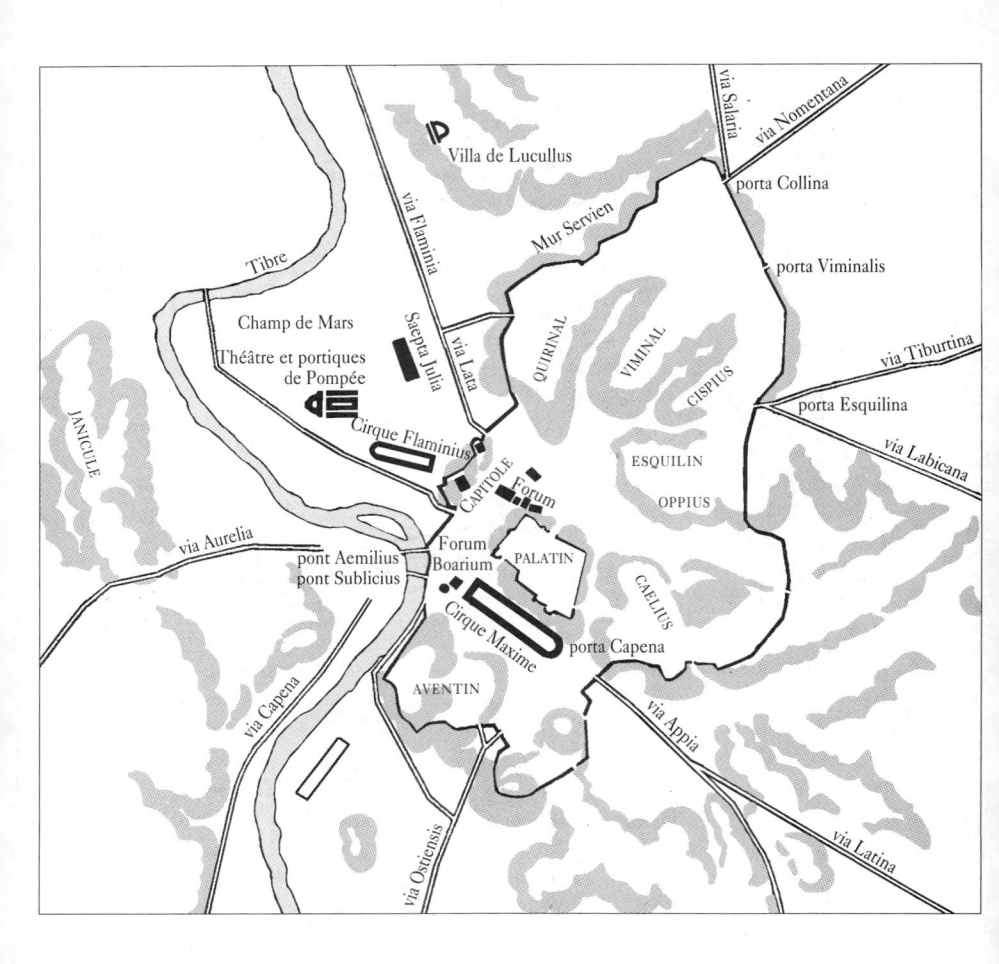

FORUM

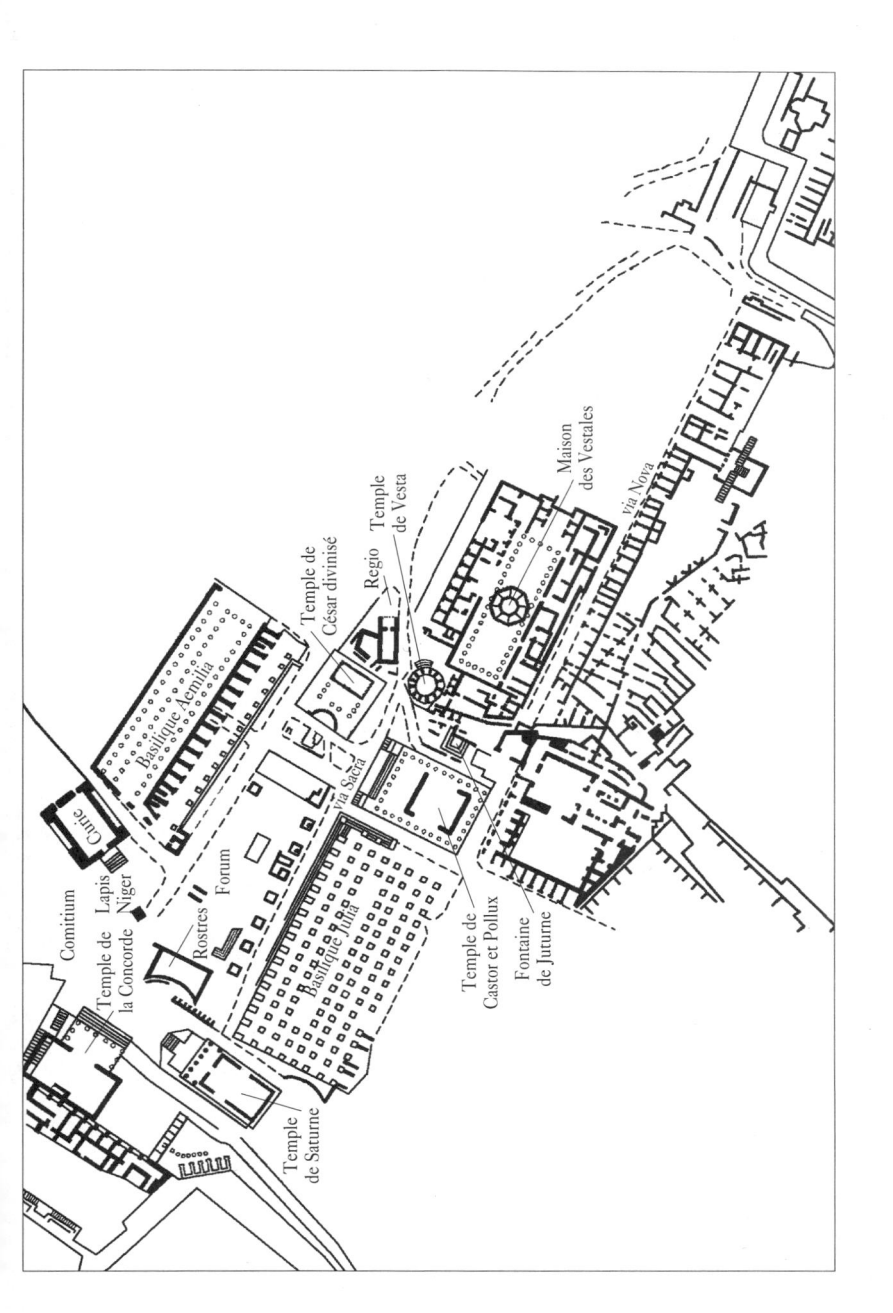

INDEX

L'index comporte deux parties.

Pour demeurer maniable, l'index des noms propres anciens (personnages, divinités, villes et lieux géographiques, batailles) est le résultat d'une sélection. Tous les inconnus ne sont pas illustres ! En règle générale, les noms dont les occurrences sont uniques ou très faibles n'ont pas été retenus. De très brèves définitions, points de repère plutôt, accompagnent la plupart des entrées.

L'index des noms anciens ne renvoie pas aux pages de notre édition mais aux *Vies* et, à l'intérieur de celles-ci, aux chapitres (en chiffres romains) et paragraphes (en chiffres arabes) qui servent traditionnellement de repères dans le texte de Plutarque depuis l'édition de l'helléniste allemand Teubner publiée à Leipzig en 1881-1902.

Adjoindre un index des noms propres modernes (établi à partir de la préface et du Dictionnaire) nous a paru utile comme aide à la lecture, bien sûr, mais aussi pour donner, comme en un coup d'œil, un aperçu de l'extension des usages de et des références à Plutarque.

INDEX DES NOMS ANCIENS

ABANTES
Peuple de l'île d'Eubée (Grèce).
• *Thésée*, V, 1-4 •

ABYDOS
Ville de la rive asiatique de l'Hellespont (Asie Mineure).
• *Alcibiade*, XXVII, 3 ; XXIX, 4 ; XXXVI, 2 • *César*, LXIX, 7 •

ACADÉMIE
Quartier situé à l'est d'Athènes.
• *Thésée*, XXXII, 4-5 • *Solon*, I, 7 • *Sylla*, XII, 4 • *Cimon*, XIII, 7 • *Aratos*, XXXIV, 4 •

ACADÉMIE
École philosophique fondée par Platon.
• *Caton l'Ancien*, XXII, 1 • *Lucullus*, XLII, 3 ; XLIV, 3 • *Phocion*, IV, 2 ; XIV, 7 • *Cicéron*, III, 1 ; IV, 2 ; L, 3 • *Antoine*, LXXX, 3 • *Dion*, I, 1 ; XIV, 3 ; XVII, 1 ; XX, 3 ; XXII, 6 ; XLVII, 4 ; LII, 3-4 • *Brutus*, II, 3 •

ACAMANTIS
L'une des dix tribus d'Athènes.
• *Périclès*, III, 1 •

ACARNANIE
Région de la Grèce centrale.
• *Périclès*, XVII, 2 ; XIX, 3 • *Pyrrhos*, VI, 4 • *Agésilas*, XXII, 9 • *Alexandre*, V, 8 ; XIX, 4 • *Aratos*, L, 7 •

ACHAÏE
Région du nord du Péloponnèse.
• *Périclès*, XIX, 3 • *Caton l'Ancien*, IX, 2-3 • *Philopoemen*, XV, 5 • XVI, 5 • *Pompée*, XXVIII, 7 • *Cléomène*, XIV, 2 ; XVI, 7 ; XVII, 6 • *Aratos*, IX, 6 ; XVI, 1 •

ACHARNES
Dème de l'Attique, au nord d'Athènes.
• *Thémistocle*, XXIV, 6 • *Périclès*, XXXIII, 4 • *Aristide*, XIII, 3 •

ACHÉENNE
Confédération de cités du nord du Péloponnèse.
• *Philopoemen*, VIII, 1-4 ; XV, 4 ; XVI, 3 ; XVIII, 5 • *Cléomène*, III, 7 ; VI, 7 ; XXV, 1-2 • *Aratos*, XXIV, 5 ; XXX, 4 ; XXXV, 5 ; XXXVIII, 5 ; XL •

ACHÉENS
Peuple originaire d'Achaïe.
• *Périclès*, XVII, 3 • *Pélopidas*, XXXI, 2 ; XXXV, 3 • *Philopoemen*, II, 2 ; VI, 1, 3-4 ; VII, 3-4 ; VIII, 1-7 ; IX ; X ; XII, 1-5 ; XIII, 4-8 ; XIV, 1-11 ; XV, 2-5 ; XVI, 1-3 ; XVII, 1-6 ; XVIII, 1 ; XIX, 5-7 ; XX, 1 ; XXI, 1-8 • *Flamininus*, V, 4 ; X, 5 ; XIII, 3, 5-8 ; XVII, 2-8 ; XXII, 3 ; XXIV, 1 • *Agésilas*, XXII, 9-11 • *Agis*, XIII, 5-6 ; XV, 3 • *Cléomène*, III, 6-8 ; IV, 8-9 ; V, 1 ; VI, 3-7 ; VII, 1-5 ; XII, 1 ; XIV, 1-5 ; XV, 1-4 ; XVI, 2-3 ; XVII, 1-7 ; XIX, 2-9 ; XX-XXI ; XXII, 9 ; XXIII, 2 ; XXIV, 7-9 ; XXV, 1-2 ; XXVII, 7-10 ; XXXIV, 1 • *Démosthène*, XVII, 5 • *Dion*, I, 1 ; XXIII, 2 • *Aratos*, IX, 6-7 ; XI, 1 ; XVI, 1-2 ; XVIII, 2 ; XXIII, 2-4 ; XXIV, 1-5 ; XXV, 1-5 ; XXVIII, 5-6 ; XXIX, 3-7 ; XXX, 4-7 ; XXXI ; XXXIII, 1-2 ; XXXIV, 2-7 ; XXXV, 1-6 ; XXXVI, 3 ; XXXVII, 5 ; XXXVIII, 1-11 ; XXXIX ; XLI, 1-6 ; XLII, 1 ; XLIII, 5 ; XLIV, 5-6 ; XLV, 1, 6-8 ; XLVI, 2 ; XLVII, 1, 3-6 ; XLVIII, 1-2 ; LIII, 1-4 •

ACHILLAS
Égyptien (Ier siècle avant J.-C.), conseiller de Ptolémée XIV.

INDEX

• *Pompée*, LXXVII, 3; LXXVIII; LXXIX; LXXX, 8 • *César*, XLIX, 4-5 •

ACHILLE
Héros de la guerre de Troie.
• *Thésée*, XXXIV, 3 • *Camille*, XIII, 1 • *Alcibiade*, XXIII, 6 • *Aristide*, VII, 8 • *Philopoemen*, I, 2; IX, 12 • *Pyrrhos*, I, 2-3; VII, 7; XIII, 2 • *Sylla*, XLII, 5 • *Agésilas*, V, 6 • *Pompée*, XXIX, 5 • *Alexandre*, V, 8; XV, 8-9 • *Cléomène*, XXXIV, 3 •

Manius ACILIUS Glabrio
Homme politique romain, consul en 191 avant J.-C.
• *Caton l'Ancien*, XII, 1, 4; XIV, 1-2 • *Philopoemen*, XVII, 6; XXI, 11 • *Flamininus*, XV, 2, 5-9; XVI, 1-4 • *Sylla*, XII, 9 •

ACRAGAS
Cité de Sicile (actuelle Agrigente).
• *Timoléon*, XXXV, 2 • *Pyrrhos*, XXII, 2 • *Dion*, XXVI, 4; XLIX, 1 •

ACROCORINTHE
Citadelle de Corinthe.
• *Cléomène*, XVI, 4; XIX, 5-9 • *Aratos*, XVI, 2-6; XVII; XVIII-XXV; XXXIII, 3; XXXVIII, 6-12; XL, 7; XLI, 6-7; XLII, 2; XLIV, 3-5; XLV, 5; L, 4, 6 •

ACROPOLE
Citadelle d'Athènes.
• *Solon*, XII, 1; XXX, 5 • *Périclès*, XXXII, 3 • *Sylla*, XIV, 11-12 • *Cimon*, XIII, 5 • *Lucullus*, XLIV, 5 • *Nicias*, III, 3 • *Démosthène*, XXVI, 6 • *Démétrios*, XXIV, 1-2 • *Antoine*, XCI, 3 •

ACTÉON
Héros de la mythologie grecque.
• *Aristide*, XI, 3 • *Sertorius*, I, 4 •

ACTIUM
Cap d'Acarnanie (Grèce centrale), au large duquel eut lieu le 2 septembre 31 avant J.-C., la bataille entre les forces navales d'Octavien et celles d'Antoine et Cléopâtre.
• *Pompée*, XXIV, 6 • *Antoine*, LX-LXIX; LXXI, 1 • *Brutus*, LIII, 2-3 •

ADONIS
Divinité d'origine phénicienne.
• *Alcibiade*, XVIII, 5 • *Nicias*, XIII, 11 •

ADRANON, ADRANITES
Cité de l'est de la Sicile et ses habitants.
• *Timoléon*, XII, 1-5, 9; XVI, 5 •

ADRASTE
Roi mythique d'Argos.
• *Thésée*, XXIX, 4-5 • *Cicéron*, XXVII, 2 •

ADRIATIQUE
Mer.
• *Camille*, XVI, 2; XL, 1 • *Paul-Émile*, IX, 7 • *Antoine*, LX, 2 • *Dion*, XI, 6 • *Othon*, XV, 6 •

Quintus AELIUS Tubero
Gendre de Paul-Émile.
• *Paul-Émile*, V, 6-9; XXVII, 1; XXVIII, 11-13 •

AEMILIANUS
• voir FABIUS • SCIPION •

AEMILII
Famille romaine.
• *Numa*, VIII, 19 • *Paul-Émile*, II, 1-3 •

AEMILIUS
• voir LÉPIDUS •

Lucius AEMILIUS Paulus
Père de Paul-Émile.
• *Fabius Maximus*, XIV, 4-7; XVI, 4-9 • *Paul-Émile*, II, 3-5 • *Marcellus*, X, 7 •

Lucius AEMILIUS Paulus
Homme politique romain, édile en 55 et consul en 50 avant J.-C.

INDEX

• *Pompée*, LVIII, 2 • *César*, XXIX, 3 • *Cicéron*, XLVI, 5 • *Antoine*, XIX, 3 • *Galba*, XXVI, 5 •

Marcus AEMILIUS
Premier consul patricien.
• *Camille*, XLII, 7 •

Lucius AFRANIUS
Homme politique romain, consul en 60 avant J.-C.
• *Sertorius*, XIX, 5-10 • *Pompée*, XXXIV, 1; XXXVI, 2; XXXIX, 3; XLIV, 4; LXVII, 6 • *César*, XXXVI, 1-2; XLI, 4; LIII, 1-3 • *Caton le Jeune*, XXX, 7 •

AFRICANUS
• voir SCIPION •

AFRIQUE
• *Caton l'Ancien*, III, 5 • *Flamininus*, III, 3 • *César*, XVI, 8 • *Caton le Jeune*, LIX, 3 • *Antoine*, X, 3; XXX, 6; LIV, 6; LXI, 6; LXVII, 8; LXIX, 1-4; LXXIV, 1 • *Galba*, III, 3; VII, 1; XIII, 4; XV, 3 • *Othon*, XIII, 4 •
• voir aussi LIBYE ; NUMIDIE •

AGAMEMNON
Roi de Mycènes, initiateur de la guerre de Troie.
• *Périclès*, XXVIII, 7 • *Pélopidas*, XXI, 4, • *Lysandre*, XV, 4 • *Nicias*, V, 7 • *Agésilas*, V, 6; VI, 7; IX, 7 • *Pompée*, LXVII, 5; LXXXIV, 4 • *César*, XLI, 2 •

AGATHARCHOS
Peintre athénien (fin du Ve siècle avant J.-C.).
• *Périclès*, XIII, 3 • *Alcibiade*, XVI, 5 •

AGATHOCLÈS
Tyran de Sicile (fin du IVe-début du IIIe siècle avant J.-C.).
• *Pyrrhos*, IX, 2; XIV, 8, 10 • *Démétrios*, XXV, 7 •

AGÉSILAS
Roi de Sparte (vers 444-360 avant J.-C.).
• *Vie*, p. 1103-1138 ; *Comparaison avec Pompée*, p. 1220-1223 •
• *Lycurgue*, XIII, 9-10 ; XXX, 5 • *Timoléon*, XXXVI, 1-4 • *Pélopidas*, XV, 3-4 ; XXI, 4 ; XXX, 3 • *Flamininus*, XI, 5 • *Lysandre*, XXII, 6-13 ; XXIII ; XXIV, 1-2 ; XXVII, 1 ; XXX, 3-5 • *Cimon*, XIX, 4 • *Phocion*, III, 7 • *Agis*, III, 2-3 ; IV, 1 ; XIV, 3 • *Artaxerxès*, XX, 3-5 ; XXII, 4, 6 •

AGÉSILAS
Oncle d'Agis IV, roi de Sparte.
• *Agis*, VI, 3-7 ; VII, 2 ; IX, 1 ; XII, 4, 6 ; XIII ; XVI, 1-6 ; XVIII, 5 ; XIX, 6 •

AGÉSISTRATA
Mère d'Agis IV.
• *Agis*, IV, 1 ; VI, 7 ; VII, 1-4 ; IX, 6 ; XVIII, 8 ; XIX, 10 ; XX, 2-7 •

AGIADES
L'une des deux familles royales de Sparte, avec les Eurypontides.
• *Lysandre*, XXIV, 3 ; XXX, 4 • *Agis*, III, 4 •

AGIATIS
Épouse d'Agis IV, puis de Cléomène, roi de Sparte.
• *Cléomène*, I, 1-4 ; XXII, 1-3 ; XXIX, 3 •

AGIS II
Roi de Sparte (427-400/399 avant J.-C.).
• *Lycurgue*, XII, 5 ; XIX, 4 ; XX, 6 ; XXX, 1 ; XXIX, 10 • *Alcibiade*, XXIII, 7-9 ; XXIV, 3 ; XXV, 1 ; XXXIV, 5 ; XXXVIII, 6 • *Lysandre*, IX, 4 ; XIV, 1 ; XXII, 6-9 • *Agésilas*, I, 1-2 ; III, 1-4, 9 ; IV, 1 •

AGIS III
Roi de Sparte (?- 331 avant J.-C.).
• *Agésilas*, XV, 6 • *Agis*, III, 3 • *Démosthène*, XXIV, 1 •

2171

INDEX

AGIS IV
Roi de Sparte (?-vers 240 avant J.-C.).
• *Vie*, p. 1453-1454 et 1454-1468 ; *Comparaison avec les Gracques*, p. 1537-1539 •
• *Agésilas*, XL, 5 • *Cléomène*, I, 1-5 ; II, 1 ; III, 2-4 ; V, 2-3 • *Aratos*, XXXI, 1 •

AGRIPPA
Marcus Vipsanius Agrippa
Compagnon d'enfance, conseiller, puis gendre d'Auguste (64-12 avant J.-C.).
• *Cicéron*, LII, 1 • *Antoine*, XXXV, 3 ; LXV, 2 ; LXVI, 4 ; LXXIII, 6 ; LXXXVII, 2-5 • *Brutus*, XXVII, 4 • *Galba*, XXV, 9 •

AGRIPPINE
Agrippina minor (15-59 après J.-C.), mère de Néron.
• *Antoine*, LXXXVII, 8 • *Galba*, XIV, 3-5 ; XIX, 3 •

AHÉNOBARBUS
• voir DOMITIUS •

AÏGION
Cité sur le golfe de Corinthe.
• *Caton l'Ancien*, XII, 4 • *Cléomène*, XVII, 4 ; XXV, 2 • *Aratos*, XXXVII, 5 ; XLII, 1-2 ; LIII, 1-4 •

AÏGOS POTAMOÏ
Fleuve de Chersonèse de Thrace, lieu de la défaite athénienne de 405 avant J.-C. contre Sparte.
• *Alcibiade*, XXXVI, 6 • *Lysandre*, IX-XIII • *Artaxerxès*, XXI, 1 •

AÏTHRA
Mère de Thésée.
• *Thésée*, III, 5-7 ; IV ; VI, 1-3 ; VII, 1 ; XXXI, 3 ; XXXII, 7 ; XXXIV, 1-3 • *Romulus*, XXXV, 6 •

AJAX
Héros de la guerre de Troie, fils de Télamon.
• *Thésée*, XXIX, 1 • *Solon*, X, 2-3 • *Alcibiade*, I, 1 • *Pompée*, LXXII, 2 •

ALBANIENS ou ALBANS
Peuple voisin du Caucase et de la mer Caspienne.
• *Lucullus*, XXVI, 4 • *Pompée*, XXXIV, 1-6 ; XXXV ; XXXVIII, 5 ; XLV, 2-5 • *Antoine*, XXXIV, 10 •

ALBE, ALBAINS
Cité latine, au sud-est de Rome et ses habitants.
• *Romulus*, II, 4 ; III, 2 ; VII, 4 ; VIII, 4 ; IX, 1-2 ; XXI, 8 ; XXVII, 1 ; XXVIII, 1 ; XXX, 2 • *Camille*, XVII, 4 • *Sylla*, XXXI, 12 • *Pompée*, LIII, 6 ; LXXX, 10 • *César*, LX, 3 • *Cicéron*, XXXI, 2 • *Antoine*, LX, 3 •

ALCIBIADE
Général et homme politique athénien (450-404 avant J.-C.)
• *Vie*, p. 389-424 ; *Comparaison avec Coriolan*, p. 459-461 •
• *Lycurgue*, XVI, 5-6 • *Numa*, VIII, 20 • *Périclès*, XX, 4 ; XXXVII, 1 • *Pélopidas*, IV, 3 • *Aristide*, VII, 3-4 ; XXVII, 2 • *Flamininus*, XI, 5 • *Lysandre*, III, 1 ; IV, 1, 8 ; V, 1-4 ; X, 5-7 ; XI, 1 ; XIX, 5-6 ; XXII, 7-8 • *Sylla*, XLII, 8 • *Nicias*, IX, 1-2 ; X ; XI ; XII, 1-5 ; XIII, 1-2 ; XIV, 1-4 ; XV, 1 • *Crassus*, XXXV, 1-6 • *Agésilas*, III, 1-3 • *Phocion*, III, 7 • *Démosthène*, I, 1 ; XXVII, 7 • *Cicéron*, LIII, 3 • *Antoine*, LXX, 2 •

ALCIBIADE
Fils d'Alcibiade et de Timaia.
• voir LÉOTYCHIDAS •

ALCIDAMAS
Rhéteur grec d'Élée (début du IVe siècle avant J.-C.).
• *Démosthène*, V, 7 •

INDEX

ALCMAN
Poète lyrique originaire de Sparte (vers 650-600 avant J.-C. ?).
• Lycurgue, XXI, 6 ; XXVIII, 10 • Sylla, XXXVI, 5 •

ALCMÈNE
Mère d'Héraclès.
• Thésée, VII, 1 • Romulus, XXVIII, 7 • Lysandre, XXVIII, 9 •

ALCMÉONIDES
Grande famille athénienne.
• Solon, XXX, 6 • Alcibiade, I, 1 •

ALCYONEUS
Fils d'Antigone Gonatas.
• Pyrrhos, XXXII, 3 ; XXXIV, 7-11 •

ALÉSIA
Ville gauloise (actuelle Alise-Sainte-Reine).
• César, XXVII •

ALEXANDRE
Tyran de Phères (Thessalie), de 369 à 358 avant J.-C.
• Pélopidas, XXVI-XXXV • Marcellus, XXXI, 5 ; XXXIII, 5 •

ALEXANDRE Ier
Roi de Macédoine.
• Aristide, XV, 3-6 • Cimon, XIV, 3 •

ALEXANDRE II
Roi de Macédoine de 369 à 368 avant J.-C.
• Pélopidas, XXVI, 4-5 ; XXVII, 2 •

ALEXANDRE III de Macédoine
Alexandre le Grand (356-323 avant J.-C.).
• Vie, p. 1227-1292 •
• Thésée, V, 4 • Camille, XIX, 7, 10 • Périclès, I, 6 • Paul-Émile, VIII, 1 ; XII, 9, 11 ; XXIII, 9 ; XXVII, 4 ; XXXI, 5 • Pélopidas, XXXIV, 2 • Aristide, XI, 9 • Philopoemen, IV, 8 • Flamininus, VII, 5 ; XXI, 4 • Pyrrhos, VIII, 2 ; XI, 4-5 ; XII, 10 ; XIX, 2-3 • Crassus, XXXVII, 4 • Eumène, I, 4, 6-7 ; II, 1, 9-10 ; III, 1-2, 7 ; VI, 3, 8-11 ; VII, 5 ; XIII, 1, 5-8, 10 ; XVI, 7 ; XVIII, 2 • Agésilas, XV, 4, 6 • Pompée, II, 2-4 ; XXXIV, 7 ; XLVI, 1-2 ; LXXXII, 6 • César, XI, 5-6 • Phocion, IX, 10 ; XVII, 1-2, 5-10 ; XVIII ; XXI, 1, 3 ; XXII, 5-6 ; XXIX, 1 ; XXX, 1 • Cléomène, XXXI, 4 • Démosthène, IX, 1 ; XX, 5 ; XXIII, 2-6 ; XXIV, 1 ; XXV, 1 ; XXVII, 1 • Démétrios, III, 3 ; V, 1, 3 ; X, 3 ; XIV, 2 ; XXV, 4, 6 ; XXVII, 6 ; XXIX, 2 ; XXXVII, 3 ; XLI, 5 ; XLIV, 1 •Antoine, VI, 3 ; LIV, 8 ; LXXX, 2 ; XCI, 1 • Galba, I, 5 •

ALEXANDRE-PÂRIS
Dans la mythologie grecque, fils de Priam et d'Hécube.
• Thésée, XXXIV, 3 • Romulus, XXXV, 5 • Sylla, XLII, 5 • Alexandre, XV, 9 • Antoine, XC, 5 • Galba, XIX, 2 •

ALEXANDRIE, ALEXANDRINS
Ville d'Égypte, fondée en 332 avant J.-C., et ses habitants.
• Lucullus, II, 6 • Pompée, XLIX, 10 • Alexandre, XXVI, 3-10 • César, XLVIII, 2 ; XLIX, 5-10 • Caton le Jeune, XXXV, 4 • Cléomène, XXXII, 1 ; XXXV, 1 ; XXXVII, 7 ; XXXIX, 4 • Antoine, III, 11 ; XXVI, 3 ; XXVIII, 1, 3 ; XXIX, 4 ; L, 6 ; LIII, 11 ; LIV, 5 ; LVIII, 8 ; LXIX, 3 ; LXXI, 3 ; LXXX, 2 •

ALLIA
Affluent du Tibre, auprès duquel les Romains subirent une défaite face aux Gaulois, en 390 avant J.-C.
• Camille, XVIII, 5-9 ; XIX, 2-12 ; XXIV, 1 •

ALOPÉCÈ
Dème de l'Attique, au nord d'Athènes.
• Thémistocle, XXXII, 1 • Périclès, XI, 1 • Aristide, I, 1 •

INDEX

ALPES
• *Camille*, XV, 2-3 ; XVI, 1 • *Fabius Maximus*, II, 1 • *Paul-Émile*, VI, 1-2 • *Marcellus*, III, 1 ; VI, 3 • *Marius*, XV, 1 ; XVIII, 1, 5 ; XXIII, 2 ; XXIV, 7 • *Sylla*, IV, 5 • *Crassus*, IX, 7-10 • *Pompée*, LI, 4 ; LVIII, 10 ; LX, 2 ; LXV, 4 • *César*, XI, 3 ; XXXII, 1 • *Caton le Jeune*, XLI, 1 • *Antoine*, XVII, 6 ; XVIII, 1, 8 • *Othon*, V, 1 •

AMANUS
Chaîne montagneuse qui, en Asie Mineure, sépare la Cilicie de la Syrie.
• *Pompée*, XXXIX, 3 • *Cicéron*, XXXVI, 6 • *Démétrios*, XLVIII, 6 •

AMATHONTE
Cité de la côte sud de Chypre.
• *Thésée*, XX, 3, 7 •

AMAZONES
Peuple de guerrières qui vivaient, selon la tradition, aux confins du monde connu, en Scythie ou sur les pentes du Caucase.
• *Thésée*, XXVI, 1-2 ; XXVII ; XXVIII, 1 • *Romulus*, XXX, 4 ; XXXV, 1 • *Périclès*, XXXI, 3 • *Lucullus*, XXIII, 5 • *Pompée*, XXXV, 5-6 • *Démosthène*, XIX, 3 •

AMBRACIE
Cité d'Acarnanie.
• *Périclès*, XVII, 2 • *Pyrrhos*, VI, 4 ; VIII, 11 •

AMBRONS
Peuple gaulois d'Italie du nord.
• *Marius*, XV, 5-7 ; XIX, 3-10 ; XX et XXI •

AMBUSTUS
• voir FABIUS •

AMISOS
Cité du sud du Pont-Euxin.
• *Lucullus*, XIV, 3 ; XV, 1 ; XIX ; XXXII, 5-6 ; XXXIII, 3 • *Pompée*, XXXVIII, 1 ; XLII, 3 •

AMMON
Divinité égyptienne, assimilée à Zeus par les Grecs.
• *Lysandre*, XX, 6-8 ; XXV, 3 • *Cimon*, XVIII, 7-8 • *Nicias*, XIII, 2 • *Alexandre*, III, 1 ; XXVI, 11 ; XXVII, 1, 5-10 ; XLVII, 12 ; L, 11 ; LXXII, 3 ; LXXV, 3 • *Agis*, IX, 2 •

AMMONIOS
Philosophe athénien (Ier siècle après J.-C.), un des maîtres de Plutarque.
• *Thémistocle*, XXXII, 6 •

AMPHIARAOS
Héros argien.
• *Aristide*, III, 5 ; XIX, 1-2 • *Aratos*, III, 5 •

AMPHICTYONS
Membres du conseil, formé de délégués de différents peuples grecs, qui administrait le sanctuaire de Delphes.
• *Solon*, XI, 1 • *Thémistocle*, XX, 3-4 • *Caton l'Ancien*, XII, 6 • *Sylla*, XII, 6-9 • *Cimon*, VIII, 4 •

AMPHIPOLIS
Ville située à l'embouchure du Strymon, fleuve frontière entre Macédoine et Thrace.
• *Lycurgue*, XXV, 8 • *Paul-Émile*, XXIII, 9 ; XXIV, 3 • *Cimon*, VIII, 2 • *Nicias*, IX, 4 ; X, 3 • *Pompée*, LXXIV, 1 •

AMPHISSA
Cité de Locride (en Grèce centrale).
• *Démosthène*, XVIII, 1 • *Antoine*, XXVIII, 3 •

AMULIUS
Roi d'Albe (IIIe siècle avant J.-C.).
• *Romulus*, III, 2-5 ; IV, 3 ; VI, 1 ; VII, 1-6 ; VIII, 5-8 ; IX, 1 ; XXI, 8 ; XXX, 2-3 •

ANACHARSIS
Prince scythe (Ve siècle avant J.-C.) qui, bien que barbare, figurait parmi les Sept Sages.
• *Solon*, V •

INDEX

ANACRÉON
Poète, originaire de Téos, en Asie Mineure (IVe siècle avant J.-C.).
• *Périclès*, II, 1 •

ANAXAGORE de Clazomènes
Philosophe ionien (vers 500-428 avant J.-C.).
• *Thémistocle*, II, 5 • *Périclès*, IV, 6; V, 1; VI, 1-4; VIII, 1; XVI, 8-9; XXXII, 2, 5 • *Lysandre*, XII, 3-6 • *Nicias*, XXIII, 3-4 •

ANAXANDRIDAS de Delphes
Auteur d'un traité Sur les offrandes pillées à Delphes.
• *Lysandre*, XVIII, 3 •

ANAXARQUE d'Abdère
Philosophe et sophiste, conseiller d'Alexandre (IVe siècle avant J.-C.).
• *Alexandre*, VIII, 5; XXVIII, 4-5; LII, 3-9 •

ANAXIMÈNE de Lampsaque
Rhéteur et historien.
• *Publicola*, IX, 11 • *Démosthène*, XXVIII, 3 • *Cicéron*, LI, 2 •

ANCUS Marcius
Quatrième roi de Rome (VIIe siècle avant J.-C.).
• *Numa*, IX, 7; XXI, 6-7; XXII, 10 • *Coriolan*, I, 1 •

ANDOCIDE
Orateur athénien (vers 440-390 avant J.-C.).
• *Thémistocle*, XXXII, 4 • *Alcibiade*, XXI, 1-6 • *Nicias*, XIII, 3 •

ANDROCLEIDAS
Homme politique thébain.
• *Pélopidas*, V; VI, 3 • *Lysandre*, XXVII, 3 •

ANDROGÉE
Fils de Minos, roi légendaire de la Crète.
• *Thésée*, XV, 1; XVI, 1 • *Romulus*, XXX, 5 •

ANDROMAQUE
Épouse d'Hector.
• *Pélopidas*, XXIX, 10 • *Brutus*, XXIII, 3-7 •

ANDRONICOS de Rhodes
Philosophe grec, éditeur des œuvres d'Aristote (Ier siècle avant J.-C.)
• *Sylla*, XXVI, 2 •

ANDROS, ANDRIENS
Île des Cyclades et ses habitants.
• *Thémistocle*, XXI, 1 • *Périclès*, XI, 5 • *Alcibiade*, XXXV, 2 • *Pélopidas*, II, 4 •

ANNIUS
• voir MILO •

ANTALCIDAS
Négociateur lacédémonien de la «paix» dite d'Antalcidas (387 avant J.-C.).
• *Lycurgue*, XIII, 10 • *Pélopidas*, XV, 3; XXX, 6 • *Agésilas*, XXIII, 2-3 • XXVI, 3; XXXI, 7; XXXII, 1 • *Artaxerxès*, XXI, 5-6; XXII, 1-7 •

ANTÉE
Géant de la mythologie grecque, fils de Poséidon et de Gaia.
• *Thésée*, XI, 2 • *Sertorius*, IX, 6-8 •

ANTHESTHÉRION
Mois du calendrier athénien.
• *Sylla*, XIV, 10 • *Démétrios*, XXVI, 2-5 • *Aratos*, LIII, 5 •

ANTI-CATON
Pamphlet de Jules César.
• *César*, III, 4; LIV, 3-6 • *Caton le Jeune*, XXXVI, 5 • *Cicéron*, XXXIX, 5-6 •

ANTIGONE
Fille d'Œdipe dans la pièce de Sophocle.
• *Démétrios*, XLVI, 10 •

INDEX

ANTIGONE DOSON
Roi de Macédoine (vers 263-220 avant J.-C.).
• *Coriolan*, XI, 3 • *Paul-Émile*, VIII, 3 • *Philopoemen*, VI; VII, 1; VIII, 4 • *Cléomène*, XVI, 3-7; XVII, 2; XIX, 9; XX, 1; XXI, 2-8; XXII, 4-9; XXIII, 1-2; XXV, 1-3, 5-8; XXVI, 1; XXVII, 4-8; XXVIII; XXIX; XXX, 1-2; XXXI, 3-5, 7; XXXII, 4; XXXIV, 1; XXXVI, 7 • *Aratos*, XXXVIII, 9-11; XLI, 7; XLII, 2; XLIII; XLIV, 1-5; XLV, 1-8; XLVI, 1-2; XLVII, 1 •

ANTIGONE Gonatas
Fils de Démétrios Poliorcète (vers 320-239 avant J.-C.).
• *Romulus*, XVII, 3 • *Paul-Émile*, VIII, 1-2 • *Pélopidas*, I, 2; II, 4-5 • *Pyrrhos*, VIII, 4; XXVI, 2, 4-15, 21; XXIX, 11; XXX, 2; XXXI-XXXIV • *Démétrios*, XXXVII, 4; XXXIX, 7; XL, 1-5; XLIV, 4; LI, 1-2; LIII, 2-8 • *Aratos*, IV, 3; IX, 5; XI, 2; XII, 3; XV, 1-3; XVII-XXIII; XXIV, 3; XXV, 6; XXVI, 1; XXXIV, 1; XLIII, 2 •

ANTIGONE le Borgne
L'un des diadoques, « successeurs » d'Alexandre (vers 384-301 avant J.-C.).
• *Paul-Émile*, VIII, 1; XL, 2 • *Pyrrhos*, IV, 3; XXXIV, 8 • *Sertorius*, I, 8-9 • *Eumène*, III, 4-5; VIII, 4; IX, 3-12; X, 3-8; XI, 1; XII; XIII, 2; XIV, 2-3; XV; XVI; XVII, 2-9; XVIII, 3-7; XIX; XXI, 3 • *Alexandre*, LXXVII, 3 • *Phocion*, XXIX, 2; XXX, 9 • *Démétrios*, II, 1; III; IV; V, 1-2; VI; VII, 2; VIII, 2-3; X, 3-6; XI, 1; XII, 1-4; XIV, 3; XV, 1; XVI; XVII, 2-6; XVIII, 1; XIX, 1-9; XXII, 5-8; XXIII, 6; XXV, 7; XXVIII; XXIX; XXX, 1; XXXI, 6; XXXII, 1; XLIII, 3; XLVI, 10 • *Antoine*, LXXXVIII, 1 •

ANTIGONÈ
Fille de Bérénice. Première épouse de Pyrrhos.
• *Pyrrhos*, IV, 7; V, 1, 13; VI, 1; IX, 1, 3 •

ANTIMACHOS de Colophon
Poète (vers 400 avant J.-C.).
• *Timoléon*, XXXVI, 3 • *Lysandre*, XVIII, 8-9 •

ANTIOCHE de Syrie
Ancienne capitale des Séleucides.
• *Lucullus*, XXI, 1 • *Pompée*, XL, 2 • *Caton le Jeune*, XIII • *Démétrios*, XXXII, 3 • *Galba*, XIII, 5 •

ANTIOCHIS
L'une des dix tribus d'Athènes et celle d'Aristide.
• *Aristide*, I, 1-3; V, 4 •

ANTIOCHOS
Roi de Commagène.
• *Antoine*, XXXIV, 4-8 •

ANTIOCHOS d'Ascalon
Philosophe de l'École platonicienne (entre 130 et 120-vers 68 avant J.-C.).
• *Lucullus*, XLII, 3 • *Cicéron*, IV, 1-4 • *Brutus*, II, 3 •

ANTIOCHOS Ier Soter
Fils de Séleucos Nicator (vers 324-261 avant J.-C.).
• *Démétrios*, XXIX, 4; XXXI, 5; XXXVIII; L, 9; LI, 4 •

ANTIOCHOS III le Grand
Roi séleucide (vers 242-187 avant J.-C.).
• *Paul-Émile*, IV, 1; VII, 1-2 • *Caton l'Ancien*, XII, 1-3; XIII; XIV, 1; XXIX, 3; XXXII, 2 • *Philopoemen*, XVI, 2; XVII, 1-6 • *Flamininus*, IX, 9-11; X, 1; XII, 3; XV; XVI, 1-3; XVII, 7-8; XVIII, 1; XX, 4; XXI, 11 • *Sylla*, XII, 10 • *Lucullus*, XI, 6; XXXI, 4 • *Crassus*, XXVI, 8 •

ANTIOPE
Amazone, compagne de Thésée, connue aussi sous le nom d'Hippolytè.

INDEX

• *Thésée*, XXVI, 1-4 ; XXVII, 5-6 ; XXVIII, 1-2 • *Romulus*, XXXV, 1 •

ANTIOROS
Fils de Lycurgue.
• *Lycurgue*, XXXI, 8 •

ANTIPATROS
Régent de Macédoine (vers 397-319 avant J.-C.).
• *Camille*, XIX, 8 • *Coriolan*, XLII, 3 • *Caton l'Ancien*, XXIX, 5 • *Eumène*, III, 6-11 ; V ; VI, 1, 4 ; VIII, 4-7 ; XII, 1 • *Agésilas*, XV, 6 • *Alexandre*, XI, 8 ; XX, 9 ; XXXIX, 11, 13 ; XLVI, 3 ; XLVII, 3 ; XLIX, 14 ; LV, 7 ; LVII, 8 ; LXVIII, 4 ; LXXI, 8 ; LXXIV, 2-4 ; LXXVII, 3-5 • *Phocion*, I, 1-3 ; XVII, 10 ; XXIII, 5 ; XXV, 5 ; XXVI, 1-2, 5 ; XXVII, 3-9 ; XXVIII, 7 ; XXIX, 3-4 ; XXX, 3-4, 8-9 ; XXXI, 1-2 • *Agis*, II, 4 ; III, 3 • *Démosthène*, XXVII, 1-2 ; XXVIII, 2-4 ; XXIX, 1-6 ; XXX, 1 ; XXXI, 5 • *Cicéron*, LIII, 3 ; LIV, 2 • *Démétrios*, XIV, 2 ; XXXVII, 4 • *Antoine*, LXXXVIII, 5 •

ANTIPATROS de Tarse
Philosophe stoïcien (vers 210-130 avant J.-C.).
• *Marius*, XLVI, 2 • *Tibérius Gracchus*, VIII, 6 •

ANTIPATROS de Tyr
Philosophe stoïcien (?-peu après 44 avant J.-C.).
• *Caton le Jeune*, IV, 2 •

ANTIPATROS le Jeune
Fils de Cassandre et roi de Macédoine (de 296 à 294 avant J.-C.).
• *Pyrrhos*, VI, 3-9 • *Démétrios*, XXXVI, 1 ; XXXVII, 2 •

ANTIPHANÈS
Poète de la comédie moyenne (IVe siècle avant J.-C.).
• *Démosthène*, IV, 6 ; IX, 6 •

ANTIPHON
Orateur et homme politique grec (vers 480-411 avant J.-C.).
• *Antoine*, XXVIII, 1 •

ANTISTHÈNE
Philosophe athénien, disciple de Socrate (V^e-IVe siècle avant J.-C.).
• *Lycurgue*, XXX, 7 • *Périclès*, I, 5 • *Alcibiade*, I, 3 •

ANTISTIA
Épouse de Pompée.
• *Sylla*, XXXIII, 4 • *Pompée*, IV, 4-10 ; IX, 2-4 •

ANTIUM
Ville du Latium.
• *Fabius Maximus*, II, 2 • *Coriolan*, XIII, 5-6 ; XXII, 1 ; XXVI, 1 ; XXXIX • *Flamininus*, XVIII, 8 • *Brutus*, XXI, 1 •

ANTOINE
Marcus Antonius
Militaire et homme politique romain (vers 82-30 avant J.-C.).
• *Vie*, p. 1669-1741 ; *Comparaison avec Démétrios*, p. 1742-1745 •
• *Numa*, XX, 2 • *Paul-Émile*, XXXVIII, 1 • *Pompée*, LVIII, 2, 6 ; LIX, 3 ; LXIX, 1 • *César*, XXX, 3, 5 ; XXXI, 2 ; XXXIX, 1 ; XLIV, 2 ; LI, 3 ; LXI, 5-6 ; LXII, 10 ; LXIII, 12 ; LXVI, 4 ; LXVII, 2, 5-6 ; LXIX, 12-13 • *Caton le Jeune*, LXXIII, 5 • *Cicéron*, XXIV, 6 ; XLI, 6 ; XLII, 3-4 ; XLIII ; XLV, 1-2, 4-5 ; XLVI, 2-6 ; XLVIII, 5-6 ; XLIX, 1-2, 6 • *Démétrios*, I, 7-8 • *Brutus*, VIII, 2 ; XVII, 2 ; XVIII, 3-7 ; XIX-XX, 1-2, 4 ; XXI ; XXII, 3-6 ; XXIII, 1 ; XXV, 2-3 ; XXVII, 1, 3-6 ; XXVIII, 1 ; XXIX, 7, 10-11 ; XXXVIII-LIII ; LVII, 4 ; LVIII, 1 •

ANTONIA
Fille aînée d'Antoine et d'Octavie.
• *Antoine*, XXXIII, 5 ; XXXV, 8 ; LVII, 4 ; LXXXVII, 6 •

2177

INDEX

Caius ANTONIUS
Frère d'Antoine.
• *Antoine*, XV, 5 ; XXII, 6 • *Brutus*, XXV, 3-4 ; XXVI, 3-8 ; XXVIII, 1-2 •

Caius ANTONIUS Hybridas
Oncle d'Antoine.
• *Cicéron*, XI, 1-2 ; XII, 3-6 ; XVI, 6 ; XXII, 8
• *Antoine*, IX, 3 •

Jullus ANTONIUS
Fils d'Antoine et de Fulvia.
•*Antoine*, LXXXVII, 1-2, 5 •

Marcus ANTONIUS
Aïeul d'Antoine.
• *Marius*, XLIV, 1-7 •*Pompée*, XXIV, 10 • *Antoine*, I, 1 •

Marcus ANTONIUS Antyllus
Autre fils d'Antoine et de Fulvia.
• *Antoine*, XIV, 2 ; XXVIII, 7-12 ; XXXV, 8 ; LIV, 3 ; LVII, 4 ; LXXI, 3 ; LXXXI, 1-2 ; LXXXVII, 1 • *Brutus*, XIX, 2 •

Marcus ANTONIUS Creticus
Père d'Antoine.
• *Antoine*, I, 1-3 ; II, 1 ; LXXXVIII, 2 •

ANTYLLUS
• voir MARCUS ANTONIUS ANTYLLUS •

APELLE
Peintre grec, né à Colophon, en Ionie (IVe siècle avant J.-C.).
• *Alexandre*, IV, 3 • *Démétrios*, XXII, 6 • *Aratos*, XIII, 1-2 •

APELLICON de Téos
Philosophe péripatéticien (IIe-Ier siècle avant J.-C.).
• *Sylla*, XXVI, 1 •

APHIDNA
Dème du nord-est de l'Attique.

• *Thésée*, XXXI, 3 ; XXXII, 3, 6-7 ; XXXIII, 1
• *Romulus*, XXXV, 5 •

APHRODITE
Déesse grecque de l'amour, de la beauté et de la fertilité.
• *Thésée*, XVIII, 3 ; XX, 7 ; XXI, 1 • *Numa*, XIX, 3-4 • *Pélopidas*, XIX, 2 • *Marcellus*, XXII, 6 • *Lucullus*, XII, 1 ; XLIV, 3 • *Crassus*, XVII, 9-10 • *Caton le Jeune*, XXXV, 2 • *Antoine*, XXVI, 2-5 •

APOLLON
• *Thésée*, XIV, 1 ; XV, 1 ; XVIII, 1, 3 ; XXI ; XXII, 4 ; XXVI, 6 • *Lycurgue*, V, 4 ; VI, 3 ; XIII, 11 ; XXIX, 3-6 • *Numa*, IV, 8 ; XIV, 8 • *Solon*, IV, 6 ; IX, 1 • *Thémistocle*, XV, 3 • *Camille*, IV, 5 ; VII, 6 ; VIII, 2 • *Alcibiade*, II, 6 • *Timoléon*, VIII, 2 • *Paul-Émile*, XV, 8-10 ; XXXVI, 4 • *Pélopidas*, XVI, 5-8 • *Marcellus*, VIII, 11 • *Aristide*, XX, 4 • *Flamininus*, I, 1 ; XII, 12 ; XVI, 5 • *Pyrrhos*, XXXI, 7 ; XXXII, 10 • *Lysandre*, XXVI, 1-6 ; XXIX, 10-12 • *Sylla*, XII, 7 ; XVII, 7-8 ; XIX, 12 ; XXII, 4 ; XXIX, 11-12 ; XXXII, 4 • *Cimon*, XIX, 5 • *Lucullus*, XXIII, 5 ; XLI, 6-7 • *Nicias*, III, 5-7 • *Agésilas*, XIX, 4 • *Pompée*, XXIV, 6 • *Alexandre*, III, 1 ; XIV, 6 ; XXIV, 6-7 • *Caton le Jeune*, IV, 1 • *Agis*, IX, 3 • *Caius Gracchus*, XLII, 4 • *Cicéron*, V, 1 ; XLVII, 8 • *Démétrios*, XL, 7-8 • *Antoine*, XXIII, 4 • *Dion*, XXIII, 3-4 • *Brutus*, XXIV, 6-7 • *Aratos*, VII, 2 ; XL, 3-5 •

APOLLONIE
Cité d'Illyrie, au sud de Dyrrachium (Durrazo, actuelle Durrës, en Albanie).
• *Sylla*, XXVII, 2 • *César*, XXXVII, 4 ; XXXVIII, 1 • *Cicéron*, XLIII, 8 • *Antoine*, XVI, 1 • *Brutus*, XXII, 2 ; XXV, 3 ; XXVI, 3-8 •

APOLLONIOS
Fils de Molon, rhéteur qui enseignait à Rhodes au Ier siècle avant J.-C.
• *César*, III, 1 • *Cicéron*, IV, 5-7 •

INDEX

APPIUS
• voir CLAUDIUS •

APULEIUS
• voir SATURNIUS •

AQUILII
Famille romaine.
• *Publicola*, III, 4-5; IV, 1-3; V, 1-2; VII, 1 •

ARABIE, ARABES
• *Thésée*, V, 2 • *Lucullus*, XXI, 5; XXV, 6-7; XXVI, 4; XXIX, 7 • *Crassus*, XXII, 4; XXVIII, 5-6; XXIX, 4; XXXI, 8 • *Pompée*, XXXVIII, 4; XXXIX, 3; XLI, 1; XLII, 2; XLV, 2 • *Alexandre*, XXIV, 10-14; LXVIII, 1 • *Démétrios*, VII, 1 •*Antoine*, XXVII, 4; XXXVI, 3; XXXVII, 3; LXI, 3; LXIX, 5 •

ARAR
• voir SAÔNE •

ARATOS de Sicyone
Stratège de la Confédération achéenne (?-213 avant J.-C.).
• *Vie*, p. 1861-1897 •
• *Philopoemen*, I, 4; VIII, 1, 4, 6 • *Agis*, XIII, 6; XV • *Cléomène*, III, 7-8; IV; V, 1; VI, 3-4; XII, 1; XIV, 1-3; XV, 1; XVI; XVII, 2-5; XIX; XX, 5-8; XXV, 2 •

ARATOS le Jeune
Fils du stratège des Achéens.
• *Aratos*, XLII, 2-3; XLIX, 2; L, 1-3; LI, 3; LIV, 2-4 •

ARAXE
Fleuve d'Arménie.
• *Lucullus*, XXVI, 4 • *Pompée*, XXXIII, 1; XXXIV, 3-4 • *Antoine*, XLIX, 4; LII, 3 •

ARBÈLES
Ville d'Assyrie, lieu de la victoire d'Alexandre sur Darius en 331 avant J.-C.

• *Camille*, XIX, 5 • *Pompée*, XXXVI, 2 • *Alexandre*, XXXI, 6 •

ARCADIE, ARCADIENS
Région du centre du Péloponnèse et ses habitants.
• *Thésée*, XI, 1; XXXII, 5 • *Romulus*, XXI, 2, 4 • *Lycurgue*, II, 1 • *Numa*, XVIII, 6 • *Thémistocle*, VI, 5 • *Périclès*, XXIX, 2 • *Coriolan*, III, 3 • *Pélopidas*, IV, 6-8; XX, 7; XXIV, 1, 8-9; XXV, 2 • *Philopoemen*, XIII, 9; XV, 2 • *Flamininus*, XIII, 3 • *Sertorius*, I, 4 • *Agésilas*, XV, 4-6; XXII, 8; XXX, 7; XXXII, 13; XXXIII, 5 • *César*, LXI, 1 • *Cléomène*, III, 8; IV, 6; VII, 5; XIV, 2 • *Démosthène*, XXVII, 4 • *Démétrios*, XXV, 1 • *Aratos*, V, 1; XXXIV, 7 •

ARCÉSILAS
Philosophe originaire de Pitanè en Éolide (vers 316-240 avant J.-C.).
• *Philopoemen*, I, 3 • *Aratos*, V, 1 •

ARCHÉLAOS
Général de Mithridate, roi du Pont.
• *Marius*, XXXIV, 6 • *Sylla*, XI, 5-7; XV, 1; XVI-XXIV; XLII, 7 • *Lucullus*, VIII, 4; IX, 6; XI, 6 •

ARCHIAS
Oligarque thébain.
• *Pélopidas*, V, 2; VI, 2; VII, 4; IX, 4-13; X; XI • *Agésilas*, XXIII, 11; XXIV, 2 •

ARCHIAS
Acteur tragique grec (IVᵉ siècle avant J.-C.).
• *Démosthène*, XXVIII, 3-4; XXIX; XXX, 2 •

ARCHIDAMIA
Grand-mère d'Agis IV.
• *Pyrrhos*, XXVII, 4 • *Agis*, IV, 1; VII, 4; IX, 6; XIX, 10; XX, 3-4 •

ARCHIDAMOS
Fils d'Agésilas (IVᵉ siècle avant J.-C.).

• *Camille*, XIX, 9 • *Agésilas*, XXV ; XXXIV, 7 ; XXXIII, 5-8 • *Pompée*, LXXXI, 6 • *Agis*, III, 3 •

ARCHIDAMOS
Frère d'Agis IV (IIIe siècle avant J.-C.).
• *Cléomène*, I, 1 ; V, 2-3 • *Caius Gracchus*, XLIV, 2 •

ARCHIDAMOS
Fils d'Eudamidas I (IIIe siècle avant J.-C.).
• *Agis*, III, 3 • *Démétrios*, XXXV, 1 •

ARCHIDAMOS l'Ancien
Roi de Sparte (Ve siècle avant J.-C.).
• *Lycurgue*, XXIX, 10 • *Périclès*, VIII, 5 ; XXIX, 7 ; XXXIII, 3-4 • *Cimon*, XVI, 4-6 • *Crassus*, II, 9 • *Agésilas*, I, 1 ; II, 6 • *Cléomène*, XXVII, 3 •

ARCHILOQUE
Poète originaire de Paros, dans les Cyclades (VIIe siècle avant J.-C.).
• *Thésée*, V, 2 • *Numa*, IV, 9 • *Périclès*, II, 1 ; XXVIII, 7 • *Marius*, XXI, 7 • *Phocion*, VII, 6 • *Caton le Jeune*, VII, 2 • *Démétrios*, XXXV, 6 • *Galba*, XXVII, 9 •

ARCHIMÈDE
Mathématicien, astronome et physicien, de Syracuse (vers 287-212 avant J.-C.).
• *Marcellus*, XIV, 7-15 ; XV ; XVI ; XVII, 2-12 ; XVIII, 1 ; XIX, 8-12 •

ARCHYTAS
Philosophe pythagoricien, originaire de Tarente (actif vers 400 avant J.-C.).
• *Marcellus*, XIV, 9-11 • *Dion*, XVIII, 5-6 ; XX, 1 •

ARÉOPAGE
Tribunal d'Athènes.
• *Solon*, XIX ; XXII, 3 ; XXXI, 3 • *Thémistocle*, X, 6 • *Périclès*, VII, 8 ; IX, 3-5 • *Cimon*, X, 8 ; XV, 2-3 • *Phocion*, XVI, 4 • *Démosthène*, XIV, 5 ; XXVI, 1-2 • *Cicéron*, XXIV, 7 •

ARÈS
Dans la mythologie grecque, fils de Zeus et d'Héra.
• *Thésée*, V, 3 • *Lycurgue*, XX, 13 • *Numa*, XXIV, 6 • *Pélopidas*, XIX, 2 • *Marcellus*, XXI, 3 • *Aristide*, XIX, 7 • *Cimon*, VII, 4 • *Agésilas*, XIV, 4 • *Démosthène*, XXX, 5 • *Démétrios*, XLII, 8 •

ARÉTÈ
Épouse de Dion.
• *Timoléon*, XXXIII, 4 • *Dion*, VI, 1 ; XXI, 1-7 ; XXVI, 5 ; XXXI, 3, 6 ; LI ; LVII, 5 ; LVIII, 8-9 •

AREUS Ier
Roi de Sparte (règne au début du IIIe siècle avant J.-C.).
• *Pyrrhos*, XXVI, 16, 18 ; XXVII, 2 ; XXIX, 11 ; XXX, 4 ; XXXII, 4 • *Agis*, III, 6-7 •

ARGINUSES
Groupe d'îles au sud de Lesbos.
• *Périclès*, XXXVII, 6 • *Lysandre*, VII, 1 •

ARGOLIDE
Région du nord-est du Péloponnèse.
• *Agésilas*, XXXI, 8 • *Cléomène*, IV, 8 ; XXIII, 3 ; XXV, 5 • *Aratos*, XXVIII, 1 •

ARGOS, ARGIENS
Capitale de l'Argolide et ses habitants.
• *Romulus*, XXI, 1 • *Lycurgue*, VII, 3-5 • *Thémistocle*, XX, 3 ; XXIII, 1 • *Périclès*, II, 1 • *Alcibiade*, XII, 3 ; XIV, 3 ; XV, 1, 3 ; XIX, 4 ; XXIII, 1 • *Coriolan*, XLI, 3 • *Timoléon*, IV, 1 • *Paul-Émile*, VIII, 11 • *Pélopidas*, XXIV, 1, 8 • *Caton l'Ancien*, XXIV, 8 • *Philopoemen*, XII, 2 ; XVIII, 6 • *Flamininus*, XII, 5 • *Pyrrhos*, XXX, 2-4 ; XXXI ; XXXII ; XXXIII ; XXXIV, 1 • *Nicias*, X, 4-9 • *Agésilas*, XVIII, 1-3 ; XXI, 3-6 ; XXXI, 8 • *Pompée*, XXIV, 6 • *Cléomène*, XVII ; XVIII, 1 ; XIX, 1-6 ; XX, 5 ; XXI ; XXV, 3-8 ; XXVI, 1-4 • *Démétrios*, XXV, 1-2 • *Aratos*, II, 4 ; III, 1 ; V, 3 ; VI, 2-

INDEX

4; XXV, 1-4; XXVII, 1-2; XXVIII, 5-6; XXIX, 2-6; XXXV, 1, 5; XXXIX, 1, 5; XLIV, 2-5; XLV, 5 •

ARGYRASPIDES
Troupe d'élite macédonienne.
• *Eumène*, XIII, 3-9; XVI, 2-9; XVII, 1-5; XVIII, 1-3; XIX, 3 •

ARIANE
Dans la mythologie grecque, fille de Minos et de Pasiphaé.
• *Thésée*, XIX, 1-10; XX; XXI, 1; XXIII, 4; XXIX, 2 • *Romulus*, XXX, 6-7; XXXV, 1 •

ARIMINUM
Ville d'Ombrie (actuelle Rimini).
• *Marcellus*, IV, 2 • *Pompée*, LX, 1 • *César*, XXXII, 3-8; XXXIII, 1 • *Caton le Jeune*, LII, 1 •

ARIOVISTE
Roi des Suèves, originaire de Germanie.
• *César*, XIX •

ARISTANDROS de Telmessos
Devin.
• *Alexandre*, II, 5; XIV, 8-9; XXV, 1-2, 5; XXXI, 9; XXXIII, 2; L, 5 •

ARISTÉAS de Proconnésos
Poète et voyageur (VIIe siècle avant J.-C. ?).
• *Romulus*, XXVIII, 4 •

ARISTIDE le Juste
Athénien (VIe siècle- vers 468 avant J.-C.).
• *Vie*, p. 605-632; *Comparaison avec Caton l'Ancien*, p. 667-671 •
• *Thémistocle*, III, 1-4; V, 7; XI, 1; XII, 6-8; XVI, 2-6; XX, 2; XXI, 4 • *Périclès*, VII, 3 • *Coriolan*, XLI, 6; XLIII, 8 • *Pélopidas*, IV, 3 • *Cimon*, V, 6; VI, 3; X, 8 • *Nicias*, XI, 6 • *Crassus*, XXXIV, 2 • *Phocion*, III, 7; VII, 5 • *Démosthène*, XIV, 1 •

ARISTION
Tyran d'Athènes (Ier siècle avant J.-C.).
• *Numa*, IX, 12 • *Sylla*, XII, 1; XIII; XIV, 1-4; XIV, 11-12; XXIII, 3 • *Lucullus*, XIX, 7 •

ARISTIPPE de Cyrène
Philosophe, fondateur de l'école de Cyrène (fin V^e-IVe siècle avant J.-C.).
• *Dion*, XIX, 3, 7 •

ARISTOBOULOS
Roi de Judée (Ier siècle avant J.-C.).
• *Pompée*, XXXIX, 3; XLV, 5 • *Antoine*, III, 2-3 •

ARISTOBULE de Cassandreia
Ingénieur et architecte (vers 375-291/290), qui accompagna Alexandre dans son expédition, auteur d'un témoignage souvent cité par Plutarque.
• *Alexandre*, XV, 2; XVI, 15; XVIII, 4; XXI, 9; XLVI, 2; LXXV, 6 • *Démosthène*, XXIII, 6 •

ARISTOCRATÈS
Historien de Sparte (IIe ou Ier siècle avant J.-C.).
• *Lycurgue*, IV, 8; XXXI, 10 • *Philopoemen*, XVI, 4 •

ARISTODÉMOS
Tyran de Mégalopolis.
• *Philopoemen*, I, 4 • *Agis*, III, 7 •

ARISTOGITON
Honoré à Athènes comme libérateur de la tyrannie.
• *Aristide*, XXVII, 6 •

ARISTOMACHÈ
Épouse de Denys l'Ancien.
• *Timoléon*, XXXIII, 4 • *Dion*, III, 3-4, 6; IV, 1-2; VII, 2; XIV, 1; XVIII, 8; LI; LVII, 5; LVIII, 8-9 •

INDEX

ARISTON de Céos
Philosophe péripatéticien (vers 250-? avant J.-C.).
• *Thémistocle*, III, 2 • *Aristide*, II, 3 •

ARISTON de Chios
Philosophe stoïcien (IVᵉ-IIIᵉ siècle avant J.-C.).
• *Caton l'Ancien*, XVIII, 4 • *Démosthène*, X, 2 ; XXX, 1 •

ARISTOPHANE
Poète comique (vers 445-385 avant J.-C.).
• *Thémistocle*, XIX, 4 • *Périclès*, VIII, 4 ; XXVI, 4 ; XXX, 4 • *Alcibiade*, I, 7 ; XVI, 2 • *Sylla*, XLI, 2 • *Cimon*, XVI, 8 • *Nicias*, IV, 7 ; VIII, 3-4 • *Démétrios*, XII, 1 • *Antoine*, LXX, 1 •

ARISTOTE
Philosophe grec (384-322 avant J.-C.)
• *Thésée*, III, 4 ; XVI, 2 • *Lycurgue*, I, 2 ; V, 12 ; VI, 4 ; XIV, 2 ; XXVIII, 2, 7 ; XXXI, 4 • *Solon*, XI, 1 ; XXV, 1 ; XXXII, 4 • *Thémistocle*, X, 6 • *Camille*, XXII, 4 • *Périclès*, IV, 1 ; IX, 2 ; X, 8 ; XXVI, 3 ; XXVIII, 2 • *Coriolan*, XLII, 3 • *Pélopidas*, III, 2 ; XVIII, 5 • *Aristide*, XXVII, 3 • *Caton l'Ancien*, XXIX, 5 • *Lysandre*, II, 5 • *Sylla*, XXVI, 1-3 • *Cimon*, X, 2 • *Nicias*, I, 4 ; II, 1 • *Crassus*, III, 6 • *Alexandre*, VII ; VIII, 1-4 ; XVII, 9 ; LII, 3 ; LIV, 1-2 ; LV, 7-9 ; LXXIV, 5 ; LXXVII, 3 • *Cléomène*, IX, 3 • *Cicéron*, XXIV, 5 • *Dion*, XXII, 5 •

ARISTOXÈNE de Tarente
Philosophe et théoricien de la musique (entre 375 et 360-? avant J.-C.).
• *Lycurgue*, XXXI, 7 • *Timoléon*, XV, 5 • *Aristide*, XXVII, 3 • *Alexandre*, IV, 4 •

ARMÉNIE, ARMÉNIENS
• *Camille*, XIX, 11 • *Sylla*, V, 7 • *Lucullus*, IX, 5 ; XIV, 6, 8 ; XIX, 1 ; XXI, 2-3 ; XXIII, 7 ; XXIV, 6 ; XXV, 7 ; XXVI, 4 ; XXVII, 1 ; XXIX, 1, 8 ; XXXI, 1-5 ; XXXIII, 5 ; XXXIV, 6 ; XXXVI, 5-6 • *Crassus*, XVIII, 4 ; XIX, 1-2 ; XXI, 5 ; XXII, 2 ; XXIX, 2 ; XXXII, 1 ; XXXIII, 1 • *Eumène*, IV, 1 ; V, 1 ; XVI, 5 • *Pompée*, XXVIII, 6 ; XXX, 2 ; XXXI, 13 ; XXXII, 18 ; XXXIII, 1 ; XXXIV, 1-3 ; XXXVI, 1 ; XXXIX, 5 ; XLV, 2 ; LXXXIII, 3 • *César*, L, 1 • *Cicéron*, X, 2 • *Démétrios*, XLVI, 7-8 • *Antoine*, XXXVII, 3 ; XXXVIII, 1 ; XXXIX, 1 ; XLI, 4 ; XLIX, 4-5 ; L, 3-6 ; LII, 3 ; LIV, 7-9 ; LV, 4 ; LVI, 1-7 ; LXI, 5 •

ARPINUM
Ville du Latium.
• *Marius*, III, 1 • *Cicéron*, VIII, 3 •

ARRHIDÉE
• voir PHILLIPE •

ARSACÈS
Roi parthe du IIIᵉ siècle avant J.-C..
• *Sylla*, V, 8-10 • *Crassus*, XVIII, 1 ; XXVII, 3 • *Pompée*, LXXVI, 8 • *Antoine*, LXXXVIII, 5 •

ARTAVASDÈS
Roi de Médie Atropatène.
• *Antoine*, XXXVIII, 3 ; LII ; LIII, 7-12 •

ARTAVASDÈS II
Roi d'Arménie de 53 à 34 avant J.-C., fils de Tigrane II le Grand.
• *Crassus*, XIX, 1-3 ; XXI, 5 ; XXII, 2 ; XXXIII, 1-2 • *Antoine*, XXXVII, 3 ; XXXIX, 1 ; L, 3, 5-6 ; XCII, 3 •

ARTAXERXÈS Iᵉʳ
Longue-Main, roi de Perse (465-425/424 avant J.-C.).
• *Thémistocle*, XXVI, 1 ; XXVII, 1-2 ; XXVIII-XXIX ; XXXI, 2-4, 7 • *Artaxerxès*, I, 1 ; IV, 4 •

ARTAXERXÈS II Mnémon
Roi de Perse (405/404-359/358 avant J.-C.).
• *Vie*, p. 1835-1857 •
• *Alcibiade*, XXXVII, 7-8 • *Pélopidas*, XXX • *Caton l'Ancien*, XXIII, 4 • *Agésilas*, X, 5-6

INDEX

ARTAXERXÈS III Ochos
Roi de Perse (359/358-338 avant J.-C.).
• *Alexandre*, V, 1 ; LXIX, 1-2 • *Artaxerxès*, XXVI, 2-4 ; XXVIII, 3-5 ; XXX •

ARTÉMIS
Dans la mythologie grecque, fille de Zeus et de Létô.
• *Thésée*, XXXI, 2 • *Lycurgue*, XVIII, 2 • *Thémistocle*, VIII, 4-5 ; XXII, 2 • *Pélopidas*, XXI, 4 • *Marcellus*, XVIII, 4 • *Aristide*, XX, 6-8 • *Lysandre*, XXVII, 3 • *Lucullus*, XIII, 5 ; XXIV, 4 • *Sertorius*, XI, 6 • *Agésilas*, VI, 6-10 ; XXXII, 6 • *Alexandre*, III, 5-6 • *Phocion*, XXVIII, 4 • *Artaxerxès*, XXVII, 4 • *Aratos*, XXXII •

ARTÉMISE
Reine de Carie.
• *Thémistocle*, XIV, 4 •

ARTÉMISION
Cap du nord de l'Eubée.
• *Thémistocle*, VII, 2 ; VIII, 2-5 ; IX, 1, 3 •

ARVERNES
Peuple du centre de la Gaule.
• *César*, XXV, 5 ; XXVI, 8 •

ASCAGNE
Dans la légende romaine, fils d'Énée.
• *Romulus*, II, 1 •

ASCLÉPIOS
Dieu grec de la guérison.
• *Numa*, IV, 10 • *Pompée*, XXIV, 6 •

ASIATICUS
• voir SCIPION •

ASIE
• *Lycurgue*, IV, 4 ; XXX, 5 • *Thémistocle*, VIII, 5 ; XVI, 2-5 ; XXIV, 7 ; XXV, 2-3 ; XXXI, 3 • *Périclès*, XVII, 1-2 • *Timoléon*, XXIII, 3 • *Paul-Émile*, VII, 2 • *Pélopidas*, XXX, 2 •

Aristide, IX, 5 ; XI, 9 • *Caton l'Ancien*, XII, 2 ; XXIX, 3 • *Philopoemen*, XIV, 3 • *Flamininus*, VI, 5 ; XII, 2 ; XV, 5 ; XVI, 3 ; XXI, 10 • *Pyrrhos*, XII, 3-8 • *Marius*, XI, 8 • *Lysandre*, IX, 4 ; XIV, 2 ; XXIII, 1-5 ; XXVII, 1 • *Sylla*, XI, 3 ; XXII, 5-9 ; XXIII, 7 ; XXIV, 7 ; XXV, 4-5 ; XLIII, 3 • *Cimon*, XII, 1 ; XIX, 4 • *Lucullus*, IV, 1-4 ; VII, 1-6 ; XIV, 6 ; XX, 1 ; XXIII, 1-7 ; XXV, 1 ; XXXIII, 5 ; XXXIV, 4 ; XXXVI, 5-6 ; XLV, 5 ; XLVI, 1 • *Crassus*, VII, 5 ; XXXVII, 2 • *Sertorius*, XXIV, 2-5 • *Eumène*, I, 7 ; III, 5 ; V, 1 • *Agésilas*, VI, 1-3 ; VII, 2 ; XIV, 1-4 ; XV ; XVII, 2 ; XVIII, 2 ; XIX, 4 ; XX, 3 ; XXIII, 2 • *Pompée*, XXXVII, 4 ; XLII, 7 ; XLV, 7 ; XLVI, 5 ; LXXX, 9 ; LXXXII, 5 ; LXXXIV, 10 • *Alexandre*, III, 7 ; V, 2 ; VII, 6 ; VIII, 3 ; IX, 10 ; XVI, 1-18 ; XVIII, 8 ; XXXIV, 1 ; XXXVIII, 3 ; XLVII, 1 ; XLIX, 13 ; LIII, 1 ; LVI, 1 • *César*, II, 6 ; XLVIII, 1 ; L, 1 • *Phocion*, XVIII, 7 ; XXI, 3 ; XXV, 5 ; XXVI, 1 ; XXX, 9 • *Caton le Jeune*, X, 2 ; XI, 1 ; XII, 2 ; XIV, 7 ; XXIX, 1 ; LIV, 1 • *Agis*, III, 2 ; XI, 6 • *Tibérius Gracchus*, XX, 7 ; XXI, 4 • *Démosthène*, XIV, 2 ; XX, 4 ; XXIII, 2 ; XXV, 1 • *Cicéron*, IV, 5 ; XXXIX, 3 • *Démétrios*, XXXV, 5 ; XLIV, 1 ; XLVI, 4 • *Antoine*, XXIV, 1-8 ; XXVI, 5 ; XXX, 2 ; XXXIII, 1 ; XXXV, 8 ; XXXVII, 5 ; LIII, 2 ; LXVII, 8 ; LXIX, 4 ; LXXII, 1 ; LXXXVIII, 1 • *Brutus*, XIX, 5 ; XXIV, 4 ; XXV, 1 ; XXVII, 1 ; XXVIII, 3 ; XXXIII, 6 ; XXXVI, 1-5 • *Artaxerxès*, XX ; XXI, 6 • *Othon*, XV, 6 •

ASINIUS
• voir POLLION •

ASOPOS
Fleuve de Béotie.
• *Solon*, IX, 1 • *Aristide*, XI, 2 ; XV, 2 •

ASPASIE de Milet
Compagne de Périclès.
• *Périclès*, XXIV, 2-11 ; XXV, 1 ; XXX, 4 ; XXXII, 1-5 •

INDEX

ASPASIE de Phocée
Concubine de Cyrus.
• *Périclès*, XXIV, 11-12 • *Artaxerxès*, XXVI, 5-9 ; XXVII, 3-10 ; XXVIII, 5 •

ASPIS
Citadelle d'Argos.
• *Pyrrhos*, XXXII, 2-8 • *Cléomène*, XVII, 8 ; XXI, 5 •

ATHÉNA
Dans la mythologie grecque, déesse tutélaire d'Athènes.
• *Lycurgue*, V, 8 ; VI, 2 ; XI, 8 • *Solon*, XII, 1 • *Thémistocle*, X, 2-7 ; XIX, 4 • *Périclès*, XIII, 12-14 ; XXXI, 2 • *Alcibiade*, II, 6 ; XXXIV, 1-2 • *Coriolan*, XXXII, 5 • *Marcellus*, XXX, 6-8 • *Aristide*, XX, 3 • *Caton l'Ancien*, XIX, 4 • *Pyrrhos*, XXVI, 9-10 • *Lysandre*, XXX, 1 • *Sylla*, IX, 7-8 • *Lucullus*, X, 4 • *Nicias*, XIII, 6 • *Eumène*, VI, 9-10 • *Agésilas*, XIX, 2 • *Alexandre*, XV, 7 • *Phocion*, VII, 6 • *Agis*, XI, 8 ; XVI, 6 • *Cléomène*, IV, 1 • *Démosthène*, XI, 5 ; XXVI, 6 • *Cicéron*, XXXI, 6 • *Démétrios*, X, 5 ; XII, 3 ; XXIII, 5 ; XXIV, 1 • *Artaxerxès*, III, 2 •

ATIA
Mère d'Auguste.
• *Cicéron*, XLIV, 1-6 • *Antoine*, XI, 2 ; XVI, 1 ; XXXI, 1 • *Brutus*, XXII, 1 •

ATLANTIDE
Île mythique évoquée par Platon dans le Timée *et le* Critias.
• *Solon*, XXVI, 1 ; XXXI, 6 ; XXXII, 1-2 •

ATLANTIQUE, océan
• *Timoléon*, XX, 8 • *Sertorius*, VIII, 1-5 ; XXIV, 2 • *Pompée*, XXXVIII, 5 • *César*, XXIII, 2 •

ATTALE Iᵉʳ
Roi de Pergame (vers 269-197 avant J.-C.).
• *Flamininus*, VI, 4-5 •

ATTALE II
Roi de Pergame (vers 220-138 avant J.-C.).
• *Camille*, XIX, 11 • *Antoine*, LX, 6 •

ATTALE III Philométor
Dernier roi de Pergame (vers 171-133 avant J.-C.).
• *Tibérius Gracchus*, XIV, 1-2 • *Démétrios*, XX, 3 •

ATTIQUE
Région de Grèce.
Thésée, XV, 1 ; XIX, 9 ; XXII, 1 ; XXIV, 1 ; XXV, 4 ; XXIX, 2 ; XXXII, 2-4 ; XXXIV, 3 • *Solon*, X, 3 ; XIII, 1-4 ; XV, 6 ; XXII, 1-3 • *Thémistocle*, IX, 3 ; XII, 2 ; XIII, 1 • *Périclès*, X, 3 ; XXII, 1-2 ; XXX, 3 ; XXXIII, 3-6 • *Alcibiade*, XV, 8 ; XXIII, 2 • *Pélopidas*, XII, 1-5 ; XIV, 6 • *Aristide*, V, 5 ; VIII, 1 ; X, 7 ; XI, 5-8 • *Lysandre*, IX, 4 ; XIV, 1 ; XXIX, 12 • *Sylla*, XV, 3 • *Cimon*, IV, 3 ; XIX, 5 • *Phocion*, XVI, 3 ; XXI, 3 ; XXVI, 5 • *Démosthène*, XVII, 5 ; XXVI, 5 • *Démétrios*, XXIII, 2-3 ; XXXIII, 2-5 • *Aratos*, XXIV, 3 •

ATTIS
Héros phrygien.
• *Numa*, IV, 3 • *Sertorius*, I, 4 •

AUGUSTE
Caius Octavus
Premier des empereurs romains (63 avant J.-C.-14 après J.-C.).
• *Romulus*, XVII, 3 • *Numa*, XIX, 6 ; XX, 2 • *Publicola*, XVII, 8 • *Périclès*, I, 1 • *Paul-Émile*, XXXVIII, 1 • *Marcellus*, XXX, 5-11 ; XXXI, 8 • *Alexandre*, LXIX, 8 • *César*, LXVII, 5 ; LXIX, 12 • *Caton le Jeune*, LXXIII, 5 • *Cicéron*, XLIII, 8 ; XLIV, 1-7 ; XLV, 1-6 ; XLVI ; XLVII, 5-6 ; XLIX, 5-6 ; LII, 1 ; LIII, 4 • *Antoine*, XI, 2 ; XVI, 1-8 ; XVII, 1-2 ; XIX, 1-3 ; XX, 1, 5 ; XXI, 1 ; XXIII, 1 ; XXIV, 1 ; XXVIII, 1 ; XXX-XXXI, 1-5 ; XXXII, 2-3 ; XXXIII, 1-5 ; XXXIV, 9 ; XXXV ; LIII-LVIII ; LIX, 8 ; LXXI, 1 ; LXXII, 1 ; LXXIII, 6 ; LXX-

2184

INDEX

VII, 7; LXXVIII, 1-3; LXXX; LXXXII, 2; LXXXIV, 1-2; LXXXVII, 1-2, 4-6 • *Brutus,* XXII; XXIII, 1; XXVII, 1, 3-4, 6; XXIX, 10-11; L, 2; LIII, 1-3; LVIII, 2-4 • *Galba,* III, 2 •

AULIS
Cité de Béotie, face à l'Eubée.
• *Pélopidas,* XXI, 4 • *Lysandre,* XXVII, 3 • *Agésilas,* VI, 6-7 •

AURÉLIA
Mère de Jules César.
• *César,* VII, 3; IX, 3; X, 2-3 • *Cicéron,* XXVIII, 3 •

AVENTIN
Colline de Rome.
• *Romulus,* IX, 4; XX, 6; XXIII, 3 • *Numa,* XV, 3 • *Caius Gracchus,* XV, 1 •

BABYLONE
Ville de Mésopotamie.
• *Caton l'Ancien,* IV, 5 • *Crassus,* XVII, 8; XXXVII, 3 • *Eumène,* III, 2 • *Alexandre,* LXIX, 6; LXXIII • *Démétrios,* VII, 3 • *Artaxerxès,* VII, 2-3; VIII, 2; XIX, 10 •

BABYLONIE
Région d'Asie.
• *Alexandre,* XXXV, 1, 14-15 • *Démétrios,* VII, 2 • *Antoine,* XLV, 12 •

BACCHANTES, LES
Dernière des tragédies d'Euripide.
• *Crassus,* XXXIII, 3 • *Alexandre,* LIII, 4 • *Démétrios,* XLV, 5 •

BACCHYLIDE de Céos
Poète lyrique grec du Vᵉ siècle avant J.-C.
• *Numa,* IV, 11; XX, 6 •

BACTRES
Capitale de la Bactriane, en Asie centrale (actuelle Balkh, au nord de l'Afghanistan).
• *Crassus,* XXXVII, 3 • *Antoine,* XXXVII, 5 •

BACTRIANE
Région de l'Asie centrale (nord de l'actuel Afghanistan).
• *Crassus,* XVI, 2 • *Alexandre,* XXXII, 5 •

BAETIS
Actuel Guadalquivir.
• *Caton l'Ancien,* X, 3 • *Sertorius,* VIII, 1; XII, 4 •

BANQUET, LE
Ouvrage de Xénophon d'Athènes.
• *Lysandre,* XV, 7 • *Agésilas,* XXIX, 2 •

BELGES
Peuple gaulois.
• *Pompée,* LI, 1 • *César,* XX, 4-5 •

BELLÉROPHON
Héros corinthien de la mythologie grecque.
• *Coriolan,* XXXII, 6 •

BELLONE
Déesse romaine de la guerre.
• *Sylla,* VII, 12; XXVII, 12; XXX, 3 • *Cicéron,* XIII, 4 •

BÉOTIE, BÉOTIENS
Région de Grèce et ses habitants.
• *Lycurgue,* XIII, 9 • *Thémistocle,* VII, 2; IX, 3 • *Camille,* XIX, 4-8 • *Périclès,* XVII, 2; XVIII, 2-3; XXXIII, 5 • *Fabius Maximus,* XXX, 3 • *Alcibiade,* I, 1; XIV, 4-5; XXIV, 1; XXXI • *Paul-Émile,* XXIII, 6 • *Pélopidas,* VI, 5; XIV, 1; XV, 2-3; XX, 1 • *Marcellus,* XXI, 3 • *Aristide,* VIII, 1; X, 1, 7-8; XXI, 3; XX • *Philopoemen,* XII, 3 • *Flamininus,* VI, 1, 5 • *Marius,* XLI, 1 • *Lysandre,* XXII, 4; XXVII, 1, 6; XXVIII, 1-2; XXIX, 4-12 • *Sylla,* XI, 7-8; XV, 2-5; XX, 3-6; XXII, 7; XXVI, 7; XLII, 3; XLIII, 2 • *Cimon,* I, 1 • *Lucullus,* VIII, 4 • *Nicias,* X, 2-8; XXI, 7-8 • *Agésilas,* VI, 9; VIII, 4; XVII, 1-4; XIX, 2-4; XXII, 5-7; XXIII, 5; XXIV, 3; XXVI, 2; XXVIII, 1-2 • *Pompée,*

INDEX

LXXXI, 7 • *Phocion*, IX, 6 ; XV, 1 ; XXIII, 5 ; XXIV, 3 • *Démosthène*, XXIII, 2 • *Démétrios*, XXIII, 3 ; XXXIX ; XL, 3 • *Aratos*, XVI, 1 ; L, 7 •

BÉRÉNICE
Épouse en secondes noces de Ptolémée Ier *Soter (fin* IVe*-*IIIe *siècle avant J.-C.).*
• *Pyrrhos*, IV-VII •

BÉROIA
Ville de Macédoine.
• *Pyrrhos*, XI, 3-8 • *Pompée*, LXIV, 2 • *Démétrios*, XLIV, 5 •

BÉTIQUE
Andalousie.
• *Sertorius*, XII, 4 •

BIAS
Un des Sept Sages.
• *Solon*, IV, 5-7 •

BIBRACTE
Ancienne ville de Gaule, capitale et oppidum des Éduens.
• *César*, XVIII, 2-6 •

BIBULUS
Marcus Calpurnius Bibulus
Homme politique romain, préteur puis consul en 59.
• *Pompée*, XLVII, 6 ; XLVIII, 2-5 ; LIV, 6 • *César*, XIV, 2-9 • *Caton le Jeune*, XXV, 3-8 ; XXXI, 7 ; XXXII, 3 ; XLVII, 3 ; LIV, 6 • *Antoine*, V, 4 • *Brutus*, XIII, 3 •

BIENHEUREUX, îles des
Autre nom des îles Atlantiques qui désignent peut-être les îles Canaries.
• *Sertorius*, VIII, 2, 5 ; IX, 1 •

BITHYNIE, BITHYNIENS
Région du nord de l'Asie Mineure et ses habitants.

• *Thésée*, XXVI, 3 • *Numa*, IV, 3 • *Alcibiade*, XXIX, 6 ; XXXVII, 6-7 • *Caton l'Ancien*, IX, 1 • *Flamininus*, XX, 4-6 • *Sylla*, XI, 3 ; XXII, 9 ; XLIII, 3 • *Lucullus*, VI, 6 ; VII, 6 ; XI, 3 ; XIII, 1 ; XIV, 1 ; XXXIII, 5 • *Sertorius*, XXIII, 6 ; XXIV, 3 • *Pompée*, XXX, 1 • *César*, I, 7-8 ; L, 1 • *Brutus*, XIX, 5 ; XXVIII, 3 •

BITON
Frère de Cléobis, héros d'Argos et, selon la légende, le plus heureux des hommes.
• *Solon*, XXVII, 7 •

BITURIGES
Peuple du centre de la Gaule (autour d'Avaricum/Bourges).
• *Camille*, XV, 2 •

BLOSSIUS de Cumes
Philosophe stoïcien grec, proche de Tibérius Gracchus.
• *Tibérius Gracchus*, VIII, 6 ; XVII, 5-6 ; XX, 5-7 •

BOCCHUS
Beau-père de Jugurtha, roi de Mauritanie.
• *Marius*, X, 3-9 ; XXXII, 4 • *Sylla*, III, 2-9 ; V, 2 ; VI, 1-2 •

BOÉDROMIES
Fête athénienne.
• *Thésée*, XXVII, 3 •

BOÉDROMION
Mois du calendrier athénien.
• *Thésée*, XXVII, 3 • *Camille*, XIX, 5-6, 10-11 • *Aristide*, XIX, 8 • *Alexandre*, XXXI, 8 • *Phocion*, VI, 7 ; XXVIII, 2 • *Démosthène*, XXVIII, 1 • *Démétrios*, XXVI, 2-5 •

BONNE DÉESSE *(Bona Dea)*
Divinité romaine, fille ou épouse de Faunus.
• *César*, IX, 4-8 • *Cicéron*, XIX, 4-5 ; XX, 1-2 •

INDEX

BORÉAL
Océan.
• *Camille*, XV, 2 • *Marius*, XI, 5 •

BOSPHORE
• *Thésée*, XXVII, 2 • *Sylla*, XI, 4 • *Lucullus*, XXIV, 1; XLVI, 2 • *Pompée*, XXXII, 1-6; XXXV, 1; XXXVIII, 2; XXXIX, 1 •

BRASIDAS
Général spartiate (?-422 avant J.-C.).
• *Lycurgue*, XXV, 8-9; XXX, 5 • *Lysandre*, I, 1; XVIII, 2 • *Nicias*, IX, 3-4 •

BRENNUS
Chef gaulois (IVe siècle avant J.-C.).
• *Camille*, XVII, 2, 6-9; XXII; XXIII, 1; XXVI, 2-5; XXVII; XXVIII, 4-7; XXIX, 3-6 •

BRETAGNE, BRETONS
L'actuelle Grande-Bretagne et ses habitants.
• *Crassus*, XXXVII, 2 • *Pompée*, LI, 1 • *César*, XVI, 5; XXIII, 2-4 • *Caton le Jeune*, LI, 4 •

BRITOMARTUS
Gaulois, roi des Gaïsates.
• *Romulus*, XVI, 7 • *Marcellus*, VI, 4-12; VII; VIII, 6 •

BRUNDISIUM
Colonie latine du sud de l'Italie (actuelle Brindisi).
• *Paul-Émile*, XXXVI, 4 • *Caton l'Ancien*, XIV, 3 • *Sylla*, XXVII, 1 • *Crassus*, XVII, 1 • *Pompée*, XXVII, 1-3; LXII, 3-6; LXIII, 3; LXV, 4 • *César*, XXXV, 2; XXXVII, 4-8; XXXVIII, 1; XXXIX, 1 • *Caton le Jeune*, XV, 4 • *Cicéron*, XXXII, 3; XXXIX, 3-4; XLI, 3 • *Antoine*, VII, 2; XXXV, 1; LXII, 2 •

BRUTTIUM, BRUTTIENS
Région du sud de l'Italie et ses habitants.
• *Fabius Maximus*, XXI; XXII, 1, 3-5 • *Timoléon*, XVI, 4; XIX, 2-6; XXX, 3 • *Crassus*, VI, 8 • *Caton le Jeune*, LII, 4 •

BRUTUS
Lucius Junius Brutus
Considéré à Rome comme le fondateur de la République. Consul en 509 avant J.-C.
• *Publicola*, I, 3-5; II, 2; III, 2-5; VI; VII, 1-5; IX, 3-4, 10; X, 1-2; XVI, 1 • *César*, LXI, 9; LXII, 1 • *Brutus*, I; IX, 6 •

BRUTUS
Marcus Junius Brutus
Fils adoptif et meurtrier de César (85 ?-42 avant J.-C.).
• *Vie*, p. 1785-1828; *Comparaison avec Dion*, p. 1829-1831 •
• *Pompée*, XVI, 8; LXIV, 5 • LXXX, 9 • *César*, XLVI, 4; LIV, 4; LVII, 5; LXII; LXIV, 1; LXVI, 5-12; LXVII, 1, 3-7, 9; LXVIII, 7; LXIX, 6-14 • *Caton le Jeune*, XXXVI, 2; LXXIII, 6-7 • *Cicéron*, XLII, 1-3; XLIII, 1; XLV, 2-3; XLVII, 1; LIII, 4 • *Antoine*, XI, 6; XIII, 1-3; XIV, 2-3, 5; XV, 1; XXII, 5-7; LXIX, 2; LXXXIX, 2, 5 • *Dion*, I, 1-2; II, 1-2, 5, 7 •

BUCÉPHALE
Cheval d'Alexandre.
• *Alexandre*, VI; XVI, 14; XXXII, 12; XLIV, 3-5; LXI, 1-2 •

BYZANCE, BYZANTINS
• *Périclès*, XVII, 2 • *Alcibiade*, XXXI, 3-9 • *Aristide*, XXIII, 5 • *Cimon*, VI, 4; IX, 3 • *Nicias*, XXII, 3 • *Alexandre*, IX, 1 • *Phocion*, XIV, 3-8 • *Caton le Jeune*, XXXIV, 7; XXXVI, 2-3 • *Démosthène*, IX, 1; XVII, 2 • *Cicéron*, XXIV, 9; XXXIV, 2 •

CABIRES
Divinités thraces.
• *Paul-Émile*, XXIII, 11 • *Marcellus*, XXX, 6 •

CADMÉE
Citadelle de Thèbes.
• *Thésée*, XXIX, 4 • *Pélopidas*, V, 2-3; VI, 1; XII, 4; XIII, 1-4; XV, 6; XVIII, 1 • *Agésilas*,

2187

INDEX

XXIII, 6-11 • *Alexandre*, XI, 10 • *Phocion*, XXVI, 5 •

CADMOS
Héros thébain fondateur légendaire de la cité.
• *Sylla*, XVII, 8 •

CAECILIA
• voir MÉTELLA •

CAECILIUS
• voir MÉTELLUS • SCIPION •

CAECILIUS de Caléactè
Rhéteur sicilien qui enseignait à Rome à l'époque d'Auguste.
• *Démosthène*, III, 2 •

CAECUS
• voir CLAUDIUS •

CAEPIO
Quintus Servilius Caepio
Général et proconsul romain (?-105 avant J.-C.).
• *Camille*, XIX, 11 • *Marius*, XVI, 9; XIX, 3 • *Lucullus*, XXVII, 8 • *Sertorius*, III, 1 •

CAESONINUS
• voir PISO •

CALANOS
Gymnosophiste indien.
• *Alexandre*, VIII, 5; LXV, 2-8; LXIX, 6-8 •

CALAURIE
Île à l'entrée du golfe Saronique (Poros).
• *Pompée*, XXIV, 6 • *Phocion*, XXIX, 1 • *Démosthène*, XXX, 6; XXIX, 1 •

CALIGULA
Caius Julius Caesar Germanicus, empereur romain (12-41 après J.-C.).
• *Romulus*, XX, 8 • *Antoine*, LXXXVII, 8 • *Galba*, IX, 1-4; XII, 3 •

CALLIAS
Fils d'Hipponicos.
• *Périclès*, XXIV, 8 • *Alcibiade*, VIII, 1-4 •

CALLIAS
Porte-flambeau à Éleusis.
• *Aristide*, V, 6-8; XXV, 4-9 • *Caton l'Ancien*, XXXI, 6 • *Cimon*, IV, 8; XIII, 5 •

CALLICRATÈS
Architecte grec du Ve siècle. Collabore à la construction du Parthénon.
• *Périclès*, XIII, 7 •

CALLICRATIDAS
Amiral spartiate.
• *Lycurgue*, XXX, 5 • *Pélopidas*, II, 2-3 • *Lysandre*, V, 7-8; VI; VII • *Artaxerxès*, XXII, 3 •

CALLIMAQUE
Poète hellénistique (vers 310-240 avant J.-C.).
• *Antoine*, LXX, 8 •

CALLIMÉDON
Orateur grec (IVe siècle avant J.-C.), hostile à la démocratie.
• *Phocion*, XXVII, 9; XXXIII, 4; XXXV, 2-5 • *Démosthène*, XXVII, 2 •

CALLIPPOS
Meurtrier de Dion.
• *Timoléon*, XI, 6 • *Paul-Émile*, XLI, 5-6 • *Nicias*, XIV, 7 • *Dion*, XVII, 2; XXVIII, 3; LIV; LVI, 1, 6; LVII; LVIII, 1, 7 •

CALLISTHÈNE
Historien, neveu et disciple d'Aristote (vers 370-327 avant J.-C.).
• *Camille*, XIX, 7 • *Pélopidas*, XVII, 4 • *Aristide*, XXVII, 3 • *Sylla*, XXXVI, 5 • *Cimon*, XII, 5; XIII, 4 • *Agésilas*, XXXIV, 4 • *Alexandre*, XXVII, 4; XXXIII, 1, 10; LII, 3-9, LIII-LV •

INDEX

CALLISTRATOS
Orateur et homme politique athénien du IVe siècle.
• *Démosthène*, V, 1-5 ; XIII, 3 •

CALPURNIA
Fille de Piso.
• *Pompée*, XLVII, 10 • *César*, XIV, 8 ; LXIII, 8-11 ; LXIV, 4-6 • *Caton le Jeune*, XXXIII, 7 • *Antoine*, XV, 1 •

CALPURNIUS
• voir BIBULUS • PISO •

CALPUS
L'un des quatre fils de Numa.
• *Numa* ; XXI, 2-4 •

CALVINUS
• voir DOMITIUS •

Caius CALVISIUS Sabinus
Gouverneur romain en Pannonie (région de l'actuelle Hongrie) en 39 après J.-C.
• *Galba*, XII, 2 •

CAMARINA
Ville de Sicile.
• *Timoléon*, XXXI, 2 • *Dion*, XXVII, 1 •

CAMBYSE
Roi de Perse (règne de 530 à 522 avant J.-C.).
• *Alexandre*, XXVI, 12 •

CAMILLE
Marcus Furius Camillus
Le second fondateur de Rome (début du IVe siècle avant J.-C.).
• *Vie*, p. 285-319 •
• *Romulus*, XXIX, 4 • *Numa*, IX, 15 ; XII, 13 • *Fabius Maximus*, III, 1 • *Marius*, XXVII, 9 • *Galba*, XXIX, 4 •

CAMPANIE
Région du sud de l'Italie.
• *Fabius Maximus*, VI, 2 ; XXIX, 1 • *Marcellus*, XXVI, 8 • *Sylla*, XXVII, 8 • *Crassus*, XXII, 4 • *Caton le Jeune*, XXXIII, 1 • *Cicéron*, VI, 3 ; XXVI, 4 • *Dion*, XXVII, 2 •

CANIDIUS ou Caninius
Ami de Caton le Jeune.
• *Caton le Jeune*, XXXV, 2 ; XXXVI, 2 ; XXXVII, 1-6 • *Brutus*, III, 2-3 •

Publius CANIDIUS Crassus
Général d'Antoine.
• *Antoine*, XXXIV, 10 ; XLII, 6 ; LVI, 1-6 ; LXIII, 6-7 ; LXV, 3 ; LXVII, 8 ; LXVIII, 5 ; LXXI, 1 •

CANNES
Ville d'Apulie, lieu d'une défaite romaine contre Hannibal (216 avant J.-C.).
• *Fabius Maximus*, IX, 3 ; XV ; XVI • *Paul-Émile*, II, 3-4 • *Marcellus*, IX, 2 ; X, 4-7 ; XIII, 4-10 ; XXIV, 1 •

CANOPE
Ville du delta du Nil.
• *Solon*, XXVI, 1 • *Cléomène*, XXXVII, 1 • *Antoine*, XXIX, 7 ; XC, 4 •

CANTHAROS
Un des bassins du port du Pirée.
• *Phocion*, XXVIII, 6 •

CANULEIA
Vestale.
• *Numa*, X, 1 •

CANUSIUM
Ville d'Apulie.
• *Marcellus*, IX, 2-3 ; XXV, 3-10 ; XXVI •

CAPHYAÏ
Cité du nord de l'Arcadie.
• *Cléomène*, IV, 7 • *Aratos*, XLVII, 4 •

INDEX

CAPITOLE
Une des sept collines de Rome.
• *Romulus*, XVII, 2-6 ; XVIII, 1 ; XXV, 7 • *Numa*, VII, 4 ; XII, 13 • *Publicola*, XIII, 4 ; XIV, 3-6 ; XV, 3-5 • *Camille*, XII, 4 ; XX, 3 ; XXII, 5-7 ; XXIII, 1 ; XXIV, 3-4 ; XXV ; XXVI ; XXVII ; XXVIII, 2 ; XXX, 3 ; XXXI, 4 ; XXXVI, 2-9 ; XLII, 4 • *Fabius Maximus*, XVII, 1 ; XXII, 8 • *Paul-Émile*, XXX, 8 ; XXXI, 3 • *Marcellus*, XXIII, 2 • *Marius*, XII, 7 ; XXX, 4 ; XXXII, 4 • *Sylla*, VI, 1 ; X, 7 ; XXVII, 12-13 • *César*, VI, 1-4 ; LXI, 7 ; LXVII, 3 • *Caton le Jeune*, XL, 1 • *Tibérius Gracchus*, XV, 3 ; XVII, 3-6 ; XIX, 5 ; XX, 6 • *Caius Gracchus*, III, 6 ; XIII, 3 ; XIV, 2 • *Cicéron*, XXXI, 6 ; XXXIV, 1 ; XLIV, 3 • *Antoine*, XIV, 2 ; XVI, 6 • *Brutus*, I, 1 ; XVIII, 7-13 ; XIX, 2 • *Othon*, I, 1 ; IV, 8 •

CAPOUE
Cité de Campanie.
• *Fabius Maximus*, XVII, 4 ; XXIX, 1 • *Sylla*, XXVII, 10 • *Crassus*, VIII, 2 ; IX, 1 • *Caius Gracchus*, VIII, 3 •

CAPPADOCE, CAPPADOCIENS
Région d'Asie Mineure et ses habitants.
• *Marius*, XXXI, 2 ; XXXIV, 6 • *Sylla*, V, 6-7 ; IX, 7 ; XI, 3 ; XXII, 6, 9 ; XXIII, 4 ; XLIII, 3 • *Lucullus*, VI, 1 ; XIV, 8 ; XXI, 4 ; XXVI, 1 ; XXXV, 6 • *Crassus*, XVIII, 4 • *Sertorius*, XXIII, 6 ; XXIV, 3 • *Eumène*, III, 3-12 ; V, 1 ; VI, 7 ; IX, 3 ; X, 2 ; XII, 5 ; XIII, 2 ; XVI, 5 • *Pompée*, XXX, 2 ; XLV, 2 • *Alexandre*, XVIII, 5 • *César*, L, 1 • *Caton le Jeune*, LXXIII, 3 • *Cicéron*, XXXVI, 1 ; LII, 3-7 • *Démétrios*, IV, 4 • *Antoine*, LXI, 2 •

CARBO
Cnaeus Papirius Carbo
Adversaire de Sylla.
• *Sylla*, XXII, 1 ; XXVIII, 6, 17 ; XXIX, 8 • *Sertorius*, VI, 1 ; VII, 1 ; XXII, 4 • *Pompée*, V, 4 ; VI, 3, 5-6 ; VII, 6 ; X, 1, 4-6 • *Brutus*, XXIX, 6 •

CARDIA
Ville de la Chersonèse de Thrace.
• *Sertorius*, I, 11 • *Eumène*, I, 1-2 ; III, 6-7 • *Alexandre*, LI, 4 •

CARIE, CARIENS
Région du sud de l'Asie Mineure et ses habitants.
• *Thésée*, VIII, 6 • *Numa*, IV, 3 • *Thémistocle*, I, 2 • *Alcibiade*, XXXV, 5 • *Aristide*, XIX, 2 • *Agésilas*, IX, 3 ; X, 1 ; XIII, 5 • *Alexandre*, X, 1-3 ; XXII, 7 • *Cicéron*, IV, 5 ; XXXVI, 6 • *Démétrios*, XLVI, 4 • *Artaxerxès*, X, 3 ; XIV, 6-10 • *Aratos*, XII, 5-6 •

CARMENTA
Déesse de la mythologie romaine.
• *Romulus*, XXI, 2-3 •

CARMENTALE
Nom d'une porte de Rome.
• *Camille*, XXV, 3 •

CARNÉADE
Philosophe originaire de Cyrène, fondateur de la Nouvelle Académie (vers 213-129 avant J.-C.).
• *Caton l'Ancien*, XXII, 1-5 ; XXIII, 1 • *Lucullus*, XLII, 3 • *Cicéron*, IV, 2 •

CARNUTES
Peuple gaulois de la région de Genabum (Orléans).
• *César*, XXV, 5 •

CARRHES
Ville de Mésopotamie.
• *Crassus*, XXIII-XXXII •

CARTHAGE, CARTHAGINOIS
Ville d'Afrique du nord (actuelle Tunisie), fondée par les Phéniciens ; ses habitants.
• *Romulus*, XV, 3 • *Camille*, XIX, 7 • *Périclès*, XX, 4 • *Fabius Maximus*, V, 1-4 ; XII, 5 ; XV, 1-4 ; XVII, 2 ; XXV, 1-3 ; XXVI, 3-

4 ; XXVII, 1 ; XXIX, 3 ; XXX, 1 • *Alcibiade*, XVII, 3-4 • *Timoléon*, II, 1-4 ; VII, 4-6 ; IX, 4-7 ; X, 1-4 ; XI, 1-5 ; XII, 2 ; XVII, 1-3 ; XX, 7 ; XXI, 1 ; XXII, 8 ; XXIII, 8 ; XXIV, 1-4 ; XXV ; XXVII, 5-10 ; XXVIII, 1-11 ; XXIX, 6 ; XXX, 1-6 ; XXXIV, 1-2 ; XXXV, 2 • *Paul-Émile*, XXII, 8 ; XL, 1-4 • *Marcellus*, I, 5 ; X, 4 ; XII, 3-4 ; XIII, 2 ; XIV, 1 ; XVIII, 2 ; XIX, 7 ; XX, 5-6 ; XXV, 3-7 ; XXVI, 6 ; XXIX, 13 ; XXXIII, 6 • *Caton l'Ancien*, XXVI ; XXVII, 2-5 ; XXXII, 4 • *Pyrrhos*, XIV, 10 ; XXII, 2 ; XXIII, 2-8 ; XXIV, 1 • *Marius*, XII, 2 ; XL, 5-9 • *Lucullus*, XXXI, 4 ; XXXII, 4 ; XXXVIII, 4 • *Nicias*, XII, 2 • *Sertorius*, I, 5 • *Pompée*, XI, 3-4 ; XIV, 1 • *César*, LVII, 8 • *Caius Gracchus*, X, 2 ; XI, 1-2 ; XIII, 1 ; XLIII, 2 • *Dion*, V, 8 ; XIV, 4-6 ; XXV, 11, 13 ; LII, 2 • • Voir aussi PHÉNICIE •

Spurius CARVILIUS
Romain.
• *Romulus*, XXXV, 4 • *Numa*, XXV, 13 •

CASCA
Publius Servilius Casca Longus
L'un des conjurés qui participent à l'assassinat de César.
• *César*, LXVI, 7-8 • *Brutus*, XV, 2-3 ; XVII, 4-7 ; XLV, 8-9 •

CASPIENNE
Mer.
• *Lucullus*, XXVI, 4 • *Crassus*, XXXV, 7 • *Pompée*, XXXIII, 1 ; XXXIV, 2-4 ; XXXVI, 1 • *Alexandre*, XLIV, 2 • *César*, LVIII, 6 • *Antoine*, LXXXVIII, 3 •

CASSANDRE
Fille de Priam, roi de Troie, et d'Hécube. Prophétesse.
• *Agis*, IX, 2 •

CASSANDRE
Fils d'Antipatros et roi de Macédoine.
• *Pyrrhos*, VI, 3 • *Eumène*, XII, 1 •

Alexandre, LXXIV, 2-6 • *Phocion*, XXX, 9-10 ; XXXI, 1 ; XXXII, 1 • *Démosthène*, XIII, 4 ; XXXI, 6 • *Démétrios*, VIII, 1-4 ; IX, 4 ; XVIII, 4 ; XXIII, 1-3 ; XXXI, 6-7 ; XXXII, 4 ; XXXVI, 1 ; XXXVII, 3 •

Caius CASSIUS Longinus
L'un des conjurés qui participent au meurtre de César.
Crassus, XVIII, 4 ; XX, 4 ; XXII, 3 ; XXIII, 3-4 ; XXVII, 7 ; XXVIII, 4-7 ; XXIX, 1-4 • *Pompée*, XVI, 8 • *César*, LVII, 5 ; LXII, 4-10 ; LXIV, 1 ; LXVI, 2-3 ; LXVIII, 7 ; LXIX, 3 • *Cicéron*, XLII, 3 • *Antoine*, XI, 6 ; XII ; XIII ; XIV, 2-3 ; XV, 1 ; XXI, 5 ; XXII, 1, 3-4 ; XXV, 2 ; LXXXIX, 2 • *Brutus*, I, 4 ; VI, 6 ; VII ; VIII, 2-6 ; IX, 1-5 ; X, 3-7 ; XII, 5-7 ; XIV, 4 ; XV, 4 ; XVI, 4 ; XVII, 2 ; XIX, 3, 5 ; XX, 1 ; XXVII, 4 ; XXVIII, 3-7 ; XXIX, 1-5, 10 ; XXX, 1-3 ; XXXII, 4 ; XXXIV ; XXXV, 2-4 ; XXXVII, 1-6 ; XXXVIII-XLIX ; LIV, 2, 6 •

CASTOR
Dans la mythologie grecque, l'un des Dioscures, particulièrement vénérés à Sparte.
• *Lycurgue*, XXII, 4 • *Sylla*, VIII, 6 ; XXXIII, 5 • *Pompée*, II, 8 • *Caton le Jeune*, XXVII, 5 ; XXVIII, 3 •
• Voir aussi DIOSCURES •

CATANE
Ville de la côte est de la Sicile.
• *Alcibiade*, XX, 3 • *Timoléon*, XIII, 2 ; XVIII, 1-6 ; XXX, 4 ; XXXIV, 1-3 • *Marcellus*, XXX, 6 • *Nicias*, XV, 4 ; XVI, 1-8 • *Dion*, LVIII, 4 •

CATILINA
Lucius Sergius Catilina
Centurion de Sylla (?-62 avant J.-C.), à la tête d'une conjuration qui est dénoncée par Cicéron.
• *Sylla*, XXXII, 4 • *Lucullus*, XXXVIII, 4 • *Crassus*, XIII, 3-4 • *César*, VII ; VIII, 1-5 • *Caton le Jeune*, XXII ; XXIII, 1-5 ; XXVI, 1-

INDEX

2 • *Cicéron*, X, 3-4; XI, 1-3; XII, 1, 3-5; XIV; XV, 1-3, 5; XVI, 2, 6; XVII, 1-5; XVIII, 1-2, 4-7; XIX, 1-4; XX, 4-7; XXI, 1-5; XXII, 1-4, 8; XXIV, 2; XXIX, 1; XXX, 3; LII, 4 • *Antoine*, II, 1 •

CATON
Ouvrage de Cicéron.
• *César*, LIV, 5-6 • *Cicéron*, XXXIX, 5-6 •

CATON
Marcus Porcius Cato
Père de Caton l'Ancien.
• *Caton l'Ancien*, I, 1 •

CATON
Marcus Porcius Cato
Fils de Caton l'Ancien.
• *Caton le Jeune*, XXIV, 6; LII, 4; LXV, 9; LXVI, 3-8; LXVIII-LXX; LXXIII, 2-5 • *Brutus*, XLIX, 9 •

CATON
Marcus Porcius Cato Licinianus
Fils aîné de Caton l'Ancien et de Licinia.
• *Paul-Émile*, V, 6; XXI, 1-6 • *Caton l'Ancien*, XX, 4-12; XXI, 8; XXIV, 1-10; XXVII, 7; XXXIII, 2 •

CATON
Marcus Porcius Cato Salonianus
Fils de Caton l'Ancien et de Salonia; grand-père de Caton le Jeune.
• *Caton l'Ancien*, XXIV, 9; XXVII, 7 •

CATON L'ANCIEN
Marcus Porcius Cato Priscus
Dit aussi Caton le Censeur. Tribun militaire romain né à Tusculum (234-149 avant J.-C.).
• *Vie*, p. 633-666; *Comparaison avec Aristide*, p. 667-671 •
• *Coriolan*, VIII, 3 • *Paul-Émile*, V, 6; XXI, 1-2 • *Pélopidas*, I, 1 • *Caton l'Ancien*, XIX, 7 • *Flamininus*, XVIII, 3-10; XIX • *Caton le Jeune*, I, 1; V, 1; VIII, 2; LXIV, 5 •

CATON LE JEUNE
Marcus Porcius Cato
Dit aussi Caton d'Utique, ou le Philosophe. Homme politique romain (vers 95-46 avant J.-C.).
• *Vie*, p. 1387-1449 •
• *Caton l'Ancien*, XXVII, 7 • *Lucullus*, XXXVIII, 1; XL, 3; XLII, 4-6; XLIII, 1 • *Crassus*, VII, 7; XIV, 2; XV, 4-7; XXXV, 2; XXXVI, 4; XXXVII, 2-3 • *Pompée*, XL, 2-6; XLIV; XLVI, 6; XLVII, 4-6; XLVIII, 2, 6, 9; LII, 1-3; LIV, 4-9; LV, 9; LVI, 3; LIX, 6; LX, 7-8; LXI, 1-2; LXV, 1; LXVII, 3; LXXVI, 2 • *César*, III, 4; VIII, 1-2, 6; XIII, 2-6; XIV, 8-12; XXI, 8; XXII, 4; XXVIII, 7; XLI, 1, 3; LII, 1; LIV, 1-3, 5-6; LXII, 1 • *Phocion*, III, 1-6; IV, 1 • *Cicéron*, XXI, 4; XXIII; XXXIV, 2-3; XXXV; XXXVIII, 1; XXXIX, 1-5; L, 5 • *Antoine*, V, 8 • *Brutus*, II, 1; III, 1; V, 3-4; VI, 10; XII, 3; XIII, 3-4, 7; XXIX, 10; XXXIV, 4; XL, 7; XLIX, 9 • *Othon*, XIII, 4 •

CATULUS
Quintus Lutatius Catulus
Homme politique romain (?-87 avant J.-C.). Consul en 102 av. J.-C. Adversaire de Marius.
• *Marius*, XIV, 14; XV, 5; XXIII; XXIV, 2; XXV; XXVI; XXVII; XLIV, 8 • *Sylla*, IV, 3-5 •

CATULUS
Quintus Lutatius Catulus Capitolinus
Homme politique romain. Consul en 78 avant J.-C.
• *Publicola*, XV, 1 • *Sylla*, XXXIV, 8 • *Crassus*, XIII, 1-2; XIV, 2 • *Pompée*, XV, 2; XVI, 2; XVII, 3; XXV, 10-11; XXX, 4; XXXI, 12 • *César*, VI, 6; VII, 1-2, 5; VIII, 1-2 • *Caton le Jeune*, XVI, 6-10 • *Cicéron*, XXI, 4; XXIX, 7 • *Galba*, III, 1 •

CAULONIA
Ville du Bruttium (actuelle Calabre).
• *Fabius Maximus*, XXII, 1 • *Dion*, XXVI, 7 •

INDEX

CAUNOS, CAUNIENS
Ville de Carie (Dalyan, sur la côte de la Turquie actuelle) et ses habitants.
• *Nicias*, XXIX, 5 • *Démétrios*, XXII, 4 ; XLIX, 5 • *Artaxerxès*, XI, 9-10 ; XII, 5-6 ; XIV, 2 •

CÉCROPS
Premier roi mythique d'Athènes.
• *Romulus*, XXXV, 1 • *Cimon*, IV, 7 •

CELERES
Gardes de Romulus.
• *Romulus*, X, 3 ; XXVI, 2 • *Numa*, VII, 8 •

CELTES
• *Romulus*, XVII, 6-7 ; XXIX, 4 • *Solon*, II, 7 • *Camille*, XVIII, 4-8 ; XXII, 4 ; XXIII, 3 ; XXVI, 3 ; XXVIII, 1-5 ; XXIX, 1-5 ; XXXVI, 2 ; XL, 1 ; XLI • *Marcellus*, VI, 7-8 ; VII, 6-8 ; XXXI, 4 ; XXXII, 3 • *Marius*, XI, 3 ; XXVII, 9 • *Crassus*, XXXVII, 2 • *Sertorius*, III, 3 • *César*, XX, 4-5 • *Caton le Jeune*, LI, 4 • *Antoine*, XXXVII, 4 •
• Voir aussi : GALATES ; GAULOIS ; GERMAINS ; TEUTONS •

CELTIBÈRES
Peuple de la péninsule Ibérique.
• *Caton l'Ancien*, X, 1-2 • *Marius*, III, 2 • *Sertorius*, III, 5 •

CELTILLOS
Père de Vercingétorix.
• *César*, XXV, 5 •

CELTOSCYTHES
Peuples originaires de Celtique (région que Plutarque situe entre la mer d'Azov et la Baltique).
• *Marius*, XI, 7 •

CENSORINUS
Caius Marcius Rutilus Censorinus
Censeur romain (IIIe siècle avant J.-C.).
• *Coriolan*, I, 1 •

CENTAURES
Dans la mythologie grecque, créatures mi-hommes, mi-chevaux.
• *Thésée*, XXIX, 3 ; XXX, 3 • *Romulus*, XXX, 4 • *Agis*, I, 1 •

CÉOS
Île de la mer Égée.
• *Thémistocle*, III, 2 ; V, 6 • *Timoléon*, XXXV, 2 • *Aristide*, II, 3-4 • *Nicias*, II, 1 • *Démosthène*, I, 2 •

CÉPHISE
Fleuve de Béotie.
• *Sylla*, XVI, 9, 12 ; XVII, 6 ; XX, 7 • *Alexandre*, IX, 3 • *Démosthène*, XIX, 2 •

CÉPHISE
Fleuve de l'Attique.
• *Thésée*, XII, 1 • *Agésilas*, XXXI, 7 •

CÉPHISODOTE
Sculpteur, sans doute le père du célèbre Praxitèle.
• *Phocion*, XIX, 1 •

CÉRAMIQUE
Quartier situé au nord-est d'Athènes.
• *Lysandre*, XVI, 4 • *Sylla*, XIV, 1-6 • *Cimon*, V, 2 • *Phocion*, XXXIV, 3 • *Démétrios*, XI, 4 ; XII, 3 •

CERBÈRE
Dans la mythologie grecque, chien qui gardait l'entrée des Enfers.
• *Thésée*, XXXI, 4-5 • *Nicias*, I, 3 •

CERCINA
Île du golfe de Gabès (actuelle Kerkennah, en Tunisie).
• *Marius*, XL, 14 • *Dion*, XXV, 7 •

CÉRÈS
• voir DÉMÉTER •

INDEX

CÉRYCES
Famille qui détenait les sacerdoces des sanctuaires d'Éleusis.
• *Alcibiade*, XXII, 4 ; XXXIII, 3 ; XXXIV, 6 •

CÉSAR
• voir aussi AUGUSTE • CALIGULA • CLAUDE •

CÉSAR
Caius Julius Caesar
Général et homme politique romain (100-44 avant J.-C.).
• *Vie*, p. 1293-1353 •
• *Numa*, XIX, 6 • *Marius*, VI, 4 • *Lucullus*, XLII, 6 • *Crassus*, III, 4 ; VII, 5-7 ; XIII, 4 ; XIV ; XV, 7 ; XVI, 3 ; XVII, 7 ; XXV, 2 ; XXXV, 4 ; XXXVII, 2 • *Pompée*, X, 7-9 ; XVI, 8 ; XXV, 8 ; XLVI, 4 ; XLVII ; XLVIII, 4-5, 9 ; XLIX, 4 ; LI, 1-6 ; LII, 4 ; LIII, 5-6 ; LIV, 2 ; LVI ; LVII, 6-9 ; LVIII ; LIX, 5 ; LX ; LXI ; LXII, 1-6 ; LXIII ; LXIV, 5 ; LXV, 3-9 ; LXVI, 2-6 ; LXVII ; LXVIII-LXXII, 4 ; LXXIII, 4 ; LXXIV, 2 ; LXXV, 3-5 ; LXXVI, 2-3, 8 ; LXXVII, 4-6 ; LXXX, 7-9 ; LXXXI, 5 ; LXXXIII, 6, 8 ; LXXXIV • *Alexandre*, I, 1 ; LXIX, 8 • *Caton le Jeune*, XI, 8 ; XXII, 4-6 ; XXIII ; XXIV, 1-5 ; XXVI, 1 ; XXVII ; XXX, 9 ; XXXI ; XXXII, 1-4 ; XXXIII, 1-5,7 ; XXXV, 4 ; XXXVI, 5 ; XLI, 1-2 ; XLIII, 8-9 ; XLV, 6 ; XLIX, 1-2 ; LI ; LII, 1, 6-7 ; LIV, 2-6, 10 ; LV, 1 ; LVIII ; LIX, 6 ; LXI, 3 ; LXIII, 3-11 ; LXIV, 6, 8-9 ; LXV, 1, 7, 11 ; LXVI, 1-2 ; LXVIII, 7 ; LXIX, 3 ; LXXI, 2 ; LXXII ; LXXIII, 2-6 • *Cicéron*, XX, 5-7 ; XXI ; XXIII ; XXIV, 7 ; XXVI, 4 ; XXVIII, 2-4 ; XXIX, 9 ; XXX, 3-5 ; XXXI, 3 ; XXXVII ; XXXVIII, 1, 5 ; XXXIX, 3-7 ; XL, 4-5 ; XLII, 1-4 ; XLIII, 8 ; XLIV, 1-6 • *Antoine*, V, 1-9 ; VI-VII ; VIII, 1-5 ; IX, 9 ; X, 2-7 ; XI, 1-6 ; XII-XIII ; XIV, 3 ; XV, 1-4 ; XVI ; XVIII, 1 ; XXV, 4-5 ; XXXIII, 1 ; LIV, 6 ; LXII, 4 ; LXXI, 3 ; LXXXI, 4 ; LXXXVIII, 2 ; LXXXIX, 1 • *Brutus*, I, 4-6 ; II, 4 ; IV, 1-4 ; V ; VI, 2-12 ; VII, 2-4, 6-7 ; VIII, 1-5 ; IX, 8-9 ; X-XVIII, 5, 13 ; XIX ; XX ; XXI, 4 ; XXII ; XXV, 2 ; XXIX, 4, 7 ; XXXIII, 2, 6 ; XXXV, 4-6 ;

XLV, 8 ; LIV, 3 ; LV ; LVI, 4-11 ; LVII, 1-7 • *Othon*, IV, 8-9 ; IX, 5 ; XIII, 4 •
• voir aussi CÉSARION •

CÉSAR
Lucius Julius Caesar
Ami de Caton le Jeune.
• *Caton le Jeune*, LXVI, 1-4 •

CÉSAR
Lucius Julius Caesar
Oncle maternel d'Antoine.
• *Cicéron*, XLVI, 5 • *Antoine*, XIX, 3 ; XX, 5-6 ; XCII, 2 •

CÉSARION
Surnom de Ptolémée XV, fils de Cléopâtre.
• *César*, XLIX, 10 • *Antoine*, LIV, 6 ; LXXI, 3 ; LXXXI, 4-5 ; LXXXII, 1 •

CÉSARS (les)
Famille romaine.
• *Marius*, VI, 4 • *Antoine*, II, 1 • *Galba*, I, 8-9 ; II, 5 ; III, 1 •

.CÉTHÉGUS
Caius Cornelius Cethegus
Complice de Catilina.
César, VII, 6-9 ; VIII, 2 • *Caton le Jeune*, XXII, 3-6 ; XXIII, 1-3 ; XXVI, 1 • *Cicéron*, XVI, 1-4 ; XVIII, 2 ; XIX, 1-2, 6-7 ; XXII, 1-8 ; XXX, 5 •

CÉTHÉGUS
Publius Cornelius Cethegus
Adversaire de Lucullus.
• *Marius*, XL, 4 • *Lucullus*, V, 4-5 ; VI •

CHABRIAS
Stratège athénien (vers 420-357 avant J.-C.).
• *Camille*, XIX, 6 • *Agésilas*, XXXVII, 1-7 • *Phocion*, VI ; VII, 1-4 • *Démosthène*, XV, 3 •

CHAÏRONDAS
Archonte athénien en 338-337 av. J.-C.
• *Démosthène*, XXIV, 2 •

INDEX

CHALCÉDOINE
Ville d'Asie Mineure en face de Byzance.
• *Alcibiade*, XXX, 1 ; XXXI, 1 • *Lucullus*, VIII, 2 ; IX, 1 •

CHALCIDIQUE, CHALCIDIENS
Région du sud de la Macédoine et ses habitants.
• *Lycurgue*, XXX, 5 • *Nicias*, VI, 3 • *Démosthène*, IX, 1 •

CHALCIOÏCOS
Épithète d'Athéna à Sparte.
• *Lycurgue*, V, 8 • *Agis*, XI, 8 ; XVI, 6 •

CHALCIS, CHALCIDIENS
Cité de la côte de l'Eubée et ses habitants.
• *Thésée*, XXVII, 6 • *Périclès*, XXIII, 4 • *Philopoemen*, XVII, 1 • *Flamininus*, X, 1-3 ; XVI • *Sylla*, XIX, 7 ; XX, 3 • *Alexandre*, XLVI, 2 • *Démétrios*, XLIII, 4 •

CHALCODON
Héros athénien.
• *Thésée*, XXVII, 4 ; XXXV, 5 •

CHALDÉENS
Habitants de Chaldée.
• *Marius*, XLII, 7 • *Sylla*, V, 11 ; XXXVII, 2 • *Lucullus*, XIV, 3 ; XIX, 1 • *Alexandre*, LXXIII, 1 • *Galba*, XXIII, 7 •

CHAONIENS
Habitants de la Chaonie (Épire).
• *Pyrrhos*, XIX, 3 ; XXVIII, 2 •

CHARÈS
Historien du IVe siècle avant J.-C.
• *Alexandre*, XX, 8 ; XXIV, 10-14 ; XLVI, 2 ; LIV, 4-6 ; LV, 9 ; LXX, 2 • *Phocion*, XVII, 10 •

CHARÈS
Stratège athénien (vers 400-325 avant J.-C.).
• *Pélopidas*, II, 6 • *Phocion*, V, 2 ; VII, 5 ; XIV, 3-4 • *Cicéron*, LII, I • *Aratos*, XVI, 3 •

CHARICLÈS
Gendre de Phocion.
• *Phocion*, XXI, 5 ; XXII, 1-4 ; XXXIII, 4 ; XXXV, 5 •

CHARIDÉMOS
Stratège athénien.
• *Phocion*, XVI, 4 ; XVII, 2 • *Démosthène*, XXIII, 4-6 •

CHARILAOS
Roi de Sparte.
• *Lycurgue*, III ; V, 2, 8-9 ; XX, 2 • *Cléomène*, X, 8-9 • *Caius Gracchus*, XLIV, 3 •

CHARON
Béotarque thébain, contemporain de Pélopidas. (En Béotie, les béotarques étaient des magistrats fédéraux.)
• *Pélopidas*, VII, 4 ; VIII, 3-4 ; IX, 3-13 ; X, 1-6 ; XI, 2-3 ; XIII, 1 ; XXV, 5-14 •

CHARON de Lampsaque
Historien du Ve siècle avant J.-C.
• *Thémistocle*, XXVII, 1 •

CHÉLIDONIENNES
Îles du golfe de Phasélis.
• *Cimon*, XII, 2 ; XIII, 4 •

CHÉRONÉE, CHÉRONÉENS
Cité de Béotie et ses habitants.
• *Thésée*, XXVII, 8 • *Camille*, XIX, 8 • *Pélopidas*, XVIII, 7 • *Lysandre*, XXIX, 4 • *Sylla*, XI, 5-8 ; XVI-XX ; XXI, 9 ; XXII, 7 ; XXIII, 3 • *Cimon*, I, 1 ; II, 1-2 • *Lucullus*, III, 6 ; XI, 6 • *Agésilas*, XVII, 4 • *Alexandre*, IX, 2 ; XII, 5 • *Phocion*, XVI, 8 • *Démosthène*, II, 2 ; XIX, 2-3 ; XXI, 1-2, 4 ; XXIV, 2 • *Aratos*, XVI, 1 •

CHERSONÈSE d'Épire
Presqu'île d'Épire (actuelle Preveza).
• *Pyrrhos*, VI, 1 •

INDEX

CHERSONÈSE de Thrace
Presqu'île au nord-est de la mer Égée (actuelle presqu'île de Gallipoli).
• *Périclès*, XI, 5 ; XIX, 1 • *Lysandre*, V, 3 ; IX, 6 ; X, 5 ; XII, 2 • *Cimon*, XIV, 1 • *Lucullus*, IV, 1 ; XXIII, 5 • *Eumène*, I, 1 ; XVIII, 2 ; XX, 5 • *Phocion*, XIV, 3 • *Démétrios*, XXXI, 2 •

CHÈVRE, marais de la
• voir NONES CAPRATINES •

CHIOS, CHIOTES
Île de la mer Égée et ses habitants.
• *Thésée*, XX, 2 • *Thémistocle*, XXXII, 2 • *Alcibiade*, XII, 1 ; XXIV, 1 ; XXXV, 3 • *Aristide*, XXIII, 4-5 • *Cimon*, IX, 1 ; XII, 4 • *Lucullus*, III, 4 ; XVIII, 3 • *Pompée*, LXXVII, 3 • *Phocion*, VI, 2 • *Démétrios*, XIX, 7 • *Brutus*, XXXIII, 3 •

CHOLARGES
Dème de l'Attique.
• *Périclès*, III, 1 ; XIII, 7 • *Nicias*, XI, 8 •

CHRYSIPPE
Philosophe grec stoïcien (vers 280-207 avant J.-C.).
• *Aratos*, I, 1-2 •

CHYPRE
• *Thésée*, XX, 4-7 • *Solon*, XXVI, 2-4 • *Thémistocle*, XXXI, 4 • *Périclès*, X, 8 ; XXVI, 1 • *Flamininus*, XI, 6 • *Lysandre*, XI, 8 • *Cimon*, XII, 5 ; XVIII, 1-7 • *Lucullus*, III, 1-2 ; XLIII, 1 • *Pompée*, XLVIII, 9 ; LXXVII, 1 ; LXXX, 6 • *Alexandre*, XXIV, 4 ; XXIX, 2 • *César*, XXI, 8 • *Caton le Jeune*, XXXIV-XXXVIII ; XL, 2 ; XLV, 2-3 • *Cicéron*, XXXIV, 2 • *Démétrios*, V, 1 ; XV ; XVI ; XVII ; XIX, 1 ; XXI, 4 ; XXXIII, 8 ; XXXV, 5 • *Antoine*, XXXVI, 3 ; LIV, 6 • *Dion*, XXII, 5 • *Brutus*, III, 1-2 • *Artaxerxès*, XXI, 1 ; XXVIII, 5 •

CICÉRON
Un ancêtre de l'orateur.
• *Cicéron*, I, 3-5 •

CICÉRON
Marcus Tullius Cicero
Père de l'orateur.
• *Cicéron*, I, 1-2 •

CICÉRON
Marcus Tullius Cicero
Orateur et homme politique romain (106-43 avant J.-C.).
• *Vie*, p. 1569-1622 • *Comparaison avec Démosthène*, p. 1623-1625 •
• *Paul-Émile*, X, 8 • *Caton l'Ancien*, XVII, 5 • *Flamininus*, XVIII, 10 • *Lucullus*, XXXVIII, 4 ; XLI, 4 ; XLII, 3-4 ; XLIII, 1 • *Crassus*, III, 4 ; XIII, 4-5 ; XIV, 2 • *Pompée*, XLII, 13 ; XLVI, 8-9 ; XLVIII, 9 ; XLIX, 1-7 ; LIX, 5 ; LXIII, 2 ; LXIV, 6 • *César*, III, 1, 4 ; IV, 8-9 ; VII, 5-9 ; VIII, 2-5 ; XIV, 17 ; XXXI, 1-2 ; LIV, 4-6 ; LVII, 2, 6 ; LVIII, 3 ; LIX, 6 • *Phocion*, III, 2 • *Caton le Jeune*, VI, 4 ; XIX, 5-6 ; XXI, 7 ; XXII, 1-4 ; XXIII, 3 ; XXXI, 7 ; XXXII, 8-10 ; XXXIII, 6 ; XXXIV, 3 ; XXXV, 1 ; XL ; L, 2 ; LV, 5-6 • *Caius Gracchus*, I, 7 • *Démosthène*, III, 1-3 • *Antoine*, II, 1-3 ; VI, 1 ; IX, 3, 5 ; XVI, 6 ; XVII, 1 ; XIX ; XX, 3-4 ; XXII, 4-6 ; XCII, 2 • *Brutus*, XII, 2 ; XIX, 1 ; XXI, 6 ; XXII, 4-6 ; XXVI, 6 ; XXVII, 6 ; XXVIII, 2 •
• voir aussi CAIUS ANTONIUS ; PUBLIUS CLODIUS PULCHER ; LUCIUS LICINIUS MURENA •

CICÉRON
Marcus Tullius Cicero
Fils de l'orateur (né en 65 avant J.-C.).
• *Cicéron*, XXIV, 8 ; XLV, 3 ; XLIX, 6 • *Brutus*, XXIV, 3 ; XXVI, 4 ; XXVIII, 1 •

CICÉRON
Quintus Tullius Cicero
Frère de l'orateur (102-43 avant J.-C.).
• *César*, XXIV, 3-4 • *Cicéron*, VIII, 6 ; XX, 3 ; XXXIII, 4 ; XLVII, 1-4 ; XLVIII, 2 ; XLIX, 2-3 •

CILICIE, CILICIENS
Région du sud de l'Asie Mineure et ses habitants.
• *Thémistocle*, XXXI, 4 • *Lysandre*, IX, 2 • *Cimon*, XVIII, 5 • *Lucullus*, VI, 1-4; XXI, 4; XXIII, 2-4, 7; XXVI, 1; XXXIII, 5 • *Crassus*, X, 6-7 • *Sertorius*, IX, 2 • *Eumène*, IV, 1; VI, 4 • *Pompée*, XXIV, 1; XXVI, 6; XXVIII, 1, 6; XXX, 2; XXXIII, 5; XLV, 2; LIX, 5; LXXVI, 1 • *Alexandre*, XVII, 5; XIX, 1; XX, 4; XLII, 1; XLVIII, 4 • *César*, XXXI, 1 • *Cicéron*, XXXVI; LII, 3 • *Démétrios*, XX, 8; XXXI, 6; XXXII, 4-7; XLVII, 5; XLVIII, 6 • *Antoine*, XXV, 2-3; XXXVI, 3; LIV, 7; LXI, 2 • *Brutus*, IV, 3 •

CIMBRES
Peuple de Germanie.
• *Camille*, XIX, 11 • *Marius*, XI; XIV, 1; XV, 5-6; XXIII, 2-7; XXIV, 6; XXV; XXVI; XXVII, 1-6; XLIV, 8 • *Lucullus*, XXVII, 8-9; XXXVIII, 3 • *Sertorius*, III, 1-5 • *César*, VI, 2; XVIII, 1; XIX, 4; XXVI, 2 • *Othon*, XV, 7 •

CIMMÉRIENS
Peuple semi-légendaire des confins du monde habité.
• *Marius*, XI, 8, 11 •

CIMON
Fils de Miltiade (né vers 510 avant J.-C.).
• *Vie*, p. 897-917; *Comparaison avec Lucullus*, p. 969-971 •
• *Thésée*, XXXVI, 2-3 • *Thémistocle*, V, 4; XX, 4; XXIV, 6; XXXI, 4-5 • *Périclès*, V, 3; VII, 3-4; IX, 2-5; X, 1-6, 8; XI, 1; XVI, 3; XXVIII, 6; XXIX, 1-2 • *Fabius Maximus*, XXVIII, 2; XXX, 2 • *Alcibiade*, XIX, 3; XXII, 4 • *Pélopidas*, IV, 3 • *Aristide*, X, 10; XXIII, 1-2; XXV, 9-10 • *Flamininus*, XI, 6 • *Démosthène*, XIII, 6; XIV, 1 •
• voir aussi LACÉDÉMONIOS, son fils •

CINÉAS
Conseiller de Pyrrhos.
• *Pyrrhos*, XIV; XV, 1; XVI, 1; XVIII, 4-9; XIX, 5-7; XX, 1, 6; XXI, 5; XXII, 4 •

CINNA
Préteur romain (en 44 avant J.-C.), ennemi de César.
• *César*, LXVIII, 6 • *Brutus*, XVIII, 13; XX, 11 •

CINNA
Caius Helvius Cinna
Poète romain (Ier siècle avant J.-C.), ami de César.
• *César*, LXVIII, 3-7 • *Brutus*, XX, 8-11; XXI, 2 •

CINNA
Lucius Cornelius Cinna
Consul en 87 avant J.-C. Tué dans une mutinerie en 84 avant J.-C.
• *Marius*, XLI, 2, 5-6; XLII, 1; XLIII, 1-7; XLIV, 10 • *Sylla*, X, 6-8; XII, 13; XXII, 1 • *Crassus*, IV, 1; VI, 1 • *Sertorius*, IV, 7-9; V; VI, 1 • *Pompée*, III, 1; IV, 3; V, 1-5 • *César*, I, 1 • *Cicéron*, XVII, 5 • *Brutus*, XXIX, 6 •

CIRCAEUM
Promontoire de la côte tyrrhénienne (actuel cap Circé).
• *Coriolan*, XXVIII, 3 • *Marius*, XXXVI, 2 • *César*, LVIII, 8 • *Cicéron*, XLVII, 4 •

CIRQUE FLAMINIUS
Monument romain.
• *Flamininus*, I, 1 •

CIRQUE MAXIME
Monument romain.
• *Romulus*, XIV, 4; XX, 5 •

CITHÉRON
Chaîne de montagnes qui sépare la Béotie de l'Attique.

INDEX

- *Aristide*, XI, 4, 6-7 ; XIV, 1 • *Lysandre*, XXVIII, 2 • *Démosthène*, XXIII, 3 •

CITION
Cité de la côte sud de l'île de Chypre.
- *Cimon*, XIX • *Alexandre*, XXXII, 10 • *Cléomène*, II, 3 •

CLAUDE
Tiberius Claudius Caesar
Empereur romain (41-54 après J.-C.).
- *Antoine*, LXXXVII, 7-8 • *Galba*, XII, 4-5 ; XXII, 7 •

CLAUDIA
Fille d'Appius Claudius **Pulcher**.
- *Tibérius Gracchus*, IV, 2-3 ; XIII, 6 •

CLAUDIUS
- voir MARCELLUS •

Appius CLAUDIUS
Homme politique romain, ennemi de la plèbe au temps de Coriolan (Ve siècle avant J.-C.).
- *Coriolan*, XIX, 3 •

Appius CLAUDIUS Caecus
Homme politique romain, censeur en 312 et consul en 307 et 296 avant J.-C.
- *Publicola*, VII, 8 • *Pyrrhos*, XVIII, 8-9 ; XIX, 1-5 •

Appius CLAUDIUS Pulcher
Consul en 212 avant J.-C.
- *Fabius Maximus*, XXIX, 1 • *Marcellus*, XIII, 1-3 ; XIV, 5 •

Appius CLAUDIUS Pulcher
Consul en 143 avant J.-C., beau-père de Tibérius Gracchus.
- *Paul-Émile*, XXXVIII, 3-4 • *Tibérius Gracchus*, IV, 2-3 ; IX, 1 ; XIII, 1 •

Appius CLAUDIUS Pulcher
Beau-frère de Lucullus.
- *Lucullus*, XIX, 1 ; XXI ; XXIII, 2 ; XXIX, 8
- *Pompée*, LVII, 7 • *César*, XXI, 5 •

Caius CLAUDIUS (CLODIUS) Glaber
Propréteur romain.
- *Crassus*, IX, 2-3 •

CLAZOMÈNES
Cité d'Asie Mineure.
- *Périclès*, IV, 6 • *Alcibiade*, XXVIII, 1 • *Nicias*, XIII, 6 •

CLÉANDROS
Ambassadeur de Philippe de Macédoine.
- *Démosthène*, XVIII, 2 •

CLÉANTHE
Philosophe stoïcien, originaire d'Assos, successeur de Zénon (vers 331-232 avant J.-C.).
- *Alcibiade*, VI, 2 •

CLÉARCHOS
Lacédémonien exilé au service de Cyrus.
- *Artaxerxès*, VI, 5 ; VIII ; XIII, 7 ; XVIII •

CLEIDÉMOS
Historien du milieu du IVe siècle avant J.-C.
Thésée, XIX, 8 ; XXVII, 3, 5 • *Thémistocle*, X, 6 • *Aristide*, XIX, 6 •

CLEITARCHOS
Historien, fils de Deinon, auteur d'une Histoire d'Alexandre.
- *Thémistocle*, XXVII, 1 • *Alexandre*, XLVI, 1 •

CLEITOMACHOS de Carthage
Philosophe platonicien (187-110 avant J.-C.).
- *Cicéron*, III, 1 ; IV, 2 •

CLEITOS le Blanc
Lieutenant d'Alexandre.
- *Phocion*, XXXIV, 2-4 ; XXXV, 2 •

INDEX

CLEITOS le Noir
Lieutenant d'Alexandre.
• *Alexandre*, XIII, 4 ; XVI, 11 ; L ; LI ; LII, 1-2 •

CLÉOBIS
Athénien, frère de Biton.
• *Solon*, XXVII, 7 •

CLÉOMBROTE Ier
Roi de Sparte (?-371 avant J.-C.).
• *Pélopidas*, XIII, 2 ; XX, 1 ; XXIII, 1-3 • *Sylla*, XLII, 4-5 • *Agésilas*, XXIV, 3 ; XXVI, 2 ; XXVIII, 5, 8 • *Agis*, III, 5-6 ; XXI, 3 •

CLÉOMBROTE II
Roi de Sparte (IIIe siècle avant J.-C.).
Agis, XI, 7-9 ; XVI, 3-7 ; XVII ; XVIII, 1-5 •

CLÉOMÈNE
Roi de Sparte, fils de Léonidas (IIIe siècle avant J.-C.).
• *Vie*, p. 1453-1454 et 1468-1496 ; *Comparaison avec les Gracques*, p. 1537-1539 •
• *Philopoemen*, V ; VI, 1-5 • *Aratos*, XXXV, 6-7 ; XXXVI-XXXVII, 3 ; XXXVIII-XL ; XLI, 6-7 ; XLII, 1, 3 ; XLIV, 1-5 ; XLVI, 1 •

CLÉON
Homme politique athénien (?-422 avant J.-C.).
• *Périclès*, XXXIII, 8 ; XXXV, 5 • *Nicias*, II, 2-3 ; III, 2 ; IV, 7 ; VII, 2-7 ; VIII, 1-2, 5-6 ; IX, 1-4 • *Crassus*, XXXV, 4 ; XXXVI, 1-4 • *Tibérius Gracchus*, II, 2 • *Démétrios*, XI, 2 •

CLÉON d'Halicarnasse
Rhéteur.
• *Lysandre*, XXV, 1-2 ; XXX, 3 • *Agésilas*, XX, 4 •

CLÉONAÏ, CLÉONIENS
Ville d'Argolide.
• *Timoléon*, IV, 1 • *Cimon*, XVII, 2 • *Phocion*, XXIX, 1 • *Cléomène*, XIX, 1 •

Démosthène, XXVIII, 4 • *Aratos*, XXVIII, 5 ; XXIX, 1-4 •

CLÉONYMOS
Fils de Cléomène II, le roi de Sparte (IVe-IIIe siècle avant J.-C.).
• *Pyrrhos*, XXVI, 15-20 ; XXVII, 1-3, 10 • *Agis*, III, 4-8 • *Démétrios*, XXXIX, 2-3 •

CLÉOPÂTRE
Épouse de Philippe II de Macédoine.
• *Alexandre*, IX, 6-7 ; X, 6, 8 •

CLÉOPÂTRE
Sœur d'Alexandre le Grand.
• *Eumène*, III, 9 ; VIII, 6-7 • *Alexandre*, XXV, 6 ; LXVIII, 4 •

CLÉOPÂTRE
Cléopâtre VII, fille de Ptolémée XII, reine d'Égypte (69-30 avant J.-C.).
• *Pompée*, LXXVII, 1 • *César*, XLVIII, 5 ; XLIX, 1-3, 10 • *Antoine*, X, 6 ; XXV ; XXVI ; XXVII ; XXVIII, 1-3 ; XXIX ; XXX, 4-5 ; XXXI, 3 ; XXXII, 6 ; XXXVI, 1-5 ; XXXVII, 3-6 ; L, 7 ; LI ; LIII, 5-12 ; LIV, 6-9 ; LVI-LVII, 2-5 ; LVIII, 4-11 ; LIX, 3-8 ; LX, 1, 7 ; LXII ; LXIII, 3, 6-8 ; LXVI, 5-8 ; LXVII, 5-6 ; LXIX, 1, 3-7 ; LXXI, 3-4 ; LXXII, 1-3 ; LXXIII, 1-3, 5 ; LXXIV, 1-3, 5-6 ; LXXVI, 3-11-LXXVIII, 1, 4-6 ; LXXIX ; LXXXI, 3-4 ; LXXXII ; LXXXIII ; LXXXIV, 2-7 ; LXXXV-LXXXVII, 1-2 ; LXXXVIII, 5 ; XC, 4-5 •

CLÉOPÂTRE
Fille de Mithridate ; épouse de Tigrane, roi d'Arménie.
• *Lucullus*, XXII, 7 •

CLÉOPÂTRE Sélénè
Fille d'Antoine et de Cléopâtre.
• *Antoine*, XXXVI, 5 ; LVII, 4 ; LXXII, 1 ; LXXVIII, 6 ; LXXXI, 3 ; LXXXII, 5 ; LXXXIV, 2 ; LXXXVII, 1-2 •

CLISTHÈNE
Législateur et réformateur athénien (fin du VIe siècle avant J.-C.).
• *Périclès*, III, 2 • *Aristide*, II, 1 • *Cimon*, XV, 3 •

CLODIA
Une des sœurs de Publius Clodius; épouse de Lucullus.
• *Lucullus*, XXXVIII, 1 • *César*, X, 6 • *Cicéron*, XXIX, 3-4 •

CLODIANUS
• voir LENTULUS •

CLODIUS
Historien latin, par ailleurs inconnu, auteur de Études critiques de chronologie.
• *Numa*, I, 2 •

CLODIUS Macer
Propréteur d'Afrique.
• *Galba*, VI, 1-2; XIII, 4; XV, 3 •

Publius CLODIUS Pulcher
Ennemi de Cicéron (92?-52 avant J.-C.).
• *Lucullus*, XXXIV, 1-4 • *Pompée*, XLVI, 8; XLVIII, 8-12; XLIX, 1-8 • *César*, IX, 2-3; X; XIV, 16-17 • *Caton le Jeune*, XIX, 5-6; XXXI, 2; XXXII, 10; XXXIII, 6; XXXIV, 3-7; XL, 1-3; XLV, 2 • *Cicéron*, XXVIII; XXIX; XXX; XXXI; XXXII, 1; XXXIII, 1-5; XXXIV, 1-2; XXXV, 1 • *Antoine*, II, 6-7; X, 5 • *Brutus*, XX, 5 •

CLUSIUM, CLUSIENS
Ville d'Étrurie et ses habitants.
• *Numa*, XII, 10-11 • *Publicola*, XVI, 1 • *Camille*, XVII •

CNIDE
Ville côtière du sud-ouest de l'Asie Mineure.
• *Alcibiade*, XXVII, 2 • *Cimon*, XII, 2 • *Lucullus*, III, 3 • *Agésilas*, XVII, 4 • *César*, LXV, 1 • *Artaxerxès*, XXI, 5 •

CNOSSOS
Ville de Crète.
• *Thésée*, XIX, 10 •

COCLÈS
• voir HORATIUS •

COELÉ-SYRIE
Région située entre le Liban et l'Euphrate.
• *Antoine*, XXXVI, 3; LIV, 6 •

COLCHIDE, COLCHIDIENS
Région située à l'est de la mer Noire, au sud du Caucase, et ses habitants.
• *Thésée*, XXIX, 3 • *Lucullus*, XIV, 8 • *Pompée*, XXX, 2; XXXII, 18; XXXIV, 8; XLV, 2 •

COLLATIN
• voir TARQUIN •

COLLINE
Porte de Rome.
• *Numa*, X, 8 • *Camille*, XXII, 2 • *Sylla*, XXIX, 4 •

COLOPHON
Ville d'Asie Mineure, au nord d'Éphèse.
• *Timoléon*, XXXVI, 3 • *Lysandre*, XVIII, 8 • *Lucullus*, III, 4 • *Alexandre*, LI, 4 •

COMITIUM
Place où se réunissaient les assemblées politiques dans la Rome républicaine.
• *Romulus*, XI, 2; XIX, 10 • *Numa*, XXII, 8 • *Caius Gracchus*, V, 4 •

COMMAGÈNE
Région du nord de la Syrie.
• *Pompée*, XLV, 5 • *Antoine*, XXXIV, 4; LXI, 2 •

CONCORDE
Déesse romaine de la paix.
• *Camille*, XLII, 4-6 • *Caius Gracchus*, XVII, 8-9 • *Cicéron*, XIX, 1 •

INDEX

CONCOURS
• voir ÉLEUTHÉRIA • ISTHMIQUES • NÉMÉENS • OLYMPIQUES • PYTHIQUES •

CONON
Stratège athénien (?-vers 392 avant J.-C.).
• *Alcibiade*, XXXVII, 4 • *Lysandre*, XI, 6-11 • *Sylla*, VI, 5 • *Agésilas*, XVII, 4 ; XXIII, 1 • *Artaxerxès*, XXI, 1-5 •

CONSUS
Dieu romain des grains mis en réserve.
• *Romulus*, XIV, 3-5 ; XV, 7 •

CORCULUM
• voir SCIPION •

CORCYRE, CORCYRÉENS
Île de la mer Ionienne et ses habitants.
• *Thémistocle*, XXIV, 1 • *Périclès*, XXIX, 1-3 • *Timoléon*, VIII, 4 • *Paul-Émile*, XXXVI, 4 • *Pyrrhos*, IX, 2 ; X, 6-7 • *Caton le Jeune*, XXXVIII, 3 ; LV, 5 • *Démosthène*, XVII, 5. •

CORDOUE
• *César*, XVII, 2 •

CORÈ
La «jeune fille», autre nom de Perséphone.
• *Timoléon*, VIII • *Aristide*, XI, 3-6 • *Nicias*, I, 3 • *Dion*, LVI, 6 •
• voir PERSÉPHONE •

CORINTHE, CORINTHIENS
Cité grecque et ses habitants.
• *Thésée*, XII, 3 ; XXV, 7 • *Lycurgue*, XIII, 7 • *Solon*, IV, 1 • *Thémistocle*, V, 7 ; XXIV, 1 • *Périclès*, XXIX, 1-4, 6 • *Alcibiade*, XIV, 5 ; XVIII, 7 ; XXXIX, 8 • *Timoléon*, Préface, 6 ; II ; III, 1 ; IV, 1-4 ; V, 1 ; VII, 3-7 ; VIII, 2 ; IX, 4-7 ; X, 3-8 ; XI, 2 ; XII, 1 ; XIII, 3-4, 8 ; XIV, 1-4 ; XV, 2, 4-8 ; XVI, 3-11 ; XVII, 4 ; XVIII, 3 ; XIX, 4-6 ; XX, 9 ; XXI, 3-6 ; XXII, 7 ; XXIII, 1-5 ; XXIV, 2-3 ; XXV, 3 ; XXVI, 3 ; XXVII, 3-4 ; XXIX, 5-6 ; XXXII, 2-3 ; XXXVI, 5-8 ; XXX-VIII, 4 ; XXXIX, 5 • *Aristide*, VIII, 6 ; XX, 2 • *Caton l'Ancien*, XII, 4 • *Philopoemen*, XXI, 10 • *Flamininus*, X ; XII, 13 • *Pyrrhos*, XXIX, 11 • *Marius*, I, 1 • *Lysandre*, I, 2 ; XXII, 5 ; XXVII • *Cimon*, XVII, 1-2 • *Nicias*, VI, 4-7 ; X, 2 ; XIX, 1, 7 ; XX, 8 ; XXV, 4 • *Crassus*, XXXVI, 2 • *Agésilas*, XV, 4 ; XVI, 6 ; XVII, 2 ; XXI, 2-4 ; XXII, 6-7 • *Alexandre*, IX, 12 ; X, 4 ; XIV, 2 ; XXII, 3 ; XXXVII, 7 ; LVI, 1 • *César*, LVII, 8 ; LVIII, 8 • *Phocion*, XXXIII, 5 • *Agis*, III, 7 ; XV, 1 • *Cléomène*, XVII, 7 ; XIX ; XXI, 2-4 • *Démosthène*, XVII, 5 ; XXXI, 6 • *Démétrios*, XV, 1-3 ; XXV, 1 ; XLIII, 4 ; LI, 1 ; LIII, 4-7 • *Antoine*, LXVII, 9-10 • *Dion*, I, 1 ; LIII, 2-4 • *Aratos*, IX, 1 ; XV, 1 ; XVI, 6 ; XVII, 3 ; XXI, 1 ; XXII, 9 ; XXIII, 1, 4 ; XXV, 2-3 ; XXIX, 1-3 ; XXXIV, 2-3 ; XL, 1-6 ; XLI, 4 ; XLII, 3 ; XLIII, 8 ; XLIV, 1 ; XLV, 1 •

CORIOLAN
Cnaeus Marcius Coriolanus. Général romain, vainqueur des Volsques à Corioles (493 avant J.-C.).
• *Vie*, p. 425-458 ; *Comparaison avec Alcibiade*, p. 459-461 •

CORNÉLIA
Mère des Gracques.
• *Tibérius Gracchus*, I, 3-7 ; IV, 4 ; VIII, 7 • *Caius Gracchus*, IV, 3-6 ; XIII, 1-2 ; XIX •

CORNÉLIA
Épouse de Pompée.
• *Pompée*, LV, 1-5 ; LXVI, 3 ; LXXIV ; LXXV, 1-3 ; LXXVI, 1 ; LXXVII, 1 ; LXXVIII, 7 ; LXXIX, 3 ; LXXX, 10 • *César*, V, 7 •

CORNÉLIA
Épouse de Jules César.
• *César*, I, 1 ; V, 4, 6-7 •

CORNELIUS
• voir CINNA • DOLABELLA • FAUSTUS • LENTULUS • NASICA • SCIPION • SYLLA •

INDEX

Aulus CORNELIUS Cossus
Général romain, vainqueur de l'Étrusque Tolumnius.
• *Romulus*, XVI, 7 • *Marcellus*, VIII, 6 •

CORNÉLIUS Laco
Chevalier romain, assesseur juridique de Galba, en Espagne.
• *Galba*, XIII, 1-3; XXV, 8; XXVI, 1; XXVII, 8; XXIX, 5 •

CORNÉLIUS Népos
Historien romain (vers 100-25 avant J.-C.).
• *Marcellus*, XXX, 4-5; XXXI, 8 •*Lucullus*, XLIII, 2 • *Tibérius Gracchus*, XXI, 3 •

CORONÉE
Ville de Béotie.
• *Périclès*, XVIII, 3 • *Alcibiade*, I, 1 • *Lysandre*, XXIX, 8 • *Agésilas*, XV, 4; XVIII; XIX, 1-4 •

CORSE
Île.
• *Pompée*, XXVI, 7; LXVI, 4 •

CORVINUS
• voir MESSALA •

COS
Île de la mer Égée.
• *Solon*, IV, 3-5 • *Alcibiade*, XXVII, 2 • *Lucullus*, III, 3 •

COSSUS
• voir AULUS CORNELIUS COSSUS •

CRANNON
Ville de Thessalie, lieu d'une bataille entre les Grecs et les Macédoniens d'Antipatros (322 avant J.-C.).
• *Camille*, XIX, 8 • *Phocion*, XXVI, 1 • *Démosthène*, XXVIII, 1 • *Démétrios*, X, 2 •

CRASSUS
• voir CANIDIUS •

CRASSUS
Marcus Licinius Crassus
Homme politique romain, triumvir en 60 avec César et Pompée (115-53 avant J.-C.).
• *Vie*, p. 1007-1044; *Comparaison avec Nicias*, p. 1045-1049 •
• *Sylla*, XXVIII, 16-17; XXIX, 9; XXX, 1 • *Lucullus*, XXXVI, 5-7; XXXVIII, 5; XL, 3; XLII, 4-6 • *Nicias*, I, 1 • *Pompée*, XXI, 2-3; XXII, 1-3; XXIII, 1-3; XXXI, 12; XLIII, 2; XLVII, 2; LI, 4-7; LII, 3-5; LIII, 8; LV, 1; LXXVI, 8 • *César*, XI, 1-2; XIII, 3-4; XIV, 1-4; XXI, 5-9; XXVIII, 1 • *Caton le Jeune*, XIX, 8; XLI, 1-4; XLII; XLIII • *Cicéron*, VIII, 6; IX, 2; XV, 1-4; XXV, 2-5; XXVI, 1-2; XXX, 3; XXXIII, 8 • *Antoine*, XXXIV, 3; XXXVII, 2; XLVI, 7 • *Brutus*, XLIII, 7 •

CRASSUS
Publius Licinius Crassus
Fils du triumvir Marcus Licinius Crassus.
• *Crassus*, XIII, 5; XVII, 7, 10; XXIII, 4-6; XXV; XXVI; XXVII, 3; LV, 1 • *Pompée*, LV, 1; LXXIV, 6 • *Cicéron*, XXXIII, 8; XXXVI, 1 •

CRATÈRE
Général d'Alexandre.
• *Eumène*, V, 1, 3, 6-8; VI, 1, 4-6; VII, 1-2, 4-13; VIII, 2; X, 7 • *Alexandre*, XL, 5; XLI, 5-7; XLII, 1; XLVII, 9-12; XLVIII, 6; LV, 6 • *Phocion*, XVIII, 7; XXVI, 1-6 • *Démosthène*, XXVIII, 2 • *Démétrios*, XIV, 2 •

CRATÈRE
Fils d'un général d'Alexandre, gouverneur de Corinthe, auteur d'une collection de décrets athéniens.
• *Aristide*, XXVI, 1-4 • *Cimon*, XIII, 5 •

INDEX

CRATÈS
Philosophe athénien, successeur de Polémon à la tête de l'Académie (?-vers 265/268 avant J.-C.).
• *Démétrios*, XLVI, 3 •

CRATINOS
Auteur comique athénien, contemporain d'Aristophane.
• *Solon*, XXV, 2 • *Périclès*, III, 5 ; XIII, 8, 10 ; XXIV, 9 • *Cimon*, X, 4 •

CRATIPPOS de Pergame
Philosophe péripatéticien (Ier siècle avant J.-C.).
• *Pompée*, LXXV, 4-5 • *Cicéron*, XXIV, 7-8 • *Brutus*, XXIV, 1 •

CRÉSUS
Roi de Lydie, de 560 à 546 avant J.-C.
• *Solon*, IV, 8 ; XXVII ; XXVIII • *Publicola*, XXIV, 1-2 •

CRÈTE, CRÉTOIS
• *Thésée*, XV, 1-2 ; XVI, 1-2 ; XIX, 1, 6, 10 ; XXI, 1 ; XXXVI, 4 • *Romulus*, XXX, 5 • *Lycurgue*, IV, 1-4 ; XII, 1 ; XXXI, 7-10 • *Solon*, XII, 7 • *Paul-Émile*, XV, 7 ; XXIII, 6-11 ; XXVI, 2-3 • *Marcellus*, XX, 4 • *Philopoemen*, VII, 2-3 ; XIII ; XIV, 1 • *Flamininus*, XXII, 2 ; XXIII, 4 • *Pyrrhos*, XXVII, 2, 4 ; XXIX, 11 ; XXX, 6 ; XXXII, 4 • *Lysandre*, XX, 2 ; XXVIII, 8 • *Lucullus*, II, 4 • *Eumène*, XVIII, 6 • *Agésilas*, XXXIV, 4 • *Pompée*, XXIX, 2-4 • *Brutus*, XIX, 5 • *Artaxerxès*, XXI, 3 • *Aratos*, XXIX, 5 ; XLVIII, 5 ; L, 7-9 •

CRETICUS
• voir ANTONIUS •

CRISPUS
• voir SALLUSTE •

CRITIAS
Un des trente tyrans d'Athènes (460-403 avant J.-C.).
• *Lycurgue*, IX, 7 • *Alcibiade*, XXXIII, 1 ; XXXVIII, 5 • *Cimon*, X, 5 ; XVI, 9 •

CRITOLAOS de Phasélis
Philosophe péripatéticien (IIe siècle avant J.-C.).
• *Périclès*, VII, 7 •

CRONOS
Divinité, le plus jeune des Titans.
• *Solon*, III, 5 • *Périclès*, III, 5 ; XXIV, 9 • *Aristide*, XXIV, 3 • *Cimon*, X, 7 •
• voir aussi SATURNALES, SATURNE •

CTÉSIAS
Médecin grec de Cnide, historien de la Perse (fin V^e- début IVe siècle avant J.-C.).
• *Artaxerxès*, I, 4 ; VI, 9 ; IX, 1, 4 ; XI ; XIII, 3-7 ; XIV, 1 ; XVIII, 1-7 ; XIX, 2-5 ; XXI, 3-4 •

CTÉSIPPOS
Fils de Chabrias, stratège (?-357 avant J.-C.).
• *Phocion*, VII, 3-4 • *Démosthène*, XV, 3 •

CUMES
Ancienne colonie grecque au nord de Naples.
• *Tibérius Gracchus*, VIII, 6 ; XVII, 5 •

CUNAXA
Ville de Mésopotamie près de l'Euphrate, lieu d'une bataille entre Cyrus et Artaxerxès II (401 avant J.-C.).
• *Artaxerxès*, VII, 4-6 ; VIII-XIV •

CUNCTATOR
• voir FABIUS •

CURION
Caius Scribonius Curio
Homme politique romain, consul en 76 avant J.-C.

INDEX

• *Sylla*, XIV, 11-12 • *César*, VIII, 3 • *Antoine*, II, 5 •

CURION
Caius Scribonius Curio
Tribun du peuple, fils du consul Caius Scribonius Curio.
• *Pompée*, LVIII, 2, 4-10 • *César*, XXIX, 3 ; XXX, 2 ; XXXI, 2-3 • *Caton le Jeune*, XIV, 6-8 ; XLVI, 7 • *Antoine*, II, 4-5 ; V, 2 •

Manius CURIUS Dentatus
Général romain, consul en 290, 275 et 274 avant J.-C.
• *Caton l'Ancien*, II, 1-2 ; VIII, 14 ; XXVIII, 3 ; XXXI, 4 • *Pyrrhos*, XXV, 2-9 • *Crassus*, II, 9-10 •

CURTIUS
Sabin.
• *Romulus*, XVIII, 5-6 • *Galba*, XXVII, 1 •

CYANÉES
Îlots rocheux situés à l'entrée du Bosphore.
• *Cimon*, XIII, 4 •

CYLON
Noble athénien, auteur d'une tentative de coup d'État (vers 632 avant J.-C.).
• *Solon*, XII, 1-2 ; XIII, 1 •

CYMÈ, CYMÉENS
Ville d'Asie Mineure et ses habitants.
• *Thémistocle*, XXVI, 1 • *César*, LXI, 10 • *Artaxerxès*, XXIII, 6 •

CYNOSCÉPHALES
Montagne de Thessalie.
• *Thésée*, XXVII, 9 • *Pélopidas*, XXXII, 3 • *Flamininus*, VIII, 2 •

CYRÈNE, CYRÉNÉENS
Capitale de la Cyrénaïque (actuelle Libye) et ses habitants.
• *Philopoemen*, I, 4 • *Lucullus*, II, 4-5 • *Caton le Jeune*, LVI, 4-5 • *Cléomène*, XXXI, 2 ; XXXV, 6 • *Démétrios*, XIV, 1 ; LIII, 8 • *Antoine*, LXI, 6 • *Dion*, XIX, 3 •

CYRUS l'Ancien
Fondateur de l'empire perse (559-530/529 avant J.-C.).
• *Solon*, XXVIII, 2-6 • *Sylla*, XLII, 4-5 • *Alexandre*, XXX, 13 ; LXIX, 3-4 • *Antoine*, VI, 3 • *Artaxerxès*, I, 3 ; III, 2 ; IX, 1 •

CYRUS le Jeune
Prétendant au trône du roi perse Darius II.
• *Périclès*, XXIV, 11-12 • *Alcibiade*, XXXV, 5 • *Lysandre*, IV, 1-7 ; VI ; VII, 2 ; IX, 1-2 ; XVIII, 2 • *Artaxerxès*, I, 2-3 ; II, 3-5 ; III, 2-6 ; IV, 1-4 ; VI, 1-6 ; VII, 1-4 ; VIII,-XIV, 3 ; XVII, 1 ; XX, 1 ; XXVI, 5-9 •

CYTHÈRE
Île au sud du Péloponnèse.
• *Nicias*, VI, 4 • *Crassus*, XXXVI, 5 • *Agésilas*, XXXII, 1 • *Cléomène*, XXXI, 1 •

CYZIQUE, CYZICÉNIENS
Ville d'Asie Mineure, en Phrygie de l'Hellespont, et ses habitants.
• *Thémistocle*, XXIX, 11 • *Alcibiade*, XXIV, 1 ; XXVIII, 2-10 • *Pélopidas*, XXV, 9 • *Lucullus*, IX, 1, 10 ; XI, 1 ; XII, 1 ; XXXIII, 3 • *Agésilas*, XII, 1 • *Dion*, XIX, 6 • *Brutus*, XXVIII, 3 •

DAÏMACHOS de Platées
Historien du début du IVe siècle avant J.-C., auteur d'un traité intitulé De la pitié.
• *Publicola*, XXVII, 1 • *Lysandre*, XII, 6, 8 •

DALMATICUS
• voir MÉTELLUS •

DAMAS
Ville de Syrie.
• *Alexandre*, XX, 11 ; XXI, 8 ; XXIV, 1 ; XLVIII, 4 •

INDEX

DAMASTÈS
Historien grec du Vᵉ siècle avant J.-C.
• *Camille*, XIX, 7 •

DAMON
Sophiste et musicien athénien du Vᵉ siècle avant J.-C., ami de Périclès.
• *Périclès*, IV, 1-4 • *Aristide*, I, 7 • *Nicias*, VI, 1 •

DANDAMIS
Sage indien.
• *Alexandre*, VIII, 5 ; LXV, 3-4 •

DANUBE
• voir ISTROS •

DARDANOS
Fondateur légendaire de Troie.
• *Camille*, XX, 6 •

DARIUS
Fils d'Artaxerxès II.
• *Artaxerxès*, XXVI, 1-5 ; XXVII-XXIX •

DARIUS Iᵉʳ
Roi de Perse, règne de 522/521 à 486 avant J.-C.
• *Thémistocle*, IV, 2 • *Aristide*, V, 1 • *Agésilas*, XV, 4, 6 • *Alexandre*, XXXVII, 7 ; LVI, 1 •

DARIUS II
Roi de Perse, règne de 425 à 404 avant J.-C.
• *Lysandre*, IV, 1 ; IX, 1-2 ; XXX, 2 • *Artaxerxès*, I, 2 ; II, 2-4 ; III, 1 •

DARIUS III Codoman
Roi de Perse, règne de 336/335 à 330 avant J.-C.
• *Alexandre*, XVI ; XVII, 3 ; XVIII, 5-6, 8 ; XIX, 5 ; XX ; XXI, 1-7 ; XXII, 5 ; XXVI, 1 ; XXIX, 7-9 ; XXX-XXXIII ; XXXVII, 1 ; XXXVIII, 1 ; XXXIX, 9 ; XLII, 5 ; XLIII, 2-7 ; XLVIII, 4 ; LXX, 3 • *Phocion*, XVII, 10 •

DÉCÉLIE
Dème de l'Attique.
• *Thémistocle*, XIV, 4 • *Alcibiade*, XXIII, 2 ; XXXIV, 4 • *Lysandre*, IX, 4 • *Cimon*, VIII, 1 •

DÉDALE
Artisan légendaire athénien, père d'Icare.
• *Thésée*, XIX, 8-10 •

DEIDAMEIA
Sœur de Pyrrhos.
• *Pyrrhos*, I, 7 ; IV, 3 ; VII, 3 • *Démétrios*, XXV, 2 ; XXX, 3-4 ; XXXII, 5 ; LIII, 8 •

DEINARCHOS de Corinthe
Lieutenant de Timoléon.
• *Timoléon*, XXI, 3 ; XXIV, 4 • *Phocion*, XXXIII, 5-9 • *Démosthène*, XXXI, 6 •

DEINOCRATÈS
Messénien, ennemi de Philopoemen.
• *Philopoemen*, XVIII, 5, 8-14 ; XIX, 3-4 ; XX, 1 ; XXI, 2 • *Flamininus*, XVII, 6 •

DEINON
Historien du IVᵉ siècle.
• *Thémistocle*, XXVII, 1 • *Alexandre*, XXXVI, 4 • *Artaxerxès*, I, 4 ; VI, 9 ; IX, 4 ; X ; XIII, 3 ; XIX, 2-6 ; XXII, 1 •

DÉJOTARUS
Roi des Galates, vassal de Pompée.
• *Crassus*, XVII, 2 • *Pompée*, LXXIII, 9 • *Caton le Jeune*, XII, 2 ; XV • *Brutus*, VI, 6 •

DÉLION
Ville de Béotie.
• *Alcibiade*, VII, 6 • *Lysandre*, XXIX, 10-12 • *Sylla*, XXII, 3-4 • *Nicias*, VI, 3 •

DÉLOS, DÉLIENS
Île des Cyclades et ses habitants. Site d'un important sanctuaire d'Apollon.
• *Thésée*, XXI • *Périclès*, XII, 1 • *Aristide*, XXV, 3 • *Nicias*, III, 5-8 •

2205

INDEX

DELPHES, DELPHIENS
Cité grecque de Phocide – site du célèbre oracle – et ses habitants.
• *Thésée*, V, 1; XVI, 2; XVIII, 3; XXIV, 4; XXVI, 5 • *Romulus*, XXVIII, 6 • *Lycurgue*, V, 4; VI, 1; XXIX, 3-4, 7 • *Numa*, IX, 12 • *Solon*, IV, 1, 7; XI; XXV, 3 • *Publicola*, XXI, 3 • *Camille*, IV, 5; VIII, 3 • *Périclès*, XXI, 2-3 • *Fabius Maximus*, XVIII, 3 • *Timoléon*, VIII, 2; XXX, 7 • *Paul-Émile*, XXVIII, 4; XXXVI, 4 • *Marcellus*, VIII, 11 • *Aristide*, XI, 3; XX, 4-5 • *Philopoemen*, II, 1; X, 13 • *Flamininus*, XII, 11-12 • *Lysandre*, I, 1; XVIII, 1-3; XXVI, 2-3; XXIX, 4 • *Sylla*, XII, 6-9; XXIX, 11-12 • *Nicias*, XIII, 5-6 • *Agésilas*, XIX, 4 • *Alexandre*, III, 1; XIV, 6; XL, 5; LXXIV, 6 • *Phocion*, VIII, 4 • *Agis*, XI, 4-5 • *Cicéron*, V, 1 • *Démétrios*, XI, 1; XIII, 1; XL, 8 • *Aratos*, LIII, 2 •
• voir aussi PYTHÔ •

DELPHINION
Sanctuaire dédié à Apollon.
• *Thésée*, XII, 6; XVIII, 1-2 •

DÉMADE
Homme politique athénien (vers 380-319 avant J.-C.).
• *Lycurgue*, XIX, 4 • *Solon*, XVII, 3 • *Phocion*, I, 1, 3; XVI, 5; XX, 6; XXII, 5; XXVI, 3; XXX, 4-10 • *Cléomène*, XXVII, 2 • *Démosthène*, VIII, 7; X, 1-2; XI, 5; XIII, 3; XXIII, 6; XXIV, 1; XXVIII, 2; XXXI, 4-6 • *Galba*, I, 5 •

DÉMARATE
Père de Tarquin (VIIe siècle).
• *Romulus*, XVI, 8 • *Publicola*, XIV, 1 •

DÉMARATE
Roi de Sparte (règne de 520 à 491 avant J.-C.).
• *Lycurgue*, XX, 5 • *Thémistocle*, XXIX, 7-8 • *Artaxerxès*, II, 4 •

DÉMARATE de Corinthe
Ami de Philippe II de Macédoine, qui avait accompagné Timoléon à Syracuse.
• *Agésilas*, XV, 4 • *Alexandre*, IX, 12-14; XXXVII, 7; LVI •

DÉMARÈTE
Lieutenant de Timoléon.
• *Timoléon*, XXI, 3; XXIV, 4; XXVII, 6 •

DÉMÉTER
Dans la mythologie grecque, déesse du blé et de la fertilité. Mère de Corè/Perséphone.
• *Romulus*, XXII, 3 • *Lycurgue*, XXVII, 4 • *Solon*, VIII, 4 • *Fabius Maximus*, XVIII, 2 • *Alcibiade*, XXII, 4 • *Timoléon*, VIII, 1-7 • *Paul-Émile*, XXVI, 3 • *Aristide*, XI, 3-7 • *Eumène*, VI, 9-11 • *Pompée*, XXIV, 6 • *Démosthène*, XXX, 5 • *Démétrios*, XII, 1 •

DÉMÉTRIAS
Tribu athénienne.
• *Démétrios*, X, 6 •

DÉMÉTRIAS
Ville de Thessalie.
• *Flamininus*, X, 1 • *Démétrios*, LIII, 7 • *Brutus*, XXV, 2 •

DÉMÉTRIOS
Fils de Philippe V de Macédoine.
• *Paul-Émile*, VIII, 9-12 • *Flamininus*, IX, 8; XIV, 3 • *Démétrios*, III, 4 • *Aratos*, LIV, 5, 7 •

DÉMÉTRIOS II
Fils d'Antigone Gonatas.
• *Paul-Émile*, VIII, 2 • *Aratos*, XVII, 2-3; XXIX, 6; XXXIV, 1-5 •

DÉMÉTRIOS de Magnésie
Historien contemporain de Cicéron, auteur d'un ouvrage Sur les poètes et les écrivains homonymes.
• *Démosthène*, XV, 4; XXVII, 7; XXVIII, 3 •

INDEX

DÉMÉTRIOS de Phalère
Homme politique athénien et philosophe (vers 350-280 avant J.-C.).
• *Thésée*, XXIII, 1 • *Lycurgue*, XXIII, 2 • *Solon*, XXIII, 3 • *Aristide*, I, 2-9 ; V, 9 ; XXVII, 3-5 • *Phocion*, XXXV, 5 • *Démosthène*, IX, 3-4 ; XI, 1-3 ; XIV, 2 ; XXVIII, 3-4 • *Démétrios*, VIII, 4 ; IX, 2-4 ; X, 2 •

DÉMÉTRIOS Poliorcète
Fils d'Antigogne le Borgne. Général et roi de Macédoine (vers 336-283 avant J.-C.).
• *Vie*, p. 1629-1668 ; *Comparaison avec Antoine*, p. 1742-1745 •
• *Paul-Émile*, VIII, 1 • *Pyrrhos*, IV, 3-5 ; VI, 3-4 ; VII ; X-XII ; XXVI, 4 ; XXXIV, 8 • *Eumène*, XVIII, 6 • *Démosthène*, XIII, 4 •

DÉMÉTRIUS
Affranchi de Pompée.
• *Pompée*, II, 9 ; XL, 1-8 • *Caton le Jeune*, XIII •

DÉMÉTRIUS
Philosophe péripatéticien (Iʳʳ siècle avant J.-C.).
• *Caton le Jeune*, LXV, 11 ; LXVII ; LXIX ; LXX, 1 •

DÉMOCRITE
Philosophe originaire d'Abdère, en Thrace (vers 460-357 avant J.-C.).
• *Timoléon*, Préface, 4 •

DÉMON
Historien d'Athènes.
• *Thésée*, XIX, 3 ; XXIII, 5 •

DÉMONAX
Envoyé d'Archélaos.
• *Lucullus*, IX, 6 •

DÉMOPHON
Fils de Thésée.
• *Thésée*, XXVIII, 2 ; XXXIV, 2 • *Solon*, XXVI, 2-3 •

DÉMOSTHÈNE
Orateur et homme d'État athénien (384-322 avant J.-C.).
• *Vie*, p. 1543-1568 ; *Comparaison avec Cicéron*, p. 1623-1625 •
• *Thésée*, XXVII, 8 • *Alcibiade*, X, 4 • *Caton l'Ancien*, II, 5 ; IV, 1 • *Pyrrhos*, XIV, 1 • *Alexandre*, XI, 6 • *Phocion*, V, 5-9 ; VII, 5 ; IX, 8 ; XVI, 3 ; XVII, 1-2 ; XXVI, 2 ; XXVII, 5 ; XXIX, 1 •*Démosthène*, III, 1 • *Cicéron*, V, 4 ; XXIV, 6 ; L, 6 ; LI, 3 •

DÉMOSTHÉNÈS
Stratège athénien (fin du Vᵉ siècle).
• *Alcibiade*, I, 3 • *Nicias*, VI, 3 ; VII, 1 ; VIII, 1 ; XX, 2-6 ; XXI ; XXII, 1-4 ; XXVII, 1-2 ; XXVIII, 5 •

DENTATUS
• voir CURIUS •

DENYS d'Halicarnasse
Rhéteur et historien grec (Iᵉʳ siècle avant J.-C.).
• *Romulus*, XVI, 7 • *Coriolan*, XLI, 4 • *Pyrrhos*, XVII, 7 ; XXI, 13 •

DENYS l'Ancien
Tyran de Syracuse de 405 à 367 avant J.-C.
• *Solon*, XX, 7 • *Timoléon*, VI, 6-7 ; XV, 7 ; XXXIX, 2 • *Pélopidas*, XXXI, 6 ; XXXIV, 1 • *Caton l'Ancien*, XXIV, 11 • *Lysandre*, II, 7-8 • *Dion*, III, 1, 5-6 ; IV, 2-7 ; V ; VI, 1-3 ; VII, 6 ; IX, 2-8 ; X, 4-5 ; XI, 4-7 ; XXIX, 3 ; LIII, 2 • *Brutus*, LV, 3 • *Galba*, I, 7 •
• voir aussi ARISTOMACHÈ •

DENYS le Jeune
Fils de Denys l'Ancien, tyran de Syracuse de 367 à 344 avant J.-C.
• *Timoléon*, I, 2, 4 ; VII, 4-6 ; IX, 3 ; XI, 5 ; XIII, 3-10 ; XIV-XVI, 1-2 ; XXXIII, 3 • *Paul-Émile*, XL, 3 ; XLI, 6 • *Nicias*, XXIII, 6 • *Agésilas*, XXXIII, 5 • *Dion*, III, 5 ; VI, 1, 4-5 ; VII, 1-2, 4-7 ; IX, 1-4 ; X ; XI, 1, 4-7 ; XII, 2-

INDEX

8; XIII-XVI; XVII, 8; XVIII-XXXII, 1-2; XXXIV, 4-5; XXXV, 2, 6-7; XXXVII, 1-4; XLI, 1-2; XLIV, 1, 7; XLVIII, 7; L, 2, 4; LVI, 1 • *Brutus*, LV, 1, 3• LVI, 5-10; LVII, 1-5 •

DERCYLLIDAS
Général de Sparte.
• *Lycurgue*, XV, 3 • *Artaxerxès*, XX, 3 •

DIANE
Déesse italique identifiée à l'Artémis grecque.
• *Caius Gracchus*, XVI, 5-7 •
• voir aussi ARTÉMIS •

DICÉARQUE
Historien grec de Messine, en Sicile, élève d'Aristote (IIIe-IIe siècle avant J.-C.).
• *Thésée*, XXI, 2; XXXII, 5 • *Agésilas*, XIX, 9 •

DIDYME
Grammairien contemporain de Cicéron (Ier siècle avant J.-C.), auteur d'une Réfutation d'Asclépiade.
• *Solon*, I, 1 •

DIOCLÈS de Péparéthos
Historien actif à l'époque de la seconde guerre punique (218-201).
• *Romulus*, III, 1; VIII, 9 •

DIODORE le Périégète
Historien par ailleurs inconnu.
• *Thésée*, XXXVI, 5 • *Thémistocle*, XXXII, 5-6 • *Cimon*, XVI, 1 •

DIOGÈNE
Philosophe stoïcien (IIe siècle avant J.-C.).
• *Caton l'Ancien*, XXII •

DIOGÈNE de Sinope
Philosophe cynique (vers 413-327 avant J.-C.).
• *Lycurgue*, XXXI, 2 • *Fabius Maximus*, X, 2 • *Timoléon*, XV, 8-9 • *Alexandre*, XIV, 2-5; LXV, 2-3 •

DION
Homme politique grec (vers 409-354 avant J.-C.), disciple de Platon. Oncle et beau-frère de Denys le Jeune, tyran de Syracuse.
• *Vie*, p. 1749-1784; *Comparaison avec Brutus*, p. 1829-1831 •
• *Coriolan*, XLI, 5 • *Timoléon*, I, 2; XIII, 9-10; XXII, 1; XXXIII, 3-4 • *Paul-Émile*, XLI, 2-3, 6 • *Aristide*, I, 4 • *Nicias*, XIV, 7; XXIII, 6 •

DION
Ville de Macédoine.
• *Démétrios*, XXXVI, 3 •

DIONYSODOROS de Trézène
Grammairien alexandrin du IIIe siècle avant J.-C.
• *Aratos*, I, 2 •

DIONYSOS
Fils de Zeus et de Sémélè. Dieu du vice et de l'ivresse.
• *Thésée*, XX, 1, 8; XXIII, 4 • *Solon*, XXXI, 7 • *Thémistocle*, XIII, 3-4 • *Camille*, V, 2 • *Pélopidas*, XVI, 8; XXI, 3 • *Marcellus*, XXII, 7 • *Aristide*, I, 3; IX, 2 • *Lysandre*, XXVII, 6; XXVIII, 7 • *Cimon*, II, 2; III, 2; XVIII, 4 • *Nicias*, III, 3-4 • *Crassus*, VIII, 4 • *Alexandre*, II, 7; XIII, 4; LXVII, 6 • *César*, IX, 4; LVI, 5 • *Cléomène*, XII, 3 • *Démétrios*, II, 3; XII, 1 • *Antoine*, XXIV, 4-5; XXVI, 5; LVI, 7; LVII, 1; LX, 4-5; LXXV, 4-6 • *Aratos*, LIII, 6 •

DIOPEITHÈS
Devin spartiate.
• *Lysandre*, XXII, 10-12 • *Agésilas*, III, 6-7 •

DIOPHANÈS
Stratège des Achéens (IIIe-IIe siècle avant J.-C).
• *Philopoemen*, XVI, 1-3 • *Flamininus*, XVII, 2; XXIV, 2 •

DIOPHANÈS de Mytilène
Rhéteur (IIe siècle avant J.-C.).
• *Tibérius Gracchus*, VIII, 6 ; XX, 4 •

DIOSCORIDE
Écrivain, sans doute disciple d'Isocrate, auteur d'un traité sur la Constitution laconienne.
• *Lycurgue*, XI, 9 •

DIOSCURES
Divinités de la mythologie.
• *Thésée*, XXXI, 1 ; XXXII, 6 • *Numa*, XIII, 10 • *Coriolan*, III, 5-6 • *Paul-Émile*, XXV, 2-3 • *Alexandre*, L, 7 • *Tibérius Gracchus*, II, 1 •
• voir aussi CASTOR ; POLLUX •

DIPYLON
Porte au nord-ouest d'Athènes (quartier du Céramique).
• *Périclès*, XXX, 3 • *Sylla*, XIV, 6 •

DISCORDE
Divinité.
• *Périclès*, III, 5 • *Caius Gracchus*, XVII, 9 • *Démétrios*, V, 1 •

DIX-MILLE (les)
Mercenaires grecs au service de Cyrus (401-399 avant J.-C.).
• *Agésilas*, IX, 2 • *Antoine*, XLV, 12 •

DODONE
Ville d'Épire, sanctuaire de Zeus.
• *Pyrrhos*, I, 1 • *Lysandre*, XXV, 3 • *Phocion*, XXVIII, 4 •

DOLABELLA
Cnaeus Cornelius Dolabella
Lieutenant de Sylla.
• *Sylla*, XXVIII, 8 ; XXIX, 8 ; XL, 7 • *César*, IV, 1-2 •

DOLABELLA
Publius Cornelius Dolabella
Gendre de Cicéron.
• *César*, LI, 3 ; LXII, 10 • *Cicéron*, XLI, 7 ; XLIII, 3 • *Antoine*, IX, 1-4 ; X, 2 ; XI, 3-6 • *Brutus*, II, 6 ; VIII, 2 ; XXV, 1 •

DOLOPES
Habitants de l'île de Scyros.
• *Thésée*, XXXVI, 1 • *Cimon*, VIII, 3-5 •

DOLOPES
Habitants d'une région de l'Épire.
• *Flamininus*, XV, 6 •

DOMITIEN
Titus Flavius Domitianus
Empereur romain (51-96 après J.-C. ; règne de 81 à 96 après J.-C.).
• *Numa*, XIX, 7 • *Publicola*, XV, 3, 5-6 • *Paul-Émile*, XXV, 5-7 •

Cnaeus DOMITIUS Calvinus
Homme politique romain, consul en 53 avant J.-C.
• *Pompée*, LIV, 5 ; LXIX, 1 • *César*, XLIV, 2 ; L, 1 •

Lucius DOMITIUS Ahenobarbus
Homme politique romain (?-25 avant J.-C.). Consul en 61 avant J.-C.
• *Crassus*, XV, 2-7 ; XXXV, 2 • *Pompée*, LII, 1-2 ; LXVII, 5, 9 ; LXIX, 1 • *César*, XXXIV, 6-9 ; XXXV, 1 ; XLII, 2 ; XLIV, 4 • *Caton le Jeune*, XLI ; XLII, 1 • *Cicéron*, XXXVIII, 3 •

DORIDE
Pays de Grèce centrale.
• *Thémistocle*, IX, 3 • *Cimon*, XVII, 4 •

DORIENS
Un des peuples de la Grèce.
• *Lycurgue*, XI, 8 • *Périclès*, XVII, 2 • *Lysandre*, XXIV, 3 • *Agésilas*, XXXI, 3 • *Agis*, XXI, 1 • *Aratos*, IX, 6 •

INDEX

DORYLAOS
Général de Mithridate.
• *Sylla*, XX ; XXI • *Lucullus*, XVII, 4 •

DOURIS de Samos
Historien (vers 350/340-vers 280 avant J.-C.).
• *Périclès*, XXVIII, 2-3 • *Alcibiade*, XXXII, 2 • *Lysandre*, XVIII, 5 • *Eumène*, I, 1 • *Agésilas*, III, 2 • *Alexandre*, XV, 2 ; XLVI, 2 • *Phocion*, IV, 3 ; XVII, 10 • *Démosthène*, XIX, 3 ; XXIII, 4 •

DRACON
Premier législateur d'Athènes (fin du VIIe siècle avant J.-C.).
• *Solon*, XVII ; XIX, 3 ; XXV, 2 •

DYMÈ
Ville d'Achaïe.
• *Pompée*, XXVIII, 7 • *Cléomène*, XIV, 4-5 • *Aratos*, XI, 1 ; XLVII, 2 •

DYRRACHIUM
Ville de la côte d'Illyrie (actuelle Durrës, Albanie). Fondée en 627 avant J.-C. sous le nom d'Épidamne.
• *Sylla*, XXVII, 1 • *Pompée*, LXII, 3 ; LXV ; LXXIV, 2 • *César*, XVI, 3-4 ; XXXV, 2 ; XXXIX • *Caton le Jeune*, LIII, 3 ; LIV, 7-11 ; LV, 1-3 • *Cicéron*, XXXII, 3-4 ; XXXIX, 1 • *Brutus*, XXV, 3-4 ; XXVI, 1-2 •

ÉACIDE
Roi des Molosses.
• *Pyrrhos*, I, 5-6 ; II, 1 • *Démétrios*, XXV, 2 •

ÉAQUE
Héros d'Égine.
• *Thésée*, X, 3 • *Alexandre*, II, 1 • *Démosthène*, XXVIII, 4 •

ECBATANE
Capitale de l'empire mède (à l'est de l'actuelle Hamadan en Iran).
• *Pélopidas*, XXX, 3 • *Agésilas*, XV, 1 • *Alexandre*, LXXII, 1-2 • *Démosthène*, XIV, 2 • *Artaxerxès*, XXVII, 4 •

ECDÉLOS
Arcadien de Mégalopolis.
• *Philopoemen*, I, 3-5 • *Aratos*, V, 1-2 ; VII, 4-6 •

ÉDESSA
Ville de Macédoine.
• *Pyrrhos*, X, 2 ; XII, 10 • *Démétrios*, XLIII, 1 •

ÉDUENS
Peuple du centre-est de la Gaule.
• *César*, XXVI, 5 •

ÉGÉE
Père de Thésée.
• *Thésée*, III, 5-7 ; IV, 1 ; VII, 2 ; XII, 2-6 ; XIII, 1 ; XVII, 1-5 ; XXII, 1-4 ; XXIV, 1, 5 • *Romulus*, XXXIV, 2 ; XXXV, 7 • *Cimon*, VIII, 5 •

ÉGÉIS
L'une des dix tribus d'Athènes.
• *Alcibiade*, XXI, 2-3 • *Nicias*, XIII, 3 •

ÉGÉRIE
Nymphe des eaux dans la mythologie romaine.
• *Numa*, IV, 2 ; VIII, 10 ; XIII, 2 ; XV, 2-9 •

ÉGINE, ÉGINÈTES
Île du golfe Saronique et ses habitants.
• *Thémistocle*, IV, 1-2 ; XV, 2 ; XVII, 1 • *Périclès*, VIII, 7 ; XXIX, 5 ; XXXIV, 2 • *Aristide*, VIII, 2 • *Lysandre*, IX, 3 ; XIV, 4 • *Nicias*, VI, 7 • *Crassus*, XXXVII, 3 • *Démosthène*, I, 2 ; XXVI, 5 ; XXVII, 6 ; XXVIII, 3-4 • *Démétrios*, XXXIII, 7 • *Dion*, V, 7 • *Aratos*, XXXIV, 7 •

ÉGYPTE, ÉGYPTIENS
• *Lycurgue*, IV, 7-8 • *Numa*, IV, 6 ; XIV, 9 ; XVIII, 7 • *Solon*, II, 8 ; XXVI, 1 • *Thémistocle*, XXXI, 4 • *Périclès*, XX, 3 ; XXXVII, 4 •

INDEX

Pyrrhos, IV, 5 • *Sylla*, XX, 6 • *Cimon*, XVIII • *Lucullus*, II, 3-9; XLVI, 2 • *Nicias*, IX, 1 • *Crassus*, XIII, 2 • *Eumène*, VIII, 3 • *Agésilas*, XXXVI, 1-8; XXXVII, 2-9; XXXIX, 1-4; XL, 1 • *Pompée*, XLIX, 13; LXXVI, 7; LXXVII, 1; LXXX, 1, 7, 9; LXXXIV, 7-8; LXXXV, 1-2 • *Alexandre*, XXVI, 4-5; XXVII, 10; XXIX, 1; XL, 1; LIX, 1 • *César*, XLV, 9; XLVIII, 5; XLIX, 10; LV, 2 • *Caton le Jeune*, XXXV, 4-6; XLIII, 1; LVI, 1-2 • *Cléomène*, XXII, 4-9; XXXI, 4, 6-7; XXXII, 5; XXXV, 2; XXXVIII, 6 • *Cicéron*, XXXIX, 3 • *Démétrios*, XVIII, 2; XXVII, 12; LIII, 8 • *Antoine*, III, 4, 6-8; XXV, 3;; XXVII, 5; XXIX, 5; XXXI, 3; XXXIII, 2, 4-5; XXXVII, 3; LIV, 6; LVI, 3-4; LIX, 4; LXIV, 1-3; LXIX, 1-5; LXXI, 1; LXXII, 1 • *Brutus*, VI, 4-5; XXVIII, 3; XXXIII, 2, 6 • *Artaxerxès*, XXII, 6; XXIV, 1 • *Aratos*, IV, 3; XII, 6; XV, 3; XLVI, 1 • *Galba*, II, 1; XIV, 4 • *Othon*, XV, 6 •

ÉION
Ville de Macédoine.
• *Cimon*, VII, 1-6; VIII, 2 •

ÉLAEA
Ville de Mysie (nord de l'Asie Mineure).
• *Lucullus*, IV, 2 • *Phocion*, XVIII, 7 •

ÉLATÉE
Ville de Phocide (Grèce centrale).
• *Sylla*, XVI, 1 • *Phocion*, XXXIII, 6 • *Démosthène*, XVIII, 1 •

ÉLÉE (en latin, Vélia)
Ville d'Italie, sur la mer Tyrrhénienne (Lucanie).
• *Périclès*, IV, 5 • *Timoléon*, XXXV, 2 • *Paul-Émile*, XXXIX, 2 • *Brutus*, XXIII, 1; XXIV, 1 •

ÉLEUSIS
Ville de l'Attique (sud-ouest d'Athènes).
• *Thésée*, X, 4; XI, 1; XXIX, 5 • *Thémistocle*, XV, 1 • *Périclès*, XIII, 7 • *Alcibiade*, XXII, 4-5; XXXIV, 4 • *Pélopidas*, XIV, 6 • *Aristide*, XI, 5 • *Agésilas*, XXIV, 7 • *Phocion*, XXII, 2; XXVIII, 2; XXXVII, 4 • *Démétrios*, XXXIII, 5 •

ÉLEUTHÈRES
Ville de Béotie.
• *Thésée*, XXIX, 5 •

ÉLIS
Cité de l'ouest du Péloponnèse.
• *Lycurgue*, XXXI, 7 • *Numa*, I, 6 • *Pélopidas*, XXIV, 1 • *Aristide*, XI, 3 •

ELPINICE
Sœur de Cimon.
• *Périclès*, X, 5-6; XXVIII, 5-7 • *Cimon*, IV, 3-4, 6-8; XIV, 5; XV, 3-4 •

EMPÉDOCLE
Philosophe grec originaire d'Acragas (Agrigente), en Sicile (vers 495-435 avant J.-C.).
• *Démétrios*, V, 1 •

ÉNÉE
Héros de la guerre de Troie. Fils d'Anchise et d'Aphrodite. En Italie, il fonde Lavinium.
• *Romulus*, II, 1-3; III, 2; XXXIV, 1 • *Camille*, XX, 6 • *Coriolan*, XXIX, 2 • *Flamininus*, XII, 11-12 •

ÉNYALIOS
Divinité guerrière, vénérée en particulier à Sparte, parfois assimilée au dieu romain Quirinus.
• *Romulus*, XXIX, 1 • *Phocion*, VII, 6 •

ÉOLIDE
Région du nord de l'Asie Mineure.
• *Thémistocle*, XXVI, 1 •

ÉPAMINONDAS
Homme politique et stratège thébain (vers 418-362 avant J.-C.).

INDEX

• *Lycurgue*, XIII, 6 • *Fabius Maximus*, XXVII, 3 • *Coriolan*, IV, 6-7; XLIII, 8 • *Timoléon*, XXXVI, 1-4 • *Pélopidas*, III, 1, 3-6; IV; V, 4; VII, 5, *passim.*, XII, 2-6; XX, 3; XXIII; XXIV; XXV, 1-11; XXVI, 1, 7-8; XXVIII; XXIX • *Marcellus*, XXI, 3; XXXI, 3; XXXII, 2 • *Aristide*, I, 4 • *Caton l'Ancien*, VIII, 14; XXXI, 4 • *Philopoemen*, III, 1; XIV, 2-3 • *Sylla*, XLII, 4-5 • *Agésilas*, XXVII, 6-7; XXVIII, 1-4, 6; XIX, 9; XXXI, 1; XXXII, 4-5; XXXIV; XXXV, 1-4 • *Phocion*, III, 7 • *Démosthène*, XX, 1 • *Aratos*, XIX, 3 •

ÉPHÈSE, ÉPHÉSIENS
Cité d'Asie Mineure.
• *Alcibiade*, VIII, 6; XXIX, 2; XXXV, 6 • *Marcellus*, XXI, 3 • *Flamininus*, XXI, 3 • *Lysandre*, III, 3-4; V, 1-5; VI, 8 • *Sylla*, XXVI, 1 • *Lucullus*, XXIII, 1; XXV, 1 • *Agésilas*, VII, 1; IX, 5 • *Alexandre*, III, 5-7; XII, 1 • *Caton le Jeune*, XIV, 2 • *Démétrios*, XXX, 2 • *Antoine*, XXIV, 4; LVI, 1; LVIII, 11 •

ÉPHIALTÈS
Homme politique athénien, ami de Périclès. Chef du parti démocratique dès 465 avant J.-C.
• *Périclès*, VII, 8; IX, 5; X, 7-8; XVI, 3 • *Cimon*, X, 8; XIII, 4; XV, 2; XVI, 9 • *Démosthène*, XIV, 1 •

ÉPHORE de Cymè
Historien (IVe siècle avant J.-C.).
• *Thémistocle*, XXVII, 1 • *Camille*, XIX, 7 • *Périclès*, XXVII, 3; XXVIII, 2 • *Alcibiade*, XXXII, 2 • *Timoléon*, IV, 6 • *Pélopidas*, XVII, 4 • *Lysandre*, XVII, 3; XX, 9; XXV, 3; XXX, 3 • *Cimon*, XII, 5-6 • *Dion*, XXXV, 4; XXXVI, 3 •

ÉPICHARME
Poète comique grec (début du Ve siècle avant J.-C.), né ou installé à Syracuse, élève de Pythagore.
• *Numa*, VIII, 17 • *Publicola*, XV, 5 •

ÉPICURE
Philosophe grec né à Samos (341-271 avant J.-C.).
• *Pyrrhos*, XX, 6 • *Lucullus*, XLIV, 3 • *César*, LXVI, 2 • *Démétrios*, XXXIV, 3 • *Brutus*, XXXVII, 2-6; XXXIX, 6 •

ÉPIDAMNE
• voir DYRRACHIUM •

ÉPIDAURE
Cité du nord-est du Péloponnèse.
• *Thésée*, VIII, 1 • *Périclès*, XXXV, 3 • *Sylla*, XII, 5 • *Pompée*, XXIV, 6 • *Cléomène*, XIX, 6; XX, 7 • *Aratos*, XLIV, 3 •

ÉPIMÉNIDE de Phaestos
Sage crétois semi-légendaire.
• *Solon*, XII, 7-12 •

ÉPIRE
Région du nord-ouest de la Grèce.
• *Thésée*, XXXI, 4 • *Thémistocle*, XXIV, 2 • *Paul-Émile*, XXIX, 1 • *Flamininus*, III, 3; V, 2 • *Pyrrhos*, I, 3; III, 5; V, 1; VI, 1; VII, 5; XIII, 1, 12; XXI, 6; XXVI, 3; XXXIV, 11 • *Alexandre*, IX, 11; LXVIII, 4 • *César*, XXXVII, 9 • *Démétrios*, XXI, 6; XXXVI, 1; XLI, 3 • *Antoine*, LXII, 5 • *Aratos*, LI, 1 •

ÈQUES
Peuple d'Italie centrale.
• *Camille*, II, 1; XXXIII, 1; XXXV, 1 • *Coriolan*, XXXIX, 12 •

ÉRATOSTHÈNE
Géographe et savant, originaire de Cyrène, directeur de la bibliothèque d'Alexandrie (vers 285/280-vers 194 avant J.-C.).
• *Lycurgue*, I, 3 • *Thémistocle*, XXVII, 8 • *Alexandre*, III, 3; XXXI, 3-6 • *Démosthène*, IX, 3-4; XXX, 3 •

ÉRECHTHÉE
Roi mythique d'Athènes.

INDEX

• *Thésée*, III, 1 ; XIX, 9 ; XXXII, 1 • *Romulus*, XXXV, 1 •

ÉRINYE
Dans la mythologie grecque, esprits vengeurs.
• *Caius Gracchus*, XVII, 3 • *Dion*, LV, 2 •

ÉROS
Dieu de l'amour dans la mythologie grecque.
• *Solon*, I, 7 • *Alcibiade*, XVI, 2 • *Antoine*, XXVI, 2 •

ESCHINE
Orateur athénien (vers 390-314 avant J.-C.).
• *Solon*, XI, 2 • *Démosthène*, IV, 2 ; IX, 1 ; XII, 8 ; XV, 5-6 ; XVI, 3 ; XXII, 3-7 ; XXIV, 2-3 •

ESCHYLE
Poète tragique (525/524-456/455 avant J.-C.).
• *Thésée*, I, 4 ; XXIX, 5 • *Romulus*, IX, 6 • *Thémistocle*, XIV, 1 • *Aristide*, III, 5 • *Cimon*, VIII, 9 • *Pompée*, I, 1 • *Alexandre*, VIII, 3 • *Cicéron*, LI, 2 • *Démétrios*, XXXV, 4 •

ÉSOPE
Fabuliste qui vécut sans doute à Samos au VIᵉ siècle avant J.-C.
• *Solon*, VI, 7 ; XXVIII, 1 • *Pélopidas*, XXXIV, 5 • *Crassus*, XXXII, 5 • *Agis*, II, 5 • *Aratos*, XXX, 8 ; XXXVIII, 9 •

ESPAGNE
• voir IBÉRIE •

ÉTHIOPIE, ÉTHIOPIENS
Région au sud de l'Égypte et ses habitants.
• *Cimon*, III, 2 • *Antoine*, XXVII, 4 ; LXI, 1 ; LXXXI, 4 • *Brutus*, XLVIII, 5 •

ÉTOLIE, ÉTOLIENS
Région de Grèce centrale et ses habitants.
• *Paul-Émile*, XXIII, 6 • *Caton l'Ancien*, XIII, 7 • *Philopoemen*, VII, 2 ; XV, 3 • *Flamininus*,

V, 5 ; VII, 3 ; VIII, 9 ; IX, 1-7 ; X, 1-2 ; XV, 1-9 ; XXII, 5 ; XXIII, 6 • *Pyrrhos*, VII, 4 • *Nicias*, VI, 3 • *Alexandre*, XLIX, 14-15 • *Agis*, XIII, 6 • *Cléomène*, X, 11 ; XVIII, 3 ; XXXIV, 1 • *Démétrios*, XL, 8 ; XLI, 1-2 • *Aratos*, IV, 1 ; XVI, 1 ; XXXI, 1 ; XXXII, 4-5 ; XXXIII, 1 ; XXXIV, 7 ; XLI, 3 ; XLVII, 1-5 ; XLVIII, 5 •

ÉTRURIE, ÉTRUSQUES
Région de l'Italie, au nord de Rome, et ses habitants.
• *Romulus*, I, 1 ; II, 1, 4 ; X, 3 ; XI, 1 ; XVI, 7 ; XXV, 2, 7 • *Publicola*, IX, 1-8 ; XIII, 1-2 ; XVII, 1-2 ; XVIII, 2 ; XIX, 8-9 • *Camille*, II, 6-10 ; V, 6 ; XII, 1 ; XV, 4 ; XVI, 1, 3 ; XIX, 1 ; XXXIII, 1 ; XXXIV, 2 ; XXXV ; XXXVII, 6 • *Périclès*, XX, 4 • *Fabius Maximus*, II, 2 ; III, 1 ; XXV, 4 • *Marcellus*, VIII, 6 ; XXVIII, 1 ; XXIX, 12-15 • *Marius*, XI, 3 ; XLI, 3 • *Sylla*, VII, 7-11 • *Pompée*, XXVII, 1 • *Tibérius Gracchus*, VIII, 9 • *Cicéron*, X, 5 ; XIV, 2 ; XV, 1-5 •

EUANTHÈS de Samos
Historien, sans doute Euanthès de Milet, auteur d'un ouvrage sur les Sept Sages.
• *Solon*, XI, 2 •

EUBÉE
Île de la mer Égée, au nord de l'Attique.
• *Thésée*, V, 3 ; XXXV, 5 • *Solon*, IX, 3 • *Thémistocle*, VIII, 3 • *Périclès*, VII, 8 ; XVII, 3 ; XXII, 2 ; XXIII, 3-4 • *Fabius Maximus*, XXIX, 1 • *Sylla*, XI, 5 ; XXIII, 4 • *Phocion*, XII, 1 ; XIII, 7 • *Démosthène*, XVII, 1 • *Aratos*, XII, 4 •

EUBULE
Homme politique athénien (vers 405-335 avant J.-C.).
• *Phocion*, VII, 5 •

EUCLEIDAS
Frère de Cléomène.
• *Philopoemen*, VI, 5 • *Cléomène*, XI, 5 ; XXVIII, 3-7 • *Caius Gracchus*, XXIV, 2 •

INDEX

EUDÉMOS de Chypre
Philosophe (IVe siècle avant J.-C.), ami et disciple d'Aristote.
• *Dion*, XXII, 5 •

EUDOXE de Cnide
Mathématicien (vers 400-350 avant J.-C.), disciple de Platon.
• *Marcellus*, XIV, 9-11 •

EUMÈNE de Cardia
Général et homme d'État grec (vers 360-316 avant J.-C.).
• *Vie*, p. 1080-1097; *Comparaison avec Sertorius*, p. 1098-1099 •
• *Sertorius*, I, 11-12 • *Antoine*, LX, 6 •

EUMÈNE II
Roi de Pergame (?-159 avant J.-C.).
• *Caton l'Ancien*, VIII, 12-13 • *Flamininus*, XXI, 10 •

EUMOLPIDES
Famille sacerdotale d'Éleusis.
• *Alcibiade*, XXII, 4; XXXIII, 3.; XXXIV, 6 •

EUPATRIDES
Grande famille athénienne.
• *Thésée*, XXV, 2; XXVI, 7; XXXII, 1 •

EUPHRANTIDÈS
Devin.
• *Thémistocle*, XIII, 3 • *Aristide*, IX, 2 •

EUPHRATE
Fleuve de Mésopotamie.
• *Sylla*, V, 8 •*Lucullus*, XVII, 4; XIX, 4-7; XX, 1-4; XXI, 1-2; XXII, 1; XXIV, 2-6; XXXI, 4; XXXVI, 5 • *Crassus*, XX, 4; XXI, 2; XXII, 1; XXXI, 4 • *Pompée*, XXXII, 5-18; XXXIII; LXXVI, 9 • *Alexandre*, XXIX, 7; XXXI, 1; LXVIII, 1; LXXIII, 1-5 • *Démétrios*, VII, 3 • *Antoine*, XXX, 2; LXI, 5 •

EUPOLIS
Poète comique athénien (Ve siècle avant J.-C.).
• *Périclès*, III, 7; XXIV, 10 • *Alcibiade*, XIII, 2 • *Cimon*, XV, 4 • *Nicias*, IV, 6 •

EURIPIDE
Poète tragique (vers 480-406 avant J.-C.).
• *Thésée*, III, 4; XV, 2; XXIX, 4-5 • *Lycurgue*, XXXI, 5-6 • *Numa*, XXV, 6 • *Solon*, V; XXII, 2 • *Fabius Maximus*, XVII, 4 •*Alcibiade*, I, 5; XI, 2-3; XXIII, 6 • *Timoléon*, XXXII, 3 • *Pélopidas*, III, 5; XXIX, 9 • *Marcellus*, XXI, 6; XXXIII, 4 • *Pyrrhos*, IX, 6; XIV, 2 • *Lysandre*, XV, 4; XX, 5 • *Sylla*, IV, 6 • *Cimon*, IV, 5 • *Nicias*, V, 7; IX, 7; XVII, 4; XXIX, 2 • *Crassus*, XXXIII, 3-6; XXXVII, 3 • *Agésilas*, XV, 3 • *Pompée*, LXXIII, 11 • *Alexandre*, VIII, 3; X, 7; XXXV, 10; LI, 8; LIII, 2, 4 • *Caton le Jeune*, LII, 8 • *Tibérius Gracchus*, X, 6 • *Démosthène*, I, 1; VII, 3 • *Démétrios*, XIV, 3; XLV, 5 • *Antoine*, LXII, 1; XC, 3 • *Brutus*, LI, 1 •

EUROPE
Continent.
• *Thémistocle*, XVI, 2-4 • *Camille*, XV, 2 • *Périclès*, XVII, 1 • *Aristide*, IX, 5 • *Pyrrhos*, XII, 3 • *Pompée*, XLV, 7 • *Alexandre*, IX, 10 •

EUROTAS
Fleuve du Péloponnèse.
• *Lycurgue*, XII, 13; XV, 17; XVI, 13 • *Pélopidas*, XVII, 13; XXIV, 3; XXX, 3 • *Marcellus*, XXXII, 2 • *Agésilas*, XIX, 6; XXXI, 7; XXXII, 2-3; XXXIV, 5 •

EURYBIADE
Navarque spartiate.
• *Aristide*, VIII, 2-5 • *Thémistocle*, VII, 3, 5-6; XI, 2-6; XVII, 3

EURYCLÈS
Laconien, du parti d'Auguste.
• *Antoine*, LXVII, 2-6 •

INDEX

EURYMÉDON
Fleuve de Pamphylie (sud de l'Asie Mineure).
• *Flamininus,* XI, 6 • *Cimon,* XII, 5-8; XIII, 3 •

EURYPON
Ancêtre de Lycurgue.
• *Lycurgue,* I, 8; II, 4-5 •

EURYPONTIDES
Descendants d'Eurypon, branche cadette des Agiades, famille royale de Sparte.
• *Lycurgue,* II, 4 • *Lysandre,* XXIV, 3; XXX, 4 • *Pompée,* LXXXII, 2 • *Agis,* III, 2 •

EURYPTOLÉMOS
Cousin germain de Périclès.
• *Périclès,* VII, 5 • *Alcibiade,* XXXII, 2 •

ÉVAGORAS
Roi de Chypre.
• *Lysandre,* XI, 8 •

ÉVANDRE
Premier colon du Palatin.
• *Romulus,* XIII, 4; XXI, 2-4 •

FABII
Famille romaine.
• *Camille,* XVII, 1-7; XIX, 1 • *Fabius Maximus,* I, 2-3 •

Caius FABIUS Valens
Lieutenant de Verginius Rufus.
• *Galba,* X, 5; XV, 3; XXII, 10 • *Othon,* V, 1; VI, 7-8; VII, 8-9; XI, 5; XIII, 6 •

Quintus FABIUS Ambustus
Ambassadeur de Rome, frère de Quintus Fabius Maximus.
• *Numa,* XII, 10-13 • *Camille,* IV, 6; XVII, 7-9; XVIII, 3 •

Quintus FABIUS Maximus
Fils de Fabius Cunctator.
• *Fabius Maximus,* VII, 7-8; XXIV, 1-4, 6 •

Quintus FABIUS Maximus Aemilianus
Fils aîné de Paul-Émile.
• *Paul-Émile,* V, 1, 5; XV, 4; XXXV, 1; XXXIX, 10 •

Quintus FABIUS Maximus Verrucosus Cunctator
Général et consul romain (vers 275-203 avant J.-C.)
• *Vie,* p. 357-383; *Comparaison avec Périclès,* p. 384-385 •
• *Paul-Émile,* V, 5 • *Marcellus,* IX, 4-7; XXI, 4-5; XXIV, 2; XXV, 3 • *Caton l'Ancien,* II, 3; III, 4-6 • *Pompée,* LXXXIV, 6 • *César,* XV, 2 •

Quintus FABIUS Pictor
Premier historien romain (vers 254-201 avant J.-C.).
• *Romulus,* III, 1; VIII, 9; XIV, 1 • *Fabius Maximus,* XVIII, 3 •

Caius FABRICIUS Luscinus
Homme politique romain, consul en 282 et 278 avant J.-C.
• *Caton l'Ancien,* XXVIII, 3; XXXI • *Pyrrhos,* XVIII, 1; XX; XXI, 1-7 • *Galba,* XXIX, 4 •

FALÉRIES
Ville d'Étrurie.
• *Camille,* II, 10; IX, 2; X, 1-2, 8; XI, 1 • *Fabius Maximus,* II, 2 •

FAUNUS
Dieu pastoral italien.
• *Romulus,* XXI, 9 • *Numa,* XV, 3-11 • *César,* IX, 4 •

INDEX

FAUSTULUS
Serviteur d'Amulius.
• *Romulus*, III, 5; IV, 4; VI, 1; VII, 6; VIII, 1-4; X, 2; XI, 1 •

FAUSTUS
Cornelius Sylla Faustus
Fils du dictateur.
• *Sylla*, XXXIV, 5 • *Lucullus*, IV, 5 • *Pompée*, XV, 3; XLII, 5; XLVII, 10; LXXXI, 3 • *César*, XIV, 7 • *Cicéron*, XXVII, 6 • *Brutus*, IX, 1-5 •

Marcus FAVONIUS
Ami de Caton le Jeune.
• *Pompée*, LX, 7; LXVII, 5; LXXIII, 9-11; LXXXIV, 4 • *Caton le Jeune*, XXXII, 11; XLVI, 1-8 • *César*, XXI, 8; XXXIII, 5; XLI, 3 • *Brutus*, XII, 3; XXXIV, 4-8 •

FÉCIAUX
Prêtres romains chargés des sites liés à la conclusion des traités.
• *Numa*, XII, 4-13 • *Camille*, XVII; XVIII, 1-3 •

FÉNESTELLA
Annaliste latin.
• *Sylla*, XXVIII, 14 • *Crassus*, V, 6 •

FIDÈNES, FIDÉNATES
Ville étrusque.
• *Romulus*, XXIII, 6-7; XXIV, 1-2; XXV, 2-5 • *Publicola*, XXII, 2-8; XXIII, 1 • *Camille*, XVII, 4 •

FIDES
Divinité romaine de la bonne foi.
• *Numa*, XVI, 1 • *Flamininus*, XVI, 7 •

FIMBRIA
Caius Flavius Fimbria
Général romain.
• *Flamininus*, XXI, 10 • *Lucullus*, III, 5-9; VII, 2; XXXIV, 2-3 • *Sylla*, XII, 13; XXIII, 11; XXIV, 7; XXV, 1-4 • *Sertorius*, XXIII, 6 •

FLACCUS
• voir FULVIUS •

FLACCUS
Lucius Valerius Flaccus
Général romain.
• *Sylla*, XII, 13; XX, 1; XXIII, 11 • *Lucullus*, III, 8; VII, 2; XXXIV, 3 •

FLAMINES
Prêtres romains qui appartenaient au collège des pontifes.
• *Numa*, VII, 9-10 •

FLAMININUS
Lucius Quinctius Flamininus
Frère de Titus Quinctius Flamininus.
• *Caton l'Ancien*, XVII • *Flamininus*, III, 3; XVIII, 4-10; XIX •

FLAMININUS
Titus Quinctius Flamininus
Général et consul romain, vainqueur de Philippe V de Macédoine (?-174 avant J.-C.).
• *Vie*, p. 695-717; *Comparaison avec Philopoemen*, p. 718-719 •
• *Paul-Émile*, VIII, 5 • *Caton l'Ancien*, XII, 4; XVII, 1, 5; XIX, 2; XXVIII, 4 • *Philopoemen*, II, 5; XIV, 1; XV, 1-3; XVI, 3; XVII, 6; XXI, 11 • *Sylla*, XII, 9-10 •

Caius FLAMINIUS
Homme politique romain, consul en 223 et 217 avant J.-C.
• *Fabius Maximus*, II, 3; III, 1-5 • *Marcellus*, IV, 2-6; V, 6; VI, 1 •

FLAVIUS
• voir FIMBRIA •

FLORUS
• voir MESTRIUS •

INDEX

FORTUNE
Abstraction divinisée, croisement de la notion grecque de Tychè *et de la divinité romaine* Fortuna.
• *Romulus*, VIII, 9 • *Alcibiade*, IV, 2 • *Coriolan*, VIII, 5 ; XXXVII, 4 • *Timoléon*, III, 3 ; XIV, 2-3 ; XVI, 10-11 ; XIX, 1 ; XXI, 5-7 ; XXX, 9 ; XXXVI, 4-5 ; XXXVII, 5-7 • *Paul-Émile*, XII, 1 ; XXII, 9 ; XXIV, 3 ; XXVI, 7-10 ; XXVII, 2-3 ; XXXV, 3 ; XXXVI, 1-9 • *Pélopidas*, X, 6 ; XIII, 4 ; XXXIV, 5 • *Aristide*, XVI, 5 ; XXIII, 6 • *Caton l'Ancien*, XXIX, 5 • *Philopoemen*, XVII, 2 • *Flamininus*, IX, 9 ; XX, 4 ; XXI, 2 ; XXIII, 1 • *Pyrrhos*, XIII, 1 ; XXII, 3 ; XXVI, 7 ; XXIX, 11 ; XXXIV, 8 • *Marius*, VII, 2 ; XII, 7 ; XIV, 14 ; XXIII, 1 ; XXIV, 1 ; XXVI, 3 ; XXVIII, 9 ; XL, 9 ; XLV, 9 ; XLVI, 1-4 • *Sylla*, VI, 5-9 ; XXX, 6-7 ; XXXVIII, 5 • *Cimon*, XVIII, 7 • *Lucullus*, II, 5 ; XXIX, 6 ; XXXIII, 1 ; XLV, 5 • *Nicias*, VI, 2 ; VIII, 1 ; XI, 9 ; XIV, 2 ; XVII, 4 ; XVIII, 11 • *Crassus*, XI, 10 ; XXVI, 6 ; XXVII, 6 ; XXXVIII, 2 • *Sertorius*, I, 1-11 ; X, 6-7 • *Agésilas*, XV, 3 • *Pompée*, XXI, 3 ; XLI, 4 ; XLII, 12 ; XLVI, 2 ; L, 3 ; LIII, 9-10 ; LXVI, 6 ; LXXIII, 8 ; LXXIV, 5 ; LXXV, 1-5 ; LXXXII, 1 • *Alexandre*, XX, 7 ; XXVI, 14 ; XXX, 8-13 ; LVIII, 2 • *César*, XXXVIII, 5 ; XLIII, 4 ; LIII, 3 ; LVI, 8 ; LVII, 1 • *Phocion*, I, 6 ; III, 4 • *Caton le Jeune*, LIII, 3 ; LIX, 7 • *Agis*, XVII, 3 • *Cléomène*, XXVII, 8 ; XXXI, 7-9 ; XXXII, 3 ; XXXIX, 1 • *Tibérius Gracchus*, V, 2 • *Caius Gracchus*, XIX, 4 • *Démosthène*, III, 5 ; IX, 2 ; XX, 2 • *Cicéron*, XXXI, 4 • *Démétrios*, V, 6 ; VIII, 5 ; XIII, 2 ; XXV, 5 ; XXX, 4 ; XXXII, 7 ; XXXV, 3-6 ; XLV, 1-3 ; XLVIII, 4 ; L, 1 • *Antoine*, XVII, 4 ; XX, 4 ; XXXIII, 2 ; LXVII, 3 ; LXVIII, 3 ; LXXVI, 5 ; LXXVII, 7 ; LXXXVIII, 1-6 • *Dion*, I, 3 ; XXIX, 5 ; XXXVI, 2 ; XXXIX, 1 ; XLVII, 7 ; L, 4 ; LII, 4 ; LVIII, 1-3 • *Brutus*, XX, 3 ; XXXIII, 6 ; XLIII, 8 ; L, 5 ; LII, 4 ; LVI, 2 ; LVII, 3 • *Artaxerxès*, XXVII, 10 • *Aratos*, IX, 3 ; XVII, 6 ; XXIII, 3 ; XLIX, 1 • *Galba*, XVI, 5 • *Othon*, XIII, 3-5 •

FORUM romain
• *Publicola*, V, 3 • *Pyrrhos*, XVIII, 8 • *Marius*, XXX, 4-5 ; XXXII, 1 ; XXXV, 4 ; XLIII, 4 • *Sylla*, VII, 13 ; VIII, 2-6 ; XXXI, 11-12 ; XXXII, 4 ; XXXIII, 5 ; XXXIV, 6 • *Lucullus*, XXXIII, 3 • *Crassus*, VII, 3 ; XV, 7 • *Sertorius*, IV, 8 • *Pompée*, XV, 1 ; XXII, 5-6 ; XXIII, 3-6 ; XXV, 12 ; XLVI, 8 ; XLVIII, 2-3 ; XLIX, 2-12 ; LII, 2 ; LV, 7 ; LIX, 1 ; LXVI, 2 • *César*, V, 2 ; XIV, 9-10 ; XXVIII, 4 ; XXIX, 3 ; LXI, 5 ; LXIII, 2 ; LXVII, 7 ; LXVIII, 1-4 • *Caton le Jeune*, III, 9 ; V, 2 ; XVI, 1 ; XX, 7 ; XXI, 2-6 ; XXVII, 1-4 ; XXVIII, 4 ; XXIX, 1 ; XXXII, 3-11 ; XXXIX, 3 ; XLIII, 4-7 ; XLVII, 2 ; XLIX, 5 ; L, 1 • *Tibérius Gracchus*, X, 9 ; XIII, 6 ; XVI, 3 • *Caius Gracchus*, I, 1 ; III, 5 ; V, 4 ; XII, 1-5 ; XIV, 1-4 ; XV, 2 ; XVI, 1 • *Cicéron*, IV, 3 ; V, 3 ; IX, 2 ; XVI, 1 ; XXII, 2-5 ; XXXIII, 4-5 ; XXXV, 2-5 ; XLII, 4 • *Antoine*, IX, 4-6 ; XII, 1 ; XIV, 6-8 ; XX, 4 ; LVIII, 8 • *Brutus*, I, 5 ; XIV, 4 ; XV, 6 ; XVIII, 11 ; XX, 4 • *Galba*, VIII, 7 ; XVII, 3 ; XXIV, 7 ; XXV, 4-8 ; XXVI, 4-6 ; XXVIII, 1 •

FRUGI
• voir PISON •

FULVIA
Épouse d'Antoine.
• *Antoine*, X, 5-10 ; XX, 1 ; XXVIII, 1, 7 ; XXX, 1-6 ; XXXI, 3 ; XXXII, 1 ; XXXV, 8 ; LIV, 3 ; LVII, 4 •

Marcus FULVIUS Flaccus
Homme politique romain, consul en 125 avant J.-C.
• *Tibérius Gracchus*, XVIII, 2-3 ; XXI, 8 • *Caius Gracchus*, X, 2-6 ; XI, 3 ; XIII, 1, 3 ; XIV, 4-6 ; XV, 1 ; XVI, 1-5 ; XVIII, 1 ; XVII, 4-7 •

Quintus FULVIUS Flaccus
Homme politique romain, consul en 237, 224, 21 et 209 avant J.-C.
• *Fabius Maximus*, XXIX, 1 • *Marcellus*, XXIV, 10 ; XXV, 1-2 •

INDEX

FURIES
Équivalent romain des Érinyes grecques.
• *Caius Gracchus*, XVII, 3 • *Othon*, I, 5 •

FURIUS
• voir CAMILLE •

Aulus GABINIUS
Homme politique romain, tribun de la plèbe en 67 avant J.-C.
• *Pompée*, XXV, 3-6; XXVII, 3; XLVIII, 4 • *Caton le Jeune*, XXXIII, 7 • *Antoine*, III, 1-5; VII, 2-3 • *Cicéron*, XXX, 2; XXXI, 4 •

GAÏSATES
Peuple gaulois.
• *Marcellus*, III, 1; VI, 3-6; VII, 1-8 •

GALATIE, GALATES
Région de l'Asie Mineure et ses habitants.
• *Marius*, XXXI, 2 • *Lucullus*, XIV, 1; XXXIII, 5; XXXVI, 2 • *Crassus*, XVII, 1 • *Pompée*, XXX, 2; XXXI, 3-9; XXXIII, 5 • *Aratos*, XXXVIII, 6 •

GALBA
Servius Sulpicius Galba
Empereur romain (vers 3 avant J.-C.-69 après J.-C. ; règne en 68-69 après J.-C.).
• *Vie*, p. 1901-1924 •
• *Othon*, I, 3-4; V, 4; VI, 2 •

GANGE
Fleuve de l'Inde.
• *Alcibiade*, LXII, 2-5 •

GAUGAMÈLES
Village d'Assyrie, à l'est du Tigre, lieu de la victoire d'Alexandre sur Darius en 331 avant J.-C.
• *Alexandre*, XXXI, 6-14; XXXII; XXXIII; XXXIV, 1 •

GAULE, GAULOIS
• *Romulus*, XVI, 7; XXII, 2 • *Numa*, I, 1 • *Camille*, XIV, 3; XV; XVI; XVII, 1-9; XVIII, 4-9; XX, 1-2; XXII, 6-8; XXIII, 1-7; XXVII, 1-3; XXVIII, 4; XXIX, 4; XXXVI, 6; XLI, 7 • *Fabius Maximus*, II, 3 • *Paul-Émile*, VI, 2-5; IX, 6-7; XIII, 1 • *Marcellus*, I, 5; III, 1-6; VI, 2; VII, 7; VIII, 6 • *Pyrrhos*, XXII, 2; XXVI, 4-13; XXVIII, 2-4; XXX, 4; XXXII, 1-5 • *Marius*, II, 1; XI, 4-13; XXIV, 2; XLIII, 10 • *Cimon*, I, 1 • *Lucullus*, V, 2 • *Crassus*, VIII, 2; IX, 7, 10; XIV, 4-6; XVI, 3; XVII, 7; XXV, 7-12 • *Sertorius*, III, 1; IV, 1; XII, 5; XXI, 8 • *Pompée*, VIII, 5-6; XVI, 3-4; XLVIII, 4-9; LI, 1; LII, 4; LVII, 7; LIX, 5; LXIV, 5; LXVI, 4; LXVII, 10 • *César*, XIV, 10; XV, 1-5; XVII, 7; XVIII, 1; XIX, 1, 2; XX, 1, 4-5; XXI, 3; XXII, 1; XXIII, 1-4; XXIV, 1; XXV, 1-5; XXVI, 1, 6; XXVII, 1, 3; XXVIII, 3; XXIX, 2-4; XXXI, 1; XXXII, 3, 5; XXXIV, 5; LV, 2; LVIII, 7 • *Caton le Jeune*, XXXIII, 5; XLV, 6; XLIX, 1 • *Caius Gracchus*, XV, 1; XXI, 5 • *Cicéron*, X, 5; XII, 4; XVIII, 5; XXX, 3 • *Antoine*, V, 1; XVIII, 6; LXI, 6 • *Brutus*, VI, 10; XIX, 5; LVIII, 2, 4 • *Galba*, IV, 3-5; V, 3, 5; VI, 1, 4; X, 1-2; XI, 1; XVIII, 1; XXII, 2 • *Othon*, VIII, 2 •

GAZA
Ville de Syrie.
• *Alexandre*, XXV, 4-5 • *Démétrios*, V, 3 •

GÉDROSIE
Région d'Asie, à l'est de la Carmanie (ouest du Pakistan).
• *Alexandre*, LXVI, 7; LXVII, 7 •

GÉLA
Ville de la côte méridionale de la Sicile.
• *Timoléon*, XXXV, 2 • *Cimon*, VIII, 9 • *Dion*, XXVI, 4 •

Lucius GELLIUS Publicola
Consul en 72 avant J.-C.
• *Crassus*, IX, 9; X, 1 • *Pompée*, XXII, 6-9 • *Caton le Jeune*, VIII, 1, 3 • *Cicéron*, XXVI, 4 •

INDEX

GÉLON
Tyran de Géla et de Syracuse (vers 540-478 avant J.-C.).
• Coriolan, XVI, 1 • Timoléon, XXIII, 8 • Dion, V, 8-10 •

GENTHIOS
Roi des Illyriens (IIe siècle avant J.-C.).
• Paul-Émile, IX, 6-7 ; XIII, 1-3 •

GERMANICUS
Fils de Drusus et d'Antonia.
• Antoine, LXXXVII, 7-8 •

GERMANICUS
• voir NÉRON • VITELLIUS •

GERMANIE, GERMAINS
• Paul-Émile, XXV, 5 • Marius, XI, 5 • Crassus, IX, 9 ; XXXVII, 2 • Pompée, LXVII, 10 ; LXX, 3 • César, XVIII, 6 ; XIX, 1-2, 7-9 ; XXII, 1-5 ; XXIII, 1 ; LVIII, 7 • Caton le Jeune, LI, 1 • Galba, III, 3 ; VI, 1 ; XIII, 4 ; XV, 3 ; XVIII, 7 ; XXII, 1-7 ; XXIII, 1 • Othon, X, 5 ; XII, 7 ; XVIII, 6 •

GÉRONTES
Membres du conseil qui élaborait les propositions de lois à Sparte.
• Agis, VIII, 1 ; IX, 1 ; XI, 1 ; XIX, 5 • Cléomène, X, 2 •

GÈTES
Peuple de Scythie.
• Antoine, LXIII, 7 •

GISCON
Amiral carthaginois.
• Timoléon, XXX, 4-6 ; XXXIV, 1 •

GLABER
• voir CLAUDIUS •

GLABRIO
• voir ACILIUS •

GLABRIO
Manius Acilius Glabrio
Homme politique romain, consul en 67 avant J.-C.
• Sylla, XXXIII, 4 • Pompée, XXX, 1 •

GORDION
Capitale de la Phrygie (à 100 km à l'ouest d'Ankara, dans la Turquie actuelle).
• Alexandre, XVIII, 2-5 •

GORDYÈNE
Région montagneuse au sud de l'Arménie.
• Lucullus, XXI, 2 ; XXIX, 7-9 ; XXX, 3 ; XXXIV, 6 • Pompée, XXXVI, 2 •

GORGIAS de Léontinoï (Sicile)
Sophiste (vers 483-385 avant J.-C.).
• Cimon, X, 5 •

GORGIDAS
Thébain, compagnon d'Épaminondas.
• Pélopidas, XII, 2-6 ; XIV, 2 ; XVIII, 1 ; XIX, 3 •

GRACCHUS
Caius Sempronius Gracchus
Homme politique romain, frère de Tibérius (?-121 avant J.-C.).
• Vie, p. 1497-1499 et 1518-1536 ; Comparaison avec Agis et Cléomène, p. 1537-1539 •
• Agis, II, 7-8 • Tibérius Gracchus, II ; III, 1-2 ; VIII, 9 ; XIII, 1 ; XX, 4 ; XXI, 2-3, 8 •

GRACCHUS
Tiberius Sempronius Gracchus
Père des Gracques.
• Marcellus, V, 1-3 • Tibérius Gracchus, I ; IV, 3-4 ; V, 5-6 ; XIV, 4 •

GRACCHUS
Tiberius Sempronius Gracchus
Tribun de la plèbe, fils aîné de Tiberius Sempronius Gracchus. Homme politique romain (vers 164-133 avant J.-C.).

INDEX

• *Vie*, p. 1497-1499 et 1499-1518; *Comparaison avec Agis et Cléomène*, p. 1537-1539 •
• *Agis*, II, 7-8 • *Caius Gracchus*, I; III, 4-6; IV, 2, 5; XIV, 2; XV, 3-4 •

GRÂCES *(Charités)*
Dans la mythologie grecque, divinités mineures; filles de Zeus.
• *Romulus*, XV, 3 • *Pélopidas*, XIX, 2 • *Marius*, II, 3-4 • *Antoine*, XXVI, 3 •

GRACQUES (Les)
• *Tibérius Gracchus*, IV, 4; XXI, 2 • *Caius Gracchus*, XVIII, 2-3; XXI, 4; XXIII, 4 •
• voir aussi CORNÉLIA • GRACCHUS (CAIUS) • GRACCHUS (TIBÉRIUS) •

GRANIQUE
Fleuve côtier d'Asie Mineure. Lieu d'une victoire d'Alexandre sur les Perses en 334 avant J.-C.
• *Camille*, XIX, 7 • *Lucullus*, XI, 8 • *Alexandre*, XVI; XVII, 1 •

GYLIPPE
Général spartiate, vainqueur des Athéniens en Sicile (414-413 avant J.-C.).
• *Lycurgue*, XXX, 5 • *Périclès*, XXII, 4 • *Alcibiade*, XXIII, 2 • *Paul-Émile*, XLI, 4 • *Lysandre*, XVI, 2-4; XVII, 1 • *Nicias*, XVIII, 9-12; XIX-XXVII; XXVIII, 3-4 • *Dion*, XLIX, 5 •

GYMNOPÉDIES
Fêtes célébrées à Sparte.
• *Lycurgue*, XV, 2 • *Cimon*, X, 6 • *Agésilas*, XXIX, 3 •

GYMNOSOPHISTES
Philosophes de l'Inde.
• *Lycurgue*, IV, 8, • *Alexandre*, LXIV; LXV •

GYTHION
Port de Sparte.
• *Philopoemen*, XIV, 6 • *Cléomène*, XXIX, 3 •

HALIARTE, HALIARTIENS
Ville de Béotie et ses habitants.
• *Lysandre*, XXVIII, 3-10; XXIX • *Sylla*, XLII, 3 •

HALICARNASSE
Ville de Carie (sud de l'Asie mineure).
• *Thémistocle*, I, 2 • *Lysandre*, XXV, 1 • *Agésilas*, XX, 4 • *Alexandre*, XVII, 2 • *Démétrios*, VII, 5 •

HALONNÈSE
Île du nord de la mer Égée.
• *Démosthène*, IX, 6 •

HAMILCAR Barca
Amiral carthaginois (vers 290-229/228 avant J.-C.). Père d'Hannibal.
• *Caton l'Ancien*, VIII, 14 •

HANNIBAL
Chef carthaginois (vers 247-183 avant J.-C.).
• *Romulus*, XXII, 5 • *Périclès*, II, 5 • *Fabius Maximus*, II, 2-4; III, 1-5; V, 1-5; VI-XVII; XIX; XXI; XXII; XXIII; XXV, 1; XXVI, 1-4; XXVII, 1-2; XXIX, 1-2 • *Paul-Émile*, VII, 3 • *Pélopidas*, II, 10 • *Marcellus*, I, 5; IX, 1-2, 7; X; XI; XII; XIII, 2, 4-10; XXIV, 1-10; XXV, 3-10; XXVI; XXVII, 1, 3-7; XXVIII, 4-6; XXIX, 1-2, 4-18; XXX, 1-5; XXXI, 7-12; XXXII, 3; XXXIII, 2 • *Caton l'Ancien*, I, 8; XII, 1; XXXII, 4 • *Flamininus*, I, 4; IX, 9-10; XIII, 6-9; XX, 4-6; XXI • *Pyrrhos*, VIII, 5 • *Lucullus*, XXXI, 4-5; XXXII, 4 • *Sertorius*, I, 8-9; XXIII, 3 • *Agésilas*, XV, 6 • *Tibérius Gracchus*, I, 3 • *Othon*, XV, 7 •

HARPALE
Ami d'enfance et trésorier d'Alexandre.
• *Alexandre*, VIII, 3; X, 5; XXXV, 14-15; XLI, 8 • *Phocion*, XXI, 3-5; XXII, 1-4 • *Démosthène*, XXV, 1-8 • *Cicéron*, LII, 5 •

HÉBREUX
• *Antoine*, XXVII, 4 •

INDEX

HÉCATOMBAION
Mois du calendrier athénien (fin juin-juillet).
• *Thésée*, XII, 2 ; XXIV, 4 ; XXXVI, 5 • *Camille*, XIX, 4 • *Agésilas*, XXVIII, 7 • *Alexandre*, III, 5 •

HÉCATOMBAION
Site proche de la ville de Dymè (Achaïe) où se déroula une bataille en 226.
• *Cléomène*, XIV, 4 • *Aratos*, XXXIX, 1 •

HÉCATOMPÉDON
• voir PARTHÉNON •

HECTOR
Héros de l'Iliade, fils de Priam et d'Hécube.
• *Thésée*, XXXIV, 3 • *Pompée*, XXIX, 5 • *Brutus*, XXIII, 3-7 • *Aratos*, III, 5 •

HÉCUBE
Épouse de Priam.
• *Romulus*, XXXV, 6 • *Pélopidas*, XXIX, 10 •

HÉLÈNE de Sparte
Dans la mythologie grecque, fille de Zeus et de Léda.
• *Thésée*, XXIX, 2 ; XXXI, 1-3 ; XXXII, 2-7 ; XXXIV, 1 • *Romulus*, XXXV, 3 • *Solon*, IV, 3 • *Antoine*, VI, 1 • *Galba*, XIX, 2 •

HÉLÉNOS
Fils de Pyrrhos.
• *Pyrrhos*, IX, 3 ; XXXIII, 1-2 ; XXXIV, 10-11 •

HÉLICON
Montagne de Béotie.
• *Lysandre*, XXIX, 12 • *Agésilas*, XVIII, 9 •

HÉLIÉE
Tribunal populaire d'Athènes.
• *Phocion*, XVI, 2 •

HÉLIOPOLIS
Ville d'Égypte.
• *Solon*, XXVI, 1 •

HELLANICOS de Mytilène
Historien (Ve siècle avant J.-C.).
• *Thésée*, XVII, 3 ; XXV, 7 ; XXVI, 1 ; XXVII, 2 ; XXXI, 1 • *Alcibiade*, XXI, 1 •

HELLESPONT
Détroit des Dardanelles.
• *Thémistocle*, XVI, 2-5 • *Périclès*, XVII, 2 • *Alcibiade*, XXVI, 5 ; XXVII, 2 ; XXVIII, 9 ; XXX, 3 • *Aristide*, IX, 5 ; X, 1 • *Lysandre*, IX, 5 ; XX, 1 ; XXIV, 1 • *Sylla*, XXIII, 1 • *Lucullus*, XII, 1 • *Agésilas*, VIII, 3 ; XVI, 1 • *Alexandre*, XV, 7 ; XVI, 3 • *Phocion*, XIV, 3-8 •

HELVIUS
• voir CINNA •

HÉPHAESTION
Ami d'Alexandre le Grand.
• *Pélopidas*, XXXIV, 2 • *Eumène*, I, 5 ; II • *Alexandre*, XXVIII, 5 ; XXXIX, 8 ; XLI, 5 ; XLVII, 9-12 ; LIV, 5 ; LV, 1 ; LXXII, 1-6 ; LXXV, 3 •

HÉPHAÏSTOS
• voir VULCAIN •

HÉRA
Déesse de la mythologie grecque, fille de Cronos et de Rhéa, elle est sœur et épouse de Zeus.
• *Solon*, XXVII, 7 • *Périclès*, II, 1 ; XXIV, 9 • *Aristide*, XI, 3 ; XVIII, 1 • *Lysandre*, XVIII, 6 • *Crassus*, XVII, 10 • *Agésilas*, XXII, 1-5 • *Pompée*, XXIV, 6 • *Alexandre*, III, 4 • *Agis*, I, 1 • *Cléomène*, XXVI, 3-4 • *Caius Gracchus*, XI, 1 • *Démétrios*, XXV, 2 • *Artaxerxès*, XXIII, 7 • *Aratos*, XXI, 1 ; XXII, 3 ; XXIV, 1 •
• voir aussi JUNON •

HÉRACLÉE
Cité du Pont-Euxin.
• *Cimon*, VI, 6 • *Lucullus*, XIII, 3 •

INDEX

HÉRACLÉE
Ville d'Italie, près du golfe de Tarente.
• *Pyrrhos*, XVI, 5-6 ; XVII •

HÉRACLÉE Trachinienne
Cité voisine des Thermopyles.
• *Flamininus*, XV, 6 • *Démétrios*, XXIII, 2 •

HÉRACLÈS
Héros de la mythologie grecque, fils de Zeus et d'une mortelle, Alcmène.
• *Thésée*, VI, 5-6, 8-9 ; VII, 1-2 ; VIII, 1-2 ; XI, 2 ; XXV, 5 ; XXVI, 1-2 ; XXVIII, 1-2 ; XXIX, 5 ; XXX, 4-5 ; XXXIII, 1-2 ; XXXV, 3 • *Romulus*, II, 1 ; V, 1-4 ; IX, 6 • *Lycurgue*, XXX, 2 • *Solon*, XVI, 2 • *Thémistocle*, I, 3 ; XIII, 1 • *Fabius Maximus*, I, 2 ; XII, 2 ; XXII, 8 ; XXIX, 5 ; XXXV, 1-3 • *Paul-Émile*, XV, 7 ; XVII, 11-12 ; XIX, 4-7 • *Pélopidas*, XVI, 8 ; XVIII, 5 ; XXI, 3 • *Marcellus*, XXI, 6 ; XXVI, 2 • *Flamininus*, XVI, 5 • *Pyrrhos*, XX, 7 ; XXII, 8 • *Marius*, XII, 4 • *Lysandre*, II, 5 ; VII, 6 ; XXII, 6 ; XXIV, 5 ; XXVII, 6 • *Sylla*, XXXV, 1 • *Cimon*, III, 2 ; IV, 5 • *Lucullus*, XXIII, 5 • *Nicias*, I, 3 ; XXIV, 6 ; XXV, 1 • *Crassus*, II, 3 ; XII, 3 • *Sertorius*, I, 6 ; IX, 8-9 • *Agésilas*, III, 8 • *Pompée*, I, 1 • *Alexandre*, II, 1 ; XXIV, 5 ; LXXV, 5 • *Phocion*, XXV, 2 • *Caton le Jeune*, LII, 8 • *Cléomène*, XIII, 3 ; XVI, 6 ; XXXI, 4 • *Démosthène*, XIX, 2 • *Antoine*, IV, 1-2 ; XXXVI, 7 ; LX, 4-5 ; XC, 4 • *Artaxerxès*, XX, 7 •
• voir aussi HÉRACLIDES •

HÉRACLÈS ou HERCULE, COLONNES D'
Appellation du détroit de Gibraltar.
• *Timoléon*, XX, 8 • *Paul-Émile*, VI, 3 • *Nicias*, XII, 2 • *Pompée*, XXV, 4 • *Alexandre*, LXVIII, 1 • *Antoine*, LXI, 6 • *Aratos*, XIV, 4 •

HÉRACLIDE de Cymè
Historien grec.
• *Thémistocle*, XXVII, 1 • *Artaxerxès*, XXIII, 6 •

HÉRACLIDE du Pont
Philosophe et astronome, disciple de Platon (vers 388-312 avant J.-C.).
• *Solon*, I, 3 ; XXII, 4 ; XXXI, 4 ; XXXII, 3 • *Camille*, XXII, 3 • *Périclès*, XXVII, 4 ; XXXV, 5 •

HÉRACLIDES
Descendants d'Héraclès, à l'origine de deux dynasties à Sparte.
• *Thésée*, XXII, 7 • *Lycurgue*, I, 5-6 • *Lysandre*, II, 1 ; XXII, 6-12 ; XXIV, 3-5 • *Agis*, XI, 2 • *Caius Gracchus*, XXI, 5 • *Antoine*, IV, 2 • *Aratos*, XXXVIII, 7 •

HÉRACLITE d'Éphèse
Philosophe (vers 540-480 avant J.-C.).
• *Romulus*, XXVIII, 9 • *Camille*, XIX, 3 • *Coriolan*, XXII, 3 ; XXXVIII, 7 •

HÉRAIA
Ville d'Arcadie.
• *Lysandre*, XXII, 9 • *Cléomène*, XXVII, 5 •

HERCULE
• voir HÉRACLÈS •

HÉRÉAS de Mégare
Historien.
• *Thésée*, XX, 2 ; XXXII, 7 • *Solon*, X, 5 •

HÉRIPPIDAS
Harmoste spartiate, gouverneur des cités ralliées à Sparte.
• *Pélopidas*, XIII, 3 • *Agésilas*, XI, 3-4 •

HERMÈS
Divinité de la mythologie grecque, fils de Zeus et de Maia, messager des dieux.
• *Thésée*, XXVI, 7 • *Numa*, VII, 11 ; XIX, 5 • *Aristide*, XXI, 5 •

HERMÈS
Piliers de pierre quadrangulaires surmontés de la tête du dieu Hermès.

• *Thésée*, XII, 6 • *Alcibiade*, XVIII, 4-7 ; XIX ; XX, 4-8 ; XXI • *Cimon*, VII, 4-6 • *Nicias*, I, 2 ; XIII, 3 •

HERMIONÈ
Ville d'Argolide.
• *Thémistocle*, V, 3 • *Pompée*, XXIV, 6 • *Alexandre*, XXXVI, 2-3 • *Cléomène*, XIX, 6 •

HERMIPPOS de Smyrne
Historien (IIIe siècle avant J.-C.). Membre de l'École péripatéticienne, disciple de Callimaque ; auteur d'un ouvrage consacré aux philosophes et aux législateurs célèbres.
• *Lycurgue*, V, 7 ; XXIII, 3-4 • *Solon*, II, 1 ; VI, 7 ; XI, 2 • *Alexandre*, LIV, 1 • *Démosthène*, V, 7 ; XI, 4 ; XXVIII, 3 ; XXX, 1 •

HERMOCRATÈS
Stratège, organisateur de la défense de Syracuse contre l'expédition de Nicias (415-413 avant J.-C.).
• *Nicias*, I, 2 ; XVI, 5 ; XXVI, 1 ; XXVIII, 3, 5 • *Dion*, III, 1-2 •

HÉRODE
Roi de Judée (vers 73-4 avant J.-C.).
• *Antoine*, LXI, 3 ; LXXI, 1 ; LXXII, 3-4 •

HÉRODOTE
*Historien grec (vers 484-425 avant J.-C.), auteur d'*Enquête *(ou* Histoires*).*
• *Thémistocle*, VII, 6 ; XVII, 1 ; XXI, 1-2 • *Aristide*, XVI, 1 ; XIX, 7 • *Caton l'Ancien*, XXIX, 2 •

HERSILIA
Femme sabine, épouse d'Hostilius ou de Romulus.
• *Romulus*, XIV, 7-8 ; XVIII, 6 ; XIX, 2-7 ; XXXV, 2 •

HÉSIODE
Poète de Béotie (VIIe siècle ? avant J.-C.).
• *Thésée*, III, 3 ; XVI, 3 ; XX, 2 • *Numa*, IV, 9 • *Solon*, II, 6 • *Camille*, XIX, 3 • *Caton l'Ancien*, XXX, 3 • *Galba*, XVI, 5 •

HÉTAIRES
Compagnons d'Alexandre issus de l'aristocratie macédonienne.
• *Eumène*, I, 7 ; III, 2 • *Alexandre*, XIX, 6 ; XX, 13 ; XXIX, 7 ; XXXI, 2-5, 10 ; XLIII, 7 ; LVII, 3 ; LX, 16 ; LXVII, 2 ; LXX, 3 ; LXXVI, 8 •

HICÉTAS
Syracusain, tyran de Léontinoï (IVe siècle avant J.-C.).
• *Timoléon*, I, 6 ; II, 3-4 ; VII, 3-7 ; IX, 3-4 ; X ; XI, 4-5 ; XII ; XIII, 3, 7-8 ; XVI, 5-12 ; XVII, 1-3 ; XVIII, 2-7 ; XX, 8 ; XXI, 2-4 ; XXIV, 1 ; XXX, 4 ; XXXI, 2-8 ; XXXII, 1-2 ; XXXIII, 1-4 • *Dion*, LVIII, 8-10 •

HIEMPSAL II
Roi des Numides (Ier siècle avant J.-C.).
• *Marius*, XL, 4-14 • *Pompée*, XII, 6 •

HIÉRAPOLIS
Ville de Syrie, sur la rive droite de l'Euphrate.
• *Crassus*, XVII, 9-10 • *Antoine*, XXXVII, 1 •

HIÉRON Ier
Tyran de Syracuse de 478 à 466 avant J.-C.
• *Thémistocle*, XXIV, 7 ; XXV, 1 •

HIÉRON II
Roi de Syracuse de 265 à 216 avant J.-C.
• *Marcellus*, VIII, 11 ; XIV, 8-15 •

HIÉRONYMOS de Cardia
Historien et homme de guerre (IIIe siècle avant J.-C.).
• *Pyrrhos*, XVII, 7 ; XXI, 12-13 ; XXVII, 8 • *Eumène*, XII, 2 • *Démétrios*, XXXIX, 4 •

INDEX

HIÉRONYMOS de Rhodes
Philosophe péripatéticien du IIIe siècle avant J.-C.
• *Aristide*, XXVII, 3 • *Agésilas*, XIII, 7 •

HIMÈRE
Ville de la côte nord de la Sicile (actuelle Termini Imerese).
• *Timoléon*, XXIII, 8 • *Pompée*, X, 11 •

HIPPARINOS
Fils de Dion.
• *Dion*, XXXI, 2-6; LI, 1-5; LV, 4 •

HIPPIAS d'Élis
Sophiste (Ve siècle avant J.-C.).
• *Lycurgue*, XXIII, 1 • *Numa*, I, 6 •

HIPPOCRATE de Cos
Médecin (vers 460-370 avant J.-C.).
• *Caton l'Ancien*, XXIII, 4 •

HIPPOCRATÈS
Général des Syracusains, partisan d'Hannibal.
• *Marcellus*, XIV, 1-3, 5; XVIII, 2 •

HIPPODAMIE
Dans la mythologie grecque, épouse de Pélops et mère d'Atrée, ancêtre de la famille des Atrides.
• *Thésée*, VII, 1 •

HIPPOLYTE
Fils de Thésée et d'Antiope.
• *Thésée*, III, 4; XXVIII, 2-3 • *Romulus*, XXXII •

HIPPOLYTÈ
Amazone, compagne de Thésée.
• *Thésée*, XXVII, 5-6 •

HIPPONICOS
Père de Callias, beau-père d'Alcibiade.
• *Périclès*, XXIV, 8 • *Alcibiade*, VIII, 1-3 •

Aulus HIRTIUS
Lieutenant de César. Consul en 43 avant J.-C. Auteur du VIIe livre de la Guerre des Gaules *et de le* Guerre d'Alexandrie.
• *Paul-Émile*, XXXVIII, 1 • *Cicéron*, XLIII, 3; XLV, 4-5 • *Antoine*, XVII, 1-2 •

HOMÈRE
Poète épique grec (sans doute du VIIIe siècle avant J.-C.)
• *Thésée*, II, 1; V, 1; XVI, 3; XX, 2; XXV, 3; XXXIV, 1 • *Lycurgue*, I, 4; IV, 4 • *Solon*, X, 2; XXV, 4; XXX, 1 • *Périclès*, XXXIX, 2 • *Fabius Maximus*, XIX, 2 • *Alcibiade*, VII, 1-2 • *Coriolan*, XXII, 4; XXXII, 4-6 • *Timoléon*, Préface, 2; XXXVI, 3 • *Paul-Émile*, XXVIII, 5; XXXIV, 8 • *Pélopidas*, I, 9; XVIII, 2 • *Marcellus*, I, 4 • *Caton l'Ancien*, XXVII, 6; XXX, 3 • *Philopoemen*, I, 2; IV, 7; IX, 12 • *Pyrrhos*, XIII, 2; XXII, 11; XXIX, 4 • *Marius*, XI, 10 • *Cimon*, VII, 6 • *Nicias*, IX, 1 • *Sertorius*, I, 7; VIII, 5 • *Agésilas*, V, 6; IX, 7; XV, 7 • *Pompée*, XXIX, 5; LIII, 10; LXXII, 2 • *Alexandre*, VIII, 2; XXVI, 2-7; XXVIII, 3; LIV, 1 • *Phocion*, II, 3; XVII, 1 • *Cléomène*, IX, 6; XXXIV, 3 • *Tibérius Gracchus*, XXI, 7 • *Démosthène*, XII, 4 • *Démétrios*, XLII, 9 • *Antoine*, XXV, 3; LXXXI, 5; XC, 5 • *Dion*, XVIII, 9 • *Brutus*, XXIII, 5-6; XXIV, 6; XXXIV, 6 • *Aratos*, XLV, 9 • *Galba*, XIX, 2 •

HORACE
Le poète Quintus Horatius Flaccus (65-8 avant J.-C.).
• *Lucullus*, XXXIX, 5 •

HORATIUS COCLÈS
Publius Horacius
Héros légendaire romain.
• *Publicola*, XVI, 6-9 •

Quintus HORTENSIUS Hortalus
Orateur romain, rival de Cicéron; consul en 69 avant J.-C.

2224

INDEX

- *Sylla*, XV, 4-6 ; XVI, 1 ; XVII, 13 ; XIX, 1-6. ; XXXV, 6 • *Lucullus*, I, 7 • *Caton le Jeune*, XXV, 3 ; LII, 5-7 • *Cicéron*, VII, 8 ; XXXV, 4 •

Quintus HORTENSIUS Hortalus
Fils de l'orateur.
- *César*, XXXII, 3 • *Antoine*, XXII, 6 • *Brutus*, XXV, 3 ; XXVIII, 1 •

HOSTILIUS
- voir TULLUS •

Lucius HOSTIUS
- *Romulus*, XXII, 5 ; XXXV, 4 •

HYBRIDAS
- voir ANTONIUS •

HYDASPE
Rivière de l'Inde (actuelle Jhelum).
- *Alexandre*, LX, 1-11 ; LXI, 2 •

HYGIEIA
Épithète d'Athéna.
- *Périclès*, XIII, 13 ; XXXI, 2 • *Aristide*, XX, 3 •

HYPERBOLOS
Démagogue athénien (Ve siècle avant J.-C.).
- *Alcibiade*, XIII, 4-9 • *Aristide*, VII, 3-4 • *Nicias*, XI, 3-10 • *Crassus*, XXXV, 4 •

HYPÉRIDE
Homme politique et orateur athénien (389-322 avant J.-C.).
Phocion, IV, 2 ; VII, 5 ; X, 6 • *Phocion*, XVII, 2 ; XXIII, 3 ; XXVI, 2 ; XXVII, 5 ; XXIX, 1 • *Démosthène*, XII, 8 ; XIII, 6 ; XXVIII, 4 •

HYRCANIE, HYRCANIENS
Région d'Asie, au sud-est de la mer Caspienne.
- *Crassus*, XXI, 3 ; XXXVII, 3 • *Pompée*, XXXIV, 7 ; XXXVI, 1 • *Alexandre*, XLIV, 1 ; XLVII, 1 • *César*, LVIII, 6 •

IACCHOS
Dieu grec honoré, avec Déméter et Perséphone, lors des Mystères d'Éleusis.
- *Thémistocle*, XV, 1 • *Camille*, XIX, 10 • *Alcibiade*, XXXIV, 4 • *Aristide*, XXVII, 4 • *Phocion*, XXVIII, 2 •

IBÉRIE, IBÈRES
Un des noms de l'Espagne et de ses habitants dans l'Antiquité.
- *Fabius Maximus*, VII, 2 ; XXV, 1 ; XXVI, 2 • *Timoléon*, XXVIII, 11 • *Paul-Émile*, IV, 1-4 ; VI, 2 ; XXXIX, 8 • *Marcellus*, XII, 6-7 ; XXXIII, 6 • *Caton l'Ancien*, V, 7 ; X, 1-3 ; XI, 1 ; XXIX, 3 • *Flamininus*, III, 3 • *Marius*, I, 1 ; VI, 2 ; XIV, 1 • *Lucullus*, V, 2-3 ; VIII, 5 ; XXXIV, 4 • *Crassus*, IV, 5 ; VII, 6 ; XI, 3-11 ; XV, 7 • *Sertorius*, III, 5 ; IV, 1 ; VI, 4-7 ; VII, 5 ; VIII, 1 ; XI, 2 ; XII, 4 ; XIII, 9-12 ; XIV, 5-6 ; XV, 1-2 ; XVI, 1 ; XVIII, XX, 3 ; XXI, 3 ; XXII, 6, 10 ; XXIII, 4 ; XXV, 1, 3-6 ; XXVII, 1 • *Eumène*, XX, 5 • *Pompée*, XIII, 9 ; XIV, 1 ; XVII-XX ; XXI, 4 ; XXIX ; XXXVIII, 5 ; LII, 4 ; LXII, 2 ; LXIII, 1, 4 ; LXV, 3 ; LXVI, 4 ; LXVII, 6 • *César*, V, 6 ; XI, 1-5 ; XII, 1 ; XXI, 5 ; XXVIII, 8 ; XXXVI, 1 ; XLI, 4 ; LVI, 1 • *Caton le Jeune*, XXXI, 3 ; XLIII, 1 ; LIX, 9 • *Tibérius Gracchus*, V, 5 • *Caius Gracchus*, VI, 2 • *Cicéron*, XXXVIII, 1 • *Antoine*, VI, 4 ; VII, 1 ; X, 7 ; XI, 1 ; XIII, 2 ; XXXVII, 4 ; LXI, 6 • *Galba*, III, 5 ; IV, 1 ; V, 6 ; VI, 6 ; IX, 5 ; XXII, 8 • *Othon*, III, 2

IBYCOS
Poète lyrique, originaire de Rhégium (Rhégion en grec), Italie du sud (IVe siècle avant J.-C.).
- *Numa*, XXV, 6 •

ICTINOS
Architecte grec du Ve siècle.
- *Périclès*, XIII, 7 •

INDEX

IDOMÉNÉE de Lampsaque
Ami et disciple d'Épicure (325-270). Auteur d'un ouvrage sur les démagogues athéniens.
• *Périclès*, X, 7 ; LXXXV, 5 • *Aristide*, I, 8 ; IV, 4 ; X, 9 • *Phocion*, IV, 2 • *Démosthène*, XV, 5 ; XXIII, 4 •

ILIA
Dans la légende romaine, mère de Romulus et Rémus.
• *Romulus*, III, 3-6 ; IV, 2-3 ; VII, 9 ; VIII, 4-5 ; IX, 1 ; XII, 5 ; XXXIV, 1 •

ILIADE
• voir HOMÈRE •

ILION
• voir TROIE •

ILLYRIE, ILLYRIENS
Région de la côte est de l'Adriatique, ses habitants.
• *Paul-Émile*, IX, 6-7 ; XIII, 1 ; XXXI, 5 • *Philopoemen*, VI, 2-7 • *Pyrrhos*, III, 1 ; IX, 2 • *Pompée*, XLVIII, 4 ; LIX, 5 • *Alexandre*, III, 8 ; IX, 11 ; XI, 6 • *César*, XIV, 10 ; XXXI, 1 • *Caton le Jeune*, XXXIII, 5 • *Cléomène*, X, 11 ; XXVII, 6 ; XXVIII, 5 • *Caius Gracchus*, XXI, 5 • *Antoine*, LVI, 7 ; LXI, 5 • *Aratos*, XXXVIII, 6 • *Galba*, XXV, 9 •

INDE, INDIENS
• *Lycurgue*, IV, 8 • *Paul-Émile*, XII, 11 • *Crassus*, XVI, 2 • *Eumène*, I, 5 • *Pompée*, LXX, 4-5 • *Alexandre*, XIII, 4 ; XLVII, 11 ; LV, 9 ; LVII, 1 ; LIX, 1, 6 ; LXII, 1, 4 ; LXIII, 2 ; LXVI, 3-4 ; LXIX, 8 • *Démétrios*, VII, 2 ; XXXII, 7 • *Antoine*, XXXVII, 5 ; LXXXI, 4 • *Brutus*, LVII, 3 •

INSUBRES
Peuple celte, parmi les premiers à s'installer dans le nord de l'Italie (près de Milan).
• *Marcellus*, III, 1 ; IV, 2-5 ; VI, 3-4 •

ION de Chios
Poète tragique grec (Ve siècle avant J.-C.).
• *Thésée*, XX, 2 • *Périclès*, V, 3 ; XXVIII, 7 • *Cimon*, V, 3 ; IX, 1 ; XVI, 10 • *Démosthène*, III, 2 •

IONIE, IONIENS
Région centrale de l'Asie Mineure.
• *Thésée*, XXV, 4 • *Lycurgue*, IV, 4 • *Thémistocle*, IX, 2 ; XXVI, 6 • *Périclès*, XVII, 2 ; XXIV, 3 ; XXVIII, 7 • *Alcibiade*, XXIII, 5 ; XXIV, 2-4 ; XXVI, 5 ; XXXI, 3 ; XXXV, 3 ; XXXVI, 2 • *Aristide*, XXVI, 3 • *Cimon*, XII, 1 ; XIV, 4 • *Phocion*, XIX, 4 • *Démosthène*, XXIV, 3 • *Antoine*, XXX, 2 • *Brutus*, XXXII, 4 • *Artaxerxès*, XXVI, 5 •

IONIENNE
Mer.
• *Paul-Émile*, XXXVI, 4 • *Pyrrhos*, XV, 3 • *Sylla*, XX, 1 • *César*, XXXVII, 4 • *Antoine*, VII, 2 ; XXX, 6 ; LXI, 5 ; LXII, 4 •

IPHICRATÈS
Stratège athénien, réformateur de l'armée (415-353 avant J.-C.).
• *Pélopidas*, II, 1 • *Agésilas*, XXII, 3-8 • *Artaxerxès*, XXIV, 1 • *Galba*, I, 1 •

IPSOS
Localité de Phrygie (à l'est de l'Asie Mineure).
• *Pyrrhos*, IV, 4 • *Démétrios*, XXVIII ; XXIX ; XXX, 1 ; XXXIII, 1 •

ISÉE
Orateur athénien (vers 420-353 avant J.-C.).
• *Démosthène*, V, 6 •

ISIS
Divinité égyptienne.
• *Antoine*, LIV, 9 ; LXXIV, 2 •

ISOCRATE
Orateur athénien (436-338 avant J.-C.).

INDEX

• *Alcibiade*, XII, 3 • *Caton l'Ancien*, XXIII, 2 • *Démosthène*, V, 6-7 • *Cicéron*, LI, 2 •

ISSOS
Ville du nord de la Syrie.
• *Alexandre*, XX ; XXIV, 1 ; XXXII, 8 •

ISTHME de Corinthe
• *Thésée*, VIII, 3 ; XXV, 4 • *Thémistocle*, IX, 4 ; XI, 2 ; XII, 2 ; XVII, 2 ; XXI, 4 • *Pompée*, XXIV, 6 • *Alexandre*, XIV, 1 • *César*, LVIII, 8 • *Cléomène*, XX, 1 • *Démétrios*, XXV, 4 ; XXXI, 2 ; XXXIX, 1 • *Aratos*, XVI, 5 ; XLIV, 3 •

ISTHMIQUES (concours)
• *Thésée*, XXV, 5-7 • *Solon*, XXIII, 3 • *Timoléon*, XXVI, 3-4 • *Flamininus*, X, 4-9 ; XI, 1 ; XII, 13 • *Agésilas*, XXI, 3-6 •

ISTROS
Compilateur de l'époque hellénistique.
• *Thésée*, XXXIV, 3 • *Alexandre*, XLVI, 1 •

ISTROS
Fleuve (Danube).
• *Paul-Émile*, IX, 6 • *Caton l'Ancien*, XII, 1 • *Alexandre*, XI, 5 ; XXXVI, 4 •

ITALIE, ITALIENS, ITALIOTES
• *Thésée*, XVI, 2 • *Romulus*, II, 1-8 • *Numa*, XIII, 1 ; XV, 4 ; XX, 5 ; XXVI, 11 • *Camille*, III, 2-4 ; XV, 3-4, 6 ; XIX, 9 ; XX, 6 ; XXIV, 2 ; XXXI, 4 • *Périclès*, XI, 5 • *Fabius Maximus*, II, 1-2 ; IV, 6 ; V, 6 ; VIII, 4 ; XIV, 6 ; XVII, 3 ; XIX, 1 ; XXIII, 1 ; XXV, 1-2, 4 ; XXVI, 1, 4 ; XXVII, 2 • *Alcibiade*, XVII, 3 ; XX, 2 • *Coriolan*, III, 1 ; VI, 1 ; XVI, 1 ; XXIX, 1 ; XLI, 5 • *Timoléon*, XXI, 6 ; XXIII, 6 ; XXX, 3 ; XXXIV, 3 • *Paul-Émile*, VI, 2, 5 ; IX, 7 ; XV, 6 ; XX, 2 ; XXV, 1 ; XXX, 2 ; XXXIX, 2 • *Marcellus*, I, 5 ; III, 1 ; IX, 1 ; XIII, 5-6 ; XXIV, 2 ; XXVII, 1 • *Caton l'Ancien*, I, 8 ; II, 1 • *Flamininus*, IX, 2 • *Pyrrhos*, XIII, 12 ; XIV, 4-16 ; XV, 5 ; XVIII, 6-7 ; XIX, 2-5 ; XXI, 6, 15 ; XXIII, 7 ; XXIV, 1 ; XXV, 9 • *Marius*, XI, 1-14 ; XVII, 8 ; XVI, 2-7 ; XIX, 5 ; XXIII, 2 ; XXIV, 3 ; XXXII, 6 ; XXXIV, 1 ; XXXIX, 5 ; XLI, 2-3 • *Sylla*, XI, 1 ; XVII, 3 ; XXVII, 5 ; XXXI, 9 ; XLII, 9 • *Lucullus*, IV, 4 ; V, 3 ; VII, 1 ; XXXIV, 4 • *Nicias*, V, 3 ; XVIII, 9 • *Crassus*, VI, 3 ; VIII, 1 ; IX, 8 ; XXVI, 8 • *Sertorius*, IV, 9 ; V, 4 ; XV, 1 ; XXI, 8-9 ; XXVII, 3 • *Agésilas*, XV, 6 • *Pompée*, VI, 1, 6 ; IX, 1 ; XI, 1 ; XVI, 3-9 ; XX, 1, 7 ; XXI, 1 ; XL, 8 ; XLI, 2 ; XLII, 11-13 ; XLIII, 3 ; LIII, 1 ; LVII, 2, 9 ; LVIII, 1 ; LX, 1 ; LXI, 2 ; LXII, 2 ; LXIII, 1-4 ; LXIV, 1 ; LXV, 4-5 ; LXVI, 2, 4 ; LXXXI, 2 ; LXXXIII, 6 • *Alexandre*, XXXIV, 3, 9 • *César*, VII, 9 ; XIV, 17 ; XX, 1 ; XXIV, 1 ; XXV, 2 ; XXVI, 2, 6 ; XXIX, 5 ; XXXII, 5 ; XXXIII, 1-5 ; XXXV, 3 ; LI, 1-2 ; LVIII, 7 ; LXIV, 3 • *Caton le Jeune*, II, 5 ; XXVI, 2 ; XXXII, 6 ; LIII, 3 ; LV, 4, 6 ; LVIII, 9 ; LXI, 5 • *Agis*, III, 3 • *Tibérius Gracchus*, VIII, 4, 6 ; IX, 5 ; XXI, 6 • *Caius Gracchus*, III, 2 ; IV, 3 ; V, 2 ; X, 3 • *Démosthène*, II, 2 • *Cicéron*, VII, 2 ; XII, 2 ; XIV, 2 ; XXI, 1 ; XXXII, 1-5 ; XXXIII, 8 ; XXXVIII, 6 ; XLI, 2 • *Antoine*, II, 7 ; VI, 1-4 ; IX, 9 ; X, 7 ; XI, 2 ; XVI, 8 ; XVII, 1 ; XVIII, 8 ; XXIV, 2 ; XXX, 1, 3-6 ; XXXIII, 5 ; XXXV, 1 ; LV, 3-4 ; LVIII, 2 ; LXI, 6 ; LXXXIV, 6 • *Dion*, IV, 4 ; VI, 12 ; XI, 2 ; XIV, 7 ; XXVI, 1, 7 ; XXXVII, 2 • *Brutus*, XXIII, 1 ; XXV, 1, 3 ; XXVII, 1 ; XXVIII, 5-7 ; XLVI, 2 ; XLVII, 3 • *Galba*, XXIV, 7 • *Othon*, V, 5 ; VI, 4 ; XV, 7-8 •

ITHOMÈ
Montagne de Messénie.
• *Pélopidas*, XXIV, 9 • *Cimon*, XVII, 3 • *Aratos*, L, 3, 6 •

JANICULE
Colline de Rome.
• *Numa*, XXII, 2 • *Publicola*, XVI, 4 • *Marius*, XLII, 4 •

JANUS
Dieu des entrées et des portes dans la mythologie romaine.
• *Numa*, XIX, 8-11 ; XX, 1-4 •

INDEX

JASON
Héros de la mythologie, chef de l'expédition des Argonautes.
• *Thésée*, XIX, 8 ; XXIX, 3 • *Cimon*, III, 2 •

JASON
Tyran de Phères (vers 385-370 avant J.-C.).
• *Pélopidas*, XXVIII, 5-7 •

JUBA Ier
Roi des Numides de 60 à 46 avant J.-C.
• *Pompée*, LXXVI, 7 • *César*, LII, 1 ; LIII, 1-3 ; LV, 2 • *Caton le Jeune*, LVI, 5 ; LVII, 1-5 ; LVIII, 1, 13 ; LX, 5 ; LXII, 1, 3-5 ; LXIII, 3 •

JUBA II
Roi des Numides et historien ; fils de Juba Ier (vers 55 avant-23 après J.-C.).
• *Romulus*, XIV, 7 ; XV, 4 ; XVII, 5 • *Numa*, VII, 11 ; XIII, 9 • *Marcellus*, XXXI, 8 • *Sylla*, XVI, 15 • *Sertorius*, IX, 10 • *César*, LV, 3 • *Antoine*, LXXXVII, 2 •

JUDÉE
Région de Palestine.
• *Pompée*, XXXIX, 3 ; XLV, 2 • *Antoine*, XXXVI, 3 • *Galba*, XIII, 4 • *Othon*, IV, 3 •
• voir HÉRODE • JUIFS •

JUGURTHA
Roi de Numidie (vers 160-104 avant J.-C.).
• *Marius*, VII, 1 ; VIII, 9 ; X, 1, 3-9 ; XI, 2 ; XII, 3-6 ; XXXII, 4 • *Sylla*, III ; VI, 1 • *Caius Gracchus*, XVIII, 1-2 •

JUIFS
• *Pompée*, XLV, 5 • *Cicéron*, VII, 6 • *Antoine*, III, 2 • *Othon*, XV, 6 •
• voir aussi HÉRODE • JUDÉE •

JULIA
Fille de Jules César et épouse de Pompée.
• *Crassus*, XVI, 1 • *Pompée*, XLVII, 9 ; XLVIII, 8 ; XLIX, 4 ; LIII, 1-6 ; LXX, 7 • *César*, V, 7 ; XIV, 7 ; XXIII, 5-7 ; LV, 4 • *Caton le Jeune*, XXX, 9 ; XXXI, 6 •

JULIA
Fille d'Auguste.
• *Marcellus*, XXX, 10 • *Antoine*, LXXXVII, 4-5 •

JULIA
Mère d'Antoine.
• *Antoine*, I, 2 ; II, 1-2 ; XX, 5-6 ; XXXII, 1 •

JULIA
Tante paternelle de Jules César. Épouse de Marius l'Ancien.
• *Marius*, VI, 4 • *César*, I, 2 ; V, 2 •

JULIUS
• voir CÉSAR •

JUNIUS
• voir BRUTUS • SILANUS •

JUNON
Dans la religion romaine, épouse de Jupiter.
• *Romulus*, XXIX, 1 • *Numa*, XIX, 5 • *Camille*, V, 5-6 ; VI, 1-2 ; XXVII, 2 ; XXXVI, 9 •

JUPITER
Dans la religion romaine, dieu du ciel.
• *Romulus*, XVI, 3-6 ; XVIII, 1, 8-9 • *Numa*, VII, 9-11 ; XV, 3-11 • *Publicola*, XIII, 1 ; XIV ; XV • *Coriolan*, XXIV, 3 ; XXXIII, 1 • *Marcellus*, VI, 12 ; VII, 4 ; VIII, 1-5, 7-9 ; XXVIII, 3 • *Caton l'Ancien*, XVII, 7 ; XXI, 5 • *Crassus*, XII, 4 • *Pompée*, XXIII, 1 • *Caton le Jeune*, LIX, 3 • *Cicéron*, XVI, 3 ; XXIV, 5 ; XLIV, 3-4 • *Galba*, XXVI, 3 •
• voir aussi ZEUS •

Titus LABIENUS
Principal lieutenant de César en Gaule.
• *Pompée*, LXIV, 5 ; LXVIII, 1 • *César*, XVIII, 2 ; XXXIV, 5 • *Caton le Jeune*, LVI, 4 • *Cicéron*, XXXVIII, 8 •

INDEX

LACÉDÉMONE, LACÉDÉMONIENS
Ancien nom grec de Sparte.
• *Thésée*, XXXII, 4 ; XXXIV, 1 • *Romulus*, XXV, 4 • *Lycurgue*, III, 2 ; V, 1 ; VII, 4 ; IX, 3 ; XII, 1 ; XIII, 9 ; XIV, 8 ; XX, 1-8 ; XXII, 8 ; XXIV, 3 ; XXV, 8-9 ; XXVIII, 11 ; XXX, 3-6 ; XXXI, 4-10 • *Numa*, XXV, 3-4 ; XXVI, 14 • *Solon*, X, 1 ; XVI, 2 • *Thémistocle*, VII, 2-3 ; XVII, 3 ; XIX, 3 ; XX, 3-4 ; XXIV, 2 • *Périclès*, VIII, 5 ; IX, 5 ; X, 1-4 ; XVII, 1-4 ; XXI, 1-3 ; XXII, 1-3 ; XXIX, 1-7 ; XXX, 2 ; XXXI, 1 ; XXXII, 6 ; XXXIII, 1-4 • *Fabius Maximus*, XXX, 1 • *Alcibiade*, XIV, 1-9 ; XV, 1-6 ; XXIII, 6, 8 ; XXIV, 4 ; XXV, 2 ; XXVI, 2, 7-8 ; XXVII, 7 ; XXVIII, 9 ; XXXI, 8 ; XXXV, 2-5 ; XXXVII, 2-6 ; XXXVIII, 3-6 ; XXXIX, 9 • *Coriolan*, XLI, 2, 9 • *Timoléon*, XI, 6 • *Pélopidas*, I, 7 ; II, 11 ; IV, 5-6 ; V, 2-3 ; VI, 1, 4 ; VII, 5 ; VIII, 5 ; XII, 4 ; XIII, 1-7 ; XIV, 1-5 ; XV, 2-6 ; XVII, 1-11 ; XX, 1-4, 6 ; XXI, 3 ; XXIII, 3 ; XXX, 1-6 ; XXXI, 6 • *Marcellus*, XXXI, 7 • *Aristide*, II, 1 ; X, 3-5, 7 ; XII, 1 ; XVI, 3-7 ; XVII, 1-7 ; XVIII, 3-5 ; XIX, 1-6 ; XX, 3 ; XXIII, 1 ; XXIV, 1 • *Philopoemen*, V, 1 ; VI, 4 ; X, 1 ; XII, 4 ; XV, 3-11 ; XVI, 1-9 • *Flamininus*, XXII, 6 ; XXIII, 4 ; XXIV, 2 • *Pyrrhos*, XXVI, 15, 20 ; XXVII, 1, 4 ; XXVIII, 3-5 ; XXIX, 1, 5-11 ; XXX, 6-8 • *Lysandre*, I, 2 ; III, 2 ; IV, 1 ; VII, 1, 3 ; XIII, 7-8 ; XIV, 1, 3-9 ; XVI, 1 ; XVII, 1, 11 ; XIX, 5-7 ; XX, 4 ; XXI, 3 ; XXII, 1-12 ; XXIII, 1-2 ; XXV, 4 ; XXVII, 3, 5 • *Cimon*, VI, 1 ; X, 5 ; XIV, 4 ; XVI, 2-9 ; XVII, 1-5 • *Lucullus*, XLV, 2 • *Nicias*, VI, 4-7 ; VII, 1-2 ; X, 1-4, 7-8 ; XVIII, 9, 11 ; XIX, 4 ; XXVII, 6 ; XXVIII, 3 • *Crassus*, XXXV, 6 ; XXXVI, 5 • *Agésilas*, I, 1-2 ; III, 1-3, 7 ; VI, 1-7 ; IX, 2 ; X, 9 ; XII, 4 ; XIII, 3 ; XV, 7 ; XVIII, 7-9 ; XIX, 10-11 ; XX, 2, 9 ; XXI, 8 ; XXII, 4, 8 ; XXIII, 1-4, 7 ; XXIV, 6 ; XXVI, 4-7, 9 ; XXVII, 3, 5 ; XXVIII, 5-7 ; XXIX, 1 ; XXX, 2, 6 ; XXXI, 3-4 ; XXXII, 6-7 ; XXXIV, 1-7 ; XXXV, 1-4 ; XXXVII, 8-9, 11 ; XL, 4 • *Pompée*, LXXXI, 7 ; LXXXII, 1 • *Alexandre*, XVI, 18 • *Phocion*, XX, 4, 6 • *Agis*, III, 5 ; IV, 1 ; V, 1 ; VII, 4 ; XI, 2 ; XXI, 3-5 • *Cléomène*, II, 2 ; III, 2, 8 ; IV, 5- 9 ; V, 2 ; VI, 5 ; VII, 5 ; IX, 1-7 ; X, 7, 10 ; XII, 1 ; XV, 4 ; XVI, 3 ; XVII, 8 ; XVIII, 1, 4 ; XXIII, 2, 5 ; XXVIII, 8 ; XXX, 1 ; XXXI, 7 ; XXXIX, 1 • *Démosthène*, XXIV, 1 • *Cicéron*, XV, 4 • *Démétrios*, XXXV, 1-6 ; XLII, 2-3 • *Dion*, XVII, 8 ; XLIX, 5 • *Brutus*, XLI, 8 ; XLVI, 1 • *Artaxerxès*, VI, 3-5 ; XIII, 7 ; XVIII, 2 ; XX, 2 ; XXI, 1-6 ; XXII, 5-6 • *Aratos*, III, 5 ; XXX, 5 ; XXXI, 1 ; XXXVI, 4 ; XLVIII, 5 •
• voir aussi SPARTE •

LACÉDÉMONIOS
Fils de Cimon.
• *Périclès*, XXIX, 1-2 • *Cimon*, XVI, 1 •

LACO
• voir CORNÉLIUS •

LACONIE, LACONIENS
Territoire de Sparte/Lacédémone.
• *Lycurgue*, VIII, 5-9 ; IX, 5 ; XI, 9 ; XII, 7 ; XX, 7 ; XXVIII, 10 • *Alcibiade*, I, 3 • *Pélopidas*, V, 2 ; XX, 7 ; XXIV, 1-4 ; XXV, 2 ; XXXIV, 6 • *Philopoemen*, IV, 1 ; XVI, 3 • *Pyrrhos*, XXVI, 22 • *Nicias*, VI, 4-7 • *Agésilas*, XXIII, 1 ; XXIV, 4 ; XXVIII, 2-3, 6 ; XXXI, 1-8 ; XXXII, 13 ; XXXIV, 1 ; XXXV, 1 • *Alexandre*, L, 5 • *Agis*, II, 11 ; VII, 5 • *Cléomène*, IV, 1 ; X, 11 ; XVIII, 3 ; XXI, 3 ; XXIII, 1 ; XXVI, 1-6 ; XXXI, 7 • *Démétrios*, XXXV, 1 • *Antoine*, LXVII, 3 • *Dion*, LVIII, 7 • *Artaxerxès*, V, 2 ; XIII, 7 ; XXII, 4 • *Aratos*, XXXV, 6 •

LAÏS
Courtisane.
• *Alcibiade*, XXXIX, 8 • *Nicias*, XV, 4 •

LAMIA
Cité de Thessalie (Grèce centrale).
• *Pyrrhos*, I, 6 • *Eumène*, III, 6 • *Phocion*, XXIII-XXVIII • *Démosthène*, XXVII, 1 •

LAMPRIAS
Grand-père de Plutarque.
• *Antoine*, XXVIII, 3-12 •

INDEX

LAMPSAQUE
Cité d'Asie Mineure, sur l'Hellespont.
• Thémistocle, XXVII, 1 ; XXIX, 11 • Alcibiade, XXXVI, 6 • Lysandre, IX, 5-6 ; XI, 11 •

LAOMÉDON
Roi légendaire de Troie, père de Priam.
• Nicias, I, 3 • Sertorius, I, 6 •

LAPITHES
Peuple mythique du nord de la Thessalie.
• Thésée, XXIX, 3 ; XXX, 3-4 •

LARISSA
Cité de Thessalie (Grèce centrale).
• Pélopidas, XXVI, 2 • Sylla, XXIII, 2 • Agésilas, XVI, 5 • Pompée, LXXIII, 3 • Démétrios, XXIX, 8 ; XXXVI, 9 • Brutus, VI, 1-2 •

LATIUM, LATINS
Région de l'ouest de l'Italie, au sud de Rome, et ses habitants.
• Romulus, II, 1 ; IV, 2, 4 ; VIII, 7 ; XXIII, 6 ; XXVI, 3 ; XXIX, 5 ; XXXIII, 2 • Numa, IX, 4 • Publicola, XXI, 1 • Camille, XXXIII, 1-8 ; XXXIV • Coriolan, III, 1 ; XXVIII, 4-5 ; XXX, 7 • Paul-Émile, XXV, 2 • Flamininus, IX, 2 • Caius Gracchus, VIII, 3 ; IX, 5 •

LAURION
Mont au sud-est de l'Attique.
• Thémistocle, IV, 1 • Nicias, IV, 2 •

LAVINIUM
Ville du Latium, à 20 km de Rome, fondée par Énée.
• Romulus, XXIII, 3 • Coriolan, XXIX, 2 ; XXX, 1 •

LÉCHAION
Port de Corinthe.
• Cléomène, XX, 3 • Aratos, XXIV, 1 •

LEMNOS
Île du nord de la mer Égée.
• Périclès, XXV, 2 • Aristide, XXVII, 6 • Lucullus, XII, 2-5 •

LENTULUS
Cnaeus Cornelius Lentulus Clodianus
Homme politique romain, consul en 72 avant J.-C.
• Crassus, IX, 9 ; X, 1 • Pompée, XXII, 6-9 •

LENTULUS
Lucius Cornelius Lentulus Crus
Homme politique romain, consul en 49 avant J.-C.
• Pompée, LIX, 2-6 ; LXXIII, 9 ; LXXX, 6 • César, XXIX, 1-2 ; XXX, 6 ; XXXI, 2-3 ; XXXIII, 4 • Cicéron, XXXVIII, 5 • Antoine, V, 8 •

LENTULUS
Publius Cornelius Lentulus Spinther
Homme politique romain, consul en 57 avant J.-C.
• Pompée, XLIX, 9, 12 ; LXVII, 9 ; LXXIII, 9 • César, XLII, 2 • Cicéron, XXXIII, 4 •

LENTULUS
Publius Cornelius Lentulus Sura
Homme politique romain, consul en 71 avant J.-C.
• César, VII, 6-9 ; VIII, 2 • Caton le Jeune, XXII, 3-6 ; XXVI, 1 • Cicéron, XVII, 1-5 ; XVIII ; XIX, 3-7 ; XX ; XXI ; XXII, 1-5, 8 ; XXIV, 2 ; XXX, 5 • Antoine, II, 1-2 •

LÉOCRATÈS
Stratège athénien (Ve siècle avant J.-C.), collègue d'Aristide.
• Périclès, XVI, 3 • Fabius Maximus, XXVIII, 2 • Aristide, XX, 1 •

LÉON de Byzance
Orateur et historien, disciple de Platon à l'Académie.
• *Nicias*, XXII, 3 • *Phocion*, XIV, 7 •

LÉONIDAS
Roi de Sparte de la dynastie des Agiades; fils de Cléonymos.
• *Agésilas*, XL, 5 • *Agis*, III, 1, 4-9; IV, 1; VII, 7-8; X; XI; XII, 1-6; XVI, 4-7; XVII; XVIII; XIX, 5; XXI, 1-5 • *Cléomène*, I, 1-3; III, 1, 8 •

LÉONIDAS
Spartiate, le héros malheureux de la bataille des Thermopyles (480 avant J.-C.).
• *Lycurgue*, XIV, 8; XX, 1 • *Thémistocle*, IX, 1 • *Pélopidas*, XXI, 3 • *Agis*, XIV, 3 • *Cléomène*, II, 4 • *Artaxerxès*, XXII, 3 •

LÉONTIADAS
Homme politique thébain.
• *Pélopidas*, V, 2; VI, 2-3; XI; XXIII, 11 • *Agésilas*, XXIII, 11; XXIV, 2-3 •

LÉONTINOÏ, LÉONTINIENS
Cité de l'est de la Sicile (actuelle Lentini).
• *Timoléon*, I, 6; XVI, 9; XXIV, 1; XXXII, 1-3 • *Marcellus*, XIV, 1-5 • *Pyrrhos*, XXII, 2 • *Cimon*, X, 5 • *Nicias*, XII, 1; XIV, 5; XVI, 1 • *Dion*, XXVII, 2; XXXIX, 2; XL; XLII, 2-5, 7 •

LÉOSTHÉNÈS
Stratège athénien (seconde moitié du IVe siècle avant J.-C.).
• *Timoléon*, VI, 5 • *Pyrrhos*, I, 6 • *Phocion*, VII, 5; XXIII; XXIV, 1; XXVI, 7 • *Démosthène*, XXVII, 1 • *Cicéron*, LII, 1 •

LÉOTYCHIDAS
Fils d'Alcibiade.
• *Alcibiade*, XXIII, 7-9 • *Lysandre*, XXII, 6 • *Agésilas*, III; IV, 1 • *Pompée*, LXXXI, 2; LXXXII, 2 •

LÉPIDE
Marcus Aemilius Lepidus
Homme politique romain (?-13/12 avant J.-C.). Membre avec Antoine et Octave du second triumvirat de 43 avant J.-C.
• *César*, LXIII, 7; LXVII, 2 • *Cicéron*, XLVI, 2-5 • *Antoine*, VI, 4; X, 2; XIV, 2; XVIII, 1-7; XIX; XXI, 1, 5; XXVII, 6; XXX, 6; LV, 3-4 •

LÉPIDUS
Marcus Aemilius Lepidus
Père du triumvir Lépide (?-77 avant J.-C.).
• *Sylla*, XXXIV, 7-9; XXXVIII • *Pompée*, XV, 1-2, 4; XVI, 1-9; XVII, 1; XXXI, 12; LXXXI, 3 •

LESBOS, LESBIENS
Île du nord de la mer Égée et ses habitants.
• *Solon*, XIV, 2; XXXII, 3 • *Thémistocle*, VII, 7 • *Périclès*, XVII, 2 • *Alcibiade*, XII, 1; XXIV, 1 • *Aristide*, XXIII, 4 • *Nicias*, VI, 1 • *Pompée*, LXVI, 3; LXXIV, 2; LXXVI, 7 • *Alexandre*, LXI, 3 • *Cicéron*, XXXVIII, 4 •
• voir aussi MYTILÈNE •

LÉTÔ
Déesse de la mythologie grecque, mère d'Apollon.
• *Thémistocle*, XXI, 4 • *Pélopidas*, XVI, 6-7 • *Flamininus*, XII, 12 • *Brutus*, XXIV, 6 •

LEUCADE, LEUCADIENS
Île de la mer Ionienne et ses habitants.
• *Thémistocle*, XXIV, 1 • *Timoléon*, VIII, 4; XV, 2; XXX, 6 • *Pompée*, XXIV, 6 • *Démosthène*, XVII, 5 • *Dion*, XXII, 5 •

LEUCTRES
Cité de Béotie au sud-ouest de Thèbes. Site d'une célèbre victoire d'Épaminondas sur les Spartiates (371 avant J.-C.).
• *Camille*, XIX, 4 • *Coriolan*, IV, 6 • *Pélopidas*, XVI, 1; XX-XXIII; XXV, 8; XXX, 2 • *Marcellus*, XXXI, 6-7; XXXII, 2 • *Lysandre*, XVIII, 1 • *Sylla*, XLII, 4 •

INDEX

Agésilas, XV, 4; XXVIII, 7; XXIX, 3; XL, 3 • *Pompée*, LXXXII, 3; LXXXIII, 5 • *Agis*, XXI, 3 • *Artaxerxès*, XXII, 5-6, 8 •

LIBYE, LIBYENS
Nom que les Grecs donnaient à la partie alors connue de l'Afrique et à ses habitants.
• *Lycurgue*, IV, 8 • *Fabius Maximus*, VIII, 4; XXV, 1; XXVI, 3-4 • *Alcibiade*, XVII, 3-4 • *Timoléon*, XX, 11; XXII, 8; XXVIII, 11 • *Paul-Émile*, VI, 2; XXXI, 5 • *Marcellus*, XXXI, 9 • *Caton l'Ancien*, XXVII, 1 • *Flamininus*, XX, 6; XXI, 12 • *Pyrrhos*, XIV, 10; XXII, 4; XXIII, 3 • *Marius*, VII, 1, 6; IX, 3; X, 1; XII, 3; XXXV, 12; XL, 1-7; XLI, 3; XLII, 5 • *Lysandre*, XX, 7-8; XXV, 4 • *Sylla*, I, 4; III, 1; V, 2; XXVIII, 17 • *Lucullus*, II, 3 • *Nicias*, XII, 1-2 • *Crassus*, VI, 2 • *Sertorius*, V, 1; VII, 4; VIII, 2; IX, 2, 6, 11; XI, 1; XII, 2; XIX, 8; XXVII, 6 • *Agésilas*, XL, 3 • *Pompée*, X, 1; XI, 1; XII, 7-8; XIII, 8; XIV, 6; XXVI, 7; XXXVIII, 5; XLV, 7; L, 1; LII, 4; LXXVI, 2, 7 • *Alexandre*, LXVIII, 1 • *César*, XXVIII, 8; LII, 1-4, 7; LV, 1-2 • *Caton le Jeune*, XLIII, 1; LVI, 1-8; LVII, 7 • *Cléomène*, XXXII, 1 • *Tibérius Gracchus*, IV, 5 • *Caius Gracchus*, II, 5; X, 2; XI, 1 • *Cicéron*, XXVI, 5 • *Antoine*, LIV, 6; LXI, 2; LXXIV, 1 • *Dion*, VI, 5, 10; XXV, 7-10 • *Brutus*, XIX, 5 •
• voir aussi AFRIQUE •

LICINIANUS
• voir CATON •

LICINIUS
• voir CRASSUS • LUCULLUS • MURÉNA •

LIGURIE, LIGURES, LIGUSTINS
Région du nord de l'Italie et ses habitants.
• *Fabius Maximus*, II, 1; XXIX, 1 • *Paul-Émile*, VI, 1-7; XVIII, 2; XXXIX, 8 • *Marius*, XV, 5; XIX, 5-10 •

LIVIE
Épouse d'Auguste sous le nom de Julia Augusta (58 avant J.-C.-29 après J.-C.).
• *Antoine*, LXXXIII, 6; LXXXVII, 2-6 • *Galba*, III, 2; XIV, 5 •

LONGS MURS
Remparts reliant Athènes au Pirée.
• *Alcibiade*, XXXVII, 5 • *Lysandre*, XIV, 8-9 • *Cimon*, XIII, 6 • *Agésilas*, XXI, 2; XXIII, 1 •

LUCANIE, LUCANIENS
Région du sud de l'Italie et ses habitants.
• *Timoléon*, XXXIV, 3 • *Fabius Maximus*, XX, 5-7 • *Marcellus*, XXIV, 6 • *Pyrrhos*, XIII, 12; XVI, 4; XVII, 10; XXV, 2 • *Sylla*, XXIX, 2, 8 • *Crassus*, X, 6; XI, 1-7 • *Caton le Jeune*, XX, 2 • *Cicéron*, XXXI, 6; XXXII, 2 • *Brutus*, XXIII, 1 •

Caius LUCILIUS
Ami de Brutus.
• *Antoine*, LXIX, 1, 2 • *Brutus*, L •

LUCRÈCE
Dans la légende romaine, matrone célèbre pour sa vertu, violée par Sextus, fils de Tarquin le Superbe.
• *Publicola*, I, 3, 5; XII, 5 •

LUCULLUS
Lucius Licinius Lucullus
Général et homme politique romain (vers 114-57 avant J.-C.).
• *Vie*, p. 918-968; *Comparaison avec Cimon*, p. 969-971 •
• *Camille*, XIX, 11 • *Caton l'Ancien*, XXIV, 11 • *Flamininus*, XXI, 10 • *Marius*, XXXIV, 4 • *Sylla*, VI, 10; XI, 8; XXVII, 17 • *Cimon*, I, 6; II, 1-3; III • *Crassus*, XVI, 2; XVIII, 4; XXVI, 8; XXXVI, 7; XXXVII, 2 • *Pompée*, II, 12; XX, 2; XXX-XXXII, 1; XXXIII, 2-5; XXXVIII, 1-2; XXXIX, 2; XLVI, 5-6; XLVIII, 2-4, 7; LXXXIV, 6 • *César*, X, 6; XV, 3 • *Caton le Jeune*, X, 3; XIX, 8; XXIV,

INDEX

5; XXIX, 5-8; XXXI; LIV, 1 • *Cicéron*, XXIX, 4 •

LUCULLUS
Marcus Terentius Varro Lucullus
Frère de Lucius Licinius Lucullus.
• *Sylla*, XXVII, 14-15, 17 • *Lucullus*, I, 8-9; XXXVII, 1-2; XLIII, 2, 4 • *Crassus*, XI, 3; XXXVI, 7 • *César*, IV, 2; XV, 3 • *Cicéron*, XXXI, 5 •

LUPERCALES
Une des plus anciennes fêtes du calendrier romain (15 février).
• *Romulus*, XXI, 4-10 • *Numa*, XIX, 8 • *César*, LXI • *Antoine*, XII, 1-2 •

LUSITANIE, LUSITANIENS
Région de la péninsule Ibérique (Portugal) et ses habitants.
• *Sertorius*, X, 1; XI, 1-3; XII, 2; XXV, 3 • *Eumène*, XX, 5 • *César*, XII, 1 • *Tibérius Gracchus*, XXI, 3 • *Galba*, XX, 1; XXII, 8 •

LUTATIUS
• voir CATULUS •

LYCÉE
Gymnase situé à l'est d'Athènes.
• *Thésée*, XXVII, 5 • *Sylla*, XII, 4 • *Phocion*, XXXVIII, 3 •

LYCIE, LYCIENS
Région et peuple du sud de l'Asie Mineure.
• *Alexandre*, XVII, 4; XXXVII, 2 • *Brutus*, XXX, 3-8; XXXI; XXXII, 3-4 •

LYCORTAS
Compagnon de Philopoemen et père de l'historien Polybe.
• *Philopoemen*, XX, 3; XXI, 1-2 •

LYCURGUE
Homme politique athénien (vers 390-325 avant J.-C.).

• *Flamininus*, XII, 7 • *Crassus*, XXXIV, 3 • *Phocion*, VII, 5; IX, 10; XVII, 2 • *Démosthène*, XXIII, 4 •

LYCURGUE
Législateur légendaire de Sparte.
• *Vie*, p. 129-160; Comparaison avec *Numa*, p. 191-195 •
• *Thésée*, I, 4 • *Numa*, IV, 11-12 • *Solon*, XVI, 1-2; XXII, 2 • *Alcibiade*, XXIII, 6 • *Aristide*, II, 1 • *Caton l'Ancien*, XXX, 1 • *Philopoemen*, XVI, 8 • *Lysandre*, I, 2-3; XVII, 4-6 • *Agésilas*, IV, 3; XX, 9; XXVI, 5; XXXIII, 4 • *Phocion*, XX, 6 • *Agis*, V, 2; VI, 2; IX, 4; X; XIX, 7 • *Cléomène*, X, 2, 8-9; XII, 5; XVI, 6; XVIII, 2-4 •

LYDIADAS
Tyran de Mégalopolis (cité d'Arcadie).
• *Cléomène*, VI, 4-7 • *Aratos*, XXX; XXXV, 1-7; XXXVII, 2-5 •

LYDIE, LYDIENS
Région du centre de l'Asie Mineure et ses habitants.
• *Thésée*, VI, 6 • *Romulus*, II, 1 • *Solon*, XXVII, 8 • *Thémistocle*, XXXI, 1-2 • *Paul-Émile*, XII, 9 • *Aristide*, XVII, 10; XIX, 2 • *Lysandre*, III, 3; VI, 5 • *Cimon*, IX, 6 • *Eumène*, VIII, 6 • *Agésilas*, X, 1-2 • *Démétrios*, XLVI, 4 • *Antoine*, XXX, 2 • *Artaxerxès*, II, 5 •

LYSANDRE
Navarque spartiate (?-395 avant J.-C.).
• *Vie*, p. 813-840; Comparaison avec *Sylla*, p. 890-893 •
• *Lycurgue*, XXX, 1-5 • *Périclès*, XXII, 4 • *Alcibiade*, XXXV, 5-8; XXXVI, 6; XXXVII, 4-5; XXXVIII, 1, 5-6; XXXIX • *Flamininus*, XI, 5 • *Nicias*, XXVIII, 4 • *Agésilas*, II, 1; III, 4-9; VI, 2-5; VII; VIII, 1-4, 6; XX, 3-6 • *Pompée*, LXXXI, 3-4; LXXXII, 2 • *Agis*, XIV, 3 •

INDEX

LYSIMACHOS
Acarnanien, pédagogue d'Alexandre.
• *Alexandre*, V, 8 ; XXIV, 10-14 •

LYSIMAQUE
Macédonien, roi de Thrace après la mort d'Alexandre (vers 361-281 avant J.-C.).
• *Pyrrhos*, VI, 6-8 ; XI, 2-7 ; XII, 1-12 • *Alexandre*, XLVI, 4 ; LV, 2 • *Démétrios*, XII, 8-9 ; XVIII, 3 ; XX, 8 ; XXV, 7-9 ; XXVII, 6 ; XXXI, 3-5 ; XXXV, 5 ; XXXIX, 6 ; XLIV ; XLVI, 4-7 ; XLVIII, 4 ; LI, 3-4 ; LII, 6 • *Antoine*, XCI, 1 •

LYSIPPE de Sicyone
Sculpteur grec (vers 390-310 avant J.-C.).
• *Alexandre* ; IV, 1-2 ; XVI, 16 ; XL, 5 •

MACÉDOINE, MACÉDONIENS
• *Thésée*, V, 4 • *Lycurgue*, XXXI, 5 • *Paul-Émile*, VII, 1-3, 5 ; VIII, 3-4 ; IX, 2 ; X, 5 ; XII, 3-5, 11 ; XVI, 2 ; XVII, 8 ; XVIII, 7 ; XIX, 1-2, 4 ; XX, 10 ; XXIV, 1-4 ; XXVIII, 6 ; XXIX, 1 ; XXXI, 5 ; XXXII, 5 ; XXXVI, 4 ; XXXVIII, 1 ; XXXIX, 8 ; XL, 2 • *Pélopidas*, XXVI, 4 ; XXVII, 2 • *Aristide*, XV, 3 ; XXVI, 1 • *Caton l'Ancien*, XII, 3 ; XV, 6 • *Philopoemen*, VI, 12 ; VIII, 4 ; XV, 2 • *Flamininus*, II, 3 ; III, 1 ; IV, 10 ; V, 7-8 ; VI, 1 ; VII, 5 ; VIII, 5-7 ; IX, 6, 8 ; X, 5 ; XII, 6 ; XV, 6-7 ; XXII, 3 ; XXIII, 6 • *Pyrrhos*, II, 2 ; VI, 2-4 ; VII, 2-4, 10 ; VIII, 1 ; X, 2, 4-6 ; XI, 2-3, 7-14 ; XII, 1-11 ; XIII, 1 ; XIV, 11 ; XVI, 12 ; XIX, 3 ; XXII, 2 ; XXVI, 4, 7-13 ; XXIX, 6 • *Sylla*, XI, 4, 6 ; XII, 10 ; XV, 1 ; XXIII, 1, 10 ; XXVII, 1 • *Cimon*, II, 1 ; XIV, 3 • *Eumène*, I, 6 ; III, 9, 1-6 ; IV, 3-4 ; V, 3 ; VI, 2 ; VII, 1-4 ; VIII, 1-12 ; IX, 7-11 ; X, 7 ; ; XII, 1-7 ; XIII, 1, 9-11 ; XIX, 1-4 ; XVII, 5-6 ; XVIII, 2 ; XX, 5 ; XXIV, 1 • *Agésilas*, XV, 4 ; XVI, 4 • *Pompée*, LXIV, 7 • *Alexandre*, III, 5 ; VI, 8 ; IX, 1, 3-7 ; X, 1, 5 ; XIII, 4 ; XV, 6 ; XVI, 2 ; XVIII, 8 ; XIX, 3-10 ; XX, 11 ; XXII, 4 ; XXIV, 3, 12 ; XXX, 8 ; XXXI, 9 ; XXXII, 5 ; XXXVIII, 6 ; XLII, 7 ; XLV, 1, 4 ; XLVII, 1-9 ; XLVIII, 1 ; XLIX, 3 ; L, 9-11 ; LI, 1-4 ; LIII, 3-6 ; LIV, 3 ; LV, 7 ; LVII, 1, 5 ; LVIII, 5-6 ; LX, 5-9 ; LXII, 1-2 ; LXIII, 10-13 ; LXIV, 1 ; LXVII, 8 ; LXIX, 6 ; LXX, 3 ; LXXI, 1-7 ; LXXIV, 6 ; LXXVI, 8 ; LXXVII, 6 • *César*, IV, 2 ; XXXIX, 9-10 • *Phocion*, I, 1 ; XII, 1 ; XVIII, 7 ; XXV, 1-5 ; XXX, 9 ; XXXIII, 9 • *Caton le Jeune*, IX, 1 • *Cléomène*, XVI, 1-7 ; XVII, 5 ; XX, 1 ; XXV, 5 ; XXVII, 6-10 ; XXX, 1, 3 ; XXXI, 4 • *Démosthène*, IX, 1 ; XIV, 1-2 ; XVI, 1-2 ; XVII, 1-2 ; XVIII, 2 ; XXIV, 2 ; XXVII, 3-4 ; XXIX, 6 ; XXX, 4 ; XXXI, 4-5 • *Cicéron*, XII, 4 ; XXX, 2 ; XLVII, 1 ; LIII, 2-3 • *Démétrios*, XIV, 2 ; XX, 3 ; XXIII, 2 ; XXXVI, 1-2 ; XXXVII, 1-3 ; XXXIX, 1 ; XLI, 1, 4, 8 ; XLII, 6 ; XLIV, 2-8, 11 ; XLVI, 2 ; LIII, 9 • *Antoine*, VII, 2 ; XXI, 5 ; XXII, 6 ; LIV, 9 ; LXIII, 6 ; LXVII, 8 ; LXXXIX, 3 ; XCI, 1 ; XCIII, 1 • *Brutus*, IV, 4 ; XXIV, 2 ; XXV, 3 ; XXVIII, 1, 6 • *Aratos*, XXXIII, 2 ; XXXIV, 1-7 ; XXXVIII, 7, 11 ; XLI, 7 ; XLIII, 1-5 ; XLV, 2-6 ; XLVI, 1, 3 ; XLVII, 1, 6 ; LIV, 5 • *Galba*, I, 2 •

MACEDONICUS
• voir MÉTELLUS •

MACER
• voir CLODIUS • LICINIUS •

MAGNÉSIE du Méandre
Cité d'Asie Mineure (près de l'actuelle Soke, en Turquie).
• *Thémistocle*, XXIX, 11 ; XXX, 6 ; XXXI, 3-6 ; XXXII, 3-6 •

MAGNÉSIE, MAGNÈTES
Région côtière de Thessalie et ses habitants.
• *Pélopidas*, XXXI, 2 ; XXXV, 3 • *Flamininus*, X, 5-6 ; XII, 4 ; XV, 6 •

MAGON
Général carthaginois.
• *Timoléon*, XVII, 1-3 ; XVIII, 2-7 ; XX, 2-11 ; XXI, 1 ; XXII, 8 •

INDEX

MAIDES
Peuple de Thrace (région du Strymon).
• *Numa*, IX, 12 • *Paul-Émile*, XII, 5 • *Crassus*, VIII, 3 • *Alexandre*, IX, 1 •

MALÉE
Cap du sud du Péloponnèse.
• *Sylla*, XI, 5 • *Agis*, VIII, 1 • *Aratos*, XII, 2 •

MAMERTINS
Habitants de la région de Messine (nord-est de la Sicile).
• *Pyrrhos*, XXIII, 1-5 ; XXIV, 2-7 • *Pompée*, X, 2-3 •

Marcus MANLIUS Capitolinus
Soldat et homme politique romain, consul en 392 avant J.-C.
• *Camille*, XXVII, 4-6 ; XXXVI, 2-9 •

MANTINÉE, MANTINÉENS
Ville d'Arcadie, lieu de plusieurs batailles. Ses habitants.
• *Alcibiade*, XV, 1-4 ; XIX, 4 • *Coriolan*, XLI, 3 • *Pélopidas*, IV, 5 • *Philopoemen*, X ; XI, 1 • *Nicias*, X, 9 • *Agésilas*, XXX, 7 ; XXXIII, 7 ; XXXIV, 3 ; XXXV, 1-3 • *Cléomène*, V, 1 ; VII, 5 ; XIV, 1 ; XXIII, 1 • *Démétrios*, XXV, 1 ; XXXV, 1 • *Aratos*, XXV, 5 ; XXXVI, 2-3 ; XXXIX, 1 ; XLIV, 4 ; XLV, 6-9 •

MARATHON
Dème du nord-est de l'Attique ; lieu d'une bataille célèbre (490 avant J.-C.) remportée par Miltiade sur les Perses de Darius Ier.
• *Thésée*, XIV, 1 ; XXV, 3 ; XXX, 1 ; XXXII, 5 ; XXXV, 8 • *Thémistocle*, III, 4-5 • *Camille*, XIX, 5 • *Aristide*, V ; XVI, 4-5 • *Caton l'Ancien*, XXIX, 1-2 ; XXXII, 1 • *Flamininus*, XI, 6 • *Cimon*, V, 4 • *Aratos*, XVI, 3 •

MARC ANTOINE
Marcus Antonius
• voir ANTOINE •

MARCELLUS
Caius Claudius Marcellus
Consul en 50 avant J.-C. ; ennemi de César.
• *Marcellus*, XXX, 10 • *Pompée*, LVIII, 6, 10 ; LIX, 1 • *Cicéron*, XLIV, 1 • *Antoine*, XXXI, 2 ; LXXXVII, 3 •

MARCELLUS
Caius Claudius Marcellus
Consul en 49 avant J.-C.
• *Marcellus*, XXX, 10 • *Antoine*, V, 4, 7 •

MARCELLUS
Marcus Claudius Marcellus
Consul cinq fois de 222 à sa mort en 208 avant J.-C.. Général romain
• *Vie*, p. 567-598 ; *Comparaison avec Pélopidas*, p. 599-601 •
• *Romulus*, XVI, 7 • *Fabius Maximus*, XIX, 1-7 ; XXII, 1, 8 • *Pélopidas*, II, 9-10 • *Flamininus*, I, 4 ; XVIII, 2 • *Crassus*, XI, 11 •

MARCELLUS
Marcus Claudius Marcellus
Homme politique romain, consul en 51 avant J.-C.
• *César*, XXIX, 1-3 • *Caton le Jeune*, XVIII, 5-9 • *Cicéron*, XV, 1 •

MARCELLUS
Marcus Claudius Marcellus
Fils du consul Marcus Claudius Marcellus.
• *Marcellus*, II, 5-8 ; XXIX, 11-16 ; XXX, 2-5 • *Flamininus*, XVIII, 2 •

MARCIUS
• voir ANCUS • CENSORINUS • CORIOLAN •

MARDONIOS
Général perse, vaincu à Platées par Pausanias (479 avant J.-C.).
• *Thémistocle*, IV, 6 ; XVI, 6 • *Aristide*, V, 10 ; X, 1-7 ; XIV, 1-8 ; XV, 2-4 ; XVI, 6-7 ; XVII, 2-5 ; XIX, 1-2 • *Agis*, III, 4 •

INDEX

Caius MARIUS
Général et homme politique romain (157-86 avant J.-C.). Consul de 104 à 100.
• *Vie*, p. 759-809 •
• *Flamininus*, XXI, 11-12 • *Sylla*, III, 1-7; IV; VI, 1-3, 17, 22; VII-X, 3; XII, 13; XXVIII, 8; XXX, 6; XLII, 8-9 • *Lucullus*, IV, 4; XXXVIII, 3 • *Crassus*, IV, 1-2 • *Sertorius*, III, 2-3; IV, 7; V-VI, 1; VII, 1 • *Pompée*, VIII, 3; XI, 1; LXXXIV, 6 • *César*, I, 2, 4; V, 2-3; VI, 1-5; XV, 3; XIX, 4 • *Antoine*, I, 1 • *Brutus*, XXIX, 6 • *Othon*, IX, 5 •

Caius MARIUS le Jeune
Fils de Marius.
• *Marius*, XXXIV, 7; XXXV, 9-12; XL, 4, 10-14; XLVI, 7-9 • *Sylla*, XXVII, 10; XXVIII, 7-14; XXIX, 2, 8, 15; XXXII, 1; XXXIII, 5 • *Sertorius*, VI, 1 • *Pompée*, XIII, 5 • *César*, I, 2 •

Marcus MARIUS
Lieutenant de Sertorius.
• *Lucullus*, VIII, 5; XII, 5 • *Sertorius*, XXIV, 4-5 •

Publius MARIUS Celsus
Partisan de Galba.
• *Galba*, XXV, 9; XXVI, 1; XXVII, 11-12 • *Othon*, I, 1; V, 5; VII, 2-7; VIII, 5; IX, 6; XIII, 3-13 •

MARS
Dans la religion romaine, dieu de la guerre.
• *Romulus*, II, 3; IV, 2-3, 5; XXIX, 1 • *Numa*, VII, 9 • *Camille*, XXXII, 6 • *Fabius Maximus*, II, 2 • *Marcellus*, VIII, 9 • *Marius*, XLVI, 8 • *Sylla*, XIX, 9 •
• voir aussi ARÈS •

MARS (Champ de)
Place de Rome.
• *Publicola*, VIII, 1 • *Camille*, XXXIX, 3 • *Paul-Émile*, X, 4 • *Marius*, XXXIV, 5 •

Sylla, XXXVIII, 6 • *Lucullus*, XLIII, 3-4 • *Crassus*, XV, 6 • *Pompée*, XV, 4; LIII, 6 • *César*, XXIII, 7 • *Caton le Jeune*, XLI, 6; XLII, 5; L, 1 • *Caius Gracchus*, III, 2; VIII, 2 • *Cicéron*, XIV, 7; XLIV, 5 •

MARSES
Peuple d'Italie centrale.
• *Lucullus*, I, 7-8; II, 1 • *Crassus*, VI, 3 • *Sertorius*, IV, 2 • *Cicéron*, III, 2 •

MASSALIA, MASSALIOTES
Colonie phocéenne (actuelle Marseille) et ses habitants.
• *Solon*, II, 7 • *Marius*, XXI, 7 • *César*, XVI, 2 •

MAXIMUS
• voir FABIUS •

MÉCÈNE
Cilnius Maecenas
Chevalier romain (vers 69-8 avant J.-C.). Proche et conseiller d'Auguste.
• *Cicéron*, LII, 1 • *Antoine*, XXXV, 3 •

MÉDIE, MÈDES
Région d'Asie, au sud de la mer Caspienne et ses habitants.
• *Thésée*, XXXV, 8 • *Thémistocle*, VI, 1, 4; VII, 2; XX, 3; XXI, 7 • *Périclès*, XXVIII, 6 • *Paul-Émile*, XXV, 1 • *Aristide*, IX, 6; X, 6; XVI, 1; XVIII, 6 • *Lysandre*, IX, 2 • *Lucullus*, XIV, 6; XXVI, 4; XXVII, 7; XLVI, 1 • *Cimon*, I, 2; III, 2; V, 2; VI, 1; VII, 4; XVIII, 3 • *Lucullus*, IX, 5; XIV, 8 • *Crassus*, XXIV, 1; XXXVII, 3 • *Eumène*, XVI, 5 • *Agésilas*, XXIII, 4 • *Pompée*, XXXIV, 7; XXXVI, 2; XLV, 2 • *Alexandre*, XLV, 2; XLIX, 13; LI, 2; LXXII, 1 • *Démétrios*, XLVI, 7-8 • *Antoine*, XXVII, 4; XXXIV, 3; XXXVIII, 1, 3; XXXIX, 9; XLVI, 2; XLIX, 4; L, 4; LII, 1-3; LIII, 7-12; LIV, 7-8; LV, 4; LXI, 3; XCII, 3 • *Artaxerxès*, VII, 3; XIV, 3; XXII, 4 •

INDEX

MÉDIOLANUM
Ville de la Gaule Transpadane (actuelle Milan).
• *Marcellus*, VII, 6-8 • *César*, XVII, 9 • *Brutus*, LVIII, 2 •

MÉDITERRANÉE
Mer.
• *Pompée*, XXIV, 2; XXV, 1; XXVI, 5 • *Alexandre*, LXVIII, 1 •

MÉGACLÈS
Archonte athénien (VIIe siècle avant J.-C.) appartenant à la famille des Alcméonides.
• *Solon*, XXIX, 1; XXX, 6 •

MÉGALOPOLIS, MÉGALOPOLITAINS
Cité d'Arcadie et ses habitants.
• *Philopoemen*, I, 1, 3-4; V, 1-5; VI, 13; XIII, 2-7; XV, 9; XVI, 5-6; XVII, 4; XVIII, 6; XXI, 1-7 • *Pyrrhos*, XXVI, 20 • *Alexandre*, III, 1 • *Agis*, III, 3, 7 • *Cléomène*, IV, 1; VI, 3-6; XII, 2; XXIII; XXIV, 1-8; XXV, 1-2; XXVI, 2; XXIX, 3; XXXVII, 13, 19 • *Aratos*, V, 1; XXX, 1; XXXVI, 4; XXXVII; XXXVIII, 11 •

MÉGARE, MÉGARIDE, MÉGARIENS
Cité de Grèce centrale, région de Grèce centrale et leurs habitants.
• *Thésée*, X, 1-2, 4; XX, 2; XXV, 4; XXVII, 8; XXXII, 6 • *Solon*, VIII-X; XII, 5 • *Publicola*, XXVII, 1 • *Thémistocle*, XIII, 1 • *Périclès*, XIX, 2; XXII, 1; XXIX, 4, 7-8; XXX, 2-4; XXXIV, 3 • *Alcibiade*, XXXI, 4 • *Pélopidas*, XIII, 2 • *Aristide*, XIV, 1-5; XX, 2 • *Philopoemen*, II, 1; XII, 3 • *Lysandre*, XXII, 3 • *Cimon*, XVII, 2 • *Nicias*, VI, 4 • *Agésilas*, XXVII, 1 • *César*, XLIII, 1 • *Phocion*, XV, 1-2; XXXVII, 4 • *Agis*, XIII, 6 • *Démétrios*, IX, 4-8; XVII, 5; XXX, 4; XXXIX, 1 • *Antoine*, XXIII, 3 • *Dion*, XVII, 9 • *Brutus*, VIII, 6-7 • *Aratos*, XXIV, 3; XXXI, 1 •

MÉLON
Béotarque béotien, ami de Pélopidas.
• *Pélopidas*, VIII, 2-6; XI, 2-3; XII, 1; XVIII, 1; XXV, 5 • *Agésilas*, XXIV, 6 •

MÉLOS, MÉLIENS
Île de la mer Égée à l'est du Péloponnèse et ses habitants.
• *Alcibiade*, XVI, 6 • *Lysandre*, XIV, 4 • *Crassus*, XXXVI, 5 • *Alexandre*, XVI, 5 •

MERCURE
• voir HERMÈS •

MÈRE des Dieux
Autre nom de Cybèle, déesse phrygienne.
• *Thémistocle*, XXX, 2; XXXI, 1 • *Marius*, XVII, 9; XXXI, 2 •

MÈRES
Appellation donnée aux deux déesses Déméter et Perséphone.
• *Marcellus*, XX, 3-10 •

MÉSOPOTAMIE
Région d'Asie située entre le Tigre et l'Euphrate.
• *Lucullus*, XXI, 4; XXX, 1 • *Crassus*, XVII, 4; XVIII, 3; XIX, 3; XXVIII, 6 • *Pompée*, XLV, 2 • *Démétrios*, VII, 3-4 • *Antoine*, XXVIII, 1; XXXIV, 3 •

MESSALA
Marcus Valerius Corvinus Messala
Ami de Brutus.
• *Brutus*, XL, 1-11; XLI, 5; XLII, 5; XLV, 1, 7-9; LIII, 1-3 •

MESSÈNE, MESSÉNIE, MESSÉNIENS
Cité, région et habitants du sud-est du Péloponnèse.
• *Romulus*, XXV, 4 • *Lycurgue*, VII, 3-5 • *Pélopidas*, XXIV, 9; XXV, 2; XXX, 7; XXXI, 1 • *Philopoemen*, V, 3; XII, 4-6; XVIII, 5-9; XIX, 1, 7; XX, 1; XXI, 1 • *Flamininus*, XVII,

INDEX

6 ; XXII, 7 ; XXIV, 2 • *Cimon*, XVI, 7 ; XVII, 3 • *Agésilas*, XXXIV, 1-2 ; XXXV, 3-6 • *Pompée*, LXXXIII, 2 • *Alexandre*, LXXIII, 8 • *Agis*, XXI, 4 • *Cléomène*, V, 2 ; X, 3 ; XIX, 8 ; XXIV, 1-8 ; XXXV, 1 • *Caius Gracchus*, XXIV, 2 • *Démosthène*, XIII, 4 • *Démétrios*, XXXIII, 3 • *Aratos*, XLVII, 2-3 ; XLIX, 3-4 ; L, 1-5 ; LI, 2 •

MESSINE
Ville du nord-est de la Sicile.
• *Alcibiade*, XXII, 1 • *Timoléon*, XX, 1 ; XXX, 6 ; XXXIV, 3-4 • *Pyrrhos*, XXIII, 1 • *Pompée*, X, 2 • *Caton le Jeune*, LIII, 2 • *Dion*, XLVIII, 7 ; LVIII, 5 •

MESTRIUS Florus
Consul sous Néron puis sous Vespasien, protecteur romain et ami de Plutarque.
• *Othon*, XIV, 2-3 •

Caecilia MÉTELLA
Fille du consul Lucius Caecilius Metellus, épouse de Sylla.
• *Sylla*, VI, 18-23 ; XIII, 1 ; XXII, 2 ; XXXIII, 4 ; XXXIV, 5 ; XXXV, 2-3 ; XXXVII, 3-6 ; XLIII, 2 • *Pompée*, IX, 2 • *Caton le Jeune*, III, 1 •

MÉTELLUS
• voir SCIPION •

MÉTELLUS
Lucius Caecilius Metellus
Tribun de la plèbe en 49 avant J.-C.
• *Pompée*, LXII, 1-2 ; LXXXIII, 8 • *César*, XXXV, 6-11 •

MÉTELLUS
Lucius Caecilius Metellus Dalmaticus
Militaire et homme politique romain (?- 104 avant J.-C.). Consul en 119 avant J.-C.
• *Marius*, IV, 1-5 • *Sylla*, VI, 18 • *Pompée*, II, 8 •

MÉTELLUS
Quintus Caecilius Metellus Celer
Militaire et homme politique romain (?-59 avant J.-C.). Consul en 60 avant J.-C.
• *Romulus*, X, 3 • *Coriolan*, XI, 4 • *Cicéron*, XVI, 1 ; XXIX, 5 •

MÉTELLUS
Quintus Caecilius Metellus Macedonicus
Militaire et homme politique romain (?- 105 avant J.-C.). Consul en 143 avant J.-C.
• *Marius*, I, 1 • *Crassus*, XXXVI, 2 • *Tibérius Gracchus*, XIV, 4 •

MÉTELLUS
Quintus Caecilius Metellus Numidicus
Militaire et homme politique romain. Consul en 109 avant J.-C.
• *Coriolan*, XLIII, 8 • *Marius*, VII, 1-2 ; VIII, 1-9 ; X, 1-9 ; XXVIII, 6-8 ; XXIX, 4-12 ; XXXI, 1-2 ; XLII, 5 • *Sylla*, XXXIX, 4 • *Lucullus*, I, 1 • *Caton le Jeune*, XXXII, 6 •

MÉTELLUS
Quintus Caecilius Metellus Pius
Militaire et homme politique romain (130- 64 avant J.-C.). Consul en 80 avant J.-C.
• *Caton l'Ancien*, XXIV, 11 • *Marius*, VIII, 6 ; XLII, 5-6 • *Sylla*, VI, 9 ; XXVIII, 16-17 • *Lucullus*, VI, 5 • *Crassus*, VI, 2 ; XXXVI, 7 • *Sertorius*, I, 10 ; XII, 4-7 ; XIII ; XV, 2 ; XVII, 4 ; XVIII, 1 ; XIX, 2-11 ; XXI, 2-8 ; XXII, 1-7 ; XXVII, 1 • *Pompée*, VIII, 5-6 ; XVII, 1-3 ; XVIII, 1-3 ; XIX ; XXIX, 2 ; XXXI, 12 • *César*, VII, 1 •

MÉTELLUS
Quintus Caecillus Metellus Nepos
Homme politique romain. Consul en 57 avant J.-C.
• *César*, XXI, 5 • *Caton le Jeune*, XX, 3-8 ; XXI, 3 ; XXVI, 2-5 ; XXVII ; XXVIII ; XXIX, 1-4 • *Cicéron*, XXIII, 1-4 ; XXVI, 6-11 •

INDEX

MIDAS
Roi légendaire de Phrygie.
• *Publicola*, XV, 6 • *Flamininus*, XX, 9 • *Alexandre*, XVIII, 2 • *César*, IX, 4 •

MILET
Cité d'Ionie.
• *Solon*, IV, 3-8 ; VI, 1 ; XII, 11 • *Périclès*, XXIV, 1, 3 ; XXVIII, 2 • *Alcibiade*, XXIII, 3 • *Lysandre*, VI, 2 ; VIII, 1-3 ; XIX, 3 • *Alexandre*, XVII, 2 • *César*, II, 5 • *Démétrios*, IX, 2 ; XLVI, 5 •

MILON
Titus Annius Milo
Homme politique romain. Tribun de la plèbe.
• *Caton le Jeune*, XLVII, 1 • *Cicéron*, XXXIII, 4-5 ; XXXV •

MILTIADE
Stratège athénien. Vainqueur à Marathon (vers 550-489 avant J.-C.).
• *Thésée*, VI, 9 • *Thémistocle*, III, 4 ; IV, 5 • *Aristide*, V, 1-3 ; XVI, 5 ; XXVI, 5 • *Caton l'Ancien*, XXIX, 2 • *Cimon*, IV, 1, 4 ; V, 1 ; VIII, 1 • *Démétrios*, XIV, 1 •

MINERVE
• voir ATHÉNA •

MINOS
Roi légendaire de Crète.
• *Thésée*, XV, 1-2 ; XVI, 1-4 ; XVII, 3 ; XIX, 3-9 ; XX, 8 ; XXV, 3 • *Numa*, IV, 11 • *Caton l'Ancien*, XXIII, 2 • *Démétrios*, XLII, 9 •

MINOTAURE
Dans la mythologie grecque, monstre à corps d'homme et à tête de taureau, né de l'union de Pasiphaé, épouse de Minos, avec un taureau venu de la mer.
• *Thésée*, XV, 2 ; XVII, 3-4 ; XIX, 1 •

MINTURNES
Ville du Latium (actuelle Minturno).
• *Marius*, XXXVII, 1 ; XXXVIII, 2 ; XXXIX, 1 •

MISÈNE
Ville de Campanie.
• *Marius*, XXXIV, 3 • *Caius Gracchus*, XIX, 2 • *Antoine*, XXXII, 2 •

MITHRA
Divinité perse de la lumière et de la vérité.
• *Pompée*, XXIV, 7 • *Alexandre*, XXX, 8 • *Artaxerxès*, IV, 5 •

MITHRIDATE VI Eupator
Roi du Pont (vers 132-63 avant J.-C.).
• *Numa*, IX, 12 • *Flamininus*, XXI, 10 • *Marius*, XXXI, 4-5 ; XXXIV, 1-6 ; XLI, 1 ; XLV, 1-4 • *Sylla*, V, 6 ; VI, 17 ; VII, 1 ; VIII, 5-8 ; X, 8 ; XI, 1-5 ; XII, 1 ; XIII, 2 ; XV, 1 ; XVI-XXIV ; XXVII, 17 ; XLII, 8-9 ; XLIII, 3-5 • *Lucullus*, II, 2 ; III, 4-8 ; IV, 1 ; V, 1-2 ; VI, 1-5 ; VII, 4-7 ; VIII ; IX ; XI-XIX, 1 ; XXI, 6-8 ; XXII ; XXIII, 7 ; XXIV, 1 ; XXVI-XXVIII ; XXIX, 1-5 ; XXX, 1-2 ; XXXI, 8 ; XXXIV, 4-6 ; XXXV-XXXVI ; XLVI, 2 • *Crassus*, XVI, 2 • *Sertorius*, IV, 7 ; XXIII ; XXIV • *Pompée*, XX, 2 ; XXIV, 1 ; XXX-XXXII ; XXXIV-XXXV, 1 ; XXXVI, 3-4 ; XXXVII ; XXXVIII, 2-6 ; XXXIX, 1-2 ; XLI, 2-3, 7 ; XLII, 1-5 ; XLV, 5 • *César*, L, 1 • *Cicéron*, X, 2 •

MNÉSICLÈS
Architecte athénien des Propylées du Ve siècle avant J.-C.
• *Périclès*, XIII, 12 •

MOLOSSES, MOLOSSIDE
Peuple et région d'Épire.
• *Thésée*, XXXI, 4 ; XXXV, 1 • *Thémistocle*, XXIV, 2-4 • *Pyrrhos*, I, 1 ; II, 1 ; IV, 2 ; V, 5 ; X, 6 ; XIX, 3 ; XXVI, 10 ; XXX, 4-7 • *Démétrios*, XXV, 2 •

MOUNYCHIE
L'un des trois ports d'Athènes, situé à l'est du Pirée et réservé aux navires de guerre.
• *Solon*, XII, 10 • *Sylla*, XV, 1 • *Phocion*, XXVII, 5-9; XXVIII, 1; XXXI, 1; XXXII, 10 • *Démosthène*, XXVIII, 1 • *Démétrios*, VIII, 4; IX, 4; X, 1; XXXIV, 6-7 • *Aratos*, XXXIV, 6 •

MOUNYCHION
Nom de mois athénien, le premier mois du printemps.
Thésée, XVIII, 2 • *Lysandre*, XV, 1 • *Phocion*, XXXVII, 1 • *Démétrios*, XII, 2; XXVI, 2-5 •

Lucius MUNATIUS Plancus
Consul en 42 avant J.-C.
• *Antoine*, XVIII, 7; LVIII, 4 • *Brutus*, XIX, 1 •

MUNATIUS Rufus
Ami de Caton le Jeune.
• *Pompée*, XLIV, 2-3 • *Caton le Jeune*, IX, 1-4; XXV, 2-13; XXVII, 6; XXX, 4-5; XXXVI, 5; XXXVII; LII, 4 •

MUNDA
Ville d'Espagne (actuelle Montilia en Andalousie).
• *César*, LVI, 2-9 •

MURÉNA
Lucius Licinius Murena
Consul en 62 avant J.-C.
• *Lucullus*, XV, 1; XIX, 8-9; XXV, 6-7; XXVII, 2 • *Caton le Jeune*, XXI, 4-9; XXVIII, 3 • *Cicéron*, XIV, 8; XXXV, 4; L, 5 •

MUSÉE
Poète mythique grec, originaire de Thrace, disciple d'Orphée.
• *Marius*, XXXVI, 10 •

MUSES
Dans la mythologie grecque, déesses filles de Zeus et de Mnémosyne.

• *Thésée*, XVI, 3 • *Romulus*, XV, 3 • *Lycurgue*, XXI, 5-7 • *Numa*, IV, 9; VIII, 10-11; XIII, 2-4 • *Solon*, XXXI, 7 • *Thémistocle*, XXI, 6 • *Camille*, XX, 5 • *Périclès*, I, 6; XI, 4 • *Coriolan*, I, 5 • *Marcellus*, XVII, 11 • *Marius*, II, 4 • *Sylla*, XVII, 11 • *Lucullus*, XLII, 1 • *Phocion*, VII, 6 •

MYCALE
Cap de la côte d'Ionie.
• *Camille*, XIX, 5 • *Périclès*, III, 2 • *Paul-Émile*, XXV, 1 •

MYRONIDÈS
Homme politique athénien (Ve siècle avant J.-C.).
• *Périclès*, XVI, 3; XXIV, 10 • *Fabius Maximus*, XXVIII, 2 • *Aristide*, X, 10; XX, 1 •

MYTILÈNE, MYTILÉNIENS
Principale cité de l'île de Lesbos et ses habitants.
• *Solon*, XIV, 7 • *Lucullus*, IV, 2-3 • *Pompée*, XLII, 8-9; LXXIV, 1-2; LXXV, 3 •
• voir aussi CHARÈS • DIOPHANÈS • HELLANICOS •

NABIS
Tyran de Lacédémone (de 205 à 192 avant J.-C.).
• *Philopoemen*, XII, 4-6; XIII, 1; XIV, 1, 8-12; XV, 3, 6; XIX, 2 • *Flamininus*, XIII, 1, 3-4; XXIV, 2 •

NASICA
• voir PUBLIUS CORNELIUS SCIPIO NASICA CORCULUM •

NASICA
Publius Cornelius Scipio Nasica Serapio
Homme politique romain, consul en 138 avant J.-C. Cousin et adversaire des Gracques.
• *Tibérius Gracchus*, XIII, 3; XIX, 3-5; XX, 6; XXI, 4-8 •

INDEX

NAXOS
Cité de Sicile (actuelle Giardini-Naxos, près de Taormina).
• Nicias, XVI, 8 •

NAXOS
Île des Cyclades.
• Thésée, XX, 1, 8 • Camille, XIX, 6 • Phocion, VI, 5-7 •

NÉARCHOS
Marin crétois, ami d'Alexandre, auteur d'une relation de voyage
• Eumène, II, 4; XVIII, 6 • Alexandre, X, 5; LXVI, 3; LXVIII, 1, 6; LXXIII, 1-5; LXXV, 4; LXXVI, 3-4 •

NÉMÉENS
Concours.
• Timoléon, XXVI, 4 • Philopoemen, XI, 1 • Flamininus, XII, 5 • Cléomène, XVII, 7 • Aratos, XXVII, 2; XXVIII, 5 •

NÉMÉSIS
Dans la mythologie grecque, divinité de la vengeance divine, fille de la Nuit.
• Périclès, XXXVII, 5 • Paul-Émile, XXXVI, 6-9 • Philopoemen, XVIII, 3 • Lucullus, XIII, 4 • Agésilas, XXII, 3 • Pompée, XLII, 4 • Alexandre, XXX, 13 •

NÉOPTOLÈME
Dans la mythologie grecque, fils d'Achille et de Deidameia.
• Pyrrhos, I, 2 • Alexandre, II, 1 •

NEPOS
• voir CORNÉLIUS • MÉTELLUS •

NEPTUNE
Dieu italique de l'eau, identifié au dieu grec Poséidon.
• Romulus, XIV, 3 •
• voir aussi POSÉIDON •

NÉRÉIDES
Nymphes marines.
• Antoine, XXVI, 3 •

NÉRON
Nero Claudius Caesar Augustus Germanicus
Empereur romain (37-68 après J.-C.), règne de 54 à 68 après J.-C.
• Flamininus, XII, 13 • Antoine, LXXXVII, 8-3 • Galba, I, 4, 9; II, 1-3; III, 5; IV; V, 2-6; VI, 1, 4; VII; VIII; IX, 4; X, 1-4; XI, 2-3; XIV; XV, 2-3, 6-8; XVI, 1-3; XVII, 2-4; XVIII, 3-4; XIX, 8-9; XX, 1; XXIII, 2, 7; XXIX, 2-5 • Othon, I, 3-4; III, 1-2; V, 4; XVIII, 3 •

NESTOR
Dans la mythologie grecque, roi de Pylos.
• Pélopidas, XVIII, 2 • Caton l'Ancien, XV, 5 • Brutus, XXXIV, 6 •

NICIAS
Stratège athénien (vers 470-413 avant J.-C.).
• Vie, p. 975-1006; Comparaison avec Crassus, p. 1045-1049 •
• Alcibiade, I, 3; XIII, 1, 7-9; XIV; XVII, 3; XVIII, 1-2; XX, 3; XXI, 8 • Pélopidas, IV, 3 • Aristide, VII, 3-4 • Flamininus, XI, 5 •

NIL
Fleuve d'Égypte.
• Solon, XXVI, 1 • Sylla, XX, 6 • Pompée, LXXX, 8 • Alexandre, XXXVI, 4 • César, XLIX, 9-10 •

NISAIA
Port de Mégaride.
• Solon, XII, 5 • Nicias, VI, 4 • Phocion, XV, 2 •

NOLA
Ville de Campanie.
• Marcellus, X, 2-3; XI; XII, 3, 6 • Sylla, VIII, 8; IX, 5 •

INDEX

NONES CAPROTINES
Jour du calendrier romain.
• *Romulus,* XXIX, 2-9 • *Numa,* II, 1 • *Camille,* XXXVIII, 8-10 •

NUMA POMPILIUS
Roi légendaire de Rome (VIIIe-VIIe siècle avant J.-C.), succède à Romulus.
• *Vie,* p. 161-190; *Comparaison avec Lycurgue,* p. 191-195 •,
• *Thésée,* I, 4 • *Romulus,* XVIII, 6; XXI, 1; XXII, 1 • *Camille,* XVIII, 2; XX, 4-5; XXXI, 3 • *Coriolan,* I, 1; XXV, 2; XXXIX, 11 • *Paul-Émile,* II, 2 • *Marcellus,* VIII, 9 • *César,* LIX, 4 • *Phocion,* III, 7 •

NUMANCE, NUMANTINS
Ville d'Espagne au nord de l'actuelle Soria, sur la rive gauche du Douro.
• *Paul-Émile,* XXII, 8 • *Marius,* III, 2; XIII, 2 • *Lucullus,* XXXVIII, 4 • *Tibérius Gracchus,* V, 5-6; VI, 7; VII, 7; VIII, 9; XIII, 1; XXI, 7 • *Caius Gracchus,* XV, 4; XXII, 2 •

NUMIDIE, NUMIDES
Région et peuple du nord de l'Afrique.
• *Fabius Maximus,* XXVI, 3 • *Timoléon,* XXVIII, 11 • *Marcellus,* XII, 6-7; XXX, 3-4; XXXIII, 6 • *Caton l'Ancien,* XXVI, 2-4 • *Marius*; XXXII, 4; XL, 4, 10 • *Sylla,* III, 2-3 • *Pompée,* XII, 7 • *César,* LII, 7; LIII, 3; LV, 3 • *Caius Gracchus,* XVIII, 1 • *Othon,* XI, 3 •

NUMITOR
Grand-père de Romulus.
• *Romulus,* III, 2-3; VI, 1; VII, 1-9; VIII, 1-7; IX, 1; XXVII, 1; XXXIV, 1 •

NYMPHES
• voir SPHRAGITIDES •

OCÉAN
• *Pompée,* XXXVIII, 4 • *Alexandre,* LXVI, 1 • *César,* XX, 6; XXIII, 2; LVIII, 7 • *Antoine,* LXI, 5 • *Galba,* XX, 1 •
• voir aussi ATLANTIQUE • BORÉAL •

OCHOS
• voir ARTAXERXÈS III •

OCTAVIE
Sœur d'Octave (futur empereur) et épouse d'Antoine (?-11 avant J.-C.).
• *Publicola,* XVII, 8 • *Marcellus,* XXX, 10-11 • *Cicéron,* XLIV, 1 • *Antoine,* XXXI, 1-5; XXXIII, 5; XXXV, 2-8; LIII, 1-9; LIV, 1-6; LVII, 4; LVI, 4; LVII, 2-5; LIX, 3; LXXII, 3; LXXXIII, 6; LXXXVII •

Crassus OCTAVIUS
Consul en 87 avant J.-C.
• *Marius,* XLI, 2, 5; XLII, 4-9; XLV, 4 • *Sylla,* XII, 13 • *Sertorius,* IV, 7-9 •

Marcus OCTAVIUS
Tribun de la plèbe en 133 avant J.-C
• *Caius Gracchus,* XXIV, 1 • *Tibérius Gracchus,* IV, 2-3; X; XI, 4-8; XII; XIII, 2; XIV, 5; XV, 1 •

ODÉON
Théâtre d'Athènes.
• *Périclès,* XIII, 9-11 •

ODYSSÉE
• voir HOMÈRE •

OLYMPE
Montagne de la Grèce. Dans la mythologie grecque, elle est le séjour des dieux.
• *Romulus,* XI, 2 • *Paul-Émile,* XIII, 5; XIV, 1; XV, 9-10; XVII, 3 • *Pélopidas,* XXXIV, 6 •

OLYMPIAS
Épouse de Philippe II de Macédoine, mère d'Alexandre (IVe siècle avant J.-C.).
• *Eumène,* XII, 3; XIII, 1 • *Alexandre,* II, 2-9; III, 3-4; V, 7; IX, 5-11; X, 1, 6, 8; XVI,

INDEX

19; XXII, 10; XXV, 6; XXVII, 8; XXXIX, 7-8, 12-13; LXVIII, 4; LXXVII, 2, 8 • *Démétrios*, XXII, 2 •

OLYMPIE
En Grèce, site du plus important sanctuaire de Zeus.
• *Lycurgue*, XXIII, 3 • *Numa*, VIII, 8 • *Thémistocle*, V, 4 • *Alcibiade*, XI, 1; XII, 3 • *Paul-Émile*, XXVIII, 5 • *Pélopidas*, XXXIV, 6 • *Aristide*, XXVII, 3 • *Caton l'Ancien*, V, 4 • *Sylla*, XII, 5 • *Agésilas*, XX, 1 • *Alexandre*, III, 8; IV, 9-10 • *Caton le Jeune*, XLVI, 4 • *Agis*, XI, 4-5 • *Démosthène*, I, 1; IX, 1 • *Démétrios*, XI, 1 •

OLYMPIQUES
Concours.
• *Thésée*, XXV, 5 • *Lycurgue*, I, 2; XX, 6; XXII, 8; XXIII, 2 • *Numa*, I, 4 • *Solon*, XXIII, 3 • *Thémistocle*, XVII, 4; XXV, 1 • *Pélopidas*, XXXIV, 7 • *Agésilas*, XIII, 4 • *Alexandre*, XI, 9 • *Othon*, VI, 2 •

OMESTÈS
• voir DIONYSOS •

ONÉSICRITE d'Astypalaia
Philosophe de l'école de Diogène, compagnon d'Alexandre et premier pilote de Néarchos.
• *Alexandre*, VIII, 2; XV, 2; XLVI, 1-4; LX, 6; LXI, 1; LXV, 1-4; LXVI, 3 •

Caius OPPIUS
Ami, collaborateur et confident de César, dont il écrivit une biographie.
• *Pompée*, X, 7-9 • *César*, XVII, 7, 11 •

ORCHOMÈNE
Ville d'Arcadie.
• *Cléomène*, IV, 2; VII, 5; XXIII, 1; XXVI, 5 • *Aratos*, XXXVIII, 1; XLV, 1 •

ORCHOMÈNE, ORCHOMÉNIENS
Ville de Béotie et ses habitants.
• *Pélopidas*, XVI, 2; XVII, 1, 9 • *Marcellus*, XXXI, 3 • *Lysandre*, XXVIII, 2 • *Sylla*, XVII, 2; XX, 5-7; XXI; XXII, 7; XXVI, 7 • *Cimon*, II, 1 • *Lucullus*, III, 6; XI, 6 • *Agésilas*, XVIII, 1-3 • *Démosthène*, VI, 2 •

ORODÈS II (ARSACÈS)
Roi des Parthes de 55 à 37 avant J.-C.
• *Crassus*, XVIII, 1-3; XXI, 5, 8; XXII, 2; XXXI, 4; XXXII, 1; XXXIII, 1-9 • *Antoine*, XXXIII, 6; XXXIV, 2; XXXVII, 1 •

OROPOS
Cité du nord de l'Attique.
• *Caton l'Ancien*, XXII, 1 • *Démosthène*, V, 1-5 •

ORPHÉE
Dans la mythologie grecque, poète thrace, fidèle de Dionysos.
• *Lucullus*, XLIV, 2 • *Alexandre*, II, 7; XIV, 8 •

OSCHOPHORIES
Fête athénienne des porteurs de rameau, au début de l'automne.
• *Thésée*, XXII, 4; XXIII, 2-4 •

OSTIE
Port de Rome.
• *Marius*, XXXV, 9; XLII, 3 • *César*, LVIII, 10 • *Othon*, III, 4 •

OTHON
Marcus Salvius Otho (32-69 après J.-C.), empereur romain en 69.
• *Vie*, p. 1925-1939 •
• *Galba*, XIX, 2; XX,-XXI; XXIII-XXVI, 1-5; XXVII, 5-12; XXVIII •

PACHÈS
Stratège athénien pendant la guerre du Péloponnèse.
• *Aristide*, XXVI, 5 • *Nicias*, VI, 1 •

INDEX

PALATIN
Colline de Rome.
• *Romulus*, XVIII, 7; XX, 5; XXII, 2 • *Publicola*, XIX, 8; XX, 2 • *Camille*, XXXII, 6 • *Sertorius*, XXIV, 2 • *Caius Gracchus*, XII, 1 • *Cicéron*, VIII, 6; XVI, 3; XXII, 2 • *Galba*, I, 8; III, 2; XXIV, 4; XXV, 7 •

PALLAS
Autre nom d'Athéna.
• *Nicias*, III, 3; XIII, 5 •

PALUS MÉOTIS
Nom antique de la mer d'Azov.
• *Marius*, XI, 6-8 • *Sylla*, XI, 4 • *Lucullus*, XVI, 1 • *Pompée*, XXXV, 1 • *Alexandre*, XLIV, 1 • *Antoine*, LVI, 7 •

PAN
Dieu grec des bergers et des troupeaux.
• *Numa*, IV, 8 • *Aristide*, XI, 3 • *Antoine*, XXIV, 4 •

PANAÏTIOS de Rhodes
Philosophe (vers 185-109 avant J.-C.).
• *Aristide*, I, 6; XXVII, 4 • *Cimon*, IV, 10 • *Démosthène*, XIII, 5 •

PANATHÉNÉES
Fête athénienne, célébrée fin juillet.
• *Thésée*, XXIV, 3 • *Périclès*, XIII, 11 • *Phocion*, XX, 1 •

PANSA
Caius Vibius Pansa
Consul en 43 avant J.-C.
• *Paul-Émile*, XXXVIII, 1 • *Cicéron*, XLIII, 3; XLV, 4-5 • *Antoine*, XVII, 1-2 •

PAPHLAGONIE, PAPHLAGONIENS
Région du nord de l'Asie Mineure.
• *Sylla*, XXII, 9; XXIII, 6-7 • *Lucullus*, XXXIII, 5 • *Eumène*, III, 3-4; VI, 7 • *Agésilas*, XI, 1-4 • *Pompée*, XLV, 2 • *Alexandre*, XVIII, 5 • *Antoine*, LXI, 2 •

PARILIA
Fête de Palès. À Rome, fête des bergers célébrée le 21 avril.
• *Romulus*, XII, 1-2; XXI, 3 •

PÂRIS
• voir ALEXANDRE-PÂRIS •

PARMÉNIDE
Philosophe grec originaire d'Élée (vers 515-450/445 avant J.-C.).
• *Périclès*, IV, 5 •

PARMÉNION
Général de Philippe II de Macédoine et compagnon d'Alexandre (mort en 330).
• *Alexandre*, III, 8; X, 3; XVI, 3; XIX, 5; XXI, 9; XXII, 4; XXIX, 8; XXXI, 10; XXXII, 2-12; XXXIII, 9-11; XXXIX, 10; XLVIII; XLIX, 2-13; L, 6 •

PARTHÉNON
Temple d'Athéna, sur l'Acropole d'Athènes.
• *Périclès*, XIII, 7 • *Caton l'Ancien*, V, 3 • *Démétrios*, XXIII, 5; XXVI, 5 • *Antoine*, XCI, 4 •

PARTHES
• *Sylla*, V, 8, 10 • *Lucullus*, XIV, 6; XXI, 4; XXX, 1-2; XXXI, 1; XXXVI, 5-7 • *Crassus*, II, 3; XVI, 2; XVII, 2-8; XVIII, 1, 4; XIX, 2; XX, 3; XXI, 2-8; XXIII, 2-9; XXIV, 1-5; XXV, 1-14; XXVI, 1-4; XXVII, 2-9; XXVIII, 1; XXIX, 3; XXX, 1-3; XXXI, 2-8; XXXII, 6; XXXIII, 4; XXXVII, 1; XXXVIII, 2 • *Pompée*, XXXIII, 8; XXXVI, 2; XXXVIII, 3; XXXIX, 5; LII, 4; LIII, 8; LV, 1; LVI, 4; LXX, 3-5; LXXIV, 6; LXXVI, 8, 16 • *Alexandre*, XLV, 1 • *César*, XXVIII, 1; LVIII, 6; LX, 2 • *Cicéron*, XXXVI, 1-2 • *Démétrios*, XX, 4 • *Antoine*, V, 4; XXV, 2; XXVII, 4; XXVIII, 1; XXX, 2-3; XXXIII, 1-6; XXXIV, 2-3, 9; XXXV, 7; XXXVII, 1-2; XXXVIII, 1; XXXIX, 2-5; XL, 2-7; XLI, 1,

INDEX

3-7; XLII, 1; XLIV, 2; XLV, 1-12; XLVI, 1-13; XLVII, 1, 4; XLVIII, 1-2; XLIX, 1-3; L, 2-4; LII, 1, 3; LXXXVIII, 3 • *Brutus*, VII, 3; XXII, 2; XXV, 2; XLIII, 8; LVII, 3 •

PASIPHAÉ de Thalamaï
Divinité spartiate mal connue.
• *Agis*, IX, 1-4 • *Cléomène*, VII, 3 •

PATRAS
Cité d'Achaïe.
• *Alcibiade*, XV, 6 • *Caton l'Ancien*, XII, 4 • *Démétrios*, IX, 5 • *Antoine*, LX, 4 • *Aratos*, XLVII, 2 •

PATROCLE
Dans l'Iliade, compagnon d'Achille.
• *Thésée*, XXXIV, 3 • *Aristide*, XX, 7 • *Alexandre*, LIV, 1 •

PAUL-ÉMILE
Lucius Aemilius Paulus (vers 230-160 avant J.-C.). Général et homme politique romain.
• *Vie*, p. 495-531; *Comparaison avec Timoléon*, p. 532-533 •
• *Timoléon*, Préface, 6 • *Caton l'Ancien*, XV, 6; XX, 10-12; XXIV, 2 • *Sylla*, XII, 9-11 • *Aratos*, LIV, 8 • *Galba*, I, 2 •

PAULUS
• voir AEMILIUS •

PAUSANIAS
Meurtrier de Philippe II de Macédoine.
• *Alexandre*, X, 6-7 • *Démosthène*, XXII, 2 •

PAUSANIAS
Fils du roi Cléombrote Ier, régent de Sparte, vainqueur à Platées (479 avant J.-C.).
• *Lycurgue*, XX, 8 • *Thémistocle*, XXI, 4; XXIII, 1-5 • *Aristide*, XI-XIX; XX, 1-3; XXIII, 1-6 • *Caton l'Ancien*, XXIX, 2 • *Cimon*, VI, 1-7 • *Lucullus*, XLVI, 4 • *Agis*, III, 4-5 •

PAUSANIAS
Petit-fils de Pausanias, vainqueur à Platées (IVe siècle).
• *Lysandre*, XIV, 1; XXI, 5-7; XXVIII, 1-6; XXIX, 1-3; XXX, 1 • *Agésilas*, XX, 7 • *Agis*, III, 5 •

PÉLÉE
Dans la mythologie grecque, fils d'Éaque et père d'Achille.
• *Thésée*, X, 3 • *Alexandre*, V, 8 •

PELLA
Ville de Macédoine.
• *Paul-Émile*, XXIII, 1-6 • *Eumène*, III, 9 • *Alexandre*, LXIX, 3 • *Démétrios*, XLIII, 1-4 •

PÉLOPIDAS
Homme politique thébain (vers 410-364 avant J.-C.).
• *Vie*, p. 537-566; *Comparaison avec Marcellus*, p. 599-601 •
• *Timoléon*, XXXVI, 1 • *Aristide*, I, 4 • *Agésilas*, XXIV, 6 • *Artaxerxès*, XXII, 8 • *Aratos*, XVI, 4 •

PÉLOPONNÈSE, PÉLOPONNÉSIENS
Partie méridionale de la Grèce, au sud de l'isthme de Corinthe; ses habitants.
• *Thésée*, III, 2; VI, 7; XXV, 4; XXXI, 2 • *Lycurgue*, XXVIII, 6 • *Thémistocle*, VII, 5; IX, 2, 4; XII, 2 • *Périclès*, VIII, 7; XVII, 2-4; XIX, 2; XXIX, 1; XXXI, passim; XXXIII, 3; XXXIV, 1 • *Alcibiade*, XV, 2; XVII, 3; XXIII, 1; XXVII, 4-5; XXVIII, 5-9; XXXI, 4, 8 • *Coriolan*, XIV, 6 • *Timoléon*, II, 3; XXX, 8 • *Paul-Émile*, XXV, 1 • *Pélopidas*, XIII, 3; XXIV, 1; XXVI, 1 • *Aristide*, I, 6 • *Philopoemen*, VIII, 3; X, 1; XIII, 9; XIV, 1 • *Flamininus*, XV, 6; XVII, 4 • *Pyrrhos*, XXVI, 20 • *Lysandre*, III, 1; VI, 3; XI, 8; XXIV, 3; XXIX, 10 • *Cimon*, IV, 5; XVII, 8; XVIII, 1 • *Lucullus*, II, 2 • *Nicias*, VII, 1; XV, 4 • *Agésilas*, XXX, 1 •

2245

INDEX

Phocion, XXIX, 4 • *Agis*, XIII, 6; XIV, 3; XV, 2; XXI, 1 • *Cléomène*, III, 7; XVI, 3; XVII, 5; XVIII, 4; XXI, 7; XXVI, 6; XXVII, 2-3; XXXIII, 6; XXXIV, 1 • *Caius Gracchus*, XXI, 5 • *Démétrios*, XXV, 1; XXXIII, 3-8; XXXVI, 1; XXXIX, 1 • *Antoine*, LXX, 1 • *Dion*, XV, 3; XXXII, 4; XLII, 2-7; XLIII, 2; LVIII, 9 • *Artaxerxès*, XX, 5 • *Aratos*, XIII, 6; XVI, 5; XXXI, 2; XXXVIII, 6; XXXIX, 5; XLVI, 2; XLVII, 1-5; L, 6-9; LI, 2 •

PÉLUSE
Ville située sur l'embouchure la plus orientale du delta du Nil.
• *Pompée*, LXXVII, 1 • *Antoine*, III, 6-8; LXXIV, 1 • *Brutus*, XXXIII, 2 •

PÉONIE, PÉONIENS
Région du nord de la Macédoine et ses habitants.
• *Paul-Émile*, XVIII, 6 • *Pyrrhos*, IX, 2 • *Pompée*, XLI, 2 • *Alexandre*, XXXIX, 2 •

PERDICCAS
Commandant en second d'Alexandre le Grand.
• *Eumène*, I, 5; III, 5-14; IV, 1; V, 1-8; VIII, 2-3 • *Alexandre*, XV, 4-5; XLI, 5; LXXVII, 6-7 • *Démosthène*, XXXI, 5 •

PERGAME, PERGAMÉNIENS
Cité d'Asie Mineure (près de l'actuelle Bergama en Turquie) et ses habitants.
• *Sylla*, XI, 1-3; XXIII, 7 • *Lucullus*, III, 4 • *César*, II, 6-7 • *Caton le Jeune*, X, 1 • *Tibérius Gracchus*, XIV, 1; XXI, 6 • *Antoine*, LVIII, 9 • *Brutus*, II, 6 •

PÉRIANDRE
Tyran de Corinthe (de 625 environ à 585 avant J.-C.) et l'un des Sept Sages.
• *Solon*, IV, 1; XII, 7 • *Aratos*, III, 5 •

PÉRICLÈS
Homme politique athénien (vers 495-429 avant J.-C.).
• *Vie*, p. 323-356; *Comparaison avec Fabius Maximus*, 384-385 •
• *Lycurgue*, XVI, 6 • *Thémistocle*, II, 5; X, 10 • *Fabius Maximus*, I, 1 • *Alcibiade*, I, 2; III, 1; VI, 4; VII, 3; XIV, 2; XVII, 1 • *Pélopidas*, IV, 3 • *Aristide*, I, 7; XXIV, 4-5; XXV, 9; XXVI, 5 • *Caton l'Ancien*, VIII, 14 • *Cimon*, XIII, 4; XIV, 5; XV, 2; XVI, 1; XVII, 8 • *Nicias*, II, 2; III, 1; VI, 1, 3; IX, 9; XXIII, 4 • *Pompée*, LXIII, 2 • *Phocion*, VII, 5 • *Caius Gracchus*, XXXIV, 2 • *Démosthène*, VI, 5; IX, 2; XIII, 6; XX, 1 • *Cicéron*, XXXIX, 5 •

PÉRICLÈS le Jeune
Fils bâtard de Périclès.
• *Périclès*, XXIV, 10; XXXVII, 5-6 •

PÉRIPATÉTICIENS
Philosophes de l'École d'Aristote.
• *Sylla*, XXVI, 3 •
• voir aussi CRATIPPOS • DÉMÉTRIOS •

Marcus PERPENNA Vento
Homme politique romain. Préteur en 82. Gouverneur de Sicile. Adversaire de Sylla.
• *Sertorius*, XV, 2-5; XXV; XXVI; XXVII, 3-6 • *Pompée*, X, 1-2; XVIII, 5; XX, 3-8 •

PERSAIOS de Cition
Philosophe stoïcien, disciple de Zénon.
• *Aratos*, XVIII, 1; XXIII, 5-6 •

PERSE, PERSES
Région de l'Asie et ses habitants.
• *Lycurgue*, XXV, 7 • *Solon*, XXVIII, 2 • *Thémistocle*, IV, 2; XII, 4; XVI, 6; XXVI, 4-5; XXVII, 6; XXVIII, 2-4; XXIX, 9; XXX, 1; XXXI, 3 • *Périclès*, XVII, 1; XXIV, 4, 11 • *Alcibiade*, XXIII, 5 • *Paul-Émile*, XII, 11 • *Pélopidas*, XXX, 3 • *Aristide*, X, 6, 9; XIV, 6; XV, 1; XVI, 1-6; XVIII, 3; XIX, 1-7 • *Caton l'Ancien*, XIII, 1 • *Flamininus*, VII, 5

INDEX

• *Lysandre*, III, 3; XXIII, 1; XXIV, 1 • *Cimon*, VII, 1-2; IX, 4; XIII, 1-2; XIV, 1 • *Lucullus*, XLV, 2; XLVI, 2-4 • *Crassus*, XXXVII, 3 • *Eumène*, VI, 3; XIV, 5 • *Agésilas*, VI, 1; VIII, 3; XIII, 4; XXIII, 5 • *Pompée*, XXXIV, 7 • *Alexandre*, V, 1-2; XIV, 1; XVI, 6-13; XVII, 4; XX, 11; XXI, 4; XXIV, 1-3; XXX, 3-12; XXXIV, 1; XXXVI, 4; XXXVII, 1-2; XXXVIII, 3-4; XL, 2; XLV, 2; LI, 2; LXIX, 1, 4, 6; LXXI, 4 • *Démosthène*, XX, 4-5 • *Antoine*, XXXVII, 1 • *Brutus*, XXXI, 7 • *Artaxerxès*, I, 1, 3; III, 1, 3; V, 6; VI, 2; VII, 1, 3; VIII, 5; IX, 2; X, 3; XI, 5; XIII, 2; XIX, 4, 9; XX, 1-2; XXII, 1, 3; XXIII, 5; XXVI, ; XXVIII, 2; XXX, 25 •

PERSÉE
Roi de Macédoine de 179 à 166 avant J.-C.
• *Paul-Émile*, VII, 1, 3-4; VIII, 9-12; IX; X, 6-7; XII-XXII; XXIII; XXIV, 4; XXVI; XXVII, 1; XXVIII, 4; XXIX, 1; XXXI, 5-6; XXXIII; XXXIV, 1-6; XXXVI, 9; XXXVII, 2-4; XL, 3 • *Caton l'Ancien*, XV, 6; XX, 10 • *Sylla*, XII, 10 • *Démétrios*, LIII, 9 • *Aratos*, LIV, 7-8 •

PERSÉPHONE
Dans la mythologie grecque, Corè, fille de Zeus et de Déméter, devient Perséphone après son enlèvement par Hadès, maître du monde souterrain.
• *Thésée*, XXXI, 4 • *Caton l'Ancien*, I, 4 • *Lucullus*, X, 1, 12 •
• voir aussi CORÈ •

PERSÉPOLIS
Ville où résident les rois de Perse.
• *Alexandre*, XXXVII, 3-7; XXXVIII •

PESSINONTE
Ville de Phrygie, lieu du sanctuaire de Cybèle (près de l'actuelle Balahisar, en Turquie).
• *Marius*, XVII, 9 • *Caton le Jeune*, XV, 2 •

PÉTRA
Ville d'Arabie (en Jordanie actuelle, à 150 km au nord du golfe d'Akaba).
• *Pompée*, XLI, 1-4 • *Antoine*, LXIX, 5 •

PEUCESTAS
Satrape perse.
• *Eumène*, XIII, 9; XIV, 5; XV, 7-8; XVI, 9 • *Alexandre*, XLI, 4, 6; XLII, 1; LXIX, 7-8 •

PEUR
En grec Phobos. *Dans la mythologie grecque, fils d'Arès et d'Aphrodite, qui personnifie la peur.*
• *Thésée*, XXVII, 2 • *Alexandre*, XXXI, 9 • *Cléomène*, VIII, 3; IX •

PHALÈRE
Port d'Athènes, avant la création du Pirée.
• *Thésée*, XVII, 7; XXII, 2 • *Thémistocle*, XII, 2 • *Aristide*, I, 2; XXVII, 1 •
• voir DÉMÉTRIOS •

PHANIAS de Lesbos
Philosophe et grammairien, originaire de la cité d'Érésos (IVe siècle avant J.-C.).
• *Solon*, XIV, 2; XXXII, 2-3 • *Thémistocle*, I, 2; VII, 7; XIII, 2-5; XXVII; XXIX, 11 •

PHANODÉMOS
Historien athénien (IVe siècle avant J.-C.).
• *Thémistocle*, XIII, 1 • *Cimon*, XII, 6; XIX, 2 •

PHARAX
Spartiate au service de Denys le Jeune.
• *Timoléon*, XI, 6 • *Paul-Émile*, XLI, 5-6 • *Dion*, XLVIII, 7; XLIX, 1-2 •

PHARNABAZE
Satrape perse (IVe siècle avant J.-C.).
• *Alcibiade*, XXIV, 1; XXVII, 5; XXVIII, 2-9; XXIX, 4-5; XXX, 1-2; XXXI, 1-2; XXXVII, 8; XXXIX, 1-9 • *Lysandre*, XIX, 7; XX, 1-6; XXIV, 1 • *Agésilas*, VIII, 3; XI, 1-4;

INDEX

XII; XIII, 1-2; XVII, 4; XXIII, 1 • *Artaxerxès*, XXI, 1-5; XXIV, 1; XXVII, 7 •

PHARNACE
Fils de Mithridate.
• *Sylla*, XI, 4 • *Pompée*, XLI, 7; XLII, 3-6 • *César*, L, 1-2 •

PHAROS
Île à l'embouchure du Nil.
• *Alexandre*, XXVI, 5-6 • *César*, XLIX, 7 • *Antoine*, XXIX, 7; LXIX, 6; LXXI, 2 •

PHARSALE
Ville de Thessalie et ses habitants. Lieu de la défaite de Pompée devant César en 48 avant J.-C.
• *Périclès*, XXXVI, 5 • *Pélopidas*, XXVII, 5-7; XXXII, 1 • *Agésilas*, XVI, 7-8 • *Pompée*, LXVIII-LXXIII; LXXXIV, 6 • *César*, XLII-XLVIII; LII, 1; LXII, 3 • *Caton le Jeune*, LV, 4; LVI, 7 • *Cicéron*, XXXIX, 1-7 • *Antoine*, VIII, 3; LXII, 4 • *Brutus*, VI, 1, 7; XXXIII, 2 • *Othon*, XIII, 4 •

PHÉNICIE, PHÉNICIENS
Pays situé le long de la côte syrienne et ses habitants.
• *Périclès*, XXVIII, 6 • *Timoléon*, IX, 7; XI, 1 • *Paul-Émile*, XII, 9 • *Pyrrhos*, XXII, 6 • *Lysandre*, IX, 2 • *Lucullus*, XXI, 2 • *Agésilas*, XXXVII, 2 • *Pompée*, XXXII, 1; XXXIII, 5; XLV, 2 • *Alexandre*, XVII, 5; XXIV, 4; XXIX, 1 • *Caton le Jeune*, LXIII, 4 • *Antoine*, XXX, 3; XXXVI, 3; LIV, 7; LXIV, 3 •
• voir aussi CARTHAGE, colonie phénicienne •

PHIDIAS
Sculpteur athénien (vers 490-432 avant J.-C.).
• *Périclès*, II, 1; XIII, 6, 14-15; XXXI, 2-5; XXXII, 6 • *Paul-Émile*, XXVIII, 5 •

PHILIPPE II
Roi de Macédoine (383/382-336 avant J.-C.) qui régna de 359 à 336 avant J.-C.
• *Camille*, XIX, 8 • *Périclès*, I, 6 • *Timoléon*, XV, 7 • *Paul-Émile*, XII, 9-10; XXXI, 5 • *Pélopidas*, XVIII, 7; XXVI, 5-8 • *Sertorius*, I, 8-9 • *Eumène*, I, 2-4; XVI, 7; XVIII, 2 • *Alexandre*, II, 2-6; III, 1-2, 8; IV, 9; V, 1-8; VI; VII, 1-5; IX, 1, 4-14; X, 2-6; XI, 2; XII, 5; XVI, 18; XXVII, 6-8; XXVIII, 2; XXXVII, 7; XLIX, 13; L, 11; LIII, 5; LXX, 5 • *Phocion*, IX, 9; XII, 1; XIV, 3-8; XVI; XVII, 6; XXIX, 1 • *Agis*, XXI, 3 • *Cléomène*, XXXI, 4 • *Démosthène*, IX, 1, 6; XII, 1-7; XIV, 2, 5; XVI; XVII, 1, 3-6; XVIII, 1-3; XX, 1, 3-4; XXI, 3-4; XXII, 1-4 • *Cicéron*, LII, 2 • *Démétrios*, X, 3; XXII, 2; XXV, 4; XLII, 6 • *Antoine*, XCI, 1 • *Aratos*, XIII, 2; XXIII, 4 •

PHILIPPE V
Roi de Macédoine de 221 à 179 avant J.-C.
• *Paul-Émile*, VII, 3-5; VIII, 2-10 • *Caton l'Ancien*, XII, 3; XVII, 1 • *Philopoemen*, VIII, 4; XII, 2; XIV, 1; XV, 2 • *Flamininus*, II, 3-4; III, 1, 4-5; IV; V, 3-8; VII; VIII; IX, 2-4, 6-11; X, 1-2, 5; XII, 2; XIV, 2-3; XV, 5-7; XVII, 5; XXII, 5; XXIII, 1 • *Sylla*, XII, 10 • *Démétrios*, III, 4 • *Aratos*, XVI, 6; XLVI, 2-3; XLVII, 6; XLVIII-LIII; LIV, 1-5, 7 •

PHILIPPE Arrhidée
Fils bâtard de Philippe II de Macédoine.
• *Eumène*, XIII, 2 • *Alexandre*, LXXVII, 7-8 • *Phocion*, XXXII, 1; XXXIII, 7-12; XXXIV, 4-5 •

PHILIPPES
Ville de Macédoine orientale.
• *Sylla*, XXIII, 10 • *César*, LXIX, 3, 7-14 • *Caton le Jeune*, LXXIII, 5-7 • *Antoine*, XXII; LXIX, 2 • *Brutus*, XXIV, 7; XXVIII, 1; XXXVI, 7; XXXVII, 7; XXXVIII-LII •

INDEX

PHILISTOS
Homme politique et historien de Syracuse (V^e-IVe siècle avant J.-C.).
• *Timoléon*, XV, 10 • *Pélopidas*, XXXIV, 1 • *Nicias*, I, 1-5 ; XIX, 6 ; XXVIII, 5 • *Alexandre*, VIII, 3 • *Dion*, XI, 4-7 ; XII, 1 ; XIII, 6 ; XIV, 5 ; XIX, 1 ; XXV, 2 ; XXXV, 2-7 ; XXXVI ; XXXVII, 1 •

PHILOCHORE
Historien athénien (IVe-IIIe siècle avant J.-C.).
• *Thésée*, XIV, 3 ; XVI, 1 ; XVII, 6 ; XIX, 4 ; XXVI, 1 ; XXIX, 4 ; XXXV, 3 • *Nicias*, XXIII, 8 •

PHILOCTÈTE
Dans la mythologie grecque, fils de Poeas et héros de la guerre de Troie.
• *Solon*, XX, 8 • *Thémistocle*, VIII, 3 •

PHILON de Larissa
Philosophe de la Nouvelle Académie (Ier siècle avant J.-C.).
• *Lucullus*, XLII, 3 • *Cicéron*, III, 1 ; IV, 2 •

PHILOPOEMEN
Stratège de la Confédération achéenne (vers 250-182 avant J.-C.).
• *Vie*, p. 675-694 ; Comparaison avec *Flamininus*, p. 718-719 •
• *Flamininus*, I, 1 ; XIII, 2-3 ; XVII, 2 • *Cléomène*, XXIV, 8-9 • *Aratos*, XXIV, 2 •

PHILOSTRATE
Philosophe de l'École platonicienne (Ier siècle avant J.-C.).
• *Caton le Jeune*, LVII, 4 • *Antoine*, LXXX, 3-5 •

PHLYÉES
Dème de l'Attique.
• *Solon*, XII, 4 • *Thémistocle*, I, 4 ; XV, 3 •

PHOCIDE, PHOCIDIENS
Région de Grèce centrale et ses habitants.
• *Thémistocle*, IX, 3 • *Périclès*, XVII, 2 ; XXI, 2 • *Timoléon*, XXX, 7 ; LXXX, 7 • *Flamininus*, X, 5 • *Pyrrhos*, XXIX, 11 • *Lysandre*, XV, 4 ; XXVII, 3 ; XXVIII, 2 ; XXIX, 5-6 • *Sylla*, XII, 6 ; XV, 5 • *Cimon*, I, 9 ; XVII, 4 • *Agésilas*, XVII, 4 ; XXVIII, 5 • *Alexandre*, XI, 11 • *Phocion*, XXXIII, 7 • *Démosthène*, XII, 1 ; XVII, 6 ; XVIII, 1-2 • *Aratos*, L, 7 •

PHOCION
Général et homme d'État athénien (vers 402-318 avant J.-C.).
• *Vie*, p. 1357-1386 •
• *Timoléon*, VI, 5 • *Alexandre*, XXXIX, 4 • *Agis*, II, 4 • *Démosthène*, X, 3-5 ; XIV, 1, 3 ; XXIII, 6 ; XXIV, 1 • *Aratos*, XIX, 3 •

PHOEBIDAS
Homme de guerre lacédémonien (première moitié du IVe siècle avant J.-C.)
• *Pélopidas*, V, 2-3 ; VI, 1 ; XV, 6 • *Agésilas*, XXIII, 6-11 ; XXIV, 1-5 ; XXXIV, 8-11 • *Pompée*, LXXXI, 6 •

PHRYGIE, PHRYGIENS
Région du nord de l'Asie Mineure et ses habitants.
• *Numa*, IV, 3 • *Thémistocle*, XXX, 1 • *Alcibiade*, XXXVII, 8 ; XXXIX, 1 • *Flamininus*, XX, 4 • *Cimon*, IX, 6 • *Lucullus*, VIII, 1-6 • *Eumène*, III, 5 ; VIII, 7 • *Agésilas*, IX, 3 ; X, 8 ; XI, 3 • *Pompée*, XXX, 2 • *Alexandre*, XVIII, 1 • *César*, IX, 4 • *Démétrios*, V, 1 ; XLVI, 7 •

PHRYNICHOS
Poète comique athénien (fin Ve siècle avant J.-C.).
• *Alcibiade*, IV, 3 ; XX, 6 • *Pélopidas*, XXIX, 11 • *Nicias*, IV, 8 •

PHRYNICHOS
Poète tragique (fin IVe-début Ve siècle avant J.-C.).
• *Thémistocle*, V, 5 • *Alcibiade*, IV, 3 • *Pélopidas*, XXIX, 11 •

INDEX

PHYLARQUE
Historien athénien du IIIe siècle avant J.-C.
• *Thémistocle*, XXXII, 4 • *Pyrrhos*, XXVII, 8 • *Agis*, IX, 3 • *Cléomène*, V, 3 ; XXVIII, 2 ; XXX, 3 • *Démosthène*, XXVII, 4 • *Aratos*, XXXVIII, 12 •

PHYLÈ
Forteresse du nord de l'Attique.
• *Lysandre*, XXI, 3 ; XXVII, 7 • *Démétrios*, XXIII, 3 •

PICTOR
• voir FABIUS •

PINDARE
Poète lyrique grec (vers 518-446 avant J.-C.), originaire de Béotie.
• *Thésée*, XXVIII, 2 • *Romulus*, XXVIII, 8 • *Lycurgue*, XXI, 4-6 • *Numa*, IV, 8 • *Thémistocle*, VIII, 2 • *Marcellus*, XXI, 3 ; XXIX, 11 • *Marius*, XXIX, 5 • *Nicias*, I, 1 • *Alexandre*, XI, 12 • *Démétrios*, XLII, 8 • *Aratos*, I, 3 •

PIRÉE (Le)
Port d'Athènes.
• *Thésée*, XXVII, 4 • *Thémistocle*, X, 7 ; XIX, 3-4 ; XXXII, 5 • *Périclès*, VIII, 7 • *Alcibiade*, XXVI, 3 • *Pélopidas*, XIV, 4 • *Lysandre*, XIV, 5, 8 ; XV, 6 • *Sylla*, XII, 1 ; XIV, 5 ; XIV, 13 ; XXVI, 1 ; XLII, 7 • *Nicias*, XXX, 1 • *Agésilas*, XXIV, 5-7 • *Phocion*, XXXII, 4-10 • *Démosthène*, I, 2 ; VI, 5 ; XXVII, 7 • *Démétrios*, VIII, 5 ; XXXIV, 6-7 ; XLIII, 4 • *Brutus*, XXVIII, 6 • *Aratos*, XXXIII, 2-6 ; XXXIV, 2-6 •

PIRITHOÜS
Roi des Lapithes, ami de Thésée.
• *Thésée*, XX, 2 ; XXX, 1-3 ; XXXI, 2-5 ; XXXV, 1-2 •

PISISTRATE
Tyran d'Athènes (vers 600-528/527 avant J.-C.).
• *Thésée*, XX, 2 • *Solon*, I, 3-5, 7 ; VIII, 3-4 ; X, 3 ; XXIX, 1-5 ; XXX ; XXXI, 2-5 ; XXXII, 3 • *Publicola*, XXVI, 5 • *Périclès*, VII, 1 • *Caton l'Ancien*, XXIV, 8 •

PISISTRATIDES
Descendants de Pisistrate.
• *Périclès*, III, 2 ; XVI, 1 •

PISON
Caius Calpurnius Piso
Orateur romain (?-65 avant J.-C.), consul en 67.
• *Pompée*, XXV, 9 ; XXVII, 1-3 • *César*, VII, 5 • *Cicéron*, XIX, 1 •

PISON
Lucius Calpurnius Piso Frugi Caesoninus
Consul en 58 avant J.-C., beau-père de César.
• *Pompée*, XLVII, 10 ; XLVIII, 4 ; LVIII, 6 • *César*, XIV, 8 ; XXXVII, 1 • *Caton le Jeune*, XXX, 1 ; XXXIII, 7 • *Cicéron*, XXX, 2 ; XXXI, 4 •

PIUS
• voir SCIPION •

PLANCUS
• voir MUNATIUS •

PLATÉES, PLATÉENS
Ville de Béotie, théâtre d'une célèbre bataille contre les Perses (en 479 avant J.-C.) après laquelle elle fut rasée en 427 avant J.-C.
• *Publicola*, XXVII, 1 • *Thémistocle*, XVI, 6 • *Camille*, XIX, 5 • *Paul-Émile*, XXV, 1 • *Pélopidas*, XV, 6 ; XXV, 8-12 • *Aristide*, I, 8 ; V, 9-10 ; XI-XX ; XXI, 1-6 ; XXIII, 6 • *Caton l'Ancien*, XXIX, 1-2 ; XXXII, 1 • *Flamininus*, XI, 6 • *Lysandre*, XXVIII, 3 ; XXIX, 1 • *Sylla*, XLII, 3 • *Cimon*, XIII, 3 •

INDEX

Alexandre, XI, 11 ; XXXIV, 2 • *Phocion*, XXXIII, 5 • *Agis*, III, 4 •

PLATON
Philosophe grec (427-347 avant J.-C.).
• *Romulus*, XXX, 1 • *Lycurgue*, V, 10 ; VII, 1 ; XV, 1 ; XVI, 6 ; XXVIII, 2 ; XXXI, 1-2 • *Numa*, VIII, 2 ; XI, 3 ; XX, 8-11 • *Solon*, II, 8 ; XXVI, 1 ; XXXI, 6 ; XXXII, 1-2 • *Thémistocle*, IV, 4 ; XXXII, 1 • *Périclès*, VII, 8 ; VIII, 2 ; XIII, 7 ; XV, 2 ; XXIV, 7 • *Alcibiade*, I, 3 ; IV, 4 • *Coriolan*, XV, 4 ; XLII, 3 • *Timoléon*, VI, 6 ; XV, 4-8 • *Pélopidas*, XVIII, 6 • *Marcellus*, XIV, 11 • *Aristide*, I, 4 ; XXV, 9 • *Caton l'Ancien*, II, 4 ; VII, 1 • *Philopoemen*, XIV, 3 • *Marius*, II, 3 ; XLVI, 1 • *Lysandre*: II, 5 ; XVIII, 9 • *Lucullus*, II, 4-5 ; XLIV, 2 ; XLV, 6 • *Nicias*, I, 4 ; XXIII, 5-6 • *Phocion*, III, 2 ; IV, 2 • *Caton le Jeune*, LXVIII, 2-8 ; LXX, 2 • *Caius Gracchus*, XXI, 2 • *Démosthène*, IV, 8 ; V, 7 • *Cicéron*, II, 3 ; XXIV, 5 ; LII, 4 • *Démétrios*, I, 7 ; XXXII, 8 • *Antoine*, XXIX, 1 ; XXXVI, 2 • *Dion*, I, 2 ; IV, 3-7 ; V, 1-8 ; VIII, 4 ; IX, 8 ; X ; XI ; XII ; XIII ; XIV ; XVI, 4-6 ; XVII, 1-6 ; XVIII, 1-9 ; XIX ; XX ; XXI, 1-7 ; XXII, 1-2 ; LII, 3-5 ; LIII, 4 ; LIV, 1 • *Brutus*, II, 2 ; LVI, 7 ; LVII, 8 • *Galba*, I, 3 •

PLATON
Poète comique (V^e-IVe siècle avant J.-C.).
• *Thémistocle*, XXXII, 6 • *Périclès*, IV, 4 • *Alcibiade*, XIII, 9 • *Nicias*, XI, 6-7 • *Antoine*, LXX, 1 •

PLEISTONAX
Roi de Sparte (?-408 avant J.-C.).
• *Lycurgue*, XX, 8 • *Périclès*, XXII, 1-3 • *Agis*, III, 5 •

PNYX
Colline d'Athènes, à l'ouest de l'Acropole.
• *Thésée*, XXVII, 1-3 • *Thémistocle*, XIX, 6 •

PÔ
Fleuve d'Italie.
• *Romulus*, XVII, 7 • *Marcellus*, VI, 4 • *Marius*, XXIV, 3 • *Crassus*, IX, 10 • *Pompée*, XVI, 6 • *César*, XX, 1 ; XXI, 3 • *Othon*, V, 5 ; X, 2 •

POLLION
Caius Asinius Pollio
Historien et homme politique romain (76 avant J.-C.-4 après J.-C.). Consul en 40 avant J.-C.
• *Pompée*, LXXII, 4 • *César*, XXXII, 7 ; XLVI, 2 ; LII, 8 • *Caton le Jeune*, LIII, 2-4 • *Antoine*, IX, 2-3 •

POLLUX
Dans la mythologie grecque, l'un des Dioscures. Il partage avec son frère Castor l'immortalité.
• *Sylla*, VIII, 6 ; XXXIII, 5 • *Pompée*, II, 8 • *Caton le Jeune*, XXVII, 5 ; XXVIII, 3 •
• voir aussi CASTOR • DIOSCURES •

POLYBE
Historien grec de la conquête du monde par Rome (vers 202-118 avant J.-C.).
• *Paul-Émile*, XV, 5 ; XVI, 3 ; XIX, 4 • *Pélopidas*, XVII, 4 • *Marcellus*, XXXI, 7 • *Caton l'Ancien*, IX, 2-3 ; X, 3 • *Philopoemen*, XVI, 4 ; XXI, 5, 11 • *Cléomène*, XXV, 4 ; XXVII, 11 • *Tibérius Gracchus*, IV, 4 • *Brutus*, IV, 8 • *Aratos*, XXXVIII, 11-12 •

POLYCLÈTE
Sculpteur grec originaire d'Argos (seconde moitié du Ve siècle avant J.-C.)
• *Périclès*, II, 1 •

POLYCRATÈS
Tyran de Samos, de 535 environ à 522 avant J.-C.
• *Périclès*, XXVI, 4 • *Lysandre*, VIII, 5 •

INDEX

POLYGNOTE de Thasos
Peintre grec (V⁰ siècle avant J.-C.).
• *Cimon,* IV, 6-7 •

POLYPERCHON
Successeur du régent de Macédoine Antipatros (IV⁰-III⁰ siècle avant J.-C.).
• *Pyrrhos,* VIII, 7 • *Eumène,* XII, 1 ; XIII, 2 • *Phocion,* XXXI, 1 ; XXXII, 1-4 ; XXXIII, 1, 4-12 • *Démétrios,* IX, 5 •

Quintus POMPEDIUS Silo
L'un des protagonistes de la guerre sociale, chef des Italiens du groupe Nord.
• *Marius,* XXXIII, 4 • *Caton le Jeune,* II, 2-6 •

POMPÉE
Cnaeus Pompeius Magnus
Dit le Grand Pompée. Général romain (106-48 avant J.-C.).
• *Vie,* p. 1139-1219 ; *Comparaison avec Agésilas,* p. 1220-1223 •
• *Numa,* XIX, 6 • *Camille,* XIX, 11 • *Sylla,* XXVIII, 16-17 ; XXIX, 3 ; XXXIII, 4 ; XXXIV, 7-9 ; XXXVIII, 2 ; XL, 7 • *Lucullus,* I, 6 ; IV, 5 ; V, 2-3 ; VI, 5 ; XXXIV, 4-6 ; XXXV, 9 ; XXXVI, 1-5 ; XXXVII, 6 ; XXXVIII, 2-5 ; XXXIX, 4-5 ; XL, 2 ; XLI, 4-7 ; XLII, 5-7 ; XLVI, 2 • *Crassus,* III, 4 ; VI, 5-6 ; VII ; XI, 3-11 ; XII ; XIV ; XV ; XVI, 1-5 ; XXI, 2-3 ; XXXV, 4 ; XXXVI, 2-7 ; XXXVII, 2 • *Sertorius,* I, 10 ; XII, 5 ; XV, 3 ; XVIII, 2-11 ; XIX, 2-11 ; XXI, 2-9 ; XXII, 7 ; XXVII • *Eumène,* XXI, 3 • *Alexandre,* I, 1 • *César,* V, 7 ; XI, 1 ; XIII, 3-6 ; XIV, 1-10 ; XV, 3 ; XX, 3 ; XXI, 5-9 ; XXIII, 5 ; XXV, 2 ; XXVIII-XXXI, 1-2 ; XXXIII, 4-6 ; XXXIV, 4-5, 8 ; XXXV, 1-5 ; XXXVI ; XXXVII, 1 ; XXXIX ; XL, 1-2 ; XLI, 1-7 ; XLII-XLVIII ; LI, 3 ; LVI, 1-6 ; LVII, 6 ; LXII, 3 ; LXVI ; LXIX, 1 • *Caton le Jeune,* III, 2 ; X, 3 ; XIII, 4 ; XIV, 1-6 ; XIX, 2 ; XX, 4 ; XXVI, 2-5 ; XXVII, 1 ; XXIX-XXXI, 1-7 ; XXXII, 3-4 ; XXXIII, 7 ; XXXV, 4-7 ; XLI, 1-6 ; XLII ; XLIII ; XLV ; XLVI, 1 ; XLVII ; XLVIII, 1-9 ; XLIX, 1 ; LI, 7 ; LII ; LIII, 3-6 ; LIV, 3-11 ; LV, 1-4, 6 ; LVI, 1-5 ; LVIII, 7 ; LXI, 4-5 • *Cicéron,* VIII, 6-7 ; IX, 4-7 ; X, 2 ; XII, 2 ; XIV, 1 ; XVIII, 1 ; XXIII, 4 ; XXVI, 10 ; XXX, 3-5 ; XXXI, 2-4 ; XXXIII, 2-3 ; XXXV ; XXXVII-XXXIX, 1-2 ; XL, 4-5 ; XLIV, 3 ; LII, 1 • *Antoine,* V, 1-4, 6-10 ; VI, 3-4 ; VIII, 4 ; X, 3 ; XXI, 2 ; XXV, 4 ; XXXII, 4 ; LXII, 4 • *Brutus,* IV, 1-6 ; VI, 1, 3-5 ; IX, 3-4 ; XI, 1 ; XIV, 2-5 ; XVII, 2 ; XXV, 1 ; XXIX, 4 ; XXXIII ; XL, 3 ; LVI, 1-2, 8 • *Othon,* IX, 5 •

Cnaeus POMPÉE
Fils aîné du Grand Pompée.
• *Pompée,* LXII, 3 • *César,* LVI, 1-6 • *Caton le Jeune,* LV, 6 ; LIX, 9 • *Cicéron,* XXXIX, 2 • *Antoine,* XXV, 4-5 •

Sextus POMPÉE
Fils cadet du Grand Pompée.
• *Pompée,* LXXIV, 1 ; LXXVIII, 7 • *César,* LVI, 1-6 • *Caton le Jeune,* LVI, 2 • *Antoine,* XXXII ; XXXV, 8 ; LV, 2 •

POMPEIA
Deuxième épouse de Jules César.
• *César,* V, 7 ; IX, 3 ; X, 1-10 • *Cicéron,* XXVIII •

Cnaeus POMPEIUS Strabo
Père du Grand Pompée.
• *Crassus,* VI, 5 • *Pompée,* I, 2-4 ; III ; IV, 1-3 ; XXXVII, 4 •

Quintus POMPEIUS Rufus
Consul en 88 avant J.-C.
• *Marius,* XXXV, 2 • *Sylla,* VI, 18 ; VIII, 6, 8 ; IX, 5-8 •

POMPILIUS
• voir NUMA •

PONT (le)
Région du nord de l'Asie Mineure au bord de la mer Noire.

INDEX

• *Lycurgue*, XII, 13 • *Aristide*, XXVI, 1 • *Marius*, XXXI, 4 • *Lysandre*, XXVI, 1 • *Sylla*, XI, 4 ; XXII, 5 ; XXIV, 6 • *Lucullus*, VIII, 4 ; X, 2 ; XIII, 2 ; XXIII, 2 ; XXIV, 1 ; XXX, 3-4 ; XXXI, 8 ; XXXIII, 5 ; XXXIV, 6 ; XXXV, 6 • *Sertorius*, XXIII, 2 • *Pompée*, XXXI, 13 ; XXXIV, 2 ; XLI, 4 ; XLV, 2 • *César*, L, 1-2 ; LV, 2 • *Caton le Jeune*, XXXI, 1 • *Cicéron*, X, 2 • *Démétrios*, IV, 5 • *Antoine*, LXI, 3 •

PONT-EUXIN
Nom ancien de la mer Noire.
• *Thésée*, XXVI, 1 • *Périclès*, XX, 1 • *Marius*, XXXIV, 6 ; XLV, 4 • *Lucullus*, IV, 1 • *Eumène*, III, 3-4 • *Pompée*, XXXII, 6 ; XXXIV, 8 • *Alexandre*, XLIV, 1 • *César*, LVIII, 6 • *Démétrios*, IV, 2 • *Antoine*, XXIX, 6 •

PORCIA
Basilique de Rome.
• *Caton l'Ancien*, XIX, 3 • *Caton le Jeune*, V, 1-2 •

PORCIA
Fille de Caton le Jeune (?-43 avant J.-C.), épouse de Calpurnius Bibulus, puis de Marcus Brutus.
• *Caton le Jeune*, XXIV, 6 ; XXV, 4-8 ; LXXIII, 6 • *Brutus*, II, 1 ; XIII, 3-11 ; XV, 5-9 ; XXIII, 2-6 ; LIII, 5-7 •

PORCIA
Sœur de Caton le Jeune.
• *Caton le Jeune*, I, 1-2 ; XLI, 3 •

PORCIUS
• voir CATON •

PORSENNA
Roi des Étrusques (VIe siècle avant J.-C.).
• *Publicola*, XVI ; XVII, 1-8 ; XVIII ; XIX ; XXVII, 3-6 •

PORTIQUE
École philosophique stoïcienne.
• voir ANTIPATROS DE TYR •

POSÉIDON
Dans la mythologie grecque, dieu de la mer.
• *Thésée*, VI, 1 ; VII, ; XXV, 5 ; XXXVI, 5-6 • *Thémistocle*, XIX, 4 • *Agésilas*, III, 9 ; XXI, 3 • *Pompée*, XXIV, 6 • *Agis*, XVI, 6 • *Cléomène*, XXII, 6 • *Démosthène*, XXIX, 1-6 •
• voir aussi NEPTUNE •

POSIDONIOS
Historien par ailleurs inconnu.
• *Paul-Émile*, XIX, 7-10 ; XX, 6 ; XXI, 7 •

POSIDONIOS d'Apamée
Philosophe et savant (vers 135-50 avant J.-C.), auteur d'une Histoire.
• *Fabius Maximus*, XIX, 4 • *Marcellus*, I, 1 ; IX, 7 ; XX, 11 ; XXX, 7 • *Marius*, I, 2-3 ; XLV, 7 • *Pompée*, XLII, 10 • *Cicéron*, IV, 5 • *Brutus*, I, 7 •

Aulus POSTUMIUS Tubertus
Dictateur romain en 431 avant J.-C.
• *Camille*, II, 1 • *Coriolan*, III, 2-3 •

POTHIN
Eunuque de la cour de Ptolémée XIV.
• *Pompée*, LXXVII, 2-3 ; LXXX, 8 • *César*, XLVIII, 5-9 ; XLIX, 4-5 •

POTIDÉE
Cité corinthienne de Chalcidique.
• *Périclès*, XXIX, 6 • *Alcibiade*, VII, 3 • *Alexandre*, III, 8 •

PRÉNESTE, PRÉNESTINS
Cité du Latium et ses habitants (actuelle Palestrina).
• *Camille*, XXXVII, 2 • *Marius*, XLVI, 9 • *Sylla*, XXVIII, 13 ; XXIX, 2-15 ; XXXII, 1-2 •

INDEX

PROTAGORAS
Sophiste originaire d'Abdère, en Thrace (vers 485-411 avant J.-C.).
• *Périclès*, XXXVI, 5 • *Nicias*, XXIII, 4 •

PRUSIAS
Roi de Bithynie (vers 237-183 avant J.-C.).
• *Flamininus*, XX, 4-7 •

PRYTANÉE
Salle où se réunissaient les magistrats de la cité à Athènes.
• *Thésée*, XVIII, 1 • *Solon*, XIX, 4 ; XXV, 1 • *Démosthène*, XXX, 5 •

PTOLÉMÉE
Fils d'Antoine et de Cléopâtre.
• *Antoine*, LIV, 7-9 ; LXXII, 1 ; LXXVIII, 6 ; LXXXI, 3 ; LXXXII, 5 ; LXXXIV, 2 ; LXXXVII, 1 •

PTOLÉMÉE Soter
Roi d'Égypte (règne de 305 à 283 avant J.-C.).
• *Pyrrhos*, IV, 5-7 ; VI, 1, 6-7 ; XI, 2-3 • *Eumène*, I, 7 ; V, 1 • *Alexandre*, X, 5 ; XXXVIII, 2 ; XLVI, 2 • *Démétrios*, V, 1-5 ; VI, 1-5 ; VII, 5 ; VIII, 1-5 ; XV, 1-3 ; XVI, 1-4 ; XVII, 6 ; XVIII, 2 ; XIX, 1, 3 ; XXI, 1 ; XXII, 1-8 ; XXV, 7-8 ; XXXI, 5 ; XXXII, 6 ; XXXIII, 7-8 ; XXXV, 5 ; XXXVIII, 1 ; XLIV, 1-3 ; XLVI, 5 • *Antoine*, LXXXIX, 5 ; XCI, 1 •

PTOLÉMÉE II Philadelphe
Roi d'Égypte (règne de 285/283 à 246 avant J.-C.).
• *Aratos*, IV, 3 ; XII, 1-6 ; XV ; XIX, 6 ; XXIV, 4 ; XLI, 5 •

PTOLÉMÉE III Évergète
Roi d'Égypte (règne de 246 à 221 avant J.-C.).
• *Philopoemen*, VIII, 4 ; XIII, 5-6 • *Agis*, VII, 2 • *Cléomène*, XIX, 8 ; XXII, 4-9 ; XXXI, 4-8 ; XXXII ; XXXIII, 1 •

PTOLÉMÉE IV Philopator
Roi d'Égypte (règne de 221 à 204 avant J.-C.).
• *Cléomène*, XXXIII, 2-8 ; XXXIV, 2-3 ; XXXV, 3-7 ; XXXVI ; XXXVII ; XXXVIII, 4 ; XXXIX, 2-3 • *Démétrios*, XLIII, 5 •

PTOLÉMÉE VIII Physcon
Roi d'Égypte (règne de 145 à 116 avant J.-C.).
• *Tibérius Gracchus*, I, 7 •

PTOLÉMÉE IX Lathyros
Roi d'Égypte (règne de 116 à 107 avant J.-C.).
• *Coriolan*, XI, 3 • *Lucullus*, II, 7-8 ; III, 1 •

PTOLÉMÉE XII Aulète
Roi d'Égypte (règne de 80 à 58 et de 55 à 51 avant J.-C.).
• *Pompée*, XLIX, 9-13 • *César*, XLVIII, 8-9 • *Caton le Jeune*, XXXV, 4-7 • *Antoine*, III, 4-5, 8 •

PTOLÉMÉE XIV
Roi d'Égypte, fils de Ptolémée Aulète (règne de 47 à 44 avant J.-C.).
• *Pompée*, LXXVI, 7 ; LXXIX, 2 ; LXXX, 8 • *César*, XLVIII, 5, 8 ; XLIX, 3, 9 ; LXXVII, 1-2 •

PUBLICOLA
• voir GELLIUS •

PUBLICOLA
Publius Valerius Publicola
Homme politique romain des débuts de la République (fin du vɪᵉ siècle avant J.-C.).
• *Vie*, p. 228-250 ; *Comparaison avec Solon*, p. 251-253 •
• *Romulus*, XVI, 8 • *Coriolan*, XXXIII, 1-7 •

PULCHER
• voir CLAUDIUS • CLODIUS •

INDEX

PYANEPSION
Nom de mois du calendrier athénien.
• *Thésée*, XXII, 4 ; XXXVI, 4 • *Démosthène*, XXVIII, 1 ; XXX, 5 •

PYDNA
Ville du sud de la Macédoine.
• *Thémistocle*, XXV, 2 • *Paul-Émile*, XII-XXII ; XXIII, 1 ; XXIV, 4 • *Alexandre*, XLVIII, 4 •

PYLOS
Cité du sud de la Messénie.
• *Alcibiade*, XIV, 1 • *Coriolan*, XIV, 6 • *Nicias*, VII, 1, 4 ; IX, 6 ; X, 8-9 • *Crassus*, XXXV, 6 •

PYRÉNÉES
• *Camille*, XV, 2 • *Sertorius*, VII, 1-3 ; XV, 3 ; XVIII, 2 •

PYRRHOS
Roi d'Épire (vers 318-272 avant J.-C.).
• *Vie*, p. 723-758 •
• *Caton l'Ancien*, II, 1 • *Flamininus*, V, 6 ; XX, 11 ; XXI, 4 • *Sertorius*, XXIII, 3 • *Cléomène*, XVIII, 1 • *Démétrios*, XXV, 2. ; XXXI, 2 ; XXXVI, 1-3 ; XL, 1-2 ; XLI, 2-4 ; XLIII, 1-2 ; XLIV ; XLVI, 2 • *Othon*, XV, 7 •

PYTHAGORE
Philosophe et savant grec (VIe siècle avant J.-C.).
• *Numa*, I, 3-4 ; VIII, 5-18, 20 ; XXII, 5 • *Paul-Émile*, II, 2 • *Alexandre*, LXV, 3 •

PYTHAGORICIENS
Disciples de Pythagore.
• *Numa*, VIII, 15 ; XI, 1-2 ; XIV, 6 ; XXII, 3-4 • *Dion*, XI, 2 •

PYTHIE
Prêtresse d'Apollon à Delphes.
• *Thésée*, III, 5 ; XXVI, 5 ; XXXVI, 1 • *Romulus*, IX, 3 ; XXVIII, 6 • *Lycurgue*, V, 4 • *Numa*, IV, 8 • *Solon*, IV, 4 ; X, 6 • *Aristide*, XIX, 6 • *Lysandre*, XXV, 3 • *Alexandre*, XIV, 7 ; XXXVII, 2 • *Démosthène*, XIX, 1 ; XX, 1 • *Cicéron*, V, 1 • *Aratos*, LIII, 2 •

PYTHIQUES
Concours.
• *Solon*, XI, 1 • *Pélopidas*, XXXIV, 7 • *Lysandre*, XVIII, 10 • *Agésilas*, XIX, 4 • *Démosthène*, XL, 7-8 • *Othon*, VI, 2 •

PYTHÔ
Ancien nom de Delphes.
• *Lycurgue*, VI, 10 • *Numa*, IX, 11 • *Solon*, XIV, 6 • *Aristide*, XX, 6 • *Sylla*, XVII, 8 •
• voir aussi DELPHES •

QUATRE CENTS, LES
Régime que les oligarques établirent à Athènes en 411 avant J.-C.
• *Alcibiade*, XXVI, 2 ; XXVII, 1 •

QUIRINAL
Colline de Rome.
• *Romulus*, XXIX, 2 • *Numa.*, XIV, 2 •

QUIRINUS
Divinité qui, avec Jupiter et Mars, appartient à la triade primitive de la religion romaine.
• *Romulus*, XXVIII, 3 ; XXIX, 1-2 • *Numa*, II, 4 • *Camille*, XX, 8 • *Marcellus*, VIII, 9 •

QUIRITES
Nom des premiers habitants de Rome.
• *Romulus*, XIX, 9 ; XXIX, 1 • *Numa*, III, 6 •

RÉMORIA ou RÉMORIUM
Emplacement d'un site fortifié situé sur l'Aventin.
• *Romulus*, IX, 4 ; XI, 1 •

RÉMUS
Dans la légende romaine, fils de Mars et de Rhéa Silvia, frère de Romulus.
• *Romulus*, II, 2 ; VI, 2-5 ; VII ; VIII ; IX ; X ; XI, 1 ; XXI, 8 ; XXX, 3 ; XXXII ; XXXIII, 2 ; XXXIV, 1 •

INDEX

RHADAMANTHE
Dans la mythologie grecque, un des trois juges des Enfers.
• *Thésée*, XVI, 4 • *Lysandre*, XXVIII, 8-9 •

RHÉA SILVIA
Selon la légende romaine, fille du roi Numitor et mère de Romulus et Rémus.
• *Romulus*, III, 3 ; IX, 1 • *Thémistocle*, XXX, 2, 6 ; XXXI, 1 •

RHÉGIUM, RHÉGIENS
Ville d'Italie méridionale (actuelle Reggio de Calabre) et ses habitants.
• *Fabius Maximus*, XXII, 1 • *Alcibiade*, XX, 2 • *Timoléon*, IX, 5, 7 ; X ; XI, 1 ; XIX, 3 • *Crassus*, X, 7-9 • *Dion*, XXVI, 7 ; LVIII, 5-6 •

RHIN
Fleuve.
• *César*, XIX, 11-12 ; XXII, 1-6 • *Othon*, XII, 7 •

RHODES, RHODIENS
Île de la Méditerranée orientale et ses habitants.
• *Périclès*, XVII, 2 • *Marius*, XXIX, 12 • *Lucullus*, III, 3 • *Pompée*, XLII, 10 • *Alexandre*, XXXII, 11 • *César*, III, 1 • *Caton le Jeune*, XXXV, 3 ; LIV, 3 • *Démosthène*, XXIV, 3 • *Cicéron*, IV, 5 ; XXXVI, 7 ; XXXVIII, 4 • *Démétrios*, XX, 9 ; XXI ; XXII • *Brutus*, III, 2 ; XXX, 3 ; XXXII, 4 •

RHÔNE
Fleuve.
• *Solon*, II, 7 • *Marius*, XV, 1-3 • *Sertorius*, III, 1 • *César*, XVII, 5 •

ROMULUS
Dans la légende romaine, fils de Mars et de Rhéa Silvia. Frère de Rémus et fondateur de Rome.
• *Vie*, p. 89-121 ; *Comparaison avec Thésée*, p. 122-125 •

• *Thésée*, I, 4 ; II • *Numa*, II, 1-8 ; III, 6, 8 ; V, 2-8 ; VI, 3 ; VII, 8-9 ; XVI, 3-4 ; XVII, 4 ; XVIII, 2-5 ; XIX, 3 ; XXV, 10 • *Publicola*, VI, 6 • *Camille*, XXXI, 2-3 ; XXXII, 6-7 ; XXXIII, 9-10 • *Marcellus*, VIII, 6 • *Pompée*, XXV, 9 • *Phocion*, III, 2 •

ROSTRES
À Rome, tribune située sur le forum destinée aux orateurs qui s'adressaient au peuple.
• *César*, LXI, 4 • *Cicéron*, XLIX, 2 • *Brutus*, XVIII, 11 •

ROXANE
Fille d'Oxyartès, satrape de Bactriane, elle épouse Alexandre le Grand en 356 avant J.-C.
• *Pyrrhos*, IV, 3 • *Alexandre*, XLVII, 7-8 ; LXXVII, 6 •

RUBICON
Fleuve d'Italie, sur la côte adriatique.
• *Pompée*, LX, 3-4 • *César*, XX, 1 ; XXXII •

RUFUS
• voir MUNATIUS • POMPEIUS • RUTILIUS •

RUMINA
Divinité romaine qui veille sur les nourrissons.
• *Romulus*, IV, 1 •

Publius RUTILIUS Rufus
Homme politique et historien romain (IIe-Ier siècle avant J.-C.).
• *Marius*, X, 1 ; XXVIII, 8 • *Pompée*, XXXVII, 4 •

SABINS, SABINES
Peuple d'Italie établi au nord-est de Rome.
• *Romulus*, IX, 2 ; XIV, 1-7 ; XV ; XVI, 1-2 ; XVII, 1-6 ; XVIII, 2-9 ; XIX, 1-9 ; XX, 1 ; XXI, 1 ; XXIII, 5 ; XXIX, 6 ; XXX, 4 • *Numa*, I, 5 ; II, 7-8 ; III, 3-7 ; XVII, 4 • *Publicola*, I, 1 ;

INDEX

XIV, 1; XX, 1; XXI, 1-7; XXII • *Coriolan*, V, 2; XXXIII, 5 • *Pompée*, IV, 7 • *César*, I, 5 •

SABINUS
• voir CALVISIUS •

SALAMINE
Île du golfe Saronique, et capitale de l'île.
• *Thésée*, X, 3; XVII, 6 • *Solon*, VIII; IX; X, 2-6; XII, 5; XXXII, 4 • *Publicola*, XXVII, 2-4 • *Thémistocle*, X, 3-10; XI-XV; XVI, 1 • *Camille*, XIX, 6 • *Pélopidas*, XXI, 3 • *Aristide*, VIII-XI; XVI, 5 • *Caton l'Ancien*, V, 4; XXIX, 2; XXXII, 1 • *Flamininus*, XI, 6 • *Lysandre*, IX, 3; XV, 1 • *Cimon*, IV, 9; V, 2; XIII, 3 • *Alexandre*, XXIX, 3; XXXIV, 3 • *Phocion*, XXXII, 9 • *Aratos*, XXIV, 3; XXXIV, 6 •

SALLUSTE
Caius Crispus Sallustius
Historien romain (86-35 avant J.-C.).
• *Sylla*, XLI, 3 • *Lucullus*, XI, 6; XXXIII, 3 •

SALONIANUS
• voir CATON •

SALVIUS
• voir OTHON •

SAMOS, SAMIENS
Île de la mer Égée et ses habitants.
• *Solon*, XI, 2 • *Thémistocle*, II, 5 • *Périclès*, VIII, 9; XXIV, 1-2; XXV, XXVI; XXVII; XXVIII, 1-2, 4, 7-8; XXIX, 1 • *Fabius Maximus*, XXIX, 1 • *Alcibiade*, XXV, 5-9; XXVI, 1-3; XXVII, 2; XXXII, 2; XXXV, 8 • *Pélopidas*, II, 6 • *Aristide*, XXIII, 4-5; XXV, 3 • *Lysandre*, V, 1-3; VI, 2; VIII, 5; XIV, 2; XVIII, 6 • *Cimon*, IX, 4 • *Lucullus*, III, 3 • *Pompée*, XXIV, 6 • *Alexandre*, XXVIII, 2; XLVI, 2 • *Démosthène*, XV, 4 • *Démétrios*, XXVII, 3 • *Antoine*, LVI, 6-7 • *Brutus*, II, 7 •

SAMOTHRACE
Île du nord de la mer Égée.
• *Numa*, XIII, 7 • *Camille*, XX, 6 • *Alcibiade*, II, 2 • *Paul-Émile*, XXIII, 11; XXVI, 1 • *Marcellus*, XXX, 6 • *Lucullus*, XIII, 2 • *Pompée*, XXIV, 6 • *Alexandre*, II, 2 •

SAÔNE
Fleuve (Arar).
• *César*, XVIII, 2; XXVI, 1 •

SARAPIO
• voir NASICA •

SARDAIGNE
• *Caton l'Ancien*, VI, 2 • *Pompée*, XVI, 9; XXVI, 7; L, 1; LXVI, 4 • *César*, XXI, 5 • *Caius Gracchus*, I, 4; II, 1-7; XXII, 3 • *Antoine*, XXXII, 3-6 •

SARDES
Ville de Lydie (actuelle Sart en Turquie).
• *Romulus*, XXV, 7 • *Solon*, XXVII, 2; XXVIII, 1 • *Thémistocle*, XXIX, 7; XXXI, 1 • *Alcibiade*, XXVII, 7 • *Aristide*, V, 1 • *Lysandre*, IV, 1; VI, 1; IX, 1 • *Eumène*, VIII, 6 • *Agésilas*, X, 2; XI, 4 • *Pompée*, XXXVII, 2 • *Alexandre*, XVII, 1 • *Phocion*, XVIII, 6 • *Démosthène*, XX, 5 • *Démétrios*, XLVI, 6 • *Brutus*, XXXIV, 1; XXXV, 1 •

SATURNALES
Fête religieuse romaine célébrée en décembre.
• *Numa*, XXIII, 10 • *Pyrrhos*, XX, 10-11 • *Sylla*, XVIII, 9 • *Pompée*, XXXIV, 3 • *Cicéron*, XVIII, 2 •

SATURNE
Dieu de la religion romaine, identifié au grec Cronos.
• *Numa*, XXIII, 12 • *Publicola*, XII, 3 • *Tibérius Gracchus*, X, 8 •
• voir aussi CRONOS •

INDEX

SATURNINUS
Lucius Apuleius Saturninus
Homme politique romain. Tribun de la plèbe en 103 et en 100 avant J.-C.
Marius, XIV, 12-14 ; XXVIII, 7 ; XXIX, 1-9 ; XXX, 1-3 ; XXXV, 1 • *Sylla*, XXXIX, 4 •

SATYRES
Dans la mythologie grecque, compagnons de Dionysos.
• *Numa*, XV, 4 • *Sylla*, XXVII, 3-4 • *Alexandre*, XXIV, 9 • *Antoine*, XXIV, 4 •

SCIPION
• voir PUBLIUS CORNELIUS SCIPIO NASICA SERAPIO •

SCIPION
Lucius Cornelius Scipio Asiaticus
Consul en 83 avant J.-C.
• *Sylla*, XXVIII, 1-7 • *Sertorius*, VI, 1-3 • *Pompée*, VII, 5 •

SCIPION
Lucius Cornelius Scipio Asiaticus
Frère de Scipion le premier Africain.
• *Caton l'Ancien*, XV, 2 ; XVIII, 1 ; XXIX, 3 • *Flamininus*, XXI, 14 • *Lucullus*, XI, 6 • *Crassus*, XXVI, 8 •

SCIPION
Publius Cornelius Scipio
Fils de Scipion le premier Africain.
• *Paul-Émile*, V, 5 •

SCIPION
Publius Cornelius Scipio Nasica Corculum
Gendre de Scipion le premier Africain.
• *Paul-Émile*, XV, 3-8 ; XVI, 1-3 ; XVII, 1-3 ; XVIII, 4 ; XXI, 7 ; XXVI, 7 • *Marcellus*, V, 1-4 • *Caton l'Ancien*, XXVII, 2-3 •

SCIPION
Quintus Caecilius Metellus Pius Scipio
Consul en 52 avant J.-C.
• *Pompée*, LV, 1-7, 11 ; LXII, 3 ; LXVI, 6 ; LXVII, 9 ; LXIX, 1 ; LXXVI, 9 ; LXXXI, 5 ; LXXXIV, 10 • *César*, XVI, 8-9 ; XXX, 4-6 ; XXXIX, 10-11 ; XLII, 2 ; XLIV, 4 ; LII, 1-4 ; LIII ; LV, 2 • *Caton le Jeune*, VII, 1-2 ; XLVII, 1 ; LVI, 5 ; LVII ; LVIII, 1-2, 7-13 ; LX, 5 ; LXI, 4 ; LXII, 1 • *Cicéron*, XV, 1 • *Brutus*, VI, 10 • *Othon*, XIII, 4 •

SCIPION l'Africain
Publius Cornelius Scipio
Le premier Africain. Général romain (236-183 avant J.-C.) Consul en 205 et 194.
• *Fabius Maximus*, XXV ; XXVI, 1-4 ; XXVII, 1 ; XXIX, 3 • *Paul-Émile*, II, 5 ; V, 5 ; XV, 3 ; XXXIX, 10 • *Marcellus*, XXXI, 7 • *Caton l'Ancien*, III, 5-7 ; XI, 1-4 ; XV, 1-6 ; XVIII, 1 ; XXIV, 11 ; XXVI, 2 ; XXVIII, 4 ; XXXII, 4 • *Flamininus*, III, 3 ; XVIII, 3 ; XXI, 2-7 • *Pyrrhos*, VIII, 5 • *Marius*, I, 1 ; XII, 2 • *Sertorius*, I, 5 • *Pompée*, XIV, 1 • *César*, XV, 3 ; LII, 5 • *Tibérius Gracchus*, I, 3 ; IV, 4 ; XVII, 5 • *Caius Gracchus*, IV, 4 ; XIX, 3 • *Galba*, XXIX, 4 •

SCIPION l'Africain
Publius Cornelius Scipio Aemilianus
Le deuxième Africain. Général et homme politique romain (vers 185-129 avant J.-C.).
• *Romulus*, XXVII, 5 • *Paul-Émile*, V, 1-5 ; XXII, 3-9 ; XXXV, 1 ; XXXVIII, 3-8 ; XXXIX, 10 • *Caton l'Ancien*, IX, 2 ; XV, 6 ; XX, 12 ; XXIV, 2 ; XXVI, 1 ; XXVII, 5-7 • *Marius*, III, 2-5 ; XIII, 2-3 • *Lucullus*, XXXVIII, 4 • *Sertorius*, I, 5 • *César*, LII, 5 • *Caton le Jeune*, VII, 3 • *Tibérius Gracchus*, I, 7 ; IV, 5 ; VII, 5, 7 ; VIII, 5, 7 ; XIII, 1 ; XXI, 7-9 • *Caius Gracchus*, X, 2, 5-6 •

INDEX

SCIPIONS (les)
Famille romaine.
• *Sertorius*, VI, 1 • *Pompée*, VIII, 3 • *César*, XV, 3 ; LII, 4 • *Caton le Jeune*, LVII, 7 •

SCOTOUSSA
Ville de Thessalie.
• *Thésée*, XXVII, 9 • *Paul-Émile*, VIII, 5 • *Pélopidas*, XXIX, 7 • *Flamininus*, VII-VIII • *Pompée*, LXVIII, 5 • *César*, XLIII, 7 •

SCRIBONIUS
• voir CURION •

SCYROS
Île de la mer Égée.
• *Thésée*, XXXV, 5-7 ; XXXVI, 1 • *Cimon*, VIII, 3-8 •

SCYTHIE, SCYTHES
Région et peuple de l'Europe centrale et orientale.
• *Thésée*, I, 1 • *Alcibiade*, XLV, 6 ; XLVI, 3 • *Marius*, XI, 6, 8 • *Crassus*, XXI, 3 ; XXIV, 5 • *Pompée*, XLI, 2 ; LXX, 4-5 • *César*, LVIII, 6 • *Démétrios*, XIX, 10 •

SÉLEUCIE
Ville de Mésopotamie.
• *Lucullus*, XXII, 7 • *Crassus*, XVII, 8 ; XVIII, 2 ; XX, 4 ; XXI, 8 ; XXXII, 1-5 •

SÉLEUCOS Ier Nicator
Fondateur de la dynastie des Séleucides (358-281 avant J.-C.).
• *Caton l'Ancien*, XII, 2 • *Alexandre*, XLII, 1 ; LXII, 4 ; LXXVI, 9 • *Agis*, III, 9 ; X, 4 ; XI, 6 • *Démétrios*, VII, 2-5 ; XVIII, 3 ; XXV, 7-8 ; XXIX, 4-5 ; XXXI, 5-6 ; XXXII, 2-8 ; XXXIII, 1 ; XXXVIII ; XLIV, 1-2 ; XLVI, 5 ; XLVI-XLVIII ; XLIX, 1-9 ; L-LII, 6 •

SELLASIE
Ville de Laconie.
• *Philopoemen*, VI • *Agis*, VIII, 1 • *Cléomène*, XXIII, 3 ; XXVII, 8 ; XXVIII ; XXXI, 7 • *Aratos*, XLVI, 1 •

SEMPRONIUS
• voir GRACCHUS •

SÉNÉCION
Quintus Sosius Senecio
Consul romain, ami de Plutarque, dédicataire des Vies parallèles *(avant 60 ? -après 117 ? après J.-C.).*
• *Thésée*, I, 1 • *Démosthène*, I, 1 ; XXXI, 7 • *Dion*, I, 1 •

SÉQUANES
Peuple gaulois.
• *Marius*, XXIV, 7 • *César*, XX, 1 ; XXVI, 6 •

SERGIUS
• voir CATILINA •

Quintus SERTORIUS
Général romain (vers 123-72 avant J.-C.).
• *Vie*, p. 1053-1079 ; Comparaison avec Eumène, p. 1098-1099 •
• *Marius*, I, 1 ; XLIV, 10 • *Lucullus*, V, 3 ; VI, 5 ; VIII, 5 ; XII, 5 • *Crassus*, XI, 11 • *Pompée*, XIII, 9 ; XVII, 1-2 ; XVIII, 1-2, 4-5 ; XIX ; XX, 2-3, 7 ; XXI, 4 ; XXXI, 12 •

SERVILIA
Mère de Brutus, épouse de Silanus.
• *Caton le Jeune*, I, 1-2 ; XXI, 3 ; XXIV, 3-4 • *Brutus*, I, 5 ; II, 1 ; V ; LIII, 4 •

SERVILIUS
• voir CAEPIO • CASCA •

Publius SERVILIUS Vatia Isauricus
Consul en 79 avant J.-C.
• *Sylla*, X, 5 ; XXVIII, 16-17 • *Pompée*, XIV, 8 ; XXXIV, 8 • *César*, VII, 1 •

SERVIUS
• voir GALBA •

SESTOS
Importante ville côtière de Chersonèse de Thrace, face à Abydos.
• *Alcibiade,* XXXVI, 6 ; XXXVII, 1 • *Lysandre,* IX, 6 ; X, 6 ; XIV, 3 • *Cimon,* IX, 3 •

SIBYLLE, SIBYLLINS
Prophétesse, oracles.
• *Thésée,* XXIV, 6 • *Publicola,* XXI, 3 • *Fabius Maximus,* IV, 5 • *Marcellus,* III, 6 • *César,* LX, 2 • *Démosthène,* XIX, 1 • *Cicéron,* XVII, 5 •

SICILE, SICILIENS
• *Thésée,* XIX, 8 • *Lycurgue,* XXX, 5 • *Timoléon,* II, 1-2 ; IX, 7 ; XII, 1 ; XXIII, 2 ; XXV, 2 ; XXVII, 7 ; XXXIX, 5 • *Thémistocle,* XXIV, 7 • *Camille,* XIX, 7 • *Périclès,* XX, 4 ; XXII, 4 • *Fabius Maximus,* XXII, 1 ; XXVI, 2 • *Alcibiade,* XVII, 1-3 ; XIX, 4 ; XX, 3 ; XXIV, 1 ; XXXII, 4 ; XXXIX, 8 • *Timoléon,* I, 1, 3 ; II, 1 ; VII, 5 ; VIII, 1, 8 ; IX, 2, 4 ; X, 3, 6-8 ; XI, 5-6 ; XII, 2 ; XIV, 3 ; XVI, 2-12 ; XVII, 2-3 ; XIX, 6 ; XX, 7, 11 ; XXI, 6 ; XXII, 3 ; XXIII, 6 ; XXIV, 1-2 ; XXV, 1 ; XXIX, 6 ; XXX, 2, 4, 9 ; XXXIV, 3 ; XXXV, 1, 3 ; XXXVI, 5 ; XXXVII, 6 • *Paul-Émile,* XL, 2 ; XLI, 2, 5-6 • *Pélopidas,* XXXI, 6 • *Marcellus,* I, 5 ; II, 2 ; IX, 1 ; XIII, 1-10 ; XIV, 1 ; XVIII, 2 ; XX, 3 ; XXII, 1 ; XXIII, 11 ; XXIV, 10 ; XXV, 1 ; XXVIII, 2 ; XXX, 6 ; XXXII, 2 • *Caton l'Ancien,* III, 6 • *Pyrrhos,* XIV, 8-9 ; XXII, 2-6, 8 ; XXIII, 2-8 ; XXV, 1, 9 • *Marius,* XL, 2 • *Lysandre,* III, 1 ; XVI, 1 • *Sylla,* XXXVI, 6 • *Cimon,* VIII, 9 • *Nicias,* I, 1 ; XII, 2, 6 ; XIII, 1, 8 ; XIV, 3-4 ; XV, 1, 3 ; XVI, 3 ; XVII, 2 ; XVIII, 9 ; XIX, 3, 5, 10 ; XX, 1 ; XXVII, 3 ; XXVIII, 2 ; XXIX, 3 • *Crassus,* X, 6 ; XXVI, 8 ; XXXVI, 6 ; XXXVII, 1 • *Agésilas,* III, 1 ; XXXIII, 5 • *Pompée,* X, 1-2 ; XI, 1-2 ; XX, 6 ; L, 1 ; LXI, 2 ; LXVI, 4 • *César,* XLIX, 1 ; LII, 2 • *Caton le Jeune,* LIII, 2-4 ; LVII, 4 • *Cicéron,* I, 6 ; VI, 1-2 ; VII, 4-6 ; VIII, 2 ; XXXI, 6 ; XXXII, 2 ; LII, 3, 7 • *Démétrios,* XXV, 7 • *Antoine,* XXXV, 8 ; LV, 2 ; LXI, 5 ; LXIII, 7 • *Dion,* IV, 3 ; V, 3, 9 ; X, 1 ; XI, 3 ; XIII, 1 ; XVII, 2 ; XVIII, 7 ; XIX, 1 ; XXI, 7 ; XXII, 1-8 ; XXIII, 1-2 ; XXIV, 3 ; XXV, 3-11 ; XXVII, 1 ; XXIX, 1 ; XLIX, 5 ; LII, 2 ; LIV, 3 ; LVII, 4 ; LVIII, 5 • *Brutus,* LIV, 7 ; LV, 1 •

SICYONE, SICYONIENS
Cité du nord du Péloponnèse, ses habitants.
• *Numa,* IV, 8 • *Périclès,* XIX, 2 • *Caton l'Ancien,* XXII, 1 • *Philopoemen,* I, 4 • *Cléomène,* XVI, 6 ; XVII, 7 ; XIX, 9 ; XX, 4, 8 • *Démétrios,* XV, 1-3 ; XXV, 1, 3 • *Antoine,* XXX, 5 • *Aratos,* II, 1 ; IV-IX ; ; XI, 1 ; XII, 1 ; XIII ; XIV ; XV, 1-2 ; XVIII, 4 ; XXII, 9 ; XXIII, 6 ; XXXIX, 4 ; XL, 1-2, 5 ; XLI, 1, 7 ; XLII, 1 ; XLV, 3 ; LIII, 1-5 ; LIV, 8 •

SILANUS
Decimus Junius Silanus
Consul en 62 avant J.-C.
• *Caton le Jeune,* XXI, 3-4 ; XXII, 4-6 ; XXIII, 1 • *Cicéron,* XIV, 8 ; XIX, 1 ; XX, 4 ; XXI, 3 •

SILO
• voir POMPÉDIUS •

SIMONIDE de Céos
Poète lyrique grec (vers 556-468 avant J.-C.).
• *Thésée,* X, 2 ; XVII, 5 • *Lycurgue,* I, 8 • *Thémistocle,* I, 4 ; V, 6-7 ; VIII, 5 ; XV, 4 • *Timoléon,* XXXVII, 1 • *Aristide,* XIX, 7 • *Agésilas,* I, 3 • *Dion,* I, 1 • *Aratos,* XLV, 7 •

SINOPE, SINOPIENS
Cité de la côte sud du Pont-Euxin et ses habitants.
• *Périclès,* XX, 1-2 • *Timoléon,* XV, 8 • *Lucullus,* XXIII, 2-5 ; XLVI, 1 • *Pompée,* XLII, 4 • *Alexandre,* XIV, 2 • *Agis,* XV, 4 •

SMYRNE
Cité d'Asie Mineure (actuelle Izmir, en Turquie).
• *Sertorius,* I, 7 • *Brutus,* XXVIII, 6 ; XXX, 1 •

INDEX

SOCRATE
Philosophe grec (470-399 avant J.-C.).
• *Périclès*, XIII, 7 ; XXIV, 5 • *Alcibiade*, I, 3 ; IV, 2-4 ; VI, 1-5 ; VII, 3-6 ; XVII, 5 • *Aristide*, I, 9 ; XXVII, 3-4 • *Caton l'Ancien*, VII, 1 ; XX, 3 ; XXIII, 1 • *Marius*, XLVI, 1 • *Lysandre*, II, 5 • *Nicias*, XIII, 9 ; XXIII, 4 • *Alexandre*, LXV, 3 • *Phocion*, XXXVIII, 5 • *Caton le Jeune*, XLVI, 1 • *Démosthène*, III, 2 •

SOLES
Cité côtière de Cilicie (Pompeiopolis).
• *Pompée*, XXVIII, 6 • *Démétrios*, XX, 8 •

SOLES
Cité de l'île de Chypre.
• *Solon*, XXVI, 3-4 • *Alexandre*, XXIX, 3 • *Démétrios*, XXVII, 4 •

SOLON
Législateur athénien (vers 640-vers 558 avant J.-C.).
• *Vie*, p. 199-227 ; *Comparaison avec Publicola*, p. 251-253 •
• *Publicola*, IX, 11 • *Thémistocle*, II, 6 • *Phocion*, VII, 5 • *Cléomène*, XVIII, 2 • *Antoine*, XXXVI, 7 •

SOPHOCLE
Poète tragique (vers 495-405 avant J.-C.).
• *Numa*, IV, 10 ; XXV, 8 • *Solon*, I, 6 • *Périclès*, VIII, 8 • *Timoléon*, XXXVI, 2 • *Cimon*, VIII, 8-9 • *Nicias*, XV, 2 • *Pompée*, LXXVIII, 7 • *Alexandre*, VII, 2 ; VIII, 3 • *Phocion*, I, 5 • *Agis*, I, 3 • *Démosthène*, VII, 3 • *Démétrios*, XLV, 3 ; XLVI, 10 • *Antoine*, XXIV, 3 • *Artaxerxès*, XXVIII, 4 •

SOSSIUS
• voir SÉNÉCION •

SPARTACUS
Esclave thrace, chef de la révolte des esclaves (73-71 avant J.-C.).

• *Crassus*, VIII, 1-4 ; IX ; X ; XI ; XXXVI, 2 • *Pompée*, XXXI, 12 • *Caton le Jeune*, VIII, 1-2 •

SPARTE, SPARTIATES
• *Thésée*, XXXI, 2 • *Romulus*, XXXV, 1 • *Lycurgue*, I, 3-6 ; II, 1 ; III, 6 ; IV, 2-8 ; VI, 10 ; VII, 5 ; VIII, 3-5 ; IX, 4-5 ; X, 4 ; XI, 10 ; XV, 4-18 ; XVI, 7 ; XXI, 2-6 ; XXIV, 1-3 ; XXV, 8-9 ; XXVIII, 2, 6, 12 ; XXIX, 6-10 ; XXX, 5 ; XXXI, 10 • *Numa*, I, 4 ; XXIII, 6 ; XXVI, 9 • *Solon*, X, 6 • *Thémistocle*, XI, 2 ; XVII, 3 ; XIX, 2 ; XXIII, 1 • *Périclès*, XXII, 4 ; XXIII, 2 ; XXIV, 1 • *Alcibiade*, XIV, 3-8 ; XXIII, 1-2, 5 ; XXIV, 1-3 ; XXV, 1 ; XXXI, 7-8 ; XXXVIII, 6 • *Coriolan*, XLI, 8 • *Paul-Émile*, XLI, 3, 5 • *Pélopidas*, I, 5 ; II, 2 ; IV, 8 ; V, 1 ; VI, 2 ; XIII, 1-7 ; XIV, 3-6 ; XV, 1, 3 ; XVI, 2-3 ; XVII, 5-12 ; XX, 6-7 ; XXI, 1 ; XXIII, 1-5 ; XXIV, 1-3, 9 ; XXV, 12 ; XXX, 3 • *Marcellus*, XVIII, 3 ; XXII, 9-10 ; XXXII, 1-2 • *Aristide*, X, 3, 7-9 ; XI, 2 ; XII, 2 ; XVI, 4-6 ; XVII, 8, 10 ; XIX, 1 ; XX, 1-2 ; XXIII, 1-7 • *Caton l'Ancien*, XXX, 1 • *Philopoemen*, XV, 4-5, 8-9 ; XVI, 4-5 • *Flamininus*, XII, 11 ; XIII, 1, 4 ; XXIV, 2 • *Pyrrhos*, XXVI, 15-21 ; XXVII ; XXVIII, 6 ; XXX, 1 • *Lysandre*, I, 2 ; II, 3-5 ; III, 3 ; VI, 3-8 ; VII, 2 ; XIV, 10 ; XVI, 3 ; XVII, 2, 10 ; XVIII, 5 ; XIX, 7 ; XXI, 7 ; XXII, 7-11 ; XXIII, 11 ; XXIV, 2-6 ; XXV, 3-4 ; XXVI, 2, 5, 18-23 ; XXVII, 4 ; XXVIII, 1-7, 12 ; XXIX, 2-7, 9 ; XXX, 1-4, 7 ; XXXII, 4 • *Sylla*, XXXIX, 6-7 ; XL, 4 ; XLI, 7-8 ; XLII, 5 ; XLVIII, 6 • *Cimon*, VI, 3-7 ; X, 6 ; XVI, 4-10 ; XVII, 4 • *Nicias*, VII, 1-3 ; VIII, 1 ; IX, 4-6 ; X, 8-9 ; XIX, 6 ; XXVIII, 4 • *Agésilas*, I, 3 ; III, 2-8 ; VI, 4-5 ; VII, 4 ; X, 1-7 ; XI, 3 ; XII, 5 ; XV, 2-8 ; XVI, 6 ; XVII, 1-3 ; XXI, 7 ; XXII, 8 ; XXIII, 6 ; XXIV, 9 ; XXVI, 6 ; XXVII, 4, 7 ; XXVIII, 6, 8 ; XXX, 1-2 ; XXXI, 8 ; XXXII, 10-14 ; XXXIII, 2-8 ; XXXIV, 2-4 ; XXXVII, 7-11 ; XL, 3-5 • *Pompée*, LXXXI, 4 ; LXXXII, 2, 4 ; LXXXIII, 2-5 ; LXXXIV, 7-8 • *Agis*, III, 1 ; V, 6 ; VI, 2 ; VII, 2-8 ; VIII, 2-4 ; IX, 1, 4-6 ; X, 1-8 ; XIII, 1 ; XV, 5 ; XVII, 6 ;

2261

XIX, 10 ; XX, 3, 7 ; XXI, 1-5 • *Cléomène*, IV, 1-10 ; VI, 1 ; VII, 1-5 ; X, 6, 11 ; XI, 5 ; XVI, 6 ; XVIII, 2-3 ; XIX, 1-5 ; XXI, 3 ; XXII, 1-9 ; XXV, 1 ; XXVIII, 5-6 ; XXIX, 1 ; XXX, 1 ; XXXI, 3-7 ; XXXVI, 6 ; XXXVIII, 1 • *Caius Gracchus*, XXI, 5 • *Démosthène*, XXIV, 1 • *Démétrios*, I, 5 ; XXXV, 2 ; XXXIX, 2 • *Dion*, V, 5 ; XVII, 8 ; XLVIII, 7 ; XLIX, 5-7 • *Artaxerxès*, XX, 5 ; XXI, 6 ; XXII, 1-7 • *Aratos*, XXXVII, 1 ; XXXVIII, 7 ; XLVI, 1 •

SPEUSIPPE
Neveu de Platon et son successeur à l'Académie de 347 à 339 avant J.-C.
• *Dion*, XVII, 2-4 ; XXII, 1-5 ; XXXV, 4 •

SPHODRIAS
Spartiate (première moitié du IVe siècle avant J.-C.).
• *Pélopidas*, XIV, 3-6 • *Agésilas*, XXIV, 4-9 ; XXV ; XXVI, 1 ; XXVIII, 8 • *Pompée*, LXXXI, 6 •

SPHRAGITIDES
Nymphes de la grotte de Sphragidion, sur le mont Cithéron.
• *Aristide*, XI, 3-4 ; XIX, 6 •

SPINTHER
• voir LENTULUS •

SPITHRIDATÈS
Perse de haute naissance, compatriote de Pharnabaze.
• *Lysandre*, XXIV, 1 • *Agésilas*, VIII, 3 ; XI, 2-5 •

STÉSIMBROTE
Historien originaire de Thasos (Ve siècle avant J.-C.).
• *Thémistocle*, II, 5 ; IV, 5 ; XXIV, 6-7 • *Périclès*, VIII, 9 ; XIII, 16 ; XXVI, 1 ; XXXVI, 6 • *Cimon*, IV, 5 ; XVI, 1-3 ; XIV, 5 •

STOÏCIENS
Philosophes de l'école du Portique où se réunissait Zénon et ses disciples.
• *Caton le Jeune*, X, 1 ; XXI, 7 ; LXVII, 2 • *Cléomène*, II, 6 • *Cicéron*, IV, 2 ; XXV, 4 ; L, 5 •

STRABON
Géographe et historien grec (64 avant J.-C.-25 ou 21 après J.-C.).
• *Sylla*, XXVI, 4 • *Lucullus*, XXVIII, 8 • *César*, LXIII, 3 •

SULPICIUS
• voir GALBA •

Publius SULPICIUS Rufus
Homme politique romain, tribun de la plèbe.
• *Marius*, XXXIV, 1 ; XXXV, 1-5 • *Sylla*, VIII ; IX, 3 ; X, 1-3 •

SURA
• voir LENTULUS •

SUSE
Ville perse, importante capitale administrative.
• *Pélopidas*, XXX, 3 • *Crassus*, XXXVII, 3 • *Eumène*, I, 7 • *Agésilas*, XV, 1 • *Alexandre*, XVIII, 6 ; XXXVI, 1 ; XXXVII, 4 ; LXX, 3 • *Démosthène*, XIV, 2 • *Artaxerxès*, VII, 3 •

SYBARIS, SYBARITES
Ville du sud de l'Italie, dans le golfe de Tarente, et ses habitants.
• *Périclès*, XI, 5 • *Pélopidas*, I, 5-6 • *Crassus*, XXXII, 5 •

SYLLA
• voir FAUSTUS •

INDEX

SYLLA
Lucius Cornelius Sylla
Homme politique, général (138-78 avant J.-C.).
• *Vie*, p. 841-889; *Comparaison avec Lysandre*, 890-893 •
•*Publicola*, XV, 2 • *Flamininus*, XXI, 10 • *Marius*, X, 2-9; XXV, 6-7; XXVI, 5-7; XXXII-XXXIII, 1; XXXIV, 2; XXXV, 2-9; XLI, 1-5; XLV, 1-4; XLVI, 9 • *Lucullus*, I, 4; II, 1-4; III, 1, 6, 8; IV, 1, 4-5; V; VII, 2; XIX, 5; XX, 4; XXIII, 6; XXXVII, 1; XLIII, 3 • *Crassus*, II, 4; VI; XXXIV, 1 • *Sertorius*, I, 10; IV, 6; VI, 1-3; VII, 1-2; IX, 5; XVIII, 3-8; XXII, 4; XXIII, 2-6; XXV, 3 • *Pompée*, V, 4; VI; VIII, 1-5; IX; X, 1, 10; XI, 1; XIII, 1-8; XIV, 1-6; XV, 1-4; XVI, 1; XXI, 5-7; XXX, 5; LXXXI, 2-4 • *César*, I; III, 1; V, 2; VI, 1; XV, 3; XXXVII, 2 • *Caton le Jeune*, III, 1-7; XVII, 5-7; XVIII, 9 • *Cicéron*, III, 2-6; IV, 4; X, 2-3; XII, 2; XIV, 2-3; XVII, 2-3, 5 • *Antoine*, I, 1 • *Othon*, IX, 5 •
• son fils, voir FAUSTUS SYLLA •

SYRACUSE, SYRACUSAINS
Ville de Sicile et ses habitants.
• *Alcibiade*, XVII, 1, 3; XVIII, 7; XXII, 1; XXIII, 2 • *Coriolan*, XVI, 1 • *Timoléon*, I, 1-6; III, 1; VII, 4; IX, 3; X, 2; XI, 5; XV, 2; XVI, 5; XVII, 2-3; XVIII, 2, 4; XIX, 4; XX, 1; XXI, 1; XXII, 1-7; XXIII, 1-8; XXIV, 1-3; XXV, 4-5; XXVII, 7; XXX, 1-2; XXXI, 1-2; XXXIII, 1; XXXIV, 2-6; XXXVI, 5-8; XXX-VII, 1-10; XXXVIII, 2-5; XXXIX, 2-7 • *Paul-Émile*, XLI, 4-7 • *Marcellus*, VIII, 11; XIII, 2; XIV, 1-15; XV, 1; XVII, 3; XVIII, 1-5; XIX, 2-7; XX, 2-11; XXI, 1-2; XXIII; XXX, 6; XXXII, 1-3 • *Aristide*, I, 4 • *Pyrrhos*, IX, 2; XIV, 10; XXII, 2; XXIII, 5 • *Nicias*, I, 3; XIII, 2-6; XIV, 3-7; XVI, 1-8; XVII, 1-2, 4; XVIII, 1-12; XIX, 1-9; XX, 4-8; XXI, 2-6; XXII, 2-5; XXIV, 3-6; XXV, 1-4; XXVI, 1; XXVII, 3-4; XXVIII, 1-6; XXIX, 5 • *Crassus*, XXXVI, 6; XXXVIII, 1 • *Caton le Jeune*, LIII, 2, 4 • *Dion*, III, 1-5; IV, 4; XII, 3; XIV, 2; XV, 1;

XVII, 10; XX, 1; XXI, 9; XXII, 2; XXIII, 2; XXIV, 9; XXVI, 2-5; XXVII, 1; XXVIII, 2; XXIX, 1-4; XXX, 1-10; XXXI, 1-5; XXXII, 1-4; XXXIII, 1-2; XXXIV, 1-4; XXXV, 2-6; XXXVII, 3-7; XXXVIII, 4-6; XXXIX, 1-3; XL, 1-3; XLI, 1-5; XLII, 3-6, 8; XLIII, 3-7; XLIV, 1, 7-9; XLV, 6; XLVI, 1-7; XLVIII, 2-3, 8; XLIX, 1-7; L, 1-4; LI, 5; LII, 6; LIII, 6; LIV, 1-2; LVI, 1; LVII, 4; LVIII, 1-8, 10 • *Brutus*, LV, 1, 3 •

SYRIE, SYRIENS
• *Paul-Émile*, VII, 2 • *Philopoemen*, XVII, 1 • *Flamininus*, XVII, 8 • *Pyrrhos*, XII, 9 • *Marius*, XVII, 2 • *Lucullus*, XIV, 6; XXIII, 5 • *Crassus*, XV, 7; XVI, 2; XVII, 7-9; XXIX, 4 • *Sertorius*, I, 4 • *Pompée*, XXXIII, 5; XXX-VIII, 4; XXXIX, 3; XLV, 2; LII, 4-5; LXII, 3 • *Alexandre*, XX, 4; XXV, 4 • *César*, XLIX, 10 • *Caton le Jeune*, XIII, 1; XLIII, 1 • *Cicéron*, XII, 2; XXVI, 1, 10; XXX, 2; XXXVI, 2; XLIII, 3 • *Démétrios*, V, 1; VI, 2, 5; XV, 4; XXXI, 6; XXXII, 7; XLVIII, 1-2; L, 7 • *Antoine*, III, 1; V, 4; XXVII, 4; XXVIII, 1; XXX, 2; XXXIV, 2, 8, 10; XXXVI, 1-3; LIII, 7; LIV, 6-7; LVI, 7; LXXIV, 1; LXXXIV, 2 • *Brutus*, XXVIII, 3-6 • *Aratos*, XII,; XXIV, 1; XXXIII, 45 • *Galba*, XIII, 4 • *Othon*, IV, 3; XV, 6 •

TANAGRA
Cité de Béotie.
• *Périclès*, X, 1, 8 • *Pélopidas*, XV, 6 • *Cimon*, XVII, 4-8 •

TARENTE, TARENTINS
Cité du sud de l'Italie et ses habitants.
• *Fabius Maximus*, XXI; XXII; XXIII, 1-4; XXIX, 1 • *Marcellus*, XXI, 5; XXV, 3 • *Caton l'Ancien*, II, 3; XIV, 3 • *Philopoemen*, X, 4 • *Flamininus*, I, 5 • *Pyrrhos*, XIII, 4, 8-10, 12; XV, 1-2; XVI, 1-2; XVII, 10; XVIII, 6; XIX, 4; XXI, 6; XXII, 5; XXIII, 6; XXIV, 7-8 • *Sylla*, XXVII, 7 • *Alexandre*, XXII, 1 • *Cléomène*, VI, 4 • *Caius Gracchus*, VIII, 3 • *Cicéron*, XXIX, 3; XXXIX, 4 • *Antoine*, XXXV, 1, 5; LXII, 2 •

2263

INDEX

TARPÉIENNE
Roche d'où l'on précipitait les criminels à Rome, au sud-ouest du Capitole.
• *Romulus,* XVIII, 1 • *Numa,* VII, 4 • *Marius,* XLV, 3 •

TARQUIN Collatin
Lucius Tarquinius Collatinus
Neveu de Tarquin l'Ancien, mari de Lucrèce et consul en 509 avant J.-C. en même temps que Lucius Brutus.
• *Publicola,* I, 5; III, 2, 5; IV, 4; VI, 2; VII, 1-7 •

TARQUIN l'Ancien
Cinquième roi de Rome de 616 à 579 avant J.-C., fils de Démarate de Corinthe.
• *Romulus,* XVI, 8; XVIII, 1 • *Numa,* XXII, 10 • *Publicola,* XIV, 1 •

TARQUIN le Superbe
Septième et dernier roi de Rome de 534 à 510 avant J.-C.
• *Numa,* XXII, 10; XXV, 13 • *Publicola,* I, 3; II, 3; III, 1-4; IV, 3; VIII, 1-7; IX, 1, 3-4; X, 1-2; XI, 2; XIII, 1, 3; XIV, 1; XV, 1-3; XVI, 1-2; XVIII, 1-2; XIX, 4; XXVII, 2 • *Coriolan,* III, 1 • *Tibérius Gracchus,* XV, 5 •

TARQUINS (les)
Famille romaine originaire de Tarquinia en Étrurie.
• *Publicola,* I, 5; II, 2; III, 2-5; VII, 6 • *Paul-Émile,* XXV, 2 • *Brutus,* I, 1-6 •

TAURUS
Chaîne montagneuse d'Asie Mineure, à l'ouest de la Syrie.
• *Paul-Émile,* VII, 2 • *Lucullus,* XXIV, 6; XXV, 6; XXVII, 1; XXXI, 1; XXXII, 4; XLVI, 1 • *Pompée,* XXVIII, 1 • *Démétrios,* XLVII, 2-6 •

TAYGÈTE
Montagne du Péloponnèse.
• *Lycurgue,* XV, 17; XVI, 2 • *Pélopidas,* XXX, 3 • *Cimon,* XVI, 4 • *Agis,* VIII, 1 •

TÉGÉE, TÉGÉATES
Ville d'Arcadie et ses habitants.
• *Thésée,* XXXI, 2 • *Aristide,* XII, 1-2; XVI, 3; XIX, 6 • *Lysandre,* XXX, 1 • *Agésilas,* XXXIV, 3 • *Agis,* III, 5; XII, 6; XVI, 4 • *Cléomène,* IV, 2; XIV, 1; XVII, 1; XXII, 1-2; XXIII, 1; XXVI, 1 •

TÉGYRES
Ville de Béotie. Lieu d'une victoire de Pélopidas contre les Spartiates qui aurait eu lieu en 375 avant J.-C.
• *Pélopidas,* XVI, 1, 3; XVII; XIX, 4 • *Marcellus,* XXXI, 6-7 • *Agésilas,* XXVII, 4 •

TÉLÉCLEIDÈS
Poète comique athénien (Ve siècle avant J.-C.).
• *Périclès,* III, 6; XVI, 2 • *Nicias,* IV, 5 •

TEMPÈ
Vallée de Thessalie.
• *Thémistocle,* VII, 2 • *Flamininus,* III, 5 • *Pompée,* LXXIII, 3 •

TÉNARE
Cap du sud du Péloponnèse.
• *Pompée,* XXIV, 6 • *Phocion,* XXIX, 4 • *Cléomène,* XXII, 6; XXXVIII, 6 • *Antoine,* LXVII, 5-8 •

TÉRENTIA
Épouse de Cicéron.
• *Caton le Jeune,* XIX, 5 • *Cicéron,* VIII, 3; XX, 2-3; XXIX, 1-5; XXX, 4; XLI, 2-6 • *Antoine,* II, 2 •

TERENTIUS
• voir LUCILLUS • VARRON •

TERPANDRE
Poète et musicien, originaire de Lesbos (fin du VIIe siècle avant J.-C.).
• *Lycurgue,* XXI, 4-6; XXVIII, 10 • *Agis,* X, 6 •

INDEX

TEUTONS
Peuple de Germanie.
• *Marius*, XI, 2-14 ; XV, 5-6 ; XVI-XXI ; XXIV, 4-7 • *Sertorius*, III, 1-5 • *César*, XVIII, 1 •

THALÈS de Milet
Philosophe ionien (début du VIe siècle avant J.-C.).
• *Solon*, II, 8 ; III, 8 ; IV, 5-8 ; V, 1 ; VI ; VII, 2 ; XII, 11 •

THAPSUS
Ville de Byzacène (Tunisie).
• *César*, LIII • *Caton le Jeune*, LVIII, 13 •

THASOS, THASIENS
Île située au nord de la mer Égée et ses habitants.
• *Thémistocle*, XXV, 2 • *Périclès*, XIII, 16 • *Cimon*, IV, 5 ; XIV, 2 • *Caton le Jeune*, XI, 3 • *Démétrios*, XIX, 7 • *Brutus*, XLIV, 2 •

THÈBES, THÉBAINS
Cité de Béotie et ses habitants.
• *Thésée*, XXIX, 4 • *Lycurgue*, IX, 10 ; XIII, 9-10 ; XXVIII, 10 ; XXX, 7 • *Solon*, IV, 6-7 • *Camille*, XIX, 10 • *Fabius Maximus*, XXVII, 3 • *Alcibiade*, II, 6 • *Pélopidas*, III, 1, 5 ; IV, 5 ; V, 1-3 ; VI, 2-5 ; VII, 2-3 ; XIII, 2-3 ; XIV, 1-5 ; XV, 1-4 ; XVII, 1-9 ; XIX, 1 ; XX, 1-4 ; XXIV, 4-8 ; XXV, 2-14 ; XXVI, 1, 5-6 ; XXVII, 5-6 ; XXVIII, 1 ; XXIX, 1-13 ; XXX, 8 ; XXXI, 3-6 ; XXXII, 1 ; XXXIII, 1-10 ; XXXV, 2-4 • *Marcellus*, XXXI, 6 • *Aristide*, XVI, 6 ; XVIII, 7 ; XIX, 3 • *Flamininus*, VI • *Lysandre*, XV, 3 ; XXVII, 2-8 ; XXVIII, 4-12 ; XXIX, 1 • *Sylla*, XIX, 11-12 • *Agésilas*, VI, 10 ; XV, 8 ; XVIII, 1-9 ; XXII, 1-3 ; XXIII, 5-11 ; XXIV, 2-3, 5 ; XXVI, 2-6 ; XXVII, 1, 4-7 ; XXVIII, 3-8 ; XXIX, 1 ; XXXI, 4 ; XXXII, 3-13 ; XXXIV, 2-5 • *Pompée*, XXXIV, 7-8 ; LXXXI, 6 ; LXXXIII, 2 • *Alexandre*, IX, 2 ; XI, 6-12 ; XII, 1 ; XIII, 1- 5 ; XLVI, 2 • *Phocion*, XVII, 1-2, 4 ; XXVII, 1 • *Démosthène*, IX, 1 ; XVII, 5-6 ; XVIII, 1-3 ; XX, 1 ; XXIII, 1-2 • *Démétrios*, I,

6 ; IX, 3 ; XXXIX, 2-7 ; XL, 2-6 ; XLV, 5 ; XLVI, 1 • *Dion*, XVII, 8 • *Artaxerxès*, XXII, 8 • *Aratos*, XVI, 4 •

THÉMISTOCLE
Homme d'État athénien. (vers 568-vers 462 avant J.-C.)
• *Vie*, p. 257-284 •
• *Thésée*, VI, 9 • *Périclès*, VII, 3 • *Alcibiade*, XXXVII, 7-8 • *Coriolan*, XLI, 6 • *Pélopidas*, IV, 3 ; XXI, 3 • *Aristide*, II, 1-5 ; III ; IV, 3-4 ; V, 4 ; VII, 1 ; VIII-X ; XXII, 2-4 ; XXIV, 6-7 ; XXV, 9-10 ; XXVI, 2-5 • *Caton l'Ancien*, VIII, 4-14 ; XXVIII, 4 ; XXIX, 2, 4 ; XXXII, 4 • *Flamininus*, XX, 9 • *Lysandre*, XIV, 9-10 • *Cimon*, V ; VIII, 1 ; IX, 1 ; X, 8 ; XII, 2 ; XVI, 2 ; XVIII, 6-7 • *Lucullus*, XLVI, 4 • *Crassus*, XXXVI, 4 • *Pompée*, LXIII, 2 ; LXXXIV, 5 • *Phocion*, III, 7 • *Cicéron*, LIII, 3 • *Antoine*, XXXVII, 1 •

THÉODOTOS de Chios
Instigateur du meurtre de Pompée en 48 avant J.-C.
• *Pompée*, LXXVII, 3-7 ; LXXX, 7-9 • *César*, XLVIII, 2 • *Brutus*, XXXIII, 3-6 •

THÉOPHANÈS de Mytilène (Lesbos)
Compagnon, confident et historiographe grec de Pompée.
• *Pompée*, XXXVII, 4 ; XLII, 8 ; XLIX, 13-14 ; LXXVI, 7-9 ; LXXVIII, 3 • *Cicéron*, XXXVIII, 4 •

THÉOPHRASTE d'Érésos (Lesbos)
Philosophe grec, disciple et successeur d'Aristote (vers 370-287 avant J.-C.).
• *Lycurgue*, X, 2 • *Solon*, IV, 7 ; XXXI, 5 • *Thémistocle*, XXV, 1-3 • *Périclès*, XXIII, 2 ; XXXV, 5 ; XXXVIII, 2 • *Alcibiade*, X, 4 • *Aristide*, XXV, 2 • *Lysandre*, XIII, 2 ; XIX, 5 • *Sylla*, XXVI, 1, 3 • *Nicias*, X, 1 ; XI, 10 • *Sertorius*, XIII, 6 • *Agésilas*, II, 6 ; XXXVI, 11 ; XXXVIII, 11 • *Alexandre*, IV, 5 • *Caton le Jeune*, XXXVII, 3 • *Agis*, II, 2 •

INDEX

Démosthène, X, 2 ; XIV, 4 ; XVII, 4 ; XXV, 7-8 • *Cicéron*, XXIV, 6 •

THÉOPOMPE de Chios
Historien grec, élève d'Isocrate et ami de Philippe II et d'Alexandre (vers 380-324 avant J.-C.).
• *Thémistocle*, XIX, 1 ; XXV, 3 ; XXXI, 3 • *Alcibiade*, XXXII, 2 • *Timoléon*, IV, 6 • *Lysandre*, XVII, 3 ; XXX, 2 • *Agésilas*, X, 10 ; XXXI, 4 ; XXXII, 14 ; XXXIII, 1 • *Démosthène*, IV, 1 ; XIII, 1 ; XVIII, 2-3 ; XXI, 2 • *Dion*, XXIV, 5-10 •

THÉRAMÈNE
Homme politique athénien (?-404/403 avant J.-C.). L'un des fils d'Hagnon.
• *Alcibiade*, I, 3 ; XXXI, 5 • *Lysandre*, XIV, 9-10 • *Nicias*, II, 1 • *Cicéron*, XXXIX, 5 •

THERMOPYLES
Défilé qui donne accès à la Grèce centrale et à l'Attique. Site de la célèbre bataille de 480 avant J.-C.
• *Thémistocle*, IX, 1 • *Caton l'Ancien*, XIII ; XIV ; XXIX, 3 • *Flamininus*, V, 4 ; XI, 6 ; XV, 5 • *Agésilas*, XVII, 4 • *Alexandre*, XI, 6 • *Démétrios*, XXIII, 2-3 ; XL, 1 •

THÉSÉE
Roi mythique d'Athènes.
• *Vie*, p. 61-88 ; *Comparaison avec Romulus*, p. 122-125 •
• *Sylla*, XIII, 6 • *Cimon*, VIII, 5-8 •

THESPIES
Cité de Béotie.
• *Pélopidas*, XIV, 3-6 ; XV, 6 • *Lysandre*, XXIX, 1 • *Agésilas*, XXIV, 4-8 ; XXXIV, 4 • *Démétrios*, XXXIX, 2-5 •

THESSALIE, THESSALIENS
Région du nord de la Grèce et ses habitants.
• *Thésée*, XXVII, 9 • *Romulus*, II, 1 • *Thémistocle*, VII, 2 ; XX, 3 • *Camille*, XIX, 4

• *Périclès*, XVII, 3 • *Paul-Émile*, VII, 3 ; IX, 4 • *Pélopidas*, XXVI, 1-4 ; XXVII, 1, 5 ; XXIX, 1 ; XXXI, 2, 4 ; XXXII, 1-4, 11 ; XXXIII, 2, 6-8 ; XXXIV, 7 ; XXXV, 3 • *Aristide*, VIII, 1 ; X, 1 • *Caton l'Ancien*, XVIII, 5 • *Flamininus*, V, 3-4 ; VII, 3 ; IX, 2 ; X, 5 • *Pyrrhos*, I, 6 ; VII, 3 ; XII, 8 ; XIV, 1 • *Sylla*, XI, 5 ; XV, 4 ; XX, 1 ; XXIII, 1 ; XXVII, 1 • *Cimon*, I, 1 ; XIV, 4 • *Lucullus*, X, 3 ; XXIII, 5 • *Agésilas*, XVI, 5 ; XVII, 1 • *Pompée*, LXVI, 2, 6 ; LXXXIV, 5-6 • *Alexandre*, VI, 1 ; XI, 6 ; XXXIII, 1 ; XLII, 5 • *César*, XXXIX, 9 ; XLI, 7 • XLVIII, 1 • *Phocion*, XXV, 5 • *Caton le Jeune*, LV, 1 • *Démosthène*, XVIII, 2 • *Démétrios*, XXVII, 2 ; XXXVI, 8 ; XXXIX, 1 ; XL, 1-2 • *Dion*, XXII, 6 • *Brutus*, XXV, 1 • *Galba*, I, 7 •

THOURIOÏ, THOURIENS
Colonie grecque du golfe de Tarente et ses habitants.
• *Périclès*, XI, 5 • *Alcibiade*, XXII, 1 ; XXIII, 1 • *Timoléon*, XVI, 3-4 ; XIX, 2 • *Nicias*, V, 3 • *Démétrios*, XXVIII, 1 •

THRACE
Région au nord-est de la Grèce.
• *Thésée*, XVI, 2 • *Romulus*, XVII, 3 • *Thémistocle*, I, 1-2 • *Périclès*, XI, 5 ; XVII, 2 ; XIX, 1 • *Alcibiade*, XXIII, 5 ; XXX, 9-10 ; XXXVI, 3-5 ; XXXVII, 3-7 • *Paul-Émile*, XV, 7 ; XVIII, 2-6 ; XXXII, 6 • *Caton l'Ancien*, XII, 1 • *Flamininus*, XII, 2 • *Pyrrhos*, XI, 2 • *Lysandre*, XVI, 1 ; XX, 7 • *Sylla*, XI, 4 ; XV, 1 • *Cimon*, IV, 2-3 ; VII, 1-2 ; XIV, 1 • *Nicias*, VI, 3-4 • *Crassus*, VIII, 2-3 ; IX, 7 ; XI, 3 ; XXXV, 6 • *Eumène*, VII, 5 • *Agésilas*, XVI, 1 • *Alexandre*, XII, 3-4 ; LXXII, 6 • *Phocion*, XXVIII, 7 • *Caton le Jeune*, XI, 1 • *Démosthène*, XXX, 2 • *Démétrios*, XXXIX, 6 ; XLIV, 3 ; LII, 6 • *Antoine*, LXI, 2 ; LXIII, 6 •

THRASYBULE
Homme d'État et général athénien. Restaurateur de la démocratie à Athènes en 403 avant J.-C.

INDEX

• *Alcibiade*, I, 3 ; XXVI, 6 • *Pélopidas*, VII, 2 ; XIII, 4 • *Lysandre*, XXVII, 7 ; XXIX, 1 • *Aratos*, XVI, 4 •

THUCYDIDE
Historien grec (vers 460-395 avant J.-C.), auteur de la Guerre du Péloponnèse.
• *Lycurgue*, XXVII, 7 ; XXVIII, 6 • *Thémistocle*, XXV, 2 ; XXVII, 1-2 • *Périclès*, IX, 1 ; XV, 3 ; XVI, 1 ; XXVIII, 2 ; XXXIII, 1 • *Fabius Maximus*, I, 8 • *Alcibiade*, VI, 3 ; XI, 2 ; XIII, 4 ; XX, 6 • *Coriolan*, XLI, 2 • *Aristide*, XXIV, 4 • *Caton l'Ancien*, II, 5 • *Cimon*, IV, 2- 4 • *Nicias*, I, 1-5 ; IV, 1 ; XIX, 6 ; XX, 8 ; XXVIII, 5 • *Agésilas*, XXXIII, 7 • *Démosthène*, VI, 1 •

THUCYDIDE d'Alopécè
Fils de Mélésias, homme politique athénien, adversaire de Périclès (vers 500 après-443 avant J.-C.).
• *Périclès*, VI, 2-3 ; VIII, 5 ; XI, 1-3 ; XIV, 1-3 ; XVI, 3 • *Fabius Maximus*, XXX, 2 • *Nicias*, II, 1-2 ; XI, 6 • *Démosthène*, XIII, 6 •

TIBRE
Fleuve de Rome.
• *Romulus*, I, 1 • *Camille*, XVIII, 7 • *Fabius Maximus*, I, 2 • *Paul-Émile*, XXX, 2 • *César*, LVIII, 8 • *Othon*, IV, 9-10 •

TIGRANE
Roi d'Arménie (vers 140-55 avant J.-C.).
• *Camille*, XIX, 11 • *Sylla*, XXVII, 17 • *Lucullus*, IX, 5 ; XIV, 6-8 ; XIX, 1 ; XXI ; XXII ; XXIII, 2-7 ; XXV, 1-4, 6-7 ; XXVI-XXIX, 6 ; XXX, 1-2 ; XXXI, 1-7 ; XXXII, 5 ; XXXIII, 5 ; XXXIV, 4-6 ; XXXV, 3-9 ; XXXVI, 5-6 ; XLVI, 2, 4 • *Crassus*, XVI, 2 ; XXVI, 8 • *Pompée*, XXVIII, 6 ; XXX, 1-2 ; XXXI, 10 ; XXXII, 18 ; XXXIII, 1-7 ; XXXVI, 2 ; XLV, 5 ; LXVII, 10 ; LXXXIII, 3 • *Cicéron*, X, 2 •

TIGRANE le Jeune
Fils de Tigrane, le roi d'Arménie.
• *Lucullus*, XXVIII, 6-7 • *Pompée*, XXXIII, 1, 5-8 ; XLV, 5 ; XLVIII, 10 •

TIMÉE de Tauroménion
Historien grec (IVe-IIIe siècle avant J.-C.), auteur d'une Histoire de la Sicile.
• *Lycurgue*, I, 4 ; XXXI, 7 • *Timoléon*, IV, 6 ; X, 7 ; XXXVI, 2 • *Paul-Émile*, XLI, 4 • *Lysandre*, XVI • *Nicias*, I, 1-5 ; XIX, 5 ; XXVIII, 4-5 • *Dion*, VI, 3 ; XIV, 5-7 ; XXXI, 3 ; XXXV, 6 ; XXXVI, 1 •

TIMOLÉON
Général corinthien (vers 401-vers 336 avant J.-C.).
• *Vie*, p. 465-494 ; *Comparaison avec Paul-Émile*, p. 532-533 •
• *Camille*, XIX, 7 • *Dion*, LVIII, 10 •

TIMOTHÉE
Stratège athénien (?-354 avant J.-C.).
• *Timoléon*, XXXVI, 1 • *Pélopidas*, II, 2 • *Sylla*, VI, 5-6 • *Démosthène*, XV, 1 •

TIRIBAZOS
Perse de l'entourage d'Artaxerxès.
• *Agésilas*, XXIII, 2 • *Artaxerxès*, V, 3-5 ; VII, 3 ; X, 1 ; XXIV, 4-10 ; XXVII, 6-9 ; XXVIII ; XXIX, 1, 6-7 ; XXX, 8 •

TIRON
Marcus Tullius Tiro
Affranchi de Cicéron.
• *Cicéron*, XLI, 4 ; XLIX, 4 •

TISSAPHERNE
Satrape perse (seconde moitié du Ve siècle avant J.-C.).
• *Alcibiade*, XXIII, 5 ; XXIV, 4-7 ; XXV ; XXVI ; XXVII, 6-7 ; XXVIII, 2 • *Coriolan*, XLI, 9 • *Lysandre*, IV, 1-2 • *Agésilas*, IX, 1-3 ; X, 1-8 • *Artaxerxès*, III, 3 ; IV, 3 ; VI, 6 ; XVIII, 1 ; XX, 3 ; XXIII, 1 •

INDEX

TITE-LIVE
Historien romain (59 avant J.-C.-17 après J.-C.).
• *Camille*, VI, 2 • *Marcellus*, XI, 8 ; XXIV, 5 ; XXX, 5 ; XXXI, 8 • *Caton l'Ancien*, XVII, 5 • *Flamininus*, XVIII, 9 ; XX, 10 • *Sylla*, VI, 19 • *Lucullus*, XXVIII, 8 ; XXXI, 9 • *César*, XLVII, 3-6 ; LXIII, 9 •

TOLMIDÈS
Stratège athénien, mort au cours de la bataille de Coronée contre les Béotiens, en 447 avant J.-C.
• *Périclès*, XVI, 3 ; XVIII, 2-3 ; XIX, 2 • *Fabius Maximus*, XXVIII, 2 ; XXX, 3 • *Agésilas*, XIX, 2 •

TOSCANE
• voir ÉTRURIE •

Caius TREBONIUS
Homme politique romain (?-42 avant J.-C.), consul suffect en 45 avant J.-C.
• *Pompée*, LII, 4 • *Caton le Jeune*, XLIII, 1, 6 • *Antoine*, XIII, 2 • *Brutus*, XVII, 2 ; XIX, 5 •

TRENTE (Les)
Conseillers auxquels fut confié l'établissement d'une nouvelle constitution après le renversement de la démocratie à Athènes en 404 avant J.-C.
• *Thémistocle*, XIX, 6 • *Alcibiade*, XXXVIII, 1, 3-6 • *Lysandre*, XV, 7 ; XXI, 3-4 ; XXVII, 5 • *Cimon*, X, 5 •

TRÉZÈNE
Cité du nord de l'Argolide.
• *Thésée*, III, 2, 5 ; VI, 1 ; XIX, 9 ; XXXIV, 3 • *Romulus*, XIV, 8 ; XXX, 1 ; XXXV, 1 • *Thémistocle*, X, 5 • *Cléomène*, XIX, 6 • *Démosthène*, XXVI, 5 • *Aratos*, I, 2 ; XXIV, 3 •

TROIE, TROYENS
(Ilion). Ville du nord-ouest de l'Asie Mineure et ses habitants.

• *Thésée*, XXXIV, 1-2 ; XXXV, 7-8 • *Romulus*, I ; II, 1 ; III, 2 ; XXXV, 5 • *Solon*, IV, 3 • *Camille*, XIX, 7 ; XX, 6 • *Cimon*, IV, 6 ; VII, 6 • *Lucullus*, X, 4 ; XII, 2 • *Nicias*, I, 3 • *Sertorius*, I, 6 • *Alexandre*, XV, 7-9 • *Caton le Jeune*, III, 1 • *Antoine*, VI, 1 • *Dion*, I, 1 •

TUBÉRO
• voir AÉLIUS •

TUBERTUS
• voir POSTUMIUS •

TULLIUS
• voir CICÉRON • TIRON •

TULLUS Hostilius
Troisième roi de Rome (vers 673-vers 640 avant J.-C.).
• *Romulus*, XVIII, 6 • *Numa*, XXI, 5-6 ; XXII, 11-12 • *Coriolan*, I, 1 •

TUSCULUM
Cité du Latium.
• *Camille*, XXXVIII, 2-5 • *Caton l'Ancien*, I, 1 • *Lucullus*, XXXIX, 4 ; XLIII, 4 • *Pompée*, LXVII, 5 • *César*, XLI, 3 • *Cicéron*, XL, 3 ; XLVII, 1 •

TYR
Ville de Phénicie (actuelle Sour, au Liban).
• *Alexandre*, XXIV, 4-10 ; XXV, 1-4 • *Caton le Jeune*, IV, 2 • *Démétrios*, XXXII, 7 ; XXXIII, 1 •

TYRANNION
Grammairien originaire d'Amisos du Pont (Ier siècle avant J.-C.).
• *Sylla*, XXVI, 2 • *Lucullus*, XIX, 8 •

TYRRHÉNIE, THYRRÉNIENS
• voir ÉTRURIE •

TYRTÉE
Poète de Sparte (VIIe siècle avant J.-C.).
• *Lycurgue*, VI, 9-10 • *Cléomène*, II, 4 •

INDEX

ULYSSE
Héros de l'Odyssée.
• *Romulus*, II, 1 • *Solon*, XXX, 1 • *Alcibiade*, XXI, 1 • *Coriolan*, XXII, 4 • *Caton l'Ancien*, IX, 3 • *Lysandre*, XX, 5 • *Agésilas*, V, 6 •

UTIQUE
Port de Numidie (actuelle Tunisie).
• *Marius*, VIII, 8 • *Pompée*, XI, 3 ; XIII, 1 • *César*, LIV, 1 • *Caton le Jeune*, LVIII, 1-6 ; LIX-LXV ; LXVII, 1 ; LXXI, 1 ; LXXII, 1 •

VALENS
• voir FABIUS •

VALÈRE MAXIME
Historien romain (Ier siècle avant J.-C.).
• *Marcellus*, XXX, 2-5 • *Brutus*, LIII, 5-6 •

VALERIUS
• voir FLACCUS • MESSALA • PUBLICOLA •

VARRO
• voir LUCULLUS •

VARRO
Caius Terentius Varro
Consul en 216 avant J.-C.
• *Fabius Maximus*, XIV, 2-7 ; XV ; XVI ; XVIII, 4-5 • *Paul-Émile*, II, 4 •

VARRON
Marcus Terentius Varro
Érudit romain (116-27 avant J.-C.).
• *Romulus*, XII, 3-4 ; XVI, 6 • *César*, XXXVI, 1-2 •

VÉIES
Ville d'Étrurie.
• *Romulus*, XXV, 7 ; XXVII, 3 • *Publicola*, XIII • *Camille*, II, 5-10 ; III-V ; VI, 1 ; VII ; XVII, 4 ; XVIII, 9 ; XXIV, 1 ; XXVI, 1 ; XXXI, 2 •

VÉLIA
• voir ÉLÉE •

VENTO
• voir PERPENNA •

VÉNUS
Divinité italique assimilée à la déesse grecque Aphrodite.
• *Numa*, XII, 2 • *Marius*, XLVI, 8 • *Sylla*, XIX, 9 • *Pompée*, LXVIII, 2-3 • *Caton le Jeune*, VI, 1 •
• voir aussi APHRODITE •

VERCINGÉTORIX
Chef gaulois (vers 72-46 avant J.-C.).
• *César*, XXV, 5 ; XXVI ; XXVII •

VERRUCOSUS
• voir FABIUS •

VESPASIEN
Titus Flavius Vespasianus
Empereur de 69 à 79 après J.-C.
• *Publicola*, XV, 2-3 • *Othon*, IV, 3, 9 ; V, 4 •

VESTA
Ancienne divinité romaine, déesse du foyer.
• *Romulus*, II, 5 ; III, 3 ; XVIII, 9 • *Numa*, XI, 1 ; XIV, 1 • *Publicola*, VIII, 7-8 • *Camille*, XX, 3 ; XXXI, 4 • *Galba*, XXVII, 6 •

VESTALES
Prêtresses de Vesta.
• *Romulus*, III, 4 ; XXII, 1 • *Numa*, IX, 9-15 ; X ; XIII, 4 • *Camille*, XX, 3-4 ; XXI, 1-2 ; XXXI, 4 • *Fabius Maximus*, XVIII, 3 • *Caton l'Ancien*, XX, 7 • *Crassus*, I, 4 • *Cicéron*, XIX, 5 ; XX, 2-3 • *Antoine*, XXI, 4 ; LVIII, 5 •
• voir aussi VESTA •

VIBIUS
• voir PANSA •

VICTOIRE
Dans la religion romaine, personnification féminine de la victoire.

INDEX

• *Romulus*, XXIV, 5 • *Marius*, XXXII, 4 • *Sylla*, VI, 1 ; XI, 1 ; XIX, 9 • *Sertorius*, XXII, 3 • *César*, VI, 1 ; XLVII, 2 • *Brutus*, XXXIX, 4 • *Othon*, IV, 8 •

VIPSANIUS
• voir AGRIPPA •

Aulus VITELLIUS Germanicus
Empereur romain en 69 après J.-C.
• *Publicola*, XV, 2 • *Galba*, XIX, 1 ; XXII, 7-12 ; XXIII, 1 ; XXVII, 10 • *Othon*, IV, 2, 4-6 ; V ; VI ; VIII-XIII ; XVI, 2 ; XVII, 12 ; XVIII, 1, 4-7 •

Lucius VITELLIUS
Frère de l'empereur Vitellius.
• *Othon*, V, 2 •

VOCONIUS
Officier de Lucullus.
• *Lucullus*, XIII, 1-2 • *Cicéron*, XXVII, 4 •

VOIE SACRÉE
Via Sacra. Rue bordée de monuments sacrés, qui traversait le forum romain d'est en ouest.
• *Publicola*, XIX, 8 • *Cicéron*, XVI, 3 ; XXII, 2 •

VOLSQUES
Peuple du Latium.
• *Camille*, II, 1 ; XVII, 4 ; XXXIII, 1 ; XXXIV, 1-2 ; XXXV, 1 ; XXXVII, 2 • *Alcibiade*, XLI, 4-8 ; XLIII, 2-4 • *Coriolan*, VIII, 1-3 ; IX, 7 ; X, 5 ; XII, 6 ; XXI, 6 ; XXII, 1-3 ; XXIII, 4-9 ; XXVI, 2-6 ; XXVII, 2-7 ; XXVIII, 1 ; XXIX, 1 ; XXX, 7 ; XXXI, 1-7 ; XXXII, 2 ; XXXIV, 1 ; XXXV, 1-8 ; XXXVI, 6 ; XXXVII, 2 ; XXXIX, 2-13 • *Cicéron*, I, 2 •

VOLUMNIA
Mère de Coriolan.
• *Coriolan*, I, 2 ; IV, 5-7 ; XXI, 3 ; XXXIII ; XXXIV ; XXXV ; XXXVI, 1-7 ; XXXVII, 3-5 ; XLIII, 4-5 •

VULCAIN
Dieu romain du feu et du métal, assimilé à Héphaïstos.
• *Romulus*, XXIV, 5 ; XXVII, 6 • *Publicola*, XVI, 9 •

XANTHIPPOS
Père de Périclès.
• *Thémistocle*, X, 10 ; XXI, 4 • *Périclès*, III, 2 • *Alcibiade*, I, 2 • *Aristide*, X, 10 • *Caton l'Ancien*, V, 4 •

XANTHOS
Cité de Lycie (sud de l'actuelle Turquie).
• *Alexandre*, XVII, 4 • *Brutus*, II, 8 ; XXX, 6-8 ; XXXI •

XÉNOCRATE
Philosophe originaire de Chalcédoine (vers 400-314 avant J.-C.), scholarque de l'Académie de 339 à sa mort.
• *Flamininus*, XII, 7 • *Marius*, II, 3 • *Lucullus*, XLIV, 3 • *Alexandre*, VIII, 5 • *Phocion*, IV, 2 ; XXVII, 1-6 ; XXIX, 6 •

XÉNOPHON
Historien grec (vers 428-355 avant J.-C.).
• *Lycurgue*, I, 5-6 • *Alcibiade*, XXXII, 2 • *Marcellus*, XXI, 3 ; XXXIII, 2 • *Lysandre*, XV, 7 • *Agésilas*, IV, 2 ; IX, 2 ; XVIII, 2 ; XIX, 7-9 ; XX, 2 ; XXIX, 2 ; XXXIV, 4 • *Pompée*, LXXXIII, 1 • *Antoine*, XLV, 12 • *Artaxerxès*, IV, 2 ; VIII, 1 ; IX, 4 ; XIII, 3, 6 •

XERXÈS
Le Grand Roi perse (486-465 avant J.-C.). Fils et successeur de Darius.
• *Thémistocle*, IV, 3-6 ; VI, 1 ; VII, 1-2 ; IX, 1, 3 ; XII, 2-5 ; XIII, 1-2 ; XIV ; XVI ; XX, 1 ; XXVII, 1 • *Aristide*, VIII, 1 passim ; X, 1-2 • *Caton l'Ancien*, XXXII, 2 • *Syllá*, XV, 5 • *Cimon*, VI, 2 ; VII, 1-2 ; X, 9 ; XII, 1-3 ; XIII, 4 • *Lucullus*, XXXIX, 3 ; XLVI, 4 • *Agésilas*, XVI, 2 • *Alexandre*, XXXVII, 5 ; XXXVIII, 4 • *Artaxerxès*, I, 1 ; II, 4 •

INDEX

ZÉNON de Cition
Philosophe grec (vers 332-262 avant J.-C.).
Fondateur de l'école stoïcienne.
• *Lycurgue*, XXXI, 2 • *Phocion*, V, 4 • *Cléomène*, II, 3 • *Aratos*, XXIII, 6 •

ZEUS
Roi des dieux de la mythologie grecque.
• *Thésée*, XIV, 2-3; XVI, 3; XXV, 5 • *Lycurgue*, VI, 2 • *Solon*, III, 5; XXXII 2 • *Thémistocle*, XXVIII, 5; XXIX, 7 • *Camille*, V, 7 • *Périclès*, II, 1; III, 5; XIII, 10 • *Coriolan*, III, 3 • *Paul-Émile*, XXVIII, 7 • *Aristide*, XI, 3, 5-6; XIX, 7-8; XX, 4; XXI, 2-5 • *Flamininus*, XII, 11; XVI, 7 • *Pyrrhos*, V, 5; XXVI, 21 • *Sylla*, XVII, 4; XIX, 12 • *Nicias*, XIV, 6; XVI, 7 • *Eumène*, XVII, 8 • *Agésilas*, XXI, 10 • *Pompée*, LXXI, 2 • *Alexandre*, XXVII, 2-9; XXVIII, 4; XXXIII, 1; LII, 6; LXV, 2 • *Phocion*, XXXVII, 1 • *Agis*, IX, 2 • *Démosthène*, XXVII, 8 • *Démétrios*, X, 5; XII, 3; XXVII, 8; XXIX, 2; XLII, 9-10 • *Dion*, XXIV, 10 • *Brutus*, LI, 1 • *Aratos*, L, 3; LIII, 5-6; LIV, 4 •
• voir aussi JUPITER •

INDEX DES NOMS MODERNES

Acher
Nicolas (1727-1814)
Magistrat et littérateur.
• 34 •

Alma-Tadema
Sir Lawrence (1836-1912)
Peintre anglais d'origine hollandaise.
• 1966 •

Amado
Silvio
Cinéaste.
• 1979 •

Amalvi
Christian
Historien.
• 41 •

Amyot
Jacques (1513-1593)
Traducteur.
• 7, 11, 23, 24, 25, 26, 28, 33, 1954-1958, 1974, 1975, 2037, 2038, 2046, 2083, 2087, 2100, 2105, 2106 •

Amerigo
Anton
Cinéaste.
• 1980 •

Arnauld
Antoine (1612-1694)
Théologien janséniste.
• 1985 •

Atumano
Simone (XIVe siècle)
Moine italien, traducteur.
• 22 •

Auger
Jacques (XVIIe siècle)
Auteur dramatique.
• 2101 •

Auvigny
Jean du Castre d'
(1712-1743)
• 1986 •

Bach
Jean-Sébastien
(1685-1750)
Compositeur allemand.
• 12 •

Bachet de Méziriac
Claude-Gaspar
(1581-1638)
Magistrat et homme de lettres.
• 2105 •

Baïf
Lazare de (1496-1547)
Helléniste.
• 956 •

Balzac
Honoré de (1799-1850)
Écrivain.
• 36, 37, 45 •

Barthélemy
Abbé Jean-Jacques
(1716-1795)
Écrivain.
• 1966, 1974 •

Bastien
Jean-François
(1747-1824)
Libraire et éditeur.
• 1957 •

Bava
Mario (1914-1980)
Cinéaste italien.
• 1979 •

Bebel
Johannes (XVIe siècle)
Éditeur bâlois.
• 1956 •

Beccafumi
Domenico (1486-1551)
Peintre italien.
• 1965 •

Beethoven
Ludwig van (1770-1827)
Compositeur allemand.
• 9, 35 •

Bernanos
Georges (1888-1948)
Écrivain.
• 48 •

INDEX

BÉRULLE
Pierre de (1575-1629)
Cardinal.
• 1985 •

BESSARION
Cardinal (1400-1472)
• 1973 •

BÈZE
Théodore de (1519-1605)
Théologien protestant.
• 1955 •

BLACKTON
Stuart (1875-1946)
Cinéaste américain d'origine anglaise.
• 1979 •

BLUM
Léon (1871-1950)
Homme politique.
• 43 •

BOCHETEL
Guillaume (?-1553)
Secrétaire de François Ier, traducteur.
• 1955 •

BONCHAMP
Jehan, Évagrias (XVIe siècle)
Professeur de grec.
• 1954 •

BONER
Hieronymus (XVIe siècle)
Traducteur allemand.
• 2108 •

BONNARD
Mario (1889-1965)
Cinéaste italien.
• 1979 •

BONNET
Jean-Claude
• 12, 29, 30, 32, 34 •

BORGIA
César (vers 1475-vers 1507)
Condottiere italien.
• 2042 •

BOURDEAU
Louis (1824-1900)
Historien.
• 43-44 •

BOYER
Claude (1618-1698)
Auteur dramatique.
• 2101 •

BRAUDEL
Fernand (1902-1985)
Historien.
• 12, 44, 2116 •

BRÉAL
Michel (1832-1915)
Grammairien.
• 43 •

BRIVAL
(XVIIIe siècle)
Député de la Corrèze.
• 2077 •

BROTTIER
Gabriel (1723-1789)
Jésuite, bibliothécaire et éditeur.
• 1957 •

BUDÉ
Guillaume (1468-1540)
Humaniste.
• 22, 23, 2037 •

BUONACCORSI
Biagio (XVe-XVIe siècle)
Homme politique et homme de lettres italien.
• 2042 •

BURCKHARDT
Jacob (1818-1897)
Historien suisse.
• 24 •

BURTON
Richard (1925-1984)
Acteur et réalisateur anglais.
• 1980 •

CAIANO
Mario
Cinéaste italien.
• 1980 •

CALVIN
Jean (1509-1564)
Théologien réformateur.
• 1955, 2083 •

CAMUS
Albert (1913-1960)
Écrivain.
• 48 •

CARLYLE
Thomas (1795-1881)
Historien et écrivain écossais.
• 36 •

CASAUBON
Isaac (1559-1614)
Érudit et théologien anglais.
• 1960 •

INDEX

CASERINI
Mario (1874-1920)
Cinéaste italien.
• 1979 •

CATHERINE II
(1729-1796)
Impératrice de Russie.
• 1986 •

CATTAFAVI
Vittorio
Cinéaste italien.
• 1979 •

CAUSSIN
Père Nicolas (1583-1651)
Prédicateur jésuite.
• 2100 •

CAYLUS
Anne-Claude-Philippe,
comte de (1692-1765)
Amateur d'art.
• 32 •

CESARI
Cesare de' (XVIe siècle)
Auteur dramatique italien.
• 2100 •

CHAHINE
Youssef
Cinéaste égyptien.
• 1980 •

CHANSON
Arnaud (XVIe siècle)
Traducteur.
• 1956 •

CHAPOTON
(XVIIe siècle)
Auteur dramatique.
• 2101 •

CHARLES IX
(1550-1574)
Roi de France.
• 1955, 1956 •

CHATEAUBRIAND
François-René de
(1768-1848)
Écrivain, homme politique.
• 1973-1975 •

CHAUDON
(XVIIIe siècle)
Auteur d'un dictionnaire.
• 2106 •

CHÉRIF
Roi de Fès et de Maroc.
• 25 •

CHEVREAU
Urbain (1613-1701)
Homme de lettres.
• 2101 •

CHRISTINÉ
Henri (1867-1941)
Compositeur d'opérettes.
• 1980 •

CINTHIO (OU CINZIO)
Giraldi, Giambattista
(XVIe siècle)
Auteur dramatique italien.
• 2100 •

CLÉMENT D'ALEXANDRIE
(vers 150-vers 215)
Père de l'Église.
• 2037 •

COEFFETEAU
Nicolas (1574-1623)
Prédicateur dominicain.
• 1957 •

COLA DELL'AMATRICE
(1480-1547)
Peintre italien.
• 1965 •

COLBERT
Jean-Baptiste (1619-1683)
Contrôleur des finances.
• 27 •

COLIN
Jacques (XVIe siècle)
Lecteur de François Ier.
• 1955 •

COLOMB
Christophe
(vers 1450-1506)
Navigateur.
• 44 •

COMMYNES
Philippe de (1447-1511)
Chroniqueur.
• 1973 •

CONDÉ
Louis II de Bourbon, dit le
Grand
• 9, 28, 35, 1958, 2038 •

CONSTANT
Benjamin (1767-1830)
*Écrivain et homme
politique.*
• 2078 •

**CONSTANTIN VII
PORPHYROGÉNÈTE**
(909-959)
Empereur byzantin.
• 1972, 2045 •

INDEX

Constantin IX
(1049-1055)
Empereur byzantin.
• 1973 •

Corbin
Alain
Historien.
• 45 •

Corbucci
Sergio (1927-1990)
Cinéaste italien.
• 1979, 1980 •

Corday
Charlotte (1768-1793)
• 1986 •

Corneille
Pierre (1606-1684)
Auteur dramatique.
• 1957, 1985, 2077, 2100 •

Corneille
Thomas (1625-1709)
Auteur dramatique.
• 2101 •

Cortes
Hernán (1485-1547)
Conquistador espagnol.
• 25 •

Coubertin
Pierre de (1863-1937)
Fondateur des jeux Olympiques modernes.
• 47 •

Courier
Paul-Louis (1773-1825)
Écrivain.
• 9, 11, 12, 39 •

Cousin
Victor (1792-1867)
Philosophe et homme politique.
• 37, 38 •

Croiset
Alfred (1845-1923)
Helléniste.
• 42 •

Croiset
Maurice (1846-1936)
Helléniste.
• 42, 1991, 2039 •

Crozals
Jacques de (1848-1915)
Professeur.
• 40 •

Dacier
André (1651-1722)
Érudit et traducteur.
• 31, 1958, 2038, 2106, 2107 •

Danès
Pierre (1497-1577)
Helléniste.
• 1955, 1956 •

Danton
Georges-Jacques (1759-1794)
Homme politique.
• 37 •

David
Jacques Louis (1748-1825)
Peintre.
• 1965, 2052, 2076 •

Debray
Régis
Écrivain.
• 48 •

Del Rio
(XVIIe siècle)
Père jésuite.
• 2100 •

De Mille
Cecil B. (1881-1959)
Cinéaste américain.
• 1979 •

Descartes
René (1596-1650)
Philosophe.
• 30, 33 •

Desmarets de Saint Sorlin
Jean (1596-1676)
Écrivain.
• 2101 •

Diderot
Denis (1713-1784)
Philosophe.
• 30, 1986 •

Donati
Père (XVIIe siècle)
Auteur d'un Art poétique.
• 2100 •

Dorat
Jean (1508-1588)
Poète et humaniste.
• 1955 •

Du Bellay
Joachim (1522-1560)
Poète.
• 1954 •

INDEX

Duby
Georges (1919-1996)
Historien.
• 2116 •

Dumas
Alexandre (1802-1870)
Écrivain.
• 2038 •

Dumézil
Georges (1898-1986)
Historien.
• 2054 •

Durkheim
Émile (1858-1917)
Sociologue.
• 42-43 •

Élisabeth Ire
d'Angleterre
(1533-1603)
Reine d'Angleterre.
• 2085 •

Épinay
Louise Françoise, Mme d'
(1725-1783)
Écrivain.
• 2083 •

Érasme
Désiré (vers 1469-1536)
Humaniste hollandais.
• 22, 23, 2037 •

Estienne
Henri (1528-1598)
Imprimeur et humaniste.
• 22, 1955, 2037, 2045, 2048 •

Évagrias
• voir Bonchamp •

Farge
Arlette
Historienne.
• 46 •

Favre
Née Julie Velten,
Mme Jules (1834-1896)
• 40 •

Fellini
Federico (1920-1994)
Cinéaste italien.
• 1979 •

Fénelon
François de la Mothe
(1651-1719)
Archevêque et écrivain.
• 29 •

Fergusson
Roy
• 1980 •

Ferro
Marc
Historien.
• 2116 •

Ferroni
Georgio (1908-1981)
Cinéaste italien.
• 1979 •

Flaubert
Gustave (1821-1880)
Écrivain.
• 10, 44, 2038 •

Fontenelle
Bernard le Bovier de
(1657-1757)
Philosophe.
• 29, 1985 •

François Ier
(1494-1547)
Roi de France.
• 23, 1955, 1956, 2037 •

Freda
Riccardo
Cinéaste italien.
• 1980 •

Frédéric II
(1712-1786)
Roi de Prusse.
• 35 •

Fulvio
Andrea (XVIe siècle)
Archéologue et numismate italien.
• 24, 1964 •

Fustel de Coulanges
Numa Denis (1830-1889)
Historien.
• 39, 41 •

Gambetta
Léon (1838-1882)
Homme politique.
• 42 •

Garnier
Robert (1545-1590)
Auteur dramatique.
• 2100 •

Gaulle
Charles de (1890-1970)
Général. Président de la République.
• 48 •

INDEX

GÉMISTE PLÉTHON
Georges (vers 1355-1451)
Philosophe venu de Constantinople à Florence.
• 1973 •

GENTILOMO
Giacomo (1909-2001)
Cinéaste italien.
• 1979 •

GEORGES DE PISIDIE
(Giorgios Pisédès, vers 580-vers 634)
Auteur byzantin.
• 1972 •

GIBBON
Edward (1737-1794)
Historien anglais.
• 1990 •

GIOVO
• voir JOVE, Paul •

GIRODET
Anne-Louis (1767-1824)
Peintre.
• 1966 •

GOMME
Arnold Wycombe (1886-1959)
Helléniste anglais.
• 2031 •

GOULART
Simon (1543-1628)
Éditeur de musique, érudit, pasteur calviniste.
• 1957 •

GOUT
Alberto (1908-1966)
Cinéaste mexicain.
• 1979 •

GRACIAN
Baltasar (1601-1658)
Homme de lettres espagnol.
• 1985 •

GRACQ
Julien
Écrivain.
• 48 •

GRAMSCI
Antonio (1891-1937)
Homme politique et écrivain italien.
• 2038 •

GRÉARD
Octave (1828-1904)
Professeur.
• 39, 40, 42 •

GRÉGOIRE DE NAZIANZE
(vers 330-vers 390)
Père et docteur de l'Église grecque.
• 2037 •

GRÉGOIRE DE NYSSE
(vers 330-394)
Père et docteur de l'Église grecque.
• 2037 •

GRÉVIN
Jacques (1538-1570)
Médecin et poète.
• 2100 •

GRIECO
Sergio (1917-1982)
Cinéaste.
• 1980 •

GUÉRIN DU BOUSCAL
François Daniel (1613?-1675)
Auteur dramatique.
• 2101 •

GUISE
Henri duc de (1550-1588)
• 1955 •

GUIZOT
François (1787-1874)
Historien, homme politique.
• 37, 41 •

HAN
Ulrich (Udalricus Gallus, XVe siècle)
Éditeur allemand.
• 2037 •

HARDY
Alexandre (vers 1572-vers 1632)
Auteur dramatique.
• 2101 •

HEGEL
Georg Willhelm Friedrich (1770-1831)
Philosophe allemand.
• 36, 37 •

HENRI II
(1519-1559)
Roi de France.
• 1955, 1956 •

INDEX

Henri III
(1555-1589)
Roi de France.
• 1955 •

Houbigant
Père Charles-François
(1686-1783)
Exégète.
• 1985 •

Hugo
Victor (1802-1885)
Poète.
• 35, 41, 42 •

Jaurès
Jean (1859-1914)
Homme politique.
• 2038 •

Jean Chrysostome
(vers 344-407)
Père de l'Église grecque.
• 2037 •

Jean d'Antioche
(VIIe siècle)
Chroniqueur byzantin.
• 1972 •

Jeanne d'Arc
(1412-1431)
• 37, 41 •

Jodelle
Étienne (1532-1573)
Poète.
• 2100 •

Jouvancy
Joseph de (1643-1719)
Jésuite et professeur.
• 1985 •

Jove
Paul (Paolo Giovio,
1483-1552)
Historien et humaniste italien.
• 24, 2045 •

Jullian
Camille (1859-1933)
Historien.
• 38 •

Junte
(**Giunti** ou **Giunta**)
(XVIe siècle)
Famille d'imprimeurs et éditeurs florentins.
• 1956, 2037 •

Kaltwasser
Johann Friedrich Salomon
(XVIIIe siècle)
Traducteur allemand.
• 2108 •

Kendall
Paul Murray (1911-1973)
Historien américain.
• 2116 •

Kléber
Jean-Baptiste (1753-1800)
Général.
• 38 •

Klotz
Alfred (1874-1956)
Historien allemand.
• 2092 •

Koutouzov
Mikhaïl (1745-1813)
Maréchal russe.
• 36 •

Kubrick
Stanley (1928-1999)
Cinéaste américain.
• 1980 •

La Bruyère
Jean de (1645-1691)
Écrivain.
• 1957 •

La Calprenède
Gautier de Costes de
(1610-1663)
Écrivain.
• 2101 •

La Chalotais
Louis-René-François
(1701-1785)
Procureur général du parlement de Bretagne.
• 1986 •

Lacouture
Jean
Journaliste et biographe.
• 10 •

La Font de Saint-Yenne
(1688-1771)
Critique d'art.
• 31, 1965 •

Langhorne
John et William
Traducteurs anglais.
• 2105 •

Larousse
Pierre (1817-1875)
Éditeur et lexicographe.
• 38 •

INDEX

LA SERRE
Jean Puget de (1600-1655)
Écrivain et traducteur.
• 2106 •

LA TAILLE
Jacques de (1542-1562)
Poète, auteur dramatique.
• 2101 •

LAVAL
Pierre (1883-1945)
Homme politique.
• 2060 •

LAVISSE
Ernest (1842-1922)
Historien.
• 41 •

LE GOFF
Jacques
Historien.
• 44, 46, 1949, 2116 •
• 2116 •

LEMOINE
Jean (vers 1250-1313)
Cardinal.
• 1954 •

LEO
Friedrich (1851-1914)
Philologue allemand.
• 2092 •

LE ROY LADURIE
Emmanuel
Historien.

L'ESCLUSE
Charles de (1526-1609)
Érudit, botaniste, traducteur.
• 1957 •

LÉVI-STRAUSS
Claude
Anthropologue.
• 44 •

LINDSKOG
Claes
Philologue allemand.
• 2039 •

LIPSE
Juste (1547-1606)
Humaniste flamand.
• 1960 •

LOUIS IX
(1214-1270)
Roi de France.
• 44, 46 •

LOUIS XIII
(1601-1643)
Roi de France.
• 27, 1985 •

LOUIS XIV
(1638-1715)
Roi de France.
• 27, 28, 29, 30, 35, 41, 1957, 1985, 2101 •

LOUIS XV
(1710-1774)
Roi de France.
• 2106 •

LOUIS-PHILIPPE
(1773-1850)
Roi des Français.
• 41 •

LOYOLA
Ignace de (1491-1556)
Fondateur de la Compagnie de Jésus.
• 1984 •

LUTHER
Martin (1483-1546)
Théologien réformateur.
• 37 •

MABILLON
Jean (1632-1707)
Bénédictin et historien.
• 1960 •

MABLY
Gabriel Bonnet, abbé de (1709-1785)
Philosophe et historien.
• 31, 1969, 2059 •

MACHIAVEL
Niccolo (1469-1527)
Penseur politique.
• 2042-2044 •

MAIRET
Jean (1604-1686)
Auteur dramatique.
• 2100 •

MALRAUX
André (1901-1976)
Écrivain.
• 10, 48 •

MANKIEWICZ
Joseph (1909-1993)
Cinéaste américain.
• 1980 •

INDEX

Manuce
Alde (Aldo, 1450-1515)
Imprimeur, éditeur vénitien.
• 22 •

Marat
Jean-Paul (1743-1793)
Député à la Convention.
• 34, 2076 •

Marie-Antoinette
(1755-1793)
• 39 •

Marin
Louis (1931-1992)
Philosophe.
• 27 •

Marx
Karl (1818-1883)
Philosophe et économiste allemand.
• 44 •

Maté
Rudolph (1898-1964)
Cinéaste américain d'origine polonaise.
• 1979 •

Mathias
Bob
Sportif américain.
• 1979 •

Mauropos
Jean (vers 1080)
Auteur byzantin.
• 1973 •

Méliès
Georges (1861-1938)
Cinéaste.
• 1980 •

Métochite
Théodore (1260-1332)
Philosophe, érudit, homme d'État byzantin.
• 1973 •

Meyer
Eduard (1855-1930)
Historien allemand.
• 2031 •

Michelet
Jules (1798-1874)
Historien.
• 22, 37, 38, 41, 1986, 2039, 2116 •

Mickiewicz
Adam (1798-1855)
Écrivain polonais.
• 37 •

Mignet
Auguste (1796-1884)
Historien.
• 37 •

Mirabeau
Gabriel-Honoré Riqueti de (1749-1791)
Homme politique.
• 33, 34, 35 •

Mitterrand
François (1916-1996)
Président de la République.
• 48 •

Molière
Jean-Baptiste Poquelin dit (1622-1673)
Auteur dramatique.
• 9, 10, 12 •

Mommsen
Theodor (1817-1733)
Historien allemand.
• 38 •

Montaigne
Michel Eyquem de (1533-1592)
Écrivain.
• 21, 25, 26, 27, 33, 38, 40, 1956, 1957, 1984, 2038, 2046-2048 •

Montesquieu
Charles de Secondat, baron de La Brède et de (1689-1755)
Écrivain.
• 38, 1990 •

Montfaucon
Bernard de (1655-1741)
Moine érudit et écrivain.
• 1960 •

Montreux
Nicolas de
(vers 1561-vers 1608)
Auteur dramatique.
• 2100, 2101 •

Moraux
Paul
Historien de la philosophie.
• 2099 •

Morel
Frédéric (1552-1630)
Imprimeur ordinaire Roi, neveu de Robert Estienne.
• 1956 •

INDEX

Morin
Jean (?-1659)
Jésuite.
• 1985 •

Morvilliers
Jean de (1506-1577)
Surintendant des finances, évêque d'Orléans.
• 1955 •

Motzume (Montézuma)
(1466-1520)
Empereur aztèque.
• 25 •

Moulin
Jean (1899-1943)
Haut fonctionnaire. Résistant.
• 10, 48 •

Musil
Robert (1880-1942)
Écrivain autrichien.
• 44 •

Napoléon Ier
(1769-1821)
Empereur des Français.
• 35, 36, 37, 41, 46 •

Napoléon III
(1808-1873)
Empereur des Français.
• 35, 41 •

Navarre
Marguerite de (1492-1549)
Reine de Navarre, écrivain.
• 1955 •

Nora
Pierre
Historien.
• 48 •

North
Thomas
(vers 1535-vers 1601)
Traducteur anglais.
• 1957, 2038, 2085 •

Novelli
Enrico
• 1979 •

Orsini
Fulvio (1529-1600)
Érudit et bibliophile italien.
• 1964 •

Paoli
Pascal (1725-1807)
Patriote corse.
• 35 •

Pascal
G.
• 1980 •

Passeron
Jean-Claude
Sociologue.
• 13 •

Pasteur
Louis (1822-1895)
Chimiste et biologiste.
• 42 •

Pellisson
Paul (1624-1693)
Écrivain.
• 27 •

Perego
Eugenio
• 1979 •

Perrault
Charles (1628-1703)
Écrivain.
• 28, 29, 41 •

Peter
Hemann Wilhelm
(1837-1914)
Helléniste et historien allemand.
• 2091 •

Pétain
Philippe (1856-1951)
Maréchal, homme politique.
• 2060 •

Pierotti
Piero
• 1980 •

Pierrefeu
Jean de (1881-1940)
Écrivain.
• 9, 10, 40, 41 •

Pizarre (Pizzaro)
Francisco (vers 1475-1541)
Conquistador espagnol.
• 25 •

Planude
Maxime (vers 1260-1310)
Humaniste byzantin.
• 22, 1973, 2036, 2044, 2045 •

Pompei
Girolamo (1731-1788)
Écrivain, traducteur italien.
• 2108 •

INDEX

Pottier
Richard (Ernst Deutsch, dit, 1906-1994)
Cinéaste français.
• 1979 •

Propiac
Catherine Joseph Ferdinand Girard de (1759-1823)
Archiviste et écrivain.
• 38 •

Psellos
Michel (1018-1080)
Homme d'État et philosophe byzantin.
• 1973 •

Quatremère de Quincy
Antoine-Chrysostome (1755-1849)
Sculpteur, historien de l'art.
• 48 •

Quinault
Philippe (1635-1688)
Auteur dramatique.
• 2100, 2101 •

Quoniambec
• 25 •

Rabelais
François (vers 1490-1553)
Écrivain.
• 2038 •

Racine
Jean (1639-1699)
Auteur dramatique.
• 27, 28, 1957, 2101 •

Reeves
Steve
Acteur américain.
• 1979 •

Renan
Ernest (1823-1892)
Philosophe et historien.
• 1990 •

Ricard
Dominique
Écrivain et traducteur.
• 34 •

Richelieu
Armand-Jean Duplessis de (1585-1642)
Cardinal.
• 27, 28 •

Robespierre
Maximilien de (1758-1794)
Homme politique.
• 1974, 2076, 2077 •

Roland
Mme (1754-1793)
Née Marie-Jeanne Phlipon
• 33, 40, 1986 •

Roland d'Erceville
Barthélémy-Gabriel (1734-1794)
Président au parlement de Paris, pédagogue, historien.
• 1986 •

Rollin
Abbé Charles (1661-1741)
Historien.
• 11, 31, 1966, 1974, 1985, 2076 •

Romilly
Jacqueline de
Helléniste.
• 1999, 2102 •

Rossen
Robert (1908-1966)
Scénariste et cinéaste américain.
• 1980 •

Rouillé
Guillaume (1518-1589)
Imprimeur lyonnais.
• 24 •

Rousseau
Jean-Jacques (1712-1778)
Écrivain et philosophe.
• 12, 31, 32, 33, 37, 38, 40, 1957, 1986, 2038, 2083-2084 •

Sacy
Sylvestre de (1758-1838)
Orientaliste.
• 9 •

Saint Évremond
Charles Saint-Denis, seigneur de (1613-1703)
• 2101 •

Saint Pierre
Charles Castel abbé de (1658-1743)
Écrivain.
• 30 •

Saladin
(1138-1193)
Sultan d'Égypte et de Syrie.
• 25 •

INDEX

SALUTATI
Coluccio (1331-1406)
Humaniste italien.
• 22 •

SARTRE
Jean-Paul (1905-1980)
Écrivain.
• 12, 44 •

SCALIGER
(Giulio Cesare Scaligero, 1484-1558)
Philologue et médecin italien.
• 1960 •

SCOTT
Gordon
Acteur américain.
• 1979 •

SCUDÉRY
Georges de (1601-1667)
Écrivain.
• 2101 •

SCUDÉRY
Madeleine de (1607-1701)
Écrivain.
• 1987 •

SELVE
Georges de
(vers 1506-1541)
Humaniste, ambassadeur de François Ier
• 1956 •

SERAN DE LA TOUR
Abbé (XVIIIe siècle)
Historien et écrivain.
• 30 •

SÉVIGNÉ
Marie de Rabutin-Chantal, marquise de
• 2038 •

SHAKESPEARE
William (1564-1616)
Poète dramatique anglais.
• 1957, 1980, 2038, 2087-2089, 2100, 2105 •

SOLLAR
Fabien
Librettiste.
• 1980 •

SPINELLI
(XVIe siècle)
Auteur dramatique italien.
• 2100 •

TALLEMANT
François, abbé (1620-1693)
Académicien et traducteur.
• 2106 •

THEVET
André (1502-1590)
Cosmographe et historiographe du Roi.
• 24 •

THIBAUDET
Albert (1874-1936)
Critique littéraire.
• 40 •

THIERS
Adolphe (1797-1877)
Homme politique, historien.
• 37 •

THOMAS
Antoine-Léonard (1732-1785)
Écrivain.
• 30 •

TOCQUEVILLE
Charles Alexis Clérel de (1805-1859)
Écrivain.
• 2038 •

TOD
César
• 1980 •

TOLSTOÏ
Léon (1828-1910)
Écrivain russe.
• 36, 37 •

TONSON
Jacob (1655-1736)
Éditeur anglais.
• 2105 •

TOURJANSKI
Victor (1891-1976)
Cinéaste d'origine russe.
• 1980 •

TOURNON
François de (1489-1562)
Cardinal.
• 1955 •

TRAHY
Claude (XVIe siècle)
Moine cordelier.
• 1955 •

INDEX

Turenne
Henri de La Tour
d'Auvergne, vicomte de
(1611-1675)
Maréchal.
• 27, 35 •

Tzétzès
Jean (vers 1120-1180)
*Poète et grammairien
byzantin.*
• 1973 •

Valéry
Paul (1871-1945)
Écrivain.
• 36 •

Valla
Lorenzo (1407-1457)
Humaniste italien.
• 1973 •

Vari
Giuseppe
Cinéaste.
• 1980 •

Vascosan
Michel de (1505-1576)
Imprimeur du Roi.
• 1955, 1956 •

Vaugelas
Claude Fabre, sieur de
(1585-1650)
Écrivain.
• 1957 •

Vauvilliers
Jean-François (1737-1801)
Helléniste.
• 1957 •

Verlaine
Paul (1844-1896)
Poète.
• 1990 •

Vernant
Jean-Pierre
Historien et helléniste.
• 43 •

Vettori
Francesco (1474-1539)
Homme politique florentin.
• 2042 •

Vitelli
Alessandro (?-1556)
Condottiere italien.
• 1965 •

Volney
Constantin-François
Chassebœuf, comte de
(1757-1820)
Écrivain.
• 34, 2078 •

Voltaire
François-Marie Arouet dit
(1694-1778)
Écrivain.
• 29, 33, 2058, 2101 •

Wells
Herbert-George
(1866-1946)
Écrivain anglais.
• 11 •

Wilde
Oscar (1854-1900)
Écrivain irlandais.
• 2039 •

Will
Edouard (1920-1997)
*Professeur
d'histoire grecque.*
• 2060 •

Willemetz
Albert (1887-1964)
Compositeur d'opérette.
• 1980 •

Wyttenbach
Daniel Albert (1746-1820)
Helléniste.
• 2039 •

Young
Terence (1915-1994)
Cinéaste anglais.
• 1979 •

Ziegler
Konrat (1884-1974)
*Helléniste et philologue
allemand.*
• 2031, 2039, 2048, 2049,
2060 •

TABLE DES MATIÈRES

Avertissement *par François Hartog* 7

Plutarque entre les Anciens et les Modernes *par François Hartog* 9

Note sur la traduction *par Anne-Marie Ozanam* 51

VIES PARALLÈLES

Thésée-Romulus

Introduction par Claude Mossé 60
Thésée *annoté par Claude Mossé* 61
Romulus *annoté par Jean-Marie Pailler* 89
Comparaison de Thésée et de Romulus 122
Bibliographie 126

Lycurgue-Numa

Introduction par Claude Mossé 128
Lycurgue *annoté par Claude Mossé* 129
Numa *annoté par Jean-Marie Pailler* 161
Comparaison de Lycurgue et de Numa 191
Bibliographie 196

Solon-Publicola

Introduction par Claude Mossé 198
Solon *annoté par Claude Mossé* 199
Publicola *annoté par Jean-Marie Pailler* 228
Comparaison de Solon et de Publicola 251
Bibliographie 254

THÉMISTOCLE-CAMILLE

Introduction par Claude Mossé	256
Thémistocle *annoté par Claude Mossé*	257
Camille *annoté par Jean-Marie Pailler*	285
Bibliographie	320

PÉRICLÈS-FABIUS MAXIMUS

Introduction par Claude Mossé	322
Périclès *annoté par Claude Mossé*	323
Fabius Maximus *annoté par Jean-Marie Pailler*	357
Comparaison de Périclès et de Fabius Maximus	384
Bibliographie	386

ALCIBIADE-CORIOLAN

Introduction par Claude Mossé	388
Alcibiade *annoté par Claude Mossé*	389
Coriolan *annoté par Jean-Marie Pailler*	425
Comparaison d'Alcibiade et de Coriolan	459
Bibliographie	462

TIMOLÉON-PAUL-ÉMILE

Introduction par Claude Mossé	464
Timoléon *annoté par Claude Mossé*	465
Paul-Émile *annoté par Jean-Marie Pailler*	495
Comparaison de Timoléon et de Paul-Émile	532
Bibliographie	534

PÉLOPIDAS-MARCELLUS

Introduction par Claude Mossé	536
Pélopidas *annoté par Claude Mossé*	537
Marcellus *annoté par Jean-Marie Pailler*	567
Comparaison de Pélopidas et de Marcellus	599
Bibliographie	602

Aristide-Caton l'Ancien

Introduction par Claude Mossé	604
Aristide *annoté par Claude Mossé*	605
Caton l'Ancien *annoté par Jean-Marie Pailler*	633
Comparaison d'Aristide et de Caton l'Ancien	667
Bibliographie	672

Philopoemen-Flamininus

Introduction par Claude Mossé	674
Philopoemen *annoté par Claude Mossé*	675
Flamininus *annoté par Jean-Marie Pailler*	695
Comparaison de Philopoemen et de Flamininus	718
Bibliographie	720

Pyrrhos-Marius

Introduction par Claude Mossé	722
Pyrrhos *annoté par Claude Mossé*	723
Marius *annoté par Jean-Marie Pailler*	759
Bibliographie	810

Lysandre-Sylla

Introduction par Claude Mossé	812
Lysandre *annoté par Claude Mossé*	813
Sylla *annoté par Jean-Marie Pailler avec la contribution de Benoît Giraud*	841
Comparaison de Lysandre et de Sylla	890
Bibliographie	894

Cimon-Lucullus

Introduction par Claude Mossé	896
Cimon *annoté par Claude Mossé*	897
Lucullus *annoté par Jean-Marie Pailler*	918
Comparaison de Cimon et de Lucullus	969
Bibliographie	972

NICIAS-CRASSUS

Introduction par Claude Mossé — 974
Nicias *annoté par Claude Mossé* — 975
Crassus *annoté par Robert Sablayrolles* — 1007
Comparaison de Nicias et de Crassus — 1045
Bibliographie — 1050

SERTORIUS-EUMÈNE

Introduction par Claude Mossé — 1052
Sertorius *annoté par Jean-Marie Pailler* — 1053
Eumène *annoté par Claude Mossé* — 1080
Comparaison de Sertorius et d'Eumène — 1098
Bibliographie — 1100

AGÉSILAS-POMPÉE

Introduction par Claude Mossé — 1102
Agésilas *annoté par Claude Mossé* — 1103
Pompée *annoté par Robert Sablayrolles* — 1139
Comparaison d'Agésilas et de Pompée — 1220
Bibliographie — 1224

ALEXANDRE-CÉSAR

Introduction par Claude Mossé — 1226
Alexandre *annoté par Claude Mossé* — 1227
César *annoté par Robert Sablayrolles* — 1293
Bibliographie — 1354

PHOCION-CATON LE JEUNE

Introduction par Claude Mossé — 1356
Phocion *annoté par Claude Mossé* — 1357
Caton le Jeune *annoté par Jean-Marie Pailler* — 1387
Bibliographie — 1450

Agis et Cléomène-Les Gracques

Introduction par Claude Mossé	1452
Agis et Cléomène *annotés par Claude Mossé*	1453
Agis	1454
Cléomène	1468
Les Gracques *annotés par Jean-Marie Pailler*	1497
Tibérius Gracchus	1499
Caius Gracchus	1518
Comparaison d'Agis et Cléomène et des Gracques	1537
Bibliographie	1540

Démosthène-Cicéron

Introduction par Claude Mossé	1542
Démosthène *annoté par Claude Mossé*	1543
Cicéron *annoté par Jean-Marie Pailler avec la contribution de Cyril Binot*	1569
Comparaison de Démosthène et de Cicéron	1623
Bibliographie	1626

Démétrios-Antoine

Introduction par Claude Mossé	1628
Démétrios *annoté par Claude Mossé*	1629
Antoine *annoté par Robert Sablayrolles*	1669
Comparaison de Démétrios et d'Antoine	1742
Bibliographie	1746

Dion-Brutus

Introduction par Claude Mossé	1748
Dion *annoté par Claude Mossé*	1749
Brutus *annoté par Jean-Marie Pailler*	1785
Comparaison de Dion et de Brutus	1829
Bibliographie	1832

Artaxerxès

Introduction par Claude Mossé	1834
Artaxerxès *annoté par Claude Mossé*	1835
Bibliographie	1858

Aratos

Introduction par Claude Mossé	1860
Aratos annoté par Claude Mossé	1861
Bibliographie	1898

Galba-Othon

Introduction par Robert Sablayrolles	1900
Galba annoté par Robert Sablayrolles	1901
Othon annoté par Robert Sablayrolles	1925
Bibliographie	1940

DICTIONNAIRE PLUTARQUE
sous la direction de Pascal Payen

Présentation *par Pascal Payen*	1943
Acculturation *par Pascal Payen*	1949
Amis/Amitié *par Marie-Laurence Desclos*	1952
Amyot (1513-1593) *par Pascal Payen*	1954
Antiquaire *par Pascal Payen*	1958
Aristote *par Marie-Laurence Desclos*	1961
Art/Artistes *par François Lissarrague*	1964
Athènes *par Claude Mossé*	1967
Bilinguisme *par Pascal Payen*	1970
Byzance *par Pascal Payen*	1972
Chateaubriand *par Claude Mossé*	1973
Chéronée *par Pascal Payen*	1975
Cicéron *par Jean-Marie Pailler*	1977
Cinéma *par Claude Aziza*	1979
Citoyen/Citoyenneté *par Claude Mossé*	1981
Classique/Classicisme *par Édith Flamarion*	1983
Composition *par Françoise Frazier*	1986
Déclin/Décadence *par Pascal Payen*	1989
Delphes *par Louise Bruit*	1992
Denys d'Halicarnasse *par Jean-Marie Pailler*	1994
Dieux *par Louise Bruit*	1995
Domitien *par Jean-Marie Pailler*	1998
Douceur *(Praotès)* *par Françoise Frazier*	1999
Écrit/Écriture *par Christian Jacob*	2000
Éducation *par Jean-Marie Pailler*	2004
Égypte/Égyptiens *par Françoise Dunand*	2006

Éloge/Blâme *par Jacques Boulogne*	2008
Épicurisme *par Marie-Laurence Desclos*	2010
Ethnographie *par Pascal Payen*	2012
Étymologies *par Jean-Marie Pailler*	2016
Femmes *par Claude Mossé*	2018
Fides *par Jean-Marie Pailler*	2020
Fortune *par Jacques Boulogne*	2021
Grèce *par Claude Mossé*	2024
Guerre(s) *par Pascal Payen*	2027
Hérodote *par Catherine Darbo-Peschanski*	2030
Histoire *par Claude Mossé*	2032
Homère *par Louise Bruit*	2034
Lecteurs/Lectures *par Pascal Payen*	2036
Liberté *par Pascal Payen*	2040
Machiavel *par Marie-Dominique Couzinet*	2042
Manuscrits *par Françoise Frazier*	2044
Michelet	2046
Montaigne *par Marie-Dominique Couzinet*	2046
Moralia (Œuvres morales) *par Jacques Boulogne*	2048
Mort *par Pascal Payen*	2051
Mythologie et histoire des origines *par Jean-Marie Pailler*	2054
Napoléon	2056
Oracles	2056
Paix romaine *par Pascal Payen*	2056
Phocion *par Claude Mossé*	2058
Platon *par Marie-Laurence Desclos*	2060
Plutarque par lui-même *par Pascal Payen*	2063
Polybe *par Catherine Darbo-Peschanski*	2065
Les *Préceptes politiques* *par Jean-Claude Carrière*	2066
Pythagore *par Jean-Marie Pailler*	2069
Questions romaines – Questions grecques *par Pascal Payen*	2070
République romaine *par Jean-Marie Pailler*	2073
Révolution française *par Claude Mossé*	2075
Rites *par Louise Bruit*	2079
Rome *par Jean-Marie Pailler*	2080
Rousseau *par Yves Touchefeu*	2083
Shakespeare *par Éliane Cuvelier*	2085
Socrate *par Claude Mossé*	2087
Sossius Sénécion *par Pascal Payen*	2089
Sources (*Quellenforschung*, philologie, critique) *par Pascal Payen*	2091
Sparte *par Claude Mossé*	2094
Stoïcisme *par Marie-Laurence Desclos*	2097
Théâtre *par Édith Flamarion*	2099
Thucydide *par Catherine Darbo-Peschanski*	2102
Tite-Live *par Jean-Marie Pailler*	2104

TABLE DES MATIÈRES

Traducteurs *par Catherine Volpilhac-Augé*	2105
Trajan *par Jean-Marie Pailler*	2108
Tyran/Tyrannie *par Claude Mossé*	2109
Varron *par Jean-Marie Pailler*	2111
Vertu	2112
Vie *(Bios) par Pascal Payen*	2113
Zeus *par Louise Bruit*	2116
Bibliographie	2119
Chronologie sommaire	2139
Cartes	
Occident grec	2149
Grèce	2150
Grèce	2151
Asie Mineure	2152
Italie	2153
Conquêtes d'Alexandre (334-323 avant J.-C.)	2154
Premier séjour de Sylla en Asie et guerre contre Mithridate à partir de la prise d'Athènes (86-85 avant J.-C.)	2155
Espagne de Sertorius	2156
Campagnes de Lucullus	2157
Campagnes de Pompée en Orient (66-63 avant J.-C.)	2158
Campagnes de César en Gaule (58-51 avant J.-C.) et durant la guerre civile (49-45 avant J.-C.)	2159
Campagne de Crassus (54-53 avant J.-C.)	2160
Campagnes d'Antoine contre les Parthes	2161
Vue générale d'Athènes-Le Pirée	2162
Agora	2163
Acropole	2163
Vue générale de Rome	2164
Forum	2165
Index	
Index des noms anciens	2169
Index des noms modernes	2272

DANS LA MÊME COLLECTION

Louis Aragon
Henri Matisse, Roman., 1998, 868 p., 551 doc.

René Char
Dans l'atelier du poète, 1996, 1064 p., 350 doc.
Œuvres poétiques, écrits sur l'art, correspondance
Édition de M.-C. Char

André Chastel
Renaissance italienne 1460-1500.
Renaissance méridionale, Le Grand Atelier,
1999, 952 p., 320 doc.

Chateaubriand
Mémoires d'outre-tombe,
1997, 2 vol., 3696 p., 386 doc.
Avant-propos de Jean d'Ormesson.
Édition de Jean-Paul Clément

Cioran
Œuvres, 1995, 1820 p., 87 doc.
Sur les cimes du désespoir • *Le Livre des leurres* • *Des larmes et des saints* • *Le Crépuscule des pensées* • *Bréviaire des vaincus* • *Précis de décomposition* • *Syllogismes de l'amertume* • *La Tentation d'exister* • *Histoire et utopie* • *La Chute dans le temps* • *Le Mauvais Démiurge* • *De l'inconvénient d'être né* • *Écartèlement* • *Exercices d'admiration* • *Aveux et anathèmes*

Robert Desnos
Œuvres, 1999, 1400 p., 226 doc.
Édition établie par Marie-Claire Dumas

Georges Duby
Féodalité, 1996, 1568 p.
Guerriers et paysans • *L'An mil* • *Les Trois Ordres ou L'Imaginaire du féodalisme* • *Le Dimanche de Bouvines* • *Guillaume le Maréchal* • *Le chevalier, la femme et le prêtre* • *«Les jeunes dans la société féodale»* • *«Que sait-on de l'amour en France au*

XIIe siècle?» • *«À propos de l'amour que l'on dit courtois»* • *«Le Roman de la rose»* • *Des sociétés médiévales*
Introduction par Jacques Dalarun

Alexandre Dumas
• *La San Felice*, 1996, 1736 p.
• *Les Mohicans de Paris*, 1998, 2 vol., 2856 p., 72 doc.
• *Olympe de Clèves*, 2000, 924 p.
Éditions de Claude Schopp
Dictionnaires des personnages

Georges Dumézil
Mythe et épopée I, II, III, 1995, 1484 p.
Édition intégrale en un volume
Préface de Joël H. Grisward

Marguerite Duras
Romans, cinéma, théâtre, un parcours, 1943-1993, 1997, 1764 p., 200 doc.
La Vie tranquille • *Un barrage contre le Pacifique* • *Le Boa* • *Madame Dodin* • *Les Chantiers* • *Le Square* • *Hiroshima mon amour* • *Dix heures et demie du soir en été* • *Le Ravissement de Lol V. Stein* • *Le Vice-Consul* • *Les Eaux et Forêts* • *La Musica* • *Des journées entières dans les arbres* • *India Song* • *Le Navire Night* • *Césarée* • *Les Mains négatives* • *La Douleur* • *L'Amant de la Chine du Nord*

Michel Foucault
• *Dits et écrits I, 1954-1975*, 2001, 1708 p.
• *Dits et écrits II, 1976-1988*, 2001, 1736 p.
Éditions établies sous la direction de Daniel Defert et François Ewald

Witold Gombrowicz
Moi et mon double, 1996, 1400 p., 187 doc.
Souvenirs de Pologne • *Bakakaï* • *Ferdydurke* • *Les Envoûtés* • *Trans-Atlantique* • *Cosmos*

Ernest Hemingway
Nouvelles complètes, 1999, 1232 p., 36 doc.
Toutes les nouvelles organisées selon la volonté d'Hemingway
Choix de lettres, Vie et œuvre, filmographie

Inventaire Voltaire
1995, 1484 p., 84 doc.
Dictionnaire dirigé par Jean M. Goulemot, André Magnan, Didier Masseau
1368 articles originaux classés de A à Z, avec de nombreuses citations

Journal de la France et des Français
Chronologie politique, culturelle et religieuse de Clovis à 2000, 2001, 2 vol. sous coffret, 3472 p.
1 volume *Journal* rédigé, 2408 p.
1 volume *Index* raisonné, 1064 p.

Ernst Kantorowicz
Œuvres. Frédéric II. Les Deux Corps du Roi, 2000, 1372 p., 95 doc.

Michel Leiris
Miroir de l'Afrique, 1995, 1484 p., 363 doc.
L'Afrique fantôme • *Message de l'Afrique* • *La Possession et ses aspects théâtraux chez les Éthiopiens de Gondar*, précédée de *La Croyance aux génies zar en Éthiopie du nord* • *Encens pour Berhané* • *Préambule à une histoire des arts plastiques de l'Afrique noire* • *Afrique noire: la création plastique*
Correspondances, textes et documents inédits
Édition établie par Jean Jamin

Les Lieux de Mémoire
1997, 3 vol., 4760 p., 189 doc.
La République, La Nation, Les France
Édition intégrale sous la direction de Pierre Nora

Joanot Martorell
Tirant le Blanc, 1997, 644 p.
Traduction et adaptation en français par le comte de Caylus (1737), préface de Mario Vargas Llosa, postface de Marc Fumaroli, édition de Jean-Marie Barberà

Si les lions pouvaient parler. Essais sur la condition animale
1998, 1540 p., 80 doc.
sous la direction de Boris Cyrulnik

Jacques Le Goff
Un autre Moyen Âge, 1999, 1400 p.
Pour un autre Moyen Âge • *L'Occident médiéval et le temps* • *L'Imaginaire médiéval* • *La Naissance du Purgatoire* • *Les Limbes* • *La Bourse et la vie* • *Le Rire dans la société médiévale*

Luigi Pirandello
Nouvelles complètes. Nouvelles pour une année, 2000, 2240 p., 36 doc.
Préface de Giovanni Macchia
Postface par Georges Piroué
Vie et œuvre

Marcel Proust
• *À la recherche du temps perdu*, 1999, 2408 p.
Texte intégral en un volume
établi sous la direction de Jean-Yves Tadié
• *Jean Santeuil*, 2001, 924 p.
Préface et compléments de Jean-Yves Tadié, édition établie par Pierre Clarac et Yves Sandre
Index des personnages historiques

Simone Weil
Œuvres, 1999, 1288 p., 36 doc.
Impressions d'Allemagne 1932 • *Réflexions sur les causes de la liberté et de l'oppression sociale* • *Expérience de la vie d'usine* • *Méditation sur l'obéissance et la liberté* • *Lettre à Georges Bernanos* • *Réflexions sur la barbarie* • *Réflexions sur les origines de l'hitlérisme* • *L'Iliade ou le poème de la force* • *À propos de la théorie des quanta* • *L'Amour de Dieu et le malheur* • *Autobiographie spirituelle* • *Cahier de Marseille* • *Cahier de New York* • *Lettre à un religieux* • *L'Enracinement*
Édition établie par Florence de Lussy

DOCUMENT DE COUVERTURE
Morris Louis, «*I-67*», 1962 (détail).
Collection particulière. Droits réservés.

DOCUMENT DOS DE COUVERTURE ET P. 50
Plutarque
Gravure provenant du livre d'André Thevet,
Les Vrais Portraits et vies des hommes illustres grecs, latins et païens, Paris, 1584
Bibliothèque de l'École normale supérieure, Paris.

LABORATOIRE ARTISTIQUE ET PHOTOGRAPHIQUE
Dominique Jochaud
© Éditions Gallimard

DOCUMENT LOGO QUARTO
Jacques Sassier

MAQUETTE
Cécile Meissonnier

ÉDITION
Françoise Cibiel • Antoine Jaccottet • Brigitte de la Broise •
Cécile Meissonnier • Jean-Louis Panné • Anne Vijoux

*Achevé d'imprimer
par Maury-Eurolivres S.A.
45300 Manchecourt
le 5 novembre 2001
Dépôt légal : novembre 2001
Numéro d'imprimeur : 89566*
ISBN 2-07-073762-4/Imprimé en France.

67166